查慎行全集

范道濟 點校

第一册

中華書局

圖書在版編目(CIP)數據

查慎行全集/(清)查慎行著;范道濟點校. —北京:中華書局,2017.11
ISBN 978-7-101-12214-5

Ⅰ.查… Ⅱ.①查…②范… Ⅲ.中國文學-古典文學-作品綜合集-清代 Ⅳ.I214.92

中國版本圖書館CIP數據核字(2016)第251318號

本書出版得到國家古籍整理出版專項經費資助

責任編輯:俞國林 李碧玉 劉明 許慶江

查慎行全集

(全二十册)

〔清〕查慎行 著

范道濟 點校

*

中華書局出版發行

(北京市豐臺區太平橋西里38號 100073)

http://www.zhbc.com.cn

E-mail:zhbc@zhbc.com.cn

北京市白帆印務有限公司印刷

*

850×1168毫米 1/32 · 250⅜印張 · 50插頁 · 5800千字

2017年11月北京第1版 2017年11月北京第1次印刷

印數:1-500册 定價:2600.00元

ISBN 978-7-101-12214-5

查慎行像

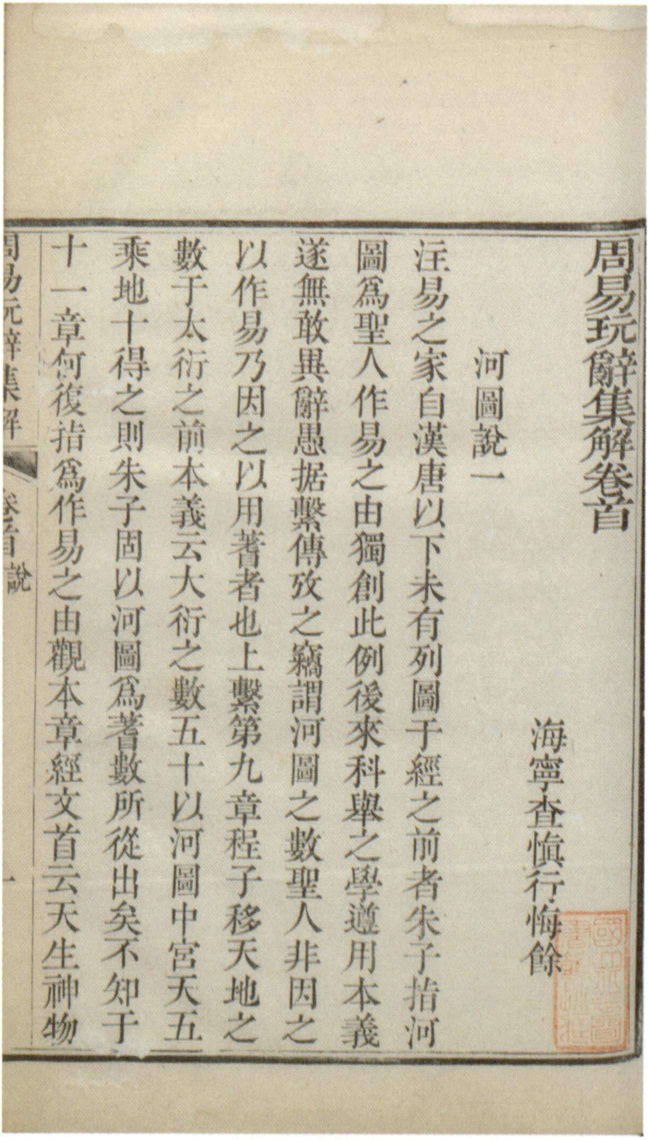

周易玩辭集解卷首

海寧查慎行悔餘

河圖說一

注易之家自漢唐以下未有列圖于經之前者朱子指河圖爲聖人作易之由獨創此例後來科舉之學遵用本義遂無敢異辭愚据繫傳攷之竊謂河圖之數聖人非因之以作易乃因之以用蓍者也上繫第九章程子移天地之數于太衍之前本義云大衍之數五十以河圖中宮天五乘地十得之則朱子固以河圖爲蓍數所從出矣不知于十一章何復指爲作易之由觀本章經文首云天生神物

《周易玩辭集解》
（國家圖書館藏豐府藏書本）

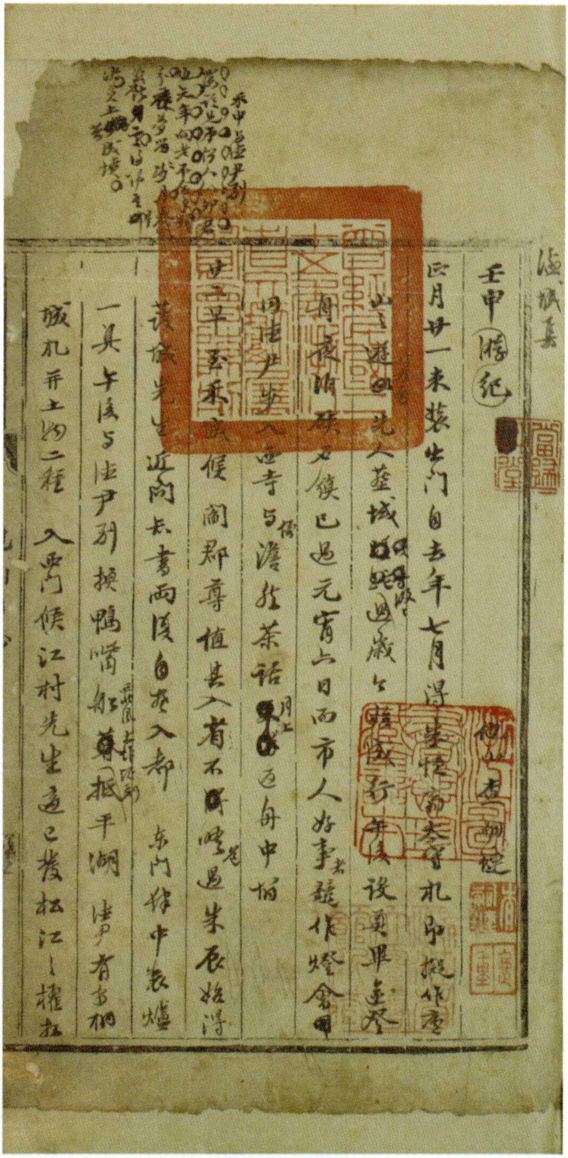

《壬申紀游》

（浙江省圖書館藏稿本）

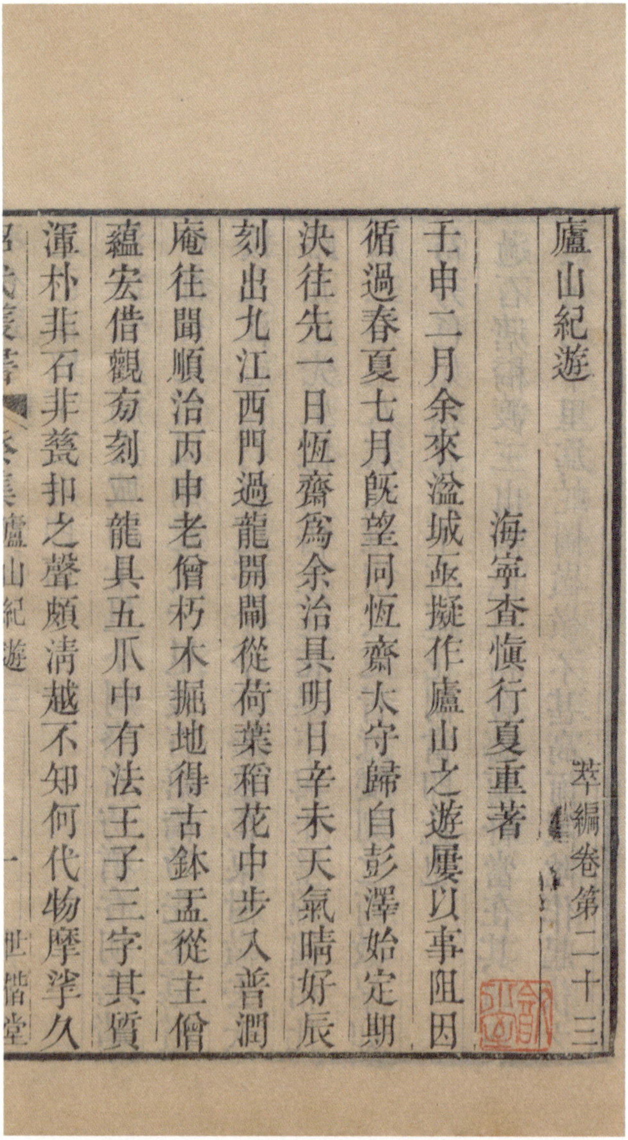
盧山紀遊　　萃編卷第二十三
海寧查慎行夏重著
壬申二月余來湓城亟擬作盧山之遊屢以事阻因
循過春夏七月旣望同恆齋太守歸自彭澤始定期
決往先一日恆齋爲余治具明日辛未天氣晴好辰
刻出九江西門過龍開閘從荷葉稻花中步入普潤
庵往聞順治丙申老僧朽木掘地得古鉢盂從主僧
蘊宏借觀旁刻二龍具五爪中有法王子三字其質
渾朴非石非甆扣之聲頗淸越不知何代物摩挲久
昭代叢書　癸集　盧山紀遊　一　世楷堂

《盧山紀游》
（國家圖書館藏世楷堂《昭代叢書》本）

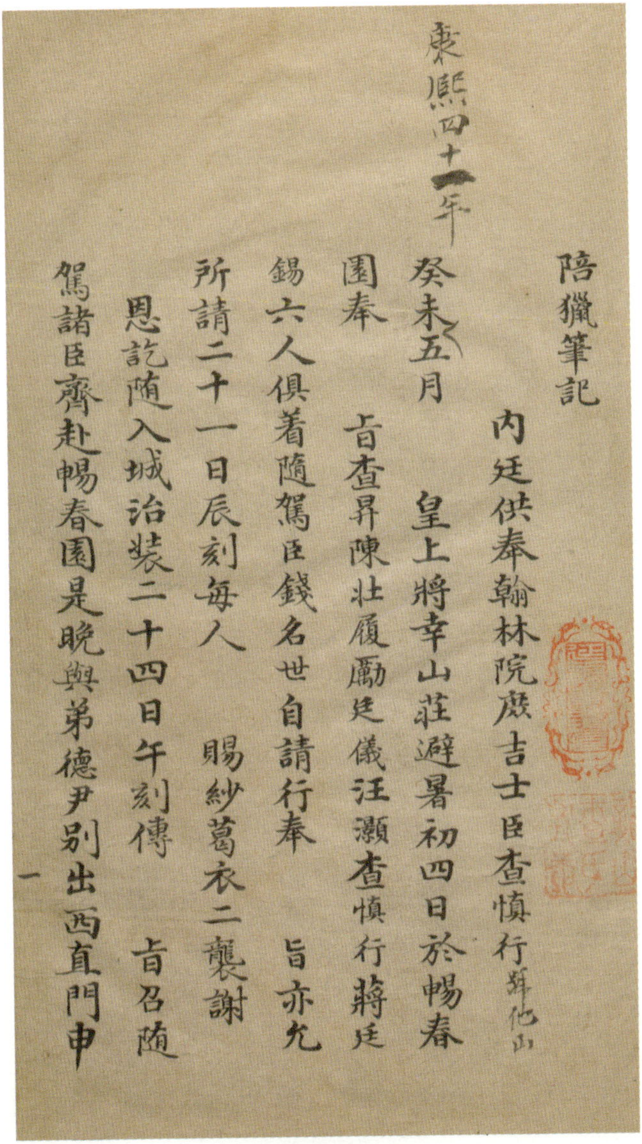

《陪獵筆記》

（國家圖書館藏民國抄本）

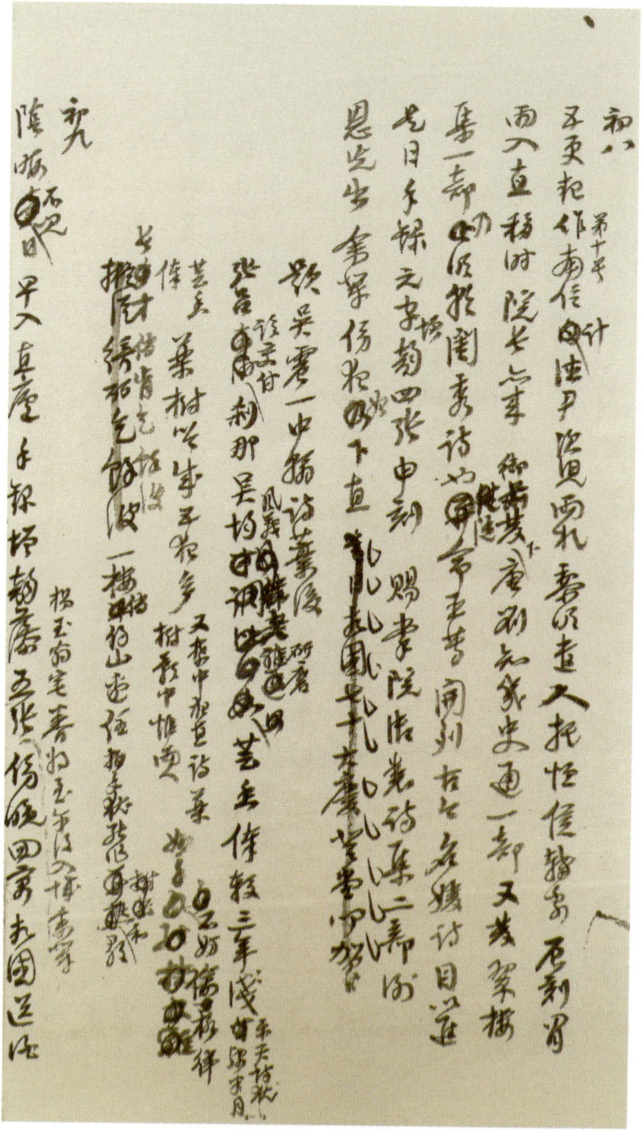

《南齋日記》
（上海圖書館藏稿本）

人海記卷上

海昌查慎行悔餘編輯

同邑張士寬柔之校刊

蘇子瞻詩云惟有王城最堪隱萬人如海一身藏與東方曼倩陸沉金馬之意略同余自甲子夏北游太學又九年舉京兆秋試又十年唱第南宮其後供奉　內庭者七年從事書局者三年迨癸巳夏移疾乞歸年已六十有四矣通計三十年來客居京師歲月過半其間耳目聞見隨手綴錄零丁件系不下數百條雪窗檢點裒集成卷命曰人海記

《人海記》

（《續修四庫全書》影小鄉嬛山館本）

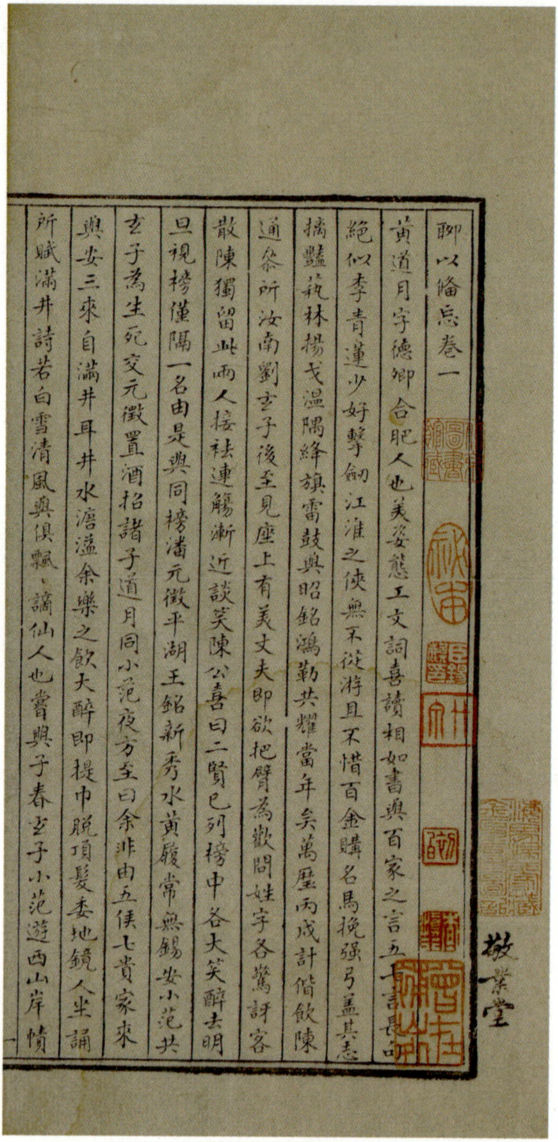

聊以備忘卷一

黄道月字德卿合肥人也美姿態工文詞喜讀相如書與百家之言五七言長句絶似李青蓮少好擊劍江淮之俠無不從游且不惜百金購名馬挽强弓盖其志擒虀蓺林揚戈温隅絳旗雷鼓與昭銘鴻勳共耀當年矣萬歷丙戌計偕飲陳通籍所汝南劉玄子後至見座上有美丈夫即欲把臂爲歡問姓字各驚訝客散陳獨留此兩人接袂連觴漸近談笑陳公喜曰二賢已列榜中各大笑醉去明旦視榜僅隔一名由是與同榜潘元徵平湖王銘新秀水黄履常無錫安小范共玄子爲生死交元徵置酒招諸子道月同小范夜方至曰余非由五侯七貴家來與安三來自滿井耳井水瀋溢余樂之飲大醉即提巾脱項髮委地鏡人坐誦所賦滿井詩若白雪清風與俱飄飄謫仙人也嘗與子春玄子小范遊西山岸幘

《聊以備忘》
（國家圖書館藏查氏敬業堂抄本）

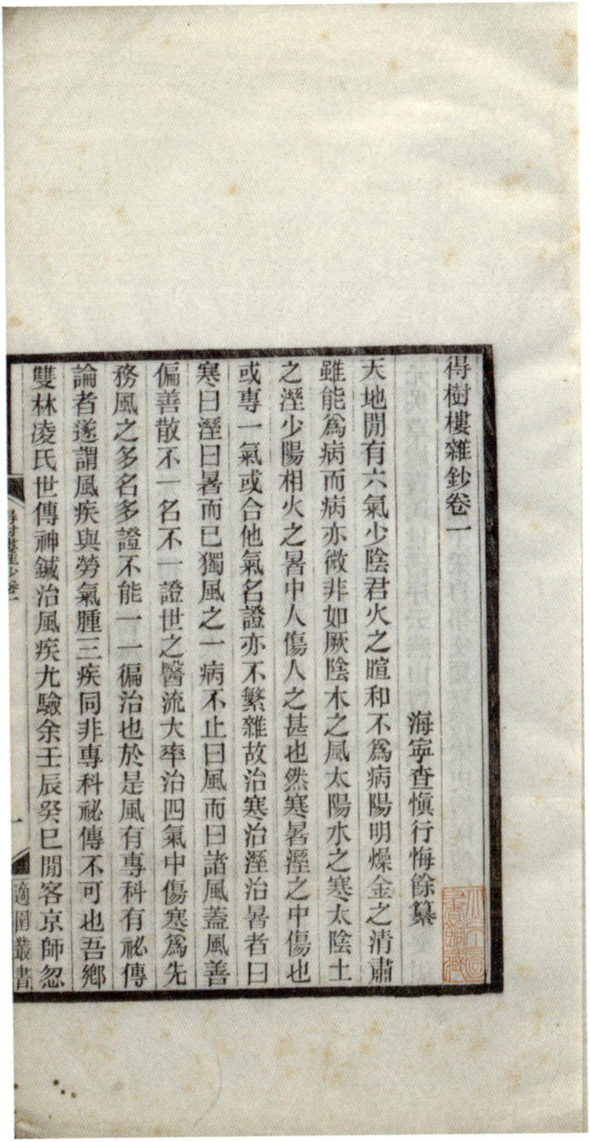
得樹樓雜鈔卷一

海寧查慎行悔餘纂

天地間有六氣少陰君火之暄和不爲病陽明燥金之清肅雖能爲病而病亦微非如厥陰木之風太陽水之寒太陰土之溼少陽相火之暑中人傷人之甚也然寒暑溼之中傷也或專一氣或合他氣名證亦不繁雜故治寒治溼治暑者曰寒曰溼曰暑而已獨風之一病不止曰風而曰諸風蓋風善偏善散不一名不一證世之醫流大率治四氣中傷寒爲先務風之多名多證不能一一偏治也於是風有專科有祕傳論者遂謂風疾與勞氣膧三疾同非專科祕傳不可也吾鄉雙林凌氏世傳神鍼治風疾尤驗余壬辰癸巳間客京師忽

得樹樓雜鈔卷一　一　適園叢書

《得樹樓雜鈔》
（國家圖書館藏《適園叢書》本）

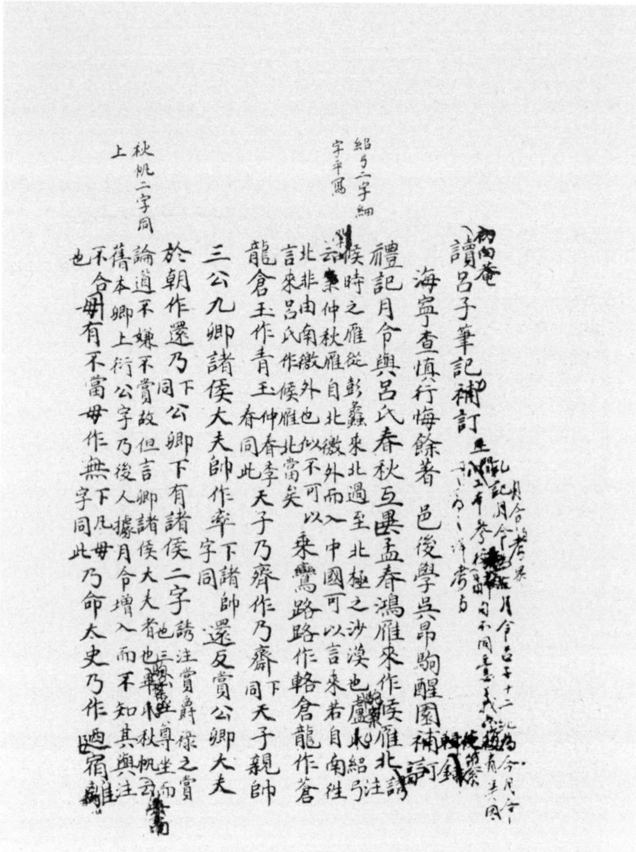

初白菴讀呂子筆記補訂

海寧查慎行悔餘著　邑後學吳昂駒醒園補訂

禮記月令與呂氏春秋互異孟春鴻雁來作候雁北注謂候時之雁從彭蠡來北過至北極之沙漠也盧氏紹弓注云仲秋雁自北徼外而入中國可以言來若自南往北非由南徼外也似不可以言來呂氏作候雁北當矣　乘鸞路路作輅倉龍作蒼龍倉玉作青玉仲春季春同此　天子乃齊作乃齋下同天子親帥三公九卿諸侯大夫帥作率下諸帥字同　還反賞公卿大夫於朝作還乃下同公卿下有諸侯二字誘注賞爵祿之賞也三公尊坐而論道不嫌不賞故但言卿諸侯大夫者也畢秋帆云舊本卿上衍公字乃後人據月令增入而不知其與注不合也　毋有不當毋作無下凡毋字同此　乃命太史乃作迺宿離

紹弓二字細字平寫

秋帆二字同上

《初白庵讀吕子筆記補訂》
（《子海珍本編》影道光吴氏稿本）

原序

老友海昌陸先生辛齋嘗攜其愛壻查夏重詞一卷見示且曰此子名譽未成與先生少假借之弁以數語其時余官曹署冗俗碌碌未及爲也及余轉官司成則夏重與其弟德尹後先入成均余乃得以一日之長臨之德尹旋與友人入粤而夏重肄業橋門離經鼓篋魚魚雅雅弱不勝衣近是黄叔度一流乃其詩若文則又洶葩綦亢奔發卓犖蛟龍翔而虎鳳躍今之詩人或未之能先也然且深情獨寫孤韻一往令人諷咏徘徊乍不能已蓋夏重既辛齋玉潤且系吾友勉齋黄門猶子仍世通顯胚胎擩染昔人有云半千孫固應爾姚江黄晦

《敬業堂詩集》一
（《四部叢刊》本）

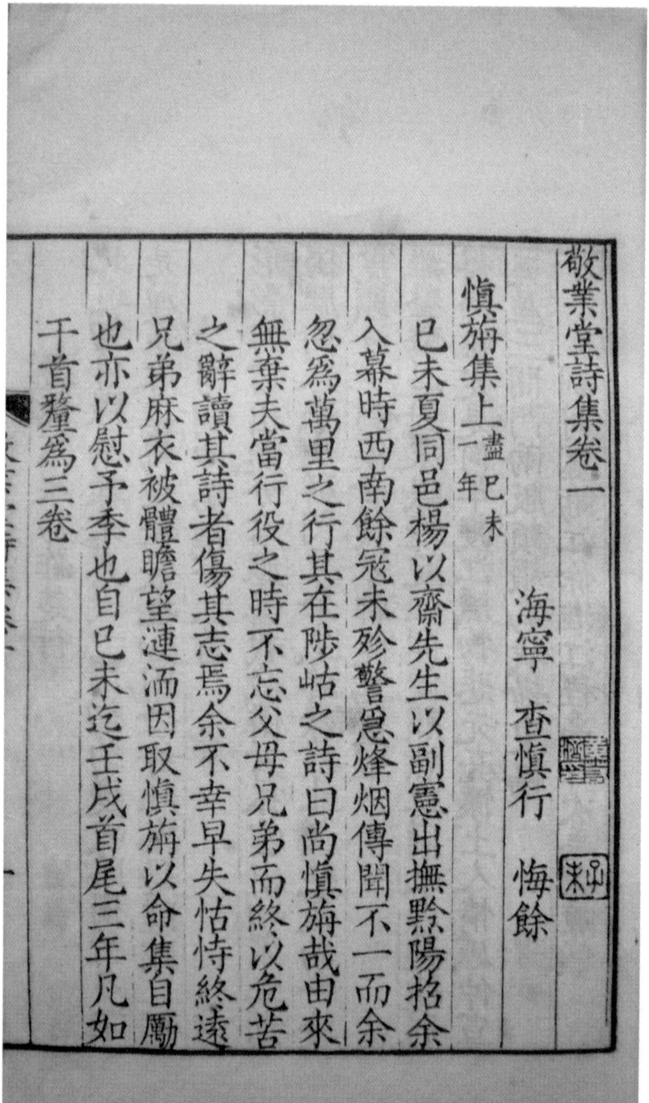

敬業堂詩集卷一

海寧　查慎行　悔餘

慎旃集上盡己未一年

己未夏同邑楊以齋先生以副憲出撫黔陽招余入幕時西南餘寇未殄警急烽烟傳聞不一而余忽爲萬里之行其在陟岵之詩曰尚慎旃哉由來無棄夫當行役之時不忘父母兄弟而終以危苦之辭讀其詩者傷其志焉余不幸早失怙恃終遠兄弟麻衣被體瞻望漣洏因取慎旃以命集自勵也亦以慰予季也自己未迄壬戌首尾三年凡如干首釐爲三卷

《敬業堂詩集》二
（《四部叢刊》本）

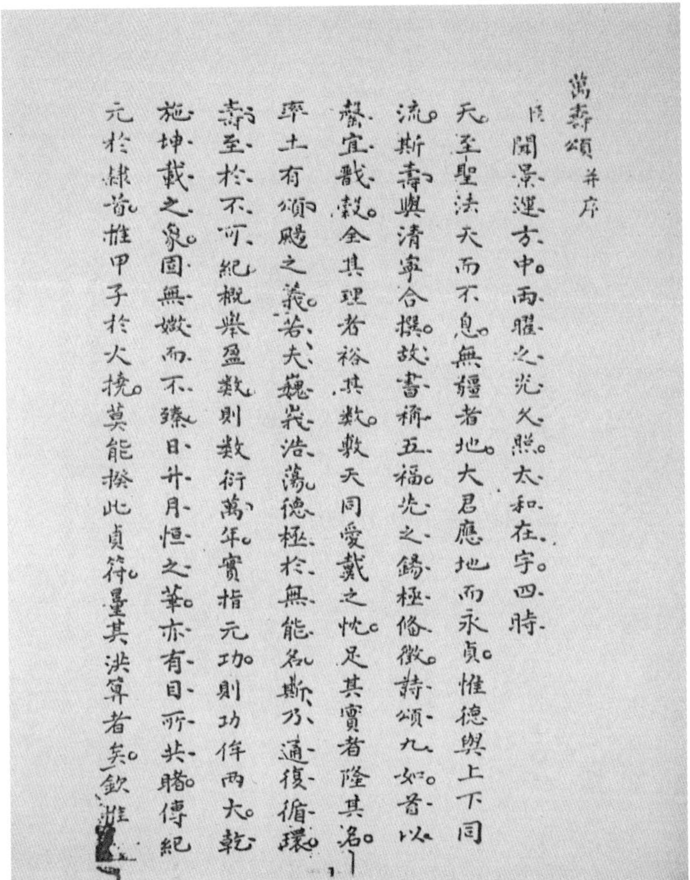
萬壽頌 并序
臣聞景運方中，兩曜之光久照；太和在宇，四時
天至聖法天而不息，無疆者地；大君應地而永貞。惟德與上下同
流，斯壽與清寧合撰。故書稱五福，先之錫極脩徵；詩頌九如，首以
蔡宜戩穀。全其理者裕其數，數天同愛戴之忱；足其實者隆其名，
率土有頌颺之義。若夫巍巍浩蕩，德極於無能名，斯乃適復循環，
壽至於不可紀。概舉盈數，則數衍萬年；實指元功，則功侔兩大。乾
施坤載之象，固無斁而不騫；日升月恒之華，亦有目所共睹。傳紀
元於隸首，推甲子於大撓，莫能擬此貞符、量其洪算者矣。欽惟

《查悔餘文集》
（北京大學圖書館藏稿本）

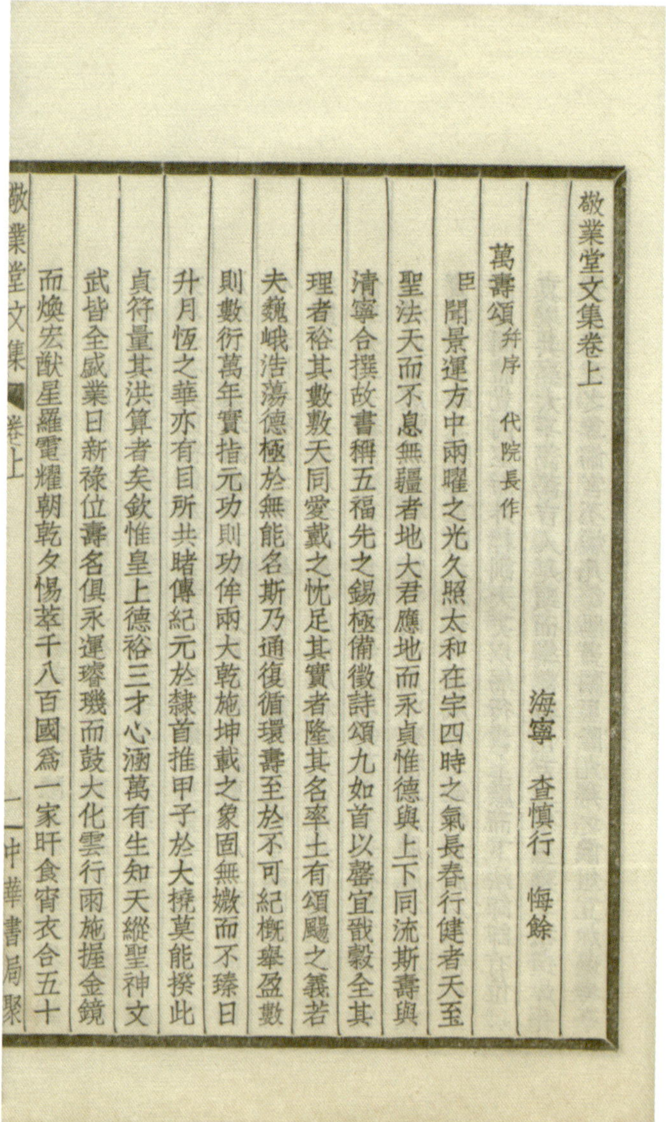
敬業堂文集卷上

海寧　查慎行　悔餘

萬壽頌 并序　代院長作

臣聞景運方中兩曜之光久照太和在宇四時之氣長春行健者天至聖法天而不息無疆者地大君應地而永貞惟德與上下同流斯壽與清寧合撰故書稱五福先之錫極備徵詩頌九如首以罄宜戩穀全其理者裕其數數天同愛戴之忱足其實者隆其名率土有頌颺之義若夫巍峨浩蕩德極於無能名斯乃通復循環壽至於不可紀槪舉盈數則數衍萬年實指元功則功侔兩大乾施坤載之象固無斁而不臻日升月恆之華亦有目所共睹傳紀元於隸首推甲子於大撓莫能揆此貞符量其洪算者矣欽惟皇上德裕三才心涵萬有生知天縱聖神文武皆全盛業日新祿位壽名俱永運璿璣而鼓大化雲行雨施握金鏡而煥宏猷星羅電耀朝乾夕惕萃千八百國爲一家旰食宵衣合五十

敬業堂文集　卷上　一　中華書局聚

《敬業堂文集》
（《四部備要》本）

陰陽判傳奇卷上

醉竹主人述畧　他山老人填詞

第一齣　弁言

〔踏莎行〕雀硯塵封。鸞箋蠹蝕。十年不秉春秋筆。偶拈別錄聽聲冤。心傷孝子青衫溼。屈陷難平。悲哀罔極。補天孰鍊媧皇石。憤呼斗酒譜宮商。助君楚塚鞭三百。

〔滿庭芳〕末上　義憤朱翁。賑飢起釁。席間觸怒元兇。計擒羣毆。畢命一宵中。孝子哭求檢抵。法網漏巧計鑽營。控轅門黃堂情面。靁電震虛空。冒死馬前歷控。戴天有恨。剸刃無庸。毀形滅性。一慟九原。從感得伍公陰殛。鉄鞭贈鳳怨銷鎔。旌純孝一堂歡

《陰陽判傳奇》
（綏中吳氏藏抄本）

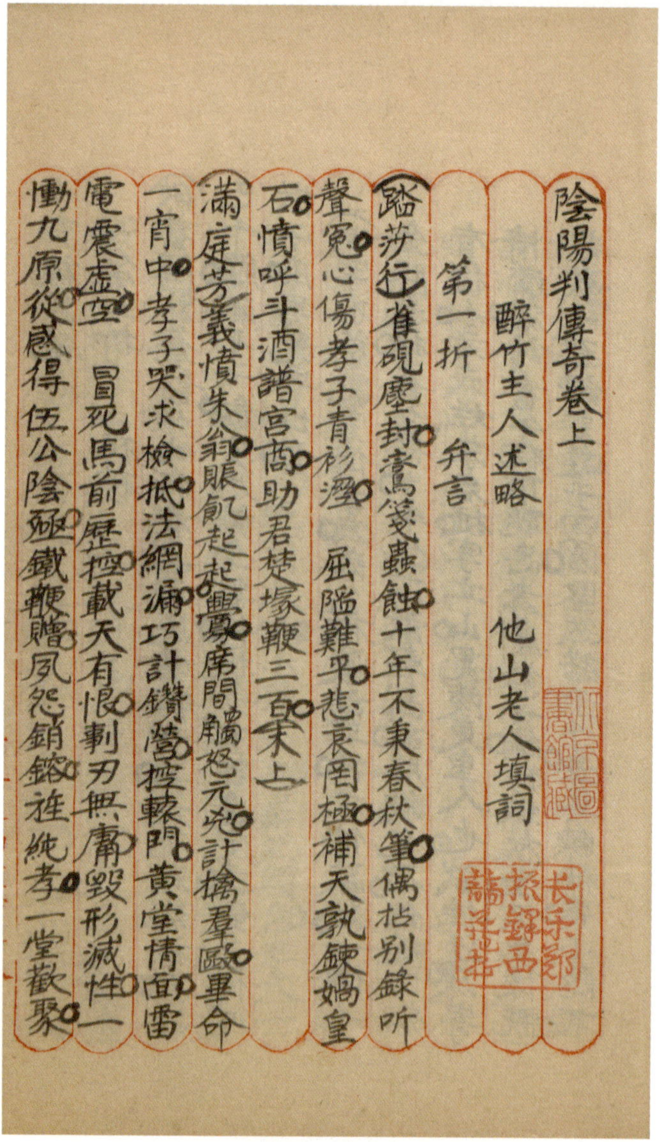
陰陽判傳奇卷上

醉竹主人述略　他山老人填詞

第一折　弁言

【踏莎行】雀硯塵封，鸞箋蟲蝕，十年不秉春秋筆。偶拈別錄听聲冤，心傷孝子青衫溼。　屈陷難平，悲哀罔極，補天孰鍊媧皇石。憤呼斗酒譜宮商，助君楚壕鞭三百。（末上）

滿庭芳　義憤朱翁，眼飢起起鬨，席間觸怒元兇。計擒羣毆，畢命一宵中。孝子哭求檢抵，法網漏，巧計鑽營。控轅門，黃堂情面，雷電震虛空。　冒死馬前歷控，載天有恨，剸刃無庸。毀形滅性，一慟九原從。感得伍公陰殛，鐵鞭贈、夙怨銷鎔。旌純孝，一堂歡聚。

《陰陽判傳奇》
（國家圖書館藏古吳蓮勺廬抄本）

東坡先生編年詩卷一

後學查慎行補註　　姪男開棪刊

古今體詩四十二首 仁宗嘉祐四年己亥冬侍老蘇公自蜀至荆州作

慎按南行集叙畧云己亥之歲侍行適楚舟中無事凡與耳目所接者雜然有觸於中而發於咏歎葢家君之作與弟轍之文皆在凡一百篇謂之南行集十二月十八日江陵驛書又按子由詩云初來寄荆渚魚雁賤宜客楚人重歲時爆竹聲磔磔新春始涉五田東未生麥相攜歷唐許花柳漸芽坼葢已亥十

《蘇詩補注》一
（乾隆二十六年查開香雨齋刻本）

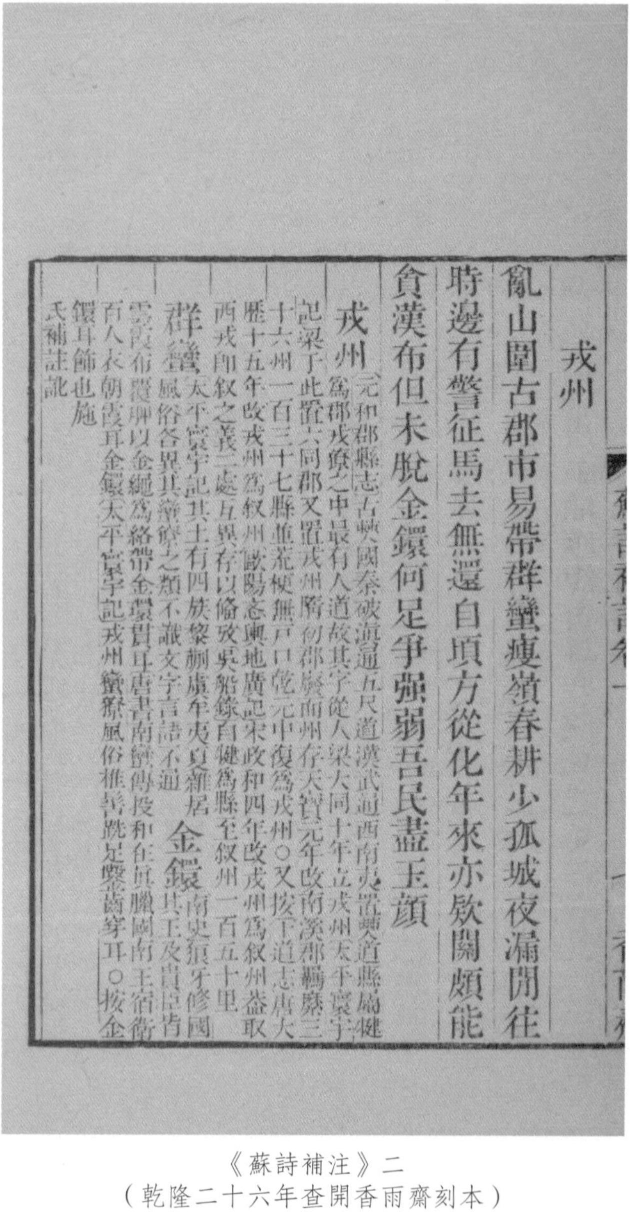
戎州

亂山圍古郡市易帶羣蠻瘦嶺春耕少孤城夜漏閑往
時邊有警征馬去無還自頃方從化年來亦欸關頗能
貧漢布但未脫金鐶何足爭强弱吾民盡玉顏

戎州元和郡縣志古僰國秦破滇通五尺道漢武通西南夷置僰道縣屬犍
爲郡戎獠之中最有人道故其字從人梁大同十年立戎州太平寰宇
記梁于此置六同郡又置戎州隋初郡廢而州存天寶元年改南溪郡轄縣三
十六州一百三十七縣並荒梗無戶口乾元中復爲戎州○又按下道志唐大
歷十五年改戎州爲叙州歐陽忞輿地廣記宋政和四年改戎州爲叙州蓋取
西戎即叙之義二處互異存以備攷吳船錄自犍爲縣至叙州一百五十里
羣蠻太平寰宇記其土有四族黎獦虜牟夷夏雜居風俗各異其蠻獠之類不識文字言語不通金鐶南史狼牙修國其王及貴臣皆
雲霞布覆胛以金繩爲絡帶金環貫耳唐書南蠻傳投和在眞臘國南王宿衛
百人衣朝霞耳金鐶太平寰宇記戎州蠻獠風俗椎髻跣足鑿齒穿耳○按金
鐶耳飾也施
氏補註訛

《蘇詩補注》二

（乾隆二十六年查開香雨齋刻本）

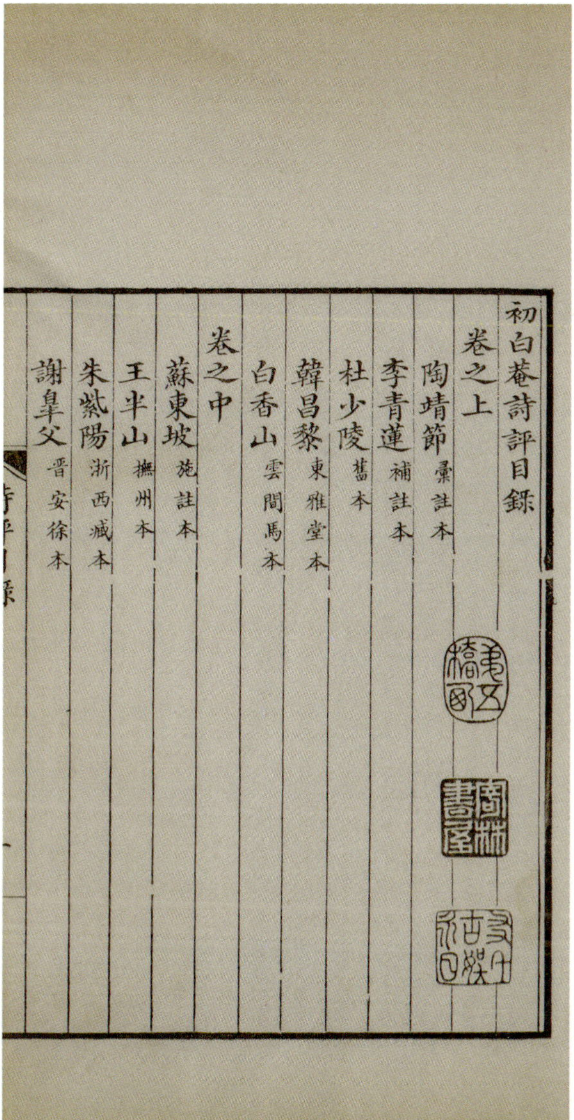

初白菴詩評目錄

卷之上

陶靖節 彙註本

李青蓮 補註本

杜少陵 舊本

韓昌黎 東雅堂本

白香山 雲間馬本

卷之中

蘇東坡 施註本

王半山 撫州本

朱紫陽 浙西臧本

謝臯父 晉安徐本

《初白庵詩評》一

（國家圖書館藏張氏涉園觀樂堂本）

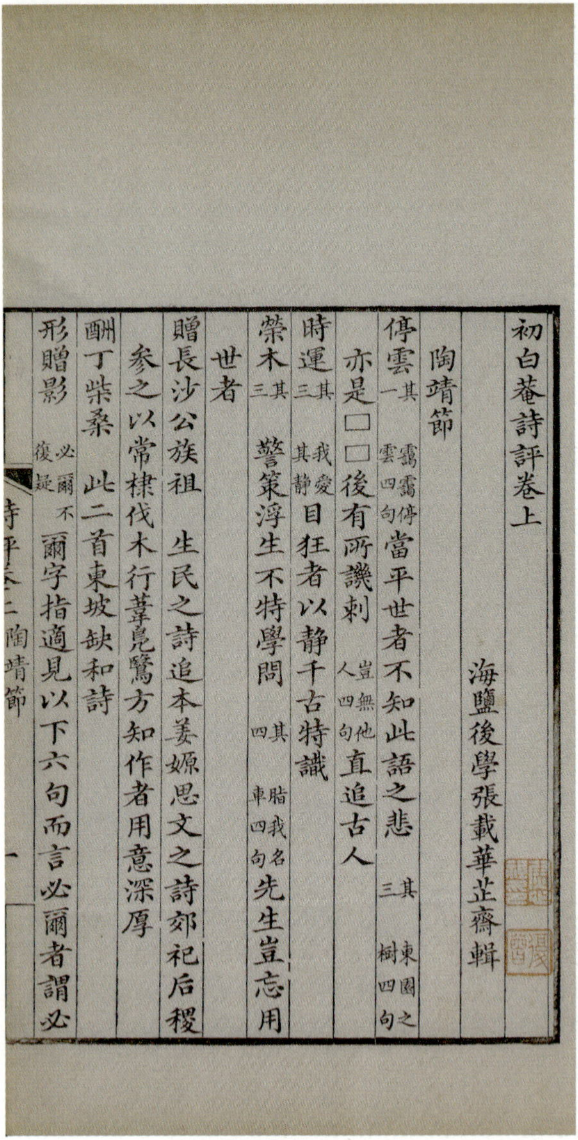
初白菴詩評卷上

海鹽後學張載華芷齋輯

陶靖節

停雲其一 靄靄停雲四句 當平世者不知此語之悲 其三 東園之樹四句

亦是□□後有所譏刺 豈無他人四句 直追古人

時運其三 我愛其靜 目狂者以靜千古特識

榮木其三 警策浮生不特學問 其四 脂我名車四句 先生豈忘用

世者

贈長沙公族祖 生民之詩追本姜嫄思文之詩郊祀后稷

参之以常棣伐木行葦鳧鷖方知作者用意深厚

酬丁柴桑 此二首東坡缺和詩

形贈影 必爾不復疑 爾字指適見以下六句而言必爾者謂必

詩評卷上 陶靖節 一

《初白庵詩評》二

（國家圖書館藏張氏涉園觀樂堂本）

浙江文化研究工程成果文庫總序

有人將文化比作一條來自老祖宗而又流向未來的河，這是説文化的傳統，通過縱向傳承和横向傳遞，生生不息地影響和引領着人們的生存與發展；有人説文化是人類的思想、智慧、信仰、情感和生活的載體、方式和方法，這是將文化作爲人們代代相傳的生活方式的整體。我們説，文化爲群體生活提供規範、方式與環境，文化通過傳承爲社會進步發揮基礎作用，文化會促進或制約經濟乃至整個社會的發展。文化的力量，已經深深熔鑄在民族的生命力、創造力和凝聚力之中。

在人類文化演化的進程中，各種文化都在其内部生成衆多的元素、層次與類型，由此決定了文化的多樣性與複雜性。

中國文化的博大精深，來源於其內部生成的多姿多彩；中國文化的歷久彌新，取決於其變遷過程中各種元素、層次、類型在内容和結構上通過碰撞、解構、融合而産生的革故鼎新的强大動力。

中國土地廣袤，疆域遼闊，不同區域間因自然環境、經濟環境、社會環境等諸多方面的差異，建構了不同的區域文化。區域文化如同百川歸海，共同匯聚成中國文化的大傳統，這種大傳統如同春風化雨，滲透於各種區域文化之中。在這個過程中，區域文化如同清溪山泉潺潺不息，在中國文化的共同價值取向下，以自己的獨特個性支撑着、引領着本地經濟社會的發展。

從區域文化入手，對一地文化的歷史與現狀展開全面、系統、扎實、有序的研究，一方面可以藉此梳理和弘揚當地的歷史傳統和文化資源，繁榮和豐富當代的先進文化建設活動，規劃和指導未來的文化發展藍圖，增强文化軟實力，爲全面建設小康社會、加快推進社會主義現代化提供思想保證、精神動力、智力支持和輿論力量；另一方面，這也是深入瞭解中國文化、研究中國文化、發展中國文化、創新中國文化的重要途徑之一。如今，區域文化研究日益受到各地重視，成爲我國文化研究走向深入的一個重要標誌。我們今天實施浙江文化研究工程，其目的和意義也在於此。

千百年來，浙江人民積澱和傳承了一個底藴深厚的文化傳統。這種文化傳統的獨特性，正在於它令人驚歎的富於創造力的智慧和力量。

浙江文化中富於創造力的基因，早早地出現在其歷史的源頭。在浙江新石器時代最爲著名的跨湖橋、河姆渡、馬家浜和良渚的考古文化中，浙江先民們都以不同凡響的作爲，在中華民族的文明之源留下了創造和進步的印記。

浙江人民在與時俱進的歷史軌跡上一路走來，秉承富於創造力的文化傳統，這深深地融匯在一代代浙江人民的血液中，體現在浙江人民的行爲上，也在浙江歷史上衆多傑出人物身上得到充分展示。從大禹的因勢利導、敬業治水，到勾踐的卧薪嘗膽、勵精圖治；從錢氏的保境安民、納土歸宋，到胡則的爲官一任、造福一方；從岳飛、于謙的精忠報國、清白一生，到方孝孺、張蒼水的剛正不阿、以身殉國；從沈括的博學多識、精研深究，到竺可楨的科學救國、求是一生；無論是陳亮、葉適的經世致用，還是黄宗羲的工商皆本；無論是王充、王陽明的批判、自覺，還是龔自珍、蔡元培的開明、開放，等等，都展示了浙江深厚的文化底藴，凝聚了浙江人民求真務實的創造精神。

代代相傳的文化創造的作爲和精神，從觀念、態度、行爲方式和價值取向上，孕育、形成和發展了淵源有自的浙江地域文化傳統和與時俱進的浙江文化精神，她滋育着浙江的生命力、催生着浙江的凝聚力、激發着浙江的創造力、培植着浙江的競争力，激勵着浙江人民永不自滿、永不停息，在各個不同的歷史時期不斷地超越自我、創業奮進。

悠久深厚、意韻豐富的浙江文化傳統，是歷史賜予我們的寶貴財富，也是我們開拓未來的豐富資源和不竭動力。黨的十六大以來推進浙江新發展的實踐，使我們越來越深刻地認識到，與國家實施改革開放大政方針相伴隨的浙江經濟社會持續快速健康發展的深層原因，就在於浙江深厚的文化底蘊和文化傳統與當今時代精神的有機結合，就在於發展先進生産力與發展先進文化的有機結合。今後一個時期浙江能否在全面建設小康社會、加快社會主義現代化建設進程中繼續走在前列，很大程度上取決於我們對文化力量的深刻認識、對發展先進文化的高度自覺和對加快建設文化大省的工作力度。我們應該看到，文化的力量最終可以轉化爲物質的力量，文化的軟實力最終可以轉化爲經濟的硬實力。文化要素是綜合競争力的核心要素，文化資源是經濟社會發展的重要資源，文化素質是領導者和勞動者的首要素質。因此，研究浙江文化的歷史與現狀，增强文化軟實力，爲浙江的現代化建設服務，是浙江人民的共同事業，也是浙江各級黨委、政府的重要使命和責任。

二〇〇五年七月召開的中共浙江省委十一屆八次全會，作出《關於加快建設文化大省的決定》，提出要從增强先進文化凝聚力、解放和發展生産力、增强社會公共服務能力入手，大力實施文明素質工程、文化精品工程、文化研究工程、文化保護工程、文化産業促進工程、文化陣地工程、文化傳播工程、文化人才工程等「八項工程」，實施科教興國和人才强國戰略，加快建設教育、科技、衛生、體育等「四個强省」。作爲文化建設「八項工程」之一的文化研究工程，其任務就是系統研究浙江文化的歷史成就和當代發展，深入挖掘浙江文化底藴、研究浙江現象、總結浙江經驗、指導浙江未來的發展。

浙江文化研究工程將重點研究「今、古、人、文」四個方面，即圍繞浙江當代發展問題研究、浙江歷史文化專題研究、浙江名人研究、浙江歷史文獻整理四大板塊，開展系統研究，出版系列叢書。在研究内容上，深入挖掘浙江文化底藴，系統梳理和分析浙江歷史文化的内部結構、變化規律和地域特色，堅持和發展浙江精神；研究浙江文化與其他地域文化的異同，釐清浙江文化在中國文化中的地位和相互影響的關係；圍繞浙江生動的當代實踐，深入解讀浙江現象，總結浙江經驗，指導浙江發展。在研究力量上，通過課題組織、出版資助、重點研究基地建設、加强省内外大院名校合作、整合各地各部門力量等途徑，形成上下聯動、學界互動的整體合力。在成果運用上，注重研究成果的學術價值和應用價值，充分發揮其認識世界、傳承文明、創新理論、咨政育人、服務社會的重要作用。

我們希望通過實施浙江文化研究工程，努力用浙江歷史教育浙江人民、用浙江文化薰陶浙江人民、用浙江精神鼓舞浙江人民、用浙江經驗引領浙江人民，進一步激發浙江人民的無窮智慧和偉大創造能力，推動浙江實現又快又好發展。

今天，我們踏着來自歷史的河流，受着一方百姓的期許，理應負起使命，至誠奉獻，讓我們的文化綿延不絕，讓我們的創造生生不息。

二〇〇六年五月三十日於杭州

浙江文化研究工程序

趙洪祝

浙江是中國古代文明的發祥地之一，歷史悠久、人文薈萃，素稱「文物之邦」，從史前文化到古代文明，從近代變革到當代發展，都爲中華民族留下了衆多彌足珍貴的文化遺産。勤勞智慧的浙江人民歷經千百年的傳承與創新，在保留自身文化特質的基礎上，兼收並蓄外來文化的精華，形成了具有鮮明浙江特色、深厚歷史底藴、豐富思想内涵的地域文化，這是浙江人民共同創造的物質財富和精神財富的結晶，是中華文化中的一朵奇葩。如何更好地使這一文化瑰寶爲我們所用、爲時代服務，既是歷史傳承給我們的一項艱巨任務，也是時代賦予我們的一項神聖使命。深入挖掘、整理、探究，不斷豐富、發展、創新浙江地域文化，對於進一步充實浙江文化的内涵和拓展浙江文化的外延，進一步增强浙江文化的創新能力、整體實力、綜合競争力，進一步發揮文化在促進浙江經濟、政治和社會建設中的作用，具有重要的現實意義和深遠的歷史意義。

改革開放以來，歷届浙江省委始終高度重視社會主義文化建設。早在一九九九年，浙江省委就提出了建設文化大省的目標；二〇〇〇年，制定了《浙江省建設文化大省綱要》；二〇〇五年，作出了《關於加快建設文化大省的决定》，經過全省上下的共同努力，浙江文化大省建設取得了顯著成效。

浙江文化研究工程是浙江文化建設「八項工程」的重要内容之一，也是迄今爲止國内最大的地方文化研究項目之一。該工程旨在以浙江人文社會科學優勢學科爲基礎，以浙江改革開放與現代化建設中的重大理論、現實課題和浙江歷史文化爲研究重點，着重從「今、古、人、文」四個方面，梳理浙江文明的傳承脈絡，挖掘浙江文化的深厚底蘊，豐富與時俱進的浙江精神，推出一批在研究浙江和宣傳浙江方面具有重大學術影響和良好社會效益的學術成果，培養一支擁有高水準學科帶頭人的學術梯隊，建設一批具有浙江特色的「當代浙江學術」品牌，進一步繁榮和發展哲學社會科學，提升浙江的文化軟實力，爲浙江全面建設惠及全省人民的小康社會和實現社會主義現代化，提供强大的精神動力、正確的價值導向和有力的智力支援，爲提升浙江文化影響力、豐富中華文化寶庫作出貢獻。

浙江文化研究工程開展三年來，專家學者們潛心研究，善於思考，勇於創新，在浙江當代發展問題研究、浙江歷史文化專題研究、浙江名人研究、浙江歷史文獻整理等諸多研究領域都取得了重要成果，已設立十餘個系列四百餘項研究課題，完成二百三十項課題研究，出版二百餘部學術專著，發表大量的學術論文，產生了廣泛而深遠的社會影響。這些階段性成果，對於加快建設文化大省提供了新的支撑力和推動力。

黨的十七大突出强調了加强文化建設、提高國家文化軟實力的極端重要性，並對興起社會主義文化建設新高潮、推動社會主義文化大發展大繁榮作出了全面部署。爲深入貫徹落實黨的十七大精神，浙江省第十二次黨代會提出「創業富民、創新强省」總戰略，並堅持把建設先進文化作爲推進創業創新的重要支撑。二〇〇八年六月，省委召開工作會議，對興起文化大省建設新高潮、推動浙江社會主義文化大發展大繁榮進行專題部署，制定實施了《浙江省推動文化大發展大繁榮綱要（二〇〇八——二〇一二）》，明確提出：今後一個時期我省興起文化大省建設新高潮、推動文化大發展大繁榮的主要任務是，在加快建設教育强省、科技强省、衛生强省、體育强省的同時，繼續深入實施文明素質工程、文化精品工程、文化研究工程、文化保護工程、文化産業促進工程、文化陣地工程、文化傳播工程、文化人才工程等文化建設「八項工程」，着力建設社會主義核心價值體系、公共文化服務體系、文化産業發展體系等「三大體系」，努力使我省文化發展水準與經濟社會發展水準相適應，在文化建設方面繼續走在前列。

當前，浙江文化建設正站在一個新的歷史起點上，既面臨千載難逢的機遇，也面對十分嚴峻的挑戰。如何抓住機遇，迎接挑戰，始終保持浙江文化旺盛的生命力，更好地發揮文化軟實力的重要作用，是需要我們認真研究、不斷探索的重大新課題。我們要按照科學發展觀的要求，全面實施「創業富民、創新强省」總戰略，以更深刻的認識、更開闊的思路、更得力的措施，大力推進浙江文化研究工程，努力回答浙江經濟、政治、文化、社會建設和黨的建設遇到的各種新問題，努力回答幹部群衆普遍關心的熱點問題，努力形成一批有較高學術價值和社會效益的研究成果。

繼續推進浙江文化研究工程，是一件功在當代、利在千秋的事業。我們熱切地期待有更多的優秀成果問世，以展示浙江文化的實力，增强浙江文化的競争力，擴大浙江文化的影響力。

二〇〇八年九月十日於杭州

總目

前言

查慎行，字悔餘，浙江海寧人。初名嗣璉，字夏重，後更今名，號他山，又號查田，晚築初白庵以居，號初白老人。生於清順治七年庚寅（一六五〇），卒於雍正五年丁未（一七二七）。祖大緯，明崇禎六年癸酉（一六三三）順天副榜，官兵部武庫司主事。父崧繼，字杜浮，更名遺，字逸遠，明邑諸生，有文名，工書翰。母鍾氏，名藴，字眉令，熟精《文選》，工詩、古文詞。

查氏雖爲海寧望族，然至初白父祖輩，「三世皆負才，未顯於時」〔一〕。「入本朝，前輩則黄門勉齋伯，同輩則翰林荆州兄，後輩則少詹聲山姪，皆以名進士通籍，門風稍稍復振」〔二〕。自康熙三十六年丁丑（一六九七）其子克建捷南宫、成進士後，初白先生及其弟德

〔一〕沈廷芳《翰林院編修查先生行狀》。

〔二〕《敬業堂文集·族姪言思孝廉哀辭并序》。

尹嗣瑮、潤木嗣庭亦先後成進士，聯鑣翰苑，尤稱一時門第之盛。

初白秉性穎異，「早禀庭誥，不習舉業」〔一〕，性之所好，尤在吟詠。嘗自云「余生三十，足不越鄉里」〔二〕，侍親讀書。康熙十八年己未（一六七九）夏，同邑楊以齋雍建以副憲出撫黔陽，招初白入幕。「時吴三桂餘孽未殄，警急烽煙，聞者心悸。先生浩然長往，絶無難色，同人莫不壯其行焉。」〔三〕黔陽三年，「兵戈殺戮之慘，民苗流離之狀，皆所目擊」〔四〕。三年後，「貴州平，欲論功以聞於朝，固辭」〔五〕。歸家後，「與季弟潤木局促里居，甫周一

〔一〕《敬業堂文集·先室陸孺人行略》。黄宗羲嘗云：「嗣璉、嗣瑮從余游，皆有俊才。逸遠不令爲科舉干禄之學，而讀書爲詩、古文，士林望風推服。」（黄宗羲《南雷文案》卷八《查逸遠墓誌銘》，四部叢刊本）

〔二〕《敬業堂文集·橘社倡和集序》。

〔三〕陳敬璋《查他山先生年譜》。楊雍建《敬業堂詩集序》曾曰：「孤軍轉戰，一旅深入，帳下健兒能從者，不過數十人。而夏重獨忼慨與俱，經年而後抵貴治。相與仰視飛鳶，俛蹈荆棘，烽火晝紅，簫笳夜咽，未嘗一日不同之也。……夫以白面書生，年未及壯，弱不勝衣，骨稜稜出衣表，乃能骯髒自喜如此，則已齷齪豎儒異矣。」

〔四〕趙翼《甌北詩話》，人民文學出版社一九六三年，第一四六頁。

〔五〕沈廷芳《翰林院編修查先生行狀》。

歲」〔一〕，即赴江西入副憲伯查勉齋幕，得其資助，即於次年四月北上京師，游太學。初白早年從黄梨洲宗羲學，又先後得王阮亭士禎、朱竹垞彝尊、陸辛齋嘉淑、黄晦木宗炎、楊以齋雍建等推引，詩名大振，「之京師，公卿大夫咸以國士禮之」〔二〕，相國明珠「延置門館，令子若孫受業」〔三〕。然屢次應考皆落第〔四〕，至四十四歲始舉順天鄉試，嘗盡功名失意之苦痛，曾自述科考經歷：「余於甲子赴京兆，秋賦屢被斥，至癸酉始充鄉貢，亦四進而後獲。」〔五〕其間還牽連入《長生殿》事件，被革去國學生籍，遂改今名〔六〕。

康熙四十一年壬午（一七〇二），長子克建以進士謁選，得直隸東鹿令，初白就養署

〔一〕《敬業堂詩集》卷四《遄歸集·序》。

〔二〕沈廷芳《翰林院編修查先生行狀》。

〔三〕《敬業堂詩集》卷八《人海集·序》。

〔四〕鄉試三次落第。會試三次落第：三十三年禮闈報罷；三十六年其子克建捷南宫，而初白仍下第；三十九年仲弟德尹聯捷成進士，而初白復下第。

〔五〕《得樹樓雜鈔》卷十「柳子厚始貢京師」條。

〔六〕查慎行未嘗進學，據葛嗣浵《愛日吟廬書畫叢録·別録》卷二所收查慎行尺牘，大約康熙二十年前後，查慎行於黔陽捐監，得國學生籍。至二十八年因《長生殿》事件被黜學籍，然三十二年查慎行乃舉順天鄉試，究竟如何以今名取得國學生籍，文獻無徵，已不得其詳矣。

中。十月十七日直隸巡撫李厚庵光地傳旨，召初白「趨赴行在」〔一〕，二十八日，召試南書房，自此奉旨每日入直南書房。次年春舉禮闈，殿試以二甲第二名成進士，改翰林院庶吉士，特免教習，授編修，開始了長達十年的翰林生涯。其間接連三年扈駕出古北口。「七年供奉入乾清，三載編摩在武英。兩臂病風雙眼暗，枉將實事换虚名」〔二〕。五十二年（一七一三）秋七月，初白因病乞休歸里。「憑誰留玉帶，幸自脱朝衣。爲報江神道，無田我亦歸」〔三〕。自此，除因衣食而三次短暫入幕外〔四〕，多居里中，杜門著述。雍正四年丙午（一七二六），「以其弟禮部侍郎嗣庭獲罪，牽連被逮」〔五〕，十一月十八日，「率子姓輩少長九

〔一〕《敬業堂詩集》卷二十九《赴召集·赴召紀恩詩序》。

〔二〕《敬業堂詩集》卷四十《長告集·自題癸未以後詩藁四首·其一》。

〔三〕《敬業堂詩集》卷四十二《計日集·丁亥春隨駕游金山寺爾時便作休官之想初心幸遂重經山下風便不及泊作詩以結後緣》。

〔四〕五十四年游閩訪同年福建巡撫滿保，鉛山縣令施渟如邀其纂修《鵝湖書院志》；五十六年入同年廣東巡撫佟法海幕；五十八年入江西巡撫白潢幕纂修《江西通志》。

〔五〕沈廷芳《翰林院編修查先生行狀》。

人，同赴詔獄」〔六〕。「平生内省能無疚，此禍相連亦有因。」〔一〕最終潤木父子瘐殁獄中，潤

〔六〕《敬業堂詩集·續集》卷五《詔獄集·十一月十九日雪後舟發北關》自注。

〔一〕《敬業堂詩集·續集》卷五《詔獄集·丁未立春》。關於查嗣庭獲罪之因，蓋由其在江西鄉試所出題目語涉譏諷，引發雍正震怒而遽興大獄。《清實録·世宗憲皇帝實録》卷四十八詳細記載了雍正上諭，但查嗣庭究竟所出何題，却未言及。雍正四年九月乙卯，諭内閣、九卿、翰詹、科道等：「查嗣庭向來趨附隆科多，隆科多曾經薦舉。朕令在内廷行走，授爲内閣學士。後見其語言虚詐，兼有狼顧之相，料其心術不端，從未信任。及禮部侍郎員缺需人，蔡珽又復將伊薦舉。今歲各省鄉試屆期，朕以江西大省，需得大員以典試事，故用伊爲正考官。今閲江西試録所出題目，顯露心懷怨望，譏刺時事之意，料其居心澆薄乖張，必有平日紀載。遣人查其寓所及行李中，則有日記二本，悖亂荒唐、怨誹捏造之語甚多，又於聖祖仁皇帝之用人行政大肆訕謗，以翰林改授科道爲可恥，以裁汰冗員爲當厄，以欽賜進士爲濫舉，以戴名世獲罪爲文字之禍，以趙晋正法爲因江南之流傳對句所致，以科場作弊之知縣方名正法爲冤抑，以清書庶常復考漢書爲苛刻，以庶常散館爲畏途，以多選庶常爲蔓草爲厄運，以殿試不完卷黜革之進士爲非罪。熱河偶然發水，則書淹死官員八百人，其餘不計其數；又書雨中飛蝗蔽天。似此一派荒唐之言，皆未有之事，而伊公然造作書寫。至其受人囑託、代人營求之事不可枚舉。又有科場關節及科場作弊書信，皆甚屬詭秘。今若但就科場題目加以處分，則天下之人必有以查嗣庭爲出於無心、偶因文字獲罪，爲伊稱屈者。今種種實跡現在，尚有何辭以爲之解免乎？……查嗣庭讀書之人，受朕格外擢用之恩，而伊逆天負恩，譏刺咒詛，大干法紀。著將查嗣庭革職拏問，交三法司嚴審定擬。」（中華書局一九八五年影印本，第七三〇——七三一頁）

木被「戮屍梟首」，仲弟德尹則謫戍關西。初白「蒙格外殊恩，放歸田里」〔一〕。七月抵家即病，逾月病漸劇，「卒之日，椸無新衣，囊無餘儲，惟手勘書萬卷而已」〔二〕。

初白生來羸弱，若不勝衣，屢經坎坷，却難得年登耆壽。其游蹤之廣，爲歷代詩人所罕有。早年策馬從軍，歷經蘇、皖、贛、鄂、湘，達荒僻之黔、滇，出入牂牁、夜郎之境；中年往返京師，遍游齊、魯、燕、趙、梁、宋之區，隨康熙出狩古北；晚年遠走閩、粤。曾自云：「余生三十，足不越鄉里。己未夏，始出而索游。由漢、沔南浮洞庭，凡五溪、三湘、七澤之勝，靡不到。壬戌秋，溯江東下，已而復從錢唐泛婺、歙諸溪，而上過彭蠡，弭楫乎章江。其冬，欲入廬山度歲，不果。明年，涉江淮，渡水而北。水浮陸走，其往返者又數四。通計十餘年來，行蹤所歷，不下三萬里。」〔三〕這僅僅是壯年之游蹤。誠如其摯友唐孫華所言：「涉大都之河，窮甌脱之境，荒遐幽岨，從來詩人之所未到，題詠之所不及，盪胸駭目，悉繪之於詩。」〔四〕

〔一〕《敬業堂詩集·續集》卷六《生還集·五月初十日出獄後感恩恭紀》自注。
〔二〕沈廷芳《翰林院编修查先生行状》。
〔三〕《敬業堂文集·橘社倡和集序》。
〔四〕唐孫華《敬业堂诗集序》。

初白秉性和澹，傾畢生精力於著述，除主持或參與編纂《佩文韻府》、《詠物詩選》、《淵鑒類函》、《歷代賦彙》、《江西通志》等大型官書外，另有《周易玩辭集解》、《壬申紀游》、《廬山紀游》、《陪獵筆記》、《南齋日記》、《人海記》、《聊以備忘》、《得樹樓雜鈔》、《讀呂子筆記》、《敬業堂詩集》（附《餘波詞》）、《敬業堂文集》、《陰陽判傳奇》、《蘇詩補注》、《初白菴詩評十二種》等作傳世。《查慎行全集》收經史雜著及詩詞文曲等共十四種。

周易玩辭集解十卷

此爲初白數十年究心《周易》之結晶，先生嘗自云：「童而讀《易》，白首而未得其解也，則仍於聖人之辭求之。」其書參酌群言，歸於至當，徵引前人達三百八十餘家，凡五易其稿，於雍正二年成書，及門弟子沈廷芳於乾隆十七年左右刻印。本書所據國家圖書館藏豐府藏書本即爲沈氏所刻，前有沈廷芳、黄叔琳、陳世倌、沈起元序，後有成城跋。卷首有《河圖説》等《易》學專論十一篇。以《四庫全書》本爲參校本。

《周易》經文斷句向有異同，疑難處，從《黄侃手批白文十三經》。如《晉》卦「六三」《象》曰：「衆允之，志，上行也。」中華書局《二程集·易傳》作「衆允之志，上行也」，齊魯書社《周易集解》同。齊魯書社《周易正義》、華夏出版社余敦康《周易現代解讀》、九州出版社《周易正義》作「衆允之，志上行也」。本書從黄侃，於「志」後點斷。釋文中多有將「卦辭」、「爻辭」、「彖辭」、「象辭」寫作「卦詞」、「爻詞」、「彖詞」、「象詞」者，本書一律按習慣改「詞」爲「辭」，不出校。卷首十一篇專論，稿本《查悔餘文集》、《敬業堂文集》均收録，世楷堂本《昭代叢書》單列，以《易説》行世，文字略有異同，出校説明。

壬申紀游不分卷

此爲初白康熙三十一年壬申（一六九二）年之日記，始自正月二十一日，終於七月十八日。以浙江省圖書館所藏初白手稿爲底本。是稿逐日記事，且附詩作，所收之詩，初白編集時收入《敬業堂詩集》卷十四《湓城集》（其中《搭魚詩》一首收入《敬業堂詩集》卷十六《客船集》），然有四十四題五十七篇未收入集中。其收入集中之詩，文字亦有異同，其異文均出校説明。稿本中殘缺字以□標出。

廬山紀游不分卷

此爲初白康熙三十一年壬申七月辛未至八月辛巳共十一天游覽廬山之游記。以《昭代叢書》所收「世楷堂藏版」爲底本。

陪獵筆記不分卷

此爲初白康熙四十二年癸未（一七〇三）扈駕出口外之日記，起自五月二十四日，止於九月二十一日。以國家圖書館所藏民國抄本爲底本。前有乾隆五十七年壬子夏五月同邑後學吴兔床騫之題識。據題識，吴氏乃據初白手稿謄抄。新苑出版社《歷代日記叢鈔》與香港蝠池書院出版有限公司《中國邊疆行紀調查記報告書等邊務資料叢編》所收影印本均爲同一版本。

南齋日記不分卷

此爲初白康熙四十三年甲申（一七〇四）之日記，始自正月初一，終於臘月二十九日。以上海圖書館所藏初白手稿爲底本。是稿逐日記事，亦附詩作。所收之詩，初白編集時收入《敬業堂詩集》卷三十一《直廬集》，計有十五題二十三篇未收入集中。而收入集中之詩，文字亦有異同，其異文均出校説明。稿本中殘缺字以□標出。稿本第一册錯簡，三月初四後半至三月初八錯置於二月二十八日《暢春園看早桃》組詩之間。

此稿本封面題「查他山南齋日記」，「乙卯冬廣楨爲執之題簽」，扉頁題「查他山太史日記」、「康熙四十三年正月初一至十二月廿九」。稿本最後存一單頁，上有闕題詩一首，「十二」日記一則，《初上灘》詩題無詩。經查，此乃康熙三十七年戊寅（一六九八）之日記，其時初白正偕竹垞作閩南之行。闕題詩載《敬業堂詩集》卷二十五《垂橐集》，題《朝發竹崎順風晚抵水口驛》。稿本正文前，有與初白同直諸君之簡歷，不知撰者爲誰。均附録於後。

人海記二卷

此爲初白寓京城三十年耳目聞見之雜記，共三百九十七條。以《續修四庫全書》所收清咸豐三年小嫏嬛山館刻本爲底本，原目後有海昌張士寬咸豐元年辛亥（一八五一）識語。是書摘引他書材料，除影響文意之錯訛，爲之改正並出校記外，其他俱依底本，不另作説明。

聊以備忘四卷今殘存二卷

亦爲初白之雜著。以國家圖書館所藏原查氏敬業堂藏清抄本爲底本。

得樹樓雜鈔十五卷

此爲初白晚年所訂説經論史、考古談詩之雜記，時人比之《容齋五筆》、《困學紀聞》、

《日知録》、《潛丘劄記》諸書。以烏程張氏《適園叢書》本爲底本，後附吴昂駒、張鈞衡二跋。是書摘引他書材料，除影響文意之錯訛據通行版本出校説明外，其他均依底本，不另作説明。

讀吕子筆記二卷 吴昂駒補録一卷

此爲初白讀《吕氏春秋》之雜記。以「中央研究院」歷史語言研究所與臺北商務印書館合作出版之《子海珍本編·「中央研究院」歷史語言研究所珍藏子部善本》所收影道光吴氏稿本《初白庵讀吕子筆記補訂》爲底本。是本首頁有「第三次稿孟冬初六日首卷細閲一過，可，即依此録一清本」字樣，後有吴昂駒道光二十二年（一八四二）所撰跋。其中卷一、卷二爲初白《讀吕子筆記》原文，吴昂駒之補訂文字，以小字出之；卷三則爲吴昂駒補録。

敬業堂詩集五十七卷

含詩集四十八卷，詞集二卷，另有續集六卷，均以四部叢刊本《敬業堂詩集》爲底本，《敬業堂集補遺》一卷，以商務印書館涵芬樓秘笈本爲底本。此外，輯補逸詩一百七十九篇。其一，稿本《側翅集》所收康熙十九年庚申（一六八〇）詩共一百八十三篇，爲初白編集時收入《敬業堂詩集》卷二《慎旃集（中）》者僅八十四篇，而無異文者僅七篇，今即據上海圖書館所藏稿本《側翅集》收録，其與《慎旃集（中）》有異文者（共七十七篇），出校説明；其二，稿本《壬申紀游》中所收之詩，編集時收入《敬業堂詩集》卷十四《溢城集》，未收入集中者，計四十四題五十七篇；其三，《南齋日記》中所收之詩，編集時收入《敬業堂詩集》卷三十一《直廬集》，未收入集中者，計十五題二十三篇。稿本中殘缺字以□標出。

敬業堂文集

初白「先生一生精力，注意於詩，而文不多作。大半出自應酬，復不自收拾，所存絶少」〔一〕。本書所收《敬業堂文集》以天津古籍出版社《北京大學圖書館館藏稿本叢書》影未刊稿本《查悔餘文集》爲底本，以四部備要本《敬業堂文集》（三卷）、《敬業堂文别集》（一卷）爲校本。稿本影印本前有「内容提要」，稱「全書收詩賦、序跋、碑記、神道、墓誌、祭文、哀辭、行略、塔銘等約百二十篇」，實際收文僅九十四篇，其中《請假葬親奏摺》一篇闕題。從四部備要本《敬業堂文集》輯入六篇，從四部備要本《敬業堂文别集》輯入二十三

〔一〕陳半圭《爾室文鈔》。

篇，從稿本《側翅集》輯入《重游德山記》一篇，從浙江省圖書館藏《壬申紀游》輯入《石鍾山重刻東坡記跋》一篇，從清咸豐小娜嬛山館刻本《人海記》輯入《人海記自序》一篇，從香雨齋本《蘇詩補注》輯入《蘇詩補注例略》一篇，從四庫全書本《曝書亭集》輯入《曝書亭集序》一篇，從《四庫全書存目叢書·東村集》輯入《東村集序》一篇，從《海昌藝文志》輯入《初白外書序》一篇，從豐府藏書本《周易玩辭集解》輯入《周易玩辭集解自序》一篇，從成文出版社《江蘇省立國學圖書館第四年刊·題跋》輯入《影元鈔本湛然居士文集題識》一篇，從北京大學出版社《木犀軒藏書題記及書録》輯入《題陶靖節集》、《題松垣文集》二篇，從上海古籍出版社《鐵琴銅劍樓藏書題跋集録》輯入《題刑統賦解》一篇，從道光二十七年刻本《拜經樓藏書題跋記》輯入《題孝詩》、《題雙峰集》、《題林公輔先生文集》、《題雲林集》四篇，從光緒萬卷樓藏本《皕宋樓藏書志》輯入《題説學齋稿》一篇，從光緒滂喜齋刻本《士禮居藏書題跋記》輯入《題傳與礪詩集》一篇，從光緒聊城海源閣刻本《楹書隅録》輯入《題毛詩舉要》一篇，從中華書局《藏園群書經眼録》輯入《題鬳齋考工記解》一篇，從《函海·鶴山筆録》輯入《鶴山筆録跋》一篇，從道光抄本《初白庵藏珍記》輯入《御札橅本跋》等二篇，從道光抄本《初白庵題跋》輯入《題著作王先生文集後》等題跋八篇，從道光抄本《初白庵尺牘》輯入尺牘二十通，從浙江人民美術出版社《愛日吟廬書畫叢録·别録》輯入尺牘二通，共收文一百五十八題一百七十六篇（尺牘按抄本分四組，一組一題）。稿本與四部備要本編排順序不同，均雜亂無序，本次整理大致按類别分爲六卷，各卷篇數多寡不一。卷一制頌表疏，卷二序跋，卷三雜記，卷四墓誌祭贊，卷五書啟尺牘，卷六易説。各卷大致按内容及寫作時間順序編排，「序」前「跋」後，「壽序」排於「序」後。時間無考者，則從稿本，稿本所無則從四部備要本。《易説》乃《周易玩辭集解》卷首之專論，世楷堂藏版《昭代叢書》將其列入己集刊行於世，稿本與四部備要本均收，但編排順序有别，本集按《周易玩辭集解》順序編排。

陰陽判傳奇二卷

以學苑出版社影印《綏中吴氏藏抄本稿本戲曲叢刊》本爲底本，是本題「醉竹主人述略，他山老人填詞」。以國家圖書館出版社影印鄭振鐸藏《古吴蓮勺廬抄本戲曲百種》本和上海古籍出版社《古本戲曲叢刊》本爲校本。

蘇詩補注五十卷

初白「性好蘇詩，素不滿王氏注，謂其疏漏固多，繁蕪復不少，有改竄經史、妄托志傳以傅會詩詞者，有與他集互見、反割截他集半首誤爲全篇者，甚且唐人詩亦有闌入者，爲之駁正瑕疊，零丁件繫，積久成卷。復購得施氏元注，與吳中新刻多所異同，遂審定年表，搜輯逸詩，自癸丑迄壬午，歷三十年始成是書」〔一〕。本書所收《蘇詩補注》以乾隆二十六年查開香雨齋刻本爲底本，以中華書局《蘇軾詩集》、四庫全書本《蘇詩補注》爲參校本。初白校語及原注（「公自注」）均以小字隨文出之，不另列。初白注按條列目，置於詩後。初白按語以「慎按」置於注後。

初白庵詩評十二種三卷

以乾隆張氏涉園觀樂堂本爲底本。是本封面題「查初白十二種詩評」，封二題「查初白詩評十二種」，扉頁則題「初白庵詩評」。此書係張載華據初白手批十一家詩集及《瀛奎律髓》等十二種纂輯而成。原本詩評注在相關詩題或詩句之下，並不附載原詩全文，而於「初白庵詩評目録」列出初白所批書之版本，如陶靖節詩用「彙注本」、李青蓮詩用「補注本」、杜少陵詩用「舊本」、《瀛奎律髓》用「吴郡陳本」等。爲讀者翻檢便利，今將原詩分別

〔一〕陳敬璋《查他山先生年譜》。

添附於十二種詩評之後。原詩盡量依據張氏所列版本添附；個别版本不知所指，如杜詩的「舊本」等，則以通行版本代替。添附原詩與初白批語中所引文句偶有不同，皆仍其舊，不出校記。張本之明顯訛誤，皆爲訂正，酌出校記。

此外，《全集》附録陳敬璋《查他山先生年譜》（以一九一三年劉承幹所刊嘉業堂叢書本爲底本）以及查慎行相關資料若干種，供讀者參考。

周易玩辭集解

目録

周易玩辭集解自序

慎行童而讀《易》，白首而未得其解也，則仍於聖人之辭求之。始而玩《卦辭》、《爻辭》，繼而玩《彖傳》、大小《象辭》，務於聖人之辭，字字求著落、詮釋，其求諸經文而不得，必先考之注、疏，復參以諸儒之説，不敢偏徇一解，亦非敢妄立異同。平心和氣，惟是之歸，管窺蠡測，亦間附一二。

雍正甲辰三月既望，查慎行識，時年七十有五。

周易玩辭集解卷首

河圖説一

注《易》之家，自漢唐以下，未有列圖於經之前者。朱子指《河圖》爲聖人作《易》之由，獨創此例。後來科舉之學，遵用《本義》，遂無敢異辭。

愚據《繫傳》考之，竊謂《河圖》之數，聖人非因之以作《易》，乃因之以用蓍者也。《上繫》第九章，程子移「天地之數」於「大衍」之前。《本義》云：「『大衍之數五十』，以《河圖》中宫天五乘地十得之。」則朱子固以《河圖》爲蓍數所從出矣，不知於十一章何復指爲作《易》之由？觀本章經文，首云：「天生神物。」末云：「河出圖，洛出書。」明是先有蓍、龜，後有圖、書。天之生蓍，以爲《易》用。河之出圖列象，以示蓍之用。「聖人則之」者，因圖象而立揲蓍之法也。所以下文接云：「《易》有四象。」在圖爲七、八、九、六，在《易》爲陰、陽、老、少，其數適相符。聖人倚圖之中數，用蓍衍之。自八卦而六十四卦、三百八十四爻，參伍錯綜，以盡其變。圖與卦爻，遂相爲用而不廢。然則《河圖》之出，造化所以通蓍卦之變耳。若論圖象，五十居中，一、二、三、四爲位，六、七、八、九爲數，止有四象，初無八卦也。蓋《易》有《易》之四象，《圖》有《圖》之四象，以七、八、九、六合於陰、陽、老、少，而卦之變以出，而蓍之用以神。顧在伏羲畫卦之初，止是一奇一偶，於奇上再加一奇一偶，於偶上再加一奇一偶，兩儀四象，天造地設，不假安排布置，豈待立《河圖》於前，規仿而畫卦乎？夫畫卦之由，吾夫子固明言之矣：仰觀天，俯察地，近取身，遠取物，於是始畫八卦。果若《河圖》爲作《易》之由，夫子何不云「觀《河圖》而畫卦」乎？夫子所不言者，愚不敢信也。夫子所明言者，愚不敢悖也。

河圖說二

客有難余曰：「因《圖》畫卦，夫子所不言，固已！然則朱子之臆説乎？」曰：「非也。其説出於劉歆，衍於緯書，而傳於邵氏，朱子特篤信弗疑焉爾。」

按，《漢書·五行志》：「劉歆以虙羲受《河圖》，則而畫之，八卦是也。」《春秋緯》云：「《河圖》龍發。」《禮緯含文嘉》云：「伏羲德合上下，地應以《河圖》、《洛書》，則而象之，乃作八卦。」孔氏、劉氏、鄭氏因以《河圖》爲八卦。東漢尚讖緯，其説相沿，無足怪者。晁氏《讀書志》云：「緯書僞起哀、平，光武既以讖立，故篤信之。鄭玄、何休以之通經，曹褎以之定禮，自苻堅以後，其學始絶。厥後韓康伯注《繫傳》，削而弗采也。孔《疏》雖雜引衆説，初不列《圖》於經也。周子於《易》，發太極之義，第云聖人之精，畫卦以示，於《河圖》無一言也。歐陽公深以龍馬、神龜爲不經，嘗力闢之。程子云：「無《河圖》，八卦亦須畫。」陸象山曰：「《河圖》屬象，非作《易》之旨。」袁樞仲亦疑《河圖》爲後人僞作。獨朱子堅信緯書之説，於《河圖》析四方之合，以爲《乾》、《坤》、《坎》、《離》；補四隅之空，以爲《兑》、《震》、《巽》、《艮》。此與後世納卦家以文王八卦納入《洛書》者何異哉？蓋朱子於《易》，不宗程而宗邵。邵氏之學則傳自陳希夷，朱子亦自謂：「先天後天圖，其説皆出邵氏。」而康節之子伯温作《經世辨惑》，謂希夷學《易》，止有一圖，以寓陰陽消息之數與卦之生變。則似《河圖》亦傳自希夷者。但自希夷以前，皆爲方士所授受。至希夷傳穆伯長，伯長傳李挺之，挺之傳邵堯夫。《本義》宗邵，始舉圖歸諸《易》耳。

善乎，歸熙甫之言曰：「『河出圖，洛出書』，此《大傳》之所有也。『通《乾》流《坤》，天苞地符』之文，非《大傳》之所有也。以彼之名，合此之迹，不與《大易》同時，不藏於博士學官。千載之下，忽出於山人野客，私相付受。雖其説自以爲無所不通，然有《易》則無

《圖》可也。」

或者又援《論語》「河不出圖」之言以相證，此尤傅會之甚者。天下豈有《河圖》既出，復有一《河圖》哉？使後之圖不異乎前，則何煩復出？使前之圖有異乎後，是兩《河圖》矣！夫子「吾已矣夫」之歎，蓋在莫年，即「明王不興，天下孰能宗予」之意。如謂《易》因《圖》作，則前聖人既作《易》矣，《河圖》復出，夫子又將作一《易》耶？

余既作《河圖説》，復細閲《朱子全書》，其中數條，有與鄙見相發明者，因摘附於左。按《語録》云：「仰觀俯察，遠取近取，安知《河圖》非其中一事。」玩此條，則與「《河圖》爲作《易》之由」，朱子已似稍變矣。又，《感興》詩云：「羲皇古神聖，妙契一俯仰。不待龍馬圖，人文已宣朗。」《答王伯禮書》云：「太極、兩儀、四象、八卦，伏羲畫卦之法也。」玩此二條，則作《易》之由，朱子亦自謂不因《河圖》矣。又，《與郭沖晦書》云：「七、八、九、六，所以謂陰、陽、老、少者，其説本於《圖》、《書》，定於四象，大抵《圖》、《書》，七、八、九、六之祖也。」玩此條，則蓍數出於《河圖》，朱子固嘗言之矣。元儒胡雲峰説《易》，專宗《本義》，然於《説卦》第十章謂：「以一索再索爲揲蓍求爻，乃朱子未改定之筆。」愚亦謂因《圖》作《易》之説，詳著於《啓蒙》，得毋行世最蚤，晚年於《本義》遂不復改定歟？慎行年且七十，方有志學《易》，上無師承，旁無朋友之講習。間有所疑，求諸注、疏、程、朱，而未能釋然者，或從先儒語録參稽得之，意在考信而已。管窺錐指，《易》道至大，何所不容，縱受嗤於衆目，冀不獲戾於先聖爾！

横圖圓圖方圖説

伏羲六十四卦次序，《横圖》凡八層，一分二，二分四，四分八，八分十六，十六分三十二，三十二分六十四。以《乾》始，以《坤》終。中分《復》、《姤》二卦，陽起於《復》，陰起於《姤》。陰陽交錯，位置天然，莫不從一分兩中出。康節謂猶根之生榦，榦之生枝。明道謂加一倍法。此圖盡之矣。方、圓二《圖》，形體雖殊，大要不離乎此。

《圓圖》左陽右陰，一順一逆，皆從中起。左自《復》數，右自《姤》數，歷四卦而爲《震》、《巽》。又自《震》左數，自《巽》右數，歷八卦而爲《坎》、《離》。自《離》左數，自《坎》右數，歷八卦而爲《艮》、《兑》。自《兑》左數，自《艮》右數，歷八卦而爲純《乾》、純《坤》。其次序，與《横圖》相合。

《方圖》自下而上，有逆無順。亦從中起，由《震》一陽，次《離》、《兑》之二陽，而成《乾》之三陽。由《巽》一陰，次《坎》、《艮》之二陰，而成《坤》之三陰。其分六十四卦，疊爲八層者，第一層即《横圖》自《乾》至《泰》八卦也。第二層即自《履》至《臨》八卦也，第三層即自《同人》至《明夷》八卦也，第四層即自《无妄》至《復》八卦也。推而至第八層，即《横圖》中自《否》至《坤》八卦也。

王魯齋云：「中斷《横圖》，左右迴環，是爲《圓圖》。八疊《横圖》，是爲《方圖》。」薛敬軒云：「三《圖》奇偶皆相對。」是已。今合三《圖》觀之，《乾》得一而《夬》，倍一而得《大壯》，倍兩而得《泰》，倍四而得《臨》，倍八而得《復》。《坤》得一而《剥》，倍一而得《觀》，倍兩而得《否》，倍四而得《遯》，倍八而得《姤》。此是加一倍法。初以六十四卦左右上下分之，各三十二，降而爲十六，由十六而八，而四，而二，而一，此是減一倍法。蓋卦順往，故以倍而加；《圖》逆來，故以倍而減。畫卦者，漸分漸多；筮卦者，愈求愈少。反復其道，互相發明也。邵子又云：「月者，日之影。陰者，陽之影。以其彼此交錯也。」然則偶者，其奇之影乎？《横圖》之影，緊相錯者也。《圓圖》之影，遥相錯者也。《方圖》之影，斜相錯者也。知順逆加減之法，又知奇偶相錯之理，而後可與觀卦，而後可與觀《圖》。

卦變説

《大傳》云：「爻者，言乎變者也。」未有爻變而卦不變者。上經三十卦，反對者十二。下經三十四卦，反對者十六。惟《乾》、《坤》，《頤》、《大過》，《坎》、《離》，《中孚》、《小過》

八卦，正反相同，則反其奇偶以相配。卦體既變，爻則隨卦而變。三百八十四爻，無一爻不變，即無一卦不變。無一卦不變，則必皆有成卦之由。所謂卦變者，乃九六陰陽二老之交，主占者臨時而言。作《易》時何曾有某卦自某卦來之説乎？

夫子於《彖傳》，或言「上下」，或言「來往」，或言「内外」，或曰「進而升」，或曰「行而得位」，見於《訟》、《泰》、《否》、《隨》、《蠱》、《噬嗑》、《賁》、《无妄》、《大畜》、《咸》、《恒》、《晋》、《睽》、《蹇》、《解》、《升》、《鼎》、《漸》、《涣》等十九卦。朱子因指此十九卦爲卦變。今據他卦推之，如《比》、《損》、《益》三卦，亦曰「上下」，《井·彖》亦曰「往來」。胡雲峰著《本義通釋》，皆闡明朱子之言。獨十九卦變，或及或不及。而於《涣·彖傳》明其意，曰：「《本義》以二爻相比者爲變，朱子雖有是疑，而未及改正也。」其亦不足於卦變之説而云然乎？如《屯》以初、上兩爻互換，則成《觀》；《蒙》以初、上兩爻互換，則成《臨》；《泰》以初、五兩爻互換，則成《井》；《否》以三、五兩爻互換，則成《旅》。又如《泰》、《否》二卦，彼此互換，亦可爲四陰四陽之卦：以初爻互換，則爲《无妄》，爲《升》；以二爻互換，則爲《訟》，爲《明夷》；以三爻互換，則爲《臨》，爲《遯》；以四爻互換，則爲《大壯》，爲《觀》；以五爻互換，則爲《需》，爲《晋》；以上爻互換，則爲《萃》，爲《大畜》。引伸觸類，兩體中莫不有上下往來之象。夫子何必舉剛柔相易者，一一明言卦變之由乎？其於六十四卦中，偶舉上下往來之義，言之於十九卦，亦猶

《豫》、《隨》等十二卦，或言時義，或言時用，或止言時，豈此外諸卦無時、無義、無用乎？

竊考卦變之説，昉於左氏，演於虞仲翔。而仲翔之釋《比》卦曰：「《師》，二上之五，得位。」蜀才《宋景文筆記》引顔之推曰：「范長生自稱蜀才，則蜀人也。」謂「此本《師》卦〔一〕，動者惟一爻而已」。戴仲培曰：「左氏説卦變，往往不過一爻。」薛文清《讀書録》亦云：「卦變只换一爻。」後李挺之爲《六十四卦相生圖》，則《臨》、《遯》兩卦自第二變以後，主變之卦，兩爻皆動，已失虞氏之傳。朱子因李氏之説，别爲《卦變圖》，凡一陰一陽之卦，皆自《復》、《姤》來；二陰二陽之卦，皆自《臨》、《遯》來；三陰三陽之卦，皆自《泰》、《否》來；四陰四陽之卦，皆自《大壯》、《觀》來；五陰五陽之卦，皆自《夬》、《剥》來。本取一卦之中，剛柔相易，兩爻往來者也。乃其釋十九卦，則又不然。有取諸一卦者；有取諸兩卦者；有云上自某卦來，下自某卦來，又自某卦來，取諸三卦者。非特與虞、李兩家不合，即朱子亦自變其《圖説》矣。

凡卦以上體爲外，下體爲内，自外而内者，爲下，爲來。自内而外者，爲上，爲往。此《易》之通例也。而《无妄》之「剛自外來」，《本義》謂：「卦自《訟》而變，九自二而來，居於

〔一〕按，天津古籍出版社影印北京大學圖書館藏稿本《查悔餘文集·卦變説》於此句後尚有「六五降二，九二升五，剛往得中，爲『比』之至。朱漢上據之以定虞氏卦變，其法以兩爻相易，主變之卦」一段。

初。」初與二同在内卦，可謂之「自外來」乎？此尤與經顯然不合者。胡雲峰爲之説，曰：「或謂外卦爲《乾》，《震》之剛自《乾》來，《本義》固未嘗言也。其餘或兩爻互易，並居内體而曰上，曰往，並居外體而曰下，曰來，愚於各體辨之詳矣。」薛河東以卦變爲孔子之《易》，愚竊謂卦變乃朱子之《易》也。

又按，《程傳》謂卦變皆自《乾》、《坤》來，而闢古注《賁》自《泰》來之説。然據其所稱《乾》、《坤》者，皆三畫卦，即《泰》、《否》所分，上下二體之《乾》、《坤》也。下《乾》上《坤》，非《泰》而何？朱子謂依程子變法，則於四陰四陽之卦難通。愚謂，若依《本義》，雜引兩爻、三爻以證一卦之變，亦何難通之有？似未可是此而非彼也。故余於雙溪王氏之言《易》獨有取焉，曰：「卦變之説，存而勿論可也。」

天根月窟考

康節以《先天圖》爲伏羲之方位，創爲「天根月窟」之説。其詩有云：「《乾》遇《巽》時觀月窟，地逢雷處見天根。」蘇君禹解之云：「《復》爲天根，陽含陰也。《姤》爲月窟，陰含陽也。」愚考先儒有以八卦言者，指《坤》、《震》二卦之間爲天根，指《乾》、《巽》二卦之間爲月窟。程前邨謂：「天根在卯，《離》、《兑》之中；月窟在酉，《坎》、《艮》之中。」有以十二辟卦言者，則以十一月爲天根，五月爲月窟，是已。

康節又有詩云：「天根月窟閒來往，三十六宫都是春。」所謂三十六宫者，其説凡六。以八卦言者三：《乾》一，《兑》二，《離》三，《震》四，《巽》五，《坎》六，《艮》七，《坤》八之次序，積數爲三十六。又，以《乾》一對《坤》八，《兑》二對《艮》七，《離》三對《坎》六，《震》四對《巽》五，積四九之數爲三十六。又，《乾》畫三，《坤》畫六，《震》、《坎》、《艮》畫各五，《巽》、《離》、《兑》畫各四，統計八卦，陰陽之畫亦三十六。以六十四卦言者三：朱子曰：「卦之不易者有八《乾》、《坤》、《坎》、《離》、《頤》、《中孚》、《大過》、《小過》，反易者二十八，合之成三十六。」方虚谷曰：「《復》起子，左得一百八十日；《姤》起午，右得一百八十日。一旬爲一宫，三百六十日爲三十六宫。」周海門曰：「其往也，由《姤》而《遯》，而《否》，而《觀》，而《剥》，而《坤》；其來也，由《復》而《臨》，而《泰》，而《大壯》，而《夬》，而《乾》。每卦六爻，六卦往來，共三十六。」以辟卦言者一：鮑魯齋曰：「自《復》至《乾》六卦，陽爻二十一，陰爻十五，合之則三十六。自《姤》至《坤》六卦，陰爻二十一，陽爻十五，合之亦三十六。陽爻陰爻，總七十二，以配合言，故云三十六。」

按以上諸説，雖若各殊，其以一陽生爲天根，以一陰生爲月窟，則無不同也。《象數論》曰：「康節以天根爲性，月窟爲命。性命雙修，乃老子之學，其理爲《易》所不言，故其數亦於《易》無與。」今第因邵氏之説而考存之。

八卦相錯説

八卦相錯，邵氏謂「伏羲先天之學，《乾》一，《兑》二，《離》三，《震》四，《巽》五，《坎》六，《艮》七，《坤》八，此先天八卦方位也」。邵子又有詩云：「天地定位，《否》《泰》反類。山澤通氣，《損》《咸》見義。雷風相薄，《恒》《益》起意。水火相射，《既濟》《未濟》。」《經》文云：「水火不相射。」詩中删去「不」字以就句法，已失經旨。則又以《否》、《泰》、《損》、《咸》、《恒》、《益》、《既濟》、《未濟》爲八卦。愚於此不能無疑焉。

按方位，南與北對，東與西對，東南與西北對，西南與東北對。皆就三畫卦對看，未及重卦。一陰對一陽，二陰對二陽，三陰對三陽，妙在爻爻相錯。一與八錯，《乾》、《坤》也；二與七錯，《兑》、《艮》也；三與六錯，《離》、《坎》也；四與五錯，《震》、《巽》也。相錯之象，不在互易，而在對待，所以爲先天。若彼此互易，則爲後天之流行矣。

今據其説推之。《否》、《泰》互易，天地無定位矣；《既濟》、《未濟》互易，水火乃相射矣；《損》、《咸》、《恒》、《益》互易，一陰對二陰，一陽對二陽矣。不但方位變遷，且與經文不合。邵子又云：「八卦相交而成六十四卦。」愚謂合觀下文，只是八卦用順逆方得相錯。

《乾》、《兑》、《離》、《震》，前四卦爲往；《巽》、《坎》、《艮》、《坤》，後四卦爲來。往者順，《乾》一至《震》四，皆用順數；來者逆，《巽》五至《坤》八，皆用逆數。數往者之順，而知來者之逆。所以《巽》五不次於《震》四，而次於《乾》一。若《巽》五即次《震》四之後，則八卦不相錯矣。相錯衹就八卦言，似不當説到六十四卦。蔡虛齋云：「以順逆分判八卦，八卦之位既定，則一卦各管一卦，而六十四卦在其中矣。不可以相錯者爲六十四卦，皆逆數也。」先儒固有言之者矣，亦非某臆説也

辟卦説一

京房卦氣，以十二卦分配十二月。其源發於《子夏傳》所云：「極六位而反於《坤》之《復》，其數七是也。」《本義》於純陽、純陰二卦，不注四月、十月，其餘《復》、《臨》、《泰》、《大壯》、《夬》五陽長卦，《姤》、《遯》、《否》、《觀》、《剥》五陰長卦，皆分注，云「此某月之卦」，則是祖京房説也。

今按，《乾》、《坤》而外，上經《泰》、《否》、《臨》、《觀》、《剥》、《復》六卦，三十六畫，而陰之多於陽者十二。下經《遯》、《大壯》、《夬》、《姤》四卦，二十四畫，而陽之多於陰者十二。上經自《泰》正月，《臨》十二月，《復》十一月，皆陽月也，則逆數已往。自《否》七月，

《觀》八月，《剥》九月，皆陰月也，則順推未來。下經自《遯》六月，《姤》五月，皆陰月也，則逆數已往。自《大壯》二月，《夬》三月，皆陽月也，則順推方來。此陰陽之多寡順逆，自然之序也。

辟卦説二

十二辟卦，在上經者八，在下經者四，其説亦詳於邵氏。以一歲之月、一日之辰配一元之會、一運之世，皆十二也。陽起十一月，爲《復》，於辰爲子。十二月爲《臨》，於辰爲丑。正月爲《泰》，於辰爲寅。二月爲《大壯》，於辰爲卯。三月爲《夬》，於辰爲辰。四月爲《乾》，於辰爲巳。陰起五月，爲《姤》，於辰爲午。六月爲《遯》，於辰爲未。七月爲《否》，於辰爲申。八月爲《觀》，於辰爲酉。九月爲《剥》，於辰爲戌。十月爲《坤》，於辰爲亥。十二月三十六旬，分之則七十二候。十二卦三十六陽，分之則七十二畫。一陽之運，息於《復》，盈於《乾》，消於《姤》，虚於《坤》，此其大略也。

按，《臨·卦辭》曰：「至於八月有凶。」十二月分卦，自文王始，至京房《卦氣圖》，以《坎》、《離》、《震》、《兑》爲四正卦，主二至二分，以六十卦分辟、侯、大夫、卿，而《復》、《臨》、《泰》、《大壯》、《夬》、《乾》、《姤》、《遯》、《否》、《觀》、《剥》、《坤》十二卦皆屬於辟，每爻各主一候，此辟卦之名所由昉。要而論之，陰陽升降，不外《乾》、《坤》十二畫。中辟者，主也。爲之主者，在内故也。吾於辟卦，益明《乾》、《坤》之理。

或問：「十二卦體，但有《乾》、《坤》、《震》、《巽》、《艮》、《兑》，而無《坎》、《離》，何也？」曰：「《震》、《巽》，一陽一陰，《坎》、《離》，二陽二陰，所以未便成三陰三陽者。以《離》中有少陰，而二陽分，必至於《兑》，則陰在外，而二陽合，始可進而成三陽之《乾》。《坎》中有少陽，而二陰分，必至於《艮》，則陽在外，而二陰合，始可進而成三陰之《坤》。《復》、《姤》，一陰一陽之後，必合諸十六卦，而後成二陽之《臨》、二陰之《遯》者，正以其有《坎》、《離》故也。觀夫子於治曆明時則獨取諸《坎》、《離》者，其義不昭然乎？」

中爻説

中爻之義，《注疏》與《本義》不同。孔穎達分内外卦，以二、五爲中爻，朱子除初、上二爻，而取二、三、四、五。吴草廬則兼二説，爲正體，二爲内卦之中，五爲外卦之中；互體，三爲内卦之中，四爲外卦之中。今合六十四卦《爻》、《象辭》觀之，言中者，多在二、五兩爻，惟《復》卦「六四」一爻，《益》卦三、四兩爻，則以三、四爲中行〔一〕。説者以爲此互卦也，因取《左傳·莊公二十二年》周史爲陳侯筮，遇《觀》之《否》，曰：「《坤》，土也；《巽》，風也；風行於土上山也。」〔二〕杜元凱注云：「自二至五，《艮》象。」爲互卦占《易》之證。凡卦爻所取象，求之二體不得者，求之互體，往往得之。非中爻不備，其以此歟！然觀下文，二與四同陰位，用柔，又貴得中，四過中，又以近五而多懼。得中者，二也。三與五同陽位，用剛，不用柔，而云「柔危剛勝」者，指三也。五則剛柔皆吉，蓋三、四不中，而二、五中，譽懼功凶之分由此。據經文，遠近對五言，貴賤以等言。所謂中爻，仍以二、五爲主，但雜物撰德，辨是與非，則非中四爻互體不備耳。

中爻互體説

邵子云：「卦用六爻，《乾》、《坤》主之。爻用四位，《坎》、《離》主之。」今據所謂《先

〔一〕按，「行」，稿本《查悔餘文集》、四部備要本《敬業堂文集》作「位」。

〔二〕按，四部叢刊本《春秋經傳集釋》作「《坤》，土也。《巽》，風也。《乾》，天也。風爲天於土上」。下文杜注爲「自二至四，有《艮》象」。

天圓圖》取爲互法，去其初、上，用中四位，左方自《乾》至《復》，三十二卦。右方自《姤》至《坤》，亦三十二卦。取而互之，各得十六卦。皆以兩卦中四位相交，而縮一卦，實由六十四而三十二也。

蓋自太極肇判，氣以成形，由一以生二，及夫兩儀既奠，則形交氣感，復合二而生一，斯造化之機緘，大《易》之精藴也。按其二體之序，上則《乾》一至《坤》八，兩兩相對；下則《乾》一至《坤》八，四運迭周。自然而然，條理不紊，誰爲之哉？造化之自然也！復以此〔一〕再互之，左右各得八卦，《乾》、《坤》、《既》、《未》，四四相比，共十六卦。皆以四卦縮成一卦，實由三十二而爲一十六也。夫造化以《乾》、《坤》、《坎》、《離》爲主，故再互之卦，則《乾》、《坤》、《坎》、《離》，具八體。在下體則《乾》、《離》、《坤》、《坎》，分先後以著先天之體，在上體則《坎》、《乾》、《離》、《坤》，明交錯以終後天之用也。再以十六卦互之，則成陰陽之中氣，《否》、《泰》則陰陽之交合，《乾》、《坤》爲《易》之門，於此不更可見哉！統《乾》、《坤》、《坎》、《離》、《否》、《泰》六卦。蓋《乾》、《坤》乃陰陽之純氣，《坎》、《離》得而言之，子午當陰陽之極，故兩互而《乾》、《坤》之位皆不易，所以定上下之位也。卯酉當

〔一〕按，「此」字據四部備要本《敬業堂文集·中爻互體説》補。

陰陽之中，故一互而《坎》、《離》爲《姤》、《復》，再互則《姤》、《復》歸《乾》、《坤》，而十六卦縮成兩卦矣。所云《乾》、《坤》爲大父母，《坎》、《離》、《復》、《姤》爲小父母。以圖按之，其序如此。然互體既分上、下，則上、下亦有中位。正體，則二、五爻居上、下卦之中，所以多譽多功。互體，則三、四爻爲内、外卦之中，所以多凶多懼。三、四之中，乃由變而成，故曰「雜物撰德，辨是與非，則非中爻不備」也。

吾邑張待軒先生極闢中爻互卦之非，謂：「孔子云，非中爻不備者，初、上兩爻所不言，中四爻備言之也。二與四，三與五，乃總論中爻功位，何嘗謂二、三、四爲一卦，三、四、五爲一卦乎？」

廣八卦説

《注疏》於《説卦》取象，字字分疏，難免穿鑿之病。《本義》又失之太略，後學遂靡所折衷。蓋夫子推廣八卦之象，語大語小，引伸觸類，初非義類可拘。有從文、周《彖》、《爻》例者，有自引《大象》例者，又有於《説卦》别取象者。雲峰胡氏云：「周公以《乾》爲『龍』，夫子以爲『馬』。文王以《坤》爲『馬』，夫子以爲『牛』。象之不必泥如此。」然而求取《卦》《爻》，亦往往有合者。如《乾》爲「馬」，則取諸《大畜》之「良馬逐」，内卦《乾》體也。《巽》

爲「雞」，則取諸《中孚》之「翰音」，外卦《巽》體也。《坎》爲「豕」，則取諸《睽》之「豕負塗」，中爻互《坎》也。《離》爲「雉」，則取諸《旅》之「射雉」，外卦《離》體也。《兑》爲「羊」，則取諸《夬》之「牽羊」，外卦《兑》體，又取諸《大壯》之「羝羊」，中爻互《兑》也。又如《乾》爲「首」，於《乾》卦「用九」得之；《坤》爲「腹」，於《明夷》外卦「六四」得之；《震》爲「足」，於《大壯》内卦初爻得之；《巽》爲「股」，於《咸》中爻互卦得之；《坎》爲「耳」，於《噬嗑》中爻互卦得之；《離》爲「目」，於《履》中爻互卦，又於《歸妹》内卦「九二」得之；《艮》爲「手」，於《蒙》外卦「上九」得之；《兑》爲「口」，於《咸》外卦「上六」得之。

此外，則有偏求《卦》、《爻》，而終不得其義者。如《坤·卦辭》言「馬」，《爻辭》言「冰」，今則取爲《乾·象》；《蒙》言「金夫」，《困》言「金車」，《鼎》言「金鉉」、「玉鉉」；卦中無《乾》體也，此以《乾·象》言之。《坤·文言》言「天玄地黄」，此則言在「於地爲黑」。《乾》於《爻》言「龍」，此則入《震·象》。《賁》四、上兩《爻》言「白」，卦中無《巽》體也，此於《巽》言之。《坎》初用事，稱「雲」，稱「雨」，稱「泉」，此則稱「月」，未嘗見於《卦》、《爻》也。《頤》言「靈龜」，《損》、《益》言「十朋之龜」，未嘗有《離》體也；《晉》言「鼫鼠」，未嘗有《艮》體也，此則於《離》、《艮》言之。《爻》有「兑雨」、「兑月」，而《兑·象》不及；《巽》之「用巫」，《鼎》之「得妾」，亦無《兑》體也，《兑·象》則言之。又如《乾》「馬」，《坤》

「牛」，《震》「龍」，《艮》「狗」，《兑》「羊」，皆重舉；而《巽》「雞」，《坎》「豕」，《離》「雉」，則不重舉。《乾》言爲「圜」、爲「君」，《坤》不言爲「方」、爲「臣」。凡若此者，難以悉殫，類非後人所能窺測。楊龜山云：「《説卦》取類，亦不止此，爲之發其端，使學者觸類取之耳。」此言得之。學者只從近取諸身，遠取諸物，會其大意。可解者，解之；不可解者，毋以己説傅會强解之。「君子於其所不知，蓋闕如也」，聖人且云然，學者顧欲强不知以爲知乎哉？

周易玩辭集解卷一

上經

愚按，《易》歷三聖，謂伏羲畫卦，文王繫辭，孔子《十翼》。自漢以下，司馬遷、班固、鄭康成、皇甫謐皆云然。至孔穎達作《注疏》，始據《左傳》「韓宣子適魯，見《易象》，云：『吾乃知周公之德。』」斷爲卦辭文王所作，六爻辭周公所作，其説乃定。

又按，古《易》，經文與《翼傳》各自成書。《乾》卦之先《彖辭》，次爻辭，次《彖傳》，次《大象》，次《小象》，則鄭康成本，王輔嗣因之，而以《文言》附於後。自《坤》以下諸卦，輔嗣又以《彖傳》附卦《彖》後，以《大象》次《彖傳》後，以《小象》附各《爻》後。《石經注疏》從之，俗本通行已久，今次第不復改更，取便觀覽。

☰乾下乾上

乾：元、亨、利、貞。

《程傳》曰：「乾，天也。天者，形體。乾者，性情。」楊仲堅曰：「乾非即天，乃天之所以爲天。」愚按：乾以健爲義，「元」、「亨」、「利」、「貞」四德，周流貫徹，只是形容「乾健」之妙。《乾》是伏羲第一卦，「元」、「亨」、「利」、「貞」是文王《彖辭》第一句。三百八十四爻，多從六畫中出；六十四卦，《卦辭》多從「元亨利貞」四字中出，全《易》之綱領也。他卦言「元亨利貞」者，多有益辭。又，或言「元亨利」，而不言「貞」；或言「亨利貞」，而不言「元」；或止言「元亨」；或止言「利貞」；或止言「亨」；或止言「利」。增減一字，便不渾全。惟《乾》卦六畫純陽，故以「元亨利貞」歸之。孔子發揮文王所未言，析爲四德，以仁、義、禮、智配之。《彖傳》、《文言》凡九百餘字，又從天道推之人事，反覆贊嘆不窮。朱子則云：「若論文王之《易》，大通而利於正，只作兩字說，孔子見得此四字好，便挑開說了。」故《本義》例以「元亨利貞」爲占辭。竊謂聖人觀象繫辭，初不專爲占者設也。卜筮乃《易》中一事，故曰「以卜筮者尚其占」。《黄氏日抄》謂：「伊川專主於辭以明理，乃《易》之要，日用常行，無往非《易》。」此語得之。

按，京氏《易》以十二辟卦配十二月，《本義》於《泰》、《否》等十卦多引其説，《乾》爲四月之卦，不言於本卦而言於《姤》，《坤》爲十月之卦，不言於本卦而言於《復》。

以上《彖辭》。

初九，潛龍勿用。

孔《疏》：「陽爻稱『九』，陰爻稱『六』者，老陽數九，老陰數六。老陰老陽皆變，《周易》以變者爲占也。」蔡伯静云：「初、二、三、四、五、上爲位之陰陽，九、六爲爻之陰陽。」李子思曰：「陰陽之氣，自下而上，各分爲六層。卦之六爻似之，故畫卦自下起。」愚按，第一爻言「初」，第六爻當言「終」；第六爻言「上」，第一爻當言「下」。所以文不同者，下言「初」，則上有「末」義，《大過·彖》云「本末弱」是也。六言「上」，則初有「下」義，本卦《小象》云「陽在下」是也。互文相通。

愚按，《説卦傳》以《震》爲龍，乃《乾》之初畫也。《乾》是陽生之世，故六爻皆取象於龍。自「潛」至「亢」，一龍也。初「潛」在下，先儒或以爲舜始漁於雷澤之象，《孔疏》云「若漢高帝生於暴秦之世，隱居爲泗上亭長」是已。愚更以後世事證之，《元史·王約傳》：仁宗在東宫，「家令薛居敬上言陝西分地事，因被命往理。約謂居敬曰：『太子，潛龍，勿用之時，而爲飛龍之事，可乎？』」以太子爲潛龍，於義似尤當。邵子有云：「龍能大能小，然受制於陰陽之氣，得時則能變化，失時則不能。」今初陽在「潛」，陰氣正盛。「勿用」者，謂非用事之時，而非世之不我用也。「勿」字大有執持在，陸庸成所云：「勿者，我勿之也。」

九二，見龍在田，利見大人。上「見」字，音「現」。

遯世爲「潛」，出世爲「見」。「九二」，陽氣發見，故曰「見龍」。以六畫言，二地位，有「田」象；以三畫言，二人位，有「人」象。「二」、「五」皆陽，「大人」象，天下皆尊仰之之謂「見」，皆蒙其澤之謂「利」，卦體純陽，自然剛健。若論中正，惟「九五」一爻而已。九居「二」，則中而不正，其象昭然。《本義》謂「九二剛健中正」，初甚疑之，後看《胡雲峰集》，陳定宇櫟問曰：「《本義·乾》『九二剛健中正』，莫是剛健得中否？」胡答云：「凡言『九五』剛健中正，《易》之正例，《乾》『九二』，變例也。」雲峰《本義通釋》恪遵朱子，故云爾。其實，《易》取中正，六十四卦一定不移者，似不應於第一卦先成變例。

《程傳》：「大德之君，『九五』也，《乾》《坤》純體，不分剛柔，而以同德相應。」《本義》云：「『九二』雖未得位，而大人之德已著。」王陽明云：「《乾》六爻只作一人看。蓋《乾》卦無臣位，所以《爻辭》與『九五』皆稱『大人』。同爲物所『利見』。」來矣鮮謂：「『利見』九五之君，以行其道，則仍以『二』爲臣位矣。」

九三，君子終日乾乾，夕惕若。厲，无咎。「无」，俗作「旡」，非。

《程傳》曰：「理無形也，故假象以顯義。」《乾》六爻皆然，可見六爻無非龍象，「君子」即「大人」，亦龍德也。因「九三」重剛不中，在下之上，居危懼之地，則當有警惕之義，故托君子以發之。世稱龍嗜睡，而物莫能害，惟其善「惕」也。有「三」之「惕」，而後能「躍」能「飛」。觀《文言》曰「上不在天，下不在田」，固以龍德稱「九三」矣。若以「君子」指占者言，餘五爻豈無占者乎？陽爲日，居下《乾》之「終」，「日」、「終」而「夕」之象，「三」當二《乾》之交，故曰「乾乾」。「惕若」，老氏所云「惕兮若驚」也。王伯厚曰：「危者使平，易者使傾，《易》之道也。《乾》以惕无咎，《震》以恐致福。」愚又謂，聖人無危機，「惕若」是其危機，常存此心，反復其道，謀始要終，何「咎」之有？凡言「无咎」者，本宜有「咎」，處之得其道，故「无咎」。獨於「三」、「四」言之者，「三」多凶，「四」多懼也。

九四，或躍在淵。无咎。

已離下體，故曰「躍」。猶在上體之下，故曰「淵」。「淵」卑於田，「二」言「在田」，「四」曰「在淵」者，「田」乃發見之處，「淵」乃安身之處。在「田」未能變，在「淵」則可變之時矣。「或」者，未定也，亦詳審之辭。時當變革，更加詳審。安其身而後動，何「咎」

之有？

九五，飛龍在天。利見大人。

陽氣自下而上，「龍」之由「潛」而「見」，而「惕」而「躍」，至於「飛」，則陽剛極盛之時。「九五」中正，而居尊位，「在天」之象。鄭康成曰：「『五』於三才爲天道。清明無形，而龍在焉，飛之象也。」愚謂，「飛」者，龍之本體。「天」者，龍之本位。雲雷風雨，翕然交集，萬物皆見，四海咸蒙其利。非「九五」，孰能當之？此《乾》之主爻。

上九，亢龍，有悔。

位以「九五」爲中正，過是則「亢」矣。大旱爲亢旱，龍居「上九」，不能致雨，「亢」之象。陽極盛，則陰將生。龍既飛，則必至於「亢」，故「有悔」。謂所處適當其會，宜有此「悔」也。潘雪松曰：「惟『亢』而後天者盡，惟『悔』而後天者還。」程敬承曰：「《乾》道豈遂以『亢』終？其妙在『悔』。識時通變，從『有悔』得也。」黄石齋曰：「『亢』者，『上九』之遇。『悔』者，『上九』之德。」多不説壞《爻》《象》，方與《文言》「純粹精」之義合。

《洪範筮占》：「曰『貞』曰『悔』，先儒多以内卦爲『貞』，外卦爲『悔』。」胡雲峰曰：「《乾》『上九』，外卦之終，曰『有悔』，《坤》『六三』，内卦之終，曰『可貞』，於此發諸卦凡例。」愚按，《屯》、《需》之「九五」皆曰「貞」，《豫》之「六三」、《蠱》之「九三」皆曰「悔」，亦有不盡然者。《易》固難拘一例也。

用九，見群龍，无首。吉。

朱子以此爻爲揲蓍之法，故其言曰：「五行成數，去其地十之土而不用，則用七、八、九、六而已。陽奇陰偶，故七、九爲陽，六、八爲陰。陽進陰退，故九、六爲老，七、八爲少。然陽極於九，則退八而爲陰。陰極於六，則進七而爲陽。一進一退，循環無端。凡占法，皆用變爻。揲蓍所以用九、六，取其變也。『見群龍』，謂值此六爻皆九也。『无首』，謂陽變而陰也。剛而能柔，故吉。」愚按，《左傳》蔡墨云：「在《乾》之《坤》〔一〕曰：『見群龍，无首。吉。』」杜元凱注亦如此說。又按，蘇子瞻力闢老少進退之説，其言曰：「謂陽極於九，其次則七，極者爲老，其次爲少，則陰當老於十而少於八。謂陰不可加於陽，故十不用，猶當老於八而少於六也。」則又曰：「陽順而上，其成數極於九，陰逆而下，其成數極於六。夫自下而上，陰陽均也。稚於子午，而壯於巳亥。始於《姤》、《復》，而終於《乾》、《坤》，陰猶陽也。曷嘗有進退順逆之别乎？且此自然者，天地且不能知，豈聖人得制其予奪哉？」愚竊謂，此一爻兼承上六爻來，故不但曰「龍」，而曰「群龍」，

〔一〕按，「之坤」，四部叢刊本《春秋經傳集解》「昭公二十九年」作「其坤」。

「群龍」未嘗「无首」，只是屈伸往來，其首不可得而見，所謂善藏其用也。故曰「吉」。《易》主於用，用《易》在人，似非以剛變爲柔、爲「无首」也。若論周公《爻辭》只就爻立義，尚未及卜筮，「用九」、「用六」，只當單指《乾》、《坤》六爻説。至於老少之説，四聖人所不言，乃卜筮家欲改動爻之變，始分别老少言之耳。或者難曰：「六十二卦皆無用爻，何獨於《乾》、《坤》有之？」應之曰：「《乾》、《坤》爲《易》之門，所以獨稱『用九』、『用六』者，九、六有象，七、八無象也。以卦，則六子之卦皆從《乾》、《坤》中出；以畫，則六子皆《乾》、《坤》之畫。如《震》之『初』，《乾》畫也；《震》之『二』、『三』，《坤》畫也。《乾》、《坤》用九、六，而諸卦之得奇畫者，皆用《乾》之九；得偶畫者，皆用《坤》之六，此乃體《易》之人，用《易》之道。謂揲蓍之法亦在其中，則可；謂用九、用六二爻專爲揲蓍而設，則恐未必然。

臨川鄒氏以「用九」節總爲「上九」之《爻辭》，屬於「亢龍有悔」之下，王氏亦云然，竊采其説，以備一解。

以上爻辭。

《彖》曰：大哉乾元！萬物資始，乃統天。「元」與「天」叶。

照古本，「《彖》曰」當作「《彖傳》曰」。程子所云：「卦下之辭爲《彖》，夫子從而釋之。」《本義》亦云：「後凡言《彖》者，倣此。」今刻本多削去「傳」字，似以夫子釋《彖》之辭爲《彖》矣。凡《彖傳》，以《易》象與天道雜言，見《易》之取象，皆天道也。以人事終之者，見《易》之天道，言人事也。此六十四卦之例。

《本義》：「此一節首釋『元』義。」愚按，《卦辭》「元亨利貞」四字並言，夫子獨提出「元」字，而贊之曰：「大哉乾元！」蓋一元之氣，流行無間，而物物於焉「資始」，始萬物，亦始天地，故曰「統天」。「乾」之爲天，文、周所未言，至夫子乃以天道發明「乾」義。「元」者，大也，始也。「資始」，專就氣言，有是氣，方有是形。故下文説到「流形」。

雲行雨施，品物流形。以下四節叶。

《彖》言「元亨利貞」，《傳》獨不言「亨」。《本義》謂「此釋《乾》之『亨』也」。楊誠齋云：「『雲行雨施』，氣之亨也。『品物流形』，形之亨也。」愚謂，萬物皆「資始」於氣，氣之發洩，則爲「雲雨」，所謂神氣風霆也。不曰「萬」，曰「品」者，資生以後，形質已具，物各分類，可爲區別矣。「流形」者，如水之流，有生生不息之機。蔡虚齋謂「『品物』只是植物，若飛潛等物，豈待『雲雨』然後『流形』耶？」愚竊謂不然。「形」對「氣」言，氣以成形，飛潛動植，多在「品物」之内，若但作植物看，則《解》之「雷雨作」而「草木甲拆」矣，非「乾元」「統天」之道也。

大明終始，六位時成，時乘六龍以御天。「天」字叶「汀」。

張彥陵曰：「『萬物』由『元』而『亨』，人見其爲始而已。聖人心通造化，默契夫循環之運會，『終始』於一元，而不生分别之見。」愚謂陽大陰小，陽明陰暗，故曰「大明」。「乾元資始」者也，有始則有終。《乾》之「六位」也，只據卦畫言之，始於一畫，終於六畫。「九三」，下《乾》之終；「九四」，上《乾》之始。「終始」者，時也，而六位成乎其中矣。「六位」，言六畫之定分；「六龍」，言六爻之變象。六位以「時成」，六爻因以「時乘」，一剛加於初位，是乘以一龍；一剛加於二位，是乘以二龍。餘四位準此，天之六陽時序如此。聖人加畫《乾》卦，其序亦如此。一無成心，惟「潛」、「見」、「惕」、「躍」、「飛」、「亢」之時而已。「時」字，首於《乾》象發之。上以「元」「始」總明《乾》德曰「統天」，此「六龍」各分其位曰「御天」。「統天」，言《乾》之體，如身之統四體；「御天」，言《乾》之用，如心之御五官。《本義》謂「是乃聖人之元亨」。

乾道變化，各正性命，保合太和，乃利貞。

《孔疏》云：「變者，以漸改移。化者，忽然而改。」《本義》云：「變者化之漸，化者變之成。」愚謂「變」者，自無而有，萬物之出機；「化」者，自有而無，萬物之入機。陽變陰化，統而歸諸「乾」。「乾道變化」，而萬物「各正性命」，所謂氣化相催也。以物所受謂之「性」，以天所賦謂之「命」。「各正」者，有分别而不相侵奪，萬物各具一元也。「保」者，常存而不虧；「合」者，翕聚而不散。「太和」即「資始」之氣，以其運而不息，謂之道；以其融而無偏，謂之和。萬物得是氣而生，有生則有成，凡「資始」於「元」，「流形」於「亨」者，至此無少欠缺，萬物統會一元也。《本義》云：「此以釋『利貞』之義。」愚竊謂此節須從「元亨」説到「利貞」，細玩「乃」字可見。

首出庶物，萬國咸寧。

《本義》：「此言聖人之『利貞』也。」程敬承曰：「『首』即『乾元』所云『始』也，聖人體元以治世，首萬物即能終萬物。」愚按，《爻辭》以「无首」爲「吉」，《彖傳》云「首出」者，龍之「潛」、「見」、「惕」、「躍」、「飛」、「亢」，皆時爲之。六龍以時乘，雖「首出」，猶「无首」也。「首出」，不專指飛龍，如夫子雖不得位，而爲萬世師，非「潛龍」之「首出」者乎？「庶物」「各正性命」，聖人又何事焉？猶爲之領袖云爾。雖有一切制作，不過順其自然，非謂功業既成，萬國始各得其所而「咸寧」也。

張待軒曰：「羲皇六畫，萬法皆備，以一字名之，曰『乾』；以四字形容之，曰『元亨利貞』。夫子《彖傳》，止以『乾元』二字提綱，而『亨利貞』錯綜點綴其間，知『元』之爲『元』，則『亨利貞』，特張弛闔闢之節候耳。説《易》者，謂此是『元』，此是『亨』，此是

「利貞』」，逐節界斷，意味索然矣。」

以上《彖傳》。

《彖傳》、《小象》，皆夫子贊《易》之辭，往往作韻語，舉《乾》、《坤》二卦，餘可知。

《象》曰：天行健，君子以自彊不息。

每卦《大象》，夫子别從卦體取義，與文、周絶不同。《乾》與他卦又不同，不曰「重乾」，曰「天行健」。「健」者，《乾》之德。故以卦德易卦名，用冠六十四卦之首。「天」之運行，一日一周。「健」者，運而不息也。卦體上下純陽，無一毫陰柔以雜之，故「健」。在人，爲無欲則剛，「君子」以之「自强不息」。「以」者，體《易》而用之也。用《易》之人，稱名非一，大約前時創典，則稱先王；因時經世，則稱后；用之身心學問，則稱「君子」。

胡翼之曰：「『天』，南極入地下三十六度，北極出地上三十六度，狀如倚杵。其用，則一晝一夜行九十餘萬里。人一呼一吸爲一息，一息之間，天行八十餘里。人一晝一夜，有萬三千六百餘息，故天行九十餘萬里。『天』之『行健』可知。故君子法之，以自强不息」云。愚謂「君子」與「天」共一乾德。「乾」者，「健」也。「自强」便是「健」，「不息」便是「行」。一刻不行，即一刻失其健矣。

按，此爲《大象傳》。而釋六爻者，爲《小象傳》，皆夫子所繫。六爻之辭，乃周公所繫也。《本義》謂「此周公所繫辭」。本連上作一氣讀，王弼削去「傳」字，但稱「象曰」，以致《經》、《傳》淆亂。

胡雲峰曰：「上經，《乾》曰『天行』，《坤》曰『地勢』，《坎》曰『水洊』，至《離》曰『明兩作』，先體後用也。下經，《震》曰『洊雷』，《艮》曰『兼山』，《巽》曰『隨風』，《兑》曰『麗澤』，先用而後體也。」

以上《大象傳》。

「潛龍勿用」，陽在下也。「下」，音户，與「普」叶。

以下六節，當有「《象傳》曰」三字，以別於《文言》。「陽」，謂「龍」，「下」謂「潛」。周公取象於龍，大是奇特，夫子恐人泥於跡象，涉於奇怪，故詮之，云「陽在下」，明《經》之稱龍，即陽氣也。《孔疏》云：「第一爻言『陽在下』，是舉自然之象。」

胡庭芳云：「《易》卦《爻辭》，無陰陽字，夫子於《乾》『初』，曰『陽在下』；於《坤》『初』，言『陰始凝』。『陰陽』之稱始此，即太極所生兩儀之一，以爲諸卦通例，陰陽之名一立，而動静、健順、剛柔、奇偶、大小、尊卑、變化、進退、往來，由是著矣。」

「見龍在田」，德施普也。

「在田」，則龍德已見。表出「德」字，明「九二」所謂「大人」，雖未得君位，已具君德矣。「德施普」，從「見」字看，出如日之方升，光已徧照矣。

「終日乾乾」，反復道也。以下三節叶。

「反」者，自上而下；「復」者，自下而上。如云反反復復，同在一條路上。《易》之變化不窮，只是「反復」其道。「反復」，莫密乎晝夜。君子日乾夕惕，如晝夜之往來，總在道理上盤旋而已。道本無止息，君子體道之精神，亦與道同其無息也。

「或躍在淵」，進「无咎」也。「咎」，音如「咎繇」之「咎」，上聲，讀與「道」、「造」叶。

「四」當進退之位，《爻》言「或躍」，乃疑而未定之詞。夫子決之，曰「進无咎」，所以破其疑也。《本義》謂「可以進而不必進」，似與《小象》不合。

「飛龍在天」，大人造也。古韻「蕭豪」與「尤侯」通用，平仄皆同。

「九二」之「大人」，有德而無位；「九五」，則有德有位矣。張横渠云：「成性則躋聖而開天，乃大人自造之地位。」《本義》云：「『造』，猶作也。」言「作」而在上，非制作之「作」也。愚按，「大人」，釋「龍」字；「造」，釋「飛」字，止是釋「飛龍在天」之義。世稱天地曰「造化」，曰「大造」，聖人居天位，而行天道，其有「造」於天下萬世者，大矣！

「亢龍，有悔」，盈不可久也。「久」與「首」叶。

陽氣至上而極，故曰「盈」。天道虧盈，人道惡盈，豈是可久之理？「亢」者，時之盈，盈不可以久居。「悔」者，幾之微，幾不可以久滯。處「亢」之道，只在不盈而已。非但氣不可盈，德亦不可盈。盈其德，是昂其首以爲龍矣。合下節看更明。

用九，天德不可爲首也。

「天德」即「乾道」也。吕東萊曰：「乾者，萬物之首。非有心於首萬物也，雖有首而未嘗爲首。」《本義》謂「陽剛不可爲物先」。愚按，「不可爲首」，爲「用九」者言也，「不」好處在「爲」字。「上九」一爻，在五爻之上，翹然自以爲首，聖人揭出「不可爲」三字以示戒，此「用九」者所當知。

朱啓莊曰：「周公《爻辭》取象，離奇險怪。夫子作《小象傳》，不於取象處下一注脚，斷章摘句，一一歸之於理。或提掇其要，或推原其故，或疏解其義，或申明言外意，或發爲感嘆，或寄諸調笑。離奇險怪，悉歸平淡。」

以上《小象傳》。

《文言》曰：元者，善之長也；亨者，嘉之會也；利者，義之和也；貞者，事之幹也。君子體仁，足以長人；嘉會，足以合禮；利物，足以和義；貞固，足以幹事。君子行此四德者，故曰：「乾，元、亨、利、貞。」「長」，上聲。

自此至末，皆《文言》也。《釋文》引梁武語，以《文言》爲文王所作，觀辭中屢稱「子曰」，其爲孔子無疑。《程傳》云：「他卦，《彖》、《象》而已，獨《乾》、《坤》更設《文言》，推乾坤之道，施於人事也。」愚按，施於人事，不獨《文言》，他《彖傳》往往有之。但諸卦皆從《乾》、《坤》中出，故於此反覆發其藴耳。「元者，善之長也」至「足以幹事」八句，出《左傳・襄九年》：「穆姜薨於東宮，始往而筮之。遇《艮》之《隨》，是於《周易》曰：『《隨》，元、亨、利、貞，无咎。』元，體之長也；亨，嘉之會也；利，義之和也；貞，事之幹也。體仁足以長人，嘉德足以合禮，利物足以和義，貞固足以幹事」云云，中間惟「體」、「德」兩字不同。歐陽永叔謂穆姜筮時，去孔子之生尚十三年，因疑《文言》先孔子而有。愚竊意此八句本古《隨》卦《繇辭》，夫子引之以贊《乾》耳，其分「元」、「亨」、「利」、「貞」爲四德，亦出穆姜語。張待軒曰：「『元亨利貞』四字，絜静精微，未易窺測。夫子不得已，以天道明其一二。至於人如何法天，如何學《易》，不別下注脚，只用穆姜相傳之語稱述一番，而結之曰：『君子行此四德者，故曰：「乾，元、亨、利、貞。」』以見乾道雖精深莫測，只行此『四德』，便叫做『元、亨、利、貞』。『四德』散見於諸卦者。或分或合，體例不一，其純粹以精者，獨《乾》而已，故於此首發明之。」

愚按，「乾道」所包者廣，有在天之「元、亨、利、貞」，有聖人之「元、亨、利、貞」，有在人所具之「元、亨、利、貞」。此則就人所具而言，「元」即在人之仁，「亨」即在人之禮，

「利」即在人之義，「貞」即在人之知。此四句，説天德之自然。「體仁」以下四句，説人事之當然，直指君子身上，所謂「行此四德」者也。《孔疏》謂「元、亨、利、貞」即「仁」、「義」、「禮」、「信」，「不論智者，行此四事，並資於智」也。文中子亦以「貞」屬「信」，獨朱子以「智」爲「貞」。愚謂「智」與「信」合，方爲「貞」。《孟子》所云「知斯二者弗去」是也。「知」是智，「弗去」是信，若知不真，則信亦不堅，焉得爲「貞」？

張彦陵曰：「四德雖分屬，要以一元爲主。『元』者，生生大德，萬善之所始也。『亨、利、貞』三者，總謂之善，合『亨、利、貞』而統於一『元』，則謂之『長』。『嘉』即善之通，生機發越，其彪炳者聚會在此。『利』即善之宜，生理充足，其整肅者調和在此。『貞』即善之成，生機完固，其紛紜者植立於此。」袁了凡曰：「前言『元者善之長』，『長』在理也。後言『體仁足以長人』，又推理之長以長天下也。前言『嘉之會』，以美之所聚爲『亨』也。『嘉會足以合禮』，又推『合禮』以爲美也。『利者義之和』，是即『義』以明『利』，『利物足以和義』，是因『利』以成『義』也。『貞者事之幹』，是以立事爲『貞』；『貞固足以幹事』，是謂『貞』能立事也。」

朱子又嘗以「健」「順」分配四德，其言曰：「仁禮健而義知順。」又曰：「禮者，仁之著；知者，義之藏。」見《玉山講義》，當時學徒，無深究其説者，惟李孝述問曰：「以仁爲動之始，猶春之生物；禮爲動之極，猶夏之長物；義爲静之始，猶秋之收；而去華就實，智爲静之極，猶冬之藏而歸根復命。」朱子答之曰：「此『元、亨、利、貞』所以循環無端也。」

以上第一節，申《彖辭》之意。

初九曰「潛龍勿用」，何謂也？子曰：「龍德而隱者也。不易乎世，不成乎名，遯世无悶，不見是而无悶。樂則行之，憂則違之。確乎其不可拔，潛龍也。」

「何謂也」，是自相問答之詞。後倣此。此以人事釋「勿用」之義。「勿用」者何？「隱」也。惟有「龍德」，故能「隱」。夫子恐人將《爻辭》「勿用」作「不爲時所用」解，故又深贊之。著三箇「不」字、兩箇「无」字、兩箇「則」字，以見内斷於心，審時之未可有爲，故確乎不拔如此。《困學記》曰：「『不易乎世』，是第一層。到『不成名』，纔是真『遯』。『不見是而无悶』，是名心盡處也。『遯世』如龍之蟄，猶可測其爲龍，『不見是』則爲魚、爲蛇、爲蝘蜓，不得以龍目之矣。」《説統》曰：「道可以易世，『不易』者，無必用之心。『隱』可以成名，『不成』者，無潔身之跡。」愚謂兩「悶」字，猶從己起見，到「樂行」「憂違」處，全是萬物一體之懷，有「憂」有「樂」，所以爲堯、舜，若僅「無悶」而不「憂」，則巢、許一流矣。

九二曰「見龍在田，利見大人」，何謂也？ 子曰：「龍德而正中者也。庸言之信，庸行之謹，閑邪存其誠，善世而不伐，德博而化。《易》曰：『見龍在田，利見大人。』君德也。」「行」，去聲。

九居「二」，據爻例，中而不正者也。所以夫子稱「龍德」，不曰「中正」，而曰「正中」。蓋謂初爻在下，三爻在上，「二」所處之位，正在内卦之中耳。程子謂：「中重於正，正有不中，中無不正。」朱子亦以「九二」爲中正，余於《爻辭》下辨之詳矣。

夫子恐人以二爻爲臣位，故再以君德表之。「中」、「庸」二字發於此。「庸言之信」，「庸行之謹」，皆中德也。兩「庸」字跟「龍德」說來，人知「龍德」之變化，而不知所以變化處，只在平常日用之間，「謹」「信」便是「閑邪」，「閑邪」便是「存誠」。「邪」自外入，故曰「閑」。「誠」自我有，故曰「存」。如此，則不徒善一身，兼可以善一世。無智、名、勇、功之跡，故「不伐」。非近功小效之比，故「博」而「化」。

九三曰「君子終日乾乾，夕惕若，厲，无咎」，何謂也？ 子曰：「君子進德修業。忠信，所以進德也。修辭立其誠，所以居業也。知至至之，可與幾也。知

終終之，可與存義也。是故居上位而不驕，在下位而不憂。故乾乾因其時而惕，雖危，『无咎』矣。」

「君子終日乾乾」，何所事乎？「進德修業」是已。日新之謂盛德，故曰「進」。富有之謂大業，故曰「居」。「忠信」所以爲「進德」之基，「修辭立誠」所以爲「居業」之地。「幾」者，心之初動。「義」者，事之得宜。知時之當進，而至乎上，則奮然至之，而不失事機之會；知時當退，而終乎下，則確然終之，而不拂分義之正。「三」在内卦之上，故曰「居上位」。在外卦之下，故曰「在下位」。知至而至，非爲位也，故居上而「不驕」。知終而終，不出位也，故在下而「不憂」。去「驕」「憂」之根，而「乾惕」之精神自因時而露，正見進修工夫無歇手處。此君子所以「終日乾乾」也。

九四曰「或躍在淵，无咎」，何謂也？子曰：「上下无常，非爲邪也；進退无恒，非離群也。君子進德修業，欲及時也。故无咎。」

《本義》：「内卦以德學言，外卦以時位言。」愚按，「上」、「進」二字，釋「躍」字義。「下」、「退」二字，釋「淵」字義。「无常」、「无恒」，釋「或」字義。「非爲邪」、「非離群」、釋「无咎」義。「非」字與「欲」字應。「四」居可上可下、可進可退之時，故曰「无常」、「无恒」，「上下无常」，似乎「爲邪」，而「非爲邪」。「進退无恒」，似乎「離群」，而「非離群」。當躍而躍，乃其時矣。「進德修業」，承上說來。「三」之「進」「修」，正欲及此時而「上」「進」也。故「无咎」。

九五曰「飛龍在天，利見大人」，何謂也？子曰：「同聲相應，同氣相求。水流濕，火就燥。雲從龍，風從虎。聖人作而萬物覩。本乎天者親上，本乎地者親下。則各從其類也。」

「同聲相應」以下七句，總以「聖人作而萬物覩」一句爲主。「聖人作」，「飛龍在天也」；「萬物覩」，「利見大人也」。《孔疏》所謂：「上陳數事，本以明此，此亦同類相感也。」「本乎天者親上」二句，則統說天地間同類感應之義。《本義》謂「『本乎天』者，動物；『本乎地』者，植物」。《正蒙》曰：「有息者，根於天；無息者，根於地。此動植之分也。」「息」謂呼吸。錢飲光曰：「聖人上有天道，故本天之類親聖人如天。聖人下有地道，故本地之類親聖人如地。『九五』具天德，居天位，故一以聖神功化之妙言之。」楊誠齋曰：「所謂『各從』者，一物親一物而已。至於『聖作』『物覩』，無一物之不親，所謂出乎其類也。出乎其類，故統乎萬類。」

上九曰「亢龍，有悔」，何謂也？子曰：「貴而无位，高而无民，賢人在下位而无輔，是以動而有悔也。」

楊誠齋曰：「六龍之首，故曰『貴』，曰『高』；非君非臣，故曰『无位』；陽剛無陰，故曰『无民』；自『四』以下皆從『九五』，故曰『无輔』。」今按，「高」、「貴」以品格言，「无位」、「无民」、「无輔」以時地言。

六位時成，「亢」亦龍之一位。而云「无位」者，「五」居君位。唐、虞之世，自有巢、許也。人豈有不動之時？曰「動而有悔」，妙在二「動」字。天下極重難反之勢，只在聖人一反掌間。致「悔」之由，止在一動。處「亢」之道，止在二「悔」而已。

以上第二節，申《爻辭》之意，不釋「用九」一節，不知何意？

歐陽永叔以「初九曰」以下六節，爲漢時傳經師弟子問答之辭。疑《經》之原文未必如此。存其說，俟再考。

「**潛龍勿用**」，**下也**。以下二爻叶。

胡庭芳曰：「前『陽在下』，以氣言。此『下也』，以位言。」

「**見龍在田**」，**時舍也**。「舍」，去聲，與「下」叶。

《本義》：「言未爲時用也。」「舍」字，作「用捨」之義。馮奇之謂與「出舍於郊」之「舍」同。適止於此，非久安也。蓋龍既「在田」，視初潛之時，又進一位矣。似不當作「捨」字解。

「終日乾乾」，行事也。以下四爻叶。

以「乾惕」之心，施之於事，則爲「行」。道外無「行」，反復其道，只是「行」所當「行」而已。

「或躍在淵」，自試也。

上下進退之宜，内度諸己，非人所能喻，故曰「自試」。蔡虛齋曰：「『試』其時，非『試』其才也。」

「飛龍在天」，上治也。

不徒曰「治」，而曰「上治」，所謂有德、有位，操制禮作樂之權者也。

「亢龍，有悔」，窮之災也。「災」，叶兹，去聲。

龍至於上，「亢」亦時爲之也。陽窮於九，天運適然，於龍何病？故曰「窮之災」。

「乾元」「用九」，天下治也。

釋「用九」，而稱「乾元」，何也？一百九十二陽爻，皆「用九」，此與諸卦不同，其治亂關係天下，非一身一家之事，故曰「天下治」。《孔疏》云：「『九五』只是一爻，故云『上治』。『乾元』總包六爻，故云『天下治』。」

以上第三節，以人言。

「潛龍勿用」，陽氣潛藏。內卦，三爻叶。

「藏」字有不可輕洩之意，「藏」之而爲氣，顯之而爲光，此「初」、「二」兩爻之别也。

「見龍在田」，天下文明。

陰晦陽明，陽光發見，「文明」之象也。

「終日乾乾」，與時偕行。

「時」者，天行也。天行晝夜一周，日乾夕惕，法天行也。

「或躍在淵」，乾道乃革。外卦，三爻叶。

曰「自試」，猶有斟酌進退意。曰「革」，陽氣離下而上，天道至此一變矣。此就卦畫發取象之意。

「飛龍在天」，乃位乎天德。

潘雪松曰：「『龍潛』、『龍見』、『龍躍』，皆非其本位。惟『在天』，乃還其本位。人皆以『九五』爲位乎天位，聖人曰，此『乃位乎天德』，可見雖有其位，苟無其德，不過位乎天位而已。」

「亢龍，有悔」，與時偕極。

「極」者，盡也。一陽生於子，六陽盡於巳，皆時爲之。下乾「與時偕行」，上乾「與時偕極」，龍至於「亢」，宜其「有悔」，適當其時也。此就文詮釋之辭。

「乾元」「用九」，乃見天則。

龍之變化，無定形，亦無定用，顧無定之中有一定不易者存焉，是謂「天則」。「天則」不可見，於「用九」而見之。「潛」、「見」、「惕」、「躍」、「飛」、「亢」，何在非「用」？而皆統於「乾元」，故曰：「乾元用九，乃見天則。」

以上第四節，以時言。

乾元者，始而亨者也。利貞者，性情也。乾始能以美利利天下，不言所利，大矣哉！

《文言》首論人事，既分「元、亨、利、貞」爲四德矣。至此復論天道，故以「元、亨、利、貞」合言之。再提「乾元」者，以「元」統四德也。「始亨」、「乾始」，兩「始」字，與「元」同義。《彖》所謂「乾元者」，即氣化之始而「亨」，非別有「乾元」也。《彖》所謂「利貞」者，即「乾元」之性情，非別有「利貞」也。何以知之？於「乾元」之所能者知之。蓋物生於春，非「亨利貞」之所能，惟「元」爲生物之始，「以美利利天下」者，「乾」之能也。而到得「利貞」之時，收斂歸藏，已是「坤道」用事，萬物之享其利者，以爲「坤」之功也。

不知皆「乾」之功，此之謂「不言所利」，「乾」之所以爲大。

《彖傳》曰「性命」，此曰「性情」。蘇氏《易傳》曰：「情者，性之動也。泝而上至於命，沿而下至於情，無非性者。《卦》以言其性，《爻》以言其情，情以爲利，性以爲貞。」愚謂有生以後情用事而性日漓，「利貞」者，斂情以歸性也。

大哉乾乎！剛健中正，純粹精也。六爻發揮，旁通情也。時乘六龍，以御天也。雲行雨施，天下平也。本節叶。

「元、亨、利、貞」，文王所已言，夫子復以「剛健中正」贊「乾」之「大」。純陽之謂「剛健」，無俟詮解矣。「中正」二字，全《易》要領，夫子於《乾》卦發之。「中」者，「二」、「五」所同。「中正」者，「九五」所獨。三百八十四爻，中而正者，六十四。中而不正者，亦六十四。正而不中者，百二十八。不中不正者，亦百二十八。湛元明謂：「陰陽剛柔，器也。得其『中正』者，道也。」羅整庵闢之云：「但以得『中正』者爲道，不過六十四爻而已，餘爻三百二十，以爲非道，可乎？」夫子贊純「乾」爲「中正」，意蓋如此。又以「乾德」之妙，非「剛健中正」所能盡，復加「純粹精」三字。《孔疏》謂「六爻皆陽，是『純粹』」。《本義》云：「『純』者，不雜於陰柔。『粹』者，不雜於邪惡。」王凝齋云：「『純』，言其不二；『粹』，言其不雜；『精』則進乎『粹』矣。」趙汝楳曰：「兩卦不雜曰『純』，八純卦是也。剛柔不雜曰『粹』，《乾》《坤》是也。」愚更以《説卦》爲證，「爲玉，爲金」，即「純粹」之義。金取其不雜，故言「純」；玉取其無瑕，故言「粹」；「精」者，「純粹」之至也。

趙汝楳曰：「聖人於《乾·彖》，三釋之，取義各殊。此章專主爻畫言，結束在『六爻發揮』一句。『性』者，爻之剛柔；『情』者，爻之好惡。聖人因《乾》以發諸卦玩爻之例。」愚謂《卦》以言其「性」，《爻》以言其「情」，「發揮」者，陳列其象，「旁通」者，曲盡其情也。聖人立六爻以通乎「乾」之情，乘六龍以行乎「乾」之道，「雲行雨施」，以沛乎「乾」之澤，則「乾道」之大，不在「乾」而在聖人矣。

以上第五節，重贊「乾道」，以及聖人御天之功。

君子以成德爲行，日可見之行也。潛之爲言也，隱而未見，行而未成，是以君子弗用也。「未見」，「見」字音「現」，「弗」，疑當作「勿」。

三箇「行」字要細玩。「德」未「成」，未可以「行」；「德」既「成」，然後「可見之行」，君子「成德」之稱。「初九」德已成矣，「可見之行」矣。《爻辭》謂之「潛」者，時當「隱而未見」，是以「行而未成」。朱子云：「如伊尹耕於有莘之野，便是行而未成，此『潛龍』所以『勿用』。」

君子學以聚之，問以辯之，寬以居之，仁以行之。《易》曰：「見龍在田，利見大人。」君德也。

《程傳》：「學、聚、問、辨，進德也。寬居、仁行，修業也。」《困學記》曰：「學貴多聞見，故曰聚；問以析精粗，故曰辨；寬居，則有優游不迫之功；仁行，則有天理流行之樂。《書》贊成湯，曰『克寬、克仁』。『九二』之爲『君德』，審矣！」愚竊謂「仁以行之」一句爲主，聖人雖具天德，亦由學問而成。功夫全在行仁，「君德」之成以此。君子體仁，足以長人，故「仁以行之」，便是「君德」。

九三重剛而不中，上不在天，下不在田。故乾乾因其時而惕，雖危无咎矣。

「重」，平聲，後同。

九四重剛而不中，上不在天，下不在田，中不在人，故或之。或之者，疑之也，故无咎。

兩節當合看。「三」居下卦之上，「四」居上卦之下，「三」、「四」兩爻，以剛遇剛，故皆曰「重剛」。猶《離》言「重明」，《巽》言「重巽」，非陽爻居陽位之謂也。所以「九四」居陰位者，亦曰「重剛」。統六爻而論，取其純陽；析「三」、「四」兩爻而論，則嫌其「重剛」也。《黄氏日抄》云：「『三』居内卦之極，『四』居外卦之始。兩陽交際之地，故皆爲

『重剛』。」其説甚明。《本義》謂「『九四』非『重剛』，『重』字疑衍」者，似未可依。下卦以「二」爲中，「三」則已過；上卦以「五」爲中，「四」則不及，故皆不中。「九四」只多「中不在人」一句，前言「進退无恒，非離群也」，此云「不在人」，「非離群」乎？蓋「三」、「四」皆人位，四之「躍」、「淵」，離「三」而近「五」，對「天」而言，故曰「人」。非謂人事已盡，可以聽天。正見天人交際之會，舉動不可不慎。「或」者，據其跡，「疑」者，指其心。惟其「疑」，必審時以進矣，故「无咎」。

夫大人者，與天地合其德，與日月合其明，與四時合其序，與鬼神合其吉凶。先天，而天弗違；後天，而奉天時。天且弗違，而況於人乎？況於鬼神乎？

「同聲相應」一節，釋「利見大人」之義已備矣。此言「大人」與造化合德。「天地」者，造化之主宰；「日月」者，造化之精華；「四時」者，造化之流行；「鬼神」者，造化之功用。覆載無私之謂「德」，容光必照之謂「明」，寒暑不忒之謂「序」，禍福先見之謂「吉凶」。「大人」無不一一與之合，以其創所未有，曰「先天」；以其時至事起，曰「後天」。要之，「先天」妙用，即在「後天奉時」中。「天」之「弗違」大人，即「先天」；大人之奉天時，即「後天」。《程傳》所云：「大人心通天地之先，而用必『後天』。事起天地之後，而知必『先天』也。」

亢之爲言也，知進而不知退，知存而不知亡，知得而不知喪。其惟聖人乎！知進退存亡，而不失其正者，其惟聖人乎！「喪」，去聲。

胡雲峰曰：「『初九』，『潛之爲言也』二句釋一『潛』字，而言『君子』者再，必君子而後能安於『潛』也。『上九』，『亢之爲言也』三句釋一『亢』字，而言『聖人』者再，必聖人而後不至於『亢』也。」愚竊謂「亢」乃時之所必至，聖人豈能避？但當進退、存亡、得喪之會，自有處「亢」之道，其知有此而不知有彼者，道在故也。道者，正而已。以進爲正，安得顧其退？以存爲正，安得慮其亡？其「知進不知退，知存不知亡」，乃所謂「知進退存亡，而不失其正」也。此時一有「知退」「知亡」之心，則失其正道矣。若作以退爲進、以亡爲存解，又是老氏之學，與聖人亦無涉。「其惟聖人乎」兩句，總是贊嘆處「亢」之道，非謂聖人不至於「亢」也。

以上第六節，復據《爻辭》，發不盡之意。

按，胡雲峰《本義通釋》，《乾》《坤》二卦，自「《文言》曰」起至末，别爲一卷，編在《説卦傳》之前。竊意《本義》原本當如是，而《通釋》遵之，今原本不復見矣。

䷁坤下坤上

坤：元、亨，利牝馬之貞。君子有攸往，先迷句，後得主句，利句。西南得朋，東北喪朋。安貞吉。「喪」，去聲。

《説文》：「土位在申。」坤字「从土，从申」。愚按，陰起於午，至申而三。本卦三畫皆陰，「坤」象也。「元亨利貞」與《乾》同，中多「牝馬」之象。《説卦》：「《乾》爲馬，《坤》爲牛。」「牝馬」者，從《乾》而稱之也。馬，取其健。牝馬，取其順。「利牝馬之貞」，「坤」道以從「乾」爲正也。「天行健」，而「坤」從之，「有攸往」之象。「君子有攸往」以下，開示其例，以明「牝馬貞」之意，不必專就人事説。「往」則宜審「先後」，「坤」從「乾」，則以「乾」爲主矣。「先」乾而往，則「迷」而不利。「後」乾而往，則「得主」而「利」。「利」者，順也。「得主」，是「迷」之反。「後得主」三字，當連讀，觀《文言》自明。蘇氏《易傳》云：「先則迷而失道，後則順而得主。」張横渠曰：「『東北喪朋』，雖得主有慶，而不可懷也，故曰『安貞吉』。」楊慈湖曰：「迷爲失道，後而得主，利莫大焉。」午亭陳氏曰：「陽爲陰主，得主故利。」《參同契》於《坤》卦亦云：「先迷失軌，後爲主君。」「利」字，當另爲一句。《本義》謂「先迷後得而主於利」，以「主利」二字爲句，似與《文言》不合。

「西南」、「東北」，據方位言，見於《大傳》。「西南」，乃《坤》之本位，《兑》、《離》、《巽》三陰，與《坤》居之，故曰「得朋」。「東北」，則《乾》與《震》、《坎》、《艮》皆陽位，非陰之朋矣，故曰「喪朋」。惟喪其三陰之朋，絶類以從陽，乃安於正而吉也。邵子所云：「《坤》統三女於西南，《乾》統三男於東北。」即是此象。《像抄》云：「何以西南言得？得《兑》所以承《艮》，得《離》所以承《坎》，得《巽》所以承《震》，合之，皆爲《坤》承《乾》。何以東北欲喪？《巽》喪成歸於《震》，而《巽》乃終；《離》喪成歸於《坎》，而《離》乃終；《兑》喪成歸於《艮》，而《兑》乃終，合之，皆爲成歸於《乾》而《坤》乃終。」一説，「西南」爲地，陰土也。「東北」爲山，陽土也。據卦體，只有西南，無東北，故一曰「得」，一曰「喪」。愚又謂，陰數偶，二畫相比，便是「朋」象。故《易》之言「朋」者，在陰位居多。本卦六畫皆陰，陰往求陽，交一陽而爲《復》，則群陰相繼隨陽。《復》卦所來之「朋」，即《坤》卦所喪之「朋」也。合觀全卦，總不外「以陰從陽」四字之義。

《彖》曰：至哉坤元！萬物資生，乃順承天。本節「元」與「天」叶。

「乾元」資始，「坤」承「乾」之資，始以生物，故亦稱「元」。始之者，氣也。氣至而生，即「坤元」矣。纔「資始」，便「資生」，始之之氣機，在「乾」而行於「坤」，故並「資生」，亦即承其始氣，而發育萬物，故曰「乃順承天」。「順」字爲全卦要領。夫子贊「乾元」曰「大哉」，贊「坤元」曰「至哉」。「大」者，廣言之也。「至」者，究言之也。分量固自有別，「大」則無所不統，「至」只是就他分量，亦到極處也。先儒或謂「乾」是吾儒之學，「坤」是老氏之學。儒者以剛爲用，故稱「大人」。老氏以柔爲用，故稱「至人」。

此節釋「坤元」二字。

坤厚載物，德合无疆。含弘光大，品物咸亨。以下四節叶。

承上文來，「坤」積順而成「厚」，凡其所生之物，即其所載之物也。「乾」不言覆物，而「坤」言「載物」。地之所載，何一非天之所覆？故曰「德合无疆」，謂與「乾」之「不息」「合德」也。游定夫曰：「『含』，言無所不包；『弘』，言無所不有；『光』，言無所不著；『大』，言無所不被。『含弘』，以静翕言；『光大』以動闢言。」愚按，「含弘光大」四字，正極贊「坤」德之厚，以其虛而受，故曰「含弘」；以其美而章，故曰「光大」。正萬物潔齊相見之象，「品物咸亨」，隨「坤」而亨也。

此節釋「亨」字。

牝馬地類，行地无疆。柔順利貞，君子攸行。

「牝馬地類」，「類」字與後「類行」義同，猶云陰類也。《程傳》：「『行地无疆』，謂健也。乾健坤順，坤亦健乎？曰：非健何以配乾？其動也剛，不害其爲柔也。」《本義》亦以「行地无疆」爲順而健。愚竊謂「坤」之貞，只在「順」，似不必添出「健」字。以象言，則爲「牝馬行地」；以德言，則爲「柔順利貞」。可見「順」以從陽，乃「坤」之正道。以「柔順」爲「利貞」，則「君子」之所「行」也。「行」字與上「行地」相應。

此節釋「利牝馬之貞」、「君子有攸往」二句。

先迷失道，後順得常。「西南得朋」，乃與類行。「東北喪朋」，乃終有慶。叶羌，《三百篇》皆如此讀。

柔者不爲物先，先之斯述，失坤道矣。處後以順，隨而不倡，乃得坤道之常。陽與陰非類也，陰當從陽，《彖辭》所謂「得朋」者，不過同類爲朋耳。惟喪其同類之朋而從陽，則有得主之慶，可以有終矣。聖人之惡朋黨若此。項平庵曰：「『乃終有慶』，所以發文王言外之意。臣之事君，婦之從夫，皆『喪朋』之『慶』也。」

此節釋「先迷」以下五句。

安貞之吉，應地无疆。

「安貞吉」，從人事言。張彥陵曰：「人有才而不露，於分之所在，無成而代終，德器深厚，直與『厚德載物』者一般。故與地之『无疆』相應。」《彖傳》三箇「无疆」，曰「德合」是「坤」配「乾」，曰「行地」是「坤」之本德，曰「應地」是人法「坤」之德。

此節釋「安貞吉」句。

《象》曰：地勢坤，君子以厚德載物。

「地」者，形體。「坤」乃地之性情。李去非曰：「天以氣運，故曰『行地』。以形載，故曰『勢』。」愚按，凡以高臨卑，以上臨下，則謂之「勢」。地居卑下，而曰「勢」者，以其順也。「坤」字，只作「順」字解，與「乾」之「健」相配。地之大勢，西北高，東南下，水皆就下，其順可知。就「勢」以見其順，由順而知其「厚」。「君子以厚德載物」，自處於萬物之下，卑而法地，與「坤厚載物」同，所謂「應地无疆」也。

初六，履霜，堅冰至。《象》曰：「履霜堅冰」，陰始凝也，馴致其道，至堅冰也。

「凝」與「冰」叶。

凡卦初爻，取象於「履」者，自《坤》起例。《説卦》：「《乾》爲寒，爲冰。」此何以取《坤》象？王伯厚曰：「《乾》『初九』，《復》也。『潛龍勿用』，即閉關之義。《坤》『初六』，《姤》也。『履霜，堅冰』，即『女壯』之戒。」愚謂，《坤》初爻，自陽變陰，冰霜畢竟是陰氣所結。然惟陽消於内，故陰凝於外。聖人於《乾》曰「爲冰」，正可作此處注脚。陰陽之氣，皆自下而上。《震》爲足，陽在下也。《巽》爲股，陰在下也。「履霜」者，陰從足下起也。「霜」，一陰之象；「冰」，重陰之象。當「履霜」之始，即塵「堅冰」之防。《爻》曰「堅冰至」，要其終也。《象》曰「至堅冰」，原其始也。「始」字最重，陽主發散，陰主收斂，故曰「凝」。《大戴禮》：「霜，陰陽之氣也，氣盛則凝爲霜。」《廣韻》：「霜，凝露也。」「馴」者，狎順之意。其「道」，小人道長之「道」，積漸馴習，以致陰道盛長，豈一朝一夕之故哉？一説，陰以「凝」爲道，「凝」又要堅。《乾·初》曰「陽在下」，《坤·初》曰「陰始凝」。陽惟下，然後能發生；陰惟凝，然後能收斂。此兩爻，乃三百八十四爻之根蔕。不説壞坤道，別是一解。

郭京《易舉正》曰：「按，『陰始凝也』，上誤增『堅冰』字。『履霜』與『堅冰』，時候頗異，不合相連結。」愚又按，《三國志·魏文帝紀》注，太史許芝引此《象辭》，「履霜」上加「初六」二字，而無「堅冰」字，古本當然。郭所云，殆唐以後本也。似當從古，衍「堅冰」二字，作「初六履霜」。

《本義》：「陰陽者，造化之本，不能相無；而消長有常，亦非人所能損益也。然陽主生，陰主殺，則其類有淑慝之分。聖人作《易》，於其不能相無者，既以健順仁義之屬明之，而無所偏主。至其消長之際，淑慝之分，未嘗不致其扶陽抑陰之意。所以贊化育而參天地者，其旨深矣。」

朱罍庵曰：「《坤》與《乾》，陰陽相反。夫子於《乾》，取象於冰；周公於《坤》，取象於冰者，《乾》以時令，《坤》以氣質也。以此知《説卦》取象，第舉一隅，則剛柔健順，雖各有據依，而義可相通，惟變所適。康成、令升之徒，既失之膠固，即輔嗣謂『馬取其健，牛取其順』者，亦得其一説，而不知其又有一説也。《屯》、《賁》、《明夷》以陰爻而稱『馬』，何取於『健』？《革》、《既濟》以陽爻而稱『牛』，何取於『順』乎？」

六二，直、方、大，不習无不利。《象》曰：六二之動，直以方也。「不習无不利」，地道光也。「方」與「光」叶。

「乾道」莫盛於「九五」，「坤道」莫盛於「六二」。八卦正位，《坤》居二，「六二」柔順中正，《坤》之主爻也。先儒謂陽主進，進至上卦之中而止。陰主退，退至下卦之中而止。天數五，地數五，《乾》進止五，《坤》退止二，自上而下數之，則仍五也。五者，中數也。《河圖》之説，本此。

「直、方、大」三字，程子謂「至大至剛以直」。《本義》謂「其德内『直』外『方』，而又盛『大』」，蔡節齋謂，「『直』者，發於内而無私曲；『方』者，止於外而有定則。内直外方，其德乃『大』」。來矣鮮曰：「『直』字，即『至柔而動也剛』之『剛』也。『方』字，即『至静而德方』之『方』也。『大』字，即『含弘光大』之『大』也。」張待軒曰：「自其承天之氣，有施即生，更無曲撓，曰『直』；自其因物賦形，整齊畫一，曰『方』；自其厚德載物，配合無疆，曰『大』。」愚按，三字當分三德看。以是三德，承天而動，毫無造作，則曰「不習無不利」。蘇紫溪曰：「『不習』，非不假於學也，曰『敬』、曰『義』，皆學中事，然緝熙敬止，初非矜持。是之謂聖學。」

愚又按，《乾》，其動也「直」。「二」得坤道之純，故《小象》以承天而動之事屬之。「直以方」，「以」字，只作「而」字解。「直方」以「大」，居然配《乾》，《乾》曰「天道」，《坤》曰「地道」，是以全《坤》歸此一爻矣。「光」者，發越之象，人但知日月星辰爲天道之光，不知地之爲道，萬物資生，百穀草木，莫不有光輝發越之盛，非「地道光」乎？

六三，含章可貞，或從王事，无成有終。《象》曰：「含章可貞」，以時發也。「或從王事」，知光大也。「大」與下節「害」叶，「知」，去聲。

陽爲「章」，陰爲「含」。「三」位陽而爻陰，「含章」之象。凡人露才揚己，最是薄德。「章」而能「含」，厚德士也。「含章」，乃「可貞」之道，其或出而「從王事」，但當盡臣道，而不可自專其成。曰「有終」，則不爲事始可知。「三」居下卦之上，故云「終」。夫子懼人誤認「可貞」，而一意「株守」也，故申之曰「以時發」，言「含章」，非終於韜晦，乃待時而發。「發」者何？爲「乾」用也。「乾」知「坤」行，惟行之而知之，「光大」始著，是之謂「從王事」，是之謂代「乾」有終也。「王」指「乾」，與他卦以君道屬「五」者不同，《坤》六爻皆臣道也，吕伯恭曰：「惟其『知光大』，故能含晦。尋常人胸中淺狹，纔有一功一善，便無安著處矣！」

六四，括囊，无咎无譽。《象》曰：「括囊，无咎」，慎不害也。

「囊」所以貯物，「括」者結其口，使不得出。「六四」重陰不中，天地閉塞時也，「括囊」之象。人之處世，「无咎」則有譽，「无譽」則有咎，二者往往迭相得失。顧當「六四」之地，「无咎」又須「无譽」，乃爲藏身之固。東漢諸賢，只爲名心未忘，互相標榜，致成黨錮之禍，非不慎之害與？《象》但舉「无咎」者，君子處末世，不求有功，但求無害。「譽」者，「咎」之招也。「六四」之所以「无咎」者，殆由「无譽」與？

六五，黄裳，元吉。《象》曰：「黄裳，元吉」，文在中也。「中」下與「窮」、「終」叶。

《乾》爲玄，《坤》爲黄，《乾》爲衣，《坤》爲裳，「黄」，中色。「裳」，下飾。「六五」，柔順居中，「黄裳」之象。「元吉」與大吉不同，「元吉」者，大善之吉也，蓋吉有大而未必善者矣。「文在中」與「六三含章」不同，「三」所居之位不中，「章」須「含」而不露。「五」則柔順在中，「含章」「時發」，正其時矣，故曰「元吉」。《坤》六爻，無君位，猶《乾》六爻無臣位。《程傳》謂此乃「婦人居尊位之戒」，竊恐未然。

此《小象》言「中」之始，「九五」爲剛中正，「六二」爲柔中正。此外，或言「剛中」，或言「柔中」，或言「正中」，或言「得中」，或言「以中」，或言「中行」、「中道」，皆其例也。

上六，龍戰于野，其血玄黄。《象》曰：「龍戰于野」，其道窮也。

以陰從陽，順之至也。當純陰用事時，忽然説到「龍戰」，取象大是奇特。「戰」者，逆也，順之反也。胡雲峰曰：「不言陰與陽戰，而曰『龍戰于野』，與《春秋》『王師敗績于茅戎』、『天王狩于河陽』同一書法。」干令升曰：「《坤》位未申之維，而氣溢酉戌之間，故曰『于野』。」王介甫云：「陰盛於陽，故與陽俱稱『龍』。陽衰於陰，故與陰俱稱『血』。」蘇君禹云：「『其血玄黄』，直是血戰，猶言血流漂杵。」愚按，此爻變《艮》爲《剥》，陰陽相薄，「戰」之象。以寒凝之極，而微陽薄之，雖欲不戰，得乎？往戰之地，未離乎陰，而來戰之龍，已乘乎陽。「龍」當指陽，「血」當指陰。言「玄黄」者，此《震》一索，爲長男之候，故《大傳》云「《震》爲龍，爲玄黄」，此其證也。《乾·上九》曰「窮之災」，《坤·上六》曰「其道窮」，《易》窮則變，「上」是當變之爻也。

用六，利永貞。《象》曰：「用六永貞」，以大終也。

「用六」與「用九」同，説見《乾》卦。「貞」即「牝馬之貞」，「坤」德也。用「坤」之柔，則當法「坤」之「貞」，「利」在長久而「貞」固，此「用六」之道也。《象》曰「以大終」，

「大」謂陽，「終」即「乃終有慶」、「无成有終」之「終」。程沙隨云：「《乾》以『元』爲本，所以『資始』；《坤》以『貞』爲本，所以『大終』。」胡仲虎云：「《坤》安貞變而《乾》，則爲『永貞』。『安』者，順而不動；『永』者，健而不息。」愚又謂，《乾》以「上」爲首，《坤》以「上」爲終。變《乾》「上」之陽爲陰，則陽不爲首；變《坤》「上」之陰爲陽，則陰以「大終」。《乾》以大始，而《坤》以大終，終不失「順承天」之意。凡窮於上者反於下，故《坤》變則爲《復》，《乾》變則爲《姤》。先儒或謂《乾》六爻變爲全《坤》，《坤》六爻變爲全《乾》，而後占「用九」、「用六」之二爻，愚亦未敢謂然。

《文言》曰：坤至柔而動也剛，至静而德方。後得主而有常，含萬物而化光。坤道其順乎！承天而時行。叶「杭」。

「至柔」二句，《本義》謂此是「釋『牝馬之貞』」。胡雲峰曰：「《乾·文言》釋『元、亨、利、貞』，《乾》以君之，所主在『元』也。《坤·文言》則首釋『牝馬之貞』，《坤》以藏之，所主在『貞』也。」愚又按，《乾》卦《文言》將「元、亨、利、貞」四字一一分疏，《坤》卦於《彖辭》，但取「後得主」三字，其餘多作贊辭，歸重在「順承天」三字。「乾」剛「坤」柔，定體也，「坤道」固至柔矣。然「乾」之「雲行雨施」，至「坤」而生物之機，不可遏止屈撓，則又柔而能剛。「乾」動「坤」静，定體也，「坤德」固至静矣。及其承「乾」之施，陶鎔萬類，各有定形，不可移易，則又靜中之方。此皆「坤」隨「乾」後，得「乾」以爲主，乃「坤道」之常也，故云「後得主而有常」，先儒以此句爲釋《坤》之「利」。「含弘光大」，《彖傳》所已言，此復言「含萬物而化光」，先儒云此句釋《坤》之「亨」。「含萬物」，貞元之交也。愚謂地之成物，不翕聚則不能發生。以草木驗之，凡果核，其仁必兩瓣，偶而屬陰，其中生意，則奇而屬陽。生意妙在能「含」，含而後能「化」，化而後有「光」。所以「含」之、「化」之者，陰也。所以爲「光」者，陽也。總之，只是順，只是「承天時行」而已。故以唱嘆結之。

蘇子瞻曰：「物非剛者能剛，惟柔者能剛。蓄而不發，其極必決。故曰『沈潛剛克』。」又云，「物圓則好動，故至靜所以爲方」，亦有理解。

蔡虛齋謂：「其『動也剛』，承《乾》而動。」愚竊謂，《坤》一爻動則爲《震》，故曰其「動也剛」。又，據《說卦傳》：「立地之道曰柔與剛。」其靜也翕，其動也闢，是地自有剛有動。但天包地外，地旋於天中，質不動而氣則動，是爲「承天」耳。「時行」者，時未至，不敢先。時既至，不敢後。正見《坤》道之順。

積善之家，必有餘慶；積不善之家，必有餘殃。臣弑其君，子弑其父，非一朝一夕之故，其所由來者漸矣，由辨之不早辨也〔一〕。《易》曰：「履霜，堅冰至」，蓋言順也。「慶」，叶平聲。

《乾·文言》：「元者，善之長。」《坤》則兼善不善言之。善惡之「積」，其初由於一身，不曰「身」而曰「家」者，家之中不止一人也。呂伯恭云：「胸中有容著善處，善自然積；胸中無容著惡處，不善自然不積。」愚竊謂本節「積」字、「漸」字、「順」字，理解相通。「積善之家」，子順其父，妻順其夫，以陰順陽者也。「積不善之家」，父順其子，夫順其妻，以陽順陰者也。同一順也，以「漸」而「積」，善不善遂分焉。是不可不辨，辨之早，則「積善」而有「餘慶」；辨之不早，則「積不善」而有「餘殃」。上文兼言善不善，下獨言「弑父」、「弑君」者，非惡其順，惡其順乎陰也。夫子目擊春秋時事，故於《坤》初爻發之。「蓋言順也」，「順」字，《本義》云「當作慎」。按，《小象》於「六四」，一則曰「慎不害」，再則曰「蓋言謹矣」。此處只當作「順」，《經》文未必訛也。「順」者，積漸使然，非一朝一夕之故，即所謂「馴致其道」。呂伯恭所云「大凡惡念，最不可順他」，得其解矣。

直，其正也；方，其義也。君子敬以直內，義以方外，敬義立而德不孤。「直方

〔一〕按，「辨之不早辨」，四部備要本作「辯之不早辯」。

大，不習无不利」，則不疑其所行也。

《文辭》曰「直」，曰「方」，本自明白，夫子恐人以率意徑行爲直，故復申釋之曰，「直」者，心無私曲，所謂正也。恐人以拘攣固執爲方，故復申釋之曰，「方」者，處置合宜，所謂義也。兩「其」字，乃推原周公之意如此，「敬」、「義」二字，即「直方」之注脚。「敬」以養其「直」於内，「義」以行其「方」於外。内「直」則旁引不得，外「方」則移易不得。内外交養，表裏相資，則「德不孤」矣。何大如之？何不利之有？「不疑所行」，與《乾》「可見之行」義同，皆成德之事，非勉强而行者。朱子有云，「立吾心於不疑之地，然後若决江河，以利吾往」，即其解也。

李子思曰：「《乾・九三》言『誠』，《坤・六二》言『敬』。誠敬者，《乾》、《坤》之别也。後儒言誠敬之學，本於此。《乾・九二》言『仁』，《坤・六二》言『義』。仁義者，陰陽之辨也。後儒論仁義之用，本諸此。」

陰雖有美，含之以從王事，弗敢成也。地道也，妻道也，臣道也。地道无成，而代有終也。

臣子雖有才美，含藏而不自表暴，以之「從王事」，非才不足而不能有「成」，乃分所「弗敢」也。試看地出雲爲雨，起氣爲風，而必上之於天，地道之當然也。妻道、臣道，何獨不然？地道以承天爲順，故無專「成」，「代有終」者，《乾》始能以「美利利天下」，《坤》承其後而「終」之，則地之所以「有終」者，乃「代」天而有其「終」也。

天地變化，草木蕃。天地閉，賢人隱。《易》曰：「括囊，无咎无譽」，蓋言謹也。

「天地變化」二句，乃引起下文之辭。上二句，言草木而不言賢人；下二句，言賢人而不言草木，互文也。「草木蕃」，《召南序》所謂「朝廷既治」、「庶類蕃殖」是也。「賢人隱」，《洪範傳》所謂「百穀不成，俊民用微」是也。《坤》本陰卦，「六四」以陰居陰，不中不正，天地閉塞之象。賢人當此，身將隱矣，焉用文之？故必「无咎」而又「无譽」，所謂慎密而不出也。吕東萊曰：「人與天地萬物同是一氣，『泰』則見，『否』則隱，猶春生秋落，氣至則應。衆人强自隔絶，故與天地之氣不相通。氣至而覺者，賢人而已。」愚竊謂陰遇陽則爲《泰》，陽遇陰則爲《否》，陰遇陰則曰「閉」，天地閉塞時，賢人之見幾獨早，其「隱」與龍德同。不曰「聖人」曰「賢人」者，聖人遯世因乎天，賢人避世因乎地也。「賢人」是開闢啓鑰之人，亦是扃户逃名之人。聖人不然，闢則爲《乾》，闔則爲《坤》矣。

君子黄中通理，正位居體。美在其中，而暢於四支，發於事業，美之至也。

愚按，此節極贊中德之妙。「黄中」者，「文在中」也。有諸中而應乎外，則爲「通」。

應乎外而得其當，則爲「理」。「正位」謂「五」之位，「居體」謂「六」之體，雖居尊位，而以下體自居。「美在其中」，自然英華外發。「暢於四支」者，日新之德，四體不言而喻也。凡其發揮於事業，無一非臣道所當爲，而不嫌其僭。「坤德」之至，合「乾」之大，故曰「美之至也」。如周公相成王，而制禮作樂，此足以當之。

陰疑於陽必戰，爲其嫌於无陽也，故稱龍焉。猶未離其類也，故稱血焉。夫玄黄者，天地之雜也。天玄而地黄。

愚按，全卦多是以陰從陽。到末節，大發扶陽抑陰之義，一部《易經》本旨也。陰豈宜與陽敵？夫子於「上六」《爻辭》闡透周公之意，開口便説「陰疑於陽」，蓋《坤》自「西南得朋」至此，陰氣極盛，目中幾「无陽」矣。其與「陽戰」，乃勢所必然。周公嫌其目中「无陽」也，故獨稱「龍戰」。若曰陰犯順，而龍與之戰，以討陰之義與陽，不許陰爲敵也。然陽雖「稱龍」，而陰猶未離其類。論理，陰雖盛必傷。論勢，陽孤亦必見傷。遂成兩敗俱傷之象。於斯時也，忠臣義士，剖肝而露膽；庸夫豎子，駢首而就戮。不辨風塵，焉知天地？周公獨云「其血玄黄」者，「血」，陰物也，見得陰恃其類，而敢與「陽戰」，咎不在陽可知。夫曰「玄黄」，則天地之色，幾乎「雜」矣。殊不知「天玄而地黄」者，兩間之定分也。陰其可雜陽乎？觀象玩辭，直無一字虚設。季彭山云：「當陰陽有定位之時，天玄地黄。今陰陽相雜，猶理欲未明也。故曰其血玄黄。」於《經》文虚字，似尚欠理會。

愚按，聖人於《乾》六爻，極著陽德之盛，始終無異象。於《坤》六爻，微防陰勢之漸，各因其德、位之當否，以斷其「利」「咎」，與六十二卦例略同，而不同於《乾》卦。其於《乾》同者，《文言》耳。蓋天地間只有陰陽二氣，《乾》居其「大」，《坤》居其「至」，故亦反覆申釋之。但《乾·文言》凡兩釋「用九」，《坤》卦於「用六」一爻，略而不釋，蓋義已盡於《彖傳》、爻《象》中矣。

周易玩辭集解卷二

䷂震下坎上

屯：元、亨、利、貞。勿用有攸往，利建侯。

楊誠齋曰：「氣始交未暢曰『屯』，物勾萌未舒曰『屯』，世多難未泰曰『屯』。」張待軒曰：「《乾》、《坤》之後，繼之以《屯》。冰霜甫消，戰血已盡，龍起雲興，萬物逡逡然將春矣，故謂之《屯》。」愚按，《屯》之時，天地初闢，元氣未漓。《震》、《坎》二男起而用事，非具天德，何以濟「屯」？故亦以「元亨利貞」歸之。「勿用有攸往」，便是「貞」處，「利貞」二字，似是戒辭。「利建侯」者，言更無他事，只願聖人早即大位，便可濟世安民也。《程傳》謂「屯難之世，當建侯以自輔」。《本義》云：「利建以爲侯。」楊龜山云：「使人各有主，而天下定。」王伯厚云：「封建與天地並立，一旅復夏，共和存周，封建之效也。」

愚竊謂，卦之主爻在「初九」，《震》爲長子，帝出乎《震》，「侯」即帝也。《注疏》所云「得主則定」是已。自民心言，則涣散無主，利「初九」之爲君。自「初九」言，則事業方新，利樹人以廣助，必兼此二者，「建侯」之義始備。

《彖》曰：屯，剛柔始交而難生。動乎險中，大亨貞。雷雨之動滿盈，天造草昧。宜建侯而不寧。「難」，去聲。

《乾》、《坤》二卦，贊辭皆言「陰陽」，自《屯》以下，皆言「剛柔」。《乾》《坤》，陰陽未交也。剛柔之交，自《震》「初」、「二」兩畫始。《坎》在上，險體也，故曰「難生」。《震》在下，動體也，故曰「動乎險中」。「動」，未便能出險之外，只在「中」而能「動」，便見出險之才，故曰「大亨貞」。「雷雨滿盈」，又從上「動」字説來，蓋水在雷上，一滴不漏，此時山川震盪，日月晦暝，若天別造一草昧世界者。聖賢處此，正當審時觀變，未可輕動。《卦辭》云「勿用有攸往」，夫子却將此句略過，重在「利建侯」，不言「利」而言「宜」者，當「屯」時，「建侯」所以慰群望，人情皆以爲「宜」，非一己之「利」也。「不寧」，謂王者心不自安，亦從「動」字來。「不寧」之心，即起於「勿用攸往」之日，其始不輕「動」者，其後決不自安於小成也。此夫子發文王未盡之意。一説，「難」，讀平聲，險在下，《震》從上「動」，「動」之易，故爲《解》。險在上，《震》從下「動」，「動」之難，故爲《屯》。亦是一解。

《象》曰：雲雷屯，君子以經綸。

《象傳》言其磅礴之勢，則曰「雷雨」；《大象》摹其經營之意，則曰「雲雷」。《坎》在上體，故言「雲雷」，而不言水。水氣方上騰，猶未爲雨也。卦之名「屯」以此。《需》卦《坎》居上體，亦曰「雲」。《蒙》卦《坎》在下體，則曰「泉」，可以義推。「君子以經綸」者，徹始徹終，通盤打算，不在雨勢滂沱之後，而在精神停蓄之時，如雷之斂而未發，如雲之聚而未散，方是取象於「屯」，一雨即爲雷水解矣。

初九，磐桓，利居貞，利建侯。《象》曰：雖磐桓，志行正也。以貴下賤，大得民也。

「磐桓」，持重不輕動之義，人多作「盤旋」解。張横渠則云：「『磐桓』，猶言柱石。」按，《字書》：「磐，大石。桓，柱也。」「初」爲《屯》主爻，如全卦之柱石。於義亦通。所云「利建侯」者，即其人矣。「利居貞」即「勿用攸往」之義。「貞」者，正也。以剛居剛，得位之正，雖持重而不輕動，乃其志則在濟世安民，欲以行正也。《象傳》、《小象》凡六十五「志」字，於此爻發之。「初」以一陽居二陰之下，故曰「以貴下賤」，即「行正」之實際處。凡巖穴之士，煢獨之人，無一不延攬，無一不矜恤，有不大得民心者乎？「得民」，乃「建侯」之根本。夫子於《爻辭》，只釋「磐桓」二字，餘皆發周公未盡之意，《小象》之變例也。午亭陳氏曰：「天下大勢决於民而已，『初』能『大得民』，宜爲成卦之主也。」

胡雲峰曰：「《乾》、《坤》初爻提出『陰陽』二字，此則以陽爲貴，陰爲賤；陽爲君，陰爲民，尊陽之義嚴矣。」

六二，屯如，邅如，乘馬班如，匪寇，婚媾。女子貞，不字，十年乃字。《象》曰：六二之難，乘剛也。「十年乃字」，反常也。

《易簡録》曰：「陽動而上，『雲雷』則『屯』矣。陰乘於陽，不交而乘矣，『乘剛』始此。剛不是論德，只據『二』所乘之位言之。」愚竊按，「二」與「初」，所謂「剛柔始交」者，正應在「五」，而近與「初」比，志在從「五」，而内忌於「初」。曰「屯」「邅」，曰「寇」，皆「難」生之象。夫「初」爲卦主，本非「寇」也，乃求「二」爲「婚媾」耳，此人情之難却者。而「二」守貞不許，知有「五」而已。「不字」者，不字於「初」。「乃字」者，終字於「五」，至於「十年」，而後復其陰陽相應之常道。「二」之「屯」「邅」如此。又按，「二」、「四」、「上」三陰爻，「二」取《震》「馬」，「四」與「上」取《坎》「馬」，「二、四、上」俱言「班如」，「二」獨多「屯」「邅」者，只爲以柔乘剛，故遇始交之難。「屯如」，以時言，塞而未通也。

「邅如」，遲回不前之象。「班如」，分布不進之象。

六三，即鹿无虞，惟入于林中。君子幾，不如舍，往吝。《象》曰：「即鹿无虞」，以從禽也。君子舍之，「往吝」句。窮也。

張彦陵云：「『六三』，躁進者也。」愚謂凡陰必資陽以有爲，君子志在濟世，須得人相助。「六三」，陰居陽位，才弱志剛，「即鹿无虞」之象。在二陰之中，「入于林中」之象，群雄逐鹿，上有「五」，而下有「初」，識時務者見幾則當舍，昧事機者「往吝」必致「窮」。《爻》曰「不如舍」，猶有斟酌之意。《象》曰「舍之」，直是決去之詞，更不必商量矣。《周易舉正》云：「『以從禽也』，『以』字上當增『何』字。」愚竊按，凡獵者，必用虞人，設驅逆之車，使禽趨田，然後有獲。「即鹿无虞」，而可以「從禽」乎？「以從禽也」，大似調笑語，不直言其事之無成，而無成之意，隱然言外。若增一「何」字，便非活句矣。

六四，乘馬班如，求婚媾。往吉，无不利。《象》曰：求而往，明也。

先儒多謂「四」以陰輔「五」，才不足濟「屯」，故下求正應之「初」，與之俱往。愚竊謂「初」方求賢共濟，「四」又近君，新舊從違之間，進退未決，故有「乘馬班如」之象。「求婚媾」者，非「四」往求「初」，乃是「初」來求「四」，所謂「以貴下賤」也。以卦言，自内之外爲「往」，自外之内爲「來」。以爻言，則我之人爲「往」，人之我爲「來」。「四」必待「初」來求而後往者。「二」下「初」爲「婚媾」，非正應，故「不字」。「四」下「初」爲「婚媾」，正應也，故「往吉」。《小象》贊之以「明」，見得觀時識變，内度之己，外度之人，非明哲者不能也。

九五，屯其膏，小貞吉，大貞凶。《象》曰：「屯其膏」，施未光也。

此爻先儒詮釋不甚明析。愚竊取其義而詳説之。蓋《易》道莫重於中正，「五」居中處正，本有德有位者。但在《坎》中，一陽爲二陰所掩。《坎》爲雨，故有「屯膏」之象。《詩》：「芃芃黍苗，陰雨膏之。」今曰「屯膏」，則不能霖雨天下可知。「初」《震》體，動而得時。「五」《坎》體，陷則失勢。蓋事權在「初」，「五」但有位而已。夫人主之財，當與天下共之。在無事時，謹身節用，不失爲「小貞」之「吉」。時方「屯」難，待澤者多顧，乃恩不下逮，如有司出納之吝，非「大貞凶」乎？所謂「可小事不可大事」者也。按，《周禮·小宗伯之職》：「若國大貞，則奉玉帛以詔號。」《大卜》注云：「大貞，大事求正於龜也。」「貞」字，亦釋作「事」字。《象》置「吉凶」於勿論，特原其情，曰「施未光」，以「五」爲重陰所掩，雖有恩施，而未能光大，與厚藏吝嗇者不同。

上六，乘馬班如，泣血漣如。《象》曰：「泣血漣如」，何可長也！

吕伯恭曰：「『屯』極則當通。『上』，正是一機會。然以陰柔居之，雖欲有爲，而才不足，徒爲無益之泣而已。」愚又謂，「二」，「乘馬」以應「五」也。「四」，「乘馬」往而應「初」之求也。「上」居《屯》極，陰柔無應。「乘馬」將安往乎？《坎》爲血卦，「泣血」之象。劈頭難到底，迅雷轟霆，動於《坎》下，「四」之所媾，爲彌天之雨。「上」之所泣，爲盈坎之血。當此之時，不能變「屯」爲治，則入於亂亡而已。曰「何可長」，猶云「豈是久計」，要人思「可長」之道也。卓去病曰：「『上』勢窮力弱，有心『泣血』，無力回天。蓋遺老孤臣，如漢末楊彪以司徒擁大位，至不能庇其子，求長久之計而不可得者也。」

愚按，自《屯》至《比》六卦，皆有《坎》，聖人防危慮險之微意。

又按，六十四卦，上經除《乾》、《坤》、《頤》、《大過》、《坎》、《離》六卦，下經除《中孚》、《小過》二卦，無反對外，自《屯》、《蒙》至《既濟》、《未濟》，凡五十六卦，《彖傳》多從反對二卦，發剛柔互易之義而已。觀《雜卦傳》，兩兩對舉，其義昭然。至京房、虞翻輩，推而衍之，極六十四卦之變，遂成四千九十六卦。雖《易》道之大，變化無方，而由其說，竊恐流爲小知小數，無關於大源大本，故是編於諸家言卦變者，間采一二，即《本義》所釋十九卦云「某爻自某卦來」，亦未敢據爲定論。即如《屯》，可云自《坎》來，「初」、「二」兩爻互易而成《震》；亦可云自《震》來，「四」、「五」兩爻互易而爲《坎》；亦可云自《觀》來，「初」、「上」兩爻互易而爲《屯》；亦可云自《萃》來，「初」、「四」兩爻互易而爲《屯》。莫不有卦變在其中，餘可類推。聖人所不言者，似不必多生枝節也。

䷃ 坎下艮上

蒙：亨。匪我求童蒙，童蒙求我。初筮告，再三瀆，瀆則不告。利貞。「告」，入聲，下同。

《序卦傳》：「蒙，昧也，不明之義。」〔一〕愚按，凡物之被掩蔽者，謂之「蒙」。如鏡之蒙垢，目之蒙瞖。而其本體之明自在。「亨」，乃《蒙》之本體，下是養蒙之道。先儒謂《屯》、《蒙》二卦反對，《屯》取「建侯」之義，作之君也；《蒙》取「求我」之義，作之師也。愚又按，《震》變《艮》，爲少男「童蒙」象，「蒙」而曰「童」，天性未漓，爲教易入，故「亨」。《本義》謂「『亨』以下，皆占辭。『筮』者明，則人當求我，而『亨』在人。『筮』者暗，則我當求人，而『亨』在我」。愚竊謂，「匪我求童蒙」，即「不憤不啓，不悱不發」之謂，此其義。如「筮」者之揲蓍，「初筮」必「告」，由其一念之誠「求」也，至再至三，則煩「瀆」矣。「不告」者，問此而答彼之謂。「筮」字，借作「求」字影子，不必主卜筮言。兩「我」字，皆

〔一〕按，此段引文不見於《序卦傳》。

指「九二」。「童蒙」指「六五」。「五」來求「二」，「二」爲卦主，故曰「我」。「利貞」者，教之以正也。

《象》曰：蒙，山下有險，險而止，蒙。「蒙，亨」，以亨行時中也。「匪我求童蒙，童蒙求我」，志應也。「初筮告」，以剛中也。「再三瀆，瀆則不告」，瀆蒙也。蒙以養正，聖功也。

《蒙》之所以不終「蒙」者，自有可「亨」之道。以「險而止」，必以「亨」而「行」。「行」則「亨」，不行則「止」，「行」對「止」説。時止則止，時行則行，便是「時中」，兼指二、五兩爻。「五」爲「蒙童」，「二」則「養蒙」者。非「亨行」，必不能以正養。非「時中」，必不能及其蒙而養，下文多是「以亨行時中」處。「時中」二字，乃「聖功」張本。《京氏傳》云：「《蒙》自《觀》來，『志應』者『二』、『五』，蓋往來之爻，故有相求之象。」吕伯恭云：「教者，雖不先求學者，自有樂育精神，感發來學處。此無以感之，彼安得而應之？應生於感也。」愚按，此諸卦言「應」之始。「剛中」專指二，「告」字從「應」字來。洪鐘在懸，隨叩隨應，「初筮」所以「告」也。「再三」之「瀆」，似是「蒙」來「瀆」發蒙者。何以云「瀆蒙」？吕伯恭曰：「至理不容擬議，一言之下，便當領會。苟未領解，吾置而『不告』，彼雖未達，其胸中天理固完然不動，若再三告之，則彼將入於擬議測度，反『瀆』

其天真矣。瀆童之義如此。然所云『不告』者，非棄之也，乃養之耳。即《孟子》『養不中，養不才』之義。『蒙』自有其良知良能，所謂正也。從渾沌立根基，不使鑿竅，入聖之功由此。不曰『正以養蒙』，而曰『蒙以養正』，張子所云『使蒙不失其正，教者之功也』。」

《象》曰：山下出泉，蒙。君子以果行育德。「行」，去聲。

真西山曰：「《艮》之象山，其德止也。山惟静止，故泉之出者無窮，有止而後有行也。」吴草廬曰：「童蒙，猶山麓初出之泉，汩之則清者渾，闕之則通者塞。養之，導之，而後可。『果行』者，導之之方，『育德』者，養之之方。」愚按，蒙養在初，猶泉之始達。故不曰「水」，而曰「泉」，周子所云「静而清也」。蓋《坎》爲流水，「泉」者其源也。泉之流或濁，其源未有不清者。猶物欲乃後來之蔽，性未有不善者，蓄其源使常清，所貴「果行育德」之功。「果行」者，體《坎》之剛中，以果決其行。「育德」者，體《艮》之静止，以涵育其德也。

初六，發蒙，利用刑人，用説桎梏，以往吝。《象》曰：「利用刑人」，以正法也。

「説」與「脱」同。

《程傳》謂「去昏蒙之桎梏」，《本義》謂「痛懲而暫捨」，楊龜山謂「脱桎梏而聽之往」，似皆非《爻辭》正解。愚竊謂，《蒙》在初，不可無以發之，如昆蟲伏地，遇蟄則出，有開豁警動之意。「初」近「二」，中爻互《震》，凡《易》言「用刑」者，必有「震」象。「刑」即《書》之「扑作教刑」、《禮》之「夏楚收威」是已。《漢書·刑法志》：「械在手曰梏」，「在足曰桎」。立教之始，「利用刑人」，然以爲「蒙童」而「發」之，非以爲罪人而「桎梏」之也。其或束縛過嚴，學者將苦難而不知益，如刑人而加以「桎梏」矣。所貴敷教在寬，藏修游息。使其手足有所措，則心思當日開。故又取「用説桎梏」之象。若一味任嚴，以「往」則有「吝」矣，以見立教當寬嚴相濟之意。朱子嘗云，「教導後進，須是嚴毅，然須有以開發之方得」，此正解也。楊敬仲曰：「知有陷阱，心亦有桎梏，或錮於聞見，或拘於私意，真明不得出矣。此心之『桎梏』也，故利用以説其桎梏也。」湛甘泉曰：「治『蒙』之初，非用教刑，則無以儆其惰，破其愚。所以然者，使『蒙』不至於終『蒙』，終『蒙』則過惡之甚，至受『桎梏』之刑矣。故『初』之『用刑』，用以脱其『桎梏』之罪也。」兩「用」字有著落，此解亦得。愚又按，鍾維新《讀易抄》曰：「《蒙》『初』有師道焉，非『用刑』者也，當如《詩》之『刑于』。『正法』正之以身法也，以正爲法，『桎梏』自脱，所謂名教中有樂地也。」此解更深一層。項平甫云：「『發』之於初者，『正法』示之而有餘；『擊』之於終者，干戈禦之而不足。」合「初」、「上」兩爻看，教「蒙」之義盡矣。

九二，包蒙，吉。納婦，吉。子克家。《象》曰：「子克家」，剛柔接也。

一陽居中，乃治《蒙》之主。中以上則過，中以下則不及。「童蒙」之質，精神未完，血氣未定，治之稍過、不及，俱失其時。故周子説《蒙》之義曰「慎哉惟時中」，「二」之能「包蒙」，以剛中也。凡《易》之道，以陽包陰，以君子包小人。《蒙》曰「包蒙」，《泰》曰「包荒」，《姤》曰「包魚」，皆在「九二」。「包蒙」，有家庭容納之義，故取象於「婦」。「子」自「初」至此，童年已長，可以授室矣，故曰「納婦」。可以總家政矣，故曰「子克家」。「剛」者，九也，「子」也。「柔」者，「二」也，婦也，故曰「剛柔接」。以一室言，爲夫唱婦隨，父作子述。推之朝廷，則《周禮》嬪御、膳夫、庖人，統於冢宰，皆是也。《本義》以「剛柔接」爲「二、五之應」，細看來，本爻已具此義。

六三，勿用取女，見金夫，不有躬，无攸利。《象》曰：「勿用取女」，行不順也。

「取」，去聲。

「三」與「上」本正應，但以陰居陽而不中，又近比於「九二」。女子之柔而多欲者也，「二」雖以「納婦」爲吉，此則戒其「勿取」，嫌其遠正應而近相比也。「不有躬」，由於「見金夫」，病在「見」字，見利則忘身矣。「二」剛中，「金夫」之象，凡剛居二爻者，多稱「金」。《姤》「初」之「金柅」，《困》四之「金車」，皆指「二」。此「金夫」，亦當指「九二」

無疑。《孔疏》謂指「上九」，似非。「三」往從上，於行爲「順」，今舍上而下比於「二」，《小象》所以云「行不順」。《本義》「『順』字當作『慎』」，與《坤·文言》略同，又引《荀子》「順墨」作「慎墨」。按，「術順墨而精雜汙」，語出《修身》篇，其義本難曉，不知朱子何以援此爲證。愚竊謂經文未必屢訛也。蘇紫溪曰：「《蒙》卦凡三言『順』，『五』之順在『從人』，『上』之順在『禦寇』。若爲利欲所誘，則本性之拂逆多矣。赤子之心，『順』乎性者也。利欲之誘，逆乎性者也。」只就「順」字作解爲得。

六四，困蒙，吝。《象》曰：困蒙之吝，獨遠實也。

《本義》以「遠於陽，而無正應，爲困象」是已。愚又按，「六四」以陰居陰，質既昏闇，又無賢父兄師友之助者。內有「九二」爲父兄，而隔於「三」，則「包」之所不及；外有「上九」爲師友，而隔於「五」，則「擊」之所不加。孑然處於晦昧之地，「困」而不學，終於下愚而已，可羞孰甚焉？陽實陰虛，本卦陰爻多比陽，惟「四」比應皆陰，故曰「獨遠實」，非「實」之遠「四」，「四」自遠「實」也。

六五，童蒙，吉。《象》曰：童蒙之吉，順以巽也。

此「求我」之「童蒙」也。《艮》爲少男，「童」象。「五」居尊，而下順於「二」。楊誠齋以高宗學於傅說、武王訪於箕子證之。愚謂「五」之受教於「二」，能以「童蒙」自居，如太甲之於伊尹，成王之於周公，不啻子承父命者。然《書》曰：「復子明辟。」直謂之子可也。以子承父，而何不「順以巽」乎，「順」者善受，「巽」者善入，皆「童蒙」之德也。若「順」而不「巽」，則悦而不懌，從而不改矣！夫子補《爻辭》所未言。

愚又按，六十四卦中，六居五、九居二者，凡十六卦，而十五卦皆吉，謂人君柔中虛己，而任剛中之臣，其臣亦以剛中之德應之也。於《蒙》卦首發其例。陸君啓曰：「《蒙》之君，願爲賢者童；《泰》之君，願爲賢者婦，尊賢之義隆矣。」

上九，擊蒙，不利爲寇，利禦寇。《象》曰：利用禦寇，上下順也。

《本義》：「治蒙過剛，爲『擊』象，攻治太深，則必反爲之害。」與《小象》「上下順」其義難合。愚竊謂「上」之所「擊」者，「三」也。「三」雖與「上」正應，而陰柔不中不正，又居《艮》止、《坎》陷之交。「三」既以「二」爲夫，自「上」視之，則「爲寇」矣，故曰「擊」，此遠不相得者也。《坎》爲盜寇之象。「擊蒙」有二義，治之太過，則激而「爲寇」；因其來而禦之，則可以止寇。「爲寇」者不利，則利在「禦寇」者矣。《艮》爲閽寺，守禦之象。「禦寇」者，上也。胡雲峰曰：「『上』之剛不爲寇而止寇，是上能順下；『三』之『蒙』因其『禦』而不爲『寇』，是下能順上。」得其解已。

愚又謂，本卦陰爻皆「蒙」，「二」剛而居中，「包蒙」所以養其善，「上」剛而過中；

「擊蒙」所以懲其惡，「初」之「用刑」，防寇於早也。「上」之用「擊」，持法於終也。

《象數論》曰：「『初六』乃立教之方，『九二』陽爻，師象；三、四、五爻皆陰，弟子象；『六三』以陰居陽，『坎』性趨下。『見金夫，不有躬』，『蒙』之見誘於利欲者。『勿用取女』，有不屑教誨之意焉。『六四』，困而不學者也。『六五』與『二』正應，順以受教，故以『童蒙之吉』與之。『上九』，陽剛居終，有衛道之力者也。凡異端曲學，足以惑『蒙童』之聞見者，皆『寇』也。『不利爲寇』而『利用禦』，往者不追，來者不拒。歸斯受之而已矣。」

蘇君禹曰：「『乾』『坤』初闢，即有『屯』『蒙』。『屯』則未舒，『蒙』則未覺。其洪荒時乎？唐、虞以後，智識漸開，私欲之誘，甚於『金夫』；意見之障，甚於『桎梏』；名利之竊，引寇而攻其外；道德之竊，引寇而攻其中；有如水之潰決，而莫之止也。夫水之源，澄之也易；水之流，塞之也難。故『初』言『發』，不過開關啓鑰之功。『二』言『包』，猶有含垢匿瑕之度。『上』曰『擊』，則有移山壓卵之勢矣。要學者求其在我，得其初心，則夜氣之動，即爲仁義。孩提之知，即爲堯舜。『困』可通，『婦』可納，又何『桎梏』寇盜之足慮哉？」

䷄乾下坎上

需：有孚，光亨，貞吉，利涉大川。

愚按，《坎》在上體者，凡七卦。聖人於《屯》、《蹇》取濟險之功，多是時會既至、經綸斡旋之事。若時會未至以前，須有一段忍耐工夫，《需》是也。「需」，亦造化自然之候，時方險難，不得不待者也。然往往陰柔者患不能出，陽剛者患不能「需」。卦體《乾》内而《坎》外，卦德妙在「有孚」。「二」、「五」，剛中充實，「有孚」之象。中爻互《離》，欲速見小，蔽他不得光之象。外卦《坎》，爲通亨之象。八卦正位，《坎》在五，剛中正貞之象。「貞」則不妄動以犯險，自然得「吉」。合二體，險在前，陽剛臨之，「利涉大川」之象。末句兼指内卦三陽，而援三陽以出險者，「九五」之功也。

《彖》曰：需，須也，險在前也。剛健而不陷，其義不困窮矣。「需，有孚，光亨，貞吉」，位乎天位以正中也。「利涉大川」，往有功也。

「須」，即《詩》「卬須我友」之義。《彖辭》言「利涉大川」者，凡七，惟《需》、《涣》二卦有《坎》體。《涣》「坎」在内卦，故曰「乘木有功」。《需》「坎」在外卦，故曰「險在前」。内卦三陽，以健體居《坎》下，喜其能「需」，故「剛健而不陷」，非由剛健故不陷也。天下事，躁進者每多阻，今遇險能須，故「其義不困窮」。外卦一陽居《坎》中而得位，凡人阻於勢而不得不「需」。「九五」位乎天位，勢無所阻，由其陽剛中正，故能鎮靜俟時，養其全力。「險在前」而「需」，則往非冒險；在險中而「需」，則可援諸陽以出險，此其所以「往有功」。

《象》曰：雲上于天，需。君子以飲食宴樂。

《屯》、《需》、《大象》皆不言水，而言「雲」，遇雷則爲《屯》，取滿盈之象。上天則爲《需》，取悠揚之象。舒卷不迫，要見與迅雷疾風不同。何以不言雨？雨是已下之象，無須待意矣。凡人利害得失，迫於其中，一飲一食，俱不自適。能「需」者不然，從容暇裕，如浮雲太虛，盡其在我，聽其在天，故於「飲食」之中，得「宴樂」之道也。身安曰「宴」，心恬曰「樂」。

初九，需于郊，利用恒，无咎。《象》曰：「需于郊」，不犯難行也。「利用恒，无咎」，未失常也。「難」，去聲。

國外曰「郊」。「初」猶未近險，「需于郊」之象。《同人》以象「上九」，去火遠者也；《需》以象「初九」，去水遠者也。《需》在「初」，爲時最早，恐其歷久而變，故戒以「利用恒」。「恒」者，常道也。蓋《乾》剛之性，一往無前，每每犯難而行，失《需》之常道。今在「郊」能「需」，則無是患矣。《小象》「不」字、「未」字，皆釋「无咎」，而「需」之義即在其中，所以堅「用恒」者之心也。

朱啓莊曰：「凡言『郊』者，多由主爻取象。《同人》以『二』爲主，『上』去『二』遠，故『上』爲『郊』。《需》以『五』爲主，『初』去『五』遠，故『初』爲『郊』。《同人》由近而遠，《需》由遠而近，所以處險者，正在此。『郊』者蕭然閒曠，却步步蹈實地。沙在水中，灑灑脱脱，不濡首塗足，泥則沾濡污穢，大費手脚矣。」

九二，需于沙，小有言，終吉。《象》曰：「需于沙」，衍在中也。雖「小有言」，以吉終也。

「二」則漸近於險矣，「沙」在水中，尚無沾泥塗體之患，故取象於此。「初」可以遠害，而不可以濟時，「三」則逼險而「致寇」。惟「二」進不於「泥」，退不於「郊」，正在或遠或近之間，所以未免「小有言」者。「初」則言其不能退而遠避，「三」則言其不能進而有爲。於此之時，能不爲群言所惑，從容以俟，由其剛中之德也。《説文》：「衍，水朝宗於海也。」「衍在中」，即從「沙」字取義。此爻即《乾》之「九二」，「衍」字即「寬以居之」之義。此心寬然，無入而不自得，人言何足惜哉？以其中而不正，故「小有言」；以其「衍在中」，故「終吉」。

九三，需于泥，致寇至。《象》曰：「需于泥」，災在外也。自我致寇，敬慎不敗也。

「三」居内卦之上，與《坎》切近，爲「泥」象。自「郊」而「沙」而「泥」，「三」之時位適然，於「三」何尤而致寇？愚竊謂，「三」之病，在過剛不中，不能静待，所以「致寇至」。「寇自我致」，則「三」不得辭其咎矣。《象》乃爲之謀，曰幸其「災」尚在外卦也，「自我致寇」，故「寇至」。我不「致寇」，則寇斯不至。其道在「敬慎」而已。何謂「敬慎」？「需」是也。本爻即《乾》之「九三」，「乾乾惕若」即「敬慎」之義。「不敗」者，謂當自處於不陷之地，非與寇争勝也。曰「難」，曰「寇」，曰「災」，皆從「險在前」説來。「敬」字從「上六」爻《爻辭》來。

六四，需于血，出自穴。《象》曰：「需于血」，順以聽也。

先儒釋此爻者，多以「血」爲殺傷之象。愚竊謂，《坎》之爲險者，在「六四」一爻，三陽方進，而「四」扼其前，卦體本以《乾》需《坎》，《坎》非需《乾》者也。「四」何以亦稱「需」？蓋以三陽從容鎮定，無隙可乘。「九五」陽剛中正，與爲近比。「四」之柔順得正，亦非與陽爲難者，故取「需于血」之象。「血」陰屬，循分以自安也。《坎》爲隱伏，穴象，中爻互《離》，《離》中虚，出「穴」象。「出自穴」者，若離其所處之安，以爲三陽彙征之路。「順以聽」，順於「五」以聽陽之進也。有「四」之「出穴」，而後有「上」之「入穴」。有「四」之「順聽」，而後「上」有「三人之來」。「需于血」之妙用如此，絶無相拒見傷之義。凡解《爻辭》者，須細玩《小象》，若以「血」爲陰陽相傷，則既受傷矣，何以「需」爲？與夫子「順聽」之旨不幾相悖乎？項平甫解此爻，亦不取陰爲陽所傷之説，竊從其解而極論之。

九五，需于酒食，貞吉。《象》曰：「酒食，貞吉」，以中正也。

《坎》居八卦正位，「五」爲卦之主爻，所謂「位乎天位以正中」者也。下三陽恃其「有孚」，故堅忍以「需之」。「五」爲主人，位乎「中正」，具「酒食」以待客，式飲式食，共釋險難之憂，而享安養之福，此其所以「貞吉」也。凡卦中有《坎》者，《爻辭》多取「酒食」之象。《坎·六四》「尊酒簋貳」、《困·九二》「困于酒食」是已。《彖傳》倒轉以叶韻云「正中」。《小象》所云「中正」即「正中」也，與《乾·九三》「龍德而正中」不同。

上六，入于穴，有不速之客三人來，敬之終吉。《象》曰：「不速之客」來，「敬之終吉」，雖不當位，未大失也。「當」，去聲。

愚按，「四」、「上」兩陰爻，皆取「穴」義，而「出」「入」不同。「四」之「穴」在三陽之前，以退避爲義；「上」之「穴」在三陽之外，以守己爲義。此爻即《坎》卦之上爻也。在

《坎》爲「實棘」之象，在《需》爲「入穴」之象。《坎》「上」無應而此有應，故彼以「三歲不得」爲「凶」，此則以「三人之來」爲「吉」。「三人」，指内卦三陽也。自陽呼陰曰「寇」，自陰稱陽曰「客」。「五」爲卦主，三陽本「五」之客，因「上」與「九三」正應，故「三」率其同體而來，出於「上」之意外，故曰「不速」，謂不召而自來也。「雖不當位，未大失」者，言能敬，則雖「不當位」，亦「未大失」，況「上」之當位者乎？曰「終吉」，則食報尚屬有待，到底不脱「需」之義也。

愚又按，處險難之時，著一點躁急之心不得，惟知其爲險，或遠或近，必先置身事外，乃可徐往而有功，所以《需》六爻皆無凶咎。申屠蟠絶迹於梁、碭，標榜所不加，「初」之「需于郊」也。郭林宗周旋京師，亦不及難，「二」之「需于沙」也。陳仲弓委蛇宦寺之間，卒能保身，「三」之「需于泥」也。内三爻似之。太王去邠遷岐，以「出穴」爲「需」者也。武王遵養時晦，以「酒食」爲「需」者也。勾踐棲於會稽，以「入穴」爲「需」者也。外三爻似之。

汪濬谷曰：「《需》、《訟》、《坎》，《乾》合以有事。《需》險在《乾》外，《訟》險在《乾》内，學者到得全體『乾』健，一團天理在我矣。纔學步須知『需』，寇不在外，所以防從欲之危。纔動念須知『訟』，褫亦不在外，所以貴克己之勇。」

䷅坎下乾上

訟：有孚、窒、惕，中，吉。終凶。利見大人，不利涉大川。

以「訟」名卦，只是要人無訟。文王就人一點好勝之念去開示他，分别箇「吉」「凶」，使知所趨避。《彖辭》二「惕」字，隱然有内自訟之意。《訟》與《需》反對，《卦辭》皆曰「有孚」。顧《需》之《坎》在外，爲「光」，爲「亨」；《訟》之《坎》在内，爲「窒」，爲「惕」。蓋能安其分則爲《需》，不安其分則爲《訟》。所以一「利涉大川」，一「不利涉大川」。「訟」者，好剛而爲血氣所使也。「有孚」者，中實也。「窒」，含忍也。「惕」，戒懼也。「中」，和平也。有此四德，必不與人「訟」，故「吉」。「終凶」，指「上九」。「大人」，「九五」也。《孔疏》以「九二」爲聽訟之主，《本義》亦以「『九二』陽剛，爲險之主」。愚按，《彖傳》「剛來而得中」，當指「九二」。「利見大人，尚中正也」，則指「九五」。「九二」以陽居陰，雖剛中而不正。處尊位而中正者，非「九五」乎？《吕刑》曰：「咸庶中正。」蓋聽訟者，以中正爲尚。虞芮質成，利見西伯。雀鼠速獄，利見召伯。「見大人」則訟可無訟，故以卦名歸之曰「訟元吉」。「二」方「逋竄」，何以爲聽訟之主？「利」「不利」對説，隨所處爲「吉」「凶」。吴草廬曰：「『涉川』之象，『利』於前進，『不利』於退後。《需》主爻『九五』，自『四』上往爲『五』，舟進而前，所以『利』。《訟》主爻『九二』，自『三』下來爲『二』，舟退而後，所以『不利』。」

《象》曰：訟，上剛下險，險而健，訟。「訟，有孚、窒、惕、中，吉」，剛來而得中也。「終凶」，訟不可成也。「利見大人」，尚中正也。「不利涉大川」，入于淵也。

上以剛陵下，下以險陷上。《乾》健遇《坎》險，「訟」之所由生。以一人言，内險而外健；以兩人言，彼險而此健，皆必「訟」之道也。「剛得中」，故「中吉」。「訟」者，彼此一是非，獄猶未成也。至於上，則成「訟」矣，故「終凶」。「尚中正」，乃使民無訟之本。上無明主，則下無良民。舉世成傾險之俗，是擠之而「入于淵」也。機心機事，日險日深，有不「載胥及溺」者乎？

《彖傳》有「往」、「來」、「内」、「外」字樣者，凡十九。《本義》指謂卦變，此其一。《訟》自《遯》來，説本虞翻，蜀才亦云「此本《遯》卦，『二』進居『三』，『三』降居『二』」。朱子因之。建安邱氏遂以此爲聖人言卦變之始。愚竊謂，《易》中無卦不變，似難指某某爲卦變也。一卦可變六十四，又安知《遯》不自《訟》來乎？大抵《彖傳》所云「往」「來」，只就兩卦反對説，上下易位，便有「往來」之象。夫子偶於十九卦言之耳。本卦

「剛來得中」，謂《需》上卦之《坎》來居《訟》之下，而剛仍得中，則《乾》之往居《需》下而得中，自不必言，所重在剛得中，言「來」，則「往」可知矣。凡爻自外而內曰「來」，自內而外曰「往」。《泰》、《否》二卦《彖傳》甚明。若以《遯》第三爻居《訟》第二爻，同在內卦，何以謂之「來」？所以先儒宋仙井、李舜臣凡舍本卦而論他卦，及某卦自某卦來者，皆所不取。又按，甬上董次公所著《卦變考略》兼采郎顗、京房、荀爽、虞翻四家，除《乾》、《坤》而外，無一卦不變者，亦可證專指十九卦之非。

《象》曰：天與水違行，訟。君子以作事謀始。

項平甫曰：「天一生水，始本同氣，一麗於形，天上行，水下潤，天道西轉，水流東注，遂成天淵之隔。女子爭桑，而吴楚連兵；羊斟爭羊，而宋師敗績。『君子以作事謀始』，防於未違行之先也。」愚按，人之彼此乖忤，多起於「違行」。事之所包者廣，訟其一耳。《彖辭》只説「中吉」、「終凶」，《大象》補出「謀始」二字，要人絶爭端也。凡立朝不分朋黨，講學不立門户，皆是。

初六，不永所事，小有言，終吉。《象》曰：「不永所事」，訟不可長也。雖「小有言」，其辯明也。

「初」才弱位下，無必勝之心，無難已之勢，「不永所事」之象。不曰「訟」而曰「事」，事在「初」，未成「訟」也。「小有言」，與《需》「九二」同，言其傷我者「小」也。大抵人之「訟」，多從角口起，「小有言」，則彼此解釋尚易，只用略與之辯，辯明即止，所以「不永」而「終吉」。《象傳》曰「訟不可成」，要其終也。此云「訟不可長」，戒其始也。兩箇「不可」，全從理上斷。

九二，不克訟，歸而逋，其邑人三百户，无眚。《象》曰：「不克訟」，歸逋，竄也。自下訟上，患至掇也。

「九二」，《彖傳》所謂「剛來而得中」者，《爻》則以「歸逋」爲義。一言其才，一言其位，故各不同。《爻辭》但言其「不克訟」而「歸逋」，故「无眚」。《小象》則謂其「以下訟上」，而「患至」，彼此不同，何也？先儒多謂「二」與「五」訟。愚竊謂「九五」中正之大人，何至見「訟」於「二」？「三」本與「上」應，而與「二」爲比。「二」與「上」爭「三」而有「訟」，故云「自下訟上」，「上」者，上爻也，與「下之從上吉」義同。春秋時，往往有父子君臣相獄者，如元咺訴衛侯於晉，王子朝愬敬王於諸侯之類，故夫子借爻象發周公所未言以儆之。蓋「二」與「上」訟，而質成於「五」，遇中正之君，而爲所化，「二」之「不克訟」以此，爻言「不克訟」，以「二」之剛中也。其所以「不克訟」，由其能「歸逋」，自處卑約，以免患也。曰「歸」，是退步之義。「三百户」，下大夫之邑。《坎》爲加憂，眚象，「无眚」者，《周禮》所云「憑弱犯寡則眚」之謂，四面削地也。「二」「歸逋」，故「邑」「无眚」。《象》言以子「訟」父，以臣「訟」君，分卑勢屈，禍患立至，有如拾取。除却「逋竄」，更有何策？曰「歸而逋」，所以開其自新之路，曰「患至掇」，所以折其無上之心也。

劉石閭曰：「《訟》之爲卦，四陽而二陰。夫陰者，陽之所悦也。『二』以《坎》之一陽而介二陰，『初』自應『四』，『二』欲『初』則『四』必起而争之矣。『三』自應『上』，『二』欲『三』則『上』必起而與之争矣」云云，與「二」、「三」兩爻《小象》中「上」字正合，得其解矣。

六三，食舊德，貞厲，終吉。或從王事，无成。《象》曰：「食舊德」，從上吉也。

唐凝庵曰：「《坎》卦原舊是《坤》，以《乾》再索而成《坎》。今『三』在『二』既歸之後，復成《坤》，遂全有坤德。」項平甫曰：「『六三』所『食』之『舊德』，坤也。曰『貞』，曰『或從王事，无成』，皆《坤》『六三』之舊辭。」愚按，「三」，陰柔不能「訟」，人皆以爲無才，由君子觀之，則爲「德」。「食舊德」，只是守舊之義。「二」與「四」所争者，「初」；與「上」爻所争者，「三」也。「二」「不克訟」，故「初」「不永所事」。「初」與「三」本無「訟」，因「二」之訟，而牽入事中也。「三」與「上」本正應，「二」「不克訟」，而「三」仍

「從上」，即此便是「貞」，以其居二陽之間，故有危象。以其從事，无成，故「終吉」。「无成」者，不終訟也。玩《爻辭》，於《坤・六三》，去「有終」二字，其義可知。

九四，不克訟，復即命，渝，安貞吉。《象》曰：「復即命渝」，安貞不失也。

《程傳》：「命謂正理，失正理爲方命。『九四』剛而不中正，躁動則不安，處非中正，則不貞。不『安貞』，所以好『訟』也。若義『不克訟』，反就正理，變其不『安貞』而『安貞』，則『吉』矣。」〔一〕愚按，「九四」乘「三」而應「初」，「初」與「三」皆比「二」，而「三」又應「上」。「四」之所以不能無訟也，「二」與「四」皆以剛居柔，又同爲「不克訟」之象。「二」以下訟上，其「不克」者，勢也。「四」以上訟下，其「不克」者，理也。君子安於理，小人制於命。知理之不可渝，而「復」，而「即命」，好勝之心，一變而歸於正道。前念之悔，即爲後念之貞。何吉如之！《象》曰「不失」，正解「吉」字，以理之得失爲「吉凶」，非以「訟」之勝負爲「吉凶」也。一説，「渝」，變也。即《春秋》「渝平」之「渝」。此

〔一〕按，此段引《程傳》原文有小異，原文如次：「命謂正理，失正理爲方命。夫剛健而不中正，則躁動，故不安；處非中正，故不貞。不『安貞』，所以好『訟』也。若義『不克訟』而不『訟』，反就正理，變其不『安貞』而『安貞』，則『吉』矣。」

爻剛變而柔，則爲《涣》，訟事散矣。凡爻之言「渝」者，皆取變卦也。其義或然。

九五，訟，元吉。《象》曰：「訟，元吉」，以中正也。

此尚中正之大人也。「初」、「三」兩爻，陰柔不能「訟」者，「二」「不克訟」而「歸逋」，「四」「不克訟」而「安貞」。「九五」居中得正，下皆無「訟」，故曰「訟元吉」。「中正」，不作聽訟解，「無偏無黨，王道蕩蕩」。一切發奸摘伏，俱置不用，何以聽訟爲哉？使「九五」聽訟而當，不過一大有司耳，非大君使民無訟之道也。

上九，或錫之鞶帶，終朝三褫之。《象》曰：以訟受服，亦不足敬也。

馮厚齋曰：「『初』不言訟，杜其始也。『上』不言訟，惡其終也。『上』與『二』爭『三』而有訟，『二』『歸逋』，『三』從『上』，則『上』居勝勢矣。《乾》爲圜，《荀九家》『《乾》爲衣』。中爻互《巽》，爲繩，『鞶帶』之象。凡命服，先束革帶，乃加大帶，『鞶帶』乃命服之飾。『訟』者得勝，豈有『受服』之理？『或錫之』者，假設之詞。縱或有其事，終必見『褫』。況萬萬無其事乎？中爻《離》，爲日，朝之象。本爻居外卦之終，『三褫』之象。『褫』，奪也。夫子復發周公言外之旨，謂不奪『亦不足敬』，其辱有更甚於『褫』者矣。終凶所不必言。」

項平甫曰：「凡『訟』，皆起於剛而止於柔。『九二』、『九四』皆剛，是以起『訟』，終以居柔，而『不克訟』，故一『逋』一『渝』。『初六』、『六三』雖居剛位，而其德皆柔，故『終吉』，一爲『不永所事』，一爲『從事无成』。獨『九五』一爻，有全剛之資，而居中履正，非好訟者也，故爲『元吉』。『上九』以剛居柔，在《訟》之終，居高用剛，不勝不已，此終訟之凶人也。」

䷆坎下坤上

師：貞，丈人吉，无咎。崔氏憬曰：「『丈人』，《子夏傳》作『大人』。吴氏《易纂言》依之。」

卦體以一陽統五陰。《周禮》：「五人爲伍，五伍爲兩，四兩爲卒，五卒爲旅，五旅爲師。」「師」者，衆也，古未有兵之名也，人衆則不可無以統之。「丈人」者，師中之主也。《周禮》司馬，掌兵者也。而言掌邦政九伐之法，所以正天下之不正也。軍伍會於教官之司徒，古未有將之名也。《坎》爲中男，而稱「丈人」者，《乾》、《坤》以後，《坎》即用事，歷《屯》、《蒙》、《需》、《訟》，至此凡五見矣。非他弟子可比，故子以尊稱。「九二」一陽，卦主也。行「師」者，先要得正，次要得人。不得正，則「師」出無名；不得人，則「師」行無主。得正得人，自然「吉」而「无咎」。《程傳》云「有吉而有咎者」，凡無名行師，而幸勝者是也；「有无咎而不吉者」，凡聲罪致討，而不勝者是也。

《彖》曰：師，衆也。貞，正也。能以衆正，可以王矣。剛中而應，行險而順，以此毒天下而民從之，吉，又何咎矣。「王」，去聲。

三代興「師」，未有不出於「正」者。後世機變用事，乃好出奇。奇兵或以少致勝，惟正兵乃能用衆，非爭地爭城之比，故曰「可以王矣」。「剛中」，謂「九二」，「應」指「六五」，「二」雖爲卦主爻，所重尤在「五」。「剛中」而無「應」，則「上」之信任不專，「師」出何以有功？兵凶戰危，故曰「險」。《坤》居外卦，故曰「順」。「行險」而不順，則下之人情不服。既「應」且「順」，即「以此毒天下」，而民必從之。吴起所謂「興師動衆，而人樂我」，所以有吉而無咎。胡雲峰云：「王者之師，不得已而用。如毒藥之攻病，非有沈痾堅癥，不輕用也。」愚竊謂，行師之時，供億之煩，殺僇之慘，俱在所不免，故曰「毒」。然而「民從之」者，意主於除害，非以殃民也。

一説，「剛中而應」專指「九二」，蓋卦體五陰，聽於一陽，「二」欲自王，誰能禁之？即不自王，如韓信之於漢，李光弼之於唐，緩急之際，召之不至，君臣遂生怨咎。「二」惟盡忠以應「五」，所以上順而下從，如諸葛武侯之於蜀是已。

《象》曰：地中有水，師。君子以容民畜衆。

蘇氏《易傳》曰：「『地中有水，師』，言當如水行地中，而人不知也。」愚按，不言「地下」而言「地中」者，取「容畜」之義。井田之制，寓兵於農，如水在地中，隨地可以得水。「容民畜衆」，養之於井田耳。曰「容」，有樂利之意。曰「畜」，無黷武之情。《象》言臨時御衆之道，此言平時「畜衆」之道。

初六，師出以律，否臧，凶。《象》曰：「師出以律」，失律凶也。

「律」者，紀律也。「初爻」在一卦之内，由内而外，故云「出」。出師之初，勝負未可知，故不言吉。若出不以律，則凶立見矣。「否」者，不然之謂，「否臧」，只作不以律解。即《小象》所云「失律凶也」。《注疏》謂「失律而臧，何異於否」，却將聖人語意説得支離了。一説，「律」指律吕言，《周禮》太師之職，「執同律以聽軍聲，而詔吉凶」。師曠曰：「吾驟歌北風，又歌南風，南風不競，多死聲，楚必無功。」又《史記·律書》：「六律爲萬事根本，其於兵械尤所重。」以上諸説，皆出師用律之證。蓋音律通乎法律，必法律嚴然後音律清。亦是一解。吴草廬又云：「律爲元聲，而軍法紀律皆取法乎此。不可專言吹律一節。」

九二，在師中，吉，无咎，王三錫命。《象》曰：「在師中吉」，承天寵也。「王三錫命」，懷萬邦也。

一陽在《比》爲君，在《師》則爲將。《卦彖》之「丈人」，即「六五」之「長子」。自衆尊之曰「丈人」，自君稱之曰「長子」，皆指此一爻。剛而在中，威德並著，所謂老成持重，練達軍務者也。玩「在」字，有不動聲色而鎮服三軍之意，故《彖辭》之「吉」、「无咎」歸之。中爻自「二」至「四」互《震》，長子之象，不發於本爻而於「六五」者，委任責成，不在將，在君也。禮，一命受爵，再命受服，三命受車馬。「錫命」者，如《春秋》「王使宰周公」「錫齊侯命」、「王使内史過錫晉侯命」是也。有「錫命」之寵，而後「師中」得以展布，「錫」至於「三」，見「天寵」優渥。「天」字，只作「王」字解。歸重在王之任將上，「懷萬邦」，推原所以「錫命」之故，懷邦爲行師根本，非好大喜功，全是一腔惻隱之心，乃所以爲貞也。

六三，師或輿尸，凶。《象》曰：「師或輿尸」，大无功也。

「二」爲卦主，「三」以失位之柔而乘之，不中不正，有撓權僨事之象。「輿尸」，《程傳》謂「衆主也」，《本義》謂「司徒撓敗，輿尸而歸」。觀「六五」《爻辭》，以「輿尸」屬「弟子」，當依《程傳》爲是。軍中不專一主，則事權錯出。如或有之，乃取凶之道。荀林父邲之戰，令出於先穀；趙盾河曲之師，令出於趙穿；郭子儀相州之敗，以九節度，非「大無功」者乎？愚又按，古者車戰，一車百人，故謂衆爲「輿」。

六四，師左次，无咎。《象》曰：「左次无咎」，未失常也。

「四」居《坤》之下，乘承皆陰，由其知退，所以「无咎」。「左次」，猶言退舍。兵事尚右，故以左爲退。「次」者，師行止舍也。凡師三宿爲次。《春秋》「次于郎」、「次于召陵」是也。「三」以陰居剛，躁動而有「輿尸」之「凶」。「四」以陰居柔，「左次」以聽主帥之令，當退而退，故「无咎」。《小象》「失」字，從「失律」來。「未失常」者，不「失律」也。夫子恐人疑其以退爲怯，故補本《爻辭》所未言以解之。

六五，田有禽，利執言，无咎。長子帥師，弟子輿尸，貞凶。《象》曰：「長子帥師」，以中行也。「弟子輿尸」，使不當也。「長」，上聲。「當」，去聲。

「五」，君位，興師用將之主也。兵者，凶器，必如「田有禽」而「執」之，乃可舉兵，如「牽牛蹊田而奪牛」之義，即下文「利執言」之意，所謂師出有名也。「禽」者，鳥獸之總名。凡《易》言「禽」者，多在《坎》，《坎》體有禽象。本卦「九二」《坎》體，上應「六五」，故曰「田有禽」。《比》「九五」，《坎》變《坤》，則爲「失禽」象。《恒》大象《坎》、《井》，《坎》體在上，皆曰「无禽」。「利執言」者，奉辭伐罪，師出有名。本「无咎」也，病在委任不專耳。「長子」、「弟子」，通「二」「三」兩爻言。既用「二」，又用「三」，以新進參老成，則雖正亦「凶」，況不正乎？《小象》「以」字、「使」字當玩。「以」者，用也，與「使」字互文。用人係民命之生死，社稷之安危，「長子」使之，「當」者也；弟子使之，「不當」者也。能用「二」者，本「五」柔中之德，參以「三」者，「五」中而不正之過也。

上六，大君有命，開國承家，小人勿用。《象》曰：「大君有命」，以正功也。「小人勿用」，必亂邦也。

此爻乃班師論功之象。「大君」謂「五」。「上六」以大臣奉君命，而行黜陟，故其辭嚴正如此。外卦《坤》，建侯開國之象。中爻互《震》，長子承家之象。下二句，即大君之命。「開國」，功之大者；「承家」，功之小者。分别等級，以杜冒功之門，故曰「正」。小人亦即在此二等中。「勿用」者，非吝於爵賞之謂，當行師之時，使貪使詐，權宜可也。至於「開國承家」，所關非一世之事，若復用小人，雜處其間，不但灰豪傑之心，抑且貽子孫之患。東漢之衰，始於外戚冒功，繼而宦寺封侯，卒至亡國覆家，由不知師終之戒也。御將之道，賞功易，正功難，要見公天下而不市私恩之意。聖人於「二」之「錫命」，嘉其「懷萬邦」；「上」之「勿用」，決其「必亂邦」，總爲斯世斯民起見。

或問「勿用」之義，小人而有功者，當何以處之？答曰：或賞而不封，或封而不任，俾之衣租食税，勿令干預政事，此安寧天下之計，亦保全功臣之道也。

䷇坤下坎上

比：吉，原筮，元永貞，无咎。不寧方來，後夫凶。「比」，去聲，後同。

《京氏傳》曰：「《比》自《師》來。」此據反對。言變者，一陽之卦凡六，得君位者，惟《比》。「元永貞」三德屬「九五」，「原筮」爲《比》五諸爻而設。《易》內外卦多取陰陽正應，其近相得者則爲比，然亦有不相得者。惟《比》諸爻，不論內外應否，總以比「五」爲義。一陽，乃卦主也。上不求「比」，而下自「比」之，故「吉」。「原筮」者，再三詳審之謂。「元」者，天德也。「永貞」者，地道也，其此三德何以「筮」爲？愚竊謂，諸爻於所「比」必審求具此三德者，順而從之，則「无咎」，所謂臣亦擇君也。文王恐人疑「比」之義近乎私暱，故借「筮」以發明之，與《蒙》之「初筮」義同，非真以筮爲卜也。若依《本義》「再筮以自審，有元永貞之德〔一〕，然後可以當衆之歸」，則以「原筮」指「九五」矣，似於上下辭意不洽。今據《程傳》發其義，觀下文兩句自明。「不寧方來」，是歸命不遑之象。上有剛中之君，甸男侯衛同軌畢至，而不敢後。上居卦末，爲「後夫」，如田橫、尉佗

〔一〕按，「有元永貞之德」，《周易本義》作「有元善長永貞固之德」。

始雖倔强，終必滅亡。「凶」字，正與「无咎」應。又按，《萃》與《比》，下體《坤》順同，《萃》多「九四」一陽，以分其權，故「元永貞」言於「五」；《比》無分其權者，故「元永貞」言於卦。

《彖》曰：比，吉也。比，輔也。下順從也。「原筮，元永貞，无咎」，以剛中也。「不寧方來」，上下應也。「後夫凶」，其道窮也。

「比吉」二字，《卦辭》所有。《本義》謂「『比吉也』三字疑衍文」。愚按，《彖傳》連用三箇「也」字，重複其詞以贊之，多從《卦辭》來，似不當衍。趙汝楳曰：「『吉』者，卦之義；『輔』者，『吉』之由。兩舉卦名，自有兩義。」是爲得之。「輔」，車兩旁木名。一剛在上如車，衆陰順從如輔。「順」者，情不容已。「從」者，分不可逃。「下」字指下四陰。「以剛中」者，因「五」有「剛中」之德，故「比」之者「无咎」也。「上下應」，兼指上爻，「上」亦非不比「五」者，特以「後」至而「凶」耳。「其道窮」者，自致窮蹙之謂。又按，《彖傳》言「上下應」者，《比》與《大有》兩卦相似。彼以上下五陽應一陰，此以上下五陰應一陽，皆居君位而得中者。而陽剛中正，則又本卦所獨也。

《象》曰：地上有水，比。先王以建萬國，親諸侯。

《象》言五陰比一陽，《象》言一陽比五陰。「水」者，地之經絡也。分界九州，血脈貫通，故「建國」「親侯」取此象。顔質卿曰：「法地中之水，藏天下於天下；法地上之水，以天下治天下。」愚謂井田封建，相爲表裏。《師》之「容民」，井田也；《比》之「親侯」，封建也。君與民一體而分，「親諸侯」所以親民。曰「建」，則枝榦固；曰「親」，則脈絡通。不獨合天下爲一家，且通天下爲一身矣！

初六，有孚比之，无咎。有孚盈缶，終來有他，吉。《象》曰：比之初六，「有他吉」也。

「初」爲《比》始，倡諸陰而比「五」。「有孚」是《比》之道。凡《易》言「孚」，皆取陽爻中實。「初六」陰爻，何以曰「有孚」？蓋初陽實，六陰虚。「缶」者，中虚之器。「盈缶」，則中實矣。内卦《坤》，爲釜、缶之象。「初」去「五」最遠，而歸誠獨先，如蕭何護高祖於布衣，鄧禹親光武於同學。由其有相孚之實，故「无咎」。他時將相王侯，皆分内事，而若獲之意外，初願固不及此也。故曰「終來有他吉」，「吉」在「終」，而聖人即《比》之初決之，以其「有孚」耳。兩「有孚」，只是徹始徹終，表裏如一，便是滿盈處，非初之「孚」尚淺，必積之而後「盈」也。夫子只以「比之初六」四字，該括《爻辭》，令人深思，自得堅持初念而已。惟「吉」爲「他吉」，斯「孚」乃真「孚」。

六二，比之自内，貞吉。《象》曰：「比之自内」，不自失也。

「二」在内卦，對「六四」外比言，内外卦之分例見於此。「二」柔中正，與「五」剛中正相應，君臣合德，非徇人以失己者，故曰「比之自内」。居帷幄之中，參預密勿者也。八卦正位，《坤》居二，「六二」又以陰居陰，故曰「貞」。得正又得中，所以「吉」。「自内」與「不自失」，兩「自」字重看，《乾》曰「自强」，《謙》曰「自牧」，《復》曰「自知」，《頤》曰「自養」，《晉》曰「自昭明德」，皆是此義。所謂達不離道者，與「五」正應，非私比可知，何「失」之有？

六三，比之匪人。《象》曰：「比之匪人」，不亦傷乎！

「大人」「君子」首繫於《乾》，「小人」首繫於《師》，「匪人」首繫於《比》。「匪人」者，非正人也。其類不一，何地無之？在吾之「比」與「不比」耳。「六三」不中不正，乘承皆陰。非人來「比」我，而我自「比之」。所謂「見邪即入」者也。《爻》不言凶咎，《象》曰「不亦傷乎」，但作從旁憐憫之辭，欲其惕然自反也。

六四，外比之，貞吉。《象》曰：外比於賢，以從上也。

「初六」，内也。「九五」，外也。「四」不與「初」應，而近「比」於「五」，義之與比也。「二」自内比，「四」自外比，兩爻皆以柔居柔，故「貞吉」。《小象》「賢」字，對「匪人」説，「賢」與「上」，皆指「五」。「賢」以其剛中正，「上」以其居尊位。「四」之比「五」，固以其賢，亦循君臣大義，而安「從上」之分耳。

九五，顯比。王用三驅，失前禽，邑人不誡。吉。《象》曰：「顯比」之吉，位正中也。舍逆取順，「失前禽」也。「邑人不誡」，上使中也。

衆陰皆「比」，一陽獨尊，聖作物睹，其道光明，「顯」之義也。「三驅」，借田獵言之，《坎》爲豕，禽象。「邑人不誡」者，徒御不驚，有聞無聲也。三句只作一氣，總是「顯比」之象。蓋王者惟以比天下爲心，未嘗强人以從我。士各有志，不相迫也。譬之「三驅」，豈以失一禽而介意哉！「三驅」之禮，《經》、《傳》無明文，先儒或云「三度驅禽而射之」，或云「三面著人驅禽」，或云「圍合三面，前開一路，使之可去」，初無定説。愚竊謂「前禽」似指「上六」，以其在「五」之上，曰「前」；以其獨不比「五」，曰「失」。又按，一陽居尊得位，中而且正。《小象》惟首二句明白易解，餘義大難理會。《周易舉正》曰：「『三驅』，『舍逆取順』一句，誤在『失前禽』上。當云『失前禽，舍逆取順』也。」虞仲翔曰：「『三驅』，謂驅下三陰，不及『初』，故『失前禽』；背『上六』，故『舍逆』；據三陰，故『取順』。」愚按，《彖傳》云「下順從」。上下順，以比我爲「順」，則不比者爲「逆」矣。兹何以云「舍逆取順」？塗山之會，防風見戮，逆者何嘗縱舍乎？舜之格有苗，庶幾「舍逆」之義，而逆卒爲順，舍之乃以取之。漢光武得隴望蜀，是以逆而不舍也。宋太祖卧榻之側，不容他人鼾睡，併順者亦不舍矣。先儒之解，紛紛不同，或是射去我之禽；或是射向我之禽；或以陰乘陽爲逆；「舍逆」者，舍上一陰，是長亂矣；或以陰乘陽爲順，「取順」者，取下四陰，是殺降矣；或謂來者不殺爲「取順」，去者不追爲「舍逆」，是終日不獲一禽矣。惟張彦陵《説統》曰：「王者之民，何『順』何『逆』？王者之心，何『取』何『舍』？惟不必於順，若見以爲有逆；不必於取，若見以爲有舍，故曰『失前禽』。」詮釋較明。

「邑人不誡，上使中也」二句，亦難詮釋。潘雪松曰：「王者之田，以法從事，而不必於得。王者之心也，『邑人』衆著於好生之仁，不盡物而聽之去，故惟王者之田，惟不相告戒，而人亦渾於兩忘，故爲王者之比。」楊慈湖曰：「致『邑人』，初不待諄諄誡諭，而自化於中正之道者。上之人行中正之道，自能使『邑人』中正也。」卓去病曰：「聖人之於天下，不使其親己，不使其去己，亦不使其防人，自有恰好所在，使其中而已。」三説不同，采以備訓詁。

上六，比之无首，凶。《象》曰：「比之无首」，无所終也。

此爻畫卦在「五」後，故謂之「後夫」。「上」爲衆陰之首，下四爻皆順從於「五」，獨「上六」在一陽之外而不比「五」，則衆陰「无首」矣。所以「上」獨受其「凶」，《爻》曰「无首」，《象》曰「无終」，互舉之詞。天下有有首而「无終」者矣，斷無「无首」而有終者也，此之謂道窮。合一卦而觀，下固順從，上亦當下比。故有「方來」之象。以一爻而言，群陰在下而承「五」，「上」獨在上而乘「五」，故專言「无首」之「凶」。

☴☰乾下巽上

小畜：亨。密雲不雨，自我西郊。

卦之取名，以陰畜陽，而聖人扶陽抑陰之意，至此卦尤深切著明。一柔自《姤》變《同人》，自《同人》變《履》，自《履》變《小畜》，兩卦反對。《小畜》似宜居《履》後，何以《巽》反居上？蓋《乾》、《坤》以後，陰爻用事自《巽》始。故以一陰居初畫爲先。「亨」字仍屬陽説，陽之所以得「亨」，以「畜」未成也。畜陽者，「四」也。「四」居《巽》「初」，又互《兑》，而在天上，故謂之「雲」。以其所「畜」者小，而不能止陽，故成「密雲不雨」之象。吴仲清曰：「《坎》水其氣上升爲『雲』，其液下降爲『雨』。『二』、『三』、『四』互《兑》，《兑》有《坎》之上半體，故上有『雲』而下無『雨』。」董次公曰：「《需》上變而爲《巽》，《需》之《坎》升天爲雲，墜地爲雨。今《坎》象半見，故『不雨』。又，中爻互《離》，爲《乾》卦，亦『不雨』之象。互《兑》，《兑》位在西，故曰『西郊』。天地之氣，必鬱結醞釀，方能成雨。今雲興而風散之，焉能久畜？」《程傳》云：「西郊陰所，凡雨須陽唱乃成，陰唱則不成。今雲過西則雨，過東則不雨，正是《彖》義。『自我西郊』，申明密雲不雨之故。」《本義》謂「『我』者，文王自我也。文王演《易》於羑里，視岐周爲西方」，似非取象之旨。愚按，《小過·六五·爻辭》與此同，亦豈周公自稱爲我，而以岐周爲西方耶？據《蒙·卦彖》「匪我求童蒙，童蒙求我」，兩「我」字，指本卦主爻而言。《小畜》一陰爲卦主，「我」亦當屬「六四」。觀《象傳》云「自我西郊，施未行也」，其義較明。

《彖》曰：小畜，柔得位而上下應之，曰「小畜」。健而巽，剛中而志行，乃亨。「密雲不雨」，尚往也。「自我西郊」，施未行也。

八卦正位，《巽》在西，《小畜》反對爲《履》，《履》「六三」以陰居陽而位不當，今來爲《小畜》之「四」，則以陰居陰，故曰「柔得位」。一味柔「巽」，最能惑人，故「上下應」。「健而巽」者，卦德也。小人用之以順，則足以籠絡君子；君子行之以健，則絕不受制於小人。歸重在剛健。「剛中」謂「二」，「志行」統言下三陽，「施未行」謂「四」，兩「行」字相應。陽「志」方「尚往」，陰豈得下「施」？所以欲畜而未成，深爲君子幸之之意。

郭白雲曰：「有止而畜之者，畜之大也。有入而畜之者，畜之小也。」蘇子瞻曰：「《大畜》將以用《乾》，《小畜》將以制之。《乾》進而求用則可，進而受制則不可。故

《大畜》之《乾》以之《艮》爲吉，《小畜》之《乾》以之《巽》爲凶。

《象》曰：風行天上，小畜。君子以懿文德。

每卦《大象》，夫子於《彖》、《爻辭》之外，别有取義，而義要不外卦象中。《孔疏》謂此「不取『風行天上』之象」者，非也。按「風行地上」爲《觀》，「先王以省方觀民設教」，「天下有風」爲《姤》，「后以施命誥四方」，此皆風力足以及物，達則兼善天下者也。故稱「先王」，稱「后」。今「風行天上」，則爲罡風，而不能下被乎物，君子觀此象，「以懿文德」。「懿」者，美也。細行必矜，獨善其身之謂。凡謹儀飭度，稽訓修辭，皆是也。又，卦體以柔遇剛，有柔來文剛之象。而謂「不取風行天上之象」，然則聖人所取者何象乎？

初九，復自道，何其咎？吉。《象》曰：「復自道」，其義吉也。

周用齋曰：「卦以陰畜陽爲義，爻以不受畜於人爲道。」愚按，「初」以陽居陽，雖與「四」應，而能自守，故曰「復自道」。「道」，本自之道。「復」之者，還其故吾，何咎之有？故不曰「无咎」，而曰「何其咎吉」。《象》曰「其義吉」，以見不論應否，據理而斷，自當得吉也。

《復》爲一陽之卦，《初》曰「不遠復」，《二》曰「休復吉」。《小畜》一陰之卦，亦於

「初」「二」兩爻言「復」，何也？胡雲峰曰：「《復》卦乃六陰已極之時，喜陽之復生於下。《小畜》則一陰得位之時，喜陽之復升於上。」愚又謂，《復》曰「出入无疾」，「初九」似之；曰「朋來无咎」，「九二」似之。聖人欲人以《復》之道，處《小畜》之時也。

九二，牽復，吉。《象》曰：「牽復」在中，亦不自失也。

「二」漸近於陰，以其剛中，而與「初」同體同德，故連於「初」而有「牽復」之象。二陽並復，其勢不孤，故「吉」。「二」之不受「畜」，與「初」同，但「初」與「四」應，而能「復自道」，其事較難。「二」則同體牽連而「復」，其事較易，「初」「吉」則「二」之「吉」可知。《象》曰「亦不自失」，乃因彼許此之辭，「不自失」，與前「復自道」相應，兩爻合看更明，《程傳》謂「二」與「五」牽復，其義難曉。

九三，輿説輻。夫妻反目。《象》曰：「夫妻反目」，不能正室也。「説」與「脱」，音義同。

「三」爲「四」所乘，《巽》「初」一陰，乃《坤》之初畫，「輿」之象。「三」居「四」下，比而悦之，爲所畜而不行。「脱輻」之象，《乾》爲夫，《巽》爲長女，「三」與「四」比，夫妻之象。《巽》爲多白眼，「反目」之象，王《注》以「上」爲《巽》長，指妻爲「上九」。愚謂，「上」雖《巽》長，終是陽爻，何可指之爲妻？似當指「六四」，「三」「四」本非正應，以近比爲所止畜，安其室而無上進之意。「四」以柔乘剛，妻居外而夫居内，乃反爲所制。「脱輻」、「反目」，皆「九三」過剛不中所致。《小象》歸咎於「不能正室」，乃責備賢者之意。謂其非正應，而與「四」比也。上爻所謂「婦」，亦指「六四」而言，因「四」之「血去惕出」，故尊尚其德，而以爲「婦貞」耳。

「輻」，《釋文》作「輹」。項平庵曰：「輻，車轑也。輹，車軸轉也。輻以利輪之轉，輹以利軸之轉。輻無脱理，若輹則有脱時，車不行則脱矣。」

六四，有孚，血去惕出，无咎。《象》曰：有孚惕出，上合志也。

此爻所謂柔得位者。一陰畜五陽，其勢孤，若以智術籠絡，諸陽有渙然散耳，故必「有孚」，然後能「合」。「血」者，陰也。「四」，陰虚，何以能「有孚」？「四」之孚，「五」孚之也。近與「五」比，知陽之同德，而不忌其進，故無戰而受傷之象。「血去」，則雖以陰居陰，而無陰累。然猶不安其居。惕懼而出，與《需・六四》「出穴」義同，不敢固位以妨群賢之路，此「四」之善自處也，所以「无咎」。「上合志」指「五」，以其爲衆陽之領袖，故曰「上」；以其與「四」同體，而皆「有孚」，故曰「合志」。

九五，有孚攣如，富以其鄰。《象》曰：「有孚攣如」，不獨富也。

「四」、「五」皆曰「有孚」，「五」與下三陽同德，「四」則其同體也。恐「四」之包藏陰謀，而不利於陽之上進，故極誠以「孚」「四」，而「四」亦上「孚」於「五」，「四」既「血去」，而出於危惕矣。與「五」方一體固結；「五」雖與「二」應，遠不相得，而近與「四」爲鄰，以一誠相結，而衆陽歸之。曰「富以其鄰」，則仍以「五」爲主，而不爲「四」所畜可知。《象》曰「不獨富」，見得不專以力服人，感動人心，全在「有孚」上。凡世之孤立而無鄰者，只爲無德以相孚耳。

上九，既雨既處，尚德載。婦貞厲。月幾望，君子征，凶。《象》曰：「既雨既處」，德積載也。「君子征凶」，有所疑也。

說《經》者皆言《巽》體三爻，同力畜《乾》，至「上九」則「畜道」成，而陰陽和矣。愚按，《爻辭》乃陰陽兩不利之象。向之「密雲不雨」者，今「既雨」矣；向之「志行」者，今「既處」矣。陽德積而尚往，今無所往矣。《巽》一陰，月象，「上」居卦末，如「月幾望」，則疑於陽矣。「婦」，陰也，當指「六四」。「君子」當指諸陽。就《爻辭》看來，陰雖「貞」亦「厲」，陽有「征」則「凶」，所以示戒也。似非「同力畜《乾》」之謂。王伯厚有云：「《易》言『月幾望』者三，皆對陽言，《中孚》言從乎陽，《歸妹》言應乎陽，《小畜》言抗乎陽。」夫陰至於「抗陽」，可謂之「畜道成而陰陽和」乎？所未解也。午亭陳氏曰：「小人之順君子，將以漸制君子，而使之不得有爲。『六四』，《巽》之主也。『有孚』者，非乎於君子，而乎於小人也。故云『上合志』。蓋『五』雖陽，而與『上』同居《巽》體，『五』、『四』既交孚『合志』矣，欲不成『既雨既處』之象，得乎？小人之巧也，君子之疏也。苟非君子尚陰德而使之滿，當不若此。咎小人而責君子，君子亦無所辭其責也。」詮解校先儒爲明析。

䷉ 兑下乾上

履：虎尾，不咥人，亨。

《雜卦傳》云：「《履》，不處也。《需》，不進也。」《履》，當以進爲義，却不可躁進。《彖辭》開口説「履虎尾」，取象大是奇特。《乾》剛在前，故稱「虎」。《兑》躡其後，故曰「尾」。一陰居五陽之中，不中不正，「三」多凶，本危道也。幸是悦體，故履危而得安，又爲「不咥人」之象。「不咥」即是「亨」。論成卦之主，在「六三」一爻，《卦》言「不咥人亨」，而《爻》言「咥人凶」者，《卦》以德言，《爻》以位言也。蔡子木曰：「人之處世無地非實踐，故無地不戒懼。『履虎尾，不咥人』，戒懼之學也。」

《彖》曰：履，柔履剛也。説而應乎乾，是以「履虎尾，不咥人，亨」。剛中正，履帝位而不疚，光明也。「説」與「悦」同。

《程傳》訓「履」爲「踐」、爲「藉」，本自上履下之義。卦體《乾》上而《兑》下，似乎剛履柔矣。夫子所以釋之曰：「履，柔履剛也。」見卦之取名，不是論上下，乃是論前後。以「柔履剛」，宜其見咥而「不咥」者，以其「悦而應乎乾」也。天下之難制者惟剛，而柔能履之。《本義》：「和悦以躡剛强之後。」吴草廬云：「《乾》有虎象，《兑》躡其後是已。」蔡節齋謂：「『《兑》有虎象』者，非。」大抵人生涉世，兩剛相遇，則舉足皆是危機。故九卦之處憂患，以《履》爲首。惟和柔以應之，則凶暴亦可馴服。「悦而應乾」，乃《兑》之妙用。《莊子》所云「虎之與人異類，而媚養己者，順也」。本卦惟「三」與「上」應，若依爻例，作陰陽感應，於義全無交涉。此「應」字只作「感」字解，與他卦不同。「剛中正」三句，專贊「九五」，於全卦亦無涉，須從上文看出。上言「柔履剛」，此言「剛中正」，兩「剛」字相承，「剛」不徒「剛」，「中」而且「正」。「九五」乃英主也，「不疚」則無瑕可指，「光明」則非道不悦。爲之下者，稍用權謀知術，未有不被其咥者，此正見「虎尾」之難履處。所以文王言「虎尾」，夫子言「帝位」。俞吾玉曰：「《易》以剛居『五』，不止一卦，獨於《履》言『帝位』者，《履》乃辨名分之卦也。」

《象》曰：上天下澤，履。君子以辨上下，定民志。

不云「天下有澤，澤上有天」，而云「上天下澤」，履以定位也。《程傳》云：「上下之分明，然後民志定。」何閩儒曰：「所謂『辨』者，非徒天尊地卑、君上臣下之謂，亦於細微之際，人所易忽者，明别之耳。人知主威不可犯，而不知路馬之不可齒。君子欲移風易俗，必於隱微疑似之間，區分縷析，使民凛然畏懼，不敢踰越尺寸，乃可定其心志。」又是進一層語。

初九，素履，往无咎。《象》曰：「素履」之往，獨行願也。

「素」，現在也。「初」陽居下，即其現在之位，素位而行，不願乎外，自然「无咎」。「初」是出門第一步，故曰「往」。上無應與，故曰「獨」。「往」而不違其初心，故曰「行願」。

胡雲峰曰：「『履』者，禮也。先質而後文，故《履·初》言『素』。『賁』者，文也。文盛則反質，故《賁·上》言『白』。『白賁无咎』，其即『素履无咎』者與！」

九二，履道坦坦，幽人貞吉。《象》曰：「幽人貞吉」，中不自亂也。

「二」亦與「五」無應，而近與「三」比，見「三」之與「虎」爲鄰，「履」而被「咥」。「二」剛中，遵道而行，安恬平易，中無城府，外自無畏途。雖居臣位，不以廊廟易山林之致者也，故曰「幽人」。「幽人」對下「武人」言，彼以「志剛」賈禍，此以「履道」得「貞」。凶者自「凶」，吉者自「吉」，人境之險阻艱危，其能擾「幽人」之懷抱哉？「不自亂」，由其「中」有定力也。

愚又按，他卦取陰陽相應爲善，《履》惟「三」與「上」應，而「三」乃得凶象。「初」、「二」、「四」、「五」俱無應，曰「无咎」，曰「貞」，曰「吉」。蓋士君子處世，一藉應援之力，便不能自行其素、自守其貞，無往非憂患之途矣！「上」與「三」應，而獨云「元吉」者，「三」則惡其躁進，「上」則喜其有退步也。

六三，眇能視，跛能履，履虎尾，咥人，凶。武人爲于大君。《象》曰：「眇能視」，不足以有明也。「跛能履」，不足以與行也。「咥人」之「凶」，位不當也。「武人爲于大君」，志剛也。「當」，去聲。

《黄氏日抄》云：「蔡節齋謂《兑》有虎象，『三』爲《兑》終，故曰『尾』。一説，虎屬金之一陰，故《兑》有虎象，『咥人』主『九四』言。晦庵指外卦之《乾》陽，而下卦之《兑》履之。合從晦庵。」蓋「六三」自爲「虎」，不應，自履其尾也。今從之。「六三」不中不正，居《乾》之下，志在躡剛。《兑》爲毁折，有「眇視跛履」之象，與《歸妹》「初」、「二」兩爻取象同。《歸妹》先言「履」，後言「視」。此則先「視」，而後「履」。蓋「履」未有能離「視」者，《説命》曰：「若跣勿視，厥足用傷。」《史記》單襄公云：「足以步目。」皆此義。「視」不明，以致「履」冒險。冒昧處，尤在兩「能」字。「眇」而自以爲「能視」，「跛」而自以爲「能履」，一派自用自專、恣行罔顧之意，有不被「咥」而「凶」者乎？《兑》口在上，「咥」之象。「武人爲于大君」，又從「凶」中得此義。「武人」，乃剛暴之夫，豈可以爲「大君」哉？夫子中明其義，謂「三」之「能視」、「能履」，不但自以爲「有明」，人亦許其可「與行」矣！自有識者觀之，直如瞽者之冥行耳！故一則曰「不足」，再則曰「不足」，重言以唤醒之，然後説出致禍之由，曰「位不當」，曰「志剛」。夫履「不當」之位，而欲行剛猛之「志」，一蹶不救，又何怪乎？

九四，履虎尾，愬愬，終吉。《象》曰：「愬愬，終吉」，志行也。《説文》作「虩虩」，引《易》「履虎尾，虩虩」，恐懼。與今文不同。

「三」之所「履」者，「四」也。「四」居上卦之下，正「虎尾」之位，亦曰「履」者，其不中不正與「三」同，而以剛居柔，則與「三」相反。「愬愬」，畏懼之象。見「三」之履危而「凶」，心存畏懼，擇地而蹈，故終得「吉」。「三」曰「志剛」，則「四」之志柔可知。「四」曰「志行」，則「三」之志不能行可知。「三」柔而好剛，「四」剛而能柔，「吉」「凶」所以相反。

九五，夬履，貞厲。《象》曰：「夬履貞厲」，位正當也。

此《象傳》所云「剛中正，履帝位而不疚」者也。内卦《兑》，下有容悦之臣。「五」居尊位，凡事必行，無有疑阻，「夬履」之象。「夬」者，决也。「貞」者，舉動正大。「厲」者，氣象尊嚴，與他爻「危厲」之義不同。蓋君體雖剛，而有用剛之道。「五」之所處，不得不「夬」，不得不「厲」，猶《乾》「上九」之不得不「亢」，適當其位也。「當」字，平聲讀。按，《京氏傳》「《履》之變自《夬》來」，故「五」有「夬履」之象。

上九，視履考祥，其旋元吉。《象》曰：元吉在上，大有慶也。

爻處《履》終，更無進步矣。人之涉世，不進便當退，但恐無轉身地步耳。本爻下應「六三」，有旋反之道焉。「旋」字從「往」字來。「初」「上」，《履》之終始也。譬如行役之人，認得正路，前由此而往，後循此而歸，天下吉祥善事，孰踰於此？「視履」二字，從第三爻來。曰「考」，曰「其」，因彼儆此，借以爲鑒，斟酌盡善之詞，故不徒曰「吉」，而曰「元吉」。不徒曰「有慶」，而曰「大有慶」。若依舊注，「旋」字作「周旋」解，於「吉慶」之義似難合。《黄氏日抄》云：「『旋』字上連『視履』，恐是旋踵之『旋』。」吴草廬《履齋銘》曰：「中有實地，下澤上天，初履其素，終視具旋。」亦以初爻對上爻説。

䷊乾下坤上

泰：小往大來，吉亨。

天上地下，《乾》《坤》之體也。天氣下降，地氣上騰，《乾》《坤》之用也。「泰」者，通也，主世運説，正是貞元會合，太和充塞時候。張彥陵《説統》曰：「兩儀既分，自是一陰一陽，必欲存大去小，不成世界，不若使小自往，大自來，則賢愚有各安之分，乃所爲『泰』之道。」愚按，當「泰」之世，陽來陰往，以來者爲主。「吉亨」二字，屬「大來」一邊。《否》、《泰》，反其類也。《否》曰「大往小來」，《泰》曰「小往大來」，所謂上下無常，剛柔相易者。卦體尤顯而易見，陰小陽大。自内而外曰「往」，自外而内曰「來」。《否》之《坤》，本在内卦，今「往」而居外。《乾》本在外卦，今「來」而居内，是謂「小往大來」。《本義》云，卦變「自《歸妹》來，六往居『四』，九來居『三』」。竊據此説推之，則亦可云自《賁》來，六往居「上」，九來居「二」矣。亦可云自《豐》來，六往居「四」，九來居「二」矣。亦可云自《井》來，六往居「五」，九來居「初」矣。豈獨《歸妹》耶？凡朱子所謂十九卦變者，皆此類也。董次公曰：「考漢儒解《歸妹》，云《泰》『三』之『四』，是《泰》變《歸妹》，非《歸妹》變《泰》也。」似不可以無辨。

《彖》曰：「泰，小往大來，吉亨」，則是天地交而萬物通也，上下交而其志同也。内陽而外陰，内健而外順，内君子而外小人。君子道長，小人道消也。

「長」，上聲。

此節是《彖傳》中變例。夫子讀《易》至《泰》卦，得「小往大來，吉亨」之象，如身處盛際，不覺踊躍鼓舞，把《卦辭》一口道盡，直恁通暢，直恁快活。「則是」二字，直貫到「小人道消也」。中間兩「交」字，釋「泰」字義。「内外」釋「往來」之義。「陰陽健順，君子小人」，釋「大小」之義。先儒謂「天地交而萬物通」，天地之泰也。「上下交而其志同」，上下之泰也。「内陽而外陰」二句，造化之「小往大來」也。「内君子而外小人」三句，人事之「小往大來」也。愚又謂，「陰陽」是卦體，「健順」是卦才，「君子小人」是卦義。「内君子而外小人」，不獨説君子在朝，小人在野。只是信任之則爲内，疎遠之則爲外。「道長」「道消」，亦不是説但有君子，絶無小人。只是正氣足，則邪氣自消。「消長」，論道不論人也。堯、舜在上，下有共、驩。「泰」之時，安得無小人乎？

《彖傳》言陰陽者，惟《否》、《泰》二卦。自《乾》、《坤》至《履》，陽三十畫，陰三十畫，其數適相等。然後爲三陰三陽之《否》、《泰》，「消長」之機，全視乎此。按《京氏十二辟卦》，《泰》爲正月之卦。

《象》曰：天地交，泰。后以財成天地之道，輔相天地之宜，以左右民。「財」與「裁」同。

天在下，而氣上升；地在上，而氣下降，故曰「交」，非六爻俱應之謂。「裁成」、「輔相」，《本義》分「過」、「不及」説。愚竊謂天地之道，由一氣渾淪中分别區處出來。

「宜」，即道中之當然者，似難分作兩橛看。如天地有寒暑，聖人因而治曆。《堯典》「以閏月定四時成歲」，即「裁成」之義。天地能發育，聖人因之教稼。《大雅》后稷「有相之道」，即「輔相」之義。「左右」與「佐佑」同，古字通用，皆扶助之意。《詩經疏》：「能左右之曰以。」

初九，拔茅茹，以其彙，征吉。《象》曰：「拔茅」、「征吉」，志在外也。

《大過》初爻《巽》，《巽》爲陰木，取象於「茅」。《泰》初爻變，亦《巽》也，故取象同。「茹」者，根也。「初」在下，「根」之象。「彙」者，類也。「茅」之爲物，拔其根則類相連引。「茅」兼指「二」、「三」兩爻，「初」之同類也。「拔」之、「以」之者，「初」也，陽主進，故「征吉」。「初」與「四」應，故曰「志在外」。有「初」之志，以陽感陰；致「四」之應，以陰從陽。「泰道」實基於此。

九二，包荒，用馮河，不遐遺，朋亡。得尚于中行。《象》曰：「包荒」、「得尚于中行」，以光大也。

「二」爲成卦之主。內外陰陽，皆賴以調和浹洽，不但引同德爲己用，直使外卦之「六四」，率群陰以類從，休休之度，實能容之。「荒」，如鴻荒之「荒」。「包」，如天之包地。陰陽各安於內外，「包荒」之力爲多。「用」字貫下三句。「用」「包荒」之量以「馮河」，則可勇往圖濟。惟其能「包荒」，所以「不遐遺」，陰雖遠而不棄疎逖也。惟其能「包荒」，所以「朋亡」，陽雖近而不私親暱也。他卦言「朋」者，多屬陰，《泰》則以三陽爲「朋」。蓋一君子進，則衆君子亦進，固是太平盛事。或者意在汲引善類，而分別之見，未能泯然，失中道矣。「得」者，慶幸之詞，謂「初」與「三」皆泯其親比之跡，而忘其爲「朋」，乃「得尚于中行」也。「二」、「五」皆得中而相應，故曰「尚」，「上」合於「五」之「中行」也。《小象》只舉首尾，而贊以「光大」，「光」以心事言，「大」以度量言。此大臣以人事君之道。

九三，无平不陂，无往不復。艱貞无咎。勿恤其孚，于食有福。《象》曰：「无往不復」，天地際也。

楊誠齋曰：「『平』與『陂』相推，『往』與『復』相移。」愚按，「陂」，偏頗不平之貌。「无平不陂」，外卦地道也。「无往不復」，内卦天道也。周公説此二句，不是諉之於天地氣運，要見倚伏循環，莫非自然之理，持盈保泰，正當及此時也。君子履「平」而知「陂」，觀「往」而知「復」，當極盛之時，廑艱危之慮，守己以「貞」，何「咎」之有？《黄氏日抄》云：「程朱皆以『孚』爲所期之信，楊龜山主人臣食禄而言，以『勿恤其孚』爲不阿意，以取信於上。惟徐氏云，『勿』憂而『孚』矣。今從徐解。」「恤」者，憂也。「孚」者，誠也。

「勿恤其孚」，言世運升降，無足爲我憂，惟誠心以「孚」。「四」則陰陽交，而「泰」可長保，不但「无咎」，抑且「有福」。本卦《六五》之「以祉元吉」，《否・九四》之「疇離祉」，亦將共食此福也。「三」、「四」兩爻正交泰之際，「三」内卦之上，群陽所依以接陰。「四」居外卦之下，群陰所從以接陽。《三》曰「其孚」，《四》曰「以孚」，兩「孚」字正相應。《小象》提出「際」字，要人及時綢繆意。張横渠云：「因交與之際以著戒，能艱貞則享福可必。」二語包括《爻》、《象》之旨，極爲明白切當。

六四，翩翩，不富以其鄰。不戒以孚。《象》曰：「翩翩不富」，皆失實也。「不戒以孚」，中心願也。

「翩翩」，群飛貌。「鄰」，謂「五」、「六」兩爻。群陰視「四」爲進退，其鄰富矣。而「四」之心不以爲「富」者，因與「初」應，而爲「二」所包，又近與「三」比，衆君子既開誠以待小人，小人亦輸情而信君子。不待告戒之及，傾心「以孚」也。兩「孚」字相應。季彭山曰：「《象》言『失實』，謂三陰從陽，而不爲主，『不有其富』之義也。」愚竊謂凡陰在陽上，皆非其分。蓋小人之於君子，向來不過面交，而無忠信之實。今見君子無偏無黨若此，不覺爽然自失，翩翩然相率而來。其「孚」也，由於「中心」之「願」，與「五」之「中以行願」同。内外一心，陰陽合德，此其所以爲「泰」也。

六五，帝乙歸妹，以祉元吉。《象》曰：「以祉元吉」，中以行願也。

卦體陰陽交泰，而陰居尊位，陽反在下。「六五」以柔中之主，委心於「九二」剛中之臣，有王姬下嫁之象。又，中爻互體，上雷下澤，故周公即取象於「歸妹」。唐虞已有釐降之事，獨言「帝乙」者，程子謂「至帝乙而後正婚姻之禮」。《本義》謂「『帝乙歸妹』之時，亦嘗占得此爻」。按，《京房易傳》載「帝乙歸妹」之詞曰：「無以天子之尊而乘諸侯，無以天子之富而陵諸侯，往事爾夫，必以禮義，其務自貶損，以無加於娣」云云，此其可據者也。愚又按，《史記·殷本紀》以乙爲帝號者，成湯曰「天乙」，後十一世曰「祖乙」，又十一世曰「小乙」，又二世曰「武乙」，又二世曰「帝乙」，即紂之父也。郝仲輿云：「帝乙七祀，文王始立。立三十祀，而帝乙崩。然則文王正當帝乙之世，周公作《爻》，蓋據文考時王爲象。」朱罍庵云：「《周書》自成湯至於帝乙，罔不明德慎罰，是帝乙處商家泰道之終，故『六五』象之『以祉』者，從中左右數。『四』、『上』兩爻爲『以』，以陰必從陽，以順必承健，以娣必尊君，無一人不禔之以福，是爲《泰》『五』之『元吉』。」愚按，「祉」字，從《九三》「福」字來。「以祉」者，以此受福也。德以下賢爲盛，故云「元吉」。「中以行願」，與《二》之「尚于中行」相應，「願」者何？ 陰陽和洽之謂也。《二》曰「尚」，《五》曰「歸」，一往一來之意。《二》曰「中行」，《五》曰「中行」，「上下交而志同」也。

上六，城復于隍，勿用師。自邑告命，貞吝。《象》曰：「城復于隍」，其命亂也。

「隍」，城塹也。有水曰池，無水曰隍。《程傳》：「掘隍土積累以成城，如治道積累而成泰。及《泰》之終，將反於《否》，如城土傾圮，『復于隍』是也。」愚按，「上」與「三」應，於「三」示其端，於「上」要其極。玩兩「復」字，其義自明。下兩句，先儒謂重「告命」，不重行「師」，《泰》至於「上」，已成土崩之勢。「命」之不行，自近者始，故云「自邑告命，貞吝」。愚按。此二句，與《夬・彖辭》略同，曰「勿用師」，即「不利即戎」也。曰「自邑告命」，即「告自邑」也。聖人於一陰在上，示戒猶若此，況三陰在上乎？《夬・上》曰「終凶」，《泰・上》曰「貞吝」，夫子於此，指出源頭，曰「命亂」，治世之君，告戒在先，乎號之「危厲乃光」也。亂世之君，告戒在後，復隍之「自邑貞吝」也。運將《否》而方告，命亦何救乎？聖人貴未然之防如此。

䷋坤下乾上

否之匪人，不利君子貞。大往小來。

先儒謂《泰》則歸之天，《否》則責之人，故《卦彖》第一句便説「匪人」。《程傳》云：「天地不交，則萬物不生，是無人道，故曰『匪人』。」胡雲峰曰：「以天地言，陰陽不交，生道絶矣；以一身言，陽亢陰滯，元氣竭矣；以一心言，人欲爲主於内，天理緣飾於外，失其所以爲人矣。」潘去華曰：「『聖人以致『否』歸咎小人，實亂本也。」皆就文作解。《本義》云：「『或疑『之匪人』三字衍文。」愚按，《卦辭》「之匪人」，即《彖傳》、《爻辭》「之小人」，與「比之匪人」句法同。若《卦辭》三字當衍，《彖傳》先當去此三字矣。吴草廬《易纂言》竟删去此三字，不但失聖人之旨，且非朱子存疑之意矣。

内三爻皆陰，小人用事，此時「君子」之「貞」，自然「不利」。「大往小來」，正説所以「不利」之故。然雖「不利」，而君子之「貞」斷不可少。天地間無此正氣，則一「否」不復「泰」矣。《泰》之爲「泰」，以卦之内外覘之，幸小人之在外也。故外卦多爲内卦之用，《否》之不終「否」，以爻之上下覘之，幸君子之在上也。故下卦不如上卦之善。主持世運，豈非人事哉！本卦與《泰》反對，「大小往來」之義，多從《泰》來。《乾》往居外，故曰「大往」。《坤》來居内，故曰「小來」。《本義》云：「又自《漸》來，九往居『四』，六來居『三』。」今據《卦變圖》，三陰之卦，皆自《否》來，則亦當云《漸》自《否》來，不當云《否》自《漸》來也。

《彖》曰：「否之匪人，不利君子貞，大往小來」，則是天地不交，而萬物不通也。上下不交，而天下无邦也。内陰而外陽，内柔而外剛，内小人而外君子，小人道長，君子道消也。「長」，上聲。

《泰》《否》二卦，各具《乾》《坤》之全體，上下易位，翻轉另是一世界。如禹、湯、文、武之時，一變而爲桀、紂、幽、厲矣。所以《彖傳》只就《泰》卦反面説，惟《泰》言「志同」，此則言「天下无邦」；《泰》言「健順」，此則言「剛柔」。蓋君臣不交，禍亂之本，國無人矣。雖有邦，與無邦同，尚何同志之有？「上下不交」，則有天地之形，無天地之用矣。故不言「健順」。朱啓莊曰：「天下有君子，不能無小人。聖人之心，則未嘗不欲天下盡爲君子，故於『小人道長』之日，一邊以利害喻小人，使不得肆毒於君子；一邊告君子，使急爲之地。至『君子道長』之時，則又恐其恃盛而用罔，或反召意外之禍。故又教以周防委曲，期於十全，必克而後已。其爲君子謀如此。」

《象》曰：天地不交，否。君子以儉德辟難，不可榮以禄。「辟」與「避」音義同。

「否」者，閉也。「天地不交」，正天地閉、賢人隱之時。《孔疏》以「儉德」爲「節儉」之義，非也。當從《本義》，作「收斂」解。君子處「否」時，有才不露，有善不形，一以收斂爲主。使天下不得物色加我，始能超然寵禄之外。其視寵禄之來，不以爲榮而以爲難，辟之惟恐不遠。「不可榮以禄」，謂人不可得而榮我，《坤》之「无咎无譽」，《乾》之「遯世无悶」，皆是道也。

初六，拔茅茹，以其彙，貞，吉亨。《象》曰：拔茅貞吉，志在君也。

初爻取象，與《泰》「初」同，要得聖人引誘小人之意。蓋「茅」，柔物也。《爻辭》若曰人才類聚，進退皆當以「貞」。《否》之「初」，猶然《泰》之「初」也。所謂「吉」而「亨」，即在此矣。《小象》亦提出一「志」字。蓋《泰》「初」與「四」應，志在外卦，陰來從陽，君子拔小人也。故勸以「征」則「吉」。《否》「初」群陰在下，志在得君，援引並進，小人自拔其類也。故戒之以「貞」則「吉亨」。《程傳》以此爻爲君子處下之道，於卦義似未甚合。愚又按，「志在君」，「君」字所以破小人自私自利之念。蓋小人之欲傷君子，祗爲身謀耳。若能從「君」起見，則必愛護善類矣。

六二，包承，小人吉，大人否，亨。《象》曰：「大人否亨」，不亂群也。

《泰·二》曰「包荒」，《否·二》曰「包承」。先儒謂小人陰柔居中，亦自謂能禮賢下士，故曰「小人吉」。但《泰》「二」意在不擯棄小人，《否》「二」意主於籠絡君子，其包容承順，足以惑人，亦足以涴人，故曰「大人否亨」，非是則無以自絶於小人也。愚竊謂，小人之「吉」，即大人之「否」。此時留得一箇君子共圖休「否」之局面，便是「否亨」。不是身「否」而道「亨」，亦不是惟「否」乃「亨」之謂。「不亂群」者，謂不受小人之籠絡。此時朋黨未分，情面尚在。「包承」是小人之深心，「不亂群」是君子之本領，轉移世道，自此立基。

六三，包羞。《象》曰：「包羞」，位不當也。「當」，去聲。

《二》曰「包」，《三》亦曰「包」。「二」陰柔而中正，恐君子不覺其爲小人而受其「包」，故以「大人否亨」戒之。若「三」所居之位，不中不正，有識者所共知，其見棄於正人，久矣。乃欲效「二」之所爲，適自取羞辱而已，與《恒·九三》「或承之羞」義同。《象》以「位不當」斥之，見得含垢忍辱，非其本心，特所處不當耳。君子正當預爲之計也。

九四，有命无咎。疇離祉。《象》曰：「有命无咎」，志行也。

「否」過中將濟之時，君子可以出而有爲矣。「四」居外卦之下，能以義「命」自安，不肯躁進。孔子之得不得，曰有命；孟子不遇魯侯，歸之於天。皆自行其志，而「无咎」者也。故《象》以「志行」表之。小人有群，君子有「疇」。惟其不亂群，是以「疇離祉」。「疇」指同德之陽，「離祉」者，受福也。「小往大來」，將復見矣。蓋君子當「否」時，必先自處於無過，而後可爲福，而後可爲「疇離」之福，由其自安於「有命」也。若依諸家作

「君命」解，則一命甫膺，即群以爲受祉，欣欣然有釋屩彈冠之慶，聖賢氣象，豈若是乎？

九五，休否，大人吉。其亡其亡，繫于苞桑。《象》曰：大人之吉，位正當也。

《否》以「九五」爲主爻，陽剛中正，時「否」居休，不曰「否休」，曰「休否」者，見大人撥亂反正力量，元氣漸復，泰道將還，故「吉」。於此之時，下多柔媚之臣，皆曰「已安已治」矣。大人獨曰「其亡其亡，繫于苞桑」，不以近功小效自足，而以晏安酖毒爲戒。蓋古有此二語，而周公引之，似痛定思痛之辭，若曰幸而有今日，其不絶如綫者屢矣。諸家以「繫于苞桑」爲安固之道者，似非語意。《象》不曰「位中正」，而曰「位正當」，可見「九五」有德有位，方能轉「否」爲「泰」，萬世不拔之業，即在「其亡其亡」一念中矣。

上九，傾否，先否後喜。《象》曰：否終則傾，何可長也？

「上九」，「否」已終矣，可以「傾」矣，猶有懼心焉，制其「喜」而不敢「先」。「先否後喜」，即先天下而憂、後天下而樂之意，正與「其亡其亡」之君心相似。《象辭》一「則」字，有乘機遘會，許多事業在。「何可長」，言天下無久否之理，又見天道之盛衰，與人事之憂喜互藏，其機如此。

《否》《泰》兩卦，上下諸爻相應同。然《泰·初》「征」而《四》「孚」，《二》「中行」而《五》「歸妹」，《三》「陂平」而《上》「城復」，但見上下相交之意。《否·初》「拔茅」而

《四》「有命」，《二》「大人否」而《五》「大人吉」，《三》「包羞」而《上》「後喜」，皆有不相交之意。故曰《否》《泰》反其類也。

京氏《卦氣》以《泰》爲正月之卦，順數已往；《否》爲七月之卦，逆數未來。愚按《圓圖》，《泰》以《否》對，自《乾》八卦至《泰》，自《泰》三十二卦方至《否》。《方圖》，《泰》以《否》繼，自《乾》八卦至《泰》，自《泰》一卦便至《否》，與京氏之説不相合。其間遠近參差，不知何以不同如此。先儒或謂《圓圖》之義，見《泰》易而《否》難；《方圖》之義，見《泰》難而《否》易。究竟所謂難易者，從何處索解，此等圖不作可也。

又按，《泰》易而《否》〔一〕，聖人所憂也。何六爻無一凶咎字？蓋陰陽之分，著於六爻，少則不及，多則過，《泰》與《否》皆平分。君子小人，並生於天地之間，至再變而成《剥》，方成小人世界，「否」時尚未是柔「剥」剛之候，聖人所以未加顯拒，當「初」之進也，則導之以「貞」，於「二」則予之以「承」，於「三」則動之以「羞」，皆變化小人之微權也，「四」所以「有命」，「五」所以「休否」，「上」所以「傾否」，彼此相應，似非盡與君子爲難者，六爻無凶咎之占，或在是。

〔一〕按，「否」字後，疑奪一「難」字。

周易玩辭集解卷三

䷌離下乾上

同人于野，亨，利涉大川，利君子貞。

卦體「二」「五」兩爻，皆以中正相應，只看一「人」字，便見大公無我之象。「同人」不「于國」、「于家」，而「于野」，非求諸寂寞無人之鄉也。要見天空地闊，了無障礙，來往大通氣象。在我，既無藩籬；於人，自無冰炭。「同人」之義，孰大於是？所以「亨」。自「二」至「四」，中爻互《巽》，「利涉大川」之象。張待軒曰：「與人同者，物必歸焉。」然未問所同之人，必先自問其人之何如。若是奄然媚世一流，縱使衆皆悅之，一遇風波，渙然而散，如何涉得川？行得通？「二」「五」居中得正，君子之交也，故曰「利君子貞」。

《彖》曰：同人，柔得位得中而應乎乾，曰「同人」。《同人》曰：「同人于野，亨，利涉大川。」乾行也。文明以健，中正而應，君子正也。惟君子爲能通天下之志。「同人曰」三字，《本義》云「衍文」。愚按，夫子舉文王《卦》、《彖》之辭，故著「曰」字，三字似不當衍。

楊慈湖曰：「與人和同之道，必以柔行之。柔而不得位則無勢，亦不能行。既柔又得位而不得中，則爲不得道，人心亦不服。『中』者，道之異名也。」愚按，一陰爲成卦之主，本卦與《大有》反對，《大有》「六五」以柔居剛，今來而爲「二」，故云「柔得位得中」。「應乎乾」指「九五」，徒柔不能以「同人」，必「應乎乾」，而以天德行之，乃可以「利涉」。凡卦以柔爲主者，皆然。《履》「悦而應乎乾」，《大有》「應乎天而時行」，與此義同。「文明以健」，統論内外卦德。「中正而應」，兼指「二」「五」兩爻，「明」則識見高，「健」則力量大，「中正」則無偏陂植黨之私，相應則無孤介自守之癖。所謂「君子正也」，天下人同此心，心同此理，吾得其正，此理自然流通。天下之志，即在吾方寸中矣。正處即是通處，不是將正去通他。中爻《乾》互《巽》，乘木舟虚，舟楫之利以濟不通。涉川者，通志之象也。

項平甫曰：「《卦辭》有『利涉大川』者，八卦，非《乾》則《巽》。蓋北方屬水，《乾》行涉之。海居東南，《巽》木涉之。《需》、《訟》、《同人》、《大畜》四卦，皆以『乾行』爲象者也。《蠱》、《益》、《渙》、《中孚》四卦，皆以『巽木』爲象者也。」

《象》曰：天與火，同人。君子以類族辨物。

《本義》：「天在上而火炎上，其性同也。『類族辨物』，所以審異而致同也。」愚按，「天與火」合，則以無所不覆之體，兼無所不照之用，物物皆在照臨中矣，故曰「同人」。天下物類，豈必盡同，夫子於不同之中，看出大同之象。同聲相應，同氣相求，「類族」也。推而至於男女别姓，官司分職，剛柔殊性，風俗異宜，「辨物」也。同者自同，異者自異；同之中有異，異之中有同，無一不在光天化日之下。非至明至健，其孰能與於此？蘇子瞻曰：「水與地爲《比》，天與火爲《同人》。《比》以無所不比爲比，《同人》以有所不同爲同。」吴臨川曰：「天之所生，各族殊分，法乾覆之無私者，於殊分之族，而類聚其所同，異中之同也。火之所及，萬物俱照，法離明之有别，而辨析其所異，同中之異也。」

初九，同人于門，无咎。《象》曰：出門同人，又誰咎也？

「門」指「六二」，兩户爲門，陰畫偶，有「門」象。《同人》與《隨》之「初九」、《節》之「九二」，皆前遇偶，故謂之「門」。本爻九與「四」無應，近與「二」比，出門相遇，無心於同而同，所以「无咎」。《小象》加一「出」字，更覺心胸曠然。「三」、「四」與「五」争「二」，而不與「二」争「初」。親者不得議其黨，疏者不得議其薄，又誰得而咎之？人情大抵於門内多私，出門則無柴柵之隔，當《離》之初，未爲私欲所蔽，故其象如此。

六二，同人于宗，吝。《象》曰：「同人于宗吝」，道也。《小象》「吝」字，當屬上讀，「道也」二字，自爲句。

胡雲峰從互卦看，謂：「『二』往同『五』，復成《離》；『五』來同『二』，復成《乾》，各反其本，是之謂『宗』。『同人于宗』，似不失『六二』之正，較之『于野』之同，則亦係於私矣。故『吝』。」愚謂，「宗」指「五」，當從舊説。「六二」一陰，乃上下五陽所同，而不苟同於諸陽。正應者，惟「九五」，所謂「君」之、「宗」之也。以交道言，專有所主，似近乎隘，而有吝象。合兩爻觀之，「二」以柔中正，應「五」剛中正，見得明，守得定，「三」「四」兩陽，不能勝我，我卒能勝之。《五》之「大師相克」，非特剛克，亦柔克也。《象》申以「道」之一字，道不苟同，雖「吝」何傷哉？諸家讀《小象》者，向以「吝道也」爲句，竊從《困學記》，還《爻辭》原文。

九三，伏戎于莽，升其高陵，三歲不興。《象》曰：「伏戎于莽」，敵剛也。「三歲不興」，安行也？

《離》爲戈兵戎象。中爻互《巽》木，莽之象。周公摹寫小人情狀，窺伺憑陵，一一在爻中發露。剛而不中，在「五」之下，有「伏」象；在「二」之上，有「升」象。「伏戎于莽」，仰而俟「五」之隙，「升其高陵」，俯而覘「二」之動，其意總在離「二」「五」之交，然以「三」求「二」，理既不正，以「三」攻「五」，勢又不順。所以持久而不敢發，又爲「三歲不興」之象。夫子恐人誤以爲攻「二」也，故云「敵剛」。「安行」，猶云「行將安往」，與《九四》「弗克攻」義同。一爲勢屈，一爲理屈也。

九四，乘其墉，弗克攻，吉。《象》曰：「乘其墉」，義弗克也。其吉，則困而反則也。

「墉」指「九三」。《離》中虛外周，象「墉」，「九三」爲「六二」之「墉」，「四」亦欲得「二」，而隔於「三」，不中不正，居内卦之上，有「乘墉」象。「乘墉」而「攻」，似有可克之勢，而曰「弗克」，非勢不順，「義弗克也」。「義」者，「二」「五」相與之義。《四》之「乘墉」，乃忌人之同，而伺釁以離間之。豈知「二」「五」相與之義，同心斷金，非間之所能入哉？既「弗克」矣，更有何「吉」？《小象》申之曰：「其吉，則困而反則也。」「則」即「義」也。「義弗克」便是「困」，「困」而知反，不相攻擊，便是「義」，便是「則」，便是「吉」。六爻惟「三」「四」不言「同人」，以攻取盡人情之變也。

九五，同人先號咷，而後笑，大師克相遇。《象》曰：同人之先，以中直也。大師相遇，言相克也。

「五」與「二」正應，「初」爲「三」「四」所隔，結畜之氣，矢口發聲，有「先號」象。及「三」「不興」，「四」「弗克」，則「二」「五」仍相遇矣。歡暢之情，非可言喻，有「後笑」象。一説，陽主笑，陰主哭。「號咷」指「六二」，「笑」指「九五」，「先號」，「後笑」，由「大師既克」而「相遇」之後。追論如此，其義亦通。「中直」與「中正」同，《困》「九五」亦然。以「相遇」歸之「相克」。

朱罍庵曰：「卦以二體爲二人，無小人以間之，故涉險而易通。爻以六位爲六人，有小人以間之，故用師而始克。天下之以間而離者，可勝言哉！」楊誠齋曰：「師莫大於君心，而兵革爲小。克莫難於小人，而敵國爲易。」又是進一層解。

上九，同人于郊，无悔。《象》曰：「同人于郊」，志未得也。

「于郊」與「于野」不同，「野」者，曠遠之地，「郊」則近在邑外。《爾雅》：「邑外謂之郊。」《周禮》：「王國之外，五十里爲近郊。」「上」居卦終，下無應與，不與人同者也。以其不爲苟同，則可以「无悔」。以其孑然孤立，則「志未得行」。夫君子隱居求志，當「通天下之志」以爲志，而乃潔身自遠，所爲同志者，不過耦耕之沮溺、荷蓧之二子而已。如「同人」何？然聖人則固以爲「斯人之徒」也，故於卦終致慨焉。

鄭孩如曰：「卦之相應者，『二』、『五』而已，不能盡六爻而同之也，而名之爲君子之正，『二』君子也。『三』、『四』皆欲同之，而聖人以爲譏。天下亦有小人而附於君子者，不得以其附君子而君子之。其與君子同，亦私也，故必曰『中正』而應。然則所謂『同人』者，豈必盡人而同？吾能如野，不論人之多與寡也。」張彦陵曰：「卦之得名，以五陽同一陰，不曰五陽應，而曰『應乎乾』。見得『同人』之道，止在同德相應，不必以上下俱同爲同也。」

䷍乾下離上

大有：元亨。

一陰居尊而虚中，上下五陽，皆其所有，而不自以爲有，所以成其大。凡卦稱「大」者，例以陽得名。《大有》以一陰統五陽，《大畜》以二陰畜四陽，《大過》四陽過於中，《大壯》四陽壯於下，皆是也。「元亨利貞」，本《乾》之四德，《坤》、《屯》、《臨》、《无妄》、《革》諸卦言四德者，皆有益詞，《大有》「元亨」，《大壯》「利貞」，無益詞矣。《大有》不言「利貞」者，柔專主也。《大壯》不言「元亨」者，剛太盛也。

《彖》曰：大有，柔得尊位大中，而上下應之，曰「大有」。其德剛健而文明，應乎天而時行，是以「元亨」。

楊誠齋曰：「《同人》、《大有》反對，一柔五剛，同也。柔在下者，曰『得位得中而應乎乾』。柔在上者，曰『得尊位大中，而上下應之』。其堯之垂裳，舜之恭己乎？」趙汝楳曰：「『五』以下諸陽，下應也，是爲人助。『五』以上一陽，上應也，是爲天祐。」愚按，《易》以上卦爲尊，陽爻爲大，「尊位大中」專指「六五」一爻。「剛健文明」以下，則兼上下兩體，而贊其德，提出「德」字，仍以「大中」爲主。「上下」之「應」，應乎此也。《離》雖陰卦，却有「文明」之象。凡柔近乎暗，剛近乎明。暗者欲其明，明者又欲其健。司馬温公曰：「柔而不明，則前有讒而不知，後有賊而不見。明而不健，則知善而不能舉，知惡而不能去，皆亂亡之端也。惟『應天而時行』，則健不過剛，明不好察。居不失中，行不失時，天下雖大，元氣貫通，更無一毫阻隔。是以『元亨』。」《説統》曰：「『上下應之』者，衆陽應乎『六五』也。『應天時行』者，『六五』應乎乾陽也。此正所謂『厥孚交如』。」

《象》曰：火在天上，「大有」，君子以遏惡揚善，順天休命。

「火」，非水火之「火」，乃天地陽明之氣。陽氣萌於子，極於午。午者，《離》南正位也。「火在天上」，日月有明，容光必照。物之善惡，未嘗不並生並育其間，使必斤斤其明，見一惡從而罰之，見一善從而賞之，非「大有」之象矣。唯於惡則遏之，所謂禁於未形也。於善則揚之，所謂樂與人同也。以此應天，是爲「順天」。以此受命，是爲「休命」。《本義》云：「天命有善而無惡。」直溯源頭，不是福善禍淫、奉行天命天討之說。

初九，无交害。匪咎，艱則无咎。《象》曰：大有初九，「无交害」也。

程、朱謂初爻處卑，而未涉乎害。楊龜山、蔡節齋皆謂無交而有害。詮釋多不甚明了。竊以管見測之，「初」與「四」不相應，比「二」而不相得，又遠於「五」，「无交」之象。上有交孚之主，而在下「无交」，似害於大倫而有咎。然此匪其咎也，惟不艱則有咎，若「艱則无咎」矣。《北門》之詩曰：「終窶且貧，莫知我艱。」此「艱」字之義。錢田間曰：「當《大有》之世，諸陽上下皆應，獨『初』剛正自守，處艱難之地，不求上交，譬諸構明堂世室，良材輩出，而偃松癭柏自託於幽巖邃谷中，不必盡登廊廟。適足見天地之大。巢、許不仕堯，黄、綺終辭漢，於《大有》之君，何損乎？《小象》就《爻辭》以釋之，曰『无交害』，謂无交亦无害，所以堅其克艱之志也。」

九二，大車以載，有攸往，无咎。《象》曰：「大車以載」，積中不敗也。

「五」虚中以應「二」，凡《大有》之任，皆萃於「二」，而「二」受之不辭者，惟其爲「大車」也。車以載物，必量其所受，以「大車」而任重，減之不覺少，增之不見多，自然無往不利。《小象》「積中」二字，補《爻辭》所未言。《大有》之「九二」，與《鼎》之「九四」，皆陽居陰位，而成敗相反者，一中一不中也。天下事權有重輕，器量有大小。器不足以容，則爲「覆餗」。量有餘於載，則爲「大車」。故授任者當器使，受任者當自量，亦視其中之所積而已矣。非「大車」，其能免於覆轍乎？吕伯恭曰：「大臣之位，百責所萃。震撼擊撞，欲其鎮定；辛甘燥濕，欲其調燮；盤錯棼結，欲其解紓；黯闇污濁，欲其茹納。如『大車』之『積中』，而後可也。」

九三，公用亨于天子，小人弗克。《象》曰：「公用亨于天子」，小人害也。「亨」，當作「享」。

「初」與「四」正應，而不相得，由「无交」，故遠害。「三」居内卦之上，而與「四」比，近爻《離》體。《離》爲戈兵，故疑於相克。「公」似指「三」，「天子」似指「五」，「小人」似指「四」。「用亨」之義，先儒或云「亨」字當作「享」。《春秋傳》晋文公將納王，使卜偃筮之，得此爻，曰「吉，戰克而王享」，此其證也。愚按，《本義》「『六五』虚中下賢」，則「三」之「用享」，乃以剛正之德輸之於「五」，所謂「嘉謀」「入告」是也。《小象》「害」字，從「初九」來。《睽》卦《離》在上，曰「見惡人」，此曰「小人害」。彼《兑》水受火制，此則《乾》金畏火克。「小人」意在害「君子」，而弗能克，由「三」之剛正也。

九四，匪其彭，无咎。《象》曰：「匪其彭，无咎」，明辨晢也。

「六五」柔中，諸陽本爲所有，而「四」爲之領袖，則疑爲「四」之彭。「彭」者，盛多之貌。「其」者，「四」自謂。「匪」者，不然之辭。「四」不以諸陽爲「其彭」，可謂善遠權勢矣。由其《離》體，見事明晢，當局不遠，故無震主之嫌。「晢」音「制」，與《詩》「明星晣晣」同。

六五，厥孚交如，威如，吉。《象》曰：「厥孚交如」，信以發志也。「威如」之吉，易而无備也。

「五」柔中，「二」剛中。君臣相應，上孚於下，下孚於上，不啻如朋友之交，而君臣之等威仍不失，故曰「厥孚交如，威如，吉」。後世君尊臣卑，中不相信，乃致飾於外，以威嚴臨之。文明柔順之主不然，其位彌尊，其體彌降。馬文淵一見光武，袒幘坐迎，服其豁達，是之謂「信以發志」、「易而无備」也。

上九，自天祐之，吉无不利。《象》曰：《大有》上吉，「自天祐」也。

「六五」言《大有》之德，「上九」言《大有》之福。以爻位言，「五」爲君位，「上」則天位也。先儒謂「《大有》上吉」，事關全卦，非止一爻。陸庸成曰：「《大有》之世，保終之道，慎於履始，必有克艱之初，而後有『天祐之』上。故《初》曰『大有初九』，《上》曰『大有上吉』，獨本末見『大有』焉。」

䷎艮下坤上

謙：亨。君子有終。

朱啓莊曰：「《大有》之後，繼之以《謙》，明乎非有之難，有而不居其有之難也。」愚按，本卦與《豫》反對，一陽互易，在「三」「四」之際。聖人取其自上而退處於下者爲《謙》，自下而奮出乎上者爲《豫》，此觀畫立象之本旨也。《謙》以處世，無不亨之理。「君子」，專指「九三」，以言其尊，則在下卦之上。以言其卑，則居上卦之下。自其行無不得言，則曰「亨」。自其行之不已言，則曰「有終」。《謙》之一言，君子固終身行者也。「有終」，不是説效驗，若謂先屈而後伸，毋乃疑於前恭後倨乎？虞翻曰：「《艮》終萬物，故『君子有終』。」潘雪松曰：「功逾高，心逾下，碩膚有几几之安。德彌盛，禮彌恭，既耄有抑抑之戒。此君子之有終也。」

《彖》曰：謙，亨。天道下濟而光明，地道卑而上行。天道虧盈而益謙，地道變盈而流謙，鬼神害盈而福謙，人道惡盈而好謙。謙，尊而光，卑而不可踰，君子之終也。

《艮》陽在《坤》之下，「天道下濟」也。「濟」與「際」同。剛畫在上，陽氣發見，光明之象。《坤》陰居《艮》上，「地道卑而上行」也。此就卦體釋「亨」義。天地之「謙」，只在氣機上説。「天」與「地」對舉，則山在其中。「盈」者，「謙」之反，「天道虧盈」三句，起下「人道」一句，語雖平，而意側重「謙」一邊。「虧盈」以氣言，「變流」以形言，「害福」以理言，「好惡」以情言。歐陽永叔曰：「此聖人極論天人之際也。《春秋》雖書日食星變，孔子未嘗道其所以然。曰天地鬼神不可知，爲其可知者，人而已。日中必昃，月盈必缺。天，吾不知，吾見其盈虧於物者矣。草木之盛者，變而衰落之。水之下者，進而流行之。地，吾不知，吾見其變流於物者矣。人之貪滿者多禍，守約者多福。鬼神，吾不知，吾見其人之禍福者矣。此據其迹之可見者爾。若人，則可知者，故直言其情，曰『好惡』。其知與不知，異辭也。參而會之，與人無以異也。」愚又按，「謙」之爲道，統造化人事之全，而本於一心。自治之學，此君子進德無窮之境，故曰「德之柄」。

又按，「謙」者，以尊下卑之義。惟居尊而不自尊，所以爲「謙」。若居卑者，其「謙」何待言？如此，則夫子但云「謙尊而光」可矣，又云「卑不可踰」，何也？義在《豫》之「六二」，所謂「上交不諂，下交不瀆」也。上下各有劑量，君子因物付物，不亢不卑。小人則爲脅肩諂笑矣。豈惟傲爲凶德，謙固有道也。「尊而光」，以德言；「卑不可踰」，以理言。人情一時勉强，未必能久於其道，故曰「君子之終」。

一陽統五陰之卦，凡六：《師》、《比》、《謙》、《豫》、《剥》、《復》是也。《象傳》於《師》、《比》等五卦皆指出一「剛」字，惟《謙》則否。《謙》不貴剛也，「謙」之反爲「傲」，不曰「傲」而曰「盈」者，「傲」是驕人，「盈」是自滿。自滿而後驕人，聖人惡其盈也。若不自滿假，則傲何由生？

《象》曰：地中有山，謙。君子以裒多益寡，稱物平施。「稱」，去聲。

卦體地下有山，不曰「地下」，而曰「地中」者，臨川鄒氏云：「是實象，如深谷爲陵，是『地中有山』，而深者可以獲益。」《黄氏日抄》則云：「豈必實有其事，特取象耳。」愚竊謂，萬仞之山，其巔高出地上，其趾則深入地中，知地中之有山，則知山下於地，乃自上下下之象，而「謙」之義得矣。君子於此，得「裒多益寡」之道，就心源理欲上酌劑。「謙」是天理用事，「盈」是人欲用事。去一分人欲，便增一分天理。「益寡」無工夫，工夫在「裒多」上，「裒」之所以爲「益」也。「稱物平施」，其權操之自我，如以秤秤物，物有輕重，持其平者，則在人。要歸於「稱物」而已矣。《漢書・律曆志》云：「權者，所以稱物平施，知輕重也。」此其義。凡上人之心多，而施不得其平，只爲見有我，不見有物耳。張彦陵曰：「須先認『物』字明白，夫子不言人己而言物者，置吾身於萬物之中，作一例看。既無彼此對待之形，種種不平之念，從此化矣。」愚又謂，「平施」，亦從自己心上酌劑，不從物上起見也。

初六，謙謙君子，用涉大川，吉。《象》曰：「謙謙君子」，卑以自牧也。

卦以「謙」名，「初」居最下，謙而又謙者也。中爻互《坎》，《坎》在前，有「涉川」象。「用涉」與「利涉」不同，謂用此謙德以涉川，居後而不與人爭先也。一説，人知謙者之能退，而不知謙者之能進，故必取「涉川」之象，何用不臧，故曰「吉」。「自牧」者，反身之謂，如牧牛牧馬，有降服馴養之功。卑者牧之於「初」也，學問事功，原無底止，君子之「卑以自牧」，從始至終，只見自家之不足，雖欲多上人，得乎？

六二，鳴謙，貞吉。《象》曰：「鳴謙，貞吉」，中心得也。

「二」，柔順中正，與「九三」相比，故以陰陽唱和，寄之於「鳴」。蘇子瞻曰：「《謙》之所以爲『謙』者，三也。其『謙』也以勞，故聞其風者，莫不相從以『謙』。『六二』其隣也，『上六』其配也，皆和之而『鳴』於『謙』。『二』處内卦之中，故『貞』而『吉』。」愚謂，「鳴謙」者，言辭之謙也。聖人恐人疑於外飾，故云「中心得」。「六二」居中翕受，其辭和。禹拜皋陶之謨，曰：「師汝昌言。」諸葛孔明發教府屬，令勤攻己過，皆發於此心之誠，《小象》所以云「中心得」。「上六」誓衆出征，其辭危。湯放桀，而曰「惟恐來世以台爲口實」。武王伐紂，而曰「余小子夙夜祇懼」，皆不得已而有言。《小象》所以云「志未得」。「中心」字與「志」字相應，「鳴」者，「心」之聲也。若依《注疏》，作「以謙有聞」解，則聞人譽己，囂囂自得，竊恐於聖人語意不合。

九三，勞謙，君子有終，吉。《象》曰：「勞謙君子」，萬民服也。

「三」爲成卦之主，一陽在五陰之中，以剛居剛，而止體凝然不動。《艮》，「勞」卦也。《履》得其位，群陰所宗，承上接下，「勞」之象。「君子有終」，與《彖辭》同。周公於《爻辭》，亦第推其「勞」，而要其「吉」。「勞」而能「謙」，則不施「勞」，舜之贊禹曰：「汝惟不矜，天下莫與汝争能。汝惟不伐，天下莫與汝争功。」非「勞謙」而「民服」乎？「萬民服」，即人道好謙之公心，所謂「有終之吉」者，以此。

六四，无不利，撝謙。《象》曰：「无不利，撝謙」，不違則也。

「四」交《坤》順之體，以柔居柔，在上卦之下，何不利之有？「撝」，與指麾之「麾」同。《程傳》所謂「施布之象」，動容周旋，無不中禮，乃無不利。《本義》云：「居九三之上，更當發撝其謙。」其義難曉。愚竊謂，「鳴謙」者，宣之於口。「撝謙」者，措之於躬。「六四」位尊於「三」，以柔乘剛，無功而在功臣之上，危地也，必也卑躬折節，尊賢而尚功。人或疑其足恭，故《象》以「不違則」表之，「則」者，卑而不可踰之義。

六五，不富以其隣，利用侵伐，无不利。《象》曰：「利用侵伐」，征不服也。

六爻惟「五」不言「謙」。蓋人主之謙，不在屈體，而在虛受，富有四海，守之以「謙」。「不富」者，其中虛也。「隣」與「不富」，皆指群陰。凡陽稱「富」，故《小畜·九五》曰「富以其隣」；陰稱「不富」，故《泰·六四》曰「不富以其隣」，與此同。「五」居尊無應，有征伐之象。何閩儒曰：「治天下者，苟非好大喜功，即四征九伐，不礙其爲『謙』也。」愚謂，征伐者義在求勝，本非「謙」象。《爻辭》乃推極言之，以見謙道之合人心。「五」爲《坤》主，衆陰皆其隣，惟不恃其衆，乃能用衆。《書》曰「臣哉！隣哉！」稱臣爲隣，亦謙辭也。「不服」，「服」字從《九三·小象》來。「謙」者，民無「不服」。其或「不服」，即用以「侵伐」，而亦「无不利」，夫子補周公所未言，往往如此。

上六，鳴謙。利用行師，征邑國。《象》曰：「鳴謙」，志未得也。可用行師，「征邑國」也。

先儒多謂「上六」處順之極，位高而得衆，發號施令，可以無往不利，而惟「用行師」，以征己之「邑國」，即此便見其「謙」。「鳴謙」者，聲罪致討之中，有引慝責躬之意。《象》曰「志未得」，謂其志本非高亢，而位居卦之上，似與志違，前云「得」，此云「未得」。一中一不中也。愚按，「五」、「上」兩爻，皆取征伐之象者，蓋《謙》與《豫》反對，《豫·象》云「利建侯行師」。《謙》之「二」、「三」、「四」、「五」，即《師》之「二」、「三」、「四」、

「五」也，中爻互《震》，爲大塗，行之象。《坤》在外卦，邑國之象。「行師」者，多在外也。舊注以爲「上六」自征其邑國者，非也。「上」所征之「邑國」，即「五」所「侵伐」者。「上」奉「五」命以往，故不曰「侵伐」，而曰「征」。先儒又云「人主之謙，合天下以爲量，而有人焉。謙德所不能服，不得不用師以征之。故湯武之征誅，同堯舜之揖讓」。愚又謂，「滿招損，謙受益」二語，禹征有苗，自伯益發之。因人之未服，退而修德，此出征用謙之證。《小象》不曰「利用」，而曰「可用」，深許之也。

王輔嗣云：「六爻雖有失位，無應乘剛，而無凶咎悔吝，以謙爲主也。」愚按，下三爻皆言「吉」，從《艮》上來。上三爻皆言「利」，從《坤·彖》來。

☷☳坤下震上

豫：利建侯行師。

卦名取和樂爲義。「九四」一陽，上下應之，和樂之象。外卦《震》，長子主器，侯象。內卦《坤》爲衆，師象。《屯》有《震》，言「建侯」；《師》兼《坤》、《坎》，言「師」；《豫》，《震》與《坤》合，又互《坎》，故兼二者言。又，卦體《震》動於《坤》之上，故「利建侯」。《坤》順於《震》之下，故利「行師」。愚按，《國語》晋文公將歸國，筮，「得貞《屯》、悔

《豫》，筮史皆曰：『不吉。』司空季子曰：『吉。是皆利建侯。《坤》，母也。《震》，長男也。母老子彊，故曰《豫》。其《辭》曰：「利建侯行師。」居樂、出威之謂也。得國之卦也。』」韋昭注：「居樂，謂《坤》〔一〕在內。出威，謂《震》在外。」

《彖》曰：豫，剛應而志行，順以動，豫。豫順以動，故天地如之，而況「建侯行師」乎？天地以順動，故日月不過，而四時不忒。聖人以順動，則刑罰清而民服。豫之時義大矣哉！

《本義》：「『九四』一陽，上下應之。」與《大有》「柔得位而上下應」義同。此不云「得位」者，剛居柔位故也。愚按，《彖傳》無「上下應」之文，「剛應」，只據「初」、「四」兩爻說。「志行」，則從「應」字生來。「順以動」，明所以「應」之之故。皆據卦體贊卦德。「天地如之」者，言天地不過如此「順動」而已。「建侯行師」，雖國家大事，較之天地則小矣。「天地以順動」，順其自然之氣。「日月」、「四時」，非兩事，惟「日月不過」，所以「四時不忒」，如夏至，晝六十刻，夜四十刻，其時則暑；冬至，晝四十刻，夜六十刻，其時則寒是也。「聖人以順動」，順其當然之理。民莫不惡死而貪生，「清」者，非廢刑罰而不

〔一〕按，「坤」，四部叢刊本《國語》作「母」。

用也，當其罪，則「刑清而民服」。所謂以生道殺民，雖死不怨也。「謙」，禮也。「豫」，樂也。大禮與天地同節，大樂與天地同和，故兩卦皆推極言之。

愚按，《易》有時，有用，有義。《彖傳》贊「大矣哉」者，《豫》、《隨》、《頤》、《大過》、《坎》、《遯》、《睽》、《蹇》、《解》、《姤》、《革》、《旅》凡十二卦，言「時義」者，《豫》、《遯》、《姤》而已。夫子於六十四卦中偶舉十二卦，欲人於每卦《卦辭》涵泳於意言之外，非謂此外諸卦無時、無用、無義也，亦猶十九卦之言「上下」「往來」，豈卦變止於十九卦乎？

《象》曰：雷出地奮，豫。先王以作樂崇德，殷薦之上帝，以配祖考。

不曰「雷在地上」，而曰「雷出地奮」者，自《復》之後，歷《臨》、《泰》二卦，潛閉既久，奮迅而出，鼓動和氣，發揚生機，通暢和樂，《豫》之義也。先王因之以作樂，自三代以上皆然。樂由天作，天作以震。蘇明允云：「雷以神用，用莫神於聲。故聖人因聲以爲樂。」是已。愚又按，樂以象功，舞以昭德，古樂未有不用舞者。「作樂崇德」，舉大略言之。「崇」者，闡揚光大之謂。「殷」，盛也。《禮》有「殷薦殷奠」，「樂」亦以「殷薦」爲極盛。薦上帝，配祖考，一是仁人享帝，一是孝子享親。總暢吾心之和，以洽天地神人之和，不必援郊祀后稷以配天、爲冬至祀天而配祖、宗祀文王於明堂以配上帝、爲季秋祀上帝而配考之舊說，只憑周制抹却上古帝王之樂也。

初六，鳴豫，凶。《象》曰：「初六鳴豫」，志窮凶也。

陰柔居「初」，而與「四」應，恃上有强援而荒於逸豫，志滿樂極，開口驕人。「鳴豫」便是「凶」象。《荀九家》云：「陰陽相應，故鳴。」愚謂凡鳴者，又必心與口相應，故《謙》之《六二》，《中孚》之《九二》，一曰「中心得」，一曰「中心願」。《豫》之「初六」，反對即《謙》之「上六」。「鳴謙」者，有不樂居「上」之意。「鳴豫」者，有自滿於「初」之意，在「初」即鳴，無遠大之志可知。「志窮」者，謂其器量已盡於此也，善處「豫」者，其惟中正之「六二」乎？

六二，介于石，不終日，貞吉。《象》曰：「不終日貞吉」，以中正也。

《説文》：「介，分疆也。」愚按，凡物兩間爲介，中爻自「二」至「四」互《艮》，有「石」象。「二」居「初」、「三」兩陰之間，「初」與「四」應，以「鳴豫」致「凶」。「三」與「四」比，以「盱豫」有「悔」。惟「二」於義利之「介」，見得分明，不爲「豫」境所溺，無應無比，「介于石」之象。「不終日」者，無遲回瞻顧之意，與下「盱」字、「遲」字相應，見幾明決，「貞吉」可知。《小象》推本於「中正」，此卦此爻所獨也。

蘇子瞻云：「以陰居陰晦之極，静之至也。以晦觀明，以静觀動。凡吉凶禍福之微，如黑白之判於前，是以動静如此之果，『介于石』，果於静也。『不終日』，果於動也。

故孔子以爲知幾。」愚又按，《比》卦諸爻，内外皆以比「五」爲義，「上」以「无首」得凶，惡其後時也。《豫》卦諸爻，凡與「四」應者、比者，非「悔」則「凶」，「二」以「介石」得「吉」，嘉其先幾也。

六三，盱豫，悔，遲有悔句。**《象》曰：「盱豫」有悔，位不當也。**《本義》以「盱豫」二字爲句，「悔」字連下爲句，今從《程傳》。

《程傳》謂：「盱，上視也。」「三」不中正，上視「四」，不爲所取，故「有悔」。然「四」爲卦主，遲而不前，亦「有悔」。愚按，人之處順境者，一入其中，不覺因循繫戀，君子審於事先，其決幾也早。衆人迷於當局，其見事也遲。「二」居中得正，「三」不中不正。「盱豫遲」與「不終日」，彼此相反。聖人提出一「悔」字，以動其良心。又就「悔」處，轉出一「遲」字，以策其速改。「三」與「四」比，有伺門牆承色笑之象，故曰「盱豫」。「盱」者，張目企望也。《小象》以爲「位不當」，要見乘時得勢之徒，與其近而相取，不如遠而不相得。凡《易》中言「位不當」者，皆須從所處之地會通之。

九四，由豫，大有得。勿疑，朋盍簪。《象》曰：「由豫，大有得」，志大行也。

一陽爲卦主爻，五陰皆由之，以得「豫」。剛應而志行，「由豫」之象。「大有得」者，一剛得五柔之象。「初」與「四」應，「三」、「五」與「四」比，「上」與「四」同《震》體，惟

「六二」以中正自守。「四」若以爲異己而疑之，朋黨之嫌生矣。惟「勿疑」而化異爲同，則「二」亦吾朋，其「志」不「大行」乎？合《爻辭》、《小象》觀之，其義甚明。舊注以「大有得」爲占辭，與經文似不合。「朋盍簪」，從「大有得」來，「朋」者，五柔合一剛之象。晁以道云：「古冠服無簪。」程可久闢之，謂「簪」即弁服之「笄」也，所以括髮。「四」以一陽括衆陰，猶以一簪括諸髮，「盍」義與「合」通。

六五，貞疾，恒不死。《象》曰：「六五，貞疾」，乘剛也。「恒不死」，中未亡也。

愚按，「六五」一爻，得《恒》卦上體之中畫，受本卦《震》東之生氣，雖受制於「四」，而不失其中者也。「疾」與「豫」反，「五」居君位而有「疾」，猶云「弗豫」也。「貞」者，久也，以柔乘剛，理當有「疾」。尸居餘氣，奄奄一息，孱主也。中爻自「三」至「五」互《坎》，爲加憂，爲心病，「貞疾」之象。「疾」則隣於死矣，而「恒不死」者，以「中」也。外常憒憒，内常惺惺。「中」者，人之命脉。一曰「未亡」，一曰「不死」。「四」剛而「五」柔，臣强則主弱。周既東遷，猶傳二十餘世，非「貞疾」、「恒不死」之象乎？

上六，冥豫成，有渝，无咎。《象》曰：「冥豫」在上，何可長也？

朱與三曰：「『上』以陰柔處《豫》極，沉冥汩没，疾已成矣，似不可改矣。然物極則變，『上』又《震》體，故發『有渝』之象。可見重陰晦昧中，一隙之明，未嘗錮蔽。纔一動念，覺人世悦豫之境，本無久長之理，本無足耽，何不可變之有？『成』而有『渝』，則不終於『豫』而『无咎』矣。《爻辭》於『三』之『悔』，猶懼其遲，於『上』之『冥』，深冀其改。『鳴豫』言『凶』，遏其端於始。『冥豫』言『无咎』，開其善於終。」愚按，《小象》曰「何可長」，謂急宜改圖也，即「有渝无咎」之義。

又一説，「成」，如《春秋》「求成」之「成」。「渝」如「渝盟」之「渝」。「渝」者，變也。變則爲《晉》，明出地上，故無冥暗之「咎」，凡言「渝」者，當以變卦觀之。「渝安貞」、「官有渝」、「成有渝」皆是也。

胡雲峰曰：「《卦辭》只一『豫』字，而《爻》之言『豫』者不同。『初六』、『上六』，逸豫也；『六二』幾先之豫也；『六三』之『遲』，猶豫也；『九四』，和豫也；『六五』之『疾』，弗豫也。《卦辭》主『九四』，剛應『志行』，以德言。《爻辭》則諸爻於『九四』，以勢位言。」

李宏甫曰：「《彖辭》、《彖傳》極言致『豫』之盛，而《爻》與《象》極言享『豫』之禍。蓋亡國敗家，相尋不絶者，咸以『豫』也。」愚按，《雜卦傳》所云「豫怠」，正是此義。可見世道不可無「豫」，人心不可有「豫」。

䷐震下兑上

隨：元，亨，利，貞，无咎。

「隨」，從也。六爻不論應否，只論近比。「初」隨「二」，「二」隨「三」，「三」隨「四」，「五」隨「六」，多取以下從上之義。先儒云，《隨》之爲卦，小卦也。於世則爲隨俗，於己則爲隨意。世道若此，不成世道。士生斯世，須得盡美盡善之道，方有安身立命處，故以「元亨利貞」歸之，謂必如此，乃得「无咎」也。

《彖》曰：隨，剛來而下柔，動而説，隨。大亨貞，无咎，而天下隨時。隨時之義大矣哉！

本卦與《蠱》反對，《蠱》下卦是《巽》，今爲《震》而來，居於《兑》之下，所謂剛來下柔也。《本義》釋卦變者凡十九，據《卦變圖》云：「凡三陰三陽之卦，皆自《否》、《泰》來。」《隨》乃三陰之卦，則當云自《否》來矣。今云自《困》「九」來居「初」，又自《噬嗑》「九」來居「五」，而自《未濟》來者，兼此二變，皆剛來隨柔之義。竊所未詳。胡雲峰《通釋》置之不論不議。愚又按，卦變之説，漢儒只取兩卦中陰陽互易，未有合三卦而言變者。今就本卦推之，若論卦變自《乾》、《坤》來，則《坤》之「初」居「上」而爲《兑》，《乾》

之「上」居「初」而爲《震》，是謂剛來下柔，此一解也。《程傳》主此説。若論三陰之卦皆自《否》來，則應云《否》外卦「上九」之剛來居下卦之「初」，而剛柔易位，此又一解也。《本義》皆不然，而雜引諸卦，各言一爻之變。然則内卦亦可云自《咸》九來居「初」，外卦亦可云自《益》九來居「四」矣，不識朱子何説處此？他如《无妄》之剛自外來，亦從反對卦得象，謂《大畜》外卦之《艮》來居《无妄》内卦而爲《震》也。《本義》則云，爲卦自《訟》而變，九自「二」來，而居於「初」，「初」、「二」兩爻同在内卦，可謂自外來乎？似與《彖傳》不合。《象數論》曰：「朱子所謂卦變，皆舍主變之卦兩爻互换者，而隨意爲詮釋。就十九卦中主變者凡二十七爻，或取諸一卦，或取諸兩卦、三卦，或同在内卦而謂之往，或同在外卦而謂之來，或同在上卦而曰下，或同在下卦而曰上，義例不一，今舉《隨》與《无妄》，餘可類推矣。」愚又按，程子闢《否》、《泰》卦變之説，謂「卦變皆自《乾》、《坤》來」。《蘇氏易傳》亦然。今觀《隨》卦，《乾》之「上九」來居《坤》「初」，《坤》之「初六」往居《乾》「上」，《蠱》卦《乾》之「初九」進居於「上」，《坤》之「上六」下居於「初」，《隨》自《否》來，「上九」與「初六」互换，故曰「剛來下柔」，《蠱》自《泰》來，「初九」與「上六」互换，故曰「剛上柔下」。一卦之中，自有《乾》、《坤》二體，非即《否》、《泰》乎？

卦以《隨》名，聖人恐人誤認爲「詭隨」之「隨」，故《彖傳》以「隨時」二字，贊卦德之「動而悦」，以釋名卦之義。而一部《易經》，與時偕行之道，不外乎此。李子思曰：「『時』出於聖人，天下『隨』聖人；『時』成於天下，聖人『隨』天下。治亂之原，人品邪正之關，俱係於此。其義豈不大哉！第二箇『隨時』，又承上文而推廣言之。」《程傳》只作「隨時」之義解，《本義》從王肅本，改云「隨之時義大矣哉」。愚按，《大象》「嚮晦入宴息」，自有「隨時之義」，朱子《注》亦云「隨時休息」，此處似不當改。

《象》曰：澤中有雷，隨。君子以嚮晦入宴息。

《程傳》：「君子觀象，以隨時而動。」則以動息言。《本義》：「雷藏澤中，隨時休息。」則以藏息言。其説似異矣。顧澤以震而動，雷以時而藏。所謂「隨時之義」也。兩先生豈有異乎？臨川鄒氏云：「『澤中有雷』，此收聲於《兑》之時。」《荀九家》云：「八月之時，雷藏於澤。《震》，東方卦，日出之地曰『陽谷』。《兑》，西方卦，日入之地曰『昧谷』。今《震》自東趨《兑》西，嚮晦之象。」愚謂「雷在澤中」，雷之蟄時也。「嚮晦入宴息」，君子之「隨時」也。「宴息」中有洗心藏密之義。「入」者，自動而之靜也。《象傳》以動言，《大象》以靜言。靜所以養動之根，雷惟收聲，乃能發聲。《豫》之「雷出地奮」，動也。《隨》之「澤中有雷」，自動而反靜也。《復》之「雷在地中」，動而未離乎靜也。人身之夜氣培於息。「君子以嚮晦入宴息」，一己獨體其静也。天地之元氣培於閉，先王以至日閉關，與天下共養其静也。

初九，官有渝，貞吉。出門交有功。《象》曰：「官有渝」，從正吉也。「出門交有功」，不失也。

《本義》謂「初九」「有所偏主而變其常」，以「貞吉」爲戒辭。焦弱侯曰：「以《乾》之『上九』與《坤》之『初六』相變而成《隨》，『上九』、『初六』本皆不正，因變而得正，故曰『官有渝，貞吉』。此一句，論卦之始變，《隨》之本也。」《困學記》曰：「《隨》之義，通人情，達世變，不主故常者也。『初』爲成卦之主，與『四』應者乃其常。今與『四』無應，而與『二』相隨，雖若變常，而陰陽相比，所隨不失其正。『官』者，常也。『渝』者，時之當變也。故『貞吉』。」愚又按，一陽在下，動則變，「渝」之義，一陰在前，門之象，人情於門内多私，「初」出門，則無私主，故不曰「隨」，而曰「交」。居中得正，因不失其親，故「有功」。「不失」者，不失隨之正道也。與「二」、「三」爻「失丈夫」、「失小子」兩「失」字相應。王伯厚曰：「《同人》之《初》曰『出門』，《隨》之《初九》〔一〕曰『出門』，謹於『出

〔一〕按，「初九」，原本作「初六」，訛。

門』之『初』，則不苟同，不詭隨。」

愚又按，卦取物來隨我，爻取以我隨物。但有剛柔之分，故三陽爻言「交」，言「孚」，言「隨」，三陰爻皆言「係」，與《孟子》「從大從小」之義同。

六二，係小子，失丈夫。《象》曰：「係小子」，弗兼與也。

吴草廬曰：「『二』非必背『五』向『初』也，但以其近比，易於牽係。若係此則必失彼矣。故《爻辭》示戒云爾。」愚竊謂，「二」本與「五」正應，當隨之世，舍遠應而就近比，陰柔居中，不能自立，有「係」象。「初」以剛隨人謂之「交」，「二」以柔隨人謂之「係」。「初」不失其所「交」，而「二」之所「係」者則「三」也。既「係」「三」矣，豈能「兼與」乎「初」？非不欲「與」，勢固弗能「兼」也。《本義》以「初九」爲「小子」，愚竊謂「係小子」指「六三」，「失丈夫」指「初九」。陰小陽大，《易》之定分。《漸》卦「初爻」以陰，故稱「小子」，此「小子」若指「初九」，則以陽爲小矣，似可商。

六三，係丈夫，失小子。隨有求得，利居貞。《象》曰：「係丈夫」，志舍下也。

「舍」，上聲。

「三」與「二」同體，而外比於「四」，「小子」，「六二」也；「丈夫」，「九四」也。卦義以隨上爲貴，隨陽爲得，「三」、「四」近而相取，其情易合，故「隨有求」而皆「得」。但以六居「三」，以九居「四」，位皆不當，恐其爲妄求，爲苟得，故戒以「利居貞」。「貞」字從「求」字來，欲其守正，而弗求也。「三」既「係」「四」，則與「二」漸疏，意向之間，不覺有所取舍。《象》申之曰「志舍下」，謂隨在上之「四」，而舍在下之「二」，猶「二」既隨「三」，則不能「兼與」乎「初」也。張待軒曰：「人生止此，精神意趣，一有所『係』，必有所『失』，連自家也主張不得，所以不可不慎。」

九四，隨有獲，貞凶。有孚在道，以明，何咎？《象》曰：「隨有獲」，其義凶也。「有孚在道」，明功也。

「四」與「五」比，「初」其所應也，「三」其所「係」也。我隨人而人隨我，「隨有獲」之象。張待軒曰：「『獲』者，取非其有之詞，以義論，必當得『凶』。」愚竊謂，「四」之「有獲」，與「三」之「有得」同。《爻辭》乃以爲「貞凶」者，患在不能自盡其誠也。故提出「孚」字，而引之以當「道」，可見大臣之「隨」與小臣異。既盡其誠，又合於道，則雖身處功名之地，而心可大白於天下，「何咎」之有？若霍子孟廢昌邑而立宣帝，功在王室，可謂「隨有獲」而「貞」矣。而滅族之禍，萌乎驂乘，於「義」則「凶」。史譏其「不學無術」，只爲此心未孚於上，不能「在道」以「明功」耳。《小象》於「明」字下，補出「功」字，要見當此地位，不能「有孚在道」，則在我以爲功者，在人即以爲罪。「明功」，非表白之謂，乃此心光明洞達，正其道不計其功也。《豫》、《隨》之「九四」，皆近君大臣也。《豫》「五」乃柔主，又爲「四」之所逼，故戒在君，而爲「貞疾」。《隨》「五」乃剛主，「四」有震主之嫌，故戒在臣，而爲「貞凶」。

九五，孚于嘉，吉。《象》曰：「孚于嘉，吉」，位正中也。

自「初」至「四」，或「隨」或「係」，得失不同，其爲比周均也。「九五」陽剛中正，以居君位，與「二」正應，而「二」爲「三」所「係」，「五」既不嫌「二」之比人，且不疑「四」之逼己，而惟善是從，一片至誠相感，故不言「隨」而言「孚」。「孚于嘉」，不但指「二」，兼指「四」，故兩爻皆曰「孚」，亦同體同德之相孚者。

上六，拘係之，乃從維之，王用亨于西山。《象》曰：「拘係之」，上窮也。「亨」，如字。

中爻《巽》爲繩，維繫之象。「王」指「九五」，「亨」者，通也。卦體《兑》位居西，中爻互《艮》，「西山」之象。「上」居卦末，不隨人進退，有白駒空谷之風。而「五」以隨爲義，有縶之維之之意。通「西山」以求之，是「五」欲隨「上」，而「上」不爲「五」所拘係，故曰「上窮」。言「隨」之道，至上爻而「窮」也。此説本瞿塘來氏。合《爻》、《象辭》看，其詮釋較明。朱子謂「『亨』當作『享』」，自周言之，岐山在西」。遂以文王有享西山之事。郭相奎曰：「程、朱云，居《隨》之極，固結而不可解，於『上窮』字難説，臨川鄒氏以爲文王居羑里之象，『上』之困窮可知。」鄭申甫曰：「文王身蒙大難，恪守侯度，惟修享祀於西山，此臣之隨君，而不可解者。」以上諸説，皆因《本義》以王爲文王而爲之辭耳。説詳《升》卦「六四」下。

劉石間曰：「『係』者，己私也。『隨』者，天德也。學無小無大，皆不可以有『係』。以『係』爲『隨』，而欲執所係之大小爲得失，是外襲之學也。故卦之三陽爲『隨』，三陰爲『係』。『四』，體陽而位陰，故告以先難後獲之道，而戒以計功謀利之凶。所以辨『係』之介，杜『係』之源，其《隨》之『九四』乎？」

䷑巽下艮上

蠱：元，亨，利涉大川，先甲三日，後甲三日。

「蠱」字象形，蟲之傷皿，積久而壞。卦體《艮》上《巽》下，風所以發舒萬物，在山下則爲所止，木氣不能宣暢而生蠹，蠱之象也。「蠱」則何以「元亨」？蓋卦之取名，本以「治蠱」爲義，《蠱》之爲「蠱」，只是元氣萎敝，積漸不通所致。善治「蠱」者，使元氣亨通而已。「利涉大川」，是「元亨」之作用。中爻互卦，《震》在澤上，涉川之象，不避艱險，必求有濟，「利涉」之義。「先甲」、「後甲」，先儒詮釋不同。王嗣輔以「甲」爲事之始，《程傳》依之。鄭康成以「甲」爲日之始。先三日，辛也，義取更新。後三日，丁也，義取丁寧。《本義》依之。今據八卦方位推之，《艮》、《巽》夾《震》木於東，「甲」於五行，屬木。「先甲」言《巽》先於甲，「後甲」言《艮》後於甲也。先後「三日」，指本卦六爻。「先三日」者，下三爻，《巽》也。「後三日」者，上三爻，《艮》也。下三爻，積《巽》之柔懦而成「蠱」。上三爻，積《艮》之止息而成「蠱」，由來非一日矣。文王雖未有《爻辭》，而六爻之義，隱然已具矣。《本義》於《復》卦謂：「自五月一陰生，至此七爻而一陽來復。」此一日當一爻之證。程沙隨曰：「《巽》之『九五』變《蠱》，乃與《蠱》卦《彖》相通，『先甲』、『先庚』是也。」説詳《巽》「九五」爻下。

《彖》曰：蠱，剛上而柔下，巽而止，蠱。「蠱，元亨」，而天下治也。「利涉大川」，往有事也。「先甲三日，後甲三日」，終則有始，天行也。

本卦與《隨》反對，《隨》之外卦本柔，今變《艮》而居上，故曰「剛上」。《隨》之內卦本剛，今變《巽》而居下，故曰「柔下」。剛柔指「初」、「上」兩爻，「剛上」者，《艮》之「上九」，「柔下」者，《巽》之「初六」，義本昭然。朱子謂卦變自《賁》來者，「初」上「二」下；自《升》來者，「五」上「上」下；自《既濟》來者，兼之。亦合三卦以言變，辨詳《隨》卦

《彖傳》。「巽而止」，釋致「蠱」之由，「元亨，而天下治」，歸重在「治蠱」之人。張待軒曰：「『元亨天下治』，不是坐嘯畫諾中來，要合下二句説。如涉大川，駕舟之具無不整飭，操舟之人無不强健。量其廣狹，度其淺深，衝風破浪，無躊躇顧盼之意，故不曰『有功』，而曰『有事』也。」朱罍菴曰：「惟不事事，乃以生事，故還以『有事』治之。」愚按，《雜卦傳》云：「《蠱》則飭也。」飭者，修治振刷，百度維新之義。聖人治天下，每厪豐之盈，不怕蠱之壞。曰「往有事」，矯《巽》之柔懦，則「有事」於剛果。矯《艮》之止息，則「有事」於奮發。「事」字是全卦本領，因内卦《艮》是止體，故勸其往。吴因之曰：「『先甲』、『後甲』，雖云人事，然『終則有始』，即是天意，故曰『天行』。」愚又謂，「蠱」由前人積弊而成，非一世之事。所以五爻皆取象於父子。以繼世言，莫非有事於治蠱者也。文王言「先後」，孔子言「始終」，亂之終，治之始也。猶之天道循環，有「先甲」，必有「後甲」。當庸人束手之時，聖人看成絶好機會，正要盡人事以應天行，豈委諸氣運而已乎？

胡雲峰曰：「凡卦德，當分内外先後，如《隨》則先動而後悦，《歸妹》則先悦而後動。《歸妹》之凶，與《隨》反，《蠱》則内《巽》而外止，《漸》則内止而外《巽》，《漸》之吉與《蠱》反。」

《象》曰：山下有風，蠱。君子以振民育德。

張獻翼曰：「《小畜》『風行天上』，《觀》『風行地上』，《涣》『風行水上』，無所阻，故曰『行』。今在『山下』，則障蔽迴旋，不能條暢。『蠱』者，風之族也。『蠱』以『風』化，故字從『蠱』。」「振民育德」，譬諸良醫治病，「振」者，驅其外邪，「育」者，養其元氣。《本義》以二者乃治己治人之道，愚竊謂，「振」、「育」似當俱從治人一邊，「振民」，取象於風，所以奮興之也。「育德」取象於《艮》，所以涵養之也。

初六，幹父之蠱，有子，考无咎。厲，終吉。《象》曰：「幹父之蠱」，意承考也。

《乾·文言》：「貞者，事之幹也。」「幹」字，從此卦《爻辭》中出。「幹」，通作「榦」，木之本也。内卦《巽》爲木，中爻又互《震》木，幹象。「父之蠱」，謂父養成此疾，至子而發也。「父蠱」，豈能「无咎」？子能幹，則「考无咎」，使天下稱之曰：「幸哉！有子如此，可謂孝矣！」「厲」是「幹蠱」之苦心，所謂操心危慮患深者，故始「厲」而「終吉」。初爻柔而志剛，幹事最早，父在，子不得自專，而志則可知。《小象》中之以「意承考」，有潛移默改之妙。蓋不以事「幹」，而以意「幹」也。意若承順，而事實由以「幹」全，「考」之「无咎」以此。或云合「初」、「二」兩爻觀之，是無父有母之孤子，説近穿鑿。《康誥》

云：「大傷厥考心。」父在，何嫌稱考乎？

九二，幹母之蠱，不可貞。《象》曰：「幹母之蠱」，得中道也。

前輩或以母后垂簾之事，已兆其端。愚意只就本卦看，《艮》、《巽》二體，陰長而陽少，「二」與「五」應，陰居上，「母」象。以國家言，凡大事、陽事則爲「父蠱」，凡小事、陰事則爲「母蠱」。積陽之弊，爲暴横，爲危亂，「父蠱」也。積陰之弊，爲因循，爲衰弱，「母蠱」也。「九二」剛而不正，恐其一往恃才，過於直遂，故又設「不可貞」之戒。《易》之爲道，無不要之於「貞」，獨此曰「不可貞」者，非理「不可貞」，時不可也。時「不可貞」，則以「不可貞」爲「中道」。「二」剛中，所「幹」者純是一片至誠至情，委曲周旋，以圖有濟。「幹母蠱」者，必如此，方「得中道」也。《繫傳》所謂「《巽》以行權」，於此爻見之。

九三，幹父之蠱，小有悔，无大咎。《象》曰：「幹父之蠱」，終无咎也。

「三」以剛居剛，「幹蠱」之事，不免以子改父爲嫌，或者更張措置之間，先後緩急，稍失其序，所以「小有悔」。然《巽》體得正，不陷父於不義，何「大咎」之有？「小有悔」，以心言。「无大咎」，以理言。《爻》因其過剛不中，猶摘其微疵。《象》要其「終」，而斷以「无咎」，並略其小過，使之任事不惑，爲克家之子也。程敬承曰：「聖人於《蹇·二》

言『終无尤』，所以作天下之忠。於《蠱·三》言『終无咎』，所以作天下之孝。」

六四，裕父之蠱，往見吝。《象》曰：「裕父之蠱」，往未得也。

「四」居外卦之下，與「初」同是柔爻，「初」蠱未深，柔者猶可「幹」。「四」則深矣，復以柔居柔，「裕蠱」之象。「三」之失在過中，「四」之失在不及。「裕」與「幹」正相反，强以立事曰「幹」，怠以委事曰「裕」。蓋「幹蠱」之事，當如拯溺救焚，庶克有濟。今乃無才無志，優游過日，不肯上緊去做，由斯道以往，則立見其「吝」。彼其父子嘻嘻，方且自以爲得，夫子正之曰「往未得」。父陷於不義，相視而笑，可謂得親乎？《象傳》本取「往有事」，而「四」入《艮》體，乃是止象，故《爻》曰「往見吝」，《象》曰「往未得」。

六五，幹父之蠱，用譽。《象》曰：幹父用譽，承以德也。

在「九二」，以「五」爲母。在「六五」，則仍居子道，繼體之令主也。柔得中而居尊位，其「幹蠱」也，過則歸己，善則歸親。「用譽」，言父用子之「幹」而得「譽」也。《初·小象》但云「承考」，不言所以承之者。《五·小象》曰「承以德」，可見事雖出於「幹」，全心一主乎承順。若謂今日改圖之事，吾以承先人之德云耳，非獨不恃「幹蠱」之才，以揚親之過，並欲泯「幹蠱」之迹，以成親之名者也。來氏謂「因用人而得譽」，「九二」承以剛中之德，只是贊應父，與本爻無涉。

上九，不事王侯，高尚其事。《象》曰：「不事王侯」，志可則也。

自「初」至「五」，凡事之蠱壞者，已無不整飭，「幹」之能事畢矣。「上」居卦終，身在事外。以君臣言，「不事王侯」之象。在《艮》體之上，「高尚」之象。兩「事」字有別，言雖不出身事主，而自以「高尚」爲「其事」，亦非不事事可知。李子思曰：「君子當蠱之世，方事之興也，盡力以幹，操《巽》之權，而行所當行。及事之終也，潔身以退，體《艮》之義，而止其所當止。」愚竊謂，自「初」至「五」，皆言「父子」，「上」獨言君臣者，父子以情親，不敢置身事外。君臣以義合，「王侯」之事，君子有「不事」者矣。《象》中之曰「志可則」，要見世運之「蠱」，皆由上大夫溺志於功名所致。「蠱」爲食心之螟。諸爻所治者，世事之壞。上爻所治者，士大夫心術之壞也。聞伯夷之風者，頑夫廉，懦夫有立志，孰謂「高尚」，非所以「治蠱」乎？

《田間易學》曰：「《易》以三陰三陽爲中，故《泰》、《否》爲綱領，而《隨》、《蠱》寓《咸》、《恒》、《損》、《益》之消息焉。《隨》者，《否》初終之反也。《蠱》者，《泰》初終之反也。《否》《泰》反其類，於换爻而益明。」

䷒兑下坤上

臨：元，亨，利，貞。至于八月，有凶。

《本義》云：「『臨』，進而凌逼於物。」愚竊據《程傳》作「君臨」解。以大臨小，以上臨下，皆是也。「初」、「二」大臨小，以德言。「三」、「四」、「五」、「上」上臨下，以位言。歸重在二陽爻，二陽漸進，泰運方來。光明正大之氣，照臨天下，故以天德之「元亨利貞」歸之。張潤甫云：「『臨』者，大也。聖人明以『大』字作注脚，解此卦，必須體貼『大』字，不可漫言凌逼，使君子小人相仇陷也。」

《臨》爲十二月之卦，「至于八月」，當自正月數起。薛敬軒云：「於十二月陽剛漫長之時，而以來年八月陽消陰長爲戒。」其義甚明。《本義》謂「自《復》卦一陽之月，至《遯》卦二陰之月，爲陰長陽遯之時」。又云「『八月』謂夏正八月」，又云：「前説是周正八月。」文王作《卦辭》時，只用周正紀之。」三説初無定論。愚按，文王演《易》，在殷之末世，正朔未改，似未便遽用周正。今以十二支準之，《臨》當丑月，自此而《泰》，而《大壯》，而《夬》，而《乾》，而《姤》，而《遯》，而《否》，至於八月，建酉爲《觀》，《臨》與《觀》反對，此時《臨》之二陽，變爲《觀》之四陰矣，故曰「有凶」。朱子之注《觀》卦，謂「四陰長而二陽消，爲八月之卦」，與此《彖辭》正合，可證本注之非。李子思曰：「卦體已是二陽，則當自《觀》數起，不當自《復》數起。本卦與《觀》反對，則當數至《觀》而止，不當數至《遯》而止。朱子依《程傳》，從一陽初生起，所以不能盡合也。」

張待軒曰：「古人説到『臨』字，便有凛凛戒懼之意。《詩》云：『如臨深淵』，『如臨于谷』。《書》云：『予臨兆民，懔乎若朽索之御六馬。』[一]故於剛長之際，而屢八月之戒，此《臨》之時義也。」

愚按，京氏十二辟卦之説，從此《卦辭》推出。

《彖》曰：臨，剛浸而長，説而順，剛中而應，大亨以正，天之道也。「至于八月有凶」，消不久也。

愚按，《彖傳》不曰「剛長」，而曰「剛浸而長」。《兑》爲澤，在地之下，「浸」之象。《列子》云：「一氣不頓進。」董子云：「長日加益，而人不知。」皆「浸而長」之義。《復》惟一陽，《臨》已二陽，聖人幸其長，更幸其方長，駸駸乎有莫禦之勢也。《困學記》曰：「内《兑》爲悦，陽之進也不偪。外《坤》爲順，陰之從也不違。二剛得中，則陽德方亨而

〔一〕按，原本奪「懔乎」，據四部叢刊本《尚書》補。

不過。『二』與『五』應，則剛柔合德而有爲。『説順』二句，緊承『浸長』來，此所謂『大亨以正，天之道也』。」愚按。「天道」只在陰陽消長上見，二陽漸長，則四陰漸消。人方以陰消爲快，聖人預憂之，曰「至于八月有凶」。然則，陰之消豈久消哉？其慮深，其辭危。所以示儆者，切矣！《本義》無明文，王輔嗣作「君子道消」解，以「消不久」指陽，似失經文語氣。陽「消不久」，何以云「凶」？

《象》曰：澤上有地，臨。君子以教思无窮，容保民无疆。

《本義》：「二者皆臨下之事。」愚按，《大象》於《觀》曰「設教」，於《師》曰「容民」，於《臨》則言「教」，又言「思」；言「容」，又言「保」。「思」者，教民之心，至誠懇到也。「保」者，容民之事，多方調護也。「无疆」，乃地之體，澤之行地，亦與之爲无窮。君子之臨民，以之「教思」，如《兑》澤之深；「容保」，如《坤》德之厚，无窮无疆，亦從「剛長」得義。

初九，咸臨，貞吉。《象》曰：「咸臨，貞吉」，志行正也。

卦體四陰，雖居上位，實爲下二陽之所「臨」。「初」剛正，「四」柔正，兩爻相應，故「貞吉」。「咸」字有三義，感也，皆也，和也。以德服人，非勢相偪，「感」之義也。二陽同德，相繼而進，「皆」之義也。皆感則「和」矣。《象》曰「志行正」，與《屯》「初九」同，皆以剛居剛，而行其正也。

九二，咸臨，吉，无不利。《象》曰：「咸臨，吉，无不利」，未順命也。

「二」爲卦主，與「初」同德。「初」剛正，「二」剛中。「初」與「四」應，而「二」與「五」應。所謂「剛中而應」者，此爻也。其於諸陰，亦不以非應而外之，無所不臨之象，故與「初」並稱「咸臨」。但《爻》曰「吉，无不利」，《象》何以曰「未順命」？《程傳》云「至誠相感，非由順上之命」，《本義》云「未詳」，《注疏》則云「『二』未盡順『五』之命」，臨川鄒氏云：「『二』之應『五』，非專以順命爲感，其間或有未順者，無害其爲咸也。」愚竊謂，「未順命」，當指四陰而言。二陽在下，四陰在上，其勢尚壯，未必皆順以從陽。夫子於陽長之時，致防微之慮，所以補《爻辭》未言也。

李隆山曰：「山澤通氣，其卦爲《咸》。而『澤上有地』，『初』、『二』爻亦謂之『咸』，乃陰陽之氣相感也。」

六三，甘臨，无攸利。既憂之，无咎。《象》曰：「甘臨」，位不當也。「既憂之」，咎不長也。

「三」以柔居剛，《兑》口在内卦之上，與二陽同體；先爲所「臨」，與三陰同類。其性悦，「甘」言取容之象。張彦陵曰：「二陽乃難悦之君子也。『六三』以悦取容，既不爲君子所許，上三陰以其求媚於陽也，亦不以同類見收，進退失據，故『无攸利』而有『憂』。聖人就其憂之一念撥轉之，若曰既知所『憂』，則自有『无咎』之道，正不必以『甘』爲『臨』耳。《象》曰『位不當』，諒其所處之艱也。曰『咎不長』，廣其自新之途也。」一説，「三」爲悦主，不嫌陽之偪己，而「甘」爲所「臨」，但於下文接不去耳。

六四，至臨，无咎。《象》曰：「至臨，无咎」，位當也。

「至臨」，《本義》只就「下應『初九』」説。蘇氏《易傳》則云：「陽至而遂順之。」愚竊謂，「四」在《坤》下，近與《兑》比，地之臨澤，無如此爻之至親至切，兼與「初」應，非貌親而情疏者。與「三」之「甘臨」不同。「三」以柔居剛，故「位不當」；此以柔居柔，故「位當」。所以同爲「无咎」，而「三」獨多「憂」。兩爻相反，當合看。

六五，知臨，大君之宜，吉。《象》曰：「大君之宜」，行中之謂也。「知」，去聲。

當「臨」之時，柔中居尊，不忌剛長，而以柔接，聰明睿知，足以有「臨」者也。左右皆陰，獨與「九二」正應，即此便是「知人則哲」，君「臨」之道莫有宜於此者，《詩》稱「宜民宜人，宜君宜王」是也。《象》申之以「行中」，見得「知臨」不是以苛察爲明，只在不剛不柔，行事得中，所以得「吉」耳。

上六，敦臨，吉，无咎。《象》曰：「敦臨」之吉，志在内也。

《爾雅》：「邱一成曰敦邱。」《坤》上一畫，地之最厚處，猶《艮》「上」爲山之最高處，故彼曰：「敦艮，吉。」此曰：「敦臨，吉。」《程傳》云：「《兑》終則悦。『甘臨』者，小人之事。《坤》終爲厚，『敦臨』者，君子之德。」「志在内」指「初二」，「上」之「志」，在從二陽。「五」既尊賢，「上」更加護持，所以爲「敦」也。

䷓坤下巽上

觀：盥而不薦，有孚，顒若。「觀」，去聲。

自上示下曰「觀」，讀去聲。自下視上曰「觀」，讀平聲。卦取自上示下之義。《爾雅》「闕謂之觀」是也。二陽在上，衆陰所仰，猶王者居尊，臣民屬目。卦以「觀」名，似爲外飾之事。文王揭出德化之妙，用以示「觀道」之精藴。廟中者，境内之象也。「盥而不薦」二句，是「觀」字注脚。「盥」者，以水潔手也。「薦」者，獻祭品也。「不」字，只作「未」字解。「有孚」者，誠也。「顒」者，仰也。凡入廟承祭者，始必以水盥手，此時尚未薦，而誠意所孚，有若鬼神之在其上。至於薦，則備物矣。但取「盥而不薦」，以見「顒若」之「孚」，不在物而在誠。蘇子瞻曰「盥者以誠，薦者以味」，二語得之。先儒或謂「『盥』則誠意方專，『薦』則誠意已散」，仁人孝子之享帝享親，豈初虔而終怠乎？胡敬齋謂「『盥而不薦』，不可以辭害意。『盥』則必『薦』。蓋言『盥而不薦』之時，在下者已信而瞻仰之，以見觀感之神速，故下文言『神道設教』」云云。以下句屬觀者，言與《象傳》「下觀而化」正合。

《本義》：「正爲八月之卦。」

《彖》曰：大觀在上，順而巽，中正以觀天下，觀。「盥而不薦，有孚顒若」，下觀而化也。觀，天之神道，而四時不忒。聖人以神道設教，而天下服矣。「下觀」，「觀」字平聲，餘俱去聲。

本卦與《臨》反對，皆二陽四陰。《臨》二陽在下，《觀》二陽在上。《卦》、《彖》皆以陽爲主，可見撐天柱地者，二陽也。不徒曰「在上」，而曰「大觀在上」者，必合順巽中正以爲「觀」，而後成其大也，聖人用此道爲「觀」於上，盡誠盡敬，不大聲以色。而在下者，自「觀而化」。夫子就《卦辭》推出一層説，不足申釋上文。「神」字，即從上「化」字看出。「觀」乃「天之神道」，只是「四時不忒」，聖人以之設教，只中正以服天下，便是聖人之「神道」。以教顯神，非以神爲教也。「觀」字句，不連「天之神道」讀。

《象》曰：風行地上，觀。先王以省方觀民設教。「觀民」，「觀」字平聲，六爻同。

朱與三曰：「『風行天上』，人不見其形也。『風行地上』，遇物斯形。水平而風盪之，樹静而風動之。無形而無不形者，『風行地上』之象也。古帝王巡守之禮，蓋取諸此。」愚按，地有五方，各成風氣。巡守所至，陳詩以觀民風，納賈以觀民好惡。修其教不易其俗，齊其政不易其宜，凡以順風土耳。風爲教象，春夏之風，生物長物，仁之教也。秋冬之風，肅物凝物，義之教也。觀民設教，所謂樹之風聲也，是以先王尚之。

初六，童觀，小人无咎，君子吝。《象》曰：「初六童觀」，小人道也。

《本義》云：「《卦》以觀示爲義，《爻》以觀瞻爲義，皆觀乎『九五』也。」愚按，内卦諸爻，以去「五」之遠近，爲所見之明暗。「初」陰在下，去「五」最遠，所見不真。「童觀」之象，以其「童」也。體剛居柔，未可判其爲「君子」「小人」，故《爻辭》兩言之，若以爲「小人」，「下觀而化」，則「无咎」也。若以爲「君子」，亦隨衆而觀，斯爲「吝」矣。《象》直斷其爲「小人道」，蓋如深山窮谷之民，不識不知，與兒童所見無異者也。

六二，闚觀，利女貞。《象》曰：「闚觀，女貞」，亦可醜也。

張彦陵曰：「『初』之『童』，局於才；『二』之『闚』，短於識。」愚竊謂，「二」，柔順中正，不出户庭，乃女子之正道，以其所見不廣，故爲「闚觀」象。《説文》：「闚，閃也。」蓋從門内邪視之狀，在女子則爲「利貞」，在丈夫則「亦可醜」，猶《恒·九五》「婦人吉，夫子凶」之意。合兩爻觀之，可見人主舉動，爲天下所共睹。苟非天觀在上，則婦人小子，皆能窺見隱微矣。此又聖人言外之意。

六三，觀我生，進退。《象》曰：「觀我生，進退」，未失道也。

「三」亦欲「觀國之光」者，而爻柔位，剛爲「四」所隔，外度之人，不如内度之己。「觀我生」者，自考其生平也。居下卦之極，是可「進」之時。在上體之下，又是可「退」之時。「進」固可以行道，「退」亦可以修道。《小象》斷之曰「未失道」，出處大事，不嫌詳審也。楊誠齋曰：「『三』、『五』皆曰『觀我生』，『三』審己以從人，『五』審人以修己。

『六三』似漆雕開。」

六四，觀國之光，利用賓于王。《象》曰：「觀國之光」，尚賓也。

進退之介，在「六三」，「四」已近君，宜進不宜退矣。「九五」陽明在上，故曰「觀國之光」。内卦三陰，草莽之臣也。「四」與「五」比，市井之臣也。不曰「臣」，而曰「賓」者，古人未仕，則君賓興之。仕而未禄，猶以賓禮待之，不純臣也。諸侯來朝，亦有三恪來賓之典。《左傳》陳敬仲筮，得《觀》之《否》，稱「六四」爲公侯是已。王指「九五」，作賓於王家者，「四」也。「尚」之者，「五」也。「五」爲貴德尊士之君，「四」爲群陰領袖。内三爻所視爲進退者也。近者「觀光」，遠者可知。若依《注疏》，「尚」字作「志意順慕」解，於「用賓」、「尚賓」之義，説不去矣。

九五，觀我生，君子无咎。《象》曰：「觀我生」，觀民也。

「九五」中正以觀天下，爲全卦之主。出身加民，萬邦所仰。下之觀化者不一，「童觀」、「闚觀」、「觀國」，各隨分量爲淺深，而「五」之自觀者，「我生」而已，何爲「我生」？中正是也。不求爲聖爲神，但求爲「君子」。不求有譽，但求「无咎」。《象》中之曰「觀民」，言時時返而自觀，果不失中正，足爲民所具瞻否，所謂「觀人以修己」也。「君子无咎」，對初爻「小人无咎」説，「君子」「小人」，猶言君民也。

上九，觀其生，君子无咎。《象》曰：「觀其生」，志未平也。

「上」與「五」，《爻辭》略同。舊注多以「其生」爲「上九」之自觀。愚竊謂，「其」字當指「五」，以「五」自觀，曰「我生」，以「上」觀「五」，曰「其生」。「君子无咎」，幸「九五」之猶在君位也。蓋本卦與《臨》反對，「八月有凶」，正當《觀》之時。《剥》則九月之卦矣。《觀》之異於《剥》，只多「九五」一陽，其係甚重，其幾甚危。「上」與「五」同德，身居事外，志在扶陽。目睹下四陰之方長，「初」、「二」乃兒童婦女一流，固無足賴；「三」之進退，不過自爲身謀；「四」之國賓，亦非腹心之寄。「上」之眼界開闊，觀盛而知衰，觀治而知亂，世運一變，將成《剥》，不啻切膚之痛。「志」安得「平」？《小象》以「志未平」補《爻辭》所未盡，直指出「上九」心事，以結「大觀在上」之全局。《剥》之碩果不食，猶賴有斯人也夫。吴草廬云："『上』居卦外，惟自觀其身而已。"釋「其」字亦得，但把「上九」説成一箇自了漢，於《象辭》「志未平」難合。

䷔震下離上

噬嗑：亨。利用獄。

《本義》："『噬』，齧也。『嗑』，合也。物有間者，齧之而後合。"王《注》謂："《噬嗑》乃去間之卦。"愚按，間去，則「噬嗑」，卦中自有亨義。凡君臣、父子、兄弟、朋友有離間者，皆當去之。「用獄」，乃《噬嗑》中之一事也。卦體「九四」一陽居三陰中，强梗不服之象。不曰「用刑」，曰「用獄」者，必先究治情僞，知其爲間，乃可致刑。六爻皆治獄之官，「六五」柔中居尊，爲「用獄」之主，此「利用獄」之義。又按，凡齧者，下動而上不動。《震》在下而動，「噬」必及之。《賁》與《噬嗑》卦形相似，而《賁》不爲「噬」者，《艮》止與《震》動異耳。《艮》、《震》合而成《頤》，則亦下動之象。但中四爻皆陰，無陽以間之，又爲養道，觀象可以知變矣。

《彖》曰：頤中有物，曰「噬嗑」。噬嗑而亨。剛柔分，動而明，雷電合而章。柔得中而上行，雖不當位，「利用獄」也。「當」，去聲。

上下二陽，與《頤》象同。「頤中无物」，卦名曰「頤」。此有「九四」一陽，間於其中，必須間去，「噬」乃可「嗑」，「嗑」則「亨」矣。「剛柔分」三句，正所以得「亨」處。三陰三陽之卦，獨於《噬嗑》言「剛柔分」者，《震》、《離》分居内外，取明動相資也。於「剛柔」言「分」，於「雷電」言「合」者，分之，則上與下未「噬」之象；合之，則「動而明」已「噬」之象。分者其體，合者其用也。以其「動而明」，故曰「章」。「柔得中而上行，雖不當位」，專指「六五」一爻。「不當位」，《卦象》所未言，夫子推原文王之意，謂「五」以柔居剛位，雖不當，然居上以寬爲主，所以「利用獄」也。

《本義》自《益》卦「六四」之柔上行，以至於「五」而得其中，爲卦變。愚竊謂，兩爻同在上卦，似不得云「上行」。據《卦變圖》，《噬嗑》自《否》來，於内卦三柔中，分「初六」一柔爲上卦之「五」，是謂「柔得中而上行」。上卦得柔而成《離》，「五」本陽位，而柔來居之，故「不當位」，義當如此。來氏不取卦變，多從反對看，於他卦往來之象爲順，至《噬嗑》之於《賁》，兩卦「初」、「上」皆陽，「二」、「五」皆陰，惟「三」、「四」兩爻，剛柔互易，與《彖傳》「柔得中而上行」不合，反對之例，於此卦獨難通。

《象》曰：雷電，噬嗑，先王以明罰勑法。

「雷電」二字，先儒或以爲誤，以卦體《離》上《震》下也。其説始於李鼎祚，《程傳》

亦謂「象無倒置者」，《本義》直云「『雷電』當作『電雷』」。愚按，本卦《象傳》云「雷電合而章」，又《泰》卦《坤》上《乾》下，《大象》不云「地天交泰」，而云「天地」，與此例同。只依原本，經文未必誤也。《黄氏日抄》亦云然。上卦本離火，夫子易火以電，乃取在天之象，所謂「天討有罪」也。《黄氏日抄》云：「雷電本一氣，而雷爲主。電者，雷之精光。」今按，凡大雨之候，雷將發聲，必先之以電光，而後霹靂隨之。故王者亦先「明罰」，而後「勑法」。「明罰」如電，先雷而顯。「勑法」如雷，繼電而至。潘雪松曰：「『利用獄』，是臨時，『明罰勑法』是平時。」愚又謂，「罰」者，一時所用之法。「法」者，平日所定之罰。不言「用罰」，而曰「明罰」，辨别詳審，使人知所避。不言「行法」，而言「勑法」，告戒威嚴，使人知所畏。皆在未「用獄」之前，不待有間而後治也。吴草廬云：「聖人之用刑，不掩人以所不備，不慢令而予之死。」得其義矣。

初九，屨校滅趾，无咎。《象》曰：「屨校滅趾」，不行也。

《程傳》：「滅，傷也。」〔一〕《黄氏日抄》云：「恐止是滅没，如過涉滅頂之義。以『校滅』没其『趾』，與『滅鼻』、『滅耳』同，與『傷』字異義。」愚又按，中爻互《艮》，《艮》爲趾，

〔一〕按，「滅，傷也」，中華書局《二程集·周易程氏傳》卷第二作「滅，没也」。

初陽横於《艮》止之下，「屨校」之象。《本義》云：「『初』、『上』無位，爲受刑之象。」愚竊謂「初」爲《震》主，亦治獄之官也。《周禮·秋官·掌囚》：「中罪桎梏。」《注》云：「在手曰梏，在足曰桎。」「桎」，足械也。亦曰「校」。「屨校」者，著校於人之足，如納屨然，滅其趾，使之不得行也。「初」所治之人，其罪尚輕，只用「屨校」之刑，小懲而大戒，故「无咎」。「初」曰「趾」，「上」曰「耳」，人身自下至上也。「初」，《震》體，宜其行。而互《艮》，故曰「不行」。「上」，《離》體，宜其明而互《坎》，故曰「不明」。兩爻之吉凶在此。

六二，噬膚，滅鼻，无咎。《象》曰：「噬膚，滅鼻」，乘剛也。

「二」，柔順中正，上與「五」應，聽斷，易以得情。「噬膚」之象，凡獸肉無骨者曰「膚」。《儀禮》「豕膚」、《内則》「麋膚」皆是也。《荀九家》：「《艮》爲鼻，卦體自『二』至『四』互《艮》，『九四』一爻當之，正卦之所以爲間者，膚肉易噬，言『二』之治獄，不用深詢，已得主名，用能『滅鼻』，使不濫及也。」「滅鼻」與「滅趾」、「滅耳」，皆用刑之義。人處胎中，鼻最先生。比之於惡，是爲禍本。「二」之「滅鼻」，罪人斯得矣，何「咎」之有？「初」爲動主，「二」因「初」以動，故曰「乘剛」，中正則得情，「乘剛」則能斷，乃與之之詞，與他卦言「乘剛」者不同。先儒謂「噬膚」而滅其鼻於器中，殊難理會。

六三，噬腊肉，遇毒，小吝，无咎。《象》曰：「遇毒」，位不當也。「當」，去聲，下同。

愚按，「獄」至此，凡三訊矣。「三」偪近於「四」，離火在前，「二」所噬之膚，至此爲「腊肉」矣。去惡較難於「二」，有「噬腊遇毒」之象。《周禮・腊人》：「掌田獸之脯腊，膴胖之事。」《注》云：「小物全乾爲腊。」《漢書・五行志》：「厚味實腊毒。」《注》云：「腊，久也。味厚者爲毒久。」蓋腊肉有味，積之久而成毒，猶人有過，積之久而成惡。「噬」者至此乃遇之，不免「小吝」。由「三」所居之位，不中不正也。然時當「噬嗑」，雖「吝」「无咎」。據爻例，「三」與「四」凡「遇毒」，似當指「四」，而《小象》歸諸「位不當」，此反躬責己之論。

九四，噬乾胏，得金矢。利艱貞，吉。《象》曰：「利艱貞吉」，未光也。

愚按，以全體言，「四」爲一卦之間；以爻位言，則「四」亦爲除間之人。內卦三爻，三訊已終，至此，則獄上於大司寇矣。「九四」爲大臣之位，「胏」，乾肉之有骨者，「噬」之猶難於「三」。「四」已變《離》體，以其溺於「三」「四」〔一〕重陰之間，恐有狥私之念，而未光明正大，故戒以「利艱貞」。《程傳》於「金取剛」，於「矢取直」，蓋謂治獄者，必得剛

〔一〕按，「四」，疑爲「五」之訛。

直而利在艱難正固，然後「吉」也。《本義》引《周禮》「獄訟入鈞金束矢而後聽之」，謂「得用刑之道」。《黄氏日抄》云：「『金矢』，『黄金』，皆象也。合從程説。」蘇紫溪曰：「『得金矢』。所謂訟得其理，非爲訟人言也。若借《周禮》之文以作解，則未受民辭而先受金矢，此豈可爲訓哉？」愚又按，矢百爲束，三十斤爲一鈞，必入「金矢」，而後聽其獄。竊恐貧民之寃，無由上達肺石矣。

六五，噬乾肉，得黄金，貞厲，无咎。《象》曰：「貞厲，无咎」，得當也。

愚按，此爻所謂「柔得中而上行」者。人主以好生爲德，故貴柔而得中。「五」柔中居尊，受成於「四」，「獄」已具矣。《周禮·腊人》掌「乾肉」，與「腊肉」同。兩爻同爲《離》體，《離》爲《乾》卦，故一象「乾胏」，一象「乾肉」。又本皆《乾》體，同爲金象，故一得「金矢」，一得「黄金」。《離》得《坤》之中爻，故《坤》曰「黄中」，《離》曰「黄離」。又，《旅》卦「六五」亦《離》中爻也，曰「一矢亡」。故本爻「金」當得「黄」而無矢。「四」以剛「噬」，「五」以柔「噬」。「貞」者，正也，刑當其罪之謂。「四」曰「艱貞」，「艱」在「貞」之前，其難其慎，惟恐不得當也。「五」曰「貞厲」，「厲」在「貞」之後，雖正猶危，不敢自謂得當也。「四」爲臣位，詘法易，執法難，故艱而利貞。「五」居君位，用刑易，恤刑難，故雖貞亦厲。《象傳》曰「不當位」，「六三」曰「位不當」，此則曰「得當」者，言必如此，方得當而无咎也。前以位言，此以事言。

上九，何校滅耳，凶。《象》曰：「何校滅耳」，聰不明也。「何」，去聲，與「荷」同。

「何」猶「負」也，「滅耳」謂「校」加於人首，而没其「耳」。中爻自「五」下互「三」爲《坎》，《坎》爲耳。「上」之一陽，貫於《坎》耳之上，「何校滅耳」之象。同一「校」也，「初」「滅趾」則「无咎」，小懲大誡，喜其斂跡之早也。「上」「滅耳」則「凶」，怙終不悛，惡其聽言之不明也。「聰不明」，猶云「聽不聰」，此小人之罪名也。「上」爲三公之位，獄至此，當制刑矣。但治獄者刑期無刑，故「初」以「滅趾」者之「无咎」，爲己之「无咎」；「上」以「滅耳」者之「凶」爲己之「凶」。聖人之心，吉凶與民同患如此，豈「初」自「屨校」、「上」自「何校」乎？

《象數論》曰：「治獄宜設困苦之象，而中爻所言，皆燕享祭祀之用。『膚』者，豕腹下肉，祭禮别爲一鼎，所謂膚鼎也。『腊』者，《周禮》腊人所供乾腊也。『胏』者，肉而聯骨者也。『乾肉』，大饗之腶脩也。先王設刑官，原以輔教之不逮，一民有罪，曰『我陷之』也。刑豈仁人所輕用哉？故以燕享之義，寓於縲絏之中。所謂不忍人之心，不忍人之政也。」愚按，六爻就人身取象者，《噬嗑》、《咸》、《艮》凡三卦。本卦《爻辭》之取象，痛傷人之肌膚也。《漢書·刑法志》云：「禹制肉刑，湯武順而行之。」「初」之「滅趾」，剕刑也；「二」之「滅鼻」，劓刑也；「上」之「滅耳」，刵刑也。中間「噬膚」、「噬腊」、「噬胏」，無非取於肉者。蓋三代時，皆用肉刑也。先儒謂「初」、「上」無位，爲受刑之人。愚又謂，卦體《頤》中有物，「四」也。「初」、「上」兩爻，乃《頤》之象，欲丟一間，必用兩剛。似不當作犯罪之人看。有犯罪之人，必有斷獄之人。「初」、「上」則定其所犯之罪名者也。古之聽獄者，史以獄成告於正，正聽之。以獄成告於大司寇，大司寇聽之。棘木之下，以獄之成告於王，王命三公參聽之。三公以獄之成告於王，王三又，然後制刑。今以爻位配之，「初」則司寇吏，所謂史也。「二」與「三」，正也。「四」爲大司寇，「五」爲王，「上」則三公也。「屨校」之罪，定於「初」，歷「二」、「三」、「四」，中更幾讞，獄無異辭，「五」既虚中受成，復命「上」參聽，而獄始決。刑至於「上」，則一成而不可變矣，故「凶」。本卦當與《訟》卦參看。《訟》者，獄之未成，兩造方争，非剛中之君，不能斷。《噬嗑》則已斷而用刑，非柔中之君不能恤。《訟》惟「九五」爲聽訟之主，《噬嗑》六爻，皆治獄之人，兩卦之不同，在此。

《像抄》曰：「『噬嗑』之道，日用飲食之道也。有一步不可輕舉，一毫不可自昧者焉。所以『膚』可『嗑』，『腊』可『噬』，『遇毒』之害，不可以不防。雖『噬』而『得金矢』，『得黄金』，『艱貞』之『厲』，不可以不戒，當爲先事之禁，『滅趾』於方動之初。毋爲養成之惡，『滅耳』於不可救藥之地。此治身之道，即治天下亦此道。」

䷕離下艮上

賁：亨。小利有攸往。

「賁」，文飾也。卦名取剛柔相錯爲義。愚按，「繪事後素」，質在文之先。剛一畫奇在先，質也；柔二畫耦在後，文也，乃緣禮飾情之謂。剛不得柔，則不能「亨」。柔不附剛，則不能「有攸往」。六爻惟「初」與「四」應，往遇《艮》則止，故曰「小利」。

《彖》曰：「賁，亨」，柔來而文剛，故「亨」。分剛上而文柔，故「小利有攸往」。天文也。文明以止，人文也。觀乎「天文」，以察時變；觀乎「人文」，以化成天下。

愚按，《彖傳》將《卦辭》分兩截説。天地間所謂「文」者，不過一剛一柔間雜而成。但文有去來，而質無離合。上截妙在一「來」字，下截妙在一「分」字。質極而柔自外來文之，初無致飾之意，而真情自相流通，故「亨」。文所以文其質也，而「分剛」以爲文，則加一分華采，即減一分實意，故「小利有攸往」。要見不可過爲緣飾之意。

舊説，此亦卦變之一。「柔來文剛」，屬内卦；「分剛文柔」，屬外卦。凡三陽之卦變皆自《泰》來，《泰》外卦上爻之柔，今來居《賁》内卦之二爻，故曰「柔來而文剛」。《泰》内卦三爻之剛分而爲《賁》外卦之上爻，故曰「分剛上而文柔」。《程傳》云：「凡卦變，自《乾》、《坤》來。本卦下本《乾》體，中爻變而成《離》；上本《坤》體，上爻變而成《艮》。《離》在内，故曰『柔來』；《艮》在上，故云『剛上』。」與蘇氏《易傳》同。李衷一曰：「《賁》乃《噬嗑》之倒體，所謂『柔來文剛』者，只是《噬嗑》之《離》上，倒入而在内也。『六五』之柔來居『二』，在『初』、『三』兩陽之間，豈不是『柔來文剛』？所謂『分剛上而文柔』者，只是《噬嗑》之《震》下，倒成《艮》而居上也。『初九』之剛上居『上九』，在『四』、『五』二陰之上，豈不是『剛上文柔』？」合三説觀之，於往來上下之義甚明。朱子謂卦自《損》來者，柔自「三」來而文「二」，剛自「二」上而文「三」；自《既濟》來者，柔自「上」來而文「五」，剛自「五」上而文「上」。既云自《損》來，又云自《既濟》來，與《卦變圖》之説不合，且「二」、「三」俱在内，「上」、「五」俱在外，似不得謂之來。《周易説統》亦以此爲疑。

「天文也」之上，《本義》從王弼本，謂當有「剛柔交錯」四字。愚謂「天文也」三字，緊承「柔來文剛」、「剛上文柔」兩「文」字來，中已有「剛柔交錯」之意。程子所云：「質必有文，自然之理，故謂之天文。」似不必多添四字。胡雲峰曰：「以卦變言，則剛柔之交，可以見『天文』；以卦德言，則『文明』各止，其分可以見『人文』。」鄭申甫曰：「文明而不以止，則致於飾矣。故必以止，方爲人文，非止其文，乃救文之弊也。」朱子發曰：「有此人便有此文，非增飾於人之外也。」愚又謂，「天文」「人文」，亦不必推廣泛論，即從卦象看出。「觀」者，就卦象而「觀」也，「天文」本自適中，而時或有過文過質之變，則察之而施其補救。「人文」貴乎「文明」，惟止之而使文不至勝質，乃可以「化成天下」。

《象》曰：山下有火，賁。君子以明庶政，无敢折獄。

薛敬軒曰：「《大象》論用刑者，凡四卦，皆離火之用。可見用法貴乎明。《噬嗑》、《豐》以火雷，雷火交互爲體，威明並濟也。《賁》、《旅》以山火，火山交互爲體，明慎並用也。」愚按，《旅》火在山上，曰「不留獄」；《賁》火在山下，曰「无敢折獄」。一則止而明，一則明而止。皆取治獄之象。「庶政」之中，「折獄」爲難。「折獄」之道，在得實情，不在文飾，故弄法者曰「舞文」，刻覈者曰「深文」，濫刑者曰「文網」，鍛煉者曰「文致」，皆自作聰明，而逞其敢心者也。「君子以明庶政」，法《離》體也；「无敢折獄」，法《艮》體也。

初九，賁其趾，舍車而徒。《象》曰：「舍車而徒」，義弗乘也。「舍」，上聲。

愚按，「二」與「初」比，柔來文剛〔一〕。而「初」自與「四」應，又以剛德居明體，「賁趾」之象。上爻變《坤》爲《艮》，「舍車」之象。「舍車而徒」者，不受「二」之文也。人情皆以乘車爲榮，徒步爲辱。「初」獨以「徒」爲「賁」，不以「乘」爲「賁」，「義」在故耳。君子行義，必於涉足之始觀之，《象》曰「義弗乘」，見「初」以道義自持，非貧賤驕人也。又按，《易》於初爻言「趾」者，凡六：《噬嗑》之「滅趾」，《大壯》之「壯趾」，《夬》之「前趾」，《鼎》之「顛趾」，《艮》之「艮趾」，大都陽動而陰静，静者吉而動者凶。《賁》「初」以剛居剛，舍軒車之榮，而安於徒步，即此便是「賁趾」處，所謂「素履无咎」者與？

六二，賁其須。《象》曰：「賁其須」，與上興也。

顔師古曰：「毛在頤曰須。」侯果曰：「『三』至『上』，有頤體，『二』在頤下，須之象。」《本義》依之。先儒多作是解。惟楊誠齋云：「『須』，待也。」愚按，《詩》「卬須我友」，「須」乃「待」之義。内卦《離》爲火，中爻互《震》爲木，在《離》火之上，火必待木而光始發。火者，薪之用也。「二」待「三」而成《賁》，猶火待木而發光，火性炎上，故曰「與上興」也。

〔一〕按，「剛」，原本作「綱」，據四庫全書本改。

九三，賁如，濡如，永貞吉。《象》曰：「永貞」之「吉」，終莫之陵也。

先儒云，一剛居二柔之間，上下受「賁」，中爻互《坎》，「濡」之象。水火調和，相潤以成文，故曰「賁如，濡如」。愚按，「三」當「賁道」之隆，「賁」則懼其盛，「濡」則懼其溺，凡下之陵上，卑之陵尊，皆從文勝質起。幸其體剛，以質爲主，是其「貞」也。惟「永」之則「吉」。《象》曰「終莫之陵」，言終不可使文勝質也。「終」字，與「永」字應。

六四，賁如，皤如。白馬翰如。匪寇，婚媾。《象》曰：六四當位，疑也。「匪寇，婚媾」，終无尤也。

「三」以剛居剛，質也。「四」以柔居柔，文也。「皤如白馬」，何以皆取朴素爲義？來矣鮮曰：「此爻變《巽》爲白〔一〕，『皤如』之象。中爻互《震》，馵爲白足，顙爲白顛，『白馬』之象。又互《坎》，爲亟心之馬，『翰如』之象。『四』與『初』應，本『匪寇』也，乃『婚媾』也。以陰居陰，位非不當也。『疑』之者，『初』也。『初』方『舍車而徒』，見『四』之『白馬翰如』，故疑其爲寇。然卦體剛柔交錯，『四』之應『初』，以上求下，終成『婚媾』，而『无尤』也。」愚按，「三」、「四」兩爻，當參看。「三」以柔文剛，懼其文勝而史，故

〔一〕按，「白」字之後，疑奪一「馬」字。

曰「永貞吉」，曰「終莫之陵」，欲「三」固守其質也。「四」以剛文柔，不慮其質勝而野，慮其以質爲野也。故曰「匪寇，婚媾」，曰「終无尤」，欲「四」崇尚夫質也。聖人於文質之際，軒輊如此。

六五，賁于丘園，束帛戔戔。吝，終吉。《象》曰：六五之「吉」，有喜也。

《程傳》以「丘園」爲「上九」，《本義》只屬本爻説。愚竊謂，「六五」下無應與，而與「上」比，「上」乃《艮》之主爻。《艮》爲小石，爲徑路，「丘園」之象。先儒釋此爻，多從聘賢取義，今從之。「五」屈萬乘之尊，式賢士之廬，雖「賁于丘園」，實人主之自賁也。「戔戔」、「束帛」，其跡似「吝」，然任質則事可久，守約則漸反淳，終歸於「吉」。《程傳》以「束帛戔戔」爲「受其裁制」，義亦難曉。《小象》只舉一「吉」字，包括《爻辭》，竊就上文作釋，可見「戔戔」者，非吝財惜費，由其中心之好，别有一種相得處，故曰「有喜也」。又按，《子夏傳》：「五匹爲束，三玄二纁，『戔戔』作『殘殘』」，言其狹小如殘帛然。亦可備一解。

上九，白賁，无咎。《象》曰：「白賁无咎」，上得志也。

文猶質也，不可偏廢，所患踵事增華，流蕩不止耳。「上」居《艮》終，「文明以止」者也。賁極則反質，故曰「白賁」。「四」之「賁如，皤如」，「賁」與「白」，猶二也。「白賁」，則「白」即「賁」矣。《大傳》所謂「賁无色」，《文心雕龍》所云「賁象窮白，貴乎反本也」。愚又竊謂，卦體「上九」一剛文「四」、「五」之柔者，而「上」以「白賁」爲「志」，「四」之「皤如」，「五」之「束帛」，皆上承「白賁」之「志」，故曰「上得志」，以此化天下而成風俗，豈有文勝之弊哉？何「咎」之有？

愚按，《彖傳》「文明以止」句，是全卦綱領，挽回世風，而「化成天下」，多由於此。「六二」以離明爲主於內，正「柔來文剛」者，「初」之「賁趾」，「三」之「賁濡」，皆受文焉。則剛以濟柔，而化爲明矣。「上九」以《艮》止爲主於外，正「剛上文柔」者，「四」之「賁如，皤如」，「五」之「丘園，束帛」，皆受文焉。則柔以濟剛，而化爲止矣。

項平甫曰：「聖人謂人之情，不可以徑行也。故因其辭遜之節，而爲之文以飾之。其交也以禮，其合也以禮，百拜而飲，三辭而受，六禮而婚，所以飾其情，而養其恥。苟氏不知，而以爲僞；晏子不知，而以爲勞。聖人曰：『此天時之變，人倫之化，不可一日無也。』觀《賁》之六爻，無一爻凶咎，聖人之貴文如此。」存此一段議論，以見兩卦反對之義，與《序卦》正合，所謂「物不可苟合」也。

周易玩辭集解卷四

䷖坤下艮上

剥：不利有攸往。

《乾》「五」變而成《剥》，京氏所云「九月之卦」也。五陰盛長，孤陽在上，一變即純陰矣。君子未嘗一日忘世，剥之時，正當勇往圖功，轉亂爲治，而曰「不利有攸往」，不是教人徘徊觀望，計較利害，只爲氣運至此，天時人事，無一可爲，惟恐君子動觸禍機，所以深戒之也。

《彖》曰：剥，剥也。柔變剛也。「不利有攸往」，小人長也。順而止之，觀象也。君子尚消息盈虚，天行也。

《彖傳》總是發明「不利攸往」之義。「剥，剥也」，上「剥」字，主「上九」，以受剥者言。下「剥」字，屬五陰，以剥陽者言。《夬》一陰在上，曰「剛決柔」；《剥》一陽在上，曰「柔變剛」。先儒謂君子之去小人，明白痛快，故云「決」。小人之害君子，萋菲浸潤，故云「變」。愚按，本卦與《復》反對，《復》「利有攸往」，則言「剛長」。《剥》「不利有攸往」，則直言「小人長」，惟恐君子不警惺也。「順而止之」，又轉在卦德上去。「順而止」，有堅忍自守之大力。「觀象」者，君子也。「消息盈虚」，多在《乾》象看出，純《乾》爲陽之盈，變《坤》爲陽之虚，變《姤》爲陽之消，變《復》爲陽之息，此皆天行自然之象。獨於《剥》言「觀」者，爲處變之君子謀也。「尚」者，尊而奉之之詞。若曰此天行也，敢玩忽處此哉？《剥》、《復》皆曰「天行」，一要其終，一原其始。

《象》曰：山附于地，剥。上以厚下安宅。

《黄氏日抄》云：「『山』，特出而遠於地者，山之常也。此曰『山附于地』，山之變也。如《春秋》『梁山崩』之類。」愚按，先儒之説，此解極分明，切於「剥」義也。《象》何以不言陰陽消長？蓋下剥上者，成卦之義也。上厚下者，治剥之道也。「厚下」，《坤》土象。「安宅」，《艮》止象。《大象》例稱君子、先王、后，《剥》獨云「上」者，一陽居上卦之上也。君以民爲地，「厚下」所以「安宅」。大凡君子在上必厚下，小人在上必剥下。

故君子「安宅」，「小人剥廬」。

初六，剥牀以足，蔑貞凶。《象》曰：「剥牀以足」，以滅下也。

卦體一陽居上，「牀」象。五陰在下，「足」象。人以牀爲安，牀以足爲安。「剥」自下起，故初爻言之，「剥牀以足」，猶云「剥牀之足」。「以」字，見小人播弄伎倆。先儒謂最下一畫，正當「姤」之時，聖人於陰類方來，云「蔑貞」。「貞」者，「上九」也。「蔑」，謂蔑視之也。愚謂「剥」時，陰黨用事，「初」在最下，其目中已無「上九」矣，豈知碩果不食？孤陽乃天地之正氣，合群小之力，其能滅正乎？「蔑貞」之「凶」，本爲小人示戒。《象》曰「以滅下」，見其有漸上之勢，亦欲君子防之於始也。

六二，剥牀以辨，蔑貞凶。《象》曰：「剥牀以辨」，未有與也。

《程傳》：「辨，分别上下者，牀之幹也。」説本《注疏》。「二」本「初」黨，亦欲「蔑貞」者，故同此「凶」象。一説，「辨」字只作「分别」解。國論之是非，人心之邪正，君子於此，全要辨析明白。小人即就此翻案，以是爲非，以正爲邪，遂使青天白日，一變而成霾蒙暗昧世界。君子無間口處，此小人之作用也。其義亦通，但「牀」字無著落耳。

「未有與」，《注疏》指小人，《程傳》指君子。愚按，卦例，凡陰陽相應者，謂之「應與」。《咸》六爻皆應，則曰「感應以相與」。《艮》六爻皆不應，則曰「敵應不相與」。其近相比者，亦然。「二」本陰爻，或與陽應，或與陽比，則有與矣。今近比者「三」，與「五」又無應，故云「未有與」，似當依《注疏》，指小人爲是。觀「六三」與上應，則「无咎」，「六五」與上比，則「无不利」可見。

六三，剥之，无咎。《象》曰：「剥之，无咎」，失上下也。

「三」亦剥陽之類，何以上下皆凶，此獨「无咎」？先儒謂「三」在四陰之中，獨與「上」應，小人中猶知有君子，而欲保全善類者，其於陰黨，跡同而心異，衆方以剥陽爲事，「三」亦若隨衆而「剥之」者，而究不與爲同志，故云「失上下」。愚又謂，「剥之」、「失上下」，與《坤》「喪朋」義同。夫子不言其得，但言其失，失小人則得君子可知矣，所以「无咎」。

六四，剥牀以膚，凶。《象》曰：「剥牀以膚」，切近災也。

《困學記》曰：「《剥》至於『四』，君子直無地置身，貞之名號不存，蔑之慘毒不必言矣。故直曰『凶』。」愚按，下三爻之災在牀，雖近而未切身。至此，不於牀於膚矣，故《象》曰「切近災」。陽之受災，豈獨君子之凶哉？崔憬云：「『膚』，薦席也。與人相近，故云『切近』，若是肌膚之『膚』，豈止近而已耶？」别是一解。

六五，貫魚，以宫人寵，无不利。《象》曰：「以宫人寵」，終无尤也。

《困學記》曰：「『四』已『剥膚』，過此以往，聖人所不忍言矣。故别設一義，曰『與其剥陽而至於凶，何如承陽之爲利哉？』」朱罍庵曰：「《剥》至於『五』，而一陽止於其上，屹然不動。『五』不能復有所往，反率群陰而順陽，蓋勢盛則作威，計窮則效款，陰柔之性然也。『五』之陰寵，本宜有尤，而因以承陽，故曰『終无尤』。」丘行可曰：「《遯》、《剥》，皆陰長之卦。《遯》陰猶微，故『九三』言陽制陰之道，曰『畜臣妾，吉』。《剥》陰已極，故『六五』言陰從陽之道，曰『以宮人，寵』。」愚按，「五」爲群陰之主，不取君位，陰以類聚。《艮》爲黔喙之屬，「魚」象。此爻變《巽》爲繩，「貫」之象。「宮人」進御於君，先後以次，有同「魚貫」，陰不剥陽，而順乎陽之象。小人不知義理，只知利害。《爻辭》分别利害，以示趨避，若曰如此則無不利，「終无尤」，所以導小人從正之心也。

上九，碩果不食，君子得輿，小人剥廬。《象》曰：「君子得輿」，民所載也。「小人剥廬」，終不可用也。

先儒謂此一爻，總是發明君子不可盡剥之意。愚按，《艮》爲果蓏，陽大陰小，「碩果」之象。五陽被剥，「上九」獨存，不曰「未食」，而曰「不食」者，以見陽無絶滅之理。天運所留，人不得而食之也。《坤》爲衆，五陰在下，「輿」象。《艮》爲門闕，一陽在上，「廬」象。《爻辭》專爲君子設，而兼及小人者，蓋此爻未變，吉在君子。此爻一變，凶並在小人。若是君子，則爲「得輿」之象。乘者獨，而承之者衆，民所載也。「廬」者，用以安身，既剥矣，終何用哉？國破家亡，小人豈有獨存之理？《小象》就兩家末路，以終《剥》卦之全局，一似安慰君子，一似唤醒小人，其旨微矣！

蘇紫溪曰：「於陽則《象》之曰『牀』，曰『廬』，謂其能安乎陰。於陰則《象》之曰『魚』，曰『宫人』，謂其當順乎陽。曰『蔑貞』，曰『剥廬』，危之也，所以嚴未然之防。曰『无咎』，曰『无尤』，幸之也，所以開反正之漸。至於『上九』，而『得輿』、『剥廬』之戒，猶深致意焉。夫『蔑貞』之極，猶有『碩果』，剥膚之餘，終於『剥廬』，則君子之道，固未嘗一日廢於天下。爲小人者，亦可惕然思矣！」

䷗震下坤上

復：亨。出入无疾，朋來无咎。反復其道，七日來復。利有攸往。「反復」之「復」，音義與「覆」同。

《剥》與《復》反對，一陽窮於上，即反於下。盈虚消息，循環往復。文王觀象至此，一連二十二字，説出許多好處。蓋内陽而外陰，則爲《泰》，陽宜在内者也。自五月一陰生，陽漸出而在外，至十一月一陽生，復反而入於内矣。還其故有，此所以「亨」。「出入」，皆當指陽。「无疾」，言進退有漸，不迫遽也。楊龜山以「朋」爲五陽，愚謂當指五陰。當《復》之時，一陽足以敵五陰，故「朋來」亦「无咎」。「反復其道」，統言陰陽往來之理。「七日來復」，專言一陽方來之數。《子夏傳》云「極六位而反於《坤》之復，其數七」是已。愚又謂，「七日」，只就《剥》、《復》兩卦言。自《剥》「初」起，至《復》「初」，在卦經七爻，在時經七月。不言「月」、言「日」者，猶《詩》云「一之日」、「二之日」也。晁公武之説亦然。上下兩「來」字相應，「朋來」爲客，「來復」爲主。「利有攸往」，與《剥》「不利有攸往」正相反，「往」則爲《臨》、爲《泰》矣。

「出入无疾」，有數解。蘇子瞻云：「自《坤》而《復》爲入，自《復》而《乾》爲出。」晁公武以自《剥》至《復》爲「入」，自《復》至《夬》「出」。李象先則曰：「外陰用事而『出』，内陽爲主而『入』。」《程傳》云：「《復》生[一]於内，入也；長進於外，出也。微陽生長，無害之者也。」「疾」字作「害」字解。蔡氏、鄒氏以「无疾」爲「不求速」。胡雲峰云：「《易》之言『疾』者，凡五：《豫・六五》、《无妄・九五》、《損・六五》、《兑・九四》，多在外卦，惟《復・象》曰『无疾』，以内卦一陽生於下也。蓋陽在内則『无疾』。凡

[一] 按，原本奪「生」字，據中華書局本《二程集・周易程氏傳》卷第二補。

疾，皆有感於外者也。」愚按，《遯》「九三」一陽在内卦，《爻辭》亦云「有疾憊」，本卦「疾」字，宜從「不求速」之解。

《彖》曰：「復，亨」，剛反，動而以順行，是以「出入无疾，朋來无咎」。「反復其道，七日來復」，天行也。「利有攸往」，剛長也。復，其見天地之心乎！

「剛反」，釋「復亨」二字之義，對下「剛長」説。「反」者，如主人復歸故宅。前從此往，今從此還。《剥》之一陽，窮上反下，爲《復》也，以其既去而來「反」，故「亨」。以其既「反」而方長，故「利有攸往」。「剛反」，言方復之初。「剛長」，言既復之後。卦德内動而外順，一陽方動，元氣初回，此時欲速助長，最是大病。惟動而行之以順，則不疾不徐，可以固前日之生機，並可以養將來之全力。乃所以善其出入，五陰雖「朋來」，亦「无咎」也。「天行」者，陰陽消長，天運之自然也，故「反復其道，七日來復」。陰數極於六，七則《乾》之反。《易》每以初爻爲七日，《震》與《既濟》亦然。鄭亨仲曰：「七者，陽數。日者，陽象。故於陽長言『七日』。八者，陰數。月者，陰象。《臨》『剛長』以陰爲戒，故云『八月』。陽以日計，幸其來之速。陰以月計，見其消之遲也。」愚按，「天行也」以上八句，全以氣運言。「利有攸往」三句，方説人事。陽剛用事，君子道長，所以「利有攸往」，天地以生物爲心者也。十月純陰，生物之心，固未嘗息，而無端倪可見。到此一陽纔露端倪，於此體會，真若天地之心，有象在目，昭昭可見者。張子所云「形色皆天」也，王輔嗣以「静爲天地之心」。《程傳》謂「動之端乃天地之心」，邵子詩云：「一陽初動處，萬物未生時。」朱子云：「《復》卦下一畫便是動。」楊誠齋云：「動爲天地之心。」金仁山云：「惟於極静之中，而有動之端，是乃天地之心。」程沙隨謂：「此天地之德，藴於内者，不必論動静。」愚竊玩「其」字、「見」字、「乎」字語氣，正指人心説。夫子讀《易》有得，怳然慨嘆，要人在自心上體認出天地之心來，就本文涵泳，意味何等深長！若從天地求心，何異認指爲月？

《象》曰：雷在地中，復。先王以至日閉關，商旅不行，后不省方。

愚按，《象》不曰「雷在地下」，曰「在地中」者，在《坤》，爲美在其中，即未發之中也。雷自八月收聲，至來年二月復發聲，在地中凡六閱月。十一月，正其極静之時，然一陽已動，張子所謂「轉關於子月」是也。「至日」，冬至也。《易》以《乾》爲體，《乾》以《復》爲用，《復》「初」一爻，次第成三百八十四爻，而卦氣周。即冬至一日，次第成三百六十日，而歲功成。除《乾》、《坤》、《坎》、《離》四卦，二十四爻當主體，而流行化生，亦止三百六十爻，正當三百六十日，故歲功從「至日」起。此時微陽初動，自貴至賤，皆當以安静爲事者也。「商旅」，指五陰。「不行」，則外者不入，無逐利之心。「后」，指初陽。

「不省方」，則内者不出，無求人之事。「關」者，人心之幾希。「閉關」，即退藏於密之意。

初九，不遠復，无祇悔，元吉。《象》曰：「不遠」之復，以修身也。

《復》之「初」，即《剥》之「上」。隨「剥」隨「復」，故曰「不遠」。一「復」，則本體依然，何「悔」之有？「祇」，解作「至」。諸卦言「悔亡」者，「悔」已見而能亡也。言「无悔」者，宜有「悔」而無之也。此云「无祇悔」，不至於「悔」而待亡、待无也。不但「吉」，而且「元吉」。「元」者，始也。最初一念，萬善之「元」，此爻即《乾》之初畫。以下五陰比此者「吉」，遠此者「厲」，應此者「无悔」，違此者「凶」。「元吉」中，隱然含一「仁」字。《大傳》特以顔子當此爻，蓋顔子之不貳過，當念覺，即當念改，己於此克，禮即於此復。人欲去而天理還，欲仁仁至，仁豈遠哉？夫子於初爻，只提出「修身」二字，與二爻「仁」字互相發明，所謂「修身」以道，修道以仁也。「初」至「五」，《小象》四箇「以」字，皆示人克復之方。

六二，休復，吉。《象》曰：「休復」之吉，以下仁也。

胡五峰曰：「仁者，天地之心。」金仁山曰：「天地之心，仁也，生生之初也。語其《象》，則《復》卦一爻是已。」愚按，「仁」字，夫子不言於初爻，而於「六二」發之，人心所以遠仁者，以其馳而不休也。「六二」柔順中正，從容休養，心不外馳，故「吉」。下與「初」比，以退爲「復」，故曰「下仁」。「初九」仁體已具，「二」則從容俟其自化而已。《小象》「下」字當玩，收斂浮氣，消磨勝心，多在此。按，自《乾·文言》而後，至此，「仁」字再見，看來此一字，可貫全卦。天地以生物爲心，一陽來復，造化之仁也。「初九」，體仁之君子也。「二」比「初」，友其士之仁者也。「三」「頻復」，日月至焉者也。「四」與「初」應，修道以仁也。「五」居《坤》土之中，有安敦象。安土敦乎仁也。「上」之「迷復」，失其本心，違仁者也。

六三，頻復，厲，无咎。《象》曰：「頻復」之厲，義无咎也。

愚按，「復」乃「惟精惟一」功夫，如何説「頻」字？曰「頻復」，則「頻失」可知矣。聖人只從他好一邊説，蓋「三」居《震》終，其體易動，爲「頻復」之象。學問中操存舍亡之機在此，頻失則頻悔，其心危而不安，然旋悔即旋復，雖厲而義「无咎」。此爻即《乾》之「九三」，故同此「厲无咎」也。

六四，中行獨復。《象》曰：「中行獨復」，以從道也。

「六四」正而不中，《爻辭》何以言「中行」？吴幼清云：「『行』者，路也。《震》爲大塗，卦之五陰，『二』、『三』近陽，『五』、『上』遠陽，『四』居遠近之中，猶路之半也。」愚又按，《爻》言「中行」者，凡五。《泰·九二》「得尚于中行」，《夬·六五》「中行无咎」，兩爻居上下卦之中也。《復·四》曰「中行」，一爻居五陰之中也。《益·三》、《四》曰「中行」，「三」、「四」兩爻在一卦之中也。皆隨時取中之義。「四」在群陰中，獨下與「初」應，故云「獨復」。《小象》於「初」曰「修身」，「二」曰「下仁」，「四」曰「從道」，「仁」與「道」，皆「修身」之事。「二」近而比，故曰「下」，「四」遠而應，故曰「從」。又，據反對卦看，《復》「六四」即《剥》「六三」，在《剥》，取其「失上下」。在《復》，取其「獨復」，皆以應乎陽也。

六五，敦復，无悔。《象》曰：「敦復，无悔」，中以自考也。

《臨》之「上六」，處四陰之末，曰「敦臨，无咎」。《復》之「六五」，亦處四陰之後，曰「敦復，无悔」，皆乘《坤》者也。先儒謂《臨》爲二陽之卦，以「初」、「二」爲主爻，而「敦」之者，「上六」也。《復》爲一陽之卦，以「初九」爲主爻，而「敦」之者，「六五」也。皆取應之上一爻。蓋陽氣方萌於下，而上有應爻，則其氣易洩。「敦」者，於應爻之上，從而加厚焉。不令非時早出，雖若錮之，實所以成之也。《本義》訓「考」爲「成」，當是此意。愚又謂，「无悔」，以心言。「六五」柔順得中，「自考」者，反心檢點之謂。《大傳》所云「復以自知」也。

上六，迷復，凶，有災眚。用行師，終有大敗。以其國君凶，至于十年不克征。

《象》曰：「迷復」之凶，反君道也。

先儒多謂，「初」一復不再迷，「上」終迷而不復。愚竊謂，「迷」字，從《坤》卦《彖》來，《坤》本先迷，今居上，暗極故蔽難開，以其無改過之勇，故曰「迷復，凶」，與《比·上》「後夫凶」之義略同。「上」亦非終「迷」而不「復」者也，但與「初」之「元吉」相反，故得「凶」象。六十四卦中，「上」爻言「凶」者，凡十四。未有天災人禍，備極凶象如本爻者，甚言「復」之不可「迷」也。《坤》爲衆行師之象，只就一事言，其終至喪師以辱君。此外無事可爲矣！「十年不克征」，又「七日來復」之反。《乾》無十，《坤》無一。陰數極於六，《剥》既變《復》，則七爲《乾》之初；陽數極於九。《復》未變《乾》，則十爲《坤》之終。「至于十年」而後復，先迷之「凶」，至於如此，較《初》之「不遠復」，相去懸絶矣。「反君道」，《本義》無注。愚又竊謂，「君」當指「初九」，《復》以一陽爲卦主。胡雲峰所云「《復》『上六』，衆陰之極，表一陽之爲君」是已。若依《程傳》，「人君居上治下，當從天下之善，而迷於復，反君之道也」。吴幼清云：「『上六』變爲陽而統衆於外。」則皆指上爻爲君矣！似當從雲峰之解。

陳伯容名汝錡，明高安人以「明鏡却塵」之義，解「初」、「上」兩爻，語稍近禪，却亦明白了當。其言曰：「塵集而鏡昏，不知是塵，不曉拂拭，到極明時，雖一塵之落，便自照見，便隨手拭去，是謂却塵。至於本來清净，是大聖人事，雖在顔子亦不敢擔當。顔子不能無不善，但能知能不行耳。知是照處，不行是拂處，隨照隨拂，則常拂常照，終亦無塵。故曰『不遠復，吉』。照而不拂，則日堆日積，終於不見，故曰『迷復，凶』。無塵者，聖人之鏡。拂塵者，賢人之鏡。留塵者，衆人之鏡。不知其爲塵者，下愚之鏡。」

京房「卦氣」，始於此卦：「十一月建子卦爲《復》，十二月建丑卦爲《臨》，正月建寅卦爲《泰》，二月建卯卦爲《大壯》，三月建辰卦爲《夬》，四月建巳卦爲《乾》，五月建午卦爲《姤》，六月建未卦爲《遯》，七月建申卦爲《否》，八月建酉卦爲《觀》，九月建戌卦爲《剥》，十月建亥卦爲《坤》。」

䷘震下乾上

无妄：元、亨、利、貞。其匪正有眚，不利有攸往。

周子云：「不善之動，妄也。妄復則无妄矣，无妄則誠矣。故《无妄》次《復》。」愚按，「无妄」，《史記》作「无望」。惟至誠「无妄」者，乃無意外之期望。故非望之福，君子以爲災。上體《乾》，本天道，「元亨利貞」四德備焉。《震》在下，動以天，不動以人者也。《卦辭》分兩截説，一反一正。任天而動，何往不利？所以「元亨利貞」，其或動以人，而不以天，則「匪正」矣。「匪正」則「有眚」，所以「不利有攸往」。「有眚」與「无妄」相反。《説文》：「眚，目翳也。」焦弱侯曰：「人心本无妄，其有妄，如目有眚。」王汝中曰：「《復》動以地，《无妄》動以天。《復》曰有不善，《无妄》曰『其匪正』，可見義理無窮。」愚又按，「无妄」之義，先儒皆以爲「誠」。程沙隨不然，曹立之以「无妄」名齋，沙隨告之曰：「『无妄』有正與不正，先儒以『无妄』對『有妄』者，非也。」此論正與《卦辭》合，非程之臆説也。

《彖》曰：无妄，剛自外來，而爲主于内。動而健，剛中而應，大亨以正，天之命也。「其匪正有眚，不利有攸往」，无妄之往，何之矣？天命不祐，行矣哉！

「剛自外來」，《本義》以爲「自《訟》而變，九自『二』來而居於『初』」。愚按，《卦變圖》云：「凡四陽之卦，皆自《大壯》來。」自《壯》而《需》而《大畜》，與《无妄》反對，《大畜》外卦，《艮》上一畫，來居《无妄》内卦而變《震》，故曰「剛自外來」。若自《訟》來，則「初」、「二」兩爻同在内卦，非自外來，乃自内來矣。則亦可云卦自《遯》變，九自「三」而來居「初」，何獨《訟》耶？一説，内卦本《坤》，《乾》之「初」陽來而爲《震》，以其非本卦剛柔之往來，故曰「自外」，亦是一解。「初」爲《震》主，《震》屬内卦，故曰「爲主于内」，自外來而「爲主于内」，如心之既放而復還也。人心出入無時，只是自家做不得主，所以有妄，「爲主」是先立乎其大者。「爲主于内」，則外物不得撓之矣。有如雲翳空，塵蒙鏡，雲開塵净，虚明自在，《无妄》之本體如此。「動而健」，指内、外二體。「剛中而應」，指「二」、「五」兩爻。「動而健」，則行義勇；「剛中而應」，則待物誠。所謂「大亨以正」也。此三句，只是解「无妄」，而「貞」意已在其中。不曰「天道」，而曰「天命」，以見「无妄」之理，賦於生「初」，即「天命」之性，盡人所以合天也。「其匪正有眚」，「其」者，或然之辭。聖人深慮「无妄」之人，别有一種病痛，往往果於自用，以人言爲不足惜，天變爲不足畏，豈知乖於大中至正之道？純是我見理障，如何行得通？所以「不利有攸往」。有妄之不可往，易見；「无妄」之不可往，誰則知之？故曰「天命不祐」，曰「何之矣」，曰「行矣哉」。甚言「攸往」之「不利」，蓋傷之也。又按，每卦六爻，必有一爻爲主。獨於《无妄》發之，曰「爲主于内」。《本義》所云「初」爲「誠主」，可以類推。

《象》曰：天下雷行，物與句。**无妄，先王以茂對時，育萬物。**

「天下雷行」，時至而物動，動以天也，故曰「无妄」。程、朱皆分二句，以「物與无妄」四字相屬，愚竊按先儒之説，「物與」二字當連上爲句。「與」者，應也，從也。張希獻謂「天雷而物應」，胡旦謂「物物相與，以應雷行」。劉念臺曰：「天實有此流行之命，而物物付之。」是也。蓋「雷行天下」，發生萬物。其所賦與，各正性命，「物與」之義如此。先王於天下哀時之對，因物而育，所以體天行之「无妄」也。「茂對」與「對越上帝」之義同。天之生物，不違乎時；聖人之育物，亦不違乎時。一氣說下，勿作兩截看。

初九，无妄，往吉。《象》曰：「无妄」之往，得志也。

《本義》：「『初』以剛在内，誠爲主也。如是而往，則『吉』可知。」愚按，「初」爲卦主，卦之所以爲「无妄」者，《震》也。「初九」一爻，可當《无妄》一卦。所謂「爲主于内」者，在《震》「初」而動，其動也以天，故以卦名歸之。不益一詞，直斷之曰「往吉」。或云，「初」與「四」無應，「往」將何之？不知最初一念，即是至誠「无妄」，與「匪正」而「往」一種人正相反。同一「往」也，《象傳》曰「何之」，《象傳》曰「得志」，要知此兩種人，起初發念，俱無欺罔，彼「匪正」而行，故窒。此恃誠以「往」，故「得志」也。

六二，不耕穫，不菑畬，則利有攸往。《象》曰：「不耕穫」，未富也。

先儒皆以此爻爲《无妄》之富。《程傳》謂「不耕而穫，不菑而畬，謂[一]不首造其

[一] 按，「謂」，原本作「爲」，據中華書局本《二程集·周易程氏傳》改。

事」，以「首造」爲「妄」。據此解，則力田爲妄念，惰農爲守正矣。細繹《爻辭》語意，竊所未安。愚按，《震》於稼爲反生，「耕穫」之象，「六二」柔順中正，安分循理，不作非望之妄想者也。妄想者何？利是也。天下攘攘，皆爲利往。聖人借「耕菑」之象，以示之曰：人情未有耕而不祈穫，菑而不祈畬者。然農必春耕乃秋穫，田必先菑而後畬。天下豈有不耕而穫，不菑而畬之理哉？如有不耕而穫，不菑而畬者，則是「富」可妄求，何往非利矣。兩「不」字與「則」字，緊相呼應，如「富而可求也，雖執鞭之士，吾亦爲之」語氣。乃反言以決其必無，非設言而許其或有也。《象》申之以「未富」，謂不耕菑而致富，天下古今所未有也。即《伐檀》詩中「不稼不穡，胡取禾三百廛」之義。陽實陰虛，故曰「未富」。《莊子》云：「吾未嘗爲牧而牂生於奧，吾未嘗好田而鶉生於宎。」此子綦之索然出涕，而以爲大怪者也。夫非分之獲，異端且以爲不祥。聖人顧懸設此象，以啓人徼幸之心乎？《本義》謂「無所爲於前，無所冀於後」，未嘗起私意以作爲。又似涉外學「前念不生，後念不起，無心順運」之説矣。

六三，无妄之災，或繫之牛，行人之得，邑人之災。《象》曰：「行人」得牛，「邑人」災也。

《黄氏日抄》云：「《程傳》言有得則有失，朱子云：『行人牽牛以去，居者反遭詰捕之擾。』臨川鄒氏云：『或者繫牛於此，自以爲固矣。繫脱而不知牛之所之，以出意外。牛爲「行人所得」，而乃責得於「邑人」。豈「邑人」之罪哉？此爲「无妄之災」。』覺於經文尤切」云云。愚按，以上三説，似當從《程傳》，竊從其解而詳説之。承上文而言，「无妄」之富，世所必無。乃若「无妄之災」，則或有之矣。《離》爲牝牛，卦體自「初」至「四」有《離》象。本卦與《大畜》反對，「六三」一爻，即《大畜》「六四」，故皆取象於「牛」。或者假説之辭，假「牛」以明「无妄之災」，非人所自致也。「邑人」即「六三」，「牛」本「邑人」之所有，偶脱所繫，而爲「行人之得」。凡人之情，得之便以爲福，失之便以爲災。豈知人得人失，事之適然者耳。《小象》就文作解，曰「行人得牛，邑人災也」。可見人世之得失靡常，非可意料。苟能置身得失之外，「无妄之災」於我何有哉？吴幼清云：「『无妄之災』，因卦變取象。《无妄》自《遯》變，《遯》下卦《艮》也。《坤》爲牛，《艮》以一陽交《坤》，上畫爲《坤》之君。《坤》牛，《艮》之所有也。此以《遯》之『九三』，未變爲《无妄》之『六三』言也。及既變爲《无妄》也，『三』下易『初』成《震》，則《震》之一陽，爲《坤》之君，而《坤》牛又爲《震》所有矣。《震》爲大塗，『行人』也，《坤》爲邑，『邑人』也。朱子云云，考之爻象，無此義。」

九四，可貞，无咎。《象》曰：「可貞，无咎」，固有之也。

愚按，《爻辭》亦承上文來，天下「无妄之災」，非可意料，君子惟爲其「可貞」者耳。「貞」即「无妄利貞」之「貞」。「四」得《乾》體之剛，天德本其固有。居《震》之「初」，利在守正。「可貞」與「匪正」相反，「无咎」與「有眚」相反。「固有」者，天之命也。「可貞」則「无咎」，不可貞，則有咎矣。知「固有」之爲「可貞」，則於福必不敢倖邀，於災必不求苟免可知。《爻辭》言「可貞」者，凡二。《坤》「六三」以柔居剛，此以剛居柔，皆不得其正者，故以「可貞」勖之。

九五，无妄之疾，勿藥有喜。《象》曰：无妄之藥，不可試也。

愚按，「疾」字，從《彖辭》「眚」字來。此爻變爲《坎》，有「疾」象。「五」居中得正，真「无妄」矣。本無致眚之由，此而有「疾」，所謂「无妄之疾」也。不問「疾」從何生，寧論所服何「藥」？中爻互《巽》木，又互《艮》爲果蓏，藥之象。惟以不治治之，非徒無眚，抑且「有喜」。若妄用「藥」，是以身嘗試矣。天下之以疾試藥者，豈少哉！所以《爻辭》「喜」其「勿藥」，《象辭》戒其「不可試」。呂仲木曰：「君子存誠，則邪自閑，舍誠而遂邪，邪斯爲敵，試藥之謂也。」愚又謂，人君之治天下如一身，急則驅其外邪，緩則固其元氣。元氣既固，客疾自消。《易》於「疾」言「有喜」者三，皆在外卦，本爻與《損》「四」、《兑》「四」同。「疾」之自外感入者也，知其爲「无妄之疾」，而勿試藥焉。「勿藥」

即是良方。

上九，无妄，行有眚，无攸利。《象》曰：「无妄」之行，窮之災也。

此爻先儒所謂「匪正有眚，不利攸往」者也。愚按，上爻不好在一「行」字。雖正而「行有眚」，亦「无攸利」。「眚」字從「行」字來，以剛居上，行將何之？故曰「窮之災」，與《乾·上九·小象》同。彼云「有悔」，此云「有眚」，皆位值其窮所致。《履·初》曰「往」，《上》曰「旋」；《无妄·初》曰「往」，《上》曰「行」。《履》之「元吉」以其「旋」，《无妄》之「有眚」以其「行」。又，《无妄》與《大畜》反對，此爻即《大畜》之初爻，彼以「止」，故「不犯災」；此以「行」，故有「災」也。《卦辭》言「眚」，《爻辭》言有「災」，兼言「眚」。「眚」者，過由己致。「災」者，禍自外來。自外來者，雖「災」不爲「眚」，「六三」之失牛也。由己致者，因「眚」而成「災」，「上九」之妄行也。聖人之惡妄動如此。

又按，《易》於内外爻，例取剛柔相應。《无妄》則不然，「初」、「四」兩剛敵應，「初」，《震》體；「四」，互《艮》體，一行一止。「初」所以「吉」，「四」所以「无咎」。「二」與「五」，「三」與「上」，非不相應，而「三」有「災」，「五」「疾」，「上」「有眚」。有應者，反不如無應者之爲愈，豈其動皆「妄」乎？天下固有動以「无妄」而「匪正」者矣！申生之孝，荀息之忠，亦自發乎至誠，但身死無補於家國，揆諸正道，未免有病爾。

䷙乾下艮上

大畜：利貞。不家食，吉。利涉大川。

《本義》：「以《艮》畜《乾》，『畜』之『大』者也。」錢塞庵曰：「《小畜》、《大畜》，皆畜《乾》也。《小畜》以一陰畜《乾》，主在『五』；《大畜》以二陰畜《乾》，主在『上』，皆剛爲主也。《巽》，陰之微也，故小。《艮》，陽之極也，故大。」潘雪松謂「陽能自『畜』」，來矣鮮謂「《艮》上以陽『畜』陽」，語皆有病。愚竊謂，外無陽爻，則柔順不能「畜」；內無陰爻，則同類不相「畜」。卦體以「上」爲主，以「四」、「五」爲用。止健者，「四」、「五」，而能使「四」、「五」止健者，「上」也。如此說，以《艮》畜《乾》之義乃明。先儒又謂，有「畜止」、「蘊畜」二義。愚按，《卦彖》云「不家食」，《彖傳》云「養賢」，《爻辭》取象於馬牛豕，又有畜養之道，故繼之以《頤》。「利貞」者，利於正道也。中爻自「二」至「四」互《兑》，口在外卦，「不家食」之象。自「三」至「五」互《震》，《震》爲本，乘木舟虛，「涉川」之象。「畜」極而通，則當出而食祿，以濟天下之險，曰「吉」，曰「利」，多就人事言。

《彖》曰：大畜，剛健、篤實、輝《石經》作「煇」**光，日新其德。剛上而尚賢，能止健，大正也。「不家食吉」，養賢也。「利涉大川」，應乎天也。**

「剛健、篤實、輝光，日新其德」，《本義》云：「以卦德釋卦名義。」愚按，「剛健」者，《乾》之德；「篤實」者，《艮》之德。無一毫私欲，故「剛健」。無半點虚浮，故「篤實」。兩體上下交映，「健」者愈健，「實」者愈實，自有「光輝」發越，「日新」又新，卦之所以名「大畜」也。「剛上」以下，方以止健歸功於《艮》。本卦與《无妄》反對，《无妄》内卦之《震》，今爲外卦之《艮》，而剛居上爻，故曰「剛上」。《本義》謂「變自《需》來，九自『五』而上」，似不必從。「賢」，指「四」、「五」兩爻。「尚」之者，「上九」也，以其「能止健」，故「尚」之。「能」字，大有作用。在上以剛乘柔，復能用柔以馭剛。爲國家養人才，爲天地養萬物。道理正大，莫過於此，故曰「大正」。其「畜」之也，將以用之，故曰「不家食吉」，「利涉大川」。此二句，《卦辭》原説《大畜》之功用，夫子以内卦《乾》體，復推本於「應天」。賢者，上帝之所簡也，「養賢」所以「應天」，而天下無不可濟之險矣。

《象》曰：天在山中，大畜。君子以多識前言往行，以畜其德。「識」音「志」。

《程傳》止言所畜之大，朱子云：「止以象言，不必實其事。」程沙隨曰：「天之氣在山中，如天地交泰，只以氣言。」《黄氏日抄》曰：「有謂芥子納須彌者，此異端誕語。有謂草木皆天者，若居四山之中，而仰視天，亦可言『天在山中』。」薛敬軒曰：「天，氣也。山，形也。以形畜氣，所畜至大。」先儒又有云「自地以上皆天也」。愚竊謂，「天在山中」，本是假象。君子觀此，而知虚在實中，德在言行中。把千古「前言往行」，無不收攝於吾心。「多識」者，健而「能止」，畜德之工夫也。他卦《大象》與《彖傳》取義不同。本卦却從「日新其德」說來。「日新」者，知新也。「前言往行」者，畜故也。苟求其故，何故非新？吾德之新，即在「前言往行」中。「多識」藏往也，「日新」彰往也。《大象》與《彖傳》，正互相發明。

初九，有厲，利已音「以」。**《象》曰：「有厲，利已」，不犯災也。**

「畜」者，止也。内三爻受畜者也，以自止爲義。外三爻能畜者也，以止人爲義。「初」以剛居剛，又健體，勢方進而未已。進則爲「六四」所止，不得自遂，故《爻辭》爲之斟酌，曰往則「有厲」，不若止之之爲利也。程、朱解「初」、「二」，則以「四」、「五」之畜之者爲小人；解「四」、「五」，則又以「初」、「二」之爲所畜者爲小人，初無定論。蘇氏《易傳》則六爻皆作君子解。愚竊據《爻辭》，似當從蘇氏。「初九」欲進之心，應於「六四」，遇「厲」而止，使「初」知止，而不至「犯災」。由「四」畜之於早也。《需》曰「不犯難」，以《坎》水之險。《大畜》曰「不犯災」，以《艮》山之阻，皆在初爻。

九二，輿説輹。《象》曰：「輿説「説」，音義與「脱」同**輹」，中无尤也。**

《本義》：「『九二』亦爲『六五』所畜，以其處中，故能自止而不進。」愚按，《小畜》

「九三」見畜於「六四」，曰「輿説輹」；此受畜於「六五」，曰「輿説輹」。「輹」與「輻」字義不同，「輻」在車輪中，「輹」則車旁横木。「説輻」者，外爲陰所繫畜，久住之象。「説輹」者，中自止而不進，暫住之象。「九三」過剛，而「九二」剛得中也。有此中德，故無冒進之「尤」。朱漢上曰：「『初』剛正，『二』剛中，『四』、『五』柔也。柔能畜剛，剛知不可遽犯而安之，故曰：《大畜》時也。」按，卦體互卦無《坤》，而「二」、「三」爻皆取「輿」象，所未解。

九三，良馬逐，利艱貞。曰閑輿衛，利有攸往。《象》曰：「利有攸往」，上合志也。

舊注「良馬」指「三」、「上」兩爻説。愚竊謂「良馬」，《乾》象，非《艮》象也。「初」，「利己」，勸其止也。「二」，「説輹」，喜其止也。「三」居《乾》體之上，陽剛之性，銷鎔變化，非「亟心」之馬矣，故曰「良」。《漢書·五行志》引此爻，注云：「『逐，進也。』」「三」逐「上」以進，下二陽又逐「三」以進，並驅連鑣，不爲「上」所止之象。聖人許其可進，而猶戒以「利艱貞」者，必如下文所云，乃「艱貞」而「利」也。「輿」所以駕馬，《考工記》「周人上輿，車有六等之數」，皆名「衛」。「閑」者，調習也。「曰」者，計度之詞。陸氏《釋文》只作「曰」字，言當調習「輿衛」，果其車堅御良，然後「利有攸往」。與《困·上六》

「曰動悔有悔」「曰」字義同。《本義》謂「當爲日月之『日』」，似可商。「三」主進，而「上」畜，似乎其「志」不同，不知「上」之止健，原欲以止而善其往也。今「三」「利有攸往」，故曰「上合志」。

六四，童牛之牿，元吉。《象》曰：六四「元吉」，有喜也。

《本義》：「『童』，未角之稱。『牿』，施橫木於牛角，以防其觸，《詩》〔一〕所謂『楅衡』也。」愚按，「四」，《艮》體而居上卦，下與「初」應。所畜者，「初」也。「初」陽居下卦之下，「四」以柔道止之，其勢易制，如加「童牛」以「牿」，使之習於「牿」，而不知有觸。我無駕馭之勞，彼成馴服之性，所以「元吉」。中爻互《兑》，「四」當《兑》口之悦，有善之義也。卦體自「初」至「四」，有《離》象，與反對《无妄》同，説詳前卦「六三」下。

六五，豶豕之牙，吉。《象》曰：六五之「吉」，有慶也。

《艮》爲狗，與豕同類。《爾雅》：「豕子：豬，豮〔二〕，豶。」「豶」爲豕子，與「童牛」同例。《方言》：「海岱之間，繫豕杙謂之牙。」《埤雅》：「『牙』者，杙以繫豕，非齒牙之謂

〔一〕按，原本奪「詩」字，據文淵閣《四庫全書》本《周易本義》補。
〔二〕按，「豮」字，四部備要本《爾雅》作「豯」。

也。」與「牿」同例。《程傳》：「『六五』居尊位，止畜天下之邪惡。」則以「二」爲小人矣。愚竊玩《爻辭》，要得相畜實以相成之義，莫把上下截然分别。《小象》於「四」言「有喜」，於「五」曰「有慶」，「慶」與「喜」相似，但「五」居君位，所畜尤大，即一人「有慶」之意。「四」、「五」兩爻，皆取制服爲義。「四」陰，得位；「五」柔，得中。「四」與「初」應，「牿牛」所以止「初」；「五」與「二」應，「牙豕」所以止「二」。而止健之功，總歸「上九」。唯陽能制陰，故陰能畜陽。論爲力之難易，則「五」不如「四」之易；論成功之大小，則「五」不如「四」之大，一「喜」一「慶」，見《艮》之畜《乾》，止之皆愛之也。

按，《説卦傳》以《坎》爲「豕」，此則以《艮》爲「豕」，兩聖人取象之不同如此。

上九，何天之衢句**，亨。《象》曰：「何天之衢」，道大行也。**「何」，音義與「荷」同，去聲。

《程傳》以「何」字爲誤加，諸家遂生别説。鄭孩如曰：「『四』、『五』之畜，『初』、『二』成就賢才之術也。『上』則廣開賢路之道也。」愚按，《爾雅》：「四達謂之衢。」《艮》之徑路，闢爲天衢。中爻互《震》爲大塗，亦「衢」象。「何」字，與《詩》「何天之休」、「何天之龍」同。揚雄《美新》云：「荷天衢，提地釐。」《魯靈光殿賦》云：「荷天衢以元亨。」皆作去聲。「何」「荷」兩字，古通用。「亨」字，自爲句。《本義》讀「何」字作平聲，言「何其通達之甚也」。又將「亨」字並入上句，似亦非正解。又，「三」、「上」兩爻當合看，他卦取陰陽相應，本卦「初」「二」、「四」「五」相應者，乃是止象。惟「三」與「上」，兩剛相遇其德同，不獨「良馬」、「輿衛」、「利有攸往」，抑且「天衢」蕩蕩，任其馳驅。在朝廷爲養賢，在士君子爲受禄。「畜」之義莫大乎此，所謂「不家食，吉，利涉大川」也。蓋賢人藴蓄既隆，起而負荷大任，正應天行道之時。以其藴於身，謂之德；以其用於世，謂之道。德爲「大畜」，道爲「大行」。如伊尹出畎畝而就湯，欲使君民爲堯舜之君民，而自任天下之重，所謂「何天之衢，道大行」也。

《周易舉正》曰：「《小象》『何天之衢』下脱『亨』字。」愚謂道大行，正發明「亨」字之義，非脱字也。

䷚震下艮上

頤：貞吉。觀頤，自求口實。

《説文》：「頤，頷也，在口兩旁。」愚按，卦名已見於《噬嗑》，只多「九四」一陽爲間。今間去，則「頤」中無物矣。卦體外實而中虚，「頤」之象。外實，「初」、「上」兩爻所同。顧動者，必得止者而後動。動體又不如止體之善，故以「上九」一陽爲卦主。中虚，則未受外物之間，揀擇取舍，正在此時，必得正乃「吉」。《京氏傳》曰：「《頤》自《觀》來，故

《卦辭》曰『觀頤』。」愚按，本卦《大象》似《離》，《離》爲目，觀象。「觀頤」者，自人觀我也。「實」者能養人，虛者待養於人。「自求口實」，陰求養於陽也。上句屬「初」、「上」二陽，下句屬中四陰。非内卦自養，外卦養人之説。

《象》曰：「頤，貞吉」，養正則吉也。「觀頤」，觀其所養也。「自求口實」，觀其自養也。天地養萬物，聖人養賢以及萬民，頤之時大矣哉！

「養正則吉」，朱子主養德養身，《程傳》主自養養人。今依程解。「頤」，雖飲食之道，不可以不正，正則享天下之奉而不爲泰，不正則簞食豆羹不可受於人。中含兩層意。養之正道，貴止不貴動，《噬嗑》「頤中有物」，必動而後合。今《頤》中虛而下猶動，故動體之三爻「朶頤」、「顛頤」、「拂頤」皆「凶」。外三爻皆止體，「由頤」固「吉」，「顛頤」亦「吉」，「拂經」亦「吉」。六爻之義，昭然可見。「觀頤」者，觀其象而知「吉凶」也。「觀其所養」，食所當食之義。「觀其自養」，食不虛食之義。適館授粲者，「所養」之「觀」；不素餐兮者，「自養」之「觀」也。夫子復從養人一邊，推廣言之，「天地養萬物」有正道，不正則物不得遂其生。「聖人養賢及萬民」，亦當以正道，不正則賢不受其禄，而民不被其澤。大頤之時者，恐人以口腹之故小之也。

黄魯直曰：「養虎者，不以全物與之；牧羊者，去其敗群，視後者而鞭之；養鷹者，飢之，是謂『觀其所養』之性也。庖丁不以肯綮嬰解牛之刀，痀僂丈人不以萬物易蜩之翼。匹夫之志，不可奪於三軍之帥，是謂『觀其自養』。『觀其所養』，盡物之性也。『觀其自養』，盡己之性也。」語雖雜《莊》，却有理解。

《象》曰：山下有雷，頤。君子以慎言語，節飲食。

「山下有雷」，《艮》止於上，《震》動於下，《頤》之上止下動如之。人之言語飲食，皆從「頤」出入者也，動之義；「慎節」者，止之義。禍從口出，故言語不可不「慎」。病從口入，故飲食不可不「節」。楊誠齋曰：「『慎言語』，非默也，當其可則諫死，不羨括囊。『節飲食』，非矯也，當其可則采薇，不羨林肉。」

初九，舍爾靈龜，觀我朶頤，凶。《象》曰：「觀我朶頤」，亦不足貴也。

全卦中虛，有《離》象，《離》爲龜，故初爻取象於此。先儒謂四陰爻皆有求於人者也。初陽實，可以無求，如「靈龜」能咽氣不食，無待外養而自足，此在我之良貴也。一慕於外，則以賤害貴矣。愚按，「朶」字，《書》作「朵」。「朶頤」，垂涎飲食之貌。「初」與「四」應，不好處在此。「爾」者，「初」也，「我」者，「四」也。「四」方待養於「上」，《爻辭》若爲「四」語「初」，曰「靈龜」者，本爾所自有。今乃舍之而來「觀我」，作「朶頤」之狀耶？大似嘲笑語，正與「自求口實」相反。由其《震》體，以剛居剛，欲動情勝，不能自守，故「凶」。《象》曰「亦不足貴」，見其本貴也。「亦」，惜之之詞，惜其爲飲食之人而人賤之也。凡喪己狗物，非道義而干利禄者，皆是已。

張元岵曰：「嘗見一書中載『朶頤』事，云『朶頤』腹大項短，食物無厭。出雲南某處。玩文，『朶頤』與『靈龜』對，明是貪穢之物，存之以俟博雅考正。若謂『朶頤』，欲食貌，則『靈龜』爲不食狀矣。」又是一解。

六二，顛頤，拂經，于丘頤，征凶。《象》曰：六二，「征凶」，**行失類也。**

先儒多謂「二」與「五」無應，因與「初」比，反自上而求下，故曰「顛」，顛而下者也。愚竊謂，上養下，下亦養上。「顛頤」，何病？「六二」之「顛頤」，不若「六四」「顛頤」之「吉」者，「二」因求養於「初」，而不得復，拂其常道，越「五」而往求「上」故也。「丘」指「上」，《艮》爲山丘，土之高者。上爻之象，與《賁》卦第五爻「丘園」同例。「六二」之「丘頤」，無異於「六五」之「從上」。但「五」之「從上」，用其養以養人，而「二」之「求上」，則私其養以自養。故曰「征凶」。「二」與「三」、「四」、「五」，陰類也，彼皆待養於「上」，「二」獨求養不得，故曰「行失類」。

六三，拂頤，貞凶。十年勿用，无攸利。《象》曰：「**十年勿用**」，**道大悖也。**

愚按，「六三」不中不正，又居《震》終，不好處亦在有應，恃其有應於「上」，妄動狗私，以戕生之術爲養生，以滅性之事爲養性，大拂乎養之正道，異端之學也。夫「三」受「上」之養，本是正應，而矯拂如此，故雖「貞」亦「凶」。「十年勿用，无攸利」，正見其凶處。《象》申之曰「道大悖」。「悖」者，叛道之謂。道之所包者廣，自言語、飲食以至立身、用世，修之則「吉」，「悖」之則「凶」。小而嗜慾殺身，大而學術殺天下。「拂頤」之「凶」，至於如此，多從「悖道」來。又按，《爻》之言「貞凶」者，凡八：《屯》、《師》、《隨》、《巽》、《節》、《中孚》多在外卦，惟《頤》「三」與《恒》「初」在内卦。外非無應，而皆陰柔，不中不正，此則拂人之性，彼則求人之深者也。

六四，顛頤，吉。虎視眈眈，其欲逐逐，无咎。《象》曰：「顛頤」之吉，上施光也。

先儒謂「四」本與「初」正應，宜求養於下者也。因與「上」同爲《艮》體，乃轉而求「上」，則「顛」而上矣。「四」之「顛頤」，與「二」同，而「吉凶」相反者，「二」狥人而喪己，「四」舍己而用人也。愚按，《説卦傳》無虎象，《荀九家》：「《艮》爲虎。」物之自養於内者，靈莫如龜。求養於外者，猛莫如虎。虎無項，不能左右顧，行常垂首。「初」在下，「眈眈」，下視貌，其性專一，逐一物，不更逐他物。「眈眈」、「逐逐」，本求養於「初」之象。「初」方舍己狥人，力不足以相養，「四」乃反而求同體之陽，與「上」同爲止體，果能遂其所欲，所以「吉」而「无咎」。又以見養得其道，雖猛可馴。漢高駕馭韓、彭，用此術耳。《象》申之曰「上施光」，與「施禄及下」義同。見上爻之爲「頤」主，故「六五」亦曰「順以從上也」。

六五，拂經，居貞，吉。不可涉大川。《象》曰：「居貞」之吉，順以從上也。

先儒多謂「二」「五」相應，「經」也。「二」不應「五」而求養於「初」，「五」不應「二」而求養於「上」，同此「拂經」之象。而「二」「凶」「五」「吉」者，「二」動體，「五」止體也。愚竊謂，「五」以柔居中，處養人之位，而諉其權於「上九」，「上」之功即「五」之功，故「居貞」則「吉」，所謂反經行權，而合於正也。「不可涉大川」，即「居貞」之意。而申戒之，語氣一正一反，言當如此，不當如彼也。《五》曰「不可涉大川」，《上》曰「利涉大川」，君不可喜，功臣不當避事，明以養道歸上爻矣。胡雲峰曰：「『五』獨不言『頤』者，『由豫』在『九四』，故『五』不言『豫』，『由頤』在『上九』，故『五』不曰『頤』也。然彼『貞疾』，而此『貞吉』，彼以柔乘剛，此以柔承剛也。」

上九，由頤，厲吉，利涉大川。《象》曰：「由頤厲吉」，大有慶也。

一陽在《艮》止之上，四陰皆「由」之以得養，故曰「由頤」。然任大責重，必其難其慎，方爲養道之成，故戒以厲，而許以「吉，利涉大川」，又從「厲吉」中得義，言必如「涉大川」，乃所以爲「厲」，乃所以爲「吉」。「大有慶」者，君民咸食其福也。

朱康流曰：「下之事上，上之惠下者，正也。故『觀所養』於下體，以無所奉爲『凶』。『觀所養』於上體，以有所施爲『吉』。下不干上，上不剥下者，正也。故『觀自養』於下體，以有求於上爲『凶』。『觀自養』於上體，以無求於下爲『吉』。」愚又按，先儒有云，辱莫辱於多欲，樂莫樂於無求。大抵求從欲來，施又從求來。卦中「欲、求、施」三字，有相因之義，與其有求而多欲，不如無求而勿施。

䷛巽下兑上

大過：棟橈。利有攸往，亨。「橈」，《石經》從木不從手。

愚按，四陽之卦凡十五，獨此名「大過」者，非謂陽多於陰，謂四陽居中也；四陽皆「過」，獨以「三」、「四」言者，自「二」、「五」視之，未見其過。積至「三」、「四」，然後皆以一陰承二陽，而謂之「過」也。卦體上《兑》下《巽》，《彖辭》獨取義於木。《巽》爲高棟之象，「棟」者，屋脊木所以承椽瓦者。《兑》爲毁折橈之象，「橈」者，曲也。「初」、「上」乃「棟」之所寄，而皆陰柔無力，不能擔當重任，故「橈」。然則勝任者，非剛不可矣。但太剛又虞其折，必須善用其剛而後可。「利有攸往」，所以救其「過」也。「往」則窮而變、變而通，故「亨」。《大壯》亦四陽相連，《繫傳》取諸「宫室」，彼以陽「壯」爲「棟宇」，此以陽「過」爲「棟橈」。

《彖》曰：大過，大者過也。「棟橈」，本末弱也。剛過而中，巽而説行，「利有攸往」，乃亨。大過之時，大矣哉！

愚按，凡任事者固須剛果之人。然《巽》順和悦一流，亦可參酌相濟。今四陽接連，上下「二」、「五」又皆居中用事，而擯二陰於外，此「大者之過」也。亦猶衆君子在朝，而悉逐小人於外，此賢者之「過」也。「初」陰爲本，「上」陰爲末，只就兩頭説，「本末」二字，從《巽》木得義，「木」字下加一畫爲「本」，「上」加一畫爲「末」。卦象上缺下短，兩頭太弱，中央太過，「棟」之所以「橈」也。陽雖太過，然到底要陽剛做事，聖人於過極難處時，看出一段斡旋妙用來。「剛過而中」，則可與立，「巽而悦行」，則可與權。所以「利有攸往」在此。《易》之爲道，貴乎陽能御陰，不貴乎陽之陵陰而蔑之也。仔細看來，「二」、「五」皆剛中，一比初陰，一比上陰；「二」有益於「本」，而「五」無補於「末」。蓋「初」得「四」應，而下不「橈」；「三」與「上」應，而不可「有輔」，「本末」兼舉，仍以「本」爲重。又見救過於末，不如救過於初也。以一人言之，體質本剛，足以有爲，又須用之以中；德性本順，足以入理，又須行之以和，然後利往而「亨」。「乃」者，幸之之辭，亦難之之辭也。

當「大過」之時，一失不可復救，其所係甚大，末句與他卦贊語不同。

《象》曰：澤滅木，大過。君子以獨立不懼，遯世无悶。

愚按，「澤滅木」至「上六」一爻，其象始著，「滅」非「生滅」之義，乃「滅没」之義。「獨立不懼」，《巽》木象。「遯世无悶」，《兑》悦象。水在上，能過乎木，而不能使仆，其根固也。君子以之處世，有定見，有定力，自作主張，不隨世俗流轉，非「大過」人之才者不能。

初六，藉用白茅，无咎。《象》曰：「藉用白茅」，柔在下也。

《本義》：「『白茅』，物之潔者。」愚竊謂，本爻無潔義，只宜取柔象，《巽》爲白，故曰「白茅」。上承四剛，「藉」之象。「初」之本弱矣，「茅」之爲物，又弱之弱者。天下無棄物，顧用之何如耳。「茅」雖弱，而有弱之用，不可用爲棟，而可用爲「藉」，高以下爲基也。以人事論之，當「大過」之時，柔居《巽》下，以之擔當世事則不足，以之敬慎自守則有餘，何「咎」之有？《小象》於「初」之「无咎」，有幸辭焉，幸其「柔在下」也，在上則爲「滅頂」之凶矣！蘇氏《易傳》謂「『初』之所藉爲『九二』」，愚按，「初」與「四」應，詳見下注，非近比之謂也。

九二，枯楊生稊，老夫得其女妻，无不利。《象》曰：「老夫女妻」，過以相與也。

《巽》，陰木，在水而易生者，「楊」之象；性又早凋，「枯」之象。「稊」，鄭氏作「荑」。愚按，「稊」之義，有數説。《夏小正》：「正月柳稊。」《注》云：「芽也。」《王注》：「稊，楊之秀也。」《漢書·五行志》師古《注》亦云：「楊秀之始生者。」《本義》：「『稊』，根也。」今從根解。水潤下，木得潤則生。「初」比「二」，陰在下，故曰「稊」，下之根生也。「楊稊」是本爻正象，「老夫女妻」，又即上意而申發之，象中之象也。王《注》云：「老過則枯，少過則稺。以老分少，則稺者長；以稺分老，則枯者榮。」此言「老夫女妻」均受其益也。張横渠曰：「扶衰於上，使枯木生稊；拯弱於下，使微陰獲助。」張元岵云：「玩《小象》『過以相與』，老夫過消，女妻過盈，以有餘補不足，以至壯扶至衰，所謂『枯楊生稊』者，以此。」愚又按，内卦《巽》爲長女，而稱「女妻」；外卦《兑》爲少女，而稱「老婦」者，「初」在卦爲少，「上」在卦爲老也。「二」在下曰「老夫」，「五」在上曰「士夫」者，「二」老於「初」，「五」少於「上」也。又，所比之爻，陰居「初」，陽居「二」，因妻之女而老其夫也。陽在「五」，陰在「上」，因婦之老而士其夫也。

司馬君實曰：「《大過》剛已過矣，止可濟之以柔，故《大過》之陽，皆以居陰爲吉，不以得位爲美，玩『二』、『四』兩爻可見。」

九三，棟橈，凶。《象》曰：「棟橈」之凶，不可以有輔也。

《卦辭》言「棟」，指中四爻。《爻辭》屬「三」、「四」兩爻，而「棟橈」之象，又獨歸「三」，何也？《本義》：「『九三』以剛居剛，不勝其重，故象『橈』而占『凶』。」此專就本爻説。《程傳》亦然。愚合《小象》觀之，竊謂「三」之所應者，「上」也。故《象辭》補《爻辭》所未盡，云「不可有輔」，蓋陽所以輔陰。「三」以剛居剛，欲起而扶衰拯溺，其如上陰積弱，「不可以有輔」何？合「九四」《爻》、《象》觀之，此爻有爲上所「橈」之義，隱然言外。

九四，棟隆，吉。有他，吝。《象》曰：「棟隆」之吉，不橈乎下也。

「四」以陽居陰，當《巽》之終，處悦之始。《彖傳》所謂「巽而悦行」，正是此爻，故爲「棟隆」之「吉」。「有他」二字，《本義》歸咎於應爻，謂「『初』以柔濟之，則過於柔，故『吝』」。諸儒多依之。《子夏傳》則又云：「非應故稱『他』，與《比》之『他吉』同例。」愚竊謂，「九四」一爻，居多懼之地，事起不虞，往往而有故，以「他吝」爲儆。若「初」之敬慎不敗，而「四」與爲正應，下有「白茅」之藉，「棟隆」之吉，「初」與有力焉。與上之「不可有輔」相反，故《小象》特從應爻發明之，言「九四」所云「棟隆」者，「不橈乎下」。則可知「九三」所云「棟橈」者，乃「橈乎」上也。兩爻合看，其義益明。蘇子瞻云：「『初六』『不橈乎下』，則『九四』『棟隆』。『上六』不足『有輔』，則『九三』『棟橈』。棟之隆，非『初』之福，而『四』享其『吉』。及其『橈』也，『上』亦不與，而『三』受其『凶』。」亦合兩爻而論。

九五，枯楊生華，老婦得其士夫，无咎，无譽。《象》曰：「枯楊生華」，何可久也？「老婦士夫」，亦可醜也。

一陰在上，「華」象。「華」者，上之枝生也。愚按，本爻以過極之陽，比過極之陰，當云「老夫得其老婦」，而云「老婦得士夫」者，陰居上，故先婦而後夫，與「九二」正相反。「五」以剛居剛，過而易悅，陰反得而乘之也。《易》言「无咎无譽」者，惟此爻與《坤》「六四」。彼居重陰之間，「无咎」又須「无譽」。此居三陽之上，而與陰比，「棟橈」則「三」任其「咎」，「棟隆」則「四」受其「譽」，與「五」一無與，就所處之位言也。《九二・象辭》止釋「老夫」一句，《五》則句句闡發者，陽氣太過之餘，衰候至矣。「枯楊」已非可久之道，況復「生華」，是速之也。「老婦士夫」，本欲資陰，而身居《兑》體，乃爲女所悦，失夫道矣。「可醜」在士，不在婦也。

愚又按，「二」、「五」《爻辭》若古歌謠，「稊」與「妻」叶，「華」與「夫」叶。古「華」字作「荂」，方無切，以「六義」合之，若以「枯楊」興起「老夫」「老婦」，以「稊華」興起「女妻」「士夫」，此《三百篇》之祖也。《采菽》第四章「維柞之枝，其葉蓬蓬」，「枝」以興「殿邦」之「君子」，「葉」以興「左右」之「率從」，章法似之。

上六，過涉滅頂，凶，无咎。《象》曰：「過涉」之凶，不可咎也。

以陰柔居卦終，《兑》澤用事。「過涉滅頂」，即「澤滅木」之象。一陰在四陽之上，與木末同，故曰「頂」。大夏將傾，豈一木所能支？明知「過涉」有「滅頂」之「凶」，而時位到此，有不得不「涉」、不得不「滅」者，象雖「凶」而於義則「无咎」，乃殺身成仁之事也。聖人非不知徒死之無益，但忠義激發之懷，雖「過」而不嫌於「過」。《象》曰「不可咎」，謂非馮河經濆者比也，不可歸咎於「涉」也。聖人特繫此爻，以爲見利忘義者戒。世固有見危授命，而於事無濟，旁觀猶議其非者。苛刻之論，聖人所不取也。

《象辭》取象《巽》木，六爻亦然。草與木爲類，故「初」《象》「白茅」。楊木，性之柔者，「二」「五」近本末而弱，故曰「枯楊」。「三」、「四」兩爻居四陽之中，任重者也，故皆言「棟」。惟上爻取諸澤，而「滅頂」與「滅木」之義略同。

馮奇之曰：「《易》卦上下兩停者，從中反對。《頤》、《中孚》、《小過》皆然，《大過》尤顯而易見。『三』與『四』對，『二』與『五』對，『初』與『上』對，玩辭可見。」愚謂此四卦無反而有對，《頤》與《大過》，對者也；《中孚》與《小過》，對者也。止可謂之對卦，與餘卦爻爻倒换者不同。

䷜坎下坎上

習坎：有孚，維心亨，行有尚。《舉正》：「卦首當有『坎』字。」

「習」者，重也。先儒謂《乾》、《坤》六爻與一爻同，畫不變也，畫變則爻變。故卦至六子而後言重，重卦之序，《坎》在六子之先，《乾》、《坤》之中男也。愚按，八重卦多出單名，獨《坎》加一「習」字，蓋險之境最難處，文王欲人之習而安之也。故不曰「重坎」，而曰「習坎」。「孚」者，信也。今海中晝夜兩潮，不失其期，謂之潮信，即「有孚」之義。一陽在二陰之中，「心」象。「二」、「五」動而出險，「行」象。陷溺之害，心爲甚，身次之。水能溺人身，不能溺人心。身處《坎》，而心則「亨」，乃可以行險，「維」者，捨「心亨」而外無他術也。「心」何以「亨」？「有孚」而已。「行有尚」，忠信涉波濤之謂。張子云：「《坎》『維心亨』，故『行有尚』」，添一『故』字，《彖辭》之旨瞭然。」愚又按，《卦辭》於《坎》曰「心亨」，《繫傳》於《坎》曰「心病」。「有孚」則「心亨」，「加憂」則「心病」，此憂危之君子，所以異於陷溺之小人哉！

《彖》曰：「習坎」，重險也。水流而不盈，行險而不失其信。「維心亨」，乃以剛中也。「行有尚」，往有功也。天險不可升也，地險山川丘陵也，王公設險以守其國。險之時用大矣哉！

愚按，《彖辭》曰「習坎」，《傳》曰「重險」，重卦之義於此發之。險不重，則人猶可趨避，如《需》之「不陷」，《蹇》之「能止」，非真險矣。《兑》，止水也，有時而盈。《坎》，流水也，惟流故「不盈」。惟「不盈」故險可行。水自澗谷達江海，歷多少高低曲折？所謂「行險」，雖所遇有難易，而未嘗不果於行。所謂「不失其信」，陽動陰中，故以「心亨」歸剛中之德，以「行」爲主，「往」而「有功」，則出險矣。可見天下無險非可行之地，無往非出險之功。以上處險之道，釋《彖》已畢。「天險」以下，夫子别言用險之方。人情説到險，便頹然消沮。聖人於是發明「險之時用」，以破人心之疑。「用」字重看，「天險」無形者也，「地險」有形者也。設險者，因地形而措置城池也。「險之時用」，上極於天，下極於地，中極於人，豈不大矣哉！

《象》曰：水洊至，「習坎」，君子以常德行，習教事。

《本義》：「治己治人，必皆重習，然後習而安之。」愚按，《爾雅》：「洊，再也。」内《坎》方至，外《坎》「洊至」，「水」之有恒如此，君子體之。「以常德行」，學不厭也。「習教事」，教不倦也。吾夫子所以有取於水也夫！

初六，「習坎」，入于坎窞，凶。《象》曰：「習坎」入「坎」，失道「凶」也。

卦體「習坎」以冠「初爻」。王輔嗣云：「最處《坎》底者也。」愚按，《坎》底有穴曰「窞」，「習坎」，合上下之卦言，「入于坎窞」，指下卦之下，言「初」柔居最下，不但不能出險，且「入于坎窞」之中，一入不可復出，陷溺之象，故「凶」。《象》曰「失道」，謂身投陷穽，自失出險之道，未可諉咎於險也。「道」者何？「有孚」、「心亨」是已。

九二，坎有險，求小得。《象》曰：「求小得」，未出中也。

愚按，《坎》已是險矣，何以又言「有險」？要見身在《坎》中，禍患之來，有非意料所及者。聖賢處此，猝難措手，急求出險，如何可得？雖以「九二」之剛中，但可「求小得」而已，未能出險中也。「小得」即《需·九五》「需于酒食」之義。錢啓新曰：「陷不在大，失嘗在小。如之何勿求？諸葛武侯『苟全性命於亂世』，得『九二』善處險中之道者也。」

六三，來之坎坎，險且枕。入于坎窞，勿用。《象》曰：「來之坎坎」，終无功也。

自上而來曰「來」，自此而往曰「之」。「三」居下卦之上，上卦之下，受「四」之

《坎》，以輸於「二」，故曰「來之坎坎」。《乾》「三」爻處二《乾》之間，曰「乾乾」。此處二《坎》之間，曰「坎坎」。先儒多以三句相承説，無非言其險之至。愚竊謂，「六三」才柔位剛，力不足而志有餘，當往來上下之交，經營以求出險，可謂不遑寧處矣。「入于坎窞」，本「初爻」之象，《爻辭》勸以「險且枕」，言處險之時，姑且伏枕以待，毋若「初」之「入于坎窞」而「凶」也。「勿用」，又申戒之辭，謂無所用其躁急也。大凡處險者，以速求出險爲有功，但須通盤打算，徹始徹終，方克有濟。《象》要其「終」，而曰「无功」，益見目前欲速之無益也。

六四，樽酒句**，簋貳**句**，用缶**句**，納約自牖，終无咎。《象》曰：「樽酒，簋貳」，剛柔際也。**

程、朱於「四」、「五」二爻，皆作「君臣相與出險」解是已。愚竊據二先生之説，而發明之。「四」離下《坎》而入上《坎》，尚非風恬浪静之時，近與「五」比，相與習處險之道，而定出險之謀者也。《爻辭》於《需》、《困》、《未濟》，凡有《坎》體者，皆取酒象，曰「樽酒」，則無濡首之嫌。曰「簋貳」，則非殽核之旅，曰「用缶」，則無華美之飾。總以儉約相「結納」也。「自牖」，與《睽》之「遇主于巷」義同。「五」爲卦主爻，「四」有委曲相求之意。餽之以薄禮，行之以簡陋，而「終无咎」者，一剛一柔，當同舟共濟時，交際之義，宜然也。「樽酒」以下，陸德明分兩字爲一句，《程傳》依之，《本義》依晁以道分三字爲一句。愚按，《小象》「樽酒簋貳」，未嘗以「貳」字屬上讀，似不當捨經文、《程傳》，而從晁説也，《黄氏日抄》所見略同。

九五，坎不盈，祇既平，无咎。《象》曰：「坎不盈」，中未大也。

《本義》：「『九五』雖在坎中，時將出險之象。」愚按，卦體中滿，「盈」之象。「盈」則不平，機械變詐，相尋而起。此行險所以失信也。機深則禍愈深，寧有出險之望？「五」，陽剛中正，妙處全在「不盈」，中不自滿，險阻皆成康莊，何不平之有？故以「不盈」「既平」取象。「二」與「五」皆剛中，而「二」「有險」，「五」則險「既平」矣，故「无咎」。《象辭》於「二」，言「未出中」。於「五」，言「中未大」者，一「有險」，一「不盈」也。「中」謂坎，「未大」謂「不盈」，就文作解，其義如此。

上六，係用徽纆，寘于叢棘，三歲不得，凶。《象》曰：「上六」失道，「凶」「三歲」也。

先儒謂「係」者，拘也。三股曰「徽」，兩股曰「纆」，拘囚之索也。「叢棘」，如今之圜土牆上列棘之象。「上六」陰柔居險終，陷之深者也。故有此象。愚又謂，《坎》爲隱伏，自起糾纏，自生芒刺，多是險象，豈必江河之陷溺哉？《周禮》：「收教罷民，能改者上罪三年而舍。」「三歲不得」，「凶」何待言。推原所以致「凶」之故，明是陰居險極，時位使然。聖人言人不言天，故「初」、「上」皆曰「失道」。

愚按，六爻無一「吉」字，蓋重卦内外無應，「初」雖與「二」比，「二」方在險中，豈能從井救人？惟「四」、「五」兩爻，同在外卦，近而相比，取剛柔交際爲義，故皆「无咎」。「三」之險以乘剛，「初」、「上」在「二」、「五」兩陽爻之外，所以最凶。

愚又按，同一水也，《井》以上出爲功，《坎》以下流爲險，取義各不同。竊謂《坎》卦六爻，從源溯流，自上説下，於義亦可。蓋水之發源，多在山谷榛棘之處，「上」乃《坎》之源也。《荀九家》以《坎》爲法律，故設係「纆」寘「棘」之象，以爲輕冒險者之戒。「五」爲承流第一坎，水勢猶未大，「不盈」則無泛濫之虞，「既平」則無風波之憂。「五」以剛中處之，時當利濟，故「无咎」。「四」近比於「五」，有「卬須我友」之義。「五」以剛濟柔，有乘流拯溺之才。「五」「不盈」，「四」所以無險，可以酒食相約。漢光既渡滹沱，馮異進麥飯豆粥，「樽酒簋缶」之象似之。「三」則江河之水矣，「上」受「四」、「五」之坎，下輸「二」、「初」，百川灌注，其勢滔滔，前臨險而後枕險，有「入坎」之危，無濟川之功。《爻辭》於此，方揭出「險」字，「二」之「有險」，亦自「三」來也。「二」雖剛而不正，幸其得中，猶可以求「小得」，若出險大事，尚非所能。「初」則地居最下，衆流之壑矣。邱行可云：「《坎》之性下，下則爲陷尤甚。」胡雲峰云：「《坎》水潤下，愈下則陷，故『習坎入窞』之『凶』歸焉。『上』之『失道』，係寘止於『三歲』。『初』之『失道』，陷溺且終身矣。《雜卦》云：『《坎》下也。』竊用此象逆推之。」

䷝離下離上

離：利貞，亨。畜牝牛，吉。

《本義》：「陰麗於陽，其象爲火，體陰而用陽也。」愚按，六十四卦無一非《乾》、《坤》之孕育，亦無一非《坎》、《離》之變化。一陰一陽，《乾》《坤》也。陰陽互藏，《坎》《離》也。《坎》、《離》得陰陽之中，與《震》、《巽》、《艮》、《兑》不同，故上經之終，《坎》後繼之以《離》。《離》爲火，其用明，故「利」乎「貞」。「麗」而「貞」，則「亨」矣！其性躁而炎上，愈上則愈焚，故又以「畜」爲「吉」。「畜」者，養之使消其剛躁之性，而成順也。「牛」，物性之順者，「牝牛」，順而又順者也。《離》再索而得女，中一畫自《坤》卦來，故《坤》取「牝馬」，《離》取「牝牛」。卦體「二」、「五」皆柔中，必養其柔順之德如「牝牛」而後「吉」。胡雲峰曰：「《坎》之明在內，以剛健而行之於外。《離》之明在外，當柔順以養之於中。」愚又按，「牝馬」、「牝牛」，同爲柔順之物，《坤》「馬」以行爲「利」，《離》

「牛」以畜爲「吉」者，《坤》純陰，非行不足以配《乾》健；《離》一陰居二陽之中，非畜不足以藏《坤》順也。

《彖》曰：離，麗也。日月麗乎天，百穀草木麗乎土。重明以麗乎正，乃化成天下。柔麗乎中正，故亨。是以畜牝牛，吉也。

古説皆以「麗」爲「附」，楊龜山曰：「火無常形，附物而有形。」《黄氏日抄》云：「『麗』字當兼『文明』之意，不特言『附著』而已。」愚竊謂，火麗於薪而不滯於薪，「離」者，兩之分；「麗」者，兩之合。本非一物，而不能相離，故曰「離，麗也」。《離》之爲卦，在「二」、「五」兩爻，「五」爲天位，天道下濟而光明，有日月麗天之象，此以氣麗形者也。「二」爲地位，地道含萬物而化光，故有百穀草木麗土之象，此以形麗形者也。合上下二體，故曰「重明」。「明」之必「麗乎正」，猶日月之麗天，草木之麗地，教人以用明之道也。「化成天下」，向明出治之象，又從「重明」得來。「重明麗乎正」，兼指「二」、「五」。「柔麗乎中正」，專指「六二」，猶重《坎》之「剛中」專屬「九五」也。故《坎》以「五」爲主爻，《離》以「二」爲主爻。分言之，「六五」麗乎中，「六二」麗乎中正；總言之，則「柔麗乎中正」。《離》之所以爲明者，中柔也。惟柔，故能「麗乎中正」；惟中正，所以「利貞」而「亨」；惟柔以「中正」而「亨」，所以「畜牝牛，吉」。「故」字、「是以」字相承説。張元岵曰：「人心屬火，其明亦猶火也。麗乎色，則爲視；麗乎聲，則爲聽。所麗者正，則明亦正；所麗者不正，則明亦不正矣。故『重明』以『麗正』爲主。」郝仲輿曰：「火之麗於薪，猶知之寓於物。離薪爲火者，妖火也，不可以烹。離物爲知者，邪慧也，不可謂知。故曰『致知在格物』。」

《象》曰：明兩作，離。大人以繼明照于四方。

《程傳》以「明兩」二字爲句，《本義》用「水洊至」句法，以「明兩作」三字爲句，《黄氏日抄》從之。愚按，卦有《離》體者，上下十有六。《大象》或爲火，或爲日，或爲電。本卦重明，兼取日與火。「明兩作」，以卦之上下言，如云「日新又新」也。「繼明」，以爻之前後言，如云「以聖繼聖」也。「大人」，以德言則聖人；以位言則王者。「照于四方」，與《書》之「光被四表」，《詩》之「緝熙光明」義同，非物物而察之也。先儒或謂「日照乎晝，火照乎夜」爲「繼明」，以内三爻屬日，外三爻屬火。日光被於下，故下卦取之，至「三」而有日昃之嗟。火氣炎於上，故上卦取之，至「四」而有焚如之象。

初九，履錯然，敬之，无咎。《象》曰：「履錯」之敬，以辟咎也。「辟」，音義與「避」同。

《本義》：「以剛居下而處明體，志欲上進，『履錯』之象。」愚按，「初爻」在下，如日之初出，諺云「日出事生」，「履錯然」之象。以剛居剛，乃聰察之人鋭意前行者，如所謂火性也。「錯」字有「紛錯」、「舛錯」二義，當事物紛錯於前，或不免舛錯之「咎」。理固相因，若「敬」則無是矣。「敬之」云者，即其明鋭處，下詳審之砭，《象》申之曰「以辟咎」，可知擇地而蹈，「敬之」在「初」，乃用明之要道也。

六二，黄離，元吉。《象》曰：「黄離，元吉」，得中道也。

《本義》：「『黄』，中色。柔麗乎中而得正，故其象占如此。」愚又謂，土之真精，天五冲氣，位乎中央，其色黄，非火色也。以《坤》之中爻，入《乾》之中爻，則爲《離》，故《坤·五》曰「黄裳，元吉」，《離·二》曰「黄離，元吉」。凡天地間有黄色者，皆吉祥之氣也。《爻辭》止表一「黄」字，而位之中正，德之柔順，俱包涵於中。聖人之文，簡括如此。《象》曰「得中道」，正在其中矣。「二」與「五」皆「得中」，獨於「二」言「中道」者，《離》以「二」爲主爻也。

九三，日昃之離，不鼓缶而歌，則大耋之嗟，凶。《象》曰：「日昃之離」，何可久也？

《本義》云：「重離之間，前明將盡。不安常以自樂，則不能自處而凶。」二句作一串説。吴幼清《易纂言》云：「『三』者，下卦之中，當人之位，故爲『日昃』之時。《詩》述陳國之風，史稱秦人之俗，皆鼓缶而歌。蓋以樂生也。人之老也，不能以死爲樂，則必以死爲憂矣。」愚又竊謂，「初」爲日出，「二」爲日中，「三」以陰居陽，而不中，「日昃」之象。於人則爲老境，聖賢當此，忘食忘憂，不知老之將至。固不以垂盡爲憂，亦不以達生爲樂也。世間乃有兩種人，其一委蜕形骸，謂造化勞我以生，逸我以老，是作達一流，「鼓缶而歌」者也。其一老大傷悲，或戚戚於貧賤，或皇皇於富貴，是不達一流，「大耋之嗟」者也。群情役役，大約不出兩端。「不」字，「則」字，兩相呼應，言不之乎此則之乎彼也。豈知「日昃」之時，大有事在，趨之則吉，而悖之則凶乎？細玩《爻辭》，「嗟」者與「歌」者正相反，一不當樂而樂，一不當哀而哀，分兩段説，其義較明。《象》曰：「何可久」，乃援天以曉人，見「日昃之離」，乃天運之自然，人何以憂樂爲哉！

九四，突如其來如，焚如，死如，棄如。《象》曰：「突如其來如」，无所容也。

「棄」，《石經》作「弃」。

《本義》：「後明將繼之時，而『九四』以剛迫之，故象如此。」愚按，「明」者《離》之德，「火」者《離》之象，「四」以剛居柔，不中不正，與「柔麗乎中正」相反，在下卦之上，氣燄驟張。《離》火外明，明來自外。「突如」之象，非咎「其來」，咎「其來」之突也。「焚如，死如，棄如」，即《左傳》「不戢自焚」、《莊子》「以明自煎」之義。是以君子貴居晦而用明也。胡庭芳曰：「《坎》性下，『三』在下卦之上，故曰『來』，來而下也。《離》性上，

『四』在上卦之下，亦曰『來』，來而上也。水本下，又來而之下，『入于坎窞』而後已。火在上，又來而之上，『焚如，死如，棄如』而後已。《爻辭》之不善，未有如是其極者。不能畜柔而失用明之道，其禍乃至此。」愚按，《象》曰「无所容」，謂其剛而又躁，不但不能容人，直無地自容矣。觀「四」之「无所容」，則「初」敬慎以「辟咎」之義益見。

六五，出涕沱若，戚嗟若，吉。《象》曰：六五之吉，離王公也。「離」，鄭本作「麗」。

《程傳》謂「『五』以柔附於剛强之間，危懼之勢也」。錢田間曰：「『二』、『五』皆以柔麗剛，『二』之《辭》安，『五』之《辭》危，『二』得位，『五』失位也。失位則危，知危則『吉』。」愚竊謂，「五」才柔位剛，雖不正而麗乎中，繼體向明，有憂盛危明之意。如傷泣罪，形於涕洟，爲「出涕戚嗟」之象。「九三」之嗟，所憂止一身。「六五」之嗟，所憂係天下。所謂危者，安其位者也，故「吉」。蔡氏以「王公」屬本爻，愚竊謂，「公」當指「上九」，「五」近比於「上」，「王」與「公」，相爲附麗，終收正邦之功，是亦善繼善述者矣。

上九，王用出征，有嘉，折首，獲匪其醜，无咎。《象》曰：「王用出征」，以正邦也。

《本義》：「剛明及遠，威震而刑不濫，『无咎』之道也。」愚按，《離》爲甲胄戈兵，火炎上，故於上爻言「出征」。「王用出征」者，「五」用上以「出征」也。「有嘉」者，有功可嘉美也。「折首」者，擒首惡也。「匪醜」者，非我族類也。此爻正合周公東征之象。「四」則管、蔡也，「五」爲成王，變起骨肉，遭家不造，而出涕戚嗟，《小毖》之詩所由作也。「折首」者，其武庚乎？管、蔡本我之兄弟，非武庚之醜類，公奉王命「出征」，既誅其首惡，所獲又匪其類，不但「无咎」，且成「正邦」之功，就《辭》作解，彷彿似之。《黄氏日抄》云：「古注除其非類，此語盡之。」《程傳》云：「所執者非其醜類，則無殘暴」，是欲增説義理也。然欲言無暴，當曰「非執其類」可也，今曰「所執者非其醜類」，反若禍及無辜，豈得云無殘暴耶？

馮文所曰：「前《離》則『鼓缶』，後《離》則『出征』者，作者過於動，故止之；繼者安於逸，故振之也。臣之炎盛，不能以剛爲柔也。君之憂嗟，則能以柔爲剛者也，故臣『死棄』而君獲『吉』。『初』居下之下，『四』居上之下，志皆躁動，而『初』慎於進，『四』急於進，吉凶之所以分。聖人於剛柔進退之際，其審如此，此明之極也。」

《正易心法》以上經《乾》、《坤》、《頤》、《大過》、《坎》、《離》六卦，下經《中孚》、《小過》二卦爲對體，與諸卦反體者不同，乃造化之機緘，其體不變，故云卦有反對，最爲關鍵，反體既深，對體尤妙。

李子思曰：「《坎》藏天之陽，中受明爲月。《離》麗地之陰，中含明爲日。月司夜，日司晝。《坎》爲水，而司寒，《離》爲火，而司暑。天地造化之妙，孰有出於此哉！」又曰：「水在人爲精，火在人爲神。一陽居中，即精藏於中，而水積於淵之象。一陰在中，即神寓於心，而火明於薪之象。」

薛敬軒曰：「水火二字，乃《坎》☵《離》☲二卦，順置之可見。」

《經繹》曰：「人受天地之中以生，《坎》、《離》象之，爲誠爲明。上經終焉。」愚按，《坎》中實，誠也。《離》中虛，明也。誠明皆出於中爻，先儒以爲卦之用，愚竊以爲卦之體。

鄭潛谷曰：「《大過》陽中陰外，象《坎》；《頤》外實中虛，象《離》。於以啓《坎》《離》之先，收上經之終。《頤》、《震》、《艮》合男，《大過》、《巽》、《兑》合女，又以成《咸》、《恒》之交，開下經之始。八卦中，《乾》、《坤》、《坎》、《離》無反對，六十四卦中《頤》、《大過》、《中孚》、《小過》亦然，故次上下經之後，而皆以《坎》、《離》終。此《乾》、《坤》六子相終始之義。」

周易玩辭集解卷五

下　經

《程傳》曰：「天地萬物之本，夫婦人倫之始，所以上經首《乾》、《坤》，下經首《咸》，繼以《恒》也。」胡雲峰曰：「上經首《乾》、《坤》，天地定位也。下經首《咸》，山澤通氣也。位欲其分，故《乾》、《坤》分爲二卦；氣欲其合，故山澤合爲一卦。」愚按，六子正配，前後序卦相連。《艮》、《兑》爲少，《震》、《巽》爲長。陰陽或偏在上，或偏在下，惟《坎》、《離》得《乾》、《坤》之中氣，所以先《坎》、《離》，而繼之以《咸》、《恒》，仍終之以《既濟》、《未濟》，一部《易經》，始終只是八卦而已。

䷞艮下兑上

咸：亨，利貞，取女吉。「取」，去聲。

先儒謂夫婦一小天地，故《咸》爲「取女」之卦。《説文》：「咸，皆也。」《彖傳》以「感」釋「咸」義。惟「皆」「感」乃爲「咸」也。卦體《艮》下《兑》上，六爻皆得應感之正，故曰「亨利貞」，用以「取女」，自無不「吉」。《禮》云：「男下女，女從男，夫婦之義由此始也。」三月廟見，然後執婦功，方取之時，尚未成婦，故不稱「婦」，而稱「女」。至《恒》卦，長男長女，《爻辭》直言「婦人」、「夫子」矣。

《彖》曰：咸，感也。柔上而剛下，二氣感應以相與，止而説，男下女，是以「亨，利貞，取女吉」也。天地感而萬物化生，聖人感人心而天下和平。觀其所感，而天地萬物之情可見矣。「説」，音義與「悦」同。

「咸」，彼此相感之義。有感而無應，不可謂「咸」。相感必以心，故「咸」加「心」而爲「感」。「感」中便含「應」字意。「剛柔」以質言，「感應」以氣言。舊注剛柔平對，愚竊謂宜以「剛感柔應」爲義。上卦本《乾》，六自「三」往，居上而爲《兑》，故曰「柔上」。下卦本《坤》，九自「上」來，居下而爲《艮》，故曰「剛下」。「二氣」者，山也，澤也。全卦内外無不應，故總而言之曰「二氣感應」。《坤》以「三」與「上」，《乾》以「上」與「三」，故曰「相與」。「止而説」，卦德也。「男下女」，卦體也。《艮》「止」則男之感也專，《兑》「説」則女之應也順。所以「亨」，所以「利貞」，所以「取女吉」。天地之感物以氣，《乾》道成男，《坤》道成女，「萬物之化生」，天地交感之應也。聖人之感人以心，「和」者無乖戾，「平」者無偏頗。天下之「和平」，即「聖人感人」之應也。寂然不動者性，感而遂通者情。凡感之爲道，不能感非其類。觀其所感者，由感通之情，引而伸之，可以盡「天地萬物之情」也。

愚按，《家人·彖傳》曰：「男女正，天地之大義也。」故聖人於卦爻，往往取象焉。上經《乾》、《坤》之後，繼以《屯》、《蒙》，《屯》有「婚媾」之文，而以「女子貞」爲美。《蒙》有「納婦」之「吉」，而以「見金夫」爲凶。於《小畜》則「咎」其「反目」，於《泰》則許其「歸妹」，於《大過》則釐「老婦」、「士夫」之「醜」，於《咸》、《恒》則少男少女必「感應」以正，長男長女必從一而終。又以《家人》正「内外」，以《睽》合「異同」，以《漸》定「女歸」之期，以《姤》致「女壯」之戒。無非立其制，而嚴其防。蓋剛柔濟則陰陽和，天道人道，悉備於《易》道中矣！

《象》曰：山上有澤，咸。君子以虚受人。

程明道曰：「天地間只有一箇感應而已。」愚按，《彖傳》言「感」，言「應」，《大象》則言「受」。自我感人，則人應我。「受人」之感，則我應人。《爻》取自我感人，《象》取我受人感爲義。人知「咸」之爲「感」，不知其妙在能「受」。山以「虚」，故能受澤。心以「虚」，故能「受人」。「虚」者，人所得於天之本體，中無私主，無主故虚。苟以私意實之，則先入者爲主，「感應」之機窒矣。聶雙江云：「夫子於《咸》卦提出『虚』『寂』二字，以立『感應』之本，而以至神贊之。蓋本卦之『止而悦』，以發其藴。二氏得之而絶念，吾儒得之以通感。」愚按，君子之「虚」，只是全得此心本體，任事物之來，而我未嘗有將迎之念。是之謂「以虚受」，非致虚守寂之謂也。陸象山有云：「與有意見人説話最難入，以其不虚也。」可移作注脚。吾學與二氏毫釐千里之辨，在此。

初六，咸其拇《子夏傳》作「蹞」。**《象》曰：「咸其拇」，志在外也。**

《本義》：「『拇』，足大指。『咸』以人身取象，感於最下，『咸拇』之象。欲進而未能，故不言吉凶。」愚竊謂，「初」在下，足不動，「拇」豈能行？因與「四」應。「四」當心位，故《象》申之曰「志在外」。「外」者，外卦也。「志在外」卦，心雖感而跡未應，緣是止體，但以拇之道爲感而已。《莊子》所謂「神行官止」者歟？一説，「初」在止體之下，宜静不宜動。今一念初起，即逐乎外，跟脚不定，如拇欲動之象。不言凶咎者，聖人不欲以一念之始，概其生平也。

胡庭芳曰：「文王於兩體，重在『三』、『上』二爻，以男女之正，取昏姻之象。周公於六爻，又自人身取象。以『四』當心位，爲感之主，絶無《彖辭》之意。《卦》、《爻》不同如此。」愚按，夫子於《彖傳》、《大象》，極言「感應」之理，與《爻辭》又不同。

六二，咸其腓，凶，居吉。《象》曰：雖凶，居吉，順不害也。

《説文》：「腓，脛腨。」《本義》：「足肚也，欲行則先自動。『二』當其處，躁妄而不能固守者也。」愚按，「六二」順中正，《爻》何以言「凶」？既「凶」矣，何復云「居吉」？《小象》加一「雖」字，其義瞭然。謂動「雖凶」，而「居」則「吉」。「居」則「雖凶」而「不害」，以其「順」也。「凶」與「害」相尋，「居」與「順」相因，能止其所，則身安而「腓」不動，可以易「凶」爲「吉」矣！柔順乃「六二」之本體，故以此利導之。胡雲峰曰：「《咸》與《艮》皆取身爲象，《咸》『六二』即《艮》『六二』，『艮其腓』，不言吉凶；『咸其腓』則曰『凶』者，躁動故也。『居吉』即『艮其腓』之謂。在《咸》下體則『凶』，如《艮》本體則『吉』。」

九三，咸其股，執其隨，往吝。《象》曰：「咸其股」，亦不處也。志在隨人，所執下也。

《本義》：「『股』，隨足而動，不能自專者也。『執』者，主當持守之意。下二爻皆欲動，『三』不能自守而『隨』之，故取其象。」愚竊謂「九三」以剛居剛，本非詭隨之性，因「下」與「二」比，見「二」之「咸其腓」，以爲道在「隨人」，從風而靡，與世俯仰，「執其隨」而不變。殊不知「往」則致「吝」也。內卦《艮》體，《艮》卦以「三」爲主爻，故於「二」言「腓」，即言「隨」，「二」隨「三」而止也。《咸》卦於「二」言「腓」，於「三」言「隨」，「三」隨「二」而動也。《小象》「亦不處」，正承「二」而言。「處」字，即「二」《爻》「居」字之義。「二」在「三」之下，而取法乎下，「志」主於「隨」，「二」而不爲先，自謂處矣，而不知亦「不處」也。「處」與「隨」相反，「股」雖止，而「志」則「隨」，豈能自守乎？內三爻《艮》體，皆不宜動，而「三」之「志在隨人」，流於污下，曰「亦不處」，曰「所執下」，惜之也，亦鄙之也。

九四，貞吉，悔亡。憧憧往來，朋從爾思。《象》曰：「貞吉，悔亡」，未感害也。「憧憧往來」，未光大也。

胡雲峰曰：「《爻》言『貞吉悔亡』者，凡四卦，皆先占後象。《巽》『九五』，《咸》、《大壯》、《未濟》皆『九四』。九居『四』，本非貞而有悔，故戒以必正則『吉』，而『悔』可『亡』也。」愚竊謂「貞」「悔」，皆從「感」上説。「貞」則「吉」而「悔亡」，「感」不以正則有

「悔」可知。《咸》以「四」爲主爻，凡「五」爻之所感者，皆「四」爲之。「四」者，心位也，在上下之間，有「往來」之象。此心忽而在「拇」，忽而在「腓」與「股」，忽而在「脢」與「輔、頰、舌」。「憧憧往來」，形容一片忙迫之狀。人之一身，自拇至舌，皆聽命於心，故曰「朋從爾思」，不言心言「思」者，病其心失官，而以「思」爲主也。「四」才剛位柔，又入悦體，故其象如此。《象》曰「未感害」，非謂無「感」則無「害」，謂不「貞」而「感」則有「害」，「貞」則無「害」其爲「感」也。「未光大」者，言其「憧憧往來」，但從「感人」上做工夫。逐物之學也，心體豈能光明正大？

九五，咸其脢，无悔。《象》曰：「咸其脢」，志末也。

「脢」，亦作「脄」。據經傳考之，凡有兩解，《内則》：「擣珍，取牛羊麋鹿麕之肉，必脄。」鄭康成注：「『脄』與『脢』同。脊側肉。」《子夏易傳》：「在脊曰『脢』。」馬融云：「『脢』，背也。」許氏《説文》亦同。潘子醇曰：「『咸其脢』，謂不見也。」《程傳》：「脢與心相背，背其私心。」《本義》：「『脢』，背肉。在心上而相背，不能感物。」以上俱作「背」解。王輔嗣：「古注云，『脢』在心之上，口之下。」陸德明《釋文》：「『脢』，今謂之『三思臺』，動而迫，飲食以咽，有他思則噎，與『頰、舌』最爲近比。『脢』不能言，假口頰以宣之，則『脢』似在咽喉間，非背也。」〔一〕王伯厚曰：「《艮》言『止』，可取諸背；《咸》言『感』，所取皆動物，由『拇』而『腓』，而『股』，而心，而喉之『脢』，口之『輔頰舌』，自下而上，皆運用之物。『五』獨取背，似非倫類。凡人將行未行，則『拇』自振摇；將言未言，則喉中宛轉。『拇』者，動『腓股』之漸；『脢』者，鼓『頰舌』之先。」又一解也。《黄氏日抄》以爲當以諸家與古注相參而義備。今依後説。按「五」與「上」比，已發於心，而未形於言。慎其所感，則不至於「滕口説」，「五」之所以「无悔」也。《本義》云：「『志末』，謂不能感物。」愚竊謂，「五」亦非無感者，《大過》「本末弱」，「末」字指「上六」，正與此同，謂「五」與「上」志相感，其義較明。

上六，咸其輔、頰、舌。《象》曰：「咸其輔、頰、舌」，滕口説也。

《本義》：「『輔頰舌』，皆所以言者，而在身之上。『上六』感人以言，而無其實，故象如此。」愚按，「輔」在口中，其骨彊，或謂之「牙車」。「頰」，腮也。「舌」動則「輔」應，而「頰」隨之，三者相須爲用。「上」居《兑》終，《兑》之口也。《爻辭》不云「口」，而云

〔一〕按，以上諸家引文疑有訛誤，《禮記·内則》鄭康成注文中無「脄與脢同」四字。而今本陸德明《經典釋文》中無上引文字，而王輔嗣引文中「心之上口之下」云云，則見於陸氏《經典釋文》。

「輔頰舌」，其惡佞也深，故取類也偏，多言之人，招尤取憎，不問可知，故不言吉凶。夫以言「感人」，其感已淺，然如蘇、張輩，全無實心，專以口舌爲事，指陳利害，亦能傾動一時，所謂「滕口説」者也。《説文》：「滕，張口逞辭貌。」

張元岵曰：「人之相感，無過言行二端。下卦『拇』、『腓』、『股』，行之象也，以静爲善。上卦『脢』、『輔』、『頰』、『舌』，言之象也，以寡爲吉。『四』居中，心以虚而靈，故不言心。心虚則『拇』、『腓』等節節皆靈，心不虚則『拇』、『腓』等節節皆妄。若徒在形骸上周旋，自頂至踵，無一而可。周公取象立言之旨也。」愚竊按，爻之吉凶，皆係於止與不止。其就人身取象，各因其位之當不當，不必論應不應。蓋「拇」與「心」「腓」，與「脢」「股」，與「輔」皆不相應者也。

《咸》、《恒》二卦，剛柔上下，二體極分明。《咸》，少男在少女之下，男先乎女，而昏姻之道成。《恒》，長男在長女之上，夫尊婦卑，而居室之倫正。據反對卦看，則《恒》下卦之《巽》，上而爲《咸》之《兑》，《恒》上卦之《震》，下而爲《咸》之《艮》，此《咸》之柔上剛下也。《咸》下卦之《艮》，上而爲《恒》之《震》，《咸》上卦之《兑》，下而爲《恒》之《巽》，此《恒》之剛上柔下也。《京氏傳》謂：「《咸》自《否》來，以《否》上之剛，下居於『三』，『三』之柔往，居於『上』，爲柔上剛下。《恒》自《泰》來，以《泰》下之剛，往居於

『四』，『四』上之柔來，居於『初』，爲剛上柔下。」《本義》則謂「《咸》自《旅》來，柔上居『上』，剛下居『五』」；《恒》自《豐》來，剛上居『四』，柔下居『初』」。説各不同。今按，兩卦《彖傳》，但言「上下」，並無「往來」字樣，似不必作卦變説，只據反對看可也。

☳☴巽下震上

恒：亨，无咎，利貞，利有攸往。

《程傳》：「『恒』，常久也。恒而不亨，非可恒之道。所謂可恒之道，又非守一隅而不知變也。」徐進齋曰：「『恒』有二義，有不變之『恒』，有不已之『恒』。『利貞』，不變之『恒』也。『利有攸往』，不已之『恒』也。」愚按，《卦彖》先言「亨」，而後言「无咎」者，六爻雖内外相應，而「初」、「二」、「四」、「五」皆不得位，「三」過剛，「上」過柔，皆失中道，故必「亨」，然後「无咎」，又必「利貞」，然後「利往」。所謂變而不失其常也。天地間可常之道，妙處全在乎變，一動一散，至變者，莫如雷風。而卦名取此，蓋物未有窮而不變者。待其窮而後變，則有變之迹，非所爲「恒」矣。「利有攸往」者，及其未窮而變，則終始相受，循環無端。《彖傳》所謂「終則有始」也。

《象數論》曰：「迅雷疾風，天道有時而變。聖人謂此雷風相與之常耳。知雷風之爲『恒』，則知往來古今，不離俄頃，而『恒』之道得矣。」

《彖》曰：恒，久也。剛上而柔下，雷風相與，巽而動，剛柔皆應，恒。「恒，亨，无咎，利貞」，久於其道也。天地之道，恒久而不已也。「利有攸往」，終則有始也。日月得天而能久照，四時變化而能久成，聖人久於其道，而天下化成。觀其所恒，而天地萬物之情可見矣。

本卦與《咸》反對，剛上柔下，解見前卦。愚按，《大傳》云「雷風相薄」，此云「雷風相與」。「薄」者，兩相激射之義。「與」者，互相助成之義。「巽而動」，承「雷風相與」來。「剛柔皆應」，承「剛上柔下」來。「剛上柔下」，其分正；「雷風相與」，其氣通；「巽而動」，其事順；「剛柔皆應」，其情交，此卦之所以爲《恒》也。「亨」者以此，「无咎」者以此，「利貞」者亦以此。「久於其道」，即上四者之「道」。聖人恐人不知「道」之所在，故曰「天地之道，恒久不已」。明「道」配「天地」，所以能「久」也。不曰「始終」，而曰「終則有始」者，以卦體觀之，《巽》下《震》上，陰陽之始也。陰自《巽》生，至《坤》而終矣。陽自《震》生，至《乾》而終矣。一陽生於下而爲《震》，一陰生於下而爲《巽》，以《咸》、《恒》反對觀之，陽終於《艮》，而《震》始之，陰終於《兑》，而《巽》始之。所謂「天地之道，恒久不已」者，如此。《本義》以「終」屬「久於其道」，以「始」屬「利有攸往」，似不若以「久道」統「終始」，免得分配也。以下六句，又承「終則有始」，説到所以成其爲恒處。「日月」以一日言，「四時」以一歲言。天行一日一周，而日月因之以久照，故曰「得天」。天氣一歲四變，而四時因之以成歲，故曰「久成」。「聖人」之「久道」，與「日月」同其「久照」，「四時」同其「久成」，故曰「化成」。《咸》云「化生」，屬天地；此云「化成」，屬聖人。天地生之，而聖人成之也。天地萬物，不外此「恒久之道」。道不可見，而雷風之相與、飛潛動植之相應，即是其情，豈不昭昭在目乎？

愚又按，《彖傳》言「終始」者，凡四卦。除純《乾》外，《蠱》少男少女，《恒》長男長女，《歸妹》長男少女，皆有夫婦之義焉，所謂人之終始也。

《象》曰：雷風，恒。君子以立不易方。

邱行可曰：「《巽》入也而在内，《震》出也而在外。二物各居其位，則謂之《恒》，『立不易方』，『方』乃理之不可易者。」吴臨川曰：「雷之起，每歲各有『方』；風之起，八節各有『方』。周而復始，常然不易。」愚謂「方」字，與《艮·大象》「思不出位」「位」字義同。惟道所在，初無定位，隨時隨地，皆有「不易之方」。王陽明曰：「君子體『雷風恒』之象，雖酬酢萬變，妙用無方，而其所立，必有卓然不可易之體。」得其解矣。

初六，浚恒，貞凶，无攸利。《象》曰：「浚恒」之凶，始求深也。

愚按，「初」爲長女之主，「四」爲長男之主，夫婦也。「初」以陰居陽，《巽》性務入，「浚恒」之象。「浚」者，深也，取浚井之義。與「四」本正應，故曰「貞」。「貞」則何以「凶」而「无攸利」？蓋「初」之病，正坐以貞自負，天下固有理本正而行不通者。「无攸利」與「利有攸往」相反，乃其「凶」處。《象》申之曰「始求深」，凡浚井者，必由淺而入深。求之於「初」，失在太驟，俗所云一杴思掘井，正是此義。先儒謂凡未信而諫，若賈誼、京房、劉蕡，皆交淺言深者也。愚又謂，人情物理，由淺而深，則其深爲可久。不獨夫婦君臣也，朋友亦然。陳餘謂張耳曰：「不意君之望臣深。」兩人凶終，正以此。「求」者責望之私，「始求」更有欲速之病，施之倫類，無一而可者也。

九二，悔亡。《象》曰：「九二，悔亡」，能久中也。

程沙隨曰：「《大壯》『九二』、《解》『初六』及本爻，皆不著所以然。蓋以爻明之也。」舊注謂「久於中，故悔亡」，愚竊謂，既「久中」矣，焉得有悔？周公因「二」以陽居陰失位，故宜「有悔」，未嘗明言「悔亡」之由。夫子推原其義，曰「能久中」，以見六爻惟「九二」獨具此恒德，非剛中者不能。「能」字，有工夫，有力量，諸爻皆不能「中」、不能「久」可知。久而不中者，「初」、「四」、「上」也；不久不中者，「九三」也；執中無權者，「六五」也。

九三，不恒其德，或承之羞，貞吝。《象》曰：「不恒其德」，无所容也。

《本義》：「過剛不中，志在從上，不能久於其所」，故有此象。愚竊謂，「三」以剛居剛，非無德而不貞者，但當《巽》之終，而近乎《震》，《巽》爲躁卦，以剛躁處上下之交，雷動風從，豈能久於其所？故爲「不恒其德」之象。不言「凶」，言「羞」者，以「凶」懼之，不若以「羞」動之。或者不知其所自來，分明是自家惶愧之狀。周氏光德曰：「無德而『不恒』，不足責也。惟『不恒其德』，則人將以其晚節誅其生平，故雖貞亦凶。」程敬承曰：「『羞』者，内愧己，外愧人，無所逃於天地之間，故曰『无所容』。」黄正憲曰：「『无所容』者，公是公非在人，十目十手在獨。」二語尤明快。一説，「三」與「上」應，上體《震》動，「不恒其德」者也。「三」以當位之剛，自下應之，意在争救。「上」既振恒，安能容受？故「羞」辱及其所承。此陳之洩冶、唐高宗時之褚遂良也。若「九三」自「不恒其德」，何以云「貞」而「吝」乎？又是一解。愚又按，《論語》引此《爻辭》，古注云：「無恒之人，《易》所不占。」是從卜筮作解。竊謂夫子此言，是就巫醫一流而説，非謂《易》之《爻辭》多因筮占立象也。

九四，田无禽。《象》曰：久非其位，安得禽也。

來矣鮮曰：「《震》爲大塗，田象。下卦《巽》爲雞，『禽』象。『四』已離《巽》位，『无禽』之象。《師》『六五』所應者，『九二』之剛實，故『有禽』。本爻所應，乃陰虛之『初六』，亦『无禽』之象。」愚按，「三」好事而無成，「四」以剛居柔，是必欲終所事者。於「田」志在「得禽」，亦恒情也。但已入《震》體，《震》位本在「初」，今居「四」，則處非其位，非所據而據焉。妄意久當有獲，豈知守株待兔，「安得禽」乎？夫子惜其以有用之心，用之無用之地，故作喚醒之辭。

六五，恒其德，貞。婦人吉，夫子凶。《象》曰：婦人貞吉，從一而終也。夫子制義，從婦凶也。

程敬承曰：「陽主通變，夫道也；陰主安貞，婦道也。」《本義》謂：「以柔中應剛中，常久不易，乃婦人之道，非夫子所宜。」今以《爻辭》合《小象》看，「二」與「五」正應，「二」「悔亡」，而「五」「恒德」，皆久於中而「貞」者。但「二」以下應上，猶婦人從夫，乃是正道。「五」居君位，猶夫爲家督，有「制義」之權者也。義之與比，惟變所適。若亦守「從一而終」之義，是夫從婦道矣。故此「凶」而彼「吉」。李之翰曰：「《恒》以當爲體，以變爲用。偏於變通，是『不恒其德』。偏於執守，則爲婦人之恒。」愚又按，卦體長男長女，當以「初」、「四」兩爻爲夫婦，而於「五」言之。《漸》之夫婦，則不言於「二」、「五」，而於「三」、「四」兩爻言之。各就卦之内外，以明卦之大義，而不盡拘爻位，皆變例也。

上六，振恒，凶。《象》曰：「振恒」在上，大无功也。

《本義》：「『振』者，動之速也。震終則過動，居上非其所安。」愚竊謂，居上之道，安静所以養恒久之福。今在《震》體之上，以陰居陰，宜静而動，振作不已，終身馳騖，則以振動爲「恒」，「凶」可知矣。夫雷之鼓動萬物，暫而不測也。振其可恒用乎？「上」之意在好事喜功，聖人探其意而折之，不但曰「无功」，而且曰「大无功」。上不利於國，下不利于民，王介甫之新法是也。

陸庸成曰：「『貞』者，《咸》、《恒》二卦之權輿也。『貞』於感，以無心而爲《咸》；『貞』於恒，以立心而爲《恒》。然《咸》之所貴者，『虚』也，諸爻各執一以爲『感』，則不虚矣。《恒》之所貴者，『方』也，諸爻皆隨地以爲『恒』，則非『方』矣。故二卦之象，皆有完義，而二卦之爻，皆無全德。」

☶艮下乾上

遯：亨，小利貞。

卦以四陽在上得名。《雜卦傳》云：「《遯》則退也。」非以避爲退，乃善藏其用，不露圭角之義。程子謂「甯武子能沉晦以免難是已」。二陰在下，正道未至全滅，君子以爲尚有「亨」道焉。「小利貞」，亦《遯》中之事。《程傳》云：「陰之始長，君子知微，故當深戒，而聖人之意未便遽已，故有『小利貞』之教。」未嘗分君子、小人也。《本義》則云：「君子能遯則身退而道亨，小人則利於守正。」愚竊謂，「小利貞」，即本卦「九三」《象辭》「不可大事」之意。《遯》與《大壯》反對，《大壯·象》曰「利貞」，此加一「小」字，以見君子當此時，大權既不在我，務在勤小物，矜細行，舉動皆合於正，使小人無所伺吾隙而已。胡仲虎曰：「卦以四陽得名，名卦必以陽爲主。」胡雲峰亦云「聖人於陰卦主陽，爲君子謀也」。「小」字似不當作「小人」解。小人方用事時，豈能「遯」，又豈肯「遯」哉？

京氏《辟卦》：「《遯》爲六月之卦。」

《彖》曰：「遯，亨」，遯而亨也。剛當位而應，與時行也。「小利貞」，浸而長也。遯之時義大矣哉！

「遯而亨」者，身雖「遯」而道則「亨」也。「剛」指「九五」，中正故曰「當位」。「應」謂「六二」，「剛當位」而「應與時行」也。先儒多謂當其方「應」而即「行」，是「遯」之機會。愚竊謂聖人之於天下，雖知道之將廢，豈忍坐視其亂而不救？靜看機會，與時偕行，與遯跡長往一流，固當有别。二陰雖有向長之勢，未便驟長，必且以漸，如水之浸物，未使濕透，猶冀維持挽回。所謂「小利貞」者，扶持使未遂成「否」之世界也。君子之出處，所關在世運人心，豈其潔身獨善，决去惟恐不速哉？「時義之大」，非贊詞，乃嘆詞也。「時」從外遇，「義」自中裁。蘇紫溪曰：「『遯』豈聖人好爲隱逸，惟時而已。知時者安，故『嘉』則『貞』，『肥』則『利』，『好遯』則『吉』，『固志』則『莫能勝』。失時者窮，故『尾』則『厲』，『係』則『疾』。聖人欲人之與時偕行若是其切，有得於時，則離群而往，固『遯』也。即同世而居，而心無所欲，亦『遯』也。無得於時，則因時俯仰，固非『遯』也；即離世獨立，亦非『遯』也。故曰『遯之時義大矣哉』。」

《象》曰：天下有山，遯。君子以遠小人，不惡而嚴。

愚按，「天下有山」，相去遼絶，只是占得地步，高天不自以爲高，自山仰之而見其高。天無絶山之情，山自無援天之路。君子體此象，以天道自處，曷嘗峻拒小人？「遠」之云者，正使小人日在前，而對面相「遯」，欲近我而不得也。「不惡」者，待彼之禮。「嚴」者，自守之堅。「遠小人」，《艮》止象，「不惡而嚴」，《乾》剛象。

初六，遯尾，厲，勿用有攸往。《象》曰：「遯尾」之厲，不往何災也。

《易》之取象，例以「上」爲首，「下」爲尾。《本義》：「『遯』而在後，『尾』之象，危之道也。不可以有所往。」先儒謂「初」、「二」兩陰爻皆小人也，今從之。陰方長，則陽當

「遯」。「遯」者陽，而「尾」之者則陰也。四陽將「遯」，「初」「尾」其後，或搜其過於謝事之餘，或摘其短於身去之後，皆「尾」象。「厲，勿用有攸往」，則指陽而言，君子尚非可遯之時，「往」則犯災矣。

六二，執之，用黄牛之革，莫之勝説音「脱」。**《象》曰：「執用黄牛」，固志也。**

「莫之勝説」，《程傳》「説」字從本音，作「不可勝言」解。《本義》：「以中順自守，人莫能解。」「説」字作「脱」字解。《黄氏日抄》謂當從程。胡雲峰曰：「『五』在上得中，『二』以中順固結之，有『黄牛革』之象。『莫之勝説』，喜『二』之從『五』者固也。『二』承『三』，故執之。」今依《本義》作「脱」。「二」柔浸長，蓋迫陽以必「遯」者。然居《艮》體，應「五」而比「三」，不以勢相加，而以術相籠絡，固結「遯」者之志，使不得去。《小象》「固志」二字，正解「莫之勝説」。曰「執」，未免有束縛之意。曰「黄牛之革」，則柔韌堅牢，使君子欲脱而不能，此小人作用之巧。

九三，係遯，有疾厲，畜臣妾，吉。《象》曰：「係遯」之厲，有疾憊也。「畜臣妾，吉」，不可大事也。

《本義》：「下比二陰，當『遯』而有所『係』之象，有『疾』而『危』之道也。然以『畜臣妾』則『吉』。蓋君子之於小人，惟『臣妾』則不必其賢而可『畜』爾。」愚又謂，「三」與

「上」無應，而下與陰同體，中爻互《巽》爲繩，係之象。「二」以私情相結，「三」未免瞻顧不能決，病在纏綿牽戀，故「有疾」而「厲」。夫子於「疾」字下，又添「憊」字，以形容困頓之狀。蓋「係」之道，用以「畜臣妾」則「吉」；若士君子出處大事，亦同於豢養私恩，此處不知壞了人品，甚言「係」之不可也。一說，「九三」一爻，砥方進之二陰，爲成卦之主，關係極大，故曰「係遯」。自「三」以上，至「否」「四」，則莫可挽回，惟曰「有命」而已。故《遯·三》之「畜臣妾」，當時未必見信，迨「畜」之不得，而至於《剥》，臣妾以「宫人寵」矣。是故「三」之「係」甚難，而心甚危，有「三」之「係」，而後有「四」之「好」，「五」之「嘉」。有「三」之「疾憊」，而後有「上」之「肥」。如此看「係」字，見解議論俱闊大，别是一解。

九四，好遯，君子吉，小人否。《象》曰：君子「好遯」，「小人否」也。「好」，上聲。

「好」字，《本義》作去聲，謂「有所好而能絶之」，愚竊謂當讀上聲。「四」與「初」雖正應，而上下異體，相去稍遠。與「三」所處之位不同，不以應之，故而有所係戀。及彼此交好之時，飄然遠引，所謂「好遯」也。然惟剛健之君子能之，若小人則不然矣。故曰「君子吉，小人否」。「否」者，不然之謂，非《否》卦之「否」也，觀《小象》可知。

九五，嘉遯，貞吉。《象》曰：「嘉遯，貞吉」，以正志也。

《程傳》云：「『遯』非人主之事，故不取君位。」「五」以剛中，正應「二」柔中正，故曰「嘉」。是去得恰好時節，自然「貞吉」。胡雲峰曰：「非正應而相昵，曰『係』。以中正而相應，曰『嘉』。《隨·九五》『孚于嘉』，因『六三』之『係』而見也。此之『嘉遯』，亦因『三』之『係』而見。」愚按，「嘉」者，禮也。始以禮進，終以禮退。《小象》於「二」曰「固志」，於「五」曰「正志」。「二」之欲「固」者，即「五」之「志」。「五」之所「正」者，己之初「志」也。由其居中得正，故其象如此。

上九，肥遯，无不利。《象》曰：「肥遯，无不利」，无所疑也。

《本義》：「『肥』者，寬裕自得之意。」愚按，卦體二陰四陽，「三」與「二」、「初」同體，「四」與「初」應，「五」與「二」應，故「三」言「係」，而「四」言「好」，「五」言「嘉」，「上」無所應，故言「肥」。心廣體胖，身之肥也。又按，「肥」，古本作「肥」，一作「蜚」。《史記·封禪書》「乾」稱「蜚龍」。張平子《賦》「欲蜚肥以保名」，則以「肥」爲「飛」義，今不取。「肥」與「疾憊」相反。「三」因「係」致「疾」，「上」因「遯」而「肥」，有「係」無「係」之别也。既無所「係」，「遯」復何疑？「三」疑於所比，「四」、「五」疑於所應。從來君子小人之隙，皆生於疑。我「无所疑」於心，人「无所疑」於我。鴻飛冥冥，安往而不利乎？大抵「遯」之時，貴乎遠。四陽以次漸上，「係」不如「好」，「好」不如「嘉」，「嘉」

不如「肥」，愈遠於陰者愈善也。

愚又按，卦名以陽避陰，故先儒多以「初」、「二」兩爻屬小人。細玩六爻《爻》、《象》，多就君子看亦可，「初六」位卑地下，跡遠於要津，其象爲「尾」，如柳下惠爲士師，梅子真爲吴門市卒。當危亂之世，不犯難行，亦無災害。時可以「遯」，而不必「遯」者也。「六二」柔順中正，與「九五」正應，彼此交情方固，「黄牛之革」，與《革》「初」取象同，彼當《革》時，「不可有爲」；此當《遯》時，不可得「脱」。心欲「遯」，而勢未能「遯」，季札、子臧是已。「九三」過剛不中，與二陰同體，逡巡「係」戀，至與「臣妾」一例見「畜」。夫富貴利禄，士君子之「厲」，而「臣妾」之「吉」也。此時當「遯」，而勢不能「遯」，大夫種是已。內三爻《艮》體，主乎止，故其象如此。「九四」以剛居柔，與「初」正應，相好而無相尤。小人處此，方爲情愛所暱；君子則以義在當去，急流勇退，其范少伯之於越，李鄴侯之於唐乎？「九五」陽剛中正，下與「二」應，恬退之志，至此得遂。及時而行，進退以禮，不降不辱，其子房、二疏之於漢乎？「上九」身處遠外，遯世無悶，獨斷不疑。在上古，則巢、許、務成，在後世，則四皓、魯二生其人乎？外三爻《乾》體，主乎行，故其象如此。

張彥陵曰：「人情難退，用『黄牛』以『固志』，曰『嘉』曰『肥』，欣然高易退之風。人情好進，危『羝羊』以『勖貞』，曰『羸』曰『艱』，凜然示難進之戒。《繫傳》所以云『《大壯》則止，《遯》則退也』。此兩卦反對之義。」

䷡乾下震上

大壯：利貞。「壯」從「士」，不從「土」。

卦名加「大」字者，惟《大有》五陽，《大畜》、《大過》、《大壯》皆四陽。蓋陰陽之勢，至三而平分，至四而極盛。「九四」一爻，爲成卦之主。《乾》陽自内上升，而《震》動於外，豈非「大」者之「壯」？《姤》一陰始生，即曰「女壯」。陽動於《復》，長於《臨》，交於《泰》，至「四」而《大壯》。天下未有大而不正者，聖人慮陽之過盛，故戒以「利貞」。以北宋事觀之，慶曆之「壯」，君子失之疎；元祐之「壯」，君子失之急。只自恃其「壯」，便非「貞」。玩《爻辭》，陽爻皆以居陰者爲「吉」，以陽居陽者爲「凶」、爲「厲」，其義自明。

按《十二辟卦》，《大壯》爲二月之卦，而《爾雅》以八月爲「壯」，《疏》云：「八月得辛，則爲塞壯。」其義在所未詳，疑事無質，俟再考。

《彖》曰：大壯，大者壯也。剛以動，故壯。「大壯，利貞」，大者正也，正大，而天地之情可見矣。

愚按，《本義》：「陽長過中。」「過中」二字，便帶憂危之意。「大壯」其可恃乎？天地間柔者不能壯，惟剛故壯。然剛而不動，亦無以見其壯。惟剛以動，故壯。「大者壯」，以勢言也。「初」、「二」、「三」、「四」陽爻皆言「壯」，「五」、「上」二陰不言「壯」。「大者正」，正以理言也。「正大」二字，承上「大者正」説來。不平看，惟「正」所以成其「大」。「復」見天地之心，陽氣初動也；「大壯」見「天地之情」，陽氣發於上也。天地未嘗無情，只在「正大」處見得。《咸》、《恒》、《萃》三卦，皆見「天地萬物之情」。《大壯》止言「天地」者，「萬物」不能同「天地」之「正大」也。

《象》曰：雷在天上，大壯。君子以非禮弗履。

《雜卦傳》云：「《大壯》則止，《遯》則退也。」「雷在天上」，乃其發越時，如何能止？先儒謂當壯往之時，當以能止爲正。君子以「非禮弗履」，處「壯」之心，猶之處「遯」之心也。愚又謂此君子克己自勝之學，「非禮」之私，潛滋於隱微之中，勇者無所用其力，直須從起念處制縛得定，銷鎔得净，方能不形於動履之間。

初九，壯于趾，征凶，有孚。《象》曰：「壯于趾」，其孚窮也。

凡爻之言「趾」者，多在初爻。先儒謂《大壯》第五爻變則爲《夬》，故兩卦取象同。《壯》「趾」在「初」，鋭於始進。「征」則必「凶」，以其陽剛居正，故「有孚」。愚按，諸卦凡言「有孚」者，多無凶象。既「凶」矣，何以又云「有孚」？蓋「初」以剛居剛，與上無應，專以盛氣加人，而無真誠之意，故《爻辭》教之「有孚」，欲其積誠以動上也。《小象》不論其「征」不「征」，「凶」不「凶」，只是「壯于趾」，雖有「孚」而亦「窮」。如漢之黨人，宋之太學諸生。身居卑下，挾其壯往之氣，欲上除君側小人，客主之勢，相去甚懸，適足自取禍敗。是因「孚」以致「凶」者也。故曰「其孚窮」，匹夫匹婦之諒，聖人不取也。

九二，貞吉。《象》曰：「九二，貞吉」，以中也。

「九二」中而不正，《爻辭》謂之「貞吉」者，吕伯恭云：「直指《大壯》之體。」愚按，「初」「壯趾」，「三」「羸角」，「九二」上不在「角」，下不在「趾」，居下卦之中，故《小象》歸本於「中」。可見「壯」非猛厲之氣，只在剛柔得中而已。以剛居柔，而又得「中」，且與「五」正應，即此便是「貞吉」。《本義》謂：「所處得中，猶可因以不失其正。戒占者，使因中以求正，然後可以得『吉』也。」夫子之言，明白了當，似不必多生回護轉折。

九三，小人用壯，君子用罔，貞厲。羝羊觸藩，羸其角。《象》曰：「小人用壯」，君子罔也。

愚按，《大壯》與《遯》反對，《遯》之「九四」，即《大壯》之「九三」，故兩爻並舉「小人」「君子」。「小人用壯，君子用罔」，與《遯・四》「君子吉，小人否」語氣相似，而意相反。

石介云：「『壯』惟『小人』用之，『君子』則『否』。」極合《爻辭》之旨。趙汝楳曰：「孔子慮後世疑《爻辭》兩『用』字，『小人』與『君子』皆有所用，故去其一，云『君子罔』。」按，《釋文》以「無」訓「罔」，與此正合。「君子罔」，言君子則無之也。若依舊注，視有如無，爲君子過於勇之象，則君子亦鹵莽人耳。與「用壯」者何異乎？「三」以剛居剛，正而不中，故以「貞厲」爲戒。「羝羊」二句，又是「貞厲」之象。「羝」，壯羊也，屬陽，中爻自「三」至「五」互《兑》，「三」、「四」兩爻，皆有羊象。《震》在上，爲竹、爲萑葦，「藩」象。「觸藩」，「用壯」之象。《兑》爲毁折，「羸角」之象。「九三」居《乾》體之上，與「上六」應，「羊」即「九三」，「藩」指「上六」。「三」爲壯羊，其氣盛；「上」爲純陰，其謀深。聖人慮「三」之恃「壯」而輕敵也，故戒之曰「小人」則「用壯」，「君子」則不用。若「用壯」，則雖「貞」亦「厲」，爲「羝羊觸藩」「羸角」之象矣。夫「羊」之好「觸」，恃其「角」耳。「觸藩」而「羸」，總見「壯」之不可輕「用」。「三」、「四」兩爻，先言「貞厲」、「貞吉」，後言「觸藩」、「決藩」，亦《爻辭》變例也。

錢國瑞曰：「《遯》而『係』，二柔則『憊』。《大壯》而『觸』，二柔則『羸』。剛大而以柔小爲觸，非『正大』之動，而傾危之動矣。」楊誠齋曰：「羊喜於鬭，而狃於勝。喜於鬭，故技止於一觸之勇；狃於勝，故怒及於無心之藩。」張元岵曰：「藩無心而能係角，易往而難返。士君子當爲『神龍』，不當爲『羝羊』。當蕩除城府，不當自樹藩籬，自壞頭角。」

九四，貞吉，悔亡。藩決不羸，壯于大輿之輹。《象》曰：「藩決不羸」，尚往也。

愚按，「四」入動體，爲群陽領袖，成卦之主在此爻。以剛居柔，與「九二」同，故《爻辭》亦許其「貞吉」。從容以進，必無失錯，故「悔」可「亡」。「藩決不羸」，承上文而言，「三」前爲「四」所阻，猶有「藩」焉。「四」前二陰，則「藩決」矣，角「不羸」矣。不但此也，抑且「壯于大輿之輹」，乃衆陽合力之象。「輿」之行也以「輹」，「輹」壯則車强；陰爲陽之「藩」，陽者車之「輹」，「藩決」則彼壅既通，「輹」壯則我進有力。《小象》所以云「尚往」。三陽在下，至「四」然後「尚往」，蓋合《乾》健《震》動而爲往，則前此之未宜往，明矣！

六五，喪羊于易，无悔。《象》曰：「喪羊于易」，位不當也。

《程傳》：「羊象群陽並進，『六五』以和易待之，使無所用其剛，是『喪羊于易』也。」《本義》依《王注》，謂「群陽自失其壯」。愚竊按，「五」與「四」比，兩爻合看，「羊」當指「四」，今從《程傳》詳釋之。《大有》「六五」以柔乘剛，《象》曰：「易而无備。」本爻亦乘剛，「喪羊于易」，即「易而无備」之義。「九四」率諸陽動而前進，「五」欲與爭勝，其勢甚難，惟坦然平易，用柔中之道接之。「五」不設「藩」，「羊」將誰「觸」？「壯」者至此自失其壯，而「羊喪」矣。以柔居剛位，雖不當而「无悔」，柔能御剛也。蓋此爻變則爲《夬》，《夬》之「羊」指「上」，「牽」之者，「九五」也。《大壯》之「羊」指「四」，「喪」之者，「六五」也。聖人於陽爻，論用剛制柔之道；於陰爻，論用柔御剛之道，如此。楊誠齋曰：「『六五』當衆陽强盛時，能使之帖然自喪者，以柔順和易之德調伏之也，故『无悔』。」《黄氏日抄》據《小象》，言「『位不當』則居群陽並進之衝，爲其所決，似矣。若能以柔勝剛，宜曰『位當』，豈得言『位不當』耶？與《旅》卦『喪牛于易』義同」。兼存其説以備考。

上六，羝羊觸藩，不能退，不能遂。无攸利，艱則吉。《象》曰：「不能退，不能遂」，不詳也。「艱則吉」，咎不長也。

《本義》：「壯終動極，故『觸藩』而『不能退』，其質本柔，又『不能遂』其進。」愚按，「上」居《震》末，與「三」正應。「羝羊」，「九三」也。「上」與「五」同是陰爻，不能如「五」之御「四」，乃設「藩」以受「三」之「觸」，「不退」、「不遂」，正是「九三」「觸藩」之象。自「三」言之，不應觸「上」之「藩」。自「上」言之，不應羸「三」之「角」。未有羊「羸角」而「藩」不壞者。彼此兩敗俱傷之象，故曰「无攸利，艱則吉」。「艱」字與前爻「易」字相反。兩陰爻，一爲其「易」，一處其「難」，「上」之「不詳」，其猶有「易」心乎？惟反其「易」者而爲「艱」，則「吉」而「咎不長」。「詳」者，熟思審處之義。凡人處事，以爲「易」則不「詳」，以爲「艱」則「詳」矣。「不詳」是《壯》時之病，「艱」是處《壯》之藥。

陸庸成曰：「『大者壯也』，故四陽有『壯』，『五』、『上』無『壯』。『大者正也』，故四陽有『貞』，『五』、『上』無『貞』。《初》不言『貞』，《壯》之累也。《二》兼言『吉貞』之全也。」

錢國瑞曰：「《遯》之上三爻，皆以『遯』爲『亨』，惟『三』可『畜』二柔爲『臣妾』，以一體合止之故。《大壯》之下三爻，皆以貞爲利，惟『四』可以『輹』二柔爲『大輿』，以一體合動之故。可見主君之權在我，乃所以成其時行；運轉之機在我，乃所以成其剛動。」

䷢坤下離上

晉：康侯用錫馬蕃庶，晝日三接。

「晉」取「進」爲義。卦體《離》上《坤》下，下柔順而上文明。以世道言，乃可進之時也。《豫》言「侯」以《震》，《晉》言「侯」以《坤》。「坤」，臣道也。「康侯」，侯之能安民者。即《考工記》所謂「寧侯」。《坤》爲「牝馬」，爲衆，「錫馬蕃庶」之象。《離》爲日，而在上，君德也，「晝日」之象。三陰在下，「三接」之象。《本義》「多受大接，而顯被親禮」是已。愚又竊謂，《卦辭》蓋古覲禮也。「錫馬蕃庶」，諸侯以禮覲天子之事；「晝日三接」，天子以禮接諸侯之事。按，《覲禮》：「庭實惟國所有，奉束帛匹馬，卓上，九馬隨之。」以素的一馬以爲上，書其國名。馬必十匹，用成數，敬也。又，《尚書·康王之誥》：「太保、畢公率諸侯入應門，皆布乘黄朱，奉圭兼幣。」此朝覲用馬之證。曰「用錫」者，如「九江納錫大龜」，「禹錫元圭」，皆以下奉上之義。再按，《覲禮》：「侯氏坐取圭，升致命。成拜乃出。」覲畢，又「升致命，成拜，降出」。亨畢，「王勞之，擯者咸升成拜，降出。」升拜者凡三。《周禮·掌客》上公，「三享，三食，三燕」；大行人公之禮，「三享，三問，三勞」。《左傳》晉文公朝王，出入三覲。皆「晝日三接」之證。「六五」之君，以文明出治，而三陰以順德承之。明良一心，安静以養和平之福。故爲朝覲燕享，君臣晋接之卦。

《彖》曰：晋，進也。明出地上，順而麗乎大明，柔進而上行，是以「康侯用錫馬蕃庶，晝日三接」也。

火在天上，其明最盛，故名「大有」。「明出地上」，其明方新，故云「大明」。「順而麗乎大明」，總言内外卦德，柔進而上行。《本義》作卦變看，謂「自《觀》來，『六四』之柔，上行至『五』」。愚竊按，《易述》曰：「柔指《坤》之『六三』，『出地上』而親附《離》日也。」似當從此解。今據其説，詳發之。「柔」字，兼《坤》三爻，「進而上行」，則專指「六三」一爻，「初」、「二」視「三」爲進退，「三」進則諸柔並進矣。《彖傳》言柔「上行」者，凡四，《噬嗑》、《睽》、《鼎》皆言得中，故「上行」指「六五」。本卦但言「上行」，而不言「得中」，是《離》明在上爲君，而「六三」爲「上行」之侯，「三」，《坤》主，與「上」正應，《小象》於「三」云「志上行」，猶云「志在上」也，似不必説卦變。卦變之説，本於虞翻，蜀才謂「四」、「五」兩爻互换是已。然同在外卦，何得云「上」？來矣鮮謂《明夷》下卦之《離》，進而爲《晉》上卦之《離》，内外同是《離》體，亦非卦變之例。

《象》曰：「明出地上」，晉。君子以自昭明德。

卦體《坤》下《離》上，《大象》但取「離明」之義，置《坤》不言。胡庭芳云：「只取卦之重者，不必盡論兩體也。」愚按，《雜卦》云：「《晉》，晝也。」本卦與《明夷》反對，明入地中則爲夜。《晉》乃初出之日，《明夷》曰「用晦」，則《晉》「用明」可知。君子觀「明出地上」之象，知吾德本明，吾自昭之，即「明明德」之謂。而「用明」之道具是矣。吾德既明，然後能知人。《書》曰：「能哲而惠，何憂乎驩兜？何遷乎有苗？何畏乎巧言令色、孔壬？」《詩》曰：「爾德不明，以無陪無卿。」故明主能用小人，闇主不能辨君子。潘雪松曰：「《易·大象》惟《乾》與《晉》以自言之，『自强不息』，我用我之强。『自昭明德』，我用我之明。」愚又謂君子以「明德」爲體，到得光被四表，格於上下，總是「自昭」之極功。

初六，晉如，摧如，貞吉。罔孚，裕无咎。《象》曰：「晉如，摧如」，獨行正也。「裕无咎」，未受命也。

《本義》：「以陰居下，應不中正，有欲進見摧之象。」愚竊謂，當《晉》之時，陽剛者，往往欲速躁進。「初」最下，以柔居剛。「摧」者，斂抑之義。雖與竊位之「四」相應，嫌其不中不正，不肯因之以進，而深自斂抑。兩「如」字，是摹寫其難進之狀。即此便是「貞」，便是「吉」。「罔孚」以下，《本義》云：「不爲人所信，當處以寬裕，則『无咎』。」愚又謂，「罔孚」，有「吾斯未信」之意。「初」不急求人知，進退綽然有餘，乃所以成其「貞」也，何「咎」之有？《象》申之曰「獨行」，正以見位雖不正，獨能行正，而不隨人步趨，似非欲進而「見摧」於人，不爲人所信之義。「未受命」，嘉其未因「四」之應，而「受命」於公家也。若「受命」，則爲「鼫鼠」輩之私人矣。張元岵曰：「人有志於功名，而比匪枉道，如柳子厚、劉禹錫之徒，一蹶不收，亦急功名之殷鑒，而『初』幸無是也。」合觀《爻》、《象辭》，其義昭然。

六二，晋如，愁如，貞吉。受兹介福，于其王母。《象》曰：「受兹介福」，以中正也。

《本義》謂「『二』上無應援，故欲『晋』而『愁』。」愚按，「初」、「三」、「四」、「上」皆剛柔相應，「二」獨與「五」無應，雖居臣位，介然自立，不以爲喜，而以爲憂。有「愁如」之象，即此便是「貞」，便是「吉」。然柔順中正，終必受知於「五」，蓋我能自守其「貞」，君之寵任，方承受得起。「六五」柔得尊位，故稱「王母」。「介福」即「錫馬」、「晝接」之屬，《初》曰「未受」，此曰「受」，其得位可知。司馬君實、蘇子瞻之遇宣仁太后，彷彿此爻。張忠定謂「寇萊公用太早，仕太速，蒼生無福」。可見仕進之際，迂回遲重，非徒身名俱泰，君民亦將共食此福也。《小象》推言受福之由，曰「以中正」，錫福自「王」，受福自我，豈倖獲哉？合兩爻論之，「初」不肯躁進者也，「二」不喜驟進者也。

六三，衆允，悔亡。《象》曰：「衆允」之，志上行也。

先儒多謂「三」不中不正，宜其有「悔」，以其與下二陰皆欲上進，爲衆所信而「悔亡」。愚竊謂，「三」居下卦之上，處順之極，近比於「四」，將毋謂「鼫鼠」之黨？以其形跡可疑，故有「悔」。然而「衆允」之者，此非以形迹論也。獲「上」信友，全憑此「志」。與「上」正應，「志」在「上行」，人皆信其無私，衆有何疑？已復有何「悔」？「初」之「罔孚」，衆「未允」也；「二」之「受福」，猶有待也；「三」則可以進而「上行」，受「三接」之寵矣。《象傳》曰「柔進而上行」，《象》曰「志上行」，二句正相應。《晉》與《升》，皆柔德用事之卦，《升・初》曰「允升」，《象》曰「上合志」；《晉・三》曰「衆允」，《象》曰「志上行」，義類正相似。《升》以「初」爲主爻，《晉》當以「三」爲主爻。

九四，晉如鼫鼠，貞厲。《象》曰：「鼫鼠，貞厲」，位不當也。

先儒謂，當柔進之時，「四」獨以剛進，故於「貞」爲「厲」。愚竊謂，自「二」至「四」，中爻互《艮》，爲鼠。自「三」至「五」，中爻互《坎》，爲隱伏。「四」處大明之下，《坤》晦之上，晝伏夜動，皆「鼠」象。陽大陰小，故曰「鼫鼠」。許氏《説文》：「鼫，五技鼠。」《本義》：「不中不正，以竊高位，貪而畏人。」故有此象。愚又竊謂，卦義取晝日，鼠夜動而晝伏，非若「康侯」之「晝接」者。當《晉》之時，人人有向明之望，所尚者柔德。「九四」以剛居柔，近與「五」比，竊據高位，以阻諸賢之進。《離》下而上，首鼠兩端，卦中之小人也。雖「貞」亦「厲」，況位不當者乎？按，「鼫」與「碩」同，《詩・碩鼠》，所以刺貪也。胡雲峰曰：「《解》以陰居陽，象狐，《晉》以陽居陰，象鼠。狐性疑，當去其疑；鼠性貪，當去其貪。」

朱康流曰：「此與《豫·九四》，皆下據三陰，上承柔主。於《豫》之《六三》曰『位不當』，《九四》曰『志大行』。於《晉》之《六三》曰『志上行』，《九四》曰『位不當』，象同而義則相反，何也？《豫》之三陰，『四』得而有之，故以得衆爲『四』功。此之三陰，『四』不得而有之，又豈得而阻之？不得而有之，故以『上行』爲『三』美，不得而阻之，故以阻衆爲『四』責。」

六五，悔亡，失得勿恤。往吉，无不利。《象》曰：「失得勿恤」，往有慶也。

先儒多以「六五」陰居陽位，宜有「悔」。愚竊謂，諸卦之主德尚剛，惟《晉》之主德尚柔。賢人並進，寬仁足以有容。内卦三陰，與「五」同德，皆有順「五」之意，而爲「九四」所阻。「五」之左右，「四」貪而「上」亢，宜有「悔」矣！而「悔亡」者，以其柔居尊位，《離》爲明主，人才本「五」所當得，因「四」之蔽賢而失之。然不足以爲憂也。恃知人之明，「往」而求賢，則「吉，无不利」，《象》申之曰「有慶」，人主之慶，莫大乎得賢。「六五」一爻，主賢才之進者也。

楊誠齋曰：「《晉》之主，如日之出地，此朝日也。天下已服其明矣。若使初出之朝日，遽如方中之烈日，天下其不旱熯矣乎？惟柔，故明而不察，蓋日之爲明，朝則升，中則傾；君之爲明，柔則容，剛則窮。『六五』，《晉》之盛明之主也，宜其福之盛也，孰謂柔而不立哉？」

胡雲峰曰：「《象》惟《升》言『勿恤』，《豐》言『勿憂』。《爻》則《泰・九三》、《家人・九五》、《萃・初六》皆言『勿恤』。事有不必憂者，『勿恤』，寬之之詞也；有不當憂者，『勿恤』，戒之之詞也。」

上九，晉其角，維用伐邑，厲吉，无咎。貞吝。《象》曰：「維用伐邑」，道未光也。

蘇紫溪曰：「『上九』失其柔順之道，不能渾然不露圭角，故有『晉角』之象。」《黄氏日抄》凡「伐邑」，皆釋爲「自治」，朱子謂「伐邑」皆是用之於小。按，世無稱兵自伐其邑之理，釋爲「自治」，恐未安。古者，侯國之大夫有采邑，或有不順者則伐之，故爲「伐邑」。鄰國相侵，則爲「伐國」。古有此事，故有此語。合從朱説。愚又按，「上」爻言「角」者，惟《晉》與《姤》。《姤》之「角」，所以「柅」方「孚」之「羸豕」；《晉》之「角」，所以「伐」已進之「鼫鼠」。《離》爲甲冑戈兵，「伐」之象。「九四」乃城狐社鼠，「邑」之象。君側之惡難除，故「厲」。「伐」所當「伐」，故雖危亦「吉」而「无咎」。然不用明於前，使「四」不得進，迨既進而後「伐」之，故雖「貞」亦「吝」。重《離》「上九」，火逾上則照愈遠。王用出征，何等光明正大！此處《晉》之終，餘光無幾，不足以照天下，僅可用以去私人，非出征正邦之比。故曰「道未光」。

趙汝楳曰：「卦以柔進得名，故柔爻多『吉』。『初』極下，『二』猶在地，皆欲進而未能。『三』始出地上，率衆柔俱進。『晉』之爲《晉》，『六三』當之，『五』爲接柔之主，『四』以剛居下，『上』以剛居外，嚴毅如『角』，不得不『伐』以正之。此六爻之情也。」

䷣離下坤上

明夷：利艱貞。

《雜卦傳》云：「《明夷》，誅也。」《本義》訓「誅」爲「傷」。以世道言，「明入地中」，時方幽暗，君子無不受傷者。論卦德，則內明外順，又爲君子不受傷之象。合六爻觀之，自「初」至「五」皆用晦之臣。傷之者，「上」也。「利艱貞」者，「利」在艱難以守其「貞」，君子之處患難，總離不得個正道。「艱」字內有多少委曲，多少痛苦，難以告人處。先儒或以《明夷》爲日食之卦，似於「傷」之義有合，可備一解。

《彖》曰：明入地中，明夷。內文明而外柔順，以蒙大難，文王以之。「利艱貞」，晦其明也。內難而能正其志，箕子以之。

本卦與《晉》反對，一出一入，明晦分焉。全卦是事暗君之象。周公《爻辭》只於第五爻説「箕子」。自夫子觀之，謂當文王與紂之時。故先言「文王」，後言「箕子」。「内文明而外柔順」，乃統言卦德，非謂「文王」因此「以蒙大難」，謂文王所以蒙難而不受傷者，「内文明而外柔順」也。「明」即是「貞」，晦明處即是「艱」，内明外順即是「晦其明」，晦明而明在内即是志之正。何謂「志」？忠君愛國之心也。邱行可曰：「『文王』得全卦之義，故以卦德歸之。『箕子』得一爻之義，故以《爻辭》歸之。」張幼于曰：「『大難』，關天下之難；『内難』，家難也。此『文王』與『箕子』不同處。」《本義》以「文王」配卦名，以「利艱貞」專指「箕子」。愚竊按，「文王」、「箕子」所處之地雖不同，其爲「艱貞」，一也。釋經者，試移《彖傳》「利艱貞，晦其明也」二句，直接「明入地中，明夷」之下，而以「文王」、「箕子」證明「艱貞」之義，詮釋便自了然。此説出張氏《困學記》。

《象》曰：「明入地中，明夷」，君子以莅衆，用晦而明。

吕伯恭曰：「『用晦』者，君子養明之道。不有虞淵之入，焉有暘谷之明？」愚竊謂王者御宇，自治則用「明」，莅衆則「用晦」。故昭明而明全，晦明而明全，冕旒以蔽目，黈纊以塞耳。初不以察察爲明，而極其用至於明四目，達四聰。惟其藏明於晦，故能「用晦而明」。「莅衆」，以《離》照《坤》也；「用晦」，以《坤》養《離》也。

初九，明夷于飛，垂其翼。君子于行，三日不食。有攸往，主人有言。《象》曰：「君子于行」，義不食也。

《王注》：「『初』處卦始，最遠於難。絶跡匿形，不由軌路，故曰『于飛』。懷懼而行，行不敢顯，故曰『垂翼』。志急於行，饑不遑食，故曰『三日不食』。殊類過甚，以斯適人，人必疑之，故曰『主人有言』。」蘇氏《易傳》曰：「『飛』而『垂其翼』，所以示不飛之形。方其未去也，『垂其翼』，何其緩？及其去也，『三日不食』，何其亟？」楊敬仲曰：「『三日不食』，義當速也。君子未嘗著己意於其間，苟彰彰然著其引去之跡，是爲『有攸往』，人將『有言』矣。」愚又竊謂，中爻互《坎》，有飛鳥之象，義在當行。寧「不食」而不可以不去，寧「有言」而不可以不往，總見君子決去之義。穆生去楚，申公、白公非之，但譏其責小禮，而不知穆生之去，避胥靡之禍也。馮元敏曰：「辭豐而就約，則愚者悟；未傷而先遯，則愚者疑。宜其『有言』也。聖人特爲説破，欲君子不以人言介意。《小象》專釋『不食』一句，而以『義』斷之，其旨深矣。」愚又按，《易》於君子去就之義，皆在初爻：《賁·初》之「義弗乘」，《明夷》之《初》不當食而「不食」，亦「義」也。卦皆下《離》，決去就之義於早，非明者不能。《黄氏日抄》云：「有以『垂翼』、『不食』，皆爲傷困之極，與『義不食』之意不合矣。」

六二，明夷，夷于左股。用拯句，馬壯，吉。《象》曰：六二之「吉」，順以則也。

《本義》：「傷而未切，救之速則免矣。」愚按，「二」居卦中，當用事之地，與「垂翼」者不同。「夷股」則支體已受傷矣。中爻互《震》《坎》，皆有馬象。拯傷非力弱者所能，必「馬壯」而後「吉」。「吉」者何？免禍而已。此爻似文王出羑里之象。西伯乃紂股肱之臣，「夷」在右，傷尚未切。閎夭之徒用文馬九駟以獻紂，乃得釋。非「用拯」、「馬壯」乎？「六二」柔順中正，故《小象》申之曰「順以則」。「順」而不「以則」，特苟且倖免耳。《大雅》稱文王曰「順帝之則」，此之謂也。「順以則」，單釋「吉」字。但《說卦傳》「『巽』爲股」，而此爲「離」象，殊不解。所可知者，「二」、「四」兩爻皆以陰居陰，故一言「左股」，一言「左腹」。《豐》「九三」以陽居陽，則曰「右股」。《易》道左陰而右陽也。

九三，明夷于南狩，得其大首。不可疾貞。《象》曰：「南狩」之志，乃大得也。

《本義》謂：「以剛居剛，在明體之上，而屈於至暗之下，正與『上六』闇主爲應，有向明除害、得其首惡之象。成湯起夏臺，文王興羑里，正合爻義。」後儒或以此爻屬武王。愚竊謂此文王伐崇之事也。《離》爲火，南方之卦。又爲兵戈，狩之象。助紂爲惡者，崇侯爲首，故云「大首」。《史記》文王得專征伐，三年然後伐崇。崇不降，退而修教，因壘而降。非得其「大首」、「不可疾」乎？「貞」即「艱貞」之義。《象》曰「南狩之志」，言其「志」在去害安民。「大得」者，大得民心也。當三分有二之時，猶服事殷，文王豈以「南狩」爲快心之舉乎？

六四，入于左腹，獲明夷之心，于出門庭。《象》曰：「入于左腹」，獲心意也。

《程傳》以此爻爲奸邪得君之深。愚按，《爻》《象》皆無貶詞，正合微子去商適周之象。下三爻，《離》與《坤》異體，異姓之臣也。故曰「翼」曰「股」。「四」與「上」同《坤》體，同姓之親也，故曰「腹」曰「心」。《坤》爲「腹」，《離》爲「大腹」，自《離》而入於《坤》也。《本義》謂：「腹者幽隱之處，『獲明夷之心，于出門庭』者，得意於遠去之義。」胡雲峰曰：「《坤》偶有門象，『出門庭』，猶可去而出於《坤》也，『獲明夷之心』，微子自靖。『出門庭』，微子行遯也。」愚竊謂，微子，紂之兄也，在門庭之内，似無可去之理。故不曰「行」，而曰「出」，《尚書》所謂「遯荒」也。蓋微子知紂之必亡，而密謀於箕子、比干。箕子勸其「行遯」，以存商祀，而微子之意始決，故曰「獲心意」也。義在《尚書·微子》篇，遯荒之心，何等艱苦，似非得意遠去之義。

六五，箕子之明夷，利貞。《象》曰：箕子之貞，明不可息也。

朱子云：「《爻辭》『箕子』，蜀本作『其字』。」俞氏云：「不敢顯稱，微其詞也。孔子於《彖傳》顯稱之後，遂於《爻辭》作『箕子』。」胡雲峰曰：「處『明夷』之時，爲微子、比干易，爲『箕子』難。微子已去，不可復去。比干已死，不必再死。此殷有三仁，而《爻》獨以『箕子』言之。」愚按，《象》言「利艱貞」，《爻》不言艱者，箕子之「內難」、其「艱」，自不必言。既值「箕子」地位，當爲「箕子」之「貞」，故曰「箕子之明夷，利貞」。《象》言「明不可息」，謂其委曲以冀君心之悔悟，即在萬難艱苦中，耿耿一念，未嘗間斷。使箕子之明不晦，則身不可保，其明遂至滅息矣。夫子特深贊之，不復申艱貞之戒。

上六，不明晦，初登于天，後入于地。《象》曰：「初登于天」，照四國也。「後入于地」，失則也。

《本義》以《坤》陰居不明之極，「始則處高位以傷人之明，終必致自傷而殞厥命」。先儒多以此爻爲紂亡國之象。愚按，「晦而明」者，外晦而內明。「不明晦」者，似明而實晦。紂之知足拒諫，言足飾非，自以爲「明」，「晦」莫甚焉，故曰「不明晦」。「登天」，在位之象；「入地」，失國之象。「失則」二字，與《六二》「順則」相應。「順則」，所以爲文王；「失則」，所以爲紂。《黄氏日抄》云：「《明夷》之極，是日入於地，故曰『不明晦』。日之『初登于天』，後乃『入于地』，一失其中，則尚如此，人宜何如自畏矣。」釋《經》意特含蓄。

愚按，他卦以「五」爲君位，惟《明夷》以上爻爲君。總而言之，君者，元首也。賢才，羽翼也。群臣，股肱也。大臣，腹心也。羽翼去，股肱傷，心腹離，元首可知矣。雖在暗世，猶有君臣之義。此六爻之情也。析而觀之，伯夷避紂，有「于飛」象。在下故「垂其翼」，「于行」「不食」，讓孤竹而逃，非不食周粟也。羑里之囚，股肱之蒙難者，雖小有傷，而終得脱，「夷肱」「用拯」之象。文王既免難，得專征伐，「南狩」之象。微子乃腹心之臣，「出門庭」者，抱祭器而歸周也。箕子與暗君最近，不爲微子之去，則將爲比干之死，不得已而託於佯狂，尤「用晦」之極難者，故獨以《卦辭》歸之。紂初居天位，後至覆亡，非「登天」「入地」之象乎？周公特不忍斥言，故合反對兩卦，而以「晦明」「出入」結之。獨不及比干者，「明夷」之世，貴艱貞以自全也。

䷤離下巽上

家人：利女貞。

《爾雅》：室「内謂之家」。愚按，一家之中，通男女而言，謂之家人，卦《彖》獨言「女」者，《巽》，長女，一陰在下而順，今居上卦之下；《離》，中女，一陰在中而明，今居下卦之中。《巽》「四」、《離》「二」，皆得爻之正位，執柔道以順「三」、「五」之陽剛，故曰「女貞」。長女上而中女下，亦二女同居之象。不爲《睽》、《革》，爲《家人》者，以其「貞」也。「九五」陽剛中正而居外，卦主當屬此爻，「貞」雖在「女」，「女」之「貞」，男之「利」也，故曰「利女貞」。

《彖》曰：家人，女正位乎内，男正位乎外。男女正，天地之大義也。家人有嚴君焉，父母之謂也。父父、子子、兄兄、弟弟、夫夫、婦婦，而家道正，正家而天下定矣。

《雜卦傳》云：「《家人》，内也。」蓋天下以國爲内，國以家爲内，家以女爲内。《本義》所謂「欲先正乎内」，周子所云：「『家人』之『睽』，多起於婦人，故《彖傳》先言『女』後言『男』。」愚按，本卦與《睽》反對，在《睽》卦九居「二」，而六居「五」，内外之位皆不正。此則六居「二」，故曰「女正位乎内」；九居「五」，故曰「男正位乎外」。「内外」二字，有不相侵越之意。論成卦之象，則取乎「女」；論正家之道，則重在「男」。剛柔之分明，倡隨之理得，上天下地之象，不過如此，故曰「男女正，天地之大義」也。「男女」只就卦畫説，不論卦體。一家之人，不外「父」、「子」、「兄」、「弟」、「夫」、「婦」，故下文詳及之。一説，本卦陰爻皆居陰位，故曰「女正位」，陽爻皆居陽位，故曰「男正位」。不論應與，以陰陽相比爲夫婦，「二」爲内卦之主，「三」居「二」上，則爲離女之夫，「四」爲外卦之主，「五」居「四」上，則爲巽女之夫。於義亦可通，但脱却「初」、「上」兩爻耳。

「嚴君」，《本義》云：「亦謂『二』、『五』。」胡雲峰曰：「在『男女』，則『九五』、『六二』皆正；在『父母』則『九二』之剛，可謂之『嚴』；『六二』之柔，未必能『嚴』。故夫子發《彖辭》言外之意。」龔汝修曰：「治國如家，稱『父母』焉。治家如國，稱『嚴君』焉。」趙汝楳曰：「『父』義『母』慈，何以並稱『嚴』？蓋母之不『嚴』，家之蠹也，瀆上下之分，庇子弟之過。父雖『嚴』，有不能盡察者，必父母俱『嚴』，然後内外各盡其道也。」愚按，「嚴」，非疾聲遽色之謂，「正」，即所以爲「嚴」。舍「正」以爲「嚴」，則「嗃嗃」矣。「上九」之不用「威」，而如有「威」，「嚴君」之義，正家之道也。

《本義》：「『上』父，『初』子，『五』、『三』夫，『四』、『二』婦，『五』兄『三』弟。以卦畫推之，又有此象。」胡雲峰曰：「齊家以正倫爲本，『上』父『初』子，則父子之倫正矣。『五』夫『四』婦，『三』夫『二』婦，『五』兄『三』弟，夫婦之上下分而夫婦正，兄弟之上下分而兄弟正矣。特父子之上下相去甚遠，故其分嚴。卦以『女正』爲『利』，故夫子發言外之意，謂男女皆當正也。」愚又按，一家之人以父母爲綱領，家道之正不正，視父母之嚴不嚴。正家而天下定，不是説效驗，謂化從近始也。正天下易，正家難，正婦女尤難。

然則如之何？曰：正女以男，正男以身，正身以言行。

《象》曰：風自火出，家人。君子以言有物而行有恒。「行」，去聲。

《注疏》：「《巽》在《離》外，風從火出。火出之初，因風方熾。火既炎盛，還復生風。内外相成，有似《家人》之義。」愚按，「風自火出」，即《中庸》「知風之自」之義。君子觀此象，而知風化之本自家出，家之本自身出，近裏著己，只在言行不苟，父子兄弟足法耳。「有物」者，「言」之不虚；「有恒」者，「行」之不變。

初九，閑有家，悔亡。《象》曰：「閑有家」，志未變也。

胡庭芳曰：「能『閑』於『初』，僅可免『悔』。『初』之不『閑』，『悔』將若何？」愚按，《周禮·虎賁氏》：王「舍，則守王閑。」《注》：「梐枑也。」《説文》：「閑，闌也，門遮也。」多取分別内外之義。「初」以剛居剛則得正，《離》體則具先見之明。防「閑」在「初」，自無後來之「悔」。《象》申之曰「志未變」，以見一門之内，尊卑大小，未免人各異心，當於有家之初，及其「志未變」，立法預防，不至踰閑蕩檢，乃得「悔亡」。《顔氏家訓》云「教婦初來，教子嬰孩」是已。

六二，无攸遂，在中饋，貞吉。《象》曰：六二之吉，順以巽也。

《本義》：「柔順中正，女之正位乎内者。」愚按，自「二」至「四」，中爻互《坎》，「中饋」象。《周禮注》：「進食於尊者曰饋。」「在」者，不出其位也。「遂」者，自行其意也，即《公羊傳》「大夫無遂事」之義。古者，君婦之職，與於賓祭。《采蘋》之詩曰：「誰其尸之，有齊季女。」《斯干》之詩曰：「無非無儀，惟酒食是議。」舍「中饋」而外，婦無遂事矣，是謂之「貞吉」。「順以巽」，先儒多以爲事夫之道。愚又按，「家人」有「父子」，則有婦姑。兩陰爻，「二」在下，婦也。「四」在上，姑也。「四」入《巽》體，曰「順在位」。「二」之「順以巽」，婦承姑德也。《小象》兩「順」字相應。

九三，家人嗃嗃，悔厲，吉。婦子嘻嘻，終吝。《象》曰：「家人嗃嗃」，未失也。「婦子嘻嘻」，失家節也。

《本義》：「以剛居剛而不中，過乎剛者也，故有『嗃嗃』嚴厲之象。『嘻嘻』者，『嗃嗃』之反。」愚按，「嗃嗃」，《劉向傳》作「熇熇」。《説文》：「嗃，嚴酷貌。」「嘻」，《説文》作「歖」，「色喜也」。或者見其過嚴，「悔」而且「厲」，因矯之以寬，「嗃嗃」之象，變而爲「嘻嘻」。「嗃嗃」者，其初必以嚴爲苦。「嘻嘻」者，其初必以寬爲樂。要其終，一「吉」而一「吝」，可以得正家之道矣。《小象》一則曰「未失」，一則曰「失節」。以見恩威皆當酌劑，過嚴過寬，皆非也。然與其過於寬，而「失家節」，毋寧過於嚴者，猶爲「未失」也。上下兩層倒换説，其義更明。「節」者，品節也，立於「初」，則爲「閑」；劑於中，則爲

「節」。「三」居内外之介，防其過也。若知和而和，不以禮「節」之，便是「失家節」。

六四，富家，大吉。《象》曰：「富家，大吉」，順在位也。

《本義》：「陽主義，陰主利，以陰居陰而在上位，能『富』其家者也。」愚按，「四」入《巽》體，爲近利市三倍，「富家」之象，陽實陰虚。凡《爻》之言「富」者，《小畜》「九五」，陽也。言「不富」者，《泰》「六四」、《无妄》「六二」，皆陰也。《家人》「六四」，何以取「富」象？謂其承乘皆陽，以虚受實也。「富家」與「家富」不同，「家富」者，享有成業；「富家」者，精於治生。陰性吝嗇，若專主聚斂，易賈怨招尤，「富」而「大吉」，必有道致此矣。既是《巽》體，又以柔居柔，故《象》曰「順在位」。「順」則能協内外之情，「在位」則各安耕織之業。《記》有之，父子篤，兄弟睦，夫婦和，家之肥也，「富家」之義，當如此。方獻夫曰：「父主教化，母主貨財。儀型表率，父道也；收藏樽節，母道也。故《五》曰『假家』，《四》曰『富家』。」

九五，王假有家，勿恤，吉。「假」，音「格」，下同。**《象》曰：「王假有家」，交相愛也。**

「假」，《本義》作「至」字解，謂：「王者以是至於其家，則勿用憂恤而『吉』可必矣。」愚竊謂，此《彖傳》所云「正位乎外」者，「五」居君位，合天下爲一家者也。「假」與「格」，古字通用，有「感格」之義。刑於寡妻，至於兄弟，以御於家邦，使人人親其親，長其長，而天下平。方且與民同樂，何有於憂？中爻自「二」互「四」爲《坎》，有憂恤象。此爻出《坎》外，故「勿恤」而「吉」。「交相愛」，《本義》謂「夫愛其内助，婦愛其刑家」，只就一家説。愚又竊謂，王者之愛民如一家，天下群愛戴之如父母。不以分相接而以交相聯，父子欲其如君臣，此「家有嚴君」之義。君臣欲其如父子，此「王假有家」之義也。楊敬仲以「假」爲「大」義，又是一解。

上九，有孚，威如，終吉。《象》曰：「威如」之吉，反身之謂也。

愚按，「上」居家老之位，爲一門所信服敬畏者，故曰「有孚，威如」。「有孚」者，篤恩義也，所以聯屬一家之心。「威如」者，正倫理也，所以振作一家之氣。家道至「上」而成，故曰「終吉」。前五爻是家法，未及身教。故《小象》歸本於「反身」，所謂身修而後家齊也。《本義》：「九以剛居『上』，故言正家久遠之道。」張彦陵曰：「《三》曰『終吝』；《上》曰『終吉』，計及於所終，而後知治家者，不可苟安於目前。」唐凝庵曰：「家之本在身，家人之觀望最切，毫不可欺，『反身』而觀其所以『閑家』者，皆實有諸己，爲舉家所信，故曰『有孚』。」鄭孩如曰：「『威』從『孚』來，『孚』從『反身』來。『初』之有事於『閑』，『三』之不免於『悔』，未『孚』故也。曰『厲』則有之，相愛則未也。嚴於己曰『嚴』，人嚴之曰『威』，『威』與『厲』不同。『五』之『交相愛』者，交相『孚』也。不閑而

『閑』，『威』在其中矣。『上九』之『終吉』，以『五』之道終之也。」

䷥兑下離上

睽：小事吉。

《本義》：「『睽』，乖異也。」邱行可曰：「『小事吉』，柔爲卦主也。」程沙隨曰：「水火相逮，山澤通氣，而『火』『澤』無相用之理，故相遇則『革』，不相遇則『睽』。」愚竊謂，《睽》之卦義，本非美名，故全卦取「合睽」爲義，亦猶《蠱》卦取「治蠱」也。中女少女，上下皆柔，合睽之主又柔，故僅可「小事吉」，悦累之也。其始易悦者，其繼必「睽」。賴「二」「五」、「三」「上」相應，且得不「睽」爲「吉」耳，烏能濟大事哉！《説文》：「睽，目不相視。」字从目，目主見，故《爻辭》多取見象。

《彖》曰：睽，火動而上，澤動而下。二女同居，其志不同行。説而麗乎明，柔進而上行，得中而應乎剛，是以「小事吉」。天地睽而其事同也，男女睽而其志通也，萬物睽而其事類也。睽之時用大矣哉！

趙汝楳曰：「『火』『澤』之『睽』，因乎『動』。『二女』之『睽』，見於『行』。」愚按，「火動而上，澤動而下」，物性本然之「睽」也。中女配《坎》，少女配《艮》，人情必然之子有「行」，方爲「睽」也。

「睽」也。夫人情或交相好，或交相惡，恩怨皆可爲用。惟「同居」而「異志」，外若不相礙，中實不相謀者，乃真正乖離之象。「二女」「志不同行」，只「同居」之日便然，不待女

吴因之曰：「《睽》之一卦，聖人非言『睽』，乃善言合也。」愚竊從《彖》、《爻》統論之，「動」而相「睽」者，卦體也。「睽」而必合者，卦德也。《兑》悦之「麗」《離》「明」，是合「睽」也。「柔進而上行」，是合「睽」也。「得中而應乎剛」，是合「睽」也。「睽」而不合，天地萬物幾乎息矣。所以《卦》、《象》言「小事吉」。而夫子特贊其「時用之大」。天高地下，其象則「睽」，而化育之「事同」；男外女内，其位則「睽」，而交感之「志通」；萬物散殊，其群則「睽」，而聲氣之求，其事相「類」。兩者之合，原於兩者之「睽」。處「睽」之時，合「睽」之用，推之六爻，無一凶象。「初」與「四」合，曰「見」曰「遇」；「二」與「五」合，曰「遇」曰「往」；「三」與「上」合，亦曰「見」曰「遇」，皆因「睽」而得合者也。

本卦與《家人》反對，《家人》下卦之「六二」，來爲《睽》上卦之「六五」，故曰「柔進而上行」。得「五」之中，而下應「九二」，故曰「得中而應乎剛」。卦體昭然，只是反對之象，亦不必作卦變。《本義》以卦變言，雜引《離》、《中孚》、《家人》三卦，其説與《隨》、《蠱》略同，愚於前卦辨之詳矣。

《象》曰：上火下澤，睽。君子以同而異。

《離》、《兑》二陰，同分《坤》體，而炎上潤下，其性異趨。先儒謂「君子以同而異」，於「同」之中審其「異」也。愚按，《大象》不曰「以異而同」，而曰「以同而異」。大凡處「睽」，貴乎合，然必得其所以爲「同」者，而後可「合」。如以「異」爲「異」，終於「睽」而已。楊誠齋曰：「禹、顔同道而異趨，夷、惠同聖而異行，未足爲同之異也。孔子於齊、魯之去，異遲速；孟子於今昔之饋，異辭受，此同而異也。乃一人自爲『火澤』矣。君子何必好『同』而惡『異』哉！」張待軒曰：「『同』一君臣父子，而忠孝『異』；『同』一飲食男女，而貪廉『異』。所謂堯舜與人『同』，而堯舜與人『異』也。」

初九，悔亡。喪馬，勿逐自復。見惡人，无咎。《象》曰：「見惡人」，以辟咎也。

《本義》謂「『上』無正應，故有『悔』。而居『睽』之時，同德相應，故『悔亡』」。又云：「『見惡人可以『辟咎』，如孔子之於陽貨。」愚竊謂，「初九」以剛德居《兑》體，剛則動而正，《兑》則悦而和。與「四」敵應而不立異，所以「悔亡」。中爻互《坎》，馬象，即指「四」。在外卦，「喪馬」象，「惡人」亦指「四」。「喪馬」而「勿逐」，去者不追也。待其「自復」而見之，來者不拒也。此「初」之善於馭「四」處。「惡人」非小人之謂，乃與我不相好者。人情於我不相好者，謂之交惡，往往拒絶而不「見」，所以終「睽」，一「見」，則「睽」情釋矣。「初」泯同異之跡，忘「四」之爲「惡人」，「四」遂以「初」爲「元夫」，卒成「交孚」之好。「辟咎」者，辟「九四」之「見咎」也。「初」能「辟咎」，「四」因而「无咎」，不以避爲避，而以見爲避。合「異」爲「同」之妙用如此，此聖人合「初」、「四」之「睽」也。先儒多看「惡人」爲「小人」，把「九四」太説壞了，與「合睽」之義有礙。若是真正小人，君子豈肯與之合「異」爲「同」哉？

張幼于曰：「《象傳》言『睽』，物性之定分；六爻言『睽』，物我之相嫌。」愚又按，内卦三爻在下則「睽」，上行則合；外卦三爻在上則「睽」，下行則合。

九二，遇主于巷，无咎。《象》曰：「遇主于巷」，未失道也。

《本義》：「『二』『五』正應，居睽之時，乖戾不合，必委曲相求而得會遇，乃爲『无咎』。」愚竊按，《爻》、《象辭》未嘗有乖戾不合之象，「二」與「五」正應，故曰「主」。但「二」以剛居柔，「五」以柔居剛，皆失正位，故爲「遇主于巷」之象。「初」、「四」、「三」、「上」皆《睽》中之睽，惟「二」「五」爲《睽》中之合。「巷」者，委曲之途，與《坎·四》「納約自牖」同。當「睽」之時，彼此皆失正位，必委曲相求，乃可「无咎」也。《小象》恐人疑其詭遇，故申之曰「未失道」，言跡雖涉於委曲，而彼此相應，仍不詭於正道，此聖人合

「二」「五」之睽也。

六三，見輿曳，其牛掣，其人天且劓，无初有終。《象》曰：「見輿曳」，位不當也。「无初有終」，遇剛也。

《黄氏日抄》云：「『六三』居二陽之間，與『上九』應，故古注與晦庵皆以『見輿曳』爲『二』牽於後，以『其牛掣』爲『四』阻於前，以『人天且劓』爲『上九』猜狠而重加之刑。惟《程傳》并歸『九四』，而不及『上』之正應。」愚竊按，「六三」《爻》、《象》俱從《上九》「疑」字生出。因「疑」而生「見」，其象如此，皆妄見也。「三」與「上」本正應，而下與「二」比，上爲「四」所乘，爻柔位剛，不中不正，所居乃疑地，故來正應之疑。中爻互《坎》，「輿」象「曳」象，互《離》，牛象。其人即「六三」。孔《疏》：「剠額爲『天』。」《程傳》云：「髡首也。」《本義》以爲去須之刑。「劓」，割去鼻也。總是面目可憎之狀。《爻辭》大意，言車前有牛，「六三」在車中，爲二陽所制，「曳」其「輿」、「掣」其「牛」者，「二」與「四」也。「見」之者，「上九」也。「上」初疑「三」與「二」「四」兩陽合，故生種種妄見，所謂「无初」也。幸而「上」是《離》體，識見高明，久之，則「三」之心跡明，終與「上」合，所以「有終」。《小象》言「位不當」，推原妄見之由，以《兑》非三之正位也。言「遇剛」，發明「有終」之義。以「三」與「上」本正應也。張彦陵曰：「大凡剛的人，性最躁急，稍見形跡可疑，便不惜情面。然實無他腸，心跡一明，涣然冰釋。此聖人合『三』『上』之睽也。」

九四，睽孤，遇元夫，交孚，厲，无咎。《象》曰：「交孚」，「无咎」，志行也。

《説統》曰：「『初』、『四』之德，敵而致『孤』；『初』、『四』之位，應而有『遇』。合看兩《爻》曰『睽』，單論一《爻》曰『孤』。『遇』字與『睽』字相對。」愚又謂，「四」處二陰之間，陰偶而陽奇，「孤」象。卦體四陽，分居内外。「初」「二」不云「睽孤」者，《兑》爲悦體，不立異也。「四」交《離》體，未免好用聰明，其勢孤矣。「元夫」，指「初」，「四」與「初」本不相應，「初」以「四」爲「惡人」，「四」則以「初」爲「元夫」者，居二陰之間，勢孤而獨立，不可以無輔。遇同德之「初九」，與之「交孚」，則雖「厲」，而「无咎」。「厲」者，危其心以固其交也。《象》申之以「志行」，可見中少之志不同，而未嘗不通於男女，「交孚」「无咎」，則「睽」者合，「孤」者有朋矣。

六五，悔亡。厥宗噬膚，往何咎？《象》曰：「厥宗噬膚」，往有慶也。

《本義》：「以陰居陽，『悔』也。居中得應，故能『亡』之。」愚又按，「五」爲卦主，與「二」本正應，所謂「柔進而上行，得中而應乎剛」者也。柔中則爲文明之主，應剛則非偏係之私。此而有「悔」，以「九四」一剛間之也。「四」既與「初」「交孚」，則無復有間之者，亦如《噬嗑》之「去間」矣，故「悔亡」。「初」與「五」並言「悔亡」，「初」之「悔」以無應，「五」之「悔」以有應；「初」之「悔」以人之同德而「亡」，「五」之「悔」以己之得中而「亡」。「二」以「五」爲主，尊之也；「五」以「二」爲宗，親之也。「二」方委曲求遇，得「五」之「往」，其合如「噬膚」之易，「何咎」之有？勸「五」往從「二」也，《爻》止云「何咎」，《象》許以「有慶」者，求賢而得賢，君臣相合，人情可以大同，非來章之慶譽乎？凡《爻》「上行」者，謂之「往」，此則以下行爲「往」，「澤動」而在「下」也。

上九，睽孤。見豕負塗，載鬼一車。先張之弧，後説之弧。匪寇，婚媾，往，遇雨則吉。《象》曰：「遇雨」之吉，群疑亡也。「説」與「脱」，音義同。

《本義》：「以剛處明極、睽極之地，又猜狠而乖離也。」愚按，「上九」之「睽孤」，與「九四」同，而義不同。「四」即指本爻，「上」則指「六三」，兩爻當合看。「三」居二陽之間，自「上」視之，爲「孤」象，中爻互《坎》，「豕」象。《坎》爲弓輪，《離》爲戈兵，皆「弧」象。「上」以剛居《離》上，過察、過疑者也。「三」本其正應，而妄見横生，始則詭以爲寇，乘車服牛者，猶是人也。疑之不已，復生變相，忽而「見豕負塗」，則人變爲畜矣。忽而「載鬼一車」，人又變爲鬼矣。「先張之弧」，以爲有鬼，而欲射之也。「後脱之弧」，則并鬼車而無之。然後妄見消，而群疑頓釋。不但「匪寇」也，且「婚媾」也。迨「往」而與

「三」相「遇」，見「三」之真面目，從前之「睽」合矣，故曰「吉」。下卦《兑》澤，「往」而相「遇」，則陰陽和，雨之象也。聖人從既遇之後，摹寫未遇之前，窮形極相，以解人心之蔽見。「上」與「三」之始「睽」終合如此，全虧夫子道破一個「疑」字。兩爻奇奇怪怪之象，劃然以解。朱子有云：「孔子不説象，如『見豕』等類，説『群疑亡』，便見得上面許多，皆是狐惑可疑之事而已。」《困學記》曰：「曰『群疑』，不特謂『上』與『三』，并『四』與『初』，『二』與『五』之『疑』皆『亡』。一『疑』，則無所不疑；一『亡』，則無所不『亡』。一『睽』則無所不『睽』，一合則無所不合。故諸《爻》止云『无咎』，『上』獨言『吉』。」

薛畏齋曰：「理本無疑，心疑則萬境參差，心和則物我一體。『睽』，乃人自爲之。《三》『有終』，柔遇剛也。《上》『遇雨』，剛遇柔也。」唐凝庵曰：「凡『睽』皆起於陰，『遇』皆先於陽。『初』、『四』兩剛，則『孤』於失位，而得於得位。故『二』、『五』、『三』、『上』僅稱相『遇』，而兩陽遂至『交孚』。『三』、『上』失位而難合，『二』、『五』得中而易合。大抵《易》之道，貴陽貴中也。夫睽違之世，雖得其主，猶未遽應，雖遇其配，猶未遽合。況非其主與配乎？」

錢國端曰：「《家人》中有《坎》，其爻位正。『初』得之而爲『閑』，如水有防，盡成上下交流之『愛』。《睽》中有《坎》，其爻位不正，『上』非化之而爲雨，如雲蔽日，盡成上下間隔之『疑』。《家人》之離，必起於婦人；《睽》之合，必上有明主。《家》上而無『反身』之令儀，無以必之於子婦；《睽》初而棄同德之『惡人』，何能得之於友朋？此二卦互發之義。」

䷦艮下坎上

蹇：利西南，不利東北。利見大人，貞吉。

《本義》：「『蹇』，難也。足不能進，行之難也。」愚按，《説文》：「蹇，跛也。」字从足，是艱於步履之義。卦體《艮》下《坎》上，本以險得名，所重却在内卦。見險不是「蹇」，見險而止方是「蹇」。八卦方位，《坎》居北，《艮》居東北。論卦體，只有東北，無西南，西南乃《坤》位也。「九五」一爻，變而成《坎》，濟險仍用《坤》道，故曰「利西南」。此在「東北」而思「西南」之「利」，總言天下之大勢，猶云地利云爾。卦無《坤》，而言《坤》之「利」者，蓋《艮》其所以「蹇」也，《坤》則「蹇」之所由濟也。蘇氏《易傳》曰：「《坎》、《艮》合體爲『蹇』，則難在『東北』矣。『西南』，其無難之地乎？『利西南』，從『不利東北』對看。此『不利』則彼便利矣。」此解較諸家之説最爲明快。《困學記》曰：「聖人作《易》，因人情而歸大道，當『蹇』之時，人思避難，有東西南北之意，當決擇其利不利而從事，則可以出險而成功。故於此指其所之，而避其所忌，曰『西南』則『利』，『東北』則『不利』。所以者，何也？《艮》爲山，險阻之地也。《坤》爲地，平易之鄉也。」其説亦從蘇氏得來。若依《本義》，主變卦，則本卦只是《坎》、《艮》，《小過》亦是《震》、《艮》，中間初無《坤》體，於《卦辭》似難合矣。「大人」指「九五」，以剛中正應二柔中正，所謂「利見」而「貞吉」也。

《彖》曰：蹇，難也，險在前也。見險而能止，知去聲**矣哉！「蹇利西南」，往得中也。「不利東北」，其道窮也。「利見大人」，往有功也。當位「貞吉」，以正邦也。蹇之時用大矣哉！**

鄭孩如曰：「以文王《卦圖》觀之，順序而往，由《艮》而《震》，而《巽》，而《離》，以至於《坤》，則『險』在後。惟《艮》轉身遇《坎》，故『險在前』。能上而往西南，則可以出險。故贊其『知』。」愚又按，本卦上下互易爲《蒙》，同一「止」象。《蒙》「險」在內，而「止」乎外。《蹇》「止」於內，而「險在前」。彼曰「蒙」，而此稱「知」。以其「見險而能止」也。「能」字重看，「能止」者，「九三」也。中爻互《離》，又有「知止」之道焉。「知止」者，方能「止」也。卦名取「止」義，《彖傳》乃取「往」爲義，「能止」者方能「往」也，故曰「往得中」。「中」者，「九五」也。陽剛中正，居濟險之位，所以「利西南」。「其道窮」，指「九三」。「三」爲《艮》主，「止」而不「往」，則常陷險下。出險之道，至此而窮，所以「不利東北」。惟「往」則「有功」，而可以出險。所以「利見」「九五」之「大人」。諸爻除「初」位，餘皆得當，正位所以「貞吉」。「三」當《艮》位，「五」當《坎》位，皆剛而得正，故可以「正邦」，此「蹇之時用」所以「大」也。程氏《紀》曰：「『見險而止』爲『知』，而六爻皆言『往蹇』，見其但可來，不可『往』也。然卦復言『利西南』，『利見大人』，又若必有所『往』者，何也？蓋『往』而有險，不可『往』也。『往而得中』，『往而有功』，豈不可『往』耶？」愚又謂，蹇之「時」，全視乎「用」，須從「貞吉」中來。「貞」所以善。其「往」，即所以善其用。「往得中」、「有功」、「正邦」，正其「用」之「大」處。

愚按，本卦與《解》反對，「往得中」，謂《解》下卦之《坎》，往而爲《蹇》上卦之《坎》，而剛「得中」，不必言卦變也。《本義》因《傳》有「往」字，故謂卦自《小過》來，陽進則「往」居「五」而「得中」。但「四」、「五」兩爻，同在外卦，何以云「往」？即欲以卦變言，不如云自《明夷》來，「初」往居「五」。又不如云自《升》來，「二」往居「五」。亦皆「得中」者也。又按，六爻言「往」即言「來」，《彖傳》但云「往」，「來」者「往」之對，「往來」之義與「行止」同。「蹇」者不良於行，非不行也。天下疾行者不必皆通，徐行者未必終窒，故「蹇」以「往」爲「有功」。

《象》曰：山上有水，蹇。君子以反身修德。

朱子答：「或人問，有云『山上有水』，則猶可進步。但曲折艱難，故教以『反身修德』。」愚竊謂，卦體水上山下，乃山阻水之下流，而不能通行，似非「山上之水」。卦之名，以《艮》遇《坎》，故「蹇」。「反身」者，背《坎》便遇《震》，漸向「西南」，即出險之路。「反身」猶云「轉身」也。《大象》所云「反」，即《爻辭》所云「來」，俱從出險得義。天下惟知自「反」者，乃能自「修」，即《孟子》所謂「反知，反禮，反仁，行有不得，反求諸己也」。「反身」取《艮》上之背，「修德」取《坎》中之心，皆以陽爻爲主。

初六，往蹇，來譽。《象》曰：「往蹇，來譽」，宜待也。

《本義》：「『往』遇險，『來』得譽。」愚竊據此詳釋之。「初」去險雖遠，「往」則遇險，與「四」敵應，本無所謂「來」，特以不「往」爲「來」耳。有「譽」即《彖傳》所云「知矣哉」之語。時當有待，見險即止，故以「譽」歸之。《小象》「宜」字，有斟酌盡善之意。大凡處「蹇」難之際，率情徑行，多遭陷害，要以静俟爲第一義。《彖傳》論出險之道，則貴「往」，六爻論處「蹇」之道，則貴「來」。「往」與「來」，跡似相反，機實相成。非謂「往」則必「蹇」而竟不「往」，乃待時而「往」也。

六二，王臣蹇蹇，匪躬之故。《象》曰：「王臣蹇蹇」，終无尤也。

《本義》：「柔順中正，正應在上，而在險中，故『蹇』而又『蹇』，以求濟，非以其身之故也。」愚又按，六爻惟「二」不言「往來」，蓋外卦一《坎》，諸爻所同，而自「二」推之，上應「九五」，中爻又互《坎》體，是以君之「蹇」爲「蹇」者，獨爲「蹇蹇」之象。「王」，「五」也。「臣」，「二」也。身處臣位，王事敦我，投艱任重，此時著不得一點計校之心，所以不言「往來」。「二」，《艮》體，有不獲其身之象。鞠躬盡瘁，莫非王事，所謂「匪躬之故」也。「終无尤」直指「王臣」之心，所謂不以「往來」二其心也。若依舊注，嘉其志而恕其才，事雖不濟，亦無可尤，則作旁觀評論解矣。

九三，往蹇，來反。《象》曰：「往蹇，來反」，内喜之也。

《本義》：「反就二陰，得其所安。」竊據此解，詳釋之。「往」者爲外，「反」者爲内。「三」以剛居剛，遇險而止，爲卦中主爻。近與「四」比，不「往」外從「四」，而「來」就同體之二陰，反而向内之象。在「三」爲「反」，自「初」、「二」視之，則爲「來」。「初」、「二」才柔在下，未能出險。得「三」之「來」，而喜可知，故曰「内喜之」也。一説，「三」以陽剛之才，協「二」之忠，連「四」應「上」致「初」諸朋，以備「五」之「蹇」，則可以「反」危爲安矣。「蹇」一反成《解》，如此解「反」字亦好，但與《小象》詞意不甚融洽。

六四，往蹇，來連。《象》曰：「往蹇，來連」，當位實也。

《程傳》謂「與在下之衆相連合」，《本義》謂「『連』於『九三』，合力以濟」。愚按，「連」即「拔茅以彙」之義。「三」之才，陽剛足以濟「蹇」，而與「五」非比非應，得「四」之「來連」，乃可與下二爻共往輔「五」，以成「朋來」之象。鄒汝光曰：「『連』桓公管仲之交者，鮑叔也。『連』簡公子産之交者，子皮也。其『六四』之謂歟？」愚又按，「四」以陰居陰，曰「當位」。陰虚陽實，「實」字似當指「九三」，「四」之「連」，「三」虚能受「實」也。一説，「九三」以陽居陽位，得其「當」，而「實」有濟「蹇」之才，正明所以宜「連」之故，其義亦通。

九五，大蹇，朋來。《象》曰：「大蹇，朋來」，以中節也。

《本義》：「『大蹇』者，非常之蹇也。『九五』有剛健中正之德，必有『朋來』而助之者。」愚又按，「蹇」者，人之所避，曰「大蹇」，則事關天下，弘濟時艱，非大有爲之君，誰能任之？「九五」居中得正，無所爲往，但當「大蹇」之世，不可無「朋來」之功。卦體内外五爻，「朋來」之象。「初」之「宜待」，待「三」也。「三」之「來反」，就「初」、「二」也。「二」與「五」應，就「二」所以就「五」。「四」之「來連」，「上」之「來碩」，就「三」也。「三」與「五」同德，就「三」所以就「五」，合衆君子之「朋」，爲一大「朋」，不必言濟蹇，而「大蹇」之濟，可知矣！所謂「利見大人」者，此爻也。又按，此爻未變，原是《坤》體，

「五」之「朋來」，即《坤》之「西南得朋」。《小象》「中節」，「中」字，不應作去聲讀。「五」剛正得中，文武張弛，動合機宜，能定天下之大難，以「中」爲「節」者也。鄭剛中曰：「『以中節』者，群策畢舉，非陽剛中正之『大人』，誰能『節』之？酌其才品，謂之節取，裁其機宜，謂之節制。」

上六，往蹇，來碩，吉，利見大人。《象》曰：「往蹇，來碩」，志在内也。「利見大人」，以從貴也。

「上」本無所「往」，猶「初六」之「來」，以不往爲「來」。此則以不來爲「往」，與「三」正應。「來碩」，似當指「九三」。《詩》所稱「碩人」是也。「三」有剛實之才，與「初」同體，與「二」、「四」相比。「三」來，則衆陰皆「來」矣。諸爻無占辭，不言「利見大人」，獨於「上」言之者，時已出「蹇」之時矣。《小象》「志在内」，似亦當指「九三」。就外卦言，故曰「内」。若依舊注，「來」就「九五」，則志在外卦，不在内卦矣。「大人」，「五」也。「利見」者，「上」也。陰陽相比，故曰「從貴」。玩「以」字可見。項平甫曰：「『志内』所以尚賢，『從貴』所以明分。若以『内』、『貴』二字，並指『九五』，則同此一爻，似不必分作兩邊説。」

䷧坎下震上

解：利西南。无所往，其來復吉。有攸往，夙吉。

《本義》：「『解』，難之散也。難既解，利於平易安静，不欲久爲煩擾。『西南』，平易之地也。」《卦辭》大意如此。按，本卦與《蹇》反對，《解》之「西南」，即《蹇》之「西南」。先儒或謂《蹇》有《艮》，故「利西南，不利東北」。《解》則《艮》變《震》，故但言「利西南」，不復言「東北」。愚又謂，《解》與《屯》互易，中爻亦有《坤》象。「西南」，《坤》位，在《蹇》爲「利往」之方，在《解》則爲休息之地。《坎》在下，無逆流之理，故曰「无所往」，與下「有攸往」相對。《黄氏日抄》曰：「古注云，无難可解則『來復』，有難而『往』則以夙爲『吉』。蓋兩開其端也。《程傳》乃云：『其始未暇有爲，既安定，則爲可久之治。』晦庵非之，蓋或爲或不爲，惟其當而已。合從古注。」今按，「來復」，當指「九二」。謂《蹇》之「九五」，來居於「二」，而陽復於下卦也。難雖解，或恐有意外之事，故既曰「无所往」，又曰「有攸往」。「攸往」似指「九四」，謂《蹇》之「九三」，本《艮》止不動，今往居「四」，而爲《震》也，「復」則俟其「來」而「吉」，「往」則利於「夙」而「吉」者，謂無事則宜緩待，有事又宜速往也。總是發明「利西南」之義。

愚又按，「往來」二字，原從反對卦出，似不必説卦變。《本義》謂：「自《升》來，『三』往居『四』，入於《坤》體，『二』居其所而又得中。」據朱子之説觀之，「三」往居「四」，互易者，「三」、「四」兩爻，於「二」無涉。「二」居其所，固未嘗變也。必欲作卦變看，又不若謂《解》自《萃》來，以「二」、「五」互换，於來得中之義，似爲明白。餘詳《升》卦下。

《彖》曰：解，險以動，動而免乎險，解。「解利西南」，往得衆也。「其來復吉」，乃得中也。「有攸往，夙吉」，往有功也。天地解而雷雨作，雷雨作而百果草木皆甲拆一作「坼」。**解之時大矣哉！**

《程傳》：「《坎》『險』，《震》『動』，不險則非難，不動則不能出難。」李隆山曰：「以畫觀之，四陰二陽，《坎》『險』在前，爲《蹇》；四陰二陽，《坎》『險』已通，爲《解》。《解》者，《蹇》之反也。以卦觀之，《坎》上《震》下爲《屯》，《坎》下《震》上爲《解》。《解》者，《屯》之反也。《蹇》止乎險下，不若《屯》動乎險中。《屯》動乎險中，又不若《解》動乎險外。」愚按，《坎》居下卦者，凡七。本卦與《蹇》反對，《解》之《坎》「險」在内，《震》「動」在外，「二」居中而不動，用「四」之「動」，以免乎「險」，此卦之所以立名也。在《蹇》謂之「得中」，在《解》謂之「得衆」。古注以「西南」爲「衆」，《程傳》以「西南」爲《坤》體，今兼二解而會通之。《震》上二爻皆《坤》土，《坤》爲衆，「得衆」之象也。「二」

之「得中」，與《訟》卦「剛來而得中」同。《蹇》一陽往上，《解》一陽來下，皆以陽爻爲主也。「往有功」，即上文往「得衆」之義。但「四」已入《震》體，爲出險之主，「往」則「夙吉」，一切除奸去暴，當如雷之迅發，方可奏功也。《本義》以「得衆」屬「九四」，以「得中」「有功」皆指「九二」，竊恐未安。以上釋《彖》之義已盡，下復推言《解》道之大。天地之慘舒，時也。時未至，不得不斂；時至，不得不解。「雨」自天施，「雷」自地發。「雷雨」交「作」，氣之「解」也。「百果草木甲拆」，形之「解」也。「甲拆」二字不平，勾萌爲「甲」，開展爲「拆」。直到「甲拆」時，然後萬物皆相見。「甲拆」，總是一個《震》。合《乾》之木果，《震》之果蓏，《震》、《巽》之木而共成其爲《解》，「解之時」，豈不「大矣哉」！但言「時」而不言「用」者，《解》之用已顯於時行物生之中矣。趙汝楳曰：「《離》言『百穀』，此言『百果』者，四陽之月，百穀皆未萌芽也。」張中溪曰：「《剥》之『碩果不食』，藏天地生物之仁也。《解》之『百果草木皆甲拆』，發天地生物之仁也。」

《象》曰：雷雨作，解。君子以赦過宥罪。

《程傳》於「赦」「宥」二字，分别輕重説。張中溪曰：「『雷』者，天之威；『雨』者，天之澤。威中有澤，刑獄中有『赦宥』也。」洪覺山曰：「『赦』者釋之也，『宥』則寬之而已。」愚竊按，「雲雷屯」，雲之未成雨者，「雷雨作」，則既雨矣。以草木驗之，《屯》時根荄尚在地中，《解》時勾萌已出地上，乃造化與物更新之會，勿論過罪，概從開釋，乃是君子體天地之仁，而行春令時也。《周禮》司刺掌赦宥之法，必經「三赦三宥」，然後寘刑，即《尚書》「宥過無大，罪疑惟輕」之意。

初六，无咎。《象》曰：剛柔之際，義无咎也。

「初」陰柔，居《坎》下，何以云「无咎」？因與「四」應，「四」動而出險，「初」無所爲，惟「四」是從，事得其宜，所以「无咎」。《小象》推原「无咎」之「義」，歸諸「剛柔之際」。蓋人情當初「解」之時，往往彼此不交，今柔得剛之應，而兩相交際，於義斷之，自當「无咎」也。雖是「剛柔相際」，要重柔得「際」乎剛一邊，方合夫子語意。一説，「剛」謂「二」，「柔」謂「初」，與《坎》卦「剛柔際」之義同。從近比言，亦得。

九二，田獲三狐，得黄矢，貞吉。《象》曰：九二「貞吉」，得中道也。

《程傳》：「『九二』以陽剛得中，『上』應『六五』，用於時者也。必須能去小人，則可以正君心而行剛中之道。」先儒亦多以《解》爲「去小人」之卦。愚按，《荀九家》：「《坎》爲狐，中爻互《離》，《離》位居『三』，『三狐』之象。『狐』者，妖媚之獸。《坎》爲戈兵、矢之象，『田』者，力而取之也。『二』，剛而得中。『黄』者，中色。『矢』者，直物。君子之象也。『上』應『六五』，操舉錯之權，有『獲狐得矢』之象。近與『三』比，『三狐』

專指『六三』一爻，負乘之小人也。」《爻辭》雖未説破君子小人，而其象已具。《二》之「獲狐」，與《四》「解拇」、《上》「獲隼」，同爲去小人之爻。小人之變態多端，以其媚惑，則謂之「狐」；以其卑賤，則謂之「拇」；以其陰鷙，則謂之「隼」耳。孔《疏》云：「凡物不『獲』則兩失，『獲』則兩得。『矢』所以射『狐』，『狐』『獲』則『黄矢』亦反矣，故『貞吉』。」愚按，「二」以剛居柔，本中而不正。《爻辭》曰「貞吉」，《象》不言「貞」，而但云「得中道」，可見君子之去小人，亦不在太過，只是虛中能照，使其善惡自無遁形。所謂「無偏無黨，王道蕩蕩」是已。《本義》於此爻取象，既云「未詳」，復云：「卦凡四陰，除『六五』君位，餘三爻，即『三狐』。」則「初」「上」兩爻，皆小人矣。細玩《爻辭》，似難盡合。胡雲峰曰：「『二』欲其『獲狐』，『四』欲其『解拇』，『上』欲其『射隼』，『三』則直指其爲小人，『五』則直欲其『退小人』。一卦六爻，而去『小人』者居其五。」得其義矣。

六三，負且乘，致寇至，貞吝。《象》曰：「負且乘」，亦可醜也。自我致戎，又誰咎也？

此卦中之小人也。先儒謂「蹇難」之時，君子小人雜進，難既解矣，過可赦，罪可宥，小人必不可不去。「負且乘」，非言其既「負」而且「乘」，是言其當「負」而且「乘」，爲僭竊之象。愚又謂，「六三」以陰險之才，踞《坎》之上，在二陽之間，上既負「四」，下且乘

「二」，居之不疑，爲有識者所鄙。雖「貞」亦「吝」，况不正乎？「二」「四」與「上」皆欲去「三」者，賴「五」爲《解》主，卒能退小人。脱不幸，上無明君，如熙、豐、紹聖之朝，合衆賢之力，攻王、蔡而不能去。「寇」其如「負乘」者何？《象》詆之曰「可醜」。説「可醜」，便有「致戎」意。「誰咎」上著一「又」字，見得「咎」自己致，於人何尤？聖人之惡小人，如此。

九四，解而拇，朋至斯孚。《象》曰：「解而拇」，未當位也。

程、朱皆以「拇」指「初」。愚按，王輔嗣曰：「『四』失位而比於『三』，故『三』得附之，爲其『拇』。」李鼎祚亦曰：「『四』交《震》體，《震》爲足，『拇』居足下，猶『三』居《震》下，奔走趨附之象。」今從之。「拇」當指「三」，而「未當」指「四」，而「拇」者，見「三」爲「四」所親也，故爲告「四」之辭，曰必「解」去汝之「拇」，而後「朋」之「至」，「斯」相「孚」信。「拇」不「解」，未有相信者也。「二」與「四」同德，故稱「朋」。自「初」至「五」，位皆不當，《小象》獨於「四」指出「未當位」三字，蓋以「四」爲《震》主，恐其有私暱「六三」之意，故特深儆之。若以「拇」指「初爻」，剛柔正應，似非「解去」之義。

六五，君子維有解，吉。有孚于小人。《象》曰：君子有解，小人退也。

古注云，「以君子之道解難，小人猶知服而無怨」。程、朱皆謂「君子之解，以小人之退爲驗」。愚按，「君子」、「小人」，於「六五」發之。「五」柔中，與「二」正應，又近與「四」比，得二陽之力，有進君子、退小人之象。此時「狐」已「獲」矣，「拇」已「解」矣，大度之君，更不用他術，惟有一意蕩滌，與之冰消霧釋，同游赦過宥罪之天。不獨「君子」「朋至斯孚」而「吉」，抑且「有孚于小人」矣。「四」、「五」爻兩「孚」字相應，蓋「小人」向來止知結黨結仇，今見朝廷寬大若此，彼將爽然自失，不惟斂其跡，而有以服其心。然則「小人」之「退」，非「君子」退之，乃「小人」自「退」也。一説，「維」字作防維之義。「小人」反噬之禍，卒至不可解者，皆由君子之不解者先之，故必自「解」其「維」，乃可以「孚小人」。又一説，「君子維有解，吉」，言《解》之「吉」者，「維」用「君子」一事而已，兼存以備考。

上六，公用射隼于高墉之上，獲之，无不利。《象》曰：「公用射隼」，以解悖也。

愚按，「射隼」有兩解。有以「三」言而「上」射之者，有即以「上」言者，今以「上」射「六三」爲正解。「公」，「上六」也。「隼」指「六三」，與「上」敵應，不相與。「三」之所云「致戎」者，「上」亦其一。中爻自「二」至「四」互《離》，爲戈兵受射之象。不是謂「隼」集「高墉」，謂「公」在「高墉」之上，俯而「射隼」，有居高必獲之勢，所以「无不利」。

「三」負陰險之才，當險難既除時，又將發天下之大難，故《小象》斥之以「悖」。「悖」者，大逆之罪名也。計其竊位擅權，已非一日，至此則悖逆之跡，昭然難掩。「射」而「獲」之，乃可「解悖」。《繫傳》所謂「藏器於身，待時而動，何不利之有」也。不然，一擊不勝，「小人」之爲害於「君子」，可勝言哉！漢之竇武、何進，唐之李訓、鄭注，可鑒也。諸爻惟「六三」爲「小人」之尤，亦可醜也，猶未見其爲惡，以「解悖」也，其惡著矣。「以」字重看，有與衆共棄之義，勿謂赦過宥罪與除逆去奸，有二道也。

查慎行全集

范道濟 點校

第二册

中華書局

周易玩辭集解卷六

䷨兑下艮上

損：有孚，元吉，无咎，可貞，利有攸往。曷之用？二簋可用享。

《本義》謂「損《兑》澤之深，益《艮》山之高。『損下益上』，剥民奉君之象，所以爲『損』。」愚竊按，内卦本《乾》，外卦本《坤》，損《乾》之「三」，益《坤》之「上」，以陽之有餘，補陰之不足，「損」亦時爲之也。所以不損「初」、「二」，而損「三」者，陽之數至三則已盈，「損」者，殺其盈也。卦體六爻皆應，所以「有孚」。《象》義只是「有孚」「二簋可用享」七字盡之，中間「元吉，无咎，可貞，利有攸往」十字，多從「有孚」中來。文王自爲問答，言「損」而「有孚」，將何所「用」之乎？可用「二簋」以「享」也。凡宴享之禮。八簋爲盛。四簋爲中。「二簋」其最簡者。即《左傳》「苟有明信，澗、溪、沼、沚之毛，蘋、蘩、藴、藻之菜，可羞於王公」之意。胡雲峰曰：「占辭之繁，自《坤》卦來，未有如此詳悉者。『損』，本拂人情之事，未必大『吉』，未必無過，未必可固守，未必可有『往』。惟『損』其所當損，於理可行，而人信之。其占乃如此耳。觀孔子於『有孚』上加一『而』字，其義昭然。」

《彖》曰：損，損下益上，其道上行。損而有孚，「元吉，无咎，可貞，利有攸往。曷之用？二簋可用享」。二簋應有時，損剛益柔有時。損益盈虚，與時偕行。

《本義》於《彖傳》專釋末句，似乎太略。愚竊據《程傳》及諸儒之説詳釋之。「損下益上」者，卦體也。「損」對「益」言，此「損」則彼「益」，故《彖傳》兼言之。專取以剛益柔，蓋剛可損，而柔不可損。故不以損上爲「損」，而以損下爲「損」。「損下益上，其道上行」，卦體本如此。以人事言，「損下」則下與上俱「損」，又有民貧君不獨富之義。《卦象》發「損」之理，《彖傳》明「損」之用，所以揭過「元吉」等十字，專釋「曷之用」二句，謂「二簋」之簡，應用於「損」之時。又恐人泥於「二簋用享」一語，爲已盡「損」之道，故復就「時」之義，而推廣言之。以卦畫言，剛必至「三」乃「損」，柔必至「三」乃益，所謂「損剛益柔有時」也。以天下之理言之，不當「虚」之時而「益」，不當「盈」之時而「損」，皆非可常之道。所貴「損益盈虛」，與時偕行也。《象傳》言「盈虛」者，惟《剥》、《損》二卦，消息盈虛，乃造化循環之理。孔《疏》云：「鳧足非短，鶴脛非長，何須『損』我以『益』人，虛此以盈彼？但時之所在，不能不爾。」陸君啓曰：「因『損』而知『盈』之必『虛』，聖人不能留其時之去，能爲不『盈』。因『益』而知『虛』之必『盈』，聖人不患其時之不來，患其欲速。」朱疊庵曰：「一卦有一卦之時，一爻有一爻之時。《損》不獨在『三』，《益》不獨在『上』，所謂『與時偕行』也。」

《象》曰：山下有澤，損。君子以懲忿窒欲。

同此少男少女，「山上有澤」，則氣通而成《咸》，「山下有澤」，則氣泄而成《損》。然澤氣下行，又有流惡疏穢之義。先儒多謂少男血氣方剛，忿起如山。少女柔順以悦，欲流如澤。不「損」則「忿」盈「欲」縱矣。「懲」之，「窒」之，道貴日「損」，君子之修德以之。愚又謂人性本善，如山之静，如澤之清。其「忿」也，有觸之者也。其「欲」也，有誘之者也，亦不出陰陽二類。陽惡莫如「忿」，以内卦言，「上六」下而成《兑》悦，則其「忿」消而不熾，所謂「懲」也。陰惡莫如「欲」，以外卦言，「九三」上而成《艮》止，則其「欲」遏而不流，所謂「窒」也。

初九，已事遄往，无咎，酌損之。「已」音「紀」，下同。《象》曰：「已事遄往」，尚合

志也。

古注「已」讀作「以」，故以「已事」謂「止其事」，程朱多從此解。《黄氏日抄》云：「三説雖不同，而皆主於『初九』自『損』，以應『六四』。」惟來矣鮮曰：「『已』者，『我』也。」今從之。卦體六爻相應，内三爻皆「損」已以「益」人者也。「初」應「四」，以濟柔爲事。「四」有「疾」，「初」當往救，若視爲他人之事，未免遲回觀望矣。聖人親切告之曰，此非他人之事，而「己事」也。速「往」則「无咎」，遲則有「咎」矣。「酌損之」，就「遄往」中示以「損」之良方。救病如救火，固當「遄往」，用藥時或緩或急，又須細細商量，故曰「酌」。又如飲酒然，量其所受，隨器而止。乃「初」之所以益「四」也，「四」正欲「損」己之疾，以求助於「初」，得「初」之「遄往」，其志豈不相「合」？《初》曰「遄往」，《四》曰「使遄」，皆是宜急不宜緩之意，故云「尚合志」也。

九二，利貞，征凶。弗損句**，益之。《象》曰：「九二，利貞」，中以爲志也。**

《程傳》：「『二』以剛中當損剛之時，以柔悦上應『六五』陰柔之君，則失其剛中之德矣。」故「利」於「貞」以自守，而戒其以「征」取「凶」。「弗損，益之」，分兩句讀。蘇氏《易傳》云：「天下固有不必『損』己而可以『益』人者，則其『益』爲無方是已。」《小象》「中以爲志」，《程傳》本「利貞」説來，謂「志存乎中，則自正矣」。愚竊謂，内三爻皆以益

「上」爲「志」者，「初」之「遄往」，跡與心合者也。「二」之應「五」，獨心向之耳，故云「中以爲志」。守其剛中，乃所以益柔中，其跡不往，而心往也。「二」之益「五」如此。觀反對卦，《損》之「九二」，即《益》之「九五」，《損》之「六五」，即《益》之「六二」。此以「弗損」爲「益」，彼之受「益」，如獲「十朋之龜」。兩爻皆云「弗克違」，正可互相發明。

愚又按，兩卦之受「益」者，不在「九二」、「九五」，而在「六五」、「六二」，以柔中故也，亦有「謙受益」之義。

六三，三人行，則損一人。一人行，則得其友。《象》曰：「一人行」，三則疑也。

《程傳》謂「三陽同行，則損『九三』以益『上』；三陰同行，則損『上六』以益『三』」。《本義》謂「下卦本《乾》，而損上爻以益《坤》。一陽上而一陰下，『一人行』而『得其友』也」。來矣鮮謂「《益》下卦三爻，居於《損》上三爻。『三人行』，『六三』上行而居『四』也。『損一人』，損『六三』也」。諸説各不同。愚竊謂卦以損下得名，「三人行」，似當兼指內三爻。「損一人」、「一人行」，似皆指「六三」一爻。「得其友」者，謂「上」與「三」應也。天地間，陰陽對待，兩而已。故「三」爲當「損」之數，亦是當「損」之爻。「三」而「損」一，兩也。一而「得友」，亦兩矣。少女少男，《艮》、《兑》相合，而成化醇化生之功。

《繫傳》所謂「致一」也。《小象》申之曰「三則疑」，謂内卦三爻本《乾》，外卦三爻本《坤》，則疑於陰陽不相交，今一陽行而上，彼此相應矣。復何「疑」哉？胡雲峰曰：「『損』因『三』而成，故必損『六三』，然後陰陽各以兩而相資。『六三』損，則『三』於『上』爲『得友』，『上』於『三』爲『得臣』，『三』與『上』成兩矣。《九二》『利貞』，《六五》『元吉』。『二』與『五』成兩矣。《初》『合志』，《四》『可喜』，『初』與『四』成兩矣。故曰『三則疑』。」

六四，損其疾，使遄有喜，无咎。《象》曰：「損其疾」，亦可喜也。

凡剛柔失中者，謂之「疾」。「六四」以陰居陰，而乘承皆陰，其「疾」在柔，常失之緩，緩則宜以急治之。「損」剛「益」柔，乃對症之藥。「四」與「初」正應，「遄」字從初爻來，「初」之「遄往」，若「四」有以「使」之速來，以「損」其柔緩之「疾」者。《兑》悦在下，加一「有喜」之象。「疾」則有「咎」，「疾」已「損」矣，何咎之有？《小象》於「可喜」上，加一「亦」字，言無疾固「可喜」，今「損」其「疾」，則與無疾同，「亦可喜」也。張彦陵曰：「『使』字要重看，『疾』是自家的『疾』，全在自家主張。來『損』我『疾』者，尚且用『遄』，而我且玩愒優柔，何以能去其疾？故曰『使遄有喜』。『疾』能『損』，便是『喜』，便無終迷之『咎』。」

六五，或益之，十朋之龜弗克違，元吉。《象》曰：六五，「元吉」，自上祐也。

《黄氏日抄》云：「古注與《本義》皆云獲益而得『十朋之龜』，蓋謂兩龜爲朋也。惟《程傳》『或益之』爲句，『十朋之』爲句，『龜弗克違』爲句。」愚竊按，《程傳》舍象而言理，故云「『十』者，衆詞。『龜』者，决是非吉凶之物。衆人之公論，必合正理，雖龜策不能違也」云云。今不從。「六五」，柔順得中，受益之主也。「上」乃受益之地，「五」以受益之主，而所居非受益之地，本不求益，而物自益之，不知所從來，故曰「或」。自「二」至「上」，中虚有《離》，象《離》爲龜。「十朋之龜」，重寳也。既不知其所自來，豈能違之而去？「違」者，辭避之意。以其不可避，知其非妄求，故「元吉」。古者，以貝爲貨，兩貝爲一朋。《漢書・食貨志》「元龜岠冉長尺二寸，直二千一百六十，爲大貝十朋」是已。大凡人之「益」我，必有所自來。《爻》云「或益之」，未定指爲何爻。《小象》推原其意，或者其「自上祐」乎？《程傳》以謂「自上天降之福祐」，愚竊謂「上」字，當指「上九」。損「三」，本以益「上」，因「上」與「五」比，不私爲己有，而歸諸「五」，「五」之「祐」，蓋自上爻來也。何以不言「九二」？「五」與「二」正應，不得云「或」。「二」在下，不得言「自上」也。

又按，《否》、《泰》「初」、「上」相易，故「茅茹」象同。《損》、《益》「二」、「五」相易，故「龜朋」象同。《既濟》、《未濟》「三」、「四」相易，故「鬼方」象同。皆反對觀變之例。

上九，弗損句**，益之，无咎，貞吉，利有攸往。得臣无家。《象》曰：「弗損益之」，大得志也。**

《本義》：「『上九』居卦之上，受益之極，而欲自損以益人也。惠而不費，故曰『得臣无家』。」《黄氏日抄》云：「諸家皆謂『得臣』，無間遠邇。惟蔡氏、鄒氏謂『得臣』之國爾忘家者。」愚竊按，「弗損，益之」，《爻辭》與「二」同。「二」不損己以益人，「上」不損下以益己。「三」以陰從陽，曰「得友」，以内對外也。「上」以陽應陰，曰「得臣」，以上對下也。各據爻位言。「上」與「三」正應，得「三」之益，爲「得臣」象。近與「五」比，不敢私受「三」之益，而歸諸「五」，爲「无家」象。居卦之上，其道上行，故《彖辭》「无咎，貞吉，利有攸往」歸之。何以致此？曰「有孚」。「有孚」者，心也。《象》申之曰「大得志」，可見天施地生，充滿盈溢。「上」以大公無我爲益，不以自私自利爲益，其「志」不「大得」乎？　錢國瑞曰：「《上》、《二》皆曰『弗損益之』，有『三』爲損於中，與『五』互成《坤》體。『二』惟『弗損』，是以剛中，貞之於下，而於『五』爲『益之』。『上』惟『弗損』，是以剛正，祐之於上，而於『五』爲『益之』。亦合『五』、『上』兩爻看。」

項平甫曰：「『六三』所以『損』也，故《爻辭》極論《損》之精義。『上九』受『損』之

『益』者也，故《爻辭》備言《損》之成效。」

愚按，卦體不獨六爻相應，每爻亦與《彖辭》應。「初」之《象》曰「上合志」，「二」之《象》曰「中以爲志」，「上」之《象》曰「大得志」，即《卦象》所云「有孚」也。「二」以無損有益爲貞，「上」以益「五」爲貞，即《卦辭》所云「可貞」也。「四」之「无咎」，「五」以受益「弗克違，元吉」，即《卦辭》之「元吉」也。「初」之「遄往」，「四」之「使遄」，「上」之「攸往」，即《卦辭》之「利有攸往」也。

建安邱氏曰：「『損』者，損下《乾》之陽，以益上《坤》之陰也。合六爻觀之，《損》在下，則《益》在上矣。其在下卦，初爻位俱剛，可『損』也，故曰『酌損之』。『二』處柔得中，不可『損』矣，故曰『弗損益』。『三』則有餘於陽，當『損』其一以與『上』，故曰『損一人』。此三爻皆知『損』者也。其在上卦，『四』陰虚，賴初陽以爲『益』，故曰『損其疾』，『五』受『二』之『益』，而又得『上』之『益』，故曰『或益之』。『上』與『三』爲往來之爻，既得『三』之『益』，不待『損』人以『益』己，故曰『弗損益』。此三爻則處『損』而得『益』者也。」

楊誠齋曰：「『損』之道凡七，而所以『損』者，一也。『二簋可享』，損奢以從儉也。《大象》之『懲忿窒欲』，『六四』之『損疾』，損不善以從善也。『初』之益『四』，『二』之益

『五』，『三』之益『上』，此損己以益人也。『五』虚中以受諸爻之益，此損己而取人之益也。『初』以己益人，而又『酌損』，此《損》之『損』也。『三』以一人之『損』而『得友』，『五』爲損主而得益，此《損》之『益』也。『二』與『上』之『弗損』，此不損之『損』也。所以『損』者一，『有孚』是也。」

胡雲峰曰：「上經陰陽各三十畫，然後爲《否》、《泰》；下經陰陽各三十畫，然後爲《損》、《益》。」愚按，《雜卦傳》云：「《損》、《益》，盛衰之始也。」《泰》之陽極於「三」，即交《坤》之「上六」而爲《損》，衰之始也。《否》之陰極於「三」，即交《乾》之「初九」而爲《益》。盛之始也。關子明《易傳》亦云：「始衰者，由盛而『損』。始盛者，由衰而『益』。先儒謂《損》所以保《泰》，《益》所以治《否》。故四卦當合看。」

愚又按，據《本義》卦變之例，《損》、《益》二卦，《彖傳》皆有「上下」二字，亦可作卦變説。朱子於《損》，但云「損下卦上畫之陽，益上卦上畫之陰」，於《益》但云「損上卦初畫之陽，益下卦初畫之陰」，只就反對説，十九卦可以類推矣。

䷩震下巽上

益：利有攸往，利涉大川。

卦體六爻皆應，與《損》同，而「二」、「五」得位、得中，適與《損》相反，遂成「損上益下」之象。《震》在五行爲木，《巽》在八卦爲木，故「利涉大川」。胡雲峰曰：「他卦《象》言『利往』者，不言『利涉』。《益》兼之。所爲『益』以興『利』也。」愚又按，「攸往」中，已包得「涉川」，但平時之「利」「益」，不見其大，故又從濟變説，「益下」之「利」有加無已如此。

《彖》曰：益，損上益下，民説无疆。自上下下，其道大光。「利有攸往」，中正有慶；「利涉大川」，木道乃行。益，動而巽，日進无疆，天施地生，其益无方。凡益之道，與時偕行。

「上」、「下」，指「初」、「四」兩爻。卦之變自《否》來，損上卦「四」之剛，以益下卦「初」之柔也。兩爻中，又以「四」爲卦主。王者之道，惟在利民，故取下則謂之「損下」，與下則謂之「益下」。《損》之《彖傳》但言「損下」，不言「損民」；此則説出「民説」，快之也。耕田鑿井，帝力何有？王者之民皡皡，與驩虞不同，故曰「无疆」。「自上下下」，承「損上益下」來。「自上」而能「下下」，是謂天道下濟而光明，仁心仁政，光被四表也。「二」柔中正，「五」剛中正，何「往」不「利」？故曰「中正有慶」。「木道」，「木」字，王輔嗣云：「『木』以『涉川』爲常，而不溺者也。」《程傳》謂「『益』字誤作『木』」。來矣鮮謂「『木』當作『水』」。三説不同。《本義》於本卦不添註脚，而於《或問》發之：「或問，程子以『木道』本『益』字之誤。朱子曰：『看來只是木字，有八卦之金木水火土，有五行之金木水火土，如《乾》爲金，《易》卦之金也。《兑》爲金，五行之金也。《巽》爲木，是《易》卦取象。《震》爲木，是五行之木也。』」愚按，卦體《震》，陽木也。《巽》，陰木也。《象傳》云「利涉大川，木道乃行」，即「中孚乘木舟虚」之義。惟「涉川」，乃見「木」之「利」於用，細玩「乃行」語氣，當從《注疏》、《或問》，作「木道」無疑。以上釋《卦象》已畢。「益，動而巽」二句，復就卦德言人事之「益」，「動」者，振作有爲；「巽」者，深入有漸，所以功崇業廣。而「日進无疆，天施地生」二句，復就卦義言造化之「益」，《乾》分一陽於《坤》，而爲《震》；《坤》一陰上升乎《乾》，而爲《巽》。於時爲春夏，所以品物咸亨。而「其益无方，凡益之道」二句，又合造化人事言之。凡此「損上益下」之道，皆「時」爲之也。王者之於民，春不足而補，秋不給而助。初非有意市恩，惟其「時」而已。夫「益下」之道，亦當「與時偕行」，況「損下」以「益上」乎？此又聖人言外之意。

《象》曰：風雷，益。君子以見善則遷，有過則改。

先儒多謂「風雷」之勢，交相助「益」。愚竊謂，撓物者莫疾乎風，動物者莫疾乎雷。「風雷」一過，而天地爲之改觀。惟其疾也，君子以之遷善改過，兩「則」字，只是雷厲風行，取及時奮迅之意。洪覺山曰：「遷善改過，無所疑貳，可謂大勇者矣。何以能即遷即改也？勇莫神於幾初也，初之不審，時過而後及焉，則其及也不力矣。是故《震》、《巽》，一陰一陽之始生，幾之謂也。」張横渠有云，「利者爲神，滯者爲物」，二語良可思。

初九，利用爲大作，元吉，无咎。《象》曰：「元吉，无咎」，下不厚事也。

先儒多以「初」爲始進之臣，「五」用之以益民者。愚竊按，《損》以上受下之益者，上爻也。《益》以下受上之益者，初爻也。《損》「上」得九而成《艮》，《艮》止者，以無事爲義，故曰「弗損，益之」。《益》「初」得九而成《震》，《震》動者，以有事爲功，故曰「利用大作」。「初」在下，民也。《尚書·召誥》：「庶殷丕作。」《傳》云：「大作言勸事。」此其義。《震》位在東，東作方興，「亦服爾耕，十千維耦」，其「大作」之象乎？當「益」之世，上有惠心之主，民安耕鑿之天，豈非「元吉，无咎」？《象》申之曰「下不厚事」，謂《益》乃下民厚生之事，顧「下」不能自厚其事，必有人焉爲之制田里、教樹畜，方得用其力，而爲「大作」。以見《益》「下」之權，操之自上也。舊注以「大作」爲受益不可無所報效。又云，「下」本不當任「厚事」，似於「元吉，无咎」之義難合。先儒又或以「初」爲大有作爲之人，於《爻辭》不無顛倒。《繫傳》：「耒耨之利，以教天下，蓋取諸益。」《本義》注云：「二體皆木，上入下動，天下之益，莫大於此。」故竊援此義，以釋初爻之象。

六二，或益之，十朋之龜弗克違，永貞吉。王用享于帝，吉。《象》曰：「或益之」，自外來也。

本卦與《損》反對，此爻即《損》之「六五」，故取象同。《損》卦義在益上，「五」承「上」，所受者「上」之「益」也。《益》卦義在益下，「二」與「五」應，所受者其「五」之「益」乎？但曰「或益之」，則不知其所自來，似難拘正應也。柔順中正，虛而能受，自然「貞吉」。但須永守不變耳。「王用享于帝」，《本義》謂「以其居下而受上之益，爲卜郊之吉」。先儒或云，《二》「永貞」，虛中之心，必如人君對越在天，小心翼翼也，此一句乃占中之象。愚按，「帝」出乎《震》，齊乎《巽》。本卦兼此二體，原有「帝」之象，但「二」居臣位，如何稱「王而用享于帝」？或是大司徒以祀禮教敬之意，所不可知。《象》曰「自外來」，先儒謂「初九」本自「四」來居於初爻，以其與「二」非正應，故曰「或益之」。愚按，卦體本以「四」益「初」者也，而「二」受其益，故曰「自外來」，外者，外卦也。

六三，益之，用凶事，无咎。有孚，中行，告公句，用圭。《象》曰：「益用凶事」，固有之也。

《本義》：「『六三』陰柔不中，不當得益者也。有益之以『凶事』者，警戒震動，乃所以益之也。」《程傳》以「守令」救災爲言。愚又按，林黄中曰：「『凶事』有三，有札瘥之政，有死喪之禮，有甲兵之事。歉歲曰『凶』，『益』之時，『損上益下』，其爲凶荒札瘥之政乎？」潘氏曰：「汲黯發倉廪以救饑民，『益之用凶事』也。」今據此義推之。《周禮》司荒政十二，首曰散利。六官之屬，倉人掌粟入之藏。有餘則藏之，以待凶而頒之。司救，於天災民病則施惠；司市、司關，凶荒則無征；掌客，凶荒則殺禮；士師，凶荒則移民通財。不獨大司徒以荒政聚萬民也。「益之，用凶事」，年饑而賑恤也。「告公用圭」，即荒政散利之事。《周禮》：「珍圭以徵守，以恤凶荒。」《注》：「珍，鎮圭也。王使人徵諸侯憂凶荒，則授之，以往致命焉。」《程傳》亦云「大夫執圭而使，所以申信也」。「三」居下卦之上，非無位者，但行不敢擅專，「用圭」以「告」於「公」者，乃發積儲耳。《象》曰「固有之也」，積儲本以備荒，如旅師聚粟、遺人委積之類，本民間「固有」之物，不用更求益也。「公」指「六四」，近君之大臣也。「三」與「四」比，故曰「有孚」。惟「有孚」，故《三》「告」而《四》「從」。當「益」之時，聯上下之情者，在「三」、「四」兩爻。胡雲峰曰：「以二體言，則『二』、『五』各居中；以全體言，則『三』、『四』並居中。故《中孚》以『三』、『四』爲中，此『三』、『四』稱『中行』。」《本義》釋《小象》云：「欲其困心衡慮而『固有之』也。」大難理會。

六四，中行，告公從，利用爲依，遷國。《象》曰：「告公從」，以益志也。

愚按，卦體自《乾》、《坤》來，「四」自上而遷於「初」，「初」自下而遷於「四」。《坤》爲國土，有「遷國」之象。人情安土重遷，「遷國」於民何利，而云「利用爲依」？「遷國」，即《商書》「視民利用遷」，《周禮・小司寇》「掌外朝之政」，「國遷」一事，必「致萬民而詢」問之意。葉竹埜曰：「『邦畿千里，惟民所止』。不得已而徙都，必民心樂從而后可。非以國徙，實以民遷也。商自契至湯，凡八遷，至盤庚五遷。周則公劉遷邠，太王遷岐，文王遷豐，遷岐，武王遷鎬，成王卜洛，所謂一勞而永逸也。『告公』者，謀及卿士也，必衆謀僉同。『四』乃『從』而行之，無非以益下爲『志』耳。周之東遷，晉、鄭焉依。此『依』字之義。」愚又按，「三」、「四」兩爻，當合看。《周禮・廩人》：「以歲之上下」詔國用，「若食不能二鬴，則令邦移民就穀」。《士師》又有「移民通財」之道。皆因其凶荒相賙，而暫爲遷徙者也。合《爻辭》觀之，因「凶事」而議「遷」移民也。《三》「告」《四》「從」，以益民爲「志」，前曰「告公」，此曰「告公從」，彼此正相應。

九五，有孚，惠心，勿問元吉。有孚，惠我德。《象》曰：「有孚惠心」，勿問之矣。「惠我德」，大得志也。

卦體「損上益下」，在第四爻。「五」居「四」之上，操「損上益下」之權者也。剛中居尊，實心惠民，故曰「有孚」，上孚於下也。勞「心」以「惠」民，即「損上」以「益下」，其爲

「元吉」，「勿問」而可知。與《革·九五》「未占有孚」義同。再曰「有孚」者，下孚於上也。民皆謂君之惠我以德，非口惠而實不至者也。「四」以「益」爲「志」，「五」則「大得志」，兩爻相比，君臣志合，天下有不咸受益者乎？

上九，莫益之，或擊之，立心勿恒，凶。《象》曰：「莫益之」，偏辭也。「或擊之」，自外來也。

先儒謂卦體上下互易爲《恒》，本爻即《恒》「九三」，故彼曰「不恒」，此曰「勿恒」。愚又謂，風以從雷爲「恒」，雷以得風爲「益」。「上九」居《巽》之極，下與「三」應，進退無常，惟求「三」來益己。國富而家貧，財聚而民散，非但「莫益之」，且「或擊之」矣。推原其致「凶」之故，皆由「立心勿恒」也。《損》之《上九》「弗損」則「吉」，《益》之《上九》「莫益」則「凶」。可見「損下」是一時權宜之計，「益下」是萬古不易之規。「損」不可「恒」，「益則」當「恒」者也。《程傳》於「偏辭」二字，詮釋不甚明白。《困學記》云：「『莫益之』者，上無以益人也，所以《象》云，此特就其慳吝一節而言。若概論其生平，有巧取强奪，罄竹難書者矣。豈特莫益一端而已，故曰『偏辭』也。『自外來』，人人得而擊之也。」《黄氏日抄》云：「凡求益者，皆『偏辭』。」林次崖曰：「『偏辭』，猶云一偏説話也。究言之，一定有擊之者，乃危之之詞。『自外來』，歸咎在致其來上。」

葉竹埜曰：「先王之於民，必有以與之，斯有以取之。後世授田無法，農民已無可耕之地。山澤一孔之利皆歸公，上而無遺，上之人略不加恤，方且苛政而重役之。是徒知閭師任民之貢，而不知太宰任民之職也。」《象數論》曰：「分田授土於下，貢税終事於上。上與下交相損益者也。以《損》卦觀之，『初九』，粟米之征也。『九二』，布縷之征也。『六三』，力役之征也。『四』，損民之疾苦者也。『百姓足，君孰與不足』？故『五』有『或益之龜』。不以天下自富，故上有『无家』之譽。以《益》卦觀之，『初』之『大作』，受田而耕。『六二』『享帝』，春秋祈報，國之大事在祀與農。二爻皆養生之事也。『六三』『凶事』，送死之事也。『四』之『遷國』，封建諸侯，各行井田也。『九五』『惠心』，『以不忍之心行不忍之政』也。『損』、『益』之道如此。聖人逆知後世剥下奉上，不授田以養民，則上無益下之道矣。民買田以自養，又復重税，驅而納諸溝壑，使下損無可損，而俗吏猶曰『十一而税，先王之制也』，是上之於下，非『益之』，乃『擊之』也。故以『上九』終焉。」

愚按，「山澤」，形也，有形者必敝。山有時崩，澤有時竭，故主「損」。「風雷」，氣也，氣以神行，鼓動萬物，惟主生長，何曾虧損？故主「益」。山在上，澤在下，上實而下虚，故爲「損」。風在外，雷在内，外散而内盈，故爲「益」。山吸澤之氣，風動雷之威。觀

《損》、《益》二卦，聖人之行事見矣。

䷪乾下兑上

夬：揚于王庭，孚號有厲。告自邑，不利即戎，利有攸往。

下五剛而上一柔，三月之卦也。五剛皆以「决上」爲義。胡雲峰曰：「以五陽去一陰，亦易易耳。而《彖》爲危懼儆戒之辭不一，爲君子謀至矣。」愚按，《彖辭》以「揚于王庭」一句爲主，專指上爻。君側用事，小人也。小人在君側而用事，豈易决去？必先暴其罪惡，使小人無地自容。然衆君子雖同聲相應，亦有危道。爲五陽計，尤當自相告戒，不可專事攻擊，故曰「告自邑，不利即戎」。《黄氏日抄》云：「程、朱皆以『告自邑』爲『先自治』，然恐『自』乃『自從』之義，如云告戒自其居邑始也，『不利即戎』，若依舊注，相與合力解，則是『利』即『戎』矣。」愚按，上文既云「不利即戎」，何以復「利攸往」？當剛長之時，又恐其失機會也。他卦「利往」以效言，此「利往」以事言。剛長從《復》卦一陽來，故《復》曰「利有攸往」，此亦曰「利有攸往」。何伯宗曰：「於《復》，欲舒君子之氣，故其辭平；於《夬》，欲密君子之幾，故其辭危。」

《彖》曰：夬，决也，剛决柔也。健而説，决而和。「揚于王庭」，柔乘五剛也。

「孚號有厲」，其危乃光也。「告自邑，不利即戎」，所尚乃窮也。「利有攸往」，剛長乃終也。

夫子妙在以「決」字釋「夬」之義。先儒云，「以決訓夬，内含『決去』、『果決』二意」。愚竊按，《説文》：「決，流行也。」从水不从冫。初無「衝決」、「潰決」之解。一陰在五陽之上，有必去之勢，而未能即去，全要不動聲色，如水之流行，而百折必東，中間自有潛移默奪之用。所謂「剛決柔」者如此，以決之名與剛，便凛凛不可犯。「健而説」二句，正善其決之道。以卦德言，「健」則有力，「悦」則能「和」。「和」者，事合機宜，動中肯綮。非和柔調停之謂也。柔乘五剛，正其飛揚跋扈時。「五」與之比，恐君心爲其所惑，故「有厲」。夫子於危厲處，看出卦之全局，曰「孚號有厲，其危乃光也」。「五」之《象》曰「未光」，則「孚號」當指「五」。衆陽與「五」同德，皆「號」於「五」，卒賴「五」以去「上」，一小人去，而衆賢盈朝，豈非邦家之「光」乎？「所尚乃窮」，指「上六」。小人所尚者，《兑》上之口耳。我不「即戎」，則彼之讒口無所施，伎倆「乃窮」矣，彼「窮」則我「利」。《復》「初」，剛反之始；《夬》「上」，「剛長」之「終」。五剛並進，一柔自退，必至此「乃終」者，「終」指《乾》。對《姤》一陰始生説，又有除惡務盡之意。朱子曰：「今人謂陽不能無陰，君子不能無小人，故小人不可盡去。」今觀「剛長乃終」一言，則聖人豈不欲盡去耶？但所以決之者，自有道耳。

《象》曰：澤上于天，夬。君子以施禄及下，居德則忌。

「澤上于天」，《本義》謂「潰決之象」，又以「施禄及下」爲「潰決之意」。以「潰決」釋「夬」字，殊難理會。又云：「『居德則忌』，未詳。」《程傳》謂「『居德』，爲安處其德則者，約也；『忌』者，禁也，約立禁防，而無潰散」。《黄氏日抄》亦以《程傳》爲難曉。楊龜山云：「以德厚自居，則『忌』之所集。」鄒氏曰：「『澤上于天』勢必將決而下流，君子觀此象，以之『施禄』則可，以之『居德』則不可。」愚竊據後説推明之。「雲上于天」爲《需》，澤尚有待，今「澤上于天」，一決注便成雨。澤以潤下爲義，君子之「施禄及下」，恩澤下逮之謂也。「居德」與「施禄」相反，「居」者，吝而不施也。人君當施澤於下，不當「居德」於上，「居德」乃人君所最忌者。「德」字只作「澤」字解，於理易通。或云，「施禄及下」，小人既畏其威，復懷其德。若居而不施，而自以爲功，非徒不感，且以爲忌矣。又似太多轉折。

初九，壯于前趾，往不勝，爲咎。《象》曰：不勝而往，咎也。

《大壯》四陽，「初」曰「壯趾」。《夬》五陽，初爻加一「前」字，又爲直往無前之象。君子之決小人，論理固當勝。但須量力審勢，瞻前顧後，不可先挾必勝之心。「初」以剛居剛，位又最下，而欲決最上之陰，不量力，不審勢，一味勇猛向前，如此而「往」，非惟「不勝」，抑且「爲咎」。「爲」者，「咎」乃「初」所自取也。《爻》曰「往不勝」，「不勝」猶在「往」之後。《象》曰「不勝而往」，「不勝」已在「往」之前。如京房欲去恭顯，劉蕡欲去宦官，皆「不勝而往」者也。《象辭》所云「不利即戎」，此爻當之。

九二，惕號，莫夜有戎，勿恤。《象》曰：「有戎，勿恤」，得中道也。

《黄氏日抄》云：「程、朱皆以『惕號』爲句。按象，則分句，合依諸家『有戎勿恤』爲句，以《經》文爲據。」愚按，小人之中君子，多以陰謀，君子常失於疎，而不爲預備。「二」以剛居柔，「孚號」同德，惕然戒備，此處無事時而若有事也。雖有陰謀，無所伺隙，「莫夜有戎」，不足憂矣，此處有事時若無事也。「有戎」與「即戎」相應，「我不即戎」，所以「有戎勿恤」，「莫夜有戎」四字連讀，於上文初無礙。「恤」字與「惕」字相應，由其能「惕」，所以「勿恤」。《象》曰「得中道」，見「勿恤」非姑示閒暇，居中制勝，自有道在。「二」與「四」，皆以剛居柔，而「四」不如「二」者，「二」「得中道也」。「二」之所「得」，正「初」之所失。老成經國，與少年喜事者不同。居《乾》體之中，《乾・三・爻》曰「夕惕」，此曰「惕」，曰「莫夜」，與「夕惕」同。《兑》，四曰〔一〕莫象；《乾》，西北夜象。愚又按，「初」不宜壯，而「三」與之應。「四」不當位，而「五」與之比。卦體雖五陽，而「二」之一陽所處尤難，以諸陽之不同心，焉得不「惕」而自厲？焉得不「號」之使聞？此爻乃處《夬》之最善者，所以與「五」同爲剛中，《小象》獨許其「得中道」。

九三，壯于頄，有凶。君子夬夬，獨行，遇雨，若濡。有愠，无咎。《象》曰：「君子夬夬」，終无咎也。「頄」，音「逵」，又音「求」。

「頄」，面顴也。「三」居《乾》上體，「頄」象。過剛不中，「壯于頄」之象。此爻之義，《朱注》已詳。張雨若曰：「『有凶』以下，是聖人教『三』如此，何必『壯頄』爲哉？」愚又竊謂，「壯頄」者，動於氣也。聖人恐其悻悻見面，故戒以「有凶」。蓋「三」之所處，視諸陽爲尤難，故曰「夬夬」。先儒謂上「夬」，「果決」之義。下「夬」，「決去」之義。其心真在決去小人者，故以「君子」之稱歸之。諸陽中，惟「三」與「上」應，故曰「獨行」。《兑》澤在上，「遇雨」之象。《黄氏日抄》云：「『遇雨』，『九三』獨應『上六』，『若』將爲雨，『濡』而『有愠』色者。」愚竊謂「若濡」者，似被小人之污。「有愠」者，不爲同類所喜。

〔一〕「四曰」，四庫全書本作「西日」。均不詳其義，恐訛誤。

種種形跡，「三」不求遽白，「獨行」可也；不必與衆偕，「遇雨」可也；不妨與陰和，「若濡」可也；冒嫌而不辭，「有愠」可也。群疑而不辨，由其有「夬夬」之心。雖與「上」相應，究與諸陽並進，卒能成去小人之功。《小象》要其「終」曰「无咎」，可見有多少宛轉在前。

九四，臀无膚，其行次且。牽羊悔亡，聞言不信。《象》曰：「其行次且」，位不當也。「聞言不信」，聰不明也。

《程傳》：「『九四』以陽居陰，欲止，則衆陽並進，勢不得安，猶『臀』傷而居不能安也。欲行，則居柔不能强進，故其『行次且』也。」愚按，《爻》之言「臀」者，皆「坎」象，《坎》爲溝瀆，流惡者也，《困》下卦《坎》，曰：「臀困于株木。」《姤》「九三」變則爲《坎》，曰：「臀无膚。」本卦與《姤》反對。「四」在上卦之下，此爻變亦爲《坎》，故其象同。「臀无膚」，豈能行哉？二《象》只是一義，「四」居《兑》體之下，欲行則不能，偪於「壯頄」之「三」，又不得不行，故成「次且」之象。以陽居陰，蓋大臣之依違瞻顧，而不能剛决者。「次且」與「趦趄」同。諸家多以「牽羊」爲「牽連」衆陽而進，惟張横渠云：「『牽羊』者，讓而先之。」愚按，《兑》爲羊，當指「上六」，「四」雖與「上」同體，而近比者，「五」也。人或告之，曰「五」爲「牽羊」之人，汝第執鞭隨其後，「悔」可「亡」矣。而「四」才剛，則無下人之志。聞「牽羊」之言，當信者也。而「四」位柔，又無聽言之決。《小象》一原其「位不當」，一咎其「聽不明」，惜之之辭，亦是激之之辭，皆不中不正所致也。或云「羊」即指「九四」，羊性善觸，不至羸角不已。聖人教以自牽其羊，抑其很性，即「壯頄有凶」之意。亦是一解。愚又按，《易》凡兩言「聽不明」，《夬》「四」與《噬嗑》上爻同，「聰」而「明」者，始乎《坎》，終乎《離》。《坎》化成《離》，是謂耳順。若只自恃其「聰」，而不求其所以「明」，即如《既》、《未濟》「鬼方」之義。離日中天，而蔽之以黑雲，南國文明，而反淪入於幽都矣。

九五，莧陸夬夬，中行无咎。《象》曰：「中行无咎」，中未光也。

《本義》：「決而決之，又不爲過暴，合於『中行』，則『无咎』。」愚竊謂，「九五」以陽剛中正之君，去一陰柔之小人，如刈草然，本非難事。但與「上」比，而同爲悦體，恐其中懷私暱，決去不勇，故必如去「莧陸」，然方合於「中行」之道，而「无咎」。似不必添過暴一層。建安邱氏曰：「凡陽之決陰，遠則不相及，惟應與比當之。『三』應而『五』比，所以皆曰『夬夬』，言當決而又決，不可係累於小人也。」愚按，《爻》許其「中行」之決，曰「无咎」。《象》戒其近比之私，故曰「中未光」。可見去小人非難，難在去君心之小人。欲其以必去爲主也，「中行」正在「夬夬」上見。天下有過剛而爲中者，所謂「其危乃光」。又按，「莧陸」，諸家注各不同。《子夏傳》云：「木根草莖。」馬融、王肅云：「一名『商陸』。」則以「莧陸」爲一物。董遇云：「『莧』，人莧。『陸』，商陸。」朱子云：「『莧』，馬齒莧。『陸』，章陸。」則以爲二物。王《注》但云「草之柔脆者」，得其大意，似不必作《爾雅疏》。或云：「『莧』，三月生。」正與卦氣合，但《説卦傳》「兑」無草木象，而此取「莧陸」，所未詳。

上六，无號，終有凶。《象》曰：「无號」之「凶」，終不可長也。

《本義》：「小人居窮極之時，黨類已盡，無所號呼，終『有凶』也。」愚按，《卦》、《爻辭》凡三言「號」。陽剛者發露於外，「孚號」、「惕號」，衆君子大聲以攻小人也。陰柔者隱忍在内，《上六》「无號」，一小人暗自結於人主也。唐德宗不覺盧杞之奸，因人言之衆，謂杞孤而無黨，正如此耳。《爻》曰「終有凶」，《象》曰「終不可長」，兩「終」字，與《象傳》「剛長乃終」相應，陰窮則變，剛長則終。天地有自然消息之數，君子無决然用「壯」之心。直待陽終長而陰終消，小人安能長居此位乎？此雖小人末路光景，要見天地之數如此，君子之心亦如此。一説，「上六」正當《兑》口，「无號」者，非謂無所號訴也。小人得志之秋，方且樹頰頰，騰口説，肆無顧忌，聖人絶之曰「无」以「號」，爲一時稱快，到底「有凶」，所以戒小人也。於義亦通。

余酪缶曰：「一陽之《剥》，曰『終不可用』，慮其變而爲純《坤》也；一陰之《夬》，曰『終不可長』，惟恐不得爲純《乾》也。」「長」字作上聲讀，亦可。

蘇紫溪曰：「甘露之變，以小人攻小人也，不知『揚庭』之義者也；元祐之朋，以十人制千虎也，不知『孚號』之義者也。以手推虎，徒犯『壯頄』之凶；産、禄猶存，罔防『莫夜』之戒，非『有厲』也。何進徵卓、紹之群，昌遐結朱温之援，皆『即戎』而非『自邑』也。故其決之而不勝也，則禍集於君子；決之而勝也，則禍貽於國家。」蔡子木曰：「『初』恃剛長：『二』便『惕』、『戎』；『三』戒『壯頄』，所以責小臣；『四』之不剛，非能決小人者。然公議不可不從，故示以隨人，所以責大臣。『五』於陰爲近，不無狎昵，然大義不可不斷，故示以『中行』，所以責人君。

☴☰巽下乾上

姤：女壯，勿用取女。「取」，去聲。《周易舉正》：「『取』下無『女』字。」

「姤」，古文作「遘」，《説文》：「姤，偶也。」《剥》、《復》、《姤》、《夬》，陰陽消長如循環。陽纔《剥》於上，一陽旋生於下而爲《復》；陰纔《夬》於上，一陰旋生於下而爲《姤》，五月之卦也。《月建》：「一陰之月爲蕤賓。」則陰爲主而陽爲賓矣。四陽方成

《大壯》，《姤》一陰，即云「女壯」者，自《姤》而爲《遯》，爲《否》，爲《觀》，爲《剥》，爲《坤》，皆此一爻始，所以惡其「壯」，非以一女遇五男爲「壯」也。《姤》以天，取以人，故有「勿用取」之戒，與《蒙》「九三」辭同，嫌其舍正應而近相比也。《姤》以一陰爲卦主，故言於《卦象》。

《易簡録》云：「《乾》、《巽》相遇，《小畜》稱『妻』、稱『婦』，《姤》乃『勿取』，《畜》之《巽》，志在於應《乾》；《姤》之《巽》，志在於消《乾》，《畜》之《巽》在外卦，《乾》爲主；《姤》之《乾》在外卦，《巽》爲主也。」錢國瑞曰：「『大壯』《震》男動於外，而男爲主；『女壯』《巽》女入於內，而女爲主。主在女，則賓在男。非如《小畜》之《乾》爲主於內，其於《巽》女，可以『妻』，可以『婦』也。」

《彖》曰：姤，遇也。柔遇剛也。「勿用取女」，不可與長也。天地相遇，品物咸章也。剛遇中正，天下大行也。姤之時義大矣哉！《舉正》：「『勿用取女』上有『女壯』二字，『取』字下亦無『女』字。」

《姤》與《夬》反對，皆以柔爲主爻。《詩》「邂逅相遇」，《穀梁傳》「不期而會曰遇」，「姤」之義也。《夬》之後，正當純陽四月，陰有心於合，而陽不疑陰之來，故謂之「遇」。卦體剛在上，而曰「柔遇剛」者，一柔自《夬》上外卦來也。「長」字，上聲，「不可與」，責重在取女之人。《巽》爲長女，陰勢方長，若復與之長，是助長矣。故以「不可」爲戒。卦義本非美名，而《彖傳》復極贊之者，上以陰陽之淑慝言，下以陰陽之相須言。蓋卦體從純《乾》而變，此一陰即《坤》之初爻。《乾》施《坤》成，皆由於此。故就「遇」字推言其「時義」之「大」。以天運言，則建午之月，南離之光，無所不照，正「天地相遇，品物咸章」之時。以世道言，則剛遇中正，乃「天下大行」之世。天地相遇，一陰來與五陽「遇」，上下卦象也。「剛遇中正」，兼「二」、「五」兩爻。蘇氏《易傳》云：「陰之『長』，自『九二』之變爲《遯》，始無臣；自『九五』之變，而爲《剥》，始無君。在《姤》之時，上有君，下有臣，豈非『天下大行』之象？卦中又有此『時義』也。」邵堯夫曰：「《復》次《剥》，明治生於亂；《姤》次《夬》，明亂生於治。時哉時哉，是以聖人貴未然之防。」

《象》曰：天下有風，姤。后以施命誥四方。

張中溪曰：「『風』者，天之號令，所以鼓舞萬物，君之命令似之。」愚又按，「風行天上」爲《小畜》，與物未相遇也。「天下有風」，萬物皆相見矣。「風行地上」爲《觀》，「先王以省方設教」。轍跡所至，不過方岳之下而已。「天下有風，后以施命誥四方」，則山陬海澨，靡遠勿届。所以濟巡守之不及也。

初六，繫于金柅，貞吉。有攸往，見凶，羸豕孚蹢躅。《象》曰：「繫于金柅」，

柔道牽也。

此正「女壯」之爻，卦之立名，以此。古注以「金柅」指「九四」，謂「『繫于』正應，乃得『貞吉』」。《黄氏日抄》從之。愚竊謂，「初」之正應在「四」，他卦取正應，《姤》則以「遇」爲義，近與「二」比，即爲所「繫」。與《隨》卦「係小子」、「係丈夫」義合。上卦《乾》體，中互純《乾》，「金」之象。「金柅」似當指「九二」。若依《注疏》，指「九四」，則「四」《爻》不當云「包无魚」。且正應，可謂之「繫」乎？《爻辭》分兩截説，「繫」則「貞吉」，「往」則「見凶」。「貞吉」二字，屬上句。比本非正，而云「貞吉」者，所謂静正則吉也。「二」若不「繫」而縱「初」所「往」，則立「見凶」矣。《本義》謂「以二義戒小人，使不害於君子，則『吉』而無『凶』」。似非《爻》義。末句承「攸往見凶」來，又於占中得象。一陰在下，其卑污柔弱如「豕」之「羸」，其孳尾如「豕」之「孚」，其蠢動跳梁如「豕」之「蹢躅」，皆「見凶」之象也。胡雲峰曰：「《象》指一卦而言，則以一陰當五陽，故於女爲『壯』，《爻》指一畫而言，五陽之下，一陰甚微，故於『豕』爲『羸』。『壯』，可畏也；『羸』，不可忽也。當以戒君子爲正。」「柅」之解不一，《廣雅》：「柅，止也。」馬融謂「柅在車下，所以止輪」，王肅謂「織績之器，婦人所用」，《程傳》、《本義》依之〔一〕。《説文》稱「絡絲趺也」〔二〕。來矣鮮云：「收絲之器，簨上之孔用金。」諸家訓詁雖不同，要之金爲剛物，剛以止柔，其義一也。《象》曰「柔道牽」，《本義》：「『牽』，進也。以其進，故止之。」愚按，《巽》爲繩，有「牽」之象，柔之爲道，纏綿不斷，「二」用「金柅」止之，即所以「牽」之也。《程傳》謂：「止之以『金柅』，而又繫之。」似多添一層。凡剛居「二」者，多稱「金」，例見《蒙》、《困》二卦。又按，《説卦傳》「坎爲豕」，今取《巽》象，所不解。

九二，包有魚，无咎，不利賓。《象》曰：「包有魚」，義不及賓也。

《説文》：「魚，水蟲也。」愚按，《剥》「五」陰，曰「貫魚」，《姤》「一」陰，但曰「魚」。「初」與「四」正應，「魚」本當爲「四」所有，因與「二」遇，先爲剛中者所「包」，使「初」自「二」而止，不得他適，所以「无咎」。「魚」既爲「二」所有，則「二」爲主，「四」爲賓矣。《爻》云「不利賓」，譬如漁人取魚，先至者舉網得之，後來者曷利乎？《象》云「義不及

〔一〕「《程傳》、《本義》依之」者，乃依馬融，而非依王肅也。《程傳》釋「柅」爲「止車之物」，《本義》亦謂「柅，所以止車」。

〔二〕「《説文》稱絡絲趺也」，恐訛。按，《説文》釋「檷」曰「絡絲檷，从木，爾聲，讀若柅」。段注作「絡絲柎也」，並注云：「《釋文》作『趺』。」

賓」，更進一層説。男女之道，一陰一陽，「初」既遇「二」，便當從一而終，非獨「利」不「及賓」，於「義」亦不及矣。「包」如「苞苴」之苞，以大包小，以陽包陰。「二」若不能包「初」，則此爻變而成《遯》矣。「初」之不遽消陽者，「九二」之力也。唐凝庵曰：「『不利賓』，正言所以『包』之故。『四』與『初』爲正應，然陰在内而爲主，則陽爲『賓』矣，取之必『見凶』。所謂『不利』也，『二』之包『初』，正以其『不利賓』也。『不利賓』而使之『不及賓』，『義』之所當然也。」又是一解

九三，臀无膚，其行次且，厲，无大咎。《象》曰：「其行次且」，行未牽也。

愚按，《姤》以一陰遇五陽，「三」亦與「初」遇者，《姤》「三」即《夬》「四」，故取象同。人坐，則「臀」在下，故《困》於「初」言之。行則「臀」在中，故《夬》、《姤》於「三」「四」言之。「三」以剛居剛，正而不中，見「初」之爲「二」有也，意欲下行，而隔於「二」，未免有情，行坐爲之不安，「臀无膚，其行次且」之象也。然「初」比「二」，而與「三」無「繫」，則「三」之情「牽」，而「行未牽」；「臀无膚」，所以「厲」。「行次且」，所以「无大咎」。《左傳》曰：「美疢滋毒」、「尤物移人」，如此壯女，不遇則未爲所牽制，何必非「三」之幸乎？「行未牽」與「柔道牽」相反，剛柔之别也。

九四，包无魚，起凶。《象》曰：「无魚」之「凶」，遠民也。

「包无魚」，承「九二」《爻辭》説來。「初」陰比「二」，「魚」已爲「二」所「包」矣，彼有則此無。「四」若據正應之理，而與之争，則釁端自「四」起矣，故曰「起凶」。《小象》推原「无魚」之故，由於「遠民」。《易》以陽爲君，陰爲民。「民」指「初」也。「初」與「二」近，而去「四」遠。「初」既舍正應而從「二」，「遠」者其能與近者争此「民」乎？張彦陵曰：「『二』，剛得中，以近比而得『初』之從；『四』，剛不中正，以位遠而失『初』之應。爲上而下離，故有『凶』象。」胡雲峰曰：「以爲小人，遠之可也；以爲民，『民』則不可『遠』也。」《小象》别是一義，竊恐未然。

九五，以杞包瓜，含章，有隕自天。《象》曰：九五「含章」，中正也。「有隕自天」，志不舍命也。

《黄氏日抄》云：「《程傳》以求賢，而天降之賢。《本義》以『杞』爲『五』之陽，而『包』下初生之『瓜』，而防其潰，『含章』以俟，可回造化，未知於爻象果何如？其餘紛紛各出。惟蔡節齋謂『五』與『初』無相遇之道，猶以高大之『杞』包在地之『瓜』，惟當自畜其德以待之。其有隕墜，乃出於天，非人所能爲」云云。愚竊謂，《巽》體剛中，《巽》爲木，杞之象，「杞」當指「九二」，「瓜」指「初」，於本爻爲「豕」，於「二」、「四」爲「魚」，於「五」爲「瓜」，皆陰而在下之象。《爻辭》三個「包」字，王《注》作兩般解。「二」、「四」

之「包魚」，作「庖厨」之「庖」，古字通用，猶可言也。至「五」之「包瓜」，作「匏瓜」，乃出《子夏傳》。以繫而不食爲「九五」處尊無應之象，大似説壞「九五」。按《易》之言「包」者，多取在中之義。本卦「二」、「五」皆中爻，雖敵應，乃同德也。「二」知「魚」之爲物，有所繫即止，故「包」之。「五」知「瓜」之爲物，得所附即止，故以杞「包」之。《舉正》謂「『以杞』，『以』字，當作『似』字」者，非。「以」者，用也。蘇氏《易傳》云：「『五』委『二』以制『初』，猶以『杞』而『包瓜』。」吴氏《纂言》亦作此解。蓋諸爻中，「二」與「初」比，惟「二」能「包」「初」，故「五」因而用之，非「五」自「包」之也。陽剛中正，所以能内含章美，於一陰之來，何所不容？正位居中，「自天」施命，如「天下有風」，無物不遇，故曰「有隕自天」。《小象》「命」字，從《大象》「施命」來，似不當作「天命」解。「志不舍命」句，先儒詮釋不同。蘇子瞻云：「凡陰中之陽爲『章』，《姤》陰長而陽消，天之『命』也，有以勝之，人之『志』也。君子不以『命』廢『志』，言人之『志』，天不能勝也。」張待軒曰：「周公推本造化，孔子歸功人事。凡事委於氣運，是『舍命』也。『志不舍命』，在『含章』内看出。『舍』則不『含』，『含』則不『舍』。中心藏之，有默與造化相通者。宜其『有隕自天』也。」姑采二説以備考，究竟於《象辭》未能了然。按，《説卦傳》「艮爲果蓏」，此無《艮》象，而云「瓜」，亦所不詳。

上九，姤其角，吝，无咎。《象》曰：「姤其角」，上窮吝也。

先儒云，《夬》、《姤》反體，《夬》「初」以「壯趾」窮，《姤》「上」以「角姤」窮，多以「上窮」爲《姤》「上」自取。愚竊謂，「上」所處之地，去陰最遠，自「初」視之，如角然，欲與之遇，而勢不能相及。「上窮」者，謂「初」至「上」而「窮」。曰「吝」，「初」受之也，「上」賴此「窮」得免「女壯」之禍。曰「无咎」，「上」之占也。與《晉》「上」之「角」不同。楊誠齋曰：「《晉》之『角』，角在己；《姤》之『角』，角在彼。」吴草廬云：「下之所遇者，如『角』之剛。」亦是此解。

蘇君禹曰：「《復》爲天根，陽含陰也。《姤》爲月窟，陰含陽也。如陰不遇陽，陽不遇陰，天地無以成咸章之化矣，聖人之心亦然。謂陰可與長而不抑之，非也。謂陰可終絶而使之不遇，亦非也。『女』不可『壯』，『豕』不可使『蹢躅』，何峻也！『魚』可『包』，『瓜』可『包』，又何宏也！有履霜堅冰之防，未嘗無藏垢納污之量，非所謂剛遇中正，天下大行者乎？」

䷬坤下兑上

萃：亨。王假有廟，利見大人，亨，利貞。用大牲，吉。利有攸往。「假」音「格」。

《説文》：「『萃』，草貌。」蓋取叢聚之象。卦體《兑》上《坤》下，地得水之潤，而草叢生也。中爻《巽》木在《艮》闕之上，「廟」之象。《兑》爲羊，《坤》爲牛，「大牲」之象。上「亨」字，卦德之「亨」也。下「亨」字，「利見」之「亨」也。《本義》謂上「亨」字「衍文」，《程傳》亦然。《黄氏日抄》云：「程、朱蓋以《彖傳》不及『亨』字，而下文又有『利見大人亨』也。鄒氏曰：『「萃」者，民富物阜，財力有餘之時也。「萃」則「亨」矣，然則依經文亦未嘗不可也。』至《吴氏纂言》於經文『萃』字下，竟删去『亨』字，似不必從。『王』、『大人』皆指『九五』。」愚按，本卦當與《比》卦參看，皆以「五」爲主爻。《比》惟一陽，諸爻盡比於「五」；《萃》二陽，有「四」以分「五」之權，故諸爻有萃「五」者，有萃「四」者。文王恐人之萃於「四」，故曰「利貞」，以萃「五」者爲「貞」也。民無二王，得主則一，此聖人受命而興，爲天下神人主之卦。在「王」者當「假有廟」，在天下「利見大人」，所以「亨」而「利」於「貞」。「用大牲，吉」，「假廟」之事；「利有攸往」，「見大人」之事。愚又按，「萃」聚而「涣」散，二義相反，而《卦象》同云「王假有廟」者，《涣》，恐民之散，「有廟」者所以攝其攜貳之心；《萃》，因民之聚，「有廟」者所以堅其向往之意。兩「假」字有别，《涣》之「假」作「至」字解，入廟之義。《萃》之「假」作「格」字解，廟祭之義。

《彖》曰：萃，聚也。順以説，剛中而應，故聚也。「王假有廟」，致孝享也。「利見大人，亨」，聚以正也。「用大牲，吉，利有攸往」，順天命也。觀其所聚，而天地萬物之情可見矣。《舉正》：「大人亨」下有「利貞」二字。

「順以説」，卦德之「聚」也。「九五」以「剛中」而下「應」「六二」，卦體之「聚」也。王者在位，必先「聚」一己之精神，盡誠盡物，「致孝享」以格祖考，然後可「聚」天下之人心。所謂「大人」而「利見」者也，必其人可以爲神人之主，則群情所屬，乃爲「萃」之得其正，所以「利」於「貞」。「用大牲，吉，利有攸往」，郊焉而天神格，廟焉而人鬼享之義，故曰「順天命」。天命攸歸，人心之「萃」可知矣。人與天地萬物，總是一個精神。吾之精神聚，則天地與我一，萬物與我一，故「觀其所聚，而天地萬物之情可見」。王輔嗣曰：「情同而後聚，氣合而後群。」徐子與曰：「《象傳》言『天地萬物之情者』三：《咸》見其情之通，《恒》見其情之久，《萃》見其情之同。」

《象》曰：澤上於地，萃。君子以除戎器，戒不虞。

「地上有水」爲《比》，「澤上於地」爲《萃》。水流而澤聚也，水聚則慮其決，人聚則慮其亂，不可無意外之防。「除」者，修治之義，去舊更新也。「戒」者，豫防之義。「除戎器」，正所以「戒不虞」，即《大雅》所云「弓矢戎兵」，「用戒」「用逷」也。洪覺山曰：

「聚天下之人心，莫若敬畏。《象》以『王假有廟』爲言，敬也。《大象》以『除戎器』爲言，畏也。敬畏存而人心合矣。」

初六，有孚不終，乃亂乃萃。若號，一握爲笑，勿恤，往无咎。《象》曰：「乃亂乃萃」，其志亂也。

愚按，《萃》與《比》，卦體略相似，初爻皆曰「有孚」。《比》「初」無正應，上卦止有一陽，故「終來有他吉」，「終」，「比」於「五」也。《萃》「初」與「四」應，雖「有孚」而「不終」。「不終」，「萃」於「四」也。只爲上卦有「四」、「五」兩陽，於彼於此，未能決擇，「初」之方寸亂矣，故曰「乃亂乃萃」。聖人就其「志」眩惑時，導以歸往之路，曰「若」能「號」召同體二陰，握手偕行，則可變「號」爲「笑」，何所憂「恤」而不「往」乎？與「四」之「孚」，雖「不終」而「往」，則「无咎」，終「萃」於「五」矣。《兑》口在外，「若號」以下十一字，只宜一氣讀下，不必多作轉折。舊注將「號握笑」三字，一一說斷，於《爻》不甚分明。竊以鄙見，詮釋如此，未知當否？《小象》止釋「乃亂乃萃」四字，而歸咎於「志亂」，由「初」之才柔位剛也。「志」不「自亂」，其誰得而「亂」之？堅其「有孚」而「往」，則「志」治矣。

六二，引吉，无咎，孚乃利用禴。《象》曰：「引吉，无咎」，中未變也。

愚按，處二陰之中，柔順中正，與「五」相應，能引二陰以「萃」於「五」，故曰「引吉，无咎」。「五」爲《萃》主，得力全在「二」。内卦三爻，「初」應「四」，「三」比「四」，若無「二」之「引」，則權分勢散，不成「萃」矣。凡同類相引者，或出聲名相附，未必由「中」。「二」之薦賢爲國，發於「中」之至誠，與「五」相「孚」，明可以格君父者，幽可以格鬼神。感應之道在誠，而不在物，故《象》以「大牲」爲「吉」，《爻》以「用禴」爲「利」。備物，王者所以享親；朴誠，臣子所以格主也。《黄氏日抄》云：「『孚乃利用禴』，語脉有兩節。蔡氏云，未『孚』而『用禴』，有簡薄之嫌，必待交『孚』而後『用』。鄒氏云，『用禴』在既『孚』之後。」愚又按，「禴」之名，在殷爲春祭，在周爲夏祭，皆祭之簡者。《既濟·九五·爻辭》亦是此義。《小象》「中未變」，與初爻「有孚不終」對看，「初」孚「四」以萃「五」，故不中；「二」與「五」以中正相應，故未變。

六三，萃如嗟如，无攸利。往无咎，小吝。《象》曰：「往无咎」，上巽也。

「三」居下卦之上，上卦之下，不中不正。「五」爲卦主，則隔於「四」而不得近；「上」爲己應，又不相與，有「萃如嗟如，无攸利」之象。「往」者，往而上也。舊注謂「往」從「上六」。愚竊謂，「上」當指「五」，「初」、「三」之與「五」，皆非比非應，「初」必因正應之「四」，「三」必因近比之「四」，以「往」而上萃於「五」，故兩《爻》皆曰「往无咎」。與

「五」本非正應，故「小吝」。自「三」至「五」，中爻互《巽》，「五」居《巽》體之上，故曰「上巽」。若依舊注，似失「萃五」之義。

九四，大吉，无咎。《象》曰：「大吉，无咎」，位不當也。

愚按，「四」以剛居柔，不中不正，何以云「大吉无咎」？蓋戒詞也，合《象辭》看始明。上比於「五」，則事權所屬，下乘三陰，則衆心所歸。「四」之位，適居於此。夫「五」之「萃有位」，君位也。「四」居臣位而「萃」衆心，可乎？故必「大吉」，乃得「无咎」。《象》曰「位不當」，欲「四」思善處之道也。張氏《困學記》曰：「此爻『位不當』，有二義：以剛居柔，一也；居『五』之下，群陰之上，二也。『位不當』，即以『位不當』處之，有歉然不自安之意。『四』所以『大吉』而『无咎』，《易》之妙用也。」就《經》作解，與諸家不同，另備一解。

九五，萃有位，无咎。匪孚，元永貞，悔亡。《象》曰：「萃有位」，志未光也。

愚按，「九五」陽剛中正，《爻辭》不云「有德」，而云「有位」者，就「萃」之時言也。以剛中居尊位，自然「无咎」。但「萃」之時，諸爻皆當萃於「五」，今正應惟「二」，而「初」則與「四」應，「三」則與「四」比，乃「萃」於「四」，而非「萃」於「五」者。特以「五」居君位，不得不「萃」耳。夫盛世之臣民，宜其懷仁慕義，心悦誠服。今但「萃有位」而已，義雖「无咎」而「志」則「匪孚」，所以不能無「悔」，必修「元、永、貞」三德，以孚於衆，「悔」乃可「亡」。《小象》「志未光」，從「匪孚」中看出。「元、永、貞」三字從《比·卦彖》來。《比》卦諸爻皆比於一陽，則「元、永、貞」之德系於《卦辭》矣。所以《比·五》曰「顯比」。《萃·五》曰「未光」。蓋其心歉然，慮己德之不足以孚衆也。胡雲峰曰：「欲當天下之萃者，不可無其位。有其位者，人不可無其德。」

上六，齎咨涕洟，无咎。《象》曰：「齎咨涕洟」，未安上也。

先儒謂此爻照「後夫凶」例看，《比》之「上六」，以最後而「凶」。《萃》之「上六」，亦以最後而「未安」。愚又謂，「上」以悦體乘「二」，剛位在「五」，而權在「四」，身居卦終，亦有求萃之心，而勢窮於無所往，悦極則悲，有「齎咨涕洟」之象。「齎咨」，《兑》口之聲，「涕洟」，《兑》澤之流，以其能反悦體爲憂懼，鵕䳄而未敢自安於上，故「无咎」。錢塞庵曰：「『三』失『萃』而『嗟』，求『萃』不得，尚可『往』也。『上』失『萃』而『涕洟』，孤臣孽子，操心慮患者也。」

李子思曰：「全卦六爻，或有應，或無應；或當位，或不當位。皆云『无咎』。『萃』乃『天地萬物之情』，真情相合，『吉』多『凶』少。『萃』之所以『亨』也。蓋人情莫真於聚散之際，處孤獨而恬不介意，老莊之學，非聖賢之道也。曰『號』，曰『笑』，曰『嗟』，曰

『咨』，曰『涕洟』，歡欣悲戚，皆真情發見處，所謂『見天地萬物之情』，以此。」

䷭巽下坤上

升：元亨。用見大人，勿恤。南征吉。

「升」，鄭康成作「昇」。《説文》：「『昇』，日上也。」古文只用「升」字，《詩》「如日之升」是也。卦名以「上升」爲義。《巽》木在地下，「升」之象。《巽》性善入，「初」陰不爲「二」陽所阻，故「大亨」。以人事言，方升之初，宜擇所從，故「用見大人」。《巽》爲進退不果，故戒以「勿恤」，而勸之以「征」，向陽明之方，則得「吉」也。

《彖》曰：柔以時升，巽而順，剛中而應，是以大亨。「用見大人，勿恤」，有慶也。「南征吉」，志行也。

愚按，「柔升」有二義，通四陰而言，則《萃》之下卦，今「升」而在上，「時」爲之也。專主初爻言，則一陰在下，有上「升」之勢，亦「時」爲之也。「柔」之爲道，必從容漸進，故曰「以時升」。「巽而順」，卦德也。二氣迭爲升降，而陰必以陽爲主。「剛中」者，「九二」也。「應」者，「六五」也，即「大人」也。「見」之者，「初」也。不曰「利見」，曰「用見」者，「二」與「五」正應，「初」用「二」，以往「見」「五」也。八卦方位，《坤》西南，《巽》

東南，《離》正南。《巽》、《坤》相求，皆會於《離》，故「南征吉」。《象》曰「勿恤」，《傳》曰「有慶」，曰「志行」，鼓其向往之氣也。「慶」莫大於得君，「志」莫切於行道。先儒或以「九二」爲「大人」，似於「用見」語意不合。

「柔以時升」，本卦與《萃》反對之象，不必云卦變。《本義》亦作卦變看，但於《解》謂「自《升》來，『三』往居『四』」。於《升》謂：「自《解》來，柔『上』居『四』。」今從《啓蒙卦變圖》推之，順數則《解》自《升》來，逆數則《升》自《解》來。又不知朱子何以於《解》取順，於《升》取逆也。

《象》曰：地中生木，升。君子以順德，積小以高大。

愚按，《大象》於《巽》不言「風」而言「木」者，不止一卦，於《升》取木象，尤確切。地道敏樹，爲長，爲高。生「地中」而上升者也。在拱把之初，已具干霄之勢。當搖落之候，常含發生之機。而人莫見其升之迹，以積漸致之耳。「君子以之順德」，尊所聞而高明，行所知而光大，日積月累，馴而致之，勿助長以害之。若地之於木，從勾萌中順其生理，以至「高大」。「順」者，《坤》德也。似不當以「順」作「慎」。按，朱子作「慎」〔一〕。

〔一〕按。原本奪「慎」字。

許升《字序》引此卦《大象》而釋之云：「因其自然之理，而無容私焉，『順』之謂也。由是而之，則其進德也孰禦，故因其名而字曰『順之』。」此序作於紹興十八年，本以經文爲據，不知後來注《易》，何以改從王肅本也？

初六，允升，大吉。《象》曰：「允升，大吉」，上合志也。

愚按，「初」在下，與「五」非應，疑於難「升」者，以與「二」同爲《巽》體，「初」志欲「升」，而「二」允之，與《晉·三》「衆允之」義同。《晉》爲下二陰所信，此爲上一陽所信，「初」爲卦主，所謂「柔以時升」者。然柔不能自「升」，必待剛者掖之以上。《象》申之曰「上合志」。「二」居「初」之上，爲「五」之正應，「志」在上進，而「初」與之「志」合，得「二」之力，以同「升」，所以「允升，大吉」。《五·象》曰「大得志」，與此「志」字正相應。

吴草廬云：「《升》自《臨》變，《升》之『初六』，本《臨》之『六三』也。『六三』之陰，下退於『初』，而進『初九』之陽，以上升於『三』，故曰『允升』。」又是一解。

九二，孚乃利用禴，无咎。《象》曰：九二之孚，有喜也。

愚按，《萃》與《升》反對，則「用禴」之象，宜如《損·六二》〔一〕「十朋之龜」，言於反卦之「六五」，今亦於内卦中爻言之，何也？胡雲峰曰：「《萃》『六二』求『萃』於上，《升》『九二』求『升』於上，其義同。《萃》『六二』以柔應剛，《升》『九二』以剛應柔。其以至誠感應，一也。故《爻辭》同，而《彖傳》『剛中而應』之詞，亦同。」愚竊謂，「禴」與「礿」同，《周禮》作「龠」，「龠」者，和樂之器。當祭之時，以聲音求諸上下，祈神之來格也。樂必合衆音以成，而後動神之聽。「二」與「初」之同「升」，亦猶祀之「用禴」也。與《萃》「六二」解稍不同。玩「乃」字，見必「孚乃利用禴」，不「孚」則不「利」可知。「二」以中實爲「孚」，以人事君，其誠足以格君心。「二」能感「五」，「五」能待「二」，乃成升道，不但「无咎」，且有明良喜起之風，《象辭》深許之也。

九三，升虚邑。《象》曰：「升虚邑」，无所疑也。

「三」以剛居剛，在内卦之上，進遇《坤》土，有升國邑之象。《程傳》謂「如入無人之邑」。愚竊按，「虚」與「墟」同，似非空虚之象。《詩》云「升彼虚矣」，《疏》云「高可登之

〔一〕「六二」，當爲「六五」之誤。按，《損》卦第二爻爲陽爻，爲「九二」。「十朋之龜」乃《損·六五》之《爻辭》。

以望」。《左傳》「晉侯登有莘氏之虚」是也。身登高處，道路山川瞭然在目，見可而進，自「无所疑」阻。此《升》之樂境也。

吴草廬云：「《臨》之『三』、『四』、『五』互《坤》，爲邑；柔畫偶，爲虚。『三』自『初』而『升』，以實臨『三』之虚，故曰『升虚邑』。」又是一解。

六四，王用亨于岐山，吉，无咎。《象》曰：「王用亨于岐山」，順事也。「亨」，如字。

《程傳》於本爻，「王」字作「文王」、「亨」字只作本音解。愚按，文王之亨岐山，《經》《傳》無明文。周公《爻辭》，多是因爻立象，初無指爲文王者。以「王」爲「文王」，其説起於《注疏》，而《程傳》從之，故《本義》注《隨》卦《上六·爻辭》云：「『亨』當作『享』，自周而言，岐山在西。」於此卦云：「義見《隨》卦。」亦以「王」爲「文王」也。蔡虚齋遂謂「文王爲諸侯時，有享岐山之事」。考之《周頌·天作》一章，《注疏》以「高山爲岐山」，顧所云「文王康之」者，亦非祭享之義。使果有之，周公何不説出文王，如「帝乙歸妹」、「箕子明夷」、「高宗伐鬼方」之例？今《爻辭》未嘗明言文王，何敢遽以爲信？蓋「五」爲君位，凡《爻》之言「王」者，多指「五」。《師》之「王三錫命」，《比》之「王用三驅」，《離》之「王用出征」，《益》之「王用享帝」，《萃》、《涣》之「王假有廟」，皆其例也。

本卦「王」亦當指「五」。但觀諸儒之説，與程、朱雖或有異同，而合諸卦義《爻辭》，於愚意皆所未慊，惟徐子與曰：「『二』應『五』，大臣也。『四』承『五』，近臣也。《升》則有偪上之嫌，故《二》曰『孚』，《四》曰『順』。」竊取此解，以備考。

六五，貞吉，升階。《象》曰：「貞吉，升階」，大得志也。

《程傳》：「君道之『升』，患無賢才之助爾，有助則猶自『階』而『升』也。」吴草廬云：「『二』之『升』至『五』，如『升階』。然《坤》『三』偶如地之自下而高也。」愚竊謂「六五」柔中居尊，下應剛中之「二」，「初」因「二」而「升」，「三」與「二」同德而「升」，「四」比於「五」而「升」。虚己用賢，人君之正道，故曰「貞吉，升階」者，不下堂階，垂拱而治之象。「五」以求賢爲志，今衆賢畢「升」，故「大得志」。

上六，冥升，利于不息之貞。《象》曰：「冥升」在上，消不富也。

《程傳》云：「『六』以陰居《升》之極，昏冥於『升』，知進而不知止者也。」《本義》因之，多將此爻説壞，似於爻象未甚合。愚竊按，位至「上」，無可「升」矣。惟以盛德大業爲日新富有，愈高愈進，其「升」無已時。「冥升」與「冥豫」不同，《豫》上體動，故欲其「有渝」。《升》上體順，故美其「不息」。凡草木之長皆以夜，此「冥升」之象。位雖至上，而「升」猶「不息」，有升降循環，純亦不已之意。所謂「不息」則久也，故「利貞」。

「消不富」者，言雖有盛德大業，其心若止見其消，而不自以爲富也。陽實陰虚，故云「不富」。

張待軒曰：「《升》六爻盡善盡美，無一『凶』『悔』『吝』之語。蓋士人同朝共事，最忌爾猜我虞，已升者摧抑其下，未升者掩襲其上。今『六五』以『貞』主持於上，『初』『合志』，『二』『有喜』，『三』『无疑』，『四』『順事』。同心一德，朝無媢嫉之臣，野無放棄之士。六十四卦，豈可多得？『上』居卦終，『階級已極』。聖人於是別設一義，謂之『冥升』，又於『冥升』中，展開一徑，曰『利于不息之貞』，理欲利害，如環無端，《易》之爲道，於是爲不可測矣。」

《象數論》曰：「以卦爻推之，乃王者受命，升中祭告之象。《記》曰『升中於天』，《注》云『升，上也，中，成也』。祭天以告成功，卦象原有向明出治之義。『初』之『允升』，德孚於幽明也；『二』之『用禴』，宗廟之祭也；『三』之『虚邑』，爲壇於郊外也；『四』之『亨岐山』，祭天下名山也；『五』之『升階』，兆於南郊就陽位也；『上』之『冥升』，其香始升，上帝居歆也。《易》象固無所不有。」

䷮坎下兑上

困：亨句**，貞**句**，大人吉。无咎，有言不信。**

愚按，《困》與《井》反對，以《坎》水之上行下漏爲義。《井》「初」、「二」互易爲《既濟》，《困》「五」、「上」互易爲《未濟》，故《井》通而《困》塞。「口」，古「圍」字。六書義，木在口中，不得伸之象。《卦辭》言「困亨」者，聖人教人以處「困」之道，朱子所謂「時雖困而道自亨」。胡雲峰所謂「身雖困而心自亨」是已。「貞」字，據《彖傳》，當自爲句。「大人」兼指「二」、「五」。「无咎」二字，當屬下句，觀《彖傳》以「吉」字絶句可見。《兑》口在上，「言」之象。「无咎」，謂不用怨尤也。當「困」之時，「有言不信」，怨尤無爲也，此戒之之詞。一説，「不信」，非人不見信也，「信」乃「安」義。命之實心，「困」而「有言」，則心不安於義命矣。

《彖》曰：困，剛揜也。險以説，困而不失其所句**，亨**句**，其惟君子乎！「貞**句**，大人吉」，以剛中也。「有言不信」，尚口乃窮也。**

《本義》：「『二』爲二陰所揜，『四』、『五』爲『上』所揜，所以爲『困』。」劉調甫云：「不曰『柔揜剛』，而曰『剛揜』。無所歸咎，故以剛自揜爲詞。」愚按，三陰爻有小人欲困君子、而適以自困之象。三陽爻有始困終亨、君子不爲小人所揜之象。《易》爲君子謀也，卦德之「險以説」，即是「困亨」之義。在險而悦，所以能處「困」。「所」字，如「止其所」之「所」，人失其「所」則「困」。若曉得險中有悦境，則雖「困」而不失其「所」，故「亨」。「不失」二字當玩，見得胸中原有自得之妙，不因處「困」而失，非剛中之君子，誰能若此？「君子」即「大人」。胡雲峰曰：「他卦言『貞亨』，不『貞』則不『亨』。『亨』由於『貞』也。此言『亨』，而後言『貞』。處『困』能『亨』，則得其『貞』。『貞』，由于『亨』也。」《程傳》：「困而能『貞』，大人所以『吉』也。」《本義》曰：「『貞』，又曰『大人』者，明不正之小人不能當也。『有言不信』，又戒以當務緘默，不可『尚口』，益取困窮。」愚又謂，卦本《坎》體，《坎》曰「維心亨，行有尚」，第四爻變而爲《兑》，遂成「尚口」之象。處「困」之道，亦宜尚行，不宜「尚口」也。失路之言，人不見信，且至於窮。然則「困」何能「窮」人？惟「尚口乃窮」也，處「困」之時，内不可不剛直，外不可不緘默。東漢諸賢互相標榜，黨錮之禍遂起，聖人之垂戒久矣！吴草廬作「以言傷人」解，似非正旨。

《象》曰：澤无水，困。君子以致命遂志。

不云「澤下有水」、「水在澤下」，直云「澤无水」者，水性潤下，澤不能瀦，是名「漏」。澤下漏上枯，所以爲「困」。張待軒曰：「《屯》、《蹇》、《困》皆以『坎』名，然而莫若《困》

甚者。《坎》在内卦，欲動如《屯》，止如《蹇》，不可得也。『致命遂志』，先儒多謂殺身成仁之事，愚竊謂得喪榮辱，一安於命，而此志百折不回，君子之固窮，當如此。」胡雲峰曰：「『澤无水』，命也。《井》有水，性也。知《困》之義則安命，知《井》之義則盡性。」劉石閭曰：「窮源而後知天下無枯澤，『致命』而後知天下無窮途。」王伯厚曰：「『致命遂志』，『命』可『致』而『志』不可奪，行法俟命，命可俟而法不可變。」

初六，臀困于株木，入于幽谷，三歲不覿。《象》曰：「入于幽谷」，幽不明也。

《舉正》「不明」上無「幽」字。

初陰在二剛之下，「臀」象。《坎》於木爲堅多心，自「三」至「五」互《巽》，亦有「木」象。木下曰本，上曰末，中曰「株」。朱子云：「臀在株木上不安。」愚按，「株木」似當指「二」，「入于幽谷」與「入于坎窞」同。水注溪曰「谷」，「初」在《坎》水之下，「坎」爲隱伏，幽谷之象，中爻又互《離》，《離》位在「三」，「三歲」之象；居《離》之下，「不覿」之象。「初」與「二」比，首欲揜剛者也。君子當困時，雖無位之小人，皆思乘機而騁志。既不知邪正，復不知利害，本欲困「二」，適自取困。剛其可揜乎？人之體，行則趾在下，坐則臀在下。「初」乃坐困之象。「入幽谷」且「三歲不覿」，總以見小人之愚暗，終於困者也。《象》以「幽不明」三字釋之，惟其「幽」，故「不明」。「幽」指本心昏昧說，「不明」

指暗於事變説。一説，「株木」，無枝之木也。「初」者，「四」所底也。「四」居困而爲「上六」所揜，猶無枝之木，不能庇「初」，是乃爲所困也。與《程傳》「無所庇而不得安居」義同。

九二，困于酒食，朱紱方來，利用亨祀。征凶，无咎。《象》曰：「困于酒食」，中有慶也。「亨」當作「享」。

先儒多云「九二」爲《困》主爻，一剛爲上下二柔所揜，其受困獨深，而以剛居中，處困之道，亦爲獨得。愚又按，「困于酒食」與「需于酒食」同。凡《爻》之言「酒食」者，多在《坎》、《兑》二卦，《需》，《坎》在外，中爻《兑》，故言「酒食」，安常以待時者也。本卦兼《坎》、《兑》二體，亦言「酒食」，居常而憂時者也，「困」之中有「需」義焉。「紱」，蔽膝也。「三」、「四」、「五」互《巽》爲股，坎之色爲赤，「朱紱」之象。「朱紱」方來，與「四」之「來徐徐」、「五」之「徐有説」，多取「緩」義。「二」與「五」皆爲柔所揜，雖不相應而爲同德，守此剛中，自有精誠感通處。《兑》爲巫，「享祀」之象，天子「朱紱」，諸侯「赤紱」，皆祭服也。《斯干》之詩曰「朱芾斯皇」，君服也。「二」之「朱紱」，指「五」，承君寵，故曰「來」。《采菽》之詩曰「赤芾在股」，臣服也。「五」之「赤紱」，指「二」，失臣翼，故曰「困」。「紱」、「芾」二字，古通用。「二」言「享祀」，「五」言「祭祀」，兩爻須互看。大抵當「困」之時，躁動違時，則「征凶」。居中静待，則「有慶」，「九二」之所以「无咎」也。《程傳》謂「酒食所以施惠，未得遂其欲，施於酒食，故困」，《本義》以困爲「厭飫苦惱」之義。《黄氏日抄》從朱不從程。愚竊謂兩先生之解，似於《小象》「有慶」皆未甚合，故從《需》卦推其義。又按，「困于酒食」，乃似賢勞王事，以才受困之象。「朱紱方來」，正是受困之故。「享祀」句，正教「二」竭誠圖報處，知酒食之爲困，方肯出身濟難。世之享高爵厚禄者，不少優游伴食，只是不以此爲「困」耳。「困」在一己，而「慶」在天下，非剛中者孰能之？

六三，困于石，據于蒺藜，入于其宫，不見其妻，凶。《象》曰：「據于蒺藜」，乘剛也。「入于其宫，不見其妻」，不祥也。

愚按，「六三」〔一〕《爻辭》義詳《繫傳》中，今據象推之。一陰在二陽之中，不中不正，前承「九四」之剛，則「困于石」；下承「九二」之剛，則「據于蒺藜」。其義本欲援「二」爲黨，以困「四」，豈知「二」之剛中，非「三」之所可據哉？非所據而據焉，身必危。身既危矣，家於何有？以陰居陽，自以爲陽，求配於「上六」，又敵應而不相與。蘇子瞻

〔一〕「六三」，原作「六五」，四庫全書本亦同，今據易例改。

所云「宫則是，而人則非」。「三」互《離》之中畫，中虚爲入宫不見妻之象。夫子不釋「困石」，單釋「據于蒺藜」，惡其乘剛也。《爻》要其終曰「凶」，《象》啓其端曰「不祥」。喪身亡家，自此踵至，不但不能揜剛，而自困如此。「初」之「不覿」，失在愚暗，「三」之「不見」，真天奪其魄矣！吴氏《纂言》云：「《坎》中畫之剛爲『石』，『三』在『石』上，爲所困也。『據』謂居《坎》之上畫，『蒺藜』之象，亦《坎》也。《坎·上六》曰『寘于叢棘』，即此『蒺藜』。」又是一解。

九四，來徐徐，困于金車。吝，有終。《象》曰：「來徐徐」，志在下也。雖不當位，有與也。「當」，去聲，下同。

諸家皆以「四」與「初」應，以「四」下就「初」爲「來」。「金車」指「二」。「四」志在援「初」，而隔於「九二」，故爲「初」戒。「四」之《辭》曰姑「徐徐」而「來」，「來」則必爲「九二」所「困」也。以其「不當位」，故「吝」；以其正應，故「有終」。《小象》「在下」、「有與」，亦皆指「初」而言。愚按，以上就爻位作解者也。若論全卦之義，「初」與「三」共揜「九二」者，「四」與「二」爲同德，似不宜下援揜剛之「初」。楊誠齋曰：「氣同則從，聲比則應。各從其類，《易》之相應者，豈必在位哉？『四』與『初』之應者，位也。《困》之『九四』，其應不在『初六』，而在『九二』者，類也。類苟同矣，應不在近；『志』苟通矣，『來』不在速。期於終不爲小人所揜而已。」張待軒曰：「『二』在險中，援之者『五』，觀變乘時，有可援之機者，『四』也。『四』承『五』而比『三』，應『初』承『五』，則居近君之地，比『三』應『初』，則小人之怨毒未開。此時奉『五』之命，因『初』、『三』之好，褰裳奔走而援『二』，猶恨其晚，乃從容援溺，揖讓救焚，憂人之憂者，固如是乎。幸其與『二』原是氣味中人。故夫子原其心，曰『志在下』；要其終，曰『有與』，皆謂『二』也。凡陽之困於陰者，必求其『與』。『四』惟『志在下』，『二』雖『來徐徐』，知其必來也。雖『不當位』，而有剛德之『與』，終能成亨『困』之功。據此，則《小象》之『在下』、『有與』，皆當指『二』。」並存以備參考。

九五，劓刖，困于赤紱，乃徐有説，利用祭祀。《象》曰：「劓刖」，志未得也。「乃徐有説」，以中直也。「利用祭祀」，受福也。「説」與「悦」同，陸氏云：「『祭』，一本作『亨』」，與『九二』同。

「劓刖」之象，諸解不同。《程傳》謂「截鼻曰『劓』，傷於上也。去足曰『刖』，傷於下也。上下皆揜於陰，爲其傷害」。《本義》「傷於上下，則赤紱無所用而反爲困矣」。先儒或謂「九五」陽剛中正，操拯困之權，不應有受傷之義。蓋「五」與「二」同德相應，忿其爲「三」所揜，上者，我「劓」之；下者，我「刖」之。輕用其威，威窮而物不服，故「困」。

愚竊按，本卦上一陰，下二陰，鼻一足二之象。「初」與「三」，方併力以困「二」。「五」與「二」，乃相應之正位，又同此剛中之德，志在拯「二」。而同體之「上六」，亦陰類也，面目變態，與「劓」者同，舉足見礙，與「刖」者同。「五」之「志未得」，爲拯「二」而受困耳，故曰「困于赤紱」，《小象》所以云「志未得」。然此三陰者，急之則謀合，徐之則變生。迨至「上」「有悔」，則「三」之繫絶，「四」「有與」，則「初」之援孤，而後君臣相悦可知也。《兑》口在上，悦之象。以「五」之中正，與「二」之剛中，從容相拯，卒能出「困」。故「二」曰「利用享祀」，「五」曰「利用祭祀」。君臣一德，通於神明，神其享之，祭則受福者也。「中直」與「中正」同，例見《同人》五爻《小象》。

上六，困于葛藟，于臲卼，曰動悔、有悔，征吉。《象》曰：「困于葛藟」，未當也。「動悔有悔」吉句，行也。「臲卼」，古本亦作「劓刖」。陸氏曰：《荀九家》、王肅、陸績作「臲𡰲」，鄭云：「當爲倪仉」，晁氏曰：「『倪仉』即『臲卼』之古文也。」

程、朱於《爻辭》皆作「困極則變」解。愚又按，「上」亦欲拯剛，而「困」君子者，與「三」無應，而柔道相牽，中爻互《巽》。「上六」以柔纏繞《巽》木之上，「葛藟」之象。乘「五」之剛，而不自安，「臲卼」之象。以柔居柔，位雖當，而所以居位者未當。若能於困極時，發悔悟之心，知剛之終不可拯，捨而去之，「征」則「吉」矣。《兑》口在上，小人心口相語之詞。若曰以爲不可「動」，「動」且「有悔」，而不知不動乃所以「有悔」也。上「悔」字屬事，下「悔」字屬心。《爻》商其利害，曰「征吉」，《象》斷之以理，曰「行也」。「吉」字，連上四字爲句。「行也」二字，當自爲句。下五爻不言「吉」，獨於「上」言之。聖人爲小人大開方便法門，正所以爲君子謀也。鄭亨仲曰：「『困』有不可動，『九二』是也，故『征凶』。有不可不動，『上六』是也，故『征吉』。」愚又按，三陰皆爲草木所困，株木陰翳之象，錮人聰明。蒺藜鈎棘之象，傷人肌膚。葛藟纏繞之象，縈人心曲。上居悅體，行將出「困」，悔心一萌，葛藤盡斬矣。亦猶《睽》之「群疑」，至上爻而盡釋，小人亦何苦自取多般之「困」哉？

馮元敏曰：「柔之『困』，以犯剛爲忌；剛之『困』，以躁動爲戒。陰『困』其宜也，陽『困』其變也。而『株木』、『葛藟』、『金車』、『赤紱』，其詞低昂，則聖人扶抑之意也。」愚按，「九二」，受困者也。「四」、「五」兩陽，因援「二」而得「困」者也。據「二」之上，以擠「二」者，「三」也。伏「二」之下，以助「三」者，「初」也。擠剛之勢，「三」最横，故其《占》獨「凶」，「上」居卦終，與「三」無應，不覺悔心之萌，故其《占》獨「吉」，此六爻之情。

䷯巽下坎上

井：改邑不改井，无喪无得，往來井井。汔至，亦未繘井，羸其瓶，凶。

李隆山云：「『坎』者，天一之水。見於諸卦者，皆下流之失。在卦而得水之真性者，井也。」愚按，「坎」，《乾》水也。一陽升而爲《坎》，《巽》木下入，而《坎》水上升，故爲「井」象。以盈縮驗之，歲值旱乾，溪澗有時涸，而井泉不竭；以寒暑驗之，冬月嚴凝，江河有時冰，而井泉獨温。所謂《坎》之真性，中一陽是也。

「改邑不改井」，以及《卦象》之義，程、朱之注詳矣。愚又按，占者立邑，必相水泉之所在。邑由人建，故可「改」，「泉」由地脉，故不可「改」。此句言《井》之體。汲之而不竭，故「无喪」；不汲而不盈，故「无得」。此言《井》之德。在《困》則《坎》來而下，在《井》則《坎》來而上，有「往來」之象。「井井」者，取給不窮也。此言《井》之用。上三句以「井」言，「汔至」以下三句，以「汲井者」言。「井」以上出爲功，所以出水者，瓶也。中爻《離》，「瓶」象。在《離》曰「缶」，在《井》曰「瓶」，曰「甕」，皆取中空之義。「繘」者，引瓶之綆也。《巽》爲繩，繘之象。「汔」者，幾也。「羸」者，弱也。謂汲水者，幾至井口，而引瓶之綆弱，致壞其瓶也。張待軒云：「卦體中，初無『羸瓶』之象。文王《繫辭》至此，惕然動此慮。蓋一瓶之成壞，何足言凶？恐其垂成而敗，不得收井養之功也。」即功虧一簣之義。愚又按，吴氏《易纂言》云「此申言來而在下之井，『二』、『三』之水，實在汲水之『瓶』，而下是偶畫，猶瓶底傷毁，而水下漏」云云，據此，則卦體中固有「羸瓶」之象，聖人之辭，非虚設也。

愚又按，朱子言卦變者凡十九，而《井》不與焉。若以《卦象》「改邑不改井」及《象傳》「往來」之義推之，下體本《乾》，上體本《坤》，「初」與「五」剛柔互易而爲《井》，剛往居「五」，柔來居「初」，獨非卦變乎？竊取吴草廬之言以補之，云，卦自《泰》而變，上體之《坤》爲「邑」，《泰》「初」易「五」，《坤》地之中畫降「初」，而《坤》「邑」變成《坎》水，此「邑」之「改」也。《泰》「五」易「初」，而「初」、「二」、「三」、「四」肖《坎》之水，在下爲「井」象。「二」、「三」之陽畫，井水也。而「二」畫不改易，此井之不改也。以「往來」言之，「初」、「上」往「五」而成《坎》體，井水之至上者也。「五」下來「初」，而「初」、「二」、「三」、「四」亦肖《坎》體，井水之在下者也。剛往而成上之井，柔來而成下之井，故曰「往來井井」。

《象》曰：巽乎水而上水，井。井養而不窮也。「改邑不改井」，乃以剛中也。「汔至，亦未繘井」，未有功也。「羸其瓶」，是以凶也。

《本義》謂「以《巽》木入乎《坎》之下，而出其水」。則「巽乎水」，「水」字似當作「木」，與《大象》「木上有水」義同。　蓋木德養人，功兼水火。在《井》爲汲引之用，在《鼎》爲烹飪之用，多於「巽」象得之。　愚按，占人汲者皆用瓶，以木器汲水，始於漢初丁寬，今南方多用之，而北方仍用瓦器。《卦辭》分明説「瓶」，非「木」也。《彖傳》只應作「巽乎水」，「巽」者，入也。入乎水，「而上水」，乃汲水之象。「木上有水」，則以《卦象》言，《彖傳》《大象》不必盡同，各有取爾也。　井之出水，以「養」爲義。「井養而不窮」句，包括「无喪无得，往來井井」二句，在内惟其「養而不窮」，所以井无得喪，往來皆取給也。在《困》爲《兑》，在《井》爲《巽》，則「改邑」矣。而「二」、「五」兩爻，皆以剛仍居上下卦之中，則「不改井」也。井之所以有功於人者，以用汲也。水在井而「未繘」，是以「未有功」，既汲而「瓶羸」，由于繘弱，是以「凶」，咎不在瓶，亦不在井也。

《象》曰：木上有水，井。君子以勞民勸相。「勞」、「相」，皆去聲。

朱子云：「凡草木之生，澤潤皆上行，直到木末。」《黄氏日抄》從之。　蔡虚齋亦云：「木之枝葉花實，每朝有垂露如珠者，是水氣隨陽氣而上也。井之上水似之。」愚按，「木上有水」，乃以木轉轆轤，懸瓶入井，汲而上水之象。　當依《程傳》「木承水而上之」作解。　馮文所曰：「木以德言，非以器言也。　造化以五德用事，而水爲之紀，木爲之行，故水木之用相通。當閉藏之時，則木氣入於水，而井爲溫。及發生之時，則木氣出於水，而井爲溢。木氣之出入，惟井可見。而《坎》之爲卦，又自《巽》成，故曰『木上有水井』。」此解尤爲明析。「勞民勸相」，《程傳》云：「法井之用與施。」《黄氏日抄》謂「於『木上有水』之義無相關」。愚按，井以養人爲義，井田之制，實本於此。古「井」字，於中空處加一「〇」，蓋於八家公田中，穴地取水，所謂鄉田同井也。「勞民勸相」，乃田官勸農之事。《曲禮》「舂不相」，《注》云：「『相』，送杵聲。」《雜卦》所謂「《井》通」，其遂人溝洫澮川之法乎？《甫田》、《大田》諸什，其「勞民勸相」之辭乎？竊因《本義》「君以養民」、「使民相養」二語，而究言之。

初六，井泥不食，舊井无禽。《象》曰：「井泥不食」，下也。「舊井无禽」，時舍也。「舍」與「捨」同。

《程傳》謂「『初』無應援，無上水之象」是已。愚又謂，「初」居井底，「泥」之象，與「九五」「寒泉」相反。井以陽剛爲泉，陰柔在下，縱使有水，亦非清品，況泥之穢濁，而可食乎？凡言「食」者，《兑》口多在上。今《巽》口在下，乃「不食」之象。「舊井」與井甃相應，井以甃而新，不甃之井，泥在井底，上無汲水之人，潤不及物，禽鳥亦不至矣。

《坎》在外卦，「无禽」之象。朱罍庵曰：「《漢書·張讓傳》〔一〕作渴烏以轉水，井上之禽或類此。」又是一解。「時舍」，《本義》「爲時所棄」是已。愚又按，上古有改火之制，又有易水之制。《管子》曰：「鑽燧改火，抒井易水。」《淮南子》云：「八方風至，浚井取新泉。」取新則舍舊可知。蘇紫溪曰：「人心物欲之污，其井中之泥乎？不能强爲善，而惟安於舊染，不惟人所共棄，且物類之不若矣。」

九二，井谷射鮒，甕敝漏。《象》曰：「井谷射鮒」，无與也。「甕」，《說文》作「罋」。

楊誠齋曰：「谷之水，以注而下爲功；井之水，以汲而上爲功。注而下者，其功及魚鼈；汲而上者，其功及百姓。谷下注甕，漏亦下注，皆不上出之義。」愚又謂，井有井之地，在谷則非其所矣。以井言，澤居巖谷，爲旁流之水，下比「初六」。「鮒」魚，陰物，「射鮒」之象。以汲井言，上有「九五」，而不相應，如「敝甕」不能以上行，而反漏於下之象。「鮒」與「漏」，皆指初爻。「无與」，與《困·四》「有與」相反，《井》「二」即《困》「五」，《井》「三」即《困》「四」，《困·四》曰「有與」，《井·二》曰「无與」，何也？朱罍庵曰：「《困》貴同德相助，故『四』比於『五』，爲『有與』。《井》須二氣相濟，故『二』比

〔一〕「漢書」，當爲「後漢書」之訛。

於『三』，爲『无與』。『上六』以陰乘陽，則水自上出。『初六』以陰承陽，則水由下漏。」愚按，《象辭》合下爻觀之，同是感慨之意。凡汲水者視其器，薦賢者視其人。「敝甕」安能施汲引之力，此汲者之過，於井何尤？夫子所以致歎於「无與」也，乃惜之之辭。又按，《爾雅》：「鱖，小魚。」《注》云：「似鮒子而黑。」《儀禮》：「魚用鮒十有五而俎。」《注》云：「此魚好旅行以相附，謂之鮒。」即今之鯽魚也。《程傳》以「鮒」爲「蝦蟇」，沙隨程氏謂當作「蚹」，與《爾雅》、《儀禮》注不同。

九三，井渫句，不食，爲我心惻。可用汲，王明，並受其福。《象》曰：「井渫不食」，行惻也。求「王明」，受福也。

《程傳》云：「有才未得用，如井潔不見食，既以不得食爲『惻』，豈免有求？故求『王明』以『受福』。」《本義》云：「『井渫不食』而使人『心惻』。『王明』則汲井以及物，而『並受其福』也。」愚竊合兩夫子之解而詳釋之。「渫」者，浚井而去泥也。「不食」與初爻相應，「我」者，「九三」也。「惻」者，心傷也。「用汲」，本是取水，今借爲「汲引」之義。「王」指「九五」。中爻自「三」至「五」互《離》，「王明」之象。「九三」以陽居陽，在內卦之上。「初」以「泥」故「不食」，「三」則「渫」矣，可食矣，而亦「不食」，無「用汲」之人也。不獨「三」之心「惻」然，旁人皆爲我「心惻」也。「行」，謂行道之人，對「我」字説。「惻」者，惻此水可「用汲」而無人「汲」也。「三」本與「上」正應，而「上」陰柔，力不能汲，可「用汲」者，其惟「王明」乎？「九五」陽剛中正，有汲引之力者也。如其汲而用之，則天下「並受其福」矣。「可用汲」以下，皆設爲「行惻」之詞，有惜其「不食」而期其不終於「不食」之意。屈原有言曰：「王之不明，豈足福哉？」夫子他日所以有「明王不興，天下孰能宗予」之歎！求「王明」而「受福」，安所得「王明」乎？言外有無限感慨。楊誠齋曰：「微明揚之帝堯，則大舜雷澤之漁父。微明哲之高宗，則傅説巖野之胥靡。」張彦陵曰：「『三』可用而不見用，『三』自遭際之窮耳。於行道之人何與，而爲之惻耶？此天下人心之公也。『求』字，亦作旁人爲『三』求，乃是期望之意。」此解更深一層。

六四，井甃，无咎。《象》曰：「井甃，无咎」，修井也。

程、朱皆謂，「六四」以柔居大臣之位，才弱不能濟物，故取「修井」爲象。《黄氏日抄》云：「此在有井谷之處，故因勉以『井甃，无咎』。」愚竊按，「四」與「初」無應，柔得正而比於「五」。「初」之「舊井」，「四」從而「甃」之。「三」在内卦，「渫井」以致其潔；「四」在外卦，「甃井」以禦其污，已入《坎》體，不「甃」則潔者易污。但以柔居柔，不能「改邑」，而能「修井」。「五」之「井洌」，甃者與有功焉，故「无咎」。胡雲峰曰：「不

『渫』則污者不潔，不『甃』則潔者易污。此内外交修之道。」

九五，井冽，寒泉，食。《象》曰：「寒泉」之食，中正也。

《易讀》曰：「『冽』與『渫』異，有污不停曰『渫』，不澄自清曰『冽』。」愚按，「冽」即《小雅》「氿泉」之義。清寒者，水之本性。遇物然後濁而温，井泥已渫，舊井已修，井道全矣。所謂「井養」者，正指此爻。故曰「寒泉，食」，重在「食」字。胡雲峰曰：「井以寒冽爲貴，泉以得食爲功。『三』可食矣，而不如『五』之食。『五』在上，『三』猶在下也。然則『渫』與『冽』，性也。『食』與『不食』，命也。」吕仲木曰：「惟中正，則四方皆被其澤。《詩》云『泉之竭矣，不云自中』，此德之不中正者也。揚子中流之水，稱中泠，故當爲天下第一泉。」

上六，井收，勿幕。有孚，元吉。《象》曰：「元吉」在上，大成也。《易纂言》，「幕」當作「冪」。

自古注以及程、朱諸家，皆以「上六」處井之極，水已出井，故曰「井收」。「收」者，汲取也。「收」者汲瓶之出，幕者覆蔽之義。偶畫兩開在上，「勿幕」之象。王介甫以井口之臼爲收，讀去聲，訓作收口之義，即井欄也。又是一解。愚竊謂，「九五」陽剛中正，「井養」之德已具。「上六」柔得位，故「井養」之功則自上收之。「寒泉」所以得食，由

《坎》口之「勿幕」也。與「五」同爲《巽》體。「上」以柔濟剛，故曰「有孚」。井道自下而上，天下共享其功，故曰「元吉」。《小象》申之以「大成」，即《彖傳》「井養不窮」之義。胡雲峰曰：「《小象》始末，揭『上下』二字，見井之用在上不在下。」邵國寶曰：「井至於『渫』，修己之極也，井道之小成也。井至於『收』，及物之極也。井道之大成也。」朱罍庵曰：「一『瓶』之『羸』，致敗於垂成。一『幕』之去，收功於『元吉』。上有仁心仁政，而或被其澤，或不被其澤，祇争萬分之一，不可以不慎也。」

愚又按，卦體三陰爻爲「井」，三陽爻爲「泉」。「初」爲習井，無水，故爲時所棄；「二」有水而旁出，清濁未分也；「三」則「渫」而使之清；「四」從「舊井」而加「甃」焉，向之「不食」者至「五」而「寒泉食」矣。然非井口上水，何以收養人之功？六爻自下而上，不論有應無應，有一爻好似一爻之象。《繫傳》所云「井居其所而遷」，義不外乎此。人之遷善，日進而日上，亦猶是也。

周易玩辭集解卷七

䷰離下兑上

革：已日乃孚，元亨，利貞，悔亡。「已」音「几」。

《説文》：「革，獸皮治去其毛，革更之。」《雜卦傳》云：「《革》，去故也。」主變法説，有「改革」、「變革」二義。「改」者，當「革」之時，詳加斟酌。「變」者，已「革」之後，耳目一新。「已日」，程、朱多作「終日」解，惟朱漢上云：「十日至庚而更，革也。自庚至己，十日浹矣。『己』者，浹日也。」今從之。文王於《蠱》言「甲」，於《革》言「己」，皆用十干之名。此借「己」字，以證「孚」字。土主信，《彖傳》所以云「革而信之」。戊爲《艮》土，己爲《坤》土，不言「戊」，言「己」者，《離》、《兑》皆陰卦，故以陰土言。張慎甫曰：「卦位自《離》而《坤》、而《兑》，《離》爲夏，《兑》爲秋，而《坤》居其中，火大燥，金大肅，使其中非《坤》土，上以蘊火之燥，下以溫金之肅，則金爲火所剋，不成造化矣。」此「己日」之確證。「乃孚」者，難辭也。蓋「革」之事重大，變舊爲新，朝夕間，欲人之共信，豈能速效？故「革」即「日」不「孚」，必浹「日乃孚」，即《豐・初爻》「雖旬无咎」「旬」字之義，猶云「經旬乃孚」也。當「革」之初，人未必遽信，「悔」，在所不免。既周旬日，必可通行无礙，而又得其正，其「悔」乃可「亡」。先儒多以爲「日」，《離》象，故以日入澤爲「已日」，則是朝不孚而夕孚，似乎太速，非「乃孚」語氣。全卦總以「孚」爲主。蘇君禹曰：「『己日』，不求速也。盤庚之告殷民，示以祖父，引以迪簡，汲汲乎以言柔之。至於保釐既成，天下不知其變，若商君、荊公之『革』，輕變速禍，只是信未孚於民耳。」

《彖》曰：革，水火相息，二女同居，其志不相得，曰「革」。「已日乃孚」，革而信之，文明以説，大亨以正，革而當，其悔乃亡。天地革而四時成，湯、武革命，順乎天而應乎人，革之時大矣哉！

《睽》、《革》皆「二女同居」，《睽》，《離》上《兑》下，中、少猶不失序，未嫁之姊妹也，彼此不同行而已。《革》，《兑》上《離》下，已嫁之妯娌也，少女反居中女之上。水在上固可以剋火，火在下亦可以剋水，遂成「同居不相得」之象。先儒皆云然。愚又謂，《睽》

之義在分，《革》之義在合。分則相違，合故相息。《坎》爲流水，火所不能剋；澤爲止水，火炎上，勢能息之，雖云「相息」，卦體乃《離》革《兑》也。夫水之勝火，其常也；火之勝水，其變也。《革》之道，取變不取常。常則爲水火既濟，不「相息」矣。《本義》謂有「滅息」、「生息」二義，《黄氏日抄》云：「水火不能相生，當爲息滅之息。」愚又竊謂，《坎》水《離》火，乃男女之道，其質根陰根陽，故相生。《離》火，中女也；《兑》金，少女也。火能革金，惟勝者能滅不勝者耳，恐无相生之理。張彦陵云：「《兑》爲正秋，全是金體，爲火所勝，而金又爲水之母，水又足以勝火，相剋之中，復寓相生之理。」特爲《本義》作解耳！

「革」在我，「孚」在人。必我先有以取信於人，而後人信於我。所謂「已日乃孚，革而信之」也。卦德内「文明」，而外和悦。「文明」則酌義理而非妄「革」，和悦則順時勢而非强「革」。所由「大亨以正」，而「革」無不「當」也。「當」字，即「貞」字之義。「悔亡」以下四句，舉「天地」以盡造化，舉「湯、武」以盡人事，見得時之所趨，不得不與人更始，「革」非聖人意也，時也。「天地革而四時成」，「革」春而夏，「革」秋而冬，一歲之事也。「湯、武革命」，天未順未可以「革」，人未應未可以「革」，易代之事也。時之既極，不變則窮，湯、武之變革，即天地之變革。三才一體，人情事變一體，「革之時」豈不「大」

哉！高存之曰：「天地之四時，差一日不得；湯、武之革命，早一日不得。」愚又按，《彖傳》獨言「湯、武」，不言「堯、舜」者，揖讓所以繼治世，其道同；征誅所以繼亂世，其道異也。

《象》曰：澤中有火，革。君子以治曆明時。「曆」，《石經》作「歷」。

胡雲峰曰：「『澤中有火』，如海尾閭，名爲焦釜之谷，水入其中，焦乾無餘，此『革』之正義。」吴草廬亦云然。愚按，《大象》不曰「澤在火上」，而曰「澤中有火」，火豈澤中所當有？乃必「革」之象。天地之化，去者故而來者新。「君子」之「治曆」，所以「明時」。「明」者，明其去來消長之變也。洪容齋曰：「自《乾》至《革》，其卦凡四十有九，大衍之用也。分而象兩，天地革矣。揲之以四，四時成矣。是以至《革》始云『治曆』。」朱罍庵曰：「一歲有一歲之消長，歲差有多寡，而歲爲之進退矣。一月有一月之消長，月離有遲疾，而月朔爲之損益矣。一日有一日之消長，日躔有盈縮，而晷刻爲之饒乏矣，此則『治曆』之通乎《易》道者。後世以日法閏餘，强合象數，何其固哉！」俞玉潤曰：「水火相息，乃成四時。時運之革，中有數存，曆所以步其數也。」楊敬仲曰：「天道不可窮盡，故『治曆』者，當數變以求合。」

初九，鞏用黄牛之革。《象》曰：「鞏用黄牛」，不可以有爲也。

先儒謂「牛革」亦主變革言，非謂皮也。又以「初」與「四」無應，作不當事任解。愚按，《離》卦《象》言「牝牛」，第二爻言「黄離」，此合而取黄牛之象。《周禮·考工注》：「未練治曰『皮』，已練治曰『革』。」「革」字，只當作「皮」字解，取象也，與《遯》「二」爻同。彼云「執」，「執持」之義，屬人；此云「鞏」，鞏固之義，屬己。卦以「革」名，《爻辭》即借「牛革」以示象。「初」位在下，法猶未敝，時尚可待。用者，用堅忍之道，以自守也。謂「初」本夫子恐其以剛居剛，急於求「革」，故申之曰「不可有爲」，「爲」乃改革之義。有能「革」之才，但時未至而不可耳。潘雪松曰：「『鞏』者，以外束内之義。『黄牛』乃《離》中一陰，當指『六二』。『初』與『二』比，宜用『二』之中順以爲『革』，而不可自用其剛。」於義亦通。

六二，已日乃革之，征吉，无咎。《象》曰：「已日革之」，行有嘉也。

《本義》謂「猶未可遽變」。愚竊按，「二」爲成卦主爻，柔順中正。上與「五」應，「文明以悦」，「革」道歸焉，所謂「大亨以正」者，故既曰「吉」，又曰「无咎」，以終悔亡之意。《卦象》「乃孚」，緩計也。《爻辭》「革之」，決詞也。居《離》體之中，惟明乃斷，「革」之謀，「二」實主之。「已日乃孚」者，「革」而信之，正可「革」之時矣。所以《爻》曰「征吉，无咎」，《象》曰「行有嘉」，勸「二」往從「五」，以成「革」之功也。凡言「嘉」者，皆「二」、

「五」相應，《隨》、《遯》與本卦同。

九三，征凶，貞厲。革言三就，有孚。《象》曰：「革言三就」，又何之矣？

朱子有云：「『三就』，言三翻結裹成就，却不是三人來説。」愚竊按，「三」與「二」，同是《離》明之體，與《兑》上之口爲正應，亦有識有謀者也。而「征凶」與「征吉」相反，何也？「二」以柔中正，應「五」剛中正，時不可失，故「征吉」。「三」當上下之際，正而不中，時未可行，故「征凶」。爲「三」之計，惟守正道而懷危懼，不敢躁動，而人自來就我。諸葛武侯躬耕南陽，先主三顧草廬，是其象已。蓋時至此，不得不「革」，正要斟酌商量。「革言」者，欲有謀焉則就之也，似當指「四」。「三」與「四」比，「四」來就商於「三」，至再至三，「革」之謀審矣，彼此有不孚者乎？兩爻同德相「孚」，「三」議革而後「孚」，「四」既「孚」而後「革」，將「革」而謀謂之言，「革」而行之謂之命。兩爻合看，「四」之「改命」，未必非用「三」之「革言」也。《象》曰「又何之矣」，謂人方來就商於我，我又何必「征」而取「凶」耶？

九四，悔亡，有孚，改命，吉。《象》曰：「改命」之吉，信志也。

《離》交《兑》，水火之際。九居「四」，剛柔相際，以能「革」之人處當「革」之時，又近君而受「革」之重任，從龍之佐也。《卦辭》之「悔」，「亡」於事後；《爻辭》之「悔」，

「亡」於事先。三陽同德，「四」聯上下之交者也。下「孚」於「三」，則共事之情洽；上「孚」於「五」，則授任之意專。下不駭而上不疑，《卦象》所謂「乃孚」而「悔亡」者，皆於「四」觀其成矣。故合前後三爻，皆曰「有孚」。《本義》謂「又必『有孚』然後『革』，乃可獲『吉』」，似多一轉。愚竊按，「有孚」，當據現成説。「改命」者，易世受命之謂。本「九五」之事也，而繫於「九四」者，阿衡致主王道，師尚父鷹揚肆伐，此爻足以當之。《象》曰「信志」，謂「四」爲上下所「孚」，不獨「信」之於事，直「信」其心矣。

九五，大人虎變，未占有孚。《象》曰：「大人虎變」，其文炳也。

「五」爲「改命」之主，以陽剛中正之德，下應《離》明，爲順天應人之舉，掃除舊俗，氣象一新，以下四爻皆言「革」，臣下之謀也。「變」則大人之象，《乾》之「飛」曰「龍」，《革》之「變」曰「虎」。先儒云：「堯舜之揖遜，天下惟德之見，故曰『龍』。湯武之征伐，則有威存焉，故曰『虎』。」愚竊謂，世運有因革，唐虞之時，道在因；湯武之時，道在革。爲龍爲虎，易地皆然。觀《乾·九四·文言》曰「乾道乃革」，龍亦有革之時矣。凡卦爻之辭，皆以占事。他卦未嘗明言，獨於此爻發之，曰「未占有孚」，非謂「占」可不用，謂「占」已在未革之先，「孚」又在「未占」之先，不必謀及卜筮，而早「有孚」於人，如「三」、「四」皆「有孚」是已。「三」、「四」之「有孚」，占諸人也；「五」之「未占有孚」，信諸己也。本爻又與「二」應，《離》之「文明」，由内而達外，「其文炳」，猶曰「焕乎其有文章」。

上六，君子豹變，小人革面。征凶，居貞吉。《象》曰：「君子豹變」，其文蔚也。「小人革面」，順以從君也。

陸績曰：「《兑》之陽爻稱虎，陰爻稱豹，從其類也。」愚按，虎文曰「炳」，天下文明之象；豹文曰「蔚」，一身威儀之象。班孟堅所謂「雲起龍驤，化爲侯王」時也，革道既成，君臣剛柔相際，戢干戈而興禮樂，棄其舊，而新是圖，奉行者自君子始。「小人」狃於故常，豈无外遵時王之制，而中以爲未便者？故「君子」於「小人」，亦第「革」其「面」，而不必責其心也。「征凶」，前輩類作「戒其輕動」解。愚又按，《爻辭》似從「小人」直説下，「征」者，往也，即「天下之父歸之，其子焉往」之義。「革」道已成，其有不遵王路者，則爲梗化之頑民，故戒在「征」則「凶」，而勸其「順以從君」，「居」則「貞吉」。「凶」「吉」二義，皆爲「小人」設，而王者容民畜衆之大度，在其中矣。

楊誠齋曰：「觀六爻之辭，知聖人之懼『革』也。『初』戒『革』之早，『二』戒『革』之專，『三』戒『革』之躁，『四』戒『革』之疑，『上』戒『革』之過。惟『五』不待『占』而决，是以善謀人國者，與其輕變以速禍，寧安静而無功。」

陸君啓曰：「天下患莫患於因循既久，而不爲振刷之謀，聖人以『蠱』幹天下之弊。

禍莫禍於瑕釁已萌，而猶爲調停之説，聖人以『革』掃天下之『凶』。然而一規一隨，庸人足以諧時；三甲三庚，聖人不免駭世，故『革』莫重於『孚』，所以消懼免駭，以行其志者也。」

䷱巽下離上

鼎：元吉，亨。

《程傳》：「鼎之爲用，所以革物。變腥爲熟，易堅爲柔，水火不可同處也，能使相合而不害，可以養人。」愚按，古鼎有二，《詩》：「鼐鼎及鼒。」《儀禮》「舉鼎」、「陳鼎」，烹飪之小器也。禹鑄九鼎，以象九州；成王定鼎於郟鄏，國家之重器也。卦取烹飪之用。《周禮》：「烹人，掌共鼎鑊以給水火之齊。」「鑊」乃煮牲體之器，既熟，乃升於鼎，而調和之是已。革以離火鑄兑金，而「鼎」出焉，既成「鼎」體，又以水火爲「鼎」之用。在人事，則革命之後，創立新制，以養天下。萬世之業，在乎始創。横渠所謂「正始而取新」，故「元吉」，即《春秋》「重元」之意。《卦辭》自《乾》、《坤》而外，言「元亨」者三：《大有》與《蠱》與《鼎》，皆有更始之義。用元始之道，建萬世之基，故「元吉」而「亨」。《程傳》、《朱注》因《彖傳》無「吉」字，皆以爲衍文。愚按，《卦象》所有而《傳》不必盡舉者，如《坤・卦辭》有「主利」二字，《彖傳》則無；《屯・卦辭》云「元亨利貞」，《彖傳》止云「大亨貞」；《萃・卦辭》云「萃亨」，《彖傳》止云「萃聚也」；《漸・卦辭》云「利貞」，《渙・卦辭》云「利貞」，《彖傳》皆無「利貞」字樣，此「吉」字似不當衍。

《彖》曰：鼎，象也。以木巽火，亨飪也。聖人亨以享上帝，而大亨以養聖賢。巽而耳目聰明，柔進而上行，得中而應乎剛，是以元亨。上三「亨」字，音義與「烹」同，末如字。

伏羲制字，先象形。《鼎》之名，蓋取「鼎」象。《程子》云：「鼎之爲器，法卦之象。有象而後有器，卦復用器爲義。」今按，卦畫「初」陰在下，足象；中三陽，腹象；「五」兩陰對峙，耳象；「上」一陽横亘，鉉象。爻位一一不紊，象者《鼎》之體。「亨飪」者，《鼎》之用。《井》與《鼎》皆有養人之功，《井》言「巽乎水」，《鼎》言「以木巽火」。「巽」字，只作「入」字解。「以木巽火」，緩急適宜，始得調和之味。烹，煮也；飪，熟也。「享帝」、「養賢」，皆禮之大者，獨於「養賢」曰「大亨」，即「天地之牛角繭栗」、「賓客之牛角尺」之義。「享帝」之禮尚簡，「養賢」之禮貴豐也。「巽而耳目聰明」句，别從人身發卦德。《離》爲目，目明之象，兼言耳聰者。《坎》、《離》飛伏，互相取也。「聰明」從《巽》來，非作聰明可知。萬以忠曰：「聰明人所自有，不巽便心高氣粗，自爲蔽塞。木本是助火者，一巽便成妙用。今聰明人加以意氣，是以薪助火矣。」愚按，「柔進而上行」二句，與《革》卦反對之象，《革》下卦二爻之柔，進而上行，爲《鼎》之「六五」，得中而下，應「九二」之剛，義本了然。《本義》以卦變言，謂「自《巽》來，陰進居『五』，而下應『九二』」，則「四」「五」兩爻同在上卦，似不得云「上行」。

《象》曰：木上有火，鼎。君子以正位凝命。

《大象》與《卦象》之「鼎」，名同而器異。《卦象》取烹飪之用，故曰「以木巽火」，此取國家之重器，故曰「木上有火」，乃鑄鼎之象。鄭東鄉謂「『革』似風爐」，朱子稱其解得好。愚又謂，兩卦反對，「革」是鼓鑄之時，尚未成「鼎」，至此則金從「革」而成重器矣。《程傳》謂「取其端正安重之象」是已，蘇氏《易傳》曰：「《革》以『改命』，《鼎》以『凝』之。」《程傳》以「命」爲「命令」之「命」，《本義》云：「『凝』，猶『至道不凝』之『凝』，所謂協於上下以承天休者也。」《黄氏日抄》亦從朱。

初六，鼎顛趾，利出否。得妾以其子，无咎。《象》曰：「鼎顛趾」，未悖也。「利出否」，以從貴也。「否」音「丕」。

《程傳》曰：「『六』在鼎下，『趾』之象也。上應於『四』，『趾』而向上，『顛』之象也。傾出敗惡以致潔取新，則可。」張元岵曰：「禮祭，先夕溉鼎滌濯，當《革》之後，《鼎》之

『初』，正洗濯之時。陰柔不能負重，有顛倒之象，而因可『出否』，則未爲『悖』也。『從貴』，取新之意。」此因《雜卦傳》而云然。愚竊謂，《爻辭》當作兩層看，下二句申明上二句意，乃象中之象，陽實陰虚，初柔在下，「鼎」之未有實者，倒而滌之，足反居上，口反居下，似乎「悖」矣。以其「利」於出鼎中之穢濁，故未害爲「悖」。「否出」，則「鼎」可「實」，因賤以致貴，猶妾本賤，「得妾」以其子，母從子貴也。合《小象》看，下句似是比擬之義。中爻互《兑》，有「得妾」之象。《本義》所云：「因『顛』而『出否』，則爲利『得妾』而因得子。」亦猶是也。若以應「四」爲「從貴」取新，「四」且「折足覆餗」，何新之可取乎？

九二，鼎有實，我仇有疾，不我能即，吉。《象》曰：「鼎有實」，慎所之也。「我仇有疾」，終无尤也。

胡雲峰曰：「《鼎》與《井》相似，《井》『初』爲『泥』，『二』爲『泉』，而『二』視『初』爲『鮒』。《鼎》『初』爲『否』，『二』爲『實』，而『二』視『初』爲『疾』。」愚按，「二」，剛中，鼎之有實者也。「仇」，匹也，指初陽與陰比，故曰「我仇」。「疾」即鼎中之「否」，「初」已「出否」，可以實物於鼎矣。何疾「能即」我乎？我若無實，則「否」「能即」我矣。兩「我」字，明「二」自爲主也。不曰「使之不我即」，而彼自不「能即」我，所謂不惡而嚴。

《象》曰「愼所之」者，必俟「否出」，而後納實，「愼」之於始，所以「終无尤」，只是不能浼我之意。一説，「二」與「五」正應，「仇」當指「五」，「疾」當指「四」。「五」方任「四」，而不知其有「折足」之「疾」，「二」自遠於下，彼雖「覆餗」，不能相及，故曰「不我能即，吉」，爻義或然，但與《象辭》難合。

九三，鼎耳革，其行塞，雉膏不食。方雨，虧悔，終吉。《象》曰：「鼎耳革」，失其義也。

「三」居下卦之上，《巽》體將變《離》矣，《革》之位也。先儒多以「鼎耳」指「六五」，或云「古鼎耳有在腹旁者，有在口上者，三乃腹旁之耳」。愚按，《漢書·五行志》：「鼎三足，三公象，而以耳行。」凡物之行以足，鼎則須用鉉貫耳，乃可舉之以行。「三」過剛不中，偪近《離》火，木火迅烈，鼎中沸騰，腹旁之耳亦變熱而不可舉，故爲「耳革」之象。與「上」無應，故「行塞」。《離》爲「雉」，「膏」者，腴也。「雉膏」，即鼎中之「實」。「三」雖承上卦文明之腴，而「不得食」，由於火烈，烹飪失宜也。夫火烈，則當濟之以水，水火調和，庶幾得宜。此爻變《坎》，則内外皆成雨象。「方」者，將也。「虧」者，少也。「方雨」者，冀望之詞，故不曰「亡悔」，而曰「虧悔」；不曰「吉」，而曰「終吉」。《小象》推原「耳革」之故，曰「失其義」，「義」者，「宜」也。「三」過剛不中，所以失宜。

九四，鼎折足，覆公餗，其形渥，凶。《象》曰：「覆公餗」，信如何也？

「覆餗」之義，《繫傳》言之詳矣。今從卦體推之。「四」以陽居陰，才剛而位柔，《離》中一陰爲耳，《巽》初陰在下爲足，中爻互《兑》爲毁折，「折足」之象。「初」未有「鼎實」，故「顛趾」以「出否」；「四」已承「鼎實」，故「折足」則「覆餗」。「三」實而液於内，象士人文德之腴，故曰「雉膏」；「四」珍而列於外，象王家大亨之養，故曰「公餗」。「形渥」，乃「覆公餗」之象，謂鼎旁汁瀋淋漓也。《程傳》解「形渥」謂「赧汗」，謂「大臣任用匪人，至於覆敗，可羞愧之甚也」。程沙隨以「渥」爲「厚漬」，謂：「『公餗』所以『養賢』，『九四』既『覆』養賢之『餗』，而膏潤於己者獨厚，所以『凶』。」於義亦通。《小象》申之以「信如何」。胡雲峰曰：「言失信也。」殊難理會。愚按，「四」比「五」，大臣而爲君所信任者。今乃至於「覆餗」，不知其向來取「信」於君者「如何」，似詰責語，又似嘲笑語。不言「凶」而「凶」可知。《本義》以「形渥」作「刑剭」，謂「重刑也」，似可商。

六五，鼎黄耳，金鉉，利貞。《象》曰：「鼎黄耳」，中以爲實也。

張彦陵曰：「『金鉉』，《本義》兩存其説。竊謂『鉉』，所舉鼎者也，必在耳上方，可貫耳，主『上九』説爲勝。」愚竊按，「五」當「鼎耳」之位，中一畫禀《坤》之中德，「黄耳」象。「鉉」，《説文》作「鼏」，以木横貫鼎耳也。《儀禮》作「扃」，《士昏禮》：「設扃鼏。」

鄭康成注：「今文『鉉』爲『扃』字。」〔一〕陸德明《釋文》：「扃所以扛鼎。」此爻變《乾》，「金鉉」之象。「耳」在鼎上，受鉉以舉鼎者，「六五」也。「鉉」在鼎外，貫耳以舉鼎者，「上九」也。鼎非鉉無以爲舉，耳非虛無以爲受。二物不相離，故於「五」並言之。貫鉉以行必正，乃無傾覆，故「利」於「貞」。《易》之道，陽實陰虛。「二」之鼎「有實」，以剛中也；「五」柔中曰「實」者，「二」、「五」正應，《彖傳》所云「柔，得中而應乎剛」。「五」蓋以「二」之「實」爲「實」者乎！或云：「『耳』非虛無以受『鉉』，『耳』虛而『鉉』實，『鉉』之實，『耳』之虛，中受之也。」亦是一解。

上九，鼎玉鉉，大吉，无不利。《象》曰：玉鉉在上，剛柔節也。

「上」之正位爲「鉉」，故不復言「耳」。「鉉」，一也，「五」取「金」，「上」取「玉」，中爻未變，同此《乾》體也。「金」以言其堅，「玉」以言其潤。「上九」以陽居陰，剛而能溫之象。「鼎」之爲器，承鼎在足，實鼎在腹，行鼎在耳，舉鼎在鉉，至於「上」，厥功成矣。功成可以養人，亦猶《井》之「元吉，大成」。故「大吉，无不利」。歸震川曰：「『大亨以養聖賢』，天子當以聖賢置三公之位，上爻是已。」卓去病曰：「兩鉉總是一爻，以『六

〔一〕「今文『鉉』爲『扃』字」，據四部叢刊本《儀禮・士婚禮》鄭康成注文爲「今文『扃』爲『鉉』」。

五』言，則爻陰而位陽；以『上九』言，則爻陽而位陰；合兩爻言，則『六五』爲陰，『上九』爲陽，俱『剛柔節』之妙理。」愚又按，風在火上，爲《家人》；火在風上，爲《鼎》。《家人》第三爻即《鼎》之上爻，彼以剛居剛，故曰「失家節」；此以剛居柔，故曰「剛柔節」。

胡仲虎曰：「《鼎》與《井》相似，《井》以陽剛爲『泉』，《鼎》以陽剛爲『實』。」愚又按，火澤爲《睽》，反對則風火《家人》；澤火爲《革》，反對則火風《鼎》；皆以《離》爲上下，而《兑》《巽》迭處焉。「離火」入澤則熄，入木則焰。

《像象》曰：「《噬・五》『得黄金』，《鼎・五》『黄耳』『金鉉』。此『金』原胎於《震》、《巽》二木中，又皆從火中鍛就。『象』《易》聖人以明罰勑法、正位凝命爲教。巽流竊之，名爲九轉金液還丹，以離爲九，以九爲金，爲火。金火色皆赤，爲丹，《圖書》七九互易，故又假圖書名爲還丹，遂使四聖之教，夷爲玥、喜、鍾、吕之術。」

䷲震下震上

震：亨。震來虩虩，笑言啞啞。震驚百里，不喪匕鬯。「喪」，去聲。

《程傳》謂「陽生於下而上進，有亨之義。『虩虩』，顧慮不安之貌。『啞啞』，言笑和適之貌。雷聲所及，人無不懼而自失，惟宗廟執『匕鬯』者，則不至於喪失。惟誠敬而已。」愚竊按，卦本《坤》體，分《乾》初畫而爲《震》，一陽動於二陰之下，雷初出地，流動暢達，無有不「亨」。《震》又自《乾》來，故曰「震來」。雷之來也，其勢奮迅，噓吸風雲，動摇山岳，若有鬼神異物，往來矆睒於其間者，「虩虩」之象，此句釋「震」字。曾不移時而歛怒收威，天地爲之改色，草木欣然向榮，「初」之「虩虩」者，後成「笑言啞啞」之象，此句釋「亨」字。「虩」本蠅虎之名，其捕蠅，周環壁間，數數驚顧，故取此象而重言之。「虩虩」、「啞啞」二句，只就震象説。下二句，方説到人事。明於「震亨」之義，則當震驚時，得寧定之精神，乃能守而無失。如其不然，以俄頃而喪生平者，多矣！「百里」，極雷聲所至而言。《震》爲長子，故言「匕鬯」。楊誠齋云：「『震』能『驚百里』，而不能失『匕鬯』於主祭者之手。蓋一敬之外無餘念，一鬯之外無他物也。」愚又按，《詩疏》：匕所以載鼎肉，而升於俎，以赤心木爲之，鬯以秬黍酒加鬱金，以灌地降神，皆祭禮也。長子主器，匕牲薦鬯之外，餘皆有司職事矣。

《彖》曰：震，亨。「震來虩虩」，恐致福也。「笑言啞啞」，後有則也。「震驚百里」，驚遠而懼邇也。出，可以守宗廟社稷，以爲祭主也。

先儒多以《彖傳》爲處「震」之道是已。愚又按，《卦彖》言「虩虩」，驚動之象，《傳》申之以「恐致福」。《彖》言「啞啞」，安詳之象，《傳》申之以「後有則」。《彖》言「不喪匕鬯」，鎮定之象，《傳》申之以「守宗廟社稷」，皆從人事發《象》中未盡之意。人情聞震雷，未有不恐者。因「恐」以「致福」，福非外至也。「虩虩」之後，繼以「啞啞」，非侈然自放之謂，不過循其常則而已。言笑自如，便是莫大之「福」。「匕鬯」「不喪」，便是「笑言」之「則」。「驚」以震言，「懼」以人言。所「驚」者遠，而所「懼」者邇。震在彼，懼在此也。「出，可以守宗廟社稷」，《注疏》謂「君出，則長子居守」，《程傳》依之，臨川鄒氏及《黄氏日抄》皆主此解。《本義》則謂「繼世而主祭」。愚按，朱子之説與《説卦》「帝出乎震」之義合，《震》主出，不主入，故曰「出可以守宗廟社稷」，當依《本義》爲正。

《晁氏讀書志》云：「《象傳》内脱『不喪匕鬯』四字。」《程傳》亦云然。愚竊按，先儒鄭孩如云，「可爲祭主」是解「不喪匕鬯」之義，而藏其辭，原無脱訛也。

《象》曰：洊雷，震。君子以恐懼修省。

「洊雷震」，與「水洊至」義同，重也，再也。前雷方至，後雷洊至，莫不震疊，天之威也。「恐懼」從《卦辭》「驚」字來。凡人悔心之萌，多自「恐懼」中出，故云「震无咎者，存乎悔」。雷所以啓人心之悔者也。因「震驚」而生「恐懼」。因「恐懼」而加「修省」，到得工夫純熟，自然不遠復無祇悔。所謂淵默而雷聲，不待徵色發聲而喻矣。顔子不貳過之基在此。「恐懼」是敬天之心，「修省」是回天之事。邱行可曰：「君子於『恐懼』之後，必以『修省』繼之者，所以盡敬畏之實也。徒『恐懼』而不『修省』，則變至而憂，變已而休，猶之無懼耳。『恐懼』者，憂其變之來，初震象。『修省』者，思其變之弭，洊震象。」

初九，「震來虩虩」，後「笑言啞啞」，吉。《象》曰：「震來虩虩」，恐致福也。「笑言啞啞」，後有則也。

《震》之用在下，重《震》之「初」，又最下者，爲卦之主爻。周公《爻辭》即用文王《卦辭》，《小象》又與《彖傳》同，所以別於「九四」之「震」，三百八十四爻所獨也。鄭申甫曰：「『震』之所以貴於六子者，以其擔當氣力，能爲諸子之先鋒，故在家爲家督，居則監國，出則撫軍。一於震懼，何以承『乾』主器哉？故『震』者，動之謂，非『懼』之謂也。知懼之爲動，則知『初』之所爲『虩虩』，以動而爲懼，非『四』之所爲『遂泥』也。」愚按，「虩虩」之象，原爲「震」之初來而設，「笑言啞啞」，則復其故常矣。故周公於初爻，但加「後」、「吉」兩字，以見《震》之爲「震」，只是這箇道理。夫子分觀其象，而玩其辭，知《爻》之置「啞啞」於「後」，而云「吉」者，仍是「致福」「有則」之理，無容更贊一辭也。黄元公曰：「《震》一陽動二陰之下，《艮》一陽止二陰之上。動以『初』爲貴，故《震》之『吉』在『初』，而『四』則否。止以終爲貴，故《艮》之『吉』在上，而三則否。」

六二，震來厲，億喪貝。躋于九陵，勿逐，七日得。《象》曰：「震來厲」，乘剛也。

「二」與「三」，皆受「初」之「震」者也。「二」與「初」尤近，聞「震」則驚，危厲之象。《程傳》以「億」作「憶度」之「憶」解。臨川鄒氏、吴氏依之。愚竊謂「億」與「憶」字，體相似，而義各别。十萬曰「億」，言「喪貝」之大也。胡雲峰作「大喪其貝」解，與「六五」《小象》正合。《震》爲足，「躋」之象，中爻互《艮》，「陵」之象。下乘「初九」之剛，「九陵」之象。「七日」者，陽數極於六，至七則變而反其初，「勿逐，七日得」之象。初震之威，勢極猛厲，「喪貝」亦人之常情。「喪貝」至十萬之多，「二」能不顧，而飄然遠避，置身高處，無心於逐而自得。「得」字，對「喪」字看。「喪」者，喪其外來；「得」者，得其固有。由其居中得正，故雖乘剛，而鎮定若此。吴幼清曰：「有墮甑不顧之達，必有去珠復還之理。」二語得之。胡雲峰曰：「《屯·六二》、《豫·六五》、《噬嗑·六二》、《困·六三》、《震·六二》皆言『乘剛』，惟《困》『三』乘《坎》中爻，其餘乘《震》之初，皆不以『吉』稱。」

錢田間曰：「昭烈聞雷失筯，史以爲詐。夫迅雷色變，聖人有然，昭烈固以孟德『天下英雄』一語爲霹靂也。失筯以往，徘徊南服，不敢北向争雄。及在荆州，聞孟德之來，狼狽引去，可謂『喪貝』而『躋陵』者矣。而卒有荆、益，亦『勿逐自得』之效也。」

六三，震蘇蘇，震行，无眚。《象》曰：「震蘇蘇」，位不當也。

程、朱皆以「六三」所處不正，當去不正而就正，固已。愚又謂，「三」亦下受「初」震，而上無應與，故成「蘇蘇」之象。「蘇蘇」者，因震而意氣阻喪也。「震行」與「蘇蘇」相對，若能反其阻喪之氣，奮往前行，則可變災爲福，亦以避震爲義者也。不曰「无咎无悔」，而云「无眚」者，中爻互《坎》，《坎》多「眚」，人皆疑雷霆之「震」，爲天之降殃。聖人曰，「震」之道乃教人遷善改過，不「行」則有「眚」，「行」則「无眚」矣。「三」以陰居陽，「位不當」，故貴乎「行」。

九四，震遂泥。《象》曰：「震遂泥」，未光也。

《漢書·五行志》引「《震》遂泥」，《注》云：「從『三』至『五』，有《坎》象，《坎》爲水，『四』爲泥，溺於水，不能自拔，道未光也。」《本義》以「泥」爲「滯溺」之象。吴氏《易纂言》云：「中爻互《坎》，『四』當《坎》之中畫，在二陰之間，有遂陷於泥之象。」愚按，卦本《坤》體，互《坎》，則土得水而爲泥。自「二」至「四」，中爻互《艮》，又有止象。「遂泥」者，發而即止也。與「三」之「震行」相反。凡陽氣上行，則有光，今《震》於已震之後，朝氣盡而暮氣來，又爲内外四陰所掩，陽光豈能透露？故《小象》曰「未光」。「泥」

字，从去聲亦可，震之威，惟倏往倏來，使人莫測其所至，若止而不行，人且習而玩之矣。

六五，震往來句，厲。億无喪有事。《象》曰：「震往來厲」，危行也。其事在中，大无喪也。

《本義》：「以六居五，而處『震』時，無時而不危也。以其得中，故『无喪』而能『有事』。」愚又按，《震》至於「五」，「往來」數數矣，而無時或忘「恐懼」。《小象》所謂「危行」是已。「億无喪」從《九二》「億喪貝」來。「二」之「震」在「初」，突如來如，其勢猛。繼「震」不若初「震」之猛，「五」經事變，操於心慮者久矣。故一「億喪」，一「億无喪」。《小象》以「大」字易「億」字，猶云「萬萬勿喪」也。「二」居柔，則氣稍餒；「五」居剛，則守能堅。此以不避爲義者也。「有事」者何？即往來於危厲中，而「无」所「喪」是已。張待軒曰：「『五』之事在中上做工夫，中無時而喪，則事亦無時而喪。孟子所謂必有事也。」

胡庭芳曰：「『二』與『五』相似而相反，所以相似者，上卦之『五』，即下卦之『二』；所以相反者，『二』以柔居柔，『五』以剛居柔。『二』乘『初』，『五』乘『四』也。」

上六，震索索，視矍矍，征凶。震不于其躬，于其鄰，无咎。婚媾有言。《象》曰：「震索索」，中未得也。雖凶无咎，畏鄰戒也。

建安邱氏謂：「『五』乘四剛，已無足畏。上又遠之，則『震索索』然，無聲矣。」愚竊按，「索索」者，氣盡也。「矍矍」者，目動也。雷聲入耳，而不入目。今「上」居卦終，見下爻之被「震」，而耳目皆驚，過於畏懼，故成「索索」「矍矍」之象，如此心膽，安往而可？故「征凶」。吴幼清曰：「『躬』謂『九四』，『鄰』謂『六三』。」愚竊謂，「躬」當指本爻，「震」尚在「鄰」，而未及其「躬」，故雖「凶」「无咎」。然猶不免「婚媾有言」者，謂「六五」當「震往來」，而「億无喪」。「上」方「震鄰」而耳目俱爲之動也。《象》申之曰「中未得」，可知處「震」之時，此中要有本領，方見得事明，立得脚定。「上」以柔居柔，所以旁皇莫措，由其「中未有得」也。《爻辭》以「震不于躬于鄰」爲「无咎」，《象》復申之曰「畏鄰戒」。可見修省工夫，要在變故未切身之前，以「鄰」爲「戒」，而預加敬畏，方能臨事不懼也。「婚媾」，《易纂言》謂「指應爻」。愚竊按，凡言「婚媾」者，皆在《震》遇《坎》之卦。《屯》，《震》上《坎》下；《賁》，中爻互《坎》；《震》、《睽》，中爻互《坎》，上爻變《震》，本卦中爻亦互《坎》。

愚又按，六爻二陽四陰，皆以「震」發端，「初」與「四」，所以爲「震」者也；「二」、「三」、「五」、「上」爲「震」所「震」者也。分内外言之，「初」在二陰之下，雷初出地，「二」、「三」猝不及備，曰「躋陵」，曰「震行」，皆以避爲義。「四」陷二陰之中，「泥」而

「未光」，且「往」而復「來」，則天威褻矣。故「五」之「大无喪」，「六」之「不于躬」，皆以不避爲義。此六爻之情。

䷳艮下艮上

艮其背，不獲其身；行其庭，不見其人。无咎。

臨川吴氏引《詩》「言樹之背」，以「背」爲北堂，指初爻，爲「背」象。謂「其與『四』無應，故内不獲身，外不見人」。愚竊按，《易》之爲道，變動不居，獨《艮》取「止」義，陽自下升至「三」而止，屹然不動，「艮」之象。一陽横亘於上，彼此不相應，「背」之象。「艮」爲門闕，「庭」之象。以人身觀之，五官百骸，皆動物也。惟「背」之爲體，止而不動，故以「艮」象歸「背」。惟「艮其背」，所以「不獲其身」。惟「艮其背」，所以「行其庭」而「不見其人」，不是四句分對。伊川以「艮背，不獲其身」爲「忘我」，「行庭，不見人」爲「不交於物」。明道謂「與其是内而非外，不若内外兩忘」。朱子謂「内不見己，外不見人」。象山云：「無我無物。」薛敬齋云：「動静各止於理，而不知有人我。」五先生同作理解。惟孔穎達云：「所見者在前，背則無見之物也。」濂溪云：「『艮其背』，『背』非『見』也。」就象作解，與《卦辭》最合。《黄氏日抄》云：「『艮其背，不獲其身』，背後自不見其身，『行其庭，不見其人』者，相背亦不見人也。靜止之義，理皆在其中矣。」愚竊據後説推之，内卦以「三」爲背，則「初」、「二」爲身。背在身後，不與面相對，故「不獲」自見「其身」。外卦以「上」爲背，則「四」、「五」爲人。與人相背，而不見其面，故「行其庭，不見其人」。文王只是就卦體説卦象，至象中所寓之理，豈一一説得盡？朱子於他卦皆言象占。於「艮背」，亦舍象而專言理，幾同莊子之「吾喪我」，釋氏之「無我相」、「無人相」矣。

魏荘渠云：「天文，左右前皆動也，惟北辰不動。人身，背亦如之，故字从北、从肉，此即六書假借之義。後人不明訓釋，六經多爲所梗，費了多少分疏。」

《象》曰：艮，止也。時止則止，時行則行，動静不失其時，其道光明。艮其止，止其所也。上下敵應，不相與也，是以「不獲其身，行其庭，不見其人，无咎」也。

張雨若曰：「只緣『艮』義爲『止』，聖人怕人墮落寂滅境界去了，故特發出箇『行』字來。」愚按：《卦辭》於「止」中原兼「行」説，中爻互卦，上《震》下《坎》，亦有「行」象。夫子復就「行止」而以「動静」發明之，「行止」以對待言，「動静」作一串説，歸重又在「時」上。《艮》與《震》反對，《震》行而動者也，《艮》止而静者也。《震》時則「行」，

《艮》時則「止」，所謂「動静不失其時」。人心煩擾則昏暗，凝静則光明。《艮》陽外見，陰不得而揜之，所謂太宇定而天光發也。道者何？「不失其時」之謂。羅念菴云：「『動静』皆從容閒雅，此乃身心安著處，不患明之不足於照矣。」正與此義合。顧「止」有「止」之「時」，亦有「止」之「所」。如當止而「止」，則止在「止」上；當行而「行」，則止又在「行」上。即有物有則，各得其所之謂。夫子以「止」字當「背」字，即「時止時行」，至當不易之處也。似不必依晁氏本改「艮其止」爲「艮其背」。王龍溪曰：「『敵應』者，應而未嘗應也。」馬經綸曰：「云『所』似有方向，似有邊際，故以『敵應不相與』爲『所』。」愚按，陰陽和則交，謂之和應；不和則不交，謂之絶應；皆陰皆陽，雖應而不和，謂之「敵應」。六爻「上下敵應」者，八純卦皆同，獨於《艮》言之者，《艮》是「止」體，所取專在「不相與」。相與則動，動則不免有咎矣。「是以」以下，一氣讀到底，只完得《卦辭》之義。

《象》曰：兼山，艮。君子以思不出其位。

「兼」者，兩也。「坎」、「離」、「雷」、「風」、「澤」，五子皆有往來之義。「兼山」不然，各成一山，前後相背，非連岡接嶺也，故爲「止」象。君子之素位而行、不願乎外似之。先儒謂「思」，心之用，著於無「思」，即爲沈空；著於有「思」，則爲逐物。愚竊謂，「位」

字即《象傳》「所」字，從定理而論，曰「所」；從現前而論，曰「位」。天下無一定之位，有是「位」則有是「思」。「止」亦無定「位」，而當「位」即「止」，時「行」時「止」，便即「行」即「止」，所謂「思不出位」也。《程傳》云：「或過或不及，便是出位。」愚又按，《左傳》：「子太叔問政於子産。子産曰：『政如農功，日夜思之，思其始而成其終，朝夕而行之。行無越思，如農之有畔，其過鮮矣。』」可爲《大象》注脚。

初六，艮其趾，无咎，利永貞。《象》曰：「艮其趾」，未失正也。

先儒謂「聖人觀心於《復》，觀身於《艮》。諸爻近取諸身，與《咸》略同，此却是『背』象，如人背面而立，『腓』、『限』、『夤』、『輔』，皆從後可見，惟『趾』則見於前者」。愚按，身之「行止」由乎「趾」，「艮趾」是第一步工夫，「止」在方動之初也。工夫愈早愈好，所謂遏人欲於方萌，故「无咎」。所難者終身不變耳，故須「永貞」方得。「初」爻剛位柔，本非正，《象》曰「未失正」，謂義在當止，未爲失也。

六二，艮其腓，不拯其隨，其心不快。《象》曰：「不拯其隨」，未退聽也。

《本義》謂「『三』止乎『上』，不肯退而聽乎『二』」。先儒或云：「『三』者，『二』之所『隨』。『三』『艮其限』，止所不當止。『二』當『腓』之處，不能以隨時之學，化其執一之弊，而反隨『三』而止，故『其心不快』。」愚竊謂，取象即在本爻，「腓」，足肚也，有肉而無骨，在「趾」之上，股之下，上隨股而下隨趾。「二」，陰柔居下卦之中，故有此象。「腓」不自動，隨足而動。足亦不自動，其權在「心」。以「心」爲制，則全足皆止。以「腓」爲制，「趾」動則「腓」隨之矣。「二」，本欲「艮其腓」，今「腓」隨趾以動，而不能救止之。君子「艮止」之學，原是以我御物，不以我隨物。今不能「拯」而反「隨」之，此「心」終日役役，安能快然耶？《小象》云「未退聽」，言未能退而聽命於「心」也。若「心」作得主，則百體皆從矣。中爻互《坎》，爲加憂不快之象。張待軒曰：「後世之止，祇求息心。大《易》之止，却求快心。快即自慊之學，此心作得主，凡情俗念俱退聽矣。」《易纂言》以「腓」指「二」，以「隨」指「三」，以心指「五」。釋《爻》義太破碎，吾不取也。

九三，艮其限，列其夤，厲熏心。《象》曰：「艮其限」，危熏心也。

虞仲翔云：「『限』，束帶之處。」王輔嗣云：「『夤』，夾背肉。」程沙隨云：「『限』分上下，『夤』列左右。」《本義》謂「『限』，即腰胯也。『夤』，膂也」。諸説不同。愚竊按，『限』乃『夤』之字義，非腰胯之名，乃上下之界限。一陽在下卦二陰之上，故曰「艮其限」，本一物也。有如「夤」之「列」而爲二，故曰「列其夤」。「夤」則腰膂也。兩句似當相連説。中爻互《坎》，「九三」一陽，《坎》中水也。《坎》爲心病，心猶火也。自「四」至「上」，《大象》「離」，《離》爲火，有「熏」象。人身水下火上，水欲其升，火欲其降，腰膂居其中，屈伸所係。中爻又互《震》，宜動不宜止者也。今上自上，下自下，彼此判隔，水不升而火不降，「三」欲遏炎上之勢，其勢轉熾。本欲制心，適以「熏心」，此告子强制之學，危而不安者也。「二」、「三」兩爻，皆提出「心」字，心體固不可妄動，亦不可以惡動而求靜。「二」之病在過柔，「三」之病在過剛。「二」役於有動之心，「三」偏於有靜之心，不動心之學，豈易易哉？

六四，艮其身，无咎。《象》曰：「艮其身」，止諸躬也。

吴草廬曰：「『身』謂腹以上膈以下，呼吸之根，氣所從生也。」唐凝庵曰：「『三』分上下爲兩截，『四』通上下爲一體。『三』以剛居剛而心危，『四』以柔居柔而身安。」愚按，「身」字，從《卦象》來，「身」者，人之全體。言「身」則「背」與「心」在其中矣。胡雲峰曰：「《咸》『四』以心之動者言，此不言心而言身，兼動靜也。」愚又謂「六四」爻位皆陰，純是靜體。身止則背止，心亦得所止矣。勞而逐物，不如逸而證身，故「无咎」。此近裏著己之學，躬行君子也。楊龜山云：「《爻》言『身』，《象》言『躬』者，伸爲『身』，屈爲『躬』。屈伸在我，不在物。」王伯厚云：「『傴身爲躬，見躬而不見面。』『止諸躬』，即所謂『艮其背』也。」

六五，艮其輔，言有序，悔亡。《象》曰：「艮其輔」，以中正也。「正」字當衍。

李隆山曰：「人所見於外者，不過言行二者。在下有『腓』、『趾』，以象其行；在上有『輔』、『頰』，以象其言。」吴幼清以「輔」指「上九」，愚竊謂即指本爻，與《咸》卦不同。「輔」者，言之所從出也。文王於《卦辭》單説「行」，周公於《爻辭》補出「言」字。《咸》取「輔頰舌」，此單取「輔」。《釋名》云：「『頤』，輔車，其骨彊，可以輔持其口。」在兩頰之旁，亦從背後見者。「艮其輔」，非不言也，止在「言」前，故出之「有序」。「序」者，義理之次第也。多言則多悔，「有序」，故「悔亡」。《初》「艮趾」，「止」其「行」也。《五》「艮輔」，「止」其「言」也。「中」者，時而已。時言時默，即時行時止。發語有先後，出令有緩急，皆是也。以陰居陽，中而不正。《本義》云：「『正』字，羨文。」而《語類》載朱子之言，則曰：「《艮》之『六五』，以『中正』而『言有序』。」薛敬齋謂《語類》出門人之手，多失朱子意。此亦其一也。

上九，敦艮，吉。《象》曰：「敦艮」之「吉」，以厚終也。

吴幼清曰：「『上』變爲柔成《坤》。」胡雲峰曰：「『上』獨不言象，乃取《坤》土象。」邱行可曰：「《艮》以人身取象，《艮》，止體。身，動體也。六爻自『趾』至『輔』，皆囿於一體，未能盡止道之善。獨『上』爲《艮》主，於當止之地，而能止焉，所謂『止於至善』。聖人以爲非形之可拘，故曰『敦艮吉』。」愚按，上爻吉占無多，而《艮》在上體者，《蒙》、

《蠱》、《賁》、《大畜》、《頤》、《剥》、《損》、《艮》八卦皆「吉」，聖人喜静而惡動也。《艮》，陰土也。居「兼山」之上，有敦厚之義，故「吉」。唐凝庵曰：「上之『厚終』，與『初』之『永貞』相應。蓋末路易失，故步難持。『上』得止之『終』，則通上下爲一身，合行止爲一道矣。止難於『終』，其始皆暫止者也。至於『終』止，則真能止矣。」愚又謂，人之氣象，動者多薄，静者多厚。厚非一朝一夕之故，自「艮趾」以後，「二」之「心不快」，「三」之「心危厲」，必也反躬「无咎」，出言「悔亡」，而後得「敦艮」之「吉」，輕動之象，至「終」乃得免焉。人可不躬自厚哉！

朱子曰：「《復》卦静中有動，《艮》卦又是動中要静。《復》卦便是一箇大翻轉底《艮》，《艮》卦便是兩箇翻轉底《復》。《復》是五陰下一陽，《艮》是二陰上一陽，在下便震動，在上則没處去了，只得止，故曰『艮止』也。」愚又按，《繫傳》卦位起於《震》，而終於《艮》，上下皆《震》，獨初爲卦主，動惟發於始也。上下皆《艮》，獨「上」爲卦主，止必要其「終」也。

䷴艮下巽上

漸：女歸吉，利貞。

《程傳》：「《漸》與《歸妹》正相對，女之歸，能如是則正而吉。蓋其固有，非設戒也。」《本義》以「利貞」爲「戒辭」。愚竊按，卦象長女在上，將入而來歸。少男在下，方止而未往。「女」之於「歸」，必俟納采、問名、納吉、納徵、請期、親迎，六禮備而後行。天下之進以「漸」者，無如女子之於歸，故曰「女歸吉」。《咸》「取女吉」，取婦之卦也。《漸》「女歸吉」，嫁女之卦也。《咸》以正感，男下女；《漸》以正進，女從男，皆以貞爲主。「利貞」者，其利乃在「止而巽」，似非戒詞，當依《程傳》。王伯厚曰：「《漸》，男方求女之事；《歸妹》，女將歸男之時，以未成夫婦而名卦。」愚又按，外卦本《乾》，內卦本《坤》，「三」「四」互換，而《乾》變《巽》，《坤》變《艮》，中爻自「二」至「五」，各得其正，而女居外卦，乃自外來歸之象也。

《彖》曰：漸之進也，「女歸吉」也。進得位，往有功也。進以正，可以正邦也。其位，剛得中也。止而巽，動不窮也。

《本義》云：「『漸之進也』，『之』字疑衍，或是漸字。」愚按，《晉》與《漸》同取進義，本卦所重却在不遽進。「漸」不是「進」，「漸」乃所以「進」也。「漸之進」，「之」字與「比之自內」、「否之匪人」句法相似，言「漸之進也」，如「女歸則吉也」，「之」字似不當衍。《彖傳》於《卦辭》不多添注脚，只點綴幾箇虛字，「利貞」之意已明。「進得位」以下，皆釋「利貞」之故，「得位」、「得中」，皆指「九五」一爻。「止而巽」，又從卦德發「漸進」之義。兩「進」字，從上「漸之進也」來。「進以正」，即是「進得位」。「正邦」，即是「有功」。以「正」者「得位」之本，「正邦」者，「有功」之驗。卦之中，四爻皆「得位」。聖人恐人誤認，故復申之曰「其位剛得中也」，所以别於「六二」之柔「得中」，惟其「止而巽」，所以「動不窮」。下「止」則凝静不擾，上「巽」則相時而動。以此而「進」則「得位」，以此而「往」則「有功」。所謂「漸之進」者如此，所謂「貞」之「利」者如此。

「進得位」，《本義》謂「卦之變自《涣》來，九進居『三』，自《旅》來，九進居『五』」，皆得位之象。」亦雜舉兩卦爲卦變者也。愚按，《漸》與《歸妹》反對，《歸妹》下卦之《兑》，進而爲《漸》上卦之《巽》，則「二」、「三」、「四」、「五」皆「得位」，而「五」又「得中」，乃反對之象。若以卦變言，成卦之主在「三」、「四」兩爻，何不云《漸》三陰之卦自《否》來？「三」進居「四」，而剛柔得位；「五」剛得中，似不必云自《涣》來，又自《旅》來。

《象》曰：山上有木，漸，君子以居賢德善俗。《舉正》作「善風俗」。

《黄氏日抄》云：「《程傳》以『山上有木，其高有因』爲『漸』。晦庵謂『木漸長則山漸高』，似勝『有因』之説。」愚又竊謂地勢平衍，木之長也易見，故謂之「升」。山勢高峻，木之長也，不覺止於下而進於上，故謂之「漸」。《本義》疑「賢」字當衍，或「善」下有脱字。愚竊謂「賢德善俗」，猶云「仁里」也。從來風俗之美惡，視男女之貞淫。入其鄉而嫁娶以正，婚姻以時，則風俗之善可知。君子居仁里，則事賢友仁，積日積月，吾德不覺漸成，如「山上有木」，不見其長，以漸而高也。若衍却「賢」字，則與《夬·大象》「居德」無别矣。

初六，鴻漸于干，小子厲，有言，无咎。《象》曰：小子之厲，義无咎也。

《本義》：「鴻之行有序，而進有漸。始進於下，未得所安，上復無應，故象如此。」愚竊按，文王《卦辭》以「漸」爲婚禮，故周公《爻辭》多以「鴻」取象。《婚禮》「奠雁」，取其不再偶也。鴻之飛，翼次肩隨，成行而進，「漸」之象。中爻互《坎》爲水，水涯曰「干」。「鴻」，水鳥也。「初」居最下，「漸干」之象，不獨遠無應，近亦無比，離群孤飛，「厲」之象。爻位皆陰，「小子」之象，與《隨》卦陰爻稱「小子」同。鴻性多警，失群則呼，「厲而有言」之象。以其心知危懼，故雖「厲」而「无咎」。以義揆之，寧有危懼，而陷於咎過者乎！

六二，鴻漸于磐，飲食衎衎，吉。《象》曰：「飲食衎衎」，不素飽也。

《程傳》：「『磐』，石之安平者。」愚按，「二」居《艮》體之中，《艮》爲石，「磐」之象。「漸于磐」，視「干」稍進矣。中爻互《坎》，有「飲食」之象。「二」，柔順中正，與「五」本正應，「五」云「三歲不孕」，則「二」猶爲未嫁之女。《雜卦傳》所謂「女歸待男」者，正指此爻。不急於進，而從容自養以待時，故「吉」。有「鴻漸于磐」，飲啄自如之象。「衎衎」，和樂也。人見其「飲食」宴樂，居中無事，未必不蒙素餐之譏，故《象》以「不素飽」釋之，以見「二」之從容有待，非甘豢養而妄進者也。又按，《漢書·武帝紀》引此文，「磐」作「般」，《注》云：「水中堆也。」《易纂言》云：「『磐』，水旁石墩。」

九三，鴻漸于陸。夫征不復，婦孕不育，凶。利禦寇。《象》曰：「夫征不復」，離群醜也。「婦孕不育」，失其道也。利用禦寇，順相保也。

《爾雅》：「高平曰陸。」「三」居《艮》上，視「干」「磐」漸高矣。鄭剛中曰：「『三』上無應而親『四』，『四』下無應而奔『三』。『三』務進而妄動，故『征』則不可還。『四』失守而私交，故『孕』則不敢『育』。」吴幼清曰：「『三』往爲『六四』，『四』來爲『九三』，故《否》變成《漸》，而『九三』得居正位。『三』『四』，男女之交也。今『九三』剛躁不安，其居又欲往『四』，則《漸》復變爲《否》，而男女不交矣。『三』往，則『四』來，因『夫征不復』，故『婦孕不育』也。」愚按，卦中夫婦之義，於此爻發之。《卦辭》之「女歸」，『二』『五』正應也。《爻辭》之「夫婦」則指『三』『四』兩爻。『四』無歸『三』之理，以近比而成偶，本失「女歸」之正，因兩爻各得《艮》、《巽》之正位，故聖人亦許其爲「夫婦」也。中爻互《坎》，陷而止之，「夫征不復」象。《坎》中滿，婦孕象。自「三」至「五」互《離》，中虚「不育」象。又，《坎》爲盜，寇象；《艮》止也，「禦寇」象。胡雲峰曰：「『三』悦『四』之陰，往不以正也。『四』從『三』之陽，合不以正也。故一則『征』而『不復』，一則『孕』而『不育』。『不復』、『不育』，『凶』之極矣，而云『利禦寇』，不可解。或曰，鴻宿處必有司夜，以防掩捕。遇警一號，則舉群皆起，乃『禦寇』之象。」今據《小象》釋之，「三」本《艮》體，去其儔類，而比「四」，故曰「離群醜」。「三」以私情，與「四」相合，故曰「失其道」。「四」《巽》體，而性順，與「三」既合，物莫能奪，故曰「利禦寇，順相保」。張彦陵曰：「『禦寇』與『婚媾』相反。此句正教『三』以待『四』之法，蓋夫婦而出於私情比昵，匪媾也，而實『寇』也。惟以『禦寇』之法禦之，庶幾不受私情之累，乃爲『利』耳。」又是一解。

六四，鴻漸于木，或得其桷，无咎。《象》曰：「或得其桷」，順以巽也。

「四」入《巽》體，「漸于木」，視「陸」又高矣。「鴻」，駢趾，豈能集木？「四」與「初」無應，繞樹三匝，無枝可依，宜有咎矣。《程傳》、《本義》皆以「桷」爲「平柯」。愚竊按，《詩疏》：「『桷』，榱也。」夏侯湛《玄鳥賦》：「銜泥結巢，營居傅桷。」吴幼清云：「屋木椽之方者，似非『平柯』之解。」或得木枝横平如桷者，則可以託處而「无咎」。「九三」，一陽在下，有「桷」象。《象》曰「順以巽」，與前「順相保」相應。「四」以陰居陰，「巽順」

者，婦道也。故於此再言之。

愚又按，《爻》、《象辭》皆詳於「三」，而略於「四」，必兩爻參看始明，似側重在陰一邊。當「夫征不復」時，一離群之婦，懷抱無兒，外多强暴，幾幾有不能自保之勢。於此而能守身禦寇，擇木孤棲，卒能婉孌相保，以待「征夫」之「復」。《爻辭》於「三」曰「凶」，於「四」曰「无咎」，嘉其得「巽順」之道也。

九五，鴻漸于陵，婦三歲不孕，終莫之勝，吉。《象》曰：「終莫之勝，吉」，得所願也。

《程傳》以「陵」爲「最高處」，象君位之尊。愚竊按，《爾雅》：「大阜曰陵。」《艮》山在下，「漸于陵」之象。「五」與「二」正應，「婦」指「二」，中爻互《離》，中虚，「不孕」之象。《離》位居「三」，「三歲」之象。「五」以剛中正應柔中正，非「三」、「四」之比。「三」云「不育」，已「孕」而「不育」，以合之不正也。「五」云「不孕」，未合而「不孕」，以有待而合也。「終莫之勝」，謂「五」之心惟屬於「二」，視人世女歸之正，「終莫」有「勝」於「二」者，雖于歸有待，到底是德配，故「吉」。《同人》「二」、「五」亦爲「三」、「四」兩爻所隔，故「九五」曰「大師克相遇」，此曰「終莫之勝」，其義相同。胡雲峰曰：「卦以《巽》爲女，《艮》爲男，而爻以『五』爲夫，『二』爲婦者，以『二』『五』相應爲言，取義不同也。」愚又謂天下之躁進者必驟退，易合者亦易離。「二」不輕進，「五」不輕合，相須之久，相信之深，至此始得所願，其進之正，而得位如此。

上九，鴻漸于陸當作「逵」。**其羽可用爲儀，吉。《象》曰：「其羽可用爲儀，吉」，不可亂也。**

愚按，六爻之象，「上九」爲最吉。「漸」道已成，離群高舉，「漸逵」之象。先儒或以「漸陸」爲退飛之象，或以「三」爲南陸，「上」爲北陸，皆從木字作解。《晁氏讀書志》「陸」作「逵」，胡安國亦然。《程傳》：「『逵』，雲路也。」吴草廬云：「『陸』，當作『逵』，字體相類，傳録誤也。」愚按，下五爻皆叶韻，本爻「逵」與「儀」叶，其義可見，當從之。「漸于逵」，言其翱翔雲路，使人可望不可即，吉光片羽，留爲世珍，所謂進退可法者也。「儀」字，如「鳳凰來儀」之「儀」。亦當從《程傳》。《纂言》作「儀刑」解，亦猶《蠱・上九》「不事王侯，志可則也」之義。《本義》以「儀」爲「旌纛之飾」，似非正解。「可用」，「用」字當玩，大抵無位者，多無用。「上九」乃賢人之高致，其「用」可以爲「儀」。雖高而無位，非無用者也。鴻之飛，成群而不失次。《小象》獨於上爻言之者，要其終而知其「不可亂」也。「亂」者，失次之謂。只就「鴻漸」説，不必説到不以富貴利達亂其心也。

吴草廬曰：「鴻，水鳥而乘風以飛，下卦《艮》止，而有《坎》水，故下三爻之《象》曰

『干』，曰『磐』，曰『陸』，皆『漸進』而止於水際者也。上卦《巽》爲風，爲高，故上三爻之《象》曰『木』、曰『陵』、曰『逵』，皆『漸進』而飛於風中者也。此六爻之情。」

䷵兑下震上

歸妹：征凶，无攸利。

《程傳》：「『歸妹』，女之嫁，歸也，男上女下，有悦少之義。以悦而動，則不得其正矣，故位皆不當。」愚竊按，《説文》：「『妹』，女之少者。」女少，故字從未。六子相配之卦，凡十八。《咸》、《恒》、《漸》、《歸妹》四卦皆取嫁娶之義。三卦《彖辭》或「吉」或「利」，惟《歸妹》獨「凶」。《咸》二少相感，《恒》二長相承，《漸》以少男下長女，此則以少女下長男。本非匹敵，不待父母之命，媒妁之言，明是妹自爲政，故曰「歸妹」。《禮》「男子三十而娶，女子二十而嫁」。女未有不少於男者，女少則有待年之義。今妹往而求夫，故「凶」，「凶」在「征」也。吴幼清曰：「以『三』『四』兩畫言，《泰》之『三』『四』本當位，今『三』往『四』來，則皆不當位，故既曰『征凶』，又曰『无攸利』，深戒之也。」程敬承曰：「六十四卦中，《彖辭》全無好處者，惟《否》與《歸妹》耳。《否》是小人肆志之日，《歸妹》是小人進身之時。」

《象》曰：歸妹，天地之大義也。天地不交，而萬物不興。歸妹，人之終始也。説以動，所歸妹也。「征凶」，位不當也。「无攸利」，柔乘剛也。

愚按，《卦彖》極言《歸妹》之「凶」，夫子却從「歸妹」二字，先發「天地之大義」。蓋本卦從《泰》而變，「三」「四」兩爻互换，而爲《兑》、《震》，《兑》爲少女，乃女之終。《震》爲長男，乃男之始。上《震》，乃《乾》交於《坤》之始；下《兑》，乃《坤》交於《乾》之終。《坎》、《艮》、《巽》、《離》，皆包羅於中矣。「萬物」皆六子之變化，出《震》見《離》，悦《兑》勞《坎》，所謂「興」也。「天地不交」二句，乃反言，以明天地之大義，因交而生物也。以下復説到人事，夫婦原以人合，前者有終，後者有始，與天地生生不已一般，纔完得「天地之大義」。舊注以「終」屬女，「始」屬生育，似不必泥。男女本是天地間大道理，只爲「悦以動」，所以爲「歸妹」，非惡其歸。惡其所歸者，妹也。斥其爲妹，罪有專屬矣。「説以動」以下，接連六句，專指「六三」一爻。「三」以陰居陽，則位不當，踞「九二」之上，則柔乘剛。《卦象》因女「悦」以致男「動」，所以云「凶」而「无攸利」也。若依《程傳》，謂「二」、「三」、「四」、「五」位皆不正，「三」、「五」皆柔乘剛，則罪不獨在一女子矣。

《象》曰：澤上有雷，歸妹。君子以永終知敝。

《本義》：「雷動而澤隨，歸妹之象。」胡雲峰曰：「澤隨雷動。」來矣鮮曰：「雷震澤上，水氣隨之而升。」似乎將「悦以動」多倒轉看了。愚竊謂「澤上有雷」，上之雷聲未動，下之澤氣先升，方合「悦以動」之義。夫婦之道，欲其有終而無敝，其始不以正者，其終必有敝可知。不獨夫婦也，君臣朋友亦然。衆人無終，由於不知敝，君子知敝，是以能永終。

初九，歸妹以娣，跛能履，征吉。《象》曰：「歸妹以娣」，以恒也。「跛能履」，吉句。**相承也。**

先儒多以「三」「四」兩爻爲成卦之主，建安邱氏則指「二」「五」爲主爻，吴幼清以初爻統全卦之義，惟陸庸成謂《歸妹》六爻俱無夫象。愚按，本卦與《漸》反對，《漸》是民間之嫁娶，此是帝室之婚姻。在全卦則《兑》從《震》，以「六三」爲主爻。在六爻則不論陰陽，又各有「歸妹」之義。古者，天子一娶九女，諸侯一娶三女，有嫡有媵。媵者曰「娣」「姪」，「歸妹以娣」，蓋妻之妹從嫡以適人者。「初」無正應，「娣」象。居卦之下，「履」象。《兑》爲毁折，「跛」象。以剛居剛，本能「履」者也，而託之於「跛」，嫌並嫡也。存此不敢上人之心，何往不吉？《小象》曰「以恒」，以分言，乃今古之常禮，非「説以動」可知。曰「相承」，以德言，「二」承「五」，「初」承「二」，安於爲「娣」，非柔乘剛可知。

所以《象辭》曰「征凶」，《爻辭》曰「征吉」。《小象》「吉」字當連上讀，「相承也」三字自爲句。

九二，眇能視，利幽人之貞。《象》曰：「利幽人之貞」，未變常也。

《本義》：「『眇能視』，承上爻而言。」愚竊據兩爻合看，「二」亦「娣」也。以「視」承「履」，其爲「娣」所不待言。居「初」之上，中爻互《離》，爲目，視象。「二」剛中，亦能「視」而託於「眇」者也。「幽人」猶云「静女」。本卦「九二」即《履》卦之「九二」，故其占同。《象》於「初」曰「以恒」，於「二」曰「未變常」，夫婦之道，不可不久，惟各安其常。「初」所以「吉」，「二」所以「貞」，與《履》「六三」取象同，而義則不同。

六三，歸妹以須，反歸句。以娣。《象》曰：「歸妹以須」，未當也。

「須」字，先儒有三解。《程傳》作「待」字義，或云「須飾」之「須」，是爲盛容飾以待「歸」也。朱漢上引《天官書》「須女四星，賤妾之稱」，《本義》依之。愚按，「六三」不中不正，居悦體之上，爲卦主爻。所謂「征凶，无攸利」者也。蓋婢僕之流，非世家之女，以色見售，而不得列於「娣」者，故以「須」名之。「歸妹」若以「須」從，將來妬寵争妍，禍有不可勝言者。爲「六五」計，當去「六三」之「須」，而以「初」「二」爲「娣」。「反歸」者，反「須」，使歸母家也。二字似當屬上句讀，「以娣」二字自爲句，指下二爻。《象》曰「未當」，幸「三」未當位，尚在貫魚之列，宜及此時去之也。「以須」爲「未當」，則「反歸」之「當」可知。若以「須」爲「待」，「反歸」爲「娣」，則待年之女，似與「九四」無別矣。

愚又按，内卦三爻亦當合看。「五」爲女君，諸爻皆其媵也。以象言，《兑》爲妾；以位言，上貴而下賤。妾婦之道，履不踰閾，視不出户。「初」、「二」曰「跛」、曰「眇」，既不自多其能，又見不尚色之意，《本義》所謂「女之賢」者也。至「六三」，則「娣」中之匪人矣，故加之以賤稱。從來並妻奪嫡之事，多出帝王貴戚之家。故聖人於内三爻惓惓垂戒，謂「歸妹」而「以娣」，雖「跛眇」亦「能履」、「能視」，「吉」而且「利」。「歸妹」而「以須」，何必更言「凶」、言「不利」，只有「反歸」之一法耳。

九四，歸妹愆期，遲歸有時。《象》曰：**愆期之志，有待而行也。**

《易纂言》以「九四」《震》長男，爲「歸妹」之兄，「五」爲妹，「二」爲壻。似乎强生分別。愚竊謂「九四」亦「娣」也。婚姻宜有常期，卦至四爻，女猶在室，「愆期」之象。《詩》云：「士如歸妻，迨冰未泮。」今卦入《震》體，則冰已泮矣。由「愆期」故「遲歸」。「時」者，婚姻之時。「愆期」者，數也。「有時」者，理也。女無不嫁之理，但遲早自有數耳。時未至，則當待。故《象》申之曰「愆期之志，有待而行」，以見非人不我娶，乃我不輕許人也。「九四」以剛居柔，蓋女子之有志而能貞潔自守者。《摽梅》之詩曰：「求我庶士，迨其吉兮。」《江汜》之詩曰：「之子歸，不我以。」古者，女未及笄，有待年於國之義，以《詩》證《易》，理自相通。

六五，帝乙歸妹，其君之袂，不如其娣之袂良。月幾望，吉。《象》曰：「帝乙歸妹」，「不如其娣之袂良」也，其位在中，以貴行也。「幾」，平聲。

《程傳》以「五」下應「二」，爲下嫁之象。《易纂言》：「『帝乙』謂『九四』，所歸之『妹』謂『六五』。」楊止庵以「三」「四」得合，「五」爲主婚。愚竊謂以卦論，則「三」爲成卦之主。以爻論，則「五」爲衆爻之主。似難定所歸之爲某爻。「帝乙歸妹」與《泰·六五》辭同，必實有其事。《京氏易》載有「帝乙歸妹」之辭，注詳《泰》卦下。今就《爻辭》釋之。未歸則稱妹，已歸則稱君。正其爲小君，所以別於諸娣也，「五」柔中居尊，以德禮爲貴，不以衣服爲容，故「君之袂」，反「不如其娣之袂良」。「袂」者，容飾也，長袖善舞之意。「袂」不如「娣」，德勝可知矣。「月幾望」，爲陰之盛德，足以儷陽，故「吉」。與《小畜》、《中孚》抗陽者不同。「在中」者，「五」之德也。「以貴」者，帝之妹也。「行」者，下嫁也。《小象》節取《爻辭》，以「帝乙」二句連合成文，見得「帝乙」之妹，地位尊重如此，乃「不如娣袂之良」，洗盡鉛華，獨昭壼德，有王姬肅雍氣象。復申之曰「其位在中，以貴行也」。所貴「在中」，則有容而不妬，雖「跛眇」之「娣」，亦得進御於君，《樛木》

垂仁而下逮，《小星》援命以自安，非聖女賢妃，孰克當此！

上六，女承筐，无實；士刲羊，无血。无攸利。《象》曰：上六，「无實」，承虚筐也。

蘇子瞻曰：「天地之義，正大而已。大者不正，其終必有名存實亡之象。」愚按，「上六」《震》體，本士也，而爻位皆陰，虚而「无實」之象。又，「六三」悦體在下，兩陰敵應，亦「无實」之象。《震》爲蒼筤竹，筐之象。内卦《兑》，羊之象，中爻互《坎》，血之象。「女承筐」，以實蘋藻。「士刲羊」，以取血膋，皆祭禮也。今不成夫婦，以言乎「女承筐」則「无實」，以言乎「士刲羊」則「无血」，未嘗告廟，而成夫婦之禮也。先言「女」而後言「士」，其咎在於陰虚，所以「无攸利」。《小象》不言「士女」，只從「承筐无實」句，指出一「虚」字以結之。「上六」以陰居陰，「无實」則虚，所謂名存而實亡，咎在「女」，不在「士」，可知矣。先儒或謂咎在「士」，而不在「女」，竊所未解。

愚按，六十四卦，除《乾》、《坤》純陽純陰外，餘卦凡取男象者，爲陽爻；取女象者，爲陰爻。獨《歸妹》不論爻位陰陽，多取女象，而以「六五」爲主爻，雖與「九二」正應，却无以君歸娣之理。究不知「妹」之所「歸」者何爻。闕疑，俟再考。

䷶離下震上

豐：亨，王假之，勿憂，宜日中。「假」音「格」。

《程傳》「格」字作「致」字解，吴草廬以《彖辭》爲天子適諸侯之義。愚竊謂「豐」取滿盈爲義。以天道言，滿盈之象；以世道言，正滿盈之時，「豐」之所以「亨」也。「王」者至此時，正當憂盛危明，而曰「勿憂」，非謂不必「憂」也。蓋當雷電交作時，則日光失照。日復其照，則一切陰翳不得障蔽於吾前矣。《豐》而「宜日」，有不可過動之意。「日」而「宜中」，又有不可過明之意。此保豐之道也。

愚又按，卦體《離》日在下，惟恐失之闇，賴火勢炎上。内三爻不論應否，皆上適於《震》，合而成《豐》，雖云明動相資，而以明爲主。觀《彖傳》「宜照天下」，及《爻辭》言「蔀」、言「見」，其義曉然。

《彖》曰：豐，大也，明以動，故豐疑當作「亨」字。**王假之，尚大也。「勿憂，宜日中」，宜照天下也。日中則昃，月盈則食，天地盈虚，與時消息，而況於人乎？況於鬼神乎？**

先儒於《彖傳》注釋略同。愚又竊謂，「大」，當以規模氣象言。「明動」者，卦德也。

然必先「明」而後「動」，不「明而動」，冥行將何之？「明以動」，自無不亨之理。「尚大」者，非謂王者至此有心好大也，乃時尚所必至，席豐履厚，規模氣象，不期侈而自侈。《書》曰：「無疆惟休，亦無疆惟恤。」此其可憂者也。《卦辭》「勿憂，宜日中」，《彖傳》「宜照天下」，兩「宜」字，是「勿憂」中之作用。蓋惟「日中」，則光輝能徧照；「日昃」，則不能矣。文王言「日中」，夫子補其所未足，可見「日」豈長「中」？有「中」則必有「昃」，徒「憂」何爲哉？「月盈則食」，又從上句推言之。《離》卦與《坎》反對，《彖傳》言「日」亦言「月」，此其例也。「中昃」「盈食」，即「盈虛」「消息」之象，皆「時」爲之也。天地且不能違時，况人與鬼神乎？甚言「豐」之不久也。「盈虛」「消息」四字，夫子於《剥》、《豐》二卦言之，一以見天下無常「剥」之時，一以見天下亦無常「豐」之時。又按，「照」字爲全卦要領。「照」亦「日中」也，「昃」亦「日中」也，「蔀」亦「日中」也。「盈」則必「虛」，「息」則必「消」，爲「昃」；以「盈」處「盈」，以「息」處「息」，爲「蔀」；知「盈」守「虛」，知「息」持「消」，爲「照」。王者不能使造化無「日昃」「月食」之時，而常存此「日中」久「照」之心，所謂善用其明也。

《象》曰：雷電皆至，豐。君子以折獄致刑。

先儒謂，「雷」者陰陽相薄之聲，「電」者陽光也。雷之動物，有聲有光，故《大象》於

《震》、《離》相遇，多言電。三畫爲電，重《離》爲日。《離》上《震》下曰《噬嗑》，《震》上《離》下曰《豐》。兩象皆取治獄，一動而明，一明以動。《噬嗑》乃章程初設，懸象魏以示人，從立法者言。《豐》則令甲久申，據爰書以定罪，從用法者言。所謂國家閒暇，及是時明其政刑也。愚按，雷發聲之後，五日始電。雷電亦有不「皆至」者，威至而明，不至則片言何以「折獄」？明至而威不至，則姑息何以「致刑」？故必「皆至」，乃合「豐」義。亦猶《噬嗑》之「雷電合而章」也。始則法電之明以「折獄」，是非曲直，必得其情；終則法雷之動以「致刑」，大小輕重，必當其罪。天下豈有冤民乎？

愚又按，《豐》與《旅》反對，《離》爲兵戈，中爻皆互《兑》，爲毁折，故《大象》皆取刑獄。

初九，遇其配主，雖旬无咎，往有尚。《象》曰：「雖旬无咎」，過旬災也。

《易纂言》以「配主」爲「六二」，愚竊據諸儒之説，似當指「四」。「初」與「四」敵應不相與，謂之「配主」者，兩剛同德，而成匹偶之象，《程傳》所謂「同舟則胡越一心」是也。勸「初」往從「四」，故云「雖旬无咎」，「往有尚」。《注疏》以「初」「四」皆陽爻，訓「旬」爲「均」，程朱皆依之。愚竊按，《書》「十旬勿反」，《曲禮》「旬之外，旬之内」。《説文》云：「編〔一〕，十日爲旬。」文王《卦彖》以一日言，曰「日中」；周公《爻辭》以十日言，曰「旬」。爻居《豐》初，乃一月上旬，「初」宜及時而往，與「四」明動相資，共圖保豐之道。稍遲旬日，雖亦「无咎」，但須以「往」爲「尚」耳。《象》申之曰「過旬災」，恐其過時而不往也。

焦弱侯曰：「『初』以『四』爲『配主』，『四』以『初』爲『夷主』，上下之詞也。自下並上曰『配』，如妻之仰而配於夫。自上並下曰『夷』，如明之夷而入於地。」

六二，豐其蔀，日中見斗，往得疑疾。有孚發若，吉。《象》曰：「有孚發若」，信以發志也。

《廣雅》：「蔀，草名。」《注疏》以「蔀」爲「障光明之物」。楊誠齋云：「日蔽雲中稱蔀。」《玉篇》云：「覆也。」愚按，諸釋不同，總是蒙蔽之象。「豐其蔀」者，當「豐」時而有蒙蔽之患也。「二」爲《離》主，居卦中爻，「日中」之象。「斗」爲天樞，指「五」。「見」之者，「二」也。「斗」宜夜「見」，今晝見，則日無光矣。「二」本至明之體，而爲「五」暗君所蔽，於此之時，若「往」而從之，必因「疑」而得「疾」，如杯中蛇影之類。中爻互《巽》，

〔一〕「編」，《説文》作「偏」。

進退不果，故有此象。「日中見斗」，幾疑晝爲夜矣。而「二」之於「五」，不以明暗二其心，盡誠相孚，以俟君心之悟。迨至「有孚發若」，則障去而疑消。「孚」者在「二」，「發」者在「五」，故「二」曰「往」，「五」曰「來」，二字相應。「來章」之譽，豈獨「五」「有慶」哉？兩爻所以皆「吉」。「信以發志」，《象辭》與《大有·六五》同，彼以「五」發「二」之志，此以「二」發「五」之志，其「孚」同也。

九三，豐其沛，日中見沬。折其右肱，无咎。《象》曰：「豐其沛」，不可大事也。「折其右肱」，終不可用也。

「沛」，蘇氏《易傳》作「旆」，釋爲「旛幔」，説本陸氏，《本義》依之。楊誠齋以「日在雲下」爲「沛」。愚竊就字作解，「沛」者，沛然下雨貌。中爻自「三」至「五」，互《兑》爲雨。「豐其沛」者，大雨之象。「沬」，《易纂言》以爲斗下小星。愚竊按，古本作「昧」，「昧」者，晦也，大雨則晝晦矣。晦則無所見，而云「見沬」者，昧在彼，而見者在此也。蓋「沛」之蔽甚於「蔀」，沬之「見」甚於「斗」。「三」與「上」正應，「上」以柔暗居卦終，錮蔽方深，如何可與共大事？雖有股肱之用，而不知「三」之所以寧「折其右肱」，而不爲「上」所用，猶云無從措手也。由其《離》體，見事明，故「无咎」。《豐》與《明夷》，下體皆《離》，《明夷》「六二」去「上」遠，故「夷于左股」，傷之未甚，猶可用也。《豐》「九三」

與「上」應，故「折其右肱」，傷之切而終不可用也。又按，本爻與《大過》「九三」同爲「上六」之應爻，彼以「棟橈」致「凶」，此以「折肱」「无咎」。《小象》於彼曰「不可有輔」，於此曰「不可大事」、「終不可用」，皆諄諄告戒之辭。

九四，豐其蔀，日中見斗。遇其夷主，吉。《象》曰：「豐其蔀」，位不當也。「日中見斗」，幽不明也。「遇其夷主」，吉句。行也。《舉正》：「『行』字上脱『志』字。」

《易纂言》「夷」字作「傷」字解，謂「四」變而柔，爲《明夷》，故「四」以「二」爲「夷主」。愚竊按，「四」與「初」應，「初」曰「配主」，「四」曰「夷主」，兩剛相遇，敵應等夷之象。「豐蔀」，「見斗」之象，與「九二」〔一〕同。「二」當位而「豐蔀」，「四」不當位，而亦「豐蔀」。「二」離明而「見斗」，「四」幽不明而亦「見斗」。當「豐」之時，障蔽同也，「二」上與「五」應，而「有孚發若」；「四」下與「初」應，而「遇其夷主」。剛與剛遇，柔與柔應，明動相資，又同也，故《爻辭》皆曰「吉」。《小象》略於「二」而詳於「四」者，「二」指「六五」爲「蔀斗」，故不可往，往則入於暗，而得「疑」；「四」之「蔀斗」皆自謂也，故利於行，行則遇明而得「吉」。《象》恐人以二爻同看，亦以「四」之「蔀斗」歸咎「六五」，故

〔一〕「九二」，當爲「六二」之訛。

「九四」之《象》最詳。

六五，來章，有慶譽，吉。《象》曰：六五之吉，有慶也。

《程傳》謂「『六五』無虚己下賢之義，聖人設此以爲教」，《本義》亦云：「因其柔暗，而設此以開之。」愚竊按，上下四爻皆言「豐」，「五」爲卦主，而不言「豐」。人君以得賢爲慶，不以富有爲豐者也。「來章」與「大蹇朋來」同。凡爻位，自下而上曰「往」，自上而下曰「來」。以君位臨之，則下之往者皆來矣。因「二」以來「初」，因「四」以來「二」，内三爻離明，故曰「章」。「五」，柔順得中，又是動體，能用下之明以爲明。向來「豐蔀」、「豐沛」，至此障蔽悉閒，明則資於人，譽則歸於己；「二」自往「五」，則得「疑疾」，「五」能來「二」，則有「慶譽」，「六五」之「吉」，未必非「有孚」發志之功也。

上六，豐其屋，蔀其家，闚其户，闃其无人，三歲不覿，凶。《象》曰：「豐其屋」，天際翔也。「闚其户，闃其无人」，自藏也。

《本義》：「以陰柔居『豐』極，處動終，明極而反暗者也。」愚竊謂「上六」一爻，關係全卦。處「豐」之末，已是「日昃」「月食」時矣。以人事言之，如富貴人末路，身居華膴，高大門閭，「豐其屋」之象。門以内，耳目相蒙，「蔀其家」之象。門以外，衆畔親離，「闚户无人」之象。主人如帝，謁者如鬼，有經年伺其門牆，不得一見者矣，「三歲不覿」之象。《爻辭》既備言其「凶」，《小象》復申之。曰《爻》言「豐屋」，非富潤屋也，謂其志滿樂極，飛揚跋扈，如「天際翔」也。《爻》言「无人」，非無人跡也，謂其深居高拱，只見有己不見有人，是「自藏」也。「六五」以謙接物，「六二」敵應而必來，「上九」以亢自居，「九三」正應，而不爲用。兩爻互看，「吉凶」之斷在此。蘇子瞻曰：「豐者，至足之辭。足則餘，餘則溢。揚子雲曰：『炎炎者滅，隆隆者絶。高明之家，鬼瞰其室。』『上六』之謂與？」《漢書・五行志》：「其在《周易・豐》之《離》，弗過三矣。」注云：「《離》下《震》上，《豐》。『上六』變而之《離》，曰『豐其屋，蔀其家』。言無道德而大其屋，不過三歲必滅亡也。」

張待軒曰：「國家之患，莫大蒙蔽，『豐』時特盛，故曰『宜照天下』。夫階前萬里，人主何所用其明哉？致治以人，保治亦以人。但使賢者在位，何憂讒諂蔽明？此卦《五》『來章』，《二》『有孚』，君臣一德；『初』遇『四』，『四』遇『初』，大小同心。更何『豐』之足憂？『上六』有一『九三』而不能用，以至『闃其无人』，雖翺翔天際，亦何益哉？此六爻之旨也。」愚按，「初」「四」、「二」「五」在他卦爲敵應不相與。在《豐》則取其明動相資，曰「遇」，曰「見」，曰「往」，曰「來」，曰「无咎」，曰「吉」。「三」與「上」本正應，而無往來之義，一曰「无咎」，一曰「不覿」。惟「上六」一爻，其占獨「凶」者，由其去明最遠，而處「豐」之極盛也，可以悟「盈虛」「消息」之理矣！

《象數論》曰：「《豐》爲日食之卦。日會在朔，而食亦在朔；月盈在望，而食亦於望。『初』之配主，月也。此在日食前，月之望，故爲『過旬』之『災』。《離》，南方之卦，五、六月之交，日在午未，食於井柳，則斗宿遠而得見。『日中見沬』，日食之既也，其應在大臣，故『折其右肱』。《震》，東方之卦，日在戌亥，日食於室壁，則斗柄之在午未者，遠而得見。『來章』，復圓也。『闃其无人』，日入而息也。」朱曇庵則於「二」爻言之，謂「天之變異，日中見五緯者有矣，未有見經星者。『豐其蔀』，日有食之也。日食甚，則斗可見矣。以其居陰從陰，故『得疑疾』；以其《離》明得中，故『有孚』。其『疑』也，如日之食；其『孚』也，如日之更」。鄭孩如曰：「《易》雖假象，亦須以意會之。設『蔀』以自蔽，何至『日中見斗』？惟日食將既時，渾天暗黑，『斗』乃見於『日中』。日食既者，月掩之也。則是月者，日之『蔀』也。奸臣蔽君，亦猶月掩日，蔀之『豐』也。乃大臣壅蔽其君之象，『九四』爲之也。」《易》之道，固無所不有，存此三説，以備參考。

䷷艮下離上

旅：小亨，旅貞吉。

《程傳》：「爲卦，《離》上《艮》下，山止而不遷，火行而不居，違去而不處之象。」臨川王氏曰：「入而麗乎内，所以爲《家人》；出而麗乎外，所以爲《旅》。」吴幼清曰：「凡家居者，入而舉火於内；旅寓者，出而舉火於外。」愚又按，「旅」者，客寄之名。《周禮·地官》所謂「羈旅」也。分内外二體看，火在上，動而不止，旅人之象。山在下，止而不動，旅舍之象，《公劉》詩中所謂「廬旅」也。與《豐》反對，《豐》爲大，故《旅》爲小。先儒謂處「旅」之道，切忌自大。「六五」爲卦主，以其「得中」而「順乎剛」，「小」之所以「亨」。愚又謂，「旅」雖小道，然必「貞」，乃得「吉」。道無往而不在，事無微而可忽也。再提「旅」字，丁寧鄭重之意。吴草廬以「旅貞吉」三字指「九三」而言，似不必從。

《彖》曰：「旅，小亨」，柔得中乎外而順乎剛，止而麗乎明，是以「小亨，旅貞吉」也。旅之時義大矣哉！

《程傳》以《彖傳》五句多爲「處旅之道」。愚竊按，《彖傳》不釋卦名，專釋卦德。「二」「五」皆「柔得中」者，曰「外」，則專指外卦，「六五」在外者爲客，所以合乎「旅」之義。「六五」一柔在外，乘承皆剛，「順乎剛」之象。此句專屬上卦。「止而麗乎明」，合上下卦德言。「止」者，不能無所「麗」，猶旅人不能無所依，《艮》止，則隨寓而安；《離》明，則因不失親，是以「小亨」而「貞吉」也。又按，他卦《彖傳》於釋《彖》之後，多推廣言之，以見「時義」之大。此不加一辭者，錢田間曰：「吾夫子轍環天下，一生固旅人也。嘗筮《易》得《旅》。商瞿氏曰：『子有聖知而無位。』子曰：『命也』。故於《旅》發深慨焉。」今竊合六爻論之，人生天地間，何在而非逆旅？「瑣瑣」之災，固所自取。即次之安，其偶然耳。人世之「焚次」、「焚巢」、「喪資斧」、「喪童僕」者，比比皆是。而旅懷無厭，或且「得資」，而心猶「不快」。惟「二」「五」柔順得中，庶幾知止知足者。然其道，止於「小亨」而已。若聖賢當此，不遑家食，豈徒曰桑弧蓬矢，志在四方而已哉？蓋難處者，「旅」之時；難盡者，「旅」之義。夫子嘆「時義」之「大」，意或如此。

以卦變之義推之，則《旅》自《否》來，《否》下卦之「三」，來居《旅》上卦之「五」，故云「柔得中乎外而順乎剛」，亦可謂之卦變，《本義》顧不言。

《象》曰：山上有火，旅。君子以明慎用刑，而不留獄。

《注疏》：「火在山上，逐草而行，勢不久留，故爲《旅》。夫子亦取刑獄之象。」《本義》謂「慎刑如山，不留如火」是已。愚又謂「留」者，淹滯之義。「不留」二字，從卦名得來。旅人之就舍，過而「不留」者也。聖人之視有罪如羈客然，視犴狴如郵傳然。其初無留牘，其既「不留獄」，惟「明」惟「慎」，故能剖決如流。

初六，旅瑣瑣，斯其所取災。《象》曰：「旅瑣瑣」，志窮災也。

「初」以柔居剛而在下，楊誠齋謂「是小人之棄逐者」，胡雲峰謂「是道途負販之旅」。兩皆置勿論。愚按，「初」本止體，恃與「四」應，而不能自止，《艮》爲小石，「六」爲陰，「初」又卑下。《詩疏》云：「瑣瑣，小也。」正合此象。「瑣瑣」之狀，干求非止一端，由君子觀之，争名於朝，争利於市，其爲齷齪鄙細，一也。此等人，於世則取賤，於己則「取災」。「災」即下文「焚次」之類。如慶封奔吴而致富，識者知其族殲，亦是也。《爻辭》賤其行，《象辭》鄙其志。天下未有「志窮」而途不窮者。斯其所以取災乎？

六二，旅即次，懷其資，得童僕貞。《象》曰：「得童僕貞」，終无尤也。

《易纂言》：「『旅』字指『六五』，『旅』以應位爲『次』。『五』下就『二』，既得中，又得位。」愚竊謂義即在本爻。處「旅」之道，貴乎柔順。凡位陰爻，柔者皆吉。「六二」獨兼之，居《艮》體之中，得陰之本位，「即次」之象。《左傳》「一宿爲舍，再宿爲信，過信爲次」是已。「資」與「貲」同，上承二陽，以虚受實，「懷資」之象。《纂言》又云：「艮，少男童也。」愚按，「二」與「初」比，得「童僕」之象。「貞」字，連上讀。《程傳》謂「雖童僕，亦得其真信」是已。三者兼得，「旅」之最善者。《小象》單釋末句而曰「終无尤」，蓋「旅」中所與處者，「童僕」耳。非得「童僕」之「貞」，「即次」未必安，懷資適爲累矣。「无尤」，從「貞」字看出。

九三，旅焚其次，喪其童僕，貞句**，厲。《象》曰：「旅焚其次」，亦以傷矣；以旅與下，其義喪也。**

吴幼清云：「『旅』謂『九三』，『其次』則『上九』也。」愚竊謂，「二」柔順中正，「三」過剛不中，兩爻正相反。「二」去《離》火遠，故「即次」；「三」與《離》火近，故「焚其次」。「二」去「初」近，故「得童僕貞」；「三」去初遠，故「喪其童僕貞」。「三」所居乃危地也，故「厲」。「次」既「焚」，「僕」既「喪」，則資之喪不待言矣。《小象》若爲感歎解慰之詞，曰「旅」至「焚次」，情亦可傷矣。但「旅」之時，焉得人人皆遇順境？「二」在「三」之下，凡即次、懷資、得僕種種好處，若「三」推以與之者，彼得則此喪，義有固然，無足怪也。「下」當指「六二」，語氣與上爻「以旅在上，其義焚也」相似。先儒多將「與下」二字作御童僕解，愚未敢謂然。

九四，旅于處，得其資斧，我心不快。《象》曰：「旅于處」，未得位也。「得其資斧」，心未快也。

吴幼清云：「此旅指『六五』也。」愚竊據本爻説，「四」交《離》體，自下而上，非諸侯之寓公，則人臣之載質出疆者，「旅于處」之象。「旅」者託宿，「處」者久居。「旅于處」，有久留人國之意。夫士君子，或出或處，各有初心。今但云「得其資斧」而已，所以「我心不快」。「我」者，「四」自我也，齊宣欲養弟子以萬鍾，而孟子謂「久於齊，非我志」，正與此爻合。《小象》只添「未得位」三字。「四」以剛居柔，本非正位，此邦其可久處乎？「三」不言「喪其資斧」，「四」言「得其資斧」者，自「二」至「四」，中爻互《巽》，爲近利市三倍也。胡雲峰曰：「得資足以自利，得斧足以自防。資以潤身，斧以斷事。」愚又按，《漢書·叙傳》「資」作「齊」，應劭注云：「齊，利也。」

六五，射雉，一矢亡。終以譽命。《象》曰：「終以譽命」，上逮也。

在卦則「六五」爲「旅」，在爻則「五」有主象。文明中正，「旅」中之賢主人也。「柔得中乎外而順乎剛」，此爻當之。《離》爲「雉」，又爲兵戈矢象。古人相見必有贄，雉者，士之贄也。「四」與「五」比，「四」未得位，「五」則在位者。「四」執雉以來見，若「五」之射而獲之者然，非以利交可知，「亡」「一矢」而獲一「雉」，得喪適足相當。「五」無求多之念，故與「四」之交有終。中爻互《兑》，爲毁折，亡矢之象。「譽命」者，推賢讓能之事，上互《兑》，爲口；下互《巽》，爲命，「譽命」之象。「四」得信友之名，「五」爲聲氣之主。虛懷延攬，善則歸人。《小象》所以云「上逮」，「逮」者，及也，「上」指「五」。「旅」無君位，「五」居「四」上，「譽命」，即自「五」而逮「四」，所謂「順乎剛」者，此也。《本義》云「譽命聞於上」，似乎指「上九」矣，與「聞」字、「逮」字義難合。

上九，鳥焚其巢，旅人先笑，後號咷，喪牛于易，凶。《象》曰：以旅在上，其義焚也。「喪牛于易」，終莫之聞也。

吴幼清謂：「上爻變成《小過》，有『飛鳥』之象。」以「鳥」指「九三」。愚又按，中爻互《巽》爲木，「上」在木杪，「巢」象。「鳥」之有「巢」，乃其歸宿處。「旅」至於「上」，亦其倦飛思歸時。「三」，《艮》體，以近《離》火，所「焚」者，「旅次」耳，「巢」猶在也。「上」以剛居《離》極，火炎上，並其「巢」而「焚」之，身如窮鳥，欲歸無所矣。陽主笑，陰主哭。「上九」位柔而爻剛，一「笑」一「號」之象。《離》之牝牛，變《震》又爲「喪牛」之象。「三」，「喪其童僕」，牛猶在也，尚有可行之資。今「牛喪」，則欲行無資矣。火性燥，故「笑」變爲「號」，無非「凶」象。「初」曰「志窮」，至此真日莫途窮矣。《同人》，親也，故「先號咷而後笑」。親寡，《旅》也，故「先笑後號咷」。羊性善觸，《大壯》、《中孚》互《兑》，故「喪羊於易」，而「无悔」。牛性本順，《旅》「上九」，過則不中，故「喪牛于易」，而「凶」。《小象》謂「旅」本非「在上」之人，今「以旅」而「在上」，則過高而亢，其焚巢也，固宜。《六五》「亡矢」而得「雉」，《離》之中位，故終有「譽命」。《上九》「焚巢」而「牛喪」，居《離》之極，並「譽命」而失之，故曰「終莫之聞」也。

《像抄》曰：「《豐》、《旅》之義，隨照隨止。《豐》『四』，動體，動於明上，明動不相遇，便『蔀』。《旅》『三』，止體，止於明下，止明不相麗，便『焚』。《豐》『上』遠『二』，明窮於外動；《旅》『初』遠『五』，明窮於内止。動之明主在内，是謂《豐》『家蔀』，則内無所歸，奚啻鬼幽。止之明主於外，是謂《旅》。『次焚』，則外無所往，有同孤鳥。」

張待軒曰：「内卦三爻，士庶人之『旅』，其得喪不過『資斧』、『童僕』之事。外卦三爻，卿大夫之『旅』，故或以『得』而『未快』，或以『亡』而『譽命』，非區區於『資斧』、『童僕』間論得喪者。」

《易纂言》：「此卦六畫，惟『六五』、『九三』爲旅人。『初』言其時，『二』、『四』、『上』言其地。『五』本失位，而以『六二』爲次，則得位；『三』本得位，而以『上九』爲次，則失位。蓋處『旅』之道，宜柔不宜剛。『五』柔而中，『三』剛而過。是以『五』得財得人，而『譽命』。『三』既無可居，又不可行也。」蘇氏《易傳》與此又不同，謂：「『二』、『五』兩陰爻，據用事之地，而『九三』、『九四』、『上九』三陽，寓於其間，所以爲『旅』。小者爲主，而大者爲旅。爲主者，以『得中而順乎剛』爲『亨』；爲旅者，以『居貞』而不妄動爲『吉』。」蓋《易》象之義，隨人闡發，無所不通。初不必拘定一説也。並存之以備考。

周易玩辭集解卷八

☴巽下巽上

巽：小亨，利有攸往，利見大人。

《本義》：「『巽』，一陰伏於二陽之下，其性能入，其象爲風，亦取『入』義。」愚按，「小」，謂「初」、「四」兩陰爻，卦之才，可以「小亨」，但「小」必從大，陰必從陽。「利有攸往」，往而從陽也。「利見大人」，利見乎陽也。又按，《離》、《兑》皆一陰，獨於《巽》言「小」者，重《巽》則伏之至、入之至，與《離》之居中、《兑》之居上者不同，所謂「卦有大小」也。

《象》曰：重巽以申命。剛巽乎中正而志行，柔皆順乎剛，是以「小亨，利有攸往，利見大人」。

《注疏》：「上巽能接於下，下巽能奉乎上，上下皆巽，命乃得行。」愚按，「申」字從「重」字來，不是兩番降命，乃丁寧反覆之義。論成卦之主，在「初」、「四」兩陰爻。《象傳》却歸重在陽。「九二」，「剛巽乎中」者，「重巽」，則兼「五」言之，故曰「剛巽乎中正」。「初六」，「柔順乎剛」者，「重巽」，則兼「四」言之。故曰「柔皆順乎剛」。「剛」若「不順乎中正」，則褊隘而爲邪；「柔」若「不順乎剛」，則嫵媚而爲諂矣。「大人」，專指「九五」，操「申命」之權者也。凡命令，必稟承乎一尊，「志」乃得「行」。先儒或謂「初」順乎「二」，而「四」順乎「五」。分開兩截，似非全卦之義。愚又謂卦以「五」爲主，以「二」爲用。「五」，施命者也；「二」，「申命」者也。「初」之順「二」，所以順「五」，故「利有攸往，利見大人」。

《象》曰：隨風，巽。君子以申命行事。

程、朱皆以「隨」爲「相繼」之義。愚又按，「風」者，所以發揚天之號令。先後相隨，而不相逆，故其入物也深。他卦《大象》與《象傳》取義不同，《巽》則仍以「申命」爲義。「申命」者，曉諭於行事之先；行事者，踐言於申命之後。「命」，風象。「申命」，隨風象。《商盤》、《周誥》，當事之未行，先諄諄於言語之間，無非欲天下曉然於上意之所在，故令出而民順耳。

初六，進退，利武人之貞。《象》曰：「進退」，志疑也。「利武人之貞」，志治也。

吴幼清曰：「『初』欲進而從於陽，又欲退而安於下。以『二』之剛爲己之强，如人之被甲冑戈兵，似非取象之義。」愚竊謂「初」以陰居下，多疑而寡斷，承「二」則爲進象，敵「四」則爲退象。《説卦》「巽」又「爲躁卦」，「武人」之象。「武人」取其能斷，乃「初六」對症之藥，軍法聞鼓則進，聞鉦則退，此「武人之貞」也。《履》「三」以陰居陽，亦曰「武人」，彼以「志剛」得「凶」；此以「志治」得「貞」。《小象》提出「志」字，「志」者，氣之帥，事之樞也，與《象傳》「志行」相應。陰性多疑，「疑」者，事之賊也。何以治之？去其「疑」而已。

九二，巽在牀下，用史巫紛若，吉，无咎。《象》曰：「紛若」之「吉」，得中也。

《黄氏日抄》云：「程、朱皆以『牀』爲人之所安，『在牀下』爲遇所安，有不安之意。」鄒氏云：「『牀』者，尊者之所據也。『巽在牀下』，則其屈己已甚，惟『用』之於『史巫』，則『吉』而『无咎』。達其卑下之忱，不厭其忉怛之意。」愚又按，「巽爲木」，陽奇在上，「牀」象。陰偶在下，牀足象。「二」無應於「上」，下與「初」比。「二」據牀上，「初」在牀下。「二」不自用，而「巽」於「初」，凡事俯而聽之，氣象謙冲，禮文繁縟，用「史巫」之道以相接。中爻自「二」至「四」互《兑》，有「巫」之象。《周禮》太史之職，「大祭祀，與執事卜日」，「男巫，掌望祀、望衍」，「女巫，掌歲時祓除」。蓋史作策，以告神巫，歌舞以求神，或求諸陽，或求諸陰，於彼於此，事雖「紛若」，而不以爲煩。夫子恐人以此象卑而近諂，故申之曰「得中」。「二」剛而能柔，居卦之中，處《巽》之最善者，《爻辭》所以云「吉，无咎」也。

九三，頻巽，吝。《象》曰：「頻巽」之「吝」，志窮也。

王伯厚曰：「柔而剛，則能遷善；剛而柔，則能順理。《復》『三』柔不中，勉爲『初』之剛而屢失，故『頻復』。《巽》『三』剛不中，勉爲『初』之柔而屢失，故『頻巽』。」愚又謂「三」當兩《巽》之交，故曰「頻巽」，與重《巽》不同，重《巽》以「申命」，三令五申，即此一命，申之而已。「頻巽」，則今日一令，明日又一令，紛更不常，使人莫知適從，命且不行矣，所以致「吝」。《象》歸咎於「志窮」，謂「三」本剛體，位又剛，又乘剛，如何能「巽」？「志」雖欲「巽」而「窮」於無所施也。「三」曰「志窮」，「上」曰「上窮」，兩爻敵應，其象略相似。

六四，悔亡，田獲三品。《象》曰：「田獲三品」，有功也。

《黄氏日抄》云：「《程傳》以『六四』乘承皆剛，宜有『悔』而『悔亡』者，如『田獲三品』，徧及上下也。晦庵謂此説牽强，且當缺疑。臨川鄒氏曰：『惟「悔亡」，然後「田獲三品」也。』『巽』若無能爲者，易於有悔，『六四』得《巽》之正，非巽懦無力者，故『悔亡』。田以講武，且除苗害，興事之大者。『田』而有『獲』，則爲『有功』。」此説與《象辭》相應。愚又謂「悔」與「疑」相因者也。「初」不得位，其入未深，故進退而「有疑」。「四」得《巽》之正位，再入則謀審，復何疑哉？無疑則無悔，故直曰「悔亡」。《本義》以「田獲三品」謂「卜田之吉占」，愚竊按，中爻互《離》，爲戈兵，田之象。「獲」者，田獵獻禽也。「三品」，先儒據王制，一爲乾豆，二爲賓客，三爲充君之庖。愚竊按「三品」皆卦象中所自有，本卦《巽》爲鷄，一也；中爻互《兑》爲羊，二也；互《離》爲雉，三也。「四」與「初」敵應，「初」「利武人之貞」，「四」之「田獵」，亦武事也，殆因講武以「申命」，兼收獲禽之功者乎？蘇紫溪曰：「《解》之『田獲三狐』，去小人也。《巽》之『田獲三品』，親君子也。三損三益之辨，其嚴哉？」

郝仲輿曰：「《巽》下一陰，《震》下一陽，皆成卦之主。重《震・初》『吉』，而《四》『遂泥』；重《巽・初》『疑』，而《四》『有功』，何也？剛得『初』，柔得『四』，皆正也。陽在下，其出壯，重出則力衰；陰在下，其入深，再入則謀審。」

黄氏溍曰：「以言乎變，則《巽》自《遯》來。『四』得位而近君，占所以『悔亡』。而『有功』者，『四』以一陰處二陽之間，而上順乎『五』，皆以正而相得，『巽』之善者也。」據此，則六十四卦，皆可以卦變言，亦足破十九卦之説。

九五，貞吉，悔亡，无不利。无初有終。先庚三日，後庚三日，吉。《象》曰：九五之吉，位正中也。

此剛「巽」乎中正之大人，爲重《巽》之主。《巽》以行權，有變更之事者也。以剛居剛，「貞」而且「吉」，「貞」則内無疑心，外無疑事，故「悔亡」。「貞」則下令如流水之源，故「无不利」。「无初有終」，當合下「先庚」「後庚」看。《本義》謂：「有『悔』，是『无初』也。『亡』之，是『有終』也。『庚』，更也，事之變也。」其説本於《漢志》，「先庚三日」，丁也；「後庚三日」，癸也。丁所以丁寧於事前，癸所以揆度於事後。其説本於鄭康成，先儒蔡氏、鄒氏多依之。愚又謂《巽》與《蠱》異者，在此爻，《爻辭》「先後三日」之義，從《蠱·象》得來，《蠱·象傳》「終則有始」之義，又從此爻出，今參而釋之。文王言「先甲」、「後甲」，周公言「先庚」、「後庚」者，「蠱」者，事之壞也，以造端言，故取諸「甲」。「巽」者，事之權也，以變更言，故取諸「庚」。《蠱》言「甲」，十干之首，故「有始」；《巽》言「庚」，十干已過中，故「无初」。《巽》「九五」一爻變則爲《蠱》，事變終而復始；《蠱》

「六五」一爻變則復爲《巽》，《蠱》既始事，《巽》但終之而已，故「有終」，亦取「先後三日」者。上下重《巽》，各以一爻當一日，不但反覆申明，以要其終也。「先庚」二句，乃是發明「无初有終」之義。重《巽》「申命」，惟此爻盡美盡善，所以《爻辭》既云「貞吉」，復云「吉」；《象辭》以一「吉」字包舉《爻辭》，以「正中」二字包舉辭中之義，「正中」與「中正」同，倒轉以叶韻也。

上九，巽在牀下，喪其資斧，貞凶。《象》曰：「巽在牀下」，上窮也。「喪其資斧」，正乎凶也。

《易纂言》：「『巽』謂『六四』，『牀』者『五』也。『六四』在『五』之下，『巽在牀下』也。卑伏以從上二陽，與『初』同。」愚竊按，「上」與「二」雖同，取「巽在牀下」之象，而一「吉」一「凶」。「二」柔順中正，卑而不踰者也。「上」不中不正，而在卦終，窮上反下，亦作巽伏之象。前倨後恭，適自喪其利器耳。雖「貞」亦「凶」，況不貞乎？《象辭》「正乎凶」，即《爻辭》之「貞凶」也。一説，「二」在下卦，曰「巽在牀下」，巽乎民也；「上」在卦上，亦曰「巽在牀下」，巽乎君也。巽乎民，不失爲仁人；巽乎君，則日莫途窮，無謀無斷，惟事諂佞，胡廣、張禹之徒也。所以「喪其資斧」。「資」謂謀，「斧」謂斷，義詳《旅》卦注中。

建安邱氏曰：「『巽』之謂卦，以居中得位爲善。『二』得中而失位，『三』、『四』得位而失中，『初』、『上』則位與中俱失，皆不能盡『巽』之道。惟『九五』，位乎中正，所以『貞吉』，而爲『申命』之主，此六爻之情。」

䷹兑下兑上

兑：亨，利貞。

一陰居二陽之上，悦之見乎外者，《卦辭》與《咸》同。先儒謂《咸》取無心之感，《兑》取無言之悦，悦則「亨」矣。「利貞」者，戒辭也。愚竊按，「利」者，悦之情；「貞」者，悦之理。「兑」乃天地間之柔氣，故聖人於少女之卦，多以「貞」爲戒辭。

《彖》曰：兑，説也。剛中而柔外，説以利貞，是以順乎天而應乎人。説以先民，民忘其勞；説以犯難，民忘其死。説之大，民勸矣哉！

先儒謂通條是釋「利貞」之意。《本義》以「亨」、「貞」分屬「剛中」、「柔外」。愚竊按，「兑」之爲「悦」，本在「三」、「上」兩爻，夫子却從卦體看出「剛中柔外」四字，發《卦象》所未盡。蓋「悦」之義，偏在柔一邊。悦口既在外，若中外皆柔，則爲小人之容悦矣。「悦」之易涉於不正者，病在「柔外」。其所以能得正者，實本「剛中」。故不曰「柔外」而

「剛中」，而曰「剛中」而「柔外」。惟「剛中」，乃可「柔外」也。今「二」、「五」在中，則中心誠實，「三」、「上」在外，則接物和柔。具此卦德，方合乎「悦」之正道，揆之天理而順，驗諸人心而安。「悦」之中，有天道焉，有人道焉。「順天應人」，純是一團和氣。王者之民皞皞，與驩虞不同。「先民」，在上之事；「犯難」，在下之事。「悦」之感人，至於「忘勞」、「忘死」，豈「上」所能强哉？「民」自「勸」也。夫「勸民」之與「民勸」也，相去遠矣，此「貞」之所以「利」，「悦」之所以「大」！

愚又按，「二」、「五」皆「剛中」，彼此不相應，和而不同，群而不黨者也。「三」之「來兑」嫌於同，故「二」之「吉」在「信志」；「上」之「引兑」嫌於黨，故「五」之「厲」在「剥陽」。

《象》曰：麗澤，兑。君子以朋友講習。

愚按，六子重卦，《大象》或曰「習」，或曰「兩」，或曰「兼」，或曰「重」。於《兑》則曰「麗」。「離」者，「麗」也，本《離》卦之義。《兑》之上澤下澤，有兩相附麗、彼此滋益之象。君子於此，得朋友之道焉。人生可悦之事，無如取友讀書，講在人，而習之者在己，内外相資也。《坎·大象》曰「常德行，習教事」，此曰「朋友講習」。一以不厭不倦爲工夫，一以精詳紬繹爲工夫。《論語》首篇以「朋來」繼「時習」之後，皆取悦樂之義，於

《兑》卦得之。

初九，和兑，吉。《象》曰：「和兑」之「吉」，行未疑也。

愚按，《兑》卦同有「和」義，獨於「初」言者，蓋六爻剛柔敵應，只取相比，「二」比「三」，「三」比「四」，「五」比「六」。惟「初」與「二」，以剛遇剛，而無私比。在悦體之下，而不援上，所悦得情之正，發而中節者也。故以「和」之義歸之。内不違心，外不忤物，自然履「吉」，行復何「疑」？本卦於《巽》反對，《小象》與《巽》「初」言「疑」，於《兑》「初」言「未疑」。《巽》「初」以柔居剛，《兑》「初」以剛居剛也。不曰「无疑」，曰「未疑」者，以「初九」所處得地，未與陰比，故其行「未」有可「疑」。「二」則「疑」於「三」，「五」則「疑」於「上」也。

九二，孚兑，吉，悔亡。《象》曰：「孚兑」之「吉」，信志也。

《易抄》曰：「《兑》『剛中而柔外』，無柔不成《兑》。柔亦安可盡去？要在有以『孚』化之。」西溪李氏、雲峰胡氏皆以「九二」之「孚」爲孚「五」。愚竊按，「二」承比陰柔之「六三」，所以不能無悔。由其陽剛中實，非道不悦，而有感孚之誠，故「吉」而「悔亡」。「二」之「孚」，似當指「三」。《小象》於「初」曰「行未疑」，於「二」曰「信志」，兩爻互看，爲「初」易，爲「二」難。「初」去「三」尚遠，不特「志」可「信」，「行」亦不涉於可

「疑」;「二」與「三」最近,「行」則未免致「疑」,惟「志」則可以自「信」,故同爲吉占,較「初」多「悔亡」二字。

六三,來兑,凶。《象》曰:「來兑」之「凶」,位不當也。「當」字,去聲。

程、朱皆以「來兑」爲下行就「二」以求悦。愚又謂當兼指「初」、「二」兩爻。内卦之「柔外」者,「三」也,與「上」無應,反而就同體之二陽,「來兑」之象。《春秋》鄭詹自齊逃來,《公羊傳》謂「佞人來矣」,「來兑」之謂也。「初」剛正,「二」剛中,豈以小人之「來」爲「悦」者哉?《象》歸之「位不當」,言其「和」不能如「初」,「孚」不能如「二」也。全卦六爻,不中不正,無若「三」者,所以「凶」。一説,《兑》本《乾》體,《坤》自外來,居「三」而爲《兑》,乾惕之心,忽變而爲《兑》悦,亦「來兑」之象。此因《彖傳》有「外」字,《爻辭》有「來」字,作卦變看,故云然。

九四,商兑未寧,介疾有喜。《象》曰:「九四」之「喜」,有慶也。

《程傳》:「『四』上承中正之『五』,而下比柔邪之『三』,雖陽剛而處非正。」來矣鮮曰:「『四』上承『九五』,公也,理也;下比『六三』,私也,情也,此其所以商度未安。『商』者『四』,『介』者『九』。」愚按,中爻互《巽》,進退不果,「商」之象。「四」居兩《兑》之交,天人理欲之際也,故云「介」。「疾」指「六三」,悦我之人也。「四」,爻剛而位柔,比「三」則爲男女相悦，承「五」則爲君臣相悦，二者相持，故商度而未定。夫「三」之媚我以私者，必將中我以疾。《左傳》所謂「季孫之愛我，疾疢也」。「四」能割情以理，自守介然，疢疾何由而生？「喜」其舍「三」而就「五」，君臣一德，爲社稷蒼生之福也。《小象》釋「喜」爲「慶」，以見「四」之有「喜」，非一己之私情，乃天下之公理。楊誠齋云：「『六三』者，君心之膏肓也。『九四』者，膏肓之鍼艾也。故『九四』者，『六三』之所甚不喜也。『六三』不喜，則『九四』有喜矣。非『九四』之喜也，天下國家之大慶也。」

九五，孚于剥，有厲。《象》曰：「孚于剥」，位正當也。「當」字，平聲。

《易簡録》曰：「《剥》以五陰一陽，而《兑》之一陰亦謂之『剥』者，『五』爲陽剛之主，君心一格，則衆正始敗也。」愚又按，他爻皆稱「兑」，「五」不稱「兑」而言「剥」。《兑》爲正秋之卦，「九五」乃深秋之際，萬物剥落時也，有柔剥剛之象。「剥」指上爻陰柔不正，志在剥陽。「五」爲陽剛中正之主，才足勝小人之柔，自以爲事權在我，彼何能爲，而不覺其「孚于剥」矣。由「五」所居之位，適與「上」比也。大抵小人柔媚而近君，則其言易入，其情易「孚」。唐德宗曰：「人言盧杞奸邪，朕殊不覺。」陸贄曰：「此其所以爲奸邪也。」正合此爻。《爻》以「有厲」儆之，《象》言「位正當」，與《履》「九五」同。

彼則「有夬」之「厲」，此則有「剥」之「厲」。《易》爲君子謀，因小人悦體易孚，故設危厲之戒。不然，「九五」陽剛中正，安得「有厲」乎？一説，「孚于剥」與《解·六五〔一〕》「有孚于小人」同。「孚」者，小人信而服之也。「九五」嚴毅之性，絶不以悦人爲念，表裏洞然，雖小人亦心悦誠服，惕然知懼，故曰「有厲」。亦是一解。

上六，引兑。《象》曰：「上六，引兑」，未光也。

《程傳》：「『上六』居悦之極，又『引』而長之。」《本義》謂「『引』下二陽，相與爲悦」。邱行可曰：「『三』以柔居剛，動而求陽之悦，故曰『來兑』。『上』以柔居柔，静而誘陽之悦，故曰『引兑』。『來兑』之惡易見，故本爻『凶』。『引兑』之情難知，故此爻當戒。」張待軒曰：「『引兑』之機深，有不露聲色、坐收人望之象。《爻辭》不言吉凶，《象傳》申言『未光』，直刺其中扃矣。柔卦以剛爲主，故六爻之吉凶以『剛中』『柔外』爲定案。」愚又謂柔道以牽爲「引」，《萃》上卦亦悦體，《萃》「二」曰「引吉」，《兑》「上」曰「引兑」。彼「引」同類以進，故「吉」；此「引」二陽以悦，「引」之將以「剥」之。「未光」者，所悦必闇昧迷惑之事，故「五」有「孚剥」之「厲」，「上」之凶不必言矣。

〔一〕「解六五」，原本作「解九五」，訛。

一説，《兑》之卦，惟「三」、「上」爲陰，「三」曰「來兑」，來就於「上」也。「上」曰「引兑」，下引乎「三」也。乃小人比周之象，謂來就二陽，引下二陽者，非也。又是一解。

《象數論》曰：「《説卦傳》：『兑，正秋也，萬物之所説也。』總六爻觀之，皆有秋象。下二爻火流暑退，温風扇和，孚乳未散，七月之象。中二爻凉風徐來，商聲應律，陰陽分界，八月之象。上二爻寒氣總至，陰將剥陽，陽當引避，直是九月之象矣。從此至戰乎《乾》，勞乎《坎》，不過極其《兑》之用，而萬物以成，皆悦以勸之也。」

《困學記》曰：「秋氣肅殺，草枯木落而萬物悦之，何也？天之於物，聖人之於人，欲其長養成就，非嚴凝堅實之氣，不能使物各得其所，故萬物之悦在秋，而不在春。固知沾沾之愛，煦煦之恩，非聖人所以治天下也。」

愚又按，諸爻皆取一字爲義，辭亦簡嚴，與他卦異。蓋《兑》爲口舌，聖人不欲繁稱文辭也。

䷺坎下巽上

涣：亨。王假有廟，利涉大川，利貞。「假」音「格」。

《本義》以「涣」爲「離披解散之象」，爲「占者之深戒」。楊誠齋曰：「濟難者，才也；散難者，德也。《巽》之才，木也；其德，風也。才以濟之，德以散之，天下之大難，一朝散而不復聚，所以『亨』。」季彭山曰：「『涣』者，仁恩洋溢，如冰融釋而水充滿也，非以離散言。」張待軒曰：「《坎》爲正北方之水，嚴冬寒沍，凝冰深厚之時。《巽》居東南，温和解凍之風。」《老子》云：「涣兮若春冰之釋」，以此言「涣」，庶幾得之。愚又按，本卦與《節》反對，《涣》離而《節》止，「離」乃流之義。本卦《巽》上《坎》下，水凝結則冰合，遇風則冰釋而水流，何處不通？故「亨」。「王」指「九五」，中爻互《艮》，爲門闕，廟之象。「假」，至也，「三」、「四」、「五」互《艮》，爲宗廟，「九五」當互《艮》之上，象王者祭祀，而至廟中也。《巽》爲木，水上有木，舟楫也，「涉川」象。《坎》在内卦者，凡七，惟於《涣》言「利涉大川」，好處全在外卦。第四爻乃成卦之主，卦之所由取名，似不得説壞。《涣》義，有德以散《坎》體之險；有才，以成「利涉」之功。成功者，「四」也。而受其成者，則「五」也。故曰「王假有廟，利涉大川」。卦體，「四」、「五」兩爻得正位，所以「利貞」。《本義》先將卦名説壞，故以「利貞」爲戒辭。

《彖》曰：「涣，亨」，剛來而不窮，柔得位乎外，而上同。「王假有廟」，王乃在中也。「利涉大川」，乘木有功也。

愚按，本卦「剛柔」、「來往」，不在反對，與《噬嗑》、《賁》同。以卦變言，乃自《否》

來，「二」、「四」互易而成《涣》，九自外卦之「四」，來居内卦之「二」，故曰「剛來」。「二」陷於重陰，「四」以風散之，而出險，故曰「不窮」。柔自内卦之「二」，往居外卦之「四」，「四」乃《巽》之正位，故曰「柔得位乎外」。「四」得陰柔之正位，「五」得陽剛之正位，故曰「上同」。《程傳》謂「涣」自九來居「二」，六上居「四」，只少得《否》卦字樣耳，其義固在。吴草廬云：「《否》之三陽聚處於上，『四』之一陽降而居『二』，乃成《坎》，即其義也。凡三陰之卦，皆自《否》來，即朱子《卦變圖》之説也。」不知於此卦何以自變其説？謂《涣》自《漸》卦，九來居「二」而得中，六往居「三」得九之位，而「上」同於「四」，則是以《漸》内卦《艮》體之「二」「三」爻，彼此互易矣。「三」在内卦，似不可謂之外，既云六往居「三」，復云得九之位，「三」以柔居剛，似不可謂得位。只因「三」、「四」兩爻皆陰，要取合「上同」二字之文，而於「柔得位乎外」五字，遂欠分明。且「六四」之柔，必有所自來，何竟置而不釋？所以胡雲峰云：「《涣》之『柔得位』者，『二』往居外卦之『四』，故曰『得位乎外』。所謂『上同』者，『上同』於『五』也。《本義》以二爻相比者爲變，朱子雖有是疑，而不及改正也。」

按，「假廟」、「涉川」，俱以象言。「王乃在中」者，如在廟中，洞洞屬屬，聚精會神，此恭己無爲之象。「乘木有功」者，如木爲舟楫，而人乘之，「五」用「四」以「有功」，此得賢圖治之象。又，按《彖傳》末，《周易舉正》有「利貞」二字。

《象》曰：風行水上，渙。先王以享于帝，立廟。

朱與三曰：「風無形也，水上有風，則爲淪爲漪。鬼神亦無形也，郊廟有禮，則如在其上，如在其左右。無形而無不形者，風之象，『享帝』、『立廟』之義也。」胡雲峰曰：「『享帝』，與天神接，『立廟』，與祖禰交，皆聚己之精神，以合其渙者也。」錢國瑞曰：「上帝生物，散而爲萬，久則愈散，不測其源之出於天矣。祖宗生子孫，亦散而爲萬，久則愈散，不知其源之出於祖宗矣。非聖人孰能推其水木本源，而聯屬之哉！」愚按，卦體又有剛來文柔之象，《大象》不曰「風在水上」，而云「風行水上」，即《伐檀》詩疏「風行吹水而成文章」之義。先王既聚人心於「享帝立廟」，則偃武修文，禮明而樂備，七世之廟，可以觀德。德者，文德也。《爾雅》以之釋水，郭璞、木華得之，爲《江》《海賦》；蘇明允得之，爲《文甫字説》。《象》有大小，於義皆通。

初六，用拯句**，馬壯，吉。《象》曰：「初六」之「吉」，順也。**

《程傳》：「『馬』指『二』，『二』有剛中之才，『初』陰柔無應，託於剛中，以拯其

『涣』，如得『壯馬』以致遠。」〔一〕則以「二」拯「初」矣。愚按，「九二」一陽，陷於《坎》中，「初」與「四」無應，而與「二」同體相比，能拯「二」者，「初」也。《坎》爲美脊亟心之「馬」，「馬」少則「壯」，老則弱，「初」之「馬」，所以爲「壯」也。凡爻自上而下曰「逆」，自下而上曰「順」。「初」爻柔而位剛，不用以陷「二」，而用以拯「二」，「吉」由於「順」也。若以「二」拯「初」，則逆而非順，且「九二」之吉，不當云「『初六』之『吉』」矣。

九二，涣奔其杌，悔亡。《象》曰：「涣奔其杌」，得願也。

「杌」，《石經》作「机」，與「几」同。《程傳》：「『杌』者，憑以爲安者也。」凡剛在上者，必有所託以爲安。吴草廬曰：「《坎》爲輿，『二』在《坎》輿中，如車中有杌，凡乘安車者，用『杌』。」愚按，「杌」當指「初」，「二」在險中，上無正應，宜有「悔」矣。比「初」，則得所安。「奔」字從「馬壯」來。「初」用「壯馬」拯「二」，「二」憑以爲安，故「悔亡」。蓋當「涣」之時，又居險中，必安其身而後動。身安，而後可以安天下。「二」之「願」，得

〔一〕此段引文，頗多節略，據中華書局《二程集·周易程氏傳》卷四《涣傳·初六》爲：「馬謂二也，二有剛中之才，初陰柔順，兩皆無應，無應則親比相求。初之柔順，而託於剛中之才，以拯其涣，如得壯馬以致遠，必有濟矣，故吉也。」

「初」而遂，所謂近相取者也。《本義》謂「九奔而二机」，大難理會。一説，「九二」一爻，所謂「剛來而不窮」者也。「剛」自外來，故曰「奔」，得其「机」則「不窮」。本爻自有此象，非關無應有比也。

六三，涣其躬，无悔。《象》曰：「涣其躬」，志在外也。

吴草廬以「躬」指「四」。愚竊謂當指本爻。「三」居《坎》上，而與「上九」應，陷陽之力，「三」爲多。陰柔是其本體，自私自利，所謂「躬」也。前遇《巽》風，涣然吹散，「涣其躬」之象。「三」之「躬」，「四」「涣」之也。不有其「躬」，安得有「悔」？「志在外」，當指「四」。二陰相比，在「三」曰「涣躬」，在「四」曰「涣群」。此失位彼得位，兩爻合看自明。

六四，涣其群，元吉。涣有丘，匪夷所思。《象》曰：「涣其群，元吉」，光大也。

愚按，此成卦之主爻，所謂「柔得位乎外而上同」者，故以「元吉」歸之。卦内三陰，「四」爲長，得位之正，下無應與，「涣其群」之象。「三」方引「四」爲己之群，豈意「四」散其私黨，而「上同」於「五」，乃成大群乎。中爻互《艮》，「丘」之象。「涣有丘」，大群也。「夷」者，等也，當指「三」。「三」之志在外，初不料「四」之及此也，故曰「匪夷所思」。《小象》專釋上截，而贊其「光大」，蓋「六四」下絶黨與，表正群辟，心無曖昧曰「光」，無偏黨曰「大」。此正「匪夷所思」處也。李衷一曰：「《涣》之卦，凡陰皆從陽，『五』之有『涣』，實『四』之『涣』爲之。下三爻爲《坎》，群然受『涣』者。『四』居《坎》上，『五』又居『四』上，『四』之有『涣』，下三爻正其所『涣』者。散則成群，聚則成丘。皆爲『五』用，此『五』之所以得成其『涣』也。諸爻之中，陽均宗『五』，無非『四』『上同』之力，聖人所以深嘉之。」

張待軒曰：「最切莫如身，自私自利，蟲膈之胚胎也。至害莫如黨，分立門户，肝膽之楚越也。『涣其躬』則『无悔』，『涣其群』則『元吉』，作用全在此兩爻。」

九五，涣汗句，**其大號，涣**句。**王居，无咎。《象》曰：「王居，无咎」，正位也。**

《本義》以「汗」爲「出而不反」之象。《易纂言》曰：「『大號』者，風也。『五』者，心之位；『汗』者，心之液。風中於心，以汗而散。」張待軒曰：「醫家謂陰陽表裏，關隔不通者，得汗而解。解則二氣和暢，四肢百骸，無不調攝，以『汗』象『涣』，極形容之妙。若以『不反』爲『汗』，涕唾何嘗反哉？」愚又竊按，《三》「涣躬」，《四》「涣群」，《五》則「涣」道成矣。以成效言，故曰「涣汗」，謂「涣」至此而「汗」也。「大號」與《莊子》「萬竅怒號」同。叫譹于喁，所以舒天地鬱結之氣。在人君，則爲誅大奸、賞大功，凡大詔令、大赦宥皆是。必如此，鬱結始開，精神始暢。散積貯，特其一事耳。《爻辭》若曰「汗」，何以得散，因其「大號」而散也，故復加一「涣」字。玩《象辭》，言「王居无咎」，而不言「涣」，則「涣」字似當屬上句讀。《黄氏日抄》云：「程以『九五』能『涣』，『大號』居王位爲稱，朱以爲散其積聚，觀《小象》，合從程説。」愚又按，「王居」是根本處，「汗」自汗，「號」自號，王惟中心無爲，以守至正，如北辰之居其所，何咎之有？「五」陽剛中正，故《爻》曰「王居」，《象》曰「正位」，與《彖傳》「王乃在中」相應。若作散積貯解，於「正位」之義似難合。

上九，涣其血句，去逖出，无咎。《象》曰：「涣其血」，遠害也。

下卦《坎》，爲「血」卦，九居《巽》上，「涣其血」之象。「逖」取遠義。《小象》所謂「遠害」也。「上九」下與「三」應，「三」，《坎》體之陰血也。「血」以養榮衛，本非有害，鬱結而不散，則有害矣。「上」居《涣》終，去「三」遠，爲「涣其血」之象。《本義》謂「『逖』當作惕，與《小畜》『六四』同。言『涣其血』則『去』，『涣其惕』則『出』也」。二語殊難理會。今依《易纂言》，上下各以三字爲句。又取瞿塘來氏之説補注之，曰，「上」以陽剛當《涣》之極，方其始「涣」之時，或傷害，或遠去，二者皆所不免。今在「涣號」，正位之後，則傷害者得涣散，遠去者得復出矣，何咎之有？「五」取象於「汗」，「上」取象於「血」，可見「涣」之爲義，只是氣脉流通而已。先儒有云，君臣上下，扞格不入，如寒證之不汗，瘀血之不消，死亡可立而待。《涣》卦乃疎風散氣，發汗行血之劑也。

朱子嘗云，《涣》卦不可曉，只以大意看，故《本義》於《彖》、《爻》，詮釋俱不甚明晰。愚又以《象數論》推之。「涣」之時，内《坎》外《巽》，風波疊起，有王者作，必先收衆望，事莫有大於「享帝」「立廟」者，如武王之立柴望，祀周廟，群情之涣於是乎聚，「初」之用拯，志在救溺也。「二」之「奔杌」，出險就安也；「三」之「涣躬」，以身扞患也。當是時，不知幾人稱王，幾人稱帝。「四」之「涣群」、「涣丘」，小德役大德，小賢役大賢之象。上之「涣血」「逖出」，百姓遠離湯火，滌蕩腥穢，咸與維新之象。

舊注以「涣」爲「離披解散」之象。愚竊謂《巽》之在《涣》，與《巽》之在《蠱》相反。《蠱》之風爲山所止，《涣》之風遇水而行。天地間釋滯宣鬱，賴有此風。《卦》《彖》所以云「涣亨」，六爻所以有「吉」而無「凶」、「悔」、「咎」，多是説「涣」之好處。夫子於《繫傳》只説「涣，離也」，今添出許多字作注脚，似乎將「涣」之義説壞。聖人設卦，乃以救「涣」矣。

䷻兑下坎上

節：亨，苦節不可貞。

《説文》：「節，竹約也。」《埤雅》：「竹，物之有筋節者。」故「節」字從竹。愚按，卦象又有「節制」之義。《説卦》「坎爲通」，通者，坎水也。澤，則止水。《坎》在上，委輸於澤，「坎」之出水無窮，而澤之納水有限，是「坎」受澤之「節制」，故卦以此名。下三爻爲「節」者也，上三爻受「節」者也。又，内外卦皆陽剛居中，有中滿之象。滿則溢，不可無以通之，節之所以「亨」。《雜卦傳》云：「《節》，止也。」止之中，固有「亨」道焉。吴草廬曰：「『苦』，火之味。『初』至『五』肖《離》，『上六』爲《離》火所熏蒸，故其象爲『苦節』。」劉静修曰：「在物皆有自然之節，至於『苦』，則非自然之節矣。凡卦之所謂『亨』與『貞』者，其『亨』與『貞』皆同，而所以爲『亨』與『貞』則異。『涣』即『亨』也，『亨』在事先；『節』有『亨』之道而已，『亨』在事後。『亨』在事先者，以『亨』爲主，而守之以『貞』。『亨』在事後者，以『貞』爲主，庶幾其有『亨』也。」愚又按，《卦象》分兩層，「節」則適中，有可「亨」之道。「苦節」則不中，故不可「貞」。聖人欲維其道於不窮，故「節」之義不取苦，而取甘，不於「貞」而於「亨」。「貞」字作「久」字解，不可久則窮，窮則變，變則通，所以《彖傳》補出「窮」、「通」二字。

《彖》曰：「節，亨」，剛柔分而剛得中。「苦節不可貞」，其道窮也。説以行險，當位以節，中正以通。天地節而四時成，節以制度，不傷財，不害民。

愚竊從《彖傳》推之，《節》亦可云卦變，《涣》自《否》來，則《節》自《泰》來，三剛在下，三柔在上，本《泰》也，今分下卦第三爻之剛，上居於「五」而得中，故曰「剛柔分而剛得中」，即不必言分柔居「三」，其義已明。《節》與《涣》反對，變在「初」、「上」兩爻，而「二」、「五」仍不變，故曰「剛得中」。不知朱子何以於《涣》言卦變，於《節》則不言。一説，「初」、「二」兩爻是剛，「三」、「四」兩爻是柔，「五」爻是剛，「上」爻是柔。一雙一單，均齊方正，是謂「剛柔分」。愚按，「剛柔分」者，自然之「節」，「剛得中」者，節制之人也。「苦節」，《爻》有明文，當專屬「上」爻。「節」貴乎中，過中則「苦」。「節不可貞」，「不可貞」便「窮」，「窮」與「亨」相反。然「窮」者其道，不以非道而窮也，與「上六」《象辭》同。「説以行險」，統言卦德。「當位以節，中正以通」，專指「九五」一爻。「説以行險」，則本於人心之安，毫無勉强，隨接「當位」句，見如此爲「節」，是「當位以節」也。又接「中正」句，見如此爲「節」，是「中正以通」也。語意流貫融洽。邱行可曰：「《節》六爻以『當位』爲善，故『初』『无咎』，『四』『亨』，『五』『吉』。『二』、『三』不『當位』者也，故『二』

『凶』，『三』『嗟』。『上』『當位』而亦『凶』者，以其當《節》之極，取義又不同也。」胡雲峰曰：「《易》至《節》，卦六十，爻三百六十，合『天地節而四時成』。每月有中氣，有節氣，『節』所以抑其過而歸中也。」洪景盧曰：「《節》已備三百六十爻，尚餘四卦，計二十四爻，以當二十四氣。」愚又按，《漢書·律曆志》：「時所以紀啓閉，月所以紀分至。啓閉者，節也。分至者，中也。」蓋一年四立，是四時之節氣，二分二至，是四時之中氣。節過，以成四時之功也。「制」者，法禁之謂。「度」者，準則之謂。「節以制度」，是量入爲出，如《周禮》「太宰，以九式節財」，「小宰，執九式之貳〔一〕，以節財用」，惟合乎「制度」而已。「不傷財」，則用不至於匱乏，「不害民」，則下不困於誅求，所謂「節用而愛人」也。

《象》曰：澤上有水，節。君子以制數度，議德行。

「澤」者，瀦水之陂也。水性易流，必防閑以制之。「數」者，一、十、百、千、萬，「度」者，分、寸、尺、丈、引。古來器用，宮室冠服，莫不有多寡之數、隆殺之度，使賤不踰貴，

〔一〕原本奪「之貳」二字，據四部叢刊本《周禮》補。

下不侵上，各循其分，所謂節也。君子存於中者爲德，發於外者爲行。隨時合宜，無過不及，斯爲中節。「數度」，示民以「節」也；「德行」，持身以「節」也。曰「制」，曰「議」，無非求合於中正而已。此内聖外王之學。

初九，不出户庭，无咎。《象》曰：「不出户庭」，知通塞也。

《程傳》以「初九」爲戒辭。馮厚齋曰：「『初』、『四』有應，宜『出』者也。然前有陽爻蔽塞，一不可『出』也。『四』爲《坎》體，應則入於坎窞，二不可『出』也。剛在下而無位，三不可『出』也。『不出』，則無三者之『咎』矣。此知『節』者也。」愚又按，《節》之異乎《習坎》者，『初九』一爻，塞乎《兑》底也，「不出」之象。陽爲户，陰爲門。「初」陽位陽爻，前遇「九二」，皆「户」象，當「節」之初，如「户」之有限，時止則止，得慎密之道，故「无咎」。「不出」不專指出處，凡動静語默皆是。《爻辭》止有「塞」義，《小象》兼「通」而言，以見道有行止，時有「通塞」。「塞」則止，「通」則行，「知塞」則「知通」矣。「知通塞」者，知通中之有塞也。中正以通在「九五」，門庭之通在「九二」。則通中之塞，在「初九」可知。

九二，不出門庭，凶。《象》曰：「不出門庭，凶」，失時極也。

吴幼清曰：「『三』、『四』在『二』前，爲門外之庭。畫皆偶而無窒礙，出『三』、

『四』，則上合於剛中正之『九五』矣。『二』以敵應不相與，故『不出門庭』。」愚又謂，門在户外，所以通行。「初」與「四」應，坎險在前，時當墐户者也。「二」與「三」比，前無蔽塞，時當出門，而亦不出，是當禹稷之世，守顔子之節矣。剛雖得中，而爻不當位，故其象如此。《象》於「初」曰「知通塞」，於「二」曰「失時極」，「極」者，甚也。《詩·東方未明》「刺無節也」，末云：「不能晨夜，不夙則莫。」謂不失之早，則失之晚，由其無節，所以「失時」。「時」之爲道，頃刻不可差，況「失時」之甚者乎？此「凶」所由來也。

張彦陵曰：「『初』與『二』之『不出』均也，而「凶」與「无咎」異者，以『失時』爲『二』罪，固已。然何以見得『二』之時宜『通』，而不宜『塞』耶？蓋『初』、『二』兩爻，實爲水之門户，單者爲户，旁者爲户，猶水之竇。兩者爲門，中者爲門，猶水之道。竇不失則有耗漏之虞，道不通則有潰决之患。『通塞』之辨在此。」

六三，不節若，則嗟若，无咎。《象》曰：「不節」之「嗟」，又誰咎也？

胡庭芳曰：「自上三爻觀之，水出於兑澤之上，非『三』之所能『節』者，故有『不節』之象。但見《兑》口之開，故又有『嗟若』之象。兩『若』字，摹寫『六三』小心翼翼之象。」《易纂言》云：「『三』『節』而能『嗟』，與《泰》侈而不自知其非者，異矣。」愚又謂「初」、「二」皆「不出」，守「節」者也。「三」爲成卦之主，若復循成轍，塞者終於塞矣。惟「不節」，而上流之坎乃通。「五」之「甘節」，「四」之「安節」，未必非「三」之功。「不節」則「嗟」，蓋「嗟」前人積累之勞，而以「不節」之「咎」自任者，所以《爻》曰「无咎」，《象》曰「又誰咎」，謂塞者從此而通，雖「不節」之「嗟」，又誰得而咎之與？《同人·初九·小象》義同。舊注作「無所歸咎」解，似失語氣。

六四，安節，亨。《象》曰：「安節」之「亨」，承上道也。

《易纂言》云：「『四』承中正之『五』，『安』於『節』而無所勉强者。《坤》體静重，故能『亨』。」愚按，「四」柔順得正，在《坎》之下流，中爻互《艮》，有安止之象。其所以「亨」，由於「承上道」，先儒謂「上」順於「五」是矣。但於順「五」之義，尚未明析。竊謂外卦《坎》體，凡爻遇《坎》者多險象，此獨曰「安」，「安」者，險之反。水性下，安瀾歸澤，則「上」失其險矣。「五」之「往有尚」，「往」而之「四」也。「四」之「承上道」，承「五」之流，而下注於「三」也。此「承上」之義。

九五，甘節，吉，往有尚。《象》曰：「甘節」之「吉」，居位中也。

胡雲峰曰：「諸爻之『節』，節其在我者。『五』當位以『節』，節天下者也。」愚按，《彖傳》「節以制度，不傷財，不害民」，所謂「中正以通」，「節」之宜於人，猶味之宜於口，故曰「甘節，吉」。施之可大，行之可久，故曰「往有尚」。「甘」字從「苦」字出。「甘」者味之中，「五」者位之中，「剛得中」而能「節」，乃爲「九五」之「甘」。柔過中而失「節」，則爲「上六」之「苦」。

愚又按，「節」之取義多端，在天地爲節候，在禮爲節文，在樂爲節奏，在信爲符節，在用爲儉節，撙節，在軍爲節鉞，在士大夫爲名節、氣節。得之者爲達節、中節、廉節、高節、全節，反此，則爲凌節、踰節、失節、改節、逆節、違節。以人身言，則有筋節、骨節；以草木言，則有根節、枝節。《卦辭》取義於味，只用「甘」「苦」二字括之。中爻互《頤》，有飲食之象。外卦本《坤》，中央土，其數五，其味甘，「九五」來居中位，中爻自「二」至「五」，又有《離》象。上爻居炎上之地，其味「苦」，皆卦體所自具，《易》奇而法，可以類推。

上六，苦節，貞凶，悔亡。《象》曰：「苦節，貞凶」，其道窮也。

《黄氏日抄》曰：「《程傳》云『固守則凶』，朱云『得正而不免於凶』，合從程說。」愚竊謂兩説當兼取。《卦》、《彖》所云「苦節不可貞」者，此爻也。《爻》不曰「不可貞」，而曰「貞凶」，「貞」豈「凶」德乎？故繼之曰「悔亡」。言於象則「凶」，於理則「无悔」，與《大過》上爻「過涉滅頂，凶，无咎」義同。「上」居卦終，明知「苦節」，未必得吉，而寧爲其苦者，首陽之餓，汨羅之沉，有犯凶災，而矢死靡悔耳，《象》申之曰「其道窮」。「道」

曷有「窮」？「節」之「苦」者「窮」之也，荀慈明所云「或可艱難於一人，而未可公行於天下；或可勉强於一時，而未可通行於萬世」，皆「窮」之「凶」也。聖人既憫其「苦」，而許以「貞」，復哀其「窮」，而歸諸「道」，所以勵苦節一種人，毋使變更於末路也。

陸庸成曰：「觀下卦『通塞』二字，上卦『甘苦』二字，乃知『節』道之貴中矣。大抵『通』處味『甘』，『塞』處味『苦』，而因時以調劑者，中也。時不一而中一，時不一，故『二』不得狃於『初』之『塞』；中一，故『四』當『安』於『五』之『甘』。『塞』極必『通』，故『三』受焉。『甘』失反『苦』，故『上』受焉。此六爻之情。」

䷼兑下巽上

中孚：豚魚吉，利涉大川，利貞。

卦名兼「孚信」、「感孚」二義，卦象兼「中虚」、「中實」二義，合二體則中虚，分二體則中實。《程傳》謂「中虚信之本。二陰在内，氣合而成孚，故曰『中孚』」，似乎只説得「合」象。《方言》：「鷄伏卵而未孚。」《説文》：「卵孚也。」鳥孚卵皆如其期，不失信也。蘇氏《易傳》作此解，似乎單説得「孚」字，而脱却「中」字。愚竊謂《中孚》之卦象，則取中虚；《中孚》之卦德，重在中實。實者，誠也。不但「孚」同類，兼可「孚」異類。

故曰「豚魚吉」。劉静修曰：「《頤》與《中孚》，皆有《離》之象。《離》則有水蟲之象，故在《頤》爲『靈龜』，在《中孚》則爲『豚魚』。」《易纂言》云：「『豚魚』，澤中之物，似豬，俗謂『江豚』。澤將有風，則浮出水面，有南風則口向南，有北風則口向北。舟人謂之『風信』，與《中孚》之義正合。《巽》木在《兑》澤上，卦體中虚，如舟『利涉大川』之象。『利貞』者，戒詞也。天下固有信而或失其正者矣。」胡雲峰云：「信而失正，如盜賊相群，男女相私，皆人爲之僞，非天機之合也。」

愚又按，《中孚》與《頤》相似，皆中虚之象，而《頤》不言「孚」者，中四爻無陽，則陰不能成「孚」乳也。

《彖》曰：中孚，柔在内而剛得中，説而巽，孚，乃化邦也。「豚魚吉」，信及豚魚也。「利涉大川」，乘木舟虚也。中孚以「利貞」，乃應乎天也。《舉正》「信及」下無「豚魚」二字。

愚按，《彖傳》不釋卦名，却將「中孚」二字拆開説。「三」、「四」，「柔在内」；「二」、「五」，「剛得中」，故以卦體言「中」；《兑》與《巽》合，在上一陰，《巽》與《兑》合，在下一陰，故以卦德言「孚」。「説」爲中心之説，「巽」爲中心之「巽」，純是一團實意，人人見肝膽而不疑，故曰「孚乃化邦」也。「化邦」是「孚」於同類。「豚魚吉」是「信及」異類。

「及」者，由人以及物也。「大川」，《兑》澤象。《巽》爲木，《益》言木道，《巽》言乘木，此因《兑》、《巽》合體，外實而中虛，獨發中虛之義。禽之伏卵，木之浮水，皆天也。天無形，虛之象；天無心，虛之理。「中孚」，原不出乎人爲，「應天」止適合乎本體而已。楊誠齋云：「海客之機心，鷗鳥先知之；『中孚』之信，所以及『豚魚』。燕客之忮心，白虹先覺之；『中孚』之『利貞』，所以應乎天。」楊用修曰：「人欲淨則中虛，天理充則中實，所謂『應乎天』也。」二説並存，末句道理方足。

《象》曰：澤上有風，中孚。君子以議獄緩死。

《本義》：「風感水受，『中孚』之象；『議獄緩死』，『中孚』之意。」愚又按，「澤上有風」與「風行水上」不同，「澤」，止水也，風行其上，寂而感，虛而通，「中孚」之象。「君子以議獄緩死」，先儒謂「獄」與「死」，《兑》秋之肅殺；「議」與「緩」，《巽》風之長養，固已。愚又謂「中孚」，信也，信與疑相反。凡用人行政，當以疑爲戒，惟治獄之道，利用疑。《書》云：「罪疑惟輕。」寧失之疑，而不敢過於自信。三槐九棘，皆議疑獄之地也。「議」者，求其入中之出；「緩」者，求其死中之生。若用刑，而中心有毫髮之「疑」，即非「中孚」。文王惟於《噬嗑》取「獄」象，夫子則於《賁》、《豐》、《旅》、《中孚》四卦，盡其義，皆取象於雷火，本卦《大象》離，中爻互《震》，故亦以「獄」言。《兑》爲口舌，「議」之象；《巽》爲不果，「緩」之象。

初九，虞吉，有他《石經》作「它」**不燕。《象》曰：「初九，虞吉」，志未變也。**

《程傳》謂「『初』與『四』不取相應之義」，《本義》謂「當《中孚》之『初』，上應『六四』，能度其可信而信之，則『吉』」。愚竊謂君子之「孚」，先求自信，度於理之謂「虞」，雜以私之謂「他」。内度之己而「吉」，以無「他」也。「燕」，謂心不自安，如其「有他」，己且不安，何以孚人？《小象》「志未變」，從「有他」來。「有他」，則變矣。楊誠齋曰：「『虞』雖訓『度』，亦『防』也。《書》『儆戒無虞』，《萃》『戒不虞』是也。邪不閑則誠不存，《家人》之『閑有家』，《中孚》之『虞有他』，皆見於『初九』，防家防心，皆在『初』也。故《小象》皆以『志未變』贊之。」袁了凡曰：「『有他』，非謂舍『四』而『有他』也，謂既從『四』，而心復『有他』也。『虞吉』，欲其審於始；『不燕』，恐其『變』於終。」

《田間易學》曰：「《中孚》以全卦内外上下，共成一孚，不重正應，專以能絕繫應者爲『孚』，『初四』之應，猶『三』『上』之應也。『四』絕類而上，『初』亦絕所繫矣。而猶『虞』其後之『有他』也。如『三』既和『二』矣，而『上』復以『翰音』争之，致歌泣鼓罷，不能自主。豈非『有他不燕』者乎？而『初』幸無是虞也。『四』之『馬匹亡』，則『初』『志』可無『變』矣。」又是一解。

九二，鳴鶴在陰，其子和之。我有好爵，吾與爾靡與「縻」同**之。《象》曰：「其子和之」，中心願也。**

以爻象觀之，「初」「四」、「三」「上」，剛柔正應，宜相孚者也。「二」、「五」敵應，宜不相孚者也。以《爻辭》觀之，「初」「四」、「三」「上」皆不相孚，惟「二」、「五」則相孚，兩爻皆「剛得中」者也。舊注謂「二」，「中孚」之實，「五」亦以「中孚」之實應之，故有「鶴鳴」、「子和」之象。愚竊謂「鶴鳴」指「二」，「子和」似當指「三」。因其近相取，所以《繫傳》發此爻之義，云「千里之外應之，況其邇者乎」，夫邇莫邇乎「三」矣。「我」者，「九二」自稱。「爾」字，方指「九五」。「靡」者，羈縻之謂，比「三」之象也。「二」與「五」本同德，靡「三」以應「五」，有以人事君之義。《爻辭》若爲「二」語「五」曰「我有好爵」，所以「靡」「三」，乃與「爾靡之」也。《禮》，大夫以上與燕享，則賜爵。「爵」本酒器名，與「我有旨酒」義同，後人借作秩位解。《象》曰「中心願」，可見同聲相應，皆本「中孚」之誠，非此「鳴」而强求彼「和」也。《禽經》：「鶴爲露禽，八月白露降，即鳴而相警。」《兑》，正秋也，故以「鶴」言。「二」本陰位，又居二陰之下，故曰「在陰」。「六三」，《兑》口在上，故曰「鳴」，曰「和」。

六三，得敵，或鼓，或罷，或泣，或歌。《象》曰：「或鼓或罷」，位不當也。

《本義》：「『敵』，謂『上九』，信之窮者。『六三』，陰柔不中正，而與之應，故不能自主，而其象如此。」愚竊按，「三」與「上」正應，而非敵應。《爻辭》云「得敵」者，只爲「三」位剛而爻柔，「上」位柔而爻剛，一居《兑》極，一當《巽》終，爲「得敵」之象。「三」既與「二」乎，「鶴鳴」而「子和」矣。「上」據正應，復來與「二」争。「二」，「鶴」也，「上」，雞也。雞其能與鶴争乎？或「鼓」，或「罷」，作止之無常；或「泣」，或「歌」，哀樂之無定，似皆爲「上九」設。《睽》卦亦《兑》在下，「六三」一爻，許多妄見，多從「上九」來，其義正同，《小象》亦曰「位不當」，謂「三」非《兑》之正位也。若外卦，《巽》之居「四」，位則正矣。《兑》、《巽》合而成《中孚》，在「三」、「四」兩爻。「三」舍「上九」，而下乎「二」；「四」絶「初九」，而上乎「五」，皆因近比，取「剛中」之乎者也。似不可獨説壞此爻。

吴草廬云：「『三』與『四』，二柔雖同類，然其志相反。《三》『鼓』《四》『罷』，《四》『泣』《三》『歌』，『三』居剛，互《震》之中畫，《震》動故爲『鼓』，又《兑》口也，故爲『歌』。『四』居柔，互《艮》之中畫，《艮》止故爲『罷』，『四』多懼，又《離》目也，故爲『泣』。『四』得正，而上乎於『五』，『三』不實，而欲『四』之乎，故『四』不來乎也。」又是一解。

六四，月幾望，馬匹亡，无咎。《象》曰：「馬匹亡」，絶類上也。

來矣鮮曰：「卦體下《兑》，中爻互《震》，《震》東《兑》西，日月相對，『月幾望』之象。」愚按，《説卦傳》「巽爲月」，「四」居《巽》初，月猶未盈，故曰「幾望」。《爻辭》言「月幾望」者，凡三：《小畜》「上九」，變《坎》以抗陽而「凶」；《歸妹》「六五」中爻互《坎》，以柔中有應而「吉」；本卦「初」「上」兩爻變皆成《坎》，「四」以陰居陰，近比「九五」之陽，故亦有此象。又互《震》，馬象，「匹」者，兩馬也，同類也。「四」本「初」之正應，故曰「匹」。不與「初」交，馬亡其「匹」矣，「絶」其同類矣。「上」指「五」，「四」，陰柔得正，惟其能「絶同類」，而上從剛中之「五」，所以「无咎」，與《坤》之「喪朋有慶」同。天下固有同類而不相孚者，「三」「四」與「初」「上」是已。方蛟峰曰：「『月幾望』，不處盈也。『馬匹亡』，不爲黨也。禹之不伐，周公之不驕，『月幾望』也。晏子不入崔、陳之黨，韓退之不污牛、李之朋，『馬匹亡』也。」

九五，有孚攣如，无咎。《象》曰：「有孚攣如」，位正當也。

先儒謂諸爻不言「孚」，惟「九五」言之。「孚」之主也，與「九二」有固結之象，故「二」曰「靡」，「五」曰「攣」。愚按，「二」、「五」皆剛中，「五」得中又得位，所謂「孚乃化邦」者，正指此爻。下合「九二」之「剛中」，以包中間二陰，君臣同德，上下相孚，有固結不解之義。故曰「有孚攣如」，與《小畜・九五・爻辭》同。《小象》推原「无咎」之故，曰

「位正當」，可見「孚」必由中。「五」雖與「二」敵應，只是以剛居中，各「當」其位，自然無詐無虞，非别有固結之術也。

上九，翰音登于天，貞凶。《象》曰：「翰音登于天」，何可長也！

《曲禮》：「雞曰翰音。」雞鳴，必先振其羽。本卦《巽》爲雞，在上卦之上，「登天」之象。「鶴」警秋，雞知旦，皆取其有信。「登天」與「在陰」相反。鶴，陽鳥也，鳴於九皋，聲聞於天，宜其「登天」，乃爲在陰之物。雞，家畜也，「日之夕矣，雞棲於塒」，宜乎「在陰」，反爲「登天」之音。「翰音」無「登天」之理，所謂聲宏而實不至者也，故雖「貞」亦「凶」。「孚」不由中，末變爲此象。凡世之無實而博虚名者，皆「翰音」類耳。「何可長」，言聲聞過情，旋即消滅，可立而待，「凶」其所自取，不必言矣。錢啓新曰：「『二』『鳴』在内，剛得中之『鳴』，與『三』、『四』聯爲一體而成動，有唱必和之鳴也。上音在外，剛不得中之音，與『三』、『四』不克聯爲一體而成動，獨唱無和之音也。『二』雖在陰，無禦於遠，『上』即『登天』，無應於邇。」

李衷一曰：「卦名『中孚』，《彖傳》以『柔在内』居先，及觀『三』、『四』二爻，又若不足於柔之内，而『鶴鳴』之『和』，『有孚』之『孿如』。獨『二』、『五』之剛能之，又何以説？大抵『孚』貴中，中則『孚』，不中則『不孚』。『二』、『五』中而『三』『四』不中，故但取同德，不取同情。同德則『孚』而真，同情則『孚』而昵。他卦以相應爲信，本卦以同德爲信。此其所以獨名『孚』也。然就爻言之，《中孚》在『二』、『五』；就卦言之，《中孚》在『三』、『四』。非『二』、『五』之『和』、『攣』，不得名『中孚』，人皆知之。非『三』之『得敵』，『四』之『亡馬』，亦不得名『中孚』，人未之知也。」邱行可曰：「『柔在内而剛得中』，則剛中者，成『孚』之象也。在六爻，以『二』、『五』之剛爲主，故『二』言『鶴鳴』、『子和』，『五』言『攣如』，其交孚之實，可見矣。餘四爻，『初』、『上』則以實應虚，『三』、『四』則以虚應實；而所居之位，又皆不中，皆未能『有孚』者也。合六爻而詳其虚實之義，則剛中爲『孚』之象，昭昭矣。」

䷽ 艮下震上

小過：亨，利貞。可小事，不可大事。飛鳥遺去聲**之音，不宜上**句**，宜下，大吉。**

程子謂「『過』者，過其常也。事有待『過』而後能『亨』者，故『小過』自有『亨』義」。愚竊謂《易》之道，中正而已。過中則失正，卦體四陽在内，曰《大過》；四陰在外，曰《小過》。《大過》以「本末」言，取象於「棟」，物之重者；《小過》以「上下」言，取象於「鳥」，物之輕者。《中孚》四陽外而二陰内，如鳥爪之抱子；《小過》四陰外而二陽内，如鳥翮之飛肉，皆卦體自然之象。時當「小過」，氣或稍偏，勢或畸重，必矯枉而後平，《小過》之所以「亨」也。然豈可以不正哉？故「利」在「貞」。卦畫陰多陽少，「小」者，柔順之事；「大」者，陽剛之事。「遺音」者，鳥飛已過，而音始聞於下也。「飛鳥」是不吉之象，非「小過」所「遺」者，乃所「宜」之「音」，則不「上」而「下」，爲「小過」之「吉」，故又借「上下」二字，申明「大小」之義。上二陰乘陽，下二陰順陽。「不宜上宜下」者，鳥音也。「大吉」者，「宜下」則「吉」也。所謂「亨」而「利貞」，其義如此。先儒謂聖人以喻語解正語，復以正語解喻語者，是已。愚又按，本卦之言「利貞」，與他卦不同。以「大小」言，則「小」者爲「貞」，以「上下」言，則「下」者爲「貞」，皆從「小過」得義。「不宜上」，故「不可大事」；「宜下，大吉」，故「可小事」。大抵無命世之才者，不可希非常之業；量力而審處，寧爲其「小」，毋爲其「大」；寧爲其「下」，勿爲其「上」，處「小過」之道，當然也。可不可，宜不宜，皆斟酌無過之詞，而「不宜上」三字，尤全卦綱領。看來六爻總是一意。

《彖》曰：小過，小者過而亨也。過以利貞，與時行也。柔得中，是以小事吉也，剛失位而不中，是以「不可大事」也。有「飛鳥」之象焉。「飛鳥遺之音，不宜上，宜下，大吉」，上逆而下順也。

愚按，《彖傳》釋卦名，却於中間加一「者」字，以見先聖立卦之妙用。「小者」有時而「過」，不過則不行，故有「亨」道，在因其「過」而善用之耳。他卦或言「利貞」，或言「與時行」，此獨曰「過以利貞」，「過」即所謂「貞」，「貞」即所謂「時」。非「時」有「小過」，乃「時」當「小過」也。聖人處此，亦與時偕行而已。「柔得中」，指「二」、「五」，而「五」之不正不言。「剛失位」，指「三」、「四」，而「三」之得位不言。當柔過乎剛之時，柔既得中，不必言正位；剛既失「中」，猶之失位也。兩箇是以皆從《卦彖》申明「可不可」之義，只爭箇「中不中」，中則過而不過，失中則過而已矣。卦象中二爻陽爲腹背，下二陰爲左翼，上二陰爲右翼。夫子繫《彖》至此，因文王言「飛鳥之音」，不覺嘆曰「有飛鳥之象焉」，若從意外感觸者！聖人立言，豈必拘一定之體哉！《程傳》謂「此句不類《彖》體」，疑「解者之辭，誤入《彖》中」者，非也。「飛鳥」之「音」，文王但言「上下」，夫子復以「順逆」釋之。凡鳥立而鳴，則首向上；飛而鳴，則首向下。故其音逆而上則難，順而下則易。只借鳥音之「順逆」，以明「宜下」「不宜上」之意。

《象》曰：山上有雷，小過。君子以行過乎恭，喪過乎哀，用過乎儉。

先儒謂雷在山上，止而不動，其聲亦不離乎山下。《詩》所謂「殷其靁」也，威而不猛，「小過」之象。「君子」當「小過」之時，不能不過，亦不容太過，取法乎此。愚謂雷在天上，爲《大壯》。雷在山上，爲《小過》。「小過」亦時爲之，聖人之補偏捄弊，豈得已哉？「行過乎恭」三句，非有取於「過」也，「恭」以救諂，「哀」以救易，「儉」以救奢，救其「過」以補其不足，要歸於中而已。所謂「時中」也，晁嵩山云：「時有舉趾高之莫敖，正考父矯之以循牆；時有短喪之宰予，高柴矯之以泣血；時有三歸反坫之管仲，晏嬰矯之以敝裘，雖非中行，亦足移風勵俗也。」

初六，飛鳥以凶。《象》曰：「飛鳥以凶」，不可如何也。

《易纂言》：「『飛鳥』指『九四』。過盛之陰，傷不及之陽，正應乃爲敵仇。『初六』，害『九四』者也。『九四』之『凶』，以『初六』而『凶』。」愚竊謂「初」柔在下，又《艮》體，宜止不宜動者也，恃其有應於「四」，自成「飛鳥」象，非以害「九四」也。鳥之飛在翼，故於「初」、「上」言之。蔡虛齋曰：「不好處全在『飛』字，是『上』而不『下』者也。」愚又謂「以」字與「飛」字相發明。鳥既飛矣，外三爻遇動體，中爻互《巽》爲風，二「上」不可復「下」，其飛也，乃其所以致「凶」也。「不可如何」，非但從旁莫捄，鳥亦有不能自主之勢矣。「初」之「不宜上」，其象如此。

六二，過其祖，遇其妣，不及其君，遇其臣，无咎。《象》曰：「不及其君」，臣不可過也。

《本義》：「『六二』進，則過『三』、『四』而遇『六五』，是過陽而反遇陰也。如此則不及『六五』而自得其分，是『不及君』，而適『遇其臣』也。皆過而不過，守正得中之意。」愚竊據此闡發之。諸卦内外爻，類取相應，《小過》獨取其不相應。蓋卦體陰過乎陽，陽又失位，相應則陰抗陽矣。惟「二」、「五」以陰遇陰，故「五」不言「過」，「二」言「過」，即言「不及」。「過」與「不及」兩相形，乃見「過不過」之妙。如其進而求「遇」，則「過」「三」、「四」而「遇」「五」、「六」；如其止而不進，則不及「五」、「六」而自得其分，全卦是過「二」止於「三」下。獨《象》「不及」。「祖」指「三」、「四」兩陽爻。「妣」指「六五」陰爻，對「三」、「四」言，則爲「妣」，對「二」言，則爲「君」。「二」居臣位，「五」居君位，君臣以上下卦言。「三」，《艮》主；「四」，《震》主。二陽在上下之交，「祖」也。「二」必歷「三」、「四」而後遇「五」，則是「過其祖」而「遇其妣」矣。然「五」雖「妣」，君位也。「二」爲「臣」，惟「不及」其「君」，斯爲「遇」。「二」在下卦，故曰「不及」。「五」在上卦，故曰「過」。「不及其君」者，「臣不可過」乎「君」也。「不過」乎「君」，故「无咎」。「過」與「不及」，皆非中道。「六二」柔順得中，當「小過」之時，與其爲「過」，寧爲「不及」。「二」之「不宜上」，其義如此。胡雲峰曰：「相過之謂『過』，『過』是有心；邂逅之謂『遇』，『遇』是無意。我所欲曰『及』，及則不惟與之齊，且主在我矣。『遇』與

『及』相反，『過』與『不及』相反。他爻『過』者不『遇』，『遇』者不『過』。惟『六二』，『過』亦『遇』，『不及』亦『遇』，柔順中正，所以如此。」

九三，弗過句，**防之**句，**從**句，**或戕之**句，**凶。《象》曰：「從，或戕之」，凶如何也？**

《易纂言》：「『九三』與『上六』正應。然陽不及之時，豈可踰越於陰？是謂『弗過』。惟當如扞水之防，備『上六』不爲己害，斯可矣。」愚竊謂「弗過」者，陽不能過乎陰也。「九三」陽剛居正，在内卦之上，乃群陰所欲害者，故當「防之」。若不「防」而反「從」之，或且「戕」害於我而「凶」矣。「從」者，順乎陰也。因「三」與「上」應，故有此戒。《小象》單釋末句，正見「三」「不宜上」之意。

九四，无咎，弗過，遇之，往厲，必戒，勿用，永貞皆二字爲句。**《象》曰：「弗過遇之」，位不當也。「往厲必戒」，終不可長也。**

項平甫曰：「『九三』、『九四』兩爻，爲陰所過，非能過人者也。故皆曰『弗過』。」愚竊按，「九四」雖爻動體，而以剛居柔，不爲群陰所忌。《爻辭》先言「无咎」，幸其可免於「戕」也。「弗過」與「三」同，而「遇」與「防」異。蓋揉「小者」之「過」，惟有「防」「遇」兩途。「三」曰「防」，是先事預圖，有心備禦之法。「四」曰「遇」，是彼此邂逅，無心任處之法。「遇之」者，利於彼來，不利於我往，故曰「往厲」。中心若惕，故曰「必戒」。臨機當斷，故曰「勿用」。持守當堅，故曰「永貞」。因「四」上與「五」比，故戒之如此，此「四」之「不宜上」也。《小象》申之以「位不當」，歎詞，亦憫詞。若使「九四」居位得中，莫夜有戎，何足恤哉？「終不可長」，「長」字，《程傳》讀上聲，與《姤・彖傳》「不可與長」義同。言「四」若往而從陰，是與之「長」矣。《本義》謂「爻義未明，當闕」。竊參會先儒之意，以補之。

愚又按，「三」、「四」兩爻當合看。蓋二陽相比，在上下四陰之間，不可無先幾之防，輕往之戒。「三」之「弗過，防之」，似指下二陰，言弗恃我能「過」之，而當防其見「戕」也。「四」之「弗過，遇之」，似指上二陰，言彼來與我遇，則「无咎」。我往與彼「遇」，則「有厲」而當戒也。一戒之以「凶」，一斷之以「勿用」。《易》爲君子謀，一片苦心，溢於言表。

六五，密雲不雨，自我西郊，公弋取彼在穴。《象》曰：「密雲不雨」，已上也。

「六五」《爻辭》，本《小畜・卦辭》。關子明云：「《小畜》一卦之體，當《小過》一爻之義。彼以陰畜陽，此則陰過陽，同爲『密雲』之象。彼以陽多而不與陰和，此則陰多而不與陽和，同爲『不雨』之象。」吴草廬曰：「中爻互《坎》，『四』、『五』得《坎》之上體。

又有『九三』重蔽其下，如雲之密。然《坎》之下畫，塞而不通，則陰上而不下，故『不雨』。『九四』爲主爻，陽弱陰强，故陰陽不和。『我西郊』，謂『四』也。」愚又按，《坎》水在下爲雨，在上爲雲，此《易》之通例。《小畜》中爻互《兑》，本卦中爻亦互《兑》，「西郊」之象。程子釋《小畜·卦象》所云：「凡雲自東而來西，則有雨。」今自西而東，則水生木而洩其氣，故「不雨」是已。《小象》言「已上」者，謂「雲」雖「不雨」，而其氣上升，所謂「不宜上」者，今「已上」矣，所以不能與陽和也。草廬又云：「『公』謂『四』，『彼』謂『初』。蓋言『四』但下取『初』而不上取『五』。」愚竊按，「公」當指「六五」，「彼」當指「二」。「二」，《艮》體，伏二陽之下，「在穴」之象。「五」欲取「二」爲己助，其如伏者之不出何？「公弋」句從「密雲不雨」説來，「密雲」不能致雨，「在穴」豈可「弋取」乎？因「二」與「五」敵應，又有此象也。

上六，弗遇句**，過之，飛鳥離**去聲**之，凶，是謂災眚。《象》曰：「弗遇過之」，已亢也。**

《本義》謂上爻「遇過」當作「過遇」，與「九四」同。愚竊就《爻辭》本文解之。「上」與「四」相應，而實相反。「四」曰「弗過，遇之」，言陽不能過乎陰，而與「五」相比，是「弗過」乎陰，而適「遇」夫陰也。此言「弗遇，過之」，言「上六」爲「五」所隔，「弗遇」乎陽，而位居於上，乃「過」乎陽也。《卦辭》云「不宜上」，而外三爻皆動體，動而彌上，「初」之「飛鳥」至此，終不得免。「離」即《詩》「雉離於羅」之義。「凶」從外來，孽自己作，是之謂「災眚」。「凶」字與初爻相應，「已亢」與「已上」相應，皆犯「不宜上」之戒者也。然則陰之「過」，豈陰之利哉？《乾》「上九」陽爻曰「亢」，此陰爻亦曰「亢」者，中爻互《巽》，鳥乘風愈飛則愈高，不但「已上」，而且「已亢」。在「初」已是「凶」象，況居卦終乎？建安邱氏曰：「卦體四陰二陽，故爲『小過』。合六爻而論，『初』、『上』兩爻，皆陰不中，過者也，故皆曰『凶』，戒其『過』也。『二』、『五』兩爻，『二』比『三』，『五』比『四』，剛柔相濟，復得中，『不過』者也，故皆無凶咎之戒。此上下四陰爻之别也。至『三』、『四』兩陽爻，在『三』則曰『弗過防之』，防下二陰也；『三』在二陰之上，而不謹爲之防，則陰柔必至害己，故『凶』。『四』曰『弗過遇之』，遇上二陰也；『四』在二陰之下，一或輕動，致『五』、『六』之遇，則危厲之事也，故『往厲必戒』。然陰在陽上，其害猶可逭；陰在陽下，其禍不可測矣。是以『九三』『凶』而『九四』『无咎』，此又中兩陽爻之别也。觀《小過》者，於爻位陰陽求之，則『過』與『不過』之義得矣。」

臨川吴氏曰：「此卦『初六』與『九四』，『九三』與『上六』，兩爻之《辭》皆相表裏。然『初六』之以『凶』，其《辭》若急，至『九四』則曰『无咎』，曰『勿用』，則其《辭》緩，何也？『九三』之『或戕』，其《辭》猶疑，至『上六』則曰『凶』，曰『災眚』，則其《辭》決，何也？蓋陰柔過盛，陽則但『宜下』退，『不宜上』進。『四』居柔，能下也。『三』居剛，則好上也。下則『凶』或可免，上則『凶』不可免矣。此『初』、『四』之《辭》所以先緩而後急，『三』、『上』之《辭》所以始疑而終決歟！」

《象數論》曰：「卦體有『飛鳥』之象，故《卦辭》、《爻辭》多就『飛鳥』取義。至治之世，不麛不卵，不殺胎，不覆巢，故麟鳳游於郊藪。大道不行，而獸亂於下，鳥亂於上矣。聖人傷之，特設此卦。初爻即從『飛鳥』二字而斷其『凶』，『三』則『戕之』，『四』以『往』而危，『五』之『弋』，矰繳也；『上』之『離』，網羅也，四方上下，無非殺機。『飛』者固難逃，『穴』處者將盡取。人情安忍？且謂取之『小過』，不足傷仁，豈復有祝網縱麛之舉乎？夫鳥翔於空，上下惟其所之。今云『不宜上』『宜下』，『上逆而下順』，戒之以『凶』，申之以『防』，惕之以『厲』，極之以『弋取』，終之以『災眚』。若爲『飛鳥』示趨吉避凶之道者。人世暴殄之慘，不待言矣。於斯時也，士君子之出處，可不審哉？」

䷾離下坎上

既濟：亨句。小利貞，初吉終亂。

《爾雅》：「濟，渡也。」二卦皆以「濟」名，專取《坎》象。蓋天一生水，火乃水之用也。「既」字對「未」字説，已然之辭。關子明《易傳》以《既濟》終下經，與《序卦》不合。愚竊按，凡《坎》在上者，如《屯》、《需》、《蹇》、《節》等卦，多言險象，此云「既濟」，非出險之謂。在時則爲已往，在事則爲已成。又卦體《離》火在下而升，《坎》水在上而降，彼此相交，猶「天地交」而成「泰」，故「亨」。但六爻陰皆乘陽，「小」者之「利」也。「六二」柔中，故曰「貞」。《本義》：「『亨小』當爲『小亨』。」《程傳》則云：「『小』字在下，語當然也。若言『小亨』，則『亨』爲『小』矣。」愚又按，《彖辭》與《遯》「亨，小利貞」同例，當依《程傳》。六爻皆應者，《泰》、《否》、《咸》、《恒》、《損》、《益》、《既》、《未》八卦。應而又得位者，六十四卦中獨《既濟》而已，聖人却從好處看出未盡善來。「初吉終亂」，猶曰「泰極當否」也。一治一亂，乃天地氣運之常。氣運流行，未嘗暫止，猶水火升降，循環不息，所以「初吉」，一息則水火各反其本性矣。今内外陰陽，各安其位而不動，故有「終亂」之戒。柔在「二」則「吉」，在「上」則「亂」。安静而不擾，固陰柔爲之。治極而偷安，亦陰柔爲之。使「既濟」之終，常若「未濟」之始，何「亂」之足憂哉？汪化昭曰：「凡事有既往，有未來，有現在。『既濟』之時，『小利貞』者，其現在也。『初吉』者，其既往也。『終亂』者，其未來也。『利貞』者，盡其現在之理，以維其既往之運，以杜其未來之端。」

《象》曰：「既濟，亨」，小者亨也。「利貞」，剛柔正而位當也。「初吉」，柔得中也。終止則亂，其道窮也。

《本義》謂「『既濟』下疑脱『小』字」。愚竊按，《彖傳》以「小」字統全卦之義，多在「小者亨」三字内。《易》之道，陽大陰小，今六爻雖剛柔平分，而三陰在三陽之上，故舉「小」者以明之曰，「既濟」之「亨」，以「小者」而「亨」也。既云「小者亨」，則「小」之「利貞」可知矣。中男在上，中女在下，剛柔正也。陰居陰位，陽居陽位，位當也。「柔得中」指「六二」，不言「九五」之剛得中者，「既濟」之時，利用柔道，故以「初吉」歸之。「初吉終亂」，《卦彖》只言天道，《傳》則歸於人事，不徒曰「終亂」，而曰「終止則亂」，「亂」由於「止」也。不「止」則「亂」何由生？「道窮」二字，正發明「止」字之義。來矣鮮曰：「以人事言之，怠勝敬則凶，人道以理而窮也；以天運言之，盛極則必衰，天道以數而窮也。」愚又竊玩「則」字語氣，有戒人不得援天自諉之意。

《象》曰：水在火上，既濟，君子以思患而豫防之。

項平庵曰：「人之用莫大於火，而火常生『患』。善濟火者，莫如水。『思』火之爲『患』，而儲水以防，使『水』常『在火上』，則『患』止矣。」愚又謂水必潤下，火必炎上。既能相濟，亦能相息，所謂「患」也。「既濟」之時，人情方以爲無「患」，正惟無「患」乃生

「患」，「患」生於無，隱而不覺，故貴於「思」。「思」者，思其終也。「患」生於無，或卒不及持，故貴於防。「防」者，防其始也。「防」之「豫」，則終無「患」矣。

初九，曳其輪，濡其尾，无咎。《象》曰：「曳其輪」，義无咎也。

《本義》：「輪在下，尾在後，『初』之象。」愚又按，《坎》在外卦，爲輿爲輪，又中爻「二」、「三」、「四」亦互《坎》，「初」在輿後，「曳輪」「濡尾」之象。與《未濟》「初」、「二」兩爻取象同而義異，本卦乃「既濟」以後事也。在「未濟」，「輪曳」則不能前，「尾曳」則不能渡。在本卦，則「輪」與「尾」「既濟」矣，猶若有「曳」之、「濡」之者，才大而心小，事後不忘前艱，義當「无咎」。朱子又有云：「『曳輪』『濡尾』，不是不欲濟，是要濟而未敢輕濟。」吴幼清云：「『初』可以濟，而守正不遽進。」似乎多説向後卦去了。《解》之下卦《坎》，「九二」言「狐」。《未濟》之下卦《坎》，《卦辭》言「狐」。《既濟》之《坎》在上，似亦當取「狐」象。郝仲輿謂「『初』，《離》體，牛尾之象」。愚按，牛之渡水，浮鼻而不揭尾，「尾」雖「濡」，牛亦能濟。狐「濡其尾」，則不能濟矣。觀象者，當知物理。

六二，婦喪其茀，勿逐，七日得。《象》曰：「七日得」，以中道也。「茀」音「費」。

《易纂言》：「『二』『五』相應，猶女之將從夫，而需待未行。」愚竊按，「六二」一爻，《象傳》所謂「柔得中」者。「初」陽剛，御車之人；「二」柔順中正，車中之婦也。「茀」，車蔽也。以其承乘皆剛，故有「喪茀」之象。以其居中得正，又有「勿逐自得」之象。「得」字從「喪」字來。人情急於濟世，未免以「得喪」動心，故患得患失，逐逐無已時。「二」之妙，在於「勿逐」，「逐」者未必「得」，而「勿逐」者自「得」之。陰數極於六，至七而變矣。每一爻當一日，自「二」數至「上」爲五，又自「初」數至「二」凡七。《震》卦「六二」亦以乘剛，而取象同。彼避初「震」之勢，此成「既濟」之功。皆以中道俟時者也。

九三，高宗伐鬼方，三年克之，小人勿用。《象》曰：「三年克之」，憊也。

《易纂言》：「『九三』，《離》之終，南方之窮處也，故象『鬼方』。」愚按，「高宗伐鬼方」，乃實有之事。周公援以作象，與「箕子之明夷」例同。「三」居水火之交，《離》爲戈兵，有伐國之象。用《離》明以破幽暗，如「伐鬼方」而「克」之象。《離》位居「三」，「三年」象。「九三」以剛居剛，内治已濟。聖人慮其任用小人，而有喜功圖大之心，《爻辭》所以戒之曰，「高宗」以中興賢主，其「伐鬼方」也，「三年」僅乃「克之」，師之不可輕用如此，其可「用」小人以僥幸成功乎？《詩》：「自彼氐羌，莫敢不來享。」《西羌傳》云：「殷室中衰，至武丁伐鬼方，三年乃克。」是其證也。張元岵曰：「從來開創時征伐易，守成時征伐難。人但知盛時物力之甚裕，不知盛時舉事之易憊也。竭中國之民，力以騁志於邊隅，欲不憊可得乎？」

六四，繻有衣袽，終日戒。《象》曰：「終日戒」，有所疑也。

「繻」，《注疏》云：「宜曰『濡』，『衣袽』，所以塞漏。」《程傳》因之。「袽」，敝衣也。「終日戒」，如乘敝舟而水將至者然。一説，「繻」，繒采也。「袽」，絮緼也。謂繒采將敗，而有絮緼。當《坎》之初，是「初吉」之時已過，「終亂」之期將至，猶「繻」之爲衣，而將敗也。愚按，二解不同，而儆戒之義則同。大凡處「既濟」之時，最易疎忽。「四」，陰柔得正，能自朝至夕，終日「戒」備，有備患之具，而常存慮患之心。妙處在有所疑，不敢自信爲已安已治也。「四」出《離》入《坎》，《坎》爲加憂，故多「疑」。因「疑」而生「戒」，補苴罅漏，何險不濟？況「既濟」者乎？程敬承曰：「『九三』善用其剛，所防在外。『六四』善用其柔，所防在内。其爲思患豫防，一也。」

九五，東鄰殺牛，不如西鄰之禴祭，實受其福。《象》曰：「東鄰殺牛」，不如西鄰之時也。「實受其福」，吉大來也。

《本義》：「東陽西陰，言『九五』居尊而時已過，不如『六二』之在下而始得時，當文王與紂之事」云云，其説固有本，《坊記》引此文，鄭康成《注》云：「『東鄰』謂紂國中，『西鄰』謂文王國中。」顔師古注《漢書·郊祀志》亦引之。此後儒穿鑿之論，朱子取之，以紂居東土爲君位，文王居西土爲臣位。「五」剛中，何得斥之爲紂耶？細玩《爻辭》，全無此義，程沙隨嘗闢之矣。愚又謂八卦方位，《離》東《坎》西，東當指下卦，西當指上卦。六爻相應，水火之鄰也，不必專指應爻。以人事言，東主作而西主成，《離》則奏「既濟」之功，《坎》則享「既濟」之福。「五」，剛中居尊，有主祭之象。牛，大牲也。「禴」，祭之薄者，殺牛不如「禴祭」，言人享用大牲，我享用二簋。盛祭者，未必獲福；而薄祭者，「實受」之。惟其時也。陽實陰虛，陽大陰小。《象辭》「吉大來」，「大」字即《爻辭》「實」字，「吉」字即《爻辭》「福」字。謂時之既至，大福不求而自來也。《漢書》杜鄴謂成帝曰：「德修薦薄，吉必大來。」正是此義。

上六，濡其首，厲。《象》曰：「濡其首，厲」，何可久也！

吴草廬曰：「『上六』陰柔，如人之濟水，將及岸而濡其首。」愚竊按，「初」爲「尾」，「上」爲「首」，此《易》之通例。「上六」居《坎》終，「濡首」之象，志亦存乎濟人，身自蹈於危地，與《大過》之「滅頂」，取象略似，而義不同。彼當「滅木」之終，欲出而無路；此當「既濟」之終，從井而自陷者也。《卦辭》所謂「終亂」，《象傳》所謂「道窮」，此爻當之。洪覺山曰：「《易》中言『厲』，皆聖人起死回生妙訣。不與『悔』『吝』等一例。『何可久』，即『厲』之深意，求可以長久之道也。不是决絶語。」愚又謂「既濟」之終，乃「未濟」之始，故兩爻皆取「濡首」之象。物不可以終窮，曰「何可久」，固有循環之義焉。

「濟」者，過涉而已，非可久止於水中也。上以《坎》陷而止，至「濡其首」全身皆溺，《離》明盡息矣。然一轉即爲「未濟」，其勢不失，故但謂之「厲」，不謂之「凶」。

趙庸齋曰：「《坤》上《乾》下爲《泰》，以天地之交也。《坎》上《離》下爲《既濟》，以水火之交也。以畫觀之，則《乾》居《坤》中爲《坎》，《坎》者，《乾》之中也，故《乾》居西北，而《坎》居正北。《坤》在《乾》中爲《離》，《離》者，《坤》之中也，故《坤》居西南，而《離》居正南，《坎》、《離》者，《乾》、《坤》之大用也。《泰》六爻雖相應，而『二』、『五』處非其位；《既濟》六爻不惟皆應，而剛柔無一不當位，其應者皆正也。水火相交，而剛柔正應，其爲《既濟》，豈不大哉？」

☲☵ 坎下離上

未濟：亨，小狐汔濟，濡其尾，无攸利。

《本義》：「卦之六爻皆失位，故爲『未濟』。」《纂言》以「『六五』陰柔爲『小狐』，未至『上九』，則猶『未濟』也」。愚謂《未》與《既》反對，六爻剛柔相應，與《既濟》同，而爻位不當，適與《既濟》相反，亦六十四卦所無。「火在水上」，不相爲用，故名「未濟」。「未濟」則必求濟，故「亨」。《荀九家》：「《坎》爲『狐』，《解》卦中爻互《坎》，故『九二』

取『獲狐』象。本卦《坎》在下爲穴，爲隱伏，中爻自『三』至『五』亦互《坎》，物之近水而穴居者，『狐』也。《風俗通》曰：『狐欲渡河，無如尾何？』正合此象。」《程傳》：「『狐』能渡水，其老者多疑畏，故履冰而聽，懼其陷也；小者則未能畏懼，故勇於濟。『濡尾』而不能濟也。」又謂「『汔』當作『仡』，壯勇之狀」。愚竊謂「汔」者，幾也。《詩》「民亦勞止，汔可小康」，鄭康成《注》如此解。「小狐」涉冰，力既不足，又不自量，幾及岸，而「濡其尾」，是終未成濟。故「无攸利」。凡事每成於老成練達之才，而多敗於少年輕鋭之氣，故以「小狐」「濡尾」象之。《注疏》解「汔」字作「水涸」者，亦非。水既涸，小狐亦可濟矣。

《彖》曰：「未濟，亨」，柔得中也。「小狐汔濟」，未出中也。「濡其尾，无攸利」，不續終也。雖不當位，剛柔應也。

胡雲峰曰：「《乾》、《坤》之後，爲《坎》者六，至《既》、《未》，雖因《坎》取義，然皆曰『柔得中』，則又專指《離》而言。」愚按，《既濟》之「柔得中」，「六二」也。《未濟》之「柔得中」，「六五」也。當濟之時，事期有濟，惟柔乃能濟剛。《卦象》之言「亨」者以此。《坎》在下，故曰「未出中」。「小狐汔濟」，而「未濟」者以此。水火相濟，如頭足之相續，不至中絶。今「未出中」，「柔」從「初」而「濡」，不待要「終」，而已知其「不續」矣。「濡其尾，无攸利」者以此。然豈終於不濟哉！剛柔雖失位，而皆相應，終有協力共濟之功。聖人於「未濟」常存必濟之念，故於釋《象》之末，從卦體中又發此義。

按《史記·春申君傳》引《易》曰「狐涉水，濡其尾」，與《彖辭》小異。

《象》曰：火在水上，未濟。君子以慎辨物居方。

歐陽永叔曰：「『火在水上』，『物』各失其所『居』矣。故君子以『慎辨』其物宜，而各置其物於所『居』之『方』，使不相犯，所以待『濟』也。」愚按，《睽·大象》曰：「上火下澤。」二性判然不交，《未濟》「火在水上」，非不交也，特「未」耳。《大傳》云：「方以類聚，物以群分。」「辨」以分其群，「居」以聚其類，所以合異爲同，拯男之窮於「未濟」也。

初六，濡其尾，吝。《象》曰：「濡其尾」，亦不知極也。

《程傳》：「六以陰在下，而應『四』，『四』非正應之才，不能援之以濟也。」愚又按，初爻反對，即《既濟》上爻，在「上」爲「濡首」，在「初」爲「濡尾」。後卦之初，乃前卦之終。《彖辭》所謂「小狐」，《象傳》所謂「不續終」，皆指此爻。《未濟》之「初」，事期有濟，宜徹始徹終，通盤打算，量力而行。今位剛而爻柔，如「小狐」之急於求濟，而「濡其尾」，沾泥帶水，汔不得濟，可恥孰甚焉？始事如此，那得有終局？《象》曰「亦不知極」，猶云不知所終也。同一象也，《既濟》之「濡尾」，可以爲求濟者之法；《未濟》之「濡尾」，可以爲冒進者之戒。《小象》「極」字，先儒有作「竭」字解者，謂狐濟水必揭「尾」，「未濟」而「尾濡」，則力已竭矣，焉能更進？《本義》云：「『極』字未詳。考上下韻亦不叶，或恐是『敬』字。」愚又竊意，「初」與「四」應，有望拯之意。「極」與「拯」，字體相近，或當作「拯」，與《涣·初爻》「用拯」，同爲《坎》體，且與「九二」《象辭》「正」字叶韻。但前輩所未言，不敢憑臆説也。

九二，曳其輪，貞吉。《象》曰：九二貞吉，中以行正也。

「曳輪」、「濡尾」之象，《既濟》一爻兼之，此則兩爻分言之。《初》「吝」而《二》「吉」，一急於求「濟」，一不欲輕「濟」也。《坎》中一陽，「輪」象；承乘皆陰，「曳輪」象。剛得中，故「吉」。「九二」，中而不正，所以《小象》發「貞吉」之義，曰「中以行正也」。《本義》謂「以中，故得正」，則脱却「行」字矣。愚竊謂「二」有陽剛之才，與「五」正應。身在《坎》中，外若「曳輪」而不行，「中」實有圖濟之事，位雖不正，能以「中」而「行正」，故曰「貞吉」。「正」字從「行」字來，似非「以中得正」之謂。

六三，未濟，征凶，利涉大川。《象》曰：「未濟，征凶」，位不當也。

愚按，卦名獨於「六三」言之。「三」在《坎》上，而猶「未濟」者，陰居陽位，非可往之時也。所以「征凶」。幸與「上九」正應，故有「利涉大川」之象。《本義》既云「以柔乘剛，將出乎險，有『利涉大川』之象」。又「疑『利』字上當有『不』字」，初無定説。《易筌》曰：「《未濟》之卦，以水火不交也，是以居中者，其責重。『三』出《坎》而乘《離》，故以『涉川』爲名。」《困學記》曰：「『三』居《坎》體之上，當『初』、『二』兩爻之後，人皆謂『已濟』矣。聖人獨曰『未濟』，蓋上下兩卦之交，水火相克，是何等世界？『征凶』，危之也。事到艱難，迴避不得，奮勇上前，庶克有濟。『利涉大川』，激之也。『征凶』，以時勢言。『利涉』以道理言。古來定大難成大業，誰非於『征凶』之時，奏濟川之功者？諸爻位皆『不當』，何獨言於此爻？蓋『三』當利害之關，衝風破浪，幾於不出而凶者，『三』也。轉眼之間，風恬浪静者，亦『三』也。作用之妙，全於此爻見之。」

九四，貞吉，悔亡。震用伐鬼方，三年有賞于大國。《象》曰：「貞吉，悔亡」，志行也。

吴幼清謂「四」以陽比柔中之「五」，故「吉」而「悔亡」。愚竊按，九居「四」，非正也，何以亦云「貞吉」？王《注》所謂「出險難之上，居文明之初，體乎剛質，以近至尊」。時已大通者也。蓋「四」之「貞」，志在濟時，能「貞」則事皆盡善，故「吉」；能「貞」則無悔於心，故「悔亡」。夫豈藉比爻之力哉？《纂言》又以「震」爲諸侯之象。愚按，本爻反對，即《既濟》「九三」，故取象同。加一「震」字，有聲靈赫濯之義。《既濟》言「克之」，「鬼方」在上，而我仰攻，故久而後「克」。《未濟》離明在上，彼自俯服，故不言「克」而言「賞」。「賞」者，功成而班爵於大國也。亦曰「三年」者，前卦《離》位居「三」，此承前言之耳。「志行」即「震用」二句之意。「四」以濟時爲「志」，出遇文明之主，多少經綸事業，於此得「行」，與「三」之「未濟，征凶」相反。彼猶是《坎》體，此已入《離》體也。

愚又按，郭璞注此爻，謂「『震』乃摯伯之名，王季妃太任父也」，其言必有所據。先儒注《易》，未有采其説者，録存以廣異聞。

六五，貞吉，无悔。君子之光，有孚，吉。《象》曰：「君子之光」，其暉吉也。

項平甫曰：「《未濟》諸爻皆失位，凡用事之爻，皆曰『貞吉』，『二』、『四』、『五』是也。」吴草廬曰：「『君子』謂『二』。《離》日下照，光被於『九二』，而爲『九二』之光。」愚按，「五」爲《離》主，「柔得中」而應乎剛，《未濟》之「亨」在此爻。「貞吉」，其所固有，「悔」其本無，不待於「亡」也。《離》火中虚，光明之象。所謂「君子之道，闇然而日章也」。「五」與「二」正應，故曰「有孚」。有「九二」《坎》中之「孚」，而後有「六五」《離》中之「光」。《爻辭》於三百八十四爻將終，曰「貞」，曰「吉」，曰「无悔」，曰「光」，曰「有孚」，又曰「吉」。辭繁而不厭，深有味乎「柔得中」之旨也。愚又按，《詩》「庭燎有暉」，

《周禮》「眂寢」以「十暈」爲「十煇」，皆謂光中之氣。「五」，《離》中虚，故爲「光」；「二」，《坎》中實，故爲光中之「暉」。光即「孚」，藴之而發越，「暉」即光，布之而炳燿，非有殊也。

上九，有孚于飲酒，无咎。濡其首，有孚失是。《象》曰：「飲酒」「濡首」，亦不知節也。

《本義》：「以剛明居《未濟》之極，時將可以有爲，而自信自養以俟命，『无咎』之道也。若縱而不反，如『狐』之涉水而『濡首』，則過於自信，而失其義矣。」兩「孚」字，俱作自信解。愚竊按，《未濟》之極，反於《既濟》，「上」與「三」正應，「三」之「利涉」，恃有「上」也。又與「五」比，「五」「有孚」，「上」亦「有孚」。君臣「飲酒」宴衎，從容共濟，本自「无咎」。若「飲酒」而至於「濡首」，則沉湎忘反，並「有孚」之義而失之矣。「失是」與「无咎」相應，「濡首」，冒上文「飲酒」來。所以《小象》云：「『飲酒』『濡首』，亦不知節。」言「飲酒」者不可「不知節」，猶「未濟」者不可「失是」「孚」也。《未濟》之終，而《既濟》之始，故夫子於「初」之「濡尾」，云「亦不知極」；「上」之「濡首」，云「亦不知節」。既戒其始，復釐其終。此《易》之爲道，懼以終始歟？按，《小象》言「節」者，凡四，皆擬《坎》、《離》而言。《蹇》外卦《坎》，中爻互《離》，「九五」，剛中正，曰「中節」；《家人》

下卦《離》，中爻互《坎》，「九三」，剛而不中，故「失家節」；《鼎》「上九」《離》，剛而能柔，故「剛柔節」；《未濟》水本潤下，《坎》又在下，火本炎上，《離》又在上，過中不正，故「不知節」，「節」者何？ 中而已矣！

楊誠齋曰：「《既濟》之『濡首』者，水也；《未濟》之『濡首』者，非水也，酒也。水溺人之身，酒溺人之心，以及天下國家。故禹惡旨酒之功，大於平洚水。」張獻翼曰：「《未濟》因《既濟》立象，『濡尾』、『濡首』，兩卦既同；『伐鬼方』與『曳其輪』，先後一位。內卦皆『未濟』之事，欲人之謹於求濟。外卦皆『已濟』之事，欲人之謹於處濟也。」

李衷一曰：「卦所重者，《離》也。《既濟》，《離》在下；《未濟》，《離》在上。《未濟》有《既濟》之理，《既濟》懷《未濟》之心，兩卦合爲一卦，而《易》道終矣。」愚又按，先儒云，澤爲止水，故水火相息爲《革》，水火相違爲《睽》。以《坎》易《兌》，則爲《既濟》、《未濟》。《坎》乃真一之水，與火相逮而不相射，相濟而不相悖者也。《坎》中有《離》，《離》中有《坎》，所謂互藏其宅，互爲其根。《坎》、《離》者，《乾》、《坤》之中氣；《乾》、《坤》交而成《坎》、《離》，《坎》、《離》交而成《既》、《未》。若以《坎》之中體入《乾》，《離》之中體入《坤》，依然《乾》、《坤》未交之始矣。文王於兩卦《辭》曰「初」「終」，曰「尾」；周公於兩卦「初」、「上」皆曰「尾」，曰「首」，此六十四卦之終始也。上經《乾》、

《坤》、《坎》、《離》，分而成卦；下經《咸》、《恒》、《既》、《未》合而成卦。上經《頤》、《大過》居《坎》、《離》之先，以二陰二陽在外者，配其分；下經《中孚》、《小過》居《既》、《未》之先，以二陰二陽在中者，配其合。《坎》、《離》以陰陽之中，救《大過》之弊；《既》、《未》以陰陽之交而中者，救《小過》之弊。又，《頤》與《中孚》，皆有《離》象，《大過》、《小過》，皆有《坎》象。《頤》中爻互純《坤》，《大過》中爻互純《乾》，《坎》中爻互《頤》，《離》中爻互《大過》，《中孚》中爻亦互《離》，《小過》中爻亦互《大過》，《既濟》中爻互《未濟》，《未濟》中爻互《既濟》，序卦之精妙如此。

周易玩辭集解卷九

上繫傳

愚按，《彖傳》、《文言》、《大象》、《小象》，皆夫子贊《易》之辭，古本不附六十四卦中。《上彖傳》第一，《下彖傳》第二，《上象》第三，《下象》第四，《上繫傳》第五，《下繫傳》第六，《文言》第七，《説卦傳》第八，《序卦傳》第九，《雜卦傳》第十，通爲《十翼》。孔穎達云：「漢初爲傳訓者，皆與《經》別行，及馬融注《周禮》，欲省學者兩讀，故具載本文。《易》之以《彖傳》、《文言》、大小《象》分附本卦，亦自《注疏》始。古所謂『十翼』，今止《繫傳》以下五篇矣。」又按，《繫傳》中言聖人「繫辭」者六，皆指文、周《卦》《爻》，夫子所言者，則謂之「傳」。《上繫傳》分章，《本義》與《注疏》異。《注疏》又與漢以後諸家不同。《注疏》分十二章，《本義》自第三章後，與《注疏》互異。馬融、荀爽等則分十三章，虞翻則分十一章。今依《本義》以十二章爲定。

鄭孩如曰：「孔子作《傳》本意，曰『繫辭』者，非傳辭也，傳象也。其傳象又非六十四卦也。傳《乾》《坤》也，既於《文言》逐節詮之，猶以爲未盡，故上下《傳》二十四章，言『乾坤』『剛柔』『天地』者十有七，皆所以發明『乾坤』之理。」胡庭芳曰：「《繫辭》乃象數之總括，義理之淵藪。《易》無《繫辭》，猶天無日月，人無眼目。」

天尊地卑，乾坤定矣。卑高以陳，貴賤位矣。動静有常，剛柔斷矣。方以類聚，物以群分，吉凶生矣。在天成象，在地成形，變化見矣。

先儒多謂《乾》《坤》三畫，卦名也；「貴賤」，卦中爻位也；「剛柔」，卦德也；「吉凶」，占辭也；「變化」，卦爻之象也。下一截言八卦既成之後，其象始著，「天地」「卑高」，「動静」「方物」「形象」，上一截言未畫之前，其體已具。愚按，八卦畫自伏羲。《連山》首《艮》，《歸藏》首《坤》，《周易》則首《乾》《坤》。夫子所贊，《周易》也，歸重在「乾坤」二字。蓋指一畫者言，非三畫、六畫之卦也。此一畫者，一名爲「乾」，一名爲「坤」。夫子於既有《易》之後，追論未畫卦之先，其象如此。「貴賤」「剛柔」「變化」，又從「乾坤」中標出，在文、周《卦》、《爻》中，初無此名目，獨有「吉凶」二字耳，非「貴賤」等與「乾坤」並列也。看三個「矣」字，皆已然之詞，只是發明《周易》所以首「乾坤」之故。胡雲峰曰：「『乾坤』之卦未畫，觀之『天尊地卑』，『乾坤』之位已定矣。『貴賤』之位未齊，觀『天地』之『卑高』，卦爻之『貴賤』已位矣。《易》未有卦爻，則未有『剛柔』之稱也。天地間，陽者常動，可見其爲剛；陰者常静，可見其爲柔矣。《易》未有爻位，則未有『吉凶』之辭也。天地間，事事物物，善惡各以其類而分。善者可知其爲『吉』，惡者可知其爲『凶』矣。《易》未有蓍卦，固未見所謂陽變陰、陰化陽也。『天成象』，『地成形』，蓍卦之『變化』於是乎『見』矣。此一節言畫前之《易》，固如是也。」其説本於臨川王氏。愚又按，首節論造化之「乾坤」，而《易》書在其中，以下論《易》書之「乾坤」，而造化在其中。

是故剛柔相摩，八卦相盪。鼓之以雷霆，潤之以風雨。日月運行，一寒一暑。乾道成男，坤道成女。

《黄氏日抄》云：「晦庵謂此節『《易》卦之變化』，南軒謂『《易》所以斡旋造化之間者』，臨川王氏謂『言自然之八卦』。」愚竊按，「是故」二字承上「變化見矣」來。剛柔者，一奇一偶也。「摩」以奇偶相比言，陰陽「相摩」而爲「八卦」也。「盪」以層累疊出言，八卦交錯而成六十四也。「雷霆」、「風雨」、「日月」、「寒暑」，變化而成象者。「男女」兼人物言，變化而成形者。此一節言畫後之《易》如此。「雷霆」以下四句，只是説天道自然之變化，而六十四卦中，六子迭用，不假安排，亦猶天道之鼓之、潤之、運行之也。總要見《易》中無所不有，言天而地在其中，人與物亦在其中，生者生，成者成，男男女女，共成一個世界。夫子到此，不知是贊天地，贊聖人，贊《易》？一歸之「乾道」「坤道」而已。

愚又按，《震》《艮》反，易爲「雷」，言「雷」可以該《艮》；《巽》《兑》反，易爲「風雨」，言「雨」則兼《坎》、《兑》。邵子以《兑》爲月，《艮》爲日，蓋謂《坎》月行至《兑》而爲月，似非。以《兑》體爲月象，《艮》居亥方，以《離》日行至《艮》而爲日，似非。以《艮》體爲日象，至寒暑之變，則隨日月之運行者也。首節因「乾坤」而究及於「變化」，此節因「變化」而推本於「乾坤」。

乾知大始，坤作成物。乾以易知，坤以簡能。易則易知，簡則易從。易知則有親，易從則有功。有親則可久，有功則可大。可久則賢人之德，可大則賢人之業。易簡，而天下之理得矣。天下之理得，而成位乎其中矣。

「乾知大始」四句，臨川王氏謂「此言『乾坤』以造化之用付之六子，而其所自處者，甚易簡也」。「易則易知」以下，朱子謂「此言人法『乾坤』之道」。愚又按，自此至末，從「乾坤」中看出「易簡」之理。而言人位乎中，兼三才而成六位也。「乾知」，「知」字不與

「行」字對，乃太虛中一點靈氣，冒萬有之先，而萬物於焉資始者也。「坤作」，「作」字即下文「能」字，成物者，資生也。資始資生，看來何等煩難，造物却不勞而成化。「乾」惟「知大始」，「坤」惟能「成物」，以其「易簡」也。張待軒曰：「伏羲仰觀俯察，將天地人物許多道理，收拾在奇偶二畫，即此便是『易簡』。夫子從此發出無窮妙處，一氣直說到底，總此『易簡』之理。」今就文繹之。「乾」本乎氣之自然，故曰「易」。「坤」因乎「乾」之自然，故曰「簡」。惟其「易」，故「易知」，天道無心也。惟其「簡」，故「易從」，地道無成也。「易知」則百姓可以與知，「簡能」則百姓可以與能。順萬物之情，故「有親」；通天下之志，故「有功」。親切於中，亹亹而不息，故「可久」。功同乎人，積漸而日益，故「可大」。「可久」者，日新之盛德；「可大」者富有之大業。至此，則人與天地參矣。「賢人」即聖人也。胡雲峰於「賢人」之外，添出衆人、聖人，頗覺辭費。所謂「天下之理」者，不外高卑、動静、群類、形象而已，總於「易簡」中得之。「成位乎中」，成人之位於天地之中也。

右第一章

言伏羲畫卦，本於「易簡」。卦成，而「易簡」之理察於天地，徵於人事，天、地、人並立而爲三矣。

聖人設卦觀象，繫辭焉而明吉凶。虞翻本有「悔吝」二字。

自此至「三極之道也」，臨川王氏云：「前言《易》書之未作，此言《易》書之既作也。」《本義》云：「此言聖人作《易》。」愚竊按，上章言伏羲畫卦，此章言文、周「繫辭」、「觀象」。「繫辭」是一篇綱領，畫卦已來，「吉凶」雖具，却未曾明白説出。自有「繫辭」，而「吉凶」之理始著明於天下。然「辭」非象則無根據。「繫辭」之本，全在「觀象」。觀某卦之吉凶生於某畫，而後「繫」之以「辭」。聖人所以洩造化之秘，至「辭」無餘剩矣。朱子發曰：「設卦本以『觀象』，不言而見『吉凶』。自伏羲至文王，皆『觀象』而自得者也。聖人懼觀者不足以知，繫之《卦辭》、《爻辭》，以明告之，爲『觀象』而未知『吉凶』者設也。」

剛柔相推而生變化。

《本義》謂此「衆人所以因蓍而求卦者也」。愚竊按，語氣承上文來，「象」以「辭」而明，「變」由「象」而出。「相推」與「相摩」、「相盪」義同。每卦有剛柔，即有變化。如在某卦爲剛，在某卦則變而爲柔；在某卦爲柔，在某卦則化而爲剛。剛柔無迹，豈有爲之推盪者？而前之所移，若迫於後，故謂之「推」。彼卦之「變化」，若根於此卦，故謂之「生」。只就卦象説，似未説到「因蓍求卦」上。此節只是原聖人「設卦觀象」之由。剛柔相推，「象」也。「象」因「變」而出，故曰「剛柔相推而生變化」。要知「剛柔相推」之中，或當位，或失位。「吉凶」「悔吝」之原，正起於此。聖人之所觀，觀此也。聖人之所明，明此也。蓋「吉凶悔吝」，雖「繫」乎「辭」，其原實起於「變化」。

是故吉凶者，失得之象也。悔吝者，憂虞之象也。

《本義》云：「『吉凶』相對，而『悔吝』居其中間，『悔』自凶而趨吉，『吝』自吉而向凶。聖人觀卦爻中有此象，則繫之以此辭也。」愚按，此四句承上「吉凶」來。「吉凶」「悔吝」，以《卦》、《爻辭》言；「失得」「憂虞」，以人事言。聖人「繫辭」，始因象以著辭，隨以辭而顯象。「象」者，有其彷彿而未形之謂。惟聖人能觀於未有辭之象，衆人則觀其既有辭之象也。《易》之爲書，本以卦爻占人事，此轉以人事明卦爻。只「得」，便是「吉」之象；只「失」，便是「凶」之象。此聖人不以禍福爲禍福，而以人事爲禍福。所謂一念之善，景星慶雲；一念之惡，妖氛厲鬼是也。「憂虞」有兩解，或分貼「悔吝」；或謂「悔吝」處，俱有「憂虞」。蔡介夫曰：「『悔吝』是『吉凶』交互處，『憂虞』不可分貼。『悔』有痛懲往失之意，然猶未至於『得』，尚可『憂虞』。『吝』有不忍割捨之意，然終必至於『失』，已可『憂虞』。」

變化者，進退之象也。剛柔者，晝夜之象也。

《本義》：「此以下明『剛柔相推而生變化』，而『變化』之極，復爲『剛柔』。」歸震川云：「一氣不頓進，『變進』則『化退』矣；一形不頓虧，『化進』則『變退』矣。一進一退，遞相出入，猶動之有靜，往之有來，常相待爲用，而不獨成，故曰『變化者，進退之象』。」來矣鮮曰：「剛屬陽，明晝之象；柔屬陰，暗夜之象。晝夜一定，故曰『剛柔者，晝夜之象。』愚又謂聖人以「進退」觀「變化」，以「晝夜」觀「剛柔」，此借造化以明卦爻也。

六爻之動，三極之道也。

《本義》謂「天、地、人之理，三才各一太極」，胡雲峰曰：「『三極』是已動之後各具一太極。」愚竊按，此二句，總括上文。「動」者，「剛柔」之「變化」，「吉凶」「悔吝」所自生也。「初」、「二」、「三」、「四」、「五」、「上」，六爻也。「初」、「二」爲地，「三」、「四」爲人，「五」、「上」爲天。「三極」，即「三才」也。三才之道未動則爲三，動則爲六。三才具於六爻，而「三極之道」具於「六爻之動」。爻不動，則不變。故陽動則陰，陰動則陽。謂之「極」者，到極至處則變也。似不必粘「太極」說。一説，「極」字不訓「至」，只訓「中」。天地之道，惟其變化進退，故常不過乎中。人惟不知取中之義，故常動而至於過，而「凶」「悔」「吝」生焉。聖人示以極之所在，非以「六爻之動」爲極，而以「六爻之動」自有天地人中極之理也。又是一解。

是故君子所居而安者，《易》之序也。所樂而玩者，爻之辭也。

先儒謂此節言君子之學《易》。愚又按，「安」者，處而不遷之義。「玩」者，尋繹不已之義。「序」即六十四卦之次序。如《剥》極則《復》，《泰》極則《否》，窮上則反下，自然之義不可違也。「安」之，故無入而不自得。邵子得環中之趣，亦安其序而已。卦中之六畫，便謂之「爻」，至周公而始有辭。「爻之辭」，至三百八十四，可謂煩矣。而一爻各具一爻之義，有有象無占者，有有占無象者，有假物象爲辭者，有據人事爲辭者，變動無方，反覆「玩」之，皆可悦心而研慮。卦、爻皆有辭，但《卦辭》不變，而《爻辭》則變，取象既多，析理更精，尤君子所「樂玩」者也。「居」斯「安」，非「安」則不成「居」；「樂」斯「玩」，非「玩」則不成「樂」。

是故君子居則觀其象而玩其辭，動則觀其變而玩其占。是以自天祐之，吉无不利。

先儒謂此以下言君子之用《易》。愚又按，語氣承上文來，《易》之道，不外「象」「辭」「變」「占」，君子之學《易》、用《易》，可不詳加「觀」「玩」哉。上節「居安」，乃静時事，此兼「觀變」，則動時事。「居」字對「動」字看。「觀」者，領其大意；「玩」者，尋其微旨。静而未筮之先，所「玩」者，「象」「辭」也。動則謀及卜筮，所「玩」者，「變」「占」

也。學《易》與用《易》，工夫無少間斷，静既循乎天理，動必合乎天行。人見君子之「吉无不利」，以爲此有「天祐」，孰知其自《易》中來哉！郝仲輿曰：「人生有屈信往來之感，悔吝休咎之幾，懼則思占，疑則思斷。聖人體天道，明人事，舍此更無餘術。後儒執卜筮作解，至以筮法老少爲變，點畫交重爲動。夫陰陽之老少，不見於經，爻畫之交重，不見於卦。皆後世卜祝巫史之説，而以之解經，陋也。《易》者，變動而已，一卦之體，一剛一柔，變動不居，周流六虚耳。」

右第二章

言文王、周公繫辭，而以君子學《易》用《易》終之。

彖者，言乎象者也。爻者，言乎變者也。吉凶者，言乎其失得也。悔吝者，言乎其小疵也。无咎者，善補過也。

項安世曰：「此節皆解《繫辭》之文。『彖辭』所言之『象』，即下文所謂『卦』也。『爻辭』所言之『變』，即下文所謂『位』也。『吉凶』『悔吝』『无咎』，皆辭也。」歸震川曰：「須從羲皇畫卦説起，方與『卦有大小』節相應。」孫質言曰：「《易》有實理而無實事，故謂之『象』，卦立而象形。文王之《彖辭》，『言乎象者也』。《易》有定理而無定用，故謂之『變』，爻立而變生。周公之《爻辭》，『言乎變者也』。」愚又按，《彖辭》固言「象」，《爻辭》亦無非言「象」。《彖》、《爻》中「吉凶」「悔吝」「无咎」之辭備矣，「吉凶」「失得」之大者，不如「悔吝」之小。「悔吝」，「疵病」之小者，不如「无咎」之善。「吉凶」之分，全在「補過」二字。積「疵」則爲「過」，積「過」則爲「失」，積「失」則爲「凶」。積「補過」則爲「无咎」，積「无咎」則爲「得」，積「得」則爲「吉」。四個「言」字，兩個「其」字，通指《彖》、《爻》之辭。「善」者，嘉也。猶云「嘉其補過」也。孫淮海曰：「盡善謂之『得』，盡不善謂之『失』，小不善謂之『疵』，不明乎善，而誤乎不善之謂『過』。盡『善』而『得』則『吉』，盡不善而『失』則『凶』。覺其小不善，欲改而不及，則有『悔』，猶可以改。或不肯改，則爲『吝』。當『悔吝』之萌，不以『小疵』自恕，以求『補過』，則『无咎』。」胡雲峰曰：「前章言『吉凶』『悔吝』，未嘗及『无咎』，此章方及之。大抵不貴無過，而貴改過。『善補過』者，聖人許人自新之意。」

是故列貴賤者存乎位，齊小大者存乎卦，辨吉凶者存乎辭。

項安世曰：「自此至末，皆讀《繫辭》之法。」愚按，《易》道貴陽而賤陰。陰陽有「貴賤」之理，而「列貴賤」，必託六位，而後明陽大而陰小。陰陽有「大小」之理，而「齊大小」者，必假卦象而後顯。《彖辭》之例，專取主爻，有時以陽爲主，有時以陰爲主。而其主，又不在「位」之「貴賤」，故曰「齊」，言無有分別也。先言「存乎位」，以六爻言；後言「存乎卦」，以主爻言。此二句，承上文「彖者，言乎象。爻者，言乎變」來。「位」以上下別「貴賤」，「卦」以陰陽分「小大」。至於「吉凶」，則有「貴」而「吉」者，亦有「賤」而「吉」者，有「小」而「凶」者，亦有「大」而「凶」者。其象具於卦爻中，非《辭》不能析而辨之，故云「辨吉凶者存乎辭」，此一句承上文「吉凶者，言乎失得」來。而歸重尤在末句，正見觀象玩辭，觀變玩占之學，須從「辭」上理會。

憂悔吝者存乎介，震无咎者存乎悔。

蔡虛齋曰：「『憂悔吝』，《易》憂之也。『震无咎』，《易》震之也。」愚按，此二句又在「存乎辭」中析出，以足「辨吉凶」之義。《易》辭總爲「吉凶」，「憂悔吝」、「震无咎」，正「辨吉凶」之幾。處大有，辭以「辨吉凶」，而「吉凶」未判之先，又有「憂悔吝」之「介」；「吉凶」既成之後，又有「震无咎」之「悔」。雖三句，實一句也。「吉凶」之「辨」，所争在幾微之間，毫釐千里，所謂「介」也。辭以「憂」之，因其「介」也。本「有咎」而「无咎」，惟能「悔」也。「辭」以「震」之，使知「悔」也。「憂」者，危疑之意；「震」者，儆動之意。「介」在事前，「悔」在事後。又按，「介」有二義，韓康伯云：「纖，介也。」《本義》云：「辨别之端，要而言之，是善惡分路處。」

是故卦有小大，辭有險易。辭也者，各指其所之。

《説統》曰：「上文逐一説個通例，此則總言卦爻《辭》原是合一的，非卦是卦，而辭是辭也。」愚按，「是故」二字，承上文來，歸宿只在「辭」上。「卦有小大」二句，一氣説下，以陽爲主則大，如《復》、《臨》、《泰》是也；以陰爲主則小，如《姤》、《遁》、《否》是也。「辭有險易」，「易」者，明白而易曉。《卦辭》如「利用獄」、「取女吉」之類，《爻辭》如「師左次」、「同人于門」之類。「險」者，奇奥而艱深，《卦辭》如「履虎尾」、「先甲三日」之類，《爻辭》如「龍戰于野」、「載鬼一車」之類。「卦有小」也而「辭險」，不惟戒君子，亦以儆小人；「卦有大」也，而「辭易」，不惟慰君子，亦以安小人。「易」固指之以爲「吉」，「險」亦指之以爲「吉」，「所之」謂或趨或避，要歸於「吉」而已。

又按，楊誠齋曰：「讀《謙》、《復》之『辭』者，如行夷途，如逢陽春，如對堯舜周孔，何其氣象之樂易！其辭夷易，而指人以『所之』之『吉』也。讀《遯》、《剥》之『辭』者，如涉風濤，如履霜雪，如對紂桀盜跖，何其氣象之慘栗！其辭艱險，而指人以『所之』之『凶』也。」據此説，則「各指所之」兼「吉凶」「悔吝」言，義亦可通。

右第三章

上章言《繫辭》，此釋《卦》、《爻辭》之通例，以明聖人憂世覺民之心。

《易》與天地準，故能彌綸天地之道。

韓康伯云：「作《易》以準天地。」《本義》以「卦爻」爲「《易》書」。愚竊謂此章主贊《易》道，説卦爻未具之前，《易》道在天地。聖人作《易》，效法乎天地，而與之準，則天地之道在《易》中矣。「準」是「準」其道，非「準」其形。「彌」者，彌縫而無少滲漏。「綸」者，經綸而各有條理。非作《易》之聖人，其孰能之？二句是一章綱領，下文反覆發明此意。

仰以觀於天文，俯以察於地理，是故知幽明之故。原始反終，故知死生之説。精氣爲物，游魂爲變，是故知鬼神之情狀。

《本義》：「此聖人窮理之事。『以』者，聖人以《易》之書也，《易》者，陰陽而已，『幽明』『死生』『鬼神』，皆陰陽之變。」愚竊謂天地之道，只是陰陽之理。聖人體《易》，只是窮盡陰陽之理。但本章不曾説破「陰陽」二字，只從「幽明」「死生」「鬼神」隨在而異名。其實，只「通乎晝夜之道而知」一句便了，「幽明之故」不易「知」，於觀天察地知之；「死生之説」不易「知」，於「原始反終」知之；「鬼神之情狀」不易「知」，於「物變」知之。三「知」只是一「知」，「幽明」即「死生」，「死生」即「鬼神」，「鬼神」即「萬物」。「幽明」，有所以然之理，故曰「故」；「死生」，本人之常談，故曰「説」；「鬼神」，體物而不可遺，故曰「情狀」。三個「故」字，乃推原其由來，非體《易》之聖人，孰能知之？「精氣」爲魄，魄爲「鬼」；志氣爲「魂」，「魂」爲「神」，「鬼」常與體魄俱，故謂之「物」。「神」無適而不可，故謂之「變」。張待軒曰：「『精氣』即『游魂』之所凝聚，『游魂』即『精氣』之所運用。二者具而爲人，人生始化曰魄。既成魄，然後成魂。『魂』者，氣之英；『魄』者，氣之精也。聖人教人，只在自身中認取。若謂生則『爲物』、『爲神』之伸，死則『爲變』、『爲鬼』之歸，則所知亦淺矣。」陸君啓曰：「天地間有一種精氣凝結，有形有聲之鬼神；有一等肅然凄然，游移往來，此是『游魂』所結，非『精氣』也。『鬼神情狀』，盡於此二者。」愚又謂「鬼神情狀」有數種，有一種效靈造化，主持世運，如社稷山川之屬；有一種聰明正直，精爽不磨，如忠臣孝子之屬；有一種强魂怨氣，團結不散，如國殤烈婦之屬；有一種依草附木，爲妖爲孽，如魑魅罔兩之屬。至于山林曠野，燐火聚散，難以悉數。總之，福善禍淫，是其「情」；不見不聞，洋洋如在，是其「狀」。聖人只在魂氣聚散、倏有倏無處，洞如觀火，天下極奇幻之事，只作平常看，大要若此。

與天地相似，故不違。知周乎萬物，而道濟天下，故不過。旁行而不流，樂天知命，故不憂。安土敦乎仁，故能愛。

《本義》：「此言聖人盡性之事。」愚又按，承上文而言，聖人體《易》至於「幽明」、

「死生」、「鬼神」之理，無不洞然，直與天地相似矣。「不違」，與「先天而天弗違」義同。以下總見與「天地」相似處，「天地」之道，知仁而已。聖人作《易》與「天地」相似，亦知仁而已。「知周」，萬物知也；「道濟」，天下仁也。「旁行」，行權之知也。「不流」，守正之仁也。「樂天知命」，知也。「安土敦仁」，仁也。「不過」「不憂」「能愛」，皆指「天地」言。至大而莫能「過」者，「天地」之體；「不憂」者，天地之性。「能愛」者，天地之情。聖人與天地相似，故亦「不過」「不憂」「能愛」，而作《易》「與天地準」也。

範圍天地之化而不過，曲成萬物而不遺。通乎晝夜之道而知。故神无方，而《易》无體。

《本義》謂此「聖人至命之事」。張彦陵曰：「此節承上『與天地相似』來。」愚謂首二句是贊《易》，「範圍」「曲成」，即裁成天地之道，輔相天地之宜，以左右民言，「天地」皆有待於《易》也。至「通乎晝夜」，則《易》全在聖人矣。「通晝夜」以爲「知」，是貫「幽明」、「死生」、同「鬼神」，非徒知其「故」、知其「説」、知其「情狀」而已。「晝夜」即陰陽之象，陰陽者，《易》也。所以妙乎陰陽者，「神」也。「神无方」者，不離乎陰陽，亦不滯乎陰陽也。「《易》无體」者，陰陽雖分，而實未嘗分也，惟「通乎晝夜」者知之。蓋陰陽之道，於「晝夜」最分明，故以「晝夜」表之，「晝夜」即陰陽也。通章字字説「陰陽」，却一字不露直，至下章方開口道破。

右第四章

前三章皆言「畫卦」「繫辭」，此章言聖人體《易》而贊《易》道之大，仍歸重在作《易》之聖人。

一陰一陽之謂道。

《程傳》：「『道』非『陰陽』，所以『陰陽』者是『道』。」《本義》：「『陰陽』迭運者，氣也。其理則謂之『道』。」愚竊按，此句緊承上章「通乎晝夜之道而知」來。所謂「晝夜之道」者，何？「一陰一陽」之謂也。「陰陽」二字，夫子於《乾》、《坤·文言》中首發之，至《泰》、《否》而再見，此則於「陰陽」上加兩個「一」字，剔出道之所以然處。有對待之義，有流行之義，又有相因之義，此是聖人直指道體語。「道」者，自然而然，不落形氣之名，正從「陰陽」上見得，似不可與氣對舉。不曰「陽陰」，而曰「陰陽」者，陰靜而陽動。朱子所云「陽前是陰，故先陰而後陽」，亦猶上章言「幽明」、「死生」、「鬼神」，不言「明幽」、「生死」、「神鬼」也。韓康伯謂「道者無之稱」，孔穎達云「一謂無也」，皆異端。所謂「道」，非「一陰一陽之謂道」也。張横渠云：「大《易》不言有無，言有無者，諸子之陋也。」殆指此歟！　愚又按，朱子嘗云：「天地間只是陽氣，下截便是陰。」又云：「陽氣便是六層，只管上去，下面空缺處，便是陰。」語氣微有病，「陰陽」自是二氣，夫子所以云「一陰一陽」，謂二氣循環。如一氣則可，謂只是一個陽似不可。張子云：「『兩』不立，則『一』不可見；『一』不可見，則『兩』之用息。」從此體會方得。

繼之者善也，成之者性也。

薛敬軒曰：「『繼』『成』，以氣言，從上句『陰陽』字來。『善』『性』，以理言，從『道』字來。『繼善』者，化育之始，流行而不已，陽也。『成性』者，人物稟受，一定而不易，陰也。」愚又謂，上文「一陰一陽」，就化育流行上說。「繼善」，就天所賦，人所受，中間過接處說。「繼」者，靜之終，動之始，循環不已，不滯於陰，不滯於陽，所以爲「善」。至「成性」，方屬人物，謂之「性」，是有得於「一陰一陽」，非偏滯於一。可知此段是說天地生成人物之意，不是說「性」上事。

仁者見之謂之仁，知者見之謂之知，百姓日用而不知，故君子之道鮮矣。

《黄氏日抄》云：「自『一陰一陽』，至『君子之道鮮矣』，言道原於天而賦於人。」胡雲峰曰：「上章言聖人之知仁，『知』與『仁』合而爲一。此言『仁者』『知者』，『仁』與『知』分而爲二。『仁者』之見滯於陽，『知者』之見滯於陰。」愚按，「陰陽」之道，在天地間，本自無滯，人生以後，便落氣質，便有「知」「仁」之偏見。百姓之無知，氣禀不同，各以具性之近者。言「仁者」，只見得發生處，而以爲「仁」；「知者」，只見得流動處，而以爲「知」。「百姓」又下「仁者」「知者」一等，所以「日用而不知」。「君子之道」，即「一陰一陽之道」。流行而不滯者，「鮮」矣。與《中庸》「民鮮久矣」義同。張彦陵曰：「『見』與『知』，從何分别？『知』者，從本性上發出靈機，『見』則落於意識了。自以爲『見』者，既不能『知』，『日用不知』者，又不能『見』，合一之道，非君子不能體其全。正借『知』『仁』『百姓』，以影出聖人不是泛論道體。」

按，天台董氏楷所輯《程朱傳義附録》，自「《易》與天地準」起，至「君子之道鮮矣」止，爲第四章。與今本異。其言曰：「『《易》與天地準』以下，只是言個『陰陽』。『繼善』『成性』，於造化流行處分『陰陽』，此是指人氣禀有偏處分屬『陰陽』耳。」存其説，俟再考。

顯諸仁，藏諸用，鼓萬物而不與聖人同憂，盛德大業，至矣哉！

《程傳》：「運行之跡，生育之功，『顯諸仁』也。神妙無方，變化無跡，『藏諸用』也。」《黄氏日抄》云：「此言造化寓之《易》，『顯仁』『藏用』，『盛德大業』，皆指造化言。先儒或謂『顯』『藏』二字，與《中庸》『費隱』相似。隱在費中，藏即在顯中。『顯諸仁』，是『用』之跡。『藏諸用』，即仁之心。如春夏之生長萬物，至秋冬則收斂成實。春夏是『顯』，秋冬是『藏』。」愚又竊謂「顯仁」「藏用」，乃一陰一陽之實際。「仁」言「顯」，即「用」是「體」。「用」言「藏」，即「體」是「用」。爲「藏」爲「顯」，循環無端，陰陽互根，如鑄者之鼓洪爐，要生便生，要成便成。造化只管「鼓」，自有人來代其「憂」。故「不與聖人同憂」，所謂無心而成化也。「大業」從「顯仁」來，「盛德」從「藏用」來。「至矣哉」，無以復加之謂。「盛德大業」，本是聖人分上事，此以贊陰陽，非贊天地也。

富有之謂大業，日新之謂盛德。生生之謂《易》，成象之謂乾，效法之謂坤。極數知來之謂占，通變之謂事，陰陽不測之謂神。

《黄氏日抄》云：「造化之德業，『生生』不窮者，即是《易》。《易》之成象者，即是『乾』；效法於『乾』者，即是『坤』。自此以下，言卜筮妙用處。」愚按，自首至末，接連八個「之謂」，一氣貫注，多承「一陰一陽之謂道」來。「盛德」「大業」，「一陰一陽」之道在天地者也。「生生之謂《易》」，「一陰一陽」之道在《易》者也。作《易》者，因陰陽二畫，而得「乾」「坤」二象。此「一陰一陽」之道在卦者也。用《易》者，「極」陰陽之「數」以「知來」，「通」陰陽之「變」以「行事」，此「一陰一陽」之道在筮占者也。夫孰非陰陽乎？又孰爲陰，孰爲陽乎？「神」也，神也者，妙萬物而爲言者也。末句是通章收尾，

《易》之精義，盡此矣。程敬承曰：「『生生之謂《易》』，論其理也。有理則有數，陰陽消息之數也。推極之，可以知『來占』之義也，非實指占筮之『占』也。『通變』，通數之變，亦《易》變也，非以所占卦變而通之也。蓋此章全是論陰陽之道，未及畫卦用筮以後事。」張子厚云：「『富有』者，大而無外；『日新』者，久而不窮。」程伊川云：「天地有陰便有陽，有一便有二，纔有一二便有三，自三以往，不可窮矣。此是『生生之謂《易》』。」朱子云：「『易』有交易、變易二義。交易者，陰陽之相感；變易者，陰陽之相推。相感者固生，相推者亦生。」錢田間曰：「『成象謂乾』，一畫效法，謂效『乾』之一畫，以生『坤』二畫也。『乾坤』奇偶，象立而數顯。『占』者，占其變也。通其變，則陽或變陰，陰或變陽。而九六始有事。所謂功業見乎變也。」胡雲峰曰：「事之未定，屬陽；占之已決，屬陰。」張子曰：「兩在故不測，要見『陰陽』之『不測』，即從兩個『一』字內看出。」王輔嗣曰：「不知其所以然，而況之曰『神』。」趙震潛曰：「『生生之謂《易》』，是一篇關鍵。若本節論，是造化人物相生之理。若兼上文言，則『繼成』之相因，『知仁』之遞用，『德業』之互根，皆『生生』所在。若兼下文言，則法象之相禪，占事之相因，亦皆『生生』所在。」愚又謂陰陽何嘗有意於生？一陽生而「成象之謂乾」；一陰生而「效法之謂坤」。只是陰靜之極了，此氣遏抑不住，不得不發舒出來。及發舒既極了，不得不收斂入去。「生生」只是相生，只管變易，故曰「生生之謂《易》」。

右第五章

《黄氏日抄》云：「此章言道原於天而賦於人。」愚按，通章只是贊陰陽之道，觀首尾二句，可見。

夫《易》，廣矣大矣。以言乎遠則不禦，以言乎邇則静而正，以言乎天地之間則備矣。

愚按，首節統贊《易》道。「廣大」者，極其所至而言。推而求之「遠」，則動而莫「禦」，即而求諸「邇」，則「静而正」。「邇」言「静」，則遠之爲動可知。天地之間，通萬物萬事言，備者無所不具，無所不包，《易》之所以「廣大」也。此章之旨，兩語可了：《易》之「廣大」，本乎「乾」「坤」；「乾」「坤」之廣大，本乎「易簡」而已。

夫乾，其静也專，其動也直，是以大生焉。夫坤，其静也翕，其動也闢，是以廣生焉。

凡《繫傳》所言「乾」「坤」，皆指奇偶也。此節就《乾》《坤》二畫，而贊其廣大。「動静」者，變與未變之分。《乾》畫奇，未變則「静」「專」，變則「動」「直」。以其朕兆未形，一真未散，謂之「專」；以其任真而出，絕無回曲，謂之「直」。《坤》畫偶，未變則「靜」「翕」，變則「動」「闢」，以其收斂凝固，生意不洩，謂之「翕」；以其氣機一到，通達無礙，謂之「闢」。朱子云：「『專』『直』只是一物，『翕』『闢』却是兩個。『翕』則合，『闢』則開，此奇偶之形也。《乾》一而實，以質言，故曰『大』；《坤》二而虚，以量言，故曰『廣』。」愚又謂「大」與「廣」皆從奇偶中出。《乾》一之氣，常行乎《坤》兩之中，是天包地之外，故「大生」。《坤》兩之中，常受乎《乾》一之氣，是地容得天之氣，故曰「廣生」。吴草廬曰：「陽本實，陰本虚也。陽主用，陰主體。則陽反似虚，陰反似實。今觀天之積氣，雖似虚，然其氣勁急如鼓，能舉大塊於其中而不墜，則實莫實於天也。地之凝形，雖似實，然其形疎通如肺，氣出入於其中而不礙，則虚莫虚於地也。明乎陽實陰虚，而聖人所以言『乾坤』者，盡矣。」

廣大配天地，變通配四時，陰陽之義配日月，易簡之善配至德。

此承上「乾坤大生廣生」來。「乾坤」者，《易》中之畫也。「天地」得其「廣大」，《易》之「廣大」如之。「四時」得其「變通」，《易》之「變通」如之。《易》所言「陰陽之義」，與「日月」相似，所言「易簡之善」，與聖人之「至德」相似。朱子云：「此是將《易》中之理，取外面一事來對。」愚按，「配」者，相似之意，不取「配合」立義。蓋此章又是借天地以形容《易》之「廣大」，不是相配合而成功用也。張南軒曰：「『乾』之『大生』以資始，『坤』之『廣生』以流形，此『廣大配天地』也。闔闢往來，終則有始，此『變通配四時』也。《復》言『七日』，以陽生爲義。《臨》言『八月』，以陰長爲戒。此『陰陽之義配日月』也。中庸之德，中人以上，可俯而就，此易知；中人以下，可企而及，此易從也，故曰『易簡之善配至德』。」胡雲峰曰：「首章言『乾坤』之『尊卑』，而歸諸『易簡』；此章言『乾坤』之『廣大』，而亦歸諸『易簡』。總見《易》不在天地，而在人心也。」《黄氏日抄》云：「『至德』，晦庵指爲在人之『至德』。楊氏、鄒氏皆云中庸之『至德』。伊川云，『乾坤易簡之功，乃至善之至德。』」

右第六章

此章言《易》道之廣大由於乾坤，而乾坤之藴，盡於奇偶二畫。

子曰：「《易》其至矣乎！夫《易》，聖人所以崇德而廣業也。知崇禮卑，崇效天，卑法地。天地設位，而《易》行乎其中矣。成性存存，道義之門。」

《黄氏日抄》：「鄒氏云，此章言聖人體《易》之道與天地相似，《易》與天地同出，而聖人獨得其要。」愚按，前言「繼善」「成性」，又言「盛德大業」，多就現成説。此章承上文「易簡」「至德」説來。首句先贊《易》道之「至」，下言「聖人」之「德業」，皆從《易》中出。德變易則積而日崇，業變易則推而日廣。天下至崇莫如天，至廣莫如地。聖人以「乾」之易知爲知，故「知崇」如天；以「坤」之簡能爲能，故「禮卑」如地。知窮萬物之原，則「乾」之始萬物也；禮循萬物之則，則「坤」之成萬物也。天地自有定位，聖人從「乾坤」奇偶而設，而《易》之變化即行乎其中。然則聖人效法天地，又豈在「乾」「坤」二畫之外哉？亦就天地所賦之成性，而「存存」不已焉耳。「存」字對「發」字説，所謂未發之性也。「存」之又「存」，性體渾然，「道義」皆從此出，非即所謂「易簡理得」乎？「道義」在天地，則謂之《易》，《易》在吾「性」，則謂之「道義」。「乾」「坤」爲《易》之門，猶「性」爲「道義」之門。得此之謂「德」，修此之謂「業」，悟此之謂「知」，體此之謂「禮」，率而行之之謂「道」，行而宜之之謂「義」，只完得一個「成性存存」。本來固有之善，非天下之至精至微，孰能與於此？此聖人體《易》之全功也。

右第七章

此章贊《易》，而以聖人之學《易》明之。

聖人有以見天下之賾，而擬諸其形容，象其物宜，是故謂之象。聖人有以見天下之動，而觀其會通，以行其典禮，繫辭焉以斷其吉凶，是故謂之爻。

《黄氏日抄》云：「此言聖人推其所獨見者，立象生爻，使天下皆有所見而得善其言動也。」愚又按，第一個「聖人」，有言伏羲者，有言文王者。若專指伏羲卦象，則文王《象辭》何無一言之及？若是文王，則「形容」「物宜」，乃畫卦時事，似與文王無涉。今只就文作解。「賾」者，多也，非雜亂之謂。物之「形象」，多矣。聖人見天下之至一，故「有以見天下之至賾」，而「擬諸形容」，以「象其物宜」。「擬」在未畫之先，「象」則畫卦之事。「擬」，是「擬」其所「象」；「象」，是「象」其所「擬」。《易》之取象者有三，如「地中有水」、「地中生木」，實象也。「天在山中」、「風自火出」，假象也。「天下有山」，可以《遯》矣；「澤中有火」，可以《革》矣，意象也。物各有宜，得其形而下者，正肖其形而上者，故謂之「象」。第二個「聖人」，專指周公。一卦體要之聚，曰「會」；六爻旁通之情，曰「通」。昭晰無遺之謂「觀」。典以爲經，貴守其常；禮以爲緯，貴權其變，無所拘執之謂「行」。天下之「吉凶」，皆自「動」中出。聖人見天下之至静，故「有以見天下之」至「動」，而「觀其會通，以行其典禮」。如卦有六爻，會其大意，則此可通於彼，彼可通於此。「典」則萬古而不易，「禮」則因時而制宜。同一象也，有在此爻則「吉」，在彼爻則「凶」者。「繫辭」所以「斷」也，「故謂之爻」。卦象即是爻象，今分而言之者，合諸一卦則爲象，散之六畫則爲爻也。前段不重畫卦，重在畫卦本於陰陽；後段不重「繫辭」，重在「繫辭」本於一理。

言天下之至賾而不可惡也，言天下之至動而不可亂也。

《黄氏日抄》云：「『賾』，幽深也，諸家皆然，晦庵獨以爲雜亂，合從伊川及諸家之説，與經文『探賾』『索隱』之意合。」愚又按，「言」者，聖人之「繫辭」。「惡」，厭也，亂淆也。象自「賾」之不可見處名之，是「言天下之至賾」。爻自變之不可窮處通之，是「言天下之至動」。「賾」之「至」處，有「至」一者存，所以「不可惡」，謂不厭其多也。「動」之「至」處，有「至」静者存，所以「不可亂」，謂不患其淆也。

擬之而後言，議之而後動，擬議以成其變化。

先儒謂「擬」有「倫比詳度」意，「議」有「商確裁定」意。愚又謂，爻象自兼「言」、「動」、「擬議」，亦非分屬，總要見聖人心神涵泳，獨會於意。「言」，象數之表，時然後「言」，即是「擬而後言」。時然後「動」，即是「議而後動」。人第見聖人之《易》，千變萬化，而孰知其變化由「擬議」以成？學《易》者可不「擬」而「言」、「議」而「動」乎？以下七爻，乃夫子「擬議」之辭，一爻只作一事説。程沙隨曰：「『鳴鶴在陰』，擬《易》而爲『言』；『藉用白茅』，議《易》而爲『動』。餘皆發明『言』、『動』、『變化』之義，不必求於深遠。」胡雲峰曰：「前言『變化』，《易》爻之變化也。此言『成其變化』，學《易》者之變化也。」

「鳴鶴在陰，其子和之；我有好爵，吾與爾靡之」。子曰：「君子居其室，出其言善，則千里之外應之，況其邇者乎？居其室，出其言不善，則千里之外違之，況其邇者乎？言出乎身，加乎民；行發乎邇，見乎遠。言行，君子之樞機。樞機之發，榮辱之主也。言行，君子之所以動天地也，可不慎乎？」

蔡伯静曰：「萬化不窮，『感』『應』二端而已，夫子取《中孚》『九二』之辭，而推廣之。『居室』，即『在陰』之義。『出言』，即『鳴鶴』之義。『千里之外應之』，即『子和』之義。」張彦陵曰：「户之運在『樞』，矢之發在『機』。樞運而户必開，機發而矢必遠，以況言行之加民見遠也。『言行』一發，榮辱係焉。『應』在人而『感』者在己，故曰『主』。不但『榮辱』也，推而極之，可以『動天地』，安得『不慎』？所以貴『擬議』而後『言動』也。」

「同人，先號咷而後笑」。子曰：「君子之道，或出或處，或默或語，二人同心，其利斷金。同心之言，其臭如蘭。」

楊誠齋曰：「君子之道，於其心不於其跡。心同跡異，不以跡間心；心異跡同，不以心混跡，故《同人》之先悲後喜，與君子甲出乙處，此默彼語，皆所不計也。出處同道，則禹顯顔晦同一情。語默同道，則史直蘧卷同一意。心同故也。」愚按，《易》言「斷金」，猶《詩》言「攻玉」也。「斷金」，言其琢磨之工，屬「先號」說；「如蘭」，言其臭味之合，屬「後笑」說。

「初六，藉用白茅，无咎」。子曰：「苟錯諸地而可矣，藉之用茅，何咎之有？慎之至也。夫茅之爲物薄，而用可重也。慎斯術也以往，其无所失矣。」

蔡節齋曰：「凡天下事，過則有失。惟過於慎，則無所失。」愚按，「苟」者，輕忽之意。「慎」者，鄭重之意。「錯諸地」則爲「苟」，「藉以茅」則爲「慎」。「薄」莫薄於「茅」，「重」莫重於「藉」，在「用」之何如耳？惟其「慎」，故「用可重」，此褆躬處世之善道也。

「勞謙，君子有終，吉」。子曰：「勞而不伐，有功而不德，厚之至也。語以其功，下人者也。德言盛，禮言恭。謙也者，致恭以存其位者也。」

楊誠齋曰：「人之謙與傲，繫其德之厚薄。德厚者無盈色，德薄者無卑辭。如鐘磬焉，愈厚者聲愈緩，薄者仄。是故有『功勞』而『不伐』、『不德』，惟『至厚』者能之，德愈盛則禮愈恭矣。」俞玉吾曰：「『存位』，猶《乾·九三》之「存義」，謂禮極其恭，所以存其分義而不敢踰越。非是保其禄位，而强爲此謙也。」

「亢龍有悔」。子曰：「貴而无位，高而无民，賢人在下位而无輔，是以動而有悔也。」

《本義》云：「釋《乾·上九》爻義，當屬《文言》，此蓋重出。」愚按，持盈之道，貴變而通之以時。前四爻舉以爲法，後三爻舉以爲戒。似非重出。

「不出户庭，无咎」。子曰：「亂之所生也，則言語以爲階。君不密則失臣，臣不密則失身，幾事不密則害成。是以君子慎密而不出也。」

先儒謂「密」字即「退藏於密」之義，謂吾心一念之微也。愚按，夫子於《節·初爻》云「知通塞」，以行言也，此又另作一解。「亂」猶禍也，即下文「失臣」「失身」之類。「户庭」與「階」，皆假借之辭。「言語」者，一身之户庭；「不出」者，「慎密」之意，非不言也，不輕出耳。唐高宗告武氏以「上官儀教我廢汝」，此「君不密而失臣」也。陳蕃乞宣臣章以示宦者，此「臣不密而失身」也。寇準欲去丁謂，被酒漏言，此「幾事不密而害成」也。聖人雖甚易簡，亦甚慎密。第與陰謀權詐殊耳！世人不知，以慎密爲機械，所以敗事。

子曰：「作《易》者其知盜乎？《易》曰：『負且乘，致寇至。』負也者，小人之事也；乘也者，君子之器也。小人而乘君子之器，盜思奪之矣。上慢下暴，盜思伐之矣。慢藏誨盜，冶容誨淫。《易》曰：『負且乘，致寇至』，盜之招也。」

蔡虛齋曰：「『知盜』，猶云知盜情也。」楊誠齋曰：「司馬氏之盜魏，曹操教之也；蕭衍之盜齊，蕭道成教之也。蓋盜非能盜，小人之有也，小人實教盜以盜己之有也。所謂『知盜』，非知奪伐之盜也，知教奪伐者之盜，故終之曰『誨盜』、曰『盜之招』者，以此。」

項平庵曰：「七爻皆欲人畏謹也。『鳴鶴』，言處隱之誠；『同人』，言同心之一；『白茅』，貴慎有終；『尚謙』、『亢龍』、『惡盈』、『户庭』，以教密負乘以戒惕。」

右第八章《本義》：「此章言卦爻之用。」

愚按，《注疏》起「聖人有以見天下之賾」至「其臭如蘭」止，爲第六章。以「藉用白茅」至末，爲第七章。程氏以「有以見天下之賾」至「成其變化」爲一章。吴草廬則别出下七節，附於《文言傳》，而獨存「聖人有以見天下之賾」至「成其變化」九十五字，自爲一章。熊勿軒以「聖人有以見天下之賾」五十六字與後重出，故欲去此五十六字，而移置後三十九字於第十二章「極天下之賾者存乎卦」之上，諸儒分章不同，今從《本義》。

天一，地二；天三，地四；天五，地六；天七，地八；天九，地十。

愚按，韓康伯以此節居第十章之首，《漢書·律曆志》在「天數五」之上，《程傳》依之，移冠第九章。《黄氏日抄》謂「始於朱子」，似失考。

天數五，地數五，五位相得，而各有合。天數二十有五，地數三十，凡天地之數，五十有五，此所以成變化而行鬼神也。

張雨若曰：「須知此章不是推畫卦源頭，乃是明蓍數本末。」姚承庵曰：「首兩節從《圖》上說，『天地之數』下言『大衍』，正見蓍策之數，本天地來。」程敬承曰：「圖數只陰陽，蓍法亦只是陰陽之變化。」愚按，以上八章皆言象，至此方言數。「天一，地二」至「天地之數，五十有五」即《河圖》之數。聖人因之，得揲蓍之法者也。一、三、五、七、九，天數五也，二、四、六、八、十，地數五也。「五位」，《河圖》之上、下、左、右、中央方位也。「相得」者，一對二，三對四，六對七，八對九，五與十對乎中央也。「各有合」者，一、六居北，二、七居南，三、八居東，四、九居西，五、十居中，皆奇偶相配也。積一、三、五、七、九爲二十五之奇數，五其五也；積二、四、六、八、十爲三十之偶數，六其五也。合之，凡「五十有五」，而揲蓍之法在其中。千變萬化，皆從五數出。「此所以」三字，總承上文八句來。張敬夫曰：「《月令》所謂『草木乃茂』、『草木黄落』之類，可以歷數推而得之。

此『天地之數』『所以成其變化』也。所謂『其神勾芒』、『其神祝融』之類，各司其時，各治其職，此『天地之數』所以『行乎鬼神』也。」王臨卿曰：「『變化』二字，《本義》因周子有『陽變陰合而生水火木金土』之説，遂以五行解經，不知周子云云是論五行生成之序，非爲天地之數設也。謂『成變化之在水火木金土』者，不過據五數而爲言耳，非謂五行因變化而成也。」鄭孩如曰：「『變化』二字，如『乾道變化』之義，不當以五行分貼變化。『鬼神』俱就氣機言，不可以生物言。」愚又謂此章所重在蓍數，「成變化而行鬼神」，只是贊蓍。

又按，《程傳》云：「由象以知數，蓋謂數不在象外也。曰『五』，曰『十』，數也。五奇十偶，象也。聖人以數定象，象惟奇偶，重之盡於六十四卦。數有九六，其變至於四千九十六卦，卦不自變，因蓍而後變也。蓋《河圖》之數，聖人因之以揲蓍，故下文繼以『大衍之數』。」

又按，《本義》於《乾》卦言「陰變陽化」，至此「一變生水，而六化成之」云云，則又謂「陽變陰化」，與前説不同，未得其解。

大衍之數五十，其用四十有九。分而爲二以象兩，掛一以象三，揲之以四，以象四時，歸奇于扐以象閏。五歲再閏，故再扐而後掛。

歐陽永叔云：「『大衍』，筮占之一法耳。非文王之事也，後世用以占筮。孔子懼文王之志不見於後世，而《易》者爲卜筮用也，乃作《彖》、《象》，發明卦義。夫六爻之文，占辭也。『大衍之數』，占法也。學者專其辭於筮占，猶見非於孔子。況遺其辭而執其占法歟？」蘇子由云：「『大衍』者，敷衍天地之數，而取其五十，用於揲蓍，非天地之全數也。」歸震川云：「『大衍』者，所以求卦也。」愚按，所云「五十」者，即《河圖》中宫「天五乘地十」是也。「大衍」者，自一至十、百、千、萬，皆從此推出也。「天地之數」，是自然之數。「大衍之數」，是推衍之數。凡蓍草，五十莖。筮之初，右手取一策，反於櫝中，虚其一而不用。韓康伯所謂「《易》之太極也，其入用者，只四十有九而已」。蓋「天地之數」始於奇，「大衍之數」則以奇爲用。「其用」二字，直貫到末。「分二」者，隨手分蓍莖，半置左，半置右，象兩儀之對待也。「掛一」者，懸一莖於左手小指間也。「三」者，三才也。左爲天，右爲地，所掛之策象人，故曰「象三」。「揲四」者，先置右手之策於一處，以右手四四數左手之策，又置左手之策於一處，以左手四四數右手之策，以「象四時」也。「奇」者，所揲四數之餘策也。「扐」者，勒也。四四之外，必有零數，或一，或二，或三，或四，左手者歸之第四、第三指間，右手者歸之第三、第二指間，而「扐之」也。「象閏」者，所歸之餘策，象日之餘也。「掛一」，當一歲，揲左；當二歲，扐左，則三歲一閏矣。又揲右，當四歲；扐右，則五歲再閏矣。「再扐而後掛」者，再扐之後，復以所餘之策，合而爲一，爲第二變。再分，再掛，再揲也。不言分二揲四，獨言「掛一」者，明第二變後，不可不掛也。以上言揲蓍取卦之法如此。

程氏大昌曰：「《正易新法》之論『大衍』曰：『掛一之在四十九，無不入，用則雖去之，無欠也。』其意以爲揲蓍之初，此一既掛左指，則自不與揲數之數矣。及其揲四已定，此一又歸奇。扐則又不入七、八、九、六之用，故曰『去之無欠』也。此蓋以象數言《易》於有爻之後，而不知超象數以求《易》於未爻之前也。道生一，一生二，二生三，三生萬物。一之生二是虚，一之能生天生地者也。夫天地得此之生於太極也，其象在蓍，則分一爲二，是其形容矣。然此之分二者，從何而來？豈非從一握，則四十九用皆藏一握之内，及其分一握以爲兩握，則一已生二，而一遂無見。聖人於是即五十蓍中取其一蓍，掛之左指者，既不以揲，又不循數。其意蓋示『四十九用』之上，此之一數處總無爲，而四十九者各以七八九六聽令而受數焉耳。故此一雖虚，而天下之實，莫不由此以出。則安可知有用之用，而不知無用之用也！故知此説，不能求諸未爻之前也。」又曰：「諸家多言蓍以七爲數，至其何以用七，則莫有言者。意謂七七四十九，正蓍之用耳。歷考諸《易》，自數總以及數變，皆無以七爲祖者，獨有七爲少陽，固在四策之一。

然此之七也，進之不得爲陽數之極，退之不能爲陽變之祖。則七在四策中，特其列數之一耳，安能總攝他數也？顧獨於末流，取四十九以配七七，而謂蓍數之祖，何所本也？」愚按，蓍以七爲祖之説，今揲蓍家所不言，存以備考。

歸震川曰：「『四十有九』得用處在『掛一』，『掛一』得用處不在一變，而在二變、三變。」愚竊按，「掛一」之妙，只在第一變。若第一變不「掛一」，則四揲兩手之策，而歸其餘，但有奇而無偶矣。至於第二變、第三變，除去第一變掛扐之外，其策數奇偶，本自均齊。掛亦奇四而偶八，不掛亦奇四而偶八。但不掛則無以象三，故再扐之後，仍須掛耳。

愚又按，揲蓍法，邵子用過揲之數，朱子取掛扐之數，孔《疏》云：「《乾》《坤》之策，爲老陽三十六，老陰六十四。『所用』者，過揲之策也。」今觀下文，以《乾》《坤》之策，當「三百六十」之期，而以「歸奇」之數「象閏」，則正用「過揲」，餘用「歸奇」，可知矣。「歸奇於扐」，猶歸餘於「閏」也。若用「掛」「扐」，似舍正而取餘矣。竊疑後世何以廢邵法不用，吾甥徐接三云：「後人揲蓍，取掛扐之數，不用過揲之數者，厭煩從簡也。蓋三掛三扐之策，孰奇孰偶，取覽甚便。若用過揲之數，則必取揲過者複數之，未免煩矣。其實聖人立法，以過揲爲主，如歷法最重閏月，然未聞紀歲者專紀閏月，此後人從簡之故耳。又如『揲之以四』者，兩手之策皆當揲也。今人於『掛一』之後，但『揲』左手之策以歸其餘，右手之策不『揲』，而徑歸其餘，則非但右手之策不『象四時』，且左策『歸奇』，與右策『歸奇』，一時並『扐』，是前閏與後閏相接，不待『五歲』而後再矣。亦後人從簡之故也。」

《乾》之策，二百一十有六；《坤》之策，百四十有四。凡三百有六十，當期之日。

「策」即蓍也。《乾》《坤》之「策」，老陰老陽，過揲之數也。《乾》九《坤》六，以四營之，《乾》一爻得四九三十六，《坤》一爻得四六二十四。《乾》每爻得三十六，則六爻得二百一十有六。《坤》每爻得二十四，則六爻得百四十有四，合成三百六十爻，適當一年三百六十日之數也。胡雲峰曰：「前『掛扐』之數，『象』月之『閏』。此『過揲』之數，象歲之周。」呂與叔曰：「六十四卦，統計三百八十四爻，三百六十者，去《乾》、《坤》、《坎》、《離》二十四爻而言也。」郝仲與曰：「卦之始畫，有陰陽之象，而無老少之名。蓋因《説卦》『父母男女』而分老少，但《説卦》所謂『男女』者，以卦畫奇偶、乾坤相交而言。《筮法》所云『老少』者，以蓍策過揲之數而言，非伏羲畫卦本法也。伏羲畫卦，奇偶相推，乾坤交錯，則謂之變。《筮法》則此爻變彼爻，此卦變彼卦，老變少不變，故卦只用九六，筮則兼七八。以爲九六之升降非七八，則二老無頓變之理，無老少則變與不變無由分，故以九六象父母稱老，以七八象六子稱少。三百八十四爻，凡陽皆《乾》，凡陰皆《坤》。故夫子但言《乾》《坤》之策，不及六子。周公《爻辭》但用九六，亦以此。」

愚又按，歷法用籌算，以竹爲之，亦謂之「策」。《隋書》曰：「竹，廣二分，長三寸，正策三廉，積二百一十二枚，成三觚，《乾》之策也。負策四廉，積一百四十四枚，成方，《坤》之策也。」其數亦適與《易》合，可見《易》道無所不有，存此以備參考。

二篇之策，萬有一千五百二十，當萬物之數也。

「二篇」，上下經也。陽爻百九十二，以三十六乘之，得六千九百一十二策。陰爻百九十二，以二十四乘之，得四千六百八策。合之爲「萬有一千五百二十，當萬物之數也」，就《本義》作解如此。愚又按。「二篇之策」，以蓍法推之，皆老陰老陽之數也。今取陽爻百九十二，以少陽二十八乘之，積五千三百七十六；再取陰爻百九十二，以少陰三十二乘之，積六千一百四十四，合之，亦「萬有一千五百二十」。但九六有象，而七八無象，少陰少陽之數，即隱於老陰老陽之中。如是，則七九皆爲陽，六八皆爲陰；其畫，爲奇爲偶皆同。凡筮者，欲取動爻之後卦，故分别老少之象耳。

是故四營而成《易》，十有八變而成卦，八卦而小成，引而伸之，觸類而長之，

天下之能事畢矣。

「營」，經營也。「四營」即上文「分二」、「掛一」、「揲四」、「歸奇」也。「成《易》」，謂一變也。三變而成一爻，十八變則得六爻，而成一卦矣。「八卦而小成」，《本義》：「謂九變而成三畫，得内卦也。」愚竊謂，此句乃承上起下之辭。孔《疏》云：「天地雷風日月山澤，於大象略盡，是《易》道之『小成』。」蓋謂十八變中，掛揲歸奇，略盡八卦之象，即唐一行所云「十八變之間有八卦」之謂也。細玩語氣，此句當連下文讀，言一卦十八變之中，雖具八卦，不過「小成」而已。本足以盡天下之能事也，惟「引」此「小成」之法而「伸之」，又「觸」此引伸之「類」而「長之」，則一卦可變爲六十四卦，「天下之能事畢矣」。若謂九變而成三畫，方得内卦，則上文明明説「十有八變」，内外二體已具矣，不應下文又説到内卦，只爲朱子將此句屬上文讀了，疑其既云「成卦」，復云「小成」，故以内卦當「小成」之義耳。郭鵬海曰：「謂『八卦而小成』，是九變，既言『十八變』，却説四九變，語氣似倒。鄙意『四營』二句，自一變直説到十八變，爲一卦之變化，『八卦小成』以下，自『小成』説到大成，爲六十四卦之變化。先儒已有此論，非末學一人之臆説也。」

顯道，神德行。是故可與酬酢，可與祐神矣。

胡雲峰曰：「『道』在天德，『行』在人。在天者幽，『顯道』，闡幽也。在人者顯，『神德行』者，微顯也。蓍與卦，可以『酬酢』其在人者，可與贊助其在天者。」愚又按，筮占雖極數之事，然數出於天地，天地不得而知；數衍於聖人，聖人不得而測。「道」因蓍而「顯」，「德行」以蓍而「神」。明可以酬酢乎人，而決其疑；幽可以佑助乎神，而代之言。此蓍之所以成變化而行神也。

子曰：「知變化之道者，其知神之所爲乎！」

《本義》：「『變化之道』，即上文數法。」《潛解》曰：「聖人論天地之數，而終之以『行鬼神』；論大衍之數，而終之以『神德行』、『佑神』，『神』者一也。惟一，故『神』。」愚又謂夫子恐人泥於數，故終舉而歸諸「道」。言筮非術數之學，乃天地間自然「變化之道」。「變化」者，「神之所爲」也。「知道」，則「知神」矣。

右第九章

此章言聖人因《河圖》之數，而得揲蓍求卦之法。

《易》有聖人之道四焉：以言者尚其辭，以動者尚其變，以制器者尚其象，以卜筮者尚其占。

《黄氏日抄》以「子曰知變化之道者」一節，冠第十章之首，今從《本義》。《易》道不外「辭」、「變」、「象」、「占」四者，聖人用之以「言」、「動」、「制器」、「卜筮」，則爲「聖人之道」，而《易》無不有焉。四個「以」字，多從用《易》者説。「尚」者，取也。程子曰：「吉凶消長之理，進退存亡之道，備於『辭』。推辭考卦，可以知『變』，『象』與『占』在其中矣。」何閩儒曰：「用《易》以『言』吉凶，則取諸『辭』；用《易》以規行事之『動』，則取諸『變』。卦爻之中，各有取『象』，用以『制器』，則可以盡創物之智。卦爻之設，以『前民用』，用以『卜筮』，則可以得前知之明。」胡雲峰曰：「『辭』『占』是一類，『變』『象』是一類。『辭』以明變象之理，『占』以斷變象之用。故四者之目，以『辭』與『占』始終焉。」愚按，夫子明言「《易》有聖人之道四」，伊川止「尚其辭」，康節止「尚其象」，京、虞、郎、荀諸家止「尚其變」，朱子止「尚其占」，謂之非《易》不可，謂之「聖人之道」，似皆舉其一，而未得其全也。胡庭芳有云：「《易》之《十翼》，凡以發明性命道德之藴，於是《易》始不徒局於象數、卜筮之粗，而實有至精至變至神之妙。天下由之，以究三才之道，而盡事物之情，不假卜筮，自足爲吉凶之前知矣。」折衷先儒之説，此數語盡之。

先儒或以此章承上章「揲蓍」而言。上但言蓍策變化之數，尚未及用蓍。此言所以用蓍之道，「象」、「變」、「辭」、「占」，皆指揲蓍時所得言，非泛指全經中所具，觀下文多是贊筮占。其義亦通。

是以君子將有爲也，將有行也，問焉而以言。其受命也如嚮《石經》作「響」**，无有遠近幽深，遂知來物。非天下之至精，其孰能與於此！**

首節兼「言」「動」「制器」「卜筮」，以見《易》道所包者廣。此節言「筮」「占」之事，而「言」「動」亦在其中。「有爲」「有行」，「動者尚其變」也。「問焉以言」，「言者尚其辭」也。「以言」，《本義》：「在人發言上説。」愚竊謂即下文所云「命」也。自筮者告蓍曰「言」，自蓍受筮者之言曰「命」。「其受命」至「來物」，一氣貫下，總見「響應」之速，而周遠近時地也。「幽深」，天道也。「來物」，吉凶也。謂蓍受筮者之言，其應「如響」。未來之事，無「遠近幽深」，皆知之。「至精」，合「辭」「占」説，以其非術數之粗，故曰「至精」。《本義》云：「此『尚辭』『尚占』之事。」

參伍以變，錯綜其數。通其變，遂成天地之文；極其數，遂定天下之象。非天下之至變，其孰能與於此！

《本義》云：「此『尚象』之事。」愚按，「參伍以變」，先儒之説不同，今取來氏《易解》，其言曰：「揲蓍法本於《河圖》，《圖》以中數爲尊，一化兩，由中而分，一居中，左右不離。中而成三，三居中，左右不離。中而成五，五居中，左右不離。中而成九，五以三爲中，九以五爲中。一分二爲參，三互二爲伍。參之伍之交互，以觀其變也。變乃象之未定者，『參伍』只以一變言，下文通其數，則三變而成一爻。極其數，則十八變而成一卦。而總不外乎『參伍』之説。三五爲十五，五乃《河圖》中數，故數之相倚者，不曰『參伍』，則曰『參兩』。三與二倚曰『參伍』，一與二倚曰『參兩』。皆用中法也。『錯綜其數』，據掛揲後而言。」程沙隨曰：「『綜』，如織婦之用綜，合衆經相間，而上下之也。」《本義》云：「『錯』者，一左一右之謂。『綜』者，一低一昂之謂。皆揲蓍求卦之事。」「變」者，數之未定，陰陽老少，隱躍而不測，故曰「參伍以變」。「數」者，變之已成，「錯綜」之時。奇偶多寡，秩然而可數，故曰「錯綜其數」。首二句止論一爻之法，「通其變」者，通六爻之變，得十有八，遂成「初」「二」「三」「四」「五」「上」。剛柔相雜之文，老少不出乎二象，故曰「天地」。「極其數」者，極六爻之數，得七八九六，遂定天、地、水、火、雷、風、山、澤之象，動静實該乎萬有，故曰「天下」。此二句，方論成卦之法。程敬承曰：「天地間陰陽本無定位，而消息盈虚自有至理。象變本此至理來，所以變一通而文遂成，數一極而象遂定，不待湊掇安排，而文始成，象始定也。『至』『定』是贊占之法。」

《易》无思也，无爲也。寂然不動，感而遂通天下之故。非天下之至神，其孰能與於此！

《黄氏日抄》：「此章言《易》之神。主蓍龜而言，所云『无思』『无爲』者，亦言蓍龜無心而能應，或者因以爲人不可有『思』『爲』者，訛也。」愚竊謂《易》當專指蓍卦，不必兼龜言。上文言天下遠近幽深之理，多具於蓍卦中。聖人既以盡其用，而蓍卦之體，則「无思」「无爲」。象在畫，辭在策，蓍未變，占在櫝，本寂然而不動。及揲蓍以求卦，則天下之故，感而遂通，其「寂」其「感」，皆無心也，「非天下之至神」乎？精之至、變之至便是神，非「至精」「至變」之外，別有所謂「至神」也。

夫《易》，聖人之所以極深而研幾也。惟深也，故能通天下之志；惟幾也，故能成天下之務；惟神也，故不疾而速，不行而至。

愚按，上文非「至精」、「至變」、「至神」，不能「與於此」。到此節，重提「夫易」二字，見得「與於此」者，惟聖人能之也。極未形之理曰「深」，適動微之會曰「幾」。「極深」，以義理言；「研幾」，以事變言。此聖人作《易》之本領。惟其「深」也，故以我之先知，達彼後知；以我之先覺，達彼後覺，自一心而「通天下之志」。惟其「幾」也，故未亂知亂，易亂爲治；未亡知亡，轉亡爲存，自一心而「成天下之務」。「惟神」也，故不煩擬議之久，不見有爲之跡，「神」不在「深」與「幾」之外。然非以聖人而「極深」「研幾」，則不能至於「神」也。上節「神」字贊筮卦，此「神」字贊聖人。

子曰「《易》有聖人之道四焉」者，此之謂也。

愚按，「四」者，雖云「辭」「變」「象」「占」，而自「君子將有爲也」以下，則皆論占事。末句仍云「《易》有聖人之道四焉」者，蓋「極深」「研幾」，聖人全體皆《易》，而後「辭」「變」「象」「占」自聖人用之，則爲「聖人之道」。聖人之所有，皆《易》所有。聖人之神，寓於「辭」「變」「象」「占」，而《易》即因之以爲神，故曰「《易》有聖人之道四焉者，此之謂也」。

右第十章

上章言蓍數變化，歸之於神。此承上章，推本於作《易》之聖人，亦歸於神，見蓍所謂神者，乃聖人之神也。

子曰：「夫《易》何爲者也？夫《易》，開物成務，冒天下之道，如斯而已者也。」是故聖人以通天下之志，以定天下之業，以斷天下之疑。

《本義》謂「此章專言卜筮」。愚按，承上文「筮占」説來，前章言「蓍」而未及「卦」，此則合「蓍」與「卦」而言。首四句贊《易》，當兼「蓍卦」説，下三句言聖人因「卦」以用「蓍」，「如斯而已」，不是言《易》道僅止於此，言必如此，方纔休歇也。天下之「物」，蒙昧未明，《易》示以吉凶之報，如夢頓覺，故曰「開」。天下之「務」，有始者未必有終，《易》斟酌從違之宜，趨吉避凶，首尾完足，故曰「成」。「天下之道」，上自造化氣數，下及人心謀慮，千條萬緒，自卦象一設，都收拾在裏面，不須逐項分晰，自然纖悉無遺，故曰「冒」。下三個「以」字要重看，《易》能「開物」，聖人用「蓍」，「以通天下之志」。《易》能「成務」，聖人用「蓍」，「以定天下之業」。《易》「冒天下之道」，聖人用「蓍」，「以斷天下之疑」。通章連稱「是故」，是以無所承接，總以「開物成務」「冒道」爲綱領，而贊《易》卦之用耳。

是故蓍之德圓而神，卦之德方以知，六爻之義易以貢。聖人以此洗心，退藏於密，吉凶與民同患。神以知來，知以藏往。其孰能與於此哉！古之聰明睿知神武而不殺者夫！

朱子謂「此言聖人作《易》之本」，胡雲峰曰：「此以『蓍』『卦』『爻』之理而言。」愚竊謂此言用《易》，非作《易》也。亦不必添出理字。「蓍」用於「卦」未定之前，惟變所適，運而不窮，故曰「圓」。圓則不可測，故曰「神」。「卦」成於「蓍」已定之後，各有其體，止而有分，故曰「方」。方則可率而揆，故曰「知」。「六爻」具於每卦之内，具義本非奇險，故曰「易」。易則明以告人，故曰「貢」。「蓍」「卦」言「德」，「爻」獨言「義」者，「義」，「德」之制也。聖人以此「蓍卦」之德，洗濯其心。其未揲蓍也，「退藏於密」，鬼神莫窺其際，即「蓍卦」之寂然不動也。及其揲蓍也，趨吉避凶，物同歸一體，即「蓍卦」之感而遂通也。如此，則聖人之「神」同於蓍德，未來之吉凶，已兆於布策之先。聖人之「知」同於卦德，既往之得失，俱藏於卦爻之中。聖人與「蓍卦」，直無分彼此矣。非聖人，其孰能與於此哉！「神武不殺」，《本義》謂「得其理而不假其物」，薛敬軒謂「不假卜筮而知吉凶」。愚竊謂「蓍卦」乃聖人所設，聖人即聽命於「蓍卦」，所以聖心本「神」、本「知」，却不自用，而用「蓍卦」之「神知」，與「古之聰明睿知神武而不殺」者相似也。

是以明於天之道，而察於民之故，是興神物以前民用。聖人以此齋戒，以神明其德夫。

愚按，此節言聖人之用蓍，承上文説來。聖人之「神知」與「蓍卦」同，故能「明天道」以「察民故」，「故」猶事也，明之察之，非用蓍不可。「神物」指蓍言。生蓍者，天地也；用蓍者，人也。有蓍而不能用，則蓍廢矣，聖人始興而用之。「前民」猶云「先導」，以身先之，使民咸用也。「齋戒」，與上「洗心」相應。湛然純一之謂「齋」，肅然儆惕之謂「戒」。聖人於蓍，敬而信之，又不敢褻用，故用之而其德乃著。然則「蓍德」之「圓而神」，由聖人之「神」而「明」之也。

是故闔户謂之坤，闢户謂之乾，一闔一闢謂之變，往來不窮謂之通。見乃謂之象，形乃謂之器，制而用之謂之法。利用出入，民咸用之謂之神。

先儒於此節，有主「揲蓍」言者，有主「立卦生爻」言者，有主「譬喻」言者，今並存之。胡雲峰曰：「此章《本義》以爲專言卜筮，若從卜筮説，『闔户謂之坤』者，四十九策之合也；『闢户謂之乾』者，四十九策之分也。一合一分，是謂蓍之『變』，分合進退之中，有往來不窮之妙，是謂蓍之『通』，『見』而爲七八九六之數，謂之『象』。『形』而爲剛柔之爻，謂之『器』。此乃聖人制爲卜筮，以教人，是爲『揲蓍』之『法』。『民』一出一入，『咸用之』以爲『利』，則爲用蓍之『神』。此『立卦生爻』『揲蓍』之説也。」余息齋曰：「聖人偶有觸於一物，而發明『乾坤』之妙。知『户』之説，則知『乾坤』之説矣。」余德新曰：「一户也，『闔』即爲『坤』，『闢』即爲『乾』，且『闔』且『闢』爲『變』，可往可來爲『通』，『户』之可『見』爲『象』，『户』之有形爲『器』，『制而用之』則曰『法』，千萬世由之而不知則曰『神』。觀天地則圖書與得諸此户無異也。」瞿塘來氏亦將「户」字直貫到末，謂「百姓見《易》之神明，以爲深遠難知，故夫子取『户』以譬之，而《易》理已在目前矣」。此又一解也。

是故《易》有太極，是生兩儀。兩儀生四象，四象生八卦。八卦定吉凶，吉凶生大業。

吴因之曰：「前後俱言卜筮，中間突然提起畫卦之事者，蓋卜筮全憑卦畫，惟『八卦』中，原有預定之『吉凶』，所以能形見於揲蓍求卦之際。」愚竊據其説而解之。上言聖人用蓍，此節歸重在聖人畫卦。非「蓍」，則「卦」不行；非「卦」，則「蓍」不立，卦乃「蓍」之體。「《易》有太極」，非《易》外有「太極」也，「乾」「坤」未列，無象可見，故謂之「太極」。邵子所謂「畫前有《易》」是已。自其含蓄而言，曰「有」；自其根柢而言，曰「生」。「太極」静而生陰，動而生陽。伏羲畫卦時，初作一奇一偶，以象陰陽。於奇上再加一奇一偶，於偶上再加一奇一偶，「兩儀四象」，天造地設，不假安排而「八卦」生焉。「八卦」便相上下而爲六十四卦，皆遞升而倍之。程子所云「加一倍法」，朱子所云「作《易》自然之次第」是已。凡《繫傳》所稱「八卦」，即六十四卦也。「定吉凶」，「通天下之志」也；「生大業」，「成天下之務」也。此一節總是説設卦爲揲蓍之本。先儒或指卜筮者，「兩儀」即第一揲，分而爲二，以「象兩」也。再揲而有「四象」，三揲而有「八卦」。所謂「四象」者，即六七八九。愚竊謂揲蓍法第九章已詳言之矣，此處言畫卦而揲蓍之序亦在其中，則可。專以揲蓍言，則不可。又按，無極之説，先儒聚訟紛然，只爲《通書》多了「無極而太極」一句，此夫子所不言者也。老少之説，從布蓍起，謂老變而少不變也。在畫卦之初，安所見其變不變，而謂之老少哉？只從父母六子之説爲是，此夫子所已言者也。

是故法象莫大乎天地，變通莫大乎四時，縣象著明莫大乎日月，崇高莫大乎富貴。備物制用，立荀悦《漢書》引《易》，「立」字下有「象」字成器以爲天下利，莫大乎聖人。探賾索隱，鉤深致遠，以定天下之吉凶，成天下之亹亹者，莫大乎蓍龜。「縣」，音義與「懸」同。

《本義》疑「立」字下有缺文，「『亹亹』，猶勉勉也」。楊誠齋謂「六者皆聖人之大業」。來矣鮮曰：「上文『闔户』一節，以《易》之理比諸一物之小者。此以天地之大者言之，小而同諸一物之小，大而同諸天地功用之大。此《易》所以昌天下之道也。」徐進齋曰：「上三言以《易》之在造化者説，下三言以《易》之在人事者説。」胡雲峰曰：「六者之功用皆大也，聖人欲借彼之大，以形容『蓍龜』功用之大，故以是終焉。」蘇氏《易傳》曰：「『天地』『四時』『日月』，天事也。天事所不及，『富貴』者制之；富貴所不制，『聖人』通之；聖人所未通，『蓍龜』決之。」愚按，此節要歸重在「聖人」及「蓍龜」上。「蓍龜」，是「前民用」事，離不得聖人；「定吉凶」、「成亹亹」處，離不得「備物制用」。又按，「龜」爲卜，策爲筮，前言以卜筮者尚其占，故此亦兼言「蓍龜」，其實《易》所用，在「蓍」不在「龜」也。

是故天生神物，聖人則之。天地變化，聖人效之。天垂象，見吉凶，聖人象之。

河出圖，洛出書，聖人則之。

此節承上「蓍龜」來，「神物」兼「蓍龜」説。末句，「圖」屬「蓍」，「書」屬「龜」，今專就「河圖」作解。朱子謂：「此四者，聖人作《易》所由也。」胡庭芳曰：「『神物』作蓍，『則之』而四十九之用以行；『變化』謂陰陽，『效之』而卦爻之動静以備；『象』謂日月星辰循度失度而『吉凶』見，『象之』而卦爻有以斷『吉凶』。『圖』『書』，則金木水火土生成尅制之數，『則之』而卦畫方位以定。」愚按，注《易》之家，自漢唐以下，經數千年，未有列《河圖》於《易》之前者，朱子以「河圖」爲作《易》之由，故創此例。今據《繫傳》考之。竊謂「河圖」之數，聖人乃因之以用蓍者也。《本義》於第九章謂「大衍之數，以河圖中宫天五乘地十得之」，則朱子固以「河圖」爲蓍數所從出矣。至本節，首云「天生神物」，末云「河出圖」，明明「蓍」先而「圖」後，天生蓍以爲《易》用，河出圖列象，以示蓍之用，「聖人則之」者，因圖象而立揲蓍之法耳，所以下文言「《易》有四象」。在《易》爲陰陽老少，在《圖》爲七八九六。聖人倚圖之中數，用蓍衍之參伍錯綜，以盡其變，而卦爻與圖遂相爲用而不廢。若論圖象，五十居中，一二三四爲位，六七八九爲數，止有四象，何嘗有八卦？似難指爲作《易》之由。果若《河圖》爲作《易》之由，夫子何不云「觀河圖而畫卦」，而曰「仰以觀於天文，俯以察於地理，近取諸身，遠取諸物，於是始畫八卦」乎？夫因圖畫卦，其説出於緯書，《春秋緯》云：「河圖龍發」，《禮緯含文嘉》云：「伏羲德合上下，地應以河圖洛書，則而象之，乃作八卦。」晁公武《讀書志》曰：「緯書僞起哀平間，光武既以讖立，故篤信之。鄭玄、何休以之通經，曹褒以之定禮。自符堅之後，其學始絶。」周子《通書》第云「聖人之精，畫卦以示，無一語及《河圖》者」。程子云：「無《河圖》，八卦亦須畫。」歐陽永叔深以龍馬爲不經，陸象山謂「河圖屬象，非作易之旨」，袁樞仲《與朱子書》亦疑《河圖》爲後人僞作。陸庸成曰：「此言蓍法生於《河圖》之數，朱子獨信緯書之説，所謂先天圖者，與《説卦傳》第五章方位全不相同。折四方之合，以爲《乾》《坤》《坎》《離》；補四隅之空，以爲《兑》《震》《巽》《艮》，此與納卦家以八卦納入《洛書》者何以别乎？」歸震川有言曰：「『河出圖，洛出書』，此《大傳》所有也；『通乾通坤，天苞地符』之文，非《大傳》所有也。以彼之名，合此之跡，雖自以爲無所不通，然有《易》，則無圖可也。」餘詳《河圖説》中。愚又按，先儒有據《尚書·顧命篇》「天球、河圖、在東序」，以闢龍馬負圖之説者，謂「『天球』，玉也；『河圖』與『天球』並列，當亦玉之有文者爾」，其説似近之。吴草廬乃謂「《河圖》自一至十五，點之在馬背者，其旋毛之圖，有若星象，故謂之圖」。果如所言，則自伏羲至周，已閲數千年，馬毛之脱落久矣，尚堪與「天球」並列耶？

《易》有四象，所以示也。繫辭焉，所以告也。定之以吉凶，所以斷也。

伏羲畫卦，由四象而生八卦，此時但示人以意而已。至文、周，始繫卦爻之辭，以明告之，而定其吉凶。「斷」者，「斷天下之疑」也。結句與首節相應。

張彦陵曰：「此章説者紛紛，多因《本義》『專言卜筮』一句，把『闔户』一節，謂詳蓍龜始末；『太極』一節，爲卜爻立蓍龜之體；『法象』一節，爲蓍龜達卦爻之用；『天生神物』一節，爲蓍龜之生原於造化；『《易》有四象』一節，爲蓍龜之用利於天下。又有以『闔户』一節，爲蓍龜興圖而立卦生爻者，又有以『法象』一節，天地爲『兩儀』，日月四時爲『四象』，『八卦定吉凶』、『成亹亹』爲吉凶大業者。牽强穿鑿，多是欲歸重蓍龜上去，看來未然。大抵此章合蓍卦而言之，贊蓍龜之大，正是贊卦爻之大也。故章末畢竟把卦爻結局，章中三大段，一段贊蓍，一段贊卦，首末贊聖人，言卦、言爻、言象，多是發上章言蓍之所未備。」

右第十一章

《黄氏日抄》云：「此章言《易》之用。」愚又謂此章因卜筮之功用，推原畫卦之由。

《易》曰：「自天祐之，吉无不利。」子曰：「祐者，助也。天之所助者，順也；

人之所助者，信也。履信思乎順，又以尚賢也。是以『自天祐之，吉无不利』也。」

《本義》云：「釋《大有·上九·爻辭》義。然在此處無所屬，恐是錯簡，宜在第八章之末。」先儒或云此節當連前章。第二章言「繫辭焉而明吉凶」，結以「自天祐之，吉无不利」。此言「八卦定吉凶」，亦結以「自天祐之，吉无不利」。論事之勢變，吉一而凶三；論事之極頭，則無凶而有吉，故曰「幾者，動之微」，吉之先見者也。

子曰：「書不盡言，言不盡意。」然則聖人之意，其不可見乎？子曰：「聖人立象以盡意，設卦以盡情僞，繫辭焉以盡其言，變而通之以盡利，鼓之舞之以盡神。」

《本義》：「兩『子曰』字，疑衍其一。」愚竊謂兩個「子曰」，上似問，下似答，乃夫子自爲問答之辭。《易學》曰：「上章言聖人以神明作《易》，此章教學者以神明讀《易》也。」愚又謂以上數章詳言《易》書中圖、數、辭、占、象、變、蓍、卦之妙，至此將一「言」字包括之，謂《易》書之意，非「言」所能「盡」。「然則聖人」二句，振起下文五句。聖人非不欲正言也，言大則遺小，言費則遺隱。凡言所不能盡者，惟象爲能盡之，故立「乾」

「坤」二畫之「象」，以「盡」其「意」，而「盡情僞」、「盡言」、「盡變〔一〕」、「盡神」，都從「立象」中出。接連五個「盡」字，見聖人於《易》之精微，發洩無餘如此。吴草廬曰：「有『象』有『辭』，而無『變通』，則《易》爲凝滯之物，不合於用，於是作十八變之法。卦爻之間，陰陽彼此相通，則其用愈廣，而可以『盡利』矣。以變得占，以定吉凶，則人知趨避，而行事不倦，如以鼓聲作舞容，自然而然，所謂『神』也。『立象』，卦象也。『繫辭』，辭也。『變通』，變也。『鼓舞』，占也。」愚竊謂此節重在「聖人立象以盡意」一句。聖人之意，不「盡」於「言」而「盡」於「立象」，此聖人妙於以「象」爲「言」也。因而「設卦」，因而「繫辭」，「言」未嘗不「盡」，但所「言」者，「象」也。「象」之所以然者，不「言」也。雖不「言」，而卦之「變通」以「盡利」，辭之「鼓舞」以「盡神」。凡聖人所欲「言」者，又未嘗不盡乎此。是則「立象」果足以「盡」聖人之「意」也。

乾坤，其《易》之緼邪！乾坤成列，而《易》立乎其中矣。乾坤毁，則无以見《易》。《易》不可見，則乾坤或幾乎息矣。

《本義》於上文「立象」只主奇偶二畫言，後儒乃有概指六十四卦、陽奇陰偶者。愚

〔一〕按，「盡變」，當爲「盡利」之誤。

竊按，此節「乾坤」二字，亦是就奇偶二畫説。承上文而言，「象」足以「盡意」，而「立象」自「乾坤」二畫始。然則「乾坤，其《易》之緼邪」，「緼」，含蓄也。二畫中含六十四卦，自一陰一陽成列，則「《易》立乎中」而可見。若有陰無陽，或有陽無陰，而「乾坤」不成列，則《易》不可見。「立」者，附著之義。「毁」者，奇偶不成列也。「乾坤」豈有「成毁」哉？《本義》曰：「『乾坤毁』，謂卦畫不立。『乾坤息』，則變化不行。」楊誠齋曰：「『乾坤』二畫，乃六十四卦之奥府，三百六十四爻之寶藏。『毁』『立』二字，言『乾坤』與《易》，不可相無也。」

是故形而上者謂之道，形而下者謂之器。化而裁之謂之變，推而行之謂之通。舉而措之天下之民謂之事業。

《黄氏日抄》云：「此言聖人用《易》致治。」愚竊謂，此夫子之妙於「言」「象」也。形分「道」與「器」，「象」在其中矣。自道而象，象而形，形而器。惟器有形，惟道無形。形而上謂之道，形而下謂之器。擬議於上下之間者，象也。言之所不能盡者，形上之事也。設卦繫辭，以盡其言，形下之事也。有象則道不墮於無，器不滯於有。二句中，隱然有「象」字在。「化」是以漸而移，「變」是全體改换，聖人「化而裁之」，則名體各殊，故謂之「變」。「推」字有二義，一者因其自然，一者漸次不迫。循是以「行」，則理無有礙，勢無所阻，故謂之「通」。以此變通之道，舉而措之天下，則何事不成，何業不立哉？

張彦陵曰：「『乾坤』二節，結上文『立象』『盡意』之案。説者泥『變通盡利』句，在蓍策上説，遂把『乾坤』做二卦看。而以『《易》立乎其中』作蓍策變化，『化裁』『推行』，亦多從蓍策上説。不知本章以『立象』爲主，『象』不足，然後『卦』，『卦』不足，然後『辭』。與蓍揲全無干涉。」

是故夫象，聖人有以見天下之賾，而擬諸其形容，象其物宜，是故謂之象。聖人有以見天下之動，而觀其會通，以行其典禮，繫辭焉以斷其吉凶，是故謂之爻。

《本義》云：「重出以起下文。」顔質卿曰：「聖人作《易》之始，惟立象耳。象立而意斯盡，故得意而後得象，得象而後得爻。」愚按，此處加「是故夫象」四字，接上文，申言「象」之所由立，與前篇不同。乃是要人體認「立象」「盡意」處，上言「立象可以盡意」，似無待於卦爻，然天下之人，觀象而得意者少，不得不藉卦爻相闡發。此正申言文、周所以盡言之故，人當由辭以得其意耳。

極天下之賾者存乎卦，鼓天下之動者存乎辭。

《本義》：「卦即象也，辭即爻也。」胡雲峰曰：「窮天地萬物之象，而歸諸卦，故曰

『極』。發天地萬物之理，而見乎辭，故曰『鼓』。」愚又謂卦從「極賾」而來，故「極賾」者，「存乎卦」。「辭」從「鼓動」而來，故「鼓動」者，「存乎辭」。

化而裁之存乎變，推而行之存乎通，神而明之存乎其人。默而成之，不言而信，存乎德行。

《本義》：「卦爻所以變通者在人，人之所以能神而明之者在德。」愚又謂，前云「謂之變通」，此云「存乎變通」。前之「化裁推行」，作《易》也；此之「化裁推行」，用《易》也。六「存」字，一層深一層，「存乎卦」、「存乎辭」者，實指卦與辭之功用也。「存乎變」、「存乎通」，則用《易》之「變通」，而不徒聽夫《易》之「變通」也。「存乎人」、「存乎德行」，則用《易》之本領，而「卦」、「辭」、「變通」之所由以「神明」者，所謂待其人而後行也。張待軒曰：「『神明』，謂明不在見解，『默成』，謂成不在知識。『不言而信』，不待抱蓍問《易》而信其理之不誣。」胡雲峰曰：「自『形而』至『事業』，由至微推出至著。自『極天下之賾』至『德行』，由至著收歸至微。《上繫》凡十二章，末乃曰『書不盡言，言不盡意』，蓋欲學《易》者，自得於『書』『言』之外也。自『立象盡意』至『存乎辭』，《易》之『書』『言』可謂『盡』矣，末乃曰『默而成之，不言而信，存乎德行』。然則《易》果『言』之所能『盡』哉？得於心爲『德』，履於行爲『行』，《易》之『存乎人』者，蓋有存乎身心，而不徒存乎『書』『言』者矣。」

右第十二章

此章言聖人作《易》之事，其散在六十四卦之「爻」「象」，其聚在《乾》《坤》之二卦。聖人用《易》之道，其散在天下之「事業」，其聚在一身之「德行」。

周易玩辭集解卷十

下繫傳

此篇章數，諸儒亦不同。周氏、莊氏並分九章，《注疏》依之，劉瓛分十二章，歐陽《石經》亦然，《本義》依之，今遵《本義》。

八卦成列，象在其中矣。因而重之，爻在其中矣。剛柔相推，變在其中矣。繫辭焉而命之，動在其中矣。

李衷一曰：「此章雖有『象』『爻』『辭』『變』，其實爲『繫辭』發端。」愚竊按，「八卦」者，三畫之八卦。「重」者，六畫之八卦。「剛柔相推」，言六十四卦。「繫辭」，言六十四卦《卦辭》、三百八十四爻《爻辭》。「八卦成列」，伏羲雖未有《象》，而卦象之「象」已在其中。「因而重之」，伏羲雖未分「爻」，而六爻之位，已在其中。「剛柔相推」，只就陰陽相錯，而卦爻之變，已在其中。「繫辭焉而命之」，只就每卦每爻，而「命」以「辭」，此時尚未「動」，而「動」之「象」已在其中。連説「在中」，見學《易》者不必外求。玩夫子語意如此。胡雲峰以「八卦」爲《先天横圖》，「因而重之」爲六十四卦。《横圖》夫子所未言，不敢信也。愚又按，重卦之義，不獨三畫之上再加三畫也，或以一卦爲主，而七卦遞加於其上，或「八卦」各自爲主，而上者復下，下者復上，總是重卦。先儒言重卦者不同，司馬遷、揚雄、皇甫謐以爲自文王始，鄭康成、淳于俊以爲神農，王弼、虞翻、孔穎達、陸德明以爲伏羲。竊意十二章自庖犧氏説起，可見伏羲既畫八卦，便重爲六十四卦，時已易結繩爲書契，便有卦名。《淮南子》云：「伏羲爲六十四變，周室增以六爻。」此確證也。《説統》曰：「『剛柔相推』，舊注以揲蓍所值之『剛柔』言，故以『變』爲卦爻之『變』。看來此章並無『揲蓍』字，只是指『卦爻』見在。」説爲是，至若本章三個「動」字，俱屬人事，《本義》獨以爲「占者當動之爻」，破碎甚矣。

吉凶悔吝者，生乎動者也。剛柔者，立本者也。變通者，趣時者也。

愚按，「吉凶」二句，承上「動在其中」來。寂然不動，非但無「凶悔吝」，抑且無「吉」。「動」則「吉」一，而「凶悔吝」三皆從此「生」。「剛柔」四句，承上「變在其中」來。

「剛柔」各有定體，陰多陽少，則以剛爲主；陽多陰少，則以柔爲主，故曰「立本」。「變通」就「立本」中相推處見，剛變而通於柔，柔變而通於剛。卦有卦之時，爻有爻之時，本「立」於未動之先，而時「趣」於方動之際。「吉凶悔吝」之辭，亦各因時而繫耳。盧中庵曰：「『變通』或主蓍策上説。」不知卦爻有自然之「變」通，而非蓍策所能與也。

吉凶者，貞勝者也。天地之道，貞觀者也。日月之道，貞明者也。天下之動，貞夫一者也。「觀」，去聲。

愚按，上文言「吉凶悔吝，生乎動」，未曾説「吉凶」之道理，故此節提出「貞勝」二字，見得「吉凶」本於一理。「吉凶」不並立，若相制相克者然，不曰「趨避」，而曰「貞勝」，猶人定勝天云爾。禍福之來，豈可逆料？天下固有理當吉而反凶者，究竟凶不勝吉，非貞之求勝乎凶，而邪自不能勝正也。《本義》謂「天下之事，非吉則凶，非凶則吉，常相勝而不已」，似非確解。愚又竊按，「貞」字，乃一部《易經》之全旨。《卦》《爻辭》或言「利貞」「可貞」「永貞」，或言「貞吉」，或言「貞凶」，惟以「貞」爲主，所謂常勝之道也。此其道，自有造化以來，天無私覆，地無私載，日月無私照，「貞觀」「貞明」者，皆是也。「貞」者何？「貞夫一」而已。「一」字對「動」字説。天下之動，雖變化無窮，而要歸於「一」。「一」者何？即下文所謂「易簡」也。先儒或牽入「虞廷精一」，「孔門一貫」，與此似無交涉。《上繫傳》於「吉」「凶」「悔」「吝」「无咎」，言之詳矣。獨未及「貞」字，故於此首發之。

夫乾，確然示人易矣。夫坤，隤然示人簡矣。爻也者，效此者也。象也者，像此者也。

《本義》：「『此』，謂上文『乾坤』所示之理，爻之奇偶，卦之消息，所以效而象之。」愚竊謂上文只說得個「一」，不曾說「一」是何義。此復申明之。「乾」得之爲「易」，「坤」得之爲「簡」。「乾」「坤」，兩也。惟得「一」，故「易」「簡」。「乾」「坤」之示人，何其「確然」、「隤然」、彰明顯露乎！「爻」者效「此」，「象」者像「此」，兩「此」字，即指「一」而言。六爻皆出於一畫，萬象不外乎奇偶，是之謂「貞夫一」也。

爻象動乎内，吉凶見乎外，功業見乎變，聖人之情見乎辭。

「内」「外」二義，舊解不甚明了。王介甫云：「内隱而外顯。」程沙隨曰：「爻象動於《易》書之内，吉凶見乎《易》書之外。」愚竊按，此節當依《本義》，從蓍卦說爲是。「爻象動」於蓍卦之「内」，「吉凶」便見於蓍卦之「外」。「内外」二字，似當專指「爻」。凡占者有本爻，有變爻。本爻爲内，變爻爲外。「動」則「變」，猶未知所變之何卦，則「吉凶」不在本爻，而見乎「變」爻。故曰「動乎内」而「見乎外」。下文云「見乎變」，則「功業」

因「變」而見，「吉凶」皆所以成大業也。聖人繫辭，不徒言吉，言凶，而諄諄於利貞，使人玩其辭，而一歸於正。此「吉凶」與民同患之情也，故曰「聖人之情見乎辭」。

天地之大德曰生，聖人之大寶曰位。何以守位？曰人。《本義》：「今本作『仁』。」**何以聚人？曰財。理財正辭，禁民爲非曰義。**

胡雲峰曰：「《上繫》首章言『乾』始『坤』成，説歸『易簡』之理，《下繫》首章則由『乾』之『易』，『坤』之『簡』，説出天地大生之德。得『乾坤』『易簡』之理，如聖人乃可以成人之位。行天地大生之德，在聖人不可無『大寶』之『位』。兩『位』字不同，位乎天地之中，人所同也，而聖人能守之。『大寶曰位』，聖人所獨也，而天地實賴之。鄭氏曰：『聚歛有經，費出有法，强豪無所肆，其兼并邦國，不得擅其節制，此之謂「理財」。垂法於象魏，讀法於鄉黨，著之話命，布之典册，上言之以爲命，下守之以爲令，此之謂「正辭」。奢不得僭上，賤不得踰貴。造言者有誅，僞行者有罰，有以率其怠倦，有以耡其强梗，此之謂「禁民爲非」。』皆此義也。」李東一曰：「此節係於『情見乎辭』之下，分明見辭所繫之重。」○愚按，此六句與本章意不甚相貫，養民生，禁民非，似以起下章之義。「庖犧」以下，皆得位之聖人；「罔罟耒耜」以下，皆聖人理財之事。先儒或謂此節當連下章讀，今從《本義》。

右第一章

《本義》：「此章言卦爻吉凶，造化功業。」愚竊按，此章似專爲《繫辭》而發。

古者包犧氏之王天下也，仰則觀象於天，俯則觀法於地，觀鳥獸之文，與地之宜，王昭素謂「『地』字上應有『天』字」。近取諸身，遠取諸物，於是始作八卦，以通神明之德，以類萬物之情。

愚按，朱子謂「伏羲因《河圖》而作《易》」，故於此節，但引王昭素云「俯仰遠近所取不一，不過以驗陰陽消息兩端而已」，却將經文「於是始作八卦」一句，輕輕略過。蔡虚齋有云：「聖人作《易》，正經來歷，全在此章。《河圖》不出，《易》亦須作，蓋以《傳》有明文，不可顯背也。」伏羲於未畫卦之先，窮觀極察，俯仰遠近，費多少擬議，將天地人物之理，一齊融會貫通於胸中，然後形爲一畫，遞加而成八卦。「神明之德」，於是乎「通」；「萬物之情」，於是乎「類」。夫子於畫卦之由，説得如此分明的確，則因圖作《易》之説，固不待辨而知其非矣。郭鵬海曰：「以十三卦言之，其通變神化，制器尚象，而不滞於象，則所謂『通神明之德』也。人情欲興利而爲之興，欲除害而爲之除。人情厭質，而文明以賁之；人情滋僞，而書契以信之，所謂『類萬物之情』也。」

作結繩而爲罔罟，以佃以漁，蓋取諸《離》。

愚按，自此以下，皆承上文「畫卦」説制器尚象之事。卦未畫，象在卦先，聖人取象以畫卦。卦既畫，則象在卦中，聖人制器，又若取卦以爲象者。自「包犧」至「堯舜」，其間制器之事多矣，略取十三卦，以見《易》道之大，精粗畢具，雖竭數聖人之耳目心思，制作總不越此。民以食爲先，上古不但不知粒食，且未知肉食。「罔罟」創自包犧，乃獲肉食之利；「佃」以取鳥獸，「漁」以取魚鼈，《尚書》所謂「鮮食」也。《爾雅翼》云：「太昊觀蜘蛛而結網。」「取諸《離》」者，兩目相麗，而虚其中也。「蓋」者，夫子擬議之辭。若云古人制某器，合於今日某卦之理，由後以推，蓋取此象耳。或取諸卦象，或取諸卦義，會其大意可也。

包犧氏没，神農氏作，斲木爲耜，揉木爲耒，耒耨之利，以教天下，蓋取諸《益》。

此《尚書》所謂「粒食」也。教自神農始，「耜」者，「耒」之首，「斲木」之鋭而爲之。「耒」者，「耜」之柄，屈木之直而爲之。古未用鐵，故皆以木，上《巽》下動之象。「取諸《益》」，「益」以興利也。

日中爲市，致天下之民，聚天下之貨，交易而退，各得其所，蓋取諸《噬嗑》。

先儒謂「爲市亦始於包犧氏時」。愚按，《周禮·地官》三市：「日昃」、「朝」、

「夕」，獨無「日中爲市」之文。大抵上古之民，嗜慾未開，交易而退，日一市而已。後來逐末者多，難拘日中之限矣。「蓋取諸《噬嗑》」，借「噬」爲市，「嗑」爲合也。

神農氏没，黄帝、堯、舜氏作，通其變，使民不倦；神而化之，使民宜之。《易》窮則變，變則通，通則久。是以「自天祐之，吉无不利」。黄帝、堯、舜垂衣裳而天下治，蓋取諸《乾》、《坤》。

《注疏》：「既云黄帝，即云堯、舜者，略舉五帝之始終，則少皞、顓頊、帝嚳在其中矣。」陳明卿曰：「堯學天，歷象日月星辰是也。舜學地，封山肇州濬川是也。蓋取《乾》《坤》，以此。」愚按，此節以「通其變」二句爲主。世運至五帝，古今一大變局也。中天之運，至此而間。洪荒之俗，至此而變。故以「變通」「神化」言之。「通其變」者，患至而爲之備，事至而爲之應。法之所未病，聖人不强易。民之所未厭，聖人不强去，要使民不倦而已。「神而化之」者，凡民不可與慮始而可與圖成，化而泯其跡，則人皆以爲便，而非驚世駭俗之舉，要使民宜之而已。不窮則不可變，「窮」者，人情之所厭也，故曰「窮則變」。不通則不能變，「通」者，人情之所便也，故曰「變則通」。制作之便於民者，雖萬世不可易，故曰「通則久」。凡此者，不能先天而强爲，不能後天而不爲，非一人所能爲，亦非一時之所可爲，皆天運之自然，聖人後天而奉天時，故曰「自天祐之，吉无不利」。自黄帝至堯舜，皆無爲而治者，故曰「垂衣裳而天下治」。上曰「衣」，下曰「裳」，取天尊地卑之義，是禮教的影子。焦弱侯曰：「制器尚象，凡十三卦，獨《乾》《坤》合而不分。上古衣裳相連，《乾》《坤》相依，君臣一體也。秦取衣裳，離而爲二，上下判隔，失古意矣。今獠川苗呰，多衣統裳，上下相連，猶是古法。」愚按，《舜典》「以五采彰施于五服」，蓋衣裳之制，至是而大備。君臣父子之倫，升降揖遜之節，禮義風俗之美，皆於是乎出，不獨辨貴賤之等威已也，故曰「天下治」。

刳木爲舟，剡木爲楫。舟楫之利，以濟不通，致遠以利天下，蓋取諸《涣》。

「刳」者，剖而虚其中。「剡」者，削而鋭其首。「舟楫之利」，所以「濟不通」，絶流横渡是也。又所以「致遠」，涉江浮河是也。自是兩層意。《本義》謂「『致遠以利天下』，疑衍」，似不必從。「取諸《涣》」者，木在水上，乘木舟虚，此象之最顯者。

服牛乘馬，引重致遠，以利天下，蓋取諸《隨》。

《本義》謂「上動下悦」，程子云：「『服牛乘馬』，皆因其性而爲之，亦隨之義也。」李氏曰：「舟楫因植物之性而川通，牛馬因動物之性而途通。」

重門擊柝，以待暴客，蓋取諸《豫》。

司馬君實曰：「『豫』，怠惰之意。『擊柝』，所以儆怠惰也。」愚又謂《詩》「不敢暴虎」，《注》：「徒搏曰暴。」《豫》中爻互《坎》爲盜，所謂「暴客」者，亦不過徒手攘物而已。「取諸《豫》」，有備無患之義。《豫》之爲卦，二陰在前，「重門」之象。一陽在下，「擊柝」之象。三陰安於内，「悦豫」之象。

斷木爲杵，掘地爲臼，臼杵之利，萬民以濟，蓋取諸《小過》。

耒耜，稼穡之始。杵臼，脱粟之始。《本義》以其象爲「下止上動」，則似《頤》而非《小過》矣。不若云「上《震》爲木，『杵』象；下《艮》爲土，『臼』象」。

弦木爲弧，剡木爲矢，弧矢之利，以威天下，蓋取諸《睽》。

「弦木」，以絲爲弦也。古未用鐵爲兵器者，矢鏃亦以削木爲之。「威天下」，因其《睽》乖而不服也。姚承庵曰：「『弧矢』，凶器也。曷以『利』言？威暴所以仁其良也。」

上古穴居而野處，後世聖人易之以宫室，上棟下宇，以待風雨，蓋取諸《大壯》。

蔡節齋曰：「『棟』，屋脊木。『宇』，椽也。」愚按，《周禮》棟尊宇卑，則吐水疾而霤遠以隤下爲宇，故云「上棟下宇」。《大壯》與《大過》，同是四陽，文王《卦彖》於《大過》取「棟」象，彼以本末弱而「橈」。此以陽盛而「壯」。「宫室」之象，不取「橈」取「壯」也。

古之葬者，厚衣之以薪，葬之中野，不封不樹，喪期无數，後世聖人易之以棺槨，蓋取諸《大過》。

張南軒曰：「君子不以天下儉其親，於此而過，無害也。」都聖與曰：「『杵臼』『棺槨』，所以養生送死寧過於厚，養生不足以當大事，取《小過》之義而已。送死足以當大事，取《大過》之義。」

上古結繩而治，後世聖人易之以書契，百官以治，萬民以察，蓋取諸《夬》。

「結繩」者，以繩結兩頭，中斷之，各持其一，以爲他日對驗者也。「書契」二字有别，《世本》云「倉頡作書」，謂以刀筆畫簡爲文字，所謂六書是也。「契」者，以木刻一二三四之畫，予者執左，取者操右。《曲禮》：「獻粟者執右契。」《注》云「兩書一札，同而别之」是也，百官以此而可治，萬民以此而可察。蓋器用利便，則巧僞漸生，故終之「書契」。「取諸《夬》」者，明决之義。《夬》乃君子决小人之卦，而造「書契」者，亦所以决去小人之僞，而防其欺也。

張彦陵曰：「民生之初，與禽獸無異。天生聖人，使民别於禽獸而已。『網罟』，所以制禽獸也；『衣裳』，所以異於禽獸也。飽食煖衣之後，人欲横流，詐僞百出，則與禽獸何異？『書契』之作，不欲人相欺相詐，甘與禽獸同歸也。」

右第二章

此章首節言伏羲畫卦之由，以下十三節，言歷聖制器尚象之事。

是故《易》者，象也。象也者，像也。

此指伏羲畫卦。「是故」二字，承上章説來。聖人經世濟民之業，皆取諸卦象。《易》之爲「象」，可知矣。邵子曰：「《易》雖有體，體者，象也。假象以見體，而本無體。」鄭孩如曰：「『象』與『形』不同。『形』則確定，『象』則依稀影響，如鏡中花，水中月，皆是也。」蘇子瞻曰：「『像』之言，似也。其實有不容言者，故惟以似者告之。」愚又按，「象」即一奇二偶也。一以像陽之實，二以像陰之虚。三十二陽卦，像陽息而陰消；三十二陰卦，像陰息而陽消。《易》不可見，而假「象」以「像」之。《莊子》所謂「以有象者，象無象者，而定矣」。

彖者，材也。

此指文王《彖辭》。蘇氏《易傳》曰：「孔子所謂『彖』者，謂《卦辭》如『乾，元亨利貞』是也。『材』與『才』同。」韓康伯曰：「『彖』，言成卦之材，以統卦義。」朱漢上曰：「卦有剛柔，才也。有是象，必有是才以濟之。」《程傳》言卦「材」，《本義》言卦德。胡雲峰曰：「『材』者，象之質，其義一也。」龔括蒼曰：「『像』者，體也，以上下言。『材』者，用也，以内外言。上節言《易》之成卦如此，此句言卦之成德如此。」

爻也者，效天下之動者也。

此指周公《爻辭》。《本義》：「『效』，效也。」愚竊謂「效」者，呈露之意。有一爻，即有一爻之變。天下之動，不可勝窮，周公於每爻之下，繫之以辭，而其象顯然呈露，所謂「六爻之義，《易》以貢」也。

是故吉凶生而悔吝著也。

此句通結上文。伏羲畫卦，只是取象。「吉凶悔吝」之理，未嘗明言也。至文王繫《彖辭》，以像一卦之象。周公繫《爻辭》，以像一爻之象。「吉凶」從此而生，「悔吝」從此而著。象中之像，始發露無餘矣。俞玉潤曰：「『吉凶』，在事已顯，故曰『生』；『悔吝』，在心尚微，故曰『著』。『吉』者，『悔』之『著』；『凶』者，『吝』之『著』。原其始，『吉凶生』於『悔吝』；要其終，『悔吝著』而爲『吉凶』也。」

右第三章

此章承上章尚象之意，而并及辭占，以見象之無所不該。

陽卦多陰，陰卦多陽。其故何也？陽卦奇，陰卦偶。

愚按，《震》、《坎》、《艮》皆自《乾》來，雖多陰而爲陽卦；《巽》、《離》、《兑》皆自《坤》來，雖多陽而爲陰卦，止就六子三畫卦而言也。若從重卦推之，除《乾》、《坤》純陰純陽外，其他凡一陰之卦皆多陽，一陽之卦皆多陰。二陰二陽皆然，不獨六子也。又，除《泰》、《否》二卦三陰三陽外，凡四陰之卦，則陰多陽少，四陽之卦，則陽多陰少。五陰五陽之卦亦然。與「陽卦多陰，陰卦多陽」兩句，不盡合。故《注疏》但據六子以論陰陽也。既謂之陽卦，則宜多陽，而反多陰；既謂之陰卦，則宜多陰，而反多陽者，因「陽畫奇」而「陰畫偶」故也。陽之一畫，曰「奇」，陰之二畫，只當陽之一畫，曰「偶」。一陰對一陽，不論畫數多寡也。《本義》云：「凡陽卦皆五畫，凡陰卦皆四畫。」其意以陽卦陽一畫，陰四畫也；陰卦陽二畫，陰二畫也。如此説，則下文當云「陽一君而四民」，「陰二君而二民」，與陰卦多陽不合矣。蓋朱子求諸畫數，故云爾。所以《私記》云：「《本義》以五畫四畫解奇偶，非也。伏羲畫卦，只是以奇爲陽，偶爲陰，何曾把偶分作二畫看耶？」王輔嗣謂「少者多之所宗，一者衆之所歸。陽卦二陰，故奇謂之君；陰卦二陽，故偶謂之君」，數語得之。愚又按，「奇偶」二字，前此未嘗並舉。至此，方以奇偶分屬陰陽。

其德行何也？陽一君而二民，君子之道也。陰二君而一民，小人之道也。

此章從「奇偶」中看出「德行」來。「德行」，即卦德、卦材。「一」，即奇之陽畫；「二」，即偶之陰畫。「君」者，成卦之主也。陽爲卦主，則陰爲民。《震》、《坎》、《艮》，皆「一君而二民」，是爲「君子之道」，所以陽卦多陰。陰爲卦主，則陽爲民。《巽》、《離》、《兑》，皆「二君而一民」，是爲「小人之道」，所以陰卦多陽。《説統》曰：「『君子』『小人』，推開在世道上説。」《困學記》曰：「此章文義，宜曰『一民二君』，以對『一君二民』。而曰『二君一民』者，以君爲重，扶陽之義也。論卦，則陰陽迭相爲主；論分，則君民斷不可少。以見卦畫不是粗跡，乃宇宙間辨名定分之書。」愚又按，《宋史·奸臣傳論》曰：「君子雖多，小人用事，其象爲陰。小人雖多，君子用事，其象爲陽。」即此義也。

右第四章

此章言八卦始於奇偶，而「陰陽」、「君民」、「君子」「小人之道」，多判於二畫中。

《易》：「憧憧往來，朋從爾思。」子曰：「天下何思何慮？天下同歸而殊途，一致而百慮，天下何思何慮？日往則月來，月往則日來，日月相推而明生焉。寒往則暑來，暑往則寒來，寒暑相推而歲成焉。往者屈也，來者信也，屈信相感而利生焉。尺蠖之屈，以求信也。龍蛇之蟄，以存身也。精義入神，以致用也。利用安身，以崇德也。過此以往，未之或知也。窮神知化，德之盛也。」

王陽明曰：「夫子釋《咸·九四》爻義，初不言心如何感應，只言『日月』『寒暑』，『尺蠖』『龍蛇』，使人自求而得之。上際下蟠，明如『日月』，寒如四時，微如『尺蠖』，幽如『龍蛇』，種種妙用現前，所謂『神化』在此，不是以心去安排思索出來。」竊據此詳説之。夫子開口一句，直説「天下何思何慮」，先打破「憧憧」「朋從」，多少無益之用心。「同歸而殊塗」，以理之在天下者言。「一致而百慮」，以理之在人心者言。要在「同」處、「一」處看出「殊」與「百」來，不要從「殊」處、「百」處轉到「同」與「一」上去。四句中，連説三個「天下」，見人心之「憧憧往來」，無非馳騖於「天下」耳。不知天下空空洞洞，何處容我「思慮」？我亦何以「思慮」爲哉？以下又從「往來」二字，推到天地間，凡一「往」一「來」，「往」者「屈」而「來」者「信」，皆出感應之自然。以造化言之，「日月」之生明，「寒暑」之成歲，此「往來」也。以物理言之，「尺蠖之屈以求信」，「龍蛇之蟄以存身」，此「往來」也。以吾學言之，「精義入神」，用力於内，乃所以「致用」於外；「利用安身」，求利於外，乃所以「崇德」於内。只是如此做去，雖到「窮神知化」地位，莫非盛德所自致，夫豈「憧憧思慮」之所及？故曰「未之或知」。自首至尾，一百三十餘言，總發明「何思何慮」四字之義。

《易》曰：「困于石，據于蒺藜《石經》作「蒺」，入于其宫，不見其妻，凶。」子曰：「非所困而困焉，名必辱。非所據而據焉，身必危。既辱且危，死期將至，妻其可得見邪？」

愚按，夫子於《困·六三·小象》，但言「乘剛」「不祥」，此説到「名辱」「身危」，甚且「死期將至」。三百八十四爻，不祥莫有甚於此者。張横渠云：「『六三』之凶，多由非所據而據來。困辱皆其自取，所謂『自作孽，不可活』者也。」先儒謂以下十爻皆「利用安身」之事。

《易》曰：「公用射隼于高墉之上，獲之，无不利。」子曰：「隼者，禽也。弓矢者，器也。射之者，人也。君子藏器於身，待時而動，何不利之有？動而不括，是以出而有獲。語成器而動者也。」

來矣鮮曰：「此孔子别發一意，與『解悖』不同。」愚竊謂《解·上·小象》，取「解悖」之義，今段復申明之，非别發一意也。「射隼」者，必弓勁矢强，持滿而發，發無不中。若縱隼而不擊，是養奸矣。君子之藏器於身也，如射者之韜鋒斂鍔，人莫能窺；其待時而動也，如射者之舍矢發機，人莫能拒。「括」字，從「弓矢」上來，是箭末受弦處。「不括」者，無結礙之謂。「出」，發矢也，「有獲」，即去小人而「解悖」也。末句釋「无不利」之義，器已成矣，復待時而動，豈有不利者乎？

子曰：「小人不恥不仁，不畏不義，不見利不勸，不威不懲。小懲而大誡，此小人之福也。《易》曰：『屨校滅趾，无咎。』此之謂也。」

鄭孩如曰：「此節時解只就『小人』説，須説出聖人使民遠罪意，方得。」愚按，在卦象「初」「上」，皆用刑之人，此引《爻辭》，則爲受刑之人。天下可恥者，莫如「不仁」，小人則不知「恥」；可畏者，莫如「不義」，小人則不知「畏」。必利以動之，而後向善。曰「勸」者，勸其爲仁爲義也。威以制之，而後去惡。曰「懲」者，懲其「不仁」「不義」也。小以懲於前，大以誡於後，方不至於罪大而不可解。蓋小人之心，不知有仁義，惟知有禍福，故曰「小人之福」，所謂「利以勸」之也。

善不積，不足以成名；惡不積，不足以滅身。小人以小善爲无益而弗爲也，以小惡爲无傷而弗去也。故惡積而不可掩，罪大而不可解。《易》曰：「何校滅耳，凶。」

孔穎達曰：「禍萌而後悔者，『初九』是也。過而不能止，則爲『上九』矣。」愚按，兩「小人」有別，「初」可與爲惡，可與爲善，猶不失爲中人；「上」則怙終不悛者。從來君子、小人，無一蹴而至者。君子之「成名」，由於積善；小人之「滅身」，由於積惡。其始皆從小善小惡起，小善弗爲，遂至惡積；小惡弗去，遂至罪大。到得不可掩、不可解時，小人雖欲免於刑禍，其可得歟？故曰「何校滅耳，凶」。兼言「善惡」者，以見感應之理，無往不存也。

子曰：「危者，安其位者也。亡者，保其存者也。亂者，有其治者也。是故君子安而不忘危，存而不忘亡，治而不忘亂，是以身安而國家可保也。《易》曰：『其亡其亡，繫于苞桑。』」

程子曰：「人主保身以保民。」愚竊按，上三句謂造化無權，下三句謂天命可畏。「安危」以身言，「存亡」「治亂」以國家言。識危於安，慮亡於存，憂亂於治，皆精義。以後事歸重在身安上，未有身不安而能保國家者。《否・九五・爻辭》「其亡其亡，繫于苞桑」之義如此。一説，上三句爲自恃久安長治，故召危亡之禍，其義亦可。但「安」「保」字義，終説不去。

子曰：「德薄而位尊，知小而謀大，力小而任重，鮮不及矣。《易》曰：『鼎折足，覆公餗，其形渥，凶。』言不勝其任也。」「力小」，《石經》作「力少」。

項平甫曰：「德之薄，知之小，力之少，皆限於稟而不可强。聖人豈厚責以不能哉？亦責其貪位而不量己、過分而不勝任耳。」愚又謂「薄」「小」「少」三字，乃「覆餗」張本，所謂「不及」也，不自安於「不及」，而自以爲有「德」、有「知」、有「力」，此聖人所深惡也。

子曰：「知幾其神乎！君子上交不諂，下交不瀆，其知幾乎！幾者，動之微，吉《漢書》「吉」字下有「凶」字**之先見者也。君子見幾而作，不俟終日。《易》曰：『介于石，不終日，貞吉。』介如石焉，寧用終日，斷可識矣。君子知微知彰，知柔知剛，萬夫之望。」**

《注疏》：「前云『精義入神』，故此明『知幾』『入神』之事。」「知幾」之人，知其始，又知其終，故曰「神」。楊誠齋曰：「『知幾』最微，而盡於不『諂瀆』。『諂瀆』者，富貴之捷徑，而禍敗之胚胎。能絶『諂瀆』之端，乃見幾之最先者也。」愚謂「諂瀆」之輩，但知有現在，不顧其後，寧燭其先。君子非以「知幾」而「不諂瀆」，只自盡其「上交」「下交」之道，而先幾之哲，即在其中矣。天下事未至而空説，道理易見；既至而顯然，道理亦易見。惟事之方萌而動之「微」處，吉凶之介已分於此，非君子孰能見於幾先乎？三百八十四爻，獨於《豫・六二》發「介石不終日」之義。蓋處「豫」之境，最易溺人，非堅者不能自守，非静者不能見幾明决。「石」者，至堅、至静之物也。「介」而如「石」，寧俟

「終日」，然後「見幾而作」乎？蓋凡事之理，從「微」而至「彰」，凡物之體，從柔以至剛，君子知剛於柔，知「彰」於「微」，故其「見幾而作」，爲人望所屬也。

子曰：「顔氏之子，其殆庶幾乎？有不善，未嘗不知，知之未嘗復行也。《易》曰：『不遠復，无祇悔，元吉。』」

《本義》：「『殆』，危也。『庶幾』，言近道也。」張彦陵曰：「『庶幾』二字，承上『知幾』來。」愚按，上節言吉凶之「幾」，此言善不善之「幾」。周子所謂「幾，善惡也」，顔子未必無不善，但「未嘗不知」。既知之，則「未嘗復行」，此不貳過之學也。「殆」字，似不作「危」字解。乃夫子推許之辭，他人或不知，或知之而復行，惟顔子於幾微之間，纔動便覺，纔覺便改，所以「不遠復」，而自不至於悔也。王陽明「知行合一」之説，從此出。聶雙江云：「『未嘗不知』，明鏡纖塵；『未嘗復行』，洪爐點雪。」語雖近禪，却自明快。

天地絪緼，萬物化醇，男女構精，萬物化生。《易》曰：「三人行，則損一人；一人行，則得其友。」言致一也。

《本義》：「『絪緼』，交密之狀，言氣化者也。『化生』，形化者也」。愚按，天地以氣化言，化之統體在《損》，則《乾》《坤》之交也。男女以形化言，化之支分在《損》，則《兑》《艮》之交也。「絪緼」與「氤氲」同。《本義》釋「醇」字，謂「厚而凝」，愚竊謂「醇」旁從

「西」，似是「醞釀」之義。天地交，而萬物俱受醞釀之氣；男女交，而萬物方成生育之形。從卦變看來，《損》本是《泰》變，其未成卦也，下《乾》爲天，上《坤》爲地，天氣下降，地氣上升，即「天地絪緼」之象。其既成卦也，上《坤》變《艮》爲少男，下《乾》變《兑》爲少女，即「男女構精」之象。夫子於《損·六三》言「三則疑」，此言「致一」，其義互相發明。蓋《泰》之變《損》，内外俱在第三爻，故借「三人」以明之。「三人」而「損一人」，兩也。「一人」而「得其友」，亦兩也。兩則對，三則雜，一則專。獨陰不生，獨陽不成，「天地」「男女」，皆由兩以「致一」者也。此大化感應，自然之理。

子曰：「君子安其身而後動，易其心而後語，定其交而後求。君子修此三者，故全也。危以動，則民不與《周易舉正》「與」作「輔」也。懼以語，則民不應也。无交而求，則民不與也。莫之與，則傷之者至矣。《易》曰：『莫益之，或擊之，立心勿恒，凶。』」

姚承庵曰：「君子一身，全是以理爲主，而養之有素。『修』者，『修』之於平日也。到得『安其身』、『易其心』、『定其交』處，自行無不得矣，故曰『全』。」《易學》曰：「從井不可以救，徒手不可以援，『安其身而後動』也。乘怒不可毀人，乘喜不可譽人，『易其心而後語』也。未信不可以勞民，不悦不可使犯難，『定其交而後求』也。『全』字兼人己説。」郭鵬海曰：「事不順理，悍然必行，爲『危以動』。不情之言，自覺惶恐，而强人從我，爲『懼以語』。恩惠未孚，驟使輸財供役，爲『无交而求』。」愚按，「三者」皆恒道也，反是，則爲「立心勿恒」矣。

愚又按，通章歷引《卦》、《爻》，以首節爲主，借《咸·四·爻》以明「屈伸」「往來」感應之理，君子以之修身，外而致用，内而崇德，其道盡於「精義入神」「利用安身」；其妙極於「窮神知化」，適還其「何思何慮」之天而已。自此至末，義不外前段中。《困·三》、《鼎·四》，不能安身者也；《解·上》，利用之事也；《噬嗑·初》《上》，善惡之感應也；《否·三》，安身之事也；《豫·二》，入神之效也；《復·初》、《損·三》，精義之功也；《益·上》，失感應之道者也。以無心之「咸」始，以「立心勿恒」終，聖人以《易》垂教，深切著明如此，學《易》之君子，可不觀象玩辭，隨時隨事深加體察哉！

右第五章

愚按，《黄氏日抄》自第三章至此，合爲一章，今從《本義》，分而爲三。此章雜引十卦十一爻，亦如《上繫》第八章「擬議」之事。

子曰：「乾坤，其《易》之門邪！乾，陽物也；坤，陰物也。陰陽合德，而剛柔

有體，以體天地之撰，以通神明之德。」

《黄氏日抄》云：「自此以下，《本義》亦略矣。張南軒、蔡節齋之解，多分曉；王氏之解，亦足以輔之。」愚又竊取前後諸儒之説，不專於三家也。前云一闔一闢，「乾坤」分舉，故曰「户」。此則「乾坤」並舉，故曰「門」。前言《易》之緼，六十四卦，皆包括於二畫之中。此言「《易》之門」，六十四卦，皆從二畫中出。陽畫奇，陰畫偶，乾坤亦有形質而爲物矣。以二物之德言，則陰陽合；以二物之體言，則剛柔分。人知剛屬陽，柔屬陰，不知陽合於陰乃成剛體，陰合於陽乃成柔體。「體」者，卦體也。或剛上柔下，或柔上剛下，皆自「合德」中來。「撰」者，事也。以卦象言，「天地之撰」於此體；以卦德言，「神明之德」於此通。「體」者，效法之義。「通」者，發揮之義。

「其稱名也，雜而不越，於稽其類，其衰世之意邪！」

愚按，「稱名」，乃卦爻中取象之名，如卦言物類而取於《蠱》，言事變而取於《蹇》，可謂「雜」矣。然所言者，未嘗踰於陰陽剛柔之外也。但稽考其稱引之類，如「高宗」、「帝乙」、「箕子」，皆非上古之人；如「伏莽」、「乘墉」、「載鬼」、「張弧」、「焚次」、「喪僕」等辭，皆非上古醇朴之象，故曰「衰世之意」。「衰世」，正指殷之末世。文、周於卦爻之象，不得不雜引其類，其意以爲不如是不足盡人情物態之變也。

「夫《易》，彰往而察來，而微顯闡幽。開而當名，辨物，正言，斷辭，則備矣。」

《本義》云：「『而微顯』，當作『微顯而』，『開而』之『而』，亦疑有訛。」葉爾瞻曰：「『彰往』所以『察來』，故著『而』字。往來有顯有幽，故再著『而』字。彰察微顯，不外名物言辭，故更著『而』字。」據此，三個「而」字，多有著落，似無訛。蔡虚齋曰：「『彰往』即『藏往』也，謂明於天之道，而彰明已往之理；『察來』，即『知來』也，謂察於民之故，而覺知未來之事。」吴草廬曰：「『微顯』即『神德行』也，謂以人事之顯，而本之於天道。所以『微』其『顯』。『闡幽』，即顯道也，謂以天道之幽，而用之於人事。所以『闡』其『幽』。」張南軒曰：「『行健』爲《乾》之類，『當』其『名』也。『名』既『當』，則剛柔之『物』『辨』矣。言天下至賾之類，『正』其『言』也。『言』既『正』，則『辭』之所指者可『斷』矣。」蘇子瞻曰：「道未始有名，而《易》實開之、賦之以名。以名爲不足而取物，以物爲不足而『正言』之；以言爲不足而『斷』之以『辭』，『則備矣』。」蔡節齋曰：「『開』爲事物萬殊，『開而當名』也；《乾》馬《坤》牛之類，『辨物』也；『利貞』之類，『正言』也；『吉凶』之類，『斷辭』也。」王荆公曰：「聖人作《易》，所以開明未悟者，『名』舉其『當』，『言』舉其『正』，以開明之也。未形之『物』不可『辨』，必以『名』之；已立者『辨』之，是謂『當名』。未然之『辭』不可『斷』，必以『言』之；已驗者『斷』之，是謂『正言』。」

又一説，「開」字與前「合」字相應。陰陽合而卦畫以成，陰陽合而卦爻以繫。「開」者，分也。「名」以分陰陽而「當」；「物」以分陰陽而「辨」；「言」以分陰陽而「正」；「辭」以分陰陽而「斷」。「備」字，即指「彰往察來」以下八項言。此種種發揮，皆「備」於卦爻之内。聖人所以教天下者，更無餘事矣。愚按，《本義》云：「此章多闕文疑字，不可盡通。」蓋指此節也。敬采先儒諸解以補之。

「其稱名也小，其取類也大。其旨遠，其辭文，其言曲而中，其事肆而隱。因貳以濟民行，以明失得之報。」

《説統》曰：「『其稱名也小』六句，與『雜而不越』相應。『因貳』二句，與『衰世之意』相應。」胡雲峰曰：「稱名雖小，而取類於陰陽甚大，不可以淺近卑吾《易》也。其旨雖遠，而其文經緯可見，不可以高遠荒吾《易》也。其言雖委曲，而皆中於理，《易》豈高遠之書哉？其事雖陳列，而實本於至隱，《易》豈淺近之書哉？上古之時，惟有《易》畫以明失得之報，而民無疑。至於後世，不得不因民之疑，而明之以辭矣。」《黄氏日抄》云：「『因貳以濟民行』二句，亦晦庵所不解者也。」蔡節齋云：「因民疑貳未決，而易入之物，以濟其善行，明著其失得之報。『失得』，謂吉凶也。愚人謂天下之動貞夫一，天下之疑生於貳，吉凶未定，則民心之疑由是而生。聖人因其心中迷惑，莫知適從之際，以卦爻斷之，曰如是則爲得，而報之以吉；如是則爲失，而報之以凶。要以濟民之行事而已。報應之説，人皆闢爲異端，不知一念初萌，陰陽已判，而吉凶之報隨之，人不深於《易》理，故諱言報應耳。《書》：『惠迪吉，從逆凶，惟景響。』《坤·文言》：『積善必有餘慶，積不善必有餘殃。』天人之際若是其不爽也。學《易》者，可不明其所以然乎？」

愚按，此章説者多糾纏先天後天，謂首節是伏羲之《易》，二節是文、周之《易》，三、四節總承先天後天。惟胡雲峰云：「此章專論卦名，看章中三個『名』字，『當名』、『稱名』，俱指卦爻中事物之名言。『彰往』一節，雖指卦、爻《辭》，『辭』亦『稱名』所繫之『辭』。末節總承上二節，『因貳』二字，承『稱名』之『雜』説，末句乃所以扶『衰世』之運，而反於淳古也。」

右第六章

此章言乾坤爲六十四卦所從出，其究無非所以斷疑。

《易》之興也，其於中古乎？作《易》者，其有憂患乎？

先儒有謂此一節當在前章之末，「中古」與「衰世」相應，不必連下九卦。「憂」即「憂悔吝」之「憂」，「患」即「吉凶與民同患」之「患」，非專指文王與紂之事也。今從《本義》，屬第七章。愚按，《注疏》九卦兼卦、爻《辭》，《本義》謂「夏商之末，《易》道中微，文王拘於羑里而繫《彖辭》，《易》道復興」。遂以「《易》之興」專指《彖辭》，以三陳九卦爲文王處憂患之事。俞玉吾曰：「九卦之兩體，多取《坤》與《巽》、《兑》。蓋《坤》順《巽》入《兑》悦，皆善處憂患而不怨天尤人者也。《謙》，下《艮》上《坤》；《復》，下《震》上《坤》，取《坤》順者二。《履》，下《兑》上《乾》；《損》，下《兑》上《艮》；《困》，下《坎》上《兑》，取《兑》悦者三。《恒》，下《巽》上《震》；《益》，下《震》上《巽》；《井》，下《巽》上《坎》；《巽》，上下皆《巽》，取《巽》入者四，獨於《離》無取。蓋『憂患』之中，貴内含不貴外露也。」

是故《履》，德之基也。《謙》，德之柄也。《復》，德之本也。《恒》，德之固也。《損》，德之修也。《益》，德之裕也。《困》，德之辨也。《井》，德之地也。《巽》，德之制也。

胡雲峰曰：「夫子偶於上經取三卦，下經取六卦，言文王以『憂患』之心作《易》。而文王處『憂患』之道，自無非《易》也。」愚按，九卦乃修德之事，時時當如此，不必憂患；人人當如此，不必文王。人之高視闊步者，只爲基趾未立，「履」則脚踏實地，如牆之有基。人之矜己傲物者，只爲胸無執持，「謙」則卑以自牧，如器之有柄。凡人頭出頭没，只是萌蘖受傷，「復」則善端自長，如木之有本。日月一至，未足以言仁，故德以「恒」而固。忿慾未蠲，不足以言勇，故德以「損」而修。欲速助長，不足以言養，故德以「益」而裕。一身久歷險阻，天人之界自明，與人共處艱虞，真僞之情莫遁，「困」所以爲「德之辨」也。淵涵而有本，則静深之體已立，挹注而不窮，則澤物之功以成，「井」所以爲「德之地」也。入情則細微必析，隨時處置而咸宜，入理則毫髮無疑，遇事當幾而立斷，「巽」所以爲「德之制」也。此一節，言九卦之德。又按，朱子與吕東萊論九卦之次序，陸象山一一剖析之，二公嘆服，詳見《象山集》中。

《履》，和而至，《謙》，尊而光。《復》，小而辨於物。《恒》，雜而不厭。《損》，先難而後易。《益》，長裕而不設。《困》，窮而通。《井》，居其所而遷。《巽》，稱而隱。

先儒謂此節贊九卦之體。愚按，事之近情者易流，先王緣情制禮，「和」之中却有自然之品節，一毫增減不得，故曰「履，和而至」。凡人自卑，則品愈「尊」；自晦，則道孟「光」，故曰「謙，尊而光」。「復，小而辨於物」，即下所云「自知」也。一念之微，炯然在中，而百體從令，何辨如之。《本義》謂「陽微而不亂於群陰」，則以陽爲小矣，似非確解。「恒，雜而不厭」，《本義》謂「處雜而常德不厭」，語亦難曉。竊按，「恒」者，久於其道也，心不移於境，是以「雜而不厭」。「損，先難而後易」，謂初時勝私甚難，迨損之又損，漸漸覺不費力，《本義》所云「熟極則易」也。「益，長裕而不設」，謂德能潤身，自然心廣體胖，不假設施。《本義》所云「充長而不造」也。「窮」與「通」相反者也，「困」，則身困而心自亨，故曰「窮而通」。「井」以養人爲義，井在此，而養在彼，故曰「居其所而遷」。度量於輕重，而纖毫不失，變通於神明，而形迹不彰，「巽」入故曰「稱」，「巽」伏故曰「隱」。

《履》以和行。《謙》以制禮。《復》以自知。《恒》以一德。《損》以遠害。《益》以興利。《困》以寡怨。《井》以辨義。《巽》以行權。

先儒謂此節言九卦之用。愚按，九個「以」字，從每卦《大象》來。《大象》所未盡者，於此又各出一義，可見《易》理無窮，欲人沉潛觀玩，故反覆言之。前云「辨上下」、「定民志」，以嚴而定分；此以「和」而「行」遠。前云「稱物平施」，以不自滿假之心待人；此以不敢上人之心「制禮」。前以「閉關」與天下共養其静，此以「自知」還一己獨覺之天。前云「不易方」，以不變者爲「恒」；此云「一德」，以不息者爲「恒」。前云「懲窒」，以「損」爲克己之功；此云「遠害」，以「損」爲全身之道。前云「遷善改過」，以進德爲「益」；此云「興利」，以修業爲「益」。前以「致命」，盡處「困」之道；此以「寡怨」，堅處「困」之心。前以「勞勸」，收「井」之功；此以「辨義」，法「井」之德，所謂不照於流水，而照於止水也。前以「巽」「行事」，所行乃事之常；此以「巽」「行權」，所權乃事之變，所謂隨時變化，而量度以取中也。

先儒或以九卦合陽數，朱子謂讀經不必如此。《困學記》有云，「天下道理，只在聖人口頭，開口便是，偶拈此九卦指點，若復添一卦，或更少一卦，亦無不可」，可謂善於讀《易》者矣。

右第七章

三陳九卦，皆就卦名發卦德、卦用。

《易》之爲書也不可遠，爲道也屢遷。變動不居，周流六虚，上下无常，剛柔相易，不可爲典要，惟變所適。

楊誠齋曰：「人之於《易》，如水之於魚。魚不可離於水，人不可遠於《易》。君臣父子，動静語默，取舍進退，無非《易》也。」《本義》謂「『遠』，猶忘也」。愚竊謂「不可遠」者，不可須臾離也。「屢遷」二字，是一章綱領。下文「變動」、「周流」、「无常」、「相易」、「上下」、「出入」、「内外」，總發明「屢遷」之義。「變動」者，卦爻也。「六虚」者，六位也，「初」、「二」、「三」、「四」、「五」、「上」爲位，必配以九、六而後成爻。剛柔之往來如寄，非實有也，故曰「虚」。「變動」與「居」對，九、六之「變動不居」者，由其「周流六虚」也。魏隺山曰：「六畫、六爻、六位、六虚，四者相近而不同。總而言之，畫即爲爻；析而言之，爻與畫異。畫之見者又爲位，爻之變者又爲虚，故曰『變動不居，周流六虚』。位從爻而爲虚也，曰六畫成卦，六位成章，虚從畫而爲位也。」《參同契》云：「『二用』無爻位，周流行六虚，此『用九』『用六』之道也。」愚又按，「上下」「剛柔」，其説有二：一指反對卦言，如水雷《屯》、山水《蒙》之類；一指互易卦言，如天澤《履》、澤天《夬》之類。其爲「无常」、「相易」，則同也。「典要」者，一例拘執之謂。《易》之爻位，有以陽居陽而吉者，又有凶者；有以陰居陰而吉者，又有凶者；有有應而吉者，有有應而凶者。難以一例拘執，故曰「不可爲典要，惟變所適」，惟趨於變而已。末二句，總括上文，言《易》道之「屢遷」如此。

其出入以度外内，使知懼。又明於憂患與故，无有師保，如臨父母。

《本義》謂「未詳，疑有脱誤」，竊采諸家之説以解之。「内」，下卦；「外」，上卦。「出入」，以反對看，卦有「内外」，爻有「出入」。「出」者，自内而外；「入」者，自外而内。卦之體，兩相反則爻亦變，故有於彼於此吉凶互異者。如行有「无妄」之「眚」，反則爲「天衢」之「亨」；時有「豐亨」之「遇」，反則爲「羈旅」之「凶」。又如《訟》，「剛來而得中」，則得中又得正；《需》，不正而但得中。《漸》之「二」、「五」，皆當位，《歸妹》皆不當位之類。聖人之繫辭，當出者出，當入者入，皆以一定之法度，立於内外之間，使人玩辭，而惕然「知懼」。不獨懼本卦，且當懼變卦。「懼」者，憂患也。明其可憂，又明其所以當憂之故；明其可患，又明其所以當患之故。雖欲不懼，得乎？蘇子瞻曰：「卦所以有『内外』，爻所以有『出入』者，爲之造『憂患』之端，使『知懼』也。憂患之來，苟不明其故，則人有苟免之志矣。遠『師保』，去『父母』，而不敢忘畏者，知内外之懼，明憂患之故也。」此解尤覺明快。

初率其辭，而揆其方，既有典常，苟非其人，道不虚行。

《黄氏日抄》云：「晦庵曰：上文既云『不可爲典要』，下文又云『既有典常』，都不可曉。愚恐上文言《易》道之變遷，故云『不可爲典要』，主在《易》而言，未定者也。下文言人能『率』卦爻之『辭』，而揆度事情所向之『方』，主在人而言，已定者也。」張彦陵曰：「《易》以『屢遷』爲道，則『不可爲典要』者，似乎不可捉摸。不知『辭』正所以闡其變，人第當因『其辭』以揆道之所向。凡所謂相易無常者，皆有一定之成法。其『屢遷』處，正其『典常』處。不是兩件。」愚又謂此節言用《易》者，其初由卦爻之辭而揆之於道，一卦有一卦之義，一爻有一爻之義。所云「不可爲典要」者，則「既有典常」矣。下

「既」字對上「初」字説，「典常」即在變中看出，惟變所適，是其常道也。夫至變之中，而有經常不變之道，苟非通方之人，未免拘於方，道豈可「虚行」哉？末二句與《中庸》「苟不至德至道不疑」義同。先儒或以「其人」爲崇尚虚無之人，似與「道不虚行」語氣不符。

右第八章

此章專言《易》道之變，而至變之中，有不變者存，在人神而明之耳。

《易》之爲書也，原始要終，以爲質也。六爻相雜，惟其時物也。

《本義》：「質爲卦體，卦必舉其始終而後成體，爻則惟其時物而已。」胡雲峰曰：「卦有定體，故曰『質』。爻無定用，故曰『時』。」愚又謂「始終」者，卦體也。「原」之「要」之者，《卦彖》也。文王之《彖》，其辭簡，故曰「質」。六爻剛柔迭用，所以云「雜」。一爻有一爻之時，一時有一時之物，周公各因其時，各辨其物，而繫之以辭。非若卦之止言大略，惟其時之不同，而其物亦異。如《乾》之取「龍」，一物也，而「潛」、「見」、「飛」、「躍」之不同者，時也。《漸》之取「鴻」，一物也，「干」、「磐」、「陸」、「木」之不同者，時也。

其初難知，其上易知，本末也。初辭擬之，卒成之終。

《説統》曰：「此承上節『原始要終』來。『易知』、『難知』，就後人觀《易》説。下二句，明所以『易知』、『難知』之故。」愚又謂「初」、「上」以卦畫言，「初擬」、「卒成」，以繫辭言。「本末」，猶前言「始終」。一畫初立，宜剛宜柔，皆未可知，必俟中爻之是非定，而「初」之是非乃定，故「難知」。「上」則就中爻之是非決之而已，故「易知」。聖人繫辭時，亦有難易，如《乾》之「初九」謂其陽也，擬之以「龍」；謂其「初」也，擬之以「潛」，費多少斟酌，故曰「擬」。至「上九」，則卦終在「飛」、「躍」之後，直謂之「亢龍」，無用擬議，故曰「卒成」。

若夫雜物撰德，辨是與非，則非其中爻不備。

朱子云：「先儒解此，多以爲互體。《左傳》亦時舉此義。看來此説亦不可廢。」愚按，此節承上文「六爻相雜」來。「雜物」，即「相雜」之「時物」也。「撰德」者，或剛或柔，或中或正，於「時物」之中，「撰」而列之也。「德」既列，則有得失有利害有吉凶是非，不可以不辨，此非「初」「上」兩爻所能盡，須合中四爻看，所謂互卦也。如《屯》卦，下《震》在物爲雷，在德爲健；上《坎》在物爲水，在德爲險，自「二」至「四」互《坤》，則「雜物」爲地，「撰德」爲順矣。自「三」至「五」互《艮》，則「雜物」爲山，「撰德」爲止矣。

蓋以「初」、「上」兩爻合之中四爻，而「是非」之義始備。

噫！亦要存亡吉凶，則居可知矣。知者觀其彖辭，則思過半矣。

《黄氏日抄》云：「晦庵云，曉不得説一個『噫』字，都不成文章。蔡氏曰『雜物撰德』，雜陰陽二物，以爲德也。『辨是與非』，辨其德之是非也。得位則吉，失位則凶。要之，以此可以知其是與非也。聖人所以嘆之曰『噫』。」愚又按，以上言卦爻之義備矣。夫子贊《易》至此，忽發嘆曰：約而言之，《易》卦中各具存亡吉凶之理，即其居者可知矣。「居」謂爻位，不待觀其動也，更約而言之，則觀文王之《彖辭》，思過半矣。并無待觀於《爻辭》也，所要者愈約，所見者愈精。聖人深契《易》道之妙如此。韓康伯曰：「『彖』者，舉立象之旨，該中爻之義。一以貫之，形而上者，可以觀道，過半之益，不亦宜乎！」

二與四，同功而異位，其善不同，二多譽，四多懼，近也。柔之爲道，不利遠者。其要无咎，其用柔中也。

《本義》：「此以下論中爻同功。」胡雲峰曰：「『雜物撰德』，兼言中爻之互體，此則分論中爻之本體。『二』與『四』異位也，以其皆陰，故『同功』。『遠近』，對『五』而言。」郭鵬海曰：「以『位』言，則『二』與『四』皆臣也，臣不宜偪君。『四』以近『五』，故『多懼』。以『功』言，則『二』與『四』皆柔也，柔本不宜遠，而『二』以得中，故『无咎』而『多譽』。參錯互見之辭。」歸震川曰：「知所謂『近』，則知『二』、『四』之不同者位；知所謂『柔中』，則知『二』、『四』之不同者不在位而在德。」

三與五，同功而異位，三多凶，五多功，貴賤之等也。其柔危，其剛勝邪？

此節末二句，先儒詮解多不甚明晰，愚竊以意解之。「三」與「五」異位也，以其皆陽，故「同功」。「貴」指「五」，「賤」指「三」。「等」者，等級也。凡爻，九居「三」，則剛而不中；六居「三」，則柔不當位。「三」之等賤，所以「多凶」，豈其以柔居之而危，以剛居之而勝耶？末二句，專發明「三多凶」之故。若「五」則不然，以九居「五」，則爲剛中得正；以六居「五」，則爲柔中居尊。「五」之等貴，所以「多功」也。亦前後參錯之辭。

又按，中爻之説，《注疏》與《本義》不同。孔《疏》分内外卦，以「二」、「五」爲中爻。後儒除「初」、「上」兩爻，以「二」、「三」、「四」、「五」爲中爻。愚竊謂，正體則「二」爲内卦之中，「五」爲外卦之中。互體則「三」爲内卦之中，「四」爲外卦之中。今合六十四卦《爻辭》觀之，惟《復》卦「六四」一爻，《益》卦「三」、「四」兩爻，則以「三」、「四」爲中，其他言中者，多在「二」、「五」，不取互卦也。《左傳·莊公》二十二年，周史爲陳侯筮，「遇

《觀》之《否》，曰：『《坤》，土也；《巽》，風也。』風行於土上〔一〕，山也。」杜元凱注云：「自『二』之『五』有《艮》象。」此用互卦占《易》之證。凡卦爻中所取之象，求之二體而不得者，求諸互體往往有合，所以云非中爻不備。但互卦去「初」、「上」兩爻，故「初」、「上」無定位，下文「二」、「三」、「四」、「五」皆一定之位也。看來「遠近」、「貴賤」，皆對「五」言，則所謂中爻者，仍當以「二」、「五」爲主。互卦雖從後儒推衍而出，亦有足以發明《卦》《爻辭》之義者，故兼取之。又按，京房《易積數》云：「『二』、『三』、『四』爲互體，『三』、『四』、『五』爲約象。」與諸家不同，先儒言互卦者，又只用中四爻互兩卦而已。吴草廬則推互卦所成爲十六卦，皆隔八而得，縮四而下，復合十六卦互體，只成《乾》、《坤》、《既》、《未》四卦以明《易》卦始終，亦宋以前諸家所未言者。

右第九章

此章專論卦爻，示人以觀六爻之法。其意通乎中四爻，而所主則尤在「二」、「五」，以其居一體之中也。

〔一〕「風行於山上」，四部叢刊本《春秋經傳集解》卷第三作「風爲天，於山上」。

《易》之爲書也，廣大悉備。有天道焉，有人道焉，有地道焉。兼三才而兩之，故六。六者非他也，三才之道也。「才」，《石經》作「材」。

《説統》曰：「通章『廣大悉備』句提綱，首節是論卦之六位，次節是論爻之六位。」愚竊謂此章專贊重卦。「廣大」者，統體渾淪；「悉備」者，條理詳密。可見《易》之爲書，無所不有。「天道」、「地道」、「人道」，三畫中已具三個「有」字，是夫子反覆觀象，而知三畫之必兼而用六者，以此故也。天能覆地，能載人，能參天地者，才也。不重則陰陽孤而無偶，必兼兩而爲六。天、地、人，各有陰陽，然後其道全而不偏。分六畫看，上二畫，天也；中二畫，人也；下二畫，地也。合六畫看，陰或居上，安知地之不爲天？陽或居下，安知天之不爲地？「五」爲君，則天道爲人道矣。「二」爲臣，則地道爲人道矣。複言「六者非他」，不是贅語，聖人把畫作道看，以明畫卦之指歸，道當如是也。項安世曰：「言其道之至，謂之三極。言其質之定，謂之『三才』。或云，静而能動曰極，以主宰言；獨而能兼曰才，以作用言。」

道有變動，故曰爻。爻有等，故曰物。物相雜，故曰文。文不當，故吉凶生焉。

蘇紫溪曰：「此節見『三才之道』無所不有，而《易》之書無所不備。」吴草廬曰：

「三畫不謂之爻，既有六畫而爻見焉。『爻』，交也，以交而變也。」愚按，「道」字承上文來。「等」者，爻位也。「物」者，陰陽也。「雜」者，交錯也。陰陽交錯，猶玄黄相間，而「文」見焉。「文」字，對前章「質」字説。前言卦之體，故曰「質」；此言爻之用，故曰「文」。孔《疏》以「文不當」爲「不當於理」，《本義》云：「爻不當位。」蓋謂以陰居陰、以陽居陽爲當位。陰居陽位、陽居陰位爲不當。「吉凶」之占，從當位不當位而生也。愚又細玩六十四卦，亦有不盡然者。如《屯》之「初九」當位而吉，「九五」雖當位而凶；《蒙》之「六三」不當位而凶，「六五」雖不當位而吉。此處所云「吉凶」，只在「文不當」中，未指《辭》。蓋本章是贊爻畫，非贊《爻辭》也。「不當」二字，要活看，猶云「不能皆當」也，兼當與不當説，於經旨始合。

或問，必陰陽相錯乃謂之爻，然則《乾》、《坤》重卦，純陽純陰，於交錯之義何居？按，程子曰：「卦之變，皆自《乾》、《坤》來。」朱子亦云，「效《乾》、《坤》之變化而生六爻」。愚又謂純卦中，各有「三才之道」，則六爻自有陰陽，如「初九」陽居陽位，「九二」陽居陰位之類，便是相錯之象，非必内外二體交錯也。

右第十章

上章析論《爻辭》，此章統論爻畫。

《易》之興也，其當殷之末世，周之盛德邪！當文王與紂之事邪！是故其辭危。危者使平，易者使傾。其道甚大，百物不廢。懼以終始，其要无咎。此之謂《易》之道也。

季彭山曰：「非末世則情僞不如是之滋，非盛德則《易》道無自而興。當紂之事，正處憂患而作《易》也。」愚又按，夫子原《易》之作，則指伏羲；原《易》之興，則專屬文王，而不及周公。前言「《易》興於中古，作《易》者，其有憂患乎」，此章承「憂患」説來。蓋文王當殷之末世，所遇之時乃危時，所處之地乃危地，故玩其《卦彖》，往往多儆惕之辭。此「辭」字專指《彖辭》。「危」，非一己之憂患，乃憂紂之傾危也。猶冀其轉危而爲安，故云「危者使平」，此周之所以爲盛德也。知其「危」，則「危」者可使之「平」；不知其「危」，而以爲「易」，則可使之「傾」。此其「道」自一身推之，家國天下無物不然，故曰「甚大」。「懼以終始」，《易》，懼之也，如朝乾夕惕之義，不特文王一生與憂患相終始，其要使天下後世皆知免咎之道在「危懼」之中。「危」者，文王演《易》之時；「懼」者，文王演《易》之心。二字乃一章眉目，《易》而曰「道」，中有挽回之方，不欲人諉之於數也。○周用齋曰：「常人始於憂，卒於怠。故《易》之懼，人不以始爲難，而以終爲貴。不曰『懼以始終』，而曰『終始』，欲人慎終如始也。」○張彥陵曰：「『無邪』者，《詩》之教；

『无咎』者，《易》之教。其旨同也。『无咎』二字，是千聖涉世之心法；『懼』之一字，是千聖寡過之心法。」

右第十一章

此章發明文王演《易》之本旨。

夫乾，天下之至健也，德行恒易以知險。夫坤，天下之至順也，德行恒簡以知阻。能説諸心，能研諸侯之《本義》：「『侯之』二字衍。」慮，定天下之吉凶，成天下之亹亹者。

《説統》曰：「此以『健』『順』二字，發明『易簡』之理即在人身。其意重在『知險阻』上，表聖人作《易》之深衷也。」愚竊按，《上傳》首章言「乾」「坤」易簡之德，《下傳》末章言「乾」「坤」之所以易簡，由於「至健」「至順」也。「阻險」二字，從上文「憂患」「危懼」説來。「乾」之德「健」，則遇險亦易，故曰「恒易」。「坤」之德「順」，則遇阻亦簡，故曰「恒簡」。「易簡」中本無險阻也，險阻之境，皆人心所自造。在我既無荆棘，世上那有坎坷，即有之，正爾不須逆億，自然先覺。「知險」「知阻」，皆從「易簡」中來。所以衆人遇險阻則心苦，而「易簡」者道理融洽，「能説諸心」。衆人遇險阻則慮棼，而「易簡」者臨事精詳，「能研諸慮」。直使「天下之吉凶」，由此而「定」；「天下之亹亹」，由此而「成」。自「能」字起，直貫到「者」字住。所謂「易簡而天下之理得」矣，非「至健」「至順」，其孰能之！

愚按，《本義》「『侯之』二字衍文」，其説本於王弼。蔡節齋徑去「侯之」二字，而以「悦諸心」、「研諸慮」並言。《黄氏日抄》云：「古本原有此二字，讀者自以義理而讀之可也，竟删去二字，不可也。」

是故變化云爲，吉事有祥。象事知器，占事知來。

《本義》云：「『變化云爲』，故象事可以知器；『吉事有祥』，故占事可以知來。」余德新云：「『變化』二句，不假象占者也。『象事』二句，求諸象占者也。」愚竊謂四句不宜兩分。説「變化云爲」，乃從「險阻」推開説，即下文「吉事」、「象事」、「占事」是也。「變化云爲」，事非一端，豈但知險阻而已哉？於「吉事」，則知「有祥」；於「象事」，則知制器；於「占事」，則知未來。皆「易簡」中自然之理，惟悦心研慮者，方知之耳。即「至誠之道，可以前知」之意。

天地設位，聖人成能。人謀鬼謀，百姓與能。

張彦陵曰：「此節舊主卜筮説，然照下『象告』、『情言』看，當指作《易》説。」愚按，説作《易》，則卜筮亦在其中。上言「易簡」之德，無所不知。此承上文，言「易簡」之所以能無不知者，豈有他哉？自「天位」乎上，「地位」乎下，而萬象森然，「天地」之能，畢效於聖人之前。聖人因之作《易》，體「乾坤」之德，以「成」其「能」，人爲之謀於明，鬼爲之謀於幽，下至百姓之愚，「與能」於日用飲食之際。健順之德行，至此而能事畢矣。以卜筮言之，古人亦未有廢人事而專聽命於鬼神者。舜傳位於禹，曰：「朕志先定，詢謀僉同，鬼神其依，龜筮協從。」《洪範》云：「謀及乃心，謀及卿士，謀及庶人，謀及卜筮。」亦皆先「人謀」，後「鬼謀」，而「百姓與能」者也。

八卦以象告，《爻》《彖》以情言，剛柔雜居，而吉凶可見矣。

《本義》：「『象』，謂卦畫。『爻彖』，謂卦辭。」愚按，此節言「聖人成能」之事，所以使「百姓與能」者也。伏羲六十四卦，只以「象告」，未有辭也。至文、周繫辭，而爻彖之情出焉。《乾·文言》曰：「六爻發揮，旁通情也。」又曰：「利貞者，性情也。」是《爻》《彖》皆以情言。情不出象之外，但上古即象而知其情，後世必言之，而情始見。此非聖人之情，乃《彖》《爻》中自具之情也。「八卦以象告」，則剛柔雜居矣。「《爻》《彖》以情言」，則「吉凶可見」矣。「居」者，位也，對下「變動」言，與第九章「居可知」義同，謂不待動而吉凶之理已著也。

變動以利言，吉凶以情遷。是故愛惡相攻而吉凶生，遠近相取而悔吝生，情僞相感而利害生。凡《易》之情，近而不相得，則凶。或害之，悔且吝。

《説統》：「此節『吉凶以情遷』句最重。」愚又謂「變動」句承上「象」字來，「吉凶」句承上「爻」字來。卦體本以變化而成，《象辭》多以利言者，如《乾》、《坤》、《屯》、《蒙》之類。亦有以不利言者，如《訟》、《否》、《剥》、《无妄》之類，故曰「變動以利言」。自《爻辭》觀之，據逐爻之情以處事，故有在《象》爲主爻，而在本爻則凶者，如《履・六三》、《震・九四》之類，則「吉凶」又與《象》異，而以「情遷」矣。「利」亦自「情」而生，《象》亦有「情」，《爻》亦有「利」，互文也。「愛惡相攻」以下，乃「吉凶以情遷」之事。「遠近」者，六爻之位也。「愛惡」「情僞」，相攻相取，相感相得者，六爻之情也。「吉凶」、「悔吝」、「利害」者，六爻之占也。爻有應有比，應者遠而比者近，皆宜「相得」者也。今只據近比者言，以其「愛惡」、「情僞」、「吉凶」、「悔吝」、「利害」之情，尤易見也。情之「不相得」者，謂「近」不「相取」。「惡相攻」、「僞相感」，則「近相取」；「愛相攻」、「情相感」者，爲情「相得」可知。「不相得則凶」，「害」「悔吝」，其「相得」則吉。「利」「悔」亡，無咎無吝可知。言「近」者之「不相得」，則「遠」而不相應者可知。夫子所已言者半，所未言者半，在讀者參互體會之耳。張元岵曰：「情莫切於『愛惡』。『遠近』者，所居之地。『情僞』者，『愛惡』中之變態。『攻』者，欲入而中之也。『取』者，欲得而致之也。『感』者，有所觸動也。凡人之情，愛之極，非獨近『相取』，且遠而『相取』矣。『取』而不得則『惡』，『惡』則『情僞』起。『情僞』一起，則將有不可言者，故曰『利害生』。原其初，止『愛惡』之念爲之胚胎，故以『愛惡』始，以『情僞』終，而遠近則中間往來之路。大抵《易》之情既不『相得』，『遠』之猶可，『近』之必『凶』。『利』之猶可，『害』之即未至於『凶』，亦『悔且吝』。」又曰：「凡爻，皆有『愛惡』、『遠近』、『情僞』也。惟近不得，則惡而不愛，僞而不情，感通絶而相攻之釁生矣，故曰『凶，或害之，悔且吝』。夫近亦適逢之會，何故招尤若此哉？地偪則嫌易生，習久則情易厭。遥聞聲而相思，日進前而不御，古來如此，其奈之何？」

將叛者，其辭慚。中心疑者，其辭枝。吉人之辭寡，躁人之辭多。誣善之人，其辭游。失其守者，其辭屈。

《注疏》謂「《易》中有此六種之辭」，愚竊以爲不然。《易》之道以辭顯，「聖人之情」以辭盡。前聖人繫辭以斷吉凶，後之人玩辭以知趨避。《大傳》二十四章，贊辭之用不一，至末又從人情險阻中舉此六種之辭，謂人之情因辭而顯，胡雲峰所云「使人由《易》以知言」是也。自「天地設位」以下，皆用卜筮而知者，此六句，不用卜筮而知者。

「將叛者」口與心背，故「慚」。「疑者」言多兩岐，故「枝」。「躁人」心粗氣浮，口不擇言，故「多」。「誣善」者敗人，毁而失實，故「游」。「失守」者自敗，遁辭必窮，故「屈」。惟「吉人」之「辭寡」，言必有中，「易簡」故也。事從「易簡」爲吉事，言從「易簡」爲「吉人」。余德新曰：「《上傳》以默而成之，不言而信存乎德行爲吉；《下傳》亦言德行，而以諸辭之不同者爲結。『吉人辭寡』，其默成之次歟！」李衷一曰：「世上風波無如言，惟『吉人之辭』可居其善，餘皆不善之言，皆能起釁生災。君子之寡言，亦遠險阻之大作用也。」

程敬承曰：「通章以『易簡』二字提綱，『知險』『知阻』，正是『易簡』中自具之靈明。悦之、研之者，『易簡』也。定之、成之者，『易簡』也。象之、占之者，亦『易簡』也。『成能』『與能』，使人就『易簡』之歸，而出『險阻』之途也。以下反覆發明『情遷』之義，蓋『情』即『險阻』之『情』。『吉人之辭寡』，即『易簡』之理。但天下『吉人』恒少，其餘五種，皆『險阻』之類也。『吉凶』、『情遷』，無非教人從人情中知『險阻』耳。『易簡』理得，則聖人作《易》以教人之本也。」李衷一曰：「此《下繫》之卒章也。可與『乾坤成列』章參看。首章爲聖人之命辭言，故先言吉凶，曰『貞一』，曰『義』，曰『聖人之情』，皆『易簡』也。法『易簡』於天地，此『聖人成能』之事也。末章爲聖人教人玩辭言，故先言『易簡』，曰『知器』、『知來』，曰『情遷』，皆吉凶也。知吉凶於險阻，此『百姓與能』之事也。」

《經繹》曰：「《大傳》是天人貞一之統也，二《傳》之首，原天地之知能，一神明之德，而贊其『易簡』。『易簡』者，天地之至德也。確然隤然，貞一爲觀，以知始而作成，卦以象此，爻以效此，而聖人之知能出焉。進而本諸天也。二《傳》之終，極卦爻之法象，盡變通之利，而歸之德行。德行者，聖人之『易簡』也。『至健』、『至順』，『知險』、『知阻』，以神明而默成，象卦所象，效爻所效，而天地之至德成焉，反而約之身也。」

右第十二章

此章自「夫《乾》」至「百姓與能」，「易簡」之能事已盡，「八卦以象告」至末，又發明《象》《爻》之情辭，而終以人情之險阻。

説卦傳

愚按，《隋書·經籍志序》：「秦焚書，《周易》以卜筮得存，惟失《説卦》三篇。後河内女子得之。」吕東萊《家塾論》云：「至後漢荀爽集解，乃得《八卦逸象》三十有一。韓康伯《説卦》乃止一篇，而别出《序》、《雜》。」

昔者聖人之作《易》也，幽贊於神明而生蓍。

愚按，前言伏羲畫卦之由，故直云仰觀俯察。此論重卦之後，故先言「生蓍」，後言「立卦」、「生爻」。「生蓍」者，天地也。「用蓍」者，聖人也。天地能「生蓍」，而不能用蓍，若非聖人「幽贊於神明」，則舉凡草木俱腐爾。「贊」字，即《中庸》「贊化育」之義，猶云「助」也。聖人因《河圖》之中數，用「蓍」以衍之，如下文「參天兩地」之數，非謂先有「蓍」，而後作《易》也。《本義》因《史記·龜策傳》「天下和平，王道得，而蓍莖長丈，叢生滿百莖」以釋「生蓍」之義。《黄氏日抄》云：「此章正言聖人用蓍，恐未必説到蓍未生前，聖人贊化而致蓍生之事。」孔《疏》謂：「聖人深明神明之道，而生用蓍策卦之法。」程子云「『生蓍』者，用蓍以求卦，非生出蓍而後畫卦」是已。《説文》：「蓍，蒿屬，生千歲，三百莖，《易》以爲數。天子蓍九尺，諸侯七尺，大夫五尺，士三尺。」

參天兩地而倚數。

先儒於此句，多從揲數説，但「參兩」之義，訓釋各不同。馬氏、王氏謂「天得三位，一、三、五也。地得二位，二、四也」。鄭氏云：「天地之數備於五十，乃參之以天，兩之以地，以倚託大衍之數五十。天三載，地二覆，欲極其數，庶得吉凶之審也。」孔氏云：

「揲蓍所得，取奇於天，取偶於地，而立七、八、九、六之數。」張氏云：「不以一目奇者，以三中含兩，有一以包兩之義。明天有包地之義，故天舉其多，地舉其少。」蘇氏云：「自一至五，天數三，地數二，數止於五。自五以往，皆相因而成者也。」楊龜山云：「參之爲九，兩之爲六。」王魯齋云：「數由一起，天開於子，其體圓而虛；地闢於丑，參於天中，其數爲二，故曰『參天兩地』。今合而論之，要不出《河圖》中五數而已。聖人觀圖而布策，自一至五，五行之生數也。『參天兩地』，合而成五，居圖之中，乃五行之發端。天三位，參之，則三三得九，是爲老陽。地二位，兩之，則二三得六，是爲老陰。蓍數倚之以起，『倚』者，依也。此立卦生爻之本，從此推之，過揲之數，四九三十六，三個十二也。四六二十四，兩個十二也。均之爲十二，參之則三個，兩之則兩個矣。再推而爲《乾》之策，二百一十有六，乃三個七十二也。《坤》之策，百四十有四，乃兩個七十二也。總上、下二篇之策，《乾》六千九百十二，乃三個二千三百四也；《坤》四千六百八，乃兩個二千三百四也。此皆《河圖》生數自然之妙。若夫七、八，亦《乾》、《坤》之策，但二、五爲七，三、四爲七，是一地一天，故不得謂之『參兩』。一、三、四爲八，一、二、五爲八，是一地二天，亦不得謂之『參兩』矣。」《説統》云：「按《河圖》天地之數，一、三、五謂天數，三積之而爲九；二、四爲地數，兩積之而爲六。聖人本《圖》數制蓍數，分揲、掛、扐之法，行而七、八、九、六之數，倚此而起，故曰『參天兩地而倚數』。《本義》『圍三圍四』之説，却是朱子另外添來，其實與圖數無預。」愚竊按朱子之説本於《周髀算經》「數之法出於方圓」，注云「圓，徑一而圍三；方，徑一而圍四」。《本義》引此，脱去兩「徑」字，而添「三各一奇」、「四合二偶」云云，似屬强爲牽合。

觀變於陰陽而立卦，發揮於剛柔而生爻，和順於道德而理於義，窮理盡性以至於命。

《本義》謂「此聖人作《易》之極功」。愚竊按，「立卦」「生爻」，非謂作《易》，乃揲蓍所得之「卦爻」也。自天「生蓍」，圖數顯，其爲數也，自具「陰陽」之「變」。其爲「變」也，自有「剛柔」之爻。聖人倚數，以「觀變」而「立卦」，用九、六，以「發揮剛柔」而「生爻」，於蓍卦之德，因其自然，而不參以己見，是爲「和順於道德」。於卦爻之義，處之各得其條理，是爲「理於義」。「窮理」者，窮其變也。「盡性」者，盡其變也。「至於命」，則變而不知其所以變矣。《困學記》曰：「『和順』、『道德』，統言一卦之體。『理於義』，分言六爻之用。『和順』是渾融之語，未必能『理於義』，故中間着一『而』字。『至命』，全在『窮』『盡』處得力，是一串事，故中間着一『以』字。」張南軒曰：「『義』在我也，『命』在天也。天下之人，皆知『義』『命』，則聖人之《易》可不作矣。惟不知義，不知命，此聖人不得已而『生蓍』，『倚數』，『立卦』，『生爻』，凡以爲不知義命者設也。」

愚按，程子云：「理則須窮，性則須盡，命不可以言窮言盡。只是『至於命』而已。橫渠昔嘗譬命是源，『窮理』與『盡性』是穿渠引源。然則渠與源是兩物。」胡敬齋云：「程、張所論不同，朱子於《或問》論之詳矣。然亦各據自己分上説。程得之易，故其言快；張得之難，故由經歷次第上説。」以上云云，多是言學《易》工夫，又揲蓍求卦之本領。

右第一章

此章專贊聖人用蓍之妙。

昔者聖人之作《易》也，將以順性命之理。是以立天之道曰陰與陽，立地之道曰柔與剛，立人之道曰仁與義。兼三才而兩之，故《易》六畫而成卦。分陰分陽，迭用柔剛，故《易》六位而成章。

前章言用蓍，此章言畫卦。先儒或云，序次當在「幽贊生蓍」之前，蓋先畫卦而後有蓍數也。今按，夫子語氣，乃承前章末句説來，故云「將以順性命之理」，序次故不紊也。在天謂之「命」，在人謂之「性」，總是一理。然所謂「性命之理」，即「陰陽」「剛柔」「仁義」是也。「順」者，自然而然，無勉强安排之意，「陰陽」「剛柔」，文王、周公所未言，夫子於每卦《彖傳》，或言「陰陽」，或言「剛柔」，皆以陽剛屬「天道」，陰柔屬「地道」。至此乃錯舉之，「天道」亦有「陰陽」，「地道」亦有「剛柔」。「立」者何？立此「陰陽」「剛柔」之體也。「立」之者誰？畫卦之聖人也。韓康伯注：「以氣言『陰陽』，以形言『剛柔』。」孔《疏》：「以形爲『陰陽』，以氣爲『剛柔』。」其説相反，韓注得之。「陰陽」「剛柔」，夫子言之亦屢矣，此則以「仁義」爲「人道」，以配天地。觀三個「與」字，見彼此相爲用，不可舉一而廢一也。「三才之道」，非兩不立。伏羲畫卦時，兼而兩之，分而迭用之，無非「順性命之理」。「六畫」者，卦之體也。「六位」者，爻之用也。卦兼上下二體，故曰「成卦」；爻則九六互用，故曰「成章」。先儒多以「分陰分陽」屬卦畫，「迭用柔剛」屬爻位。其實，「六位」既成，「陰陽」「剛柔」便間雜而「成章」，似不必更爲分析。前段言「陰陽」「剛柔」「仁義」，後段不言「仁義」，以見用天地之道者在人，此正兼三爲兩處。

右第二章

此章明爻位自然之理。

天地定位，山澤通氣，雷風相薄，水火不相射，八卦相錯。

先天後天之説，本於邵康節，《本義》於此引之，所謂「先天之學」也。愚竊按，朱子《答王子合書》云：「康節以乾南坤北爲伏羲八卦，大概近於傅會。」又，《答王樞》云：「八卦圓圖，其所列方位，皆無所祖述。蓋讀『定位』四語，而想像爲之者。」觀此，則朱子似亦以邵説爲未當。顧於此節，乃專主邵説，以爲伏羲先天圖八卦方位也。夫八卦方位，夫子於「帝出乎震」一章明言之，今先天圖方位易置，乃與聖言不合。楊龜山於先天之説，闕而不論，蓋有所疑也。《黄氏日抄》力辨其非，今詳録之，云：「『天地定位』者，天尊而上，地卑而下，其位一定而不易。《易》取其象，於卦爲《乾》、《坤》，譬之父母，實主乎一家而居尊者也。『山澤通氣』者，一高一下，水脈灌輸，而其氣相通，通之爲言，貫也，《易》取其象，於卦爲《艮》、《兑》。『雷風相薄』者，一迅一烈，氣勢翕合，而其形相薄，薄之爲言，偪也，《易》取其象，於卦爲《震》、《巽》。『水火不相射』者，一寒一暑，宜若相息而下，然上沸以成既濟之功，乃不『相射』，《易》取其象，於卦爲《坎》、《離》。凡六者，皆天地之氣爲之，譬如六子迭相運用，而悉出於父母者也。此章釋八卦之義，不過如此而已。歷漢、唐以至本朝，伊洛諸儒，未有外此而他爲説者。惟邵康節得陳希夷數學，創爲先天圖，移《易》卦之《離》南《坎》北，爲《乾》南《坤》北，曰『此取《易》之「天地定位」也』。然《易》曰：『《離》也者，明也，南方之卦也。』『《坎》也者，水也，北方之卦也。』則《離》南《坎》北，經有明文矣。『天地定位』，經未嘗明言其爲南北也，何以知此爲先天之卦位耶？ 康節既移《乾》《坤》於南北，又移《艮》以居西北，《兑》以居東南，曰『此取《易》之「山澤通氣」也』。然《易》曰：『《艮》，東北之卦也。』又曰：『《兑》，正秋也。』則《艮》居東北，《兑》居正西，經有明文矣，未嘗言《艮》爲西北，《兑》爲東南也，何所考而指爲先天之卦位耶？ 康節既移東北之《艮》於西北，遂移《震》於東北，而移《巽》於西南，曰『取《易》之「雷風相薄」也』。然《易》曰：『《震》，東方也。』又曰：『《巽》，東南也。』則《震》居東方，《巽》居東南，經有明文矣，未嘗言《震》爲東北，《巽》爲西南也，何所考而指此爲先天卦位耶？ 康節既移《坎》《離》之位，以位《乾》《坤》，乃移《離》於正東，移《坎》於正西，曰『此取《易》之「水火相射」也』。然南方爲《離》，北方爲《坎》，經文萬世不磨，若『水火不相射』，特言其性相反，而用則相資耳，於經未嘗明言《離》爲東方之卦，《坎》爲西方之卦也，康節又何所考而指爲先天卦位耶？ 《易》畫於伏羲，演於文、周，繫於孔子，傳之天下萬世，惟此一《易》而已，未聞有先天後天之分也。康節特托《易》以言數，諸儒未有以此言《易》者也。晦庵以理學集諸儒之大成，原聖人因卜筮而作《易》，始兼康節之説而言之，若門人所録《語類》，乃因康節之先天而反有疑於文、周、孔子之《易》，及有疑於伊川之《易傳》，且有疑於《易經》。此章八卦之位，未必盡當時之真也。蓋《易》所言者，道也。而康節所言先天者，數也。康節雖賢，不賢於文王、孔子也，康節欲傳伊川以數學，伊川不從，不可以數學而反疑《易》學也。」

竊謂此一節，只就卦象對待説，天地間無一非對待之象，故《易》以《乾》、《坤》象天地，《艮》、《兑》象山澤，《震》、《巽》象雷風，《坎》、《離》象水火。「天地」合德而「定位」，「山澤」異體而「通氣」，「雷風」相助而「相薄」，「水火」相爲用而「不相射」，皆造化一定之理。「天地」之上爻「相錯」，即「山澤」下爻「相錯」，即「雷風」中爻「相錯」，即「水火」一氣周流，毫無間隔，可以此卦錯諸彼卦，可以彼卦錯諸此卦，絶不費安排布置。豈若先天圖之説，先有《乾》而後生《兑》，先有《兑》而後生《離》，先有《震》、《巽》、《坎》、《艮》，而後生《坤》耶？今據所謂先天圖推之，南與《坎》對，東與西對，東北與西南對，西北與東南對，一陰對一陽，二陰對二陽，三陰對三陽，爻爻「相錯」。「相錯」之象，不待互易，而在對待。其所列八卦方位，只就三畫看，與經文亦可配合。而康節乃以八卦爲三畫卦，以八卦之上各加八卦爲「相錯」，則是以「相錯」爲相重矣。凡此往彼來，謂之錯；加增其上，謂之重。以「相錯」即相重，訛矣！

數往者順，知來者逆，是故《易》，逆數也。

愚按，《朱子文集》云：「自《震》四至《乾》一，爲『數往者順』。自《巽》五至《坤》

八，爲『知來者逆』。」一圖之中，逆順分行，更不可曉。而《本義》乃以「起《震》而歷《離》、《兑》，以至於《乾》」爲指圓圖，「數已生之卦」。「自《巽》而歷《坎》、《艮》，以至於《坤》」爲指横圖，「推未生之卦」。其實，釋經者多不主此説。竊謂夫子所云「順逆」，只承「八卦相錯」説來。以《乾》、《坤》六子論，《乾》錯《坤》而有《震》、《坎》、《艮》，《坤》錯《乾》而有《巽》、《離》、《兑》。自《乾》錯《坤》，而生三男，「順」也，合三男而成其爲《乾》，「逆」也。自《坤》錯《乾》，而生三女，「順」也，合三女而成其爲《坤》，「逆」也。以人事論之，凡事，數已往則順而易，度將來，則逆而難。《易》之占，爲「知來者」設，故曰「逆數」。「數往」句，只是引起下句。兩「數」字，先儒有作上聲者，有作去聲者。蘇氏《易傳》曰：「道德之變，如江河之日趨乎下也，沿其末流。至於『立卦』、『生爻』、『生蓍』、『倚數』，而萬物之情備矣。聖人以爲立於其末，則不能識其全而識其變，是以泝而上之，反從其初。六十四卦，三百八十四爻，皆據其末，而反求其本者也。故爲『逆數』。」朱康流曰：「『數往』者，數已成之卦；『知來』者，知未定之卦。已成者，以位之先後爲序，故『順』。未定者，以策之升降爲序，故『逆』。《易》之理本『順』，所以用之者貴『逆』也。」萬以忠曰：「有六子，便已盡《易》天地之位。天位於上而錯於下交，地位於下而錯於上交。便已不相順而相逆，故以言其『逆』。《乾》逆《坤》，爲《震》、

《坎》、《艮》；《坤》逆《乾》，爲《巽》、《離》、《兑》。單就八卦言之，已是相錯，已都爲逆數也。」張彦陵曰：「此節只上句摘一『數』字，下句摘一『逆』字，便見一、二、三、四與五、六、七、八相合爲用。有《乾》、《兑》、《離》、《震》以爲『往』，當有《巽》、《坎》、《艮》、《坤》以爲『來』。若使都以順數，便不交不變矣，故曰『逆數』也。」一説，「往」謂已畫之八卦，「來」爲未重之六十四卦。《易》之爲數，先有八卦，而餘卦以次相錯。伏羲亦莫測其所以然，故不徒曰「逆」，而曰「逆數」，以見天道無端，惟數可以推其機；《易》道至妙，因數可以明其理。理因數顯，數從理出也。又一説，自《乾》一順至《坤》，從天墜到地矣。《易》「逆數」，便要從地仍舊上天。又一説，《易》之爲書，教人卜未來吉凶，要在盡人事，以回造化，若逆挽而進之者，故曰「逆數」。以上諸説雖不同，各有理解，除却先天圖之説，不妨並行也。

《説統》云：「此章説者紛紛，都緣『八卦相錯』一句，欲做六十四卦圓圖看，故『數往』一節，説來説去，畢竟無着落。只因不識『錯綜』二字，故以爲相交而成六十四卦。不知此專説八卦『逆數』方得『相錯』，非言六十四卦也。八卦不相錯，則陰陽不相對待。『天地』、『雷風』、『山澤』、『水火』，俱不得一位矣。」愚又按，「八卦相錯」，而成六十四卦，本康節之説也。今據所謂先天圖推之，《乾》、《兑》、《離》、《震》，前四卦爲「往」；

《巽》、《坎》、《艮》、《坤》，後四卦爲「來」。「往」者「順」，《乾》一至《震》四，皆用「順」數；「來」者「逆」，《巽》五至《坤》八，皆用「逆」數。「數往」者之「順」，而知「來」者之「逆」，所以《巽》五不次於《震》四，而次於《乾》一。若《巽》五即次《震》四之後，則八卦不相錯矣。「相錯」，單就八卦言，其説猶可通，所以蔡虚齋云：「以順逆分判八卦，八卦之位既定，則一卦各管八卦，而六十四卦在其中矣。」但不可以「相錯」者，爲六十四卦，皆逆數也。

右第三章

此章言八卦對待之體，有相錯之象，順逆之數，皆出乎自然。

雷以動之，風以散之。雨以潤之，日以晅《注疏》作「烜」**之。《艮》以止之，《兑》以説之。《乾》以君之，《坤》以藏之。**

蔡節齋曰：「『雷風』二句，言生物之功；『雨日』二句，言長物之功；『艮兑』二句，言收物之功；『乾坤』二句，言藏物之功。」愚又按，此章卦象相對，與上章同序次，先後則異。先「雷風」者，初畫也；次《坎》、《離》，中畫也；次《艮》、《兑》，上畫也；《乾》、《坤》居三畫之全，六子之功，皆《乾》爲之「君」，「《坤》以藏之」者也。胡雲峰曰：「自

『動』至『晅』，物之出機；自『止』至『《坤》』，物之入機。出無有，氣之行也，故以象言；入有於無，質之具也，故以卦言。」愚又按，天之生物、成物，「動」者出而「藏」者入，五行惟土爲善藏，當其發也，百昌咸遂；及其斂也，一物無有。及遇《震》，則藏者復出，此化裁之終始也。故首「雷」而終《坤》焉。

右第四章

前章言八卦相資爲用，此章言八卦各效其功。

帝出乎《震》，齊乎《巽》，相見乎《離》，致役乎《坤》，説言乎《兑》，戰乎《乾》，勞乎《坎》，成言乎《艮》。

《本義》引邵子曰：「此卦位乃文王所定，所謂後天之學也。」愚按，圖之言方位者，惟此則有據。《坤·彖》：「西南得朋」，「東北喪朋」；《蹇·彖》：「利西南」，「不利東北」，此文王所明言。《震》東，《巽》東南，《離》南，《乾》西北，《坎》正北，《艮》東北，此夫子所明言。不知《乾》南《坤》北，先天方位之説，從何而來？邵子既以先天圖爲伏羲之《易》，遂以此爲後天方位。其實文王所闡發，即伏羲之《易》，豈有先、後天之分耶？蘇氏《易傳》以「帝出乎震」一節，爲古有是語；「萬物出乎震」一節，是孔子從而釋之，理或然也。愚又按，此章八卦之次，與前章又不同。先儒謂此乃五行相生、四時流行之序也。以兩儀言，則《乾》《坤》爲天地；以八卦論，則《乾》《坤》與六子各一其用。首言「帝」者，《震》爲長子，以其主宰爲之「帝」。《震》、《巽》爲木，《離》爲火，《坤》爲土，《兑》、《乾》爲金，《坎》爲水，水生木，於時爲春。木生火，於時爲夏。火生土，於時爲夏秋之交。土生金，於時爲秋。金生水，於時爲冬。五行周而復始，繼以《艮》土者，水非土亦不能以生木。循環無窮，而四序流行於其中，孰主宰之帝是也？

萬物出乎《震》，《震》，東方也。齊乎《巽》，《巽》，東南也。齊也者，言萬物之潔《石經》作「絜」齊也。《離》也者，明也，萬物皆相見，南方之卦也。聖人南面而聽天下，嚮明而治，蓋取諸此也。《坤》也者，地也，萬物皆致養焉，故曰致役乎《坤》。《兑》，正秋也，萬物之所説也，故曰説言蘇氏《易傳》：「『言』字衍文也。」乎《兑》。戰乎《乾》，《乾》，西北之卦也，言陰陽相薄也。《坎》者，水也，正北方之卦也，勞卦也，萬物之所歸也，故曰勞乎《坎》。《艮》，東北之卦也，萬物之所成終而所成始也，故曰成言乎《艮》。

愚按，此八卦方位，夫子所明言者。朱子於此章卦義，自言「多未詳」，其《答袁機仲書》云：「文王八卦，某嘗以卦畫求之，縱横反覆，竟不能得其所以安排之意。」又曰：「曷言『齊乎巽』？不可曉。《坤》在西南不成，東北無地，『乾西北』亦不可曉。如何陰陽來此相薄？西方肅殺之氣，如何言『萬物相悦』？」竊采先儒之説，一一析之。此節把八卦方位次第推出，分明四時代更之義。雷於天地爲長子，以其統類萬物爲出入也。雷出地，百八十三日而復入，則萬物皆入。入地，百八十三日而復出，則萬物亦出，「震」之動物，皆春分之前，萬生之初，故位居東方。《巽》位東南，當春夏之交，萬物畢出，氣色鮮新，故曰「潔齊」。《離》位正南，至四五月，則萬物長養暢茂，如重相見，非「離明」得位之象乎？「《坤》也者，地也」，「地」字只當「土」字看。土居中央，土之位夏將秋，火欲克金，有土則火生土，而土生金，克者又順以相生矣。不言西南者，《坤》土旺於四季，不止西南一方也。言「致役」者，帝君也；《坤》，臣也；言「致養」者，《坤》，母也；萬物，子也。《兑》爲西方之卦，不言可知。秋乃萬寶告成之時，物情如何不悦？朱子嘗釋《乾》卦「利貞」之義，云：「利者，生物之遂，物各得宜，不相妨害。於時爲秋，而得其分之和，非即悦之義乎？」《乾》位西北，主立冬以後，冬至以前。自《巽》而《坤》而《兑》，皆陰卦，至此忽與陽遇，陰疑於陽，故「相薄」而戰，於《乾》之方與《坤・上六》「龍戰」義同。《坎》位正北，兼言「水」者，冬乃水歸其壑之候，萬物芸芸，各歸其根，如歲終息老物，休田夫，有慰勞之義，故曰「勞卦」。《艮》居東北，主冬春之交，萬物於此成收藏之終，即成發生之始，故曰「成言乎《艮》」。此皆四時流行自然之序。八卦實與四時合其序，何嘗有所安排乎？東南西北，各一其方；春夏秋冬，各一其時，木火土金水，各一其氣。經文於方位獨遺西，於四時獨言秋，於五行獨言水，舉一卦，而他卦可互推也。

右第五章

此章推言八卦流行之用。

神也者，妙萬物而爲言者也。動萬物者，莫疾乎雷。撓萬物者，莫疾乎風。燥萬物者，莫熯乎火。説萬物者，莫説乎澤。潤萬物者，莫潤乎水。終萬物始萬物者，莫盛乎艮。故水火相逮，雷風不相悖，山澤通氣，然後能變化，既成萬物也。

鄭申甫曰：「伏羲八卦以配八物，不以配五行。若文王卦圖，直以配五行，不作八物看矣。東西南北，五行正位。四隅爲五行之交，此亦據圖而言也。」愚按，八卦無所謂先天後天，只有對待流行之理。「定位」章言對待之體，「雷動」「出震」二章，言流行之用，此則合對待流行而言。「神」字乃贊「乾坤」之妙，非去「乾坤」而專言六子也。鄭康成云：「『乾坤』共成萬物，不可得而分，故合而謂之『神』。」張横渠云：「一故『神』，兩故『化』。蓋『乾坤』合稱謂之『神』。」胡雲峰曰：「言『神』則『乾坤』在其中，蓋六子之功，皆『乾坤』之功；六子之『神』，皆『乾坤』之『神』，『乾坤』雖不言可矣。若云『去乾坤』，則首句如何着落？『雷動』、『風撓』、『火燥』、『澤悦』、『水潤』、『艮終』，始則分言六子流行之用，『水火相逮』以下，又説到六子對待之體，以見流行之妙，多自對待中來。前云『山澤通氣，雷風相薄，水火不相射』，以次陰陽之交合。此云『水火相逮，雷風不相悖，山澤通氣』，以次陰陽之變化。惟其交合如此，然後能變化而成萬物如此。孰非『乾坤』之神妙，運於其中而能然哉！『故』字，『然後』字，『能』字，極有力。」孔仲達曰：「上云『水火不相射』，此云『相逮』者，既不相射，又不相及，則無成物之功；上云『雷風相薄』，此云『不相悖』，若相悖則相傷，亦無成物之功也。」

張待軒曰：「『定位』章，首《乾》、《坤》，而即繼以《艮》、《兑》，次《震》、《巽》、《坎》、《離》；『雷動』章，先《震》、《巽》、《坎》、《離》，繼以《艮》、《兑》、《乾》、《坤》，既與『定位』章異矣。『出震』章，首《震》終《艮》，等《乾》、《坤》於六子，中間位次，參錯不齊，又與『雷動』章異矣。『神也者』章，先《震》、《巽》，次《離》、《兑》，次《坎》、《艮》，置《乾》、《坤》於不言，與前三章又迥然不同矣。想見聖人胸中造化，《易》理渾淪融洽，見到即書，無非妙義，沾沾然此爲先天，此爲後天，又變其説，此爲《連山》，此爲《歸藏》，不亦愈枝而愈遠乎？」

右第六章

此章言八卦流行之用出於對待之中。

《乾》，健也。《坤》，順也。《震》，動也。《巽》，入也。《坎》，陷也。《離》，麗也。《艮》，止也。《兑》，説也。

吴幼清曰："此章以八字斷八卦之德。"愚又謂夫子欲推廣八卦之象，先言八卦之德。此作《彖傳》之本領也。《乾》，純陽，故"健"；《坤》，純陰，故"順"；《震》得《乾》之初體，故爲"動"；《巽》得順之初體，故爲"入"；《坎》，一陽在二陰之中，有摧鋒陷陣之象；《離》，一陰在二陽之中，爲上下附麗之象；《艮》，陽在上，前無所往，故"止"；《兑》，陰在下，情有所發，故"悦"；"《乾》健"、"《坤》順"、"《艮》止"、"《兑》説"，四卦《彖傳》所已言。《坎・象》言"險"而不言"陷"，《離・象》言"麗"而兼言"明"，"《震》動"，不言於本卦，而見於《屯・彖傳》；"《巽》入"，不言於本卦，而見於《序卦傳》。自此以下，皆以《乾》、《坤》及六子長中少爲次，又可見先天圖《乾》一《兑》二《離》三《震》

四《巽》五《坎》六《艮》七《坤》八之説，爲不足憑也。

右第七章

《本義》：「此言八卦之性情。」

《乾》爲馬，《坤》爲牛，《震》爲龍，《巽》爲雞，《坎》爲豕，《離》爲雉，《艮》爲狗，《兑》爲羊。

《埤雅》：「《乾》陽，故馬蹄圓；《坤》陰，故牛蹄坼。馬，陽物也。起，先前足；卧，先後足。牛，陰物也。起，先後足；卧，先前足。龍，蟄物也，遇陽則奮。雞，羽物也，遇陰則入。豕，性剛躁陽，在内也。雉，羽文明陽，在外也。内柔而附人，外剛而善禦者，狗也。内剛而喜觸，外柔而樂群者，羊也。」愚又按，夫子取象，有從文、周《卦》《爻》者，如「《乾》龍」「《坤》馬」之類；有自引《大象》例者，「《離》電」「《巽》木」之類；又有於《説卦》别取者，若「《坤》牛」「《震》龍」「《艮》狗」之類，只從遠取諸物，會其大意可也。先儒有云，周公以《乾》爲龍，夫子以爲馬；文王以《坤》爲馬，夫子以爲牛。象之不必泥如此。愚又竊以爻象及中爻互卦求之，《乾》爲馬，則取諸《大畜》之「良馬逐」，内卦《乾》體也。《巽》爲雞，則取諸《中孚》之「翰音」，外卦《巽》體也。《坎》爲豕，則取諸

《睽》之「豕負塗」，中爻互《坎》也。《離》爲雉，則取諸《旅》之「射雉」，外卦《離》體也。《兑》爲羊，則取諸《夬》之「牽羊」，外卦《兑》體，又取諸《大壯》之「羝羊」「喪羊」，中爻互《兑》也。

右第八章

《本義》：「遠取諸物如此。」

《乾》爲首，《坤》爲腹，《震》爲足，《巽》爲股，《坎》爲耳，《離》爲目，《艮》爲手，《兑》爲口。

愚按，人身皆具此八體，而不知其與八卦合。夫子説卦至此，要人反而求之，一身之中，無非《易》也。「《乾》爲首」，諸陽所聚，尊而居上也。「《坤》爲腹」，諸陰所積，大而能容也。《震》剛在下爲「足」，《艮》剛在上爲「手」，兩陽卦相對也。《巽》陰下開爲「股」，《兑》陰上開爲「口」，兩陰卦相對也。「耳」之能聽，以其竅空也，空屬陽，《坎》外陰而内陽，故爲「耳」。「目」之能視，以其睛黑也，黑屬陰，《離》外陽而内陰，故爲「目」。手能指揮而使之行，亦能執持而使之止，一行一止之官也。口能納茹而使之入，亦能吐露而使之出，一出一入之官也。細觀取象，亦不離卦爻中。「《乾》爲首」，於《乾》「用九」得之；「《坤》爲腹」，於《明夷》「六四」得之。「《震》爲足」，於《大壯》「初爻」得之。「《巽》爲股」，於《咸》「九三」互體得之。「《坎》爲耳」，於《噬嗑》互體得之。「《離》爲目」，於《歸妹》「九二」得之。《艮》不爲背而爲手，對《震》足言也，於《蒙》「上九」得之。「《兑》爲口」，於《咸》「上六」得之。胡庭芳謂「惟腹、股、口三象與卦合，餘則夫子自取」，蓋未嘗細玩《爻辭》耳。

張待軒曰：「八卦以身取象，獨不言心，何也？無心，則耳、目、手、足竟安用耶？學《易》者可憬然悟矣。」

右第九章

《本義》：「近取諸身如此。」

《乾》，天也，故稱乎父。《坤》，地也，故稱乎母。《震》一索而得男，故謂之長男。《巽》一索而得女，故謂之長女。《坎》再索而得男，故謂之中男。《離》再索而得女，故謂之中女。《艮》三索而得男，故謂之少男。《兑》三索而得女，故謂之少女。

《尚書序》云：「八卦曰八索，言八八相索也。」《注疏》云：「索者，以《乾》、《坤》爲

『父母』，而求其子也。得父氣者爲男，得母氣者爲女。」蔡伯靜云：「『一索』、『再索』、『三索』者，以初、中、終三畫，而取此長、中、少之序也。」姚承庵曰：「玩『故稱』、『故謂』語氣，見『父母男女』原有此名，夫子特詳釋之，以明其義，各有攸當耳。」愚按，此章主畫卦説，以明《乾》《坤》六子八卦之次序。「索」者，陰陽相求。三男，本《坤》體，各得《乾》之一陽而成男，陽求陰也。三女，本《乾》體，各得《坤》之一陰而成女，陰求陽也。男女分於所得之陰陽，少長别於所得之先後。蓋於八卦既成之後，方見得有父母男女之象，非初畫時即有此意也。《本義》：「謂揲蓍以求爻。」胡雲峰曰：「此章乃朱子未改正之筆，若專言揲蓍求卦，則無復有此卦序矣。」

右第十章

此章言八卦中父母男女之序，以下八節，次第因之。

《乾》爲天，爲圜，爲君，爲父，爲玉，爲金，爲寒，爲冰，爲大赤，爲良馬，爲老馬，爲瘠馬，爲駁一作「駮」，《經典釋文》作「駹」**馬，爲木果。**

程伊川曰：「此所謂類萬物之情也。」程沙隨曰：「八卦之象，皆物充其類，所謂百物不廢。」愚按，以下八節取象，凡一百一十二，今於諸家訓詁中，采其就文作解者，分註本條下。「圜」，古「圓」字。《吕氏春秋》云：「天道圓，地道方。」胡雙湖曰：「無所不統爲君，變生六子爲父。」愚按，《乾》六爻，無臣位，君道也，即父道也。《易見》曰：「『玉』『金』，取《文言》贊象之辭，『玉』以象其粹，『金』以象其精。《乾》居亥位，西北之卦，陰極矣。故『爲寒』，『爲冰』。『大赤』，盛陽之色也。陽生於子，極於午，『寒』『冰』在子，以陽之始言；『大赤』在午，以陽之終言。」吴草廬曰：「『馬』加『良』『老』『瘠』『駁』四字：『良』以其純陽，『老』爲老陽，健之最久者；『瘠』謂多骨少肉，健之最堅强者；『駁』，獸名，能食虎豹，健之最威猛者。」胡雲峰曰：「《乾》爲木果，結於上而圓。」愚按，《剥》之一陽在上，爲「碩果」，即此義。

《坤》爲地，爲母，爲布，爲釜，爲吝嗇《經典釋文》作「遴嗇」**，爲均，爲子母牛，爲大輿，爲文，爲衆，爲柄**一作「鈁」。**其於地也，爲黑。**

徐進齋曰：「《坤》之德，動闢而廣生，故『爲母』，『爲布』，『爲均』。虚而容物，故『爲釜』。」錢融堂曰：「『吝嗇』者，陰之性，女子小人，未有不吝者。」進齋又曰：「性順而蕃育，故『爲子母牛』。厚而載物，故爲『大輿』。」愚按，《坎》惟二畫虚，亦爲輿而不言大。胡雲峰曰：「『爲文』者，物生於地，雜而可見也。」楊止庵曰：「偶畫多，故物之生於地上『衆』也。」余息齋曰：「『柄』也者，有形可執，或云在下，而承物於上，故爲

『柄』。」愚按，「柄」一作「枘」，即《莊子》「枘鑿」之義。《乾》性圓，《坤》性方，不相入者也。孔氏曰：「地有五色，以黄爲中，黑爲正。」

《震》爲雷，爲龍《經典釋文》作「駹」，爲玄黄，爲旉，爲大塗，爲長子，爲决躁，爲蒼筤《釋文》作「琅」竹，爲萑《釋文》作「藿」葦。其於馬也，爲善鳴，爲馵足，爲作足，爲的顙或作「駒顙」。其於稼也，爲反《釋文》作「坂」生。其究爲健，爲蕃鮮。

李資始曰：「龍，君象也。《乾》爲君，《震》爲儲君，皆得稱龍。」孔《疏》：「玄黄雜而成蒼色。」吴草廬曰：「《乾》《坤》始交而生《震》，故兼有天地之色。『旉』與『華』同，花蒂下連而上分也。」「大塗」，孔《疏》謂「一陽動於下，而二偶開通，前無擁滯也」。龔括蒼曰：「『長子』，繼《乾》父之事，有傳正統之義。」張彦陵曰：「陽生於下，而進以决陰躁者，陽之動也。『蒼』者，東方之色。『萑葦』，下本實，而上幹虚。」愚按，《埤雅》云：「『蒼筤』，幼竹也。『萑』似『葦』而小。」《字書》「蘆始生曰虉」，《莊子》：「欲惡之孽，爲性萑葦蒹葭，始萌以扶吾形，尋擢吾性。」以上皆取初生之象。雷出地而奮，於馬爲「善鳴」之象。草廬曰：「『馵足』『作足』，皆言下畫之陽。」愚按，《玉篇》：「馬立，一足懸起，曰『馵』。馬行，兩足騰起，曰『作』。」草廬曰：「『的顙』，言上畫之虚。」愚按，《毛詩傳》：「白顛曰的顱。」「的」者，白也。草廬曰：「『反生』，萌芽自下而生，反勾向上，陽在下也。『蕃鮮』，爲春生之草，下一根，而葉分開於上。」愚又按，《震》爲「决躁」，「其究爲健」，陽長必終於《乾》也。《巽》之「究爲躁卦」，反對《震》也，《巽》終亦變《乾》也。獨於二卦言「其究」者，《震》、《巽》，剛柔交之始也，始必究其終。

《巽》爲木，爲風，爲長女，爲繩直，爲工，爲白，爲長，爲高，爲進退，爲不果，爲臭。其於人也，爲寡《釋文》作「宣」**髮，爲廣**《釋文》作「黄」**顙，爲多白眼，爲近利市三倍，其究爲躁卦。**

徐子與曰：「物之善入者莫如木，氣之善入者莫如風。《坤》爲母，明其爲《乾》之配。《巽》爲長女，明其爲《震》之配。『繩』，糾木之曲，而取直者。『工』，引繩之直，而制木者。《巽》德之制，故有此象。」胡雲峰曰：「一卦中有相因取象者，《巽》『爲繩直』，因而『爲工』。」姜鳳阿曰：「『白』，所以受采，亦《巽》入之義。」錢融堂曰：「『爲長』者，風行也。『爲高』者，木性也，木下入而上升。」《説統》曰：「『爲進退』，行多遲迴。『爲不果』，心無决斷。總是陰性多疑。」吴草廬曰：「凡物有聲色臭味，聲臭屬陽，色味屬陰。《巽》，二陽外達，故爲『臭』。」愚又按，《月令》五臭，香居其一，春而「臭羶」，明庶風也；夏而「臭焦」，景風也；秋而「臭腥」，閶闔風也；冬而「臭朽」，廣莫風也。臭以風而傳。又按，郊祭之禮，商人尚聲，未祭之先，奏樂所以求陽。周人尚臭，未祭之先，焫蕭所以求陰。《巽》爲臭，則《震》爲聲，可知正以下一陰一陽之分耳。草廬又曰：「以頭言，陰血盛者髮多，陽氣盛者髮少。以顙言，陽體盛者顙廣，陰體盛者顙狹。以眼言，白者爲陽，黑者爲陰。《離》目，上下白而黑者居中；《巽》目，上中白而黑者在下。又白多於黑也。」張彦陵曰：「陽奇爲三《乾》，有美利利天下，而《巽》二《乾》，陽畫是三之倍者。」又一説，南方《離》，日之中爲市，《巽》居東南，與《離》相近，一陰下爲《巽》主，而二陽皆其所有也。「躁卦」，解見《震》下。《震》、《巽》，陰陽之始，故皆以「究」言之。

《坎》爲水，爲溝瀆，爲隱伏，爲矯輮《釋文》作「揉」，**爲弓輪。其於人也，爲加憂，爲心病，爲耳痛，爲血卦，爲赤。其於馬也，爲美脊，爲亟**《釋文》作「極」**心，爲下首，爲薄蹄，爲曳。其於輿也，爲多眚，爲通，爲月，爲盜。其於木也，爲堅多心。**

來矣鮮曰：「陽畫爲水，二陰夾之，故爲『溝瀆』。陽匿陰中，爲柔所掩，故爲『隱伏』。」楊升庵曰：「『行水用溝，停水用瀆。』」愚按，《爾雅》「水注谷曰溝」，「水注澮曰瀆」。《坎》爲通流之水，故爲「溝瀆」，與澤之止水不同，恐無停水之象。徐子與曰：「陽在陰中，抑而能制，故爲『矯輮』。『矯』者，矯曲而使之直；『輮』者，輮直而使之曲。『弓』與『輪』，皆『矯輮』所成也。『心』『耳』，皆以虚爲體。《坎》中實則爲『憂』、爲『病』、爲『痛』。氣爲陽，血爲陰，血在形，如水在天地間，故爲『血卦』。」愚按，「赤」者，血色也，亦相因之象。子與又曰：「『脊』居馬體之中，故爲『美脊』。又以陽陷陰中，故在人爲『心病』，在馬爲『亟心』。『亟』者，性急難御也。上畫柔，故爲『下首』。『下』者，垂也。下畫柔，故爲『薄蹄』，又『爲曳』，足無力也。」「輿爲多眚」有三説，柔在下而不任重，一也；《坎》中滿而下無力，一也；《坎》陰陷而多阻礙，一也。《説統》曰：「《坎》水利舟楫，水行則利涉，故『爲通』。」龔深父曰：「月爲水之精，故方諸取水於月。《坎》受《乾》爲體，與月借日爲光同。」張元岵曰：「太玄以水『爲盜』，陰陽家以玄武『爲盜』，皆屬《坎》，心在内，節在外；心在中，節在上。《坎》爲中陽，『堅多心』也。《艮》爲少陽，堅多節也。兩卦之分如此。」

《離》爲火，爲日，爲電，爲中女，爲甲胄，爲戈兵。其於人也，爲大腹，爲乾《釋文》作「幹」**卦，爲鼈，爲蟹，爲蠃**《釋文》作「螺」。一作「蠡」**，爲蚌**《釋文》作「蜯」**，爲龜。其於木也，爲科**《釋文》作「折」**上槁。**「乾」音「干」。「槁」，《釋文》作「稾」，一作「熇」。

張彦陵曰：「『火』外明而内暗，『日』者，火之精。『電』者，火之光。」蔡伯静曰：「内暗外明者，火與日也。《離》，内陰外陽，故『爲火』，『爲日』。陰薄陽則有光，故『爲電』。再索得女，故爲『中女』。陽在外而堅，故爲『甲胄』。陽在上而鋭，故爲『戈兵』。中虚，故『於人』『爲大腹』。」愚按，《坎》《離》者，《乾》《坤》之中氣，《坎》中畫《乾》也，故《乾》爲首，《坎》「爲下首」。《離》中畫《坤》也，故《坤》爲腹，《離》「爲大腹」。《説統》曰：「水流濕，故《坎》『爲血卦』。火就燥，故《離》『爲乾卦』。」胡雲峰曰：「《離》『爲乾卦』，以見《坎》之爲濕；《坎》『爲血卦』，以見《離》之爲氣。《爾雅》龜鼈，外剛内柔。」愚按，凡介蟲之屬，皆外剛内柔，故爲「鼈」、「蟹」、「蠃」、「蚌」、「龜」。龔深父曰：「『科上槁』，中虚而外乾也。」愚按，孔《疏》云：「科，空也。」凡科生者，莖多中空，如禾黍之類。「上槁」者，《離》火炎上也。

《艮》爲山，爲徑路，爲小石，爲門闕，爲果蓏《釋文》作「墮」**，爲閽寺**《釋文》作「濫」**，爲指，爲狗，爲鼠，爲黔**《釋文》作「黚」**喙之屬。其於木也，爲堅多節。**《釋文》：「一本爲『多節』，無『堅』字。」

吴草廬曰：「徑路之小者，《艮》與《震》反。高山之上成蹊，非如平地之大塗也。『小石』，小而剛在《坤》土之上。『闕』者，門之出入處。上畫連亘，中下二畫爲峙，而虚似闕也。」愚又按，「門」以固其出入，時止則止也。「闕」以通其出入，時行則行也。張彦陵曰：「『果』者木實，『蓏』者草實。《乾》純剛，故爲『木果』；《艮》一剛二柔，故爲『果』又爲『蓏』，小而實者也。」耿希道曰：「《周官》『閽人，掌王宫中門之禁』，止物之不應入者。『寺人，掌王之内人及宫女之戒令』，止物之不得出者。『閽寺』，皆取止義。

《艮》爲手，其用在指。」郭子和曰：「《坎》之隱伏，在君子『爲隱』，在小人『爲盜』。《艮》之利則『狗』，害則『鼠』。皆一義而二象。」愚按，狗之禦人以牙，剛在前者。《晉》卦中爻互《艮》，「九四」言「鼫鼠」，鼠之用亦在齒牙。吴草廬曰：「『黔』字與『鈐』通，以鐵持束物者。『黔喙之屬』，山居猛獸，齒牙如鐵，能食生物者也。」愚按，「黔」，東北之色，青黑雜也。《艮》位東北，其色黔。口之鋭者爲喙，亦剛在前者。《剥》「六五」，《艮》體，取「魚」象，即「黔喙之屬」。《震》陽動於下，故爲足；《坎》剛動於中，故爲心；《艮》剛動於上，故爲喙。「堅多節」者，剛不中也。郭子和曰：「剛在中爲心，不中則爲節。」張元岵曰：「三陽惟《艮》不言馬者，《艮》止，故無馬象。」

《兑》爲澤，爲少女，爲巫，爲口舌，爲毁折，爲附決。其於地也，爲剛鹵，爲妾，爲羊《釋文》作「羔」。

《説統》曰：「《坎》上下皆虚，爲陽水；《兑》上虚下實，爲陰水，故以壅於地者『爲澤』。三索得女，故『爲少女』。」胡雲峰曰：「一卦之中，有相因取象者，《坎》『爲隱』，因而『爲盜』；《艮》『爲門闕』，因而『爲閽寺』；《兑》『爲口舌』，因而『爲巫』。」愚按，《周禮》：「女巫，掌歲時祓除。」《國語》：「在男曰覡，在女曰巫。」皆以歌舞降神，口舌之官也。雲峰又曰：「《巽》『爲長』，『爲高』，反而《兑》則『爲毁折』。長且高者，陽之上達；毁而折者，陰之上窮也。」愚按，《兑》，西方之卦，秋氣肅殺，《兑》主之，草木黄落，「毁折」之象也。徐子與曰：「柔附於剛，剛乃决柔，故爲『附决』。陽在下爲剛，陰在下爲鹵。『鹵』者，水之死氣也。《坎》水絶於下，而澤見於上，是以爲『鹵』。」愚按，「鹵」，鹹土也。《説文》：「東方曰斥，西方曰鹵。」東方之斥，在濕地而柔；西方之鹵，在燥地而剛。《兑》位在西，故爲「剛鹵」。張元岵曰：「『爲少女』，女子之未嫁，以兄弟言。『爲妾』，女子之既嫁，以嫡娣言。」錢田間曰：「八卦皆取象於木，獨《兑》無木。庚者，木之仇也。『剛鹵』之地，口食不生，皆殺氣也。」

《本義》於「乾爲天」以下八節，一無發明，但據陸德明《經典釋文》引《荀九家》添註。愚按，劉歆《七略》有《九師道訓》二十篇，馬端臨《文獻通考》引陳氏説，以爲漢淮南王所聘明《易》者三人，荀爽嘗爲之集解。今考《淮南子》九師有《道訓》二篇，《釋文序録》列九家姓名，爲京房、馬融、鄭玄、宋衷、虞翻、陸績、姚信、翟子玄，併爽而九，不知何人所集。稱荀者，以爲主故也。則《荀九家》，非淮南之「九師」可知，馬氏誤矣。又按，《文中子》有言「九師興，而《易》道微」，不知朱子何所取義而引之。宋儒何北山謂「《本義》於《大傳》太略，别采諸儒之説以補之，名《大傳發揮》，自爲之序」。文載《金華正學》編中。

《黄氏日抄》曰：「晦庵云此章『廣八卦之象，其間多不可曉者』。愚恐此其古者占卜之雜象，如今卦影各有不一之象，占得其象者，即知其爲某卦。故於每卦總言之。」胡雲峰曰：「廣八卦之象，可解者解之，不可解者不必强解。」愚按，所謂不可解者，如「《乾》馬」，「《坤》牛」，「《震》龍」，「《艮》狗」，「《兑》羊」，前已説過，此則重舉，何以不及「《巽》雞」、「《坎》豕」、「《離》雉」？《乾》言「爲圜」，「爲君」，「爲父」，《坤》何以不言「爲方」，「爲臣」，「爲母」？《震》稱「長子」，《坎》、《艮》何以不言「中男」、「少男」？前言《離》「爲目」，此何以於《巽》云「爲眼」？蓋夫子推廣八卦之象，語大語小，觸類引伸，或舉隅掛一，或層見疊出，初無義例可尋。姑就夫子所取之象，與文、周《卦》、《爻》互異者，略舉數端。如《坤·卦象》言「馬」，《爻辭》言「冰」，今皆取爲《乾》象。《蒙》言「金夫」，《困》言「金車」，《鼎》言「金鉉」「玉鉉」，卦中初無《乾》體，此皆於《乾》言之。《乾》於《爻》爲「龍」，此則入《震》象。《賁》「四」「上」兩爻言「白」，卦中無《巽》體也，此則於《巽》言之。《坎》初用事，稱「雲」，稱「雨」，稱「泉」，此則以《坎》爲月，配《離》爲日，日反爲陰，月反爲陽乎？《頤》言「靈龜」，《損》、《益》言「十朋之龜」，未嘗有《離》體，《爻》有「兑月」、「兑雨」，而《兑》象不言。《巽》之「用巫」，《鼎》之「得妾」，皆言於長女之爻，此則於少女言之。凡若此類，不可悉舉。又自《坤》而降，或曰「其於人」，

「其於地」，「其於馬」，「其於輿」，「其於稼」，「其於木」，惟《乾》獨不言，蓋物不足以盡卦，則正言「爲天」、「爲地」之類；卦不足以盡物，則有「其於木」、「其於人」之類。《乾》之爲道，萬物無不周徧，偶舉一物，不足以盡之也。

右第十一章

《本義》：「此章廣八卦之象。」

序卦傳

韓康伯云：「《序卦》非《易》之藴也，託象以明義，不取深藴之義。」程沙隨名迥，字可久直以《序卦》非聖人之書。朱子《與孫季和書》亦云：「《序卦》若便以爲孔子之筆，恐無是理。」其説蓋本於沙隨。愚竊按，六十四卦，反者八卦，對者二十八卦。先後之序本定。夫子恐後人紊亂其序，特從取用於人事者起義，先後貫穿之。上、下二篇，以八卦爲終始，中間言「然後」、「而後」者十九，言「不可」者十七，言「不已」者三，言「必」者二十四。大約不出相反、相因二義。只是發明文王六十四卦所以相次之故耳。《文中子》曰：「大哉《序卦》！時之相生也。達者可與幾矣。」張横渠曰：「《序卦》不可謂非聖人之藴。」來矣鮮曰：「《序卦》非爲理設，乃爲象設。謂爲聖人之至精，可也。」

胡雲峰曰：「上經三十卦，一百八十爻，陽爻八十六，陰爻九十四；下經三十四卦，二百四爻，陽爻一百六，陰爻九十八。陰陽多寡，參差甚矣。今以反卦計之，則上經以十八卦成三十卦，下經亦以十八卦成三十四卦。上經五十二陽爻，五十六陰爻；下經五十六陽爻，五十二陰爻。共用三十六卦，成六十四卦，不齊之中，條理精密，又如此。」

有天地，然後萬物生焉。盈天地之間者唯萬物，故受之以《屯》。屯者，盈也。屯者，物之始生也。物《周易舉正》云：「『物』字當作『始』。」**生必蒙，故受之以《蒙》。蒙者，蒙也，物之穉也物。穉不可不養也，故受之以《需》。**

上下《繫傳》以及《説卦》，言《易》之爲書，多出於《乾》《坤》，既反覆詳盡矣。至此，以「有天地」三字將《乾》《坤》二卦揭過，從《屯》卦説起。剛柔始交，而萬物生。「盈」者，充滿也。「受」者，繼也，後卦與前卦有承受之義。「屯」者，草木始生之象。沈氏曰：「物之初生，必有蒙之者，或胎或卵，或苞或甲。爲其『穉』而謹護之，天地之仁也。人生而『蒙』，亦天地之仁也。早慧非福，暴長非壽，不養不可也。故漸爲之飼食，以長其體；漸爲之教訓，以長其智，不可一日而成，必以『需』焉。」

需者，飲食之道也。飲食必有訟，故受之以《訟》。訟必有衆起，故受之以

《師》。

水在天上爲雨，所以潤萬物，乃物所必需者。人之於飲食，亦猶是也。但饑者甘食，渴者甘飲，急不能待，則失其道矣。豈知「飲食」之中，固有「需」之道乎？「道」者，養正之謂也。「訟」，未必盡因飲食。然乾餱以愆，亦其一端。大者争國，次者争名、争利。由聖人觀之，皆簞食豆羹之類而已矣。「訟」，必挾衆以争勝，後世朋黨之禍始於此，兵端亦始於此，「故受之以《師》」。

師者，衆也。衆必有所比，故受之以《比》。比者，比也。比必有所畜，故受之以《小畜》。物畜然後有禮，故受之以《履》。

三軍不可無帥，國不可無侯，天下不可無王。人衆而有主，則争可息，「故受之以《比》」。「比」者，親暱之意。人各有所依止，非大通之道，僅可「小畜」而已，「故受之以《小畜》」。「畜」而止之，則上下各循其分，故有「禮」。項平甫曰：「『履』不訓『禮』，人之所履，未有外乎禮者。」

履而泰《本義》云：「鄭本無『而泰』二字。」**然後安，故受之以《泰》。泰者，通也。物不可以終通，故受之以《否》。物不可以終否，故受之以《同人》。**

人有禮則安，無禮則危，故曰「履而泰然後安」。張南軒曰：「治亂相循，如環無端。

物安有久通者乎？天下無久泰之理，亦無終否之理。」愚竊謂，據氣運則「不可以終通」，論人事則「不可以終否」。胡庭芳曰：「《乾》、《坤》十變方《泰》，《泰》一變即《否》，何其易。」韓康伯曰：「『否』則思『通』，人人同志。故出門，同人不謀而合。」

與人同者，物必歸焉，故受之以《大有》。有大者不可以盈，故受之以《謙》。有大而能謙必豫，故受之以《豫》。

同人於野，能通天下之志，故天下歸心，近悅遠來。「大」者皆爲吾所「有」。所有既大，易至滿盈。故戒在「盈」。《老子》曰：「功蓋天下，守之以謙。」所謂「有大而能謙」也。虚懷接物，全是一團和氣，如何不「豫」？

豫必有隨，故受之以《隨》。以喜隨人者，必有事，故受之以《蠱》。

「隨」生於「豫」，和樂之應也。「蠱」生於「隨」，宴溺之漸也。肯做事者在「喜」字做，壞事亦在此「喜」字。《史記》齊救趙擊魏，「魏太子申爲上將軍，過外黄，徐子謂太子曰：『太子自將攻齊，大勝，不過有魏，貴不益爲王。若不勝，則萬世無魏矣。』太子曰：『諾！請必從公之言而還。』客曰：『彼勸太子攻戰，欲啜汁者衆，太子雖欲還，恐不得矣。』」此所謂「以喜隨人」，而好有事者也。啜汁之衆，如群蠱蝕心，「蠱」之所由致也。

蠱者，事也。有事而後可大，故受之以《臨》。

「蠱」字乃蟲食器之象，非事也。「事」因壞而起，故以「蠱」爲「事」。功崇惟志，業廣惟勤，「有事而後可大」也。

臨者，大也。物大然後可觀，故受之以《觀》。可觀而後有所合，故受之以《噬嗑》。嗑者，合也。物不可以苟合而已，故受之以《賁》。

蘇子瞻曰：「『大』不足以盡『臨』之義。」項平甫曰：「凡以上臨下，以大臨小，皆大者之事，故以『大』釋之。」張南軒曰：「天下皆山也，惟泰山『可觀』；天下皆水也，惟海『可觀』。大觀在上，下觀而化，上下相合也。」朱漢上曰：「上無『可觀』，斯下引而去矣。」愚按，《記》曰：「無辭不相接，無禮不相見。」凡朋友之合，必先執贄；男女之合，必先受幣。無贄無幣，「苟合」而已。蘇子瞻曰：「直情徑行，謂之『苟』；禮以飾情，謂之『賁』。苟則易合，易合則相瀆，瀆則易離，賁則難合，合則敬，敬則久矣。」

賁者，飾也。致飾然後亨，則盡矣，故受之以《剥》。剥者，剥也。物不可以終盡，剥窮上反下，故受之以《復》。

「飾」者，文飾也，專事文飾之謂。致竭力於虛文，全無實意，所云彼此相亨者，亦索然無餘味，故曰「亨，則盡矣」。「剥」者，剥落殆盡也。聖人常欲留有餘，以還造化，故曰「物不可以終盡」。花落則果生，果爛則仁生，數已盡而氣存，時已極而物反，窮於上者反於下，陰陽之恒性，天地之常道。《復》所以次《剥》也。徐魯齋曰：「自《賁》而《剥》，以人事言；自《剥》而《復》，以天道言。」

復則不妄矣，故受之以《无妄》。有无妄然後可畜，故受之以《大畜》。物畜然後可養，故受之以《頤》。

此三段皆學問之事。張待軒曰：「『比』而『畜』，其『畜』也小；『无妄』而『畜』，其『畜』也大。『復』則不妄，何等直捷？『无妄』然後可畜，何等鄭重？『畜』與『養』有辨。《乾·文言》曰：『學以聚之』，『寬以居之』。『畜』是學聚工夫，『養』是寬居工夫，故曰『物畜然後可養』。」愚又謂「養」者，優游涵泳之意，是畜德以後工夫，故「受之以《頤》」。

頤者，養也。不養則不可動，故受之以《大過》。物不可以終過，故受之以《坎》。坎者，陷也。陷必有所麗，故受之以《離》。離者，麗也。

閻彦升曰：「『養』者，君子所以成己；『動』者，君子所以成物。君子處則中立，動則中行，豈求勝於物哉？及其應變，則有時而過，『故受之以《大過》』。」愚按，「頤養」

之義，與「需」不同。「需」當生物之初，如兒之待乳於母。「頤」當畜聚之後，萬物交致其養。蔡虛齋曰：「『物不可以終通』、『終否』、『終盡』、『終過』，以理之自然言也。『有大者不可以盈』，『不養則不可動』，以理之當然言也。」來矣鮮曰：「『大過』者，以大過人之才爲大過人之事，非有養者不能，然過而不已，則陷溺於過矣，『故受之以《坎》』。《坎》一陽陷於二陰之間，『陷』之義也。陷於險，則必有所附麗，庶可資其才力而出險，『故受之以《離》』。《離》一陰麗於二陽之間，附麗之義也。」季彭山曰：「處險久則困心衡慮而能生明，故《離》次《坎》。」

右上篇

有天地然後有萬物，有萬物然後有男女，有男女然後有夫婦，有夫婦然後有父子，有父子然後有君臣，有君臣然後有上下，有上下然後禮義有所錯。

先儒謂上經首《乾》、《坤》，天道地道之始；下經首《咸》、《恒》，人道之始。愚又按，上經首天地而不言《乾》、《坤》，下經首夫婦而不言卦名。夫婦，一小天地也。先言男女者，有夫婦之所由；後言父子、君臣、上下者，有夫婦之所致也。先儒又謂，《咸》、《恒》以配《乾》、《坤》二卦，愚謂，《咸》一卦，足以配《乾》、《坤》矣。此節連延說下，明下經所以首《咸》之義，重在「有夫婦」三字。下文「夫婦之道」，即《咸》也。

夫婦之道，不可以不久也，故受之以《恒》。

夫婦，人之終始也。故「恒久」之義歸焉。但以情合者，或色衰而愛弛，道則「不可不久」，所以制其情，使不變也。

恒者，久也。物不可以久居其所，故受之以《遯》，遯者，退也。物不可以終遯，故受之以《大壯》。

男女居室，人之大倫，如何「不可久居其所」？鄭孩如曰：「夫婦之終爲父母，父母既老，乾退西北，坤退西南矣，此『不久居其所』之義。」愚又謂此句不專指夫婦，乃是泛論物理。所謂盛名之下，勿久居也，「故受之以《遯》」。「遯」者，時可以退也。有退必有進，故「不可以終遯」。「壯」者，尚往也。鄭孩如曰：「父母退遯，長子壯而用事。《大壯》者，《震》承《乾》之卦。」

物不可以終壯，故受之以《晉》。晉者，進也。進必有所傷，故受之以《明夷》。

崔憬曰：「陽盛自取『觸藩』，宜柔進而上行，受茲『錫馬』。」姜廷善曰：「《大壯》在《遯》後《晉》前，介乎進退之間。退而方止，止而未進者也。故《雜卦》曰：『《大壯》則止』。識止之義，則識進之機。」或問，《壯》與《晋》何別？朱子曰：「不但如此壯而已，必更須進一步也。」愚又按，《晋》與《漸》同爲「進」義，此恃「壯」以「進」，故「必有傷」；彼「漸」次以「進」，故得所歸。

夷者，傷也。傷於外者，必反其家，故受之以《家人》。家道窮必乖，故受之以《睽》。睽者，乖也。乖必有難，故受之以《蹇》。

閻彦升曰：「以利合者，迫窮禍患害相棄也。以天屬者，迫窮禍患害相保也。《明夷》之傷，豈得不反於家人乎？」愚又謂疾痛則呼父母，亦反於家之一義。「家道窮」，非家貧之謂也，由治家無法來，身不行道，則家法蕩然，雖有教亦窮於無所施。婦人爲政，父子兄弟必致乖離。周子所云「家人離，必起於婦人，故《睽》次《家人》」是已。積不善之家，必有餘殃。難自内作，豈但乖睽而已乎？

蹇者，難也。物不可以終難，故受之以《解》。解者，緩也。緩必有所失，故受之以《損》。

「屯」者，始生之難；「蹇」者，所遇之難。君子有終身之憂，無一朝之患。「蹇難」外來，不可急求出險。居易俟命，終有解散之時。「緩」乃解難之良法，但用於未解之先，是謂和緩之「緩」，可釋煩擾之害。用於既解之後，是謂待緩之「緩」，又開叢脞之端矣，故「必有所失」。

損而不已必益，故受之以《益》。益而不已必決，故受之以《夬》。夬者，決也。決必有所遇，故受之以《姤》。

損益爲盛衰之始，「損不已必益」，「益不已必決」。淺而言之，與財散則民聚、財聚則民散之義略同。以國事言，漢文帝日用減省，而國家富庶，此「損」之必「益」也。唐德宗瓊林大盈，日充日積，而有奉天之難，此「益」之必「夬」也。「損」欲其「不已」，「益」懼其「不已」，其幾在我，不可以不決。郭鵬海曰：「夬者，以君子決小人也。小人既去，則君子之朋必至而相遇。韓康伯所云『以正決邪，必有善遇』是也。」

姤者，遇也。物相遇而後聚，故受之以《萃》。萃者，聚也。聚而上者，謂之升，故受之以《升》。升而不已必困，故受之以《困》。困乎上者必反下，故受之以《井》。井道不可不革，故受之以《革》。革物者莫若鼎，故受之以《鼎》。

張彥陵曰：「決主開，遇主合。開則必合，決則必遇。物相遇合，然後聚而成群。」愚又謂相遇而非順以悦，則遇猶不遇，旋即散矣。遇之所以能聚者，由《坤》順而《兑》悦也，「故受之以《萃》」。《説文》：「萃，草貌。」草木在土中，無不上升者，「故受之以《升》」。以人事言，凡升者必自下而上，不能不用其力，「升而不已」，則力竭矣，「故受之以《困》」。「困」者，窮也。一陽窮上而反下，則爲《復》，一陰決於上而反下，則爲《姤》。「受之以《井》」者，專取下爲義，至下者莫如井也。《管子》曰：「鑽燧改火，抒井易水。」《漢書·禮儀志》引古禮曰：「立秋，浚井改水。」《淮南子》曰：「八方風至，浚井，取新泉。」蓋井以日新爲功，久則穢濁，所謂「井道不可不革」也。革物之器，變生爲熟，去故取新，「莫若鼎」，「故受之以《鼎》」，以世道言，則爲變法。「鼎」，取更新之義，亦取調和之義。明變法者，不宜過於矯激也。

主器者莫若長子，故受之以《震》。震者，動也。物不可以終動，止之，故受之以《艮》。

「鼎」，重器也，宗廟用之。「主器莫若長子」，繼世主祭者也。「震」者，動也。「物不可以終動」，動則宜止之以静，「故受之以《艮》」。《別傳》曰：「聖學以知止爲歸宿，此段明動止相因之理，正示人以善動之方。於方動之時，即寓知止之義。止不在既動以後也。」張待軒曰：「『止之』二字，有摧撞折牙、永息機用、如收奔馬、如息烈焰、萬鈞之力。」

艮者，止也。物不可以終止，故受之以《漸》。漸者，進也。進必有所歸，故受之以《歸妹》。得其所歸者，必大，故受之以《豐》。豐者，大也。窮大者必失

其居，故受之以《旅》。

《别傳》曰：「《艮》後繼之以《漸》者，處動欲其善止；處止又不欲其遽動。此止至善之學。」愚按，「艮」之義，原取時止時行，其初能止者，其進必以「漸」。學問之道，最忌躐等，漸進不已，必有義理歸宿之地。「受之以《歸妹》」者，夫子特借卦名「歸」字，以論其序，非明卦旨也。進必有傷，以壯而進也。進必有歸，以漸而進也。朱漢上曰：「《大有》次《同人》，曰『與人同者，物必歸焉』，言處大之道。《豐》次《歸妹》，曰『得其所歸者必大』，言致大之由。」諸子相曰：「『窮大』而『失居』親寡，旅也。如唐明皇、宋徽宗，一入蜀，一入燕，亦旅人之象。」

旅而無所容，故受之以《巽》。巽者，入也。入而後説之，故受之以《兑》。

不善處「旅」者，與人相拒而不相入。相拒則無所容，相入則兩相悦。悦心之境，非深入其中者不知。

兑者，説也。説而後散之，故受之以《涣》，涣者，離也。物不可以終離，故受之以《節》。

以人情言，憂則鬱結，悦則發舒。「散」者，舒其鬱結之氣也，故曰「悦而後散之」。以人事言，「涣」則「離」，「離」則不可無以防閑聯絡之，「故受之以《節》」。

節而信之，故受之以《中孚》。有其信者必行之，故受之以《小過》。

《說文》：「節，竹約也。」「節」之取義不一，此以符節言。古者，用以守國，半在内，半在外，有事則合之。《荀子》云：「合符節，所以示信也。」《中孚》卦體似之，「節而信之」者，言無節則無信也。「有其信者」，以此自負而有之也。自恃其信，其行必果。而過於中，其能免於「小過」乎？

有過物者必濟，故受之以《既濟》。物不可窮也，故受之以《未濟》。終焉。

「過物」猶云「有過人之才」也，只就卦名「過」字取義。「窮」字，即卦象終止則亂、其道窮也之義。「不可窮」一句，括盡全《易》之旨。「終」者，六十四卦之序，至《未濟》而畢也。鄭申甫曰：「『物不可以終窮』句，括盡全經之旨。」項平甫曰：「《坎》、《離》之交，謂之《既濟》，此生生不窮所由出也。聖人猶以爲有窮，又終之以《未濟》，此即《咸》感之後，繼以《恒》久之義也。蓋情之交者，不能久而無弊，必以分之正者終之。人之心腎，何嘗不交？而心必在上，腎必在下，不可易也。觀此，可以知《既濟》、《未濟》之道矣。」《吕氏要指》云：「上經《乾》、《坤》，天地也。《坎》、《離》，水火也，以體言。下經《咸》、《恒》，夫婦也。《既》、《未濟》，水火之交不交也，以用言。三才之間，《坎》、《離》最爲切用，故上、下經，皆以《坎》、《離》終焉。」

右下篇

雜卦傳

愚按，「序卦」者，次序言之也。「雜卦」者，錯綜言之也。夫子既詮釋其序，又恐後世拘守《序卦》，而失反對變通之意，故序《乾》、《坤》二卦之外，不論先後次第，但取兩兩反對相反之象，加以韻語，或仍取《彖傳》之義，或另發一義。至末并將反對卦亦拆開說，以見《易》道之變通如此。張南軒曰：「《雜卦》言卦畫反對，各以其類，於雜之中，有不雜者存焉。」《易臆》曰：「『雜卦』有二義，曰『相對』、『相反』。有二例，曰『相錯』、『相綜』。『錯』者，二卦並而相錯，《乾》《坤》、《坎》《離》、《大過》《頤》、《小過》《中孚》八卦是已。『綜』者，一卦倒而相綜，《比》《師》等五十六卦是也。五十二卦，其實二十八卦。上經錯卦六，綜卦十二；下經錯卦二，綜卦十二。其實皆十八卦也。」來矣鮮主此說，然本於韓康伯。

《乾》剛《坤》柔，《比》樂《師》憂。

六十二卦皆剛柔相錯，惟《乾》《坤》純剛純柔，故以二字歸之。以氣言爲陰陽，以德言爲健順，以畫言爲奇偶，總不外剛柔之體也。閻彦升曰：「《比》順動故樂；《師》行險故憂。」吴草廬曰：「《比》『九五』居上，爲顯比之主；《師》『九二』居下，爲行險之主。憂樂之分以此，皆指《坎》中陽爻。」

《臨》《觀》之義，或與或求。

《本義》：「以我臨物曰『與』，物來觀我曰『求』。或曰：二卦互有『與』『求』之義。」愚按，兩「或」字，「與」非專屬《臨》，「求」非專屬《觀》，當從後説。居上臨下，有「與之」之義，然「與」所以應其「求」；自下觀上，有「求之」之義，然「求」所以視其「與」，其義如此也。

《屯》見而不失其居，《蒙》雜而著。《舉正》「雜」作「稺」。

孔《疏》：「《屯》以『初』言，《蒙》以『二』言。」愚竊謂《蒙》之《坎》，上而爲《屯》「九五」，陽剛得位，故「見而不失其居」；《屯》之《坎》，下而爲《蒙》「九二」，雜於二陰之間，爲發蒙之主，故「雜而著」，以《坎》之上下言。

《震》起也，《艮》止也。

《震》一陽起於初，《艮》一陽止於上。天道之「起」「止」，皆主陽爻言，此主化機説。

《損》、《益》，盛衰之始也。

上經自《乾》《坤》至《泰》《否》十二卦，下經自《咸》《恒》至《損》《益》十二卦，《雜卦傳》除《乾》《坤》外，自《比》《師》至《損》《益》十卦，自《咸》《恒》至《否》《泰》十卦。愚按，《損》《益》者，《否》《泰》之變，盛衰轉關，在陰陽反覆之介。時有消息，《否》《泰》盡之；事有因革，《損》《益》盡之。故他卦皆分舉，此四卦皆合言，以見盛衰無常，反復甚速。「盛」者，衰之始；「衰」者，盛之始。互文也。

《大畜》，時也。《无妄》，災也。

止其不當止，適然之「時」。得所不當得，偶然之「災」。沈德培曰：「偶獲之福不足喜，當思所以杜其萌。偶值之災不足懼，當思所以善其動。」余息齋曰：「止有靜中之得，故《大畜》曰『時』。動有意外之失，故《无妄》曰『災』。」

《萃》聚而《升》不來也。

蔡節齋曰：「澤聚而下，木升而上。『不來』，謂升而不下也。《易》例以上爲往，下爲來。」

《謙》輕而《豫》怠也。

《謙》之心虛，近乎自「輕」；《豫》之志逸，失諸自「怠」。「輕」作自卑之義，敬心也。「豫」作逸樂之義，肆心也。

《噬嗑》，食也。《賁》，無色也。

《噬》取其合，去中間而可合。《賁》取其文，相間而後成文。一説《頤》中有物，食其所有，白賁無色，文其所無。

《兑》見而《巽》伏也。

楊誠齋曰：「柔，一也，居於上爲『見』，處於下爲『伏』。」項平庵曰：「《屯》『見』而《蒙》『雜』，皆指陽爻。《兑》『見』而《巽》『伏』，皆指陰爻。」

《隨》，無故也。《蠱》，則飭也。

《隨》時而行，不主於故常，遇《蠱》，「則飭」，不忘所有事。項平庵曰：「《隨》以無故而偷安，《蠱》以有壞而修飭。故聖人不畏多難，而畏無難。」

《剥》，爛也。《復》反也。

徐子與曰：「《剥》爛則陽窮於上，《復》反則陽生於下。猶果爛而墜於下，則可種而生矣。」一説，「爛」如果之潰壞於枝杪；「復」如芽之反生於地上。《説統》曰：「此以陽道消長言。」

《晉》，晝也。《明夷》，誅一作「昧」**也。**

孫奕《示兒編》云：「『誅』當作『昧』。」郭白雲曰：「《晉》與《明夷》，朝莫象也。故言明出地上，明入地中。」愚按，「誅」與「昧」，字體相近，其説似可從。若以「傷」訓「誅」，與「晝」字似無反對之義。

《井》通而《困》相遇也。

韓康伯曰：「『井』，物所通用而不吝；『困』，安於所遇而不濫。」葉爾瞻曰：「澤及於物，不求通而通；德揜於邪，非所遇而遇。」項平庵曰：「以『通』與『遇』爲反對，則『遇』爲相抵而不通之象。《巽》上一陽，塞《坎》之上源，而《井》之《坎》，乃出《巽》上，所以通。《兑》下一陽，塞水之下流，而《坎》適在《兑》下，正遇其塞，所以困也。」

愚按，自《乾》《坤》至此，凡三十卦，正與上經之數相當。而下經亦以《咸》《恒》爲始，以此見《卦傳》雖以「雜」名，而上下經之首，則未嘗雜也。

《咸》，速也。《恒》，久也。

程敬承曰：「虚以受故『速』，方不易故『久』。」愚又按，理之「速」者，莫如感應；情之「久」者，莫如夫婦。「咸」非訓「速」，「咸」必「速」也。「恒」非訓「久」，「恒」必「久」也。

《涣》，離也。《節》，止也。《解》，緩也。《蹇》，難也。

吴草廬曰：「《涣》『九二』，《坎》水在《巽》風之下，爲風所離散；《節》『九五』，

《坎》水在《兑》澤之上，爲澤所節止。《解》『九二』，《坎》陷在内，《震》則出險而動於外，内險已解緩也。《蹇》『九五』，《坎》險在外，《艮》則見險而止於内，外險方艱難也。」

《睽》外也，《家人》，内也。

關子明曰：「明乎外者物自睽，明乎内者家自齊。」吴幼清曰：「《睽》『六五』在外，爲主；《家人》『六二』在内，爲主。」錢田間曰：「『内』『外』，以離言。火在外則氣散，火在内則神凝。」張待軒曰：「『外』，疏之也，故二女二心；『内』，戚之也，故一家一心。」愚又謂，二女志各有行，故曰「外」，二女正位乎内，故曰「内」。《序卦》先《家人》而後《睽》，《雜卦》先《睽》而後《家人》者，外以《乾》《坤》並列爲主，内以《乾》《坤》交合爲主，故《家人》之後，即受之以《否》《泰》。

《否》、《泰》，反其類也。

邵堯夫曰：「《泰》則君子養小人，《否》則小人傷君子，故云『反其類』。」愚竊謂以内外卦言，《泰》則内陽而外陰，《否》則内陰而外陽，固相反矣。以卦變言，《隨》卦《否》「初」、「上」兩爻之變也。《蠱》卦《泰》「初」、「上」兩爻之變也。亦相反之義。

《大壯》則止，《遯》則退也。

蘇子瞻曰：「《大壯》則小人自止，《遯》則君子當退。」吴幼清曰：「《大壯》四陽盛長，恐後陽之恃其壯，故不欲『九四』之進，而欲其『止』。《遯》二陰浸長，恐前陽之不及遯，故不欲『六二』之進，而欲其退。」《像象》曰：「君子以一剛要『壯』終，遂成《大有》之衆，皆『壯止』之力。以一剛原『遯』始，無失《同人》之親，皆『遯退』之功。」

《大有》，衆也。《同人》，親也。《革》，去故也。《鼎》，取新也。《小過》，過也。《中孚》，信也。

張彦陵曰：「所有大者，勢統於尊，而曰『衆』。與人同者，情通於一，而曰『親』。」一説，人歸於我，無衆不容；我同於人，必擇所親。愚又按，《大有》《同人》，皆以《離》之中爻爲主，在上，則人歸於我；在下，則我同於人。項平庵曰：「《革》以火鎔金，故爲『去故』；《鼎》以木鑽火，故爲『取新』。」吴草廬曰：「《小過》陰盛能過，陽衰不及也；《中孚》陽實能感，陰虛能應也。」一説，過而小方是過，孚由中，方是信。

《豐》，多故。親寡，《旅》也。《離》上而《坎》下也。

錢田間曰：「『故』即故舊也，『故』與『親』對，『多』與『寡』對。『豐』時則爲故舊多，『旅』時則爲親戚寡。此世情也，文特參錯。」項平庵曰：「火，陰物也。《離》中畫陰，附於陽，故炎上。水，陽物也。《坎》中畫陽，藏於陰，故就下。如人之心上而腎下，腎之精，升而爲氣，則《離》中之陰；心之精，降而爲液，則《坎》中之陽。」

《小畜》，寡也。《履》，不處也。《需》，不進也。《訟》，不親也。

《小畜》以一陰畜下三陽，欲止而不能止，陽得尚往，陰「寡也」。《履》以一陰躡上三陽，「三」不宜進而躁進，至於被「咥」，陰「不處也」，皆主陰爻言。《需》之《乾》，止《坎》之下，安分待時，故「不進」。《訟》之《乾》，違《坎》而上，越理求勝，故「不親」，皆主《乾》言。李隆山曰：「《乾》上《離》下爲《同人》，《離》爲火，火性炎上，而趨《乾》，故曰『親』。《乾》上《坎》下爲《訟》，《坎》爲水，水性就下，與《乾》違行，故『不親』。」

《大過》，顛也。《姤》《石經》於此獨作「遘」，遇也，柔遇剛也。《漸》，女歸待男行也。《頤》，養正也。《既濟》，定也。《歸妹》，女之終也。《未濟》，男之窮也。《夬》，決也，剛決柔也，君子道長，小人道憂也。

《本義》云：「自《大過》以下，卦不反對，或疑其錯簡，未詳何義。」蘇氏《易傳》改《大過》與《頤》對，《既濟》與《未濟》對，《歸妹》與《漸》對，《夬》與《姤》對。蔡節齋依之。胡雙湖亦有「《頤》與《大過》對」之説。胡雲峰則云：「此指中爻互體而言，先天圖，左互《復》、《頤》、《既濟》、《家人》、《歸妹》、《睽》、《夬》、《乾》八卦，右互《姤》、《大過》、《未濟》、《解》、《漸》、《蹇》、《剥》、《坤》八卦。此則於右取《姤》、《大過》、《未濟》、《漸》四卦，於左取《頤》、《既濟》、《歸妹》、《夬》四卦，各舉其半，於《雜卦》中取互卦，又其最雜者也。」以上諸説，今皆不取，取其就《傳》作解者，《田間易學》曰：「不用反對，此所以爲雜也。細按之，皆扶陽抑陰之義。首揭《乾》《坤》，以明剛柔並用，至《大過》，以剛過乎柔而顛，聖人恐人遂以剛之不可過柔，而未知柔之難制也，則舉始之一柔而忽之矣。於是舍《頤》而言《姤》，明柔之遇剛，雖五剛不能制一柔也。夫世豈有剛而廢柔，男而廢女者，故繼之以《漸》，如《漸》之『女歸』，待男行，貞女也，可娶也。若《姤》以柔遇剛，則邪女也，不可娶也。《漸》後繼之以《頤》，言飲食男女之事，無不以正爲其道也。《頤》以『養正』，如是而剛柔可交矣，故繼之以《既濟》。六爻陽居陽位，陰居陰位，止而不動，故曰『定』。女不歸男則無家，故《歸妹》『女之終也』。男不交女，則無後，故《未濟》『男之窮也』。男女剛柔，豈可偏廢乎？所惡於柔者，遇剛之柔，將至於滅剛也，不得不以『夬』治之。《夬》之『剛夬柔』，『決』此遇剛之柔也。有《夬》之『決』，而後《乾》剛《坤》柔，可並行於天地間矣。」胡雲峰曰：「《雜卦》上三十卦，終之以《困》，柔揜剛也。下三十四卦，終之以《夬》，『剛決柔』也。柔揜剛，君子不失其所亨；剛決柔，『君子道長，小人道憂』矣。天地間剛柔每每相雜，至若君子之爲剛，小人之爲柔，決不可使相雜也。《雜卦》之末，特分别君子、小人。聖人之旨微矣。」愚按，《夬》以五陽決一陰，不曰「小人道消」，而曰「小人道憂」者，蓋必上、下交而志同，如《泰》之時，然後小人之道消。若以五陽決一陰，惟能使小人憂而已。如元祐之世，衆君子盈朝，一變而爲紹述，小人有憂，君子可不深慮哉！

王介甫曰：「《序卦》先後有倫，《雜卦》則揉雜衆卦，以暢無窮之用。」《黄氏日抄》云：「《序卦》之後有《雜卦》，猶《既濟》之後有《未濟》，以見《易》之無窮。」

陸務觀跋《朱氏易傳》曰：「《易》道廣大，非一人所能盡。堅守一家之説，未爲得也。元晦尊程氏至矣，然其爲説，亦已大異，讀者當知之。」

天台董氏楷曰：「朱子於《詩傳》，自以爲無復餘憾，而意甚不滿於《易本義》。蓋先生之意，只欲作卜筮用。而先儒説道理者多，終是翻這窠臼未盡，故不能不致餘憾云。」

附一　序跋

沈廷芳序

廷芳自少執經於悔餘先生之門，先生每爲指示《易》義，於《卦》、《爻》、《彖》、《象》間，硜硜講説，昕夕忘倦。閒嘗曰：「《繫辭》云：『以言者尚其辭』，故程子謂：『吉凶消長之理、進退存亡之道備於辭，推辭考卦，可以知變。君子觀其象而玩其辭，由辭以得其意，則在乎其人。』愚之讀《易》，悉本斯義，務於聖人之辭，字字求著落、詮釋。」又曰：「吾讀《易》，不敢輕改一字。每閲先儒義疏，於《卦》、《爻》、《彖辭》，往往有『某字當衍』，『某字當作某字』，鄙意不謂然。陸務觀有詩云：『《易》傳三聖至仲尼，炎炎秦火乃見遺。經中獨無一字疑，正須虛心以受之。』愚敬取斯言爲法。於先儒之説，固不敢求異，亦不敢苟同。」又曰：「《易》有卦有辭，足以探索其義藴矣，又胡取乎馬毛之旋、龜文之坼？昔之稱

《河圖》者，引《尚書·顧命》篇爲證。若『河圖』爲馬革，而閱數千年，則其毛脱落久矣，尚可與『天球』并陳耶？蓋因《圖》畫卦，其説起於緯書，不足深信。故自漢唐以來，注《易》家未有列《河圖》於《易》之前者。愚斯編亦不列《圖》與説。」嗚呼！此先生注《易》之大旨也。

初，先生受《易》於黄梨洲徵君，承其淵緒，采輯數十年，方克成書，題曰「周易玩辭集解」。廷芳雖側聞餘論，受而卒讀，顧資性不敏，鮮能融會。先生既没，問難無由。迄今年已五十，懼先生之業墜而弗傳也，更展帙而潛玩之，乃益歎是書析理明暢，象數兼該，援據精洽，而考按總歸實義，洵足羽翼先儒，以裨後學。

爰編排卷目，與同學諸君暨兄弟、門人、子姪互相校讎，并謹記先生注《易》之大凡與授受本末，以告世之讀是書者。

乾隆十七年十月朔日，仁和受業門人沈廷芳謹識。

黄叔琳序

漢以來説《易》者多矣，而唐人爲諸經義疏，於《易》獨用王弼之注，何哉？蓋弼之注《易》也，即其辭以推顯其理，凡夫讖緯、納甲、卦氣、卦變、互卦、五行之説，於文、周、孔子之辭無所比附者，悉掃而去之，不使得入焉。其識卓而其功偉矣！世儒於輔嗣之注多未寓目，徒耳剽范寧輕詆之言，妄相訾謷，此何足與辨也。厥後程子之《傳》、朱子之《本義》出，《易》學益以大明。《程傳》專言義理，而《本義》兼論象占。言義理者不能外三聖人之辭而別求其旨，固已。即所謂象占者，亦豈不由辭而得哉？如「潛龍」、「履虎」、「牝牛」、「羸豕」之類，象也。「元」、「亨」、「利」、「貞」、「吉」、「凶」、「悔」、「吝」之類，占也。使非辭以明之，而徒存奇偶二畫之參伍錯綜者，後之人能通其説乎？即爲之説，能必其不差乎？是故由辭以通乎辭之所以然者，輔嗣□也。然以視夫舍辭而外索象者，通而定其指歸，衆説之是非同異，茫然莫辨，則溺於諸儒之辭，而聖人之辭又幾隱。

今先生之用心，其無是二者之失乎！當康熙中，吾師李文貞公奉詔纂《易》，取余家所藏《易解》數十種，以資採擇，又嘗與余言所以去取之意。愧因循未能竟學，中遭憂患，亦自惟未嘗學《易》之故。今老矣，雖幸獲覩此編，第爲之撫卷三歎，而欲學亦有所不能。昔項安世有《周易玩辭》，李鼎祚有《周易集解》，斯編兼二書之名，蓋偶同耳，非合兩書而彙輯之也。

乾隆壬申九月既望，大興黄叔琳序。仁和年後學沈世煒書。

陳世倌序

明乎處憂患之道者，斯爲善讀《易》之人。《易》，憂患之書也。伏羲際洪荒之世，觀河而畫卦。後更三聖，或拘，或辟，或阨，而有《十翼》。上而天道之陰陽消長，下而人事之得失艱虞，罔不彰察微闡，以示人趨吉而避凶。然所謂趨者非冀倖而邀其福，避者非苟且而免其禍也。是有道焉，惟其貞而已矣！天地之道貞觀，日月之道貞明，天下之動貞夫一。貞則足以幹事，而處憂患之道固在其中矣。

舅氏查悔餘先生素以詩名天下，世之言詩者必宗之，而平生更邃於《易》。晚歲罹憂患，置於叢棘，已歷寒暑。賴先帝仁聖，知其學行，憫其無辜，特詔放還鄉里，以壽考終，人咸謂其邀天佑也。頃先生弟子沈椒園觀察鐫其所著《周易玩辭集解》，囑序於余。余讀之終卷，乃知先生所以處憂患者固自有道，實由於讀《易》而得也。夫天下動之所生，吉一而凶、悔、吝三。究之，吉凶不并立。凶之不能勝吉，猶邪之不能勝正也。而吉之所以勝者，惟有一貞焉。蓋貞者，全《易》之大旨。六十四卦、三百六十四爻中，或曰「利貞」，或曰「可貞」，或曰「永貞」，或曰「貞吉」，惟其貞爲吉，所以得常勝之道耳。人徒知《履》、《謙》、《復》、《恒》、《損》、《益》、《困》、《井》、《巽》之三陳，聖人之處憂患者在斯，而不知

「和行」「制禮」，自知「一德」「遠害」、「興利」「寡怨」、「辨義」「行權」之所以反身修德者，全在守之以貞，斯能趨吉而避凶。先生一生制行皆本九卦，而要以貞勝，此其所以遇憂患而不驚，而出之如夷也。然則先生之善於讀《易》，即其明於處憂患之道乎！

嘗考漢魏以來談《易》者，各自名家，康成多言象，輔嗣言理，伊川暢其義，晦菴主於占。先生則先考註疏，復參諸儒之説，以求一是之歸，自成童以迄白首，書成而憂患作，卒之有吉而無凶。嗚呼！夫豈近世談《易》者之所能喻哉！

乾隆癸酉孟春月幾望，同里年愚甥陳世倌謹書於燕山邸舍。

沈起元序

堯舜以前無書。《易》始於伏羲，有畫無文，非書也。古聖人無著書者，著書自文王、周公始，《彖》、《爻》是已。孔子所著無他書，唯《易經·十翼》。是數千年間，合四聖人而始成一書。羲之卦畫，闡於文、周之辭；文、周《彖》、《爻》，傳於孔子之辭。故曰聖人之情見乎辭，則學《易》者舍玩辭曷由？乃後之言《易》者，或舍文、周之辭而求卦畫，或舍孔子之辭自立一解以釋《彖》、《爻》，宜乎《易》道之日晦。

海寧查悔餘先生爲余詞館前輩，蹤跡闊疎，未及一見，向聞有《玩辭集解》稿，嘗從家編脩椒園所索之。椒園，先生高第弟子也。未得即覯。及余纂《周易孔義集説》成，而椒園已梓先生《集解》問世，攜以贈余。讀之，而歎先生之於《易》深矣。先生之學主於玩辭，而於辭也，則曰字求著落，不徇一解，不立異同，平心和氣，唯是之歸。宜於前儒之言擇焉而精，於前儒所未言，或前儒已言而先生偶未及見者，皆有心造默契之妙。可見聖人之情之見於辭者，固極易簡，人人共見，特鹵莽者、依聲附和者失之耳。

余爲《集説》，十年中，易稿者數四。宗費氏之意，以孔《傳》求文、周《彖》、《爻》，而於群言紛淆、徬徨莫從時，輒廢寢食、忘憂樂，乃得涣然冰釋之趣。然念末學謭陋，恐有獲罪於古昔大儒者，惴惴慄慄而不敢安也。今得先生之書，一一印政，始信余書之不盡誣，余見之不大悖於聖經矣。然倘得追隨几杖，以余所纂，質之先生，相與商榷，辨析於銖兩毫忽之際，其樂何如！則又恨余生少晚，未及見也。然讀先生書，又想先生之於是書亦必有如余之廢寢食、忘憂樂者矣。昔歐陽永叔黜《河圖》、《洛書》之不經，謂「千歲後必有同吾説者」。及得廖偁《朱陵編》，意與相合，以爲不相求而相得，因序其文集，意甚喜。今余於先生，亦有不相求而相得者。謹附弁語於簡末，以志景仰云。

乾隆癸酉秋九月，太倉館後學沈起元拜書。

成城跋

《周易玩辭集解》〔一〕參酌群言，歸於至當，所謂「不敢偏徇一解，亦非敢妄立異〔二〕同，平心易氣，字字求著落、詮釋」者，所以訓□□□□□□，蓋不獨《周易》爲然也。予嘗反復研究，更取《御纂周易折中》參觀而互證之，其言雖或有殊，而爲功於經傳則一。譬諸《爻辭》之旨，不必同於《卦辭》，《彖傳》、《大象》之旨，不必同於《卦》、《爻》，惟其是而已矣。就中論卦變不主朱子十九卦之説，論《易》非因《河圖》而作，論八卦方位不取邵子先天圖，尤□足以破千載之疑，質諸聖人而不易！此書□吾知其與《周易》□□并壽，無疑也。嗚呼！「九師興而《易》道微」，《易》學之不明久矣！安得人有其書，使羲、文、周、孔之精藴昭然於天壤之間。沈椒園先生既集工刊於東萊，嘗□授城，乃爲校讎□□誤，以復先生改正之，庶幾天下後世之讀是書者無憾矣。

乾隆甲戌，仁和後學成城謹識。

〔一〕此六字破損，據文意補。
〔二〕此六字破損，據《周易玩辭集解自序》補。

附二　四庫總目·周易玩辭集解提要

臣等謹案，《周易玩辭集解》，國朝查慎行撰。慎行字初白，號悔餘，海寧人。康熙癸未進士。官翰林院編修。慎行受業黄宗羲，故能不惑於圖書之學。卷首《河圖説》二篇，一謂《河圖》之數聖人非因之以作《易》，乃因之以用蓍，自漢唐以下未有列於《經》之前者。一謂《河圖》出於讖緯，而附以朱子亦用《河圖》生蓍之證。次爲《横圖圓圖方圖説》，論其順逆加減、奇偶相錯之理。次爲《卦變説》，謂卦變爲朱子之《易》，非孔子之《易》。次爲《天根月窟考》，列諸家之説凡六，而以爲老氏雙修性命之學無關於《易》。《辟卦説》二，一論十二月自然之序，一論陰陽升降不外《乾》、《坤》。次爲《中爻説》，以孔穎達用二五者爲是。次爲《中爻互體説》，謂正體則二五居中，互體則三四居中，三四之中由變而成。次爲《廣八卦説》，謂《説卦》取象不盡可解，當闕所疑。其言皆明白篤實，足破外學附會之疑。《經》文次序用注疏本，《乾卦》之末有注曰：「案，胡雲峰《本義通釋》，《乾》、

《坤》二卦，自《文言》起至末，别爲一卷，編在《説卦》之前。竊意《本義》原本當如是，而《通釋》遵之。今原本不復見矣」云云，蓋未見劉容刻本者。案，容之舊刻，聖祖仁皇帝特命開雕，慎行侍直内廷，何以不見，其理殆不可解。然其説經則大抵醇正而簡明，在近時講《易》之家，特爲可取焉。

乾隆四十四年正月恭校上。

總纂官臣紀昀、臣陸錫熊、臣孫士毅

總校官臣陸費墀

查慎行全集

范道濟 點校

第三册

中華書局

壬申紀游

目録

壬申紀游〔一〕

他山查嗣璉

正月

廿一

束裝出門。自去年七月得朱恒齋太守札，即擬作廬山之游，時方□先人葬域，汲汲過歲，今始成行。午後設奠畢，遂登舟，夜泊硤石鎮，已過元宵六日，而市人好事者競作燈會。同德尹步入西寺，與僧澹然茶話。月上，返舟中宿。

〔一〕題右側原署「溢城集」三字。

廿二

早至禾城，候閻郡尊，值其入省，不晤。道遇朱辰，始得護城先生近問，知書兩復，自楚入都。東門肆中，製爐一具，午後，與德尹別。换鴨嘴船，西北風大作，頃刻抵平湖。德尹有寄桐城札并土物二種。入西門，候江村先生，適已發松江之櫂，相距半日。聞李辰山年來蓄書甚富，欲借閱其目。過西宫，亦不值。傍晚出城，泊弄珠樓下，沽酒獨酌，憶癸亥春夏之交，與徐淮江兩醉此樓；庚午初夏，復偕西畯宿此，閒情偶賦，狂態未除。俯仰十年間，郭匡山陡殁，沈南疑客游未返，地主寥寥，不獨舊游陳跡也。孤燈遥夜，百感入懷，三更睡始著，酒醒夢覺，日滿船窗，已出杉青閘矣。

禾中與德尹别

四海論〔一〕兄弟，何人似卯君？也知年向老，不合手頻分。夜夢留殘月，春帆感斷雲。得歸吾早決，負土共成墳。

〔一〕「論」，《敬業堂詩集》（以下簡稱「集」）作「皆」。

廿三

早，風利掛帆。午刻，至吳江，泊西門外八字橋，俗呼楊家橋，相傳常開平下平江，駐軍於此，又名安民橋。訪張弘蘧庶常，值其久病初起，相見驩甚，縱談别後事。晚招吳顯令（漢槎令弟）共飲。前和答吳超士四時詩屬弘兄轉致。黄昏下船。邑侯某自封印後二十日中，連杖斃八人，致激民變，罷市三日，今挈印潛逃，不知何向，人情爲洶洶也。夜泊北門外，三更聞雷聲，俄，微雨，暴風陡作，桅纜盡斷，舟人驚駴，皆群起而譁，幸免覆溺。各船互相觸戛，震撼不寧，擁衾達旦不成寐。

吳江留别張弘蘧庶常

南風激船如釋箭，片帆曉發平湖縣。百六十里半日程，第四橋邊一相見。登牀〔一〕各話别中事，蒼狗浮雲凡幾變。三年善病君差强，君但憂貧不憂賤。我今落魄仍

〔一〕「登牀」，集作「開懷」。

江湖，明朝又欲西辭吴。酌君之酒與君别，楊柳[一]拂頭雙鬢[二]雪。

廿　四

大風，泊吴江城外，自丑至申始息。

夾浦橋阻風

夾浦橋南客棹孤，雨聲連夜洗平蕪。北[三]風吹淺吴江水，半作春潮漲太湖。

廿　五

黎明，舟抵婁門。至韓慕廬先生處，問玉峰消息。即解維而東。大霧，辰刻，乃辨前路。午餘，抵崑山。先是，司寇公有授館之約，故來面辭，公將移居魏塘，擇於今晚發櫂，

〔一〕「柳」，集作「花」。
〔二〕「雙鬢」，集作「鬢雙」。
〔三〕「北」，集作「東」。

相留同行。遇常熟邵玉符，寄札與錢玉友。夜飲藝初北園，同席者如皋石五中，吴江陳穎長，虞山黄子鴻、邵玉符，毘陵莊寅三。二鼓下船，隨司寇公舟出城，枕上聞雨。

廿六

雨中並發，漸後，過司寇舟中話别，贈朧，有札寄飲光先生，并屬覓九江郡志、廬山舊志二種。至沙湖，我舟冒風先行，午至蘇州。入齊門，問吕彤文家信，但傳語報平安耳。

浚義舟中書所見〔一〕

嗟爾徒誇人力工，屋茅捲地似飛蓬。鵲巢狡獪能高踞，偏在枝顛不怕風。

再進閶門，買小碎物件。放船至山塘，天色陰晦，謂已薄暮，及開霽，日未下舂也。以風逆，不前。

〔一〕此詩集中未收。

山塘晚霽

最好停橈近酒家，放晴天氣日初斜。盆梅謝後蘭芽茁，正月蜂聲未鬧花。

獨游虎丘寺〔一〕

不記春山幾度登，亂泉疏樹一層層。獨來對石兩無語，偶爾趁人如得朋。屐齒静聽高處響，欄干留待倦時凭。三生似夢蘧然覺，又作匡廬行脚僧。時余將往九江。

廿七

早出關，至望亭，遇兩江總督船，云往蘇州查藩庫也。至無錫，逆風暴漲。過缸尖二里，入支港，西行，又七里，莎橋泊。

〔一〕此詩集中未收。

廿八

平明發舟。自吴江以北，連日皆遇石尤，今朝風稍順，而港小橋低，帆不得掛，三十里，張舍，尾屋百餘家，鄉僻一聚落也。又前十餘里，水漸廣，乃張帆行，然河形屈曲，時掛時卸，頗不得風力。二十里，分水墩，人烟稠密，倍於張舍。從此以往，風色到帆。三十里，官在渡。南行，風又逆。有縴路，村船多載蘆柴，去滆湖當不遠。又十里，吴橋鎮。又三十里，宜興縣。曛黑，泊東門外。欲訪蔣京少，不果。

荆溪雜詠〔一〕

採茶攜妓有新詩，太守風流憶盛時。惆悵我來春較淺，窑煙青過牧之陂。

學士南遷白首還，買田陽羨分真慳。杜鵑枝上杜鵑鳥，叫得吴山名蜀山。蜀山有東坡書院，山以先生得名也。

宜壺一具值千緡，雅製争誇妙絶倫。誰與龔春傳手技，大彬没後更無人。

〔一〕此詩集中未收。

虎丘寺之惠山寺，補綴亭臺便幾多。較是雙溪風俗好，不裝游舫載笙歌。

廿九

早過西氿，水面約寬二十餘里。蜀山在東南，山下居人多以陶甓爲業。相距尚遠，余舟指西行，過南澗，入支河，舟人指其地名娉田。疑當作「洴練」，乃土音之譌也。記得《陳其年集》有《雨泊洴練》詞，調寄【夏初臨】，不知即此地否。十里，徐舍，長橋跨水，沿溪老柳皆合圍，新緑依依可愛。

曉渡西氿回望宜興縣郭

櫓聲西入蝦籠嘴，波面微微過氿風。濃日吐烟烟吐樹，樹頭〔一〕一塔〔二〕是城東。蝦籠嘴，西氿港名。

又三十里，渡濟橋，橋南有伍大夫祠。十里，溧陽縣。與宋梅知楚南一别，不見十三

〔一〕「樹頭」，集作「浮圖」。
〔二〕「塔」，集作「角」。

年矣。住舟城南，亟往訪之。余萍蹤南北，梅知撻户里居，老得一子，甫六歲，已能讀書。比艱於家食，仍思出游。相對蒼茫，各有身世之感。留飲齋中，天忽雨，踏屐送余河干，復就舟中，談至子夜始别。

晦日

晴。四十里，南渡橋，橋西投金瀨，舊産蓴菜，甚美，不減吾鄉西湖。二十里，塹口。二十里，山塔蕩。三十里，定步鎮。南岸建平縣屬，食浙鹽；北岸高淳縣屬，食淮鹽。

溧陽與宋梅知話舊〔一〕

天公惱我好遠游，吴中六日遇石尤。朝來浪静渡西氿，洴練西去纔通溝。平陵古城又停櫂，所到未免成淹留。故人家住城南陬，三間老屋支平疇。屋頭浪浪滏新雨，不聞乾鵲聞鳴鳩。入門大笑劇飛動，頓令羈旅寬家愁。可憐爲人好心事，無酒酤我典子裘。十三年來一會面，離緒欲話翻無由。不知其主視其僕，相見亦復多

〔一〕此詩集中未收。

綢繆。我今生計迫衰賤，未甘漁釣依林丘。子雖居貧勇過我，淡泊與世能無求。年逾五十方舉子，六歲上學工咿嚘。客來呼使出長揖，雒誦所記聲如流。眼前即此堪自慰，餘者得失非人謀。漸翁家韜荒兄桐叟王右朝久下世，與君那得還黑頭？杯闌仍作黯然別，問我懷刺將誰投？九華五老有夙約，此行此願吾將酧。囊糧中道倘告匱，貸粟我就朱江州。敬如太守。

十里，東垻换中河剥船。十里，上垻，换江船，日已夕，因風順，解維。二十里，泊高淳湖口。

二　月

朔

乘風，曉渡湖，三十里，高淳縣治。高淳，古鎮也。弘治四年，應天府尹樊瑩以地曠難治，奏置縣。在江寧西北二百四十里。

高淳

縣小無城郭，橋長即水門。魚蝦腥作市，鵝鴨鬧如村。曲曲檣隨岸，叢叢柳抱園。
漸知江路近，盈縮視潮痕。

田家打稻，不用牀，治平壤，以禾藳覆地，四人對面連枷，拍拍相應，稻芒盡脱無滯穗也。每圩，相地勢高下，設石牐，下通一穴，潦則洩水，旱則汲外湖以救田，故歲常稔。田一畝，歲徵銀一錢三分，而不納米。又，其地爲商販孔道，農隙，則操小舟，往來江湖間，資以續食，故家有餘粟。簷宇相望，榆柳成行，雞犬之聲，聞於兩岸，居然江介樂土！去縣治三十里，隨家嘴，龍江關於此立榷務。逆流而上十里，西斗門，高淳界已盡，自此入太平府界矣。二十里，伍溪。十里，黄池。俱屬當塗縣。截流有浮橋，舟行過此，例索錢。十里，窯灣，始入蕪湖界。十里，金山。十里，清水河。自東埧以下，水俱濁，至此忽清，故名。有支河可通涇縣。十里，白家店。十五里，蕪湖縣治，泊舟南門浮橋内。聞蕪湖舊不征商，明崇禎朝，以軍餉缺乏，時鄭重岳三俊爲大司農，建議設關，後因而不改。鄭官至冢宰，乃東林名流，此事終累盛德。按《名山藏》，蕪湖及荆州之沙市，杭州之南新關，皆於成化七年三月增置，工部屬官抽分竹木，是時蕪關所得，僅千餘金，其添設户部，當始於崇禎朝耳。

初　二

黎明，至江口經紀劉有章家寫船。風逆不得發，赴宗兄若籛之招，原籍休陽，今僑居此地。傍晚，河樓小飲，同姓則兄芳伯，姪仁化、公霖、宗周若籛令郎，姪孫景瑞若籛孫，異姓則蘇于鱗、胡玉立，凡九人。二更，返江船，宿。

初　三

欲渡江，謁昭靈宫，風順開帆，不果。宫在西岸蟂磯上，祀漢昭烈孫后。明太祖破陳友諒還，泊舟於此，勑封昭靈夫人。立寢殿，以藏袍帶。鄱陽之戰，指揮王隱山開封人箭傷左股，上憫其勞，命同妻賈氏、子男四人守此祠。以附近草地七十餘畝，特除蘆課，歲供香火之資。至今守祠者，仍王裔也。按圖，東至大江，南至陶仲賢洲，北至青沙洲，西至水套，則磯四面舊皆臨水。今沙漲，西連江岸矣。嘉靖間，蕪湖知縣某所輯《蟂磯志》，曾於書賈船上見之，約記始末如此。惜未購得，求之本縣，廼無此書。前人題詠甚多，明太祖七律一章，見《御製集》，王陽明先生七律一章，載全書中，猶可記憶也。十里，魯港。二十里，蘆蓆夾，天微雨。

曉渡蕪湖關〔一〕

兩槳前頭水勢寬，曉風吹得敝裘寒。漸空杼軸憐民困，老閱波濤信路難。此去罟師聊作伴，從來瀧吏必嘲官。時官舫爲津吏所阻。篋中一卷《彈箏集》，忍對江山制泪看。自此西上，皆己未夏秋間與先兄韜荒同游地也。《彈箏集》，予兩人唱和篇名〔二〕。

五十里，泥汊，無爲州廬江縣出江口也。其地礬山，出明礬。蕪湖關立務，抽分。又五里，板子磯，黄征南禦左良玉處，山頭城壘尚存。

板子磯〔三〕

狼藉寧南十萬兵，蕭蕭草木但空城。可憐板子磯頭水，難洗將軍跋扈名。

〔一〕集奪「曉」字。
〔二〕「予兩人唱和篇名」，集作「兄紀游篇名」。
〔三〕此詩集中未收。

五里，荻港，屬繁昌縣。二十五里，洄曲。五里，紫沙洲，泊舟。

荻港人家杏花

輕舠細雨江村路，過眼東風見杏花。略似小車逢綺陌，不知紅艷屬誰家。

初　四

雨不止。早發，十里，老鸛嘴。二十里，銅陵縣。

雨〔一〕過銅陵

沙尾沿流曲作隄，青山一半吐城低。洲空亂雁争歸北，路轉千帆盡向西。正剪渡時風乍漲，最含烟處柳初齊。客程已厭連朝雨，不要春鳩更苦啼。

三十里，大通鎮，去池州七十里，九華已了了在目。李青蓮改九子山爲九華，集中有聯句一章。今人但知爲九華，無復稱舊名。晚晴，泊舟。夜，大風雨。

〔一〕「雨」，集作「雨中」。

雨後望九華[一]

一峰不與一峰同[二]，九朵芙蓉并插空。去鳥已銜殘雨後，歸雲忽漏夕陽紅。劈開華掌層層翠，使盡湘帆面面風。終是詩翁言語大，攜來直欲置壺中。東坡名「仇池石」爲「壺中九華」。

雨阻大通驛先寄桐城高明府丹植[三]

古驛西來已放晴，無端又作打蓬聲。江南江北人千里。春雨春風夜二更。殘夢易消村店酒，急裝誰諒倦游情。年來事事都難料，豈獨舟行忌算程。朝來風順，意薄昏可抵樅陽，不謂尚隔一程也。

〔一〕「九華」，集作「九華山」。
〔二〕「一峰」句，集作「横看不與側看同」。
〔三〕此詩原藁中已删去，故集中未收，録此以備參考。

初五

風横甚，竟日阻行，閲《宋學士集》二卷。

搭魚詩有序

沿江捕魚者，碇小船急流中，截竹二尺許，緡而不鈎，繫豕肉作餌，兩人對把一竿，隨放隨收。鰷魚長二三寸者，應手而出，稍緩則吞餌而逝矣。日可得數十斤，名曰「搭魚」。曝乾加紅麯爲鮓，鬻於寧國山中。舟子云：蕪湖亦然。

昔讀魚具詩，纖悉苦難曉。今來江湖畔，意外駭機巧。竹竿二尺長，芳餌繫其杪。曲鈎渾不用，緡直影隨表。瀸瀸水聲中，鱗鱗出白小。前鱗似相引，後尾環且繞〔一〕。有如拾蚌蛤，一一向盆沼。十不失二三，得心手馴擾。日從罔罟設，水族久莫保。此法古未傳，吁嗟更誰造。庖厨窮口腹，物命例短夭。有情爲惻然，放筯吾

〔一〕集奪此二句。

敢[一]飽。

即　事[二]

依稀已過曉粧時，捲起珠簾驀地垂。一片水煙昏似夢，柳絲絲夾雨絲絲。

初　六

早，雨止大雪。今年河豚早上，價頗賤。然其性畏寒，此後恐漸少。諺云：「雪打河豚便轉頭。」急求之埭中，䮶儈居東，兩尾，已索五百錢矣。辰刻，移船傍荷葉洲。已而，雪止風漲。午後，風稍平，發舟。二十里，梅梗。十里，剪江，泊王家套。

荷葉洲對雪在大通對岸

梅根浦口風尤緊，荷葉洲前雪正濃。兩岸曉雲深似墨，一條春水健如龍。唐羅隱曾卜

[一]「敢」，集作「忍」。

[二]此詩原稿中已删去，故集中未收，録此以備參考。

今大通有水自九華山麓出江，居九華山下梅根浦，按《圖經》，江水歷李陽河，中梅根口銅陵縣〔一〕。即此也。

江形自大通以下，其勢瀠洄，中多洲夾，隨處可泊。自此西上，兩岸斗直，中流淼茫。卒遇風濤，無所依薄，不敢鹵莽行也。

初七

平明剪江，時雨雪初霽，波澄如練，心開目明。

雪晴池陽舟中

曉行池陽路，霽景豁清美。江南江北山，照影同一水。半銜殘雪白，半插斷霞紫。眼前有奇句，只在空濛裏。我懶吟未成，風吹櫂謳起〔二〕。

行十許里，見江豚躍浪，柁工云：「暴風至矣。」亟欲檥舟，則去劉婆磯尚十里，岸皆陡

〔一〕「中」，集作「經」。
〔二〕「謳」，集作「歌」。

坡。頃刻，黑風從西南來，浪湧丈餘，小舟顛簸，行李盡濕。篾簟忽斷，直放中流，自分必無幸理。已而，風打到岸，續令牽挽，續而復斷，如是者三，最後，幸觸淺灘，乃於船頭尾各繫巨絙，盡驅舟中人登陸，邪許而前，竭半日之力，僅抵劉婆磯，始相顧慶更生。同泊有糧艘四隻，云自淮南發回，其米仍令分貯縣倉，援給就近駐防滿兵，江南、浙江、湖廣三省皆有之。

大風至劉婆磯五十韻〔一〕

江豚忽掉頭，微動青玻璃。俄看黑雲起，遥指天南陲。須臾墜我前，横截江兩涯。拔江噴作雨，白日潛光輝。初疑鼇山傾，又若鼉窟移。舉舟向空擲，綆斷誰能縻。長年束手嘆，有力不得施。而我於中流，高枕故咏詩。明知怖無益，聊復忍少時。男兒可憐蟲，造物終見慈。既濟乃思痛，嗒焉中心脾。投文訴江神，略陳危苦辭。水從西南來，風亦西南吹。誰歟激使怒，若是不可磯。自我涉江河〔二〕，十三年於

〔一〕集奪「五十韻」三字。
〔二〕「河」，集作「湖」。

茲。南浮及北渡，履險間有之。此胡太酷烈，性命輕嶮巇。仕宦涉江來，揚帆若揚鬐。船尾點畫鼓，船頭插黃旗。大賈涉江來，滿載居贏奇。放溜如放馬，控縱從人馳。我船何所載，載書載鴟夷。壓浪一葉輕，疾行固其宜。如何强弓彎，寸進恒苦遲。神於我乎薄，厚彼寧獨私。咄哉窮旅人，初受俗眼嗤。揶揄到五鬼，漸漸伺路岐。惟神實正直，倚賴相扶持。今朝大戲劇，漂泊將誰依。禱罷似有感，撫枕魂依稀。神來入我夢，責我大有詞。風水涣成文，變化豈汝知。滔天初濫觴，至險出坦迤。汝以耳目料，何異握管窺。汝又好遠游，遠游計終癡。萬里走從軍，還家仍布衣。十年就場屋，逐衆趨京師。人皆取巍科，三黜名獨遺。謂宜自揣量，息影甘荆扉。茲來非宦游，又非競刀錐。皇皇義奚取，放浪形骸爲。汝居頗有園，園中頗有池。好風皺池面，浮花舞漣漪。此豈有驚波，來溷汝息機。汝自捨之出，去安而即危。不聞南山隮，下有季女饑。不見東海畔，中有踏浪兒。兩者聽自取，決擇休然疑。叩頭謝江神，痼疾神所治。大夢喚初覺，行當早旋歸。

傍夜，風止。呼酒以定驚魂。小僮報瓶罄，乃就枕。

初八

早，剪江。三十里，新開溝。二十里，三江口，入小河。回望那刹磯一名太子磯，如漚浮江面。十里，下樅陽。三里，上樅陽。同舟有南陵萬姓者，附書與劉蘧菴光禄。薄昏，遣江船移寓巴家灣旅店。

題樅陽旅壁

噩夢驚回路已賒，舸艚船上櫓伊鵶。青山繞屋無修竹〔一〕，紅袖當壚有杏花。野渡漸生沿岸火，春流未没去年沙。緑楊影裏初弦月，人隔烟江正望家。

初九

早，已買舸艚，將赴桐城，聞高丹植不日當來收糧，遂留逆旅待之。午後，欲過青山，俗名石嘴頭，訪田間先生，僱輿丁，不得轎，止。既而過古道菴，晤羽士抱一，云先生有數

〔一〕集有注：「山皆危石，不産竹。」

椽在市中，隨往叩。一月前，已往山中矣。因寄札奉訂明日，出，晤司寇公，書亦附往。

古道菴羽人抱一乞詩留飲一絶〔一〕

坡陁直走高山脊，上有樓開面面窗。老樹却遮三面暗，獨留一面看南江。

初十

早遣老僕往桐城，作字與丹兄訂期會之地。漸後，關帝廟守僧松崖來，邀我移寓。廟頗壯麗，傑閣三層，可以眺遠，而旁無耳房，且僧厨寄食，例須茹素，不如茅店之便安也。田間先生自青山來，枉駕旅店，隨邀登山，小憩道楷上人房。相勸留寓，亦不果。夜同童大文飲先生市舍，一更歸舊寓。有許友諱正坦投刺見訪，稱眷會晚弟，不知所從來也。

〔一〕此詩集中未收。

田間先生聞余至從山中命駕來會即夕招飲賦呈二章〔一〕

春風弭櫂〔二〕向樅陽，舊約多年不敢忘。先生在都下送余南歸詩，有「秋到皖江尋舊好，可能一問白頭來」之句。四海貧〔三〕交無行輩，兩朝軼事在文章。從知老境難爲客，誰與先生特置鄉。一片青山高插漢，巋然真似魯靈光。

居人指點路人誇，有客能邀長者車。即此鄉風殊近古，到來樂事更何加。江山洵美須賢主，子弟多才必世家。先生孫曾共十二人，皆好學能文。自笑兩廣猶隔道，仙源無分看桃花。先生次日招余同往青山看桃，以事不及追隨，故云。

十一

五更，大雷雨，茅茨疎漏，移牀屢避，深悔昨日不遷寓也。老僕半路歸，聞丹兄已出

〔一〕集中僅存第一首，題作「田間先生聞余至自青山命駕來會喜賦」。
〔二〕「櫂」，集作「檝」。
〔三〕「貧」，集作「平」。

城。今日天雨，恐又阻行，旅懷殊惡。以素箋書昨詩，遣致田間先生，并以綿紬張煙，補祝先生上年八十壽。錢越秀、道楷師見過，同至松崖處坐。雨半日，約霽後再過山房。

樅陽客舍遲高丹植不至〔一〕

初聞飛舄到江邊，躑躅征車遂不前。逆旅竟同三宿戀，殷期翻爲一程愆。茅茨避雨牀牀漏，蘿壁當風户户穿。敢向此中嫌局促，蓋蓬强似浪頭船。

十二

早晴。遣札詢田間先生入山之期，云在今晚。旅況益孤矣。

花朝晴示僧道楷

初日烘雲碎作霞，討春人競出江涯。老來不喜閒桃李，别約山僧看菜花。

〔一〕此詩集中未收。

赴道楷之約走筆答之[一]

晾蓬天好愛春晴，已辦街西踏屐行。畢竟登山緣分淺，鵓鴣鳴作雨來聲。

「鰣魚不過鴨欄驛」，舊傳此語。明鄭以偉詩云「出似游魚過鴨欄」，正用此。《太白集》有《至鴨欄驛上白馬磯》詩。竊意其地當在皖江、樅陽江之間，詢之田間先生，答云：「敝鄉諺語，只有『鰣魚不過小孤山』。因魚隨潮上，潮不過小孤耳。」鴨欄驛，地輿志遍覽不載，亦無「白馬磯」名，豈古今地名異同耶？按，小孤，今屬宿松、彭澤兩縣界，向安慶、九江郡志考之，亦不可得。

晚晴，田間先生入山，復來話别。越秀繼至，向鄰坊沽酒共酌，黄昏散去。夜夢德尹有獲雄之兆，書爲後驗。

十三

早，天又陰。得桐城信，知丹植來未有期，遂屬道楷代僱肩輿，及驢三頭，明早當從陸

[一] 原稿此詩已被删去，故集中未收，録此以資參考。

路入城。午後，越秀以酒肴相餉，即留寓所共飲，且云令姪叔暢約明日見訪，苦不能待。

夜見月。

十　四

黎明，束裝，書籍仍留逆旅主人處，僕輩衣襆寄越秀家。越秀同道楷來送，以《放鴨圖》留乞田間先生題句。早飯後，赴程。二十里，官步橋。十五里，高店，打尖。二十里，義津橋。十五里，楊樹灣，宿。

自樅陽至楊樹灣道中即目〔一〕

亂山西北走孤城，起伏坡陁勢不平。頗似秣陵關外路，羊頭本作桔槔聲。

泥犁破塊水初渾，低處人牛聚作村。野渡無船行不到，隔溪一帶好田園。

併日春光鬭物華，馬頭胡蝶太夭斜。誰知駭緑紛紅候，還有東風〔二〕未放花。義津橋

〔一〕第一、二首集中不載，集中僅收第三首。

〔二〕「東風」，集作「春風」。

外見碧桃一樹，猶未試〔一〕花。

十五

早發。二十里，三角潭，渡河，水路自此可直達樅江。三十里，桐城縣。卸裝，就丹植署中。

三角潭

春禽交交鳴緑楊，征夫辨色早束裝。前行十里霧未醒，驢尾禿速驢耳長。朦朧人語遥唤渡，約略村落開微陽。烟光兩岸溪一曲，樹影四匝潭中央。菜畦麥隴桃李徑，高間紅白低青黄。新鵝野鴨好毛羽，拍拍飛出沿方塘。田家之樂樂何限，頓令過客忘他鄉。只愁霧重天欲雨，横策又上黄茅岡。

〔一〕「試」，集作「放」。

與丹植〔一〕

小時萍聚長萍飄，君已飛揚我寂寥。久別喜聞官濟濟，獨來真覺水迢迢。山桃繞郭紅千樹，津柳迎鞭緑萬條。賴是龍眠春色早，得從花縣過花朝。

十六

留署中，以土物四種餽丹兄。德尹書、禮俱面致。明早，即欲行。是夕，丹植設席話别。

桐城謁左忠毅公祠祠在縣治東數十步

歷歷三朝事，他時髮指冠。賢人當横決，國勢必摧殘。俎豆新楹肅，乾坤正氣完。如何鄉後輩，偏有孔都官。語懷寧也。

〔一〕此詩集中未收。

十七

早，出署，丹植贈贐，犒及奴僕肩輿。三十里，至白兔河，下船。十里，獨山湖。四十里，泊舟湖中葑灘上。

十八

清明節。早發，三十里，菜子墩，桐城水口也。水漲時，湖面橫穿，不過十餘里。今春水未生，小舟沿灘曲折行，及是方出口。桐城漁課，半出此湖。三十里，即樅陽，暫寓永利寺僧房。錢懷玉同方周卜過寓。午後，登山。山下有城隍神祠，每歲清明、中元二節，土人例爲迎神之會，士女雜沓。晋陶侃曾爲樅陽令，即此地。舊爲縣治，其祀神固宜。按，城隍神，一見《梁書》，邵陵王綸祭城隍神，將烹牛，有赤蛇繞牛口。一見《北齊書》，慕容儼鎮郢城，城中有神祠，號城隍神，儼率衆禱之。南北朝以前，未之聞也。東晋時代，相去不遠，神祠或始於此時，未可知。但史傳無可考耳。懷玉留寓所夜飲，約明日偕入山。

寒食獨山湖舟中[一]

已過桃花漲，湖灘尚露痕。草青沉雁浦，山緑禁煙村。

十九

早，田間先生自山中遣肩輿相邀。漸後起身。八里，羹𩛩寨。又八里，至西田莊，登斟雉堂，坐既定，先生呼令郎越秀，孫懷朔、懷人、懷永、懷玉及重孫五人次第出，相見。叔暢，阮思先生之從孫也，聞余至，亦來晤。向夕，快飲盡酣，談南渡後事甚悉。

二十

早飯後，同越秀、懷永過叔暢齋，并即鷗舫尊堂老伯母，時鷗兄尚留粤東，晤其郎君，即阮思也。歸途，小憩茅菴，乃田間先生舊宅，今先生卜築西田莊，捨宅爲僧院。是夕，叔暢攜酒肴至斟雉堂酣飲，二更始散。

[一] 此詩集中未收。

廿一

早，别先生出山，叔暢、阮思來相送。臨别，以髯許公札托越秀，臨時從丹植轉致。道遇微雨，午抵樅陽，向江干陳子弘家買船，輿丁歸山，附札謝先生，並以《橘社集》分致群從。越秀有《贈别》七律二章，屬余和韻，香、堂、忘、長、囊，賢、煙、天、傳、懸。當從舟中補作。陳官儀、方周卜過寓，越秀、阮思自山中繼至。阮思以酒餌四色相餉，其意又不可却也。

過田間先生山居相留信宿出示藏山集再賦二詩博和

層巒俯瞰萬松梢，中有高人舊結茅。自入鹿門詩一變，竟馴龍性《易》初爻。雲盤遠勢鴉翻陣，花和〔一〕新泥燕補巢。未免累翁雞黍約，往還原不拒貧交。

比似仙源那易尋，避人畢竟要山深。誰教鶴怨猿啼客，來聽鸞歌鳳舞音。事〔二〕雜談諧皆典故，老傳著述豈初心。好看龍馬精神健，東武時爲抱膝吟。

〔一〕「和」，集作「作」。
〔二〕「事」，集作「語」。

次韻酬別錢越秀〔一〕

十里風花夾路香，踏花尋到讀書堂。自知久住緣終淺，還恐重來路易忘。畫裏有詩吟未足，山中無曆日尤長。此間萬事輸君樂，只費朝朝負米囊。

草廬端合著名賢，深鎖林塘十畝煙。但覺花光猶繞屋，不知松勢已參天。一經累汝才真屈，半菽娱親事可傳。珍重前期臨別約，書來雙眼望長懸。

是夕，留越秀、阮思飲僧房話別，燈下爲諸君作大字數紙。欲登舟，醉不能矣。夜，大雷雨。

廿二

早，越秀叔姪、僧道楷送余下船，戀戀而別。辰刻，解纜。大雨，泊下樅陽。午後，至三江口，阻風。

〔一〕此詩集中未收。

三江口苦雨

那刹磯頭雨殺風，千檣烟氣濕濛濛。楚天低壓平蕪外，何處青山認皖公。

廿　三

早，雨止，東北風大作，掛蓬剪江。三十里，李陽河處剪江，以避攔江磯，磯險。六十里，安慶府，剪江。三十里，黄石磯，剪江。

己未夏與韜荒兄同赴軍幕道出皖上泊舟登城南樓指顧江山詠高青丘詩意氣殊壯轉盼十四年兄久下世余落魄重來感念舊游詩以寄慨〔一〕

江關南北論雄麗，京口西來數皖城。便與石頭成鼎足，上流形勢必先爭。此首紀兄當年語。

吴頭楚尾茫茫路，屈指前游十載多。不料重來無老伴，壯心銷盡怕風波。

〔一〕此詩集中未收。

三十里，老陽湖。三十里，東流縣屬池州。十五里，剪江，泊雷港安慶府望江縣屬。是日，計程共二百里，自發蕪湖以來，未之有也。

廿四

早，日初出，有光如血。已而，微雪。二十五里，花洋鎮。遥見西南五十里如臍味矗江心者，小孤也。十里，磨盤洲。二十里，馬當山，初入江西界。二十里，小孤山，對岸即彭澤縣治。雪止，雨作。

大雪渡馬當

卧看穿雲日色黄，起聞鯨吼北風狂。新詩也得江神助，雪打春帆渡馬當。

小孤山〔一〕

珠衣玉座押仙班，倔强天吴掉尾還。真與迴瀾留砥柱，潮痕不上小孤山。海潮不過小

〔一〕此詩集中未收。

孤山，唐張繼詩云：「潮至潯陽回去，相思無處通書。」明人詩亦有「江過潯陽始上潮」之句。

三十里，黄茅塘有官渡，剪江。五十里，柘磯，泊。

順風揚帆時閉目靜聽如空山梵唄殊有會心

破浪風前萬鼓鳴，喧囂原向静中生。無心只作深山聽，一樹松濤起梵聲。

廿五

早，微雪。五里，至湖口，縣設於南唐，舊無城，嘉靖初，兵備副使謝迪始度地，至三十七年而城成。後經左良玉之亂，□寇□慘。辰刻，换船，過石鐘山。少刻，天霽。六十里，抵九江府。凡過十三磯，其名不能悉數。午後，入府署，與恒齋太守别兩年，話舊事，娓娓不倦。晚同諸公飲春草堂。以土物四種饋恒齋。

重至九江〔一〕

弱柳江邊路，西來八换船。黄泥淘作浪，灌莽亂侵壖。市已移闤隘，民多逐貿遷。尚留漁户在，曬網夕陽天。

與朱恒齋太守〔二〕

一麾暫出領名邦，九疊屏山九派江。正喜爲郎猶未老，早聞治行已無雙。謳歌滿境鴞音革，軒冕巡城虎氣降。時有虎至郊外，公〔三〕移文城隍神，一發殪之。依舊官居精典籍，只多鈴卒晝敲梆。東坡詩：「坐老敲梆宿。」

〔一〕此詩集中未收。
〔二〕集題作「與九江太守朱恒齋」。
〔三〕「公」，集作「君」。

廿　六

閲邸抄，見竹垞先生罷官之報，爲累欷終日。

二虎歌并序

壬申正月杪，有兩虎闌入九江西門外龍開河，傷一人，已而逸去。市人惴惴，恐其復至。朱恒齋太守齋戒，爲責躬文。翼日，大會屬員於城隍廟即漢將軍灌嬰及宋大夫祠下。漢九江守宋均。既焚牒告神，則命虞人挾弓矢火器，窮追之，期於必獲。越五日，殪其一。至是，盡殲焉。黄質黑章，狰獰可怖，聚而觀者數千人。咸謂使君至誠感神，能力除民害也。適余至九江，目覩其事，作歌紀之〔一〕以俟采風者。

溢城連山猛獸多，兩虎突入龍開河。腥風倀倀日杲杲，白晝市上無人過。使君視民如赤子，威鳳生儀麟有趾。豪强斂戢盜賊清，爾獨何爲至於此。灌將軍廟宋公

〔一〕「紀之」，集無此二字。

祠，能捍大患則祀之。撞鐘伐鼓會僚佐，第一先焚責己辭。與神後先俱守土，政拙慚余不如古。愛其父祖及子孫，忍畀孱人飽虓虎。明朝大獵城南闉，毛風血雨迷荆榛。特開一面縱雉兔。死不當罪傷吾仁，須臾虎自林中出，小者先擒大者逸。雖擒一虎戕一人，其勢公然兩相敵。此時伐罪更有名，合圍再往大掩群。潮州鱷魚必盡殺，不信請讀昌黎文。虞人眼疾如鷙鳥，餘勇登崖鬬牙爪。咆哮一聲山忽裂，火箭飛空碎其腦。黑章黄質毛斑斑，旗杠壓肩奏凱還。猶防作力斷急縛，血色併出雙睛閒。道傍觀者争太息，自古神功扶正直。百年兇暴一朝除，此事知公有陰德。江邊户户皆椎牛，從此山無樵采憂。詩成大笑冠纓絶，我正欲作匡廬游。

廿七

雨。灌園、恒齋和韻詩成。恒齋以中晚唐〔一〕詩集屬點勘。即日，閱于鄴、于鵠、于濆、李洞四家。洞所作，《鷄驢》詩爲集中第一。

〔一〕「中晚唐」，原闕「唐」字，據文意補。下文「中晚」同。

廿八

晴。閲鄭谷、徐夤二人集，詩皆近體。谷集名《雲臺編》，其自序略謂，薛許昌能、李建州頻，不以晚輩見待，預於唱酬之流。游舉場十六年，著述近千餘首。登第後，孜孜不倦，甚於始學也。喪亂後散墜略盡，編成三百首，分爲上中下三卷。明嘉靖中，嚴分宜從王文恪得抄本，刻於袁州。

夤詩七律猶多，大半皆詠物之作。吾取其《西華》詩「疊岸出關分二陜，殘岡遇水作中條」二句爲壓卷。

是夕，恒齋設酌，爲我洗塵，演《通天犀傳奇》，三更始散。

廿九

閲中晚唐詩集，共十家。許棠詩一百四十餘首，内七律十五首，餘皆五言律，如「磧久人防寇，天空雁避雕」，「楚語天連地，胡風夏甚秋」，「暴雨聲同瀑，奔沙勢異塵」，「石形相對聳，天勢一條長」，「星辰方滿岳，風雨忽移舟」，「山川藏北狄，草木背東風」，「頂峭松俱瘦，崖懸石盡牢」，「殘日沈雕外，驚蓬到馬前」，皆健句也。其雅淡處，如《曲江上巳》則云〔一〕：「好花皆折盡，明日恐無春。」《長安書情》則云：「近來增白髮〔二〕，方借惜青春。」《聞蟬》則云：「初離何處樹，又發去年聲。」不減韋孟之風。七律庸近，殆無一首可取矣。

許琳詩不過二十首，無觸眼處。

裴説詩四十餘首，内《觀碁》一律，前半云：「十九條平路，言平又嶮巇。人心無算處，國手有輸時。」意雖淺，辭却爽快可喜。

朱放、朱灣、朱長文三家，多者不過三十首，少者不及十首，淺薄不足論。

暢當詩十六首，思致稍清越，與韋蘇州同時唱答，宜其出俗也。内「酒渴愛江清」一首，乃少陵詩，似不宜混載。

汪遵集止七言絶句，又多詠古之什，就事鋪排，毫無論斷之識，特幸而傳耳。

熊孺登詩止三十餘首，而《謝嚴中丞送乳酒》及《贈侯山人》第二首七絶，俱少陵作，其本色詩「若論巴峽愁人處，猿比灘聲是好音」，真名句也。

〔一〕詩題「曲江上巳」，《全唐詩》作「曲江三月三日」。

〔二〕「增」，《全唐詩》作「驚」。

張繼詩四十八首，向來膾炙人口者，惟《楓橋夜泊》一絶句，餘無可誦。

張南史詩不及三十首，中有《花》、《月》、《草》、《竹》四首，自一字至七子，直是小兒曹語，成何格調？

唐人自選唐詩，《才調集》之外，又有《河嶽英靈集》、《中興間氣集》，後人莫有指其優劣者，惟鄭谷有詩云：「殷璠裁鑒英靈集，頗覺同才得契深。何事後來高仲武，品題間氣未公心。」疑其以一時之意見爲褒貶，非定論也。

廬山之游未果呂灌園有詩索和

峨峨指雲峰，拔地幾千丈。仙靈晦高跡〔一〕，元氣棲蒼莽。朝來雲抹腰，露頂氣一爽。蓮華〔二〕本無蒂，蒸出仙人掌。拂鏡眼雙明，抉烟鳥孤往。勿嗟游未到，遐矚寓心賞。但恐身入山，依然結塵想。

〔一〕「跡」，集作「節」。
〔二〕「華」，集作「花」。

三月

朔

朝晴暮雨，山左便人入粵，附書朱文盎，在恒齋函中。閱中晚三家。裴晉公僅十二首，公所重原不繫此。李郢詩五十餘首，内「小隱西亭爲客開」七律一章，亦見《許丁卯集》，其《燕蓊花》絶句云：「十二街中何限草，燕蓊盡欲占殘春。黄花撲地無窮極，愁殺江南去住人。」按，此花，詩家賦詠絶少。李咸用詩百九十餘首，少稱意者。

初二

雨不止。閱《鮑溶集》，近體不如古體，七古不如五古。五古思致飄忽，錬句深厚，中唐高手也。舊集五卷，宋時藏史館，見《崇文書目》，合歐陽公家所藏本，内三十三篇，爲史館所無，别爲一卷附後。曾子固作序，稱其詩「清約謹嚴」，洵不誣也。

恒齋太守有喜余至溢城之作奉答〔一〕

已失半年約，到來榻尚懸。能生□□□，方見主人賢。酒滿藏書屋，詩催刻燭聯。轉添存歿恨，流落話從前。憶大司空也。

西門之役既連斃二虎矣後五日復獲虎子二〔二〕灌園老人〔三〕作後二虎歌屬余次韻〔四〕

虞人入山官吏賀，擣穴成擒無小大。盡將醜類肆市朝，不憤彊梁〔五〕草間卧。去如烈火歸如風，覆巢破卵五日中。獻肩獻豵來接武，貫蝨精神用强弩。擔頭縛作春

〔一〕此詩集中未收。
〔二〕「二二」，集作「二吕」。
〔三〕集奪「老人」二字。
〔四〕「屬余次韻」，集作「再次其韻」。
〔五〕「不憤彊梁」，集作「不許兇雛」。

筍斑，一一奇毛入官府。餘威假托雖有徒，不聞王政寬無辜。賊吾民者殺毋〔一〕赦，別有淵藪容逃逋。弱食翻〔二〕分强者肉，倚伏機難論禍福。春行秋令公所憐，陰雨隨車洗餘毒。是日大雨。以寬濟猛在酌宜，潁川有鳳方來儀。殺胎豈惟禁獵户，竭澤兼欲防漁師。庶幾百物稱蕃息，童子仁心使君德。我爲此語非養奸，若是兕豪須斂跡。

初　三

早晴。欲至煙水亭脩禊，泥塗，不成行。按，是月上巳在初八，必拘三日者，俗訛也。

楊花同恒齋太守〔三〕賦

散作輕埃滚作團，不成花片但漫漫。春如短夢初離影，人在東風正倚欄。微雨乍

〔一〕「毋」，集作「無」。
〔二〕「翻」，集作「頗」。
〔三〕集奪「太守」。

粘還有態，長〔一〕條欲折〔二〕已無端。祇應老眼憐輕薄，長自摩挲霧裏看。疇徑從鋪杜老氈，殘春如夢過今年。風光官舍長飄雨，時節征衣又拆綿。燕尾翦開輕作影，蛛絲網得薄如煙。浪游蹤跡依稀似，老眼看他分外憐。〔三〕

初四

早，偕諸公出西門，渡甘棠湖。中流一洲，前爲煙水亭，後爲鏡波樓。樓今名五賢閣，上祀陶淵明、李太白、白樂天、李少室、蘇東坡。匡廬峙其南，岡丘起伏，紫翠欲滴。聞稍南二里，有陶白祠，以僻在城坳，不及往。午刻，再渡龍開河，沿大江西行，至琵琶亭下。欲登閣，梯壞，不可上。已，從江口泛舟，泊庾樓磯下，步入城。朱使君置酒以待，是日，穀雨節，初聞黃鸝聲。會稽徐用九自湖口來。

〔一〕「長」，集作「柔」。

〔二〕「折」，集作「戀」。

〔三〕此詩增改頗多，一片塗鴉，難以卒讀，最終復圈去，集中亦未收，録此以供參考。

初聞黄鸝次灌園韻

如花〔一〕流過小窗前，去國關心又一年。圓入客吟同宛轉，熟聞鄉語倍纏綿。畫樓脉脉通春夢，碧樹茸茸羃曉烟。爲是好音須愛惜，自憐終勝受人憐。

同〔二〕灌園〔三〕仙來諸君游甘棠湖登烟水亭次壁間舊韻

長烟濛濛春〔四〕澹澹，草色波光晴颭灧。廬山翠掃兩角雲，倒瀉杯中青一片。舊開小閣壓紋縠，時見飛帆掣流電。背郭人如燕雀稀，點沙舟與鳧鷖亂。地偏絲管曲嘈雜，市遠塵囂風截斷。可憐俗眼競喧湫，誰肯清游期汗漫。同時數子興不淺，佳句澄鮮分謝練。莫辭勝境日日往，預恐萍跡紛紛散。何當春酒變成湖，醉過鶯花三月半。東坡《送劉景文》詩云「春酒一變甘棠湖」，注云：「景文卜居九江，近甘棠湖。」即此地也。

〔一〕「如花」，集作「一聲」。
〔二〕「同」下，集有「吕」字。
〔三〕「園」下，集有「鄒」字。
〔四〕「春」，集作「水」。

琵琶亭次宋郭明復舊韻

春江帶城沙嘴白，弓勢彎環抱新月。我來縱棹半日游，敗意眼前無一物。吟詩直入老僧家，小技忽癢難搔爬。分明有句和不得，古調豈叶箏琵琶。先生不作誰與語，白日茫茫變風雨。男兒失路雖可憐，何至紅顏相爾汝。與公相去又千年，依舊荒城無管絃。掃空題壁孤亭在，笑指門前浪拍天。

附郭原作：

香山居士頭欲白，秋風吹作溢城月。眼看世事寫虛空，雲夢胸中了無物。舉殤獨醉天爲家，詩成萬象遭梳爬。不管時人皆欲殺，夜深江上聽琵琶。賈胡老婦兒女語，淚濕青衫如著雨。此公定做少狂夢，與世浮沉聊爾汝。我來後公三百年，潯陽何必聞管弦。長安不見餘音寂，依舊匡廬翠掃天。宋淳熙中，蜀士郭明復維舟亭下所作，見《容齋集》中，《九江郡志》失載。

初五

閲中晚唐詩十七家。

周朴詩止四十餘首，而「柳色正沉沉」一章重出。刻書不可不檢勘也。

江爲六首。

翁承贊二十三首，選七絶二首。

歐陽詹八十首，絶無佳者。

歐陽袞九首。

歐陽玭五首。

歐陽澥一首。按，澥乃四門詹之孫也。娶婦經旬，而辭赴舉。久不還家，客死。其逸句尚多，如「黄菊離家十四年」，又云「離家已是夢松年」，又云「落日望鄉處，何人知客情」。俱載《唐詩紀事》中，今所傳者，惟《詠燕獻主司鄭愚》一絶句耳。

中唐《六竇詩》，叔向最少，止七首；常十九首，選二首；牟二十一首；群二十首，庠二十首，選三首；鞏二十六首，俱穩秀，自成一家之言，但氣味薄，不堪吟嚼。按，《五竇詩》，五代人和峴所校。宋淳熙中，朝散大夫權知蘄州軍州事北海王家諱〔一〕刊諸公府。

「閩九家」，則陳通方、許稷、周匡物、陳詡、潘存實、陳去疾、邵楚萇、吉中孚、張夫人，

〔一〕查慎行父崧繼，此避「崧」字，即「王崧」。

零星不成卷，多者八、九首，少者一、二首，蓋淺薄不足觀矣。

王貞白詩，四十餘首，氣色稍旺。其最佳者，乃《庾梅曉望》七律一首，亦見《白氏長慶集》中。

張祜詩，在當時已有重名，極爲杜樊川輩所推服。全集三百餘首，今選五、七律詩四十首，五言絶四首，七言絶最多，大半紀天寶宫中事，計選三十首，内「熱戲樂」、「容兒鉢頭」、「悖拏兒」、「阿鵩湯」等題，不得其解。又，《寄盧載》五律中一聯云：「少見雙魚信，多聞八米詩」，亦不知所出。

趙嘏詩共二百五十餘首，五古短章，風致略似牧之，惜其不多。五律太帖妥，入選者少。其《昔昔鹽》二十首，每首分用薛道衡詩一句爲題，猶淺近少味。七律八十餘首，「殘星」、「長笛」，故當是驚聯。七言絶中，若《寄桂府楊中丞十無詩》，語意重疊，不成體格也。

曹唐詩一百五十餘首，多遊仙之什，堆砌鋪排，全不見作者本指。《病馬》五章，差覺疏朗，然氣骨亦平平耳。

初　六

早，定藥案，時方有津下之病，醫勸止酒。

酴醾花下〔一〕

此花開後雜花稀，酒入濃香似乳肥。賸想家園初夏景，朱藤一架壓薔薇。

疎叢嫩蕊細差差，勾勒春光別有姿。應是上頭攀折少，放梢先報出牆枝。

閱方干、項斯二集。方詩三百五十餘首，選二十七首。項詩九十餘首，選十四首。

初　七

黎明，偕恒齋、灌園往湖口。已刻，泊舟上鐘崖之麓。按，東坡《石鐘山記》云：「有大石當中流，可坐百人。」今不復見。此記舊刻南鐘石上，明正統己巳，石裂仆水。後二十年，形跡尚存。成化辛卯，提學僉事李齡作文記之，今并失其處。上崖石峭聳，少平壤，舊

〔一〕原稿此詩已删去，故集中未收，録此以供參考。

無梵宇。近有吴僧坦然者，自堯峰來，鑿地築潮音菴，隨山曲折，架亭於後，小如龕。東、西、南三面皆巨石，不安牆壁，而結構自牢。北面開窗，與下鐘崖樓閣相通。惜石勢太偪，不盡覽結之勝。循崖西上數十步，有地寬二丈許，若於此建一亭，可以看江。崖之下，爲上鐘寺，創始年月不可考，重修者，萬曆朝監税巨璫李道。按，九江榷關，起宣德四年，至景泰元年，始遣户部分司，嘉靖四十二年，給事中張鳴瑞請自九江移湖口，下撫按，議不便，遂於湖口添設一關，以府佐董之，附潯關彙報。隆慶中，尋罷。萬曆二十六年戊戌，姦民馮萬善因中人進湖關圖，上俞之，命御馬太監李道往監税，有督理湖口、蘄黄、安慶之號，勢横甚。壬子，葛屺瞻先生兵備江州，緝姦胥，斃之獄，稍稍斂跡。久之，撫按交章請撤湖口監税。四十三年，乃召李道回京，以南九有司領其事。天啓初年，罷湖口，止設九江鈔關。本朝初，因而不改。康熙十九年，從督税蘇赫之議，復從九江移此。繞城皆石陂，不利停泊，商旅頗病之。薄昏，欲放舟至下鐘崖，以風順，乘月掛帆南上，二更回署中。

石鐘山

鄱陽吞天來，噴薄南出口。江流不能敵，抵北乃東走。懸崖峙西灣，水勢掃如帚。
孤城艮其背，外捍賴兩肘。靈區聚神奸，石狀雜妍醜。平鋪理横截，旁罅中劈剖。

熊羆饑攫人，奇鬼起援手。蜂窠掛篙眼，鳥卵破罋缶。一一皆下垂，中空無一有。有時應鞺鞳，照影見星斗。忽然風喧豗，聲作蒲牢吼。年深追蠡壞，兼恐石斷紐。惜哉坡公記，石刻泐已久。蘇公《石鐘山記》，舊刻於南鐘石上，明正統己巳石裂，仆於水，今失其處矣。茫茫宇宙間，孰是真不朽。

月夜自湖口泛舟還湓城同恒齋太守作〔一〕

空江夜東注，月光似俱流。舉頭看青天，水去月自留。移帆忽西向，月又隨我舟。而月豈有心，適與吾目謀。澄觀得静趣，含景無停休。不辭川路長，獲此清夜游。遠樹小池口，孤鐘鎖江樓。須臾燈燭光，候騎迎沙頭。誰知太守樂，夢亦同鳧鷗。

初八

閲晚唐馬戴詩一百五十餘首，選十三首。

《黄御史集》，名滔，字文江。閩人刻於淳熙中，洪邁、楊萬里、謝諤皆有序，古體近體共二

〔一〕「作」，集作「賦」。

百餘首。誠齋摘其佳句，如「一聲初觸夢，半白已侵頭」，「餘燈依古壁，片月下滄州」，「寺寒三伏雨，松偃數朝枝」等語，殊不盡所長。今選十六首，《寓題》絶句云：「吴中煙水越中山，莫把漁樵漫自寬。歸泛扁舟可容易，五湖高士是抛官。」高季迪「莫輕一枕江邊睡，抛却腰金唤得來」，意象全本此。洪容齋序謂「所著尚有文賦銘碣」，惜不及見。「俗間塵外境，郭内宅中亭」，黄文江《題王侍御宅内亭子》起句也，五律一首，後皆不稱，故不入選，聊紀其二語於此。

初九

閲《陳陶集》，古體三十七首，選十首。絶句九十餘首，選二十四首，俱奇崛，有别致。律詩三十五首，氣體平弱，如出兩手。

天氣暴熱，可御單衣。

初十

從邸報得譚左羽掌科引疾南還之信。

閲中唐《李嘉祐詩集》，近體百三十首，選八首。

秦系詩四十首，選四首。韓翃詩，古體三十五首，調弱格卑，聊選四首，以志古詩之流變。律詩九十餘首，選十首。絶句二十餘首，選五首。

大風，陰晦竟日。

十一

晴。徐用九往南昌。爲恒齋作大堂楹帖：「公堂如屋漏，一言一動，但從天理勘來；常恐慊心處少，疚心處多，静守昭昭之戒。官事若身謀，隨時隨力，俱靠實地做去；惟視分所當爲，職所當盡，敢求赫赫之名。」

灌園烹江鱝，供午餐。

十二

遣僕至武昌，作書候西塞公，送土物二包。

元人宋應求[一]《詠曹操疑塚》詩云：「生前欺天絶漢統，死後欺人設疑塚。人生用計死不休，何有餘機到丘壟。人言疑塚我不疑，我有一法君未知。全伐疑塚七十二，必有一塚藏奸屍。」陶南村曰：「此詩之斧鉞也。」

下榻小軒額曰緑蔭并系以詩[二]

新桐聚柳交加緑，小閣幽深似隔溪。南北窗開人未起，朝朝欹枕聽鶯啼。

十三

雨。楊郡丞自省歸署，恒齋設席饗之。

[一]「元人宋應求」，原文如此。當作「宋俞應符」。下引詩亦略有出入，參見陶宗儀《輟耕録》卷二六。

[二]此詩集中未收。

小雨枕上作〔一〕

幽人正作去聲還鄉夢，惱亂鄰牆屐齒聲。又是今年花事了，一天春雨滯江城。

物之化生者，翔之類：有以黄魚、田鼠、蝦蟆化者，是爲鶉；有以麥之根、烏足之葉、尺蠖之繭化者，爲蝴蝶；草含煙，化爲螢；菌載毒，化爲蜂；石首之魚，化寇鳧；百歲之鼠，化蝙蝠。

泳之類：有以鳥化者曰鮰、曰黄雀魚名。獸化者曰魴、曰白狼，帶化者鼈兔，蟹化者蟹，千歲之鳥化爲蛤蠣，服翼之化是名魁蛤。

動之族：有以中化者蚈乎，葦化者蜊乎，竹化者蛇，木化者蝸，梓化牛，松化伏龜，螃蜞化鼠，啄極之鳥化爲山豬。

植之種：有以山鳩化者名蕴菉，浮石化者名薏苡，孔音化爲枯樹，伯鱗化爲枯草，石燕遇鐵化爲珊瑚。

虎之猛：有以玉化、以鳥化、以牛化、以海鯊化、以江漢之貙人化，及牛哀氏之化焉。

〔一〕原藁此詩已删去，集中亦未收。録此以供參考。

龍之異：有以劍化、以雉化、以水虺化、以虎魚化，及夏女子化焉。物之頑：有以人化者，阿紫成狐，懶婦作魚，彭父爲鹿，山僧變蛇，帝女化桑鵲，望帝化杜鵑，孝子變伯趙，齊女爲鳴蟬，漁郎化白石，伊母變空桑，孫恪之妻一笑而入猿，莊王宮人一旦悉爲野蛾，而飛去也。人之靈：亦有以物化者，老楓爲羽士，黄雀爲童子，百羅變美人，貜父化老叟，久鉛成老嫗，古桂爲嬖媵，千歲之狐爲淫婦，百歲之狼化處女，猩猩八十年化爲人，而食人是也。有化而不相遠者：韭之爲莧，芻之成禾，石變爲玉，澒出於砂。蠵之蛉，雞之鳩，馬或爲狐，羊乃化狼，男化爲女，女化爲男是也。有相爲化者：雀入水而蛤，蛤出水而雀；蛇冬而雉，雉夏而復蛇；鷹之與鳩，鷂之與鸇。鯤積水而化鵬，鵬積火而還化爲鯤；人化而鬼，鬼化而復爲人是也。

螻蟻雖微，道中之一物；神龍雖變，氣中之一機。

虎經食人，其耳有缺。虎變爲人，其足無踵。

陸子静《與吕伯恭書》云：「眉山兄弟居喪，再期之内，禁斷詩文，其亦講乎喪禮也。」

伏魔大帝神，今釋氏借爲護法之神。按，神自唐以前未著威靈，至宋真宗祥符間，解州鹽池爲蚩尤所擾，池鹽耗竭，祈禱無驗。帝夢城隍，語其故。勑虎龍山張天師舉關王諭旨，果大風雷，一晝夜而鹽池溢，遂賜敕封。

十四

早霽。

春晴曲效温飛卿體

朝陽透簷鵲聲喜，烟外游絲風綽起。馬拂花鬖驕欲嘶，招招酒旆垂楊裏。蕉衫筍屐稀出城，上樓曉看南山晴。平春遠緑望不到，一幅錦機新織成。江聲剪斷尋芳徑，九派澄光鑄明鏡。柳花散作千點萍，日夜東流知水性。

閲《温庭筠集》，古詩選二十首，五律選十八首，七律選三十一首，六言律一首，五言長律選六首，七言長律一首，五絶選二首，七絶選九首。

十五

閲《賈島集》，選三十七首。

「巢經」二字，可以名樓。孟郊《送盧仝書船歸洛》詩：「書船平安歸，喜報鄉里閭。

我願拾貽柴，巢經於空虛。下免塵土侵，上爲雲霞居。」

十　六

閲《東野集》。

十　七

閲畢，選六十五首。夜與恒齋坐月，漏下二十刻方卧。

三月十七夜與恒齋月下論詩

庚公樓外月，飛光上雲崖。此時兩相對，此景良自佳。我挾山野性，尋君到衙齋。不棄貧賤交，酬唱晨夕偕。脱略分雖忘，終不雜恢諧。所商在文字，虚受非擊排。縱論古與今，瀉胸走江淮。力欲追正始，旁喧厭淫哇。向來風騷流，汎濫無津涯。可傳必有故，長松出樊柴。明明正變途，花葉殊根荄。須存〔一〕作者意，勿使本分

〔一〕「存」，集作「求」。

乖。新詩壓時賢，高朗洵少儕。當與古争勝，拾級已得階。人言簿書煩，正坐乏雅懷。君懷皎如月，塵霧其能埋？

十八

早，同灌園、仙來、慎公登臙脂山，歸途小憩義學。

春盡日游延枝山歸聽退思堂演劇疊韻二首〔一〕

勿論芳信易蹉跎，及取春山一遍過。鳥勸捉壺能醉否，風吹短鬢奈絲何。閒情老愛柴桑賦，故壘愁徵鬵栗歌。溢城被明季兵火後，至今凋殘未起。染得胭脂成土色，惜花人少落花多。俗呼胭脂山，以土皆赤壤也。

年來何事不蹉跎，可但春隨短夢過。伴我他鄉情幾許，送君南浦恨如何。櫻桃未上看花宴，箏笛宜聽隔院歌。好是流鶯新出谷，江城近日柳蔭多。

〔一〕此詩集中未收。

是夕，朱使君設餞春宴，演《檀香扇傳奇》，三更散〔一〕。

十九

立夏。楊郡丞招同朱太守讌鎖江樓，余辭不赴。

謝玄子焕，頑愚不慧，而孫靈運文藻艷逸，爲詞流所宗。韓昌黎子昶，不識金根，而孫承狀元及第，爲時聞人。楊用脩《題名考》「承」作「衮」。二事正相類。竇申至人家，謂之喜鵲；劉申至人家，謂之鴝鵒。

武三思嘗言，我不知何等名善人。丁謂亦云，忠臣孝子不足信，乃史筆緣飾美談。二人者，恰己之爲小人，反疑古今之無君子，荀卿所謂有性惡者也。

曹操敢於殺伏后，其視獻帝，真如孤雛腐鼠，豈復顧畏名義？所以不即篡位者，明欲搏空名以遂其削平蜀吴之計，俟一統後，取而代之耳。史稱，桓階初勸操正位，而夏侯惇以爲宜先平定二方，後遵舜、禹之軌。操之奸謀正如此。吴、蜀未平，而操先死，此天也，非操之本心也。偶與恒齋論及此事，漫記之。

〔一〕「三更散」三字被圈去。

《風俗通》云：「趙高指鹿爲馬，束蒲爲脯，二世不覺。」按，潘岳《西征賦》云：「野蒲變而成脯，苑鹿化以爲馬。」唐蘇安恒劾張易之，亦曰：「指馬獻蒲。」《藝文類聚》引《史記》曰：「趙高將爲亂，先設驗，獻蒲以爲脯，惑二世。有言蒲者，誅之。」今《太史公記》無此文，世但知指鹿事耳。

新　桐〔一〕

亭亭碧梧桐，入夏勢方長。其枝直如臂，其葉大如掌。細乳未垂華，新陰愛森爽。庭深得幽趣，上展緑雲幌。晴拒夏日炎，涼招好風響。旅人本孤寂，配汝怨成兩。誰言天地寬，纔足容俯仰。不知此根株，幾年受培養。當時誰用意，手植供我賞。北窗移卧榻，已作羲皇想。獨欠一聲蟬，臨風猶怏怏。

二　十

灌園和前韻詩成，書扇見貽。

〔一〕此詩集中未收。

新竹再索灌園和〔一〕

我從田間來，性與植物宜。而性猶愛竹，無竹俗難醫。有亦不在多，脩脩兩三枝。

捲筒脱斑籜，削出青瑶姿。朝來漸放梢，緑净無瑕疵。鳥重不敢踏，風輕自來吹。

閒開小卷書，秀色奪兩眉。勿嫌老幹醜，所專在本根。堅韌方自兹，幹老方紛披。

長吟既已罷，忽憶去年詩。故園十畝陰，周匝環一池。老人視籬笋，愛護同嬌兒。

森然看成行，高下肩相差。不使客題名，琅玕緑無疵。今來稍蒼勁，又復生孫枝。

我昨别家日，孫方學步時。行當早程歸，截與竹馬騎。懷興祖也。

午後，楊郡丞諱天錫字純菴投刺見訪，談至更深始别。

廿一

早飯後，答楊純菴，出《白鹿洞圖》見示，且云：廬山開先、東林二寺俱有陽明先生題壁大書，恐歲久剥落，屬余若果此游，爲雙鉤一本。

〔一〕原稾此詩已删去，集中亦未收。録此以備參考。

閱《昌谷集》，選三十五首。

廿二

閱《杜樊川集》，選六十七首。

九江三月杪産魚苗，先於太守處納税，每筆十船一載，例輸苗税五錢。後向湖口關納船鈔，估客多楚人，若上江大艘，每載輸銀一兩八錢。

魚苗船

幾片紅旗報販鮮，魚苗百斛楚人船。憐他性命如針細，也與官家辦税錢。

黄昏，驟雨。閱《張文昌集》，燭見跋，乃就寢。

梧桐雨〔一〕

客舍孤燈照影真，梧桐葉上雨聲新。此聲只好一回聽，料得聽多定惱人。

〔一〕此詩集中未收。

廿　三

早晴。

曉晴咏恒齋庭下芭蕉

放晴天色愛清朝，閒赴風前翠袖招。忽見主人窗外〔一〕緑，始知夜雨爲芭蕉。杜牧詩：「主人窗外有芭蕉。」

閲《張文昌集》畢，選四十九首。

武昌人歸，得西塞山公復札，見寄《春詠》十二韻，并索外舅《須雲閣集》抄本，許爲作序付梓也。

〔一〕「外」，集作「下」。

瓶中罌粟花和灌園韻〔一〕

別院攀來帶露華，暫時紅豔入窗紗。一囊多少明年種，老去看花倍惜花。

楊郡丞將至南昌，過恒齋話別，因設席共酌，時方議脩濂溪書院，恒齋屬代草稟啓，致宋中丞及藩、臬兩司。夜復雨。

廿四

雨窗閲桑子木《廬山紀事》，桑諱喬，維揚人，明嘉靖朝以侍御糾分宜相謫居九江時所輯，計十二卷。按，宋劉凝之、陳令舉皆有《廬山記》五卷，馬玗廣陵人《續廬山記》四卷，所載皆碑記。戴師愈南康人《廬山文物列傳》十三卷，鮮于樞《廬山志》以前，則有周景式《廬山記》、張僧鑒《潯陽記》，惜俱不得見也。

海紅，即山茶也。宋劉士亨《菊莊山茶詩》云：「小院猶寒未暖時，海紅花發畫遲遲。」見《瓠里子筆談》。

〔一〕原藁中此詩已删去，集中亦未收，録此以備參考。

麝囊花，色正紫，類丁香，又名「紫風流」，産廬山中。南唐後主取數十株，植移風殿，名曰「蓬萊紫」。出陶穀《清異録》。

米芾《硯史》言：「廬山青石作硯，與谷山硯同。」今無復作者，惟南康有麻石硯，易縻碎，不中用。

祖可，廬山詩僧也。其佳句云：「懷人更作夢千里，歸思欲迷雲一灘。」「窗間一榻篆烟碧，門外四山秋葉紅。」皆清新可誦。

廬山陳氏有《甲秀堂帖》五卷，宋淳熙年刻。中有李太白「天若不愛酒」一章，宋人品爲馬子才僞作。今觀其筆跡，非僞也。字畫豪放，書後題云：「吾頭懵懵，醉後書此，賀生爲我辨之，汝年少眼明。」見《夷白齋詩話》，王弇州《甲秀堂帖跋》謂其淳雅可愛。

豆葉菜，生豆葉坪，在小漢陽峰東半山，地饒山豆，山南人多採其葉食之。

《禹貢》云：「岷山之陽，至於衡山，過九江，至於敷淺原。」又云：「九江孔殷。」按，《潯陽地記》：「九江，一烏白江，二蚌江，三烏江，四嘉靡江，五畎江，六源江，七廩江，八提江，九菌江。」《太康地記》所云，劉歆以爲湖漢九水入彭蠡澤也。而《尚書蔡傳》謂九江專指洞庭而言，與前二説迥異。

「敷淺原」之名，僅見於《夏書註疏》及《漢書·地理志》，皆以爲豫章歷陵縣博陽山。

《水經》云：「在豫章歷陵縣西。」《蔡傳》云：「今江州德安縣博陽山也。」《一統志》云：「博陽山，古文謂敷淺原，根盤三十里，爲德安一邑之鎮。」今觀諸説，似與廬山爲二矣。而南康舊《志》謂「山南紫霄峰，有『敷淺原』三大字，未詳何時刻石」。明王忠文禕《六老堂記》則謂：「廬山，《禹貢》所謂敷淺原也。」李崆峒《瀑布賦》：「遡敷原之上疆。」吾鄉鄭端簡公《古言》亦以敷淺原爲廬阜。雲間夏彝仲《合注》引大禹治水刻石爲證，深辨漢唐註疏之非，謂「廬阜當江南，北匯水口，中有原田連亘，人民錯居，故有『敷淺原』之名。博陽正在其西南，謂敷淺原之陽也」。諸論異同，不知孰是，姑詳考以備稽覽。

萬曆己卯，張江陵禁革白鹿書院。先是，常有紅鶴百十巢於書院後山松杪，其年忽去，越三年，仍來巢，書院隨議復。見《廬山新志》。

廿五

雨不止。閲《廬山紀事》畢。

登廬山大道有三。自雲峰寺入者爲北道，自含鄱口入者爲南道，自静慧寺入者爲東道。道皆可輿。其他小徑，爲山僧、樵子所往來，類鳥道巉絶。而東道、南道又荒僻少人跡，獨北道多登覽者，因上有天池寺也。

九江向無鰣魚網户忽獲一尾以饋太守晚餐分噉詩以紀之〔一〕

鮰魚子鱭賤如毛，何物能令市價高。從此溢城添水産，白頭春浪出銀刀。

四月家鄉記飽餐，朝來指動豈無端。似防遠客歌彈鋏，破例相隨過鴨欄。鰣魚不過鴨欄驛，以魚隨潮上，潮到小孤輒回也。

照網收來出水新〔二〕，眼光汎汎尾莘莘。行厨亟與傳方法，第一先教勿損鱗。

七筯纔供腹已皤，其如每飯不忘何。人情那得新知足，翻怪從前漏網多。

三百錢償一尾鰥，擊鮮原不累民間。可知太守清如水，豈在懸魚絶往還。謂恒齋也〔三〕。

廿　六

雨竟日。

〔一〕「詩以紀之」，集作「作三絶句」。

〔二〕第三首、第四首集中未收。

〔三〕「謂恒齋也」，集奪此四字

《布衾銘》，元豐中司馬温公在洛，范蜀公景仁贈以布衾，右僕射高平公堯夫因作《布衾銘》。公愛其文義，隸書於衾之首，其銘曰：「藜藿之甘，綈布之温，名教之樂，道義之尊，求之孔易，享之常安。綺繡之奢，膏粱之珍，權寵之盛，利欲之繁，苦難斯得，禍辱旋臻。取易捨難，去危就安，至愚且知，士寧不然？顔樂簞食，萬世師模。紂居瓊臺，死爲獨夫。君子以儉爲德，小人以侈喪軀。然則斯衾之陋，其可忽諸？」

昨日灌園以清齋不食鮓魚晨餐補噉乃隔歲糟藏者作詩解嘲屬次韻〔一〕

未肯長齋便斷葷，也應難割爲鱗群。老人自欠嘗新分，此腹何曾敢負君。

片□重開小甕魚〔二〕，臘糟香透味何如。一□飽□供兼味〔三〕，不礙齋期讀道書。余齋期在明日，故云。

〔一〕此二首删改較多，一片塗鴉，尤以第二首爲甚。最終均圈去，故集中未收，録此以備參考。
〔二〕此句原爲「臘糟香透去年魚」。
〔三〕此句原爲「傳語江湖方健飯」。

廿七

雨。閲《白鹿書院志》，舊《志》八卷，李空同作序，首沿革，次形勝，次創建、𠞰刻，次田租，次姓氏、藝文，次典籍、器物。新《志》十六卷，康熙十三年南康守廖文英脩。洞田在星子、都昌、建昌、安義四縣者共三千八百五十畝三分，除應納漕糧銀米外，實解洞支費銀四百三十二兩七錢三分，此康熙十三年所定額數。

山脈自五老峰來，絶壁懸天，一峰南下，可二十里，一山崛起，爲後屏山。山之陽，即白鹿洞也，唐李渤與兄涉讀書處。後顔魯公裔孫諱翊者，率子弟三十餘人授經洞中。南唐昇元中，即其地建學置田，命國子監九經李善道爲洞主，號「廬山國學」。宋初，置書院，與睢陽、石鼓、嶽麓稱四大書院。太平興國中，國子監給印本《九經》，驛送至洞，曰「白鹿國學」，皇祐中，孫琛增置學舍，爲曰「白鹿洞書堂」。後燬於火，時南康已有軍學，書院遂廢。淳熙己亥，朱文公知南康軍，重建書院，援嶽麓例，疏請勑額，併高宗御書《石經》與監本《九經》於其中。學徒日衆，乃置東源莊田以給之，自後以漸加强。咸淳中，郡守劉傳漢增置貢士莊。元大德間，又增置上壤田百畝，尋，廢於兵火。明正統戊午，翟溥福爲知府，始剪荆棘，復舊制。其後，督學李齡、蘇葵、邵寶、蔡清、李夢陽等，御史陳詮、唐龍等相繼興理。萬曆乙卯，張居正繳禁書院，洞田官鬻。至癸未，鄒元標題請復之。脩祠宇，贖田畝，規制粗定。己丑，提學朱廷益增田七百餘畝。甲寅，參議葛寅亮捐俸，大加修葺，南康司理李應昇主洞事。崇禎戊寅，侯峒曾視學江西，入境，先詣白鹿洞謁文廟，然後考試。本朝順治十四年，巡撫蔡士英捐俸，增置田六百餘畝，清出本洞原田，分爲上、中、下三則，共收洞租銀九百三十八兩。

白鹿洞書目，現存者止二千餘卷，内二十一史缺《三國志》、《宋書》、《陳書》、《遼史》、《金史》，凡五種。十三經缺《孝經》一種。

凡爲文章，須是文章外别有一物主之，方爲高勝，昌黎之文濟以經術，少陵之詩本於忠義，太白妙處有輕天下之氣。此衆人所不及。《漫齋語録》

許司農浩曰：「官，朝廷物也，來若披衣，去若解帶，豈吾支體若乎？」

唐進士李爲作《淚賦》，及《輕》、《薄》、《暗》、《小》四賦，所就竟不遠大。李賀作樂府，好使「鬼」、「死」等字，卒以夭亡。前輩言：「觀人文字，可以卜分命之厚薄。」非虚語也。

宋景文自言「手抄《文選》三過」，洪景盧亦嘗抄《資治通鑑》三過。

宋時，士大夫家藏書者，江西爲多，廬山李氏、九江陳氏、鄱陽吴氏、南康劉氏、南豐曾氏，各不下數萬卷。

宋末惟直齋陳氏書最多，至五萬一千八百餘卷，且倣晁氏《讀書記》作《解題》，極其精詳。

世所傳類書，宋以前，惟《事文類聚》、《初學記》、《册府元龜》、《唐類函》、《白孔六帖》耳。及考《唐書·藝文志》，徐勉有《華林編略》六百卷，何承天《皇覽》一百二十卷，祖班、李徵《脩文御覽》三百六十卷，劉孝標《類苑》一百二十卷，張太素《文思博要》一千二百十二卷，許敬宗《類璧》四百卷、《東殿新書》二百卷，劉綺莊《類集》一百卷，李塗《記室新書》三十卷，今無一傳者。

范文正公設義田以賙族，而有再嫁之卹。論者或譏之，不知此正曲體人情之至。家素食貧，難責婦人以守節。子思之母嫁於衛，明道之婦嬪於王。人情所不能已者，重賢勿禁，故《禮·喪服傳》云：「夫死，妻穉子幼，子無大功之親，妻得與之適人。」是於《禮》猶許嫁也。先正之行仁，何嘗悖於經哉！

李豫亨《自樂編》云：「吾鄉未有義田，有吴怡竹者始捐義田助鄉役，於是，官府旌之，匾以『尚義堂』額，不知竟成禍胎。未幾，府縣知其有田，連僉催辦糧差，重責力微，不能了理，久之竟坐獄死。豈非善事亦不可輕作耶？」

廿八

早雨。是日，恒齋太守送新進諸生入學。

《賁》卦《象》曰：「山下有火，君子以明庶政，无敢折獄。」夫賁之義大矣，至於觀天文以察時變，觀人文以化成天下。獨於折獄則重之，何哉？蓋賁者，文飾之象也。脩明庶政，可用文飾。若折獄則專取實情，苟恃其明而加文飾焉，非情矣。故古之言刻覈者曰「深文」，言鍛煉者曰「文致」，法曰「文罔」，弄法者曰「舞文」。凡獄之不得其情，未有不起於文者。史稱蕭何爲吏，以文無害。曾子之告陽膚，「如得其情」，君子察於情文之間，其於治獄思過半矣。此段議論見於《問奇類林》衛長公語。

爲恒齋作大門聯：「九派洗胸襟，敢一事妄起風波，有如此水；雙峰臨几案，識太守初來面目，只在兹山。」

前漢循吏六人，而五人出於宣帝；酷吏十二人，而八人出於武帝。唐循吏十五人，出於武德、貞觀者半；酷吏十二人，出於則天之時者亦半。吏治視上之趣向如此。

俗以衙蠹侵肥爲「中飽」，二字出於《韓非子》：「薄疑謂趙簡主曰：『君之國中飽。』簡主欣然而喜曰：『何如焉？』對曰：『府庫空虚於上，百姓家餓於下，然而姦吏富矣。』」

桑維翰常謂交親曰：「凡居宰相職位，有似着新鞋襪，外望雖好，其中甚不快活。」此言雖近戲，却是閱歷真境。

古者國有閒田，田有餘夫，夫有閒民，民有羨卒，不盡其財力也。至秦而自實田，至漢而覈墾田，至隋而越丁口，至唐而括逃户隱田，於是財殫力盡，民不聊生矣。

張芸叟初游京師，見歐陽公多談吏事，因問曰：「學者見先生，莫不以道德文章爲欲聞者。今多教人以吏事，所未諭也。」公曰：「不然。吾子皆時才，異日臨事，當自知之。大抵文學止於潤身，政事可以及物。吾昔貶官夷陵，方壯年，未厭學，欲求漢史一觀，公私無有也。因取架閣陳年公案，反覆觀之。見其枉直乖錯，不可勝數。以夷陵褊小，尚如此，天下固可知矣。當時仰天誓心，自爾遇事不敢忽也。迨今三十餘年，出入中外，以此自將。今日以人望我，必爲翰林致身；以我自觀，亮是當時一言之報也。」張自得此語，至今不忘。蘇東坡先生亦以吏能自任，或問之，則答曰：「我於歐陽公及陳公弼處學來。」

午間，雨止見日。

陳無己登覽得句，即急歸，卧一榻，被蒙首。家人知之，即貓犬皆逐去，嬰兒亦抱持寄鄰家。徐待其起，就筆硯，即詩已成，乃敢復常。黄山谷詩云：「閉門覓句陳無己。」蓋道其實也。

廿九

早晴，午後雨。

夜夢與祝豹兄作永訣語，殊不可解。

元豐中，王半山乞罷政，神宗未許，□（字破損）延老僧化成爲作課，更欲看命。語云：「力求去，上未許。只看旦夕便去得否？」化成曰：「得意濃時正好休，要去在相公，不在上。」公歎服，去意遂決。

宋朝引試率在八月中，韓魏公當國日，二蘇將就試，黄門忽屬疾，韓輒奏上云：「今年召制科之士，惟蘇軾、蘇轍最有聲望，今聞轍偶病，未可試，欲展限以俟。」上許之。黄門病中，魏公每遣人問訊。既聞安全，方引試，比常例展二十日。自後，試科日並在九月後。紹興中，相國吕微仲語及科目何故延至秋末，東坡爲吕言之，吕曰：「韓忠獻其賢如此！」復定八月十五試士。

元祐中，東坡知貢舉，李廌字方叔就試，將瑣院，坡緘封一简，送方叔。直方叔出，其僕受简，置几上。有頃，章子厚二子曰持曰援者來，啓简竊視，乃《揚雄優於劉向論》一篇，二章驚喜，携之以去。已而，果出此題。二章皆檃倣坡作。及拆號，持、援登第，方叔不與焉。東坡出院，聞其故，大歎恨，作詩送方叔歸。其母歎曰：「蘇學士知貢舉，而子不成名，復何望哉？」抑鬱而卒。其後，章惇與東坡搆隙，以坡爲有私黨，未必不因此事。

唐時科舉之柄顓付主司，而不糊名。又有交朋爲之助，謂之通榜。其取人也，畏於清議，多公而審。未引試之前，其去取高下已定。韓文公《與祠部陸員外書》中薦侯喜、侯雲長、劉述古、韋群玉等共十人，且云「往者陸相公司貢士，愈時幸在得中，所與及第者，皆赫然有聲。原其所以，亦由梁補闕肅、王郎中礎佐之。梁舉八人，其餘則皆與謀焉，至今以爲美談」云云，觀此知朝廷信任大臣，與大臣虛公取士，真盛世之風也。

唐制，重諫官而薄御史。左補缺李虞以不避中丞温造，捕從者笞拏，左拾遺〔一〕舒元裒等建言：「故事，供奉官，除宰相外，無屈避。遺〔二〕、補雖卑，侍臣也；中丞雖高，法官也。侍臣見陵，法官自恣，請得論罪。」乃詔臺官、供奉官共道路，聽先後行，相值則揖。

君子避三鋒，謂文士筆端，武士鋒端，辯士舌端。出《韓詩外傳》。

《摭言》：「狀元以下到主司宅，綴行而立，斂名紙通呈，與主司對拜。主司云：『請狀

〔一〕「遺」，原作「貽」。
〔二〕「遺」，原作「貽」。

元謝名第，第幾人，謝衣鉢。』」「衣鉢」，謂與主司名第同者，其與主司先人名第同者，即謝大衣鉢。

嚴子陵足加帝腹，何點手捋帝梁武鬚，李鄴侯首枕帝膝。

楊升庵曰：「朱子嘗云，某氣質有病，多在忿懥。又云，某之質，失之暴悍。又云，不得已而有言，則衝口而出，必至於傷事而後已，此亦太陽之餘也。」

胡文定公家至貧，然貧之一字於親故間，非惟口不言，手亦不書。嘗戒子弟曰：「對人言貧者，意將何求？」

晦　日

晴。

三月晦日和灌園〔一〕

一日陰雨一日醉，夜來病酒朝來睡。日復一日朝復朝，九十春光過如駛。忽聞啼

〔一〕此詩集中未收。

鴃催天晴，野人夢覺醉亦醒。與君戒酒入茶社，明日廬峰去消夏。起句用《北史》皇甫亮語。

黄山谷《養生四印》謂忍、默、平、直也，百戰百勝，不如一忍；萬言萬當，不如一默；無可揀擇，眼界平；不藏秋毫，心地直。

李誠之爲童子時，論其父緯之功於朝，久不報，自詣漏舍，以狀白韓魏公，公曰：「君果讀書，自取科名，不用紛紛訖賞。」誠之云：「先人功罪未辯，深恐先犬馬填溝壑，故忍訟自言。若欲求官，稍識字，第二人及第不難。」蓋公登王堯臣榜第二人也。公矍然。或云，魏公德量服一世，然於誠之，終身不能平。

宰相自唐以來，禮絶百僚。宋富鄭公爲相，雖微官、布衣謁見，皆與抗禮引坐，語從容，送之及門，視其上馬乃還。自是，群公効之。

九江有碑工李仲寧，刻石甚工。黄山谷名其居曰「琢玉坊」。崇寧初，詔刻元祐黨籍姓名，太守呼使劖之，辭曰：「小人家舊貧，得蘇内翰、黄學士詞翰，遂致温飽。今日以奸人爲名，誠不忍下手。」守義之，曰：「賢哉，士大夫所不及。」餽之以酒肉，而從其請。今人但知長安碑工安民事，而李之姓名少有稱者，特表出之。

心去腎八寸四分，天去地八萬四千里，人自子至巳則腎氣生，自午至亥則心生血。陽生子而地氣上升，至巳而尤；陰生午而天氣下降，至亥而極。人身肖天地也。廣交以延譽，不若索居而自全；厚費以多營，不若省事以守儉。

四月

初一

晴。

署庭蓄錦雞且一年朝來忽飛去恒齋有詩屬和

爲爾無端惜剪刀，養成六翮竟如逃。啄餘香稻新抛粒，收得雕籠舊落毛。群入家雞終不亂，飛隨野鶴便能高。人間是處多羅畢，文繡深林好自韜。

初二

五更暴風，城外人聲如沸。晚，見新月。

明日吏人以錦雞來視之即昨逸去者再作此詩〔一〕

勿論城市異山林，性在終知去意深。誤啓樊籠驚遠舉，特憐毛羽募生擒。舊曾相識緣文彩，待爾重來伴苦吟。從遣周防是誰過，主人初〔二〕不起猜心。

今之鼓樓，宋朝名銅臺閣。薛晋肅公知成都，范蜀公方爲舉子，薛一見，愛之，館於府第，俾與子弟講學。蜀公益自謙退，乘小駟至銅臺閣下，即步行趨府門，踰年，人不知爲帥客。

《詩·桑柔》狀小人之惡三，良言刻薄也，盜言貪黷也，競言强禦也。

《易》「解卦」狀小人之情四，狐言媚惑也，乘言僭竊也，拇言依附也，隼言悍鷙也。

富鄭公好奬詡人才，劉貢父攽嘗曰：「彦國每與人對語，往往奬予太過，其人恃此傲慢，反以致禍。攽目擊數人矣。」可見前輩假借後起，亦不可過當。

宋時，士大夫叙官閥，有「實年」、「官年」二説。大抵布衣應舉，必減歲數，少壯者欲藉

〔一〕「此詩」，集作「一首」。

〔二〕「初」，集作「從」。

以求進。不幸潦倒屋場，勉從特恩，則年未六十，始許入仕，不得不早爲之地。至公卿任子，欲其早列仕籍，方在童孺，率增擡庚甲。後朝臣上言，年及七十者不應任監司郡守。於是，江東提刑李信甫以實年過七十，而官年損其五，乞致仕。有旨，官年未及，與之外祠。知房州章騆六十八歲，而官年增其三，亦求罷去。諸司以精力未衰，援實爲請。有旨，聽終任。秦熺乞祠之疏曰：「實年六十五，而官年已踰七十。」齊慶胄乞歸，亦云：「實年七十，而官年六十七。」

伊川作明道行狀，不言受學於濂溪。

初　三

閱廬山新《志》。

曉起偶題〔一〕

狼籍餅花一小枚，自收几上著殘棋。夜來黠鼠全無忌，滿腹公然飲研池。

〔一〕此詩集中未收。

初　四

閲新《志》畢。大段因襲桑子木《紀事》，所增入者，今人詩文幾篇耳。

南海人謂狂爲盎兒。東坡《答何長官六言》詩：「學道未從潘盎。」公自注云：「潘，近世得道者也。」

初　五

天氣暴熱，胷鬲煩顬，减午餐。

明朝年號，與前代僭僞相同者，凡三：永樂，則涼張重華，五代時漢張遇賢，宋方臘。正德，則宋西夏趙乾順，李珍。天啓，則北魏元法僧，梁永嘉王莊，南詔晟豐祐，宋徐真一。

偶閲《紀元彙考》，姑志之。

年號與地名相同者：建平，漢哀帝；建康，漢順帝；建寧，漢靈帝；建德，北周主邕；太和，魏曹叡、唐文宗；太平，吴主孫亮；太興，北燕馮弘；始興，隋末高開道；鳳翔，夏赫連勃勃；永寧，漢安帝、晋惠帝；永嘉，漢沖帝、晋懷帝；永興，漢桓帝、晋惠帝；永安，吴孫琳、晋惠帝；永昌，晋元帝、唐武后；嘉興，西涼李歆；嘉定，宋寧宗；延平，漢殤帝；光化，唐昭宗；興元，唐德宗；紹興，宋高宗；泰和，金主璟；大興，晋元帝或作「太」；大同，梁武帝；壽光，秦苻生；隆安，晋安帝；昌平，西燕段隨；長樂，後燕慕容盛；長安，唐武后；長興，後唐明宗；承安，金主璟；廣德，唐代宗；武定，東魏主善見；上元，唐高宗、肅宗；保定，北周主邕；開平，後梁朱温；安定，後理段智興；文安，後理段正淳；順天，史思明；應天，史思明、朱泚；清平，夏國；保寧，遼主賢；大定，後梁蕭詧；延慶，西遼耶律大石。

初　六

雨。張建菴往南昌，托製棕竹筆管、花梨匣。陶子駿，宋時人，所居名「佚老堂」。東坡爲作詩，其二章云：「我從廬山來，目送孤飛雲。」又云：「似聞佚老堂，知是幾世孫。」則子駿當是靖節之裔，堂亦當在九江。劉壯輿「是是堂」當在南康，東坡有詩，紫陽有記。

初　七

雨。與恒齋同閲《資治通鑑》二卷。午後，爲恒齋草賀總督端陽啓。

初八

雨。恒齋屬余重修廬山志書，是日，爲創《凡例》數則。

初九

早晴。作家書。

初十

遣上已東歸，家信内附至禾濬遠及兩弟各札，外二件。閲邸報，知錢昭兄已選宣平教諭。編《山紀》一卷。

十一

恒齋以茉莉二盆見餉，今年節候最早，已發蕋矣。

十二

午後雨，薄昏晴。編《祀典》一卷。

十三

午雨，晚霽。編《書院》一卷。

十四

早，灌園治果品酒肴，邀游煙水亭，亭有吕仙像，相傳今日爲仙誕也。午飲，暮歸，進南門，登萬壽宫後閣。按，唐時有紫極宫，太白有《潯陽紫極宫感秋》之作，東坡有和李詩，考《廬山新志》，郡有天慶觀，即紫極宫，而《九江府志》不載，疑即此也。

初夏坐烟水亭望廬山

一奩明鏡插芙蓉，積雨初晴翠靄濃。萬疊好山看未足，又添雲勢作奇峰。

分明寫入畫圖工，倒影看來上下同。忽失水中山一半，浪紋吹皺日高風。

十五

有以樹蘭貽恒齋者，云出嶺南。其葉似梔子而小，但不知何時始花，《本草》不載。

石鐘山重刻東坡記跋(代)

石鐘山，見於《水經》及唐少室山人記，然因東坡先生而益顯。自余幼時，讀先生文，既又見商文恪《石鍾集序》，知兹巖之有石刻，其來已久。及余來守九江，舟出湖口，登南鍾崖，思一摩挲石碣不可得，因低徊太息而去。蓋自明正統己巳，石裂仆於水，爾來又二百年矣。湖口學博陶君有志復古，於訓士之暇，磨礲巖石，續刻公文，以書來告，余覽而善之。夫湓城一郡，古號名區，山巔水涘，前賢故蹟，往往不乏，使居官者盡如陶君之用心，一切廢墜，且次第脩舉。余咸將藉手觀成焉，獨石刻云乎哉！

十六

編《物産》一卷。

唐段成式，字柯古，宰相文昌之子，歷尚書郎，出典九江郡。集中有《寄温飛卿雲藍牋》絶句，云：「三十六鱗充使時，數番猶得裹相思。待將袍襖重抄了，盡寫襄陽播掿詞。」自注云「予在九江造雲藍紙，既乏左伯之法，全無張永之功，輒送五十版」云云。今《九江府志·名宦》中失載此事并柯古姓名，何也？

白樂天《草堂記》云「一旦蹇剥，來佐江郡，郡守以優容撫我，廬山以名勝待我」云云，按，《唐書》及《長慶集》，元和中，盜殺丞相武元衡，白居易時爲贊善大夫，上言：「自古未有之變，宜速逐捕，期必得，以雪國耻。」當道者，王涯也，惡其出位，謫爲江州司馬。考是時爲郡守者，當是錢徽。

十七

編《寺觀》，爲恒齋作宋中丞啓。

十八

《寺觀》一卷編成。

十九

雨。編《亭臺》一卷。夜，大雷電。

余方輯廬山志擬入山訪舊蹟頻爲雨阻恒齋先生有作輒和之〔一〕

日日開軒對翠氛，勝游偏阻鹿麋群。不愁湓浦長多雨，但恐匡山化作雲。紀事欲真須眼見，異書難便信傳聞。一條榔櫟從僧乞，可要籃輿累使君。

二十

早晴。驟暑，姑御絺衣。午餘復雨。編《寓隱》一卷。夜與恒齋坐雨，漏下二十五刻。

〔一〕集奪「先生」、「輒」。

廿　一

雨。編《橋梁》一卷，大雨竟夜。

芭蕉恒齋再索和

一葉復一葉，自然成緑陰。後先如有序，舒卷豈無心。漸覺空庭窄，能添曲徑深。

野人新得句，題罷亦長吟。

廿　二

早晴，午雨，晚復晴。

江州雜詩〔一〕

依舊江關俯麗譙，居人指點説天橋。明太祖破江州事。戰迴左蠡軍容壯，鑿斷殘岡霸

〔一〕集作「江州雜咏四首」。

氣銷。東門外有天子堂，相傳劉誠意惡陳友諒都此得勝地，故鑿之。鎮將南朝偏跋扈，部兵西楚最輕剽。指左良玉、袁繼咸事。自從血洗孤城後，九派空回寂莫潮。天文容易掃欃槍，隣郡猶傳戍鼓鳴。戊辰夏，楚盜破武昌、黄州。鵶鵲自朝英布廟，北門外九江王廟，至今血食。魚龍曾擾灌嬰城。紛紛設險寧論地，往往時危獨被兵。按史，自北宋以來凡四屠城。四十三年休養力，不知何福享承平。順治己丑，金聲桓之亂，九江爲其所有。其年八月，復被屠城之慘。〔一〕

峭削峰巒北面當，雲頭一半割南康。高僧舊入遺民社，世業誰當佚老堂。三刼烽烟埋洞壑，百年文物遞滄桑。名山志在真難續，或有奇蹤墮渺茫。時余方輯《廬山志》。

別開官署射亭傍，一角頽城壓短牆。螺髻浮青虚劍匣，府署正對雙劍峰，宋乾道中，蜀人唐立方闢地作二城，矗樓其上，謂之「劍匣」。見《桯史》。雉媒平緑展毬場。船稀小步初移市，人〔二〕上高樓必望鄉。樂天詩：「三百年來庾樓上，曾經多少望鄉人。」庾樓直府署北。添得黄蘆侵岸濶，舊游回首獨神傷。余己未、壬戌兩經此郡。

〔一〕此注文已被删去，故集中不載。

〔二〕「人」，集作「客」。

紀秦中救荒事四十韻〔一〕

江城梅雨天，客子朝睡足。聞人説邸報，撫枕起嚬蹙。惟時秦地旱，西鳳歲不熟。豈惟民食艱，蕉萃及草木。此邦昨寇亂，比户經鋒鏃。近傳瘡痍瘢，白骨稍生肉。周宣憫鴻雁，中野尚肅肅。天道若好還，殘黎合蒙福。如何魃肆虐，竟學吏行酷。五行徵恒暘，厥咎甚司牧。封疆設大臣，遐逖寄耳目。顛危莫以告，坐聽一路哭。致煩嚴譴加，初意詎所欲。幸賴上仁明，幽微靡不燭。即如前年詔，州縣課積穀。一念既周防，幾先事已伏。荒政古無奇，儲備祗在夙。不然猝遇患，補救終碌碌。常平就近發，旦夕散糜粥。仍慮仰給多，嗷嗷哺莫續。先頒内帑金，繼漕去聲。江河粟。輓輸資晋楚，險阻同隴蜀。按程笇浮費，率以鍾致斛。一麥庶可望，耕鋤力難勠。飢來不得食，奚取豐年玉。臺省拜封章，大農籌仰屋。西京賈晁策，亟者邊儲蓄。轉加卜式漁，所以風僚屬〔二〕。朝廷重名器，好爵肯輕鬻？緩急偶一行，未云

〔一〕此詩集中未收。

〔二〕此兩句經塗改，勉可辨識，原爲：「此事昔有諸，於今勢應復。」

國體黷。盈庭集群議，去若置郵速。即容入貲補，罪許計鍰贖。明明曠蕩恩，獨使偏隅沐。權宜雖暫假，物力亦已促。河湟要害區，邊地那比腹。疆圉拓無外，萬落悉臣服。必若固本根，尤當酌全局。補牢善其後，轂勝輿脱輹。吾生托餬口，僅免溝壑辱。但願農有秋，歸將叱黄犢。

廿三

晴，今日壬寅，已入梅矣。編《游覽》一卷。

九江蘆課，向取於屯丁，衛雖在府城，而洲則錯出於星子、黄梅、宿松，地界三府，往往洲已没，丁已絶，而賦仍不減。每歲於衛軍中擇一人，僉收蘆賦，而責其成焉，大以爲病。明末，莆陽方某爲郡司馬，始爲革除，捐俸佃公田八百二十餘畝，歲計所入，首納屯糧，次補没課。於是，典收賠累之害得息。

廿四

編《典籍》一卷。黄昏雨，五更尤猛。

廿五

早，雨暫止。將遣夏大東行。作桐城、樅陽親友諸札，并索髯許公復語。是夜，雨達旦。

廿六

大雨竟日。建菴歸自南昌，得公任叔札。編《列仙》一卷。

廿七

晴。桐城人今早始發，以連日雨阻也。編《名僧》一卷。張慎公欲歸吴，恒齋爲餞别，同午飲。瓦盆建蘭已抽一箭。

廿八

辰刻，慎公去。編《紀異》一卷。茉莉初開。

夜夢入廬山桃花滿谷一僧指云此杏林也因誦樂天游大林寺絶句云人間四月芳菲盡山寺桃花始盛開長恨春歸無覓處不知轉入此中來〔一〕夢中了了醒而以詩紀之即用白韻

指點仙家手自栽，桃花却傍杏林開。眼前一笑真成幻，公是身游我夢來。

廿九

考《圖書編》，乞王琴村作廬山圖，舊圖分山南、北，作四幅，今欲合成全圖，而峰嶺寺觀甚多，尺幅中恐有掛漏，尚費經營也。

三十

恒齋抱痾竟日。編《雜志》，未就。

〔一〕集中奪自「云」至「來」二十九字。

五月

初一

早，微雨，午，大雨。恒齋病起。江城内外，爆竹聲徹曉不止，大似吾鄉正月朔，俗以五爲惡月，亦古人驅疫之義也，至初五日復然。恒齋出宣德舊窑數種見示。

初二

早霽。是日《雜志》一卷編成。建蘭始花，移置座側。

初三

擬作廬山之游。恒齋忽奉上官檄調赴省，會勘德安盜案，匆匆治裝，屬余與灌園居守郡署，遂不果行。

編《祠墓》一卷。恒齋分俸爲節儀。張建菴以畫扇見贈。

初四

早，恒齋往南昌，附札與公任叔，別開書目一通，屬從宋中丞、熊司空兩處借閲。編《石刻》一卷。

初五

與灌園午飲，微酣。

端陽與灌園老人對飲庾樓下有懷恒齋太守時恒齋奉調赴南昌兼屬訪老友羅飯牛〔一〕

懶不同行起每遲，半年頻改入山期。風傳爆竹喧江郡，是日江城爆竹聲不絶。鳥去桐花落酒巵。又向他鄉逢此節，未知官事了何時。南州好在高人宅，可少停車乞畫詩。

〔一〕此詩集中未收。

午酒初醒再成一律〔一〕

兀兀醺醺坐日斜，爽神全賴閬林茶。三竿砌竹摇風影，一箭盆蘭得氣花。夢枕易消非實境，丹爐難轉是年華。江城節物關何事，催得游人獨憶家。

大風雨，自黄昏達旦不止。

初　六

夏至。從邸報知汪東川祭酒丁艱南歸。

夏至大風雨灌園先生有詩見貽奉奉答一首〔二〕

午日已過逢至日，一天風雨滯溢城。不將酩酊酬時序，却喜波瀾接老成。柳色窗陰牀對設，苔花徑滑屐同行。吾衰漸信空門教，欲買江魚去放生。明日爲余生日，本詩

〔一〕集奪「再成一律」四字。

〔二〕此詩集中未收。

及之，故云。

午後雨止。編《辨訛》一卷。春草堂茉莉盛開，灌園以磁盆滿貯一百三十朵，清香繞席，兩人對酌新月下，亦他鄉樂事也。

初七

春草堂忽布席，爲余壽，蓋恒齋臨行時預飭厨人也。

生日書感

落拓差堪比牧之，江湖曾費十年詩。早衰鬢鬢非無故。暗減心情只自知。酒盞每逃狂客座，杖藜將赴老僧期。尚慚習氣除難盡，間與人争刼後碁。

自從吾降庚寅後〔一〕，早定勞生天地間。壯日揚雄空著述，昏年庾信尚江關。不愁數齒頻添馬，且與開籠一放鷴。唐人詩：「秋來見月多歸思，自起開籠放白鷴。」肯信補苴無末路，桑榆留景待歸山。

〔一〕集中僅收第一首，此首未收。

初八

改編《總紀》一卷。

初九

改編分紀《山名》一卷。

初十

早，閱京報，得嚴蕿菴轉補大銀臺之信。酷暑如三伏，不耐提筆，與灌園鬬碁竟日。

十一

早起，改編分紀第三卷。午後，雷電交作，謂當有雨，忽大風從東北來，日復杲杲，炎蒸不減於昨夜，熱不能寐。

枕上聞雨急起視之乃桐花墜葉上做聲也〔一〕
不道桐花打葉聲，隔窗亂點入三更。老夫怕熱起看雨，放入一牀斜月明。

十二

改編分紀第四卷。午後，微雨，天氣稍涼。

十三

午後，雨。改編分紀第五卷。

十四

早，南昌人歸，知恒齋公事未了，回署尚無定期。大雨自辰達戌不少停，溽暑濕蒸不可耐。入夜，雨尤狂，三更，微涼。朝來仍禦綿衣矣。

〔一〕此詩集中未收。

十五

雨不止，作詩排悶。

梅雨二十四〔一〕韻〔二〕

五月潯陽雨，蛟龍正鬱蟠。地浮三楚濶，雲納九江寬。暴漲摇城郭，餘波溢井榦。鄱湖連浩淼，廬阜失巑岏。怒怕鼇移柱，閒輸鷺占灘。千帆風颯颯，十里霧漫漫〔三〕。鳴鶴翻依樹，飛魚不上竿。及時陰已動，退位火疑殘。天氣昏連曉，人情暖易寒。蚊飛偏攪晝，蛙閙故侵官。舊縷蛛穿網，新泥螘築壇。竹皮流薄粉，桐乳墜輕丸。蕉翠宜沈緑，榴紅信渥丹。濕螢光燄短，菴鵲羽毛乾。柳壞螃蠐匿，牆空蜥蜴鑽。案蠅沿硯水，穴鼠囓盆蘭。物理尋常見，詩聯貼妥難。爐香縈几席，黴黦上

〔一〕「四」，集作「二」。

〔二〕集題尚有「和灌園」三字。

〔三〕集中奪以上四句。

衣冠。不出拋芒屩，無聊却扇紈。老嫌書幌暗，病覺布衾單。冰簟涼貪睡，琴絃緩廢彈。入舟同寂莫，著屐試蹣跚。直欲登樓去，還從倚檻看。空濛雖變態，縹緲必奇觀。寓居近在庾樓下，而不得登，故云。

午後，東林僧超聲字宗雷送《草堂記》、《高賢傳》、東西二《林志》、《五燈會元》來。

雨中廬山僧書至

社裏何時著少文，書來猶未斷聲聞。千峰濕翠隨行脚，帶雨開緘一屋雲。

十六

霽。灌園《梅雨》和韻詩成。

階除積水課力疏下流放之射圃隙地

尺寸階前地，無源本易盈。只應兼土濁，那得入江清。曲折隨人意，高低驗物情。下流荒圃在，吾枕厭蛙鳴。

十七

灌園以詩見投，索和韻。

曉　吟

江聲入户竹風急，樹影過窗山月斜。誰共此時留此景，殘更煞後未啼鴉。

次灌園先生潯陽唱和賦感見贈二十四韻

大火方司令，餘威未解嚴。夕陽明杲杲，殘雨過霰霰。書少渾難借，棋低又懶拈。移時看燕乳，隨意聽魚唫〔一〕。圃廢閒誰治，江喧近可嫌。談諧須得伴，興會賴相兼。洗甕晨浮蟻，推窗夜候蟾。學禪根器鈍，鬬韻筆鋒銛。鄉信燈空卜，歸期夢代占。山巾俄换葛，野服待分縑。我氣貧旋挫，君懷老愈〔二〕謙。悲歌翻變壯，醉語誤

〔一〕「唫」，集作「噞」。
〔二〕「愈」，集作「益」。

疑譫。鴻爪泥長印，蛛絲羽易黏。勝游宗炳畫，往事季心鉗。灌園爲吴江大司馬之子，甲申以後，因亂破家。止沸吹虀冷，焚枯過刼炎。乾坤全晚節，耕鑿合窮檐。君有別業，在玉屏山中。熳爛〔一〕三秋菊，崢嶸百歲枏。以閒聊送老，所得詎爲廉。幸舍猶彈鋏，成都想下簾。商聲流石齒，仙氣入霜髯。高浪晴湖濶，奇雲夏岫添。掉頭隨去住，放跡等飛潛。澗壑終當〔二〕返，塵埃久屬厭。天涯同拙滯，吟罷寸心惔。

十八

閲《志》選詩，頗多僞作。宋人如東坡、山谷諸集，久在人口，尚敢妄托，他可知矣。

十九

灌園以《潯陽行》屬和。

〔一〕「熳爛」，集作「爛熳」。
〔二〕「當」，集作「難」。

余作江州雜詩灌園既垂和續爲潯陽行感慨淋漓讀之使我心惻因推本其意再成長律四十韻首言風土次序東晉以後迨明初一一竊據事終於寧南乙酉之禍此州被亂情形始末略備培養生聚〔一〕其在斯時乎並邀恒齋太守同賦

鼓角悲凉地，山川要害城。一州當孔道，萬里控江程。近楚風猶悍，吞吴氣未平。鳧鷖飛易散，魚鮪竄多驚。户少移恒業，田磽廢力耕。兒童知矢石，婦女識旗旌。不諒流離苦，翻疑性命輕。舊文徵史册，殘局愴棋枰。置郡名長易，秦爲九江郡，漢屬吴國，三國初屬武昌，後置潯陽郡，晉改江州，梁移九江治湓城，唐、宋爲江州，建炎後陞定江軍，元置江州路，明爲九江府。封王面或黥。謂英布。大都當用武，未有不稱兵。建業朝廷小，潯陽肘腋并。中原方轉鬬，南服暫維寧。草草圖王計，寥寥伐叛聲。奸雄雖反覆，使相必忠貞。間倚屏藩重，頻扶鼎鼐傾。晉永昌中，陶侃領江州，平王敦。咸和中，温嶠義兵由潯陽趣建業，斬蘇峻。隆安中，劉毅、何無忌輩敗桓玄於峥嶸洲。梁承聖中，陳霸先以江州刺史定侯景之亂。艱虞經剥運，

〔一〕「培養生聚」，集作「休養生息」。

成敗付閒評。是物關天授，伊誰敢力爭？每聞稱僭竊，旋見就擒烹。宋泰始、元徽中，晉安王子勛、桂陽王休範，梁天監中，刺史陳伯之，俱以江州反，未幾就平。南宋建炎中，李成陷江州，爲張俊、岳飛所敗。元至正二十年，陳友諒以江州爲都，國號漢，改元大義，尋戰死。昨者民何罪，今來憤尚盈。以下專指左良玉屠城事。勤王須奉檄，犯闕爾無名。灞上隨兒戲，洄中笑客迎。崇禎甲申，良玉避流賊鋒，欲遁九江。游擊胡以寧鉤致之。住關廂一年，已而返武昌。至乙酉春，監軍御史黃澍僞藏太子詔，召良玉入攻馬士英。良玉信之，遂於三月二十七日移兵至九江。將軍停鎧仗，辯士絶冠纓。柳敬亭爲良玉幕客事，具《吴梅村集》。勿戢兵猶火，搜牢地盡阬。初良玉發武昌，挾楚督袁繼咸以往，至是與繼咸標將郝二連營九江城外。四月初四日，遂縱兵焚掠，殺男女二十餘萬。摧殘鋒太酷，屠戮禍交攖。漂血長溝赤，燒空烈焰晴。押綱連萬艦，宋曹翰屠江州，取廬山東林鐵羅漢五百歸潁州，調巨艦，滿載金帛，時號「押綱羅漢」。捲甲拔諸營。作俑歸曹翰，江州屠城自翰始，前此未有也。貪狼甚李成。即宋建炎中反賊。天誅旋幸伏，兵發九江，良玉以氣塞死舟中。殺氣驟難清。落籍銷灰刼，招魂異死生。若非敷大澤，何以起疲氓。牙蘖枝初發，勾尖草乍萌。及時資愛養，太守賴廉明。冷署依雙劍，峰名。頹垣寄一楹。涉園除瓦礫，課僕種蕪菁。耗折空餠粟，支吾折脚鐺。官貧仍逆旅，吏隱亦柴荆。曉雨排衙坐，春田露冕行。設施看次第，氣象卜豐亨。《蟋蟀》還農俗，《琵琶》遺宧情。篇成聊紀實，大雅待君賡。

二十

有役自南昌來，知恒齋公事猶未了。黄昏，雷雨交作，濕熱之氣，殆不能堪，汗流枕席，達旦不安寢。

廿一

早，再接南昌札，屬檢架頭劉辰翁評點杜詩贈人。劉之評杜，不過點綴其尖新儁冷單詞隻字，牧齋先生所謂「一知半解」也。此書流傳，疑誤後人匪淺，有識者所不取。但此本字樣、紙色，確是元板，可備收藏一種，未免戀戀耳。

輯《藝文志》一卷。晦冥竟日，炎毒少減。

廿二

早，幹僕至南昌，附札報恒老，兼屬詢羅飯牛近狀。羅，贛州人，名牧，工畫。余甲子春，在南昌曾與往還。是時，羅年已六十，别又九年，不知精力如故否？復雨。

午後，居停邀宋内戚入署，共飲春草堂。傍晚，别去。

廿　三

大雨竟日，江暴漲，庾樓磯已没，城外居民有移家入郭者。雨徹曉不止。

廿　四

早，雲氣稍開。辰刻，復合。晚晴。

江漲八韻

頗怪連宵雨，重雲尚合圍。忽聞溢浦水，已上庾樓磯。急鼓争趨陣，高春怒發機。九龍多被譴，萬馬孰能鞿。魚健衝人過，鷗輕趁槳〔一〕飛。淘沙原自濁，流惡想尤肥。幸勿侵三版，還防没半扉。村橋新漲好，吾欲放船歸。余所居名横漲橋。

〔一〕「趁槳」，集作「踏浪」。

巴東縣北有查神廟，見《圖書編·萬里長江圖》中，不知何神，他書無可考也。

晚　晴

曉愁暴漲與堤平，意外斜陽得晚晴。小閣放教雙燕出，高梧忽帶一蟬鳴。便思對酒難逃暑，若要看山合上城。狼藉殘雲飛不盡，江空留作斷霞明。

九江考

九江之名，昉於《禹貢》，本荆州之域，與潛、沱、雲夢並稱。自秦設九江郡，漢因之。領壽春、浚儀、成德、歷陵、橐皋、陰陵、當塗、鍾離、合肥、東城、博鄉、曲陽、建陽、全椒、阜陵，皆在江北，非今府治地也。晉元嘉〔一〕中，割荆、揚二州豫章、鄱陽、武昌、桂陽等十郡，置江州，而潯陽隸焉。潯陽以蘄之潯水得名，初亦在江南也。則江州

〔一〕「元嘉」，疑爲「元康」之誤。割荆、揚十郡而設江州，事在晉惠帝元康元年。《晉書》卷一五《地理下》載，「惠帝元康元年，有司奏，荆、揚二州疆土曠遠，統理尤難，於是割揚州之豫章、鄱陽、廬陵、臨川、南康、建安、晉安，荆州之武昌、桂陽、安城，合十郡，因江水之名而置江州」。

者如今一省之名，原非一郡也。梁移潯陽治湓城，隋名九江郡，實今之府治。《志·輿地考》或云：「江過潯陽，派别爲九，故名九江。」或曰：「有小江九，北來注之，故名。」《潯陽地記》從而造爲九水以實之：一、烏白江，二、蚌江，三、烏江，四、嘉靡江，五、畎江，六、源江，七、廩江，八、提江，九、菌江。今按名而求之，湓城上下惟烏江之名存，然去九江府東北且千里。其他一無足證，不問而知其妄矣。《尚書》蔡傳九江者，指洞庭而言。朱文公曰：「《經》言九江孔殷，正以見其吐吞壯盛，浩無津涯之勢。決非尋常分派小江之可當。又繼此而後，及夫潛沱雲夢，則又決非今日江州甚遠之下流。今所謂江州，乃古武昌郡柴桑縣，後以江北之潯陽名。後又因潯陽而改爲江州，實非古九江地。又況《經》之所言『過九江至於東陵』，而後會於彭蠡。今自江州城下至湖口縣，不過四十里，不知東陵在何處？」宋胡秘監旦、晁詹事説之皆以九江爲洞庭，正與蔡九峰之説相合。然則今之洞庭，即古之所爲九江，而今之九江，乃晁公武所云一水而名九，猶太湖一湖名五湖，昭餘祁一澤名九澤耳。

廿五

復雨。午前錢越秀自樅陽至，得田間先生手札，并接桐城信。髯公一函，桐城不爲我代致，乃以原簡見還，可笑也。

田間先生札云：「往在萬松坪，見老僧聞極增輯《廬山志》，今其人不知尚在否？」他日入山，當一訪其書也。

廿六

雨，午餘尤横，想江漲必嚙城。是日，春草堂設席爲越秀洗塵。屋漏如注，席凡三徙。夜雨達旦，一草亭前緩垣牆盡塌。

廿七

雨。聞江北已被水淹。

連日苦雨江勢轉盛聞小池口一帶已成巨浸感賦

見説黄梅縣，連朝浸渺瀰。雨中隄盡壞，江口地尤卑。農事侵饑溺，天心望轉移。可憐關隴旱，竭澤正斯時。

午後有人自廬山來云昨日白龍潭起蛟故水暴發〔一〕

瀑布聲中雨瀉檐，洪流百道走城南。山橋衝斷採樵路，歸報夜來龍洗潭。廬山大雨驟漲〔二〕，土人謂龍洗潭。

廿八

早，微雨。辰刻，晴。蘇州去役回署，知上已於湖口先行一日，乃竟無家信附來，可怪。

〔一〕「發」，集作「漲」。

〔二〕「漲」，集作「至」。

晴。

廿九

曉霽望南昌歸信和灌園〔一〕

十日荒城聽雨聲，壞牆前後露茅檐〔二〕。蛇因亂草當階卧，蝸是空坳積水生。喜到〔三〕眉間看曉色，夢於枕上算離程。故應乾鵲知人意，已報歸期又報晴。

桐陰和灌園

積雨晴來暑倍加，午陰端愛片時遮。展開疎簟三間屋，掃過空庭半月花。清露欲流濃作乳，碧天初洗澹無霞。如何葉底留蟬蜕，長聽高吟在别家。

〔一〕集奪「和灌園」三字。
〔二〕「茅檐」，集作「株楹」。
〔三〕「到」，集作「動」。

六月

初一

酷暑。

試奕次灌園先生〔一〕韻

澹墨行疎紙畫枰，兩人隱几亦忘情。總饒老手通盤算，只似兒曹鬬草羸。角上紛紛排陣蟻，睫前擾擾過飛蝱。莫嗤當局同游戲，得失心空始不爭。

初二

入伏。發南昌信。閱《五燈會元》二卷。

〔一〕集奪「先生」二字。

柳蔭和灌園〔一〕

半垂密葉半枯枝，賴是風流性不移。幾樹日斜遮屋處，一窗風到捲簾時。江潭賦罷攀應少，彭澤歸來種未遲。最憶釣船臨水泊，晚涼時節更相宜。

唐宣宗問弘辯：「禪宗何有南北之名？」對曰：「昔如來以正法眼付迦葉，傳至二十八世達摩，來游此方，爲初祖。暨五祖弘忍在蘄州東山開法時，有二弟子，一名慧能，受衣法，居嶺南；一名神秀，在北揚化。後神秀門人普寂者，立秀爲第六祖，而自稱七祖，其所得法雖一，而開導發悟，有頓漸之異，故曰『南頓北漸』，非禪宗本有南北之號也。」

初　三

閱《五燈會元》一卷。

〔一〕此詩集中未收。

河源江源辨

從來言河源者，皆云出崑崙山北陬而東行。或曰，河有二源，一出葱嶺，一出于闐。唐薛元鼎所探河源，自以爲過漢張騫。宋臨川吴氏，謂天下山脈，起於崑崙。山脈之所起，即水源之所發。迨元時遣使窮河源，實出西域。自河州行五千里，抵星宿海。蓋崑崙實合葱嶺、于闐二流而東過蒲昌入中國，自臨洮、寧夏至延綏、山西兩界之間。則崑崙乃河流繞過其麓耳，非河源也。

言江源者，以《禹貢》「岷山導江」一語爲斷。然岷山在今茂州汶山縣，其水甚微。嘗閲《雲南志》，謂金沙江之源，出於吐蕃。南流漸廣，至武定之金沙巡司，經麗江、鶴慶，又東過四川之會州、建昌等衛，以達於馬湖、叙州，然後匯爲大江。又，《緬甸宣慰司志》謂其地勢廣衍，有金沙江闊五里餘，水勢甚盛，緬人特以爲險。據此，則江水源乃在緬甸，而岷山者，乃中國西南徼，禹之導江，自此而始，非江源也。若泥經文，則「導河積石，至於龍門」，將遂以積石爲河源可乎？

初　四

閲《五燈會元》二卷。

夜熱不成寐聞秋蟲聲

循環造化機，陽壯陰已伏。不知昆蟲智，何以先草木。我亦化中人，投閒如病鹿。日長貪午枕，夜睡焉得〔一〕熟。賴是心寡營，未妨群動觸。徘徊風露下，大火西流速。須臾雞三號，細響猶斷續。誰能將此意，寫入《玲瓏曲》。樂天《玲瓏曲》云：「黄雞催曉卯時鳴，白日催年酉時没。」

初　五

酷暑，與灌園、越秀坐春草堂，閒談竟日。

〔一〕「得」，集作「能」。

一草亭後補築土牆同灌園越秀賦

缺後因〔一〕思補，誰防未雨時。大都勞版築，不過當樊籬。儉與茅亭配，低於菜圃宜。牆頭環埤堄，留看一帆移。牆北面環城堞。

初六

閱《五燈會元》一卷。

月夜得南昌消息知恒齋歸期猶未定

客來依地主，主去客翻留。萬事盡如此，一官難自由。日長愁過夏，夜靜漸知秋。若上滕王閣，休忘庾亮樓。

九江之俗，以是日曬衣，群會城隍祠下，伐鼓酬神。相傳爲灌將軍誕辰也。「聊徑」二字，吾鄉土語，猶言「直截」也。按，《五燈會元·青原下六世》雪峰法嗣超

〔一〕「因」，集作「方」。

證禪師上堂，有僧問云：「諸餘即不問，聊徑處乞師慈示。」語意正作如是解。

初　七

先龍圖公，諱道，奉使高麗，見海沙中一婦人，肘後有紅鬣，問之，曰：「人魚也。」見《本草綱目》「鯑魚」條下，可補入家譜。

「世人休説路行難，鳥道羊腸咫尺間。珍重苧谿谿畔水，汝歸滄海我歸山。」（清谿禪師〔一〕《待滅偈》）

月下與越秀談《易》學。

初　八

閱《五燈會元》一卷。

〔一〕「清谿禪師」原稾作「谿清禪師」，據《五燈會元》卷八改。

初九

閲《五燈會元》一卷。

「孤猿叫落中巖月，野客吟殘半夜燈。此境此時誰得意，白雲深處坐禪僧。」釋智覺《雪竇》詩，《青原下第十世》。

蟬蜕灌園屬賦[一]

不知何故[二]尚名蟬，彈指難留過去緣。枯比老僧初入定，輕如羽客已[三]登仙。誰云解脱非生理，始信飛鳴是後天。從此蛣蜋無攫意，機心不上七條絃。

初十

閲《五燈會元》一卷。午後，與越秀講《易》。

[一] 集作「蟬蜕和灌園韻」。
[二] 「不知何故」，集作「不應已蜕」。
[三] 「已」，集作「乍」。

十一

閲《五燈會元》一卷。閲《田間易·乾卦》。

除草詩[一]

病暍貪微涼，空庭方夜坐。蚊雷來茂草，一唱千萬和。誰能忍痒肌，委身飼群餓。可憐蜘蛛巧，布網僅如磨。暗飛餘地多，觝觸凡幾個。老夫爲暫避，奇計出高卧。除惡務其源，攻先窟穴破。披衣早我起，刈草僕晨課。一聞奏刀聲，快若風雨過。非云迹盡掃，但使勢少挫。滋蔓或養奸，斯言可喻大。

十二

早起，閲《五燈會元》，閲《田間易·坤卦》。

單重交拆，卜《易》家布爻之語也。按，《南岳下十一世》雲峰文悦禪師上堂示衆云：

[一] 集無「詩」字。

「有情之本，依智海以爲源。含識之流，總法身而爲體。秖爲情生智隔，想變體殊，達本情忘，知心體合，諸禪德會麽，古佛與露拄相交，佛殿與燈籠鬬額，若也不會，單重交拆。」

東坡詩有「枯楊便馬疥」之句。按，《南岳下十一世》法嗣廬州仁岳禪師，「僧問『一大藏教盡是名言，離却名言，如何指示？』師曰：『癩馬揩枯柳。』」可引爲蘇詩註脚。

十　三

越秀來此半月餘，今早生徒初入館。閲《五燈會元》一卷。

灌園用瓷盆蓟水浮以花片畜魚苗其中作案頭清玩索余賦之戲成二絶句

詩翁六十如兒戲，一勺分江几案間。少片壺中九華石，湖口李正臣蓄異石，名「壺中九華」，蘇東坡、黄山谷皆有詩。配他剩水作殘山。

魚吹花瓣亦生瀾，水擊鵬飛一樣寬。下得《南華》新注脚，藕絲針孔是奇觀。

有役自南昌來，云恒齋已於十一日起程，計今晚可抵署矣。

「净洗濃粧爲阿誰，子規聲裏勸人歸。百花落盡啼無盡，更向亂峰深處啼。」（洞山悟本禪師）

午後，恒齋自南昌歸，從宋中丞借得書數種，内有聞極老僧《廬山通志》，可備考。王琴村爲我製瓷器二色、棕竹管二枚。

十　四

春草堂設席，再酌越秀。夜熱，坐月至二鼓。是日，南昌傭書人鄧姓者入署。

十　五

恒齋奉制府檄，赴彭澤督運米石往蘄州，辰刻，起程。午後，閲《廬山通志》。《廬山志·賦類》一卷先發抄。

十　六

閲《通志》。

露坐待月

城頭待月月未出，一線飛光曳長白。明朝有客渡湖來，湖面應添落星石。

十七

閲《通志》。是日，聞宋中丞調江蘇巡撫之報。

十八

《通志》閲畢。

十九

揮汗謄《廬山志》六張。是日，城内外居民俱禱雨於灌將軍廟，自五月杪至今亢旱。午後，雲從廬山起，雷隆隆發聲，謂可得雨。已而，大風從東南來，日色復杲杲。不知吾鄉天氣如何，久不得家信，殊以爲念也。

二十

早，謄《廬山志》六張。午後，得恒齋彭澤札，囑作啓賀宋牧老。即答訖。夜熱，不能安枕，二鼓復起，與灌園露坐。

漏下三十刻與灌園月下納凉獨越秀堅卧不起〔一〕

閲境無寂喧，心閒領微會。江城苦炎地，夜氣亦清快。起穿樹影行，月在竹柏外。空明蕩水藻，未覺庭宇隘。微風入茶鐺，緩火出幽籟。此時兩相對，客況天所丐。如何邀孝先，伎倆偏狡獪。雷聲起鼻息，不怕四鄰怪。應被弟子嘲，便便太無賴。

廿一

城中禱雨，禁屠沽。

苦旱行〔二〕

積雨恒〔三〕祈晴，久晴〔四〕廼望雨。如何望雨意，止在驅炎暑。難將田野情，一概例

〔一〕此詩集中未收。

〔二〕「苦旱行」，集作「苦旱」。

〔三〕「恒」，集作「乃」。

〔四〕「久晴」，集作「晴久」。

官府。江流空浩浩，不救稌與黍。南山昨日雲，竚待商羊舞。狂飈忽捲散，吹井作乾土。朝來禱龍祠，會衆伐大鼓。此邦歲早穫，隣郡給商賈。六月合嘗新，過時恐無補。可憐關中旱，移粟累晋楚。糧船從東來，輓送方接武。時九江方派夫役輓運江南入楚漕艘。家家募丁壯，日日候江滸。寧知餽運人，自迫忍饑苦。天心莽難測，含痛向誰語。

廿二

起最早

竹亭宜早起，獨自繞廊行。漸覺月光淡，不知天色明。草長兼露重，庭曠得風輕。牆缺廬山好，峰峰似染成。

查林在江西臨川，去城五十里。自曾文定公鞏六傳至觀察推官國平，自南豐徙居於此，分爲九支三十五房。宋濂溪有《查林曾氏家譜序》，明萬曆朝刻公《元豐類藁》，乃查溪裔孫才、道、行、思、彦校刻者。查溪當即查林也。

廿三

早，微雨數點，雲即解駁。午後，接蘇糧臺札，傳宋中丞意，欲邀我同往江蘇。明日，當扁舟至彭澤，與恒齋商緩辭之法，意不欲赴之也。

廿四

黎明出望京門，下船至南湖觜。阻風，登山頂道院，望鄱陽，想見明太祖破僞楚時事，作詩一首。巳刻，風勢不止，冒險而渡。午刻，抵湖口。從張彦博守戍借虎船，乘風直至彭澤，時已黑昏，就恒齋船中。夜與恒齋先生對小孤山，談至月上始卧。

南湖觜阻風〔一〕明太祖列栅控陳友諒歸路即其地也

三百年前事，西南一戰收。至今留戍壘，依舊控江流。濁浪高於屋，炎風猛過秋。廬山猶在眼，未忍别江州。時宋中丞牧仲移節江蘇，欲邀余同行，故云。

〔一〕此詩集中未收。

冒風渡湖口

湖欲與江合，江猶吞吐間。浪頭千點白，一點是鞋山。

廿五

立秋。爲恒齋作藁答蘇糧臺，并附書回九江，囑灌園檢架上《廬山志》二種，還宋中丞。恒齋留余同住彭澤，俟宋中丞舟過，面辭之。

立秋夜彭澤舟中

斗柄轉城頭，江聲健入秋。若逢明月夜，應作小孤游。水栅依茅屋，風帆帶荻洲。半年還客夢，星露警扁舟。

廿六

恒齋先生步行禱雨，代作《牒彭澤城隍神文》。午後，大風，微雨。雨止，同諸君登觀音山，從真覺寺上坡，小憩觀音閣。江形自黄茅塘而下，折而東，一曲抱縣治，彭郎，小孤直北面，隔江遠山萬疊，蒼翠浮空，亦大觀也。聞其上里許，有祖師洞，足力熱極，不能復上矣，薄昏，入北門，出西門，到船已曛黑。

雨後登彭澤北山佛閣

眼界江天濶，登臨即大觀。雲根連地拔，山勢讓城寬。路險苔偏滑，風凉汗易乾。夕陽紅欲墮，好是獨凭欄。

廿七

午刻，大雨，食頃即止，久旱之後，猶未霑足也。彭澤地多而田少，居人皆種木棉，每歲所入，約五、六萬金，資以易粟。一遇旱，即斷收矣。舟中晚凉，爲恒齋草賀馬撫軍一啓，馬從吾浙藩司陞任。

彭澤縣雨中望小孤山

龍城望小孤，巖樹近可數。何來雲一片，遮斷蘆花渚。遠勢入微茫，彭郎磯外雨。

龍城，彭澤驛名。

廿八

大風，不雨，夜稍涼。「拽笓音念」舟人所謂「拽縴」也。元微之《遭風》詩：「後侶逢灘方拽笓，前宗到浦已眠桅。」

新　涼〔一〕

疾風驅火雲，雨氣散諸嶺。西南紫翠間，中有廬山影。空江日將夕，惜此須臾景。日夕可奈何，新涼一船領。

廿九

魏昭士自吾鄉來，過舟中叙話，以《耕廡文稿》及林岕見貽。臨別，屬候季子先生起居。

〔一〕此詩集中未收。

寧都冠石茶，西江名品也。出紫笋峰者爲上，以林氏得名，嶺南屈大均有詩。

江上遇魏昭士自吴中來即送其歸贛〔一〕

篷倉十日滯江潯，真喜跫然聽足音。蝦菜羨君初返櫂，蓴鱸勸我動歸心。難爲客路三秋別，畢竟交情兩世深。慚愧舊時豪氣在，敢將湖海比山林。

七月

初一

内河水退，移舟泊觀音山麓柳林下。

初二

閲《長慶集》。得南昌信，知宋中丞於初六日起程。

〔一〕此詩集中未收。

初　三

一月以來，南帆逆風不得上，朝視旗脚忽轉東北。聞安慶糧艘已開，吾輩日内亦可發舟矣。

七月初三夜

七月初三月，如弓未上弦。凉風彭澤柳，遠火望江船。不作披衣坐，聊爲枕柁眠。傍人多笑我，辜負早秋天。時余微疾早卧。

初　四

秋暑極酷。停午，雷聲自西南起，謂當滂沱，已而，風作雨散。

秋暑舟中遣悶〔一〕

大火初流暑未清，長川落日正西傾。氣蒸遠水浮天動，血染殘霞照夜明。蟋蟀豈

〔一〕集奪「舟中遣悶」四字。

知催雨意，蒹葭只慣報風聲。故鄉消息經時斷，白髮無端一夕生。

初　五

炎蒸更甚於夏，舟中人竟夕俱不成寐。

初　六

早發彭澤縣，江水驟退，較來時已減丈餘矣。二十里，釣魚臺，過磯里許泊。夜熱不減。

發彭澤紀事〔一〕

吳楚西來太驛騷，亂帆啣尾上千艘。戍旗不動方傳箭，秋水初平尚滿槽。白樂天詩：「江鋪滿槽水。」樹豁忽疑遥岸盡，天長不覺遠山高。民間疾苦原難悉，移粟徒煩聖主〔二〕勞。

〔一〕集題尚有「和恒齋」三字。

〔二〕「聖主」集作「睿慮」。

初七

風止，暑尤烈。三十里，黄茅塘。十里，葛家口，泊。

野泊七夕〔一〕

一派空明影，星河盡倒流。小船乘月坐，老眼望鄉愁。風色迴旗脚，江聲滿柁樓。南飛有烏鵲，爲報楚天秋。

初八

早至湖口縣。再得蘇大參札，知宋牧老已諒吾辭館之意。夜泊西門外，鄰船鼓吹聲惱亂人耳。月朦朧，欲登上鐘山納涼，不果。

〔一〕此詩集中未收。

初九

同恒齋先生及僊來、南音放舟，至下鐘山，登江聲閣。閣南正面彭蠡，大江自西南來，爲隔岸山根鎖斷，惟見湖波浩渼耳。再上，爲山響樓，五老峰出上鐘之頂，歷歷可數。樓之東，爲白雲洞，其側，有石刻，正德庚辰三月丁未，都御史陽明王守仁獻俘自南都還，登此山，參政武邑徐璉同行。又，一石刻絶句，云：「我來扣石鐘，洞野鈞天深。荷蕢山前過，試余尚有心。」亦陽明先生作。此外，題志甚多，苔蘚剥蝕，不能悉辨。洞左，爲吾家憲副伯講堂，伯父離任後，士民以寓去思者。堂前後左右，老榆數十章，生石罅間，皆百年外物，與諸君納涼其下。已而，東南風大發，因取道出城西門，歸舟次。

游下石鐘題山響樓壁

牛羊滿山似可驅，鞭之不動非石乎？懸崖無趾盡倒掛〔一〕，老樹背負〔二〕千章榆。

〔一〕「懸崖無趾盡倒掛」，集作「懸崖無根乃有株」。
〔二〕「老樹背負」，集作「老榦亂拔」。

傍嵌〔一〕樓閣凌虚無〔二〕，列仙遠邀山澤臞。落星如漚漂大孤，五老拱揖朝香爐。沙洲鎖斷九江脉，正面全受鄱陽湖。湖流自清江自濁〔三〕，兩水争道傾一壺〔四〕。是日大風勢〔五〕拔木，洪濤下瞰如平鋪〔六〕。須臾風止水聲息〔七〕，細聽林籟鳴笙竽。石鐘非鐘叩豈應〔八〕，孰辨清越分涵胡。詩成舊事向誰問〔九〕，四壁自看江山圖。

〔一〕「傍嵌」，集作「嵌空」。
〔二〕「虚無」，集作「紫虚」。
〔三〕「湖流自清江自濁」，集作「湖波本清如碧瀘」。
〔四〕「兩水争道傾一壺」，集作「下流盡被江所污」。
〔五〕「勢」，集作「聲」。
〔六〕「洪濤下瞰如平鋪」，集作「洪濤倒挾雷霆趨」。
〔七〕「水聲息」，集作「平若鋪」。
〔八〕「豈應」，集作「亦愚」。
〔九〕「詩成舊事向誰問」，集作「作詩一笑解者無」。

江聲閣次家聲山壁間舊韻

敢〔一〕將架構擬人工，一閣能來〔二〕萬里風。彭蠡遠帆斜出口，匡廬晴翠澹粘空。凉生竹柏〔三〕秋先爽。助得江山句轉雄。好是不題名姓在，免教僧費碧紗籠。

初十

赴南湖營守戍張彦博之招，坐芳韻軒納凉竟日。出小影索題。傍晚，回船中。又以大紙數張索書。

張彦博以小照索題〔四〕

君樹前頭細柳風，置君合在畫圖中。不須索我新題句，横槊詩成字字工。

〔一〕「敢」，集作「勿」。
〔二〕「一閣能來」，集作「百尺高樓」。
〔三〕「竹柏」，集作「欄檻」。
〔四〕此二首集中未收，原藁中第一首且圈去，録此以備參考。

秋風湖海鬢將絲，交臂從前却怪遲。今日披圖成一笑，識君兼識少年時。

十一

游上鐘巖潮音菴，午後歸。

十二

傍晚，宋中丞舟至湖口，館事已決絶辭之矣。

十三

早，恒齋以候送中丞，尚留湖口，余與僊來先還府署。順風掛帆，到城日未午。越秀出田間先生家報見示，并以《牽牛花》絶句索和。

署庭前牽牛一本余手栽者自余去彭澤二十日重至湓城花已爛漫矣越秀出對花見憶二絶句見示戲和〔一〕

一天風露洗鉛華，蟋蟀階除豔豔花。爲汝流連豈無意，重來客舍似還家。

竹籬手縛水親澆，及取秋花醒寂寥。添得老夫忙一月，爲他早起又朝朝。

十　四

晚，微雨。自五月杪至今，酷暑四十餘日，入秋尤甚。夜枕忽凉，鬱氣爲之一蘇。

十　五

午後，恒齋歸自湖口。大雨，秋意颯然。

〔一〕此二首集中未收，詩次序顛倒，末注「二」、「一」，今據注排列。

十六

王令詒自吴下來，與余連榻桐陰軒，出新詩見示，并屬作序。聞錢越江學士五月十六京邸訃音，爲之哽涕。

令詒自吴淞至溢城連牀話舊驚聞越江學士京邸訃信悲感交集即事成詩

急雨渡江來，蕭然挾秋氣。清風偕好友，一夕千里至。殘燈照黄昏，梧葉響階砌。荒城忽連榻，此會出不意。可憐窮旅人，一笑天併忌。新歡猶未極，旋隕傷心淚。憶昨客京華，青衫最憔悴。髯公獨好我，不與時並棄。往往合酒徒，開懷使沈醉。江湖莽回首，已若隔生事。那復承訃音，嗚呼别離地。君頭絲欲换，余齒豁已墜。浮生知幾何，聚散逆難計。吟蛩耿敗壁，達旦兩無寐。

宋中丞牧仲自江西移撫江蘇邀余入幕投詩辭之

此遊本意因廬嶽，半載逡巡未謁公。擬束歸裝向湓口，看〔一〕移旌節赴江東。空煩使命雲霄上，豈有人才道路中。終覺江湖〔二〕便野性，倦飛無分借秋風。

十七

令詒以《閩海集》示我，舊索余序，今李秋錦已作弁言，余可藏拙矣。晚晴。

十八

同令詒泛甘棠湖，登鏡波樓，再謁陶白祠。祠在南城之坳，明萬曆朝葛屺瞻先生所創。本朝康熙壬子，江別史念鞠重脩。中堂三楹，供大士像，二公祠在其左。僧厨偪仄，寢食其中，殊失建祠初意。其右有自怡齋，地稍潔治，若遷二主於此，而以葛、江二公分

〔一〕「看」，集作「送」。
〔二〕「終覺江湖」，集作「敢謂山林」。

□（紙破損），庶爲得之。回署以告恒齋太守，頗首肯吾言也。

同王令詒泛甘棠湖至城南謁陶白祠

艇子打兩槳，剪風如燕梢。白鷺導我前，行行入蘆茭。古祠晝常啓，不待游人敲。門前十畝田，按碑記云：有田十畝，即以給居僧。夏旱土不膠。牛宫柱欹側，旁種苦葉匏。居僧老業農，叱犢犂黄茅。苦云生理拙，歲歲山田墝。入門風氣遒，沙水互裹包。湖光隱林杪，山色遮城坳。天然好位置，結構宜橧樔。緬懷二先生，潛見各一爻。潔身苟有歸，千載應神交。如何斗室中，湫隘隣湢庖。誰能移佛座，勿令名實淆。（正室三間，中設大士像，而二公祠反在其左，與僧厨偪處，殊不稱也。）

廬山紀游

廬山紀游

壬申二月，余來湓城，亟擬作廬山之游，屢以事阻，因循過春夏。七月既望，同恒齋太守歸自彭澤，始定期決往。先一日，恒齋爲余治具，明日辛未，天氣晴好，辰刻出九江西門，過龍開閘，從荷葉稻花中步入普潤庵。往聞順治丙申，老僧朽木掘地，得古鉢盂，從主僧蘊宏借觀。旁刻二龍，具五爪，中有「法王子」三字。其質渾朴，非石非甆，扣之，聲頗清越，不知何代物，摩挲久之。已而，輿丁至，乃即路。

濂溪先生祠，去城約十里，今祠廢，石坊猶存。明嘉靖中都御史傅鳳翔建。又一里，渡石塘橋，乃先生墓道。按《九江志》，舊有墓道亭，今亭亦廢。墓在栗樹嶺，去大道五里。先生隱居舊在蓮花峰下，與圭璧、錦繡相比，爲三峰，土人無能確指其處者。意雙劍之西，數峰如筍，秀色娟然，且其下有蓮花洞，當即此也。

過石塘橋，渡三山澗，匡山精舍聽雨軒當在其地，而無可考。十里，爲蛇岡嶺，嶺不甚高，而陂陀作起伏之勢。自溢城至此，面廬山而行，及度嶺，徑轉，山在道左。山頂白道紛如縣絙，初以爲樵路，細視，始知爲澗道，遇雨即瀑布矣。

嶺南五里渡橋，爲太平宫，道家所謂「第八詠真洞天」。兩山圍抱，中豁一區，宫址背老君崖，面株嶺，九十九峰羅列其前，争奇獻秀，無一敢自匿者。舊殿凡九重，頹廢殆盡。墨仙泉、劉仙石、寶石池、吴道子畫壁，滅没於荒煙蔓草間，了不可問。碑碣並無一存，惟唐時鐘、鼓二樓猶巋然對峙，陸放翁謂高十許丈。鍾重二萬四千觔，每樓費三萬緡。正殿前有鐵菱角一；大鐵鑊一，可容五六十石。旁小屋三楹，奉舍宅陳姓像；舍宅事見《廬山志》。鐵鐘一，至元九年造；鐵爐一，獨足，狀如鐘而仰，泰定三年造。黄冠二三輩，支折脚鐺於後閣，客至不施揖，不設坐，進苦茗一甌。詢以舊事，茫然不知。計此地自唐宋以來，窮極侈麗，物盛而衰，固其所也。

出太平宫，度分水嶺，迤邐至東林寺。寺當廬山之麓，香爐、經臺、天池諸山翠屏千仞壁立。其南分一支，自東而北而西，環繞寺址。謁遠公影堂，旁列十八賢像。王文成《游東林》七古一章真蹟在影堂壁間，歲久墨色漸退，粉堊亦落，今已缺數字，欲雙鈎一本，惜悤悤不暇。冰壺泉在影堂后，清甘可嗽。其聰明、古龍一名卓湯。二泉，覆以屋，久廢不汲矣。其東爲彌勒殿，殿前羅漢松二株，蒼翠欲滴，殿後爲文殊瑞像閣，事詳東坡《菩薩泉銘》。又東爲銅塔殿，塔高丈許，範銅爲之，制極精巧，旁刻《金剛經》全部，楷法遒媚，明崇禎朝豐城熊汝學施舍供養者。

入神運殿，尋古碣，寥寥無幾。西壁嵌虞伯生碑，尚完好，刻於元至元間。李北海碑在東壁，亦元時重摹，已中裂。柳少師書尚存。自「州諸軍事守潭州國公邑二千户柳公權」至末，共百一十五字。斷石二片，偃仆佛座側。趙吳興書，止存「貝九疊屏四時花雨風動處插竿竹建精藍海印發光盡天地皆檀越皇極五福天子萬年謹疏今日月疏國史趙孟頫書」四十七字。斷碣一塊，砌禪堂牆外西北角，恐爲風雨所蝕，屬宗雷上人移置殿壁，未知能從吾言否？魯公《東西二林題名》，昔人推爲顔書之冠，無一字存者，可勝嘆息。

東林寺中舊有五百羅漢閣，宋曹翰下江州，多取金帛并載羅漢以歸。時號「押綱羅漢」，事具《九江郡志》。陸放翁《東林游記》云：「羅漢閣與廬舍閣鐘樓鼎峙，皆極天下之壯觀。」今問之寺僧，無有知者，蓋閣久廢矣。

從三笑堂西北行，沿溪竹樹蒙密，汩汩聞水聲。數十步，爲常總禪師塔，又西爲遠公塔，疊石如荔枝，王思任稱爲「荔枝塔」。舊有塔院，今圮。

西林寺在香谷南，規模遠不逮東林，却有荒野之趣。張僧繇畫毘盧像、梁武帝賜蹙線繡鉢袋、唐塑釋迦像皆不存，歐陽率更碑亦廢。尚存斷碑三，大抵皆宋景德間免糧牒文。

殿東爲永公影堂，殿后塼塔，明崇禎七年景陵王給事鳴玉重建，王自爲記，今被火，中空而外狀崔嵬如故。坐魯宗上人方丈，聽談石門之勝，欲禮舍利塔，尋繙經臺、五彩閣遺址，以日莫不及往，仍歸東林。經石橋，當南昌孔道，其側一亭，嘉靖中建。石刻「虎溪橋」三大字。僧云此非故蹟也，故蹟乃在神運殿前。上爲垣路，下甃石，通流涓涓不絶。

壬申，晨起，與琴村商游山次第，意欲先至圓通，然後上雲峰北道。宗雷告余曰：「從此西行，三十餘里，直達圓通，别無憩息地，且寺中故蹟如三蘇亭、夜話亭悉穨落，無足供游賞者。」遂爾興盡，決計登山，留詩數首而去。

早飯后，拉僧如升爲向導，取細路望東南行，度澗路，皆登陟，過崇福寺不入崇福有上、中、下三寺。五里爲遺愛寺，修篁滿山，中藏老屋。忽聞桂香自竹下來，尋至後山，已開一樹矣。樂天云：「湓浦多竹，廬山多桂。」此乃兼之。按，寺本唐鄭弘憲所創，韋應物刺江州時，有《題鄭侍御遺愛草堂》詩，云：「居士近依僧，青山結茅屋。」寺僧不知，但設香山木主耳。

從寺東北撥草覓路，直上里許，地稍平衍處，即白香山草堂故阯，背香爐峰，面鶴問湖。遥視九江城南，白塔如石筍一株，點破平碧，境踞絶勝。二十年前，會稽陶某爲九江丞，曾補築數椽，近爲野火所燒，惟敗垣在耳。守僧以《草堂記》刻本見貽。

盤香爐峰趾門化城寺徑稍垣，中化城茅屋數間，下臨大江，以曠勝。上化城林巒極幻，有朗公崖、觀燈石，古木千章，以奧勝。下化城在山麓，余行已踞其頂。從此尋舊路出，路漸高，肩輿不可行，乃徒步攀援而上，三里，至關門，石尤險惡，環山百盤，如蟻旋磨。自下仰視，路寸寸斷，復寸寸續，十步以外，回顧不相見。如此行八九里，正喘汗間，忽白雲冒香爐峰而起，浮浮如蒸，不覺拍掌叫快，鼓勇直前，須臾已至大林峰矣。一名雲頂峰，相傳遠公講經處，故又名經臺。舊時夾道皆蒼松，行者勞劮，得坐而休陰。數年來，悉供山下居民樵爨，亦一恨事。

昨日從東林南望，香爐與經臺兩峰抗峙，勢不相下。及至經臺之巔，下瞰香爐，殆如兒孫。舊有僧舍，近廢。再上，爲塔兒嶺，又俯視經臺矣。下嶺數里，四山萬木僵立，多經野燒焚摧者，蓋廬山僧舍悉免租糧，故山旁人得競取，惟天池一帶爲禁山，蒼翠如故。

上大林寺，樂天先生曾游此，於四月見桃花，《集》中有詩序，今猶稱白司馬花徑。寺前一溪泠然，寶樹二株，葉如刺杉而細如瓔珞柏，而《長桑紀》謂娑羅木者，非也。娑羅葉如楓而七出，名七葉木，與此絶不類。相傳晉邪舍尊者自西域移植，其一尤大，枝葉婆娑，下蔭十畝。解帶量之，圍三丈餘。老屋數楹，雖極頽敝，終覺古樸可愛。按周益公《大林寺》詩，舊有虞永興碑，《山志》俱失載。

自大林而西，岡脊迤坦，樹陰丰茸，松毛墮地，厚寸許，人行其上，策策有聲。俯視東、西二林，時隱時露。一里，彌勒殿。又西，爲龍角石。北面一峰獨起，御碑字踞其顛〔一〕。豐碑一道，勒明太祖御製周顛仙詩文，附載官員、寺僧名凡六十三人，規制堂皇，亭亦堅緻壯麗，廬山一大觀也。按，九江舊《志》，洪武中所造碑亭已傾塌，嘉靖十二年，九江知府馬紀伐石爲之，晉江顧珀有《記》，亭西片碣，刻「白鹿升仙臺」五大字，碑亭乃其故址云。

佛手崖在碑亭東北，對面有蟾蜍石，可望不可到。沿崖至訪仙亭，數百步間，石狀皆踸踔淩厲，不獨佛手崖，覺佛手尤奇幻耳。中可坐數十人，有泉，久旱則枯。崖之下爲錦繡谷，其北石壁上刊「竹林寺」三大字，非篆非隸，李崆峒謂顛仙手迹，不知元時已有之。黎旹《紀游集》云三字出羅隱手。訪仙亭東北望，一碧千里，對面有山居，僧訛指爲九奇峰。細度此山形勢，當在經臺之背，不知何名。意經臺旁必有徑可達，而游人罕有問者。

出佛手崖西南行三里，至披霞亭，即天池大路，九十九盤，至此而盡。北下里許，石壁峭削，中裂一罅。俗傳竹林寺後門，亦周顛仙疑蹟〔二〕，上刻王文成「廬山高」三大字、歐陽

〔一〕「御碑字」之「字」，疑爲「亭」字之誤。
〔二〕「疑蹟」之「疑」，當爲「遺」字之訛。

文忠《廬山高》七古一篇。南二里爲天池寺，殿二重，極宏敞。洪武中敕建者已燬，今之存者，乃萬曆朝重修。「廬山最高處」匾亦文成手書。正殿覆鐵瓦，蓋山高畏風也。天池在殿前，廣不盈畝。《志》云：「始自文殊開化，以兩手插石而成，二池遂有泉出，故又謂之『神泉』。」有榜曰「第一泉」，中蓄金魚數尾，今旱久將涸。李時珍《本草綱目》載：「晋桓沖游廬山，見湖中有赤鱗魚。」且云自宋朝始有蓄者，今則處處人家養玩矣。

《天池寺志》，釋冰壑輯。按《志》，舊名「峰頂寺」，晋慧持建寺池上，始名「天池」。宋曰「天池院」。明太祖敕建天池護國寺，以寓祀四仙。成祖重敕，曰「天池萬壽寺」。宣宗再敕，曰「天池妙吉祥寺」。故曰「三敕天池寺」。

天池禁山之界，永樂辛卯所畫，東至五老峰，南至白雲峰，西至馬鞍山，北至講經臺。

明朝御賜天池寺像器，《大藏經》四厨，龍藏金字牌二面，珍珠黄繖一握，大千僧鐵鍋三口，銅鐘一口，大鐵雲板二面，象鼓一面，中銅雲板一面，鍍金大銅佛像三尊，鐵報鐘二口，鍍金中銅佛像十二尊，鍍金銅優鉢花二架，大銅爐瓶四副，中銅爐瓶二副，小銅爐瓶二副，風摩銅太子像一尊，九龍吐水太子沐浴錫荷葉蓮花盆一箇，洪武、永樂、宣德敕書三道。被火皆不存。存者，唯太子像，長不過三寸，形製精好，當是烏斯藏之最上者。僧云：「舊有竊人像而逃，自昏達旦，行不出披霞亭外，以像歸故處，乃得出。」

聚仙亭祀周顛仙、天眼尊者、徐道人、赤脚僧，每歲春秋，德化知縣詣祠躬祭，自洪武至今，相仍不廢。

文殊石臺上，舊有亭名瑞光，旁有偃蓋松一株，葉短，異於常産。西臨邃谷，昏夜時有火，點點出其間，東坡先生詩謂之「聖燈巖」。朱文公《北山游記》云：「燈非禱不見，是夕，不禱而光景明滅，頃刻異狀。」又云：「廬山下有寶，故常有光。」王文成亦有《文殊臺佛燈》詩，然詢之寺僧，或白首未一見。

塼塔在山北，宋韓侂胄建。建炎中，曾被雷震一角。趙忠定公汝愚祠在山椒，與塔相近，今廢。

陽明先生《天池四絶句》墨蹟四幅，爲豪帥幕客奪其一，今三幅尚存，旁多俗子題跋，均可惋惜。按《年譜》，公游廬山在正德庚辰，時宸濠已被擒，而公逡巡駐師，朝命久不下，故其詩有云：「天池之水近無主，木魅山妖競偷取。公然又盜巖頭雲，却向人間作風雨。」似爲錢寧、江彬輩障蔽武宗而發，寄慨深矣。黄石齋先生《天池絶句》：「盡道閱明山，經眼不可再。鳥影落懸崖，寧復知所在。」手蹟已失，詩載《天池寺志》。

鐵船峰在天池西南，太乙峰在東南，上霄峰在正南，其連綿不絶直至含鄱口者，爲九奇峰，亦名九旗峰，亦名火焰山。山僧不知，皆指講經臺背小山爲九奇峰。

癸酉，早起，從天池三門外西南叢篠間取路，至龍首巖，舊名舍身崖，明劉世揚易今名。俯瞰石門精舍，如井底，兢兢有失足之懼。《志》言，此中有千歲艾、萬年松，使人求之不可得。

石門在天池西南半麓，天池與鐵船並峙如門，下臨巨壑，精舍踞絶壑之底，相傳謝靈運所築。自宋洪覺禪師隱居之後竟廢，明萬曆中，僧道香重建。下爲龍潭，潭上爲神龍宫，其相近有清涼臺、獅子崖、文殊崖，荒寂太甚，亦無久居者。正從老僧指點路徑，忽然雲氣自石門涌入。須臾，徧滿谷中，彌漫無涯，遂成雲海。對面鐵船、九奇諸峰，數尖浮浮，如錐脱穎。行者恐迷失道，急反步。少焉，散滅無蹤矣。大抵匡山北面峭拔，數十里無虚谷以受雲。至此石門一壑，呀然而開，雲氣有所歸，嘘吸吐納，實地勢使之然。

從披霞亭小徑望東南行至擲筆峰，又西南爲赤脚塔山，山下有椵封寺，俗名祖塔，即赤脚僧留蹟。塔七層，高丈許，鑄鐵爲之。下如甕，空其中以置像，金鍍其外，有御書，字不甚可辨。前殿已爲蛟所掣，有鄒南皋「廬山高處」匾。

經赤脚塔南行，下嶺數里，直至水次，爲將軍河，旁有黄龍潭。渡河上嶺，又里許，爲黄龍寺，夾路松杉，殆以萬計，氣色鬱葱，舊名「鹿野禪林」，王宗沐題匾。明神廟時，守僧徹空召對稱旨，賜紫衣及《藏經》。正殿毘盧佛像係唐塑，乃壓藏至寺者。《藏經》八櫥，計六百七十八函，每函包以錦袱，四角皆緣黄綾，今尚存六百方〔一〕，彩色如新。護藏敕，萬曆十四年三月賜，後用「廣運」之寶。《續刻藏經序》年月同，後用「慈聖宣文明肅皇太后」之寶，大視御璽殆四倍，俱勒石於御碑亭上。亭之宏麗，雖不及天池，而林巒幽邃，别成勝境。

御賜長旛二扇，長五丈餘；闊旛十二扇，約長八尺，皆片錦爲之。紫衣三頂，其一用玉環金鈎，今玉碎，易以銀。元人畫十八羅漢像，不知何人手筆，用黄絹裝裱，亦出内府。其一偏袒，坐禪牀上，左手下垂，右竪拂；其一趺坐，披紅袈裟，兩手作展經狀，側立一人，手托舍利寶塔；其一穿鍼補衲，一童子蹲踞其傍，若解布袋者；其一卓立崖洞外，左手托鉢，右手執匙，向生臺飼百鳥；其一閉目而蹲，身下伏一虎，童子執高麗紙鼓，上懸六環，侍立於側；其一翹足倚杖坐，旁有子母二獅，一睡一醒；其一袒右肩，左挈鉢盂，右手以兩指挾珠一顆，努目向上視，作降龍勢，龍自雲端欲下；其一曳杖閒行，有山魈披樓毛衣隨其後；其一倚斑竹欄，臨水觀魚，金鯽魚三，摇尾波上，躍躍如生；其一長手爪，乘枯查浮大海，一龍女合掌參禮於前；其一結跏趺，一手執杵，一手執鈴，前置一盂，波濤作沸湧

〔一〕「方」，疑爲「函」字之誤。

之勢；其一坐精舍展卷；其一長眉白髮，瘦如枯木，身懸瓔珞，手持榔栗，有善財捧蓮花以獻；其一坐石洞中，兩手搭膝，有若鍾馗狀者率群鬼，夔踞潛伺，一鬼持韋馱杵，將前復却；其一蓬頭合掌，坐巖下；其一展椶櫚卧，且垂頭睡；其一坐蒲團上，老人獻果，童子拱手立；其一踞古松樹根，左手拄地，右手背持念珠，仰面看松上老猿騰躍狀。每幀下有小楷，記施主姓名，舍入百福寺海雲堂，末署「至正三年十月良日，化緣沙門普意謹題」。

午飯后，同老僧眉生自黄龍東行，道旁石壁刻「尺五天」三大字，赤城王士昌筆。又行二里許，至金竹坪，地勢開敞，山多修竹，中有千佛寺，創於明萬曆朝。開山僧恭乾從黄龍借地起道場，其徒績芳亦因召見，乞賜寺額并《藏經》，但無護藏敕及他賜物耳。殿閣三重，正殿銅佛座旁，列千佛，寺以此名。南廊三楹，供四面觀音像。殿旁有劉公静室故阯，劉萬曆中太監某，奉旨歸老於此。静室后有泉眼，久閉，竹筧引溪數里外以供。香積泉之上，舊有亭，石欄尚存。去寺百餘步，爲恭、績二師塔。又二里，經茅竹園，黄龍之下院也。沙彌於龍潭上覓萬年松數十本。欲登前山觀煉丹池，日暮乃止。是夕，宿黄龍新築樓上。

甲戌，晨起，四山朝氣排闥送青，爽人心目。寺居萬木中間，西南其户。辰巳之間，屋山尚無日色。早飯后，東林僧如升告歸，老僧眉生伴我。行二里，至蘆林，有佛屋當太乙峰西麓，清泉一覽，葭菼蒼蒼，令人坐山林而發江湖之想。稍上，有静室，名陸寓航。又東里許，出九奇峰之背，從含鄱嶺下分路，東行入南康界。灌莽連雲，行者僅露髻頂。忽見一峰當前，亂石横縱，如飛如躍，爲蚱蜢嶺。東望五老，南望漢陽、上霄諸峰，突兀趁人。五六里至萬松坪，即聞極上人輯《廬山通志》處。蒼雲蔽天，一徑窅然深入，洵静者之居。聞公爲牧雲禪師法嗣，示寂已五年。《通志》刻板置高閣上，求刷本一部，不得。

鈐岡嶺在萬松坪，隔岸與九疊諸峰相連，趾盡於土目湖，《歸宗寺志》推爲主山，五老、紫霄皆從此分枝。

午後，留行李於萬松僧舍，亟欲往觀三疊泉，而此間居僧如麋鹿，不肯爲向導，仍强眉生同行。道左有澗，出大月山，即三疊泉源。沿澗而行，草樹蒙翳，路窮則涉水，已復登岸，如是不知凡幾，備極嶮巇，而目之所接，愈入愈奇。孤根聳拔，千仞到天，有石踞其頂，昂首垂耳，張吻而下飲者，犀牛峰也。巨石當衝，稜角盡殺，滑不留足。散者棋布，豁者門開，龍蛇蜿蜒，雷霆砰擊者，九疊谷也。宛轉如城，側理横疊，向背異勢，互長争高。或騰空上走，或奮怒欲落者，九屏峰也。巉削童赤，鑿成疏櫺，如出鬼工者，麻姑崖石槅子也。急流漂沫，懸溜垂絲，滙爲深淵，渟泓作鏡，照人鬚眉皆碧者，緑水潭也。自緑水潭而下，怪石淩亂，絶壁俯臨，兩岸無路，北涯斗坡，若有人迹，可容半足，側身而上，僅乃得過，老僧不能從矣。上峻嶺約二里，石洞當前，上通一穴，名「一線天」。再上，有卧石一方，篆書刻「竹影疑蹤」四大字。計此去大梁津當不遠，可以俯瞰飛流。忽遇擔柴而至者，詢以三疊泉路，答云：「距此尚遠。」會日已銜山，遂尋舊路返，以告眉生。眉生云，自一線天北望三疊泉，不過半里。乃知向爲樵夫所紿。自嘆冒險而來，已至其旁，竟不得一見。蓋此泉雖見於太白詩，至南宋始著，朱子從南康遷浙東提舉，去後方知之。集中《與黄商伯陳成和諸君書》，惓惓以不見新瀑爲恨。我何人斯，游覽之蹟，敢祁勝先賢邪？太白《廬山謡》有「屏風九疊雲錦張，銀河倒挂三石梁」之句，今三疊泉源經九屏峰，下九疊谷口，然後垂而爲瀑，其勢遇石凡三跌，從高而下。如銀河之挂石梁，乃詩家形容比擬之詞。所謂三石梁者，即三疊泉，非此外别有石梁也。後人必欲求其地以實之，鑿矣。元李溉之謂在開先寺西，黎景高言在五老峰上，或云在簡寂觀，或云在上霄、紫霄二峰間，桑子木則以爲本無石梁，如竹林之幻境，劉同升、方以智又以爲確然有之。衆説紛紛，皆非定論。

乙亥，早，黄龍僧告歸，别拉松坪長老登五老峰，由蚱蜢嶺舍輿而徒。荒茅刺天，仰視無徑。蓋向來游匡阜者，率由含鄱口下山南，鮮有紆道至五峰者，故此路久塞。直上約六七里，至頭峰，小憩，以蘇喘息。俯瞰南康，遥見棲賢寺前一縷炊煙，稍出林杪。正指顧間，俄而，白氣從大地升騰而上，勃窣周匝，上下四旁，山川城郭，頓失所在，一身之外，瞀無所見。觀者不能自持，皆怖而踞石，若孤舟在大海中，惟恐爲波濤漂没者，即王季重所謂海綿也。昨在天池見雲海，自以爲大觀，不意此景更遠出其上。食頃，日漸高，雲氣忽破碎如敗絮，或黏山腰，或罥松頂，或浮水面，變滅之勢，若被疾風迅掃者，實未嘗有風也。再上，爲二峰，周益公指爲獅子峰者，訛。獅子峰乃在二峰之下，與金印、石船、淩雲、旛竿爲五小峰。至此，所視更遠，左江右湖，圓穹一碧。目與之際，坐稍定，海綿復合，已而復開。連上三峰，皆然。竊幸廬嶽有靈，故設幻景，以供游人之目，余始願不及此也。大抵五峰連綿，比肩立，相去率三里許。而第三峰尤雄拔，勢與漢陽峰相敵。至此，足力已疲，不能再前，展坐具巨石上，仰面而卧。日下舂，別從草頭撥路歸。

中峰即第三峰。絶頂石刻，朱子題名，不知所在。但有「日近雲低」四大字，又一石，所刻同而字差小，又一石，「俯視大千」四大字，皆近時人題志。其下有兩峰，如卓筆，俗名蠟燭峰，疑即旛竿峰也。

中峰稍下，有黄谷洞，聞極上人砌石爲之，下望白鹿洞。按《志》，黄谷事無可考，洞亦不知所在，此非故蹟也。

太白書堂，廬山有二，一在香爐峰下，一在五老峰下，久失其處。今萬松坪普同塔院木枋前，有石如屋，脊長可三丈，上刻「青蓮谷」三篆字。又聞，踰澗而北，有青蓮寺，庶幾其中或有舊蹟。因步入寺，中惟大殿三間，不安牆壁，既無古碣，亦無居僧，悵然而出。

鈐岡嶺下一帶，静室甚多。今月宫院、文殊院、鉢盂庵、獅子庵、青蓮寺、毘盧庵六處雖存，而無守僧。惟朝陽庵、圓覺坪、獅子叢、三疊泉庵、普同塔院五處，尚有一二老衲居守。大抵山中苦被飢驅而散矣。

丙子，早發萬松坪，西南行數里，道旁爲硃砂庵廢址。有水出青蓮谷，經庵旁下流，入白水漕。渡澗，上一嶺，蟠屈而西，至砦口，接含鄱口大路，廬山南道也。斗陂直下千仞，目眩股慄不敢前。乃令一人先行，遮眼使不得下視，始重趼接武而下。五里，有歡喜亭址。又下十里，萬壽寺。寺東面鄱陽湖，紫霄、指月二峰，左右環抱。其相近，有楞伽院、廬嶽祠，不及到。又二里許，當獅子峰之下，有净成精舍，舊名白竹寺。棲賢天然禪師退院也。佛閣二重，軒敞精潔。後有天公衣鉢塔，天公爲澹歸本師。住持僧玉泉，粵東人，語余曰：「澹公示寂後，曾葬此，今其徒移塔於丹霞矣。」又東下二里，爲洗馬池，元李泂《游記》作「洗馬澗」。渡澗，路稍平。二里至棲賢寺，寺在石人峰下，自明末久廢。住持角子禪師，乃澹公同門法弟，方鳩工重建。入棲賢谷，至玉淵潭，觀石間舊刻，道旁有櫓斷泉，隔岸有飛來亭。跨溪舊有篇雲橋，今圮。從松陰下行二里許，至三峽橋，橋下有龍潭，亦名金井。其南有扼蛟石，橋西應真閣，今爲關壯繆祠。觀音亭今名觀音閣，有石碑，記宋錢子言知南康軍祈嗣靈感事。橋長數十步，平跨澗上，俯視數百丈，幾不見底。渡橋而東，爲招隱泉，周丞相必大名爲「陸子泉」，李濒之名爲「陸羽泉」。相傳陸羽品其水天下第六泉。

棲賢寺中舊有南唐元宗駐節亭、祖無擇愛堂、劉西澗祠、玉峽亭，見《廬山紀事》，寒泉亭、五老亭、玉淵亭，見周益公《後録》，今皆廢。

三峽澗之源自五老、漢陽、太乙諸峰，下合白水漕、没泉、桃林澗、長壠、黄石港、萬壽源諸水，大小支流九十有九，皆滙於此。從高而下，遠者三四十里，近者數里，散行亂石間，過棲賢寺前，磵道稍開廣，會爲一派，將折而左行，忽遇巨石横截澗口，遂并力懸注，而石形上突下斂，瞰空如屋檐，水勢不得貼石，則架空斜飛，墜入玉淵潭。潭深不可測，噴珠濺沫，至此悉凝作玻瓈色。陳舜俞謂：「沙石萬數，古今不塞，誠下通於海矣。」自玉淵而下，共二十四潭。兩崖陡絶，崖石爲浪所淘，歲久，皆光滑如油。曲折赴三峽橋，約二里許，登橋，南北望，長壑逶迤，水遇石凡九跌，砰霆掣電，響撼林谷。時久旱水減，觀者猶震掉不自持。不知積雨之後，洶湧何如也。

玉淵潭、三峽橋石刻磨泐者已多。其載在桑《紀》、吴《志》者，宋張孝祥「玉淵」二大字、錢子言《三峽橋》七言古詩八分書、黄山谷「三峽橋」三大字、馬明「金井」二大字、祥符七年題橋六十九字、治平改元楊度題名二十五字，以上今俱存。黄山谷《棲賢橋銘》、朱子淳熙己亥題名、皇祐元年田瑜題名、元李洞延祐二年題志及《玉淵潭記》，以上皆不知所在。又有桑《紀》、吴《志》所未載者，今録於後：「逝者如斯」四大字。不知何人書。「紹定壬辰秋九月甲申知南康軍石囦史文卿缺一字。事之初躬詣白鹿洞學釋菜先聖先師禮成同僉書判官廳公事天台張萃軍學教授四明任裒然來游」。又，「大元至正己丑三月既望承直郎南康路總管府推官河間吴思勉進道同司獄官盱江胡名世良臣公餘覽玉淵之勝概追前哲之遺風書此以記歲月」云。「在侍吴中吴著吴克終吴大章侍吏駱天鳳」。以上俱在玉淵大石上。

晚宿棲賢，雷電交作，三更大雨。幸而今日下山，若在萬松坪，則厨無宿舂矣。丁丑，達旦雨不止，暫阻白鹿書院之行。坐角公方丈，驟聞狂飆怒號，震動霆宇，徐乃知爲玉淵潭水聲也。少頃，開霽，再至潭上。昨日上流稍緩，故空潭澄碧。今則挾急雨，其勢盛怒，直射百丈潭底，窮而無所入，乃噴薄跳躍而上，如白鷺千片，上下争飛，日光照之，閃爍奪目。數十步内，草木皆溼。人坐石上，對面語不相聞。

櫓斷泉北道旁有石刻，久爲苔蘚所侵，與石一色。昨過其下不知也，新經雨洗，字畫微可辨，因搜剔出之，乃元人留元剛題志：「嘉定十一年上冬戊辰，留元剛偕謝汲古過三峽玉淵缺一字，觀湧瀑缺一字。戊寅，同朱沐、陳伯賢、段日巖、向公美自香缺一字。古雲東溪招隱高遥，會於缺二字。門舍愛堂。己卯，歷道林缺一字。與缺三字。峰上偃臺盤龍缺一字。白雲俱缺一字。齊云五缺二字。毛方平會於缺一字。侍缺三字。元缺一字。惟坦道缺一字。」。此段桑《紀》、吴《志》亦失載。

早飯後，發棲賢，角公以《棲賢三十詠》見貽。臨行，屬其索澹公《偏行集》寄至九江。肩輿過三峽橋，水勢詭壯，與玉淵同。三里，爲王楊坂，郵落小聚。從此循五老峰趾，尋白鶴觀，即東坡先生觀棋處，惟聞流水瀌瀌繞澗鳴，無所謂古松也，虞道園《碑記》亦失所在。羽衣項沐水，白髮長鬚，衣冠而肅客。詢以舊事，稍稍能道，且云：「此去數里爲木瓜院，有道士石姓者，隱居其中數十年。近爲當道邀之北去。」又云：「昭德觀自明朝已廢爲民居，羅念庵買其地，築書堂，今書堂復廢爲僧舍。李女真之蹟湮矣。」

白鶴觀去鹿洞不過三里，行田壠間，迷失道。渡澗踰嶺，約行八九里，幸遇樵人指點，乃從後屏山紆折而入，到書院，陰雲四合，已而微雨。首謁先聖殿，次拜宗儒祠。投刺訪建昌學博永豐鄭子充處實、洞學副講安義孝廉徐履青京階，下榻於彝倫堂舊名明倫堂左偏湖口鄉進士周宸臣偉吾家，星子派宗姪子全學斌、其弟學發皆讀書洞中，次第來會。

後屏山之脈，自五老峰南下，書院在山之陽，背山而面溪，溪水自凌雲峰下犀牛塘，經鹿眠場，過書院前。其西爲貫道橋，舊名洗心橋。橋南爲大意亭故址，稍東爲巡撫安某祠，安，故有功書院者，今之規模略具，皆所修葺也。祠東爲宋李萬卷勘書臺。溪水至此，湍流飛激，名小三峽。上有獨對亭，明邵寶建，李夢陽作《銘》。自亭右折而上，爲卓爾山。山頂舊有高美亭，嘉靖中御史徐岱建，亦名卓爾亭，今改爲魁星閣，與白鹿石臺文昌閣對峙。山麓有橋，名枕流渡橋。山爲左翼山，山巔舊有聞泉亭。嘉靖中巡撫何喬建，石柱猶存。稍上爲諸葛武侯祠，星子令許延劭新築。按桑子木《紀事》，朱子昔建武侯祠，在卧龍岡，去此尚數里，今移置此地，不知何所取義。循溪南行，有石坊二，又東二里，爲書院石坊。

禮聖殿懸御書「學達性天」、「萬世師表」二匾，中設至聖先師像，旁列四配、十哲，兩序七十二賢及配享諸儒，皆塑像。朱子云，當時與錢子言商量，只作禮殿，不爲像設，但今已成，恐毀之，似非禮。康熙九年，順天學院蔣超上疏，請留天下聖賢塑像，於是書院復增設焉。今兩序諸賢像長不盈尺。南爲禮聖門，舊名大成門。前有泮池，周㡖臣云湯惕庵先生濬。池南爲欞星門。

書院在禮聖殿東，大門有敕賜「鹿洞書院」匾。入門爲御書門，上貯《十三經注疏》、《二十一史》。康熙丙寅，巡撫安世鼎題請敕賜。其董理土木，吾家觀察伯父分守饒南時與有力焉。北爲彝倫堂，御書《閣碑記》在堂右。楹堂之北爲白鹿石臺。明正德中，南康守王公濟砌石爲洞，其後又刻石作鹿，置洞中。今臺存，而石鹿已移他處。李空同謂洞在三疊泉壑中，唐龍《大意亭記》則曰鹿洞堙矣，桑子木引陳舜俞《廬山記》，謂鹿眠場即鹿所嘗眠處。要之，年代已遥不可考也。

宗儒祠在書院中，設周子、二程子、朱子、陸子、陽明王先生木主，旁列陶靖節、劉袚書、蔡文定、黄勉齋、馮厚齋、黄西坡、林三山、彭梅坡、彭强齋、吕月坡、李宏齋、陳三山、陳經歸及李洞主善道、劉洞師元亨、張洞長某、周洞正某、吕義鄉某、明洞主起、黄山長異，共二十人，錯亂無章，大失位置。按《洞志》，朱子没後，諸生繪二程子、朱子像，祀於講堂，後廢。明翟溥福别立三賢祠，祠周子、朱子、李賓客，而配以陶淵明、劉凝之、陳了翁、劉道原，此舉原屬失倫。其後，蘇葵遷李賓客以下五賢於别室，而專祀周、朱二子。邵寶又配以從朱子門人講學洞中者林擇之、蔡沈、黄榦、吕炎、吕燾、胡泳、李燔、黄灝、彭方、周耜、彭蠡、馮椅、張恰、陳宓十四人，趙淵并祀象山，易名宗儒。錢淵又并祀陽明，增陳經歸澔配享。本朝順治十四年重建，爲宗儒堂，配享諸賢，一仍其舊，不知何時復以陶、劉二公作配，而於朱子門人中則去四人，且洞主李善道等既祀先賢祠，又列於此，皆所不解。

文會堂在禮聖殿西，舊在宗儒祠址。中一聯：「鹿豕與游，物我相忘之地；泉峰交映，知仁獨得之天。」相傳爲朱子手書，屢經摹刻，盡失其真。北壁木板，刻《游白鹿洞歌》，云：「何年白鹿洞，正旁五老峰。五老去天不盈尺，俯視人世煙雲重。我欲攬秀色，一一青芙蓉。舉手白扇開半掩，綠鬟玉女如相逢。風雷隱隱萬壑瀉，憑崖倚樹聞清鐘。洞門之外百丈松，千株盡化爲蒼龍。駕蒼龍，騎白鹿。泉堪飲，芝可服，何人肯向空山宿？空山空山即我屋，一卷黄庭石上讀。」後小字二行：「辛巳三月，紫霞真人宿此，編蒲爲書。」詩格既跌蕩不拘，書法亦飄逸有致。相傳爲羅念庵先生筆，墨蹟今存南康府署中。

先賢祠在宗儒祠東南，祀唐李涉、李渤，洞主顏翊，南唐李善道、朱弼，宋錢聞詩、劉元亮處士、明起、劉涣、陳瓘、劉恕，元黄異，明李齡、胡居仁、蘇葵、陳銓、邵寶、蔡清、唐龍、湯來賀，共二十餘人。按《洞志》，先賢祠舊在文會堂前，葛寅亮移宗儒祠左。止祀十六人，顏翊、錢聞詩、黄異三人，不知何時增入，湯來賀之入祠，則自本年七月始，宋牧仲中丞意也。又，按桑子木《廬山紀事》，賢而祀鹿洞者，尚有王忠文褘，今不列洞祀。

忠節祠舊在宗儒祠南，葛寅亮移文會堂右。本以祀諸葛武侯、陶靖節者，今其址别立當道某某生祠。名三公祠。

邵先生祠在舊忠節祠西南，祀康節先生及明學道、邵二泉。

三先生祠在宗儒祠南，祀李空同、蔡忠襄、侯廣成三公。號舍六十間，分列禮聖門外及文會堂、舊忠節祠、宗儒祠兩旁，分孝、友、任、卹、婣、睦六字，每號十間，爲諸生讀書地。

洞中祠閣亭堂，昔有而今廢者：忠節祠、朋來亭、好我亭、釣魚臺、大意亭、風雩亭、風泉雲璺樓即宗文閣、聞泉亭、枕流亭、自潔亭、六合亭、聖旨樓、希賢室、延賓館、聖經閣、雲章閣、五經堂、翟太守講堂、十賢室、攝儀堂、友善堂、成德堂、觀德堂、光風霽月亭、太極亭、喻義亭、鹿眠亭、宰牲亭。昔無而今創者：御書閣、諸葛武侯祠、邵先生祠、三先生祠、提學某祠、三公祠、安撫祠、倫郡守講堂、如見亭。

八月朔戊寅，雨阻書院中。黎明，學博副講率洞學諸生於聖殿行拜跪禮。時讀書洞中者僅二十餘人，大抵洞田所入不以贍廩給，每日人給錢三文、穀二升。貧士艱於裹糧，故來學者少。按，康熙十三年，清理洞田，總額共三千八百五十餘畝，歲收洞租銀九百三十餘兩，支給各有款項。今惟正講、副講二人歲支學俸共百金，其餘盡歸郡縣，官吏中飽。先賢遺澤，寖以耗散，有司不得辭其責也。

書院中刻石雖多，而宋元碑無一存者。今於有明一代擇其有關興廢本末及名賢手蹟，備録於後：

○王忠文公《游白鹿洞記》，李空同爲刻石，後有跋云：「禕爲此記，在元順帝二十六年之丙午。再踰年，太祖皇帝始改元洪武。余以其言可以考書院興廢，於是勒之石焉。正德辛未六月識。」

○「忠孝廉節」四大字，高六尺，横五尺，星子主簿富春陳邦詔登泰山顛，得兹四字。

萬曆甲申，洞教劉守成勒石。

〇王龍溪嘉靖乙丑《重修書院碑記》及《白鹿洞續講義》，石刻。

〇弘治戊午，張元禎《重修書院碑記》。

〇嘉靖三十五年，鄒守益《宗藩洞田碑記》。

〇王陽明《白鹿洞詩》。前半已失，後半自「海燈照孤月」以下六句，「正德庚辰四月朔，陽明山人王守仁伯安書」，石刻一方。

〇湛甘泉《息存箴》，有序，八分書，石刻。

〇萬曆甲申潘志伊《重修書院碑記》。

〇萬曆四十二年，葛寅亮《重修書院碑記》。

〇萬曆三年，熊俸《重修書院碑記》。

〇萬曆丁亥，陳文燭《復學碑記》。

〇萬曆十四年，但貴元《請復洞田碑記》。

〇吴尊，海寧人，嘉靖中，巡按江西，有《示鹿洞諸生》七律二首，其一云：「廬山高出五雲端，精舍時開翠鬱盤。百世流風瞻俎豆，兩間元氣重衣冠。巖頭草色春將偏，樹裏風光晝亦寒。薄莫詠歸情未已，尚餘幽夢繞清湍。」其二云：「匡廬南下石梁西，古洞陰陰草樹齊。春澗水聲逢白鹿，夜堂雲氣護青藜。聖非絶德心相似，道在常行路不迷。觸目鐫銘皆實學，更從何處覓階梯。」

○康熙二十五年，御書《閣碑記》。以上皆在彝倫堂南北及兩廊。

○鄒南皋《偶占》二絶石刻二，其一云：「無古無今無顯微，千年賢聖竟同歸。庭前草色青青長，未許人間説是非。」其二云：「壁間時掛不絃琴，風度泠泠萬古心。我欲一彈山水曲，却嫌人擬太高深。」

○嘉靖丙辰，敖銑《宗室養士田碑記》。在書院大門内。

○湛甘泉《心性圖四勿箴》石刻。横卧文會堂壁下。

○王陽明古本《大學》、《中庸》石刻，共六塊。《中庸》二石，字多剥落；《大學》至「好人之所」以下，缺不存。

○朱子《白鹿洞規》，康熙壬戌新刻。以上嵌文會堂東廊壁間。

○李空同、楊廉《宗儒祠記》二碑。分列文會堂東西簷下。

○湛甘泉「海闊天空」四大字，石刻。在文會堂東廊北壁。

○大石四塊，南面刻朱子《白鹿洞賦》，楷書。北面刻陸象山《講義》，八分書。嘉靖甲子南康守張純所刻。第二石北面已凍裂。在倫太守講堂前。

〇又，朱子《洞賦》、陸子《講義》合刻一石。

〇唐龍正德六年《題請洞主吏部劄付》石刻。

〇萬曆十九年《貫道門橋碑記》，嘉禾朱廷益撰。

〇萬曆中張位《重修廟宇碑記》。

〇婁性《復洞田碑記》。以上俱在禮聖門外。

〇嘉靖中貢安國《卧龍庵記》石刻一塊。卧婁性《碑》後。

〇又，湛甘泉《四勿總箴》石刻。嵌白鹿石洞北壁。

〇王溱「思賢臺」三大字。

〇衡厓「理學淵源」四大字。在白鹿石臺上文昌閣後。

〇唐龍《大意亭碑記》。在貫道橋南。

〇李夢陽《獨對亭碑記》。在亭外。

竟日大雨，薄莫，徐副講以果品酒肴見餉，周宸臣賦詩見贈。是夕，再宿書院。

己卯早晴，同周宸臣循貫道溪旁，尋先賢石刻。鹿眠場石上有「鹿眠處」三大字，釣臺石上有「釣臺」二大字，皆朱子書。又有「意不在魚」四字及李空同《碑記》，碑陰有喬白巖「[illegible]」三篆字。澗底石上有「漱石」二大字，又有「吾與點也之意」六字。溪南石上「文行忠信」四大字，亦朱子書，半埋土中。書院前，澗中巨石刻李空同「砥柱」二大字。又，小三峽石上刻朱子「枕流」二字。又，「敕白鹿洞書院」六字在枕流橋東峭壁間。其勘書臺石旁，「風泉雲壑」四大字，半爲苔蝕，不知何人書。

早飯後，别洞學諸君，取道羅漢嶺下，由王楊坂循七尖峰趾西南行，至萬杉寺。寺在慶雲峰下，舊名慶雲庵。宋景德中，僧大超受知於仁宗，手植杉萬本，天聖中，賜今名。舊有仁宗御書「金仙寶殿」及「國泰清浄」八大字，皆不存，惟「槐京包帚書」石刻在寺西北山上，一石刻「龍」、「虎」、「嵐」三字，相距三丈許，又一石刻一「慶」字，字皆徑八尺，而「慶」字尤大。寺後有三分池、散珠亭，亦廢。住持老僧熙怡，本宜興周氏子，言：「此寺歷宋元明，屢更興廢。本朝康熙己酉，先師剖玉重建。」又言：「住山三十餘年，與白鹿洞主湯惕庵先生往返極密。」坐方丈，話久之，乃别。

自萬杉西行二里許，至鶴鳴峰之麓，開先寺在焉。寺前有招隱橋，道旁石刻觀世音像，瓦亭覆之。法身長一丈六尺，舊爲半身像，唐太和中，神僧筆法後，南嶽懶牛藏主募資，命善畫者姜月鏡作全身，勒之石。泰定二年乙丑，住持釋師大題其後。明萬曆乙卯，星子令王成位遷立於此。自此至三門，松杉夾路，相傳佛印尊宿手植，不知佛印所植松，明朝已爲僧南越伐盡，别建一寺，已而焚燬，事載桑《紀》中。今之鬱然成林者，又屬後人補種。殿宇二重，宏敞高華，遠出棲賢、萬杉上。殿前後，老桂四株，蔽遮天日，亦數百年物。殿後，石勢隆起，爲南唐中主讀書臺故址，俗傳昭明書堂者，訛。詳見馮延巳、黄山谷二《記》中。臺下水一泓，石刻「洗墨池」三字，無可考。臺之側，舊有朝涼亭，亭下有聰明泉，《志》謂泉味甘於瀑布，今泉存而亭廢。登磴北上，石壁横開，中刻黄山谷手書「七佛偈」，東刻陽明先生正德庚辰《紀功題名》，中有「嘉靖我邦國」之語，明年而世廟入承大統，蓋先兆云。從紀功碑西北行叢篁中，過萬竹軒，宋僧若愚鑿大石槽，承以石柱，連絡數百丈，引瀑入庖湢。約里許，至漱玉亭。亭之西，峭壁萬仞，瀑布從雙劍峰東下，至布水臺峭壁間，懸掛數十百丈，爲龍池所吞。池廣十餘畝，上有盤石，側理横截，旁通一罅，水爲所束，夭矯如白龍曳尾而下，復有澄潭受之。當其噴激，人意與之俱怒。及其停泓涵蓄，觀者亦不覺氣之平矣。東坡先生以儷棲賢、三峽，此語良然。峭壁旁，刻米元章「青玉峽」三大字。又，留元剛嘉定「戊寅十一月，缺二字。與客朱沐、陳伯賢、段日巖、向公美繇上京缺二字。臥龍，宿萬杉。癸酉，取道開先、瀹茗、漱玉，登黄石巖文殊塔，謁棲隱梁昭明書堂，晚憩簡寂觀。後五日，自東溪缺一字。至青玉峽，毛方平會於起亭，子潚侍，釋致素元燈」八十六字。遥視，隱隱猶可見龍池側大石上有「星子使君李元應，置酒邀客，自萬杉來開先，觀漱玉絶景，徘徊良久，會者四人：鮑文友、沈廣微、利道濟，靖康元年五月乙亥方道縱題」五十字。又，「郡守青田趙興忠寶祐戊午禱雨來此」十五大字，又，「正德八年，歲次癸酉，江西按察司副使提學北郡李夢陽再游記，時五月之二十一日也，諸生孫冕、陳昭、孫能從」四十二字。其他題志尚多，或已載《山志》，或漫滅不可辨，其可辨而不足存者，亦弗録。境絶勝，耐人久坐，已爲輿丁催上道，臨去，殊依依也。

渡招隱橋，行五乳、雙劍二峰之麓，路平如砥。遥望黄巖瀑布，高出林表，裊裊不絶。從此至歸宗，尚十餘里，金輪第一峰已崔巍入目。數里，爲觀音崖，有路可達。簡寂觀近聞已頽落，且徑道崎嶇，連日疲於登涉，遂不往。又數里，渡鸞溪橋至歸宗寺，寺正在金輪峰趾。峰巔有舍利塔，乃晋時耶舍尊者所創，故又名耶舍塔山。寺基相傳王右軍故宅，三門外，有古松一株，唐赤眼禪師手植，後爲樵人所斲，株柯憔悴，明達觀大師以土培之，呪願而誓曰：「若寺當復興，此松復生如故。」已而果然，因名復生松，事載蔣虎臣學士《記略》。寺内有右軍閣、洗墨池、青松社諸古蹟。從守僧公柔借閲《歸宗寺志》，蓋他寺觀明季俱經兵火，兹寺獨完，故規制猶存古意。廬山南北梵宇，巨麗宏壯，此爲第一，又在開先之上矣。藏經六百七十八函。明神宗朝，頒賜達觀大師者，有萬曆十二年十二月十一日護藏敕一道，萬曆二十七年二月初十日敕諭二道，墨書黄紙上，俱用御寶，與黄龍寺刻本不同。

鵝池在寺後山上，池側大石多名刻。上有玉簾泉，出金輪峰下。其相近爲流水厓，上有龍潭，水自遠山奔注，即馬尾水。稍東又有一滴泉，皆自鵝池下，流入鸞溪。歸宗一帶僧舍，般若峰下有金竹庵，今廢。石鏡峰下有大力庵，今存。又有杏壇庵，即董真人壇，今廢。杏壇下有香泉寺，杏壇之右，紅花尖山下有紅花庵。今爲民居。

考《晋書》，王羲之初以征東長史遷江州刺史，繼拜護軍將軍，終於會稽内史。本傳中載其在會稽與許邁同游事甚詳，并無卜宅廬山事，不知舍宅之説，何從而來？聞極上人《通志》謂羲之自爲書歸宗寺額，此語尤無據。王忠文《游記》云：「歸宗有池，水色正黑，相傳羲之洗墨處。豈信然邪？今臨川郡城東亦有墨池，南豐曾氏爲《記》，蓋深疑之，以爲『方羲之不可强以仕也，而嘗極東方，出滄海，以娱其意於山水之間，豈有徜徉肆恣，而又嘗自休於此邪？』」姑附志於此。

宋元豐間，真浄文禪師住歸宗，時周濂溪自南康歸老蓮花峰麓。黄山谷《致濂溪書》有「公在湓城，可過山致敬歸宗文長老」之語，先生因數至歸宗，結青松社，若以踵白蓮社者，因名寺側之溪爲鸞溪。《餘冬序録》謂：「山谷以致敬文老爲濂溪勸，豈真能識濂溪者？」王子充曰：「大賢君子，於道既有得矣，其於形迹，未嘗以爲累，況先生胸次如光風霽月，何所不容邪？」淳熙中，應庵華禪師住歸宗，朱子時爲南康守，常與之游，亦不以異端而擯之。愚謂《餘冬録》之論過峻，不若王之廣大也。

芝庵主絶句二首，見《歸宗寺志》，今録其一：「千峰頂上一間屋，老僧半間雲半間。夜半雲隨風雨去，到頭終讓老僧閒。」

庚辰，早發歸宗，西行過栗里坂，度柴桑橋，舊名清風橋，嘉靖中御史李循義改今名，醉石澗之水所經也。考淵明《歸去來辭》自序及《晋史》本傳，先生家在柴桑，而栗里則其所嘗游者。栗里今屬星子縣，柴桑今屬德化縣，地本接壤，易以傳訛，故山北以柴桑爲淵明故居，山南亦以栗里爲淵明故居。栗里之有柴桑橋，蓋踵此訛。去橋一里所，有大石，俗傳先生嘗醉卧於此石上，有吐痕焉。後爲道士觀，即以醉石名，今觀久廢。又數里，地名隘口，在黄龍、廬阜兩山間，南去爲星子縣治，而余指西行十五里，康陽坂，過此入德化縣界。又五里，鹿子坂，在楚城鄉桃花尖山西，桑子木謂即晋時柴桑縣，《寰宇志》云：「柴桑近栗里，陶潛此中人。」其地舊有靖節祠，後廢爲他姓田，明正德六年，田爲水所衝，有斷碑出焉，題曰「晋陶靖節先生故里」，時李空同爲江西提學，以此爲據，盡復其地歸諸陶氏，有文記其事。十里，通遠驛。

圓通寺在在驛東一里，本潯陽人侯氏之居，故其水曰侯溪，溪上有橋，名侯溪橋。寺建於南唐李後主，初名崇勝寺，僧緣德居之。石耳峰在寺西，南峰之右，别有水經圓通，至花田坂，趨烏石門，名清溪。寺基開敞，而殿宇頽圮。東偏有觀音泉，相傳建寺之初，掘地得大士像，故又名圓通。朱紫陽謂：「寺無他奇，但門徑竹木深邃，爲可觀耳。」正中大殿二重，楚僧杲庵住持操行清苦，旁舍悉分屬房頭，僧皆業農，牛宫豕柵，羅列於側。二溪南北，盡爲放牧之場。日將夕，僧雛成群，叱犢入山門，村野之狀可掬。往時，圓機住兹寺，香積田至數萬畝，瓦子渡一處，爲糧三百八十石有奇。圓機塔在寺西。

寺内舊有夜話亭，歐陽文忠與居訥禪師談道處。又，嘉祐中，三蘇嘗寓此，故有一翁二季亭。又有梵音亭，見東坡詩。今皆廢。東坡手寫「寶積獻」，蓋頌佛偈，舊施寺中，問之住持，亦不知也。

寺之石刻，載在《紀勝集》者，有慶曆五年余襄公靖《碑記》，至正九年，歐陽圭齋《碑記》，今不存。存者二石，其一云：「尚書省牒江州崇勝禪院，僧守惠牒奉敕事宜，差住江州圓通崇勝禪院牒，至準敕故牒。政和三年十二月上用御寶。二日牒，宣奉大右丞薛押、通奉大左丞侯押、少師太宰押、太師魯國公押、尚書省牒，守愚太師魯國公封。」其二云：「尚書省劄，禮部狀準，江州崇勝禪院住持圓機大師道明狀：自演睿源，敢忘夙夕，迨今僅十二年，爲國焚修，並無缺事。今來老矣，難負斯任。先年禪院立有首座，僧守惠素行清謹，宜任住持。本院伏乞，特賜差僧聽候指揮。十一月二十八日，奉敕補贈沖真密印大師住持崇勝禪院。政和三年十二月二日押。」此二碑皆在大殿後廊，内缺數字，今按全文補入。

辛巳，早與杲公别，行數里，渡甘泉口石橋，天池、經臺諸山，復入吾目。香爐一峰，尤秀出天際。又十里，上七里岡。已下岡，渡曬陽橋。又東渡石澗橋。按周景式《廬山記》，石門山在康王谷東北八十餘里，是一山之大谷，有水名石門澗，吐源渡遠，爲衆泉之歸。至文殊寺南，天池、鐵船二山並峙如門，水至此出峽，與上霄之水合，北流逕落柁山前，過陶家埠，滙於鶴問湖，自龍開河以達江。此水之原委也。但自七里岡而下，連涉三澗，不知從何處分流耳。橋爲明縣令廖士衡所修，王宗沐有「石澗橋」三大字。其南有雲峰寺，乃上天池大路，余所未曾經者。又十里，虎溪橋，過東林寺前，小憩太平鋪。從此上分水嶺，西北行，皆登山時舊路矣。初意過石塘橋，紆道一拜濂溪先生墓。俄而，雲氣靉靆，畏雨而止，亟回江州。是役也，自七月辛未至八月辛巳，凡旬有一日。匡山東、南、北三面，風物略得其概。於天池，觀雲海；於五老峰，觀海綿；於棲賢、開先，遇雨而觀瀑布。凡游人所應有與昔人詫爲創獲者，一以無心得之！耳目聞見，差足償登陟之勞。他若九奇、漢陽、紫霄諸峰，天花井、石門、三疊泉、康王谷諸勝，或以地太僻左，足跡不能及；亦有近在咫尺，身雖未歷，而目力及之者。正欲留他日入山之緣，未敢窮盡其勝。同游者，吴門王子琴村、山之僧如升、眉生，登石指點徑路，則東林宗雷、棲賢角子二禪悦，而備糗粻、辦肩輿、鼓余游興者，九江太守朱恒齋也。壬申八月四日，查田嗣瑮識於溢署之孤桐閣。

廬山紀游跋

自來方輿之勝，不必果有奇峰倚天，幽澗絶地，如志乘所云也。但具林巒邱壑，一入文人之筆，便成宇内壯觀。昔有人慕雁蕩、天台之名，偕其友齎糧而往，惟見荒邱數十，野寺一所，旁有石橋而已。問之飯牛者，曰：「彼即雁蕩也，此即天台也，寺旁之橋即藍橋也。別無崇山峻嶺，可以引人入勝者。」于是，廢然而返，以爲古人欺我。嗟乎！古人豈欺我哉！域中之浩蕩，不如筆下之魁奇也。匡廬爲江右名山，最難見其真面目，今得先生詳爲記載，曲盡形容，可以供宗少文之卧游矣！壬寅秋日，吴江沈楙悳識。

陪獵筆記

目録

題識

聖祖仁皇帝特達之知，康熙癸未，召入翰林，備顧問。是夏，即命隨蒐灤陽。明年以纂《佩文韻府》留京師。乙酉、丙戌二歲，皆隨駕至口外，朝夕在屬車豹尾中。其紀恩應制諸作，則見於《隨輦》、《考牧》、《甘雨》三集，而此乃雜記道里山川及承對詔旨之事，總三集與《筆記》以觀，幾合夫載筆、載言而一之。然此書雖不在《實録》、《起居注》之列，亦足以資掌故，而佐職方氏之采擇，較諸三集，不綦重乎？自來傳本絶少，予求之有年。猶子昂駒，頃從海鹽陶氏愛吾廬借得先生手稿，予乃獲目寓，亟令傳録其副而藏之。先生早負盛名，中歲頗蹇於遇，五十餘始通籍，供職翰林，歷俸未滿，即請假歸葬親。既還朝，又數載，竟賦遂初矣。計其名挂朝籍，首尾僅十年耳，其淡於進取爲何如！昔歐陽公有言，「顧瞻玉堂，若在天上」，是在人間而憶玉堂也。先生則每從玉堂而想人間，故其詩曰：「笠簷蓑袂平生夢，臣本烟波一釣徒。」雖聖主亦嘗賞其高致，嗚呼！是豈同時侍從諸公之所能企及？宜其書之可傳，而使人思慕愈久而不忘也！昂駒請題於卷後，爰述其梗概如此。

乾隆五十有七年歲在壬子夏五月，同邑後學吴兔床騫識。

陪獵筆記

內廷供奉翰林院庶吉士臣查慎行號他山

癸未五月

皇上將幸山莊避暑。初四日，於暢春園奉旨，查昇、陳壯履、勵廷儀、汪灝、查慎行、蔣廷錫六人俱着隨駕。臣錢名世自請行，奉旨亦允所請。二十一日辰刻，每人賜紗葛衣二襲，謝恩訖，隨入城治裝。二十四日午刻，傳旨，召隨駕諸臣齊赴暢春園。是晚，與弟德尹別，出西直門，申刻，抵直廬。陳潛齋、勵南湖、汪紫滄、蔣揚孫、家聲山姪後先至。楊玉符前輩病初起，以送駕來。錢亮功至，曛黑矣。是夕，仍宿自怡園。

二十五日

早起，結束候駕。時驟雨初過，雲月朦朧，皇上御輦行。詞臣奉旨隨豹尾班後。數里，天微明，遇濳齋、南湖於塗。聲山姪墮馬重傷，移時乃甦，扶掖就道。十二里，清河橋。十二里，何家堰。上駐蹕，進早膳。賜御饌四器。五里，沙河城，一名鞏華城，明嘉靖朝所築，中有宫殿。相傳初築時，福州林庭棉爲大司空，估計當用七百萬，及畢工，核減五百萬。今爲狐兔之穴，雉堞漸圮矣。又十里，鄭家莊，渡河爲昌平州界。按《昌平山水記》，順義有温餘河，即昌平之榆河，下流爲沙河。又十里，至湯山。山有温泉，去山一里，平地甃石爲池。《昌平山水記》云：「湯山在州東南三十里，有温泉。」《水經注》：「濕水又東，温泉水注之。」疑即此。《名勝志》：「温泉出昌平州西北二十五里之湯峪。」不知乃在州東南也。《金史》順州有温陽、密雲二縣，順州即今順義縣。温陽爲縣，起於金而廢於元。當時或以温餘河、或以温泉立名，所未詳。行宫在山東泉上，余帳房與聲山姪相對，上遣御醫來看，晚膳賜餅一盤。傍晚東宫召觀睿筆，賜扇一柄，同紫滄謝恩出。

二十六日

晨起，雲氣靉靆，法當有雨，駕駐湯山。東宫召賜早飯。聲山姪以臂痛不預。午刻，開霽。賜粉餅一盤。午後，東宫復有果餌之賜。是日召海、滿兩講官，御試《賦得「緑樹陰濃夏日長」》七律一首，命臣等同作。傍晚，内侍傳示聖製七言律詩，第五句中用「末垂」二字，臣等未詳出處，捧讀畢，仍繳進。

二十七日

黎明，駕發湯山。十二里，聶山營。十五里，范家莊，進早膳。二十里，橋子村，入順義縣界。五里，懷柔縣。《昌平山水記》：「洪武十四年，分密雲地，立懷柔縣。弘治中，截其東偏而築之，故縣治在西門也。」城中湫隘，不堪駐輦。午刻，大雨，道滑。二十里，紅螺山，《遼史》「檀州有螺山」是也。二十里，牛欄山，宋王曾上契丹事曰「順州至檀州，漸入山，牛欄當其要路」是也。又三十里，度潮河，即密雲縣。縣在元爲檀州，洪武初改密雲縣，城周九里二百三十八步。萬曆四年，於城東復築一城，周六里二百步，曰「新城」，兩端連之，共六門。行宫在東門外，有桐鄉監生夏荀慈於途中獻詩賦。奉旨：「着翰林官出題考試。」隨與陳、勵兩前輩擬詩題二，《賦得荷净納凉時》、《山雨欲來風滿樓》。令作五、七言律各一首。傍晚進呈，不甚稱旨。復傳問：「尚有何技能？」荀慈回奏：「善畫花卉。」時天色已暝，明日着再畫扇紙以進。聲山墮馬傷手，不能騎，從懷柔坐騾車，最後至。是日，兩賜御饌及餅餌。夜，大雨達旦。

二十八日

雨不止，駐蹕一日。潛齋治具，招同人午飯，舊密雲令周鉞秉節亦在座。午刻，發下御書《大學經傳》全本，令臣等同觀。展閱之餘，伏讀跋尾，有「手寫以便熟讀，庶幾守心在腔子裏」之語。皇上聖不自聖，猶孜孜學問，永垂修齊治平之大法，真子孫黎民萬世之福也。午後，發下御製《將之山莊》五言絶句四首。捧讀畢，仍繳進。最後，頒御札一行，示臣等以「末垂」兩字之義。御札云：「《文選》詩『朱明送末垂』，注云：『朱明，夏也。末垂，六月也。』」臣等資性駑鈍，讀書不能記憶，蒙聖明開誨，前迷頓解。是日兩拜御饌粉餅之賜，素餐之愧，能無凜然！晚，晴。

二十九日

前途泥濘，再駐蹕一日。辰刻，賜御饌四盤，同人齊赴宮門，進連日所作詩。奉旨留覽。以天暑，命各歸寓所。余以東宮賜《袖珍詩韻》，往謝恩。與紫滄檢閱《文選》，始知

「南陸迎修暑〔一〕，朱明送末垂」，乃潘岳《懷縣》詩中句也。午前回寓，内侍傳示御製五律一首，捧讀畢，仍繳進。移時，上復手改數字，以示臣等。東宮傳示《密雲行宮雨霽志喜》七言律一首，余以《謝賜扇》詩從内侍轉呈。是日，周秉節進呈詩册，發余輩同閲。傍晚，發下進呈詩摺，御筆批臣慎行《湯山詩》後，云：「此湯非舊有，康熙二、三年間輔臣時始知之，與病人甚有益，昌平州西北二十五里，湯峪之泉自在，非《志》誤也。」

三十日

黎明，駕發密雲。東北八里，冶山。山上有塔，有石洞，又有洞，昔人淘金址尚存。二十里，沈莊。十里，超渡莊。按《方輿紀要》，縣東北四十五里，有金溝館，宋沈括謂之金溝淀。《昌平山水記》金溝村在石匣十五里，疑即此。自超渡東北行，乍麓乍隰。二十里，石匣，平地有石如匣，深不可斸，故名。亂山圍合，屹成巨鎮。明洪武中初創土城，相傳嘉靖朝始甃石。按，《昌平山水記》云：「石匣城先置石匣驛，在今城南里許，宣德間爲河水所嚙，徙焉。弘治十七年築今城。」又十里，腰亭鋪，駐蹕行宫。是日，兩賜饌，又賜口外柳根

〔一〕「南陸迎修暑」，四部叢刊本《六臣注文選》卷第二十六作「南陸迎修景」。

赤魚。傳旨：「扈從諸臣，俱戴草笠以障日。」未刻，皇太子召入。作「草笠」詩一首，極蒙睿賞，兼賜坐，從容垂詢臣鄉試座師何人。回奏云：「正主考，德清徐倬；副主考，吉水彭殿元。」東宮盛稱徐座師學問，諭云：「今春隨上南巡，獻詩者甚多，推徐倬爲第一，名下果不虛也。」余叩謝，賜果餅，出。黄昏與亮功納凉，談至一更，始就幕宿。

六月

初一日

早發腰亭，始入山。十里，新開嶺，十里，老王店。《金史·五行志》「潮白河溢，漂古北口鐵裹關門至老王谷」，即此也。五里，南天門高當嶺路，竅其下以通步騎。道側，山巔列墉，參差蜿蜒，彌望不斷者，邊牆也。牆之上有空心敵臺，皆砌石爲之，凡衝處則四五十步一臺，緩處或二百步一臺，猶存明戚南塘繼光舊制。俯瞰川勢洶湧，即潮河矣。源發古北口外，西南流經密雲，合白河入海。塞垣諸水，斯爲巨川。沈括以爲灤水者，訛。又五里，柳林，距古北口之南。《三國志》曹公操歷白檀、破烏桓於柳城，即此也。明時設有鎮將，屯劄於此，國朝仍之。上駐蹕總兵衙門。周廬四匝，面山臨流。早晚兩賜御饌，又賜鱖魚一盤。

薄暮，發下宋高宗所書陶弘景《水仙賦》手卷，臣等校閲，中間譌四字，缺四字。校畢，繳進。

初二日

駐蹕柳林。早至宫門坐班，知王瑁湖先生陞補少宗伯。東宫賜香扇二柄，上賜鱖魚、山雉二種。午前，歸帳房。巳刻，大雨，午後晴。晚餐復賜鯉魚一盤，内侍傳旨云：「汝等南人，好食魚，故屢次分賜。」是日，賜諭德臣壯履御書扇一柄，蓋前此諸臣俱蒙恩賜，壯履未及也。

初三日

駐蹕柳林。早賜御饌四器。午刻，雨。發下趙子昂真蹟二卷，命臣等校正。《秋興賦》卷中缺四字，訛六字。《桃花源記》卷中訛二字。校畢，繳進。澹遠家急足南歸，作札與桓侯〔一〕，附去東宫賜扇二柄，囑爲收藏。晚餐，賜雉雛、餅餌二盤。御製《古戍》詩七絶

〔一〕「桓」，當爲「恒」之誤，「恒侯」乃查慎行之從孫，《敬業堂詩集》卷十九有《從孫恒侯自淮安送我渡河口占志别》詩。

三首，第一首叙明季築城運餉邊徼之苦，二、三章乃及生民樂事。民生其際，敢忘帝力哉！

初四日

黎明，駕發柳林。三里，古北口。有城在山上，周四里三百步。《唐書》檀州有北口守捉。《金史》謂之留斡。元周伯琦《扈從集》云：「兩都相望，不滿千里，往來者有四道，曰驛路，曰東路二，曰西路。東路二者，一由黑谷，一由古北口。」蓋元時以四月幸上都避暑。八月還大都，車駕多出西路，間亦由古北口。按史，中統三年閏月庚寅，順州至開平置六驛，古北口路是也。四年四月，宣德至開平置驛，西路是也。五月戊子，陞開平府爲上都。丙申，立馬步驛，驛路是也。明永樂八年，塞古北口、小關口及大關外門，僅通一人一騎。今新開輦道，沿山麓而行，彌望皆深松茂柏，黍苗夾岸，雞犬相聞。東行十餘里，爲司馬臺。舊有城，今圮。又三十里，地名兩間房，《金史》小興州地也。時行殿初成，上駐蹕焉。余輩入直，在行宫東南隅，軒敞凉爽，可以忘暑。午飯後，聲山亦來。奉旨令臣等將古人咏物詩分類編輯，自明日始。是日，兩賜御饌。

初五日

雨中入直。商略凡例八條，紫滄向隨東宮行幄，今日奉旨同來編纂。行笈無書，内府發下《唐人萬首絶句》一部，《唐詩類苑》一部，《詩雋類函》一部。是日，兩賜御饌。東宮復賜餅餌。傍晚，回帳房，大雨達旦。是日，發下御製《詠筆》四絶句，尖、齊、圓、健。又命各擬對聯以進。

初六日

曉晴，辰刻入直，選詩分類。先編花卉，余分得荷花。是日，兩賜御饌。東宮幸直房。晚同紫滄赴東宮召，賜榼帖一聯。又賜食時菓、湯餅、飲木瓜酒，蓋伏日宫中年例也。黄昏，謝恩出。大雨初霽，溪聲月色，凉意滿衿。五更微雨。

初七日

雨中早入直，分編石榴一類。辰刻開霽，賜食鮮鹿茸、哈密瓜。東宮晚幸直房，傍晚出。内侍傳示夜光木，乃山中老樹根，爲沙水所淘，歲久有光如水精，置暗室中，能燭細字，真物理之不可解者。

初八日

早入直，分編芍藥類。午膳，賜鹿茸及鮮鹿肉。下直視每日較早，明日將前發也。

初九日

黎明，隨駕發兩間房。林木蓊鬱，巒翠濕衣。二十里，小青山。按，明初古北口外有驛，自口北出五十六里曰「青松」，當即此。上嶺約五里，有水發源嶺上。凡十二渡，乃下嶺，地名馬圈。早飯，賜御饌二器。二十餘里，抵鞍子嶺。日未午，上駐行宫。余與紫滄奉東宫令，作七、八、九、十、十一字檻帖各二聯。行李書籍車未到。申刻入直，分編竹類詩，未終卷而出。澹遠家人來自京師，接紹津初六日手札。

初十日

晨起，作字，寄德尹、紹津。聲山手痛，不能書，爲代寫家信。辰刻，方入直，編就竹類一卷。午後，發下宋高宗所書《文君濯錦賦》，卷中缺一字，訛五字。東坡《乳泉賦》，卷中落一字。較畢，繳進。收到内府《東坡集》一部，四套。《宋詩鈔》一部，三套。《元詩選》四套，《中州集》四套，《列朝詩選》四套。晚出。是日，兩賜御饌。

十一日

早入，分輯薔薇、荼蘼。閲《中州集》一過。午饌，賜鹿茸。午後，發下蔡君謨所書《文木賦》，卷中訛四字，較畢，繳進。晚餐，復賜果餅。

十二日

早入，分輯菱芰、芭蕉二類。與亮功、揚孫分閲《列朝詩選》。午饌，御賜柳根魚羹、麅鹿肉及寧古塔稗米飯。午後，賜武夷芽茶，色香味俱絶。曩在閩中，親至山中，未得嘗此味也。三更，大雨。

十三日

早晴。入直。奉旨，從報上附稟帖寄澤州師。早膳，上賜乳酥蒸鹿肉一盤，東宫賜餅二盤。午前，發下趙松雪所書《蓬萊閣賦》、《天台山賦》，前有小李將軍《海天曉日圖》、

《海賦》手卷三軸。《海賦》中訛三十九字，多寫三字，少寫二百二十六字。閱畢，細開摺子，繳進。午飯，賜鮮猴頭蘑菇，味厚如榆肉，品在山東雞腿之上，産附近山中。午後，發下趙子昂所書《石林記》册子一，董其昌行書《玉賦》、《鶺鴒頌》、《滕王閣序》、《登樓頌》、《竹樓記》、《北山移文》册子六。較畢，繳進。勵南湖奉旨回京，向武英殿檢取書籍，兼省尊公少司寇之病。雨窗輟選詩之工，補連日未作詩題。晚出，大雨達旦。

十四日

雨中入直。未刻，天色放晴。早膳，賜鮮鹿肉、雉雞羹。午膳，賜乳酥餅一盤。午後，潛齋、紫滄、亮功、揚孫及余五人各録出口以來詩，進呈御覽。傍晚，回帳房。内侍傳問，行笈中帶有《詞譜》否？徧訊不可得，覆旨訖。亮功生日，醵分一兩，付潛齋治具。

十五日

澹遠家信至，聞紹津再索得女。晨起，雲氣四合。辰刻，入直。奉東宫教，作《塞外蝴蝶》絶句一首。澤州家人歸，附札與紹津。午膳，賜乳酥餅。明日，駕將幸樺榆溝，因收拾書籍，早出。傍夜，赴東宫召，檢閲朱子詩集。回帳房。是夕，爲亮功補祝，與揚孫偕，集潛齋行帳中，聲山同張梅公夜乘月色，先往樺榆溝。

十六日

五更，駕發鞍子嶺。行十三里，至三道梁，天始明。夾路峰巒奇峭，樹色蘢葱。六里，靳家溝。十里，黄甲營。上進早膳，賜御饌四盤。又三十里，抵樺榆溝，駐蹕。余輩即入直，在行宫二門内東南隅。東宫賜枸杞漿。御前發下《朱子集》，又繙閲《萬首唐人絶句》，晚，雨。夜歸帳房。

十七日

黎明入直。午前，選閲《列朝詩》第二套。午後，發下御製楹帖十四聯，五言六對，七言八對。并命臣等各擬對句呈覽。是日，天氣復熱，早晚凡兩賜御饌。傍夜，内侍傳旨：「翰林六人，明早俱隨駕往釣臺打魚。」謝恩，出。

十八日

五更披衣起。山月猶在林梢，清風徐來，與紫滄露坐達旦。辰刻，駕發行宫，余與潛齋、紫滄、亮功、揚孫俱隨。東行八里許，至釣臺。臺西北向踞山，下臨灤河。上御樓，召臣等五人至樓下，賜御饌紅蓮米飯、食品四盤。聲山以手痛，緩轡後至，續賜餅餌四種。謝恩，同出。復命内侍引至東宫行帳，各人賜一竿，令釣魚。澄緑千尺，游魚上下争餌吞鉤，應手而出，頃刻得數百尾。上屢命内侍來問臣等所獲魚數，各舉實數以對。上隨諭：「所釣魚即賜汝等。」天將雨，着先回營。」余輩上馬疾馳，中途果雷雨交作，抵帳房，雨止。日未午，駕回行宫。余輩仍入直。東宫復有黄甘、蜜桃、蘋果、玉李之賜。申刻，發下董其昌《前赤壁賦》手卷，校閲畢，繳進。景州守周鉞新脩董子名仲舒祠，來請御書匾額。奉召，令臣等公擬「闡道醇儒」四字以進。

十九日

早入直。以釣魚詩摺進呈御覽。午後，發下趙子昂所書《輞川絶句》二十首手卷，閲畢，繳進。上命内侍傳示御醫張奏帖，知澹遠姪婦病勢稍減。繙閲《列朝詩》一套。是日，兩賜御饌。從宫報，接到澤州師回札。

二十日

揚孫遣僕入都，附札與德尹。甫去，而澹遠輿丁自都門來，接德尹十五日信。早飯後，入直，賜御饌四盤。午刻，上御行宮正殿，召臣等五人入，問有習《春秋》者否？陳壯履習《尚書》，臣慎行等四人習《毛詩》，俱回奏，畢。時東宮亦侍上側，奉旨與臣等共徵釣魚故實數十條，上。又令臣等於漢官中有學問淵深、博聞强記者，各舉所知以對。回奏云：「臣等到衙門未久，未曾深知，不敢妄舉。」奏畢，仍回直房。上隨令内侍傳諭臣慎行云：「汝兒子在東鹿縣做官甚清。地方附近，朕早已知道。」臣跪奏云：「臣父子俱荷主知，圖報無地。臣子克建，年紀尚小，臣每每教他做官要勤慎清廉，上不負朝廷，下不負家學。臣去年在東鹿縣，見他將以前陋規革去，亦不過職分所當然。今荷蒙皇上褒奬，臣當即寄家信，令其益自勉勵，仰赴皇上愛民至意。」奏畢，叩頭謝恩。東宮隨召余及紫滄、亮功赴行宮。時滿如九、海天植兩同年、周秉節州牧已先在。東宮舉杜詩拈題分韻，余賦得「遠色有諸嶺」，限二蕭韻，作七律一首，東宮賦得「高山四面同」，限一東韻，餘不悉記。甫呈藁，奉旨召回直房。傳示御製《題秋山行旅圖》七絶一首，末二句云：「行旅莫愁塵土重，而今萬里是晴天。」臣等俯伏贊嘆，不能仰和。傍晚，上復幸太子行宮，召紫滄入對。

余輩黄昏始回帳房，滿如九、海天植同至余寓，携去隨駕前後進呈詩摺四本。

二十一日

黎明，上再幸釣臺。余輩仍入直。巳刻，駕還行殿。午後，發下御製《詠懷》七絶一首，臣等伏讀訖，仍繳進。移時，上復改定《序》中「少有作偶爾」五字，令臣等傳觀。傍晚，賜御饌。出，大雨達旦。東宫賜筆二十矢。

二十二日

張梅公便人入都，附札與德尹。雨止，辰刻入直。賜御饌三盤，發下蘇東坡所書《養生主》手卷，中間訛三字，缺六字。校畢，繳進。擬上《淵鑒齋列朝詠物分類詩選凡例》八條。編輯六人，除勵南湖已經回京外，潛齋分蘭類，紫滄牡丹，亮功菊花，揚孫海棠，余荷花。各繕樣本，先呈御覽。聲山墮馬後，手痛未愈，比復發腫，上傳諭，令刲一羊，乘熱取羊胃，以兩手置其中，移時痛止，十指稍能屈伸，真神驗奇方也。發下趙子昂所書《天論》，中間訛七字，缺十字。校畢，繳進。晚出，夜雨達旦。海天植過寓，以詩稿見還。

二十三日

早晴。辰刻入直，作稟帖，寄澤州師，呈過御覽，附坐臺馳去。午刻復雨，進呈《分類詩凡例》及選詩五類俱稱旨，今日發下，命照此例編輯。早晚兩賜御饌。是日，張梅公令母舅鄧太翁治具，招余輩公集。晚餐後，上出宫看水勢，即回。發下趙子昂書《桃花賦》、《登樓賦》合爲一卷，中間訛六字，缺五字。又《琴賦》一卷，中間脱訛約五十餘字。較畢，俱繳進。晚晴，回帳房，夜復雨。

二十四日

辰刻入直。奉上諭：「爾等即傳旨與陳廷敬同王鴻緒，將部院、督撫、提鎮、内外文武以及閒散年老官員等類，比照從前之例，分别門類，每類各擬對聯四十副。查考書籍，從容擬撰，俟回宫日進呈，欽此。」即草一稿，先呈御覽，從報上寄去。東宫以《雨後聽灤河濤聲》七律一首見示，閱畢，仍將原稿繳進。午刻，東宫親幸直房，索覩《詠物詩選》稿本，隨命中使分賜桃李餅餌四盤，佛手柑一盤。未刻，奉上傳，明早幸喀喇火屯。蒙古云「喀喇」，譯云「黑色」。其地本名「烏城」，或以爲喀兒河屯者，訛。謄清芭蕉詩類，計五頁。

收拾書籍，申刻，回帳房。是日，兩賜御饌。

二十五日

黎明微雨，隨駕發樺榆溝。從此東行二十里，即喀喇火屯。因積霖之後，浮橋被衝，復取道回黄甲營。辰刻，大雨。早膳，賜御饌四盤。飯後，晴。度一嶺，險峻。下嶺，又二十餘里，抵喀喇火屯。奉東宫令，同紫滄至穹覽寺，各擬對聯，畢。午刻，入直房，在行宫朵殿之後。復賜御饌。傍晚出，一路泥淖甚深，帳房、馱子二更始到。

二十六日

立秋節。平明，雷雨。澤州師家人自京師來，云「到處苦雨，橋梁斷絶，行六日始到此」。從澹遠家信中，知李氏女産後身健，稍慰遠懷。早飯後，雨止。入直，賜御饌三器。午前，賜佛手柑一盤，秋海棠一盆，山花一瓶，爲直房清供。同諸臣謝恩畢。隨命内侍傳諭，云：「連日山中多雨，倘他處亦然，農家或有被水之慮。朕心甚爲卹念，説與汝等知之。」晚餐，賜御饌二種。直郡王以箋命作《皇上御書跋語》，别書《隨駕近思》以進。東宫命同紫滄序歷代賦家姓名前後次第，手録一卷。傍晚，出。是日，聲山姪手復腫，不能入直。

二十七日

辰刻入直。發下御製《灤河聽溜聲》七律一首，《立秋喜霽》五律一首，伏讀畢，隨繳進。早膳，賜御饌四器。午刻，發下趙松雪泥金行書《道德經》全部手卷，中間錯寫二行，又脱訛七十五字。校對畢，繳進。晚餐，賜御饌一盤。皇長子賜入直諸臣對聯人各一副。晚，回帳房，復遣内侍傳示御製《穹覽寺》七言絶句一首，讀畢，即繳進。潛齋以柿子酒見餉，甚清洌。

二十八日

裕親王訃至，聖駕將回都，東宫及諸大臣固留，不許。辰刻，輕裝減從，發喀喇火屯。奉旨：「翰林官留此候駕。」巳刻，移書籍至東宫行殿中，謄清芍藥詩一類，計八頁。晚飯潛齋帳中，飯後，再同諸君至穹覽寺，觀御書對聯、匾額。黄昏，雲氣四合。

二十九日

早晴。辰刻入直，繙閲《列朝詩選》。午後，澹遠家轎夫自京師來，知聖駕昨駐兩間房。接德尹、紹津二十六日兩信，又接汪武曹同年札，知因喪子請假。傍晚，揚孫家人至，再接德尹二十四日札。

三十日

辰刻入直。録石榴詩一種，計六頁。是日，秋暑，酷於三伏。十三皇子賜哈密瓜二。

七　月

初一日

早晴。澹遠家人回京，附札與德尹，内附《答武曹書》。辰刻入直，録荼蘼詩一種，計八頁。晚飯後，大雨。潛齋、亮功、揚孫俱坐余帳房，閒談至夕乃散。

初二日

夜雨徹曉，卯刻放晴。高韋齋名其位過帳房，作指頭畫。辰刻入直，十三皇子賜食燒鹿尾，膳房自此爲例，每日送猪、鹿肉二次。翻閱《元詩選》二套。

初三日

早飯後入直。内賜燒羊肉一盤。録菱芡詩類。晚餐，賜鮮魚、肉二盤。天氣新凉，連日殘暑頓歛。亮功因腹疾先出。

初四日

辰刻入直。巳刻，有内侍自都下來，知皇上於初一早進京，裕親王出殯，在初五日。是日，手録竹類詩十一頁。

初五日

辰刻入直，録竹詩九頁。午後，報至，知皇上定於初六日出京。山中産野杏根，堅韌，有花紋，可爲筆架及小香几者，今日命奴輩取斸數枚。傍晚，内侍自都中來，分賜蜜浸鮮荔支及時果三品。

初六日

黎明，有内侍入都，余輩跪請聖安。辰刻入直，録竹詩終卷，共計二十七頁。再録金沙花一類，計二頁。午後，分鬮，余又得蔬菜九種。

初七日

辰刻入直，繙閱書籍。晚出，飲潛齋帳房，雷雨驟至，須臾虹見，夕陽倒射，紫翠浮空。黄昏，有内侍自都中來，知皇上於初六日早駕發，今日駐密雲。

初八日

辰刻入直。繙閱杜詩、朱子詩、《唐詩類苑》三種，傍晚出。

初九日

作札，附潛齋家人寄都中。辰刻入直，閱《元詩選》二套。午後，聖駕復涖行宮，臣等仍移直朵殿後。

初十日

黎明入直，奉旨作《揚州高旻寺碑記》一篇，早膳，賜御饌四器。午膳，賜番瓜一器。午後，發下御製《裕親王挽詩》五律二首，并命臣等同作。

十一日

揚孫家人入都，附去德尹、紹津兩信。早飯，入直，賜御饌四器，又賜蜜漬鮮荔枝一盤分嘗。謝恩訖。午刻，傳旨問：「漢人中有熟精算法者，令各舉所知。」臣等回奏云：「不敢妄舉。」少頃，發下御製《三角形推算法論》一篇，閱畢，仍繳上。午間，賜饌三器。午後，發下黄庭堅行書五言古近體二首，董其昌行書《小園賦》三卷，校對畢，即繳進。

十二日

辰刻入直。昨日御製《三角形推算論》末後復補一段，賜臣等共閲。旬日來所選分類詩抄録成册，今日俱進呈。余所葺芍藥、石榴、荼蘼、薔薇、金沙、菱芡、芭蕉、竹。共八種。早膳，賜御饌四器。發下米芾行書《净名齋記》手卷。原文無可檢對，後有朱子跋語，閲畢，繳上。午後，賜餅食四種。澹遠人來，得紹津初八日札及沛恩姪南來信，又接德尹初九日札。是日，皇長子賜單條一副，及「得樹樓」匾額。

十三日

辰刻入直，賜御饌四器。昨所進分選詩類，今日發下，奉褒奬之旨。繙閲宋人詩及《中州集》一過。發下趙子昂《畫山水賦》行書卷子，校正六字，即繳進。宫報至，發下澤州座師答余輩手札。午飯，賜御饌二種，麵食二種。飯後，東宫至直房，觀進呈分類詩草本。

十四日

未入直以前，上遣内使至帳房，問：「趙字《畫山水賦》卷中『靄』字訛寫『霧』字，駁正何所據？」臣慎行回奏云：「下文尚有兩『霧』字，故從刻本駁正。」辰刻，入直房。發下黄庭堅書唐人七言律三首行書卷子，米芾行書《參星賦》卷子，董其昌小行書《樂壽園歌》卷子，共三件。校對畢，即繳進。賜食薏米粥，及乳酥豆腐，傳旨云：「此山野之味，汝等共嘗之。」午刻，復發下米芾行書初唐人上巳七言絶句卷子，内「沙頭水色足風光」句，卷中脱去「水」字，爲校正，繳上。又，東坡大行書五言古詩二首，不知何人作。内「仙□三四人」句，脱一字，刻本無可查。奉旨，令擬補一字，繳進。

十五日

皇太子召余及紫滄、亮功三人入行殿，賜早飯，謝恩出。辰刻，至直房，再賜御饌一席。繙閲《唐詩類苑》、《詩雋類函》二種。午膳，賜番瓜一盤。申刻，大雨，微雹，移時開霽。

十六日

黎明，隨駕發喀喇火屯。自前月二十五日至此，一住二十餘日矣。卯刻，過灤河，大霧。行十里，始見日色。道旁雙石突起，山頂離立如斧劈，高低相倚，其上各戴一石筍，約二十餘丈。時聖駕已過，留内侍指諭臣等曰：「此雙塔峰也。」路繞其下，凡三面，初行南麓，則兩石離立，大峰在左，小峰在右。稍轉而北，合爲一峰。中有三穴，如石門，狹而長。中穴如星，最上一穴如滿月，皆腹背洞穿。晨旭光透穴中，閃爍奪目。已而循峰北轉，大峰反在小峰之右，造化鍾靈，毓此奇觀，真目所未見。又五里，黄甲營。一路田疇墾闢，黍稷芃芃道旁。仰見片石如屏，綿亘山谷，約二里許。俗名不雅，擬更爲「卧象山」。又十里，度熱河嶺，牽馬徒步下坡。又十餘里，至上營子，日未午。每歲上避暑，駐蹕熱河，距此十許里。今行宫改築於此，仍呼其地爲熱河。臣等隨入直，上於所築過路旁採取兩岐黍穗九枝，傳示臣等，洵盛世嘉瑞也。是日，凡兩賜御饌。自發樺榆溝，今日復食魚羹。

十七日

辰刻入直。作《雙塔峰歌》一首。早膳，賜御饌四器。發下趙子昂行書《范致能遊石林記》手卷，閲畢，繳進。直郡王以長箋索揚孫畫各種花卉，令余輩各題詩其後。傍夜出。

十八日

辰刻入直。早膳賜鮮鹿肉，甚肥甘，又野蔌四種。塞外村莊，黍苗茂美，垂穗雙岐者，比比而是，連日共得數十莖，上發直廬收貯。今日揚孫繪成一圖，余輩各題一詩，進呈御覽。午飯，賜御饌四器，又賜鮮鯽魚。

十九日

自此東行八九十里，爲蒙古科爾沁之界，其地有湯泉。黎明，上幸焉。余輩留，編詩選。早飯揚孫帳房。辰刻，移書籍，赴東宫行殿旁，閱《列朝詩選》第三套畢。午飯後，微雨，各回帳房。是日，膳房兩送熟食。從報上附稟帖與澤州師。

二十日

辰刻入直。繙閱《列朝詩》第一、第二套。午飯潛齋帳房。是日，兩食官厨之饌。有内侍自行在來，知皇上今午已坐湯泉。夜凉甚，初蓋綿被。

二十一日

早飯後入直。謄清六月十六後所作詩未經進者，俟駕回呈覽。午飯，御厨常餐外，十皇子又賜蒸羊一體。

二十二日

辰刻入直。《列朝詩集》閲畢。澹遠家人自都下來，接德尹、紹津兩信及司農手翰。又聞聲山内人病勢危篤。午飯後，作京中各信，即付來人持去。是夕，御膳房兩送碗菜。

二十三日

丁閽公回都，附德尹、恒侯、紹津三札。辰刻入直。駕發湯泉，自頭溝登舟。午刻，抵行宫。余輩接駕於北門外。午膳，賜鮮魚、鮮鹿肉。午後，與同僚進詩摺。内侍傳旨，問臣等俱浴過湯泉否？各回奏訖。復傳旨云：「朕坐湯凡二十二處。所至俱令西洋人以銀盌盛水，重湯煎之，俟水乾，驗盌底，或硫，或硝，或鹽，或礆，各處不同。大抵坐湯可舒筋骨，兼療人病。南人多未知也。」傍晚出。

二十四日

辰刻入直。上乘舟打魚，午前回行宫，賜鮮魚一盤。是日，手録蔬菜詩類十頁。傍晚出。五更，大雨達旦。

二十五日

早晴，入直，賜御饌五器。辰刻，駕出宫，再幸近處釣魚。申刻，回宫。是日，手録詩選十二頁。晚餐，賜鵪鶉、野雞二盤。酉刻，京報至，接澤州師念四日回札。上又發下中堂進呈王子碑文奏帖一通。傍晚出，都中人來，聞聲山内人念二日辰時訃音。又接德尹札，知歸心勇決，已從掌院求長假矣。

二十六日

澹遠家人急足回京，附札與德尹，并慰恒俟。辰刻入直廬，聲山繼至，上諭：「傳令其先回京。」蓋上已從御醫奏摺中知其内人之變也。聲山跪奏，情願隨駕，俟九月歸治喪。是日，兩賜御饌。復發下三穗穀一莖，雙穗者六莖。

二十七日

五更隨駕，發上營子。三十里，單塔。進早膳，賜御饌四器。又二十里，度一嶺，嶺路初開，纔容兩騎。又十里，至藍旗營，駐蹕。都中八旗官兵派出隨駕行圍者，今日畢會於此。午前入直。晚餐，御賜鵪鶉、野雞。皇長子復有餅餌之惠。傍晚出，皇太子賜甘蔗、蘋果、檳子余及亮功，人各一盤。過潛齋帳房，即以果餅下酒。

二十八日

早飯後入直。上出宫釣魚。又幸紅旗營，去行宫約十里，午刻回宫。傳諭云：「明日當往波羅火屯。自此以北，風氣漸冷。前至唐山，當分營，汝等或留，或隨駕，各聽便宜。」余等皆回奏：「願隨蹕前往，看打圍。」回奏訖，隨命内侍，頒示楹帖一聯，又賜雙穗嘉穀，人各數本。前日所進詩摺，今日亦發下。再呈東宫睿覽。是日，兩賜御饌。

二十九日

隨駕發藍旗營。五更，天氣甚寒，如南中初冬。從臣始禦裘。二十里，喀巴屯，莊佃數十户。又十五里，冷水頭，上御早膳，賜御饌四盤。時道旁已有鋌艾者，上諭云：「往時口外天氣，六月間已作寒。頻年以來，節候漸和。今七月將盡，尚未有霜。故田家西成倍好。」早飯後，行十餘里，度一嶺，甚長，旁無土著之民，地名莫考。又二十里，抵波羅火屯，舊名皇姑莊。四面高山如列墉，中央地平如掌，周遭約二十里。行宫背山臨流，勢極軒敞。其地與蒙古四子部落接壤。部落之長，至此迎駕，皆氊裘茸帽矣。余帳房在行宫東門外，午後入直。晚賜御饌二盤。傍夜將出，奉旨：「翰林官暫留宫中。」因燃燭坐，待漏初起，内侍捧下山東賑荒上諭一道及部院衙門覆奏本，截留漕米五十萬石，又每旗下派其出佐領三人，各領本旗庫銀三千兩，前往山東被水州縣賑濟。復傳諭云：「汝等漢人，遇有大事，大約以空文塞責，少有出力辦事者。」竊聞在京漢官，捐賑者不過四人，故上諭云：「爾陳潛齋自陳，願親東省，協濟飢民。」當夕奉旨褒獎。下直，漏下二鼓。至帳房，見平湖使者，知高江村先生自出都後，至濟寧，腹疾忽作，到家沉綿，於六月三十日病故。前此數日，已有微聞，今夕乃得真消息。

八月

初一日

張梅公備早飯，邀余及潛齋、亮功、揚孫至帳房。飯後入直，作公札寄澤州師。續分蔬果草木類，共二十三種，今日手録畢，共七十五頁。午後，賜乳酥餅，人各六十枚。蒙古阿巴海部落，地名充俄里，有泡子水，産天然鹽。鹽生水中，如層冰然，厚五六寸許，鑿取成磚，不煩煎熬，而可食，其味較内地鹽稍淡而鮮。今日亦蒙上賜。上又諭云：「此地别有産於高山者，白若水精，人力不能上，則用弓矢射取之。又産精鐵，其色如銀，御用鳥鎗，皆以此鐵製造。往聞明季禁關中不得出鹽、鐵等貨，謂可坐困蒙古，豈知彼中物産，固無所不有耶？」是日，兩賜御饌。晚接勵南湖手札，知少司寇公於前月念六日病故。兩日間，連聞南書房前輩之訃，能無慨嘆？作公札，從報上寄澤州師。又答勵札，即付來使，去。

初二日

夜雨，曉晴。早膳，賜食蒙古蒸羊。余素不嗜羊，食之，甚甘美。午膳，賜御饌一盤。澹遠家急足自京來，知恒侯病已愈，接德尹、紹津念八日二札，附到信菴、次兒家信及霜巖、静思、孔與各札，外静兄寄大甥信一封，孔與寄希韶信一封。俟回京時分致。

初三日

黎明，隨駕發波羅火屯。八里，阿奈營子。五里，過一嶺，下臨伊蘇必拉，源出蒙古興安山下，南流合灤河。又八里，湯頭溝。上進早膳，賜御饌四器。又遣中使賜餅餌。早飯後，北行二十餘里，上駐蹕釣魚，距行宫八里許。余輩皆下馬，休樹陰下，聲山後至。日停午，隨駕者奉旨先行，未刻，抵唐山營。申刻，入直。駕回，賜御饌二盤。晚出。

初四日

五更，大雨達旦。入直稍遲，賜饌中使已至帳房矣。巳刻，與聲山衝泥赴直廬。發下董宗伯行書《滕王閣序》、《竹樓記》册頁二，小楷《秋興賦》卷子，校對畢，即繳上。晚膳，賜御饌二盤，山櫻、枸杞和粉麵食一盤。

初五日

辰刻入直。潛齋家人回京，作字寄德尹、紹津。早膳，賜御饌四碗。巳刻，傳諭云：「朕所至之處，務令民安生理，故警蹕不事，左右近侍，小有過差，亦未嘗任情發怒，輕加鞭扑，使其自生媿恥之心。汝等隨駕兩月以來，曾見動聲色否？」余輩回奏云：「皇上不怒而威，深得仁者静而獲壽之理。恩施所被，無論中國百姓及近侍之人，即蒙古部落，無不撫之如子。數日來，臣等見其遠來迎駕，歡欣鼓舞，實出於至誠，非太和元氣洋溢宇宙間，何以有此？」上又諭云：「朕行宫餘暇，惟以翰墨自娱。亦汝等所目擊者。」又命取臣等所用之筆，進呈御覽。復諭云：「御前筆工所製，用毫太重，小楷或多澀滯，若汝等所用毫料，又似太少，且尖穎受墨過飽，恐不耐久？」余輩回奏云：「誠如聖諭。但臣等素不善書，曾未講求及此。」晚出。

初六日

駕發唐山營，往汗鐵木耳打巴漢，約四十里。「打巴漢」，蒙古語，譯云「山嶺」也。自此北行，入蒙古界。黎明，傳旨：「翰林官帳房許在帳殿南門外，去網城二十餘步。」蓋行殿之制，網城内爲幔城，幔城内爲帳殿，數百步内，扈從諸臣無敢下帳者。今特命臣等，真異數也。中途賜御饌。飯後，上駐蹕釣魚。余輩先行數里，渡橋。又數里，石壁兩傍陡起如門，天然險隘。又十里，過嶺。至幔城外，候駕入宫，各事纂輯。晚餐，再賜御饌四盤。上諭云：「明日若從喀布其前行，須渡水幾道，今將取路由嶺上行，雖有澗水，驅馬可渡。過嶺後，其風景又大不同矣。」再傳諭云：「明日當哨鹿，汝等不嫻鞍馬，命張鼎鼐揀選好馬無眼尖之病者，恐汝輩隨圍，或爲奔鹿所驚也。」又諭云：「塞外有蠍子草，觸之毒如蜂蠆。」隨命侍衛覓此草以示臣等，使知趨避。塞外又有一種椴音段。樹，葉與烏桕相似，而大如團扇。初生時，可裹餅餌作蒸食，經霜則鮮赤如丹楓。剥其皮，柔韌如麻。烏喇地方用以治繩，作魚網之綱，入水不爛。又可爲鳥鎗火繩，皆聖諭所及也。

初七日

早膳，賜御饌二器。辰刻，發駕。行七八里，度汗鐵木兒嶺，山徑縈紆，旂旗輿馬，楓林槲樹，錯采掩映。羽林禁止軍士不得越次前行。上特命殷、傅兩侍衛導余輩先行下嶺。奉旨赴東宫行帳，隨太子、諸王釣魚。余輩六人，共得魚二百餘尾。又觀東宫及諸王較射，射畢，微雨。東宫賜餅果四種。午刻，始赴帳房。昨駐嶺之南，今日駐嶺北，相距不過十餘里耳。晚餐，賜食細鱗魚。隨傳諭，云：「汝等南人，皆以鰣魚爲最美。此魚産烏喇地方，附近溪中，亦往往有之。又有柘緑魚，味亦鮮腴，似勝鰣魚也。」是日，喀爾喀部落王子男女數十人來朝，獻白駞、善馬、貂皮、猞猁孫等物。官厨賜宴，遣歸。黄昏，大雨，復賜食山櫻、山梨膏二種。

初八日

澹遠家人來，接德尹初三日札，即作回字附歸。早飯後，隨駕，行十餘里，奉旨，再赴東宫行帳釣魚，余得三十餘尾。東宫射得鹿二頭，賜余輩。午膳，復行七八里，駐木魯喀爾沁，蒙古地名也。

初九日

五鼓，駕先發。入山，哨鹿，命翰林官隨阿虎喇後。余輩巳刻始移帳，行十餘里，下馬，隨西中堂於山麓候駕。午後，雨，未刻放晴。上射得大鹿一隻，約重六七百斤，用兩駝負以歸。有旨，令臣輩共觀。申刻，駕自山中回。余輩前行二里迎駕，皆按轡立道旁，候駕過，隨行，上入幔城，命内侍傳諭：「今日所得鹿無多，着盡行分賜内大臣及大學士、滿海翰林官。」余輩隨西中堂後，謝恩訖。各回帳房。是日，駐蹕之地名擺波喀昂阿。「昂阿」者，譯云「口子」。夜，接澤州座主手札。

初十日

五鼓，上幸圍場。先賜御饌四器。晨起，霜花如雪，水始冰。早飯後，余輩始行。先至釣魚頭，隨豹尾，仍尋舊路回夜來下營處，然後遵大路北向，乃科爾沁、巴林、烏珠穆秦、翁牛特四種部落朝貢孔道。中途微雪，雪止微雨，已而放晴。約三十餘里，駐帳，其地名巴陵桑斯泰。申刻，駕至行殿，賜御饌四器，又賜細鱗魚一盤。是晚，爲聲山内人校正《行略》。黄昏，内侍傳諭：「天氣漸寒，汝等南人，稟氣柔弱，可多着冬衣，勿受寒也。」

十一日

駐巴陵桑斯泰一日。早膳，賜御饌四器。上率羽林於附近山中射獵。午後，余輩前行五六里迎駕。申刻，駕回帳殿。傳旨云：「此後翰林諸臣，不必隨班遠迎。除奉旨觀圍外，在帳房選閱詩集可也。」晚餐，賜食鮮麅，肉味似鹿，而鬆嫩過之。明朝，將遣僕回京，收拾物件，作札與德尹、紹津。傍晚，上御行殿南門外，將今日所獲鹿五十餘頭面賜隨駕諸臣，余輩六人，共賜全鹿二隻，謝恩訖，回帳房。

十二日

黎明，遣李兼回京，付路費銀二兩。駕先行圍，賜御饌四器。早飯後，余輩隨豹尾後，行十餘里，至額勒蘇台。奉旨，賜翰林六人觀圍，特命内侍導至一山，下臨廣場，命羽林鎗手二人爲前護，恐鹿兔奔突，余輩馬或驚逸也。午刻，皇長子賜茶餅，各下馬露坐。遥見東面山麓，寸人豆馬，騫旌徐行而南，絡繹不斷。移時，又見數百騎，雁行鱗次，從西北高山環繞盤旋而下，與東南步伍相接，用藍旂兩扇爲門。須臾，四山旌旂照耀，馬蹄簇擁，綿綿奕奕，若常山蛇勢，合爲圓陣，排比而進。圍漸緊，地漸平，麞鹿獐麂，數十百頭，跳耀出没於豐草中，左馳右突，所至防其竄逸，揮鞭敲鐙，呼聲震巖谷。俄而，黄纛從中來，皇上自山頂飛騎而下，直穿圍場，神機駭發，疊雙命中。或隨矢即殪，或帶箭猶馳，所獲不可計數。申刻，撤圍，駕回帳殿。人馬四散，如雲捲霞收。時微雪初霽，夕陽穿林，木葉吟風，新寒襲體。傳旨，召臣等至帳殿北，賜御饌一席。諭云：「今日圍場，共一千三百人，乃蒙古喀爾沁部前來效力者。朕左右親隨，不過數人耳。」酉刻，各回帳房，復賜全鹿一隻。是夕，作公札，寄候澤州師，呈上御覽，附去。

十三日

早膳，賜鹿尾、鹿肝、鹿乳諸珍味。辰刻，隨駕發額勒蘇台。望西南行，一路山徑嶔崟，老松奇古。十二里，抵烏闌哈帶。「烏闌」，蒙古語，譯云「紅」也；「哈帶」，譯言「山崖」也。一峰壁立千仞，即昨晚在圍場所望見者。旁一小峰離立，中穿一穴，有澗水屈曲經其下。奉旨，命臣等隨東宫行幄釣魚，余得三十尾。午刻，上遣中使賜烏喇李一盤，又名歐李，叢生樸樕間，紅如珊瑚，比櫻桃而大，味甘微酢，蜜漬可以致遠。又行八九里，抵生吉兔火羅昂阿。「生吉兔」，譯言「窟寵」；「火羅」譯言「溝」；「昂阿」，譯言「口子」。

其地名窟窿山溝口也。有水，不詳其名。自白旗營流下，蒙古中諸川，此爲最大。商人伐巨松成段，散置河干，遇積雨水漲，則順流而出，以道里揆之，當達於灤河。余輩再奉旨，往水濱垂釣，而波流迅激，不可得魚，遂回帳房。移時，上與東宮並轡而來，臣等在行宫前，拱立迎駕。上笑顧東宮曰：「伊等自出口後，顏面俱較勝從前矣。」晚餐，賜魚、羊二盤。黄昏，又賜蘋果、蒲桃、鮮棗三種。

十四日

秋分節，駐蹕生吉兔溝口。早膳，賜御饌四器，及鮮鹿胃、鹿尾。午後，微雨，晚晴。賜御饌四盤。直郡王賜石榴、蘋果、銀桃、梨、棗、西瓜共七種。召至宫門，賜觀上所射野猪。是日，揆掌院奉使高麗，回至行宫復命。黄昏，過余帳房，隨與同館三君往候。

十五日

五鼓，駕發生吉兔溝口，賜御饌四器。余輩辰刻方移帳。行六七里，住角火羅。午後，駕回行宫。傍晚，同紫滄再過掌院帳房。是夕，賜蘋果、西瓜、梨、棗，及月餅大、小五枚，皆以金彩飾爲宫殿蟾兔之形。上諭云：「年時隨駕者，中秋例賜宴。今因兩王之喪，朕心悽惻，故停止宴席，特賜汝等果餅。」又以草花一種傳示，其花似單葉虞美人，而色正黃。諭云：「自此北行百里爲興安嶺，三日前大雪，深一尺。塞外霜雪雖早，山花皆銜寒而開，不似南中花木，經霜即萎也。」黃昏，東宫復賜果餅二盤。月色甚佳，同人醵分，屬潛齋治具，賞月，三更始就枕。

十六日

駕早發。余輩辰刻起行，二十餘里抵撒勒巴爾吉。午後，駕至行殿。是日，亦兩賜御饌。傍晚，召赴宫門，又賜全鹿一隻，掌院遣騎相招，以倦不赴。

十七日

住一日。早飯後，至掌院帳中，觀高麗陪臣贈答之作及抄録崇德四年《紀功碑》。聲山繼至，閒話移時乃别。午後，上行圍還宫，以落葉松一枝示余輩，且諭云：「今年天氣暄和，向來所未見也。」是日，兩賜御饌。

十八日

每年皇上行圍，必至白岔，其地高峻，東至遼海，西接五臺，延綿數千里，在撒勒巴爾吉之北，相距不過二百里。探路者回云：「此地數日前，大雪盈尺。」遂移圍於伊赤阿舖，仍召余輩觀圍。北行二十里，始至其地。蒙古部落前來效力者，共一千五百人。圍場較前更大。圍之外，有旨：「放犬以防麋鹿之突出者。」申刻，撤圍。蒙鮮鹿、鮮魚之饌。飯後，奉旨先回達因營盤。二更，上回行宮，余輩至網城外迎駕。賜大鹿一頭，約重三百斤。

十九日

上率東宮黎明先入山行圍。余輩辰刻始發達因，二十里，經生吉兔溝口，即前夕駐蹕之地。從此東行，復二十餘里，抵生吉兔山下。山巔巨石橫亘，中通一洞如梁。數年前，上賜名「玲瓏山」，蒙古謂之「生吉兔」。午後，駕回行宮。是日，早賜御饌二盤，晚賜蘋果、桃、梨。揆掌院以出使詩見示，夜雨。

二十日

早晴。駕黎明前發。發下澤州師奏啓及答余輩手札。辰刻，隨豹尾行二十里，度一嶺，黄葉幾萬株，日光射之，人行其中，照耀奪目。凡十餘里，嶺路乃盡。嶺下沮洳，蘆荻叢生，飛花作雪，大似江南十月風景。遇掌院於途，並轡行。又十餘里，有古塔一座，湧出平地，旁無居民佛宇。相傳此塔創自元朝，然無碑碣可考。再東四里，爲駐頓地，地名撒勒巴爾吉。有山如仙掌，五指羅列，甚奇。午後復雨。是日，兩賜御饌。東宫獵回，賜手射兔五隻，夜晴。

二十一日

駕先發。賜御饌五器。余輩辰刻隨豹尾西北行三十餘里，抵土城。上先於河干釣魚，午後回行宫。復賜食鮮魚。是夕，傳旨：「明日住一日，後日分營，前往興安嶺。汝等仍隨行，彼中天氣較寒，可多帶皮襖。」

二十二日

上幸山中打圍。東宫分營向東北行，余輩住土城以待。早膳，賜御饌四器。辰刻，至掌院帳房，較正蒙古地名，借天馬皮掛一件、獺皮裙一條。傍晚，雨作，已而大風，雨止。黄昏，駕回行宫。掌院以《次和中秋》詩見示。

二十三日

復住土城一日。大風，寒甚，始禦重裘。早膳，賜御饌四器。分選禽鳥詩，余分得鶴類。午飯，賜野豬肉、鮮雉、餅餌共三盤。作公札，呈過御覽，從報上寄候澤州師。

二十四日

上幸附近山中行圍。早膳，賜御饌四器及鹿胃羹。辰刻，偕諸君過候西中堂、常閣學、揆掌院及滿、海兩同年。午後，駕回行宫。賜鮮鹿肉一盤。是日，得鹿甚夥，犒賞隨獵人員，遣歸喀爾沁部落。

二十五日

黎明，上入山行圍。早膳，賜饌四器。辰刻，余輩隨羽林，東行十餘里，至衣馬圖噶海交界之口，下營。連日大風，山頭木葉盡脱，百草俱枯，如深冬景象。同聲山過揆掌院帳房，午飯，以高麗人參及筆墨見惠。午後，上射得大鹿，先遣橐駞載歸，余輩至網城外同看。傍晚，駕回行宫。遣中使諭云：「來日赴雍安嶺，爾等仍隨豹尾行。可到嶺上眺望，其山東連長白，西界清涼。嶺下爲東四旗舊營。舊營之外，爲蒙古克什黑屯部落。又北二百里，即沙漠旱海矣。」

二十六日

黎明，傳旨分營。駕幸雍安打巴汗，宫眷先回唐山營。早膳後，余輩隨豹尾東行十里，折而北向。導者詭引入林莽中，披榛渡水，凡十餘里，始達大路。其中鶴鶉、雉兔衝突馬首，飛鳴跳躍，不可枚舉。射生好手，往往弋獲，疾馳争先。途中遇蒙古人驅牛車數十乘，詢之，皆販泡子天然鹽前赴唐山營一帶貿易者。北行六十里，遥見松間白道如懸絙，即雍安打巴汗。「雍安」者，譯云「沙」；「打巴汗」者，「嶺」也。嶺上皆白沙，故名。曲折約十里，始至絶頂。立馬一望，天開地坼，東北萬山俯伏，其下如洲汀島嶼，出没雲濤。直北一峰稍高者，爲白坌，或云即陰山也。嶺後喬松參天，不計其數，葉短而勁，被霜悉黄萎，與凡木無異，名落葉松。蓋此山地勢高寒，故無不凋之木，間有數株蒼翠者，似是松之别種。嚴冬冰雪候，未知榮悴若何耳。從嶺直下六七里，駐營，時日已下舂，駕尚留山中。余輩至西南山麓祇候，昏黑乃歸營盤。漏初下，駕回行宫。遣内侍傳諭，云：「汝等曾向嶺上偏覽形勝否？」臣等回奏，云：「臣等生逢盛世，扈蹕來游，直千秋榮遇，萬里奇觀，生平僅遘也。」是夕，澹遠急足自都下來，接德尹、紹津兩札，知前所遣力已於望後抵京，書籍已經撿過，德尹已請假，於二十左右出都。

二十七日

黎明，駕入山行圍。賜饌四器，命臣等於附近山岡登眺。午後，大風雨，上回行宫，賜御饌二盤。傍晚，東宫獵回，合營於此。黄昏，傳諭：「明早下嶺，取歸路行。」

二十八日

早晴。駕率東宫先發。辰刻，西風大作，寒甚。馬首北向，彌望皆童山，坡坨起伏，窪處悉成輕冰。行者舉鞭，策馬疾馳，以出泥淖。如此四十餘里，路轉而南，林巒秀潤。又十餘里，懸絙直下，馬不能進。舍騎而徒，自顛至麓，約八九里。仰視來路，如坐井窺天。始知半程皆從嶺上行。興安一山，高大若此。喘汗稍定，復上馬。行八九里，抵伊蘇必拉色勤，下營。「必拉」，譯云「河」；「色勤」，譯云「源頭」，蓋伊蘇河發源此山下也。申刻，駕回行宮帳外，臣等依次站班，奉旨賜坐。是日，圍中所得鹿，大小共六十餘頭。上又親射熊，召臣等共觀。諭云：「熊之種類不一，有人熊、馬熊、豬熊、樹熊、石熊之别，此石熊也。」即以熊掌四，分賜臣等。又賜全鹿一隻及山櫻、山梨漿。東宮又賜熊肉、熊膽。黄昏，同紫滄、亮功召赴行殿，二鼓始出。

二十九日

住伊蘇河源一日。上率東宫行圍，獲鹿數十頭。黄昏，駕回行宫。是日，京報至，發下澤州師奏帖及答余輩手札。

三十日

五鼓，上率東宫先發。余輩辰刻隨豹尾東南行，約四十里，有石壁陡起數百仞，嶙峋突兀，俯瞰道傍，若奮怒欲落者。約一里許，分爲兩峰，老松生其坳，蒼翠欲滴。又里許，爲撒勒巴爾吉，即今月二十日駐營之地。蓋自發興安嶺，路已向南，至此，與舊路復合。又數里，爲宫眷駐帳之所。復東北行三十里，至代亦作「達」因打巴汗，下營。黄昏，駕回。賜野雞羹一盤。

九月

初一日

駕黎明入山行圍，召臣等往觀。東南行五六里，至必忒舍勒，譯云「樹林茂密之處」。内侍導至帳殿東嶺上。午後，圍合。召諭德臣陳壯履入圍中，射得巨鹿一頭，約四百斤。奉旨，即以此鹿分賜臣等六人。又命内侍牽上所乘紫騮馬，令臣等共觀，復賜御饌。謝恩畢，疾驅，循舊路回營盤，地名伊蘇三叉口，在撒勒巴爾吉之南，相距不過數里。是日，所獲鹿共五十頭，分賜大臣。復賜觀上親射飛狐，毛深褐色，鋭頭，缺口如兔，而耳差小，尾之長與身等，肉翅如鼊裙，四足生翅中，前二足四爪，後兩足五爪，能飛，不過尋丈。向聞飛狐之名，今始得見也。以鹿肉分餉掌院。

初二日

早餐，賜麵食四種。上復與宫眷分營，平明，率東宫往東北山中行圍。臣等站班直廬之外，上笑謂東宫曰：「伊等俱胖了。」午刻，天氣暄和。行二十餘里，上舒庫里打巴漢，少憩於樹陰。掌院亦至，坐談至申刻，始下嶺。又二里，有石突起如假山，名格爾齊老，下營於其左。黄昏，駕回行宫。

初三日

駕早發格爾齊老。巳刻，余輩隨羽林東北行，約十里，過一嶺，不知其名。度嶺露坐，過午始前發。未刻，抵烏里雅思太，下營。寫連日所作詩摺，進御覽。是晚，東宫射得一虎，長丈餘，白額黑斑。召臣灝、臣名世、臣慎行至行幄前，隨命侍衛剥取，取虎皮而瘞其全體於山下，且諭云：「此亦獸中之雄也。既取其皮，忍食其肉乎？」殺物之中，亦寓仁心，仰見東宫用意之厚若此。虎威骨狀如乙字，在兩脇肉中，不附筋骨而生。虎之剛猛，固在爪牙，而作力逞强，尤恃此骨，故名虎威焉。特命剔出，賜臣慎行，又賜美酒一甌。謝恩，回帳房，漏下二鼓矣。

初四日

駐蹕一日。午後雨，賜野雞、鹿肉。寫射虎詩摺，進呈青宮。同聲山過掌院帳房，小飲。

初五日

三更，大雨達旦。黎明，賜野雞、鹿肉、麵餅。隨遣内使傳諭，云：「口外雪多雨少，每遇冷雨，騾馬不加遮蓋，往往受傷。恐隨營買賣人等，未必盡知。故昨夜四更，特行徧諭。」臣等奏云：「皇上愛養百姓，兼及物類，雖在安寢時，無刻不以仁民愛物爲念，真天地父母之心也。」又傳諭，云：「近聞山東米價，每石不過一兩五錢，水災可以無虞。但地方有實不成災，而亦稱被災者。人心之不足知，乃爾。」午後，發下前所進《興安嶺》詩摺，以臣慎行詩置第一。隨呈青宫睿覽，亦蒙褒獎。再賜御饌二器及粉麵食五種。是日，復駐蹕。傍晚，作公札，寄上澤州師，内及殺虎事。上傳諭，云：「虎性猛鷙，在内地則傷人，在塞外則傷獸。故每遇虎，曾不輕縱。關東地尤多虎，駐防將弁舊用步圍，每年多致傷人。朕年十八時，親往行狩，始命隨圍人俱騎馬，自此遇虎，鮮有傷人者。歷年以來，朕親殺者共一百九虎。皇太子亦殺二十餘。今日之虎，尚屬中等。往時所殺，更有大於此者。」臣等回奏，云：「皇上聲靈震疎，剪除兇暴，以大勇而寓深仁，從來史册所載帝王射虎，以爲僅事，未有如是之多者。臣等見所未見，聞所未聞。有生大幸也。」

初六日

早餐，賜御饌四器。上先入山行圍。辰刻，東宫召余輩六人隨行。約十餘里，指示初三日殺虎之地。有雉自草間飛起，一發中之。已而，向近山射獵，余輩立馬以待。須臾，射得角鹿二，以紫駝負之而來。復往對面山岡樹林叢密處，先令隨行將士入林搜逐，東宫單騎引弓持滿，立於林外，凡鹿之奔突而出者，隨手射之，無不命中。移時，登山椒少憩，賜坐，賜茶，賜野雞人各一尾，捎之馬後。再下嶺行獵，得獸甚多。復賜余輩大鹿一頭。從嶺下望東南行十餘里，連渡二溪。至烏闌哈帶口，下營。較大路近二十餘里。同聲山過掌院帳房，晚飯。黄昏，上回行宫。是日，宫眷復合營於此。晚餐，賜御饌二器及山果膏。三更，微雨。

初七日

早晴。傳膳後，上始發駕，復與宮眷分營。賜食鮮鹿肉、鮮魚二盤。辰刻，余輩隨豹尾，望東北行二十五里，下營，地名噶哈兔，蒙古語譯云「猪」也。山石似之，故名。午刻，駕回行宮。余輩站班迎駕。復顧謂近侍曰：「伊等多黑胖了。」晚膳，賜御饌四器。申刻，彤雲四合，雪作。黄昏，大風，雪更緊。起更後，掌院傳旨，召余輩集行帳，發下諭祭裕親王文三篇。公同校閲，第一篇係京江師所擬，第二篇則澤州師所擬，第三篇華亭公所擬。校畢，漏下三鼓，各回帳房。雪止，風更大，終夜震撼，不成寐。

初八日

早晴，寒氣徹骨。駕率東宮先發，余輩隨後。望東南行三十餘里，度一嶺，其名不詳。又三十里，抵克勤烏里牙雅斯太，下營。蒙古語譯云「楊樹林子」也。掌院復邀余至帳房，與海、滿兩同年再將諭祭文校定，進呈御覽。晚飯後，回下帳處。酉刻，駕還行宮。是日，賜御饌兩次。

初九日

早膳，賜花糕一盤，御饌二器。辰刻發，行四十里，度一嶺，約八九里。上合圍，命臣等往觀。撤圍後，賜食鮮鹿、野猪肉。上諭云：「自此循歸路，不行圍矣。」飯後，臣等先回營盤。是日，駐帳汗帖木兒嶺下。東宫賜鮮果六大盤。

初十日

早賜御饌四器。飯後，度汗帖木兒嶺，即來時大路矣。自嶺以北，中秋後，草木盡枯，寒威凜冽。至此則沙草半黄，柳條猶緑。一嶺之隔，若判陰陽。午後，抵唐山營。余輩仍入直廬，賜御饌。晚出，又賜梨膏一器。

十一日

早賜御饌二器。辰刻，駕從水路行，三十里，泊舟釣魚。余輩騎馬先行，午後，抵波羅火屯。入直廬，録《觀獵》十絶句，進青宫睿覽。申刻，駕回行宫，賜乳蒸羊肉一盤。少頃，賜蒸瓜一盤。少頃，又賜酥蒸稗子飯。謝恩畢，傍夜出。

十二日

早晴。賜臣等六人乳酥，人各一大匣。酥凡三種，三公主進者，名「額即箇老」；四公主進者，名「阿里察畢里圖」；媽媽進者，名「圓奶餅」。余得額即箇一匣。隨於宫門外謝恩。早膳後，駕發波羅火屯，未至藍旗營數里間，上於山中親射金錢豹一隻。時余輩已先入直廬，召至行宫南門外共觀，白質黑章，似虎而小，頸長尾大，右髆血瘢，即御矢親殪處。晚膳，賜御饌四器。黄昏，回帳房。

十三日

辰刻入直，賜粉麵食五種，饌二盤。須臾，大雪，駐蹕不行。上以瓔瓢、赤莖芝及杏根、佛手架分賜臣等，各得三枚。赤莖芝，出興安嶺北落葉松下。瓔瓢，則千年古樹所生。皆塞外物産也。午前，寫《射豹》詩摺，進呈御覽。發下，再呈東宫睿覽。晚餐，又賜御饌四器。傍晚，下直，帳房前後，雪深尺餘，皆成泥淖，中間僅容一榻之地，和衣假寐，三更開霽，寒月照人，凜冽如嚴冬。

十四日

早膳，賜御饌四器。辰刻，上乘小船網魚，順流而下。命臣等騎隨豹尾後，沿灤河行，三十里間，凡五渡。午刻，上泊舟南岸。聞山中有虎，遣侍衛往探，用順風耳西洋人所製，以銅爲之管，長丈餘，如千里鏡之式。空其中，口大而末小，向空中傳語，去山頭五六里，聲相聞也。與隔河山頭人語，響應如對面。忽聞探者云：「虎將從谷中出。」上率東宫登岸，立河干，羽林排槍三十桿，又備弓箭、火器以俟。命臣等騎而觀。移時，山頭傳語，虎已爲侍衛所殪矣。上始乘舟，賜臣等奶茶，又賜鮮鯉，人各一尾。仍沿河隨行，二十里間，又連渡四水。酉刻，方抵喀喇火屯。隨入直廬，賜御饌四器。黄昏，發下澤州師謝恩摺子及答余輩手札。隨賜觀所殺虎於行宫正殿前，上諭云：「塞外惟遼東虎最大，今日所殺，校遼東不過二等耳。」起更後，下直。帳房仍在七月中下營處，轉瞬六十日矣。

十五日

雪融，道滑，駐蹕一日。頒賜乾鹿條，臣等六人人各十束。傳諭云：「隨駕大臣，每人例止七束，汝等係詞臣，故特加賜。」辰刻，入直廬，賜粉麵餅五種，鮮鹿肉、鮮鯽魚二盤。

寫詩摺，進御覽。晚膳，賜御饌二盤。是日，上出空青賜臣等共觀。其一黃白色，形圓，中空貯水，照日則見。其一紫色，中有水一滴，如泡形，隨手轉換，石面上向，則泡自上而下；石下向，則泡反上走，循環不停，産蒙古中，而彼不知也。黃昏，出至帳房。

十六日

黎明，賜御饌四器，梨膏一椀。辰刻，隨駕發，行至黃甲營，大學士馬齊等自都中來迎駕。申刻，抵鞍子嶺，隨入直廬。復賜御饌四器，發下昨進詩摺，轉呈東宮睿覽。山路泥濘，二更行李始至。是日，諭德臣陳壯履初奉旨到京，後同入南書房供直。

十七日

黎明入直，賜鹿肉、鮮魚二盤。卯刻，隨駕發，二十里，度青石梁。自發興安嶺以來，已禦重裘。前度汗帖木嶺，天氣漸暖，然草木亦已黃萎。至此，山頭木葉青紅映日，近塞氣候又與汗帖木嶺東北迥别也。午刻，抵兩間房行宫，臣等即入直。上命牽所乘汗血馬示臣，且諭云：「此馬産西邊，曩時滅噶爾旦，曾獲二十餘匹，今此馬乃蕃部所貢者。食彼中水草，汗皆成血。厄魯特降臣丹濟拉能言之，今入中國，無復汗血矣。」馬色紫黑，玉頂，高七尺，長八尺餘，眼如夾鏡，渥洼龍種，人間未睹。山中有果，名「烏沙爾器」，紅如珊瑚，味微酢而帶苦，核扁如瓜子。其木大者可爲弓幹，小可爲箭。亦塞外材木也。午飯，賜御饌五器，粉餅四盤。又分賜鹿尾、鹿舌及胸脊脇肉，人各七件。即於直廬北向謝恩，傍晚出。

十八日

晨起，濃雲靉靆。辰刻，賜御饌四器。駕發兩間房。將至古北口，微雪。從新開嶺入，較平路十里而近。入關城，天色開霽。槐柳青葱，耳目一换。張梅公設午饌，時聞駕由水路行，余輩各飲數杯，微酣。策馬疾馳，抵腰亭，駕適至，即於行宮前站班。遇安溪相國於途，一揖而别。晚餐，復賜御饌四器。自此以後，行宫無直廬，故不入直。黄昏，安溪公傳旨，召余輩齊集宫門，立談移時，各回帳房。

十九日

早膳，賜麵食二盤。辰刻，上御舟，順潮河南下。余輩仍隨豹尾行。午後，抵密雲縣。傍晚，上回行宫，賜粉麵食五種。黄昏，入北門。自六月以來，所至俱宿帳房，今夕，重設旅館。明日，駕仍從湯山迴暢春園。黄昏，内侍傳旨，云：「翰林官着從三家店一路回京，休息兩三日，再入直。」又頒賜阿爾扇酒各一大罎，乳酥各一匣。臣等望宫門謝恩，訖，分送掌院鹿條四束，借馬二疋。是夕，發下北直撫臣所進御書《樓法帖》四套、山西撫臣所進御書帖一套。

二十日

五更，駕先發，余輩天明始出城。二十里，紅螺山，安溪相國行館告别。三十里，牛欄山，早飯。十八里，三家店。又三十里，渡孫河，下店。計程共一百里。從前隨駕時所未經也。

二十一日

五更，乘月行三十里，抵東直門，鑰未啓。就旗亭沽酒，以禦曉寒。黎明，同紫滄入城，拜静海少司寇靈几。由西華門出宣武門，再弔聲山内人。下行李於吉水大司農家。午飯後，赴熊賜履、張玉書、陳廷敬三中堂及吴、許兩座師處，投帖候安。傍晚，回寓，司農公設酌洗塵。夜微雨，許霜巖、吴右將見過。黄昏，開黄封酒，與扶九、佽厚、紹津續飲。後二日，乃赴西苑直廬。

南齋日記

目録

南齋日記

康熙四十三年甲申正月

朔

五鼓入東長安門，皇上已幸堂子。黎明，駕回宮，衆官於午門外跪迎。上赴寧壽宫行禮，諸臣於午門外排班叩頭。辰刻，上御太和殿，受朝賀，文、武官入昭德、貞度二門，依品級山次第立。樂作，鴻臚贊拜，行三跪九叩頭畢，退分東西列，次高麗，次安南陪臣，俱從貞度門入，亦於丹墀下行禮。禮畢，上退朝，諸臣以次出。至太和門，東望皇太子宫行兩跪六叩頭禮。巳刻，散班，余輩復至起居館，與兩掌院公揖，然後出〔一〕州、澤州及華亭諸先

〔一〕下闕多字。

生明日將隨駕往暢春園，其餘應酬，一概謝絶。傍晚，〔一〕言别，時將赴滇。遣東鹿歸役，以御賜羊肉分餉，犒二兩五錢。作字與大兒，甲字一號，内共八件，外，靴二雙，帽二頂，與幼子、長孫。

元日早朝太和殿〔二〕

火城宛轉度〔三〕星橋，香殿葐蒀接慶霄。黄繖綵旗龍影動，玉笙金管鳳音調。五雲淑氣蓂開〔四〕莢〔五〕，一日春風柳拂〔六〕條。前一日立春。鷺綴鴛分真忝竊，正衙初預德陽朝。癸未元旦，臣以未經授職，在乾清宫丹墀下行禮，今日初就班列。□〔七〕制，正月旦，天子幸德陽

〔一〕以下闕數字。
〔二〕「元」字破損，據《敬業堂詩集》補。「元日早朝太和殿」，集作「元旦太和殿早朝」。
〔三〕「度」字圈去，改爲「接」，復又改爲「度」。
〔四〕「開」字原在「萱」字前，圈去，置於「萱」字後。
〔五〕「蓂開莢」，集作「開蓂葉」。
〔六〕「柳拂」，集作「曳柳」。
〔七〕此字破損，疑爲「漢」字。

殿明軒。

初　二

早起，收拾書卷。霜巖明日出都，往送之，附寄次兒銀十二兩，信一封。遣人往東鹿。辰刻，出平則門，經西直門外，候駕過乃行。遇家諭德於途。午刻，抵小東門，時直廬三層新經改造，余輩住第一層。紫滄、揚孫、亮功及玉符、潛齋兩前輩先後至。時少詹蔡方麓先生賜第西華，與正詹陳乾齋先生奉旨俱常直，今日尚未來。傍晚，下直，宿自怡園。

初　三

黎明入直。午後，發下御製《元旦早朝罷》七言律詩。臣等伏讀訖，即繳進。又，發下御製西巡諸詩，特諭臣瑄、臣慎行細閱，蓋以去冬西巡，臣二人未經隨輦也。臣等回奏云：「皇上加意民生吏治，不自暇逸，觀風問俗之餘，發爲吟詠，山川草木，在在增輝。臣二人雖未經扈駕，今捧讀聖製，不異親隨豹尾也。」恭讀畢，隨繳進。下直，日已曛。是日，遣人至澮遠舊寓，以大兒所寄一緘，轉付樹滋。

初四

卯刻，入直。檢閲《東坡詩集》及唐人五言絶句，余分編者，「虎」、「豹」、「貓」、「鼠」四類。

初五

惠來役歸，作札，答春谷兄，犒使四錢。辰刻，赴直廬。檢閲《萬首七言絶句》及《少陵集》。晚出，寄候啓於德星先生，托林君蘭帶去。

初六

早入直。手定分類詩藁本畢。晚出。今日爲先孺人生忌辰，茹齋一日。

初七

早入直廬。手録「豹」類詩三張，「貓」詩二張，「虎」詩二張。酉刻，乾齋、方麓兩先生偕至。傍晚同出，過寓園即别。是日，世祖忌辰，俱穿素服。連接潤木西安兩札，及同年王崑絶書，再接德尹十一月廿八信及次兒字。因從德星轉寄，故到日較遲。

初八

早入直廬。辰刻，上以仲辛將祭初穀壇，回宮齋戒，余輩隨駕入城。午前，至南書房。上即幸景山。直郡王賜餅餌二盤。晚出。

初九

早入南書房。録「虎」詩五張。是日大風。駕幸景山，午後回宮。直郡王又賜饌六器。晚出，接次兒十二月初十家信，内陳潄六家信一。同紫滄、亮功、揚孫赴李欿侯招。

初十

上御太和殿，親閲初穀祝版，余輩集起居館，候駕回宮，然後入南書房。巳刻，發下御試《醫生三焦命門今古異同論》十餘篇，又召臣昇至乾清宮煖閣，諭云：「聖賢道理，俱有一定之論，至於醫卜星相言人人殊。世有庸醫，寒熱虚實且未能辨。南人喜用補，北人好用瀉，總非適中之道。朕早年多病，每用艾灸，亦不見甚效。大抵温補之藥，其效甚微；

而酷烈之藥，其驗立見。方書所載，湯頭極多，如一方可療一病，何用屢易？西洋有一種樹皮，名『金雞勒』，以治瘧症，一服即愈。可見用藥只在對症也。爾可傳與諸臣知道。」早饍後，駕復幸景山。是日，手録「虎」詩終卷。申刻，下直，同諸君赴吾鄉正詹席。子貞先生壽喪南歸，遣張廷隨行，犒銀四兩，取回樹滋處十兩。

十一

東宮奉命代祭先農壇。辰刻，皇上駕發宫中，余輩隨赴暢春園。午後入直，手録「貓」類詩三張。傍晚出。是日，德清蔡少詹攜行李至自怡園，澹遠與陳正詹並僦屋西苑旁，不復同寓矣。

十二

辰刻，入直。手録分類詩七頁。午後，東宮至直廬。皇長子以箋命書，并賜澹遠藥水。傍晚，至自怡園。掌院自城中來，黄昏出，晤。

十三

辰刻，入直。早饍，賜粉麪食五器。手録分類詩畢。傍晚下直，遇盧素公於苑東橋，同至余寓，黄昏別。付揚孫備煖鍋紋銀一兩。

十四

辰刻，至直廬。發下江南撫臣宋犖新刻《皇輿表》一套，計四本，止北直、江南二省，及奏帖一。奉旨交臣等校對。其各省郡縣地名，自康熙十八年後，新經添設改置者，須移會户部，查覆補入。回奏訖。續奉旨：「著先交掌院揆叙查明補葺，再交南書房。」傍晚，賜宴二席，即於直廬寶座前謝恩，出。黄昏，同諸公坐冰牀，於自怡園觀燈。起更後，又至直郡王園東看煙火。

十五

早至直廬。辰刻，賜御饌二金盤。午前，偕紫滄、亮功赴東宫召，隨蒙賜宴，即以席間酒器賜臣等三人。慎行得玉杯一執。申刻，仍回直廬。上賜酒饌，令中使宣勸。酉刻，下直。已至寓園矣，復傳旨，詔赴西廠觀燈。遂與玉符、方麓兩前輩及紫滄、亮功、揚孫疾馳，從苑北門入，家澹遠及乾齋、潛齋寓所稍遠，最後至。更餘散歸。

上元夜[一]西苑賜宴[二]恭紀

瑶島東瞻璧月圓，仙[三]韶吹徹九重天。壺傾瀲灩金樽溢，盤貯芳馨玉饌鮮。絳蠟班隨中使導，黄柑恩[四]許侍臣傳。太平時節觀燈宴，既醉惟知[五]祝萬年。

十六

晨入直廬。早飯後，再同紫滄、亮功赴東宫召，賜飲賜饌，從容竟日。傍晚，奉旨，再至西廠觀放煙火。是夕，澤州座師以元宵賜席來此謝恩，因同入苑中。乾齋、方麓兩詹事

〔一〕「夜」，集作「節」。
〔二〕集尚有「觀燈」二字。
〔三〕「仙」，集作「箾」。
〔四〕「恩」，集作「例」。
〔五〕「知」，集作「當」。

以開印入城，不及預。

是日侍皇太子宴恩賜玉杯〔一〕恭紀

早〔二〕從《繁露》記書名，董仲舒《春秋繁露》有《玉杯》篇。鶴禁頒來〔三〕分外榮。照坐〔四〕欲分鐙影燦，入懷長並月胎盈。舉同彝鼎恩加重，刻作雲雷製倍精。從此醉〔五〕歸須什襲，濁醪難向此中盛。

十七

大霧，早入直廬。晚出，黄昏同諸君至皇長子苑東，觀放煙火。二更歸卧。

〔一〕集作「是夕復侍宴東宫蒙賜玉盃」。
〔二〕「早」，集作「曾」。
〔三〕「頒來」，集作「傳看」。
〔四〕「坐」，集作「座」。
〔五〕「從此醉」，集作「珍重捧」。

十八

早入直廬，賜御饌一席。傳諭云：「此皇太后所賜者，特分賜汝等。」是日，揚孫進告假奏摺，回籍迎母。奉旨，允所請，仍着開明家口，到日賜宅於内城。午後，家濬遠姪亦蒙賜宅。同謝恩，出。

十九

揚孫將南歸，黎明入城。余輩仍入直。早饍，賜粉麪食六盤。傍晚，回寓。奴子自城中來。接又李兄秦中札，又，從揚孫處取到字卷二匣，乃文叔所寄者，尚須問價。兑錢紋銀一兩一錢。

二十

黎明入直，午後雨，聞内大臣啓奏「海淀大閲之期，定於本月二十五日」。吾輩分選「花」、「木」、「果」、「蔬」、「鳥」、「獸」、「蟲」、「魚」八類詩，繕寫已畢。此外，尚有「天文」、「時令」十餘門，應否照例分類編輯，寫成奏摺，明日當請旨。傍晚，冒雨回寓，吴又將札來，答訖。天津張年伯有綾幅索書對聯，從字緑寄到。

廿一

早晴。辰刻，入直。午刻，暢春園總管佛保將查昇、蔣廷錫賜宅一所，共一百〇二間在西華門内畫圖，進呈御覽。奉旨，命兩人分住。即寄信，約揚孫明日來此謝恩。晚至寓園，晤中堂。是日，德清少詹補授日講。

廿二

黎明入直，内侍李已先至直廬，揚孫亦至，同澹遠於寶座前謝恩後，余輩隨以前日奏帖呈御覽。奉旨：「著將未輯諸詩照例編録。」即於直廬分鬮。玉翁得「器用」、「衣服」類，乾齋得「山」類，方麓得「宫室」、「園亭」類，聲山得「水」類，潛齋得「武備」、「食物」類，紫滄得「書畫」、「音樂」類，亮功得「寺觀」、「仙釋」類，揚孫得「時令」、「都邑」類，余得「天文」類。傍晚出。接書宣札，約明日入城相晤。

廿三

早入直廬。辰刻，駕發暢春園，幸南海子大閲，後即往遵化謁陵。奉旨，命臣等留南書房，日事編輯。午前入城。揚孫明日南歸，來話别，隨過其寓相送，以六十金託其役□〔一〕氏覓宋本□□。接德尹臘月十八札，知正月望前出門，將由閩入粤。有候啓寄史胄翁者，即爲手致。是日，發甲字第二號南信，從澹遠轉寄。內四弟、次兒二札。

送蔣西君同年假歸迎養太夫人之作〔二〕二首

泥金纔報隔年春，晝繡歸〔三〕迎白髮親。同榜科名傳盛事，世家書畫起文人。桃花漲後移舟穩，魚藻池邊〔四〕賜宅新。行前一日，奉旨賜宅於西華門內。好片尚湖烟雨色，詔恩猶許住三旬。

〔一〕破損模糊不清，下同。
〔二〕集奪「之作」二字。
〔三〕「歸」，集作「還」。
〔四〕「邊」，集作「西」。

齒序肩隨別有情，多君事我竟如兄。直廬並候花磚影，奏帖長〔一〕聯紙尾名。小立官槐曾繫馬，重來苑〔二〕樹已藏鶯。卜鄰預擬同王翰，家諭德姪〔三〕賜宅與西君僅隔一垣〔四〕。不爲登仙羨此行。

廿四

早入南書房。閱《古詩紀》一套。是日，乾齋、幼安以事不至。玉翁、方麓、聲山、紫滄先出，余與亮功申刻下直，歸途偕謁見石門師，同年薄聿脩適至，因留小飲。黄昏回寓。少宗伯王瑁湖先生以《畫舫集》賜教。

廿五

早至起居館，與幼安、紫滄、亮功同入内廷。閱《古詩紀》一套。午後雪，傍晚回寓。

〔一〕「長」，集作「常」。
〔二〕「苑」，集作「禁」。
〔三〕「論德姪」，集作「聲山」。
〔四〕「僅隔一垣」，集作「比隣」。

孫松坪前輩札來，云老友王子龐在坐，邀余過談。小飲，一更散。

廿六

雪霽。早入内廷。是日，到者方麓、聲山、紫滄、亮功及余五人。閲《古詩紀》畢。申刻，下直。紫滄奉東宫令，隨駕往遵化，限廿九日起身。戴瞻弼見招，辭，不赴。田叔表弟夜過，知其明日將歸，寓麻綫衚衕。

廿七

以事不入直。漸後，過王方若，同入前門，祝王門伯母六十壽。屏分一兩，面送訖。午後出城，過紫滄、西厓齋，傍晚回寓。出月初六，同年公會，付去分銀一兩三錢。勵令式有絹索詩。

廿八

黎明至起居館，偕玉符先生赴南書房，亮功稍後至。午前，澤州師來，即出。余輩申刻始散。是夕，澹遠家酬神虎，大觀班演《西樓》，二更客去。

廿九

付羅姑銀二兩

大風，復寒。早，同玉翁、亮功入直。方翁來，午前先出。是日，閱《初唐詩紀》一套。傍晚回寓，西厓見過，聲山治具留飲，劇談至三鼓，乃別。

三十

早入南書房，玉翁、澹遠、方翁、亮功先後至。閱《盛唐詩》一套。午後，回寓。接葉業師手札，又寄大兒一札。傍晚，同玉翁、潛齋、聲山、亮功赴華亭太老師席。接王崑繩西安第二札。

二月

初一

早入南書房。是日，諸公皆不至，至者，余及亮功二人而已。午後，三皇子來，許以所書單條對聯見賜。《盛唐詩紀》看畢，再閲《選唐人五言絶句》四本。去年隨駕在口外，所閲《萬首絶句》乃皇太子行笈所攜者，明末刻本，中多脱訛。今日，養心殿送到一本，真南宋舊板，前有洪容齋原序，紹熙元年刻於越州蓬萊閣。初止四十六卷，既而，容齋歸鄱陽，續刻成書，遂滿萬首。每一卷計詩百首，共一百〇一卷，紹熙三年奏進重華宫，壽皇稱其精博，賜茶一百夸、清馥香十貼、薰香二十貼、金器一百兩。遂復上表謝恩。前後劄子、奏狀俱載卷首。至嘉定癸未，新安汪綱守越，遂榻鄱陽本并刻之，今此本即嘉定中合刻者。但檢目録，現存者僅七十五卷，尚少二十六卷，爲可惜也。申刻，下直。田叔表弟夜過，留小飲。博，輸牌足紋四兩。餘一錢五分，存李兼處。

初　二

雨中入直，至者四人：玉翁、濳齋、亮功及余。閲《唐人五言絶句》畢，雨止，酉刻，回寓。聲山邀李賓谷、許不器入座，二鼓散。接漢臯甥歲前札。

初　三

夜雨，早晴。辰刻，到南書房，始見日色。閲《唐人七言絶句》八本。申刻，出順城門，同年趙星瞻丁内艱，便道往唁。晚同玉翁、聲山、潛齋、亮功赴長化查都憲席。

初四

早起，天氣陰晦。辰刻，到南書房，閲《唐賢七絶》六本。午後，雪作。三皇子來，命余輩各作《禁中春雪》七律一首。申刻下直，泥濘難行。晚同亮功赴瑁湖先生席，前輩則宋念功、王衡六兩先生。是日，薛澱先生陞少宗伯命下，亦同在座。

禁中春雪〔一〕二月初三應諸王教

鳳城春事近花朝，五出重門瑞雪飄。住勒杏園將放蕋，拂開柳苑最長條。狻猊香透寒初減，鳷鵲雲低暖自消。安得玉除深一尺，九門歸步踏瓊瑤。

初五

雪尤緊。辰刻，入直，到者惟方翁、亮功及余三人。三皇子復至直廬，出示昨日所賦

〔一〕此詩集中未收，題下注「未刻」二字。

雪詩，并命各擬齋額、對聯。余軒名擬「桂之樹」三字，及「草木有本性，花葉隨生意」一聯以進。是日，閱《唐賢七絶》六本。申刻，雪止，微雨。與亮功同步，出長安門。

初六

同年公會，至者四十人，嘯月班演《牡丹亭》全本。兑錢足紋一兩。

初七

早入南書房。閱《詩雋類函》，補録「雨雪」詩。午後，偕亮功至起居館，史、滿兩先生當值。同步出長安門，過司農家，傍晚回寓。胡玉獻送禮，受鼎爵。作詩，送朝定菴赴晉藩。不存藁。

初八

微雨。早入内廷。三皇子賜匾額一綾、字一幅、楹帖一聯，又賜澹遠三種。是日，補選「月」、「露」類詩。申刻，雨止，下直。爲張魯菴、楊遠卿、南年伯作對聯。又爲何屺瞻字楚蓀尊公年伯書綾幅，寄祝七十壽。

初九

大風。早入南書房，補閲唐人「寒暑」、「曉夜」類詩。晚赴同門吴又將席。

初十

早入南書房，閲《詩雋類函·天文類》詩畢。下直後，過書宣，與繆湘芷小飲，黄昏回寓。

初十[一]

早入内廷，閲《宋詩》四本。爲黄陂王友題照。午後，下直，弔張綾秋軸分五錢，付書宣。備席，郊餞楊遠翁，時將赴武昌守任，紋銀一兩。晚同玉翁、西厓、聲山赴前輩宋念功席。

[一] 稿本「初十」重出。

十一

早入内廷，閲《宋詩》四本。申刻，回寓。次躔、田叔兩表弟先後見過，小飲。

十二

黎明過書宣，早飯後，偕出彰儀門，小憩普濟菴。午後，楊年伯始至，小飲數巡而别。申刻，入城。先同聲山、潛齋赴王薛澱先生招，再同亮功赴曹彝士年伯招。二更回寓。

十三

早入南書房，玉翁、澹遠俱以事不來，方翁來而即去，余與亮功留。閲《宋詩》四本。午後，偕過樹滋堂，澹遠後至。黄昏回寓。接南信，知信菴於正月三日起身赴東邑矣。取回女處紋銀廿兩，尚存九兩。

十四

早入南書房，天氣驟暖，不能御裘。閲東坡詩畢，申刻，同亮功到衙門，與諸同年聚談，抵昏出城，澹遠治具，招劉坡千、王〇〇〔一〕、紫滄飲，邀余奉陪。王〇〇，金壇人，王望伯丁未分闈所得士，今候補道員。

十五，春分節

黎明入朝，進端門，微雨，朝班已散，遂入南書房。玉翁、聲山、亮功、方翁先後至。澤州師亦來，午前先出。余輩午後乃回寓。同聲山赴勞太常席。陳山堂有札寄大兒。

春分禁中雨

小雨流鶯外，濛濛隔苑〔二〕牆。忽驚〔三〕春過半，轉〔四〕覺日添長。白髮趨中禁，芳時感故〔五〕鄉。多煩玉階草，爲我報年光。

〔一〕此處原有二字被圈去，以〇〇代之。
〔二〕「隔苑」，集作「紫界」。
〔三〕「忽驚」，集作「不知」。
〔四〕「轉」，集作「但」。
〔五〕「故」，集作「異」。

送朝定侯方伯赴任山右四首[一]

綰綬來三輔，分猷歷五年。績能平水土，名喜籍神仙。帝眷非常士，榮膺不次遷。

西巡餘厚澤，此去賴旬宣。恢奇傳晉問，儉樸著唐風。俗變褰幃裏，春生化馭中。股肱分陝重，保障出英雄。

一和南薰曲，從知長若功。鐸車初赴召，天語密諮諏。岳牧時方重，屏藩望最優。太行成坦道，汾水揚清流。

竚見膺旄節，承恩正黑頭。憶昨隨鑾出，長陵緩轡行。微名慚我老，古道荷君情。柳晴東門路，雲開上黨城。

迢迢千里別，飛夢繞雙旌。

十　六

聲山遷居賜宅。辰刻，同入西華門。所居在金鰲玉棟橋西南二百步，南距桐城相國

[一] 此詩集中未收，題下注「未刻」二字。

賜第、北去曹渭符待詔之居各半里許，皆近鄰也，因偕往晤。朱我予前輩來，相約同往椿樹衚衕舊宅。午飯後出城〔一〕。田叔表弟赴全椒王尹幕，將出都，贈以緞被一件，鞾襪一雙。又犒家人銀三錢，趙星瞻尊堂年伯母軸分四錢。

十七

早入南書房，閱《宋人詩選》四本。晚出，同陳叔嗣赴龔蘅圃席。

十八

辰刻，入直，惟玉翁及余二人。四皇子賜饌四器。早飯後，以事先出。至起居館，與史胄翁同步出，午門外甬道東，有弘治十年磚二函，鄆城孫窑造，字畫分明可辨。按，弘治十年爲乙巳，距今二百二十年矣。端門外甬道之西，又有弘治十三年磚一塊。午後，過方若新寓，再過亮功寓。

〔一〕此處删去以下文字：「付恒侯足紋十兩，連歲前所存十四兩，又俸米六石，共抵去冬十月起，至目下止，□□薪水之費。」

十九

黎明，至起居館，楊玉翁亦至，同入南書房。相傳聖駕於廿三日回宫，當即幸西苑。辰刻，雨。八皇子賜麪食盤餐，七皇子以綾綃幅命書。午刻，開霽。申刻，下直。發方若處祝院長壽分二兩。

田叔赴館全椒，過寓話别，留小飲。附去鍾瑞理户癸字二百三十一號部照一張，託寄鍾家禎表姪衣箱二隻，寄女處另有細帳。

二十

移寓高廟。先付屋租一月九五銀三兩，外茶錢乙兩。晚同西齋、逸群赴六謙之招，紹津送煤、米、酒、燭，犒五錢。西齋有四詩見寄。

廿一

早入南書房。皇太后於午前幸暢春園。聞皇上明日抵南苑，廿三日入都。是日，在直者玉翁及余二人。午後，回寓。東邑人來，知信菴已於正月杪到署，接大兒信，并寄到二函。外寄戴道翁壽儀，即送去。又接德尹、次兒元日家報，及本縣王父母書。付汪爾昜紋銀五十兩。除大兒前欠二十五兩，餘存算。紹津攜酒肴相餉，别邀扶九、次侯、虞良共飲，更餘散。

次韻答吴西齋四首〔一〕

青韶同調各〔二〕衰遲，久缺題襟唱和詩。自比〔三〕狂呼袁彦道，難忘好客鄭當時。長檠列幕慚分照，小蹇衝泥或〔四〕借騎。巷北巷南纔〔五〕咫尺，每當岑寂夢〔六〕追隨。

〔一〕此四詩删改多次，一片塗鴉，最終全部圈去，復於三月三十日録載。然此處與三月三十日録載及《敬業堂詩集》所載文字均有異同，故附録於此，以供參考。
〔二〕「各」，集作「半」。
〔三〕「比」，集作「詡」。
〔四〕「或」，集作「倘」。
〔五〕「纔」，集作「曾」。
〔六〕「每當岑寂夢」，集作「却從離索想」。

二老居隣並〔一〕往還，舊游歷歷笑談間。江湖釣手度西日，□鶴移文□北山〔二〕。□地尚堪論養拙〔三〕，此身那得更〔四〕投閒。滿〔五〕朝才筆輸君健〔六〕，借職猶當〔七〕押右班。

不因〔八〕作賦擬文通，直上騷壇〔九〕繼《國風》。後輩揣摩工日下，故人傳寫到吳中。碧香開甕春浮白，翠袖分燈夜剔紅。怪得年〔一〇〕來貧更〔一一〕甚，俸錢多半給新豐。

〔一〕「並」，集作「共」。
〔二〕「江湖釣手度西日，□鶴移文□北山」，集作「牆頭過酒傳鄉語，花底移床夢故山」。
〔三〕「□地尚堪論養拙」，集作「萬事無如長耐冷」。
〔四〕「此身那得更」，集作「一官何計便」。
〔五〕「滿」，集作「舉」。
〔六〕「君健」，集作「吳質」。
〔七〕「當」，集作「堪」。
〔八〕「因」，集作「須」。
〔九〕「直上騷壇」，集作「好步詞場」。
〔一〇〕「年」，集作「近」。
〔一一〕「更」，集作「轉」。

流光掣電去〔一〕難追，誰遣開鷗洗墨〔二〕池。標榜不曾緣好□〔三〕，低頭一字即〔四〕吾師。同時地望歸西□〔五〕，異代文章替左司。君在户曹〔六〕考訂典故〔七〕，爲《左司筆記》〔八〕。若向此中論臭味，國香原□少新〔九〕知。

廿二

田叔雨中過別，漸後入内城，先過益戒堂，再過澹遠新宅。飯後出城，便道晤司農。

〔一〕「流光掣電去」，集作「江湖一别悔」。
〔二〕「洗墨」，集作「拂鳳」。
〔三〕「標榜不曾緣好□」，集作「玩世何妨資客難」。
〔四〕「一字即」，集作「聊喜得」。
〔五〕「地望歸西□」，集作「領袖推東省」。
〔六〕「君在户曹」，集作「吴官户曹時」。
〔七〕集奪此四字。
〔八〕「爲《左司筆記》」，集作「有《左司筆記》一書」。
〔九〕「國香原□少新」，集作「莫言萇楚竟無」。

存壻處二件，連前共二，付買涼帽二頂紋銀一兩四錢。遣東鹿人，賞銀二兩五錢。作字與四弟、大兒，甲字二號。附去信又五件。

廿　三

黎明赴暢春園，隨中堂、九卿後，於南門外候駕。午後，皇上自大東門入，余輩跪迎，訖，隨至直廬。時山桃初放，彌望如紅霞，遠近高下，不記其數。上遣内侍李來問所編分類詩，各以實對。覆旨後，頒賜所射雉、兔，人各二種，即於寶座前謝恩。紫滄午後始來，傍晚同下直。

廿　四

早入直廬。閱《宋詩鈔》畢。直郡王午後來。晚出，至寓園，晤相國。

廿　五

黎明入直。閱《中州集》終卷。申刻，皇上御舟，至小東門，登岸步行，幸直廬。臣等跪迎於門外。上顧云：「此屋新經改造，比前寬敞了。」前後周覽。臣等復於階下送駕乘輦回宮，乃出。

二月二十五日駕幸直廬恭紀

翰墨林開〔一〕紫苑東，親承步輦出芳叢。萬間廣夏移天上，時直廬新經改築，上顧臣等云：「較從前更寬敞了。」三接深恩沛禁中。身作紅雲長傍日，心如〔二〕碧草又迎風。直廬便是披香殿，仰答慚無尺寸功〔三〕。

廿 六

黎明入直。早飯後，揆院長來。因前此發下《皇輿表》，已經户部查取案檔，今日進連名奏摺，請旨，應交何衙門補葺。奉旨：「著派出翰林官。」午前先出。是日閱《元詩正續選》共五本。

〔一〕「開」，集作「依」。
〔二〕「如」，集作「隨」。
〔三〕「仰答慚無尺寸功」，集作「月賜虚慚赤管功」。

廿七

早入直廬，苑中早桃盛開，彌望無際，晴光照耀，紅霞奪目，人間無此奇觀也。是日，閱《元詩》四本。

廿八

早入直廬，閱《元詩選》五本。乾齋先生因擬撰經筵講章，先入城。

暢春園看〔一〕早桃〔二〕

記曾元夕醉仙〔三〕醪，冰雪千林吐白毫。今日重來雲錦换，十分春氣到〔四〕山桃。

〔一〕集奪「看」字。

〔二〕藁本此處錯簡。與《敬業堂詩集》較，集題云「四首」，藁本載八首。第二首、第五首、第六首、第七首均有眉批「未刻」，集中亦不載。集中「浴日扶桑躍海東」一首在「萬樹垂楊未放青」一首之後。

〔三〕「仙」，集作「香」。

〔四〕「氣到」，集作「色屬」。

酬春長在杏花前，宿雨初過分外妍。一幅雲藍誰寫得，萬花頭上是青天。
浴日扶桑躍海東，滿林晴色曉蘢〔一〕蔥。仙山樓閣無重數，多在紅霞一朵中。
萬樹垂楊未放青，餘寒猶勒水邊亭。天然掩映成圖畫，横展西山作翠屏。
韶華芳令好風催，一氣蒸霞十萬栽。不似合江欄畔樹，園官次第報花開。
三千結子出蓬萊，仙種曾傳核似杯。蜂蝶不來啼鳥静，始知天上勝天臺。
爛漫何曾雜衆芳，真□雨霞占年光。須知造物無惱意，但是花頭盡出牆。
烟輕霧薄日〔二〕遲遲，金碧園中四望宜。忽憶江村寒食路，竹梢低拂〔三〕兩三枝。

廿九

大風。早入直廬。閲《元詩選》五本。舊例，將御經筵，掌院先擬《四書》二條、《書》、《易》各二條。欽點後，講官始撰講章，進呈御覽，臨期備用。今番掌院所擬題一概不用，

〔一〕「蘢」，集作「曈」。
〔二〕「日」，集作「景」。
〔三〕原作「映」，復删去，改「拂」字

經書二條皆出上裁。午間，方發下，講官爲華亭司空及吾鄉正詹。晚出，從澹遠家信聞三弟媳正月三十訃信。

三　月

初一，清明節

風止，復有寒色。黎明入直。閱《元詩選》畢。午飯，上賜粉麪食六盤，内侍傳問，余輩茹素者幾人。是日，余因先父忌辰，亦在茹齋。謝恩，覆奏訖。方翁、潛齋、亮功、澹遠先入城，余與玉翁、紫滄傍晚出。

初　二

黎明，上自暢春園回宫，余輩隨至南書房。巳刻，上出，御經筵，《四書·子貢問政》一節、《書經》「汝二十有二人，欽哉惟時亮天工」二句。進講畢，仍回宫。賜御饌六器。澤州師亦來，衙門輪班者，朱我予年伯〔一〕、亮功、李次公、魏無僞四人。無僞諱學誠，瑑樞先生之子，壬戌進士，曾任中書，去冬西巡，在山西迎駕，奉旨改授翰林編修。午後，駕仍至西苑，余輩隨出。過澹遠新居。兑錢紋銀七錢六分，發甲字第三號南信，托恒侯轉寄，内次兒、寒中二札及東署親友家報共八件。申刻，出城，過苑門已昏黑。晚飯澹遠寓中。起更後，抵自怡園，亮功適至，兩人對飲數杯，乃就寢。

初三

六謙掣補石阡知府，作札諷之。辰刻，入直，閱《明初詩》一套。午刻，乾翁、方翁、紫滄俱至。傍晚出。

送陳陟齋都諫請假歸里即次留别原韻二首〔二〕

袍笏同朝萃一家，歸心偏愛故園花。清時衮職無遺闕，祖帳東門有嘆嗟〔三〕。鵠首

〔一〕此處原奪「伯」字，據二月十六日日記補。

〔二〕頁眉有批語：「集中所刻，合兩首前後一半作一首。」

〔三〕「東」，集作「都」。

春波河九曲，鳥啼芳草路三鴉。此時最好江南景，緑樹連村酒幔斜。老直承明頗憶家，蹉跎又過一春花。夢隨鄉路難爲别，吟送歸人每自嗟。隔岸黄塵車歷鹿，渡江新月櫓伊鴉。到時親友應〔一〕相問，爲報〔二〕題詩字半斜。

初　四

黎明，駕回宫，余輩隨行。入西華門，過家少詹賜宅。巳刻，偕玉翁、澹遠、紫滄、亮功至南書房，澤州師、華亭太老師已先在。衙門輪值者彭少詹、汪祭酒、史玉南學士。申刻下直，宿澹遠新居。

初　五

早出前門。祝澤州陳師母壽，杯分二兩，門包三錢。過紹津家，早飯。收俸銀廿二兩五錢。午前，再過澹遠。駕已幸暢春園。余赴直廬，紫滄已先在，玉翁隨至，詹事諸公俱

〔一〕「應」，集作「如」。
〔二〕「報」，集作「道」。

因明日會講侍班不來。傍晚，上御輦過小東門，遣内侍來問入直姓名，以實對。下直，日已曛。無錫徐紫常蕉園，内教習也，是夕，亦宿自怡園。

三月二日上御經筵恭紀

雲日瞻堯表，疇咨啓舜編。誰能窺聖學，猶不撤〔一〕經筵。芳宴調羹撤，花瓷瀹茗圓。講官仍入直，援〔二〕袖有爐烟。是日，講官爲大司空王公、正詹陳公，皆入直内廷。

上巳西苑直廬呈諸公〔三〕

上巳接清明，韶光滿禁〔四〕城。曉烟和柳重，夜雨爲花晴。節物春長好，年芳老易〔五〕驚。兩三修禊伴，閒話水邊行。

〔一〕「撤」，集作「廢」。
〔二〕「援」，集作「縈」。
〔三〕「上巳西苑直廬呈諸公」，集作「西苑上巳呈同直諸君」。
〔四〕「禁」，原作「苑」，復圈去，改「禁」，集作「苑」。
〔五〕「易」，原作「易」，圈去，改「自」，復圈去，改「易」，集作「自」。

三月四日賜食榆錢恭紀

天上星榆歷歷看，春風吹綻小團圞。柔條摘處青成串，新火烹來翠滿盤。槐葉冷淘難比色，藜羹舊糝記同餐。他時詩向田翁説，此味曾經賜大官。

初　六

黎明同玉翁、紫滄入直，早飯後，亮功亦至。閱《列朝詩》一套。午飯，賜粉麪食六器及榆錢橄欖醬。傍晚下直，以俸銀廿二兩五錢，托張梅公代買小銀鼠皮。

初　七

辰刻，入直，澹遠、乾翁、方翁先後至。早飯，賜饌二器。内侍傳旨：「著擬盤山及蒲州僧寺匾額以進。」是日，閱《列朝詩》四册。傍晚出。盧素公至寓園閒話，乘月步歸。浙江學院文志鯨奉旨解任，靳尚自廣西學道調補。

初八

黎明入直，閱《列朝詩》四册。午飯，賜御饌六器，并以御書匾額十幅賜臣等共觀：「盤谷寺」賜盤山清溝禪院、「萬松寺」賜盤山李靖菴、「雲峰法界」賜盤山雲罩寺、「至哉坤元」賜涿州碧露元君廟、「大地春生」賜涿州東嶽廟、「慈悲覚世」賜岷州崇教寺、「錫慶寺」亦在岷州、「雲浄寺」蒲州西二十里趙家坡新建寺賜額、「天和人瑞」賜京師一百二歲老人、「海隺遐齡」賜京師九十八歲老人。晚出，過盧素公寓，不值。

初九

早入直廬，諸君進隨駕西巡詩摺，奉旨，發澤州師細看。是日，閱《列朝詩》四册。

初十

早入直廬，閱《列朝詩》終卷。午飯，賜御饌五器。

十一

黎明入直廬。早飯，賜鮮魚一盤。發下趙松雪泥金小楷《孝經》二册，細觀紙色，乃宣德磁青紙，後人贋筆頁也。又，白玉引首一枚，篆文「廣仁殿」三字。奉旨考出處。按，《金史·章宗本紀》泰和七年，召對群臣於廣仁殿。又，《日下舊聞》所引《禁扁目録》，金初都燕，後移汴，宫殿之名，亦載有廣仁殿。但創造年月，則無可證。據此覆旨，訖。是日，手録「雲」類詩十張。傍晚出，八旗派出大臣，分賑京城流民，自明日爲始。

十二

黎明入直。午刻，發下趙松雪泥金書《觀壽經》一小册。皇上知其爲贋筆，令臣等識認時輩中彷佛何人手蹟。正詹、澹遠及余輩俱回奏云：「疑是似户部郎中陳奕禧所臨。」是日，手録「雲」類詩十餘張。傍晚出。

十三

黎明入直。早飯，賜御饌粉麵食六盤。手録「雲」、「霞」類詩畢。申刻，先諸君而出。

至寓中，了應酬筆墨，汪爾勗送食物，受青果一包，犒八分。

十　四

掌院揆奉旨兼管大司空事。

早入直廬。發下米芾行書手卷，係俗手贋筆，閱畢，覆旨，訖。午後，補賜楊瑄、蔡升元緑玉硯，人各一方，因去年正月詞臣頒賞時，二臣未預也。是日，朝考滿洲、漢軍。足食足兵論，常平社倉條陳，賦得暖風抽宿麥詩一首。手録「雨」類詩八張。

十　五

萬壽節前三日，入直諸臣俱穿蟒服。午前，發下蔡襄硃書手卷，亦贋作也。六謙泥金寫就細楷一册，今日送到直廬，爲轉呈御覽，不稱上意，報罷。是日，乾齋、澹遠、潛齋俱進萬壽節物件。午後，欽賜在直八人哆囉呢雨衣各一身，即於寶座前謝恩。手録「雨」類詩八張。

十六

遣人入城，作札與静菴叔，訊其南歸之期。辰刻，入直。手録「雨」類詩畢。午餐，賜御饌粉麪食八種。革除州縣火耗，諭在直諸臣知。

十七

早入直廬，王麓臺新陞侍講，今日亦來。手録「晴」類詩八張。東宫同十三皇子臨直廬，徧觀余輩數日内所抄詩。午飯，上賜粉餅五器，乳酥一盂。

十八

萬壽節。在廷俱免朝賀。内直十人，黎明入，即於直廬寶座前行禮。巳刻出，觀萬壽永寧勝會，臺閣十八座，旗旛鼓吹，相望於道，十餘里不絶。從暢春園東北門入，至勤政樓前，上御樓，臣民拜舞於下，歡聲動地。午餘，由苑西南出，遇同年王方若、劉大山輩於途，同步至小東門而别。余仍入直，手録「晴」類詩畢。

十九

黎明入直。録「月」類詩八張。麓臺先生許爲《證因》補圖。申刻，下直，至寓園，同紫滄乘小舟泛水。是日，聞華亭司空被吏議。

二十

早入直。録「月」類詩八張。早飯，賜御饌粉麪食五器。巳刻，駕幸萬壽寺，午後，回苑中。

廿一

早入直。録「月」類詩畢。先孺人忌辰，茹齋一日。是日，有旨存問桐城相國。

廿二

辰刻，駕幸玉泉山，余輩不隨駕，仍留直廬。手録「風」類詩八張。傍晚出，時玉翁以病請假，方翁、紫滄、亮功俱入城。晚來，獨坐池上，頗領幽趣。

廿　三

駕自玉泉幸南海子，駐蹕當有數日。余與乾翁暫入城。過書宣，不值。晤湘芷，托向帛尚基處索《證因圖》小照。過樹滋堂，午飯。西厓聞余至城中，遣人相邀，隨過其齋。方若、六謙、亮功先後至，留飲丁香花下。更餘散，宿司農齋。兑錢足紋四錢，付高廟房金三兩。

廿　四

早飯後，入西華門。午飯後，出西直門。未刻，抵暢春園。方翁、紫滄先在，亮功稍後至。傍晚下直。收張梅公代買小銀鼠皮四百張，找價銀二兩一錢。

廿　五

黎明，至直廬。録「風」類詩八張。澹遠晚來，同出。玉翁以病暫假，入城調理。

廿六

早入直廬。乾翁、潛齋俱來。午後，上自南海子回苑中。晚膳，賜粉麪食四盤。是日，手録「星」類詩八張。

寓園紫藤花下同紫滄賦

不計千枝與萬枝，玲瓏巧透竹邊[一]籬。圍屏倚翠成宫錦，步障留陰護紫絲。蔓引龍蛇皆上走，花披瓔珞總交垂。家園手種應如臂，忍負東風爛熳吹。

廿七

早入直廬。手録「星」類詩畢。晚出，付捐賑飢民銀四兩，存潛齋處彙送。

[一]「邊」，集作「笆」。

廿　八

早飯後，隨駕入城，以孟夏親祭太廟，回宫齋戒也。晚餐，賜御饌五器。是日，衙門輪值者王、庶子以下四人。傍晚下直，回寓。紹津攜樽邀扶九、次侯共飲。兑錢紋銀一兩二錢。前輩史蕉飲以《使滇集》賜教。

廿　九

黎明，至南書房，澤州師及同直諸君皆至。傍晚出，同屺瞻過古藤書屋，候玉符、松坪兩先生。時藤花盛開，坐談移時乃别。子美姪自西安來。接潤木札，知前月十七已束裝還家。又，接大兒本月廿四信。方若、字緑兩同年夜過，相留小飲。夜枕聞雨聲，時畿輔久旱，望雨真同望歲也。

三　十

早晴，入南書房。華亭司空奉旨留任，午前亦至，因齋戒，尚未謝恩。是日，召景山教習生員王志喜，無錫人。赴内廷考試，擬二題，令賦五七言律各一首，五律《賦得野舍時雨潤》、七律《賦得閣道回看上苑花》。上御乾清宫，召科道官由縣令考選者十九人，至御座前，親問各官在任日錢糧火耗利弊。退至乾清門，著詳寫摺子以進。是日，早晚兩餐，直郡王俱賜饌六器。晚出，同扶九飲樹滋堂，微雨。黄昏回寓。買酒燭送李太夫人壽，紋銀一兩四錢。是日，江撫臣宋犖續刻《御製詩》□〔一〕套進呈，奉旨：「發南書房校對。」

與〔二〕同年何屺瞻過古藤書屋時藤花方盛開口占索〔三〕楊玉符孫松坪兩前輩和〔四〕

高出檐牙又幾層，濃陰特比昔年增。重指霧裹麻茶眼，來對堦前老大藤。一片黏須猶待拂，戲謂屺瞻。千梢壓架恐難勝。祗應火急催詩〔五〕句，莫謂先生病未能。時兩先生皆抱微痾。

〔一〕空缺一字。
〔二〕「與」，集作「偕」。
〔三〕「口占索」，集作「賦呈」。
〔四〕集奪「和」字。
〔五〕「詩」，集作「新」。

次韻答吳西齋四首

青韶同調半衰遲，久缺題襟唱和詩。自詡狂呼袁彦道，能〔一〕忘好客鄭當時。長檠列幕慚分照，小蹇衝泥或〔二〕借騎。巷北巷南曾咫尺，却從離索想追隨。余舊寓與西齋僅隔巷。

二老居隣共往還，謂玉符、松坪兩前輩。舊游歷歷笑談間。牆頭過酒傳鄉語，花底移床夢故山。萬事無如長耐冷，一官何計便投閒。舉朝才筆輸君健〔三〕，借職猶當〔四〕押右班。

不因〔五〕作賦擬文通，好上〔六〕詞場繼《國風》。後輩揣摩工日下，故人傳寫到吳中。

〔一〕「能」，原作「誰」，改「難」，圈去，改「能」，集作「難」。
〔二〕「或」，集作「倘」。
〔三〕「君健」，集作「吳質」。
〔四〕「當」，集作「堪」。
〔五〕「因」，集作「須」。
〔六〕「上」，集作「步」。

時揚孫請假返吴門〔一〕。碧香開甕春浮白，翠袖分燈夜剔紅。怪得近來貧轉甚，俸錢强〔二〕半給新豐。

江湖一别悔難追，誰遣閒鷗誤拂池〔三〕。玩世未〔四〕妨資客難，低頭聊喜得吾師。同時領袖歸〔五〕東省，〔六〕異代文章替左司。吴官户曹時，考核事實，成《左司筆記》一書〔七〕。若向此中論臭味，莫輕〔八〕莨楚竟無知。

〔一〕「時揚孫請假返吴門」，集作「時蔣酉君乞假將歸」。
〔二〕「强」，集作「多」。
〔三〕「誤拂池」，集作「拂鳳池」。
〔四〕「未」，集作「何」。
〔五〕「歸」，集作「推」。
〔六〕集有注：「時考選臺垣，吴名在第一。」
〔七〕集無「考核事實」，「成」作「有」。
〔八〕「輕」，集作「言」。

四月

初一

五更入朝，皇上親祭太廟，臣僚畢集。黎明，駕回宫，余輩隨澤州、華亭兩公到南書房，澹遠、潛齋繼至。早膳，賜麪食一盤。巳刻，駕幸暢春園。余以事請假二日。午後，晤蕉飲、不器。黄昏，次侯攜酒見過，邀虞箴小飲。作札與玉翁，約初三早同出城。

題相柳圖〔一〕送劉雨峰出守真定

我初游學來帝京，漁洋夫子官司成。君時實助四門教，相臨以分稱師生。衆中期許良獨厚，灑脱不用常格程。過從往往得大〔二〕醉，叩發談議交籌觥〔三〕。感君磊落

〔一〕集奪此四字。
〔二〕「大」，集作「一」。
〔三〕「籌觥」，集作「縱横」。

得[一]真意，憐我遲莫方成名。五言投贈竟長幅，氣韻遒古[二]聲鏘[三]鏗。迴環首尾二十載，我鬢漸白君顏頳。郎潛索米豈不久，一麾出守今專城。風前五馬五騏驥，叱馭快作西南征。槖駝載書車載酒，緑楊夾路聞鸝鶊。常山古郡接畿輔，沙泉瀏瀏欣相迎。紅蕖繞郭雲錦爛，白鷺下浴滹沱清。行人六月汗如濯，過此盡愛徐徐行。誰歟妙手爲補繪，鈴閣何必非蓬瀛。我今一官苦羈絆[四]，欲往相就心摇旌。中山釀熟幸郵寄[五]，毋令肺渴枯腸鳴。

初二

晚過蘅圃，與東川、子文、西厓、石城公請張偉存世叔，時新補杭州太守，嘯月班演《牡丹亭》，兑錢紋銀八錢。沈遠珍自杭來。接程穎叔、吴履中手書，履中送書畫磁器四種。

〔一〕「得」，集作「有」。
〔二〕「古」，集作「逸」。
〔三〕「鏘」，集作「鍧」。
〔四〕「絆」，集作「鞅」。
〔五〕「寄」，集作「致」。

初三

黎明，過玉翁，同入順成門，補祝澹遠生日，代酒燭銀一兩。午前，至暢春園，同直諸公俱在。張衡臣世叔初奉旨，召入南書房，進《謝恩》七律二首，稱旨，即留直廬共事。

初四

早入直廬。發下《淵鑒類函》第二、第三兩套，令余輩再加詳校。駁正計二十三條。是日，録「霧」類詩六張。傍晚，上御舟打魚，賜臣等鮮魚數十尾，謝恩出。澹遠齒痛。回寓，發奴輩賞封一兩六錢。

初五

早入直廬。賜御饌魚羹二器。晚餐，再賜麪食六碗。是日，録「霧」詩畢，再録「露」詩。晚出，過聲山寓，再過衡臣寓，即相國舊賜第也。

初　六

早入直。手録「霜」類詩五張、「虹」類詩三張。遣人入城，送傅汝爲、沈遠珍程儀四兩，又犒銀一兩。吴履中、程穎叔回書俱付去。

初　七

早入直。録「曉」類詩六張。乾齋先生乞假省親，奉旨，著赴通政司上本，午刻先出，吾輩稍後。至寓，知大兒沿檄來都，點押河間飢民，今日到新儀門外，宿天寧僧舍。

初　八

黎明，入直廬。大兒午前來，同聲山出，晤，即令其回天寧寓中辦理公事，復入直。是日，手録「夜」類詩五張。午餐，賜粉麵食五種。夜雨。

初　九

黎明，雨中入直，午前雨止。手録「夜」類詩畢。

初十

辰刻，駕幸丫髻山。余輩俱留西苑。午後，乾齋正詹請假省親命下，收拾書籍筆硯，先入城。是日，手録「曉」類詩畢。

十一

早入直廬，手録「天」類、「虹霓」類詩畢。晚出。是日同直諸公去者大半，余與玉翁、紫滄三人留。晚回寓園，共坐玩儵亭前大石上，看月。

十二

早，過大兒天寧寓舍，備酒二席，紋銀四兩，紹津及家靖安叔、東園弟、子美姪先後來，同作半日聚。時大兒奉保定知府檄，明日將回東鹿。傍晚，余乃回寓，至自怡園，月上矣。付子美買扇紋銀一兩八錢，兑錢紋銀三兩二錢。

題聲山〔一〕柳邊歸院圖小照〔二〕二首

萬林垂柳一條〔三〕隄，玉蝀橋邊闇〔四〕月題。緩鞍〔五〕不愁歸路遠，移家新傍禁垣西。

入直常先下直遲，水光風影〔六〕裊鞭絲。自從賜出飛龍廐〔七〕，不向東家借馬騎。

十三

早入直廬。録「雪」類詩八張。傍晚出。是日，駕自丫髻山回宫。

〔一〕「聲山」，集作「學士姪」。

〔二〕集奪「小照」二字。

〔三〕「萬林垂柳一條」，集作「一條虹影亘長」。

〔四〕「闇」，集作「響」。

〔五〕「鞍」，集作「轡」。

〔六〕「水光風影」，集作「風條雨葉」。

〔七〕集有注：「宋時翰林學士例賜飛龍廐馬。」

十　四

黎明入直。午前，駕自宫中幸西苑。乾翁亦來，傍晚去。是日，手録「雪」類詩八張。

十　五

早入直。録「雪」類詩八張。晚出。接朱敬如九江見寄書。兑錢紋銀三錢八分。

十　六

聞吉水司農抱恙，晨往候之。兼晤吴五世兄，屬寄札德星存壻處一函，連前共二五。

午後，仍至直廬。去年所葺《歷朝賦彙》三千六百三十三篇，計一百三十萬〇三十二字，向付養心殿收掌，今日啓奏。奉旨：「交陳元龍帶回校刻。」

十　七

早入直廬。録「雪」類詩八張。午膳，賜粉麪食六種。是日，亮功家眷自南來。

送掌詹陳乾齋先生省親歸里四首〔一〕

夜聞優詔下承明，特許朝來拜表行。親老詎應虚子職，天高原自近人情。道存養志歸非晚，風動旁觀感亦生。欲識掉頭瀟灑意，浮雲只視一〔二〕官輕。

賓僚地望冠班行，奪席〔三〕頻依講幄旁。星漢文章唐許國，臚雲名第宋安陽。兩宫顧問〔四〕無虚日〔五〕，三殿披〔六〕毫有報章。誰似先生饒至性，最承恩日乞還鄉。

曾從扈蹕〔七〕紀開邊，出入聲華孰比肩。館閣清才傳子弟，蓬瀛〔八〕歸路著神仙。望

〔一〕集題作「送掌詹陳乾齋前輩予假省親四首」。
〔二〕「只視一」，集作「直似從」。
〔三〕「奪席」，集作「直上」。
〔四〕「顧問」，集作「召對」。
〔五〕「日」，集作「夕」。
〔六〕「披」，集作「摛」。
〔七〕「從扈蹕」，集作「踰旱海」。
〔八〕「瀛」，集作「壺」。

雲地較瞻雲近，捧日心隨愛日懸。更喜一門多盛事，春帆相望五湖舡。一月前，陟齋黄門請〔一〕假先歸〔二〕。

枌榆鄉社舊居隣，華髮趨朝接後塵。枯〔三〕樹忍攀前度〔四〕柳，殘鶯猶戀上林春。半綸投老知何日，八座還家羡有親。總道名園成獨樂，十年書局尚隨身。時奉旨歸刻《歷朝賦彙》〔五〕。

十八

晨入直廬。録「雪」類詩八張。傍晚出。乾翁送筆扇等物，俱領，犒使二錢。

〔一〕「陟齋黄門請」，集作「令兄陟齋乞」。
〔二〕「歸」，集作「行」。
〔三〕「枯」，集作「新」。
〔四〕「前度」，集作「東岸」。
〔五〕「時奉旨歸刻《歷代賦彙》」，集作「時奉旨攜帶《歷朝賦彙》三百餘卷，還家校刊」。

十九

早入直廬。明日，駕將視子牙河工，派出聲山、紫滄二人隨行，午前命下。是日，録「雪」類詩五張。澹遠陞掌坊。

二十

黎明，至直廬。早膳後，上發暢春園，騎行至柳汊口，上舡。余輩六人仍留輯詩集。作札答本縣何父母，托子元轉送。及竹垞先生，俱附乾齋帶去。外送竹翁《明詩》刻資紋銀八兩，寄還松茂號大兒前欠紋銀八兩六錢七分。非九五足銀九兩一錢二分，各帳俱清。

池上雙鶴

長鳴相和兩仙禽，多在陽陂〔一〕少在陰。偶向清池閒照影，被人猜有羨魚心。

〔一〕「陂」，集作「坡」。

廿一

黎明入城，送乾翁。再送子美姪程二兩。過樹滋堂午飯，時司農病初愈。存女兒處速香一斤，杭羅二疋，兑錢紋銀四錢六分。晚過澹遠，即留宿。

廿二

五更出平則門，至西苑天始明。與衡臣偕入直廬，玉翁、方翁先後至。手録「雪」類詩畢。傍晚，回寓，微雨，已而虹見。寄甲字第四號南信，從澹遠寄。内潤木、玉禾及次兒共三件。

五更出平則門至暢春園天始明〔一〕

高城傳柝罷，苑路辨微茫。夜雨已成霽，曉風猶作涼。平疇交麥氣，緑樹吐燈光。一日容休沐，誰知野趣長。

〔一〕此詩集中未收，眉批「未刻」。

廿　三

早入直廬。天氣驟熱，始換紗衣。是日，在直者楊、蔡、張及余，共四人。夜枕聞雨，曉晴。

廿　四

黎明，同玉翁至小東門外，門鑰未啓，移時乃入。方翁、衡翁繼至。集釘手録詩，計二百七十頁，分作四册。

廿　五

辰刻，入直廬。午刻微雨，晚晴。先出。

廿　六

遣人入城，送雨峰詩幅一、杯一。作札與紹津，問司農近履。辰刻，赴直廬。手謄《二集詩藁》五張。申刻出。

廿七

辰刻，入直廬。作九江回札。薄昏，聞皇上回宫之報。

廿八

早入直廬，潛齋、亮功、屺瞻俱來。午前，駕幸暢春苑。午後，澹遠、紫滄亦至。得德星消息，知奏對甚稱旨。傍晚，内侍李至直廬，余輩跪請聖安，隨出。從澹遠家報中接次兒第四號信。掌院遣人索《送乾齋》詩藁，即付去。

送許不器赴任陳留〔一〕

風俗陳留好，猶傳一縣名。人耕莘野徧，水入汴渠清。百里才非小，三年政必成。

〔一〕集中僅載第一首，眉批「刻」；第二首不載，眉批「未刻」。

舊游崔〔一〕李散〔二〕，相送倍含情。

君本名家後，高才久絶塵。如何釣鼇手，忽作折腰人。貶跡聊隨俗，初心豈爲貧？

中原無痔瘻，亦足醒安仁。

廿九

辰刻，入直。閲太白詩二卷。午飯，賜粉麪餅四盤。傍夜出。

五月

朔

黎明入直。遣人持名帖送雨峰、不器贈行詩箋，附去乾齋有《潞河舟次見寄》三絶句。第一首「舟由儔」，第二首「勝層」，第三首「迷垂漪」。辰刻，駕幸永寧寺，澹遠、紫滄、亮功三人隨

〔一〕「崔」，集作「高」。

〔二〕「散」，集作「盡」。

行，午後，回苑中。賜角黍二盤。自太宗時高麗歲貢米百石，爲端午節[一]上供，至今不絶也。

恩賜哆囉雨衣恭紀

五十餘年草莽臣[二]，青氊家世[三]本[四]來貧。如[五]憐襏襫隨朝士，特賜哆囉出闕賓。尺寸量才慚補職[六]，短長稱意荷終身。從今聽雨聽風候，僕直應[七]誇楂人。

[一] 原稿奪「端」字。
[二] 集作「短褐頻趨道路塵」。
[三] 「家世」，集作「猶是」。
[四] 「本」，集作「向」。
[五] 「如」，集作「爲」。
[六] 集作「燥濕推恩慚厚庇」。
[七] 「應」，集作「堪」。

五月朔賜食[一]高麗米稷恭紀

清暑初交殿閣[二]風，又傳節物近天中。靈符舊繫千絲縷，玉粒新頒五綵[三]筒。東坡詩「飯筒纏五采」[四]。青蒻香分菖葉緑，銀盤光射石榴紅。雲帆不却三韓貢，拜賜還應[五]紀祖功。上諭云：「此米本出高麗，自太宗朝歲貢百石，爲上供之用。」[六]

初二

黎明入直。上賜紅白榴花一盆，山礬花一盆，列置直廬庭下。巳刻，駕再幸永寧寺，申刻回。澤州太夫人病，上賜止血石，又賜山七苗一盆，高尺許，葉長如鳳仙，莖粗如筋，

[一]集奪「食」字。
[二]「閣」，集作「角」。
[三]「綵」，集作「采」。
[四]集奪此八字。
[五]「應」，集作「教」。
[六]「爲上供之用」，集作「爲端午上供」。

綠紫色。采葉生嚼，可療咯血之症，命潛齋連夕馳還京郊。余輩傍夜回寓。夏家丁自永平來，六謙札至，未答。

初　三

遣夏家丁往束鹿，作札與四弟、大兒，附去次兒兩信。辰刻，入直。閱青蓮詩一卷。傍晚出。是日，孝昭皇后忌辰，素服，不帶數珠。

初　四

皇太子千秋節，同諸公往行禮。司農誕辰亦在今日，遣人代叩送禮，收顧繡廿四幅。巳刻，至直廬。賜高麗米糉一盤。禮部議覆，總河張鵬翮題請滙神廟匾額，順天府尹錢晋錫題請廣寧門外普濟堂匾額，俱交翰林院恭擬，今早，滿、漢掌院綠頭牌啓奏。奉旨：「交與南書房翰林。」午刻，衙門傳到公文，余輩公擬得滙神廟：「清源永奠」、「長滙保漢」、「滙海惟波」、「永鎮支祈」，普濟堂：「膏津回春」、「佑民贊化」、「錫福神畢」、「春臺煦育」。即日寫摺子送去。晚膳，再賜粉麪餅、乳酥五椀。

是夕，聲山陞侍講學士命下。

初五

遣人送摺子呈滿院長。辰刻入直。賜糉一盤。巳刻，駕復幸永寧寺，申刻，回宫。澹遠陞侍講學士〔一〕。接范方仲札，知子貞壽喪已到家。内有呈山瀏令郎一札。

初六

黎明入直，作《送張裕齋》五古一首，書綾幅。交朱姑小銀鼠皮三百張，大銀鼠皮一張。又，澹遠二百張，俱付消局。傍晚下直，大雷，微雨，數點而霽。

送張裕齋由户部〔二〕郎中出守杭州

海宇久昇平，朝家重民事。吾州繁劇郡，牧守詎輕寄？相國門多賢，先生乃其季。起家科第中，敭歷非初試。銓除例引見，人地有易置。天子稔公才，臨軒親簡畀。群

〔一〕原稿此句用墨色較淡之筆抹去。
〔二〕集奪「由户部」三字。

情翕然服，公望兹果遂。賤子本州民，田廬依廣庇。抒懷述所見，幸勿芻蕘棄。餘杭一都會，舊習沿浮侈。賓筵糜酒醪，徵逐共游戲。東南際江海，隱現魚鹽市。黠者半爲商，群群騖聲利。梟絲雖土貢，耕紡業間墜。往時櫛比塲，十室減一二。士風最柔弱，泯俗鮮倉積去聲。好訟豈〔一〕性然，因緣飽胥吏。舞文骫吾法，嚬笑巧窺伺。所以古相傳，陋邦號難治。我公朱轓出，福曜光燭地。才大實恢恢，心虚恒惴惴。平生開濟瞳，夙昔澹泊志。道路方欣瞻，風聲已先駛。星羅九屬邑，催科兼撫字。公行示以廉，表帥勵下位。百族豐确殊，喚咻同體視。公行示以儉，變化需漸漬。必若鼇蠹豪，先須扶善類。弊當去太甚，利或興以次。洵知鸞鳳仁，遠勝鷹隼鷙。公餘愜雅尚，山水領幽致。開閣挹清虚，褰帷納空翠。澄泓千萬頃，高下三百寺。日爲湖上游，原不廢填委。吟賡白蘇什，手續歐梅記。寧待報最期，竚看璽書賜。

初七

司農送禮，領靴、酒二種，犒三錢。又收女兒靴、襪二件。寄子美姪第五號南信，外附

〔一〕「豈」，集作「其」。

人參一兩與次兒，又，李兼銀三兩，孫成銀一兩。遣人送張郡尊，受詩綾一幅，還錦卮一對。辰刻，至直廬。駕復幸永寧寺，午後回宫。申刻，有雨意，下直視平日較早。澹遠壽分一，收静安叔、子鰲兄二分，俱璧。是夕，聞華亭太夫人訃。

初八

早至直廬。辰刻，駕幸西廠。連日俱用西洋法測量苑中地形廣狹，未刻，回宫。補作《塞外雜記》絶句五首，别存筆。晚出，曹渭符送宫扇一柄，犒八分。

苑中聞鶯偶作〔一〕

晝與人聲静，庭〔二〕兼晷影移。四圍千碧樹，百囀兩黄鸝。椹熟蠶應老，芒疎麥尚〔三〕垂。未聾雙耳在，爲爾立多時。

〔一〕集奪「偶作」二字。
〔二〕「庭」，原作「庭」，圈去，改「墻」，復圈去，改「庭」，集作「牆」。
〔三〕「尚」，集作「正」。

初九

早入直廬。辰刻，各衙門俱有啓奏。午前雷雨，食頃，放晴。揚孫遣僕自揚州來，知其於前月二十方開舡北上。午膳，賜粉麪食五盤。

初十

早入直廬。雨後天氣稍涼。辰刻，駕幸西廠，午後，回宫。

十一

黎明入直。方麓先生陞補正詹。正月間，從中允陞少詹，不及半年，超擢今職，真異數也。即於直廬謝恩。四皇子以烏絲闌紙命余輩各書四幅。

十二

早入直廬。午前，駕復幸西廠，午後，回宫，測量始畢。晚餐，復賜鮮魚二筐，謝恩，出。接繆湘芷札。帛慎齋爲余作《證因第二圖》，作字謝之。同年謝履忠向爲碧山棄累，今日奉旨釋放。

十　三

李僕入城，附札答六謙。辰刻入直。是日，方翁及家澹遠俱因陞官，赴衙門到任。王麓臺先生病痊，仍入直。以《證因》小照第二幅乞麓翁補圖。俗傳關壯繆生日，宫監舉勝會。

十　四

黎明入直。方翁、澹遠俱從城中來。巳刻，院長校定《皇輿表》竣，到此啓奏，内增改一百七十餘條，别有摺子。午後，奉旨，令臣等公擬普陀觀音寺碑文。再傳旨，召祭酒孫○○於次早赴暢春園。即發片紙去。傍晚下直。月下，方翁設酌小飲。付李兼兑錢紋銀三兩。

十　五

早入直廬，樹峰先生已先至。午前，奉旨，令臣等將《詩學大成》照其體例，再加删補。

是日，亮功賜居西華門内，地與澹遠、揚孫相近。偶閲何鏜括蒼人，字振卿。《名山記》，得鮮于樞《游高亭山記》，中有趙伯堅與東坡唱和五言古詩，别爲録存，附載《補注》後。晚回寓，接六謙札。付龔蘅圃公請張常存公祖席賀足紋六兩。是夕，賜鮮魚二十尾，謝恩出。内府發出裝潢唐伯虎《相城水村圖》畫卷，楊柳凡三十四株，江橋水市，出没雲氣中，後有王文恪公五古一首，伯虎有和詩，最後有盧襄次韻一首。天上珍玩，人間何爲多見，展玩不忍釋也。

十　六

黎明入直廬。早飯後，上因夏至北郊，回宫齋戒，余輩俱隨入城。午刻，入南書房。衙門輪值者周漁璜、顧書宣、楊孚若、余天行。午飯，直郡王賜饌四器。傍晚下直，宿澹遠内城賜宅中。作札答朱敬如，托恒侯從提塘轉寄。

十　七

早至南書房。輪值者史胄翁、朱我與、李次公、魏無僞。早膳，直郡王賜饌及粉餅五盤。午後，發下御書《平定朔漠告成太學碑》文，傳祭酒孫〇〇公同展閲。孫以觸暑抱痾不至。傍晚下直，出前門，候掌院吳老師及崑山、華亭兩太老師。夜同扶九小飲司農齋。

大風，微雨。雨後，至高廟舊寓，扶九又出泥酒共飲。

是日，東鹿役至，接信菴及大兒札，寄到盤費二數，俱收訖，存女處，連前共□。外寄賀澹遠一函，亦面致。付孫成兑錢紋銀五錢，付道士房金。足紋二兩八錢五分，非九五銀三兩。

十八

黎明，上御保和殿，閱視版畢，回宮。余輩辰刻入南書房。輪值者，孫松坪、董文山、逢賡祺、文震青。早飯、午飯，俱賜御饌四器。午後，續發下翻清碑文，奉旨：「一併交與國子監勒石。」隨寫片紙，傳滿漢祭酒、司業赴起居館。傍晚，隨澤州老師捧出昭德門，南面傳旨訖。孫樹峰先生以病不至。

是夜，仍宿澹遠宅。接唐殿宣札，分俸六兩。未答。

十九

東宮奉旨，北郊行禮。早饍後，上復幸暢春園。余乘早涼先出城，過麓臺前輩寓，觀進呈畫幅。有吳僧號蕉士，善墨竹，爲余寫扇頭。午後，偕麓臺入直廬，衡臣、聲山繼至，傍晚同出。

二十

早入直廬。午前，上令内侍李至直廬，示臣等算法。先著米於案上，用賴尺量之，圍五尺三寸五分，徑一尺七寸，高五寸三分，米堆積數得四千〇〇九寸。上親以堆垛法一百二十五寸除之，得三二〇七之數。隨命用一百二十五寸之銅斗量之，不差錙黍。又，頒示一寸斗一、八寸斗一、十八寸斗一、百二十五寸斗一，斢水於中，大小隨其所受，寸寸而積，盈縮不爽。御筆《推算法》一紙，存澹遠處。午後，傳旨：「召國子監滿、漢堂官明早齊赴暢春園東門外，領御製碑文年月。」即晚傳片紙去。直郡王以箋紙大小六十幅屬書。傍晚，下直。

廿一

早起，微雨數點。遣東鹿人歸，作札與四弟、大兒，附寄四弟葛紗袍一件，賞去役紋銀八錢。辰刻入直。發下前擬普陀山普濟寺碑文。奉旨：「語氣尚欠闊大，汝等可公同再加酌改。」又，命擬法雨寺碑文一道，一併進呈。是日，侍講臣王原祁奉旨準帶數珠來直廬，謝恩。

廿二

早入直。午前同紫滄赴東宫召。申刻，仍至直廬。冒暑身倦，先回寓園。黄昏，大風雷電，已而微雨。

廿三

以腰疾不入直。午刻，内侍傳旨，命查檢古今斗斛事。因此間無書籍，轉向院長家借閱，遣人飛騎入城。薄昏，作永城回書，犒歸役紋銀三錢，又，潤木一信，俱托恒侯轉發。黄昏，院長處送到《通考》、《通志》、《玉海》、《通典》諸書，已經覆旨，訖，即付來使帶歸。

廿四

早入直廬。潛齋陞補左庶子，澤州師亦來謝恩，隨出。皇上將幸口外避暑，余輩等八人，開寫職名，呈請御批。巳刻，奉旨：「臣昇、臣壯履、臣名世、臣灝四人著隨駕，臣升元、臣瑄、臣廷玉、臣慎行俱留南書房辦事，臣廷錫俟假滿到京，亦令隨駕。」午後，内侍李至，發下《嘉量算法》十册，後學載堉著。按，載堉，明宗室，鄭世子也。其書推原造律之本，大約謂古人以度定量，以量定權，必參相得，而後黄鐘之律可求。律與度量衡相須爲用，非度量衡生於律也。因將累黍推定三器，並歷代沿革損益，著之於篇。奉旨：「汝等可將此書細看，中有所疑，逐條分列，朕當爲指示講解。」回奏云：「臣等愚昧，得蒙聖明開示，實屬萬幸。但生平學問短淺，於律數之學，向未嘗習。今觀此書，開卷茫然，不知辨析之端從何起也。」覆旨後，天顔爲一笑。傍晚回寓，接蘅圃札。

廿　五

早入直。樹峰先生病起，午前來，爲國學勒碑事奏請養心殿刻工。午後，上乘舟泛裂帛湖，看苑户打魚。賜臣等鮮魚大小十餘尾。

廿　六

黎明入直。澹遠腹疾不至。辰刻，上頒示御書《千字文》一卷，恭閱畢，即繳進。孫祭酒以御書太學碑來請用寶。午刻，内侍李捧出玉璽一方，玉色純紅，上蟠五龍紐，厚二寸，徑二寸餘，文曰「廣運之寶」。奉旨：「著孫岳頒親齎赴内閣用印。」天家重寶，臣等從旁目覩，實屬厚幸。午後，發下包衣佐領下進士、舉人、貢生、秀才試卷二十九本，命臣等閱定甲乙。傍晚回寓。自黄昏大雨，至二更乃止，久旱之餘，群情一醒。

是日，草華亭太夫人祭文，付澹遠書幛。接昌平札，知協濟馬匹已撥順義應差。

廿七

遣人至通州，領上半年俸米，付盤費足紋一兩八錢，存算。

曉霽。辰刻，至直廬。詳定昨日試卷，副榜貢生嘎齊哈居首，次庶吉士楊萬程、舉人胡里等十一人爲一等；秀才所住等十七人爲二等；木爾賽、僧保二人爲三等。巳刻，覆旨訖。發下《淵鑒類函》第四、第五兩套，起六十四卷，至一百十一卷。令臣等再加校閲。澤州師奉旨，改定南海普濟寺碑文，午後進呈。傍晚下直，復大雨，黄昏晴。紫滄令郎名守鑾字漢坡，自新安來，至寓園相晤。

五月二十六日喜雨

前夕齋壇撤醮回，西郊今日忽聞雷。一軒傍水看雲起，萬木無風待雨來。聖與天通終應禱，北郊前，上因久旱，親禱黑龍潭〔一〕。人言旱久未成灾。願敷甘澤沾濡意，膚寸崇朝徧九垓。

雨後池上納涼〔二〕

林亭片雨過，萬緑濃於染。葉杪滴殘聲，波紋蕩餘點。暑景猶未徂，涼風遽相感。平生微尚在，老去孤蹤忝。復此領〔三〕幽清，自然塵慮澹。

廿八

早入直廬。澹遠疾稍愈，辰刻亦來。《淵鑒類函》校畢，共駁正二十八條，隨繳進。午前發下《中晚唐百家詩集》八十本，用羅紋紙刷印，裝訂亦亦精緻。細看，乃江寧新刻，非宋版也。桐城相國有請安摺子，及李成《捕魚圖》一卷，仇英臨趙千里《張公洞畫卷》一，俱

〔一〕集無此注。
〔二〕集題作「雨後暢春園池上作」。
〔三〕「領」，原作「坐」，圈去，改「領」。集作「坐」。

從直廬進呈，得展玩半日。傍晚出。蘇州汪年伯軸分九錢。麓臺爲澹遠畫《重嵐浮黛圖》長卷，今日始就。

題蕉士上人扇頭墨竹

老僧指上微凉起，攜入先生懷袖中。好是緑筠亭上坐，墨光如〔一〕雨筆如〔二〕風。

廿九

早入直。麓臺攜去白扇一把，天行弟送鞍轡全副。

三十

早入直廬。午後，發下《圓機活法》、《韻學全書》。奉旨，命臣等依照此例，將韻脚詩句再加增補。傍夜出。通州人歸，俸米尚未發。

〔一〕「如」，集作「含」。
〔二〕「如」，集作「摇」。

六月

初一

是日，院長來，進《皇輿表》序文。

早入直廬。商酌「凡例」八條：○一，是書爲韻學而設，凡《五車韻瑞》、《韻府群玉》等書，皆宜采入。其中文義割裂，字句舛錯者，似宜删改。○一，韻學等書有同此一事而彼此互見、前後重複者，似宜删去，止存一處。○一，韻中地名、山名如吴中、楚中取「中」字韻，太山、華山取「山」字韻，未免太煩，一概不載。○一，《吟譜》下增添詩句，似宜選擇古人精練句子，及叶韻清新圓穩者，方行增入。其原本上有眼前平熟惡俗句子，如○○○○○之類，並宜删去。○一，《吟譜》下附注圓圈内字眼，有與本句絶不相屬者，似宜删去。○一，書籍繁多，不能全閲，所有應用書目，另單開載。○一，平韻所用詩句，字眼甚多，似應先行編纂，俟平韻完後，再查仄韻。○一，是書現經奉旨增删，應請欽定書名，以垂永久。擬畢，寫摺進呈。奉旨，稱善，依所奏速編。

又，去年在口外奉旨選録《歷朝詠物詩類》，今日已裒成集。除揚孫分録「時令」、「都邑」二類外，余輩八人共六十三册，亦寫摺進呈。奉旨，交京江、澤州兩公，再加參校。午後，分鬮《韻學大成》韻脚，余得「真」、「文」、「庚」、「青」、「蒸」、「軫」、「馬」、「梗」〔一〕、「嘯」、「號」、「勘」、「陷」、「覺」、「錫」共十四韻。傍晚，賜鮮魚十數尾。夜出，晤院長，另開一單，借閲書籍。

初二

早至直廬。奉旨：「著將『東』字一韻，照原本應增應删者，先纂樣本。」時同直者惟玉翁、方翁、衡翁及余四人，因查閲《唐雅同聲韻匯》及《宋元明詩選》，中采輯數十條，俟澹遠來，方寫摺子。又添「凡例」三條：〇一，原本「典囊」、「韻套」、「吟譜」三項字樣，似欠典雅，今擬改「典囊」爲「韻藻」二字，「韻套」爲「通用」二字，「吟譜」爲「摘句」二字。〇一，原本「東」字韻後即編入「涷」、「蝀」二字，今擬將用韻字句多者，先行編定，其險韻及無典故者，類編末幅。〇一，原本所載詩句之下復加一小圈，内注「日」、「月」、「風」、「雲」等字，似未甚當；今擬止寫五七言詩句，其小圈内所注字樣，概行删去。午後，續寫摺子進

〔一〕「梗」字復圈去，據本月初五日記，「梗」字韻後派給賈國維，故圈去。

呈。奉旨：「連日本欲面召汝等，諭以纂輯之法，今覽奏，甚合朕意。」午後，發下黄山谷、米氏父子書畫，共四卷，臣等校閲畢，即繳進。又，發下御書臨董其昌《天馬賦》行書一卷，臣等恭閲畢，即付裱房。傍晚出。

是日，御前發下《圖機韻學》一部，亦出時下手筆，存貯南書房。

初三

黎明入直，澹遠亦至。將「東」字增删韻脚先寫樣本。是日，公奠華亭太夫人，澹遠處軸分一，澤州師處公分一兩三錢。早飯後，入城一拜。午後，仍至直廬。「東」字韻樣本已經呈覽，内駁删原本六條。奉旨褒奬，即照此例編輯。傍晚，大雨，食頃止，衝泥回寓園。玉翁入城。夜涼，枕簟如初秋。接覽次兒四月廿八信，知潤木已到家，外有寄東鹿數件，及唐友菴家報。

初四

早至直廬。麓臺午後至，以畫扇見貽，再展唐六如《水村圖》，共相欣賞。收到續發書《韻府群玉》一套、《唐音戊籤》四套、《文選》二套、《五車韻瑞》四套、《李義山詩》二套、

《黄山谷集》一套。傍晚，發下御書臨董《後赤壁賦》行書一卷，閱畢，即付裱房。昏黑回寓。院長出近作及《進呈皇輿表》文，外二扇，索余新詩。

大雨下直[一]

急雨催歸騎，虚窻[二]警晚[三]聽。聲摇[四]三徑竹，漚散一池萍。穴蟻緣林木，跳蛙滿[五]户庭。最宜新浴罷，坐看鶴梳翎。

初五

早入直廬。玉翁自城中來，澹遠將隨駕，請假暫歸寓所。午後，内侍李至，傳旨：「將昨日分鬮詩韻，酌派幾韻與賈國維，亦令隨例編輯，欽此。」掌詹派出「宥」字，澹遠派出

〔一〕集題作「大雨下直至自怡園」。
〔二〕「窻」，集作「櫓」。
〔三〕「晚」，集作「夕」。
〔四〕「聲摇」，集作「勢沉」。
〔五〕「滿」，集作「入」。

「微」字，乾齋派出「紙」字，玉翁派出「葉」字，研齋派出「霰」字，亮功派出「東」字，紫滄派出「蠶」字，揚孫派出「侵」、「徑」二字，余派出「梗」字，共十韻。即寫片紙知會訖。

初六

早入直廬，潛齋、澹遠、紫滄俱至。巳刻，奉旨：「編輯《韻學》，一切字樣，不必忌諱。」再傳旨：「駕發西苑後，臣升元、臣瑄、臣廷玉、臣慎行每日仍到南書房辦事。」晚出。發僕輩紵布價紋銀一兩八錢。

初七

五鼓赴小東門外送駕，時九卿皆不至，惟余輩四人，及麓臺、屺瞻而已。黎明，上乘輦出苑東門，臣等跪送於道旁。命內侍李至，傳諭云：「朕已見了，起去罷。」辰刻入城，過澹遠堂，趙漁玉自杭來。接高詵仲札。晚涼，沐浴，回道院舊寓。俞扶九沽酒以待，次侯、紹津亦至。

初八

繆湘芷早過，蕉士上人來，留午飯。傍晚出，弔錢京兆源道。過麓臺，正在解衣盤礴間。起居館上飛騎至，云有旨意，從湯山發來。即刻馳赴西長安門，疾趨而入。至午門，遇玉翁先生自内廷出，知爲纂詩事，須公同斟酌，勿拘鬮韻之例。時日已落，微雨濕衣。與玉翁步出前門，抵寓已黄昏矣。開藥酒與扶九對酌，盡醉始就寢。五更，枕上聞雨。

初九

雨中入南書房，捧讀上諭：「《圖機活法》一書，爾等各分韻編輯固是一法。但朕欲與爾等商量，可將第一韻公同查出，議增議改，完訖，再查第二韻。庶幾各盡所長，各抒所見。此法不知可行與否？如可行，著在外在内諸臣一體公同編輯，俟朕回鑾時呈覽。」又，諭云：「前所編『東』字韻，朕看來亦尚未全，再得添些方好。」又，諭云：「口外樺榆溝，爾等去年詩中寫『化魚溝』，是錯的，可改正。」又，諭云：「前所開書目之外，尚有可采之書，亦著開明取用，欽此。」臣等四人詳閱上諭，即恭寫奏帖，從宫報覆旨訖。除前開書目外，今擬增《左國腴詞》、《文選錦字》、《天中記》、《潛確類書》、《事文類聚》等書。《天中記》一部，南書房舊有，今發與隨駕諸臣，余輩須就近借閱。午刻，放晴。

是日，玉翁以事不至。至者，方麓、衡臣兩前輩及余，共三人。申刻下直。便道候各位老師安。再過司農，借《兩漢雋言》一套。又買《玉海》一部，紋銀三兩。紹津處發去。傍晚回寓，書宣過談移時。

初十

道園先生早過，屬其向黄司業家轉借韻書。付陸裁縫買草葛紋銀一兩。存算。午後，過西厓招，同令詒、元朗納涼小飲。令詒以《黔中詩藁》屬點校。

十一

早入南書房，玉符先生以事不至。與蔡、張兩先生酌定編輯之法。申刻，下直，司農貽酒肴，與扶九、紹津月下共酌。接老友王子龐札，以黑頭方見寄。賀顧晋裴侍御，受錦卮一。

十二

早入南書房。閲《兩都賦》。爲十皇子書扇二柄。是日，衡臣不至。申刻，與玉翁同步出宫。聞揚孫奉太夫人抵都，過其寓中相晤。便道晤陳巨、高秉之、震修，抵寓已薄昏。李親母送瓜菜等項，犒使一錢六分。

移寓高廟晚涼喜作〔一〕

不信人間有鬱蒸，好風來處晚涼增。滿城鐘磬初生月，隔水簾櫳漸吐燈。書少只宜高閣庋，牆低聊當曲欄憑。白鬓道士休相避，我已身同退院僧〔二〕。

十三

早過同門吴右將椿樹頭條〇〇新寓，再過廖虞箴。至香雪，午飯，飯後，接澹遠初十

〔一〕集題作「移寓城南道院納涼」。
〔二〕「同」，集作「如」。

申刻手札。院長專人入都，知聖駕於今早出古北口。答澹遠一信，附寄院長家人。兑錢紋銀一兩一錢五分，買涼鞋紋銀二錢。

十　四

黎明入南書房。看《文選·賦》。申刻，出，遣人至益戒堂，借《文林綺繡》二套、《詩學大成》二套、《卓氏藻林》一套。又，借樹滋《兩漢雋言》四本、《文選》十六本。借西齋《爾雅》一部。顧書宣札至，晚過其寓，小飲，起更後回寓。

十　五

黎明入内廷，查閲《選·賦》。晚，回寓。吴門王仙來過晤，送土宜。領小手巾一束。吴西齋送筆二帖。揚孫送研一，眼鏡一，香珠二串，俱領。犒一錢二分。

十　六

早入内廷。午後，偕蔡、張兩前輩步出内西華門，過澹遠，下榻。

玉蝀橋觀荷花和張衡臣〔一〕前輩

明波如眼媚天光，一鏡争開萬柄香。白髮滿頭人盡笑，赤欄橋畔看題粧。〔二〕

水風凉透鷺鷥肩，一鏡争開〔三〕萬柄蓮。不是玉樓金殿影，直疑身在過湖船。

十七

遣扶九長班往通倉領俸米，付盤費足紋一兩。辰刻，獨入内廷。四皇子以畫兔扇頭命題，賜饌五器。楊、蔡、張三君皆不到。晚出，扶九治具，招王膚公、俞叔音同飲。好風送涼，月上乃散。買扇一匣，紋銀三錢。

十八

換包銀五兩一錢。發上年。付足紋四兩四錢。又，付李兼兑錢足紋二兩六錢。辰刻，入

〔一〕「衡臣」，集作「研齋」。

〔二〕此詩爲原作，後删去。

〔三〕「開」，集作「窺」。

直。進天安門，遇雨，到南書房，衣帽盡沾濕。午前開霽。爲十皇子書扇。晚出。同年公祝方若誕辰，壽分一兩，嘯月班演雜劇。席間大雨，傍夜散。過揚孫，送其往口外。

題扇頭畫兔應四皇子〔一〕

仙族由來託望舒，管城何必羞中書。畫圖便是騶虞圃，豐草成群樂有餘。

十九

黎明至南書房，同直諸先生俱以事不來。辰刻，微雨，已而，雨漸大，連日炎歊一洗。閱《選・賦》第二册畢。申刻，冒雨回寓。代紫滄發汪年伯奠分九錢。前賬清訖。送寓所翟道士香資五錢。過朱子介話舊，時自平陽通守服滿，來京候補。

〔一〕此詩集中未收，眉批「未刻」。

雨中獨直内廷〔一〕

窈窈〔二〕九重關，沈沈萬壽山。雨來聲愈〔三〕静，天上坐能閒。寓意同休沐，浮踪信往還。御溝新漲急，歸及聽潺潺。

二十

黎明至内廷，玉翁、衡翁俱來，閲《選·賦》畢。申刻，同玉翁步出宫，至昭德門遇雨。食頃，雨止，回寓。陳升賡見過，以《塞外牧羊圖》索題。廖虞箴祖母范太君八十壽誕，以綾幅索詩。

廿一

黎明至内廷。奉東宫十九日鞍子嶺發來令旨，著余輩各擬新園匾額五十個。隨發片

〔一〕「内廷」，集作「南書房」。
〔二〕「窈窈」，集作「窅窅」。
〔三〕「愈」，集作「更」。

紙，傳同事三公入。午後下直，過六謙、升菴閒談，留二扇乞書。再過樹滋堂，取回紋銀十兩，爲京中日用。令詒歸寓，往探之。黄昏雨。趙二令送武夷茶二錫，犒一錢二分。

題陳允升塞外牧羊圖後〔一〕

誰護儲胥峙糗粻，開邊端合用陳湯。即看士馬歡騰後，宴犒猶餘萬角羊。
鞭策曾趨萬騎先，鉦鐃〔二〕親扈六飛旋。當初應笑柊中監，雪北蒙氊十九年。
横草功名一例看，牧羊何似牧民難。郎潛此日憐頭白，辛苦邊州兩政官。
春草如秧帶〔三〕緑蕪，驅群何日首歸塗〔四〕。一蓑烟雨村南北，添寫巾箱《考牧圖》。

廿二

黎明，大雨中入直，諸公皆不至。閱《選·詩》三卷。申刻，冒雨出朝，御溝暴漲，與丹

〔一〕集題尚有「四首」二字。
〔二〕「鉦鐃」，集作「鐃鉦」。
〔三〕「帶」，集作「際」。
〔四〕「塗」，集作「途」。

墀平，前門下水深二尺。肩輿軏兀抵寓，衣帽盡潦濕。玉翁札至，未答。

廿　三

黎明入內廷。從宮報中封發東宮請安奏摺，附去四人分擬匾額摺子四。方翁先出，余與衡臣申刻下直。李佽侯生子，往與司農道喜。同扶九小飲。黄昏回寓，遣人至玉翁處，覆昨語。

廿　四

連日冒雨往還，體中狼狽，在寓中休息一日。買羊酒賀佽侯，紋銀二兩一錢。令詒見過，閒話半日，午飯後去。接澹遠二十日鞍子嶺信，知隨輦諸公皆分書查閱，并以「東」字韻進呈樣本寄示。明日入直，當攜往，與同事三公相商，照此例行也。雨竟日，傍晚更大。

廿　五

雨止。早入內廷，玉翁、方翁、衡翁繼至。將現在書籍照行在發來例分閱，余分得《文選》、《長慶集》、《中州集》、《東坡詩》四種。即日檢閱《選·詩》三卷。申刻，下直。連日冒暑雨，腸紅大發。

廿　六

黎明入内廷。閲《選・詩》四卷。午後下直。投刺，祝京江師壽，送禮四包，俱不收。澹遠家人自水路至京。接東亭、又微、喬梓及次兒三月中第四號信，又接五月廿五第七號信，内德尹、潤木兩札，知德尹已自閩中歸家。院長遣人送紗二疋、葛二疋，兼念寓所日用艱難，復蒙損惠八十金，來意諄切，不能却也。再接次兒信，聞静思姊丈五月十八訃音，骨肉凋殘，不勝摧痛。

廿　七

腸紅舊症大發，在寓調理，服補中益氣湯，加何首烏三錢。付道士房租九五銀五兩，除六、七兩月外，餘一兩，付作燈油價。遣人至德勝相國處候安，并謝昨惠，犒二兩足。取還銀鼠二百張，付恒侯收訖。德尹寄澹遠札亦附去。再接恒弘四月中札，紹津夜過。

廿八

早雨。兑錢九八銀二兩四錢。辰刻入直，雨止。閲《選·詩》畢。是日，玉翁不至。申刻，下直，左足大趾忽發腫，歸步甚艱。書宣送食物，領皮蛋八十，犒使一錢二分。

廿九

足痛，不入直。閲《文選》四卷。午後大雨。

三十

大雨連明。道院南、東、西三面地勢洼下，爲衆流所歸，浸淫如水鄉。午後，漸開霽。是夕，扶九以太廟時享赴衙門齋宿，余獨坐寓中，閲《文選》四卷，作札寄東鹿，付扶九火夫帶去。內友菴家信一，潤木、次兒信三。

七月

初一

清晨大霧。辰刻，入南書房，同事三先生俱至。閲《文選》三卷。申刻，回寓。接澹遠前月廿五手札，夏忠自古北口來。

初二

遣夏家丁往東鹿，作字與大兒，附去潤木、次兒三信，及唐友菴宅報。賞去役銀四錢。辰刻，入南書房。閲《文選》畢。申刻，出。是日，玉翁不至。送星家談蜚聲銀四錢。

初三

黎明入直。閲《史記》五卷。申刻，下直。便道候澤州師安，並爲堯愷道喜，時從蜀中舉卓異來陛見。再過錢石城新寓。

初四

黎明入内廷。爲九皇子書扇。閲《史記》五卷。申刻，下直，過樹滋堂，扶九亦至。黄昏回寓。接老友朱誨人蜀中札，時在龍安府石泉縣任，札中備述遠吏之苦、邊方山川之險、風俗之陋。外一札寄德尹者，亦留余處，當覓便寄南。

初五

早雨。腹疾，不能入直。付轎夫七月工食紋銀四兩。静坐寓中，無俗客到門，閲《史記》八卷。晚晴，徐師魯將歸，祝太夫人七十壽，有箋索詩。

初六

大霧。早入南書房。閲《元氏長慶集》起。是日，諸公皆不至。申刻，下直，便道送陳廷益，時告假將南還。接薄聿脩札，聞靳開先訃。

初七

早入南書房。閲《元氏長慶集》畢。諸公皆至。午後，同下直。投刺，晤文石濤前輩，時自吾鄉學院奉旨撤回。

是夕，扶九治具，邀方若、叔音、佽佽兄弟及紹津過寓小飲，二更散。

初八

黎明入直。閲《詩經名物疏》二卷。是日，玉翁不至。十四皇子以《淵鑒齋法帖》屬校對。分賜御書《千字文》一部、《百家姓》細楷一張、《曹娥碑》二張、《輞川詩》二張，有御製跋，墨光紙色，堅□精好，皆初榻也。申刻，回寓，過答陸靈度。買金腿銀一兩三錢，兑錢足紋乙兩〇六分。

初九

大雨，達旦不止，留寓中一日。發甲字第六號家信，從澹遠轉寄，内德尹、潤木、二姊、東亭、厚容、寒中共六件，俱令次兒分送。晚晴。接薄聿脩札。附去靳開先奠分二兩四錢，内一兩二錢代聲山發。

疊納涼前〔一〕韻戲索〔二〕俞扶九侍御和〔三〕

晨烟夕靄氣蒸蒸，秋水門前幾尺增。止酒免償鄰負債，施油催上〔四〕佛龕燈。嫩莎院落長〔五〕聯步，積雨〔六〕軒窗每〔七〕對憑〔八〕。除却入朝須起早，兩鰥何事不如僧。

〔一〕集中奪「前」字。

〔二〕「索」，集作「答」。

〔三〕集奪「和」字。又，集中題下有注：「時同寓道院。」

〔四〕「上」，集作「點」。

〔五〕「長」，集作「晴」。

〔六〕「積雨」，集作「獨樹」。

〔七〕「每」，集作「雨」。

〔八〕集中此句下有注：「寓庭有白楊一株。」

初十

黎明赴内廷。方翁不至。閲《白氏長慶集》六卷。申刻，下直，過王次蠹表弟館中閒話，傍晚回寓。震一見和《納涼》詩。學菴以《移居》二律索和。楊司馬奠分八錢，又，西厓、學菴兩分，俱彙送松坪處訖。

王學菴給諫移寓保安街有詩見寄次答二首

笑檢空囊付晝叉，不妨家具少〔一〕於車。篋中諫紙傳新草，唐時〔二〕拾遺官月給紙二百張，名諫紙。牆角吟蛩報晚花。置酒可能邀北郭，賣書端合問東家。十年瘴嶺煙江路，容易星回博望查〔三〕。

〔一〕「少」，集作「小」。
〔二〕「時」，集作「制」。
〔三〕集中此句後有注：「學菴兩任黔、粵縣令。」

轆轤綆轉石欄邊，僦屋曾棲蒲褐禪。余壬午、癸未間曾寓〔一〕居此巷〔二〕。古井再經愁雨塌，舊交重聚得天憐。明燈照壁何防〔三〕蠍，綠樹當門定有蟬。稍待泥乾走相覓，看君新竈起茶烟。

十一

曉霧。卯刻，入直。閲《白氏長慶集》五卷。衡臣遣人賚相國奏摺赴行在，附札與澹遠。是日，玉翁不至，衡臣先歸，余與方翁申時同出。兑錢足紋一兩四錢。三更，大雷雨。

得朱悔人石泉書却寄

蛛絲繳繞鵲聯翩，信使來從古石泉。躙足憐渠行萬里，尺書報我閲三年。天垂馬

〔一〕「寓」，集作「僦」。
〔二〕「巷」，集作「街」。
〔三〕「防」，集作「愁」。

閣真奇險，官到龍州似〔一〕左遷。勸爾〔二〕白頭須作達，好詩吟〔三〕偏好西〔四〕川。

十二

早晴。黎明入直。閲《樂天集》六卷。申刻，回寓。吴勝南歸，賞紋銀三錢。夜雨。

十三

早入南書房。閲《樂天詩集》五卷。午餘，天色忽變。與玉翁步出乾清門，至午門，坐移時，家人持雨衣來，冒雨而出。遇許彦中、王東發於科廊。蓋今日下直，視昨較早也。未刻，抵寓。方翁遣人來，致九江語。夜，大雨。

〔一〕「似」，集作「類」。
〔二〕「勸爾」，集作「相勸」。
〔三〕「吟」，集作「題」。
〔四〕「西」，集作「山」。

祝〔一〕崑山徐太夫人七十壽

早相中朝黼黻臣，晚攜麟鳳拜恩綸。五千歲裏三秋節，二十年來八座親〔二〕。星漢高源占寶婺，門牆餘廕在儒紳。黄花酒暖金桃熟，遥指瑶〔三〕池是海濱。

雲間廖年伯母八十壽詩〔四〕

久從母範開雲楣，八秩欣逢介壽期。桂子香飄鸞雀雀，桐孫枝拂鳳凰池。天留兩老承恩地，節是中秋醉月時。從此遐齡豈□算，年年長進九光巵。

〔一〕「祝」，集作「奉祝」。
〔二〕「親」，集作「人」。
〔三〕「瑶」，集作「西」。
〔四〕此詩集中未收，眉批「未刻」。

寄壽楊紫儀七十〔一〕

雁行魚隊數朋游，聞説楊幡已白頭。甕拜酒香浮緑蟻，杖扶人健刻丹鳩。煙霞勝踐懷龍井，花月佳招醉虎丘。楊，錢塘人，今居吴門。曾是東山門下客，謂家伊璜伯。老仙閲世自風流。

十　四

曉晴。早入南書房。閲白詩五卷。是日，方翁不至。申刻，下直，過司農齋。發柬，訂諸子望夕寓樓看月。接方若札，云已治具，余遂改卜他日。院長自樺榆溝遣人垂詢。代聲山發楊司馬奠分八錢。

十　五

早起大霧，漸後，出，答兩月來見過諸公。至書宣齋午飯，飯後，同過慈仁，買零星犀

〔一〕此詩集中未收，眉批「未刻」。

玉幾件，銀一兩二錢。東海徐師母七十壽分五錢，付方若處彙送。東鹿人來，接信菴、大兒札，外南信一封；又，德星一件；又，收到盤費銀四十兩。是夕，方若攜尊邀叔音、扶九、欽侯兄弟、紹津賞月，二更散。

十六

遣東邑人歸，買銀硃，紋銀七錢，賞去役三錢，作札與四弟、大兒，内附潤木一札，及漱六家信。辰刻，入南書房。閲白詩三卷。澤州師來，攜《御製三角形論》摺子先出。申刻，下直。夜大雨，兑錢紋銀一兩〇二分。

十七

雨中入内廷。十四皇子賜瓜果四種。玉翁不至，方翁先出。余與衡臣午後散歸，抵寓後大雨。明日公餞徐師魯分銀五錢。澤州師遣人送到御製文摺子，屬交南書房十九號，仍置炕櫥第二口黄匣内。接錢京兆訃，十九開喪，廿三止吊。

十八

腰疾，不入直。午後，强起，赴方若齋，公餞師魯。與分者宋山言、吴又將、楊朗溪、方若及余，共五人，趙二今、汪秋屏以事不至，黄昏散。

十九

黎明至南書房，玉翁已先在。閲白詩四卷。溽暑如江南黄梅天氣，殊不可耐。是日，蔡、張兩先生皆不至。余與玉翁午後回寓。西崖發柬，招明日飲。京兆家發柬，訂廿三陪喪。

二十

夜雨。早入南書房。白詩閲畢。酉刻，回寓，隨赴西厓招，令詒、蕉飲、元朗、師魯後先至。長洲韓宗伯公手札見召，泥濘不能再赴矣。

廿一

早入南書房，帶進《南史》第一套，計七本，存案頭檢閱。是日，閲《宋本紀》三卷。申刻，下直。欨侯生子彌月，賀分一兩二錢。三更大雷雨，紙窗盡破，卧具沾濕，達旦不寐。兑錢紋銀一兩三錢一分。

廿二

雨止，大水浸街。辰刻，入直。閲《宋本紀》畢。午後回寓。悔人家僕回石泉，作札奉答。犒銀四錢足。桐城孫湘南自漢川州牧薦卓異來都，以《片石園》新刻賜教。令詒、元朗共訂明日小集。代德尹發領誥封九六銀三兩六錢，言過，再找四兩四錢，照書宣例。

廿三

夜雨達旦。漸後，吊錢京兆，連七祭□紋銀八錢，即留陪喪。午後，赴學菴、西齋公席。西厓、蕉飲、師魯俱在座。傍晚，余先回寓。

廿四

冒雨入南書房。楊、蔡兩先生不至。十四皇子賜瓜果二盤。閱《南史·齊本紀》二卷。申刻，下直，街心泥淖深尺餘，兩丁肩一輿，時有傾跌之慮。紹興陳友以德尹誥命二軸來看，即送中書科，訖。

廿五

雨中入直，巳刻，開霽。同事諸公畢至。閱《南史·本紀》畢。申刻，回寓。接吴受臣名元晋，湖州人札，以緩急告，送紋銀二兩。兑錢足紋一兩五錢。

廿六

晨起，天色晴爽，始有秋意。辰刻，入南書房。閱《后妃傳》三卷。玉翁不至，衡翁來而即歸，余及方翁午後散。聞澹遠有信來自口外，因出内西華門，晤恒侯，見十九日上營子所發手札，悉隨駕近狀，有語囑致香雪。是夕，留宿内城，二更微雨，達旦。信菴寄潤木札，托恒侯轉寄。

廿七

雨不止，因昨日晴朗，不帶雨衣雨帽，故不能入直。漸後，出城，過香雪，午飯。衢泥過六謙，不值，回寓。晚晴。

廿八

黎明入南書房。十四皇子書綾幅字見賜。閲《后妃傳》畢。未刻，回寓。

廿九

早入南書房，玉翁、方翁不至。閲《宋臣列傳》三卷，晚出。

八月

初一

早入南書房，衡翁不至。閲《列傳》二卷。申刻，回寓。接田叔表弟全椒來信，及王全椒札，俱未答。外澹遠一函，爲轉致，訖。送静軒舊宫扇一柄。

初　二

晨出，祝華亭司空六十壽，送錦卮重五兩二錢二，餘禮共四包，止收二卮。再過樹滋老人，午飯。走候石門師，晤漢三世兄。微雨，道滑，急回寓，益戒紀綱自口外來，得隨駕近聞。换皮韈底，紋銀五錢。

次扶九積雨韻〔一〕

低處家家没半扉，濃雲未肯解重圍。雷聲屢震威何褻，潦水凌空勢倒飛。亂草當階群蛉吠，小船横繫一人歸。眼前大有江湖興，漸及蓴鱸□蟹肥。

初　三

夜雨，達旦不止，衝泥入直，諸公皆不至。閲《南史列傳》三卷。晚晴，回寓。院長有

〔一〕此詩集中未收，眉批「未刻」。

人往口外，附去候函，及澹遠一札。兑錢足紋一兩三錢四分。

初四

大德公自郊園入城，黎明往候，面致香雪語。再過益戒堂，觀新賜御書大幅。入西華門，候蔣年伯母，因昨日移居賜宅也。至澹遠午飯。傍晚出城，同西厓、書宣、漁璜三前輩及學菴、字緑、山言、湘芷赴蕉飲前輩席，時移具張氏一畝園。積雨初霽，新月頗佳。

初五

發轎夫工食紋銀四兩，本月起。

早至南書房。方翁以病不來。閱《南史列傳》二卷。午後，衡臣先出，余與玉翁稍後。

遣人往大德處，特函再致香雪昨語。

史蕉飲前輩招集一畝園與諸同人〔一〕分賦

喜〔二〕聽門前剥啄聲〔三〕，重來忽漫聽秋聲。空庭〔四〕樹比昔年老，積雨天逢三〔五〕日晴。世上官情閒最好，詩中澹味煉難成。韓家潭外如鈎月，并〔六〕領新凉到鳳城。

初六

早入南書房。閲《列傳》三卷。午後，出順城門，答汪庾齊、唐次衣。申刻，回寓。董氏第三甥從故鄉來，接二姊札，即令攜卧具至寓中。

〔一〕集中奪「與諸同人」四字。
〔二〕「喜」字改爲「卧」字，全句復圈去。
〔三〕「喜聽門前剥啄聲」，集作「踏屐衝泥取次行」。
〔四〕「庭」，集作「園」。
〔五〕「三」，原作「二」，圈去改「三」，集作「今」。
〔六〕「并」，集作「愛」。

初七

早入南書房。方翁病，不至。閱《列傳》二卷。申刻，下直，候石門師。再過六謙寓，時將赴石阡太守任，三十年交好，臨別殊依依也。贈贐四兩。

初八

早入南書房，諸公俱至。閱《列傳》二卷。午後，有宫報自上營來，隨駕諸君附寄澤州師稟啓，即交内侍孫送去。申刻，下直，兑錢紋銀二兩二錢二分，買宣紙四張，紋銀三兩二錢。天行弟自天津來，托索獻縣楊知縣札。時掌故城印。

初九

黎明入直，至昭德門遇京江、澤州兩師，及華亭太老師，昨日宫報内有御製詩，奉旨到南書房同閱也。御製七言長歌一首，有序，共三百十六言，叙述去年山左饑荒，發帑遣官賑救，今二麥有秋、西成可望，喜而有作。仰見皇上愛民之心，勤勤宵旰，澤州師即作字答隨駕諸君。另有請安奏摺，余輩四人皆列名，明日當從宫報發去。三公先出，余輩四人照常，午後下直。抄録御製詩，分送澤州、華亭處。京江早在内廷手自謄寫一紙，故不復送。是日，與扶九、佽侯劇分一兩，公請陳堯愷世兄，别邀寶仍、杏洲、震一、湘芷登閣，月下快飲。席間分韻作五言詩，余得白字。更餘乃散。司農以獻縣札來，明日當面致天行。夜半大雷，微雨。

伏讀聖製豐年歌恭賜原韻〔一〕

《周官》十二臚荒政〔二〕，散利先當〔三〕重民命。平時撫衆曰惟仁〔四〕，臨事承天胥〔五〕以敬。五行疇範推皇建，九扈農祥視晨正。堯湯水旱其數然，補救由人事〔六〕前定。

〔一〕集題作「恭和御製山左豐年歌原韻」。
〔二〕「十二臚荒政」，集作「荒政皆仁政」。
〔三〕「先當」，集作「恒先」。
〔四〕「撫衆曰惟仁」，集作「蓄衆道維慈」。
〔五〕「胥」，集作「心」。
〔六〕「事」，集作「乃」。

吾皇臨御〔一〕軫卹頻，恩〔二〕膏沛潤沾幽淪。厚滋〔三〕亭毒煦春日〔四〕，峻極穹蓋函秋旻。偶聞〔五〕小眚報𡵉〔六〕儉，特沛大賚憐民〔七〕貧。開倉立發千萬億，遣吏徧荷咨諏詢。飛鴻在野集在澤，雨露派被〔八〕咸平均。東人誰能忘帝力，艱食俄聞奏鮮食。黍〔九〕苗長畝二麥登，三郡〔一〇〕依然安作息。向來軫念煩宵旰〔一一〕，至是天顔有〔一二〕霽

〔一〕「皇臨御」，集作「君御宇」。
〔二〕「恩」，集作「流」。
〔三〕「滋」，集作「培」。
〔四〕「日」，集作「律」。
〔五〕「聞」，集作「逢」。
〔六〕「報𡵉」，集作「占俗」。
〔七〕「特沛大賚憐民」，集作「特涣大號賙甿」。
〔八〕「雨露派被」，集作「六府九紀」。
〔九〕「黍」，集作「禾」。
〔一〇〕「三郡」，集作「鼓腹」。
〔一一〕「向來軫念煩宵旰」，集作「向來睿慮每宵衣」。
〔一二〕「有」，集作「同」。

色。明朝天語〔一〕傳山莊，帝庸作歌庶事康。生成無私物咸□〔二〕，飢溺已拯心〔三〕如傷。《豳風》七月俗淳樸〔四〕，群祝萬壽期無疆。可知先憂後樂意，覆載莫媲恩難量。小臣矢詩頌《無逸》〔五〕，願勖□爾〔六〕勤官方。

初十

曉晴，早入南書房。閲《南史列傳》二卷。午刻，下直。過答天行弟，再過同年張逸峰，爲漢威姪語，托字緑轉致。瑞賓叔送酒果六包，俱受。犒使二錢。子鰲兄送月餅，受，犒錢百文。書宣送百花酒一壜，犒一錢二分。晚同字緑、湘芷赴前輩朱我與席。兑錢足紋乙兩七錢，明日治具，邀諸子看月。史胄司前輩以《收竿轉櫂圖》索題。

〔一〕「天語」，集作「尺一」。
〔二〕「生成無私物咸□」，集作「太平有象省惟歲」。
〔三〕「心」，集作「猶」。
〔四〕「七月俗淳樸」，集作「十月獻朋酒」。
〔五〕「頌無逸」，集作「紀上瑞」。
〔六〕「□爾」，集作「岳牧」。

十一

黎明入直，楊、蔡兩先生俱不至。午前，乾清宫發下宫報一封，皇上御筆硃批云：「總管翟霖將此封勿動，交與南書房大學士處。」時在直惟余及衡臣兩人，不敢擅開，隨囑夏内侍請澤州師來開視。内皇上賜三中堂御書扇三柄，御製詩題云《山莊書懷賜大學士》。澤州師先於寶座謝領，隨攜賜扇頒發京江、沁州兩公。午後，微雨，放晴。申刻，下直，行至端門，遇沁州入朝謝恩，余揖而出。傍晚，方若、扶九、叔音、攽侯兄弟、紹津俱集寓庭，字緑以家忌不至，别邀寓中羽人共飲，二更散。叔音留宿。蔡卓菴寄小照索題。

十二

早入南書房。閲《列傳》二卷，澤州師處送到謝恩摺子，即交翟總管，從宫報轉送行在。申刻，回寓，可亭姪自杭州來。接東亭七月十二札，發報上酒錢二百文，内有寄王文子、王東岩、吴國期三函，俱分致訖。

十三

早入南書房。閲《列傳》二卷。午後出，取回銀鼠皮，計十張，以五張分送書宣。换包銀足紋八兩，送杭州嚴姑一兩，餘給直房諸内侍。

十四

司農病起酬神，相邀過飲，嘯月班演《雙紅》。同席異姓惟余及扶九。盤桓竟日，更餘回寓。接澹遠口外信。兑錢足紋二兩。

十五

黎明入内廷。早飯後，即歸寓。汪庾齋送禮，受錦巵一，重一兩九錢，犒使一錢五分。衡臣送銀桃二十枚，受。紹津送食物，犒二錢。午後，設奠遥祭先君、先母。邀可亭姪看月。司農見招，不及赴。賞家人二兩六錢，轎夫二錢。

京口蔡卓菴將軍以小照索題[一]

百尺長松十畝蔭，未應山水少清音。如何一片孫郎石，獨讓將軍抱膝吟。

科頭緩服自雄姿，聞説今來髯黑絲。畫閣麒麟驚眼見，識君兼識少年時。

十六

早入南書房。閲《列傳》三卷。申刻，回寓。玉符先生攜酒肴過寓閣賞月，兼邀松坪、西齋、扶九同飲。收下半年俸銀二十二兩五錢。

十七

早入南書房，群公畢至。閲《列傳》二卷。晚出，過堯愷藻盧，席間分韻得「明」字，五言古體。黄昏散。

[一] 此二詩集中未收，眉批「未刻」。

十八

夜雨徹明，不入直。出候鄭珠江、龔于路兩前輩，即回寓。兑錢紋銀二兩三錢六分。口外人來，接聲山八月十二日手札，知聖駕將至波羅河屯。

月夜城南水閣雅集分得白字時陳堯愷初自蜀中歸出示游峨眉詩草〔一〕

積雨洗〔二〕秋清，天空露華白。水風吹月上，去我如〔三〕咫尺。何期一斗酒〔四〕，遠致三峨客。稍稍具杯盤〔五〕，羅羅飣肴核。一歡作〔六〕意料，邂逅皆〔七〕莫逆。君生公

〔一〕集題作「月夜城南水閣偶集分韻得白字即題陳濂村峨眉詩草後」。
〔二〕「積雨洗」，集作「高閣倚」。
〔三〕「如」，集作「若」。
〔四〕「何期一斗酒」，集作「此時一尊酒」。
〔五〕「具杯盤」，集作「召朋儔」。
〔六〕「一歡作」，集作「盍簪非」。
〔七〕「皆」，集作「心」。

相家，名上金閨籍。七年行蜀道，尚爾好顔色。懷袖有峨眉，雲烟落吾〔一〕席。此〔二〕山洵僻左，迥與中人〔三〕隔。鬭險出五丁，蠶叢始開闢。君才雖小試，實佐籌邊策〔四〕。談笑無滯機，篇章特餘力〔五〕。徑危蛇倒退，石惡劍中劃〔六〕。日月光攝身，雷霆伺投隙。雪山去〔七〕西竺，萬里赴絡繹。裔疑天可捫〔八〕，平視星堪〔九〕摘。何人能到此，毋乃挾仙翮〔一〇〕。不然萬象驟〔一一〕，詎肯供汝役。浮蹤感□□，即事論

〔一〕「吾」，集作「几」。
〔二〕「此」，集作「兹」。
〔三〕「人」，集作「原」。
〔四〕「策」，集作「畫」。
〔五〕「篇章特餘力」，集作「登臨挾仙翮」。
〔六〕「劃」，集作「劈」。
〔七〕「去」，集作「帶」。
〔八〕「裔疑天可捫」，集作「豈非所歷高」。
〔九〕「平視星堪」，集作「參井手可」。
〔一〇〕集中闕此二句。
〔一一〕「萬象驟」，集作「域外觀」。

今昔〔一〕。已知生有涯〔二〕，當〔三〕著幾兩屐。〔四〕眼前有〔五〕清景，不醉良可惜。後會且勿論〔六〕，流連盡今夕〔七〕。

十九

作札答澹遠，附去摺子二百個。辰刻，入直，楊、蔡兩先生不至。閱《列傳》二卷。申刻，歸寓。取回大銀鼠皮八十二張，存剩小銀鼠皮二十二張。可亭姪、容山姪孫過寓，留小飲。黄昏雷雨。澹遠處寄到《御製穹覽寺碑記》。

〔一〕集中闕此二句。
〔二〕「已知生有涯」，集作「人生百年内」。
〔三〕「當」，集作「知」。
〔四〕集中有「奈何塵鞅羈，蹞步恒跼蹐」兩句。
〔五〕「眼前有」，集作「哦詩撫」。
〔六〕「後會且勿論」，集作「努力營一歡」。
〔七〕此二句被删去。

二十　曉霽，黎明入南書房，諸公畢至。閲《列傳》二卷，申刻，回寓。前輩鄭珠江先生賜答。付道士房租足紋四兩，八、九兩月俱清。接沈海山札，爲長孫姻事。

廿一　早入南書房。閲《列傳》二卷。晚出，同松坪、西齋、字緑赴宋山言之招。

廿二　漸後，過報國寺，訪沈翰逸。午前回寓。大司農見過，坐水閣，話移時。晚同令詒、書宣、堯愷諸君赴前輩周漁璜席。

廿三　早入南書房。閲《列傳》二卷。申刻，下直。晚赴汪蒼洲、安公兩前輩之招，史耕巖前輩以手卷索題。付陸裁縫修皮襖足紋八錢。存算。

廿四

早入南書房，諸公皆至。閲《列傳》二卷。未刻，回寓，聞長洲宗伯之訃，孫嘯夫自平湖來，過寓中話舊。接恒侯札，聞皇上重九後回鑾之信。

廿五

早入南書房，楊玉翁不至。閲《列傳》一卷。爲十四皇子寫《素書》一册。未刻，先出，送長洲宗伯公殮，繼赴欣侯招，席賞二錢。嘯月班演《浣紗》。

題史耕巖前輩收綸轉棹圖〔一〕

銜尾船裝壓浪書，鱸鄉風物比何如。羨君別有絲〔二〕綸手，釣綫隨身自卷舒。

〔一〕集題後有「四首」二字。

〔二〕「有絲」，集作「具經」。

賞花曾記把魚竿，鳳怡〔一〕家傳學士冠。四十年中三掌誥，皇恩還授〔二〕五湖寬。

江楓吟罷〔三〕酒初醒，射鴨堂連避暑亭。想得落〔四〕帆秋正好，水花紅影帶蜻蜓〔五〕。

千里波光一曲移，西風吹老碧莼絲。畫圖愛寫湖山意，未是先生乞賜時。

廿　六

留寓中一日，寫南北各信。午後，過史耕巖前輩，面還畫卷。再過六謙，盤桓至昏乃別。震一以詠物詩屬評閱。兑錢足紋二兩四錢二分，夜邀天行弟、可亭姪及董甥小飲。熊質君年伯五十壽分一兩，有綾幅，索壽詩。

〔一〕「鳳怡」，集作「南史」。

〔二〕「皇恩還授」，集作「鳳池何似」。

〔三〕「江楓吟罷」，集作「拍殘銅斗」。

〔四〕「落」，集作「卸」。

〔五〕「水花紅影帶蜻蜓」，集作「水花風葉滿鷗汀」。

廿七

送新城先生壽禮四包，收舊磁盃一對，紫陽真跡一卷。遣董甥往東邑，付錢二千文，銀三兩，作札與大兒，爲長孫姻事。辰刻，入直，方翁以朝審不來。閲《列傳》二卷。晚出，邀嘯夫話舊。

廿八

早入南書房，諸公皆不至。閲《列傳》三卷，申刻，回寓。可亭姪來，即去。周秉節視篆故城，天行索札，即寫去。付葉瑞峰店足紋十兩。當收錢三千文。又，换九色銀足紋三兩六錢。

廿九

早入南書房，諸公皆至。閲《列傳》二卷。申刻，出順成門，過書宣，不值。晤湘芷。晚赴王幼芬前輩席。

熊質均年伯五十壽

半百韶華九九辰，壽誕〔一〕重陽前一日。紅萸黄菊一番新。堂前接武尚書履，大司空尚在堂〔二〕。膝下承顔進士巾。次君與余同年。風月無邊邀客賞，虀鹽有味愛官貧。時官國子學正。盈觴酒美須勤置，共識清醇似主人。

三十

早入内廷，方翁不至。閲《列傳》二卷，申刻，下直。答同年沈正始。回寓，前輩史耕巖、梅月川兩先生枉顧，同年汪秋屏繼至，傍晚别。接沛恩姪七月中札，未答。

〔一〕集中奪「壽誕」二字。
〔二〕集中奪此五字。

九月

朔

早入内廷，方翁、玉翁俱不至。閲《列傳》二卷。雲氣靉靆，恐有雨，與研齋午後各散。至起居館，坐移時，乃回寓。

陳濂村新闢書屋名曰萍廬中秋後二日招同人宴飲其中〔一〕分韻得明字

趨庭〔二〕十年别〔三〕，叱馭〔四〕萬里行。自爾好會稀，轉頭歲峥嶸。聞子〔五〕昨報最，

〔一〕「宴飲其中」，集作「宴集」。
〔二〕「趨庭」，集作「名園」。
〔三〕集有注：「乙亥夏，與濂村共醉高陽相國園亭。」
〔四〕「叱馭」，集作「蜀道」。
〔五〕「子」，集作「君」。

還裝及秋晴。相公顧之喜，東閣客已盈。吾老不曉事，頹然厠群英。開筵亦見招，謂是門下生。坐我三間廬，酌我一巨觥〔一〕。爲言聚散地，遠近豈有程。點池忽西東，浮海或合并〔二〕。不以歡此居〔三〕，而取萍爲名。吾意殊不爾，勸君還細傾。君才本謫仙，偶然去瑶京。玉堂手種樹，再至〔四〕陰已成。況復芝蘭堦，連枝合田荆〔五〕。胡爲不自廣，猥作詩人鳴。如余乃萍耳，一葉漂大瀛。舉頭望秋空，雲月遞微明。一歡〔六〕難預必，得酒且合并〔七〕。

〔一〕集作「酌以一角觥」。
〔二〕原本奪此二句，據集補。
〔三〕「不以歡此居」，集作「所以顔此室」。
〔四〕「至」，集作「到」。
〔五〕集有注：「謂潛齋學士。」
〔六〕「一歡」，集作「後期」。
〔七〕「得酒且合并」，集作「得句且再賡」。

初二

早入南書房，諸公畢集。閱《列傳》二卷。午刻，微雨，即霽。申刻，下直，與方若、山言、秉之、虞箴、又將公酌漢三昆季，分銀一兩。坐間復雨。夜歸，接韓宗伯公初三開吊訃文，及門爲治喪，韓世兄送帛二端，璧謝。

初三

作第七號南信，附静安叔，内德尹、二姊與三兄、東亭及次兒共五件，東亭札内附德星一紙。又，寄澹遠、伯姪及季方兄三札。韓宗伯奠分一兩，送澤州師處製軸。午前往拜，即回寓。招濂玉及静安叔、子鰲兄過飯。夜微雨。

初四

大風作寒。黎明入直，玉翁不至，方翁來而即出。閱《列傳》三卷。申刻，歸寓。許繼賢見過，帶去圖章三方。程叔才來索又李兄字，爲發第二號。

送静〔一〕安叔南〔二〕歸〔三〕

畫鼓朱旗曉日開，廣場千步浄無埃。紫光閣下通名姓，曾與諸王〔四〕較射來。〔五〕武殿試日，上率東宫、諸王先升御幄，步射畢，諸進士乃排班。

文武家聲荷主知，右班特許綴蛾眉。一門盛事傳希有，親見穿楊入彀時。是〔六〕日，余與聲山姪俱奉特旨赴紫光閣〔七〕觀射，時以爲榮。

最喜高堂有老親，還家初换綵衣新。兩山霜葉紅於錦，馬上争看第一人。余家以武科登第者自叔始。

〔一〕「静」，集作「靖」。

〔二〕集奪「南」字。

〔三〕集尚有「硤石三首」四字。

〔四〕「諸王」，集作「天潢」。

〔五〕集尚有「紫光閣在玉蝀僑西南」八字。

〔六〕「是」，集作「叔赴殿試」。

〔七〕「赴紫光閣」，集作「賜坐西班」。

蓴鱸鄉夢久勞勞[一]，何日歸期指大刀。惆悵黄花喜序酒，送君時節近登高。

初五

早入南書房，諸公俱至。閲《列傳》二卷。晚出，赴熊年伯席。是日，爲司空公壽誕，大觀班演《西樓》，席賞二錢。

初六

雨中過半截衚衕，送静安叔歸里，賞家人銀四錢。子鰲兄治具留飲，恒侯亦至。接聲山八月廿六口外信。歸途會勵令式前輩。再過司農，致澹遠語。傍晚回寓。趙二令尊公年伯壽分一兩。

初七

早入南書房。閲《列傳》二卷。晚出。先付轎夫半個月工銀二兩。族孫容山南歸，送

〔一〕此首集中未收。

緞襪、香珠二件。可亭姪過寓，攜去蔣總憲湘輓詩綾一幅。夏家丁自口外來，以養馬盤費缺乏告，付足紋十兩。

初八

早入南書房。閱《列傳》二卷。申刻，下直。麓臺先生招看新畫，即過之。進呈六幅，屬爲落款。傍晚回寓。佽侯、紹津明日攜尊至寓登高。外二柬，別訂令詒、西齋。

初九

早入内城，晤北門公，致樹滋語，兼爲嘯夫館地。過麗文書室，午飯。歸途過澹遠，投帖，祝研齋生日。午後出城，祝趙二令尊公年伯壽。申刻，回寓。令詒、西齋、湘芷、黄村、可亭先後入座，方若、字緑以事阻。二更乃散。

初十

早入南書房。閱《循吏傳》畢。楊、蔡兩先生不至。申刻，下直。是日，扶九陪祭歷代帝王廟，入城宿。發星字四號稟啓，致許座師。附澹遠家人去，爲□丞語。

十一

早入南書房，蔡、張兩公不至。讀玉翁賜研齋詩。閲《儒林傳》終卷。申刻，回寓，六謙尚未成行，過其寓中閒話，夜歸。

重九日水閣小集分賦〔一〕

澄波如練寫晴光，地迴樓孤早得涼。雅會不知誰是主，浮生端合醉爲鄉。煙霞滿眼皆秋意，今古回頭幾夕陽。却憶萬峰啣積雪，去年隨輦踏圍場。

總憲蔣裕菴先生輓詩〔二〕

副相聲華重，恢然德宇宏。青雲多故吏，黄閣是門生。謂相國桐城公〔三〕。氣壓松阡

〔一〕此詩集中未收，眉批「未刻」。
〔二〕「詩」，集作「詞」。集題尚有「二首」二字。
〔三〕「謂相國桐城公」，集作「相國桐城公出先生禮闈分校門下」。

肅，霜留柏府清。滿朝推碩望〔一〕，存没備哀榮。

帝里移家久，堂開緑野宜。庭惟栽玉樹，坊亦號靈芝。卿月流丹旐，商飈卷素帷。

《薤歌》聲咽處，慘動是南司。

送陳子文赴石阡太守任〔二〕

橐筆多番到直廬，墨淋漓灑玉蟾蜍。一麾自擁君恩出，礱石先應刻御書〔三〕。

瘦嶺荒江路七千，一家迢遞向蠻天。不知賧布巴賨外，可有公畦太守田。用《南史·伏暅傳》事。

鳥道中開斗大城，嬥歌處處合蘆笙。風流郡伯褰帷入，赤脚花鬘次第迎。

清香晝静雙枝戟，碧樹春垂小桁簾。預算鈴齋無俗事，一泓冰鏡照吟髯。

碑版光傳照裔文，臨池妙手繼鵝群。翻防訟牒紛難却，判尾争先乞使君。

〔一〕集作「憲臺傳故事」。

〔二〕集題作「送陳子文出守石阡八首」。

〔三〕集有注：「君爲部郎時，屢召赴南書房作行楷書，前後再賜宸翰。」

四十年來好弟兄，夢中曾共入〔一〕蓬瀛〔二〕。白頭此别〔三〕天南北，忍便匆匆賦渭城。
短衣猶記走邊頭，熢火遥連古智州。今日故人乘傳去，太平時節話前游〔四〕。
宦蹟知從歷政深，單裝寧肯負初心。歸舟不載葵花石，要使清名過鬱林〔五〕。

十二

早入南書房，諸公畢集，相約各録一韻，俟上回宫進呈。余分「中」字。繙閲《唐詩韻匯》、《東坡集》、《中州集》一過。晚出，接子文札，以天津過關事相商。

〔一〕「入」，集作「躡」。
〔二〕集有注：「子文初赴選，夢與余兄弟同入朝，已而果驗。」
〔三〕「此别」，集作「岐路」，按，稿本原作「岐路」，後圈去，改爲「此别」。
〔四〕集有注：「庚申、辛酉，余在貴陽幕府，故及之。」
〔五〕集有注：「《石阡府志》：『城南龍洞有兩石，如盤形，類葵花。洞中産紋石，俗名醮果，任人賞玩，不得攜歸。』」

十三

早入南書房，諸公畢至。澤州師亦來，午前先出。閱朱子詩及范石湖詩畢。申刻，回寓。汪荅洲見過，有語欲致大兒。發東請子文、天行及沈甥。〇〇新選故城縣令，天行於此地行鹽，借此令一會面也。接七月廿一德尹、次兒兩信，外寄東鹿一封。

恭[一]讀聖[二]製山莊書懷賜大學士七言律[三]詩仰和[四]原韻

雨暘時若中[五]陰晴，睿慮還[六]周稼穡町。夏壠已聞收翠浪，秋塲旋聽[七]擣紅粳。

〔一〕「恭」，集作「伏」。

〔二〕「聖」，集作「御」。

〔三〕集奪「七言律」三字。

〔四〕「仰和」，集作「恭次扇頭」。

〔五〕「中」，集作「驗」。

〔六〕「睿慮還」，集作「無逸心」。

〔七〕「聽」，集作「見」。

仁風被賜先元老，喜色騰歡徧列卿。共識宸章難仰答，太和元氣屬〔一〕《咸》《英》。

十　四

早入内廷，楊、蔣兩先生不至。編葺「中」字韻藁本。晚回寓。荇洲爲中翰王君諱坦者索東鹿信，即寫去。夜雨。

十　五

曉晴。辰刻，入南書房，諸公畢集。緝「中」字韻藁本畢。申刻，出，過答荇洲。賞東鹿聽差蔡姑銀一兩

十　六

早入南書房，諸公皆至。三皇子以華亭墨蹟七幅見示。謄清「中」字韻進呈樣本三張。午後下直，聞瑞賓叔訃，往哭之。酉刻，回寓。接何屺瞻札，即答訖。付李兼買布紋

〔一〕「屬」，集作「在」。

銀七錢，尚存一兩五錢。

十七

早入内書房。謄清「中」字韻三張。午後下直。過樹滋老人，有語澮遠回時囑轉商，漢扶姪館事聞已成，聲百之誼，可感也。

十八

早入南書房，清寫「中」字韻樣本四張。申刻，回寓。扶九招同靈度、叔音小飲。冠三甥自東邑來，接信菴、大兒兩札，寄到零星，俱收訖。外盤費銀五十兩，又三十兩爲大孫求允用。又，還汪東爾昜舊欠十二兩七錢。我處已經代發，此項亦存。

十九

兑錢紋銀二兩六錢七分。午後，皇太后回宫。是日，不入直，發柬招鍾定山、沈正始，爲大孫姻事浼執柯也。

二十

早入南書房。手録「中」字韻摘句四張。午後回寓，定山亦至，正始傍晚乃到，小飲，黄昏去。

廿一

五更起，送宗伯韓公發紖。天色尚早，同拜者惟彭惠上前輩，其餘皆追送不及矣。卯刻，入直。澤州師已刻來，即出。手録「中」字韻樣本畢，共十六頁。晚出，扶九令郎到京，送六安茶一簍又二封。

廿二

早入直廬，諸公畢集。閲《南史·儒林傳》終卷。申刻，下直。付轎夫下半月工食紋銀二兩。廿一日起。又付俊公姪足紋三十兩，兑金釧、金簪等件，爲長孫求允之用。逯萬春送紬扇，犒一錢二分。

大宗伯長洲韓公挽詩〔一〕

曠〔二〕代文章伯，精靈造化鍾。同朝瞻舉止〔三〕，上殿畫儀容。獨具回天力，群歸秉禮宗。忽聞〔四〕歌曳杖，泰岱已〔五〕摧峰。

五雲臚唱後，八代起衰時。制藝諸王〔六〕讀。才名四裔馳〔七〕。直惟憑帝鑒，清且〔八〕畏人知。物望關存殁，非公更屬誰？

〔一〕集題後尚有「四首」二字。
〔二〕「曠」，集作「昭」。
〔三〕「舉止」，集作「進退」。
〔四〕「忽聞」，集作「逍遥」。
〔五〕「已」，集作「忽」。
〔六〕「諸王」，集作「東朝」。此句後集有注：「皇太子手選先生制藝文一册，曾出示慎等。」
〔七〕「馳」，集作「知」。
〔八〕「且」，集作「并」。

昔别〔一〕絲綸地，還朝又十年。高風仍館閣，雅尚自林泉。一病歸難料〔二〕，初心老倍堅。尚餘毫髮憾〔三〕，悵望五湖船。

折柬頻〔四〕蒙召，扶床得幾回。泥塗遲下直，函丈失追陪〔五〕。遺墨真堪寶，藏緘忍再開七月二十日，公病稍□，手札見招，以下直稍遲，不及赴。寢門纔隔月，今爲哭公來。

廿 三

過鍾定山寓，面商長孫求允之禮，兼答邵、趙二君，午前回寓。接恒侯札，附去瑞賓奠分七錢，付道士房租紋銀二兩，又，燈油銀一兩，付裱背《證因圖》手卷銀一兩六錢。傍晚，從澤州師處得皇上廿五回宫之報。

〔一〕「别」，集作「去」。
〔二〕集有注：「先生以病乞歸，奉旨留京調理。」
〔三〕「憾」，集作「恨」。
〔四〕「頻」，集作「曾」。
〔五〕集有注：「七月二十日，公病間手札見招，是日慎行下直稍晚，不及趨赴，遂成永訣。」

廿四

弔胡芝山前輩。午前，何屺瞻過寓，午後，玉符先生亦至，聯轡出東直門。逢口外歸者，知皇上回宫之期在廿六日，業已發行李車輛前去，遂不復回寓。傍晚，抵望京，賃莊房二間，三人同下榻。黄昏，方翁、衡翁始至。二更，澤州師遣人相訂，明早前往孫河接駕，時中堂、九卿俱會集於此，余輩似應隨班。五更，澤州師亦來。兑錢紋銀一兩八錢七分。

廿五

駐望京一日。

廿六

辰刻，聖駕自北來，諸臣俱於道左跪迎。新城、厲齋兩先生昨以事降秩，亦隨衆迎候，班次視諸臣稍後。余及方翁、衡翁三人隨豹尾，復與院長、澹遠輩同行，入東直門，駕由厚載門入宫，余輩從東華門入。午刻，至直廬。隨駕諸君先出休沐。晚膳，賜灤魚、雉雛二盤。未刻，華亭司空同輪值四公出，余與玉翁、屺瞻酉刻各回寓。接鍾依臣表兄札，因外曾王父西湖祠宇就圮，以修葺事相商，兑錢足紋一兩七錢八分。

廿七

奉旨：在京部院衙門舉行京察。

早入南書房。辰刻，發下董華亭行書唐詩册頁四本；又，宋板鈔本《類篇》一部，司馬温公奉敕編輯者；又，湯東澗《絶妙古今文》一套，共七十九篇。《趙東山集》中有跋，具推選者之意，而刻本不載；又，舊板《白玉蟾詩文全集》一部。校閲畢，即繳上。午刻，上赴寧壽宫請安，未刻，仍回乾清宫。是日，閲采《南史·孝義傳》上卷。傍夜下直。過澹遠堂，宿。付茶店足紋八兩，兑九色銀九兩。

廿八

是日，龔蘅圃、許彦中特旨罷官。

早入南書房。聲山以抄本不全《回溪史韻》進呈，仍發下，令訪藏書家，抄成全書。巳刻，駕幸景山，傍晚回宫。酉刻，下直，再宿澹遠堂。約劉姑過話，以四金爲贈。外羔皮四束，共廿張。轉送蓬老。

廿九

早入南書房。孝感師假滿還朝，上御乾清宫，召對移時，先出。滿院長辰刻入直，奉旨，命京江、澤州、吉水、華亭四公同輯韻書。早膳，賜御饌六器。午前，駕幸景山。因京江、吉水未至，纂書凡例，尚須商酌。申刻，下直，詣孝感師門候安。書宣招，同聲百小飲。黄昏回寓。收到德尹誥命二軸，找付銀四兩四錢。

三十

黎明入朝，上御中和殿，閱視板，復御門。各衙門啓奏，畢，余輩始得至直廬。早飯，賜食熊掌及御饌五器。公議分編韻書之法，尚無定局。午前，上幸景山，申刻，回宫。余輩與輪值四先生同出。静軒令兄歿於京師，賻儀二兩四錢。

十月

初一

孟冬時享，上親詣太廟行禮，卯時，回宫。余輩隨入直。京江、澤州、華亭三公俱至，面議分纂之法。余輩十人先將現在所輯韻脚謄出「上平」草藁，余分得「十三元」。《御製詩集》刻成，賜臣等人各一部。吉水司農新奉旨，同輯韻書，亦預頒賜之列。申刻，下直，過司農齋，商略纂書事宜，傍晚回寓。

是日，連接德尹八月廿一及九月初八兩信，知吾宗人與海鹽縣考者，被土棍以改冒籍爲名，不得與試，殊堪髮指。王、李、史三公候函，即爲分送，訖。又，接次兒第九號信，及潤木札，外寄東鹿二件。

初二

明日，擇吉爲長孫聘沈翰逸令愛。今日料理柬帖物件，不入直。先付厨子備席紋銀二兩，付方若處備公禮送孝感師銀一兩。送鍾定山杯一、錦一。又，發柬，請明日以執柯事奉煩也。

初　三

皇太后萬壽節，免朝賀。黎明入直。閲《南史》終卷。發下《御製研銘》，又，發下長洲宗伯壬午冬制藝摺子，令謄寫進呈。申刻，隨大司空及輪值四先生下直。

是日，爲長孫行納吉禮：廣緞二端；吴錦二端；金釧一對，重二兩；金簪一對，重一兩；又，珠一顆；代臺盞；紋銀十二兩。賞使紋二兩四錢。又，力金紋六錢，媒使紋四錢。沈處回盒：氊帽一頂，靴一雙，鼎爐一具，珀陞一枚。定山留寓中小飲。

初　四

黎明入直。安溪先生閲視漕河，至乾清門覆旨，召入南書房。巳刻，上御經筵，《四書》「愛之能勿勞乎」章，《易經》「知周乎萬物」二句。蔡方麓、汪東川兩公爲講官。午刻，上回宫。發下安溪所進漕河圖册，隨令赴任。内侍李至，傳旨，問現任京官内有工畫者，命臣等各舉所知。時澤州、華亭尚未來，余輩公舉副都御史張睿、吏科給事中吴暻、翰林院編修王奕清、禮科給事中王鈐、中書科錢瀧，開列名單呈上。隨傳旨：「著各畫小幅，於初六早赴暢春園小東門外，送呈御覽。」午後，澤州、華亭兩公至。明日，駕將幸暢春園，余輩皆當隨行。申刻，回寓，收拾書籍。接華亭少司馬及西厓前輩回札，知湘信已發，俱爲德尹事。又，草一藁，屬紹津轉致宣府廷尉索臬司家信。紹津尊堂生日，送酒一罎、燭二斤。兑錢足紋一兩五錢六分。

初五

午前，駕發西苑，余以收拾行笈，又遣東鹿人歸，不及隨行。買緞靴二雙，紋銀二兩六錢五分。又换煖帽頂，紋銀六錢。作札與四弟、大兒，内附陳、張二友家信，及德尹、潤木、次兒各札；送四弟靴襪二雙，小銀鼠皮十四張；寄三兒、次孫靴帽各二，外沈氏四盤四件，俱寄長孫；送冠三大絨袍一件，小銀鼠皮十四張。付轎夫半個月工食銀二兩，付道士備魁星閣紋銀一兩。

初六

五鼓，肩輿出城，道中微雨，卯刻晴，抵西苑直廬。發下新刻《文苑英華》選本一部，著照舊本校對。午後，張副憲等五人各畫單條呈御覽，張、吴、王三人山水，王、錢二人花卉。

覽過，仍發出。又，補賜衡臣、揚孫緑石硯各一方。是日，東宫會講，講官例用二人。時汪文漪、張寄亭兩公學差未滿，胡芝山前輩病故，現在止溧陽少詹，其一人用魏無僞補授，即從編修擢授諭德，亦異數也。先一日奉旨：蠲免浙江明年錢糧。今日與澹遠同在直廬謝恩。

初七

早入直廬。編「元」字新增韻藻五張。午前，麓臺先生來。蔡方翁會講侍班畢，午間亦至。賜食關東魚一盤。晚出。

初八

五更起，作第十號南信，計德尹、次兒兩札。黎明，遣人托恒侯轉寄。辰刻，冒雨入直，移時，院長亦來。御前發下唐劉知幾《史通》一部，又，發下《翠樓集》一部，乃明朝閨秀詩也。隨命臣等開列古今名媛詩目以進。是日，手録「元」字增韻四張。申刻，賜掌院《御製詩集》二部，謝恩先出。余輩傍夜始下直。是日，相國七十大慶，登堂叩賀。

題吴震一中翰詩藁後

張〔一〕吕〔二〕論交付刹那，吴均風義老研磨。芸香俸較三年淺，樂天詩：「猶緑半月芸香俸。」藥樹吟成五夜多。又〔三〕《禁中夜直詩》：「藥樹影〔四〕中惟兩人。」妙手不妨偷格律，長才倘肯乞餘波。一樓倘〔五〕約山邊住〔六〕，拍手猶能作和歌。

初九

陰晦，不見日。早入直廬。手録增韻藻五張，楊玉翁宅眷將至，午後入城。余輩傍晚回寓，相國送酒肴一席，與紫滄對飲。東宫遣内侍俞至寓中，召余及紫滄、亮功、澹遠四

〔一〕集有注：「介山。」
〔二〕集有注：「山瀏。」
〔三〕「又」，集作「白樂天」。
〔四〕「影」，集作「陰」。
〔五〕「倘」，集作「準」。
〔六〕集有注：「『山邊一樓』，震一舊以名集。」

人。時天微雪，聯轡而行，抵新苑小西門外，下馬步行，約二里許，至便殿旁，賜宴觀劇，復命内侍宣勸。漏下三鼓，謝恩出。雪月朦朧，回寓雞唱矣。

初十

雪中入直，午刻，雪止。接攸侯札，即答訖。是日，手録增韻四張，揚孫以事不至。

十一

黎明入直，揚孫亦至。早膳後，發下御製《立冬日微雨雪》五律一首，詩云：「朔風吹户牖，梅蕊報門闌。頒曆小春候，同雲十月寒。瓊花和雨濕，侍女怯衣單。因念窮簷苦，還期磐石安。」少頃，又發下《古今名媛詩傳》，諭云：「汝等各有纂書之事，可交與掌院撰叙，選取二三首，寫成别本進呈。」午後，聲山先出，傳旨與院長。方翁、潛齋、紫滄、亮功隨入城，余與勵、張兩前輩及揚孫留直廬辦事。傍晚出，赴院長書齋，話移時。送相國手卷二，收仇畫。

十二

五鼓，駕回宫，諸公得先入城，惟余與揚孫二人在直。作札與樹滋，屬將太夫人詩集送院長處。是日，補采昌黎詩入增韻。再閲《唐詩韻匯》「七律」一卷。申刻，駕仍幸苑中，直伴次第至，下直已昏黑。紫滄、亮功尚留城中。

十三

黎明，偕院長入直，潛齋、紫滄、亮功亦來。辰刻，發下庾子山《春賦》一篇，傳旨問：「此外，有此體格否？」臣等回奏云：「賦中用七言轉韻，乃係庾開府創格。初唐王勃亦曾倣其體，作《春情》等賦。嗣後，律賦或間用四六偶句，此格不復講矣。」午間，聞九列缺員，俱陞補有人。徐浩軒先生以中州巡撫陞大司農，吉水公由司農調補大宗伯，太倉陞大司寇，鄞縣陞大司馬，石門師陞總憲。七卿重秩，吾鄉居其三，真一時盛事也。午後，院長先出。

是日，閲《唐詩韻匯》「五絶」、「五拗」二卷。傍晚回寓。

十四

黎明過澮遠寓，與揚孫同至直廬。午前，發下《韻表》一部，明萬曆朝衢州葉紹遠所纂，用反切之法，照韻類編者。閱畢進。采《唐詩韻匯》「七絶」一卷。傍晚出，接樹滋老人手[一]。

十五

早入直廬，諸公畢集，同直者率以朔望會揖也。采閱《南史·隱逸傳》一卷。午後，發下《鈍翁文鈔》一部。晚出，院長以《宋詩摘句》見示。澮遠家人南歸，以身倦，不及作字。

十六

早入直廬。閱《南史·隱逸傳》一卷，手録增韻一張，傍晚出。

[一] 奪「札」或「書」字

十七

早入直廬。閲《南史·恩幸傳》終卷，手録增韻藁二張。

十八

晨起，方在盥沐，内侍傳旨，即飛騎至直廬。發下《算經》與《性理》所載《嘉量》篇。彼此有互算處，命臣等查他書以進。皇上方留心律度量衡，欲令直省地方斗斛一凖定式，不許牙行意爲大小，故惓惓若此。因内府無他本可檢，隨傳片紙，屬院長從藏書搜閲。午飯，賜御饌六銀盤。是日，采摘《韻匯·五律》終卷。傍晚出。

十九

黎明入直。午前，發下韓邦齊所輯《苑洛志樂》一部、黄佐《樂典》一部。傳諭：「嘉量之法，原出於律吕。汝等細心看，自當悉其源流。」余輩以學問粗淺，向未留心，茫然不解，覆旨訖，即將原書繳進。是日，手録增韻四張。兑錢紋銀一兩二錢六分。

二十

雨中入直。巳刻，發下御製《冬月微雨見落葉》七言絶句一首。催、來、哉〔一〕。午餐，賜餅餌六盤。澹遠前奉旨補選「雁」類詩一卷，進呈御覽。隨發交南書房，與《詠物詩》一併收貯。

廿一

雨中入直。發下《歷朝詩選》二套，揚州范〇新刻者。是日，手録增韻藁本六張。傍晚出。賞寓園厨子紋銀一兩。

廿二

早晴，衝泥入直。手録韻藁五張。午餐，賜粉麵食六盤。

〔一〕此處未引出全詩，「催來哉」乃該詩之韻脚，全詩如次：「寒條晢歷被風催，霜葉紛紜雜雨來。節届元英冬氣暖，恐傷物性豈悠哉。」引自《四庫全書・聖祖仁皇帝御製文集》第三集卷第四十八。

廿　三

黎明至直廬。發下《御製高旻寺碑文》。巳刻，東宫召赴新苑，觀皇上御書匾額，大小共二十有九，半采用臣等前所擬進字樣，中亦有全用五七言詩句者。跪閲訖，賜茶，謝恩，出。明日，駕將幸永定河，看減水壩。余以所纂書須覓人代寫進呈本，不及隨班，再入。午後，先入城，與可亭斟酌藳本，留樹滋晚飯。

廿　四

辰刻，駕從城外幸南海子，漢官無扈蹕者，惟紫滄奉青宫令旨，單騎隨行。午刻，過玉翁寓。晚過令詒、西厓，話移時。傍夜，回寓。字緑、紹津見過，小飲。兑錢紋銀二兩三錢，換九色銀足紋二兩七錢。

廿　五

黎明入宫，同直者方翁、澹遠、西谷及余四人。手録「十三元」增韻畢。晚出，湘芷、可亭、紹津過寓小飲。楊玉翁送酒一壜，犒一錢。

廿六

早入南書房，玉翁、澹遠、西谷不至。巳刻，澤州師偕華亭公來，余方謄清「元」字樣本，兩公閲畢，頗有獎借之語，媿不敢當。華亭攜余前後進呈詩摺，仍庋炕上小厨内，别取滿院長及余兩人《宋高宗論》摺子，將選入《文穎》也。申刻，諸公皆散，余最後出。黄昏，獨酌數杯，竟夕不成寐。五更，秉燭作詩八首。

皇太子〔一〕召赴西苑〔二〕賜觀皇上御書匾額大小二十有九恭紀七言律詩〔三〕八章

元氣淋漓萬象融，欣瞻宸翰闢鴻濛。瑶源珠海來仙島，鳳翥鸞翔下震宫。光動〔四〕

〔一〕「皇太子」，集作「東宫」。

〔二〕「苑」，集作「園」。

〔三〕「七言律詩」，集作「七律」。

〔四〕「動」，集作「射」。

臨池知沐〔一〕日，筆隨運肘想生風。一時喜色闗飛動，聖壽〔二〕齊呼〔三〕抃舞中。

一爐烟直上護氤氲，松棟虹梁燦欲分。殿閣香風浮墨氣，河山秀色映天文。畫傳羲《易》籌圖秘，念切周《書》〔四〕稼穡勤。御書「無逸齋」、「知稼軒」。共仰聖朝〔五〕家法古，書屏銘座付儲君。

二

真覺謙尊道益光，「謙尊堂」亦御書所賜者〔六〕。不名宫殿但名堂。擘窠肯〔七〕羡書飛白，鑾榻難橅紙硬黄。賜出形模隨小大〔八〕，規〔九〕成體製合圓〔一〇〕方。吾皇慈愛青宫

〔一〕「沐」，集作「浴」。
〔二〕「聖壽」，集作「嵩祝」。
〔三〕「呼」，集作「傳」。
〔四〕「書」，集作「詩」。
〔五〕「共仰聖朝」，集作「共紀本朝」。
〔六〕「所賜者」，集作「匾」。
〔七〕「肯」，集作「寧」。
〔八〕「小大」，集作「大小」。
〔九〕「規」，集作「琢」。
〔一〇〕「圓」，集作「圜」。

孝，欽仰時親黼座旁。　三

到處黄金榜御書，太平堂構慶端居。晨曦燭地光相射〔一〕，列宿周天數有餘。慧〔二〕業時時游藝圃，嘉名一一取經畬。「日知」舊額重鈎勒，開卷猶思出閤初。「日知堂」，皇太子初出閤時上所賜額也，今移入苑中。　四

翠籞東連紫界牆，林泉交暎藹秋方。龍樓問寢宵常早，鶴禁娱暉景正長。珠箔〔三〕非烟呈五采，璇題如鏡啓重光。凌雲百級丹梯上，頭白應嗤老仲將。　五

萬丈光芒出檻前，煌煌禁扁稱高懸。堯階茅土原同儉，文囿風光共一天。玉硯〔四〕浮花開藻井〔五〕，銀鈎寫月向澄川。凡魚欲作鯤鵬化，御墨吞來骨亦〔六〕仙。　六

筆陣縱横氣總降，帝書亘古擅無雙。九苞翽羽連翩起，萬斛龍文獨力扛。迸散繁

〔一〕「射」，原作「映」，圈去，改「射」，集作「並」。

〔二〕「慧」，集作「大」。

〔三〕「珠箔」，集作「藻井」。

〔四〕「硯」，集作「案」。

〔五〕「藻井」，集作「漆硯」。

〔六〕「亦」，集作「盡」。

星懸兩曜，盡收千派納長江。人間欲見曾多得，轉幸身依雲霧〔一〕窗。　七

茫茫學海望無涯，上殿恭承異數加。目炫管中窺日月，夢回衣上帶雲霞。歐蘇小記榮天藻，歐陽修、蘇軾皆有《御書飛白記》〔二〕。羲獻真傳屬帝家。愧作玉皇香案吏，難將〔三〕柔翰繪光華。　八

廿七

早入南書房。手編韻脚十餘頁。晚出，同紫滄赴道園先生席。

廿八

嗽咳大發，不入直。午後稍愈。熊須君年伯見招，不能赴。送吴受臣炭資二兩。傍晚，過西厓齋，適王紫詮至，令詒、西齋不期而會，小飲。紫滄索《剥銘圖》詩。黄昏回寓，

〔一〕「雲霧」，集作「青瑣」。

〔二〕集奪此注。

〔三〕「將」，集作「濡」。

痰嗽竟夕，不成寐。

廿九

黎明，入南書房。手編韻脚十餘頁。湯公望丁母憂，奠分五錢，托澹遠轉送。傍晚下直，可亭姪過寓，共相校對，二更始去。兑錢紋銀二兩。是夕，聞吾鄉勞書翁陞大廷尉，陳實翁由少廷尉陞副憲，王薛翁調補少宰。

十一月

初一

是日，日蝕，自午至未。

黎明，行至前門，聖駕已經從南海子來，隨豹尾後，從大清門入。辰刻，至直廬，隨澤州師請安。早膳，賜御饌四器。午後，發下《看運河建壩》及《題邊景昭鳴禽圖》御製二首。又，奉旨，令大學士陳擬題考試諭德魏學誠。隨於唐詩中擬題「賦得四方無事太平年」，温庭筠句。令作七言律詩一首。覆命輪值淩紹雯、彭始摶、鄒士璁三臣各賦一首進呈。後，皇上親灑宸翰，御製題云：「翰林魏學誠該直，命大學士陳〇〇出題考試，《賦得四方無事太平年》詩，朕喜其向《偶成》四韻，起語云：『太平久遠須憂慮，無怠無荒即樂天。』結語云：『試問蒸民何所顧，官清省事便豐年。』」仰見皇上體國愛民至意，臣等跪讀訖，即將原稾繳上。隨頒賜皇上親射兔，三中堂各五隻，臣等隨駕出口者各三隻，留南書房纂書者各二隻。即於寶座前謝恩。是日，手編韻脚八頁，抵寓已昏黑。陳秉之來，即別。付可亭姪謄寫進呈本韻類共二十字。賞李兼、孫成辨寒衣紋銀三兩，付嚴瑒工食紋銀一兩五錢，至十二月。送吴受臣銀二兩。

初　二

早至起居館。辰刻，與同直諸公偕入内廷。午前，發下皇上御書揚州高旻寺、南海普陀寺二碑文，賜臣等共觀。午後，傳旨：「召原任庶吉士張逸少及丁丑進士趙中季赴京，其現任州縣員缺，著吏部另補。」又，示御座貂皮褥，諭云：「此朕登極時所製，閲四十三年矣。今老而秃，始改用新者。使汝等知朕節儉，亦其一端也。」是日，編次韻脚六張。傍晚出，接德星師手札，即奉答訖。

初　三

黎明入直。是日，前輩輪值者戴、文、汪、高，俱奉旨令寫大字一幅。午前，上幸景山，更深始回宫。余等傍晚先出。接方若札，孝感座師七旬大慶，同年各獻詩爲壽。即夕書册頁彙送。付裱工銀二錢八分。

初　四

早入南書房，院長亦至，辰刻先出。手編韻脚藁本粗畢。午前，駕幸景山。午後微雨。申刻，下直，與玉翁、紫滄坐起居館，待僕輩持雨衣來乃出。東鹿人至，接四弟、大兒十月廿八信，寄到盤費銀×，又，綫絨四疋，收訖。外南信三件。送孝感師壽禮四包，收米字卷洋漆文具。門包四錢。

初　五

早入南書房。午間雨。澹遠寫摺，先進呈「一東」增韻樣本。傍晚，同紫滄冒雨步出長安門，抵寓已上燈矣。兑錢紋銀一兩五錢五分。夜，大風。

是日，德清正詹陞閣學。

初　六

五更起，始有寒色。大風，上不御門，各衙門啓奏俱交内閣轉送。黎明至内廷，内侍李至，傳旨：「汝等所進增韻，甚合朕意，昨以覽過一本。殊見實心辦事。嗣後所輯可陸續進呈。」已刻，賜三中堂貂套三領。又，賜隨駕諸臣各一領。是日，輪值者管、陳、孔、阿四公，各賦七律一首，俱稱旨。余謄清添韻二十頁。傍晚，隨大司空出。抵寓，接甘藩札，又，和詩四首。

初　七

黎明至南書房。手録增韻十四張。輪值前輩四人，俱免考。傍晚同出。作字與大兒，遣東鹿人歸，内附四弟札、爾勗前後帳及沈翰逸書，賞去役紋銀一兩。

是日，祭酒孫先生來，進御書石刻《大學》碑文，賜三中堂各一張，華亭大司空一張。

初八

大風作寒。早至起居館，孝感、石門兩師及搓院長□對進呈《淵鑒類函》四套，皆至館上。皇上不御門，余輩隨入直。巳刻，召澹遠、静海至乾清宫，諭云：「汝等所進韻書，朕加細閲，每字下須加音切，方便觀覽。」二臣傳旨後，即公寫摺子，覆訖。是日，手編「十三元」韻書目録畢。輪值四公賦得《十月風霜幸潞河》七律一首，即御製詩中句。傍晚，進呈御覽，旨意未下。余與玉翁、紫滄、屺瞻先出。接朝定侯札，寄到和詩四首，未答。明日扶九生辰，招可亭共飲。發甲第十一號南信，内德尹、次兒二札及信菴家信，托澹遠轉寄。前借西齋《詩經名物疏》十本，轉借宗伯家。可亭手。付可亭「元」字十韻。

初九

早入南書房。輪值四先生賦御製詩中「白燕低飛喜惠風」句七律一首。午刻，上幸景山，申刻，尚未回宫。余及玉翁、紫滄同出。接蘿軒手札，南雄河發。是日，攸侯、紹津攜酒爲扶九稱觴，邀余共飲。金子申自故鄉來，黄昏與次傳表弟同過。

初十

夜來發寒熱，晨起頭痛，畏風，不能入直。買狐腋舊外套一件，紋銀廿二兩，外賞陸裁衣酒錢五錢足，又，付紋銀一兩八錢，令買貂皮，袖斷，改作長袍。兑錢紋銀一兩五錢六分。

十一

早入内廷。輪值四先生《賦得觀御製穹覽寺碑文》五言拗律十二韻，皆稱旨。午後，京江、吉水兩公亦至，奉旨同閲余輩進呈「一東」韻樣本。自後，每日入直。傍晚回寓，俊公姪來，付紋銀十九兩，囑製狐腋外套一件。送黄山僧行洲伐齋銀六錢。

十二

付道士屋租足紋二兩，轎夫半月工食足紋二兩。自本月初十起。

辰刻，至南書房，蔣西谷小疾，上命御醫往視，且諭臣等云：「日來天寒，遇火過熱，往往發痛。朕每夕只睡牀，不卧炕也。」午後，頒示九香蟲，諭云：「此廣西所産，能發痘中秘症，難得真者。其取大如蠶豆，頭稍尖，身圓，有翼，六足。」

十三

黎明入南廷〔一〕。午前，賜臣等御園葡桃十種，兼示以御製詩，題云「園中十種葡萄味甚甘美故戲作近體一律以示諸臣」，詩云：「休誇大宛貢，莫笑漢宫傳。十種標名異，千條帶葉鮮。隨班命内侍，分賜到諸君。飽食和心胃，歸鞍賦木天。」是日，少詹汪東川先生進所擬法雨碑文稱旨，宣入宫，改定數語，賜人參、眼鏡、緑石硯，謝恩出。午後，駕幸景山。是早，大司空進董文敏書畫真蹟七種。

十四

上不御門。早入内廷。繙閱書籍，再增采「門」字、「園」字韻脚各數十條。申刻，下直。

〔一〕「南廷」，恐爲「南書房」或「内廷」之訛。

十五

五更入朝，至起居館，天未明。移時，諸公始集。上御門，畢。辰刻，始至内廷。是日，京江、吉水兩先生不至。輪值四前輩《賦得江路野梅香》五言拗律十韻，俱稱旨。薄昏，同下直。金子尤自故鄉來，接厚容喬梓札，又，邵翼雲一札，寄錦盃、湖筆，俱收。子尤送食物四種，犒使二錢。送可亭紋銀一兩。

賜〔一〕御園十種蒲桃恭紀〔二〕

龍珠馬乳並〔三〕芳鮮，十種均頒〔四〕雨露邊。色借紫青相照曜，種〔五〕分大小各匀圓。

〔一〕「賜」，集作「恩賜」。
〔二〕集題下有注：「十種者：一伏地公領孫，二伏地黑蒲桃，三伏地瑪瑙蒲桃，四哈密公領孫，五瑣瑣蒲桃，六哈密緑蒲桃，七哈密紅蒲桃，八哈密黑蒲桃，九哈密白蒲桃，十馬乳蒲桃。」
〔三〕「龍珠馬乳並」，集作「上林名果味」。
〔四〕「十種均頒」，集作「采摘均從」。
〔五〕「種」，集作「顆」。

瓊漿餘潤流三館〔一〕，玉頦隨風落九天〔二〕。是日，頒示御製五言律詩。便與櫻桃同飽食，紀恩難罄益州箋。成都有十樣箋。

十六

黎明入直。增補韻脚四頁。晚出。

十七

早入南書房。御製《乏良醫》五律一首發臣等共觀。詩云：「長息上池水，偏疑壽世書。七診理不再，九候勢全虛。肱折知良術，身輕辨病除。名醫非取利，滌臟足心舒。」午前，駕幸景山。

〔一〕「瓊漿餘潤流三館」，集作「流來馬乳香先噀」。
〔二〕「玉頦隨風落九天」，集作「釀出龍池品盡仙」。

恭和御製乏良醫[一]

好生天地德，舉念感皇慈。已致民多壽，還憂國少醫。神農今再見，歧伯更誰師？无妄初無疾，仍將勿藥治。

十八

早入南書房。頒示御書《南海法雨寺碑文》，又，發下虞永興《廟堂碑》、顔魯公《多寶塔》二帖，傳諭：「此二帖，朕年十二、三歲時，每日臨橅者。」再發下馮保書《四十二章經》一册。閲畢，仍繳上。蘿軒前件收到。半存女處半存用。賞使一兩二錢。

十九

早入南書房。是日，皇上不御門，在西暖閣鉤閲刑部處決情真囚犯。編録韻藻六張。晚出，送熊年伯敏思尊公賻儀八兩。吾浙都司。

[一] 眉批：「此首集中未刻，應補入。」

二十

早入南書房。午前，駕幸景山，傍晚回宫。余輩黄昏始抵寓。扶九令郎將南歸，與之餞行，邀湘芷、紹津同飲。聞陳允文訃，寄奠二兩。

廿一

早入内廷。皇太子召余至東書房，問所注蘇詩，令寫凡例以進。是日，松坪先生輪直，特陞春坊。午後，頒示御書原任大學士王熙諭葬碑文。直郡王賜餅餌四盤。晚出。

廿二

黎明入直。午前，駕幸景山。傍晚回寓，接德尹、次兒十月信。

廿三

黎明入直。將祀南郊，上在宫齋戒。聲山進「二冬」、西谷進「三江」、「六魚」增韻。

廿　四

上在宫齋戒。召滿洲、漢軍現任部院衙門者，自五品以下共數百人，俱至乾清門，出御製《三角形推算法論》一篇，令其翻清〔一〕。吾鄉淩子文前輩是日適輪直，上素知其精於國書，亦命翻譯，奉旨褒奬。昏黑，始下直。

廿　五

上在宫齋戒。松坪輪直，奉旨擬撰《普濟堂碑記》，余輩傍晚同出。

廿六，冬至節

上命皇太子代祭圜丘。平明至前門，東宫駕已祭畢回宫矣。辰刻，入直，頒發上諭一道，爲《明史》事，飭示閣臣者，大約謂「《明史》不可不成，公論不可不採，是非不可不明，人心不可不服」等語。晚出，過樹滋。再接次兒信。

〔一〕「清」，據下文，疑爲「譯」字之訛。

廿七

午前，駕幸暢春園。余以「十三元」增韻寫完，留寓中校對，本日不及隨行。接王吉人書，寄惠杯一、畫一，犒使四錢。

廿八

黎明出城，辰刻，至暢春直廬，諸公先後來，惟亮功未至。是日，西齋、東發、幼芬奉旨亦來，各作畫一幅。

廿九

午前駕幸直廬，臣等俱跪迎。上登御座，命臣等侍立兩旁，從容語及算法。上手畫徑一圓三圓圖，從圓中畫作六角形，於中取徑，復成三角，絲毫不爽。又諭臣等云：「今人自謂精於數學，及朕面試，往往多錯。皆是工夫不密之故。」天顔溫霽，自午至申，始回澹寧居。晚餐，賜麪食五盤，乳酥一盂。

卅

黎明入直，京江、澤州、吉水、華亭四先生進「一東」增韻亦至。巳刻，上復幸直廬，面諭臣等云：「朕初意欲將汝等所纂分爲兩部，今細思之，不如合而爲一。」隨命四大臣將所進韻脚再加删削，去其繁冗，以便刻期成書。又論及《明史》，從容諭云：「作史之人，每喜輕議前人，豈能起九泉之下，與後人來争辯是非？朕初登極時，去明季不過二十年。其時老成太監，猶有存者，朕細問之，頗知當時政事得失。然往往不欲輕於議論。今此事一以委大學士等，須以千萬世公議爲重，勿推諉也。」午前，駕回前殿。西齋等三人各以畫幅進呈，令回寓候旨。三人先出。余輩傍晚下直。

十二月

初一

早至直廬。發下王摩詰畫一幅，閱畢，仍繳上。晚出。

初　二

駕幸皇太子新苑。新葺韻書，賜名「佩文韻府」。

初　三

早入直廬。早饍，賜麪餅五盤，乳酥一盂。午刻，奉旨：「著孫致彌、汪倓、王式丹、吴廷禎、盧軒五人，將現在增添韻脚帶往武英殿，細加磨對，即謄寫樣本，以便發刻。」晚餐，再賜御饌六器。

初　四

上御澹寧居，諸臣啓奏畢，特諭大學士張等云：「庶吉士供奉南書房者，辦事勞苦。可查姓名，即著授職，不必待散館之期。」午饌，賜大魚一盤，御肴六器。是日，臣等所輯韻，自「四支」起，至「十三元」止，一併進呈。奉旨，仍收貯直廬，候次第取閱。

初五

黎明，駕回宫，升太和殿。午後，仍至西苑。晚膳，賜御饌六器。

初六

大風作寒。早饍，賜大魚一盤，御饌六器。

初七

黎明入直，先賜大魚一盤，御饌七器，晚餐，再賜餅餌五種。研齋世叔加授講官。是日，閲《後漢書》三卷。

初八

早至直廬。午饍，賜關東鯉魚一尾，鹿尾一盤，御饌六器。閲《後漢書》三卷。

初九

早至直廬。頒示御製《臘日》詞一闋，調寄【風入松】：「衝寒待映雪花飄，詞意並琴挑。嘉平歲暮時光速，朔風冽，裘暖狐貂。須曉民間寒甚，哪知宫裏春饒。　隆冬氣慘繹香燒，披覽共雲韶。氈簾軟幕涼還透，微雲一抹散瓊瑶。試聽梅花開也，先看緑萼清標。」午飯，賜大魚二盤。是日，閲《後漢書》三卷。

初十

早饍，賜大魚二盤。午前，滿院長來，奉召至澹寧居，先出。晚餐，再賜麪食六器。頒示御製五言絶句五首。閲《後漢書》四卷。

十一

早至直廬，院長亦至，爲余輩授職事，今早寫摺覆奏。午前，頒示御製五言絶五首，合昨日所作，共十章。是日，閲《後漢書》三卷。

十二

黎明至直廬。早膳後，駕幸南海子，余輩收拾書籍入城。是早，武英殿諸公繕寫「東」字韻樣本進呈，奉旨：「所進樣本，删削太多。爾等不必進南書房，可齊赴武英殿，公同參閲。」

十三

早至武英殿，澹遠先在。增添「東」韻樣本已成。余及研齋、紫滄、西谷先出，過澹遠堂，午飯。東宫以箋命書，書就，存西谷處，彙繳。午後，同紫滄過研齋、亮功。傍晚，入内西華門，内閣傳旨，召紫滄、西谷及余三人問話。余適至起居館，遂先往票簽廳。蓋前日所開摺子共五人，令御筆用珠圈余輩三人，問「現食幾品俸，令開單送閲」。不知何故，坐待良久，紫滄、西谷不至，因代開履歷而出。昏黑，至煤市街，遇紫滄於途，與俱赴公餞濂村之席，分金一兩。大觀班演雜劇，二更，先回寓。

十四

黎明，至起居館，紫滄後至，同入内廷，玉符先生及澹遠繼至。閲《後漢書》三卷。申刻，下直，中途遇雪。回寓，與扶九少飲。接伊載弟南信。張來翁送禮，領嗶嘰一疋，犒使二錢。買太史紙一簍，銀二兩五錢。送杜大宗年嫂銀一兩。兑錢九六銀四兩。借紫兄足紋十兩。

十五

武英殿增補「東」字一韻，繕寫樣本，早間送南海子，呈御覽。余輩俱入南書房辦事，晚出。付轎食紋銀四兩。

十六

早入南書房。閲《後漢書》四卷。晚同紫滄、山崙、大山赴薄聿脩小飲。武英殿對書，奉旨又添屺瞻、山言、字緑三人。

十七

早入南書房。閱《後漢書》一卷。是日，前輩史胄司先生入繳對聯，午餘同出。送可亭姪銀五兩。

十八

早入南書房。午前先出，至北門，候大德公。傍晚回寓。金子由、王次躔過話。兑洋杯一對，重四兩八錢。公祝玉符先生五十壽，連工價共紋銀六兩二錢四分。又，酒二壜，紋銀一兩。余輩十人，各應出銀七錢二分半，代發，存算。

十九

早入内廷，李筆帖傳東宫令，著紫滄、亮功、西谷及余四人，各賦《硯池冰》七律一首，仍以睿製詩見示。即屬藁進呈。是日，紫滄奉令旨召赴海子。

恭讀皇太子詠硯池冰詩應令亦賦一律〔一〕

硯池如海富波瀾〔二〕，喜見冰花結作團。粉色映箋雲母白，墨光鋪几水精寒。入懷珠玉生奩底，呵氣蛟龍上筆端。憑仗〔三〕東風爲〔四〕解凍，一泓雖少受恩寬〔五〕。

二十

早入南書房。閱《後漢書》三卷。午刻，張常柱自海子來，發下「五微」韻及「東」字添

〔一〕集題作「十二月十九早奉東宮令南苑冬夜寒甚偶見硯池結冰以硯池冰爲題汪灝錢名世查慎行蔣廷錫四人可各賦七律一首又自製七律以示改正雪明書幌易生寒水静圓池墨未乾乍結琉璃漆硯裹自成珠玉彩毫端微涓倍有清瑩色一滴還深碧錦湍凍釋烟雲浮几上須知下有黑蛟蟠臣慎行恭和云」。

〔二〕「硯池如海富波瀾」，集作「研朱滴露一泓寛」。

〔三〕「憑仗」，集作「計日」。

〔四〕「爲」，集作「先」。

〔五〕「一泓雖少受恩寛」，集作「詞源如海富波瀾」。

韻。奉旨，著余輩齊赴武英殿，交孫致彌。申刻，同出。是日，余及紫滄、西谷三人轉授編修，旨下，自内閣移會本衙門。黄昏，石門師傳片紙，約明日到任，以紫滄不在，故辭焉，須俟開印後矣。

廿　一

早入南書房。閲《後漢書》畢。申刻，下直，聞大駕明早回宫之信。酉刻，抵寓。濬安挈三兒、長孫自束鹿來，收大兒銀一件。

廿　二

早入南書房。前選輯《詠物詩》十二本，因分别五言拗律，並寫過八十七張，托西谷覓人代寫。上燈後，同司空及諸公出乾清門，聖駕已進午門。余輩乃從平臺門出，至前門，車馬擁擠，移時始得出城。兑錢紋銀一兩二錢。

廿　三

早入南書房，宗伯、司空後至。午前，發下御製《南苑遇雪》五律一首，及楊〇總兵七絶一首。午後，頒賜獐子，中堂、尚書人各一隻，余輩每二人共一隻。即於寶座前謝恩。是日，閱杜詩二卷。晚出。

廿　四

早至起居館，與司空及汪閣學同至内廷，賜乳酥餅一匣。巳刻，上幸景山。宫前樹萬壽燈。東宫發下方回《瀛奎律髓》，命余將東坡《新城道中》一首檢出呈閱。在第十四卷十二頁，尚未覆旨。午後，回寓，邀庾齊、子由、次躔小飲。兑錢紋銀二兩六錢，送王孫共四兩，夏七兩四錢。

廿　五

早入南書房，繳還東宫書册。早饍，上賜御饌五盤。閱杜詩終卷。晚出，還紫滄紋銀十兩。

廿　六

早入南書房，傍晚回寓。〔一〕綫三十副，紋銀三錢二分。〔二〕及正月房金四兩，又燈油銀一兩。

廿　七〔三〕

〔四〕齋以奉和睿製《硯池冰》詩摺見示，明日屬〔五〕。

早入南書房。年例，賜鹿一隻、風羊二隻、野雞八隻、鹿尾四枚、魚八尾、酒二罎。又，賜御書對聯一副、緑石硯一方。即於寶座前謝恩。隨具公奏，請頒《御製詩集》於各官。奉旨，允行。

〔一〕此頁左上缺一角，故此行上缺數字。
〔二〕此行上亦缺數字。
〔三〕此二字缺損。
〔四〕此處缺損。
〔五〕以下缺損。

廿八

早入南書房。賜御書徑尺「福」字一，又，賜外國魚一尾，其皮柔韌，可禦刀箭，國人以爲衣，即魚皮□也。午後出，至昭德門，遇三品以上大僚及翰林、科道□□□集，候領《御製集》。傍晚回寓。王紫詮見過，□□圓、龍膏四包，俱收。送湘芷、子由、次躔炭資共四兩。又，送孫嘯夫二兩。兑錢足紋十兩。紹津送食物，賞費進銀一兩。

賞李兼紋銀二兩，外大兒二兩；賞孫成一兩，外大兒二兩。又，二酉一兩，係大兒賞。賞徐處五錢。李玉五錢。買縉紳一錢二分。

廿九

早入南書房，頒示御製《除夕》七律一首。午後下直。是日，扶九治具共飲，客中節物，差有團圞之樂。

特授編修謝恩四首〔一〕

綸書璀璨下金鑾，同直三人並授官。同日被旨者：汪灝、蔣廷錫及臣慎行，共三人。湛露九重頻渥澤，條冰一署不知寒。登瀛路許迴翔入，翰林舊制，庶吉士俱於二門外下馬，授職後乃騎馬入登瀛門。藏閣書容次第看。總是鰲峰清切地，渾忘弱羽篭鵷鸞。

玉堂故事久相傳，常吉多充弟子員。支俸例教同七品，隨班特荷免三年。庶吉士例須教習三年，再經御試，然後授職。先是，臣等以供奉内廷，特免教習，皆異數也。身依香案初稱吏，詔賜頭銜不待銓。自沐榮光心竊媿，愧居四十六人先。癸未科進士，除一甲三人外，與館選者四十九人，余名在第二。

螭頭龍尾上陂坨，拾級重經拜命過。步接彤扉仍注籍，名聯黄紙儼登科。較量前輩榮真冒，比並同年幸最多。章服不殊恩遇異，一行歸騎擁鳴珂。

身微彌覺栽培厚，地近尤蒙教養深。應臘蘭芽初茁玉，先春柳綫已拖金。傾心一寸同葵藿，長托堯階仰照臨。

〔一〕集題作「十二月二十日奉旨特授編修感恩恭紀四首」。按，藁本止於詩題，後缺損，今據四部叢刊本《敬業堂詩集》卷三十一《直廬集》補。

蔡升元方麓〔一〕　查　昇澹□　蔣廷錫揚孫

楊　瑄玉符　□壯履潛齋　陳元龍乾齋

張廷玉衡堂　錢名世亮功　汪　灝紫滄

〔一〕《南齋日記》後有附頁，列九人名字，從字跡看，當出查慎行手筆。

附録一

按,《查他山南齋日記》最後尚存一頁,上有闕題詩一首,「十二」日記一則,「初上灘」詩有題無詩。經查,此乃康熙戊寅(三十七年,一六九八)之日記,其時先生正偕竹垞丈作閩南之行。兹附録於此。闕題詩今據《敬業堂詩集》補全。

朝發竹崎順風晚抵水口驛〔一〕

不解兹游興忽闌,歸帆聊喜報平安〔二〕。兼程〔三〕偶得南〔四〕風便,明日方知上水

〔一〕原稿無題,今據《敬業堂詩集》補。
〔二〕此二句集作「荔海南來得飽餐,此游那更笑無端」。
〔三〕集作「歸帆」
〔四〕「南」集作「東」

難〔一〕。涼月一梳微帶暈，暗潮三尺漸〔二〕平灘。炎方豈〔三〕必清江〔四〕景，貪向船頭坐夜闌。

十二

黎明開船。自此以上，節節皆灘。水手四五人，捨槳改用篙，捨篙復拽筡，無一刻之停，目中所見舟子，此爲最苦。十里，灣口；五里，大灣，灘長而惡；五里，鵞洋，上金鋼灘；十里，谷口，時日已過午。順風忽漲，掛帆而上。十里，黄田驛；十里，雙坑，連過捍石、馬鞍諸灘；十里，滄□洋；十里，張湖坂；十里，尤溪，泊舟。

〔一〕集有注：「自此以上，皆險灘矣。」
〔二〕「漸」，集作「忽」。
〔三〕「豈」，集作「未」。
〔四〕「清江」，集作「無清」。

初上灘〔一〕

建溪之惡惡無比，狠石高低勢隨水。竹篙如鐵船似紙，曲折蜂窠犬牙裏。南浦迢迢六百里，大灘小灘從此始。黄河亦可濫觴耳，不到水窮行不止。

〔一〕原藁僅載詩題，詩缺損，僅保留行間改動之文字「狠石」、「撑入」。兹據《敬業堂詩集》補詩。

附録二

按，《南齋日記》正文前，有同直諸君之簡歷，字跡與正文異，不知撰者爲誰，或爲該日記之收藏者，今附録如左：

楊瑄，字玉符，號楷菴，江南婁縣人，康熙十五年丙辰庶吉士，授編修，官至内閣學士。

蔡升元，字方麓，號徵元，浙江德清人，康熙二十一年壬戌狀元，授修撰，官至禮部尚書。

陳元龍，字廣陵，號乾齋，浙江海寧人，康熙二十四年乙丑榜眼，授編修，官至文瀾閣大學士，加太子太傅，謚文簡。

查昇，字仲韋，號聲山，又字澹遠，榜姓邱，浙江海寧人，錢塘籍。康熙二十七年戊辰庶吉士，授編修，官至少詹事。

陳壯履，字潛齋，號禮叔，又字幼安。山西澤州人，大學士廷敬子。康熙卅六年丁丑庶吉士，授編修，官至侍讀學士。

張廷玉，字衡堂，號研齋，安徽桐城人。康熙三十九年庚辰庶吉士。大學士英子。授檢討，官至保和殿大學士，加太保，三等勤宣伯，配享太廟，謚文和。

錢名世，字亮功，號聚菴，江南武進人，康熙四十二年癸未探花，授編修，官至侍講。

汪灝，字紫滄，號沅亭，安徽休寧人，康熙四十二年癸未傳臚，未散館，特授編修。

蔣廷錫，伊子，字揚孫，號酉君，又號西谷，江南常熟人，同前，未散館，授編修，官至文華殿大學士，加太子太傅，謚文肅。又字南沙。蓋常熟地名，人稱之，作其字也。

查慎行，字悔餘，又字夏重，號他山，浙江海寧人。未散館，特授編修，入國史《文苑傳》，有詩集行世。兄嗣韓，字荆州，號皋齋，授編修，康熙二十七年戊辰庶吉士，與聲山少詹同科。又，弟嗣瑮，字德尹，號查浦，康熙三十九年翰林，官侍講。弟嗣庭，字潤木，號横浦，又號查溪，康熙四十五年丙戌，官至禮部侍郎。姪祥，字星南，號轂齋，丁内□，康熙五十七年翰林，官編修。

查慎行全集

第四册

范道濟 點校

中華書局

人海記

目録

人海記卷上

人海記卷下

右《人海記》二卷，計三百九十七條，吾邑查初白先生著，向未刊行。幼時收得一敗帙，斷亂叢雜，兼多魚豕之訛。思覓善本以相校讎，迄不可得。藏篋衍者幾二十年。比歲需次楚南，旅邸多暇，因爲詳加檢閱，訂正譌字，手自繕寫，以付梓人。惟《湯泉御札》中有闕文，敬謹空白，及「明陵添設守備於康熙二十□年」、「選歷科程墨錢唐人錢穀□」、「試差正副變例侍□羅萬化」、「阿哥下太監六十□」、「雍安嶺上多白沙故名□□」數條内缺字，特援夏五郭公之例，未及考證，良慚淺陋。博雅君子幸進而教之。

咸豐元年歲次辛亥，海昌張士寬識於長沙客舍。

人海記卷上

海昌查慎行悔餘編輯
同邑張士寬柔之校刊

蘇子瞻詩云：「惟有王城最堪隱，萬人如海一身藏。」與東方曼倩「陸沉金馬」之意略同。余自甲子夏北游太學，又九年，舉京兆秋試，又十年，唱第南宫。其後供奉内庭者七年，從事書局者三年。迨癸巳夏移疾乞歸，年已六十有四矣。通計三十年來，客居京師歲月過半。其間耳目聞見，隨手綴録，零丁件系，不下數百條，雪窗檢點，裒集成卷，命曰《人海記》。

漢官給俸

本朝初年，滿洲官員支俸不支薪，漢官則俸薪並支。順治甲午，停秋冬二季俸。有以停俸不停薪請支折薪銀者，以薪侈於俸也。如四品官季給薪三十金，俸纔二十金耳。内院不許，謂滿洲方在此論，薪俸何得濫也。明年，漢官但給俸不給薪矣。朱右君司空云。

臺省拾遺

故事，舉行計典後，臺省例有拾遺。順治丙戌，部院大計，群吏止據撫按所揭以黜陟，臺省欲循故事，内大臣不欲也。陳溧陽力主之。溧陽陳名夏，國初拜相。臺省拾遺奏上，多被反坐。己丑大計，鑒前事，雖有糾拾，亦僅耳。其後遂停。吾邑楊少司馬雍建爲副憲時，復請舉行拾遺，格於部議，不果。督撫之權漸重矣。

内閣墨判

内閣判日俱用墨筆，以票旨硃筆，避尊也。此制起於明朝，但外而九列，至斗食之吏，皆硃批，獨不嫌僭上，何也？

八旗分駐

八旗官兵内城分駐之地，國初各有地界：正黄旗則正陽門，鑲黄旗則東直、西直二門，正藍旗則宣武門，鑲藍旗則崇文門，正紅旗則德勝門，鑲紅旗則阜城門，正白旗則朝陽門即齊化門，鑲白旗則安定門。

都下早蔬

漢大官園種冬生韭葱菜茹，晝夜燃藴火，待温氣乃生。事見《漢書·召信臣傳》。今都下早蔬即其法。蓋明朝内豎不惜厚直以供御庖。嘗聞除夕市中有賣王瓜二枚者，内官過，問其價，索百金，許以五十金。市者大笑，故噉其一，内官亟止之，所餘一枚，竟售五十金而去。

沙　果

吾鄉呼林檎爲花紅，北人呼爲沙果。又，柰似林檎而小，北人曰虎喇檳。

北方無筍

北方無筍，惟冬筍用茅竹筒封貯，從江南馬上販鮮，十餘日到京，每斤價直四五百錢。春夏之交，食蘆蒲芽，總名爲筍。《詩》云：「維筍及蒲。」則蒲與筍故當有别。

牛录

佐領，即牛录也，秩如明朝千户，專管户籍，秩雖卑，凡位居公侯伯者，並俯聽其派撥，亦猶縣令之轄鄉紳。

滿漢兵餉

滿洲八旗，騎兵月餉七兩五錢，步兵三兩四錢，緑旗騎兵月二兩，步兵一兩五錢，城守兵月一兩。水司同。逢月小盡，扣銀五分，謂之朋椿。官馬斃，則以此項買補。凡騎兵止給官馬，鞍轡自備。

滿洲考試

滿洲子弟入學，倡於順治辛卯、壬辰，時范文程當國。初試百四十人入庠，歲考止三等，上者賫絹二疋。其赴科舉，初場止二義，廣寧楊方興、山陰沈文奎並解元，麻勒吉爲狀元，麻勒吉後改名馬中驥。另爲一榜。戊戌以後，乃列名漢人榜間，亦有成七義者矣。「戊戌以後」，《池北偶談》作「庚戌、癸丑以後」。

旗下莊子

初徙八旗，圈順天、永平、保定、河間之田，凡腴畝善宅，俱歸旗下，謂之莊子。順治癸巳，以水災，四府莊子俱荒。欲改圈真定、順德、廣平、大名地，户部持之，不行。

溧陽死地

溧陽相國以甲午三月賜死，時年五十。宣武門内靈官殿，乃杜郵之地也。

省陝西絨褐

陝西織造絨褐，本朝初年設有專員。順治辛卯始省，以此項錢糧充餉。

世祖受賀

世祖章皇帝於甲申十月朔入燕，甫七歲。是日一御殿，自後元旦、萬壽，即俱免朝賀，至庚寅正月朔，始御殿受賀。

順天鄉試官員

順天鄉試，初用考試官四員，内滿洲二人，主八旗、蒙古應試者。後止二員，並用漢人。

滿洲編檢

滿洲編檢，視漢臣俱晋一品，而於滿人爲卑，以滿官止七品也。

吏兵月選

吏、兵二部每月選期，舊於天安門外兩廊設矮几，鋪紅氈，席地而坐。尚書二人正面，吏部西向，兵部東向，侍郎傍列，其餘司官、筆帖式以次排比，選人於前，唱名掣籤。今兩廊列牆屋，各官皆露坐。

順治封誥

順治甲午正月，始頒文武諸臣制誥，封贈八旗勳衛數萬人。其祖父之名，類皆闕失，意不欲制詞，漢官力争之。於是内院擇坊局史官十六人分撰，自一二品始，一品限十二句，二品十句，三品八句，句各四字，不用故實。

改朝鮮印

順治癸巳三月廿五日，改鑄朝鮮國王印，兼滿漢文，以從前止漢篆也。

出繼爲本生喪

出繼之子離任爲本生父母治喪，自北平朱右君諱之弼先生始，先生時官户部侍郎，其後大臣遂援爲例。

西洋生日

西洋人生日，不論本誕，如立春日生，其日無定期，或十二月，或正月，過此節即是也。

回回歲朝

回回人雖在中國，不奉正朔，自有回回歷。不限十二月爲一年，别有歲朝，每年不同。

己丑八月初三日，爲群聚慶會之期，余在都下親見之。

萬歲山白塔

皇城西苑萬歲山上，以西僧言建白塔，三層，形如瓶。按元世祖至元二十八年五月丁巳，從楊璉真伽之請，於臨安建白塔二，各高一丈二尺，以居咒師朵四的性吉等七人。其事本此。

元旦堂祭

每歲元旦昧爽，未謁太廟，先上堂祭，乃鄧將軍廟也。在朝門之巽隅，庭列劍戟，自車駕外，侍從皆匍匐而入，非親暱者不得隨行。按，鄧諱子龍，南昌人，萬曆中副總兵。

四川開科

四川開科，始順治辛卯，解額七十二人。喪亂之後，舉子止二百餘人。主司駐保寧，寓試道士院。時有亭溪之警，急於竣事，二三場併日。

閘河舟阻

閘河舟阻，官舫於總河處求給讓行牌，以先商賈，今無此例矣。

宋獻策

永城人宋獻策，明末賣卜燕市。遇李自成，拜國師，導之入都。自成敗後，滿洲重其術，隸旗下。其人至康熙初年乃死。

後湖册

南京後湖貯各省户口、田糧册，有明終始，計一百七十萬本。南渡後，用以造甲點火藥。至本朝，僅存萬歷間及崇禎五年者。朝議，謂每本四五斤，鬻之可得四五萬緡。

貢士閱落卷

貢士閱落卷，自順治乙未始。時禮科議：南卷十中其一，而江西僅七人，物議藉藉。於是大總裁金之俊等奏：落卷貯於順天府，許貢士赴閱，限六日内，不得領回。前此未之聞也。

翰林外轉

翰林外轉，順治乙未九月始行之。編檢則范周、沈荃、盧高、湯斌、耿介、崔之瑛、馬燁曾等，少詹以下、開坊以上則黄志遴、楊思聖、王舜年、藍潤、王无咎、陳爌等，共十八人。皆以品行清端、才猷贍裕，各照外轉陞一級，遇缺即補。康熙戊辰，編檢汪楫、丁廷楗、李濤三人以知府用。辛未冬，少詹徐潮轉通政司，侍讀吴會恩轉光禄少卿，侍講熊賜瓚轉大理寺丞，高裔、勵杜訥俱轉通政參議，宫坊李應鷹轉太常少卿，周清源轉參議，司業吴涵轉參議。

世祖論宜興

世祖常言，明朝之亡由周延儒。馮涿州少子娶宜興從女，初頗爲解，上不以爲然。又問：「延儒有子官翰林，今安在？」銓跪對曰：「庶吉士周弈封非延儒子也。」時弈封請假在籍，乙未秋還朝，俄除知縣，乃涿州希旨外之也。

總兵兼銜

各鎮總兵官銜帶都督同知或僉事，在明朝有五軍都督府故也。今都督府已裁，而總兵仍兼此銜，甚屬無謂。

定水帶

正陽門外窮市，有古鐵，長三寸許，衡二寸，形若革帶，中空外銹，而背隱起釘，如鼓，不甚可辨。一日，高麗使見之，售以五十金，云：「此定水帶也。禹治九州，作九帶，此其一也。若航海之水，鹹不可飲，投以帶，立甘洌，故貴耳。」市中好事者，隨至會同館，汲苦水石餘，投鹽數斤，揉之使濁。乃投帶於中，沸涌作魚眼數十，少頃，味極甘洌。明季事。

石鼓字數

太學石鼓文，舊六百五十七字，元至元中，存者三百八十六字，今所存字，但三百二十五而已。

于經墓

西山碧雲寺，俗名于公寺。寺後爲正德大璫于經墓，土木華麗，凡賜祠五，多袝冢。中央豐碑二道，正面無文，其碑陰詳刻魏忠賢爵里、姓名。意殊駭，詢之守僧，云：「忠賢名下蘇應宣，或云葛九思。嘗被掠於建州，從本朝入燕，葬其衣冠於此。」余憤甚，直前溲之。時與朱大司空同游，公不以我爲狂也。按：碧雲寺忠賢重修，天啟三年，少師葉向高撰記，禮部尚書會稽錢象坤篆額。今碑磨去象坤姓名，意作相時事也。福清《記》中，亦頗稱許魏氏。

護駕松

香山永安寺來青軒額，明神宗手書。軒之前有山突起，金章宗祭星臺也。下有護駕道，松覆之，稱「護駕松」，今尚存其一。

弘光佛閣

弘光寺在香山絶頂，永樂間太監鄭和建。和，朝鮮人，四使本國。中有佛閣，形圓而八觚，云東國之制。

鮑公寺白松

去香山二里許，爲鮑公寺，亦内官墓。中有白松八株，圍皆三抱，掩映殿宇，人行其下，衣上不見日色。

秘魔崖古柏

盧師山清涼寺中秘魔崖，古柏一株，長可尺許，横出石縫，不彫不榮，云：「盧師手植也。」石經山亦有古柏一，萬曆初，上過之，御書「靈根古柏」四字。

大功德寺

大功德寺舊名護聖寺，直金山口，與景陵相近。宣德朝，雪峰大覺禪師駐錫於此。宣帝御賜詩「當年天下選高僧，獨取尊師第一名」，即指雪峰也。園陵自景皇帝外，又有懷獻、悼恭、哀仲、莊敬、憲懷、獻懷、悼懷故太子七，衛、許、忻、申、蔚、岳、景、穎、戚、薊、均、靖、邠、簡、懷、悼故王十六，殤主二十六，仁宗妃三，宣宗妃一，英宗妃、憲宗妃十二，按史皆葬金山，興景陵相屬，凡五十三園，今不可別識矣。

談孺木

吾邑談孺木先生留心明朝典故，不以詩名，然其《北游集》中，如《過文信公祠》七律一聯「若云丞相宜全節，敢謂書生合出山」，《過陳溧陽里第》云「往事恩仇虚偃月，新編賢否總銷魂」、「陳餘刎頸交何在，范蠡扁舟事可行」，《過惠安伯張氏墓》云「翁仲似人能化石，杜鵑本鳥不離枝」，《贈王元照太守》云「縱寫青山非舊日，翠微雲亂夕陽中」，《過梅村先生值金壇王友三感舊》云「衣冠王謝多何益，門户胥原大可憂」、「南宋朝廷終覺小，中原經濟亦難尊」，《贈湯道未太常》云「休屠祭後全非像，博望歸時不待槎」，《除夕》云「春兼臘月人歸少，寒倍燕京客受多」，如此之類，皆名句也。

吏部楹帖

吏部楹帖，明萬曆初冢宰錢塘張瀚立：「功名身外事，大就何妨，小就何妨；富貴眼前花，早開也得，晚開也得。」

西洋畫

西洋畫以胡桃油漬絹，抹藍或緑或黑，後加采焉，不用白地。

海運道里

海運道里，詳梁太宰夢龍《集》中：自淮安府至安東縣九十里，安東至馬洛關五十里，馬洛至蘆蒲四十里，蘆蒲至楊寨四十里，楊寨至白沙關二十里，白沙至雲梯關二十里，雲梯至淮河套六十里，淮河套至大海東洲山百二十里，東洲山至高公島三十里，高公島至鷹游山三十里，鷹游山至盧溝所十五里，盧溝所至青口六十里，青口至興莊五十里，興莊至東流所一百里，東流所至濤洛場三十里，濤洛至信陽場百二十里，信陽至齊堂島四十里，齊堂至靈山島九十里，靈山至竹槎島五十里，竹槎至浮島四十里，浮島至灣島六十里，灣島至鰲山管島三十里，管島至田横島七十里，田横島至欽島十里，欽島至青島百二十里，青島至海洋所灰島七里，灰島至炕兒島十八里，炕兒至玄城島百二十里，玄城至雙駝埠二十里，雙駝埠至寧津所八十里，寧津至成山衛五十里，成山至青雞島六十里，青雞至羅山所五十里，羅山至威海衛四十里，威海至劉公島五里，劉公島至寧海州七十里，寧海至空空島五十里，空空島至奇山所三十里，奇山至海山縣三十里，海山至登州新海口八十里，新海口至沙門島六十里，沙門至桑島五十里，桑島至萊州峄屺島四十里，峄屺島至三山島八十里，三山島至芙蓉島五十里，芙蓉島至海倉一百里，海倉至魚兒鋪十里，魚兒鋪至白浪河五十里，白浪至八溝河五十里，八溝至小清河二十里，小清河至清河五十里，清河至絲網口十里，絲網口至江坌十里，江坌至大口子四十里，大口子至大清河十里，大清河至唐頭寨十里，唐頭寨至小沙河五里，小沙河至渾水汪十五里，渾水汪至降河三十里，降河至久山河十里，久山至大沙河二十里，大沙河至泊油河十五里，泊油河至套河十五里，套河至沙頭河十里，沙頭至大溝河三十里，大溝河至桑句河三十里，桑句至徐家溝十里，徐家溝至乞溝河七十里，乞溝至大沽河二十里，大沽至天津衛一百五十里，天津至張家灣一百八十里。通計淮安至張家灣海道水程，共三千三百九十里。

海運標識

隆慶辛未海運，初雇海鶻船五隻，分載米二千石，每駕船十二人，自淮安至天津，試運無礙。海道灣泊，舟行停泊，宜在舊設墩上，晝設旂幟，夜懸燈籠，以便趨集。嘗考平江伯陳瑄督海運，於靈山建烽火臺，高三十餘丈，今宜師此意，多爲標識云。《棗林雜俎》。

選庶吉士

《大明官制》一書，不載翰林院庶吉士。蓋官制定於洪武年間，而庶吉士則始於永樂二年甲申也，似宜補入。按永樂二年三月己酉，選庶吉士楊相等五十人並習文，湯流、王英等十人並習書。四月甲申，進士沈升等俱改庶吉士，修書。五月辛丑，諸司辦事進士能書者曾慎等二十九人爲庶吉士。一科凡四選。

鹿園

崇文門外二里大通橋東園，舊豢鹿處，地平如掌，漫衍可數里，名鹿園。

賓坻銀魚

賓坻銀魚，似吴中膾餘而大倍之，出海中船山下，霜降後，泝流而上，育子諸淀中。夏霧映日，波浪皆成銀色。土人候其至，網之。瓦窰頭出者最佳。明朝命内監提督冬月抱子以冰進。縣設六廠，漁户一百七十人，歲進凡七次。

蘆溝橋石獅

蘆溝橋石獅兩行，共三百六十八。

烒題草

石經山在房山縣西南十里，生烒題草，他處所無。烒，古「莎」字，《前漢·地理志》有烒題縣。

長平公主

長平公主，崇禎周后所出。甲申春，年十五，議降周太僕某子世顯，將築館，遭國變。帝以御劍斫右臂，斷腕。賊以貴主已殞，授屍國戚，五日復甦。順治二年，公主上書，願皈依空門。上不許，詔求元配，周世顯應詔起，即故武清侯之第，賜金錢、牛車，莊一區，田若干頃，俾成禮，時乙酉六月上浣也。明年丙戌八月十八日薨，年十七。詳華亭人張宸《記事》及《吴梅村集》中。孫侍郎承澤《春明夢餘録》則謂公主甲申年十五，傷右臂肩際。明年乙酉九月成婚，丁亥年卒。年月互異，不知孰是。公主名徽娖，見《春明夢餘録》。

續文獻通考

華亭王圻《續文獻通考·藝文類》中載《琵琶記》樂府、《水滸傳》。又，明朝宗室鄭、趙、襄、荆、淮、滕、梁、衛八王，並仁宗子，而云成祖子，其誤尤甚。

衚衕

京城各巷曰某衚衕，其義無所出，謝肇淛《五雜組》曰：「閩中方言，家中小巷謂之弄，《南史》『東昏侯遇弑於西弄』，即巷也。元朝《經世大典》謂之『火衖』，後因訛爲『衚衕』。」

惠世揚

惠世揚，米脂人。萬曆甲辰進士，歷刑部侍郎。李自成，故牧卒也，嘗給事世揚之家，及僭號，語人曰：「得惠先生來，則甚幸。」因致書世揚，即至，拜右平章，時左平章則牛金星也。自成敗，從本朝兵入燕，三年不見用，後放歸。綏德副總兵王永强作亂，劫世揚從軍，敗於朱原鎮。永强自縊，世揚不知所終。《棗林雜俎》

節慎庫元寶

北京户部節慎庫金銀元寶各一，蓋鎮庫之物。以梯登其上，其邊尚高於人，上刻永樂九年。

左蘿石遇害

左蘿石懋第，北使被幽。弘光敗，報至，攝政王使人宴左侍郎，飲酣，語曰：「此太平宴也。」左問所自，曰：「江南破矣。」左悲不自勝，仆席於地，作絶命詩。閏六月十八日遇害，都人吴某收殯。同時被難者五人，其一則兵部司務加職方主事崑山陳用極也。《棗林雜俎》

大隆善寺

姚廣孝謚恭襄，初從祀太廟，嘉靖中移大隆善寺，故元崇國寺也，今斥爲馬厩。

于忠肅祠

崇文門内舊有于忠肅公祠，萬曆乙未二月己未敕建，額曰「忠節」。本朝順治中，公像被毁，吾邑人談孺木作《弔于太傅祠》文以憫之。今相傳爲京師城隍神。

八功德水

南京靈谷寺琵琶街側有池，曰「八功德水」，今涸。按，八功德水見佛書，在天竺國：一清、二冷、三香、四柔、五甘、六净、七不噎、八除病。

各省湯泉

各省俱有湯泉，北直十三，江南十三，山西十一，山東十七，河南十，陝西十四，江西十七，湖廣十六，四川八，福建六十一，廣東十五，廣西三，雲南十八，浙江三，貴州二。大抵其下有白礬、丹砂、硫磺三物，乃蒸爲煖流。後周王褒《温泉銘》云：「白礬上徹，丹砂下流。」明廣陵桑喬云：「雷火所灼，其氣亦硫，蓋極楊之氣也。」

明朝諸陵

明朝諸陵：孝陵太祖，在應天府朝陽門外鍾山，懿文太子祔葬於側，曰東陵。長陵成祖，在昌平州城北天壽山，自紅門進御道，凡二十餘里，舊名東祚子山，永樂七年卜建，改名天壽。後視高山數十重，來龍不斷，明堂平闊，祔葬十六妃。獻陵仁宗，在長陵右，祔葬四妃。景陵宣宗，在長陵左，祔葬七妃。裕陵英宗，去昌平二十五里，獻陵之西，祔葬十八妃。茂陵憲宗，去昌平二十七里，裕陵西北，祔葬十四妃。泰陵孝宗，在茂陵西，無祔。康陵武宗，去昌平三十五里，泰陵之西，九龍池環其前。永陵世宗，去昌平十八里，長陵之東南，兵部侍郎餘姚駱用卿所擇，祔葬妃三十、嬪二十六。昭陵穆宗、定陵神宗，在太峪嶺，徐尚書學謨所擇。時通政司參議梁子琦等難之，爲輔臣申時行、王錫爵所斥。崇禎初尚書姚思仁督理，多朽石。吾邑陳與郊以給事中巡工，言：壽宮五室，中三間待御，四隅維以鐵索，各大銅缸注油，左右室通門，待中宮及嗣帝所生母升祔。神廟閟壽宮，自坐石室飲酒。慶陵光宗、德陵熹宗，石橋高不五尺，長不五丈，砌石無多，而耗二十萬金。且陵地窄甚，僅當兩山之腋，在永陵左砂，相距不百步也。思陵懷宗，在紅門西三里，與諸陵隔河。諸陵在河北，思陵獨在河南，即故皇貴妃田氏園。諸陵明樓俱有碑，題某宗皇帝之陵。棱恩門内有碑，俱無字，闌以木柵。本朝入關，惟定陵獨被燬，餘仍令太監守護。康熙二十□年，添設守備一員。

北京廣寒殿

皇城北苑中有廣寒殿，相傳遼后梳妝樓。成祖定鼎北京，詔勿毁，以垂鑒戒。萬曆七年五月四日樓傾，梁上金錢百二十文，云「至元通寶」，則樓創於元初，非遼時物矣。《張江陵雜著》

桑乾河塔

涿州桑乾河中有塔，名鎮河。嘉靖元年塔崩，内有古錢，皆飛空如蝶。自後河水不時泛溢。《涿州志》

煖　鋪

都御史葉盛巡撫宣大，於沿邊孔道俱設煖鋪，即唐人邊鋪也。

蘇州冰廠

蘇州冰廠，明季已有之，凡十六所。本朝兵始至，問廠何爲，曰「藏冰者」，謂伏兵也，焚其五，始悟。

堂聯

「一品榮歸日，雙親未老時。」嚴文靖公堂聯。「無毁無譽，三代直道而行；知止知足，四時成功者退。」申文定公堂聯。「財不求贏，敢爲子孫益過；位常踰分，當思齒德難兼。」陸五臺聯。觀此，足見盛世縉紳氣象。

宋文貞碑

沙河縣宋文貞公璟碑，斷没土中。正德丁丑，縣令方思道冶鐵二百斤，貫而續之。今尚存，不甚剥蝕。德清談未庵宰此邑，曾以搨本見貽。

活築惰工

保定有定霸城，宋楊延朗所築，金時，以其磚他用，其土基尚存。嘉靖中，霖雨潰城西北隅，得人骨數十具，植立土中，髑髏各戴兜鍪，旁倚兵仗，石刻云：「活築惰工百户徐瑾一行兵役」，見者悚然。《長安客話》

大藤鼓

成化初，韓襄毅雍南征，平大藤峽賊。斬大藤，中空，鞔革爲鼓。置參府前，聲震數里。兵使某移於行臺，扣之無聲，移歸故處，聲復鳴。

西苑松檜

京師皇城内西苑，古檜一、松四，並金時植。嘉靖中，封松爲指揮使，其俸米專飯孤貧。

文廟古柏

國子監、文廟古柏，並元許文正公手植。

天壇榆錢

京師外城天壇坳榆錢。凡榆，春錢，獨天壇之榆以秋。

報國寺矮松

報國寺舊有矮松二株，其右尤奇，幹長不過數尺，而枝横數丈。文人往往觴詠其旁。自内城城隍廟市移於此，每月三度，爲梠馬之具，數年無復存矣。

古　槐

槐樹斜街即土地廟斜街，舊時古槐夾路，今每月逢三日爲市集，槐亦僅有存者。

昌平古槐

昌平州天壽山古槐，相傳竇禹鈞家物。樹中枵，可布三五席，稱竇家槐。按禹鈞，周之諫議大夫也。故居在蘇州城東，今其地尚有竇氏莊。

樓桑村

涿州西南十五里樓桑村，昭烈故居。按《本紀》：道右有大桑，高十丈，如羽葆。乙丑二月，同楊耑木游此，覓土人爲鄉導。至則頹垣破廟，問所謂樓桑，無能指其處者。廟創於唐乾寧五年，先主像與關、張並列。

鷹爪稗

三峽産雲南稗，一名鷹爪稗，播種畦植，與五穀争價，他處所無也。

采參

遼陽東二百餘里，山深林密，不見日色。下産人參，其苗高出百草之上。采參以夏五月，裹糧披榛而入。或迷徑，爲虎狼所噉；或人相遇，弱者死，强者攫所有而出。以地近皇陵，恐傷龍脉，邇者挖參之禁甚嚴，罪至殊死，而趨利之徒，輕生不顧也。

大内瓜子

大内多異物，歲一閲視，出之庭。有瓜子，長五六寸，闊如之，不知何地所産。袁貴妃父祐説。見楊士聰《玉堂薈記》。

旱金蓮花

旱金蓮花，五臺山出，瓣如池蓮，較小，色如真金，曝乾可致遠。初，友自山西歸，有分餉者，以點茶，一甌置一朵，花開沸湯中，鮮新可愛。後扈從出古北口，外塞山多有之，開花在五六月間，一入秋，莖株俱萎矣。

各省貢茶

各省歲貢芽茶，共四千二十二斤。内江南宜興縣百斤，六安州三百斤，廣德州七十二斤，建平縣二十五斤。浙江長興縣三十五斤，即岕茶，納南京。嵊縣十八斤，會稽三十斤，永嘉十斤，臨安二十斤，富陽二十斤，龍游等縣共二十斤，慈溪二百六十斤，宋置茶局進貢，元明因之。麗水二十斤，金華十二斤，臨海等縣共十五斤，建德五斤，淳安五斤，遂安、壽昌二縣共六斤，桐廬二斤，分水一斤。江西南昌府七十五斤，南康府二十五斤，贛州府十一斤，袁州府十八斤，臨江府四十七斤，九江府百二十斤，瑞州府三十斤，建昌府二十三斤，撫州府二十四斤，吉安府十八斤，廣信府二十二斤，饒州府二十七斤，南安府南康縣十斤。湖廣武昌府六十斤，岳州府湘陰縣六十斤，寶慶府邵陽縣二十斤，武岡州二十四斤，新化縣十八斤，長沙府安化縣二十二斤，寧鄉縣二十斤，益陽縣二十斤。福建建寧府建安縣一千三百六十斤：内探春二十一斤，先春六百四十三斤，次春二百六十三斤，紫笋二百二十七斤，薦新二百一斤；崇安縣九百四十一斤：内探春三十三斤，先春三百八十斤，次春一百五十斤，薦新四百二十八斤。淮南宋時蘇州茶六千五百斤，元無額，明納錢三百十九萬三千有奇。成化三年，南户部奏准供用庫歲用芽茶：坐派池州府三千斤，徽州府三千斤；茶葉：徽州府三千斤，蘇州府三千斤，滁州府三百斤，徐州二百斤，和州三百斤，廣德州三百斤。四川茶園，十株取一，徽茶二兩。茶四十斤易蕃馬一匹。李文忠以茶五十餘萬斤，易馬一萬三千五十八匹。今茶課本色十五萬八千八百五十九斤，係石泉、建始、長寧等縣，并建昌、天全、烏蒙、鎮雄、永寧九姓土司辦納。陝西茶課今五萬一千三百八十四斤，係興安、紫陽、石泉、漢陰、西鄉歲辦。宋元時，貢芽茶以建安爲上，明朝不貢閩茶，即貢亦備宫中浣濯甌盞之用。貢使率賫銀抵京買納。間有采辦，亦取諸延平，非武彝也。延平人呼製茶者曰「碧豎」。

龍生九子

龍生九子：蒲牢好鳴，囚牛好音，螭吻好呑，嘲風好險，睚眦好殺，贔屭好文，狴犴好訟，狻猊好坐，霸下好負。又《博物志》：憲章好囚，饕餮好水，蜥蜴好腥，蠻蛒好風雨，螭虎好文采，金猊好煙，椒圖好閉口，蚣蝮好立險，鰲魚好火，金吾不睡，皆龍種也。

張真人侍兒

平湖徐在中，以工部郎分司張秋。張真人舟過，其侍兒膚貌清麗，徐見而譃之，真人曰：「先生宜自重，此某地龍也。」徐不信，命進盤水，侍兒躍入，雷雨應時而作。

龍朝璽書

萬曆己卯，行人謝杰使琉球，航海，颶風作，大雷雨，有二龍挂於檣上，一長年曰：「此來朝璽書耳。」急扶杰書「免朝」二字，示之，即退。

龍涎香

龍涎香出蘇門答剌國。其國西有龍涎嶼，峙南巫里洋，洋中群龍交戲其上，遺涎焉。國人駕獨木舟，伺采之。每一斤，其國值金錢一百九十二枚，準中國銅錢九千文。嘉靖二十四年，下户部，取龍涎香百斤，遍市不得。廣東藩司購，每斤懸價千二百金，僅得十一兩。進内，驗不同，仍亟取真者。廣州獄囚馬那別的貯有一兩三錢，上之，黑褐色。密地都密地山夷人繼上六兩，白褐色。細問狀，云：「黑者采在水，白者采在山，皆真不贋。」尋有密地山商再上，通計共十七兩二錢五分。次年進内，辨驗是真。自後夷舶稍稍挾來，定價每兩售百金。其爲用，入香合和，能斂腦、麝清氣，數十年香味仍在。焚之，翠煙裊空不散。涎沫有三品：一曰泛水，二曰滲沙，三日魚食。泛水輕泛水面，泅人伺龍出，隨取之，可入藥用。滲沙則凝積多年，滲沙中；魚食則化糞，散於沙上，皆不中用。而魚食有二種，海旁有花若木芙蓉者，春夏間盛開，花墮海中，大魚食之，或先食龍涎，則腹中脹滿，昂頭向石上吐沫，乾取可用，惟糞者不佳。

禁織蟒

弘治元年，左副都御史邊鏞奏禁織蟒，云：「《爾雅》：蟒者，大蛇也。蟒無角無足，龍則角足具。今織蟒俱龍，非禮，請禁之。」

脆蛇

脆蛇出崑崙山，聞人聲即寸斷。人伺其斷，鉗取之，須寸各異處，待風乾，入藥。若少頃無人聲，寸寸仍續成蛇。主治色癆及驚疑喪膽諸症，本草方書不載。見《玉鏡新談》。

八梢魚

八梢魚，灰褐色，無鱗，腹圓，口生腹下，後拖八尾。産遼東海中。永平太守盧騰龍以餽明相國，庖人來詢炰治之法，余亦不知也，以意答之。用滚水燖去其皮，其尾如猪小腸而色較白，寸斷之，用葱韭雜炒。及登盤，鯹氣觸人，不堪下箸。而《一統志》載入「遼東物産」，太守以充土貢，何所取也？

布衣獻鯽魚

通州人葛原六，以布衣獻鯽魚百尾。時用法嚴，或阻之。原六笑曰：「爾不上食父母耶？君猶親也，庸何傷？」及至，上召問，曰：「魚羹何如？」對曰：「臣未進，不敢嘗也。」上大悦，命賜酒食，仍還其一，曰：「勞汝！」其後，歲進至九十九尾，著爲令。《棗林雜俎》

齊東野蠶

永樂時，山東進野蠶絲製衾，薦太廟，群臣稱賀。今齊東山谷處處有之，與家蠶等。

蠶月浴種，出蛾，散置樹上，聽其眠食。食槲葉者，名槲紬。食椿葉者，名椿紬。食椒葉者，名椒紬。野人伺蠶，篤廬其下，手長竿，逐樹按行，爲禦鳥鼠。其穰者，春夏秋歲三收焉。有一種蠶之小者，作繭堅如石，大才如指頂。在深谷叢林間，不關人力。樵牧遇之收，曰「山繭」。

鷓鴣米

弋陽汪少宰偉嘗赴中官席，飯僅半甌，香滑而膏，異於常產。問所出，則蜀中歲進。其米生於鷓鴣，每尾止取二粒，放去，明年仍可取也。

西苑獅

西苑獅，日食一羊，西城胡人主之，白布纏首，金帶衣緑，食三品料。

明孝陵享殿

明孝陵享殿，太祖、高皇后南面。左淑妃李氏，生懿文太子、秦愍王、晋恭王；次皇妃某氏，生楚王、魯王、代王、郢王、齊王、谷王、唐王、伊王、潭王；又次貴妃某氏，生湘王、肅王、韓王、瀋王；又次貴人某氏，生遼王；又次美人某氏，生寧王、安王；俱東列。碩妃生成祖，獨西列。見《南京太常志》。孝慈皇后顯然無子，而《弇州别集·同姓諸王表》自懿文、成祖外，秦愍王樉、晋恭王棡、周定王橚，俱母高皇后。《吾學編》亦然，與《志》不合，不可解也。

鄭貴妃

鄭貴妃父承憲，貧甚，以女許孝廉某爲妾。臨别悲慟，孝廉憫之，遣還，不責聘。鄭感其意，脱隻履與孝廉，矢報。已而入宫，大得幸。念前事，而忘孝廉名，命小璫售履於市，索直若干，無應者。時孝廉計偕，聞而往，合其履。妃泣告於上曰：「非若人，妾不及執巾櫛矣！」亡何，孝廉謁選，得善地，歷官鹽運使。貴妃後生福王常洵，有如意之愛，上書其名於金盒，屬妃藏之，約他日以爲東宫。辛丑十月，皇長子受册，妃持盒泣訴之，上啟，書字俱蝕，嘆曰：「此天也！」妃卒後，謚「恭恪惠榮和靖皇貴妃」。

周后田妃

孝節貞肅淵恭莊毅烈皇后周氏，父奎，蘇州人。微時，寓京師寄食，爲人筦庫。元配生子鑑，繼丁氏，生子某及后。信王選妃，后與焉。信邸入正大位，后生東宫及定王。貴妃田氏生永王及悼靈王。貴妃寵日甚，意圖奪嫡。一日，永和宫婢貴妃居永和宫於金狻猊下誤觸定王，中宫銜之。每上召貴妃，妃例御鳳輿，小璫舁之。是日舁以宫婢，上問故，曰：「小璫多恣肆無狀。」叩其實，曰：「聞坤寧宫小璫狎宫婢，故遠之耳。」上色動，而搜其處，大得狎具。蓋宫人各侣其璫，所謂對兒也，一名對食。上驟怒，立譴諸小璫。中宫因懟恨成疾，嘔血。有老宫人曰：「田氏宫中，獨無對兒乎？亦可搜也。」已而果然，上疑始釋。都督田弘遇聞之，大恐，嗾貴妃上章引咎。上意解，令省愆。例閉中門，從旁門出，且以章示中宫，明無嫌也。其章出御史湖南劉興祥手，蓋弘遇所囑云。貴妃薨，明年春，弘遇復進少女，年十三，見寵，欲即進封。司禮太監某言，某貴妃以選入，非外進也。乃止，賜珠簾等物。亂後，貴妃妹走天津，珠簾仍在，後爲朝士某妾。按，田貴妃名秀英，其妹名淑英。

徐妙錦

徐中山第三女，名妙錦。文皇欲娶爲繼后，女不可，因不嫁而爲尼。嘗論革除事：「建文君當坐殿上，燕王至，苟不讓則死，何必自焚竄？」每語遜國事，未嘗不痛哭也。

宜興賜死

崇禎十六年五月，大學士周延儒放歸。復見徵，知不利，求解於中宫，賂嘉定伯周奎十萬金，達之中宫，請授指東宫。東宫每晨謁，及是，啟曰：「近來久不見周先生，何也？」上曰：「爾何自知周先生？」答曰：「父皇嘗稱周先生，故知之。」上曰：「此非好人，今不得稱先生。」上心知其奸，尋賜死。其日黎明，錦衣同法曹至私第，排闥而入，家僮各驚匿。周求青衣未得，緹校脱而衣之，拜命飲泣，求筆墨占句，倉皇不屬。使者促之，投筆就縊。

張敬修遺辭

萬曆十二年，故太師張居正子禮部主事敬修自縊。遺辭，其略云「五月初三日，丘侍郎至府。初四日，即差官提敬修面審。大意坐先公以二百萬家貲；又要攀承天、夷陵、本縣三家，坐曾確庵家寄銀十五萬，坐王少方家寄銀十萬兩，坐傅大川家寄銀五萬兩。只得從當事之意。料三家斷不能完結此事，吾日後何面目見之。又以母子叔姪，恐團聚一處，有串通之弊，於五月十一日出牌，迫令隔別，不得接語。幽囚倉屋，風雨蕭蕭，清草鳴蛙，無不助余之悲悼。遭時如此，已無生路，不得已，託言片楮，以代剖心。此書送各司道一目。五月十日寫完，以期必遂，而夢兆稍吉，不果。至十三日，各欽差上司會審，叔姪俱嚴刑拷訊，父母遺體，平生眼不見刑具，脆薄之軀，豈能勝之？此數之莫可逃也。任巡按，活閻羅！你也有父母妻子之念，何忍殺人媚人如此之酷烈也！有便乞傳山西蒲州相公，説張門事已完結矣，無煩罣念，願你輔佐聖明天子於億萬年也」云云。按，丘侍郎名橓，齊人，懸臟酷拷，貽楚患數年，卒無子。任巡按名，須更考。

歲朝春楹帖

康熙乙丑年，元旦立春，有大老署門云：「歲朝春百年難遇，聖天子萬壽無疆。」按：崇禎元年元旦立春，陳眉公用此聯作楹帖。

戊　祭

郊上辛，社稷上戊，文廟上丁。戊在丁後，故先丁。如十日丁，則一日戊，當先戊而後丁。弘治間，吏部主事楊子器上言：「戊從初十之丁，則次戊，非上戊也。」時無諳禮者，竟寢不行。《李崆峒集》

四明中秋宴

四明中秋宴飲以八月十六日。相傳史彌遠官臨安，還家度節，沮風，是夕始到，遂沿爲俗。葉業師云。

朔望行香

洪武十七年敕：每月朔望，祭酒以下行釋菜禮，郡邑長以下詣學行香。按，北齊每月朔望，祭酒、博士、諸生展拜階下，郡縣朔朝。朔日行禮始此。其後遂以朔望行香。朱子曰：「謁宣聖焚香，不是古禮。捻香不當叩頭，只直上捻香，即出笏叩頭而拜。」由是觀之，則宋亦然矣。但儀節與今不同，今只行拜禮。此出《澄海縣志》，東陽王嘉忠著。

海岱門火藥

康熙甲子秋九月，海岱門内地中忽作聲，有光如電，初以爲地震也。已知其地舊埋火藥，覆大石板，上土厚尺餘。不知何故忽發，飛石所中，凡傷二百餘人。

二雨辨

無錫邵文莊寶《二雨辨》云：「雲興於山，勃然滿盈，既藴而隆以雨者，山雲也，謂之山雨。雲興於海，倏然瀰漫，既翕而盛以雨者，海雲也，謂之潮雨〔一〕。海雲之雨，乘風以行，雷鳴則止。山雲之雨，挾雷以動，風吹則散。海雨春少而秋多，山雨夏多而秋少。」

日本小曆

弘光初，有携日本小曆一紙來者，字體並從本國書，首題「寬永二十一年」及「大將軍」等字。

石經山藏經

房山縣石經山，峰巒秀拔，名小西天。隋大業間，僧静琬懼本教有難，不能流通，發願

〔一〕「潮雨」，據談遷《棗林雜俎·義集》「二雨辨」條，疑作「海雨」。

募工，鑿石刊造一《大藏經》，積於此山。至唐貞觀初，僅成《大涅槃》一部。静琬没後，其弟子遞刊造餘部，歷遼、金始完一《大藏》。貯於巖洞者七，地穴者三。洞鍵以石門，穴鎮以浮圖，自來兵燹不之及。

二郎神

二郎神，即嘉州守趙煜，斬蛟者也。不知何代封爲清源妙道真君。

泰山之高

泰山自下至巔，五千二百八十四步，五尺爲步。紆折皆在其中。高三百八十六丈九尺一寸，實十四里零八十餘步。應劭《漢官儀》云「自下至古封禪處凡四十里」者，妄也。有《泰山道里記》。沁水張大理五典云。

飛來峰佛像

靈隱飛來峰，元僧楊璉真伽遍鐫佛像。明嘉靖朝，太守福清陳仕賢壬辰進士以楊及郯僧、閩僧三石像斷其首，瘞獄中。獄中大疫。或云誤毁佛像也。

入蜀三谷四道

入蜀有三谷四道。西南曰褒谷，從褒入；南曰駱谷，從洋入；東南曰斜谷，從郿入。其所從皆殊，舊《志》謂首尾一谷者，非也。其棧道有四：從成、和、階、文出者，爲沓中陰平道，鄧艾伐蜀由之；從兩當出者，爲故道，漢高帝攻陳倉由之；從褒、鳳出者，爲今連雲棧，漢王之南鄭由之；從城固、洋縣出者，爲斜谷道，武侯屯田渭上由之。丁卯，吾鄉許編修典四川鄉試，欲强余同往，余不果行，爲詳考道里，以當贈行之篇。

甲申京師之變

甲申京師被陷始末，詳談孺木《金陵對泣録》中，今全録於後云：

光禄寺署丞膠州高弘商自賊中脱歸，秋末，省其兄相國，備述前厄，云：三月己丑朔甲辰，上召考選中外官三十三人於中左門，諭曰：「國家多事，南寇北虜，聞寇已薄固關，雖無確報，可謂迫於門庭。朕已修省待咎，此時何以撲勦？何以安人心？何以生財？何以足用？爾等其熟計之。」滋陽知縣黄國琦首對曰：「賊之驕，由於招撫，從來招撫無裨於事。」上問安人心，對曰：「安人心不難，在於聖心。聖心安，則人心自安。」上首肯，筆記其名。又問生財，對曰：「今生財云加派，云捐助，俱非也。豈非一而再，再而三乎？皇上宜搜内藏，盡所有以爲外用。」上又首肯。因問用人，對曰：「天下未嘗無人，但人未必爲用。」上大是之。立除兵科給事中。餘以次對，未畢，俄傳外札，上手拆視訖，倉皇遽退。各官不敢散，已傳駕回宫，各官乃散。知賊已至昌平也，各官環閣臣於御河橋，楊觀光等責以城守事，魏藻德曰：「大家做，靠不得一人。」是日，内閣課庶吉士，東宫日講官劉理順、何瑞徵講《論語》，首章未竟，賜茶退。夜二十刻，部推左懋泰戎政兵部右侍郎，總督城守，未報。乙巳，閉都門，時傳吴三桂兵至，不知即賊也。夜攻阜城門即平則門，并廣寧門即彰義門、西便門。漏下二十刻，砲聲漸急。丁夜，砲愈急，賊環攻。有旨：城堵尚虚。一千八百守卒俱稱無餉，襄城伯李國楨不登陴。丙午巳刻，賊入阜城、西便二門，人不知也。丁未昧爽，市人云宫女出西華門，或傳聖駕昨出城。辰刻，宣武門北有内臣戎服可千騎，云王太監救火，呼開門，答以鑰在中府，擊之，鎖未破碎，或云前門開，遂沿正陽門，至則被大砲，不可近，自長安右門還宫。巳刻，賊入宣武門肆掠，内臣被禍尤慘。李自成射承天門題榜，矢中天字上。馳入宫。午刻，僞示五城，購車駕所在。戊申，午前傳先帝自盡於煤山。僞諭：明朝大小官員，俱限次日赴各將軍帳下，具職名，彙册送覽。願復官者，量材擢用。不願復官者，革職爲民，準給路引，即放回籍。敢有匿而不報，兩隣、長班、房主，一併誅戮。自是，各官俱分投職名。權將軍李友家，自巳至酉，共報七十三人。劉斯球等其去者，以革職回籍也。主賊録職名、籍貫、履歷、寓舍、僮婢、長班，録訖，皆驅對廳錮之。工部侍郎陳必謙不即入，擊以輿槓。己酉，先帝后移東華門席舍，武選主事大足劉養貞出私錢八千，得柳棺殯之。先帝不幸時，首露網，右足靴，身衣短後布衣，胸題：「朕既喪國，無顔冠冕見人。」是日，同先后長椅舁出。先后衣笄甚肅，鼻微傷，其裳紉給。越三日，賊出梓宫二，一丹漆，一黝漆，改殯焉。先帝翼善冠，龍袍玉帶，滲金靴，先后袍帶亦如之。定王騎騾來臨，不敢哭而去。次東宫亦騎騾至，青衣褻帽，觸地良久，雖不哭，隱痛不能起。賊擁之去。諸臣臨哭，可四十餘人。臨而不哭者，三十餘人。養貞日侍側，哀毁，被執至李友家。友據丘字衕衕許錦衣宅，年五十餘，性兇悍，所錮各官，許家人傳餐，印其面而入，出即去。癸丑薄暮，李友傳各官各據朝本朝見。光禄寺監事林蘭友問：「朝本何若？」有佐史吴某云：「紅摺黄面，開職名朝見。」蘭友如其言，餘仿之。刑部尚書張忻言：「黄摺非所用，付紅單職名。」酉刻，李友列騎七十三隊，隊騎各五，露刃，押諸臣赴寓鋪。僞將劉宗敏押千六百餘人。夜半叱起，俱蓬垢，人予匹馬，飛馳入西長安門，過御河橋，皇王夾道，進東華門，始知非朝也。至會極門，僞相牛金星深衣盤坐棕毯上，面東向，右侍郎宋企郊盤坐金星側，北向。金星據《縉紳録》一部，硃筆點唱，先令甲科打恭，餘誦鄉貫，諭高聲以應。或託疾，則令扶候。合選，即圈於録上，赴部聽銓。選注畢，且各回營，奔仆數人。乙卯，又選各官，昧爽，由午門入會極門，牛金星、宋企郊如前唱選，預名者令候會極門。否則出東華門，或令出西華門，不解其故。蓋東皆回營，西皆斬於門外，凡七十六人，多勛戚。丙辰，各營拷職官追贓，內臣加炮烙，尤慘。劉宗敏家，論官大小勒限，贓完日釋之。李友等各混拷，不勒限。李友家七十三員，選用二十九人，聽其自捐。夾傷十之四。劉養貞再夾，惟呼「太祖高皇帝」。追四十三兩，又銀盃二。又徵之，不應，曰：「我寧死也。」王都等杖斃。黨崇雅除通州倉場侍郎，來謁李友，角巾綠衣，諸人就問，竟蹙額不答。中書科舍人吳橋沈某，始被拘，佯風疾，時呼「流賊來，殺流賊」，屢受鞭，不之拷，四月二十二日，同釋。四月戊午朔，乙丑，黃紙傳二十七日即位。塘報：吳三桂舉兵逼京師。戊辰，李自成馳僞敕及吳襄手書招之。三桂碎其敕，擲父書不啟，斬從使四人，釋回一人。自成聞斬使，大怒，召李友等，點兵站隊。庚午，自成脅東宫、二王及吳襄東行，步騎三十七萬。戊寅，吳三桂擊自成，大敗，僅四萬騎回京，步卒盡没。賊將李肖宇所部萬三千人，才還騎十七，庖人一，家丁二。云「經戰十三年，未有如此之敗者」。癸未午刻，李自成回京，入德勝門，從馬約七千匹，列東華門。二十騎自御道入，前一賊抱嬰兒，不知何人也。是日，故學士楊觀〔一〕、何瑞

〔一〕「楊觀」，疑後脱「光」字。

徵，光禄少卿李天經、李延鼎，同鴻臚寺官八人勸進，自成曰：「事且亟，何登極之有？」劉宗敏厲聲曰：「已有旨，明日登極，各官可出料理。」各官退，宗敏與自成争曰：「爾幾十年辛苦，一旦敗壞，若不登極，何以回關中？」自成默然。甲申，果僭號。先燬太廟主。從此壞民居，運入大内爲爨具。丁亥卯刻，賊出阜城門，留卒七百餘人，入大内及各巷縱火。高弘商拘李友家，被夾，勒四百金。詹事張維機、主事蕭鴻基至夾其首，張尚書鳳翔前出獄被拘，勒四百金，不夾。

中書自經

李自成入燕後，拘明朝大小官員，分營追贓。有中書十數人，同拘縶一室，忽傳僞旨，是夜俱令自經。鐍鎖甚密，外嚴兵守之。各官以次雉經，氣絶縆斷，大半墮地，伏尸相枕籍。蘇州申濟芳獨逡巡不就縊，天黎明，聞守者啟鑰入，申急迫伏積尸中，詐爲死狀。一守卒云：「生死未可知。」當頭人與一棍，連棓數人，忽一卒云：「料此輩已無生理，鞭屍何爲？」遽舍之出。午後，命各家僮識認尸首，負歸殯殮，申竟得脱。後年八十餘卒於家。太倉唐宦君爲余説。

福藩監國

甲申四月，京報絶月餘，留都疑阻。十三日，有中人夜至内府，云京師三月十九日已失守。明晨，張總憲藐山慎言偕御史周元泰、朱國昌、郭維經、米壽圖，至高司農弘圖確齋〔一〕所。少頃，確齋及史尚書可法、吕侍郎大器、姜詹事曰廣，集議監國，首福王，或云潞王，時並僑淮安。高、張之意屬於洛陽，史頗不然之，意在衛輝。恐北耗未確，尚爾逡巡。俄奏差回自都下，云三月十六日手菜筐逃出京，其夕炮聲遠震，迨旦寂然，餘不知也。諸人唯唯，各散。二十二日，史尚書以三千騎勤王渡江，俾吕侍郎攝禮部印。越三日，史尚書速諸臣往江浦議事。侍郎得史手札，即傳示諸公，素服會清議堂，謀葺武英殿。二十七日，有中人奔南，備悉凶問。是日告奉先殿，姜詹事撰文，高尚書舉筆，云「神宗皇帝之第二子第一藩」云云。而史尚書札至，意專衛輝。尋又札云「洛陽、衛輝並南下，當拈鬮孝陵之前」云云。無何，總督鳳陽馬士英書來，奉福王發淮安，將及矣。即日，守備南京太監韓贊周出迎。二十九日，王舟泊燕子磯。明日，抵龍江關，先召見列侯，次尚書史可法、高弘

〔一〕「確齋」，據談遷《棗林雜俎·仁集》「定策本末」條，疑作「硜齋」。下二「確齋」同。

圖、程注，都御史張慎言，同謁舟中。王左手挈史，右手挈高，跪泣答之。角巾衣葛，坐榻上，衾枕俱敝，蚊幬不具。五月朔，登三山門，環城而東，謁孝陵，自朝陽門入，經東、西華門，宿外守備廳。四日監國，傳諭天下。是役也，南都始議未定，馬士英成之。史尚書前督鳳陽，稔知福王子湛於酒色。徐魏公弘基值高尚書於皇城下，曰：「事亟矣！惟賢是立，何論序乎？」史在高郵，聞福王舟近，即列諸臣名啟迎。或云士英初意亦不專洛陽，與史尚書同，偶值福王舟，擁而南，背其始議，後謂「臣以兵十萬護蹕臨江」，欲駕南都諸公之罪；給事中李沾謂「告廟文出臣筆」，皆非其實也。

弘光年號

南渡年號，閣擬定武、弘光。拜天探籌，得弘光。冢宰張藐山曰：「光字上於文爲火，清朝年號曰治，從水，水能克火，奈何？」果如其言。

馬士英忌史

馬士英挾迎駕之功，自江北來朝，不欲出鎮。故事，輔臣必有入閣辦事之旨。士英特繫銜大學士，非内任也，竟據政府。史相國因自請出鎮，鑄督師輔臣之印。士英忌史聲望遠出己上，又史先柬士英，有「福王不忠不孝」之語，士英意脅之，史求還故牘，終不相忘，掣肘陰螫。以勞勛難泯，遂移搆新建姜相國，謂觀望異議，冀并陷史也。

燕京從逆

燕京從逆諸臣，留都傳報不一。其最著者，鄉人乘怨，輒馳檄聲討。姑蘇則首項煜、錢位坤、宋學顯、湯有慶，常熟則首時敏，皆焚毁屋盧。尋，臺臣嚴禁。御史祁彪佳撫安蘇、松、常、鎮，誅首亂六人，乃止。

阮大鋮復用

桐城阮大鋮，初附東林，與嘉善魏忠節争吏掌科，因投逆璫，歷太常少卿。坐黨，避禍金陵，稱詩好客。素善内臣馬應芳。馬士英僑南都，時時過從。南渡初，總憲張藐山改冢宰，奉詔言逆案，置弗用。大鋮計沮，嗾誠意伯劉孔昭，拉勳臣廷攻冢宰，專右文臣。自是，冢宰四疏乞休。士英密薦大鋮，言其知兵，立除兵部右侍郎。召對，以高相國廷争，臺省交論，未拜命。而心益急，士英令徐俟之。及涖官，每朝罷，輒手招士英就語，自示於諸紳中。日同士英輩狎飲。後常熟錢侍郎附焉，錢寵姬柳如是，大鋮請見，貽以玉帶，曰：

「爲若覓恩封。」談孺木云。

馬阮孔昭誤國

張藐山冢宰去後，誠意伯劉孔昭之權日甚，自謀入相不得，乃薦兵部侍郎德清蔡奕琛。南都之禍，始於誠意，潰於馬士英、阮大鋮。

韓贇周

司禮韓贇周，字象雲，賢内侍也。弘光帝始而憚，中而疏，末且厭之。嘗盛暑擊毬，三人交箠不休，贇周凝立不動。十二月，西宫成，臨御，上色不怡。贇周請其故，上曰：「無佳優人，奈何？」贇周泣曰：「臣意官家思先帝，乃如此抱恨乎？」上嘗責太監馬永芳：「爾但知印堂，安知我？」印堂，指贇周也。

黄澍

黄澍，本歙人。年少輕狂，作葉子格，品第宗婦之貌，見擯於族。走杭州，冒籍郡庠。丙子，舉於鄉。明年，成進士，授開封推宫。壬午，禦流賊，開渠轉粟，河水秋溢，遂灌汴城，禍自開渠始。又搜民間藏粟，併金錢奪之，汴人切齒。及内召，烈皇帝面問：「開渠者，誰也？」委之流賊，利口迅舌，人莫能難。以御史按楚，未及瓜，遽入朝，意覬開府。廷劾馬士英，責數其罪。弘光帝色動，云：「黄澍言之有理。」顧高相國記之。士英跪階下，惶愧欲死，出。因行金結納内臣張執中等。蓋平賊將軍左良玉嗛馬氏，故大言清君側之惡。澍出良玉手書，挾鎮重〔一〕以劫之。及澍還按楚，士英陰遣人購良玉，而澍孤矣。尋免其官，畏禍，匿良玉所，女歸其子。明年，良玉稱兵犯闕，實澍爲之厲階也。

僞太后

乙酉五月，南都敗，士英出逃，至孝陵，詭飾其母爲太后，召守陵黔兵自衛，所過，劫掠一空。從廣德州走安吉，知縣黄翼聖掃衙舍以停僞太后及士英家眷。浙撫張養貞〔二〕下檄安吉，問太后真僞，翼聖啟云：「閣部既真，太后亦非假。」張遂備法駕，迎入杭州。僞太后駐朝天門東李總兵宅，士英屯兵湧金門外王氏園。潞王恭謁太后如常禮，辭之。已令妃

〔一〕「鎮重」，據談遷《棗林雜俎・仁集》「黄澍」條，疑作「重鎮」。
〔二〕「張養貞」，據後「方國安敗降」條及談遷《棗林雜俎・仁集》「慈鑾」條，疑作「張秉貞」。

具宴入送，妃躬詣陪侍，復峻辭之。日夕惟與士英妻及婢數人相處，人始疑其僞。本朝兵將至，士英走台州，魯王監國，訪太后不得。會稽熊少卿汝霖責士英：「不扈皇上，乃母后之狗乎？」士英無以應。

劉念臺

蕺山劉先生，前削籍家居。南渡，起左都御史，入京，不携冠服，先馳疏，自稱草莽臣，歷指時事之失，内及逃將封爵。貴陽及劉澤清忌之，蓋劉自臨清南遁，謂中其隱。各疏攻先生，澤清疏並列左良玉、黄得功、劉良佐、高傑名，請加以重僇。實各鎮不知也。先生至南京，借冠服赴任，士民鼓舞稱快。群璫亦曰：「劉先生，君子也，恐不得久耳！」果即引去。

弘光演劇

甲申秋，南教坊不足充下陳，私徵之遠境。阮大鋮、楊文驄、馮可宗輩各購進大内，嘗演《麒麟傳奇》，劇未終，妓人首戴金鳳者三。蓋宫中例，承幸者戴金花，以自别也。

南都選宫

甲申九月，南都有選宫之命。皇太后自於外守備廳擇六人，未慊，命再選。初，各官毖慎，其後會於貢院，狎笑褻視。選七十餘人，寢及蘇杭。太后侍女金花，年十八，來自中州，殊色也，所選並不逮，上待如妃禮。明年，阮大鋮入其宗女，雖殊麗，究不知誰氏也。又，書佐周某，自獻其女。太監田成來駐杭州貢院，樹黄旗二，選五人，止王氏留京。上之出奔也，阮氏、周氏、王氏命還家。

弘光朝謡聯

弘光朝雜謡：「弘光朝，要做官，非騎馬士英，即種田太監田成。射人先射馬士英，擒賊先擒王鐸。紅花開，天子來，不辨衣衫只辨鞋。」又聯：「周延儒，字玉繩，先賜玉，後賜繩，繩繫延儒之頸，一同狐狗之頭；馬士英，號瑶草，家藏瑶，腹藏草，草貫士英之皮，遂作犬羊之鞟。」「自成不成，福王無福，兩下皆非真王；北人用牛，南人用馬，一般俱是畜生。」

倪爲丁訐

倪鴻寶先生與同邑丁庶子進，俱天啟壬戌進士，選庶常。嘗中秋聯句，丁首唱云「中秋佳節好吟詩」，爲人所哂。上偶問：「『崩』字何義？」丁曰：「君死曰『崩』。」倪曰：「先帝升遐曰『崩』。」進自慚，漸與倪成隙。倪少娶餘姚陳氏，失歡後，官尚書，以妾王氏膺封誥。丁遂修怨，嗾誠意伯劉孔昭訐其事。倪奏辯，陳氏失母意，遣歸外家，命娶王，宜封。引海瑞前妻許氏、潘氏弗封，封繼妻王氏爲例。幸上不問，倪竟以此自免歸。陳氏實同母夫人居，非遺歸者。甲申末，陳氏訴於朝，時孔昭在事，奪王氏，改封陳氏。

四　鎮

史相國分列四鎮，意在收江北之援，卒不得其力。先是，四鎮兵各餉六十萬，高傑最强悍，黄得功、劉良佐次之，劉澤清爲極弱。史於揚州大會諸將，下拜求出師。傑雖跋扈，頗感動，遂率衆而北。傑至睢州，爲許定國刺死。中旨切責之，定國畏罪，導本朝兵南下。

户上書圈

乙酉三月初九夜，嘉興府城内外居民户上，各有書圈，或紅，或白，或書上，或書日，或斜書雙。曉起，驚異，不知所自。至閏六月，羅兵燹，惟白圈白書之家不火。徐敬可云。

楊文驄

楊文驄，字龍友，貴州舉人，不第。宰青田，量移江寧。癸未，蕪湖兵擾，西征自效，事平，仍返縣任。張藐山改都御史，疏劾文驄，榜其文，不令視事。明年夏，馬士英入相，文驄以甥壻起鎮江推官，未行，擢職方主事。尋監軍鎮江。明年五月，拜巡撫僉都御史。一日，遽南遁，時總兵鄭彩方陳列江上，聞之，兵立潰。弘光帝聞報，即出奔。迨曉，馬士英亦逃，南都亡。

童　妃

弘光即位，語輔臣以先後妻妃三，時方訪母后於中州，未及宫眷。御史陳濳夫按河南，以童氏至，有司護送入京。年殆三旬，坐詐冒，下錦衣衛獄。童氏從獄中上書，云「某年月日娶我，某年月日陛下出亡，所衣某色，所飯何品，所出何地。又首帕，妾所加也」云云。此書不知緹帥馮可宗作何狀，獄上，後傳聖諭，有「與潛夫同卧起」之語，絲綸之地，豈應汙褻若此耶？聞澤清婦劉氏上馬士英夫人書，救童氏。

方國安敗降

乙酉六月，本朝兵至杭州，潞王常淓、張秉貞以城降，兩浙風靡。總兵王之仁守定海，上其印。都督方國安自杭走金華，與朱尚書大典合兵。尚書以方兵剽詐，不許，遂相持。會山陰太學鄭遵謙倡義兵，熊少卿汝霖、孫職方嘉績應之。寧波則刑部員外郎錢肅樂，浙東響集，迎魯王於台州，西築土城，守江。國安東下富陽，其下分屯金村嶺、朱橋。其屯朱橋，則國安兄子元振也，號「土漢營大總」，兵萬餘，船五百餘，沿朱橋列栅，至轉塘口，左江右山。或説之曰：「山路莫要於西溪，而横山大嶺扼其衝。旁多間道叢竹，可伏兵。從此距營二里爲清風亭，以千人據之。且西接五雲、天竺，可俯瞰杭州。益張疑兵，連合江東。縱復不利，豈能越險薄我營哉？」元科不以爲然。元科亦國安兄子，戎旗營三總也。八月，元科以三千騎直趨六和塔。明日，戰於清風亭，江東兵莫敢登岸。越三日，本朝兵自六和塔來攻，國安浮江，身自督戰，自晨及晡，國安失利。本朝兵覘横山、清風亭，俱無伏。

九月既望，以八百騎自清風亭，五百騎自横山，夜去營一里，乘勢奪橋。橋偪寨門，守兵皆走，元科手斬數人，攖栅力戰。本朝兵登廟山，望栅中白牆不相屬，遽發砲，牆傾，大呼馳入。方兵大潰，僅得及舟而遁，遂焚其栅。自是國安不復能渡江。丙戌五月，大將軍貝勒孛羅至西興，荆國公將走台州，馬士英以許封西平王，勸國安降，遂解甲。後與元振俱被殺。

士英首逃

馬士英奔紹興，辯「臣非誤國」。又挾方國安爲重，命戴罪圖功。丙戌六月朔，首逃。

金正希

金正希先生倡義於休寧，同縣令何通武遣諸生朱備迎黄澍於九江。實不知澍已通款本朝也。九月，本朝帥張天禄略地且至，戰失利，先生與歙縣諸生江天乙同被執。見洪承疇，不屈遇害。僧某殯之，題曰「赤壁金公柩」，扶至蕪湖，閩商某薄其棺，改殯焉。

徐冢宰

徐冢宰虞求石麒，原名文治，本蘇郡諸生。萬曆庚子，斥場屋，赴南武闈，舉第一。被攻，走江楚，殆二十年。青浦令，其受業生也，遂補諸生，舉於鄉。天啟壬戌，成進士。歷官介潔，屢起屢忤。乙酉閏六月二十六日，本朝兵下嘉興，先一夕，公入城，聞敗，自經於故第。精嚴寺僧真寶，殯以米囷。袖有詩扇，蒼頭祖敏殉其旁。先生有別墅在賀家橋南，其孫顯武，與予善，時時過話前事，所著名《可經堂集》。徐公墓在園花鎮龍山之後。

東明寺異人

錢塘大遮山東明寺，相傳建文曾避跡於此。本朝丙戌某月某日，有二十二人，皆偉幹傑貌，免胄而入，命守僧以米三斗作飯，豆一斗作乳，倉卒具食。僧異之，問：「飽未？」曰：「未也，亦不敢飽。」飯後，遍視佛像，不拜。見建文像，則拜而下泣。一人在前，餘隨後，不敢並。已而求浴，裹衣朱殷，膚如刻漆。人臂二弓，腰二銃，試鳥雀不一失。鎧仗重鐵，度所負荷，皆百餘斤。其一人泣拜者，挽鞭重數十斤，合二僧之力，僅能舉，而彼運之如棕拂竹如意。問邑里姓氏，不答。聞其聲，知爲北人也。問今何往，則淚隱隱承睫，曰：「吾糗盡，游觀天下，無可起事者，吾安之乎？」曰：「三吴足賦，可就也。」曰：「取三吴，未能集事。」僧曰：「以諸公之敢力赴義，何患無成？」默不應。諷之苦空，亦不應。僧曰：「即出，值官兵，奈何？」曰：「吾仗劍行數千里，先後所值，何啻百千，彼烏能難我。」僧曰：「自此〔一〕天目，民寨百餘所，稱義師，能往觀乎？」曰：「曾按視一二所，皆盗耳，不足目也。」因問道，僧述天目、徑山、湖州之程。曰：「吾之湖州。」曰：「湖州多守兵。」曰：「固欲遇守兵。」遂胄而去。每一人胄，兩人力收之。目欲迸火。尋聞其遇守兵，殺五百餘人，而二十二人無恙。愾然嘆曰：「吾多殺，亦何益？且吾所以來，豈爲此輩哉？」皆投碧浪湖死。外舅陸辛齋名嘉淑，字冰修述寺僧指月之語。

洪武科舉

洪武三年庚戌五月，始詔行科舉。直隸貢百人，河南、山東、山西、陜西、北平、浙江、福建、江西、湖廣各五十人，廣東、廣西各二十五人。時直隸就試者百三十二人，拔七十二人。見考官宋濳溪《鄉闈紀録序》。試録曰小録。按《登科考》，無錫俞憲所輯，中載在京

〔一〕「自此」，據談遷《棗林雜俎・仁集》「群忠備遺」條，後似脱一「至」字。

鄉試，直隸府州一百名，河南、山東、山西、陝西、北平、浙江、福建、江西、湖廣、廣東各四十名，廣西二十五名。與《潛溪集》微有不同。又，按《登科考》，洪武三年庚戌鄉試，辛亥會試以後，至十七年甲子，始復行鄉試。而《金華府志》有「庚戌、辛亥、壬子、癸丑，連歲開科」之語，《紹興府志》云「六年金鑄榜」，不知何所出。

雲貴開科

雲、貴開科，始永樂九年辛卯。貴州時尚未附。宣德四年，雲南、貴州始合試，共取十一人，後漸增，至嘉靖十四年，分定雲南舉四十人，貴州舉二十四人。

歲貢恩貢

府歲貢二人，縣歲貢一人，洪武二十五年定。嘉靖十年，令天下歲貢，五人選其一，歲貢通學考選，至十五年止。天啟元年，鄉試一榜，廩生准貢。崇禎元年戊辰，以登極始有恩貢。乙亥，通考各學廩生，拔貢一人。己卯，鄉試一榜，俱充貢，不論增附。

教習之始

永樂二年，已選庶吉士矣，而户部辦事進士當塗李衡，以年少自請命改庶吉士，同江寧楊寧習書。至宣德八年三月，已選庶吉士，十一月，又選前科進士能文者徐珵等十三人爲庶吉士，命學士王直教習。此教習之始也。

弛會禁試

舊制，貢士三科不第，禁會試。弘治三年始弛此禁。

選館概課

弘治壬戌科，選庶吉士，并修撰康海、編修孫清、李廷相俱課書，學士梁儲、王華教習。先是，天順四年，選庶吉士劉健等十五人，并修撰王一夔、編修李永通、鄭環，命學士劉定之、侍讀錢溥教習。此外，鼎甲率不在館課之列。萬曆壬辰後，選館概課，而鼎甲不出序。今與庶常一例論先後矣。

第一場五義

正德甲子，四川解元周洪謨，丁卯，福建解元陳俊，第一場俱五義。

嘉靖禮部條約

嘉靖初，會場禮部條約，許舉子帶《洪武正韻》一部，表末不用「瞻天仰聖」。董穀《碧里雜存》

正副主考分閱

科場舊規，正主考閱《易》、《書》二經，副主考閱《詩》、《禮》、《春秋》三經，各不相涉。《詞林典故》

李九我

李九我舉鄉試第一，申少師瑶泉即留爲館賓，轉館於歸安董宗伯家。癸未，李得會元。申正當國，廷試時，文定以子用懋入試，避讀卷。是科，秀水朱文恪公一甲第一，李在第二。賜第後，九我見秀水，頗怏怏。一日，秀水疾，李過候，坐榻旁，推窗見庭松蟠屈，笑曰：「弟嘗夢歷此境，或云功名在是。今得之矣，名次兄後，非豫兆耶？」自後，歡洽無間。

殿試策進呈

殿試策進呈，必取書法整齊無舛謁者。隆慶戊辰科，閣臣擬進，上疑首卷有私，於二甲卷首得羅萬化，置第一，其卷字多塗抹者。

鄉試差京官

各省鄉試專遣京官，始於萬曆乙酉。舊，主副俱教職，由監察御史所聘，布政使提調，按察使監試，彌封、謄録、受卷皆有司，例得讀墨卷。有所識拔，内簾無敢違者。自專差朝臣，内外簾始隔絶。

典試差主事

典試差部主事，始於萬曆甲午。禮部推湖廣主試翰林院某、吏科左給事葉繼美。上點葉，另用工部主事莊懋華。

韓敬不達

韓求仲先生師事湯宣城，萬曆庚戌，湯分房，搜鄰房拔韓會元。時方忌湯，遂并攻韓，竟免官，終身不達。

巡撫監場

鄉場監試，例巡按御史。或偶缺，則代以巡鹽。萬曆乙卯，貴州巡撫張鶴鳴代匱監試，此巡撫監場之始也。

斷幺絶六

萬曆丙辰，會元吴江沈同和文倩第六名趙鳴陽作。事發，二人俱褫革。京師以骰子戲謂「斷幺絶六」。

朱文恪主禮闈

天啟壬戌會試，閣推何宗彦、顧秉謙主禮闈。上點宗彦，忽及朱養純。顧疑秀水有他，故頗不懌。後秀水捐館，顧擬謚「文懿」，朱公子力争，得謚「文恪」。

廷試誤筆

廷試策，偶誤筆，以塗注不便，例多任之。萬曆己未科，狀元莊際昌「醪」誤「膠」，崇禎辛未，狀元陳于泰「陽」誤「易」，榜眼吴偉業「彍」誤「驌」。

會元另封進呈

殿試進呈，惟會元另封，此明朝舊例也。今不然。

明朝宗室進士

明朝宗室進士，天啟、崇禎兩朝共十一人，釋褐後，例補輔國中尉。惟戊辰科，新建朱統𨥛選庶吉士，改中書舍人，復入館，歷國子祭酒。

同姓名張銓

萬曆甲辰，進士同姓名者張銓，一大名人，一沁水人，俱乙亥正月二十六日生，科第、子女皆同。

莆田科甲之盛

莆田科甲最盛，宋時進士九百七十餘人，諸科特奏名六百四十餘人，大魁五人，宰輔六人。明朝自洪武庚戌至嘉靖戊子，凡五十二科，中鄉舉一千一百十一人，進士三百二十四人，狀元二人，探花四人，會元一人，解元二十五人。

鄉報急足

鄉報急足，始嘉靖中。其時學子尚自備青袍，後官給，不知所自。

選歷科程墨

選歷科程墨，自萬曆庚辰錢塘人錢穀□豐寰始。錢，貢生，官終曲靖知府。

會試同門房刻

會試同門房刻，始萬曆壬辰。

一甲三人御批

明朝故事，御批一甲三人卷，用玉管筆，拆卷在中極殿左。

鄉會試録序

兩京鄉試及會試《試録》，序皆稱臣，外省則否，以考官所自序也。萬曆初，上摘此以問閣臣，欲罪之。江陵具言其故，乃止。其後各省《録》序皆稱臣。

人海記卷下

海昌查慎行悔餘編輯
同邑張士寬柔之校刊

滋陽祀宗聖

兖州滋陽縣儒學，祀宗聖顔子之神，與天下不同。《陋巷志》

李襄敏詩兆

土木之難，李襄敏秉從征脱歸，進户部主事。夜夢作詩送楊鴻臚迎駕，其詩曰：「天恩寵渥作鹽梅，迎復君王出紫臺。群虜潛踪歸朔漠，六龍回駕入蓬萊。」明日以語同官。明年事驗。

御史乘轎

御史出巡，舊騎馬，後乘輿，不知起於何時，當是成化以後事。浙江有舉子王化大，帽見按臺某，按呵之，問所從起，對曰：「即起於大人乘轎之年。」

朱良育

吴縣朱良育積學不第，膺歲貢。子鴻，成進士，官主事，貤封不受，竟以明經没。

余有丁

鄞縣余相國文敏有丁父永麟，幼喪父，育於小江里余氏，後鄉舉，歷蘇州通判，生文敏。既貴，當贈三代，不知所自出，不得已，贈永麟所後父𤓰及𤓰父鏜。而命子孫家祭，則自蘇州公始。文敏少從其父官蘇州，慕崑山歸有光名，將師之，不果。嘉靖乙丑，文敏以編修分闈，拔有光第二。

戚少保祠

戚少保繼光鎮薊門，駐三屯營最久，經畫周詳，殁後有祠。總兵尤繼先到任，不拜祠。除夕，公庫災，獨題梁及銀牌存。題梁年月少保所書，繼先歎：「戚公神人也！」刑牲以祭。

唐文恪謚

上海唐抑所文獻先生，謚文恪。易名之典，仍犯其名，何也？宜如陳莊靖文之例易之。

吴文定格言

嘉善錢龍門初入翰林，崇仁吴相國文定道南語之曰：「若初到衙門，須記三事：不擬試題，不受門生，不出游，庶保名節。」

朱相國氣象

嘉善丁清惠公，與烏程朱平涵相國善，謂其居台鼎猶秀才氣象。朱名國楨。

僞書

明初，朝鮮國王獻《顔子》，以僞書却之。按，古僞書不一而足，如毛漸僞《三墳》，張昇僞《元命苞》，孫定僞《關尹子》，阮逸僞《元經》，宋咸僞《孔叢子》，戴師愈僞《麻衣子》，袁康僞《吴越春秋》，明崑山王逢年僞《天禄閣外史》，海鹽姚士粦僞《於陵子》，皆不滿識者一噱也。

雲麾將軍碑

萬曆六年，河南李蔭宰宛平，搆小齋，發礎，得唐李邕《雲麾將軍碑》云。碑石蕪没良鄉驛舍，裂爲柱礎。蔭葺邑署，名其齋爲「古墨」。可辨者百八十九字，首篆存「唐故雲」三字。

宋潛溪集

宋學士潛溪前後集，元季已盛行於世。入明朝，劉伯温選定爲《文粹》十卷，門人方孝孺、鄭濟等又選《續文粹》十卷，皆方孝孺與同門劉綱、林静、□璉手自繕寫，刊於義門書塾。常熟錢牧齋宗伯曾於内閣見之。方孝孺姓名，皆用墨塗乙，蓋遵革除舊禁也。

鄭所南心史

鄭所南《心史》，崇禎戊寅十一月八日，蘇州承天寺君慧上人浚眢井，得鐵函，重櫝，外標「大宋鐵函經」，内書「大宋孤臣鄭思肖百拜頓首封」，自元世祖癸未歷三百五十六年，其書始見於世，其精氣自不可磨滅也。朱竹垞云此是僞託，不知何據。

空同刻淵明集

李空同刻《淵明集》，盡去評注，曰：「青黄者木災。太羹之味，豈群口所嘐哉！」

國朝人物編

江都葛澗子常，好積書，撰《國朝人物編》，自洪武迄嘉靖，數百卷，人爲列傳，甚悉。年七十餘卒，友人私謚爲「正學先生」，今其書不可得見。

毁論一炬

王元美所著《讀書後》四本，捐館後，公子吏部士騏於貨郎擔中重得，刻以行世。又有《毁論》十本，係先生手書，無副本，錢牧齋宗伯乞於吏部，秘不示人，辛卯九月，燔於絳雲樓之一炬，惜哉！

刊史糜金

新建張洪陽，位司業，刊《二十一史》於北雍，糜工部六萬金有奇。見《李湘州集》。

明雋

濮州李尚寶先芳選明朝燕趙秦晋齊魯河洛淮揚藩邸之詩，附以蜀，曰《明雋》，吴越荆楚不與焉。東阿于文定慎行序曰：「自二《南》以下，十五國風皆江以北地。降而春秋，吴越之歌吟乃出，降而戰國，荆楚之騷賦始傳。故江以南之聲，則歌吟騷賦之流，而風之餘也，非始音也。原音之始，以北先也。」

陳文憲正史

南充陳文憲于陛當國時，修正史。《列聖本紀》、《皇后本紀》，建文、景泰以《實録》附載，而不作《紀》。郊祀、廟祀、典禮、樂律、天文、曆法、宗藩、學校、選舉、經籍、職官、賦役、貨幣、漕運、河渠、鹽法、軍制〔一〕、馬政、刑法、郡國、九邊，凡二十二《志》。揚、徐、滁陽三王，高祖之十七藩，成祖之二藩，仁宗、英宗各四藩，憲宗之三藩，外戚，洪武之功臣、諸臣，建文諸臣，永樂之功臣、諸臣，洪、宣諸臣，正統、天順、景泰諸臣，成化、弘治諸臣，正德諸臣，嘉靖諸臣，隆慶諸臣，又理學、文苑、循吏、高逸、節孝、亂逆、權倖、方技、四夷《列傳》二十六。紀志粗畢，擬草列傳。丁酉，三殿災，輟業。南充卒，四明沈相國殊不以爲意，非其始議也，書竟不成。

西泠社事

西泠社事，起萬曆丙戌八月，時歙縣汪伯玉、鄞縣屠長卿輩，集西湖之净慈寺，地主則

〔一〕「軍制」，據談遷《棗林雜俎·聖集》「陳于陛修史」條，疑作「軍政、兵制」，方合「二十二」之數。

仁和卓明卿、餘杭徐桂。

陳植之佳句

杭州布衣陳植之，業醫，苦吟好學，其五言佳句如「疎鐘四壁静，微雨一燈明」，「移花春徑雨，看竹午窗風」，絶似中唐風格。惜全章散佚不傳，周青士所記尚多，偶録此。

嘉靖諸公掠美

《洪武開國事略》，本湖廣行都司經歷蔡于壁《龍飛記略》。《卓氏藻林》，本吴興王氏所輯。嘉靖以來諸公，掠美者頗多。

藏書之厄

藏書之厄，如浦江鄭氏八萬卷燬於火。義烏虞守愚侍郎、德煒參政父子，築樓藏書萬卷，署曰：「樓不延客，書不借人。」後蘭溪胡孝廉應麟賤直得之，隨亦散佚。太倉王弇州書最富，再傳而失。開封中尉睦㮮之萬卷堂，會稽鈕氏之萬卷樓，吾鄉祝侍郎耳劉之萬古樓，武原駱侍御騣曾、平湖馮孝廉茂遠、常熟錢宗伯牧齋，非流散則灰燼矣。楊循吉既老，散書與親故，云「令蕩子虁婦無復着手」，亦一道也。

牧齋明史

錢牧齋撰《明史》，共二百五十卷，辛卯九月晦，甫畢。越後日，絳雲樓火作，見朱衣人無數，出入煙焰中，隻字不存。

黄石齋著纂

黄石齋先生著《孝經集傳》，又奉令纂《洪範明義》四卷。戊寅謫官，即進呈，云「臣考篇中有錯簡者三，訛字者三。錯簡如五紀三德敷言，錯而在前。訛字如『晨』爲『農』，『弌』爲『忒』，『殛』爲『極』之類。皆伏、晁之所不稽，鄭、孔之所未説。宋元諸儒稍發其端，明興，諸儒未竟厥緒」云云。

程奎絶句

崇禎癸未，楚撫宋一鶴敗没，妾金陵陳氏，色藝兩絶，爲門客王屋所聘，貴陽謝參政上選先娶，致訟。新安程奎戲作絶句，云：「歌舞叢中度歲華，一朝忽散抱琵琶。前身定是烏衣燕，不入王家即謝家。」

盧岐嶷引典

長泰盧岐嶷，嘉靖甲辰進士，終貴州按察使。初爲郎，與汪道昆同舍。時有餽汪脂香油皂者，汪徵故實，盧曰：「唐人謝賜口脂、豆澡，此二物也。」宴席有獅糖，汪復問：「於古云何？」盧曰：「漢光武禁猊糖，不許高大，此是已。」

李空同文

李空同作文，凡地名官銜，俱因時制，不用古名。

元字避諱

江陰李戒庵《漫筆》：「先世分關中，寫吳原年、洪武原年，俱不用元字，想國初惡勝國之號，故民間相習如此。」按，元字避御諱元璋，戒庵誤矣。

陳張後裔

陳友諒後裔爲沔陽柯氏、馬氏，與部曲談、王、吴三家，逋居興國、大冶、瑞昌界中。張士誠後裔爲章丘李氏，初敗時，乳母携幼子而逃，冒李姓。

錢券

鐵券分三等，國公式二：其一高一尺，博尺有六寸五分；次高九寸五分，博尺有六寸。侯式三：其一高九寸，博尺有五寸五分；次高八寸五，博同上；又次高八寸，博尺有四寸五分。伯式二：其一高七寸五分，博尺有三寸五分；次高六寸五分，博尺有二寸五分。

明制宫銜

明制：文臣宫銜支俸，勳戚宫銜不支俸。

外國詔敕

外國詔敕事竣，使臣上其簡，禮部轉繳内府，不許損壞。

選察之首

御史聽選聽察，首浙江道。内計掌察，則河南道。蓋明初首下浙江，先設官。洪武元年，詔開封爲北京，示重也。《名勝志》云：「北宋以河南爲京畿道，故《寰宇記》首列河南。南宋以臨安爲京畿道，故《紀勝要覽》首列浙江。」明朝蓋兩沿宋制，此説非也。

占籍

凡占籍者，自軍、匠、民、竈、商外，有儒籍、官籍、御醫籍、先賢籍。正德庚辰，吾宗常熟派穹窿公應兆以御醫籍登第。崇禎丁丑，進士四川某，齒録書儒籍，以祖父三世皆教職也。

學宫易主

洪武十四年二月，建太學，自孔子以下皆撤像，設神位，外學仍如舊。至嘉靖九年，天下學宫始撤像易主。

征南將軍印

征南將軍印，沐氏鎮雲南，世佩之。其印不全用，量事大小，或用一角，或半角，鑾人奉如尺一。

城門禁出柩

南京洪武、朝陽、太平三門，禁出柩。魏國公家葬鍾山，許太平門倒出。

入城治喪

從來棺柩止有出城者，故旅櫬還鄉，率停於墓。康熙乙丑，崇明相國宋文恪薨於京師，奉旨馳驛差官送歸。公子扶柩，入蘇州府城里第治喪。此變例也。

宋景濂遷葬

宋景濂先生以洪武十四年辛酉卒於貶所，葬夔州蓮花峰下。越三十三年，永樂癸巳十二月二十七日，蜀獻王遷葬於成都之華陽安養鄉。又七十二年，成化乙巳十二月十三日，蜀惠王改葬錦城迎暉門外。

文臣封贈

明初文臣多不得封贈。贈父母及妻，始於永樂十年。然其時亦僅八人，西楊勒石以垂後。

京師提學

京師省設提學憲臣，始正統元年五月，命於二月八日兼督民間栽種桑棗。先是，守令提調諸生，孟月試經義，仲月論表，季月策，皆在學舍。今之觀風季試，其遺制也。

宗伯出身

明朝大宗伯不從翰林出身者凡三人，錢塘楊寧正統乙巳、遂寧席書嘉靖甲申、嘉定徐學謨〔一〕萬曆庚辰，雖起署曹，然皆進士出身。向例，禮部堂屬，未有用孝廉者，康熙壬辰，吾邑陳寔齋

〔一〕「謨」，原誤爲「模」。

詵由司空調宗伯，一時以爲盛事。陳，壬子乙榜也。

景皇帝園

景皇帝園不稱陵，在金山上，距西山不十里。陵前坎陷，樹多白楊及椿，合三四人抱，高可二十丈。

建文帝葬處

建文帝葬處，距景帝園不遠，石碑題曰：「天下大法師之墓。」按，楊士聰《玉堂薈記》：「駙馬都尉鞏永固請追謚，稱皇帝。上語輔臣曰：『建文無墓，何憑追復尊號？』」惜當時無據此以對者。

漕船額數

景泰以前，漕船無定數。天順後，定船一萬一千七百七十五隻，官軍十二萬一千五百餘員名。至崇禎中，額船一萬二千一百四十三隻，米四百萬石。每舟正米三百三十石，每百石加耗米九石八斗。又月糧四十金，行糧十六金。浙江舊額二千四十六隻，糧四十萬石。江南舊額，各衛共四千四百五十九隻，俱清江浦提舉司所造。

南京貢船

南京貢船，共一百六十六隻，龍衣船不與焉。又，兵部馬快船六百隻，俱供進貢。

白　糧

明朝民運白糧，惟蘇州、松江、常州、嘉興、湖州五府有之，共船五百六十七隻。

松江細布

成化間，松江人以布餉貴近，流聞禁廷。下司府織造赭黄、大紅、真紫等色，龍鳳、斗牛、麒麟等紋。工作胥吏，因緣爲奸，一匹有費白金百兩者。孝宗在東宫，知其弊，即位，首罷之。常閱内帑見之，曰：「此布一匹，文綺十匹價也。」終身不一御，自是遂絶。

松江布輸京

松江細布，歲輸京十二萬三千八百六十匹，華亭六萬五千一百匹有奇，上海四萬二千七百二十四有奇，青浦二萬三千四十四有奇，萬曆初加八千匹。

誥命移贈

弘治十一年，大學士謝遷言：「臣祖榮，任福建布政司都事，例不得封，乞以已得誥命移贈。」上並予之。天啟初，太子太保、吏部尚書張問達言：「臣父某，任四川眉州判官，坐劾奪職。臣令濰縣，復冠帶，不得封。今乞恩命。」許之。

閣臣賜蟒

閣臣賜蟒服，始弘治十五年二月乙巳。

北京宫殿災

北京宫殿遇災凡九：永樂辛丑四月庚子，三殿災；壬寅閏十二月戊寅，乾清宫災；弘治戊午十月甲戌，坤寧宫災；正德甲戌正月庚辰，乾清宫災；嘉靖辛丑四月辛酉，九廟災；丁巳四月丙申，三殿災，及文武樓、奉天、左順、右順、午門災；辛酉十一月辛亥，萬壽宫災；萬曆丙申三月乙亥，乾清、坤寧宫災；丁酉六月戊寅，三殿災。

祖宗御容

嘉靖時，祖宗御容藏永、孝、景神三殿。

暹羅貢白象

嘉靖癸丑，暹羅國貢白象，道斃，使者以珠寶飾牙，置金盤中，并獻象尾。

朱文恪臚傳

秀水朱文恪公，萬曆癸未進士第一。臚傳日，文恪父太醫院使東山緋服侍班。乙未，以修撰朱國祚爲司經局洗馬。故事，鼎元無任洗馬者。八月，充皇太子侍班。尋，清理貼黄，靖難功臣舊署「奉天征討」，文恪曰：「文皇不得已值此，奈何以同姓加征討名？」悉改「靖難」。

傳戴煖耳

每年十一月朔，傳戴煖耳。百官傳衣，不謝；傳煖耳，獨謝。

韓城坐贓

韓城薛相國國觀不良死，坐贓五萬，籍其家財六百金，所居廳事三間，共室四進，並世產也。惟好使氣，故鄉人不附。朱右君述霍魯齋語。

燈　市

燈市舊在內城東華門外，今移正陽門外靈佑宫旁，至期結席舍，懸燈高下，聽游人晝觀。蓋京師坊巷，元夕不放燈也。

磁瓶二百金

大内牡丹盛開，神廟思以磁瓶貯之。偶江陰民有一均州瓶，高數尺許，欲得十金，或笑之，忽內臣覓進，上喜，問價幾何，奏曰：「二百金。」上諭：「先給百金，如未肯，再給五十金。」

殯殿九蓮

神宗侍皇太后最恭篤，萬曆丙戌，梓宮殯殿産蓮花九枝，故後稱九蓮菩薩，閣臣申時行、許國、王錫爵皆有《瑞蓮賦》。

武舉議

明初武職多拔於勳胄，後乃開保舉將材之例，往往循名而不責實。華容劉忠宣爲大司空，始議行武舉，疏請仿唐宋故事，每遇文舉鄉試之年，亦將武舉預期行移各省，試可取者，送兵部，薈萃數目，請於次年四月開科。初較騎射，以發十矢中三矢以上者爲合式；次較步射，發九矢中三矢以上者爲合式；三試策二道，論一篇，優者列職推授。若非全材，則斥而不用。

元大内

元張中丞養浩《歸田類稿》有《登憫忠閣詩》，自注云：「北三十里爲大内。」虞文靖集作《楊襄敏碑》，云：「至元某年，始大城京師於大興故城之北。中爲天子之宮，廟社朝市，各以其位。而貴戚功臣，悉受分地，以爲第宅。」然則元之大内，在今地壇之右矣。當時檇李顧潤白獻《燕都賦》，寧海李侑孫有《大都賦》，惜皆佚不傳也。

興隆寺八景

興隆寺有八景，弘、正間，都下諸公賦詩成卷。馬東田和之，復爲跋尾。今詢之寺僧，罕有知者。

北方山藥

北方山藥，産於采育者，爲天下最，嘗於朱竹垞檢討席間食之，真瓊糜也。

大房牡丹

大房山僧多植牡丹，其色有大紅、淺緑二種，絶奇。

宣德紙

宣德紙有貢箋，有綿料，邊有「宣德五年造素馨紙」印。又有白箋、灑金箋、五色粉箋、金花五色箋、五色大簾紙、磁青紙，以陳青款爲第一。

千葉杏

元《方輿勝覽》「大興府」載佛寺三十八區，中有海雲寺，元時有千葉杏二株，名芙蓉杏。傅巘起在京師築清晏堂，以此花置瓶中，錢塘張叔夏見之，稱其「奇麗可觀，江南所無」。巘起索叔夏賦之，爲填《三株媚》詞。海雲寺今失其處，故老蔑有知之者。

阜城門西寺觀

出阜城門西行三里許，有報恩寺，又西三里，爲靈佑觀，又西爲廣福寺，又西爲嘉祥觀，又西爲元應觀，入八里莊堡爲摩訶庵，又西爲永慶寺，又西爲慈壽寺，又西爲元福宫。嘉祥觀多松，入門二株尤秀潤。摩訶前殿有碑二，碑文左爲「鉛〔一〕山費尚書宏撰」，右爲「華亭孫尚書承恩撰」，俱嘉靖二十七年立。殿後右廂有竹一叢，院中雜蒔草花，堂懸「萬物育」三字墨跡，上用恭穆獻皇帝睿筆璽，下有嘉靖年製小印。堂後松二株，高出殿脊。其

〔一〕「鉛」，原誤爲「銘」。

後則中宫趙政墓也。元福宫建於正德五年，至天啟五年重修，中有蒼松四，最奇古。後殿三清六真像，皆範銅爲之。配殿文昌與夾侍童子，亦銅。僮旁鑄一騾，銅質光潤，絶似宣德鎏金熏爐色。殿前後凡四碑，一仆，爲人磨去，止存中書舍人袁志學一碑，崇禎元年所立也。

興勝寺

興勝寺去摩訶庵二里許，土人目爲松林，今松無復存者。萬曆中所建，後有藏經閣，可眺西山。東北有果園，園中有亭，曰「衆芳」，亭北砌石，爲流觴曲水。其東有閣，曰「明遠」，春月桃杏雜發，登閣望之，不異錦城花海也。

阮大鋮暴死

阮大鋮降時，本朝兵方下浙東，儼然以福建巡撫爲掌握中物。隨征南行，至仙霞關暴死。其僕下嶺求棺，不得。時天氣炎熱，三日後乃得門扉一扇，募土人舁下山，則尸骸悉潰爛蟲出矣。草草薄殮，不知埋骨何地，無子絶祀。

馬士英伏誅

馬士英自南都逃至紹興府，入方國安營。既而阮大鋮亦至。本朝兵渡江，士英、國安走台州，大鋮迎降。録用降官，奉有「阮大鋮投誠獨早」之旨，以軍前内院隨征，急招士英及方逢年、方國安等出降。時唐王改元於延平，士英心懷首鼠，密表通軍中消息。及本朝兵下仙霞關，唐王倉卒出奔，書牘委棄道路。貝勒於亂籍中得士英表，大怒，以洩漏軍機，與二方同日處斬，懸其頭於黯淡灘而去。時錢西頑先生在福建，親見之。

南渡三疑案

南渡立國，有三疑案：甲申十二月有僧大悲，蹤跡頗異，至石城門，爲邏者所執，詔府部科道法司會審。據供稱：先帝時封齊王，以崇禎十五年渡江。其語似顛似狂，詞連申紹芳、錢謙益。於是阮大鋮、楊維垣等令張孫振窮治之，欲借此以羅織清流，造爲五十三參、十八羅漢之名，如徐石麒、徐汧、陳子龍、祁彪佳等，東林、復社，計一網盡之。孫振審詞云：大悲本是神棍，故作風顛，主使實繁有徒。陰提線索，語多挑激上怒。而上意不欲深究，御史高允兹上疏解之，申、錢各具疏辯，馬士英遂不窮其事。以弘光二年三月棄大悲於市。

時又有童妃及北來太子二案，真僞莫辨。上初封德昌郡王，娶黄氏，早薨，繼李氏，再繼童氏，封王妃，生子不育。洛陽陷，逃民間，與上相失，太妃及童氏各依人自活。太妃之南也，巡按御史陳潛夫奏「妃故在」，上不問。至是，自詣巡撫越其杰所，具陳本末，廣昌伯劉良佐以儀衛送至都。上大愠，下鎮撫拷問。妃在獄細書入宫月日及相離情事，云以某月日城陷，争出宫，妾具饌奉帕裹上頭，踰牆而逃。求馮宗可爲之轉達，上棄去弗視，命屈尚忠加酷刑，妃號呼詛罵，尋，瘐死獄中。或云在獄未死，南京陷，不知所之。有言童氏周府宫人，逃亂至蔚氏，遇上旅邸，相依，生一子，已六歲。上南奔，各不相顧，氏遂委身民間。馬士英勸上迎入宫，不聽。劉良佐奏：「童氏實非假冒，懇賜曲全。」上諭：「童氏妖婦，冒朕結髮，宫闈風化所關，豈容闌入。」法司即示情節，以息群疑。覽上諭，但斥其結髮，則爲繼妃無疑。馬士英據外訛傳，謂逆旅生子已六歲，勸上迎致。此語大妄。不思洛陽之陷在崇禎十四年辛巳正月，距甲申纔四年耳，安得有六歲子哉？宜上之不聽也。至大悲事跡，始終不明。既入獄，受當事意旨，不得不託瘋顛。意其招詞必有駭聽之語，故急誅之，以安反側耳。不然，阮大鋮方欲快心於東林，豈紹芳、謙益一辯疏可免？士英何所畏忌，勸令中止？上意復何顧惜，不欲深究？其中顛末，朝臣固不能知也。初，福世子殁，德昌郡王以次當立。士英撫鳳陽時，有以居民藏王印首者，取視，則福王印也。詢其人，云：「有負博進者，持以質錢。」士英因物色之。上與士英初不相識，但據王印所在，以爲真世子。甲申國變後，南都方議所立，士英遽從外擁戴福王，以爲己功。大悲者，或云齊庶宗。士英之不肯窮治，或止知德昌之當爲福世子，猶未能實信上之果爲德昌也。上之不欲深究，亦有自知之明耶！童妃但知德昌即位，故詣闕求見，而不知今日之德昌非昔日之德昌也。大悲但知福王世子應屬德昌，而不知上之業已爲德昌也。童氏既下獄，自言失身之婦，無敢復生非望，但求一睹天顏，歸死掖庭。夫童氏陳情愈切，則天顏愈遠。何不求見太妃，召入永巷，面訊之也？童氏既不容見，則大悲之死，固其所矣。

烈皇帝殉國，或傳太子匿太監曹化淳家，爲嘉定侯周某出首。或云被脅東出，薨於三河。所傳不一。弘光改元，有少年至留都，自稱故太子也。時馬士英未敢決以爲僞，但設三疑端，以迎合上意。而首斥其僞者，王鐸也。鐸不過欲效雋不疑，以自附通經足用者耳。至於方拱乾辨認，面質其僞，反滋人疑。拱乾是時方從北來，挂名從賊之案，待命吴門，一旦召之入都，還其原官，許其湔雪，有不奉馬、阮之意旨者乎？拱乾舊爲太子講官，考東宫出閣，去乙酉無幾時，豈有少年於衆中望見拱乾，即知彼髯者呼爲方先生，而東宫面貌，拱乾反不識耶？果其僞也，一見立辨，即宜叱下，如雋不疑叱收僞衛太子事，豈不直捷？乃漫不置一語，顧以講讀時瑣事爲問。蓋當時講官，止拱乾一人在列，旁無一人爲之證佐，即少年所答盡是，拱乾盡以爲非，誰從質耶？及再審時，置禁城圖於前，指宮殿名目及帝后所御居，無一差謬。士英初令大璫盧九德及舊東宮内臣於城外僻處以先帝并永、定二王庚甲及宮庭制度詰之，無不熟悉。於是鞫問計窮，楊維垣乃颺言於朝曰：「駙馬都尉王昺姪孫王之明，貌類太子，固悉宮中事。」士英以其言入奏，從此遂稱爲王之明。維垣以逆案廢錮十七年餘，宮闈親密，何由知悉，而此説獨出於其口？聞維垣颺言時，亦祇係揣度之辭，後遂據爲定案。時江督袁繼咸、楚撫何騰蛟皆有疏力争上，雖曉諭再三，人不見信也。本朝兵下南都，豫王命少年坐聖安上，携以北去，不知存亡。

桐城錢飲光熟於南都後事，余嘗詢之，先生曰：「大悲本末不可知，而決爲中州之郡王也。童妃出身不可考，而決爲德昌之故妃也。少年之爲東宮不可信，而信其決非王之明也。」先生有《傳疑詩》三首，載《田間集》中。

廷杖

廷杖之制，最損國體。然成化間，言官受杖者，許用綿紙衣蓋其下體，故杖而不傷其膚，第撻之於朝而已，不欲死之也。自正德時劉瑾用事，始去衣，自後受杖者，多不免矣。

弘治以前，詔獄之旨，惟叛逆、妖言、强盜，則云「好生打着問」；喇虎殺人，則云「打着問」。其餘常犯，送鎮撫司問，鎮撫奏送法司議罪。中間情罪重者，始有來説之旨。部寺覆奏，始有降調之旨。至嘉靖中，一概打問，無復低昂。林貞肅公（俊）致仕後，曾建白此事。世廟下其章，所司竟不行，當時首被其禍者，先京兆也。

劉李量狹

劉文靖（健）以程篁墩（敏政）短其不能詩，銜之，釀成廷鞫之獄。李文達（賢）嗛葉文莊（盛）也，亦以疵其詩文之故。二公，賢相也，其器量狹小乃爾。

顧東江楹帖

顧東江楹帖云：「才美如周公旦，着不得半點驕；事親若曾子輿，纔成得一箇可。」

殿試不黜落

宋朝舊制：殿試皆有黜落，臨時取旨，或三人取一，或二人取一，或三人取二。故有累經省試取中，屢見擯於殿試者。張元遂以積忿降元昊，爲中國之患。於是群臣建議，歸罪於殿試黜落。嘉祐二年三月辛巳，詔進士與殿試，皆不黜落，迄今永爲定例。

謚　文

相傳明制，自翰林出身始謚爲「文」，細考之亦不盡然。曾榮襄棨、馬襄敏愉俱廷試第一，入内翰而不謚「文」。魏文靖驥、吴文恪訥、葉文莊盛、鄒文敏濟、儲文懿瓘、邵文莊寶、楊文恪廉、姚文敏夔、王文莊鴻儒、何文肅喬新非翰林，而皆得謚「文」。此例當定於隆、萬以後。

明初文臣無謚

明初文臣無謚，劉文成基、宋文憲濂、宋文恪訥、朱文恪善，咸請之康陵。王忠文禕請之裕陵。姚廣孝之謚恭靖，胡廣之謚文穆，則自永樂年始。

李林甫

李林甫之奸，竟得善終，乃於身後屢被天譴。元和中，惠州一娼震死，朱書其脅，曰「李林甫」。宋紹興中，漢陽蔡氏女被雷震死，亦有文曰「唐相李林甫」。明洪武間，吴山陸允誠家烹雞，背有「李林甫」三字宛然，蓋已墮畜生道矣。《續問奇類林》

元祐黨籍

粵西七星巖洞壁上，舊刻元祐黨籍姓名。明弘、正間有欲琢去者，時巡按某公謂不若留示千古。至今尚存。

清慎勤

康熙二十年，御書「清慎勤」三字，遍賜中外衙門。按呂舍人《官箴》：「當官之法有三：曰清，曰慎，曰勤。」其道出王隱《晋書》。又，李康答司馬文正之問，有「官長當慎、當清、當勤，修此三者，何患不治」云云。

强景明詩

正德間，朝議欲起三原王端毅公恕，汝南强景明寄詩云：「八十耆年一品官，歸來清節雪霜寒。雖然海内歸心在，無奈君前下拜難。鷗鷺恐疑威鳳起，風雲長護老龍蟠。三公事業三槐傳，留取完名久遠看。」公得詩，竟不起。又，李文正東陽當國日久，有士人投詩云：「才名直與斗山齊，伴食中書日又西。回首湘江春草緑，鷓鴣啼罷子規啼。」李得詩，一笑而已。

張子醇

弘治朝，張少參子醇繼孟嘗言：「作人須要有趣。」對俗人嗒焉一語，遇學士大夫有道術者，與之談説名理，揚搉風雅，娓娓不倦，令人灑然不能遽别。一時前輩，如西涯相國、蒲汀尚書，皆海内重望，每聯輿過訪。張或留坐，所供脱粟之飯，間出蔬果杯酒，三五巡即止。諸老自公第出，輒相謂曰：「吾儕過張子醇一飯，勝倍别家盛筵矣。」

奏草毋多毋文

正德中，韓尚書文欲攻劉瑾，屬李夢陽具奏草，謂之曰：「毋文，文，覽弗省也；毋多，多，覽弗竟也。」此言極中入告之竅。

胡廣有愧科名

建文二年廷試，擢王艮狀元，嫌其貌寢，抑置第二，而以胡廣易之。及靖難師至金陵，廣與翰林周公是修刻期約同死。周既自經，胡負約，與金幼孜、解縉等迎降。艮後竟死節。若廣，所謂有愧科名者也。

判葬再嫁婦

明末華亭有嫠婦，棄其孤兒，再嫁富室，又生一子。及其死也，前夫之子争葬之，質之縣令，縣令判其尾曰：「生前再醮，已無戀子之心；死後歸墳，難見先夫之面。」

掌計不修怨

先京兆公在諫垣，以糾分宜謫官。分宜敗後，起官，歷文選正郎。在吏部凡三掌大計，嘗貽書於廬州公，曰：「吾掌選九年，未嘗修怨報復一人，爲汝等也。」親筆書余不及見，先君子嘗爲小子言之。

却餽茶葉

鄭端簡公曉官文選時，里中仕宦有餽金首飾者，承筐而以茗覆其上。直以爲茗也，受之。其夫人手撥茗，知之，面頸發赤，亟傳柝，請公入，以語公。公不動聲色，第令覆茗如初。徐出，召其人還，謂曰：「吾初以家適乏茗，故拜君惠，頃入内詢之，家尚有餘茗，心謝尊意，不敢當也。」遂令持歸。

麥糈留客

董大參（樸）成進士後，差過華容。時劉忠宣公（大夏）宅憂在里，造謁焉。忠宣留之飯，飯麥糈，饌惟糟鰕一器，董感省，終身持雅操。

明武宗祭文

明武宗御祭元輔靳文康（貴）文：「朕在東宫，先生爲傅。朕登九五，先生爲輔。朕今南巡，先生已矣。嗚呼哀哉！」語簡而意備。按裴晋公自爲《誌銘》，云：「裴子爲子之道，備存於家牒，爲臣之道，備存於國史。」體裁略同。

内侍讀書識字

洪武舊制，内侍不許讀書識字，至宣德朝，始以翰林官教讀内侍監，其後司禮遂有秉筆太監。一代弊政，實宣廟啟之也。

州縣戒石文

今州縣戒石「爾俸爾禄，民膏民脂，下民易虐，上天難欺」四語，乃宋太宗語，書以賜郡國，立於廳事之南者。按，成都人景焕所著《野人閑話》，其首篇載蜀主孟昶爲文頒諸邑，云：「朕念赤子，旰食宵衣。言之令長，撫養惠綏。政成三異，道在七絲。驅雞爲理，留犢爲規。寬猛得所，風俗可移。無令侵削，無使瘡痍。下民易虐，上天難欺。賦輿是切，軍國是資。朕之賞罰，固不踰時。爾俸爾禄，民膏民脂。爲民父母，莫不仁慈。勉爾爲戒，深體朕思。」凡二十四句。

世宗忘刻石之言

明世宗初恚華亭，石刻南雍，曰：「徐階小人，永不叙用。」後分宜得罪，遂大用，直至首揆，眷注極寵渥，刻石之言，殆忘之矣。

一榜三忠臣

弘治五年，吾浙鄉榜胡世寧、孫燧、王守仁三人同舉。是年，場中見三巨人。後宸濠之變，胡發其奸，孫以巡撫死難，平其亂者，文成也。三忠臣共成一事，豈非前定！因記宋寶祐四年《登科録》，第一甲一名文天祥，字宋瑞，小名雲孫，小字從龍，年二十；第二甲一名謝枋得，字君直，小名鐘，小字君和，年三十；第二甲二十七名陸秀夫，字君實，年十九。是榜三忠臣死宋，乃皆少年，尤奇。

天子作臣下碑

天子爲其下作碑者，唐太宗爲魏徵，高宗爲李勣，玄宗爲張説，德宗爲段秀實，宋太宗爲趙普，仁宗爲李用和，神宗爲韓琦，明太祖爲徐達，太宗爲姚廣孝，孝宗爲張巒。

御史言事關白

六部司屬皆書本部，而都察院各道則直書道銜，而不繫於院。初謂各道得自彈事，於院不相關白也。按，歐陽公《歸田録》云：「御史臺故事，三院御史言事，必先白中丞，殆非唐故事。劉子儀爲中丞，始榜臺中，今後御史有言，不必先白中丞。」考唐時李承嘉爲御史大夫，召諸御史責曰：「近日御史言事，不咨大夫，禮乎？」蕭至忠答曰：「故事，臺中無長官，御史人君耳目，比肩事主，得自彈事，不相關白。若先白大夫而許彈事，如彈大夫，不知當白誰也？」李無以屈。今之御史，條陳事宜，無不承總憲風旨者，失立官初意矣。

左良玉犯闕

左寧南初畏流寇張獻忠之鋒，避居九江。遊擊胡以寧鉤致之，遂住軍闕廂一年。巡道葉士彦以大義諷之，仍返武昌。乙酉，南京立國，監軍御史黄澍與士英搆隙，僞傳邸報，藏太子詔，召良玉入，清君側。澍慫恿之，遂挾楚督袁繼咸，自武昌東下，三月二十七日至九江，繼咸標將郝二所統與左營相連。四月初四日，大肆焚掠，良玉氣塞而死。

楊顧二張交情

常熟楊子常，家富於財，初無文采，而好交結文士，與太倉顧麟士、婁東二張友善，以此有名諸生間。初與同志數人爲「應社」，其後二張名驟盛，交益廣，乃改名爲「復社」，宏獎風流，幾於奔走天下，而與楊、顧交始終不渝。前輩之厚道如此。

楊　琳

楊琳者，四川人。舊以小吏給事張獻忠左右。本朝順治末年，隨孫可望降。初授太倉州判，陞吾郡臨安知縣。嘗與人言：「獻忠破開封，獲福王，醢其肉，雜鹿肉煮之，以分餉將士，名爲『福禄羹』。」

上羨金

萬曆中，無錫葉工部茂才參之榷關蕪湖，已事，上羨金數千，奏曰：「久旱而得通，故有羨金，請不爲例。且進羨非臣志也。」神宗賜白金、松布以旌之。後官至南少司空。

廠衛

衛與廠之設，皆起永樂中。其時事權盡歸閣部，間有所監督收考，則付之廠衛。後二百年，閣與衛皆廠之私人，衛附廠以尊，而閣又附衛以重，清流之禍，慘烈爲前古所無。本朝順治初年，議復設廠，北平張國獻時在垣中，上疏極論其弊，事乃寢。真定梁相國云。

安慶設巡撫

安慶設巡撫，起於崇禎初年，用歸安沈司寇演之議也。

請建四輔

天啟三年，遼東失守，吳門申司馬用懋，時爲南太常，上言請建四輔，以鞏神京。東南建城於通州、高米店之間，爲左輔；西南建城於良鄉、蘆溝之間，爲右輔；西北建城於鞏華城、功德寺之間，爲右輔；東北建城於密雲、順義之間，爲左輔。敵由東北入，左輔出兵以扼其衝，而右輔從左，左輔從右，各出兵夾擊。如假道三衛，右輔出兵以扼其後，而左輔從左，右輔從右，分兵追襲。如直薄都城下，則京營堅壁各守，無輕出擊，四輔各設長圍，以坐困之。疏上，不報。

王元翰

王元翰，滇之臨安人。以萬曆辛丑舉進士，時四明當國，喜王之出其門，而王之心弗與也。由庶吉士出爲工科給事中，抗章首劾四明，次及紹興、晉江，以湔除其衣鉢。三公皆相繼引去，其黨嗾御史鄭繼芳發難報復，糾王巡視廠庫姦贓，以鉅萬計。王盡出其篋衍，舁置國門，縱吏士簡括，罄身辭去，漂泊東南，不得還滇。崇禎癸酉七月，死於南都客舍，貧無爲殮，冤狀始白。

典試回避本省

明制翰林典試，初無回避本省之例。嘉靖癸卯，無錫華子潛察以編修爲江南主考。是科瞿文懿公景淳以《易經》中式。後三年丙午，典江南試者即瞿也。至辛酉江南鄉試，無錫吴編修情爲主考，同邑得雋者共十三人，物議沸騰，爲言路所劾。於是始定例：本省人不得爲主考。載錢吉士《同文録》批語中。

貝　勒

葉赫國始祖，係蒙古人，姓土默特。初滅扈倫國所居張地之納喇部一名納蘭，遂據其地，因姓納喇。後遷於葉赫河崖建國。始祖名星根達爾漢，生子席爾克明噶圖，席爾克明噶圖生子齊爾噶尼，齊爾噶尼生褚孔格，褚孔格生太杵，太杵生二子：一清家砮，一楊家砮，兄弟各居一城，哈達國人多歸之，兄弟遂皆稱貝勒。萬曆十二年甲申，寧遠伯李成梁以賜敕賞賚爲名，誘清家砮兄弟至開原，繫漢壽亭侯廟中，並從兵三百皆殺之。清家砮之子日寨布，爲輔臣蘇克薩哈之祖。楊家砮二子，長名納林布禄，其弟金台石，相繼爲貝勒，即今相國明珠之祖也。與滿洲世爲婚姻，後滿洲强盛，始爲屬國。

蒙古土語

蒙古土語，呼白爲察漢，頭爲托羅漢，一爲千七漢，木爲母多。自宣府西至喀爾喀，所經之地，有白頭、一木兩地名。

修齋

康熙癸酉五月，上違豫，京師爲修齋禱禳之會。初自諸王、滿洲大臣行之，既而漢中堂九卿，下至五城司坊、大小臣工、富商大賈，莫不效尤。或三晝夜，或七晝夜，或九晝夜，各於就近寺觀設壇，焚青詞以禱。皇城内外，緇素黄冠，奔走道路，日不暇給，自五月二十三日起，至六月終乃止。

吏部選郎變例

吏部選郎，例從本部歷俸而至，故副郎、主事率皆後輩。康熙三十四年六月，德清談未庵以事去，特旨選用五部進士出身者，秀水袁静公由户部正郎調掌選。在衙門爲後進，未到任前，投同司副郎、主事俱稱晚生，亦變例也。

北京廊房

永樂初，北京四門鐘鼓樓等處各蓋鋪房店房，召民居住，召商居貨，總謂之廊房。視衝僻分三等，納鈔若干貫，洪武錢若干文。選廊房内住民之有力者一人，僉爲廊頭。計應納錢鈔，斂銀收買本色，解内府天財庫交納，以備宴賞支用。今正陽門外廊房衚衕，猶仍此名。

宫莊子粒

明朝有宫莊，屬慈慶、慈寧、乾清三宫。取歷朝以來各府州縣没官田地子粒，徵銀濟邊，而以其餘繫之進宫項下，備給賞之用，謂之三宫子粒。著爲令甲，刊之上供正額。沈榜《宛署雜記》

奶子府

東安門外稍北，有禮儀房，乃選養奶口以候内廷宣召之所，一曰「奶子府」，隸錦衣衛。其制：每季精選各里良家婦，年十五以上、二十以下四十名，養之内，曰「坐季奶口」。別選八十名，籍於官，曰「點卯奶口」。季終則更之。每遇不時宣取，則就中選一人，易高髻新衣如宫妝以進。産男用乳女者，産女用乳男者。後來夙戒奶口，類不稱旨，臨時多別選城市婦人以應。有雇值之費，有打點之費、上納之費，而奶子遂爲一奇貨矣。幸一見留，則終其身事所乳，得沾恩澤，無復出理。其食報特隆云。《宛署雜記》

明朝耤田禮

明朝耤田之禮，先期一日，順天府行宛平、大興兩縣，選集老人年高有行者數十人，於本府氣候堂後，隨班習儀，預備牛犂穀種及耕斂器具，良民二百餘人，於地壇内搭蓋耕棚，方廣五十餘步，土取羅細數次，履黄土其上。至期，教坊司妝扮優人，爲風伯、雨師、土地等神。小伶爲村莊男婦，播鼗鼓，唱太平歌。兩縣民執農具，各列耤田左右。駕至，左手執鞭，右手執金龍犂，稍前導駕二員牽牛，老人二扶犂，老人二執箕桶，老人二夾駕左右，名幫耜臣，凡往回者三。駕升望耕臺御座，公卿以次親耕。耕畢，順天府治中、通判、推官，各携穀種箱一，遍散地上，老人牽牛覆土，爲耕種狀，小伶百餘，衣田家男女服，奉五穀以進。駕回齋堂，受賀畢，宴三品以上官，賜耆老及農民各饅頭二個、肉二斤。隨駕官民各執農具，從至午門，復賞老人各布二匹，農夫各布一匹。《宛署雜記》

棋炒

棋炒，嘉靖三十年，户部行宛、大二縣，領太倉銀三千兩，散給各燒餅鋪户，每銀一兩，上棋炒一石。其法用白麵少和香油、芝麻爲棋子塊樣，炒熟，工部送至行軍處所支用。《宛署雜記》

女轎夫

明朝有女轎夫，林鳳妻王氏等一百九十三户，查原籍福建閩、侯、懷三縣人，於洪武中撥送南京應當女户，永樂間隨駕北都，專供大駕婚禮、選妃及親王各公主婚配應用。給與優免下帖，令其男子在外供給，免其雜差。天順間，各户消乏，告扯五城及宛平縣，會同簽補。嘉靖三十一年，止存八户。題簽楚相妻王氏一百餘名補足。末年，楚相等陸續改撥錦衣校尉。萬曆中復行簽補，不許夤緣改撥。《宛署雜記》

蓼户

蓼户。明制，宛平縣額辦酒醋局杏仁十一石五斗，包麫紙三萬張，蓼芽二萬觔。杏仁、紙招商市買，原有額價。惟蓼芽係土産之物，而法又必取鮮者，以是向來不議價，止於鋪行銀兩内定脚價七兩，責令近城居民數家依時采進，謂之蓼户。城近園丁計畦領錢，彼此相幫，一家出名，百家共貼。其後歲令舊蓼户報添二十户。一經報名，各不相貼，小民甚以爲苦。萬曆十九年，内按院劉某訪行前弊，行縣每草一觔，議價二釐五毫，召商辦進。以前蓼户并雜費名色，盡行革除，著爲定額，民困一甦。《宛署雜記》

駕相

皇城内牆外曰内紅鋪，明朝隸五府勳臣，掌管巡邏。凡有倒臥及縊溺尸骸，請題隨駕錦衣衛官一員，行據宛、大二縣官相驗，具印結，奏請定奪，謂之駕相。稍涉疑似，送法司，蓋以防内臣壅蔽，故以耳目寄守土官也。至正德末，劉瑾用事，權歸内衛，兩縣惟特空印結，臨事填之。是否虚實，法司卒不與聞，非若外郡縣三覆檢，平之廷尉，亭讞疑法。豈外檢俱可疑，而駕相可不疑耶？豈在外者多斃於人，而在内者多自斃耶？於立法初意，不能無悖矣。《宛署雜記》

大臣賜第京師

明朝大臣賜第京師者，胡忠安在麻線衚衕，李文正在灰廠小巷李閣老衚衕，張文忠在五顯廟前張閣老衚衕，李文達在東邊王府街。

講官賜金錢

景泰初，開講筵，每講畢，命中官布金錢於地，令講官拾之，以爲恩典。時高穀年六十餘，俯拾不便，無所得。此載蔣一葵《長安客話》。按，宣德中，李時勉爲侍講學士，一日，上懷金錢至史官，撒之於地，令諸講官拾取。時勉獨正立，乃呼至前，賜以袖中金錢，則其事不始於景泰朝。

翰林院積沙

翰林院門左右，飛沙積歲，高與牆齊。明世廟中，掌院某嘗令除去，官僚罷謫幾空，未幾，沙還積如故。或以爲形勝宜爾。《長安客話》

六科廊

明初，六科在午門内，與尚寶司相連，今猶稱六科廊，後因失火，遷午門外。《長安客話》

銅匱酒榨

工部有銅匱四，高可過人。光禄寺有鐵梨木酒榨，每榨用米二十石，得汁百甕，云是明初籍没沈萬三家物。

捕蝦蟆

明太醫院例於端陽日，差官至南海子捕蟇，擠酥以合藥，製紫金錠。有御醫某者張大其事，鼓吹旂旛，喧鬩以往。或嘲以詩曰：「抖擻威風出鳳城，喧喧鼓吹擁霓旌。穿林披蟒如摅虎，捉得蝦蟇剜眼睛。」

三代尚書

明朝祖孫父子三代爲尚書者，惟福州林氏一家。林瀚南京兵部尚書，瀚子庭機南禮部尚書，庭機子燫亦南禮部尚書。

十知貢舉

胡忠安公濙爲禮部尚書，自宣德丁未至景泰甲戌，凡十爲會試知貢舉官。

舉人衫

新舉人朝見，着青衫，不着襴衫。聞始於宣宗朝，謂其異於歲貢生耳。及其下第送國子監，則仍着襴衫，蓋國學自有成規也。

戰具觔兩

明制，各邊軍士從戰，身荷鎖甲、戰裙、遮臂等具，重四十五觔，鐵盔、鐵腦蓋重七觔，頓項、護心、鐵脇重五觔，弓撒箭袋重十觔，腰刀三觔半，蒺藜、骨朵重三觔，箭箙一觔，通計七十四觔半。

不樂爲教官

曹文忠公鼐初爲教官，不樂，願爲繁劇一職，改江西泰和典史。進學不倦，復修舉子業，遂登進士及第，入經筵，尋，入閣與政，士林榮之。

寶誌瘞所

明孝陵即梁名僧寶誌瘞所，傍有八功德水。誠意伯奏改葬之，乃見二大缶，對合，啟之，誌公端坐於内，髮被體，指爪繞腰矣。瘞既遷，水亦隨往。太祖異焉，敕建靈谷寺，賜之莊田甚廣。仍迎其像，建塔居之，命太常歲祭。董穀《碧里雜存》

聽經樓

成祖靖難後，於都城四達之衢，必建一聽經樓。每夜，令僧於上諷誦經義，俾臣民席地静聽之。既遷都百年後，舊制盡失，尚存其一於北門橋，與十廟相近。嘉靖初，僧復新之，人莫知其爲聽經樓之故址也。

附學

明初生員，惟有廪膳、增廣。廪膳有額，增廣無額。成化中，京師語曰：「和尚普度，秀才拘數。」嚴陵姚夔時爲禮部尚書，奏請，故附學立焉。

謚法

唐時議謚之法，無爵者稱子，若藴德丘園，聲實明著，雖無官亦奏聞賜謚，曰「先生」。亦有門人故舊私爲立謚者，如孟郊稱「貞曜先生」之類是也。後世三品以上乃得謚號，而無爵之謚遂絶。

持笏

唐制，公卿皆搢笏於帶而後乘馬。張九齡獨使人持之，因設笏囊，自九齡始。明朝公卿多有肩輿，四品以下始乘馬。惟南京與外方面官迎詔送表時，皆朝服乘馬，有搢笏於帶者，有手自持者，有人爲持者，以意自便，無所謂故事。

蔭襲巾

晋漢唐巾乃儒者之冠。明興，科甲監儒兼而用之。不在此列者，皆安分，不敢僭用。後來風俗僭侈，平人以小帽爲恥。或一人僥倖科甲，宗族姻親盡换儒巾，故諺有「滿城文運轉，遍地是方巾」之語。

射柳

永樂中，禁中有剪柳之戲，即射柳也。元人以鵓鴿貯葫蘆中，懸之柳上，彎弓射之，矢中葫蘆，鴿飛出，以飛之高下爲勝負，往往會於清明、端陽。周應賓《識小編》

殿試改期

明制，殿試在三月朔日。成化八年，以悼恭太子發引，改於十五日，後因之。本朝因今上萬壽節在十八日，復改期於後。

蜂化促織

桐城劉浩，性好促織。嘗出婁門，見水濱一大蜂，以身就泥中，輾轉數四，起，集敗荷葉上，俄化爲促織。健而善鬬，所當無不勝者。見陸燦《庚巳編》，而《物類相感志》不載。

猫王

仁和郎瑛所著名《續已編》，内一段云：「福建布政朱彰，景泰初，謫陜西莊浪驛丞。有西蕃使臣入貢一猫，道經於驛。彰館之，問猫有何異，使臣云：『向夕請試之。』以猫盛罩於鐵籠，納空屋中，明日起視，有數十鼠伏籠外，盡死。蓋猫王也。使臣又云：『此猫所在，雖數百里外鼠皆來伏。』」

改印

大同初叛之歲，失總兵官所佩征西前將軍印，職方請給新印，鄭端簡公時爲主事，白郎中：「總兵印文柳葉篆。請改印文，或稱别將軍，或增減其字，恐原印在叛軍處，有事時行文奏報，真僞不可辨，誤事非小。往年胡忠安在禮部，失行禮部之印，改鑄行禮部印。

在内衙門尚然，況邊鎮兵權，又反側不靖時乎！」郎中不以爲然。

外戚封王

外戚封王，自嘉靖中張鶴齡始。駙馬無封侯者，灤城、富陽、永春、西寧，皆以軍功封。惟永康公主駙馬崔元，以迎立世廟封京山侯。

走解

五月五日，賜文武官走驃騎於後苑。其制，一人執旂引於前，二人馳馬繼出，呈藝於馬上。或上或下，或左或右，騰躍蹻捷，人馬相得。如此者數百騎，後乃爲胡服臂鷹、走犬圍獵狀。終場俗名曰「走解音縶，去聲」，而不知所自。豈金元之舊俗歟？今每歲一舉，蓋以訓武也。觀畢，賜宴而回。彭時《筆記》

六科内府

六科皆内府，不詳所自。偶閱吴人陸釴《漫記》，謂光禄寺及六科皆内府衙門。

草料馬數

東直門外二十馬房，收草料。每一房用太監三人，每草一萬用銀二十兩，其馬數不許查理。亦曾有人進本，乞查馬數，發問充軍。通州秋青草，自正統十四年積草爲虜所焚，自後令天津八衛打秋青草，遂爲例。陸釴《漫記》

軍數非外人與知

兵部尚書鄺埜，一日向恭順侯吴某取五軍軍數。吴以上聞，鄺走謝之，以軍數非外人所與知，此祖制也。陸釴《漫記》

太子冠禮

太子冠禮凡三加：初折上巾，二遠遊冠，三九旒冕。陸釴《漫記》

瓊林宴盡七杯

明進士賜瓊林宴，盡席上七杯。《水南翰記》

秘　閣

内諸司舍屋，惟秘閣最宏壯。閣下穹隆高敞，謂之木天。

南内藏書

永樂辛丑，北京大内新成，敕翰林院：「凡南内文淵閣所藏古今書籍，各取一部，送至北京。餘收貯封識如故。」修撰陳循如數取進，得一百櫃，督舟載以進京。至正統乙巳，南内災，文淵閣所藏書悉爲灰燼。姚福《青溪暇筆》

只孫衣

元時有只孫衣，周伯琦《詐馬行序》曰：「華言一色衣也。」周憲王《元宮詞》：「健兒千隊足如飛，隨從南郊露未晞。鼓吹聲中春色曉，御前咸着只孫衣。」吴郡皇甫庸《近峰聞略》云：「元親王及功臣侍宴者，則賜冠衣，謂之『只孫』，今儀從所服團花只孫，當是也。」按：《元史·世祖本紀》「只」作「質」。

劉瑾時狀啟

劉瑾用事時，百官門狀啟禮悉用紅紙，京師紙價十數倍。雖元臣宿將，必自稱「晚生」及「門下生」。《近峰聞略》

庶吉士呈文

宋制科，先命從官各舉平生所爲文五十篇於學士院，中選而後召試。明弘治癸丑以前，凡選庶吉士，必先期呈所爲文於內閣，謂之「投獻」，猶有宋制科遺意，後廢不用。《近峰聞略》

年號犯前代

明朝年號犯前代者，凉張重華、五代鑾張遇賢、宋方臘皆稱永樂；元泰定帝太子阿速吉八即位，改元天順；宋夏主李乾順稱正德。正德改元，詔下馬冢宰試選人，題曰「宰相須用讀書人論」，蓋用宋太祖事，譏內閣也。士寬按：梁蕭莊、北魏元法僧皆稱天啟；金楊安兒稱天順。

髑髏築臺

太祖於後湖中築一臺，藏天下兵册，避火災也。築屢潰，乃命囊所誅髑髏爲基，即就。此洪武三年事也。徐禎卿《翦勝野聞》

稱老師

京師稱爲極尊者曰老先生，自内閣以至大小九卿皆然。門生稱座主亦不過老先生。至分宜當國，而諛者日衆，甚者稱夫子。此後門生稱座主俱曰老師。又有無故而稱老師者，不可勝記。《觚不觚録》

京察

六年一京察，乃成化以後定例。至於考察科道，則或以輔臣去住而及其黨者。惟嘉靖丙辰，因星變，命輔臣李本即吕本掌部，悉取六部九卿自尚書至尚寶丞，及六科十三道，分别去留之。蓋分宜借此伸其恩怨也。隆慶四年，有旨命吏部高拱考察科道官。高請與都察院同事，大者削，小者謫。其後高雖敗，而斥者不復用。

試差正副變例

左右春坊中允入閣門内揖，出用雙導。贊善亦然。而翰林、侍讀、侍講品故同中允，然以本院屬官，故揖則中庭，出則單導。獨至修書、講筵、主兩京試，則皆講、讀先而中允後。此衙門故事也。明萬曆己卯，南京鄉試，忽以中允高啟愚先，而後侍□羅萬化，成法爲之一變。本朝各省鄉試，翰林、科員同差者，必翰林官爲正，而科員副之。康熙甲子，陝西鄉試，江都許承宣以工科爲正主考，錢塘汪霦以編修爲副，亦一時變例也。

鶴坡楚濱

分宜當國，家人永年專爲世蕃過錢，署號曰「鶴坡」。江陵當國，而家人子游七司其出納，署號曰「楚濱」。一時士大夫無不稱楚濱、鶴坡者。《觚不觚録》

私鹽之禁

私鹽之禁，至今日嚴密極矣。嘗記宋時漕運，自荆湖南北未[一]，至真揚交卸，舟人皆市私鹽以歸，每得厚利。故舟人以船爲家，一有損漏，旋即補葺，久而不壞，運道亦通。明文皇嘗謂侍從曰：「篙工、柁師有少販鬻，但無妨公，不必究問。」其寬大如此。今人盤詰私鹽者，糧艘亦在所不免，犯者無論運官、運丁，一體治罪。又加以關吏之榷，真無纖毫餘利以惠窮乏。宜其計無復之侵蝕官米也。

科場例式之始

明朝開科，始洪武三年，而定條例自十七年始。先是，試尚仍元制，二十一年始刻程文。先是止録姓名、鄉貫。試録定式，自二十四年始。陳鼒《漫志》

[一]「未」，疑爲「來」字之誤。

刊策刊經文

正德戊辰廷試，二甲、三甲一名，各刊策。丁丑會試，五經各刊文三篇，皆異常格。

許襄毅上京

許襄毅公進成化中以御史丁憂。起復上京，惟乘馬。其配高夫人素病眩暈，不能御車，亦騎而從，竟不索轎。時仲子司徒誥方在繈褓，叔子少傅讚娠在腹，而司馬論則其季子也。

分宜時檢討

分宜當國時，有一檢討家居十九年，既至，與分宜抗禮上坐，用侍生白單帖，分宜亦不爲異。蓋衙門稱晚生，惟七科前輩，不論入閣與否。又新進者，於掌院學士稱晚生，避馬。

馮夢禎《快雪堂漫録》

殿試出榜變例

殿試臚唱畢，禮部堂上官捧黄榜，鼓吹導出大清門，一甲三人隨之，餘進士則仍自兩旁出。此定制也。康熙庚辰科，閣臣孝感熊賜履、沁州吴琠以本科會試總裁復充殿試讀卷官。榜眼季愈，探花王露，皆其禮闈所取前列士，封策書法大不滿上意。是日捧榜止用禮部司官，而一甲三人俱不敢由中門出。此後遂相沿不變矣。

禮闈女嬰

康熙庚辰二月，禮闈舉子場事已竣。方鎖闈閲卷，二十日夜，明遠樓上忽有啼聲，視之，乃一初生女嬰，不知所自。外簾官相顧愕眙，以其事近怪，不敢上聞。越二日，進五魁卷，遂令一役送此女置育嬰堂中，明日，有人抱之以去。後余至育嬰堂，親問李老人，果有此事，亦人妖也。

東直門異

庚辰四月十七早，東直門已啟鑰，而門扇牢合不可開，若有物錮之者。自卯達申，内外出入不通，壅擠者數千人。司門兵役奔告九門提督，以羊豕致祭，户樞旋開。已近黄昏矣。

太白經天

庚辰五月初十以後，太白經天，在張、翼二星之間，日斜乃見，非盡見也。

引水限馬足

自鄭州至雄州一帶，春夏之交，雨水泛溢，行者病涉，恒以爲苦。按蘇子由使契丹時，有《贈知雄州王崇極》詩，首章云：「趙北燕南古戰場，何年千里作方塘。煙波坐覺胡塵遠，皮幣遥知國計長。」又云：「城裏都無一寸閒，城頭野水四汗漫。與君但對湖光飲，多病偏須酒令寬。」則北宋時此地已爲澤國，當時引淀、灤諸水以限戎馬之足，遂成巨浸，積漸使然也。

本朝禁中宮殿門名

本朝禁中宮殿門名，大概仍明之舊，與《酌中志》所載略同。乾清門之内爲乾清宮。

宫之東曰昭仁殿，西曰宏德殿。東宫及諸王讀書之所，一在門之西，曰西書房，皆北向。翰林院直廬曰南書房，與西書房纔隔一垣。循西廊稍北曰繙書房，在月華門之南。月華門北曰懋勤殿。乾清宫正北曰交泰殿。交泰殿正北曰坤寧宫。宫有東西二煖殿。坤寧宫直北曰欽安殿，又北爲御花園、神武門。自昭仁、宏德而北，兩翼相比者，東曰延禧宫、承乾宫、景陽宫、景仁宫、長春宫、鍾粹宫，西曰翊坤宫、永和宫、咸福宫、永壽宫、啟祥宫、儲秀宫。御茶房在乾清宫東北。御書房、古董房在景陽宫内。敬事房在景仁宫内。中正殿在長春宫之西，又西爲咸安宫。天穹殿在景陽宫之東。以上皆宫門之内。乾清門之東曰内左門，西曰内右門。北下東向者曰日精門、昭華門、基化門、景和門、近光左門，西向者曰月華門、端則門、隆福門、近光右門。月華門之外曰隆宗門，門之西曰養心殿，南曰慈寧宫太皇太后所居。景和門之東爲毓慶宫皇太子宫也，又東爲寧壽宫皇太后所居。此外尚有兆祥所、遇喜所。所内永安亭、南府西路、南府中路、東庫房、西庫房、鷹房、大小狗房、鳥鎗房、鴿子房、裱房、藥房、露房等名，皆不在宫殿之數。

本朝内監數目

本朝内監數目：乾清宫總管二，首領四，太監十九，打掃首領三，打掃太監七十八；

昭仁殿首領二，太監七；宏德殿首領二，太監七；懋勤殿首領一，太監六；自鳴鐘下太監九；四執事首領四，太監六十六；御茶房首領二，太監四十六；上乘轎首領二，太監三十七；坤寧宮首領二，太監十；東煖殿首領二，太監五；西煖殿首領二，太監六；寶房即舊交泰殿首領二，太監四；延禧宮首領二，太監十四；長春宮首領二，太監十二；永壽宮首領、太監俱不知數；翊坤宮首領二，太監十三；永和宮首領二，太監十；啟祥宮首領二，太監十四；承乾宮首領二，太監十；咸福宮首領二，太監十七；儲秀宮首領二，太監二十四；景陽宮首領二，太監七；鍾粹宮首領二，太監十；景仁宮首領二，太監十；近光左門太監四；御書房在景陽宮內，首領二，太監九；古董房在景陽宮內，首領二，太監四；東書房太監三；南書房太監三；諸王子書房太監六；西書房太監三；繙書房太監二；敬事房在景仁宮內，首領一，太監二十一；御前太監四，讀清書太監十二；乾清門首領二，太監六；日精門在宮東，首領二，太監五；月華門在宮西，首領二，太監六；內左門首領二，太監十二；內右門首領二，太監十；景和門首領二，太監六；隆福門首領二，太監五；基化門首領二，太監八；端則門首領二，太監七；昭華門首領二，太監八；近光右門太監五；養心殿在月華門外正西，首領二，打掃首領二，太監十五，打掃太監八，箭匠太監五，按摩太監五，鏇匠太監二，學西洋醫太監二，畫匠太監一，烏鎗太監八；養心殿露房太監三；裱房首領一，太監六；大殿鷹上首領二，太監十九；大小狗房首領二，太監二十九；鴿子房太監三；御花園在欽安殿後，首領三，太監三十三；北小花園在宮後，首領二，太監七；天穹殿在景陽宮東，首領二，太監四；中正殿在長春宮西，太監十；欽安殿首領二，太監二十四；熟火房首領一，太監十二；紫炭所首領一，太監十五；燒炕首領二，太監十三；兆祥所在神武門内，首領二，太監十；書房太監四；遇喜所首領二，太監十；所内總管一，首領九，太監四十三；永安亭首領三，太監十七；南府西路首領三，太監二十九；南府中路在瀛臺南，首領二，太監九；南薰殿在内西華門内，首領一，太監二十五；咸安宮首領二，太監三十二；慈寧宮佛堂首領二，太監六；喇嘛首領二，太監二十二；諷經首領二，太監十一；管門首領二，太監十；花園首領二，太監二；打掃首領二，打掃太監八；寧壽宮在毓慶宮東，太監數未查；毓慶宮殿上首領四，太監四十；鷹上首領一，太監十一；門上首領一，太監八；狗房首領一，太監二十；四執事首領二，太監十六；茶房首領二，太監十七；鳥鎗太監五；打掃首領一，太監十五；睿前太監七十；三阿哥下太監七十；四阿哥下太監七十；五阿哥下太監五十；六阿哥下太監六十；東庫房阿哥下太監四；西庫房阿哥下太監三。

榆莢

三月初旬榆莢方生時，官厨采供御饌，或和以粉，或以麵。内直詞臣每蒙賜食，余有詩紀之。

湯泉御札

湯山在昌平州東南，山下有湯泉。行宫在山之東，跨泉爲浴池。癸未五月，隨駕駐此。偶閲曹能始《名勝志》，云：「温泉出昌平西北二十五里之湯峪。」初疑《志》誤，是日作詩，因詳注此段進呈。明日，上賜御札，云：「此湯非舊有，康熙二、三年間，輔臣□□，時人始知之，病者浴此甚有益。昌平州西北湯峪之泉故在，非《志》訛也。」御札隨繳進，謹録於右，以見皇上之精於考證如此。

夜光木

古北口外有老樹，根爲沙水浸潤，歲久發光。以刀削去薄皮，肌理瑩徹，大者含抱，小如臂指，皆透明如琉璃水精，夜置暗室中，照見細字，因呼爲夜光木。出水半月後，濕氣漸乾，光亦漸滅，成枯橛矣。真物理之莫解者。此樹亦不知名。

猴頭蘑菰

猴頭蘑菰，産鞍子嶺附近山中，大者一枚重斤許，味厚如榆肉，而鮮美過之。元楊允孚《灤京》詩〔一〕：「更説高麗生菜美，總輸山後蘑菰香。」自注云：「尖山産蘑菰。」按，元之灤京去此不遠，物産正同。又有一種生牛馬糞堆者，名沙菌，亦可采食，但形味差薄耳。

蟠　木

山中有野杏樹，枝幹多被野燒所焚。其根堅韌，入土不爛，有花紋而香，以爲筆架及小香几，玲瓏可愛，御前俱斵用之。余受賜者，用作小鏡架，名之爲蟠木。

湯泉上諭

去熟河九十里，入蒙古科爾沁界，其地有湯泉。上坐湯回，諭諸臣云：「朕坐湯凡二

〔一〕「詩」，原誤爲「時」。

十二處，所至必令西洋人以銀盌盛水，重湯煎之。俟水乾，驗盌底，或硫，或硝，或鹻，或砂，各各不同。至其舒筋骨、和血脉，則一也。」

蒙古鹽鐵

蒙古阿巴海部落，地名充俄里，有泡子河，產天然鹽，生水中，如層冰，厚四五寸許，鑿取成磚，不事煎熬而可食，其味較中國食鹽稍淡。又有產於高山者，彌望如雪，人跡不能到，則用强弓仰射取之。又產精鐵，色如白銀，今上用鳥鎗，皆采此鐵製造。往聞明季嚴禁關口不得出鹽鐵等物，謂可坐困外國。豈知彼中物產，固自不乏耶！

口外行宮

口外避暑行宮，皇上取樸素之義，命曰山莊。自兩間房起，次鞍子嶺，次黃甲營，次樺榆溝，相近有釣魚臺，亦有樓閣，然非宿頓。次喀喇火屯，蒙古云喀喇，譯云黑地，其地本名黑城，亦云烏城，次上營子，一名熱河，次藍旗營，次波羅火屯，一名皇姑莊，其地與蒙古四子部落相近，次唐山營，凡九處。宮殿之制，繪圖如一。惟喀喇火屯地形寬衍，溪山尤勝。行宮之後，復創苑囿。黃甲營向係腰站，殿宇無多，駐蹕，歲不過一宿而已。

塞山毒草

塞山有毒草，中人肌膚，毒甚蜂蠆。自唐山營踰汗鐵木嶺而外，遍地有之，俗名蠍子草。蘆高四五尺，葉如麻，嫩時可供馬秣，經霜則瘁，螫不可觸。

椵樹

椵樹，葉與烏柏相似，而大如團扇，有鉅齒。初生時，可裹餅餌蒸食。霜後鮮赤若丹楓，照耀巖谷。其皮柔韌如麻皮，烏喇之人采以治繩，作魚網，入水不濡。又可爲鳥鎗火繩，中國所無也。按，《本草》「人參」條下所載椵木，音賈，而此音斷，不同。

細鱗魚

細鱗魚，產灣河中，旁近溪澗多有之。重脣，鱗如魴，中有黑斑，大者一頭重斤許，味極鮮腴。又有柘緑魚，味與細鱗略同，而形差小。又有柳根赤，長不過二三寸，入釣最多，竿不虛舉。此魚族聚緩流中，好食柳根，故名。

駱駝

駱駝有紫色、白色兩種。蒙古與中國貿易，臕健者，每頭直價二三十金。以其臥而齕草，腹不貼地，故曰「明駝」。

帳殿帳房

行圍駐蹕之所，擇地勢平衍者，刈草剗土，測景向正南，中立帳殿，外設幔城，以黄布爲之，開東西南三門。幔城外，四面又設網城一重，羽林周廬，環繞網城之外，相去率百餘步，惟内廷扈從詞臣，設帳房於南門三十步内，以便不時宣唤也。

烏喇柰

烏喇柰，山果也，一名歐李。叢生樸樕間，紅如珊瑚，比櫻桃而大，味甘微酢，蜜浸可以致遠。蒙古諸山，處處有之。

蒙古無名水

玲瓏山溝口，蒙古名爲生濟圖火羅昂阿。有水不詳其名，源自白旗營流下，塞外諸川，此爲最大。商人伐巨松成段，散置斯干，遇暴雨水漲，則順流而出。以道里揆之，當亦達於灤河，從永平南入關者。

落葉松

雍安嶺，塞外諸山最高處。嶺上多白沙，故名□□。其山東連長白，西界五臺。嶺下爲東西四旗舊營，外即蒙古克什黑屯部落，北去百餘里，直走旱海矣。或云此嶺之北即陰山，恐亦未必然。嶺上喬松插天，不計其數，葉短而勁，八月杪被霜黄落，與凡林無異，名落葉松。蓋兹山下臨沙漠，朔氣高塞，宜無不凋之木也。

黄　羊

黄羊，興安嶺上獨石口一帶草中有之，高三尺餘，背毛淺黄色，腹下白。百十爲群，每合圍，遥望拍拍如鵝鴨，所得以千計。有耳無角，尾似麞，聲似麂，本鹿類，而以羊名。《本草》謂：「黄羊，狀與羊同，腹下帶黄色。」猶未得其真也。

虎乙

虎有威骨，長寸餘，在脇兩旁肉中，不附筋骨。初生時，骨平如一字，年深則曲而爲乙字，其力始猛，所謂虎挾乙也。東宫行圍時，曾以一枚見賜。後以與李氏外孫女，云可辟邪。

野豬

野豬，毛深黑色，高五六尺，長八九尺。絶有力，上下四牙，長出口外，人莫敢攖，弓矢不能勝，利用火攻。味之美尤在皮，行厨以供上膳，非拜賜不得食。

熊

熊之力大於虎，倚樹而立，獵者不敢近。必先以狗撩之，俟其出林，然後人力有所施，鎗箭競加。其計無復之，則騰身上喬木之杪，拗樹枝以擲人。人以火器仰攻，力盡乃墮。有豬熊、人熊、馬熊、樹熊、石熊之别。余所見者，乃石熊也。《本草》云：「背上脂爲熊白，味甚美。」不知腹中之腴，拌糖霜皆可生食也。

鹿

大凡打圍，惟在得鹿。他如豺狼狐狸諸獸，圍未合時，往往多竄出者。鹿之類不一，十麈鹿中纔得一鹿，十牝鹿中纔得一牡鹿，牝無角而牡有角。老鹿之角有長至丈許者，此爲絶有力，箭已洞胸貫腹，負痛疾馳，尚能踰險越阻，行數十里乃斃。白露後秋分前極肥，過此，漸羸瘦矣。

哨鹿

哨鹿之説，《遼史》已有之，但未詳其法，今特志之。每歲於白露後三日，獵者衣鹿衣，戴鹿頭，天未明，潛伏草中，吹木筒作聲。牡鹿聞之，以爲求其偶也。遂踴躍而至，至則利鏃加焉，無得脱者。

鹿茸

鹿茸初解角時，其長如繭栗。蒸而食之，嫩如乳酥，色白而微紅。余陪獵三次，僅得一嘗，香味兩奇絶，世謂江瑶柱食品無對，惟此可與相匹。

山雉

獵場草深没馬腹，山雉最多而肥，驚人決起，高飛不能及遠，旋復入草中，從行者往往徒步取之，易如拾蚌蛤。每日暮回營，人人馬後必帶數尾，以供晚食。間有飛入帳房中宴坐而獲者。重陽以後，瘐不中食，亦如鹿過秋分則羸，時候使然也。

飛狐

飛狐本蝙蝠之類，毛深褐色，鋭頭缺口，似兔而長尾，尾長與身等。肉翅如鼊裙，四足生翅中，前足四爪，後足五爪，能飛，不踰尋丈。上於必忒舍勒圍中親射得之。

蜥蜴

塞山積雨，草中産蜥蜴，長四寸許，頭以下色如翡翠，有紋匀細如魚鱗，尾作泥金色，吐氣爲雲。喀喇火屯一帶有之，土人呼爲「雲虎」。

松癭

千年老松癭，剖之作瓢，可貯水一二升許。又落葉松根出菌芝，莖紫赤色，皆可充几案間物。避暑時，上嘗頒賜扈從文臣。余所得二芝一瓢，他日可爲初白庵中清供也。

順風耳

順風耳，西洋巧工所製，以銅爲管，節節相續，約長丈餘，如千里鏡之式。虚其中，口大而末小，向空中傳語，自上而下，或自下而上，相去五六里，聲息相聞。此器亦從古所未有，殺虎時往往用之。

空青

一日，上在行宫，出示石子二枚，其一黄白色，形圓中空，貯水映日則見；其一紫色，中有水一滴，如唾珠，隨手轉换，石面上向則珠反下走，石下向則珠却上升，循環無端。疑即空青之類，本産蒙古山中，而彼不知貴也。

塞外山果

塞外有山果，名烏沙兒契，深紅色，味似烏喇柰而微苦，核扁如瓜子。其枝大者可爲弓幹，細者可爲箭笴，亦材木也。《本草》不載。

户部西庫書

户部西庫中有書五十橱，康熙癸未九月杪，奉旨：「着養心殿供事向庫檢查。」僅得《三吳水利考》及《蔡忠惠》、《文湖州集》共三種，據回奏曰「此外率殘缺不全」，吾不敢信也。

殿試武舉

癸未十月初五日，殿試武舉。黎明，傳旨南書房先後隨駕翰林：「少詹陳元龍，諭德查昇、陳壯履，編修汪士鋐、錢名世，庶吉士汪灝、查慎行、蔣廷錫八人，俱着隨往紫光閣，看武舉校射。」余輩隨赴西苑候駕。巳刻，上乘舟至，先率東宫、諸王各射步箭一回，然後陞寶座。讀卷官自大學士至少詹，共十四員，於握殿東南西向坐。余輩八人以次班坐於後。申刻，武舉一百人馬射既畢，諸臣移坐東向，復觀武舉步射。每十人爲一朋，每人射畢，又各試技勇。甫三朋，日已下舂，上率東宫以下，又射箭一回，乃回宫。明日午後，校射始畢。選十三人，充御前侍衛。吾宗三百年來未有登武榜者，是科族叔静安，始冒朱姓，成進士。余與聲山名不在讀卷之列，蒙恩得坐班與觀，亦一門盛事也。

開爐節

每年十一月初一日，始燒煖炕，設圍爐，舊謂之開爐節。十二月二十四日，乾清宫庭前設萬壽燈，八仙望子四架。二十六日，各宫殿俱掛門神對聯。二十八日，宫中及甬道東西兩廊，設五色羊角燈。此歲例也。

考督學臣

壬午十二月二十三日，各衙門已封印兩日矣。忽有旨，召各省新授督學臣入南書房候考。御試題「夫子循循然」節制藝一篇，「奉和聖製爲考試嘆」五律一首。午後呈卷，明早復集内廷，俱依擬用，人賜御書一幅而出。所用十一人：翰詹衙門計十人，部曹止一人，乃翁嵩年康貽也。自是翰林院官頗爲諸曹所忌，蓋舊例除北直、江南、浙江三省學院而外，其餘各省學道，多以部郎及外府倖滿進士出身者充之。今一變其局，疑有他故，其實出自宸斷，與在廷無與也。

元旦朝儀

元旦宫廷内外朝儀：五鼓，駕親祭堂子，各官俱朝服，於午門外送。黎明，駕回宫，先至奉先殿，繼至寧壽宫，行禮畢，然後乘輦出，御太和殿，受外廷朝賀。辰刻，復回乾清宫。庭前樂作，上陞寶座，垂簾。樂再奏，宫嬪於上前行禮畢。樂三奏，簾捲，東宫、諸王以次在殿庭行三跪九叩頭禮。樂四奏，公主、郡主於宫中行禮。樂五奏，上御西煖閣，内外諸臣俱集午門内，望毓慶宫行兩跪六叩頭禮，禮畢，始散班。

暢春苑直廬

暢春苑内未有直廬，供奉之員皆就近僦居，以候不時宣唤。康熙癸未正月，余與汪紫滄、家聲山三人，隨駕赴苑。上親指小東門沿牆向西屋五間，爲祗候之地。其秋，改作三層，南向，而以直南三間爲翰林直房，後二層爲書院。自是入直有定所，與南書房同。

西苑煙火

西苑張燈，自正月十四夜起，至十六夜止。癸未上元前二日，有旨：「查昇、查慎行、汪灝自明日爲始，連夕俱至西廠看放煙火。」至十四夜酉刻，内侍一人導余輩三人，自小南門入，沿河北行里許，經勤政樓下，穿網城，西渡板橋，寬數百畝，壤平如削。當樓之正面，設燈棚一架，高起六丈餘。稍南爲不夜城，中列黄河九曲燈，縛秫稭作坊巷衖衕，徑衖迴複，往往入而易迷。燈之數不知其幾，每一燈旁植一旗，五采間錯。日初落，數千百燈一時先燃。其北列栅，方廣約五六里，散植煙火數百架。黄昏，上御樓，西向坐。先放高架煙火，謂之合子。最奇者，爲千葉蓮花合子。既畢，人氣尤静。須臾，橋東爆竹發，藥線從隔河起，飛星一道，倒曳有聲，倏上倏下，列入栅中，縱横馳突。食頃，火光遠近齊著，如蟄雷奮地，飛電掣空。此時月色天光，俱爲煙氣所蔽，觀者神移目眩，震撼動摇，不能自主。移時，煙焰盡消，而九曲黄河燈猶熒熒如繁星也。内官舞龍燈者，至樓前伺候，余輩乃出宫，漏下二鼓矣。十五、十六兩夜皆然。其後歲以爲常，但取道苑北門，不復南門入矣。

進士釋褐

進士釋褐，例在國子監柏樹下。康熙癸未，因修葺太學，工未竣，先師先賢牌位俱移皮順天府學，新進士即於府學行釋褐禮。一甲三人，入大成殿分獻。余與紫滄分獻兩廡，再行三跪九叩頭禮，然後赴彝倫堂，謁大司成，行四拜禮，畢，登堂就席。一甲三人在中間，授庶常者在東間，餘進士在西間，各飲三杯，揖司成而退。

聖祖論醫

上留心醫理，熟諳藥性，嘗諭臣等云：「聖賢道理，俱有一定之論。至於醫卜星相，言人人殊。世間庸醫，於寒熱虚實，率未能辨，南人喜用補，北人好用瀉，皆非適中之道。大抵温補之藥，其效甚微；酷烈之藥，其效立見。方書所載湯頭甚多，若一方可療一病，何用屢易？西洋有一種樹皮，名『金雞勒』，以治瘧疾，一服即愈。可見用藥只在對症也。」

萬首人唐絶句

養心殿送到《萬首唐人絶句》一部，真南宋本，前有洪容齋序，紹熙元年刻於越州蓬萊閣。初止四十卷，既而容齋歸鄱陽，續刻成書，遂滿萬首之數。每一卷計詩百首，共一百零一卷。紹熙三年，奏進重華宫，壽皇稱其精博，賜茶一百斤、清馥香十貼、薰香二十貼、金器一百兩。遂復上表謝恩。前後劄子奏狀，俱載卷首。至嘉定癸未，新安汪綱守越，遂揚鄱本並刻之。今本即嘉定中合刻者，但檢對目録，現存僅七十五卷，缺二十六卷，爲可惜耳。

經筵

經筵舊例，先五日，掌院學士擬進《四書》二條，《書經》、《易經》各二條，候御筆點定，講官始撰講章，再經繙清進呈，臨時備用。甲申春，將舉經筵，掌院所擬題概置不用。經書二條皆出上裁：《四書》「子貢問」一節，《尚書》「汝二十有二人，欽哉惟時亮天工」二句。二月二十九日午後，方發下，是月小盡。漢講官爲華亭王大司空鴻緒、吾邑陳正詹元龍，倉卒撰擬，爲期甚迫。三月初二日，黎明，上御文華殿，進講畢，賜茶而退。經筵例有筵宴，停止自兹始。

廣仁殿

御前發下白玉引首圖章一枚，篆文「廣仁殿」三字。奉旨：「考究出處。」記得《金史》章宗泰和七年，召對群臣於廣仁殿。又，查《禁扁目録》，金初都燕，後移汴，宫殿扁額，亦爲廣仁殿之名。但創造年月，則無所考。

唐六如水村圖

唐伯虎《相城水村圖》，宣紙小幅，闊纔半尺，長六尺餘。水墨濃淡，點綴生動，楊柳共三十四株，江橋村市，出没水氣中。後有王文恪公五言古詩一首，伯虎次和，最後又有盧襄次韻一首。相城，沈石田所居。時石田下世，文恪與伯虎往弔，舟中作此，一時興會所到，筆墨之痕俱化。平生所見伯虎畫，此爲第一。甲申五月十五日，御前發下裝潢。褉房在西苑直盧之後，與王麓臺前輩同觀。

聖祖算學

皇上精於算學，嘗著《三角形論》，以示内廷諸臣，茫然無能解者。一日面示臣等算法：先聚米一堆於案上，用軟尺量之，圍五尺三寸五分，徑一尺七寸，高五寸三分，積數得四千□□九寸。復以堆垛法一百二十五寸除之，得三二□七之數，隨用一百二十五寸之銅斗量之，不差累黍。又頒示一寸斗一，八寸斗一，十八寸斗一，斛水於中，大小隨其所受，寸寸而積，盈縮不爽。御筆推算法一紙，今存家少詹姪處。

鄭世子

《嘉量算經》三卷、《律吕正論》六卷，明鄭世子載堉著。其書推原造曆之本，大約謂古人以度定量，以量定權，必參相得，而後黄鐘之律可求，律與度量衡相須爲用，非度量衡生於律也。因將累黍推定三器，並歷代沿革損益，著之於篇。此書不多有，於御府曾見之。按，鄭世子之父恭王，被誣，禁高牆。世子不敢居内寢，築一室王門外，席藁以居，與王居高牆之年等。後恭王薨，世子遁之山中，讓爵於盟津王之子見滺，有子臧、季札之風。

十種蒲桃

御苑蒲桃凡十種，甲申十一月十三日，頒賜南書房諸臣。御製詩云：「休誇大宛貢，莫笑漢臣傳。十種標名異，千條帶葉鮮。隨班命内侍，分賜到諸賢。飽食和心胃，歸鞍賦木天。」此詩原稿存家聲山學士處。十種者：一、伏地公領孫；二、伏地黑蒲桃；三、伏地白蒲桃；四、哈密公領孫；五、哈密瑣瑣蒲桃；六、哈密緑蒲桃；七、哈密紅蒲桃；八、哈密瑪瑙；九、哈密黑蒲桃；十、馬乳。

賜物年例

除夕前三日，内廷日直諸臣，人賜全鹿一隻，風羊二隻，兔八隻，野雞八隻，鹿尾四枚，關東大魚八尾，黄封酒二壜。此年例也。甲申十二月，加賜御書徑尺大「福」字一幅，對聯一副，緑石硯一方，歲不爲例。

内府書畫

内府收藏書畫，余在内廷曾經眼見者，不計其數。今録其尤妙者，共三十五種，以備遺忘。絹本小楷《曹娥碑》後有昌黎、懷素二跋，又高宗跋，書澄心紙上，又謝端、宋本、喬簣成三跋，又虞集前後共十跋，今上御題跋一，趙子昂《鵲華秋色圖》卷子宋箋，高六尺，長六尺，楷書九行，爲周草窗作，後有董文敏五跋，褚河南《西昇經》，樂毅《論楷書》墨跡不書姓名，張澤端《清明上河圖》卷子絹本，長丈餘，燕文貴倣王摩詰《關山霜霽圖》卷，郭熙《蜀山積雪圖》卷，趙子昂《百駿圖》卷，右軍《黄庭經》小楷卷唐人臨本，米芾山水卷，陳所翁《九龍圖》，趙千里《後赤壁圖》卷，黄荃設色花卉，吴彩鸞細楷《唐韻》，顧野王草蟲卷，閻立本《步輦圖》，閻立本《洛神賦》，燕文貴《長江萬里圖》卷，劉松年《江上雪霽圖》，東坡《墨竹》，虞世南《廟堂碑》真蹟，黄公望《江山勝覽圖》卷，宋僧牧溪《果疏鳥雀圖》卷，錢舜舉《白雲紅樹圖》，趙千里《大禹治水圖》卷首有王穉登八分，後有曾棨詩，陳繼儒跋，徐熙鈎染花卉翎毛長卷，唐六如《水村圖》，管夫人白描《大士像》，唐陸柬之書《文賦》真蹟，劉松年《五百阿羅漢》卷，趙雍畫馬有董其昌跋，李龍眠白描《五百羅漢》卷，李北海《大照寺碑》真蹟，周昉《美人玩月圖》，黄子久《秋山雨意圖》後有元人李忠、倪瓚璸二跋。

龍鰕

龍鰕産閩廣海中，長丈餘，通身十七節，頭似龍，有角，却長數寸，鬚上有毛，甲如玳瑁，尾五株，皆倒捲。韓昌黎詩云：「又嘗疑龍鰕，果誰雄牙鬚。」乙酉正月初四日，在南書房，上遣内官傳示，始見之。

閱視群牧

乙酉八月杪，圍場既撤，駕自興安嶺一帶巡邊，入張家口。廿八日，駐上都必拉。廿九日早，沿路閱視群牧。先諸王子馬群，次正藍旗，次鑲白旗，次正白旗，其餘各旗牧地稍遠，不及趕赴。自上都必拉至諾海和碩，五十里間，駝馬牛羊，彌望不絕，皆數年中賜種孳息者。每位諸王下，馬駒二千餘匹，八旗每一牛彔，有馬一千二三百匹，餘畜産稱是。三十日，早發諸海和碩，先閱鑲黃旗畜牧，次閱太僕寺官馬，馬駒一萬三千餘匹。上沿途緩轡，選其駿異者，歸上駟院。計程七十餘里，抵搭班托羅海駐蹕。九月初二日，自烏蘭腦兒至查木哈兔腦兒，閱視慶豐司羊群，計二十六萬頭，又東宫監牧四萬頭，共羊三十萬。初三日，閱視牛群，約十萬餘。是夕，駐蹕托里渾腦兒。初四日，閱視上駟院馬駒，每群以毛色爲别，白者、青者、黑者、紅者、黄者、紫者、雜色者，散布山岡，望同雲錦，爲數約二十萬。四十里抵昂烏力海巴拉漢，典牧官員屯聚於此，過此六里駐蹕。初五日，上御幔城南門，觀調生馬。先賜南書房翰林官馬八匹，賜隨駕總兵、副將各官，人各馬一匹。初七日，至西巴里臺，上諭云：「此間尚有上駟院馬二十一群，向經調習者。每年春夏放青，九月歸廠。今歲因朕巡邊，恐馬力疲乏，留備更替。故不令趕來。」上又諭云：「明朝養馬，大累民間，我太宗時，以獨石口至張家口山北一帶，水草肥饒，指爲放牧之地。今歷數十餘年孳息，既不累民，亦不費官，自古馬政之善，無如本朝者。」

興安至暢春苑站數

自興安打巴漢，三十里，至渾秦布拉噶。五十里，都倫那拉，又名上都海拉思台。四十里，庫勒班庫特勒。四十里，額勒屯色欽。六十里，博羅活屯上都必拉。五十里，諾海和碩。七十二里，塔班托羅海。五十里，烏蘭腦兒。五十里，查木哈兔腦兒。四十五里，托里渾腦兒。四十五里，昂烏力海巴拉漢。五十五里，哈木虎布兒喀。四十里，西巴里台。十五里，察罕托羅海。二十里，陀羅寺。三十里，張家口。五里，下堡城。六十里，宣化府。十八里，泥河。十里，鷄兒梁響水鋪。二十里，上花園。十里，下花園雞鳴山雞鳴驛。十五里，新保安。二十五里，沙城。二十里，土木驛。三十里，懷來縣，有廣慈寺。二十五里，榆林堡。二十五里，岔道。五里，八達嶺。三里，青龍橋。三里，石佛寺。二里，彈琴峽。五里，居庸北關。十五里，南關。二十五里，丈頭。六十里，暢春苑。共二十五站，計程一千零八十三里。

沙蓬

張家口内保安、沙城一帶，地産沙蓬，實如蒺藜，中有米如稗子，食之益人，《本草》所不載。

藎草

藎草，一名菉，亦名王芻。《本草》云：「此草緑色，可染黄。古者貢草，入染人。故謂之王芻。」《詩經》「藎臣」，取進忠之義，當本此。

編檢補科

乙酉十月，六科員缺，奉旨將翰林院編、檢改授。初四日，掌院學士啟奏考選日期，南書房翰林及日講官俱着一體開列。余與張衡臣、錢亮工、蔣楊孫四人，時在直廬，奏乞免開職名，不願改授言路。奉旨俯允。初六日，召見翰林官二十九員，用王懿、史申義、鄭際泰、管灝、陳允恭、周道新、楊顒、張大有、李紹周九人。蓋向來科道員缺，例以庶吉士出館而未授職者俟補。今已授職，復行改用，似以臺垣爲編、檢升缺，惜此語不敢上奏也。此例開自庚辰，在本衙門爲疏通之路，而編、檢品稍降矣。

南宫變局

會試總裁，歷科以來二正二副，例用四員。丙戌會試，止用李少宰録予、彭少司空會淇二人。先奉嚴綸戒飭，放榜後爲浮言所中。會元尚居易，以文體不正黜革。殿試榜發，黜落者四人，罰科者十一人。奉旨：「將會試總裁及房考三人交都察院議處。」俱落職，南宫變局也。

館選之嚴

丙戌四月朔，庶常當散館。上在西苑考試滿漢庶吉士三十八人，御試題：「存心養性爲匪懈論」一首，「賦得人盡農桑力」五言排律十二韻。余與錢亮工、汪紫滄、蔣楊孫四人，先經授職，不復與考。初六日，命下，留館授職者止十五人，其餘再行教習者二十人，革職者三人，兩掌院俱降三級留任，視癸未又加嚴。從來殿試進士以館爲榮，極盛必衰，固其理也。

丙戌館選

每科館選，皇上御保和殿，滿漢大學士於煖閣内站班，掌院學士立煖閣西向，一甲三人排立掌院後，諸進士以次分班唱名。每十人爲一班，由殿東入，跪奏姓名、籍貫及鄉、會試名次。選館者留殿中，與鼎甲挨次立，唱名畢，諸大臣各賜茶，上升輦回宫。此定例也。丙戌四月二十六日，上不入朝，即於西苑澹寧居舉行此典。新進士二百九十餘名，俱從東南奏事門入，欽點庶吉士四十八人。浙江九人，吾季弟潤木與焉。先是，癸未科余授庶常，時仲弟德尹以編修在殿門坐班，今日余在苑門，復見季弟館選，兄弟三人，八年之中俱備員詞院，不可謂非一門幸事也。

草木可當茗飲

口外草木可當茗飲者有三種：一種紅蓼花根，蒙古呼爲色都，滿洲呼色爾布；一種即落葉松皮；一種名奢木子，亦名瓜子兒茶，其色紅。

地椹

口外有一種草，長尺餘，六月開花，似虞美人而重臺，淺紫色，每本三椏，結子如桑椹，因名地椹。壓其漿熬成膏，點湯飲之，味極芳甘。盛以玻璃杯，色尤可愛。

詞臣帳房

山莊九處，黄甲營地稍窄，餘八處多有直廬，在行宫二門内東朵殿之後，平屋三間，西向，庭前設松棚以禦暑。扈從詞臣，每黎明入直，一如在西苑也。其樺榆溝、喀喇、上營子三處，隨駕大臣皆賜官房爲止宿之地。大抵皇上清暑，六七月之交，於三處爲多。故詞臣亦得受廛，兩人共住三間，紗幮木榻，用蔽風日。過此以往，率就草地支帳房，與羽林列幕者無别矣。

烏喇哈帶東

從烏拉哈帶東行四十五里，地名阿赤你巴，蒙古謂兩山交會處也。又自北而東，渡一溪，行十里許，有柴栅茅屋。又東二十里，渡西兒哈溝，爲岳七利臺吉營盤所居，新創瓦屋四層，環以土牆。旁有喇麻寺，亦用瓦，蓋上初幸其居，後移駐幔城。岳七利者，翁牛特部落貴人也。又東北行二十里，爲坤維火羅。又東爲巴顔打巴漢，上下約三十餘里，嶺下即翁牛特部落駐牧之地。其地舊名嬰阿。今改名巴顔爾贇，平壤一區，清流貫其中，四面山勢環拱如城郭。時八公主下嫁於都倫郡王，瓦殿六重，工部官爲營建者。丙戌八月初八日，上送公主親至其地，向來圍場所不到也。從此望西北行五十餘里，爲溪百沖昂阿。又西四十餘里，爲木克帶，道旁有湯泉。折而南行十餘里，乃折而西，又十餘里，至汗必力阿打巴漢昂阿，去白岔不過三十里矣。

裁進士牌坊銀

丙戌九月十四日，自獵場回鑾，駐波羅火屯。内侍李玉傳旨，問每科舉人、進士所給水陸牌坊銀兩數目。余輩回奏云：「所給銀兩，每省數目多寡不一。」祇就浙江言之，新科舉人例給銀四十五兩。進士於布政司庫領銀一百兩。士子均沾實惠。」蓋謂上意恐被有司侵蝕，故有此問也。覆奏後，復傳旨云：「旌表節孝，止給牌坊銀三十兩，此項似覺太多。」遂下部議，自後新科進士，着於户部領銀三十兩，永以爲例。裁減牌坊銀，自本科始。時會場已過，俱照舊給發一百兩，仍行文本省，如數扣追。

韻府群玉

《韻府群玉》一書，元延祐間新吴二陰所集。一名時夫，字勁弦；一名中夫，字復春，博學而多聞。因宋王百禄所增《書林字類韻會》、錢諷《回溪史韻》等書，會粹而附益之。《洪武正韻》初成，定爲七十六韻，洪武八年重刻是書，一依新定次序，而字下所繫諸字，並從陰氏之舊，宋景濂有序。今世之所傳者，又與明初刻本不同。

明月錢

明月錢，見洪遵《泉志・奇品》中，徐氏曰「此錢文曰明月。按，此錢徑九分，重四銖二分，制作鍥薄，形質簡古，外無輪郭，背文明徹。舊譜所圖與此小異，又不載輕重大小，計得其名而未之見也」云云。壬辰正月，余偶從慈仁廟中購得十枚，與《泉志》所載形模適合，「明月」二字俱篆文，但不知鑄自何代，漢以後又無此年號，不可考耳。

玉酒海

内西華門外西南一里許，明朝御用監在焉。又南數十步爲真武殿，庭前有老檜一株，下有元時玉酒海，承以石牀。玉色青碧，間以黑章，旁刻魚龍海馬出没波濤狀。口面約廣三尺餘，隨其質爲凹凸，若荷葉然。形製古樸，膚理温潤，中容四五石許。壬辰正月十九日，偕雲間高不騫槎客往觀，摩挲久之。按《元史·世祖紀》：「至元二年十二月，瀆山大玉海成，敕置廣寒殿。」《輟耕録》云：「廣寒殿在萬歲山頂，中有小玉殿，内設御榻，左右列侍臣坐牀，前架黑玉酒甕一。車駕歲巡上都，先宴於此。」《燕都遊覽志》云：「今御用監中有小亭，亭内有一玉缸，體質頗潤，中積水，外以朱欄護之。」蓋即廣寒殿中物也。

南海淀

南海淀今爲御苑，設甲兵守之。間遇上元，於此放煙火，則縱都人往觀，餘不得入。

聊以備忘

目録

序

彭孫遹

頃過吴子西齋草堂，見手録書盈帙，繙閲一過，因嘆曰：古今一轆轤也，光陰一逆旅也。人生百年，鷦蟀遞易，居諸坐忘，志士所憯，自來積學闇修者，著作所以等身也。余友查子夏重，天縱逸才，沉潛好古，於書無所不闚，且少年失怙，守先人之手澤，啟迪後人。生平遊覽，深得江山之助，不獨挾策從軍，歌吟翰苑，以顯其才。暇時與姜西溟、楊晚研、惠研谿、湯西厓諸君遊，亦復丹黄簡册，手不停批。其好學深思，蟲殘蠹棄，日事搜羅，益廣見聞，多所印證。年來遣愁無計，不憚磨煤，累爾墨豬，勞兹秃兔，聚古今於一編，貯光陰於寸楮，名曰《聊以備忘》。自青燈四庫，以及風雨行役，公餘之暇，取材於志乘，拾穗於縹緗。天地之奇正，人物之靈異，山川之險夷，仙佛之顯見，手輯四卷，目爛千秋。余則都門歸里，素髮蕭蕭，幾裲遊屐，不過於城郭間流連光景，消遣餘閑，其能向故紙堆中較量日月哉！既企夏重之工詩，又羨夏重之嗜學。吾老矣！實滋愧甚。爰贅數語，永矢勿諼！

丙子秋仲十又六日，海昌彭孫遹書。

聊以備忘卷一

黄道月，字德卿，合肥人也。美姿態，工文詞，喜讀相如書與百家之言。五、七言長句，絶似李青蓮。少好擊劍，江淮之俠，無不從游。且不惜百金購名馬，挽强弓。蓋其志摛艷藝林，揚戈温隅，絳旗雷鼓，與昭銘鴻勒，共耀當年矣！萬曆丙戌計偕，飲陳通參所，汝南劉玄子後至，見座上有美丈夫，即欲把臂爲歡。問姓字，各驚訝。客散，陳獨留此兩人，接袪連觴，漸近談笑。陳公喜曰：「二賢已列榜中。」各大笑，醉去。明旦，視榜，僅隔一名，由是與同榜潘元徵、平湖王銘新、秀水黄履常、無錫安小范、共玄子爲生死交。元徵置酒招諸子，道月同小范夜方至，曰：「余非由五侯七貴家來，與安三來自滿井耳，井水溏溢，余樂之。」飲大醉，即提巾脱項，髮委地鏡，入坐，誦所賦《滿井詩》，若白雪清風與俱，飄飄謫仙人也。嘗與子春、玄子、小范遊西山，岸幘，衣半臂紫袷，坐連錢驄馬，挾彈，飛鳥應手而落，游人從之如雲。即以鳥犒游人，爲之語曰：「得山禽，從舍人。」嘗見楊司徒，曰：

「黄舍人偉幹儁流，終當建勳萬里外，不爾，風節矯矯，表論朝宁匡衡、劉向之儔，非腹背毳。」故公卿見者，莫不以是望之。嘗謂玄子曰：「衷尠逢干之心，略非仲毅之智，理無蒙莊之達，寧人乎？今世文學，北地、信陽，他無聞也。吾黨豈弗肆吒天下，今邊如奕，非無奕秋，無枰子耳。枰者，馬也。子者，兵也。亡之，即奕秋且袖手。有之，則戰者必也，寧與角和乎？」一日，曾司空、楊司成談性命學，楊司成問曰：「何謂『朝聞道，夕死可也』？」曰：「道無生死，生而非生，死而非死。」虞澹驚顧玄子曰：「孰謂仲子雄於詞，豪於技哉？」頃聞父訃，仲子嘔血立毁，别玄子燕市，留詞曰：「燕雲斷兮雲飛，黄鵠絶兮羽稀。江有蘭兮愁余，虬蚴蟉兮踟躕。生有交兮死不離。」嗚呼！此非屈靈均《招魂》、息夫躬《絶命詞》與？既葬其父，號於墓，而仲子死。仲子之哀，又何烈乎！孝弟，自其天性然矣！所著書若干篇，行於世。

鄭杲，字義民，合肥人。少穎敏，有大志。補邑庠弟子員，經史子集，靡不通曉。一日有省，厭舉業，作詩云：「人生如朝露，光景不可留。胡爲名利間，趨逐恣所求。本分有真樂，乃復事遠謀。涉海浩無涯，甘作濡首游。及時不鞭策，歲月爲我讎。」嘗出遊，訪豐城楊先生廉，聞鹽閭賀公欽有古人風，將往卒業焉。頃之，丁外艱。廬於墓所，哀毁骨立，染孱疾，不起，作絕命詞，云：「不孝罪通天，一病幾五月。調攝弗自遑，逐爾成永訣。三年未終竟，四物尚茲缺。老母孤且衰，誰爲侍巾櫛。萬事吾已休，含恨向夜穴。」遂卒。卒之日，年僅二十九，新淦于鳳題其墓碣，曰：「篤孝鄭生。」

謝祐，字廷佐，桐城人。天姿雋爽，幼有巨志。父早卒，家貧，母躬紡織，以拊之。嘗牧牛田野間，每讀書於牛背上，人咸異之。甫成童，縣尹欲舉民秀，增廣學校生員，祐願往。母惜之，爲泣下。祐慰母，曰：「兒得爲秀才，不愈於牧牛乎？」遂補庠生。勤於課業，矢志諸書，無不博覽，工詩賦及駢儷之文。正統丙辰，登進士，觀政刑部。邑自國朝開科以來，無登進士者，登進士，自祐始。歙歷中外，官至山西右布政使。成化丙戌，年方五十六，苦風疾，具疏乞休，歸家，杜門養和，不干世務，奉觴壽母，樂其天倫。爲人器宇軒豁，脱略羈馽，絕無町畦，發言談笑，一座盡傾。好評論人物，窮其底裏，人多服其至當。作文雅澹，詩有唐人風致，書簡得歐蘇體，有《宦游稿》藏於家。晚於祖基作室，爲佚老所。鑿池養魚，開圃蒔蔬，周垣植以嘉樹。客至，則開宴堂中，觴咏爲歡，或散步園池以爲適。後以壽終。

方佑，字廷輔，桐城人。天順間登進士第，拜監察御史。佑風裁凝峻，孤厲而貞，於時，咸呼爲鐵面御史。既按畿内，捕盜錦衣官校素怙寵爲奸，莫敢禁者，聞佑風，惴惴斂衽。繼按陝西，刷卷耨姦，剔穢貪，污吏一無所容，咸望風解印綬去。繼又按蘇浙巡鹽，一洗夙弊，鹽利盡歸於公府。於是，恃勢漁獵者盡銜佑矣。繼按廣西，苗窺桂林，城守告急。佑悉居民尾軍士後，令披甲執器，出南門，入東門，旋轉者數週，苗錯愕走。佑因陳弭盜數事，謫都憲一人，藩、臬長以下，罰有差。繼同中貴人視刑邊地，廉得奇冤，因與中貴人異同以聞，會銜者柄用，乘間爲請，遂出知攸縣。佑至攸，求民利害，廢置所宜，令出而民稱便。四年陞桂林舊按地，銜者陰置之也。在桂林八閱月，以病歸，結屋萬松間，足不及城市，超然自得，優游以終。

王瑞，字良璧，望江人。成化間登進士，授吏科給事中。瑞正色立朝，多所建白。壬辰，於文華殿抗言内寵滋甚，詞氣鯁直，上震怒。同列戰慄，瑞無懼色。辛丑，進都給事中，京市亡賴競以奇貨靡費，瑞劾其蠱利罔上，咸寘於法。是時，謀倖進者，多以左道淫巧，夤緣得美官，有至太常卿者，爵賞之濫極矣。上詔吏部，降四人，黜六人，下九人於獄。時久旱，厥明乃雨雪，學士楊公守陳以詩紀之，有「聖主無私從直諫，皇天有感兆時豐」之句，傳聞禁内。甲辰，京師地震，乃上疏，論斥權貴。或勸其少沮，瑞曰：「苟有利於國家，禍患非所惜也。」

張澤，桐城人。大父傑，累行善事，鄉里德之。有鄰叟，夢大石立其庭，金標古篆，不盡曉，惟記「澤被萬里」四字。明年，澤生，從夢中語，名之曰「澤」，字曰「大被」。沖年穎異，七歲授《論語》，至「事父母竭力，事君致身」，喟然歎曰：「忠孝當如是夫！」人咸訝其識度非常。爲郡諸生，有文譽，從游者甚衆。澤語之，曰：「二三子，欲爲聖賢乎？將榮肥是計乎？先正之訓謂何？而升斗爲榮，實惟六經之辱。」踽踽獨立，鮮知之者。少司徒盛公汝謙獨重之，數過其館，劇論移日。嘉靖戊戌，選貢計偕。丁未，授沅江令。沅多曠土，招民開墾，資牛種，省阡陌，沅江大治。故事，長吏不他攝，澤以沅江攝武陵。時洞寇肆掠，率兵禦之。佯却，縱賊大掠，翌日，復却，賊懈，陰使奇兵，擣其巢，獲渠魁，遂平。無何，以憂去，既闋，補巫山。值歲饑，興發捐俸爲粥，飼羸尫，存活甚衆。俗尚女巫，杖之，火其神，巫風頓息。戊午，陞衢州別駕。逋賦者盈囹圄，寬爲期，而出之，咸感泣，願輸。時督府胡公宗憲，威傾兩浙。其前驅，求索無厭，二千石以下唯唯。澤獨收而縛之，白其情，願解綬去，胡公更延以賓禮，戒部下，曰：「而不知此郡有廉吏乎？」督府新募之兵數百，擁主糧者而譟。澤弛而諭之，曰：「張公至矣。」遂凜然散。有礦寇，擾處州，傷官軍，將及於衢，衢守議避之。澤曰：「不可。」單騎，諭以威福，給米數十石，曰：「爲爾歸餉，毋擾一方。」寇相戒，不入衢。癸亥，陞廣安知州。一日而決淹獄五十，置釜薪廳前，訟者徑入，炊廳下。須臾，決判而去。民歌之，曰：「張不解袋，焉知闤闠。」立二倉，罪重者入米，輕入穀。逾年，得米穀千餘斛，爲往來儲糈，賑諸生貧者之婚葬。銓曹書其名於壁，曰：「天下廉吏張澤。」相國徐階聞其名，招之，曰：「同鄉也，何難一顧？」澤曰：「群吏兢兢，聽冢宰之黜陟。某不肖，何敢私謁相公？」及計吏，爲天下治行第一。乙丑，擢僉憲雲南，去家萬里，兩僮自隨。分巡普安，當道雅重之，事輒檄委，至署七篆，簿書旁午，益勵精，不遑寢食。尋，改武定。時屬夷興亂，中丞檄澤率兵討之，分兵爲四哨，約並濟。自當一哨，麾其衆前，半渡伏起，截流而鼓。後三哨不及援，兵潰，被執，遂遇害。三日，賊歸其屍，面色如生。事聞，贈光禄少卿，廟額「忠節」，歲時祭祀，廕一子入監。

彭寶，字惟善，桐城縣諸生。少事父母甚恭，其父母性皆卞急，每交怒，寶踧踖求解不得，則涕泣叩頭，必得解乃起。一日，天雨雪，父醉怒，母就卧，寶跪限外，旦，啟門見之，問曰：「寶何爲者？」對曰：「兒不能和兩親，乞賜箠楚。」父曰：「吾偶醉，詈汝母，汝何罪？」引入就爐，寶再拜，父母自是不復相怒矣。妻事姑稍不敬，欲去之，里戚百計留，不聽。母曰：「新婦素事我善，今小失，豈遂處於不可自新之地乎？」寶跽受教，退謂妻曰：「妻者，齊也。而事親不我齊乎？」其妻感泣，卒以婦道稱。寶於父母所親者，必善遇之。弟容病心，父欲置之死，寶諫曰：「弟病，當救治，奈何罪之？」友愛益篤，數年，弟死，撫其孤。世父濟無子，寶鬻書爲營冢壙。從妹李早寡，守志以歿，寶嘉其節，而傷其無傳，哀悼切至。祖考妣忌日，必齋居，素服致祭。家雖貧，好施，宗族閭里之困者，量助焉。南北郭舊有義冢，往往露骼沙間，時聚而瘞之。喜放生，童子取雛鳩，與一扇，使還巢，雛翼成，鳴窗前，若有德者。寶曰：「吾所活，當再鳴。」則跳向寶，鳴不休。省齋何先生倡聖學，師事之，毅然有志於道。條其規，曰：「正心術，堅志向，防嗜慾，明世務，戒矜伐，擇師友，務實勝，嚴課程，毋苟簡，毋掩襲。」寶日省此十者，而尤以孝爲標，作《慶五圖》，圖列五等：一、父母；二、兄弟；三、夫婦；四、師友；五、天王。曰：「達道始父母，終天王。天生萬物，惟人具之，可不自慶乎？」因以慶名其軒。何先生嘗稱惟善德行，子恒文學。子恒者，趙州守鋭也。寶嘗夢道旁遺金，顧而不攫。子恒曰：「羨心未忘耶？不攫則已，安用顧爲？」寶矍然不寧者屢日，立《稽過録》，一行失則書，一念妄則書。月朔正席自數之，曰：「奈何過而不改乎？」書古聖賢，列上座，衣冠跪拜，以爲罰。曰：「奈何不改過，而愧聖賢乎？」嘗曰：「昭昭之惡，寶不敢有；冥冥之過，寶不能無。」自訟切至如此。嘗獨坐，正襟凝神内會，忽自語曰：「好光景。」人莫測其衷。學博陳儀，良師也。數月卒，弟子爲義喪，頃多懈，寶獨三月服，東向再拜後釋之。朱司農墓在縣西二十里，寶曰：「桐之遺愛也。」親持酒脯爲文以祭，因諭墓旁居民，掃祀不怠者十數歲。寶學日進，然劣於文，督學者論文，當黜。邑諸生乞優容孝德，以敦風教。太守羅公爲言，得不黜，仍表之，曰：「彰善。」後，每試，更以孝行加賞。逾四十，侍父母益愉悦，衣服飲食盥滌必親，夜尤拭枕席，伺寢。取襦袴冠履，定之。父病，躬湯藥，虔禱祠。不愈，丁外艱，慟絶復蘇。治喪，準《家禮》，處外寢苦逾年。病，以事母屬其子，曰：「居喪，死，當以衰絰殮。」遂卒。知與不知，皆爲流涕。

夏恩，桐城人。有至性，六歲，失母，嗚嗚孺子慕，持服如老成人。里中目攝：「何物兒，乃知禮！」父龍，淳樸忘機，爲諸生，酷貧，傅童子，脩以自餉。恩旅館，侍寢室，未嘗有違色。嘉靖甲辰，甫九歲，父寒病，瀕危，涕泣傍徨，不知所出。禱天地，假屠兒刀，潛於暗室，封左股一臠，六寸許，躬烹羹以進，父食之，遂愈。翌日，創卧，父詰何創，乃知向所食者，子羹也。驚而大號：「奈何生父，故死兒乎？」鄰父老趨視，歎異，聞於縣令胡公枋義，申府。太守胡公麟，先一夕夢王祥來謁，禮之，詰朝得申孝子文，詫曰：「孺子殆祥後身哉！」賜名子孝，字以忠，請於督學使者胡公植，植曰：「孺子能孝，性由天授，未可以中行概責之。」命籍邑博士諸生，月給廩五斗，膳百文。胡守復以屬貢士趙簡授之經義，及長，受經儀部阮公自嵩、臬副戴公完之門。已而，漢川張公遂署桐諭，倡明理學，首表恩，館穀之，以風多士，毅然繫籍理學。癸亥冬，父天年終，哀慟幾絶。明年春正月，葬孔城之麥園墩，搆茅廬一楹於墓側，獨居。朝夕奠，哀聞於野。二月間，鄰魏國者夜出，遥見墓所有火炬百，人尺許者千，良久滅。旦，詢之於恩，無所見也。季冬，虎哮桐梓山，恩孑棲自如，廬墓三年，身無完衣，口無甘味，鬢髮皆焦，形容槁瘁。服闋，始奉主反室。始往，子甫歲有半，女三月。及反，子女能貌人，不知其爲父也，驚問母曰：「徑入室者，爲誰？」既終喪，游四方，訪有道者。下秣陵，泝荆楚，汎越浙，客盱江，歷事楚侗耿、龍溪王、甑山張、近溪羅、惺堂史，質疑請益，得一懿訓，不啻拱璧。耿公督學陪京，携之，歷廬、鳳、應天諸郡，所至，留邸，與諸名士俱。耿公欲類奏，固辭，曰：「不肖子，不忍以亡親賈名。」耿公曰：「成子以辭名。」經歲，不過家，郡邑大夫益重之。司理郭公嵩，録其行，請於直指劉公，移文獎之，賜文綺白金，將疏聞，會病卒，年五十有六。囑其子，曰：「葬我父墓側。」人稱瞻雲先生。

汪叡，字仲魯，號一員，婺源人。洪武甲子，徵召至司，禮官引見，上舉《書·西伯戡黎》篇，命釋之。叡詳悉發明，深愜聖意，時受顧問。俾翊贊儲皇，授承務郎、左春坊司直。丙寅春，喘疾大作，力疾請歸療病，期秋再至，可其請。三月朏，上御奉天門，敕中使傳宣，召之至，賜坐，語次，顧曰：「若知所以召見意乎？」叡起，對曰：「未知。」曰：「昨嘗以老病故，請暫還婺源，期秋再來。朕可其請，有不須辭别之旨。已，乃思之，光陰有限，言歸有期，喘嗽爲病誠劇，然恒見此病者，往往壽考，矧若龐眉有壽之徵。若之心事，朕深知之。孔子不云『鄉人之善者好之，其不善者惡之』乎？若多讀書，何理不窮？第心素善，於人之善者固好之，不善者亦不惡之耳。朕今許若還鄉，毋庸再來矣。所戒者，近侍之歸郡，若邑官來見，當閉門以絶。否則，筆之於柬，俾僮僕輩示之，若曰：『仲魯幸蒙聖恩，予告還鄉，理宜杜門謝客，輸租應役，則有恒制矣。其敢以是自速厥戾？』如是，則可考終命矣。」叡叩首，謝曰：「聖上愛人以德，適兹聖訓，是欲臣全其晚節者，敢不欽佩以矢，毋負上心。」明日辭朝，都門送車百兩，觀者填道，莫不咨嗟詠歌，以爲千載一遇也。

太祖嘗命儒臣修《女誡》，諭朱升曰：「治天下者，修身爲本，正家爲先，始於謹夫婦。后妃雖母儀天下，不可使預政事，至嬪嬙之屬，不過備機事，侍巾櫛，若寵之太過，恐驕恣犯分，上下失序。歷代宮闈，政由内出，未有不爲禍本者。卿等爲朕述女誡，及古賢妃之事，可爲法者，示後世子孫，有所持守。」

太祖嘗謂詹同曰：「三皇五帝之書，不盡傳於世，故後世鮮知其行事。漢武帝購求遺書，六經始出。唐虞三代之治，始可得見，大有功於後世。吾每於宮中，無事輒取孔子之言觀之。如『節用而愛人，使民以時』，真治國之良規。誠萬事之師也。」〇又諭同曰：「國史貴乎直筆，是非善惡，皆當書之。昔唐太宗觀史，雖失大體，然命直書建成之事，是欲以公示天下也。予平日言行，可紀其事，是非善惡，汝等皆當明白直書，勿有隱諱，使後世觀之，不失其實也。」〇又謂同曰：「朕家本業農，祖、父皆長者，世承忠厚，積善餘慶，以及於朕。今圖茲以遺子孫，俾知王業艱難也。」同對曰：「陛下昭德垂訓，莫此爲甚。」上曰：「富貴易驕，艱難易忽，久遠易忘。後世子孫，生長深宮，惟見富貴，習於奢侈，不知祖宗積累之艱，故示之，俾朝夕覽觀，庶有所警也。」〇時命畫古孝行，及起家戰伐、歷世愁苦爲圖，以垂世訓。

又諭同曰：「古人爲文章，或以明道德，或以通當世之務。典謨之言，明白易知，無深怪險僻之語。至如諸葛《出師表》，亦何嘗雕琢爲文，而誠意溢出，使人讀之，自然忠義感激。近世文士，不究道德之本，不達當世之務，辭雖艱深，而意實淺近。即使過於司馬相如、揚雄，何裨實用？自今翰林爲文，但爲通道理、明世務者，無事浮藻。」

又諭同曰：「吏部者，衡鑑之司。鑑明，則物之妍媸無所遁；衡平，則物之輕重得其當。蓋政事之得失在庶官，任官之賢否在吏部。任得其人，則政理民安；任非其人，則鰥官曠職。卿等居銓衡之任，宜秉公平，以別賢否。」

又謂同曰：「論行事於目前，不若鑒之於往古。卿，儒者，試言古先帝王爲治之道。」同對曰：「帝王之治，莫善於唐虞三代，可爲萬事法。」上曰：「三代而上，治本於心；三代而下，治由乎法。本於心者，道德仁義，其用爲無窮；由乎法者，權謀術數，其用有時而窮。然爲治者，違乎道德仁義，必入於權謀術數。甚矣，擇術不可不慎也。」

又謂同曰：「大祀，既終獻，方行分獻禮，於禮未當。卿等具議之。」於是議以上行初獻禮，奠玉帛。將畢，即分獻官行禮。初獻、亞獻、終獻，皆如之。上從其議。又謂：「古人祭，用香燭，皆所以道達陰陽，以接神明。初無上香之禮。」遂定：凡祭祀，罷上香。

胡壽安，字克仁，徽州人。洪武庚辰秋，領鄉薦，入成均。歷事天曹，筮仕河南信陽令，大著能聲。尋調真定之獲鹿，政益著。未再期，丁内艱，永樂甲午冬，服闋。復宰新繁，視篆。初，首詢民瘼，事有不便於民者，罷之；有益於民者，舉行之。每歲初，自巡視鄉村，勸民播耕。遇田畝荒蕪，或垣屋摧壞者，詢其窘乏之由，必捐俸資給。常以古靈先生教民之言諭鄉耆里甲，俾知親睦安分之道，率皆從化。性清儉，在官惟麄衣糲食，如韋布士。嘗卧一紙帳，自題句云：「紫絲步障簇春華，卧雪眠雲自一家。雪又不寒雲又暖，扶持清夢到梅花。」其雅淡之情，概可見矣。永樂乙未夏，數月不雨，田疇龜裂，齋沐禱於神。二日，果大雨。後圃種蘆菔數畦，使客往來者采之，以供盤飣，或爲餽遺之禮，人呼爲菜知縣。其子從新安求省，兩月烹二雞。怒，讓曰：「飲食之人，則人賤之矣。吾居官二十餘年，常以奢侈爲戒，猶恐弗能全始終之志，爾今好大嚼，詎不爲吾累乎？」其子服訓，亦甘澹泊。三宰大邑，未嘗携妻子之任。

高斗南，字拱極，徽州人。體貌魁偉，語聲若雷，聽者斂容。才識明敏，慨然有遠志。

國初以州司薦，授四川定遠知縣，惠政多方，百姓感頌，至爲謡曰：「江上高樓鼓角鳴，至今吹出斗南聲。自從求作公平吏，多少人傳去後名。」三載考績，以他故，下刑部獄。定遠耆民劉興等相繼奏其廉能公正。太祖知其賢而赦之，復命知定遠，且賜以錦衣、紵絲、表裏、靴帽、金銀、筵宴。時舉天下廉官數人，斗南在其中，列其事於《聖政記》。九載最績，陞雲南新興知州，德政爲新興人所愛戴，不異定遠時。居數年，以衰老乞閑上疏，薦子恂以自代，上允之，乃遣歸，年七十而卒。

鄭居貞，徽州人。豐頬美髯，從父潛官閩中，師貢師泰。洪武中，舉明經，授鞏昌通判，陞禮部郎中，文行爲時所重。二十三年，進河南參政。永樂初，坐方黨，論死。初，孝孺之教授漢中也，居貞嘗以詩送之，曰：「翩翩紫鳳雛，羽翮備五采。徘徊千仞翔，餘音散江海。于焉覽德輝，濟濟鏘環珮。天門何嵯峨，群仙久相待。晨沐晞朝陽，夜息飲沆瀣。如何復西飛，去去秦關外。岐山諒非遥，啄食良自愛。終當巢阿閣，庶以鳴昭代。」孝孺亦贈之文，謂其「參政河南，三年而去，吏民以不能留爲憾」。歡然兩相得也。平居共以忠義各相砥勉，死之日，從容赴市，無一言及私。

程平，字德正，績溪人。幼失怙恃，禀性温厚恭恕，言貌恂恂，與物無兢，鄉里稱之。素與里人張德良友善，洪武初，德良坐事罹法，株累百餘人，平亦波及焉。御史廉得其情，喻之曰：「灑於衆則免矣。」平起謝，曰：「家世業儒，非義不敢爲。平不幸爲人所誣，而又誣人，欺天者也，天可欺乎？寧以身待罪。」御史深歎異之。尋，謫延安，與郡人朱仲杰偕行。仲杰悍戾，不以道相遇。盛暑，同休憩道旁樹下。仲杰曰：「德正守行李，我前問店。」乃趨酒家，久不至。俄，暴雨，水漂其行囊，平自救不暇。仲杰還，盛怒，責償。平如數償之，不與校。逮至延安，仍與同處。仲杰以醫自託於梅百户。明年，仲杰卧疾，知不可療，以其所有，盡寄之梅，曰：「必吾子至，乃付之。」既卒，梅調守他郡。仲杰死，平備棺衾殮之。或曰：「其人待子如是，獨無憾於中耶？」平曰：「彼自虧其德耳。且與同郡而生，同患難而來，死無所歸，於我乎殯。」聞者莫不歎服。朱氏子德生，以母命來省，行至汴，聞其父已死，而囊篋又爲梅百户挈之他往。中道還家，紿其母曰：「吾買地葬父於城東矣。」又出其所携衣，曰：「此父遺物也。」越三年，庚甲，平子寔往延安省侍，遂命負其遺骨歸績溪。信報朱氏子，令迎柩還葬，德生怡然不復顧。丙寅秋，平自延安歸，知朱氏柩尚留殯後園，不悦，曰：「延安數千里，尚負之歸。由績溪距休寧，僅百里，豈可棄乎？且德生既紿其母，必慚懼不來。」即命孫通送至其家。其接人待物，存心忠厚如此。子寔，字以誠，亦剛直尚義。有族弟以忠，由河南永寧令轉知潮陽程鄉縣。洪武乙丑，以忠之子泰乙，年稍弱，偕寔往省父，中途聞以忠因事繫獄。泰乙求回，寔變色，責曰：「汝父官所坐事，正當捐生赴救。舍之而歸，獨何心乎？」曰：「將如瘴癘何？」復叱曰：「但當力以赴援，瘴癘非所恤也。」至潮陽，月餘乃還。過文江，寔果冒瘴而殞，年五十有一。

程通，字彥亨，績溪人。少有至性，動必遵禮，嗜學不倦。年十四，補庠生。洪武乙丑，貢太學，時年二十二。丙寅，父以誠死嶺南，通徒步扶喪還葬。廬墓下三年，哀慟毀形，妻子至不相識。戊辰，復上太學。時祖平謫戍延安，已老，通上書，言「臣壯而無父，祖猶父也。臣祖老而無子，孫猶子也，更相爲命。今邊徼戍卒如林，豈少臣祖者？」辭極哀切，上憐之，持其章不下，陰命兵部驛召其祖，既至，并召通，立堦下，東西相向。上顧通，曰：「汝識此人否？」於是，祖孫相持而泣，哽咽不能仰視。上嗟歎良久，下令兵部，除其籍，驛送平還鄉。庚午秋，通取應天解。時遣諸王將兵行邊，上以封建策諸貢士於廷。獨通所對稱旨，親置第一，除遼王府紀善。辛未，從王閱武臨清。壬申，從之國。時遼西王府未建，以祖喪免歸，廬墓三年。服闋，復任，已進長史，悉心輔導，王敬禮之，事必咨焉。

府中有衛士紀綱者，狡猾，善邏偵，得幸於王，通每召而笞戒之。會靖難兵起，潛遣人與王約，通疏上封事數千言。既登極，紀綱以入賀留侍，歷官錦衣衛指揮使，數被顧問。因乘間言及封事，遂有詔械通至京，死獄中，家屬戍邊，下績溪，簿録其家，得犗田數十畝，遺書數百卷，牯皮數張而已。通居常恂恂如有弗逮，至臨事，則毅然不可奪。所著稿百餘卷，悉毁於官。績溪程姓最衆，賴使者仁恕，罪止一房，餘獲免焉。

程敏政，字克勤，休寧人。父信，以河間學生，舉進士，官至南京兵部尚書，謚「襄毅」。十餘歲，隨襄毅公參政蜀藩，巡撫侍郎羅綺以神童薦諸朝，英宗召試，出題命對，曰：「鵬翮高飛搏扶摇之九萬。」敏政云：「龍墀獨對陳禮樂之三千。」上首肯之，且喜其拜起如老成人。命賜食，詔館閣試之。即日賦《聖節》及《瑞雪》詩，并經義各一篇，援筆立就，文采粲然，諸閣老翰長嗟異之。暨進呈，上喜甚，詔讀書翰林院，官給廪饌。時大學士南陽李賢、安成彭時、學士嘉興吕原、中允壽光劉珝，咸當世碩儒，皆就之講授。李公尤愛之，因妻以女，踰冠，舉進士，中成化丙戌科第一甲第二人，授翰林院編修，同修《英宗實録》。己丑，同考禮部貢舉，時刊布《大明一統志》、《洪武正韻》、《資治通鑑綱目》，皆同校勘。尋同修《續資治通鑑綱目》，如「石守信、王審琦不預陳橋之謀」、「韓通、李筠、李重進書死節」、「開寶八年李煜降」，始罷分注書正統，「張世傑死」之下，始書「宋亡」之類，皆出其手。書成，遷左春坊左諭德。且以宋藝祖、太宗授受大事也，當時史臣不能詳記，遂啟千古之疑。乃取宋李燾《宋史長編》、元史臣歐陽玄等《宋史本紀》以爲正，而考訂發揮之餘，黜陳涇、胡一桂之謬，別著《宋紀受終考》三卷。乙未春，廷試進士，充受卷官。俄，詔侍講經筵，尋兼皇太子侍講。未幾，丁襄毅公憂。服闋，入朝。丙午秋，主考南京鄉試。丁未，孝廟踐阼，叙進宮臣，遷詹事府少詹事，兼翰林院侍讀學士，充日講官。時茂陵工將訖，詔議憲宗皇帝升祔，當定祧遷之制；孝穆皇后神主，當有奉享之禮。太傅英國公張懋等上議，以德祖比周之后稷，太祖、成祖同周之文、武，俱百世不遷，宜奉祧懿祖一位，別建祧廟奉藏，歲暮則奉迎祧主祫祭於太祖之廟，孝穆皇后比周之姜嫄，及宋之章獻、章懿二后，皆別廟奉享，宜於奉先殿旁近宮室，改建別廟。太保襄成侯李瑾等復上議，以爲宜於奉先殿憲宗神主几筵之右，別設幄殿，以安神主。勑内官監於宮中，相度吉地，候明年春營建別廟。奏上，皆從之，俱藁出其手。弘治戊申，同修《憲宗實録》。尋，詔敏政率其屬侍，上將視學。時禮儀簡略不稱，詔議儀注。敏政倡議，預齋一日，加帛一段，樂設不作，改分獻爲奠，從之。初，開經筵，詔侍講，仍日侍文華殿講讀。上初即位，雅重講幄儒臣，呼先生而不名。嘗因講罷，賜講官冠服。敏政得金織緋袍一襲，金帶、冠、履各一，慰勞甚至。徽州府儒學訓導周成進《治安備覽》，詔看詳。敏政摘其中多竊宋趙善璙《自警編》、元張養浩《牧民忠告》，或襲用其標目，或全剽其語言。然此之猥，不及彼之精，況以「治安」爲名，而不及君德心學，謂秦商鞅有見，於孔門立信之説，則又踵王安石之故智。其息異端等説，亦非拔本塞源之論，鄙俚而無雅馴之言，迂妄而非經久之策。詔以成狂妄，置不問，還其書。時，詔議從祀孔子廟庭諸賢，上疏曰：「臣聞古聖王之治天下，皆以祀典爲重，所以榮德報功，而垂世教，淑人心也。故有功德於一時者，一時祀之，更代則已。有功德於一方者，一方祀之，踰境則已。先師孔子，功德及於天下萬世，其廟庭侑食之人，豈可苟焉而已者？若戴勝，身陷贓吏，子爲賊徒。劉向喜誦神仙方術，謂黄金可成，不驗下吏。賈逵附會圖讖，以致貴顯。馬融爲梁冀草奏，殺忠臣李固。何休《春秋解詁》黜周王魯，注《風角》等書，班之《孝經》、《論語》。王弼與何晏倡爲清談，取老莊之言，以爲《易》注。王肅女爲司馬昭妻，佐昭簒魏。杜預所注之《左氏集傳》，其守襄陽則掊剋以饋遺洛中諸貴，破吴則盡殺江陵譏己之人，爲吏不廉，爲將不義。凡此諸人，其於名教，得罪不小，而議者謂能抱遺經，轉相傳授，不爲無功，臣竊以爲不然。夫守遺經者，若左丘明、公羊高、穀梁赤之於《春秋》，伏勝、孔安國之於《書》，毛萇之於《詩》，高堂生之於《儀禮》，后蒼之於《禮記》，杜子春之於《周禮》，可以當之矣！若融等，又不過訓詁此九人之所傳者爾。請黜戴勝等八人，褫爵罷祀，而加后蒼封爵，與左丘明一體從祀。及考孔門弟子，見《家語》者，顏回而下七十六人。《家語》出於孔氏，當得其實。而司馬遷《史記》多公伯寮、秦冉、顏何三人，文翁成都廟壁畫多蘧瑗、林放、申棖三人，邢昺《論語注疏》謂『申棖』在《家語》作『申續』，《史記》作『申黨』，重複無稽，一至於此。況寮愬子路以沮孔子，而孔子嘗稱瑗爲夫子，決非及門之士。放雖嘗問禮，諸家皆不載之弟子之列。秦冉、顏何疑於字畫譌誤。臣請於棖、黨位號宜存其一，寮、瑗、冉、何、放宜罷其祀。請進隋王通、宋胡瑗，加以封爵，列之從祀。且顏回、曾參、孔伋、孟軻之傳道，配享坐於堂上，而回之父無繇，參之父皙，伋之父鯉，皆坐食廡下，恐諸賢於冥冥之中，未必安於心也。宋大中大夫永年伯程珦嘗不附王安石新法，而二子顥、頤實接道統之傳；獻靖公朱松嘗不附秦檜和議，而其子熹實集道學之大成，今宜以祀。國公顏無繇、萊蕪侯曾皙、泗水侯孔鯉、邾國公孟孫氏及程珦、朱松配享啟聖王叔梁紇，俾學者知道學之傳，有開必先，明倫之義，不爲虚文矣。」先是臺臣論奏，請進賢退奸，且各有所指。敏政之名在所進中，由是，素忌者有逐之之意矣。俄，御史魏璋以暖昧之言中之，詔致仕。有勸其自辨者，敏政答書，謂：「歐陽公、朱文公當時各遭讒謗，時歐公在執政，故力可辨。文公在庶寮，故不可辨，恐反遭鍛鍊故耳。況上有老母，下有弱子耶？」既歸，讀書休寧南山中，若將終其身焉。已，復召還，命教庶吉士於翰林院。

尋遷太常寺卿，仍兼翰林院侍讀學士，掌院事，兼脩《玉牒》。會有以楊時議從祀者，上疏曰：「臣竊考《程氏遺書》、朱子《伊洛淵源》，時之造養深遠，踐履純固，無疾言遽色，及其學成而歸，程子目送之，曰：『吾道南矣！』一傳而得豫章羅氏，再傳而得延平李氏，以授朱子，號爲正宗。文定胡氏親承指授，而《春秋》之傳作，南軒上泝淵源，而太極之義闡。心學所漸，悉本伊洛，使天下之士，曉然知虚寂之非道，訓詁之非學，詞章之非義，則龜山傳道之功，不可誣矣！當崇寧之世，蔡京柄國，躋王安石於配享，位次孟子，而頌其《新經》以取士。尊安石爲聖人，不復知有孔子，誦《新經》爲聖言，不復知有古訓。僭聖叛經，凡數十年。龜山入朝，首請黜其配享，廢其《新經》。又請罷綱運以收人心，斥和議以張國勢，竄權臣以正邦憲，培主德以崇治本，則其衛道之功，亦不可掩。朱子謂龜山之出，惟胡安定之言最公，當時若能聽用，決須救得一半。且若朱、若張，皆淵源於龜山者，咸在侑食之列，獨其師有傳道衛聖之功，反不預焉？揆之人心，誠爲闕典。今以龜山躋於從祀，列東廡司馬光之下，胡安國之上，宜矣！其應封伯爵，行移翰林院定擬，仍行國子監及天下學校一體從祀。」從之。尋，丁内艱，十一年服闋，入朝，未至，轉詹事府詹事，兼翰林院學士，陛見。後遷禮部右侍郎，兼學士，《會典》副總裁，仍掌詹事府事，侍東宫講讀。己未春，主考會試，未揭榜，給事中華昶劾其鬻題賣士，下詔獄。敏政疏請致仕，且引咎自責，乞釋昶以全諫臣。既而獄上亦以諫官一時風聞，無迹可指。而同列林廷玉再疏劾之。敏政曰：「有識者，皆知昶爲妄，吾所以不深辨者，顧存大體爾！今言之不置，是豈得已？」乃請與廷辨，廷玉、昶語塞，坐罪。敏政致仕，未行，卒，年五十五，贈禮部尚書。敏政秀眉長顱，風神清茂。於書無所不讀，文章爲一代宗匠。天禀既高，而又上泝伊洛淵源，深探而精擇。嘗考合朱陸二家，始之所以異，而終之所以同，名曰《道一編》，其造詣概可見矣。侍經筵久，每進講篇終，必有規諫，諷切深至，上每欣然聽納。喜接士大夫，不以貴自倨，不以才自負。升其堂者，屢談不厭；叩之者，不能測其涯涘。雖遭多言，至於逮繫，言動如平日，未嘗有幾微不平。所著《篁墩稿》、《續稿》、《三稿》、《新稿》，共百二十卷，《行素》一卷，《編類皇明文衡》一百卷，《瀛賢奏對録》若干卷，《新安文獻志》一百卷，《蘇氏檮杌》若干卷，《道一編》六卷，《陪郭支補》三卷，《程氏貽範集》四十卷，《宋逸民録》十五卷，修定《程氏統宗譜》四十卷，《附注真文忠公心經》三卷，《大學》有重定本。子壎，以襄毅公功，官錦衣衛千户。

方瓘，字時素，婺源人。生有異質，既長，厭科舉學，慨然有向道之志。聞湛元明講學南都，往從之。湛與語，奇甚，授以宗旨，令爲國子諸生向導。瓘潛心晝夜，不避寒暑。湛喜曰：「吾道不孤矣！」及湛北上，瓘不憚險阻，徒步遠從之，歸以所學策勉同志。親喪，哀毁踰禮。有再從兄弟，異居既久，貧不能存。瓘慨然曰：「昆從莫非一體，奈何使失所乎？」與之合爨。遠來從學，有不給者，輒贍之。坐是，屢致窘乏，無怨悔。湛歸廣城，瓘遠造請。返，而同行友王子敦罹瘴，死舟中，例不載屍，乃秘不發，同屍寢數日，至韶，始發之。時韶守爲瓘故人，遂得賻殮畢歸。尋，復與洪垣卒業東廣，湛建二妙樓居之，曰：「吾道之託，在是矣！」督學胡植按郡，聘入，試不舉，遂絶意仕進，卒年四十五。平生無意著作，其《正學存稿》，乃門人所録緒餘。督學舉入鄉賢祠，表之曰「正學」云。

謝復，字一陽，祁門人。自幼聰敏，性復純篤。父嘗携之遊文廟，問曰：「儼然而肖像者，非聖賢歟？夫非盡人之子歟？」翁奇之。稍長，授《春秋》於于翰林竹坡先生，即了大義。已，歎曰：「學以謀道，滯心文義以干禄，吾弗爲也。」於是潛心經史，以古人自期。聞康齋吴先生講道小陂，遂棄舉子業，不遠千里，往從之。凡有得於講授者，必心體力行，以求自得。三閱寒暑，弗少懈。康齋喜曰：「吾道有望矣！」既歸，益修躬行，日率其弟嘉侍親側，饌具必躬治，坐立不敢南面。退，與其妻葉氏相敬如賓，與弟嘉敦友愛。親殁不御酒肉，蓋孝友之性，發自天至，垂老如一。復率族人，即城南建祠，祀始祖唐金吾公以下。

冠婚喪祭，悉遵古禮，爲鄉人倡。平居寡言笑，接人和易，有問應答，如懸河然。嘗聚徒南塘，每開迪，以孝弟爲先。窮年一室，討古論今，遇感有作，多悠然發其養。弘治中，與修邑志，太守幸庵彭公深敬禮之。造詣既久，遠近知名。葉畏齋問學，曰：「知行並進，否則落記誦訓詁格矣。」令鄭公問政，曰：「辨義利，則知所以愛民厲己。」時以爲名言。世居庠西，晚徙築西山之麓，學者稱爲西山先生。其曰「南塘漁隱」，曰「廢翁」，曰「無慮子」，皆其自號。以弘治乙丑卒，得年六十有五，所著有《西山類稿》。

謝顯，字惟仁，祁門人。生而沉慧，異凡兒。稍長，苦志問學。家貧甚，或勸之治生，顯應之曰：「治生孰若治心。」志益勵。弱冠，卓爲人師，嚴毅方正，不徇時好。聞人有謔浪語，輒不懌，鄉里敬憚之。博綜經史，尤邃於《易》。嘗自誦曰：「欲作天下屠龍手，肯讀人間非聖書。」湛元明講學南都，顯往質焉。屢問，而屢不答。顯茫然自失，覺其始之所學，猶外也。退乃於静坐中求之，久而有得。元明器之。歸，搆神交館，與謝芊及六邑之士方瓘等，日相究竟。芊學力行真確，而元明屬望，顯與芊益篤。顯曰：「人一念差，一言差，則天地萬物爲之解體。」又曰：「精神須醞釀得到。」又曰：「此學如過獨木橋相似，絶無幫貼倚靠，有立脚處。」皆格言也，所養於是爲至。年四十九卒。所著有《聖諭演易説》，并文集諸書。督學耿定向廉之，從祀鄉賢祠，評之曰：「跡其所至，已在善信之間；充其所志，不底於聖人，不已也。」

唐皋，歙縣人。正德甲戌進士第一人，授修撰，修《武宗實録》，《録》成，進侍講學士，未幾卒於官。皋，名理宿學，每爲文，下筆立就，或求竄改數語，伸筆直書，較前稿不襲一字。人咸服其才，惜未究其用也。

胡宗憲，字汝貞，績溪人。魁梧修體，負大略，由進士宰益都、餘姚，擢監察御史，行邊遇警報，即先衝往禦。按湖浙，皆有能聲。倭寇犯浙，更數閫帥，屢挫。是時宗憲當入闈，柄文校士。辭不入，乃往平賊。戰於平望、王岡涇等處，屢奏奇功。上嘉之，進僉都御史。尋，進兵部左侍郎，總督江南北閩廣七省兵馬，皆上親擢。賊渠首王直、徐海最雄傑，宗憲謀直以弋海，因取陳東，縛麻葉，收張璉，復購陳東餘黨，蹴徐海於沈家莊，與官兵夾而盡殲焉。倭寇悉平，東南賴以寧息。加尚書少保，所賚賜甚厚，蔭子松奇錦衣衛千户。宗憲俶儻闊達，奮身先士卒，臨事有成畫。初議受徐海款，衆以爲非計，謗議朋興，毅然行之。及海至，中外戒嚴，諸閫帥失色，宗憲以手摩海頂顱諭之，如擾羊豕，人服其氣量。宗憲性坦夷，疏脱不自檢飭，以人言，兩逮至京，上念其功，釋之，尋卒於京師。所著有《三巡奏疏》、《督撫奏議》、《平倭奏議》、《籌海圖編》，行於世。

汪道昆，字伯玉，歙人。兒時讀書知大義，即厭薄時習，喜墳索韜鈐左史，間擬作，多奇語。補郡博士弟子，學益進。聘於吴，將婚，而女瘵。或語：「且勿逆婦。」正色謂：「奈何生而死之，令無所歸。」卒逆婦，婦尋殁。嘉靖甲午，舉於鄉，明年成進士，時年二十三。夏文愍當國，慕其才，欲處之中秘，諷所善一見，謝不往。遷義烏令，廉儉平恕，大得民和。嘗宵夢練衣人愬簾下。旦，里正白婦自經者，詰曰：「夫非貌寢而衣練者耶？」廉之，竟抵法，境以爲神。他異政類此。進户部主事，改職方，歷武選郎，咸舉其職。時歷下李攀龍、東吴王世貞爲文章倡和，諸名士皆守曹郎，相與修西京大曆業，則無不傾重道昆，其文日閎博，力追古作者，海内知與不知，咸稱慕之。出守襄陽，政多德惠，人比羊祜、山濤。會海寇躪閩浙，忌者以其優文絀武，推閩副憲，備兵福寧，欲以困之。至，則討軍實，修戰守，具悍卒，以庚癸譟脅開府者，弛入軍，數責之。衆憚服，不敢動，戮首事以徇，令始肅。壬戌，倭據閩横嶼爲巢，沿海城堡相繼陷，興化府城亦陷，全閩大震。將軍戚繼光將浙步兵八千赴援，戚有良將才，道昆一見，與深相結，運籌決策，先後蕩掃賊巢，收復郡縣城堡，鹵斬三千餘級，奪回男女輜重無算，倭自是不敢復向閩。幕府上功狀，首列，凡四受白金文綺，超擢按察使，特敕盡護八閩。軍旋，晋右僉都，開府閩，距爲守僅三匝期。當是時，道昆功名盛一時，即忌者亦心折其文武略，無以難也。海寇劇賊，次第芟除，勞來創夷，閩始大定。以人言，請告。隆慶庚午，起，撫治鄖陽，旋晋副都，撫楚。鄖、楚之治，不異閩。進兵部右侍郎，閱視薊遼，酌額餉，裁浮費，歲省二十萬有奇。萬曆癸酉，轉左侍郎，籌畫鑿鑿實效，其議輔兵疏，尤切至計。時江陵柄國，雖同年友，意不相下，遂請終養。歸，奉父母數年，盡色養，親喪，哀毁踰禮。撫弟道貫，竭友愛，考績任子，推與弟。弟病痿，卧起與俱，出游必舁從。孝友碩德，鄉里服之。爲文高擅一世，與王弇州並稱，人推當代文章第一。晚號「函翁」。所著有《太函集》，副墨若干卷行於世。卒年六十有九。論者謂其文章高古，功烈炳烺，節概表於立朝，淳德孚於鄉黨。蓋實録云。

程廷策，字汝揚，歙縣人。始丱角，補博士弟子。時中貴爲上祁年於白嶽，策率諸生，長楫不拜。比入縣，謁先師，據坐，命講。策抗言：「上，英主。烏有以魚朝恩掌國子事，且若奉命視工，非視學也。」卒避席罷講，以此知名郡中。登嘉靖癸丑進士，授户部主事，歷員外、郎中。時雲中告急，諸軍待餉而譁。上發帑餉二十八萬有奇，命策主運。次甕城驛，虜騎遮道，邊塵蔽天。乃連車爲營，環營爲塹。衛士瑟縮偶語，杖之百，以徇行間，卒保完餉。還報，會神樂觀失倉糧，當坐太常卿以下十有八人。策精於握算，按籍核之，則累歲耗當如是。因以其狀白尚書，諸太常得免。出爲辰州守，入境，則興學校，贍生徒，勸農桑，舉鄉約，簡驵儈，通化居。嘗以水旱禱而雩，皆響應。郡故患虎，爲文檄於神，募力士捕之，患頓息。在郡三年，百廢具舉，學宫、祠廨、麗譙、城郭，無不繕治，而民不知勞。未幾，疏請致仕，歸，時年尚未艾也。當道遮推轂之，堅卧不起。郡縣賓鄉飲，率以疾辭。竿牘不及有司，紹介不出境外。卒之日，一市童卧病呻吟，見一皂衣，奉簡書迎使君，儀衛甚都，方哃喝諠譁，又一皂衣者至，大呼曰：「使君駕矣！」衆甫寂然，而其家哭聲起矣。童乃甦。

許國，字維楨，號潁陽，歙縣人。嘉靖辛酉，舉南畿鄉試第一人，報至，而父已卒。踰年，母亦卒。痛兩尊人劬而不及食其報，哀毁甚。服除，卒業宛陵。山寺有兩青鳥，飛鳴其前，移時乃去。僧言：「此碧雞也，相傳唐李翰林自蜀移來者，我明惟舒梓溪狀元一見。」因出所藏圖繪示之，爲賦《碧雞》篇，意頗自負。乙丑，舉會試第七人，選翰林庶吉士。日鍵關，冥搜逖覽，究心經濟之學，抒爲詞章，閎深典麗，館閣稱詩文兼擅所長者，罕儷焉。

歷隆慶、萬曆，官至禮部尚書、東閣大學士，晋少保，加少傅，兼太子太傅，予誥蔭。念父母厝淺土未葬，疏辭誥蔭而請卹，願歸襄窀穸之事。詔予祭葬，命其仲子代行。踰年，《會典》成，晋吏部尚書，居政府九年，代祀先師孔子者二，分獻南北郊者三，誥贈三代，任子者四，其他以扈駕、閱工、應制，賜蟒玉銀幣諸恩數，率優異不可勝紀。國感激知遇，孳孳以獻替爲己任。初，有摘科場事語侵大臣者，請辨邪正，以定國是。謂：「昔之專恣在權貴，今乃在下僚；昔之混亂是非在小人，今乃在君子。」又言：「大臣，猶楩楠也，宜取其閱歷，略其寸朽。言官，猶江河也，宜導之疏通，息其風波。」時以爲名言。升儲之議起，上於元旦召見閣臣於毓德宫，擁皇長子膝前，命閣臣諦視，諭所以保愛之旨。而是冬，國以三事進規，其一，册立，深以不得所請爲慙，疏留不下。已乘間請於上，有詔「明年春舉行册立」，戒群臣勿譁。方静以待命，而主事某之疏上矣。上不悦，遣中使詰閣臣：「奈何與郎署小臣比？」國以是不自安，旬日而上書乞休者五。上重違其志，予告給傳以歸。歸携二三耆舊，徜徉山水間，所至易村醪市脯，與田夫漁父接席相飲餐，置往事不啻遺跡，然燕居深念，未嘗不以國事爲憂。及聞太倉公請豫教，而始一色喜。猶鰓鰓慮後事，曰：「吾卜其始矣，未卜其終也。」未幾，仁聖皇太后升遐，哭臨於斗山書院。山高風烈，一再宿，中寒以歸，遂不起。國貌温氣和，襟宇沖曠，與人處，若谿若谷，靡所不涵。而其中介然有以自守。方在館局，甚爲江陵公所器重。江陵父病，朝紳醵禱，獨不往。尋，以奪情留任，衆或露章攻之。特削牘藏袖中，詣其第密勸以行服。即見忤，終不以其故告人也。南中司成缺，江陵問願否，曰：「賢關地重，司成道尊，懼不任耳。敢云不願？」既之留雍，當遷者數矣，而不及。或怪問故，曰：「資宜爾也。」至再，則曰：「俸宜爾也。」深厚不伐如此。

江東之，字長信，别號念所，歙縣人。萬歷丁丑進士，爲人魁梧倜儻。初任行人，輶軒所至，咨諏詢訪，不遺餘力。既官御史，勃勃有埋輪志。時姦人徐爵者，江陵、馮閹皆倚之。江陵外言，非爵不入；馮閹内言，非爵不出。爵又以獨計，令兩人交疑。且交歡兩人者，不得而測其倪，嚴事之。夜至禁門，守衛者不敢訶問。江陵死，益横無忌。乃疏爵不法狀，上怒而下爵理，滿朝震悚。於是疏保者、疏江陵逆僕逆黨者紛至，而城社肅清矣。東之益感激恩遇，知無不言。疏王中丞宗載陷御史劉臺事，王得戍去。是時，王方掌院事，東之以副封進。王笑曰：「柱史何言？」亦笑曰：「爲死御史鳴寃。」王曰：「死御史者，誰？」曰：「即公。」王踉蹌歸邸舍待罪。至今烏臺談之，猶有生氣。

謝用，字希中，祁門人。其父永貞，因嫡汪氏無出，納妾馬氏，生一女。永貞客外，嫡苦之，姑氏不得已，還其母家，改適乎溪。不知馬氏已妊四月矣。月足，妊生，即用。永貞抱歸，寄乳鄰母孫氏，囑曰：「此離蚌之珠也，幸善保之。」嫡聞之，遂自收而鞠之。踰年，嫡生，同愛無厚薄。用不知其異出也。十五習舉子業，善屬文，嫡慰永貞，曰：「有此可忘蚌矣。」永貞意終不釋。用甫冠，始知其爲馬所生，恐拂嫡意，乃謀於族人名珦者，密詢之，則又改適，不知其所矣。用曰：「弗得吾母，弗已也。」遂因事與珦偕行，日則哀詢於路，夜則焚香以籲天。如是者，幾一載。千里之内，水村山郭，覓之殆遍。弘治壬戌，孟夏望日，暮宿休寧黄畬農家，一寡嫗出，問曰：「子爲誰？」用告以名氏，及尋母之苦，曰：「汝母爲誰？」曰：「馬氏。」曰：「汝非永貞之子歟？」曰：「然。」嫗即抱用，曰：「汝母即是我也。」於是子母相告故，悲泣不能已，聞者皆爲之揮涕。明日，歸告其父，語未訖，仆地。既而得命，乃并其同母弟余浩迎歸，别室以居。用敬奉二母，曲盡其誠。撫二弟，恩愛俱至。乳母孤，用養之不缺，親族朋友咸稱之。嫡卒感悔，令用迎馬同居，無間言焉。嘗語其族之女婦，曰：「用善事我，無懟心，誠孝子也，必食天報。」一日，鄰不戒火，延及數十家，至用舍，風反，無恙。其父墓木拔，勢西壓祠屋，用懼，急趨之，木忽東墜，祠墓亦保無恙。人以爲誠孝食報之驗。時，用補弟子員，觀風使者聞其事，列於德行優等，月餼之廩糧。

陳倫，字斯常，祁門人。性警悟，少從宗伯康先生受《春秋》，作文有奇氣。倫亦自雄其才，鋭意遠圖。適二弟繼殤，家政多累，志遂寢。父文耀公，推重鄉邑，賓客日集，觴豆之需及嫁妹氏四人費皆出倫。雖囊橐屢空，卧不帖席，見父則喜見辭面，不令知之，故文耀公得以放情事外。每謂人曰：「吾兒孝子也。」弘治改元，夏夜失火，家皆奔竄。時文耀公在殯，倫倉皇無措，撫其棺而號曰：「父若有靈，默相吾力，以脱此災。」即與其妻舁出之。後數人不能舉，時以爲孝感。世父無子，倫父事之，而忘其勞，訓諸子業商者曰：「富貧，命也，無求非分，適取人輕。」業儒者曰：「洽群書，自然有得，若執一説，以横於中，則吾道窒矣。」應事不任術，惟因於心，嘗曰：「天理只在人心，心術壞，天理虧矣。」又曰：「吾人所以多事者，起於小不忍也。若寧少寬，自無事矣。」時以爲格言。鄉氓延火，毁其木之可材者，價可數十金，詣門引罪。憫其誤，慰而遣之。清寧宫災，詔徽輸木京師，衆推倫總其事。或導以私，倫曰：「因人信己而遈其詐，可乎？」或沮而退。嘗賈於蘇，郡守類給商錢數千緡，有乘衆不知而易其半者。倫以正言責之，易者懼，曰：「不失君利，可矣。」堅不聽，悉追原給者，公散之。歲祲，縣發粟賑饑，里胥緣爲奸，有涕泣而空返者。即抗聲爲白之，賴以舉火者十餘家。陳某犯不法，禍延旁族，有司索之甚嚴。倫適長於里，代釋之。後以金來謝，却之，曰：「吾所以爲若釋者，憐若無辜也。豈望報耶？」鄉曲不相能，争往質之，倫如身當其憂，雖損己廢時，不恤也，人益恩之，遇事多得力。年六十七而終。

唐仲實，名桂芳，以字行，號白雲，歙縣人。穎悟絶人，元末隱居授徒，不復仕進。高皇帝駐蹕郡中，延訪耆舊，守臣鄧愈以名聞，與姚璉、鄭恒俱召對，稱旨。首陳不嗜殺人，上嘉納，賜尊酒束帛，因力陳百姓失業築城之苦，上曰：「築城以衛民，何反迫促以失民心？」即命罷之。居無何，起，攝紫陽書院山長，人文多所振起。其爲文，以氣爲主，辭嚴理正。生平專尚行誼，嘗嫁兄之孤女，賑窮卹匱。所著有《武夷小稿》、《白雲集略》，學者稱爲白雲先生。子文虎、文鳳、文奎，並以文學稱。

唐子儀，名文鳳，以字行，歙人。善真、草、隸書法，郡守辟教紫陽書院。尋以薦授興國令，以賢著徵於朝。文皇簡名流，爲趙漢藩官屬，擢趙王紀善，以禮義導翼，數有諫諍。後調洛陽丞，乞身歸，年八十六卒於家。子儀與祖元、父仲實俱以文學擅名，時號「小三蘇」。爲詩文，豐縟閎深，六書亦精妙可喜，所著有《梧崗集》。

吴際可，字交甫，號艾齋，歙人。未冠，補郡庠弟子員，郡守何東序奇之。時延入署，與之講議藝。隆慶庚午，舉於鄉，年二十二，會試不第，挾策山中，昕夕誦讀不輟。聚書萬卷，人咸服其博雅。數奇，屢屈就官，得合州學正，訓士有方，督學使及直指交薦文學第一，擢司理温州，明於聽斷，尤兢兢持之以恕。里豪殺人，重餌病廢者，使自承抵，獄久具。際可訊殺者狀，詰之曰：「若手攣足躄，甘以廢軀徇人死，廢豈任操械殺人乎？法不能直死者冤，而視無罪就死，恐故鬼之枉未伸，而重陷新鬼也。」廢囚悟，輸實乞餘生，豪卒伏法，一郡頌神君。其他疑獄得情，類是。會母年八十，乃陳情所部，乞終養。得請，歸養母終。家無餘蓄，蕭然敝廬。所著詩文若干卷，藏於家。

秦逵，字文用，宣城人。洪武十八年，由國子生登乙丑進士，歷事都察院。奉檄清理囚徒，寬嚴得體，太祖嘉其賢能，特擢工部侍郎。有大興作，多不召尚書，而召逵議。十九年四月，議定工匠，驗其丁力，定以三年爲班，更番赴京輸作，每月如期，名曰「輪班匠」。復議量地遠近爲班次，且署籍，爲勘合付之，至期，齎至工部聽撥，免其家徭役。著爲令，諸匠便之。上以逵在公勤慎，特詔有司復其家。二十年正月，上謂逵曰：「春秋之世，人紀廢壞，孔子以至聖之資，删述六經，使先王之道，晦而復明，萬世有賴，功莫大焉。夫食菜則思樹藝之原，衣帛則思養蠶之始，重其所從出也。孔子之功，與天地並立。故朕命天下通祀，以致崇報之意，而闕里又啟聖降神之地，廟宇廢而不修，將何以妥神靈、昭來世？爾工部其即爲修理，以副朕懷。」二十二年，陞工部尚書。逵以古帝王廟地界通衢，褻而不嚴，奏徙建於欽天山之陽。以是月奏，廟功成。自三皇五帝，繼以三代、兩漢、唐、宋、元勳碩德比侔者，列像於庭，衮冕輝煌，上甚嘉之。二十三年五月，詔各衙門掌印官更署，改逵爲兵部尚書，賜之敕誥。未幾，復以逵爲工部尚書。十月，因各處弓箭歲造不便，奏準令工匠輪班赴京歲造。二十四年，上以學校爲國儲材，而士子巾服，無異吏胥，宜甄別之。命逵製式以進，上親視，必求典雅，凡三易其製始定。賜監生襴、衫、絛各一，以爲天下先。由是士子衣冠，綽有古風焉。二十五年致仕。

陳迪，字景道，宣城人。洪武八年，薦辟爲郡學訓導，嘗爲郡草萬壽賀表，上覽而異之。十二年，近臣薦，召爲翰林編修。十八年，陞侍講，與修大典。二十四年，陞山東左參政。二十七年，内艱。二十八年，陞雲南右布政使。時普定、曲靖、烏撒、烏蒙諸夷煽亂，迪率士兵擊破之。捷聞，賜金幣。三十一年，建文即位，改官制，定六部一品，免尚書許沂等，徵迪爲禮部尚書。二年，知貢舉。三年，加太子太師，辭兼俸。靖難兵起，與黄子澄等上疏，陳大計。迪受命，督軍儲於外。過家，未嘗入。聞變，即赴京師。文皇繼統，召迪責問。迪慢罵不屈，與子鳳山、丹山等六人同日就戮。將刑，鳳山呼曰：「父累我。」迪叱勿言，罵不絶口。割鳳山等鼻舌，熬熟食迪，迪唾之，益指斥，遂俱凌遲死。既死，人於衣帶中得詩，有曰：「三受天王顧命新，山河帶礪此絲綸。千秋公論明於日，照徹區區不貳心。」又有《五噫詩》，並悲烈。蒼頭侯來保者，拾其遺骸，歸葬縣之計家橋。洪熙初，詔釋迪宗姻戍邊者還鄉，給産業。成化壬寅，郡人祀諸鄉賢祠。甲辰，郡守徐觀復於迪故居立祠祀之，後湮廢。嘉靖乙未，驗封郎中李默謫判寧國，復置祠祀，郡人私謚曰「靖獻」。

周怡，字順之，太平縣人。登嘉靖戊戌進士，授順德推官，以廉敏聞。歲己亥，肅皇帝南狩，縣官供芻餉，章聖太后喪道順德，徵發萬計並出。怡指畫減費什三，境内無擾。召拜吏科給事中。時相嵩、鑾、太宰讚，積有郄，日圖奇詆。虜數抄西北邊，在事諸臣亦輒不相能。怡大憤，疏奏凡數千言，大略謂：「風教之大，禮讓爲先；朝廷之上，大臣爲首。朝廷有違言之隙，則讒譖之釁長於外；大臣有動色之争，則攻鬭之禍流於下。鑾、嵩市恩修怨，私訐背詆，嵩尤威靈，氣焰凌逼，百司往論嵩者，皆以罪謫去。今宣大戒嚴，總鎮又各持意見，甲可乙否。大敵在前，而文武搆釁，非國之福也。」言甚剴切，上恚。怡疏中有「陛下日事禱祀，而四方水旱未銷」之語，嵩以重螫己，間入，詔廷杖，下錦衣獄。乙巳，采乩仙言，釋之。閲月，復被獄。丁未，三殿災，又釋之。相傳，上實聞空中有神語「釋三人」云。三人者，御史富平楊爵、工部郎中泰和劉魁，并以言同繫者。久之，隆慶改元，徵怡以給事中，遷太常卿。後以忤旨，調山東海右道僉事。轉南國子監司業。明年，擢太常少卿，提督四夷館，未至，病卒。疏請致仕，猶謂「臣即死，當奮作國家鎮地鬼」云。

梅守德，字純甫，號宛溪，宣城人。少以穎異聞，爲諸生，時甌寧李公默由驗封郎謫倅，合試六邑士，獨拔守德及太常卿周怡，曰：「此兩人，國器也。」令交拜郡庭，而李公莅盟焉。因膳之庾舍中，時督其課程。暇則語以當世之故，曰「以備異日實用」。登嘉靖辛丑進士，授台州府推官。台及寧、紹並臨海，强族奴官闌出中國貨海外互市，乘汛揚颿，官司莫可誰何，而三郡奸徒，有投諸島爲主奥者，倭釁萌矣。因條陳其事於直指使者，直指獨以屬之。於是，裁抑豪貴，以伸里氓，嚴明海禁，干陬甚密，積習頽風，庶一湔洗。秩滿，擢户部主事。是時，周公怡以吏科給事，疏論相嵩，下錦衣獄三年矣。威焰正張，莫敢問獄中事者，獄亦甚秘，獨時時具槖饘焉。京兆尹胡奎，嵩私人也，謀貳冬卿，乃有蠧弊政、黜庸汙以安遠邇之疏，臚列其貪鄙狀，顯斥之。上玄修，勤醮祝，太常官皆道士。世蕃父子相與朋比。卿徐可成者，前得蔭，復求改官。力疏辨駁，事得中止。改户科右給事中，奉命册封遼府，而世蕃益積不能平，乃故宣言於衆，曰：「紹興缺守，兩浙之倭勢熾矣，今須得幹濟彊毅之守，吾觀未有踰梅掌科者也。今在使，願且爲朝廷借之。」翌日，吏部推上矣。道聞，赴郡，首講備倭之策，纖悉周至。倭稍緩，則召父老而問疾苦，召諸生而問風俗，新王文成之講堂，敦請龍溪先生主師席，以多方訓士。尊高年，禮隱逸，燕饗有禁，遊觀有禁。秘圖山人楊珂者，三造其廬，竟不見也。碑高士里於其居，而士彬彬知所向矣。陞山東曹濮道兵備副使，踰年，改本省督學副使。新城有陳生者，席資殷富。陶真人爲上祈年泰山，託賂焉。真人以檄送陳生於學，立褫責之，禁錮終其身。未幾，陞雲南分守左參政。念母恭人春秋高，不能捨而爲萬里之行。會以捧賀入京，遂上疏乞休，屢請，得俞旨，歸則多田居，不時入郡。然地方利病，必進告緣起流止，條分縷析，有司咸聳然虔聽焉。細氓有負冤抑無所申者，必力爲請白，終不使其人知。至今，邑有秕政，民有枉誣，通邑猶翕然曰：「安得更有梅大參其人者乎？」以萬曆丁丑卒，得年六十有八。

唐汝迪，字吉甫，號惠庵，宣城人也。父早卒，閲五月始生。生三歲，母亦捐養。兄汝棐甫三週耳，煢煢稱孤哀子，依仲父平野公以爲命。少穎敏超絶，丰儀端偉。十四補博士弟子，時比士者，北平楊公才庵，雅負知人，獨鑒賞甚，曰：「是兒有奇骨，不三十，立矣。」十六，受餼。十九，領嘉靖丙午鄉薦，成丙辰進士。謁選，當任司理。時分宜柄國，奇其狀，擬處以桑梓地，意欲羅致門下也。則之姜公寶，匍伏力辭，乃得真定。真定，三輔名區，法比如蝟，一取三尺衡之，平反悉當。郡有豪不法者，按其人，匿不受捕，間行金於里。他日，行縣，過其家，蹤跡得之，竟論法。一郡震洗。再期，薦牘凡十九上。會天官郎缺，例得進西吴一人，有兩邑令以千金行倖事。覺，汝迪反以恬補司勳郎。然非柄相分宜子心也，而時時徵德焉，漠不爲應。晉司封郎，時柄相割榮，在位輒茅靡取合，獨孤立介行，端步詳視，人不敢干以私。會飲柄相子家，凡先後同署咸在，柄相子欲困以酒，引巨犀奉觴，謝不能任，强之，一太常從旁力贊焉。艴然而起，覆犀於地，酒淋漓被若面，更起繆爲謝，顧之，已在馬上矣。以此嗛之甚，諷言官，論其傲。力請移疾，被旨「留著用」。先是，被是旨者，率置大辟，家人環泣，怡然不爲動，伺其寢，齁息如常。再疏，予告。治一舍圃上，水環垣，以小艇往來，讀書其中，足跡不逮城市，郡邑罕得見者。督學天臺耿公行部畢，百里式於廬，對談兩日，夜不能去。丙寅，春計中蜚語，謫倅禹州。載《禹志》者云：唐公顯允豈弟，視篆嚼然。民有訟妻殺父者，自誣服，得其冤，立釋之。市犬殺人，逮其主抵死，獄成矣，曰：「國狗之瘈，人何與焉？」後有經其地者，會二子皆文學，日夜尸祝之，矢世世無忘唐公也。丁卯，知歸州，未任，移貳萊州。尋入南户曹郎。辛未，知雷州府。雷濱海易亂，島夷充斥，海酋犄角爲應。海南酋李茂尤黠，當事者徵兵往擊，指揮高卓死焉。歲除，倭夕突城下，急登陴，將兵收諸舟楫之在南岸者。火竟夕燭天，凡三日夜不休，保其城。海酋許俊美，乘倭犯高州，破電白，又自硇州突陷錦囊，没黄隆。謂我勢分，益跳梁難制。壁城下，竟單騎出，一蓋一吏，馳入其壘。諭以聖天子威德，酋頓首伏地，趣具食飲，啖如平時，日晡乃還。郡民遥見羽蓋，歡呼震地，賊勢且奪，移去東岸。已而，俘倭五十餘人，獻捷，請撫。往請撫者，名爲安插，而實擇腴壤，趨便利，先陷守鉅貲，守度無如何，則請於監司、直指而可之。酋乃空其地之民人，而廬其居宅，摟其子女，田其田，有司莫之敢問。於是，奮筆請予當道曰：「是本齊民，負浪作奸，提納款之空名，而實事衝擊，我不能制其死命，而與之論曲直、通往來，何其無大體，宜剿不宜撫。」請分布要害，部署總兵王道成等奮擊，親爲擐甲督戰，賊敗，走仙門港，已，復敗之沙頭洋，賊間道赴嶺西，道告撫舟，回遇王道成，擊沉之，招撫官亦與俱溺。守道督過於道成，力保之，曰：「『招撫』二字，擲之大海可矣！」賊黨陳理語其屬曰：「以唐侯仁信，不即受命，而以逆軍吏，今局局游釜中，吾與若俱烹，何爲也？」遂黥其首出，泊海康，兵夾攻之，悉潰，賊遂平。杜口不言功。甲戌，入計，江陵相慰勞有加，意俟其陳乞，欲以爲德。但唯唯謝不敏而已，僅晋河南治河副使。河决崔家口，徐州人段守金，言開復新集舊河，將行之，上書，言：「河性不常，未易以人力通塞引河，而南有侵嚙陵寢之虞。聿興大工，有聚衆意外之變。彼濱河民意，或移壑，或射隼，或逐蠅，爲身家念耳。謂輿論僉同，殆不其然。」書上，議乃寢。戊寅，移河南參政。未幾，移參江西、湖廣。又遷廣西按察司使，抵官，觸瘴癘，竟以不起。合肥秦公寵憐而具百金賻施，恭人泣謝曰：「大夫生平不識阿堵物，未亡人不敢傷其志。」悉却之。子一澄，才九齡，次子一灝，尚在腹，今並舉於鄉矣。

徐元太，字汝賢，號華陽，宣城人。南京右通政説之曾孫，南京通政使元氣之弟也。幼有大志，慷慨闊達。讀書一目數行，下筆有排山倒海之勢。而玄理奇窟，即老宿莫不斂衽避舍者。嘉靖辛酉，魁南省第二人。乙丑，成進士，知江山縣。尋，丁内艱，復知魏縣。清以不刻，威而有恩，發奸摘伏，民自無冤。以卓異召拜詮曹主政，轉員外郎。丁丑，分校禮闈，所拔士蘇濬等一十八人。先是，濬以閩省第一著聲久，司試者相期勿失此人，太獨首得之。撤卷，衆皆驚其奇識。會江陵欲私其子，黜之不録，卒爲所嗛，出參齊藩。江陵病，約請禱於岱宗，太正色拒之，曰：「此舉何名？子爲父禱乎？臣爲君禱乎？」衆皆負慚無地。未幾，江陵卒，而天下莫不高其直躬勁節矣！歷官至南京刑部尚書，以疾請告，得旨：「回籍調攝，病痊起用。」林居垂二十年，酣史耽書，怡情山水，竿牘不及有司。至地方大利病、大興革，爲侃侃言之。捐貲三千，建長安壩，蓄洩有法，旱溢無虞，萬户咸食其德。享年八十有二，而卒之又三年，其孫日晋伏闕以請卹，疏雖下部，卹典尚稽，人咸懷仰止之思云。

殷登瀛，字子登，宣城人，别號少莊。後棄官歸里，取歐陽子「六一」之義而廣之，曰：「修竹一林，青山一畝，平泉一池，合予爲九。」因號「九一居士」云。少有異志，性恬漠而資機穎。嘉靖乙卯，舉於鄉，明年，試春官，不第。會其兄負國税八百餘金，有司寘於理。慨然自認，代輸家産已罄，三年尚不能杜。至壬戌正月，竭力稱貸，以償前逋。甫得計偕北上，遂以是年成進士第七人，授海寧令。寧巖邑，而民黠，善逋賦，有十餘年不輸者。比至，無聞新舊，隨多寡聽其自入，且許以他物抵賦。未期月，而宿逋盡清。簿牒山沉，朝讞夕遣，訟者艤舟以待，不俟終日而官事已結。有「海寧殷青天，升米官司不費錢」之謡。久之，兩造漸稀，桁楊庭卧，因以聖諭六語，著爲解訓，教誘其民，駸駸乎政成而俗化矣。值内艱歸，服除，再補襄城。蓋是時襄城辛公自修居首垣，稔習其治寧狀，力請於銓司，願借殷公福吾襄。四年，以治行卓異聞。行取命，逮擬處以諫垣，疏請就南。生平秉性清介，澹於進取，視長安之奔蹄鶩轂，心殊厭之，不若留都之足以養恬也，當路反以爲矯。復出爲新喻令二年，自是，益有東山之志矣。尋擢户部主政，榷税清江。擇廉能一二人董其務，第執要受成，而不親其利。署後故有望淮亭，新之，更名「浴心」，蓋取「淮陽汪檅，洗濯塵襟」之語以自況，仍勒石紀之。晋南禮部員外，旋晋吏部郎中。居官以儉佐廉，耳目玩好都絶，從不識有苞苴之事，亦無敢以私干謁者。嘗冬寒，僚友圍爐議事，諸僚摳衣，皆錦綺重裘，獨布被單澤而已，衆服其儉，而自慚其侈。出爲金華守，己亥冬命下，明年乞休疏上，不待郵報，懸車竟歸。或有勉留者，謝曰：「陶令惜腰，吾亦惜膝。」乃有「腰膝訟於心官」之説。又撰《九一居士説》以見志。歸則卜築城西，杜門掃軌，屏冠服不御，絶不與朝貴往還。即寒暄之牘，亦謝絶不通矣。郡守鄭公繼之重其品，亟欲見之，三造門始得延款，遂定交焉。宛令以不得見爲憾，搆於鄭公，公曰：「居士數來謁乎？」曰：「未也。」「數以書牘來乎？」曰：「未也，顧無奈其簡亢耳。」公曰：「此居士所以爲賢，宛之望也，反見非乎？」令大慚服。爲人坦衷夷度，自處甚約，而性善施，每出，必懷金於袖，遇窶者，隨意賑之。惸獨孤孑之人，踵相錯於門。日置米於闑，以待餓夫。寒冬或遇裸而羸者，解裏衣衣之，自甘凛冽，不恤也。鄰有貸者，後力不能償，謀鬻其妻。聞之，急折其券。一廣文貸金北還，遣其子持十金酬之，曰：「一寒氊，何遽得此。」即還券，而却其金。然是時，已垂橐而食貧矣！一饘一粥，然且不給，而周人困阨，不憚心力赴之。會巡撫孫公光祐莅郡，郡人以爲壬戌同籍也，持百金求爲關説，峻却之，有「有鶴尚嫌添口累，無魚翻羡浣腸清」之句。搆書莊數楹，聚書其中，披誦不異寒士。上下數千年，考鏡精核，若燭照數計，若絲之紛而各引其理，若節之解而悉導於窾。其於升沉顯晦，直指爲浮雲一空，浪花千點，付之一笑。故其發爲詩文，攄胸中之所自得，而無儇薄詭宕之習。謂聖人之學，載在典册，炳如日星，而後儒注疏，竟落支離，於是，作《聖學正脉》若干卷。經傳微言，意義幽奥，而後儒見解失真，多有舛誤，於是，作《微言辨説》若干卷。自有文字以來，或史臣之訛謬，或著述之假托，或英雄謀國未露之深機，或奸邪竊名可誅之隱惡，皆闡而發之，作《九一犀燭集》若干卷。皆藏於家。壬午，直指蔡公説將薦於朝，力謝之，曰：「豈可復令北山移文耶！」因題於水亭之壁，曰：「相追皓月常携杖，不負青山早掛冠。」自是，詩酒自愉，寤歌不輟，怡情風壑雲泉間者，十有五年，以萬曆乙丑病卒。卒之日，其橐如洗。棺殮之具，相顧莫措。營貸翌日，而始成服。郡中知與不知，咸相與悼惜，曰：「嗟乎！安得清介不滓若殷公其人者，邈乎不可覯矣！」子之輅，髫齡失怙，攻苦茹荼，雅追庭訓，成萬曆癸丑進士，出爲福州守，以廉正著譽。三年，奏最，晋階中憲大夫，賜之敕命，有曰：「一麾出守，决志東山，烟霞抗物外之懷，經史决疑中之義。行標壇宇，學富縑緗。貧而好施，死無以殮。」之輅叩首流涕曰：「主上聖明，已爲老臣傳神矣。」聞者咸快，以爲實録云。

貢靖國，字玄忠，號洪山，宣城人。生而端凝沉毅，質言無華，白意坦衷，不識人世有巇岨刻削之事者。事父母孝，事伯兄湖源公友。凡一切筆楮書籍，以及衾綢衫履之屬，無不與伯兄共。年十四，補郡學生，謁客而歸，靴履間偶有涴泥迹，伯兄怒指之曰：「此何爲者？而尚爲童子戲也耶？」面扑之，唯唯順承而已。時郡守近溪羅公倡道於宛，刻以聖學自砥。尋繹精猛，至廢寢食。大意絀虚解，敦實行，不爲一切刓脱悠謬之説。會母喪，哀毁骨立，日夜爲孺子泣，不欲生。哀慕之久，仿佛覩其狀，間聆其聲。一夕，父病篤，侍藥榻前，狂怖不知所計。昏瞀中，恍見其母撫而慰之，曰：「無過懼。」頃之，父病漸蘇，詰朝而霍然愈，人咸異之。萬曆癸酉，領鄉薦。明年，遂成進士。以父憂歸。服除，授刑部主事。時江陵之勢方熾，嘗欲周内憾者，餌之銓地，勿徇也，令其子嗣修以通家刺投謁。還其刺於從者曰：「誤耳，彼此原無世誼也。」力争之尚書前，憾者事竟得白。都人有以大猾當坐者，賄葉御史，匿不爲理。復力争之尚書前：「臺臬與部曹等耳，假令一御史得以獨行其意，高皇帝之置是司也，奚爲哉？」竟按其人於法，而御史以例遷去。秩滿，陞福建泉州府守。泉當海壖，地僻俗窳，縉紳之籍，甲於天下，往往持有司短長，抏弊其法。至則巡行郊坰，進邑長令，召民父老，問所在疾苦，曰：「吾無奇也，有將安施絃之急也，絶之；鮮之烹也，攬之矣。抑鉅箭之習，塞告訐之門。罰不過束矢，抶不踰拾楚。各輸肺腑，無冤結舌者，課士衡材，上下其駟，不爽累黍，士皆翔厲於聲教。」二年之後，盜賊日尠，奸人去入他郡，豪大家無武斷，編下户不得侵辱，私無徇情，公無沮格。七邑之内，翕然大治。甫三歲，陞浙江鹽運使。兩浙當財賦之區，辟之大官，入者染指，乃著《鹺政類略》行之。飭煎辦清丁，蕩恤商竈。視事甫期，六被薦剡。邊腹之商，共相指目，謂從未有此仁廉司主者。會埸官米長科以鹺院肺戚作奸犯科，比周爲虐。廉其狀，寘於理，而鹺院固庇之，乘其校閲武闈，授指監司釋其繫。聞之，即日投劾以歸，謂：「不得其職，戀戀於尺組，亦何爲乎？」後雖有蜚語，坦然當之，若罔聞矣。家籍世資，稱殷厚，歷宦幾二十年，垂橐而歸，家無長物。嘗曰：「人皆因禄富，我獨爲官貧。」治一室於北郭之外，距城四十里，絃誦嘯詠其中，扁其堂曰「樂野」。深居簡出，意象翛然。兩世不析箸，俸禄所入，咸貯之公，令伯兄之子督之。值歲祲，欲賙其貧者，而力不贍，乃從郡侯貸廩粟數百石，裁其甚否而糈之。會歲有秋，盡指鍾畝之入，以輸於官，無沮色焉。年六十有五而卒，卒之日，郡守親視其殮，嗚咽不忍仰視。題其旌曰：「鄉大賢。」而誄中曰：「心同青天皎月，行若和風慶雲。」人以爲此兩語足可狀其生平云。

沈懋學，字君典，宣城人，父侍御古林公寵。生而跌宕，競風概，詘首書生弄柔翰，非其好也。於天文、地理、《陰符》、《黄石》、《參同》、内外丹、星相、卜醫之學，雜及五木、六箸、藏彄、累丸、蹴鞠、投壺、彈箏、擫籥，一切骩弛可喜之藝術無不涉，於人亦無所不交。丁卯，舉應天不第，跳而之塞上，弛驟飛狐、花馬池間。及歸，門外屨騎交錯，客座常滿。數從里中貸金錢貰酒餉客，歲斥父産償之。最後，客益集，産益落。里人出責者沓湊詬於門，親族相唇，至舉以爲諺。丁丑，與計偕，越元旦後，不能裝。已，進士射策，擬第三，天子親擢第一，里人始狂顧歎愕矣。江陵當國，素聞其名，愛重之。又憑其子嗣修同鼎甲，連結爲同家好。朝夕往還，卒亦不可得而親疏也。亡何，江陵有父之喪，奪情之議起，日絮語於其子嗣修輩，勸奔喪。已，移書李侍郎某，切責臺省官。侍郎，即江陵所親，特主奪情議者也。未幾，臺御史保留疏出。未幾，六科九列保留疏出，聞之，髮豎於頂，曰：「勉留出自天子，可耳。出自言官，若何？人道盡矣。」戟手拉其同官吴、趙兩君子云：「犄之角之，吾三人事也。」吴、趙兩疏上，曰：「是且不測，吾意不得獨生。」則預爲草疏救兩君。兩君疏上之三日，廷杖命下，則袖疏入長安門，遇座主徐吏部，詰以所往，因索疏觀之，曰：「中有謬誤，可再商也。」疏既不得上，志意無所伸，於是飲淚吮血，調兩君出國門，遂移病歸。歸而相國聞前事，乃大恨怒：「我愛沈生何如者，沈生乃爾，何望他人爲？」因而江南大吏争欲陰中之，以市江陵矣。會宣有吴生仕期，亦嘗爲擬上執政書，大吏竟屬所私以妖言律捕仕期，下於獄，欲以鈎致懋學。仕期死蕪湖獄中，竟不肯承誣，由是得免。因與所善馮開之、屠長卿爲虎丘、西湖、由拳、檇李之游，雙鬟絲竹，晝夜歌舞不廢。或有危之者，曰：「中外貴官，方四跡先生，盍閉門謝客斷聲伎，可乎？」不答。久之，江陵自覺不容於正人，亦偃蹇失意，而其諸子數書敦迫，謂言其父恚不能以金馬尺席地留君典也。而一時林伏諸君子輩趣之出，爲治舟宛水之涯，若爲將駕然者，而以一日病死矣。死之日，州里遠近，不問識不識，咸咨嗟歎，恨其不可作。至萬曆庚戌，子有則成進士，官行人，乃始交手而相慶，曰：「名臣有子。」然未幾，亦卒於官。

梅鼎祚，字禹金，宣城人，參政梅公守德季子也。孕七月而生，幼清臞甚，然英穎絶倫。始丱，與兩兄俱補邑庠，隨餼廩，一月而兩兄相繼捐逝。參政公哀悼之極，更抱隱虞，恒欲其焚筆硯，棄諸生，而寄業於太學，謝非所願也。請以百金治裝，南遊秣陵。至則盡傾槖金，市書以歸。杜門伏誦者三年，凡三蒼六籍，以及百家之言，無不淹博。時宣僻處一隅，無四方人士往來，俗樸固而質木，從未有治古文辭者。三年内，謝交息游，獨時時與沈君典私相劚砥，時出其所爲詩若文者呈參政公，輒擊節稱善。因以質於王元美、汪伯玉、劉子威諸人，無不遜心斂避者。鼎祚生無他好，手不識衡量，目不知綺麗，足不履田塍，凡飲食寢處、悲喜愉悴，一寄於書。居嘗謂曰：「吾於書，若魚之於水，一刻失之，即無以爲生。」其爲文，深心精詣，不豪於才，不役於氣，字字咸有思議，法嚴而語工，與元美諸人狎主齊盟，懸書滿於國門，金石之文，遍於遠邇。即纖言剩楮，猶足以果學人之腹。而性復至孝，參政公里居時，日侍左右以色養，歿而事母恭人，終身爲孺子慕，百方承順，務蘄得其歡心。萬曆癸未，已當歲序，有司促裝赴選，母恭人偶抱疾未瘳，終不忍捨而去，陳情於督學，升其次者，後以内艱妨兩選。歲乙丑，始以序貢，然年甫及艾耳。或勸之仕，不就。太倉相欲以孔目薦之，謝不赴。晚讀書於蕙樓，以一素帷羃之，誦輒達曙，老而愈篤。久之，膏灺薰漬帷上布，皆易而爲緇。當是時，海以内無不知有梅禹金者。或以使事宦遊過宛上，間道就訪，劇談終日而去，曰：「得見禹金，此行庶幾不俗。」而郡邑長吏干旌造其廬，時時賓禮之，每欲得一言以爲重。然有賄之居間者，推而遠之，若將浼焉。梅氏之族，殊富隆貴，甲於國中，族子弟間，佻脱自憙。歲時蒸嘗，合而聚於祠中，會諸長老，檢押之，面抶其不率者，若何事，縷縷數之，令其愧改。故群數百人，不聽於族之富貴者，而奉其一言，紛解争息，循循然凜於德讓，先之以恭行，教自尊也。論者嘗謂才士多無行，此語獨於禹金不驗矣。歲乙卯，疾，將革，神情不亂，言笑晏如，口占數詩而瞑。所著有《鹿裘石室稿》、《予寧草》、《庚辛草》，近集未鐫，輯有《書記洞銓》、《八代詩乘》、《古樂苑》、《宣乘翼》、《才鬼記》、《青泥蓮花記》、《漢魏詩乘》，行於世。

張棨，字士儀，别號本静，涇縣人。幼聰穎異常，五歲口授諸書義，即了了。嘗聞雞聲，忽呼其母，曰：「小學云：『事父母，雞初鳴，咸盥漱。』今雞鳴矣，何不起？」母笑曰：「汝纔讀書，便曉其義耶？」應曰：「我願爲此，豈徒曉焉而已。」聞者知其非凡兒。八歲就外傅，能屬文。十歲，遍治諸經，有聲鄉邑。十三遭父喪，朝夕哀悼，不離喪次，執禮如巨人。十五學益弘博，爲文切理，不拘時格。十七，當甲午會，北江聞人公校士宛陵，閱其文，歎曰：「何物英俊而究理若是？」首拔應試，補邑廩員。自是，譽日隆隆起。棨益究心時務，慨然有經濟志。觀書獨得大旨，嘗語人曰：「吾輩誦法孔孟，豈瑣瑣章句爲哉？」尤精於《易》。中丞澤江歐陽公撫江南，延爲塾師，與論《易》，大奇之，曰：「士儀論《易》，即田、何復生，無以過也。」越二歲，歐陽文莊公爲南祭酒，倡道金陵，講陽明先生之學，因往從之。文莊公與之語，即言下領悟。自是，服習其教，累年不歸，稱爲高弟。繼從東廓鄒公、緒山錢公、龍溪王公遊，鋭意研求，謂聖人可學而至。歸，築室聚徒，日夕會文，講道其間。每論經傳，發揮入微；談世務，切中肯綮，亹亹若懸河。指點人病痛，輒中膏肓，聞者多所興起，或至泣下。以故，無論遠邇，悉造其家學焉。南都、江、浙、吳、楚之間，所至，名公鉅卿咸折節加禮，貴者忘勢，長者忘年，有古王通氏風。先後督學如午山馮公、裁庵楊公、象崗胡公、翠崖黄公，每試輒居首，極加敬信，守己嚴介，毫無私情，從者亦莫敢干以私。廣德張守聚徒百餘，敦請主教，未數旬，多士翕然興起。臨行，以百金贈之，辭曰：「吾得英才而教育之，足矣。」堅却，一無所受。產不及中人，或勸爲子孫計，笑曰：「終日營營，爲兒女謀，吾實耻之。」事母董氏至孝，每夜必聚兄弟子姪，侍坐母側。病則親供湯藥，汚必躬滌，不遺諸婢。每事務得歡心。母嘗語人曰：「某兒在家，即病，可勿藥愈也。」事二兄若父。弟棣，尤母所鍾愛，孳孳教之，補邑庠生。尋，欲就例，即捐己產助之。歲辛亥，母董氏病篤，夜跪籲天，願以身代。及卒，哀痛踰常，三年，戚容不改。築永思山房，守墓不離。尤敦睦宗黨，著《張氏家規》，遇不給者，隨其所有助之。歲值荒歉，百計賑貸。族有子弟之才者，多方誘引。自是張氏內無訟，外無侮，文學之士，日彬彬出焉。與朋友處，每以名節道義相勸勉。事有不直，輒極口直言。至於利害，以身任之。一時涇之士氣，咸知振作。倡義捐貲，建水西精舍，迎緒山錢公、龍溪王公歲臨主會，與貢受軒、周訥溪、沈古林諸公合併論學，涇之人士，津津日有興者。由是水西之會名天下。其學以孝弟爲本，以名節爲重，以收斂精神爲切要，以對景磨瑩爲實功，以萬物一體爲志願，以繼往開來爲準的。性資英邁，精神爽朗，即意氣眉睫之間，能轉移人心，真有囊括宇宙，睥睨千古之意。一時見者傾心，聞者景仰，真豪傑士也。雖微有英鋭之氣，而爲世扶名教之心，識者恒諒之矣。

吴仕期，宣城人。萬曆己卯，江陵相不奔父喪，乃以積威關言者之口。仕期憤然以「三綱淪矣，大倫斁矣」，擬爲《上相國書》，娓娓千餘言，内有「舉朝皆綿羊，皆啞子」之句。書未上，而其稿已有傳於外者。南操院胡檟，江陵私人也，太平同知龍宗武，爲檟里人，相比而命邏者獲之，置於蕪江獄内。當宗武讞問時，梏而訊之曰：「爾一書生，何知朝事？或親識中有諭之指者，一舉其人，爾罪可脱。」意氣耽耽於沈公懋學也。仕期曰：「男子生負剛腸，有所觸而爲不平之鳴。此事何假人筆舌爲？」搒掠數百，身無完膚，終無所承認。檟乃以其事聞於江陵，江陵回札曰：「孺子何足校，斃之杖下可也。」宗武於是命獄卒絶飲食，五日不死，獄卒私以囊沙撲其面，凡七日而氣絶。士莫不聞而冤之。至萬曆辛卯，孫公維城爲南臺御史，其婦貢氏抱孤憤録奔號南中，孫公具疏以聞，得旨下於理，而檟與宗武皆遣遠戍。敕賜建坊，以示風勵，復祀其主於學宫。

黄觀，字瀾伯，一字尚賓，貴池縣人。父贅在城許氏，生觀，遂從其姓。少補邑庠生，嘗築翠微書舍，讀書其間。受業於元翰林待制黄㫤，觀益慷慨砥礪，以忠義自許。洪武甲子，應貢入太學，即發解京府。尋，罹外艱，戊辰十月，起復，仍入監，造詣益深。嘗繪父母像爲圖，携以自隨，閲之淚下。明年會試第一，廷對禦戎策，大要以天地福善禍淫之機，人事練兵講武之法爲言，高廟嘉之，擢狀元及第，時年二十八，除翰林修撰，日侍御前，敷奏明爽。上甚眷重，每賜顧問，命編寫《省貪録》。又以其有政事才，凡法司諸榜文，令撰成即書之。又令清理軍職貼黄，兼管奏銷諸司案牘。二十九年，陞尚寶司卿。未幾，擢禮部右侍郎。建文元年，改官制，增設左右侍中，員次尚書。遷爲禮部侍中，仍兼尚寶司卿。始奏復黄姓，與方孝孺等日見親用。靖難師起，成廟自軍中來，請誅齊泰、黄子澄二人，以息兵。觀奉命當制，諷其散軍歸藩，或束身謝孝陵，辭涉詆斥。時北兵已至平原。明年，渡淮。觀往上游諸郡徵兵入援，奮不顧身，且行且募兵，至安慶，成廟已過江矣。下令諭京城軍民，暴左班文職奸臣罪狀，觀名第六。而群民推戴成廟即位，索寶，不知所在。或言黄觀取寶，已赴上游起兵矣。即命有司追捕，没入家資，收其妻翁氏，并二女，給配象奴。初，觀駐安慶，聞變慟哭，謂友曰：「吾妻素有志節，必不受辱。」越明日，其家僮自京逃來，言狀。是日，翁氏果被象奴叱出金銀釵釧之屬，市酒肴以供合歡之費，佯順諾，悉解與持去。奴既出户，即乘間率二女及家屬二人，俱赴淮清橋下死。觀遂招魂，葬之江上。

次李陽河，聞報者曰：「上已出奔，過池之建德，而群臣奉新皇帝即位，今三日矣。」觀自分大事已去，力不能支，乃朝服，東向再拜，於羅叙磯湍急處，給舟人奮棹，佯爲溲解，投水而死。舟人急以勾挽之，僅得珠絲棕帽，後追捕者得之以獻。命購其屍，不獲，疑有匿之者，遂族觀家，且逮其姻黨百餘人，詔繫獄。仁廟初，悉放還，其發戍邊徼者又數十人。景泰中，進士邑人徐仁使遼，有老卒朱巚，給事公館，亦以觀累戍邊者。巚故爲諸生，嘗從觀遊。問舊事，且泣且言甚詳。翁氏，池口人，没時，有收其屍并二女，具棺殮，以待朝命，不報。天順間，池中人至南京柳林，破棺猶有存者，詢之父老，咸曰：「此黄狀元妻女云。」郡人柯暹，曾作觀傳，匿不示人。近，清江龔守愚知貴池，始於學宫西偏即其故址立祠祀之。今有《闡幽集》，刻其試文《革除録》云。初，郡縣爲建狀元坊，隨以掊，獨存其扁於故家。後議復建，乃有持以獻者，人咸驚異，云「今金陵賽工橋亦有翁夫人暨二女墓。蓋夫人及二女死時，屍流至此，士人憐而槀葬。萬曆癸卯，青陽施益臣始爲封樹立祠，請於京兆，春秋祀不絶」云。又，南禮部建黄公祠於文德橋之左，皆前左侍郎臺山葉公題額。

宋邦輔，東流人，字子相，號菊江。嘉靖丙戌進士，任行人，授監察御史。尋以疏斥權倖落職還家，繩樞甕牖，環堵蕭然，而輔忘懷得失，惟服勤畎畝，以孝養於母，妻甘井臼，子貴賤之分，其原樂樵牧。雖貧無宿穀，了無戚顔。歲時伏臘，與田夫村老，爲山歌野曲之樂。使在聖門，其原漠如也。高風峻節，竦動遠邇。凡士大夫造其門者，必先屏紛華而後入。憲之流亞歟！

李呈祥，貴池人，字時龍，自少有必爲聖人之志。歲二十九，應貢上春官，謝恩歸隱，築尚志軒，日端坐其中，尋孔顔學脈。聞王新建倡道江西，往與辨析同異，踰六月而返。觀風於地者，無不景仰，造廬相繼。薦之當路，擬徵聘，不果。巡按張公雲路扁其門，曰「名賢」。

柯喬，青陽人，字遷之。嘉靖己丑進士，官御史，陞憲副。初，遊貴池李呈祥之門，篤志向學，及聞王陽明之教，心體豁然，隨地取人，因材曲就。後備兵海上，與朱中丞紈協力剿倭，以忠勇獲罪。晚歸田里，自青陽徙入府城，近李公尚志軒。自聯其門曰：「依仁此爲宅，逃名不問山。」尊師之意，至老不倦云。

畢鏘，石埭人，字廷鳴。嘉靖甲辰會魁，初授刑部主事，歷官三部尚書，七十致仕。八十賜夫米，加太子少保。九十三歲卒，贈太子太保，賜葬祭。先，三蒙存問。鏘歷中外四十餘年，政績炳著，難以殫述。其爲南京户部尚書，時江陵執政，持正不阿，力疏求退。江陵事敗，復起南工部尚書，改南吏部，已，轉北户部，譽聞政隆，年力正壯，而遂引年，托疾乞休。知幾知止，是爲難矣！大都學深於老子，致柔善下，出處如一，清心寡欲，壯年已然。以故達尊兼三，五福咸備，非偶爾也。池陽以來，一人而已。

施堯臣，青陽人，號華江。登嘉靖庚戌進士，初授蕭山知縣，築城甫畢，倭寇踵至，民保無虞，皆其力也，闔邑到今尸祝之。冢宰李公默先罷政，過蕭山，極其尊禮，後復起吏部，經過澹如也。李公以是重之，特簡銓司。官至京兆，林下數十年，九十餘歲卒。

佘毅中，銅陵人，號内齋。嘉靖己未進士，初授武昌府推官，屢決疑獄，號稱神明。值景藩初封，閹竪横恣，力抗之。選入銓部，薦賢起廢，才名燁然。因受知徐文貞，而見嗛新鄭，遂外轉，終廣東廉使。林下三十餘年，詩酒怡如也。享壽八十。時畢司寇、施京兆皆九十，詩筒往還，人號爲「三壽作朋」云。

章時鸞，青陽人，父夢金甲神授以孟子小像，置膝上，遂誕鸞。生而弘毅剛正，善辨論，盡事理，英氣勃勃不屈，有孟夫子風。後遂以「孟泉」自號云。嘉靖癸巳，隨其從兄廉州府推官入太學，登祭酒東廓鄒先生之門，遂受《春秋》於淡軒錢先生。學成歸，以儒士中應天鄉試。壬戌就選，得鄒縣令。鄒固劇邑，土荒民逃，幾不可爲。至則勤勞撫字，招集流亡，勸之耕織，而邑爲樂土。時河淤漕阻，天子遣朱侍郎經理其事，開府濟寧。朱公令沿河官集議，首倡開南陽新河，用其策。底績論功，朱進官大司空，鸞衢州府同知。司空又奏改兗州，管理河務。隆慶辛未，大計，舉卓異，賜宴與幣。九月，擢保定知府。壬申九月，用給事中雒遵薦，陞河南按察副使，督築黄河南堤。往來相視，不避風雨。舟居經年，遂中濕，兩髀痛劇，乞休歸。歸四載，河南吴尚書復奏，起用，勉强赴命。會吴公卒，病亦作，遂復告休歸，不踰年而終。歷官十三載，妻子不入官舍，惟携一僕自隨。其由兗州之保定、保定之河南也，往返惟敝衣笥二，行李蕭然。在官，俸入多捐助。公費所餘三百金，置義田五十畝，以贍同祖子姓，雖二子食貧，孺人釵釧未備，不顧也。又，建宗祠，修家規，以享先維化，後倡化戚里，絶謁公府，即古純德，何以加焉。其居官時，善析疑獄，所在有神明之稱。御史奕尚岳家居寢疾，微得其奴妾奸狀，與婦議撲殺之。妾聞，告奴。奴厚賄一屠，夜入，殺御史夫婦，而密灑血於宿仇趙某之門。已乃佯驚，大呼，集衆跡之。奕無子，奴妾即訐趙，大辟。鸞覆鞫，疑其冤，密訪奴與屠厚，擒屠母，訊之立得。盡伏辜，而御史之冤雪，趙氏之獄解。博徒劉尚賢嗔其妻父王儒及岳母田氏苦諫，瞷儒防秋，佯爲相省，因留宿。時田氏弟萬庫傭其家，即與同寢。尚賢密起，石碎其首，持刃，破田氏寢室門，直入。田氏出後户潛匿，遂殺三幼女，置之門外而去。捕得，官移一時縱殺，必有黨，加訊，因言與同博魏滿良、霍廷芝盜牛，拒捕致然，不知實其仇也。二人者，遂坐大辟。鸞覆鞫，謂所殺雖多，惟一壯男子先被暗斃，餘俱幼女，何假衆乎？且搆仇有跡，同盜非情。遂解脱之。關頭王大臣率衆夜徼，遇其比鄰老婦孔氏携夫省姻戚回，乘醉詰問，相詆。旦，詣縣告强奸其婦，縣令素嗛大臣，即以奸未成論徒。大臣有怨言，孔夫懼，復赴上告，以擒婦入室，强奸已成，論死。鸞廉知釁起醉罵，又，大臣一妻一妾，有子太學生，豈容任其狂悖若是？遂因奏訴，行鞫，亦解脱之。鄒邑富民潘某，爲莒州盜所誣，移文逮鞫。念一就逮，無生矣。旦集諸曹吏、各里胥，謂曰：「吾欲得通縣淳民，若輩能公舉乎？」應曰：「諾！」遂以次問及潘，即交口譽。又謂曰：「吾欲旌此一人，達諸上司，若輩肯相保任乎？」復應曰：「諾！」遂呼紙筆取狀，衆愕然從命，莫知所爲。既得狀，即修文，中巡按御史，御史遂以盜付鸞核實，始召潘，示之。而潘大驚，叩顙出血，謝：「微公，身首異處，妻子奴戮矣！」鄒民德之尤深，家各有像以祀。卒之夕，有夢鄒民千餘迎之赴任者。精神所注，享血食於兹土，固無疑也。

周聘，字延聘，青陽人，别號克齋。幼有至性，八歲受小學、《論語》，津津有嚮往意。父銑，母錢氏，旦夕揖必恭，出入必告。弱冠，籍邑博士諸生，慨然曰：「古聖人垂訓，豈其華言獵世資？將躬行是迪。爲人子，服青衿，乃不能愉愉翼翼爲兩大人色歡，惡用是佔俾爲？」温凊、定省、問安、視膳，探親志所向，殫力而圖之，怡色而承之，終身不替。常曰：「行一不義非孝也，言一不信非孝也，受一不潔非孝也，禔躬斤斤，不邇匪彝。」應試於他州，群寓於一樓，盛夏袒裼，適有豔婦，競趨而下觀。聘獨衣冠，危坐樓上，曰：「使知樓有人。」二弟既婚，食指漸繁，父母命析箸，聘讓其腴産於二弟，而獨受其窪滂，授經自食。其室災，鄉鄰趨救，聘止之，曰：「天實有討於不肖，敢拒命乎？」望火百拜而已。嘉靖末，遭外艱，辟踊哀慟，水漿不入口七日，幾殆。弟執飲强之少許，始啜粥，不茹蔬。日三奠，奠必孺子慕，寢苫枕塊，不離喪次。歲餘，忽謂其子曰：「旦日遠客來，預爲具。」已，果然。自是，言休咎頗驗。或問：「先生不解占候術，何能前知？」曰：「吾心似覺如此。」無何，内艱，秉禮致哀，一如前喪。欲祔葬先壟，宗人難之，聘曰：「非宗人之尤，惟予不肖，有罪。」哀奠至六年，宗人曰：「時可免喪矣。」聘曰：「大事未襄，霄壤間一巨憝，安忍從錦衣者後乎？」哀絰不去其身，哀號不絶於口，深墨之容，常如袒免，十年不踰閾。苫敗塊剖，鄉人靡不憫惻。儀部阮公自嵩言於邑令李公尚默，參藩張公淳亦言之李公，乃表其宅，捐白金八兩，使諸生齊則肅往爲營葬。於時，宗人感其孝，許葬先壠。或謂當詣縣謝，聘曰：「令自爲治邑計，吾何謝？」族有爲諸生者代謝之，李公歎曰：「不謝，然後見周生。」人曰：「服未可闋乎？」聘曰：「爲人子，而以親喪煩長吏，其何能安？」又服二年，然後釋。起復至學宫，博士先生曰：「知今歲鄉薦乎？」對曰：「舉者三，其一爲新生。」卒如其言。然繼此不復談來事矣。晚酷貧，二子應氏、應尾漁樵以尸饔。聘戒之曰：「山河非吾有，漁鰕鯽樵荆榛足矣，勿取大。」偶得一鯉，聘怒曰：「過取之爲竊。」求其主而還之。鄉飲，欲賓聘，聘逃。越數年，博士先生使人以他事羅致邑，就而强之，始一出。諸生色喜，若景星之耀於前也。優遊衡門，七十餘卒。

廖廷皓，貴池人，廩無宿儲，日偕妻耕，以膳繼母。嘉靖己酉，皓往於田，妻治爨，母采蔬於圃，忽有虎入其中堂，家衆逐出，母自外入，遇虎，咬母臂而去。皓自田來，見母被傷，急追及，抱虎項，且泣且訴，願以身代。虎不捨，即以拳撞入虎口，母始得脱，暈地，皓手猶在虎口，雖虎去十數步方脱，回赴母所，忍痛負母歸，至床側，亦暈地。猶連呼曰：「急爲我救母。」頃之，少甦，見母傷腫甚，乃口吮其毒。數日母腫漸消，而皓之頭目腫甚，數月始愈。又數年，母卒，喪葬稱家爲禮。皓年六十餘而終。

陶安，字主敬，當塗縣人。幼穎敏，有大志，肆力問學，博極群書，得《程氏讀書日程》及《吕舍人學規》，益究心濂洛，沉潛道藝。元至正甲申，舉浙江鄉薦，爲明道書院山長，再調高節書院，講明朱陸之學。乙未，夏六月朔，高皇帝渡江，至太平，安偕耆儒李習，率父老迎謁。驚相謂曰：「龍姿鳳質，非常人也。我輩今有主矣。」上召與語，安因説曰：「四海鼎沸，豪傑並争，悉多攻城屠邑，志在子女玉帛爾，非有撥亂救民安天下之心。明公率衆渡江，神武不殺，人心悦服，應天順人，以行弔伐，天下不足平也。」上曰：「爾言甚善，吾欲取金陵，何如？」安曰：「金陵，古帝王都，龍蟠虎踞，長江天塹，取而有之，撫形勝以臨四方，所向無敵，何憂不克？此天所以資明公也。」上甚悦，授安元帥府令史。及上爲吴國公，以安爲員外郎。尋，陞左司郎中，贊畫之功良多。既上得劉基、宋濂、章溢、葉琛四人，因問：「四人者，何如？」安對曰：「臣謀略不及劉基，學問不及宋濂，治民之才不及章溢、葉琛。」上多其善讓。黄州平，上思得重臣以鎮之，曰：「無踰安者。」遂命知黄州，繼改桐城令，尋，移知饒州。適閩寇攻城，安諭父老，率子弟固守以俟援兵。寇平，諸將以鄉民多從賊，欲屠之。安曰：「民爲所脅耳，奈何殺之？」由是民皆得全，四境以寧。上嘉其功，御製詩以示褒美。明年，入朝，命復守饒州，民懷其德，建生祠祀之。吴元年初，置翰林院，首召安爲學士，凡國家制度、禮文之事，多所擬定。

御製門帖賜之，曰：「國朝謀略無雙士，翰苑文章第一家。」至上即皇帝位，建元洪武，上御東閣，安與中丞章溢等侍。因論前代興亡事，安謂：「喪亂之源，由於驕佚。」上曰：「居高位者易驕，處佚樂者易侈。驕則善言不入，而過不聞；侈則善道不立，而行不顧。如此者，未有不亡。卿此論，深有契於予心。」上與儒臣論學術，安對曰：「道之不明，邪説害之也。」上曰：「邪説之害道，猶美味之悦口、美色之眩目，鮮不爲所惑。自非大豪傑之士，不能決去。邪説不去，則正道不興，天下烏得而治？」安曰：「陛下所言，深探其本。」上曰：「仁義，治天下之本也。賈生論秦之亡，不行仁義之故。夫秦襲戰國之餘弊，又安得知？」時有御史言安隱微之過者，上曰：「朕素知安，安豈有此？且爾何從知之？」對曰：「聞諸道路。」上曰：「御史但取道路之言毁譽人，以此爲盡職乎？」命黜之。中書省臣進曰：「御史職當言路，言之有失，乞容之。」上曰：「不然。夫植佳木者必去蟫蠹，長良苗者必芟稂莠，任正人者必絶邪士。凡邪人之事君，必結以小信而後逞其大詐。此人嘗有所言，朕不疑而聽之，故今日乃爲此妄言。夫去小人，當如撲火，及其未盛而撲之，則易爲力，不然，則害滋大矣。」竟黜之。遷江西行省參政汪廣洋於山東，以安代之。安辭曰：「臣恐付託不效，有孤渥恩。」上曰：「躬擐甲胄，決勝負於兩陣間，此武夫之事，儒生非所能。若承流宣化，綏輯一方，此儒者之事，非武夫所能也。卿才宜是任。吾豈私一人，弗愛一方乎？」江西諸郡縣初下，安鎮定有法，軍民帖然。其年，安有疾，即劇，猶草《時務十事》上之。九月戊戌，卒於官。上聞之哀悼，親爲文，遣使祭之。時年五十九，追封爲姑孰郡公。

李習，字伯羽，當塗人。習自幼老成莊重，積學有年，摭攬閎博。延祐初，館元明善尚書家，明善禮爲上客。四年，領鄉薦，試題《渾天儀賦》，一時士人不能措筆，習獨記其詳悉，鋪叙爛然。明年下第，授書院山長。七年，弟翼中浙江鄉試，河内薛超吾時守太平，名其所居之坊曰「雙桂」以美之。歲乙未，習同陶安奉迎高皇帝，駐蹕太平，遂擢爲本府知府。廉能公謹，民受其惠。以疾卒於官，年八十餘。習有鄉曲之譽，别號雲觀，與翼齊名，江左目之爲「二李」。吴萊謂：「伯羽之文，簡密嚴奥，一辭弗苟。仲羽之文，豐腴縟麗，五采爛然。」又謂：「伯羽之尊嚴，如雪峰千仞，嶄然特峙，人莫敢褻；仲羽之温粹，如藍田美璞，光輝外著，天下共寶。」其學行爲時彦所賞如此。

梁觀，字大用，當塗人。觀爲人廉方公正，勤學，善大書，與李衡有交。衡有妻妾，欲遠行，恐盜伺之，乃要觀止其書舍。每夕燃燈，讀書達旦。洪武三十五年，由府庠生貢入監，除吏科給事中，陞四川僉事，調廣東，分巡潮州，幾一載。廉介剛果，決獄如神。會天久旱，觀齋沐禱神，雨下如注。殁於官，潮人哀思不置，塑像於韓山書院以祀之。後有祈輒應。同庠謝孚爲監察御史，時領兵平百家畬於潮，夜宿行臺，每夕，户鐍無風自擊，孚恬然不之疑。一日，晨興，守門隸卒不來請鑰，孚怪，問之，守者曰：「昨夜明公衣内衣，往來中道，提鑰，將門盡開，若有沉思者。時月色朦朦，某等於窗隙見之。第無命，不敢出耳。」孚知其爲觀之神也。至夕，鐍擊如故，孚乃默祝曰：「某奉命來靖一方，以大用平日之志，當加陰相，何作此態以相恐？」又默戲之曰：「大用博我奠耳！」聲遂息。明日，具牲醴，即書院以祭。其後，凡有捷，前夕必夢與之歡笑如生，精爽蓋如此。

聊以備忘卷二

諸葛亮與李嚴子豐教曰：「吾與君父子勠力以獎漢室，此神明所聞，非但人知之也。表都護典漢中，委君於東關者，不與人議也。謂至心感動，終始可保，何圖中乖乎？昔楚卿屢絀，亦乃克復，思道則福，應自然之數也。願寬慰都護，勤追前闕。今雖解任，形業失故，奴婢賓客百數十人，君以中郎參軍居府，方之氣類，猶爲上家。若都護思負一意，君與公琰推心從事者，否可復通，逝可復還也。詳思斯戒，明吾用心，臨書長歎，涕泣而已。」見《蜀志》。

劉琰，字威碩，魯國人也。車服飲食，號爲侈靡。侍婢數十，皆能爲聲樂，又悉教誦讀《魯靈光殿賦》。建興十年，與前軍師魏延不和，言語虛誕。諸葛亮責讓之，琰與亮牋謝曰：「琰稟性空虛，本薄操行，加有酒荒之病，自先帝以來，紛紜之論，殆將傾覆。蒙明公本其一心在國，原其身中穢垢，扶持全濟，致其禄位，以至今日。間者迷醉，言有違錯，慈恩含忍，不致之於理，使得全完，保育性命。雖必克己責躬，改過投死，以誓神靈，無所命用，則靡寄顔。」見同。

向朗，字巨達，襄陽宜城人也。領丞相長史，素與馬謖善。謖逃亡，朗知情不舉。丞相亮恨之，免官，還成都。初，朗少時雖涉獵文學，然不治素檢，以吏能見稱。自去長史，優遊無事，乃更潛心典籍，孜孜不倦。年踰八十，猶手自校書，刊定謬誤，積聚篇卷，於時最多。開門接賓，誘納後進，但講論古義，不干時事。遺言戒子，曰：「《傳》稱師克在和，不在衆，此言天地和則萬物生，君臣和則國家平，九族和則動得所求，静得所安，是以聖人守和，以存以亡也。吾，楚國之小子耳，而早喪所天，爲二兄所誘養，使其性行不隨禄利以墮。今但貧耳，貧非人患，惟和爲貴，汝其勉之。」見《蜀志》及《襄陽記》。

費詩，字公舉，犍爲南安人也。先主領益州牧，以詩爲督軍從事，出爲牂牁太守，還爲州前部司馬。先主爲漢中王，遣詩拜關羽爲前將軍。羽聞黄忠爲後將軍，羽怒，曰：「大丈夫終不與老兵同列！」不肯受拜。詩謂羽曰：「夫立王業者，所用非一。昔蕭、曹與高祖少小親舊，而陳、韓亡命後至，論其班列，韓最居上，未聞蕭、曹以此爲怨。今漢王以一時之功，隆崇於漢室，然意之輕重，寧當與君侯齊乎！且王與君侯，譬猶一體，同休等戚，禍福共之。愚爲君侯不宜計官號之高下、爵禄之多少爲意也。僕一介之使，銜命之人，君侯不受拜，如是便還，但相爲惜此舉動，恐有後悔。」羽大感悟，遽即受拜。後群臣議，欲推漢中王稱尊號。詩上疏曰：「殿下以曹操父子偪主篡位，故乃羈旅萬里，糾合士衆，將以討賊。今大敵未克，而先自立，恐人心疑惑。昔高祖與楚約，先破秦者王。及屠咸陽，獲子嬰，猶懷推讓。況今殿下未出門庭，便欲自立耶！愚臣誠不爲殿下取也。」由是忤旨，左遷。見《蜀志》。

許慈，字仁篤，南陽人。魏郡胡潛，字公興。先主定蜀，承喪亂歷紀，學業衰廢，乃鳩合典籍，沙汰衆學。慈、潛並爲學士，與孟光、來敏等典掌舊文。值庶事草創，動多疑議。慈、潛更相克伐，謗讟忿争，形於聲色。書籍有無，不相通借，時尋楚撻，以相震攇。其矜己妬彼，乃至於此。先主愍其若斯，群僚大會，使倡家假爲二子之容，效其訟鬩之狀，酒酣樂作，以爲嬉戲，初以辭義相難，終以刀仗相屈，用感切之。見同。

孟光，字孝裕，河南洛陽人。嘗於衆中責大將軍費禕，曰：「夫赦者，偏枯之物，非明世所宜有也。哀弊窮極，必不得已，然後乃可權而行之耳。今主上仁賢，百僚稱職，有何旦夕之危，倒懸之急，而數施非常之恩，以惠姦宄之惡乎？又鷹隼始擊，而更原宥有罪，上犯天時，下違人理。老夫耄朽，不達治體，竊謂斯法難以經久，豈具瞻之高美，所望於明德哉！」禕但顧謝踧踖而已。秘書郎郤正數從光諮訪，光問正太子所習讀，并其情性好尚，正答曰：「奉親虔恭，夙夜匪懈，有古世子之風；接待群僚，舉動出於仁恕。」光曰：「如君所道，皆家户所有耳。吾今所問，欲知其權略智調何如也。」正曰：「世子之道，在於承志竭歡，既不得妄有所施爲，且智調藏於胸懷，權略應時而發，此之有無，焉可豫設也？」光解正慎宜，不爲放談，乃曰：「吾好直言，無所回避，每彈射利病，爲世人所譏嫌；疑省君意亦不甚好吾言，然語有次。今天下未定，智意爲先，智意雖有自然，不可力彊致也。此儲君讀書，寧當效吾等竭力博識以待訪問，如博士探策講試以求爵位耶！當務其急者。」正深謂光言爲然。後光坐事免官，年九十餘卒。見同。

來敏，字敬達，義陽新野人。前後數貶削，皆以語言不節，舉動違常也。時孟光亦以樞機不慎，論議干時，然猶愈於敏，俱以其耆宿學士見禮於世。而敏荆楚名族，東宫舊臣，特加優待，是故廢而復起。年九十七，景耀中卒。見同。

孔明《梁父吟》曰：「朝出城東門，遥望蕩陰里。里中有三墳，纍纍正相似。借問誰家墓，田古公孫氏。力能排南山，文能絶地理。一朝被讒言，二桃殺三士。何人爲此謀，國相齊晏子。」○公孫捷、田開疆、古治子事景公，勇而無禮。晏子言於公，餽之二桃，曰：「三子計功而食。」公孫捷、田開疆各言其功，援桃而起。古治子又言其功，二子曰：「吾勇不子若，功不子逮，取桃不讓，是貪也；然而不死，無勇也。」刎頸而死，古治子曰：「二子死之，治獨生之，不仁；耻人以言，而夸其聲，不義。」亦刎頸而死。

桓玄作《王恭誄》云：「川岳降神，哲人是育。既爽其靈，不貽其福。天道茫昧，孰測倚伏。犬馬反噬，豺狼翹陸。嶺摧高梧，林殘故竹。人之云亡，邦國喪牧。於以誄之，爰旌芳郁。」

「生公孤情絶照，猷公直轡獨上，可謂克明師匠，無忝徽音。」宋文帝謂高僧竺道生及道猷語。

何胤，字子季。侈於味，食必方丈，後稍欲去其甚者，猶食白魚、䱓脯、糖蟹。嘗食蚶蠣，使門人議之。學生鍾岏曰：「䱓之就脯，驟於屈伸；蟹之將糖，躁擾彌甚。仁人用意，深懷如怛。至於車螯蚶蠣，眉目内闕，慚混沌之奇；獷殼外緘，非金人之慎。不悴不榮，曾草木之不若；無馨無臭，與瓦礫其何筭。故宜長充庖厨，永爲口實。」竟陵王見岏議，大怒。汝南周顒與胤書，勸令食菜，曰：「變之大者，莫過死生。死生之所重，無逾性命。性命之於彼極切，滋味之在我可賒。若云三世理誣，則幸矣良快，如使此道果然，而受形未息，一往一來，生死常事。則傷心之慘，行亦自及。丈人於血氣之類，雖不身踐。至於晨鳬夜鯉，不能不取備屠門。財貝之經盗手，猶爲廉士所棄；生性之一啟鑾刀，寧復慈心所忍？騶虞雖飢，非自死之草不食，聞其風者，豈不使人多愧？丈人得此有素，聊復片言發啟耳。」胤末年遂絶血味。

孫綽，字興公。作《庾亮誄》，云：「咨予與公，風流同歸。擬量託情，視公猶師。君子之交，相與無私。虚中納是，吐誠誨非。雖實不敏，敬佩弦韋。永戢話言，口誦心悲。」

《梁書》曰：「徐勉，字脩仁，東海郯人。幼孤貧，早勵清節。起家國子生。王儉爲祭酒，稱勉有宰輔之量。歷官侍中，謚簡肅。嘗爲書，戒子崧，曰：『吾家世清廉，常居貧素，至産業之事，所未嘗言，非直不經營而已。薄躬遭逢，遂至今日，尊官厚禄，可謂備之。每念叨竊若斯，豈由才致，仰籍先代風範，故臻此耳。古人：「以清白遺子孫，不亦厚乎？」又曰：「遺子黄金滿籯，不如一經。」詳求此言，信非徒語。吾實有本志，庶得遵奉斯義，不敢墜失。所以顯貴以來，門人故舊，亟薦便宜，或使創闢田園，或勸興立邸店，又欲舳艫運致，亦令貨殖聚斂。若此衆事，皆距而不納。非謂拔葵去織，且欲省息紛紜。中年聊於東田營小園者，非在播藝，以要利入，正欲穿池種樹，少寄情賞。又以郊際閒曠，終可爲宅，儻獲懸車致事，實欲歌哭於斯。慧日、十住等，既應營婚，又須住止，吾清明門宅，無相容處。所以爾者，亦復有以。前割西邊施宣武寺，既失西厢，不復方幅，意亦謂此逆旅舍耳，何事須華？常恨時人謂是我宅。古往今來，豪富繼踵，高門甲第，連闥洞房，宛其死矣，定是誰室？但不能不爲培塿之山，雜以花卉，以娱休沐，用託性靈。隨便架立，不在廣大，所以内中偪促，無復房宇。近營東邊兒孫二宅，乃藉十住南還之資。既牽挽不至，又不可中塗而輟，郊間之園，遂不辦保，貨與韋黯，乃獲百金，成就兩宅，已消其半。尋園價所得，何以至此？由吾經始歷年，麄已成立，桃李茂密，桐竹成陰，塍陌交通，渠畝相屬。華樓迴榭，頗有臨眺之美；孤峰叢薄，不無糾紛之興。瀆中並饒菰蒲，湖裏殊富芰蓮。雖云人外，城闕密邇，韋生欲之，亦雅有情趣。追述此事，非有忿心，蓋是筆勢所至耳。憶謝靈運《山家詩》云：「中爲天地物，今成鄙夫有。」吾此園有之二十載矣，今爲天地物，物之與我，相校幾何哉！此吾所餘，今以分汝，營小田舍，親累既多，理亦須此。且釋氏云教，以財物謂之外命，儒典亦稱「何以聚人，曰財」。況汝曹常情，安得忘此。聞汝所買姑孰田地，甚爲舄鹵，彌復何安。孔子曰：「居家理治，可移於官。」既以營之，宜使成立。進退兩亡，更貽耻笑。若有所收獲，汝可自分贍內外大小，宜令得所，非吾所知，又復應沾之諸女耳。汝既居長，故有此及。凡爲人長，殊復不易。當使中外諧緝，人無間言。先物後己，然後可貴。老生云：「後其身而身先。」若能爾者，更招巨利。汝當自勖，見賢思齊，不宜忽略以棄日也。棄日乃是棄身，身名美惡，豈不大哉！今之所敕，略言此意，正謂爲家以來，不事資産，陳其始末，無愧懷抱。兼吾年時朽慕疑作「暮」，心力稍殫，牽課奉公，略不克舉，其中餘暇，裁可自休。或復冬日之陽，夏日之陰，良辰美景，文案閒隙，負杖躡屩，逍遥陋館，臨池觀魚，披林聽鳥，濁酒一杯，彈琴一曲，求數刻之暫樂，庶居常以待終，不宜復勞家間細務。汝交關既定，吾不復言及田事，汝亦勿復與吾言之。假使堯水湯旱，吾豈知如何；若其滿庾盈箱，爾之幸遇，並無俟令吾知也。《記》云：「夫孝者，善繼人之志，善述人之事。」今且望汝全吾此志，則無所恨矣。』」

《五代史》曰：「馮道，字可道，瀛州景城人。初，事宦者張承業，得薦於晉王。唐莊宗即位，拜户部侍郎。明宗時，同中書門下平章事。晉滅唐，道又事晉，加司徒、侍中。契丹滅晉，道又事契丹。漢高祖立，乃歸漢。周滅漢，又事周太祖。世宗時卒。道少能矯行，以取稱於世。當晉與梁夾河而軍，道居軍中，爲一茅庵，不設床席，卧一束芻而已。諸將有拉得美女者以遺道，寘之别室，訪其主，還之。父喪，居景城，歲飢，悉出所有，以賙鄉里，而退耕於野。有力不能耕者，夜往，潛爲之耕。爲大臣，尤務持重以鎮物。事四姓十君，益以舊德自處。當世士皆仰爲元老，而喜爲之稱譽。」

《晉紀》曰：「司馬懿，字仲達，河内温人。猜忌多權數。魏武聞其有狼顧相，召使前行，令反顧，面正向後而身不動。又嘗夢三馬同食一槽，甚惡焉。謂太子丕曰：『司馬懿非人臣也，必與汝家事。』太子素與懿善，每相全佑。」

太傅東海王越與趙穆及王承、阮瞻、鄧攸書：「《禮》，八歲出就外傅，十年曰幼學，明可以漸先王之教也。然學之所受者淺，體之所安者深。是以閑習禮度，不如式瞻軌儀；諷味遺言，不如親承辭旨。小兒毗既無令淑之資，未聞道德之風，欲屈諸君，時以閑豫，周旋燕誨也。」

王悦，字長豫，丞相導子也。爲人謹慎，事親盡色養之孝。丞相見長豫輒喜，見敬豫輒嗔。丞相還臺，及行，長豫未嘗不送至車後，恒與曹夫人併當箱篋。長豫亡後，丞相登車，哭至臺門，曹夫人作簏，封而不忍開。敬豫名恬。

《中興書》曰：「諸葛恢，字道明。避難過江，與潁川荀道明、陳留蔡道明俱有名譽。時人語曰：『京都三明各有名，蔡氏儒雅荀葛清。』」

范豫章甯謂王荆州忱：「卿風流儁望，其後來之秀。」王曰：「不有此舅，焉有此甥。」忱，甯之甥也。

劉孝標自序曰：「峻字孝標，平原人。生於秣陵縣，期月歸故鄉，八歲，遇桑梓顛覆，身充僕圉。永明四年，逃還京師，後爲崔豫州判獄參軍。天監中，詔掌石渠閣，以病乞骸骨。隱東陽金華山。余嘗自比馮敬通，而有同之者三，異之者四，何則？敬通雄才冠世，志剛金石；余雖不及之，而節亮慷慨，此一同也。敬通逢中興明君，而終不試用；余逢命世英主，亦擯斥當年，此二同也。敬通有忌妻，至於身操井臼；余有悍室，亦令家道轗軻，此三同也。敬通當更始世，手握兵符，躍馬肉食；余自少迄長，戚戚無歡，此一異也。敬通有子仲文，官成名立；余禍同伯道，永無血胤，此二異也。敬通膂力剛强，老而益壯；余有犬馬之疾，溘死無時，此三異也。敬通雖芝殘蕙焚，終填溝壑，而爲名賢所慕，其風流郁烈，芬芳久而彌盛；余聲塵寂寞，世不吾知，魂魄一去，將同秋草，此四異也。所以力自爲序，以遺好事云。」

《會稽後賢記》曰：「丁譚，字世康，山陰人，吴司徒固曾孫也。沉婉有雅望，少與孔愉齊名，仕至光禄大夫。」《晋陽秋》曰：「孔敬康、丁世康、張偉康俱著名，時謂會稽三康。」偉康名茂，嘗夢得大象，以問萬雅，雅曰：「君當爲大郡而不善也。象，大獸也，取其音狩，故爲大郡。然象以齒喪身。」後爲吴郡，果爲沈充所殺。

崔瑗，字子玉，涿郡人。早孤，鋭志好學，盡能傳其父業。嘗作《座右銘》，曰：「無道人之短，無説己之長。施人慎勿念，受施慎勿忘。世譽不足慕，惟仁爲紀綱。隱言〔一〕而後動，謗議庸何傷？無使名過實，守愚聖所藏。在涅貴不淄，曖曖内含光。柔弱生之徒，老氏戒剛强。行行鄙夫志，悠悠故難量。慎言節飲食，知足勝不祥。行之苟有恒，久久自芬芳。」見《後漢書》。

《孔融别傳》曰：「融四歲，與兄食梨，輒引小者。人問其故，答曰：『小兒，法當取小者。』」

虞預《晋書》曰：「陸機薦戴淵於趙王倫，曰：『蓋聞繁弱登御，然後高墉之功顯；孤竹在肆，然後降神之曲成。伏見處士戴淵砥節立行，有井渫之潔；安窮樂志，無風塵之慕。誠東南之遺寶，朝廷之貴璞也。若得寄跡康衢，必能結軌驥騄；耀質廊廟，必能垂光瑜璠。夫枯岸之民，果於輸珠；潤山之客，烈於貢玉。蓋明暗呈形，則庸識所甄也。』」

〔一〕底本「言」字旁有小字「心」。

石崇《金谷詩序》曰：「余以元康六年，從太僕卿出爲使持節監青、徐諸軍事、征虜將軍。有别廬在河南縣界金谷澗中，或高或下，有清泉茂林，衆果、竹柏、藥草之屬，莫不畢備。又有水碓、魚池、土窟，其爲娱目歡心之物備矣。時征西大將軍祭酒王詡當還長安，余與衆賢共送往澗中，晝夜游宴，屢遷其坐。或登高臨下，或列坐水濱。時琴、瑟、笙、筑，合載車中，道路並作。及住，令與鼓吹遞奏。遂各賦詩，以叙衆懷。或不能者，罰酒三斗。感性命之不永，懼凋落之無期，故具列時人官號、姓名、年紀，又寫詩著後。後之好事者，其覽之哉！凡三十人。」

王規，字威明。亡後，昭明與湘東王繹書曰：「威明風韻遒正，神峰標映，千里絶跡，百尺無枝，實俊人也。一爾過隙，永歸長夜。金刀掩鋩，長淮絶涸。去歲冬中，已傷劉子謂孝標也。今兹寒孟，復悼王生。俱往之傷，信非虚説。」

《南史》曰：「陳暄，義興國山人，文才俊逸，嗜酒無節操。兄子秀常憂暄飲酒過多，致書於暄友人何胥，冀其諷諫。暄與秀書，曰：『見汝書與孝典，陳吾飲酒過差。吾有此好五十餘年，昔吴國張長公亦稱耽嗜，吾見張公時，已六十，自言引滿大勝少年。吾今所進亦勝於往日。老而彌篤，唯吾與張季舒耳。吾方與此子交歡地下，汝欲夭吾此志耶？昔阮咸、阮籍同游竹林，宣子不明斯言。王湛能玄言巧騎，武子呼爲癡叔。何陳留之風不嗣，太原之氣巋然，翻成可怪！吾既寂寥當世，嬰病殘年，産不異於顔原，名未動於卿相，若不日飲醇酒，復欲安歸？汝以飲酒爲非，吾以不飲爲過。昔周伯仁渡江唯三日醒，吾不以爲少；鄭康成一日三百杯，吾不以爲多。吾嘗譬酒猶水也，可以濟舟，亦可以覆舟。故江諮議有言：「酒猶兵也。兵可千日而不用，不可一日而不備；酒可千日而不飲，不可一飲而不醉。」美哉江公，可與論酒矣。汝驚吾墜車侍中之門，陷地武陵之第，遍匝朝野，自言憔悴。「丘也幸，苟有過，人必知之」。吾平生所願，身没之後，題吾墓云「陳故酒徒陳君之神道」。若斯志意，豈避南征之不復，賈誼之痛哭者哉！何水曹眼不識盃鐺，吾口不離瓢杓，汝寧與何同日而醒，與吾同日而醉乎？』」

王士源《孟浩然集序》曰：「孟浩然，字浩然，襄陽人。骨貌淑清，風神散朗。救患釋紛以立義表，灌蔬藝竹以全高尚。交遊之中，通脱傾蓋，機警無匿。學不爲儒，務掇菁藻；文不按古，匠心獨妙。五言詩，天下稱其盡美。」

張敏集載《頭責子羽文》，曰：「余友有秦生者，雖有姊夫之尊，少而狎焉。同時好暱，有太原温長仁顒、潁川荀景伯寓、范陽張茂先華、士卿劉文生許、南陽鄒潤甫湛、河南鄭思淵詡，數年之中，繼踵登朝。而此賢身處陋巷，屢沽而無善價，亢志自若，終不衰墮。爲之慨然！又怪諸賢既已在位，曾無伐木嚶鳴之聲，甚違王、貢彈冠之義。故因秦生容貌之盛，爲《頭責》之文以戲之，并以嘲六子焉。雖似諧謔，實有興也。其文曰：維泰始元年，頭責子羽曰：『吾托子爲頭，萬有餘日矣。大塊稟我以精，造我以形。我爲子植髮膚，置鼻耳，安眉須，插牙齒，眸子摛光，雙顴隆起。每至出入之間，遨遊市里，行者辟易，坐者竦跽。或稱君侯，或言將軍，捧手傾側，佇立崎嶇，如此者，故我形之足偉也。子冠冕不戴，金銀不佩，釵以當笄，帢以代幗，旨味弗嘗，食粟茹菜，隈摧園間，糞壤污黑。歲暮年過，曾不自悔。子厭我於形容，我賤子乎意態，若此者乎，必子行己之累也！子遇我以讎，我視子如仇，居常不樂，兩者俱憂，何其鄙哉！子欲爲人寶也，則當如皋陶、后稷、巫咸、伊陟，保乂王家，永見封殖；子欲爲名高也，則當如許由、子威、卞隨、務光，洗耳逃禄，千載流芳；子欲爲遊説也，則當如陳軫、蒯通、陸生、鄧公，轉禍爲福，令辭從容；子欲爲進趣也，則當如賈生之求試，終軍之請使，砥礪鋒穎，以幹王事；子欲爲恬淡也，則當如老聃之守一，莊周之自逸，廓然離欲，志陵雲日；子欲爲隱遁也，則當如榮期之帶索，漁父之瀺灂，棲遲神丘，垂餌巨壑。此一介之所以顯身成名者也！今子上不希道德，中不效儒墨，塊然窮賤，守此愚惑。察子之情，觀子之志，退不爲於處士，進無望於三事，而徒翫日勞形，習爲常人之所喜，不亦過乎！』于是子羽愀然深念而對曰：『凡所教敕，謹聞命矣！以受性拘繫，不閑禮義。設以天幸，爲子所寄。今欲使吾爲忠也，即當如伍胥、屈平；欲使吾爲信也，則當殺身以成名；欲使吾爲介節耶，則當赴水火以全負。此四者，人之所忌，故吾不敢造意。』頭曰：『子所謂天刑地網，剛德之尤，不登山抱木，則褰裳赴流。吾欲告爾以養性，誨爾以優游，而以蟣蝨同情，不聽我謀。悲哉！俱寓人體，而獨爲子頭！且擬人其倫，喻子儕偶：子不如太原温顒、潁川荀寓、范陽張華、士卿劉許、南陽鄒湛、河南鄭詡，此數子者，或謇吃無宫商，或尪陋希言語，或淹伊多姿態，或讙譁少智諝，或口如含膠飴，或頭如巾虀杵，而猶文采可觀，意思詳序，攀龍附鳳，並登天府。夫舐痔得車，沈淵得珠，豈若夫子徒令脣舌腐爛，手足沾濡哉？居有事之世，而耻爲權圖，譬猶鑿池抱甕，難以求富。嗟乎！子羽何異檻中之熊、深穽之虎、石間饑蟹、竇中之鼠，事力雖勤，見功甚苦。宜其拳局剪蹙，至老無所希也。支離其形，猶能不困，非命也夫！豈與夫子同處也？』」

范曄《漢書》曰：「曹操以孔融論建漸廣，慮鯁大業。郗慮承望風旨，以微法奏免融官。因顯明讎怨，操書激厲融曰：『蓋聞唐虞之朝，有克讓之臣，故麟鳳來而頌聲作也。後世德薄，猶殺身爲君，破家爲國。及至其敝，睚眦之怨必讎，一餐之惠必報。故晁錯念國，遘禍於袁盎；屈平悼楚，受譖於椒蘭；彭寵傾亂，起自朱浮；鄧禹威損，失於宗、馮。由此言之，喜怒怨愛，禍福所因，可不慎與！昔廉、藺，小國之臣，猶能相下；寇、賈，倉卒武夫，屈節崇好；光武不問伯升之怨；齊侯不疑射鈎之虜。夫立大操者，豈累細故哉！往聞二君有執法之平，以爲小介，當收舊好；而怨毒漸積，志相危害，聞之憮然，中夜而起。昔國家東遷，文舉盛歎鴻豫名實相副，綜達經學，出於鄭玄，又明《司馬法》，鴻豫亦稱文舉奇逸博聞，誠怪今者與始相違。孤與文舉既非舊好，又於鴻豫亦無恩紀，然願人之相美，不樂人之相傷，是以區區思協歡好。又知二君群小所搆，孤爲人臣，進不能風化海内，退不能建德和人，然撫養戰士，殺身爲國，破浮華交會之徒，計有餘矣。』融報曰：『猥惠書教，告所不逮。融與鴻豫州里比鄰，知之最早。雖嘗陳其功美，欲以厚於見私，信於爲國，不求其覆過掩惡，有罪望不坐也。前者黜退，歡欣受之。昔趙宣子朝登韓厥，夕被其戮，喜而求賀。況無彼人之功，而敢枉當官之平哉！忠非三閭，智非晁錯，竊位爲過，免罪爲幸。乃使餘論遠聞，所以慚懼也。朱、彭、寇、賈，爲世壯士，愛護相攻，能爲國憂。至於輕弱薄劣，猶昆蟲之相嚙，適足還害其身，誠無所至也。晋侯嘉其臣所争者大，而師曠以爲不如心競。性既遲緩，與人無傷，雖出胯下之負，榆次之辱，不知貶滅之於己，猶蚊虻之過也。子産謂人心不相似，或矜勢者，欲以取勝爲榮，不念宋人待四海之客，大罏不欲令酒酸也。至於屈穀臣瓠，堅而無竅，當以無用罪之耳。他者奉尊嚴教，不敢失墜。郗爲故吏，融所推進。趙衰之援郤縠，不輕公叔之升臣也。知同其愛，訓誨發中。雖懿伯之忌，猶不得念。況恃舊交，而欲自外於賢吏哉！輙布腹心，脩好如初。』」

《漢・鄭當時傳》：「其先鄭君嘗事項籍，籍死而屬漢。高祖令故項籍臣名籍，鄭君獨不奉詔。詔盡拜名籍者爲大夫，而逐鄭君。」

《宋史》曰：「初，吕大防等既竄嶺表，會明堂肆赦，章惇言：『此數十人，當終身勿徙。』范純仁上言，乞『將大防等引赦原放』。忤惇意，詆爲同黨，貶武安軍節度副使，安置永州。」

《神仙傳》：「董奉居豫章，時大旱，縣令丁士彦請致雨。奉曰：『雨易得耳，貧道屋皆見天，恐雨至何堪？』令曰：『先生但致雨，當爲架好屋。』屋成，暮乃大雨。」

松柏之姿，經霜猶茂；蒲柳弱質，望秋先零。出《晉·殷浩傳》。

唐顯慶中，王玄策使西域，至維摩示疾之室遺址，疊石爲之，玄策躬以手板，縱横量之，得十笏，故號方丈。見《釋氏要覽》。

王弼見何晏，自説注《老子》旨意。晏多所短，不復作聲，但應諾諾。見《世説》。

心不住内，亦不住外，是爲宴坐；不斷煩惱，而入涅槃，是爲宴坐。能如是坐者，佛所印可。出《維摩經》。

鄒魯諺曰：「遺子黄金滿籯，不如教子一經。」見《漢書·韋賢傳》。

韋逞母宋氏，父授以《周禮》音義。逞仕苻堅，爲太常。堅嘗幸太學，問博士經典。時博士盧壼曰：「惟《周官禮注》未有其師，自非此母，無可以傳授後生。」於是就宋氏家立講堂，隔絳紗幔受業。見《晋·列女傳》。

齊衡陽王鈞嘗手自細書五經，置於巾箱，以備遺忘。賀玠問曰：「殿下家自足墳素，復何須蠅頭細書，藏巾箱中？」見《南史》。

張伯英《與友人書》曰：「上比崔、杜不足，下方羅、趙有餘。」杜伯度、崔子玉、趙襲元嗣、羅暉叔景。

《後漢·郭太傳》：「孟敏荷甑墮地，不顧而去。曰：『甑已破矣，視之何益？』」《世説》：「鄧遐免官後，見桓温。温曰：『卿何以瘦？』答曰：『有媿於叔達，不能不恨於破甑！』」叔達，孟敏字也。

王嘉，字子年，著《拾遺記》，事多怪詭。見《晋書》。

揚雄《方言》云：「秦晋間，美狀爲窕，言閑都也；美心爲窈，言幽静也。」

《漢書·韋賢傳》：「號稱鄒魯大儒。子玄成，復以明經位至丞相。賢薨，謚節侯。」

《後漢·華陀傳》：「陀字元化，曉養性之術，年且百歲，而有壯容。」

道家口訣：「欲得不死，腸中無滓；欲得不老，還精補腦。」

《北夢瑣言》：「唐羅紹威帥魏博，疾牙軍之驕，以計殺之，至八千家，雖去其偪，而漸爲梁祖凌制。乃謂親吏曰：『聚六州四十三縣鐵，鑄一箇錯不成。』」

《仙經》：「蝙蝠一名仙鼠，千歲之後，體白如雪，棲則倒懸。」

盧仝詩：「莫怪添丁郎，淚下作面垢。」添丁，兒名也。

馞公本名清戒，俗謂之戒和尚，年百三十，死於熙寧十年。既死，人有見之者。馞，音奴昆反，香也。

《行集經》：「如來世尊，福足慧足，稱兩足尊。」

崔豹《古今注》：「肆所以陳貨鬻之物，店所以置貨鬻之物。」

《神仙傳》：「若士者，古之仙人。燕盧敖至蒙谷之山見焉，方踞龜殼而食蛤蜊，謂敖曰：『吾方與汗漫期九垓之外，不可久住。』乃竦身入雲中。」

袁宏《漢紀》：「浮屠，佛也。西域天竺國有佛道焉，佛者，漢言覺也，將以覺悟群生也。」

王右軍《來禽青李帖子》：「皆囊盛爲佳，函封多不生。」

馬總《意林》云：「袁雅正書：『太歲在酉，乞漿得酒。太歲在巳，販妻鬻子。』則知災祥有自然之理。」《史通略》及《朝野僉載》並云。

《文選》「演連珠」注：「傅玄叙《連珠》曰：『連珠者，興於漢章之世。班固、賈逵、傅毅三子受詔作之，其大體必假喻以達其旨，使覽者微悟，合於古詩諷興之義，欲歷歷如貫珠，易見而可悦，故謂之連珠。』」

「高談付梁羅，公自注：梁、羅，遲、适小名也。詩律到阿虎。遠，小名虎兒。」遲、适、遠，俱子由子，公之猶子也。見《蘇集》。

《傳燈録》：「佛日禪師出遊，或問：『誰與同行？』師舉拄杖示之，曰：『唯有木上座耳！』」《後漢書·禰衡傳》：「衡爲作書記，輕重疏密，各得體宜。黄祖持其手，曰：『處士此正得祖意，如祖腹中之所欲也。』」

顏延年《五君詠》謂阮籍、嵇康、劉伶、阮咸、向秀。

杜子美《八哀》謂王思禮、李光弼、嚴武、汝陽王璡、李邕、蘇源明、鄭虔、張九齡。

顧愷之，小字虎頭，嘗畫裴楷像，頰上加三毛，覺神明殊勝。《晉書》。

《唐書》：「蕭氏自瑀至遇，八葉宰相，名德相望，與唐盛衰。世有衣冠盛事圖。」

《吴志》：「陸績見袁術，術出橘，績懷三枚去，拜辭墮地。術謂曰：『陸郎作賓客而懷橘乎？』答曰：『欲歸遺母。』」

《典略》云：「余曩聞劉荆州嘗自作書，欲與孫伯符。以示禰正平，正平蚩之，言：『如是爲欲使孫策帳下兒讀之耶？將使張子布見乎？』」

《晉書·解系傳》：「趙王倫以宿憾收系，曰：『我於水中見蟹，且惡之，况此人兄弟輕我耶？』」

太公《虎韜篇》：「愛其人者，愛及屋上之烏；憎其人者，憎其餘胥。」

《談助》云：「盧橘，枇杷也。」

自非曉相訪，觸熱生病根。杜子美貽柳少府句。

太白弟令問嘗目曰：「兄心肝五臟皆錦繡耶？」見《李白翰林集序》。

武王克商，封其子宗姬於巴，至漢益州牧劉璋，以墊口以上爲巴郡，以固陵爲巴東，永寧爲巴西，是爲三巴。見《華陽國志》。

人參，一名海腴。又，《春秋運斗樞》云：「瑶光星化而爲人參。」故又名神草。

枸杞，一名仙人杖。見《本草》。

丁約謂韋子威曰：「郎君得道，尚隔兩塵。」子威問其故，約曰：「儒謂之世，釋謂之劫，道謂之塵。」見《續仙傳》。

楊國忠本張易之子，天授中，易之恩幸無比，每歸私第，詔令居樓上，仍去其梯。母恐絶嗣，乃令女奴騈珠上樓，遂生國忠。見鄭審《天寶故事》。

《唐·崔琳傳》：「每歲時宴於家，以一榻置笏，猶重積其上。」

丁晋公與楊大年抛令，大年云：「有酒如線，遇針則見。」晋公云：「有餅如月，遇食則缺。」見《言行録》。

以精化氣，以氣化神，以神化虚，名曰「三華聚頂」。張紫陽真人云。

劉安升仙見上帝，誤稱寡人，謫守天厨。見《抱朴子》。

梁武通天元年，達摩來自西土，爲初祖，慧可爲二祖，僧璨爲三祖，道信爲四祖，弘忍爲五祖，慧能爲六祖。自中華五祖之下，曹溪六祖爲南宗，神秀大師爲北宗。見《傳燈録》。

《漢·鮑宣傳》：「蒼頭盧兒，皆用致富。」注謂「奴爲蒼頭」，猶秦言黔首也。

風伯姓方，名道彰。見《雲笈七籤》。

瓶沙王呼佛弟子爲「上人」，内有德智，外有勝行，在人之上，故名「上人」。見《禪宗要覽》。

涅槃譯言滅度，亦言長樂我浄，見《隋書·經籍志》。

曹溪在韶州府城東南，梁時有天竺國僧自西來，泛泊曹溪口，聞異香，曰：「上流必有勝地。」尋之，遂開山立石，乃云：「百七十年，當遇無上法師，在此演法。」今六祖慧能南華寺是也。見《傳燈録》。

莊以弋釣爲事，後不復獵，曰：「獵自我，釣自物，未能頓盡，故先節其甚者，且夫貪餌吞鉤，豈我哉？」時人以爲名言。見《晋書·翟莊傳》。

大同中元日，雪花降殿庭，右將軍謝莊下殿，雪集衣白，上以爲嘉瑞，群臣皆作《雪花詩》賀。見《宋書》。

趙光逢以文章名，人謂玉界尺。見《唐書》。

魏武稱長大而能勤學者，惟吾與袁伯業耳。見魏文《典論》。《魏武本紀》「山陽太守袁遺」注：「字伯業，紹從兄。」

杜瓊謂譙周曰：「古者，名官職不言曹。始自漢已來，名官盡言曹，吏言屬曹，卒言侍曹。此殆天意也。」見《蜀志》。

丈夫爲志，窮當益堅，老當益壯。見《後漢·馬援傳》。

謝廷誥以詞賦著名，號「錦繡堆」。見《詩話》。

唐昭宗時，鄭棨爲相，太原兵至渭北，天子渴於攘却之術，棨奏對，請於文宣王謚號中加一「哲」字。後棨孫珏相梁末帝，唐莊宗兵入汴，帝惶恐，不知所爲。珏獻一策：「願得陛下傳國寶，馳入唐軍，以緩其行，而待救兵之至。」帝曰：「寶不足惜，顧卿之行，能了事否？」珏俛首徐思曰：「但恐不易耳。」〇是祖是孫。以下見馮夢龍《古今譚概》。

開元間，上東封泰山，歷城令杜豐辨供應，以爲從幸人多，設有不虞，倉卒不備。乃造凶器三十具，置之行宮，光彩赫然。有刺史駭謂：「主上封嶽祈福，誰造此不祥？」將索治豐，豐逃，卧妻牀下，詐死得免。時豐子杜鍾爲兖州參軍，掌厩馬芻豆。曰：「御馬至多，臨日煮之不給，不若先辦。」乃煮粟豆二千石，熱納窖中。及至，皆臭敗矣。〇是父是子。

涇州書記薛昌緒，天性迂僻。梁師入境，涇帥宵遁，臨行攀鞍，忽記曰：「傳語書記，速請上馬。」連促之。薛自匿草庵下，出聲曰：「傳語太師，但請先行，今日辰是某不樂。」涇帥怒，使人提上鞍轎，捶其馬而逐之，尚以物蒙其面云：「忌日，禮不見客。」

高郵學正夏有文，弘治末獻書闕下，曰：「萬世保豐，永亨管見。」上嘉之，更「管見」二字曰「策」。遂書官銜云：「『萬世保豐，永亨管見』，天子改爲『策』字，高郵州學正夏有文。」

王昕在東萊，獲殺其同行侶者，詰之，未服。昕從容謂曰：「彼物故不歸，卿無恙而返，何以自明？」邢邵見文襄北齊高澄，説此以爲笑。昕聞之，詣邵，曰：「卿不識造化，還謂人曰子才應死，吾罵之極深。」

宋子京留守西都，有同年爲河南令，好述利便。以農家藝麥費耕耨，改用長錐，刺地下種，自旦至暮，不能一畝。又值蝗災，科民畜雞，云：「不惟去蝗之害，兼得畜雞之利。」剋期令民悉呈所畜。群雞既集，紛然格鬭，勢不能止。逐之飛走，塵埃障天。百姓喧鬨不已，相傳爲笑。

吾蘇王中吴先生，厚德而拙於吏治，由鄉科爲縣令，每視事，有疑輒密緘條紙，質之記室。一日，拆封，見吏匿銀，怪之，亟爲傳問，得教曰：「弊也，宜重懲之。」王爲點頭。久之，拆完。王問吏：「何以匿銀？」吏堅諱，搜之不得，怒責十板。既退，餘怒未息，述之記室。記室曰：「何不監追贓物，而輕釋乃爾？」王摇首曰：「使不得。責至七八板時，彼羞極，面俱發赤矣。」

一朝士性迂，知河中龍門縣。有薛少卿者，寄籍於縣，墳塋松櫝，忽經盜砍，因詣縣陳訴。朝士判曰：「周文王之苑囿，尚得蒭蕘；薛少卿之墳塋，乃禁樵採？」

熊安生在山東時，或誑之曰：「某村故冢是晉河南將軍熊光，去今七十二世。舊有碑，爲村人埋匿。」安生按地求之，不得，連年訟焉。冀州長史鄭大讙判曰：「七十二世乃羲皇上人，河南將軍，晋無此號。」安生率其族向冢而號。

《國朝史餘》云：「陳獻章入内室，必請命於太夫人，曰：『獻章求嗣。』顧主事餘慶面質之，因正色曰：『是何言？太夫人，孀婦也。』陳默然。常熟周木嘗朝叩父寢室，父問：『誰？』『周木問安。』父不應。頃之，又往，曰：『周木問安。』父怒起叱之，曰：『老人酣寢，何用問爲？』時人取以爲對，曰：『周木問安，獻章求嗣。』」

吴徵士與弼一日出穫，手爲鐮傷，流血不止，舉視傷處，曰：「若血不即止，而吾收之，即是爲爾所勝。」言已，而穫如故。又，往遊武夷，過逆旅，索宿錢，至多三文，堅不與。或勸之，曰：「即此，便暴殄天物。」乃負擔夜去。

一儒者談萬物一體，忽有腐儒進，曰：「設遇猛虎，此時何以一體？」又一腐儒解之，曰：「有道之人，尚且降龍伏虎，即遇猛虎，必能騎在虎背，決不爲虎所食。」周海門笑而語之，曰：「騎在虎背，還是兩體。定是食下虎肚，方是一體。」聞者大笑。以上迂腐。

進士曹奎，作大袖袍，楊衍問曰：「袖何須此大？」奎曰：「要盛天下蒼生。」楊笑曰：「盛得一箇蒼生矣。」

嘉隆間，講學盛行，而楚人顔山農之説最奇。謂：「貪財好色，皆從性生，天機所發，不可閼之，第勿留滯胸中而已。」門人羅汝芳成進士，戒且勿廷對，羅不從。明年遇之淮上，笞之十五，挾以遊，羅唯唯惟命。後至南都，以挾詐人財，事發，捕之官，笞五十。不哀祈，亦不轉側，困囹圄且死。羅力救得出，出則大詈，謂：「獄我者，尚知我，而汝不知我也。」羅亦唯唯。

何心隱者，其才高於顔山農，而狠幻過之。嘗言：「天地一殺機也，堯不能殺舜，舜不能殺禹，故以天下讓。湯武能殺桀紂，故得天下。」少嘗師事山農，山農有例，師事之，必先毆三拳，而後受拜。心隱既師山農，察其所行，意甚悔。一日，值山農之淫於村婦也，匿隱處，俟其出而扼之，亦毆三拳，使拜，削弟子籍。

唐末吴堯卿，以傭保起家，托附權勢，盜用鹽鐵錢六十萬緡。及廣陵陷，軍人識堯卿者，咸請啗之。畢師鐸不許，夜令易服而遁，至楚州，爲讎所殺，棄尸衢中。其妻以紙絮葦棺斂之，未及就壙，好事者題其上云：「信物一角，附至阿鼻地獄；請去斜封，送上閻羅大王。」時人以爲笑端。東坡詆伊川語本此。

黄彪往看張敉，見其齋中設筵，敉獨居主人位，嘿若談對。問其故，答曰：「今日宴死友張之象、董宜陽、何良傅、莫如忠、周思兼五人，我念所至，輒與心語。」彪笑曰：「以公所邀，諒諸君必赴。」

暢師文好奇尚怪，總帥汪公張具延飲，主人方送正飯，師文忽頤使其童，瀉羹於地，羅籠餅其側，主命再供。既至，又復如前，遥推案，上馬而去。後使人問之，因作色曰：「獨不見其犬乎？或寢或訛，列於庭下，是不以犬見待，且必以犬見噬也。吾故飼之而出耳！」

倪元鎮寓鄒氏日，鄒塾師有壻曰金宣伯，一日來訪。倪聞宣伯儒者，倒屣迎之。見其言貌粗率，大怒，掌其頰，宣伯媿忿，不見主人而去。鄒出，頗怪之。倪曰：「宣伯面目可憎，語言無味，吾斥去之矣。」

南京陳公鎬善酒，督學山東時，父慮其誤事，寓書戒之。乃出俸金，命工製一大盌，可容二觔許，鐫八字於内，云：「父命戒酒，止飲三杯。」士林傳笑。

石裕造酒數斛，忽解衣入其中，恣沐浴而出，告子弟曰：「吾平生飲酒，恨毛髮未識其味，今日聊以設之，庶無厚薄。」

盧仝號玉川子，詩體與馬異俱尚險怪，二人結交，詩云：「仝不仝，異不異，是謂大仝而小異。」

蜀中日者費孝先，筮《易》，以丹青寓吉凶，謂之「卦影」。其後，轉相祖述。畫人物不常，鳥或四足，獸或兩足，人或儒冠而僧衣，故爲怪以見象。米元章好怪，常戴俗帽衣深衣，而躡朝鞾，人目爲「活卦影」。以上怪誕。

米元章一帖，云：「承借剩員，其人不名，自稱曰張大伯。是何老物，輒欲爲人父之兄？若爲大叔，猶之可也。」

陸念先生，生平畏鬼、畏水、畏狗。夜寢必擁持一人乃安，不然，亦與連榻，不得遠去數武。近道，未嘗就舟。適當遠渡闊處，則洪飲取醉，重衾蒙首，悶卧艎中。或故牽出之，即狂呼哀鳴，不啻就死。行街市中，見犬，必避人後，或聞狺狺聲，輒狂奔無地。欲訪客，必令一人前驅衛之。徐聲遠寓韓氏園，庭畜馴鶴。陸詣徐，偶應門無人，立俟户外，良久，徐始覺，因調之曰：「公畏鶴如狗，奈天下笑何？」

烏程金生，七十餘，猶應童子試，爲文鄙俚，而高自矜詡。人見之，無不笑者。因詒之云：「凡文章，令人贊美，尚非其至，若奇快之極，不禁歡笑。古名人之筆，贊美有之，其能發人笑者，即王、唐不數數也。」金信之。自是有笑其文者，金亦隨之撫掌，對人曰：「吾某文爲某某先生所笑。」以此自衒焉。遇縉紳，輒拜門生，冀其薦達。縉紳亦利其呈課以爲笑端。適陳令經正試士，縉紳預言老童之狀，令獨標其名爲一案，召語之曰：「汝的是奇才，不媿案首，惜汝齒長，留作來生未了事，可也！」金逢人輒道令之知而不舉，以爲忌才，欲持卷訟之學道，衆言：「令惜汝才，奈何讎之？」苦諭乃止。○余親見此老數藝，猶記其《牛羊父母》題，破云：「二獸歸二親，弟肆殺，兄論也。」《校人烹之》，破云：「校人方畜魚之命，而必熟之焉。」又自言：「曾詣友人家，值會課，題爲《閔子騫冉伯牛》，衆方閣筆，苦於難破，吾破之，曰：『四賢中二賢，德行中可取也。』友人見我二『中』字切題，喜極。」無不笑倒者。

東昏每出游走，惡人見之，驅斥百姓，惟置空宅。一月率二十餘出，既往，無定處。尉司常慮得罪，應旦出，夜便驅逐，有不及披衣徒跣走出者，或病人不便扶持，中道棄之，多死。一產婦，不能行，帝入其室，令剖腹視男女焉。

鵝性癡，見人輒伸頸相嚇，故俗稱癡人爲「鵝頭」。以上癡絶。

《稗史》：「吴蠢子，年三十，倚父爲生，父年五十矣。遇星家推父壽當八十，子當六十二。蠢子泣曰：『我父壽止八十，我到六十以後，那二年靠誰養活？』」

平原陶丘氏娶婦，色甚令，復相敬重，及生男，婦母來看，年老矣。母去，陶遣婦頗急，婦請罪，陶曰：「頃見夫人，衰齒可憎。亦恐新婦老後，必復如此，是以相遣，實無他也。」

○佛家作五不净想，亦是如此。莫笑莫笑。

唐順宗在東宫，韋渠蕭崔阡，拜諭德，爲侍書。阡觸事面牆，對東宫曰：「某山野鄙人，不議朝典，見陛下合稱臣否？」東宫笑曰：「卿是宫僚，自合知也。」

周定州刺史孫彦高，被突厥圍城，不敢詣廳，文符須徵發者，於小窗接入。鎖州宅門，及報賊登壘，乃身入櫃中，令奴曰：「牢掌鑰匙，賊來慎勿與。」

山東馬信由監生爲長洲縣丞，性樸實。一日，乘舟謁上官，上官問曰：「船泊何處？」對曰：「船在河裏。」上官怒咤之曰：「真草包。」信又應聲曰：「草包也在船裏。」

商季子篤好玄術，挾貲游四方，但遇黄冠，輒百拜求焉。偶一猾，覬其貲，自炫得道，誘之從游。季子時時趣授道，猾以未得便，唯唯而已。一日，至江滸，猾詒云：「道在是。」曰：「何在？」曰：「在舟檣杪，若自升求之。」乃置貲囊檣下，遽援檣而升。猾自下抵掌，連呼趣之，曰：「升！升！」至杪猶趣曰：「升！」季子升無可升，忽大悟，此理只在實處，雖欲從之，末由也已。抱檣歡呼，曰：「得矣！得矣！」猾挈貲疾走，季子既下，猶歡躍不已，觀者曰：「咄！彼猾也，挈若資去矣。」季子曰：「否，否！吾師乎！吾師乎！此亦以教我也。」

李東陽嘗得良馬，送陳師召，騎入朝歸，成詩二章，怪而還其馬，曰：「吾舊所乘馬，朝回必成六詩，此馬止二詩，非良也。」東陽笑曰：「馬以善走爲良。」公思良久，復騎之去。以上專愚。

《續笑林》：「有赴飲夜歸者，值大雨，持蓋自蔽。見一人立簷下溜，即投傘下，同行，久之，不語，疑爲鬼也。以足撩之，偶不相值。愈恐，因奮力擠之橋下，而趣。值炊糕者晨起，急奔入其門，告以遇鬼，俄頃，復見一人，遍體沾濕，踉蹌而至，號呼有鬼，亦投其家。二人相視愕然，不覺大笑。」

《稗史》：「唐劉秉仁爲江州刺史，自京將一橐駝至郡，放之廬山下，野人見而大驚，鳴鼓，率衆射殺之。乃以狀白州，曰：『某日獲廬山精於某處。』劉命致之，乃所放駝耳。」

海上每遇八月，秋濤大作，潮聲夜吼，震撼城市。至正間，有達魯不花者初至，聞此，夜不敢卧。因呼門者問之，門者從睡中應曰：「潮上來也。」既覺，自知失答，連呼：「禍到！禍到！」狂走而出，不花驚趣入内，呼其妻曰：「本冀作官榮耀，不意今夕共作水鬼。」合門號慟。外巡徼聞哭，以爲有變，傳報正佐諸官，皆顛倒衣裳來救。乃叩門，不花恐水湧入，堅門不納。同僚破扉排牆而入，見不花夫婦及奴婢，皆升屋大呼「救我」。同僚詢知其實，忍笑而散。

臧武仲名紇，音切爲「瞎」，而世多誤呼爲「乞」。蕭穎士聞人誤呼，因曰：「汝『紇』字也不識。」後人遂誤以爲「瞎」字也不識。

虞文靖在宜黄時，嘗倚樓吟詩，有「五更鼓角吹殘雪」之句，忽隔溪一童揖而言曰：「角可吹，鼓不可吹。」亟命召之，已失所在，蓋詩鬼也。

吴下管生，失一小青衣，問占於柳華岳，得「剥牀以膚」爻，柳素昧文理，連昧「以膚」二字，忽曰：「汝有姨夫乎？試往其家，索之可得也。」管如其言，果獲之。柳名益起。

張亮過建安，城下壁壘未固，高麗兵奄至，亮素怯，據胡床，直視不能言。將士見之，疑以爲勇，相與奮擊，敗賊，還報亮，亮猶股慄未寧。以上謬誤。

張敬兒開府襄陽，欲移羊叔子墮淚碑，綱紀白云：「此羊太傅遺德，不宜遷動。」敬兒曰：「太傅是誰？我不識。」

劉道纂封營道侯，凡鄙無識。始興王濬戲謂曰：「陸士衡詩云『營道無烈心』，何意？」道纂曰：「下官初不識士衡，何忽見苦？」

相國袁太沖同二縉紳在賓館中坐久，一公曰：「司馬相如擁文君，好不樂甚！」一公曰：「宮刑時却自苦也。」袁閉目摇首曰：「温公喫一嚇。」

某邑一丞，素不知文，而强效顰，作文語。其大令病起，自憐消瘦，丞曰：「堂翁深情厚貌，如何得瘦？」又侍大令飲，而大令將赴別席，丞曰：「乞其餘，不足，又顧而之他。」縣令修後堂，頗華整，丞趨而進曰：「山節藻梲，何如其知也？」一日，縣治捕强盜數人，令嚴刑訊鞫，盜哀號殊苦，丞從旁撫掌笑曰：「惡人自有惡人磨。」

《廣記》：「唐有内大臣，學作別紙言語。鳳翔節度使寄柴數車，回書謝云：『承惠也愚若干。』」

會稽朱某，以販茶鬻官，皆呼爲「茶官」，素不學，偶於姻家遇詞客，印證今古，談及宣尼，擊節曰：「據如此説，是一才子矣。」又言馮婦，則曰：「果是當時一美婦人，予聞久矣。」近，臨溪人姚京與村學究孫一經夏日納涼，頃之，雲翳，孫曰：「必有大風。」姚詰之，曰：「『夏雲多奇風。』」聞者腸斷。

近有村翁，自炫兒聰明，習《春秋經》者，或問曰：「讀過《左傳》否？」答曰：「《左傳》未知，但聞已讀右傳矣。」蓋《大學》有「右傳之幾章句」，兒魯甚，朝夕温誦，翁所習聞也。

《謔浪》云：「黄陂季生無學，好弄筆。求人『文稿』曰『文犒』，見『耒耜』曰『來報』，見『唾咳』曰『垂亥』。每於尺牘中用『呵呵』，稱『醫家』爲『國首』，『簡褻』曰『簡藝』，『租糧』曰『相量』。寫人號，下又加『尊號失記』，寫過己名，又書『名具别幅』。若此不可勝數，傳爲笑談。一日，母死，托邑人段祺作堂祭文，段代爲言曰：『某年月日，兒某舉亡母柩，封某山。某不敢索文犒於人，謹寫某胸中所有而言，曰：嗚呼！躬秉來報，二十餘年；，垂亥不聞，又經一年。人皆呵呵，我淚如泉。方母病劇，國首難尋，倉忙舉事，簡藝殊深，大荒之後，相量少足，諸親俱在，無人不哭。尊號失記，母心如燭。各有姓名，具在別幅。』」

唐玄宗嘗器重蘇頲，欲倚以爲相，秘密不欲令左右知。迨夜艾，乃令草詔。訪於侍臣，曰：「外廷誰直宿？」命秉燭召來。至則中書舍人蕭嵩，上即以頲姓名授嵩，令草制。書既成，詞中有「國之瓌寶」，上尋繹三四，謂嵩曰：「頲，瓌之子，朕不欲斥其父名，卿爲刊削之。」上仍令撤帳中屏風與嵩，嵩慚懼流汗，筆不能下者久之。上以嵩抒思移時，必當精密，不覺前席以觀。唯改曰「國之珍寶」，他無更易。嵩既退，上擲其草於地，曰：「虛有其表耳。」

查慎行全集

第五册

范道濟 點校

中華書局

得樹樓雜鈔

目録

得樹樓雜鈔卷一

海寧查慎行悔餘纂

天地間有六氣。少陰君火之暄和，不爲病。陽明燥金之清肅，雖能爲病，而病亦微。非如厥陰木之風、太陽水之寒、太陰土之濕、少陽相火之暑中人、傷人之甚也。然寒、暑、濕之中傷也，或專一氣，或合他氣，名證亦不繁雜，故治寒、治濕、治暑者，曰寒、曰濕、曰暑而已。獨風之一病，不止曰風，而曰諸風。蓋風善偏善散，不一名，不一證。世之醫流，大率治四氣中傷，寒爲先務。風之多名多證，不能一一遍治也。於是風有專科，有秘傳。論者遂謂風疾與勞、氣、腫三疾同，非專科、秘傳不可也。吾鄉雙林凌氏，世傳神鍼，治風疾尤驗。余壬辰、癸巳間，客京師，患左手麻木，邀凌滄侯治之，自肩臂至手背，按穴道，凡用七鍼，應時立愈。今五年矣，遂不復發。偶閲吴草廬《贈祈真觀道士鄧自然序》，稱其專科醫風，能愈數十年不愈之證，而不言其用鍼，豈元時此術尚未傳耶？吴草廬又云：「燥金生寒水，寒水生風木，風木生君火，君火生濕土，濕土生相火，相火生燥金，六十年循環，並無間斷。」

唐時祀先聖，配享止顏子，宋儒推孟子之傳由子思、由曾子上接孔氏，於是始有四配。然其言發於韓昌黎《送王塤序》中，至宋儒特申言之耳。

元吴草廬《竇氏世譜序》云：「燕山竇諫議一椿五桂。」今《佩文韻府》引入「丹桂」條下，采自《事文類聚》。按，《宋史·竇儀傳》：儀，「漁陽人。父禹鈞，周初户部郎，遷諫議大夫。儀，晉天福中進士，弟儼、侃、偁、僖，皆相繼登科。馮道與禹鈞有舊，嘗贈詩，有『靈椿一株老，丹桂五枝芳』之句，縉紳多諷誦之，時號竇氏五龍。」《韻府》已頒行，不及改正矣。大抵官書每多潦草，如此類者不可勝舉也。

「古今人率謂月盈虧，蓋以人目所睹者言，非月之體然也。月之體，如彈丸。其遡日也常明，常明則常盈，而無虧之時。當其望也，日在月之下，而月之明向下，是以下之人見其體之盈。及其弦也，日在月之側，自下而觀者，僅得見其明之半，於是以弦之月爲半虧。及其晦也，日在月之上，而月之明亦向上，自下而觀者，悉不見其明之全，於是以晦之月爲全虧。知在天有常盈之月，則知人之曰盈曰虧，皆就其所見而言爾。」此段見《吴草廬集》，不知其出自何書。

無欲則静。周子云。有主則虚。程子云。二語可爲楹帖。

等韻之學，本出於西域佛書，中有一字而三合二合者。今之反切法，乃二合也。按，宇文周之時，有龜兹人至中土，傳西域七音，曰娑陀力，曰雞識，曰沙識，曰沙侯加濫，曰沙臘，曰般膽，曰俟利箑。其别有七合，於中國之樂，爲宫、商、角、徵、羽、變宫、變徵之七調，於字爲喉、牙、舌、齒、唇、半齒、半唇之七音。元時，蒙古字乃沙門巴思八所造，字僅千餘耳。凡人之言語，苟有其音，必有其字，合平、上、去、入四聲之韻，分唇、齒、舌、牙、喉七音之母。一以聲爲主，以口授，以耳聽。其時郡縣立蒙古學，敕巴思八爲帝師，諸路皆爲立寺，其尊崇如此。字體頗類梵書，京師寺觀石幢尤有存者。

《金剛經》舊名《稜一作楞伽經》。按，《唐書·西域傳》云：「師子國，居西南海中，有稜伽山，多奇寶。」《洛陽伽藍記》云：「天竺沙門菩提流支，解佛義，曉魏言及隸書，翻《十地》、《楞伽》及諸經論二十三部。」晁氏《郡齋讀書記》則云：「《楞伽經》四卷，宋竺僧那跋陀羅譯。楞伽，山名也。佛爲大慧演道此山。元魏僧達磨以付慧可，曰：吾觀國中所有經教，惟楞伽可以印心。」蓋舊無「金剛」之名，至黄梅弘忍大師始易「楞伽」之名爲「金剛」，且教人恒誦此經。六祖慧能從此得法，後來注解者數十百家，皆以破相爲宗，斷疑爲用，語句相襲，卷帙滋多，不思議解，尤同説夢。以余所見，惟馬蹟山湘雨禪師所纂《金剛經順意》就文作解，差爲得之。曩在京師，曾爲鏤板。癸巳秋，長假南歸，則湘公已下世。過揚州塔灣，一拜影堂，其徒請以板歸杭州瑪瑙寺。後至西湖，寓昭慶寺，遂付經房，俾刷印流通焉。據羅整庵《困知記》，《楞伽》四卷，明初僧宗泐奉詔注釋，非《金剛經》也，詳見後。

查養晦〇焦弱侯《澹園集》中有《題查養晦真》二絶句，其一云：「虚名世上一錢輕，八極神遊見化城。笠底數莖新白髮，不隨春草鬬輸贏。」其二云：「行蹤不與世相關，散聖婆娑水石間。忘却天瓢待霖雨，一龕煙火梵王山。」録存以備家乘采擇。焦集中又有《祭查毅齋文》。毅齋先生，諱鐸，理學名儒，吾宗涇縣派。黄梨洲先生載入《明儒學案》中，養晦，蓋其宗人也。

「先生」二字，今人尺牘用爲通稱，不獨施於同輩，抑且加於後生。而當之者，恬不知媿，亦世道澆漓之一端也。楊龜山《與陳瑩中書》云：「先生，有齒德之稱也，宜施於前輩，如某之不肖，徒有犬馬之齒耳，輒以見稱，何也？繼此幸削去。」楊之齒長於陳，且不敢當，況穉齒乎？王魯齋亦云：「近世無求道之實心，而好人諛己。先生之稱，交口相悦，不以爲非，於是，先生二字輕於一羽矣。」

或問：「三年之喪，服止二十七月，起於何時？」答曰：「子未學《禮》乎？《儀禮》『中月而禫』，鄭氏注云：『中，猶間也。禫，祭名。與大祥間一月，自喪至中，凡二十七月。』《小戴記》云：『期而小祥，再期而大祥。』又云：『三年之喪，二十五月而畢。』蓋大祥之後，加以禫服，是爲二十七月。朱文公《家禮》亦然，大抵祖鄭氏之説。宋時著在甲令，釋服從吉，律有明文。其所從來舊矣。」

王安石以三經新學惑亂一時，崇寧中，至追封舒王，配享孔子廟庭。欽宗朝，楊龜山爲侍講，始力闢《經義》，請罷配享。其時，雖國事倉卒，未見允行，然即此一事，有功斯道不小，不愧二程門人矣！朱子《魏元履墓誌》亦稱其乾道中守太學録，釋奠孔子祠，職當分獻先賢之從祀者，則先事白宰相，請廢王安石父子，勿祀，而追爵程氏兄弟，使從食。不聽。兩先生之言俱未及行，至理宗朝，始削王爵，斥從祀。

四考五考○《唐書·選舉志》定格，三年一考，「中品以下，四考皆中中者，進一階」。「凡千牛備身……五考送兵部試，有文者送吏部。」〔一〕香山詩云：「上佐近來多五考，少應四度見花開。」此其證也。《佩文韻府》誤以「考」爲「老」，附載「五老」條下。當年在書局，不知屬何人校勘，余與綗庵皆不得辭其咎也。

元制，曾、祖、考三代以子孫貴贈官者，兼賜謚。如吴伯清《集》中元明善之父贈清河郡公，謚孝靖。忙兀伯都之曾祖贈翊戴功臣、太尉，謚武毅；祖贈佐運功臣、太尉，謚忠定；父贈贊運功臣，謚武穆。黄晋卿《集》中《魏國公李文忠行狀》曾祖贈謚康惠，祖謚文靖，父謚忠獻之類。累朝所無也。

〔一〕按，以上兩段引文中，第一段見《新唐書·百官志一》。

楊龜山在宋不以詩名，《集》中有詩四卷，氣骨頗近少陵。五言古如《鄱陽湖觀打魚》云：「秋高水初落，鱗介滿沙脊。浩如太倉粟，寧復數以粒。紛紛漁舟子，疑若俛可拾。横湖沈密網，脱漏百無十。蟲鰕雜魴鯉，駢首吐微濕。小人利口腹，刀机污鱗鬣。鯤鯨亦狼狽，風雨移窟宅。玉淵有神祠，變化在噓吸。胡寧飽羶香，忍視萬魚急。幽潛不足恃，感嘆百憂集。寄謝漆園生，於計未爲得。」七言古如《岳陽書事》云：「洞庭水落洲渚出，疊翠疏峰遠湮没。重樓百尺壓高城，畫棟沈沈倚天闕。湖光上下天水融，中以日月分西東。氣凌雲夢吞八九，欲與溟渤争雌雄。澄瀾無風新雨霽，一日萬頃磨青銅。琉璃夜影貯星漢，騎鯨已在銀河中。湘妃帝子昔何許，但有林壑青浮空。自注：君山，世傳湘君居此，因以得名。蒼梧雲深不可見，遺恨千古嗟何窮。須臾晦冥忽異色，風怒濤翻際天黑。乘陵瀨壑走魑魅，渟滀百怪誰能測。忽看舟子玩行險，更欲飛帆借風力。安得晴雲萬里開，依舊寒光浸虚碧。」如《觀獵》云：「貂裘白馬誰家子，擁戟弦弧囊勁矢。搴身欲與鳥争飛，觸處塵埃雲四起。長繩驅逐狐兔驚，驕鷹掣臂流雙睛。飛揚雲間電光閃，旋轉草際無遺生。鷙腸久厭鮮肥餌，顧盼方能伺人意。但矜鼎俎有餘甘，饕餮誰憐殄生類。安得淑氣回嚴秋，頓教困拙同鳴鳩。林間百鳥恣字乳，雖欲搏擊知無由。」其餘佳作尚多，喜此三篇，絶無道學語録氣，即專工詩者，亦未必能過之。

紫鼈〇沈約《郊居賦》：「陸卉則紫鼈、緑葹、天著、山韭。」楊龜山《感懷詩》：「籬下蹲鴟餘晚實，雲間紫鼈奮新拳。」蹲鴟爲芋，人皆知之。紫鼈，詩家罕有用者。按，《爾雅》「蕨，虌」注引舍人曰：「蕨，一名虌。」郭璞云：「初生無葉，可食。江西謂之虌。」陸璣《詩疏》云：「蕨，山菜也，初生似蒜，莖紫黑色。」又，白香山詩「紫蕨行看采」，李贊皇詩「飯思餐紫蕨」，朱韋齋詩「蕨拳嬰兒手」，楊誠齋詩「絶愛杞萌如紫蕨」，方岳詩「紫蕨成拳著雨肥」，王晦叔詩亦有「紫鼈有根妻子喜，免塡丘壑棄閭里」之句。蓋蕨根可食，今蕨粉是也。合諸説觀之，其爲蕨菜無疑。

元初用人不由科目，至仁宗朝，始舉行此典。鄉試分蒙古、色目、漢人，凡三等。場中命題，蒙古、色目與漢人不同。其會試，又於漢人中分湖廣、江西、江浙、河南諸路爲南人，合蒙古、色目而爲四，命題則同。若中額三百人，則每路等取七十五人。其間，復分派某省凡幾人，與本朝《會場新例》略似，但彼爲定額，今則臨時奏請裁定耳。

太平樓〇《宋史》紹興五年五月，神武中軍統制楊沂中發卒輦怪石，寘太平樓。侍御史張絢劾奏其事，沂中坐罰金。元黄文獻公溍《集》中有《先居士樂府後記》云：「舊傳太平樓秦檜所建。」按，沂中罰金時，檜已去相位，則樓之建，當在檜秉政初。洎檜再相，和議成，日使士人歌詠太平中興之美，樂府《滿庭芳》所由作也。此事《咸淳臨安志》不載。

朱子集所載尺牘，凡四十餘卷，黄文獻公溍有《跋晦庵先生與侍郎馬公十一帖》，乃淳熙十四年以後至紹熙初年事。今考十一帖，《全集》、《别集》、《續集》皆不載。按，先生於淳熙九年由浙東常平使者改江東漕，不赴，乞祠而歸。至十四年復起，代馬公馬名失考持江西憲節，又未赴。明年入對，除兵部郎官。文獻所云，帖中雖謂「馬公爲交代」，實未嘗赴江西任也。惜黄《集》亦僅存十一帖之名，而無其辭，欲采録以補闕逸，不可得矣。

南宋士大夫往返尺牘，紙尾必先署官階，下乃署名。余癸巳在京師，及見陸放翁、朱文公手書真蹟，一册皆然。雖文涉太繁，然一時風概，猶可想見也。

宋時選人，七階迪功郎而上則改京官，文林郎而上則改升朝官。所謂轉官者，與改官不同。如京官以上，四年一磨勘，轉至前行正郎止；待制以上，六年一轉，至諫議大夫止之類是也。

《黄文獻集》中有《海鹽州新作大成樂記》，《縣志》已經采入，但校對原文，中間删去八十餘字。後來重修者，似當補足。

海鹽有馮氏義塾，在治東十八里，地名砂腰。《縣志》沙腰村在治西南十二里，即宋時鹽場。元天歷中創，始豐徐一夔有文記其事。《始豐集》，花山馬氏有鈔本而不全，不知此文曾采入否？全篇載《嘉興府志圖記》第五卷中。

元初郡縣學校皆廢，惟四大書院存，南則岳麓、白鹿洞，北則睢陽、嵩陽。其後書院寖多，以江浙行省所統吴越之地計之，至八十有五所。大抵非先賢之鄉邑，即其仕國。或好義之家，創以私淑其鄉人子弟者，亦有之。獨杭州之西湖書院實宋之太學，規模尤盛。舊所刻經史群書，有專官掌之，號書庫。宋亡學廢，而板庫俱在。世祖至元二十八年，部使者徐文貞始崇飾禮殿，而奉西湖上所祠三賢於殿西偏，以其建置沿革達於中書，畀書院額，立山長、員，異時書庫官所掌悉隸焉。黄文獻爲之記。今杭州府學即宋太學故基，高宗御書石經猶有存者。戊寅三月，曾同朱竹垞先生步入大成殿後，摩挲壁間石刻，合計八十七片。竹垞有跋，刻集中。丁酉五月，梅雨初霽，閑窗偶閲《黄文獻集》，與朱跋所記書院創建歲月不同。黄以爲至元，朱以爲至正，似宜據黄本改定。時竹翁已下世，而伊孫稼翁方遊學京師，俟其歸，當以諗之。

俗呼城門外濠之橋曰「釣橋」，向疑其不典。按，黄文獻《婺州修城記》云：「其南因大谿以爲險，北、東、西三面濠之跨以三釣橋，遏以三石壩云云。」則此名固有自來矣。

魏鶴山尊信朱子之學，獨於《圖》、《書》之辨，不無異論。嘗云：「朱子以十爲《河圖》，九爲《洛書》，引邵子之説爲據。而邵子不過曰：『圓者，《河圖》之數；方者，《洛書》之文。戴九履一之圖，其象圓；五行生成之圖，其象方。』是九圓而十方也，安知邵子不以九爲《圖》，十爲《書》耶？朱子雖力攻劉長民，而猶曰：『《易》《範》之數，誠相表裏。』又曰：『安知《圖》之不可爲《書》，《書》之不可爲《圖》？』則朱子固有疑於此也。朱子發、張文饒精通邵學，皆以九爲《圖》，十爲《書》。朱氏以《列子》爲證，張氏以邵子爲主，當以

《乾鑿度》及《張平子傳》所載『太一下行九宮』法考之，即所謂戴九履一者，則是相傳已久矣，知非《河圖》也。」

《漢書·高帝紀》：「吾以布衣提三尺，取天下。」謂「三尺劍」也。《杜周傳》：「三尺安在哉？」謂以「三尺竹簡」書法律也。王充《論衡》凡引《高帝紀》，皆從《史記》，有「劍」字。杜少陵詩亦然。昔有笑唐人詩「耳聞明主提三尺，眼見愚民盜一抔」一聯爲歇後語，但詩家用事與作文不同，往往有明知之而故犯此病者，正不必指摘也。

俗呼婦翁曰「嶽丈」，曰「泰山」，說者以爲泰山有丈人峰，故有是稱。然古者通謂尊長曰「丈人」，非特婦翁也。或又謂張說因東封而其壻躐遷五品，故稱之曰「泰山」。其說尤鑿。按，《漢書·郊祀志》大山川有「嶽山」，小山川有「嶽壻山」，嶽而有壻，則嶽可以謂之婦翁矣。世俗之稱謂，未必不以是。又因嶽山而轉爲泰山耳。黄文獻公《雜辨》

戴氏義塾在嘉興郡城東北六十里，地名白牛鎮，居人暘谷處士戴某父子所創。黄文獻有記，而禾郡《志》失載，記在第七卷中。白牛鎮，今無可考。

陶淵明《詠貧士》第七章云：「昔有黄子廉，彈冠佐名州。」湯東澗注引《三國志·黄蓋傳》曰：「南陽太守子廉之後。」《劉潛夫詩話》亦云：「子廉之名，僅見蓋《傳》。」而元人黄晋卿《集》中有《雜辨》十三則，其一云：「按，後漢尚書令黄香之孫守亮，字子廉，爲南陽太守。子廉乃守亮之字，非名也。」今細考范《書》黄香、黄瓊、黄琬《傳》，皆無守亮之名，不知晋卿所引出何書，録存以俟再考。

六艅〇《黄文獻集·王止善墓誌》：「朝廷遣使，復立諸市舶司。公從，至泉州建言：『若買舊有之船，以付舶商，則費省而工易集。』中書報如公言。凡爲船六艅，省官錢五十餘萬緡。」按，「艅」字，韻書不收，止有「艐」字，一平聲，入東韻，一去聲，入泰韻，《説文》注「即屆字」。不知「艅」字作何義，出何書，俟考。

元吴福孫，字子善。戴帥初、仇近仁、胡汲仲咸加愛重，趙文敏公待之尤親密。文敏以善書名天下，慕而效之者，往往逼真，罕有若君得其早年楷法之妙者，兼工篆籀，文敏極稱許之。至順二年，赴選至京師。阿榮大學士以其所作小楷書數萬字上進，因召見。巎巎學士方侍書於魁章閣，前奏曰：「臣巙得能書名，如吴福孫所書，臣有所不及。」上命侍臣引金鍾，酌酒以賜。至元元年，調常州儒學教授。晚務恬退，徜徉湖山間。其書篆，施於金石尤宜，奉幣求者無虛日。所居曰「清容軒」，自號「清容野叟」。所著有《清容軒手鈔》若干卷、《樂善齋集》若干卷。卒葬錢唐縣欽賢鄉西谿花隖，事詳黄文獻公所作《墓誌》。今人但知有趙文敏，吴之楷書世不傳，舉其姓名，人亦罕知者，以其爲吾郡人物，特表出之。

《金華正學編》○揚州趙鶴輯吕東萊祖謙謚成、何北山基謚文定、王魯齋柏謚文獻、金仁山履祥、許白雲謙五先生《集》中所著有關理學者，名《金華正學編》。五先生皆婺産也，朱子與東萊同時友善，後於婺學有微辭。然自北山以下，相繼傳朱子之學，爲考亭嫡派，當時及門弟子，或不及也。魯齋上承吕、何之緒，下開金、許之傳，其功尤大。

《魯經》○宋理宗命升《論語》爲經。先是，講官徐毅齋請錫名「魯經」，詔國子監奉行，與《六經》並。時宰指爲迂闊，不行。事見葉由庚所撰《王魯齋壙志》，魯齋嘗爲《魯經章句》，以《大學》、《中庸》、《孟子》爲之傳。

宋儒發明經義，自周氏《通書》、程氏《易傳》始。至朱子，益肆力於聖賢經傳，黜《詩》、《書》之小序，復《易》、《春秋》之元經，著《論語》、《孟子》、《大學》、《中庸》章句，於《儀禮》作《經傳通解》。其後，何北山、王魯齋皆以續考亭之傳爲己任。至著述之富，未有如魯齋者，見於葉由庚所撰《壙志》，《文集》七十五卷之外，有《讀易記》、《讀書記》、《讀詩記》各十卷，《讀春秋記》八卷，《論語衍義》七卷，《太極衍義》一卷，《伊洛精義》一卷，《研幾圖》一卷，《魯經章句》三十卷，《論語通旨》二十卷，《孟子通旨》七卷，《書附傳》四十卷，《左氏正傳》十卷，《續國語》四十卷，《困學之書》四卷，《文章續古》三十五卷，《文章復古》七十卷，《濂洛文統》二百卷，《擬道學志》二十卷，《詩可言》二十卷，《天文考》一卷，《地理考》二卷，《朱子指要》十卷，《墨林類考》十六卷，《大爾雅》五卷，《六義字原》二卷，《正始之音》七卷，《帝王歷數》二卷，《江左淵源録》五卷，《伊洛指南》八卷，《雜志》二卷，《周子》二卷，《發遺三味》三十五卷，《文章指南》十卷，《朝華集》十卷，《紫陽詩類》五卷，《家乘》五十卷。明萬曆中，其裔孫三錫刻先生集，稱先生當時著述八百餘卷，其目存而失傳者，不在此數。元儒金仁山，受業於魯齋者也。後來金、許配享孔子廟庭，而魯齋獨不及，何耶？

《皇極經世》，一元十二會，一會三十運，一運十二世，一世三十年，此邵子經世之大數也。蔡西山曰：「一元十二會，三百六十運，四千三百二十世，猶一歲十二月、三百六十日、四千三百二十辰也。」又曰：「一元有十二萬九千六百歲，一會有十二萬九千六百月，一運有十二萬九千六百日，一世有十二萬九千六百辰，皆自然之數，非有所牽合也。」王魯齋云：「元會運世，先天大運也；歲月日辰，後天小運也。」

倚數之元，自是一陰一陽動靜變化而生。五行，天一生水，地二生火，天三生木，地四生金，天五生土。五行各一陰陽，是曰十干，日月所會之次舍曰辰，周天凡十二辰即十二支，干辰相摩爲六十甲子。以六十甲子紀其年月日時，此歷數之名號也。後世以人之所生歲月日時推其所值之甲子，名之曰命。又有五星之躔度吉凶推之。今考其學，以日計時，得命十有二，次其六十之十二，得命七百二十。計之以日，又六十其七百二十，得命四萬三千二百。又概之以歲，六十其月，則得命二百五十九萬二千。夫以二十有二字之約，參伍錯綜，甲子日三周，數之繁賾一至於此，可謂神矣。然古今之遠，人生林林，乃俱囿於二百五十九萬二千命之中，又何其術之窮也！惟康節之學衍之爲最盛，然元會運世，不過又加一大年月日時也。囿於數，而終不能無止法，推其極，至五萬五千九百八十七萬二千而止耳。

張子曰：「德不勝氣，性命於氣；德勝其氣，性命於德。窮理盡性，則性天德，命天理。氣之不可變者，獨死生壽夭而已。」孟子曰：「殀壽不貳，修身以俟之，所以立命也。」愚故曰：「命不難於原，而難於推；亦不難於推，而難於立。」王魯齋《立命説》

王魯齋《大學沿革論》云：「《大學》之篇，鄭康成謂之通論，孔穎達方以首章爲經，而文義未明，歷千五六百年莫知其所自出。至程子始曰：『此孔氏之遺書也。』伯子先取三綱於雜糅之中，列於首三句之下。叔子乃寘於首一章之後，七傳之先。『淇澳』一章，二程皆於《誠意》傳後取而寘於『殷之未喪師』前。朱子不從，乃獨殿於《至善》傳之末。其分一經、傳十章，惟《致知格物》一傳獨亡。自漢儒以來，未嘗言其亡也。朱子乃追補之。每讀《大學》至此，未嘗不掩卷太息。咸淳己巳，得黄巖玉峰車君書，報予曰：『《致知格物》未嘗亡也。自「知止而後有定」以下二節，合「聽訟」一章，儼然爲《致知》一傳。』於是躍然爲之驚喜，有是哉！以朱子之所補，文體難於湊合，孰若移此章爲傳，而文氣宛然，不失舊物，況有『知』字、『物』字，自然爲《格致》傳。『致知』云者，因其已知，推致於極之謂。

止，至於定、静、安、慮而後得所止，先非致其知乎？物則有本末，事則有先後，知其本之當先，末之當後，是謂『致知在格物』也。『聽訟』者，末也。『無訟』者，本也。『無情者不得盡其辭，大畏民志』，此物格矣。朱子『聽訟』章句曰：『觀於此言，可以知本末之先後。』以此可作『知止』一章。《或問》又曰『「知止」云者，物格知至，而於天下事皆有以知其至善之所在，則吾所當止之地也。』未嘗不以知止爲物格知至也。以朱子之語參互較之，則固以爲《格致》傳矣。然勇於補，而不勇於移，何也？以《誠意》一章觀之，至易簀前數日，改猶未了，假以歲月，烏知其不遂移耶？」○按，蔡虚齋云：「據宋儒葉、董兩氏，謂《格致》傳文錯在聖經。當提『物有本末』一條爲格物致知之功，提『知止有定』一條爲物格知止之效。删去兩條，在聖經，則『八目』直接『三綱』，中免間隔；在傳，則《格致》復見原本，可免補傳云云。」其説正與王魯齋合，但不知葉、董二公與魯齋同時，抑或有先後？虚齋必見其書，非無據而云然也。

橘踰淮而枳，蒿處陸而艾，兔絲不土而蔓，暵果無花而實，芡近陽而性暖，菱背日而性寒，蓮實下垂則取其象以治心，胡桃瓤縮則資其形以斂肺。

春秋時，盟會宴享之際，往往賦《詩》，推鄭國七子六卿之賦爲最盛。信如左氏言則失之僭。如晋侯之賦《假樂》、賦《既醉》，齊侯之賦《蓼蕭》，此諸侯僭天子也。楚令尹之賦《大明》，季武子之賦《緜》，韓宣子之賦《我將》，此大夫之僭天子也。

王魯齋《毛詩十辨》，其一《豳風辨》云：「昔人嘗考之於齊、魯、韓三家，俱無《七月》之篇，而毛氏獨有之，謂其非周公之所作，故無所考，以杜毛氏之口。謂其果列於《豳風》之中，則後世之疑不一：曰七月，曰九月，夏正也；曰一之日、二之日，周正也。一章之中，二正並舉，何哉？況公劉、太王，商之列國也，豈有不受商之正朔，而上稱夏正，下創周正？故知其必非周公之志也。」又引文中子及長樂劉氏之言，一則謂：「《豳》本變風，以周公能復升爲正。」一則謂：「《豳》實雅也，變而爲風。」魯齋之意，欲以《豳風》七詩類分，入於變雅，故爲此辨。愚又閱吴幼清《集》，亦疑毛、鄭「周公居東所作」之説，其云「《七月》乃夏時之詩，《豳風》民俗所作。後周公取其詩以教成王，俾知先公風化之由，周家王業之始，而非周公追想當時民俗於千載之後而擬作也」云云。今觀詩中「七月」、「九月」及他紀月，多用夏正，其爲夏詩無疑。吴説又出於魯齋之後，似爲得之。

十五《國風》之次序，不同之説有三：曰《周》、《召》、《邶》、《鄘》、《衛》、《王》、《鄭》、《齊》、《豳》、《秦》、《魏》、《唐》、《陳》、《鄶》、《曹》者，此《左氏傳》季札聽周樂之序也，在夫子未删詩以前；曰《周》、《召》、《邶》、《鄘》、《衛》、《檜》、《鄭》、《齊》、《魏》、《唐》、《秦》、《陳》、《曹》、《豳》、《王》者，此鄭康成《詩譜》之序也；曰《周》、《召》、《邶》、《鄘》、《衛》、《王》、《鄭》、《齊》、《魏》、《唐》、《秦》、《陳》、《檜》、《曹》、《豳》者，此今《詩》之序也，程、朱因之，然未有以證其確然爲孔子删後之次序。先後之間，因文作解，誠有不必過爲穿鑿者。

《小戴禮》於《經解》述孔子之言，六藝並舉。其實，先王立教之初，惟詩而已。《尚書》舜命夔典樂教胄子，而曰「詩言志，歌永言」。《周禮》詔太師教以六詩。時雖有《易》，而本之卜筮；雖有《書》，而藏之柱下。《儀禮》未著，《周官》未頒，《春秋》之作尚在數百年之後，故教惟詩爲最先。胡雲峰云：「詩學者，君、父、師所以爲教者歟！」但所謂詩者，非今之三百五篇，而所謂六詩者，即賦、比、興、風、雅、頌六義也。使學者循是而歌之，玩其辭意，以轉移其氣質，以涵泳其性情，詩之爲教如此。迨孔子删後，而《詩》始尊爲經，旋遭秦火。劉歆云《詩》萌芽於文帝時，一人不能獨盡其經，或爲《雅》，或爲《頌》，相合而成者是已。初分齊、魯、韓三家，毛氏最後出，三家廢而毛傳獨行。自是以後，爲傳注訓詁之學，漢、唐諸儒合十二種，凡九十餘家。其後説《詩》者又不下數十百家，大抵依傍毛、鄭。程子亦云：「《小序》，當時國史所作。」惟朱子力闢之，而自爲《詩傳》，元明以來，頒於學官，用其義以取士，《小序》遂廢。朱子答門人問「《風》、《雅》之别」，有云「腔調不同」，有云「詞氣不同」，不知所謂腔調者，其古之唱歎乎，抑今之按拍乎？竊謂古樂云亡，三百篇之聲調，雖《鹿鳴》以下諸什腔律，具於《儀禮集傳》，又非後世樂工之所能識，孰能審聲知音，以轉移其氣質，而涵泳其性情哉？似不若存《小序》之舊，使學者於風刺之下，猶知有所勸戒，其於先王詩教，未必無小補也。

朱子於《易本義》，既以《河圖》爲作《易》之本。今觀《大全集·答王伯禮尺牘》云：「太極、兩儀、四象、八卦者，伏羲畫卦之法也。」太極豈《河圖》乎？又，《感興》詩云：「羲皇古神聖，妙契一俯仰。不待龍馬圖，人文已宣朗。」似謂《河圖》非畫卦之本者。王魯齋謂此詩壬辰、癸巳間所作，朱子年踰四十矣。不知注《易》在前，抑在其後？何自相牴牾若此？

得樹樓雜鈔卷二

海寧查慎行悔餘纂

吾鄉呼佃客爲種户，按黄文獻公《嘉興吴府君碑》「捐種户逋租三千餘石」，元時已有此語矣。

世傳佛涅槃於二月十五日，在世七十九歲。《黄文獻集·蔣君墓碣》載其四世殁之日皆二月十六日。蔣，諱明龍，諸暨人。五世祖翥爲宋國子助教，時有異僧入其室，示以八字，曰：「傳鐙佛祖，涅槃會人。」他日，驗之壽，略如瞿曇氏。其殁，則雙林唱滅後之一日也。自是，君之祖若父得壽同，殁之日又同。君之死也，夢其父曰：「鐙鐙續傳，不自我後，不自我先。」既寤，謂其子曰：「吾其逝矣！」翌日，正襟危坐，奄然而逝，泰定四年二月十六日也。故其銘辭云：「死之日兮生之年，一門四世兮不後不先。」文獻非妄語者，事亦奇矣。

定武蘭亭考〇《禊序》，右軍神筆也，七傳而歸僧智永，永傳其徒辨才，唐太宗取之，上距永和癸丑二百六十餘年。未幾，殉葬昭陵，真蹟亡矣。唐初善書者多橅本。惟歐陽率更爲逼真，勒石禁中。石晋時，契丹輦歸，流落於定武。宋慶曆中，碑出民間，《集古録》以爲別本，非也。熙寧間，薛師正父子始別刊一本，以易元碑，於「湍」、「流」、「帶」、「左」、「天」五字劖損一二筆爲識，行於世者往往而是。南渡後摹刻幾千石，訛以傳訛，漸失其舊矣。惟五字不損，而書法猶存率更體者爲真。米南宮所得，乃褚河南臨本耳。蓋定武真本，宋時已不可多得矣。

文母字子〇古今字學之書不少，惟許氏《説文》簡古詳備。但坐六義未精，而子母混雜。漢儒不識古文，猶能曰「獨體爲文，合體爲字」，文固母也，字則子也。一字之中，既合二體或三四體，必有一體爲母。六義者，惟象形、指事當然爲母。蓋制字之義，始於象形，形不可盡象，而後屬之事；事不可盡指，而後屬之意；意不可盡會，而後屬之聲。曰意、曰聲，固非一體，則不可得而母也，明矣。曰轉注、曰假借，尚有屬之母者，然母有不生，而子或生生不已者，則謂之母又不可也。所謂本同而末異，源一而派分。有能於每部之中，字字訂核，別爲何義，其俗書亂正者，悉從而明辨之，豈不爲字學之大幸？南宋時甘谷子倪孟德留意於此，著《六書本義》。至王會之推八卦爲制字之原，因許叔重所立字母五百四十字分配六義，參之以賈昌朝《音辨》，鄭夾漈《假借偏旁考》，而以《六書本義》附焉。書成，名曰《六義字原》，自爲序，惜今不傳。朱子有云：「字畫音韻，是經中淺事，先儒多不留意。然不知此等不理會，却費無限辭説牽補，而卒不得其本義，亦甚害事也。」

木冢○王雙谿炎《遊杭州三茅觀》七言絶句第一首云：「九陌紅塵飛不到，疑從木冢入懸壺。」余采其詩入《杭州備志》，「木冢」未詳所出，須再考。

蠟脚禪○王雙谿又有《戲江子大》七絶二句云：「暮年尚念蛾眉斧，平日空談蠟脚禪。」三字亦不知出處。

楞梅○王雙谿《自湖州罷官留越中有食楞梅》詩云：「是處楊家種，求如此種難。色深渾是紫，味美更無酸。磊磊堆盤潤，津津繞齒寒。品高何以辨，但把一楞看。」「楞梅」之名，他處未見，當是楊梅中佳品也。

《東都紀年》，三十卷，宋王炎著。始建隆，終靖康，述九朝百六十八年行事，大意以李燾《長編》、熊克《通略》爲太繁，王偁《東都事略》爲太簡，故斟酌損益而成。是書附以《提要》，一曰「注則有所辨」，一曰「證則旁叙其事」。嘗自作序，進呈御覽。其書今不傳。

地理書傳於世者，惟《狐首經》、郭璞《葬書》、《尋龍七星歌》差近古，其次則《入式歌》、《八分歌》、《銅函記》、《金華經》、《宗廟秘訣》，又其次則《行程記》、《龍子經》，今皆不傳。習其術者，有青囊飛星、壺中放水之類，皆改换名目，其實不過變卦生絶、五行盛衰而已。王炎《送曹成之序》

四月爲荒月〇王雙谿《上盧岳州書》：「臨江一邑，市無千金之肆，户無百鍾之藏。既無交易，商旅不來。阻以團山、窖港二渡，客旅出於管下者，東自鴨欄、西自道人磯取捷以行，不入縣門。所收税錢，每日不過數百。入四月以後，江水泛漲，農桑之務，民在田野，縣市寂然，謂之荒月。」

蘇州苗米，南宋時視嘉、湖爲重。王炎守湖州，《與宰執書》云：「湖州雖號出米之地，苗米僅有百萬，不及姑蘇二十分之一，不及嘉興十分之一。」所謂苗米，即今之漕糧也。據此，則蘇州一郡漕糧乃至二千萬餘石，嘉興減半，亦一千萬餘石。三郡額徵，不應懸絶如此，當是合計一郡産米之數耳。

查汝定○周海門《三一窩册序》：「邵季躬、查汝定、蕭伯穀三人，宛陵産也。季躬、汝定以布衣好道，於塵勞毫無牽絆。同事懷松上人，稱弟子，勇猛精進，直求脱悟，不懷世間相，而談實相，有古龐蘊、維摩之風。伯穀登鄉舉，世莫與爲友，獨於二子是親，皭然世味之外，其意可知矣。既又思終老聚頭，不可無所，共作一區之宅於牛頭、采石間，以示終此生不相離。其意密且篤如此，所謂真朋友者非耶！時余爲南曹司封，而諫議祝無功氏亦宦都下，與三君往來，最稱莫逆。宅起，問名於諫議。命曰『三一窩』，而申以説。」《集》中又有《與查汝定書》，今不詳録，録此以備《宗譜》稽考。

《周禮》「疾醫，掌養萬民之疾病」，而不及士大夫。蓋士大夫治未病，不治已病也。

二十四氣，漢曆與後世不同。按《律曆志》，驚蟄在正月中，注云「今作雨水」。又，

《律曆志》「穀雨」注云「今作清明」。胡云峰《二十四氣論》曰：「自秋分水始涸，立冬水始冰，冬至水泉動，大寒水澤腹堅。今曰雨水者，先是爲露，爲霜雪，皆是暑氣凝結，以至於寒之極。春則水氣流行，而又爲暑氣之始也。況天一生水，物之生皆始於水，春屬木，木生於水。今曆立春後繼以雨水，宜也。卦氣正月爲泰，天氣下降，當爲雨水。二月大壯，雷在天上，當爲驚蟄。今曆先雨水，而後驚蟄，亦宜也。按，《國語》四時有八風，曆獨指清明風爲三月風，風屬巽故也。驚蟄者，萬物出乎震。清明者，萬物齊乎巽。巽曰『潔齊』，故謂巽風曰清明，清明有潔之義。穀雨，三月中，自雨水後，土膏脈動，今又雨其穀於水也。《周禮》『稻人掌稼下地』，注謂：『以水澤之地種穀。』即穀雨之謂也。漢《志》『穀雨』注『今作清明』。以今觀之，穀雨似遲半月。蓋風土有不同，必至此然後無不種之穀也。」

穀雨「雨」字，當讀去聲。芒種「種」字，當讀上聲。處暑「處」字，當讀上聲。胡雲峰云：「俗有相承訛讀者。『穀雨』如『雨我公田』之『雨』，蓋以此時播種，自上而下也。今讀爲上聲，非矣。『芒種』二字，見《周禮》。種，之隴反，芒，當音『亡』，謂種之有芒者，麥也。今讀『芒』爲『忙』，種，去聲，非矣。『處暑』如『既雨既處』之『處』，處，止也，謂暑氣將於此時止也。今讀作去聲，非矣。三月中穀雨，五月中芒種。此二氣，但指穀麥言者。處暑農乃登穀，此曰『穀雨』，農家方種穀，冀今年之秋也。穀必原其生之始者，種於春，得木氣；成於秋，金剋木也。麥必要其成之終者，種於秋，得金氣；成於夏，火剋金也。木氣柔，故穀穎垂，金氣剛，故麥穎昂，陰陽自然之理也。」

《繳銘文還查丈書》：「薦屢書教，足見昆仲拳拳然有不忍死其親之心，勉强遵依，但其中用意處，亦有不可不知者，當略道之：一則炳文於府尊，既有雌甲之契，於梅趣翁既稱之曰先生，則於府尊只合稱字，如昌黎之於李元賓是也，如此乃見親密之意。一則意謂查氏自待制公以孝聞天下，繼之以諱經者居喪之孝，又繼之以梅趣翁之孝，至府尊誠有繼志述事之孝，所以末結之曰『查氏孝善之澤未艾也』。至若銘文，則首八字，炳文自以爲能畫出叔晦真像。第三句從叔晦字上説。第四句一『嗇』字，非止謂嗇於財也，坡仙自以爲生平受用此一字，蓋嗇言語、嗇服用、嗇精神，其中自有綽然餘裕者存焉。後四句謂其平生受用《心箴》。故生也能葆此靈光，死也猶如高秋月白。乍看以爲太過，殊不知炳文之所見梅趣翁與叔晦父子相傳此心，視世之曰：『胡仲虎真知我者。』价回，亟此申覆，殊媿草草。」○右見《胡雲峰集》，胡，婺源人，則查梅趣、叔晦必與同邑。○今按，《雲峰集》中無《查叔晦墓誌銘》，蓋全集二十卷，世已不傳。今所傳者，特成化間刻本，所謂窮搜博訪，僅復其半者也。予族分自婺源，采録以備家乘。連下二條。

又，《晉卿山居圖序》云：「此圖晉卿閑居所作也。予老矣，於人家，多見四五世，晉卿又交之深者。其大父梅趣翁爲予丈人行，父庭竹，生後予兩月，予爲雌甲。晉卿年未五十，付家事其子，觀書暇，輒携孫花底婆娑，自得其心，予深知之。居有谿，先世創橋其上，久而圮。晉卿新之，述先志也，鄉人題曰『孝善』。瀦谿水字魚數百尾，自題曰『濠觀』，樂莊樂也。蒔菊多異種，題曰『霜傑晚香』，自況也。又有軒曰『深净』。古稱蓮與竹皆似君子，竹比節，蓮比德也。環居皆山，山最深處題曰『内樂』。蓋自梅趣翁以來，世皆樂善不倦。《西銘》曰：『樂且不憂，純乎孝者也。』晉卿之孝之善，不徒在橋而在乎心，此圖能寫其居之景，不能寫其心。予故爲之序。」〇右一篇亦見《雲峰集》，題中「晉卿」，上當有「查」字，今刻本脱去，考前書及後詩可見。所稱庭竹者，不知即前書所云叔晦，或其昆弟，另是一人也。

《查氏山居五詠》：「有孝乃有德，多善必多祥。水面看虹影，俯仰相與長。」右《孝善橋》。「魚不知子樂，何必濠上觀。子樂子自知，月白秋江寒。」右《濠觀亭》。「嚴霜不可欺，淒風不能折。隱逸傳中人，往往皆豪傑。」右《霜傲〔一〕所》。「净不污泥染，清無片塵侵。外直丈夫節，中虚君子心。」右《深净軒》。「我有安樂窩，春風方寸地。收拾早歸來，此中有深味。」右《内樂室》。右詩五首亦見《雲峰集》。

胡仲虎《五行六氣圖序》曰：「《易》八重卦皆不言『兩』，惟離火曰『明兩作』。先儒以爲醫經君火、相火合，六脈必分君相。火始見，自下生上，五行之相生者，與《河圖》合；以左剋右，五行之相剋者，與《洛書》合。俗醫例以兩腎脈屬水則失，所謂君火在上而無爲，相火在下而用事，與五行生剋體用矣。人病標本，於何察哉？戴德夫作《五運六氣圖》，六十年氣運瞭然在目。司天司泉，休咎可運諸掌，其術可謂神矣。」愚按，宋潘子醇曰：「火有二體，妙體不用而襲明，坤之所以稱黄中也；變體致用而外照，離之所以爲繼明也。故六氣有君火、相火焉，君必當坤之正位，是爲少陰，無爲而寄位於辰，土氣所聚也。君火不用而寓諸庸，相火致用而性有所麗，故其卦稱『離』，離者，麗也。」雲峰之説本此。子醇

〔一〕「傲」，《雲峰集》作「傑」。

名植，浦城人，所著有《安正忘筌集》上下二卷。

許白雲詩有「寧爲四寸學，坐想成玄空」之句，按，《荀子》：「小人之學也，入乎耳出乎口，口耳之間，則四寸耳。曷足以美七尺之軀哉！」許詩用此。

《曲禮》：「醫不三世，不服其藥。」疏云：「取其父子相承三世，慎物調齊也。」胡雲峰爲歙人，程與京作《體仁堂記》，稱其「醫既十七世，而又診之邃，劑之精，病在人，視之如在己，可謂精於言醫者矣」。

胡敬齋曰：「朱子謂《易》爲卜筮而作，恐不然。《易》是模寫天地間變化，『河出圖，聖人則之』，是則其陰陽奇耦之數。《河圖》亦因卜筮而出乎？伏羲仰觀天文，俯察地理，遠取諸物，近取諸身，參驗得無不是這箇道理，故畫出卦畫以示人。既畫之後，則陰陽消長、吉凶悔吝，無不在其中。故因用之以筮占吉凶。」又曰：「《易》之道，廣大悉備。程子以事理明之，朱子又多以象占推之，皆可。六十四卦中，象占無不備，事理無不該。既不可專拘於事理，亦不可專拘於象占也。然事理又切世用，若專主《本義》，則似乎太拘，必讀程《傳》，方發明得盡。」慎行外曾王父鍾文陸公有《讀易鈔》，每卦每爻，先列程《傳》，次引諸儒之説以證之，亦不專主《本義》，意與餘干合。其書萬曆中刊於中州，公之子孫罕有知之者，余於慈仁市集購得之。

何北山基，黄勉齋高弟也，與王會之柏皆金華人，有文集三十卷，而與柏問辨者，凡十八卷。《宋史》列於《儒林傳》。所著有《大學發揮》、《中庸發揮》、《大傳發揮》、《啟蒙發揮》、《通書發揮》、《近思録發揮》，凡六種。《金華正學編》所載《繫辭發揮》，北山自爲《序》而刻之者，即《大傳發揮》也。其意蓋以《本義》於《繫傳》太簡略，故采諸説以補之。

《漢書》立《儒林傳》，其後或曰「儒林」，或曰「文苑」，未嘗析爲二也。至王偁《東都事略》，始分「儒學」、「文苑」爲二。元修《宋史》則改「儒學」爲「道學」，所謂「文苑」者，則以「儒林」當之。明修《元史》，盡去「道學」、「儒林」之名，統之以「儒學」，庶幾復班史之舊。而許魯齋、劉静修、吴幼清輩，人自爲傳，不列《儒學》中。湛甘泉《問疑續録》云：「道統二字，自宋儒始，夫道，豈人所私耶？自有《道學傳》，惡同喜異者，遂互相標榜，而道統之名立。大道爲公，似不如此。」

朱子詩有《齋居感興》五古二十章，何北山爲之注解，今見於《金華正學編》者，止存「人心妙不測」、「静觀靈臺妙」、「朱光遍炎宇」、「大易圖像隱」四章而已。其後，胡雲峰采十家之注，名曰《感興詩通》，今不傳。

宋浦城潘植，字子醇，所著名《安正忘筌集》，上下二卷。大抵本老、莊之學以説《易》。其解「咸感」曰：「一，體也，一在木下爲本，是歸根復命而合於無也；一在木上爲末，是分枝布葉而散爲萬也。合而歸於無，散而麗於有，共此一耳。深明乎一之體，斯不貳而窮神知化矣。真一妙用，感而遂通，千變萬化，不可致詰。所可知者，類感則以類應，是至理極於象類感應而已，下經所以首《咸》也。」此論諸儒所未發，特采録之。

楊慈湖出象山之門，持論過高，未免近禪。湛甘泉爲南京冢宰時，有《楊子折衷》一書，其《自序》云：「或曰：『象山，禪也。辭而擯之，宜也。』甘泉子曰：『象山非禪也，然而高矣，其流必至於禪。伯夷之清，柳下惠之和，非隘不恭也。率其清和而流焉，則必至於隘與不恭矣。』或曰：『慈湖高過於象山，於是衆皆趨焉。』甘泉子曰：『象山高矣，然而未禪。今曰慈湖高過於象山，是何言歟？』昔箬谿顧子自江右寓新刻於南都，甘泉子閲之曰：『信斯言也！是累象山者也。然而，吾得其肯綮矣。曰「心之精神是謂聖」，以爲孔子之言也，一編之宗旨不外是。然非孔子之言也。』」慎行按，此段議論，最爲允當。外此爲朱、陸異同之説者，皆墮於一偏，幾成戟手詬詈矣。豈學道人氣象哉？又按，「心之精神謂聖」，語出《孔叢子》。

丘文莊《大學衍義補》，時方盛行，湛甘泉謂：「吾自少時不悦。蓋西山非遺天下國家事，而天下國家事寓於格、致、誠、正、修之中，所以明一本之意，最爲深切。文莊乃欲補之，是謂漆斷文琴，規方竹杖也。」此段可爲忽視前輩、率意著書之戒。

許月卿，字山屋，南宋人。學於魏鶴山，所著有《先天集》。明正德中，裔孫亮請湛甘泉序而刻之，焦氏《經籍考》、葉氏《菉竹堂書目》皆不載。

湛甘泉《還樸約》：「告鄉里諸賢，請共還樸俗，待客止三果、兩菜、三湯、兩割，殽止五品，肉菜一品，留有餘不盡之福以貽子孫。」

蜣螂轉丸，丸中一點虛白，乃是蜣螂精神會聚所成。但假糞壤爲之地耳。虛白成形而蜣螂化去，所謂脱胎也。此無中生有之機。《甘泉集》

或問：「氣質何以能變化？」曰：「熟之而已矣。瓜脱蔕，蟬脱殼，豈容欲速？氣一刻不至，不能强化。速化之言，妄也。觀物之變化，必至其時，言何容易？」《甘泉集》

邵康節詩云：「冬至子之半，天心無改移。」湛甘泉曰：「古冬至日在斗，今冬至日在箕。然則一陽之復，亦在箕矣。蓋日在箕，而後一陽之復，方應於子，其於分至之中氣可考也。」

湛甘泉生成化丙戌十月十三日巳時，弘治壬子舉於鄉，乙丑成進士。嘉靖十九年庚子，年七十五，以南司馬致仕。卒於嘉靖庚申四月廿二日戌時，年九十五。

甘泉詩云：「三皓同時及我門。」按，黎養真，名瑞鸞，年八十二；黄慎齋，名民準，年八十一；吴藤川，名純，年八十。甘泉弟子著録者，幾四千人，三君子齒最長，故有此句。

時先生年已九十矣。儒林盛事，千古僅見，華亭《史稿》本傳略而不載，不知當局修《明史》者，曾載入此段否？

十八灘之名，見於紀載者不一。湛甘泉致仕歸增城，取道江西，由吉安至贛州，作《十八歎》，第一恐惶灘，二標神灘，三縣津灘，四大料灘，五小料灘，六武索灘，七曉灘，八崑崙灘，九梁灘，十清洲灘，十一銅盤灘，十二洛瀨灘，十三大壺灘，十四狗脚灘，十五小壺灘，十六天柱灘，十七横弦灘，十八鼈灘。

《楞伽經》凡四譯，今所傳四卷者，乃劉宋時譯本，其文頗奧澀難讀。大旨有四，曰五法，曰三自性，曰八識，曰二無我，佛法悉入其中。五法者：名也，相也，妄想也，正智也，如如也。三自性者：妄想自性，緣起自性，成自性也。八識者：識藏也，意根，意識，眼識，耳識，鼻識，舌識，身識也。二無我者：人無我，法無我也。凡此諸法，不離迷、悟兩途。迷則爲名，爲相，爲妄想、緣起自性，爲人、法二執，而識藏轉爲諸識。悟則爲正智，爲如如，爲成自性，爲人、法無我，而諸識轉爲真識。所謂人、法，則五陰、十二入、十八界是已。五陰者：色，受，想，行，識也。十二入者：眼、耳、鼻、舌、身、音六根對色、聲、香、味、觸、法六塵也。加之六識，是爲十八界。合而言之，人也。析而言之，法也。一切佛語心品，良以萬法惟識，諸識惟心，種種差别，不出心識而已。故《經》中言識特詳，謂意識滅則七識亦滅，亦猶依海而有風，因風而鼓浪，風息則浪滅。羅整庵《困學記》

凡人家法，須令每有族人遠來，則爲一會以合族。雖無事，亦當每月一爲之。古人有花樹韋家宗會法，可取也。骨肉日疏者，只爲不相見，情不相接爾。《二程語録》

翠竹黄花〇南宋大慧禪師宗杲有《語録》三十卷。中一條：「僧問忠國師：『古德云：「青青翠竹，盡是法身。鬱鬱黄花，無非般若。」有人不許，云是邪説。亦有信者，云不思議，不知若爲？』國師曰：『此是普賢、文殊境界，非諸凡小而能信受，皆與《大乘了義經》合。《華嚴經》云：「佛身充滿法界，普現一切群生前。」翠竹既不出於法界，豈非法身乎？《般若經》云：「色無邊，故般若亦無邊。」黄花既不越於色，豈非般若乎？』又舉大珠和尚曰：『黄花若是般若，般若即同無情；翠竹若是法身，翠竹還能應用。若見性，人道是也得，道不是也得。若不見性，人説翠竹著翠竹，説黄花著黄花，説法身滯法身，説般若不識般若。』宗杲云：『國師主張翠竹是法身，直主張到底。大珠破翠竹不是法身，直破到底。老漢將一箇主張底，一箇破底，收作一處。更無拈題，不敢動著他一絲毫，要你學者具眼。』」余於前記，嘗謂舉「翠竹、黄花」二語，以爲與「鳶飛、魚躍」之言極相似，只是不同。欲吾人識其所以不同處，蓋引而未發之意。今偶爲此異同之論所激，有不容不盡其言者矣。羅整庵曰：「宗杲於兩家之説，更不拈動，總是占却便宜，却要學者具眼，殊不失爲人之意。」《困知記》

人之一身五行具，肝屬木，心屬火，脾屬土，肺屬金，腎屬水。《河圖》之數，天一生水，地六成之；地二生火，天七成之；天三生木，地八成之；地四生金，天九成之；天五生土，地十成之。所以薛文清云：「人心上自有一《河圖》。」

薛文清云：「程、朱之道，萬世之後，必有追崇盛於前代者。」又云：「程、朱從祀，不宜在漢唐諸儒之下。」今朱子已升十哲之列，薛言驗矣。

馬融不當崇祀孔廟，薛文清已言之，至程篁墩始上疏得請。並鄭康成而去之，則過矣。鄭氏箋注之功，豈可没哉？朱子有云：「漢魏諸儒，正音讀，通訓詁，考制度，辨名物，其功博矣！學者苟不先涉其流，則亦何以用其力於此？」此是至公之論。

薛文清《讀書録》、《續録》二集，或采成語，或出己見，無非性命之學。但《太極》、《西銘》義疏太多，未免重複。又有取於《陰符經》、《參同契》及《老》、《莊》諸書，豈謂與聖賢之旨有默契耶？

胡仁仲宏，號五峰，康侯子也，出楊龜山之門，所著有《知言集》六卷，吕伯恭謂《知言》勝《正蒙》。張南軒乃五峰高弟，奉其書爲師傳。朱子有《知言疑義》，與南軒、伯恭往復書，凡數十條。南軒從之，往往有改定者，有删去者。明弘治中，刻於新安，蓋非原本也。

胡致堂《崇正辨》三卷，取沙門仁贊所論述，一一闢之，凡二百九十九條，致堂自爲序，《文獻通考》載之。向來吾儒闢佛，未有條分縷悉、理直氣壯如此者。《宋史》本傳所載，止《讀史管見》、《論語詳説》及《斐然集》，而不及此書。明弘治中，鏤板於新安，程篁墩序。

史彌遠雖非賢相，然其在位，猶知立人才簿籍，記賢者姓名，此事見《方虛谷集》。特有意矯韓侂胄與道學爲仇之弊，而出於此耳，非果有好賢之實心也。

李見羅材學陽明之學，而別立修身知本爲宗旨，亦從禪學打疊過來。嘗與及門論佛乘，云：「《楞嚴》者，禪理之窟，繭絲牛毛，剖析至盡。《金剛》、《維摩》，則是破相之宗，理亦煞。到《圓覺經》，非西來本色，蓋後之淹貫禪經、諳曉文字者，擬而爲之者也。惟《法華》一經，最爲權實之大，因緣起教，似正而實奇；化城寶所，語虛而理實。諸凡鼓舞神通之用，道誘變幻之方，不可作實看，然亦不可一切虛看。全是一片大權智，而本之慈悲以導人也。所以一入其中，四顧茫渾，無處討出頭之路。惟材不然。初亦不免暫爲籠罩，徐徐撥牖，覺得光天化日，照常自在，縱横變化，總是一智之所轉移，初無有實事也。經世之學，只一犯著權智，起心動念，已無了田地根本矣。」梨洲先生《明儒學案》未曾抉出此條，偶閲《敎學集》，私識於此。

文字在天地間如森羅萬象，詩則神氣風霆，要之，無非至教。故此兩種文字在穹壤間，古今不能廢一。《敎學集》

陳白沙受業於吴康齋，生平出處略同。然白沙出而受職，乃告歸。康齋因石亨之薦而出，并辭諭德之職，蓋策亨之必敗也。畢竟師高於弟一著。

妬芽○《黄伐檀集·妬芽説》：「客有語予，人有以桃爲杏者，名曰『接』。其法，斷桃之本，而易以杏。春陽既作，其枝葉與花皆杏也。桃之萌亦出於其本，蓊然若與杏争盛者，主人命去之。此妬芽也。」

得樹樓雜鈔卷三

海寧查慎行悔餘纂

明儒從祀孔廟者，四人：薛文清瑄，在隆慶辛未；胡文敬居仁，在萬曆乙丑；陳文恭獻章，在萬曆乙酉；王文成守仁，在萬曆朝，年分俟再考。

河東之學，倡自薛文清敬軒先生瑄。同時及門者，閻御史子與禹錫，張侍郎自在鼎，段郡守容思堅，張廣文默齋傑，王文莊凝齋鴻儒，周布衣小泉蕙，薛郡丞思庵敬之，李郡丞介庵錦，吕文簡涇野柟，吕司務媿軒潛，張石谷節，李正立挺，郭郡守蒙泉郛，楊孝廉天游應詔。

三原之學，倡自王端毅石渠先生恕。同時及門者，王康禧平川承裕，馬光禄谿田理，韓恭簡苑洛邦奇，楊忠介斛山爵，王徵君秦關之士。

崇仁之學，倡自吴聘君康齋與弼。及門者，胡文敬敬齋居仁，婁教諭一齋諒，謝西山復，鄭孔明伉，胡鳳儀九韶，魏恭簡莊渠校，余侍郎訒齋祐，夏太僕東巖尚樸，潘廣文玉齋潤。

白沙之學，倡自陳文恭獻章。同時及門者，李孝廉大厓承箕，張通政東所詡，賀諫議醫閭欽，鄒吏目立齋智，陳御史時周茂烈，林長史緝熙光，陳秉常庸，李布衣抱真孔修，謝天錫祐，何文學時振廷矩，史運使惺堂桂芳。

姚江之學，倡自王文成陽明先生守仁。先後及門者，浙中則徐郎中横山愛，蔡提學我齋宗兖，朱御史白浦節，錢員外緒山德洪，王郎中龍谿畿，季郡守彭山本，黄宗伯久庵綰，董布衣蘿石澐，子穀，陸主事元静澄，顧司寇箬谿應祥，黄侍郎致齋宗明，張中丞浮峰元沖，程侍郎松谿文德，徐太常魯源用檢，萬鹿園表，王侍郎敬所宗沐，張侍讀陽和元忭，胡教諭今山瀚。江右則鄒文莊東廓守益，歐陽文莊南野德，聶貞襄雙江豹，羅文恭念庵洪先，劉處士兩峰文敏，劉郡丞師泉邦采，劉御史三吾陽，劉縣令梅源曉，劉員外晴川魁，黄主事洛村弘剛，何主事善山廷仁，陳郎中明水九川，魏太常水洲良弼，魏解元師伊良政，魏處士藥湖良器，王太常塘南時槐，鄧文潔定宇以讚，陳參政蒙山嘉謨，劉徵君瀘瀟元卿，萬學憲思默廷言，胡臬長廬山直，鄒忠介南臯元標，羅給諫匡湖大紘，宋中丞望之儀望，鄧徵君潛谷元錫，章徵君本清潢，馮僉憲慕岡應京。江南則黄孝廉五岳省曾，周長史靜庵衝，朱明經近齋得之，周太常訥谿怡，薛學憲方山應旂，薛副使畏齋甲，查副使毅齋鐸，唐襄文荆川順之，唐太常凝庵鶴徵，徐文貞存齋階，楊中丞幼殷豫孫。楚中則蔣僉憲道林信，冀孝廉闇齋元亨。北方則穆文簡玄庵孔暉，張教諭弘山後覺，孟尚寶我疆秋，尤主事西川時熙，孟文獻雲浦化鯉，楊侍郎晉庵東明，南郡守瑞泉大吉。粤閩則薛行人中離侃，周縣令謙齋坦。

止修學案，倡自李中丞見蘿材。及門之士約舉之，有羅棟、徐即登、李復陽、曾鳳儀、熊鍾文、夏九鼎、毛一瓚、徐大紳、喻言興、李雲鵠、羅懋忠、陸策、徐邦直、丁煒、李大昭、盧弘進、李寘等。

泰州學案，倡自王處士心齋艮，陽明門人。及門者，王東厓襞，徐方伯波石樾，王教諭一庵棟，林文選東城春，趙文肅大洲貞吉，羅參政近谿汝芳，楊侍郎復所起元，耿恭簡天臺定向，耿楚倥定理，焦文端澹園竑，何郎中克齋祥，潘尚寶雪松士藻，方明經本庵學漸，祝給事無功世禄，周尚寶海門汝登，陶文簡石簣望齡，劉太學仲倩墑。

甘泉學案，倡自湛文簡先生若水。及門者，吕太僕巾石懷，何侍郎吉陽遷，洪郡守覺山垣，唐主政一庵樞，蔡侍郎白石汝楠，許侍郎敬庵孚遠，馮恭定少墟從吾，唐文選曙臺伯元，楊端潔止齋〔一〕時喬，王文定順渠道。

東林學案，倡自顧端文涇陽先生憲成、高忠憲景逸先生攀龍。先後及門者，錢御史啟新一本，孫文介淇澳慎行，顧主事涇凡允成，史太常玉池孟麟，劉職方静之永澄，薛學正玄臺敷教，葉侍郎園適茂才，許孝廉静餘世卿，耿庭懷橘，劉光禄本孺元珍，黄忠端白安尊素，吴貢士覲華桂森，吴宗伯霞舟鍾巒，華文選鳳起允誠，陳中書幾亭龍正。

蕺山之學，倡自劉忠端念臺先生宗周，惲仲昇、黄梨洲兩先生乃高弟子也。

〔一〕「止齋」，《明儒學案》作「止庵」。

此外，尚有前後無授受，獨名一家者，如瓊山趙考古謙，學政曹月川端，僉憲黄南山潤玉，文毅羅一峰倫，文懿章楓山懋，郎中莊定山昶，侍郎張東白元禎，方伯陳克庵選，布衣陳賸夫真晟，方伯張古城吉，方伯周翠渠瑛，司成蔡虚齋清，太常潘南山府，參政羅東川僑，文莊羅整庵欽順，文莊汪石潭俊，文敏崔後渠銑，文定何柏齋瑭，肅敏王浚川廷相，文裕黄泰泉佐，文定張甬川邦奇，襄惠張净峰岳，莊裕徐養齋問，諸生李大經經綸，中丞李平谷中，文敏霍渭涯韜，考功薛西原蕙，文節舒梓谿芬，徵君來瞿塘知德，副使顔沖宇鯨，盧冠巖宁忠，侍郎吕心吾坤，忠節鹿乾岳善繼，臺長曹真予于汴，忠節吕豫石維祺，給事郝楚望敬，諫議吴朗公執御，忠烈黄石齋道周，忠節金伯玉鉉，徵君孫鍾元奇逢。不能枚舉，今據《明儒學案》所有者，記録於此，以備參考。

三原王端毅公恕，於經書傳注有所疑者，以己意推之，著《石渠意見》，時先生年已八十四矣。至八十六，又爲《拾遺》，八十八，又爲《補缺》，其老而好學如此。其中一條謂：「孔子作《春秋》，因左丘明所作《魯史》而修之也。不得與《公》、《穀》並稱『三傳』。」又謂：「丘明生於孔子之前，不應以生平前者爲傳以釋《經》。」愚按，杜元凱《春秋傳序》分明謂左丘明受《經》於仲尼，而《史記·仲尼弟子列傳》則無左丘明。然杜説必有所本，今乃直謂左丘明生孔子之前，似非確論。

《夏小正》載在《大戴禮》，夏時之月令也，諸家注解多疏謬。明正德中，浚川王肅敏廷相有《集解》十二篇，字斟句酌，頗稱明析。今刻入《家藏集》中第三十八卷，視王伯厚本爲更精。

衣瓜巾瓜○《夏小正》五月時有「養日乃衣瓜」，注家多不得其解。愚按，《曲禮》：「爲天子削瓜者副之，巾以絺；爲國君者華之，巾以綌。」《疏》云：「削，刊也。副，析也。刊其皮而析爲四。又横解之，而以細葛巾覆之而進也。華，半破也。諸侯禮降，故破而不四，亦横斷之，用麤葛巾覆也。」彼云巾，此云衣，皆取覆瓜之義，所以辟蠅噐也。

蟬與蜩異。《夏小正》於五月，先曰：「蟬鳴。」復曰：「唐蜩鳴。」其爲二物無疑。《毛詩傳》於《七月》、《小弁》諸篇下直云：「蜩，蟬也。」恐訛。箋注家未有是正者，存疑備考。

《戰國策》，劉向所校定三十三篇，《崇文總目》多闕。曾子固訪之士大夫家，其書始復完。晁公武《讀書志》所載，止有十篇，餘逸。歷代以其上繼《春秋》，下訖楚漢之起，凡二百四十五年，所記皆諸國事，載於史類。公武謂其「紀事不皆實録，難盡信。蓋出學縱横者所著，當附於縱横家」。此言得之。

王介甫《字説》凡二十卷，盛行於時。楊遵道嘗問伊川：「荆公一部字解，多是推五行生成，如今窮理，亦只如此著功夫，如何？」伊川云：「荆公後來却自以爲不是，晚年盡支離了。」元祐中，言者指其糅雜釋老，穿鑿破碎，聾瞽學者，特禁絶之。而蔡卞之徒，至謂「介甫閑居金陵，以天地萬物之理著此書，與《易》相表裏」，小人之無忌憚，一至於此！其書晁氏《讀書志》猶有之，今不傳。楊龜山集中有《王氏字説辨》一卷，所載者「空、倥、侗、同、金、銅、童、中、忠、洪、鴻、公、松、柏、籠、冬、天、示、犧、牲、戲、置、罷、終、聰、思、蒜、莖、藉、之、懿、徽、除、蟋、蟀、紅、紫、豐、崇、高」等，凡四十字，餘可類推也。

卯神〇朱子《宗室汝愚之父趙彦遠墓碣》：「父以肺疾終，終身不忍以諸肺爲羞。母生歲直卯，謂：兔，卯神，亦終身不食也。」推類言之，鼠爲子神，牛爲丑神，虎爲寅神，餘可倣此。

元儒朱公遷字克升《詩經疏義》以朱子《詩序辨説》爲主，專宗《集傳》，又因慶源輔氏之説而擴充之。然謂「朔日辛卯」古本作「朔月」，又《陟岵》注引《爾雅》「山有草木曰岵，山無草木曰屺」，謂《集注》用《毛傳》者訛。亦不盡遵朱注也。

《詩經》本文有四字可分兩句讀者，如《采葛》〔一〕篇「誰與獨處」，《日月》篇「德音無良」是也。有七字可作一句者，如「人之爲言胡得焉」、「於我乎夏屋渠渠」、「於嗟乎不承權輿」、「予其懲而毖後患」是也。有八字可作一句者，「不如叔也洵美且仁」、「君子實維秉心無競」、「我其夙夜畏天之威」、「胡瞻爾庭有縣貆兮」、「十月蟋蟀入我牀下」、「我不敢傚我友自逸」之類是也。有九字可作一句者，「不知我者謂我士也驕」、「不如子之衣安且吉兮」之類是也。

《漢廣》首章八句，下六句，多用「思」字叶韻，第二句「不可休息」，「息」字，先儒有疑爲「思」之訛者，理或有之。

〔一〕「《采葛》」，據《詩經》，疑爲「《葛生》」之誤。

《小雅》自《六月》至《無羊》，凡十四篇，《小序》皆以爲宣王時詩，朱文公闢之，謂《鴻雁》以下「時世多不可考」。鄱陽朱克升作《詩時世圖》，遂以《六月》至《吉日》四篇，又益以《黍苗》一篇，屬宣王世，分《鴻雁》以下至《無羊》十篇，屬厲王以後。不思宣王乃厲王之子，厲王以後非宣王而何？何故强生分别？今按，《集注》《鴻雁》之詩謂宣王能安集之云云，又，朱子嘗云「宣王，始也任賢使能。至其晚年，怠心一生，如虢文公之徒諫既不行，則小人乘間用事矣。故觀《祈父》之詩，則司馬非其人矣。小人在位，則賢者必不得志矣。故《白駒》之詩留賢者，而不肯留也」云云，然則朱子固以《鴻雁》、《祈父》、《白駒》等篇爲宣王時詩也。

《豳風·七月》之詩以夏正爲斷，《公劉》正當夏時，所用者，夏正也。宋儒張氏、曹氏、王氏，元儒吴氏之説皆同。但八章中於四時獨缺三月，學者以爲疑。愚按，孔穎達《正義》云：「此篇自立一體，從夏之十一月至夏之二月，皆以數配日。從夏之四月至於十月，皆以數配月，惟夏之三月特異常例。下云『春日遲遲』、『蠶月條桑』，皆是建辰之月，而或日或月，不以數配者。夏之三月，當陰陽之中，處生成之際，故日月並言。」據此，分明以蠶月爲建辰之月。又，《禮記》「歲既單矣，世婦卒蠶」，注云：「歲單，謂三月月盡之後。蠶，歲之大功，事畢於此也。」此其確證。後來朱公遷作《豳風圖》，摘「春日載陽」及「蠶月條桑」二段，布於二月四月之間，正得注疏之意。但不敢遽以爲三月，而云：「備見《豳風》『春日』之事。」愚請一言以斷之，曰：「蠶月即三月也。」

《豳風》「四之日其蚤，獻羔祭韭」，《月令·仲春》「鮮羔開冰，先薦寢廟」，開冰乃二月事。《周禮》則云：「凌人，夏頒冰。」《春秋傳》昭四年申豐云：「古者，日在北陸而藏冰，西陸朝覿而出之。」又云：「公始用之，火出而畢賦。」服虔以西陸朝覿爲二月，鄭康成謂是四月立夏之時。彼此亦不同。按，《正義》云：「二月開冰，君始用之。至於四月，其出之也，朝之祿位，賓、食、喪、祭於是乎普用之，乃是頒賜臣下也。」其釋「始用」、「畢賦」之義甚明。但《左傳》所云「火出」爲建辰之月，而《周禮》「夏頒冰」乃建巳之月，何以較遲一月？按，《爾雅》云：「西陸，昴也。」蓋火星初出在昴，至建巳，火星漸高，亦得稱火出者。早則三月末，晚則四月初，相距不遠。況三月中，亦有交四月節氣時，故據夏言之耳。賈《疏》於《周禮》「頒冰」條下，不甚明了，當以此義補之。

漢時酒名，見於《周禮鄭注》者，凡八種，酒正「辨五齊之名：一泛齊，二醴齊，三盎齊，四緹齊，五沈齊」。注云：「泛者，成而滓泛泛然，如今宜成醪矣。醴，猶體也，成而汁滓相將，如今恬酒矣。盎，猶翁也，成而翁翁然，葱白色，如今酇白矣。緹者，成而紅赤，如今下酒矣。沈者，成而滓沈，如今造清矣。」又，「辨三酒之物：一事酒，二昔酒，三清酒」。注云：「事酒，酌而有事者之酒，今之醳酒也。昔酒，今之酋久白酒，所謂舊醳者。清酒，則今中山冬釀也，接夏而成。」

常滿尊○《周禮·酒正》注：「三貳、再貳、一貳者，謂就三酒之尊而益之也。益之者，以飲諸臣，若今常滿尊也。」疏云：「益之，故常滿。」唐張謂詩「眼前一尊又常滿」，正用此。《酒譜》周穆王有杯名「常滿」，何僫有《常滿尊銘》。《唐書·李元素傳》：「元素爲武德令，刺史李文暕調民黄金，造常滿尊以獻，官屬無敢諫，元素固争，乃少損。」

井匽漏井○《周禮·宫人》：「爲其井匽，除其不蠲，去其惡臭。」注云：「井，漏井，所以受水潦。匽，謂匽豬，霤下之池，受畜水而流之者。」「井」、「匽」二者，皆所以除不潔、去穢惡之物，如今陽溝是也。

轅門二字，出《周禮》：「掌舍，掌王之會同之舍，設梐枑再重。設車宫轅門。」注云：「謂王行止宿阻險之處，備非常。次車以爲藩，則仰車以其轅表門。」後世稱將幕爲轅門，殊失之僭。

古制承塵以繒布爲之，出《周禮》：「幕人，掌帷幕幄帟綬之事。」注云：「王出宫，則有是事。在旁曰帷，在上曰幕，四合象宫室曰幄。鄭司農云，帟，平帳也。康成云，帟，主在幕若帷中，坐上承塵。」後世凡宫室中，以木板爲之，仰而在上者，通謂之「承塵」。李義山詩「賈傅承塵破廟風」是也。帟字，音亦，上从亦，下从巾。俗子不識字，至有作「𢂽」字用者，不知「𢂽」乃大帶之名，與「帟」音義各別也。

筒車○山家引水者，植木爲架，刳木爲筒，或剖巨竹爲之。自水源起，高下相承，涓流不絶，直灌田中，不勞人力。余所見廣西、湖南一帶，處處有之。因思戴石屏詩有「筒車自運山田水，長日老農閑唱歌」之句，可補古人田家詩所未道。

詞人以「也」字作「夜」音，杜云「青袍也自公」，白云「也向慈恩寺裏遊」，不可如字讀也。語出《劉貢父詩話》，不知何據。

六六魚○宋景文詩：「君軒結戀蕭蕭馬，尺素愁憑六六魚。」蓋謂龍八十一鱗，鯉三十六鱗也。然段成式《寄温庭筠雲藍箋詩》云：「三十六鱗充使時，數番猶得表相思。」則宋語實出於段，六六三十六，特翻新示異耳。

詩二十四名，見《樂府古題序》，云：「詩之爲二十四名：賦、頌、銘、贊、文、誄、箴、詩、行、詠、吟、題、怨、歎、篇、章、操、引、謡、謳、歌、曲、辭、調，皆六義之餘。」以余考之，殆不止二十四體，如「三婦」則以「豔」名，「阿鵲」、「昔昔」則以「鹽」名，「襄陽」、「石城」等則以「樂」名，「平城」、「彭城」則以「悲」名，「通國」、「淮祥」等則以「風」名，「龍躍」、「聖世」等則以「雅」名。此外，又有「擬古」、「古意」、「回文」、「連句」、「口號」、「離合」、「建除」、「大言」、「細言」、「雙聲」、「五雜組」、「九張機」諸體，要是古時之流别也。

後五代時，諸侯跋扈，枉法殺人，主家得自殺其奴僕。宋初，禁臣下不得專殺。然主家猶擅黥奴僕之面，以快其忿毒。真宗詔：「士庶之家，奴僕有犯，不得黥面，蓋重於戕人肌膚也。」此段見《燕翼詒謀録》第三卷中。本朝定例，滿洲家逃奴黥面，蓋用此法。

宋制，子之出繼者，得封贈本生父母。《燕翼詒謀録》

韓文公幼撫於嫂，嫂卒，爲服期。歐陽文忠公少孤，其叔教之學，既貴，乞以一官回贈，以報其德。皆因情起義者也。

宋高宗内禪後，所居名德壽宫，中有冷泉亭、飛來峰，乃倣靈隱爲之者。宫中分四地，隨時遊覽。東地分香遠梅、清深竹、月臺、梅坡、三徑菊、芙蓉、竹、清妍酴醿、清新木犀、芙蓉岡。南地分載忻大堂御宴處、忻忻古柏、太湖石、射廳臨賦荷花山子、燦錦金林檎、至樂池上、半丈紅郁李子、清曠木犀、瀉碧金魚池。西則冷泉古梅、文杏館、静樂牡丹、浣谿海棠水樓。北則绛華羅木亭、旱船俯翠茅亭、春桃、盤松等名。嘗自作《盤松贊》，又御製《祭土地文》云：「維淳熙五年，歲次戊戌，十一月某日，太上皇帝遣具官張宗尹，特設牲牢旨酒，珍果香花，致祭於本宫土地之神，曰：『神有百職，職各不同。典司草木，土示是供。我遊湖園，乃獲奇松。植之禁苑，百態千容。婆娑偃蓋，夭矯騰龍。翠色凝露，清香舞風。醉吟閑適，予情所鍾。壅培封神其殖，久或力窮。烏烏外擾，蟻蠹内攻。神其剿絶，勿使能終。精邪竊據，盜斧適逢。神其呵逐，勿使遺蹤。常令勁質，坐閲隆冬。竪踰五柞，弱異雙桐。歷千萬年，鬱鬱葱葱。牲牢旨酒，嗣録汝功。尚饗。」《淳熙玉堂雜記》

錢文僖惟演《金坡遺事》云「舊規，學士六人，遇聖節，共率百二十緡，寺中設齋。今送五十千與樞密使，同開道場，前一日赴宴」云云。今上萬壽節，先期各衙門分占寺觀，禮懺祈祝。翰林院自學士至庶常，群集公費，送内閣共開道場。余在朝十年，每歲隨班赴會，至癸巳三月爲極盛，乃皇上六旬大慶也。此事古人已有行之者矣。

五角六張，王荆公詞曾用之。馬永卿《嬾真子》謂：「五日遇角，六日遇張，凡是多不成。」未嘗載其出處。偶閲《開元傳信記》，内一條云：「天寶初，上游華清宫。有劉朝霞者，獻《賀幸温泉賦》，其自叙末二句云：『今日是千年一遇，叩頭莫五角六張。』帝覽而奇之，將加賞，命朝霞改去『五角六張』字。奏云：『臣草此賦時，有神助，自謂文不加點，筆不停綴，不願從天而改。』上顧曰：『真窮薄人也。』」四字出處在此。得毋以爲不祥，故欲令改去四字耶？

目耳鼻口心膽脾腎之氣全，謂之人，心之靈曰神，膽之靈曰魄，脾之靈曰魂，腎之靈曰精。心之神發乎目謂之視，腎之精發乎耳謂之聽，脾之魂發乎鼻謂之臭，膽之魄發乎口謂之言。邵子《漁樵對問》

人之生也謂其氣行，死也謂其形返。氣行則神魂交，形返則精魄存。神魂行乎天，精魄返於地。行於天則謂之陽行，返於地則謂之陰返。陽行則晝見而夜伏，陰返則夜見而晝伏。是知日者月之形也，月者日之影也，陽者陰之行也，陰者陽之影也，人者鬼之形也，鬼者人之影也。人謂鬼無形而無知者，吾不信也。同上

嘗疑《載芟》、《良耜》二章，與《小雅》《甫田》、《大田》諸什同，不應獨入《頌》。按，蔡邕《獨斷》云：「《載芟》一章三十一句，春藉田祈社稷之所歌也。《良耜》一章二十三句，秋報社稷之所歌也。」皆天子之禮樂，其爲《頌》固宜。

出土牛，李涪《刊誤》中一條云：「《月令》出土牛以示農耕之蚤晚，謂於國城之南立土牛，其年立春在十二月望，策牛人近前，示其農蚤也。立春在十二月晦，及正月朔，則策

牛人當中，示其農中也。立春在正月望，策牛人在後，示其農晚也。爲國之大計，在不失農時。故聖人急於養民，務成東作。今天下州郡立春日制一土牛，飾以文采，即以綵仗鞭之，既而碎之，各持其土，以祈豐稔，不亦乖乎？」

世以入仕爲通籍。按，馬縞《中華古今注》云：「籍者，一尺二寸竹牒，記人之年、名字、物色，懸之宮門，案省相應，乃得入也。」

《詩》三百篇名，其例不一，有取首章二字者，《關雎》、《葛覃》之類是也。有取章末二字者，《騶虞》、《權輿》是也。有取通章之義合而成文者，《召旻》、《韓奕》之類是也。他若《氓》、《丰》、《板》、《蕩》，則取章中一字。《維天之命》、《昊天有成命》，則取章首一句。惟《雅》之《雨無正》，《頌》之《酌》、《賚》三篇，於詩中無所取。又有例同而名異者，如「緜瓜瓞」與「緜緜葛藟」同，一取「緜緜」之義，一以「葛藟」爲名。「緜蠻黄鳥」與「交交黄鳥」同，一取「緜蠻」爲名，一取「黄鳥」爲名。想出編《詩》者之手，非若後世作詩之題目也。

唐人雁塔題名石刻，僧道士庶，前後非一，不止新進士也。進士特於曲江宴賞之暇，有此會耳。此段見南宋人戴埴《雜記》中，後世專以屬新進士者，未見石刻故也。

十三樓○東坡《南柯子》詞云：「遊人都上十三樓，不羨竹西歌吹、古揚州。」十三間樓在錢塘西湖北山，詞乃在錢塘作，舊注云：「汴京舊有十三樓。」非也。此段見《西塘集耆舊續聞》第二卷，潛説友《咸淳志》失載。

己亥五月，余七十生日，客有書七律一章爲壽者，其詩云：「絲管喧喧擁畫船，澄瀾上下照紅蓮。一尊各盡十分酒，四老共成三百年。北闕音書休憶念，西湖風物且留連。杭民夾道焚香看，白髮朱顔長壽仙。」後閲《清獻集》，知爲趙閲道詩也。元豐初，清獻守杭，趙叔平少師自南都來訪，留之過夏，同遊湖上而作。時少師年八十餘，清獻年踰七十。此外二人，皆見本集，一爲吴天常，一爲吴評少卿，故云「四老」。此事不減睢陽、洛社，而杭人罕有知者。田汝成《西湖志》亦不載。

《清江碧嶂集》，元清江人杜本伯原所撰，花山馬氏有刻本，止二卷耳。余按《臨江志》，伯原所著尚有《四經表義》、《十原》、《六書通編》等書，今不傳。

未央宫漢瓦○戊寅夏，客遊福州，老友林同人出漢瓦一枚見示。有篆書四字，文曰：「長生未央。」曾以紙榻而藏之。後閲王忠文禕《集》，中一條「漢瓦硯記」云「漢未央宫諸殿[一]瓦，其身如半筒，而覆檐際者，凡六等：曰『漢并天下』，曰『長樂未央』，曰『儲胥未央』，曰『長生無極』，曰『萬壽無疆』，曰『永壽無疆』。唐宋以來人，得之即以爲硯，故俗呼『瓦頭硯』也。洪武辛亥，余留長安，校官馬懿、張祐以此瓦相遺，其字曰『長樂未央』」云云。與林氏所藏，「生」與「樂」，一字又不同，乃知漢瓦固不止六等也。

景泰十才子，以詩名。東南劉溥字原博，長洲人；湯胤征，東甌王曾孫；蘇平字秉衡，蘇正字秉貞，平之弟，皆海寧人，皆以布衣終；沈愚字通理，崑山人；王淮字柏源，慈谿人；晏鐸字振之，富順人；鄒亮字克明，長洲人；蔣主忠字存恕，儀真人；王貞慶字善甫，定遠人，駙馬都尉寧之子，時稱「金粟公子」或云洞庭徐震叔重。○按，秉衡所著名《雪谿漁唱》，秉貞所著名《雲

[一]「殿」，原作「毀」，誤，據《王忠文公集》改。

壑集》，秉貞之弟名直字秉忠，所著有《蘭畹集》，兄弟三人，皆負詩名，邑人但知前二人耳。

劉龍洲名過字改之，泰和人。南宋時，客遊江浙，没，葬崑山。有詩集十卷，詩餘二卷，雜文三卷。邇年，其裔孫刻板於廬陵，第三卷中有《鹽官權學》七律一首，云：「人生百歲等歡悲，已判行藏任所之。筆研重尋驚夢覺，課程聊復伴兒嬉。荒原傍海多閑趣，閉户觀書有倦時。破帽塵埃人已矣，不妨更借蹇驢騎。」又，《鹽官借沈氏屋》一律，云：「借宅西頭對短檠，一鐙相對紙窗横。煨鑪火活蹲鴟熟，沸鼎茶香蚯蚓鳴。萬卷讀書空老大，諸生蓋世盡功名。依稀草木還鄉去，更向夜深聞雨聲。」玩二詩，似曾爲吾邑教官，故摘以備考。

今言館，合翰林、詹事、兩春坊、司經局皆館也，非必謂史館也。今言閣，東閣也。凡館之官，晨必會於斯，故亦曰閣，非必謂内閣也。羅圭峰《館閣詩序》

南園五先生，明初孫蕡字仲衍，南海人，有《西庵集》；王佐字彦舉，南海人，有《聽雨》、《瀛洲》二集；黄哲字庸之，番禺人，有《雪篷集》；李德字仲修，番禺人，有《易庵集》；趙介字伯貞，番禺人，有《臨清集》。五人皆有詩名，而仲衍爲之唱結社南園，開抗風軒，以延嶺表名士。竹垞老人尤嘆賞仲衍，摘其集唐數十聯，刻於《明詩綜》。余亦曾采入《雜鈔》第六卷中。

閩中十才子，林鴻字子羽，福清人，仕至禮部員外郎，有《膳部集》；陳亮字景明，長樂人，有《儲玉齋集》；高棅字彦恢，仕籍名廷禮，長樂人，永樂初翰林待詔，有《木天清氣》、《嘯臺》二集；唐泰字亨仲，閩縣人，洪武甲戌進士，有《善鳴集》；鄭定字孟宣，閩縣人，洪武中國子助教，有《澹齋集》；王褒字中美，閩縣人，洪武癸酉舉人，有《養靜集》；王偁字孟揚，閩縣人，洪武庚午舉人，永樂初，官國史院檢討，有《虛舟集》；王恭字安中，閩縣人，永樂中，授翰林典籍，有《白雲樵唱》、《鳳臺清嘯》、《草澤狂歌》；黄玄字玄之，侯官人，官泉州訓導；周玄字微之，閩縣人，以文學徵爲禮部郎中，有《宜秋集》。

「武原雙丁，兄麒弟麟。嘉禾二王，兄鏞弟鈞。」洪武中，嘉興詩人口號。按，丁氏兄弟皆海鹽人，麒字彦禎，官至濟南知府。麟字彦祥，洪武乙丑進士，官給事中，改御史。

罷從祀孔廟十三人。明嘉靖朝，程敏政上疏，請罷戴聖、劉向、鄭衆、賈逵、何休、馬融、服虔、鄭玄、盧植、王肅、王弼、杜預、范甯等十三人之崇祀孔廡者。時張孚敬當國，遂允其請，至今仍之。禮官無有請復者，似爲缺典。

得樹樓雜鈔卷四

海寧查慎行悔餘纂

鹽法八圖○明天順朝，莆田彭韶字鳳儀，以僉都御史巡視浙江鹽法，憐亭户之苦，繪八圖上進，各系以五古一首，一鹽場，二山場，三草蕩，四淋滷，五煎鹽，六徵鹽，七放鹽，八追賠。詩載《從吾滯集》中。

明初四家，以高啟、楊基、張羽、徐賁，比唐之王、楊、盧、駱，不惟文才之似，而其攸終亦不相遠。眉庵如盈川之令終；青丘之斃同乎賓王；北郭雖不溺海，僅全首領而非首丘；静居投龍江，又與照鄰無異。噫！亦異矣。《張企翱詩話》

明弘治間，長洲布衣趙同魯，字與哲，所著名《仙華集》，中有《平賦》詩一章，專叙蘇州田賦之不均，而歸功於巡撫都御史陳某。時王三原爲大司農，與哲又三上書，極言之。三原賞其文，欲薦於朝而不果。愚按，明初重賦，不獨蘇州，其禍端肇於賈似道秉國時。理宗景定四年三月，買公田於浙西杭、嘉、湖、蘇、松、常六郡，共田三百五十餘萬頃，所收者，公租耳。元下江南，置江淮財賦都總管府，又立江浙財賦府，各領官田，籍没田皆不在州縣原額。此外，又有大臣賜田，咸在平江等路，於時官田已多。後張士誠據吴，所署平章、太尉等官，率負販小人，無不志在營私。一時買獻之田遍於浙西嘉、湖、蘇、松四府。明初，既入版圖，按其租籍入官。已而富民沈萬三等，又以事被籍没，而浙西之官田益多矣。計租多者，每畝輸倉米一石五斗，少者七斗七升四合。本依租以徵税，此租額而非糧額也。相沿既久，混租爲糧，於是官田民田，租則相遠。官田多者，不勝其苦。稽諸《實録》，孝、獻、景三陵，咸下減租之詔，彼時尚分官、民等則。迨平賦之後，民困非不小甦，然民田之賦本輕，而反增重。後雖欲籲恩求減，而官田之籍已去，無從據依矣。

屠墳秋鳥〇嘉興屠康僖公墓在乍浦陳山，山濱海，樹木蓊鬱。每東風起，有鳥自海外來，集於樹，土人張羅持竿捕之。大者曰「戴毛鷹」，亦曰「鸖鵳」，中者曰「花雞」，小者曰「鑽籬」。剖其腹，有青椒，其骨甚脆，號爲秋鳥。平湖沈懋嘉《會真》絶句云：「陳山西麓海東頭，細網長竿帶緑韛。買得山禽如粉脆，屠墳十里稻花秋。」蓋紀其實也。

方于魯，初名大激，以字行，改字建元，歙布衣。所製墨，形模古雅，上自符璽，下至雜佩，著於圖譜者，凡三百八十五式。世但知其爲墨工，有詩，名《佳日樓集》，汪伯玉曾招之入豐干社。

古人製墨，率用松烟，漢取諸扶風，晋取諸廬山，唐則易州、上黨。自李超徙歙，張谷徙黟，皆世其業。其後，耿仁遂、高慶和、戴彦衡、吴滋、胡智，率多歙人。明則羅文龍小華、邵克己格之、程大約君房、方大激于魯，咸以製墨稱。

休寧吴去塵，名拭。人以墨工目之，鮮有稱其詩者。嘉興朱子蓉六丈嘗爲余誦其佳句，乃客南都時題十寺廊壁之作。七言如：「花雨已過寒食後，風箏又傍社壇斜。」「半偈歲深香積飯，一番風暖木棉衣。」「移家漸近寒山寺，探篋惟餘秋水篇。」「衣上露涼飄柏葉，鬢邊霜重壓蘆花。」偶記憶及之，録存與知音者共賞。

崇禎欽定魏黨逆案，具疏者爲首輔韓爌，而分別六等定罪，實出錢龍錫之手。錢字稚文，松江華亭人，時初入閣，思陵出黄羅囊示之，曰：「忠賢，一豎，何能爲？皆外廷力爲諂諛至此。」囊中章疏，悉媚奄人實蹟也。公既分别輕重，又慮罪人狡辯，因復於諸臣姓名下，各注所犯緣由，以服其心。由是，黨人銜怨入骨，及大安口失事，御史高捷劾錢與袁崇焕同謀，繫獄論斬。中允黄道周、給事中劉斯琜先後爲訟冤，得免死，戍定海衛。

淳安商文毅公輅，年二十二以《書經》舉正統乙卯浙江鄉試第一，明年丙辰，赴會試，名在乙榜。時吉水周功叙學士分校禮闈，深以失公爲恨。周所著名《石谿集》，其《送商貢士序》云「余得生文，擬置諸甲榜，已而殿焉。拆榜，見其爲生也，同事諸公相與太息。故事，乙榜俱授教職。生自顧未可，淑人白所司，歸學。他日所就，未可量也」云云。后十年，乙丑，商會試、殿試俱第一，功叙在朝猶及見之。

菱、芡皆水物，然菱寒而芡暖，以菱花背日，芡花向日也。稻、麥皆土物，然稻滋而麥燥，以稻生卑濕，麥生高壤也。

參、芪，世謂補物，芩、連，世謂泄物，而内熱者則芩、連爲補。蘇、麻，世謂泄物，薑、桂，世謂補物，而氣虚者則以薑、桂爲泄。

方回字虚谷，婺源人。宋末守嚴州，元兵至，以城降，其大節本無足取。所輯《瀛奎律髓》一編，内選朱、陸《鵝湖會講》七律，自附於朱子鄉人，痛詆金谿二陸。今其書一刻於石門，一刻於淮上，世幾以方爲道學一流人物矣。竊考其生平、學業，率多偏執己見，自以爲是。請以《宋景濂集》證之，内一條題《柳公權書度人經後》，云：「是經乃晋宋人僞作，至誠懸時相傳稍久，故信而書之。近代紫陽方回則謂五季蜀王建時道士王喬始造，且確然弗自疑。使回見誠懸書此，吾知其顙有泚矣。」又一條云：「蘭生澤中，廣而長節，花葉俱香，而可充佩者也。方回謂：『蘭則今名千金草及孩兒菊，今之所謂蘭，實古稱川續斷。』其説累數百言，予亦未敢信也。」即此二條，方之論著不見收於識者，可以類推矣。

人物胎生遲速○鼠胎一月，貓胎二月，犬胎三月，彘胎四月，猨胎五月，麋鹿胎六月，虎胎七月，牛馬胎十二月，象胎三十六月。

孔子誕日在周靈王二十一年十月二十七日，今之八月廿七也。諱日在周敬王四十一年四月十八日，今之二月十八也。廬陵張貞生有《宣聖誕期碑文》，勒石於白鹿洞，不知所據何書。

三湖九津考○南昌府城中舊有三湖九津，水脈與贛江相近而不入江，却蜿蜒從内水關折而南、而西，出四輔門，歸蜆子湖，趨楊家灘。三湖者，東湖、西湖、北湖，今尚存。九津者，一五行，二五事，三八政，四五紀，五會極，六三德，七稽疑，八庶徵，九福極，皆以洩城中之水，取《洪範》「九疇」以命名。津有沙，水有匯。明萬曆間范太守淶曾濬而復其故，萬司馬恭有碑記，祥載《洞陽子集》中。今故道湮没，不可考矣。

南昌府城外，二水左右夾流。章、貢之水，西合吉、袁、臨、瑞之流；大瀦者爲贛河，一千里繞而左。軍峰之水，東合杉關、建、撫之流；大瀦者爲撫河，四百里繞而右。繞而左者，穿樵舍、吴城入湖，爲西鄱陽湖；繞而右者，穿楊家灘、趙家圩入湖，爲東鄱陽湖。兩湖又北駛百里，始混一於彭蠡。

宋高宗時，於潛令樓璹，字壽玉，作《耕織圖》，凡耕之事二十有一，織之事二十有四。每事爲之圖，繫以古詩一章。農夫織婦始終艱難之態，具於此書。明弋陽汪宗伯石潭先生俊有跋。

吉水李宗伯醒齋，家傳灌瓦研，長一尺，闊半之，厚不及寸，背作麻布紋，中間一行，上列錢文〔一〕，篆書「建安十五年」五字，八分書，一鹿蟠卧其下，紋皆隱起。正面開池，受墨處形墮而窪，長五寸許，闊三寸許。兩旁分刻銘詞八句，右云：「惟天降靈，錫我曹璧。值時精明，遇人而出。」左云：「惜彼陶甄，乃古器質。翰林是封，以彰以述。」字體皆唐篆，下記云：「予得於漳濱之深，以三十九枚娶二字疑訛而加諸翰墨，以爲博雅好古之玩云。洪武辛未重九臞仙識。」凡三十六字。按，明寧獻王權，太祖第十七子，以洪武二十四年封，辛未乃其受封之年。又二年就藩太寧，靖難後，移封南昌，仍以「寧」爲國號。史稱其在仁、宣之世，搆精廬，鼓琴讀書，日與文學士相往還，託志翀舉，自號臞仙。硯，其舊物也。宗伯母朱氏，明宗室才女，世稱遠山夫人。此研從藩邸歸李氏，有自來矣！宗伯之冢孫

〔一〕按，圖内篆文，模糊難識。

暄，康熙壬午孝廉，予女夫也。己亥秋，予應白中丞聘，來修《通志》，留南昌度歲。庚子正月，暄不幸蚤世，家貧，出舊藏古玩書畫，賣給喪費。此研留予寓，凡數日，索價高，求售不易，仍什襲歸之。

南宋進士及第後，唱名罷，俱賜袍笏。謝恩入幕，賜御饌，進謝恩詩，出。賜席帽，於闕門外上馬，迎入期集所，又名狀元局。官給錢物，供張皂隸。於此聚同年，待賓客，刊題名小録。賜聞喜宴，進謝宴詩。如此者一月。然後狀元率榜下士，詣闕門謝恩，謂之門謝。門謝後，命之初階，狀元授承事郎、僉書某軍節度判官廳公事。至後一科放進士榜，則前一科狀元召入，爲秘書省正字，名曰「對花召」。見《文信國集注》。

明朝親兄弟得謚者凡三家，閩縣林文僖廷機、林康懿廷棉，靈寶許恭襄論、許莊敏誥，寧州周僖敏季麟、周康惠季鳳。

浴佛日○《春秋》莊公七年：「夏四月辛卯，夜，恒星不見。」按，杜氏注：「辛卯，乃是月五日也。」佛家以四月八日浴佛，謂瞿曇之生，正當《春秋》恒星不見之夕，特欲顯其降生

之異，而不知其疏謬，足以資明者之一笑。《羅整庵續稿》

豫章，木名，然非一木也。豫，今枕木。章，今樟木。二木生至七年乃可分別。此説出《郭青螺别記》第十卷中。

六脈之候凡二十七種。浮、沈、虚、實、緊、緩、遲、數、滑、濇、長、短、洪、微、細、散、芤、伏、動、革、弦、弱、牢、滯二十四者，一一相對。此外，則促、結、代，皆有止之脈。疾而時止曰促，徐而時止曰結，雖有止，非死脈也。代，真死脈矣。故促、結亦爲對，而代無對。吴草廬《診脈指要序》

納甲納音○干支之名，立而相配爲六十。世傳始於大橈作甲子，漢時術家以六十之四十八配《周易》八純卦之六爻，謂之渾天納甲。不過以寅卯爲木，巳午爲火，申酉爲金，亥子爲水，辰戌丑未爲土而已。後之所謂納音者，每支五行備，每行周乎十二支。干則否。壬癸各二水，而四金四木；丙丁各二火，而四土四水；戊己各二土，而四木四火；庚辛各二金，而四木四土；甲乙不爲木，而四火四水四金焉。予嘗謂納甲之五行，猶先天之

卦，納音之五行，猶後天之卦也。吴草廬《甲子釋義序》

數學至康節而極，《觀物内篇》六十二，演數學者五十篇。始於一五乘，而十二萬九千六百者，年數也。元會運世，三十有四千，三圍支一徑，其員象天。始於四三乘，而一萬七千二十四者，物數也。聲音六品，十有六千，四唱支四和，其方法地。康節之數，此二例而已。吴草廬《贈胡一山序》

《西江傳衣派圖》，吕本中居仁所作。以山谷爲祖，列二十五人爲法嗣，徐州陳無己、黄岡潘大臨、臨川謝無逸、豫章徐俯、洪朋、洪炎、洪芻、蘄春林敏修、林敏功、開封王直方、江西饒節、江陵高荷、汪革、李淳〔一〕、晁沖之、黄岡潘大觀、江瑞本、李彭、謝遵、楊符、何顗、韓子蒼、德安夏均父、僧祖可、善權。陳師道字無己，《後山集》。潘大臨字邠老。謝無逸名逸，《谿堂集》五卷。徐俯字師川，《上藍莊詩集》。洪朋字龜父〔二〕，《清非集》一卷。洪炎字玉父，《西渡集》一卷。洪芻字駒父，《老圃

〔一〕「淳」，郭子章《豫章詩話》作「錞」。

〔二〕「父」，原作「文」，誤，據郭子章《豫章詩話》改。

集》一卷。林敏功字子仁，詩文千餘篇。王直方名立之，《歸叟集》一卷。饒節字德操，後爲僧，名如璧，《倚松老人集》一卷。高荷字子勉，《還還集》二卷。汪革字信民，《清谿詩集》一卷。李淳字希聲，集一卷。晁沖之字叔用，《具茨集》。楊符字信祖，集一卷。韓子蒼名駒，《陵陽集》。夏倪字均父，《遠遊堂集》二卷。以上十七家集名見郭青螺《詩話》中，餘莫考。

石花，按，宋鄭剛中《北山集》云：「海濱石有根莖，生而類於芝者，俗呼爲石花，今日敷設花座，嚴置净室，普奉十方，用結山齋净緣。爲之偈曰：『幻化無窮，天巧難覷。諸香妙華，種種呈露。都隨春來，亦隨春去。繽紛顛倒，與空同處。此華希有，周流四序。雨風霧煙，盈盈朝莫。以何因緣，其體堅固。無顔色染，無開落故。』」余戊戌春，客廣州，偶得一枚，名之曰「石芝」，正與此合。

《尚書》所紀，兼唐、虞、夏、商、周。《春秋》專紀東周以後事。《詩》則舉二經而並載之，上溯《玄鳥》、《生民》，推本帝嚳，下逮《陳風》，合千五六百年間治亂興亡具在焉。其與《尚書》互爲詳略者，則在二《南》、《豳風》、大小二《雅》、商周二《頌》。其與《春秋》相爲表裏者，則在十三《國風》及《魯頌》。分別考之，約略可覩也。如《尚書》載《召誥》、《洛誥》，二公經營洛邑，皆成王時事也。讀《周南》、《召南》，則知二公分陝始於封内矣。《武

《金縢》載「周公居東」而已，讀「七月流火」之什，而其風可徵。《鴟鴞》稱「公劉克篤前烈」而已，讀《鴟鴞》諸篇，而其事愈明。二《雅》紀西周治亂之始終，與《尚書》相發明者尤廣。正《大雅》遡后稷始生，次及公劉遷邠，太王遷岐，文之作豐，武之鎬京，成之卷阿，叙述周家世德，多八《誥》、《無逸》所未悉者。正《小雅》宴勞群臣，命將出師，宛然《立政》、《周官》氣象。至於厲、宣、幽、平之事，見於《尚書》者尤少，不有《六月》、《采芑》、《江漢》、《常武》，何以見南征北伐之威乎？不有《車攻》、《吉日》、《鴻鴈》、《庭燎》，何以見朝會田獵之典乎？不有《節南山》、《雨無正》以下及《民勞》、《板》、《蕩》諸什，西周喪亡之禍，何自而推其本末乎？即《周頌》告成功於先王，亦有與時事相參者，如《時邁》及《般》，即《周官》「王乃時巡」也；《振鷺》、《有客》，即《微子》「庸建」之命也；《閔予》、《訪落》四篇，即《金縢》、《大誥》之意也。若《商書》所載成湯、太甲、盤庚、武丁事，非不詳，然有《玄鳥》、《長發》二篇，方知「玄王」、「相土」所自來；有《殷武》一篇，方知高宗撻伐之武烈。此《詩》與《尚書》互有詳略之大概也。若夫春秋時，列國之强弱不同矣，然其風尚可采也。《春秋》書「衛州吁弑其君完」，觀《柏舟》以至《終風》，莊公能辭首惡之罪乎？書「宋、陳、蔡、衛伐鄭」，觀「擊鼓其鏜」，宋、陳能免黨惡之誅乎？書「衛侯朔出奔齊」，觀《新臺》、《二子乘舟》，非宣公不道以啟禍乎？書「狄入衛」，觀《牆茨》、《偕老》、《鶉奔》，非宣姜鄭文公畏高克，所以賦《清人》也，鄭棄其師有由矣。夫人姜氏之穢行不可掩矣，有《敝笱》、《載驅》以刺文姜，即有《南山》以譏其兄，《猗嗟》以譏其子，非《春秋》之微旨乎？至於「陳殺其大夫洩冶」，「夏徵舒弒其君平國」，「楚人殺陳夏徵舒，楚子入陳」，《春秋》明以討賊與楚也，乃《株林》特刺其君臣宣淫，蓋謂禍亂之源，不自楚人始爾。其間又有《春秋》不書，而《詩》特詳之者，《式微》、《旄丘》，黎侯失國，而衛不恤也；「束薪、蒲、楚」，平王戍申而不撫其民也；曲沃以支篡主，天王不討，而又寵秩之，《春秋》削而不書，獨見於《揚水》、《椒聊》、《無衣》諸詩，所以傷周道之衰爾；《黄鳥》殲良以殉死，《渭陽》納舅以亂晉，《春秋》削之，而《詩》存之，明秦之爲狄道爾。然魯僖作《泮宫》、《閟宫》，國人頌之，何以不見於《春秋》乎？蓋事合於禮，以爲常事而不書爾，顧以二詩考之，《春秋》書「郊」者九，書「禘」者二，志魯僭也，觀「龍旗承祀」而信然矣。書「夫人風氏薨」，書「王歸含且賵」，書「葬我小君成風」，書「禘於太廟，用致夫人」，譏妾母也，觀「令妻壽母」而信然矣。「戎狄是膺，荆舒是懲」，即「齊桓召陵之師」也。「居常與許，復周公之宇」，即鄭璧所假之許田也。豈非《國風》、《魯頌》與《春秋》相爲表裏乎？

己亥秋，江西白近薇中丞重修《通志》，邀余來領書局。移文十三郡，訪求舊姓藏書，率以兵火無存爲解。南宋名家如晏元獻公殊、胡忠簡公銓、陳文正公康伯、湯東澗公紀，殘編斷簡，所留者，人不過數十頁而已。至周益公必大《平園集》則全未之見。庚子八月，從書鋪購得明初《劉槎翁集》，中有胡〔一〕舫翁雲序，云「《周文忠集》，相傳寫本在臨川李氏，《胡忠簡全集》予雖及見，然亦無副本」云云。適老友湯碩人自南豐來，因托渠代訪。時志局且竣，余將東歸裝矣，不知此二集者，衰暮之年，尚及一寓目否？

朱文公《自警》絶句云：「十年浮海一身輕，歸對梨渦却有情。世上無如人欲險，幾人到此誤平生。」初不解所謂，後閲郭青螺《豫章詩話》，中有一則云：「胡澹庵十年貶海外，比歸，飲於湘潭胡氏園，有『君恩許歸此一醉，旁有梨頰生微渦』之句，謂侍伎梨倩也。」始知朱子詩借胡以自儆爾。但乾道中，澹庵曾以詩人論薦朱子，似不應詆毁若此。

雙白石○鄱陽姜夔字堯章，自號白石道人，蕭東夫以兄之子妻之。頗解音律，進樂

〔一〕「胡」，疑爲「吴」之誤。

書，免解，不第而卒。世但賞其詞之工，不知其能詩也。有《白石道人集》三卷，爲范石湖、楊廷秀所稱。詩云：「夜暗歸雲繞柁牙，江涵星影雁團沙。行人悵望蘇臺柳，曾與吴王掃落花。」同時有黄巖老，亦號白石，亦學詩於千巖，人號爲「雙白石」云。《豫章詩話》

吉安一府，明朝科名甲天下。萬曆以前，郡人有《十閣老》、《九尚書》、《十狀元》詩。十閣老者：楊士奇、尹直、蕭鎡、解縉、陳循、陳文、劉定之、胡靖、彭時、彭華。九尚書者：周忱、王直、王概、蕭晅、蕭禎、劉廣衡、劉宣、劉孜、蕭維禎。今考之，以前則遺却劉崧，以後又有羅欽順、歐陽德、陳鳳梧、王學夔、王學益、歐陽必進、聶豹、毛伯温、曾同亨、蕭大亨、朱衡、尹臺、郭子章、張鳴岡、康新民、李日宣、本朝李振裕，總二十七尚書。十狀元者：胡靖、蕭時中、曾棨、陳循、彭時、劉儼、羅倫、彭教、曾彦、曾鶴齡。其後又有羅洪先、劉同升，總十二人。其餘總憲、侍郎、榜眼、探花、鄉會兩元，不在此數，可謂盛矣！

揚州新城，嘉靖中太守吴桂芳所築，時有倭寇故也。桂芳字子實，江西新建人，仕至工部尚書，《明史》有傳。

海鹽海塘，明成化中副使楊瑄所築，計二千三百丈。在任十餘年，升按察使，又濬杭州西湖，置閘，以利灌溉。功未就，卒。瑄字廷獻，江西豐城人，景泰朝進士。

刑統律賦解○《明史·蕭岐傳》：岐字尚仁，江西泰和人，洪武中以賢良徵，後以訓導致仕。嘗取《刑統八韻賦》，引律令爲之解，合爲一集，謂：「天下理本一，出乎道必入乎刑，吾合二書，使觀者有所省也。」學者稱正固先生。

黄鶴注杜詩○黄希字夢得，號師心，撫州宜黄人，宋乾道中進士，官永新令。嘗作春風堂於縣治，楊誠齋爲之《記》。有《補注杜詩》，搜剔隱微，皆前人所未發，子鶴續成之。鶴字叔似，所著有《北窗寓言集》，《西江人物志》所載甚明。世人但知黄鶴注杜，不知其續成父書也，特表出之。

豫章之有書院，始於南宋，事詳《宋史·陸持之傳》。持之字伯微，九淵子。九淵授徒象山，學者數百人。有未達，持之爲敷繹之。嘉定三年，袁燮薦於朝。豫章建東湖書院，連帥以書幣起持之爲長。所著有《提綱》〔一〕、《諸經雜説》，今之爲書院記者，不知引此，謂始於寧濠及嚴分宜，致士論紛紛，遂罷碑刻。

蘆溝石橋，明上饒人楊麒所督建者。麒字仁甫，正德中進士，歷官工部尚書。《饒州府志》

楷模二字○元餘干人吴正道明六經，嘗補許氏《説文》之未備者。吴草廬問曰：「楷模二字，假借乎？」正道曰：「取義也。淮南子《草木譜》云：模木生周公冢，其色正；楷木生孔子冢，其葉直。」澄大敬之。著有《六書原》、《六書通正》、《六書淵源圖》，草廬爲之序。

《本草品彙精要》，四十二卷，明弘治十六年太醫院判劉文泰、王槃、高廷和等奉旨編輯。首玉石，次草木，次人，次獸，次禽，次蟲魚，次果，次米穀，次菜。每部悉遵《神農本

〔一〕按，據《宋史》卷四二四《陸持之傳》，陸持之所著爲《易提綱》。

草》，分爲三品，列二十四則：一曰名，二曰苗，三曰地，四曰時，五曰收，六曰用，七曰質，八曰色，九曰味，十曰性，十一曰氣，十二曰臭，十三曰主，十四曰行，十五曰助，十六曰反，十七曰製，十八曰治，十九曰合，二十曰禁，二十一曰代，二十二曰忌，二十三曰解，二十四曰贋。每條大字朱書於上，墨字小注於下，采附諸家，以《圖經》爲主，餘如陶隱居、日華子、唐本、蜀本、陳藏器、唐慎微等説，擇其當者則録之。書成於弘治十八年三月，寫本進呈，繪圖皆極精妙。内府所藏，人間無第二本。庚子春，客南昌，於吉水李氏藏書購得之。凡三十六册，惜被水，每頁有淹浥之痕。泥金標首，字樣率多剥落。若得好手重加補綴，可以傲傳是樓、潛采堂所無矣。後歸高公其倬，未知能善藏否。

武后改造十二字，其可考者，天作𠀑，地作埊，人作𤯔，聖作𨲢，臣作𢘑，年作𠡦，月作匨，亦作㔔，日作㔰，星作〇，正作𠙺，授作𥠢，初作𡔈，惟㞢字無考。顧炎武《金石文字記》。此外，又有一人大吉爲𡬶，即君字。

𡘙，古七字，《太玄經·玄攡》曰：「運諸𡘙政。」《玄棿》曰：「棿擬之二𡘙。」《方言》

曰：「吴有桼娥之臺。」〔一〕王莽《候鉦銘》「重五十桼斤」是也。唐碑書「七」字，亦有作「漆」者，後人省筆作「柒」，「柒」即「漆」之草書。《山海經》云：「剛山多柒木。」《水經注》「漆水」下有「柒縣」、「柒渠」、「柒谿」，皆作「柒」。今作「柒」，又「柒」之省。

古書一爲「弌」，二爲「弍」，三爲「弎」。蓋以弋爲母，而一、二、三隨數附合，以成其字。不知單書一畫爲「一」等字，起自何時。程大昌《演繁露》云：「今官府文書，凡記數，皆取同聲，而點畫多者改用之，以其不可改换爲姦也。」顧炎武謂：「數目壹、貳、叁、肆等字，皆武后所改。」按，《韻會》：「捌，破聲。劉歆《遂初賦》『石捌破之嵒嵒』。玖則石之似玉者耳。」全無義理。洪容齋《隨筆》曰：「古書及漢人用字，惟一與壹、二與貳、三與叁，其義皆同。」

唐人墓志有一人爲序、一人爲銘者。《許公蘇瓌碑》，盧藏用序并八分書，張説銘。景雲元年十一月立，今碑石尚在武功縣。

〔一〕「吴有桼娥之臺」，通行本《方言》卷二作「吴有館娃之宫，秦有桼娥之臺」。

《雲麾將軍碑》有二，皆李北海書。一爲李思訓碑，在蒲城；一爲李秀字玄秀碑，在范陽。詳載孫承澤《春明夢餘録》中。

姑姪叔姪○《爾雅》云：「謂吾姑者，吾謂之姪。」姪乃對姑之稱，考之《左傳》，皆然。至於兄弟之子，則猶子也。古未有對伯叔稱姪者，惟《史記・武安侯傳》：「田蚡爲諸郎，未貴，往來侍酒魏其，跪起如子姪。」《漢書》「子姪」作「子姓」。至《疏廣傳》則云與其兄子受「父子並爲師傅」。《後漢書》蔡邕與其叔質得罪，上書自陳，亦曰：「言事者欲陷父子。」《晋書・謝安傳》：「安與兄子玄父子皆著大勳。」猶存古意。自晋以降，乃呼叔姪。《顔氏家訓》曰：「兄弟之子，北土皆呼爲姪。」此其證也。朱子有云：「姪字本非兄弟之子所當稱，自曾祖而下，三代稱從子，高祖四世而下稱族子。」此説極當，顧世無遵之者。

宦侍娶妻○《後漢書・劉瑜傳》言：「常侍、黄門，亦廣妻娶。」《周舉傳》言：「豎宦之人，亦復虚以形勢，威侮良家，娶女閉之，至有白首殁無配偶。」《單超傳》：「四侯轉横，多取良人美女，以爲姬妾。」其事始於東漢，至唐則宦官有權位者並得娶妻。史之所載，高力士娶吕玄晤女，李輔國娶元擢女，皆奉敕爲之。李輔光夫人輔氏《墓志》載其有子四人，楊復光至假子數十人。

《鄭恒暨夫人崔氏墓志銘》，秦貫撰，正書：「大中十二年十二月。」此銘出魏縣土中。顧氏《金石文字記》曰：「此世所傳『崔鶯鶯』者是也。年七十六，有子六人，與鄭合葬。足辨《會真記》之誣。」

古「荼」字即今「茶」字，「荼苦」之「荼」，與「荼蕣」之「荼」無别，皆讀曰「徒」，未嘗分「麻」韻。東漢以下，乃音「宅加反」，又音「居何反」，然猶在「歌戈」韻中。至梁以下，始有今音。又減去一畫，爲「茶」字。按，《爾雅》云：「檟，苦荼。」《廣韻》「九麻」中有「荼」字，有「梌」字，又有「茶」字，注曰：「俗。」是也。

《周書·蕭大圜傳》：「留侯追蹤於松子，陶朱成術於辛文。」又云：「穫菽尋氾氏之書，露葵徵尹君之録。」「辛文」、「尹君」二人，不詳所出。

《吕氏春秋》：「堯有子十人，不與其子而授舜。舜有子九人，不與其子而授禹。」高誘注云：「九子，不知出何書也。」

祁黄羊〇《吕氏春秋》：「晋平公問於祁黄羊曰：『南陽無令，誰可而爲之？』祁黄羊對曰：『解狐可。』」高誘注云：「黄羊，晋大夫祁奚之字。」按，後人俱用《左傳》，不知奚之字也。

鸞輅鑾輅〇《吕氏春秋·孟春》注：「鸞鳥在衡，和在軾，鳴相應和。後世不能復致，鑄銅爲之，飾以金，謂之鑾輅也。」

得樹樓雜鈔卷五

海寧查慎行悔餘纂

《禮記·月令》與《呂氏春秋》互異。《孟春》：「倉龍」作「蒼龍」。「路」作「輅」。「鳴雁來」作「候鴈北」。「措之於參保，介之御間」作「措之參於保，介之御間」。「草木萌動」作「繁動」。「胎天」作「胎犬」。「毋麛毋卵」皆作「無」，下同。「掩骼埋胔」作「霾髊」。「稱兵必天殃」，「必」字下多「有」字。「不可從我始」作「不可以從我始」，多「以」字。「草木蚤落」作「早槁」。「國時有恐」作「國乃有恐」。「猋風」作「疾風」。「總至」作「數至」。《仲春》：「倉庚」作「蒼庚」。「萌芽」作「萌牙」。「命民社」作「命人社」。「啟户」作「開户」。「以令兆民」作「以令于兆民」，多「于」字。「雷將發聲」，「將」字作「且」。「寢廟畢備」，「畢」字作「必」。「妨農之事」作「以妨農功」。「鮮羔」作「獻羔」。「釋菜」作「舍菜」。「仲丁」作「中丁」。《季春》：「天子始乘舟」，「始」字上多「焉」字。「句者」作「生者」。「發倉廩」，「廩」字作「窌」。「田獵罝罘，羅罔畢翳」作「田獵罼弋，罝罘羅網」。「毋出九門」，「九」字作「國」。「戴勝」作「戴任」。「曲植籧筐」作「挾曲蒙筐」。「毋有敢惰」作「墮」。「毋或不良」，「或」字作「青」。「累牛」作「纍命」。「國難」作「儺」。「以畢春氣」，下多「行之是令而甘雨至三旬」十字。《孟夏》：「婺女」作「婺」。「中呂」作「仲」。「其數七」，下多「其性禮其事視」六字。「王瓜生」，「瓜」字作「善」。注云：『善』，或作〔二〕『瓜』，瓡瓠也。」「朱衣」作「赤衣」。「其器高以粗」，「粗」字作「觕」。「還反行賞」，「反」字作「乃」。「封諸侯」，無「諸」字。「慶賜遂行」，無「遂行」二字。「毋有壞墮」作「無有壞隳」。「出行田原」，下無「爲天子」三字。「毋休于都」，「休」字作「伏」。「農乃登麥」，「登」字作「收」。「靡草」作「糜蠶」。「事畢」，「事」字下多「既」字。「用禮樂」，下多「行之是令而甘雨至三旬」十字。「蝗蟲爲災」作「蟲蝗爲敗」。《仲夏》：「鵙始鳴」作「鶪」。「養壯佼」作「狡」。「笣簧」作「塤箎」。「百縣雩祀」，「縣」字下多「祭」字。「農乃登黍」，上無「是月也」三字。「天子乃以雛嘗黍」，無「乃」字。「毋燒灰」作「無燒炭」。「游牝別群」，「別」字下多「其」字。「馬政」作「馬正」。「日長至」作「長日至」。「處必掩身」，下多「欲靜」二字。「節耆欲」作「退嗜欲」。「可以升山陵」，「升」字作「登」。「雹凍」作「雹

〔二〕「作」，原脱，據《吕氏春秋》補。

霰」。《季夏》：「温風始至」作「涼風」。「蟋蟀居壁」，「壁」字作「宇」。「腐草爲螢」作「腐草化爲螢蚈」。「命澤人」作「乃命虞人」。「以爲民祈福」，無「以」字。「毋敢詐僞」作「勿敢僞詐」。「毋有斬伐」作「無或」。「以摇養氣」作「以摇蕩於氣」。「毋發令而待以妨神農之事也」作「無發令干時以妨神農之事」。「神農將持功」，「持」字作「巡」。「可以美土疆」，下多「行之是令是月甘雨三至三旬二日」十四字。「穀實鮮落」，「鮮」字作「解」。「其器圜以閎」作「圜以揜」。《孟秋》：「日在翼」，上多「長日至四旬六日」七字。「昏建星中」作「國多風欬」作「欬人」。「民乃遷徙」，「民」字作「人」。「風寒不時」作「寒氣」。「昏斗中」。「旦畢中」，下有「則立秋」三字。「還反」，「反」字作「乃」。「軍帥」，「帥」字作「率」。「順彼遠方」，「順」字作「巡」。「必端平」，「端」字作「正」。「農乃登穀」，「登」字作「升」。「坏牆垣」，「坏」字作「坿」。注云：「讀如符，猶培也。」「無〔一〕以割地」作「無割土地」。「行大使出大幣」作「行重幣出大使」，以下多「行之是令而涼風至三旬」十字。「五穀無實」，「無」字作「不」。「國多火災」，無「國」字。《仲秋》：「觜觿」，「觿」字作「嶲」。「盲風至」作「涼風生」。「文繡有恒」，「恒」字作「常」。「乃命有司」，無「乃」字。「循行

〔一〕「無」，通行本《禮記》作「毋」。

犧牲」，「循」字作「巡」。「天子乃難」，「難」字作「儺」，下多「禦佐疾」三字。「穿竇窖」，「窖」字作「窌」。「其有失時」，「有」字作「或」。「雷始收聲」，「雷」字下多「乃」字。「蟄蟲培〔一〕户」，「培」字作「俯」。「則同度量」，「同」字作「一」。「角斗甬」作「齊升甬」。注：「升、甬，皆量器也。」「四方來集」，「集」字作「雜」。「則財不匱」，「財」字下多「物」字。「慎因其類」，「慎」字作「乃」，以下多「行之是令白露降三旬」九字。「國乃有恐」，「有」字下多「大」字。「則其國乃旱」，無「乃」字。《季秋》：「鴻雁」作「候雁」。「鞠有黄華」，「鞠」字作「菊」。「無不務内」作「務入」。「乃命冢宰」，無「乃」字。「上丁」，下無「命樂正」三字。「班馬政」作「狻馬」二字。「旌旐」作「旍旐」。「授車以級」，「授」字上多「輿」字。「北面誓之」作「北嚮以誓之」。「天子乃厲飾」，「飾」字作「服」。「挾矢」作「操矢」。「以獵」，「獵」字作「射」。「在内」作「在穴」。「收禄秩之不當」，下多一「者」字。「國〔二〕多鼽嚏」，「嚏」作「窒」。「民氣解惰」，「惰」字作「墮」。「師興不居」作「師旅必興」。《孟冬》：「左个」作「左箇」。「還反」，「反」字作「乃」。「命太史」作「太卜」。「釁龜筴」作「禱祀龜

〔一〕「培」，通行本《禮記》作「坏」。
〔二〕「國」，通行本《禮記》作「民」。

筴」。「是察阿黨則罪」作「於是察阿上亂法者則罪之」。「閉塞而成冬」，無「塞」字。「坏城郭」，「坏」字作「坿」。「修鍵閉」，「鍵」字作「楗」。「慎管籥」，「管」字作「關」。「固封疆」，「疆」字作「壐」。注云：「印封也。」「功有不當」，「功」字作「工」。「大割」，下多「牲」字。「臘先祖」作「饗禱祖」。「勞農以休息之」，「農」字下有「夫」字。「習射御」，「習」字作「肄」。「地氣上泄」，「上」字作「發」。《仲冬》：「昏東辟中」，「辟」字作「壁」。「鶡旦」作「鳴」。「其器閎以弇」，下無「飭死事」三字。「慎毋發蓋」作「無發蓋藏」，以下少「無發室屋」四字。「及起大衆」，「及」字作「無」。「以固而閉」，下有「發蓋藏起大衆」六字。「地氣沮泄」，「沮」字作「且」。「天子命有司」，「命」字上有「乃」字。「其有相侵奪者」，「有」字下無「相」字。「處必掩身」，「掩」作「弇」。「則伐木取竹箭」，「木」字上有「林」字。「可以罷官之無事」，下有「者」字。「此以助天地之閉藏也」，「此」字下有「所」字。「氛霧」作「氣霧」。「蝗蟲爲災」作「蟲螟」。「水泉咸竭」，「咸」字作「減」。「民多疥癘」，「疥」字作「疾」。《季冬》：「雉雊雞乳」作「乳雉雊」。「命有司大難」，「難」字作「儺」。「水澤腹堅」，「腹」字作「復」。注云：「復，亦盛也。」「冰以入」，「以」字作「已」。「命農計耦耕事」，「農」字上有「司」字。「以共郊廟」作「以供寢廟」。「歲且更始」，「且」字作「將」。「專而農民」，「而」字作「于」。「共飭國典」，無「共」字。「而賦之犧牲」，無「之」字。「名川之祀」，下有「行之是令此謂一終三旬二日」十二字。「四鄙入保」作「四鄰」。

范蠡字少伯，文種字禽。見《吕氏春秋》注。

楚莊王之臣，孫叔敖而外，有沈尹烝，又有沈申巫。吴闔廬之臣，伍員而外，有文之儀。夫差之臣，太宰嚭而外，有王孫雄。《吕氏春秋》

孔子學於老聃、孟蘇、夔靖叔。注云：「三人皆體道者。」《吕氏春秋》

昌黎詩中用「心兵」二字，出《吕氏春秋·蕩兵》篇：「察兵之微，在心而未發，兵也；疾視，兵也；作色，兵也；傲言，兵也；援推，兵也；連反，兵也；侈鬭，兵也；三軍攻戰，兵也。此八者皆兵也，微巨之争也。」

「角鰍」見《吕氏春秋·名類》篇：「山雲草莽，水雲角鰍，旱雲煙火，雨雲水波，無不皆類其所生以示人。」「鰍」字，高誘無注，不詳何音，字書亦不載。

《吕覽》引《莊子》：「以瓦投者翔，以鉤投者戰，以黄金投者殆。」與本文不同，「注」作「投」，他書所未見。

「有莘氏」，《吕覽》作「侁」。「庖人」，《吕覽》作「烰」。

睺○《吕覽·本味》篇：「甘而不噥，酸而不酷，鹹而不減，辛而不烈，澹而不薄，肥而不睺。」「睺」字，亦字書所不載者。

郼○《廣韻》收入「微」韻「依」字紐，下但云：「殷國名。」而不詳所出。按，《吕覽》第三卷：「湯立爲天子，夏民大悦，如得慈親，朝不易位，農不去疇，商不變肆，親郼如夏。」高誘注云：「郼讀如衣，今兖州人謂殷氏皆曰衣，言桀民親殷如夏氏也。」「郼」字出處在此。

蘇子瞻詩：「魯人不識東家丘，躪躪夫子無罪尤。」〔一〕藉夫子者無罪，語出《莊子》。

〔一〕「魯人不識東家丘，躪躪夫子無罪尤」二句，四部叢刊本《集注分類東坡先生詩》卷十五作「魯人豈獨不知丘，藉躪夫子無罪尤」。

又，《吕覽·樂成》篇：「孔子始用於魯，魯人鷖誦之曰：『麛裘而鞸，投之無戾。鞸而麛裘，投之無郵。』」高誘注云：「投，棄也。郵，與尤同。言投棄孔子，無罪尤也。」真無一字無來處。

京師宣武門，人皆稱順城門。崇文門，人皆稱哈答門。朱國禎《湧幢小品》云：「哈答、順城，乃元之舊名，今皆稱舊不稱新。」蓋業在口角中，不能易耳。

槈〇《吕覽·爲欲》篇：「晨寤興，務耕疾庸，槈。」注云：「槈，古耕字。」而《廣韻》不收。

瑕璫〇《吕覽》：「尺之木必有節目，寸之玉必有瑕璫。」「璫」字，韻書不收。

瘞〇《吕氏春秋·任地》篇：「有年瘞土，無年瘞土。」高誘注云：「祭土曰瘞。有穀祭土，報其功也。無穀祭土，讓其神也。」按，「瘞」字，《廣韻》不載，不知讀何音。

鞆○《吕氏春秋·辨土》篇：「凡耕之道，必始於壚。爲其寡澤而後枯，必厚其鞆。」高誘無注，不知何解。字書不載，《廣韻》載二十七合「納」字紐下，注云：「腝貌。」按，「腝」與「嫰」同。

鎗○《吕氏春秋·辨土》篇：「爲其唯厚而及。鎗者莛之，堅者耕之，澤其鞆而後之。」

莛○見上。二字皆無注，字書不載，《廣韻》亦不收。

秮○又，《審時》篇：「先時者莖葉帶芒以短衡，鉅穗〔一〕而芳奪，秮米而不香。」高誘無注，字書韻書俱不載，疑當作「胎」。

李進，字野翁，號粹齋，撫州崇仁人。宋淳祐四年進士，仕至朝奉郎、福建運管，而宋亡，入元，隱居不仕。所著詩，名《澗谷居媿稿》，虞伯生爲之序，稱其「真率調暢，簡散深

〔一〕「鉅穗」，通行本《吕氏春秋》作「穗鉅」。

至，兼陳簡齋、陸放翁、楊誠齋之長」。州、縣《志》皆逸其人。余修《江西新志》，於《道園學古録》多所采取，乃不爲李立傳。今再閲伯生《全集》，見此序，書以志媿。

天下學宫，皆立名宦、鄉賢祠，始於明弘治九年，從王雲鳳之請也。雲鳳字應韶，和順人，時爲禮部祠祭司郎中，在曹司頗有聲。正德中，因張綵薦，由山東臬司入爲祭酒。請刻劉瑾所行新例，又請瑾臨視國學。瑾敗，被言路所劾，指爲「五經掃地」云。

嘉靖七才子：李攀龍于鱗、王世貞元美、謝榛茂秦、梁有譽公實、宗臣子相、徐中行子與、吴國倫明卿。《明詩綜》所序如此。而《明史·張佳胤傳》則云：「世貞定嘉靖七子，佳胤其一也。」按，《詩綜小序》，佳胤列在後五子，與南昌余曰德德甫、蒲圻魏裳順甫、歙汪道昆伯玉、新蔡張九一助甫並稱。此外，又有廣五子，則崑山俞允文仲蔚、濬盧柟次楩、濮陽李先芳伯承、孝豐吴維嶽峻伯、南海歐大任楨伯也。曰續五子，則陽曲王道行明甫、東明石星拱辰、從化黎民表維敬、豫章朱多煃用晦、常熟趙用賢汝師也。曰末五子，則用賢及京山李維楨本寧、鄞屠隆緯真、南樂魏允中懋權、蘭谿胡應麟元瑞也。其後，又廣爲四十子。以上皆出王元美品題。初，七子之結社也，王、李得名未盛，稱詩選格，多所定於謝，于麟贈詩云：「謝榛吾黨彦，咄嗟名士籍。遂令清廟音，乃在褐衣客。」其時子與、公實、子相、元美撰五子詩，咸首謝而次李。既而茂秦以布衣高論，漸不爲同社所喜。于鱗至作《絶交書》，斥謝云：「豈可使眇君子肆於二三兄弟之上。」迹其隙末之由，乃明卿入社時，茂秦喻以糞土，故爾布惡於衆。元美遂削謝名，迄不得與四十子之列。所以《四溟集》中《雜感詩》有云：「奈何君子交，中道兩棄置。」其情亦可憫矣！竹垞謂：「明時重資格，於章服中雜以韋布，終以爲嫌。」理或然也。康熙辛丑，南宫發策，問諸子姓名，通場茫然罔措，其中一一詳對者，不過數人。相傳主司於未入闈前，先授意云。

《永樂大典》，明成祖時命解縉等萃秘閣書，分韻類載，以便檢考。書成，賜名《文獻大成》，尋以未備，再命姚廣孝等增修。供事者凡三千餘人，二萬二千九百三十七卷，一萬一千九十本，目録九百本，貯之文樓。世廟朝，三殿災，命左右趣登文樓，出之，得不燬。明年重録一部，貯他所。此段載朱國禎《湧幢小品》中。今此書故無恙，所貯之地，在皇城北，名「皇史宬」。余初預纂《佩文韻府》，後入武英殿，曾與同事商之，擬奏請此書繙閱增補。有沮之者，謂卷帙繁浩，恐致損污，遂不果。

元耶律文正公楚材深於禪學，《湛然居士集》十四卷，詩中多作禪語。其《和連國華鬚字韻》第一首云：「真理不空宜具眼，太虚無面莫添鬚。」第三首云：「縱有征塵遮兩眼，却無慚色上三鬚。」「添鬚」、「三鬚」，皆不詳所出。又，《西域戲作》一聯云：「屈眴輕衫裁鴨緑，葡萄新酒泛鵝黄。」又，《乞扇》詩：「屈眴圓裁白玉盤。」「屈眴」，西域布名見《翻譯名義》，緝木棉華心織成。達磨所傳袈裟即此布也。

武榜有狀元，自明崇禎四年始。時上鋭意重武，舉子運百斤大刀者，止王來聘、徐彦琦二人。及會榜發，彦琦不與選，遂下考官及監試御史獄，悉貶兵部屬官二十二人。遣倪元璐等復閲，取百人，視文榜例，分三甲，傳臚賜宴。以前三十卷進呈，欽定一甲三人，以來聘居首，即授副總兵。武進士有狀元，自此始。來聘，京師人，及第之明年，孔有德叛登州，來聘從官軍攻之，先登，中傷死。事載《明史》一百四十五卷《姜名武傳》中。

舉人檢選例起於明末。禄豐人王錫衮，崇禎十三年爲禮部侍郎，上疏言：「舉人不第，有三十年不謁選者。宜定制，數科不售，即令服官。」從之。

外吏舉卓異，始宣德十年。至都，賜宴及襲衣，遣還原任。時松江知府趙豫、寧國知府袁旭與焉。豫在任十五年，後去郡，老稚攀轅，留一履，以識遺愛。世俗脱靴事，本此。

會試分南、北、中卷，自宣德丁未科始。

海昌流寓，元末有貢玩齋師泰及謝原功肅，縣志失載。謝，上虞人，與會稽唐肅字處敬，時稱「二肅」，《明史》皆附見《高啟傳》後。按，《竹坨詩話》：「貢禮部玩齋奉詔漕閩、廣粟，駐節杭州，原功謁之於吴山仰高亭。時貢將泛海，語曰：『子能從吾游乎？』對曰：『丈夫觸蛟龍，犯風濤，如行衽席上爾！』遂同載至海昌。屬海上多警，因留居州北，執經問難。既而，貢没於寓舍，原功經紀其喪，刊其遺集云云」。錢牧齋《列朝小傳》亦云：「師泰没於海寧寓舍。」

余嘗賞羅鄴《牡丹》一聯，云：「買栽池館苦無地，看到子孫能幾家？」後閲南宋汶陽周弼《端平集》，中有《牡丹》七古一首，宜用前人句作結語，今録於後：「江南牡丹凡有幾，德安打頭歙爲二。金陵舊物間有之，池陽吴郡皆居次。地近京畿種偏好，鄂城栽接不草草。春土篩泥繞畫闌，石甃方壇浄如掃。當頭第一帶鞓紅，膩紫嬌黄別作叢。盤盂擎出最迎日，碧玉萬斤藏春風。寶玉絲絲帶鏤金，錦斑酒暈閒攢心。翻騰梔茜亂朱粉，樣各數名分淺深。低樹猶高五六尺，花重剛枝反無力。迴出層陰轉耐看，始悟年深有真色。晚添細雪來相簇，露醒香魂冷方浴。倚柱黄昏眼倍明，頻覺夜闌須秉燭。洛水芳林應更多，不禁風雨洗銅駝。酥煎送酒有人在，草没故園無奈何。莫對餘春起歎嗟，最難保守是繁華。君看南渡百年内，看到子孫能幾家？」

謝幼槃《竹友集》十卷，詩凡七卷，古詩學杜而力弱。吕居仁謂其似謝宣城者，非也。律詩拗勁處，不減涪翁。七言較勝五言，如《招李成德》云：「棋無多算媿三北，詩要重窺論二南。」《送珍上人》云：「尋山紅葉半旬雨，過我黄花三徑秋。」《招汪叔野》云：「兩牛鳴處地非遠，萬竹陰中吾所廬。」《贈通守陳虚中》云：「人道姦藏有三窟，公知民病極千瘡。」《問吕居仁病》云：「士窮不遇古如此，天實欲然人謂何？」《聞無逸兄下第》云：「往聞淮北雪花大，歸值江南梅雨昏。」《寄劉世基》云：「吾人身在閒何闊，昨日書來喜欲狂。」《寄李商老》云：「耕道十年常九潦，謀身一國自三公。」《懷潘子真》云：「大門曾是嚴鄭輩，吾子却居夷惠間。」《以釋氏語寄彦光》云：「吾曹例作區中士，此味全輸世外人。」《過金山下》云：「絶頂迴分雙塔秀，層樓危立一僧清。」大率有句而無篇，求其通首相稱者，寡矣。

宋仁宗皇祐中，祖無擇自袁守入修《起居注》，時封孔子四十七代孫宗愿爲文宣公。無擇上言：「前代所封，漢魏曰『宗聖』，晉宋曰『奉聖』，後魏曰『藻聖』，北齊曰『恭聖』，唐初曰『褒聖』，開元中尊孔子爲『文宣王』，遂封其後爲『文宣公』，是以祖謚而加後嗣，非禮也。」於是下近臣議，改爲衍聖公。事詳《祖龍學集》。後來聖裔稱衍聖公，實始於此，特表出之。

魏仲先《草堂集》，同時薛田爲之序，稱其「叙事感發，見景立言。規方體圓，動能破的」。古體少今體多，宋天聖中刊本不可得。余所得鈔本，七卷，首尾無缺。世傳其上寇萊公云「有官居鼎鼐，無地起樓臺」、「好去上天辭將相，歸來平地作神仙」等句，以爲美談。石門吴孟舉氏選入《宋詩鈔》者，亦不盡所長。今摘其五言佳句，如《郊天》云：「安邊文教遠，過海赦書遲。」《秋日》云：「晚吹清群物，秋光澹太虚。」《上宋諫議》云：「雨申諸縣足，獄奏半年空。」《冬日書事》云：「松色濃經雪，谿聲澀帶冰。」《題崇勝院河亭》云：「數聲離岸艫，幾點別州山。」《送楊甫之蒲中》云：「雲分五老頂，河噴二妃樓。」《四十自詠》云：「棋退難饒客，琴生却問兒。」《送臧奎之寧州》云：「時平防賊少，山險下驢多。塞色晴猶慘，蕃言譯尚訛。」《三門留題》云：「鼉鼉當日窟，雞犬此時村。」《題楊氏書樓》云：「蝸涎緣棟有，鶴跡入泉無。」《暮秋》云：「壞檐巢燕少，積雨病蟬多。」《上知府李殿院》云：「相親容似鶴，不拜許如僧。」《新井》云：「及見羸缾者，翻思抱甕人。」《送蕭洛下第》云：「清入黄河濁，雲歸紫閣閒。」《送蹇藏用》云：「海獸形難識，番僧語不通。」《渭上秋夕》云：「殘陽初過雨，何樹不鳴蟬。」筆力思路，真有唐人所未發者，宜其以處士而名重當時、《集》傳後世也。

《桂林風土記》，唐光化中融州刺史莫休符撰。内有唐人遊覽詩數首，《全唐詩》新刻本未及搜采者，録存於左：○府東郭外高峰舊有亭臺，張侍郎名固，大中年重陽節宴於此，從事盧順之贈固詩曰：「渡江旌旆動魚龍，令節開筵上碧峰。翡翠巢低巖桂小，茱萸房濕露香濃。白雲郊外無塵事，黄菊筵中盡醉容。好是謝公高興處，夕陽歸騎出疏松。」固和詩曰：「亂山青翠郡城東，爽朗憑高一望通。交友會時絲管合，羽觴飛處笑言同。金英耀彩晴雲外，玉樹凝霜暮雨中。高詠已勞潘岳思，醉歡慚道是車公。」○東觀在郭東三里，隔長河。咸通中張叢《遊東觀》詩曰：「巖岫碧潺顔，靈蹤若可攀。樓臺煙靄外，松竹翠微間。玉液寒深洞，秋光秀遠山。憑君指歸路，何處是人寰。」○越亭在府城北，會昌初，前使元晦建。晦後自此府除浙東，留題曰：「紫泥遠自金鑾降，朱旆翻馳鏡水頭。陶令風光偏畏夜，子牟衰鬢暗驚秋。西鄰月色何時見，南國春光豈再遊。莫遣艷歌催客醉，不堪回首翠娥愁。」副車路單與元同年及第，和詩云：「謝安致理逾三載，黄霸清聲徹九重。猶輟佩環歸風闕，且將仁政到稽峰。林間立馬羅千騎，池上開筵醉一鍾。共喜甘棠有新詠，獨慚霜鬢又攀龍。」越亭初成，元有六十韻長詩，中云：「乏才叨八使，徇禄非三顧。北闕頒詔條，東鄰證迷誤。未聞述職效，已見脱穎趣。灝氣爽衣巾，嵐颸輕杖履。」其餘不省記。○巖光亭在北羅門外，臺亭巖洞，亞於越亭，亦元常侍晦新置。元有五十韻詩，云：「石静如開鏡，山高若聳蓮。筍竿抽玉管，花蔓綴金鈿。」餘不省記。○訾家洲在子城東南百餘步長河中，元和中，裴行立創亭宇，植花木。柳宗元員外撰碑猶在。前汴州楊尚書失名宴遊題詩云：「桂林雲物盡漫漫，雨裏花開雨裏殘。惟有今朝好風景，櫻桃含笑柳眉攢。」前政從事陸弘休詩云：「新春蕊綻訾家洲，信是南方最勝遊。酒滿百分殊不怕，人添一歲更堪愁。鶯聲暗逐歌聲豔，花態還隨舞態羞。莫惜今朝同酩酊，任他龜鶴與蜉蝣。」○碧潯亭，大中初前韋舍人瓘創，在子城東北隅，高下敞豁，冠諸亭院。張鷟改爲去思館。

韋瓘廉察桂林纔半歲，除賓客分司，留詩於碧潯亭，曰：「半年領郡固無勞，一日爲心素所操。輪奂未成繩墨在，規模已壯閈閎高。理人雖切才常短，薄宦多緣命不遭。從此歸耕洛川上，大千江路任風濤。」○府北郭松徑盡處，有安南都護普讚冢。時有識地勢者，言葬所有天子氣，由是官掘斷。至夜，有陰兵填平如舊。時有役者，夜聞鬼兵相語，云：「若以青布運土投江，則我等無能也。」及明，主吏聞之，遂用青布運土，果免陰兵填築。今墳所掘處猶存。有歐陽臏者絶句曰：「舊業分明桂水頭，人間業盡水空流。春風日暮江頭立，不及漁翁有釣舟。」○李渤自考功郎出守桂林，有《歎鳥詩》曰：「三朝四黜倦遐征，往復皆愁萬里程。爾解分飛却西去，我方從此向南行。」又，《題隱山》二首，曰：「常歎源泉去不回，我今自去更難來。欲知一一留心處，手種巖花次第開。」「隨雲不厭蒼梧遠，似雁逢春又北飛。惟有隱山谿上月，他時相望兩依依。」又，渤爲太學博士時，《喜弟再至長歌》曰：「前年别時秋九月，白露爲霜金吹烈。離鴻一别影初分，淚袖雙揮心哽咽。别來幾度得音書，南岳知以下缺四字。廬山峨峨倚天碧，捧排空崖千萬尺。社牓長題高士名，食堂每記雲山跡。我本開雲此山住，偶爲名利相縈誤。自負心機四十年，羞聞社客山中篇。憂時魂夢憶歸路，覺來疑在林中眠。昨日亭前烏鵲喜，果得今朝爾來此。吾吟行路五十篇，盡説江南數千里。自憐兄弟今五人，共縈儒素家尚貧。雖然秉氣各不一，就中總免拘常倫。

長兄年少曾落拓，拔劍沙場隨衛霍。口裏雖談周孔文，懷中不舍孫吴略。次兄一生能苦節，夏聚流螢冬映雪。非論疾惡志如霜，更覺臨財心似鐵。第三之兄更奇異，昂昂獨負青雲志。下看金玉不如泥，肯道王侯身可貴。却愁清逸不干時，高蹤大器無人知。倘逢感激許然諾，必能萬古留清規。念爾年來方二十，夙宿孜孜能獨立。卷中筆落星漢摇，洞裏丹靈鬼神泣。嗟余流浪心最狂，十年學劍逢時康。心中不解事拘束，世間談笑多相妨。廣海青山殊未足，逢著高樓還醉宿。朝走安公櫪上駒，暮偷陶令籬邊菊。近來詩思殊無況，苦被時流不相放。雲騰浪走勢未衰，鶴膝蜂腰豈能障。送爾爲文殊不識，貴從一一傳胸臆。若到湖南見紫霄，會須待我同攀陟。」

詩、筆二字，古人分用，蓋以筆爲文也。《南史》：「謝玄暉善爲詩，任彦昇工於筆。」又云：「任筆沈詩。」劉孝綽稱其弟儀與咸云：「三筆六詩。」杜牧之云：「杜詩韓筆愁來讀，似倩麻姑癢處抓。」至王介甫、蘇子瞻乃兼用之。王云：「閑中用意歸詩筆，静裏安身比泰山。」蘇云：「本洗禪心都眼净，山供詩筆總眉愁。」《砦谿詩話》

嘉定人剖竹承臂，便於寫字，謂之「臂閣」。按，此製昉於南宋時，謝幼槃《竹友集》中有《筆几》七古二首，題云：「李成德作筆几，得樣於郗子中家。」又有《次韻郗子中所藏筆几》詩，中二句云：「小琴承臂筆縱横，章草真行隨所欲。」「筆几」之名甚雅，他日晤嘉定友人，當以告之。

西湖十景有麯院荷風，田汝成《志》亦載之。其地乃南宋官酒麯坊，在蘇堤第一橋之西。周晋仙詩所云「麯坊纔盡上湖船」，即此也。全篇采入上卷。

金道隱先生文筆犀利，議論英鋭。惜《徧行集》中《尺牘》九卷，率多募緣託鉢之語，惟《上定南王》一書，乞葬瞿、張兩公，事與文皆可傳，今録存之：○山僧梧水之罪人也，承乏掖垣，奉職無狀，繫錦衣獄，幾死杖下。今夏，編戍清浪，以道路之梗，養痾招提。皈命三寶，四閲月於兹矣。車騎至桂，咫尺階前而不欲通，蓋以罪人自處，亦以廢人自棄，又以世外人自恕也。今且有不能不一言於左右者：故督師大學士瞿公、總督學士張公，皆山僧之友也，已爲王所殺，可謂得死所矣！敵國之人，勢不並存，忠臣義士，殺之而後成名，兩公豈有遺憾於王？即山僧亦豈有所私痛惜於兩公哉？然聞遺骸未殯，心竊惑之。古之成大業者，表揚忠節，如出天性，殺其身而敬且愛其人，若唐高祖之於堯君素，周世宗之於劉仁瞻是也。我明太祖之下金陵，於元御史大夫福壽，既葬之矣，復立祠以祀之；其子犯法當死，又曲法以赦之。盛德美名，於今爲烈。至如元世祖祭文天祥，伯顔恤汪立信之家，豈非與中華禮教共植彝倫者乎！山僧閒嘗論之，衰國之忠臣，與開國之功臣，同分砥柱乾坤之任。天下無功臣，則世運不平；天下無忠臣，則人心不正。事雖殊軌，道實同源。兩公一死之重，豈輕於百戰之勳哉？王既以殺之，則忠臣之忠見，功臣之功亦見矣！此又王見德之時也。請具衣冠，爲兩公殮。瞿公幼子，尤宜存恤。張公無嗣，益可哀矜。並當擇付親知，歸葬故里。則仁人之譽王，且播於無窮矣！如其不爾，亦許山僧領尸，隨緣稿葬。揆之情理，亦未相妨。豈可視忠義之士如盜賊寇仇然？必滅其家，狼籍其肢體，而後快於心與？夫殺兩公於生者，王所自以爲功也；禮兩公於死者，天下萬世所共以王爲德也！惟王圖之。物外閑人，不辭多口，既爲生死交情，不忍默默。然於我佛冤親平等之心，王者澤及枯骨之政，聖人維護綱常之教，一舉而三善備矣！敢遣侍者以書獻，敬候斧鉞，惟王圖之。

得樹樓雜鈔卷六

海寧查慎行悔餘纂

余舊得古方鏡一枚，四旁各四寸許，背有飛魚二，水銀裹血皴數處，如丹砂斑。近閱《元遺山集·馬雲漢家方鏡背有飛魚》，形製正合。其詩云：「劫火依然百鍊初，護持原自有飛魚。影寒似覺雲屏透，光落應分玉斗餘。開朗休嫌露圭角，圓通寧復滯方隅。衣冠正了渾閑在，一片靈臺欲付渠」云云。自金至今，又五百餘年矣！究不知何代物也。

向在京師，有以宋王逢原《十七史蒙求》刻本見示者。按，「蒙求」之名，不始於王。唐安平人李瀚撰《蒙求》二千餘言，李華作序，李良薦於朝，謂其「錯綜經史，隨便訓釋，童子固多弘益，老成頗覺起予」。其後，姑汾王涿有《次韻蒙求》一書。元胡炳文有《純正蒙求》，文天祐爲序。交城吴庭秀亦有《蒙求》，止於史書中取之，諸所偶儷，必事類相附，元裕之爲作序，且言：「逢原既以十七史命篇，而間用《呂氏春秋》、《三輔決録》、《華陽國志》、《江南野史》，謂之史，可乎？」今李瀚、王溵、胡炳文、吴庭秀四家所撰，世無能舉其名者，而逢原書獨傳。

梅聖俞《送秀州海鹽知縣李寺丞》詩：「吴帆千里去，邑里〔一〕富魚鹽。霜鶴亭皋唳，風烏海客占。滄凉朝日近，紫翠晚山尖。若過陸機宅，寒蕪應不嫌。」蓋華亭地屬秀州，是時尚未分縣，故詩中引「鶴唳」及「陸機宅」事，後人不可據爲鹽邑典故也。

虎丘筑城○明洪武中，吴人王賓録《虎丘詩集》一卷，中載郑經詩云：「虎丘山前新筑城，虎丘寺裏斷人行。」吕敏詩云：「山上樓臺山下城，朱旗夾道失人行。」曾朴詩云：「闔閭冢上見新城，無復遊人載酒行。」柳貫詩云：「半山青處作崇墉。」考其歲，在丁酉，淮張用兵日也。董其役者，爲周南老，故其詩云：「白髮趨公役，驅馳上虎丘。」又云：「四疊新城繞澗隈，劍池池上碧崔嵬。」其後志吴地者，多未之及。虎丘筑城，世罕知者。今山後故阯尚存，特未悉山南何以爲界，大抵鶴澗以南即城外也。《曝書亭集》

〔一〕「里」，通行本《宛陵先生集》作「屋」。

《土官底簿》二册，未詳撰人姓氏。蠻有六種，曰黎、犵、狑、獠、猺、獞。各有大姓爲之雄長。明制仿元舊事，立宣慰、招討、安撫、長官四司，雲南百五十一員，廣西百六十七員，四川二十四員，貴州一十五員，湖廣五員，廣東一員。初隸驗封司，後以其半隸武選司。隸驗封者，布政司領之，隸武選者，都指揮使領之。《曝書亭集》

天主教入中國，始於明神宗朝。按，萬曆二十九年二月，天津河御用監少監馬堂進大西洋利瑪竇所貢土物，時秀水朱文恪公國祚以禮部侍郎掌本部尚書事，疏言：「《會典》止有西洋瑣里國，無所謂大西洋。又寄住二十年，方行進貢，與遠方慕義獻琛者不同。且所貢天主、天主母圖，圖既不經，而行李中有神仙骨，此韓愈所云『凶穢之餘，不宜令入宫禁』者也。乞速勒歸國，勿使潛居兩京，與内監交往，以致眩惑愚民。」疏入，不報。《曝書亭集》

史家作列傳，不加詳考，至有將二人姓名割裂者。如《唐書·文苑傳》以賀朝萬爲一人，齊融爲一人，不知賀朝單名，而齊融則姓萬，有唐時《阿育王寺常住田碑》可考。按，碑文云：「秘書監正字郎萬齊融撰。」其初，趙州刺史徐嶠之書，後隳於寇。太和七年，明州刺史于季友睹舊文，邀處士范的重書。今此碑拓本現在，竹垞《曝書亭集》碑文跋語辨之甚詳。偶摘書以見金石文可證史傳之譌，好古者洵當留意也。

今上政事之暇，勤於翰墨，内外大小臣工家有御書，大而扁額、堂幅、楹帖，小而卷軸、斗方、册頁，以及紙扇。懋勤殿經手人照頒賜年月日，一一編號籍記。乙酉八月，在塞外直廬曾見之，時已不下三萬號矣。自古帝王，宸翰未有若是之多者。偶閲宋太宗書庫碑拓本，前載御製文集若干卷，又云「雜書扇子一百三十六柄，雜書簇子七百五十二軸」云云，似以之夸示當時者。「簇子」二字未詳，並書以俟考。

京城西北去阜成門二十餘里，有甕山，山下數十步，世傳爲耶律楚材墓。《帝京景物略》、《匏翁家藏集》、《野獲編》云。然而危太樸《説學齋藁〔一〕》中有《漆水郡公謚忠嘉耶律公神道碑》，云：「泰定四年六月，翰林學士承旨知制誥兼修國史耶律公薨於私第，七月丙午，葬昌平縣玉泉之東，甕山之陽。公諱希亮，字明甫。」考其世系，乃文正王楚材之孫，文忠王鑄之子。則甕山之墓，乃希亮，非楚材也。竹垞采入《日下舊聞》，惜當時未據危

〔一〕「藁」，原誤作「橐」。

《集》考正也。

查泰宇○危太樸《雲林集》中有《贈查泰宇之閩清主簿任》五古一首，全録於左：「皓日照白馬，查公往南荒。南荒二千里，馬疲道路長。官役相程期，車載十日糧。路經龍虎山，且住深净堂。諸公設高會，四座排金觴。繁絃間豪管，侍女歌清揚。問君行藏計，陳義富且詳。爲言十四五，博學交老蒼。少壯志浩蕩，仗劍游四方。不意晚得仕，鬢髮飛秋霜。教授古吉州，講論明三綱。讀律始親民，竟過炎海旁。出爲縣主簿，又恐案牘忙。廬阜青遥遥，彭蠡深泱泱。豈無田園居，亦可歸耕桑。不敢慕高尚，非圖承寵光。恭惟古君子，氣貌何端莊。惜在習鑿齒，今之漢仇香。方當盛平世，帝聖輔弼良。四裔息征戰，畎畝無旱蝗。凡居郡邑職，敬戒垂永臧。上當宣德化，下欲赤子康。公行勿遲留，鸞鳳終高翔。山雲白浩浩，海月秋茫茫。寄書問骨肉，毋使失相望。鄙夫江海客，年小血氣狂。把酒執衣袂，贈之紫游韁。人生貴交誼，自此毋相忘。」按，詩中云云，泰宇當是南康府人，録備家乘一則。

宋南渡初詩人，推尤梁谿、蕭千巖、范石湖、陸渭南四家。楊誠齋詩云：「近代風流四詩將。」又云：「尤蕭范陸四詩翁。」此其證也。蕭《集》世不傳，劉後村《詩話》及方虚谷《瀛奎律髓》中，間載一二首。後人乃以誠齋易之，稱「尤、楊、范、陸」，而蕭千巖姓名，世或有不知者矣。猶唐初稱「王、楊、盧、駱」，而少陵詩云：「舉天悲富駱，近代失王楊。」則以富嘉謨易盧照鄰，一時才名可知。富有《集》十卷，今所傳者，惟《明冰篇》七古一首耳。作家傳不傳，豈亦有數存乎？按，蕭名海藻，字東夫。初，與楊誠齋同官湖湘間，終於福建帥幕。其詩有刻板在永州。姜白石之婦翁也。

妾曰側室，未有稱少房者。元黄溍爲義門鄭氏撰《青樬居士鄭君墓銘》，云：「娶傅福，字世昌。少房徐偉，字妙英。皆前君卒，同葬縣東金村。」又，宋濂所撰《宣政院照磨鄭府君墓志》云：「越四年，夫人吴氏卒。越一十五日，少房勞氏又卒，祔葬府君之穴。」妻妾合葬，事雖不古，然出自義門，或以妻無子而妾有子耶？

本朝國語「賽因」二字，譯云「好」。按，宇文懋昭《大金國志》「頒行皇統新律」條下有云：「稱賽哏者再。」又云：「賽哏，好也。」音義相合。

「納鉢」二字，見《遼史》，謂車駕所在也。按，《金國志·熙宗紀年》：「皇統三年諭：尚書省將循契丹故事，四時遊獵，春水秋山，冬夏剌鉢。」注云：「剌，盧達切。剌鉢者，契丹話『所在』之意。」「剌」與「納」，音相近，其義同也。

女真國絶小，正朔所不及，人不知紀年，問之，則曰：「我見草青幾度矣！」自興兵以後，寖然染華風，君相生朝，皆自擇佳辰。熙宗以七月七夕，粘罕以正旦，兀室以元夕，烏拽馬以上巳。他若重五、重九、中秋、中元、下元、四月八日皆然。《大金國志》

冰雹，《金國志》：「熙宗皇統八年五月，汴京太康縣一夕大雷雨，下冰雹，亘數十里。雹大小不等，首足卦文皆具。」《金史·五行志》亦同，他史所未有也。

「窪勃辣駭」，此四字，本朝國語謂「殺」也。《金國志·蒲路虎傳》：「時有酒過，後封兖王，治渤海城，敕令止飲。未抵治所，有一僧以榛於木名癭盂遮道而獻曰：『可以酌酒。』路虎曰：『皇帝臨遣時，戒我勿飲爾，何人乃欲以此器導我耶？』令窪勃辣駭。」注：「敲殺也。」

揚州郭元釪于宫奉旨編刻《全金詩》，其搜葺破費苦心，然尚有疏軼處。如李彦實詩云：「少年日日醉花邊，短白長紅一一憐。自笑老來心尚在，惡風常廢五更眠。」劉昂《贈張秦娥》絶句云：「遠山句好畫難成，柳眼才多總是情。今日衰顔人不識，倚爐空聽煮茶聲。」又：「二頃山田半欲蕪，子孫零落一身孤。寒窗昨夜瀟瀟雨，紅日花梢入夢無。」以上三首，皆混入《叙傳》中，未經采出。蓋汲汲成書，意在進呈，不暇詳審耳。

「露索」二字，出《金國志》，即今舉子入場時搜檢也。《耶律履傳》云「嘗以鄉賦，一試有司，以露索爲恥，遂不就舉」云云。

耶律，契丹國姓，《遼》、《金》、《元》三史中亦作「移剌」，語音相近，字雖不同，其實一也。明焦弱侯《經籍志》載「移剌楚材《湛然集》三十五卷」，一以爲金人。又「《耶律楚材集》十二卷」，則以爲元人。失於考證，其謬至此。

「四書」之名起於朱子。按，朱子《集》中《書臨漳所刊四子後》云：「程夫子之教人，必先使之用力乎《大學》、《論語》、《中庸》、《孟子》之書，然後及乎六經，故今刻四古經，而遂及乎此四書者，以先後之。」《與曹元可尺牘》亦云：「頃年嘗刻四古經於臨漳，而後復刻《四書》，已先後其說。」

晬盤○朱文公《承議郎羅博文行狀》：「幼有異質，生歲始周，家人示以晬盤，公一無所顧，獨前取書之論性理者，展玩久之。其祖右文公歎曰：『是兒當復以文學大吾門。』」《朱子全集》

鵝湖之會，朱陸所見，一時雖有不合，後却漸漸消融。今觀朱子《集》中《與吴茂實書》云：「陸子壽兄弟近日議論，與前大不同：却方要理會講學，先於性情持守上用力。此意自好，若去其短，集其所長，自不害爲入德之門也。」又，《答吕伯恭書》云：「子静合下有些禪底意思，然其好處，自不可掩覆，可敬服也。」至其《祭子素文》則直云：「自是以還，志合道同。」參觀三處，不但朱陸之交有始有卒，道固未嘗不同也。後來朱陸異同若水火冰炭之不相入者，皆由及門弟子不揣本末，强生分别，殊失師承之意矣。

朱子嘗受學於劉聘士致中之門，劉以女妻之。後作聘士墓表，不稱壻，而稱門人。前輩之重師弟淵源如此。

宋時，臣僚上奏疏劄子，於本篇之外，别有貼黄，約舉其中切要之意，另標數言，使覽者易曉。非若後世貼黄，只就本文節縮行數，不得變换字様也。不知此例起於何時，遂相襲成風矣。

陳同甫見地高超，才氣豪邁，真足目空一世。觀其《上孝宗書》，云：「今世儒士，自以爲得正心誠意之學者，皆風痹不知痛癢之人也。舉一世安於君父之仇，而方低頭拱手以談性命，不知何者謂之性命乎？」似爲朱、吕諸公而發，故朱子《與同甫書》云「老兄平時自處於法度之外，不樂聞禮法之論，雖朋友之賢如伯恭者，亦不敢進其逆耳之論」云云，則其推倒智勇之概，大略可見矣。吁！亦人傑也哉！

迷子〇王半山《送人之官越幕》詩：「洲荻藏迷子，谿篁擁若耶。」以「迷子」對「若耶」，可謂工絶。先生詩又有「迷子山前漲一洲」之句，迷子山當在越中，俟再考。

集王半山句：水之江海星之斗《與曾子固》，處在家庭譽在邦《酬宋中散》。

五角六張。舊讀王半山《清平樂》詞，云：「丈夫運用堂堂，且莫五角六張。」不解所謂。偶閱馬永卿《嬾真子》録内一條云：「五角六張，此古語也。謂五日遇角宿，六日遇張宿，此二日作事多不成。」

「蕭豪」與「尤侯」通韻，始於《三百篇》，不獨平聲，上、去二聲亦爾。歷考古詩及唐宋諸名家銘詞，無一不合者。

先京兆公賜葬域在錢唐縣之范村，俗訛范爲梵。按，王半山所作《京東提點刑獄陸君名廣，字彦博墓銘》云：「爰以嘉祐六年正月，歸君錢唐范村之穴。」今范村之名猶存，陸墓無可考。

自平望至吴江縣，石堤五十里，宋李餘慶通判秀州時所築。見王半山《朝奉郎李公墓志序》中。

《王荆公集》中墓志銘，簡而有法。於婦人別爲二卷，金太君、徐氏墓志，凡兩見，前篇略而後篇詳，銘詞則彼此不異，當是一人而再出者。刻集時不加細考，删前而存後，可也。

宋時取士兼詩賦，故諸老無不能詩，多者至數十卷，少者亦數卷。陳同甫文章浩汗，獨於吟詠非所長，《龍川集》所載，止《廷對》、《及第》七律二首，《謫仙歌》七古一首而已，雖不甚入格，而奇崛之氣，往往發露。其《和御賜詩》結句云：「復讎自是平生志，勿謂儒臣鬢髮蒼。」平生屢更禍患，僅以身免。奏名時年已五十餘矣，猶惓惓復仇之義，南渡君臣，何顔以對此公乎！

字有古人所習用而名家詩中偶然倒置者，如少陵以「新舊」爲「舊新」，昌黎《南山》詩以「飣餖」爲「餖飣」，《陸渾山火》詩以「尊卑」爲「卑尊」，以「塤篪」爲「篪塤」，《贈張籍》詩以「江湖」爲「湖江」，《杏花》詩以「紅白」爲「白紅」，《答張徹》詩以「玲瓏」爲「瓏玲」，《苦寒》詩以「鹽梅」爲「梅鹽」，柳子厚以「羔雁」爲「雁羔」，王介甫以「沈檀」爲「檀沈」，以「蒹葭」爲「葭蒹」，蘇子瞻以「青紫」爲「紫青」，以「姬孔」爲「孔姬」之類，特借以叶韻，後學不宜援爲準也。

東坡《前赤壁賦》中云：「盈虚者如彼。」又云：「吾與子之所共適。」《朱子語類》引之，「彼」字作「代」字，「適」字作「樂」字，又作「食」字。謂嘗見東坡手寫本，後人未知之也。

王荆公《字説》非盡出己手，時有曲江譚某、丹陽蔡某同事撰輯。《集》中有詩，題云《成字説後與譚君蔡君同遊齊安》，詩云「據梧枝策事如毛，久苦諸君共此勞」云云。今兩人之名無可考，《字説》亦不傳。世傳荆公以「波」字爲「水之皮」，東坡戲謂：「『滑』乃水之骨乎？」亦可資一噱也。

《易學變通》，宋道士雷著○載《菉竹堂書目》者，鈔本，計十四册，而不詳卷數。茗中書估，有以此書首册來售者，凡三卷，前有「菉竹堂藏書」圓印，文莊公手跋及《書厨銘》在焉。書估以爲足本，不知尚缺十三册也。古書散軼如此，真可歎。

蘇叔黨《斜川集》五册，《菉竹堂書目》有之，惜未見其書。近日，有以活板印行《斜川集》者，東坡所和過子詩，必有原唱，而中無一存；《颶風賦》載《宋文鑑》，此亦不載入。

細考之，乃是南宋人《劉過集》，今去其姓名，而僞充叔黨耳。讀者不可不知。

《朱韋齋集》第一卷《山光寺》詩云：「惟應查公石，俛仰閱古今。」按，山光寺在揚州，吾先世居海陵者，宋時稱最盛，詩所稱查公，必海陵人。存以備考。

陸放翁名游，字務觀，其義出於《列子·仲尼》篇「務外游不如務内觀，外游者，取足於物，内觀者，取足於身。」「觀」字從去聲，後人作平聲，蓋未詳出處耳。

楊朱之弟名布，見《列子·力命》篇。

伽陀、祇夜、半偈〇僧家一偈四句，謂之「伽陀」。長篇六句而上，謂之「祇夜」。一聯謂之「半偈」。

雷霆「霆」字，古亦讀仄聲。《易》：「鼓之以雷霆。」孔疏「音庭」，又「音定」。京云：「霆者，雷之餘氣，挺生萬物也。」故《詩》疏「天高而有雷霆」：「『霆』音挺。」《雲漢》

箋：「霆，一音徒佞反。」陸放翁《從戎南鄭》五律中一聯云：「烽煙迷棧閣，雷霆起秋潭。」自注云：「去聲。」左思《吴都賦》：「鈎爪鉅牙，自成鋒穎。精居曜星，聲若雷霆。」則叶上聲。

紫濛○《瀛奎律髓》載鄭毅夫《送程公闢》七律一聯云：「雪急紫濛催玉勒，日長青鎖聽薰絃。」注云：「公奉使歸。紫濛，虜中館名也。」末又評云：「『紫濛』二字，甚新，人所未知。」余按，《晋書・載記・慕容廆傳》：「其先世居北夷，邑於紫蒙之野，號曰『東胡』。」鄭詩所用，當本此。紫濛乃地名，注以爲館名者，訛。

宋初，九僧詩自爲一體，歐陽公嘗稱之。今《集》不傳，世無能舉其名者。方虚谷《瀛奎律髓》人各選五七言律數首，曰：希晝、保暹、文兆、行肇、簡長、惟鳳、惠崇、宇昭、懷古。九人中，惠崇詩格稍高，兼工畫。

陸放翁律詩工於用事，屬對天然，前人以豔稱之。偶記其一聯，云：「酒寧賸欠尋常債，劍不虚施細碎仇。」上句用杜，世所共知。對句用劉叉語，人未盡知也。叉《贈姚秀才劍》絶句云：「一條古時水，向我心中流。臨行解贈君，勿報細碎仇。」拈出以見古人屬對不苟處。

「天外黑風吹海立，浙東飛雨過江來」，東坡《有美堂暴雨》詩中警聯也。偶閲唐人殷堯藩《喜雨》一律，三四云：「山上亂雲隨手變，浙東飛雨過江來。」蘇句正與暗合，然東坡出句雄健，乃勝殷。

「白盛」出《周禮·掌蜃》：「共白盛之蜃。」鄭注：「盛音成〔一〕，謂飾牆使白之蜃也，今東萊用蛤，謂之叉灰。」何晏《景福殿賦》云：「塘垣碭基，其光昭昭。周制白盛，今也惟縹。」按，即今石灰也。

灑攢○《詩·伐木》二章：「於粲灑埽。」箋云：「粲然已灑攢矣。又作『拚』，甫問切。」《儀禮·有司徹》：「埽堂。」注：「汎埽曰灑，席前曰拚。」梅聖俞《食車螯》詩云：

〔一〕「盛音成」，通行本《周禮》注作「盛猶成也」。

「妻孥喜食之，婢妾困埽拚。」乃用《儀禮》。《廣韻》字收「拚」字，不收「撲」字，應補入。

《鄭風·褰裳》篇《毛傳》云：「狂童恣行，國人思大國之正己也。」箋云：「狂童恣行，謂突與忽爭國，更出更入。」孔穎達則以忽爲世子當立，狂童爲突也。至楊龜山則謂：「《春秋》書突之奔及其歸，皆曰鄭伯突。其書忽止曰鄭忽。蓋不以忽爲君故也。故詩人目之爲狡童。」與注疏乃相反。

「湯之盤銘」，注疏云：「沐浴之盤。」朱子因之。吴草廬以爲「盥手之器」。湯又新《字説》引《内則》「少者奉盤，長者奉水，請沃盥」，及《大戴禮》武王諸銘於盤曰「盥盤」爲證，明盤爲盥器，而非沐器、浴器也。朱子襲孔疏之誤，考之未詳，而不及修改云云。按，《禮》文，子於父母，五日請浴，三日具沐，而無日日沐浴之禮。至於盥，則每日晨興必盥，且不特一盥而已。雖無事，一日大約五盥。有事而行禮，則又不止五也。其於日新之義，似尤切當。

二公分陝之説，見於《公羊傳》，朱子疑之。又，周公在外，而其詩爲王者之風；召公在内，而其詩爲諸侯之風。皆不可解。陳少南復創爲「分岐東西」之説，殊無證。據二《南》篇義，當以程子之説爲正。按，程子云：「召伯爲諸侯長，故諸侯之詩，主之於召伯。」

《詩·汝墳》箋：「伐薪，非婦人之事，以言賢者而處勤勞之職，亦非其事。」疏云：「不賢而勞是其常，故以賢者處勤爲非其事也。」《北山》之詩：「大夫不均，我從事獨賢。」孟子釋之曰：「此莫非王事，我獨賢勞也。」固謂賢者不當勞而勞。箋、疏之義，蓋出此。後人習用不察，以勞爲賢者分内事，殊失經解。

黄涪翁云：「男女墮地，衣食各有分齊，安能蹙眉終日，爲百草憂春雨耶？」此特爲貧士説法耳。世又有以多藏爲貽謀者，直謂之「撲滿」可也！

「鉏」、「耡」二字，世俗通用，不知音同而義迥别。「鉏」乃田器，義取去穢助苗，與「鉏」同。《左傳》「鉏而去之」、《尚書大傳》「耰鉏已藏，歲事欲畢」是也。「耡」乃里宰治處。《周禮·地官·里宰》：「以時〔一〕合耦于耡，以治稼穡。」注云：「若今街彈之室。」以漢法況之，漢時在街置室檢彈，一里之民於此合耦，使相佐助。《金石録》：昆陽城中，有漢街彈碑。周名「耡」，漢名「街彈」，即今「申明亭」是也。「耡」字又有讀去聲者，《説文》引《孟子》：「殷人七十而助」作「耡」，《周禮·遂人》：「以興耡利民。」注云「柳子春讀『耡』爲『助』，謂起民人，令相佐助」是也。

《鄘·柏舟》，「共姜自誓也。衛世子共伯蚤死，其妻守義，父母欲奪而嫁之，誓而弗許，故作是詩以絶之」。毛公無傳，鄭箋止云「共伯，僖侯之世子」而已。孔疏乃謂：「共伯死，時釐侯已葬，入釐侯羨自殺，以未成君，故繫之父在之辭。謂早死不得爲君，不必年幼也。」至《淇奥》篇，疏又云「『武公以其賂賂士，以襲攻共伯』，而殺兄篡國，得爲美者，美其逆取順守，德流於民」云云。二説皆本於《史記·衛世家》，未可信也。按，《子貢詩傳》云：「衛世子餘未立而卒。」子夏《序》則云：「衛世子共伯蚤死。」皆不言自殺也。僖侯在位四十二年，共伯之死，斷在僖侯生前。時共姜年尚少，故父母欲其改嫁耳。如在僖侯没

〔一〕「時」，通行本《周禮》作「歲時」。

後，則武公即位，年且四十餘矣，共伯爲其兄，則又長矣，安得云其妻蓋少猶可以嫁乎？且武公，衛之賢君也，季札觀樂，與康叔並稱。《國語》謂「武公年九十五，猶箴戒於國，恭恪於朝，作懿自儆。其没也，謂之叡聖」。世豈有殺兄篡位之聖賢乎？善乎《索隱》之言曰：「和殺共伯代立，此説非也。蓋太史公采雜説，而爲此記耳。」孔疏義取博采，援史證傳，往往踳駮，如此例者尚多，舉一可以例其餘也。

《東方未明》，「刺無節也」。節者，不先時，不後時，當其可之謂也。《易·節卦》：「九二，不出門庭。」《象》曰：「失時極也。」乃無節之義，昧於先後，則出入不以時，或失則夙，或失則莫。蘇子瞻有言：「節者，事之會也。天下事會之來，得失在俄頃間耳。」故君子審之。

《齊風》十一篇，《南山》、《敝笱》、《載驅》、《猗嗟》皆説魯事。魯無風，而著於《齊》，以《易》卦準之，惡其所歸妹也。亂倫之義，聖人爲宗國先君諱，不忍言也。

《陳風》疏「三恪」，有二説，杜元凱謂周封夏、殷二王之後，又封舜後，謂之「恪」，示敬而已。是以「三恪」爲陳與杞、宋。按《樂記》，「武王未及下車，封黄帝之後於薊，帝堯之後於祝，帝舜之後於陳。下車乃封夏後於杞，投殷之後於宋」。明陳與薊、祝共爲「三恪」，杞、宋别爲二王後矣。

《墓門》二章，序云：「刺陳佗，無良師傅，以至於不義。」疏云：「刺佗者，欲其去惡傅，而就良師。二章皆是戒佗，令去其惡傅之辭。」而於取興之義尚未闡發。愚謂首章有除惡之義，次章有養姦之義。「斧以斯之」，此言斧之斷棘，譬斧也。「有鴞萃止」，言梅之容鴞，咎梅也。

《衡門》：「可以樂飢。」孔疏：「樂，作『𤻲』，與療同。」《説文》：「𤻲，治也。」《廣韻》「㸒」字紐下載之，而字書不載。

古者人臣去國，有待放賜玦之文。《詩·檜風·羔裘》箋：「以道去其君者，三諫不從，待放於郊，得玦乃去。」《曲禮》「大夫士去國」，疏：「在竟未去，聽君環玦。不謂待歸，而謂待放者。既已在竟，不敢必還，惟待君見放乃去也。」按，《春秋》宣元年：「晉放其大夫胥甲父於衛。」《公羊傳》曰：「古者，大夫已去，三年待放，君放之，非也；大夫待放，正也。」又，宣三年〔一〕，趙盾諫靈公，公不聽，「出亡，至於郊」，此待放於郊之事。范甯《穀梁傳注》：「君賜之環則還，賜之玦則往。」又引荀卿《書》云：「聘士以圭，復士以璧，召人以瑗，絶人以玦，反絶以環。」此得玦乃去之證也。君臣之間，進退以禮，身隨去而義不忍絶，故《儀禮》有「爲舊君服齊衰三月」之文。《孟子注疏》「爲舊君反服」條下，少此段引據，與《詩》、《禮》疏參看，其義始備。

《詩・王風・丘中有麻》：「彼留子嗟。」《毛傳》云：「留，大夫氏。子嗟，字也。」東坡詩：「庶幾一見留子嗟。」蓋用此。《檜風》「萇楚」箋：「其枝葉阿儺〔二〕而柔順，不妄尋蔓草木。」東坡《牽牛花》詩「走尋荆與榛，有如宿昔約」，「尋」字義本此。《遊鳳翔南寺》云「野饋慚微薄」，出《豳風・七月》疏：「饁，野饋也。」《遊寒谿西山》云「欲躡徑路開新蹊」，出《詩》「行道兑矣」疏：「蹊者，先無行道，初爲徑路之名。」又，《與子由論書》云「我

〔一〕按，據《春秋穀梁傳》卷第七，趙盾入諫靈公，靈公不聽，趙盾出亡至於郊，乃宣公二年事。

〔二〕「其枝葉阿儺」，通行本《毛詩注疏》作「其枝猗儺」。

雖不善書，曉書莫如我」，出《公羊傳》：「蔡丘之會，桓公震而矜之，叛者九國。矜之者何，猶曰：莫若我也。」《渦口阻風》云「扁舟繫桑木」，出《易·否卦》「九五」注疏：「繫於苞桑者，苞，本也。凡物繫於桑本，則牢固也。」蓋此老用古，如承蜩弄丸，初不經意，後人亦信口讀過，豈知其字字有來歷乎？世或譏蘇氏兄弟淺於經學，此論未公，吾不憑也。

小雲，大雨○《檜風〔一〕·候人》箋：「薈蔚之小雲，朝升於南山，不能爲大雨，以喻小人雖見任於君，終不能成其德教。」

《匪風》、《下泉》，陰盛陽衰之時，於《易》爲《剥》。《剥》：「上九，碩果不食，君子得輿。」蓋亂象極，則民心望治，願得君子在位以拯之。故一則顧周道而懷好音，一則慨周京而思郇伯，居變風之終，而繼之以《豳》，其《剥》極而《復》之義乎！

《詩·七月》傳：「斯螽，蚣蝑也，莎雞羽成而振迅之。」箋云：「自七月在野，至十月

〔一〕「檜風」，疑爲「曹風」之誤。按，《候人》乃《曹風》，非《檜風》也。

入我牀下，皆謂蟋蟀也。言此三物之如此者，將寒有漸，非卒來也。」傳、箋所引，悉本《爾雅》，明是三種蟲名，而朱注乃云：「斯螽、莎雞、蟋蟀一物，隨時變化而異其名。」不知何所據依，將《爾雅》、《箋注》，一概抹煞也。

《木瓜》之篇，《小序》云：「美齊桓公也。」朱子既闢其說，而以爲淫奔之詞。至其辨李公常語，又云：「《詩》録《木瓜》，即《春秋》序績之意，亦以善衛人也，情也，豈以齊桓公之事爲可法哉？」則仍用《小序》之説，與《集注》異，不幾自相矛盾乎？

《采薇》前三章，箋分前輩、中輩、後輩，謂遣兵之期分三番：首章，二月下旬遣；二章，三月上旬遣；三章，三月中旬遣。薇之「作止」、「柔止」、「剛止」，是其候也。

魚獸○《詩·采薇》「魚服」疏：「魚服，魚獸之皮也。魚獸似豬，東海有之，其皮背上斑文，腹下純青，可爲弓鞬步叉。海水潮及天將雨，其毛皆起。」按，此鱗蟲而兼毛蟲之名，以有毛故，今人有用魚皮飾刀鞘者，如蛇蚹而無毛，乃鯊魚，非魚獸也。

得樹樓雜鈔卷七

海寧查慎行悔餘纂

南宋人詩可補入《西湖志》、《杭郡志》者，共五十六家。

汴都趙汝鐩，字明翁。○《過寶雲寺訪密師》：「寺纔三二里，曳杖且徐行。晴塔松梢見，風鐘嶺半鳴。樵夫分道過，僧子就房迎。竹有千竿立，塵無一點生。」○《西湖訪梅》：「久無梅信息，訪問到湖濱。耐盡一冬冷，開殘千樹春。臨流轉風韻，與雪鬭精神。疏影暗香後，能吟有幾人？」右二首見《野谷詩稿》。

新安朱松，字喬年。○《西湖泛舟》：「望湖樓下照衰顔，羞見塵埃兩鬢斑。風艇縱看山轉側，煙堤僅逐水回還。唤人歸去城鐘急，觸處相親嶺月彎。不用新詩摹絶境，定知長到夢魂間。」

壺山許棐，字忱父。○《晚泊臨平》：「晚卸風帆泊市橋，税亭民屋總蕭條。秦封不到河邊柳，送往迎來枉折腰。」○《馬塍種花翁》：「東塍白髮翁，勤樸種花户。盆賣有根花，價重無人顧。西塍年少郎，荒嬉度朝暮。貧賣無根花，價廉争奪去。年少傳語翁，同業勿相妒。賣假不賣真，何獨是花樹。」右二首見《梅屋詩稿》。

將樂楊時，字龜山。○《望湖樓晚眺》：「斜日侵簾上玉鈎，檐花飛動錦文浮。湖光寫出千峰秀，天影融成十里秋。翠鷁翻風窺淺水，片雲隨意入滄州。留連更待東窗月，注目晴空獨倚樓。」

陽穀周文璞，字晋仙。○《下天竺》：「静看唐人刻，相連坐石陰。鳥啼留客意，果熟住山心。野水流詩葉，天香襲道林。雲根有桂子，應待月中尋。」○《秋日孤山道院》：「孤山有何好，修竹隱樓居。人在秋雲裏，香凝午醮餘。芳林多落果，靈沼少驚魚。歸棹聞歌詠，猶如學步虚。」○《孤山桃花》二首：「天上仙人休擲火，塵中道士莫燒香。可憐絳雪渾無賴，一簇千枝對草堂。」「莫逐蓬蒿恨不遭，夢魂曾弔海山鼇。當時不合輕仙事，惆悵靈風滿碧桃。」○《贈孤山道士》二首：「九霄象簡手中擎，豈是閑人愛列卿。洞裏石田春漠漠，有田多與種黄精。」「清秋古洞無猨嘯，自覺尋行幽意微。處士橋邊增悵望，幾回孤酒對斜暉。」○《鳳門泉》：「石根兩眼碧流泉，乳竇潛通御井邊。飄出宫花人不識，又沿衰草下山前。」○《西湖即事》：「閑看浮鳩棲曲渚，倦隨奔鹿上荒陵。松門雨過長廊静，一架藤花供病僧。」○《九谿十八澗》詩：「九谿十八澗，冷見帝青苔。洗足僧書石，臨流客放杯。案頭松葉響，身畔野花開。百六辭歌吹，清遊始一回。」○《弔辯才》二首：「讀了碑文讀祭詩，冷看遺像立多時。郎當嶺上生雲處，山鳥山花憶老師。」「坡使參廖滴奠茶，定將老淚濕煙霞。誰知走入靈山隊，又與閑人説法華。」○《西湖小隱》：「先帝何曾寵幸臣，家園籍没幾經春。一丘賜與嬋娟魄，教主西湖似洛神。」○《麯坊》：「麯坊纔盡上湖船，笑問雲山欠酒錢。兩桁柳絲黄不斷，不知身在御園邊。」○《壽星寺聞子規》：「子規欲歸歸不得，啼向錢王壽星石。月明血盡人不知，只怪曉山深似碧。」○《再遊九谿》：「昔年九谿十八澗，今度見之逾清真。静依落落石路晚，閑繞寂寂山家春。可憐潺湲似留客，更覺曲折能隨人。得得杖藜來盡日，野棠山杏亦精神。」○《偶題》：「海氣江聲相與浮，今時帝里舊杭州。西湖寺裏多金碧，自厭穠華不肯遊。」○《水仙廟鼓吹曲》：「倚碧爐，款銅鋪，德星在南烏尾逋。兩峰隱天，花深草敷。錢唐十萬餘户，皆看使君歡娱。雖涉流沙歷炎都，入醫無閭，不如東吴。」其一。「龍飛天門，雞鳴日觀。湖州有鶴知夜半。端冕結纓，鋒車施幰。

瞻彼孤山，男呼女怨。欲裂冠毁車。春容秋枯，無翁愁予。」其二。「雲溟溟，雷闐闐。横玉轉，流珠乾。靈黿入我夢，謂君當旋。既窮海壖之炎天，當飲山中之流泉。」其三。右十九首見《方泉先生集》。

婺源王炎，字晦叔。○《慶元丁巳九日登寶叔塔》：「湖邊老石立巨鼇，背負浮圖千尺高。升高望遠天界闊，海上江樹皆秋毫。蓬萊藏室極清静，雖有暇日無遊遨。不應令節亦虚度，特爲萸菊觴新醪。尊前一笑豈易得，身涉百憂今二毛。兹遊回首便陳跡，事如逝水流滔滔。明年九日定何許，未用感慨增煩勞。半生隨牒落州縣，暮年結綬來神臯。去留聚散偶然耳，且復一杯持蟹螯。」○《同李魯二郎中遊三茅觀》二首：「羽衣邀我坐團蒲，一穗香雲繞竹鑪。九陌紅塵飛不到，疑從木豕入懸壺。」又：「地近觚稜雲氣間，蕊珠宫殿壓青山。雲根盡處天風急，疑是人間有廣寒。」○《四聖觀》：「羽衣引我度松關，借得湖山一眼看。去棹來橈皆物役，箇中惟有白鷗閑。」○《南園》：「花驄油碧隱輕雷，消却冰山不復來。墳上未乾爲餒鬼，圓花雖好爲誰開？」○《净慈寺》：「鼎新堂殿鬱嵯峨，中有方袍千指多。未審雪山黄面老，樹邊一宿意如何？」右六首見《雙谿集》。○《九日陪楊秘監遊真珠園》云：「珍重蓬萊老，攜壺領客來。湖山羅畫笥，風物獻詩材。素髮難重染，黄花有再開。莫憂身外事，且覆掌中杯。」按，此詩「真珠園」當在杭州，俟再考。○《水樂洞》：「路向峰腰轉，泉從洞口來。決渠飛瀑布，伐石作崔嵬。勝境難頻到，幽懷只暫開。登臨興未盡，日昃故須回。」

臨江鄧林，字性之。○《西湖》：「高價租船作勝遊，窮通那敢鬬風流。西湖多少閑春水，不洗中原二百州。」○《和靖墓》：「孤山擎出水中央，留下梅花代代香。滿酌湖波遥一酹，問咸平事已荒涼。」○《九里松》：「松是山靈一手栽，堯天長就棟梁材。龍髯怒起春風急，似怪遊人喝道來。」右三首見《皇荂曲》。

柯山毛珝，字元白。○《浙江》：「白鷗舊事隨波去，太極陰陽自吞吐。長虹夜貫黑頭船，四紀沙迎相公路。馮夷作劇真等閑，五都有客雄其間。上林三官浪憂喜，千年海底生銅山。」右一首見《吾竹詩》。

四明陳允中，字衡仲。○《登吴山》：「登高一展眺，宫闕鬱嵯峨。樓閣春風滿，東南王氣多。青天行日月，大地布山河。柳色沙堤路，時聞響玉珂。」○《鄂王墓》：「鄂王墓在棲霞嶺，一片忠魂萬古存。鏡裏赤心懸日月，劍邊英氣塞乾坤。蒼苔雨暗龍蛇壁，老樹煙凝虎豹旛。獨倚東風揮客淚，不堪回首望中原。」○《小酌湖樓》：「風卷珠簾客佩清，杜鵑嗁老送春聲。水浮亭館花間出，船載笙歌柳外行。千里夕陽歸夢遠，六橋飛絮馬蹏輕。闌干倚遍暮天闊，煙樹一鈎新月生。」○《題胡月山吟屋》：「蘇公堤上路，日日課新吟。流水行花影，斜陽卧柳陰。斷橋春聽樂，矮屋夜鳴琴。皎皎山門月，如君一片心。」○《吴山雪霽》：「九天宫闕春風滿，陸地樓臺夜月寒。鐵笛一聲吹雁落，片雲不到玉闌干。」○《湖上》：「流水斷橋邊，笙歌擁畫船。日酣花半醉，春困柳三眠。策杖登雲洞，觀魚上玉泉。鳳城歸去晚，山鎖萬重煙。」○《西湖暮春》：「雲山疊疊樹重重，浙水迢遥客夢中。嗁鳩數聲春去日，落花滿地夜來風。松關鶴立吟壇静，竹院僧眠丈室空。明日馬蹏何處所，夕陽芳草畫橋東。」○《馬塍道上》：「閑拖瘦竹杖，獨步馬塍東，鳥影青山外，人煙碧樹中。麥潮風化蝶，櫻熟雨生蟲。莫過谿頭去，谿頭多落紅。」○《雷峰少憩》：「倚塔看明月，寒光度玉繩。曲堤藏小艇，疏柳見孤燈。水竹映苔石，巖花緣澗藤。香雲吹散後，猨鶴伴高僧。」以上八首見《西麓詩稿》。

清源胡仲參，字希道。○《秋晚汎西湖》：「載酒湖邊買小舟，水光山色解人愁。短籬寂寂菊花晚，兩岸蕭蕭楊柳秋。落日波間收戲鼓，疏鐙林外出歌樓。倚欄長嘯西風裏，驚起前汀雙宿鷗。」〇《雪晴汎湖》：「雪後湖清淺，令人心眼開。林疏知寺近，冰合礙舟回。寒色欺吟鬢，斜陽入酒杯。山行已清絶，況乃是尋梅。」〇《包山觀桃花》：「因訪桃花到嶺根，御林春色此平分。千株未數栽唐觀，一幅猶堪畫晋源。仙在雲間無處覓，人行風外有香聞。笙簫隱隱宫城隔，立盡黄昏更斷魂。」右三首見《竹莊小集》。

三山陳鑒之，原名璟，字剛父。〇《西湖晚望》：「過雨長堤葱翠濕，小橋人静支筇立。一縷竿頭顫霜鯽，風動青蒲見蓑笠。」〇《晚涼湖邊放步》：「暑氣湖山薄，晚風巾袂涼。蟬鳴須柳蔭，鷺立領荷香。大舸鼓聲□，小軒茶味長。獨遊元自好，細細蹋斜陽。」〇《同劉叔泰放步湖邊入靈芝寺坐依光良久叔泰誦坡仙好把西湖比西子之句因賦古風一首》：「劉郎唤我出，勝處意所便。清寒桃柳風，濃淡杉檜煙。僧廬自生香，步繞古佛前。依光偶不扃，坐數禽聯翩。平林度清磬，遥堤簇歸船。湖山露真態，鷗點溶溶天。形容幾吟筆，剛道妝抹妍。莫作西子看，正如姑射仙。相知喜予值，微笑生清漣。」〇《同潘孔時飲總宜園》：「六橋新秋宜醉吟，舉杯共聽巖鶴音。危亭三面立老竹，寶晋數帖清人心。涼蟬不敢暄夕曛，洞簫聲繞山腰雲。摇摇歸艇水紋裂，山紫天青河漢白。想君獨立對空闊，一鷺毛寒藕花月。」〇《包家山和潘孔時》：「危闌納納萬里天，此景不作西子妍。荒蹊斗折喬木杪，小亭棋布層巖顛。陽侯作意娛我醉，潮頭百尺來尊前。游蜂低回殢花露，一鳥急去銜林煙。年來祇可作橘隱，四人聊學商山仙。」右六首見《東齋小集》。

浮玉施樞，字知言。〇《輸差祝聖所拈香》二首：「瓣香來謁玉晨宮，月在觚稜絳闕東。轉向御街西畔過，朝天萬騎正悤悤。」「幾度來遊幾賦詩，又因將命到靈芝。三呼祝了君王壽，偷眼湖光立片時。」〇《至日謁廟吴山見日初出》：「曦龍浴海上扶桑，雲表輝芒燭萬方。史館繽紛書瑞色，禁城奕𤓰御名鎖祥光。從知繡綫添紅影，獨喜丹心向太陽。節裏官閑無一事，諦觀《易》道静焚香。」〇《生朝報恩夜醮》：「絳節翩翩七寶車，謡歌飛上玉皇家。鶴壇月冷天風静，開盡碧桃無限花。」〇《和菊潭玉泉韻》：「不是靈源透碧虚，可容六六化龍魚。講經人去前湖暝，翻手爲霖自有餘。」右四首見《横舟稿》。〇《贈湖邊柳》：「亂撒鵝黄拂曉晴，天涯多少故人情。畫橈空逐清陰轉，半屬春風半屬鶯。」〇《玉泉》：「水蹟無增減，從知地有靈。群魚潛異窟，一芥納滄溟。濟隱新留詠，超師舊講經。聖時調玉燭，龍睡不須醒。」〇《霸國祠》并序：「《類説》中有及臨安縣土地始末者，城狐社鼠，妄自依憑。及來錦谿，因式是祠，薦之以詩。缾笙驚晝睡，此意有誰知？娃井成何事，鴻圖豈易窺？一身雖戮辱，萬姓免瘡痍。茅土今何在，惟存霸國祠。」○《通真觀袁都録自號凝安御書扁其堂舊有桃源洞今蹤蹟湮没不可復考》：「不到凝安二十年，丹青一幅尚依然。青牛已去仙蹤遠，却有山禽下玉田。」又：「桃源事已成荒幻，那更形容學避秦。欲訪舊蹤無處覓，滿山花落不知春。」○《孤山》：「孤山不是遠，只隔鳳城門。争賞詩家句，誰招隱士魂。秋風林下家，寒月水邊村。擬待梅花發，長吟酹一尊。」○《湧金門外》：「柳絲舞困起炊煙，羅綺相催欲上船。貴冶亦知春有夜，暖沙還讓白鷗眠。」○《再行湖上》：「樓臺萬疊照斜暉，紅褪園林緑漸肥。好是杏桃開過了，春風吹到野薔薇。」○《東天目》：「不辭巇嶮訪龍潭，潭底無窮碧似藍。亂石鳴灘谿渡九，飛泉灑瀑塹分三。雖然道士能相引，不比樵人得盡諳。惆悵飛橋無路到，乘風應許御雲驂。」○《西天目》：「苕水之源出此山，地如郲魯始躋攀。三池浚澤高岡上，一勺爲霖反掌間。著脚不知蒼漢近，無心直共白雲閑。何時結屋枕谿上，滌盡塵根學大還。」○《題東天目朝陽洞》：「一吸龍泉萬慮清，更尋古洞入柴荆。桃花落盡春無路，獨許騎鸞上玉京。」○《題西天目至道宫雲巢軒》：「碧霄路底作生涯，雲亦何曾定有家。月印天池心自浄，水鳴環佩出松花。」○《别天目》：「東尖森洞穴，西目浚淵庭。三日能爲霽，群龍洵有靈。立依松作蓋，坐倚石爲屏。猶恨歸鞍急，回頭望遠青。」○《臨安縣齋山花一株四月盛開無識之者效樂天招賢寺花體以小瓊花賦之或謂婆羅花》：「合是孤根在廣庭，世間那得此雲英。霓裳一曲天香散，惆悵瑶階月自明。」〇《錢廟》：「荒碑五丈蘚生花，飛鼠巢梁壁綴蝸。華胄遥遥天下滿，不知誓券落誰家？」〇《五到洞霄宫》：「多謝名山不厭人，五來此地著閑身。泉聲帶雨驅煩暑，空翠縈嵐絶點塵。金鼎火能知應候，玉壺花自占長春。何時許證三生約，乞借煙霞與卜鄰。」〇《夜泊黄灣》：「移近黄灣泊短篷，野雲垂地一谿風。渚香吹散荷花雨，幾點流螢出葦叢。」右十六首見《芸隱倦游稿》。

建安徐集孫，字義夫。〇《智果寺觀東坡墨蹟參寥泉》：「煮茗評詩歲月深，堂堂遺像篆煙沈。數間老屋關興廢，一段清名無古今。碑斷亂雲封字脚，井昏落葉覆泉心。斜陽影裏夷猶處，仰止高風不敢吟。」〇《觀湖》：「八月西風嘘沆瀣，長江協律肆澎湃。錢唐王氣天所鍾，非爲子胥逞靈怪。海門三山縹渺青，雙練夾岸奔雷霆。蛟龍鼉鼉匿形影，銀濤雪浪翻滄溟。蹋浪群兒慣行險，出没波心旗閃閃。須臾瀲灧潮信平，蕩漾漁舟千萬點。天低暮靄襲人衣，遊子興盡各言歸。獨有騷翁看不足，吟到夜月揚清輝。」〇《江湖偉觀》在壽星寺中：「昔日山中一小亭，重新輪奂轉峥嶸。著身梯磴千層上，到眼江湖兩派明。鼎藥丹成仙已去，杯泉墨冷水猶清。壽星炯炯無今古，長照東南王氣生。」〇《水樂洞》：「路穿巖竇折羊腸，處處亭臺御墨香。流水不隨人事去，尚餘絲竹舊宮商。」○《玉清宮初陽臺》：「守藥胎仙去不來，空留山頂煉丹臺。明眸炯炯初陽在，知隔人間幾劫灰。」○《下竺觀猨》：「渴泉飲罷過別枝，株守山林得便宜。伸手攫拏野僧果，貴遊玩弄如兒嬉。膏粱恣欲甚谿壑，苞苴任把充囊橐。本然無物拋乞與，縱有腥膻醫少藥。勸汝儔侶只依僧，殘齋賸核亦潔澄。切勿自照具人面，便爾忘却當初洞口呼不膺。」○《玉泉看金魚》：「石沼鑿瓊瑤，金鱗數百條。年深須變化，泉潔自逍遥。網罟難垂手，公卿擬上腰。龍宮依梵法，翻水雨青霄。」○《六一泉》：「惠勤已蜕老歐仙，物逐人非井便乾。不是坡翁重到此，此泉安得到今寒。」○《金沙井》：「修綆垂缾自汲深，水澄沙瑩幾星金。分明不與貪泉比，莫爲金沙起利心。」○《拜和靖先生墓》：「秋聲爾許悲，懷舊若爲思。菊老泉堪薦，山孤草易萎。高風留塑鶴，殘雨暗荒碑。依舊梅千樹，無花香似詩。」○《竹閣》：「昔日孤山像，重移閣幾春。騷名垂句法，遺愛稔邦民。雨剥一碑古，風摇萬竹新。來遊興感慨，誰繼若而人。」○《岳鄂王墓》：「古木號風氣不平，百年忠義日爭明。墳前人馬空存石，何似當時聽用兵。」○《杯泉》：「一方石甃溜涓涓，扁以杯稱萬古傳。名利醉人濃似酒，誰甘澹泊酌清泉。」○《此君軒》：「此君瀟灑翠檀欒，軒扁佳名墨以乾。欲識清風千古在，試將石刻句吟看。」○《西湖納涼》：「小艇撑過第一橋，酌泉橋下擲詩瓢。來遊道院分荷供，擬拉吟僧遺鶴招。暮靄直從漁笛起，月華高過塔鐙遥。且於静處偷清福，人海驚人湧似潮。」○《春日訪四聖觀鄭渭濱》：「訪舊孤山去，桃花觀裏春。迎春開道室，借酒酌吟人。琴操音還古，蔬盤味却真。斜陽各分散，一水隔紅塵。」○《冷泉亭》：「山遠源深絶市聲，許田因此隱方成。一生獨喜枕流好，萬事何如酌水清。野衲洗心滋味淡，騷人照影利名輕。輭紅塵裏渾如醉，誰識斯泉可濯纓。」○《觀音泉》：「巖石留雲裛翠煙，古松知歷幾千年。净缾一滴楊枝水，湧作巖前大士泉。」○《北高峰》：「閑處春光澹，逢僧共采蒿。曲盤山磴險，直上塔峰高。風露侵衣冷，江湖送眼豪。近年無隱者，空負數株桃。」○《靈芝寺》：「梵宇背湖光，朱橋度緑楊。折藤維小艇，拂石坐幽房。齋板驚閑鷺，苔碑卧夕陽。都人喧鼓吹，未識此徜徉。」右二十首見《東齋小集》。

建安葉紹翁，字嗣宗。○《登謝屐亭贈謝行之》亭在天竺：「君家靈運山有癖，平生費却幾緉屐。從人唤渠作山賊，内史風流定誰識。西窗小憩足力疲，夢賦池塘春草詩。只今屐朽詩不朽，五字句法何人追。天台覽遍興未已，天竺山前聽流水。秦人稱帝魯連恥，寧向蒼苔留屐齒。乙庵行之自號是渠幾世孫？登山認得屐齒痕。摩挲苔石坐良久，便欲老此巖之根。吾儂勸渠且歸去，請君更學遥遥祖。乙庵未省却問儂，莫是當年折屐翁。」

○《西湖秋晚》：「愛山不買城中地，畏客長撑屋後船。荷葉無多秋事晚，又同鷗鷺過殘年。」○《題鄂王墓》：「萬古知心只在天，英雄堪恨復堪憐。如君更緩須臾死，此虜安能八十年。漠漠凝塵空偃月，堂堂遺像在凌煙。早知埋骨西湖路，學取鴟夷理釣船。」○《秋日遊龍井》：「引導煩雙鶴，携壺倩一童。竹光杯影裏，人語水聲中。不雨雲長濕，無霜業已紅。我來何所事，端爲聽松風。」○《出北關》：「脱衣命僕洗塵埃，籬落人家未見梅。出得城門能幾步，船頭便有白鷗來。」○《西谿》：「一條横木過前谿，村女齊登采葉梯。獨立衡門春雨細，白雞飛上樹梢嗁。」○《發長安堰》：「夏老蟲聲切，晨興草氣香。買瓜依緑樹，出水得青秧。船聚知村近，牛閑覺晝長。雙鳧蓮葉蕩，無雨故生涼。」右七首見《靖逸小集》。

四明高似孫，字續古。○《聚景園》：「翠華不向苑中來，可是年年惜露臺。水際春風寒漠漠，官梅却作野梅開。」○《四聖觀》：「水明一色抱神州，雨壓輕塵不敢浮。山北山南人唤酒，春前春後客憑樓。射熊館暗花扶扆，下鵠池深柳拂舟。白髮邦人能道舊，君王曾奉上皇遊。」

古汴武衍，字朝宗。○《春日湖上》四首：「苑外垂楊閲四朝，東風依舊緑條條。當年盛事人猶説，二殿龍舟泊畫橋。」「拆桐花上雨初乾，寒食遊人盡出關。一片湖邊春富貴，斷橋船簇夕陽間。」「飛鷁鳴鑣鼓吹喧，繁華應勝渡江前。吟梅處士今還在，肯住孤山爾許年。」「船裏歌聲去復還，遊人樂在酒杯間。争如策蹇長堤上，細看南山與北山。」○《重訪西湖舊遊》：「西風吹曉鳳城開，桂子香中信馬來。十載不行湖上路，知他添了幾樓臺。」○《清明湖上》：「榆火初傳禁漏殘，滿城和氣在湖山。接天楊柳風煙外，照水桃花圖畫間。舊路人穿新路去，長橋船去斷橋還。吾君應喜民胥樂，歲許西門入夜關。」○《正元二日泛舟湖上》：「春雲漠漠雨疏疏，小艇衝煙入畫圖。除却濃妝濃抹句，更將何語比西湖。」以上七首見《適安藏拙稿》。

汶陽周弼，字伯弜。○《韜光庵》：「谷鳥與我言，怨殺白太傅。借問何以然，携却山僧去。山僧未去時，前盤一尾蛇，後踞一頭虎，吸雲嘯風繞窗户。山僧已去了，鶴來蹋翻藤，猨來拗折樹，亂篠枯柴塞行路。抑將廬於嵩山之陽，温洛之滸，諸天散花復呵護。抑將慕羶逐臭，亡魂喪魄，委枯骸於北邙之狐兔。荒臺兮尚存，破屋兮如故，惟有山僧不知處。世間萬事誰始終，極目寒江起煙霧。」○《吴山仁王寺》：「山寺憑高夕未昏，上皇曾此定乾坤。甌閩散驛緣江島，龕赭收潮入海門。細雨亂花唐輦道，淡煙疏柳漢營屯。何時汴水東流畔，君返宸居臣故園。」○《西湖竹閣寺》：「精舍蕭疏近水涼，分明一徑緑沉槍。就移山近湖皆隱，放出樓高寺倒藏。春透露梢齊曲檻，曉翻風籜過鄰牆。長堤花盡人稀少，來聽蟬聲伴夕陽。」○《留題塘棲寺》：「僧房十日相留戀，爲怯生寒未到家。插岸斷冰妨蕩槳，入檐飛雪助煎茶。香臺穴碎逃秋蟻，古殿巢翻失暮鴉。惟有谿梅最禁耐，旁籬爭發向陽花。」○《冷泉幽憩》：「水源窮不盡，垢膩生春蘚。未敢輒揭流，且向幽亭歇。」○《四聖觀》：「小園寬占一山孤，別有牆遮古觀居。別了恩波攔不住，水窗游出放生魚。」○《西湖初夏》：「花飛春減緑成陰，不住風光繞禁城。山寺曉晴蟬欲噪，柳林猶囀數聲鶯。」○《龍井道中》：「老僧病久聲嘶喝，屢説紫衣勝短褐。莫言兩手漸拘攣，曾把御前供奉鈸。」右八首見《端平詩雋》。

笠澤葉茵，字景文。○《蘇隄》：「南北山圍翡翠隄，隄邊緑漲輭琉璃。參差臺榭無餘地，雜遝輪蹏閲四時。楊柳又多前日樹，梅花祇少近人詩。停高不看春風面，閑伴漁翁理釣絲。」○《江湖偉觀》：「此地舊寒碧，留題護竹君。窗虚不礙月，壁老易生雲。一水東西隔，兩山南北分。未堪低著眼，世事正紛紛。」○《西湖》：「湘桃深處五侯家，隄柳陰中百寶車。多是問桃尋柳去，近來山下少梅花。」右三首見《順適堂吟稿》。

臨川危積，字逢吉。○《春日湖上有感》：「春入長安百萬家，湖邊無日不香車。一株柳色吾無分，閑看庭前薺菜花。」右見《巽齋小集》。

滄州高九萬。○《孤山雪後》：「雪後騎驢行步遲，孤山何似灞橋時。近來行輩無和靖，見説梅花不要詩。」○《西湖春雪》：「小艇沿湖看雪飛，正當騎馬蹋春時。是誰乞與楊花舞，先占東風一月期。」○《春日湖上》：「乘興行新路，凝情獨老翁。馬蹏春草上，人影夕陽中。飛絮沿湖白，殘花染浪紅。晚歸雲氣合，雙槳破空濛。」○《過臨平》：「征帆一似白鷗輕，起揭船篷看曉晴。梅子著花霜壓岸，自披風帽過臨平。」○《春日湖上》：「清波門外放船時，盡日輕寒戀客衣。花下笑聲人共語，柳邊檣影燕初飛。曉風不定棠梨瘦，夜雨相連薺麥肥。最憶故山春更好，夜來先遣夢魂歸。」○《憶西湖》：「西湖春二月，結客少年游。駿馬黄金勒，長身紫綺裘。愛花論擔買，嗜酒滿船浮。兩載緣何事，台州又越州。」○《聚景園口號》二首：「淺碧池塘沿路口，澹黄楊柳護檐牙。舊時歲歲春風裏，長見君王出看花。」「竹影參差臨斷岸，花陰寂歷浸清流。遊人難到闌干曲，盡日垂楊蓋御舟。」○《下塘》：「日出移船日又斜，蘆根時復見人家。水鄉占得秋多少，岸岸紅雲是蓼花。」○《拜林和靖墓》：「玉函香骨老雲根，占斷孤山水月村。薦菊泉清涵竹影，種梅地冷帶苔痕。生前已自全名節，身後從誰問子孫。惟是年年寒食節，遊人來與酹清尊。」○《下塘河》：「河水新添三尺高，河邊蘆葦有龜巢。波流夜夜飄漁箔，空點籃燈照樹梢。」右十首見《菊磵小集》。

開封趙崇鉟，字元治。○《湖中》：「汀蒲獵獵起涼颸，碧藕香中獨立時。機事兩忘吾喪我，扁舟吟過水仙祠。」右見《鷗渚微吟》。

古徐朱南杰。○《過長河堰》：「帆指長河風力微，漁舟箇箇有魚歸。一聲水際笛三弄，幾處梅邊竹四圍。桑伐遠揚蠶事熟，花消濃豔柳緜飛。西湖只在錢塘外，又見孤山梅子肥。」○《遊湖》：「誰立西湖造化功，峰分南北境相通。四時風景絃歌裏，兩岸人家圖畫中。隄柳送迎忘爾汝，棹聲來往自西東。風波便作恩波看，此樂君王與衆同。」○《孤山觀梅》：「費盡年年造化功，精神全在雪霜中。一枝映帶窗前月，消得逋仙作主翁。」右三首見《學吟集》。

古括王琮，字中玉。○《北山訪僧》：「吟僧山北住，又買過湖船。半日得閑話，一生無此緣。波光添酒興，竹色帶茶煙。歸路斜陽裏，徐行聽亂蟬。」○《舟過孤山》：「寂寞梅花處士墳，竹圍巖脚一泉深。偷瞻翠輦曾游處，水鑰年年護緑陰。」○《秘省金魚池》：「落葉闌干小立時，諸公慨想到腰圍。但知宮餅堪爲餌，不識人間有釣磯。」右三首見《雅琳小稿》。

芳庭，字斯植。○《西湖晚望》：「久雨初晴睡正長，春蛙鳴遍小池塘。小亭寂寞斜陽裏，一陣東風過木香。」○《堤上》：「楊柳垂絲拂畫船，店花零落斷橋邊。四山煙雨東風急，更向西亭聽杜鵑。」○《春日遊湖上》：「十裏湖邊路，垂楊映馬蹏。水光平岸闊，山影繞樓低。夜雨生青草，春風濕紫泥。興來無限意，同此片時題。」○《天竺山居》：「對雨吟方穩，西風忽晚晴。野花沿澗白，秋意入簾清。淺水藏魚影，重林隔磬聲。是非塵外事，誰可繼高名。」右四首見《采芝集》。○《上竺寺》：「古寺寒橋路，鐘聲静忽聞。數峰千仞合，一水衆谿分。老樹煙蘿雨，殘鐙石磬雲。閑心寄幽寂，自覺遠塵氛。」○《題天竺巖棲山房》：「一室寄靈隈，憑闌日幾回。無風山自雨，有主燕還來。野逕通樵遠，巖花向晚開。舊時題數壁，今已半蒼苔。」○《登吴山》：「嵯峨宮樹靄晴空，吴趙迢迢一望中。幾處笙歌人遠近，萬重花柳路西東。風生簾幙春雲碧，水繞樓臺海日紅。沙鳥自飛還自宿，百年無計與誰同。」○《湖上晚望》：「繞隄楊柳暗漁舟，二月風光冷似秋。幾度笙歌人散後，夕陽依舊滿紅樓。」〇《春日湖上》選二首：「繞隄細草緑纖纖，老去吟情覺未厭。應是蹋青天氣近，柳條多插野人檐。」「曉山漠漠盡煙霏，四面樓臺白鳥稀。芳草年年湖上路，柳花風送釣船歸。」右五首見《采芝續稿》。

菏澤李龏，字和父。〇《湖上》：「湖上新正逢故人嚴維，天明騎馬入紅塵王建。憑君莫話封侯事曹松，栲栳量金買斷春盧延讓。」〇《馬塍》：「十里宜春下苑花唐彦謙，濃香染著洞中霞韓偓。采來移得將何處劉言史，擔入宫城許史家吴融。」右集唐二首見《剪綃集》。

得樹樓雜鈔卷八

海寧查慎行悔餘纂

龍泉沈説，字惟肖。〇《西湖獨步》：「平湖開霽色，寒碧照空心。小立背橋影，緩行隨柳陰。幾年勞遠夢，到日記曾吟。荷蕩成茭地，蕭蕭秋意深。」右見《庸齋小集》。

金華王同祖，字與之。〇《京城元夕》：「鼓吹喧喧月色新，天街燈火夜通晨。玉皇不賜傳柑宴，散與千門萬户春。」〇《湖上》二首：「長安三月又三日，繡轂狨鞍富貴家。笙歌喧天蘭棹穩，賣花聲裏夕陽斜。」「偶出城來日未西，百花叢底草萋萋。遊人過盡歸來晚，行遍蘇公十里隄。」〇《太乙宫即事》二首：「金殿重重晝不開，盤窠蒼柏兩行栽。角門東畔瞻宸几，仙仗曾迎翠輦來。」「緑陰密處著危亭，佳氣悤悤王武林。一片紅塵飛不入，杜鵑啼處白雲深。」〇《夜步内門》：「静夜孤燈人未眠，等閑行過内門前。一聲唱徹連珠喏，皇城夜間唱《連珠喏》。碧月朱闌緑柳邊。」〇《明堂觀禮》十三首：「中辛眂吉建齋壇，宰相前期誓百官。尊祖敬宗天子孝，儀文莫作等閑看。」《尚書省觀涖誓》「百官常服拱端門，丹鳳銜書下九閽。宰相近前宣授了，齊班蹈舞謝君恩。」又：「兩邊黄幙護朱檐，中貴當頭候卷簾。扶起金雞争搶取，要教天表萬民瞻。」《端門習肆赦儀》二首「金甲重矛兩内臣，階前對立氣英英。巡更塲内知誰問，聽得傳呼宰相名。」《車駕宿太廟》「瑞靄祥雲傍曉開，九重法駕太宫迴。一聲静蹕千官肅，衛士傳呼御座來。」《車駕回太廟》「風不停雲月更清，千門繡幕笑歌聲。御營巡檢無拘束，走馬天街夜達明。」《天街夜步》「青帷朱簾柳陰旁，玉磬金鐘列兩行。輦路旋添泥細細，雞竿揭處瑞雲黄。」《内前》「星斗中天夜向晨，寸陰不點月華明。六飛過盡燈如晝，宫漏遲遲報五更。」《和寧門候駕》「九重夙夜畏天威，何事晴明一夕霏。不放明堂大朝賀，盡抛坊樂獨行歸。」《肆赦》「聖皇宗祀懷多福，恭謝回來看帶花。柷敔笙鏞齊合奏，舉頭更見日光華。」又：「膳羞進徹静無譁，宰執齋宫坐賜茶。不比尋常添覆奏，常朝，除目、覆奏而後出劄，惟齋宫免。報來除目十餘家。」《景靈宫恭謝二首》「回龍橋上望龍顔，毅采英英仰視難。須信吾皇自神武，何憂中國不尊安。」又：「兩行衛士錦宫袍，萬歲聲長徹九皋。過盡羽旄風細細，綵雲不動御爐高。」《回龍橋望駕二首》○《湖上早行》：「錢塘門外買湖船，霧氣沖雲水接天。只有蘇隄金綫柳，半籠早日半籠煙。」○《早朝》：「五更三點内門開，街路傳呼宰相來。天子未明思政理，退朝常是過辰牌。」○《内前》二首：「兩桁垂楊護九重，翠眉羞畫舊隋宫。柔條似怕君恩重，低拂朱闌舞曉風。」又：「麗正門開曉色鮮，萬絲緑柳御溝邊。禁中恐有題紅怨，不放涓流出内前。」○《湖上》：「湖頭春水千頃碧，湖隄弱柳不盈尺。唱歌兒女棹船回，驚起沙鷗對對立。」右二十二首見《學詩初稿》。

錢塘陳起，字宗之。即刻《江湖集》者。○《冷泉》：「此山泉石勝，還思日日登。那知三生前，不是此山僧。」○《適安招遊湯鎮不赴》：「湯鎮古祠宫，招邀及倦翁。輕裘乘曉月，駿馬逐東風。野色觀無分，春光病見攻。行將迎誕日，一瓣擬遥通。」○《湖上即事》：「波光山色兩盈盈，短策青鞵信意行。葑草煙開遥認鷺，柳條春早未藏鶯。誰家豔飲歌初歇，有客孤舟笛正横。風景年年吟莫盡，且將酩酊樂浮生。」右三首見《芸居乙稿》。

錢唐何應龍，字子翔。○《駱秀才葺故廬》：「家在西湖合澗橋，短籬圍得數間茅。歸來頗費支撑力，羞見春風燕子巢。」○《題臨安僦樓》：「過了燒燈望燕歸，春寒剗地勒芳期。杏花深巷無人賣，細雨空簾盡日垂。」右二首見《橘潭詩稿》。

霅川吴仲孚。○《蘇隄清明》：「梨花風起正清明，遊女尋春半出城。日暮笙歌收拾去，萬株楊柳屬流鶯。」○《拜和靖墓》：「墳草年年一度青，梅花無主自飄零。定知魂在梅花上，惟有春風喚得醒。」○《重拜和靖墓》：「片玉沈山草亦珍，斷碑殘石當麒麟。君王別爲開門户，不欲梅花見路人。」右三首見《菊潭集》。

唐棲釋永頤，字山老。○《秋日泛西湖》：「水涼宜照影，與客上湖船。白浪翻紅楫，青山映碧蓮。鳥飛蘆葉外，人散柳條邊。煙蓋歸來晚，鐙前鶴未眠。」○《唐棲寺》：「唐棲寺前谿水流，客帆來往舊杭州。津亭樹老無人記，得見幾回僧白頭。」○《過聚景園》：「路繞長隄萬柳斜，年年春草縛香車。君王不宴芳春酒，空鎖名園日暮花。」○《天竺秋日》二首：「翠滴千竿濕砌苔，曲廊花木小叢開。吴僧愛覓閑吟處，時向花邊竹裏來。」「行繞方池日又斜，青雲小注濕秋霞。闌干幾度渾敲遍，爲引遊魚出浪花。」○《西湖日暮》：「渺渺湖光夕靄浮，落花飛燕逐蘭舟。遊人半入煙城裏，月照笙歌上水樓。」○《鷲峰》：「山後山前行遍了，倚闌不是動秋吟。從頭自較山中石，煙雨苔莓幾片深。」○《月夜遊冷泉亭》：「地靈泉上寺，松壑定深清。獨聽子規叫，況逢山月明。樹藏春洞黑，石擁夜泉鳴。日出喧車馬，終非隱者情。」右七首見《雲泉詩稿》。

嚴粲，字坦叔。○《林和靖祠》：「白雲人已矣，古居自蒼苔。林下誤疑鶴，水邊猶見梅。市人携酒至，歌女棹船回。」○《風雨宿湖心》：「渺渺平湖四接天，孤舟曾泊夜來船。明朝又入紅塵去，却憶秋篷聽雨眠。」○《西湖》：「何處春晴好，西湖上巳朝。馬嘶隄上路，船過柳陰橋。敲竹鶴聲起，弄泉花影揺。坐看遊客盡，煙水思迢迢。」右三首見《華谷集》。

臨川李濤，字養源。○《孤山訪林龍發》：「車馬喧闐桃李村，誰人復識老梅尊。就中只有梅亭姪，來訪西湖處士孫。」右見《蒙泉詩稿》。

盱江黄文雷，字希聲。○《往年因讀岳王傳嘗爲之賦今睹其遺像感而伸頌之》二首：「將軍英爽冠人豪，眼底山河累寶刀。青女護香天亦誤，黑龍飲渭數何逃。當時僧説松楸犯，今日人推閥閲高。珍重王孫方鼎貴，莫將歌舞替征袍。」「欲壞長城豈自由，江人重唱白符鳩。熏天富貴還須盡，從古忠良類若仇。獄吏但能書牘背，相公終欲割鴻溝。書生志念閑無用，長想朱雲地下游。」右二首見《看雲小集》。

汴趙希楷，字誼父。○《竹閣》：「古寺因人重，清風尚可尋。斜陽明晚閣，老竹暗秋林。兜率西歸久，香山北望深。登臨成感慨，煙月獨知心。」○《遊臨平乾洞水洞》：「兩洞深如許，神龍此奠居。山空仙去久，路險客來疏。風雨千崖暗，雲煙四壁虛。自揩苔鮮石，閑把姓名書。」○《江湖偉觀》：「華屋巋然占上方，一尊同此寄相羊。江潮翻海暮天闊，湖水拍隄春草長。莽莽越山凝紫翠，摇摇蘇柳間青黄。歸鴻影裏闌干晚，回首中州入渺茫。」○《過臨平》：「市井蕭條景物非，居人猶號永和隄。春山十裏斜陽樹，漠漠殘紅杜宇嗁。」右四首見《抱拙小稿》。

丹陽葛起耕，字君顧。○《西湖霜曉》：「十里平湖浸曉光。玉鸞飛舞鏡中央。也知青女催梳掠，淡拂鉛華試靚妝。」右見《檜庭吟稿》。

廉村薛嵎，字仲止。○《新築湖外草閣》：「揮手紅塵吾老矣，斷隄流水草堂新。幾年荊棘無行路，一日雲山有主人。未許園丁知姓字，先從漁父問比鄰。謝他鷗鷺煙光裏，飛去飛來伴隱淪。」○《春曉泛湖》：「平湖新漲渌，沙觜净涵波。芳草思無際，春風情最多。移舟動山影，止樂聽漁歌。得意唯鴻鵠，高飛避網羅。」右二首見《雲泉集》。

山陰葛天民，字無懷。○《竺澗梅》：「龍脊橋邊鶴膝幽，一枝斜亞水横流。自從識破胡笳曲，吹徹黄昏不解愁。」○《湖上觀柳》：「斷槎無葉又無枝，得似勾春柳一絲。不是畫船棲泊處，白鷗飛下立多時。」○《龍井》：「龍護深潭草木昏，斷碑元祐典刑存。蜀仙已去吴僧少，嶺上松篁亦斷魂。」○《西湖泛舟入靈隱山》：「晴嵐漠漠水溶溶，荷葉遮船翠蓋重。秋色盡爲漁者占，山光多向道人濃。雲連合抱前村樹，澗繞飛來小朵峰。送罷夕陽迎素月，樓臺高下自鳴鐘。」○《孤山後舟中寫望》：「水接遥空分外寬，孤山月出静中看。疑從弱水移員嶠，似共姮娥住廣寒。秋雨秋風初過後，荷花荷葉半凋殘。西村數點歸鴉濕，老子新題墨未乾。」○《泠泉夜坐》：「亭空山盡入，人静夜初分。喬木陰遮月，清泉影浸雲。不題波上葉，只采磵中芹。向後令人憶，何當入郡聞。」○《清明前泛湖》：「繞岸堆青嶂，游船滿緑波。樓臺臨水近，楊柳占春多。老去誰同調，尊前且放歌。韶華能幾日，隨棹已新荷。」○《元夕西泠橋觀月》：「年頭半月雪漫漫，養就姮娥玉一團。老子今宵奇絶處，西泠橋上獨憑欄。」○《正月二十七雨中過蘇隄》：「一隄楊柳占春風，柳外群山細雨中。寶馬香車遊未到，只宜老眼看空濛。」○《懷天竺磵梅》：「根在巖邊結，枝從水際横。此花殊近道，凡木欠修行。密雪籠幽片，疏篁倚瘦莖。那時香不淺，憶我話無生。」○《同姜白石泛湖》：「六月西湖帶雨山，小舟終日傍鷗閑。風煙如許關情甚，賓主相推下語難。

幾點送君歸大雅，一涼今夜滿長安。江湖遠思知多少，歸去風前各倚闌。」右十一首見《無懷集》。

剡谿姚鏞，字希聲。○《送僧歸天竺》：「西湖山下多奇石，師去今遊乳竇峰。遥想石臺登講罷，野猨歸洞鶴歸松。」○《王别駕訪天竺頤曄二師》：「寶香熏徹碧蓮臺，别駕尋僧日暮回。聽雨齋前驚樹長，浴雲池上看花開。青山久不逢坡老，玄鶴親曾識辨才。二老風流如昨日，百年詩石未蒼苔。」右二首見《雪篷稿》。

三山林希逸，字肅翁，又字鬳齋。○《泊舟漁浦望吴山作》：「客子孤舟傍曉沙，隔江人説是京華。青山一帶煙籠樹，中有王侯百萬家。」○《内宿》：「玉宇凌空聳，金書照夜明。牆深容竹直，石古伴梅横。雲接天章路，風傳檄道聲。非才叨儤直，媿見壁間名。」○《禁中喜雪》：「竹葉初聞似雨聲，禁秋未曉已通明。朱樓屈曲闌先濕，紫殿參差瓦欲平。冰硯筆隨花片起，風簷幔點蕊珠輕。堂名不枉人閒説，此際真如玉琢成。」右三首見《竹谿十一稿》。

長樂敖陶孫，字器之。○《紹熙壬子中夏始躋風篁討龍井遂至廣福謁三賢像閱舊碑追觀一代風流爲賦此詩過月林依公留設茗供因書以貽之》：「奇石攔横道，兹山洵多姿。江湖矖兩股，一泓乃孤危。相傳龍所家，或恐神護持。腥風轉雷霆，險崖立淋漓。惜無緯蕭勇，探此抱寶癡。山僧作屋意，慘澹生幽思。胡爲金繆影，顛倒眩俗兒。坐來百念失，蒼官導前馳。招提果深登，履痕怳前期。咄哉少肉山，著此高顴師。端能致遨頭，絶唱相娱嬉。過溪亦何事，相送了不疑。渠能縛禪律，因來數〔一〕鬚眉。我愛秦郎記，字壓頭陀碑。月林只夜夜，人物自一時。賢愚盡蟻封，來者吾得知。」右見《臞翁集》。

建安朱繼芳，字季實。○《昭慶寺》：「幽尋得勝趣，城市幾人能。古柳深中磬，長廊盡處鐙。畫龍聽説法，塑佛看齋僧。別寺經行遍，兹遊昔未曾。」○《湖蕩》：「雙橈入天影，野葑緑全交。魚唼垂絲柳，鷗眠折葉茭。行人沿岸曲，落日挂林梢。歸去嚴城隔，僧門尚可敲。」○《六和塔》：「三百有餘年，潮頭不敢顛。孤尖標白浪，層級上青天。鈴隔山僧唄，鐙通海客船。老來登眺眼，不道步難前。」○《江湖偉觀》：「吴山表裏水爲池，百有

〔一〕「數」，原誤作「鼓」，據陳起編《江湖小集》卷四十四敖陶孫《臞翁詩集》改。

餘年壯帝畿。天目舊將雙鳳下，海門新拱六龍飛。胥濤白雪生秋思，太乙紅雲駐夕暉。江上沙鷗湖上舫，柳絲風裏兩依依。」○《和秋房題半湖樓》二首：「天目飛來第幾峰，峰前著屋貯虛空。濕雲低亞鈎闌角，缺月斜窺户牖中。一水東西添柳岸，兩山南北欠樵風。住家欲作千年計，頃刻陰晴便不同。」「四明仙客此樓居，畢竟西湖壓鑒湖。曾謂家童欺賀老，不如沙鶴認林逋。蒲根釣水知深淺，柳外行人乍有無。此景天公厭多取，只分一半與吾徒。」○《辛亥二月望祭齋宫因遊甘園》五首：「山入湖光碧四圍，棋枰零落葑田稀。蒲芽短短宛央冷，惟有漁師幾網歸。」「朝霏作雨連天濕，春氣熏人到骨香。四望水亭無正面，有花多處背湖光。」「海棠陰下小徘徊，屐齒深深一徑苔。忽聽銅鉦花外近，園丁説是主人來。」「老眼看花興未厭，不知頭上雨廉纖。流鶯浪語春風恨，誰拗花枝插帽檐。」「公事相妨一半春，今朝纔得自由身。眼中領略能多少，細雨斜風便妒人。」○《鷲山》：「一塔與雲齊，尋僧路不迷。小舟沙鳥外，疏磬夕陽西。古樹含煙亞，春橋覆水低。鷲峰飛不去，夜夜子規嗁。」○《天竺分韻得芳字》：「縹渺白雲鄉，天風吹曉涼。人尋水源至，路入樹陰長。晝静聞晴弄，春餘拾澗芳。余心忽有得，欲語又還忘。」右十三首見《静佳乙稿》。

錢唐俞桂，字晞郗。○《過湖》：「舟移別岸水紋開，日暖風香正落梅。山色濛濛横畫幅，白鷗飛處帶詩來。」○《延祥觀》：「御園猶自有逋梅，約束遊人莫肯開。聽得老兵談舊事，多年不見翠華來。」○《煙霞石屋》：「山深入翠微，寺僻掩幽扉。景別金仙地，人忘塵世機。石滋崖雨滴，龍出洞雲飛。結屋同僧住，何須賦《式微》。」○《冷泉亭》：「欲訪飛來景，湖頭賃小船。白雲生嶺下，朱檻傍泉邊。古寺人須到，深林影自圓。山居相去近，夜坐學參禪。」○《靈隱》：「回首得兩年，曾入靈隱去。一路看不足，衣沾松上露。白雲來相迎，澗泉飛瀑素。此景天下無，遠勝廬山路。」○《江上》：「小雨纔收日漸斜，酒旗插處兩三家。江頭妝點秋來景，半是蘆花半蓼花。」右六首見《漁谿詩集》。

大梁張良臣，字武子。○《西湖晚歸》：「帖帖平湖印晚天，蹋歌遊女錦相牽。鳳城半掩人争路，猶有胡琴落後船。」右見《雪窗小集》。

邗州張藴，字仁溥。○《江湖偉觀》：「隄柳朝朝送酒船，一闌山色越帆煙。蓬萊雲氣東溟外，閶闔星辰北斗前。突兀向來無此屋，登臨當日有諸賢。夕陽過雁慵回首，吟入關河萬里天。」○《禱雪天竺由靈鷲過冷泉》：「降香天竺去，瀹茗冷泉來。新徑石間過，危亭木杪開。煙山晴若畫，霜葉濕如灰。點檢經行處，今年未見梅。」○《西湖清明》：「芳天新霽惠風和，輭緑平隄凝不波。桃李無言看客慣，樓臺如畫占山多。游裾匝路填車馬，翠榜開延鬪綺羅。寂寂寒煙生水面，白鷗奈此月明何。」○《齋宫》：「衆緑扶疏雨氣清，柳花吹作小池萍。文窗晝寂齋房邃，三漱華池誦玉經。」○《重遊大滌洞天》：「澗水泠泠石髮侵，松花香静翠崖深。雲生不没仙人跡，丹化猶嘑搗菜禽。洗眼人多求聖水，醒心吾獨愛清音。杖藜更欲過新洞，無奈春空又作霖。」

薛師石，字景石。○《孤山》：「不到西湖今幾時，十年霜鬢欲成絲。難尋和靖題詩處，空見梅花成老枝。」右見《瓜廬詩》。

苕川宋伯仁，字器之。○《尋孫花翁》：「東風吹雨濕西湖，未許蘇隄酒牘沾。試向花翁問消息，不知花似去年無？」○《湖上新晴》：「湖邊膏雨弄晴時，桃杏紅争錦一機。楊柳也如新及第，向人争舞緑羅衣。」○《讀林可山西湖衣鉢》：「梅花花下月黄昏，獨自行歌掩竹門。只道梅花全屬我，不知和靖有仍孫。」○《馬塍安居》：「窮通豈在苦勞神，且作安居懶散人。買地種花多種竹，煮茶邀客也邀鄰。求名豈識書三上，得興無過醉一巡。喜得滿篝收芋栗，杜陵應不笑全貧。」○《玉泉寺金魚》：「金鱗韜隱已多時，寺壁重泥又有詩。龍若久懷霖雨志，不應蟠屈小方池。」右五首見《雪巖吟草·西塍集》。

周紫芝，字少隱。○《湖上》：「寒食風埃滿客巾，西湖煙雨送愁頻。日高未起烏呼夢，春晚不歸花笑人。」見《前賢小集拾遺》。

章甫，字冠之。○《湖上吟》：「誰家短笛吹楊柳，何處扁舟唱采菱。湖水欲平風作惡，秋雲太薄雨無憑。近人白鷺麾方去，隔岸青山喚不譍。好景滿前難著語，夜歸茅屋望疏鐙。」同前。

僧不輕，字藴常。○《天竺道中》：「紫蘭含春風，日暮香更遠。澗道水平分，曲折渡清淺。飛花當面墮，倒顛落苔蘚。念此芳意闌，歸思紛莫遣。」同前。

潘德久。○《錢塘道中》：「江上青山落照邊，江頭歸客木蘭船。春鷗自共潮回去，一片飛來是柳縣。」同前。

趙汝迮，字叔魯。○《四聖觀納涼》：「林宫暑自薄，短簟逸人眠。樹繫來時馬，風移聽處蟬。藥童清入畫，道士默如禪。忽憶山中雪，瘦仙逋老阡。」同前。

李謙，字恭甫。○《題太和樓壁》：「太和酒樓三百間，大槽晝夜聲潺潺。千夫承槽萬夫甕，有酒如海糟如山。銅鍋融盡龍山雪，金波湧出西湖月。星宫瓊漿天下無，九醖仙方誰漏洩。皇都春色滿錢塘，蘇小當壚酒倍香。席分珠履三千客，後列金釵十二行。一座行觴歌一曲，樓東聲斷樓西續。就中茜袖擁紅牙，春葱不露人如玉。今年和氣充辛夷。遊人不醉終不歸。金貂玉麈寧論價，對月逢花能幾時？有個酒仙人不識，幅巾大袖豪無敵。醉後題詩自不知，但見龍蛇滿東壁。」同前。

黄復之，字幼張。○《過臨平》：「孤蹤逐浪萍，幾度過臨平。人語水相應，帆移山倒行。鷺飛秋嶼冷，虹飲晚川明。不是憑詩句，丹青寫得成。」○《浙江晚眺》：「越口對吴頭，風煙畫出秋。帆遥疑不動，鷗下若相投，雲斂山争出，潮生水逆流。平生得意處，杯酒憑江樓。」同前。

李若川，字子至。○《夜泊富陽》：「弭楫富春岸，江潮侵夜生。扁舟人未寐，風動菰蒲聲。群物漸已息，容懷有餘清。開篷坐深夜，月在雲間明。遠眺江水闊，仰視天河横。念此復何極，曠然千古情。」〔一〕同前。

魯交，字三江。○《江樓》：「江干一雨收，霽色染新愁。遠水碧千里，夕陽紅半樓。笛寒漁浦晚，山翠海門秋。更待牛津月，袁宏欲泛舟。」同前。

汪藻，字彦章。○《郊丘書事》：「琅輿深出未央門，十里靈壇氣象尊。圭璧三千周典備，貔貅百萬漢兵屯。青城浮靄連霜動，黄道微風帶日温。不用靈光符聖武，從來精祲答乾坤。」同前。

劉子翬，字彦沖。○《雙廟》：「無復連雲戰鼓悲，英風凜凜在雙祠。氣吞驕虜方張日，恨滿孤城欲破時。幽鳥自嗁簷際樹，夕陽空照路旁碑。平生不作脂韋意，倚棹哀吟兩

〔一〕按，陳思編《兩宋名賢小集》卷二百三十七此句後尚有二句：「恨阻心中侶，濁醪相與傾。」

鬢絲。」同前。

臨川謝薖，字幼槃。○《獨登有美堂》：「龜趺雙峙日星懸，讀罷憑闌心浩然。繚繞峰巒浮野色，參差樓閣起晴煙。湖光浄照山頭寺，江浪遥連海外天。安得翰林風月手，一時摩寫入詩篇。」右見《謝幼槃文集》。

得樹樓雜鈔卷九

海寧查慎行悔餘纂

明初科目，自洪武三年庚戌始令各省舉行鄉試，明年辛亥二月會試。會元俞友仁，浙江仁和人。自此以後，罷進士科者十二年，專用薦辟。各省貢士，但令卒業國學，以次除用。至十七年甲子，乃令禮部定科舉法。十八年乙丑，復行會試。會元黄子澄，江西分宜人。戊辰、辛未、甲戌、丁丑四科，會元皆失考。建文二年庚辰，會元吴溥，江西崇仁人。永樂甲申，會元失考。丙戌，會元陳璲，浙江臨海人。壬辰，會元林誌，福建閩縣人。乙未，會元洪英，福建懷安人。戊戌、辛丑兩科，會元失考。甲辰，會元葉恩，浙江臨海人。宣德二年丁未，會元失考。五年庚戌，會元陳詔，浙江青田人。八年癸丑，會元劉哲，江西萬安人。正統元年丙辰，會元劉定之，江西永新人。四年乙未，會元楊鼎，陝西咸寧人。七年壬戌，會元姚夔，浙江桐廬人。十年乙丑，會元商輅，浙江淳安人。十三年戊辰，會元岳正，順天漷縣人。景泰二年辛未，會元吴匯，江西新喻人。五年甲戌，會元彭華，江西安福人。天順元年丁丑，會元夏積，江西吉水人。四年庚辰，會元陳選，浙江臨海人。八年甲申，會元吴鈇，直隸崑山人。成化二年丙戌，會元章懋，浙江蘭谿人。五年己丑，會元費誾，直隸丹徒人。八年壬辰，會元吴寬，直隸吴縣人。十一年乙未，會元王鏊，直隸吴縣人。十四年戊戌，會元梁儲，廣東順德人。十七年辛丑，會元趙寬，直隸吴江人。二十年甲辰，會元儲巏，直隸泰州人。二十三年丁未，會元程楷，江西樂平人。弘治三年庚戌，會元錢福，直隸華亭人。六年癸丑，會元汪俊，江西弋陽人。九年丙辰，會元陳瀾，直隸山陽人。十二年己未，會元倫文叙，廣東南海人。十五年壬戌，會元魯鐸，湖廣景陵人。十八年乙丑，會元董玘，浙江會稽人。正德三年戊辰，會元邵鋭，浙江仁和人。六年辛未，會元鄒守益，江西安福人。九年甲戌，會元霍韜，廣東南海人。十二年丁丑，會元倫以訓，廣東南海人。十六年庚辰，會元張治，湖廣茶陵人。嘉靖二年癸未，會元李舜臣，山東樂安人。五年丙戌，會元趙時春，陝西平涼人。八年己丑，會元唐順之，直隸武進人。十一年壬辰，會元林春，福清人。十四年乙未，會元許穀，侯官人。十七年戊戌，會元裘煒，浙江慈谿人。二十年辛丑，會元林樹聲，直隸華亭人。二十三年甲辰，會元瞿景淳，直隸常熟人。二十六年丁未，會元胡正蒙，浙江餘姚人。二十九年庚戌，會元傅夏器，福建南安人。二十三〔一〕年癸丑，會元温應禄，浙江烏程人。三十五年丙辰，會元金達，江西浮梁人。三十八年己未，會元蔡茂春，順天三河人。四十一年壬戌，會元王錫爵，直隸太倉人。四十四年乙丑，會元陳棟，江西南昌人。隆慶二年戊戌，會元田一儁，福建大田人。五年辛未，會元鄧以讚，江西新建人。萬曆二年甲戌，會元孫鑛，浙江餘姚人。五年丁丑，會元馮夢松，浙江秀水人。八年庚辰，會元蕭良有，湖廣漢陽人。十一年癸未，會元李廷機，福建晉江人。十四年丙戌，會元袁宗道，湖廣公安人。十七年己丑，會元陶書齡，浙江會稽人。二十年壬辰，會元吴默，直隸吴縣人。二十三年乙未，會元湯賓尹，直隸宣城人。二十六年戊戌，會元顧起元，直隸崑山人。二十九年辛丑，會元許獬，福建同安人。三十二年甲辰，會元楊守勤，浙江慈谿人。三十五年丁未，會元施鳳來，浙江平湖人。三十八年庚戌，會元韓敬，浙江烏程人。四十一年癸丑，會元周延儒，直隸宜興人。四十四年丙辰，會元沈同和，直隸吴江人。四十七年己未，會元莊際昌，福建永春人。天啟二年壬戌，會元劉方達，湖廣天門人。四年乙丑，會元華淇芳，直隸無錫人。崇禎元年戊辰，會元曹勳，浙江嘉善人。四年辛未，會元吴偉業，直隸太倉人。七年甲戌，會元李青，直隸金壇人。十年丁

〔一〕「二十三」，疑爲「三十二」之誤。

丑，會元吴貞啟，直隸宜興人。十三年庚辰，會元楊復芳，直隸句容人。十六年癸未，會元陳名夏，直隸溧陽人。

唐伯虎於弘治己未會試，時科主試學士李東陽、程敏政俱有時名。敏政發策，以劉静修《退齋記》爲問，人罕知者。其門生徐經平日獨窺得之，嘗與南畿解元唐寅陳説。至是，果舉答無遺。二子矜夸，輿議沸騰，謂敏政賣題受賂，給事中華昶劾之。敏政在闈中，皇惑失措，自言夙搆試目，疑爲家人竊賣，乃繙閲試卷，凡知策問出處者，俱黜落。揭曉後，給事林廷玉復疏言：「敏政受賂雖無據，自言家人竊賣，跡有可疑。」詔逮敏政、經等俱下獄。獄成，敏政奪職，經、寅俱爲民。

鎖鎖葡萄，一名鎖子葡萄，本出西域柳城，其地在土魯番東，去哈密千里，即後漢西域長史所治。出大川，渡流沙，有山青紅如火，四面皆田園，流水環繞，樹木蓊翳。地産桃、李、棗、瓜、胡桃之屬，而葡萄最多，小而甘，無核。今北方皆有之。

獅子産西域阿烈國，一名黑魯，在撒馬兒罕西南三千里，去嘉峪關萬二千餘里，西域大國也。明永樂中，曾遣使入朝，貢獅子、西馬、文豹諸物。其王稱鎖魯檀，猶言君長也。獅生於阿术河蘆林中，初生目閉，七日始開。土人於目閉時取之，調習其性，稍長則不可馴矣。又有迭里迷國，亦在撒馬兒罕西南，地多蘆林，亦產獅子。

烏斯藏在雲南西徼外，去雲南麗江府千餘里，四川馬湖府千五百餘里，陝西西寧衛五千餘里。其地多僧，無城郭，群居大土臺上，不食肉、娶婦。其居土臺外僧有食肉、娶婦者。元世祖封其僧八思巴爲「大寶法王西天佛子大元帝師」。明洪武中，喃加巴藏卜先來朝，加以「熾盛佛寶國師」之名。永樂初，封其徒哈立麻爲「大寶法王」。此外，又有「大乘」、「大慈」、「大善」諸法王，及「闡教」、「輔教」、「贊善」諸王之名。至萬曆朝，有鎖南堅錯者，能知已往未來事，稱活佛。此僧有異術，諸番莫不服其教，即大寶法王以下，亦皆俯首稱弟子。自是西番止知奉此僧，諸番王徒擁虛名，不復能施號令矣。

阿魏出西域沙鹿海牙國，其地西去撒馬兒罕五百餘里，城居小岡上，南近山，人多依崖谷而居。西有大沙洲，廣二百里，無水，間有之，鹹不可飲，牛馬誤飲之，輒死。地生臭子，高尺餘，葉如蓋，煮其葉成膏，即阿魏也。

《西域十七國記》，明永樂初，中官陳誠奉使往西域，至十三年還朝。所經哈烈、撒馬兒罕、别失八里、俺都淮、八答黑商、迭里迷、沙鹿海牙、賽藍、渴石、養夷、火州、柳城、土魯番、鹽澤、哈密、達失干、卜花兒，悉詳其山川土俗，爲《使西域記》以獻，故中國得考焉。

哈密，西域國名。漢伊吾廬地，東去嘉峪關一千六百里。唐爲伊州，後入回紇。元末，封納忽失里爲肅王以鎮之，卒，弟安克帖木兒嗣。明洪武中，置安定衛，漸偪哈密。永樂初，安克來朝，貢馬，封爲忠順王。旋立哈密衛，以其頭目爲指揮、千、百户等官。已而，安克爲人毒死，封其兄子脱脱爲王。脱脱死，又封其弟免力帖木兒爲忠義王，賜敕誥，世守哈密。免力死，宣德初，命脱脱之子卜答失里嗣忠順王，又以卜答失里年幼，命脱歡帖木兒嗣忠義王，同理國事。自是，二王並貢，子孫亦並封。成化中，土魯番阿力襲破其城，據之，中國不能制，但令邊臣築苦峪城，移哈密衛於其地。阿力死，其子阿黑麻嗣，自以地遠中國，屢抗朝命。弘治五年，朝廷訪獲忠順王族孫陝巴嗣，其後復爲阿黑麻所執。廷議，遂閉嘉峪關，與土魯番絶。兵部尚書馬文升鋭意謀恢復，用許進爲甘肅巡撫以圖之，遣大將劉寧等潛師夜襲哈密，其守將牙蘭遁去，番人稍知畏，以陝巴來歸。然哈密屢經殘破，窮窘難守，因遷其遺民入居苦峪及瓜、沙州，俾自耕牧，以圖恢復。時哈密無王，奄克孛剌爲之長。十年，起王越總制三邊軍務兼經略哈密。越上疏謂：「哈密不可棄，陝巴亦不可廢。」乃仍其舊封，令陝巴還，修城築室。自是，哈密復安，土魯番復通貢。十八年，陝巴卒，封其子拜牙即爲忠順王。正德八年，拜牙即聽土魯番之誘，棄城叛入土魯番，土魯番復據哈密。既而，移書求款。時錢寧方用事，受其賂，許之。未幾，世宗嗣位，甘肅巡撫陳九疇力言賊不可撫，乞閉關絶貢，專固邊防。是時，番寇屢犯邊，桂萼等欲傾楊廷和，遂借九疇起封疆之獄。九疇既論戍，萼乃薦王瓊督三邊，盡反九疇所爲，許之通貢。番酋益侮玩中國，入犯肅州。瓊希時貴指，必欲議撫。兵部尚書胡世寧上言：「番酋變詐，多縱反間，傾我輔臣。乃者許之朝貢，使方入關，而賊兵已至，河西幾危。此閉關與通貢，利害較然。幸敕邊臣，毋墮其術中，以間我忠臣，弛我邊備。」會甘肅巡撫唐澤亦以哈密未易興復，請專自治之策。自是哈密不可復得，而患漸中於甘肅。哈密地時爲失拜煙答子米黑兒馬黑木所有，服屬土魯番。雖隆、萬兩朝，猶入貢不絶，然非忠順、忠義兩王苗裔矣。

琉球居大海中，在福建正東，與中國最近，而不通朝貢。元世祖曾遣官招諭而未達。其國有三王，曰中山、山南、山北，中山最强，皆以尚爲姓。明洪武五年，遣行人楊載以即位建元詔告其國。中山王察度即遣弟隨載由福建入朝，貢方物惟硫黄、皮紙而已。七年，命刑部侍郎李浩以陶器七萬、鐵器千，就其國市馬，得馬四十匹。其國不貴紈綺，惟貴磁器、鐵鍋，自是賞賚多用之。商賈以其國貧弱，從無貿易往來者。十四年，山南王承察度亦遣人朝貢。時三王與山北王争雄，互相攻伐。命内史梁民賜敕，令罷兵。山北王怕尼芝亦遣使，偕二王入貢，各遣子弟，肄業國學。中山又請賜冠帶。上嘉其修職勤，賜閩中船工三十六户，以便往來。其後，山北漸弱，爲二王所并。中山益强，以其國富，一歲常再貢、三貢。山南自宣德四年後，亦爲中山所并，自是惟一國。至成化十一年，定令二年一貢，毋過百人。弘治元年，其貢使取道浙江，禮官言：「貢道向由福建，今既非正道，又非貢期。」詔却之。至嘉靖朝，中山王世子尚清請襲封。命給事中陳侃等持節往，及還，却其贈。十四年，貢使至，仍以所贈黄金四十兩進於朝，乃敕侃等受之。其時，日本方强，有吞滅之意。琉球外禦强鄰，内修職貢不絶。至四十年，日本果以兵三千入其國，擄其王，大掠而去。已而，釋歸，復遣使入貢。然其國殘破已甚，乃定十年一貢之例。四十四年，日本有取雞籠山之謀。其地名臺灣，密邇福建，中山王遣使以聞，詔海上警備。尋改五年一貢，迄崇禎末不廢。唐王立於福建，猶遣使奉貢，其虔事中國，爲諸藩最云。

臺灣舊名雞籠山，在彭湖島東北，故名北港，又名東番，去泉州最近。地多深山大澤，聚落星散，無君長，有十五社，多者千人，少者五六百人，無徭賦。以子女多者爲雄，群聽其號令。雖居海中，不善操舟，老死不與鄰國通往來。明永樂時，鄭和遍歷東西洋，靡不隨使入貢，獨東番不至，和惡之。家給一鈴，俾懸諸項，蓋擬之狗國也。其後俗反寶之，富者致綴數鈴，曰：此祖宗所遺。俗尚勇，暇即習走，一日可數百里，不讓奔馬。足皮厚數分，履荆棘如平地。穿兩耳，手足皆刺文。四序以草青爲歲首。土宜五穀，穀種入地則止殺，謂行好事，助天公，乞飯食。既收，即標竹竿於道，謂之插青，此時逢外人即殺矣。地多竹，大數拱，長十丈。以竹搆屋，聚族而居。善用鏢鎗，能斃虎。冬月捕鹿，鎗發輒中，積如丘山。獨不食雞雉，但取其毛，以爲飾。中多大谿，流入海。水澹，故其外名「澹水洋」。明嘉靖末年，日本亂閩，大將戚繼光敗之。倭遁居於此，大肆焚掠，地遂殘破。初，其人悉濱海而居，既遭倭難，稍稍避居山。後忽有漁舟從魍港飄至，始與中國通往來。至萬曆末，紅毛番泊舟於此，因設闤闠，稱臺灣。崇禎八年，給事中何楷陳靖海之策，言：「自袁進、李忠、楊祿、楊策、鄭芝龍、劉香等相繼爲亂，海上無一歲寧息，非墟其窟不可。其窟維何？臺灣是也。臺灣在彭湖島外，距漳、泉兩日夜程。初，貧民至其地，規魚鹽之利。後見兵威不及，往往聚而爲盜。近紅毛築城其中，與奸民互市，屹然一大部落。墟之之計，非可干戈從事，必嚴通海之禁，俾紅毛無從牟利，奸民無從得食，兵出四犯，王師乘虛擊之，可大得志。紅毛舍此而去，然後海氛可靖也。」時不能用。其地北自雞籠，南至浪嶠，可一千餘里。東自多羅滿，西至王城，可九百餘里。水道順風，自澹水洋至福州港口，五更可達。自臺灣港至彭湖島，四更可達。自彭湖至金門，七更可達。蓋海道不可以里計，舟人分一晝夜爲十更，故以更計道里云。

鄭成功據臺灣始末○泉州南安人或云漳州府之漳鎮人鄭芝龍，字飛黃。初爲海賊，娶倭婦，生子，小名森。唐王稱帝於閩，芝龍有力焉，遂專時柄，引其子見王，王奇之，賜國姓，改森名曰成功，封忠孝伯。大清兵南下，芝龍降，而成功不順命，與其弟襲某乘舟入海，收兵南澳，得數千人。順治丁亥，聞永明王由榔立於肇慶，成功遂歸自南澳，泊舟鼓浪嶼，攻取厦門、金門二島，踞之。二島皆屬同安縣。己丑七月，永明王遣使至島，封成功爲廣平公，軍勢益盛，海寇皆屬焉。已而，率舟師下漳州及海澄諸縣，大擾福州、興化諸郡，蔓延廣東、浙江間。永明王復進成功爲延平郡王，成功遂大舉入寇，破瓜洲、鎮江，直抵江寧城下，爲我軍所敗，乃退還兩島，議取臺灣，時辛丑正月也。初，芝龍與群盜踞其中，後爲荷蘭國即紅毛番所并。有紅夷甲螺何斌者，逃至厦門，見成功，盛言臺灣富彊，爲四省要害，且言可取狀。成功大喜，束甲遂行，三日泊彭湖，次鹿耳門。鹿耳門者，其地向來水淺沙膠，海道紆折，纔可容刀。成功至，水暴漲丈餘，大小戰艦，銜尾而進，遂登陸，克赤嵌城，進圍王城。先縱火燒其夾板船，而使人告城中曰：「此地乃先人故物，今我所欲得者，地耳，餘悉歸爾。」荷蘭乃降。成功既得臺灣，制律法，興學校，改臺灣爲安平鎮，赤嵌城爲承天府，縣二：曰天興，曰萬年。明年五月，成功卒。自起兵至此，凡十七年，年三十九。長子經，在廈門自稱招討大將軍，嗣立。靖南王耿繼茂、總督李率泰遣人持書招之，不至。既而，由廈門入臺灣，猶稱永明王年號。康熙癸卯，朝議欲殄滅之。遣人約荷蘭合兵攻島。兩島旋破，而水師之攻臺者，不克而還。戊申□月，上命兵部尚書明珠至漳州，遣興化知府慕天顔持書諭降，經乞如朝鮮例，不報。癸丑□月，耿精忠據福建叛，與鄭交惡。甲寅正月，精忠遣其下張文韜往經議和，以楓亭爲界，二人始通好。未幾，王師入閩，精忠降，其僞將及守令皆款於經。於是，經悉有漳、泉、汀、興、邵五郡之地。既而，王師移討，恢復諸郡，經遁入島。軍帥、和碩康親王遣知府張仲舉復申招降之諭。經不從，復遣將劉國軒入寇，陷平和、漳平，圍海澄。時吴興祚爲閩撫，姚啟聖爲總督。啟聖開第於漳州，曰「修來館」，以官秩銀幣餌來歸者，而遣水師提督施琅等以舟師伐島。經命僞左武衛林陞率朱天貴等來禦，望見我軍，不戰而潰。天貴既降，我軍乘勝復十九寨，遂復兩島。經復遁入臺，辛酉正月卒，嗣立，凡十九年。長子克𡐓監國，實非鄭氏出，經母董氏收而殺之，以克塽嗣。癸亥六月，官軍發銅山，窺彭湖，取虎嶼井，提督琅分兵爲八隊，每隊七船，排比前進，陣斬林陞等，其下遂決計奉克塽降。八月，琅至鹿耳門，克塽除道伏迎，我師入。克塽至京，授漢軍公爵，年纔十五。自成功至克塽，凡三世，三十八年而滅。於是，改設府，名曰臺灣，領縣三：曰臺灣，曰鳳山，曰新羅。庚辰□月，奉今上特旨，成功及子經皆歸葬南安。

明宗有寧静王術桂者，遼王之後，渡海依成功，彭湖破，術桂以王印授克塽，投繯死。妾袁氏、王氏、秀姑、梅姐、荷姐皆從死。越十日，藁葬於鳳山縣長治里。○按，紅毛，即荷蘭國，又曰紅夷，一名波斯胡，亦在西海外。其人多貪狡，能識寶氣，重利輕生，貿易無遠不至。其船最大，中國人目爲夾板船，其實圓木爲之，非板也。帆如蛛網，盤旋八面，皆可使風。在大洋中，每行劫盜。常攻交趾，交趾人創爲小舟，名曰「空船」，長僅三丈，出水面一尺，兩頭尖鋭。以二十四人操槳，飛行水面。首尾各架巨礮，附水施放。紅毛大船爲其所擊，遂大敗。然其帆檣之巧，終不示人。諸國海船，無有能傚其製者。

明朝父子同科者，凡二家，皆浙江人：會稽陶大順與子允淳皆嘉靖乙丑進士，平湖陸杲與子光祖皆嘉靖丁酉科順天舉人。

明兄弟三人入翰林者，王編修璉、贊善璲、侍講璡，在洪武、永樂間。汪學士俊、侍讀偉、侍講佃，在弘、正、嘉靖間。事見王弇州《皇明盛事》，止兩家而已。入本朝，崑山三徐、松江三王，兄弟同朝，前後相望，在二十年内。余及兩弟以庚辰、癸未、丙戌連科成進士，七年中，并與館選，雖名位地望與徐、王兩氏相去絶遠，忝附下輩後塵，不可謂非幸也。其後，吾邑陳世倌癸未、世侃癸巳、世仁乙未，兄弟皆庶常。

明三代爲尚書者，惟福建林氏一家，南京兵部尚書瀚，瀚子南禮部尚書庭機，庭機子南禮部尚書燫，又皆起家翰林，皆爲祭酒，尤不易見。

學校之有附生，自明正統朝始。時楊瓚以進士由知縣擢鳳陽知府，上言：「民間子弟可造者多，請增廣生員，毋限額。」禮部采其言，因仍至今。瓚，北直蠡縣人，永樂末進士。

《荀子》引孔、孟語，多他經所未見者，如《宥坐》篇云：「孔子曰：『如垤而進，吾與之，如丘而止，吾止之〔一〕。』」即「譬如爲山」一節意，而辭校簡，與本文全不同。《性惡》篇云：「孟子曰：『人之學學者，其性善也。』〔二〕」《孟子》亦無此語。

《荀子》引《詩》，與經文不合者，《臣道》篇曰：「國有大命，不可以告人。妨其躬身。」逸《詩》則《解蔽》篇曰：「鳳皇秋秋，其翼若干，其聲若簫。有鳳有皇，樂帝之心。」又曰：「墨以爲朗，狐狸而蒼。」《正名》篇曰：「長夜漫兮，永思騫兮。大古之不慢兮，禮義之不愆兮，何恤人之言兮。」《法行》篇曰：「涓涓源水，不雝不塞。轂已破碎，乃大其輻。事既〔三〕敗矣，乃重太息。」

《荀子》引《尚書》，與本經不同。《堯問》篇云：「其在《中蘬》之言也與「仲虺」同，曰：諸侯自爲得師者王，得友者霸，得疑者存，自爲謀而莫已若者亡。」

〔一〕「止之」，通行本《荀子》作「已矣」。
〔二〕「人之學學者，其性善也」，通行本《荀子》作「人之學者，其性善」。
〔三〕「既」，通行本《荀子》作「已」。

楊子《法言・修身》篇引《孟子》曰：「夫有意而不至者有矣，未有無意而至者也。」今《孟子》無此語。

《法言・問神》篇：「谷口鄭子真，不屈其志，而耕乎巖石之下，名震於京師。」注云：「河平二年，王鳳聘鄭子真、嚴君平，皆不屈。《雲陽宫記》：『漢鄭樸，字子真。』」

柳子厚《記》有「瓏瓏蕭條」之句，出揚子《法言・五百》篇中：「聖人之言遠如天，賢人之言近如地，瓏瓏其聲者，其質玉乎？」注云：「宋、吴本作『玲瓏』。」

觳人、絲人，猶云農夫、蠶婦也。《法言・先知》篇：「禽獸食人之食，土木衣人之衣，觳人不足於晝，絲人不足於夜，是謂惡政。」

互體、約象，《易》卦除初、上兩爻，以中四爻爲互體，未有言約象者，惟京房《易積數》云：「二三四爲互體，三四五爲約象。」

龍香撥○南卓《羯鼓録》：「中官白秀貞自蜀回，得琵琶以獻。其槽以邏沙檀爲之，温潤如玉。以龍香板爲撥，絃乃拘彌國所貢緑冰蠶絲也。」

圓釘寶蓋，芝草也。吴立夫《題錢君輔紫芝圖》：「一莖三秀燁以敷，圓釘寶蓋屹相扶。」

鸗，小鳥也。《史記·楚世家》：「楚人有好以弱弓微繳加歸雁之上者，頃襄王聞，召而問之。對曰：『小臣之好射鶀雁，羅鸗，小矢之發也，何足爲大王道也。且稱楚之大，因大王之賢，所弋非直此也。故秦、魏、燕、趙者，鶀雁也；齊、魯、韓、魏者，青首也；騶、費、郯、邳者，羅鸗也。外其餘則不足射者。』」元吴立夫叶入「二腫」韻，其《送楊文仲歸餘姚》詩云：「劍馳梁宋或操鐔，弦擊邳郯行繳鸗。」正用此事。今查《廣韻》，失載此字。余向在武英殿總修《韻府》，時上聲「董、腫、講」三韻，先已進呈，故不及細檢。諸如此類者尚多，偶舉一條，以志吾媿。

吴鄹，一作張應珍，吉安永新人，仕元至秘書少監，詳載元《秘書監志》題名中，江西舊

《志》訛以爲宋人。竹垞《集》有「辨正」一條。余在江西修志時未及檢閲，今聞白司馬將刊板於吴中，當寄此條，付書局改定。考據之難，如此。

《易·未濟》卦：「震用伐鬼方。」郭璞謂：「震乃摯伯之名，王季妃太任父也。」《書》：「巧言令色，孔壬。」郭氏亦謂：「孔爲共工之氏，壬，其名也。」其言必有所據，先儒注《易》、注《書》，未有采其説者。

呂東萊門人葉適字正則、陳謙字益之、李泳源卿、呂孝祥仲平、高觀元晦、鞏峴仲至、豐、嶸皆鞏峴弟、丁希亮少瞻、趙熚景明、邵津元通、吴友聞季益、杜旟伯高、石昭宗應之、俞厚德載、王遇子合、陳孔碩膚仲、邵朴德醇、李知微中甫、孫應時、王綸、楊珹之、江注、徐安國、王抑、盧琰、吴儀鳳、孫行古、宋天則、方自牧、黄人傑、康文虎、徐暄、鄭良臣以上十五人，字失考，皆有祭文、挽詩，附見《東萊集》後。或稱門生、門人，或稱學生，或稱受教之士，或稱持服。

花書，即後世文契之花押也。宋時士大夫簡牘往來，其前起處皆出名，後結語處即以花書代名，不再出名也。余舊藏陸放翁、朱紫陽尺牘二幅，皆然。程大昌《演繁露》云：

「花書者，自書其名，而走筆成妍，狀如花葩也。中書舍人六員，凡書敕，雜列其名，濃淡相間，故名六花判事，花書之名始此。韋陟書名如五朵雲，亦其事也。王介甫當神宗眷注時，其書石字爲口，人皆效之，時人嘲曰：『表德皆聯甫，花書盡帶圈。』以此也。」

《演繁露》引《詩》：「焉得諼草，言植之北。」與今經文異。

藼況袁切草，許氏《説文》引《詩》：「焉得藼艸。」徐鍇注云：「今人忘憂草也。或从蕿，或从萱。」《演繁露》云：「古《詩》『諼草』本作『蕿』，自唐明皇改古文，代以今文，乃訛『蕿』爲『諼』。」

太牢、少牢，《演繁露》云：「僖十五年，秦『改館晉侯，饋七牢焉』。注云：『牛、羊、豕各一爲一牢。』晉責吴饋百牢，亦累此數而言也。牛、羊、豕具，爲太牢，但有羊、豕而無牛，則爲少牢。今人獨以太牢名牛，少牢名羊，失之矣。」

騏驥二字，見《戰國策》：「田光曰：『騏驥盛壯之時，一日而馳千里。』」《史記》因之。

按，《説文》注：「驥，千里馬。」「騏者，馬青驪文如博棋也。」程大昌亦云：「驥，馬之有德者，騏，則馬之毛色也。後來用者不辨騏之爲馬色，如盧綸詩云：『花攢騏驥櫪，錦絢鳳皇窠。』雌曰鳳，雄曰皇，一名而二物也，可與騏驥作對乎？」

包字出隸書，篆作⿹勹巳〔一〕。許氏《説文》「包」字：「象人裹妊，巳在中，象子未成形也。元氣起於子，子，人所生也。男左行三十，女右行二十，俱立於巳，爲夫婦。裹妊於巳，巳爲子，人十月而生。男起巳至寅，女起巳至申，故男年始寅，女年始申。」程大昌《演繁露》云：「按，此即今三命家謂『男一歲小運起寅，女一歲小運起申』者也。其説若出傅會，今術家通用，其説禍福皆驗。不知許氏於何得之？殆漢世已有推命之法，而許氏得之也耶？或是許氏自推男女生理，而日者取以爲用也？然史傳所載，如唐舉、許負、司馬季主，其先事命中者，皆相卜耳，未聞有推命之術。至隋世，楊操注《八十一家難經》，詳述其説。」

〔一〕「⿹勹巳」，原誤作「勹」，據《説文解字》改。

得樹樓雜鈔卷十

海寧查慎行悔餘纂

摶黍有二義：一爲米粽，亦稱「角黍」。《吕氏春秋》曰：「今以百金與摶黍以示兒子，兒子必取摶黍也。」《儀禮·特牲饋食禮》曰：「佾〔一〕食摶黍，授祝。」以薦之尸，是已。一爲黄鶯别名，《詩》「黄鳥于飛」，毛傳云：「黄鳥，摶黍也。」鄭箋云：「葛延蔓之時，則摶黍飛鳴，因以興焉。」《演繁露》引王介甫詩：「蕭蕭摶黍聲中日，漠漠春耡影外天。」謂春耡白鷺也，以鷺對鶯。但不知摶黍之爲黄鶯何出耳。程泰之豈未讀《毛詩傳》耶？

大尺，大斗。唐開元九年，敕度以十寸爲尺，尺二寸爲大尺。量以十升爲斗，斗三升爲大斗。即今世俗所謂官尺、官斗也。

〔一〕「佾」，通行本《儀禮》作「佐」。

《孟子》:「或相倍蓰。」後人罕有用「蓰」字者。《史記·周本紀》云:「其罰倍蓰。」徐廣注:「五倍曰蓰。」孔安國曰:「倍百爲百二十鍰也〔一〕。」

古書皆卷,至唐始爲葉子,今書册也。語出《演繁露》。

霜月,極日。《歸田録·漢韓明府修孔子廟碑》云:「永壽二年,歲在涒灘,霜月之靈,皇極之日。」按,永壽,桓帝年號,「霜月」當是九月,「皇極之日」或是桓帝誕日,或是即位之日,皆不可考。程大昌斷以爲九月五日,不知其何據。

「説郛」二字,本於《楊子》:「天地之爲萬物郭,五經之爲衆説郛。」按,城之外更有遮衛,其名爲郛,亦爲郭。《公羊傳》文公十五年:「齊侯伐曹,入其郛,郛者何? 恢郭也。」注:「恢,大也。郭者,城外大郭。」

〔一〕「倍百爲百二十鍰也」,通行本《史記·周本紀》作「倍百爲二百鍰也」。

拜手，稽首。《公羊傳》僖二年：晉謀伐郭，「荀息進，獻公而揖之」。注云：「以手通指曰揖。」又，文六年〔一〕：「晉靈公望見趙盾，愬而再拜，盾北面再拜稽首。」注云：「頭至地曰稽首，頭至手曰拜手。」據此，則拜手即拱手之義，即《禮記》所謂「平衡」，磬折頭與腰如衡之平也，平衡曰拜手，下衡曰稽首，至地曰稽顙。

土穉即泥孩兒，《渭南集》「題跋」一條：「晁景迂《鄜時排悶詩》曰：『莫言無妙麗，土穉動金門。』蓋鄜人善作土偶兒，精巧，雖都下莫能及，宫禁及貴戚家争以高價取之。喪亂後，南人不復知此，此句遂亦難解。」愚按，杭州至今有孩兒巷，以善塑泥孩兒得名。蓋仍南渡之俗，後人不知其法傳自鄜州也。

東坡法帖，《渭南集》云：「成都西樓下，刻東坡法帖十卷，擇其尤奇逸者爲一編，號『東坡書髓』。」今成都石刻已不可得，世所傳者，惟陳眉公晚香堂刻而已。

〔一〕「文六年」，疑爲「宣六年」之誤。

唐人詩文亦有各自爲集者，陸放翁謂：「皇甫持正自有詩集孤行，故文集中無詩，正如張文昌集無一篇文，李習之集無一篇詩，皆是詩文各爲集耳。」

朱子與陸放翁生同時，極稱其詩。朱殁，陸爲文以祭，曰：「某有捐百身起九原之心，有傾長河注東海之淚。路修齒髦，神往形留。公殁不忘，尚其來享。」文不滿三十字，而寓意沈痛如此。時陸年已踰八十矣。

闔門，杭州城門也，見《入蜀記》，今不詳。

班荆館，在赤岸，南宋時，北使宿頓及賜燕地，距臨安三十六里，疑即今半山赤岸橋也。

長河堰，即今長安埠。

臨平山，形如駱駞，相傳蔡京葬其父準於此，以錢唐江爲水，會稽山爲案，葬域在駞耳，而築塔于駞峰。術家謂駞負重則行遠也。按，臨平舊有塔，創于吴越錢氏。故《宰輔編年録》載給事中何昌言《疏》，有「名爲祝聖壽而修塔，以壯臨平之山」等語。石公弼《劾京疏》亦云：「臨平新塔，乃京私域之高原，土木百出，一境騷然。」因降太子少保，致仕。其制詞云「託祝聖以飾臨平之山」，指其事也。

潮閘，京口入江第一閘名。

李賀之父，名晋肅，見昌黎《諱辨》中。按，《少陵集》有《公安送李二十九弟晋肅入蜀余下沔及鄂》詩，即其人也。

「捩柂開頭捷有神」，少陵詩句也。按，《入蜀記》：「泊桂林灣，舟人殺猪十餘口祭神，謂之開頭。」蓋唐時已有此語，注杜家未之及，當爲補注。

古郡縣與後世不同，《水經注》引《説文》曰：「郡制，天子地方千里，分爲百縣，縣有四郡。」故《春秋傳》曰：「上大夫縣，下大夫郡。」至秦始置三十六郡，以監縣。從邑，君聲。《釋名》曰：「郡，群也。」《十三州記》曰：「郡之言君也，郡守專權，君臣之禮彌崇。今郡字，君在左，邑在右。君爲元首，邑以載民，故取名於君，則謂之郡。」

縣字，从系倒首。《水經注》引《風俗通》曰：「百里曰同，總名爲縣。縣，玄也，首也。从系倒首。與縣易偏矣。言當玄静徭役也。」按，今本《風俗通》無此文。又引黄義仲《十三州記》曰：「縣，弦也。弦以貞直，言居鄰民之位〔一〕，不輕其誓，施繩用法，不曲如弦。弦聲近懸。故以取名。」

津逮之名，出於《水經注》：「河北有層山，山峰之上，立石數百丈，亭亭桀豎，競勢争高。遠望䠞䠞，若攢圖之託霄上，其下層巖峭舉，壁岸無階。縣巖之中，多石室焉。室中有若積卷矣，而世士罕有津逮者，因謂之積書巖。」

西河郡别有吕梁洪，《水經注》云：「河水出美稷縣，東南流，入湳水，又東流，出善無

〔一〕「言居鄰民之位」，通行本《水經注》作「言下體之居鄰民之位」。

縣故城西南八十里，其水西流，歷於吕梁之山，而爲吕梁洪。河流激蕩，濤湧波襄，雷渀雲洩，震天動地。昔吕梁未闢，河出孟門之上，蓋大禹所闢，以通河者也。」○愚按，《莊子》所云「吕梁懸水三千尺」，當即此，非徐州之吕梁洪也。又按，《淮南子》曰：「龍門未闢，吕梁未鑿，河出孟門之上。大溢逆流，無有丘陵，高阜滅之，故名洪水。大禹疏通，謂之孟門。」

劉白墮，相傳爲古善釀酒之人。《水經注》：「魏秦州刺史治，太平遷都，罷州，置河東郡。郡多流離，謂之徙民。民有姓劉名墮者，宿擅工釀，采挹河流，醖成芳酎，懸食同枯枝之年，排於桑落之辰，故酒得其名矣。」按，此云劉墮，無白字。《洛陽伽藍記》則云：「河東人劉白墮善釀酒，六月中，以罌貯酒，曝日中，經旬酒味不動。朝貴千里相餉，命曰『鶴觴』。」

上時春酒○《齊民要術》云：「十月桑落，初凍則收水釀者，爲上時春酒。正月晦日收水，爲中時春酒。」

索郎〇《水經注》：「香醑之色，清白若滫漿焉，别調氛氳，不與他同。蘭薰麝越，自成馨逸。方土之貢，最選[一]佳酌矣。自王公庶友，牽拂相招者，每云索郎，反語爲桑落也。」

紂名受德〇《竹書紀年》：「朝歌城，武王親禽帝受處。」《吕氏春秋》云：「紂名受德。」按謚法，殘義損善曰紂，蓋後人謚之也。

鄴城三臺，皆因城爲基。《水經注》云：「其中曰銅臺，魏武所起。高十丈，有屋百餘間。臺成，命諸子登之，並使爲賦。石虎更增二丈，立一屋，名曰『命子窟』。又於屋上起五層樓，高十五丈，去地二十七丈。又作銅雀於樓頭，舒翼若飛。南則金雀臺，高八丈，有屋一百九間。北曰冰井臺，亦高八丈，有屋一百四十間。室有數井，井深十五丈，藏冰及石墨焉。」據此，則魏武所造，止名銅臺。故唐人詩云：「銅臺宫觀委灰塵，魏主園林漢水濱。」至石虎時，始作銅雀也。而左思《魏都賦》：「三臺列峙而峥嶸。」注云：「建安十五年，作銅雀臺。」蓋仍《魏志》之文也。二説未詳孰是。

〔一〕「最選」，通行本《水經注》作「選最」。

霍光封博陸侯，《水經注》引文穎曰：「博，大；陸，平。取其嘉名而無其縣，食邑北海、河東。」而漁陽乃有博陸城，何也？

白社，《水經注》：洛陽城東有馬市，「北則白社故里也。昔孫子荆會董威輦於白社，謂此矣。以同載爲榮，故有《威輦圖》。」○按，白社，洛中地名。《晉書》「董京，字威輦。初至洛陽，被髮行吟。常宿白社中。時乞於市，得殘碎繒絮，結以自覆。孫楚時爲著作郎，數就社中與語，勸之仕，京以詩答之，遂遁去」云云。王維詩云：「自從歸白社，不復到青門。」正用其事。後人指白樂天香山社爲白社者，訛也。

長安本秦之咸陽，《水經注》：「漢惠帝元年築，六年成。秦離宫無城，故城之。王莽更名長安。」按，王莽篡漢，郡縣多别改名，東漢時率復舊。而長安之名，後人至今仍之。又按，《水經注》：「長安西出第三門，本名西城門，亦曰雍門，王莽改名彰義門。」今京師外城西門，乃取此名。所不可解。

世以盜藪爲萑苻，事出《左傳》：「鄭太叔攻萑苻之盜，盡殺之。」《水經注》引此，作

「萑蒲」，即萑苻之澤也。

澹臺子羽冢，《水經注》引：「《陳留風俗傳》曰：『陳留縣裘氏鄉，有澹臺子羽冢，又有祠。』京相璠曰：『今泰山南武城縣，有澹臺子羽冢，縣人也。』未知孰是。」愚按，今江西南昌府城有澹臺門，因澹臺墓得名。按《史記·仲尼弟子列傳》：「滅明，武城人。」與京説正合，陳留、南昌兩處，似不可信。

曹節四子〇《續漢書》：「曹節四子，長伯興，次仲興，次叔興，次季興。」季興名騰。《水經注》謂：「譙郡費亭侯曹君碑側有兄騰冢，題云『故潁川太守曹君墓』。」訛也。按，騰於兄弟行居季，更無弟矣。又，少除黄門從官，自小黄門遷至中常侍、大長秋，在省闥三十餘年，亦未嘗爲潁川太守也。

泥中〇《詩》：「胡爲乎泥中？」毛傳云：「泥中，邑名。」《水經注》：「黎陽，世謂黎侯城，昔黎侯陽寓於衛，《詩》所謂『泥中』，疑此城也。土地污下，城居小阜。魏濮陽郡治也。」〇愚按，朱注不依毛傳及《水經注》，以泥中爲陷溺之義，不知何所本。

曲阜縣，今孔聖裔世襲。朱竹垞嘗云「當以周公裔爲之」，與《水經注》「武王封姬旦於曲阜，曰『魯』」之文正合，非臆説也。

夫子廟舊制：屋三間，夫子像設在西面，東向；顔母在中間，南面；夫人隔東一間，東向。獨無啟聖公。

原泉，即淄水也。出萊蕪縣西南原山。《孟子》所謂「原泉混混」，疑指此水。

《左傳》：「寒浞殺羿。」《水經注》：「韓浞因逢蒙弑羿。」「寒」、「韓」二字，古通用。

「子之還兮，遭我乎猺之間兮。」《漢書·地理志》引此，「還」作「營」，「猺」作「嶩」。注云：「嶩，亦作猺。」《水經注》因之，謂「營丘，山名也。《詩》所謂『子之營兮，遭我乎猺之間兮』」與今文不同。

濟南〇《水經注》：「秦始皇三十四年，滅齊爲郡，治臨菑。漢高六年，封子肥於齊，爲王國。王莽更名濟南。」

《水經》：「瀧水出時水東，去臨淄城十八里，所謂瀧中也。俗名宿留水。孟子去齊，三宿而後出瀧，故世以此變水名也。」與《孟子》及趙岐注不合，不詳所本。

《水經注》：「谷水東南逕鹽官縣故城南，吴海昌都尉治。《太康地道記》吴有鹽官縣，樂資《九州志》曰：『谷水之右有馬睪城，故司鹽都尉城。吴王濞煮海爲鹽於此縣。』是以《漢書·地理志》曰：『縣有鹽官。』東出五十里有武原鄉，故越地也，秦於其地置海鹽縣。」

柘湖、當湖〇《水經注》：「秦置海鹽縣。後縣淪爲柘湖，徙治武原鄉，改曰武原縣。漢安帝時，武原又淪爲湖，今之當湖也。」〇據此，則今以柘湖、當湖混而爲一者，非也。

散浦〇武原縣南有秦望山，始皇所登，以望東海。谷水於縣出，爲散浦，以通巨海。疑即今之澉浦，但非谷水所逕，有湖，亦不通海。

相○《春秋》襄公十年，公會諸侯及「齊世子光，會吴于相」。古文「相」作「䣍」，應劭讀作艖。《漢書・地理志》「沛郡，酇縣」注云：「『酇』本作『䣍』。」《水經注》訛作「䣝」，此吾家得姓之始，不可不辨。

《水經注》云：「江水出𨚕道，亦曰𨚕夷縣之玉壘山。」按，《漢書・地理志》「蜀郡」有「𨚕虒縣」，注云：「玉壘山，湔水所出。」虒，音斯。𨚕夷，蓋𨚕虒之誤，當從史。

《水經》：「江水過蘄春縣南。又東過下雉縣北。又東左得青林口。」注云：「水出廬江郡之東陵鄉。西南流，水積爲湖。又西南，歷尋陽。東流，通大雷。流注於江。」以下遂接青衣水，與《禹貢》「東爲中江，入於海」之文不合。夫蜀江萬里赴海，不應至廬江青林口而止。愚竊意「沔水」條下，自「東北出居巢縣南，又東逕牛渚南，又東至石城縣南。分爲二：爲北江，南江。南江又東，與貴池水合。又東逕宣城之臨城縣。又東與桐水合。又東逕寧國縣南。又東北爲長瀆歷河口。東則松江出焉。又東注於海」云云，此一段似當接青林口之下。蓋沔水既合江矣，豈復於大江之中自爲流派？且無自松江及餘姚縣入海之理。古書錯編者甚多，無人舉正，遂終古傳疑矣。蓋桑、酈兩公皆北人，故於南條之水，未加詳考也。讀《水經》者，試以吾言參之。

鹿荄〇《後漢書》：「建武二十三年，九隆王賢栗遣兵乘箄船，南下江、漢，擊附塞夷鹿荄。」注云：「箄，蒲佳反。縛竹木爲箄，以當船也。荄，音多。」按《水經注》「葉榆河」條下引此事，「鹿荄」作「鹿崩」，與史不合。按，「荄」字《廣韻》失載。

《水經注》「盤水」條下：「朱䳒雒將子名詩，索娶麊泠雒將女徵側爲妻。」按《後漢書·馬援傳》作「麊泠」。又按，《廣韻》：「麊，縣名，在交趾。」音與「麊」同，乃知「麊」、「麊」本是一字，特上下互易成體耳。

怋山，按，《水經注》「夷水」條下：「夷水東逕怋山縣，縣即山名也。孟康曰：『音恒，出藥草。恒山，今世以銀爲音。』」查《廣韻》「真」韻「銀」字、「蒸」韻「恒」紐字下，俱載「怋」字。

風井山〇怋山，舊武陵之屬縣，南對長楊谿，谿西南灊穴水中有神魚，大者二尺，小者一尺。居民釣魚，先陳所須多少，拜而請之。得魚過數者，水輒波湧，暴風卒起。水側生花，欲摘者，皆當先請，不得扳取。水源有風井山，穴口大如盆，夏則風出，冬則風入，春秋分則静。

胡頭山○《水經注》：「沅水又東，夷水入焉，水出夷山，北流注沅。夷山東接胡頭山，山高一百里，廣圓三百里，山下有新息侯馬援停軍處。」按，「胡」，《後漢書》作「壺」，馬援軍次下雋，有兩道可入，從壺頭則路近而水險，從充則途夷而運遠。當從史。

應陽縣有鼻墟，言象所封也。山下有象廟，言甚有靈，能興雲雨。余所聞也，聖人之神曰靈，賢人之精氣爲鬼，象生不惠，死靈何寄乎？柳州《毁鼻亭神祠記》，意本於此。

瀟湘非二水○湘水北逕黄陵亭西，二妃廟南，世謂之黄陵廟，言大舜陟方，二妃從征，溺于湘江，神遊洞庭之野，出入瀟湘之浦。瀟者，水清深也。《湘中記》曰：「湘川清照五六丈，下見底石如摴蒲矣。五色鮮明，白沙如霜雪，赤崖若朝露，是納瀟湘之名矣。」

陸放翁有《會稽志》，今不傳。傳者，惟施武子《志》及張淏《續志》，朱竹垞家皆有之。

漢曲十二篇〇柳子厚《鐃歌鼓吹序》云：「今考漢曲十二篇。」童宗説注：「一、《朱鷺》，二、《思悲翁》，三、《艾如張》，四、《上之回》，五、《翁離》，六、《戰城南》，七、《巫山高》，八、《上陵》，九、《將進酒》，十、《有所思》，十一、《芳樹》，十二、《上雅》。」愚按，此外，尚有《君馬黄》、《雉子班》、《臨高臺》、《釣竿》等曲，豈其不入鐃歌，故不列十二篇之目耶？

以卷爲通〇《柳子厚文集》乃劉賓客所編，其序云：「編次爲四十五通，行於世。」余有宋乾道中刊本，《文集》四十一卷、《詩》二卷，共四十三卷，雲間潘緯增廣注釋者。此外尚有《别集》、《外集》二種，潘所未注，故與四十五通之目不符。

揚子《太玄》占《易》，見於《柳州集》，其《解祟賦序》云：「柳子既謫，猶懼不勝其口，筮以《玄》，遇《干》之八，其贊曰：『赤舌燒城，吐水於瓶。』其測曰：『君子解祟也。』喜而爲之賦。」按《太玄經》注：「兑爲口舌，八爲木，木生火，火中之舌，故赤。赤舌所敗，若火燒城。金生水，故吐水也。水滅於火，雖有燒城之言，以水拒之，災無由至矣。」

食新二字，出《左傳》成公十年：桑田巫謂晋侯「不食新矣」。謂新麥也，後人概用於新穀，失本旨矣。

揣食○徒官切，柳子厚《南岳般舟和尚第二碑》：「壞衣不飾，揣食不味。」注云：「聚也。」此字《廣韻》於「寒」、「桓」二韻俱失載。按，賈誼《鵩賦》：「忽然爲人，何足控揣。」其義與摶同，馬融《笛賦》又云：「冬雪揣封。」

左氏内外《傳》，見《柳子厚集·柳惟深行狀》中，謂《春秋傳》及《國語》也。

「五品以上爲碑，龜趺螭首。降五品爲碣，方趺圓首。」唐朝葬令如此。見柳文《兵部郎中楊凝墓碣》：「郎中品第五，其秩不克偕，降而從碣之制。」

不酒去樂○「湖南人重社飲酒，是月上戊，不酒去樂，會哭於神所而歸。」柳子厚《衡州刺史吕君誄》。按，吕名温，字和叔。

下輩○與後輩同：「挾同列，收下輩，細大畢歡。飲酒甚少，而工於糺謪。不以酒氣加人。」柳子厚《萬年令裴君碣》，按，裴名墐，字封叔。

衣柔膳甘，子侍孫擕〔一〕。

羈貫與丱同相親。《穀梁傳》注：「羈貫成童。」〔二〕

柳子厚作《獨孤申叔墓碣》，末記其友韓泰等十三人，退之、夢得與焉。此變例也，《墓銘舉例》所未載。

〔一〕按，此語乃引自柳宗元《唐故嶺南經略副使御史馬君墓誌》。

〔二〕按，此語及注文均引自柳宗元《虞鳴鶴誄并序》。

子厚自作其父侍御名鎮府君《神道表》，碑陰記先友六十七人，族兄弟、族子咸列焉。考之於傳，卓然知名者有二十餘人。

元兄與伯兄同，見子厚《叔父侍御史墓版》。

罷罜○柳子厚《晋問》：「大罟斷流，修綱亘山，罩罶罷罜，織紝其間。」按，「罜」字訛，當作「罜」。《廣韻》音獨，魚罟也。《西京賦》：「張九罭，布罜罷。」此其證也。今刻本皆作「罜」者，訛。

犀顛○犀角也。柳子厚《武岡銘》：「有穴之丹，有犀之顛。匪曰余固，公不可賂。」

柳子厚始貢京師，蓍者曰：「是所謂望而未睹，隱而未見。今兹歲在鶉首，若合於壽星，其果合乎？」後果四進而獲，卒如其言。按，貞元七年辛未，歲在鶉首，至九年癸酉，子厚始登第，酉與辰合。壽星，辰屬也。余於甲子赴京兆，秋賦屢被斥，至癸酉始充鄉貢，亦四進而後獲，其年亦值癸酉，事固有與古適合者。偶讀《子厚集·送蔡秀才下第序》，援筆志之。

食酒○與飲酒同。柳子厚《序飲》云：「余病痞，不能食酒，至是醉焉。」

世以嫠婦爲寡居，男子妻亡則曰鰥居，或曰喪偶。柳子厚取楊凝女而早卒，其《與楊京兆憑書》云「不幸獲託姻好，而早凋喪，寡居十餘年」云云，則男子喪偶，亦稱寡居矣。

唐人於舉主之子，例稱郎君，而無自稱門生者。柳子厚登第時，顧少連以禮部侍郎知貢舉，集中《與顧十郎書簡》首云：「門生守永州司馬柳宗元，謹致書十郎。」十郎必少連之子，即稱之爲郎，而自稱則曰門生，猶云門下士也。

「七十而從心所欲」，「從」字，注疏作平聲，柳子厚作去聲字讀，音義皆同。其《與楊誨之書》曰：「孔子七十而縱心。彼其縱之也，度不踰矩而後縱之。」又曰：「孔子之六十九未嘗縱心。」愚按，朱文公《和李伯諫詩》，其第二章云：「闕里當年語從心，至今蹤跡尚難尋。」亦作去聲，至注《論語》，則仍依注疏。

柳子厚言揚雄有《四愁詩賦》，按，雄《傳》，其擬相如作《甘泉》、《河東》、《羽獵》、《長楊》，凡四賦。他若《反離騷》、《廣騷》、《畔牢愁》，則皆倣屈原而作者，未嘗有四愁之名。惟張衡則有《四愁》詩，不知「四愁賦」之説何所本。

荒言○廖有方乞子厚作序，子厚答書略云：「吾爲文，非苟然易也。於秀才，吾不敢愛。當爲言之。然而無顯出於今之世，視不爲流俗所扇動者，乃以示之。若果能是，則吾之荒言出矣。」以序語爲荒言，自謙之詞。後人未有引用者。

柳子厚娶楊凝之女。凝兄憑卒，柳爲文祭之，自稱子壻，而稱憑爲丈人，與妻父無別。

氈裘氣○楊升庵《墨池瑣録》云：「丁道護《襄陽啟法寺碑》最精，歐陽之所自出。北方多樸，而有隸體，謂之氈裘氣。蓋骨格者，書法之祖；態度者，書法之餘也。」氈裘之喻，謂少態度耳。○按，丁道護，隋人，與智永齊名，曰「丁真永草」。

南唐昇元帖以匱紙摹搨，李庭珪墨拂之，爲絶品。匱紙者，打金箔紙也。其次用澄心濃墨本爲第三品，在隋開皇帖之下，淳化祖刻之上。余舊從廟市偶得濃墨本，爲人竊去，目中不再見矣。

堂紙，蟬翼拂，爲第二品。

《三劉漢書》○劉原父、貢父，與原父之子奉世，並精《漢書》，每讀，隨所得釋之。後成一編，號《三劉漢書》，於注家多所駁正，宋板書間有引之者。今其書不傳，書名見宋人徐度《却埽編》下卷中。

衛夫人名鑠，字茂漪。晋汝陰太守李矩妻，善鍾法，能正書，入妙，王逸少師之。以上見《翰墨志》。夫人，廷尉展之弟恒之從妹，中書郎李充之母。以上見《西谿叢語》。

畫家三遠：從下相連不斷，謂之平遠；從近隔開相對，謂之闊遠；從山外遠景，謂之高遠。《輟耕録》

畫家礬絹法：好絹用水噴濕，石上槌眼匾，然後上幀子。礬法：春秋膠與礬停，夏月膠多礬少，冬天礬多膠少。同上。

作畫要去邪、甜、俗、賴四箇字。同上。

錢唐二字，其來甚遠。《史記·始皇本紀》：「至錢唐，臨浙江。」《漢書·地理志》有「錢唐縣」。後世於唐旁加土，則訛矣。蓋以錢易土，乃後人傅會之辭。自注《世説》者已然。

一衍四，二衍八，三衍十二，四衍十六，五十去一，而七七四十九，策之過揲，凡萬一千五百二十者，《易》之蓍數也。

二倍四，四倍八，八倍十六，十六倍三十二，五畫加一，而八八六十四，卦之再重，凡四千九十六者，《易》之卦數也。

一而三，而九，而二十七，而九九八十一，復乘之以九，而七百二十九者，楊氏玄數也。

一而十二，而三百六，而四千三百二十，而十二萬九千六百，復乘之至三，而五萬五千九百八十七萬二千者，邵氏之皇極數也。

子壬一，亥癸六，巳丁二，午丙七，寅甲三，卯乙八，酉辛四，甲庚九，辰戌戊五，丑未己十，天地成數也。

子癸配坎一，午壬配離九，卯庚配震三，酉丁配兑七，戌亥甲配乾六，未申乙配坤二，丑寅丙配艮八，辰巳辛配巽四者，九宫納甲數也。

甲巳子午九，乙庚丑未八，丙辛寅申七，丁壬卯酉六，戊癸辰戌五，己亥四者，五行納音數也。以上見吴文正《玄庵銘序》。

《陸宣公奏議》，舊有郎氏注，元廬陵鍾士益各疏事跡本末於每篇之下，其所據亦皆附載。繼之以諸儒之評，廣之以一己之説，因郎注而加詳。今其書不傳，吴草廬有《序》。

《簡兮》之詩，二章，武舞也；三章，文舞也。天子萬舞，衛安得有萬舞哉？此《碩人》所不願見，所以又有末章。若云文武之樂，惟西方美人用之，非衛之公庭所宜也。沈墨庵《詩說》。

《豳風》，前歌《鴟鴞》，後言《狼跋》，皆指管、蔡，非以狼跋興周公也。進而躐其胡，退而跲其尾，以見兄弟總是一身。其跋、其疐，形容流言之禍，惟公以至誠處之，故能不失其常，而德音不瑕也。同前。

《二子乘舟》，衛事，見於《左傳》。《春秋》「鄭棄其師」，即《清人》之篇也。「望楚與堂」，齊桓之城楚丘也。「三百赤芾」，晋文所以數曹之罪也。衛女爲宋襄公之妹，《河廣》則襄公時詩也。《黄鳥》以歌秦穆之終，「夏南」風致楚莊之師。終五霸之世，皆見於《詩》，故夫子以前無變風。同前。

《野有死麕》，列之正風。此士女新婚之詩，首章以美吉士，次章以贊有女，三章述其枕席深情，以徐徐爲拒。寫情至此，真入神之筆。而先儒乃以爲强暴。夫「帨」爲何物？用「帨」處爲何體？若拒强暴，而使之徐徐而來，是拒而不終拒矣。或曰：「『無使尨也吠』，又作何解？」此蓋詆旁人，而比之爲犬，猶俗云「隔牆須有耳，窗外豈無人」。古樂府善用《詩》旨，有「谿鳴犬吠，兄嫂當知之」，此得《國風》之神解者。然則「吉士誘之」，毋乃近于非禮與？曰：新婚之時，女子懷春，盡在不言中。士雖百計綢繆，而女子仍自漠然。如女子默而不言，必誘之使言，或誘之回顧，或誘之微笑，無窮情狀，以誘字括之，抑何妙也！若謂被文王之化，女子知以貞潔自守，而男子獨自外於王化，犯此强暴之行，尚得謂之吉士乎？同前。

或問：「平王之孫」，儒者以東遷後爲疑。又以美王姬爲后妃之化，久而不衰。然則赫赫宗周，褒姒滅之，又何説哉？答曰：十五王而文始平之，故文稱平王，十六王而武始寧之，故武稱寧王。《詩》云「平王之孫」，實武王之女，下降於齊侯吕伋。古禮王姬下降，不敢與天子匹，必以同姓之公侯主之，故稱公主。此時王姬下降，召公主之，故見於《召南》耳。此段亦見沈氏《詩説》，但以王姬下降於吕伋，不知何所本？須再考。

得樹樓雜鈔卷十一

海寧查慎行悔餘纂

三百涇〇《新唐書·地理志》「海鹽」有古涇三百，蓋海鹽爲秦縣，古縣治廣斥，舊屬吴郡，唐天寶中，析北境爲華亭縣，吴越錢氏始隸秀州，明宣德四年，又析東北四鄉爲平湖縣。今本縣所轄，止六鄉十六都，惟横涇、陶涇、麻涇之名尚存。又有獨匯涇，據《澉水志》云，自六里堰過，東入紫雲村路，是也。

鸕鷀湖，在海鹽縣西南四里，按，此即今之黄道湖，上有黄道神廟，故俗因而改稱。

永安湖，今名南湖。按《志》，本二名，隄南曰永湖，北曰安湖。灌湖田七千三百餘畝，舊爲沃壤，今北湖爲葑田矣。

海鹽城外捍海塘，舊有海月亭、望海鎮、寧海鎮，又有九塗、十八岡、三十六沙，今皆淪於滄波浩淼中。

馬嘷城即海鹽縣城，見《吴越春秋》。

上潭、下潭○《澉水志》：「海外蘇州洋西南一潮至浙江，名上潭；浙江一潮回，歷海昌之黄灣，又一潮至澉浦，名下潭。」

海鹽諸山，自杭州歷海寧，分支而來，勢皆東趨海。一支遵海東北行五里，曰鹿山，曰颺山，曰廟山，曰荆山，皆臨永安湖。又東北六里，曰鳳皇山。又一里，曰吴家山。又一里，茶磨山。又一里，邵灣山。東南一里，曰葫蘆山。東北一里，曰青山。又東三里，曰長牆山，在澉浦鎮。一支北行十五里，曰夾山，東北連金粟山。東南行一里，曰紫雲山。東北行五里，曰大横山、小横山。一支西北行二十五里，踰長湖，曰沈山即峽石。一支東行十三里，曰豐山。又七里，曰土山。一自青山東行十六里，曰小步山、大步山。又二里，曰泊櫓山。自長牆山南行二里，曰秦駐山。十八里達海鹽縣，東南二十里，曰白塔山、望虞山，俱在海中。又自海東北行三十里，曰雅山，曰故邑山，在乍浦鎮。按以下諸山，今皆在平湖縣境。又東北，曰湯山，曰苦竹山，曰觀山，曰高公山，蒲山。又東，曰采薺山，在海邊。又東北，曰益山。又東，曰陳山，東北接獨山，皆沿海。又並海陸行二十里，踰石亭浦。又二十里，踰蘆瀝浦。又東三里，入松江府界。又十五里，始達金山衛，北接柘湖山。

夾山，嘉禾舊《志》云：「山在金牛、金粟二山之間，故名。」

礦俗讀如臘頭門山，一名廟山，在海鹽縣西南四十五里，澉浦西北三里，山上有礦王廟，無可考。

硤石○徐泰《海鹽志》云：「海寧縣硤石鎮，西有紫薇山，東有沈山，夾山並峙，故名。沈山俗名東山，鹽轄也。舊《圖經》云：『宋臨海太守沈景葬此山，因名。』《杭州志》謂漢時審食其葬此，作審山者，非是。」

譚山今俗作「檀山」，在海鹽縣西南四十一里，澉浦之西十里，紫雲山之南，有高嶺過此，入海寧縣界，乃唐仙人譚峭得道處。

金粟山，吴赤烏中建寺，在海鹽縣西南三十五里，舊《志》云：「山高九十八丈，周六里，一名六里山。」按，六里今作角里，與金粟相望，南北距水，非一山也，《志》訛。

金粟寺，舊名廣惠禪院，永樂舊《志》：「寺内有含暉堂，上有秦王劍池。」今不可考。

茶院，永樂《海鹽志》云：「吴越有國時，嘗於金粟寺施茶，賜名施茶院。宋祥符中，改廣惠禪院。」而毘陵胡瀅所撰《廣惠寺記》則云：「吴赤烏中，康僧舍自康居國來，至金粟山，時值暑月，搆亭施茶以濟渴，已而建寺。」與《志》互異，未詳孰是。

海塲煮鹽法：佃塲一丁，横九弓，從倍之。鑿潭受潮，削沙爲灰，碌扒碎之，篠竿匀之，木瓢灑之，晨灑而夕收。收以削刀，夾以板，阜灰成埂，防雨也。且再碌之，攪之，灑之。夏曬二三日，秋冬曬四日，灰成，乃築溜、圍土、加櫃，長八九尺，從殺之，高二尺，深三尺。溜旁爲井，深八尺，溜底藉以木，加以竹，覆以薪，冒以草灰。取塲灰，實溜中，踐加實焉。稻薪覆灰，多擔潭中之潮，傾草上，潛滲入井，則鹵成矣。一溜得鹵二十擔，上鹵重百三十斤。用石蓮子三，投鹵中，最重一，次重一，又次重一。上鹵則最重者浮，否則最重者沈，次重者乃浮也。煮用大鑊二，中鑊一。中鑊以貯生鹵，去火稍遠，使漸熟，漸添入大鑊，惜薪也。二大鑊爲一盪，用鹵六擔，得鹽百四十斤。久晴，則鹽多，久雨則鹽少。以鹵味有濃淡也。

密雲，名圓悟，荆谿人，住金粟廣慧寺。五年後，於太白山示寂。金粟有悟衣鉢塔，弟子受記者十三〔一〕人：大潙如學，鄧尉法藏，夔州海月，金粟通乘字石車，寶華通忍，龍池通微，天童道忞字木陳，雪竇通雲，古南通門，報恩通賢，通玄、通奇。

海鹽多詩僧，明洪武中，楚石梵琦有《北遊集》、《和陶詩》，其後雪江明秀有《雪江集》一卷，戒襄有《平野集》二卷，秋岩、法衡、朗印、源受皆有詩集，悦支斯學有《幻華集》二卷。

〔一〕「十三」，疑爲「十二」之誤。

一貫三爲王。《説文》於「王」字下引孔子曰：「一貫三爲王。」不知出何書。

脚色。世俗以屬官呈送上司，開列出身、歷官謂之脚色。按，朱子於慶元五年乞致仕，《與時宰劄子》云「熹始生之年，號紀建炎，歲在庚戌，應舉入仕，脚色分明，推移至今，適滿七十足歲。私歲官年，原無增減」云云，則此二字，其從來已久。

私歲官年。見上。

正色五，青、赤、黄、白、黑。間色亦有五，紺、紅、縹、紫、流黄，見《太平御覽》。流黄不知何色。古詩云：「中婦織流黄。」沈佺期詩云：「更教明月照流黄。」黄山谷詩云：「明於機上之流黄。」似織絲而成采者。初不得其解，後閲《朱子全集·答張敬夫問目》中一條云：「青赤黄白黑，五方正色也。緑紅碧紫騮，五方之間色也。以木之青，克土之黄，合青黄而成緑，爲東方之間色；以金之白，克木之青，合青白而成碧，爲西方之間色；以火之赤，克金之白，合赤白而成紅，爲南方之間色；以水之黑，克火之赤，合赤黑而成紫，爲北方之間色；以土之黄，克水之黑，合黄黑而成騮，爲中央之間色。」所云緑者，即縹也。

碧者，即紺也。所云騮者，即流黄也，流黄乃黄黑色。周公謹《癸辛雜識》亦云：「間色亦相克而成，木克土，則青黄合爲緑；金克木，則青白合爲碧；火克金，則赤白合爲紅；水克火，則黑赤合爲紫；土克水，則黄黑合爲騮。」與朱子之説同，而與《御覽》稍異。

《史記·春申君傳》引《易》曰：「狐涉水，濡其尾。」與經文小異，又引《詩》曰：「大武遠宅而不涉。」則經無此句，當是逸詩。

漢初占候家非一，有五行、堪輿、建除、叢辰、天人、太乙、歷家諸名，見《日者傳》「褚先生曰」下。所以《史記》於《日者列傳》之外又有《龜策列傳》，以蓍龜專屬卜筮也。叢辰、太乙兩家，今不可考。建除之名，尚見於歷家。堪輿則屬地理家矣。

猶子、子姪，兄弟之子通稱，其來久矣。《二程先生集》中，亦用子姪字，胡文定家刻本改爲猶子。朱子極辨其非，引《禮記》云「『兄弟之子，猶子也。』言人爲兄弟之子，喪服猶己之子，本不是稱呼，只是記禮者之辭。如下文『嫂叔之無服，姑姊妹之薄也』，今豈可沿此遂謂嫂爲無服，而名姑姊妹爲薄乎？古人固不以兄弟之子爲姪，然亦無云猶子者。二先生非不知此，然從俗稱姪者，蓋亦無害於義理也」云云。愚按，猶子之稱，朱子之辨，確矣！如孔子謂：「回也，視予猶父也，予不得視猶子也。」然則門人亦可稱猶子乎？原姪之名，見於《爾雅》，女子謂昆弟之子爲姪。《春秋傳》曰「姪從其姑」，姪本對姑之稱。然《史記·田蚡傳》云：「蚡爲諸郎，未貴，往來侍酒魏其，跪起如子姪。」《晉書·王湛傳》云：「濟才氣抗邁，於湛略無子姪之敬。」《顔氏家訓》云：「兄弟之子，北土皆呼爲姪。」韓昌黎《城南登高》詩云：「親交既許來，子姝亦可從。」「姝」與「姪」同。則是兄弟之子稱子姪，自西漢以後皆然，見於史傳者，班班可考，二程似非從俗稱，朱子特未深考耳。

鶻崙吞，吾鄉俗語。凡食物入口，不加咀嚼便下咽者，謂之「鶻崙吞」。按，朱子《與許順之尺牘》：「日用動静語默，無非下學，聖人豈曾離此？今動不動便先説个本末精麤無二致，正是鶻崙吞棗，向來李丈説鐵籠罩却之病，恐未免也。」

動不動，亦吾鄉口語。見上。

閤正○朱子《與柯國材尺牘》末云：「閤正孺人、令郎各安佳。」與俗下稱朋友之妻爲尊夫人不同。又作「閤政」，亦出朱子尺牘。

齊人伐燕事，《孟子》分明是宣王，《史記》則以爲宣王之子湣王，所載事跡，似乎鑿鑿有據。司馬温公作《通鑑》，從《孟子》，而不從《史記》。朱子謂温公平日不喜《孟子》，到此又却信之。張敬夫説《通鑑》有未盡處，此一節亦是可疑。朱、張兩先生之意，似皆以從《孟子》爲非，究竟未詳孰是，真千古疑案也！

朱子論葬法，多用炭屑沙灰，蓋沙灰以隔螻蟻，炭屑以拒木根。其説詳見《文集》第四十五卷《答廖子晦書》中。

落南○南渡之初，中原士大夫之落南者，高宗許占寺院居住。時趙忠簡居越之能仁，趙忠定居福之報國，曾文清居越之禹蹟，汪玉山居衢之超化。他如范元長、吕居仁、魏邦達甚多，余曾大父少師亦居湖之鐵觀音寺，後遷天聖寺焉。《癸辛雜志》

鹽養花○凡折花枝，搥碓碎柄，用鹽築，令實，柄下滿足，插花缾中，不用水浸，自能開

花作葉，不可曉也。《癸辛雜志》

董儀父鴻嘗云：「《易》有聖人之道四焉，王輔嗣去三而存一，於道缺焉。晦庵知其非，所以《本義》、《啟蒙》，各以卜筮言之。然雖知其爲卜筮之道，而不知所以爲卜筮之道，不過復以理言之，則亦何異乎輔嗣哉？」此段載周密《癸辛雜志》中。董儀父，南宋末人，不知其云「所以爲卜筮之道」者，義又安在？恐儀父亦不能言其所以然也。

芒種後，逢壬日入梅。是日所種花草，雖至難活者亦皆活，申日亦可。《癸辛雜志》

蘸瓶○伯機云：「長安中有耕者，得陶器於古墓中。形如卧蘸，口與足出蘸腹之上下，其色黝黑，匀細若石，光潤如玉，呼爲蘸瓶。大者容數斗，小者僅容數合，養花成實。」《癸辛雜志》

潛說友，即編輯《咸淳臨安志》者，縉雲人，甲辰得第理宗淳祐四年，咸淳庚午度宗六年爲京尹，凡四年。後因誤捕賈似道私秫事去，踰年起家守吴。聞元師至，計無所出，適時宰欲以金銀往舒城犒軍，會舒已下，不得進，寄吴門郡庫。潛因移爲撒花用，偕表同往。北師既退，自以全城爲功，未幾朝廷知其事，遂罷去。文天祥實代之。後從二王入廣，潛留守閩中，末乃復爲元守。以泉軍支米不得，罹剖腹之酷。《癸辛雜志》

方回，徽人，字萬里，號虛谷，所選詩名《瀛奎律髓》。近世淮南、石門，俱有新刻板。《癸辛雜志》載其生平甚悉。理宗朝以别頭登第，寓杭之三橋旅樓。爲庶官時，嘗賦梅花百詠，以諛賈秋壑，遂得朝除。及賈之貶，回慮禍及，遂反鋒，上「十可斬」之疏，以掩其跡，由此遂得嚴州。未幾，元師至，回倡言死封疆，忽不知所在，人皆以爲死矣。乃迎降於三十里外，遂得總管之命。有老吏疏爲「方回十一可斬」之説，使似道有知，將大笑於地下矣。其他鄙瑣穢褻之事，録之不勝録，略摘數行，以見其人乃宵小無行之尤者。而徽州人至今稱爲虛谷先生，駸駸列於道學，殊失考證，故特表而斥之。

泰山如坐，嵩山如卧，華山如立。《雜志》

颮字，韻書皆不載。見《癸辛雜志》「虜中謂一聚馬爲颮，或三百匹，五百匹」云云。須再考。

咸陽有六岡，如《乾》之六爻，故曰「咸陽」。唐時宫殿皆在九岡上，而作太清宫於九五岡，百官府皆在九四岡上。同前。

卯酉剋損目〇凡人損目者，命多是卯酉克。蓋卯酉者，日月之門户，所爲光明者也。卯爲子所刑擊，酉乃自刑，必有此疾。同前。

宦官初閹，名曰「服藥」，則以名字申兵部，看命不用始生日時，而看服藥日時。故常擇善良日時乃腐。同前。

雁門踦居宜切〇《漢書·段會宗傳》：「爲雁門太守，數年，坐法免。陽朔中復爲都護。谷永閔其老復遠出，予書戒曰：『方今漢德隆盛，遠人賓服，傅、鄭、甘、陳之功没齒不可復見，願吾子毋求奇功，終更亟還，亦足以復雁門之踦。』」應劭注云：「踦，隻也。會宗從沛郡下爲雁門，又坐法免，爲踦隻不偶也。」朱文公《罷南康軍與人書》中有「亦足少復雁門之踦」〔一〕語，陸放翁詩「倦游何恨雁門踦」，陳師道詩「得毋魚口厄，聊復雁門踦」，皆用《漢書》語。

靈棋課○朱子《答林正卿尺牘》「頃嘗因人問《易》，應之曰：『公曾看靈棋課否？《易》之模樣，只是如此也。』後又有人問：『豈以其不足告而云爾耶？』此錯認了話頭也」云云。「靈棋課」三字，不得其説。問答之詞，多似禪家語録，意亦難理會。又按，朱子《答曾無疑書》有云：「蓍固非蓍，然亦猶是其類。若以木棋、竹算、金錢當之，則去蓍益遠矣。」竊意當時有以木棋代蓍，如後人用金錢之比，俗謂之「靈棋課」，未可知也。須再考。

沓○朱子《答余正甫書》云：「修書之式，只可作草卷，疏行大字。每段空紙一行。只似公案，摺疊成沓，逐段各以紙索穿其要背。」○又，小字注云：「其他些小，俟草沓成，徐議未晚。」又云：「前有『摺疊作沓』之説。」今考字書，口、水二部，無此字，不知讀何音。

〔一〕按，「亦足少復雁門之踦」之語，出自《答呂伯恭》，非《罷南康軍與人書》，見四部叢刊本《晦庵先生朱文公文集》卷第三十四。

手書、手劄〇宋時，士大夫往還手書之外，又有手劄。朱子《答趙尉書》先云：「遠辱貽書，副以手劄。」後又云：「病倦草草，不復作劄，并幾情諒。」不知如今人書劄之外，用全柬别寫姓名，以爲修敬耶？抑紙尾全署銜名，如奏劄之體也？須再考。

播灑〇《管子・弟子職》篇：「堂上則播灑，室中握手。」朱子注云：「堂上寬，故播而灑；室中隘，故握手爲掬以灑。古人必先以水灑地，然後加帚以掃也。」

龍齦、臨岳〇朱子《琴律説》云：「初絃，黄鍾之宫；次絃，太簇之商；三絃，中吕之角；四絃，林鍾之祉；五絃，南吕之羽；六絃，黄清之少宫；七絃，太清之少商。皆起於龍齦，皆終於臨岳。其長皆四尺五寸，不待按抑，而爲本律自然之散聲。」其解「龍齦」、「臨岳」之義曰：「大抵琴徽之分布，聲律與候氣同是一法。候氣之法，掘地爲坎，盈尺之下，先施木案，乃植十二管於其上，而實土埋之。上距地面，皆取一寸而止。其管之底，則各隨其律之長短，以爲淺深。黄鍾最長，故最深而先應。應鍾最短，故最淺而後應。今移其法於琴論之，所謂龍齦，即木案之地也。所謂臨岳，即地面之平也。聲應之處，即其律寸之長短，距案之遠近也。按此鼓之，而其聲可見。」

「太史公五聲數曰九九八十一以爲宫，十二律數曰黄鍾，九寸爲鍾。」朱子《琴律説》曰：「律之九分也，數之八十一也，琴之八尺一寸也，三者未嘗有異。蓋初絃黄鍾之宫，以至七絃太清之少商，皆起於龍齦，終於臨岳。而是七絃者，一絃之中又各有五聲、十二律者，凡三焉。」

魏徵以《小戴禮》綜彙不倫，更作《類禮》二十篇，數年而成。太宗美其書，録置内府，今其書惜不傳。

《漢志》言秦開阡陌，廢井田。皆以「開」爲創立之義。按《風俗通》云：「南北曰阡，東西曰陌。」與《説文》同。《風俗通》又云：「河南以東西爲阡，南北爲陌。」朱子取後説，以井田之法推之，謂：「阡陌乃井田之舊。陌之爲言百也。遂洫從，而徑涂亦從。則遂間百畝，洫間百夫，而徑涂爲陌矣。阡之爲言千也。溝澮横，而畛道亦横。則溝間千畝，澮間千夫，而畛道爲阡矣。」商鞅之開阡陌，「乃破壞刬削之意，而非創制建立之名」。其辨詳見《文集》七十二卷。

宋儒多有詆《孟子》者，司馬温公《疑孟子》十卷，余允文字隱之作《尊孟辨》七卷以矯之。此載在《經籍志》，可考者。此外有李公常語，以孟子與孫、吴、蘇、張並斥，余隱之亦有辨。李公不詳其名，朱子《集》載説數條，稱爲泰伯。按《宋史》，李覯，字泰伯，建昌人，所著有《退居類稿》、《皇祐續稿》，豈即其人耶？又有鄭公《藝圃折衷》，謂：「孟子非賢人，徒以口舌求合，自媒利禄。忍人也，辨士也。」隱之亦有辨。附見朱子《集》中。鄭，字叔友，其名無可考。

馬端臨云：「直齋陳氏《書録解題》始以《論》、《孟》並稱。」惜其書不傳於世，名亦無可考，當是南宋以前人。

劉允迪，字德華，玉山人。宋淳熙中爲德安令，有惠政。家居，割田立屋爲義學，聘知名士以教族子弟。朱子《集》中有《玉山劉氏義學記》，極稱其人。曩在江西志局，未及采入，殊爲恨事。

熊孝子墓，名莫考，唐人。朱子守南康，《告熊孝子墓文》云：「視事之初，考諸圖經，以求此邦前賢潛德隱行之實，於建昌得陳太中大夫、從事中郎二司馬君，以及府君之事，蓋皆以孝德聞，而君精誠之感，獨致湧水成川之應，私心竊敬仰焉。府君之墓宅、學基猶有遺處，謹命有司，準赦令，禁樵牧。其唐朝旌表舊門，亦已復請於朝，俟報修立。」見《文集》八十六卷。第九十九卷《公移》中文有《知南康榜文》云：「按圖經，熊孝子名文贍，太中大夫司馬公名暠，司徒從事中郎司馬公名延義，皆以爲建昌縣人。」又云：「二司馬公，《陳書》皆有傳。」今考《南史》及《陳書》，司馬暠父子皆河内温人，朱子特未詳考耳。

寫白人，鈔書人也。《朱子續集·與蔡季通書》云：「《中庸章句》比略修定，不知可旋開否？如欲之，煩二哥帶寫白人來。」按，二哥，季通之子，名沈，字仲默，學者稱九峰先生。朱子又與蔡伯静書云：「《參同契》定本，納去可便寫白。並元本寄來。」猶今云謄清也。

「勢成三足鼎，業復五銖錢。」劉賓客《昭烈廟詩》也，或嫌對句不稱出句，不知此事出《漢書·食貨志》，既歷序王莽亂漢制，罷五銖錢，别號貨布以病民，而終之曰：「世祖受命，盪滌煩苛，復五銖錢，與天下更始。」蓋以光武比昭烈，以正統歸蜀漢矣。讀此，覺少陵「力侔分社稷，志屈偃經綸」，只是説得三分氣象。

得樹樓雜鈔卷十二

海寧查慎行悔餘纂

《漢書》引逸《詩》○《武帝本紀》元朔元年三月詔引《詩》云：「九變復貫，知道之選。」元鼎五年十一月詔引《詩》云：「四牡翼翼，以征不服。親省邊垂，用事所極。」師古注云：「逸《詩》也。」愚竊意逸《詩》止「四牡」一句，下「親省」云云，乃武帝自叙之辭，與下「望見泰一，修天文禮」相接。

以律占租○《昭帝本紀》元始六年，「罷榷酤官，令民得以律占租」，注云：「武帝時，以國用不足，縣官自賣鹽鐵，酤酒。昭帝不與民争利，故罷之。」「律，諸當占租者家長身各以其物占，占不以實，家長不身自書，皆罰金，没入其所不自占物。」三劉《刊誤》以爲不然，謂：「令民賣酒，以所得利占，而收其租也。」後世民間酒税始此。

《保傅傳》○《漢書·昭帝紀》元始五年，詔：「朕以眇身獲保宗廟，夙興夜寐，修古帝王之事，通《保傅傳》、《孝經》、《論語》、《尚書》，尚云未明。」注云：「帝自言雖通《保傅傳》，而《孝經》、《論語》、《尚書》猶未能明也。」《保傅傳》，不知何出。

《漢書》希姓○馬適名建，壽西名長《昭帝紀》，潓名中翁《宣帝紀》，轅名豐《成帝紀》，揺毋餘海陽侯，蟲達曲成侯，耏跖芒侯，繒賀祁穀侯，審食其辟疆侯，鄂秋，其石，室中同清侯，旅卿昌圉侯，旅罷師其侯，公上不害汲侯，昭涉掉尾平州侯，泠耳下相侯○以上皆《功臣表》，姓偉王莽時臨菑人，見《食貨志》。匈奴降而封侯者，不在此數。又有新山侯稱忠，樓虛侯訾順。

辛延年《羽林郎》詩：「昔有霍家奴，姓馮名子都。」相傳既久，無有正其訛者。按《漢書·宣帝本紀》「大司馬霍禹謀反」條下，詔書中有「長安男子馮殷」，注引《漢語》云：「殷字子都。」據此，則馮殷字子都，非名也。當爲駁正。

惠帝在位七年，崩後四年，吕后乃廢少帝，而稱制。《史記》不立《孝惠本紀》，而附於《吕后紀》中，似失體裁。《漢書》列《惠帝紀》於高后之前，此班氏勝司馬處。但於帝之友愛兄弟，及致疾之由，一概不録，只從贊中作慨歎語，未免太略。

元帝年歲，《本紀》兩處互異，與《外戚傳》亦不同。〇《元帝本紀》云：「宣帝微時，生民間，年二歲，宣帝即位。八歲，立爲皇太子。」按，宣帝即位在丁未七月，明年戊申，改元本始。至辛亥凡四年，而改元地節。又三年，甲寅，立皇太子。則是九歲，非八歲矣。《外戚傳》又云：「許后生元帝，數月，宣帝立爲帝。」與《本紀》「二歲」又不合。顔師古謂：「參校前後，此《紀》爲錯。」愚竊意元帝蓋丙午生，而月日無可考。若是正月以後，其爲二歲無疑。若是十月以後，至明年丁未七月，名雖二歲，其實不過數月而已，似未可據《外戚傳》斷爲《本紀》之錯也。

太上皇及太孫，漢以前皆無此稱。高帝尊其父爲太上皇，宣帝愛成帝，字曰太孫。字者，稱也，非因名立字之義。荀悦注《成帝紀》，因史有「字曰太孫」之句，遂以太孫爲成帝字，然則太上皇亦太公字乎？

予寧三年〇《漢書·哀帝紀》，初即位，詔中有「博士弟子父母死，予寧三年」。注云：

「寧謂處家持喪服。」豈自文帝短喪以後，至此尚未以三年爲天下通喪，僅行於博士弟子耶？「予寧」，即世俗「丁憂」、「丁艱」之義，後世罕有用者。

《漢書·異姓諸侯王表》本依《史記·秦楚之際月表》起例，初列項羽所封十八王，繼以漢所封異姓王侯。但其間或遷他國如吴芮改長沙王，或襲故名，或别置新國。沿革非一，條理不甚分明。愚竊謂高后稱制時所封惠帝假子及諸吕台、産、禄等，一概削而不録可也。十三卷既云「異姓諸侯王表」，則十四卷《諸侯王表》，似應有「同姓」二字，恐是脱訛。

《史記·王子侯者表》斷自武帝元光五年。是時，始詔諸侯王行分封子弟之典也。《漢書》則自高帝封兄子頡羹侯起，似失王子之義。又，其間分封地名，間有不可考者，亦有與《史記》不同者。

《史記·建元侯者表序》引《詩》云：「戎狄是應，荆荼是徵。」二句中，三字不同。

漢初十八侯○《高惠功臣表叙》作十八侯位次，注云：「惟作元功，蕭何酇侯、曹參平陽侯、張敖宣平侯、周勃絳侯、樊噲舞陽侯、酈商曲周侯、奚涓魯侯、夏侯嬰汝陰侯、灌嬰潁陰侯、傅寬陽陵侯、靳歙信武侯、王陵安國侯、陳武棘蒲侯、王吸清河侯、薛歐廣平侯、周昌汾陰侯、丁復陽都侯、蟲達曲成侯，從第一至十八也。」按，曲逆侯陳平，亦於六年二月甲申封，獨不在其數。張敖功次，不應在絳、灌之前。竊意高后二年，復詔丞相陳平等差次列侯之功，以定朝位，藏於高廟。此位次，乃平所定。張敖爲呂后女婿，故移置第三，平名在第四十七，不敢自居功臣前列也。但敖初嗣父耳，爲趙王，後坐貫高等謀反，事覺，王廢而爲侯。高祖初年，不應在封侯之列。顏師古注訛矣。

《漢書》只應紀漢事，而《古今人表》乃上下數千年，分爲九等，聖、仁、智、愚四目而外，以上、中、下爲次，其位置殊不可解。姑就聖、仁二等而論，如伊尹、伯夷不得與周公並列爲聖，降與管、晏同科，老子與仲尼並列爲聖，仲尼弟子曾子不得與顏、閔並列仁人，柳下惠並不得與仁人之列，而朱張、少連則居子思、孟子之前，屈原、漁父，則繼子思、孟子之後，而以孫卿終，此其舛訛之大者，直是不作可也。

《漢書·律曆志》：「大梁，初胃七度，穀雨。中昴八度，清明。」穀雨節氣，乃在清明之前，與後世不同。

《春秋》魯哀公後，見於《史記·世家》者，爲悼公寧、元公嘉、穆公顯、共公奮、康公屯、景公匽、平公叔、文公賈、傾公讎，二十四年爲楚所滅，凡九世。《漢書·律曆志》以屯爲毛，以匽爲偃，以叔爲旅，以文公爲緡公，以傾公爲頃公。按，春秋時，魯已有文公，不應重見，當從班氏。偃與匽，傾與頃，偏旁小異，古字通用。至康公、平公之名，彼此互異，必有一訛，更無他書可考矣。

《禮樂志》：「《安世房中歌》十七章。」劉貢父疑本十二章，訛爲十七章。而仍分「大孝備矣」至「庶旄翠旌」八句爲一章，「七始華始」至「經緯冥冥」十句爲一章，「我定曆數」至「四極爰轃」八句爲一章，「王侯秉德」至「安撫四極」七句爲一章，「海内有姦」至「蓋定燕國」八句爲一章，「大海蕩蕩」至「貴有德」六句爲一章，「安其所」至「樂民人」八句爲一章，「豐草葽」至「被無極」八句爲一章，「雷震震」至「世曼壽」十句爲一章，「都荔遂芳」至「我署文章」十句爲一章，「馮馮翼翼」至「克綽永福」八句爲一章，「磑磑即即」至「終無兵革」八句爲一章，「嘉薦芳矣」至「令聞不忘」八句爲一章，「皇皇鴻明」至「惟民之則」六句爲一章，「浚則師德」至「孔容翼翼」四句爲一章，「孔容之常」至「壽考不忘」八句爲一章，「承帝明德」至「受福無疆」八句爲一章，以合十七章之數。愚按，古人作詩，必取詩中字以名篇。即如此歌中，「桂華」二字，乃「都荔」一章之篇名，「美芳」二字當作「美若」，即「馮翼翼」一章之篇名，以篇中各有「桂華」、「美若」二字也。其當初寫本詩之後，如《郊祀歌》「練時日」之例，今以四字分冠後章之首，其爲傳寫之訛可知，惜餘篇名皆失，無所據以考正矣！

「諶」字，《廣韻》失載，《漢書・郊祀歌》「青陽篇」：「群生諶諶，惟春之祺。」注：「徒感切，豐厚之貌。」與「湛」同。

《禮樂志》載《郊祀歌》十九章，青陽、朱明、西顥、玄冥四章之下，各有「鄒子樂」三字，所不可解。

得寶鼎，《武帝本紀》與《禮樂志》互異。按，《武帝紀》：「元鼎元年夏五月，得鼎汾水上。」應劭注云：「因得寶鼎，故改元。」《紀》又云：元鼎四年，「六月，得寶鼎后土祠旁」。

一在元年，一在四年。而《禮樂志》「景星」章云：「元鼎五年得寶鼎汾陰而作。」與《本紀》兩處俱不合，疑《志》訛也。

《刑法志》兼兵、刑兩事言之。世之論者，或謂自《周官》以來，司馬統六師，司寇詰姦慝，其分已久，不宜合論。愚竊謂《尚書》皋陶作士，首言「蠻夷猾夏，寇賊姦宄」，而後及五刑、五服、五流。古者，兵、刑之責統歸士師。蓋刑主於殺，而用兵則殺人之尤多而慘者。後世争地以戰，殺人盈野，争城以戰，殺人盈城，恬不之恤。漢繼戰國、亡秦後，往往輕用其民。洎乎武帝，征伐四出，百姓無罪而死於兵者，不可勝紀。班氏蓋心傷之，故並志兵、刑，欲人主矜卹民命，無犯殺不辜之戒也。但其意又在復肉刑，謂刑可畏而禁易避，則恐未必然。

《史記・曆書》：「作於孟春。卒於冬分。時撫十二節，卒於丑。」止云「十二節」，無八節、二十四氣、中氣之名。《漢書・律曆志》於「權衡」下則云：「二十四銖而成兩者，二十四氣之象。四百八十兩者，六旬行八節之象。」又云：「主曆使者請於司農中丞麻光等雜候日月晦朔弦望、八節二十四氣。」又云：「時所以紀啟閉也，月所以紀分至也。啟閉者，節也。分至者，中也。節不必在其月，中必在正數之月。」按，漢曆始武帝太初元年甲寅，經三十六年而是非乃定。時太史公已下世，故所紀不及班氏之詳。但班氏於二十四氣中，「立春」之後，以「驚蟄」先「雨水」；「春分」之後，以「穀雨」先「清明」。與後世不同，未詳其説。須再考。

《史記·平準書》，《漢書》改爲《食貨志》。《平準》以理財爲主，《食貨》兼農末而言。蓋「平準」之名，創自漢武，而「食貨」之名，則出於《周書》。《平準》寓刺譏於一時，故其辭微而婉；《食貨》垂法戒於異代，故其辭達而暢。兩人手筆，易地皆然。後儒或指此爲班馬異同，非通論也。

搖手觸禁《食貨志》，轉喉觸諱柳文。

伊陟○《郊祀志》：「湯後八世，帝太戊，伊陟贊巫咸。」注云：「陟，太戊臣，伊尹之子。」按，《史記·殷本紀》，伊尹卒於帝沃丁之時。沃丁，太甲子也。沃丁傳太庚，太庚傳小甲，小甲傳雍己，雍己傳太戊。自沃丁至太戊，史雖不詳年數，然已歷五世。伊尹之子，不應尚在朝。陟當是尹之孫曾，未可知也。

二生一死贄○語出《舜典》，孔安國《傳》云：「二生：卿執羔，大夫執雁；一死：士執雉。」生對死言，其義甚明。《史記·封禪書》引此，訛「生」爲「牲」。班史《郊祀志》踵而未改。「羔」謂之「牲」，可也。「雁」，可謂之「牲」乎？

官社官稷○漢哀帝時，王莽奏言：「漢興，禮儀稍定，已有官社，未有官稷。」遂於官社後立官稷，以夏禹配食官社，后稷配食官稷，相承至今。愚竊謂《禮》有大社，漢有王社，既祭地，又祭社，殊無意義。故國家祀典，以社稷並稱，而所重專在稷是已。但於社稷壇之外，復設祈穀、先農二壇，似乎重複。吾杭尚有社壇巷，宋南渡後，曾於此立官社也。

液湯經○《漢書·郊祀志》：「王莽篡位，以方士言，起八風臺於宫中，作樂其上，順風作液湯。」如淳注云：「《藝文志》有《液湯經》，其義未聞也。」

《史記》上下數千百年，作《天官書》，以隱括古今。班氏襲其文，改曰《天文志》。劉知幾譏之，謂「志中無漢事，而隸入《漢書》」，「兩曜百星，麗於玄象，非如九州萬國，廢置無恒。必欲列於國史，何代不可？」今按，《天文志》起漢高帝元年十月，終哀帝元壽二年十一月，二百餘年，星辰食犯飛流紀載非一，皆補《史記》所未言，何得云「志無漢事」耶？

二十八宿失壁星○《史記·天官書》，東宮角、亢、氐、房、心、尾、箕七星，南宮井、鬼、柳、星、張、翼、軫七星，西宮奎、婁、胃、昴、畢、觜、參七星，北宮止斗、牛、女、虚、危、室六星，而無東壁。《漢書·天文志》亦然。至《晉書·天文志》二十八舍則見於「營室」之下，云：「東壁二星，主文章，天下圖書之秘府也。星明，王者興，道術行，國多君子；星失色，大小不同，王者好武，經士不用，圖書隱；星動，則有土功。」此段可補《史》、《漢》缺文。

南宮朱鳥，故柳爲鳥喙；七星，頸，爲員官；張，嗉，爲厨，主觴客；翼，爲羽翮，主遠客。喙、頸、嗉、羽四字，多從鳥取義，注家未有及者。

《天官書》填星在太白之前，五行相生之序也。《天文志》填星在辰星後，似失五行之序。義在《易·革卦·彖辭》：「巳日乃孚。」巳者，土也。自離火轉兑金，不免相剋，有土以聯屬其間，則相生。觀八卦方位，離、兑中間乃坤土，其義昭然。

《天文志》「太白」條下，自「辰星殺伐之氣」至「軍急約戰」，凡十四行。《天官書》本在「辰星」條下，故其文云：「與太白俱出東方。」「與太白俱出西方。」似當依《史記》原文爲正。《漢書》「辰星」條下，止廖廖數語，不應此略而彼獨詳。今移前「辰星殺伐之氣」一段於本條「罰見辰星」之下，似覺文從字順。

黿鼉星○《漢書·天文志》：「黿鼉星不居漢中，川有易者。」漢當是天河，注家無明文，他書多不載。俟再考。又有魚星，亦在天河中。

《漢書·天文志》：「天暒而見景星。」注云：「暒，精明也。赤方氣與青方氣相連，赤方中有兩黄星，青方中有一黄星，凡三星合而爲景星也。」後人以爲「晴」字者，訛。暒，乃天之精氣，故景星見。若是天晴，則衆星皆見，何獨景星？

《漢書·五行志》入手一段，自「《易》曰」以下，至「天人之道粲然著矣」，全用劉歆《洪範五行傳》。「漢興」以下，乃班氏所纂述。其後分五事以配五行，每叙一災，董、京之説，彼此或相反。向、歆之説，父子亦不同。諸説並存，一無確見，覽者將何以取衷乎？宜其以辭費見譏於《史通》也。

《五行志》引《詩》「匪儌匪敖，萬福來求」，二字不同，注云：「不儌幸，不傲慢。」與《詩》「彼交」之義亦異。

和膠補釜，以滷塗瘡，去冷加冰，除熱用湯。出《參同契》。

《洪範》「六極」，首曰：「凶短折。」注疏以「年未六十爲短，未三十爲折」，此就一人之身而言。班氏《五行志》云：「凶，夭也。兄喪弟曰短，父喪子曰折。」「短」、「折」二字，分屬弟、子説，謂身處此逆境，故凶。似爲得之。若依注疏，則顔子之夭，不如盜跖之壽，非聖人垂教本旨也。武帝《策賢良問》中，有「父不喪子，兄不哭弟」二句，即《五行志》所云也。

戕與堪同，《左傳》昭公二十一年泠州鳩曰：「今鐘摦矣，王心弗堪。」《漢書·五行志》引此，「堪」作「戕」，注云：「古堪字。」而《廣韻·十三覃》「龕」紐下，別出「戕」字，謂：「殺也、刺也。」與《漢書》注不同。或是「戓」字之訛。按，《古文尚書》「西伯戓黎」，與「戡」字同義。今爲考正。

《五行志》載漢昭元鳳元年「黄鼠銜燕尾」事，既入「貌不恭」條下，又重見「思不睿」條下。據云，「貌不恭」爲「青眚青祥」，「心不睿」爲「黄眚黄祥」。此乃黄祥也，不應訛入青祥，似當删前而存後。

二十占〇京房《五行傳》凡日食二十占，其形二十有四。

春秋時，有南燕、北燕之分。《春秋》昭公三年「北燕伯款出奔齊」，《漢書》引之，注云：「有南燕，故言北燕。南姞姓，北姬姓。」

《春秋》二百四十二年，日食三十六。三傳不同，《穀梁》以爲朔二十六，晦七，夜二，二日一。《公羊》以爲朔二十七，二日七，晦二。《左氏》以爲朔十六，二日十八，晦一，不書日者一。

「瀕」，疑即古「濱」字。《詩》：「池之竭矣，不云自頻。」鄭注：「音濱。」此其義也。《漢書·地理志》引《禹貢》「泗濱」、「海濱」，皆作「瀕」。孫愐《唐韻》、陸法源《廣韻》止有「濱」字，無「瀕」字。蓋因音義皆同，故不重載耳。然《地理志》又云：「秦地瀕南山，近夏陽，多險阻。」師古注云：「瀕猶邊，音頻。」與前又不合，須再考。

《漢書·地理志》引《禹貢》全文，中有稍異者，大率同音同義，而古今字體或不同耳。惟「鳥夷」之爲「鳥夷」，音義各別。「邦」之爲「國」，乃避高祖諱。「戛」之與「秸」，則音同而義異。劉知幾譏之，謂地理論自古風俗，至夏世，宜云《禹貢》已詳，似不必重述古文，益其辭費。然司馬公固以《禹貢》入《夏本紀》，以《樂記》入《樂書》矣，不自班始也。

《邶》、《鄘》皆入《衛風》。按，《漢書·地理志》云：「河内本殷舊都，周分其畿内爲三國，邶，以封紂子武庚；鄘，管叔尹之；衛，蔡叔尹之；以監殷民，謂之三監。周公誅之，盡以其地封康叔，故三國之詩相與同風。」注疏本此。

四䡅〇《地理志》：「秦地跨雍、梁二州，《詩》風兼秦、豳兩國。《車轔》、《四䡅》、《小戎》之篇，皆言車馬田獵之事。」按，「䡅」即是「驖」字，《廣韻》不載。

《溝洫志》：「禹泥行乘毳，山行則梮。」按，《史記·夏本紀》，「毳」作「橇」，注云：「形如箕，擿行泥上。」「則梮」，《史記·夏本紀》作「檋」。《河渠書》作「即橋」，「橋」字恐是「梮」字之訛。師古注：「梮謂以鐵如錐頭，長半寸，施之履下，以上山，不蹉跌也。」《廣韻》有「檋」字，而無木旁「梮」字下，注云：「輿食器。」似失考，當從《漢書》。

魏引漳水以灌鄴，《史記》以爲西門豹。《漢書·溝洫志》以爲文侯時豹爲鄴令，有令名。至文侯之曾孫襄王時，用史起之言，始引漳灌鄴，民歌云：「鄴有賢令兮爲史公，決漳水兮灌鄴旁，終古舄鹵兮生稻粱。」其叙次較詳確，引漳水者乃史起，非西門豹也。當是《史記》之訛。

今治河者，束柳條，中實塼石，以塞決口，謂之「柳帚」。按，《漢書·溝洫志》武帝〔一〕時，河決東郡，河隄使者王延世「以竹落長四丈，大九圍，盛以小石，兩船夾載而下之」。即前所云「下淇園之竹以爲楗」也。柳帚之法本此。

《藝文志》創自班氏，大率遵劉歆《七略》而續其所未備。其中可議者，如《國語》、《國策》，下及《楚漢春秋》、《漢大年紀》等，俱附《春秋經》之後，《管子弟子職》附於《孝經》之後，以《司馬兵法》雜入《禮經》，以《史籀》、《小學》等篇列爲九種，統而歸之六藝，以仁、義、禮、智、信分配《樂》、《詩》、《禮》、《書》、《春秋》，此其傅會穿鑿之尤者。他不具論。

墨、儒、百家之名，創於莊子，太史公《自序》六家之説因之，班氏增爲十家：曰儒，曰道，曰陰陽，曰法，曰名，曰墨，曰縱横，曰雜，曰農，曰小説，而以儒家者流爲冠。後移雜家入兵法，是爲九家。後世九流之名本此。《穀梁傳序》有云：「九流分而微言絶。」班、馬不得辭其咎也。○班氏既以陰陽爲九流之一，又於五行中分列《陰陽書》七種，尤所

〔一〕「武帝」，據《漢書·溝洫志》，疑爲「成帝」之誤。

不解。

劉歆《七略》，《藝文志》止有六種，而亡《輯略》一種，不知是何等書。

《史記》爲項羽作《本紀》，又置《高帝本紀》之前，原失體裁，班《書》改與陳勝同傳是已。但鴻門之會，《史記》叙次凡千餘言，《漢書》則移入《高紀》，而《項傳》廖廖纔數十字，茅鹿門謂「爲得詳略之法」，愚竊謂不然。此會關係楚漢興亡，在漢爲幸免，在楚爲失機。太史公於此固有深意，其略於《帝紀》，蓋以幸免爲漢諱；而詳於《項紀》，隱然譏楚之失事機也。班氏反略此而詳彼，大不及《史記》原文。

項羽入關，乃漢元年事。《史記》脱却「漢元年」三字，紀事自漢之二年始。班氏於「使長史欣將秦軍前行」以下，補出「漢元年」三字，方與後四年之例相符。

《史記》羽分天下，以王諸侯，凡十八王，《漢書》獨少韓王成，且此段與《高紀》兩處重出，宜删《紀》而存《傳》。

鉅鹿之戰既破秦軍，羽方爲諸侯上將軍，已而屠咸陽，收寶貨，略婦女而東，然後分封諸侯，自稱西楚霸王。鴻門之會，沛公見羽，不應即稱爲大王。《漢書》於《高紀》引《史記》原文，固自無訛，而於《羽傳》乃改稱大王。雖云小誤，要是失於疏忽，張輔所以有班馬優劣論也。

張耳歸漢年月不同○《漢書·高紀》：二年十月，陳餘「從田榮藉助兵，以擊常山王張耳。耳敗走，降漢」。張耳本傳不著年月，但云「耳走漢，漢方圍章邯廢丘」。考《高紀》，圍章邯於廢丘，乃元年五月事。此班氏仍《史記》原文之訛，而未加改正者也。

《史記》不爲蒯通立傳，故其説散見於他人傳中，如《張耳陳餘傳》附載通説范陽令，亦其一事。《漢書》於蒯通本傳薈萃其前後諸説，遂成一篇游説好文章，與《戰國策》不相上下。

張耳、陳餘，取交情作合傳，《史》、《漢》相同。初爲刎頸交，其後耳斬餘於泜水上。推原其故，咎實在張。觀陳餘之言曰：「不意君望臣之深。」此語極爲痛切，蓋張緣望陳救不至，既而責備太過，一時意氣憤激，致成不解之仇。《易》所謂「浚恒之凶，始求深也」，正是兩人凶終之象。太史公譏其「據國争權」，班氏謂「勢利之交，古人羞之」，何其不切於事情耶！

韓王信與盧綰，異姓封王，同在邊地，同反漢，同亡入匈奴，同子孫來降，續封侯又同。《史記》所以作兩人合傳，《漢書》以《信傳》列《田儋》後，以《綰傳》列《英布》後，而仍用《史記》原文，殊失太史公本旨。惟併陳豨事入《綰傳》，體裁差勝耳。

《史記》無長沙王吴芮傳，《漢書》補之。然無他功蹟，惟項羽入關時，番君吴芮以帥百粤佐諸侯一事，封衡山王。又其將梅鋗之功居多，高帝亦以此改封芮爲長沙王。《漢書》因長沙著於令甲，以忠稱，特爲立傳，而附《韓》、《彭》之後，其亦有深感也夫。

荆王劉賈，《史記》云「諸劉者，不知何屬」，《漢書》以爲高帝從父兄，此兩家異同處。至末段，《史記》云「高祖欲王同姓，以鎮天下。乃詔曰：『將軍劉賈有功，及擇子弟可以爲王者。』群臣皆曰：『立劉賈爲荆王，弟交爲楚王。』因立子肥爲齊王。始王昆弟劉氏也」云云，上下文意始足。《漢書》删去楚、齊二王以下數語，似與詔書「擇子弟可爲王」一句無照應。

《吴王濞傳》，《史記》「黥布反」下，有「東并荆地，劫其國兵，西渡淮，擊楚」十三字，則淮南國兼有荆、吴、會稽三郡地矣。布既誅，上患吴、會稽輕悍，乃立濞爲吴王，故云「王三郡五十三城」，《漢書》删去「東并荆地」以下十三字，與下「三郡」無照應。

濞封吴王時，年甫二十，在高帝十二年。是年，帝崩。歷惠帝七年，高后八年，文帝二十三年，至景帝即位，已三十九年矣。又三年而濞反，年六十二。以《史》、《漢》考之，年月皆合，惟《史記》謂「其居國」云云，「四十餘年，以故能使其衆」。《漢書》改「四十」爲「三十」者，訛。當從《史記》。

劉向爲西漢宗臣名儒，自當立專傳，今附《楚元王傳》後，與宗室子孫一例，似失體製。劉歆身事王莽，本不足稱，惟《移太常博士》一書，具見西漢經學本末。

《史記》齊悼惠王肥有專傳，《漢書》統入《高五王傳》中，前既叙「悼惠子襄爲齊王，章爲城陽王，興居爲濟北王，將閭爲齊王，志爲濟北王，辟光爲濟南王，賢爲菑川王，卬爲膠西王，雄渠爲膠東王」矣，此段《史記》所無，故其後云：「文帝以所封悼惠王子分齊爲王，將閭以楊虚侯封齊王，志爲濟北王，辟光爲濟南王，賢爲菑川王，卬爲膠西王，雄渠爲膠東王。」《漢書》仍《史記》原文，於此一一復列，殊屬重複。

漢初功臣裔最久者，惟平陽侯曹參子孫，東漢初尚有嗣封者。所以《漢書》本傳結語云：「至今八侯。」劉貢父以爲「八侯」二字疑衍，今合《史記》考之，參爲懿侯，子窋爲靜侯，窋子奇爲簡侯，奇子時爲夷侯，時子襄爲共侯，襄子宗嗣，《史記》云：「坐太子死，除〔一〕。」《漢書》云：「爲罪，免〔二〕爲城旦。」哀帝時，續封參玄孫之孫本始爲平陽侯，子宏嗣，建武中先降河北，仍封平陽，正合八侯之數。劉貢父據《漢書》本傳，止有窋、宗、本始、宏四人，故疑八侯當衍，失詳考矣。

〔一〕「除」，通行本《史記·曹相國世家》作「國除」。
〔二〕「免」，通行本《漢書·蕭何曹參傳》作「完」。

《蕭曹傳》，《漢書》兼采太史兩《世家》贊語，合成一篇，中間「因民之疾秦法，順流與之更始」，每六字爲一句，辭義極足。俗本《史記》，「秦」字訛作「奉」，遂分四字作三句讀者，訛也。

王陵，《史記》無專傳，孝惠朝因與陳平同爲丞相，故附入王陵，并及酈食其代陵於《陳丞相世家》中。而自「百官皆因決事」以下至末，所叙全是平事。《漢書》於中間分出王陵，另立一傳，後半仍襲《史記》原文，與陵無涉，首尾全不相顧，此班氏失檢點處。惟於末段補出「王陵、酈食其子孫坐事失國」云云，此則《史記》所無。

太史公叙周勃，與曹參、樊噲同例，功雖多，不過一戰將耳。至其子亞夫用兵處，極力摹寫，節制之師，歷歷有如目擊。《漢書》只添亞夫東擊吴楚時趙涉遮説一節，其於前後叙次詳略，改竄移易一句不得。亞夫之坐謀反，因子買葬器，獄吏執「欲反地下」四字，遊戲定爰書，此何異岳武穆「莫須有」三字耶？景帝之刻薄寡恩，隱然言外。史筆至此，出神入化矣。

《酈商傳》「吕后崩，商疾不治事。其子寄字況，與吕禄善。及高后崩，大臣欲誅諸吕，使人劫商，令其子寄紿吕禄」云云，前既云「吕后崩」，下復云「及高后崩」，不免重複。當從《史記》，前云「吕后時」，則與下文無礙。

傅寬、靳歙、周緤三人，雖皆以功封侯，然未嘗爲主將。《史記》平叙三人戰功，率以從字、別字、屬字爲案，與樊、酈、滕、灌四《傳》體例相類，而煩簡不同，非太史公不能作説者。或云傅、靳、周三《傳》，《史記》所無，乃後人采《漢書》補入者，吾不信也。

《史記·張蒼列傳》，至「遷爲御史大夫」止，忽入周昌，兼及其兄苛，已而入趙堯。堯抵罪後，又入任敖，《敖傳》附見曹窋，後方接蒼爲丞相時事，而以律歷終焉。中間將「爲御史大夫」五字作脈絡，六人相繼任此職者也。後列《申屠嘉傳》，則又因嘉以御史大夫而爲丞相，與蒼相類，故并及之，千古創格。班氏既仍舊文，其後爲公孫賀、劉屈氂等九人合傳，體例實出於此。

《張蒼傳》「以列侯爲主計」，下有「四歲」二字。劉貢父云：「『四歲』字，本在『黥布反』上，誤書於此。」按，《高帝本紀》，淮南王黥布反於十一年七月，群臣因請立皇子長爲淮南王。六年十二月，大封功臣。蒼以北平侯爲計相，在六年以後，爲淮南王相在十一年。主計凡四歲，以時考之正合。當從劉説，移「四歲」二字於「黥布反」之上。

《史記·張丞相世家[一]》，末一段云：「蒼父長不滿五尺，及生蒼，長八尺餘，爲侯、丞相。蒼子復長。及孫類，長六尺餘，坐法失侯。」豈真以長短分貴賤耶？特借此爲文章波致，别覺機趣流溢。《漢書》删去「爲侯、丞相」、「坐法失侯」八字，僅載其父子祖孫之長短尺寸，殊少味矣。

《史記·申屠嘉傳》，嘉子蔑，蔑子去病，去病子臾，凡三世代侯。《漢書》删去，但云「傳子至孫臾，有罪，國除」，少一世矣。當云「傳子至曾孫」乃得，此雖非大關係，然不可不考證。

［一］「張丞相世家」，據通行本《史記》，疑爲「張丞相列傳」之誤。

《漢書·酈食其傳》多襲《史記》之舊，間或删改一二字。「騎士從容言如酈生所戒者」，《漢書》去「如」字。「沛公方踞牀，令兩女子洗足」，《漢書》去「足」字。「沛公輟洗，起攝衣」，《漢書》去「攝」字。「方今楚易取而漢反却，自奪其便」，《漢書》去「其」字。「以示諸侯效實形勢之便」，《漢書》去「效實」二字。「食其子疥數將兵，功未當侯，上以其父故，封爲高梁侯」，《漢書》去「功未當侯」四字。似皆不若《史記》之明白曉暢。又按，《史記》酈生於齊受烹時猶有迂闊大言，足見狂生故態，被《漢書》删却，遂覺食其一生至此，索然氣盡。尚有可疑者，酈生謂「今田廣據千里之齊，田間將二十萬之衆，軍於歷下」云云，按《田儋傳》，儋死後，齊人立田假爲齊王，時田間爲將。既而，假爲田榮所逐，田間走趙，不復歸。榮乃立市爲齊王，以田横爲將。未幾，榮復殺市，自立爲齊王。及榮爲項羽所殺，横又立榮子廣爲齊王，而横自爲相，使華無傷、田解軍於歷下以距漢。前後叙次，一一可考。酈生所説者，齊王廣，則此時將兵者，田解，非田間也。竊疑「間」字當作「解」字。《史記》一訛，《漢書》再訛也。○又，食其子疥，初「封高梁侯，後更食武遂，嗣三世。元狩元年，武遂侯平坐詐詔取衡山金，當棄市，病死，國除」。此《史記》原文也，《漢書》云：「高梁侯後更食武陽，卒，子遂嗣。」一以武遂爲地名，一以遂爲人名，亦必有一訛。

陸賈，漢初儒生之有體有用者。觀其絀尉佗以禮義，説高帝以《詩》《書》，當吕后朝，不汲汲於功名。既能全身遠患，又能以事外之人，隱然爲社稷計安全，有曲逆智謀所不逮者。子房已從赤松游，漢之不奪於諸吕，亦賴有此人也。因其與朱建善，《史記》概以口辯士目之，淺之乎論陸生矣！○《史記》「數見不鮮」，乃時人口語，與下「無久慁」意貫。《漢書》改作「數擊鮮」，大費解釋。《史記》「常安車駟馬，從歌舞鼓琴瑟侍者數十人」，《漢書》删却「舞」、「琴」兩字，絶無意義。《史記》「一歲中以往來過它客，率不過再三過」，《漢書》删去「三」字，便成死句。

得樹樓雜鈔卷十三

海寧查慎行悔餘纂

《婁敬傳》，《史記》云：「西過洛陽，高帝在焉。敬脱輓輅，衣其羊裘，見齊人虞將軍曰：『臣願見上言便宜事[一]。』虞將軍欲與之鮮衣，敬曰：『臣衣帛，衣帛見；衣褐，衣褐見：終不敢易衣。』」《漢書》删去「衣其羊裘」四字，下段遂無來歷。

《淮南厲王傳》末，《史記》有「淮南王如故」一句，所以結上起下。《漢書》不當删去。中間文帝令薄昭予厲王書，反覆八百餘言，開示利害，辭嚴而義正，冀其改過，具見文帝友愛之情。《漢書》獨詳，《史記》少此一段。

［一］「便宜事」，通行本《史記·劉敬叔孫通列傳》作「便事」。

《史記》無伍被傳，其事詳於《淮南安傳》，有初持正論，終效邪謀，前後如出兩人。及事發覺，被詣吏，自告與王謀反，蹤跡如此。漢法，自告者得免罪。凡此曲折數千言，多出被自告之辭，遂成淮南反案。向非張湯善斷，被幾幸免矣。此小人姦險之尤者。《漢書》特爲立傳，所不可解。

江充、息夫躬，真傾危之士，大非蒯通之比。以入《佞幸傳》，其罪惡尚浮於鄧通、董賢輩。班史概爲立傳，《息夫躬傳》末，述其絶命辭，尤屬無謂。

「棧」字，見息夫躬《絶命辭》：「叢棘棧棧，曷可棲兮。」注：「仕可反，衆盛貌。」按，此字，《廣韻》、字書多失載，應據此補入。

石慶爲齊相，齊國大治，爲立石相祠。《史》、《漢》皆同，後世生祠始此。

《史》、《漢》，萬石君奮等五人傳，以「長者」二字爲主。獨於周仁，謂其「陰重不泄，常衣溺袴，故爲不潔清，以是得幸」。則仁之爲人，似是矯强深沈一流。班氏以周之污垢，與石建之澣衣同譏，不如太史公曰：「周仁處諂，君子譏之，爲其近於佞也。」評論較爲切當。至「篤行君子」四字，庶幾石氏父子足以當之，他人恐不如也。班氏於贊語删去，或是此意。

張歐與萬石君等同傳，《史記》、《漢書》皆云「其人長者」，「爲吏，未嘗言按人」。今考《漢書·晁錯傳》，六國反時，丞相青翟、中尉嘉、廷尉歐劾奏錯「大逆無道，當要斬，父母妻子同産皆棄市。請論如法」。注云：「歐，即張歐也。」錯之罪名，何至大逆無道？此議實爲過當。然則晁錯之死，禍發於爰盎，而獄成於張歐。廷尉爲天下平，顧當若是乎？似不得云「爲吏，未嘗按人也」。

梁王名不同〇《史記》，孝文帝四男，長景帝，次武，次參，次勝。武爲代王，參爲太原王，勝爲梁王。十年而勝卒，謚爲梁懷王。《漢書·文三王傳》：「孝文四男，竇皇后生景帝、梁孝王武，諸姬生代孝王參、梁懷王揖。」同此梁王也，《史記》名「勝」，《漢書》名「揖」。考之《賈誼傳》，誼爲梁太傅，所事者即梁懷王也。末段云：「梁王勝墜馬死，誼自傷爲傅無狀，常哭泣，歲餘亦死。」豈懷王有兩名耶？何前後不相顧也？又按，武之改封梁，在梁懷王殁後。而《漢書》於《傳》首遽云：「梁孝王武與太原王參、梁王揖同日立。」竟似同時並封有兩梁王矣。

《史記》，梁孝王卒後，分梁爲五國，盡立孝王五男爲王。長買爲梁王，次明爲濟川王，彭離爲濟東王，定爲山陽王，不識爲濟陰王，即附見《孝王世家》中。《漢書》移此段入《梁懷王揖傳》後，殊失位置。

《史記》以賈誼與屈原合傳，特傷其抱才而不得大用。故於爲長沙太傅時，采取《弔屈原》、《鵩鳥》二賦，與屈大夫《懷沙》一賦寄慨略同，不平之鳴，直留千古餘憾。班掾既爲賈誼立專傳，只應載其議論之正且大，而有關於社稷長久之計者，如《痛哭》一書，及分封梁與淮南前後兩疏足矣，二賦似可删。

毫、氂，古皆從毛，今人訛爲「釐」。按，「釐」字，古作「福」字解，音義與「禧」同。《漢書・賈誼傳》：文帝「受釐，宣室〔一〕」。應劭注云：「釐，祭餘肉也。祭天地五時，皇帝不自

〔一〕「宣室」，通行本《漢書・賈誼傳》作「坐宣室」。

行，祠還致福。 釐，言受神之福也〔一〕。」

「爰盎初爲呂禄舍人，孝文即位，以兄噲任爲中郎。」此《史記》原文也。《漢書》「中郎」二字倒轉，作「郎中」。後叙淮南遷蜀時，則云盎爲中郎將，與《張釋之傳》同，足證「郎中」之訛。

《爰盎傳》多仍《史記》原文，中間惟「杖，步行七八里」，《漢書》改云「屧步行七十里」，未詳孰是。又，景帝問梁王事，盎所對殊有風力，詳載褚先生語，班氏何以不采？

《史記》爰盎、晁錯兩人同傳，與張耳、陳餘意同。一則始合終凶，一則始終不合，而至於見殺，皆從交道寄慨。《錯傳》末載鄧公一段，以惜錯之忠於謀國，而景帝用法過當者。但其禍端，實發自爰盎。太史公於此反略，不及班氏之詳。又，《漢書》謂「錯欲上自將，而身居守」，此語《史記》所無。班氏欲與丞相、廷尉等《傳》致獄詞作照應，故先著此句。嗟

〔一〕按，「言受神之福也」，非應劭注，乃顔師古之注。

乎！刑官既用此以定罪名於一時，史官復援此以成罪案於後世，錯之冤所以至今未白也夫！

《張釋之傳》：「條侯周亞夫、山都侯王恬開見釋之持議平，乃結爲親友。」《史記》「王恬開」，《漢書》作「王恬咸」，人名不應互異，未詳孰是。

《史記・五宗世家》，《漢書》改爲《景十三王傳》，栗姬子曰臨江王榮，河間王德，臨江王閼于。《漢書》「閼」字下少「于」字，叙與傳皆然，未詳孰是。

惠帝初除挾書之律，文景治尚黄老，至武帝時，始立五經博士。人皆以經籍之傳，歸功武帝，不知景帝朝河間獻王已開其先。班氏稱其「學舉六藝，立《毛氏詩》、《左氏春秋》博士」。王國得自立經學博士，不自武帝始也。太史於此《傳》太略，不如《漢書》之詳。獻王之孫，《史記》云「剛王基」，《漢書》云「園王堪〔一〕」，恐是《漢書》傳刻之訛，當依

〔一〕「園王堪」，通行本《漢書・景十三王傳》作「剛王堪」。

《史記》。

《史記》於江都王建《傳》譏其淫亂，不過四五行而止。《漢書》前後幾及千言，於淫穢之跡，備極形容，似不如司馬之略。

于王○《景十三王傳》膠西王端，程姬所生，謚于王。師古注云：「于，遠也。言其所行不善，遠乖道德，故以爲謚。」此古今謚號所僅見者。

「叢輕折軸，羽翮飛肉」《中山靖王傳》，與鄒陽「積羽沈舟」取譬同。

《中山靖王傳》，《漢書》全載聞樂對，所以感動武帝，卒從主父偃謀，令諸侯以私恩自裂土分其子弟。與《賈生》、《鼂錯》二傳相照應，此事不行於文、景，而行於武帝，是大有關係。文字通篇視《史記》獨詳。

《史記》載中山靖王「有子枝屬百二十餘人」，云「枝屬」，則子孫内外，群在其數。《漢書》去此二字，似不及原文之隱括。

《史記·長沙王發傳》：「立二十七年卒，子康王庸立。」《漢書》作「戴王庸」，未詳孰是。

《史記·廣川王傳》至「及幸臣所忠等」，截然而止，辭氣尚未足，當合《漢書》後段看。

《汲黯傳》，《史記》原文，《漢書》更删字句。《史記》至黯七世，《漢書》改爲十世。「臣過河内」，《漢書》改爲「河南」。「宗正劉棄」，《漢書》增一字，作「棄疾」。「内行修潔」，《漢書》去「内」字。《史記》至「其輔少主，守城深堅，招之不來，麾之不去，雖自謂賁育，亦不能奪之矣」，《漢書》改「守城」爲「守成」，删去「深堅」以下十字。至「如黯見上，不冠不見也」，《漢書》作「見黯」，又删去「上」字。「囹圄空虚」以下，《史記》有「二者無一焉，非苦就行，放折就功」〔一〕十三字，《漢書》俱删去。「吏民巧弄」，《漢書》删去「弄」字。

〔一〕「放折就功」，通行本《史記·汲鄭列傳》作「放析就功」。

「陷人於罪」，《漢書》改「罔」字。下尚有「使不得反其真」一句，《漢書》删去。「以勝爲功」，《漢書》改「勝」字爲「自」字。「弘、湯深心疾黯」，《漢書》去「深」字。「守節死義」下，《史記》有「難惑以非」四字，《漢書》删去。「如發蒙振落耳」，《漢書》删去「振落」二字。「故黯時丞史皆與同列」，《漢書》删去「故」字。「所鹵獲，因與之〔一〕」，《漢書》去「所」字。「以謝天下之苦」，《漢書》删去「之苦」二字。「市買長安中物」，《漢書》删去「物」字。「外挾賊吏以爲威重」，《漢書》删去「威」字。「公列九卿，不早言之」下，《漢書》添一「何」字。「知足以距諫」，《漢書》改「諫」爲「諫」。「居淮陽七歲而卒」，《漢書》改「七」爲「十」。「姑姊子司馬安」，《漢書》去「姑」字。惟「劉棄」之爲「劉棄疾」，似當從《漢書》，其餘不如仍舊爲善也。

汲黯、鄭當時兩人，性行不相似而相友善。太史公作合傳，意在「兩人中廢，賓客益落」二句，故又於贊語中引翟公署門事，而終之曰：「汲鄭亦云，悲夫！」蓋中有感觸，而歎人情之薄也。《漢書》移司馬贊語於《當時傳》尾，而删去「汲鄭」云云六字，似失司馬

〔一〕「因與之」，通行本《史記·汲鄭列傳》作「因予之」。

本指。

《張釋之傳》長句至十七字，「虎圈嗇夫從旁代尉對上所問禽獸簿甚悉」是也。短句如中渭橋犯蹕人獄辭：「曰：『縣人來，聞蹕，匿橋下。久，以爲行過，既出，見車騎，即走耳。』」凡十句，僅二十二字。

賈、路、鄒、枚四人，並以上書顯名，然鄒、枚非賈、路之比，賈山《至言》可與《治安策》媲美，路博德《尚德緩刑》一書，切中西漢嚴酷之病，皆藹然仁義之言。若鄒、枚者，不過詞賦客耳。

《史記》：田蚡「往來侍酒魏其，跪起如子姪」，《漢書》改「姪」爲「姓」，注云：「姓，生也。言同子禮，若己所生。」愚按，《詩經疏》：「公姓，謂子之所生孫也，即公孫。」《楚語》：「率其子姓，從其時享。」亦作子孫解。「姪」字見《爾雅·釋親》篇，謂「我爲姑者謂之姪」。《左傳》：「姪從其姑。」《釋名》：「姑謂兄弟之女爲姪。」至顏之推《家訓》則云：「兄弟之子，北地皆呼爲姪。」又按，《史記·疏廣傳》叔姪每稱父子，《後漢書·蔡邕傳》亦然。朱文公以兄弟之子當稱從子，力闢世俗稱猶子之説。而於「姪」字，初無辨論。然則子姪、子姓，總是一家卑幼之稱，於義皆可。林稚隆謂「以姪作姓，爲《漢書》之訛」，似太拘。

《韓安國傳》：「安國坐法抵罪，蒙獄吏田甲辱安國。」師古注曰：「蒙，梁國之縣也。」世多以「蒙」字屬上句讀，劉奉世《漢書刊誤》謂「當屬下句」，則以田甲爲蒙縣之獄吏，於義亦通。

聶翁壹，馬邑人。姓名也，《韓安國傳》中，《史記》凡四見，《漢書》前後多删去「翁」字，未詳孰是。○又，漢伏兵馬邑谷中，時李廣、公孫賀、王恢等皆爲將軍，王恢則别從代主擊單于輜重。及單于覺而引兵還，恢等亦以便宜罷兵，不往擊其輜重。所以武帝云：「首爲馬邑事者，恢也。縱單于不可得，恢所部擊其輜重，猶頗可得，以慰士大夫之心。」《史記》原文，前後互相照應，《漢書》於「恢所部」之下，删去「其輜重」三字，但云「恢所部擊，猶頗可得」，不知所謂「可得」者，是何物耶？又，中間載韓安國與恢兩兩異議處，幾及千言，約其大意，不過一曰擊之便，一曰勿擊便而已。《史記》所不載，似在可删。又，韓安國行丞相事，「奉引墮車」，其爲天子導引，不待注而可知。班氏乃删去「奉」字。又，「安國始爲御史大夫及護軍，後稍斥疏，下遷。而新幸壯將軍衛青等有功，益貴」，《史記》原文也，班氏删去「幸」字，而云「新壯將軍」，皆所不解。

太史公贊韓安國而惜壺遂之不得爲漢相，贊汲黯、鄭當時而旁引翟廷尉之署門，餘波淼瀰，則有言外無窮之味。班氏移兩贊語附本傳末，要是有意作波瀾，不如風行水上，自成文章也。

詔害○《漢書・灌夫傳》：「竇嬰常受景帝遺詔：『事有不便，以便宜論上。』及事亟，嬰乃使昆弟子上書言之。書奏，案尚書，大行無遺詔，詔出，獨藏嬰家。乃劾嬰矯先帝詔害，罪當棄市。」鄭氏注云：「矯詔有害不害也。」「害」字，《史記》所無，他史亦不概見，不知注中語從何處而得解。

《李廣傳》，《漢書》大概襲《史記》原文，以「善射」、「不遇時」、「數奇」七字爲血脈，而自「廣歷七郡太守」以下，至「及射猛獸亦數爲所傷」云云，此一段，《史記》在「射虎」之下，《漢書》移於「此乃將軍所以不得封侯」以下，總結廣之生平，一一與上文相應，似勝《史記》。至《史記》傳首云「廣以良家子從軍，殺首虜多，爲漢中郎，廣從弟李蔡亦爲郎，皆爲武騎常侍，秩八百石」，《漢書》删去李蔡，與後段既無照應，所存止「爲郎騎常侍」五字。師古遂注云：「官爲郎，而常騎以侍天子，故曰騎常侍。」不思武騎常侍乃官名，故云秩八百石。注家之訛，由班氏删節原文所致也。與王朔語云云，「豈吾相不當侯耶？且固命也？」《漢書》删去「且固命也」四字，不特文氣少黯宕，且與下文「數奇」不相應矣！末後，《史記》云「隨大將軍擊匈奴，惑失道，後大將軍。大將軍遺長史持糒醪遺廣，因問失道狀，曰青欲上書報天子軍曲折，廣未對」，「未對」二字，承上「曰」字來，《漢書》删去「曰」字，則「未對」二字無著落。廣子敢「怨大將軍青之恨其父，乃擊傷大將軍，大將軍匿諱之。居無何，敢從上至甘泉宫獵，驃騎將軍去病與青有親，射殺敢。去病時方貴幸，上諱云鹿觸殺之」，《漢書》删去「與青有親」四字，似亦未當。

《史記·魏其武安傳》末附灌將軍，離而爲三人，合則爲一傳，中間彼此互見，叙次之曲折情狀，歷歷如在目前。班氏一仍其舊，所節删者，數字耳。按《史記》，竇嬰「父世觀津人也，喜賓客。孝文時，嬰爲吴相，病免」，《漢書》删去「嬰」字，似乎爲吴相者，即其父矣。《史記》「武安新欲用事爲相，卑下賓客，進名士家居者貴之，欲以傾魏其諸將相」，此田、竇相傾之始也，時嬰尚未相。《漢書》去「爲相」二字，是爲得之。并「魏其」二字亦删去，則田所傾者，與竇無涉矣。《史記》「嘗召客飲，坐其兄蓋侯北向〔一〕，自坐東向」，《漢書》删去「嘗」字。《史記》「武安由此益驕」云云，「諸侯奉金玉狗馬玩好，不可勝紀」，《漢書》删却「侯」字，改「奉」爲「奏」，而云「諸奏金玉狗馬玩好」，似不若原文之明晰。《史記》「魏其失竇太后，益疏不用，無勢，諸公稍稍自引而怠傲，惟灌將軍獨不失故」，《漢書》改「不失故」爲「否」字，亦不及原文之委婉有情。《史記》灌夫父「死吴軍中，軍法父子俱從軍，有死事，得與喪歸」，《漢書》改「軍法」爲「漢法」，删去「從軍」二字，云「父子俱有死事」，父子俱死矣，誰與喪歸耶？《史記》「陂池田園」，《漢書》改「陂」爲「波」。「兩宫螫將軍」，《漢書》改「螫」爲「奭」。「平生慕之後棄之者」，《漢書》去第二箇「之」字。「請語魏其帳具」，《漢書》删去「帳」字。「夫以服請宜往」，《漢書》改「宜往」爲「不宜」。「自旦至今，未敢嘗食」，《漢書》删「自旦」二字。「武安鄂謝」，《漢書》改「鄂」爲「悟」。「夫從坐上語侵之」，《漢書》改「從坐上」三字爲「徒坐」二字。「蚡事魏其無所不可，何愛數頃田」，《漢書》删去「何」字。「武安由此大怨」，《漢書》改「怨」爲「怒」。「夫數以酒失得過丞相」，

〔一〕「北向」，通行本《史記·魏其武安侯列傳》作「南向」。

《漢書》删去「得」字。「將軍貴人也，畢之」，《漢書》改「畢」爲「屬」。「乃效女兒呫囁耳語」，《漢書》於「女」下添「曹」字。「今日斬頭陷胸，何知程李乎」，《漢書》改「陷」爲「穴」，而删去「乎」字。「夫愈怒，不肯謝」，《漢書》改「謝」爲「順」。「遂按其前事」，《漢書》删去「按」字。「魏其鋭身爲救夫」，《漢書》删去「身」字。「婴之東朝〔一〕」，《漢書》删去「之」字。「不仰視天而俛畫地」，《漢書》删去「不」字、「而」字。「魏其言是也，丞相言亦是」，《漢書》删去「也」字。「所言灌夫頗不讎欺謾」，《漢書》删去「欺謾」二字。「書奏上，而案尚書，大行無遺詔」，《漢書》删去「上」、「而」兩字。所争只在二三字，却失語氣之輕重。世之讀《史》、《漢》者，即吾説而推之，異同之下，優劣略可見矣。

太史公於李陵降匈奴後盛稱其賢，謂古名將不過也。雖以此身被腐刑，而辭終不變。復於《答任少卿書》痛切言之，至其爲陵《傳》，則云：「自是之後，李氏名敗，而隴西之士居門下者皆用爲恥焉。」儼然責其不能死綏之意，史筆之嚴如此。《漢書》叙述，視《史記》爲詳，并及其降胡以後不復歸漢情事，特是原情之作，而於褒貶之義缺如矣。

〔一〕「婴之東朝」，通行本《史記·魏其武安侯列傳》作「魏其之東朝」。

地兵〇《漢書·李陵傳》：「虜還走上山，漢軍追擊，殺數千人。單于大驚，召左右地兵八萬餘騎攻陵。陵且戰且引南。」「地兵」之義，注家未詳。

《蘇武傳》：「武既至海上，廩食不至，掘野鼠去草實而食之。」張晏注曰：「取鼠及草實，并而食之。」師古注曰：「去謂藏之也。」愚按：去，與弆同，羌舉切，義在《陳遵傳》中：「性善書，與人尺牘，主皆臧去以爲榮。」「臧去」即「藏弆」二字。《漢書》字體用古文，省筆往往類此。

《史記·衛青傳》：「父，鄭季，給事平陽侯家，與侯妾衛媪通。」《漢書》「平陽侯家」之下，補入「平陽侯曹壽，尚武帝姊陽信長公主」二句，與後尚平陽公主事相照應，似不可少。「衛媪」，《史記》云「侯妾」，《漢書》云「主家僮」，師古注：「僮者，婢女之通稱。媪者，後年老之號，非當時所呼也。衛者，舉其夫家姓也。」曰「衛媪」，則非侯妾可知，當從《漢書》。故青冒姓衛氏，《史記》無「青」字，亦當從《漢書》。「少時歸其父，父使牧羊。先母之子皆奴畜之，不以爲兄弟數。」《史記》原文也，「先母」猶云「前母」，《漢書》改「先」字作「民」字，似有可商，不如稱「先母」爲的當。

《漢書》公孫敖「以郎事景帝，武帝立十二歲，爲騎將軍」，《史記》以「景」爲「武」，以「騎將軍」爲「驃騎將軍」，不應與霍去病同此官號，當從《漢書》。衛、霍與太史公同時，此等事皆目睹者，當由傳寫之訛，非關本文也。

起冢象廬山○霍去病卒於元狩六年，「爲冢象祁連山」，注云：「在茂陵旁。」衛青卒於元封五年，起冢象廬山，在茂陵東，次去病冢之西，非豫章之匡廬也。

《史記》因衛青附見者，公孫賀、李息、公孫敖、李沮、李蔡、張次公、蘇建、趙信、張騫、趙食其、曹襄、韓説、郭昌、荀彘，凡十四人，而李廣自有傳。《漢書》作十五人，自李廣、張騫、公孫賀、李蔡、曹襄、韓説、蘇建七人云「皆自有傳」，附見者止八人。因霍去病附見者，路博德、趙破奴，凡二人。《史》、《漢》皆同。今按，《漢書》惟李廣、公孫賀、張騫三人各爲一傳，蘇建則移入《蘇武傳》前，曹襄附見《曹參傳》後，李蔡附入《李廣傳》中，韓説事雜見戾太子、公孫賀諸《傳》中，未嘗有專傳也。

《蘇建傳》，《史記》附《衛霍傳》後，《漢書》移置其子武之前。史家敘述先世，例多如此。劉知幾《史通》譏之，云「蘇子卿父建行事甚寡，韋玄成父孟德業稍多。《漢書》編蘇氏傳，則先以蘇建標名；列韋相之篇，則不以韋孟冠首，並其失也」云云。今按，《漢書》韋賢父子《傳》首述「其先韋孟，爲楚元王傅」，又載其《風諫詩》甚詳，何得云不以冠首？且自孟至賢已五世，玄成乃賢之子，何得以孟爲玄成之父？讀史疏略至此，不自知其舛謬，而妄議前人，可發一笑。

《漢書·霍去病傳》：「與輕勇騎八百直棄大將軍數百里赴利，斬捕首虜過當。」劉原父云：「『將』字當衍。」

《史記》董仲舒見《儒林》，班氏爲立專傳。《賢良》三策，卓爲西漢大儒，惜武帝不用之朝廷，僅用爲侯國相，故功業無可見。劉向稱其「有王佐之才，雖伊、吕無以加，管、晏之屬，殆不及也」，此千古定評。《漢書》既引此作傳贊，而復援向子歆之語，謂「考其師友淵源，猶未及乎游、夏，而曰管、晏弗及，伊、吕不加，過矣」。向、歆父子人品懸絶，乃欲據歆言以駁其父，何其無論斷之識也！董仲舒本傳云：「所著皆明經術之意，及上疏條教，凡百二十三篇。」按所傳《膠西集》，惟《賢良》三策、《士不遇》一賦、《乞種麥》一章、《詣公孫弘記室》一書、《郊祀》《雨雹》《高廟災》三對、《山川》一頌，十篇而已。至其說《春秋》得失及《春秋繁露》數十篇，初疑是後儒僞作。《漢書》於傳末亦載有《玉杯》、《蕃露》、《清明》、《竹林》之屬，則東漢之前，已有其書矣。又按，高廟災時，仲舒一對，詳載《五行志》中，大意勸武帝誅戮貴戚大臣，一則曰「忍而誅之」，再則曰「忍而誅之」。時適逢淮南、衡王相繼謀反，班氏遂云「上思仲舒言，使其弟子吕步舒持斧鉞治之，以《春秋》誼專斷於外，不請」云云，及淮南獄成，死者至數萬人，皆出自步舒專斷者。愚謂仲舒平生所學所言，以仁義爲歸，不應於此事啟骨肉之禍，慘烈如此。竊疑《廟災》一對，即其弟子輩緣飾經術，而託於師說者。抑或主父偃造爲此書，以陷仲舒下吏，亦未可知。史家不察，遂以淮南之獄歸咎於仲舒，是不可不爲辨正者也。

《司馬相如傳贊》，《漢書》用《史記》舊文，自「《春秋》推見至隱」至「此亦《詩》之風諫何異」，末接云：「余采其語可論者著於篇」，中間「揚雄以爲」云云五句，乃班氏所補。今太史公贊語，乃與《漢書》不異。揚雄生司馬之後，贊中似不得援其辭，蓋《漢書》之文，而譌入《史記》者也，讀者辨之。

《公孫弘傳》，《史記》元光五年，復徵賢良文學，「弘至太常，所徵儒士各對策，百餘人，弘第居下。天子擢弘對爲第一」，但舉其大略而已。《漢書》於「弘至太常」下，添入《策諸儒制》及弘《對策》全文。及召見後，《史記》止云「狀貌甚麗，拜爲博士」，《漢書》復增入「待詔金馬門」，所上一疏及問答數十言。弘之生平、學術、後來相業底裏，具見於此。此司馬之略，似不如班氏之詳。至《傳》末，《漢書》有「其後李蔡等相繼爲相」云云一段，既以見武帝之刻薄寡恩，而弘之阿世取容，隱然自見。此則太史公既歿，未及究論者也。元始之詔亦然。

五銖錢，重如其文，或三銖、四銖亦然。載在《平準書》中，一段云「今半兩錢法重四銖，而姦或盜磨錢裏取鋊，錢益輕而物益貴」，有司乃更請「鑄五銖錢，周郭其下，令不可磨取鋊焉」。按，「錢裏」，即下所云「周郭」也，「鋊」者，銅屑也，刻本作「鎔」者，訛。今半兩錢，人間往往有之，而外無周郭，皆經磨鋊，故爾。但所云「周郭其下者」，其形製不復見，豈在下則不可磨耶？

卜式事，《史記》詳載《平準書》，班氏取爲專傳，胡致堂有云：「是時天子好武功，而用不足，式以此兩端中上意，由布衣三遷至三公。然其言鹽鐵病民，算船病商，坐市列肆，販物取利，縣官不當爲。舉朝不敢言，而式獨言之，其人固有可取者。」愚又謂，贊稱式質直，與汲黯同，「烹弘羊，天乃雨」，此言亦自卜式發之，太史公用此段作《平準書》結案，風刺之義深矣！班氏於《式傳》，顧削而弗載。太史公不諱於同時，而班氏乃諱言於後世，大似没人之善，讀者不能無遺議焉。

《漢書》公孫弘等三人傳贊只「遇時」、「致位」以上數句盡之矣，何必因三人而推廣之，以誇武、宣兩朝得人之盛？所以前輩多譏其比擬失倫，稱譽過當。如質直則以卜式與汲黯同稱，儒雅則以公孫弘與董仲舒並列。趙禹、張湯，《史記·酷吏傳》之兩人也，而以定令歸之。東方朔、枚皋，儒流也，而以滑稽名之。李延年，倡優也，而稱其協律。桑弘羊，聚斂臣也，而嘉以運籌。嚴延年，既入《酷吏傳》矣，又與龔、黄、鄭、召等並表治民之蹟。史家之褒貶，當如是乎？

《史記》以張湯入《酷吏傳》中，《漢書》於司馬原文删去趙禹一段，而附以子安世、孫延壽别爲一傳，先儒謂因其子孫貴盛之故。愚竊謂未盡然，觀《安世傳》中與霍禹同爲大司馬一段，及《延壽傳》末引霍光語曰「霍氏世衰，張氏興矣」兩處，乃其立傳本意，借客形主，有感而云，蓋惜霍氏之無賢子孫也。

得樹樓雜鈔卷十四

海寧查慎行悔餘纂

杜周與張湯，《史記》並列《酷吏傳》中，《漢書》亦别爲傳，而附其子延年。宋儒劉元城譏之，云：「杜、張，一等人也，若令湯獨入《列傳》，則世得以議已，并貸杜周，此子産立公子洩意也。」楊升庵駁之云：「安世、延年，皆功臣也。觀《安世傳贊》曰，湯『固宜有後』。《杜欽傳贊》曰，張、杜『俱有良子』。其《酷吏傳贊》則曰：『湯、周子孫貴盛，故别傳。』觀此，則班氏固未嘗因湯以宥周也。」此語得之。

《漢書·張騫傳》「以郎應募，使月氏，與堂邑氏奴甘父俱出隴西」云云。按《史記》「堂邑氏」下，有「故胡」二字，《漢書》删去，所以顔師古注云：「堂邑氏之奴，本胡人，名甘父。」觀下文，云「堂邑父，故胡人，善射」，其義曉然。其稱堂邑父者，乃取主人之姓以爲氏，而單稱其名，蓋本《史記》原文，以補《漢書》之缺。三劉《刊誤》直以奴甘父爲此人名號者，非也。

《史記》：「大月氏王已爲胡所殺，立其太子爲王。」《漢書》改「太子」作「夫人」，不知何據？似當以《史記》爲正。至「具爲天子言」之下，《史記》詳載烏孫以下七國，《漢書》移入《西域傳》，此處只以「地形所有」四字包括之，校爲簡要，當依之。

《史記・大宛》一傳，《漢書》分前半屬張騫，分後半屬李廣利，中間挨次平叙，節節相生，多仍司馬原文，總以見武帝之好大喜功，而國計之得失、兩人之功罪，自隱然言外。贊語亦本諸太史。趙東山謂「班氏不責騫，而爲漢諱」，第失於詳考耳。

《太史公叙傳》自先世起，歷顓頊、唐虞、夏、商、周、秦，而終以己之著書本末。故止自署其名，而不及字，且不載馮翊陽夏人。班氏既改爲《司馬遷傳》，則當從《列傳》體裁，而乃因襲原文，一無損益，宜其見譏於劉知幾也。中間「司馬氏去周適晋，晋中軍隨會奔秦，而司馬氏適少梁」，叙次本自明白。《漢書》改「奔秦」爲「奔魏」，致顔師古「未詳所説」之疑，不知《史記》原文固未嘗誤也。

太史本周官外史，掌四方之制，布在諸侯國，其位上士也，而在諸侯卿之上，秦亦有之，不始於漢。如淳《漢書注》引《漢儀注》謂「太史公，武帝置，位在丞相上。遷死後，宣帝以其官爲令，行太史公文書而已」。晋灼駁之云：「《百官表》無太史公，衛宏所説多不實，未可爲正。」今按，遷之父談，本爲太史令，遷尊其父，故稱爲公，非漢時有太史公官名也。所云「位在丞相上」者，當是在侯國卿相之上，亦非王朝也。

戾太子生年，贊語與本傳不合。按，武帝以庚子正月即位，年甫十七，明年辛丑，爲建元元年。至六年丙午，因長星見，改元元光。又六年癸丑，改元元朔。時帝年二十九，戾太子始生。帝紀、本傳之可考者也。至贊語則謂：「建元六年，蚩尤之旗見，其春，戾太子生。」前後相距八年，自是贊辭之訛。蘇子瞻引此入《諫用兵書》，則又承襲班《書》而未加考正者也。

淮南王安《諫伐南越》一書，西漢有數文字，不當以人廢言，《史記》於本傳獨詳其逆謀，故不及此書。《漢書》因之，而附載此書於《嚴助傳》中，以爲助交通淮南坐誅張本，史家體裁與章法照應，兩皆盡善矣。

淦，音紺，水名，無平聲讀者。《漢書・地理志》：「淦水出豫章新淦，西入湖漢。」〔一〕又，《嚴助傳》載淮南王安《諫伐南越書》中一段云：「前時南海王反，將軍閒忌將兵擊之，以其軍降，處之上淦。」按，即今臨江府之新淦縣也。蓋漢與南越分界在庾嶺，嶺以西則漢界。《漢書》注以淦訓甘，或以爲南越地名者，皆訛也。觀《書》中又云：「越人欲爲變，必先田餘干界中。」餘干，今饒州屬縣，與上淦同屬江西，可知。

《朱買臣傳》只取報復爲事，觀其負薪時，與妻語云「待我富貴報汝功」，及爲會稽守，「諸嘗有恩者，皆報復焉」。生平本領，不過校量恩怨，而身卒以此被誅，此班氏立傳之本意也。顧稱其「家貧，好讀書」，不知所讀者何書耶？

《吾丘壽王傳》：「年少，以善格五召待詔。」蘇林注云：「博之類，不用箭，但行梟散。」孟康注：「格音各，行伍相各。」劉德注：「格五，棋行。《簺法》曰塞白乘五，至五格不得行，故云格五。」師古注：「即今戲之簺也。」按，博塞格五之戲，唐時尚行之，所以杜少

〔一〕「淦水出豫章新淦，西入湖漢」，通行本《漢書・地理志》中無此文字。

陵《除夕》詩云：「相與博塞爲歡娱。」〔一〕鮑宏有《博塞經》，二字俱竹頭，疑其籌皆用竹。今此技不傳，鮮有知其説者。

籍甚。「籍」字本從竹頭，《漢書·陸賈傳》：「賈游公卿間，名聲籍甚。」《江都易王傳》「國中口語籍籍」，即其義也。後世作「藉甚」，從艹頭者，非。

孫陽、王良、伯樂○「孫陽」，見屈原《離騷》，王逸注云：「伯樂姓名也。」不言何時人。王良，見《孟子》，與趙簡子同時，乃周威王時人。《列子》以伯樂爲秦繆公時人。《漢書》注張晏則云：「王良，郵無恤，字伯樂。」顔師古則云：「郵無恤、郵良、劉無止、王良，總是一人。」而以張晏「良字伯樂」之説爲訛。蘇子瞻則並舉二人，有「王良伯樂飛上天」之句。諸處互異，究竟未詳孰是，亦千古一疑案也。

武帝時，文學諸臣如嚴助、朱買臣、吾丘壽王、司馬相如、主父偃、徐樂、嚴安、東方朔、

〔一〕按，據通行本《杜工部集》，此詩題爲《今夕行》。

枚皋、終軍等，史皆有傳，惟膠倉、嚴葱奇二人，姓名附見《嚴助傳》中，事跡一無可考，注家亦不詳何許人。

東方朔在漢武朝玩世肆意，曠然有麾斥八極之意，詭而不失其正者也。《漢書》於本傳不承襲褚先生語，特載其《諫上林苑》一疏、《化民有道》一對，及請誅董偃事，叙次曲折詳盡，而末附以《客難》、《非有先生論》二篇，亦似以武帝未盡其用，爲方朔惜者。顧於贊語稱爲「滑稽之雄」，得毋以好作詼諧爲士論所薄乎？茅鹿門有云：「東方曼倩爲漢朝第一流，此《傳》摹寫其澹宕瑰瑋之氣，當爲《漢書》第一文。」

楊惲平生無失德，初以與戴長樂相失，被其誣告，所言六節皆晻昧事，既失侯，復因《答孫會宗書》下廷尉。是時杜延年爲御史大夫，爲廷尉者，則于定國也。史稱定國在職，「民自以不冤」，何乃坐惲大逆無道，要斬，妻子徙酒泉，冤孰甚焉？雖由漢宣天資刻核，定國亦不得辭其咎也！

《漢書》公孫賀至鄭弘等九人《列傳》中間，並無一人議及鹽鐵者，贊語「所謂鹽鐵議者，起始元中」云云，通篇文義，與九人無涉。疑本《食貨志贊》之前段，而訛入此處者。蓋《食貨志贊》止論鑄錢，而不及鹽鐵，或有缺文耳。

楊王孫裸葬，其事近乎達，而心則流乎忍。以此爲治命，而使其子遵行之，與舉尸委壑何異？且以身親土，故違聖賢之明訓，而取莊子烏鳶螻蟻之説，謂將以矯世俗厚葬之弊。漢初尚黄老，固宜有此等好奇之士。然由其説，止以薄一身而充其類，則親死而焚其尸者，必創自此。舉異端之流禍，而獲罪名教，莫此爲甚矣。班氏獨據此一事，爲立專傳，且以狂狷之名予之，竊恐聖人所謂狂狷者，未必是此種忍人也。

霍光與金日磾早年出入禁闥同，受知於武帝同，既而同見親信，同受顧命。兩人所以同傳也。中間叙述不同處，亦互相照應。金有賢母，霍無令妻；金不肯以女入後宫，霍則納少女爲后；金以主少辭封侯，霍輔幼君專國柄；金忍於殺愛子，霍不忍發妻之陰謀；金没後七世尚封侯，霍没後三年而族滅；金之貴盛，延及於弟倫；霍之被禍，連逮其兄子。史譏其不學無術，惜無以茂陵徐生之言告之者。愚謂芒刺在背，其兆已萌於驂乘。身當伊尹、周公之任，而所事非太甲、成王之君，其能免於震主不畜之禍哉？金之幸，在没於昭帝初年，不與後來廢立之事耳。豈日磾之學術，獨優於光哉？此殆有天焉，未可盡歸人事也，噫！

《趙充國傳》宣帝敕讓充國云：「將軍不念中國之費，欲以歲數而勝，微將軍誰不樂此者！」顔師古注以「微」字屬上讀，云「久歷年歲，乃勝小敵也」，三劉《刊誤》駁之，云：「微，無也。言雖無充國，誰不樂此安便也？」以「微」字屬下句讀，當從之。

辛慶忌，宣帝時賢臣也。不獨有功於西域，其立朝大節，如上書救劉輔及諸葛豐，免冠救朱雲三事，皆當時在廷諸臣所不及者，班史於本傳皆不載，何也？

鄭吉、甘延壽事，略於本傳，而詳在《陳湯傳》中，三人同立功於西域者也。與《史記》田、竇、灌夫三人合傳事不同而篇法同，可悟史家詳略之法。

自張騫而外，立功西域者，《漢書》贊云：「凡十八人，皆以勇略選。」其可考者，張騫，蘇建，蘇武，甘延壽，公孫賀，傳介子，李廣，李蔡，上官桀，趙充國，辛武賢、慶忌父子，鄭吉，陳湯，段會宗十五人，皆有傳。王圍爲强弩將軍，見《藝文志》，至廉褒、郭舜、孫建三人，姓名僅見於贊中，他無可考。

西漢尚經術，而不尚名節。王莽之篡，在廷諸臣不屈而死者，龔勝一人而已。鮑宣以忠直見斥於前，莽以爲不附己，風州郡誅之，并及辛興、許紺，其次也。郭欽、蔣詡以病免官，終莽世卧不出户，薛方辭安車之徵，栗融、禽慶、蘇章、曹竟以儒生不仕莽，又其次也。以上數人，姓名附見《鮑宣傳》後，固宜。至於紀逡、郇相、唐林、唐尊四人，皆仕於莽，封侯，歷公卿位矣。大節已失，安得謂清名之士？班氏乃與商山四皓及鄭子真、嚴君平前後並提而論，儗人不以其倫，吾所未解也！

西漢宗廟遍於郡國，合京師凡一百七十六所，寢園凡三十一所。園中各有寢殿、便殿，日祭於寢，月祭於廟，時祭於便殿。寢，日四上食；廟，歲二十五祠；便殿，歲四祠。又，月一遊衣冠。可謂數且煩矣。至元帝時，始有請罷郡國廟及定宗廟迭毁之議，本創自翼奉、貢禹二人，其後，旋毁旋復，紛紛不一。議禮者，人各爲家，終哀、平之世，訖無定論。班氏不詳於《翼奉貢禹傳》，而附於《韋玄成傳》末，蓋取劉歆譏貢禹建迭毁之議爲失禮意，且稱歆之議，視諸儒爲博而篤，亦可稱爲劉氏左袒者矣。揆諸典禮，未盡當也。

兩貢禹〇一爲高帝時人，見《魏相傳》中，一爲元帝時御史大夫。

《丙吉傳》：「召東曹案邊長吏，瑣科條其人。」張晏注云：「瑣，録也。科條其人，老少及所經歷，知其本以文武進也。」愚竊謂「瑣」當作「細」字解，「科條」當作「録」字解，謂細録邊郡官吏生平及在官行事也。

漢儒治《易》、《書》、《春秋》者，多推陰陽五行災異，自董仲舒而下，如大小夏侯、眭孟、京房、翼奉、谷永、劉向父子、李尋諸人，皆有專傳可考，惟田終術、吕步舒，姓名一見於眭弘等傳贊，一見《五行志》，絶無□占驗事。又按，田終術，官長安令，受星曆之學於翟方進見《翟傳》。吕步舒，温人，丞相長史見《胡毋生傳》。

趙廣漢、尹翁歸、韓延壽、張敞、王尊、王章六人，並以才能威望著聲於三輔，而廣漢、延壽、章三人，乃不得其死，餘三人則以功名終。得失相半，此天道不可問者。班氏貶趙、韓以訐上不信，失身墮功；譏王章以不量輕重，致陷刑戮。所謂欲加之罪，何患無辭者。按，趙、韓俱死於蕭望之之手，王章爲大將軍鳳所陷，坐以大逆，要皆不事權責，矯然獨立之士。而謂其訐上不信，不量輕重，然則在廷者，必人人爲孔光、張禹，而後可倖免乎？

衛、霍以椒房之戚，立功封侯；馮奉世父子六人，當元、成兩朝，著有奇功偉績，而以昭儀之故，避嫌不得大用，所以野王歎曰：「人皆以女寵貴，我兄弟獨以賤！」其後，因王舅封侯者，止馮參一人，卒爲傅太后所陷，姊弟死於非罪。使馮氏父子兄弟在武帝之世，萬户侯何足道哉！班氏於馮奉世父子傳贊獨舉宜鄉侯一人，以寓感歎之意，其指微矣！

《宣元六王傳》引《論語》「亡之，命矣夫」，「亡」字作「蔑」；「故舊無大故，則不棄也」，「棄」字上多「可」字。

元帝三男，長成帝，次定陶王康，次中山王興。成帝無子，以康子欣爲太子，是爲哀帝。哀帝無子，以興子衎爲嗣，是爲平帝。一子兩孫，相繼皆爲天子，史册不再見也。

僮，地名考〇《匡衡傳》：「代韋玄成爲丞相，封樂安侯。」又云：「初，衡封僮之樂安鄉。」愚按，《漢書·地理志》「臨淮郡，縣二十九」，其一曰「僮」。漢之臨淮郡，今淮安府，而兼有徐、邳二州之境。應劭注内高平、開陵、昌陽、廣平、蘭陵、襄平、樂陵，爲侯國者凡七，獨不載樂安侯國名，似有脱缺。

《匡衡傳》，《政治得失疏》引《詩》「商邑翼翼」四句云云，「此成湯所以建至治，保子孫，化異俗而懷鬼方也」。按，《詩》首章云：「撻彼殷武。」《易》爻：「高宗伐鬼方，三年克之。」明明是武丁事，而衡以爲成湯。史稱衡明經，當世少雙，似不應舛訛至此。

甄譚當作張譚，《匡衡傳》「至成帝初即位，衡乃與御史大夫甄譚共奏石顯，追條其舊惡」云云，按，成帝初年，爲御史大夫者，有張譚，無甄譚。疑「甄」字乃「張」字之訛。

西漢爲《論語》之學者，有魯扶卿、夏侯勝、王陽、蕭望之、韋玄成數家，而篇第或異。及張禹爲成帝師，獻《論語章句》，其書最後出，史稱「學者多從張氏，餘家寖微」，而馬端臨《經籍考》失載，焦弱侯《經籍志》有張氏《論語注》十卷，顧不著其名，别有《論語章句》二十卷，乃劉炫所著。不知後世所傳篇第，是張氏舊本否？古書傳者絶少，不可考矣。

《孔光傳》：「孔子生伯魚鯉，鯉生子思伋，伋生子上帛。」按《禮記·檀弓》，「帛」當作「白」。

孔霸教授元帝，初「以師賜爵關内侯，號褒成君，賜第一區，徙名數於長安」。注云：「名數者，户籍也。」其後，「霸上書求奉孔子祭祀」，元帝詔「『以所食邑八百户祀孔子』，故霸復還其長子福名數於魯」。前之徙名數，自魯徙長安也；後之還名數，自長安復歸魯也。其義甚明。末段文義當云：「故霸還長子福名數於魯，奉孔子祀。」「長」字作上聲讀，今《漢書》刻本云「故霸還長安」，「長」字下多著「安」字，與前段不相合。宋宣獻謂：「『安』字無義，疑衍。」當從之。

馬矢○《馬宫傳》末云：「王莽篡位，以宫爲太師，卒官。本姓馬矢，宫仕學，稱馬氏云。」以馬矢爲姓，可發一笑。

《翟方進傳》後，附載少子翟義事，是時王莽託周公輔成王之名，簒逆之勢已成，舉朝内外，無一人敢聲罪致討者，獨義以東郡太守起兵討賊。觀其言曰「吾幸得備宰相子，身守大郡，父子受厚恩，義當爲國討賊。設令死國埋名，猶可以不慙於先帝」云云，事雖不成，其忠孝大節，西漢一人而已。班叔皮乃譏其「不量力」、「以隕其宗」，大失史家褒貶之法。

吴起、禽滑釐二人姓名，載在《史記·儒林傳》，序稱其爲王者師，班氏因之。按，《史記》吴起與孫臏同傳，雖嘗受業於曾子，以殺妻求將，曾子絶之。似不應序入《儒林》。滑釐之名，見於《孟子》，「釐」，古「釐」字，注疏云「善用兵者」愼子，即愼到，學黄老道德之術者，疑是吴起一流，但彼姓愼，此則云禽，不知即其人否？

班氏序儒林，授受師弟，視《史記》較詳。漢初言《易》，則田生；言《書》，則伏生；言《詩》則申培、轅固、韓嬰；言《禮》，則高堂生；言《春秋》，則胡毋生、董仲舒。八家而已。其後，《易》有施、孟、梁丘之學，施家又有張、彭之學，孟家又有翟、孟、白之學，梁丘家又有士孫、鄧、衡之學、京氏之學、高氏之學。《尚書》有大、小歐陽氏學，大、小夏侯之學，大夏侯家又有孔、許之學，小夏侯家又有鄭、張、秦、假、李氏之學。《魯詩》有韋氏學，有張、唐、褚氏學；張家又有許氏學。《齊詩》有翼、匡、師、伏之學。《韓詩》又有王、食、長孫之學。《毛詩》則本之徐敖。《禮》分大、小戴，大戴有徐氏，小戴有橋、楊氏之學。《公羊春秋》有顏、嚴之學，顏家又有泠、任氏之學，筦、冥之學。《穀梁春秋》有尹、胡、申章、房氏之學。《左氏春秋》則本之賈護、劉歆。至平帝時，又立逸《禮》及《古文尚書》，不在此數。經學至西漢而稱極盛。顧其書不傳，《漢書》亦止載授受之系及地名、官秩，而於六藝之異同得失，不能一一分別言之。所謂「漢儒説經而經亡」，可勝浩歎哉！

《史記·酷吏傳》自郅都以下，皆漢時人也。至《循吏傳》則孫叔敖等，皆春秋時人。漢初如吴公、文翁治行，乃其表表者，概不爲立傳。《漢書》有文翁而無吴公，似屬缺事。

學官即學宫也。《文翁傳》：「修起學官於成都市中。」師古注云：「學官，學之官舍也。」

王成爲膠東相，初無善政，以流民自占八萬餘口，賜爵關内侯。其後，計吏言「成僞自增加，以蒙顯賞。是後俗吏多爲虚名」。果爾，則不應入《循吏傳》，班史前後自相矛盾如此。

「提閼」二字，出《召信臣傳》，爲南陽太守時，「行視郡中水泉，開通溝瀆，起水門提閼凡數十處，以廣灌溉」。師古注云：「閼，所以壅水。」而於「提」字無所發明。愚按，「提閼」者，即後世所云「牐」也。水小，則下板以遏流，是「閼」字之義。水大，則起板以通流，是「提」字之義。

朱邑之入《循吏》，由桐鄉嗇夫。桐鄉，漢屬廬江郡舒縣，上有郡守，下有縣令。嗇夫，一鄉亭之長耳。史稱其「廉平」，「所部吏民愛敬焉」，死且屬其子葬桐鄉，民果爲起冢立祠。按，嗇夫之名，見於《夏書》，與庶人並列，《漢書·百官表》則云鄉有嗇夫，「職聽訟，收賦税」，則是漢時鄉嗇夫之任，直與縣令等。然《張釋之傳》「虎圈嗇夫」，上欲用爲上林令，豈上林苑中，亦有主獄訟、賦税者耶？所未知也。

酷吏周陽由「爲河東都尉，與其守勝屠公争權，相告言，勝屠公當抵罪，議不受刑，自殺」。「議」，《史記》作「義」，當從之。由本姓趙，其父兼以淮南舅封周陽侯，因氏焉。由以宗家任爲郎，事文帝。按，「宗家任」猶云「以外戚得廕也」。

束濕○《史記·甯成〔一〕傳》：「爲少吏，必陵其長吏。爲人上，操下如束濕薪。」《漢書》删去「薪」字，不知所束爲何物？似當從《史記》原文。

《趙禹傳》：「與張湯論定諸律令，作見知，吏傳得相監司。用法益刻，蓋自此始。」此《史記》原文也。《漢書》删改，云：「吏傳相監司以法，盡自此始。」似不若原文之明晰。「盡」字疑是「蓋」字之訛。《史記》「及禹爲少府，比九卿」，《漢書》删去「比」字，直云「少府九卿」，於義似未安。《史記》：「王温舒等後起，治酷於禹。」《漢書》改云「治峻禹」，非原文三字，幾不可解矣。《史記》傳末「禹以老，爲燕相，有罪，免歸。後湯十餘年，以壽卒於家」，與《義縱傳》「後一歲，張湯亦死」，同一結法。《漢書》删去「湯」字，似未當。

〔一〕「成」，原作「戚」，據通行本《史記·酷吏列傳》改。

《義縱傳》，《史記》原文云：「縱有姊姁，以醫幸王太后。」《漢書》於前删去「姁」字，下文則云：「拜義姁弟縱爲郎。」「姁」字似無來歷。《史記》云：「縱爲定襄太守，掩獄中重罪輕繫二百餘人，及賓客昆弟私入相視者亦二百餘人。一日殺四百餘人。」不論輕重，此縱之所以爲酷也。《漢書》删去「輕繫」二字，失其義矣。

《王温舒傳》，《史記》原文：「擇郡中豪，以爲爪牙，皆把其陰重罪，而縱使督盜賊，快其意所欲得。此人雖有百罪，弗法；即有避，因其事夷之，亦滅宗。」《漢書》改末段，「因」字作「回」字，又删去「其事」二字，而云「即有避回，夷之，亦滅宗」，師古遂以「避回」兩字連讀，注云：「避回，謂不盡意捕擊也。」文訛注亦訛，不可不爲考正。

咸宣，《史記》作「減」，此姓也，似不應别改一字。《史記》前段云「稍遷至御史及中丞」，後云「數廢數起，爲御史及中丞者幾二十載」。《漢書》於前段「丞」字上删去「中」字，後段則依《史記》云「爲御史及中丞」，上下不相應，似當從《史記》於前段增入「中」字。又，《史記》：「宣爲左内史，自部署縣名曹實物，官吏令丞不得擅摇。」《漢書》改「實」字作「寶」。《史記》：「吏民益輕犯法，盜賊滋起，南陽有梅免、白政，楚有殷中、杜少。」白與殷皆姓也，《漢書》改「白」爲「百」，改「殷」爲「段」。《史記》：「燕趙之間，有堅盧、范生之屬。」《漢書》改「范生」爲「范主」。疑皆有訛，但字體相近，不知當何從。須再考，以歸一是。

《酷吏傳》自「是時郡守尉諸侯相二千石欲爲治者，大抵盡效王温舒等」云云，至「上下相爲匿，以避文法焉」，凡三百餘言，乃概論武帝朝吏治如此。《史記》原文載《楊僕傳》後，《漢書》則移入《咸宣傳》末，以總結上文，而自田廣明以下，又另紀昭、宣後事，前後自成段落，似爲得之。

張湯、杜周，《史記·酷吏》之二人也，班氏因其子孫貴盛，别爲立傳，已失太史之舊。至其贊語，則仍《史記》原文，云「雖酷，稱其位矣」，與《嚴延年傳》中所云「坐殺不辜」、《尹賞傳》中所云「坐殘賊免」不且自相刺繆乎？《史記》張湯在《酷吏傳》，故贊云：「張湯以知陰陽，人主與俱上下，時辨當否，國家賴其便。」《漢書》既别爲立傳，不應復入贊辭，且改「陰陽」兩字爲「阿邑」，注中曲爲之解，義尤難通。

太史公傳酷吏十人，中間叙事參錯互見，或斷或連，不拘一格。郅都爲酷吏之首，故云「獨先嚴酷」；次甯成，則曰「治效郅都」；次周陽繇，則曰「大抵吏治類多成、繇等矣」；次趙禹，則曰「與張湯論定諸律令」；次張湯，則曰「湯爲廷尉，而兄事禹」；次義縱，則曰「治效郅都」；次王温舒，則曰「以治獄至廷史，事張湯」；次尹齊，則云「事張湯，聲甚於甯成」；次楊僕，則曰「治效尹齊」；次減宣，則曰「王温舒免中尉，而宣爲左内史」；次杜周，則曰「其治與宣相放」，曰「大放張湯」，曰「暴酷甚於王温舒等」。抑且於《甯成傳》則附見郅都事，於《張湯傳》則附載趙禹事，於《義縱傳》則附見甯成事，於《楊僕傳》則附見王温舒事。劉辰翁云：「《酷吏》首尾只似一傳是已，班氏將《史記》原文入他傳者，或移歸本傳，體裁則整齊矣，不知司馬文章之妙，正在不整齊處也。班馬優劣，於此略可見。」

子貢既入《仲尼弟子列傳》，復入《貨殖傳》，至云：「使孔子名布揚於天下者，子貢先後之也，所謂得勢而益彰者乎？」原屬《史記》之訛，班氏既譏其崇勢利而羞貧賤，則當删却子貢，不使聖門賢者與計然、白圭等並列，庶爲盡善，何所見不及此耶？

樓護、陳遵、張竦三人，據班《傳》所載，無殺人報仇等事，似當立專傳，不應入《游俠》。

《匈奴列傳》，《史記》漢至貳師降匈奴而止，時武帝太始元年也。《漢書》起武帝末，至宣帝神爵中，自乙酉迄癸亥，凡三十九年。中間寇邊入塞，往往而見。其後分爲五單于，或來降，或入朝稱臣，或遣子入侍，而北邊稍定。歷元、成、哀、平六十餘年，直至王莽篡漢，復開邊釁。傳中首尾分四段看，自三代及秦爲一段；和親之議起高祖，至文、景爲一段；武帝出師征伐，至宣帝初爲一段；自呼韓邪單于來朝，至王莽爲一段。

《南粵尉趙佗傳》，《史記》不載文帝《賜佗書》，略載佗《報書》。班氏則載《賜佗書》，并詳載佗《報書》，彼此參看，情文方兩得。

《史記·外戚世家》，《漢書》改入《列傳》，又詳紀後宫爵位、稱號，可補司馬之缺。

張皇后，《史記》於吕氏滅後，但云「獨置孝惠皇后居北宫」，《漢書》改爲「廢處北宫」。按文帝繼統，未嘗有以叔廢嫂之事，似當從《史記》。

惠帝崩後，吕后初立後宫美人所生名爲太子者，是爲少帝，在位四年，復廢之。更立恒山王弘，而以吕禄女爲后。合《吕后本紀》考之，前後凡兩事。《漢書》於《張皇后傳》中所載較明，《史記》則云：「孝惠帝崩，繼嗣未明，於是貴外家，王諸吕以爲輔，而以吕禄女爲少帝后。」竟將少帝與恒山王并作一人矣。當從《漢書》爲是。但前段既云少帝「幽死」，後復云「少帝、恒山、淮南、濟川王皆以非孝惠子誅」，後段「少帝」兩字，似應删去，上下文始相應。

《王皇后傳》，《史記》至「平原君從田氏葬長陵」止，《漢書》復采褚先生語，補入「金王孫女」一段，作文外波瀾，獨嫌其節删原文，於當時情景摹寫，有未盡耳。

孝景薄皇后，《史記》不立傳，孝武陳皇后，亦不立傳，而附載本末於《衛皇后傳》中，皆緣廢后故也。《漢書》補作兩傳，遂爲史家定案。後世凡廢后，得並載，例創於此。

衛青尚平陽公主事，詳《史記》褚先生所紀九十餘言，《漢書》〔二〕「平陽主寡居」以下

〔二〕「漢書」二字，疑爲衍文。

云云，褚先生又紀尹婕好事，幾二百言。《漢書》附見《李夫人傳》中，只用「後有尹婕好更幸」七字，删去尹、邢「同時並幸不相見」一段，殊爲簡當得體。

李夫人早卒，以后禮葬。武帝崩，霍光追上尊號，曰「孝武皇后」，此武帝身後事。《史記》所以亦不立傳，而附見於《衛皇后傳》末，但其長兄廣利爲貳師將軍，降匈奴，《史記》顧不載，而云「上既夷李氏，後憐其家，乃封爲海西侯」，不知所封者是何人。似屬贅語。《漢書》於《李夫人傳》末載其兄「延年弟季坐姦亂後宫，廣利降匈奴，家族滅矣」數語作結，史筆凛然。

《史記》褚少孫詳載武帝譴責鉤弋夫人一段，防微之計雖深，而心未免太忍。《漢書》削而不録，乃云「有過見譴，以憂死」，紀事失真，鉤弋有知，將毋含冤地下乎？

《外戚列傳》兄弟封侯者，史必載焉。吕氏二人，薄氏一人，竇氏三人，王太后家亦三人，衛氏支屬以軍功起家者五人，李氏一人，惟《鉤弋夫人傳》則云「諸昆弟各以親疏受賞賜，趙氏無在位者」。至昭、宣以後，其恩尤濫，封爵綦多矣。

得樹樓雜鈔卷十五

海寧查慎行悔餘纂

佟○《廣韻》載「彤」字紐下，云「姓也」。《北燕録》有「遼東佟萬，以文章知名」。愚按，《後漢書·逸民傳》有佟臺〔一〕，則東漢時已有佟姓。又按，《王莽傳》：「莽既尊重，欲以己女配平帝爲皇后，請考論《五經》，定取禮。信鄉侯佟上言：『《春秋》，天子將娶於紀，則褒紀子稱侯，安漢公國不稱古制。』事下有司。」顔師古注云：「《王子侯表》清河綱王子豹始封新鄉侯，傳爵至曾孫佟，王莽篡位賜姓王。」則是西漢時又以佟爲名者矣。但其字義未知何解。

後世多謂杜少陵在蜀無《海棠》詩，愚竊謂，「曉看紅濕處，花重錦官城」二語，乃其詠

〔一〕「佟臺」，通行本《後漢書·逸民傳》作「臺佟」。

海棠佳句也。此意陸放翁曾拈出，有「猩紅帶露海棠濕」之句，注云：「子美用濕字，可謂奪造化之功。」

歲豬〇陸放翁《北園雜》絶句：「林際已看春雉起，屋頭還聽歲豬鳴。」以「歲豬」對「春雉」，似是鳥名，未詳其出處。

鹽繭〇放翁《東窗小酌》第二首頸聯云：「蠶妾趁時爭鹽繭，農夫得雨正移秧。」「鹽」字不可解，疑有訛。豈亦有仄讀者耶？

「冬至後九日遇壬，法當有年」，見放翁《己未冬至》詩自注。又有「春遇甲申常畏雨」之句，皆吾鄉農占所未及。

蠶鹽〇放翁詩：「園丁上牛米，村婢博蠶鹽。」按，《宋史·食貨志》有「蠶鹽入城市，五百斤以上，並黥面送闕下」一條，似是私鹽之禁，與詩意不合。未得其義。

蠶卦○放翁詩：「青裙豨女結蠶卦，白髮廟巫催社錢。」「卦」疑當作「挂」。鄉里婦人用綫穿繭，懸神祠以祈蠶。浙東亦有之。

炊熟○放翁詩：「稚子孤行八千里，喜聞炊熟可還家。」自注云：「家童自行在來報，子布寒食可到家。唐人以寒食前一日爲炊熟。」

小飧○放翁詩「家貧省小飧」，自注云「近以廩粟不繼，遂罷食粥」，以「食粥」爲「小飧」，未詳所出。

鉢袋○猶禪家所云衣鉢也。惟放翁詩屢用之，《拄杖》云：「會同鉢袋并禪板，付與兒孫世世傳。」《示子聿》云：「我死汝應傳鉢袋，勉持愚直報明時。」《元日有感》云：「先師鉢袋終當付，歎息誰能共著鞭。」

放翁初罷官，年六十四，出都時，有洞微山人者迎謂曰：「先生幸自愛，後十五年當復相見於浙江濱。」及再赴召，至臨安，其語果驗。山人尚在，相遇於旱河頭，握手一笑。放翁有詩記其事，惜不著山人姓名。旱河，疑即今斷河頭，放翁寓所也。

三住銘○放翁詩：「全家共保一忍字，累世相傳三住銘。」自注云「先太傅親受三住銘於施吾〔一〕先生，授游曰：『汝其累世相傳，毋忽。』因即以傳諸子」云云，其義未詳。

澧，湖南水名。字書、韻書俱收入，上聲，無平讀者。放翁《醉題》七律五六一聯云：「匹馬秋風入條華，孤舟暮雪釣湘澧。」叶入四支韻，恐訛。抑不知其別有所本耶？存俟再考。

放翁有六子，虡、龍、修、坦、布、聿亦作遹。翁年八十外，四人皆出仕，惟布、聿隨侍。里居未幾，聿又得永平錢監。先生有句云：「傳家六兒子，其四今皓首。」按，公在臨川時，又有《寄統》詩，中云：「諸弟亦可憐，説兄輒酸辛。」疑是公之長子，而早亡矣。

〔一〕「施吾」，通行本《劍南詩稿》作「施肩吾」。

掘筆○放翁：「掩脛無全衣，作字用掘筆。」掘，猶云秃也。

矮黄○放翁詩中屢用之，疑即今之黄芽菜。世俗傳訛，以黄矮爲黄芽耳。

官長○放翁詩好用越中土物、俗語，不一而足。《雜詠》絶句有云：「女郎花樹新移種，官長梅園亦探租。」自注：「鄉人謂楊梅止曰梅官長，其高品也。」

笥枯○放翁詩：「海客留苔脯，山僧餉笥枯。」「苔脯」即今之「海苔」，出寧波海中。「笥枯」豈即「笥乾」耶？先生自注云：「笥枯出杖錫山。」杖錫山在明州。

勃落衣○放翁詩：「纓冠束帶前身事，散髮今惟勃落衣。」未得其解。

轑飯○放翁詩：「釜中有轑飯，一飽吾何求。」自注云：「吴人謂飯不炊者爲轑飯，轑音勞。」今吴中無此語。

鈯斧○放翁《思歸》詩：「會當求鈯斧，近老鏡湖濱。」未詳所出。

成都風俗，以四月十九日爲浣花節。見《劍南詩》自注中。

紅葉琵琶○放翁詩：「紅葉琵琶出嘉州，四絃彈盡古今愁。」詩家未有用者。

守麻○放翁自江西歸山陰，作詩往往紀鄉土節物，第十四卷中有詩題云「昔在成都正月七日聖壽寺麻子市初春行樂處也偶晨興聞鄰村守麻有感」，其詩末句「卧聽兒童嚇雀聲」，推其義，乃是芝麻初下種時，防鳥雀來啄，令兒童驅逐、守護之也。

吾鄉土語謂雞初鳴爲頭雞嘑，放翁《聞姑惡聲》詩中有「下牀頭雞鳴，梳髻著襦裙」之句，與吾鄉略同。

官様花○放翁《紫薇》詩：「鐘鼓樓前官様花。」用白樂天「紫薇花對紫薇郎」詩意，自我作古，不妨創改花名也。

園婆〇放翁《農家秋晚》結句：「寒蔬種罷醉且歌，隻雞短紙賽園婆。」未詳所出。

紅丁黃甲〇放翁《偶得海錯侑酒》中一聯云：「滿貯醪醇漬黃甲，密封小瓮餉紅丁。」紅丁，未詳何物。

甎街巷〇杭城巷名，見《劍南集》二十一卷首，今無此名。

九九車〇放翁詩：「兩兩星壚九九車，天津笑我醉騎驢。」三字未詳出處。

小昭慶院，亦見放翁臨安詩題中，今不詳在何處。

醡頭〇放翁詩：「醡頭珠滴愁先破，帳底春回夢易成。」「醡頭」二字，人罕用。

《山居疊韻》詩〇「禽吟陰森林，鹿伏樸樕木。嗚呼吾徒愚，僕僕逐肉粟。聯翩憐鳶肩，覆餗速戮辱。艱難還山間，獨欲足畜牧。躋梯棲西谿，築屋宿北谷。光芒常當藏，櫝玉觸俗目。」放翁詩。

甜羹〇放翁詩自注：「以菘、蘆菔、山藥、芋作羹。」

穹穹厚厚〇放翁詩：「穹穹與厚厚，能識我非狂。」蓋謂天地也，未詳所出。

花汞〇放翁《初夏》詩：「地煖小畦花汞長，泥融幽徑藥苗肥。」「花汞」二字未解。

惡石〇放翁《自儆》詩：「惡石從來豈汝仇，安居無患却堪憂。不須更守庚申夜，留取三彭儆惰偷。」「惡石」二字未詳。

「鴨」字，五經所未見，見於鄭玄《曲禮》第二卷「庶人之摯匹」注，云：「匹作鶩，音木，鴨也。」

永安五銖〇五銖錢起於西漢，載在《史記·平準書》，至王莽罷五銖錢，更作金、銀、龜、貝、錢、布之品，名曰「寶貨」。世所傳五銖兼年號者，尚有永安五銖。按，永安，乃東漢安帝年號，其後晋惠帝、元魏孝莊帝亦有之。爲漢？爲魏？不可考也。

半兩錢始於秦，《漢書·食貨志》：「秦并天下，幣爲二等，黄金以溢與「鎰」同爲名，上幣；銅錢質如周錢，文曰『半兩』，重如其文。漢興，以爲秦錢重難用，更令民鑄莢錢。孝文五年，爲錢益多而輕，乃更鑄四銖錢，其文爲『半兩』。」其後四十餘年，錢益多而輕，有司言：「半兩錢法重四銖，而姦或摩錢質而取鋊。」注云：「鋊，銅屑也。摩錢漫面以取其屑，更以鑄錢。鋊音浴。」按，半兩錢後世尚有傳者，類多摩去周郭，蓋漢時已然。

貨布，王莽所鑄。《漢書·食貨志》天鳳五年〔一〕，「罷大小錢，改作貨布，長二寸五分，廣一寸，首長八分有奇，廣八分，其圜好徑二分半，足枝長八分，間廣二分，其文右曰『貨』，左曰『布』，重二十五銖今重五錢，直貨錢二十五」云云。余所藏，又有文曰「大黄布千」者，

〔一〕「天鳳五年」，通行本《漢書·食貨志》第四下作「后五歲，天鳳元年」。

其形與貨布相似而差小。莽「又以大錢行久，罷之，恐民挾不出〔一〕，乃令民且獨行大錢，與新鑄貨泉俱枚直一今重五分，並行盡六年，毋得復挾大錢矣。」

黄紙寫書〇《文獻通考》：「仁宗嘉祐四年，用秘閣校理吴及言，令陳襄等編定四館書，以黄紙寫印正本，以防蠹敗。又廣獻書之格，中外士庶，並許上館閣缺書，卷支絹一匹，五百卷與文資官。明年冬，奏黄紙書六千四百九十六卷，補白本書二千九百五十四卷。」

「漈」字，《廣韻》失載，《宋史·儒林傳》：「鄭樵字漁仲，好著書，自負不下劉向、揚雄。學者稱夾漈先生。」按，司馬温公《類篇·水部》：「『漈』，子例切，與『祭』字同音，水涯也。」《正字通》作「積計切」者，訛。琉球國西有彭湖島，海水漸低，謂之落漈，舟行誤入者，百不一反，當據此二條補入。

〔一〕「出」，通行本《漢書·食貨志》第四下作「止」。

程子門人：李籲端伯，吕大臨與叔，謝良佐顯道，蘇昞季明，劉安節元承，劉絢質夫，周行己恭叔，楊迪遵道，周孚先伯忱，尹焞彦明，張繹思長，唐棣彦思，胡安國康侯，鮑若雨汝霖，鄒柄德久，暢大隱潛道，朱光庭公掞，陳淵幾叟，李參端伯弟，馮理聖先，其子忠恕貫道，羅從彦仲素，王蘋信伯，晁説之以道，時紫芝字失考，游酢定夫，楊時中立。

朱子門人：黄榦勉齋，李方子正叔，廖德明子晦，陳埴器之，董楷字失考，會稽人，董銖叔重，陳淳安卿，晏淵亞夫，黄杲升卿，黄罃子耕，輔廣漢卿，潘柄謙之，周澗伯莊，龔蓋卿夢錫，沈僩莊仲，劉祇〔一〕履之，劉礪用之，甘節吉父，萬人傑正淳，吴昶叔夏，余大雅公晦，陳文蔚才卿，程洵允夫，金去僞正直，葉賀孫味道，曾祖道字失考，胡泳伯量，錢木之子山，吴必大伯豐，李閎祖守約，潘時舉子義，楊道夫仲思，黄義剛去私〔二〕，林學蒙正卿，林學履字失考，游敬仲連叔，游儆字失考，黄士毅子弘，林夔孫子武，郭友仁德元，吕燾德明，周謨舜弼，童伯羽飛卿，李季札季子，黄灝商伯，方上繇伯謨，楊至至之，張洽元德，蔡念成元思，林賜

〔一〕「祇」，據《宋元學案》，當爲「砥」之誤。按，劉砥字履之，其弟劉礪字用之，兄弟名字意義相關。
〔二〕「黄義剛去私」，誤。據《宋元學案》，黄義剛字毅然，其兄黄義勇字去私。

聞一，吕煇字失考，王遇子合，湯泳敬叔，鄭可學子上，何鎬京叔，范彦德伯崇，范元裕字失考，黄有開、黄顯子字失考，廖謙益仲，魏椿元壽，林恪叔恭，吴雉和仲，鄭南升文振，度正善信，徐寓居甫，鍾鎮一作震，長沙人，舒高字失考，邵浩字失考，蕭佐字失考，豫章人，竇從周文卿，潘履孫坦翁，楊驤子昂，王過幼觀，楊長儒伯子一號東山，誠齋子，楊與立失考，郭雍失考，袁樞機仲，程端蒙。以上姓名見元人董真卿《周易集解》附録纂注中。

六經本文有「舟」字，無「船」字，注疏皆出漢以後，陸佃釋「方舟」云：「舟，船也。」本於《説文》。按，《史記》：禹「陸行乘車，水行乘船」，則夏時已有船之名，顧不多見，惟《莊子》有「虚船觸舟」之語耳。

鑪銀花，牽牛花也。其色紫翠，京師稱「鑪銀花」，宮中訛爲「露行」。秋間著花，晨開晝萎，灌以酒，其萎稍遲，色則變殷紅矣，宮中無此種。《客氏傳》：「入宮人皆喜戴之，多露沾濡，其客氏宣淫之徵歟！詩云：鸜鵒杯深琥珀濃，暮涼頻灌露行叢。瓊窗妝罷西風曉，插上香雲换淺紅。」此段見《天啟宮詞》中，余嘗於日未出時，摘花朵平置水面，少頃，色亦變紫翠爲殷紅，竟日，房不斂，不必灌以酒也。但婦人以之插鬢，則易萎。不知陸放翁詩何以亦有「插鬢熠熠牽牛花」之句。「鑪銀」取其初開花，色若銀之在冶，改稱「露行」，亦復不俗。

煙酒○《明末遺事瑣談》八卷，不詳作者姓名。中一條云：「熹廟時童謠云：『天下兵起，遍地皆煙。』未幾，閩人以此種至，名曰『煙酒』，可療寒氣，亦火妖也。」

鼠膽可治聾○《酉陽雜俎》云：「鼠膽在肝，活取則有。」按，《本草》：「鼠終死，其膽即消，不易得也。肝有七葉，膽在肝之短葉間，大如黄豆，白色。取納耳中，不過三次，可治三十年老聾。」

杜瓜劉栗○黄山谷《與張益老尺牘》云：「斫琴須以雷張爲準，非得妙材，不加斧斤，故傳百世。都下有杜瓜、劉栗，皆爲名家。不以乾没，易其素志。雖微物亦傳，況此嘉器，能得人之風聲氣習者耶？」「瓜」、「栗」二字，未詳是人名，抑是從果得名。他書未見，須再考。

「庵」、「菴」二字，今人皆通用，《廣韻》亦兼收，以「庵」爲小草舍，「菴」爲草名。黄山谷辨之云：「俗書『庵』字，既於篆文無有，又『菴』非屋，不當從广。《三國志·焦先傳》居蝸牛廬中，意是今『菴』也。《後漢書》皇甫規爲中郎將，監關中兵，會軍大疫，規入菴廬巡視。即用此『菴』字，爲有據依。」

四川○《禹貢》梁州。漢益州。唐初置劍南道，爲西川，後增置東川府於梓州，稱兩川。北宋因之，分東西兩路。南渡後，乃分益、梓、利、夔四路安撫司，四川之名始此。但益在川西，夔在川東，利、梓俱在川北，而川南獨缺，故又置提獄司於嘉定、重慶、潼川三府。嘉定則川南也。明朝以川東、川南地方遼闊，分爲上、下二道。上川東駐札重慶，管重慶一府。下川東駐札達州，管夔州一府。而守道駐札涪州，兼管重、夔二府。下川南管叙、馬、瀘，守道駐叙州府，巡道駐瀘州。上川南管嘉、眉、邛、雅四府，守道駐嘉定，巡道駐邛州。凡稱兩川者，東、西也。稱四川者，益、梓、利、夔也。

城南錦屏山○黄山谷《題跋》有云，「梓州生陳子昂之文章、趙蕤之術智，所謂人傑地靈也。何必城南有錦屏山哉？余意錦屏山但能生富貴人耳」〔一〕云云，按《名勝志》：「保寧府閬中山即錦屏山，在城外嘉陵江南，與郡治對，兩峰壁立，如錦屏。」《名山志》「閬中縣玉臺山有東、西、南、北四巖，南巖有大像山，一名台星巖。陳堯叟兄弟讀書於此」云云。而《宋史》本傳則云：「堯叟，閬中人，讀書於錦屏山。」〔二〕與此不合，再考。《舊唐書·陳子昂傳》但云：「子昂，梓州射洪人，家世豪富。子昂獨苦節讀書，善屬文。」梓州初無錦屏山，與此又不合。趙蕤見《唐書·藝文志》，《宋史》同，所載有趙蕤《長短要術》十卷，亦不云是梓州人。

僞作東坡書者二人，高述、潘岐。黄山谷《題跋》云，張夢得所藏東坡書，「蓋依傍《糟薑山芋帖》爲之，然語意筆意，皆不升東坡之堂也。高述、潘岐皆能贋作東坡書。少年輩不識好惡乃如此！」〔三〕按，《糟薑山芋帖》今不傳。高述，丹陽人；潘岐，齊安人。

〔一〕按，據《豫章黄先生文集》，此跋爲《題王觀復所作文後》。
〔二〕按，《宋史·陳堯叟傳》中無此文字，惟堯叟弟陳堯佐《傳》中曰：「高祖翔，爲蜀新井令，因家焉，遂爲閬州閬中人。……初肄業錦屏山。」
〔三〕按，據《豫章黄先生文集》，此跋爲《跋僞作東坡書簡》。

白龍澤，杭州地名。黄山谷《吉州姚公墓志序》：「通判杭州，州東挾漕河皆民田，白龍澤岸善決，毁民成功，公至則爲捍水隄，於今有年。」白龍澤，今失考。

消摇游〇《南華》第一篇，刻本皆作「逍遥游」，惟黄山谷作《黄幾復墓志》作「消摇」。按，幾復，名介，南昌人。其釋「消摇」之義曰：「『消』者，如陽動而冰消，雖耗而不竭其本。『摇』者，如舟行而水摇，雖動而不傷其内。游於世若是，唯體道者能之。常恨魏晋以來，誤隨向、郭，陷莊周爲齊物尺鷃與海鵬，之二蟲又何知，乃能消摇游乎？」其説似乎穿鑿，後王介甫新學盛行，士之應科舉者，非老、莊不言，幾復固已啟其端矣。

二墨。《再和答爲之》。　穀成螺。《次韻閻子常携琴入村》詩：「村村擊鼓如鳴鼉，豆田見角穀成螺。」《山谷外集》第一卷。　雞五旦。《和子瞻餐字韻》：「相思欲面論，坐起雞五旦。」民爲梯。山谷《寄李次翁》詩：「頗似元魯山，用心撫疲弱。不以民爲梯，俯仰無所作。」兵作郎。《謝人寄槟榔》詩：「鑑中已失兒時面，忍能乞與兵作郎。」樗里癭。《飲潤父家》詩：「一醉解語花，萬事畫地餅。要似虎頭癡，何須樗里癭。」軑戾地。「邑西軑戾地，是嘗嬰吾鋒。齟齕其强宗，彼乃可使令。」何郎樽。「我有何郎樽，清江醢玉餅。」虎夔藩。「相戒勿輕出，月黑虎夔藩。」見《外集》第三卷。　以上九條，俱未詳出處。

嘉禾○《宋史·地理志》：「嘉興府，本秀州，軍事。政和七年，賜郡名曰嘉禾。」而黃山谷《答永新宗令寄石耳》詩云：「嘉禾令尹清如水，寄我南山石上耳。」則江西永新縣亦有此名。按，《太平寰宇記》唐顯慶中，移置永新縣於禾水東南，嘉禾之名，當取此，乃在宋以前。

三遲○元微之詩：「本絃纔一舉，下口已三遲。」盧仝詩：「等閑對酒呼三遲。」黃山谷詩：「下馬索酒呼三遲。」其義未詳。

亥卯未餛飩○山谷《謝張泰伯惠黃雀鮓》詩：「蜀王煎蒻法，醢以羊㲋兔。」自注云：「俗謂亥卯未餛飩。」

鳳翼、雞冠○黃山谷詩：「紅英委鳳翼，赤幘峨雞冠。」鳳翼，蓋謂鳳仙花也。

迎將家○《列子》：「舍者迎將家。」注云：「客舍家也。」黃山谷《賦鹽萬歲山中》詩有

「埽除迎將家，下簟脱巾韈」〔一〕之句，正用《列子》語，注家因《莊子·寓言》篇亦有「其往也，舍者迎將，其家公執席」之語，遂以「其家」二字屬下句讀，并援《釋文》曰：「家公，主人公也。」似訛。

燕無凶○山谷詩：「老翁燕無凶，偃蹇坐里閭。後生集聞見，官不禁權輿。」蓋謂山中之民，老幼傲兀之意。「燕無凶」三字不可解。

無山窮○山谷《寄晁元忠》第二首既云「退之文送窮」，又云「欲濟無山窮」。人疑「窮」字重叶，不知此語出《左傳》：楚子圍蕭，「還無社號申叔展，叔展曰：『有麥麴乎？』曰：『無。』『有山鞠窮乎？』曰：『無。』『河魚腹疾奈何？』」注云「麥麴、鞠窮，所以禦濕，欲使無社逃泥水中也」云云，鞠窮即芎藭。按，《上林賦》亦云「穹窮菖蒲」。「窮」、「藭」二字，古文通用，字同而義固不同也。

〔一〕按，據《山谷外集》，此詩乃出自《辛酉憩刀坑口》中，而非《賦鹽萬歲山中》。

九井璜○山谷詩：「腰垂九井璜，耳著明月璫。」又，《琴銘》：「釣魚而得九井之璜。」按，《文選》注引《尚書中候》云：「吕尚釣於磻谿，得玉璜。」《山海經》云：「海内崑崙墟，在西北，帝之下都，高九仞，有九井，皆以玉爲檻。」合兩事爲一，似牽强。

婆娑草○山谷《贈王環中》詩：「耆城歸來日未西，一鋤識盡婆娑草。」按，耆城，天竺人，善醫，見《高僧傳》。婆娑草，未詳所出。

一牛鳴○釋氏以五里爲一牛鳴地。王荆公詩：「潮溝直下兩牛鳴，十畝漣漪一草亭。」又：「京峴城南隱映深，兩牛鳴地得禪林。」黄山谷《題高子言谿亭》題云：「先人敝廬望高子所築，不過十牛鳴耳。」蓋相去五十里也。

六丁神姓名○《老君六丁符圖》云：丁卯神，司馬卿；丁丑神，趙子玉；丁亥神，張文通；丁酉神，成文公；丁未神，□叔通；丁巳神，崔巨卿。

「左手作圓右作方，世人機敏便可爾。一風分送南北舟，斟酌鬼神宜有此。」黄山谷

《宫亭湖》詩起四句也。按，《史記·龜策傳》褚先生曰：「人雖賢，不能左畫方，右畫圓。」《韓非子·功名》篇亦云：「右手畫圓，左手畫方，不能兩成。」而《北史·儒林傳》則云：「劉炫，少以聰敏稱，强記博識，莫與爲儔。左畫圓，右畫方，口誦，目數，耳聽，三〔一〕事並舉，無所遺失。」山谷起二語，正用《北史》劉炫事。

瘧鬼名：甲乙季天保，丙丁田良，戊己孟春春，庚辛馮有信，壬癸任遐生。

驢失脚○山谷《浣花谿圖》詩：「兒呼不蘇驢失脚，猶恐醒時有新作。」未詳所出。

赤挽板○山谷《題展子虔感應觀音》第二首云：「誰能與作赤挽板，老筆猶堪壽百年。」未詳。

茸割、肥羊○山谷《戲呈田子平》六言：「茸割即非茸割，肥羊自是肥羊。」二語未詳。

〔一〕「三」，通行本《北史》作「五」。

四公子棋○山谷《題跋》：「退之會合聯句，孟郊、張籍、張徹與焉，四君子皆佳士，意氣相入，雜之成文。世之文章之士，少聯句，嘗病筆力不能相追，或成四公子棋耳。」四公子棋，未詳所出。

董梧鉏○山谷《與洪駒父尺牘》：「邠老才性極明敏，相與琢磨，去盡少年之色，須用董梧之鉏痛治之耳。」「董梧鉏」三字，出《莊子》，而史容注失考。按《庚桑楚》篇〔一〕：「吳王謂其友顏不疑曰：『戒之哉！毋以汝色驕人哉！』不疑歸而師董梧以鋤其色。」

百家衣○山谷詩《題陳吉老同知命弟游青原謁思禪師余以簿領不得往二公雨久不歸戲作百家衣一首二十韻招之》，未詳出處。

「苧、」「芧」二字不可通用○按，「苧」，麻也。「芧」，橡栗也。音同而義各別。《廣韻》「佇」字紐下，並載「苧」、「芧」二字，而注云：「芧，草也，可以爲繩。」於「苧」字下則注

〔一〕「《庚桑楚》篇」，誤。據通行本《莊子》，下文乃出自《徐無鬼》篇。

云：「上同。」失其義矣。《佩文韻府》因之，并删去「芧」字。當武英纂輯時，記得「六語」韻分屬汪紫滄，何舛繆疏漏若此？今已無從改正矣。

薩波齏○山谷《雪中行役》詩：「炙背宵眠榾柮火，嚼冰晨飯薩波齏。」未詳所出。

「袈裟」二字，古韻書皆不收。黄山谷《論俗呼字》云：「梵語，本云迦羅沙曳，此云不正色。《佛律》云：『道人不得著一切上色衣，當染作迦沙色。』至梁葛洪撰《字苑》，於『加沙』字下，皆著『天竺道人衣也。』」《唐韻》始載之。

蟹六跪○《荀子》云：「蟹六跪而二螯。」其實八跪也。黄山谷謂：「古人作語，時有省有不省耳。《揚子》云：『蟹之郭索，後蚓黄泉。』語約而寡過也。」

起膠餅○《周禮》：「醢人酏食。」鄭康成注云：「以酒爲餅。」賈公彦云：「酏，粥也。以酒酏爲餅，若今之起膠餅。」按，今蒸餅以酒發麫，墳起謂之酵，即饅頭也。

覆斗〇山谷《雜記》云：「故人蓋明仲守萬州，爲余斸金崖作研，而魁梧，難爲寶。乃作覆斗，使之不塵。」蓋即匣篋之蓋也。

「筆」字，見《爾雅》：「不律謂之筆。」《曲禮》亦有「史載筆」之文。世傳秦蒙恬始造筆者，非也。「三副筆」、「丁香筆」、「無心棗核筆」、「藏鋒筆」，以上皆見山谷《筆説》，而不詳其製。今俗間又與「艹」頭者通用，尤誤。「竹」頭者「筆」，音必，「艹」頭者「華」，音委，見於《釋典》：「草木之初花也。」

吴昂駒跋

余昔從藏書家借録查初白先生《人海記》、《陪獵筆記》時，即知先生更有《得樹樓雜鈔》一書，乃購訪多年，迄不可得，深以爲憾。頃苕賈至渟谿，携有寫本數種，《雜鈔》在其中，不禁爲之狂喜。開卷視之，前無序目，後無題識，分卷一十有五。而書中屢言「謝職歸田」，兼有「竹垞云亡」之語，知爲先生晚年所訂也。書不能具述，舉其大凡：前明理學之宗，詩人之派，言之歷歷。又收羅兩宋詩人之可續《西湖志》、《杭郡志》者，摘存其游覽之篇。而於古籍之中，尤注意《史》、《漢》兩書，考核精當，足以補宋倪思《班馬異同》之缺焉。近世好學之士，競尚洪氏《五筆》、王氏《困學記聞》，以暨顧氏《日知録》、閻氏《潛丘劄記》等書者，以其説有本原，事足徵信故也。先生所著，其亦類是。特念此書雖久沈薶，而依然完好，追冥冥中自有護持之者，乃以余愛慕情深，俾得於遲暮之年快睹之，豈非厚幸歟！小坡朱君與余同珍重前輩著述，收藏其書，由此不吝借人，輾轉鈔録，可以廣傳於世，厥功甚偉，余樂得而誌於其後云。

時道光丁酉年季冬八日，邑後學吴昂駒謹跋。時年七十有二。

張鈞衡跋

《得樹樓雜鈔》十五卷，查慎行悔餘撰。悔餘，浙江海寧人，康熙癸未進士，官翰林院編修，晚自號「初白老人」。初白早以詩名，而受學於黄黎洲，追隨於朱竹垞、王漁洋之間。故其學問淹貫，意思深長。是書説經論史，考古談詩，皆戛戛獨造，不肯拾人牙慧者。書中屢言「棄職歸田」，并有「竹垞云亡」之語，知爲晚年所訂。於前明理學之宗，詩人之派，言之歷歷。又搜羅兩宋詩人之可續《西湖志》者，摘存其遊覽之篇，亦爲厲樊榭、趙谷林等《雜事詩》之前導。同時著作，雖不及《日知録》、《潛丘雜記》之精審，然語有本原，事足徵信，已高出《江村筆記》、《查浦輯聞》之上。此本前無序目，後無自識，而篇中改併鈎乙，皆先生親筆，其爲手稿無疑。近人止嚴修能《雜記》引此書，是曾見之，末有道光丁酉吴昂駒跋，今并刻以餉學者。

歲在閼逢攝提格，烏程張鈞衡跋。

讀呂子筆記

目録

吴昂駒序

余閲鄉前輩查初白先生《得樹樓雜鈔》，見其載《讀吕子筆記》一卷，急録而藏諸篋笥，以爲廣聞見之資。而其中猶不免有疑於心者，思覓善本以校之。乃搜檢家藏，衹有乾隆時畢秋帆尚書新梓本，僅守一書，無由互勘，則於是非仍不能以剖決也。兹偶游邑城，於市攤購得前明萬曆己卯鳳陽知府張登雲繙刻本，取以校先生之書，見其於《十二紀》中所云「候雁北」、「桃李花」、「焉始乘舟」，以及「王善生」、「腐草化爲螢蚈」，推而至於「揺蕩於氣」、「無發令而干時」、「坿牆垣」、「慎封璽」等，凡辭句之不同者，無不備於是編中。竊意當日先生之所據者，必即張氏本而無不可爲畢本之助！第念畢氏刊此書時，廣爲搜求，開編具列舊名本，於神廟時止載劉如寵、汪一鸞兩家所梓，而不一及登雲。豈採取不到，是本爲所不見歟？乃以尚書所不見者，而余獲見之，幸爲何如！頃因披誦《月令》，見先生之所訂本，尚有未備，乃爲補之，異字之續得者，并附入焉。忘其淺陋，手自抄存，聊以備暇時之省覽云爾。

道光壬寅年仲春中浣，吴昂駒書於渟溪朱氏之春靄草堂。

讀呂子筆記卷一〔一〕

海寧查慎行悔餘著
邑後學吴昂駒醒園補訂

《禮記·月令》與《吕氏春秋》互異。

《孟春》："鴻雁來"，作"候雁北"。高誘注："候時之雁從彭蠡來，北過至北極之沙漠也。"○駒按，盧氏紹弓〔二〕云："仲秋雁自北徼外而入中國，可以言來。若自南往北，非由南徼外也，似不可以言來。《吕氏》作『候雁

〔一〕按，此下原有批注："月令考異。《禮記·月令》爲古月令，《吕子·十二紀》爲今月令。此間以二本參校，辭句不同，意義亦複有異，因爲之一一詳考焉。"

〔二〕按，此處有吴昂駒眉批："『紹弓』二字細字平寫。"

北』，當矣。」「乘鸞路」，「路」作「輅」。「倉龍」，作「蒼龍」。「倉玉」，作「青玉」。《仲春》、《季春》同此。「天子乃齊」，作「乃齋」。下同。「天子親帥三公九卿諸侯大夫」，「帥」作「率」。下諸「帥」字同。「還反賞公卿大夫於朝」，作「還乃」。下同。「公卿」下有「諸侯」二字。誘注：「賞，爵禄之賞也。三公至尊，坐而論道，不嫌不賞，故但言卿諸侯大夫者也。」○駒按，畢氏秋帆〔一〕云：「舊本『卿』上衍『公』字，乃後人據《月令》增入，而不知其與注不合也。」「毋有不當」，「毋」作「無」。下凡「毋」字同此。「乃命太史」，「乃」作「迺」。「宿離不貸」，「貸」作「忒」。下諸「貸」字同。「措之于參保介之御間」，作「措之參于保介之御間」。誘注：「措，置也。保介，副也。御，致也。擇善辰之日，載耒耜之具於籍田，致於保介之間，施用之也。」○駒按，畢氏云：「鄭以保介爲車右，此云『副也』，當謂副車。」「躬耕帝籍」，「籍」下有「田」字。「卿諸侯九推」，「諸侯」下有「大夫」二字。「草木萌動」，作「繁動」。「王命布農事」，無「命」字。「胎夭」，作「胎犬」。誘注：「麛子曰夭。」「掩骼埋胔」，作「霾髊」。「稱兵必天殃」，「稱」作「穪」。駒按，「穪」，俗體。「必」下多「有」字。上「不可以稱兵」同。「不可從我始」，「不可」下多「以」字。「則雨水不時」，「雨水」作「風雨」。「草木蚤落」，作「早槁」。下諸「蚤」字同此。「國時有恐」，作「國乃有恐」。「則其

〔一〕按，此處有吴昂駒眉批：「『秋帆』二字同上。」蓋指同爲「細字平寫」。

民大疫」，無「其」字。「猋風」，作「疾風」。「總至」，作「數至」。「雪霜大摯」，作「霜雪」。

《仲春》：「桃始華」，作「桃李華」。「萌芽」，作「萌牙」。「命民社」，作「命人社」。「以太牢祠於高禖」，「祠」作「祀」。「啟户」，作「開户」。「奮木鐸」，無「木」字。「以令兆民」，「令」字下多「于」字。「雷將發聲」，「將」作「且」。「角斗甬」，「甬」作「桶」。誘注：「角，平。斗桶，量器也。」○駒按，畢氏云：「按，《月令》『角斗甬』，『桶』與『甬』通用。《史記·商君傳》『平斗桶』，鄭康成音勇，小司馬音統。《淮南》作『稱』，亦『桶』之訛。李善注《文選》陸佐公《新刻漏銘》引作『角升桶』，『升』字誤。」「寢廟畢備」，「畢」作「必」。「以妨農之事」，作「以妨農功」。「鮮羔」，作「獻羔」。「習舞釋菜」，作「入舞舍采」。誘注：「初入學宫，必禮先師，置采帛於前，以贄神也。」「天子乃帥三公九卿諸侯大夫親往視之」，「諸侯」下無「大夫」二字。「仲丁」，作「中丁」。「煖氣早來」，「煖」作「煗」。

《季春》：「天子始乘舟」，「始」上多「焉」字。誘注：「『焉』猶『於此』。自冬至此，於是始乘舟。」「句者」，作「生者」。舊校云：「『生』一作『牙』。」○駒按，畢氏云：「『牙』字是。」「發倉廩」，「廩」作「窌」。誘注：「方者曰倉。穿地曰窌。」「道達溝瀆」，「道」作「導」。「田獵罝罘，羅網畢翳」，作「田獵罼弋，罝罘羅網」。「毋出九門」，「九」作「國」。舊校云：「一作『九』。」○駒按，畢氏云：「按，注作『九』爲是。」「戴勝」，作「戴任」。「具曲植蘧筐」，作「具挾曲蒙筐」。誘注：「『挾』讀曰『朕』。三輔謂之『挾』，關東謂之『得』。曲，薄也，青、徐謂之『曲』。員底曰『蒙』，方底曰『筐』，皆受桑器也。是月立夏，蠶生，故敕具也。」○駒按，畢云：「《月令》作『具曲植蘧筐』，《淮南》作『具挾曲蒙筐』，此書舊本作『具挾曲蒙筐』，『挾』與『樸』皆『栚』之訛文也。《説文》云：『栚，槌之横者也。』『槌』即『植』也。《方言》：『槌，宋、魏、陳、楚、江、淮之間謂之植，自關而西謂之槌，齊謂之样。其横，關西曰㮳，宋、魏、陳、楚、江、淮之間謂之㭫，齊部謂之持。』今據此并注皆改正。『栚』從朕省，《方言》不省，作『㮳』。注『栚，持也』舊本脱，今從《淮南》注補，則下文方有所承。持，丁革反。舊本作『關東謂之得』，訛。曲，《説文》作『苖』，云『蠶薄也』。《廣雅》又從竹作『笛』。段氏若膺云『「蒙」乃「篆」字之誤，即《記》之「籧」也，亦即「筥」也』。今依改正。按，郭璞注《方言》云：『篆，古筥字。』」「后妃齊戒」，「齊」作「齋」。「以勸蠶事」，無「以」字。「毋有敢惰」，「惰」作「墮」。「毋或不良」，作「無青不良」。駒按，元至正本、張登雲本並作「青」，畢氏本作「或」。「毋悖于時」，「于」作「於」。「累牛」，「累」作「纍」。「命國難」，作「國人儺」。後「天子乃難」、「命有司大難」，「難」字同作「儺」。「九門磔攘」，「攘」作「禳」。「以畢春氣」，下多「行之是令而甘雨至三旬」十字。誘注：「行之是令，行是之令也。十日曰旬。」「山林不收」，「林」作「陵」。

《孟夏》：「婺女」，「婺」作「嫠」。下諸「婺」字同。○駒按，「婺」與「嫠」意義各别，書中皆作「嫠」，訛也。「中吕」，作「仲吕」。「其數七」，下多「其性禮其事視」六字。駒按，畢氏云：「《月令》無此二句，此書前後亦無此例，當爲衍文。」「蚯蚓」，作「丘蚓」。「王瓜生」，作「王善生」。誘注：「『善』或作『瓜』，瓠瓢也，是月乃生。」○駒按，畢氏本作「王菩生」，云：「『王菩』，舊本並注皆訛作『王善』。按，《月令》『王瓜生』，注云：『今《月令》云「王萯生」。』此書必本作『菩』，古『菩』、『萯』通用，郭璞注《穆天子傳》『茅萯』云：『萯，今菩字，音倍。』《集韻》音蓓，與『萯』通。此書劉本疑『王善』誤，徑依《月令》作『王瓜生』，並改注云『王瓜即今栝樓也』，大違闕疑之義。」「朱路」，作「朱輅」。「朱衣」，作「赤衣」。「其器高以粗」，「粗」作「觕」。《仲夏》、《季夏》同。「封諸侯」，無「諸」字。「慶賜遂行」，無「遂行」二字。「贊桀俊」，作「傑儁」。「毋有壞墮」，作「無有壞隳」。「出行田原」，下無「爲天子」三字。「毋休于都」，作「無伏于都」。「農乃登麥」，「登」作「收」。駒按，誘注云：「升，獻。」則「收」是「升」訛。畢刻據注改「升」。「聚畜百藥」，「畜」作「蓄」。「靡草」，作「麋草」。「蠶事畢」，「事」下多「既」字。「貴賤長幼如一」，「長幼」作「少長」。「以給郊廟之服」，「服」上有「祭」字。「用禮樂」，下多「行之是令而甘雨至三旬」十字。誘注：「行之是令，行此之令也。旬，十日也。十日一雨，三旬三雨也。」「蝗蟲爲災」，作「蟲蝗爲敗」。

《仲夏》：「鵙始鳴」，「鵙」作「鶪」。駒按，「鶪」應作「鶪」。「養壯佼佼」，作「狡」。「笣簧」，作「壎篪」。「山川百源」，「源」作「原」。後「名源」同此。「百縣雩祀」，「雩」下多「祭」

字。「農乃登黍」，上無「是月也」三字。「天子乃以雛嘗黍」，「天子」上有「是月也」三字，無「乃」字。「毋艾藍以染」，「艾」作「刈」。「毋燒灰」，作「無燒炭」。「遊牝別群」，「別」下多「其」字。「班馬政」，作「班馬正」。誘注：「班，告也。馬正，掌馬之官。」「日長至」，作「長日至」。誘注：「夏至之日，晝漏水上刻六十五，夜漏水上刻三十五，故曰長至。」○騊按，畢本作「日長至」，云：「舊本作『長日至』，《黄氏日抄》已言其誤，今依《月令》移正。」「君子齊戒」，「齊」作「齋」。「處必掩身」，「掩」作「揜」。「揜」字爲句。「身」屬下讀，多「欲靜」二字。誘注：「揜，深也。」○騊按，畢氏云：「《月令》無『欲靜』二字。鄭注云：『今《月令》「毋躁」爲「欲靜」。』然則此又出『無躁』二字，非本文也。『揜』亦與『弇』同，注皆訓爲『深』。蓋夏避暑氣，冬避寒氣，皆以居處言也。今人多讀『處必掩身』爲句，考《月令正義》引正文已如此，但其所釋亦是以居處言，並不謂身之不當褻露，故疑《正義》『處必掩』下之『身』字亦後人所加也。」「節耆欲」，作「退嗜慾」。《仲冬》「禁耆欲」同此。「可以升山林」，作「可以登山陵」。「雹凍」，作「雹霰」。

《季夏》：「昏火中」，作「心中」。「律中林鍾」，「鍾」作「鐘」。下凡「鍾」字皆倣此。○騊按，「種」、「鐘」古通。「温風始至」，作「涼風始至」。誘注：「夏至後四十六日立秋節，故曰『涼風始至』。」「蟋蟀居壁」，「壁」作「宇」。「腐草爲螢」，作「腐草化爲螢蚈」。誘注：「蚈，馬蛇也。蚈，讀如蹊徑之『蹊』，幽州謂之秦渠，一曰螢火也。」○騊按，畢氏本作「腐草化爲蚈」。云：「《月令》作『腐草爲螢』。此書舊本作『腐草化爲螢蚈』，衍『螢』字。《淮南》無。觀注當與《淮南》同。蓋昔人讀此書，偶旁記異同之文，而因以誤入也。《說文》引

《明堂月令》曰『腐草爲蠲』,『蠲』即『蚈』也。『化』亦衍字。」「食菽與雞」,「雞」作「雉」。駒按,「雉」乃「雞」訛,畢刻本作「雞」。「命漁師伐蛟」,上有「是月也」三字,「命」作「令」。「登龜」,作「升龜」。「命澤人納材葦」,作「乃命虞人入材葦」。「命四監大合百縣之秩芻」,作「命四監大夫合百縣之秩芻」。「以共」,「共」作「供」。「以祠」,「祠」作「祀」。「以爲民祈福」,無「以」字。「黑黄倉赤」,「倉」作「蒼」。「毋敢詐僞」,作「勿敢僞詐」。「以别貴賤等給之度」,「給」作「級」。「命虞人入山行木」,「命」上有「乃」字。「毋有斬伐」,作「無或斬伐」。「以摇養氣」,作「以摇蕩於氣」。「毋發令而待以妨神農之事也」,作「無發令而干時以妨神農之事」。「神農將持功」,「神農」上有「命」字,「持」作「巡」。誘注:「昔炎帝神農能植嘉穀,神而化之,號爲神農,後世因名其官爲神農。巡行堰畝修治之功。」「可以美土疆」,下多「行之是令,是月甘雨三至,三旬二日」十四字。誘注:「行之是令,行是之令也。十日爲旬。『二日』者,陰晦朔日也。月十日一雨,又二十日一雨,一月中得二日耳,故曰『三旬二日』。」「穀實鮮落」,「鮮」作「解」。「民乃遷徙」,「民」作「人」。「風寒不時」,作「寒氣不時」。「中央土」。「乘大路」,作「大輅」。「其器圜以閎」,作「圜以揜」。誘注:「揜,象土含養萬物。」舊校云:「一作『揜以閎』。」

《孟秋》:「日在翼」,上多「長日至四旬六日」七字。誘注:「孟秋,夏之七月。夏至後,日尚長,至四十六日立秋，晝夜等，故曰『長日至四旬六日』。」○騶按，七字畢本删去。「昏建星中」，作「昏斗中」，「旦畢中」，下有「則立秋」三字。騶按，此三字畢本亦删去。「軍帥」，「帥」作「率」。「選士厲兵」，無「士」字。「簡練桀俊」，「俊」作「雋」。「順彼遠方」，「順」作「巡」。「必端平」，「端」作「正」。「農乃登穀」，「登」作「升」。「坏垣牆」，作「坿牆垣」。誘注：「坿，讀如符。『坿』猶『培』也。」「毋以封諸侯」，作「無以封侯」。「毋以割地」，作「無割土地」。「行大使出大幣」，作「行重幣出大使」。以下多「行之是令而涼風至三旬」十字。「陽氣復還」，「復」作「後」。「五穀無實」，「無」作「不」。「則國多火災」，無「國」字。

《仲秋》：「觜觿」，「觿」作「巂」。「盲風至」，作「涼風生」。騶按，畢氏云：「《月令》作『盲風至』，鄭注：『盲風，疾風也。』孫氏詒穀云：『《孟秋》已云「涼風至」，此何以又云「涼風生」？應從《記》。』」「鴻雁來」，作「候雁來」。誘注：「是月候時之雁從北漠中來，南過周雒，之彭蠡也。」「文繡有恒」，「恒」作「常」。「乃命有司」，無「乃」字。「循行犧牲」，「循」作「巡」。「上帝其饗」，「饗」作「享」。「天子乃難」，下多「禦佐疾」三字。「以達秋風」，作「以通」。「先薦寢廟」，作「先祭」。「穿竇窖」，「窖」作「窌」。誘注：「穿水通竇，不欲地泥濕也。穿窌，所以盛穀也。」「趨民收斂」，「趨」作「趣」。「務畜菜」，「畜」作「蓄」。「毋或失時」，下「其有失時」句無。「雷始收聲」，「雷」

下多「乃」字。「蟄蟲坏户」，「坏」作「俯」。誘注：「將蟄之蟲，俯近其所蟄之户。」「則同度量」，「同」作「一」。「角斗甬」，作「齊升角」。誘注：「升、角，皆量器也。」○駒按，畢本作「齊斗甬」，云：「舊本作『升角』，訛，今從《月令》改正。」「納貨賄」，「納」作「入」。「四方來集」，「集」作「雜」。「則財不匱」，「財」下多「物」字。「凡舉大事」，無「大」字。「毋逆大數」，作「無逆天數」。「慎因其類」，「慎」作「乃」。以下多「行之是令，白露降三旬」九字。誘注：「行之是令，行是之令也，故白露降三旬，成萬物也。」「國乃有恐」，「有」下多「大」字。「則其國乃旱」，無「乃」字。

《季秋》：「鴻雁來賓」，作「候雁來」。句。「賓」連「爵」讀。誘注：「是月，候時之雁從北方來，南至彭蠡，蓋以爲八月來者其父母也，其子羽翼穉弱，未能及之，故於是月來過周雒也。『賓爵』者，老爵也，棲宿於人堂宇之間，有似賓客，故謂之賓爵。」○駒按，畢氏云：「《月令》鄭注以『鴻雁來賓』爲句，與此異。」「鞠有黄華」，「鞠」作「菊」。「豺乃祭獸」，「乃」作「則」。「無不務内」，作「務入」。「乃命冢宰」，無「乃」字。「舉五穀之要」，作「五種」。「上丁」，下無「命樂正」三字。「班馬政」，作「狻舊校云：『一作「蒐」。』馬」。誘注：「『狻』，擇也。爲將田，故習肄五兵，選擇田馬，取堪乘也。」○駒按，畢氏云：「此無『政』字，避始皇諱，而《月令》不諱，則《月令》之非秦制益明矣。」「載旌旐」，作「載旍旐」。誘注：「田僕掌佐車之政，令獵者揚旍，故載旍也。」○駒按，畢氏云：「『旍』與『旌』同。注『令獵者揚旍』，訛，當作『令獲者植旍』。」「授車以級」，作「輿受車以級」。誘注：「輿，衆也。衆當受田車者，各以等級陳於屏外也。」「北面誓之」，作「北嚮以誓之」。「天子乃厲餙」，作「天子乃厲服厲飭」。誘注：「是月天子尚武，乃服猛，厲其所佩之飭，以射禽也。《周禮·司服章》：『凡田，冠弁服。』戎服垂衣也。」〇駒按，畢氏云：「按，《月令》作『天子乃厲餙，執弓挾矢以獵。』古『餙』、『飭』亦或通用。注『戎服垂衣也』，亦似有訛。《月令正義》引熊氏云『春夏田冠弁服，秋冬韋弁服』，『韋弁服』即所謂『戎服』也。鄭云『以韎韋爲弁，又以爲衣裳』，然則『垂衣』乃『韋衣』之誤也。」「挾矢」，作「操矢」；以獵，「獵」作「射」。「祭禽于四方」，「于」作「於」。「在内」，作「在穴」。「收禄秩之不當」，下多一「者」字。「供養」，作「共養」。「民多鼽嚏」，「嚏」作「窒」。「邊竟不寧」，「竟」作「境」。下「備邊竟」「竟」字同此。「民氣解惰」，「惰」作「墮」。「師興不居」，作「師旅必興」。

《孟冬》：「其器閎以奄」，作「宏以弇」。《仲冬》、《季冬》同。「命太史」，作「命太卜」。「釁龜筴」，作「禱祠龜策」。「是察阿黨則罪」，作「於是察阿上亂法者則罪之」。「無有掩蔽」，作「揜蔽」。「閉塞而成冬」，無「塞」字。「命百官」，「命」作「令」。「命有司」，作「命司徒」。「坏城郭」，「坏」作「坿」。誘注：「坿，益也，令高固也。」「修鍵閉」，「鍵」作「楗」。慎管籥，「管」作「關」。固封疆，「疆」作「璽」。誘注：「璽，讀曰移徙之『徙』。門閭，里門。關，籥。固，堅。璽，封印也。」「塞徯徑」，「徯」作「蹊」。「塋丘壟」，「塋」作「營」。「之大小」，作「小大」。「厚薄之度」，作「薄厚」。「命工師效功」，無「命」字。「功有不當」，「功」作「工」。「大飲烝」，「烝」作「蒸」。誘注：「蒸，俎實體解節折謂肴蒸也。」「大割」，下多「牲」字。「臘先祖」，作「饗禱祖」。「勞農以休息之」，「農」下有「夫」字。「天子乃命將帥」，作「將率」。「習射御」，「習」作「肄」。「地氣上泄」，「上」作「發」。

《仲冬》：「昏東辟中」，「辟」作「壁」。「鶡旦」，「旦」作「鴠」。「其器閎以奄」，下無「飭死事」三字。「愼毋發蓋」，作「無發蓋藏」。以下少「毋發室屋」四字。「及起大衆」，「及」作「無」。「以固而閉」，下有「發蓋藏起大衆」六字。「地氣沮泄」，「沮」作「且」。「民必疾疫」，「必」作「多」。「命奄尹」，「奄」作「閹」。「湛熾」，「熾」作「饎」。「天子命有司」，「命」上有「乃」字。「馬牛畜獸」，作「牛馬畜獸」。「有能取蔬食」，作「疏食」。誘注：「草實曰疏食。」「野虞教道之」，「道」作「導」。「其有相侵奪者」，「有」下無「相」字。「處必掩身」，「掩」作「弇」，無「身」字。誘注：「弇，深邃也。」○駒按，畢氏云：「處必弇，以其所居言之。今《月令》作『處必揜身』，蓋與《仲夏》文相涉而更誤矣。」「則伐木取竹箭」，「木」上有「林」字。「可以罷官之無事」，下有「者」字。「塗闕廷門閭」，「廷」作「庭」。「此以助天地之閉藏也」，「此」下有「所」字。「氛霧」，作「氣霧」。「蝗蟲爲敗」，作「蟲螟爲敗」。「水泉咸竭」，「咸」作「減」。

「民多疥癘」，「疥」作「疾」。

《季冬》：「雉雊雞乳」，作「乳雉雊」。「乃畢山川之祀」，「畢」下有「行」字。「天之神祇」，「天」下有「地」字。「水澤腹堅」，作「水澤復堅」。誘注：「復，亦盛也。『復』或作『複』，凍重累也。」〇駒按，畢本去「堅」字，云：「《月令》作『水澤腹堅』。舊本於此下又有一『堅』字，乃後人以《月令》之文益之，今删去。」「冰以入」，「以」作「已」。「命農計耦耕事」，「農」上有「司」字。「以共郊廟」，「共」作「供」，「郊」作「寢」。「星回于天」，「回」作「迴」。「歲且更始」，「且」作「將」。「專而農民」，「而」作「於」。「天子乃與公卿大夫」，無「公」字。「共飭國典」，無「共」字。「以共皇天上帝社稷之饗」，此「共」字及下諸「共」字俱作「供」。「饗」作「享」。「乃命同姓之邦」，「邦」作「國」。「命宰歷卿大夫」，「命」作「令」。誘注：「宰歷，於《周禮》爲太宰，建邦之六典八法，以御其衆，故命之也。」〇駒按，畢氏云：「《正義》云：『宰，小宰。』鄭注云：『歷，猶次也。』此注以『宰歷』連文，似誤。或『歷』字衍。注中『建邦』上，舊本脱『掌』字，今補。」「而賦犧牲」，「賦」下有「之」字。「以共皇天上帝社稷寢廟山林名川之祀」，下有「行之是令，此謂一終，三旬二日」十二字。誘注：「行之是令，行是之令也。終，一歲十二月終也。三旬二日者，十日一旬也，二十日爲二旬，後一旬在新月，故曰『三旬二日』。」「四鄙入保」，作「四鄰入保」。

讀呂子筆記卷二

海寧查慎行悔餘著
邑後學吴昂駒醒園補訂

《吕氏春秋》：「堯有子十人，不與其子而授舜；舜有子九人，不與其子而授禹」，高誘注云：「『九子』，不知出於何書也。」

祈黄羊○《吕氏春秋》：「晋平公問於祈黄羊曰：『南陽無令，其誰可而爲之？』祈黄羊對曰：『解狐可。』」高誘注云：「黄羊，晋大夫祈奚之字。」按，後人俱用《左傳》，不知奚之字也。梁氏燿北曰：「即《左氏》祈奚請老一事。奚字黄羊惟見此，既誤以悼公爲平公，復誤以軍尉爲南陽令，與《韓子·外儲説左下》言解狐薦其讎邢伯柳于簡主爲上黨守、《韓詩外傳》九言解狐薦荆伯柳于魏文侯爲西河守同一繆傳，高不糾其失，何也？」○駒按，上二條見《去私篇》。

鸞輅鑾輅○《吕氏春秋·孟春》注：「鸞鳥在衡，和在軾，鳴相應和。後世不能復致，鑄銅爲之，飾以金，謂之鑾輅也。」駒按，元至正本及張登雲本並作「謂之鸞輅也」，近畢刻本同。

范蠡字少伯，文種字禽。見《吕氏春秋注》。

楚莊王之臣，孫叔敖而外有沈尹蒸；吴闔廬之臣，伍員而外有文之儀；夫差之臣，太宰嚭而外有王孫雄。梁耀北云：「『雄』當作『雒』，今本譌『雄』，《困學紀聞》六引《吕》是『雒』也。駱、雒古通。」○「《越絶》、《吴越春秋》作『王孫駱』。」○駒按，伯子先校云：「《吴越春秋》作『駱』。」故有「駱、雒古通」之言。

孔子學於老聃、孟蘇、夔靖叔。注云：「三人皆體道者。」梁耀北云：「孟、夔二人，他書未見。」○以上三條，見《當染篇》。

昌黎詩中用「心」、「兵」二字，出《吕氏春秋·蕩兵》篇：「察兵之微，在心而未發，兵也；疾視，兵也；作色，兵也；傲言，兵也；援推，兵也；連反，兵也；侈鬭，兵也；三軍攻戰，兵也。此八者皆兵也，微巨之争也。」

角鱗，見《呂氏春秋·名類》篇：「山雲草莽，水雲角鱗，旱雲煙火，雨雲水波，無不皆類其所生以示人。」「鱗」字，高誘無注，不詳何音，字書亦不載。畢氏云：「舊本誤作『角鱗』，吴志伊《字彙補》載之，徐中山謂『魚鱗』之訛。今按，唐、宋人類部所引皆作『魚鱗』，《淮南·覽冥訓》亦同，今改正。」

《呂覽》引《莊子》「以瓦投者翔，以鈎投者戰，以黄金投者殆」，與本文不同。注作「投」，他書所未見。畢氏云：「《莊子·達生篇》：『以瓦注者巧，以鈎注者憚，以黄金注者殙。』《列子·黄帝篇》『注』並作『摳』，『殙』作『湣』，文義各小異。此『投』字無考。《淮南·説林訓》又作『鉒』。」○此見《去尤篇》。

有莘氏，《呂覽》作「侁」。庖人，《呂覽》作「烰」。此見《本味篇》。

脿○《呂覽·本味篇》：「甘而不噥，酸而不酷，鹹而不減，辛而不烈，澹而不薄，肥而不脿。」「脿」字，亦字書所不載者。畢氏云：「『噥』乃『喂』字之訛。後《審時篇》『得時之黍，食之不喂而香』，《玉篇》於縣切。又，《酉陽雜俎》亦云『酒食甘而不喂』。」（畢氏）又按，「《玉篇》引伊尹曰『酸而不嗛』，《酉陽雜俎》亦是『嗛』字。脿，字書無考。按，今人言味過厚而難入口者有虚侯、虚交二音，豈本此與？」○駒又按，喂，《廣韻》烏縣切，《集韻》縈絹切，並與音鋗。嗛，《唐韻》火沃切，《集韻》呼酷切，並音熇。

郼○《廣韻》收入微韻依字紐，下但云「殷國名」，而不詳所出。按，《吕覽》第三卷：「湯立爲天子，夏民大悦，如得慈親，朝不易位，農不去疇，商不變肆，親郼如夏。」高誘注云：「『郼』讀如『衣』，今兖州人謂殷氏皆曰衣。言桀民親殷如夏氏也。」郼氏出處在此。梁氏履繩處素云：「《中庸》『壹戎衣』鄭注：『「衣」讀如「殷」，聲之誤也。齊人言「殷」聲如「衣」。今姓有衣者，殷之胄歟？』『殪戎殷』是《康誥》，非《武成》。」○此見《慎大覽篇》。

蘇子瞻詩：「魯人不識東家丘，躪躪夫子無罪尤。」藉夫子者無罪，語出《莊子》。又，《吕覽·樂成篇》：「孔子始用於魯。魯人鷖誦之曰：『麛裘而韠，投之無戾；韠而麛裘，投之無郵。』」高誘注云：「投，棄也。『郵』字與『尤』同。言投棄孔子，無罪尤也。」真無一字無來處。畢氏云：「『鷖』蓋魯人名。《孔叢子》作『謗』，《預覽》同。『韠』字舊訛『鞞』，按，當作『韠』，與芾、韍、韨、紱字同，《孔叢子·陳士義篇》正作『芾』。」

楃○《吕覽·爲欲篇》：「晨寤興，務耕疾庸，楃。」注云：「楃，古『耕』字。」而《廣韻》不收。畢氏云：「按，上既云『務耕疾庸』，則『楃』必非『耕』字。又似屬下句，闕疑可也。」○駒按，字書云：「『楃』同『耕』。《吕氏春秋》：『楃爲煩辱，不敢休矣。』」則屬下句讀，明甚。○梁燿北云：「《廣雅》『耩，耕也』，音弋。《五音集韻》作『稷』，疑與『楃』是一字。然上下必有脱文。」

瑕瓋〇《吕覽》:「尺之木必有節目,寸之玉必有瑕瓋。」「瓋」字,韻書不收。畢氏云:「《管子·水地篇》云『夫玉瑕適皆見,精也』,注云:『瑕適,玉病也。』今此加玉旁,乃俗作,字書不載。」〇駒按,《字彙補》:「瓋,音摘,瑕也。」〇此見《舉難篇》。

瘞〇《吕氏春秋·任地篇》:「有年瘞土,無年瘞土。」高誘注云:「祭土曰瘞。年,穀也。有穀祭土,報其功也。無穀祭土,讓其神也。」按,「瘞」字,《廣韻》不載,不知讀何音。駒按,畢刻「讓其神」作「禳其神」。謂「舊作『讓』,訛,今從江陰趙氏敬夫改正」。

靹〇《吕氏春秋·辨土篇》:「凡耕之道,必始于壚,爲其寡澤而後枯;必厚其靹。」高誘無音。《廣韻》載二十七合納字紐,下注云:「腝貌。」按,「腝」與「嫩」同。

鎗〇《吕氏春秋·辨土篇》:「爲其唯厚而及,鎗者䓰之,堅者耕之,澤其靹而後之。」梁氏仲子云:「『鎗』疑即『飳』字。《集韻》『飽』或從『缶』。䓰,音義並缺。」〇駒按,飳,《正字通》:「俗『飽』字。宋劉原父載《醫銘》有『鎗』字,黄長睿曰:『「鎗」與「飳」同音「飽」,譌省作「飳」。』」《字彙補》亦作「鎗」。

䓰〇見上。二字皆無注,字書不載,《廣韻》亦不收。駒按,䓰,《字彙補》云:「音義闕。」

秴○又，《審時篇》：「先時者，莖葉帶芒以短衡，穗鉅而芳奪，秴米而不香。」「秴」，高誘無注，字書、韻書俱不載，疑當作「胎」。駒按，「秴」，《字彙補》：「音未詳。」

摶黍有二義。一爲米粽，亦稱角黍。《呂氏春秋》曰：「今以百金與摶黍以示兒子，兒子必取摶黍矣。」此見《異寶篇》。《儀禮·特牲饋食禮》曰「侑食摶黍授祝，以薦之尸」是已。一爲黄鳥別名。《詩》：「黄鳥于飛。」《毛傳》：「黄鳥，摶黍也。」鄭《箋》云：「葛延蔓之時，則摶黍飛鳴，因以興焉。」《演繁露》引王介甫詩「蕭蕭摶黍聲中日，漠漠舂鉏影外天」，謂：「舂鉏，白鷺也，以鷺對鶯。但不知摶黍之爲黄鶯何出耳。」程泰之豈未讀《毛詩傳》耶？

讀呂子筆記卷三

海寧查慎行悔餘著
邑後學吴昂駒醒園補訂

《吕氏春秋》中難辨之字，初白先生已舉其略矣。駒今讀其全書，隨有所得，補録於後，畢氏訂正之説並附存焉。

《去私篇》：「墨者有鉅子腹䵚，居秦。」○誘注：「䵚，讀曰車笔之笔。」○畢刻「笔」作「笔」。又云：「『䵚』與《檀弓下》篇『孺子䵚』實同一字，彼《釋文》音吐孫反，此音車笔。《淮南子·精神訓》『守其篅笔』，蓋竹簟席所爲。《玉篇》音徒本切，與今人所呼合。舊本作『笔』，蓋書家『屯』字往往作『乇』，而此又往往誤从『乇』也。」梁燿北曰：「《御覽》四百二十九引，注：『䵚讀「大車啍啍」之「啍」也。』與今本異。」

《當染篇》：「禽滑釐學於墨子，許犯學於禽滑釐。」○駒按，釐，誘不注何音。吴志伊《字彙補》云：「音切未詳。」畢氏云：「梁氏處素云：『疑當作「禽滑鳌」。』」

《大樂篇》：「凝㵳以形。」○駒按，《字彙補》：「『㵳』與『寒』同。」

《知士篇》：「太子之不仁，過顚涿。」○誘注：「顚涿，不仁之人也。」○駒按，《字彙補》作「顚」，云：「川責切，音册。『顚涿』，見《吕覽·知士篇》。」畢云：「字書無『顚』字，據《國策》作『過頤豕視』。」

《安死篇》：「皆鄉里之所釜鬲者而逐之。」○誘注：「以釜鬲食之人，皆欲討逐之。」○駒按，鬲，畢氏作「甌」，云：「舊刻『鬲』旁作『九』，字書無考。顧亭林引作『甌』，注云『鬲同』，今從之。《史記·蔡澤傳》：『遇奪釜鬲於塗。』」

《介立篇》：「鄭人之下虢也。」○誘注：「虢，邑名也。義則未聞。」○駒按，畢氏云：「《字彙補》云：『「虢」音未聞，一本作「韀」。』梁仲子云：『《説文》「婚」，籀文作「㚷」，略相似。《古音附録》以革旁作「者」，云古「昬」字，未詳。』盧紹弓云：『韓哀侯滅鄭而徙都之，改號曰鄭。此「昬」疑即《漢志》陳留郡之東昬縣，正鄭地。鄭人下昬，或即説韓滅鄭一事。觀下文云「韓、荆、趙」，更可見鄭人之即韓矣。』」

《本味篇》：「雋觾之翠。」○誘注：「鳥名也。翠，厥也。形則未聞也。」○駒按，觾，《字彙補》：「伊甸切，鳥名。」又按，畢氏云：「『觾』乃『燕』字之訛。《初學記》與《文選·七命》注皆作『燕』。《選》注『雋』作『巂』，則子規也。《禮記·内則》有『舒雁翠』、『舒鳧翠』，注『尾肉也』，皆『不可食』者。今閩、廣人以此爲美。『翠』亦作『臎』，《廣雅》『臎，髁臀也』，《説文》作『膕，臀骨也』，訓皆相合。《玉篇》：『臎，鳥尾上肉也。』」

「述蕩之掔。」○誘注：「獸名，『掔』讀如棬椀之『椀』。『掔』者，踏也。形則未聞。」○畢刻云：「《初學記》引作『迷蕩』。」

《報更篇》：「昔趙宣孟將上之絳，見骫桑之下，有餓人卧不能起者。」○畢氏「骫」作「骪」，云：「《後漢書·趙壹傳》注云：『骪，古「委」字。』《淮南·人間訓》作『委桑』。《左傳》作『翳桑』。」

《察今篇》：「嘗一脬肉。」○畢刻作「一脟」，云：「舊本作『一脬』，訛。盧氏紹弓云：『「脟」與「臠」同。舊本訛其下，而《日抄》引作「肘」，又脱其上。』今按，《史記·司馬相如傳》載《子虚賦》，有『脟割輪焠』之語，《集解》引郭璞曰：『脟音臠。』李善注《文選》亦同。又，《漢書·相如傳》師古曰：『脟與臠同。』今定爲『脟』字。《意林》及《北堂書鈔》百四十五、《御覽》八百六十三皆作『一臠』，他書亦皆作『一臠』，知『一脟』之即爲『一臠』者少矣。」

《悔過篇》：「使其三臣丙也、術也、視也於東邊候晋原注：一作『晋』，注亦同之道。」○誘注：「候，視也。晋，晋國也。」○駒按，畢刻作「候晋之道」，云：「舊本『晋』訛作『晋』，注亦訛，今從善注改正，而删去舊校『一作「晋」』，注亦同』六字。」○又按，《六書索隱》云：「『晋』與『鄑』同。」

《任數篇》〔一〕：「鬻者煤室入甑中。」○誘注：「煤室，煙塵之煤也。入，猶墜也。」○

〔一〕按，此條上有吴昂駒眉批：「此條可删。」

畢刻「煤室」作「煤炱」，注亦同。云：「煤炱，舊本訛作『煤室』。孫志祖詒穀云：『《選注》作「炱煤」。』梁仲子云：『盧玉川詩「當天一搭如煤炱」，政用此。』『室』與『炱』形近致訛，今定作『煤炱』。舊本注『煙塵』下多『之煤』二字，乃衍文。又，『墮』作『墜』。今皆依《選注》删正。」

《重言篇》：「有執蹠痛而上視者。」○誘注：「蹠，蹢。」○畢氏云：「『痛』字無考。注以『蹢』訓『蹠』，亦難曉。《説苑·權謀篇》作『執柘杵』。梁仲子云：『《墨子·備穴篇》云：「同搖若松爲穴户。」「搖」不知爲何物，字與「痛」相似。』」○駒按，《字彙補》云：「『痛』音未詳，見《吕氏春秋》，字疑有誤。」

《應言篇》：「然而視之蝺焉美無所可用。」○誘注：「『蝺』讀如齲齒之『齲』。齲，鼎好貌。」○畢氏云：「『蝺』字無考，疑是『竵』，與『偊』、『踽』皆同。」○駒按，《字彙補》：「蝺，果羽切，音齲，好貌。《吕氏春秋》惠子之言『蝺焉美無所用』。又音禹，宋玉《登徒子好色賦》：『旁行蝺僂。』」

「魏令孟卬割絳、窃、安邑之地以與秦王。」○畢云：「『窃』疑即『汾』之異文，字書不載。」○駒按，《字彙補》云：「音未詳，地名。」

《高義篇》：「是以義翟也，義翟何必越，雖於中國亦可。」○畢氏云：「《墨子》作『是我以義糴也。鈞之糴，亦於中國耳，何必於越哉！』此兩『翟』字訛。『糴』字無考，當是『耀』字之誤。」

《觀表篇》：「許鄙相脈。」○誘注：「脈，後竅也。『脈』字讀如『窮穹』之『穹』。」○畢氏云：「『脈』乃『尻』之俗體，《玉篇》『苦刀切』，此音讀未詳。」○駒按，《集韻》：「脈，丘刀切，音『㧊』，髀也。本作『尻』，亦作『㞜』。」梁伯子云：「當作『讀如穹高之高』，字形相似而誤。」

《開春篇》：「叔嚮爲之奴而朡。」○誘注：「奴，戮也。律坐父兄没入爲奴。《周禮》曰：『其奴，男子入於罪隸。』此之謂也。朡，繫也。」○畢氏云：「字書無『朡』字，疑是『朘』，縮朒之意也。」

《貴卒篇》：「中山之人多力者曰吾丘鴂。」○畢氏云：「『鴂』當即『鴥』之或體。《集韻》音戎用切，從宂得聲，未必然也。孫云：『《預覽》三百十三又三百五十六並作「鳩」。』」

《慎行篇》：「相與私閹。」○誘注：「閹，鬭也。『閹』讀近鴻，緩氣言之。」○畢刻作「私閹」，注同，云：「『閹』，舊本『門』內作『卷』，字書無此字。《廣韻》一送『鬨』字下云：『兵鬭也，又，下降切，俗作「鬨」。』《集韻》、《類篇》皆同。《韻會》『鬨』依《説文》从鬥，謂《廣韻》『今與門户字同』之説爲非。今『閹』字亦從之。」

《求人篇》：「搢天之山。」○誘注：「山高至天也。」○畢氏云：「搢，音民，撫也。疑亦與『捫』同音義。」

《過理篇》：「使宰人臑熊蹞，不熟。」○畢氏云：「《左氏》宣二年《傳》作『宰夫胹熊蹯不熟』。」○駒按，臑，《集韻》人之切，音而，與「胹」同，爛也。秦晉之郊謂熟曰「臑」。蹞，《廣韻》附袁切，《集韻》符袁切，并音「煩」，《玉篇》同「蹯」。

《壅塞篇》：「左右有言秦寇之至者，因扜弓而射之。」○誘注：「寇，兵也。扜，引也。」○畢刻作「扜弓」，云：「『扜』舊訛作『扞』，注同。按，《大荒南經》『有人方扜弓射黄蛇，名曰「蜮人」』，郭璞注：『扜，挽也，音紆。』今據改正。『扜』亦音烏。」

《原亂篇》：「戍亂三。」○畢氏云：「『戍』字或音喧，聲也。或云與『訙』同，義皆不當。疑或是『討』字之訛。」

《贊能篇》：「乃使吏鞹其拳。」○誘注：「鞹，革也，以革囊其手也。」○騊按，《釋文》：「鞹，音若郭反，革也。」

《別類篇》：「有柔則錈。」○畢云：「字書無此字，當與『卷』同。」○騊按，錈，《集韻》窘遠切，音捲，屈金也。又，《集韻》驅圓切，音卷，義同。

《有度篇》：「冬不用籔。」○誘注：「籔，扇也。」○畢云：「『籔』與『箑』同。」

《任地篇》：「是以六尺之耜，所以成畝也。其博八寸，所以成甽也。」○誘注：「耜六尺，其刃廣八寸。古者以耜耕，廣六尺爲畝，五尺爲甽，遼西之人謂之堘也。」○畢刻「五尺爲甽」作「三尺爲甽」，云：「堘，字書無考。」

「草端大月。」○「端」，誘無注。「大月，孟冬月也。」○駒按，端，《廣韻》職緣切。《集韻》、《類篇》朱遄切，并音專。《說文》：「數也。一曰相讓也。」梁伯子云：「孟冬稱大月者，六陰俱升，大陰之月也。或謂秦以十月爲歲首，故云『大月』，殊非。此四篇疑是古農書，未必呂氏所撰。」

《審時篇》：「厚糠多粃庢。」○畢刻云：「《御覽》無『庢』字，字書無考。」

「胕動蚼蛆而多疾。」○誘注：「胕動，病心。胕讀如痛。」○畢刻作「胕讀如疛」，云：「洪氏亮吉《漢魏音》引此注云：『胕讀如疛。』按，肘如疛，音同，知『胕』、『肘』本一字也。今本『疛』作『痛』，誤，從舊本改正。《亢倉》『胕動』作『胕腫』。」梁燿北云：「當是『痛』字，傳譌作『痛』。『胕』與『肘』不同音，未必是一字。」○駒按，字書「胕」音「附」，「肘」音「帚」，故燿北云「不同音」也。

查慎行全集

范道濟 點校

第六册

中華書局

目録

敬業堂詩集卷二

敬業堂詩集卷三

敬業堂詩集卷四

用舊韻……二八

黄泥山村看桃同錢道耕倪上韓家兄子敬南城友日姪聲山……二八

新柳詞和允文二首……二九

次韻酬别聲山姪……二九

疊前韻酬别友日兄……二九

三疊前韻留别恭庵兄……三〇

四疊前韻酬别允文……三一

同聲山姪過羅飯牛禮洲草堂别後賦寄用昌黎寄盧仝韻……三一

芙容庵水亭……三三

清明風雨舟發南昌允文聲山追送於江干更以數言

留别……三三

康郎山功臣廟十四韻……三三

餘干道中……三三

昌江竹枝詞八首……三四

齊雲山六絶句……三四

武林寓樓與德尹夜話……三五

立夏前三日集汪寓昭願學堂兼留别姚天寰顧九恒

沈昭嗣陳廣陵章豈績馮文子嚴定隅及家德尹時

余將入燕二首……三五

西水繡集留别姚夢虹宋受谷張王士張介山邵翼雲

金子由吴震一卓次厚九如……三六

敬業堂詩集卷六

假館集上起乙丑正月，盡一年。

敬業堂詩集卷七

敬業堂詩集卷八

敬業堂詩集卷九

敬業堂詩集卷十

敬業堂詩集卷十一

敬業堂詩集卷十二

敬業堂詩集卷十三

敬業堂詩集卷十四

敬業堂詩集卷十六

敬業堂詩集卷十七

敬業堂詩集卷十八

敬業堂詩集卷十九

敬業堂詩集卷二十

敬業堂詩集卷二十一

敬業堂詩集卷二十二

敬業堂詩集卷二十三

敬業堂詩集卷二十四

敬業堂詩集卷二十六

敬業堂詩集卷二十七

過夏集盡庚辰一年。

敬業堂詩集卷二十八

敬業堂詩集卷二十九

敬業堂詩集卷三十

敬業堂詩集卷三十一

敬業堂詩集卷三十二

敬業堂詩集卷三十四

西阡集起丙戌十月，盡十二月。

敬業堂詩集卷三十六

敬業堂詩集卷三十八

敬業堂詩集卷四十

敬業堂詩集卷四十一

敬業堂詩集卷四十二

敬業堂詩集卷四十三

敬業堂詩集卷四十四

敬業堂詩集卷四十五

敬業堂詩集卷四十六

夏課集起丙申五月，盡十二月。

敬業堂詩集卷四十七

敬業堂詩集卷四十八

敬業堂集卷四十九

敬業堂集卷五十

敬業堂詩續集卷一

敬業堂詩續集卷二

敬業堂詩續集卷四

敬業堂詩續集卷五

敬業堂詩續集卷六

敬業堂集輯補

附録

敬業堂詩集卷一

慎旃集上盡己未一年。

己未夏，同邑楊以齋先生以副憲出撫黔陽，招余入幕。時西南餘寇未殄，警急烽煙，傳聞不一，而余忽爲萬里之行。其在《陟岵》之詩曰：「尚慎旃哉！由來無棄。」夫當行役之時，不忘父母兄弟，而終以危苦之辭，讀其詩者，傷其志焉。余不幸早失怙恃，終遠兄弟，麻衣被體，瞻望漣洏，因取「慎旃」以命集，自勵也，亦以慰予季也。自己未迄壬戌，首尾三年，凡如干首，釐爲三卷。

游燕不果乃作楚行

北道初停轍，南轅未息戈。一門初約變，岐路獨行多。不是彈箏客，誰爲擊楫歌。也知田舍好，壯志恐蹉跎。

留别仲弟德尹二首

形影何當出處分，君應憐我我憐君。孤雲出岫寧無意，獨雁衝寒奈失群。門户全生終碌碌，兵戈絶徼尚紛紛。虎頭分少封侯骨，投筆聊從萬里軍。

鷄聲驚起對牀眠，纔説江關便黯然。與爾未曾經遠别，得歸難定是何年。渡江風物悲元亮，懷土人情感仲宣。瓦屋三間門兩版，頻煩爲我掃東偏。

酬别盛鶴江徐淮江程禹聲次禹聲原韻

輕橈夾岸柳毿毿，短笛長亭最不堪。江路恰逢鴻雁北，山程遥指鷓鴣南。異時對酒懷重五，同調關心記兩三。此去湖湘煙水闊，鷗波長自夢春潭。

京口和韜荒兄

江樹江雲睥睨斜，戍樓吹角又吹笳。舳艫轉粟三千里，燈火沿流一萬家。北府山川餘霸氣，南徐風土雜驚沙。傷心蔓草斜陽岸，獨對遥天數落鴉。

曉發梁山

一鈎殘月吐仍銜，薄霧濛濛著布帆。行過天門天未曉，風來東北路西南。

贈胡星卿先生胡之先東川侯海其子觀尚南康公主

棨戟侯門奕葉光，可能無意感滄桑。草廬望重名賢宅，竹苑年深貴主莊。滿地秋瓜仍爛熳，渡江春燕只尋常。白頭一老鍾山下，筋力猶看八十强。

題王璞庵南北游詩卷

我初未見聞君名，十年懷抱一夕傾。眼中指顧空豪英，乃欲以詩鳴不平。蓬累時作蒼茫行，江南江北無期程。流離滿前皆孩嬰，道旁見之淚縱横。爾生其間一蒼生，補救敢與乾坤争。俛今仰古氣孰攖，長篇倚劍頃刻成。東將入海手掣鯨，嘲弄花月非人情。余從涉江來舊京，足所游歷手勿停。君詩直壓小謝城，如以六國當秦兵。聳肩雒誦作大聲，煌煌高燭燒長檠。須臾街鼓報五更，紅日欲吐東方明。

登金陵報恩寺塔二十四韻

不盡興亡恨，浮圖試一登。孤高真得勢，陡起絶無憑。法轉風輪翅，光摇火樹燈。地維標寶刹，天闕界金繩。碧落開千里，丹梯轉百層。規模他日壯，感慨至今仍。禍自歸藩啟，兵從靖難稱。比戈殘骨肉，問罪假疑丞。衮冕俄行遯，戎衣遂謁陵。朝家同再造，國事異中興。此舉無名極，當時負媿曾。兩京雄岳峙，一塔鎮觚稜。銖兩材俱稱，纖毫辨欲矜。琉璃紛紺碧，欄楯落鮮澄。事本誇餘力，基猶念丕承。監宫留太子，給俸濫千僧。原廟衣冠冷，豐宫獻卜增。侈心崇梵竺，神道託高曾。世往疑經劫，人來乍得朋。同登者六人。雲煙争變幻，日月幾升絙。絶頂盤旋上，虚窗偪仄凭。近身棲怖鴿，側背躡飛鵬。勝境才何有，高歌氣或騰。鍾山青入望，相對故崚嶒。

金陵雜詠二十首并序

僕年三十，始至舊京。路近一千，還同異域。感生涯之已晚，歎故事之無徵。彼都人士，憶南渡之風流；故國山河，見北邙之陵寢。四百八十寺，煙雨猶新；三萬六千場，笙歌頓歇。袁羊因而狂憤，衛虎所以神傷。況以飄零，再當摇落。芳樹攀條，敢泪盡臺城之妓，金釵插鬢，魂消綺閣之歌。凡江干覽物之端，皆游子言愁之什。自信其可傳，冀知音之勿罪云爾。

十六門如十六樓。

孝陵松柏猶樵牧，元廟何妨有淚痕。輕煙翠柳今何處，明初妓館名。沙漠真人本至尊，青蛇罷祀出梧垣。

想像承平樂事留，履綦陳迹也風流。

御溝儘有流紅事，麈壁傷心是媚蘭。灑掃他時屬内官，鐘聲好句逼人寒。

夜半傳呼聚寶門，金蟾鬣鎖内城昏。武皇大有南遷意，故遺鑾輿宿報恩。

白馬青絲他日事，倉皇曾補一毫無？蒙溪石刻表南都，形勢居然屹壯圖。

胭脂不到長城外，何必明妃怨畫工。妙選三家入後宫，抱來馬上石榴紅。

蜀桐不發岐陽扣，等是崑岡劫火餘。武定橋欄玉磬如，泠泠七尺響清虚。

點粧巾帽俱新樣，不用喧傳鏡背詩。宗伯奩清世不知，菱花初照月臨池。

不許繡毬誇獨絶，鳳臺還有紫微花。杏村玉樹接春華，太史詩留典客家。

年年八月隨潮上，柳貫紅腮燕子魚。薛鴨袁羊七箸餘，江鮮風味只如初。

即從紅豆徵奇麗，便壓元人十四題。粉竹香塵調不齊，和來雁字鬥高低。

故須小技通文義，垂老知音付漫郎。頓老琵琶擅教坊，供筵法曲别歌章。

隔簾傳語催停板，頭白扶來制淚聽。雷雨隨絃四座驚，秀之絶調自泠泠。

昭文小楷法黄庭，繡佛新詩玉琢成。不及錦雲名句好，斷腸芳草斷腸鶯。
一月花名簇錦筵，舊家手帕亦因緣。曾陪盒子春檠會，冷落飄燈四十年。
鼇足盤龍氣象吞，東華扶出尚驚魂。書生小膽當前破，何取紛紛出大言。
後村傲兀自奇才，覓句曾過此地來。春草不生山路白，樹陰濃罩雨花臺。
卧游宗炳已傷神，畫社秦淮點染新。怪得江山生色少，少岡老死更無人。
鈔庫街頭第一坊，游人消渴試新嘗。近來曲巷添茶社，誰記新都是濫觴。
名士年來已可嗔，騎驢腰扇怕逢人。李昭竹骨王郎畫，難掩西風障扇塵。

蕪湖關

昨日出龍江，今晨抵蕪湖。順風滿帆幅，過關快須臾。關吏責報税，截江大聲呼。舟子不敢前，榠柁轉轆轤。余笑謂關吏，奇貨我則無。聯吟三寸管，壓浪百卷書。船頭兩巾箱，船尾一酒壺。此外更何物？隨身長鬚奴。吏前不我信，倒篋傾筐簏。棄捐無一可，相顧仍睢盱。買酒例索錢，迴身若責逋。有貨官盡征，無貨吏横誅。有無兩不免，何以慰長途。

題余鴻客金陵覽古集

神傷叔寶鬢初斑，詩草年年手自删。莫問六朝興廢事，謝家名句有江山。

曉出荻港

鞍馬習人勞，舟航令人惰。所苦風濤争，孤篷坐掀簸。般師喜出險，拍手笑相賀。輕生涉江湖，緬維神力荷。詰朝風日美，百里悠揚過。雲峰石門奇，天勢江浮大。望窮樹攢薺，機静魚趁柁。琉璃千萬頃，一葉點不破。倒影白日深，蛟龍鏡中卧。江豚忽掉尾，散作鱗箇箇。豁然闢詩境，遠景開淡沲。

銅陵太白樓同韜荒兄作二首

不盡長江萬古流，吴天遼廓倚孤舟。疾風捲雨過山去，虹氣晴開百尺樓。

我昔曾從夢見之，精靈長接百篇詩。豈知流落才無用，猶羨宫娥捧硯時。

游兵營

苕苕指衡湘，屈蟠路如蛇。江天風月夜，往往聞清笳。尋聲向曲岸，燈光出蒹葭。古哨聚游兵，汛地錯犬牙。上下十數里，塘迴互周遮。警急一舉烽，夜行禁艑艖。茅屋三五間，各自比建衙。門前蔭垂柳，屋後編籬笆。恐爾本良民，賦斂逃科差。居然長兒女，戍久還成家。炎荒屬未寧，羽檄方紛拏。惜哉好身手，宴坐銷精華。何當鉦鼓息，再見户口加。

那剎磯弔黄忠節公

天道本好生，無端殺機伏。惻然遜國際，罹此靖難酷。天下自一家，諸臣義不辱。侍中初出亡，乞援向誰哭。勢窮繼以死，初念固不欲。漸漸那剎磯，洶洶怒濤蹴。嗚呼蒙葬地，乃在江魚腹。賢哉翁夫人，偷生不忍獨。提攜及二女，感激到婢僕。舉家十三口，同日死江曲。真難贖百身，竟用全九族。當時故吏士，過者不敢目。藁葬同一墳，翁夫人及二女合葬金陵塞洪橋北。招魂倘來復。易名雖兩經，弘光南渡改謚文貞。廟貌未嚴肅。我思鑄遺像，鎮此千山麓。貧賤復何言，詩成淚盈掬。

雨後渡攔江磯

片雨南來壓短篷，迴看天北吐長虹。風纔過處雲頭黑，霧忽消時日脚紅。遠岸浮沈沙柳外，危磯出没浪花中。扁舟一葉無根蒂，笑擲吾生付柁工。

小孤山

峨峨百里外，煙鬟望欻矐。峭颿兩日程，始及抵山脚。連山亘兩岸，千仞排垠堮。不知渾沌來，孤嶼孰開鑿。初從山背望，上下勢相若。兩崖忽中分，老牛角紾昔。向陰棲鸕鷀，石齒白磊硌。其陽峰面鋭，鵰噣高卓卓。青葱起美蔭，遠景翳林薄。脊骨不貯土，長根自蟠錯。傍覩倚崔嵬，遥勢借恢擴。大哉造物奇，咫尺形體各。中腰神女祠，紺碧架飛閣。藐焉冰雪姿，玉貌坐端慤。小雨夜歸梁，晴雲曉褰幕。神威不在猛，水怪自驚遌。帖然率群醜，俛首受絛約。移舟試欲登，夷險費斟酌。聳肩却步立，窘若被束縛。攀躋雖未成，夜枕夢已噩。起來攬帶坐，波軟風力弱。圓月光吐吞，蛟龍恐驚攫。

皖口

八卦依然列女墻，一城斗大劃荆揚。雨濃隔浦吴山盡，風澹空江楚水長。官渡無人還繫艇，客程有樹但垂楊。曾經百戰東南定，鼓角殘兵又夕陽。「殘兵鼓角夕陽中」，明初高季迪《題安慶城樓》詩語也。

路灌溝阻風

行李先愁過吉陽，萑苻何物尚披猖。孤舟喜出兩關阻，一雨能生三日凉。紈扇雲皴山入畫，蘆花風起客思鄉。柴桑舊事吾猶記，咫尺翻嫌路渺茫。

過鄱陽湖口望大孤山次黄伐檀舊韻

江長如帶湖如襟，廬山挈領高嵚崟。大孤欲東湖口住，石脚下插三千尋。浪頭有時過滅頂，嘘吸倒影影亦沈。康郎彭郎兩不妒，微步但覺凌波深。西江賈兒晚泊棹，東南月上明孤斟。渚蘩汀芷近楚俗，水味涓潔神居歆。群鷗飛盡亂鴉舞，瘿藤瘦棘森成陰。天青沙白獻濃翠，恍悦余目怡余心。船頭擊汏船尾卧，末疾不受風霾淫。馬當之險幸已脱，一壺珍重攜千金。

蘄州道中

設險憑全楚，江防此地遷。千家猶帶郭，獨客偶停船。天闊星如墜，江空月最先。時危憂盜賊，慘澹話當年。

漢口

巨鎮水陸衝，彈丸壓楚境。南行控巴蜀，西去連鄢郢。人言紛五方，商賈富兼并。紛紛隸名藩，一一旗號整。駢駢驢尾接，得得馬蹄騁。傳傳人摩肩，蹙蹙豚縮頸。群鷄叫咿喔，巨犬力頑獷。魚蝦腥就岸，藥料香過嶺。黄蒲包官鹽，青箬籠苦茗。東西水關固，上下樓閣迴。市聲朝喧喧，煙色晝暝暝。一氣十萬家，焉能辨廬井。兩江合流處，相峙足成鼎。舟車此輻輳，翻覺城郭冷。黄沙撲面來，却扇不可屏。稍喜漢江清，浣紗見人影。

漢陽晴川閣

已失當年鸚鵡洲，晴川高閣劫灰留。苦嫌過客多題壁，却笑神仙盡好樓。閣傍新創方士書院。

粉堵日斜浮鄂渚，蒲帆風急下黄州。山根一綫分江漢，不遣清流混濁流。

題王方喬齋壁

半捲湘簾不滿鈎，大江檻外日東流。碧空過盡千帆影，一榻卧看黄鶴樓。

安國寺東荷池上

蓮蓬味美差同藕，荷葉香清似勝花。懊惱休陰無一樹，閉門長日坐僧家。

漢江舟夜

露宿風餐兩月餘，入秋懷抱少應攄。濃陰隔浦初疑霧，晚食投竿果得魚。夏口帆來飛鳥外，洞庭木落早涼初。楚天微雨瀟瀟夜，漁火分光到檢書。

漢川道中紀所見

沙岸百尺高，水落岸容槁。火雲蒸久旱，旭日秋杲杲。田家候鷄鳴，趁伴起最早。放閒惜牛力，飽食眠秋草。不念婦子疲，提攜及襁褓。桔橰遠灌田，俯仰困機巧。單衣汗沾背，滿面塵不澡。鑼鼓懸柳陰，兒童事擊考。金燥革亦乾，愁聲振林杪。土音帶蠻瑶，過客不盡曉。勞歌有酬答，各自相媚好。豐荒關天運，轉瞬誰得保。民愚亦可憐，聊用慰翁媪。對之我抱慚，飢軀空擾擾。人言行路心，擇食苦不飽。此意行已堅，毋爲亂懷抱。

渡百里湖

湖面寬千頃，湖流淺半篙。遠帆如不動，原樹競相高。歲已占秋旱，民猶望雨膏。涸鱗如可活，吾敢畏波濤。

洪　湖

漢江支流入洪口，水勢舒緩地勢窪。葑田中開畝千頃，緯經去聲一一露渚牙。殘荷尚擎欹仄蓋，紅蓼競吐殷鮮花。鷺鷥聳肩作人立，意思閒暇窺魚蝦。濱湖幾點暮煙起，曬網者漁三五家。海篳半閒蘆架屋，黄篾十丈水占涯。春漲生時隨斷梗，秋潦退後依平沙。東西北南隨所向，泛泛何異鷗鳧駕。老漁顧我笑相答，客行要自同棲苴。我聞此言發狂笑，片席飛渡蒼蒼葭。

沔陽道中喜雨

一枕涼侵被，朝來得晏眠。江清收潦後，風勁掛帆前。宿雨纔如露，秋雲不近天。可能涓滴意，蓬勃起枯田。

初入小河

魚米由來富楚鄉，入秋飽啖只尋常。如今米價偏騰貴，賤買河魚不忍嘗。

將至玉沙舟中述懷呈家季叔二首

村荒人少但寒雅，夾岸蒹葭一道斜。偶到不妨頻問俗，既來何苦又思家。愁經零露秋前草，夢吐疏燈夜半花。抛却田園荒舊業，并攜僮僕走天涯。

勞苦官居已六年，人傳緑鬢改華顛。眼明稍喜流亡復，城小曾蒙盗賊憐。五斗粟容彭澤傲，一厨酒愛步兵賢。定知情話無窮在，幾夜篝燈記不全。

玉沙即事二首

銀絲壓髻學盤頭，少婦粧成不上樓。客久語音通土俗，路長征戍阻炎州。蘆中船去花搖雪，柳外天低月吐鈎。净洗胭脂湖水闊，荷陰閒淡自清秋。郭外胭脂湖荷花絶盛。

絶少魚蝦入膳庖，豚蹄隨意散塘坳。鷄棲茅店鴉争食，燕去蘧廬鼠嚙巢。暗窟草深移蟋蟀，晴絲露重綴蠨蛸。乍來寂莫荒江曲，欲賦蕪城感慨交。

初得家書

九十日來鄉夢斷，三千里外客愁疏。涼軒燈火清砧月，惱亂翻因一紙書。

與韜荒兄竟陵分手兄至荆州余往監利滯留且一月矣作詩以寄

長江多蛟龍，噓吸通潮汐。兩人行結束，惘惘將奚適。維時夏苦旱，千里火雲赤。壓頭一扇篷，炙背等煎迫。而我於其間，狂吟快新獲。兄詩工而遲，顧我速以拙。篇成必傳示，往往到瑕纇互指摘。我賞兄不疑，兄頷我蹙額。丹砂百煉金，點鐵隨手擲。文從字怪發，往往到擊節。績學兄貫穿，懸河瀉胸膈。陳言務掃蕩，妙解生創闢。文章竊願學，下語頗不擇。

兄爲啟其鑰，奇正示體格。經經而緯史，較若分黑白。溯流止一源，馳騁戒傍隙。有時雜游戲，閒亦事博弈。枯棊紙畫局，低手兩笨伯。毫末勢必争，怒容毛髮磔。推枰起相詢，衾枕紛狼藉。幸未投諸淵，俛首旋拾摭。傍觀但移晷，一笑意已釋。我飲僅半升，兄傾可一石。村沽必盡量，醉語有終夕。舟子訝未聞，家奴慣不嚇。漢陽半月住，又復事行役。竟陵暫分袂，謂作浹旬隔。余去向玉沙，兄行指鶴澤。萍蹤忽漂散，踐約苦難責。吾叔方南征，輸將任煩劇。夷陵用兵地，久滯佐籌畫。西風吹客衣，稍欲换絺綌。冷署啼寒螿，庭柯響摵摵。獨來閲中秋，消息斷咫尺。豈如孤舟夜，卧起同枕席。正當盛壯時，長駕困短策。依回投幕府，此叚良可惜。我年雖少兄，本性奈孤僻。輪囷剩肝膽，感憤腕徒搤。妻孥敗人意，兼顧終無術。鹵莽一出門，何從算游跡。歸與須早計，惆悵分飛翮。

從監利至荆州途中作

餘恨空傳割據還，青天了了隔江山。對岸爲華容諸山。人來小雨初晴後，秋在垂楊未老間。望遠易成千里隔，時危敢愛一身閒。荆州亦是從軍地，怪得參軍語帶蠻。

初至荆州韜兄出岳家口留别絶句見示和一首

竟陵小别無多日，又向江陵把一樽。此夕憑君談客況，已如三峽聽啼猿。

呈大中丞楊公二首

烏蠻要荒路幾千，牙門小駐且江邊。時駐節荆州。他年峴首沈碑會，不羨龍山落帽筵。千古英雄皆史册，一時形勝又山川。從今覽眺猶多暇，只在披圖聚米前。

樓船直下擁旗旌，絶勝貔貅十萬兵。吴漢威名如敵國，魏公倚重抵長城。鐵橋徼外先聲度，銅柱天南赤手擎。若問封侯何事業，征南原是一書生。

重陽後六日奉陪中丞公登龍山落帽臺次原韻

遠上坡陁碧水灣，蒼然平楚夕陽間。可無好事傳新句，恰有佳名似故山。余所居在龍山，故云。霜氣銷來還緑樹，狼煙起處是烏蠻。陪游不少鄒從事，此日風流媿再攀。

荆州與楊語可别

一身萬里逐南征，八口村居累不輕。入幕稍酬賓主分，勸餐真見弟兄情。雨清江館啼猨夢，天闊砧鄉去雁程。莫怪從軍還作賦，仲宣樓畔尚徵兵。

荆南秋盡野鶴群飛楊公有詩屬余並作

遠游望滇黔，萬里方汗漫。中途得小憩，朝爽快清盼。野鶴亦出游，聲聞自天半。來從纖霓端，倏過蘆花岸。紛紛排雁陳，一一作魚貫。或前如導引，後者敢奔竄。成群似得朋，獨往寧無伴。感通在聲氣，形影有聚散。應防凡鳥嗤，未怕弋者篡。那將閒人目，送汝入霄漢。豈無好爵縻，乘軒方好戰。當年羊叔子，坐鎮示閒晏。可憐煙霞姿，曾作耳目翫。氄毴驅對客，妙舞恥輕炫。故澤今重來，華表如再見。荆南有鶴澤，相傳羊叔子養鶴處。但令鎩雙翃，警露報昏旦。拾粒仰稻粱，野性恐不慣。聳身托風馭，毛骨庶可换。我欲從之游，招手已難喚。

荆人田芝來年老好事所居城南隅瓦屋三楹小庭曲砌雜蒔花竹性喜蓄錦石貯以瓷盆清泉涵之因狀命名乞余分詠余以其名不雅不欲作詩重違其請賦一章以示意

風日媚冬暄，行行歷郊陸。登高三百步，埤堄轉城曲。墻頭見鵲巢，老樹出修竹。叩門得小憩，寄興抵巖谷。白鬢揖相迎，一笑情已屬。小庭容旋馬，闢徑故蟠伏。插籬竹架格，對面植花木。隔簾霜氣清，老葉冬猶緑。井然見位置，頗未嫌局促。琴書了無塵，几榻浄如浴。清泉貯磁斗，浮面不盈匊。纍纍錦石圓，紋理細可矚。紛紛誇示客，手點口品目。寓形窮想像，比喻借金玉。余笑戲謂翁，此事取遠俗。有生經喪亂，奇貨手翻覆。錦繡拆麟鳳，珠璣裂奩軸。君家茅堂清，枅栱無改築。收藏恃無恙，彼好非此蓄。奈何清玩具，反以穢名辱。託名喪其實，石意恐不欲。何如兩相忘，碌碌復碌碌。

初冬登南郡城樓

牢落城南賣餅家，空傳形勝控三巴。天寒落日千群馬，葉盡疏林萬點鵶。沙市人來穿故壘，渚宫煙暝動悲笳。纍纍新冢荒郊徧，還有遺骸半未遮。

寒夜次潘岷源韻

一片西風作楚聲，卧聞落葉打窗鳴。不知十月江寒重，陡覺三更布被輕。霜壓啼烏驚月上，夜驕飢鼠闞燈明。還家夢繞江湖闊，薄醉醒來句忽成。

雪　後

繚墻茅屋閉孤城，寒壓鼁厨火未生。連日窮陰疑有雨，五更微雪徑成晴。坐銷短晷經檐影，閒聽鄰家壓酒聲。天意似催梅信早，望鄉孤客最關情。

荆州雜詩六首

要害西南最，乾坤百戰餘。孤城還矢石，陳跡遂丘墟。白日吹笳外，枯風落木初。暫來戎馬地，慚愧得安居。

三户亡秦讖，孤軍覆楚師。難消終古恨，常動後人思。形勝今何用，英雄事必奇。挑燈繙史傳，渾似覆枯棋。

中山存後裔，失路亦依劉。大局分三國，深心借一州。圖王須得勢，割據豈同仇。滿眼俱豚犬，應思孫仲謀。
梁元仍舊鎮，此地屢稱兵。禍福憑方士，干戈盡弟兄。戎衣臨講殿，詩句到巡城。世亂文何用，君王乃好名。
枇杷門外路，降表是前驅。建業無王氣，湘東只霸圖。占星憂客位，給札笑家奴。秋草荒郊徧，元陵問有無。
南郡風流地，雄藩轂久推。梨花前隊擁，紅粉後車來。馬酒分麾飫，狐裘逐兔回。明明軍令在，蜀道幾時開。

洪武銅砲歌

荆州城頭古銅砲，洪武元年戊申造。土花剥蝕鏽微生，首尾撐撑任顛倒。憶時僞漢方縱横，虎視江東勢輕剽。旄鉞鄱陽一戰收，割耳淋漓行告廟。荆湘指顧入圖版，駕幸武昌懾苗僚。遂令守土頒火器，何異分藩鎮險要。邪許聲中走百夫，巨材作架牛皮冒。二百餘年烽燧冷，講武承平背時好。何來寇賊忽披猖，將士倉皇棄牙纛。可憐櫜鞬等無用，下策火攻恃騰趠。底貢初曾致島夷，後來特賜紅夷號。豈知將軍竟負國，俯視焦原縱群盜。

彼非吾産且勿論，爾獨胡爲亦忘報。萇弘碧血釁未足，鴟䲿懸目慘無告。嬴顛劉蹶誰惜之，去者自悲來自笑。而今西南又轉戰，形制雖存力難效。我來見汝荆棘中，并與江山作憑弔。金狄摩挲總淚流，有情争忍長登眺。

荆州護國寺古鼎歌

臨淮王氣日盪摩，東吴西漢兩燭蛾。天教禹鼎歸一統，掃蕩不再煩矰磻。煌煌開基自建鄴，豐沛大風時作歌。金枝玉葉出九塞，帶礪錫誓如山河。《名山藏·分藩記》：遼王植，洪武二十五年自衛改封。成祖靖難後，王自請移荆州。荆州要害古重鎮，水合沱澧山岷嶓。親藩改封頒重器，汾陰寶氣移騰那。遼宫北望四千里，輦致遠自清泥堝。遼東地名，見《遼史》本紀。吴牛回首喘甫定，辟易罔象潛蛟鼉。中容百石外菌蠢，價重奚啻千鋗鍋。白日蓬蓬靄雲起，清宵馤馤香煙和。百餘年間封未絶，嗣王拱璧垂緌緺。力營梵寺覬祈福，丹碧插漢高嵬峨。棧齴層級疊堦砌，罘罳繪藻連重阿。明珠百八綴瓔珞，黄金丈六裝韋馱。憑將此鼎配清供，位置端正平無頗。千林散花傳薝蔔，七葉覆影依椶櫚。居人空巷競頂禮，一日萬手争摩抄。年深餘潤溢精采，斑駁青緑紋成螺。厥初賜額號護國，豈意國步旋跌蹉。西北忽傳盜群起，轉掠卬僰揺牂牁。叢祠狐鳴妖廟火，雄王雌霸紛幺麽。公然出陜入曠衍，楚境旁突其誰何。髠毛東浮蔽大海，轅塵南下驚纖蘿。紅巾方見劇賊走，白霧又報官軍過。紅蓮幕乏庾長史，碧油幢引楊沙哥。廟廷無人經略拙，覆餗折足遑知他。北門吠犬失利苾，南徼跕鳶悲伏波。簡書右方半塗改，泮水左耳全欺訛。中軍但思挺鹿豕，列陣孰肯領鸛鵝。九州聚鐵鑄一字，百金立木招群魔。腰間大弓肅肅羽，掌上利劍霍霍磨。濕梢積屍填巨壑，洗城漂血生盤渦。烏飛白頭竄帝子，馬挾紅粉啼宮娥。魯藏大盜竊寶玉，武庫烈焰燔琱戈。玉魚晨穿赤蟻穴，金虎夜落毛蟲窠。神焦鬼爛逃后羿，天驚石破愁皇媧。王坤驚聽或滲漏，諸皋載紀從譏訶。是時古鼎乃無恙，疇役丁甲來撝呵。乾坤玄黄蟻旋磨，日月來往龍騰梭。爾來一瞬四十載，渚宫已長油油禾。昆明土灰識燒劫，銅仙淚雨收滂沱。城中故物僅留此，坐閲人代成飛柯。金剛寶杵衛帝釋，彫篆石碣敲頭陀。殘僧近前爲指點，詞客好事空吟哦。吁嗟兮滄桑變易等閒耳，區區一物奚足多。

渡荆江

虎渡迴船日又曛，旌旗高捲渡頭雲。閒鷗意到忽飛去，斷雁聲多時一群。南入五溪江路盡，西連三峽楚程分。亂離光景逢人問，或有新詩當紀聞。

白楊堤晚泊

客行公安界，榛莽遥刺天。百里皆戰場，廢竈依頽垣。豈惟人踪滅，鵶鵲俱高騫。但聞水中鳧，拍拍繞我船。朝來望澧陽，稍稍見疏煙。晚泊得墟落，渾沙水洄沿。天風鳴枯楊，衆鳥巢枝顛。居民八九家，其下自名村。野火燒黄茆，瘦牛皮僅存。姻親兒女舍，相對籬無樊。我前揖老父，款曲使盡言。云自南北争，兵火六七年。初來尚易支，斗米换佰錢。去秋忽苦旱，穀價十倍前。朝市有推移，世業誓不遷。況聞江南北，兵荒遠衺延。逋逃等無地，旅仆誰哀憐。我感此語真，欷歔淚流泉。有生際仳僞，朝夕計孰全。悠悠逐徒御，即事思田園。

公安道中

折戟沈沙極望中，勿論猿鶴與沙蟲。一江路阻城猶在，萬竈灰飛壁已空。便有閒情論戰伐，誰能按壘識英雄。分明世事如儻博，細雨殘燈局就終。

過龍陽縣

李衡洲畔水潭潭，生計漂流最不堪。抛却故園三百樹，來嘗霜橘洞庭南。

晚泊安鄉縣六韻

布帆衝雪到，小泊記荒程。沙岸冬收潦，湖光晚放晴。百家成小聚，一縣得虚名。路險行吟客，天驕跋扈兵。廢池猶帶樹，殘壘竟無城。不到干戈地，誰知荆棘生。

渡洞庭湖四十韻

一氣吞全楚，孤舟望不窮。兩儀浮澹淹，萬象入鴻濛。冰雪凝壺浄，煙霞拂鏡融。恍疑天四合，長見日當中。散作魚鱗去，虚憑鳥道通。洪流年莫紀，開坼力何雄。險蓄波濤勢，陰防霧雨雾。落帆分向背，瞻斗辨西東。䀠䀠趨靈域，泱泱表大風。回車辭崦嵫，仗劍倚崆峒。絶境何由達，狂飈偶一逢。未成騎赤鯉，直欲駕晴虹。空曠曾張樂，軒轅想馭空。貝闕清鸞雛嬌，嶰竹，鳳味引荆桐。去約西王母，行邀東海童。舞幽潛百怪，協律奏群工。貝闕清於玉，冰簾暖似烘。人閒常屬耳，天外或呼嵩。沈璧摛辭壯，燔柴望祀豐。居然馮嶽瀆，渺矣托神叢。河伯憂方大，蚩尤禍忽終。長鯨摧爪甲，封豕殪豝豵。不分驅秦鹿，終成失楚弓。紛紜吹野馬，變化到沙蟲。貪説含珠睡，乖從割耳聾。蛟涎腥蚌窟，魚目鬪龍宫。往往狼争肉，紛紛雉離罿。崩沙埋鎖杙，壞板拆艨艟。短景西南陷，浮氛宇宙充。客行愁渺渺，事往惜匆匆。飄泊今無地，吁嗟一倚篷。向來拘眺聽，渾似出樊籠。弔古夫何及，傷時又不同。九疑荒率指，七澤蕩明瞳。易觸蒼茫句，難消塊壘衷。非才慚擊檝，有識笑從戎。不作沾泥絮，翻隨别蔕蓬。文詞新畫虎，爪跡舊飛鴻。壯志銷積俗，流年撫薄躬。中流發長嘯，誰負濟川功。

臘梅和中丞公韻

一枝開異域，獨秀殿群芳。梔額黄添暈，檀心蜜作香。折應傷歲暮，力欲挽春陽。待共梅花笑，先期耐雪霜。

武陵除夕

嶺徼溪山指後期，楚天風物莽參差。江船雨鬧鲞魚市，岸柳波柔飲馬池。俗陋初逃兵火厄，年荒真覺酒醪糜。春光已作先庚報，試看燈花爛漫時。

敬業堂詩集卷二

慎旃集中盡庚申一年。

喜季叔自荊州至二首

會合期難定，蒼茫憶舊秋。烽煙隨地滿，書疏隔年收。薄宦供驅策，空囊愴去留。荊南曾久住，回首似并州。

再見干戈地，方知骨肉恩。人情方畏虎，客路漸啼猿。那得窮無恨，惟應醉勿論。如何連夕話，多半是田園。

人日武陵西郊閲武二首

鷹揚盪決勢無前，觭角相持又一年。豈謂陳湯寬吏議，尚煩充國策屯田。桃花色映巴滇馬，杏葉裝成子弟韉。漫説秦人曾避地，而今此地是窮邊。

如荼如火望中分，鼓角鐃鉦一路聞。黑齒舊疆仍結壘，緑旗别隊自將軍。轅門誰上《平蠻策》，朝議先頒《諭蜀文》。輸與書生工算弈，疏簾殘局轉斜曛。

再游德山爲雨雪所阻留宿乾明方丈次石間周益公石刻舊韻二首

但令興到便登山，路轉鳧鷖第幾灣。福地自留蒼翠外，閒身偏在亂離間。殘碑日月看仍在，前輩風流許再攀。五百年來如轉盻，知從何處證無還。

城外清江江上山，依然白浪捲蒼灣。雪飄燈事闌珊後，春到梅花淺淡間。竹樹一丘迷出入，樓臺幾處記躋攀。茶煙芋火前因在，信宿留人未遣還。

春晴登朗州城樓

沅水湘煙入望深，郡樓閒上當登臨。晴邊日作薰檐氣，亂裏歌傷去國心。芳草迎船迷舊岸，緑楊盤馬試新陰。劉申去後空城在，水次猶傳《上堵吟》。

三閭祠

平遠江山極目迴，古祠漠漠背城開。莫嫌舉世無知己，未有庸人不忌才。放逐肯消忘國恨，歲時猶動楚人哀。湘蘭沅芷年年緑，想見吟魂自去來。

朗州絶句四首

《翎雀》彈來新調多，《竹枝》舊法定如何。居人不解邊頭曲，只唱西風菜葉歌。

江干草市竹爲椽，容易移家逐貿遷。昨日官軍又南去，辰溪一路有新煙。

雨餘天氣好清明，薺菜花開去踏青。樂令園荒桃李盡，更無啼鳥入空城。

督師聲勢震蠻荆，父老徒誇晝錦榮。不信但看楊相國，遺恩還在鼎州城。

武陵送春 時初聞官軍恢復辰州

筍屐籃輿幾地逢，春華一夢記南中。草痕吹過青楊瘴，花信飄殘畫角風。燒尾蛇應流枉矢，驚絃鳥亦避虚弓。桃源只隔孤城外，流下辰陽戰血紅。

舟發桃源

武陵溪口朗江灣，花落鵑啼血正殷。楚甸回看惟見水，蠻程從此始登山。分災小劫推移過，避世遺風想像還。但使耕桑能復業，仙家原自在人間。

辰龍關

結陣愁雲傍水濱，望中高勢故嶙峋。古來形勝知何地，天下英雄竟少人。獨戍飢鴉喧落日，連營荒草壓征塵。曾經官渡相持後，柵孔枝枝插柳新。

海螺峰歌

楚南地窮山聚族，逞怪争奇走相逐。桃源以上篁箐多，碧玉簪如春筍束。海螺一峰天下奇，形模彷佛神依稀。雷硾鬼斧劈不得，造物伎倆初奚施。中豐上鋭下微窄，凹處痕青凸邊白。古苔繡錯十六盤，巒髻椎高二千尺。輕身想像窮煙霄，仰天一笑天爲高。不知猸猱爾何恃，騰擲絶頂相矜驕。似聞老螺生海底，鯤化鵬飛忽移此。偶然蝸殼吐饞涎，倒覆江干吸江水。我嗤汝腹彭亨幾許寬，安能吸盡五溪之奔湍。天公渴汝一掬慳，故實汝腹封泥丸。嗚呼！已實汝腹封泥丸，只合棄置當百蠻。胡爲秀聳拔萬山，坐令荒徼人俱頑。

清浪灘

怒勢中流劈浪開，蟄龍潛處起驚雷。衣冠如故神留像，牙角争雄石騁才。鄉户幾看疲輓運，洪瀾何事故奔積。炎荒有路天難限，百險終須椗桅來。

北溶驛

西隔辰陽纔百里，傷心戰地見何曾。尸陁林下烏争肉，瘦棘花邊鬼傍燈。井與田平柴栅廢，燕隨人散土巢崩。相逢漫説從軍樂，一飯無端百感增。

辰　州

連岡猛火夜燒營，檗瓠西來尚有城。百雉憑高經雨黑，五溪流惡入江清。就傾廬舍全無主，畏險舟車半不行。欲訪遺書尋二酉，旁人指點笑書生。

壺頭山伏波廟

功業巒方萬古尊，當時朝謗竟騰喧。耿舒本意難同事，朱勃猶存解訴冤。馬革裹屍言竟驗，雲臺圖像事休論。中興諸將俱茅土，不解於公獨少恩。

發辰州馬上大雨

百折岡巒去復迴，弓刀小隊轉城隈。馬頭雲勢俄爲雨，谷口泉聲併應雷。磽确連山愁路滑，離披滿眼惜花開。竹鷄無賴啼偏切，直送行人度嶺來。

宿五里亭

舟行脱險還遵陸，跋涉誰知險更并。牛跡水添三尺澗，雲頭暮轉一峰晴。頗聞西上攀躋苦，却笑南游性命輕。細數道旁雙隻堠，辰陽辛苦是初程。

羅舊驛

陽明舊日留詩地，我到偏傷亂後情。淺草平陂荒徼路，殘陽小驛舖司城。西征將帥猶堅壁，時前軍尚駐沅州。南牧牛羊各占營。此日蠻人皆佩犢，不煩布穀苦催耕。

午日沅州道中

一年傳旅食，吴楚隔干戈。蠻果枇杷熟，山花躑躅多。蒲魚鄉國味，風雨客程歌。佳節今朝是，誰知馬上過。

沅州即事二首

萬馬南來牧宿荒，連山淺草不能長。營門日暮聲如沸，論擔分錢買緑秧。

官兵十萬擁巖隈，糧運頻煩羽檄催。米價最高薪最賤，炊煙晴散畫梁灰。

鷄冠砦

絲路微從鳥道分，半空鷄犬隔江聞。雨聲飛過巖頭砦，多少人家是白雲。

漾頭司

雲山獅口寨，風俗短裙苗。兩郡封疆錯，孤城控制遥。遺民收野芋，狹路入山椒。怕見征南騎，臨江叱馭驕。

自沅州抵麻陽二首

半月天無一日晴，亂山處處走溪聲。廢坪隔岸分秧水，楚南皆山，地稍寬衍者名爲坪。小砦因高占土城。鄉民避兵者，俱踞山築城，名曰土砦。楚樹含情如有待，蠻花問俗總無名。嵚崎路在風波外，不礙行人觸暑行。

欲知黔楚分疆處，只在孤雲兩角邊。自是勞人貪僻路，也如渴馬愛清泉。參天有勢松何健，肖物能工石亦妍。一片銅崖青入望，夕陽跕跕數飛鳶。

初入黔境土人皆居懸崖峭壁間緣梯上下與猿猱無異睹之心惻而作是詩

巢居風俗故依然，石穴高當萬木顛。綫地流移還有伴，舊時井竈斷去聲無煙。餘生兵革逃難穩，絶塞田疇瘠可憐。好報長官蠲賦斂，獼猿家室久如懸。

大雨泊黄蜡關江水暴漲黎明解纜諸灘盡失矣

頑石堆瘦疣，清江曳羅帶。黔山雖可憎，黔水頗可愛。雨聲怒流濁，曉鏡忽破碎。千年老樹枝，礧石亞完塊。小舠啣尾去，脱葉舞澎湃。榜人顧我笑，壯士行何畏。來當兵革交，夷險視一概。誰能守孤篷，鬱鬱坐久待。輕生犯過涉，既濟稍知悔。

早發齊天坡

山傴嵐氣侵，仲夏曉猶冷。離披馬鬉濕，十里霧未醒。流雲莽迴盪，陸海開萬頃。東日生其間，金丸上修綆。殷鮮一輪血，倒射却無影。蒼茫樹浮藻，參錯峰脱穎。攀躋足力窮，目賞得奇景。方知夜來宿，乃在最高頂。

六月十五夜銅仁郡齋坐雨憶去年此夕同韜荒兄潯陽對月有作

琵琶亭外記停船，昨歲今宵月最圓。短篷迴風溢浦浪，孤燈響雨夜郎天。文章幕府才相左，鱗羽天涯眼並穿。若算歸程余較遠，江樓鹵上又三千。兄時在南昌幕府。

枕上偶成

漏盡鷄一鳴，遥遥村砦裏。須臾徧城市，歷亂殊未已。晨光澹列宿，虚白上窗紙。夜來江湖心，夢斷不可理。似覺柔櫓聲，咿啞猶在耳。

連下銅鼓魚梁龍門諸灘

上灘力相争，下灘勢相借。連山百餘里，一抹蒼然化。輕舟紙作底，百折穿石罅。雨雹飛兩旁，雷霆奮其下。篙師心手習，快若王良駕。又如彀强弩，東向海門射。胥濤浩蕩來，斂怒却退舍。河神況小婢，指摘或遭吒。因斯悟至理，出險在閒暇。向來覆舟人，正坐浪驚怕。

麻陽田家二首

牛羊争隘巷，井臼蔭高木。村村聚一姓，鷄犬並食宿。兵荒分同死，男女不輕鬻。所以五溪蠻，古來多巨族。

俗貧盗見棄，夜户可不設。翻爲防逃兵，鄉社有團結。隔河聞人聲，睒睒鬼燈滅。我欲從之言，灌莽高八尺。

浦市晤宋梅知兼贈别

與子總角交，賤貧互相得。自從行萬里，始作可憐色。兩萍浮大海，後會那可即。初春得子書，感子遠相憶。令兄久辭家，托我覓消息。武陵快相遇，恍與子面覿。頗怪經亂離，神清髮深黑。報章走急足，與爾慰飢惄。十年一紙書，奚啻萬金直。平生骨肉恩，獨往輕遠涉。沅江石齒齒，白日飛霹靂。投軀試奇險，聚散俱慘戚。汝兄我先見，我弟汝新别。兩家兄弟間，異姓派如嫡。銅崖聞子來，喜劇遽走覓。買舟下浦市，石觸舟中裂。怖餘身幸在，再理渡江檝。沙頭重把袂，迎面淚反滴。開口先暄寒，次第家事及。子言聊慰我，指似聽歷歷。舍弟辭人幕，今年復家食。别中六寄書，此度凡兩接。是日，接德尹所寄第六札。

子來喜見兒，飄泊手重執。余行別諸弟，渺渺孤飛翼。同落百蠻中，悲歡儼殊域。江天秋平分，晝夜五十刻。月魄哉初生，飛蟲撲燈入。從昏話達旦，對酒唇不濕。別當爭戰場，岐路莽南北。子颿已高掛，我馬尚羈靮。去去勿回頭，涼風在蘆荻。

重陽前一日銅仁郡齋得韜荒兄豫章信

豫章書到雁程勞，山館孤燈夜屢挑。怕說重陽又明日，南來何地不登高。

銅仁書懷寄德尹潤木兩弟四首末章專示建兒

客行已度萬峰巔，咫尺西南接漏天。雲棧險應輕蜀道，布帆穩憶上吴船。家書盾鼻題難盡，春草刀環夢未圓。了了故園東下路，洞庭高浪白門煙。

虛名小郡笑猶存，官舍無煙米不屯。鵝鴨池荒餘棄壘，漁樵人少但空村。路窮江口船稀到，山近黔東石盡髠。最是子規啼未歇，插天丹嶂起雰狠。

眼見青旗換白旗，幾聞殊俗震餘威。月斜嚵虎巡城去，風定饑烏繞樹歸。超石諸營兒作戲，射生別帳妓成圍。飛書草檄非吾事，悔著征人短後衣。

阿庚失學阿承癡，滿架殘書急護持。不願生兒還似父，尚憐有叔可爲師。殺鷄爲黍人誰過，綴鳳粘珠想要奇。便使他時能典謁，草堂花發是歸期。

高慎旃罷官入都索贈行之句

八年遠宦阻迴車，萬里高堂悵倚廬。少司寇先生尚在堂。歸路已遲鴻雁後，逢人猶説亂離初。蘭成恨滿江南賦，孝穆情真僕射書。此去朝家崇吏事，崔瞻蘊藉比何如。

送雷玉衡赴印江學博任

雙江路盡還雙峽，此去休論跋涉難。秋雨隔城聞戰伐，夕烽傳點望平安。鄉程漸近檳榔樹，宦味初嘗苜蓿盤。昨夜尊前頻送喜，燈花何負鄭虔官。

得家荆州兄都下書久而未答夜窗檢笥中舊札因續報章并作二詩奉寄

朔南踪跡兩浮萍，爾渡滹沱我洞庭。橘柚候依京國雁，茱萸會散故園星。瘴鄉弓力秋來健，沙磧笳音嶺外聽。若向此游論客況，兵荒一一眼曾經。

陳東倘許持清議，經濟如兄綽有餘。夜雨新豐空作客，秋燈絶徼又開書。絶奇世事傳聞裏，最好交情見面初。如此畏塗須閱歷，興闌吾欲賦歸與。

銅仁秋感和劉丙孫六首

風物移黔境，關城接楚邦。亂山争戴石，細水亦名江。遠燧連苗砦，孤燈冷客窗。崎嶇經戰地，游屐不成雙。

吾亦疑天意，人間事渺茫。陣雲秋易結，驛路晚偏長。鷄犬無安土，衣冠剩古粧。少年韝袴好，輕薄笑蠻方。

郭外於菟穴，城中跛扈兵。幾時除猰貐，終日逐鼯鼪。警急傳鷄羽，悠揚聽角聲。草間殘孑在，却立望昇平。

居民竄崖谷，顔狀類麕麚。薄賦猶輸賧，餘生各戀家。銅苗收石緑，金氣辨丹砂。亂裏輕蠻貨，何時到客槎。

隙火飛蟲入，庭隅樹影生。月光經雨淡，嵐氣入秋清。南味疏鮭菜，西風到鱠橙。可憐鄉夢斷，戍柝正三更。

莫謾愁羈旅，南游計亦良。主嫌蘆酒濁，客愛野蔬香，珠米升春雪，刀魚寸縷霜。蹉跎叨匕箸，容易送流光。

秋懷詩并序

巒城秋晚，風雨淒其，懷友思鄉，一時并集，次第有作，得詩十六章。江湖浩蕩，分寄無由，異日奉几杖於先生，寫心期於同好，當出以相質，用博和章焉。

四海靈光劫燒餘，名山一席老仍虛。及門漸散天南北，舊事閒隨夢卷舒。黨論甘陵多擬似，交情中散比何如。公朝謾有程文海，又費先生却聘書。姚江黄夫子掛名薦牘，知驅馳無力，不能北上也。

事與心違悵久離，京華一信底差池。望窮難覓衡陽雁，客到遥傳塞上詩。南國霜華蓬著鬢，東籬秋信菊如期。買山歸卧談何易，始覺巢由是盛時。外舅陸射山先生久留都下，短章勸駕，情見乎辭。

黄浦花深護竹扉，隔江城郭鶴初歸。風生故壘餘蘆荻，天遣西山長蕨薇。注《易》十年留小草，憂時一涕肯輕揮。老裝來往錢唐路，藥裏丹爐計未違。黄晦木先生注《易》垂成，近復事黄冶之術。

青山無恙罷登臨，收取雄才入苦吟。快馬短裘他夜夢，荒亭野史故交心。謂金正希先生。愁侵衰鬢絲何極，老傍窮途感易深。一片臺城吹角外，秦淮煙柳變秋陰。王汾仲寓居白門。

板輿自草《閒居賦》，駿骨何心羨築臺。訝許客來論舊雨，能令人妒是奇才。對門瓦屋相望住，謂斯年、分虎。稱意溪花一笑開，還有江山傳好句，青蓮曾到夜郎來。長水李秋錦。

南戒江山破涕新，博梟壺馬鬭長貧。英雄混跡疑亡賴，風雨高歌覺有神。一劍乾坤鳴怪事，六朝裙屐笑文人。采蘩橋畔留詩別，母在尤宜惜政身。白門王璞庵。

管鮑雷陳原有數，臨岐執手語分明。後來此會知何地，同輩如君豈好名。薄俗誰堪論古道，浪游吾恐負平生。但令出處存初約，應諒天涯共此情。客夏同人餞別於殉和堂，聞故鄉社事紛然，感懷同志，作詩寄主人朱與三。

憶從奉杖別巖隈，遠枉馳箋又一回。軍角風高蟲語合，獵塵秋早雁翎開。石光敲火三年過，銅柱無名萬里來。珍重先生期許意，緘題欲報每遲徊。家伯二南遠書見示。

酒幔河橋柳拂絲，故人欲折並依依。篋中行卷春留別，畫裏孤飄客憶歸。鑾郡秋聲迴鼓角，戰場風力展旌旗。賣文剩買防身劍，不改從軍一布衣。朱人遠、陳撝謙、子燊、黃主一各有文見送，繾綣之意，別後不忘也。

三徑無資謾管絃，清才差勝廣文氈。《藍田記》入昌黎集，《絳帖碑》留淳化年。一縣葡萄秋釀酒，千家砧杵月臨邊。豬肝不用供他客，雙鵲東軒信早傳。陳子文舉家赴安邑丞，近聞子厚亦作晉游，同此致意。

存殁相關事忍論，桓山翼折嘆賢昆。謂鳳司。久從恭謹傳家法，却幸諸孤聚義門。二頃良田貧減價，兩朝汗簡淚添痕。買鄰擬就墻東住，汲取遺風教子孫。祝彦方南宫下第，閉門讀史，撫孤姪如己出，言念及此，不無存殁之傷。

兩家子弟如行雁，一姓婚姻少比鄰。角酒争棋曾此地，荒鷄絶徼夢何因。王子穎、右朝兄弟。望衡對宇雅相親，南阮才高不諱貧。帶雨村春晨隔巷，款門燈火夜留賓。

木葉波仍浮楚甸，蘆花雪又滿吴洲。蒓鱸橙蟹家鄉味，容易懷人負好秋。徐孝績有書見存，並簡盛鶴江、徐淮江、程禹聲諸子。石佛橋邊一繫舟，遠來情感寄書郵。關心風雨經聯榻，輕命江山博壯游。

浴鐵甲分秋練白，蠟丸書傍燭花紅。知君矯首西南望，懷友思親一概中。得楊嵩木京邸書。消息烽煙萬里通，憐余踪跡久從戎。羞言處士河陽幕，豈有書生絶域功。

舞迴鷄枕宵初半，讀罷魚書飯好加。莫道楚材多放廢，居然屈宋起名家。漢陽王孟穀、羅魯峰。晴川高閣揮杯後，兩度西風閱歲華。鸚鵡夢銷江上草，鷓鴣啼老日南花。

去日兒童皆項領，同時牛馬亦襟裾。捉刀未了生涯事，只是羞乘下澤車。與韜荒兄江陵分手，兄赴豫章，余至沅南，相望各天，音塵敻隔，比得鄉信，因寓感懷。曾作江湖同隊魚，洞庭南上更愁余。舊游想像重題閣，故國平安有報書。

同沈將雲楊魯山游銅崖

雙江合處勢瀠洄，地盡中流忽有臺。沙際馬知寒潦縮，城西鴉帶夕陽回。年深兵燹碑難讀，路入榛蕪眼倦開。片石只從開闢在，題詩曾閱幾人來。

天擎洞歌

黔江自與楚水通，楚山不與黔山同。神靈有意幻奇譎，使我豁達開心胸。初披榛莽覓微徑，旋渡略彴踰奔洪。水窮雲起巖洞出，外象軒翥中含空。陰叢轟轟聚蚊蚋，老骨硌硌摧虬龍。懸崖俛瞰勢將墜，一柱突兀撐於中。蜂房倒垂作層級，鐘乳亂滴穿玲瓏。不知瀑布之源在何許，天紳飄下朝陽東。石梁截斷千匹練，明珠迸出鮫人宫。又疑蜥蜴吐沫散冰雹，寒氣颯颯生迴風。長林豐草四時潤，雨露不到誰尸功。

重過齊天坡

十月新寒瘴已輕，萬峰濕翠雨初晴。人來天際斜陽影，馬蹈雲中落葉聲。杼軸誰憐民力盡，郵亭遥數戍煙生。半年游跡愁重到，何計雲山慰客情。

再至沅州哭劉丙孫二首

幕府論交快得群，天涯失意手重分。不應小别輕揮淚，豈謂重來果哭君。中秋前在銅仁灑淚而别，遂成永訣。盡賣衣裘供薄殮，誤他僮僕遠從軍。瓦燈相對僧窗夕，忍讀龍場《瘗旅文》。劉官吏目，故云。

偶然倡和成詩讖，《鵩賦》長沙最不祥。丙孫《秋感》詩有「長沙鴞似鵩，腸斷洛陽年」之句。萬里嘶余稱好友，一官累爾死殊方。招魂有母傷垂白，舁櫬無兒等國殤。拚却負薪貧也得，九原應自悔辭鄉。劉爲安丘相國次子。

送楊魯山省覲歸里

殷勤卮酒别蠻天，安穩圖書壓客船。經眼雲山窮戰地，稱心詩句遠游篇。綵衣綫綻三秋後，白髮花穠八座前。不載丹砂供服食，閒居一賦已如仙。

夜觀燒山和中丞公韻

寒空月黑餤初熏，照夜俄生萬嶺雲。赤幟千人争趙壁，火牛百道走燕軍。危時莫以烽爲戲，我意方憂玉亦焚。不信劫灰吹不盡，草間狐兔尚成群。

麻陽運船行

麻陽縣西催轉粟，人少山空聞鬼哭。一家丁壯盡從軍，老稚扶攜出茅屋。朝行派米暮催船，吏胥點名還索錢。轆轤轉絚出井底，西望提溪如到天。麻陽至提溪，相去三百里。一里四五灘，灘灘響流水。一灘高五尺，積勢殊未已。南行之衆三萬餘，樵爨軍裝必由此。小船裝載纔數石，船大裝多行不得。百夫并力上一灘，邪許聲中骨應折。前頭又見奔濤瀉，未到先愁淚流血。脂膏已盡正輸租，皮骨僅存猶應役。君不見一軍坐食萬民勞，民氣難甦士氣驕。虎符昨調思南戍，多少揚麾白日逃。

雪後平溪道中時官軍初復貴陽。

馬足聲堅凍未融，楚南晴雪照黔東。百家廢井懸軍後，一路啼猸灌莽中。斑白逢人愁鋌獸，萑苻何地集哀鴻。書生亦有傷時淚，袖濕征鞭裏朔風。

清浪衛廣福寺

瓦礫城隅萬竈旁，居然古寺比靈光。殘僧一去塵蒙佛，畫角孤吹夜雨霜。劫過昆明灰尚黑，年深龍漢事全荒。斷碑知是何年物，野火燒來柏葉香。

飛雲巖

白雲本在天，變幻隨所到。無端忽墮此，穴地啟洞竅。石髓久漸凝，靈姿特神妙。軒軒勢欲舉，外秀中驁驁，坐勞佛力鎮，刻畫恣凌暴。山靈怒不受，企脚首頻掉。猶虞從風揚，出山不可叫。呈形寓百怪，意想得奇肖。昂昂舞獅象，狠狠蹲虎豹。蛟龍護鱗甲，鸞鳳披羽翮。或疑人卓立，又似波傾倒。形容口莫悉，覽勝難領要。造物太雕刓，將毋元氣耗。林泉爲映帶，旁引轉深奧。清陰矗古柏，遠響落幽瀑。遂令過客心，出入殊静躁。惜哉靈勝境，乃落西南徼。好事偶一逢，高情復誰較。獨留陽明碑，千古表蠻獠。王文成《月潭寺碑記》、《聖果亭偈》石刻俱在焉。

度油榨關

平明走馬出城闉，峭壁西風冷偪身。轉粟上天非易事，據關連棚復何人。雪填土窟埋屍淺，冰裂刀痕迸血新。等是三災逃不得，疆場溝壑兩窮塵。

題鎮遠中河寺後石洞

一片青山展石屏，天光西豁㵲陽城。豈知躍馬横戈地，猶有晨鐘暮鼓聲。

黎峨道中二首

馬滑前岡冷未消，冷音另，黔中冬月霧雨之候，道滑成冰，俗呼爲冷。一鞭絲雨上衣潮。瘴茅黄過三郎鋪，寒水清涵葛鏡橋。

青紅顔色裹頭粧，尺布縫裙稱膝長。犵狫打牙初嫁女，花苗跳月便隨郎。

黔陽雜詩四首

蚩尤百丈吐寒芒，時有彗星之變。殺氣西南莽未央。燕雀君臣空殿宇，蜉蝣身世閱滄桑。亂山似作孤城衛，橫戟誰堪一面當。錯料夜郎知漢大，井蛙曾此自稱王。休將卧虎比前禽，諸將功高賊未擒。榻馬隔城邊草瘦，暮烏啼曉陣雲深。盤江路盡黔疆險，鈎棧人從蜀國尋。一片壽陽污血地，浪傳田叟哭王琳。玉斧銅標界有無，苴蘭城外亟儲胥。田橫客已辭窮島，樂毅功難敵謗書。官濫羊頭爭獻鏡，謀新鼠穴可乘車。英雄稗子論誰是，廣武登臨歎有餘。吹脣沸地勢縱橫，約束人稱峽路兵。間道無援防豕突，叢祠有火散狐鳴。殘年租賧催何急，鬼俗流離命已輕。勿倚弓刀能殺賊，向來漁獵本蒼生。

送王兔庵學博赴安順

芭蕉關前打戍鼓，漏天十日九日雨。西征健兒猛于虎，道傍箐深貍伺鼠。朝行縛人暮驅牯，張目睢盱避無所。仲家生苗砦無主，肆虐公然彍强弩。野無煙市絶行旅，飛鳥山山鎩毛羽，爾獨胡爲此焉處。別家十年長兒女，失意勿復論鄉土。文章下筆造奇古，詩法亦可籍湜伍。髮須如絲白縷縷，宛然褒博説鄒魯。及門弟子紛可數，往往功名拾芥取。先生齒豁五十五，猶抱廖經應科舉。廣文片氊寒且苦，顧獨求之榮衮黼。僅留僮僕喪資斧，別我西行何踽踽。我爲爾歌爾起舞，舞意低昂歌激楚。而今輸邊方用武，何處堪容腐儒腐。

桑榆有路行可補，曷不去作咸陽賈。

貴陽除夕次德尹去年此夜湘南見懷韻

秦城趙璧價誰償，隻影隨身漫去鄉。劍氣久寒思拂拭，鷄聲無伴起徊徨。吟殘蠟燭三更笛，夢結春雲十畝桑。不是無家輕遠别，天南回首一摧腸。

敬業堂詩集卷三

慎旃集下 起辛酉正月，盡壬戌四月。

辛酉元宵月蝕

金筑舊聞荒野史，玉川奇句抵齊諧。素娥似有刀環約，漸放清光入客懷。

顧兔乘鸞事總乖，暗塵誰鬭踏燈鞵。但期來歲圓還再，肯照人間缺亦佳。

黔陽蹋燈詞五首

川主廟前喧笑來，花蠻狡獪學裙釵。馬鞭攔入北門去，閒殺新城普定街。

不用彎環竹架棚，長條宛轉曳紅繩。月光人影蒙籠裏，一色花籃廿四燈。

雄蜂雌蝶擁官衙，先後輪番唱《采茶》。忽轉歌頭翻四季，聲聲齊和牡丹花。
龍尾龍頭五丈餘，葺鱗鏤甲洗兵初。班頭舊出靈官閣，鼓板中間領木魚。
赤脚妌徒鬧掃粧，木梳籠鬢去隨郎。一年一度蘆笙會，又趁春山跳月場。

滇南從軍行八首

漏卧畇町接夜郎，井蛙穴鼠只尋常。開邊使者今頭白，他日嬰兒號竹王。
旨下羊皮督責多，前軍追電出牂牁。城烏三匝重圍外，聽唱先鋒《敕勒歌》。
捷書夜半刺闈還，再發西山板楯蠻。特賜龍家懸鵲印，土丞新綴總戎班。
金馬關頭毒草春，道傍掩鼓不驚塵。受降老將幽燕種，半是當時獻鏡人。
三道兵威轉戰餘，革囊潛渡計何如。肉屏盡向金沙路，可少姚樞裂帛書。
朝家納粟重輪邊，卜式才高逐貿遷。不是湟中甌脱地，何勞封事策屯田。
天地鴻濛儼再分，别傳科斗出奇文。就中機密無人識，惟見飛書入北軍。
稱帝稱王意自憨，投瓊一笑抵朱三。桔槔烽火同兒戲，兩度燒營到博南。

軍中行樂詞十首

旌旗小隊插竿竿，觱篥聲中路百盤。明日山頭移帳去，牛毛鵝毳滿兵欄。

猩猩貼地坐鋪氈，紅點酥油一樣鮮。普洱團茶煎百沸，偏提分賜馬蹄前。

斑鹿黃羊左右盂，射堂割炙盡羶腴。行厨可口烹鮮味，新瀹羹湯進鷓鴣。

粵西白獺近來多，項鎖金鈴跳碧波。鷹犬技窮渾不用，旌門別唱打魚歌。

果下名駒愛水西，騎來鬉鬣剪初齊。戰場多少洮河種，骨立秋風向北嘶。

臂鞲小鷂覓窠雛，密箐深榛近却無。駙馬手書馳驛到，羽毛四出比軍符。

仲家苗弩未猶强，機轉銅牙怒蹶張。楛矢舊曾充武庫，特煩中使到炎荒。

衙頭樵牧占官莊，射虎歸來白日藏。夜夜横屍荆棘地，浪傳車騎出南塘。

萬里京華十日通，雲邊優詔下軍中。錦袍貂帽征南將，拜賜從誇第一功。

五千名籍隸西江，乳臭居然擁節幢。太尉一軍長不調，摴蒲蹴踘自雙雙。

邸報二首

曾趨絶域拜毘盧，降將還朝籍未除。博得封侯須好語，太平天子是文殊。

暴露揚灰罪未伸，肯容武庫貯亡新。專車長狄僑如骨，四出猶煩驛騎塵。

即事二首

鬟婦粧成細馬馱，梨園立部曼聲多。太常别有平蠻樂，不取金釵玉樹歌。

幾處開疆議叙同，緑旗歸去亦分功。新加細鎧銜都督，寶頂朱纓隊隊紅。

諸葛武侯祠

割據人才出，真從運數争。苦心扶季漢，餘力到南征。廟古寒鴉集，山高薄雪成。渡瀘緣底事，錯莫笑書生。

自正月以後不得德尹消息用少陵遠懷舍弟穎觀等一首六韻

聞汝辭人幕，經時少寄書。兵戈淹别日，梅竹且村居。池草詩争秀，蠻燈歲逼除。兩年期易爽，十口計全疏。殘雪啣雙岫，春冰破一渠。依依游子夢，長自繞林廬。

白櫻桃花歌

空庭瘴消風日春，櫻桃花頭繁且勻。枝南枝北並時放，初月隔窗浮粉雲。梨花無香李太俗，别具幽艷存天真。山胡飛來好毛羽，字清調熟啼聲頻。金鈴風細驚不起，啄花如妒花含嚬。有時一片近人墜，酒面掠過香煙煴。故園開時記寒食，年年讌賞遲芳辰。依稀爲汝評品格，杏花顏色同鮮新。眼前一樹白堆雪，開及二月當初旬。近南已得天氣早，雅態更自離紅塵。有情相對萬里外，一醉何必非前因。明年花時定誰賞，我是今歲吟詩人。

得家信

吉禮除喪後，悲驩意各真。他時憐弱穉，此舉慰先人。與俗寧從儉，傳家合稱貧。一門婚嫁畢，兩姓恰朱陳。小妹去夏歸朱，季弟今春聘陳。

寒食看海棠

不見鞦韆架，榆煙火又更。轉防花笑客，真覺雨無情。綺句紅紗護，微風翠幄迎。萬山樵採盡，憐汝獨傾城。

偶游東山寺

草長忽無路，重來跡已陳。寺貧僧乞食，臺古佛蒙塵。兵火殘碑劫，鶯花絶域春。近南多戰壘，愁殺獨游人。

檳榔

不愁侵瘴癘，開闢得奇功。遠客熏顔醉，蠻孃論口紅。香迴金醴液，清漱玉川風。萬里經相識，誰憐庾信同？庾子山《檳榔詩》：「莫言行萬里，曾經相識來。」

咂酒

蠻酒釣藤名，乾糟滿甕城。茅柴輸更薄，挏酪較差清。暗露懸壺滴，幽泉借竹行。殊方生計拙，一醉費經營。

送彭南陔赴長沙即次留别原韻二首

畫灰奇計決從戎，入幕何妨許掾聾。鄭俠圖曾傷目擊，陳琳檄可愈頭風。嘉魚有味江東好，老馬無群冀北空。車壁擊殘壺口缺，白頭白盡雨聲中。

湘中風物近何如？太息羅含未定居。竹閣語清悲擁髻，芝田春秀夢迴車。頻垂旅橐千金散，獨泛歸舟一葉虚。劫火不燒《周易》壞，乞音氣君枕秘發奇書。南陔臨行授余《河洛易數》。

三月十五夜夢游南湖追憶舊好因寄淮江

夢趁歸心得故園，鴛湖游跡宛然存。濃煙隔浦浮諸塔，春樹分行緑一村。萬里烽煙游已倦，三年光景向誰論。往來最憶尚書墅，柔櫓伊啞直到門。

四月十六夜喜雨

秂苗小砦破春畊，異俗差堪慰客情。萬井雲煙扶小閣，四山雷雨動空城。漏侵書榻移難定，卧想園廬去未成。好是緑針浮水候，陂塘徹夜有蛙鳴。

黔陽即事口號三首

帳有炊煙戍有樓，山無林木水無舟。王瓜入市家家病，箐雨經梅日日秋。苗婦短裙多赤脚，僰僮尺布慣蒙頭。兵荒滿眼圖誰繪，卉服先教遞速郵。

土産丹砂及水銀，若論貺賧自來貧。蠻分烏白皆名鬼，爨合東西略似人。蒟葉分鹽沾鴂舌，檳榔和血點猩脣。水西小馬新來貴，買得偏誇内廐珍。役夫肩背幾曾停，頹尾歌殘忍再聽。劫過流亡初著籍，碑傳德政已鐫銘。羊腸鳥道千盤瘴，馬背牛皮百鞘釘。正是西南需餉亟，螳螂川路接蜻蜓。

恭謁陽明書院

不遺先生成謫宦，誰將理學闢荒榛？後來事業皆由此，異俗詩書遂有人。複壁只今留絶徼，劫灰終古怨亡秦。講堂亦與兵戈厄，馬踏空堦萬瓦塵。

送秦望兄東歸

萬里相逢有弟兄，羈孤無那送君行。雨腥雙袖弓刀血，風静諸山草木兵。夢裏田園重到眼，蠻中兒女自成聲。極南從古無秋雁，歸去休輕議子卿。

懷葉鄧林副使播州

重巒疊嶂鎖空壕，蜀徼孤城近不毛。佛現催晴秋閃閃，鬼車啼雨暮騷騷。宦途載涉應知味，鄉夢頻歸可憚勞。計日江南秋信好，黄花酒熟待登高。

得都匀汪明府子參書却寄

劍河秋漲轉山鳴，桂象天低瘴壓城。旅況難辭邊邑苦，蠻人能愛長官清。巖光夜放金蠶蠱，兵氣秋荒木箐耕。此際回頭家萬里，可因捧檄慰毛生。

送李子受往武陵並簡山學禪師

不是無家等罷官，客中即次取粗安。江清城郭移帆過，戰定桑麻避地難。落日孤鴻迴健翮，西風老馬卸征鞍。鄰侯自具神仙骨，燒芋差宜對懶殘。

楊大中丞壽讌詩八十韻

宇宙方多壘，英雄必大儒。兩朝懸碩望，一代應貞符。學貫《天人策》，才鎔造化爐。清名傳四世，賦價儷《三都》。暫應郎官宿，旋棲禁掖梧。龍鱗批可畏，虎齒探何虞。鋭氣真無敵，虛名自不沾。在廷推小諫，有識服訏謨。十載官難調，三遷秩稍渝。納言班漢爵，冏命入周書。繼領霜臺豸，重聽柏府烏。花驄行盡避，赤棒或時須。姻婭論權貴，歡傳溢路衢。異時公望合，一德舊臣孚。再秉金銀管，弘開貢舉途。風流歸吐納，文義闢榛蕪。桃李公門盛，茶煙瑣院晡。徽猷真藉甚，經術故非迂。撤帳傳衣鉢，臨軒命僕夫。上情深眷注，廷論協都俞。鎖鑰西南重，恩榮禮數逾。雕鞍紅叱撥，宫宴玉盤盂。朱芾加元老，黄金賜内帑。不應煩侍從，直爲寄彤旒。赫赫千秋業，明明萬里塗。三旌紛照耀，單騎歷崎嶇。憶昨初開幕，殘疆尚負嵎。客塵雙短鬢，時事一長吁。深箐蠻調象，叢祠鬼托狐。蒼茫生膽勇，警策戒衣繻。大義攻鳴鼓，先聲算獲俘。壇場收老將，舟楫付烝徒。轉粟時方亟，屯田計似紓。量沙俄積聚，編户悉將輸。剖斷才無滯，沈深意每殊。幾時休戰伐，隨處萃逃逋。間道纔通蜀，前軍已渡瀘。焚巢移渥朴，拔穴徙於菟。及見干戈息，從教政化敷。時危須震厲，地瘠賴支吾。樓爲籌邊築，弓因克敵呼。經年煩草創，即事具規模。俗陋雖難化，苗頑亦可忓。羈縻存體統，指摘訝睢盱。發難相如檄，留心鄭俠圖。御囚仍有禮，討罪每矜辜。疾苦逢人問，瘡痍試手扶。心銘關感動，口惠詎驩娱。春雨膏曾徧，秋風病卒瘏。哀憐看賣劍，痛切請蠲租。澤雁勞初集，吴牛喘漸蘇。陰功多被物，憂國細傾壺。世儘榮殊遇，公猶孫碩膚。乞歸辭婉委，優詔答勤劬。法曜輝南極，皇威暢兩隅。印金龜轉紐，袍錦鶴呈珠。側聽中興傳，誰云往事誣。轂城傳指石，鈴閣叶懸弧。俯仰差無負，韶華好自愉。長生花是桂，異域酒名蘆。野獵登麋鹿，山肴進鷓鴣。黑頭光黼黻，明目艷氍毹。仙骨清方貴，豪家習摠無。風華矜少壯，顧眄指須臾。瘴癘披襟浄，煙霞滿腹腴。西園催刻燭，東郭濫吹竽。賤子通家舊，頻年幕府趨。孤踪隨泛梗，里耳厭《皇荂》。自比依枝鵲，誰憐伏櫪駒。襄陽留叔子，夏口滯元瑜。鄉思年年共，陪游往往俱。禮優慚上客，才短惜微軀。知己能容拙，開懷必盡愚。但令親几舄，何用苦牽拘。古有輕投筆，人今異執殳。詩狂容杜甫，摻狹笑淳于。感憤尋常失，蹉跎歲月徂。受知非泛泛，述報秖區區。醉酒杯長潤，啣毫墨未枯。《平淮》碑好在，未敢憶江湖。

九日同赤松上人登黔靈山最高頂四首

絶磴扳躋望已窮，忽穿鳥道入禪宫。雲端方丈娑羅日，井底孤城觱篥風。草木連天人骨白，關山滿眼夕陽紅。興亡何與閒僧事，一角枯棊萬劫空。

空谷西風晝怒號，山寒九月馬歸槽。路危怪石驚將墜，天縱諸峰勢競高。羅甸一軍深壁壘，滇池千頃沸波濤。勞人何限登臨意，不向糟丘覓二豪。

諸將開邊振鼓鼙，幾聞京觀築鯨鯢。巴賓未脱金牛險，土貢長聞櫪馬嘶。事異汶陽休許魯，謀新曹沫恐輕齊。亂山中有豺狼穴，曲突何人議水西？

渡瀘溝畔闢新阡，瘦棘荒苔半石田。漸有疏煙生郭外，那無一雁到天邊。蠻方對景憐佳節，客路登高感去年。落帽臺孤風雨暗，短裘長路又三千。

十月二十二日接德尹長沙第二信驚聞三叔父訃音旅中爲位而哭悲痛之餘得詩三章

荆南風雨沅南雪，幾處追隨意最親。乍喜遠游依骨肉，却愁別路沮音塵。人來絶域原拚命，事到傷心每怕真。兩地存亡身萬里，一襟啼血隔江濱。

燈花剥落雨沈沈，昨夜長沙有訃音。薄宦竟虚三徑計，首丘終負九原心。老成頓盡天難問，家運中衰勢不禁。好與精靈扶後起，松楸先兆已成陰。

臯魚路盡獨悽然，此意能生叔父憐。豈謂縗麻辭故國，重將涕淚灑蠻天。孤蹤黯澹成千里，一信蹉跎到半年。也擬招魂歸未得，瘴鄉誰與慰沈緜。

得荆侯姪習安訃信拭淚寫此并寄尊人楷五兄二首

手札頻開破旅愁，訃音此夕黯然收。眼枯倦枕孤燈淚，天偪哀猿萬壑秋。憂患豈知緣識字，男兒真悔覓封侯。一棺難掩平生氣，鬼火高于百尺樓。

黔雨滇風近十年，歸裝臨發尚遷延。浮名誤汝今如許，異域生還洵偶然。賸與孤兒留筆硯，最憐少妾賣花鈿。倚閭别繫高堂望，旅櫬何時到墓田？

老僕東歸寄慰德尹兼示潤木

迢迢萬里途，莽莽三歲隔。離悰兼旅況，雜沓難並釋。欲寬居者情，聊紀獨行跡。前年遠辭家，荆南事挾策。中丞天下賢，謁入容揖客。賓徒車服盛，中有麻衣雪。偪臘踰洞庭，跋涉鄰羽毛風瘆痺。武陵一春住，山水愛澄碧。尋僧就閒暇，横草應煩劇。隨師赴辰沅，跋涉鄰殞摵。麻陽三挂帆，銅仁雙著屐。前軍溯陽戰，破竹勢深入。偪臘抵貴陽，孤城如破驛。荒署瓦僅存，窗户悉頹拆。移時開敝篋，稍稍置硯席。主人況巨才，手自樹英烈。蠟丸刺闔至，文案日幾尺。岑范媿幕僚，但坐看壁畫。邇者西征將，繼被中旨責。已合兩粵師，咽喉勢交搤。滇城久未下，攻守力云竭。師久必屯田，其能懸釜鬲。僰僮竄榛莽，廢土曠牟麥。即事常躊躇，察眉愴捐瘠。那無一尊酒，排遣就務隟。蠻花非時開，犵鳥亂格磔。窮愁託吟詠，好語慰行役。束縛得蹉跎，年華坐抛擲。憶昨初來時，針孔冒矢石。髑髏委亂草，霧淞雜凝血。馬驚忽騰躍，人意一悽切。亂離民命輕，鷄犬等狼藉。僕夫掖我前，慘慘度軍栅。回思田園樂，歲晏情逾迫。功名捷徑啟，大府破常格。我無卜式貲，寸進計斗石。移文累好友，初約背疇昔。全生爲門户，識者應見惜。枵然旅橐垂，念爾勤捆摭。

家門忝居長，慚愧少擘畫。子言嫂姪貧，何忍分涓滴。不記少小時，推梨恥割宅。開函見子意，至性生感激。族譜教方衰，錙銖起墻鬩。豈知手足恩，具邇異疏逖。即此慰先靈，庶幾免離析。草堂父書在，千卷皆手澤。西園梅竹林，十畝錯塍陌。得錢了公税，餘用佐菽帛。讀書兼治生，生理恒苦窄。吾方逐游惰，勉汝終苦説。長鬚隨我久，懶惰亦成癖。憐渠筋力衰，遣去情脉脉。臨發寫此詩，萬山猿叫夕。

烏山戰象歌并序

歲六月，前軍轉戰于烏木山，陣獲三象，遂以捷告，驅象北行，道出貴陽，觀者如堵，僕爲作歌。

烏山轉戰煩驍騎，鴉鳴牙中風捲幟。南人驅象迎我軍，鼓未成行氣中潰。渠豪力盡投深箐，竄鼠奔猿互顛躓。是時三象屹不動，却立如山鼻垂地。將軍獲象等獲俘，陣上懸金募生致。須臾拔箭膝行入，柱聳圓蹄一十二。槖駝珠玉壓背裝，象也輕身受人制。我聞内廄舊成群，食俸曾援三品例。牙花雷雨偶一開，何必焚身因挾賄。此行生死隨所置，莫更回思戰場利。君不見功成則騁敗輒降，世上男兒盡如是。

送人赴黔西

羅甸西游影倍孤，亂猿啼入贈行圖。邊城事少餘詩興，幕府花開散酒徒。北雁久遲鄉信到，南霜偏著客髯枯。封侯不是書生事，投筆無端笑渡瀘。

詠史八首

翻覆興亡閲兩朝，老來劉濞氣逾驕。十年賓客謀何密，四海漁鹽利頗饒。西貢幾曾歸武庫，南琛無復换文貂。徙薪可少長沙策，一擲金甌險得梟。

近説孤鶵死首丘，特煩獻馘入皇州。朝家舊識田横面，飲器難寬智伯頭。視葬敢容雙騎客，争功何與什方侯。天南從此無征戰，上苑昆明罷習流。

轆轤綆斷井應枯，䉛主休傷押不蘆。粉麝餘香啣語燕，珮環新鬼泣啼烏。殘粧掩鏡雙蛾短，白骴埋沙尺土無。别有紅粧連騎入，金盤銀燭揀明珠。

析骸食肉一城空，阿父空提五尺童。旅火焚巢何自苦，齊書飛矢竟誰功。大臣未必憐朱瑒，故吏寧須問向雄。滿眼殘黎皆僕妾，向來跧縮倚神叢。

風急降旗舊折竿，播州歸甲極凋殘。一時管統援師盡，同日臧洪赴死難。赤手何顔還抱馬，白頭無望復登壇。大斤山下逢隋將，猶作燉煌戍卒看。記室有文慚勸襲美官高並入秦，他時聲望起紅巾。豈應東市陳尸客，安比南唐下第人。季布敢論亡命進，霸才無識笑輕身。鴻毛一燎全家盡，豫讓橋荒鬼火新。古來成敗原關勾漏龍門接壤間，謾勞回首望刀環。銷沈戰壘金沙闊，畫斷關河玉斧閒。去，田疇争許奉書還。滿堂舊日三千客，幾個聞鷄並出關。大廷一意注安危，充國金城事不疑。滇海有人聞鬼哭，棘門此外盡兒嬉。數，天下英雄大可知。莫笑書生無眼力，與君終局試論棋。

黔陽元日喜晴以下壬戌。

曙色晴光一片明，亂峰銜雪照孤城。未吹北笛梅先落，纔及東風柳便輕。萬里煙霜迴緑鬢，十年兵甲誤蒼生。眼前可少豐年兆，野老多時望太平。

楊南城自鄢陵陞任劍川州牧道出黔陽因病乞休比方養痾黔靈山寺高其勇退之意作詩贈之

如此山深可耐寒，鬢絲禪榻且盤桓。日南郡較中州僻，天下官惟牧守難。世路交情雙鬢換，春風歸信一帆安。君家舊住吴淞岸，三泖煙波底様寬。

送友人入蜀

揚鞭倚劍出牂牁，鈎棧盤雲幾驛過。盜賊烽銷諸郡僻，英雄祠入亂山多。卜居未穩寧論地，行路雖難莫放歌。便擬題詩繼夔後，此邦風物比如何？

水西行

烏蠻遺種稱羅鬼，剽悍斷頭能掉尾。傳從濟火年代深，世土居然屬宣慰。我從里俗詢大概，復取興衰質諸史。中古荒茫不足論，淵源請自先朝始。洪武初年禍亂平，遠略傖荒來越嶲。是時奢香一巾幗，躍馬金陵謁天子。承恩歸去立奇功，一諾西南九驛通。却笑五丁開不到，亂山高下隔蠶叢。二百餘年太平業，世世分藩比臣妾。後來生聚啟規模，四十八支互蟠結。别開荆莽起臺殿，硐户碉房高櫛櫛。已分王土作王臣，旋練夷兵護夷穴。剁牛磔犬片言重，聚蟻屯蜂一呼集。布囊籠髮氈覆肩，負弩摻刀輕出没。泰和功烈汾陽亞，神廟中年平播賊。當時亦用水西兵，驅使前行借餘力。釀成殃禍啟禎朝，殺吏圍城氣漸驕。深宫南顧鞭難及，諸將西征功屢邀。土司如狼吏如鼠，八捷餘威棄歸路。内莊一夜隕河魁，明日三軍齊縞素。眼中大創真無幾，可惜偷安旋就撫。閣鴉關外曉傳烽，鸐翠營南夜鳴鼓。爾來桑海變須臾，此輩根株未盡除。夷性陸梁還似故，朝家謀略故非疏。經營特借强藩力，辛苦開疆一載餘。至今父老猶能說，墨守輸攻真勁敵。老棄地險石作城，要陿不容雙騎入。銅牙毒矢斃濡縷，竹柄長矛利鈎棘。馬蹄過嶺捷于猱，革甲環身輕似葉。連宵斫陣萬炬明，散入深林曉無跡。蛇神蠱鬼助饕虐，飛食人頭吐人血。呰前路斷臨奔壑，失勢一摧千萬尺。四山伐木斲作廂，裹用牛皮冒生鐵。石椒懸絙下槌門，雷斧轟天巨靈劈。攀藤健兒氣力盡，拍手蠻娘笑投石。重圍坐困又經時，轉粟方愁乏良策。豈知存滅總關天，渠首終成戲下懸。萬嶺提封開四郡，一朝腥穢滌千年。自此巖疆少蜂蠆，餘威遠懾諸苗呰。空留徼外廓清功，自踏人間僭亡罪。此日重勞問罪師，烏飛三匝失棲枝。忽傳耐德生還日，趙氏中山尚有兒。烏蒙犄角稱甥舅，曾是安坤舊婚媾。也挈遺孤代乞哀，復歸故土希恩宥。頗聞軍令競邀驩，滿許閒田復見還。土貢紛紛呈鐵踣，庚苴往往賜銀盤。寄語封疆諸大吏，從前開闢談何易。莫貪扯手納金錢，此事孤雛有深意。輸糧禽賊爾何功，《王會》圖成戎索同。不見天心今厭亂，戰場新鬼盡英雄。

中山尼

中山女尼顔似玉，布襪青鞋行彳亍。白日潛形灌莽中，逢人不敢吞聲哭。自言生長本名家，阿父才名宋玉誇。千里飄飄隨遠宦，一家迢遰入三巴。養成嬌女嬌無偶，掌上明珠唾隨口。花前侍妾盡知書，鏡裏新粧時學母。自從觀察去朝天，官署清涼遂可憐。寇盜西南俄阻隔，彗氛狼鬣掃東川。孤兒寡婦皆臣僕，翠袖搴蘿行補屋。賣散平頭計漸貧，嫁分紅粉身何獨。飄零無賴到南遷，夫壻移家遠入滇。幾夜新婚成永訣，旋收戰骨葬江邊。早年淪落多闕命，石上三生眼前證。便遣情緣着死灰，行依心月開圓鏡。小鬟何意尚隨身，宛轉青絲手共分。金剪無聲雲委地，寶釵有夢燕依人。扶攜同向中山寺，改口人前喚師弟。別與繙經起法名，慶光舊是閨中婢。皓齒明眸兩比丘，久拚生死等浮漚。香燈繡佛前因在，從此相依擬白頭。晨鐘暮鼓流光易，荏苒今年三十二。骨肉深恩且勿論，滄桑時局關何事。何當六詔又屯師，十月孤城乍解圍。將軍奏凱功無敵，悍卒搜牢勢不支。移巢拔穴驅人起，但是有身無避理。一朝蓄髮强同行，幾度剸刀猶不死。歸程昨夜次偏橋，哀角吹殘令寂寥。却喜道傍俄見棄，草間趺坐度清宵。同行偶傍江東客，指點雲山曉來跡。雙江暫擬尋同伴，半路又驚逢邏卒。太守呼來淚未乾，含啼一一語悲酸。亂來莫説爲官好，兒女姻親那得完。夢裏生還愁故里，依稀記得萊陽是。已作昆明劫後人，托根何必仍桑梓。君不見列帳西來珠翠圍，悤悤粉鏡去如飛。不知皂帽天涯住，何似紅裙馬上歸？

班師行

滇池平，滇水清，滇南曠蕩餘空城。犬無夜吠鷄不鳴，將軍奉詔初拔營。幾姓分旗徧行賞，同時帳下添厮養。何取邊頭户口繁，十年生聚滋奸黨。白頭翁媪啼且僵，棄擲不得收戎行。翻身一仆委溝壑，骨肉滿眼紛飄揚。紅顔如花扶上馬，坡高驚墮珊瑚把。兒郎新嫁羽林軍，山下人逢執鞭者。近前一隊飛塵起，中有傷心淚偷灑。朝家本意重開邊，劇賊初平近十年。爾等纍纍皆鬼妾，偷生敢復祈哀憐。即如滇城圍，七月未能下。戍卒壘頻高，書生箸誰借？君不見禁旅一出西南通，煌煌中旨褒膚公。參軍誇謀士誇勇，逢時多少稱英雄。緑旗只合就裁汰，那許尺寸貪天功。從此歸成垂白叟，賣刀買犢安農畝。猶及生兒際太平，家家相賀持羊酒。

和答彭南陔長沙除夕見寄原韻

薄游依地主，歸計幾時成。老被妻孥累，貧銜故舊情。緑尊消夜淺，白髮競春生。亂後飄飄跡，能無感北征。

黔南署中連接與三子穎右朝手書知德尹已入燕歸計遂決先馳詩以寄

出門儔侣稀，蒼莽七千里。豈不念離群，徒亂人意耳。素心十餘輩，一散如潑水。同源乃殊流，所到隨坎止。行人半萍梗，居者僅桑梓。所恃氣誼敦，尺書屢見慰。開緘試終讀，感歎忽中起。吾弟賦《北征》，殘冬束行李。嚴程霜雪惡，急往寧得已。雙親尚淺土，舉念每潁泚。幼弱兩三人，田廬詎堪委。我來已天末，欲去難遽爾。鳥道阻且長，戈船塞江汜。主人荷垂諒，告別輒諾唯。僮僕亦欣欣，行期屢屈指。到家幸非遠，計日及秋尾。期子賦同歸，開園召知己。

敬業堂詩集卷四

遄歸集起壬戌五月，盡癸亥九月。

客楊中丞幕下且三年，德尹以壬戌正月北游，余在黔聞之，遂束裝遄返，與季弟潤木局促里居。甫周一歲，不及待仲歸，又將出而丐於親舊矣。合歸途所作及家居詩共成一卷，名曰《遄歸集》。

發貴陽留别大中丞楊公三首

風波纔過又烽煙，一路看山漸近滇。浪跡南雲真萬里，濫竽東郭忽三年。孤熊舐掌粗知分，飛鳥依人正自憐。不覺對公成灑涕，也應容我賦歸田。

鄉社枌榆隔後塵，交情翻借布衣親。勒銘事大才難稱，絶代人稀見始真。寶匣異光刀剖玉，銅盤高啖燭輝銀。他時重話西征績，慚愧曾充幕下賓。紛紛桃李艷公門，駑鈍如余尚服轅。明鏡何私顔欲換，清談無用蝨空捫。人來江左名慚項，詩和春陵格紀元。束縛倘酬知己分，敢隨流俗説銜恩。

高　寨

緑蕨荒無際，黄茅直到天。祇因鄉路遠，猶自惱啼鵑。

度雲頂關

目極雲生處，到來雲滿身。時清存畏路，興盡有歸人。馬力疲堪惜，禽言聽似真。往來經戰地，白日起陰燐。

將至清平縣馬上作

石秀山漸佳，城荒日將暮。遥見孤煙生，猶知有人住。

晚宿龍里縣署

官舍周圍帶土墻，盆池新漲接方塘。歸人已夢田廬好，只道蛙聲是水鄉。

母豬洞觀瀑

巒中六月交，山路苦焚爇。卧聞夜雨來，快起尋乳穴。入洞微有聲，足底響嗚咽。出山忽震怒，閃睒不容掣。巖前匯奔流，人駭馬辟易。來如曳組練，一綫注飛白。跌爲淵潭深，湛湛落澄碧。石牙互參錯，吞吐霹靂舌。直從灣澴底，跳沫騰百尺。慘慘天變容，凛凛風作雪。岡頭杜宇叫，萬竹劃然裂。將歸得奇觀，頓解肺肝渴。

冷　溪

溪渾三尺雨，馬渡一汀煙。徑轉長防虎，沙平忽有田。斷雲依岫險，亂草得花妍。滿眼悲涼意，新詩記不全。

平越遇雷玉衡索留别之句口占贈之

依舊青衫把一鞭，紛紛白面看談邊。冷官未了從軍志，岐路猶餘話别緣。急雨淋浪茅店外，亂山高下馬蹄前。得歸吾已無餘恨，只欠游蹤未到滇。雷，滇人也。

黎峨城北福泉山張三丰禮斗亭尚存

清池照影樹扶疏，亭前有浴仙池、長生桂。晝静廊空想步虚。閲世人來棋散後，出山雲澹雨晴初。窮塵滚滚孤亭在，浩劫茫茫百戰餘。華表鶴歸應有淚，舊時城郭半丘墟。

題興隆衛聖母閣

隔斷荒城别一丘，蟬聲寂歷鳥鉤輈。忽來風雨疑無暑，如此林巒合有樓。塵刹留僧還算弈，瘴鄉有路莫回頭。澹忘未必同靈運，直爲清暉作少留。

寓樓晚坐

一聲清磬出柴關，庵主軍持乞米還。暝色群群棲樹鳥，夕陽朵朵隔城山。

偏橋田家行

結茅住山巔，種田在山麓。田荒費牛力，僅得播種穀。七年際離亂，饑饉死相屬。稍思歲一稔，生命絲或續。師旅比凱旋，驕嘶百萬足。黔山無水草，何以充苜蓿？成群走阡陌，泥淖没馬腹。食葉躪其根，螟螣等荼毒。秝䅗一朝盡，婦子終歲哭。天下自昇平，民生有蹐跼。我爲老農語，物理視反覆。來年期好收，重看秧田緑。

晚登偏橋玄都觀後閣

承平推舊鎮，設險控西南。水勢全趨楚，山形尚帶黔。壞城平似掌，古觀廢成庵。即事多興廢，兵戈實厭談。

重宿濰陽中山寺贈紫橋長老

水色山光凈眼前，下臨無地有蒼煙。長虹自亘西來路，峭壁剛支北面天。開士偶逢堪一笑，舊游重到已經年。亂離風景勞生夢，可少秋堂借榻眠。

舟發沙灣入沅州境

煙村紅日吐初晴，野泊舸艚促早程。秋水澄鮮魚味美，曉山葱蒨鳥言清。城連槃瓠形猶壯，灘過鸕鷀怒未平。我是沅南留滯客，舊游一一總關情。

天星灘

明星的的吐飛湍，石勢參差亂眼看。莫擬乘槎到天外，偶從奇險博奇觀。

神堂灣村家

布裙翩翩短幅，高髻亭亭古粧。坐看人成翁媼，不知世有姬姜。

辰溪縣晚泊

夕陽孤塔表辰溪，江面初寬地漸低。從此一舟平似掌，萬峰回首夜郎西。

瀘溪

傍穴纍纍架樹梢，懸崖百丈俯江坳。小舟恰傍山根過，長恐風狂墮鳥巢。

兩頭纖纖曲二首

兩頭纖纖艑子船，送郎只到洞庭邊。四時雪浪灘前石，白日雷霆枕底天。

兩頭纖纖月上絃，中秋屈指又今年。歸路二三千里近，别家四十一回圓。

晚過界亭

晚景融怡剪渡還，鳧鷖隨我過前灣。半江風色參差浪，卧聽猨啼夾岸山。

桃源訪胡孔志不值

漢陽分袂已多年，聞説游蹤久入燕。歸路我經秦客峒，故人貧就廣文氈。桑麻舊俗今誰主，苜蓿荒齋醉少緣。秋雨暮帆惆悵在，可堪回首洞庭煙。

沅江縣治濱湖居民皆漁户水盛時舉家乘舟入湖秋冬水縮則結茅沿岸住

官舍無城傍水濱，鵁鶄鵝鴨半居民。疏燈幾點夜呼渡，老屋百家秋結鄰。岸曲蘆深長響雨，船頭魚健欲驚人。饒他小縣輸漁課，賦斂湖湘俗久貧。

將之長沙留別沈將雲

武陵溪口手重揮，獨向長沙未得歸。憑寄家書傳客況，爲言弱羽又分飛。

青草湖

淼淼湖光天盡頭，曚曈初日起蘆洲。小船百折行難到，一片蒼雲白露秋。

長沙舟次聞德尹入黔之信二首

去年此地君思我，君到黔中我又歸。世路茫茫誰料得，離人黯黯意多違。兩萍湖海原難遇，獨雁瀟湘正懶飛。此夜夢回姜被冷，殘燈疏雨倍依依。

岐路匆匆過朗州，弟去常德纔五日，而余至。菊花初約誤林丘。音塵京國書遲達，詩草炎荒客善愁。道路半年成萬里，德尹於正月自故鄉入都，今又來黔，故云。江湖一信到孤舟。跕鳶浪泊來何爲，歸去吾方羨少游。

長沙喜遇彭南陔

鷺立蘆花淺水，蠏肥稻壟新霜。夢去故鄉秋好，一尊閒話瀟湘。

長沙雜感四首

水遠山平極望賒，湖南風物一長嗟。屈原已去終亡國，吴芮如存可世家。湘竹舊痕啼夢雨，薜蘿新鬼怨囊沙。孤城自繞殘陽岸，風急秋清急暮笳。

觭角關山百戰過，征南精鋭竟如何？牛羊隊逐移營盡，犀兕人傳棄甲多。蜀虎連年勞悵望，黔驢無技任譏訶。孟明一眚功無敵，别路今聽唱凱歌。

窮年供億奈兵荒，穀賤傷農力莫償。地遠舟車還絡繹，時清圖繪有流亡。勞魚未必忘呴沫，集雁何當穩稻粱。十萬人家君勿問，如今瘠土是三湘。

卑濕南遷事可哀，鬼神宣室召空回。君臣如此猶嗟命，絳灌何人乃忌才。《史》《漢》高文光照耀，江山故宅客徘徊。《治安》敢擬長沙策，直爲先生痛哭來。

同南陔九畹游嶽麓中途遇雨興盡而返

緗帙曾披北海碑，南游雅與素心期。好奇歷險人皆笑，冒雨尋山興又癡。雙屐泥痕苔剥落，一江帆影浪參差。衡山咫尺猶難到，敢望雲開似退之。

八月十四夜洞庭舟中風雨再寄德尹黔南

扁舟小泊最蒼涼，那更回頭望夜郎。浪跡久經煙瘴地，懷人今在水雲鄉。燈紅極浦秋何際，月黑寥天夜有光。滿眼江湖飛不到，始憐羽短道途長。

洞庭阻風歌

湘陰去岳陽，湖面一日程。雲從北來風色惡，吾力敢與吾命争。船頭紙錢撒白雨，舟子酬神致私語。老鴉啄肉掠水飛，廟祝鳴鐘月東吐。大哉神靈本至公，憑私詎可祈感通。不如繫船整篷索，南北東西預難度。明朝風便從爾行，莫使有風帆力弱。

中秋夜洞庭對月歌

長風霾雲莽千里，雲氣蓬蓬天冒水。風收雲散波乍平，倒轉青天作湖底。初看落日沈波紅，素月欲升天斂容。舟人回首盡東望，吞吐故在馮夷宫。須臾忽自波心上，鏡面横開十餘丈。月光浸水水浸天，一派空明互迴盪。此時驪龍潛最深，目炫不得銜珠吟。巨魚無知作騰踔，鱗甲一動千黄金。人間此境知難必，快意翻從偶然得。遥聞漁父唱歌來，始覺中秋是今夕。

湘江舟晚

清湘清徹底，人影净征衫。秋水漸歸汊，遠舟惟見帆。荒洲無雁到，落日被龍銜。一樣天邊月，今宵迴不凡。

岳　州

湖腹平吞爾許貪，湖唇一噴勢難拑。力争全楚功誰最，讖應孤城户已三。客夢堠長還堠短，夕陽山北又山南。太平設險非無意，漁獵丸泥敢尚探。湖中盜賊充斥，故云。

赤　壁

一戰三分定，英雄洵有神。古今才不偶，天地局長新。故壘秋吹角，荒江晚問津。祭風臺下路，惆悵是歸人。

夜宿簰洲驛

洞庭晨出險，小驛宿兼程。漁火遠村没，雁沙殘月明。萑苻荒大澤，賦斂窘餘生。不敢論時事，乾坤及罷兵。

過湖口作

楚水吴煙一覽收，新移鎖鑰控中流。誰興桑孔緡錢利，盡算江湖大小舟。山脚酒旗孤店晚，縣南風色亂帆秋。詩囊壓擔琴扶膝，關吏何妨笑薄游。

登蕪湖浮圖

落帽家山記幾巡，弟兄南北各傷神。茱萸明日重陽酒，五處登高各一人。時家次谷在粤，荆州在燕，德尹在黔，惟韜荒家居，故云。

木末亭謁方文正景忠烈兩公祠

一姓興亡際，忠臣尚力争。百年公論定，兩字易名成。山雨晴蒸氣，江雷怒作聲。君看南渡後，降表出書生。

發儀真

緑楊城郭碧蘿洲，夾岸紅燈映酒樓。爲愛吴船聽軟語，買帆連夜下真州。

欲登金山不果

也有登山興，中流去不多。眼中江路盡，翻覺畏風波。

梁溪秋晚

繞郭林塘浄晚煙，放閒黄犢水平田。吴霜未剪江南緑，猶有菱歌動敏絃。

初到家得陳六謙書並見寄詩二章期余作北游馳聲以報

睽違不在久，依依念儔侣。與子惜分陰，矧乃遞寒暑。六年五寄書，故人在肺腑。才華我何有，藻賞終見許。久要期勿負，感子心獨苦。師門一回首，過眼如風雨。初約貧漸渝，旁觀惜毛羽。青衫行謁選，此意吾諒汝。昂藏七尺軀，行與衰老伍。忽忽簿領下，英氣恐少沮。并州地苦寒，臘盡雪片舞。蹇驢數十驛，遠宦等羈旅。此邦經五季，地險全用武。連延二千年，往往警鞞鼓。海内今連兵，閩粤接秦楚。河東耕鑿安，天道合存撫。安邑古帝墟，唐俗仍樸魯。官清資俸薄，折柬到鄉土。也擬上羊腸，得君作賢主。

哭王右朝四首

還家約略中秋後，長路風波恨稍遲。六日不詹君尚望，三年重到我成悲。魂來蘋末蛟龍駭，淚殺燈花枕席知。怪得吴江催噩夢，唤迴孤帳雨飄絲。九月十二夜舟泊吴江，夢中忽有人大呼曰：「三日内汝當有奇禍。」一時驚寤，明日到家，遂聞兄重陽訃信。

卅載交親氣誼中，蓋棺事了太匆匆。擬從頹俗存家法，不願諸甥有舅風。冰雪一枝憐菴鵲，圖書四壁哽秋蟲。東山便是西州路，欲學羊曇計轉窮。

勿論死别與生離，存殁心傷無盡期。鮑叔有情貧敢諱，尚平多累出偏遲。向來語笑猶堪憶，從此肝腸好付誰。海角天南諸弟散，訃音欲寄苦差池。

未改頭銜屬望虚，手題丹旐又躊躇。攜來萬里千行淚，檢得三年五度書。余出門以後，兄凡五寄書。好事誰還評月旦，餘生吾久負居諸。文壇詩社飛揚氣，百念俱灰一慟餘。

除夕與潤木分韻二首

曾爲茅堂乞少資，不成覓地向西枝。弟兄蹤跡團圞少，兒女心情指顧移。扣角騎牛聊復爾，設罝守兔定何爲？升沈此際知誰是，欲悔身謀又自疑。

燈花檐雨夜沈沈，慰我淪飄得故林。久别翻驚相對影，急裝誰諒倦游心。時清壯士才難盡，俗薄貧交望苦深。稍喜來年春帶閏，未應相對廢聯吟。

不見外舅陸射山先生屈指六年今春奉謁里門旋有吴行兼以送别二首以下癸亥作。

鬢霜髯雪走天涯，拂袖歸來記歲華。海内詩文無手敵，座中筋力許誰誇。談深世態多經眼，老喜游踪漸近家。五柳有情難繫别，勿論鄉思米囊花。

亂餘三徑長蓬蒿，栗里田荒尚屬陶。逸興人扶雙屐健，名山天斬一星高。春濃遠市紅燈月，煙泛輕帆白鷺濤。怪底尊前還戀戀，六年書疏阻江皋。

重過聽鶯齋與徐淮江話舊

風雨高齋別幾春，小池佳樹碧添鱗。兩湖地主憐君在，三月鶯花笑客頻。夢裏何曾忘對榻，畫中只合著閒人。倦游莫訝歸心切，知己無如穉子真。

三月晦日陳元亮家看海棠

一番陰雨花期盡，難得君家尚有春。路隔西川無好句，眼明南郭又芳辰。濃雲薄霧憐香意，翠袖紅紗絕代人。還有掛帆惆悵在，滿湖煙水夢何因。與顯武別有約而未遂，故云。

傳經堂歌卓次厚屬賦

後生學術無授受，往往談天哆衍口。春華秋實古難兼，氣節文章誰不朽。塘西卓氏本望族，遜國名臣侍郎後。天教一姓留典型，幾輩蟬聯起諸叟。西京箧衍探源委，北宋儒林辨誰某。煌煌藜火燃太乙，種種琅函發大西。雕龍餘技矢穿楊，石鼓舊文魚貫柳。一經三世屬名家，兩字千秋推作手。頗聞名儒後必大，賢嗣文孫洵非偶。百年榱桷尚如新，別築祠堂寬十畝。已看歌頌美輪奂，更蒔花竹貽長久。藏經閣闕曉繙書，族譜亭成夜呼酒。才名後先滿南國，不比虚名指箕斗。余家盈盈隔帶水，累世交情誼稱厚。三十年前枯菀分，家運迍邅遘陽九。鄰籛兵火蕩餘劫，陶逕柴桑慚世守。老成頓盡人所嘆，小子無承良自醜。揭來塵壒逐游惰，筆墨秖用供奔走。祖父遺書讀未成，肯堂肯構夫何有。詩成對君三太息，獨抱殘經莽回首。

同淮江登東湖弄珠樓

但令興到便移船，我得同游亦偶然。疏磬晚潮孤影塔，暖雲濃樹四垂天。稱心圖畫凴欄外，經眼亭臺落照前。却笑詩成無傑句，驪龍依舊抱珠眠。

過吳漢槎禾城寓樓

快事相看一笑真，忽傳絶域有歸人。劫灰已掃文星燦，黨禁初寬士氣伸。佳客偶逢如有約，時陳寄齋、俞大文俱在座。盛名長恐見無因。廿年冰雪思鄉夢，纔向田園過一春。漢槎將攜家入燕。

吴門喜晤梁藥亭

僕家海東君海南，海道相距三千三。有時憶君發遐想，直欲芒屩游瓊儋。故人謂魏禹平。金閶傳好語，知是久客猶停驂。買帆兩日風色順，百花洲外波潭潭。風塵在顔刺銜袖，笑口一豁心俱甘。披襟更覺有深致，黄鬚緑鬢垂鬖鬖。名言霏微齒牙潔，絶勝香味飄迦楠。小儒窘步不踰閾，訓詁馴繞如衣蟫。讀書已破十萬卷，可使蹤跡無窮探。吴中此來凡兩度，一一紗壁留精藍。山塘四月天氣好，輕衫拂領來晴嵐。家家緑陰囀黄鳥，曷不載酒攜雙柑。閉門却掃吟獨苦，郢《雪》屬和何人堪。平生美好百不入，正坐好古成奇貪。知君力欲追正始，三唐兩宋須互參。皮毛洗盡血性在，願及有志深劘勘。拙詩與君不同調，小言未可誇詹詹。數篇見賞自京洛，君愈降氣余彌慚。匆匆人事促輕别，欲去暫止嗛清談。紅綿花開鷓鴣叫，歸夢定繞桄榔庵。

聲山姪自都下歸相見閶門舟次出荆州兄手札期余北游戲作一詩以答

春冰一騎蹴滹沱，柳色蘇臺握手過。鹵莽不須慚計拙，驅馳真欲悔才多。吟紅日晏誰同調，變徵聲移急和歌。每遇南轅頻問訊，長安米價近如何？

同祝豹臣及家西嶨叔飲韜荒兄齋

高樹柴門景又遷，小堂南北緑遮天。偶然不速來三客，如此相思閲五年。居近人應疑卜晝，路難吾轉愛歸田。楝花風急村橋暮，欲散閒愁仗酒顛。

養蠶行

去年收絲利倍三，村中家家貪養蠶。蠶多桑少葉騰貴，千錢一筐賣未甘。温風吹蠶蠶易老，滿箔三眠上山早。蠶娘一月不梳頭，懶惰却輸辛苦好。東家採得繭如脂，繅向檐前索索吹。西家繭頭薄於紙，一樣蠶桑兩樣絲。將絲换錢索官串，無者價昂有者賤。貧家衣食天所慳，别許居奇營巧宦。即今閩海尚興師，争利人人學賈兒。聞道樓船皆市舶，貿絲豈必盡蚩蚩。

麥無秋行

三春雨多二麥荒，䵝卷盡萎田中央。大麥莖長穗未起，小麥莖短葉早黄。楝花風過繅車傍，憶得年時麥上場。場乾日烈聲拍拍，打麥作糜湯餅香。腰鐮往刈纔盈尺，雉尾襬褷藏不得。驚人角角渡水鳴，別向原頭草間活。可憐鴉鵲不知時，群下荒疇覓餘粒。我爲老農語鴉鵲，明年好收從爾食。明年好收理則那？只愁無種將奈何。

西園書屋順治丙戌燬於火瓦礫之場長養茨棘垂四十年比方有事於墾闢既惜地力且以習僮僕之勤焉用東坡七首韻與潤木同作

池亭剩曩基，長養藜與蒿。中更四十載，未盡萩刺勞。貧家供賦斂，尺寸無所逃。焉能守石田，鬱鬱希陰膏。益利興由人，棄捐成不毛。旬來拾瓦礫，積比頹垣高。

赤日黧我顔，白汗沾我背。鉏荒如去病，快得三年艾。伊昔締構初，春秋想高會。滄桑變時局，草土少完塊。誰歌蟋蟀詩，蹶蹶職思外。南山方朝隮，厥象占蔚薈。百年雖莫保，三徑幸猶在。給口茶蓼閒，其甘等炙膾。

生涯失習勞，貴賤誰比數。優游不堪事，尚記前賢語。主人既率先，僮僕趾齊舉。給餐稱勤惰，功力積毫縷。種豆畦横從，種瓜架支拄。所憂歲將旱，六月竟無雨。澮畝一歉收，何由載筐筥。力惡不出身，貨惡不出土。尚恐機事牽，高人未全許。

陶家有田園，三徑忍就荒。籬落缺粗補，東西互相望。叢牙覆塊生，一片蒼雲蒼。地力久不效，新萌必繁昌。未飽啄粟鳫，先防踏蔬羊。望腹聊忍饑，先疇胡敢忘。土性既有宜，人情亦有適。養材待椅桐，孰若樹榛栗。移根尋丈内，本向鄰家乞。落實庶可期，拙謀作乃逸。舉贏力不逮，何敢議築室。灌園豈無人，戢影勿輕出。此中足生事，吾計今已必。

惡木次第除，丁丁響斤斲。析薪祈克荷，生子願愚慤。我貧天所憐，田舍免風雹。用《北史·王蒙傳》事。隨爺課晨夕，老圃庶可學。先公垂訓在，遠蹟企商嶽。黽勉奉前編，偏傍敢駁犖。勿言世業盡，五畝澤已渥。兄弟且同居，相容在蝸角。用庾信《小園賦》中語。

仲子性好游，旅食辭南村。叔子懶甘寢，鼻息鳴西垣。我介兩者間，奇士羞王孫。有時事游惰，挾瑟隨雍門。有時賦歸來，及見松菊存。行者詠陟岡，居者勸加飧。營身各有役，出處且勿論。若較杜樊川，季强慚令昆。杜牧《望故園賦》云：「昆令季强兮鄉黨附。」

題朱子蓉六丈所藏張穆畫馬用黄山谷韻

緑楊風起驕不行，低頭嚼環如有聲。乾坤一綫塵縱横，肉中帶骨筆力透。不比東郊詩詠瘦，苦憶尋常棧間豆。青絲漫絡高家驄，龍眠妙手亦老翁，誰能更貌桃花紅。

送唐殿宣之浦江學博任

琴書壓擔曉風清，別路山行復澗行。青鬢功名秦博士，白頭經義魯諸生。月泉詩好篇篇秀，寶掌峰奇面面晴。勿對空柈嗟苜蓿，如今驥足是初程。

同韜荒兄飲鄭春薦齋

雲巖醉別忽經春，重向吴山問主人。陶侃登堂還拜母，茅容爲具也留賓。迴風却扇渾無暑，急雨催詩若有神。《鸚鵡》莫誇才子賦，鄭家名擅鷓鴣新。坐側有鸚鵡，故戲及之。

七夕同鶴江孝績序仔集淮江聽鶯齋

紅蓼蒼葭水一方，到門松桂已迎涼。燈前岐路天南北，時鶴江初從山右歸，孝績又將游江右。屋角雙星夜短長。雅集幾回逢好友，離悰多半話他鄉。當筵有客傷存殁，不忍臨風發酒狂。思右朝也。

次谷兄自粵西扶先伯父櫬歸里二首

萬里行何畏，歸來始泫然。亂離成子孝，危苦得天憐。淚盡干戈外，魂驚瘴癘邊。路難經死地，初不計生還。

自古蒼梧道，征人半舁棺。獞瑶啼赤子，父老賵清官。竟返天南魄，翻疑夢裏看。附書吾久望，執手雜悲驩。

彭南陔長沙寄書知其長郎越千已于去冬物故一詩當哭兼以相慰

《鵩賦》長沙痛未窮，短書緘淚寄西風。隔年别酒征衣爛，幾日歸帆旅櫬同。善病我曾憐久客，未亡人又累衰翁。畏途盡室成何事，頭白君應悔斷蓬。

雨中過董静思山居

十里沿洄暮靄昏，熟衣天氣半清温。菰蒲響雨煙沈浦，蘆荻迴船水到門。躍網忽驚魚尾健，墜簷初見橘頭繁。好山偏阻登高屐，笑指郎家半日村。

題陳允文圯橋授書圖小影

戰鬬功輸運籌亞，英雄勇退神仙舍。誰招四皓出商山，我信留侯本儒者。奇謨秘策乃天授，老父一編事聊假。不然韜略世所知，豈必傳從圯橋下？陳生爾意非好奇，那將此景供圖寫。志大何妨學賢聖，時清未許談王霸。披圖商略意何如，傳習師門計有餘。余與允文，俱出姚江先生之門。眼前經術皆經濟，莫問人間未見書。

同人中秋集陳寄齋宅

南游我昨逢佳節，兩度中秋瘴如墨。去年對酒洞庭湖，萬頃平波鋪練雪。電光一瞬等閒過，倏忽還家又今夕。良朋折柬邀共醉，憐我匆匆復行色。晚來微雨過城西，影落人衣月東出。明河一洗秋容净，海氣天光較然劃。街頭無人市聲斂，相國門前月尤白。門前看月堂上歌，白月紅燈互相射。繡屏屈膝圍嬌面，赴節紅牙夜深拍。沈沈簫管索索絲，微動梁塵墮猶澀。清商一綫徐引去，桂樹流飔葉初脱。此時中庭月停午，窈窕穿簾巧相覓。須臾腰鼓忽勾闌，假面西涼群嘖嘖。歡場冷落年數久，對此翻令感蕭瑟。却憶江湖載酒時，蘆花深岸聞吹笛。故人顔色就歸夢，羽短途長莽飛越。此來會合殆天幸，竿木逢場看跳擲。徵歌自笑膽氣粗，起舞偏驚耳輪熱。東南盤敦君眼見，供帳如雲掃無迹。獨留好景付我曹，莫向瑶臺話塵陌。只愁客散月易斜，人事蒼茫難料得。來年作客知何地，此地來年召何客。南枝棲鵲催五更，東野寒蛩號四壁。殷勤酹月還一杯，珍重清光照離别。

過曹希文齋

怪底移家忽入城，小堂幽事頗關情。琴牀近海潮添潤，茶榻分泉火就烹。摩詰園亭依畫稿，建安人物入詩評。也知習懶便支户，不廢堦除有送迎。

有感戲寄韜荒兄

格新曾被老元偷，此外何堪説唱酬。但到西園應秉燭，不逢東野肯低頭？故交牛耳成《孤憤》，棄婦蛾眉托《四愁》。指一邑子。博得美人開口笑，暫時跛足也風流。兄以酒後傷足，故戲及之。

去夏余自黔東下與德尹相左於辰沅道中今德尹嶺外將歸余又有西江之役二詩留寄

薄游踪跡久沈吟，準擬歸飛息故林。別去無端隨末俗，窮來何事愜初心。書籤日過塵窺隙，茶竈風迴響和琴。一笑飄然仍作客，竹窗閒殺是清陰。

二頃田知戀洛陽，眼中岐路等亡羊。江風海雨愁頻結，桂樹荆花感又長。草草歸程雙爪跡，勞勞别夢五星霜。怪來出入如相避，鄉國何時雁作行？

留别朱日觀祝豹臣朱與三陳寄齋王南屏家西嵤叔韜荒兄眉山姪二首

緑鬢西風幾遍吹，許巢貧過少年時。用方干詩中語。好官氣色車裘壯，獨客心情故舊疑。近月江雲偏絢采，未霜淮柳尚摇絲。名場此日誰高步，消得樊川贈别詩。

《渭城》歌酒最纏綿，存殁關心一黯然。落日故人《長笛賦》，右朝殁已一年。曉星同調斷鴻天。夢回露白移橙候，路入秋紅剥棗邊。任是登高何地好，青帘那不憶羊川？

西江集起癸亥十月，止甲子三月。

萬里歸來，繼逢儉歲。家憲副伯方攝西江臬篆，邀余入署。自冬涉春，周旋六閱月，爲治游學之裝。到家五日北行，不欲浮沈鄉曲，傷長者之惠也。

將有南昌之行示兒建

我年二十九，足不出鄉閭。南舟阻錢塘，北轅限姑胥。循循守矩矱，尺寸敢少渝？汝祖見背日，戊午暮春初。銜恤在終天，有生不如無。實擬奉成訓，終身依墓廬。黽勉同汝叔，食蒿甘薺如。此意難自保，饑寒旋相驅。初心忽中變，末俗誰諒余。麻鞋走從軍，凶服尚未除。自傷越禮教，臨去還躊躇。汝時年十二，戀戀來牽袪。汝母病在牀，强起縫衣襦。爲我擇吉日，勸我姑徐徐。山林忍窮餓，此事古有諸。奈何逐浪游，浪游計終迂。我雖口不答，含意鬱未攄。恐喪丈夫勇，一笑起跨驢。寇盜滿西南，殺人棄土苴。書生爾何恃，急往不暫須。輕命踏危疆，鹵莽挊羈孤。雖無司馬才，肯戀終軍繻。逅邂關西公，憐才等璠璵。留我置幕府，開誠使懷抒。初來荆州城，漸入西南隅。蹉跎戰爭地，四載過隙駒。憶自前年冬，洞庭上雙魚。吾叔又捐館，訃音傳豈虛。鑾燈黯淡花，相對慘不舒。天低嘯哀猿，月黑號訓狐。開書忍再讀，百感併集枯。上念兩先靈，窀穸未歸居。下念汝曹長，失學猶從渠。告歸策始決，寧獨懷樵漁。中丞知我真，贈言借吹噓。坐覺瘴癘掃，清風拂長途。檢點篋中裝，百金頗有餘。束書戒行李，觸熱我僕痡。故人潕陽守，開館留籃輿。不惜分俸錢，寄歸慰妻孥。命窮氣方傲，却去同揮鋤。行行百餘日，始得還菰蘆。夜半叩柴扉，犬吠鷄群呼。門前五株樹，緑槐間黃榆。亂葉落我前，忽驚秋又徂。入門拜靈几，血淚交模糊。舉頭汝在旁，依稀記形模。汝弟急欲見，喚起髮未梳。見爺不識面，反走牽娘裾。對之重泗涕，存没傷心俱。别離經喪亂，泛若浮海鳬。得歸特天憐，未歸敢自圖。稍欣世業在，斷蓬復依株。繞屋十畝園，桑下可種蔬。即此勤學圃，貧士有故吾。都緣懶惰久，力不任菑畬。室人免交適，官税多積逋。倦羽又辭巢，飄飄傃洪都。仲氏久去家，南北音塵疏。季子資性矯，青氊誤爲儒。齷齪小兒曹，款段下澤車。蟲蝦恣跳躍，蝸涎活停瀦。翻笑尺水艱，蛟龍困泥塗。男兒誇富有，豈在堆倉庾。願汝勤孝弟，餘事到讀書。孝弟乃本根，根完花葉敷。章句粗能通，已勝耕田夫。煌煌京兆後，子孫雜賢愚。五世澤未斬，有生夫豈徒。不聞王僧虔，鳳凰綴蠟珠。峥嶸覘頭角，少小志本殊。十五號成童，何況十六與？當時同隊者，轉眼分龍豬。杳毋學汝父，風塵厭微軀。厲人恐似己，取火夜看雛。悔心用自警，作詩焉敢誣。

輓吕晚村徵君

屠龍餘技到雕蟲，賣藝文成事事工。晚就人誰推入室，蚤衰君自合稱翁。才今漸少衣冠外，名果難逃出處中。身後有書休論價，也應少作愧揚雄。

黄晦木先生從魏青城憲副乞買山資將卜居河渚有詩十章志喜邀余同作欣然次韻亦如先生之數

黄竹先生今夏黄，自離商嶽走踉蹡。青錢易長苔莓路，畫藁頻移薜荔墻。未就丹砂顔屢換，欲尋白社願難償。身經開寶流離後，那問西川舊草堂。

覆巢事過儼他生，回首風波噩夢驚。碩果兩朝誰鬥健，白頭一意自孤行。縱横鉤黨清流禍，峭蒨風期月旦評。幾爲借柯憐病鶴，羽毛如雪照人明。

力圃雖艱勝力耘，多時吟嶠望停雲。未完婚嫁何多累，投老關河正失群。菜把恩羞叨地主，薦章名幸脱徵君。故人高義傾頽俗，薄俸能爲卜築分。

方丈蓬萊事不經，收心風物到園亭。紅蕖艷後蟬遺蜕，黄菊開時雁拂翎。感遇詩還工屬對，垂簾卜屢驗奇零。少微越國真高士，移向吴天只一星。

松木場遥路向西，人言罨畫似西溪。雨中緑樹鷄豚柵，霜後黄雲秔秫畦。琴筑鏗鏘聲落澗，風花高下踏成蹊。憑君指點神先王，可待游人爲品題。

數折溪橋兩版門，也須插槿植籬樊。閒攜翠竹紅藤杖，晴曬牛衣犢鼻褌。耕讀新功兒解課，漁樵故事客能援。名香老研隨身具，目擊誰知道亦存。

樂事從來出苦辛，錯將勞尾比枯鱗。眼空身世殘棋劫，日漏軒牕過隙塵。方外衣冠驚俗客，夢中墳墓抵歸人。碧幢紅堵村村徧，肯笑繁華不稱貧。

釣臺何必盡桐江，牀下人來拜老龐。隱几湖山歸四壁，捲簾風雨到西牕。花源舊隱今何代，白鶴新居即此邦。已約鄰翁勤斬竹，與排蟹椵打魚樁。

一痕龜墨食江郊，從此深居遠市朝。椰子冠從方士借，筍皮鞵赴老僧招。定巢屋角晨依鵲，挾彈林端夜逐鴞。馬跡車輪何處覓，遁仙名籍在丹霄。

槃澗時清且寤歌，欠伸光景底消磨。年豐米穀登場賤，水闊魚蝦漏網多。勿藥肯教眠食減，不祥端賴鬼神呵。鷄豚預有登堂約，慰我歸來興若何？

武林哭萬充宗二首

武功十葉變儒風，理學君家創甬東。謂尊甫履安先生。勳爵初除緣國破，饑寒不出勝途窮。

傳家同異參《三禮》，君所著有《學禮質疑》。絶筆《春秋》闕兩公。近注《春秋》，惟定、哀未就耳。四十九年君勿負，蓋棺餘恨未成翁。

忘年交誼許忘形，君自殷殷見古情。看竹款門纔一宿，去秋余自黔歸，充宗同主一、敬之見過，一宿而别。篝燈襆被每孤城。充宗下榻海昌，每入城，未嘗不快對也。無端淚落期難續，前一日，人遠書來，有「與充宗揮淚而别」之語。如此人亡夢亦驚。回首師門誰領袖，慈湖風月可憐生。

宿梨洲夫子武林寓舍即次先生丙辰九日同游舊韻二首

湖山憔悴哭新阡，謂萬充宗。何意蕭齋榻許連。燈火夜長楓葉雨，杖藜秋老菊花天。孤蹤汗漫三年外，萬事荒唐一笑前。話到昆明殘劫罷，又緣久别却凄然。

徑路先須辨陌阡，眼中榛莽正鈎連。肯攜芸蠹隨書局，任放醯鷄覆甕天。出處心情三聘後，滄桑人物兩朝前。先生高卧貧何礙，流俗知音恐未然。

富春道中

烏柏林中霜撒華，千樹萬樹圍村家。門前紅葉掃還落，白子著枝如白花。寒鴉成群啄不盡，幾處飛出聲啞啞。荒灣敗葦江忽轉，雁陣欲落整復斜。青山正缺天一面，濬入無迹雲拖沙。十年夢想富春渚，指點圖畫空嗟呀。豈知去家纔百里，足所未到如天涯。人情貴遠每忽近，往往耳目遺煙霞。他年卜居恐未穩，此際覓句差堪誇。江山秀絕客懷俗，毋使擾擾同魚蝦。

雨過桐廬

江勢西來灣復灣，乍驚風物異鄉關。百家小聚還成縣，三面無城却倚山。帆影依依楓葉外，灘聲汩汩碓牀間。雨簑煙笠嚴陵近，慚媿清流照客顏。

睦　州

過城灘更急，直下匯分流。樹色銜雙塔，山形豁一州。炭煙濃傍塢，樵逕細通舟。風日晴尤好，初冬似晚秋。

泊茶園

危樓高百尺，水落岸如山。村市尚開店，檣燈別占灣。喜無塵點鬢，那用酒熏顏。漁笛能相就，飄飄壓浪還。

淳安謁海忠介祠

桐鄉遺愛在，民自不忘公。一邑清名著，三朝直節同。衣冠瞻古貌，俎豆感村翁。此日流離意，誰憐在野鴻。

青溪口號八首

裊裊荇帶風，疏疏浪花雨。吴客過淳安，逢人少鄉語。

隔水聞語聲，空中應來肖。行到響山潭，人人發清嘯。

溪女不畫眉，愛聽畫眉鳥。夾岸一聲啼，曉山青未了。

來船桅竿高，去船櫓聲好。上水厭灘多，下水惜灘少。

家住溪東西，共飲門前水。對面不聞聲，長灘響十里。十里長灘，在界口司上。

漁家小兒女，見郎嬌不避。日莫並舟歸，鸕鷀方曬翅。

橋壞筦繫繩，水淺牛可跨。牛背渡溪人，須眉緑如畫。

屯溪船上客，前度去裝茶。娶得東村婦，經年一到家。

威平鎮舊名青溪洞韓蘄王擒方臘處

舊日青溪洞，英雄一戰歸。江關留故壘，草木震餘威。路僻烽煙静，時平盗賊稀。悲笳吹薄莫，峭壁冷斜暉。

入歙州界

青山寒更高，白日冬易暮。篷脚影初斜，濛濛入煙霧。

鮎魚口中流一山俗名小普陀絶頂佛閣頗盡結攬之勝

神山海外絶經過，此地名傳小普陀。兩岸樓臺疑蜃氣，中流日月隘鼇波。桑田有劫終成幻，松頂盤空老作窩。我是游人憐偶到，鐘聲回首夕陽多。

從屯溪坐竹筏至休寧縣

江路西來盡，輕裝稱竹船。人家新屋宇，村落好山川。沙塌魚跳岸，蘆荒雁下田。怕談兵火事，猶記八年前。

游休寧城南落石臺

一片蒼雲護，無端墮碧空。離奇存石性，刻畫憎人功。巖間刻石多俚鄙語。只有朝陽到，偏宜曲水通。峭寒難久住，酒醒忽西風。

過齊雲山麓

亂峰尊白嶽，一水接青溪。雲自香爐出，天盤石磴低。勝游憑指顧，倦路失攀躋。游子匆匆意，征途只向西。

晚至漁亭

小步聞名好，到來頗覺煩。鈴聲驢背米，簰户水窮村。旅食豐年便，方言晚市喧。黄茅山百折，此路指祁門。

祁門

二水走江湖，下流極瀾翻。濫觴不盈尺，小縣同發源。一支下錢唐，余家東海壖。直從朝宗處，溯洄到山根。西流入鄱陽，鯨口谺然吞。飄飄孤帆色，帶雨辭煙屯。水流自相背，客意難並論。五丁誰能驅，頑石劃輿坤。鏟除恐不勝，徒費斧鑿痕。浩浩江湖流，一道疾於奔。關梁近增税，亦如石塞津。寧觸石磯怒，莫逢關吏嗔。君看商賈路，辛苦趨祁門。

發猴潭出倒湖

石惡狀爭變，波喧勢就低。小舟輕畏路，百折下危溪。雪意鴉先覺，寒光霧易迷。似聞魚米賤，已過浙江西。

浮梁縣

苦霧吞江去，茫茫出遠津。長程催短晷，白骨散青燐。城小初經亂，民愚久疾貧。琵琶臨老妓，容易嫁商人。

景德鎮觀御窑瓷器歌

浮梁縣西開畫棟，御廠燒瓷供輦送。江天漠漠生黑雲，百竈煙浮日光動。初看兩眼炫青紅，夜入孤舟夢龍鳳。文成璀錯羽毛活，勢健開張牙爪弄。畫彩新添寶石釉，異光欲走黄金汞。頗聞中使出三年，十斛缸成選難中。至尊服御崇節儉，珍錯屢却遐方貢。即看嗜好非異物，器象雖精本日用。同時玉瓚注黄流，古玩金魚配清供。君不見宣成嘉萬舊官窑，散落民間價自高。《博古》圖成曾進御，猶容款識倣前朝。

登饒州鄱陽樓八韻

東北山根削，西南地軸摧。豫章帆不斷，彭蠡雁初迴。再見孤城闢，翻憐往日災。江湖銷戰伐，荆棘妒亭臺。旅望天邊豁，雄心亂後灰。殺霜冬旭暖，釀雪曉雲開。欲去猶延竚，無聊奈獨來。未除豪氣盡，飄蕩媿詩才。

曉渡鄱陽湖

三更我夢滕王閣，東北風高響簷鐸。覺來舟子已開篷，澹月微痕天一角。須臾湖面過如飛，霜氣撲船人攬衣。蒼茫煙霧來時路，水底紅輪吐半規。也知此景殊不惡，失意翻令感牢落。少文四壁有江山，何苦年年事飄泊。

送又微姪自豫章東歸兼示德尹

垂老雙親驗鬢絲，薄游仍欠草堂貲。關河最左勞人計，猿鶴能寬閉户期。落拓生涯吾自笑，滯留情事爾應知。從教物論分優劣，點檢初心也旋疑。

錢玉友自嶺南來

萬里歸裝一葉身，何緣相見即相親。世無元九知音少，客到東方自譽頻。南北弟兄愁急雪，關山踪跡悔勞薪。權輿殂落皆天意。《羽獵賦》：「萬物權輿於內，殂落於外。」眼底休輕我輩人。

玉友别後寄詩二首次韻奉答

會合洵有緣，此會乃絶奇。數言甫投分，鼓勵兼箝錘。同調世少人，高論宜卑之。平生喜聞過，指摘真吾師。啟我腹笥草，當君囊中錐。刺骨實中病，苦口俄含飴。自笑狂奴狂，況抱癡叔癡。來詩内一首示聲山者，故及之。全身受針砭，豈獨論文詞。勉强學新粧，未必盛副笄。沈吟攬古鏡，又恐嗤違時。

浪游無近遠，同作風塵面。相顧眼雙青，相期心一片。勿嫌去住乖，各要眠食健。布颿冰雪候，風色五更戰。青燈豫章城，幾夜猶夢見。書來感深愛，金石矢不變。因君激壯志，鎩羽敢辭倦。來書期余同作都門之行。

杜肇余侍郎巡海閩粤故人嚴子愿在其幕中道出南昌詩以贈别

短裘夜犯章江雪，快馬嘶風三十驛。梅花催促使臣鞍，楊柳春旂看一色。平生未識侍郎面，才子翩翩杜陵客。與君昔别年月深，約略歲書更六七。余行絶徼偶生還，舌在逢人那堪説。半生出處禍亂定，萬事蹉跎謀算拙。喜聞田横出海島，旋見盧循免羈紲。昔之滄海今桑田，萬户春耕破甌脱。如君此去真壯游，幕府從容借籌畫。乾坤昇平我何樂，差勝危疆事行役。敝廬家世東海濱，禁網佃漁寬水國。遲爾同歸作飽餐，巨魚雪點吴鹽白。時初開海禁。

喜陳允文自故鄉至

十日春風釋硯冰，客邊詩句擬催徵。愛題僧舍紗籠壁，恨事江城雪打燈。壓擔書兼行李重，飄蓬感爲故人增。西山晴色差堪望，高閣何因載酒登。

題聲山姪仗劍擁書圖

君不聞王喬厭世方盛年，飄飄笙鶴緱山巔。神仙尚須致身蚤，何况富貴如流泉。爾生負奇學書劍，三十頭顱行可見。毛錐禿穎刀善藏，毋乃多才累窮賤。朅來汗漫事遠游，劍首一吷徧九州。下澤車中羞識面，跕鳶豈必皆封侯。歸來倦游凡幾日，好酒好書兼好色。明朝一笑又出門，惘惘都非可憐别。時清氣壯驕不得，依舊收身弄文墨。有田不耕男已長，無米能炊婦非拙。何緣此日遂支扉，難免他年聊捉鼻。柳條風軟記騎馬，木榻香清夢調瑟。余亦東西南北人，圖中光景增太息。

元宵前一夕家觀察伯署齋小集次允文原韻以下甲子。

又作春燈宴，他鄉共此筵。盤分柑味美，時有以四會柑相餉者。月傍燭花妍。故態逢人發，新愁被酒捐。南州有懸榻，我醉且同眠。

與劉北海君與令季太史俱先大父門下士，故篇中及之。

我降庚寅月建午，襁褓含飴及見祖。升沈未定矩矱移，荏冉今年三十五。客塵南北浪奔走，家學淵源迷步武。先子音容漸藐茫，典型何處追王父。小時猶記竊餘論，文集諸劉指堪數。翰林風度杳莫即，伯仲聲華憶明府。布帆夜下十八灘，幾日春風到南浦。頗聞人頌神明宰，章貢循聲比卓魯。劉時宰贛縣。一城煙樹起樓臺，千里關河静鞞鼓。官閒往往飛舄出，繚嶺軒軒見霞舉。此時我作豫章游，却怪知名緣獨沮。即論世講屬前輩，小子投謁固其所。懷中一刺署姓名，雙屐逡巡阻春雨。先生忘年復忘分，先枉高軒訪羈旅。下車相揖亦有人，此事今亡乃聞古。修名不立行可媿，半臂重交義奚取。謂余當有祖父風，不料頭顱尚如許。長身三世求形似，毋乃籧戚嗟仰俯。入門一笑想欲狂，注目含情兩無語。

章江舟次送李斯年赴湖南幕府二首

同學紛紛起布衣，文章聲價剩珠璣。怪來五十高常侍，猶自隨人側翅飛。

瀟湘歸櫂我匆匆，重到如君又不同。若對亂前談亂後，不知誰識李元忠？

楚黄陶忠毅公以世胄協守寧前衛癸未城陷公殉節焉事具合肥宗伯行略其家子上辛出公畫像索題用舊韻

已陷金城破玉門，瓜沙河渭總啼痕。捐軀幾輩曾當局，抵掌何人不大言。五代鐵鎗傳畫像，百年江月酹清尊。李家降表尋常事，話到書生惱夢魂。

黄泥山村看桃同錢道耕倪上韓家兄子敬南城友日婭聲山

春洲雲煖煙濛濛，天勢四垂濃靄中。一望千檣萬檣外，緑楊芳草交青葱。沿洄曲岸行數里，小艇閣沙水忽窮。捨舟聯袂赴村落，勝境引入桃花叢。迷離景光耀平野，爛熳高燄燒晴空。穠華似慳微雨著，繁蕊欲拆朝陽烘。居民補綴好圖畫，屋茅籬竹家家同。沙灣汀瀅限南北，徑路曲折迷西東。老人衣冠稱古貌，往往負戴隨兒童。隔花姹婭自呼伴，笑語已斷迎迴風。牛羊未歸隘巷静，鷄犬亂走柴門通。武陵光景在人世，但患放棹無漁翁。兩頭絃管百壺酒，醉夢一醒風塵胸。江村草堂我亦有，頗笑此景他鄉逢。韶華經眼況偶到，有意留戀終匆匆。章江夕陽催晚渡，水面回看紅雲紅。

新柳詞和允文二首

輕煙和雨着梢頭，萬縷千條作態柔。落得游人春興懶，遠遮鄉路近遮樓。

桃花輕浪過花朝，溪女提魚渡板橋。一種紅腮多貫柳，阿誰先挽最長條？

次韻酬別聲山姪

讀書恨不搜大酉，結客每慚稱小友。命窮共落磨蝎宫，木偶尋常嘲土偶。身輕倦翼尚江湖，力困常鱗等淵藪。蚤知去住兩牢落，曷不杜門乃奔走。章江二月春風顛，横管孤吹《折楊柳》。愁來襆被思決去，貧戀家居恐難久。青燈聽雨且鳴鷄，白眼看雲又蒼狗。醉眠夜夜長加股，欲出朝朝還被肘。行裝偶到急雪前，歸棹纔移禁煙後。有生光景爾許過，懷抱逢人詎堪剖。酒尊一澆壘塊空，如封魚鼈去乙丑。山妻不須視儀舌，俗子合訝哆衍口。子今高堂況白髮，好去稱觴酌大斗。天倫樂事古所難，鬱鬱猶能居此否？

疊前韻酬別友日兄

弟生庚寅兄乙酉，五歲肩隨稱棣友。兒時嬉戲失同群，稍長衣冠就參偶。鷄豚近局接南北，煙火深村望林藪。余游故知生理拙，君亦何爲轉蓬走。夜雨燈挑江上花，春風夢繞門前柳。男兒有懷莽未遂，僂指半生時已久。未能扣角事騎牛，抑且埋名作屠狗。不爾合甘原憲分，鶉結從渠見襟肘。誰令志氣自摧頹，漫著征衣隨短後。君平季主世少人，眼底升沈向誰剖。頭盤叫噪抒狂憤，笑聽更籌移子丑。忽然顧影還自憐，氣塞神傷箝在口。豈應美好長貧賤，定有光芒射牛斗。勸君自信當益堅，適野不須謀可否。

三疊前韻留别恭庵兄

黄鷄白日移卯酉，失學無端負師友。名微自甘時所棄，命隻敢嗟吾不偶。出《李廣傳》注。惟兄諒我謂我真，野鳥心終戀郊藪。君家如圃大可憶，甃石開池傾下走。竭來搔首動鄉思，想像春天好花柳。阿翁官高諸子秀，世業平泉必長久。余也先疇漸拋棄，熊虎何當子命狗。從教久瘦帶寬圍，遑問長貧衣露肘。低顔分出古人下，尚冀鞭羊視其後。愛君玉樹臨風前，老蚌明珠一雙剖。杜陵兩男養無益，少長何堪集癸丑。八百桑株十具牛，經營無物貽黄口。願君綵衣侍歸駕，莫謾折腰爲五斗。某丘某水記釣游，許我題詩草堂否？

四疊前韻酬別允文

與君訂交從己酉，鄉社無多推益友。文瀾一篇論警策，詩格千言誇對偶。白眉三馬人所畏，《北史》：「馬子廉兄弟三人皆能文，時有三馬皆白眉之譽。」昆友聯翩出才藪。余時懷槧初出游，未免籍湜汗且走，蘭苕翡翠争秀句，何異飄風嫋垂柳。登場鹵莽拙用長，堅壁逡巡困持久。契舟已往莫求劍，畫虎雖成終類狗。君今落筆更老成，斂手薑芽看運肘。但思上第慰眼前，肯顧虚名計身後。精金百鍊行自惜，璞玉一圭猶待剖。丁年行笈記癸辛，甲族科名豔丁丑。謂允文從祖素庵相國。未能飽飯便汝腹，也學饑驅餬我口。客中告别别倍難，濁酒直須傾一斗。暫留幾日辦歸裝，長説倦游今果否。

同聲山姪過羅飯牛禮洲草堂别後賦寄用昌黎寄盧仝韻

先生老向塵埃裏，有志竟成高蹈矣。衣冠已與世人同，猶自芒鞋高屐齒。竹溪羅舊居地名。茶園寬十畝，春雨分膏給妻子。清風七椀生冠石，寧都冠石茶出飯牛手製者，品在顧渚上。絶跡杜門凡二紀。買山定有賣山人，窮乃辭鄉奚足恥。舊莊唱和傳裴迪，亂國流離傷董祀。巢由逃世事果難，身未出山名滿耳。一聲長嘯落天半，散作雲煙隨處士。都無猿鶴愧林巒，絶少鷄豚餽鄰里。獨攜筆墨與人際，堅卧有時呼不起。南州懸榻尋常下，小技似可供驅使。彼皆金夫勢力求，未許感恩況知己。豈惟落筆不輕易，立品潔身從此始。净明庵主石田翁，前輩風期看未已。半生衣食天故吝，稍稍芻薪給騾駬。硯田一片歲有秋，食力聊用代耘耔。先生猶云吾負疚，懶惰無端釋良耜。故人往赴河陽幕，本不希心榮膴仕。先生療貧策又奇，獨往孤行竟誰恃。禮洲草堂地清絶，見説賃舂連圮址。易堂人物近無多，把臂此來君準擬。萍踪怪底成相左，雨雪殘冬悵無似。朝朝江口望歸帆，百日奚童躎生趾。春深沙溆停煙榜，有客忽傳君至止。廿年馳想結深企，欲致高人我何以。急呼阿咸聲山。徑造門，渴馬奔泉勢難俟。先生應門無五尺，反鎖柴荊入村市。歸來蕭寺忽相逢，一臂初交乃狂喜。招呼雙屐過江閣，草草杯槃有真理。乞君畫稿幸不辭，謂我頗可尋涯涘。斯人不因筆墨重，獨行自足傳野史。即從畫品論高下，清矯寧讓營丘李。我詩不工何足酬，别後空慚寄雙鯉。

芙容庵水亭

徑轉春陰午未移，小亭如蓋俯漣漪。柳邊風到鱗鱗活，鏡裏欄開面面宜。欲去興狂呼酒伴，重來緣淺看花時。此間著我真塵俗，何用多留疥壁詩。

清明風雨舟發南昌允文聲山追送於江干更以數言留別

竹鷄啼苦催清明，滕王閣前春水生。西山高入雲霧裹，雨勢下壓洪州城。桃花杏花半狼藉，岸柳自拂孤舟輕。連朝有約同買棹，二子未果余徑行。雲山欣欣赴歸路，煙樹漠漠愁離程。布帆風急不肯住，到家正及聽新鶯。

康郎山功臣廟十四韻

疇昔驅除會，英雄想像間。驛移青雀舫，酒灑白茅灣。鷹隼搏空擊，鯨鯢授首還。波濤經虎尾，矢石避龍顏。一戰西南定，群公策力閒。死方開國運，生不點朝班。紀信無遺恨，曹成本世官。顯榮褒後裔，茅土愴重頒。弈葉將軍樹，廟前古槐，相傳明太祖破僞漢時，封爲將軍。中流砥柱山。炎風焚鐵券，石馬嚼金環。黄屋今無跡，朱旗閃尚殷。太平何事業，要害此江關。廟貌瞻嚴肅，時情易險艱。興亡他日事，清淚獨潺潺。

餘干道中

新煙幾點散晴霞，遠岸殘桃曬網家。莎草一汀長帶鷺，湖田二月已鳴蛙。葱葱曉日銜山秀，裊裊春風赴柳斜。自笑薄游緣底事，漲痕空記去年沙。

昌江竹枝詞八首

浮梁縣西山漸平，浮梁縣東水更清。濛濛天氣長如雨，卧聽前灣水碓聲。

甆石硠硠轉轆轤，春砂淘釉有精粗。年來御廠添窑户，不種山田另起租。

椶櫚葉瘦芭蕉肥，菜花半開桃李稀。背山園圃蜜蜂出，近水人家燕子飛。

穀雨前頭茶事新，提筐少女摘來勻。長成嫁作鄰家婦，勝似風波盪槳人。

船頭船尾不多高，盡日争先走怒濤。博得夜來春睡熟，一篷煙雨半枝篙。

小兒灘頭水没磯，幾點雨著行人衣。草煙迎岸翠撲撲，牧笛未歸鵝鴨歸。

一繩飛界兩山頭，積石排樁抵截流。驚起野鸕鷀箇箇，五更風浪網初收。

村殺山家唱四時，本鄉歌好少人知。愛他曲水如巴字，别與新詞譜《竹枝》。

齊雲山六絶句

仄徑丹梯萬仞懸，石楠擁蓋不知年。不因鐵笛吹山裂，那得游人到洞天。右天門。

雨織龍梭香作涎，四時不斷吐飛泉。藕絲簾子玲瓏影，捲起晴雲别有天。右水簾洞。

兩峰獅象對崢嶸，鐘鼓聲中玉座清。夜夜河魁瞻北闕，羽衣天半坐吹笙。右真武殿。

禹鼎神姦散九州，誰教一柱峙丹丘。白雲已鎖塵寰斷，還有香煙在上頭。右香爐峰。

急歸悔不上匡廬，辜負峰南大小孤。怪事此來仍滿願，已看五老又三姑。右五老、三姑峰。

輕身直上挾天風，雨外天都望或封。安得近南長見日，與排三十六芙蓉。右紫霄崖。

武林寓樓與德尹夜話

迎面蛛絲落幾番，每從遠信報平安。各驚顔狀他鄉换，一落江湖戢影難。狖鳥蠻花天萬里，朔雲邊雪路千盤。六年踪跡連牀話，大似羌村夢夜闌。

立夏前三日集汪寓昭願學堂兼留别姚天寰顧九恒沈昭嗣陳廣陵章豈績馮文子嚴定隅及家德尹時余將入燕二首

一櫂江城又隔年，春雲春樹記尊前。故鄉樂事留高會，獨客關心奈别筵。興罷艷歌重按拍，酒闌孤月正當天。年來事事輸人後，齒序慚居六子先。同會十人，余齒在第四。

緑酒紅燈促坐深，無多同調況知音。琢磨頗望成全璧，激烈何須到碎琴。起舞自憐中夜影，急觴難緩此時心。軟塵十丈騎驢去，怕被人傳倚樹吟。出《莊子》注。

西水議集留别姚夢虹宋受谷張王士張介山邵翼雲金子由吴震一卓次厚九如

南路風濤北路塵，歸艎纔泊復征輪。三秋斷梗如游跡，一座清風抵故人。壁壘降旗文戰罷，乾坤攬轡客懷新。天涯珍重臨岐意，只有貧交不諱貧。

敬業堂詩集卷五

蹫淮集起甲子四月，盡一年。

甲子夏，游學京師，始渡淮而北。客有賦《涉淮》以壯余行色者，敬謝之曰：「君不聞橘蹫淮且化爲枳乎？余方虞余之失其橘性，而與枳爲類也。」

歸自江右隨有燕山之行示别家人

南北勞勞但可嗤，流光瞥過少年時。祗緣累世留門户，那得此生無别離。斗酒且禁連夕醉，長箋難和送春詞。勿論向後愁深淺，已覺燈前鬢有絲。

錫山舟次遇外舅陸射山先生自淮南歸

落帆當溆浦，曲岸轉拏音。已感骨肉語，兼傷去住心。斷雲晴出岫，老鶴暮歸林。莫作俱飄泊，翁今白髮深。

過二瞻兄維揚寓齋兄有贈行詩次韻酬别

征衫初换且停橈，一日江程兩信潮。欲去郵亭塵滚滚，乍來岐路馬蕭蕭。詩文價定人争購，書畫船輕客待邀。劈紙風流看好在，緑楊回首記紅橋。

雨發宿遷

苦被林鳩唤雨多，北風獵獵渡黄河。不辭滑路衝泥去，且免驚沙刮面過。一騎鮒魚仍入貢，十年《瓠子》尚聞歌。饑荒接讓人方説，愁見城南豕涉波。

郯城道中

蹇驢三四驛，平野入飛沙。白日孤城閉，清沂一道斜。井疆郯子國，風物魯人家。漸與淮南巽，村村枳棘花。

沂州送錢玉友往新城

又作殊方別，春衫客淚收。但須眠食健，莫話短長愁，鄉夢經蠶月，人情望麥秋。黄雲天四合，何處辨青州。

伴城旅店次徐子大壁間韻

淺草平陂極望通，客程漸入亂山中。坐消髀肉全無爲，貧檢詩囊幸未空。沙磧凉生蕎麥雨，茅檐香過棗花風。却愁長日行難到，又指斜陽一抹紅。

齊　河

關城餘霸氣，鷄犬入齊風。山豁平沙外，天低小縣東。魚鹽知俗古，豚酒祝年豐。别有雄繁意，休誇管晏功。

晚抵晏城次壁間韻

目力窮邊酒旆生，熟梅天愛偶然晴。高樓吹角風無賴，壞壁留詩客有情。紅日忽沈煙起處，白楊長遞雨來聲。萬山回首如屏障，一片平蕪接晏城。

渡蘆溝橋

草草漁梁枕水邊，石湖詩裏想當年。誰教甃石通南北，鐵軸銀蹄一例穿。《金史》：章宗明昌元年，始建蘆溝石橋。

京師中元詞二首

萬柄紅燈裹綠紗，亭亭輕蓋受風斜。滿城荷葉高錢價，不數中原洗手花。

銅盤小拍坐張燈，手指城東滿月升。從此夜游涼似水，漸無人賣擔頭冰。

憫農詩和朱恒齋比部

《豳風》本王業，稼穡知艱難。立政務明農，化理自古然。我從田間來，疾苦粗能言。請陳東南事，約略得其端。初冬下菽麥，深溝及春前。根株載培護，益使土力堅。麥黄未及秋，晚蠶又催眠。祈晴三四月，雨水翻連綿。針水分稻秧，潑潁行耨田。時方仰膏雨，杲杲恒當天。炎威一熏灼，泥淖同熬煎。委身沸湯中，辛苦少所便。好風槐柳下，欲往不暫閒。老稺亦靡寧，桔槔遠吸川。或防霧損花，又恐蟲傷根。半年壠畝畔，力竭心亦殫。如此冀西成，食報理或存。但令畝一鍾，歲事幸告竣。私租入富室，公税輸縣官。所餘尚無幾，未足償勤拳。況逢水旱加，往往多顛連。逃亡等無地，芻牧肯見憐。高位有仁人，垂聽宜惻焉。所以古大臣，農事恒惓惓。流移進圖繪，咨儆陳風愆。有時亟施賑，詔旨輒擅專。有時撫瘡痍，逋賦請悉蠲。不上《封禪書》，不獻《羽獵篇》。乾坤生生機，君相操微權。一念苟惘卹，惠風自遐宣。矧今天子聖，綏邦必豐年。

將有西山之游次謝方山員外見貽原韻

勞生莽莽笑塵機，又向燕臺換裌衣。出郭人如秋澹蕩，入山天愛雨霏微。閒拖竹杖尋詩瘦，賤買村醪覓伴稀。贏得謝家新句好，澹忘隨處領清暉。

松林寺

含煙含露一梢梢，花果禪扉鎖合牢。野鳥不知園有禁，隔墻啣出紫蒲桃。

晚抵退谷與大司空朱右君先生露坐啜泉

晚色秋光帶遠坰，眼明初喜見涼螢。洑流噴石渾疑雨，老樹交陰合有亭。照影豈能忘盥漱，出山誰復辨清泠。閒僧尚記曾來客，一縷茶煙話酒醒。公不到西山二十八年矣，老僧猶能説舊游時事。

宿隆教寺僧房

最愛堦墀細雨中，瓦盆高下列芳叢。白花紅子皆秋意，斟酌西窗一夜風。

從水盡頭步上五花寺閣

數折溪橋接水源，亂鴉高樹又村前。路危磵阻千重石，山偪窗開一面天。佛界偶來宜白晝，帝城難辨是蒼煙。留詩莫作匆匆去，勝境吾將借榻眠。

卧佛寺

古寺無僧佛倚墻，卧聽蝙蝠掠空廊。晚來光景尤蕭瑟，葉葉西風戰白楊。

金章宗手植松在壽安山西嶺上

壽安山頭一老松，從下仰視青童童。羽衣仙人擁蓋立，柄短却作傴僂容。我思躡屩苦無伴，范老性華興到許我從。婆娑初自枝亞入，中乃可置一畝宫。四徬四枝分四面，側理横出交蓬鬆。東西南北不相顧，意到各自成虬龍。中間大枝裘挈領，高勢一攬收群雄。其旁峭壁截牙角，直下千尺方藏鋒。蒼髯翠尾掉空際，蜿蜒飲澗天投虹。千山萬山似摇動，鱗甲未斂雲濛濛。須臾夕陽轉西麓，脇下嬰嬰生微風。一聲老鶴忽飛出，竽籟散入鄰庵鐘。老僧指似時代古，手植傳自金章宗。是時朔南罷兵革，貢使一一舟車通。明昌泰和號極治，擊毬詐馬習俗同。近郊亭館恣游宴，逐獸不入深榛叢。遺山野史有深意，國亡事去忍更攻。孤臣飲泣記舊恨，肯畏後世譏不公。洗粧樓空春月白，射柳圃廢秋花紅。一朝故物獨留此，鬱鬱幸自蟠蒼穹。爾來四百四十載，坐閲桑海如飄蓬。輪囷差堪伍社櫟，瀟灑猶足驕秦封。君不見報國門前數株樹，托根悔落塵埃中。

碧雲寺後一山皆内監葬域中有豐碑二統刻魏忠賢里居官爵甚詳守僧云忠賢自爲生壙本朝初年忠賢名下葬其衣冠於此恨無有力者掊其石也

碧雲臺殿倚雲端，香火旛幢屬内官。一代賢奸青史定，兩朝黨籍白碑殘。松杉暮雨鴞音革，羊馬秋風石骨寒。却笑山靈無藉在，猶容厠鬼瘞衣冠。

冒雨至香山晚宿來青軒

曲磴初從鳥道攀，短墻東面抱灣環。九重城闕微茫外，一氣風雲吐納間。暝色浮鐘來別寺，秋聲分雨過前山。紅塵那許高千尺，任放層軒擁翠鬟。

同吴六皆陳叔毅湯西厓宿摩訶庵

禪榻吹燈睡不成，棲烏枝上已三更。紙窗一面朦朧月，只道秋聲是雨聲。

白鷴鵲次魏環極先生原韻

古有雕籠戒，今看負質奇。縞衣窗外月，白雪隴頭枝。太潔從人忌，能言被俗疑。商山留羽翼，皓首托風期。原詩有「秋陰高漠漠，是爾入林期」之句，蓋公歸志已決矣。

重陽前六日同翁元音彭椒嵒錢玉友朱遠度吴六皆陳允大叔殺沈客子湯西崖談未庵家荆州聲山小集分韻

青袍紅燭影相銜，劈紙心情故不凡。柿葉庭空聞朔雁，蘆花水淺夢南帆。探驪有客曾驚座，歸燕無詩亦畏讒。開口勿輕談世事，尊前除飲便須緘。

過顧培園編修新寓

不遺輕塵點鬢華，斯人直比玉無瑕。蜘蛛屋角垂垂露，蟋蟀堦除艷艷花。半枕茶煙清晝閣，一窗香篆煖文紗。從今唱和貪多暇，底用題詩苦憶家。

九日讌朱大司空花莊次韻

漠漠秋蕪一望開，驚心節物帝城隈。閒招南國騎驢客，來上西風戲馬臺。人與黄花同白社，鳥隨紅葉下蒼苔。六年此度天南北，己未在荆州，庚申在銅仁，辛酉在貴陽，壬戌在蕪湖，癸亥在西湖。惆悵名園又舉杯。

送六皆歸杭並寄章豈績馮文子嚴定隅二首

風急駝鳴沙外村，轉蓬何意復歸根。多時白髮思游子，依舊青衫出國門。光範三書原失策，《渭城》一曲最銷魂。買田只合山莊住，珍重天涯贈别言。

黄葉黄花媚晚晴，酒旗茅店一程程。稍嫌壓鬢邊沙重，不礙衝寒布被輕。夢短賸留他夜話，計偕稀上故人名。得歸我亦抽鞭去，忍向桑乾聽雁聲。

嚴蒦庵侍御招同惠研溪吴天章王咸中王孟穀朱西畯喬無功陳叔毅湯西崖小集即席分賦

相逢塵坱中，交臂面不熟。雅人著懷抱，有如瞳在目。侍御鄉國賢，未見意久屬。司閽戒勿拒，徑造少躑躅。一月三過從，看到秋殘菊。長安多讌會，熱客後先續。長揖容吾曹，情深感君獨。紅豆致蕭淡，河東才屈曲。石鳴光走珠，漢陽璞藏玉。髯陳好儀表，大喬絶豁谷。小朱及瘦湯，秀發秋眉綠。厠我數子間，傭保坐擊筑。淋漓取盡興，豪爽一破俗。逃觴或竟去，下榻或信宿。戲具雜博簺，古音披簡牘。狂言醒不禁，好句互傳讀。坐令布衣交，放誕惟所欲。甘從平原游，不學步兵哭。吾生莽無涯，疲躝信兩足。玉川洛城居，并少數間屋。未能逃空虛，時復累口腹。所嗟才地劣，徑路故窄趗。諸君湖海士，相轃適如輻。倘不鄙迂疏，前期幸交勗。

與研谿别後疊前韻寄之

我從湯子交，耳君名已熟。初來長安城，欲見塵眯目。名園一杯酒，邂逅情未屬。余識研溪於趙伯夫農部席上。别時蓮蕊紅，懷刺久蹢躅。忽忽秋向老，花期過黄菊。晚赴嚴公招，名流趾相續。森然授几席，後至惟爾獨。衆中造膝談，稍稍致款曲。湯言不我欺，伊人果如玉，似從坡陁游。迤邐入崖谷。松篁幽徑轉，照我鬚鬢綠。石潤斂雲霞，泉清作琴筑。對之浮氣盡，亟取藥吾俗。曲尺移木牀，醉留同一宿。男兒屬有才，未了三千牘。買田歸可種，買書行可讀。委身俛仰中，初念固不欲。況當摇落候，有痛忍輕哭。涼燈一穗花，夜半開未足。淅瀝風灑窗，淋浪雨鳴屋。明朝門外路，泥淖驢没腹。連鞍共君出，寸步苦局起。紛紛疾走兒，馬騁車脱輻。即此慎所之，久要互相勗。

汪東川宫贊屬題秋林讀書圖時汪給假將歸

似曾依樣買林皋，只愛攤書不蓋茅。榦老從添鴉點葉，影疏初見鵲成巢。好風開卷聲相遞，古墨分香手借抄。怪得先生官況懶，畫中光景十年抛。

送大司寇魏環極先生予告還蔚州二首

曳履星辰二十年，尚書襆被故蕭然。勇能自斷天難奪，清畏人知世已傳。白社竟成娱老地，黄金不貯買山錢。閒雲一片秋寥廓，何限風光倚杖前。

嶽嶽寒松表御書，寒松堂，公臨行時御書賜額也。新堂歸到好懸車。身名似此真無媿，進退何人綽有餘。報國文章傳後起，謂無僞中翰。立朝風骨想當初。不因祖帳東門道，太息方煩比二疏。

送陸蓬叟之井陘

不道西游爾許難，萬峰高下渡桑乾。亂鴉雪緊荒程暮，叢雁天低斷角寒，燕市莫尋當日伴，并州且作故鄉看。到時尺素煩馳寄，及與梅花報歲闌。

叔毅見示初度述懷詩有感而作

與君世好幼同里，其室則邇其人遐。年踰三十未識面，各被衣食驅天涯。余顏鯨頳變黑瘦，攬鏡未免頻咨嗟。子髯毵毿長一尺，瀟灑亦復沾塵沙。燕山此來忽交臂，相視莫逆心靡他。衝風冒雨屢相過，朗吟狂笑聲讙譁。行時肩從坐齒序，愛比兄弟豈有加。一朝顧我欻不樂。刺眼怕看重陽花。叔毅生辰在九月九日。新詩一篇把似我，音調慘裂如秋笳。對之思苦難卒讀，冰雪入口冷戰牙。看君炯炯具至性，母喪未闋衣仍麻。淚痕往往在枕席，皋魚岐路憐京華。憶余浪跡走絕徼，未夏四月初辭家。先君下世纔一載，面目赧汗逢人遮。平生粗知奉禮教，豈敢自外傷芸瓜。至今肝腸抱至痛，視息毋乃同豚豭。歸田但祈免溝壑，此願易給原非奢。天於我輩胡獨忍，故令具體蒙疵瑕。子今襟期頗澹漠，西溪片瓦已可賒。塵埃洞澒一回首，便欲策蹇乘柴車。幾時真約結鄰去，對門老樹枝槎枒。

研溪索題紅豆齋詩册二首

東田西澗勢相參，此本如今恰有三。一點丹砂非俗物，居然鼎足占江南。吴中紅豆三本，一在拂水山莊，一在王奉常東田，一在青溪堂即研溪近居也。

薄游久欠買山資，齋笏初安負一枝。但使主人長閉户，樹名何取號相思。

題惠研谿崢嶸集次汪蛟門原韻三首

不成吟上紫薇亭，翡翠琉璃并作屏。一事比渠差較勝，自編佳句付樵青。

紕縵論才本不多，詩家勁敵許誰過。不須綽板尊前度，摇膝聽君唤奈何。

硯齋吟吻暖生春，推爾堯峰步後塵。賴是老元偷格律，知音此外斷無人。「每被老元偷格律」，樂天語也。蛟門舉似研谿，故借作轉語。

燕臺雜興次學正劉雨峰原韻十首

九關王氣鬱千秋，如此風光蕩客愁。東路雲垂遼海闊，北條山勒太行收。天蟠宫闕瞻螭尾，地擁塵沙散馬頭。老柳不禁吹笛意，夕陽疏影傍高樓。

千古荆丹事最奇，誰教秦騎竟横馳。漁陽鼓動天方醉，《督亢》圖窮悔已遲。他日酒徒猶擊筑，向來博道抵争棊。無聊尚有酣歌會，不似東方但苦饑。

《北史》流傳樂未央，上都幾處鬪毬場。幕南地空聞傳箭，花外樓高見洗粧。紫色蛙聲雄八族，烏衣馬糞鬪諸王。分明裂帛湖邊月，及照三朝舉國狂。

十三陵古隔巖關，往事unity

除會，玉匣書留想像間。斫却冬青人盡識，祾恩羊虎尚斑斑。

直放江湖日夜東，異時黨論比狂風。清流禍起名賢盡，甘露謀疏國運終。一紙興亡看覆鹿，千年灰劫付冥鴻。時平翻幸吾生晚，不見郊原戰血紅。

班馬文從一代編，世家人物數華顛。藏書已獻言何諱，焚藁無期客問年。莫道汗青從蠹蝕，好憑頭白寫蠶眠。諸公衮衮皆才彦，珍重須教信史傳。

帳殿崔嵬令闃寥，凱歌連歲奏鉦鐃。雲深雁路朝盤馬，雪點狐裘夜射雕。都護玉門關不設，將軍銅柱界重標。職方别載魚龍國，笑指烽煙薄海銷。

恩波一夕滿江湖，下詔蠲租例久無。忽見黔黎成感涕，始知草野愛微軀。龍船旗鼓三江戍，馬鐙雲霞五岳圖。盡道登封儀注古，秦松容易比貞符。

朱門棨戟列東華，金谷筵開辨咄嗟。雪甕分漿嗤榾柮，霜刀剪韭妒萌芽。歌喉欲斷從絃續，舞袖能長聽客誇。嬴得狂生無藉在，欲捻書籍問東家。縱橫野馬群飛百分一棹過觥船，何限關河載酒前。投筆生涯經絶域，定巢歸計失驚絃。路，跛扈風箏一綫天。曾是征南舊賓客，摩挲髀肉也潸然。

冬日張園雅集同姜西溟彭椒嵓顧九恒惠研谿錢玉友魏禹平蔣聿修王孟穀張漢瞻汪寓昭陳叔毅湯西厓馮文子談震方家荆州聲山限韻

丈夫置身非廟廊，便合食力勤耕桑。誰教鹵莽走京洛，去住兩策無一長。天公似憐太坎壈，一事獨許平生償。招呼朋好作痛飲，逸足快脱籠頭韁。城南小莊如畫裏，樹頭一扇風旗張。忽從空曠入叢薄，積雪寒峭屏山傍。籬根涸池受落葉，窗面破紙穿斜陽。圍爐坐密氣漸煖，稍覺冬律回春光。大柈蒸菜芼薑辣，滿甕印酒開泥香。蒲萄已充筵上果，但見枯蔓牽鄰墻。初拈險韻鬥傑句，旋徵雅令搜枯腸。須臾耳熱更豪劇，角逐兩兩争低昂。傍人却問何所樂，我亦自笑狂夫狂。三年隻身走萬里，絲路裊裊衝鑾鄉。豈無釣藤鑾中酒名。拚獨酌，意緒冷淡難禁當。翻身勇決作歸計，又被饑餓驅游裝。別人騎馬我徒步，鎩羽無分追高翔。行藏眼底但如許，有意排遣終悲涼。風流見賞古不乏，跌蕩慎勿矜辭章。

明朝定傳好事口，指點此地成驩場。安知酒徒積放意，不欲與世衡鋒鋩。城頭鴉啼客盡散，獨立四顧神蒼茫。

與張漢瞻次侯大年韻

竹垞今名家，從君賞文格。每逢最佳處，輒爲浮大白。自抱萬卷書，羞隨五侯客。養親冀一第，歲月去已積。變體爲時文，頻遭按劍斥。皇天老眼暗，才地每相厄。何妨掃蛾眉，稍稍傅粉澤。肯違静者性，彼好此不易。

送少詹王阮亭先生祭告南海

祝融南都水環匯，赤龍渴飲九州外。扶桑日枝萬丈高，吞吐晨昏變明晦。颶風磨旋黧帆片，蜑雨珠沈蛟室琲。幻呈綵縷現蜃樓，淡入蒼煙失鰲背。不知靈封畫何境，禹鼎無從辨疆界。元和一老去作碑，廟貌千秋遂稱最。茫茫元氣收不盡，好手何人復堪代。康熙甲子帝東巡，特遣軺車告時邁。瑯邪先生啣命往，嶺嶠星明指華蓋。祠官奉幣紛趨蹌，天使陳辭虔跪拜。靈旗肅肅雲蓬蓬，一氣流通百神萃。向風海鳥聽鐘鼓，有眼蠻人識冠帶。時清邊徼無烽燧，道遠詞臣多紀載。公之文章在館閣，每借名區發雄概。曩時蜀道今海邦，盡洩光芒天不愛。後先人物諒無幾，才地彼此恒相待。所傷或從遷謫到，終恐才鋒束機械。如公擁傳真壯游，直放胸期寫豪快。豈徒榮遇際曠典，已見風流壓前輩。佛桑花發啼鉤輈，幾日歸航下瀧瀨。還朝快示紀行篇，浩浩洪波納千派。旁人若問陸賈裝，徑尺珊瑚手親碎。

題田綸霞少參山薑詩後

得從京國數追隨，真愛《山薑》一卷詩。佳處不嫌千遍讀，識君翻恨十年遲。古人可作心相許，同調無多論稍卑。便欲借抄煩乞予，手彈紅燭寫烏絲。

小除夜椒嵓招同沈韓錫陳叔毅談未庵家聲山集王巖士樞部齋限韻

蠟燈垂燼夜厭厭，寒薄重裘雪滿簾。得路才華同輩少，椒嵓刻《管瑜集》初成。畏人心跡擇交嚴。座中放論歸長悔，醉裏題詩醒自嫌。等是關山牢落意，年年馬齒路傍添。

次椒嵓寒夜書感見示原韻

多生積習未全除，烏有何勞問子虛。四壁燈明孤影外，一官霜偪二毛初。也知作客年年慣，若論謀身種種疏。比似無家還較勝，叩門連夜得兒書。

除夕飲許時庵先生寓齋二首

南衡煙瘴北風沙，每到殘宵輒憶家。土銼光陰飛石火，瓦盆消息候梅花。百觚濁酒澆愁緩，一杵疏鐘警夢賒。草草行藏十年事，寒鐙影裏又京華。

小閣圍爐薄雪侵，坐移宮漏夜方深。最憐入座聞吴語，轉遣思鄉動越吟。射虎殘年留想像，亡羊岐路判升沉。對牀未易論前事，倚賴鳴鷄激壯心。

敬業堂詩集卷六

假館集上起乙丑正月，盡一年。

甲子秋闈被放，將出都，適黔撫楊公内擢少司馬，相留邸舍。丙寅冬，公以養親告歸，臨别檢點詩箋，得若干首，蓋從公唱者無過數篇，餘皆應酬雜作，分上下兩卷。

乙丑元日立春

忽於此地逢元旦，況復斯晨屬早春。萬里關河雙眼雪，半年衣袖六街塵。閉門客少詩初就，老硯冰堅墨未匀。擬遣家僮擇歸日，曆頭愁换一行新。

人日和朱大司空作

纔到春晴馬意驕，金溝流水玉河橋。東風吹緑鱗鱗活，倒捲餘寒上柳條。

錢幼鯤將游江右以詩留别和送一首

西江吾舊到，爲爾唱《驪駒》。山縣稀逢驛，風帆健過湖。别離無善狀，貧賤有長途。草色春衫外，飄零奈酒徒。

鳳城新年詞八首

萬歲山前百戲陳，内城排日作新春。金錢多少纏頭費，半出朝元會裏人。

綺羅珠翠極鮮新，襦袴誰憐雪裏貧。一樣昇平好時節，兩宫春帖進詞臣。

杏黄韁配紫貂鞍，天子親祠祈穀壇。前隊不教傳警蹕，萬人齊傍馬頭看。

纔了歌場便賣燈，三條五劇一層層。東華舊市名空在，靈祐宫前另結棚。

雀翎風細遞傳呼，三日君恩有賜酺。飛放泊前騎馬入，文官班次執金吾。

巧裁幡勝試新羅，畫綵描金作鬧蛾。從此剪刀閒一月，閨中針綫歲前多。

添得樓中幾日忙，簇新裙帕紫姑裝。一年休咎憑伊卜，拍手齊歌《馬糞薌》。
繭紙輕敲作鼓聲，唧環絡索鐵錚錚。踏歌連臂同兒戲，何限年光付送迎。

花朝前四日朱大司空招游南莊同田荆巖編修作

馬首年光柳色新，郊原一榼去尋春。題詩我是重來客，稱意花如舊識人。青嶂捲簾晴帶雪，好風擡袖座除塵。公如早爲蒼生出，絲竹陪游得幾巡。

石隖山莊爲王咸中賦即送其南歸

十載才名滿帝都，明朝襆被竟歸吴。重穿曲逕尋蒼隖，獨上高樓望太湖。放艇有人春載酒，打門無吏夜催租。眼前此境殊難得，或恐桃源但畫圖。

疊舊韻送研谿南歸三首

軟塵堆裏出都亭，却指家山入畫屏。算到清明沙路盡，一鞭淮岸柳條青。
陌上重聽《緩緩歌》，家如傳舍偶經過。一身有母尤應惜，負米終如欲出何。
辛苦京華二十春，枉緣篝火勘窮塵。有才如此吾猶惜，未必天終老是人。

春分前一日再游南莊

每從游賞發詩端，草色煙光漸滿欄。興到不辭連日醉，春分猶剩幾朝寒。晴邊苑路差宜馬，低處花枝欲礙冠。二十四番風信在，與公一度一來看。

刑曹闗内馬公出知杭州謹呈古體一首

名賢展經綸，動與事權會。何當量才地，屑屑較儕輩。明公藴蓄奇，出手世無對。闗中昨寇亂，豕突掩不戒。公時在鄉閭，倉卒發雄槩。一呼集義勇，指畫定向背。登陴氣勢壯，强賊逡巡退。守土非無人，儒生握成敗。上功得州牧，報績果稱最。迴翔歷曹郎，再使聲華沛。蔚州老司寇，許予少置喙。推公賢且能，謂足壓當代。昨來榷北闗，吾杭扼要害。流風揖士子，積弊剔駔儈。至今蔽芾棠，勿剪頌遺愛。大廷崇吏治，一例視中外。此郡復煩公，托付意有在。府治統九城，東南江海匯。連山際西北，中畫吴越界。繁華昔或然，疾苦今百倍。婦女力蠶桑，丁男勤耜耒。先時辦公税，絲穀長早賣。供億苦多門，奸胥巧科派。弱同几上肉，色有豐年菜。況今兵燹餘，水旱互痌瘝，千里水陸衝，六年轉輸憊。稍期甦喘息，亟望爬瘡疥。租從巡幸蠲，圖覬流亡繪。公今乘傳出，膏雨行當霈。兒童騎竹迎，父老扶杖拜。賤子本部民。饑軀走邊塞，歸耕自兹決，直欲從公邁。

上巳後二日同楊耑木出彰義門次日抵涿州馬上口占

放慢游韁信意行，不教馬力困兼程。草低天遠盧龍塞，柳暗煙濃涿鹿城。遷次心情移客夢，蹉跎鄉社負躬耕。杏花開過清明節，猶記横簫聽賣餳。

奉陪朱大司空松林看杏花同吴楞香許時庵王薛澱吴匪庵諸公分韻二首

偶逐肩輿出郭行，蹇驢斜照一鞭横。平分節物歸僧舍，背指風沙帶帝城。好鳥啼能添野趣，晚花開及向春晴。作詩自取排吟興，何必留題識姓名。

煖煙濃靄互交加，樹裏孤亭四面遮。杏酪已調初改火，松濤忽瀉正烹茶。内官老作茅庵主，遠客閒看禁苑花。果園已屬内廷。多謝東風不相笑，一枝歸壓帽簷斜。

鳳阿山房詩爲侯大年題册

畫稾吟多手自芟，桐花昨夜夢千巖。羽毛大好君應惜，從此歸飛正不凡。

送徐毅庵歸梅里

緑槐陰下一條街，五度東風感計偕。路盡始知村舍好，調孤肯與俗工諧。雲開馬首重經嶽，毅庵歸途將登泰山。絮暖鮆魚恰渡淮。想到溪南好風日，家人已製笋皮鞵。毅庵不喜著韡，故云。

送祝彦方落第南還

來何草草去匆匆，帝里春殘悵别同。歸燕吟成芳草外，跨驢人老落花中。枉緣腰扇遮西日，悔逐烏裘障北風。駱賓王詩：「烏裘十往還。」勸爾一杯須作達，畫眉何取入時工。

次德尹見懷原韻二首

倦飛無力出風塵，每對來書輒損神。失路又成三歲别，賣文何補一家貧。浮生泛梗仍孤影，上苑攀花偶故人。多少五陵裘馬地，等閒狼藉路傍春。

爛醉旗亭得幾場，鄉愁如海詎勝量。花紅村社巢邊燕，草緑春陂雨後羊。每送歸人因得句，漸消奇氣不成狂。便思短策飄然去，檢點征袍已入霜。

送楊耑木歸里兼寄朱日觀錢昭平朱與三王子穎陳補思寄齋諸同學

悵斷河梁又一回，留真無策去徘徊。笑能傾國時方妒，曲到知音調始哀。別語感君如骨肉，故人疑我竟塵埃。相逢爲話狂猶昔，只是生疏酒伴來。

端陽後一日同人集朱竹垞表兄齋分韻

愛君庭户清絶，比似長松夏寒。荷柄香含風幔，櫻珠紅吐冰盤。閒人不妨鬥酒，樂事無如去官。同是江湖倦翼，可憐萍聚長安。

送郭臯旭歸平湖

屢卜行期又屢愆，一官空憶廣文氈。飽經世味貪歸路，老傍時名狎少年。席帽白堆蓬鬢雪，布帆青入柘湖天。倦游未必非良策，萬頃煙波待釣船。

畢鐵嵐僉事將督學貴州枉問黔中風土短章奉答兼以送行

浪游我昨趨黔境，一綫乾坤歎蹭蹬。辱公就我來問塗，臨別能無片言贈。此邦風物口能說，筆墨形容反難罄。但從記憶得大凡，一一舟車往堪證。荒程杳邈六千里，冷署蒼涼十三郡。荒山無樹茅紛披，亂水分溪石綿亘。金蠶閃閃夜放蠱，苦霧濛濛晝埋穽。經過密箐偶逢人，雙眼睢盱語難聽。裹頭黑玀氊覆膝，赤脚花苗裙及脛。呼同山鳥似有名，籍隸官司總無姓。其中一二稍秀拔，略解詩書誦賢聖。憑將流寓較土著，有似蓬麻草中勁。卅年況復兩遘亂，孑孑殘黎偶然剩。此時收斂加冠巾，亟賴名賢計安定。先生制藝傳海內，隱括家家奉龜鏡。昨年選曹得兩浙，私爲鄉人喜稱慶。公赴銓選，初除浙江學使，已而改授。朝廷有意變成格，使者移官膺後命。勿輕荒徼愁遠宦，此去依然執文柄。五丁力在山爲開，尚闢蠶叢作蹊徑。苗民雖頑亦人類，向化何嘗絶天性。從來教養視人事，豈謂聲呼無響應。幕中浦郎傳功況才士，唱和溪山好乘興。公聞此語當囅然，快束行裝倚鞭鐙。

送葛受箕赴建陽丞

南行風土近鄉關，路轉三衢第幾灣。簿領老除新佐貳，幔亭天與好溪山。松間日影哦詩過，花下文書判尾還。葛工楷書。如此襟期原不俗，宦途有味是蕭閒。

喜外舅陸射山先生至都六月望後爲先生初度同學數子置酒容園爲壽敬賦長句四首以侑觴

幾遍芒鞋踏帝畿，星埃頭上片雲飛。漸除豪氣終違俗，纔卸行裝便憶歸。晚節尚餘文筆在，舊游併覺酒人稀。清時肯擅徵君目，收取聲名待拂衣。

夜夜星明處士天，青山高卧奈無緣。《癸辛志》每隨行笈，甲子詩多入紀年。未定草堂天寶後，就荒松徑義熙前。身爲甫里先生裔，莫笑貧無一稜田。陸魯望詩：「我本曾無一稜田。」

小別回頭又隔年，重瞻鬚鬢轉蒼然。採芝園綺今無伴，善飯江湖老亦仙。簾閣日長棋算劫，荷陰人去鶴看船。過從最憶須雲閣，老樹濃陰庇亂蟬。

尊酒名園借榻餘，眼中泉石自清腴。同來我亦辭巢燕，暫止人猶愛屋烏。新沐頭輕從鬢秃，穿花步穩倩藜扶。尚平此日差無累，懷袖親攜《五岳圖》。

送李蒙山回嘉禾任次外舅韻二首

敂弦歌罷水風涼，碧野秋遲未剪霜。報道今年官酒賤，公畦小稜秫花香。

衣裘容易改寒暄，來往無端閱使軒。歸夢隨君到蘋末，白鷗飛處是田園。

苦雨次少司馬楊以齋先生原韻二首

連旬暑雨不曾休，邸舍焚香兀自愁。猶勝萬重煙瘴裏，五年三伏滯炎州。

剥啄聲稀退食堂，生衣十日透新涼。閒中筆墨能添潤，一桁簾波潑硯光。

柬朱竹垞表兄時移居古藤書屋

整娖牙籤萬卷餘，誰言家具少于車。僦居會向春明宅，好借君家善本書。宋次道居春明坊，家多藏書，皆校三五徧，推爲善本。士大夫喜讀書者，多居其側，以便借抄。當時春明宅子，比他處僦直常高一倍。

酬别鄭寒村

闌風伏雨兼旬卧，晴路一鈎新月破。簾前暑退得新涼，門外泥深成埳坷。此時有客過言别，躄躠毛驢壓歸馱。囊空鄰酒賒不來，醒眼相看但愁坐。一篇削藁辱佳序，寒村臨行爲余序《慎旃二集》。七字留詩慚屬和。余才弇陋非爾敵，强以珠璣承咳唾。甬東同學屈指論，往往傳經接師座。余與寒村俱出黄門。故人再與瀛洲選，謂介眉、滄柱兩太史。一鄭滎陽尚摧挫。失群行李獨淹泊，有價文章久傳播。燕山此度六往來，未免征衫被塵涴。干時少術非爾病，當路無援是誰過？向來人盡棄所長，遠到君能見其大。古人可作迺殊代，同調相求凡幾箇。勿將時命較窮通，只許才名出寒餓。羨君有志成果決，笑我無端逐游惰。偶逢知己私自嘆，每送歸人輒相賀。荆榛滿地羊觸藩，日月周天蟻旋磨。故鄉樂事殊可憶，欲往從之正無那。秋風一騎不可留，八月江田熟香稏。

范性華徵君屬題陳憐小影

小像沉香手自熏，前期如夢却疑真。五湖忍負閒風月，爲少扁舟共載人。

送聲山姪之湖口二首

自憐萍梗尚京華，勸爾江湖飯好加。南北豈堪頻送別，去留等是未還家。遠書到眼秋垂淚，時聞韜荒兄長沙訃信。隻影挑燈夜落花。如許流光真痛惜，校量何計穩生涯。

萬頃波心坐白鷗，一天涼雨到扁舟。三年廬阜虚前約，往在南昌，與聲山相約入匡廬，度歲不果。兩度潯陽感舊游。帆葉依依重入夢，蘆花瑟瑟正交秋。青衫尚灑琵琶泣，那得平銷我輩愁。

墮馬歌爲朱悔人賦用李茶陵集中韻

朱髯别家久不歸，如鳥羽倦猶孤飛。踵決曾穿雪中履，綫綻未補秋來衣。長安城中多第宅，年少翩翩好裙屐。青絲絡馬裝馬鞍，騎出從誇新買得。髯乎足不出户庭，塵高十丈看横行。忽然欲詣良友酌，正坐倚壁空餅罌。蹇驢力小不任重，性命敢謂男兒輕。牽來未識北馬性，借得大感東家情。掀髯却上跨鞾坐，掣電流星一鞭過。此時逸足縱莫收，造父旁觀巧難佐。跰跑駕馭良匪易，馬上人從馬前墮。鏡中欲博齲齒笑，賦裏偏憎插花賀。康莊大道城西阿，失足何必皆坡陁。有生所事非意料，未許輕薄相嘲訶。當年頗怪王處仲，曾爲伏櫪生悲歌。虎頭失計始投筆，猿臂何物誇横戈。不如漢陰歸閉户，安穩生涯信徒步。未成矯矯鶴南飛，那免煢煢兔西顧。夕陽牛背輸牧豎，夜雨蘆中負漁父。故人乘車爾戴笠，此作參軍彼主簿。天生爾以不羈才，困躓風塵是誰誤。眼前只作墮馬看，一跌無端豈終仆。卬須肯赴舟子招，將伯誰爲輔車助。我生鹵莽事奔走，屈指嶔崎經畏路。尚逐他人肥馬塵，浪游此出凡三度。似聞樊圃限狂夫，便合因君警晨暮。

上少司成徐蘋村先生二首

數仞宫墻入望新，鼓鐘相應在成均。何期當路心猶折，如此憐才意始真。魚鬣欲騰燒後尾，琴材偏賞爨餘薪。百川東下何須問，賴有狂瀾手障人。

韓愈猶居博士員，風流此外孰隨肩。來參講幄三千士，及聽聲華四十年。樂地不踰名教外，人才都定笑談前。讀書射獵論初志，直爲從公願執鞭。

送周雪客赴太原藩幕兼訊安邑丞陳六謙

半年裙屐軟紅塵，旅橐多緣好事貧。手板老方除佐領，幕僚古亦屈才人。巖關夜度荒鷄月，絶塞秋高一雁賓。投轄舊游豪氣在，莫將俗吏視陳遵。

題張漢瞻望雲圖兼送其歸瞟城

風流取相賞，至性關感動。我交天下賢，孝友得張仲。學成家轉貧，母在身愈重。長因負米出，屢缺晨昏奉。天如憐斯人，不忍付寒凍。但令邀一第，薄少分半俸。逋尾戀慈烏，奇毛刷雛鳳。中情稍自慰，白髮免尸饔。如何舉子場，久抑禮部貢。賣文給衣食，頫首逐儕衆。三年長安城，側足塵澒洞。布衣慈母綫，風裂秋來縫。坐遣望雲心，時時結飛夢。誰從筆墨下，寫此肝腸痛。披圖見君意，我乃有餘恫。平生《蓼莪》詩，廢置忍再誦。菽水不逮親，偷生復奚用。君今及歸養，此樂世罕共。板輿隨春游，金經侍晨諷。好與劚雲根，靈蘐手親種。

送汪寓昭南歸

國家制科設，取士數亦夥。苟非得其人，膴仕真瑣瑣。子來試南宮，命中弦激笴。千言屬廷對，一一明珠顆。謂宜遂騰上，帽壓宫花朵。群飛或刺天，而子足猶裹。束書欲南下，躑躅每未果。草草薄游裝，昏昏短檠火。半年仍旅食，今始買歸舸。一涉仕宦途，古人比韁鎖。子方富年力，抱負況磊砢。更讀十年書，識老才亦頗。井然見經濟，歷試靡不可。得第未得官，於遇非轗軻。子如歎失意，何地更處我？

送何雪神宰溧陽

嶺表才名久軼倫，一官江界去逡巡。五千里外飛梟地，三十年來謁選人。可有孟郊爲縣尉，長容閔貢作州民。謂宋梅知。嗚琴以外無公事，花氣能銷簿領塵。

周廣庵編修席上分賦秋蘆十六韻

秋入江湖闊，天連葭菼荒。懷人方渺渺，極目但蒼蒼。摇落空洲畔，參差枉渚傍。拂莖看漸老，抽笋記初長。露壓梢梢重，聲添葉葉凉。戰風迴折戟，溜雨得沈槍。寒水依痕静，殘暉弄影忙。白疑先挾雪，青愛乍經霜。暗浦菰交暝，沙田稻映黄。就橋迷蟹斷，引路入漁莊。錯莫招窮士，延緣阻一方。寒蟬遺晚蜕，遠雁落斜行。觱篥悲辭漢，琵琶怨嫁商。托根隨地有，薄植過時傷。織箔思蠶事，編簾隔草堂。刺船如有約，吾興在滄浪。

秋夜集古藤書屋時梁藥亭將歸南海聯句送行此首亦刻《曝書亭集》。

露葉倦未飄，雲鴻遠相引。朱竹垞。星埃感蓬勃，物候變淒緊。湯西厓。慅慅八達逵，有客發修軫。悔餘。僕夫在郊坰，稌黍被隰畛。梁藥亭。梠車浮淪灡，舍櫂度嶾嶙。朱。雷殷風息颸，海大魚見鰲。湯。峽猿有時歸，南雪終不霣。查。八九月之交，六千里而近。梁。懷居興雖洽，判袂情詎忍。朱。置酒青藤陰，入門走蛇蚓。湯。颼颼凉颸動，灧灧纖月隱。查。山杯深窪匏，野蔌脆嚼菌。梁。迎寒筎卷葉，戒夜鼓鳴簨。朱。談鋒騁趫雄，詩械破窒窘。

湯。毫毛秋穎脱，墨光古香吮。查。臨當黯然别，且復莞爾哂。梁。炎瘴固所便，眠食勗惟謹。朱。行看早梅墊，到及蟄蟲蠢。湯。前期久勿忘，鄉夢今廼準。查。穆如清風篇，持以示均尹。梁。

再送梁藥亭次大冶司農原韻

草低天遠見牛羊，九月燕山早得霜。去國一樽秋惜别，入時雙黛老羞長。飛鴻與作書空字，落葉輕如度嶺裝。一物差堪銷客況，難抛鄉味是賓郎。

王黄湄給諫屬題紅袖烏絲圖二首

十級丹梯百媚城，小欄高下得芳情。美人一笑花齊放，爲報毫端鍊句成。

横幅看題幼婦辭，箇中多識背時宜。只除一事曾瞞却，諫草焚來不遣知。

重陽後一日長椿寺讌集聯句此首已刻《曝書亭集》，今附録。

九日倏已過，姜西溟。濕雲漫四郊。森森長雨垂，朱竹垞。颯颯虚檐捎。病葉戀冷枝，梁藥亭。驚烏盤空巢。晨興踐夙約，陸射山。攬袂皆貧交。勝引雙樹林，魏禹平。宛若深山坳。藤綰三秋蛇，張漢瞻。槐舞千歲蛟。赬柿迸露實，朱悔人。金英坼霜苞。紅的的吴萸，陳叔毅。碧茸茸秦艽。瓦溝竄鼯鼪，湯西厓。户綱牽蠨蛸。蘚深贔屭伏，查悔餘。篆古蒲牢哮。粥魚晝浩浩，俞大文。墻鷄午膠膠。光景欻明晦，姜。眺覽窮樔橑。新酎緑滿斝，朱。晚菘黄充庖。豈意青豆房，梁。俄頃羅嘉肴。鳴䖵膹紫蟹，陸。題糕餘彩貓。子鵝新韭配，魏。鮮鯽枯荷包。已見雉膏登，張。況有兔首炰。分曹玉鈎射，朱。角力骰盤抛。急觴易沈頓，陳。緩帶便爬抓。一飲動一石，湯。載號或載呶。同聲唱者和，查。含意漆在膠。五言乍妥貼，俞。十手争傳鈔。雖乏《韶》《濩》音，姜。肯使《下里》殽。合并洵匪易，朱。顧我中心恔。歸帆艤艕舿，梁。别騎籠鞦鞘。邐迤陟荒岡，陸。邪許搴長笅。免泣卞和璞，魏。且誅宋玉茅。不借履，張。泉酌呺然匏。檳榔蕉椰荔，朱。都蔗菱菰茭。鷄頭祖竹萌，陳。翠羽官梅梢。熟知江鄉樂，湯。莫厭潮田磽。招隱丘中琴，查。勵志賁上爻。豈必馬足塵，俞。逐逐營斗筲。姜。

送侯大年歸嘐城

惠子春深跨白驢，惠元龍歸吴。季鷹秋晚憶蓴鱸。張漢瞻歸嘉定。窮歸甌粤吟詩客，高雲客還閩。老奉龍舒養母圖。方田伯返桐城。過闕梁鴻仍感噫，梁藥亭歸嶺外。多才王勃尚江湖。王孟穀自楚入滇。君今又掛南帆去，寂莫黄公舊酒壚。

顧培園宫贊寓齋燈下賞菊探韻限爲字

劈牋重和去秋詩，葉底花前榻未移。却對清尊驚候晚，尚留名種愛開遲。閒情特許攜燈就，畫稿猶煩蘸筆爲。莫話陶家三徑事，年年此景負東籬。

劉雨峰兼隱齋小集

四門稱博士，五載住京華。客醉新支俸，庭開手種花。塵埃何處著，書帙逐年加。不道成兼隱，官清只似家。

禹平南歸詩以志别

辛苦論交地，追歡得幾回。却忘吾久滯，翻望爾重來。才恐隨年退，眉還仗酒開。知音真有數，流俗任相猜。

燕臺歲寒雅集同王后張錢越江顧九恒彭椒嵒吴萬子孫愷似王崑繩錢玉友徐子貞高遠修孫子未王巖士陳叔毅湯西厓談未庵馮文子俞大文家荆州作二首

一天殘雪冷晴暉，高會金臺近已稀。我輩論交終落落，他鄉對酒倍依依。蒼茫敢信前在，輕薄翻疑古道非。得路何人能折節，向來同學儘輕肥。

檐花檐雨夜沈沈，猶憶年時載酒尋。忽漫回頭成昨夢，每從失路撿初心。殘棊吴越尊前壘，短褐冰霜歲晚吟。同調尚留公等在，敢憑餘子説知音。

偶過史胄司編修齋賦贈

每從朝退得閒情，深巷稀傳剥啄聲。視草才矜編集富，簪花格愛學書成。茁來玉樹枝枝秀，賞到冰壺事事清。怪得官清能下士，五年前是一諸生。

敬業堂詩集卷七

假館集下 起丙寅正月，盡十月。

寄題宋漫堂觀察園亭六絶句

村煙雨外青，沙草岸頭碧，欲知春淺深。風到鱗鱗活。緑波村。

菱角初翻刺，鷄頭未剥圓。涼風吹酒醒，人上過溪船。芰梁。

春水緑于頭，春花紅似掌。漸次去人遥，鳧鷗雜三兩。放鴨亭。

團瓢不翳茅，擁蓋松陰下。茶熟正吟詩，風濤入懷瀉。和松庵。

魚篷閣淺灘，閒却絲綸手。長被酒家翁，紅腮偷貫柳。釣家。

白鳥點蒼葭，沿流略彴斜。愛他丞相第，簾箔似村家。即文康公舊居也。緯蕭草堂。

送顧九恒南歸

柳汁春回翠滴衣，羽毛雖好奈孤飛。行期屢改今才決，同調無多去轉稀。换眼舊游隨夢散，掃眉新様入宫非。杏園已是攀花客，終勝初程下第歸。

俞大文出都同人祖席分韻得郎字

客中送客春茫茫，投牀夜夢得故鄉。前五日九恒别去。旬來怕聽叩門别，君又結束匆匆裝。出都贈行例有句，況我與子情難忘。我時正坐作詩瘦，不耐冷淡搜枯腸。典衣且復就劇飲，醉後亂發如風狂。憶君年當十五六，談笑目已無盧王。曾蒙佳什盛許予，駘駑質下非敢當。辛亥秋，大文賦《駿馬篇》見贈。厚意寧能久不報，積逋耿耿今粗償。識君最早莫如我，只恨岐路趨殊方。萍踪一散十三載，兩曜轉轂驅星霜。班荆故國再相見，孝廉船繫禾城傍。才人生還話絶域，詞客遠别歌河梁。以上叙癸亥春與大文、撝謙同集吴漢槎鴛湖寓樓事。片帆湖口浪滚滚，匹馬薊北冰硠硠。揭來酒市並僦舍，我極潦倒君飛揚。故人聯翩貢禮部，屈指仇滄柱顧九恒徐子貞陳廣陵汪寓昭。君於其間最年少，争看白面俞家郎。風擡袍袖緑陰合，花壓帽影紅綾香。文章自足取高第，仕宦何必皆巖廊。旁觀愛才或太息，達士安命無摧傷。鑾輿昨者東幸魯，曠典百代傳輝煌。君今應聘往纂述，豈異扈蹕來登堂。直從國書採鉅麗，不比家乘搜散亡。誰云小試著作手，會見奎壁垂天章。時大文應衍聖公聘，纂修幸魯盛典。偶然便道一返里，山青雲白遥相望。眼前合并那易得，歸輿未抵離愁長。鞭鞘已出軟塵外，裊裊絲路穿垂楊。

移居詩爲姜西溟作

自我來都城，三見君移居。前年街東住，夕陽到庭除。殘冬徙巷南，北户風攪裾。今臨大街西，朝日明窗疏。短生寄長世，天地猶蘧廬。矧乃一榻安，韡韡良有餘。君才本絶代，應召來公車。姓名上史館，著作登石渠。太倉五升米，既飽同驢娱。漆光拭修髯，外澤中不枯。有時典裘褐，間架如期輸。卷軸不用籤，錯置圖與書。偶從移居候，整娖驅蟫魚。經旬復成堆，零亂巾箱厨。即此見真率，寧能事奔趨。朱門曠蕩開，無地置爾軀。請看名山業，終古歸繩樞。

王忍亭主事招游相國宛平公怡園二首

沙路開三徑，名園甲九州。不緣君愛士，那得客同游。好鳥來宫樹，春冰落御溝。野人雙眼豁，初見賜書樓。見説門前路，鳴騶日日來。簇燈春宴罷，踏鼓早朝回。華蕚居相望，平泉第對開。從來論相業，原不廢亭臺。

上大司成翁鐵庵先生

虞山龍蜿蜒，昂首挹海若。匯爲人文藪，嬗興代有作。我公實名家，間世出騰躍。却將波瀾勢，捲起向寥廓。國家取士途，檃括制仍昨〔一〕。後生奉師程，體裁就拘縛。矗叢嵎負固，斤斧孰開鑿。巨手得韓歐，呀然啟鐍鑰。文昌一星曜，餘若螢火爝。以此結主知，迴翔上館閣。十年執文枋，出入兩不怍。東郡昔掄材，雲羅恣搜索。遂令齊魯風，一變起積弱。至今劍光在，識者辨干莫。文運際中天，四方視太學。頗聞長老語，斯地久寂寞。簴簨器空懸，豆籩禮猶託。春秋封羊豕，朔望奠斝爵。四門官俸輕，六館廩餼削。惟留古時柏，枝榦尚盤礴。花甎饑啄鷹，斗栱暮巢雀。庭荒狐狸竄，人去蝙蝠掠。壁書畫摧殘，獵碣字剥落。偏傍按點黷，星隕不可攫。自從萬乘臨，廟貌再丹臒。臯比位祭酒，此座不輕

〔一〕「檃」，四庫全書本《敬業堂詩集》卷七作「帖」。

著。新城轉官去，士氣孰聯絡。公來一震聳，造就指不各。外貌謙以和，中懷嚴且恪。從公日于邁，人有執經樂。圜橋看濟濟，在泮詠蹻蹻。方當發賁鏞，豈獨警遒鐸。三千萃絃誦，餘地故綽綽。移時具規橅，次第布條約。經術植本根，史書覽大略。詞章及文藝，餘事柎承蕚。必若計栽培，先須破挌挌。力圖古制復，事異虛名博。喣者春達萌，釋如秋解籜。時情重成例，清議動多格。憐才出至性，此意感非薄。賤子望塵來，三年客京洛。門墻雖濫厠，鞭策稍知矍。公于汲引塗，取予必斟酌。何期納百谷，亦復收一勺。傾傃方自茲，惟公鑒葵藿。

清明日同玉友荆州出右安門就旗亭買醉晚至朱大司空花莊復留劇飲即事四首

新煙淡淡柳梳梳，雨洗輕塵出郭初。遠客不知京國好，酒旗風裏話田廬。
三鴉岐路小車歸，一曲花游簇作圍。春色盡隨紅艷隊，明朝蛺蝶滿城飛。
聯鞍緩鞚去逡巡，覓句沈吟苦鬥新。忽漫詩成狂拍手，墮鞭驚起馬頭塵。
典衣偶出爲尋春，重向名園叙主賓。慚愧公卿傳好事，一時狂號屬三人。

摩訶庵看杏花次司空公原韻

壺盧酒熟鳥催提，路轉松迴别有蹊。艶入繁枝停畫鼓，淡教微雨洗花泥。開遲翻悔來看早，興好方嫌飲量低。却被閒僧嗤好事，一雙蠟屐舊曾攜。

三月三日朱大司空招集南莊限三字

一旬雨雪春淹淹，餘寒尚彌三月三。滿城花信近桃李，客舍冷落思江南。司空園亭傍水際，初巳有約來停驂。郊原膏色忽入眼，豁若明鏡初開函。草凝露光翠撲撲，柳挾風勢青毵毵。檐牙燕巢看新補，枝亞雀觳俛可探。蘭亭勝事俗久廢，京洛良會情尤躭。轆轤轉水百尺底，繞砌曲折歸澄潭。不須絲竹發豪興，自有風雅供清談。銅壺静傳竹箭響，鑾榼遠費桃枝擔。先生名高暫解組，公子官好能抽簪。閒從門生諸公皆先生門下士。奉几杖，猶許野服來相參。古道力持公自厚，群賢不鄙余懷慚。久留帝鄉亦何爲，土俗節次差能諳。放鐙撇卯等兒戲，歲月過隙真奚堪。大杯一澆壘塊散，得飲且復拚沈酣。前期更有聽鶯約，預辦斗酒攜雙柑。

喬石林侍讀一峰草堂看花同外舅陸先生朱十表兄錢越江周青士孫愷似湯西厓分韻

愛花成癖不待招，春來徧踏東西郊。起聞啼鴂送春去，猶跨短鐙摇吟鞘。斜街草堂地清絶，瘦藤當户挐老蛟。土墻面面紅窣堵，沙徑曲曲青盤坳。礬頭暗皴高下石，亭子乍翦離披茅。巧從陰借桃李杏，惜少水養菰蘆茭。棠梨素粧太淺澹，繁蕊亂拆丁香苞。新開海棠好顔色，兩樹氣壓千花梢。主人爲言初買得，舊根帶土枯蒲包。擔頭親爲解其縛，位置特許依書巢。栽培本關造物意，人事未盡休輕嘲。覿泉口嘗手自灌，及見紅豔青葱交。他人買園身不到，君乃僦屋情難拋。花時連日得休沐，剥啄有客門頻敲。行攜几榻隨分設，野蔌蒸薺樽窪匏。偶然興到觸佳句，已被萬手争傳抄。我詩不工强屬和，出語毋乃同號呶。不成甘受金谷罰，忍負新月垂弓弰。

是夕再飲嚴蕅庵侍御鸞枝花下三首

賣花聲裏過斜街，不記招尋月幾回。只有繡衣真愛客，印泥封酒必同開。

僦居喜近慈仁寺，移得鸞枝隔歲栽。報道退朝今日早，東欄昨夜有花開。

曚曈眼纈隔窗紗，曾入東鄰學士家。一醉竟須煩二主，可憐頻對客邊花。

送叔毅南歸即次留别原韻三首

到處誰當却掃迎，去留此際計非輕。自收詩上還山集，何取人傳入洛名。三世羡君猶共爨，百年爲客總勞生。豈應陳孺長貧賤，如許鬚眉徹骨清。

竭來挾瑟並燕中，廡下猶欣傍伯通。謂矱庵。儘有狂言容數子，每從高會厠諸公。淋漓醉射東方覆，躞蹀群看北野空。恰恰酒人從此散，一天無賴柳綿風。九恒、大文、未庵、西厓俱先後出都。

漱廬好在龍山下，藤蔓花梢一一垂。春草池塘空入夢，德尹復游嶺外。瀧岡窀穸杳無期。封書病檢山妻藥，陳筴慵探季子錐。百念因君多撥觸，最愁人是望鄉時。

重過摩訶庵老僧以新茶見餉

細色綱從馬上催，筠籠先爲老僧開。鬢絲禪榻前因在，直愛茶煙又一來。

慈壽寺

摩訶庵西慈壽寺，老樹盤礡争奇雄。當門古塔少梯級。合沓直上煙霄空。迴廊二千五百步，一一畫壁堆青紅。仙山鬼府靡不有，《搜神》志怪殊未工。雲旗飄飄翳白日，閟殿肅肅來陰風。不知兹寺創何代，負墻古佛塵相蒙。居僧兩三乞食去，好事欲問嗟無從。手揩雙眼看碑碣，歲月却記明神宗。是時海内際清晏，嗣皇冕藻年方沖。鷄鳴問寢駐銅輦，瑞蓮獻賦歸新宫。萬曆初年，瑞蓮産慈寧新宫，閣臣申時行、王錫爵俱作賦。一朝家法古無匹，聖母不在垂簾中。偶營紺宇祝萬壽，未可概議物力窮。百餘年來就頹廢，鐘鼓尚與鄰庵通。君不見内官葬域抱山麓，異時祠廟還穹窿。

夜宿養素堂東偏

裊裊一枝藤，疏疏幾行柳。籬落吐燈光，鄰家猶賣酒。

秘魔崖古柏長二尺許俗傳隋仁壽中盧師手植

連岡東北轉，鬼物托幽秘。瞰空飛一片，石縫舒右臂。老鴉銜柏子，偶向駢拇墜。飛泉難仰流，長此攣拳翠。相傳閱千載，僅可二尺計。勒龕誇佛力，此語吾所鄙。猥蒙雨露恩，竟負栽培意。兒童斤斧脱，大匠棟梁棄。寧非干霄姿，吁嗟守憔悴。

從磨石口至翠雲庵

亂山中有崎嶇路，時聽征車撼石聲。行過翠雲塵乍少，馬頭麥浪緑初成。

立夏前一夕大雷雨宿西山麓

卧聞風雨聲，惜此花間路。沙路不成泥，披披曉窗霧。猶嫌入山淺，未到雲生處。

日涉園送春

驚雷掣電夜窗明，忽轉雲頭又放晴。夢裏似曾聽雨過，曉來不礙看山行。紅衣匝地枝枝瘦，翠幄支天葉葉清。游興有餘春向盡，暫時經眼倍關情。

早發杏子口暮至香山

西山灣環勢向東，兩角到地形垂弓。客從山南走山北，耳畔箭激颼颼風。迢遥一程晚始達，喘汗未定馬力窮。入門翻愁磴曲折，落澗已愛泉琤瑽。居僧指點最高頂，十里近與前岡通。冥冥一綫縈萬丈，蜀鳥飛去啼春紅。人間何處無捷徑，失足怕落荆榛叢。吾寧迂遲就坦道，肯試奇險争樵童。殿西一軒得空曠，雲根倒插下積空。夕陽將墜尚未墜，數峰晴意憑欄中。回頭却望來處路，已被遠樹遮溟濛。

再宿來青軒

景物蒼茫感舊秋，甲子曾宿此軒。還將筋力試重游。行穿下下高高路，題徧山山寺寺樓。捲幔微風香忽到，瞰牀新月雨初收。洗空塵土三年夢，一夜鳴泉傍枕流。山下有泉，名甘露。

永安寺頻婆花下

啼鳩聲中日向斜，閉門春盡似村家。黄蜂飛過短墻去，零落頻婆兩樹花。

從洪光寺下十八盤取道而歸

洪光我昨到，石徑盤曉飄。不知眼界寬，但覺足力費。兹游及晴爽，勝境天所乞去聲。泠泠松上風，倒灑泉泌沸。路窮寺門出，氣象非昔謂。關河劃然分，有若列涇渭。平疇棊布罫，萬象經錯緯。舊游領新得，噉蔗飫餘味。重尋周歷處，畫像儼中貴。寺爲正統朝太監鄭同所建，按碑記約費七十萬。輝輝金碧光，尚壓一山氣。峰高此爲最，興盡我猶未。何當躡其巔，西覽韓趙魏。

酬陳子文安邑見懷之作

新詩讀罷一摧顔，何限心期悵望間。塞柳關榆遮不斷，數峰春雪太行山。

白芍藥和孔心一少參二首

扶頭一笑粉生光，鏡裏匆匆看改粧。金餅賺來初罷浴，瑶堦行過但聞香。含嬌似爾情難禁，太潔從人忌不妨。莫向中書誇故事，素心羞對紫薇郎。

便從姑射擬肌膚，那許餘容伴鼠姑。美酒對傾金鑿落，佳名果稱玉盤盂。鶴翎舞拂新時樣，獺髓痕消舊日圖。珍重一襟冰雪意，殘紅掃地近來無。

送湯西厓南歸兼寄嚴定隅

古寺槐交陰，微陽轉冰簟上聲。與君初握手，片語示肝膽。來當傾蓋新，久覺忘形漸。相過日不隔，懷抱兩無忝。狂言我難緘，懶病子未減。彌縫補其闕，瑕纇肯互掩。子才隨地湧，百斛走瀲灔。屈首舉子場，十年困習坎。隻身泝瀟湘，盛氣生勇敢。歸來翻一笑，函匣劍光閃。未免爲時名，束身就繩檢。酒徒遇燕市，摇落自多感。兒曹太輕薄，載鬼白日魘。榆搶斥鷃如，冠著沐猴儼。彼頑何足校，我白故無玷。稍恨素心人，晨星散疏點。金溝送別處，屢見風柳颭。子來辭我行，忽若猿出檻。足矜行卷富，何礙歸裝儉。溪堂行補葺，湖舫待刳剡。開籬受竹色，擇石置崖廣。青芰鴨脚葵，白剥鵠頭芡。鄰沽貰新熟，詩韻鬥奇險。此樂吾久疏，歲月徒荏苒。雨堂倘問訊，應惜緇塵染。

閏夏飲竹垞表兄古藤書屋限藤樫二字各成五律二首

曲巷居相近，迴欄到每憑。爽開尋丈地，陰合兩邊藤。幽事披襟愜，新詩計卷增。時竹垞《騰笑集》初成。醉探杯底緑，凉影落層層。

碧草柔牽蔓，紅花細著樫。客稀成雅集，屋老稱佳名。淰淰雲催暮，疏疏雨放晴。家園風景似，只是少啼鶯。

雨後龔蘅圃攜酒古藤書屋分韻得能字

結鄰君最好，旁舍緑陰增。榻愛同時設，門教一僕應。異書便借看，新句急催徵。許我時相就，衝泥到亦能。

曲阜顔母朱太夫人壽讌詩修來吏部屬賦四首

玉女峰連泰岱青，人傳翁主是前星。朱門昨夢滄桑變，白首餘年患難經。褕翟恩曾邀北闕，扶摇風又徙南溟。勿論陋巷家聲在，母德還堪作典刑。

郝鍾禮法尚嫌疏，比較門風正不如。壽母有詩存《魯頌》，世家無例闕班書。五雲扇底分儀仗，八座花前侍起居。慚愧潘輿輕作賦，金根還有嫁時車。唐德宗朝，趙國公主下嫁始用金根車。

霞帔重加舊日冠，慈顔一笑一加餐。從看舞袖迎花誥，猶記傳經傍杏壇。吏部文章今卓卓，翰林風骨久珊珊。謂淡庵太史。同時丹穴雛皆秀，世澤方知擬似難。

水天閒話屬葭莩，異數曾聞拜舅姑。娣姪紛紛齊庶士，門墻一一魯諸儒。王姬老去樓仍鳳，顔氏歸來巷有烏。不爲尋常誇燕喜，八千親寫壽蔆圖。

飛蝗行和少司馬楊公

去冬臘雪不蓋土，今歲天行旱畿輔。門前有客來故鄉，爲言千里皆飛蝗。緑陂青野一時失，但見黄雲蔽白日。我聞此語方長歎，愁坐不知天宇寬。有聲蔌蔌自南至。驟聽乍疑風雨勢。舉頭杲杲燒火輪，中庭過影何紛繽。蜻蜓蚱蜢亦群舞，倏度宫城齊振羽。宫城十丈高巍巍，誰能禁爾漫天飛。

武陵楊長蒼重來都下感舊有贈

建業相逢記一樽，飛蓬心跡感重論。舊家春燕烏衣巷，故國秋瓜覆盎門。愁倚白頭絲減鬢，閒繙青史淚交痕。可堪潦倒風塵際，還見元和一品孫。

送孫少司空督漕下河

神京建西北，歲走東南漕去聲。轉粟上青天，黄河扼其要。元時用海運，年久有成效。此議今難行，將毋物力耗。宣房十年築，宵旰煩廊廟。千村收竹楗，十郡供柳埽。百萬縻金錢，一支歸故道。吾君如唐堯，勳德在覆幬。百神胥受職，河伯敢陵暴。猶復念民勞，南巡趾親到。下流得地勢，海口計疏導。紛紛異同論，破例寧意料。學士居禁林，十年不輕調。汝往作朕虞，欽哉奉明詔。歲輸發内帑，恩澤蒙再造。畚鍤興如雲，邪許相慰勞。和衷事斯集，正氣神可召。芃芃黍苗歌，可乏陰雨膏。渠成萬世利，績待朞年報。

送楊筠湄通參赴任奉天

國家都燕京，遼左本根倚。東西營鎬洛，周制正如此。城闕遥相望，關隘紛可指。設官重保障，未可猛政理。阡陌屯田開，户口豪右徙。卅年盡土著，煙火變墟里。仁人來撫循，爾輩皆赤子。

呈少宰董默庵先生二首

丹霄地望絶攀躋，尺五城南萬仞梯。日月文章韓吏部，天人經術董膠西。都無半刺通干謁，却媿凡才出品題。此日黄金臺畔路，不聞伏櫪盡長嘶。

注籍紛紛屬貫魚，積薪時論近何如。尚煩啟事從容入，及見銓曹次第疏。閤下銜仍兼學士，殿頭班欲領尚書。文章得路如公少，還恐爲儒計或疏。

吴門徐彦通來都得惠研溪近問疊紅豆册舊韻答之三首

勞勞别夢短長亭，兩度秋風冷畫屏。忽聽故人傳尺素，夜長添對一燈青。

《扊扅》愁聽室人歌，拚却長程歲月過。我已鬢毛秋换緑，不知君髮更如何。

名園婪尾醉燒春，豪氣曾陪末座塵。此日青衫尚留滯，蹇驢腰扇怕逢人。

次馮文子南歸留别韻

高視沉寥天，俛瞰廣莫野。斂才就實地，始信得力寡。文章技尚卑，矧乃論騷雅。方期木鷄養，不礙伏虎啞。讀書滕口説，正坐氣難下。築臺逃文債，支户辭吟社。静觀得妙理，擾擾何爲者。因君又多言，餘習吾未舍。

當湖王復園索贈次沈繹堂先生原韻即送其歸

寂寞名山業，蹉跎始自憐。長途添白髮，老眼望青天。夜雨新豐市，秋風下潠田。夢中歸路近，帆卸郭東船。

與顧梁汾舍人次閣學韓公韻

不是微之定牧之，紫薇亭擅舍人辭。十年未就《歸田賦》，衆口猶傳赴洛詩。往事相關棋已散，秋風纔到鬢先知，怪來東閣留賓地，難遣深情是酒巵。時舍人有亡友之痛。

九日飲朱大司空南莊二首

雲物蒼涼感鳳城，良辰難遇是晴明。同時那得人偕集，是日，西溟輩集萬柳堂，余不及赴。去日渾如客餞行。大漠寒煙凝朔氣，空林殘葉墮秋聲。籬邊舊是餐英客，省對黄花倍有情。

不是藍田别有莊，三年此地作重陽。先生出郭仍攜酒，獨客登臺又望鄉。天闊一鵰盤遠勢，風高群雁起斜行。茱萸諸弟遥相憶，應料新來鬢點霜。

少司馬楊公見和前詩有登臺把酒之句追憶落帽臺舊游已八年矣再次前韻奉酬二首

迢遞關山隔楚城，亂猿啼處記分明。瘴花瘴草重陽候，秋雨秋風絶徼行。匹馬幾回經戰壘，荒臺三面走江聲。再來京洛追陪地，望遠猶含萬里情。

青楓白菊夢漁莊，驚起窗西正夕陽。賴有新詩酬好節，敢云游子戀他鄉。風聲捲地迴遼海，山色迎寒入太行。一片清砧聽不得，敝裘容易改星霜。

得談未庵沙河書却寄

涼燈四壁光，燦此一雙蕊。終宵不能寐，詰旦占有喜。起接故人書，窗日穿故紙。披襟再三讀，感慨忽中起。憶昨初訂交，秋風燕市裏。余時新落第，邂逅得吾子。子名雖早成，尚索長安米。才高氣激直，罵座酒頻使。我故失意人，謂子不宜爾。子行將筮仕，鸞鳳棲棘枳。縣令古難爲，位在百僚底。上官任喜怒，下吏望風旨。剛者號木强，弱恐隨波靡。不卑亦不抗，斟酌具至理。子才百事能，所少或在此。今年子謁選，畿輔得百里。是時方旱蝗，黽勉到官始。單車行就道，奴僕躡生趾。近聞沙河城，善績紛可紀。賦蛇餘毒去，政虎鄰邑徙。保障安流移，枹桴静奸宄。神明詠來暮，父母歌樂只。租税如期輸，蒲鞭免撻捶。民譽慰攸歸，官聲被褒美。寧非讀書力，出手見根柢。乃知賢豪人，未可私意擬。向來吾錯料，失語徒抱耻。感子諒我真，肝膽終見委。得路念貧交，幾人堪屈指。自傷志力薄，無以赴知己。行當賦歸耕，塵俗庶一洗。願子益自愛，友道在永矢。前期不遐遺，折柬到桑梓。

次大冶司農韻送顧與田還金陵二首

及見開東閣，俄聞把别觴。沙痕雙鬢雪，寒色一裘霜。老覺游情倦，貧銜故意長。獨留青眼在，此外任炎涼。

一片隨陽雁，郵程取次過。馬頭回紫塞，冰面渡黄河。手寫還丹訣，神傷過闕歌。承平風物似，遺老剩元和。

奉送少司馬楊公予告養親四首

聖朝孝治在敦倫，詔許還鄉爲養親。平格已推黄閣老，公今年適周花甲。行期先報白頭人。

卷舒在我何關命，進退無慚好乞身。此日魏舒仍襆被，却從去國始知貧。

從開絶域震餘威，悵望多年子舍違。退自急流從古少，老猶孺慕似公稀。東門祖帳傾城出，北闕恩光拜表歸。晝錦堂開春晝永，笑將綵服换朝衣。

萬事長安一局棋，角巾私第未嫌遲。即論世道寧無補，欲報君恩况有期。春服暫寬腰下組，茶煙初驗鬢邊絲，枌榆父老來迎謁，應羨精神似舊時。

油幕追隨萬里過，兩年假館又蹉跎。吟聯樺燭枝枝跋，酒上塵顔夜夜酡。含意每爲知己盡，不才真怕受恩多。公歸我客全無爲，誰聽荆南寡和歌。時余將移館北門。

敬業堂詩集卷八

人海集起丙寅十一月，盡戊辰正月。

故人吴漢槎歿後，有以不肖姓名達於明相國左右者，遂延置門館，令子若孫受業焉。下榻府西偏，去南城十里而遥，人事罕接，間有吟詠，率出傳題酬應，自丙寅仲冬迄戊辰初春，凡十五月，所得詩不滿百篇，合爲一卷，即用《人海記》之名以名集。

移館北門寒夜不寐起來霜月滿庭有懷諸弟

寒城宫漏永，孤館耿無寐。起看殘月升，稜稜挾霜氣。徘徊夜將半，惜此姜肱被。獨客不可爲，無端感憔悴。

題喬石林侍讀梅花莊圖兼送其罷官南歸

湖陂種柳不種梅，梅花合向陽陂栽。買園舊在最高處，尚怕水泛春冰開。沙頭一篙刺歸路，清淺今堪跨半渡。父老來看侍直圖，先生笑入花間去。

趙秋谷編修見示并門集輒題其後

趙侯曠世才，硎發新刃初。十八取高第，姓名登石渠。紛紛冠蓋交，僮馬填門閭。抗懷對儕俗，折節讀古書。我友潛江髯，朱悔人。數數來告余。余時懷一刺，欲往還趑趄。從來負盛名，相見長恐虚。何期就館舍，先枉君子輿。示我《并門詩》，璀璨瓊瑶琚。清光溢兩目，瀏覽無停矑。不忍遽卒讀，掩卷姑徐徐。留之遣夜長，霜月臨窗䆅。地爐煖宿酒，繼晷編重舒。十首釂一杯，頃刻百首餘。何堪飲户小，徑醉同蘧蘧。隱几似有人，導我蓬萊居。李杜踞高坐，兩旁列仙儒。依稀潮州韓，髣髴眉山蘇。中有青丘子，拍肩大聲呼。醒來几案傍，絳蠟開芙蕖。悠然接詩境，鼠穴非乘車。我欲數子間，位君復躊躇。君今富才力，著作承明廬。詞章技特卑，未足垂聲譽。即此見根柢，振步捐土苴。神仙才有數，此語古有諸。我賤不足論，願君勉相於。

得聲山姪揚州信

隋隄柳又拂歸艭，安穩傳書報渡江。却寄新詩猶索和，轉憐游屐不成雙。霜欺獨雁寒衝塞，月帶疏鐘夜到窗。此際相思倍怊悵，燈花何喜燦冬釭。

任坦公以趙松雪留犢圖索題留竹垞齋中聞爲偷兒取去戲作絶句答之

一呷貪泉盡跖徒，壽春遺事近應無。探囊莫怪工相妒，占斷清名是畫圖。

題禹平水村圖二首

蓼洲疏雨荻洲煙，一扇低篷水拍天。不礙主人長作客，披圖還有鶴看船。

春波十字水西東，草淺迴塘有路通。着個歸人應更好，倒騎烏牸柳陰中。

除夕前八日立春

驚心看舊曆，三十八回春。去日成何事，流光惜此辰。好風迴淑氣，殘雪洗窮塵。便擬騎驢出，旗亭覓酒人。

元日出東便門以下丁卯。

朝出國東門，言循潞河湄。層冰裂厚地，雪光照曜之。草短没燒痕，老楊交枯枝。晨曦曖我顔，我鬢初有絲。自從客京洛，三徧東風吹。藏身人海中，發興乃更奇。誰能當此日，一鞭出尋詩。

少司馬楊公潞河寓齋夜話得村字

去京三十里，城郭只如村。老樹排沙磧，春帆次水門。談深孤館静，酒罷一爐温。已覺連宵夢，依依近故園。

春夜同外舅陸先生陳夔獻吕彤文許時庵朱悔人魏禹平王令詒王赤抒吴震一張損持家荆州兄集朱大司空齋分韻二首

春燈春夕宴，一到一回歡。不赴先生約，寧知禮法寬。酒痕雙短袖，歲事五辛盤。合坐無生客，長安此會難。

畫簾開雪後，新月到花西。雅令投瓊得，清歌按拍齊。鼓催今夜醉，詩記隔年題。預恐鴉啼曙，門前散馬蹄。

龔蘅圃屬題攝山秋望圖

昔我道金陵，西南出江關。船頭東北望，秀色堆煙鬟。長年爲指似，此山名繖山。古寺入棲霞，松老苔斑斑。玲瓏刻千佛，石骨靈不頑。上有天開巖，鏡平圜若環。從茲陟高頂，一覽收人寰。孫吳事業荒，南渡衣冠孱。詞客弔興亡，動云清淚潸。探懷發深趣，此事天寧慳。如何雷同聲，萬口若是班。我友詩力健，清奇寫崢潺。好風颯然來，滿眼除榛菅。按詩記年月，我在蠻溪灣。重披一幅圖，點染紛斑斕。杖藜者數輩，謂竹垞、青士諸君。風骨俱珊珊。同時失同游，悵望空往還。憑君添一葉，置我煙波間。

王甥漢皋南歸詩以示别二首

草草嫌輕出，依依戀此辰。也知歸橐儉，應諒客囊貧。家教分諸弟，身謀累所親。臨期雙淚落，併念爾先人。

汝去真長策，吾留轉寂寥。雪燈分袂影，風柳斷腸條。客久人情覺，春寒酒力消。自今長短夢，無夜不河橋。

送吴青壇侍御歸里

來乘驄馬來，去駕柴車去。煙光緑上垂楊梢，春淺東門送行處。東門多少罷官人，太息何煩感直臣。但使朝廷無闕事，不妨歸作太平民。

北城寒食有懷南郊舊游寄呈朱大司空並索玉友荆州和二首

早桃開後倦游情，春事無端閲鳳城。忽聽賣花聲到耳，始知明日又清明。

名園狂醉已經年，永定門坊記墮鞭。想得出郊重繫馬，一行新柳變新煙。

相國明公新築别業於海淀傍既度地矣邀余同游詩以紀之

路指沙堤外，園開海淀東。好山西嶺接，曲水御溝通。緑野名相稱，華林興頗同。種花兼種樹，還費十年功。

陳元亮至得令兄撝謙近問

海棠雨墮胭脂紅，一尊醉别禾城東。旗亭衮衮柳綿白，握手驚從薊門北。烏蟾顧影倏忽移，已過五度春風期。看君湖海發豪氣，嘆我頭鬢生微絲。爲言索游非得已，爾乃胡爲亦來此。一門甲第矜貴盛，王謝堂前燕添壘。藏書萬卷澤尚新，負郭二頃業未徙。少游但思騎款段，儘可浮沉老鄉里。天生爾以不羈才，伏櫪豈得長徘徊。朝秣吴蜀暮燕市，聲價自長黄金臺。君家髯兄才不細，勇決翻成倦游計。粗傳近況喜可知，只怪新篇不相寄。故園漸少杜門人，往往席帽趁黄塵。因君棖觸草堂夢，緑樹正接詩翁鄰。

送宋牧仲提刑山東

名封十二接關城，繡斧前頭父老迎。問俗潛移齊右姓，下車先揖魯諸生。天開島日三更白，濟入河流一道清。歷下亭邊名士會，騷壇行見續詩盟。

壽陸菊隱前輩七十二首

熙甫陶庵傳述久，百年君又起瞜城。學能忘世名偏重，老愛讐書眼倍明。在璞不妨留玉彩，出山依舊覺泉清。龍門子弟俱英絶，及見淵源有二生。謂孫愷似、侯大年。
採芝欲去每相羊，開閣猶留老仲翔。時下榻大冶相國家。共許康成多著述，誰言安世有遺亡。
老人祝杖鳩無恙，處士歸田菊未荒。十丈風埃遮不得，少微争指客星芒。

送時庵先生典試四川

驛路曉發聞秋鈴，千山萬山疊翠屏。秦關百二閲天險，蜀道一雙占使星。同行者爲林户曹。
地遠人才指可數，亂餘風物愁初經。同行有約吾竟負，讓爾劍閣題新銘。

椶拂子示兩及門

竟得驅除力，群蠅不敢貪。清幽吾最羨，束縛爾何堪。自愛依書幌，差宜挂草庵。誤人消
底物，江左只清談。

送田綸霞由大鴻臚巡撫江蘇二首

東南地重推吴會，開府新煩典客卿。暫出人皆榮八座，再來公已領三旌。霜清斧鉞稜稜
見，風静騂騮尾尾行。桃李一蹊看好在，道傍伏謁半諸生。田曾爲江南學使。

詔恩連歲蠲逋賦，管内民情大可知。榾鼓尚傳迎輦曲，竹枝多上去思碑。兩賢治蹟原難繼，謂大宗伯湯公、少司馬趙公。一代人才更屬誰。此去但須持簡要，不妨小吏日抄詩。

呈玉峰少宗伯徐公四首

書局頻開邸第中，桓厨鄴架許誰同？一朝典策分明在，未有高文不屬公。

宏博今無沈晦倫，御書端爲寵儒臣。講堂及聽《宣和論》，感激能容下座人。

弟子韓門盛一時，投書却悔少年爲。官高不改憐才意，人道先生似退之。

一御何當重李膺，對公方媿百無能。相逢盡屬龍門客，只是常鱗不敢登。

次張超然見懷原韻

昨夜楸庭雨洗埃，病餘酒戒擬重開。正欣涼自披襟得，忽有風吹好句來。榕浦人才君磊落，蓴江歸夢我沿洄。此情除共詩翁説，謂竹垞先生。預約藤陰掃碧苔。

與時庵别五旬計程當入閩中矣七月十六夜夢其渡桔柏江有詩見寄醒而作此

相送西南去，離心不可降。亂山懸客路，孤夢墮疏窗。暮雨葭萌驛，秋風桔柏江。此時占益部，真有使星雙。

夜宿傳經書屋枕上喜雨

爲少芭蕉樹，初來竟不知。及聞簷滴後，已是酒醒時。静覺書幃爽，凉侵布被宜。殘燈如客況，不厭作花遲。

送周青士南歸

人間不是少知音，愛爾蕭然抱素襟。潮似歸期還有信，雲雖出岫本無心。戰回酒敵黄花老，收取詩名白髮深。此去浮家煙水際，五湖一葉許誰尋？

丁卯秋闈報罷呈諸先輩五首

明明跂脚有青雲，安上門前路忽分。湖海伏龍雷起蟄，關山斷雁雨呼群。裘茸欲落霜花吐，燭跋初消漏點聞。慚愧上書頻見斥，僅留舌在敢論文。

夜雨鳴鷄事不同，也曾投筆學從戎。早知有命應藏拙，不是無家轉諱窮。楓葉飄殘砧杵月，槐花吹過鬢絲風。故人底用慚高第，謂后張、仲夔、令詒、西厓輩。我比劉蕡策未工。

憔悴青衫感弟兄，勿將時論擬縱横。五經何負掄材意，萬口先傳下第名。時家荆州以五經被薦。但使低顔對僮僕，猶容長揖見公卿。祗嫌鏡裏流光速，白髮新抽一兩莖。

兩眉愁思一含顰，情到無憀去住均。短篴聲悽霜後竹，孤桐絃冷爨餘薪。那能造物皆如意，不信憐才竟少人。任是亡羊吾勿悔，燈前故策試重陳。

三年光景易蹉跎，又逼登高節物過。燕子生涯如客㨾，菊花天氣奈霜何。狂名幸免聊隨俗，野性無拘一放歌。已買吟瓢租蹇衞，西山游興近來多。

九日同荆州兄游趙恒夫給諫寄園

縈成曲磴疊成岡，高着樓臺短着墻。花氣清如初過雨，樹陰濃愛未經霜。熟游不受園丁拒，放眼從驚客路長。亦有東籬歸不得，四年京洛共重陽。

題宋石門畫松

蒼髯翠鬣揺向空，老榦蟠作青虬龍。雙睛未點飛不得，時有雲氣來相從。開時高陰散林麓，捲起生綃纔尺幅。人間何處着秋風，昨夜城南拔喬木。

秋夜紀事

城頭落星大於斗，群犬吠怪都狂走。或云此星作狗形，犬不見星惟見狗。初如地震如雷鳴，頃刻闃寂天無聲。但見明河亘天月西没，宫漏杳杳傳三更。明朝屬車行射鹿，旌幟照山馬量谷。不須更載獫猲驕，驅爾向前飛食肉。

送朱千仞之任舒城

龍舒傳舊俗，淳樸羨民風。官税如期納，山田比歲豐。月依琴榻静，花傍印牀紅。却笑眉山老，無緣作寓公。

相國明公壽讌詩四章

海嶽遥瞻壽域開，喬松直上表崔嵬。立鼇一柱承中極，戴斗三星指上台。雨露恩深和鼐地，風雲力展濟時才。穆清垂拱邊烽静，誰挽昇平氣象迴。

千古明良不數逢，天教元老際時雍。和衷事事歸無我，雅量人人服有容。地峻不須銘客座，官清豈在却堂封。但看退食委蛇度，賸得丹心答九重。

未應風月屬平章，緑野仍開舊日堂。玉燭年調光宅里，沙隄柳合善和坊。門無鈴鼓軒車静，架有圖書御墨香。一桁朝衣雙進酒，森森玉樹又成行。

八千歲裏紀春秋，平格端從運會留。寶鼎有光騰玉鉉，皇圖無闕指金甌。朝家望久尊黄髮，事業公今尚黑頭。慚愧受知同國士，《嵩高》一頌恐難酬。

喜唐實君至

風埃易隔經年面，忽聽車音喜不勝。才氣讓君高百尺，酒腸寬我過三升。薄寒坐轉霜天月，往事談深雪屋燈。記取鳳城西北頰，竹牀相對兩如僧。

得家信

遲滯經三載，平安報一門。開從迴雁磧，寄自擣衣村。身賤歸難料，家貧恨每吞。兩親猶未葬，先計了兒婚。

答衛源冀先生見寄之什

蘇門仙籍在，長嘯出風塵。頗怪高賢意，偏憐失路人。宦情歸後澹，詩境老來真。靈藥如堪斸，吾將就結鄰。

西溟竹垞同游房山余不及踐約口占送之

斜陽聯騎去，影落好山中。古寺尋碑入，幽泉撥葉通。勝游關俗念，閒趣就詩翁。隔斷桑乾水，黄沙白草風。

哭朱大司空六首

忽得彌留信，驚疑欲問天，更誰承絕學，公爲紫陽裔孫。忍遽奪名賢。存殁真關運，行藏好算年。茫茫國西路，白日迫虞淵。

正色持朝議，從人指異同。不聞廷辨語，真有大臣風。局定閒居後，名高薄譴中。肯留毫髮恨，物論久方公。

罷官賓客盛，不署下邽門。萬卷藏書第，孤雲倚杖村。履聲今寂莫，花氣舊絪緼。從此西州淚，都銷醉後魂。

衣褐初相見，雲泥不啻過。自蒙公賞識，一任俗譏訶。才退江花夢，神傷《薤露歌》。轉緣期許厚，脈脈負慚多。

悵斷西山路，曾陪兩度游。雲峰奇入夏，泉味冷經秋。酒許王弘送，詩同魏野留。篋中高唱在，讀罷淚交流。

天不留耆舊，人皆惜老成。風流餘畫像，官號定銘旌。年譜門生輯，文編國史評。恬侯恭謹似，重望起家聲。

禹尚基屬題水村圖小照二首

縈青繚白埭西東，門掩檀欒倒影中。千片白鷗波萬頃，釣竿只占一絲風。

朝衫猶絆未歸人，畫裏鬚眉淡有神。已辨青蓑青箬笠，問渠何路出黃塵？

聞周青士淮南訃信

苦口勸君去，筋骸看頗强。祇云當暮齒，不合久他鄉。病忽中途得，神翻永訣傷。餘生還自嘆，歸計尚茫茫。

楊耑木來都出示涿州道上見懷八絶句次韻奉答

荒程野店暗戎戎，灰洞連雲小驛通。辛苦琉璃河畔路，一天冰雪兩征鴻。時與家德尹偕行。

短衣篤速又重來，雙眼摩挲試一開。拚得故人驚黑瘦，斷腸誰似賀方回。

舊來書札屢相存，難遣離愁閲曉昏。今夕和歌燕市裏，不知何事尚消魂。

南園一醉夢難消，新指陂坻丈五高。迸落客中知己淚，刺梅花下長蓬蒿。乙丑初夏，同赴朱司空南園之約，今司空已下世。

蛾眉里族艶同時，錦瑟雖工俗豈知。比似孝標還曠達，上年歸燕併無詩。指耑木乙丑禮闈報罷事。

横草才情好在無，髑髏猶記血模糊。征南賓客今淪落，怕展《藍田射虎圖》。

冰泮西沽唤槳師，春初送司馬公南歸。久留生計太無奇。白駒只合逃空谷，一食場苗便縶維。

行期爲爾少遲留，南酒新香出竹篘。楊柳作鞭花壓帽，此時去住兩無愁。時余方計南歸。

喜德尹至都即用道中見寄韻八首

花南硯北屋西東，先築都荒想像中。此意十年應共惜，一般根蒂兩飄蓬。

別是尋常會卻奇，鶺鴒沙外影離離。可憐半世爲兄弟，兩度相逢在路岐。

敝裘寒色國西門，刮面西風太少恩。不是雪花如掌大，豈知姜被果奇温。

匪莪蓼蓼感伊蒿，此際方知父母勞。三尺孤墳何日築，敢將門户委兒曹？

添丁從小絶堪哀，抱向花前得幾回。弟去年始得一子，名騶虞。可但生兒憐絡秀，有人椎髻望歸來。

少賤長貧那得辭，浪游真愧作男兒。只除中酒聯吟夕，不似長安下第時。

八齡工賦庾肩吾，五十能詩高達夫。勿羨早成輕晚就，天心原不薄窮途。

三畝原爲種稻留，私逋官税苦難酬。翻因細悉家中事，從此思家又起頭。

曉出西華門逢吴震一

九陌紛紛路向岐，毛驢馱客立多時。一冬風力今朝横，吹折街南賣酒旗。

盆梅同唐實君揆愷功賦以下戊辰初春作。

不借東風力，全憑火候催。夢隨馳驛到，香自渡江來。物性違移植，人情惜早開。草堂留老榦，冰雪戰春回。

探春花再索實君和

本是丁香種，先從臘尾開。一叢疑積雪，繁蕊欲欺梅。南客今初見，新詩悶強裁。君看凡草木，猶帶好春來。

水仙次韻

梔額檀心韻，青裙縞袂姿。洛波迎宓女，越網得西施。用義山詩中語。脈脈含情遠，盈盈欲語遲。月中曾解珮，争許俗人知。

壽大司馬梁玉立先生四首

兩朝元老出名賢，身繫安危四十年。同日蒼生多屬目，向來黄髮少隨肩。金甌社稷銷兵裹，玉斧關河聚米前。如此皇圖資坐鎮，何煩書案更籌邊。萬騎塵清萬里風，殿廷次第與論功。兒童往往知司馬，貢使年年問相公。排闥山光迎劍戟，傍簾燭燄吐長虹。太平別有經綸業，無用《陰符》置篋中。盛事雕橋紀一時，壽槐千歲尚虬枝。贊皇世業《平泉》記，樞密新堂《晝錦》詩。無價鼎彝歸賞識，有人書畫乞題辭。官高依舊風流在，不愧人稱海鶴姿。尺五天低韋杜城，文星長傍禁垣明。每因餘論諳前事，雅有虛懷接後生。閣上《麒麟圖》早識，座中《鸚鵡賦》難成。謂丙寅春公召飲事。從今一上《生申頌》，感激曾蒙記姓名。

送黼皇姪出宰大浦

青溪一條水，發源自白嶽。千里赴海疊，赭龕爲鎖鑰。余家赭山口，子住齊雲脚。阮巷南北分，裴眷東西拓。雖云支派別，夫豈淵源各。先朝際盛隆，中葉顯儒學。煌煌兩開府，先中丞、京兆。事業恍如昨。外吏實起家，致身上臺閣。綿延君子澤，十世不爲薄。汝叔秦望兄。州牧賢，掛冠去筇筰。吾宗老觀察，王望伯。近亦返丘壑。坐惜數年來，衰宗正中落。家聲望子振，有若水救涸。子才洵超群，氣勢狞騰躍。胸藏五千卷，試手高第博。簇簇刃發硎，團團弩張彍。謂當嫂兩翅，一舉上寥廓。何期赴南宮，六度困東郭。季子金婁罄，東方米徒索。俛首作選人，初心豈所樂。之官嶺海外，道遠塵漠漠。臨分當贈言，古人例有作。與君屬關切，聊爲舉其略。邑宰職親民，顧名思義托。如何千百輩，疾苦視隔膜。寧多才地違，或少寬嚴酌。子今抱經濟，枳棘棲鸞鶴。百弊不足釐，餘情故綽綽。潮州本善地，貢賦雜海錯。大浦居其間，頗自異煩劇。兵餘奈凋瘵，户口十半削。往者征南師，驚駭到鮫鱷。剪除兇暴盡，政虎尚餘虐。仁人行撫綏，所亟在民瘼。大僚恣指揮，小吏承唯諾。省事先省心，自然破根格。人散訟庭閒，官清條教約。蒲鞭併可去，況乃痛敲扑。譬如百孔瘡，難得萬金藥。徐徐養元氣，稍稍起積弱。民風既已佳，土物矧不惡。榕樹清陰留，佛桑紅𦆭著。文禽好毛羽，中有羅浮雀。漿分荔子甘，茶代檳郎嚼。珊瑚及珠琲，過眼風掃籜。方將寶清名，未肯許裝橐。從來賢達意，定不俗吏若。屈指三年期，還朝報循卓。

送沈譽生之任靖安

江西是我曾游處，風土從君一一誇。郭外有山皆種竹，春來無路不迷花。商船晚鬧臨溪碓，官課先輸曬網家。此去始知魚米賤，十年應悔住京華。

寄壽潛江朱石户先生

半肩華髮倚孤筇，萬卷奇書貯短蓬。日出茶煙吟甫里，雨來巾角墊林宗。魚標隔竹參差見，酒旆穿花次第逢。如許風期誰獨占，白雲高護丈人峰。

桐城錢田間先生相遇都門出詩集見示中有丁酉寓長千寺投贈先君子七律一章距今已三十二年先君下世且十一年矣感而次韻

敝廬風雨十年扃，南北身隨敗葉零。先友漸如星落落，殘宵愁對火熒熒。詩貪記憶關心讀，話到蒼涼製淚聽。莫問生涯流轉跡，賤貧何事不曾經。

附田間先生原作

古寺秋聲夜不扃，客星幾點共飄零。鐘殘隔院禪香换，雨曉長廊塔火熒。市隱定從江左覓，雅歌還在越中聽。道人入道無他術，只講牀頭一卷經。

查慎行全集

范道濟　點校

第七册

中華書局

敬業堂詩集卷九

春帆集盡戊辰一年。

客京師忽四年，戊辰二月，以外舅陸翁抱恙，扶侍南歸。水程濡滯，凡四閲月，舟中多暇，以詩送日，翁雖手顫不能執筆，每口授余書，見余作又未嘗不色喜也。到家後周旋湯藥，余亦無詩矣。

將出都前輩及同學多有贈行之句短章酬别

朝市山林跡總賒，又扶病叟出京華。一巵北酒春傷别，幾度東風客負花。草色青回夾城路，凍痕白退隔年沙。多情通潞亭邊水，穩送歸航直到家。

衛凡夫郎中索題詩册兼志别

鷄鳴九衢曉，城角轉星斗。不忍去長安，此中多好友。友亦不在多，同心十八九。醵錢餞歸人，宴會連夕有。下車揖戴笠，古道君尤厚。君家好門庭，清不借箕帚。堂前兩株藤，植自相國手。凡夫所居即文清公舊邸。春花紫蔕簇，秋實明珠剖。我來婁浵洹，晨對或終酉。有時笑捉鼻，隨意語脱口。纏綿示君真，坦率成我醜。如此兩换年，未覺日月久。君行入郎署，約略歲紀丑。風流白雲司，下視牛馬走。讀書兼讀律，梏拲等枷杻。賦性非所便，時時夢田畝。今春始轉秩，望出曹郎右。好理舊襟懷，依前向詩酒。我行惜薄遽，唱和少于喁。此地最難忘，臨岐幾搔首。

梁藥亭以端溪紫玉硯贈行

吾家老詩翁，家二瞻兄。遠寄數挺墨。行裝無好硯，一試那易得。前年送君歸，許我端溪石。匆匆過三年，此語時在臆。夜聞君到京，壺漏下初刻。入門異彩發，君故不自匿。欣然笑相謂，前諾幸免食。開囊把贈余，理膩不容拭。何來琉璃匣，養此馬肝色。餘潤吐紫煙，燈光忽被蝕，吾弟德尹兩踰嶺，嗜好癡已極。曾拋金珠裝，蓄硯比封殖。窮搜願難滿，妍醜

庶能識。亦云此石精，温潤含玉德。忽然落吾手，旁睨三太息。物歸洵有數，在獲詎須弋。奈無十五城，豈易償拱璧。君才本間世，海嶽鍾奇特。仙人五色裙，來跨鳳皇翼。飄飄《凌雲賦》，一一好句逼。留以供濡毫，揮灑固其職。顧蒙謬許與，降氣自摧抑。我詩苦非豪，邊幅守封洫。近來尤懶惰，故步荒學殖。得錢了應酬，例取加粉飾。詆娸人挾喙，描寫腕無力。徒然辱佳惠，胡取三百億。逝將返柴荆，稍稍闢畛域。門前一溪水，潑眼清湜湜。洗硯先洗塵，有如苗去賊。學書兼學字，尚覬名副實。持君贈行具，寫我長相憶。因之謝吾宗，墨點漆光黑。

茨　棘

牛李仇初作，張陳望苦深。全憑翻覆手，大負始終心。菀柳傷餘蔭，飛鴞誤好音。誰非門下客，茨棘莽成林。

曉出沙窩門

草緑國東門，舊來送行處。今朝一鞭出，喜赴歸人路。麥隴春未耕，杏園寒尚沍。冰槽沮洳濕，鵝鴨各引嗉。遠氣如湖光，蒸蒸動原樹。長空豁遐矚，變景失回顧。不復夢春明，

三年墮雲霧。

張灣舟夜寄德尹都下

漁汀鳧渚夢依稀，長是思歸未得歸。底事得歸猶悵望，可憐倦羽又分飛。

發舟後連遇逆風間或阻淺兩日纔行十里許

遠歸決所從，筮《易》利涉川。意亦厭馳逐，捨車遂乘船。何期初放溜，斷渡春風顛。罟師邪許聲，蟻附百丈牽。進尺旋退咫，膠淺不得前。廢閘二十四，一一淤泥填。郵籤算南程，約略踰三千。一日行五里，到家須兩年。誰能侶鳧雁，久坐煙波間。

曉起回望西山

好山隔黄沙，隱隱一重霧。霧斂日紅時，螺青出高樹。

漷縣晚泊

鷗鳥灣洄泊小舠，蘆溝西望樹周遭。殘冰裂石頹兼岸，春水如油滑上篙。老柳耐寒如許

瘦，壞垣經久不多高。畫眉冢冷鷹臺塌，一片斜陽雁下壕。

舟夜書所見

月黑見漁燈，孤光一點螢。微微風簇浪，散作滿河星。

打魚莊遇西塞公歸舟述舊有作

長安棋局莫深論，秉燭依然近酒樽。煙火一帆春去國，關河雙鬢雪添痕。嘗黿宦味經調鼎，羅雀交情散署門。記取故人垂老别，病歸猶感向時恩。時余同外舅附楊少司馬歸舟。

口占送陳仲夔舍人還都

别語無多别恨新，短橈明發指天津。殷勤百里猶相送，萬疊西山一故人。

亂　鴉

白項非無種，烏頭亦有名。野田留點點，古墓去程程。陣忽遮天暗，貪因得食争。君看稻粱雁，失次敢先行。

自王家浦晚至楊村驛

土屋多依堡，民屯半屬官。樹從王浦密。河過蔡村寬。鷗外新蘆茁，犂頭細麥攢。蒲溝行未到，月黑夜漫漫。

三月朔日先君子忌辰。

昨夜還家夢，依依白髮親。覺來三月朔，又感一年春。窀穸悲何地，飄流愧此身。那堪寒食近，南望獨沾巾。

桃花寺

已過桃花口，再問桃花寺。獨客扣門來，老僧方坐睡。欲知春淺深，但看花開未。

掛帆行

船頭船尾收鐵猫，三尺五尺堆銀濤。弓張帆腹機溯箭，原樹却走如奔逃。西山已没煙霧裏，初日欲吐春雲高。須臾倐達直沽岸，風勢未已猶飉飉。當前有關敢飛渡，又向津頭卸

帆住。

天津關用薛文清舊韻

地勢東來一掌平，忽開官閣起峥嶸。風腥曉市知魚賤，客過嚴關喜篋輕。暮雨暗添丁字水，春陰低壓直沽城。雲帆轉海非難事，誰念東南物力傾。

三月三日寒食舟中風雨感懷都下舊游寄朱公子恒齋比部三十六韻

愁中時序兼，百六又重三。客路流光感，京華節物諳。尚書期不遠，别墅興尤耽。憶昔春城外，陪游小築南。年年修禊事，往往盍朋簪。土甑茶開箬，泥封酒拆罎。羽觴佳客泛，鑾榼小童擔。苞愛丁香破，梢宜豆蔻含。地衣紅匝匝，石髮翠毵毵。箏擘斜行雁，絲清獨繭蠶。隨方呈妙技，即事借深談。雜座門生列，巾車野老參。幾家同上冢，隨意去停驂。一院鞦韆女，千場蹴踘男。花游聯竹轎，芳信簇筠籃。候煖鶯吭滑，煙濃蝶夢酣。種桃尋紫陌，看杏入茅庵。隔日頻相約，先期或預探。柳花登客饌，帶草拂僧龕。沙徑晴熏轉，澄波曉鏡涵。餳簫吹寂寂，粥鼓報鞳鞳。到必移吟笈，歸仍側帽簷。撲翻愁墮鐙，豪健笑

驅驒。後輩忘形接，先生好士貪。清狂真辱愛，疏略總無慚。好會原難數，傷神忽不堪。東山殂謝傳，西路避羊曇。故業留桑梓，佳城閉柏楠。詩曾傳魏野，曲忍聽何戡。只益窮途苦，寧知世味甘。無人臨曲水，有淚滴春潭。岸濕烏銜紙，船空鼠匿甔。風鳶行斷續，檣燕語詀諵。野意將舒緑，川光未放藍。離情風挾絮，往事霧沈嵐。此恨郎君識，緘題寄北函。

舟晚

晚色一天霞，空明炫眼花。濁流供飲犢，新月領歸鴉。野曠風長急，塘迴路向斜。兩三人待渡，此去必村家。

白廟

一院槎枒樹，居僧守鵲巢。俗貧稀賽社，瓦缺只編茅。暗處蟲絲接，塵邊鼠迹交。漁人來寄網，時有一船捎。

泊頭鎮見杏花

澹煙消處日初銜，酒斾微風到布帆。我自偶從花底過，不勞蝴蝶上春衫。

交河道中聞人稱河間縣政績之美輒述其語寄彭椒嵓明府

客經新橋驛，泊舟交河湄。偶逢垂白叟，借問邑宰誰？蒞兹凡幾年，當官何設施？叟置不一答，别舉己所知。爲言河間府，畿南極衝疲。兩州十五縣，首縣又難治。黄昏簿書交，白晝羽檄馳。四野雜莊户，土著留孑遺。責之辦賦税，肉盡空腔皮。可憐牧民官，往往猶鞭笞。追呼力不任，竄身并歸旗。方將計囊橐，焉問疾苦爲？前年來好官，忠信神明慈。聞官乃彭姓，門第江南推。祖父盡公卿，家業貧難支。到官但飲水，一意存撫綏。不承上司喜，不顧同列嗤。不假左右手，不煩誥誡辭。赤子視吾民，子忍父母欺。即如春夏交，輸課有常期。鼕鼕三堂鼓，出早退每遲。文書赴期會，閒暇無停披。木匭設中央，金錢隨所賫。吏前但執算，毋許參一詞。一日投百封，數計若察眉。半月率滿匭，封識宛不移。明朝上大府，手不沾毫釐。自餘了無事，止酒或賦詩。官清民力寬，漸漸歸流離。比來俗大變，迥絶非曩時。朝廷方勤民，下問旁諏咨。大府昨薦達，某官轉高資。分明馴

雉歌，載在墨吏碑。坐令惠愛政，平平覺無奇。誰能持此情，流傳向京師。言罷歎息去，春風吹鬢絲。

御莊鋪

小縣他時號阜昌，近城曾築讀書堂。不須更唾劉郎面，豕栅牛欄是御莊僞齊劉豫僭號，更阜城爲阜昌郡。城北有讀書堂，城南有御莊鋪，明程篁墩詩有「居人不唾劉郎面，猶把亭名號御莊」句。。

德州留别田雨來編修

帝里經年别，書來少北郵。故人多請假，游子暫稽留。風雨燈前話，江湖夢裏舟。一笻雙不借，行踏半塘秋。

戲惱德平令楊建垣

草接平橋水拍津，好風裙帶跨驢人。清狂幾許治情在，惆悵自嫌官裏身。

四女祠

在恩縣西北四十里。土人云，漢景帝四年，貝州人傳清，字景山，妻羅氏，無子，生四女，守志養親，終身不嫁，各植一槐，以明己志。四女通釋氏書，日頌《法華》，其後拔宅昇天云。按史，周宇文氏始置貝州，漢時未有此名，自是傳聞之訛。考唐人王建詩注云「宋氏五女，貝州宋處士之女也，曰若華、若昭、若倫、若憲、若荀，其父老病，誓不嫁，以奉事之」云。按貝州，乃今恩縣及清平地，疑此即是矣。

何處著鶯花，春深孝女家。門前古槐樹，兩兩聽慈鴉。

夾馬營

櫪馬驚嘶嘶不止，紅光夜半熊熊起。男兒墮地稱英雄，檢校還朝作天子。陳橋草草被冕旒，版籍不登十六州。却將玉斧畫大渡，肯遣金戈踰白溝。隔河便是遼家地，鄉社枌榆委邊鄙。當時已少廓清功，莫怪孱孫主和議。君不見蛇分鹿死闢西京，豐沛歸來燕代平。至今芒碭連雲氣，不似蕭蕭夾馬營。

月下聞吴歌

客愁今夜較偏多，歸路三千尚隔河。五十六回圓月底，南來初聽本鄉歌。

衛河四絶句

王弇州有《衛河八絶》，多叙行役之苦，于風俗有所未備，輒隨所見補之。

河流千百曲，來往候風信。東南西北間，那得灣灣順。

微雨曉來霽，孤雲斷不還。黄沙千里道，何處著青山。

佳人跨驢去，隔岸是娘家。渡口風長好，吹開罩面紗。

茅屋罾邊市，蘆塲柳外橋。誰知燕趙地，生計儘漁樵。

將至臨清州

小雨吹午晴，菜花黄被阪。方愁白日暮，又惜芳春晚。河流合汶衛，客路投東兖。樹杪見浮圖，去城應不遠。

夜泊南板閘

來從漱玉響淙淙，一枕神清静聽中。只似秀林亭下宿，隔窗今夜雨兼風。《北河紀》：「漱玉泉在州城内，秀林亭在州城外。」

聞荆州兄聲山姪南宫捷音却寄一首

各有高堂奈老何？此情真足慰蹉跎。到家鵲喜連朝有，照客燈花昨夜多。從此朋游推二阮，向來場屋説三羅。壯心自倚消難盡，歸去羞爲伏櫪歌。

汶河阻牐少司馬楊公從陸路先歸余與外舅尚滯舟次詩以志别

昨歲春風記出京，再來何意得同行。熟經世路歸貪早，老念貧交别忍輕。水落汶河停去舫，花穠淮岸待行旌。竹萌怒長櫻珠綻，鄉味先輸一月程。

謝孔心一大參餉酒

城南高會已多時，曾和東風芍藥詩。賞到鶯花春爛熳，醉題襟袖夜淋漓。尚書没後園空鎖，謂朱大司空。騎省歸來鬢有絲。多謝故人猶念舊，一樽重對却成悲。

入牐

萬派東南傾，水勢本趨下。何年迴地脈，一股西北瀉。自從燕建都，饋餉吴楚籍。千艘萬艘尾，重載接春夏。黄河故道移，東向海門射。如轂水犀弩，潮汐俱退舍。支流導不得，脈絡乃近借。沂泗濟汶洸，横洿孰分汊。九十七名泉，會通河在濟寧州城南，南抵徐州，達清河入淮，北經臨清州，合衞河入海，沂、泗、洸、汶入漕之泉，九十有七。扼吭走一罅。綿綿數百里，寸寸阻成壩。層層板堵束，宛宛巨綆架。通透蟻穴穿，點滴糟牀醡。一牐守一官，役夫供咄咤。幺麽成鬼怪，有若腐鼠嚇。毫釐日主進，傲慢禮無迓。糧船排幫來，客棹何從駕。汴堤鄭國渠，事往役隨罷。豈惟滋禾黍，兼可活桑柘。不聞溝洫成，止用通艋舴。奈何并梗塞，行旅見來乍。我生昧時向，永與捷徑謝。所遇總紆途，濡遲復奚訝。

閘口觀罾魚者

牐河一綫才如溝，戢戢魚聚針千頭。其中巨者長二寸，領隊已足稱豪酋。爾生亦覺太局促，漂漚散沫沈還浮。不知世有海江闊，長養何異蒙拘囚。縱教族類繁鰍魧，變化詎得同蛟虬。居民活計乃在此，勞不撒網逸不鈎。竹竿綳罾密作眼，駕以一葉無篷舟。朝來暮

去尋丈内，細細粘取銀花稠。庖厨却緣瑣碎棄，曝向風日乾初收。微鯹苟適飼貍用，性命肯爲纖毫留。吾聞王政雖無澤梁禁，鯤鮞尚有洿池游。人窮微物必盡取，此事隱繫蒼生憂。一錢亦徵入市税，末世往往多窮搜。

京城西南豐臺芍藥最盛余未嘗一寓目也今年與唐實君有約同賞復匆匆出都長途春杪省記前言時實君已捷南宫矣作詩以寄兼示梁藥亭鄭禹梅王后張張寄亭吕山瀏徐虞門孫愷似王令詒陸冠周湯西崖吴元朗陳仲夔錢朗行皆同年進士也

四年騎馬客京華，不問豐臺賣酒家。已約同游向春尾，獨憐回首又天涯。驩場易醒繁華夢，貧女羞簪富貴花。但是成名寧論晚，少年能得幾人誇。

阻牐十日始得渡臨清關

明知前路方多牐，且喜今朝已渡關。薺菜花開春事了，荒城十日鬢催斑。

晚抵梁家鄉牐

十里五里程，三板兩板水。遠寺有鐘聲，朧朧煙樹裏。隨風渡渚去，已斷還復起。獨客此時聽，孤燈壓篷底。

東昌道中

黄沙碧草兩無情，䳺鳩愁聞第一聲。辜負遺山詩句好，杏花開後過聊城。「杏花尊酒記聊城」，元裕之詩語。

聊城舟中再得荆州兄臚唱之信喜疊前韻

才藻稱量去幾何，有誰高占五經科。一名縱使輸人後，頭地終看讓爾多。逸足逢時争築館，高鴻回首笑張羅。青山憔悴無如僕，破涕猶能擊楫歌。

登光嶽樓

聊攝城端萬木風，層樓高勢拓齊東。晴光過雨浮浮白，初日迎帆靄靄紅。汶水曲流荒甸

北，泰山遥指亂雲中。緑蕪滿眼春垂盡，獨倚危欄看斷虹。

曉晴即目二首

水潤沙田徧楱犂，毿毿兩岸麥頭齊。柳綿已被風吹盡，不化浮萍但作泥。

灘平風軟出前津，畫舫南幫自作鄰。一練波光如拭鏡，翠煙扶起柁樓人。

晚泊周店雷雨大作

已作迴風半日涼，忽聞雷雨灑淋浪。洪流赴牐增雷勢，一綫穿雲走電光。斑籜定抽苔徑筍，緑針初剪水田秧。喚醒孤客田園夢，剩有蛙聲似故鄉。

入兖州境望徂徠山

青山雅淡如故人，何可經時不相見。我行久與故人别，轉向青山增眷戀。來從燕趙歷齊邦，千里平沙黄一片。眼前俗物厭勃塞，物外心期失葱蒨。朝來雙眼豁然開，已報汶流通魯甸。日高螺髻矗諸峰，天遠修眉浮半面。含姿獻態各自媚，一老峨峨聳冠弁。兹山洵屬魯之望，指點兒童悉能辨。猶傳有道石先生，六一垂銘抵佳傳。聖人已遠道僅存，此事

終應賴狂狷。景行併作高山仰，恍惚風流覿前彦。白楊風急不少留，片帆忽過東阿縣。

南旺分水龍王廟

兩龍争掉尾，萬馬各隨群。勢自中流劈，聲猶隔岸聞。江河雖日下，南北竟平分。先寄歸心去，吾家傍海濆。

孫　村

村繞河流一曲，路分湖面三叉。青蜓雨催麥秀，黄雀風開棗花。蘆邊橋影人影，林外漁家酒家。漸近南中土俗，居人多食蝦蟆。

過濟寧不及游南池

人笑平生頗好奇，勝游到處每差池。曩在武昌，不登黄鶴樓，過長沙，不游岳麓書院，故云。不才自信能藏拙，況有光芒李杜詩。

魚臺道中

一碧開平遠，居人就土泉。斷山連石麓，涸水益湖田。風俗佃漁地，菰蔣雁鶩天。自慚生理拙，飄泊過年年。

沛縣泗亭驛二首

萬乘還鄉父老迎，《大風歌》罷氣崢嶸。不知何事翻垂淚，方覺英雄別有情。

一劍親提帝業成，枌榆猶動布衣情。沐猴豈是真龍匹，富貴徒誇晝錦行。

出牐

煙波六十宿，淹泊情不洽。前途得通津，客況喜出牐。平流一川穩，叢葦兩岸夾。好風緑陰來，黃鳥啼恰恰。南船各相傍，北客焉得狎。蠻歌楚傖和，香稻吴娘臿。明知漸近家，畏路接眉睫。近聞黃河流，怒氣中尚挾。治河如築舍，國計司農乏。盡輸竹楗沈，更費柳帚壓。坐視淮泗民，爲魚鼈鵝鴨。餘生猶應役，婦女助畚鍤。廟堂宵旰憂，疏瀹豈無法。九年始殛鯀，厥罪浮令甲。書生托空談，快意取一霎。作詩攄憤懣，强韻苦難押。

宿遷

纔過桃花漲，沙痕嚙岸新。孤城依井底，三面轉河身。鼃黽居相雜，蛟龍性不馴。長聞淮泗滿，嗟爾一方民。

雨中渡黄河六韻

直放東南去，無風自作聲。中流帆影没，遠樹浪頭生。雲與平蕪際，灣隨曲勢成。竟同浮世濁，待得幾時清。官柳行行密，閒鷗對對輕。空濛三十里，轉眼失孤城。

桃源縣

廢緑春荒瘠土耕，河壖小縣併無城。武林鷄犬應相笑，如此蒼涼浪得名。

清江浦

淮山浮遠翠，淮水漾深渌。倒影入樓臺，滿欄花撲撲。誰知闤闠外，依舊有蘆屋。時見淡粧人，青裙曳長幅。

漂母祠

慚愧恩叨一飯深，當時果否識淮陰。後來不却千金賜，難説初無望報心。

淮上曉發

紞如五鼓催船發，輪囷高城下弦月。已聞兩岸過鈴聲，燭燭曉星光未没。依稀枕上續歸夢，尚隔江湖浩難越。起來照影向清淮，愁見塵顔映華髮。往還跨下橋邊路，萬事回頭總飄忽。只有年光不負人，鮆魚絮煖蓴絲滑。

游喬石林侍讀縱棹園出圖索題

海棠花紅紫藤紫，日日酣歌向燕市。别中兩度負春風，短棹來尋白蘋沚。弈棋時局經眼見，去國名高今有幾。先生一賦歸來辭，多少陰功被桑梓。朝廷已用當時議，海内方思正人起。那知一意方掉頭，風月無邊任驅使。别開小墢植籬樱，汀瀅三鴟板橋水。水窮橋斷去無路，賴有輕船纜沙尾。迤邐初疑村落傍，灣澴忽轉高城趾。蔣芽荻筍芰荷葉，净緑澄鮮雨新洗。釣絲影裏亭榭開，萬瓦鱗鱗動波底。琴牀旋傍曲檻設，門徑從教比鄰徙。

梅邊補種竹數竿，柳畔移栽花萬蕊。莫言此樂乃易得，抛却金龜纔换此。假公尚直蛾眉班，夜枕終當夢田里，斜街草堂縱峻絶，未免浮塵灑窗几，空看圖畫憶故鄉，何似收身圖畫裏。只今杖履歷真境，愛護猶珍一幀紙。經過不拒野人游，敢惜留詩嘲鄙俚。水南地空多莎草，鷗鷺成群占涯涘。許我閒撑放鴨船，與公唱和從兹始。余亦以放鴨圖索公題句。

秦郵道中

高田半没低田淤，小舟賣藕兼賣魚。可憐活計墮水底，盡是失業耕田夫。湖波怒齧孤城口，一派萑苻萃淵藪。但望南風長黍苗，不須東岸栽楊柳。

紅橋即事

對門楊柳慣藏鴉，斑竹籬前姊妹花。十里珠簾消不得，扇紈風起客思家。

敬業堂詩集卷十

獨吟集起己巳正月，盡九月。

去夏到家，外舅陸先生風攣漸減，猶冀稍延歲月也。乃今二月竟爾不起，余既視含殮，復徇故人之招，匆匆北上，關山獨往，觸緒悲來，不禁涕淚之横集也。

外舅陸射山先生挽歌二章

公亡先友盡，孤露感吾生。别有無窮淚，非關兒女情。破家緣結客，玩世亦逃名。不比陶元亮，徒高處士聲。

旲天春夜月，偏犯少微星。昨去扶衰病，今來失典刑。履綦雖寂寞，畫像儼精靈。世乏中郎筆，誰爲有道銘。

重過聽鶯齋留别徐淮江二首

一度相過一愴神，尚書宅畔老松筠。年時地主無多在，狼藉江關況酒人。傷程禹聲、家韜荒也。

雁行啼過雨瀟瀟，往事深燈又此宵。記得小船秋港别，葦花遮斷賀家橋。

虎丘

又作山塘一日留，相逢往往説宸游。朱欄路轉千人石，黄瓦春開萬歲樓。花柳時清無隙地，管絃興盡有迴舟。繁華何與閒僧事，添炷香燈照白頭。

吴門與惠研谿話舊

燕市歌狂散酒星，勞勞三百五長亭。桃花影裏抽帆路，流落江東剩兩萍。

京口遇朱悔人

丁卯橋荒感再經，勞人雙鬢各星星。一帆北固煙初暝，二月南徐草未青。京洛夢回同斷梗，江湖天闊但浮萍。春愁滿眼分襟路，怕上旗邊舊酒亭。

三月二日揚州作

鈔關門外綵層層，三月煙花見未曾。張得水嬉還望幸，船船絃索上紅燈。時傳大駕已幸淮陽。

上巳過平山堂下

發軫維揚城，苕苕入塵陌。不逢湔裙女，但見騎驢客。平山平似岸，夾路植松柏。堂空感良游，事往念前哲。當時手種柳，摇落那禁折。蹔此駐征鞍，一帘風向夕。

晚宿大儀鎮

萬乘方南巡，孔道車湊輻。我行取紆折，路僻馬不熟。臨岐徘徊鳴，旅況愴孤獨。廣陵繁麗地，咫尺異風俗。沙田廢牛耕，灌莽抽新緑。人稀鳥巢少，鴉鵲争一木。村童弛樵擔，古佛棲草屋。杳杳望炊煙，荒荒晚投宿。

天長縣北郭外垂柳夾隄清渠一道土人云即汴河也

萬葉千梢映碧波，一條虹影曳坡陀。天長縣北聞人説，此是隋家古汴河。

自盱眙北界沿洪澤湖西北行晚至高家堰

淮泗方合流，洪湖際溟漠。水所從來高，其勢建瓴若。長堤亘首尾，力敵萬鎖鑰。近傳泗州城，三板没郛郭。澄波見井竈，了了魚蝦躍。淮揚地尤卑，東岸狂瀾劇。十年費國計，萬杵鳴橐橐。排椿内甃石，陡起堵墻削。禹功紀告成，注海有疏瀹。不聞當横流，扼吭恣噴薄。決口既須塞，減水孰開鑿。自唐埂以上，決口三十四，減水壩六。減水法始於宋回河之議。蘇潁濱云「回河雖罷，減水猶存」是也。九道湮成河，洪澤以下，向有成河九道。沙田梗流惡。放之使行地，汗漫無歸着。天下本一家，揚州忍爲壑。移亡及身事，丘墓傷淹泊。可憐水鄉民，不及黿鼉樂。九重亟軫念，南幸求民瘼。河嶽盡懷柔，淮神敢行虐。天功即帝力，愚賤匑可度。我來愛漣漪，正值沙水涸。一程滌煩濊，清曠迴踰昨。夕陽射湖東，欲落尚未落。忽然得新句，放眼向寥廓。

黄河待渡

遠行疲長途，春晝赴急景。梶車柳陰下，稍覺白日永。黄埃渡河來，風氣變淒冷。奔湍怒流濁，拍岸高過頂。千檣萬檣形，倒視無一影。沙崩人跡散，月上波響静。衆涉卬敢争，

及兹放孤艇。

澗橋

風色轉河壖，春光滿淮甸。阪被菜花黄，籬窺野桃蒨。朝陽出疏樹，蘆屋煙中見。饌無登盤魚，户有銜泥燕。從人問前路，已近清河縣。

大霧新灘道中

陰霾忽交集，一氣吞平沙。如入大海中，瀰漫四無涯。前行泛孤鶩，後旅延修蛇。似密忽已疏，稍開旋復遮。大塊任勃塞，陽烏斂光華。朦朧一鏡懸，注視眼不花。方當晻靄際，正氣難勝邪。無何廣漠風，披豁青天霞。君子視洞達，毋令道里差。

次日發沭陽渡小溝河大霧復作次前韻

昨日如細雨，今晨同歕沙。廣川横我前，截岸作兩涯。砉如壯士劍，當道分長蛇。亂流苦無船，林黑影被遮。僕夫牽馬渡，閻闔迷春華。路旁玉瓏鬆，結作野草花。老農識占候，何笠歌汙邪。連霧知大風，暮雨看晴霞。人事難預測，物理永不差。

紅花埠至曹村四十里間桃李夾路

遥林春鳥啼，客枕促晨起。有村有園圃，無處無桃李。煙氣薄花光，迷濛四十里。方當鞍馬倦，忽值風日美。欲去轉躊躕，北行恐無此。

大風

新月夜生暈，朝來果作風。初聞響騷騷，停午聲蓬蓬。砂礫本附地，簸蕩忽向空。遥天失其青，皎日爲之紅。憶昨衝霧雨，兀如醉夢中。行當快掃除，何復遮溟濛。勃蹊向六鑿，無地置我躬。有目欲使眯，有耳欲使聾。口鼻比山澤，呼吸恐不通。五官心則靈，獨覺非外蒙。涉川畏波浪，遵陸愁霾雺。男兒歎失意，豈必皆途窮。平生塵土緣，鹵莽焉知終。去去洗垢濁，還君憔悴容。

寒食行

老鴉銜紙錢，飛上白楊樹。破廬誰氏子，挈榼上冢去。新鬼土作堆，堆平鬼亦故。百年過鼎鼎，孰者非朝露。安知今樓臺，不是昔墟墓。十年寒食節，九度他鄉路。看到野棠梨，

荒山春又暮。

清明日蒙陰道上觀鞦韆戲作

隔墻聞笑聲，人在花枝下。花枝旋摇動，傍有秋千架。何人挾飛仙，天半飄裙衩。瀏灕俄頓挫，按抑還騰躪。力怯不自持，身輕若無藉。柳絲妒腰細，捲起向空掛。却下整雲鬟，神情自閒暇。魯邦喜游冶，民俗廢桑柘。已經上巳辰，纔過百六夜。新粧與靚服，往往出茆舍。鄉風隨俗有，客路關心乍。未免憶江南，家家好亭榭。

新泰旅壁見故人周青士題詩愴然繼和

歎息溪南老，生涯詎忍論。有詩題壞壁，無計卧窮村。去作京華客，歸招旅櫬魂。乾坤吾哭汝，塵土上啼痕。

過西嶺數里許土岡微起道傍新立木榜署古新甫山五年前經此未嘗有也

南眺東蒙峰，北瞻泰岱巔。相望三百里，徂徠處其間。新甫特土壤，居然亦名山。石老柏

不生，荒榛互綿延。文人好夸大，後世事或然。曼碩告寢成，煌煌郊廟篇。移風繼《周頌》，孔子經手删。不應《閟宮》什，失實載簡編。魯邦巖岫多，高峙爭孱顔。今聞非昔指，彼此揣度懸。年往事易訛，況加附會牽。我欲正此謬，詩成恐難傳。王伯厚《困學紀聞》云：《魯頌》「徂徠之松」，《後漢》注：兖州博城縣有徂徠山。「新甫之柏」，傳注不言所在，惟後魏《地形志》：魯郡汶陽縣有新甫山，《通典》：漢汶陽故城在兖州泗水縣東南。

望岱

山形陡然來，其勢乃易量。孤根雖秀拔，群岫或争抗。泰岱四岳宗，宇宙虞隘妨。去聲。大麓起沂州，鱗鱗疊巒嶂。客程窮五日，日日坡陀上。不知去平地，已是幾千丈。漸覺所歷高，縱眼快前嚮。昨經新泰郊，突兀方示象。將開意忽會，在遠神彌王。霞氣舉之升，隔天樹屏障。龜蒙挾梟繹，連絡走相傍。徂徠亦兒孫，未可儕輩行。其他況培塿，倚伏同一狀。今朝及山趾，耳目嗒焉喪。便思躡芒屩，去倚扶桑杖。天門洞寥開，萬里詄蕩蕩。仰瞻星漢逼，下掃雲海漲。鷄鳴日觀峰，倒影出摩盪。惜哉身未到，衹用窮想像。秦松漢代柏，盤攫倘無恙。碑憶磨崖鐫，亭思駐蹕創。賢君七十二，踵事規橅壯。如何太史文，隱躍時近謗。誰陳《封禪頌》，體格要有當。游蹤觸覩記，即事語敢放。覽眺存古懷，終期慰

遐暢。

瘦俗戲和次谷兄

晨辭泰安州，午達長清境。石欹行礙步，土燥俗少井。木瓢酌山窪，歲久必生瘿。醜形婦女甚，户户裁闊領。東坡詩：「闊領先裁覆瘦衣。」牛病垂老胡，豕肥縮短頸。苦開脹河豚，餘怒鼓蛙黽。兒郎打銀釵，亂髮時一整。野花插偏髻，陋質寧自省。

開山廟

磽确苦厭山，出山愛蒼翠。迴看青蓮花，一一吐煙際。綿連魯齊界，豁達燕趙氣。黄塵有時開，白日曬平地。輪蹄倚空闊，所向莽無避。蹭蹬身已經，吾行方按轡。

曉過平原

宿醉兼殘夢，朦朧過幾村。明星天一角，紅日縣東門。四面柳陰合，千家煙氣昏。朝來好風色，躍馬過平原。

重宿德州有懷研谿西厓

德州城邊三月杪，桃李家家傍清沼。繫船人見跨鞍人，一色春衫青鬬草。令君載酒遠見餉，去年春杪，泊舟德平，楊令君攜酒相過。侍史求詩近相惱。風流學士田先生，雨來編修。騎馬來尋苦不早。城端角聲門欲閉，話別匆匆語難了。杯闌却記惠與湯，此地曾誇紅袖好。詞題裙帶付張態，曲記油車嫁蘇小。每攜行卷跨向人，不信裝囊易傾倒。爾來好事復誰繼，只有征埃催我老。春風兩鬢添幾絲，又是去歲看花時。

河間道中

沙路條條似，前行曉易迷。牛鳴新店火，月上阜城鷄。古堠烽煙静，遥天樹木低。數錢工奼女，詩橐笑空攜。

與彭椒嵒時宰河間縣。

別裏三年夢，初疑作吏難。衝繁畿輔地，辛苦牧民官。元結詩仍好，安仁鬢未殘。合并無限喜，爲爾一加餐。

椒嵓座上喜晤王赤城兼讀集中見寄詩知與余神交有年矣短章奉酬

故人知我來，媄騎迎郊甸。相逢車笠間，尚作文酒讌。後堂出嘉賓，齒序列筵饌。爲言老兄弟，結契自少賤。我初熟君名，想像得君面。邂逅此會奇，心期慰依戀。酒酣出新句，唱和近成卷。語妙非俗觀，篇終有餘善。長歌謬見及，卒讀訝深眷。僕本田間人，無端去鄉縣。奔馳十年事，迅若釋絃箭。挾瑟與彈箏，隨時技羞變。重來有何趣，翼塌孤飛燕。猥蒙許與加，力薄已難踐。從君生感激，別淚爲一泫。

趙北口

燕南趙北際，地是古易州。兩淀亘一隄，隄南爲白洋淀，北爲黑洋淀。隄長若橋浮。前年驅車過，濘淖没我輈。雨脚颯颯垂，心懷失足憂。至今旅枕夢，澀縮不敢投。茲來喜春霽，日色和且柔。晨餐具鮮鯽，門有曬網舟。飛沙隔岸來，風削墮浪頭。俯見夾岸柳，枝枝倒清流。人生各有營，偶過難久留。愧此千頃緑，一雙雪毛鷗。

自雄縣至白溝河感遼宋舊事慨然作

已割燕雲十六州，雄關形勢笑空留。兩河地與中原陷，三鎮兵誰一戰收。細草鳴駝非故壘，夕陽飲馬又中流。長江南北天難限，一綫何煩指白溝。

過涿州懷楊耑木

廟社樓桑跡僅留，城南綴轡記同游。春風又送孤吟客，一背斜陽過涿州。

三月晦日飲朱十表兄槐樹斜街新寓同梁藥亭吴震一作三首

槐街舊與一峰鄰，一峰，喬石林侍讀舊寓堂名。酒甕重開爲洗塵。最喜今年春帶閏，遲來猶作看花人。

兩株桃樹手親移，紅影紛紛落酒巵。特與幽庭添曲折，秫稭樓綫縛笆籬。

古藤陰下三間屋，爛醉狂吟又一時。惆悵故人重會飲，小箋傳看洛中詩。是日，得家德尹洛中所寄絶句。

豐臺看芍藥同家次谷兄陳元之甥四首

不用穿花坐竹兜，蹇驢馱客穩如舟。垂楊十里緑陰合，中有一雙黄栗留。
意外穠粧鬬眼新，無端一笑爲迷津。妒他誤馬隨車處，出色花枝不避人。
紅艷群群綺陌游，春風繭栗憶揚州。十年一夢依稀似，老眼貪看分外羞。
孟公愛客不尋常，知我錢空買醉囊。特遣白衣迎半路，一壺重發少年狂。時陳實齋遠致酒肴見餉。

次韻送梁藥亭庶常請假歸南海

但使官情澹，何妨老耐貧。忍抛同醉伴，還對獨吟人。草色留書帶，槐陰借比鄰。荔枝紅過嶺，一騎是歸塵。

夜聞孫愷似家絃索聲戲柬索和

歌頭酒尾愔愔夜，懊惱燈光却被遮。略似春風吹夢醒，一番芳事屬鄰家。

合肥大司馬李公席上聽楊老彈琴

臥游堂北夜愔愔，及記年時刻燭吟。别後人誰憐廢瑟，虁餘公自賞孤琴。衆山圖畫聲相應，一技工夫老更深。慚愧重來聽雅奏，也應情感爲知音。

朱恒齋招余下榻齋中書此示意

君家春草堂，舊是讐書地。手澤尚如新，忍添游子淚。

移寓次譚蘐城給諌韻三首

貪得槐街近作鄰，舊寓去竹垞最近。再還吾意亦逡巡。無端併誤將雛燕，一月蘧廬認主人。

雁齒檐齊落井湄，清泉飛出起淪漪。轆轤本爲澆花設，一折流成洗硯池。

病夫孏惰朝貪睡，最怕車輪撼竹牀。此地市聲來較遠，輕雷隱隱過鄰墻。

移寓後喜魏禹平早過

莞枯庭幽愛客來，籬邊一徑恰新開。曾經昨日争棋處，拾得花陰墮子回。

題蔡方麓修撰早朝圖二首

水精簾捲月如鉤，侍史粧成盡下樓。比似早朝還較早，不教君起看梳頭。

花冠催曉漏聲微，樺燭光中翠袖圍。未拂御爐香已透，玉纖親捧上朝衣。

暑中坐敬如西齋竟日

蕉心展卷放高葉，藤蔓著花垂嫩梢。笛簟一牀書萬卷，紙窗南北緑陰交。

西厓久患耳病詩以訊之

藥鐺煙氣散清晨，薄病風流又過春。街鼓不傳眠較穩，砌花貪看眼長新。對牀尚憶聞鷄伴，一震翻憐失箸人。好與緗書報方法，滿壺社酒乞比鄰。

喜雨對榻有懷西厓聯句二十六韻

觸熱來京師，驕陽值乾暵。禹平。僑居隔隘巷，欲出愁喘汗。夏重。濡髮頭濯冰，燎毛背炙炭。禹平。爍爍火帝輪，赫赫炎官繖。夏重。烏焚顛木巢，蠅嘬削瓜案。禹平。居人苦燖灼，

行者防糜爛。夏重。側聆清禁中，一月儆宵旰。禹平。魯史陳舞雩，周詩誦《雲漢》。夏重。不傳避暑銘，每釐當食嘆。禹平。吏無酷可烹，禮有典乃按。夏重。桐魚瘞壇圻，金鷄釋狴犴。禹平。天心倏已移，雲氣滃不散。夏重。雹雷震虢虢，溝水鳴灌灌。禹平。急來扣扉聲，拉雜屋壁捍。夏重。捲書君劇喜，踏屐我奚憚。禹平。榴蕊紅洗粧，梧蔭翠流榦。夏重。潤搀沾幔濕，密愛拓窗看。禹平。扠饞魚登柈，户小杯舉觛。夏重。鬱襟快哉披，短幘頹然岸。禹平。雖當醉眼纈，未許鼻息鼾。夏重。憶昔斜街西，吾友客僧館。禹平。聯吟秋歷九，聽雨夜過半。夏重。往事忽到心，暗嗟流景换。禹平。虚名三子曾，失意二人但。夏重。預憂燭見跋，冀聽響達旦。禹平。凌晨過東鄰，老樹恣所玩。夏重。

古銅筆洗聯句狀如荷葉，中有銀魚，長半寸許，三足皆作螺形。

土花蝕已徧，禹平。雅製近宣和。夏重。片葉翠遮硯，禹平。一珠圓滴荷。夏重。露鱗沈白小，禹平。煙殼帶青螺。夏重。欲遺詩塵滌，禹平。濡毫墨幾多。夏重。

集槐樹斜街苦熱聯句此首已刻《曝書亭集》，今附見。

苦熱今年甚，幽州亦藴蒸。朱茂晭。久無甘雨降，惟見火雲升。姜宸英。際夜焦煙合，經天杲

日恒。徐善 高林枯白帶，淺汫露丹稜。王原。 最怕衝灰洞，何須堰戾陵。黃虞稷。 河流金口膩，山翠畫眉層。朱彝尊。 黑蜧潛難見，商羊舞莫憑。萬斯同。 新畬荒黍稷，遺種慮蝨螣。張遠。 雩隊分行綴，祠官典故徵。譚瑄。 力難驅旱魃，咒乃試番僧。慎行。 童女雙丫髻，旂竿五色繒。李澄中。 新粧朱箔捲，雜戲緑衣能。魏坤。 虹霓群情望，塵埃萬目瞪。龔翔麟。 疾雷無影響，長轂但輷輘。釋浄憲。 銷夏愁無策，聯吟喜得朋。湯右曾。 盡諳微徑入，不待小僮膺。朱儼。 席帽人人脱，亭欄處處恁。鄭觀衮。 劇談多野趣，苛禮必深懲。錢光夔。 旅跡頻年共，鄉心觸緒增。茂晭。 小航思劃槳，精舍憶擔簦。宸英。 白剥烏頭芡，青牽紫角蔆。原。 夕風嘶麥蛰，横港没魚鷹。竹樹濃於畫，笆籬密似罾。彝尊。 千家花滿屋，六月稻交塍。右曾。 自失江村樂，翻憐毒暑仍。斯同。 黃沙隨扇集，白汗比漿凝。遠。 易漬牀牀簟，空支院院棚。擔稀珠市果，價倍玉河冰。慎行。 槁落含香蕊，攣拳裊格藤。善。 暗窺蛛網縮，乾拆燕泥崩。翔麟。 户撤垂簾額，瓶添汲井繩。儼。 慵尋温水浴，只想冷硼登。瑄。 三葛衣猶重，雙絲履不勝。 撥書嫌走蠹，懸拂倦驅蠅。坤。 祇覺挲拖便，誰甘褦襶稱。觀衮。 到門防客刺，無地曲吾肱。彝尊。 亟買泉澆圃，同貪草藉芿。茂晭。 酒拚河朔飲，茶愛武夷秤。宸英。 返照斜初斂，微涼暮可乘。原。 分曹爭射覆，四座百觚騰。慎行。

甌舫消夏分賦涼蓬

平鋪一面席，高出四邊墻。雨似停船聽，風宜露頂涼。片陰停卓午，返景入斜陽。轉憶臨溪宅，松毛透屋香。

次韻奉送大司空翁公請假歸虞山二首

特賜外卿上冢還，履聲暫許撤朝班。官情自領升沈外，物望同歸進退間。圖畫重開供帳路，雲山新署草堂顏。依稀文靖城南墅，只隔蒼煙水一灣。

布衣重上退賓堂，多愧南豐一瓣香。場屋感公憐被放，橋門回首憶分行。如蓬旅跡仍難定，似海恩門豈易量。不覺臨岐成雪涕，車輪那得比迴腸。公爲國子祭酒，余受知最深。

初秋同胡修予王令詒王文子林碧山程天石家荊州小飲雙林寺荷亭上次韻

共喜聯鞍去，精藍古堠邊。斷橋花底鷺，高岸柳陰蟬。野意迎涼爽，秋容得雨鮮。昔游吾自記，塵土夢三年。丁卯春，與時庵先生小憩於此。

題許壺山小影

共識丹徒一布衣，曾將健筆動宸扉。如今却伴梳翎鶴，縱有煙霄已倦飛。

牽牛花十二韻同竹垞兄賦

添得新秋意，幽芳豔一庭。開長先七夕，名許拆雙星。宿露涼初洗，朝陽夢乍醒。籬頭從點綴，竹尾借娉婷。徑淺疑妨帽，窗疏愛拂櫺。蜘蛛簷角網，蟋蟀草邊亭。垂處梢梢碧，分來朵朵青。有人簪緑鬢，無分插花缾。輕較春天蝶，微黏雨夜螢。肖形嫌鼓子，妒鳥啄金鈴。榮落誰相惜，涼暄爾慣經。寫生煩妙手，渲染上圍屏。

贈如皋許嘿公許工篆刻。

曾摹一卷岐陽碣，只作西周舊本看。好古未妨生末世，成名終不藉微官。許曾宦閩中。眼中識字如君少，老去知音較昔難。料合中原無手敵，莫教旗鼓更登壇。嘿公向受知於合肥龔尚書，其贈詩有「寄語揚州程穆倩，中原旗鼓正相當」之句。

雨中同竹垞兄過恒齋飲次竹垞韻

僦居長喜接京坊，但約相過便對牀。數點忽飄天外雨，十分初透竹間涼。詩貪老境甘如蔗，醉覺香醪味似糖。還有持螯餘興在，隔厨燈火聽鳴螿。

西郊雜詠與竹垞水村分賦五首

三虎橋

狠石怒趁人，風聲挾秋雨。馬驚左右顧，橋滑路難取。誰呼北平守，三發三飲羽。我欲從之游，入山射真虎。

昌運宫

老鸛巢古枝，虚廊交冷翠。凄涼前代冢，傳是張常侍。煌煌元老文，苔蝕仆碑字。賜域滿西山，斯人或無愧。

松林院

珍果充尚方，嚴鐍守花木。今年上供缺，夏旱秋不熟。僧庖拾枯枿，客飯烹野蔌。莫怪鳥來稀，疏林葉俱秃。

摩訶庵

修竹如高人，閒花比静女。移根入廟市，束縛吾憐汝。人生屬有役，物性便得所。及此憩茅庵，秋光媚孤旅。

元福宫

出屋聞遠籟，入門走長松。粘天百頃濤，下有掉尾龍。長養紀何朝，云自明武宗。迴鞭促斜照，紫翠凝西峰。

次韻送卓履齋

等輩風流滿座傾，不因入洛占時名。半年旅跡萍漂斷，八月邊塵雨洗清。家遠窮交愁易

别，路難歸計羨先成。長橋兩岸蘆花雪，畫裏扁舟一纜横。

次韻送周林於歸梅里二首

結客曾經汗漫游，雁風吹落鬢絲秋。誰憐豪氣除難盡，脱却征衫去叱牛。

燕昭臺側酒壚傍，别後親知半在亡。傷青士、分虎也。重向溪南揮老淚，十年孤客始還鄉。

次韻送高念祖游晋中

一天霜氣上征袍，獨雁褵褷愛羽毛。惆悵黄花燕市酒，送君時節近登高。

天寧寺觀塔燈聯句同後一首亦刻《曝書亭集》。

秋風鳴枯槐，斜日薄西崦。徐善。並馬入寺門，客衣罥蘼蘞。朱茂暻。于焉展嘉覿，一笑輟鉛槧。高佑釲。巡檐禮紺塔，卓立大且儼。朱彝尊。陳丹和暗粉，古色剩渲染。魏坤。蹟仍開皇舊，函并舍利崦。慎行。一十三重檐，檐檐風鐸颭。善。蟠楹蛟躨跜，負礎鬼瘠貶。茂暻。飛梯絶階級，白石奪琬琰。佑釲。鎔金范爲燈，設砌架成廣。彝尊。纍纍仄蜂房，歷歷覆蟹厴。坤。怖鴿棲難安，一夫敢走險。慎行。綆缶挽膏油，豆火發星燄。善。初如螢尾炫，忽若獸目

睒。茂暆。或如爐杴炭，或如竈炊栝。佑釲。須臾繞扶欄，散作四百點。彝尊。虚堂鑒纖毫，老樹失掩冉。坤。置身圓鏡中，交光不可掩。愼行。氛煙看直上，樓閣時一閃。善。鼓鐘聲遠聞，來者紛穰穲。茂暆。提攜及童嬰，羅拜雜寺閹。佑釲。營營各有挾，邀福得毋諂。彝尊。禮義苟不愆，寸心又何慊。坤。玩物隨所遭，誰能束崖檢。愼行。宵分梵放歇，漏轉人散漸。善。茗椀坐屢遷，松關啟還居。茂暆。衰年疲倚徙，禪榻擁衾簟。佑釲。弦月墮側輪，濕雲俄淰淰。彝尊。驟驚山雨來，昏夢豁魘魘。坤。晨興矚林端，餘燼尚未斂。愼行。

九日雨阻天寧寺聯句

仁王塔，祇樹林。客九日，期登臨。朱彝尊。木蕭蕭，雨霪霪。泥滑滑，愁人心。愼行。馬毛縮，魚潦深。行躑躅，坐沈吟。魏坤。日月逝，年光侵。去者昔，來者今。徐善。別苦易，思難任。樽有酒，且酌斟。高佑釲。脱我帽，披我襟。折黄花，試共簪。朱茂暆。

送次谷兄南歸次汪東川祭酒韻

暫來那得久淹留，八十高堂已白頭。布被一牀空戀別，人門半刺肯輕投。黄沙草接新霜路，紅葉燈移古渡舟。算得過淮天氣好，初冬風日尚如秋。

送江補齋侍御巡鹺長蘆次禹平韻

析津脈絡聯神京，白河南注駛且清。天開地坼三百里，樓櫓突起高峥嶸。晴煙晝騰氣靄靄，刻漏夜下聲丁丁。雄關屹立當海口，鯨呿鰲擲誰敢攖？雲帆舊轉吴會粟，鎖鑰西北收專城。洪波浩漾百萬頃，坐令魚鮪無淰驚。設官豈徒重筦算，畿輔要借桓驄行。我聞內九月催王程。蘆花雪輕點别酒，柿葉霜染飄前旌。此時送君乘傳出，四境藹若春風生。利藪俗争騖，豪猾勢得操重輕。大賢當道積弊去，不貴鷙猛惟廉平。燕雲趙魏達齊魯，管鹽梅往往調鼎鼐，竚待妙手歸和羹。野人留眼望天際，法曜正傍台垣明。

王孟穀重至都門

我亦騎驢客，粗知行路難。六年三見汝，辛苦渡桑乾。

敬業堂詩集卷十一

竿木集起己巳十月，盡庚午二月。

飲酒得罪，古亦有之。好事生風，旁加指斥，其擊而去之者，意雖不在蘇子美，而子美亦不免焉。禪家有云：竿木隨身，逢場作戲。聊用自解云爾，非以解客嘲也。

送趙秋谷宫坊罷官歸益都四首時秋谷與余同被吏議。

竿木逢場一笑成，酒徒作計太憨生。荆高市上重相見，摇手休呼舊姓名。

劉魯封章指摘生，滄浪大可濯塵纓。肯言預會皆名士，誰似君家老叔平。

君别蓬山作謫星，我從霧谷擬潛形。風波人海知多少，聚散何關兩葉萍。

南北分飛悵各天，輸他先我著歸鞭。欲逃世網無多語，莫遣詩名萬口傳。秋谷贈余詩有「與君

南北馬牛風，一笑同逃世網中」之句。

初冬拜朱大司空墓感賦

城南舊是陪游地，一片蒼涼野哭中。宿草墓門黄葉雨，亂鴉祠宇白楊風。餘生削跡誰知己，往事傷心我負公。肯信九原還有路，人間何處不途窮。

竹垞招游白雲觀同錢鷗舫王令詒魏水村嚴寶仍吴震一分韻二首

沙晴冬候暖，古觀晚蒼涼。一徑踏殘葉，半庭餘夕陽，泥封丹竈合，石護醮壇方。華表依稀似，蓬萊是故鄉。得方字。

燕丘吾舊到，逐伴記新春。羽帳千年蜕，虚堂四壁塵。名山游已晚，遺跡訪初真。欲補儒仙傳，欣逢好事人。得春字。

重宿傳經書屋與愷功話舊次唐實君留别四首韻

再來欣接席，昨去惜分襟。兩度平安字，三年聚散心。夢中追舊事，愁裏廢孤吟。豈意麻

茶眼，重窺翰墨林。

絶域身曾到，名駒小最能。膽教更事壯，詩喜逐年增。畏客門長閉，看山閣偶登。故知關性分，愛近讀書燈。

款款留吾住，依依見汝情。硯冰融墨淡，爐火撥灰明。淺夜談難足，流年感易成。鷄頭池上月，白髪照初生。

易作匆匆别，華堂費夢思。暗鐘隨杵斷，殘燭得花遲。穎待囊錐脱，斑從管豹窺。出藍真屬望，慚媿我稱師。

恒齋邀嘗桑落酒同竹垞賦二首

哆口長缾壓手杯，隔簾鏘器爲親開。不愁更欠尋常債，每過朱家醉始回。

石湖詩句也風流，橘露松舫品最優。五斗蒲桃真濁味，肯將石室换《涼州》。

同竹垞水村步入一莖庵登妙光閣

偶然聯客袂，隨意叩禪關。門徑忽新改，居僧出未還。一尖城上塔，幾點樹頭山。此處宜看雪，危梯約再攀。

善果寺

高林鳴枯風，院净如潑水。時有杖藜僧，下堦拾槐子。

歸義寺中有遼初石幢。

地作鄰人業，苔侵破廟堧。兩三碑背字，猶記會同年。

冬菊聯句二十韻

猶剩籬邊朵，幽香伴小齋。魏坤。衹緣開較晚，真與俗難諧。慎行。憶植當松逕，分苗傍秫稭。坤。一行頭並摘，幾稜手親排。慎行未治鼃兼黽，先防虎似豺。坤。栽培從老圃，束縛向斜街。慎行。擔喜連泥買，僮嗔冒雨差。坤。素心邀我賞，倦眼爲君揩。慎行。白酒重陽過，清吟十月偕。坤。瘦窗圍竹几，涼路別棱鞵。慎行。獵獵風梢幔，紛紛月浸堦。坤。稍應愁雪妒，幸不被塵埋。慎行。采可篘新釀，簪宜綴冷釵。坤。葉經霜後斂，花比節前佳。慎行。小塔燈雙影，低屏水一涯。坤。落隨騷客賦，淡入雅人懷。慎行。寒色方凝榦，新芽已發荄。坤。過時拋瓦缶，留種記牙牌。慎行。按譜名空羨，餐英願尚乖。坤。明年須放早，吾欲返荆

柴。慎行。

呂灌園屬題小影二首

不知何處響潀潀，峭削藤蘿側面峰。喚起清風答清嘯，濤聲飛上最高松。

曾向山陰作寓公，一筇歸借白頭翁。跏趺消得幾多地，何必千巖萬壑中。

冬夜朱介垣給諫宅觀倒刺和竹垞兄絶句四首

樺燭枝枝細吐煙，曲屏影裏夜如年。索郎美酒耆婆舞，醉倒蘇家藥玉船。時介垣新得此杯。

雙燕身輕拂地迴，歌頭舞遍一回回。問渠從小誰傳得，似按《西涼》坐部來。

鐵撥檀槽急作聲，《六么》輥上一牀箏。忽驚雷雨簾前起，殘雪開窗月正晴。

薄薄粧梳楚楚伶，酒邊孤客對飄零。紅筵大有開元曲，别樣傷心已怕聽。

大司馬合肥李公見示游盤山十律兼屬繼和敬題二章於後

泉石曾關十載心，勝游往往礙朝簪。也知去郭無多遠，所喜探幽不在深。紫蓋自開蒼蘚路，紅紗長護碧山吟。滿空何限松篁韻，盡入鸞歌鳳舞音。

不教騶唱駭山僧，竹杖籃輿取次登。老樹傲霜還帶葉，細泉迎暖未成冰。盤來磴道雲千疊，遠處峰巒雪幾層。已失從游吾自悔，得披高詠興偏增。

陸端轂索贈

五色邵平瓜，一口韓康價。古來高世士，亦在長安下。軟塵堆裏記相逢，歸夢時時寄短篷。筆牀茶竈何年具，準擬尋君笠澤東。

讀張趾肇徐安序冬日感懷唱和詩次原韻二首

窗隙飛塵日易斜，忽披新句感尤加。路難不爲《登樓賦》，才盡非關入夢花。倚竹何心矜翠袖，聽歌有淚滴紅牙。斷蓬生事無聊極，不獨君悲我亦嗟。

小榻吟成膝自摇，一燈照影共淪飄。雪侵短鬢雙雙换，寒入深杯九九消。得氣盆梅偏早綻，向陽籬菊未全凋。相期並了殘年課，添箇詩筒遺寂寥。

奉送玉峰尚書徐公南歸五十韻

大儒出處途，秉道貴得正。行藏既自斷，進退詎關命。我公如星雲，一出朝野慶。皋夔奮

事功，燕許嫻詔令。放之彌六合，鴻業豈易竟。立朝二十年，風節嚴且勁。高文藉討論，大禮資援證。以兹契聖情，題扁字輝映。交孚由一德，心愛非貌敬。國家有元氣，培養在交儆。儲材本報國，夾袋記名姓。必若入收羅，先須覈言行。春秋兩校士，冰鑒中外瑩。大匠洪陶鈞，劍光出磨鋥。别裁務去僞，崇雅自删《鄭》。豈不歎才難，得人際斯盛。煌煌起衰手，草野議敢横。中流砥狂瀾，公論翕然定。官雖謝執法，講每直崇政。休沐有常期，歲時奉朝請。從容大臣體，恬退君子性。朝來忽拜疏，辭切回天聽。帝曰卿往哉，疇爲執文柄。答云臣力憊，感激淚交迸。告歸遄俶裝，首路春維孟。詔以書局隨，還家就參訂。牛腰一百車，多與二酉競。方輿廣樂史，續鑑改陳桱。高館闢翹材，名流撤徵聘。謂姜西溟、黄俞邰諸君。遇榮一時絶，典曠千古夐。樂天名位似，司馬聲華併。鄴侯未足論，矧可擬張邴。平生釣游處，父老喜相迎。太湖洵幽絶，天水俱緑凈。七十二煙鬟，一一落明鏡。公將開書局於洞庭山。八窗陳鼎彝，四壁開畫幛。清音絲間竹，逸響鐘答磬。鶯花晨赴社，魚稻晚報禜。暑衫便苧葛，臘釀雜賢聖。著書閒有餘，即事樂難罄。小子學無成，風塵困趑趄。影慚舞袖短，顔讓時粧靚。饑朔行自嘲，寒郊語尤硬。迂疏頗知量，闒捷肯争徑。振翅無雲霄，觸藩有機穽。蹉跎曩悔失，鹵莽行恐更。世自傾波濤，吾方溷泥濘。重來仰翦拂，鬱抱實怲怲。公在士氣伸，公歸士氣病。從公願于邁，百感發孤

詠。時相約同出都。

送許朔方之雲中

昔我未識子，先與錢生木庵友。亟言平生驩，三許不去口。暘谷詩絶倫，南交畫無偶。朔方年最少，藴蓄靡不有。次第獲論交，前言果匪苟。燕臺昨于役，小許實先後。甲子夏與玉友、朔方同入都。茫茫人海中，相左十八九。移時一把臂，款曲心互剖。吁嗟輕薄兒，覆雨數某某。勤拳托末契，所得良已厚。方知情親疏，不係交暫久。風塵有岐路，南北莽分手。錢生走從軍，余去扶病叟。重來會合地，驚顧各衰醜。慷慨倚和歌，淋漓藉杯酒。子仍青兩鬢，末座獨昂首。也復可憐生，雙顴削而黝。須臾雙耳熱，擊筑間鼓缶。疾風掃河梁，挽斷塞門柳。前歡今偶續，知有後期否？故人諸曹郎，出作雲中守。子行赴贊畫，側翅羲奚取。行踪等飛蓬，離緒如剪韭。長亭七十五，山勢西北走。并州非故鄉，却立望南斗。

題許霜巖畫扇

風前撩亂萬梢柳，柳外天斜一扇篷。箇是儂家舊詩景，江湖回首畫圖中。

鳴鶴亭詩爲關中張鳳舉賦四首

不織篘籠但築亭，紅欄日日看梳翎。人間只有張公子，合向天河伴翼星。

隔窗長聽讀書聲，識字多來品倍清。金城衛氏鶴，日飼以粥，教之三年，能識字。應笑六郎才思劣，羽衣刻木坐吹笙。

飲啄依人不自持，都緣骨瘦便稱奇。雲霄儘有孤飛處，偏愛亭亭獨立時。

丈八坡陀尺五天，侯門如故客如仙。憐他一片氋氃影，曾上羊公舊舞筵。鳳舉爲靖逆侯少子。

題沈客子寒郊調馬圖二首以下庚午春初作。

潑墨揮毫事事能，帶腰吟瘦沈吴興。如何却向漁陽道，毡帽茸裘學按鷹。

小益戎裝悔浪游，不成投筆取封侯。殘年射虎非吾分，白石山南去飯牛。

西城别墅十三詠新城王清遠屬賦

雲氣朝出巖，亭陰滃然接。劃分一片影，側展屏風疊。浦口有漁榔，落帆如斷葉。石帆亭

戢戢犀角雛，斑斑鹿皮籜。春來頻改路，客過行長錯。欲斬又躊躕，萬竿殊不惡。竹徑

秦封五大夫，兩生獨不肯。托根此得地，雙榦鬭清迴。老鶴暮歸巢，殘陽在高頂。雙松書塢

虎目逃斧斤，輪囷誰惜汝。薰蕕自然別，靈蠢性所予。材與不材間，樗兮知自處。大椿軒

九子得其三，五老失其二。一峰復一峰，峰峰不相似。雖非木假山，可少老蘇記？三峰

蝴蝶滿南園，風輕草初剪。林霏入煙霧，古洞春猶淺。好去向龍巖，築庵名碧蘚。小善卷洞

迴溪轉灣澴，滴翠如滴乳。岸容兼水色，遮斷橋西浦。一卷落牀頭，春深夜來雨。綠蘿書屋

不離文字禪，半偈亦已多。何異百十萬，㷔沙散恒河。蓮華清漏底，晏坐夫云何。半偈閣

蒼濤翻半空，清響一聲作。頑仙不耐聽，下有側頂鶴。夜深忽飛去，籔籔衆星落。嘯臺

鵲山出林郭，高處割一拳。坐令諸兒孫，羅列丈人前。對之能下拜，米顛豈非仙。石丈

草外瑟瑟波，波平兩三頃。紅鱗尺半魚，倒嚼桃花影。西堂夢初覺，佳句時一警。春草池

仙犬吠靈根，鴉鋤往堪劚。曾隨康樂屐，竟入麻源谷。一笑却歸來，披圖作橫幅。小華子岡

耕犂起同晨，牧笛行向晚。小庭閒倚杖，正值唱歌返。杳杳漸無聲，去村知近遠。樵唱軒

將出都門感懷述事上澤州冢宰陳公一百韻

當代中天治，千秋一德期。大賢多間出，鴻業並昭垂。夫子金閨彦，名家玉樹枝。傅天飛鸑鷟，拔水出蛟螭。理學源流泝，文章談笑麾。巍科仍早掇，雅望迴標持。館閣迴翔地，

風雲獻納資。居高懸藻鑑，集益藉論思。博物時無亞，多聞議必諮。六曹兼掌故，九列讓委蛇。共指文星焕，寧關好爵縻。綱維張有自，津涘挹無涯。溯厥流風遠，恭惟樹德滋。晋陽丁未季，濩澤徧瘡痍。團結因鄉社，招摇視義旗。千村同保障，一姓獨登陴。布置隨方略，分明受撫綏。險憑雙堠設，煙合萬家炊。寇至呼咸集，歸窮戒勿追。宗人全鐵軸，鄰叟穩耕犂。歲事重憂旱，并民又阻飢。九重加軫念，百族尚尪羸。焚券情相卹，嗟來事可嗤。甫田憐士女，世禄散京坻。積貯崇朝盡，陰功里老知。當官嗟覆餗，扣户仰由頤。午園留及見家餘慶，方知善可爲。潤沾千里遠，力賑一方疲。地近瞻恒嶽，川長入晋祠。獨樂，甲第拓前規。好古兼金石，搜奇及鼎彝。異香黎峒結，秘色汝州磁。畫幢多裝軸，書囊或借瓻。筆馳中壘陣，墨洗右軍池。弟子河汾盛，宫墻魯國推。名争歸夾袋，坐愛傍紗帷。手引煙霞上，情均雨露施。《賢良》承漢策，《雅》《頌》叶周詩。至化行如此，斯文儼在兹。升庸朝有道，羅致野靡遺。竊喜逢時泰，翻成歎數奇。異材胥奮發，蹇足獨顛危。詎敢誇華胄，聊因述鄙私。婺源分末派，海表發南支。大理貽封啟，中丞畫戟移。澤流京兆厚，禍發黨人奇。世廟當中葉，分宜位鼎司。彈章辭激烈，伏闕涕漣洏。嚴譴孤蹤逮，流官絶域羈。左垣言幸中，東市魄終褫。門子承堂構，文孫接履綦。謝宗經鼎盛，裴眷有中衰。五葉傳清白，全家際亂離。兵戈屯井閈，榛棘變堂基。春誤尋巢燕，秋荒插菊

籬。先人旋遯跡，壯志局茅茨。比杜經天寶，如陶閲義熙。流光傷易邁，風木感先萎。小子真無似，孤懷忝自惟。塤篪偕伯仲，弓冶學裘箕。蚤被儒冠誤，長遭俗目欺。升沈渾莫定，矩矱恐長隳。蕭瑟囚山計，荒唐揵户貲。不成終泯没，那得避嶔崎。會有從軍役，寧甘伏櫪悲。黔山峰矗矗，楚水浪差差。鉦鼓淵闐發，簫笳斷續吹。征夫攀塞柳，野客詠江蘺。戎事從人問，行間借馬騎。瘴林棲狒鸓，箐谷竄狐狸。耳聽鵑啼血，心驚觀築屍。晝紅烽乍舉，月黑路偏欹。短褐星埃入，遐陬露布馳。圖披新聚米，局按著殘棋。横草名空挂，封侯望本癡。飄然辭幕府，逖矣走京師。古有矜懷刺，時方薄處錐。姓名埋失路，出處謝端蓍。徒步親頑僕，低顔向細兒。幾逢收駿骨，深畏妒蛾眉。久抱違時性，兼無媚俗姿。泥深蹄躄躠，風逆羽襹褷。逐伴聽歌曲，無聊托酒巵。波瀾人海闊，竿木戲場隨。照壁寧防蠍，吹毛竟得疵。任安書未答，朱穆論何疑。夢或驚沙蜮，歸將友澤麋。棄繻知昨失，鑄鐵悔今遲。不謂逢韓愈，猶煩説項斯。感公寛禮數，容我揖堦墀。未有《阿房賦》，徒懷北郭絲。迂疏疑寸管，許與到單詞。峭置千尋壁，弘開八達逵。春陽蒙煦噢，霽月睹光儀。款款憐才意，依依戀别時。爨薪餘樸樕，鍛竈仗鑪錘。靉靆雲敷土，微茫海測蠡。義高攀莫及，身賤語終卑。此去鞭重把，何年閣再窺。鷗波殊浩蕩，泛泛問何之。

送徐道勇宰順德

萬里驅車路，韓蘇蹟尚留。往時愁謫宦，今日羡吟游。邊海夏無瘴，看山朝有樓。感君懸榻意，謂我是詩流。時相約同行，余迫歸計，不及赴。

酬别許暘谷

男兒有才人見之，如眉在額指在掌。蘭苕翡翠大海鯨，相去中間幾霄壤。天資必從學力到，拱把桐椅視培養。方今儕輩盛稱詩，萬口雷同和浮響。或模漢魏或唐宋，分道揚鑣胡不廣。何曾入室溯流源，未免窺樊借依傍。我持此論嗤者衆，同志吴中乃得兩。惠生元龍格律最謹嚴，錢子玉友才情殊倜儻。不知此外復誰敵，晋楚居然互雄長。得君忽訝鼎足成，一戰三分定擾攘。君才自是詩中虎，盡遣風雲歸俛仰。蜀江到瀨一萬里，岱岳登峰八千丈。有時分派蓄煙波，間亦浮嵐滃林莽。初看澹淹與神會，倏轉玲瓏非意想。書評取瘦嘲杜陵，畫品近肥笑周昉。穠纖斟酌雅粧宜，骨肉停勻神駿賞。愛君此境口莫喻，俗手安能事橅仿。彼非識者勿浪傳，若有知音必弘奬。余雖好吟久成癖，所業未充終惝恍。邇來屬藁輒欲焚，偪仄無端攖世網。徒將字句供指摘，豈有聲華出標榜。此時披豁喜相

從，乍挹西山朝氣爽。論卑引我爲同調，烏爪時時發背癢。君辭愈降我愈慚，文繡飾犧毋乃枉。皇天老眼不到地，半世驅馳絆塵鞅。三間草屋百索田，顧本非奢力難强。我今忍饑亦決去，麋鹿山林合長往。閉門更讀書十年，尚冀成章附吾黨。故人倘記臨別約，鬬鴨欄邊好相訪。數折溪橋蕩槳迎，歌聲正出蘋花港。

夜飲槐樹斜街花下酬別竹垞水村

丁子香邊欄檻，小桃花底杯槃。厨燈隔院人静，社雨添衣夜寒。殊方賦別最苦，失路還家又難。懊惱鶯啼時節，相思多在春殘。時余將南歸。

酬別譚蕿城都諫

知己無如我少，交情得似君難。獨留一榻相待，長把深杯對乾。宣武門南舊宅，虎坊橋畔扶欄。可惜手栽紅藥，花開又讓人看。虎坊橋東舊寓，去秋曾種芍藥八本，余將歸，君又遷居，故末云然。

題壁集起庚午二月，終六月。

玉峰大司寇徐公予告南歸，奉旨仍領書局。出都時邀姜西溟及余偕行，兩人日

有唱和，旗亭堠館，汙壁書墻，率多口占之作，本不足存，存之所以記行跡也。

早出彰儀門魏禹平談震方沈客子追送於十里之外馬上留別二首

已着征衫上別韉，道傍何意復停鞭。人生聚散原難定，又算班荆一度緣。

杏蕊開時柳葉新，眼明差喜出紅塵。京華回首無多戀，萬疊西山幾故人。

長新店重別孫愷似王令詒嚴寶仍劉大山家荆州兄三首

尚書書局出隨身，供帳爭看祖道新。轂觫車輕啣尾去，可憐我亦一歸人。

壞壁尋詩又一回，殘尊重洗別時杯。不因此去添怊悵，輕跨征鞍自悔來。

別期長短路連綿，春淺漁陽二月天。却檢曆頭同此日，驚心南北忽三年。前年南還，去年北發，今東裝出都，俱二月二十一日，亦一奇也。

良鄉次西溟韻

乍來灰洞喜無風，馬足殘泥曉漸融。料石岡邊春雨晚，廢田無麥草葱葱。

琉璃河次湯西厓壁間韻

日痕紅曙露初晞，草色迎人欲上衣。頓覺水鄉風景好，一群野鴨踏波飛。

寒食過涿州和西溟

柳色初濃凹字城，胡良河上偪清明。故園三百長亭外，貪得花時一月晴。

清明新城道中

縣南風颭酒帘多，澮澮新煙瑟瑟波。一路人家齊上冢，紙錢飛過白溝河。

白溝旅店見亡友鄭樊圃舊題愴然有感同西溟作

一鞭重度瓦橋關，落魄星埃鬢各斑。忽見故人題壁在，轉憐爾我是生還。

過趙北口晨餐得魚戲和西溟

淼淼波光漾碧虛，中央一帶是民居。緑楊影裏罾竿起，彈鋏人歸食有魚。

任丘遇禹司賓尚基歸自閩南以蜜漬荔枝分餉

易栗寧桃已厭嘗，愛聽風味説南方。費他陸賈千金橐，與致紅綃十八娘。

商家林早發

村店荒荒殺漏遲，唤回殘夢眼迷離。曉星一箇明如月，及取朝陽未吐時。

冉家橋

楊椿夾岸草抽芽，一綫枯河萬斛沙。記得去年鞭馬渡，滿渠春漲拍桃花。

景州次西溟韻時畿輔苦旱。

自從騎馬出春明，滿眼流移愴客情。此日畿南行向盡，喜逢田婦餉春耕。

平原口占戲示西溟二首

碌碌因人事竟成，當初原未識先生。處囊脱穎渾閒事，何苦區區自請行。

若將毛遂比夸門，知己何人合感恩。却笑能詩李長吉，信陵不繡繡平原。

夜　雨

倦枕更闌睡不成，白楊葉戰雨來聲。油燈欲滅尚未滅，睒電隔窗時一明。

從十里望抵晏城

春塍雨潤少飛沙，别取林坳一道斜。紅袖倚門桃傍井，又緣迷路得看花。

大清橋

風柔自覺輕衫便，山近微嫌濕翠多。日暮大清橋畔望，一叢春樹擁齊河。

崮　山

古驛東來路一灣，萬枝翠柏護蒼顏。不知斤斧逃何幸，大似吾鄉近海山。

上巳泰安道中和西溟

平山堂畔忽經年，又是荒程上巳天。慚愧漿家供野味，樹頭小串摘榆錢。

欲登岱不果戲柬周通守燕客

潮白三更開島嶼，煙青九點散齊州。輸他監税周簽判，日日肩輿到上頭。

羊流店

峴首沈碑事渺茫，空傳有淚墮襄陽。居人自重羊公里，未必英雄戀故鄉。

新泰城南望蒙山

翠岱孤抽碧玉篸，群山餘勢失嶄嶄。晴雲忽斷東南角，又露東蒙一兩尖。

發蒙陰至青駝寺

桑邊棗下嶔崎路，亂石堆堆數驛亭。野草不知春意好，燒痕三月未全青。

渡沂水

白沙没髁水平腰，舟子招人上小舠。指似翠華南頓路，舊年此處有浮橋。

三月初九日自郯城看桃李至紅花埠二首

枝枝能白復能紅，光景年時約略同。行過曹村貪小住，雙禽對語百花中。

油菜花開十里黄，一村蜂蝶鬧斜陽。明知尚隔江淮岸，風物看看近故鄉。

官柳

種柳河干比《伐檀》，黄河今已報安瀾。可憐一路青青色，直到淮南總屬官。

大雨早發宿遷

洶洶波聲響濁流，疾風吹雨渡潮溝。眼前一事差强意，河北人家麥有秋。

晚晴入桃源界和西溟

嗚鳩聲裏發孤城，行到桃源落照明。一色東風占兩候，曉程催雨暮催晴。

渡　河

沙雨晴來日氣和，漲痕連岸落帆多。春風吹過桃花信，啼鴂一聲人渡河。

淮安上船

厭聽鈴聲愛入舟，只應洗耳向清流。瓣香夜謁淮神廟，夢穩江南第一州。

過喬石林侍讀縱棹園

一天風雨禁荼蘼，紅葉空欄信尚遲。只道淮東春已盡，鴨桃猶剩兩三枝。

喬侍讀席上贈歌者六郎

欲顧曾無一字訛，子絃徐引曼聲歌。青衫憔悴無如我，酒緑燈紅奈爾何？

高郵舟中

蔣牙荻笋碧於天，涸水瀕湖出葑田。鷗鷺較多人較少，斷橋邊有賣魚船。

揚州遇杜蒼略

龍眠方邵村侍御又繼黄岡殁謂令兄皦鳳先生，江左風流跡已陳。今日聽君談往事，如逢天寶舊宫人。

王義文閣復申招同西溟泛舟紅橋二首

誰家園子得春多，繭栗梢頭花信過。一曲紅欄隨棹轉，緑陰濃處忽笙歌。
十里珠簾廿四橋，百年花月履綦銷。多情愛拂游人面，尚有垂楊萬萬條。

西溟談及竹西舊事戲調之

緑楊書畫記停船，一夢揚州又十年。見説伎樓渾冷落，鬌絲誰惜杜樊川？

阻風瓜洲望金山

狂飈高駕海疊開，雪浪千堆倒捲迴。霧氣欲吞吞不得，紺宫浮出小蓬萊。

月下渡揚子江次西溟韻

妙高峰下曉鐘撞，隔岸吴船正發幫。風露一天人擁被，櫓枝摇夢過春江。

虎丘後山人家

築岸開池别有津，小橋低映碧鱗鱗。河豚上後魚花賤，多少山根種水人。

閶門即事

穠花剛被樓遮却，又見鄰墻出好枝。一種風光誰管領，金閶門外暮春時。

吴　江

鱸鄉亭畔麥垂芒，水落潮田已半黄。曲折支流通小港，家家門外有船坊。

禾中田家

到耳初聞鵠鴣啼，平疇小稜趁高低。茅針已老桑芽嫩，時節人家正箔泥。

過梅里訪朱西畯

也知《陟岵》意仍違，纔得還家换裌衣。爲報而翁吟望久，白頭京國苦思歸。竹垞先生尚留燕。

題家保三兄小影

分無擁髻對伶玄，赤脚歸仍侍玉川。怪得披圖還一笑，破窗燃燭看神仙。

題西畯月波吹笛圖二首

苔樣蓑衣緑蓋篷，輕篙閒插月明中。水禽兩兩背船去，獨倚蘋洲一笛風。

一天雲細作魚鱗，千頃頗黎瀉濕銀。解聽《鶴南飛》曲好，不知誰是倚樓人。

柘湖感舊和徐淮江

滿湖輕浪緑差差，别樣風光兩度期。楊柳半帆春載酒，薔薇一硯雨催詩。未知此後花誰主，可惜重來鬢已絲。早是驚心八年事，夢闌燈炧不多時。

齊門夜泊

扁舟蕩漾具區東，使盡西南一日風。到岸帆檣煙羃羃，隔河簾閣雨濛濛。忽來人語蛙聲外，亂颭燈光水氣中。也識去家今較近，酒闌依舊感飄蓬。

吴門喜遇田間先生

髮光如葆氣如虹，崛强人間八十翁。最喜塵埃經歲别，還看筋力舊時同。文章有品傳方遠，風雨藏山業未終。《藏山集》，先生未刻詩文也。指與一星人盡識，少微今日客吴中。

崑山劉改之先生墓和顧伊人

哀壑無人叫杜鵑，馬鞍山麓古墳邊。東齋路没荒榛雨，東齋，先生祠堂也，今廢。北郭人犂斷碣

煙。湖海尚疑豪氣在，姓名翻藉布衣傳。冬青種後諸陵廢，南渡君臣更可憐。

題沈石田秋江待渡畫卷

晶晶波明蠏舍，苕苕路轉漁灣。落葉聲中問渡，浮萍影裏看山。

題陸漢標墨菜圖

小圃朝來露未晞，早菘青脆晚菘肥。老饕不要園官送，直擬從君攫畫歸。

武林寓舍少司馬楊公以鮮荔分餉賦謝

絳囊移得洵仙才，珍重瓊漿贈十枚。不向紅塵馳驛到，却從碧海販鮮來。色香尚覺熏肌好，冰雪真隨笑口開。只是野人慚過分，恍疑身自雪峰回。《范石湖集》：「四明海州，自福唐來，順風三數日至，得荔子，色香都未減，大勝戎、涪間所産。曾有詩云：『鄞船荔子如新摘，行脚何須更雪峰。』」

四殤詩

家貧望多男，如農力菑畬。將期秀而實，焉得辭勤劬。吾家兄弟間，盛事傳鄉閭。仲氏艱

舉子，前年獲騶虞。季子善生兒，爛熳引衆雛。我兒稍長成，次亦舞勺蹫。豈不顧恩誼，未免督責俱。嬌穉尚無知，愛憐併屬渠。阿巢甫七齡，性慧早讀書。近尤喜作字，狼藉塗墨豬。騶虞頭角好，秀眉清兩矑。學語無不能，舌本驚老儒。阿載方斷乳，氣壓群兒愚。家僮聽指麾，步步趨亦趨。最小名阿午，哇哇聲已殊。今年暮春杪，我歸自燕都。次第使來前，琳琅玉璠璵。排成一行雁，聚若同隊魚。公然嫌姆抱，見伯同爺呼。漸熟意轉親，競前争挽鬚。無何捨之出，我又東游吴。五月到崑山，梅雨蒸肌膚。去家五十日，頗怪一信無。濕螢照昏花，雙眼交模糊。群來入我夢，繞膝形蘧蘧。明朝急買舟，冒暍返敝廬。到門天已黑，哭聲滿庭除。驚問哭何爲，痘殤瘞泉壚。一哀吾欲絶，老淚沾襟裾。自惟世業荒，寶此七丈夫。半月奪其四，嗚呼彼奚辜。季子僅留一，芝焚蘭未枯。仲氏一併亡，竟失掌上珠。矧乃客未返，時德尹尚在都下。遠隔天北隅。便擬報杏殤，作書寄江湖。又恐傷汝父，臨緘復躊躇。中腸集百念，沈痛肯暫攄。家門百年來，夭閼代有諸。曾王父早世，我祖實少孤。兩叔及先君，長短歲月徂。短者纔十九，長者五十餘。同祖凡八人，其三已丘墟。早衰我更甚，所歷多崎嶇。浮生知幾年，煎迫非一途。傷哉感存殁，天意終何如。

苦雨聯句

風噫作欠伸，顧圖河。天愁散咳唾。羃羃繭絲微，慎行。捎捎箭鏃大。排欄挂水簾，圖河。震瓦響雲磨。隙景列缺馳，慎行。潛蹤鬱儀過。衣纓黝黴醭，圖河。扉屨濺泥污。蝸嚵引長涎，慎行。黽怒鼓群和。嘬桉聚蠅饕，圖河。瘁肌飽蚊餓。嘔噦減食單，慎行。撲緣廢書課。帖席惡膠粘，圖河。歷階防跌蹉。遥岑罨如遁，慎行。高浪騰誰簸。方當戒舟航，圖河。矧廼疲鞍馱。溝畎濘齊腰，慎行。田塍淖没髁。落衣妥兩肩，圖河。煙殼背一箇。棲畝占來牟，慎行。分秧滯秔稏。青葱卓針立，圖河。黃萎垂芒卧。造物有暴殄，慎行。農功豈媮媠。乾土盡翻沈，圖河。漏天難補破。餘飛遠乍散，慎行。晚色晴微作。暑濕旋復蒸，圖河。壯陰那肯挫。走章牋碧翁，慎行。苦雨毋受賀。圖河。

敬業堂詩集卷十二

橘社集起庚午秋，終十二月。

橘社在洞庭東山之麓，劉氏取以名園，秋冬間假館於此，與書局諸同人唱酬不少。瞥城張漢瞻爲鏤刻於吴中者，非足本也。

將赴洞庭書局雨中與徐淮江别二首

一領西風季子裘，亂砧聲裏又殘秋。人間尚有君憐我，每過南湖作少留。

小港平橋宛轉通，船頭一片採菱風。孤燈十載江湖雨，腸斷瀟瀟此夜中。

曉發胥口

半浮半没樹頭樹，乍合乍離山外山。借取日光磨一鏡，吴孃船上看煙鬟。

渡太湖晚至東山

秋水如膏滑上船，峭帆衝破五湖煙。豈知地少雲多處，别有橙黄橘緑天。枕簟欲清他夜夢，杖藜行結好山緣。詩人愛入鷄豚社，「横煙㬌處鷄豚社」，范石湖《游東山詩》中句。只欠躬耕十畝田。

山居詩次大司寇徐公原韻三首

得從林屋賦閒居，勝駕還朝四望車。萬頃波濤憑檻外，一天風雨落帆初。龍威寂莫重搜字，《笠澤》叢殘舊著書。便與伊川同《擊壤》，何妨問答到樵漁。

公歸海内重儒宗，不數瑯琊邴曼容。霜晚黄分湖岸稻，煙朝翠掃寺門松。晴來片片雲盤鶴，雨過條條磵飲龍。見説莫釐峰絶頂，時陪五老握青筇。

落托生涯最善愁，暫來我亦欲忘憂。淋漓命酒長連夕，次第看花已過秋。四壁書多仍萬

卷，五湖人少但扁舟。西山勝槩差能説，興到還期爛熳游。

張漢瞻有喜余至山中之什次原韻奉答

唧尾船開古渡頭，艣聲導我向中流。似曾有約來同日，不比無聊賦獨游。坐擁畫屏長對榻，時同寓敞雲樓。行逢精舍必登樓。因君撥觸聯吟興，豈可湖山少唱酬？

同徐敬可吴西齋張漢瞻游翠峰寺和漢瞻韻

陰雲解駁日光穿，行盡松門始見天。旛影自飄空翠外，樵歌時出斷碑前。經樓晝静孤鐘發，井石痕深萬綆牽。我欲問龍還乞水，與君洗眼對殘編。寺後有龍井，爲雪竇禪師故蹟。

遠翠閣和漢瞻韻

處士留陳迹，閣爲陳眉公所建。軒窗背嶺開。練光鋪几席，煙氣濕亭臺。林僻僧宜少，天晴鶴未迴。共拚吟遺日，無事定重來。

微香閣次敬可韻

蘚徑碧侵游子屐，楓林紅上羽人衣。一聲清磬落何處，坐看香煙成翠微。

二峰和漢瞻韻

儼與莫釐並，所争惟一拳。未應甘出袴，且喜得隨肩。潮湧東隅日，雲垂北面天。短筇如健僕，扶上最高巔。

登莫釐峰二首和漢瞻

青天七十二芙蓉，個是芙蓉第一峰。吴越有山多作案，東南無水不朝宗。盪空日氣消飛蜃，拔地風聲穩卧龍。曾記岳陽樓畔望，肯教雲夢芥吾胸。

百層風磴盤旋上，大似韝鷹乍解絛。放眼不知何處盡，置身直覺此峰高。沈沈海浦黄雲岸，點點吴帆白鷺濤。未免傍人嗤好事，重陽已過興仍豪。時重九後四日。

敞雲樓次顧丈景范韻

堵墻高下列丹楓，平視茫茫但碧空。地迥最宜千尺上，景奇獨占一山東。湖光夜閃疑飛電，磴道秋垂似偃虹。多愧元龍豪氣在，每聞清嘯發樓中。

姜西溟繼赴北闈今仍下第作詩招之

散是飛蓬聚是萍，可憐南北總飄零。一名於爾何輕重，雙眼從人自醉醒。沙路離離鵶接翃，霜天矯矯雁開翎。此愁除有詩能豁，亟買歸舠下洞庭。

題劉氏東樓

連山正缺西南角，合有高樓面太湖。不許游人誇目力，淡雲濃日兩模糊。

出雲篇和西齋

山以東得名，羅列非一嶺。兒孫丈人行，屈首殊未肯。今晨天忽雲，晴色變滄洞。蒸蒸氣浮盎，冒冒煙上井。衆峰處囊中，刻露錐出穎。一峰獨埋没，有物踞其頂。陽烏從東升，

對射却無影。林寒不受照，萬象淒以冷。大風西北來，作力一何猛。奔逃脱鱗甲，破碎寧復整。正賴湖腹寬，吐吞在俄頃。山人耳目炫，夢囈唤初醒。重看莫鼇高，乃若裘挈領。

送田間先生歸桐城兼寄高丹植明府

滿篋詩文手自編，秋風攜上皖江船。氣吞湖海豪猶昔，老閲滄桑骨已仙。愁裏豈堪論往事，先生詩集中，有與先君子長干酬答詩。部中容易著高賢。馳書早報樅陽令，薄少時應致俸錢。

菊

隨分沿溪細作行，開時何必定重陽。畦丁自愛無他種，橘柚連山一例黄。

山樓曉起

枕上秋風疑有雨，覺來已是日高時。拓窗簌簌墮黄葉，蒼鼠驚人竄别枝。

晚窗即目

變態多從咫尺看，只争濃淡淺深間。斜陽已落月未上，煙外數峰如遠山。

木芙蓉索漢瞻和

烏桕微丹鴨脚黄，争將病葉領秋光。後時猶作好顔色，笑爾一枝紅拒霜。

自題放鴨圖小影後四首

偶煩妙手寫吴綾，未必扁舟興便乘。一笑披圖還作讖，此來真箇住松陵。

淺水蘆根唼啑聞，背篷沿尾雪紛紛。湖中别有東西鴨，飛向遥天莫亂群。東鴨、西鴨，太湖中二山名。

奇絶佳名屬兩山，新詩多著畫圖間。放船不怕人争路，自占儂家第一灣。東洞庭有查灣，西洞庭有查山。見《震澤編》。

不用低欄照水紅，一竿活計趁樵風。江湖老伴憐渠在，踏浪長隨丱角翁。東坡詩：「我衰寄江湖，老伴雜鵞鴨。」孟郊詩：「何如丱角翁，至死不裹頭。」

食橘二首

樹樹垂垂顆顆匀，山家生計不愁貧。若教朱實仍包貢，那得分甘到野人。洞庭貢橘，唐、宋時有之，至明始罷。瞿佑宗吉詩有「玉食無緣進上方」之句。

小園一百二十樹，摧壞年來成橘薪。每到霜前悲手澤，可堪客裏又嘗新。西園橘栽，先人手植也。己巳冬寒，悉皆凍斃。故及之。

漢瞻自洞庭先歸詩以志别即次見贈舊韻

兼旬索句添窮忙，草根唧唧蟲鳴霜。尚慙皮陸作唱和，敢與李杜争光芒。君詩盡納三萬派，山骨嶁嶁波洋洋。登壇欲來執牛耳，取徑故險迴羊腸。林深霧黯蓄幽氣，虹見雨霽開晴光。吟從舌端作倔强，寫向紙面生低昂。稍嫌工遲似司馬，容我笑傲林泉旁。憶初弭棹同卧起，明朝聯臂登高岡。穿松踏石困俛仰，攀躋中道多徊徨。奇峰忽拔二千尺，快劍磨出蓮花鋩。聳身側足狂叫絶，生平奇境得未嘗。三湘七澤舊雖到，却溯洲渚搴孤芳。黄金荒臺感燕士，畫楝高閣悲滕王。十年浪走癡已極，游蹤脱略失故鄉。星埃大笑一回首，攝衣纔謁三高堂。所嗟筋力就疲憊，漸遣興趣成頽唐。眼前又當摇落候，蒹葭露白秋蒼蒼。不知此中有何樂，對爾意氣還飛揚。男兒生涯志未豁，善刀合學庖丁藏。百觚醉汲鄰叟甕，一枕倦寄高僧房。得道在先成佛後，兹理反覆天應償。逢人但拜孟東野，去我獨惜張文昌。扶笻縹緲有夙約，與漢瞻約游西山，未果。肯計盎底無餘糧。風波衝冒總爲此，子今東書我亦將。行當長謡答《黄竹》，不爾妙曲賡《紅桑》。鬱鬱誰能耐離索，空樓夜雨

舊游思連牀。年來萬事經眼見，窮達竟分姜與湯。「不分窮約姜與湯」，漢瞻舊句也。謂西溟、西厓。如夢那可說，祇有末路堪評量。名山業豈異人事，慎勿屑屑耽詞章。

夜坐有懷張漢瞻吴西齋二子相繼別去。

山谷天早寒，經檐白日速。夜長耿無寐，愛此一寸燭。展卷乍沈吟，開軒屢躑躅。我唱和者誰，凄其感幽獨。别時秋林下，錦纈黄映緑。幾日不上樓，敗葉忽已秃。悲風颯然起，槭槭響枯木。静覺流光移，暗傷懷抱觸。小僮强解事，鄰釀貰新熟。酒罷還夢君，湖心浪如屋。

重登莫釐峰望吴興諸山

吴會諸峰繞作環，荆溪百瀆瀉成灣。西南遠景新收得，一髮螺青是弁山。

從渡水橋步行至武山小憩吴氏園亭十四韻

過橋纔半里，空闊得平原。野艇笭箵渡，斜陽穲稏村。晚來魚論斗，《吴志》云：吴俗以斗論魚，二斤半爲一斗。僻處犬依樊。歲稔松醪賤，秋辭社鼓喧。草根鷩雉起，《洞庭志》：東山有雉而無兔，

西山有兔而無雉。木末見鵶翻。面面帆移岸，家家水到門。泉清能止渴，山淺易尋源。又接攀躋路，重窺種植園。罥衣橙刺密，耀眼橘頭繁。舊葉荷傾沼，新泥菊上盆。苔滋行每滑，石好坐能温。隔竹傳壺箭，隨花倚畫軒。何須問生理，即此是仙源。遠色蒼然合，歸途月有痕。

欲往豐圻看楓葉爲雨阻

山中築居如築城，往往人家背山住。連街接巷比通闤，雖有林巒無曠趣。敞雲樓東鴨脚木，亂葉成堆稍通路。此中合着杜門人，一月出游凡幾度。我生夙嗜久撥棄，衹有吟情剩如故。頗聞人説豐圻勝，況有丹楓照秋暮。魚蝦市遠風不腥，橘柚園深香作霧。朝來折柬約溪友，預飭晨炊治游具。住山復作游山人，此事寧防天亦妒。初看靉靆雲似墨，忽聽淋浪雨如注。客言萬事難逆料，投足無端動關數。豈知勇怯總由人，老懶逡巡坐自誤。憶當涉世氣鹵莽，浪走風塵飽霜露。衝泥驢背不自惜，到此翻令限跬步。天工作意不肯晴，明日披蓑杖藜去。

大雨同胡朏明閻百詩登湖樓

大聲拔湖洪，飛上巨鯨背。歕空作猛雨，倒射怒百倍。萬木助一喧，掀騰走群怪。樓孤若摇動，勢已岌岌殆。雲頭排窗來，山影忽在外。目存思欲絶，境變奇乃最。我詩苦難工，傑句應有待。

順風渡湖瞬息抵胥口

匹練掣柁痕，虚弓彍帆勢。不知小榜迅，但見青山逝。孤塔表靈嵓，卓針辨湖澨。須臾忽到岸，轟轟在天際。

虎丘晚泊

山淺橋平水一隈，幾株紅樹寺門開。從看小景如盆盎，新向湖天放眼回。

拔白詩并序

昔蘇子由有白髮近二十年，虔州道人王正彦教令拔去，以真水火養之。從其言，

數月而白髮不出，因作詩自言拔白之驗。余今年忽有白髭二莖，攬鏡鑷去，且三月矣，竟不復生。喜事有偶合者，因用其意，作詩一章。然養生家言，僕固不解也。

人生疋庭樹，官骸乃皮膚。樹有花與葉，人有髮與鬚。花葉本暫榮，鬚髮那不枯。我今過四十，貌作山澤臞。憂患煎心神，奔馳瘁形軀。早衰理則爾，何用長吁嗟。雙鬢久星星，見慣習與俱。白髭忽新變，刺眼生躊躕。我欲撚使斷，苦吟徒自愚。我欲媚後生，染之非丈夫。不如竟拔去，誰能忍斯須。初若蠹蝕葉，幾片離根枝。又若耘除稂，良苗漸蘇蘇。爾來九十日，萌蘖喜絶無。養生素乏術，寸田任榛蕪。何當劚黄精，白髮併掃除。

朱雪鴻移居詩和梨洲先生

蘧廬天地總羈棲，爪跡何煩苦印泥。招隱莫分山大小，卜居難定瀼東西。一舟最穩裝書重，四壁初安待客題。終勝梁鴻依廡下，年年井臼累山妻。

雪夜發玉峰數日前沈昭嗣呂山瀏顧書宣先往洞庭作詩寄之

落木灣頭雪灑燈，卧聞漁子尚牽罾。寒光潑被夜如月，野水割船冬始冰。風逆不知何日到，山高宜及此時登。湖天霽色詩兼畫，待我舟中酒二升。

從横塘晚至木瀆舟中寒甚

西北風狂野氣昏，船窗擁火取微温。殘陽正墮塔邊寺，薄雪未消湖外村。木盡脱時喧鳥雀，稻成堆處散鷄豚。可憐歲晚不歸客，對景躊躇思故園。

雪後曉渡太湖

黄蘆吹斷黑頭風，寒日初生血樣紅。一片湖山新着色，萬螺浮白碧壺中。

次韻答趙蒙泉閩中見懷之作

得喪年來已慣經，忽披佳句又心驚。計疏更事多成悔，身賤依人自覺輕。壺口欲從敲後缺，劍鐔猶發扣時鳴。來詩有「先生豈以不平鳴」句。短檠墻角差難棄，賴是看書眼尚明。

王令詒自閩歸出示途中見寄二章次韻奉答

船頭船尾榕陰緑，城北城南茘子紅。懊惱此中多賦别，勝游從古幾人同。右答《南浦見寄》。

自攜驢券出都城，草草裝隨短策横。失路歸添游子淚，加餐書荷遠人情。愁隨越鳥方南

向，懶趁邊鴻又北征。不用苦教詩激楚，漫天風雨正秋聲。右答《晚泊見懷》。

送山瀏自洞庭歸塘西兼寄張介山陸厚容金子由諸子

無多唱和留君集，來往真如相避然。一葉驚回三載夢，兩萍漂散五湖天。新書著罷從人笑，善病同時得婦憐。山瀏聞嫂夫人抱痾，己亦致疾。好向橋西呼酒伴，放狂作達過殘年。

雲石庵和書宣韻

一徑入雙塢，庵在大塢、小塢兩山間。遥從澗道求。泉枯行汲遠，竹密得窗幽。日氣通亭午，濤聲捲上頭。踞高真得勢，矮屋也如樓。

白龍泉和沈昭嗣韻

半嶺通湖眼，閒僧護井湄。自能清徹底，何用砌成池。鳥道尋難到，龍湫怒或移。不知風雨候，可有氣如絲。

來鶴樓和韻樓址爲某姓葬地。

舊日松楸廢，何年笙鶴來。樵人憐葬域，山鬼避香臺。峰勢重重合，湖光灧灧開。步虚人罕到，猜是小蓬萊。

題書宣小影

十萬青鸞尾摇竹，映得詩人鬢毛緑。此中可少三間屋，竹西三月桃花紅。前村後村煙濛濛，此中可少一扇篷。遠勢兼收隔江塔，指圖山也。與君作詩論畫法，借君門前來放鴨。

書宣以藥酒一罌見餉賦謝

北風夜半收鳴鼉，冷光浸日湖不波。對門老樹盡僵立，枝顛斗大鵲作窠。山人畏寒卧復起，排籤十指無人呵。雲間陳翁山農。好事者，乞與方法招詩魔。酒材難致藥料貴，正苦羞澀囊無他。感君餉我分一器，何異良劑投沈疴。甕城新開香繞鼻，瀉以碧椀承紅螺。甘分沉瀣光琥珀，村釀不數黄如鵝。卯時小酌午未醒，挾纊纊乍回陽和。蓬蓬入腦聲自覺，粥粥浮面顔微酡。枯腸一洗枒蘖出，老眼亂瞥昏花過。肩高尚吟《薄薄酒》，耳熱漫作烏

烏歌。井湄效箴笑揚子，春色可賦煩東坡。犀首達生坐無事，袁絲遣日知亡何。有生得此亦過分，況敢嗜好窮搜羅。偶將一醉累良友，亟饋莫必惠已多。預愁缾罄脣吻燥，挹漿那得翻天河。

書宣次韻見答復倒用前韻作一章邀余繼和時書宣將歸揚州兼以贈别

君才如漢江淮河，駕天輪浪豈患多。坐批百家目炯炯，行貯四庫胸羅羅。詞源獨騁曹植富，餘地不量繼者何。金丸脱手最輕捷，快馬直下胭脂坡。朝來赫䖘急傳示，白雪竟壓巴人歌。我時解鞍息蹇足，卧看縱轡奔騰過。吟情欲探酒力發，小户一盞熏顔酡。平生有作每倔强，音調太急絃難和。醉來反嫌天地窄，局促未免愁籠鵝。團團陳跡走循磨，眩眩纈眼光旋螺。爾來檢點稍知悔，思以勺水灡前痾。可憐故態時復作，形雖近放心靡他。人生有情會有癖，湛詩麯糵俱成魔。何如牢守昔賢戒，不吟不醉從嘲呵。逝將嗇養全晚計，野蠶簇繭蜂藏窠。子今勇決乃過我，氣盛不怕江翻波。臨行舉杯懺口業，拔劍倘斫生蛟鼉。

以藥酒分餉唐實君吴西齋再疊倒韻索和

詩人氣粗言語鴟夷皤腹鼠飲河，就中滿貯得幾多。玻璃萬頃吸不盡，霜風吹淺如碧羅。銅斗許和寒大，鐫琢造化將誰何。婁東二生我同調，得第厭上金鑾坡。揭來忘分更莫逆，愁腸酒郊歌。湖心淺山住隔巷，衝凍踏月頻經過。所慚才分非爾敵，赬面未飲長先酡。肺互撐拄，正賴藥味相調和。長瓶分餉良有以，願奢似挾山陰鵝。鸊鷉聊足注半杓，鸚鵡恰好浮雙螺。便從唐侯促佳句，實君許題《放鴨圖》詩，尚未至。更祝吴子蠲微疴。時西齋屬微疾。號呶當筵誰是主，剥啄扣户人非他。林魈木客盡逃避，氣豪横欲驅群魔。此間差無俗物擾，尚有亭長能相呵。懷哉歲暮盍歸去，坐看日夕鷄棲窠。小槽溜溜聽壓蔗，饞涎亂湧珠跳波。牀頭一壺堪醉倒，不知門外傳更鼉。

題鄒毅仁書劍圖

學書差足記姓名，學劍無過一人敵。英雄竟以成敗論，一語千年共指摘。我持此論君勿疑，潦倒粗言身所歷。方當出游氣盛壯，逸足誰堪受羈靮。有文曾詡《弔戰場》，有力能誇控鳴鏑。蹉跎祖逖難着鞭，爛熳陳琳徒草檄。收身十載赴場屋，往往雄風避雌霓。眼看

騏驥盡先登，駑鈍悲嘶仍皂櫪。天涯行旅慣黑瘦，世上男兒多白皙。讀書擊劍兩無成，鄧禹笑人終寂寂。子才去我固十倍，射扎穿楊準懸的。胡爲垂翅亦襹褷，予美誰侜卭有鷊。三年奏牘困方朔，五十吟詩笑高適。馬應換妾刀贈人，龜手如何學絣澼。薄田可耕池可釣，良耜畟畟竿籊籊。還君此畫一展然，寒盡知年不須曆。

梁溪馬碧滄索題桐山草堂

吟徧峰頭又水涯，九龍歸夢隔煙霞。期君早種十年樹，待我來看三月華。藥録欲傳須手著，琴材若中有人誇。不然斗大成何用，萬里丹山客是家。諺云：梧桐大如斗，主人出外走。

題鄒舜五采蓴圖卷子次陳眉公舊韻

欸舷聲動吴歌起，沙户生涯雜魚米。此中有蓴誰識之，埋没蒼煙白蘋裏。湖波太淡無鹽豉，葉自青青莖自紫。脆如雪藕滑春冰，異産寧教饜紈綺。紅鱸四腮差可配，二老朝來動食指。弄潮踏浪去何憂，占斷湖心一片秋。百年好事留詩畫，從此流傳到武丘。人間網利多堪慮，蒓擔年年入城去。未應澤畔少清流，却與貪夫供匕箸。太湖中産蓴，前此未之聞也。天啟壬戌秋，武山鄒舜五與陳眉公始採而食之。眉公因繪圖以紀其事。

發東山至石湖舟中大雪與蒙泉雪園分韻

忍别東山去，依依尚有緣。雲沈上方塔，雪重石湖船。密坐可無酒？敝裘終勝緜。范村留故宅，欲訪向誰邊。宋范致能居此，地名范村。

雪夜泊胥門與蒙泉抵足卧

野泊五湖東，迷漫雪滿空。水明千雉白，人静一燈紅。亂櫐鷄聲外，輕寒酒力中。殘年歸夢闊，惆悵兩心同。

雪後至閶門换船

北風吹樓臺，白日雪打面。閶門十萬户，咫尺不可辨。歸舟一葉輕，欲與嚴寒戰。所欣吴中稔，酒價冬來賤。我裘雖云敝，一醉煖堪戀。尚有無褐人，忍饑冒霜霰。

吴門橋阻凍

白日淡無色，北風吹作陰。浪增冰力厚，橋插凍痕深。已近故鄉路，偏傷獨客心。是日蒙泉

歸瞭城。鄰船如比屋，兒女盡吴音。

入胥門訪薛孝穆不值留詩示之兼簡許暘谷錢玉友

風止澤腹堅，篙輕不可鑿。短篷壓頭卧，竟作三日惡。賈客聚連檣，荒灣比村落。人群自歡笑，而我無處著。遂訪薛逢居，衝風入南郭。初來殊奮迅，欲去轉寂莫。窮途所向昧，妄冀朋友樂。錢許初北歸，合并有成約。十日前玉友、暘谷自燕中返虞山，期於吴門相晤，亦爲冰雪所阻。參辰在咫尺，矧乃道里各。天寒歲偪臘，何以慰離索。興盡返孤舟，獨吟還獨酌。

打冰詞

寒光射川如浴鐵，千艘萬艘陷頑石，鑿山通道古有之，河伯憑堅蟻難穴。官船自倚人力强，冰椎亂擊船兩傍。船頭乍開船尾結，去岸却泊河中央。篙師笑謂官勿爾，世路升沈總如此。若將人力與天争，倒捲天河應瀉水。

阻冰七日始得發舟

筮《易》玩其占，七日當解凍。朝來覘風色，東面柳初弄。天行既來復，人力漸可用。南船

鑿冰來，銀浦作流汞。小僮報奇事，水活鱗甲動。老夫亦欣然，私喜言幸中。披衣促解纜，一笑破愁夢。梢梢啣尾行，綫路争一縫。虎齒截兩涯，倚棹誰敢縱。遲遲計尺寸，去去逐儕衆。到家庶有期，春麥尚及種。茆檐曝初旭，宿火煨老葑。旅食饕風霜，何如抱飯甕。作詩當箴銘，悔往聊自諷。

夜泊平望驛橋下

捩柁開吴江，收帆宿平望。環橋横吾前，天勢墮空曠。或言虹下飲，比擬猶未當。分明半輪月，初吐碧波上。風定川不波，上下巧相況。小舟入圓鏡，光景互摩盪。夜寒人語稀，獨此發孤唱。

敬業堂詩集卷十三

勸酬集盡辛未一年。

己未以後，衣食奔走，與德尹出入如相避。庚午偪臘，歸自具區，德尹適從洛中旋里，除夕酌酒相勞，蓋十二年無此樂矣。爰相約爲杜門計，盡辛未一年，凡得詩如千首。

元夕同顧伊人張昆詒集徐敬思宅分得燈字

自到君家飲量增，也教小户罄三升。笙歌院隔新翻曲，書畫屏開巧樣燈。知有清光終讓月，可無佳句冷如冰。誇張節物誠多事，誰似詩人范致能。范石湖有《上元紀吴下節物三十二韻》。

崑山一名玉峰周圍二里許似累石而成者唐張祐孟郊有詩與蓋嶼所畫山圖同留慧聚寺中向有石刻宋皇祐中王半山以舒州倅至縣相水利登山閲二公詩次韻和之時稱四絶淳熙中寺燬於火自唐以來名流題詠及楊惠之所塑毗沙門天王像或云張愛兒所作。李後主所書榜額一掃無餘今準提閣壁間石刻三公詩乃後人補刻非故物也正月十六日同張昆詒盧素公登山感懷往蹟爲詳考本末并系以詩

吴中園圃愛假山，家家畫藁橅荆關。此山本真翻似假，怪石疊起孤城間。奇峰尤在西南頰，縹緲玲瓏還戌削。游人仰視一綫天，信有孤雲生兩角。幾輩留題盛昔賢，曾聞摹勒載名篇。崑岡烈火精藍盡，何物能爲金石堅。人間假合夫何有，差是令名堪不朽。我詩寫意直取真，嗤點還須防衆口。

德尹四十初度二首同潤木作

四十平頭齒未頹，誰教辛苦逐風埃。祝君此日無多語，正要飛騰暮景來。少陵詩：「四十明朝過，飛騰暮景斜。」

蒲柳桑榆各老成，一杯相屬話生平。十年多少回頭事，我是蘇家白髮兄。用東坡《壽子由》詩中語。

題又微姪投壺圖小照

五經一笥笑老韶，長養侍兒如許嬌。卷衣風裏聽傳箭，近前争賭蓮花驍。

初夏園居十二絶句

人言瘦地差宜竹，鄰舍曾分一本栽。尺八梢溝攔不斷，狂鞭攙過菜畦來。

牡丹不稱種村莊，開到春殘盡野芳。椨棘補籬成片段，丁香香過木香香。

亭臺廢後變溝塍，欲置茅齋力未能。大抵爲園多借景，别家高樹挂朱藤。

方池一畝萍初合，四月中旬未有蛙。簇簇銀針齊上水，緑楊影動散魚花。

莎軟鋪茵纔没膝，樹圓擁繖正遮頭。如花流過碧池去，忽聽一聲黄栗留。《詩》疏：「黄鳥，黄鸝留也，或謂之黄栗留。」

長年因病醫方熟，小草隨時藥料增。趁取連朝好風日，帶花收曬鷺絲藤。

閏年留竹苦防蠹，辰日種瓜須早澆。愛花更作晚秋計，老瓦盆邊分菊苗。

鶯粟著子米囊小，蠶豆褪花皂莢成。莫欺老圃不工畫，小碎詩篇如寫生。

去秋梧子收不盡，旋向根邊兩葉生。保得主人長閉户，四三年便看陰成。

自蟠老榦自抽條，長養仙家枸杞苗。不似苕華難獨立，附他喬木號凌霄。

鳴聲上下羽交交，雀彀初安樹一梢。啼殺斑鳩生計拙，將雛時節定爭巢。

頭眠已過二眠新，蠶候參差雜四鄰。一月往來渾斷絶，隔籬時見采桑人。

橘薪

生意千頭盡，園租五畝荒。子孫貧敢計，奴婢價誰償。入室鈎衣破，爲薪刺眼傷。更愁秋冷澹，屋角少青黄。

新竹

插槿三年與作樊，又添客土護深根。主人愛竹老成癖，看筍出林如子孫。二月得長孫，名興祖，故及之。

布幔和德尹二首

細竹輕竿稍出檐，空庭得蔭比松杉。賽他畫舫齋中卧，平展江心一面帆。

背日開簾更覺凉，午陰屋角漏微光。呼兒勤掃蜘蛛網，方便花時蝶過墻。

梅雨連旬河流暴漲偶同德尹泛村船入菖蒲港

雨急溝渠漲怒生，再添一尺與橋平。無端驚起江湖夢，聽作船頭放牐聲。

雨後

便從一雨望豐年，大抵人情慰目前。我比老農還計短，只貪今夜夜凉眠。

衰至

中年事事防衰至，不獨侵尋感歲華。誤去黑鬚因鑷白，旋揩昏眼又生花。頽唐老境詩無格，汗漫游踪累有家。合是歸時歸亦得，趁收麥豆種胡麻。

庭前草花與德尹分韻四首

輕刀勻剪翠葱蘢，別圃移來土最鬆。累爾纏綿附枯竹，屋低庭小不栽松。女蘿。

小兒稱長老稱翁，比似花冠約略同。消得閒人閒處看，可憐小草亦爭雄。鷄冠。

群群紅白隔窗紗，么鳳飛來罥鬢鴉。老眼自看還自笑，種花猶種女兒花。鳳仙。

位置瓷盆手自親，暑風香透色如銀。暫歸我已家如客，還與南花作主人。茉莉。張叔敏呼爲遠客，范石湖詩：「南花宜夏不禁涼。」

夢中得絶句似小游仙詩醒而録之

東海東頭拾火珠，抱來徑寸豈論銖。兒童莫逐黃金彈，笑向扶桑打赤烏。

舟曉次德尹韻二首

螢尾孤光合復開，灣頭風急却飛回。菰蒲深處一枝櫓，摇入漁人夢裏來。

狂蛙閙雨群千百，遠火疑星點兩三。忽聽鷄鳴鐘渡水，有人家處有茅庵。

次韻答陸柱瀾見訪

旅塵狂走十年餘，每到還家歎瑟居。髮變一頭俄向老，草荒三徑只如初。傷心短箋經時淚，外舅射山先生已下世。覆手貧交屈指疏。多謝新詩猶念舊，可能懷抱對君抒。

程西村以如圃詩索和次原韻

人境何曾礙結廬，一椽樸茂似園居。耡荒自作《披榛賦》，得法新傳種樹書。老圃閒談真可聽，比鄰初約莫教虚。笑他亭館多何益，無福能消鼠壤蔬。

七夕同德尹潤木作禁用故實

眼中七度如梳月，又帶桐陰入小樓。懊惱一天星似火，閏年今夕未交秋。

茨菰見唐人詩如白香山云渠荒新葉長慈姑朱放云茨菰葉爛别西灣劉夢得云菰葉風開緑剪刀未有及其花者余盆池偶種一窠立秋後忽發細蕊每節叢生花開純白色如玉蝶梅差小頗有清香因作一首以補詩家之缺

舊葉復新葉，碧莖忽抽芽。誰將緑剪刀，剪出白玉花。水邊有秋意，凉蝶來西家。

惠研谿庶常從京邸寄到吴超士見懷詩四章次韻奉酬並簡研谿

故人隔座呼同舍，花底移樽醉小樓。余初識超士於研谿館舍。散作兩萍漂水面，遠煩尺鯉到沙頭。狂名自悔逃難穩，歸志差堅挽不留。一霎黄塵殘夢外，爲君牽動十年愁。

飄瓦虚舟豈有因，誰當入爨惜勞薪。潛形那避含沙射，沈璧何來按劍嗔。來詩言及己巳秋飲酒得罪事，故云。桂樹叢荒招隱伴，楊花風墮倦游人。白衣蒼狗須臾事，醉眼看來分外新。

黄羊枰上守枯棋，訝許人間獨亢眉。一戒早開元亮酒，半年遲答暢當詩。迴腸徑路梯空

險，徹骨冰霜造物慈。羸對村童開口笑，竿頭新作釣漁師。

卧聽門前剥啄聲，書來猶勸束裝行。貧逢閏歲增薪米，病過新秋減送迎。涼雨半窗初到竹，碧蓴千里正宜羹。也應世味多忘却，除是難忘故舊情。

種菊詩示克建克承兩兒時余將往溢城

擾擾十三載，孤蹤混泥沙。及歸翻苦閒，何以銷年華。種菊亦偶爾，惜此徑寸芽。春苗不分栽，秋至焉得花？

惡草既親鋤，清泉亦手灌。却將四體勤，覬博兩目翫。舍之忽將去，笑别東籬伴。根是老人培，花從汝曹看。

夜初涼

人静覺夜涼，書帷傍清樾。不忍陷秋蟲，吹燈還就月。

溢城之游未果作詩示德尹兼答朱恒齋太守

貧賤胡可居，無端兩憔悴。侵尋歎末路，鹵莽悔初志。豈無骨肉恩，聚少别苦易。分馳十

年外，廬舍任榛刺。殘冬偶同歸，草草如旅次。杜門得半載，村巷傳異事。不知相見驩，中有思親淚。兩柩猶在堂，牛眠指何地。堪輿及日相，時俗多拘忌。吾寧葬吾親，忍規子孫計。所嗟藉物力，動輒故人累。潯陽賢使君，清俸煩遠致。有生迫孤露，久矣衆所棄。誰能念窮交，尚舉麥舟義。當之恐過分，一感再三媿。佳招況踰期，恒齋來札，約余季夏至溢城。欲往未得遂。我貧荷見諒，應并諒此意。鴻雁滿江湖，詩成特先寄。

題馬漁村行路難小影

狂瀾打頭山壓面，跼蹐乾坤縈一綫。我行畏路知路難，談虎還防君色變。君家門前池水清，對門山與樓簷平。此中徑路坦於掌，作底胸次添峥嶸。畫師寫圖如有託，洗耳聽琴差不惡。可憐冰雪七條絃，千萬勿彈蟪捕蟬。

送楊次也入都並簡尊甫太史公三首

八座重親未白頭，角巾里第最風流。孫枝本是階庭秀，鞶帨看他又出游。

石渠天禄近何如，欲讀應無未見書。用《黄香傳》中語。但約南船多載酒，對燃官燭看銀魚。時岪木嫂夫人亦北上，故及之。

交情到爾凡三世，得路憐余共一心。重向别中留望眼，别愁終淺望終深。

竹溪書屋爲又微聲山兩姪賦三首

竹柏陰交槐柳陰，踈籬一帶棘除針。自從新改橋邊路，大費花時曲折尋。

記得當時丱角游，書聲愛聽出林丘。兩家前輩多凋謝，又對兒孫感白頭。石丈兄與先君子情好最密，每過裕庵，余兄弟未嘗不隨行也。

夕火晨香共一龕，閒隨清磬出花南。居人盡識藏書處，碧蘚蒼藤白石庵。用李公擇事。

沈稼村太史招飲耿巖草堂

十里秋光雨洗新，稻花香路浄無塵。門依曲沼難通櫂，居近東家愛得鄰。却對杯柈寬禮數，每聽談論長精神。回看宦海波濤闊，轉羡收帆到岸人。

壚墟舟中口占同德尹作二首

水面浮漚的的圓，采菱歌出采蓮船。此歌賴是吴兒唱，若是吴孃更可憐。

樹低草没一叢叢，曉日横生白蕩風。拍岸水痕高一尺，布帆抄路稻田中。

瞟城孫愷似編修欲行善於其鄉竟遭吏議今方罷官就訊吳中相遇感憤成詩

蒼狗如雲極可哀，危機翻自詔恩來。家承忠孝身尤重，禍起衣冠勢易摧。善不可爲寧論惡，人皆欲殺我憐才。乾坤直似蝸廬窄，懷抱除非醉始開。

胥門曉發

月落日未升，大星明一箇。舟人貪早起，客子便晨卧。忽聞水氣腥，知有漁榔過。

長水塘夜泊

高埭接長橋，橋形落蝃蝀。市喧夜微息，犬吠船猶動。可憐一川月，細碎如潑汞。忍負好秋光，推篷兀殘夢。

庭桂初開鄰人有來乞花者

吳閶十日游，歸櫂及秋仲。入門視庭桂，破蕾暗香動。常時花最早，七夕露華重。苦怪今

年遲，曾經上年凍。西風不吾私，吹散香滿衖。頗有好事翁，叩户乞清供。披衣揖使入，手折寧煩送。譬如此根株，本自鄰家種。我生無長物，有者皆可共。配花稱主人，毋乃被嘲弄。

豆棚爲風雨所壞

平生乏鮮肥，肉食非所慕。偶然營口腹，蓄念計必誤。春種瓜豆苗，愛養鄰孩孺。插竹就茆檐，縛繩使之固。初看弱蔓引，漸喜衆葉布。絲瓜夏蚤結，落蔕甘於瓠。藊豆開獨遲，白花待秋露。及兹緑垂莢，採摘在晨暮。夜來風雨狂，傾倒莫支拄。老饕自安分，物理庶可悟。托名得蛾眉，《本草》：「白藊豆，一名蛾眉豆。」吁嗟難免妒。

題高錫純羽士畫像

猛虎入群牙爪悍，衆蛇齧索懸石斷。平生却笑費長房，學道工夫纔及半。葛陂拄杖辭壺公，隨身霹靂搜蛟龍。道人有道兀不動，心在一輪圓鏡中。後又題云：圓月當空，光生何處。撥開雲霧，請師全露。

八月十五夜與德尹桂庭對酌三首

半年門逕草芊眠，除草開場爲月圓。月正當頭花照眼，此花原是月中仙。
昨日方愁雨打扉，夜來不料有清輝。可憐萬事盡如此，居者别家行者歸。時潤木獨留邑中。
看來南北東西月，只與今宵一樣圓。却對團圞感離别，人生能幾十三年。

東田看稻

雲氣散如濤，秋田罷桔槔。漲痕侵岸闊，稗草比禾高。米卜豐年賤，農憐瘠土勞。預期營一醉，歸去滌新槽。

沈孟澤索題小照二首

桐陰寬罩一方苔，流水聲中洗耳來。若是補圖須補竹，琴材已具少簫材。
神理真傳老畫師，毫端躍躍動須眉。人間别有膏肓病，看取先生袖手時。沈精于醫。

聞村家打稻聲

鵲豆籬邊捫腹行，惰游筋力負歸耕。自慚飽喫豐年飯，閒聽鄰家打稻聲。

九日寄諸弟湖上

如此秋光悵不同，湖天無雨又無風。白蘋未改空洲緑，烏桕長先萬木紅。好事誰還能送酒，浪游吾轉悔飄蓬。兩峰緣淺登高會，懶到今年似蟄蟲。

重陽後二日雨霽行園

兩尖家門山，登陟昨乃阻。曉晴已過節，興盡力難努。我衰萬事廢，所樂在蔬圃。早菘種旬日，行列紛可數。蟲來蝕其苗，饕餮猛於虎。一寒爲掃除，正賴夜來雨。宿根發餘潤，新葉換翠羽。池西木芙蓉，紅白相媚嫵。下有二寸魚，花影嚼復吐。何來兩鵁鶄，雙翅勇自鼓。公然啣魚去，飽食不避主。可憐病橘林，凍裂上年土。坐視千絹荒，官稅私莫補。天心有傾覆，肯諒貧家苦。物理茍不齊，吾寧守終窶。

鞭笥

雨後竹走鞭，竛竮瘦相引。小僮撥土裂，劚取如拾菌。烹之媚盤餐，下箸吾未忍。寸鞭何足惜，惜者來年笋。

收芋

芋肥莖葉長，芋瘦莖葉短。率以鹵莽報，吾願良易滿。年豐百物登，磊落光堆盌。其魁蹲如鴟，小亦伏觳卵。

立冬

節候攙暮秋，初陰猶未壯。南檐白日影，入室已一丈。門簾布差密，窗紙油逾亮。坐看佛前香，無風煙縷上。頻年遠行役，浮氣逐塵块。裘茸插兩手，故與嚴威抗。如今矮屋中，尚欲設屏障。寧非老將至，嗜好改前尚。興到聊復吟，都忘往來相。

落葉詩五首和趙漁玉范用賓

静中初有聲，策策起林薄。俄聞響簷瓦，急點疑雨作。開門日滿庭，始悟風隕籜。徐行踏殘葉，仰見巢枝鵲。鵲噪一何喜，鴉鳴一何惡。客緒本無端，誰禁對摇落。

好景忽潛移，丹黄换青緑。丹黄亦隨盡，假以絢吾目。失蔭無密林，蔀家有豐屋。嚴霜挾時令，顛顇非一族。何殊百萬師，委甲填坑谷。

摧壞寧自主，出林竟如狂。初來聚堆阜，倏忽還飛揚。不妨穿我籬，慎莫打我窗。籬穿可徐補，窗破風滿牀。

春花得人憐，飄蕩尚苦遽。天公肯汝惜，狼籍等敗絮。從來擇庇群，多在成蹊處。君看西家葉，又過東家去。

荒居環雜木，最怕冬來風。如駕一芥舟，震撼驚濤中。幸賴杜陵老，前月已耳聾。人生有聞見，榮悴方無窮。

欲游雲岫不果戲示德尹

吾鄉鷹窠頂，陡起東海邊。飛鳥到山止，東南水浮天。常聞十月交，登臨得奇觀。天文直

角氏，日月行同躔。憑高視倒景，長在寅卯間。初生兆一魄，摩盪蛟龍淵。須臾一綫紅，迸出白玉盤。砉然劈作兩，對射光相穿。白者忽潛形，孤輪躍紅丸。是名爲合璧，故事山僧傳。山僧老白頭，歲歲居山巔。目擊凡幾箇，流傳遍人寰。嗟我與吾子，好奇結前緣。足跡半九州，所到窮山川。如何名勝地，近失耳目前。昨聞大阮介庵叔。語，便思陟巑岏。朝來復逡巡，相對亦可憐。勝游無近遠，人苦不得閒。既閒或少伴，得伴長無錢。乃知意興豪，必及少壯年。一慵白事廢，豈獨登山然。

題曹希文祓蘭圖

噀水澆花曉尚寒，試憑纖手摘來看。神仙舊是瑤臺伴，再到人間合夢蘭。

後落葉詩三首

衆葉四散飛，獰飈亦蹔停。枯叢剩數點，有如塊粘萍。又如將曙天，尚帶三五星。烏雀聚疏影，夕陽到空亭。時還墮一片，夢化蘧蘧形。

向榮既欣欣，黃落亦樾樾。却將傍觀意，爲爾生分別。何如兩相忘，造化本無迹。山僧撥葉至，或嫌門徑窄。吾懶不出門，門前任堆積。

我吟落葉詩，如與落葉語。年年走關塞，摇蕩愁見汝。馬頭聲蕭蕭，打面風帶雨。吴霜點兩鬢，歸作故林主。故林豈無春，過眼同逆旅。後時感獨立，孰是歲寒侣。

題高江村先生泛槎圖小影次韻

葛陂龍化杖如仙，欲捲銀河瀉作泉。除是先生能鎮定，波濤人海正粘天。

雪中吕山瀏見過

去年别君處，吴中正連陰。雪花大如席，開船太湖心。今年君過我，海天又寒凝。去聲。輕冰觸篙破，清脆聲可聽。一年復一年，能禁幾回老。與君迫暮景，爲别常恨早。我有一斗酒，可以禦北風。酒熟挽不留，問胡太匆匆？君言既相見，興盡我當去。疋如上番來，彼此兩不遇。去冬，山瀏過里中，余留洞庭未返。

曹希文以端硯詩四章索和即疊原韻

溪光如眼緑潭潭，洗髓何辭一再三。碧落數星瞻夜斗，冰綃半尺剪春蠶。柈分琥珀知難並，匣配琉璃定不慚。三十六鱗煩寄取，好磨濃墨寫雲藍。用段柯古詩中事。

紫雲一角割天南，秀色猶看帶嶺嵐。束峽波濤時一湧，濡毫風雨潤長含。來疑甓社光吞月，去恐延津勢躍鐔。神物自來須善保，有求容易遂虞曇。時有欲得宋齋執法硯者，故及之。巖洞煙霞笑未撢，欲隨翡翠竟巢南。筆因興到詩情淡，嗜與年深石性諳。圭璧方圓形總肖，龍蛇蟠攫力誰堪。兩都賓主如相見，淬瑩才鋒出健談。雅好雖多不厭貪，眼中似爾亦奇憨。一生自許癡無偶，兩手徒誇硯必三。古人以貪多者爲兩手三硯。希文蓄石最富，故云。俗論掃空和氏癖，瓣香争識米家庵。《新宫銘》草誰先就，仙掌摩挲與細探。

食薺

朝來食指無端動，走覓鄰園又一奇。薄雪乍消青冒土，滿籃香薺未花時。

冬夜宿古衡山先奉政公祠下感賦

路滑冰堅賴短筇，到來支枕榻纔容。透窗燭影寒於月，拏雪松枝健比龍。老屋將傾傷世澤，墓田久廢媿春農。十年塵夢憑呼覺，金粟山頭一杵鐘。

除夕示德尹潤木信庵四首

前夜雷霆了不驚，三日前大雷電。靜中擾擾惜群生。一村野犬多狂走，多事鄰家爆竹聲。

山妻椎髻子頭蓬，布褐隨宜稱老翁。特與孫雛破年例，抱來膝上换青紅。

從前筆墨粗償債，削藁存來得幾何。剛是今年無可汰，應酬詩少唱酬多。

村巷無鷄漏板遲，漫漫長夜夜何其。野人預辦朝眠熟，怕作新年日蝕詩。明年元旦日食。

敬業堂詩集卷十四

湓城集起壬申正月，盡七月。

庚午春，朱恒齋由刑部郎出守九江，枉書見招。踰年始往踐約，既爲輯《廬山志》，復遂廬山之游，賢地主之貺我良厚矣。

禾中與德尹別

四海皆兄弟，何人似卯君？也知年向老，不合手頻分。夜夢留殘月，春帆感斷雲。得歸吾早決，負土共成墳。時方計先人葬事。

吴江留别張弘蘧庶常

南風激船如釋箭，片帆曉發平湖縣。百六十里半日程，第四橋邊一相見。開懷各話別中事，蒼狗浮雲凡幾變。三年善病君差强，君但憂貧不憂賤。我今落魄仍江湖，明朝又欲西辭吴。酌君之酒與君别，楊花拂頭鬢雙雪。

夾浦橋阻風

夾浦橋南客棹孤，雨聲連夜洗平蕪。東風吹淺吴江水，半作春潮漲太湖。

山塘晚霽

最好停橈近酒家，放晴天氣日初斜。盆梅謝後蘭芽茁，正月蜂聲未鬧花。

曉渡西氿回望宜興縣郭

櫓聲西入蝦籠嘴，波面微微過氿風。濃日吐煙煙吐樹，浮圖一角是城東。蝦籠嘴，西氿港名。

高淳

縣小無城郭，橋長即水門。魚蝦腥作市，鵝鴨鬧如村。曲曲檣隨岸，叢叢柳抱園。漸知江路近，盈縮視潮痕。

渡蕪湖關

兩槳前頭水勢寬，曉風吹得敝裘寒。漸空杼軸憐民困，老閱波濤信路難。此去罟師聊作伴，從來瀧吏必嘲官。時官舫爲津吏所阻。篋中一卷《彈箏集》，忍對江山制淚看。自此西上皆己未夏秋間與先兄韜荒同游地也，《彈箏集》，兄紀游篇名。

荻港人家杏花

輕舠細雨江村路，過眼東風見杏花。略似小車逢綺陌，不知紅艷屬誰家。

雨中過銅陵

沙尾沿流曲作堤，青山一半吐城低。洲空亂雁争歸北，路轉千帆盡向西。正剪渡時風乍

漲，最含煙處柳初齊。客程已厭連朝雨，不要春鳩更苦啼。

雨後望九華山

横看不與側看同，九朵芙蓉並插空。去鳥已銜殘雨没，歸雲忽漏夕陽紅。劈開華掌層層翠，使盡湘帆面面風。終是詩人言語大，攜來直欲置壺中。東坡名「仇池石」爲「壺中九華」。

荷葉洲對雪在大通對岸。

梅根浦口風尤緊，荷葉洲前雪正濃。兩岸曉雲深似墨，一條春水健如龍。唐羅隱曾卜居九華山下梅根浦，按《圖經》，江水歷李陽河，經梅根口、銅陵縣。今大通有水自九華山麓出江，即此也。

雪晴池陽舟中

曉行池陽路，霽景豁清美。江南江北山，照影同一水。半銜殘雪白，半插斷霞紫。眼前有奇句，只在空濛裏。我懶吟未成，風吹櫂歌起。

大風至劉婆磯

江豚忽掉頭，微動青玻璃。俄看黑雲起，遥指天南陲。須臾墜我前，横截江兩涯。拔江噴作雨，白日潛光輝。初疑鰲山傾，又若鱷窟移。舉舟向空擲，綆斷誰能縻。長年束手嘆，有力不得施。而我于中流，高枕故詠詩。明知怖無益，聊復忍少時。男兒可憐蟲，造物終見慈。既濟乃思痛，嗒焉中心脾。投文訴江神，略陳危苦辭。水從西南來，風亦西南吹。誰歟激使怒，若是不可磯。自我涉江湖，十三年于兹。南浮及北渡，履險間有之。此胡太酷烈，性命輕巘巇。仕宦涉江來，揚帆若揚鬐。船尾點畫鼓，船頭插黄旗。大賈涉江來，滿載居贏奇。放溜如放馬，控縱從人馳。我船何所載，載書載鴟夷。壓浪一葉輕，疾行固其宜。如何强弓彎，寸進恒苦遲。神于我乎薄，厚彼寧獨私。咄哉窮旅人，初受俗眼嗤。揶揄到五鬼，漸漸伺路岐。惟神實正直，倚賴相扶持。今朝大戲劇，漂泊將誰依。禱罷似有感，撫枕魂依稀。神來入我夢，責我大有詞。風水涣成文，變化豈汝知。滔天初濫觴，至險出坦迤。汝以耳目料，何異握管窺。汝又好遠游，遠游計終癡。萬里走從軍，還家仍布衣。十年就場屋，逐衆趨京師。人皆取巍科，三黜名獨遺。謂宜自揣量，息影甘荆扉。兹來非宦游，又非競刀錐。皇皇羲奚取，放浪形骸爲。汝居頗有園，園中頗有池。好風皺

池面，浮花舞漣漪。此豈有鶩波，來溷汝息機。汝自捨之出，去安而即危。不聞南山隮，下有季女饑。不見東海畔，中有踏浪兒。兩者聽自取，决擇休然疑。叩頭謝江神，痼疾神所治。大夢喚初覺，行當早旋歸。

題樅陽旅壁

噩夢驚回路已賒，舸艚船上櫓伊鴉。青山繞屋無修竹，山皆頑石，不産竹。紅袖當壚有杏花。野渡漸生沿岸火，春流未没去年沙。緑楊影裏初弦月，人隔煙江正望家。

田間先生聞余至自青山命駕來會喜賦

春風弭檝向樅陽，舊約多年不敢忘。先生在都下送余南歸詩，有「秋到皖江尋舊好，可能一問白頭來」之句。四海平交無行輩，兩朝軼事在文章。從知老境難爲客，誰與先生特置鄉。一片青山高插漢，巋然真似魯靈光。

花朝晴示僧道楷

初日烘雲碎作霞，討春人競出江涯。老來不喜閒桃李，别約山僧看菜花。

自樅陽至楊樹灣道中即目

併日春光鬬物華，馬頭胡蝶太夭斜。誰知駭緑紛紅候，還有春風未放花。義津橋外見碧桃一樹，猶未放花。

三角潭

春禽交交鳴緑楊，征夫辨色早束裝。前行十里霧未醒，驢尾秃速驢耳長。朦朧人語遥喚渡，約略村落開微陽。煙光兩岸溪一曲，樹影四匝潭中央。菜畦麥隴桃李徑，高間紅白低青黄。新鵝野鴨好毛羽，拍拍飛出沿方塘。田家之樂樂何限，頓令過客忘他鄉。只愁霧重天欲雨，横策又上黄茅岡。

桐城謁左忠毅公祠祠在縣治東數十步。

歷歷三朝事，他時髮指冠。賢人當横決，國勢必摧殘。俎豆新楹肅，乾坤正氣完。如何鄉後輩，偏有孔都官。謂懷寧也。

過田間先生山居相留信宿出示藏山集再賦二詩博和

層巒俯瞰萬松梢，中有高人舊結茅。自入鹿門詩一變，竟馴龍性《易》初爻。雲盤遠勢鴉翻陣，花作新泥燕補巢。未免累翁鷄黍約，往還原不拒貧交。

比似仙源那易尋，避人畢竟要山深。誰教鶴怨猿啼客，來聽鸞歌鳳舞音。語雜談諧皆典故，老傳著述豈初心。好看龍馬精神健，《東武》時爲抱膝吟。

三江口苦雨

那刹磯頭雨殺風，千檣煙氣濕濛濛。楚天低壓平蕪外，何處青山認皖公。

大雪渡馬當

卧看穿雲日色黄，起聞鯨吼北風狂。新詩也得江神助，雪打春帆渡馬當。

順風揚帆時閉目静聽如空山梵唄殊有會心

破浪風前萬鼓鳴，喧囂原向静中生。無心只作深山聽，一樹松濤起梵聲。

與九江太守朱恒齋

一麾暫出領名邦，九疊屏山九派江。正喜爲郎猶未老，早聞治行已無雙。謳歌滿境鴞音革，軒冕巡城虎氣降。時有虎至郊外，君移文城隍神，一發殪之。依舊官居精典籍，只多鈴卒晝敲梆。

二虎歌并序

壬申正月，有兩虎闌入九江西門外龍開河，傷一人，已而逸去。市人惴惴，恐其復至。朱恒齋太守齋戒爲責躬文，翌日大會屬員於城隍廟即漢將軍灌嬰。及宋大夫祠下，漢九江守宋均。既焚牒告神，則命虞人挾弓矢火器，窮追之，期于必獲。越五日殪其一，至是盡殲焉。黄質黑章，猙獰可怖。聚而觀者數千人，咸謂使君至誠感神，能力除民害也。適余至九江，目覩其事，作歌以俟采風者。

湓城連山猛獸多，兩虎突入龍開河。腥風倀倀日杲杲，白晝市上無人過。使君視民如赤子，威鳳生儀麟有趾。豪强斂戢盜賊清，爾獨何爲至於此。灌將軍廟宋公祠，能捍大患則祀之。撞鐘伐鼓會僚佐，第一先焚責己辭。與神後先俱守土，政拙慚余不如古。愛其父

祖及子孫，忍畀孱人飽虓虎。明朝大獵城南闉，毛風血雨迷荆榛。特開一面縱雉兔，死不當罪傷吾仁。須臾虎自林中出，小者先擒大者逸。雖擒一虎戕一人，其勢公然兩相敵。此時伐罪更有名，合圍再往大掩群。潮州鱷魚必盡殺，不信請讀昌黎文。虞人眼疾如鷙鳥，餘勇登崖鬬牙爪。咆哮一聲山忽裂，火箭飛空碎其腦。黑章黄質毛斑斑，旗杠壓肩奏凱還。猶防作力斷急縛，血色併出雙睛間。道傍觀者争太息，自古神功扶正直。百年兇暴一朝除，此事知公有陰德。江邊户户皆椎牛，從此山無樵采憂。詩成大笑冠纓絶，我正欲作匡廬游。

廬山之游未果吕灌園有詩索和

峨峨指雲峰，拔地幾千丈。仙靈晦高跡，元氣棲蒼莽。朝來雲抹腰，露頂氣一爽。蓮花本無蔕，蒸出仙人掌。拂鏡眼雙明，抉煙鳥孤往。勿嗟游未到，遐矚寓心賞。但恐身入山，依然結塵想。

西門之役既連斃二虎矣後五日復獲虎子二吕灌園作後二虎歌再次其韻

虞人入山官吏賀，擣穴成擒無小大。盡將醜類肆市朝，不許兇雛草間卧。去如烈火歸如風，覆巢破卵五日中。獻肩獻豵來接武，貫蝨精神用强弩。擔頭縛作春筍斑，一一奇毛入官府。餘威假托雖有徒，不聞王政寬無辜。賊吾民者殺無赦，别有淵藪容逃逋。弱食頗分强者肉，倚伏機難論禍福。春行秋令公所憐，陰雨隨車洗餘毒。是日大雨。以寬濟猛在酌宜，潁川有鳳方來儀。殺胎豈惟禁獵户，竭澤兼欲防漁師。庶幾百物稱蕃息，童子仁心使君德。我爲此語非養奸，若是兇豪須斂跡。

楊花同恒齋賦

散作輕埃滚作團，不成花片但漫漫。春如短夢初離影，人在東風正倚欄。微雨乍粘還有態，柔條欲戀已無端。衹應老眼憐輕薄，長自摩挲霧裏看。

初聞黄鸝次灌園韻

一聲流過小窗前，去國關心又一年。圓入客吟同宛轉，熟聞鄉語倍纏綿。畫樓脉脉通春夢，碧樹茸茸冪曉煙。爲是好音須愛惜，自憐終勝受人憐。

同吕灌園鄒仙來諸君游甘棠湖登煙水亭次壁間舊韻

長煙濛濛春澹澹，草色波光晴颭灩。廬山翠掃兩角雲，倒瀉杯中青一片。舊開小閣壓紋縠，時見飛帆掣流電。背郭人如燕雀稀，點沙舟與鳧鷖亂。地偏絲管曲嘈雜，市遠塵囂風截斷。可憐俗眼競喧湫，誰肯清游期汗漫。同時數子興不淺，佳句澄鮮分謝練。莫辭勝境日日往，預恐萍跡紛紛散。何當春酒變成湖，醉過鶯花三月半。東坡《送劉景文》詩云「春酒一變甘棠湖」，自注云：「景文卜居九江，近甘棠湖。」即此地。

琵琶亭次宋郭明復舊韻

春江帶城沙嘴白，弓勢彎環抱新月。我來縱棹半日游，敗意眼前無一物。吟詩直入老僧家，小技忽癢難搔爬。分明有句和不得，古調豈叶箏琵琶。先生不作誰與語，白日茫茫變

風雨。男兒失路雖可憐，何至紅顔相爾汝。與公相去又千年，依舊荒城無管絃。掃空題壁孤亭在，笑指門前浪拍天。

江州雜詠四首

依舊江關俯麗譙，居人指點説天橋。明太祖破江州事。戰迴左蠡軍容壯，鑿斷殘岡霸氣銷。東門外有天子堂，相傳劉誠意惡陳友諒都此得勝地，故鑿之。鎮將南朝偏跋扈，部兵西楚最輕剽。指左良玉、袁繼咸事。自從血洗孤城後，九派空回寂莫潮。

天文容易掃欃槍，鄰郡猶傳戍鼓鳴。戊辰夏，楚盜破武昌、黄州。鵶鵲自朝英布廟，北門外九江王廟，至今血食。魚龍曾擾灌嬰城。紛紛設險寧論地，往往時危獨被兵。按史，自北宋以來凡四屠城。四十三年休養力，不知何福享承平。

峭削峰巒北面當，雲頭一半割南康。高僧舊入遺民社，世業誰留佚老堂。三劫烽煙埋洞壑，百年文物遞滄桑。名山志在真難續，或有奇蹤墮渺茫。時余方輯《廬山志》。

别開官署射亭傍，一角頽城壓短墻。螺髻浮青虚劍匣，府署正對雙劍峰，宋乾道中，蜀人唐立方闢地作三城，矗樓其上，謂之「劍匣」。見《桯史》。雉媒平緑展毬場。船稀小步初移市，客上高樓必望鄉。樂天詩：「三百年來庾樓上，曾經多少望鄉人。」庾樓直府署北。添得黄蘆侵岸闊，舊游回首獨神傷。余已

未、壬戌兩經此郡。

余作江州雜詩灌園既垂和續爲潯陽行感慨淋漓讀之使我心惻因推本其意再成長律四十韻首言風土次序東晋以後迨明初一一竊據事終於寧南乙酉之禍此州被亂情形始末略備休養生息其在斯時乎並邀恒齋太守同賦

鼓角悲涼地，山川要害城。一州當孔道，萬里控江程。近楚風猶悍，吞吴氣未平。鳧鷖飛易散，魚鮪竄多驚。户少移恒業，田磽廢力畊。兒童知矢石，婦女識旗旌。不諒流離苦，翻疑性命輕。舊文徵史册，殘局愴棋枰。置郡名長易，秦爲九江郡，漢屬吴國，三國初屬武昌，後置潯陽郡，晋改江州，梁移九江治湓城，唐、宋爲江州，建炎後陞定江軍，元置江州路，明爲九江府。封王面或黥。謂英布。大都當用武，未有不稱兵。建業朝廷小，潯陽肘腋并。中原方轉鬭，南服暫維寧。草草圖王計，寥寥伐叛聲。奸雄雖反覆，使相必忠貞。間倚屏藩重，頻扶鼎鼐傾。晋永昌中，陶侃領江州，平王敦。咸和中，温嶠義兵由潯陽趨建業，斬蘇峻。隆安中，劉毅、何無忌輩敗桓玄于峥嶸洲。梁承聖中，陳

霸先以江州刺史定侯景之亂。艱虞經剥運，成敗付閒評。是物關天授，伊誰敢力争？每聞稱僭竊，旋見就擒烹。宋泰始、元徽中，晋安王子勛、桂陽王休範，梁天監中，刺史陳伯之，俱以江州反，未幾就平。南宋建炎中，李成陷江州，爲張峻、岳飛所敗。元至正二十年，陳友諒以江州爲都，國號漢，改元大義，尋戰死。昨者民何罪，今來憤尚盈。以下專指左良玉屠城事。勤王須奉檄，犯闕爾無名。灞上隨兒戲，洄中笑客迎。崇禎甲申，良玉避流賊鋒，欲遁九江。游擊胡以寧鈎致之。住關廂一年，已而返武昌。至乙酉春，監軍御史黄澍僞藏太子詔，召良玉入攻馬士英。良玉信之，遂於三月二十七日移兵至九江。將軍停鎧仗，辨士絶冠纓。柳敬亭爲良玉幕客事，具《吴梅村集》。勿戢兵猶火，搜牢地盡阬。初，良玉發武昌，挾楚督袁繼咸以往，至是與繼咸標將郝二連營九江城外。四月初四日，遂縱兵焚掠，殺男女二十餘萬。摧殘鋒太酷，屠戮禍交攖。漂血長溝赤，燒空烈焰晴。押綱連萬艦，宋曹翰屠江州，取廬山東林鐵羅漢五百歸潁州，調巨艦，滿載金帛，時號「押綱羅漢」。捲甲拔諸營。作俑歸曹翰，江州屠城自翰始，前此未有也。貪狼甚李成，即宋建炎中反賊。天誅旋幸伏，兵發九江，良玉以氣塞死舟中。殺氣驟難清。落籍銷灰劫，招魂異死生。若非敷大澤，何以起疲氓。牙蘖枝初發，勾尖草乍萌。及時資愛養，太守賴廉明。冷署依雙劍，峰名。頽垣寄一楹。涉園除瓦礫，課僕種蕪菁。耗折空缾粟，支吾折脚鐺。官貧仍逆旅，吏隱亦柴荆。曉雨排衙坐，春田露冕行。設施看次第，氣象卜豐亨。《蟋蟀》還農俗，《琵琶》遺宦情。篇成聊紀實，大雅待君賡。

石鐘山

鄱陽吞天來，噴薄南出口。江流不能敵，抵北乃東走。懸崖峙西灣，水勢掃如帚。孤城艮其背，外捍賴兩肘。靈區聚神奸，石狀雜妍醜。平鋪理横截，旁罅中劈剖。熊羆饑攫人，奇鬼起援手。蜂窠掛篙眼，鳥卵破罋缶。一一皆下垂，中空無一有。有時應鞺鞳，照影見星斗。忽然風喧豗，聲作蒲牢吼。年深追蠡壞，兼恐石斷紐。惜哉坡公記，石刻泐已久。蘇公《石鐘山記》，舊刻于南鐘石上，明正統己巳石裂，仆於水，今失其處矣。茫茫宇宙間，孰是真不朽。

月夜自湖口泛舟還湓城同恒齋太守賦

空江夜東注，月光似俱流。舉頭看青天，水去月自留。移帆忽西向，月又隨我舟。而月豈有心，適與吾目謀。澄觀得静趣，含景無停休。不辭川路長，獲此清夜游。遠樹小池口，孤鐘鎖江樓。須臾燈燭光，候騎迎沙頭。誰知太守樂，夢亦同鳧鷗。

春晴曲效温飛卿體

朝陽透簷鵲聲喜，煙外游絲風綽起。馬拂花鬘驕欲嘶，招招酒旆垂楊裏。蕉衫筍屐稀出

城，上樓曉看南山晴。平春遠緑望不到，一幅錦機新織成。江聲剪斷尋芳徑，九派澄光鑄明鏡。柳花散作千點萍，日夜東流知水性。

三月十七夜與恒齋月下論詩

庾公樓外月，飛光上雲崖。此時兩相對，此景良自佳。我挾山野性，尋君到衙齋。不棄貧賤交，酬唱晨夕偕。脱略分雖忘，終不雜恢諧。所商在文字，虚受非擊排。縱論古與今，瀉胸走江淮。力欲追正始，旁喧厭淫哇。向來風騷流，汎濫無津涯。可傳必有故，長松出樊柴。明明正變途，花葉殊根荄。須求作者意，勿使本分乖。新詩壓時賢，高朗洵少儕。當與古争勝，拾級已得階。人言簿書煩，正坐乏雅懷。君懷皎如月，塵霧其能埋。

魚苗船

幾片紅旗報販鮮，魚苗百斛楚人船。憐他性命如針細，也與官家辦税錢。

曉晴詠恒齋庭下芭蕉

放晴天色愛清朝，閒赴風前翠袖招。忽見主人窗下緑，始知夜雨爲芭蕉。杜牧詩：「主人窗外

有芭蕉。」

九江向無鰣魚網户忽獲一尾以饋太守晚餐分噉作三絶句

鮰魚子鱭賤如毛，何物能令市價高。從此溢城添水産，白頭春浪出銀刀。

四月家鄉記飽餐，朝來指動豈無端。似防遠客歌彈鋏，破例相隨過鴨欄。鰣魚不過鴨欄驛，以魚隨潮上，潮到小孤輒回也。

三百錢償一尾鰥，擊鮮原不累民間。可知太守清如水，豈在懸魚絶往還。

署庭蓄錦鷄且一年朝來忽飛去恒齋有詩屬和

爲爾無端惜剪刀，養成六翮竟如逃。啄餘香稻新抛粒，收得雕籠舊落毛。群入家鷄終不亂，飛隨野鶴便能高。人間是處多羅畢，文繡深林好自韜。

明日吏人以錦鷄來視之即昨逸去者再作一首

勿論城市異山林，性在終知去意深。誤啟樊籠驚遠舉，特憐毛羽募生擒。舊曾相識緣文彩，待爾重來伴苦吟。從遣周防是誰過，主人從不起猜心。

初夏坐煙水亭望廬山二首

一奩明鏡插芙蓉，積雨初晴翠靄濃。萬疊好山看未足，又添雲勢作奇峰。

分明寫入畫圖工，倒影看來上下同。忽失水中山一半，浪紋吹皺日高風。

余方輯廬山志擬入山訪舊蹟頻爲雨阻恒齋有作和之

日日開軒對翠氛，勝游偏阻鹿麋群。不愁湓浦長多雨，但恐匡山化作雲。紀事欲真須眼見，異書難便信傳聞。一條榔㮾從僧乞，可要籃輿累使君。

芭蕉恒齋再索和

一葉復一葉，自然成緑陰。後先如有序，舒卷豈無心。漸覺空庭窄，能添曲徑深。野人新得句，題罷亦長吟。

夜夢入廬山桃花滿谷一僧指云此杏林也因誦樂天游大林寺絶句夢中了了醒而以詩紀之即用白韻

指點仙家手自栽，桃花却傍杏林開。眼前一笑真成幻，公是身游我夢來。

午酒初醒

兀兀醺醺坐日斜，爽神全賴闃林茶。三竿砌竹摇風影，一箭盆蘭得氣花。夢枕易消非實境，丹爐難轉是年華。江城節物關何事，催得游人獨憶家。

生日書感

落拓差堪比牧之，江湖曾費十年詩。早衰鬢鬢非無故，暗減心情只自知。酒盞每逃狂客座，杖藜將赴老僧期。尚慚習氣除難盡，間與人争劫後棋。

梅雨二十二韻和灌園

五月潯陽雨，蛟龍正鬱蟠。地浮三楚闊，雲納九江寬。暴漲摇城郭，餘波溢井榦。鄱湖連

浩淼，盧阜失巑岏。鳴鶴翻依樹，飛魚不上竿。及時陰已動，退位火疑殘。天氣昏連曉，人情暖易寒。蚊飛偏攪晝，蛙鬧故侵官。舊縷蛛穿網，新泥螘築壇。竹皮流薄粉，桐乳墜輕丸。蕉翠宜沈緑，榴紅信渥丹。濕螢光燄短，莼鵲羽毛乾。柳壞螬蠐匿，墻空蜥蜴鑽。案蠅沿硯水，穴鼠囓盆蘭。物理尋常見，詩聯貼妥難。爐香縈几席，黴黝上衣冠。不出抛芒屩，無聊却扇紈。老嫌書幌暗，病覺布衾單。冰簟凉貪睡，琴絃緩廢彈。入舟同寂莫，着屐試蹣跚。直欲登樓去，還從倚檻看。空濛雖變態，縹緲必奇觀。寓居近在庾樓下，而不得登，故云。

雨中廬山僧書至

社裏何時著少文，書來猶未斷聲聞。千峰濕翠隨行脚，帶雨開緘一屋雲。

階除積水課力疏下流放之射圃隙地

尺寸階前地，無源本易盈。只應兼土濁，那得入江清。曲折隨人意，高低驗物情。下流荒圃在，吾枕厭蛙鳴。

曉　吟

江聲入户竹風急，樹影過牕山月斜。誰共此時留此景，殘更煞後未啼鴉。

次灌園潯陽唱和賦感見贈二十四韻

大火方司令，餘威未解嚴。夕陽明杲杲，殘雨過靃靃。書少渾難借，棋低又懶拈。移時看燕乳，隨意聽魚噞。圃廢閒誰治，江喧近可嫌。談諧須得伴，興會賴相兼。洗甕晨浮蟻，推窗夜候蟾。學禪根器鈍，鬭韻筆鋒銛。鄉信燈空卜，歸期夢代占。山巾俄换葛，野服待分縑。我氣貧旋挫，君懷老益謙。悲歌飜變壯，醉語誤疑譫。鴻爪泥長印，蛛絲羽易黏。勝游宗炳畫，往事季心鉗。灌園爲吴江大司馬之子，甲申以後，因亂破家。止沸吹虀冷，焚枯過劫炎。乾坤全晚節，畊鑿合窮櫚。君有別業，在玉屏山中。爛熳三秋菊，峥嶸百歲柟。以閒聊送老，所得詎爲廉。幸舍猶彈鋏，成都想下簾。商聲流石齒，仙氣入霜髯。高浪晴湖闊，奇雲夏岫添。掉頭隨去住，放跡等飛潛。凋壑終難返，塵埃久屬厭。天涯同拙滯，吟罷寸心惔。

江漲八韻

頗怪連宵雨，重雲尚合圍。忽聞溢浦水，已上庾樓磯。急鼓争趨陣，高舂怒發機。九龍多被譴，萬馬孰能鞿。魚健衝人過，鷗輕踏浪飛。淘沙原自濁，流惡想尤肥。幸勿侵三版，還防没半扉。村橋新漲好，吾欲放船歸。余所居名横漲橋。

晚　晴

曉愁暴漲與堤平，意外斜陽得晚晴。小閣放教雙燕出，高梧忽帶一蟬鳴。便思對酒難逃暑，若要看山合上城。狼籍殘雲飛不盡，江空留作斷霞明。

連日苦雨江勢轉盛聞小池口一帶已成巨浸感賦

見説黄梅縣，連朝浸渺瀰。雨中隄盡壞，江口地尤卑。農事侵饑溺，天心望轉移。可憐關隴旱，竭澤正斯時。

午後有人自廬山來云昨日白龍潭起蛟故水暴漲

瀑布聲中雨瀉檐，洪流百道走城南。山橋衝斷採樵路，歸報夜來龍洗潭。廬山大雨驟至。人謂龍洗潭。

曉霽望南昌歸信

十日荒城聽雨聲，壞墻前後露株楹。蛇因亂草當階卧，蝸是空坳積水生。喜動眉間看曉色，夢于枕上算離程。故應乾鵲知人意，已報歸期又報晴。

桐陰和灌園

積雨晴來暑倍加，午陰端愛片時遮。展開疏簟三間屋，掃過空庭半月花。清露欲流濃作乳，碧天初洗澹無霞。如何葉底留蟬蜕，長聽高吟在別家。

試弈次灌園韻

澹墨行疏紙畫枰，兩人隱几亦忘情。總饒老手通盤算，只似兒曹鬬草贏。角上紛紛排陣

蟻，睫前擾擾過飛蝱。莫嗤當局同游戲，得失心空始不争。

夜熱不成寐聞秋蟲聲

循環造化機，陽壯陰已伏。不知昆蟲智，何以先草木。我亦化中人，投閒如病鹿。日長貪午枕，夜睡焉能熟。賴是心寡營，未妨群動觸。徘徊風露下，大火西流速。須臾鷄三號，細響猶斷續。誰能將此意，寫入《玲瓏曲》。樂天《玲瓏曲》云：「黄鷄催曉卯時鳴，白日催年酉時没。」

一草亭後補築土墻同灌園越秀賦

缺後方思補，誰防未雨時。大都勞版築，不過當樊籬。儉與茅亭配，低于菜圃宜。墻頭環埤堄，留看一帆移。墻北面環城堞。

月夜得南昌消息知恒齋歸期猶未定

客來依地主，主去客翻留。萬事盡如此，一官難自由。日長愁過夏，夜静漸知秋。若上滕王閣，休忘庾亮樓。

蟬蜕和灌園韻

不應已蜕尚名蟬，彈指難留過去緣。枯比老僧初入定，輕如羽客乍登仙。誰云解脱非生理，始信飛鳴是後天。從此螗蜋無攫意，機心不上七條絃。

除　草

病暍貪微凉，空庭方夜坐。蚊雷來茂草，一唱千萬和。誰能忍痒肌，委身飼群餓。可憐蜘蛛巧，布網僅如磨。暗飛餘地多，觝觸凡幾個。老夫爲暫避，奇計出高卧。除惡務其源，攻先窟穴破。披衣早我起，刈草僕晨課。一聞奏刀聲，快若風雨過。非云迹盡掃，但使勢少挫。滋蔓或養奸，斯言可喻大。

灌園用瓷盆斢水浮以花片畜魚苗其中作案頭清玩索余賦之戲成二絶句

詩翁六十如兒戲，一勺分江几案間。少片壺中九華石，湖口李正臣蓄異石，名「壺中九華」，東坡、山谷皆有詩。配他剩水作殘山。

魚吹花瓣亦生瀾，水擊鵬飛一樣寬。下得《南華》新注脚，藕絲針孔是奇觀。

露坐待月

城頭待月月未出，一綫飛光曳長白。明朝有客渡湖來，湖面應添落星石。

苦旱

積雨乃祈晴，久晴廼望雨。如何望雨意，止在驅炎暑。難將田野情，一概例官府。江流空浩浩，不救稌與黍。南山昨日雲，竚待商羊舞。狂飈忽捲散，吹井作乾土。朝來禱龍祠，會衆伐大鼓。此邦歲早穫，鄰郡給商賈。六月合嘗新，過時恐無補。可憐關中旱，移粟累晉楚。糧船從東來，輓送方接武。時方輓運入楚漕艘。家家募丁壯，日日候江滸。寧知餽運人，自迫忍饑苦。天心莽難測，含痛向誰語。

起最早

竹亭宜早起，獨自繞廊行。漸覺月光淡，不知天色明。草長兼露重，庭曠得風輕。墻缺廬山好，峰峰似染成。

冒風渡湖口

湖欲與江合，江猶吞吐間。浪頭千點白，一點是鞋山。

立秋夜彭澤舟中

斗柄轉城頭，江聲健入秋。若逢明月夜，應作小孤游。水栅依茆屋，風帆帶荻洲。半年還客夢，星露警扁舟。

雨後登彭澤北山佛閣

眼界江天闊，登臨即大觀。雲根連地拔，山勢讓城寬。路險苔偏滑，風涼汗易乾。夕陽紅欲墮，好是獨凭欄。

彭澤縣雨中望小孤山

龍城望小孤，巖樹近可數。何來雲一片，遮斷蘆花渚。遠勢入微茫，彭郎磯外雨。龍城，彭澤驛名。

七月初三夜

七月初三月，如弓未上弦。凉風彭澤柳，遠火望江船。不作披衣坐，聊爲枕柁眠。傍人多笑我，辜負早秋天。時余微疾，早卧。

秋　暑

大火初流暑未清，長川落日正西傾。氣蒸遠水浮天動，血染殘霞照夜明。蟋蟀豈知催雨意，蒹葭只慣報風聲。故鄉消息經時斷，白髮無端一夕生。

發彭澤紀事和恒齋

吴楚西來太驛騷，亂帆啣尾上千艘。戍旗不動方傳箭，秋水初平尚滿槽。樂天詩：「江鋪滿槽水。」樹豁忽疑遥岸盡，天長不覺遠山高。民間疾苦原難悉，移粟徒煩睿慮勞。

游下石鐘題山響樓壁

牛羊滿山似可驅，鞭之不動非石乎？懸崖無根乃有株，老榦亂拔千章榆。嵌空樓閣凌紫

虚，列仙遠邀山澤臞。落星如漚漂大孤，五老拱揖朝香爐。沙洲鎖斷九江脉，正面全受鄱陽湖。湖波本清如碧矑，下流盡被江所污。是日大風聲拔木，洪濤倒挾雷霆趨。須臾風止平若鋪，細聽林籟鳴笙竽。石鐘非鐘叩亦愚，孰辨清越分涵胡。作詩一笑解者無，四壁自看江山圖。

江聲閣次家聲山壁間舊韻

勿將架構擬人工，百尺高樓萬里風。彭蠡遠帆斜出口，匡廬晴翠淡粘空。凉生欄檻秋先爽。助得江山句轉雄。好是不題名姓在，免教僧費碧紗籠。

王令詒自吴淞至溢城連牀話舊驚聞錢越江學士京邸訃信悲感交集即事成詩

急雨渡江來，蕭然挾秋氣。清風偕好友，一夕千里至。殘燈照黄昏，梧葉響階砌。荒城忽連榻，此會出不意。可憐窮旅人，一笑天併忌。新歡猶未極，旋隕傷心淚。憶昨客京華，青衫最憔悴。髯公獨好我，不與時並棄。往往合酒徒，開懷使沈醉。江湖莽回首，已若隔生事。那復承訃音，嗚呼别離地。君頭絲欲换，余齒豁已墜。浮生知幾何，聚散逆難計。

吟蛩耿敗壁，達旦兩無寐。

宋中丞牧仲自江西移撫江蘇邀余入幕投詩辭之

此游本意因廬嶽，半載逡巡未謁公。擬束歸裝向湓口，送移旌節赴江東。空煩使命雲霄上，豈有人才道路中。敢謂山林便野性，倦飛無分借秋風。

同王令詒泛甘棠湖至城南謁陶白祠

艇子打兩槳，剪風如燕梢。白鷺導我前，行行入蘆茭。古祠晝常啟，不待游人敲。門前十畝田，按碑記云：有田十畝，即以給居僧。夏旱土不膠。牛宮柱欹側，旁種苦葉匏。居僧老業農，叱犢犂黄茅。苦云生理拙，歲歲山田墝。入門風氣遒，沙水互裹包。湖光隱林杪，山色遮城坳。天然好位置，結構宜橧樔。緬懷二先生，潛見各一爻。潔身苟有歸，千載應神交。如何斗室中，湫隘鄰湢庖。誰能移佛座，勿令名實淆。正室三間，中設大士像，而二公祠反在其左，與僧厨偪處，殊不稱也。

送令詒歸青浦即次留别原韻

遠别無善地，況乃當溢城。送客不思鄉，此語非人情。鄉心我久發，非緣送君生。輸君後我來，竟復先我行。大江秋滾滾，日氣昏離程。斷雁思舊侶，閒鷗狎新盟。茫茫對岐路，歸計何時成。

敬業堂詩集卷十五

雲霧窟集壬申八月。

二月杪抵九江，即擬作匡廬之游，因循至秋仲，恒齋爲余聚半月糧，遂策杖往。自化城北登山，南下含鄱口，循麓而歸，凡十餘日，得詩七十首。身在雲霧中，仍恐未識廬山真面目也。

游廬山道中寄恒齋太守

山行宜寂寞，獨往翻躊躕。一遇同游人，謂王琴村。决起興有餘。頗累賢地主，聚糧辦籃輿。曉來風色好，初日明煙墟。千巖排空來，勢若掖以趨。但聞空翠裏，竹樹聲疏疏。我今心力衰，事事不迨初。預愁無傑句，何以酧匡廬。

經周濂溪先生廢祠

尼山大聖人，重去父母邦。人情非得已，孰肯違故常。先生少而孤，依舅居丹陽。母殁即葬此，後乃官南康。官貧久不歸，遷柩於九江。仁心重廬墓，卜築匡山傍。托名寓濂溪，中豈忘故鄉。同時往還輩，無若蘇與黃。猶不諒此意，作詩徒誇揚。我來千載後，拜公謁祠堂。荒畦被秋禾，四野煙茫茫。湓城賢太守，爲政持大綱。度地面三峰，種蓮池中央。煌煌謚告石，舉廢今方將。時恒齋捐俸重創書院。願備灑掃人，幸勿揮門墻。

太平宫

北風江上來，吹瓦墮屋角。牛羊入廢觀，古木一鳥啄。問此宅何神，其來已渺邈。肇興自唐代，廟貌遞樸斲。唐開元中，封廬山神爲采訪使者。上古神靈封，每視三公爵。東西南北中，嵩岱恒華霍。廬山雖僻左，不得列五岳。傲然踞江湖，氣象頗卓犖。無端加秩祀，屈首受正朔。山靈恐未甘，孰與一丘樂。黄冠那解此，意在崇榱桷。昏昏入醉夢，舉世呼不覺。神來風綽旛，神去雲解駮。下視九萬空，紛紛蜩與鷽。

東林寺

連山衮衮來，陡起山門前。頑空被偪塞，失却東南天。石稜瘦筋露，磵道枯綆懸。不知何峰水，流作溪橋泉。入門尋斷碑，古蹟想白蓮。同時十八人，縛律如坐禪。飲酒不入社，淵明豈非仙。

題遠公影堂後冰壺泉

影落空堂不記年，依然冰雪照蒼顔。定嫌人世江湖濁，莫放清流更出山。

宗雷禪師索贈

荔枝塔古名僧少，誰是堂中十九賢。好乞謝公池畔水，爲師重長一枝蓮。

題東林方丈

浮嵐疊翠偪崔嵬，三面周遮一面開。我欲向西添小閣，盡邀九十九峰來。株嶺一帶在寺西，若置一閣，名「九十九峰」，亦絕勝也。

三笑堂書阮亭先生題壁後先生題志云乙丑新正四日同里阮亭王某奉命祭告南海過東林三笑堂觀故友東癡先生題詩爲之憮然詩載南海集中

聽雨軒中昨曾宿，虎溪橋東今又過。謝靈運屐去已久，蘇子瞻詩留不多。兩袖攓雲獨惆悵，一燈照壁猶吟哦。沙彌竊聽傳怪事，大笑此客如風魔。

西林寺贈魯宗上人

夕陽在西林，孤塔支青天。中有六朝寺，鬬古不鬬妍。樹頭一朵雲，渡水俄爲煙。老僧送客罷，倚樹聽涼蟬。

遺愛寺小憇

侍御遺踪已久蕪，盤盤樵路極縈紆。萬竿藏塢初迷寺，一覧分泉直到厨。勝地乍來忘過客，衰年漸欲信浮屠。木樨香裏逢僧話，舊事三生記得無。

香爐峰下尋香山草堂故阯

古寺折而南，一峰矗香爐。北有草堂阯，荒榛穴鼪鼯。白公真天人，笑傲凌中區。本挾煙霞性，歷游仕宦塗。當其卜築時，意已忘羈孤。人生營菟裘，寧必皆故廬。等是有興廢，此中別賢愚。

上化城

懸崖多烈風，石縫樹不長。怪此獨雄拔，枝枝蔽穹蒼。路轉倍蕭森，古陰暗虛廊，鳥巢不敢寄，一一皆下翔。我亦難久留，毛孔森開張。翻思風雨會，快受六月涼。

由關門石步行十里登大林峰

此來爲游遨，忽迫失足慮。中情一恇怯，進退兩失據。隮雲如奔逃，片片掠面去。霞標尚天半，欲到苦難遽。松根絡崩巖，怒石虎蹲踞。隨身賴竹杖，將伯倘予助。移時陟層顛，鸞鶴似可御。眼前少行輩，坐長丈人倨。登頓方自茲，休矜最高處。

講經臺次昌黎游青龍寺韻

城中望山如握管，寸碧抽簪目光短。罡風掣我絶頂來，地少雲多鋪滿滿。一條江水拖細綫，四面天形罩圓傘。鶴經枯樹或墮翎，龍去空潭不貽卵。何人結茆荒山顛，米罄齋厨爨長斷。豈惟米罄水亦竭，兼值今年連月旱。秋陽炙背汗透衣，客到苦催供茗盌。老禪對客大嗢噱，指説兹游太荒誕。休誇筋力尚有餘，應慮頹年行莫纂。陸機賦：「傷頹年之莫纂。」偶然饑渴所不免，前路茫茫預難算。資生破寺例乞食，此去深山漸無伴。雨襟風帽好自擔，垢脚黧顔向誰澣。奔馳不定覺客忙，應接無端累我懶。白頭住山年六十，投老安心就閒散。芒鞵不踏户外塵，坐看嶔崎化平坦。遠公歿後經臺廢，世外名僧近尤罕。談天高論久寥寥，一聽清言真款款。此來得此吾有幸，大似冬寒變暄暖。好奇歷險亦何爲，語不在多微中窾。浮情一半爲芟除，相别出門行步緩。

推車嶺

奮身出絶險，深入得平地。玩情忘安危，履險識難易。憑高試北望，來路直如棄。枯株盡僵仆，樵採遠莫致。野火歲燒林，虎狼何處避。前山有厲禁，僧律嚴於帥。漸入翠微天，

濛濛雜煙氣。自此至天池皆禁山矣。

大林寺冏上人茅齋

盤煙下層霄，山骨微負土。陰陰日光澹，漠漠風氣古。寳樹壓橋低，一溪環菜圃。香山舊吟地，花徑兼宿莽。白樂天曾於此四月看桃花，其地猶名花徑。廢寺亦荒涼，半間用茅補。孤清耐久坐，客至何必主。林静無匿聲，虚簷應樵斧。

洪武御碑歌

昇仙臺前白玉碑，柱石拏攫龍之而。鴻文載在御製集，初不假手詞臣爲。我來摩挲一再讀，顛者蹤跡大可疑。憶昔元人失其鹿，群雄角逐争驅馳。濠州布衣人未識，芒碭雲氣常隨之。金陵一朝定九鼎，六合不足煩鞭笞。是時楚兵最剽悍，不自量力來交綏。國家將興有先兆，天遣來告貞元期。明明天眼識王氣，故以險怪驚愚蚩。英君往往謀略秘，計大不許尋常窺。亦如田單破燕騎，神道設教尊軍師。不然兹事乃近誕，小數何足誇權奇。白旄一麾江漢靖，軍前長揖從此辭。留侯自伴赤松去，穀城空立黄石祠。天池之山高巍巍，竹林仙馭杳莫追。鶴歸倘記石華表，世代已逐滄桑移。百年雨露在山澤，惟有松柏參

天枝。

循佛手崖觀竹林寺石刻至訪仙亭

何年鑿渾沌，洞户啟虚牝。瞰空飛瓏玲，萬古凝不隕。泉蒸濕氣成，一一結芝菌。其西勢陡絶，難以尋丈準。天窄忽倒垂，地豁平野盡。寸人不點目，寸樹如束笋。遠視入毫芒，俯身迫窮窘。傍崖嵌樓閣，側背削蒼隼。青鸞十萬隻，掉尾掃欄楯。竹林疑有無，仙者蹟久泯。短生寄長世，局蹐良足憫。如何不自廣，蟠蠖同螾蚓。御風倘可行，吾意欲遠引。

天池寺

西跨馬鞍脊，東拊五老背。廣袤四十里，南北兩交會。地界畫雲霞，岡形走杉檜。架空營紺宇，巨麗一山最。佛皆鑄金爲，殿用鐵瓦蓋。象筵及法供，半出尚方賚。琉璃百盞燈，光燭楚天外。鳴鐘集萬指，部牒領司會。音膾。當時曠蕩恩，池水亦霶霈。神仙事渺茫，崇飾毋已太。爾來漸凋耗，隙影過坱壒。殘僧四五人，被衲懶結帶。天池旱亦涸，蹬道入蔚薈。獨客來登臨，嗒焉發深慨。窮陰蓄邃谷，瑟瑟響秋籟。

聖燈巖

見説文殊谷，神燈照夜明。山僧從未見，高卧過三更。

趙忠定公廢祠在天池塔傍

丞相塔前塔爲韓侂胄所建，故俗呼丞相塔。丞相祠，千秋興廢偏同時。我來弔古一惆悵，青史賢奸僧不知。

赮封寺瞻赤脚塔

自從蛟拔門前樹，水氣猶腥一派泉。萬瓦盡隨飛雨去，孤鐘空向廢堂懸。三年前，寺傍起蛟以百數，殿瓦悉爲所掣，惟存屋柱而已。泥金塔縫風吹裂，映竹窗櫺日射穿。不用琳宮更巍焕，御碑原自配群仙。赤脚僧，天池四仙之一也。

下擲筆峰渡將軍河抵黄龍寺觀明慈聖太后所賜紫衣經幢及元人十八羅漢畫像

危峰拔奇峭，插漢秋峥嶸。下走數千尺，此身疑被阬。溪流寬且長，潭影黝而清。飛泉濺我領，過山猶水聲。漸入漸無蹊，蒼松與雲平。萬枝皆直上，曲木何由萌。入林見精藍，御扁題有明。敕建自神母，豁達開朱甍。一道護藏碑，蛟龍拱函經。袈裟垂頻婆，錦繡揚旛旌。新如手未觸，機上初織成。元人留畫圖，用意填丹青。年深彩色退，神氣逾發生。劫火焚天池，椵封亦頹傾。黄龍獨無恙，故物猶充盈。得非深山中，呵禁趨百靈。勿輕現光怪，恐使神鬼驚。

金竹坪

水緩山舒一徑分，叢篁戛翠晚氤氲。秋陰非雨亦非霧，嵐氣似煙還似雲。偃蓋松低從蘚蝕，藏經函古費香熏。内官死後茅庵廢，好事僧稀失舊聞。明萬曆中有太監劉姓，結茅於此，今庵廢阯存。

太乙峰西麓有蘆林亦静者之居也

誰將半幅江湖景，移置千峰最上頭。撥觸游人動歸興，蘆花風裏屋如舟。

自含鄱嶺下東行至蚱蜢嶺望大小漢陽諸峰

已近匡南道，紆迴下嶺行。路尋松鼠跡，山占草蟲名。曉露沾衣重，秋風信杖輕。翠屏圍合處，遥指仰天坪。在漢陽峰上，廬山最高處。

入九疊谷循觀山麻姑崖經屏風疊上一綫天會日暮不及觀三疊泉而返

信書不如無，身歷解其故。好奇輕坦道，冒險犯迷路。廬山載圖經，絶勝因瀑布。三疊尤稱雄，此來期勇赴。尋源既已得，一壑經屢渡。波濤所衝撞，石滑不留步。荒榛或刺眼，蛇蝮時挂樹。雲屏横我前，陰瀨風逾怒。偕行率興盡，深入獨無怖。漸上一綫天，團團失四顧。日光所不到，勃窣但煙霧。徘徊問樵夫，道遠日已暮。逡巡半塗廢，老懶坐自誤。悮事豈可常，一悔生百悟。

晚至萬松坪二首

論谷量松不計株，參天一片翠糢糊。明朝五老峰頭望，又作蒼雲貼地鋪。

此中舊有高人住，謂聞極上人。遲我來尋五六年。畢竟著書須擇地，人間難得好林泉。

五老峰觀海綿歌

峭帆昔上鄱陽船，我與五老曾周旋。兩塵相隔骨不仙，蹉跎負約十四年。近來稍知厭世纏，筋力大不如從前。扶行須杖坐要篼，絶境敢與人争先？山神手握造化權，走入南極分炎躔。鞭羊欲從後者鞭，假以半日登高緣。風清氣爽秋景妍，芙蓉千丈開娟娟。長江帶沙黄可憐，湖光浄洗顔色鮮。背負碧落蓋地圓，尺吴寸楚飛鳥邊。初看白縷生棲賢，樹杪薄罥兜羅緜。移時騰湧覆八埏，四傍六幕一氣連。滔滔滚滚浩浩然，渾沌何處分坤乾。近身扁石履一拳，性命危寄不測淵。陽烏觝撲光倏穿，饑蛟倒吸無留涎。以山還山川自川，五老依舊排蒼巔。來如幅巾裹華顛，去如解衣袒兩肩。酒星明明飛上天，人間那得留青蓮。此時此景幻莫傳，頃刻變滅隨雲煙。

青蓮谷青蓮寺

饑鷹入山猛如虎，掠過松梢攫飛鼠。林深谷暗人更稀，橋斷溪横道多阻。忽逢大石刻三字，快若同游獲徒侣。前行依舊路茫茫，太白書堂在何許？三間破屋佛委地，一帶頽垣草没礎。獨來高詠《廬山謡》，白日軒軒欲輕舉。屏風疊與五老對，想像先生舊游所。石梁即是三疊泉，此景分明在詩語。後來著書好穿鑿，衆論紛争吾不與。太白《廬山謡》有「屏風九疊雲錦張」，「銀河倒掛三石梁」之句，元李洞言三石梁在開先寺西，黎眮言在五老峰上。或云在簡寂觀及上霄、紫霄二峰間，桑喬《廬山紀事》則竟以爲無，如竹林寺之幻境。衆説紛然，莫知所指。今三疊泉在九疊屏之左，水勢三折而下，如銀河之掛石梁，與太白詩句正相脗合，非此外别有三石梁也。後人必欲求其地以實之，失之鑿矣。古仙不作誰正之，悵望秋雲久延竚。

徧游鈐岡嶺下諸禪室

山僧住山久，不道深山好。山下每相逢，山中跡如掃。禪居既寂寂，過客亦草草。林荒鳥語斷，葉落寒氣早。物外識閒情，誰能耐枯槁。

早發萬松坪

昨登五老峰，足力鬬輕蹻。氻投茆舍宿，睡美不知曉。豈惟廢鐘魚，林寂少棲鳥。起來見晨旭，殘月猶雲表。山谷催早涼，陰多晴恐少。迨兹好天氣，我興殊未了。

呰口下山

匡南古道誰開闢，懸溜垂絲通一脉。劣容半足百八盤，直注雙眸五千尺。靈區再上苦不易，步步别山多可惜。舉頭却望昨所經，似到蓬萊今被謫。

從萬壽寺經百花園

草煙竹靄午霏霏，行盡懸崖接翠微。過夏客餐嘗筍去，隔林僧擔賣茶歸。穠花繞砌晴添艷，乳水流田土漸肥。自覺向南風候暖，早秋時節尚生衣。

净成精舍懷天然澹歸二禪師時二公俱下世矣

萬枝修竹一龕燈，山外青山又幾層。有此林巒應著我，無多文物半依僧。香前蠹辟繙經

案，鉢底龍眠挂壁藤。紫桂巖前人不見，秋風猶記别南能。往與澹公别於家黄門伯如圃中。

三峽橋

陟山須到顛，尋水須到源。我從泉源來，送汝歸山根。上流九十九，併力同作喧。前行經玉淵，盡爲潭所吞。既吞不勝受，含雪空中歕。急峽跨飛橋，約束遏其奔。一條夭矯龍，中有跌斷痕。挾此萬古怒，轟轟争一門。游人不敢立，足底防瀾翻。松風吹細雨，到寺將黄昏。

棲賢寺阻雨示角子禪師

七尖峰埋煙一塢，五老神情皆下俯。攜來杖頂昨日雲，灑作燈前夜來雨。石頭路滑不可行，游人早起祈天晴。禪翁勸我且喫飯，同向空堂坐水聲。

雨後再至玉淵潭觀水勢

着屐重來又一奇，飛流十丈躍龍池。不知雨點添多少，跳沫粗於白鷺鷥。

白鶴觀舊有唐道士劉混成手植杉東坡先生嘗獨游聞棋聲於古松流水間即其處也

古觀荒荒冷翠交，一渠新漲浸堂坳。雨眠亂草移蟲窟，風折枯枝帶鶴巢。旛影不飄經院静，棋聲久散石牀抛。二山路僻人稀到，頭白黄冠自結茆。

白鹿洞書院紀事四首

古洞盤旋路欲封，到門無樹不喬松。陰森前後三重殿，突兀西南五老峰。兵火縱教仇典籍，蟲魚何敢蝕蛟龍。書院中有御賜《十三經》、《二十一史》及御書二額。睢陽岳麓全荒棄，留得宫墻儼辟雍。書院舊名廬山國子監。

九原可作心相許，千古淵源只數公。大事商量何草草，當時位置太匆匆。祠荒勿復論分合，道在終須辨異同。祀典也應煩早定，莫令禮樂笑淹中。

前賢餘澤最分明，立法雖良視奉行。幸爾流風綿歷代，猶從朔望集諸生。學田籍去官支俸，觀德亭荒士好名。此日終南非捷徑，溪山何負讀書聲。

松顛紅鶴早歸來，卓爾山前半草萊。題扁已更新歲月，看碑猶辨舊亭臺。無端講院人人

設，何怪儒風日日頹。傳語後來須慎重，此間容易着英才。萬曆己卯，張江陵禁革書院。先是常有紅鶴百十巢於後山松杪，其年忽去。越三年，仍來巢，書院隨議復。

鹿眠場

山人陳迹久荒唐，石洞新移近講堂。町疃年年秋草没，兒童偏指鹿眠場。白鹿石洞，明南康守王溱壘石爲之，在彝倫堂後，非故處也。

左翼山武侯祠

舊來忠節祠何處，丞相新堂獨改營。洞中舊有忠節祠，合祀武侯、靖節。今祠廢，靖節神位移入朱子門人之列。若是此中多序爵，故應無地置淵明。

循貫道溪南北觀朱文公題志諸石刻

我留鹿洞訪古蹟，夜以繼日勤搜羅。穹碑無數作林立，大半鐫刻時人多。蛇蟠蚓結互相雜，頭目眩瞀猶摩挲。先生姓字如日月，照耀宇宙開山河。生平衣履皆可敬，矧乃手澤存巖阿。溪邊巨石見題字，小者徑尺大擘窠。自然運用合古法，小技不算隸與科。水淘土

鐲殺節角，元氣尚自盤蛟鼉。誰能樵取置殿壁，細辨點畫無差訛。嗚呼所見毋乃小，金石非壽道不磨。

次韻答白鹿洞生周宸臣並簡學博鄭子充副講徐履青

吾生苦失學，悔往思補來。一經未精通，賦命多邅迴。靦顔扣名區，洞户呀然開。登堂挾浮氣，静者恐見猜。此來爲求友，庶幾遇奇才。之子杜門處，堦前長蒼苔。昔年充國賓，群彦多追陪。脱身出京洛，振步凌崔嵬。爲儒務其醇，好勇知所裁。士方處貧賤，有識羞良媒。詞章技尤卑，小草殊根荄。讀書不聞道，枯朽安足摧。古來名師儒，所以重草萊。

出白鹿洞經羅漢嶺下至王楊坂

蒼蒼轉一溪，窅窅凡幾曲。煙中見村落，鷄犬傍草屋。阡陌交横從，秔稻雨早熟。謂言岡路盡，豁眼得平陸。涉澗水急流，吾行尚山麓。循流溯此水，來自棲賢谷。想當暴漲時，發石拔老木。兩傍設機碓，日可轉百斛。此法俗不傳，勞勞手舂粟。

萬杉寺贈熙怡長老

慶雲峰麓萬杉寺，拓地舊傳天聖中。大書鑿石剩九字，寺中石刻甚多，悉爲僧所踣瘞。今惟「槐京包帚書龍虎嵐慶」九字在寺後石上。古殿跨山連百弓。夕陽沈沈南去鳥，秋氣颯颯西來風。相逢不談户外事，吾愛老僧雙耳聾。

開先寺

平橋曲磵氣森森，門鎖空堂晝轉深。時居僧以斫伐佛印手植松，爲當事所逐。三門晝閉，小吏司鎖鑰。鴨脚葉黄僧罷掃，麝囊花紫客來尋。寺創於南唐，時山中有麝囊花，色正紫。中宗嘗植于移風殿，名曰「紫蓬萊」。諸峰瀉瀑層層見，萬木聞蟬步步陰。可惜不容吾借榻，山南第一好禪林。

李中主讀書臺

鶴鳴峰勢倚巑岏，指點南唐舊石壇。畫像影中松葉换，黄山谷《開先禪院記》有「南唐中主畫像及榻存焉」。墨池涸後蘚花乾。累朝題志名空在，衆口傳訛辨最難。俗傳昭明太子書堂者，訛。珍重涪翁留片碣，雨淋日炙恐摧殘。石上刻山谷所書《七佛偈》。

王文成紀功碑

明朝制科號得士，吾鄉前輩尤絶倫。于公王公後先出，往往艱大投其身。朝廷坐收養士報，倉卒定變皆儒臣。正德己卯夏六月，逆濠犯順江湖濱。公然舉兵思向闕，三郡一鬨生祅塵。皖口駸駸勢將下，留都岌岌恐震鄰。是時海宇正清晏，武備缺略久不振。公方持節撫南贛，似可觀變徐邅迍。同仇大義憤所切，守土敢限越與秦。出師必待九重詔，是謂以賊遺君親。飛書插羽聲罪討，攻所不備真如神。自從擣巢及執醜，通計時日纔兼旬。軍門戎首已面縛，天子鞍輅方南巡。石頭城南獻馘罷，待命行及明年春。周公東征尚跋疐，形跡詎可拘忠純。盈庭宵小古亦有，忌者愈衆節愈伸。初心祇期濟國事，豈必畫像圖麒麟。兹山勒銘蓋有故，深刻歲月題庚辰。紀功非夸乃紀實，書法遒勁辭温醇。首從伐叛叙始末，繼舉神武歸丹宸。天方嘉靖我邦國，誰其紀者臣守仁。隨征官屬例得列，惜哉名姓今俱湮。讀書臺傍一片石，百四十字磨崖新。逸事吾聞長老説，弘治乙榜凡三人。後來立朝適共事，數本前定非無因。胡發其奸孫殉難，公乃一手回千鈞。弘治五年，吾浙鄉榜，公與胡公世寧、孫公燧同舉。其年，場中見三巨人，傳爲異事。及宸濠之變，胡首發其奸，孫以巡撫死難，三人共此事，亦一奇也。煌煌勳業本德性，出遇世會開經綸。質諸百世可無惑，似此理學寧非真。後來輕

薄好詆毁，撼樹不過欺愚民。如公表見猶未免，此外何以加冠巾。手磨碑碣發長嘯，白日皎皎懸秋旻。

題聰明泉傍石上

頑童漱清甘，我見謂可惜。我旋被彼笑，浣手向澄碧。人苦不自量，無端分别多。飲牛與洗耳，相去能幾何。

玉峽亭觀瀑

女媧煉石手，年久漏微罅。銀河忽垂天，峰頂劈二華。陰寒透毛髮，觀者初可怕。從來所踞高，一跌必就下。龍歸争窟宅，思以一戰霸。雷霆震嚴冬，冰雹凛炎夏。衝成井萬丈，避去石三舍。束身峭壁傍，俯視若出跨。相持勢難合，掉尾竟傾瀉。來者競喧囂，逝者已代謝。風林延静聽，漸遠似分汊。繅繅絲車鳴，决决糟牀醡。盡平震蕩心，坐以觀物化。

萬竹亭

孤亭避玉峽，一徑幽篁裏。鑿斷簿龍根，石槽方吐水。

五乳峰下望黄巖瀑布

五峰融乳氣流濕，一穴洩雲聲滿空。落日正懸高樹杪，行人却在雨絲中。

歸宗寺次潁濱先生舊韻

遥瞻孤塔近聞鐘，又到金輪第一峰。五老煙霞猶在眼，六朝風景獨留松。寺爲王右軍捨宅。鵝池細合簾泉派，鸞水涼分茗盌供。歷徧名藍兹最古，夕陽簾閣影重重。

登右軍閣

右軍高閣俯碧渠，古木漾影交扶疏。迴廊灣環得幽趣，高有飛鳥潛有魚。此間臨池頗自可，我腕有鬼不善書。作詩亦欲題壁去，擲筆一笑成墨豬。

鸞　溪

二老風流路未迷，青松名與白蓮齊。若將山水平情較，似覺鸞溪勝虎溪。元豐中，周濂溪先生與真浄文禪師於此結青松社，人以之比虎溪云。

寄題簡寂觀十四松

梁時碑記梁沈璇有《簡寂觀記》。晉時松，十四株如十四龍。約汝重來吾不負，好留鱗甲待吟筇。

從栗里渡柴桑橋至鹿子坂訪醉石觀靖節祠

陶公家柴桑，地本接栗里。高賢棲隱處，土物覺清美。風翻紫芋苗，雨綻紅蓮米。平坡樹簇簇，枉渚波瀰瀰。徘徊山東南，何處訪故址。逢人輒問姓，覬遇陶氏子。但見丱角翁，叱牛入煙裏。先生在當日，逃禄如脱屣。至今山下柳，尚識折腰恥。肯令後世名，人人得輕指。聞風感頑懦，即此可以起。

圓通方丈與杲庵長老夜話

到門山壓樹，冒石水銜橋。古殿防頹塌，閒房取寂寥。齋鐘秋後準，燈盞夜深挑。尋遍峰峰寺，高僧不在遥。

月下步入鄰庵同杲公

尋山翻苦忙，忽忽度長日。徘徊撫良夜，清景殊未畢。鄰僧閉門早，避月不肯出。客來扣柴門，帶月入爾室。空堂琉璃暗，古佛黑如漆。不有好事人，清光爲誰溢。

尋夜話亭一翁二季亭故阯皆不得戲示杲公

十里無端枉道來，歐蘇陳蹟委蒿萊。人間好事誰如我，博得圓通一宿迴。

渡石澗橋欲游石門精舍不果

客從山中來，嵐氣濕巾帽。北尋黄龍潭，南送白水漕。五老峰下澗名，讀作去聲。石門路非遠，一澗流浩浩。翻以耳目前，行蹤未經蹈。吾將賈餘勇，直入窮閫奥。謀及道旁人，競以險惡告。或云林黯黮，或云石鶩驁。或云夔罔兩，遇者恣凌暴。或云採樵叟，壯年曾一到。白頭每追悔，相戒勿再造。或云天池僧，亦曾宅崖隩。荒寒難久住，苫舍隨欹倒。爾來更誰繼，奇險敢輕冒。老夫爲躊躇，獨聽奪群譟。迴思謝康樂，鑿山每開道。當時築精舍，物力豈空耗。不得從之游，悵然違夙好。

廬山雜詠四首

食豆兼食苗，豆苗瘦如縷。不聞豆花香，惟帶豆葉苦。豆葉菜。

老鴉銜茶子，墮石久成樹。何必百花園，峰峰有雲霧。閬林茶，亦名雲霧茶。

誰遣冒松名，而長三寸許。山頭有蓬藋，俯視猶傲汝。萬年松。

山花合在山，幽谷尋難見。却笑紫蓬萊，愛入移風殿。麝囊花。

游山歸錢越秀吕灌園出示見送詩戲答二首

一卷新詩吟不盡，歸來只與未游同。野人胸次無宿物，好景仍在廬山中。

千古才難洵不疑，敢將輕薄入文辭。眼空除是東坡老，笑得徐凝《瀑布》詩。

自題廬山紀游集後

半生讀書不得力，浪走風塵嗟暮色。名山五岳杳無期，此日匡廬面初識。千秋物象遞顯晦，幾輩閒人肯登陟。謫仙頭白倘歸來，白石清泉聞太息。獨移瘦杖扣石鏡，雙眼快對晴空拭。已知絶境少豺狼，那怕荒蹊犯荆棘。鴉飛不到力有限，龍起無時神莫測。橋邊聽

瀑雨淙淙，峰頂看雲松晏晏。三秋忽變候寒暑，半月略盡山南北。偶然興至或留題，聊藉微吟豁胸臆。詩成直述目所覩，老矣焉能事文飾。仙靈幽秘苦雕劖，雲霧蒼茫每深匿。忽逢生客一呈露，可惜無才收不得。歸途鹵莽方自嗤，游況匆忙誰見逼。人間涉歷多梗滯，祇此一途猶未塞。皇天亦似憫汝窮，恣爾窮探無吝嗇。如何汲汲向城市，若赴嚴程拘漏刻。他年終伴采芝翁，臨别有言吾敢食。

敬業堂詩集卷十六

客船集起壬申九月，盡十二月。

樂天《琵琶行》自述遷謫之情，託于送客而不著其姓字，未必果有其人也。今余與恒齋別，正值楓葉蘆花之候，恒齋宦況不異左遷，别後倘有詩見及，其毋使人疑此客爲烏有子虚乎？

留别恒齋太守次見送原韻

小住衙齋忽半年，河梁只在一尊前。重攜風雨登山屐，又上江湖載酒船。有此别離成我老，無多才調感君憐。蘆花楓葉殘秋路，不聽琵琶亦黯然。

鎖江樓下再與恒齋別

聚散真無奈，行期已數更。不緣歸路遠，翻遣别愁生。潮到潯陽縮，江過皖口平。戍樓今夜月，相送比君情。

早發湖口縣

山色滿空城，蒼煙帶曉晴。舟人辨風信，關吏候鷄鳴。湖勢三秋減，江流九月清。半年經六度，此度是歸程。

初秋與恒齋住舟彭澤余有七月初三夜五律一章重經此地屈指六十日矣聚散之感愴然入懷再作一詩附九江後信

小縣江天豁，西南月吐鈎。轉頭如昨日，撫景忽殘秋。路改攀罾岸，燈明隔浦舟。煙波三宿夢，猶自戀江州。

舟過大雷岸二首

雲收霧散來時路，奇險初欣過馬當。風日晴和秋澹蕩，江山平遠樹微茫。畫圖側畔移帆影，明鏡中間耀眼光。合與詩家添好句，不然辜負薄游裝。

荒洲夾岸沉漁葹，小市臨流颺酒旗。去舫校多來舫少，遠山不動近山移。鷗憐故侶行音杭相傍，雁折斜風字亦奇。一事歸人獨惆悵，匡廬西望已迷離。

夜抵黄石磯

過盡魚罾蟹籪邊，依稀村落在山前。半江煙霧半江月，一隻夜深歸客船。

搭魚詩有序

沿江捕魚者，碇小船急流中，截竹二尺許，緡而不鈎，繫豕肉作餌，兩人對把一竿，隨放隨收。鰷魚長二三寸者，應手而出，稍緩則呑餌逝矣。日可得數十斤，名曰搭魚。曝乾加紅麴爲鮓，鬻於寧國山中。

昔讀魚具詩，纖悉苦難曉。今來江湖畔，意外駭機巧。竹竿二尺長，芳餌繫其杪。曲鈎渾

不用，緡直影隨表。濊濊水聲中，鱗鱗出白小。有如拾蚌蛤，一一向盆沼。十不失二三，得心手馴擾。自從罔罟設，水族久莫保。此法古未傳，吁嗟更誰造。庖厨窮口腹，物命例短夭。有情爲惻然，放筯吾忍飽。

早過大通驛

夙霧纔醒後，朝陽未吐間。翠煙遥辨市，紅樹忽移灣。風軟一江水，雲輕九子山。畫家濃淡意，斟酌在荆關。

重登銅陵太白樓

千古奇才一謫仙，當時寂寞後人傳。誰憐我是題詩客，淪落江湖十四年。己未夏，余曾題詩樓上，今尚存。

天門山

北望采石磯，南望蕪湖關。蒼茫裕溪口，豁達天門山。長江萬里來，近海勢逾寬。到此一約束，帖然成安瀾。秋空掃濃緑，兩道蛾眉彎。亦名蛾眉山。弦月帶衆星，盡歸吞吐間。亂

帆不自整，散落鷗凫灘。浮雲本無程，日暮相與還。我行何處泊，前路方漫漫。

采石舟次喜遇介庵叔即送其游楚

半載家書斷，逢君喜欲狂。細微談近事，安慰當還鄉。別夢吴船隔，征途楚水長。忍辜今夜酒，明日況重陽。

九日三山舟中有懷德尹近得家信聞弟已渡淮

夾岸蘆花作絮飛，鯉魚風急客添衣。從來節物悲游子，如此江山送落暉。鄉路尚成千里隔，別時原約半年歸。誰能料得貧家事，去住無端與願違。

重泊秦淮二首

袁家鵝鴨薛家羊，不問當壚賣酒孃。懊惱一秋無菊看，楚人船上過重陽。

市樓南北酒帘青，市上游人半醉醒。何暇管他亡國事，更將閒淚灑新亭。

金陵早發

東方大星射芒刺，一片江光白如地。去城未遠尚聞鐘，煙柳濛濛六朝寺。

登燕子磯

迴欄步步轉雲汀，若要登高更有亭。淮岸柳條秋尚緑，孝陵松氣遠尤青。城啣日出排鴉陣，天偪江低響雁翎。添得重來多少恨，西風吹帽鬢星星。憶與韜荒兄泊舟觀劇，屈指十三年矣。

同譚蘐城給諫飲朱十兄竹垞齋席上分賦

檣燈塔火照城闉，僦屋依然近作鄰。九陌並回三載夢，一官難救五湖貧。飽經世故初心在，畢竟交情老輩真。慚媿爲歡煩二主，買魚配酒餉歸人。

題鄭春薦廬墓圖

舊來宰木已參天，書帶重生丙舍前。多少康成門下士，一時俱廢《蓼莪》篇。

題朱北山西溪梅花圖卷

一篙寒水平盃緑，松木塲西凡幾曲。春頭臘尾萬梢梅，照影横斜散冰玉。花時一一爲我有，别業西溪曾卜築。廿年不到漸疏蕪，借與鄰僧挂瓢宿。上番大雪凍連月，聞道摧殘到松竹。可憐老幹剩槎枒，有似佳人在空谷。對君此畫增健羨，蟠蠖龍蛇歸尺幅，欣然意到不留手，偶爾圖成聊寓目。春煙欲動氣葱葱，夜月斜穿光燭燭。略施朱粉紅間白。力挽冰霜骨勝肉。恍如幽夢向溪山，洗盡胸中筆端俗。我今倦游百事廢，一壑能專良易足。相將同賦歸去來，花氣浮餅酒應熟。

再題霜林秋晚圖卷

長風入林瘦蛟舞，萬葉低昂争仰俯。劈開玉峽飲晴虹，倒射霜空撒紅雨。中間幾株尤耐霜，濃者得緑淡得黄。興酣渲染出真意，絹素絢爛凝秋光。瀟湘洞庭多變態，放筆知君與神會。披圖莫作咫尺觀，别有蒼茫在圖外。

王令詒過村居小飲限韻各賦二首

十年出求友，時輩方縱横。與君非苟交，結托重老成。所以我諸弟，事君亦如兄。每聞君造廬，一一皆歡迎。且須惜此意，勿作匆匆行。

湓城得家書，送爾倍惆悵。初秋與令詒别於九江。吾舟未東下，吾弟方北嚮。同時忽同歸，余到家半月，德尹亦歸。事固未易量。喜君復見過，此會出非望。所嗟不盡歡，鄰喪舂不相。荆州兄方丁太夫人艱，故云。無計獨留君，燈前北風漲。

題陳言揚抱膝圖二首

使君與僕孰英雄，寄托如何不約同。此意沈吟應共惜，半生光景畫圖中。

與君識面從兒穉，不覺形容漸失真。同是庚寅吾獨老，始憐衣上十年塵。余與言揚皆庚寅生。

再題言揚看舞圖

舞袖雖長不自持，歌喉縱好有誰知。賞心或在人情外，看取停歌罷舞時。

維揚談禘初亡兄韜荒壻也今來就婚投詩見贈感賦一首

吾嫂持門户，吾兄肉已寒。夢爲雲聚散，愁見月團圞。得婿如君少，爲甥似舅難。十年存殁淚，相對不禁彈。

廉讓寄南燭子詩索和戲作一首

曹家二尺紅珊瑚，霞光照耀開座隅。季倫如意不敢擊，變作顆顆匀圓珠。冰霜太寒雪太白，可少丹砂點顏色。緑毛么鳳愛梳翎，尾重身輕飛不得。

斵硯歌寄和姜西溟

姜侯才高同屈宋，往往彈冠讓王貢。舉場老負十上名，史館貧支廿年俸。硯田一片羞自給，略似良農勤蓺種。爲言此石初得時，愛與端瓊稱伯仲。端瓊亦西溟藏硯。每因拂拭誇朋友，未許收藏付僕從。平生不以文滑稽，滴露研硃事修綜。窮經恥匆草《太玄》，給札雄堪賦《雲夢》。不知磨耗幾挺墨，書到成家筆方縱。可憐尤物難久完，識者何希忌何衆。秦城十五不輕易，博浪一椎翻誤中。有情那免號癡絶，足刖荆和抱深痛。唾壺口缺琴尾焦，

笑此依然配清供。作詩聊用解客嘲，屬和無端邀我共。我今所見與君異，嗜好心空色不動。膠聯漆附終有痕，來詩有「膠聯漆附太堅緻」之句。豈比天生本無縫。勸君撥棄勿復道，瓦礫寧當較輕重。君苗焚硯古有諸，持此區區欲安用。

並轡集起癸酉正月，盡三月。

余以新正束裝北上，德尹初未有出門之約。二月杪忽相遇于淮上，遂偕翁康飴、嚴定隅並轡而北。通計一春所作，無過三十餘章，皆行役之詩也，故彙成一編。

春夜飲曾濟蒼宅同徐淮江

春波門外如鈎月，六里長街未上燈。花徑初除三尺雪，雅人相對一壺冰。窮愁老境尤貪酒，樂事新年在得朋。從此兩湖添地主，余向寄徐淮江詩，有「兩湖地主惟君在」之句。每逢高會約徐陵。

貽笏圖爲徐淮江賦次李武曾韻

徐家手版傳忠襄，曾隨封事攜皂囊。牙花欲開天變候，雷雨白日搜谿堂。堂中書籤三萬

軸，一一玳瑁琉璃裝。牀頭置笏牀下拜，髣髴排擊含風霜。自從尚書殉社稷，對命無復王廷揚。問君寶此竟安用，謂是祖德貽縹緗。君家祖德非尋常，日星皎皎懸孤光。百年朝典存手澤，世閱兩代源流長。公侯子孫必復舊，瓜瓞綿邈今方將。鳳雛已得韓冬郎，七歲弄筆吟繞廊。丈夫生兒有如此，用少陵《徐卿二子歌》中句。對客那得能深藏。塗鴉畫虎無不可，但是驥性終馴良。乃翁與世不同調，挾筴莫歎亡羊臧。摩挲老眼待他日，爲汝持笏還端詳。

吴門程汝諧乞詩爲節母孫太君壽

古人乞言重名義，今人乞言重勢位。數篇排比達官名，滿幅雷同錦屏字。程生壽母乞我詩，我名微賤世莫知。感生厚意惜不得，但媿窮老無妍辭。區區持贈一言耳，非此母不生此子。我爲此語豈無徵，試問南湖老居士。汝諧出老友盛鶴江之門，故落句及之。

再題東湖弄珠樓壁

滿湖新漲緑如油，五度凭欄記此樓。粉壁有詩僧代掃，青衫無趣客重游。花邊舊事閒相觸，醉裏風情老漸休。多謝柳條長短意，尚含煙雨拂孤舟。

鄧尉山看梅與譚蘐城都諫分韻

買帆下吴閶，晨夕風雨對。掀篷喜開霽，决起逐儕輩。明波洗雙眸，遥見峰染黛。橋低榜稍進，竹密步微礙。紆徐入玄墓，梅信行已逮。古榦無醜枝，疏花有餘態。寧知山近遠，漸覺路茫昧。濃日散晨光，千林同一槩。蒸蒸氣浮動，靄靄香奔潰。人聲絲竹聲，多在白雲内。居僧揖冠裳，游女曳環佩。青紅小婭姹，紛若魚同隊。見花嬌不憐，手折鬢邊戴。本爲冷澹游，喧沓性叵耐。翻身暫引避，穿徑出荒穢。前登馬家山，高出萬花背。境荒人罕到，鑿石初破塊。自然愜幽趣，真景非粉繢。僕本住山人，無端走關塞。故園三百樹，先植記好在。有花不得看，既出每深悔。此來復何幸，夙願償意外。神交契新賞，老戀割私愛。俗腸既蠲除，塵面一盥頮。逝將營半畝，斸地把耡耒。君如娱晚計，共買花邊埭。歸田事不難，所要在勇退。惜哉迫行役，各與初心偝。解纜復踟躕，清游幾時再。

過葉已畦二棄草堂出新刻見示

疊成山勢鑿成窪，位置柴門趁屋斜。小築人皆稱得地，遠來吾不爲看花。舊游歷歷經心眼，餘論津津溢齒牙，未敢對君談著述。十年衣袖有塵沙。

吴門勞在兹爲余作畫册

自題佳句寫雲煙，不獨詩仙畫亦仙。筆墨我緣人品重，聲名天許布衣傳。家留林壑藏書屋，君爲洞庭西山人。春在江湖采藥船。老覺塵埃真少味，相逢猶話住山年。

常熟過錢玉友河亭時玉友亦將入都。

薜荔交陰覆短墻，詩人居近苾蒭房。俄驚小别成三歲，直訝相逢在故鄉。兒摘畦蔬供午饌，婦藏斗酒佐春觴。祇愁旋被饑驅出，未必家餘住夏糧。

大石山房西城樓閣爲虞山絶勝處。

又作西城半日留，短筇筋力試山游。愛隨雲氣穿仙掌，笑插花枝上佛頭。三面城根三面水，一層樹杪一層樓。人情那得能知足，好景多貪極目收。

留守瞿相國春暉園

不知頹廢自何年，一片傷心到目前。戰後河山非故國，記中花石尚平泉。煙埋平碧迷芳

草，血染春紅化杜鵑。狼籍南雲憑檻外，愁看白日下虞淵。

拂水山莊三首

名園未到已神傷，指點雲山入渺茫。老屋尚支秋水閣，墓田新拆耦耕堂。藤陰漠漠餘花紫，梧徑離離夕照黃。猶有游人來買醉，兩湖煙月屬鄰莊。

滄桑殘局等閒分，野史亭邊日易曛。異代文章歸紀述，盛時裙屐屬傳聞。畫圖夢蝶尋紅豆，書劫焚魚感絳雲。留取舊栽花木在，罷官還説李司勳。

松圓爲友河東婦，集裏多編唱和詩。生不並時憐我晚，死無他恨惜公遲。崢嶸怪石苔封洞，曲折虚廊水瀉池。惆悵柳圍今合抱，攀條人去幾何時。

瓜洲大觀樓張見陽郡丞屬題

柳梢城角影毿毿，煙放桃紅水放藍。到此忽驚身是客，捲簾江北望江南。

秦郵舟中紀事

截斷湖光别作隄，一條荒影亘虹蜺。居民飽食黃河鯉，客飯愁添濁水泥。不解天心何日

轉，若論地勢向來低。誰憐《禹貢》揚州域，急挽東流更向西。

魚溝看桃

一村桃間一村柳，日氣射花紅撲鞍。此事今年真過分，江南江北兩回看。

與德尹同坐騾車戲作二絶句索翁康貽嚴定隅和

淮浦相逢事太奇，小船同載蹇同騎。與君便是同功繭，不許人間有路岐。

抵足朝朝作卧游，欠伸一笑兩擡頭。擊殘車壁殊多事，鼠穴前頭夢八騶。

德尹詩有一龕恢恢之句用其意再作一首

别茅庵出已多年，又結津梁道路緣。添個蒲團相對坐，也如行脚也參禪。

從峒峿騎騾至紅花埠

峒峿小驛勃姑啼，路入徐州漸向西。若要看花須趁早，防他一雨便成泥。

雨阻紅花埠一日

衝風衝雨衝波浪，瞥眼江湖十載餘。肯信壯心銷便盡，一鞭泥滑怕騎驢。

望蒙山同定隅德尹作

疊翠浮嵐不記重，群山絡繹走蒼龍。若論舉眼人人識，只有知名一兩峰。

道傍見蜣蜋轉丸

不知何意轉成圓，糞壤生涯大可憐。翻似向人誇絶技，一丸突過馬蹄前。

望　岱

一朵雲扶一朵蓮，蓮花頂上即青天。可能膚寸爲霖雨，今是乾封第幾年。

至河間聞彭椒嵓量移之信留詩寄之

八載循良吏，初還本分官。敢云從政易，轉覺致身難。客路雖相左，離愁此暫寬。一春傳

旅食，今日爲加餐。

次新城先生壁間韻

餅罏酒店兩三間，塵壁題名記往還。留得和詩人小住，緑楊簷角鳥關關。

曉過趙北口

十里風埃過鄚州，忽開雙眼見清流。緑楊影裏平橋路，數盡漁船數白鷗。

題王赤抒籬豆畫卷二首

豆葉翻飜豆莢肥，檐前簌簌草蟲飛。故園秋意忽到眼，一陣野風吹客衣。
沿籬手種兩三塍，引蔓垂梢漸滿棚。生被畫家偷樣去，帶花拗折一枝藤。

送趙子晦之任延津二首

青袍謁選十三年，此去雙鳧便是仙。滿眼簿書非俗物，太行山在印牀前。
車笠相逢兩不猜，湖湘分手又燕臺。參軍一老今頭白，重與郎君贊畫來。謂彭南陔。

次韻酬唐實君喜余入都之作

吹得楊花作雪飛，帝城春事已全非。桐經爨後孤絃絶，鐵化魚來尺素稀。東閣何期今再到，故人長恐見無幾。《詩·楚茨》疏：「幾，期也。」。白頭賸爾如新在，縞帶猶堪博紵衣。

附原作

唐孫華

客散梁園墜雨飛，尺書驚見是耶非。鄰房燈火鳴鷄杳，岐路雲山候雁稀。飲酒人非攻子美，改名君且學劉幾。長須扣户吾遥識，蚤晚將迎辦倒衣。

初夏同叔毅定隅霜巖德尹坐一莖庵後香林亭

一窖黄塵没馬蹄，喜從塵外得招提。出墻僧梵風吹斷，拂面花枝鳥壓低。溝水欲流亭影去，夕陽忽到柳陰西。浮萍落絮同飄散，閒繞空廊覓舊題。己巳秋，與竹垞、水村兩游此。

渌水亭與唐實君話舊

鏡裏清光落檻前，水風涼傴鷺鷥肩。菰蒲放鴨空灘雨，楊柳騎牛隔浦煙。雙眼乍開疑入

畫，一尊相屬話歸田。江湖詞客今星散，冷落池亭近十年。

偶閲楊次也賣花詩戲次原韻五首

先從槐樹斜街過，旋到慈仁寺裏來。淺緑深紅春四季，跨驢騎馬月三回。

分明已過早春時，駘蕩風光不自持。大抵人情誇爛熳，斷無人賞未開枝。

帶來春色三分土，吹過風頭一鬨塵。莫認園丁作園主，種花人是賣花人。

白白朱朱漫作堆，舊家亭館記曾栽。閲人最有花兒匠，及見園空長緑苔。

草本經年易長成，豐臺美種一時并。當初芍藥原名貴，莫以花多便見輕。

次韻答實君

被褐時方輕，垂綏古有戒。匪材等樗櫟，不熟讓稊稗。感君勿我棄，假館同瀟灑。城隅積水潭，浩汗匯衆派。禾苗緑油油，牕户明噲噲。棄之爲馬廐，放眼靡所届。庶幾東閣中，得士稱一快。吁嗟及時事，忿悁疑近隘。各隨出處緣，並守廉隅界。短檠光煜煜，缺月東南挂。對牀連夜語，里耳竊聽怪。非無蛙聒噪，亦有鼠黠獪。集泮本好音，飛鴞吾豈解。孤生分衰賤，舊業棄土蒯。腰非長揖具，況肯望塵拜。誰能將肺肝，稽怒供裂眦。釣鈎聽

曲直，棋局付成敗。似聞逐客議，棖觸動機械。時臺中有條議國學生回本籍鄉試者。世或指鷹鸇，吾其避蜂蠆。國家有大計，草野腕徒搤。言官例毛舉，通病詎能瘥。公卿非不知，相視各噤齘。可憐文廟柏，祇用便馬疥。騷除由廡下，梁木孰支壞。議難決一朝，吞吐苦不嘬。將毋國體傷，識者爲深喟。君詩雖有激，風義實誥誡。布衣何足云，道路未償債。炎埃蔽赤日，六月迫行邁。山田歸及耕，書籍行當賣。勞筋應自息，倦羽非人鎩。得喪心已空，須彌堪納芥。

附原作

唐孫華

名士今幾人，世方以爲戒。良玉溷武夫，嘉禾雜粃稗。君才固卓爾，盛製富揮灑。崇山俯培塿，溟渤吞衆派。魯邦久卑邾，淮陰豈伍噲。長安踏槐花，賓興期已屆。如君得數人，制科誠一快。吏議聞逐客，斯舉亦已隘。如何辟雍中，輒畫鴻溝界。網羅失長鯨，敝笱愁空挂。厲階誠有由，壞事因鬼怪。昔者夸毗子，紛紛逞狡獪。伸喙餘三尺，臨文無半解。惡草等菉葹，微材僅菅蒯。豈有鄉里交，但下傖荒拜。大德忘丘山，小怨結睚眦。射羿弓旋彎，會洹盟屢敗。對譚語設穽，默坐心藏械。螫手類蝮蛇，噆肌甚蜂蠆。奪利腦競鹽，争門臂各搤。猥險成世風，積疢何由瘥。所以當塗

人，疾視久噤齘。驅使歸井閭，净若除癬疥。高墉惡雀穿，長堤緣螘壞。世遂嗤空名，畫餅不足嘬。因噎遂廢餐，此事可一喟。君性本沖和，三緘夙自誡。流落坐詩窮，羈棲負酒債。遇合會有時，慎勿嗟行邁。錦段久織成，何處不可賣。虎氣有時騰，鸞翮無長鎩。一名轉瞬成，行看拾地芥。

題陳履仁登車圖小影

手拂雙花五鬣雲，世家文采孰如君。八騶四望尋常事，只要來空薊北群。

題顧書宣畫册竹箘水仙二種

南去嘗鷄㙡，北來食松繖。指與紅竹菇，畫中添土産。鷄㙡産滇南，松繖産勞山，宜興山中有紅竹菇。

老根如蒜頭，大葉如蒜苗。欲抽一寸心，待此冰雪消。

敬業堂詩集卷十七

冗寄集起癸酉四月，盡十二月。

不到自怡園三年矣，相國明公聞余至都，復下榻見招。時唐實君亦以謁選北來，樂數晨夕。未幾實君因人遠游，余旋應秋賦，倖舉京兆，遂爾滯留。自夏歷冬，大約園居之日多，城居之日少，東坡詩語，似爲余設也。

次韻答愷功二首

移牀來對好溪山，只作漁樵共往還。癖愛文人知業慧，未抛卷帙趁官閒。雲垂高幕藤花紫，雨放新梢笋籜斑。若向此中微領會，詩情原在寂寥間。

樹底泉聲竹外山，清暉娱客竟忘還。魚無羨意鈎宜直，棋少争心局自閒。春去蘋洲風澹

澹，雨來花徑土斑斑。畫圖光景分明記，又掃攤書屋半間。時將移寓自怡園。

對雨戲效白樂天體四首

兩岸沙沈樹，千帆浪拍天。長風吹不斷，獨鳥去無邊。白酒標旗濕，紅鱗出網鮮。此時如對雨，最好是江船。

忽聽笙歌起，煙波何處尋。四圍山漸澹，一角日初沈。捲幔通荷氣，停橈隔柳陰。此時如對雨，最好是湖心。

一片秧針緑，村村罷踏車。黄梅多放鴨，鄉人以芒種買新鴨，名黄梅鴨。翠剡盡鳴蛙。種水牽菱蔓，開門落楝花。此時如對雨，最好是農家。

竹色涼窗户，泉聲落珮環。不知青嶂合，長在白雲間。篛籠分茶早，樱衫挂壁閒。此時如對雨，最好是深山。

唐實君作憎蠅詩可補歐陽賦所未備僕不復鬬奇戲廣其意得五十韻

吾觀大化内，鼓物同洪鑪。介羽及昆蟲，種類何各殊。摎羅到瑣碎，終非磊落儒。聊爲更

僕數，庶用資揶揄。飛者爲蜻蜓，穴者爲蟪蛄。在户爲蠨蛸，在簷爲蜘蛛。微明耿熠燿，背殼潛螔蝓。薄翅扇蛺蝶，細腰祝蒲盧。螻或鳴於泥，蚓或歌於塗。絡緯織作巧，糞蜣轉丸愚。螳螂怒當輪，蟋蟀勇負嵎。堆積走負板，腥羶集元駒。與人了無害，聽彼繁有徒。蠼螋險如蜮，玄蜂大如壺。鈎卷音拳。蠍刃利，針聚蚊雷靐。刺蚝有瘁肌，蠆尾有噆膚。昏昏蝨在褌，趯趯蚤躍襦。偪人雖咄咄，懷毒終區區。惟蠅獨可憎，其來胡爲乎？汝於耳目前，本不關有無。汝狀極醜惡，傴傀粧頭顱。赤幘同一冠，青蒼別形軀。兩翼六其足，公然學讒夫。汝生本臭穢，行與糞壤俱。只合老廁圊，何當闖氍毹。無端附驥尾，馳騁游莊衢。無端入絹素，點染損畫圖。有時集於瓜，學士群睢盱。有時止於棘，詩人互嗟吁。聲非雞則鳴，例與狗苟呼。此特論大概，未足蔽厥辜。客從長途來，翻漿汗流珠。解衣覬少憩，喘息猶未蘇。汝何太相偪，伺隙窺門樞。我眠晨未起，汝偏攪牀敷。我起頭未櫛，汝又環座隅。我饑進盤餐，汝貪善爲狙。我閒弄筆硯，汝飽成墨猪。汝腴我合瘦，汝衆我則孤。我欲廢飲食，汝方混庖厨。汝于我何尤，抵死相迫驅。營營惑人聽，有若操契符。貝錦抱萋斐，不祥等狐烏。懷中三寸璧，點污生瑕瑜。架上一卷書，棄擲消樗蒲。凡此皆汝罪，誅之不勝誅。逝將避汝去，行行復躊躕。我力故難勝，汝情諒應輸。天下正一家，能毋懷此都。乘炎且快意，吾寧忍須臾。

移榻自怡園雨後納涼

水轉橋迴路幾層，此中真可避炎蒸。陰成繞屋三年樹，光吐疏籬半夜燈。明月忽隨殘雨到，微風已作早涼徵。野人慣領田園趣，歸夢翻從借榻增。

重過相國明公園亭四首

名園多在苑東偏，不數樊川及輞川。綺陌東西雲作障，畫橋南北草含煙。鑿開丘壑藏魚鳥，勾勒風光入管絃。何似贊皇行樂地，手栽花木記平泉。

毬場車埒互相通，門徑寬閒五百弓。但覺樓臺隨處湧，不知風月與人同。紫駝卧草平沙外，白馬穿花細雨中。一片近郊農牧地，可容鷄犬識新豐。

莫漫閒居比洛濱，猶從泉石見經綸。栽花覘土知肥瘠，種樹因材識苦辛。白傅龍門無俗客，薛宣東閣有奇人。平生齒冷孫弘輩，車廐誰論舊主賓。相國曾以唐賓君文品上達宸聽。

熱客稀逢抵閉關，陪游吾亦愛投閒。隰中野馬飛揚去，雨後溪雲斷續還。隱几好風來北牖，鈎簾落日在西山。壯心敢擬蘭成賦，芳樹條新感再攀。

浴罷與實君步入水磨作

長日愁經夏，微涼晚似秋。氣蘇風到面，浴罷月當頭。老樹聽蟬立，閒溪領鶴游。飲牛兼洗馬，何處辨清流。

晚食

且喜蚊蠅少，林深几簟涼。飛蛾輕性命，殘燭有光芒。帶草侵衣潤，藤花落酒香。魚蝦供晚食，風物近江鄉。

雨牕遣興示愷功

小雨密復疏，虛牕深更緑。瀟瀟延靜聽，窅窅盡遐矚。抱葉無一蟬，隔林下雙鵠。雞鳴覺村遠，水響知石觸。殘夢有時醒，幽情恍相續。眼前領閒趣，取適聊破俗。華髮脱新梳，輕衫便晚浴。早衰易壯嗜，外垢非内辱。思營五畝園，未遂半生欲。此身本如寄，繆算徒碌碌。菟裘等蘧廬，豈必皆我屬。不如且聽雨，濁酒貰鄰曲。醉鄉有天地，避此六月溽。歸計待秋涼，無裝何用束。

鷹坊歌同實君愷功作

風林蕭蕭夏脱木，坊以鷹名似牛屋。其中最大名海青，戴角森然異凡畜。我初識名自《遼史》，特産曾傳女真獨。楛矢同來肅慎庭，初時底貢猶臣服。屢求難厭禍旋結，兩國興亡手翻覆。天教此物雄海東，自長窠雛成一族。康熙天子神聖姿，駕馭英雄兵不黷。每因纘武勤校獵，遠致奇毛比臣僕。紫荆關外秋氣高，狐兔寧容草間伏。腥風霍霍滿天地，白日無光散原陸。揚旝表貉出從禽，王用三驅力争戮。是時海青更精悍，臂出緑鞲調養熟。翲身一去高没雲，注目秋空走馬逐。蹄間十丈莽開闊，驀過林巒躍坑谷。忽看天半挾天鵝，奔電流星下投速。羽林健兒拍手笑，奏凱不煩遺矢鏃。却來斂翮復依人，仍以黄絲掣雙足。三時飼養一朝用，如許恩波等休沐。奉先性在饑附人，定遠功成飛食肉。不知給俸視幾品，肥瘦論斤常量腹。生牛乍割血猶紅，小鳥一吹毛盡禿。見人作勢俄聳肩，獨立有時還側目。無端對此我心惻，相向移時額顰蹙。獅兒噉虎魚食蝦，吞噬成風傷末俗。生意漸微真可嘆，殺機欲動休輕觸。以仁易暴古所云，恃猛争强非汝福。我願皇天仁百物，常産鳳皇生鸑鷟。自然郊藪萃禎祥，盛世多珍四靈畜。

次實君溪邊步月韻

雨過園林暑氣偏，繁星多上晚來天。漸沈遠翠峰峰澹，初長繁陰樹樹圓。螢火一星沿岸草，蛙聲十里出山泉。新詩未必能諧俗，解事人稀莫浪傳。

大雨行

晚來怕熱喜聽雨，卧看商羊獨足舞。五更驚覺忽砰訇，摇動空城作雷鼓。檐前急溜非一派，併作飛濤湧堂廡。須臾暴漲牀欲浮，電火燒窗時一吐。沈沙盡作十里坑，斫樹齊張萬人弩。排墻墮瓦聲拉雜，助以風威猛於虎。老翁折臂婦裹頭，露立號咷到童豎。城門兩日不敢開，濁浪如河勢難拒。五行厥占屬災異，疾痛況欲加摩撫。老夫昨日得家書，見説吴田槁禾黍。北方苦潦南苦旱，天大要是生民主。可能造化一轉移，坐使兩邦歌樂土。

送唐實君游江西

猛雨撼城城欲動，粘天黄潦如霾霧。阜城門外一丈泥，馬濺花鬟四蹄壅。問君此時有底急，結束輕裝挾飛鞚。故人奉詔赴西江，才子持衡推小宋。時宋念功編修典試江右，實君與之同行。

舊開東閣交最契，攬轡南行邀與共。文章取士意已輕，科目成名俗猶重。如君致身本高第，頭白挽强方命中。可憐進士不得進，李太白詩：「君爲進士不得進。」上積千薪苦沈壅。競傳枳棘争集猴，縱有梧桐偶棲鳳。紛紜野馬巧乘隙，狼籍醯鷄工覆甕。侏儒飽死方朔饑，曷不江湖且陶縱。我留輦下大可笑，妄覬微名上鄉貢。初聞逐客姑逡巡，旋悔爲儒被嘲弄。吹竽鼓瑟兩難强，貫蝨屠龍等無用。布衣有骨天所憐，老大寧能逐儕衆。惟君知我謂我真，往往清吟托閒諷。郊園木牀連曲尺，荷氣藤陰滿香衖。二字出《昌谷集》。風光不礙冷澹游，日月正宜瀟灑送。君今別我忽徑去，舍矢難追弦就控。此邦山水要君詩，豈獨飛雲標畫棟。匡廬舊有讀書地，我昨留題滿巖洞。待君再上紫霄峰，他日游仙記同夢。

姜西溟至都二首

三年一別兩蹉跎，短策重聞酒市過。白髮舊游諸老散，青雲同學少年多。僦居那得高賢廡，支俸聊隨博學科。幸是一氈留故物，曾包老硯歷關河。姜於滄州被盗，故云。

濩落生涯久自疑，重來笑我亦胡爲。曾從祖父承餘澤，只道科名似盛時。逐客幸蒙寬後議，憐才何敢望新知。不如蚤築畦風閣，結伴歸畊未算遲。

晚行裂帛湖上觀水勢

西山前夜雨，暴漲聲辟易。昨日與橋平，今朝露水栅。晚來覘盈縮，又減三五尺。一條修尾蛇，東向投遠碧。菰蒲盡偃仆，上帶泥土迹。我欲追躡之，前行湫磐石。初疑遇壯士，拔劍斫其脊。徑開中已拆，首尾猶跳擲。却坐石上觀，平心隨所適。有如杯底影，仰面意旋釋。人生駭愕緣，多伺躁妄隙。歸來虚室中，静見鼻端白。

甕山麓尋那律丞相墓

裂帛湖東下馬行，遥聞樵斧響丁丁。盡髡草木非山罪，難向牛羊問墓名。石椁千年誰不朽，金椎一穴尚如生。我來忽墮無情淚，土蝕殘碑恨未平。明末有人發冢，見一頭，加常人數倍，亟閉之。後掘得碣石，知爲公墓。

青龍橋

甕山西北巴溝上，指點平橋接磧莊。自甃清渠成石堨，盡迴流水入宫墻。殘荷落瓣魚鱗活，高柳飄絲鷺頂涼。不礙蹇驢行躄躠，有人緩轡正思鄉。

玉田觀早稻

灌園餘潤及平疇，千畝從無旱潦憂。總秸已供三壤賦，陂池新奉上林游。神絃報禜秋長早，勾盾徵租歲倍收。别與《豳風》編月令，築場時節火西流。官田早米，例於七月初十前貢新。

廢功德寺

瓦落空墻土盡崩，雜耕猶剩兩三僧。晨參柏子留禪偈，夜看松花照鬼燈。駐蹕亭邊牛呞草，明宣宗西郊省斂，駐蹕寺中。釣魚臺畔鼠攀藤。寺前舊有元主賞花釣魚臺。木毬斗大今安用，木毬事見《帝京景物略》，今寺中猶供之。自古琳宫有廢興。

呂公洞輪庵禪師蘭若

只道山窮水亦窮，忽攀石蹬與雲通。芙容殿底三重閣，楊柳橋南一面風。老去文人多入道，從來絶境必凌空。知君欲傲長江簿，佛號曾呼禁苑中。絶頂有飛閣，不可上，即金章宗芙容殿故址。

玉泉山

銷夏誰知別有灣，孤雲一角截西山。千家舊業黿魚國，十里提封虎豹關。欄楯離離金碧上，歌鐘隱隱翠微間。清泉自愛江湖去，流出紅墻便不還。玉泉山舊爲金章宗避暑地，故首句云。

題相國永城李公所藏崔白健翮鏖風圖

墨花一柄風翻荷，一葉展仰正不頗。傍添一葉作欹蓋，上有健翮如天鵝。初飛未高去水咫，已覺遠勢無江河。生綃八尺畫止此，妙手落墨寧誇多。流傳要是北宋物，幸免小印鈐宣和。若教藏弆入秘閣，靖康那得逃干戈。永城相國鄴侯裔，牙籤三萬森駢羅。故家世寶此其一，鑒賞精絶知匪訛。華堂五月開示客，几席瑟瑟生迴波。君不聞濠梁大圖徑三丈，天女織綃鳳擲梭。江天十里尚無恙，賴有好句傳東坡。東坡有《題崔白大圖》詩，見集中。白，濠梁人，故稱濠梁崔。人間真蹟久難恃，閱世容易千年過。我詩淺薄不足道，請公自賦鏖風歌。

愷功將有塞外之行邀余重宿郊園賦此志別

今年夏多雨，所向泥塗妨。君家近水園，一溪緑泱泱。謂宜着冗士，礀户延清光。豈惟洗

塵埃，直欲忘炎凉。故人督我懶，促我赴舉場。明知計大謬，聊逐槐花忙。初秋束書出，臨行意迴遑。僦居宣武門，人海昏茫茫。猶疑清夜夢，流水繞我牀。昨朝急足來，扣門語徬徨。聞子有遠適，結束隨龍驤。腰懸八札弓，行逐楯㮰郎。可憐非汝好，所用違其長。憶子從我游，翩翩富辭章。十三見頭角，已在成人行。今來猛績學，下筆尤老蒼。貫穿及韓蘇，結撰卑齊梁。居然希作者，恥與時頡頏。玉之使有成，遠到詎易量。重來忍言别，戀戀林泉傍。爲我掃庭除，故榻仍在房。小雨灑籬落，雜花間紅黄。苦爲一宿留，故意不可忘。子才百事能，皇路今方將。我衰萬念冷，逝當返畊桑。浮萍寄波濤，聚散原無常。參辰渺河漢，耿耿遥相望。勗哉平生言，卒以初願償。無爲愴離合，萬里如一堂。

早發良鄉至琉璃河騾背偶成

唤迴殘夢得清晨，詩境重開又一新。淡到明河猶見月，洗來灰洞已無塵。灰洞在良鄉之南。牛蹄應鐸行偏緩，馬意驚鞭策要頻。慚媿琉璃橋下水，鬢絲催换十年人。

涿州道中書所見

折葦沈沙積潦餘，高田成岸岸成渠。胡良河上扶犂叟，網得萍根二寸魚。

祁陽道中

一村榆柳一村鴉，帶井沿籬路向斜。野棗風輕時落實，木棉秋晚尚開花。青旗賣酒竿竿影，紅袖騎驢幅幅紗。迴與近畿風景別，田莊從此屬農家。八旗莊户至清苑而止。

晉州署中與陳六謙話舊

魯柝聞郛境本連，兩邦争説使君賢。晉州與深澤接壤。歌傳馴雉民方樂，舄化飛凫吏亦仙。却話舊游如夢裏，誰知岐路判樽前。難拋一寸西窗燭，中有離居十六年。

雨中重渡濱水

路僻泥深出店遲，一鞭照影又清濱。敝裘自領新寒意，歸雁如尋九日期。倚樹風聲尤跋扈，得煙柳色尚迷離。敢因遇雨嗟行役，正是犂荒下麥時。

大冉橋聞雁

殘荷老柳蕭蕭意，秋在平橋水氣中。年去年來一繩雁，殢人歸信是西風。時聞北闈榜發，余名

在二十。

重至京師和德尹看菊詩二首

野景貪從廟市收，瓦盆高下蕊新抽。風前最愛香盈袖，醉後還須插滿頭。老圃別傳移種法，故人來作看花游。遲開自是關天意，斟酌芳期在晚秋。

一籬黄葉擁村莊，嘆惜陶家徑久荒。九日已過初泛酒，兩人相對忽思鄉。古來佳節多風雨，此後清吟耐雪霜。落帽臺邊回白首，心情不似少年狂。

送卓次厚南歸

多才能自愛，失意問誰堪。不作憤時語，轉深吾輩慚。柳條攀欲盡，梅信到應探。鄉思因君觸，心隨候雁南。

陸澹成侍講新葺書齋名懷鷗舫招同人雅集分賦

江湖宛在小牕前，便欲從君借榻眠。夢作白鷗歸未得，鱸鄉亭外水如煙。

題畫贈揚州王漢藻

一路垂楊記泊船，北湖南埭水浮煙。君家舊住茱萸汫，别築灣頭小輞川。揚州有茱萸灣，故云。

德尹將南還次韻志别三首

數過初冬又一旬，誰知咫尺有參辰。到家歲月驚新曆，題壁詩篇記暮春。雨雪暗侵揺落候，冰霜偏老别離人。獨留真覺無聊賴，擬學揚雄賦逐貧。

自笑逢時術未精，人間無用是虚名。家門似我慚爲長，才器如君合晚成。别館能無三宿戀，歸途只要一冬晴。最憐今夜霜天月，畫角吹殘布被輕。

小榼三升貰凍醪，也應與爾慰牢騷。不因富貴思彈鋏，或有英雄辨捉刀。風雨慣曾憐弱弟，田廬忍便委兒曹。丁寧一語煩相誡，畫虎休輕學伯高。

大風出西直門至自怡園愷功方擁爐讀史

萬斛沙如萬斛潮，捲空殘葉剩枯條。到門日影龍蛇活，拔地風聲虎兕驕。十里欲迷城北路，一鞭重渡苑西橋。圍爐薄雪年時夢，留取閒人話寂寥。

題王令詒松南柳磯圖三首

自截�竿八尺餘，偶從沙際伴春耡。人間果有絲綸手，未必臨淵便羨魚。
曾是春衣染汁新，一官臨出又逡巡。萬條楊柳風情在，猶戀當年手種人。
三畝菱租割水田，披圖閒惜好山川。歸人預作明年計，欲借橋東放鴨船。

洞庭秋望圖爲同年姜西溟題

我昨扁舟帆去聲。湖水，出没鷗群鳧隊裏。西風吹偃萬梢蘆，斗柄插空將北指。庚午秋冬間，余寓居洞庭東山。君時正作桑乾客，南北相望渺千里。念君落第招君歸，已是明年三月尾。其秋我復游廬阜，走上雲頭振衣履。海綿片片盪吾胸，奇絶生平乃有此。洞庭直可盆盎貯，七十二峰同撒米。有如天半立峨眉，下視成都居井底。君爲此圖毋已隘，細寫秋毫入側理。男兒失路真可憐，澤畔行吟聊復爾。今來又赴京兆試，失固其常得差喜。與君同榜獲聯名，王後雖卑吾敢恥。却披横卷索新句，一笑如皋方射雉。才名誤汝四十年，決踵何堪比截趾。至尊久已記名姓，虚向蘭臺署良史。探支官俸月一囊，揮灑傭書日千紙。須長及腹誰攬之，髮白滿頭行老矣。向來蹭蹬天有意，特與先生慰暮齒。眼前同進俱少

年，感歎無端從此始。翻思舊狎漁樵伴，故展煙波洗窗几。不然此畫且善藏，勿更題詩乞餘子。

座主侍讀徐公將南歸感恩述事六首

公竟飄然賦《遂初》，輕裝如葉稱懸車。自編永叔《歸田録》，誰上何蕃伏闕書。臘雪寒消傳盞後，春飆夢穩挂冠餘。白頭別有千秋業，或恐名山勝石渠。

特簡初傳出禁林，文章曾結主知深。敢云得馬非初意，莫誤飛鴞是好音。魚尾經燒憐短鬣，桐材入爨辨孤琴。恩牛怨李翻多事，只要群公識此心。

貫魚立鵠萬人看，盡掩雲羅事最難。那得高才皆入彀，每聞餘怒必衝冠。向來清議寧隨俗，從此朱絃恐廢彈。不信滔滔將日下，江湖無計障狂瀾。

水底含沙豈有因，何當舉國逐浮塵。險經負羽沈舟會，勇作抽帆到岸人。難挽頹風歸太古，獨迴天意入陽春。漁樵一席誰争得，私第歸來尚角巾。

虚舟飄瓦閲人情，得失心恬氣自平。駿骨孰緣千里重，鴻毛公視一官輕。同朝盡諒憐才意，聖代能全去國名。怪底青衫添別淚，十年門下舊諸生。

絶無聊賴住京華，年去空歌蘇幕遮。枯樹忍攀前度柳，新霜誰護後栽花。愁來客況渾如

醉，身在師恩豈有涯。嬴得陸公爲舉主，儘容開口向人誇。

毘陵楊青村謁選得普安令王石谷爲作黔游圖索余題句兼以贈别

萬尖石筍高刺天，日氣挾霧生黄煙。盤江中截兩崖斷，高緪一道虹蜺懸。尋橦梟梟度空際，下有千斛蛟龍涎。普安孤城小於斗，險扼地勢當黔滇。城頭置堠城下驛，官舍坐見行人肩。楊君一官乃落此，幸是熟路無迍邅。憶君年當十八九，白面便已能談邊。趨庭萬里不辭遠，直過瘴嶺隨飛鳶。辛酉夏秋，青村省其尊公秋屏憲副於貴西官署，余時游黔，始與相識。是時西南屬兵革，郡邑疾苦方顛連。爾來休養踰十載，瘠土已變桑麻田。朝廷況下寬大詔，積賦逋税新除蠲。君今乘傳又重到，何異舄化雙鳧仙。畊煙散人好事者，遠境寫入秋毫顛。山川歷歷都在眼，我愛此景非從前。小詩或可當别操，待爾譜入琴堂絃。

寒夜同王令詒魏水村顧書宣家可亭姪集楊晚研庶常齋分韻得寫字

官閒門徑僻，歲晏人事寡。厭俗謝交游，往還惟舊雅。僦居適相近，踏凍免騎馬。巷北召

王猷，巷南邀魏野。顧生住西弄，寓舍喜新假。我至每劇歡，招呼臂同把。北風吹天晴，城上烏啞啞。寒光潑初月，殘雪猶在瓦。此時不作達，可惜白玉斝。地菘翠成菹，水族鮮製鮓。盤餐媚鄉味，口似蕎頤哆。鄰沽雖稍甜，轟飲亦聊且。晚研以不得佳釀，故其詩有「濁酒甘同昵惡人」之句。我生類知分，即事有取舍。疋如熊掌魚，那得兼二者。十觴竟連釂，塵面爲一赭。主人負詩才，劈紙給揮灑。敢辭押强韻，數子賴陶冶。吟從夜枕續，卧聽街鼓打。所恨不善書，當令阿買寫。

僕舊有青田凍石一枚歸晚研六年矣頃遇范子方仲於京師范精於篆刻許爲我摹小印而此間覓佳石不易得意欲晚研反我故物作詩先之

鑿石雕蟲魚，此舉誰作俑。後來琢山骨，價比大小珙。匹夫懷奇珍，惴惴初抱恐。連城既入趙，負曲敢虛擁。和璧竟歸秦，陋邦手徒拱。自兹嗜好捐，萬事成闒茸。殘編任飽蠹，退筆詎銘冢。空憑咄咄書，硯乏纖纖捧。何當餘結習，往往吟肩聳。好事偶分牋，塗鴉每慚悚。丹砂綴小印，紙尾毋已冗。范子故見嗤，刓敝寶非種。擲地作石聲，從旁乃慫恿。當時巾笥蓄，有若蛾化蛹。去我今六年，居然戀新寵。刻舟勞記劍，觸物心猶竦。昨日聊

叩君，機鋒鬭針孔。秘藏戒輕出，防我或好勇。攫之寧非顛，健者豈惟董。輸攻力易竭，墨守計仍鞏。不如且姑緩，静俟天倪動。奇巧出窮人，詩端忽噴涌。明朝走尺蹏，待命不旋踵。盟渝息壤舊，歸視汶田重。在我猶在君，報章行及奉。

晚研見和前篇謂余有新蓄壽山小石援東坡海石之例欲以此易彼重違其意割愛分贈二枚再次韻速其踐諾舊石之歸有日矣來翰有邀令詒水村書宣三子屬和之語兼以示之

假道蓋有由，兵端實始俑。君如早識此，堅壁却吾珙。逡巡不入境，下邑方惶恐。奈何昧厥初，納賂覬私擁。青田吾重寶，掌握失把拱。豈無他山攻，頑礦棄紛茸。壽山快新得，餘子欲奪冢。炯然珠玉光，入掬似可捧。圓者廉角殺，方者風骨聳。昨偶出示人，旁觀盡驚悚。老夫喜省事，羅列稍嫌冗。因憶巨璞完，吾家有遺種。作詩乞故物，致語極慫恿。兩日縈我懷，有若絲纏蛹。君初非豪奪，繼乃絶矜寵。故以文滑稽，發端特高竦。錙銖責施報，計算到桑孔。平生怯小敵，今見大敵勇。肯爲城下盟，執筆恥南董。相持兩不決，京索成臯鞏。飛書奏奇功，小利戒輕動。叩關索斂賦，彼勢猶洶涌。割愛忍須臾，禮成門

欲踵。中原有好會，信義鄰邦重。後約勿更渝，槃敦吾將奉。

門神詩戲同實君愷功作四首

賺得兒童仰面看，彯纓袨服最無端。國門他日曾懸價，駔儈何人敢賣官。丞相魚魚工擁笏，將軍躍躍儼登壇。星奴結柳翻多事，五鬼爭彈貢禹冠。

揚眉氣色任充閭，比較門風孰不如。幾見華楹留故帖，偶繙新曆當除書。閽能拒客非關汝，錢可名神儘讓渠。久閱人情吾勿怪，過時光景合交疏。

虎豹森森列幾行，誰教骯髒倚門旁。通侯湯沐虛傳漢，陳平封户牖侯。進士科名尚冒唐。用鍾馗事。魚鑰同時司啟閉，雀羅終歲有炎涼。相逢白日多魑魅，乞與先生却掃方。

《扊扅歌》裏撥寒灰，歲酒逡巡酹一杯。凡鳥有人題字去，冥鴻幾個挂冠回。好官第宅多相望，野老柴荆肯浪開。直與歸人占吉夢，也煩呵護不祥來。

敬業堂詩集卷十八

白蘋集起甲戌三月，終六月。

甲戌二月，將出都，作詩留别諸同年。座主清谿公見而垂和，有「下第情懷刀劍傷」之句，蓋用東野詩語也。時公亦將南旋，買舟通潞，命余隨行。東野不又云乎：「棄置勿復道，楚情吟《白蘋》。」他日舉以似公，公曰：「子庶能自廣矣。」

下第南歸留别同年姜西溟廖越千劉大山王崑繩李若華諸子二首

一顧人間事不輕，敢將汲引望公卿。張羅天遠鴻雙去，彈鋏心粗劍一鳴。誤喜青燈回昔夢，枉煩芳草勸初程。歸人别有看花約，明日騎驢便出城。

明知歸計尚茫茫，且作無聊别帝鄉。下第兒還添客累，當歌酒或替人狂。膏肓痼疾貧難療，須鬢流年老易傷。聚鐵豈堪頻鑄錯，早收心力事畊桑。

虞山錢劬谷屬題采藥圖二首

小年長日正遲遲，算是樵柯欲爛時。大抵人情多好勝，偶逢仙敵亦争棋。
玉柱金庭境久閒，頗聞巖谷異人閒。長鑱誰斸雲根斷，片片飛來盡出山。

奉陪座主徐公游一畝園次吴京兆韻

履綦陳迹已多時，乙丑秋，先生召同人於此地雅集。十載重游醉不辭。初綻柳如時態軟，未開花爲閏年遲。罷官樂事苔邊杖，去國閒情局外棋。又是一番寒食過，餳簫聲裏雨如絲。

張灣舟次留别姚君山别峰兄弟

久作京華客，今知去住難。老方隨計吏，名不上春官。别酒青燈戀，離程白髮拚。眼明楊柳岸，稍喜見桅竿。

馬坊口大風送劉大山還京次座主韻

明波如鏡瀉天津，忽捲狂飇萬斛塵。酒色難寬臨別恨，楊花只似未歸人。家貧不信貪爲客，母在尤應重此身。重過杏園休悵望，等閒狼藉道旁春。

天津別姜西溟次韻

同是春風失意時，送君真覺拙言辭。杜陵旅食經年久，熙甫才名一第遲。青鏡從渠增算髮，白身輸客賭殘棋。老來別緒兼師友，那得并刀剪亂絲。

晚泊獨流

關城春向盡，小艇下津門。風止橋形直，潮來水氣渾。蒲魚喧晚市，櫻笋憶鄉園。歸路三千外，從人屈指論。

滄州阻風謝別峰同年餉酒二首

風程半日滯滄州，客恨除非醉即休。安得春江變春酒，薩摩陂外水如油。

青旗夾岸酒家樓，正坐囊空價莫酬。慚媿貧交分一斗，爲余親典黑貂裘。

大龍灣阻風奉次座主原韻

有聲南來猛如吼，白日無光移卯酉。荒灣曲岸萬木僵，摧折萌芽比腐朽。蛟螭勢奪虎豹窟，塵堁居前砂礫後。舟行逆水兼逆風，或跋其尾或掣肘。天公如醉意未豁，人事徒施力何有。先生晏坐百怪恬，萬籟無心發于喁。已憑忠信涉波濤，更列圖書環左右。詩成一笑自投筆，卧拓篷牕見星斗。江河日下是知津，高浪攤錢輸水手。青春忽忽乍經眼，平野茫茫一回首。此時看客挂征颿，何異癡狂中風走。乘流習坎吾有命，底用旁觀别妍醜。熟諳世路忌争先，飽閱人情能耐久。蹉跎不負遂初計，神貺先生亦良厚。檣烏斂翅旗脚迴，頃刻雲衣變蒼狗。鄉程有期行漸近，柈飣嘉魚樽貯酒。朝南暮北待公歸，肯讓山陰採樵叟。千點桃花一葉萍，鷗波正漲苕溪口。

德州同年李文衆招集見可園二首

東風有約出京華，弭櫂相尋到水涯。得地百年因種樹，留春一日爲看花。明日立夏。亭臺縱好須賢主，子弟多才必世家。直得此間成茗艼，甕頭墨露不須賒。墨露，德州名醖也。品在盧酒

之上。

槐陰小徑轉閒坊，猶記田家舊草堂。田紫綸司寇鬲津草堂去文衆居半里余，去春同康飴過之。歸路重經疑昨夢，名園欲別惜韶光。濃熏酒氣荼蘼架，翠滴苔痕薜荔墻。最愛一軒幽絶處，紫藤花罩讀書牀。

四月十五夜鄭家口對月以江清月近人分韻五首

孤舟淹旅程，初過平原郡。樹色燕帶齊，河流衞交汶。可憐一輪月，偏與愁人近。已經連日風，更怕宵來暈。一笑起推篷，清光吾有分。余得近字

明月窺我船，我影在船窗。我起却望月，影落玻瓈江。人影與月影，無端各成雙。泡幻豈有情，妄見生紛龐。不如抱影坐，閉目心自降。右和江字

風止波亦息，濁流同一清。小杓夜分江，龍頭注茶鐺。須臾波心月，却向杯底生。我醉竟吸之，謂是方諸精。孤光入懷抱，耿耿留空明。右和清字

鄰舟悄無聲，高卧如避月。此時欸舷歌，撫景更清越。密疑穿荇藻，細可數毛髮。微風蕩酒襟，凉氣入詩骨。紞如打五鼓，篷罅猶未没。右和月字

京城豈無月，眯目多飛塵。從公作上元，忽然涉殘春。扁舟落吾手，日與魚鳥親。始知天

壤間，清輝屬閒人。行行莫回顧，永結江湖鄰。右和人字

重過臨清感舊傷外舅陸射山先生也。

重經淹泊地，往事獨心驚。客路貧相倚，歸舟病不輕。百年隨夢斷，孤月傍愁生。流盡州門淚，潺湲是水聲。

初入牐

河縈千里曲，岸束一門高。不有乘流便，誰知上牐勞。木痕深記筭，石眼密容篙。笑指長年說，吾舟聽汝操。

次日連上戴灣土橋二牐晚抵梁鄉和座主韻

一月郵籤算水筒，快從入閘奏奇功。柳綿渡港船船雪，麥浪翻田岸岸風。尚有貽封尋晏子，梁鄉屬堂邑，晏子食邑也。不教瀧吏惱韓公。河神伎倆全無用，鼻息如雷耳正聾。

阻牐

健水分支總入漕，客程守牐似填壕。忽飛瀑布簾垂地，旋滴珍珠酒壓槽。鵝鴨淘沙還善没，魚蝦出網竟如逃。人間行止原難料，小住差償昨日勞。

聊城和座主作

談笑封侯事不難，西歸仍作布衣看。紛紛眼底皆商賈，只是人情戀此官。

南旺分水處

一綫分鼇背，千帆掠馬鬉。江河方日下，南北此居中。水氣空灘雨，槐陰古廟風。兩朝《溝洫志》，但策轉漕功。

即目二首

闕吏逢迎堠吏譁，飛流一道走京華。綱船果熟盆池樹，驛路香馳御苑花。長見名材充土貢，幾聞中使出天家。荔枝龍眼隨年例，笑指炎荒萬里賒。

子弟梨園舊賜緋，樓船南下疾如飛。衣冠氣盡魚龍雜，帷蓋恩深犬馬歸。桃葉何心隨短楫，楊花多事打春旗。就中别有青衫客，聽到琵琶淚暗揮。

韓莊閘口望嶧山湖

嶧山鑿石東作隄，天勢半落陂湖西。湖波吞天入豐沛，日脚插地生虹霓。湖西爲沛縣。芒碭雲氣忽斑駁，倒影摩盪青玻瓈。須臾水光變深黑，湼盡萬古蛟龍泥。洪濤怒挾風雨至，列岫出没頭皆低。吕梁直下二百里，但見漁舠散亂隨鳧鷖。琴高可跨吾徑去，誰能卧壓篷底同鷄棲？

新　河

别穿地脉轉龍腰，新插荒堤柳萬條。故道視同甌脱地，小兒争唱《復陂謡》。陽侯受職工粗就，幽鬼啼墳骨已銷。莫道治河無善策，主恩存殁冠群僚。

出牐後順流揚帆

牛頭灣接猫兒窩，小船出牐如擲梭。客程已過十六七，歸夢尚隔江淮河。鳴鳩催雨麥秋

近，蕢酒配魚蒲節過。黄流正報落槽信，更喜枕上無驚波。

天妃牐

淮勢今年盛，洪河不敢侵。濁流三舍避，清漲一篙深。瞥眼移蘆汊，回頭失柳林。生來供作帚，容易待成陰。

王楚士惠鰣魚二首

南歸一飽願無餘，正及江淮五月初。值得老饕開笑口，河豚嘗過又鰣魚。

辛苦漁榔逐販鮮，江城一尾賣千錢。朝來下箸還三歎，半月前頭遇貢船。四月杪在濟寧，鰣魚已入貢矣。

雨後過馬寒中山居

君家葫蘆山，我家菖蒲港。山淺游可屐，港狹行礙榜。塘南十里餘，野色平於掌。田塍針水足，夾路新苗長。兩夫肩一輿，四足比雙槳。前行忽坐睡，縹渺入無想。漸聞竹樹聲，出谷遞清響。到門山亦住，斗室寬且廣。尊卣間圖書，目存不暇賞。主人爲指似，一一開

疑網。我老嗜好蠲，因君覺背癢。興來乍飛動，偶發難自强。昏昏燈吐籬，灩灩酒浮盎。不辭日過從，所願歲豐穰。明朝雨決渠，濕氣潤流磉。奄觀早稻熟，後約赴秋爽。

原蠶行

村東村西桑葉緑，頭蠶不熟二蠶熟。薄於片紙白於脂，五月南風齊上蔟。繅車聲中湯百沸，出釜持將易斗粟。去年苦旱秋不登，民命全憑寸絲續。我聞《周禮》有成法，一歲不容種再浴。蠶多害馬理或然，物類區區别田畜。國家官馬百萬强，惜薪監督煩曹郎。口外官馬設内務府郎中，歲收馬矢變價，歸惜薪廠。原蠶微利幸無禁，勸汝努力須栽桑。田夫暑雨多咨怨，不如且喫蠶娘飯。

秋鳴集起甲戌七月，盡十月。

蟲之鳴秋，候至適然爾。而昌黎以爲物不得其平則鳴。余非善鳴者也，特假蟲之鳴以自文其詩，若云其志弛以肆，則吾豈敢？

送王子穎赴龍游教諭任

子弟芙蓉幕，先生苜蓿柈。儒風吾土近，師道此時難。屈首居貧地，安心送老官。所欣賢尹在，臭味定如蘭。時繆虞良以名進士爲是邑令，故云。

朱竹垞表兄屬題小長蘆圖用阮亭先生體賦五六七言絶句各一首

君住鴛鴦湖，儂占鸕鷀浦。《一統志》云：「鸕鷀湖在海鹽西南四十里。」今其名無可考，當即黄道湖，去余居十里。同爲簑笠翁，貫聽菰蒲雨。

種魚三畝五畝，隄水前溪後溪。認得鄰莊老樹，草堂在鸛巢西。

白首初辭供奉班，一身那不愛投閒。江湖老伴多星散，知己無如父子間。

德尹閩歸戲調之

盧橘楊梅已過期，别來鄉味剩空枝。八千嶺路到家日，算是荔枝初熟時。

補和大司寇徐公遂園修禊詩限蘭亭二字二首

別起林園十畝寬，築亭何必更名蘭。杯流細浪魚鱗活，花補新巢燕羽乾。春事無如三月好，人情特去一官難。吴中父老矜稀見，每到佳期約伴看。

獨擅千秋著作庭，文躔光透老人星。官同白傅歸仍蚤，樂天以刑部尚書致仕。史到温公局未停。妙手成圖初見畫，高僧入社亦忘形。分明洛下風流在，不數詩家曲水亭。

清流山瞻支公塔

石路秋花艷，沙田早稻香。壞墻連廢寺，古塔表平岡。境寂蟬聲合，松高鶴骨凉。永和年號在，苔蝕不成行。

天池山寂監禪院

荒榛下接瓜芋區，微徑漸上多縈紆。山果甘垂紫桑椹，僧厨脆瀹紅竹菇。山中所産，味最佳。三間古殿石將泐，一眼碧泉秋不枯。我來登眺試脚力，且喜未用青藤扶。

過文與也竹塢草廬

坐閲滄桑五十年，不知顏狀已蒼然。世家文物傳詩畫，相國衣冠傍墓田。文肅公未第時，讀書丙舍，喪亂後即附葬贈公墓旁。亂竹巧遮行藥徑，濁流閒送出山泉。丈人有福能高卧，一榻秋陰萬樹蟬。

夜至當湖訪李辰山不值

風色晚尤惡，扁舟逆浪翻。渠添浸稻水，雨熟種薑村。遠火欲投岸，孤城將掩門。到來還躑躅，疏磬報黄昏。

沈客子舊寓都門所居名獨樹簃自撰七言古詩曹實庵錢玉友湯西厓皆有和章今來索余補作仍次原韻

沈子清才在塵坱，有如菡萏生淤泥。又如服鹽駕鼓馬，下有逐電追風蹄。青衿蚤爲命所制，百甕未了酸寒虀。三年四門作都講，啄粒亦到官倉稊。人中嵇紹本易識，孤鶴氣壓千群鷄。家家朱門當大道，爾獨隘巷尋卑棲。歸來欠伸眉礙户，一笑入户頭仍低。空庭得

樹翻自喜，有滰仰視雲萋萋。忽驚霜禿九秋幹，旋見雨長三春荑。墮巢晨拾赤脚婢，落葉夜掃長須奚。問君此間亦何樂，乃挈穉子攜山妻。狂來對客發高論，麈柄手捉談天犀。北郭槁枝聊隱寓，東方窶藪真滑稽。孤松祗宜伴彭澤，五楸大可娱昌黎。翻身買櫂竟南下，野性終近深山麛。故園喬木正合抱，町疃旁接澆花畦。昨非今是恍夢覺，涉脚尚淺幸未迷。伐檀河干等無用，美哉河水清漣兮。

塘西訪張介山病

十年小别隔江淮，重叩溪南煮藥齋。醫可活人偏善病，閽非拒客況吾儕。名場交作吹虀冷，老境詩同噉蔗佳。一髮弁山青到眼，吴興游屐與誰偕？初意欲約介山同游湖州，故云。

哭同年王載安

判袂京華半載餘，扁舟歸造故人廬。不圖别後游難續，只道秋來病已除。五畝未曾營世業，一名無復上公車。讀書已悔生涯誤，還望孤兒讀父書。

張權六招同許舜功王載南兩學博及兒建泛碧浪湖徧游近山諸寺觀次東坡汎舟城南會者五人韻四首

葑田秋漲碧粼粼，依舊清風起白蘋。且喜此游容我輩，不知當日定何人。五人者，自蘇而外，皆不著姓名。

鱸魚入饌羹尤美，鷗鳥迎船意亦馴。載取烏巾名釀去，黄甘寧數洞庭春。

木樨香透老僧齋，爽氣宜人樹樹皆。詩興賴君多撥觸，秋光爲我洗塵霾。岕山客到茶如雪，箬水船移酒似淮。已辦芒鞵斑竹杖，丹梯隨意轉雲階。

道峰負石還兼土，遠岫當窗晴可數。花到秋林不喜紅，竹生幽磵何妨苦。平鋪稻壟翠千頃，高引炭煙青一縷。斜陽緩緩送游人，出谷猶聞上方鼓。

佳處溪山意未厭，塔鈴一角響風簷。煙波野渡初迴棹，燈火河房半捲簾。愛客不嫌官獨冷，過時誰道日長炎。敢誇豪氣除難盡，痼疾聊從好友砭。

雨中奉陪座主徐公及韓丈子蘧放舟夾山漾欲游棲賢不果歸登峴山作四首

過盡迴谿十里長，孤城回首漸微茫。風鯹曉氣魚蝦斷，水減秋痕雁鶩鄉。菱蔓欲牽絲已

脆，荷花雖敗葉猶香。船頭忽指前游處，白塔紅亭認道場。夾山漾在道場山之陰。野色天光入望奇，融成一片緑琉璃。展開手卷王濛畫，收拾才情杜牧詩。畢竟清游宜寂莫，尤難好景是迷離。桃花莫被漁翁誤，秋在斜風細雨時。選勝初期汗漫游，棲賢不到恨空留。橋低忽礙尋山路，興盡非關冒雨舟。瓦竈分泉烹紫笋，印泥開甕試清篘。買田合向吴興住，蟹舍魚莊一網收。亂石多成劈斧皴，窪樽亭外勢嶙峋。一州文物傳孤碣，逸老堂，明世廟朝鄉先生劉南坦、顧箬溪創，碑尚存。前輩風流剩兩人。屏擁弁山高簇簇，簟鋪霅水細鱗鱗。名園長泊鷗波畔，座主新買一舟，名秋水園。細述陪游第幾巡。

中秋鳳晨堂讌集

吴興我初到，風景值清美。縱爲冷澹游，亦戀佳山水。矧迺多良朋，盍簪屨錯趾。十日九放舟，波光嵐影裏。夜歸漏必下，旦輒扣門起。如此以爲常，行期難準擬。中秋節漸近，未到先屈指。朝登鳳晨堂，少長各就齒。森然敬愛客，未覺肴核侈。是夕雨忽晴，天容出新洗。華鐙挾朗月，瀲灧落杯底。倒影射空堂，濛濛煙霧紫。談諧雜絲竹，觴政不暇理。我醉問主人，雅集歲凡幾。答言良會難，雲散波旋委。自從庚申後，十四五年矣。庚申春，吾

邑陳寄齋來作社集。同學近無多，含情俟知己。此邦富人文，槃敦執牛耳。耆英洛下社，子弟高陽里。往往前輩交，久要或在此。平生好求友，出門失桑梓。落魄肯見收，同心庶堪倚。溪山勿吾笑，來往自今始。

鄭春薦唐殿宣諸子招集湖舫二首

萬株老柳陰猶緑，四面青山影欲沈。此段秋光真冷落，孤山不泊泊湖心。
誰遣秋娘來喚渡，忽攜風雨到尊前。老夫借得纏頭費，無數跳珠盡入船。

明日再飲春薦宅座有濮姬吴人也姿性明惠臨别口占四首

故人道我風情在，别選紅粧勸酒巵。不料窮歸無好句，累他羅帕乞題詞。
絳蠟花開照鈿頭，眼波入鬢却横流。問渠肯顧含何意，一笑千金異日酬。
落拓生涯大可憐，江湖人老杜樊川。倦游雙鬢無多白，白盡紅燈緑酒前。
風雨催人向婺州，輕裝半月算歸舟。富春江外無潮信，鵶舅霜紅在晚秋。時余將往金華。

雨發江干

皛皛江光去，昏昏海氣連。雲沈離岸樹，風漲落潮天。熟路便孤客，輕裝稱小船。十年游跡在，重檢舊詩篇。

富春舟中先寄桐廬學博吴鹿砦

朝發定山村，暮投富春渚。清江帶小郭，檣影稀可數。已飽挂帆風，猶聞滴篷雨。山環水疑盡，水轉山復吐。本爲寂寞游，未覺應接苦。桐谿喜漸近，中路有賢主。

劉南村署齋同鹿砦夜飲二首

浙西山水縣，最好是桐廬。地僻本無事，君才長有餘。秋林聞割漆，晚岸見罾魚。許我來相就，嚴陵好卜居。

故人多薄宦，解后見交情。燭院三更話，風江半日程。山肴蒸栗熟，法醖帶泉清。醉裏騎官馬，星光照出城。

舟次桐廬聞唐實君補授儀曹喜而有寄

謁選初聞欲赴秦，唐已選朝邑令，奉旨特留。改官特荷主恩新。起家科第原難料，得路文章洵有神。東閣游揚因客重，南宮期望感君真。欲知喜動江湖色，忘却身爲失意人。

嚴灘早發

紞如鼓打巖頭戍，催起棲鴉天未曙。飛星過水如有聲，苦霧迷津忽無路。長年眼昏心手熟，已報前灘暗中渡。遠氣朧朧日射穿，秋光紅上嚴陵樹。

由蘭溪縣坐茭白船晚至金華

疏林野岸開平遠，漠漠江天秋向晚。陸龜蒙鴨戴嵩牛，一帶村家供畫本。赤松門外問長年，指似金華小洞天。偶然走入羊群裏，去作人間狡獪仙。我與初平稱莫逆，重來已是千年別。可惜巖頭乏主人，亂山依舊堆頑石。

登寶婺樓

斗杓倒插勢淩虚，高出城端五丈餘。一雁下投天盡處，萬山浮動雨來初。别開户牖通呼吸，旁引風雲入卷舒。八詠門荒詩境改，讓他仙子占樓居。

金華趙鹿友明府招同家春谷兄賞菊

四先生里古金華，循吏如君自一家。早稻喜嘗豐歲酒，秋庭閒放午時衙。官同彭澤宜栽菊，客到河陽許看花。猶勝寒氊貧博士，朝朝巖洞訪煙霞。春谷兄時爲府學教授，故戲云然。

歸舟雜詠六首

湯溪蘭蕊及秋香，覓本猶煩遠寄將。多謝故人先損惠，兩頭載酒作重陽。教授兄許覓秋蘭見寄，舟過蘭溪，陳進士紫駁以名酒相餉，故並及之。

南游何事太匆匆，及取歸帆半月中。轉盡清溪三百曲，萬株烏桕一霜紅。

恨不清江處處灘，一聲鳴櫓下奔湍。來船莫妒歸程速，我亦曾經上水難。

昨到金華洞口還，明朝又看浙西山。風前自覺衣衫重，穿過千重濕翠間。

青山漸遠漸模糊，散入雲煙澹欲無。畫手稀逢王子久，詩家別寫富春圖。
滚滚秋濤浩浩風，煙茫茫處雨濛濛。不知誰割東西界，半幅江山展越中。

初换烏篷船

濤江日夜攪秋天，聽雨聽風那得眠。莫怪朝來貪晏起，烏篷夢穩越人船。

山陰道上

《道德經》翻晋永和，書家好事例傳訛。至今似帶羲之癖，風俗村村愛養鵝。

重陽前一日至越州自太守以下地主無一人在郡者即日返棹作此解嘲

夢寐平生慕越州，偶然訪舊作東游。半醒半醉他鄉酒，黄葉黄花古郡秋。九日溪山無地主，一天風雨在歸舟。此身到處初乘興，興盡誰能更强留？

晚至西興

魚菱論斗米論斤，蟹膏擘臍鰲割裙。豐年亦覺旅食好，一飽媿與居民分。詩人好游無定處，乘流則行得坎住。吴山滿眼待登高，暮雨西興挂帆去。

贈紹興太守王憲尹

千巖萬壑浙江東，典郡聲華迥不同。七十葉傳王内史，二千石視漢三公。誇人詩句蓬萊上，寓意文章山水中。誰似先生觴詠地，蘭亭原是舊家風。

閲邸報知揆愷功改官翰林侍講喜寄二首

邸報傳來遇絶奇，才名一日動丹墀。不矜官爵由門廕，獨愛文章結主知。跛鱉敢争騏驥路，拙鳩休奪鳳皇池。未妨小變平生格，從此須工應制詩。

知子無如我最真，性情長與一編親。有才畢竟難埋没，此事曾經共苦辛。草閣孤燈回白首，荷塘昨夢隔紅塵。記去年銷夏事。沈吟爲感傳書意，可少當時唱和人。時愷功屢馳札促余北行，東江已補官禮部，故並及之。

敬業堂詩集卷十九

㡌裘集起甲戌十一月，終十二月。

入都凡三度，多在春夏之交，未嘗從風雪中跨驢也。甲戌重陽後，自金華歸里，兩接愷功札，促余北行，遂於長至前五日束裝。一羊裘已十五年，裘則㡌矣，而行役尚不知止，可嘆也。

㡌裘二首

中道誰能便棄捐，蒙茸雖㡌省裝綿。曾隨南北東西路，獨結冰霜雨雪緣，布褐不妨爲替代，綈袍何取受哀憐。敢援齊相狐裘例，尚可隨身十五年。

冷暖相關老倍知，黑貂何必勝羊皮。留同㡌袴非無用，好比緇衣或改爲。取醉難償村店

值，有人還當釣篋披。家貧舊物無多在，不忍吹毛更索疵。

山塘與德尹别

歸何草草出匆匆，聚散全非意料中。長路一痕添日綫，是日冬至。征衣幾縫裂霜風。未論去國經年别，且喜停舟五夜同。記取欲眠頻坐起，半塘橋北虎丘東。

家二瞻兄八十壽

我觀造化初無權，仁者自壽其天全。老翁小兒兩游戲，直以渾沌還吾天。不爲物用而用物，歕洩元氣成雲煙。古來絶藝兼者罕，鍾王顧陸名各專。輞川摩詰書未稱，三絶獨數滎陽虔。眉山海嶽不復作，松雪兩泒猶相沿。先朝倪沈及文董，筆力亦足追前賢。吾兄妙手靡不備，書法入聖詩能仙。偶然點染作圖畫，别有天授非人傳。興來百紙一掃盡，散去半落鷄林船。貴游踏破鐵門限，欲乞尺幅終無緣。有時自銘退筆冢，經歲或乏看囊錢。乃知此事因品重，兄豈自負人云然。維揚地薄耆舊少，流寓欲占文星躔。今年九月届大耋，初度恰在重陽前。一門諸弟頭盡白，謂楷五、秋山兩兄。茱萸醉插隨兄肩。羡兄晚節比彭澤，祝兄添丁如玉川。兒年二十翁百歲，及看舞袖黄花邊。

題從孫汝誠倚劍圖小影二首

櫑具橫腰首袜巾，天然秀骨出風塵。乃翁已被從軍誤，傷尊公荆侯。勸爾休爲佩犢人。

義獻門風世共推，汝誠爲二瞻兄嫡姪孫。階庭蘭玉總多才。自言劍術通書法，曾看公孫妙舞來。

發揚州留别汪庾齊

旅況殘年最不堪，何期解后作深談。向風嘶馬程程北，背雪飛鴻片片南。殘燭乍移寒減半，征帆欲挂酒行三。隋堤柳態禁摇落，也傍汪倫百尺潭。

夜宿邵埭

水栅千家市，煙村十里橋。蘆灘聲霅霅，燈舫影摇摇。風止鷗機息，寒深酒力消。獨眠無好夢，愁度最長宵。

淮浦冬漁行

長淮冬涸成溝渠，風雪夜折荒洲蘆。小船沖沖鑿冰去，冰面躍出黄河魚。衝寒捕魚作漁户，手足皸瘃無完膚。三時轉徙一冬復，淵藪偶寄蝸牛廬。無田不得事農業，有水尚欲輸官租。自從十年淮泗滿，平地下受滔天湖。誰驅鱗介食人肉，漏網幸脱鸞刀誅。得時黿鼉聚窟宅，失勢魴鯉充庖厨。眼前竭澤有餘憾，取快報復聊須臾。但看明年春水上，魚鱉又占居民居。

輓喬石林侍讀

本朝治水關全局，東下狂瀾勢難復。先生獨以手障之，言卒施行身螢逐。徵車北去全家懼，舁櫬南歸萬人哭。百年陰德被淮揚，公在九原應瞑目。

從孫恒侯自淮安送我渡河口占志别

吹斷西風雁一繩，離情鄉思兩瞢騰。醉衝白日孤城霧，曉渡黄河十里冰。去意隨蛇遮不住。識塗如馬老偏能。未應輕别淮南路，隻影從挑夜夜燈。

逆旅行用王半山轉韻體。

行人爲客居人主，聊以稱呼代爾汝。入門不揖出不辭，主今知客却爲誰。等閒無事休爲客，幾個相逢尚相識。相逢相識非不多，賢於逆旅能幾何。

宿遷遇巡河使者

使者冬行水，居人歲避河。蹔時停畚鍤，何計脱風波。賦斂殘年急，隄防下策多。皇華期盡職，報稱意如何？

邳州道中雪

野闊黄河岸，天低下相城。幾家沙際没，單騎雪中行。漸壓輕裝重，俄添老眼明。路難兼歲晚，那免嘆孤征。

雪後風日晴暖

陰霾一夕解重圍，頓覺朝來朔氣微。得暖渾如杜康力，殺霜終是趙衰威。細流飲馬知冰

驛，殘雪隨風作絮飛。至竟村翁勝行客，茆檐晴曬木棉衣。

夜至馬陵

苦霧噴沙氣若蒸，荒程月黑夜無燈。前岡十里黄茅路，野火光中見馬陵。

滕　縣

客從宿遷來，日日灌莽裏。今晨到滕縣，孔道平如砥。民居稍稠密，田野亦耡理。疏樹排棗梨，短樊插棘枳。鷄豚飯商賈，葱薤飽婦子。居然似樂國，以彼乃形此。滕當戰國時，褊小五十里。自從置郡邑，其大實倍蓰。縣令視諸侯，提封非昔比。西南際蕭沛，豁達開顧指。回頭淮泗郊，窪若陷井底。可憐百萬户，頻爲蛟鼉徙。山東地勢高，厥患不在水。所期一尺雪，二麥青可起。山左自四月至今苦旱。

嶧山二首

泰岱分餘脈，差堪比附庸。祇因生下邑，讓爾作奇峰。

作俑何人始，吾將罪李斯。如今山上石，多刻去思碑。鄒滕之間，丞尉以下，俱勒石頌德政。

過兖州城外有感

泗水橋西路，垂鞭去意遲。老爲東郡客，才減少陵詩。白日黄塵暗，孤城萬木悲。遺民應已盡，莫問亂離時。

冒風過東平州暮投張秋鎮

沙旋頭疑眩，聲喧耳欲聾。不愁衝凍雨，直怕遇狂風。土銼煤煙黑，爐灰豆火紅。老妻加被絮，今夜奏奇功。

館陶早飯題壁

楊椿迷野岸，棗刺拒城壕。小縣門常閉，紆途僕告勞。半窗東日暖，一飯北風饕。聊記吾曾到，留詩過館陶。

大風至鄭家口

黑雲奔騰西北來，平地忽陷山疑頹。簸揚砂礫作糠粃，雜以萬斛葭蘆灰。陽烏退飛翅摧

折，天狗下墮聲喧豗。千年樹拔虎豹窟，四海水立蛟螭堆。我行到此迷失道，馬立岐路鳴徘徊。意中了了識村落，目所未見終疑猜。夕陽乍吐鄭家口，豁若明鏡函初開。半年游跡入醉夢，下馬更盡當風杯。四月十五夜，奉陪徐座師於此地看月，故結處及之。

戲題旅壁畫龍

誰言尤物性難馴，長養方成爪角鱗。畫手不然爭貌得，可憐曾傍豢龍人。

野氣詩

朝陽射北陸，野氣何迷濛。忽生無根雲，幻作有影風。沄沄水波去，羃羃村煙封。千林皆動摇，四顧爲虚空。我聞氣升降，閉塞方成冬。而此從何來，吹萬將毋同。大哉古今宙，都攝一氣中。鉅者運鯤鵬，細或吹蠛蠓。試從一身論，可以究始終。恢恢賢聖途，剛大秉降衷。養之塞兩間，浩然靡不充。若者爲正氣，仁義澤厥躬。反是則爲邪，百感交外攻。五事協五行，輕清秀所鍾。不鑿渾沌竅，自然得玲瓏。若者爲清氣，視明聽亦聰。反是則爲濁，人心有盲聾。生氣眎初發，萌芽葆芚蒙。不敢輕散抒，所以厚藴崇。若乃礪笑刃，旁開騁談鋒。是名曰殺氣，取快誰見容。朝氣爽且朗，古鑑磨青銅。不事察察明，謙謙與

人恭。其或長傲慢，鴟張徒予雄。是名曰暮氣，衰至驕必叢。凡此機相關，動與呼吸通。不知野氣者，其類當奚從。或如葭蘆灰，候至應管筩。或如古井水，冬暖冰常融。然而無附著，所向皆游蹤。於人似客氣，往來日憧憧。熏面使黧黑，醉顔發狂紅。移之入釜鬵，饙餾侈然豐。移之襲官骸，咳嚏歕霾雺。又疑天壤内，物理難終窮。蒸沙詎成摶，煮石豈得鎔。受性不受氣，造化誰尸功。不如且坐睡，萬象歸曚朧。

趙北口坐冰牀

古堤老柳一時僵，水腹初堅黑白洋。稍與長途休馬力，冒寒半日坐冰牀。

白溝旅宿感舊

南北勞勞已十霜，瓦橋關外又嚴裝。今宵新月入窗早，去日小鬟如我長。斑鬢重來無伴侶，甲子入都，同錢玉友、翁樹服；己巳，則家次谷、陳元之；庚午春，同姜西溟南歸；甲戌，復偕翁康飴輩北上，皆宿此店。舊題幾字失偏旁。燕南酒美魚羹賤，不解愁人獨憶鄉。

立春日同愷功侍講作即用敝裘二首韻

土牛寒氣漸應捐，猶戀征袍未拆綿。東閣探梅還有信，西堂夢草獨無緣。憶德尹。春生帝里如相就，老傍侯門越可憐。南去北來成底事，暗消髀肉是今年。

逝水流光黯自知，依然一室對烏皮。冰將釋硯真吾幸，雪可摶獅任客爲。老柳受風終韡約，孤松經凍太離披。詩從錬後鋒鋩出，正要旁人摘小疵。

再疊前韻示愷功

半生習氣老來捐，熨貼終輸裹鐵綿。待兔衹疑株可守，求魚方悔木難緣。偶然鴻爪留還去，果否蛾眉妒是憐。一種東風消不得，鬢邊霜雪又增年。

海内人才略可知，也曾高會與南皮。三年刻楮將安用，一技雕蟲壯不爲。酒市天寒愁客散，書帷晝静喜人披。與君相對春風裏，只有冰壺不掩疵。

讀白耷山人詩和愷功三首

亭長臺邊一酒徒，仰天故作大聲呼。氣驕星宿生芒角，手擘山川入陣圖。急縛何人攖怒

虎，叢祠有鬼托妖狐。眼空江表衣冠族，摇筆猶堪殺腐儒。
人謂狂生本不狂，漆身吞炭事何常。亂餘賓客捜亡命，赦後英雄耻故鄉。寶劍塵封三尺
水，麻鞵寒踏九州霜。隨身一掬瀾翻淚，不哭窮途哭戰場。
一卷頻浮大白開，即論詩句亦雄才。到天峭壁千尋立，破浪長風萬里來。石火光中亡國
恨，鐵函井底後人猜。可憐芒碭無雲氣，山色於今死若灰。

酒人集起乙亥正月，盡六月。

甲戌偪臘抵都，偕家聲山僦居宣武門外，與姜西溟、惠研谿寓舍相望。自新年
始，約爲詩酒之會。吴中則唐實君、趙蒙泉，海陵則宫友鹿七人而已。湯西厓、錢木
庵、亮功兄弟時或一至，後益以翁康飴、陳六謙、狄向濤、楊耑木，稍爲好事所傳。他
有宴會，牽率入座，大約月必有集，集必有詩。聲非擊筑，名托酒人，各有取爾也。

西厓四十初度援筆爲壽兩人交誼略見於此非祝嘏之詞也

甲子夏五月，我初客燕山。逢君槐樹街，披豁示肺肝。君時二十九，譽滿公卿間。我長慚
七年，姓名尚泥蟠。居然荷兄事，齒序非所安。因緣求友生，稍使徑路寬。寧知遇秋賦，

刖足同蹣跚。古寺郭西門，頽虬柹垂丹。霜天夜蕭槭，落葉堆空欄。男兒屬有才，九萬終鵬搏。向來輕薄子，洗眼争相看。我時仍失意，寸進弓難彎。不敢怨窮途，借君激頹頑。側長恐命運薄，終身比劉瓛音桓。皇天困斯人，日月雙跳丸。丘壑閉雰霧，江湖駭驚湍。側聞夙昔游，一一趨金鑾。如君尤聳拔，刷羽超鵷鸞。落筆中書堂，集賢群聚觀。大官饌常賜，内府金頻頒。至尊賞文辭，步接螭坳班。猶能念微賤，枉札來榛菅。感君期我深，暴棄難自拚。勸我舉京兆，送我赴春官。憐我下第歸，臨岐話悲酸。誰當既得路，枯菀仍相關。長途冰雪交，鶴語今年寒。還家席不暖，又鞴衝風鞍。人皆嗤此來，此來豈無端。君年適四十，正及叨杯柈。君壯騰青雲，我衰改朱顔。詩成非善頌，聊記平生驩。

元夕前三日飲惠研谿寓齋與錢玉友亮功分韻

春寒半月透重緜，曲巷層冰凍尚堅。策蹇人尋行樂地，快晴天趁挂燈前。侵陵白髮違歌酒，惱亂朱門沸管絃。誰似閒官能愛客，朝衣典去作新年。

與陳六謙户部話舊

二十年前兩酒人，京華相見意尤親。田園蹔返如孤客，邸舍翻來作近鄰。難就微名成我

懶，未除宿習取君真。狂言自駭家僮聽，誰識忘形舊主賓。

上元夜同唐實君趙蒙泉宫友鹿家聲山飲姜西溟同年寓分韻得雨字

北風未解嚴，刮面射强弩。富兒馬足塵，游子衣上土。我有同年生，一椽望衡宇。每因赴讌會，暫得命儔侣。時節近上元，滿城競簫鼓。公卿例召客，僂指略可數。燭幌白生虹，燈屏紅窣堵。空明大圓鏡，爛熳散歌舞。可憐玉川居，破屋用茅補。荒庭一堆雪，月色帶清苦。也復呼其群，經營同地主。不辭口腹累，爲愛風義古。酒行爵踰三，殺列簋倍五。先生鄙肉食，下箸輒欲吐。如何點食單，亦溷烹魚釜。西溟性不嗜肉，或誤食，必以清水灌盥，而盤餐乃具此味。即此毋已奢，誰能諒貧窶。我窮興蕭索，藉爾作豪舉。雅令既帀巡，拇陣捲風雨。主人但旁觀，堅坐恣狎侮。肯爲鉼告罄，相勸力須努。新詩信手成，險韻鬬虓虎。費君三月俸，醉我一夕許。忽聞耳熱歌，寒律變温煦。

王赤抒新葺一齋名曰野航邀余對酌出詩索和即次原韻

忘機到處總虚舟，别起齋名借橛頭。已是除塵得瀟灑，若教臨水更清幽。兩三人可同君

坐，五六年應爲此留。閒殺鷗邊好風景，荷塘宜夏蓼宜秋。

白田喬侍讀有家伶六郎以姿技稱己巳春車駕南巡召至行在曾蒙天賜自此益矜寵庚午四月余從京師南還訪侍讀於縱棹園酒閒識之有青衫憔悴無如我酒緑燈紅奈爾何之句時東海徐尚書射陵宋舍人慈谿姜西溟俱在座相與流連彌夕而散去冬北上重經寶應則侍讀下世旅櫬甫歸余入而哭之盡哀何暇問六郎蹤跡矣及至都下聞有管郎者名擅梨園一時貴公子争求識面花朝前八日翁康飴户部相招爲歌酒之會忽於諸伶中見之私語西厓曰此子何其酷似白田家伶蓋余向未知六郎之姓也西厓既爲余道其詳竟酒爲之不樂口占四絶句以示同席諸君

鬢影衣香四座傾，風流争賞米嘉榮。就中獨有劉賓客，曾聽涼州意外聲。

鴨桃花外小池臺，瀲灧舫船一棹開。春色滿園人盡妒，君王前歲賜金來。

一群穠艷領花曹，頭白尚書興最豪。記得送春筵畔立，酒痕紅到鄭櫻桃。

茶煙禪榻隔前塵，存殁相關一愴神。自琢新詞自裁扇，教成歌舞爲何人。

題楊次也所藏朱北山墨繡毬花

春風壓簾吹不動，簇蒂攢莖密無縫。美人纖手搓欲圓，嬌鳥一梢低更重。駢枝倒挂玉蕊仙，暖氣散作藍田煙。粉痕洗盡墨光出，自有此花無此妍。

花朝實君招同西溟蒙泉研谿西厓友鹿聲山寓齋雅集分韻得過字青字

二月無花看，今年雨雪多。不辭官獨冷，翻喜客頻過。灑掃門庭潔，芟除禮法苛。愛君新句好，諷諭擬元和。

客久頭垂白，交深眼倍青。坐銷愁裏日，來聚酒邊星。假借通鄰曲，盤餐及使令。春郊花事近，後約更旗亭。

題項霜田讀書秋樹根圖

讀書未必皆識字，涉獵耳目爲窮探。此生枉伴蠹魚老，飽蝕卷帙寧非貪。文成有韻或吞剥，事出無據徒撦撏。熟從牙後拾王李，纖入毛孔求鍾譚。槖駝馬背所見少，自享敝帚矜箸簪。雷同不滿識者笑，人盡能此燕無函。蘭苕翡翠稍秀異，什伯略可數二三。時情祇取供近玩，崇《雅》删《鄭》誰能諳。我持此論衆大怪，相戒勿聽無稽談。廿年硯田困衣食，撥置夙好隨嬰媕。排辭偶句受人役，渴飲墨汁同潘泔。有時間作崛强語，蓼辛荼苦終非甘。項生乃有嗜痂癖，謬辱推許張頤顩。謂余頗可附同調，與别白黑分青藍。君才於世故無匹，氣象外拓神中含。屢游京洛結文社，獨向魯國稱奇男。空拳亦足搏犀兕，大鼎詎止容罌甔。一鞭入海走巨石，千丈倒壑回枯柟。逍遥鸞鶴控紫極，活潑魴鯉游澄潭。才高氣盛心轉細，獨繭一一絲抽蠶。問君此境豈易到，確有階級難旁參。向來正得讀書力，閉户萬卷曾沈酣。源流正變瞭指掌，北斗在北南箕南。光開飛電十行下，機發伏弩千鈞擔。搜奇抉險富詩料，然後所向無矛錟。庭空樹老得秋早，霜色染葉黄於柑。一編信手愛露坐，何用白石藏書庵。命工作圖索題句，劘壘相對吾奚堪。遇君尚應三舍避，君愈降氣余彌慚。詩成乞與摘紕繆，蹇鈍猶冀隨驂驔。此間風景有何樂，曷不歸去同書龕。

料絲燈史眅巖學士屬和即次原韻四首

勿論萬縷與千絲，似密還疏製絶奇。玳瑁筵前凝作片，珊瑚網底爛生枝。華堂金屋年年換，錯綵粧花種種宜。表裏孤光原洞達，瞢騰醉眼任斜窺。

宛宛長廊小院東，藕絲不斷望疑空。巧穿針孔玲瓏影，吹透冰肌綽約風。簾幙花深長帶霧，畫圖山淺忽生虹。琉璃太脆紗紋薄，獨愛韜光黯淡中。

更從何處着纖塵，亞字文迴古錦茵。斜拂楊條藏語鳥，密牽苕綫過游鱗。顔筋柳骨書家格，吴帶曹衣鏡裏身。併作清輝開四照，不勞明月吐芳津。

駢枝儷葉技同稱，點墨何愁誤不興。射角星芒殊睒睒，照人風骨自稜稜。金波蕩月成方折，玉氣生煙隔幾層。還與石湖添紀事，詩家新賦料絲燈。范致能有《上元吴中紀事》長律，所載燈名甚多，獨不及此品。

友鹿寓居孫公園與實君蒙泉耑木同巷僕及西溟聲山相距稍遠友鹿作比鄰詩二章亦來索和因次實君韻奉答

馬蹄纔過又車輪，廣術相逢亦太頻。不惜往來隨步屧，預防倡和損精神。過墻濁酒能供

客，鑿壁餘光倘借人。便與中央成鼎足，姜居西舍我東鄰。時余移寓琉璃廠東。造門不見等離居，俗例持牢急破除。余兩詣友鹿，俱阻于閽。僮約一條申典謁，客談幾處省傳書。巷連畢曜宜相就，雨過蘇端肯見疏。添取新篇爲日課，與君直似共鄉閭。

友鹿復次韻見寄恐其有過督司閽之意再疊韻解之二首

過門何止十朱輪，只有窮交不厭頻。語帶滑稽吾是戲，弊清摘發爾如神。犬應勿拒重來客，花亦爭窺舊識人。從此得閒須徑造，巷南巷北總芳鄰。

老屋西頭勝僦居，門前無草不須除。未妨排闥來驚卧，且喜還瓻肯借書。蹤跡漸同詩境熟，形骸終要禮文疏。他時野老曾爭席，記得漁樵狎里閭。

盧檡庵七十壽詩

我愛盧仝居，翛然數間屋。先朝孝廉宅，過者猶屬目。再傳世其家，門徑不改築。一經稟庭誥，自教兒郎讀。早年赴舉場，高步闊馳逐。同儕重先輩，子弟尊耆宿。正坐業太精，翻令身久伏。科名人拾芥，官爵鶯遷谷。白髮迫衰年，青衫自初服。神恬遯無悶，學殖富有蓄。紅扶壓架花，翠擁遮鄰竹。刻鳩拄杖頂，放鶴前山足。世自鬧如蛙，吾方静如鵠。

回看軒冕客，萬事徒碌碌。分定兩不争，生涯籌已熟。

送勞書升通政養親歸里

吾鄉前輩楊司馬，曾脱朝衫换彩衣。祖道回思十年事，都亭又見一人歸。白雲去國情相似，黄髮娱親古亦稀。不是明時輕解組，五湖煙水屬春暉。

豆腐詩和楊芝田宫坊四首

服食神仙事不難，磑牀幾轉便還丹。世傳淮南以丹藥點成。凝來石髓風猶嫩，點出春酥露未乾。倒篋易償鄰叟值，顧名原合腐儒餐。人間賣菜多求益，休與先生溷一柈。

蛙瘦熊肥兩不知，太常終歲是齋期。半杴土竈然萁火，一頃山田種豆詩。饔子貧家先染指，厨娘纖手並凝脂。來其鄉味君休笑，三德虞家有贊辭。事見虞伯生集。

滑可流匙勝冷淘，不争舌在齒牙牢。渾忘肉食聊名儉，偶佐村沽亦足豪。烹雪也宜施翠釜，割雲初不費銀刀。胡麻别試山僧法，口腹窮奢笑老饕。

茅店門前映緑楊，一標多插酒旗旁。行厨亦可咄嗟辦，下箸唯聞鹽豉香。華屋金盤真俗物，臘糟紅麯有新方。須知澹泊生涯在，水乳交融味最長。

問西厓病

小閣藤牀倦獨憑，門前仍遣小僮膺。一家多累愁何益，四海無醫感又增。春酒呼兒看滌器，夜棋留客對挑燈。可知《七發》真良藥，莫謂先生病未能。

戲題曹希文寫生蒲萄册

東郭鹽，咸陽冶。朝入羊，暮騎馬。生不願封萬户侯，亦不願領西涼州。但願蒲萄垂乳比桑葚，日日飽噉只學林間鳩。若使一官值五斗，家家争釀蒲萄酒。枝頭無，紙上有，誰能截取老僧手。圖爲鑒上人所畫。

再題朱北山所畫松鼠蒲萄

兒童把竹竿，飛鼠未可逐。暮四復朝三，蒲萄秋正熟。縱使身輕化蝙蝠，可憐兩翅仍兼肉。枝頭漸空莫緣木，明朝去竊官倉粟。

爲次也題秋花小鳥畫卷

一株鴨脚葵，色映紅黄紫。鷄冠似經鬬，碎葉垂披靡。無端青螳蜋，失勢忽落此。當其奮臂時，寧料草間委。飢禽不汝貰，集啄紛爪觜。似爲蟬復仇，反覆乃物理。二蟲何厚薄，是亦可以已。我欲解其圍，毫端呼不起。

研谿傳札訂望後出郊看杏花夜來微雨恐阻兹游晨起風日晴明喜而有作

臥聞檐雨滴堦鳴，意外東風曉放晴。爲作報書貪早起，門前吹過賣花聲。

送畢雨稼

古藤花底逢朱十，爲我長吟畢四詩。滿眼酒徒星散盡，送君還憶識君時。余初識雨稼於竹垞先生寓。

三月十六日同西溟實君蒙泉研谿六謙耑木石城友鹿永年向濤霜田亮功次也南陔至興勝寺看杏花三首

弄袖風微不起沙，野田分路走三鴉。十年失計仍爲客，一醉無名特借花。白塔似招游子騎，青旗錯認美人家。金丸落處休輕逐，小立逡巡避鈿車。先經摩訶庵，不得入。

幸是韶光處處同，勝游隨意轉芳叢。別開香界松林外，遥指煙村杏社東。黛色濃添三面緑，日痕微減一分紅。只須十步淩丹閣，多少花頭在下風。

及記當時載酒游，舊題幾壁拂塵留。重隨客到僧猶識，不待人言我欲愁。牧笛聲中芳草路，鞭絲影裏夕陽樓。花開花謝年年事，豈料傷春易白頭。

看花之會已成七律三章朝來耑木分牋屬賦七言歌行再作一首

朝陽簷前報乾鵲，起赴城西看花約。東家借得蹇驢騎，快比揚州身跨鶴。豁然雙眼對明鏡，草樹無塵光躍躍。倚墻初見一梢紅，掩映垂楊作村落。漸行漸遠入佳境，花海茫茫浸樓閣。雲晴霧散天微霞，日色煙光互迴礴。自然得氣少人妒，縱使餘寒何處着。卯酒消

來玉頰鮮，牙香熏透春衣薄。蝶沾蕊粉或雙去，燕拂花鬚時一掠。乍看半吐或全開，百面疑聞腰鼓作。因思前夜沾沙雨，特爲催花龍起蟄。不然萬本及千株，那得同時齊破萼。此花舊是仙家種，肯向人間傍簾箔。自從禁苑植樊籬，已敕居僧司鎖鑰。寺後爲進御菓園。兒郎避路欹巾帽，嬌女窺鄰少媒妁。可憐寂寂寄空園，也似飄飄客京洛。憶昨初來年尚壯，歡場往往貪酬酢。松林古寺摩訶庵，幾度陪游屨相錯。乙丑、丙寅間，屢隨大司空朱公、少司馬楊公游此。侍郎歸老尚書歿，前輩風流久寥廓。我留紫陌十經春，白髮隨梳旋隕籜。去年三月曲江宴，横路紛紛争出郭。此時毷氉更思鄉，未免當春懷抱惡。豈如今年風日佳，得喪心空别開鑿。青袍莫漫感憔悴，紅袖羞堪慰淪泊。楊家公子好心事，兩世交情宛如昨。已逢勝侶盡名流，況是閒官能脱略。雖云雅集忘賓主，治具終煩佐脾臄。是日崙木治具。花前醉倒十五人，坐有車公寧不樂。歸來忽忽記前夢，後會悠悠付成諾。禪房借榻眠海棠，野圃穿畦行芍藥。勿嫌生活太泠澹，竿木逢場聊戲劇。只愁火急促新詩，顏謝方將被陵轢。尋花本意取陶寫，覓句翻教困悉索。直須境過兩相忘，滿紙陳言總糟粕。

狄向濤庶常訂同人會飲海棠院是日僕適有他招別請卜期研谿以詩相惱戲答之

一春命侶原多暇，半日看花奈少緣。我爲頽唐姑避席，讓君獨作海棠顛。出《劍南集》。

三月晦日向濤治具招同西溟實君文饒研谿六謙耑木霜田亮功次也南陔岱瞻宗岱社飲寄園向未與會而今至者則胡芝山周漁璜張天門陳堯愷姚君山玉階兄弟

客居感節物，鄉味想櫻笋。及此問名園，忽驚春向盡。歇鞍垂柳外，曲徑紆徐引。側帽入丰茸，迴身轉欄楯。群賢次第到，虛坐前後盡。出《曲禮》，讀上聲，俗作儘。衆芳如媚客，四顧少畦畛。丁香垂紛披，藤蔓縮菌蠢。海棠不少待，吹作胭脂粉。那無水一池，鼓吹出蛙黽。似嫌太寂寂，作意破寒窘。鯨波捲百川，目眩空花隕。亭臺亂金碧，有若浮海蜃。日飲正無何，老狂良足憫。唐侯但坐視，出語顧見哂。余與天門、亮功鬭酒，盡酣，實君有「老馬入駒群」之戲。幸無性命憂，何用須臾忍。春衣行且換，紅藥期將近。三百青銅錢，敝裘尚可準。

陸潪成侍讀招飲丁香花下同西溟崑繩寄亭作

花繁葉密暗迴廊，爲放庭空特撤墻。翠幕雲遮天四角，紅燈人醉樹中央。春辭小院離離影，夜受輕衫漠漠香。曾是往年連榻地，重來容易感流光。丁卯、己巳間，與家荆州兄盤桓此地最久，故及之。

何倬雲户部招諸同人飲藤花下

前日飲寄園，自辰徑終酉。連朝發酒病，解醉仍思酒。一笑赴佳招，相逢復開口。入門庭宇曠，槐蔭寬半畝。高格架藤花，有若魚貫柳。其梢多倒垂，其蔓必上走。蛟螭起拏攫，纓絡飄絲綹。翻愛急雨來，不嫌濡我首。殷勤得賢主，諧謔因良友。衣上指唾痕，花前傷老醜。人間好亭館，豈必皆已有。但願興到時，深杯長在手。

四月八日飲劉雨峰新寓分韻得佳字

十年論舊雨，一日破清齋。俗傳浴佛日。去覺流光速，來貪小住佳。時出《乙丑譏集詩卷》見示。槐陰深小巷，花氣近斜街。早晚南船到，重看酒似淮。

題張浦畫太白像

芒角生酒星，仙才謫人世。清平三絶調，醉裹一噴嚏。可憐高將軍，不中作僕隸，脱却夜來鞾，飄然從此逝。

題張儀山中丞温陵紀事後

見説温陵事，安危繫一時。潮頭開郡縣，虎口奪嬰兒。報國原臣分，封侯豈數奇。置身如事外，不勒紀功碑。

贈范方仲

秋兔千頭瘞禿毫，鋒藏鍔斂似無刀。費他京國三年住，頑石如山價盡高。

爲翁景文題畫

緑蕉葉折風無賴，紅蓼花垂雨不情。一個草蟲鳴似訴，故來紙上作秋聲。

宣德素鼎歌爲山左李繩其作

西方金苗變黄白，躍冶長砂欻成赤。神工範出形製奇，不用雷紋鑿饕餮。腹圓口直中央斂，一綫縈腰起凹凸。其高四寸下半之，其厚三分旁稍溢。以衡測重斤踰二，宣德小爐，重者不過二斤四兩。以指量圍弓滿的。寶光蒸出耳雙環，濃乳垂爲足三隻。膏流似覺層波涌，肌潤何愁熾炭炙。瓊瑰碾紫柔作團，靺鞨凝紅嫩將滴。照來妖魃敢逃影，吹過雲煙不留跡。神光離合乍陰陽，氣候盈虚異晨夕。世人好古搜彝敦，耳目遺亡闕金石。此鼎傳從宣德年，居然上與商周匹。國家元氣在宇宙，百錬千鎔聚精液。後宫侍女罷添香，講殿中宵尚前席。曾從天上拂袍袖，一落人間似淪謫。忽經吾眼真可憐，尤物無多增戀惜。君不見城南片雨朝來急，電掣金蛇飛霹靂。玉川破屋那許留，萬丈光芒穿四壁。

翁康飴寓齋看芍藥分韻得面字

都城洵繁華，物色互矜衒。豐臺紅芍藥，千畝開芳甸。嗟爾本名花，因多乃致賤。半開遭夭閼，不許游人看。却被賣菜傭，頃筐雜藜莧。根株兩相失，本性須臾變。相逢衢陌中，識者爲一泫。翁生官户部，邸舍如郵傳。近移槐樹街，意取買花便。連車載兼土，愛護同

婉孌。小雨爲扶頭，清泉與靧面。瓦盆三十六，手自摩挲徧。亞窗斑竹欄，步障青油絹。花如感知遇，爛熳答深眷。其大比盤盂，或歙學團扇。高低隨所主，向背視所戀。負恃各争妍，誰能分最殿。豈無一尊酒，就汝諧終宴。未免爲紅筵，經營好肴饍。書生例貪嗇，耳目有歆羡。學道吾未能，紛華易交戰。有情且相對，即事驚稀見。絶勝洛陽園，花時閉深院。

送趙二聞郎中分巡兖東二首

望郎才地早知名，棨戟新臨古任城。負弩三州迎刺史，降階一揖禮諸生。山連翠岱雲常潤，濟入黄流派獨清。我是南池舊游客，送君不覺動吟情。

君家邸第好園林，槐柳周遭十畝陰。子舍縱牽他夜夢，宦游何負老人心。共傳清節胡威絹，自有家風趙抃琴。此去國門看擁傳，拾遺親授《大官箴》。

送鄭禹梅郎中出守高州三首末章兼示茂名宰王令詒

高涼名宦自來無，君到方能重此區。不信試徵唐宋事，潮州韓與惠州蘇。

八十高堂兩白頭，扶攜齊赴上瀧舟。荔枝龍眼均珍膳，不要同官易播州。時范國雯得延平，故

及之。

曾依日影候花甎，此去人情似左邊。猶勝茂名王大尹，脚靴手版謁同年。王與鄭皆戊辰進士，而茂名爲高州屬邑。

送陳梅溪之任階州二首

一家鼎盛十朱輪，仕籍君偏比積薪。早歲科名曾入洛，半生官況兩游秦。陳前任綏德州牧。

時平不設當關戍，路僻稀逢入蜀人。鄧艾城邊閒草木，也教窮谷識陽春。

一官聊與俗沈浮，不改頭銜計亦優。稍喜分符同領郡，敢論無蟹有監州。重關夜度群鷄月，絶塞書來斷雁秋。多少郎潛愁索米，羨君已似跨青牛。

古詩五章呈吉水大司空李公

盛治際中天，六卿盡文獻。發揮爲事業，器量隨所建。公雖長冬官，其氣實涵萬。放之彌宇宙，舒卷視膚寸。道在本非夸，逢時獲初願。

百川日東注，赴海同一門。豁達意何廣，函容道彌尊。乃知延攬塗，中有仁義存。清濁具本性，澄觀得其源。君看下成蹊，桃李初不言。

西江一瓣香，自昔人文區。歐公門下客，磊落皆名儒。千秋復代興，隻輪賴公扶。官高能下士，此義今人無。空谷有幽蘭，披披自含芳。一朝采而佩，顧盻滋容光。顧盻何足多，貴登君子堂。識者或見賞，當門忌孤芳。向非特達知，標榜慚互相。男兒感恩地，兹事豈可常。不敢泣窮途，恐爲知己傷。拙守無詭遇，異營戒岐旁。百年屬有身，利鈍誰能量。於公負期許，脈脈終難忘。

次也讀書王園夏日偶過之索詩題壁

地僻人聲覺，林深曉氣通。棗花開帶刺，藤角墮兼蟲。擊柝過佳客，傳餐累小僮。避炎知有處，來就北窗風。

虞山嚴杏修爲尊人仲甫先生乞六十壽詩并以錢湘靈玉友亮功所賦五七言長篇見示故詩中並及之

吴中數交游，屈指首嘗熟。錢生十年舊，直以心置腹。因之箆同人，京洛異徵逐。初逢嚴伯子，氣静神沖穆。涯涘未易尋，徐徐視含稸。名駒果有自，擩染出家塾。子有兩老親，

算句竝踰六。昨歸爲上壽，再出何太速。所傷名未成，負米營斗斛。此來復相見，執手語反覆。爲言屏幛詞，排偶難破俗。人間好官爵，祇用填滿幅。不敢濫乞言，所以省干瀆。君詩有真味，是則我所欲。出示三長篇，得隴且兼蜀。孝廉筆奇矯，榦老枝葉秃。交情叙三世，中有滄桑録。大錢善形容，繪畫列眉目。小錢騁才氣，汎濫到朝局。已無餘地留，故乃相迫促。吾詩何處著，譬若蛇添足。然而難固辭，即事生感觸。江南氏族盛，甲第紛相屬。寧知一再傳，竟爲他人卜。君家好門閥，墻宇本先築。豈非文靖公，清蔭及喬木。仲甫爲相國文靖公曾孫。當時歸逮養，歲給大官禄。人生惟此難，餘者徒鹿鹿。即今時代换，往事如轉轂。正賴後人賢，流風承式穀。先生實高隱，祭酒推鄉曲。雖荒下潠田，尚保檀橋屋。時情有豪奪，世守無輕鬻。冬缸莳可爇，秋圃棗堪剥。窺池荷夏紅，掃徑莎春緑。平生十萬卷，又課諸孫讀。同牢四十年，尚享齊眉福。子行及歸奉，此樂天倫獨。古人重名義，飲水兼啜菽。斯言倘足徵，庶當椵辭祝。

酬同年張聲百秦中見懷之作

舉子稱同年，厥名自唐始。其初本鄉貢，往往維桑梓。地近情易親，論年序以齒。師門就行列，有若一父子。名雖托友朋，骨肉差相儗。至於試京兆，半屬九州士。或者狥虚聲，

紅箋報名紙。泛交乍隨俗，相背旋棄屣。刺盾動以矛，憑身孰如几。余生久落魄，場屋困刖趾。初度降惟寅，微名歲在癸。秋蛾眉換緑，看鏡抱深耻。得附當代賢，不才聊自喜。君家好兄弟，令兄逸峰亦同榜。健翮沖天起。竇桂有雙枝，田荆必連理。京華獲交臂，伐木酒親醴。古道朗照顔，相期各劘壘。嚴霜妒竹柏，猛雨欺桃李。散作湖海萍，流行隨坎止。省親君就道，落第我歸里。闗城杳何窮，秦樹吴雲裏。何期再入洛，冰面躍雙鯉。寄示長歌行，光芒開顧指。聳身登二華，長劍插天倚。黄河如修蛇，起伏見首尾。自然得奇句，萬象聽驅使。我欲從之游，塵埃誰料理。矧慚詩力弱，難與諧宮徵。遲答故人書，半年坐懶耳。

以詩乞王麓臺給諫畫山水

婁東富文獻，世守鄴侯架。太原老奉常，腕底斡造化。當年書畫蹟，貴豈文董亞。至今賢子孫，餘韻足瀟灑。黄門蚤登第，群從俱方駕。朱紫接烏衣，丹青陋曹霸。朝廷無闕失，邸舍多清暇。坐令拾遺官，風流資醖藉。時時出餘技，落筆妙天下。屏幛滿京華，林泉不吾借。篋中一幅紙，欲乞防見詫。生平山水緣，無厚入有罅。搜奇得餘快，歷險慣不怕。所媿言少文，煙雲經眼乍。如何不自量，見彈求鴞炙。意從良友申，閒請掖垣假。朝來傳

好語，命以詩易畫。余以宣德紙從吴元朗轉乞君畫，君語元朗「是不可無夏重詩，詩來則畫往矣」。我詩頗拙速，敢托不敏謝。古人重踐言，相值寧論價。君其勿堅壁，致我長避舍。

附次韻

王原祁

龍山查先生，峭壁青松架。讀書百錘鍊，等身與古化。清健更瑰奇，韓蘇之流亞。興來爛熳題，珠玉繽紛灑。余聞心折久，畏友敢並駕。霧豹窺半斑，騷壇戰而霸。欲爲訪戴游，一官苦無暇。坐令鄙吝生，他山何所藉。小技試盤礴，每耻居人下。粉本追宋元，筆墨四家借。腕弱媿癡肥，定爲識者詫。譬彼窺月魄，餘光逗壁罅。慘澹心神疲，甘苦方知怕。開闔變化間，微茫得失乍。始覺吾祖高，至令人膾炙。拙筆非許田，奚爲拱璧假。真宰雖難搜，勉力爲君畫。木瓜配瓊瑶，何以云報謝。荒率懼覆瓿，賴公以長價。紈扇懷袖中，秋風棄上舍。

次日麓臺爲余作巨然山水并次昨韻見酬再疊韻奉謝

珖琩裝書籤，珊瑚供筆架。我無二者樂，宿習故難化。新詩出寒窘，郊島或流亞。一窺著作堂，顔汗豈勝灑。千金享敝帚，蹇足追高駕。何異貧家兒，蓬頭媿王霸。方當苦酬應，

供給日不暇。先生地望懸，乞者無憑藉。十年率未應，惜墨肯輕下。始知高人胸，與俗少假借。於余獨不靳，脱手洵奇詫。用意取巨然，危峰拆天罅。趁人何突兀，旁睨心膽怕。細觀入秋毫，恍若置身乍。漁灣舟可艤，樵徑轂可炙。勢成風雨晨，不待休沐假。猶嫌尺幅短，更以詩補畫。人間有真境，躡屐當追謝。但恨多牛翁，青山索高價。菟裘營已晚，惆悵道旁舍。

王服尹見和乞畫詩三疊前韻奉答

米家書畫船，秋蔭傍藤架。爲君下一榻，四壁煙雲化。服尹時下榻麓臺齋中。京洛少名園，精廬乃其亞。可無一斗墨，興到供揮灑。君才況如江，衮衮高浪駕。偏師壓小敵，勢欲戰而霸。篇終味深穩，語妙神閒暇。平生績學功，授受有承藉。淵源大可溯，派自震川下。幸生君子鄉，師友不外借。何當謬引重，恐被識者詫。昨日乞畫詩，細聲風出罅。蒲牢懸我前，欲扣吁可怕。强顔托夙契，結襪交非乍。憶昔隔墻居，淋漓濡酒炙。己巳寓居上斜街，與孫愷似編修近隔一垣，長從服尹飲。六年一醉夢，歲月不我假。青山憔悴容，此景豈堪畫。君歸約髯孫，吾亦偕小謝。來詩及家德尹。披圖賦招隱，尚可長詩價。忍負好溪山，挑燈向客舍。

計閶昭索題看菊圖

勸君莫種菊，種菊須澆灌。本自隔年培，根從立夏判。苗新虞蠹蝕，葉密防雨爛。三時倘失勤，那博一秋玩。不如走廟市，取辦在一旦，捧土上瓦盆，妍媸誰復辨。十年客都邑，萬事皆眼見。披君看菊圖，使我發長嘆。

題曹渭符舍人畫扇

移得城南魚藻池，便從紙上寫淪漪。畫師正恐妨魚樂，不着飛來雙鷺鷥。

費子葛陂屬題小影

費生客京華，氣帶秋山爽。學詩兼學畫，離俗寄幽賞。識君塵坱中，十載一俛仰。羡君煙霞姿，瀟灑不殊曩。虎頭爲寫照，見者皆拊掌。秋根走雜樹，中有落葉響。可無松亭亭，配汝玉朗朗。勞生輪下坂，歲月成鹵莽。誰知静坐人，一日可當兩。

題趙天羽給諫小照

長身七尺紅兩顴，成佛要在靈運先。兩塵相隔一毫末，中被官事相糾纏。豈知生來具慧業，即現宰官爲説法。一林紫竹是禪機，只在眼前誰見睫。

送同門朱介垣掌科請假還吴

燈簾夜看秋菊花，酒徒爛醉東西家。竹垞去官君請急，近社花開少顔色。明朝我亦作歸人，二老猶堪結比鄰。扁舟同訪籬邊屋，及取霜前香稻熟。

希文將南歸次淵明田居詩韻來索和章四首

故鄉去我遠，縹緲三神山。風塵一涉足，忽忽傷徂年。曹生静者流，心若珠在淵。不使閒草木，萌芽荒寸田。如何瀟灑姿，亦復趨人間。一官比薪積，後至争居前。坐看車馬衢，群情動如煙。秋風夜入户，曉鏡增華顛。身先候雁翔，心與浮雲閒。歸期服勇决，臨别翻欣然。

老馬悔識塗，亞身受羈靮。時因送人處，一發田園想。田園近荒蕪，計拙迷孤往。家書昨

日到，久雨蓬藋長。八口恒告飢，憂來難自廣。生涯事游惰，獲報宜鹵莽。
萬人浩如海，酒伴日以稀。曹生後我來，今復先我歸。家人占喜鵲，不寄秋來衣。因之報歸信，歲晚寧相違。
讀書三十年，如農守阡陌。出門視蒼莽，蹙蹙靡所適。君看入貲郎，朝發不待夕。時來誇際會，抵間快投隙。得官如驅羊，舊給厮養役。課奴力耘耔，課婢勤紡績。識時乃豪俊，章句工何益。

敬業堂詩集卷二十

游梁集起乙亥七月，盡十二月。

中州，名勝之區也，同學許霜巖謁選得陳留宰，邀余偕行，涉滹沱，循太行東麓，歷趙、衛、梁、宋之郊，按程計之，古蹟不少，資其車騎，供我吟眺，亦足以豪矣。

將有中州之行七月七日姜西溟唐實君趙文饒惠研谿楊耑木宮友鹿項霜田錢亮功湯西厓馮文子楊次也陳元之家聲山餞飲於陳六謙邸舍席間酬別

屋簷秋網拂蠨蛸，弦月如弓挂一弰。剪燭談深宜夕館，看花人散憶春郊。窮無好句供傳寫，老不中書代《解嘲》。實君見送詩有「舍人官職是虛名」之句。來本無名歸亦得，只愁飲餞累

貧交。

出都晚宿竇店戲示許大令霜巖

又是南程發軔初，我今戴笠爾乘車。衡泥早歇林間馬，積潦秋生户外魚。十度棘闈憐報罷，一官花縣喜新除。屠龍妙手牛刀割，餘技猶堪理簿書。

涿州過渡

胡良河蔭青葱柳，督亢陂連宛轉城。但覺林中無暑氣，不知風外有蟬聲。喚迴塵夢秋初到，誤墮吟鞭馬一驚。自笑年來詩境熟，每從熟處欲求生。

上谷城南旅宿見可亭姪題壁

客路逢連雨，秋原洗鬱蒸。人投曾宿店，鼠瞰未吹燈。一榻夜涼入，二更殘月升。忽看題壁在，爲爾掃秋蠅。

早過慶都

棗林槐埂翠模糊，十里煙光接慶都。堯母陵荒秋草徧，戴嵩新畫《牧牛圖》。

定州口號

劃花小盌愛初燒，秘色傳來閱四朝。莫打磁鎚輕試玉，人間方貴定州窑。

新樂有感

客路匆匆過定州，鮮虞臺下小遲留。輿圖西漢中山國，恩澤先朝外戚侯。攴東詩成歌樂土，種瓜人去感新疇。眼前風物全非昔，細草鳴駝一段秋。

晚渡滹沱

涼風蕭蕭響白荻，老鸛啣魚作人立。小船争渡晚尤喧，濁浪兼泥秋更急。中流仰看團團天，太行突兀當我前。未知馬首向何處，千里夕陽横紫煙。

麥飯亭

蒼皇那免嘆途窮，大業幾隳小屻中。名號未尊誰是賊，英雄有識獨從公。兩河子弟收星散，一飯君臣見始終。值得將軍依大樹，不勞上殿更爭功。

鉅鹿道中

要害畿南在必争，時危往往屢稱兵。居人不重侯芭里，過客猶尋石勒城。雲挾常山蛇尾動，地連汾晉犬牙成。如今不用論形勝，稌黍秋郊一望平。

豫讓橋

首四句姜西溟舊作也，辭意未盡，爲足成之。

趙入宫，臣厠中。趙乘馬，臣橋下。區區欲報國士知，可憐一死何能爲？君不見博浪一椎雖不中，置身事外非無用。

邯鄲縣吕翁祠

幻妄浮生豈有涯，何妨鼠穴駕牛車。貧兒好作音做。游仙夢，怪事偏傳小説家。事出《虞初

志》。古道蹇驢多北向，空庭秋日又西斜。人間官賤黄金貴，乞與燒成九轉砂。

邯鄲懷古三首

口舌相如位上卿，從教趙括喜談兵。璧歸間道雖難奪，師出長平已被坑。唇齒連衡如有約，虎狼縱暴本無名。凄凉蔓草荒煙地，民命無如戰國輕。

美人一笑元無罪，不殺難邀好士名。趙勝何曾識毛遂，信陵差解重侯嬴。符來袖裏圍方解，錐脱囊中事竟成。碌碌因人嗤若輩，也如跛客强隨行。

北道何期得鄧晨，信都南望尚迷津。群情正是思劉日，假號先歸賣卜人。計定一軍終拔趙，怨深三户必亡秦。不妨蹔作逡巡避，龍準諸孫自有真。

自杜店至磁州與霜巖並馬行

一天風露野田秋，曉路熹微辨馬頭。槐柳陰中辭杜店，芰荷香裏到磁州。鷄鳴巷陌煙初起，鷺立陂塘水慢流。過此頓忘身是客，與君題壁紀清游。

渡漳河

夜聽邯鄲趙女歌，起乘殘醉渡漳河。天垂曠野名都壯，路入中原戰壘多。細雨一蟬高岸柳，西風匹馬故宫禾。灰飛瓦解尋常事，誰管繁華委逝波。

曹操疑塚

分香賣履獨傷神，歌吹聲中繐帳陳。到底不知埋骨地，却教臺上望何人？

鄴中詠古四首

洹水清流見麗譙，鄴中氣象太蕭條。詞華不過誇三國，人物誰能算北朝。冰井臺荒秋瑟瑟，香姜閣廢雨飄飄。齊磚魏瓦人争托，想見當年土木妖。魏銅雀瓦，色青，内平，印工人姓名，皆八分書。以爲硯，貯水數日不滲。齊起鄴南城，磚瓦皆以胡桃油油之。當油處有細紋，曰琴紋；有白花，曰錫花。古磚大者方四尺，上有盤花鳥獸紋，「千秋萬歲」字，其紀年非天保則興和。又有磚筒承簷溜者，花紋、年號皆同。内圓外方，亦可爲硯。按王荆公詩云：「陶甄往往成今手，尚托虚名動後人。」則真品在宋時已不可得。

自從僭竊起當塗，虎視中原氣總粗。大抵奸雄皆好亂，居然割據亦稱都。車中不少彈箏

客，案上頻繙《聚米圖》。十二渠成流澤遠，至今土壤號膏腴。林慮平聲。山色尚蒼蒼，太尉登朝事可傷。豈有公孤能翊漢，早知廢立總由梁。勢成刻兔驕三輔，禍始金蛇恨永昌。慚愧上書收葬吏，猶傳郭亮配楊匡。錦衣別築相州堂，使節移來自武康。公獨勤勞兼將相，誰能事業更文章。威名要取雄殊域，宦跡何嫌避故鄉。碑版兩朝尊顧命，豈徒一記重歐陽。

湯陰縣北村家

煙際露茅茨，田家正午炊。韭花秋逞味，棗實晚垂枝。放犢青蕪岸，漚麻緑水池。地偏稀客過，籬落有人窺。

入大名界紀冰雹之異

朝行渡黎陽，四望如絶徼。又如入霜野，慘澹初經燒。古墓多白楊，連根拔當道。棗梨盡僵仆，墮實滿泥淖。村中禾黍空，天半烏鳶叫。客心慘不樂，經眼非意料。道逢白髮人，下馬亟慰勞。爲言前七日，陰氣變晴昊。疾風西北來，電雷乃前導。須臾大雨雹，奮擊恣凌暴。爲拳爲芋魁，所向等飛礮。居民屋瓦裂，填塞及井竈。行者不及防，人傷馬傾倒。

濬南滑之北，廿里陷冰窖。草木生其中，焦原同一燎。含悽問鄰舍，旁有豐年稻。邑長豈不知，逡巡莫以告。我爲田父語，天變非人造。不聞平陽城，一震跡如掃。殭尸十萬户，蔽野復誰弔。朝廷憫災傷，大下乞言詔。公卿滿臺閣，相視無寸效。被禍爾猶輕，區區胡足較。

滑　縣

停鞭小立聽潺湲，魏滑分河在此間。自洛以東，百水皆會於此，唐沈亞之有《魏滑分河録》。樹杪帆檣瓠子渡，城西風雨大伾山。野無秋草年仍歉，地近朝歌俗尚頑。誰與牛羊典芻牧，未應蒿目委時艱。

長垣道上戲示霜巖

前行忽引朱衣吏，夾道爭看擁似蜂。却笑相如緣底事，也隨車騎走臨邛。

從蘭陽渡黄河入大梁境

馬頭半月看煙鬟，行過燕關漸軹關。今日中流回首望，黄河截斷太行山。

閲陳留縣志雜題十絶句補其所不載

皤然臺外野雲黄，畎畝餘風重此鄉。不解後人偏好誕，每從田叟問空桑。「伊尹生空桑」，語出《吕氏春秋》。

漢祖初來厭豎儒，監門長揖互揶揄。入關全賴敖倉粟，計出高陽一酒徒。酈食其，陳留高陽人，今縣有高陽堡，即其故里。

割肉恢諧父老旁，千秋銘記有中郎。羨他社宰封侯地，不改當初户牖鄉。蔡邕《索昏庫上里社銘》云：「惟斯庫里，古陽武户牖鄉，陳平由此社宰佐高帝定天下。」按史，平初封户牖侯，故云。

殺鷄自作高堂饌，草具何妨對客供。一飯成名真有幸，天教季偉遇林宗。

伯喈本意欲東奔，失計何人與訟冤。畢竟殺身緣一嘆，九原應悔出私門。

分茅幾姓列王侯，古郡相傳屬此州。若以報施論漢魏，後先亡國兩陳留。漢獻帝從陳留王入承大統，曹奐爲司馬所廢，封陳留王。

假道穿渠到小黄，《五代通録》李珽曰：河南有外黄、下黄。《漢書·地理志》「陳留」有外黄、小黄縣。《五代史》改小黄爲下黄，訛矣。赤松祠下月茫茫。鎬池遺璧今還璧，氣盡人間十二郎。事見《大業開河記》。

北狩蒼黄宋兩君，徵兵諸路笑紛紛。平時誰畫元豐策，輕汰畿東捧日軍。宋都汴，陳留爲畿輔要地，舊設天武、捧日等軍，元豐中有詔裁減，故靖康之禍，近無聲援。

養士恩深三百年，倒戈迎賊怪争先。殘黎及記滄桑録，死事人稀一尉傳。崇禎辛巳十二月，賊由襄、鄧北來，汴南州縣望風迎降。陳留署令某，庸才也。不知所措，典史邵大濟，秦中人，竭力拒守，城陷不屈，全家投井死。

濁浪高於師曠城，見《陳留風俗傳》。人隨廬舍盡東傾，至今雨濕天陰候，過客猶聞鬼哭聲。崇禎壬午，决朱家寨水入大梁，浸淫及於陳留，城内外水深丈餘，屋宇盡没，邑無居人。

桐城王方日爲亡友蔣度臣刻詩集於汴中後列同學姓名余兄弟與焉度臣之殁宜有哀辭宿草之哭亦情所不能已也二首

不是無家奈别離，蓋棺事了始歸期。半生好客皆情累，一第成名亦數奇。篋底有金貧肯惜，人間無路老方知。最憐湖海元龍氣，收拾光芒入小詩。

迴思腹痛平生語，謬托知音撫絶絃。長恐雲煙隨散滅，忽驚珠玉已流傳。九原可作應相慰，同調無多又自憐。不覺餘哀生感激，爲君展卷一潸然。

和霜巖縣齋秋雨八首

陳留井邑荒，風俗尚淳古。官舍雜民居，蕭蕭一環堵。移牀避屋漏，正值秋來雨。秋雨有時晴，茅茨亦易補。乘時無鉅細，百廢在一舉。

許子天下才，卑棲屈兹土。到官已十日，坐看魚生釜。雖稀傳事梆，尚打排衙鼓。我來況無事，小住因賢主。只合向空齋，攤書聽涼雨。

昨日牒文來，歡聲滿城郭。黄河一丈減，秋水漸歸壑。回頭梁宋郊，禾黍正可穫。豈有溝澮盈，決防助流惡。野人殊過計，倚杖候乾鵲。

荒庭無竹樹，草上墻頭生。誰知一穴穿，已帶秋蟲聲。老夫方隱几，鼻息如雷鳴。雨點忽到窗，颯然歸夢驚。此中有佳句，夢斷詩未成。

我友趙十郎，索居廪延城。趙子晦時宰延津，去此二百餘里。河壖一小邑，長吏管送迎。我思往相就，所畏泥中行。乃知行路難，中有躑躅情。

殘暑去逡巡，蠅聲猶未歇。蒼蠅何足云，壁有鉤尾蠍。孤燈明復暗，被螫或倉卒。土産多毒人，吁嗟慎膚髮。陳留産全蠍，故云。

河流去城遠，掘井不破塊。常時瓢飲難，汲自十里外。官庖惜民力，水厄亦有戒。天漿忽

傾盆，餘澤走滂沛。瓶罌既滿貯，茶味即沆瀣。絶勝調水符，勞心防狡獪。木榻乘秋陰，黴蒸入布被。解衣背粘席，轉輾出奇計。爇葦著瓦盆，濛濛透霧氣。苦遭煙炙眼，聊免體被漬。身居燥濕間，那得兩遂意。

中秋喜晴

連晨苦雨悵淹留，地近梁園客倦游。夢裏無花誰勸酒，天邊得月且登樓。城闉老柳吹笳夕，露灑寒螿擊㯶秋。却記去年今夜會，滿堂絲竹醉湖州。憶去年鳳晨堂之集。

夷門行

秦師圍困邯鄲城，趙人乞援如乞盟。信陵重以姻婭故，坐視不救非人情。三千私客赴急難，致死一戰猶堪爭。今者無端傾國出，不以君命俄專征。宫中符竊嬖倖手，閫外力奪將軍兵。鐵椎碎首彼何罪，汝自儌幸貪功成。誰爲此策大紕繆，公子幾陷無君名。生平下士頗折節，慚媿虚左親相迎。私恩不負負大義，二者較量孰重輕。先王正道日陵替，術士詭計方縱横。不聞死事憫晋鄙，但見好客誇侯嬴。史遷本意喜任俠，公論久掩吾不平。千秋事往一感歎，弔古聊作《夷門行》。

汴梁雜詩八首

土岡起伏向平蕪，蕎麥花開似雪鋪。舊日樓臺埋井底，秋來風雨暗城隅。鄒枚作客虛詞筆，高李論交剩酒壚。少陵與李供奉、高常侍同時客游梁、宋間，故其《昔游》詩有「往與高李輩，論交入酒壚」之句，今城東南有三賢祠。莫怪游梁無一事，已將名姓混屠沽。

犖洛東來地勢窪，一條清汴走長蛇。霸圖難畫鴻溝界，恨事空椎博浪沙。博浪城在府北。衰草平原秋放牧，西風古堞暮棲鴉。靈光一寺巍然在，大相國寺踞地最高，壬午之禍，獨不爲沙土所埋，汴中樓閣存者惟此而已。留取伽藍記夢華。

削除七國獨存梁，愛弟終因母后妨。禁網初寬到賓客，人才一變起詞章。平臺築後門常闢，東苑成來志稍荒。但取虛懷能下士，豪華原不累賢王。

梁朱。宋趙。遺墟指汴京，紛紛代禪事何輕。也知光義難爲弟，不及朱三尚有兄。將帥權傾皆易姓，英雄時至適成名。千秋疑案陳橋驛，一着黃袍遂罷兵。

歲幣輸來不計緡，無端齒冷爲亡唇。偷生虎穴甘南渡，忍死牛車痛北巡。翻覆兩家天假手，興衰一劫局更新。幽蘭堂畔誰相惜，只有從亡十九人。

勝國分藩本屬周，承平樂事數樊樓。星連北極雄繁會，地是中原沃衍州。樂府新聲翻百

闋，書堂名蹟勒雙鈎。最憐禍較江陵烈，河伯摧殘甚鬱攸。

螘穴將穿積勢成，洪流直灌大梁城。運移天險翻資盜，禍起庸夫好論兵。明季流賊圍汴，推官黄澍倡議決朱家寨水以灌賊營，賊覺而遠避，開封翻成巨浸矣。不信龍蛇皆沴氣，可憐魚鱉盡蒼生。滄桑變後秦灰黑，誰見黄河十里清。

新摽禹廟鎮河濱，師曠臺邊迹已陳。吹臺今更名禹王臺。獨向蒼茫時極目，誰當摇落不傷神。空倉雀鼠千村賦，故壘牛羊四戰塵。老傍人間多閲歷，漸無閒淚可沾巾。

宋門别陳叔毅二首

同作大梁客，情因去住殊。時叔毅舉家客汴城。累君爲地主，餞我赴歸途。對酒狂猶昔，謀身老漸迂。未妨吟思苦，頷下賴多鬚。

全家猶旅食，别路阻清游。相約同登吹臺爲雨阻。近約尚難必，歸期可自由。貯愁聽舊事，挈涕灑神州。令伯元倩先生崇禎末爲開封司理。莫作長流落，風塵易白頭。

陳留後圃習射示孫周人許藺爲

縣齋秋日長，兀坐愁面壁。異書如荆州，欲借那易得。後園有棄地，糞壤經馬櫪。泓然見

清池，老眼喜一滌。初看剪蓬艾，次第拾瓦礫。朝來箭道成，百步盡所歷。兩生頗好事，飯罷走相覓。邀我日同來，分朋控鳴鏑。雖無皮畫鵠，縛草聊代的。引滿試射之，於中寓考績。浮情或倖中，詭遇本無適。古人一技精，往往互砥激。勿徒視游戲，儼若對强敵。我昔方盛年，從軍曾草檄。風前餓鴟叫，頭上飛霹靂。蹉跎萬念乖，漸怕矛頭淅。力衰安可强，衆醜供指摘。自笑諒無成，習勞猶運甓。子今心膽壯，作此太寂寂。斯言可類推，凡百慎剖析。

朱仙鎮岳忠武祠

平生感憤興亡際，往往無端供裂眦。晋之懷愍宋徽欽，失國偷生本同類。兩家子弟又庸下，南渡誰論復仇義。千秋乃有岳將軍，欲雪斯慚出奮臂。曾經讀史浮大白，況到提戈用武地。一條衣帶指黄河，倒捲狂瀾作餘勢。當時大業已垂成，談笑收京俄頃事。乞和語出金人口，二帝歸如反掌易。南内何妨奉上皇，中原未必虚神器。可憐計算不出此，奸相逢君有深意。朝廷不要兩宫還，那許疆場壞和議。乾坤震蕩功百戰，性命風波獄三字。湯陰故里虎林墳，幾處經過頻灑淚。豈如此地更悲涼，血裹征袍等閒棄。二百年來崇廟貌。祠創於成化戊戌。兩行檜柏千霄翠。北風怒吼白日昏，猶有英雄不平氣。

與王方日

姚生寓舍晨排闥，一笑驚君起著衣。余初識君於同年姚别峰寓中。半面相逢雖草草，兩心經别自依依。倦游客況秋風冷，末路交情酒伴稀。不料尚邀公子顧，累他紅粉避燈輝。方日夜過余寓，適有女郎在座，聞公子至，避匿不出，故戲及之。

汴中遇蔡遠士次韻留别三首

與君少小生同里，嬾蔡知名二十年。今日汴中初識面，鬢絲秋老菊花天。

買蟹宵來倒客囊，汴城無水味，蟹尤難致，一枚例索錢五十文。一燈相對話蒼涼。舊京風物吾猶記，宋嫂魚羹薛嫂羊。

馬嘶門巷客將還，殘醉扶頭改别顔。多感故人相送意，略煩秦女唱陽關。時有秦姬在座。

韓岡送同年張逸峰之安慶

去年下第傷坎坷，君館髯姜西溟。兼客我。順風三日不張帆，緑水名園停畫舸。一攀楊柳辭春陌，兩見榆槐更歲火。那知此地忽相逢，客裏班荆當道左。大梁城東秋野闊，片片飛

鴻向空墮。夜騎驏馬到韓岡，我倚身强君亦頗。人間裙屐胡足道，絲吐春蠶自纏裹。天津公子氣雄豪，長劍短衣無不可。近聞西陲方有事，廟算行將啟邊鎖。時閱邸抄聞出師之報。吾曹猥以不羈身，五寸垂緌等游惰。君依官舍獲侍奉，時逸峰隨尊甫觀察公赴任安徽。我赴歸期尚難果。殘樽相屬且勿辭，黄花正綻霜前朵。

重陽日接胡茨村觀察書及見寄一律次韻奉答

含語相逢丙未申，匆匆悔作渡河人。敢期交臂心相許，及捧來書意果真。《白雪》愛吟千遍熟，黄花催换一番新。眼前事事俱難料，不爲傷秋歎亦頻。

一序何當重左思，重煩傳語到臨岐。來書屬余作詩文序，故云。可知投劾休官地，未是移牀遠客時。九日歸心憐我急，十年恨事識君遲。不嫌寂莫游梁跡，點綴行裝賴好詩。

將歸故里留别霜巖三首

百里衝煩邑，河流接小黄。鄉程貪漸近，官味看初嘗。家本傳儒術，名猶在舉場。此情吾諒汝，捧檄爲高堂。

别後寬相憶，君才百事能。神明真不忝，藴藉若無憑。世苦需經濟，官廉慎愛憎。似聞田

父語，蓄眼見何曾。

四海皆兄弟，相關得幾人。不愁官俸薄，翻計客囊貧。却饋非吾矯，論交到爾真。平生知己意，感動豈無神。

答趙蒙泉別後見寄之作

趙壹豈窮人，文章天下冠。成名陷羅網，識字召憂患。平生師友間，慷慨赴急難。一機駭初發，二事將并案。隻手探沸羹，孱軀分糜爛。欲知氣難奪，正賴神不亂。戴盆却望天，畫地詎宜犴。洎乎冤得白，重以讒被間。幸免輸鬼薪，誰堪讀城旦。先生鮮稽怒，一笑春冰泮。脱身梏拲中，去國等流竄。疲驢入京洛，旅食年頻换。囊中緑綺琴，焦尾實經爨。知音世不乏，聽者每三歎。捷徑有争先，陳人尚魚貫。空持魯褒論，孰下干木判。遇我夙懷傾，招呼詩酒伴。貧交無强合，失意多聚散。老淚落河橋，離愁渺雲漢。殘秋滯梁宋，仰視南飛雁。寄我别來詩，開函一腸斷。君心人盡諒，蹤跡聊羈絆。出語忌孤高，時情伺譏訕。

留别吴梅梁表兄

幾日重陽雨，雨晴天忽寒。北風醒別酒，落葉打征鞍。不計授衣晚，欲爲分袂難。他鄉老兄弟，情到勸加餐。

大風晚至杞縣訪李明府不值

沙土晚濛濛，孤城萬木中。氣吞平野日，聲壯渡河風。結伴隨陽鳥，離程極轉蓬。不須煩地主，旅食報年豐。

歸德道中二首

海雁橋邊路向東，霜消日氣午怡融。木棉吐子如脂白，野柹垂條似火紅。驢背人簪雙鬢菊，牛蹄塵漲四輪風。旗亭一醉誰同伴，獨把吟鞭過宋中。

寒煙衰草入疏蕪，睢水流同戰血枯。他日江淮論保障，至今祠廟具規模。城連秏土秋多鼠，樹倚神叢社少狐。惆悵繁臺歌管歇，角聲吹落孝王都。

商丘周宜庵明府貽牡丹名種戲成四絶句

戚里名園結搆新，千株遠致洛中春。燕中苑圃争購此花，今秋北去者，以商丘一縣計之，已至一千本。多情誰似河陽宰，留取名花贈野人。

珍重新寒九月初，歸程作伴太憐渠。渡江船上人争看，桃葉桃根恐不如。

瓦礫堆墻老圃家，燒餘一片變桑麻。問余臺榭今何處，也要移栽富貴花。

包裹泥封護本根，隔年分種自梁園。得歸且作看花想，未必花時穩閉門。

永城縣陳太丘祠

賢人處末流，德器務廣大。先生得此意，名不黨籍挂。庸夫取同塵，君子重遠害。偶然出從政，初不計殿最。曾爲兹邑長，治道去其太。豈必赫赫名，當前互驚怪。到今有餘慕，俎豆禮無殺。我來謁公祠，下馬肅瞻拜。題詩警俗吏，似爲求名戒。不見道旁碑，去官碑輒壞。

望碭山

萬乘東南巡，本厭天子氣。匹夫乃心動，走向此中避。雲氣隨真龍，人誰跡劉季。可憐秦皇愚，不及吕后智。英雄論成敗，孰者意料事。秋色中原來，蒼然入淮泗。蜿蜒忽横亘，一束千里勢。豐沛袒右肩，濠梁舒左臂。古來雜王霸，要豈山所致。吾將訴真宰，鏟爾作平地。山色如死灰，嗚呼識天意。

南宿州即事

符離城外騎驢女，愛着紅裙愛插花。十里迴車無避處，不辭相送到村家。

汴中無魚今日至固鎮盤餐得此余方以爲喜座有晋人乃至廢食云吾土有客水鄉者所親必相戒勿食魚恐傷骨鯁也南北嗜好之不同如此

各有鄉風兩不知，區區口腹莫相疑。看他葱薤堆盤處，是我攢眉廢箸時。

臨淮曉渡飯於逆旅述老人所言

人影動浮橋，清流繞淮甸。月光水面澹，初日煙中見。中都地脈連，風物南方變。城灣鵝鴨鬧，客飯魚蟹便。逆旅八十翁，自云本武弁。前朝守陵户，賦役除本縣。自從喪亂來，瓦落奉先殿。天家王氣盡，凍餓甘衰賤。誓死不去鄉，依依豈他戀。曾供灑掃職，麥飯每私薦。孟冬時享近，又欲往營奠。言罷竟出門，回頭淚如霰。

過鳳陽城外二首

帳下居然識帝王，千秋閭墓表滁陽。時來將相皆同里，淚落英雄有故鄉。芒碭天青雲氣散，江淮月白水聲涼。龍蛇變滅須臾事，猶指山名號鳳皇。

元老還朝起廢臣，宜興再相，起馬士英爲鳳陽總督。二陵收氣避黄巾。忽聞淮泗聲援地，已奉邯鄲假號人。南渡半年輸弱晉，西來群盜甚苻秦。青絲白馬他年恨，草木餘威在壽春。

池河驛

古驛通橋水一灣，數家煙火出榛菅。人過濠上初逢雁，地近滁州飽看山。小店青帘疏雨後，遥村紅樹夕陽間。跨鞍便作匆匆去，誰信孤蹤是倦還。

度磨盤山滁濠分界處

只在羊腸鳥道間，不知行過兩州山。千家大柳煙中驛，一綫清流井底關。樵斧樹稀行客倦，茅亭茶熟老僧閒。路難馬力尤須惜，莫遣鞭多比石頑。

清流關

低迷野氣中，路斷遇崖嶮。陡然拔千丈，直上匪由漸。行子中州來，巖關此爲險。其西道尤惡，石滑破馬膽。步行到關門，一往生勇敢。長風捲林薄，敗葉撒雨點。豁達眼界開，晶熒日光閃。少休得古寺，徐使神氣斂。想當割據初，外户晝長揜。寧知暉鳳擒，猿鳥就籠檻。邇來幾易代，地僻設防減。僧房同啟閉，鎖鑰誰復檢。經過亦偶然，形勝窮一覽。

滁州

岡迴樹轉到城遥，甃石纔通路一條。細水流應落西磵。韋左司有《滁州西磵》詩。好山青不盡南譙。名賢出守曾相繼，異姓封王又一朝。争説此邦風土好，至今生計穩漁樵。

舟發六合

馬煩車殆歷間關，轉愛江程一日閒。吴女布帆十二幅，畫船頭尾載花還。

大霧自儀真曉至京口

斗柄插秋江，夜行指西東。五更乍迷道，水氣昏霾雺。小舟一葦如，漂蕩雲海中。焉能辨咫尺，所向疑皆窮。何物導我前，群飛賴南鴻。稍知京口近，忽報金山鐘。旭日出未高，半天已先紅。須臾掃無跡，一望東南空。但見旗脚舒，平流起微風。畏途付噩夢，回首猶忡忡。

關吏行

大農按籍加關税，小吏機乘搜瑣細。吴中支港夜不行，水栅村橋晨尚閉。歸人癡絶良可歎，枯蒲帶土包牡丹。壓馱馱增騾價貴，入船船重關津難。有情對爾應惆悵，近日花綱多北上。獨攜此本到江南，莫怪揶揄兩相向。

舟中紀事

十月之交冬令行，雷宜收聲乃發聲。嬰兒晝啼天女笑，群蟄啟户魚龍驚。初聞吴中夏大水，萬頃平疇長蒲葦。又聞蔚州七月霜，盡殺稷菽秋無糧。雖云地氣異南北，何至天道違陰陽。野人未敢窺天意，目擊口傳非一事。他年誰考五行書，五行志災不志瑞。

雨中發嘗熟回望虞山

錢生玉友。約看吾谷楓，輕裝短櫂來匆匆。夕陽城西嵐氣紫，正值萬樹交青紅。天工似嫌秋太濃，變態一洗歸空濛。湖波蒸雲作朝雨，用意不在丹黄中。大痴殁後無傳派，此段溪山復誰畫。老夫新句亦平平，要與詩家除粉繪。

吴江田家行

高田去水一尺許，低田下濕流沮洳。半扉潦退尚留痕，兩足泥深難覓路。土墻頹塌茅屋倒，時見牽船岸上住。家家網得太湖魚，米少魚多無换處。朝廷聞下寬大詔，今歲江南免田賦。野老猶供計畝租，官倉自貸輸糧户。田家田家爾最苦，有鐵何煩鑄農具。半生衣食在江湖，賣犢揚帆從此去。

敬業堂詩集卷二十一

皖上集起丙子正月，盡四月。

去冬歸自汴梁，今年擬息勞筋，稍理舊業。適承座主清溪公之命，與令孫任可偕往皖城。避春江風浪之險，由四安鎮取山路經宣城、池陽，抵黄盆口始渡江，皆向來游蹟所未到也。

題三娘子圖四首并叙

按諸葛元聲《兩朝平攘録》，三娘子，俺答長女也。生而清麗，資性穎異。善書番文，尊中國，尚瞿曇，每於佛前懺悔，求再生當居中華。已受襖兒都司聘，俺答通焉，遂奪之。隆慶五年，俺答歸順，封順義王。三娘子封忠順夫人。萬曆壬子，俺答死，

其舅黄台吉烝而配之。黄台吉納婦一百八人，以象數珠。三娘子佐之，貢市惟謹。台吉死，長子扯力艮襲封，復烝而配之。丁亥六月，扯力艮同妻入邊，巡撫鄭洛傳語三娘子，無忘香火舊情，卒聽平，受賞于弘賜堡。去大同六十里。十七年間，三封貴爵，貢市之不渝，多有力焉。獨石中軍素善繪，因密圖三孃子及受封三王像，以獻於朝。故得其詳如此。馬子衎齋屬周兼畫此圖，索余題句，略撮始末，使覽者有考焉。

香燈小炷懺前因，一念三生誤隔塵。莫聽琵琶思入塞，明妃曾是漢宫人。

別移部帳事休屠，衆裏方知顧盼殊。百八摩尼齊合掌，讓他一顆佛頭珠。

詔恩三换等兒嬉，報貢頻頒五色絲。見説兩朝曾欵塞，不知通好是閼氏。

埋香青冢亦堪悲，粉黛流傳又一時。想像承平光景好，風流邊將畫蛾眉。

雨後行園梅花已落力輩方編籬

宿雨潤苔痕，幽人杖藜至。池邊一株雪，狼籍香滿地。不忍踏成泥，猶存惜花意。平生無長物，外遇中鮮滯。一出動經年，窺園偶然事。敢爲花作主，吾老身如寄。乃復補樊籬，遮防亦情累。小童如我嬾，長養薔薇刺。欲剪又躊躕，何當絶非類。

食薹心菜

用心霜雪餘，尺寸取易長。土膏發春雨，其葉沃以光。漸見碧玉簪，枝枝葉中央。初來但小摘，爛熳抽四旁。花時籬落間，色比黄金黄。而我乃爲口，斸歸滿筥筐。芼之供盤餐，指動齒頰香。貧家寡私奉，婢僕皆品嘗。可無勤惰分，於此示激揚。園丁給宜厚，特以匕箸償。山田歲不登，老圃聊救荒。所慚勞汝力，充我藜莧腸。

南湖舟次遇魏禹平時禹平歸自濟南余將往皖上二首

低田幾稜菜花雨，野水一灣蘋葉風。却向家鄉話京國，小桃猶是别時紅。

煙雨迷濛港脉斜，葑湖水落吐圓沙。春波門外春帆影，君是還家我别家。

順風無帆戲作短歌

風頭滚滚浪花白，啣尾鄰船開絡繹。千檣多作挂帆行，弦彍虚弓箭初釋。開翎一一雁投渚，騁足群群駒過隙。同時離岸我獨遲，我坐無帆聊挂席。偶然利鈍各有數，相去寧須論什伯。來船未必盡無帆，笑爾有帆風又逆。

董文敏臨米天馬賦卷子真蹟余弟德尹以十二金購自賣骨董某家鑒微上人貽書張峅老謂爲遠客攫去足值五十金峅老作長歌紀其語至呼弟爲惡客且云此公詩歌妙絶特削其名氏正欲寄元激之使戰語托滑稽其實乃深忌之也時德尹已北去戲次原韻即傚峅老體并示鑒公

古來善書者，稱聖亦稱顛。張芝米芾相繼出，遂覺格勢大變非從前。華亭老宗伯，落筆何翩翩。衆中自集一家法，學本人力姿由天。偶然放手模寫《天馬賦》，一斑窺豹知其全。人間流落有此本，幾逐市販同推遷。昨來忽入好事眼，三百十字顆顆明珠圓。傾囊倒篋可笑不自量，巧取或怵他人先。腰纏十金一揮隨手盡，世上乃有此種揚州仙。還家但徒步，不辨書畫船。老僧旁觀歎，且妒謂此可值五十千。大爲得者長聲價，賻卷十倍增鮮妍。語聞張子悅然失，固是痴癖寧非賢。君家向來收藏亦已夥，細入針孔思貫穿。得無羨魚人，往往猶臨淵。去年卧病九十日，料理藥物供高眠。頗聞典賣及古玩，何異開閣散

遺諸嬋娟。故人傳與衛生訣，撥棄嗜好年方延。性之所近終不化，如噉石蜜甘中邊。又如雅量暫止酒，麯車相遇口角仍流涎。作詩相惱覬一擲，寸鐵不用張空拳。豈知懷寶出間道，捲旗臥鼓有似刀藏鉛。無端索和乃到我，野戰突上荒山巔。謂我曾經閱此卷，劘壘相向師非偏。我能爲汝咸其輔頰舌，使汝鉥腎刻肺飲食夢寐中難捐。書評髣髴舉大概，虎跳鳳翥龍蜿蜒。若將墨寶比良劍，也應光怪直射文星躔。然而達人宜自廣，美玉豈必收于闐。貪多務得物斯聚，富而可求吾亦爲執鞭。近來書畫大半入秘府，居奇幾輩包裹充夤緣。三間茆屋配汝作清供，書生習氣如此真可憐。猶復嘵嘵引喙較得失，物情什伯千萬胡相懸。我於妙墨豈不好，只坐欲買羞澀囊無錢。金奩玉軸所見不爲儉，過眼瞥爾心恬然。必教一一皆己有，天地何以生雲煙。況聞佛法無我相，試拈此句詰老禪。滑稽代作解嘲語，滿紙倔强定有瀾翻篇。輸攻倘許破堅壁，正恐筆削爲無權。嚴詩他日編杜集，能禁此客姓氏泯泯終無傳？

去秋自河南歸攜植牡丹數種春來適有安慶之役不及待其開以詩紀別

客游出梁宋，地主頗不俗。貽我六娉婷，相隨到空谷。我貧寄茆茨，貯爾無金屋。繁華有

借境，直以名姬蓄。殷勤手親栽，不忍委僮僕。冬暖少雪霜，春陰滋霡霂。栽培本天意，私願苦難足。可惜姚家黄，一株萎偏獨。五家尚成隊，紈綺可合族。别之豈無情，行期爲改卜。未償道路債，妄冀看花福。開時果出門，詩讖已早伏。余去年詩有「未必花時穩閉門」之句。明年豈不好，吾老狀可掬。應笑歸來遲，尋春同杜牧。

塘西舟中喜晴得六言律詩一首

雨絲渺渺將斷，日氣葱葱半銜。客路漸逢寒食，游人未换春衫。桃花古渡茆店，柳色輕煙布帆。此去清溪不遠，數尖已露晴巖。

過峤老與之論詩

昨日鳩唤雨，今朝鵲報晴。村村桃李花，處處隨浮萍。中流幾千點，著此孤舟輕。故人知我來，一笑門前迎。别來四十日，頗覺太瘦生。苦吟誠乃疲，中有金石聲。子詩人所怪，任意方孤行。自喜正在兹，焉能博時名。引我附同調，背汗顔亦赬。失學事惰游，東西無期程。古人傳著述，多在名山成。涉獵得其粗，不如閉户精。子今雖善病，幽居領餘清。物理與天機，静觀皆性情。願子堅自信，後來有公評。

飲周柯雲家玉蘭花下

小船撑入菰蔣牙，主人如客偶在家。入門一揖仰面笑，玉樹正吐墻頭花。此花畏雨兼畏日，難得春來好天色。今朝恰是養花天，又被狂風恣狼籍。興來相就席乍移，無酒酤我我不辭。杯中自吸冰雪影，紙上誰賞瓊瑶詞。白雲茫茫屋上下，醉眼迷離兩相射。鈎簾何用更燒燈，自有花光能照夜。

寒食湖上作二首

紅粧催上木蘭舟，女伴家家愛出游。多事六橋新柳色，自含煙雨自遮樓。

葑田青合去年沙，遠岸殘桃賣酒家。錯怪東風欺老眼，我來原不爲尋花。

題蔡藜輝舫齋次峅老韻

風過溪來灑面涼，一支健水出餘杭。平分半幅疑看畫，難得三間恰向陽。漁網愛牽簾影動，釣絲閒拂水花香。浮家倘許來相就，剪取橋南疋練光。

從湖州至四安舟中大雨

山迴兩崖高，路盡一川狹。春流不盈尺，野艇容恰恰。正賴急雨來，須臾同放牐。孤篷支兩膝，兀坐如被壓。問路屢見紿，方言亂鵝鴨。紆遲終到岸，我有安心法。首路又登山，回頭憶清霅。

雨中過九里岡

平生狎濤江，老怯風波惡。兹游特改路，意取山行樂。一笑我命窮，天公大戲劇。朝來發古鎮，苦雨若赴約。肩輿煩兩夫，蹉跌防失脚。山山勃姑叫，泥滑石齟齬。漸上九里岡，險如出劍閣。我本村野姿，浪游因落魄。無端役人力，揣分非所托。稍待天放晴，前林候乾鵲。勞生就徒步，庶免中心怍。

廣德州

山勢豁一州，中央據衍土。地當江浙會，開拓自洪武。長興環其東，外捍等干櫓。西南界宣歙，兀突重巖俯。長江乃北門，集慶倚堂廡。當年耿鄧功，拱翼事真主。張吴勢雖偪，

力絀不得取。時危有鬬争，事往失險阻。如今城下路，日夜走商賈。獨有好事人，登城尚懷古。

連日風雨山行頗有寒色

盤旋八九里，下上千百尋。身在雲氣中，不知山淺深。雨聲挂奔瀑，風響交長林。空谷早晚寒，颯然作秋陰。初疑春不到，忽有喈喈禽。

飲十字坡茶庵

連岡踏成泥，山骨似無石。汙池之所瀦，土赤水亦赤。瓢漿乃時需，解渴聊飲血。一飲不自持，吁嗟遠行客。

紅林橋

山花不知名，山鳥多聚族。深村窅然入，樹影散晴旭。人家石橋邊，共吸一溪渌。年豐旅食賤，市遠無魚肉。但覺松毛香，茅簷燒筍熟。

宣城道中喜晴

宣城古郡風土嘉，就中最樂惟村家。我來正值積雨後，雲氣解駁生晴霞。岡巒過盡徑路坦，溝洫流去田塍斜。新茶未焙縠雨葉，早稻已茁清明芽。長鬚摇風𣯛宿麥，新翠著地鋪胡麻。柴門相接緑陰裹，籬落綴以朱藤花。迴思連日走旋濘，若涉大海無津涯。人間乃復有此景，始覺大地猶春華。

曉望敬亭山懷梅耦長孝廉

千峰含霧争出没，惟有敬亭先得日。相看不厭吾亦云，可惜游踪難自必。都官詩派誰復論，家法傳與長身孫。孝廉詩好畫亦好，不愛城市居山村。昔在京華曾倒篋，看畫求詩情頗狎。入山不訪住山人，古者論交無此法。山川興到尚可乘，他日重來能不能。作詩爲報句溪叟，聊記吾曾過宛陵。

高嶺庵小憩

再上已無路，中休宜有庵。花陰移客座，松氣接僧談。俯視風斯下，端居户正南。一泉香

積味，慚媿荷分甘。

渡清弋江

一曲清江抱白沙，牧之佳句舊曾誇。乍離古渡船如葉，初换春衫客憶家。遠處人煙連竹色，晴來村店忽楊花，亂山青過陵陽路，遥指雲頭辨九華。

飲劉蘧庵光禄墓園二首

恬澹知君性，中年早罷官。自耽泉石趣，轉覺世途難。爲我開花徑，攜樽就藥欄。肯辜楊柳月，深坐到更闌。

此來吾有幸，别圃得春光。地主留花待，詩情被酒狂。款門煩兩使，愛客到諸郎。千里能相就，何須置鄭莊。

南陵早發

林深葉密曉冥冥，旭日初啣霧未醒。小店門開惟土竈，一庵僧閉但茅亭。秧從布穀聲中緑，山向畫眉啼處青。獨與野樵争路入，偶逢釣叟覺魚鯹。

山家柴栅編竹而不築墻云以拒虎虎能踰墻而不敢窺籬蓋疑其爲陷穽也作虎落歌

危巖下瞰千仞壑，猛虎騰身只一躍。東村黄犢西村羊，入室踰垣恣饕虐。山人不以墻禦虎，插竹成籬用藤縛。目睛如炬不敢窺，疑是中間伏機擭。天生人智爾則愚，咆哮作力胡爲乎。不知此法自誰創，陰絶覬覦真良圖。周防莫遣樊籬破，與虎爲鄰可高卧。

蕎麥灣大雨

蹇驢躄躠牛蹄重，雨脚斜飛密無縫。雲蒸霧氣取境迷，泉挾雷聲撼山動。詩人好游復好奇，衣沾履濕去不辭。人生行路難如此，偏在溪山最好時。

山店阻雨次徐任可韻

長程愁冒雨，小市喜臨橋。旅飯留人住，征衣借火燎。溪喧窗逾静，吟苦膝頻摇。莫作衝泥去，尋山不在遥。

行經九華山麓欲登不果任可有詩戲次其韻

玉池瓣瓣蓮，石角株株筍。去天纔一握，豈可尋丈準。一百六青峰，峰峰入吾眕。終焉就埋没，雲霧諒不忍。天如憐詩人，久被陰雨窘。雖非鸞鶴姿，稍異螯蟲蠢。撥雲使就道，迴馭控鞅靷。我僕忽告勞，從旁乃微哂。平生汗漫游，衰暮興易盡。向來徒碌碌，臨去猶惷惷。寄語雲中人，塵寰終遠引。他年香案吏，名籍倘未泯。

碎石嶺詞

黄泥岡頭白日黑，竹鷄一聲石盡扐。杜鵑勸客不如歸，鷓鴣阻人行不得。居人慣聽不覺愁，一蓑背雨唱歌去，我與爾同風馬牛。

初至皖城喜遇同年姚别峰兼招程松皋舍人

宣〔一〕城渡頭三月尾，荻洲新漲河豚起。片帆帶雨剪江來，意外班荆得姚子。人情得隴每

〔一〕按，「宣」，原本作「宜」，據四庫全書本改。

望蜀，便想同時兼兩美。作詩更欲招之眾，東向樅陽〔一〕寄雙鯉。大龍山頂龍眠麓，起伏尻脽百餘里。晴光欲動草翻煙，春事將闌花潑水。君能命駕姚亦留，猶及同看紅藥蕊。

程松皋得余所寄詩即夕自桐城命駕過皖次東坡喜劉景文至韻

偶然折柬相招呼，起聽雙鵲鳴庭隅。知君與我不遐棄，古義鄭重今人無。肩輿西來二百里，疾足遠致兩僕夫。款門大笑發狂喜，屐齒忽折行須扶。余頭漸添種種髮，君頷競長鬑鬑須。別來三歲遽如許，尚不作達寧非迂？勿嫌江城春已晚，百物生意咸昭蘇。梢頭紅藥若有待，含語未吐真名姝。煙花滿前太狼籍，風雨賴汝能支吾。有情相對且盡醉，只恐酒醒仍江湖。

懷寧劉東皋明府招飲薔薇花下

江城十日九日風，游絲落絮飄晴空。春光却在令君宅，別館布席依芳叢。竹籬半庭添曲

〔一〕按，「陽」，原本作「楊」，據四庫全書本改。

折，葉幌一架穿玲瓏。不知花頭幾萬朵，但覺香靄浮簾櫳。晚霞烘天鶴頂赤，杯面倒影魚鱗紅。小胥抄詩浣清露，狂客噓氣攄煙虹。人言簿書妨作達，正坐才短心憧憧。如君治劇本閒暇，豈有塵霧能相蒙。神清政簡若無事，佳興自與游人同。不辭小户徑霑醉。髣髴置我葡萄宫。酒闌更話十年舊，獨惜座上無車公。朱悔人與劉同邑交好，故云。

三月二十九日賦絣花

客中春忽盡，僧舍少嘉樹。野草着幽花，荒庭邀一顧。膽瓶貯遠汲，紅紫插交互。雖深攀折憐，且免風雨妒。新枝若矜寵，昨者便成故。也復有游蜂，窺尋入窗户。沾泥落衽席，等是閲朝暮。微物感吾心，流光去如騖。

晚晴登安慶城樓

浩浩風聲晶晶沙，大江東去日西斜。雄關地脉來千里，古郡山頭有萬家。一鳥帶煙投皖口，亂帆如葉點楊槎。最憐落拓重游客，獨倚高樓看落霞。

同年左子畏家上臣各有魚米之餉詩以報謝

裹飯初來似趁虛，可能彈鋏賦歸與。故人館俸慚供米，久客江城愛食魚。垂餌欲分鈎上粒，勸餐恐有腹中書。頻年自識勞薪味，指動無端忽累渠。

與子畏上臣飲楊令詒孝廉宅

映門新漲碧鱗鱗，步屧相過近有鄰。江上萍踪三月社，意中雲樹十年人。傾來竹葉休辭醉，飛到楊花不惜春。曾是東風同下第，每逢高會易傷神。

寓窗書所見

孤城低壓青山麓，人在山樓正倚窗。忽有一帆移樹杪，始知花外即長江。

僧房多鼠戲次青丘集中乞猫詩韻

物以黠著名，其性故狡獪。詩有穿墉譏，史徵渡江怪。兩端持首尾，同穴争勝敗。宵行競睢睢，晝伏避噲噲。飲河恣取滿，食角忽入隘。寧搿五技窮，肯守一貪戒。客來寓閒院，

古佛同破廨。下榻地無多，群來擾我界。迎貓古有訓，攫噬冀大快。香積乏魚餐，餘蔬雜饐餲。公然掉尾去，竄瓦等歷塊。坐長鼠輩驕，法門幾大壞。聲疑蝙蝠叫，惡甚蠅蚋嘬。齧綫衲旋穿，污几經屢曬。嬾禪倒頭睡，并少沙彌誡。龕燈乍明滅，慣伺神力憊。客主滿堂中，欺人盡聾聵。老夫非不聞，恥與鬭機械。逝將歌去汝，鞍馬早可韛。聊復忍斯須，欬眠發長噫。人間老吏多，斷獄豈盡賣。磔之肆階下，微命直草薊。害有大於斯，么麿法猶懈。豺狼問當道，此語堪下拜。

皖城遇張損持庶常

别君四年前，養痾卧鄉井。繼聞君遠出，訪舊歷鄢郢。藥裹頗關心，川長徒引領。何期皖城下，邂逅歸帆整。春江展明鏡，照見兩人影。一訊眠食佳，再看詩句警。所欣神氣旺，餘力出鋒穎。男兒鬭身强，即事有循省。我貧甘瓠落，踪跡雜蛙黽。君本青雲姿，霜蹄早已騁。姓名上館閣，著作富彪炳。間亦事清游，官情冰雪冷。却將燕許筆，收斂耳目景。自笑捲波瀾，人誰測千頃。猶然荷降氣，采取到頑礦。故交豈不多，幾個念萍梗。迂疏踵後悔，窮老戀真境。且盡十日歡，歸期敢遽請。

答婁東曾蘭坡次唐實君考功扇頭舊韻

唐庚謂東江。吳質謂元朗。並詞壇，珂里流風尚未殘。白髮江湖稀老伴，青韶朋舊半高官。千金買賦愁何益，二頃求田計果難。慚媿新篇謬推轂，故應仍作布衣看。

任可將歸有詩留别次韻奉送三首

來何草促去何輕，話到臨岐百感生。並轡山程驢没淖，對眠禪榻鼠窺檠。豪除湖海陳登氣，老傍江關庾信名。行李累君吾轉媿，不曾彈鋏爲魚羹。

欲解孤舟又暫維，留行無計且遲遲。夢回風雨春將老，興盡江山句益奇。萬事到頭難逆料，獨行何地不相思。人生只有情難割，容易并刀剪亂絲。

胡麻好種盍言歸，悵望郊園白板扉。隨水孤萍無定所，時余又將往湓城。出巢雙燕又分飛。鄉音伴我人餘幾，家慶如君世絶稀。也道此番非遠别，不知何事倍依依。

損持見和前篇再疊韻奉酬

君才如轆轤，倒捲百丈井。運斤乃成風，巧斲無匠郢。和章出神速，佳處心獨領。鬬險初

以奇，好暇仍用整。余姿實駑鈍，何敢望鞭影。未免竭蹶趨，因君聊一警。終焉免冠謝，老秃管城潁。有顔知自慚，在痛無不省。稍窺作者意，此事力難黽。一生坐好游，四牡蹙靡騁。忽悟旋已迷，不文焉用炳。北風吹短褐，暖律中微冷。逝收汗漫蹤，少補桑榆景。烏犍叱兩角，碧沼開半頃。欲回焦穀芽，如鑿石田礦。賦才亦分定，造化豈可梗。君苗硯欲焚，邊幅窘詩境。詞華公等事，稼圃吾所請。

同損持任可步入一指巖

借居古寺如鷄塒，破窗無紙户礙眉。庭荒草蕪一無見，卧聽别院鳴黄鸝。故人敲門不暇懶，邀我近出同尋詩。平岡路轉百餘步，忽有曲徑穿疏籬。春光已殘夏方淺，景物正及清和時。新篁飄籜雨簌簌，老樹吹絮風披披。石榴初綻的皪蕊，勺藥未吐婀娜枝。三間精舍好位置，高下恰與林巒宜。寓居纔隔一垣耳，向所未到今追隨。自慚百事坐頽廢，覽勝亦荷同儕貽。

酬詩僧愷月

十日吟牕悵獨凭，不知同舍有詩僧。感深逆旅皆爲客，快比西南乍得朋。芳草一簾花外

磬，緑陰半榻雨中燈。從今便結尋山伴，我着芒鞵爾擔簦。

詩筒爲損持賦

誰將圍寸竹，截作徑尺筒。粉筠削盡肌理出，玉質外瑩其中空。爲君滿貯詩千首，投以琅玕報瓊玖。寄去寧煩六六鱗，捧來須得纖纖手。

周通守劉明府惠鰣魚感賦

江橋市氣鯹，細瑣雜鰍鰻。鱘鰓及子鱭，邂逅適我願。鰣魚乃海味，族類去人遠。無端四月初，來就捕魚堰。成群吹柳絮，力小波濤困。高價買銀刀，充庖復奚恨。千錢易一尾，奇貨居負販。何當地主情，絡繹餉懦鈍。於余誠過分，爲爾勉加飯。憶昨京口城，南包充北獻。至尊珍匕筯，官長申重巽。千艘網夜集，卅驛沙晨歕。争致五侯鯖，誰焚百金券。自茲遂成例，難以什伯論。乘時規盡取，挂一肯漏萬。遺落偶人間，搜羅又焉遯。生平持竿手，意釣本無悶。揭來江湖游，飽食慚頓頓。仁人砧几憐，豈獨泯恩怨。竭澤慎須防，擊鮮毋久慁。

登迎江寺塔同程佐衡作

江山本無窮，遠景域近見。凌空得古塔，覽勝斯獨擅。方當賈勇登，寧計足力倦。一層一喘息，屢上屢迴旋。漸覺所歷高，團團目雙眩。大龍鱗甲動，掉尾曳匹練。東沈九子煙，西掣五老電。日光盪浮氣，顯晦呈千變。何來萬斛船，初若葉墮片。須臾到城下，鳧鴨依稀辨。應有舟中人，回頭望雲巘。江心指倒影，了了識我面。多生幻妄緣，顛倒徒自炫。不如且暫憩，萬象付虛盼。直作御風行，泠然有餘善。

次韻答劉東皋

展翼須大風，負舟視積水。我無二者力，於義昧知止。魚鳥兩忘機，波流任縈委。蹉跎不自覺，憔悴今老矣。華髮映青衫，無由脱塵滓。近攜詩卷出，聊復向江汜。邂逅劉文房，清吟壓錢起。君家五字城，藝苑久擅美。千鈞靳鼷角，八扎洞犂耳。也似奏牛刀，砉然入腠理。專家尚難到，碌碌況餘子。不謂簿領中，兼長乃有此。訟庭懸一鞭，客座設四篚。文書日堆案，遮眼愛經史。咳唾隨口成，珠璣誰得似。猥蒙奬許及，欲報慚何以。君本大夏材，干霄養桐梓。文章岳牧薦，名姓上九齒。猶復滯河陽，年年種桃李。譬諸閒草木，

争徒。輸邊半文史，磨盾雜象弭。曷不走從軍，尚堪作嚆矢。用《班超傳》中語。

臭味在蘭芷。廊廟亟需才，遠琛棄西珥。築臺收駿骨，應自郭隗始。班超筆未投，卜式爵

三疊前韻答程佐衡

吾黨得程生，紛綸五經井。變風欲删《鄭》，高調乃和郢。跌蕩到文壇，鸛鵝可獨領。談辭聽奮發，儀度看修整。實至名斯隨，有如燈取影。昔年入太學，都講拔清警。衆中頗不凡，揚藻謂見穎。凄然經報罷，徒步告歸省。余時亦客燕，毷氉語交黽。鴻飛豈顧弋，馬繫終思騁。内熱聊飲冰，寧堪膏自炳。至今清夜夢，一笑齒爲冷。小别曾幾何，雙丸劇馳景。回思十年事，倏忽若未頃。君猶錐處囊，我已鐵錮礦。向來期許意，土偶遇桃梗。正賴好江山，鬱紆豁奇境。明朝有高會，徑造不待請。來日約游大觀亭。

弔元左丞余忠宣公墓二首

王氣江東五彩雲，上流假手緩游氛。若教京觀同時築，誰表孤忠異代墳。僭號無成終是賊，殺身得地孰如君。到頭此事關天幸，不死吴軍死漢軍。

殘局何須論上都，一軍援絶勢真孤。江山故壘殘骸在，社稷中原尺土無。計定全家争赴

難，時危幾個肯捐軀。他時謫守含山廟，媿殺生降一老儒。用危太樸事。

佐衡置酒大觀亭招同損持蘭坡志鄴分韻得嵐字

故人置酒城西南，攜我晚登百尺嵐。大觀亭在喬木杪，鶻巢近檻俯可撢。短墻截斷萬家井，惟見遠景浮青藍。海門一關三百里，白馬南下無停驂。南江勢與中江合，一折匯作蛟龍潭。孤亭如山撼不動，影入明鏡光泓涵。舟人水鳥互出没，去者兩兩來三三。夕陽欲沈沙岸樹，疏磬忽報鄰僧庵。主呼痛飲客徑散，要令耳目留清酣。

宿松朱字緑博學嗜古所葺南岳考三卷援據往籍至數萬言而斷以己意大要謂古之南岳乃灊之天柱峰非楚南衡山也頃於皖城官舍出此見示索余題辭作歌贈之

皖中奇士推朱生，文采奕奕千夫英。手持一卷《南岳考》，筆力獨舉千鈞輕。首援六經證据確，旁及百氏搜羅并。《尚書》兩篇列四岳，惟有泰岱名孤撑。北恒西華南則霍，疆域錯見因圖經。厥初相距道非遠。天子一歲周巡行，後來漢武禮天柱，荒邈不及衡州衡。可知灊岳即南岳，語雖似創辨頗精。君家近住此山下，高論直比山峥嶸。火維一神欲易位，

此事乃可口舌争。我思鴻濛肇開闢，群山綿亘誰指名。自從肆覲加望祀，錫以封秩同公卿。神靈豈邀軒冕貴，世俗自炫壇墠榮。界連郡邑互引重，事出讖緯多紛更。陋儒聞見溺沿習，幸免流輩相譏評。如君特識那易得，我不爾怪旁人驚。昌黎南遷偶失考，詩句聊紀衡陽程。他年重續《輿地志》，待爾著述名山成。

敬業堂詩集卷二十二

中江集起丙子五月，盡十二月。

留皖城兩閲月，九江郡守朱恒齋枉札見招，復買帆泝江而上，又踰月乃賦歸。按，《禹貢》有北江、中江之名，皆在彭蠡東。孔氏《傳》以入震澤者爲北江，則古之中江，當在皖口以上，湓口以下。今湖口一縣，當江湖之匯，與經文所云「東迆北會爲匯，東爲中江」者正合。而《正義》引《地理志》，乃指爲震澤之中江，竊恐不然，輒据所歷考正焉。

久客皖上將之江州劉東皋以詩見送次韻留别

大小孤山色，西南兩點煙。獨攜孤枕夢，又上九江船。岸闊沙沈樹，風狂浪拍天。感君投

贈意，臨别倍依然。

酬别高雪亭

五年經遠别，一月又將離。捷徑人皆騖，頭銜爾未移。雪亭爲桐城令九年矣。上官須善事，衆口莫相疑。但去沽名意，後來終見思。

皖城早發却寄姚君山别峰兄弟

又背孤城去，驪歌不忍聽。薄游逢地主，久住爲山亭。月黑江光動，魚跳霧氣腥。檣烏啼最早，愁鬢轉星星。

黄石磯

水淺舟膠細作鱗，半篙撑過石粼粼。風傳茅店楝花信，山作畫家荷葉皴。王蒙畫法也。鼓角自鳴孤戍壘，江湖暗老獨游人。郵籤不用長年報，熟路重來免問津。

重泊路灌溝憶十八年前曾阻風於此

沙嘴沿迴又一灣，人家初在淼茫間。帆生浦口霏微雨，岸走雲根斷續山。芳草迎船依舊緑，白鷗如我幾曾閒。可憐路灌溝邊柳，暗閲勞生六往還。

蘆洲行

江干積薪如列屋，巨艦裝來聯萬斛。天生此物充正供，歲歲陳根發新緑。舊崩沙岸册未除，新漲荒洲報方續。三年一丈久成例，增減何曾量盈縮。不知此課起何年，坐待摧枯濕同束。我聞王政有遺利，藪澤閒田聽樵牧。如今尺寸籍農丞，作俑必由桑與卜。踏地輸租爾勿慳，逃空那得出人間。但看歸雁知人意，不敢啣蘆徑度關。

花洋鎮阻風望小孤山借東坡慈湖峽五首韻

積水西南一眺空，海門遥在有無中。行人已達大雷岸，好借半帆潮信風。

遠色蒼然近晶然，鷺鷥衝破夕陽天。煙江疊嶂無人畫，一硯題詩落眼前。

魚網漸收沙際市，酒旗猶綽水邊扉。青裙縞袂誰家女，日暮一砧來浣衣。

萬竅争號怒未融，輕篙弱纜總無功。老夫只作參禪坐，定裏松濤起半空。
小孤知我重來意，先向江心矗片帆。爲報白頭猶健在，擬尋初約上巉巖。

避馬當之險從磨盤洲經沙灣至喻家洑

清江吐白沙，去岸二三里。小艇泛舸艚，團團磨旋螘。江豚鼓鬐鬣，簸蕩南風起。篙工群作力，進尺退或咫。馬當突兀來，石狀怪且詭。半爲鬼斧劈，倒插截其趾。白鷺導我前，依依投別沚。紆途雖較遠，脱險差可喜。輕生涉波濤，鹵莽迫暮齒。前非踵知悔，恐懼及兹始。

阻風小孤山北晝夢家園牡丹盛開醒而聞鷓鴣聲戲成一絶

群仙一味嘲輕脱，故引名花入卧游。却被鷓鴣呼客起，黄蘆苦竹近江州。

游小孤山二首并序

大江經湖口縣，合彭蠡之水達於皖口，《禹貢》所謂「中江」也。小孤山屹立於其中，當盤渦激湍之匯，雖好事者亦罕游。余過此數數矣，至輒風濤間作。丙子四月

杪，從安慶溯江而上，連遇西南風，舟行濡滯。五月戊午，黎明發喻家洑，刑牲默禱，須臾風止，余竊喜曰：「登山，夙願也，神其許我乎！」亟令榜人剪渡。山形三面懸峭，惟西南一角，横石坡陀，首受分派，其下洄流，可以弭棹。攀磴北上，劣僅容趾。凡百餘級，入洞門，折而東，鐵柱在焉。稍西爲神女祠，再上爲大士閣。從神女祠西北上，兩旁峭壁，中穿石罅如入螺殼中，背東面西，已復折而北。路盡，一亭翼然。行者必少憩，以蘇喘息，然後躋絶頂焉。山之顛，遠而望之，初若半圭，已而如拳，如髻，至此乃知其中分爲二也。環而計之，東西北皆方，南獨圓。南北長二里許，東西得三之一，東麓距岸約四里，西麓僅三之一。山之大概盡矣。既序茲游之始末，又綴以二詩，夫有所感也。

一綫長江直向東，可無拳石兀當中。僧窗坐湧千帆日，客袖來當五月風。筋力將衰酬夙願，波濤不拒賴神功。山雲海市尋常事，敢擬韓蘇説感通。

鳥道羊腸盡坦途，身先僮僕作前驅。能爲砥柱何妨小，不傍群山轉愛孤。江海一關留鎖鑰，金焦兩點闢門樞。從他萬口流傳誤，肯許彭郎作配無？小孤山神之爲女郎，不知始於何時。歐陽公《歸田録》稱小孤在水中，巋然獨立，深譏轉孤爲姑爲俚俗之訛。然東坡詩「小姑前年嫁彭郎」，則宋以前久承此謬矣。

午日重登庾樓和朱恒齋太守

已上孤城又上樓，使君高宴最風流。重來湓浦逢佳節，閒對廬山話昔游。畫鼓綵纏争渡楫，曉粧紅插半開榴。賞心事事多非昔，不獨思鄉易白頭。

湓城喜雨

塝田長苦旱，九江民俗，呼遠水田爲塝田，近水田爲龍田。塝讀作胖，上聲。炎夏方蘊隆。坐看匡廬雲，出没千萬峰。不肯作霖雨，厥占歲當凶。天心有轉移，夜枕聞豐隆。火光出飛電，起蟄鞭潛龍。朝雨忽滂沱，雲來相附從。偶然得際會，似欲貪天工。野人本無心，詩語出至公。旱吾不汝罪，雨亦非汝功。

次韻酬南昌葉素我

寥寥海内幾同心，此事終緣臭味深。乍喜芝蘭留獨賞，每談風月輒相尋。數篇爲我開詩戒，一語從君進《酒箴》。惆悵琵琶亭畔柳，中年聚散最難禁。

題恒齋太守春江載鶴圖小影次韻四首

麯塵濃緑染初匀，紅杏村邊雨洗新。不向春江看畫稿，誰知太守是詩人。

也如泛宅也浮家，畫舫移陰柳半遮。好與茶山留故事，閒封遠信裹青紗。黄山谷以青紗蠟紙裹茶寄人，不過二兩。廬山産閔林茶，故借用之。

自飲廉泉不願餘，更留何物伴琴書。仙禽最得貧官意，未肯臨淵便羡魚。

一群紅掌漾清波，官閣詩成記放鵝。恒齋有《放鵝詩》。斗粟累人添鶴料，二千石俸近無多。今年官俸俱充兵餉。

發潯陽酬恒齋贈别二首

游踪宦跡並沈淪，管鮑交深在一貧。小别星霜經五稔，遠來風雨又三旬。弟兄托契情原厚，兒女相關意倍親。料得他時了婚嫁，兩翁俱是白頭人。時與恒齋初結兩姓之好。

攀轅截轡去何之，廉吏誰云不可爲。風月招邀蓮社酒，江山開拓庾樓詩。官情向冷憂還喜，苦語臨分頌亦規。莫聽琵琶空灑淚，清名難得九重知。恒齋已挂吏議，奉旨特留。

重過湖口望五老峰

又挂輕帆過石鐘，有情難忘是游蹤。風痕忽散一湖浪，雲氣愛迷五老峰。此日舟中回白首，當年天半倚孤筇。衰遲定被山靈笑，歷險探奇漸漸慵。

赭磯雨泊

午汗翻漿晚未融，雨聲夜入荻蘆叢。孤舟野岸少嘉樹，六月大江多暴江湖舟人呼作「報」。風。蚊響似爲雷助勢，螢光敢與電争紅。等閒何用生分别，多付微涼一枕中。

彭澤阻風追憶壬申舊游寄朱恒齋九江魏昭士寧都

緑楊陰裏幾家煙，小縣重來記往年。劈紙風流看駐節，隔江雲樹識歸船。故人久别稀書札，太守新聲在管絃。欲上旗亭無酒伴，鬢絲愁絶杜樊川。

曉晴過馬當

風止波猶鳴，空江蕩餘勢。千帆散萍點，飄轉豈有蔕。夏雲少媚姿，突兀拔空際。小孤曉

粧就，回首露寶髻。但覺兩岸移，寧知一川逝。詩成枕席上，出語如噴嚏。境過旋已忘，中流方鼓枻。

大雨泊東流城下食頃放晴二首

沙頭初繫纜，船尾忽聞雷。高浪吞天去，長風帶雨來。近城嵐氣合，對岸夕陽開。六月川程惡，陰晴日幾回。

只有青山色，差宜雨後看。天心今若此，行役倍知難。翠柳騎牛岸，清流浴鷺灘。不逢陶靖節，誰肯説休官。東流，古彭澤也。

夜泊吉陽湖

酒斾當門柳拂船，雨餘一帶好山川。漁村吐火江初練，葦岸沈鈎月未弦。風進微涼知夜永，客欹孤枕覺秋先。亂蛙最是無情物，苦向荒灣聒醉眠。

曉發望江岸晚至樅陽

中流沄沄浪作花，輕帆南下整復斜。家書曉報大雷岸，客夢夜落長風沙。船頭一轉二百

里，水面忽浮三兩家。煙收霧散目力短，白鳥飛去移蒼葭。

樅陽僧舍消暑七首

樅陽古重鎮，六代推繁華。軍府建旌麾，居民十萬家。自從郡邑改，夾岸惟蒹葭。誰知近水市，客饌無魚蝦。

古刹聚劫灰，入門尚茅茨。曾經上番住，徑造不見辭。短墻日就頽，故榻猶未移。闍黎頗好事，指我壁上詩。重來亦偶然，翻觸徂年悲。壬申客樅陽，曾寓此。

昔與錢少陽，兹焉互酬唱。頻爲文字飲，屢荷鷄黍餉。别中兩寄書，松竹問無恙。答言吾老矣，後會恐難望。世薄風氣衰，老成果殂喪。田間一茅屋，過者今悽愴。傷錢飲光先生。

道楷本名僧，文士相往還。築居傍闤闠，長苦不得閒。遠客寡交游，避暑來掩關。汝出我居守，嗒焉似空山。

庭空白日長，竹樹森成林。彼當炎歊氣，我受清涼陰。北窗多好風，時時中衣襟。長恐俗子覺，叩門來足音。

客贈贛州蘭，幽賞自矜貴。遠游無長物，爲爾添一累。月明看露光，人静覺花氣。提攜成老伴，一笑吾臭味。

老夫方晝眠，風雨來縱横。欠伸得餘味，群動了不驚。電影搜破壁，謂是吾眼明。雷聲殷空牀，謂是吾耳鳴。須臾萬竅寂，殘夢續復成。

過青山弔田間先生示懷永懷玉兄弟及令姪廷益三首

田塍高下路欹斜，小雨濛濛早稻花。到此不愁迷失道，讀書聲裏是君家。

絮酒何辭觸熱過，依然廢瑟在巖阿。較他短笛山陽淚，三世論交感更多。

存亡出處總相關，惆悵燕臺客未還。滿架遺書付君輩，天教風雨護名山。時越秀客游京師。

順風過池口

舸艚船上南風急，好片池陽雨後天。九十九峰青不斷，白雲蒸出九枝蓮。

大通舟中看雨

南岸雲埋山，北岸雲出岫。乘時各行雨，天本無私覆。豈知倉猝間，中有龍蛇鬬。當其鬬未合，中流猶白晝。南勢漸北侵，渡江躡窮寇。馬牛殊順逆，蠻觸争左右。北風忽不競，退縮示免冑。坐聽南風狂，蛟涎捲奔溜。雷公與電母，飛檄亟相就。盡助昆陽圍，誰爲鉅

鹿救。須臾賀戰勝，雨點隨其後。的皪走明珠，淋浪撒金豆。魚蝦半空落，虎豹或驚仆。我窮客江湖，境險迫邂逅。閒中閱造化，觸目誇日富。吟成看雨詩，篷隙日光漏。

六月十五夜紫沙洲對月

檥船古柳岸，江闊風吹裳。快哉雷雨餘，復此終夕涼。清波洗眉目，白露入肺腸。炯然孤月明，漏此一掬光。願從魚鳥住，永與江湖忘。

當塗道中

六月江路惡，驚濤戒舟杭。挂帆入支河，如馬馳康莊。雨過禾苗齊，風來蒲稗香。平灘立鷗鷺，淺草眠牛羊。宛宛柳拂渠，修修竹遮墻。時見荷耡叟，休陰坐微涼。游子久離家，歸心日夜忙。寧知此間樂，風土近故鄉。

晚登高淳縣南水月閣

偶爾經過偶泊船，偶登佛閣亦隨緣。一茶不負居僧意，留我西窗看稻田。

渡高淳湖

曉程貪穩睡，天色尚濛濛。人語蓼花外，鳥鳴茭葉中。舟稀知路僻，水淺賴潮通。脱盡江湖險，朝來不怕風。

從洴練出西氿二首

到此無風也自涼，繞身四面是湖光。舟人遥指宜興縣，孤塔對船如筍長。

蘆灘淺處作人立，白鷺一群如白衣。何事近船還引避，故應慚我未忘機。

九龍山下人家

小屋疏籬透晚涼，亂蟬啼處正斜陽。緑槐樹底通頭女，風過微聞抹麗香。

初登惠山酌泉

九龍蜿蜒來，垂首倒吸川。噴雲洩乳竇，至味淡乃全。我攜陽羨茶，來試第二泉。山僧導我至，古木枝參天。不知閲幾朝，仰視皆蒼煙。蔭此一眼碧，自然得澄鮮，出山豈不清，真

贋恒相懸。鉼罌列市肆，例索三十錢。挹注苦被欺，向來殊可憐。會當置符調，此法休輕傳。

六月廿三歸舟過荷花蕩口戲作

緑水紅蕖連夜開，明朝多少畫船來。歸人合被游人笑，揀取花前一日回。吴中風俗，六月廿四日士女游荷花蕩。

常州道中紀事二首

一丈黄泥浪，郊扉尚有痕。孤城經雨塌，百瀆被湖吞。鵝鴨回頭失，蛟龍掉尾渾。亂帆如白鷺，點點稻花村。

暴漲衝橋斷，騎牛當渡船。築塘連絶岸，戽水出低田。沈竈蛙魚入，疏籬荇藻懸。天心人不測，容易説豐年。

春間從吳興買藕寄歸種園池中今歸自皖城白蓮已試花徘徊池上有作

廢圃遺利多，污池荒一畝。養魚飽猵獺，棄作葭蘿藪。計窮乃得變，水淺規種藕。種藕利稍遲，事在三年後。先爲看花計，於義微有取。呼兒移竹榻，謀婦出斗酒。舊來小池亭，頹圮惜已久。池南向有石亭，亂後燬於火。艱難生理窄，一醉還家偶。結茅何時成，惆悵回白首。

顔學山學憲招同劉坡千林碧山沈昭嗣湖舫燕集

京國頻年散素心，湖山一夕盍朋簪。笙歌隔座通荷氣，臺榭移舟過柳陰。解后不愁佳客少，往還誰似故交深。只慚當路憐才意，猶許方干作醉吟。

九月同趙蒙泉項霜田楊次也泛舟西湖登孤山和蒙泉作二首

清醥盈樽蟹劈黄，故人有約作重陽。啼殘楓樹鴉翻陣，影拂蘆花雁起行。此日煙波還命侶，去年風雨正游梁。回思南北勞勞路，翻怪登高得故鄉。

涵碧橋東畫舫停，游人多上御碑亭。樓臺頓改才人畫，丘壑潛移處士星。紅葉晚燒諸寺赤，碧天秋縱兩峰青。詩翁老去狂猶昔，肯向湖山更乞靈。

唐考功東江爲仇滄柱編修禮闈所得士今來典試吾浙出闈後爲湖舫雅集邀余奉陪即席和蒙泉韻二首

前輩風猶在，斯文寄不輕。歐陽爲座主，蘇軾得門生。一月了公事，三秋多勝情。旁觀争太息，誰不重科名。

錦纜牽官舫，餐錢費客庖。酒開清箬甕，橘拆洞庭包。霜嶺將楓葉，煙堤尚柳梢。湖山君作主，何地置貧交。

題吴紫苺所藏吴白畫設色金銀花

天公省事厭紛華，澹白微黄本一家。却被毫端勾染出，無端分作兩般花。

秦郵道中即目以下十月北行作。

不知淫潦齧城根，但看泥沙記水痕。去郭幾家猶傍柳，邊淮一帶已無村。長堤凍裂功難

就，濁浪侵南勢易奔。賤買河魚還廢箸，此中多少未招魂。

舟經寶應居民被水者多結茅於堤上故廬漂没不可問矣

蛟涎魚沫奪殘黎，收復流亡賴此隄。寒比蟄蟲宜墐户，忙如巢燕正争泥。雲沈雪意千帆合，天壓湖光四面低。好與官家勤畚鍤，免教歲歲逐鳧鷖。

季冬朔日渡黄河是日河冰合而復開，土人名曰「灟凌」。

崑崙萬里來，盛氣日盪決。嚴寒一揫斂，流汞變積鐵。下容蛇龍卧，上少螻蟻穴。風雨過輪蹄，雷霆駭魚鼈。河神不敢偵，縮頸比蟲蟄。東風昨夜至，氣候改栗烈。忽開無底竇，砉與厚地裂。將毋銀山崩，散作萬堆雪。小船晨唤渡，投間伺其缺。虎齒齧兩旁，羊腸迴九折。中流倘失勢，過涉慮頂滅。篙師皸瘃痕，手足互流血。非無白日照，煦汝乍煖熱。造化故無私，寧爲一夫悦。客子衣裘單，長途計尤拙。歲窮迫行役，既濟轉愁絶。

王家營旅店遲楊次也家東亭不至

已過江淮半月期，一行雁羽尚參差。勞人相傍貪同伴，熟路頻經漸少詩。急景欲回西日

笑，輕裝那免北風欺。鯉魚信斷河冰合，悶極寒燈照影時。

紅花埠遇雪

記得芳時幾度經，自此至郯城五十里間，桃花最盛。余甲子、己巳、庚午，皆于三月過此。衝寒明發又郯城。橋邊雪意詩催就，鬢上冰花氣結成。堠館迎來風北向，鄉程讓與雁南征。敝裘或有天憐分，只費殘冬半月晴。

雪後蒙陰道中

日出天忽高，山寒雲不附。峰峰帶晴雪，遠近畢呈露。馬蹄碎瓊田，蛇尾曳絲路。草枯燒不盡，白者疑伏兔。饑鷹下攫之，注目始知誤。糾然嫂身上，却立槎枒樹。樹更僵於人，咆哮風正怒。何處問旗亭，衝寒背城去。

張夏旅壁見德尹墮車傷指絶句戲次原韻三首

役車歲晚幾曾休，斗酒何時與婦謀。此意自憐還念汝，一燈今夜白人頭。

一笑驅馳老未休，墮鞍如與少陵謀。回思下澤車中客，不爲封侯合轉頭。

安穩生涯一醉休，天全畢竟勝人謀。人間險語何須鬬，不説矛頭即劍頭。

趙北口夾堤柳陰最密不知何故忽被斫伐存者惟枯椿而已感歎成詩命兒建同作

五度征鞍柳拂絲，重來禿幹已無枝。摩挲老眼還三歎，看汝成陰又幾時。

白溝旅店見甲戌冬杪題壁詩談是山繼和一首再次前韻兼寄未庵

帽裹驚沙鬢點霜，三年前記卸行裝。天寒倍覺暮程遠，酒薄不禁冬夜長。吳語同來還有伴，燕歌相和若無旁。詩成爲報君兄弟，飛夢三更已帝鄉。

范道濟 點校

查慎行全集

第九册

中華書局

敬業堂詩集卷三十七

槐簃集上起己丑正月，盡十二月。

去宣武門西半里許，有陋室十餘間，扃鎖頹廢有年矣。己丑二月自西苑下直歸，從馬上望見老槐二樹，亭亭出屋，顧而樂之，遂僦居焉。《爾雅》「連謂之簃」疏：「樓閣邊相連小屋名也。」因借樹以名吾集。

春冰次院長韻

怪底堅成脆，行逢凍釋時。寒無蟲可語，暖被鴨先知。裂縫防頹岸，留痕驗故池。何當供夕飲，春氣漸如炊。

人日出郊

老夫新年年六十，酬應昏昏忘盥櫛。朝來準擬出郊行，走馬看山作人日。西風撲面飛黄埃，忽憶故園新種梅。詩成寄問草堂弟，臘尾春頭開未開？去年正月，於西阡種梅數十本。

院長餉新年食物兼示四絶句次答

《類篇》止有鮠魚字，梵語蘇詩恐誤人。《説文》、《玉篇》俱無鮰字，司馬公《類篇》有鮠魚。《釋氏稽古略》謂「寶公吐鮠成活魚」，今江中洄魚是也。東坡詩中作鮰。洄與鮰當是鮠字之訛。《本草》失於考證，故及之。我是江湖釣竿手，爲公箋釋到纖鱗。次韻鮠魚。

半殼含胎剖蠣房，鮮宜糟壓嫩宜湯。黄封拜賜連朝醉，特試先生醒酒方。蠣黄瀹湯，可以解酲。次韻蠣黄。

吾鄉海錯雜魚蝦，細瑣登盤品亦嘉。忽見銀鈎如椀大，閩人好對浙人誇。次韻對蝦。

《嘉禾》舊志説陶莊，黄雀肥時早稻香。徐碩《至元嘉禾志》：「黄雀出陶莊，秋後最肥。」自别家來無嗜好，滿缾鄉味荷分嘗。次韻黄雀。

春風次院長韻

又隨步屧散今朝，紫陌微微去轉遥。頗訝渡河冰易泮，不知吹鬢雪難消。南枝暗放參差蕊，東面偷迎宛轉條。二十四番誰管領，等閒聽過賣餳簫。

次韻春雪

春寒不與臘寒同，微霰來沾弄袖風。翠浪舞當三白後，香泥巧借六花融。飄殘柳外濛濛絮，送盡江南片片鴻。莫倚侵陵萱草色，繞階須護蕙蘭叢。

長孫興祖就婚雲夢寄詩示之十韻

聞説求婚媾，爲期在此春。抱孫吾計日，配婦汝成人。雪棹吴江岸，風帆楚水濱。間關憐道遠，出贅笑家貧。締好因同譜，親家沈翰逸，爲癸酉鄉同年。居鄉本比鄰。禮從荆布舊，義取帨縭新。莫倚嬌爲壻，須存敬似賓。葭莩方有託，骨肉自相親。去迨冰開候，歸當燕乳辰。阿翁南望切，書報勿辭頻。

院長餉柿霜餅兼示長律十二韻次謝

爛爛燒空赤，蒸蒸耀眼紅。蔕留紅駢實交柯重，金烏下啄同。小園秋晚挂，古寺日高烘。袖織，用白香山詩中事。葉受墨光融。用鄭虔事。耿餅佳名著，梁椑上品充。滑疑流石蜜，寒欲殺尸蟲。玉井千珠落，丹田一氣通。齒疏宜軟美，喉潤覺清空。止嗽方殊驗，時余方苦痰嗽。迴腸味不窮。殷勤開尺幅，檢點閉輕籠。食罷仍蠲渴，詩來況愈風。多煩霜雪意，寵貺白頭翁。來詩結句云：「還堪持獻壽，好配紫芝翁。」

院長以乳酥餅見餉仍有詩索和謂余深於禪理戲作偈語

次韻奉酬

昔聞佛者言，醍醐蓋有自。初從牛乳出，香美非思議。於中得酥酪，先後當以次。我意殊不然，强生分別事。先生味禪悦，故以機相試。聚爲一團酥，是一要非二。散爲百千餅，又豈百千味。當其爲乳時，涓滴白牛致。云何清浄腸，猥用忍草飼。我無廣長舌，報以真實義。請看牧牛者，苦苦掣其鼻。不若聽所之，放牛着露地。人牛兩自在，彼味非此嗜。莫管乳酪酥，醍醐孰同異。

以紫檀鏤管筆一雙饋院長兼呈拙句

客從吴興來，遺我雙不律。森然秋兔穎，毫末羞自匿。削管用紫檀，可手製新出。免冠頭不禿，肯入中書室。我老腕力微，何心計贏絀。學書疑有鬼，覓句懶無匹。留之注蟲鰕，如膠柱鼓瑟。故用移贈公，庶幾副其實。吴俞世不作，吴政、俞俊，皆北宋時筆工也。諸葛法久失。錢沈亦名流，後來費評騭。雖非金與銀，鏤刻分纂述。猶勝斑與赤，輕脆抱空質。上將點絲綸，次亦標甲乙。含毫特餘興，揮灑膏繼日。新年富新詠，傳示盈卷帙。浩汗或掣鯨，精微乃貫蝨。儲材等武庫，應敵在倉卒。不以老見輕，有作例牽率。余雖勉屬和，十駕争及一。從公乞餘波，仍以詩侑筆。

湯西厓前輩自洛中寄示重修香山寺記石刻拓本

龍門十寺已全荒，金刹誰尋古道場。劫外豐碑開闕塞，天中軼事在文章。雲泉舊境緣曾結，白樂天《香山寺》詩：「且共雲泉結緣境，他生應作此山僧。」山水初心後果償。「幸爲山水主，是償初心復，始願之候也。」語出樂天《重修寺記》中。公是樂天還記否？前題多在暢師房。

斗室

斗室無風入，香嚴正寂然。一株婆律火，半榻祖師禪。白雪將灰候，青烟未吐前。此時參鼻觀，消息向誰傳？

題吳寶崖雪龕煨芋圖小照

神仙只累十年官，枵腹聊爲一飽歡。何似雪龕風味好，平生不喫懶殘殘。「山人更喫懶殘殘」，東坡逸詩句也。

去年過塔灣湘雨禪師出所纂金剛經順意見示擕之行笈欲爲刊刻流傳有志而未逮近以呈院長蒙疊筆字韻詩盛相稱詡輒次韻奉酬敢請院長爲功德主此篇聊當募緣偈一首也呵呵

五十墮醉夢，不知經論律。一從讀《金剛》，稍開雲霧匿。深沈百尺泜，垂綆汲使出。游子久離鄉，于焉返家室。既歸翻自痛，精進力已絀。欲除人我相，兩敵勁無匹。又爲義疏誤，孰與更張瑟。晚遇馬蹟師，貝多示真實。微詮警後悟，妙解證前失。俗昧知者希，我衰天所騭。誓將廣流布，期不虛纂述。先生一見之，析義豈待質。執疑兩破碎，決若魚去乙。詩來盛稱揚，方便皎慧日。黑蟻二萬言，卷之僅盈帙。護持付龍象，普度及蟻蝨。開雕指顧成，功德亦易卒。檀那視積纍，幸以銖兩率。恒河計沙數，百億生于一。庶將擬《楞嚴》，勝授房融筆。

座主大宗伯許公七十壽辰敬呈長律四章

巖廊重望冠清都，黄髪年尊與道俱。燕許文章唐巨手，程朱理學宋醇儒。龍門拔地孤逾峻，鳩杖隨身健不扶。指似天文人盡識，壽昌方叶泰階符。

司徒崇秩晉春卿，端右迴翔寄不輕。公自起家敦孝友，世因瞻斗重科名。衣冠盛事耆英社，鄉國餘風月旦評。歷政不緣中外異，依然冰貯玉壺清。

集賢曾寫樂天真，九老中今第幾人。三月韶光連上巳，三月二日公誕辰也。七旬觴詠屬初辰。芝蘭得氣殊庭秀，桃李成陰薄海春。共仰官高能下士，虛懷仍以讀書親。

朝回晝静愛長閒，笑説生平杯酒間。却向煙霄頻矯首，每從風月一披顏。蒓鱸遠夢馳千里，松鶴高情在兩山。欲御籃輿知有處，谷湖柳色待公還。

余自甲申春寓城南道院丙戌十一月請假暫歸戊子三月抵都重館於此己丑上巳前一日將移居宣武門外臨行

題壁

三間古觀稱羈棲，五見空梁補燕泥。欲去每教僮灑掃，再來猶認客留題。壁間有同年王方若題句。飛鴻印雪原無跡，倦馬辭槽又一嘶。怪底老懷殊戀戀，西山多在短墻西。

西苑新直廬在澹寧居後。

雪林風沼候參差，休假俄經百日期。去年十一月奉旨暫停入直，至今年二月恰百日矣。魚鑰曉嚴新契勘，鄭谷詩「門嚴新契勘」。鳳巢春换舊棲枝。路迴稍覺穿花遠，窗静從看過影遲。笑逐班行重入直，龍鍾已是杖鄉時。

移寓示潤木二十韻

久客身何着，今來願始諧。買鄰無百笏，僦舍爲雙槐。中庭有老槐二株。迢遞連城角，沿洄阻水涯。閒坊聲較静，濕地勢微洼。東野攜家具，西枝寄病骸。未能行躡屐，那免出傳牌。布衾寬稱席，石炭賤踰柴。茶竈商量置，書籤整娖排。窗緣絲網掃，池用瓦盆埋。卷幔通巢燕，登枰待食鮭。厨空浮白琖，壁挂踏青鞵。車騎經過闃，風光漸次佳。但教塵隔巷，翻愛草侵階。擊缽旋相和，吹篪分不乖。近宜論洽比，遠或召朋儕。汲井昊天寺，買花南市街。經旬許休澣，亦未廢清懷。

三月三日雪後赴西苑馬上作

鳳城西北苑東偏，白髮尋春又一年。殘雪泥融芳草岸，昨夜微雪。薄寒風勒柳花天。非無好景來林外，尚少游人到水邊。獨把吟鞭欹醉帽，時逢修禊想歸田。

暢春園杏花次李義山舊韻

杏苑即仙源，含情似欲言。問名憐及第，鄭谷《曲江紅杏》詩：「爲是春風及第花。」得氣儼承恩。流水悠溶態，初陽淺澹痕。緑新宜柳映，紅遠覺桃繁。蝶翅輕三月，鶯聲戀一園。盈盈窺紫闥，脉脉待黄昏。小睡披香暖，微酣殢雨温。臙融難作蔕，温飛卿詩：「融蠟作杏蔕。」脂染定連根。何處堪凝望，逢人自悦魂。青旗風綽影，猶記酒邊村。

落花和陳潛齋學士韻

桃是深粧杏淺粧，開時有態落猶香。東風自借孤蓬力，流水何曾出苑墻。

同年蔣西君卜築西郊詩以落之仍次移居二十韻

薄宦居難定，同時興偶諧。我方銘《陋室》，君亦賦《高齋》。趙閲道有《高齋》詩。作計寧非達，爲生洵有涯。背城山漸近，就水地宜洼。昨搆才容膝，今營儼樹骸。舊材留梓澤，新棟拆松脾。斤斧俄收響，僮奴免借差。落成三月速，扶挈一門偕。棗軸疲牛汗，楊椿疥馬揩。煙光通禁籞，野氣入荆柴。但取藩籬便，何須闤戟排。書奇傾槖買，樹好帶花埋。北釀缸浮螘，南烹案致鮭。僧來攜蜀絹，信去覓吴鞵。壽母藤輿健，嬌兒繡褓佳。碧枝風卷幔，紅藥雨翻階。即事歡皆具，生平願豈乖。宵歸辭俗客，晨直約吾儕。故國三千里，黄塵十二街。算來除蔣徑，無此好情懷。

暢春園芍藥

萬卉争春放，開遲賸此花。雅禁初日照，濃被緑陰遮。隔岸浮香霧，臨池蕩綺霞。年年三月尾，病眼閲繁華。

西君同年餉甘蔗

小束青如削，來從櫻笋鄉。特煩良友餉，何異大官漿。促節過頭杖，清泉漱齒霜。多君甘旨外，有味必分嘗。前一日先惠櫻桃，故云。

下直經澹寧居後見新竹出墻

輕雷夜解斑籠籜，地近宫垣勢便高。應笑松栽成早偃，多年猶未出蓬蒿。

四月二十四日奉旨偕錢亮功汪紫滄兩同年赴武英書局編纂佩文韻府口占示同事諸君二首

六年供奉毫無補，天語蒙褒下禁中。聯步久趨丹陛北，直廬今寓浴堂東。名連進士慚同進，管秃中書笑不中。那免退之譏磊落，依然《爾雅》注魚蟲。

上窺典誥薄《風》《騷》，不數區區篆刻勞。才盡更誰哀老子，課嚴渾似限兒曹。舊巢未掃痕猶在，奉旨編纂事竣，仍回南書房供奉。賜馬相隨骨漸高。差勝漢廷飢曼倩，官厨豐饌日仍叨。

武英殿後老桑

出墻如蓋勢童童，初日移陰小殿東。辜負江鄉蠶老候，鳥鴿餘椹滴階紅。

六十生日竹垞先生遠寄名錫唾盂茶缾

張銅沈錫皆禾産，一技成名不偶然。今日瓶盂成古器，後生誰識百年前？

槐陰露坐

我愛雙槐好，婆娑滿院遮。蟠根容穴螘，出屋帶棲鴉。未落三秋葉，將舒六月花。近身安片席，餘蔭給鄰家。

鵲雛爲鄰猫所攫

庭南老槐樹，當暑花葉敷。有鵲棲其間，雌雄將六雛。毛羽日夜長，飼哺同慈烏。家書故鄉來，好客與之俱。查查每預報，喜氣充我閭。自謂得所主，永無意外虞。鄰家黑白猫，眈視生覬覦。陰藏爪牙毒，上樹捷飛鼯。六雛一被攫，鵲起逐以趨。似將奪虎口，性命還須臾。又似望人援，繞簷群噪呼。倉皇不及救，坐視爲嗟歔。我墉被鼠穿，唧唧繁有徒。孔箱盜夜粟，穴紙潛朝幮。汝雖磔百千，飽噉卧氍毹。誰當刻責汝，加以非分誅。鼠黠鵲性良，飛走族亦殊。云胡於此暴，顧獨於彼懦。叶平。於彼爲養奸，於此戕無辜。汝腹縱暫滿，汝腸義當刳。吾欲致張湯，詰之定爰書。公然掉尾去，借鄰以逃逋。

自書局回寓作

書局限孔嚴，晨趨事搜討。歸來日云夕，返景在林杪。槐花滿中庭，鋪積亦復好。小童懶無匹，安坐終日飽。故欲習其勤，時時令汛掃。清風颯然至，葉有先秋槁。頗聞蒙莊言，勞生佚以老。信書乃大繆，自計胡不蚤？

喜雨

京師夏苦旱，熏灼如炎方。霢霂偶微霑，暍者盈道旁。滂沱忽大沛，熛怒不得張。簷溜粗於繩，翻瓢挹天漿。栽花得新活，卧柳回舊僵。既雨萬彙蘇，我亦中微涼。風霆一夢破，境過旋已忘。

大雨過玉蝀橋

雨聲衝破影中天，百尺長虹萬頃煙。鷗鷺不争車馬道，自遮荷蓋領雛眠。

新晴赴書局

積雨暑未退，快晴天爲高。肩輿出衝泥，俯仰同桔槔。豈不恤人力，用代鞍馬勞。竊禄多懷慚，何如返蓬蒿。

庭樹聞蟬

委蜕知何處，吾廬忽有蟬。不嫌晴晝永，轉愛緑陰圓。薄比彈冠況，清同舉室懸。柴門虛倚杖，悵望晚涼天。

種竹

潦退庭宇涼，奇懷赴幽獨。規將尋丈地，遠景收淇澳。佳人來何方，笑齒瑳冰玉。欣然肯相就，陋室空於谷。上承槐高清，下蔭苔嫩緑。未應供客看，或取藥我俗。我俗庶可醫，齋厨久無肉。

瓶中白蓮朝開暮萎

街頭買白蓮，帶露來座隅。養之清净水，謂是西方姝。朝爲木槿榮，夕與桑葉枯。既開必有謝，元化周斯須。老人閲浮生，過眼同一如。那將熏染習，累此冰雪膚。寄語散花天，我非狡獪徒。從今方丈室，永拔污泥株。

對鏡覽髮

我髮日夜短，餘存諒無多。既白會當禿，不煩行羯磨。人呼在家僧，自署老頭陀。黄精無掃法，奈此秋蓬何？

夜枕喜雨

偶栽窗外竹，初不爲秋聲。忽灑三更雨，瀟瀟亦有情。

新　涼

素角城端鳴，初涼動砧杵。西風一以發，清絶遽如許。大化日循環，吾生幾寒暑。心空有遐託，跡寓無久處。社燕如知歸，飄然辭逆旅。微蛩漫多思，唧唧乃私語。

秋日江亭雅集有懷舊游寄晚研滄洲西谷簣齋鹿原天農及家德尹得遲字

酒徒半散天南北，嬾到今年不作詩。老去故應朋舊少，重游兼感歲時移。孤亭窄似維摩室，秋水寬於阿耨池。却被居僧嗤冷落，主人來早客何遲。是日郭雙村治具，諸君午後始集。

一日假

偶得一日假，心安良有餘。簟涼便晏起，髮短罷晨梳。露角連城動，風蟬帶樹疏。故鄉頻水旱，翻怕得家書。

旦入宣武門

梱鼓傳三千，門開九衢曙。老夫肩輿出，日與輀車遇。粉書揚銘旌，束縛同此路。死有千載瞑，生無一朝寤。嗟爾行哭人，啾啾百蚊聚。語出《楞嚴經》。

題嫻堂奉母圖爲郭于宮尊堂吕太君壽二首

天半鸞凰膝下雛，承恩先爲老親娱。愛他五綵斑斕袖，曾捧驪龍四顆珠。皇上南巡時，御書「禮教克嫻」四字以賜母。

畫棟浮光縹緲間，新摹宸翰作堂顏。天生才子如椽筆，欲賦閒居可得閒。于宮供奉南熏殿。

張副戎有愛姬二人去年重陽日各生一子命工繪圖同年劉大山有詩屬和一首

臨觀恰是重陽卦，不比《徐卿二子歌》。菡萏秋房原並蒂，珊瑚越網又交柯。明知照乘光相敵，試問連城價孰多？博得兩鬟開口笑，一持侯印一提戈。

少宗伯王瑁湖先生别墅名甲秀園皇上南巡雲間凡兩幸焉先生作詩紀恩復屬余繼和次韻六章

甲秀園開碧泖潯，每從廊廟憶山林。花如韋曲傳佳句，風自《卷阿》繼雅音。兼托丹青摹盛事，獨將清曠契宸襟。九峰高倚層霄上，俯入軒窗是寸岑。

喬木千章竹萬根，翠華臨處彩支繁。帆檣隱隱頻移岸，桑柘依依别有村。緑野天開裴令墅，冶城人識謝公墩。陪游何必身親到，魚鳥能邀再顧恩。

列仙圖籍本雲霄，物外心期故自超。雅有新裁矜異數，喜聞屬和偏同朝。兩回步輦花間入，一色春旗柳外飄。透出斗中光萬丈，御書樓閣冠巖椒。

靈壽無煩借孔光，朝回展卷好相徉。書臨敕賜松花硯，笏聚家傳鍮石牀。蘭畹芝庭方競秀，石田茅屋豈全荒。承明又召枚皋入，始信烏衣世澤長。時長公麟昭被旨供奉内廷。

一花一木記平泉，手植何人不解憐。此日韶華娱舜目，幾家雨露長堯年。波摇曲沼黄金縷，欄亞新叢碧玉椽。總在雲蒸霞蔚裏，畫圖欲繪恐難全。

陸機茸外野人家，萬頃畦風養麥花。曉徑煙巒成掩冉，晚春雲物貯清嘉。山莊細雨初回輦，官焙頭綱正試茶。扈從班中曾秃筆，爲公濡翰語非誇。丁亥三月，余隨駕獲游園中。

九月二十日偕紫滄亮功兩同年赴密雲接駕往返三日馬上即事六首

黄收朔野横從畝，紅散霜林遠近郊。不是三人同寓目，一年此景等閒抛。

同官同直還同譜，六七年來不暫分。比似天邊一行雁，飛鳴食宿總成群。

塞柳風高遞急砧，回鑾時節正秋深。身如舊賜天閑馬，暮齒猶餘見獵心。

翠旄朱斿歲往來，歡聲奮地又如雷。關南黎老争扶杖，重見蒼龍侍輦回。

蝗不成災慮種遺，撲蝻有詔責官司。直從場圃初成候，算到明年稻熟時。

載路頻聞樂土歌，聖恩寬大緩催科。太平是物皆蕃庶，斑鹿黄羊獲校多。

送孟静齋之任錢塘二首

水旱頻傳接井疆，畫船簫鼓半荒凉。欣逢悃愊無華吏，往拯租庸積困鄉。郡守賢如龔渤海，謂張裕齋。州民窮有鄭滎陽。謂老友鄭息廬。此行直比陽春脚，膏雨隨車到一方。

不改書生舊羽儀，翛然一見識心期。曾從譜牒知名久，與德尹庚辰同年。未覺風塵筮宦遲。劇邑簿書迎刃辦，冷官門户少人持。煩君蔭及先賢澤，京兆岡阡忠惠祠。先京兆公賜域在江干范村，外曾王父鍾忠惠公祠堂在西湖第一橋，皆屬管内。

齒痛借用昌黎韻

我年五十時，落一牙一齒。故人傳良方，盥用井花水。餘存幸牢固，自爾將及紀。午餐漱方撤，曉枕扣而起。清比啄木聲，硠硠徹人耳。寧知衰老候，疾苦不由己。積火壞陳齦，浮陽發頹骫。冬來忽擁腫，罅縫生磥硊。難憑藥醫治，平聲。最怕物觸抵。苦開酸兩頰，亂動憎食指。平呑有哽咽，礙嚼無軟美。旁觀不知難，相勸進匕匙。黄耆半甌粥，舌在僅可舓。連綿五晝夜，腫赤乃漸止。痛定得動揺，老夫翻自喜。韓云吾亦云，次第將落矣。平生滋味薄，藜莧徒累爾。時至適摧殘，在堅宜有毁。百骸推一例，此蜕已久委。試看葉經霜，終無戀枝理。

初冬集春暉草堂賦得菊殘猶有傲霜枝十二韻

黄菊將殘候，嚴霜戒令時。亭亭當晚節，冉冉閲秋期。正使孤花秀，何妨衆葉萎。倚衰猶崛强，競賞故參差。澹入高人目，幽惟冷蝶窺。似曾霑雨露，終不傍樊籬。摇落芳心見，低回客土移。楓丹非本色，竹翠是相知。繞徑香雖淺，登堂影亦奇。白衣誰送酒，青女解催詩。性在休嫌傲，寒多莫漫欺。重陽高會少，剩取一枝枝。

擬樂天一字至七字體以題爲韻分得簾字

簾。傍檻。依檐。防客見，避花嫌。平鋪湘簟，斜搭吴襜。額飄風細細，鈎映月纖纖。更無人處垂地，但有香時透奩。試問陰陰芳樹底，後堂玉笛是誰拈。

十月望後前輩周桐野同年王樓村雨中過槐簃看菊留小飲明日桐翁以詩見投次原韻二首

老瓦盆中花十本，上槐街裏屋三間。眼前此景殊不俗，輦下幾人能愛閒。我已掀泥除蘚徑，客方冒雨扣柴關。寒林瘦竹蕭蕭意，着片疏籬即故山。

土銼無煙硯欲冰，一歡邂逅得何曾。詩如老將渾無敵，花到殘年亦少朋。紙閣留香清四壁，畫屏肖影澹孤燈。直饒酒醆難抛在，未敢多邀入社僧。

題湯西厓前輩出關圖即送赴奉天府丞任六首

中原桃李盡門生，官比冰壺徹骨清。此意九重非不達，又持文枋赴陪京。奉天丞兼督學政，故云。

燕雲東北是重關，笑指飛鴻滅没間。天與先生開眼界，自吟詩過十三山。

里社枌榆接帝鄉，同時卿相半南陽。居民老不知兵革，耕徧松桓舊戰場。

沙蟲猿鶴總秋埃，考證真須著作才。别着畫圖車幾兩，東都少尹載書來。

荒寒杞菊笑齋厨，山海中間物産殊。不獨秋原饒雉兔，八梢魚賽四鰓鱸。

西風獵獵捲雙旌，别路秋光雨正晴。前隊朱衣非俗物，爲君聊壯出關行。

題紫滄醉吟圖小照三首

落花風裏鬢交垂，山谷前身定牧之。綺語多生留一句，醉圍紅袖寫烏絲。

朝賜黄封夕奏詩，玉堂人物數同時。如何袖染天香後，偏愛科頭曳履姿。

醉裏清吟眼界花，樂天猶作少年誇。證因亭上新翻偈，枯木寒灰别一家。

古　詩

花開昨夜雨，花謝今朝風。造化故無私，循環一氣中。舉舉少年子，彈指成衰翁。翁衰從少得，乃復憂兒童。

題翁樹服別茶圖小照三首

小團龍鳳碾初勻，面首膏油苦鬬新。修貢亭荒官焙少，輸他一片火前春。
湯老懸知客亦佳，清風兩腋是仙才。花瓷不少纖纖捧，辛苦磚爐自煮來。
君顔白晳我華顛，猶記騎驢並入燕。重向茶邊論臭味，出山泉愧在山泉。

盧六以庶常自藩邸入直武英每乘小車以詩索和

轣轆勞薪五稔餘，八騶雖乏勝騎驢。伐輪自信餐非素，代步何妨進稍徐。旁挂鴟夷應貯酒，中安狨坐好攤書。多君博物張寬比，定有人占第七車。

送宋蘭暉庶常養親歸商丘兼呈漫堂先生四絶句

歸途幾見着先鞭，祖道回頭僅隔年。去秋送太宰公，予告旋里。嬴得旁觀增太息，此行真箇是神仙。
長假緣知爲老親，隨身匹馬兩車輪。較量白傅香山社，膝下今多奉杖人。
出專方岳入蓬瀛，小宋文章又擅名。獨脱朝衫歸養志，官情付與二難兄。

薄雪初消柳未絲，行期預遣報西陂。羨渠到日逢元日，歲酒先拈第一巵。

得東亭弟滇南書知補授太和令作詩志喜

送爾衝炎出國門，弟於五月杪出都。半年迢遞憶征軒。星埃路脱千重險，冰雪書來一笑温。官舍向來多北户，王程從此少南轅。家聲定有蠻人識，身是前朝小諫孫。明嘉靖朝，先高祖在諫垣，疏參分宜相，杖謫定邊尉。

從廟市買梅花水仙二盆口占二絶

取意原從冰雪間，水邊林下總怡顔。黄花過後無聊賴，又破先生一掬慳。

根株高下手親栽，嫩蕊多憑火力催。好與冷官添暖熱，一房紅日看花開。

答硤川程予和

有才如此我應求，慚愧篇章屢見投。愛説項斯長在口，自逢東野欲低頭。苦心豈少知音識，佳句殊難率筆酬。期子修途須努力，莫憑嗤點逐時流。

除夕前四日宮恕堂寓齋消寒雅集次東坡答段屯田韻

平生區中緣，足迹天下半。自隨廐乘秣，坐致籠禽歎。去日行已多，後期把難玩。職雖典文墨，官肯羨黄散。冷澹作詩人，讙譁劖酒伴。鼕鼕街鼓夕，喔喔鄰鷄旦。蔔瓠點羹湯，鮮腴飣柈案。狂吟詞跌宕，衆舞影零亂。憑誰扶雅輪，於我奉沃盥。營身有底急，見事何妨緩。壯懷付消沈，老學資講貫。賈生躅細故，韓子就新懦。欲回天地爐，重扇陰陽炭。貧因思拔宅，愛有歌適館。幾時解嚴寒，此會得餘暖。甘從百罰醉，聊博一笑粲。

次潤木除夕感懷韻四首

窮年趨走不辭頻，休澣聊除半日塵。武英節假後復入直内廷，今日午間始回寓。七秩將開吾向老，半生習嬾爾無倫。屋如參廨東西住，樹接斜街上下鄰。笑把屠蘇甘最後，白頭何事肯先人。

病鶴摧頹戀赤墀，尚憑瘦骨强知時。早梅破臘心相許，殘菊迎春事亦奇。瓶中菊花自十月杪至今尚未萎，亦一奇也。賓戲客嘲從喈喈，人趨我步儘遲遲。枯枰三百多平路，莫鬬新翻巧手棋。

疏疏微霰墜無聲，隨分招呼得合并。陋室然薪爲蠟炬，荒厨煖酒用茶鐺。語便應對宜鄉友，夢失悲歡長道情。錯料官中有生計，依然共爾舉家清。

細數流年殊瞥爾，每逢遠訃一悽然。半年來，吾鄉陳少司寇、汪少司農、竹垞朱先生、陳太守六謙皆物故。風流幾輩記游燕，往事依稀劍契船。龍蛇屢厄天何意，蛩駏相依老倍憐。正自欲歸猶未得，妄思駐景作巢仙。

敬業堂詩集卷三十八

槐簃集下 起庚寅正月，盡閏七月。

庚寅元日試筆戲效樂天體

朝回剥啄門無客，家會團欒巷有鄰。潤木寓相去一里許。簷竹半經霜壓捺，盆梅全得雪精神。顛毛白後無多許，花甲周來第一春。除却過頭年六十，另編詩藁起庚寅。

湯西厓前輩見和元日試筆詩再疊奉酬

不愁遼海阻音塵，西厓初自奉天少尹陞任回京。劇喜還朝作並鄰。客疾過年當勿藥，新詩拈筆果如神。溪山偕往知何日，步屧相隨要及春。只恐官高歸未易，釣磯端合付徐寅。西厓將以疾告，故云。唐徐寅歸老延壽溪，作《釣磯》、《探龍》二編，僕意以此自況也。

立春前一夕小飲西厓寓齋三疊前韻

歸休終傍漳南宅，西厓近買宅海鹽，余亦將移居於此。偪仄今充巷北鄰。無事不嫌頻扣户，坐談常恐太勞神。燈前對影流連夕，花底開懷準擬春。探借盤筵報佳節，先庚三日午辰寅。《蘇氏易傳》：「先庚三日，午辰寅也。後庚三日，子戌申也。」

湯納時表弟次前韻見寄四疊韻

衰遲會合且風塵，下榻閒坊近接鄰。每憶兒時纔轉瞬，不談舊事怕傷神。雪封村路梅花夢，酒汎行厨柏葉春。壽骨不知相似否，與君初度再庚寅。范石湖六十一歲《自貺》詩：「四人同丙午，初度再庚寅。」弟與余同年生，故引之。

劉若千前輩枉和新篇五疊前韻奉答

多年文酒追陪地，君有餘波每照鄰。曾向桓驄展風力，愛從稽鶴領姿神。校書館閣閒中老，夢草池塘句裏春。敢擬唱酬稱執友，後先官簿託同寅。

瓶中菊花入春未萎西厓前輩樓村同年聞之各以詩相賀賦謝一首

兩枝黄白膽瓶中，猶記秋深折淺叢。能伴幽人過殘臘，始知大地有春風。延齡疑致神仙訣，勺水終資造化功。苦被蚤梅催替代，虚慚矜賞兩詩翁。

六疊前韻答樓村同年

不分君貧我更貧，何曾祭竈請比鄰。筆花入夢能爲祟，銅臭如錢豈有神。陋巷幾家還賀歲，東郊昨日又班春。典衣纔了尋常債，踏麯重思趁上寅。造麯用七月上寅，見《長慶集》。

七疊前韻答劉大山同年

詩酒劉家代有人，不煩事事乞諸鄰。篇章分得隨州派，釀法争傳白墮神。來詩用賈島、杜康，故以此答。樂歲人情初見雪，他鄉時序怯逢春。憑君對我誇張少，莫把生申比降寅。大山丙申生，偶借用《嵩高》語。

西厓生日再次瓶菊韻奉柬

昏參旦尾報方中，又見蘭芽茁雪叢。初度年年作人日，官居處處舉鄉風。閒吟喜帶松篁氣，却病何關藥餌功。要識翛然出塵意，散花方丈净名翁。

試燈前二夕再飲西厓齋即席分賦得鈎字

簾閣春寒未上鈎，重來竟夕爲淹留。印泥開酒波紋汎，雪窖移花蕴火柔。出《漢書·召信臣傳》。才小媿參諸葛坐，格高可怕老元偷。樂天詩：「每被老元偷格律。」回思三十年交舊，幾個如新到白頭。

八疊前韻答同年吴南村

與君日日爲同直，千萬何須更買鄰。筆退管城堪作冢，針傳繡譜豈無神。青袍似草風驚曉，蒼鬚如松雪鬬春。好乞上元連夕假，重呼儕輩會三寅。明日十二方逢寅，同年又有公會。

盆梅

本是桃根脚。無端被巧匠，栽接移根脚。本是桃姑射有仙人，冰肌故綽約。歲寒守巖谷，風雪從饕虐。無端被巧匠，栽接移根脚。本是桃寄生，而含梅跗蕚。經冬傍花窖，漸亦喜熏灼。昨登廟市來，帶土入城郭。千錢買一本，手爲解其縛。我室清如冰，依然愁冷落。瓦盆一小器，局促焉足託。本性倘可回，相期返丘壑。

若千前輩見和瓶菊詩再次韻奉答

結爲三友歲寒中，松竹行邊菊有叢。併與梅同禁朔雪，不教蘭獨占東風。衰遲光景參差信，冷澹生涯長養功。此段閒情應入畫，畫將林叟配陶翁。時方屬蔣西君補圖，以折枝梅花作配。

試燈夕吴篁村同年招集陶然亭

春來日日喜春晴，邀我同游不夜城。燈火參差亭北面，管絃清脆月初更。探花不減年時會，對酒偏傷老大情。五十二人官太冷，癸未同年，在詞館者五十二人。多君獨着繡衣行。吴時由户部郎改授侍御。

雪後獨赴書局

銀鑰初開右掖門，最先衝雪到朱軒。鴉穿鬖淞翻林影，鴿下罘罳印爪痕。釦砌凝冰防履滑，茸裘呵凍就爐温。此時忽動撚鬚興，憶着橋邊竹外村。

戲爲四絶句呈西厓桐野兩前輩

碧海鯨鯢杜陵老，虚空騄駬玉川翁。後生不自量才力，却道同游羿彀中。

顛倒波濤拆海圖，補將百衲綴諸于。天機雲錦非鴛繡，縱有金針度得無？

百年神物在泥蟠，俗筆多從委蜕看。誰遣通身鱗甲活，畫龍容易點睛難。

不知此曲唱誰家，第一燈傳梵釋迦。妙處可容添語句，故應微笑對拈華。

折早梅一枝插菊花瓶中蔣西君同年繪二隱圖見贈并系以詩次韻奉酬

秋英春蕊忽交枝，耐久翻成邂逅期。高士累朝多合傳，佳人絶代少同時。不争犯雪開能蚤，頗訝經霜萎獨遲。何物報君圖贈意，亟來花畔對傾卮。

燕九日郭于宮范密居招諸子社集演洪稗畦長生殿傳奇余不及赴口占二絶句答之

曾從崔九堂前見，法曲依稀餤段傳。不獨聽歌人散盡，教坊可有李龜年？憶己巳秋事。

上客紅筵興自酣，風光重説後三三。老夫别有《燒香曲》，憑向聲聞斷處參。

題西君同年花果册四首

淡墨染花頭，花心點焦墨。不似《戲猫圖》，寫生煩設色。徐崇嗣有《芍藥戲猫圖》。

畫竹葉欲密，畫蘭葉欲稀。破空三五筆，筆筆勢如飛。

南村有諸楊，不數陳家紫。目瞤朵吾頤，朝來吐饞水。

蒲鴿青連蔓，移根入塞難。曾從天上副，賸許畫中看。《禮記》：「爲天子削瓜者副之。」

花朝集忍冬齋月下飲汜光春用東坡定惠院月夜韻

始雷送雨作花朝，午後微雨，初聞雷聲。片月流空轉清夜。故人招我動春酌，繫馬門前古槐下。

初聞鏘器隔窗鳴，忽卷湖光入懷瀉。碧壺貯液清瀲灔，黄穤流膏香穲椏。淡交滋味均有無，久客杯槃通假借。自然真趣出酬勸，豈比恒情論報謝。篤嗜誰分南北薌，群讙會惱東西舍。已拚豪舉任投轄，待析狂酲須挫蔗。張協《都蔗賦》：「挫斯蔗以療渴」。從君泥飲痛不辭，與世周旋老尤怕。何當口業並消除，庶免人傳供笑罵。

分賦肅寧八月桃二首

玉帶河邊花似錦，南陽疃畔實如拳。不嫌雪黍年光晚，長記《豳風》剥棗天。

六月關南進荔枝，西風北産熟偏遲。行宫瓜果中秋宴，珍重金盤拜賜時。五年前扈從口外，曾蒙賜食此品。

題王海文修撰秋林讀易圖二首

夢裏吞來記得不，韋編重對纈林秋。三爻已足科名用，一半還須向上求。

君家《易》學吾能説，前有《通元》後《發微》。晋王長文撰《易通元經》，唐王子安著《易發微》。世俗但傳王輔嗣，不知理數本同歸。

幽蘭

蘭兮蕙之族，幽者特早芳。見別疑似間，獲升君子堂。初來羞自獻，既吐還深藏。氣味則相親，無風亦悠颺。老禪適静坐，鼻觀通微香。

淘渠

京師飲汲井，城減但流惡。家家門前溝，歲歲費淘摸。九衢豈不寬，所向防失脚。東風連日霽，桃李嬌陽春。看取溝中泥，還爲衣上塵。衣沾胡足道，奈此塵污人。

寒食詞

鈿車隱隱走輕雷，兒女相將上冢回。不管小桃攀折苦，競攜春色入城來。

題吴寶厓西溪梅雪圖二首

苔枝殊冷澹，況乃壓枝雪。此時西窗琴，孤絃凍應折。知音眼看少，古調誰見別。聊爾動微吟，含毫寫清絶。硯水涣涣散，酒耳烏烏熱。多謝造門人，毋來污吾潔。

我愛新城詩，一緘寄冰雪。溪山如在眼，欲往屐齒折。畫圖與真境，莫作强分別。興到神亦俱，雙清兩奇絶。相逢山中侶，一笑回暖熱。洗我筆端塵，從渠嗔太潔。

殿庭草

東風吹緑花甎縫，下有陳根幾百年。惆悵履綦遺跡盡，雍和門外浴堂前。

菊　苗

去秋所種菊，墻角委土梗。老眼無留花，過時寧復省。旬來春雨足，百卉擢條穎。嗟爾一寸根，勾萌亦自逞。回青識故處，閲白感俄頃。九陌交輪蹄，千林競桃杏。吾苗尚毫末，即事笑幽屏。

三月十八日曉出西便門至暢春園天始明

夜枕過雷雨，薄雲開朝晴。起乘殘月影，快作西郊行。好風從東來，初日煙中生。村村花柳氣，寺寺鐘魚聲。草色既芊眠，溪流亦泂瀠。于焉愜野趣，瞥爾遺宧情。長恐芳訊闌，坐聞鶗鴂鳴。白頭誰料理，撫景中怦怦。

院長揆公於園池小洲上新構亭榭落成自賦四詩其末章專以見屬次酬原韻

面面軒窗盡枕流，轉於空闊得深幽。負山有力輸鼇背，畫壁何年倩虎頭。皓月澂波宵似畫，疏簾清簟夏先秋。尤宜落日平臺上，遠景蒼茫咫尺收。

四首新詩自落成，尚留齋笏待余名。雲煙物態論今昔，風雨心期閱晦明。潑刺紅鱗當檻躍，褷褷白鷺導舟行。人間擾攘知何限，不博先生笑絕纓。

只擬松高對阮論，朝回一意避塵喧。瓣香自覺心源浄，明鏡端除眼界昏。菱葉牽絲縈瓦影，桃花拍浪没橋痕。此中何處容殘客，應許扶藜獨扣門。

神問身心影答形，籬杉徑竹對亭亭。開編一盞供浮白，排闥千峰與送青。鶴跡愛穿花底覓，漁歌長憶雨中聽。年來自嘆才將盡，擬向詩仙更乞靈。

從院長乞園中新笋次昌黎和侯協律詠筍二十六韻

及見初移植，清陰漸滿軒。萬竿殊不惡，五畝遽爲煩。篠簜年將老，篔簹定有孫。遠甸雷啟蟄，前夜雨翻盆。驗長纔分寸，争高自曉昏。密侵苔錦厚，尖透麥風温。鳳咮形粗具，龍雛勢欲騫。攢攢犀角利，隱隱豹斑存。行列雖無次，縱横亦有垠。合充嘉客饌，何待老饕言。趁取猶含籜，兼當未易根。斫教開鶴徑，養秪護羝藩。幾費輕籠貯，曾勞重馬奔。千錢空市肆，束帛吝丘園。昔享山僧供，今希地主恩。須防行礙屐，那計避踰垣。芼豈資薑桂，香應敵菹蓀。釜烹憐久缺，臺餽望頭番。賤嗜終成癖，奇珍且勿論。人情知貴少，物類要删繁。蠹簡餘殘債，東坡詩：「多生味蠹簡，食笋乃餘債。」饑腸待飽飧。堪嗤惟食肉，所忌亦當門。正使因風折，何如帶土掀。解饞勝嚼竹，勸醉抵留髡。頤朵頻搔首，詩成乍悦魂。馬軍煩走送，炊玉迨朝暾。

鶴雛和院長作

太息胎仙種，無端墮卵生。羽毛存逸性，風露學長鳴。已作離群立，還看傍母行。鵝王爲擇乳，鷄粒莫相争。

院長餉水鳥卵數十枚兼侑以詩次答

菰蔣深處有飛翰，百族成群影不單。遥想母歸雛已散，誰知巢覆卵猶完。君緣野味分相餉，我愛溪毛聚作團。擬倩家禽爲啄菢，匀圓未忍瀹登盤。

劉若千前輩招集聽雨樓用少陵重過何氏園林五首韻

白髮春垂暮，昏昏日校書。忽聞傳尺牘，招我過園廬。簾引新巢燕，牀抛舊佩魚。此中饒勝賞，大可賦閒居。

締搆尤加密，規模故不移。種花多結子，看鶴又生兒。樹影摇朱舫，苔痕上緑陂。自然饒野趣，高下有疏籬。

高閣披襟處，斜陽脱帽時。流連今夕酒，惆悵去年詩。藤亞交頭杖，蛛垂拂面絲。獨來吾不厭，況與故人期。

頗憶家鄉趣，閒談味更長。露梢開粉澤，雨葉展旗槍。久客徒漂梗，浮生劇夢粱。蹉跎十年計，種樹恐倉皇。

主賓原略分，師友亦忘年。愛讀先生句，如聽古磵泉。狂猶能奮袂，老只想歸田。正爾良非易，回頭各惘然。

予昨作詩從院長乞筍有馬軍煩走送之句院長謂余兼欲致酒也今日大風遣人餉筍及菊釀二壜以詩索和次答

乞筍何當更致醪？笑余毋乃太貪饕。頓教野老寒蔬賤，不怕鄰姬酒價高。一飯解苞登玉饌，黄山谷《謝人送笋》詩：「都城一飯炊白玉。」又云：「豹文解籜饌寒玉。」三升出甕湧詩濤。孟郊詩云：「詩骨聳東野，詩濤湧退之。」只慚指動真踰分，仙爪能從背癢搔。

院長以詩餉櫻桃次來韻

小摘枝頭鳥未殘，遠從筐筥照吾盤。珊瑚碾出千絲綱，鉛汞燒成萬粒丹。憶舊如霑門下賜，嘗新合讓野人餐。條冰況味公能識，熱不須斸要辟寒。

院長折園中雜花見貽以詩索和次答

霧裏看花未屬厭，煩分春色到窮簷。儘教語燕來窺硯，便有游蜂伺捲簾。俄影自摇殘燭短，餘香欲度晚風尖。多生結習除難盡，容易波羅一笑拈。

松花和院長

謏謏風吹墜粉乾，似花仍不作花看。滲成竺國瞿曇面，染得華陽道士冠。鶴翅勤來因掃拂，蜂須難覓爲高寒。神方果有輕身訣，斸取陰脂試共餐。

或云紫藤花蕊可瀹以點茶下酒從自怡園采一斗許試之香味果清絶戲作一詩柬陳南麓都諫周桐野侍讀兩家富有此花故以方法報之

牛酥煎牡丹，方法傳自昔。藤花故見遺，開謝任狼籍。客從山中來，云此堪齟齬。貧家乏飣餖，一味忍輕擲。飾庭雖無緣，謀野乃有獲。郊園腓百卉，高蔓走千尺。瓔珞垂紫英，晴光燭晨夕。畦丁幸許致，爛熳助采摘。一一柳貫魚，頃筐手親劈。天生物無棄，秖在人愛惜。於湘味《食經》，試以己意逆。水瀹既良方，火攻非下策。屏除蜀椒辣，點綴吴鹽白。果然發芳鮮，出釜登几席。豈惟悦我口，亦用酬吾客。人誰知正味，事喜出創闢。明朝馳短箋，鄭重告詩伯。兩家富旨蓄，迨此花滿格。俯笑王濬沖，營私鑽李核。仰慚陸魯望，未免杞菊癖。

題西君畫荔支圖二首

四月則太早，七月則太遲。上品貴適中，熟當小暑時。其株皆合抱，頳實高纍纍。色香與味三，妙取帶葉枝。金盤薦華屋，不以遠見遺。向非玉堂仙，誰寫冰雪肌。冰雪故難剖，略煩點臙脂。如披蔡家譜，而讀蘇公詩。

粵人既夸粵，閩人亦夸閩。君少飫粵賫，吾衰飽閩珍。兩舌雖不同，知味諒乃均。別來各踰紀，夢想猶隔晨。多君繪成圖，見畫如見真。又復索題句，與傳畫精神。一枝風露鮮，齒頰回津津。何必三百顆，長作嶺南人。

聽琴工吳觀心彈欸乃作歌贈之

九疑之麓，瀟湘之潯，碧羅帶繞青瑶簪。元音一散萬萬古，墮入泱漭氣鬱沈。漁翁鼓棹如鼓琴，晚遇元次山。柳子厚。爲知音。却將《欸乃曲》，寫出煙波心。雨濛濛兮木椮椮，鷓鴣低飛猿叫霧。一聲兩聲斑竹裂，十里五里江天陰。秋風掠岸凉吹襟，思婦夜敲斷續碪。忽然日出花滿林，黄鸝紫燕春愔愔。游絲飄空幾千尺，山長水闊無古今。乍高乍墜勢莫禁，愈近愈遠端難尋。不知覿面者誰子，恍若獨坐成連海外之孤岑。吴生絶技廼至此，正氣所感感更深。我思欲學奈衰老，心粗指硬恐不任。膏肓稍以砭石鍼，有耳肯聽《桑濮》淫。吁嗟乎！吾之知吴蓋已淺，聊託寂莫《滄浪吟》。

院長餉竹萌蕨芽

春山笋蕨本來甜，蘇詩：「慚愧春山笋蕨甜。」難得城中二者兼。一笑開籠何所擬，小兒拳配玉纖纖。

題同年張蒿陸落葉詩卷後

詩境全從寄託深，開編静對見君心。行收珠玉揮毫手，往和風霜落葉吟。竹老爲椽仍中笛，桐焦入爨始成琴。五千言領知希意，不要人人盡賞音。

文安王孝子詩奉和安溪相國作

青青松柏樹，蟠根上垂枝。人生斯世間，孰是無父兒。父子有常性，曰惟孝與慈。本與生俱來，平平理無奇。奈何千百載，孝行傳者希。將毋世教衰，天性有淳漓。其或得天厚，一念不自欺。精誠未徹間，天故靳報施。艱辛方歷試，陰騭姑遲遲。及乎感遂通，較若稱銖錙。適與人事會，彼蒼本非私。試看農家子，任真初何師。志壹氣乃充，人定天爲移。文安一小邑，中有孝子祠。王姓原其名，厥族蓋已微。生小但依母，不知父爲誰。母旋告之故，朝夕恒涕洟。稍長甫娶婦，長跪與母辭。兒今欲覓父，有婦侍寢幃。苦語挽不留，隻身望天涯。眼前盡岐路，倀倀將安之？路窮乃涉海，夢兆如蓍龜。掉頭別母去，躡足隨爺歸。未歸敢自必，歸到翻成悲。里鄰賀羊酒，官長旌門楣。團圞逮眉壽，仍世開曩基。到今二百年，代易族姓滋。此事載邑乘，四方或未知。安溪賢相公，畿輔舊保釐。訓俗務根柢，仁親以爲期。表彰先朝事，欲令來者思。手立《孝子傳》，復爲《孝子詩》。詩中何所云，代述孝子詞。讀之盡流涕，恍然目擊時。康叔生奉母，曹娥死負屍。敢請追配古，大書勒諸碑。

新竹次院長韻

青瑶流影照明玕，陶詩：「亭亭明玕照。」盡放梢梢出屋寬。粉澤未乾宜露濯，錦綳初脱奈風寒。輕陰拂地應加密，秀色迎人尚可餐。附入戴家新譜内，釋名稱草恐難安。《爾雅·釋草篇》：「笋，竹萌。」《山海經》：「其草多族，厥族多箘。」皆以竹爲草類。故戴凱之《竹譜》云：「事經聖賢，未有改易。」然稱草，良有難安。

盆中繡毬不作花者九年矣今夏復放院長有詩索和次原韻

久留生意未爲薪，近報唐昌蕊又新。碎剪有痕千瓣雪，密攢無縫一團春。壓梢自重非關鳥，帶葉全低欲礙人。記得月燈毬樣似，白頭重見意猶親。《南部新書》：「每歲寒食，新進士於月燈閣置打毬之宴。」東坡詩所謂「曲江船舫月燈毬」也。

謝院長惠西洋蒲桃酒

妙釀真傳海外方，龍珠滴滴出天漿。醍醐灌頂知同味，琥珀浮缾得異香。直可三杯通大道，誰教五斗博西凉。平生悔讀無功記，誤被村醪引醉鄉。

題盧六以庶常抱經圖二首

《三傳》何妨有異同，抱經莫學玉川翁。賈家訓詁韓家論，可少盧家與折中？漢賈逵有《三家經訓詁》，魏韓益有《春秋三傳論》十卷。

章句人人守一經，可憐祇用博科名。多君獨有膏肓癖，不傍長檠棄短檠。檠字本屬上聲，宋人多叶平，聊復借用。

送李敬齋庶常請假歸里

與君書局同晨夕，不道陳情爾許難。李去秋便欲乞假，因成書限嚴，今方爲啟奏。愛日光陰雖未晚，望雲懷抱幾曾寬。無言可慰三年客，此去全勝十政官。用章孝標詩語。爲報眉間見黄色，高堂一笑定加餐。

送梅雪坪出宰泰順二首

行作折腰翁，吟邊憶謝公。攜家千里近，得邑萬山中。椒荈通閩賈，魚鹽走去聲。海童。流傳永嘉學，亟望起儒風。泰順，温州之屬縣，明正統朝始置。地連甌越，民俗樸魯，未有以文章科第起家者。故云。

竹垞門下士，君爲竹垞先生辛酉江南所得士。爾雅倍堪親。前輩詩無敵，多才畫入神。一官貧寄禄，萬卷老隨身。去去君何恨，徒傷久滯人。

張蒿陸有賢子三十而夭屬作挽詞

短生寄長世，如浮亦如沈。高人付達觀，旦暮猶古今。下士重其實，服食延分陰。相去九牛毛，奚翅尺與尋。造物本無物，榮枯隨所任。奈何才不才，分量費酌斟。才者或夭折，不才乃森森。此枋竟誰持，報施昧善淫。嗟嗟張氏子，質秉玉與金。十五工文詞，長老咸歎欽。二十舉鄉貢，恒苦疾疢侵。夙慧天所騭，道根種何深。自知不永年，瀟灑託清吟。三十遽謝世，一笑遺冠簪。斂以僧伽黎，反乎尸陀林。其生類知道，没豈無知音。我作哀挽詞，以慰乃父心。

送同門孫斗文赴任武緣

百户瑶獞賦，孤城瘴癘天。茫茫赴長路，草草别同年。剋日有嚴限，之官如左遷。桂林嗟已遠，南去又三千。

送同年喬松華赴任永福

碧水丹山路，迢迢六七千。桂林聞少瘴，荔浦喜通船。吏隱安荒外，人情薄眼前。孫郎行更遠，作計幸周旋。謂斗文。

送楊次也赴平凉太守任二首

辛苦河隄使，初停杵稾聲。三年方上計，五馬遂西征。齋釀葡萄味，沙陀苜蓿程。勿辭乘障遠，領郡際昇平。

開府吾鄉彦，勳名策府存。典刑傳太史，科第繼文孫。世以儒林重，官仍露冕尊。平生期望意，垂老屬恩門。令祖司馬公開府黔陽，僕在幕下，受知最深。

塞外二色芍藥五月始花院長揆公采得並頭一枝屬蔣西君繪圖兼以唱和詩寄示次來韻

草没煙埋定幾時，忽驚紅白出連枝。虢韓合隊方稱貴，姚魏分標未足奇。若使入宫應薄妒，却緣出塞更多姿。畫圖與釋從前恨，兩首詩傳萬口知。

送周桐野前輩督學順天

先生人中龍，天與君子性。平時頗跌宕，臨事乃剛正。憶昨典浙闈，量涵江海浄。無私消謗餤，冰雪久彌瀙。至今桃李門，得士稱最盛。數椽居帝里，貧過滎陽鄭。俸錢付書估，斗酒謀主孟。時復召朋儕，琅琅發高詠。彈丸躍奇句，傳寫寧待竟。李杜韓白蘇，篇篇資考證。他文率稱是，手筆誰能倩。以此徹主知，蓬山敻無併。趨營幾新輩，時世梳粧靚。恬澹其素然，卓哉覘品行。國家設遺補，拔擢半長令。庶常間改授，歷職例不更。敢云著作庭，遷轉薄諫諍。於公實久次，事異初徵聘。比者適乏人，銓曹列名請。去聲。終焉寢前議，上賴天子聖。宮坊俄晋秩，侍讀繼申命。小試惜宏才，留爲作人慶。使星不涖蜀，畿輔觀爲政。古來豪右區，當代儒風競。文通山後族，武達代來姓。一一操管從，妍媸歸皎鏡。將空冀野群，往矣執衡柄。絃琴視拂拭，匣劍待磨鋥。苞苴自不入，籬棘何妨摒。必若振先聲，務須釐積病。朱衣群吏導，絳帳諸生迎。詎非稽古力，榮寵一時併。公貌謙愈沖，公懷直且勁。和光得人愛，嚴氣生我敬。良辰乍招攜，同人於端午日，餞別城南江亭。臨別心怲怲。城南好亭榭，快若披畫幀。每來必遲留，天水互瀲暎。飲徒散將盡，自此稀游泳。計公還朝日，吾已理歸榜。贈言抒所懷，甘被俗嘲評。

内閣北垣下有老楮一株歲久成陰相國澤州公機務之暇時一甜焉泰州禹之鼎繪成楮窗圖公自題七律二章命門下士繼和敬次原韻二首

洵知黄閣異人間，獨樹能高便不頑。瀟灑坐看移日影，婆娑行愛繞苔斑。堂餐撤後仍開卷，賜杖攜來正押班。爲報官居如邸第，太平機務有餘閒。

自蒙一顧覺恩深，地傍絲綸氣象森。樗散不教成棄物，栽培聊許效清陰。偶然此樹同温室，豈少餘材聚鄧林。數仞宫墻窺不見，媿從《下里》和高吟。

贈别郭于宫

我初耳君名，識面悵猶未。吴中忽逅邂，衰懦增慨愾。纏綿一臂交，傾倒兩心既。顧歡同年舊，莫逆笑相謂。辛巳四月，君偕書宣至姑蘇，始訂交焉。謂是我輩人，拔茅當以彙。出其囊中什，字字抉肝胃。豁達淮海風，鬱蟠河岳氣。儕觀狎唐宋，方駕希晋魏。獨立千丈姿，昂然表凡卉。私心驚且喜，固是吾所畏。朅來京洛間，領略彌有味。顧今不可作，語及必長喟。孰使顧不亡，得君深自慰。時時小扣擊，枯槁需一溉。亦復不靳予，情同采葑菲。生逢右文代，多士雲靉靆。《瀟湘》賦何涓，《古鏡》吟潘緯。公車召方朔，書學徵米芾。君亦預承恩，南薰食官餼。明堂儲杞梓，丹雘視塗塈。大海終掣鯨，蘭苕聊集翡。舉場昨俯就，抱璞仍刖剕。多君失意來，辭色少怨誹。平生學問力，胸自判涇渭。頗怪窮孟郊，甘稱溧陽尉。驥雖仰芻秣，鴻肯離羅罻。計決勇告歸，會機適天乞。叶去，會機，出《唐書·劉文靜傳》。金源舊文獻，蕪没幾蒿蔚。上賴野史翁，流傳得髣髴。補亡千載下，自任一何毅。零落四千篇，緝紉成繪績。君於《中州集》之外，復搜輯金人詩二千餘篇，進呈御覽。圖經佛道藏，搜採靡不暨。經進卷倍前，乙覽爲增欷。隨身給書局，紙價往應貴。汗漫鏤板期，艱難治裝費。若人富才藻，所乏乃資屝。崔硯幸勿焚，萊服行且衣。歸與洵可樂，貧也何足諱。緑楊暗河橋，萬樹蜩螗沸。南風吹祖帳，好雨洗林熂。掉頭君其仙，灸背我如熨。倘念酒人游，尺書及塵韭。

同年錢絅庵舉幼子年月日皆與余同因命名同初六月八日爲湯餅之會席上戲贈

老饕年踰五十矣，二月抱孫五月子。今年二月錢先得孫。子生距我六十年，月日皆同時異耳。人生墮地如轉環，風雨小劫須臾間。醵錢去作湯餅會，爲爾聊破囊中慳。我今蚤衰似蒲柳，玉雪蘭芽羨渠有。生兒若要與渠同，一笑還須十年後。絅庵小余十歲，故戲語云：「十年以後，安知余不生一子，與君稱『同年』乎？」老鰥造此口業，罪過，罪過。

送同年唐益功出宰德清十八韻

荆川嫡派承家學，經濟文章孰比優。忝附同年成進士，欣看鄰境得賢侯。是邦約略吾能說，此去艱難爾勿愁。到邑不離黄篾舫，浮家且傍白蘋洲。俗經旱潦需仁政，天與谿山賦近游。千丈奇峰當案立，一支健水入城流。帆檣終繹疑官路，煙火微茫辨市樓。籬落鳩鳴茶足雨，野田雉雊麥先秋。風醒曉岸魚蝦賤，葉暗農郊桑柘稠。碧甕村村工釀酒，紅裙箇箇善操舟。向來風物原如此，比日流亡稍復不？開廩屢蒙恩賑卹，催科聊緩歲徵求。瑟當急調絃須改，藥遇名醫病必瘳。預想居民多喜色，愧無贈策佐前籌。蟻封豈合長馳駿，鷄割何妨暫解牛。别有虚懷人未識，下車先爲訪南州。敝座師少宗伯徐公方致政里居，故云然。

送同年宫書升赴任臨汾

班聯銓序五人俱，捧檄娱親爾獨殊。登第三年先老鳳，得官千里試名駒。蓮花舊洞真仙宅，蟋蟀餘風古帝都。矯首共看汾水上，一雙飛舄是王喬。同年謁選者五人，惟書升得善地。

送同年歸既垣之任西華

侯封兩襲漢東京，後漢鄧晨、鄧閶皆封西華侯，事載《本傳》。《水經注》專屬鄧晨者，失考也。百里今傳小縣名。却羨鳴琴來宓子，真堪捧檄慰毛生。太行北望渾連塞，洧水西流不到城。見説中牟壤相接，莫教卓茂擅循聲。

藥苗初茁

一片苔封蝃蝀橋，汲從甘井手親澆。金波處士如相過，莫畫狸奴損藥苗。《圖繪寶鑑》：「宋李藹之號『金波處士』，喜畫猫於藥苗間。」

暴　雨

的瀝初聞傍枕幃，忽拋響瓦萬珠璣。虹霓故壯崇朝勢，草木群蘇一震威。漏屋移牀非故處，破窗穿紙入餘飛。雲開日出須臾事，賸得新凉暫透衣。

院長從口外寄餉灤鯽十二尾雨窗憶舊吟成七言長律十六韻

無端枕上豐年夢，果有嘉魚致碧潯。荷葉解包腴未減，鹽花初腊味尤深。入關雨後蹄雙躞，粥市朝來尾一金。射鮒故知同井谷，《魏都賦》：「雖復臨河而釣鯉，無異射鮒於井谷。」揚𩵋豈必盡青林。《水經注》：「蘄州廣濟青林湖，鯽魚大者二尺，可止寒熱。」每思長夏同垂釣，不比嚴冬試落磓。塞柳柔條三尺踠，灤河新漲半篙侵。賞花作賦榮曾預，貫笠披簑力頗任。躍藻莘莘看得雋，駢頭戢戢快生擒。憶癸未六月，扈從熱河釣魚事。烹鮮屢飫天厨饌，配酒兼叨内侍斟。憶乙酉、丙戌夏秋之間，行宫侍宴事。白首重回成往事，素書頻剖荷佳音。鮓封倍覺分甘厚，鐵化寧愁遠信沈。長鋏人嗤緱是蒯，直鈎吾敢曲爲針。尚餘截竹爲竿手，可有臨淵結網心。口業不停如宿債，詩題纔到便微吟。行當召客充柈案，底用呼童溉釜鬵。饋食例應煩十五，加餐還望使重臨。《儀禮·少牢饋食禮》：「魚用鮒，十有五而俎。」今尚欠其三，故結語戲及之。

送沈岱瞻赴任寶坻

與君忝同年，生長同里閈。知君孰如我，骨肉情豈但。先公昔登朝，名第南宫冠。鳳毛看再刷，省吏識珂傘。謂宜上金鑾，繼世典詞翰。却將著作手，移畫紙尾判。得官向京東，舄鹵傍海岸。古來畿赤地，風俗率騺騀。太剛慮爭勝，過弱恐示玩。自從羅畢繁，俯仰魚鳥亂。須令静以族，毋致淰而涣。雖殊南陽鄉，圖牒行可按。業田湯沐賜，錯壤居大半。莊户接膏腴，農疇雜耕爨。并兼聽豪右，鰥寡詎宜犴。人疑作令難，簿領苦堆案。子雖軀短小，其氣乃精悍。才長百事能，所少非此段。望君期月最，許我一辭贊。疑網破二三，貞固事足幹。初如迎刃解，既過春冰泮。《夏書》納秸服，《周禮》掌灰炭。瑣碎攬大綱，豈其銖絫算。情深不自禁，語出背沾汗。芻蕘倘可收，幸勿怖河漢。

送大司寇張景峰前輩罷官歸韓城二首

朝典推糾職，皇仁體好生。事關同列忌，公視一官輕。已抱回天意，休高去國名。應同白司寇，家世説韓城。白樂天以刑部尚書致仕，按《唐書》本傳，其先本家韓城。

槐棘論三叉，雷霆竟獨當。不聞廷辯語，自拜乞休章。祖道千人帳，秋風一葉裝。大臣傳軌範，投劾便還鄉。

九十翁王德園輓詞上元人。其孫元蘅，己丑進士。

門風本是烏衣巷，九十傳經比伏生。壯日看花朋舊盡，老年種竹子孫成。有子五人，孫七人。

社中天與耆英壽，身後人傳著述名。存殁於翁兩無憾，同時銘誄半公卿。

送同年朱明原宰永城二首

淮徐封壤接，芒野舊稱饒。風俗酇侯國，人家薛曈橋。近聞成巨浸，行見布新條。膏雨隨車去，謳歌徧黍苗。

亳社來陳寔，桐鄉得仲卿。苦辛憐舊尹，謂唐殿宣。慈愛播先聲。世羨成名早，官因奉母榮。古來循吏傳，所重是書生。

送馮文子南歸時改就教職

計偕憐七上，屈就廣文氈。舊事青燈外，歸程白雁前。救貧無善策，攬鏡得衰年。杯酒平生分，臨岐意缺然。

六月杪於庭前後種竹兩叢入秋積雨忽生笋五株旬來森然成竹矣時方移寓作詩志之

兩叢竹種庭南北，土淺泥融尚露根。暫借清陰障炎氣，遽看穉節破苔痕。人情舊雨來賓客，家信秋風報子孫。時大兒婦挈諸孫將至。珍重老夫臨別意，歲寒冰雪不勝繁。

別雙槐四十韻

位置雙槐好，空庭洽恰宜。校三雖欠一，得偶不成奇。拂户交垂處，當窗並立時。遠疑孤榦合，高被四鄰知。匝匝重簷蓋，舒舒五丈旗。葉心還吐葉，枝亞復抽枝。次第徐敷蔭，縱横各逞奇。問年忘甲子，稱老曰期頤。屈伏躨跜獸，深蟠偃蹇螭。藤輪銜宿瘤，琴蚧斷皰皮。晝聶輕煙蓄，宵炕暗露披。希間星或漏，密布管難窺。蟬翳俄留蜕，蟲來遽引絲。啄枯巢有鵲，撼大穴無蚍。日月東西照，陰晴旦晚移。向來便嬾惰，端賴拒炎曦。張王貧官氣，遮藏陋室基。寓形粗當瓦，取義合名簃。步幛奢從設，凉棚儉省支。展鋪新笛簟，抖擻敝書帷。四角行攤飯，中央坐睹棋。受風堪屏箑，經雨爲添絺。濃翠濡茶盞，嬌黄墮酒巵。愛花勤汛掃，弄影故參差。忙閱名場速，閒叨造化私。桑榆收暮景，蒲柳警秋姿。

物理循環具，天心屈指推。稍聞聲槭槭，旋見莢垂垂。彼美真無度，吾貪已不貲。描摹虛畫手，贊嘆少妍辭。但使居能久，休論種自誰。棟梁寧缺用，節目亦奚施。匠石慚頻睨，樵斤幸勿斯。僦居初爲此，覓地更何之。跡在終漂梗，神傷未解縻。依回經宿戀，摇蕩隔年期。晤對曾賓主，吁嗟奈别離。筏應難遂捨，樹即是相思。鴻爪留齋笏，蝸涎認履綦。後來須護惜，看取壁間詩。

敬業堂詩集卷三十九

棗東集起庚寅八月，盡辛卯十二月。

庚寅秋閏，大兒婦攜諸孫將至，槐簃湫隘不能容，乃遷居魏染衖衕。西鄰棗樹一本，已纍纍垂實矣。余下榻於東偏，故名「棗東書屋」。

移寓棗東書屋

一卷新編百首詩，老夫昨日別槐簃。兒童上樹烏烏樂，正是鄰墻棗熟時。

同劉若千前輩汪紫滄錢亮功兩同年登密雲縣鐘鼓樓

三面巍峨一面平，亂峰如玦吐孤城。望中禾黍開畿甸，掌上風雲接帝京。出塞雙鵰盤遠勢，入關萬馬壯秋聲。夕陽樓下枯荄裏，半截殘碑紀用兵。

重陽密雲道中

過盡車聲十里岡，牛欄山外作重陽。黄花小店豐年酒，紅樹遥村昨夜霜。短鬢愁侵新節序，浮生知閱幾炎涼。西風吹落參軍帽，不是年時入塞裝。是日，上自口外回鑾。

樓敬思送菊

老去逢秋愛晚香，故人與致滿車黄。憐渠亦在風塵際，置我居然籬落旁。折免小鬟偷插鬢，來如佳客快登堂。曾分一斗泉邊釀，準備花時洗盞嘗。菊花易酒，北釀之佳者，夏初蒙院長見餉，尚未開罎也。

戲題吴寶崖杖頭貫酒圖小照

新豐酒價逐年增，笑爾粗豪老尚能。一醉徑須傾五斗，百錢纔可博三升。

自題淳熙修内司官帖後

《淳化》祖帖絶難得，南渡摹勒傳《淳熙》。其詳載在《輟耕録》，官本舊推修内司。臨江太媚絳潭瘦，字體特取豐而肥。宋汪逵《閣帖辨記》云：「其字精明而豐腴，比諸刻爲肥。」曾經翻刻凡幾手，亥豕帝虎辨者誰？形模粗具木偶爾，神理了不關須眉。近來此本亦不易，世代漸遠宋拓稀。大觀之後此其亞，僅與閣帖争毫釐。有如虞夏祖顓頊，要是嫡派非横枝。昨從廟中見且駭，尤物乃落駔儈兒。裝褫仍用毬路錦，十卷首尾完無虧。叩之高索錢五萬，而我囊乏三錢錐。少需便恐被豪奪，一計猛出居巢奇。烏驢充貨價相直，快挾墨寶徒行歸。入門爨婦告米罄，一笑那顧朝來饑。明窗小几風日亮，塵垢不敢侵吾帷。古香透紙辟蟫蠹，元氣入骨騰蛟螭。熊熊異光黑點漆，滑滑膩理膚凝脂。試臨只愁鬼掣腕，旁睨幸免食朵頤。嗟嗟世俗慣傳誤，目所未覩公謾欺。曹家《譜系》《格古論》，歲月舛繆餘可知。曹士冕《法帖譜系》云：「淳熙十二年乙巳二月十五日，橅勒上石。」曹昭《格古要論》云：「淳熙二年乙巳歲二月十五日，修内司摸刻上石。」按，今拓本乃十二年乙巳九月十一日，當以拓本爲正。偶憑一端爲駁證，食古以耳皆如斯。

題蔣樹存繡谷圖爲王石谷所畫

憶初訪君尋繡谷，沿緣棹轉閶門曲。桃花深隖數千家，三徑依然蔣生獨。到門先看八分字，爪甲如龍陷蒼玉。恰當首夏候清和，一色園林雨新沐。滿堂狂客歡譁集，詩酒衝筵事徵逐。曾蒙分韻强留題，不怪歸舟避糟麴。别來塵土换顔狀，霜雪盈頭沾寸禄。我方寓直鄰浴堂，君亦辭家赴書局。寒窗瑣細注蟲魚，十指排籤管鋒秃。此時忽漫披横卷，快若重游爽心目。奉常筆法付宫端，分派同時一嘗熟。精研往往到毫末，縱逸寧容拘尺幅。雲頭解駁天光開，地脉盤旋風氣蓄。奇峰翠蹙黿山石，高幄濃張洞庭木。莎痕苔迹斷復連，寬處編籬還補屋。漸深漸入窅無際，中有千竿萬竿竹。野老時拖拄杖來，幽人自展遺書讀。城端殘照紅將斂，遠勢投林鴉伴宿。惜哉此景落東南，欲往從之輿説輹。畫圖非畫乃真境，試問歸期何日卜。椶鞋桐帽吾豈無，準擬相隨友麋鹿。

題顧天山南原讀書圖

吴中多世家，君豈瑛後人。抱奇乃日富，所得在一貧。冰叟昔愛士，門墻分彌親。我自識君來，今幾三十春。姓名達館閣，蹤跡仍風塵。磊落見高才，激昂露天真。深惟讀書力，頤此遠俗神。精理入毫鋩，古言闢菑榛。兀然三尺几，上與萬古鄰。糟醨殊少味，願君飲其醇。

再爲樹存題王麓臺宮詹所畫蘇齋圖

元四家法傳渺茫，華亭一老誰頡頏。我昨題詩諛石谷，派裔近遡婁東王。朝來復見宮相筆，令我展卷喜欲狂。君家繡谷中，舊有交翠堂，蘇齋想在交翠旁。不知結搆幾時改，但覺城西竹樹轉盼生輝光。一丘與一壑，一重復一掩。似淺而愈深，爲奇豈關險。興酣揮灑如化工，巖巒出没初無窮。能將萬里勢，移入園亭中。主人好事客不同，三徑非復求羊蹤。招邀笠屐作晤對，尚友直到眉山翁。樹存得東坡笠屐小像，因築此齋，屬麓臺圖之。翁之來兮萬木風，嶺海一氣遥相通。當時買田陽羨歸未遂，六百年後畫像乃落江之東。麓臺麓臺真老手，筆落神來洵非偶。紀聞異日傳中吴，繡谷名與蘇齋俱，此圖此像他家無。

送張志尹前輩視學江南

雙江西南來，銅崖起何陡。中流作砥柱，萬馬盡回首。先生生其間，名望燦星斗。决科上甲乙，掇第聯子丑。詞館服虚衷，同官半師友。讀書事默識，吶吶不出口。洪鐘扣則鳴，傾倒靡不有。高明本乎質，器局隨所受。公實狷者流，貌和中有守。平生取與分，纖芥真不苟。天子稔公賢，臨軒簡端右。量材今始用，注意蓋已久。江南往持衡，緬維人文藪。銀臺門下士，君鄉試出西崖先生之門。根柢視出手。時會適使然，前車鑒諸後。自從風教薄，士習競趨走。腦鹽争一門，日中有豐蔀。情先絶請託，物自呈妍醜。或虞節制尊，文柄操賢否。因之敵以下，鬱鬱徒抱負。坦懷吾無蹊，納約彼自牖。方當前造膝，胡慮旁掣肘。率非公所難，時論何足剖。古來不朽業，要以精力取。旌旆行出郊，祖道缺巵酒。片言聊贈别，敬起爲公壽。道在履初爻，素往義无咎。

杜大宗名維翰與余同舉順天鄉試三上春官不第而歿家素貧乏寡妻稚子煢煢相倚十餘年矣今秋周桐埜視學畿輔拔其遺孤若馨入泮馨貧未能娶因以族兄之女妻之作詩以紀兼示杜郎

牧之京兆曾同舉，稍長慚渠兄事余。回首神傷三黜後，過車腹痛十年餘。獨留病婦持家教，能使孤兒讀父書。今日兩家羊酒賀，老槐猶認舊門閭。

陳乾齋前輩以院長兼領教習作述懷詩四章示館中諸君諷詠循環贊歎不足輒次原韻奉簡

重然藜杖照傳經，光透文星是歲星。鈴索自諳清氣味，畫圖人識舊儀型。用白樂天畫像集賢故事。波涵鯨海千層碧，地拔鼇峰一朵青。此日門墻稱最盛，春風桃李屬頭廳。唐時翰林承旨所居名「頭廳」。

北扉清切接延英，一片皋比寄不輕。半載巖廊虚左席，六年林壑仰高情。谷中吹律春長煖，句裏探珠夜自明。豈獨殊才歸領院，雅輪當代荷扶檠。

鸞凰多出上林枝，劉井柯亭有去思。公望久推師表地，人才况值聖明時。來聽長樂鐘聲度，起視花磚日影移。法醖錦袍冬拜賜，太平故事在蓬池。

經名《千佛》籍群仙，總藉文章與作緣。冰署頭銜差耐冷，玉成國器賴攻堅。鸞坡地重官宜攝，驥路風清駕獨先。四首新詩代條教，玉堂氣氣一時還。

郊祀喜晴恭紀

齋宫肅穆五雲端，大祀躬親不遺官。閣道風清千步輦，慶霄日麗九層壇。陽和徧宇冬回律，爟火升中曉辟寒。天竝君王同霽色，萬年歌頌溢鵷鸞。

周策銘前輩雪後入直武英疊院長四首韻見投感舊抒懷情詞斐亹再次韻奉酬四首

酒邊劇壘記曾經，白戰詩成擬聚星。甲戌冬，新城先生座上徵雪事分題。自入道山稱後輩，每從延閣想前型。重來客鬢痕添白，相對朝衫色總青。劇喜歲寒同寓直，不煩巡到第三廳。李濤《乞酒詩》：「惱亂玉堂將欲徧，依稀巡到第三廳。」

人物他時數武英，轉頭存殁感非輕。傷松坪、安公、山堂三前輩及同年朱字緑也。申歸寅入餘書課，火冷香消付宦情。粉蝕瓜牛粘壁燥，氣吹野馬瞰窗明。天公未放勞筋息，幹合弓膠且受檠。

鳳條安穩舊棲枝，出入頻深望闕思。地異終南非捷徑，群空冀北已多時。宣毫在握才逾富，江硯隨身榻未移。十四年來翔步地，後先鱗羽太差池。此首叙先生重赴教習廳事。

縞衣昨夜舞群仙，冷淡閒坊醉少緣。至日我偏愁晷短，履霜誰與警冰堅。寒寧易就桑榆暖，鶩豈能争躞蹀先。何法商量了官事，便隨二老賦言還。時座主相國陳公、宗伯許公相繼引年，予告命下。

嘉定譚生名在欽取之列而外來無咨送之文不獲赴書局辦事留余寓兩年將歸口占送之

知爾不能薦，世情良可歎。往年曾獻賦，同輩盡彈冠。近奉上諭：「各館纂書人員，俱加恩議叙。」歲晚獨行急，家貧久客難。向南冰雪少，莫慮布衣寒。

奉送座主大宗伯許公予告歸里五十韻

六卿予告吾鄉少，此舉公今冠海寧。秩領春官大宗伯，光分南極老人星。傳家忠孝遥承緒，得路煙霄早發硎。瞻斗地崇依象魏，摶扶力厚起鵬溟。東流赴壑隨川后，西掌開山比巨靈。質抱圭璋争就琢，文融金錫儼流型。《淮南子》：「金錫不消釋，則不流型。」紫淵欲涉迷津筏，翠嶽難攀歎絶陘。鶴禁向曾推舊學，龍門誰不企高扃。容臺洊歷非通職，宰相他時待掃廳。吐納心虚惟愛士，交游道廣總忘形。絳紗夜捲談經帳，雲母朝排隔坐屏。獨以潔身嚴漏室，每持清議答明廷。苞苴不入門如水，進退何慚户亦銘。正使含沙潛鬼蜮，未妨擲瓦試清泠。色寧可改緇加素，濁豈能侵渭别涇。氣盛或滋曹耦忌，言高偏徹九重聽。引年自據尚書禮，唐孔戣以禮部尚書據《禮》引年，韓愈上疏留之，事見《唐書》本傳。歷宦還符退傳齡。白樂天詩：「官歷二十政，宦游三十秋。」公自壬戌登朝，至辛卯恰三十年矣。鶚立雲端原矯矯，鴻飛天外又冥冥。頻聞入市蠅傳赦，爲報歸期鵲喜聆。率土三辰光禹服，泰階五紀慶堯蓂。行拋手板牙雙笏，笑解腰圍帶萬釘。海外投竿連巨犗，人間巢睫任焦螟。宫聲緩應車前鐸，塔語欣聞岸上鈴。無跡可求羚挂角，忘機相對鶴梳翎。行時楊柳風迎袖，到日桃花浪泊汀。羅雀門閒情甘寂莫，烹鱸餘味取鮮腥。主張泉石精神爽，拂拭雰埃眼界青。泮水西來開第宅，六峰幽處置林亭。硤石、梅會之交，大小山凡六，竹垞曾以名閣。舊栽松菊重移徑，新茁芝蘭漸滿庭。兒是象賢齊謝鳳，孫皆夙慧辨終鼮。昂藏駒目人千里，珍重巾箱世一經。鄰有古風連檎柤，巷無俗客駐箯箽。許評字字榮華衮，顔誥家家奉典刑。物外衣冠全灑落，社中耆宿半凋零。平生誼最敦花蕚，老去情尤感鶺鴒。徧逮九宗多卹睦，近睭三眷少伶仃。官貧并乏元紘馬，業富猶餘武子螢。何處追游攜几杖，偶然乘興出郊坰。静敲深院棋枰響，醉問名園櫓窽停。笛篳微颸涼過竹，吟窗晴旭煖穿櫺。爐香馤馤分茶竈，樹影離離上碓桯。童戴笠簦清入畫，僕充耘耔健添丁。先生樂事行如櫛，小子浮蹤寄若萍。局蹐伏轅踰弱歲，衰遲起蟄及春霆。久知世路殊難騁，屢夢田廬奈未醒。心賞隨時勤造請，耳提即事發聾瞑。飲醇特許沾觴瀝，饋食無由進土鉶。祖道逡巡思效駕，守官怊悵類拘囹。昌黎詩：「守官類拘囹。」白家池上尋芳屐，戴氏溪邊泛雪舲。華髮門生歸有約，相期壽考頌椒馨。

十二月十七日出阜成門重過苑西舊寓是日立春夜飲蔣西君同年筱喻齋

多時不踏郊西路，寓舍重來尚有鄰。霜葉滿庭槐失蔭，雪芽穿土薺先春。孤踪易著棲遲客，一宿猶煩灑掃人。博得樽前開口笑，白頭旛勝兩回新。

謁座主相國澤州公於邸第見示予告後新詩恭上二章

上章今始遂初衣，五十餘年願不違。老鶴林端排霧出，高雲天上作霖歸。別開仙境爲詩境，便息塵機入道機。若論龍門原峻絶，不因罷相客方稀。

八載追隨在禁林，奉公清誨識公心。重編潁上《歸田》集，不比伊川《擊壤》吟。流水一彈真絶調，朱絃三歎有遺音。管窺蠡測終難盡，領味從人自淺深。

沈岱瞻同年餉寶坻銀魚

濕薪爆竹歲將殘，宦況聊同苜蓿盤。三寸玉分良友餉，一條冰合腐儒餐。別中加飯開魚素，飽後投牀夢釣竿。無物報君還自笑，近來詩語帶梅酸。東坡詩：「往往亦帶梅公酸」，謂聖俞也。

除夕與吴少融程蒿亭湯納時陸宫翎朱以静湯公望家韜史小飲分韻得懷字

藥爐新減兒曹病，時兒建病初起。酒盞重開老子懷。萬事過頭成舊曆，一官嘗我似清齋。好吟畢竟爲情累，懶性殊難與俗諧。倚賴諸君相煖熱，隔鄰分火爇麻藍。除夕焚麻稭，京師風俗也。

辛卯人日赴座主澤州相國之召席間公首倡七言律詩恭次原韻

重開東閣撰良辰，喜入新年倍爽神。句挾煙霞非俗韻，坐談風月許門人。黄封例賜承恩舊，白社閒居致政新。自此清游好排日，從公賞徧洛陽春。東坡詩：「華顛賞徧洛陽春。」

送同年徐師魯出宰安陽二首

掉臂飛騰籍，甘心本分官。八年需次及，千里計程寬。邑以名都劇，人言簿領難。誰知游刃意，只作小鮮看。

門風卿相後，棣萼盡龍媒。東海承儒術，中原展吏才。清流泉百汊，古跡鄴三臺。片瓦今難致，煩君訪硯材。

得石軒歌爲汪千波兄弟賦

行人學士兩詩伯，兼抱元章好奇癖。近因得石起軒名，復以長篇詩示客。軒西舊是金張第，臺榭居停凡幾易。丈人閲世如老仙，土蝕塵埋久遭厄。時乎顯晦豈天意，不遇閒官誰愛惜。偶憑鄰叟指墻隅，試斸青苔開地脉。雲根下插三十年，虹氣高騰二千尺。聞雷隱隱動牙角，出坎掀掀呈尾脊。直疑井底養成龍，不信飛來化爲石。君家院宇頗清曠，添設闌干補籬栅。長藤接葉樹交陰，特欠懸崕剖蒼壁。移山之力十夫耳，四片湖黿一朝獲。清泉净洗見真形，衆竅玲瓏受搜鬄。東西南北隨所置，未覺中庭異寬窄。花能含笑鳥能歌，總向吟窗助摇襞。醉眠大可當高枕，雜座尤宜羅廣席。吁嗟兮人情賣菜争求益，疊巘層巒事堆積。周旋孰與一拳多，乃至以身爲物役。石然吾言應點首，好共先生數晨夕。試問閒歸京兆亭，劉原父事，見《長安志》。何如品入奇章宅。見白樂天《太湖石記》中。

南海子四首

萬株楊柳密藏鴉，苑户如農不種花。四百餘年飛放泊，至今樵牧屬官家。

纔過春分未禁煙，畫橋冰釋溜涓涓。清流愛照垂鞭影，不賺人間飲馬泉。

文囿如山百物馴，黄羊趯趯鹿甡甡。生來便入鷄豚隊，卧草眠沙不避人。

紅門草長少飛埃，萬頃平疇掌上開。一道修眉濃似畫，近南遥識晾鷹臺。

重經朱大司空花莊有感二首

載酒看花不計巡，履綦陳跡愴城闉。舊游屈指誰還在，我是當時末座人。

蕭蕭宰木拱梧丘，二十餘年奠醊休。見説郎君頭雪白，一官渾似謫江州。公子敬如出守九江，已二十二年矣。

廖若村同年屬題椿萱圖

莊子紀大椿，八千爲春秋。風人樹諼草，北堂取忘憂。物類致不齊，寄託各有在。誰將女兒花，孟東野詩：「萱草女兒花。」猥與丈人對。後來遞相承，用代父母稱。雷同傳萬口，故事於何徵。陟屺亦望父，陟岵亦望母。拘文恐害辭，義可斷章取。廖生我同年，天性實過人。四十而孺慕，有懷雙老親。雙親從宦歸，志未遂迎養。所以仕於朝，時時深悵望。晨昏難自慰，作底承歡娱。重將望雲意，添寫《椿萱圖》。誰非人子歟，此樂洵關命。試問儕輩中，幾家猶具慶。

清明雨

九陌廉纖雨，朝來阻鈿車。擔頭春事好，添種幾盆花。

即事

舊日兒童戲，風鳶跋扈鳴。近來雌蛺蝶，栩栩鬭身輕。

午亭山村座主相國澤州公里第也十五年前公官大司農時屬虞山王翬繪成横卷今從政府予告將歸上賜御書扁額公既作詩紀恩復出此圖命慎行繼和恭賦七言絶句十二章

天井西來第幾陘，浮嵐千里拱翠屏。井西道人畫不得，自有此山無此亭。

萬丈光芒臨一州，宸章弈弈垂銀鈎。煙霞指點最深處，中有御書縹緲樓。

嵩少之旁多名園，家山近繞申甫門。丈人石踞天下脊，三十六峰皆子孫。

午壁午橋名偶同，佳名豈襲裴令公。屋頭山色屋下水，多載桑《經》酈《注》中。
他時物産按圖經，見説長松似茯苓。曾活萬人餘世澤，天教仙草生槐庭。
南陌東阡不斷雲，瀧岡佳氣何氤氲。行人過者日無數，下馬來讀歐陽文。
展卷尋常思釣游，太行天半阻歸輈。誰知老鶴出群意，早在千花塔上頭。
崦裏人疑小洞天，如今真個著神仙。蒼髯白甲問無恙，已是歸遲十五年。
幅巾藜杖去尋春，盛事一時讙四鄰。不獨公顏如雪柏，亭旁竹樹多精神。
濩澤灣環走白沙，一渠新漲給千家。野翁避逅勿相避，丞相小車來看花。
到眼風光涉筆成，天然何必煩經營。野桃官柳村村徧，五畝不居獨樂名。
一德君臣進退間，恩深容易乞身還。袖中攜得片雲去，肯羡爲霖重出山。

次韻答雲間黄若木三首

雅音日以遠，里耳方好新。凡卉擢穠華，過眼同一春。不有味古士，誰歟範師民。任昉云：「師民之選，允歸人範。」朝家宏網羅，棫樸皆槱薪。人人珠在握，一一鳳集身。君豈躍冶耶，顧獨遺陶鈞。不欲輕比擬，擬之恐非倫。

我初未識君，聞君窺奥府。平生不苟出，厥德自藻斧。竭來京洛游，黥刖覬息補。居停得所託，養此好毛羽。昨者荷見存，温温夙心吐。深知君子性，不逐時翔武。即以詩學論，自可立門户。老年業不進，少作悔子雲。遷地胡能良，鄭刀宋之斤。軨才不自給，何以揚英芬。官書日有課，兀兀膏繼焚。結習猥未除，多生墜聲聞。我惑歎滋甚，君懷感彌殷。世豈無士安，與序瑶華文。

題陳緘庵前輩西溪探春圖二首

寶所塔邊松木場，小溪冰泮緑泱泱。竹篙撑到水窮處，臘雪不香春雪香。
不怕京塵漲帽裙，參横月落正思君。何人唤醒羅浮夢，萬壑千巖皆白雲。

奉題座主宗伯公松下讀書圖四首

七旬過後便懸車，八座歸來尚讀書。不礙須髯銀樣白，精神猶似入朝初。
昨夢曾占十八公，今於林下復相逢。鄰翁笑指童童蓋，此是先生手植松。
叟叟濤生細細鱗，喜從畫裏著閒身。腰金手板全抛却，别换輕紗一幅巾。
階庭蘭玉看初成，萬卷傳家抵百城。他日松風吹几杖，執經猶有老門生。

題李後圃鶴怨猿驚圖小照二首

晨凫夜鯉烹殊僭，春韭秋菘味最全。此段風流君不乏，故應慚愧督郵前。

文人自古相輕薄，不獨山陰孔稚圭。我爲解嘲還一笑，絆將驥足展牛蹄。時李赴唐縣任，畫一牛車，坐其中。

老懶吟

筋駑肉緩稽叔夜，齒豁頭童韓退之。自分我今兼二者，那將老懶逐兒嬉。

張研齋前輩餉梅花片茶

摘得梅邊小瓣香，雨餘出焙勝旗槍。茶人預入前宵夢，茗使旋分細色綱。水態花情論臭味，鬢絲禪榻借風光。開籠未敢輕煎點，待瀹清泉自在嘗。

盆池魚

埋盆當小池，中貯斗斛水。紅鮮二三寸，厥族殊鯽鯉。擘粒晨飼之，駢頭而接尾。居然樂同隊，似識争競耻。江湖豈不寬，吾力止於此。含珠或望報，一笑可以已。

送同年張耦韓宰靈寶

地當分陝舊稱雄，劇邑依然函谷東。百里桑麻通號略，一塍花柳界臨潼。神明世合推賢宰，悃愊君能復古風。别有高人占紫氣，仙才寧滯簿書中。

題同年徐師魯小照二首

琴調古於松，琴心淡於水。君勿改君絃，吾方洗吾耳。

林風吹月上，下有涓涓瀨。何處覓知音，知音不在外。

師魯索題小照適飲藥酒微酣誤以爲撫琴圖率題五言絶句二首明日視之乃烏皮几也再作二絶解嘲

認將髹几作焦桐，笑口重開展卷中。道是醉人多謬誤，終慚老眼太朦朧。

松風水月與傳神，何物能消簿領塵。不待客嘲先自解，畫中賴有抱琴人。

墻西棗樹一枝下無居人似爲余設也花時口占二絶

童心預想三秋實，吾眼聊看四月花。見説西鄰曾去婦，故來與爾作東家。

獨樹移陰落檻前，清香端爲病夫傳。斜街一榻槐花雨，已是浮生過去緣。憶槐簃舊寓也。

四月廿二日早赴西苑送駕避暑幸山莊

麥壠瓜疇曉氣温，朦朦淡月漸無痕。殘星帶火沈千點，新緑如山擁一村。老馬熟諳城北路，雛鶯又報苑東門。征衣長短曾蒙賜，篋笥三年倍感恩。自入武英書局，三年免扈從矣。

科詔

科詔重聞下大廷，忽忽幾輩出郊坰。冬烘一老粗知分，閒卧天街閲使星。余自乙酉以來，鄉會試應列銜名，俱引分辭免。

即事

盆池緑浄午晴初，尺水中涵萬象虚。一片玻璃天上下，白頭影裏過游魚。

病枕聞蟬

閒門無剥啄，倦枕閲晨暮。風外一聲蟬，誰家庭下樹。

喜德尹至二首

近接元宵信，添丁報玉川。弟於元夕得子。重來堪一笑，小別費三年。貰酒逢花醉，移牀聽雨眠。城南數間屋，相遲亦前緣。弟所居即三年前舊寓也。

六十吾過二，君年正匝巡。所傷非齒暮，無愧是官貧。骨肉性相近，田園話倍真。舉家同旅食，渾似帝鄉人。

喜　雨

六月黄塵裏，炎蒸何處逃。乍凉蟬嘒爽，將雨燕飛高。天意回枯槁，人情散鬱陶。久醒思一醉，連夜致香醪。

大雨中將入直柬紅椒上人

泥深路滑强肩輿，童僕何由借蹇驢。輪與城南詩老衲，一爐香坐雨安居。印度僧徒於五月十六後坐夏，謂之「坐雨安居」，以此時多雨也。

種决明

眼昏欲試醫治平聲法，庭下朝來種决明。八廓五輪全是障，龍木論眼，有「五輪八廓，内外之障」。却思草木養餘生。

六月十三日大雨獨坐武英殿書局

宛轉西城路，衝泥入禁垣。稍欣人語少，故覺雨聲喧。螭吻劖雲黑，龍頭吐水渾。微凉生殿閣，沾灑亦君恩。

題汪千波清溪放艇圖二首

三百八梯白嶽，四十七瀨清溪。船頭已安茶具，船尾可少偏提。

載書我昨曾到，老去重游大難。五百灘頭回首，羨君摇艇新安。太白詩：「聞説金華渡，東連五百灘。他年一攜手，摇艇入新安。」

偶詠庭前花木五章

茉莉本鬘華，佛書，鬘華即茉莉也。南人不之重。結籬雜枳棘，爛熳寧煩種。西江糧艘來，此物充土貢。民間近亦夥，廟市排缶甕。一本值數千，探支一月俸。貧官俸有幾，減口爲目用。

秋葵特小草，幹直葉頗剛。鴨脚不中蔬，移根自銅梁。韓偓《黄蜀葵賦》：「移根遠自於銅梁。」經時得土性，伏雨回微凉。一日閲一花，半月如人長。檀心暈深紫，金琖含嬌黄。詩翁亦何知，輕比道家粧。薛能《黄葵詩》：「記得玉人春病後，道家粧束厭禳時。」

棗實初如芡，垂垂挂屋角。秋陽一以曬，脆美漸可攴。或慮壓枝低，隔垣探掌握。家童方竊食，遑問野鳥啄。朝來風太狂，響瓦若冰雹。天公有暴殄，静者庶先覺。

决明乃叢卉，細莖挺蓬麻。兔目葉如槐，秋前吐黄花。入秋況多雨，亂發正復佳。勿矜顔色鮮，行矣霜霰加。吾方感獨立，何暇爲汝嗟。少陵《决明詩》：「凉風蕭蕭吹汝急，恐汝後時難獨立。」

石榴八尺長，灼灼花頭密。火雲催落瓣，秋蒂齊結實。初看顆顆同，罅拆謂可必。根孤力苦弱，黄殞無虚日。滋培吾豈殊，成朽視其質。何當慰老眼，存者十之一。

續詠庭前花草四章

木槿日及花，難開易憔悴。人情無久暫，枯菀適時至。敷條自仲夏，《月令》：「仲夏之月木槿榮。」荏苒雜秋卉。老人齒髮衰，閱世殊少味。炎涼等晨暮，草草寓生意。

江南第一花，山谷詩：「玉簪墜地無人拾，化作江南第一花。」得名獨因蘂。金方秉正色，厥白孰與比。愛其玉無瑕，持以配君子。終焉忌太潔，采摘從此始。莫上美人頭，膏油能污爾。

海棠以秋名，應候開最早。媚人取顔色，娟秀亦自好。大葉承緑盤，幽芳出紅褓。亭亭矜獨艷，脉脉視群槁。春爲耀眼花，秋作斷腸草。寄語賞花人，千金須善寶。

高梧葉旋殞，苦竹歲不實。九苞鳳德衰，墜地尚仙質。翩翾宜具體，五綵爛初日。俗眼視如蓬，紛紛難致詰。稱呼隨世變，愛惜從緣結。誰知好女花，可入毗耶室。

吴文藪員外餉鮮荔枝憶戊寅六月與竹垞先生同游西禪寺飽啖此味慨然有作

不踏三山路，於今十四年。每談甘露味，輒想荔支鮮。好友能分餉，浮生感宿緣。曾同朱老喫，惆悵望西禪。少陵詩：「果熟且同朱老喫。」

翁蘿軒爲西厓畫柳舍漁莊圖有詩索和次韻三首

縹緲虚無外，空明蕩漾前，何從分筆墨，直是散雲煙。詩好原通畫，神清果得仙。漁村楊柳岸，放眼即湖天。

宛轉橋臨渚，參差樹隱莊。棹應迷客入，車或遣兒將。命意何瀟灑，爲期但渺茫。兩三垂白叟，篝火話溪堂。

歸宿知何地，披圖大可尋。冷官疏熱客，老境炯初心。重碧千層浪，遥青一寸岑。篋中無長物，終不羨籯金。

西厓視學中州重修龍門香山寺後一年汪退谷以事入秦過洛中命主僧種松數百株因繪成横卷兩公往復之作在焉索余繼和四首

俸薄官清舉廢難，種松初返舊時觀。風流二老知誰繼，畫裏亭臺補復完。

甲子俄驚十五周，刹那減劫已千秋。自開成六年至今，踰十五甲子矣。多情八節灘頭水，重挾松聲上石樓。

曾否經堂認寫真，却將綺語懺前塵。他時編入支提藏，莫忘題詩第四人。兩公倡和而外，惟索西谷及余詩，故云。

夢裏曾游亦勝緣，鼎門南去是伊川。打鐘掃地初心在，終著袈裟喚渡船。

食鷄頭

芡盤每憶家鄉味，忽有珠璣入我喉。絶勝嘗新會靈觀，鷄頭池上剥鷄頭。汴中芡實出會靈觀，歐蘇皆有詩。京師德勝門内，有鷄頭池，當因此得名也。

以庭前新棗餉德尹二首

已經半月申童約，又剩高枝與烏鵲。比似洞天無核棗，一枚聊解此生饞。東坡云：「朱明洞是蓬萊第七洞天，有無核棗，唐永樂道士侯大華以食棗仙去。予在岐下，亦得食一枚」云。

人間千樹等封君，此語曾聞《貨殖》云。好笑貧官貧徹骨，一株還就比鄰分。

曬藥示紅椒上人

故人憐吾衰，往往致藥料。王幼芬自蜀中貽黄連、貝母、附子、鬱金。湯西厓自遼東歸，貽鹿膠、五味子。東西朔南產，地道悉精妙。賤棄靳菅麻，貴儲同美鐐。居然聚成肆，巾笥蓄海嶠。炮炙所未加，蠹叢劇牛嶕。幸辭梅雨漬，喜及秋陽照。連朝風色佳，拓牖啟奧窔。清泉滌宿垢，緩火焙瓦銚。鼻觀通衆香，薰然徹腦竅。調柔在心性，外物徒詭弔。還復觀我身，癡愛於何名。《維摩經》：「從癡有愛，則我病生。」然而我有病，此病非藥療。自從客京塵，四大苦纏繞。去聲。攀援乃根本，客疾從此勦。齒落憐舌柔，聲讙憎耳剽。狂華瞀眼翳，殘焰灰心燒。依回翦翮籠，潑刺貪餌釣。窮非學子諱，痛甚舍人謷。近讀《維摩經》，衰年忽如少。虛空一牀座，環顧不得徼。芥子納須彌，諸天初不覺。大海入毛孔，黿鼉性無嬈。向來煩惱因，摒擋付煙燎。而今方丈室，誓絕慈悲叫。欲將藥施人，恐被醫王笑。

中秋赴座主澤州公之召公首唱七律一章仰次原韻

乘鸞顧兔望盈盈，恍坐璜臺第十成。桂樹有香秋倍爽，丹丘無月晝同明。滿堂賓客沾餘斝，前席生徒奉橋衡。公視浮雲如富貴，何煩問夜卜陰晴。

席間遇雨相國復有留諸子待月之作再次原韻

子魚通印雀披綿，不數侯鯖侈食前。東閣再開延客地，南樓重上晚涼天。林泉興在何時遂，風雨情深此夜偏。兩串驪珠光照座，賽看蟾魄十分圓。

題王文選浣花溪垂釣圖小照二首

小舟閣淺沙，巨石壓深洞。忽動緑玻瓈，游魚嚼花影。

溪頭幾株桃，多被柳拂開。幽人此中坐，蒻笠青於苔。

題表弟湯納時授經圖

與君中表序弟昆，往還猶記隨家尊。來時奉杖出候門，長者前導幼踵跟。聖童十歲名早喧，六經背誦河傾源。我慚却立心自捫，同年詎可同隊論。爾來幾何閲晨昏，年踰六十手一反。女長已嫁男已婚，不獨抱子兼抱孫。我雖竊禄鶴在軒，君猶需次羊觸藩。夢歸往往得故園，披圖相對兩悦魂。君家紫雲山下村，護田之水清不渾。有孫可教經可翻，只坐八口艱饔飧。絃歌三徑思所存，桑榆力挽扶桑暾。黄精掃盡霜蓬根，一笑重續兒童言。

王樓村同年忍冬齋賞菊分韻得頭字十韻

晚菊多佳色，書齋位置幽。乍來寬束縛，相對解綢繆。冷傓精神透，清宜臭味投。近盃浮藥氣，照影出花頭。肅肅霜如剪，團團露欲流。蟹胥黄剖殼，鶴氅白披裘。籬下非無伴，盆邊剩有秋。酒徒讙復合，詩主病初瘳。莫以蹉跎歎，終能爛熳酬。年年高興在，亦足慰淹留。

次韻答東亭弟滇南見寄之作

西風萬葉催黄落，鷙鳥盤空恣拏攫。南中誰遣雁飛迴，滿紙言愁嗟落魄。我從前夏與子别，行坐時時感離索。荒山亂水夜郎城，憶走從軍恍如昨。一身輕出曾投筆，萬里初歸但垂槖。兵戈回首三十年，鳥道羊腸夢猶愕。子今宦游乃落此，恍惚披圖見《滇略》。邪龍東徙窟宅清，狂象南奔夷爨削。浪穹水曳青羅帶，點蒼山淬芙蓉萼。武侯故壘屹關城，阿育遺封割巖壑。鳴琴理訟三時暇，傳鼓排衙百吏諾。才優官事非難了，俗儉民情遥可度。愁懷得酒且暫開，詩體如騷亦間作。比間索米大不易，應笑枯匏繫京洛。性癖難陪冠蓋游，興闌只想田園樂。馳書爲報天南弟，待作癯仙同跨鶴。

武英殿書局告竣除夕口占

窮年書課恰如期，喜甚兒童放學時。剩曆一行還餞臘，涉冬三月可無詩。舊巢天上重來夢，殘局燈前未了棋。斑鹿黄牛仍拜賜，白頭慚愧被恩私。前二日，復入南書房，蒙賜歲酒、羊、鹿、魚、雉等物，仍年例也。

敬業堂詩集卷四十

長告集起壬辰正月，盡十二月。

辛卯臘月，左手病風。今春漸及右臂，蒙恩停免内直，始得因病乞假。前後滿百日，患猶未除。適兩院長俱遠出，遂因循度歲。昔白香山守蘇州時，年甫五十八，而退居之計已決。其詩有「長告雖當百日滿，故鄉元約一年回」之句。未幾果歸，又十年而風疾作。余今年六十有三，患病在前，請假在後，出處之際，有媿昔賢多矣。

元旦朝回御賜酒肴果品二席中使賚至臣家感恩恭紀

玉笋班初散，瓊筵賜北扉。忽傳中使到，正值早朝歸。仙液瓜梨脃，哈密瓜、凍梨，皆異品也。春羹雉兔肥。一家同醉飽，元日拜恩稀。

周桐野前輩貽雲棋一副開奩皆白子也戲占二絶句

朝來畫得紙爲枰，一笑開奩賭不成。遮莫先生寓微諷，不教黑白太分明。

周天三百六十一，奇偶中從太極分。細玩君家舊圖説，有陽可得獨無陰？

病　風

香山臨老愁風痺，昭諫多時患臂攣。自分早衰宜速退，敢云同病比前賢。三災有劫誰能免，五苦無塵可怕纏。不學維摩佯示疾，道場還作散花天。

瀆山酒海歌并序

内西華門外西南一里許，明朝御用監在焉。又南數十步，爲真武殿。庭前老檜一株，下有元時玉酒海，承以石牀，玉色青碧，間以黑章白暈，旁刻魚龍海馬，出没波濤之狀。口面約廣三尺餘，隨其質爲凹凸，若荷葉然。形製樸古，膚理温潤，中容四五石許。壬辰正月十九日，偕雲間高不騫槎客往觀，摩挲久之。按，《元史·世祖紀》：「至元二年十二月，瀆山大玉海成，敕置廣寒殿。」《輟耕録》云：「廣寒殿在萬歲山頂，中有小玉殿，内設御榻，左右列侍臣坐，牀前架黑玉酒甕一。車駕歲巡上都，先宴於此。」《燕都游覽志》云：「今御用監中有小亭，亭内一玉缸，體質頗潤，中積水，外以朱欄護之，即廣寒殿中物也。」槎客屬予紀其實，因參考舊聞，而系以詩。

雲間高生精賞鑒，嗜古搜奇確且贍。朝來導我出西華，指點前朝御用監。監南新創玄都壇，當門老檜青蛟蟠。舊聞酒海今落此，共嘆體質猶堅完。瀆山巨璞初無價，誰遣不脛來輦下。至元巧匠雕琢成，萬歲山頭設高架。天然位置平不頗，瑣窗八面開重阿。石龍吸水上霄漢，倒瀉溢爲太液波。波光翻動廣寒殿，滿甕蒲桃映華瑱。侍臣多著質孫衣，質孫燕服，見《元史·世祖紀》。天子親臨詐馬宴。電轉星流四百年，故都何物不推遷。曾承沆瀣依天上，流落人間亦可憐。亭虚無復朱欄護，頹砌旁連髹器庫。天吴跋浪鬐鬣張，只與空庭飽風露。君不見周彝商斝近來無，形製争傳《博古圖》。爲池爲海將安用，笑爾幾同五石壺。

恭和御製詠鳥槍原韻

鋄金浴鐵製新傳，萬丈光生掌握前。命中巧踰弓入彀，發機突並鳥争先。毛風血雨來千里，電瞫雷硠徹九天。一震餘威收有截，坐令寰宇靖烽煙。

正月二十五日奉旨停免内直仍赴翰林院供職恭紀

九年毦筆厠清班，忝竊虚名祇汗顔。瑣闥乍辭疑削籍，玉堂重到許投閒。勞生分定升沈外，聖主恩深進退間。留取羽毛憐病鶴，孤飛何日放教還。

二月朔日碧桃盛開

無數緋桃蕊，齊開仲月初。人情方最賞，花意已無餘。

初假十四韻

涉海疑無岸，收帆喜有涯。初諳閒氣味，已攬病情懷。長假知難遽，微名料易埋。密藏虚白室，高挂踏青鞋。一榻春將半，孤踪世孰偕。自延醫入座，便少客升階。似鵠肩雙塌，如籤指互排。屈伸寧自主，運用漸多乖。藥餌聊投水，針鍉等刺柴。簡編從庋閣，典校免科差。卧久兼拋杖，僧來或勸齋。老蠶甘蠹葉，瘦馬嗜枯藍。即事安愚分，餘生戀廢骸。幾時真大笑，撒手向懸崖。

盆中新種幽蘭忽吐一花病枕喜作十二韻

連朝風習習，昨夜露溥溥。笑口欣將拆，花頭側未安。一尖長計寸，五出瓣成單。靜女晨粧淡，幽人翠袖寒。香來殊不意，夢好却無端。客有逢知賦，周弘讓《山蘭賦》：「竊逢知於綺季。」吾方擬操彈。當門誰免忌，入室雅相驩。養鼻芬何與，「椒蘭芬茝，所以養鼻也」，出《史記·禮書》。同心契漸難。祇應賢子弟，佳氣滿門闌。時德尹、潤木、信安諸弟俱在都下。

元立上人淮陰張氏子幼隨父客京師父歿權厝天津且死屬其子曰必反吾骨故鄉時元立甫九歲貧不能自存去而爲僧得法於平陽書公今五十年矣辛卯秋徒跣北來求父葬處天津瀕海沙水衝激殆不可辨有里老張姓者依稀指其處發視墓磚在焉桐棺無恙將奉以歸葬相見京師乞一言紀其事爰贈以詩

僧臘五十八，當時九歲孤。悽凉銜治命，辛苦望泉壚。鬼守他鄉魄，兒存出世軀。兩消生死憾，含笑赴歸途。

獨坐聞孤雁

風急天高片影孤，水圍初脱尚驚呼。是日行在初撤水圍。菰蔣幸有單棲處，莫入群中更作奴。

清明日偕馮卯君馬素村沈駟襄家言思諸孝廉及兒建出右安門小飲祖園水亭有懷城西舊游

卧聞風日好，暫起出郊坰。歲有清明節，人如聚散星。煙光初上柳，水氣欲生萍。却憶名園路，橋邊共踏青。

三月十五日恩賜翰林院講讀編檢諸臣松花江緑石硯中使宣旨查慎行吴廷楨廖賡謨宋至吴士玉五人向在武英殿纂修着揀式樣佳者給與臣慎行得夔龍大硯一方恭紀二十韻

砥石青山麓，松花碧水濱。天文聯析木，地産富琳珉。藴作巖間璞，來爲席上珍。自蒙官采擇，頓發玉精神。有用逢時出，無瑕抱質純。性剛偏潄潤，膚膩不留塵。露氣鮮流葉，波光緑漾蘋。銘辭周《雅》古，背有《御書銘》，其辭曰：「以静爲用，是以永年。」形製帝鴻新。規矩方圓合，廉隅節角匀。雕龍由哲匠，篋鳳賁儒臣。賜硯有泥金漆匣。憶昨隨班久，曾經拜賜頻。前在内廷，兩蒙頒賜。隃麋兼月給，棐几亦時陳。延閣披香夕，山莊珥筆晨。詩多呈乙覽，賦每達楓宸。自罷文昌直，仍叨竊禄因。微勞蒙記憶，末路慰沈淪。優旨宣中使，殊榮逮五人。枯魚咸仰澤，病樹稍知春。臣分增慚恧，君恩視笑嚬。捧歸憐手顫，增重爲絲綸。

曉出西郊

小童晨出郭，歸報杏花開。病試經春屐，鄰賒過臘醅。斜風吹巷陌，細雨隔樓臺。未遂田園計，僧寮又一來。

偕德尹潤木信安兒建孫祈過摩訶庵看杏花主僧乞詩留題一絶

酒場詩壘付前塵，不到精藍二十春。今日眼昏花似霧，僧雛誰識未歸人。

再疊韻一首

弟勸兄酬不隔旬，花前渾作一家春。可能消得兒孫福，奉杖將車侍老人。

廣濟寺看海棠同涂爕庵徐壇長次杜牧之街西詩韻

滿城煙柳正藏鴉，好事偕尋老衲家。旛影愛飄新掃地，露痕初綻半開花。略宜步障遮濃日，惜少鴟夷載後車。有似旁人苦攀折，一枝歸插帽簷斜。

是日再過爕庵同年寓園看海棠兼招王樓村

笑口重開又一奇，小堂南北萬花枝。同時被賞寧論晚，明日來看定悔遲。無雨劇憐如許豔，有風生怕不禁吹。惟應火急邀詩老，趁取嫣紅撲酒巵。

荷陰清暑圖揆院長屬賦四首

緑水亭南萬緑楊，一奩明鏡貯煙光。自移玉井如船藕，高放花頭盡出墻。

碧雲擎蓋午陰凉，不獨花香葉亦香。想見公門清似水，春耡飛近讀書牀。

六月游人汗汁融，透肌一陣好涼風。欲知魚樂看魚戲，長在田田翠影中。

比似濂溪愛有加，年年貪看畫中花。直從葉點青錢後，剥過蓮蓬始到家。先生每歲扈從避暑，故云。

送陳緘庵前輩視學山東二首

頻年慎簡出宫坊，公道能令士氣昌。稽古榮歸儒者分，掄才難得聖人鄉。機絲合與金針度，分刌知從玉尺量。館閣同時皆屬目，又看魁柄指東方。

冰壺貯質雪飛丸，清望今猶重此官。絳幄風開三月後，紫蠯光動五雲端。蓬瀛盛事推枌社，桃李新陰到杏壇。此去畿南纔七驛，道旁迎謁盡儒冠。

展假戲簡吴山掄薄聿修陳世南三同年

俸滿開坊及，慵多請假頻。雨中三月暮，花外五湖春。已遠鵷鸞隊，猶羈麇鹿身。好官如歲酒，推讓少年人。

德尹招同人飲寓庭紫藤花下

此藤此地初種時，詩翁酌我索我詩。藤爲桐野手植者，今日周亦在座。藤今成陰花滿架，吾弟重來宅其下。夜來急雨雷闐闐，拓窗起看東南天。雲頭解駮日穿漏，紫氣散作濛濛煙。兩龍上走尾倒懸，之而鱗爪紛盤旋。佛光中現寶瓔珞，絳節珠幢朝曉仙。笑渠主人負花癖，治具典衣誇示客。酒徒一半招不來，來者留連窮日夕。高燒紅燭臨前庭，燭燄浮動千娉婷。忽然落蘂墮杯面，香入醉魂愁欲醒。十年萬事經眼見，況此旅寓如郵亭。藤兮得氣漸張王，而我與汝俱頹齡。閒坊大可養衰疾，官守幸已逃拘囹。飲雖小户且滿引，莫待鳥啄花飄零。

陳子萬七十壽令子履中孝廉來乞詩

曾於郎署挹清風，解組歸成鶴髮翁。才子聲名喧輦下，故交書札到山中。荆溪《花萼》排家集，子萬與令兄其年、緯雲合刻家集。商洛煙霞屬寓公。時子萬移家中州。知是林泉能養壽，自慚宦跡尚如蓬。

題汪籲三騎驢圖即送其赴醴泉縣任二首

結束翩翩西入秦，也如懷縣著安仁。杏園別有騎驢者，羨爾幾同鶴背人。今科進士俱留京教習，不聽還鄉；唐時進士皆騎驢，故云。

逸足曾登郭隗臺，屈他作吏亦仙才。三峰圖上逍遥意，又看昭陵石馬來。昭陵在醴泉管內。

同年王樓村嘗夢至一處梅花滿庭有一老人杖而入以杖數樹云此十三本以付汝汝若饑時但喫梅花便是神仙地位也覺而屬禹司賓慎齋畫十三本梅花書屋圖壬辰四月樓村官罷將出都以圖索句作歌贈之

鴻臚禹子特好奇，聞人説夢乃畫之。寒梅繞屋十三本，一一著花無醜枝。問渠此屋在何許，異境云自華胥移。龎眉丈人野鶴姿，指樹付汝汝不辭。嚼花可使食無肉，仙者得之能療飢。覺來官舍冰雪冷，滿牀簌簌香風吹。君家汜光湖水湄，柳繁梅少地苦卑。買栽開徑良不易，梅性故與高寒宜。然而畫藁出神授，何必遠問孤山爲？但愁書多無屋貯，莫嘆樹小看花遲。浮生所遇率假合，刹那劫比阿僧祇。幻中生幻想非想，身外有身知不知。

君今罷官歸有期，蘧蘧形開夢者誰。詩成擲筆吾自哂，區區紀夢何其痴。

因病展假院長揆公遣車邀至郊園用義山詩作起句

漳濱卧疾正無憀，忽枉車音荷見招。藥草去扶藜杖覓，楊花來傍酒旗飄。不緣別夢三春隔，已憚勞薪半日遥。重到名園知有分，爲憐詩癖未全消。

院長和前韻謂余將乞長假特寓留行之意再疊韻奉答

出處心孤不自憀，當歸何待故人招。花隨流水雖難住，絮到粘泥已倦飄。塞馬楚弓紛得失，游鵾斥鷃各逍遥。獨餘門館酬恩地，香山詩：「高家門館未酬恩。」結作癥瘕未易消。

自怡園藤花

朱藤春季花，入夏已狼籍。名園開較晚，間作一旬隔。我來若相待，耀眼動魂魄。舉頭千萬梢，梢梢上高格。迴欄三百步，步步轉幽𧡨。中休得小亭，未覺方丈窄。花穠四垂䰐，葉厚平展席。輕如榆穿錢，小串低可摘。重如鰓貫柳，繁縷紛難擘。尾長或計尋，莖短亦盈尺。高褰俄作勢，密綴欲無隙。南北交絲幛，東西挂簾額。采香蜂經營，嚙影魚跳擲。

紫雲烘暖靄，不受日光炙。旦晚顔色殊，陰晴氣候易。主人有深意，召此閒吟客。方當豁襟抱，兼用佐肴核。擷之復湘之，謂有噉花癖。從公亦何幸，醉飽且永夕。明歲花發時，回頭莽陳迹。

曉起聞鶯聲次院長原韻

煙條雨葉密難分，睍睆聲從隔岸聞。自出喬林爲求友，苦教獨客感離群。暗穿花徑如流水，暖炙笙簧好遏雲。斗酒雙甘真不厭，爲渠晨坐到斜曛。

雨後觀芍藥再呈院長

夜來微雨曉來風，多爲階前芍藥叢。艷色可將何物比，賞心聊與故人同。遲開分落群芳後，獨秀嶄居萬綠中。莫以將離煩折贈，兩年以來，園中每有花開，公必遣人折送。此花不稱白髭翁。

鶴卵次院長原韻

四生一墮想緣深，陽鳥雙棲只在陰。遺種也憐同羽族，托胎誰信有仙禽。雲霄已具初生質，渾沌猶全未鑿心。他日長鳴聽子和，勿將雀鷇比淳音。蘇明允詩：「雀鷇含淳音。」

聞汪紫滄同年出獄

忽傳恩赦下蕭晨，病枕初疑聽果真。但是旁觀多感涕，誰當身被不沾巾。累朝豈少文章禍，聖主終全侍從臣。莫怪兩家憂喜共，十年同事分相親。

送孫洪九之任瓊山兼簡瓊州守林碧山

異才資格外，仕路有先機。洪九在武英書局校録，去冬告竣，特恩叙用。得邑莫辭遠，着鞭如爾稀。嶺雲雙舃度，海島一帆飛。府主今賢者，兹行得所依。

平陽太守孔彝仲六十壽詩

十五年前識孔愉，座中曾示《武夷圖》。戊寅初夏，余游武夷，時彝仲宰崇安。家承曲阜先師學，郡領陶唐古帝都。宦況祇聞琴配鶴，仙山猶憶舃爲鳧。懸知北海開樽處，酒釀蒲桃不用沽。

賦得忍冬花送樓村同年南歸分韻得群字

鴛鴦亦有偶，鷺絲亦有群。《本草》：「忍冬一名鴛鴦藤，一名鷺絲藤。」豈謂閲晨莫，遽看黄白分。亭亭羞獨豔，兩兩含清芬。願保忍冬意，嗒焉吟送君。

以釋門五經約注送院長有詩見謝即次來韻奉酬

禪宗空諸無，梵夾實諸有。光同日月照，瑞叶龜龍負。新舊譯兩伊，一豈殊三九。《翻譯名義》云：「西方有新舊兩伊，猶此土之篆隸。」又云：「開雖具九，九只是三，三九雖殊，其理常一。」五經大綱具，五藏條目剖。三十八萬言，言言垂不朽。《大論》云：「《毘勒藏》有三百二十萬言，佛在世時所造。後人憶誦力少，不能廣誦，撰爲三十八萬四千言。」聲明先釋詁，《大論》言：「五明者，一曰聲明，釋詁訓字，詮目流别。」精理發智母。起教《阿含》先，修行《木義》首。明通徹墻壁，解脱除枷杻。散華與貫華，慧悟非愚守。多羅雖布葉，漚鉢必尋藕。我無廣誦力，心地未離垢。自從獲此書，煩惱變蜆斗。久知繆緘石，猥欲珍享帚。狂緣稍稍歇，幸免怖頭走。方丈寄一軀，由旬視四肘。有時或展閲，默坐牢閉口。先生愛我深，采善每耡醜。作詩相扣擊，現此霹靂手。秘笈敢自藏，琅函往無咎。願公調五味，灌頂孰與偶。眼界示空澄，微塵悉抖擻。琉璃無障礙，當見山河否？

送史儆弦前輩視學粵東二首

去作蓬瀛海上仙，文昌八座本同躔。一朝掌制推三世，萬里持衡在兩年。史典雲南鄉試初回，故云。唇氣晴標瞻斗地，虹光夜發種珠淵。蒼榕錦荔成陰徧，桃李春風分外妍。

鳳池重望屬宫端，親見丹山振羽翰。昨捧紫綸千騎出，尊甫儲相公於三年前奉命祭告南海。新開絳帳萬人看。班香宋豔才相嬗，蘇海韓潮量校寬。但是同朝誰不羨，文章早達似君難。

晚香齋畫卷紅椒上人屬題二首

清流九派匯東湖，湖上精藍傍弄珠。三十年前游似夢，黄花應笑白髭須。癸亥客游當湖，始識上人於化城庵。

晚香齋畫已流傳，初白庵成未有緣。世出世間留二老，把茅至竟讓誰先？

羅浮五色蝶院長屬賦

我愛羅浮雙鳳子，碧紗籠出看分明。别從花底留仙種，不向林間鬬化生。莊叟夢中渾未識，滕王圖上總難名。祇疑園客蠶爲繭，五色抽絲繡得成。

送院長揆公隨駕避暑山莊

上卿侍從有仙才，詔許攜家避暑來。閒裏未妨披卷過，別前先約寄詩回。灤魚味入三秋美，塞草花多六月開。曾是往年同直地，萬峰回首隔蓬萊。

把犁圖爲汪荇洲前輩題二首

宛轉橋通曲折溪，緑陰南北岸東西。玉堂不少栽花地，爲愛山村雨一犁。

身占蓬池第一流，却從跨鳳想騎牛。山中宰相他年事，不要黄金畫絡頭。用《南史·陶弘景傳》中事。

題從孫恒侯雲岫觀日出圖

雲岫家門山，去家咫尺耳。平生趾未到，浪走千萬里。客中看畫興飛騰，老矣梯空力尚能。桑榆欲挽扶桑景，歸作鷹窠頂上僧。

送陳鍾庭前輩由學士督學畿輔二首

持衡公不愧宗師。朱衣院吏傳呼旁無汲引上丹墀，獨以文章結主知。奉使銜仍兼學士。出，白髮儒官載筆隨。好是年時車馬道，兩行桃柳夾旌旗。

戢鱗魚廁騰蛟春風入座藹然披，形跡無嫌自絶私。花月有時成邂逅，壺觴幾處記追隨。地，塌翼鷗眠浴鳳池。未敢出郊同祖餞，聊憑折柳託新詩。

送唐次衣庶常省覲歸揚州次安溪相國原韻

九重亟儲材，館選盛冷署。新進紛紛冠蓋場，勇者乃先去。河橋萬株柳，攀折凡幾樹。群推著作手，領袖佇知顧。云胡遽俶半登瀛，芸窗拓雲霧。舊來冰雪文，詮次列州部。《白華》古義存，至潔如飲露。天際望南裝，矯首赴歸路。足知學問力，禄養猶孺慕。與君昨論交，託契在未遇。知我無若君，帆，花間指西墅。人生屬有願，肯作蓬萍聚。重來祇自悔，余丁亥告假南歸，次衣有《送行叙》。久滯真再誤。厚意久豈忘，聊抒侵尋感末暮。贈行句。

湯西厓前輩自通政改授翰林掌院學士時奉使嶺南未歸馳詩寄賀兼述鄙懷八首

眷注恩深出入偏，重看名籍冠群仙。文章舊價新增重，不礙來遲十二年。先生於庚辰春，由編修改諫垣。

久推公望稔公才，合到蓬山頂上來。品秩不殊銜特换，北扉班壓大銀臺。

同時領教得名臣，程李欣傳拜命新。到此始知師席貴，錦袍分占兩家春。明弘治中，程篁墩與李西涯同時領教。西涯有詩云：「詞林盛事久相仍，師席逢君喜不勝。」今先生與少司空揆公奉旨亦同教習庶吉士，故云。

望中一髮海天青，暫借文星作使星。莫被江山久留滯，無邊風月在頭廳。唐翰林承旨所居第一閣，亦名頭廳，在學士上。今之掌院，即承旨職也。

詞林故事聞前輩，誥敕元須巨手裁。便合還朝稱閣老，文淵内署待公開。舊傳文淵閣爲翰林内署，詔册、制誥皆屬焉，凡宣召文移，止稱翰林院，初不以内閣名。每日與閣臣會食，輪學士一人專掌誥敕，多挨次入閣者，故例稱閣老。今蘇州有閣老坊，乃吴匏庵爲學士時建。

石渠天禄校書頻，仍歲員多比積薪。我是史官頭雪白，末班猶領百餘人。編、檢俸深無過余者。

敢擬微之並樂天，才名官職兩殊懸。只除一事差相似，恰比先生老七年。白香山詩自注云：

「予老微之七年」，今余與先生年齒相去亦爾，故得借用此事。病中未奉休官檄，枕上先成寄遠詩。計日乞歸應有分，向來心事荷深知。

送同年宋山言視學兩浙

與君鄰墻居，晤言實疏曠。隔墻見高樹，雙鵲巢其上。連朝傳好音，奉使開絳帳。余方移疾卧，君過問無恙。握手起踟躕，慰懷釋惆悵。吾鄉十一郡，山海饒氣象。自昔不乏才，名賢出輩行。讀書想前喆，指授不流浪。長老尊所聞，後生知所嚮。家家承榘矱，一一資蘊釀。自從藝學衰，科舉變時尚。姚江矯斯弊，絶學揭孤倡。傳習到南雷，淵源大流暢。經經緯以史，文筆兩浩蕩。秀水朱竹垞及慈溪姜西溟，頡頏庶相伉。爾來復誰繼，耆老日凋喪。菑畬任榛蕪，多士將安仰。君生公相家，儒雅世宗匠。商聲振河岳，金石比清亮。人稱詩滿囊，自喜書壓擱。此行執文枋，獨力狂瀾障。梗柟豫章材，厥初視乎養。植根在績學，條蔓芟冗長。風先絶奔趨，名亦戒標榜。轉移良易事，勢捷登高唱。徒從制藝論，於衆非所望。吾今老且廢，記誦月就忘。尚思炳燭光，未肯頹然放。平生婞直性，語出常近謗。歸去作州民，菰蘆倘相訪。

院長自口外寄餉灤魚山蕨

山澤珍難二者兼，灤魚肥美蕨芽甜。銀絲斫鱠冰調水，錦帶宜羹雪點鹽。私爲飽餐慚過分，頻叨遠餉恐傷廉。年來口腹真相累，此疾從今也要砭。

兒建舊任束鹿令自補部郎每生日邑之士民不憚六百里走京師製屏幛爲壽遇余誕辰亦然無以酬之作詩以示不敢當之意

古有歌來莫，人今屬去思。不聞《循吏》傳，兼補《白華》詩。宦蹟清殊愧，民風厚可知。年年四五月，重璽到京師。

百日假滿歸心未遂排悶成篇

乞歸無路且遲遲，長告俄踰百日期。已是膏肓成痼疾，非關藥石少良醫。飛烏將子於誰止，兒建先以病告假，行有日矣。老馬爲駒只自嗤。轉覺君恩難報稱，俸錢三萬又虚糜。

偶閲雪關酬和詩輒效其體作十偈寄晚香上人

耶舍在孕七日，和修處胎六年。那論後先遲速，各人自有生緣。
造物爲爐爲炭，衆生自灼自煎。本來無垢無浄，跳出湯泉冷泉。
馬鳴廣造論議，阿難修集多羅。一字不圖遮眼，試教燒却如何。
五百龍宫鶴衆，他生盡是門徒。切忌當頭着棒，且須開手還珠。
業惑即迷即悟，慧根何淺何深。倚杖雖傷佛面，投鍼便契師心。
塔上鈴鳴何語，墻頭旛動誰家。禁得毘藍風力，除非一角袈裟。
一家眷屬何有，木魅水怪山魈。雖則門風高峻，就中容得波旬。
法要不關衣鉢，禪宗易雜龍蛇。東方入世避世，康樂在家出家。
童子燒香掃地，厨人篩米搬柴。此段作何消受，老夫念佛持齋。
八萬四千偈子，猛逢毒手多删。截斷口頭語句，請師另逗機關。

久旱得雨

聽説今年旱，南連兖豫愁。遺蝻仍出地，宿麥已無秋。得雨寧嫌晚，如膏幸徧流。黍苗多望澤，莫但灑皇州。

雨中院長送塞山赤藤杖至兼以詩索和次原韻

孔光靈壽儗非倫，冒雨猶煩送杖人。倚賴扶持防滑路，料量筋力好抽身。鳩知祝咽先濡味，龍欲騰梭早濯鱗。不向街頭輕曳出，撥開雲霧即狂塵。

題徐壇長庶常竹趣圖

泉聲絶磵秋咽，霜信空山早寒。何物不當搖落，此君獨占檀欒。畫中千个萬个，賦裏三竿兩竿。留取數間茅屋，從教日報平安。

題陳希聖然藜圖

閒抛萬卷在巾箱，多爲官書校勘忙。眼大如箕君莫怪，已將藜火比螢光。

題達履中東郊尋梅圖

黄埃高壓城頭山，老夫畏暑方掩關。何來一幅好圖畫，彷彿置我羅浮間。圖中之人貌冰雪，格與苔枝兩清絶。從知托興在高寒，不怕侵肌有炎熱。因君棖觸動歸心，欲和孤山處士吟。明年君放西湖棹，但向梅花多處尋。

夏冰

一派方諸水，來從石上流。物無堅不化，性有重還浮。耐冷誰能踏，乘炎勢易酬。夏蟲渾可語，吾欲詰莊周。

余歸志已決而行在信至院長固欲相留再呈一律以申前請

世味酸鹹别，歸心老病交。寧忘魚在藻，其奈鶴思巢。古有成人美，吾非解客嘲。願公全末路，道在《遯》三爻。

自怡園荷花四首

一片頗黎上下空，芙蓉城現水精宫。已離大地炎埃外，尚在諸天色相中。未免情多絲宛轉，爲誰心苦竅玲瓏。雲烘日炙如相試，賴是清凉不待風。

雕闌北面小亭旁，久坐真成透骨香。翠羽拂奩開皎鏡，緑衣扶扇侍紅粧。繁華肯鬭春三月，澹蕩偏宜水一方。馬跡車輪尋不到，别依净域作花王。

菰蒲響雨午瀟瀟，盡洗胭脂取寂寥。一鷺偶依疏影立，雙魚忽破静機跳。輕橈劃浪紅翻岸，高柳移陰碧過橋。宛在中央情脉脉，微波咫尺去人遥。

菱角鷄頭漸滿池，亭亭獨擭出塵姿。難留雨露珠頻瀉，自拔泥汙性不緇。老衲山中移漏處，佳人世外改粧時。白頭相對歸心切，欲捲江湖入小詩。

長律一章寄祝座主清溪徐公九十壽

吴興自昔多耆舊，人瑞今歸九十翁。古殿靈光尊海内，歲星朗耀在江東。龍門傳裹張丞相，淇澳詩中衛武公。落落乾坤誰行輩，明明朝野屬宗工。韓歐著作奇而正，顔謝篇章麗且雄。細入管城抽虎僕，健踰弩矢射牛蝓。文壇地望高於位，談吐光芒亘若虹。《白雪》調孤卑郢曲，朱絲絃直叶廂桐。主張聲氣能延攬，領袖儒紳待發蒙。李泌藏書借諸葛，蔡邕秘本得王充。頌琴拂拭知《黄鵠》，老研摩挲辨帝鴻。却對友朋心轉小，愛聽絲竹耳逾聰。人稱恭謹成家法，客許周旋合禮衷。什襲有囊多錦製，留題無壁不紗籠。偏栽桃杏開芳徑，新茁芝蘭壓舊叢。雅量風清兼月白，閒情澗碧與山紅。陸龜蒙里移茶竈，張志和家續釣筒。峰倚百寮如畫幛，泉疏半月是清潨。居鄰崑閬差相亞，道在神仙必可逢。憶昨歲當京兆試，吾師力具大臣風。如綱獨挈收羅廣，比鏡虚懸藻鑑融。拔茹心傾非黨援，掄才典鉅本公忠。肯教謗讟淆清濁，特荷君恩見始終。存問屢承中旨渥，晋階還校在朝隆。壺漿出境迎千里，几杖同時授兩宫。已敕天厨供飲膳，復頒宸翰示褒崇。衣冠盛事推華皓，扶掖餘榮逮僕僮。八洞雲霞雙蠟屐，五湖煙月片青篷。種魚蘋末看群戲，養鶴松梢待上翀。自信結胎從混沌，寧煩訪道到崆峒。千莖雪變丹爐火，百煉鋼銷赤堇銅。下士口傳非要訣，至人踵息有深功。蕊珠乍轉時三扣，瓊液閒拋偶一中。黄髮高堂老宗伯，黑頭子舍大司空。抱來膝上皆文度，呼出尊前悉任童。成器固知由哲匠，學箕旋喜作良弓。虞庠又見孫曾入，洛社稀聞橋梓同。兩寺高僧招遠永，《五君》新詠削濤戎。阮宗大小分南北，裴眷東西合耄穉。雨過籬根采黄菊，霜餘渡口賞丹楓。小春晴暖梅先報，十月温和水未凍。叶平。屏展彩蟾金的皪，杯浮緑蟻玉玲瓏。遠從翠島尋琅菜，近向玄都覓綺葱。賤子受知非一日，微官托跡類孤蓬。執經曾附三千士，算曆俄周十二蟲。常願籃輿隨靖節，敢云藥物備行沖。升沉分已安岐路，進退心惟撫薄躬。寸簡迢遥馳北闕，瓣香親切奉南豐。秋來準擬求長假，歸去猶思效祝嵩。屈指稱觴期可刻，門墻雖峻往來通。

寄祝梅定九徵君八十壽安溪相國屬和

數參河洛在先天，絶學今猶見一賢。訪道早承君相問，著書老望子孫傳。管中窺豹知千古，杖頂安鳩又十年。翁本西京仙尉後，世家仍合號梅仙。

題王石谷杏花春雨圖

溪光汎汎山濛濛，杏花十里五里紅。此時江南新雨足，農事未起春方中。我愧不如把釣翁，小舟閒泊菖蒲叢。又愧不如丱角童，騎牛踏徧村西東。無端乃被一官縛，坐令畫圖之景到眼成虚空。還渠自向高堂挂，報我歸期行已届。但吟初白老翁詩，何必耕煙散人畫。

安溪相國見示紀家難述舊德詩敬題長律五十二韻

相國勳猷盛，旂常日月邊。廟堂調鼎鼐，寰宇靖氛煙。却自承平際，追思開創年。安溪城僻左，瘴海地連綿。劇盜營三窟，官軍敗兩甄。縣疆騷永德，郡界躪漳泉。挺險猿猱捷，潛蹤蜂蠆懸。最難防出没，多是困迍邅。村落胥波蕩，深山亦蔓延。公家時避匿，叔姪被拘攣。弱肉疇能保，强宗孰與聯。間關歸仲父，急難見英賢。虎口危將探，鴒原痛莫湔。

試憑三寸舌，行挾一空拳。本擬辭相奪，終知怙不悛。脱身思變計，除惡要兵權。豈有田横客，俄揚祖逖鞭。一呼童僕應，兩志弟昆堅。買劍招莊户，椎牛出牧田。誓詞情款款，義憤涕漣漣。首以身衝賊，誠堪十當千。拔弧惟恐後，集矢共争先。是夜昏迷路，其時霧塞天。彼愚驕恃衆，我怒勇躋顛。巖谷聲摇動，風雲氣接連。夢魂兇膽裂，頭尾亂屍填。鼠穴還深鬬，烏巢又繼燃。曳柴妻子棄，委壑糗粻捐。牙蘖俱殲矣，根株務拔焉。向來投死地，何敢冀生還。失喜經年陷，仍看十口全。親朋篩酒會，官長插花筵。赴敵雖倉卒，成功詎偶然。衣冠森介胄，臂指儼戈鋋。遂使鴟張勢，翻爲撲滅緣。節奇因險著，事往賴人傳。屬者當藩逆，先生適錦旋。料其情必衂，聊復分相牽。懇切迎師表，辛勤伐叛箋。蠟丸宵入奏，露布曉遐宣。自爾蒙恩重，因之嚮用專。畫轅開八座，黄閣入三遷。忠孝培逾厚，流風久慮湮。伏陳家世事，仰荷聖衷憐。賜額旌閭里，分榮賁豆籩。鄉評公可采，國史實宜編。表表推名傑，煌煌紀大篇。時無門比峻，家有筆如椽。閲歷干戈畔，分明指顧前。境真由目擊，痛定尚心悁。示後言何苦，光前道不愆。會須鐫琬琰，餘澤永栝棬。

雨中過林鹿原梁園寓齋三首

西家井底窺天小，東家樓前瞰地寬。一雙病眼無處豁，且冒雨出尋蘇端。

人言進士不得進，用太白語。自詭書家嬾侍書。呼朋日飲坐無事，豈謂有愁煩破除。
梁園水通虎坊橋，及見老柳垂千條。三十年來太摇落，憑欄雨急風蕭蕭。

客有笑余乘驢車者賦此答之

遇酒逢花便出游，蹄間一尺駕輕輈。泥塗安穩偕僮僕，灰洞馳驅讓馬牛。得免徒行猶有愧，更争先路欲何求。冗官只算騎驢客，老向天衢閲八騶。

顧俠君庶常招飲晚翠閣次東坡白鶴峰新居將成夜過翟秀才二首韻

怪底東吴顧文學，才名今始透春闗。偶移種竹栽花地，如在廉泉讓水間。更上一層宜有閣，特開西面爲看山。滄州酒釅南烹潔，每到君家醉飽還。
萬卷書多插架仍，肯教輕棄短檠燈。簾前凉以三更雨，屋裏清於六月冰。朝爽不名名晚翠，閒官何似似高僧。依稀宣北坊西角，鴻爪留泥我亦曾。癸酉夏秋間，余寓居此巷。

院長寄馬尾蠅拂子

千條宛轉綰初成，便有風從繞指生。柄短不勞犀作骨，尾長仍借麈爲名。禪門付法今尤濫，人世清談久見輕。欲效驅除苦無力，青蠅當暑正營營。

寄祝胡東樵八十壽清溪大司寇屬賦二首

吴羌山色鬱然青，中有元家野史亭。人指所居爲福地，天留此老應文星。河汾業盛傳三世，夾漈功高在六經。千尺喬松多美蔭，重看蘭玉繞階庭。

尚書北面舊稱師，司寇公少受業於先生。碩果西吴更有誰。著述久歸三館貯，才名曾受九重知。煙波放艇懷清霅，風雨連牀記莫釐。庚午秋冬，先生在洞庭東山書局，余獲追隨。見説精神猶健在，杖朝不異杖鄉時。

立秋前一日馮卯君同年招游樵沙道院

抱痾儵半載，閒居治幽憂。故人憐我衰，招赴城南游。樵沙古道觀，風氣清瀏瀏。東南煙靄交，野色翠若浮。短墻俯而瞰，下有瓜芋疇。入門樹干霄，檜柏榆槐楸。凉蟬一聲嘒，天地颯以秋。微颸自北來，大火方西流。談諧雜坐卧，几席兼衾裯。豆籩既静嘉，旨酒亦思柔。二馮乃舊好卯君、留士，施渟如唐斯萬洵良儔。兒孫胥在眼，弟姪互勸酬。置我於其間，頽然一白頭。主人誼良厚，欲起每被留。試問勢利交，有此摯性不？浮雲翳空虚，聚散豈自由。且爲六時樂，用豁窮年愁。

題四明萬開遠冰雪集後故友貞一之子也

孟郊殁後千餘載，苦語何人更别裁。風雅道衰無至性，海山地大得奇才。翻瀾涕淚隨聲出，徹骨冰霜煉句來。竊喜故人還有子，一編浮白爲渠開。

題亡友吴商志遺像

每過南湖畔，傷心是勺園。吾猶識前輩，君克肖家尊。余少時侍先大人於禾郡，及見尊甫培園先生。彷佛生前影，淒凉葬後魂。風塵莽回首，耆舊更誰存。

立秋後七日偕周桐野宫恕堂錢絅庵張日容繆湘芷林鹿原顧俠君郭雙村家查浦潤木兩弟再集樵沙道院用白香山游開元觀韻

未忍别朋友，乃如戀京師。循環互主賓，荏苒淹歲時。自我爲此會，四三年於兹。中間小聚散，比復相追隨。心閒耳目清，地曠花卉滋。手攜白藤杖，笑倚青松枝。林風有餘凉，襟袂快一披。蓐收鞭白日，西走不稍遲。顧惟衰病身，乞歸行有期。但恐出處跡，從今遂參差。兄弟幸無遠，是日潤木治具。群公莫告疲。聊希達士達，仰托知音知。

題明興安州牧金公與游擊唐通手書後公諱之純字健之黄州廣濟人

公守興安日，明當甲戌年。廟堂全局壞，山谷一城堅。餉匱雖難給，民貧實可憐。飛書留片紙，辛苦想籌邊。

德尹舉第二子同學數人醵錢爲湯餅之會席上口占四首

湯餅筵前賀客俱，争誇老蚌出雙珠。大兒已識之無字，箇是徐卿第二雛。長名佛抱，今年已上學。

又見添丁喜可知，衝筵不怕衆賓嗤。一錢舊是看囊物，半月前頭助洗兒。

兒生亦是壬辰歲，恰後而翁六十年。便作小同呼也得，可憐花甲一周天。

吾年十九初生子，子又生孫已就婚。余長孫興祖三年前已就婚雲夢。慚愧比渠多兩世，滿頭白髮望曾孫。

種竹詩四首次晚香長老韻

竹本淇渭材，移根到燕土。有如傳衣人，微命絲一縷。「傳衣之人，命如懸絲。」五祖囑付六祖語。買栽當六月，正值濯枝雨。生意盎然回，定僧爲起舞。

瘦鞭走空庭，無筍可汝口。齋厨貧少味，待得明年否？未訂歲寒交，聊充消夏友。青冥長在望，苦節須自守。少陵《苦竹詩》：「青冥亦自守。」

袖銜《種竹》詩，戴笠晨過我。秋凉約往看，我意大肯可。詩好書復佳，展開風滿坐。因之悟畫理，如對鐵鈎鎖。

痴人戴凱之，作譜搜方志。欲收山谷産，盡作樊籬寄。寓目何用多，三竿兩竿翠。竹如領此語，爲我發清吹。

院長寄惠鮮鹿脯及柘緑魚腊僕以轉餉周桐野明日枉詩見謝奉答四絶句亦如來詩之數

柳貫紅腮火燎毛，賜腥曾記潤脂膏。而今老病如枯腊，地主恩同菜把叨。

即鹿何須更入林，得魚原不費敲針。殷勤爲謝南來使，已少臨淵見獵心。以上二首寄院長。

水陸郇厨厭飫頻，腹腴尾血取鮮新。勿嫌薄饋分乾噬，也當貧家作主人。

不負漁師與獵師，從旁指動爲觀頤。朝來齒頰回餘味，博得先生四首詩。以上二首，奉答桐野先生。

桐野又示七律一章謂前詩不必寄院長再次來韻

懷珠戴玉互成文，《本草》：「鹿戴玉而角斑，魚懷珠而鱗紫。」直作詩題遠見分。網出千絲辭密藻，射來五色想堋雲。雪斑味美秋方足，柘緑名佳古未聞。義合及賓吾敢靳，要傳新句滌辛葷。

題杜子綸庶常填詞圖二首

點拍吹簫色色工，梨雲一研雨聲中。風流爾許真堪妒，自琢新詞教小紅。

早是人歌《緩緩歸》，誰搓柳汁染郎衣。杏花韉汗桃花雨，懊惱樊川杜紫微。

送楊冠三同年赴任餘杭兼訂徑山之游二首

秋野鷄豚社，春山茶笋鄉。居人力農圃，賢宰好文章。衙鼓聲前卧，爐煙爇後香。城偏迎送少，幽事滿琴堂。

暫作修門別，旋期故里逢。君方行綰綬，我欲去擕筇。西上通雙徑，南來控獨松。洞天兼福地，一一屬花封。《道書》：「大滌山爲洞天之一，天柱山爲福地之一。」皆在縣治内。

爲人題舉網圖

翠柳陰中水不波，長魚如劍亦如梭。算來大有幸不幸，入網無多出網多。

題王石谷瀟湘雨意圖卷

平生愛看王老畫，筆蹤幻化無端倪。畫石畫水兼畫竹，世罕其匹古與齊。不師文與可，不學吴仲圭。墨君粉本何處得？乃在洞庭南北湘東西。似聞瀟湘間，陰多晴少雲凄凄。湘君去後湘竹怨，留取萬古斑斑啼。鷓鴣昏昏唤作雨，山菌竹鷄一名山菌子。滑滑呼成泥。九疑巉天不可梯，居人寥落行人迷。我昔南游身未到，側聞人説往往猶含悽。今觀所畫殊不爾，灑落別自開町畦。山舒水緩橋平堤，步有舟航林有蹊。籬門茅屋幾家住，翠色不受纖塵翳。叶平。嵐光深淺葉濃淡，地勢起伏叢高低，展之尋丈卷盈握，疑有煙雨隨提攜。乃知善畫取大意，信手故自忘筌蹄。適逢好事者，持卷乞我題。我詩不入《竹枝調》，恍然如坐篔簹谷口蒼筤谿。

同年劉大山生子名曰阿雷索詩爲贈

種樹期開花，花開實斯榮。實以況男子，花以比女嬰。憐君五十餘，形影猶單惸。前歲甫生女，去冬兒復生。兒當未生時，厥兆先通靈。筮《易》卦遇《震》，生以雷爲名。吾觀《易》示象，《震》來遠邇驚。一索而得男，衆口傳轟轟。配天爲《大壯》，剛健含利貞。配

《坤》則爲《豫》，喤喤奮陽聲。配《坎》則爲《解》，甲拆敷夸英。配《巽》則爲《恒》，人道以久成。配《艮》爲《小過》，應時與偕行。配《離》則爲《豐》，日中照乃明。配《兑》爲《歸妹》，長少義交并。於《益》取日進，於《隨》取元亨。於《頤》節飲食，於《屯》驗滿盈。《无妄》貴無災，《噬嗑》貴慎刑。大哉《復》之義，《剥》極陽始萌。凡兹諸吉祥，皆於《易》理呈。皇天不汝薄，釋抱來寧馨。特從憂患中，用此慰汝情。汝可不知足，一官何重輕。嫁女雖乏財，教兒頗有經。祝兒日千里，躡步陵公卿。他年聽雛鳳，或比老鳳清。

商丘宋冢宰八十壽讌詩

世澤扶陽厚，重傳嶽降神。中原留碩果，四海一完人。開府專旄節，還朝領搢紳。遺榮辭魏闕，予告就商賓。風月香山社，鶯花洛水濱。懸車時未晚，賜馬齒長新。坐握高談塵，行扶大雅輪。耆英來汝許，子姪列荀陳。詩好人難和，心虚士樂親。位兼名並重，時與物皆春。養鶴千年頂，瞻松百丈身。飛觴同賀歲，遥祝釣璜辰。

同年盛東田餉青笋徑茶賦謝

楊侯謂冠三出宰餘杭縣，與訂歸期又涉秋。好友忽攜鄉味到，老夫如作徑山游。青尖色嫩初開箬，綠片香清欲泛甌。一首新詩消得否？齋厨無物可相酬。

題東田志行詩草後即次見投原韻

同年來詩人，莫逆笑相視。唱酬日不隔，冒雨煩傔使。虚懷荷見推，倒篋啟行笥。百篇快披閲，口諷手弗置。爽氣颯然生，高冥偕抗志。君才洵敏妙，蚤合清殿侍。五十甫成名，一官迨需次。蹉跎感顔狀，磊落示標致。往往激壯心，時時吐沈思。古音非近賞，至味有同嗜。六義世誰陳，於君識風刺。簿書何足擾，野馬過浮吹。顧惟醞釀深，根柢皆有自。試以《易》理推，十年貞乃字。東田於癸未成進士，今十年矣。

題天山坐鎮圖送胡洛思僉事備兵肅州

按圖舊識西陲遠，入畫今看使節閒。雪點旌旗秋出塞，風傳鼓角夜臨關。地連張掖燉煌界，人在輕裘緩帶間。一片孤城歸坐鎮，不煩三箭定天山。

題陳季方詩册

詩風日以盛，詩義日以乖。忽於波靡中，豁達耳目開。之子非絶俗，而難與俗諧。所關學不學，豈繫材不材。春華人亦賞，秋實人亦采。華實所以然，根株故有在。遥遥古今宙，相望恒相待。方謂老眼空，快心今獲乃。五十有九章，章章非苟作。犂然見比興，諷諭於焉託。此中有餘味，深淺視斟酌。子既啜其醇，吾言特糟粕。

兒建乞假挈累先歸老人行期未定悵然有作

委蜕兒孫去，惟留病伴吾。未能辭逆旅，翻與念長途。短夢江湖闊，餘生出處孤。殷勤木上座，歲晚好相扶。

題朱漢源佩劍圖

平生蚤識朱公子，要腹便便貯經史。無端結束佩吴鈎，繪作戎裝稱壯士。高步名場三十秋，看人談笑取封侯。知君與世無恩怨，賣劍何妨去買牛。

東田同年忽戒作詩昨日過我賞菊醉後復破戒以詩來索和章戲次原韻

聞君戒作詩，枯寂徒自窘。我思破其戒，堅壁恐未允。試以酒誘之，徐徐俟激軫。半酣不自禁，大白果連引。妙語發天機，瀾翻吐難忍。明朝傳急足，一笑啟吾腤。黄花開正繁，虚坐前後盡。落英尚可賦，有味出咀吮。

藥酒初成

老人冬來如蟄蟲，坯户況值蜚廉風。藥爐新煮藥酒熟，氣觸鼻觀香先通。披衣起坐暖寒洌，卯飲一呷回春融。氣衰形耗百病作，豈有草木能相攻。此身略似受霜葉，藉爾暫發衰顔紅。

謝院長惠人蔘三首

一兩黄參直五千，囊空欲致坐無錢。朝來忽荷盈觔賜，補貼貧官俸兩年。
祖陵地脈禁私刨，都市居奇價日高。翻惜聖朝多棄物，三椏五葉委蓬蒿。
四大相纏豈獨風，難憑神草證神功。七年病要三年艾，還在醫王藥籠中。

老人夜卧患足冷以錫爲壺貯熱湯二三升許納被窩中資其餘温可以達旦俗名湯婆子宋王晦叔有詠脚婆詩黄山谷詩中所云暖足缾即此也冬來用之甚適戲贈以詩

貧家奉身薄，外物罕所需。獨宿踰十年，布衾温有餘。匡牀劣容足，伸縮頗自如。冬來忽畏寒，始嘆氣血枯。雖無重膇疾，未免愁攣拘。何法能療之，範錫成圜模。形如大口盎，又若平底盂。口大有受理，底平無覆虞。沸湯貯三升，脱韤加雙趺。居然似踵息，陽氣回徐徐。豈徒活筋骸，漸爾柔肌膚。宵卧可達曉，晨眠容及晡。我欲老是鄉，是鄉勝華胥。既非燕玉比，杜詩：「暖老須燕玉。」且與渥朴殊。東坡詩：「晴窗暖足來渥朴。」醉醒惟獨覺，冷暖寧關渠。婆兮古所名，聊作爾汝呼。無情亦無想，義出《楞嚴經》。老婦得老夫。

送盛東田出宰興化四首

名士誰如盛孝章，可人風味是清狂。故應天與佳山水，生長山鄉宦水鄉。盛爲杭之臨安人。

范老留題剩古苔，官情多委簿書堆。濯纓亭外馴鷗地，又得詩人管領來。濯纓亭，范文正公宰興化時所建，公又有《南溪馴鷗詩》。

千里攜家喜可知，免教鈎棧走嶔崎。他時檢點《還朝集》，惜少騎驢入蜀詩。東田初掣授四川富順縣，後改調興化。

二三千頃菰蒲緑，六十四陂菡萏紅。縣有八湖六十四蕩，五六月間，荷花最盛。花裏尋君知不遠，過淮只使半帆風。

桐鄉友人至傳長孫興祖舉子及接家信乃生女也口占解嘲二首

誰把維虺比夢熊，傳訛幾與弄麞同。笑將鏡鑷投諸地，等被人呼作太翁。

弱女非男却勝無，苦催吾景赴桑榆。可憐孫又爲人父，二十年前膝上雛。

送德尹典試廣東二首

平生三度嶺南游，此去星軺速置郵。榮路人皆艷科目，官資爾已壓時流。詞垣升轉，近皆論俸，惟試差開列，尚依舊制論資，德尹名在第一。不愁寶劍光華掩，須信芳蘭氣味幽。還恐高鴻在寥廓，張羅藪澤詎勝收。

七千里外動征輪，寒薄重裘雪洗塵。疏柳愛飄江上笛，早梅催發驛前春。名場後進雖多士，詩社前游頓少人。時藥亭、元孝、翁山俱下世。珍重老兄留眼望，蘇家門下要張陳。文潛、無己，皆子由門下士也。

殘冬展假病榻消寒聊當呻吟語無倫次録存十六首

卧看星回晷景移，流光冉冉與衰期。人言宦海藏身易，自笑生涯見事遲。夜似小年寒漸信，病非一日老方知。惟餘蓴菜思歸興，蚤在秋風未起時。

憶昨公車待詔來，微名忽忝厠鄒枚。主恩不以優俳畜，士氣原於教養培。身作紅雲長傍日，心如白雪漸成灰。依稀一覺游仙夢，初自蓬山絶頂回。

茫茫大地託根孤，只道煙霄是坦塗。短袖曾陪如意舞，長眉難畫入時圖。移燈見蠍寧防毒，誤筆成蠅肯被汙。竊喜退飛猶有路，的應決計莫躊躕。

雨露榮枯共一天，塵沙聚散幾同年。車摧却怪蓬猶轉，玉碎何圖瓦幸全。螘穴冰封殘雪後，雁程風緊夕陽前。故人珍重留行意，謂揆、湯兩院長。回首觚稜自惘然。

盡遣兒孫歸故里，尚留弟姪伴他鄉。囊空預借三年俸，禄入粗供四口糧。隨身止三僕，近領俸米六石，足支半年矣。舊積詩逋呵凍了，近添酒債典衣償。蕭然此外無餘欠，領取南窗枕味長。

一榻中安四面虚，放朝渾似放參餘。篋中棄扇蟲緣網，案上停燈鼠避書。過隙光陰隨夢去，就衰筋骨向陽舒。重簾可有纖埃到，敝帚殘箕罷掃除。

腷膊聲中好送寒，偶然爲客設棋盤。後來或者居人上，先處無如占地寬。黑白當前饒勝算，高低隨分有争端。老夫兀兀支頤坐，看似分明下手難。

科詔加恩典不常，征軺就道輩相望。抱經佚老頭多白，拾芥群兒口半黄。慘澹風雲憐入彀，冬烘頭腦怕當場。退身引疾猶多愧，我昔曾荒陸氏莊。予自丙戌後，試差俱辭免。

海内連年喪老成，南傷秀水竹垞先生殁於己丑秋。北新城。阮亭先生於去年下世。讀書自要師前輩，知己誰能託後生。此段人情看爛熟，向來士習例相輕。笑他江左衣冠族，誓墓區區爲角聲。

地降天升氣不交，羽禽何物尚膠膠。霜濃四野鴉争粒，葉禿千林鵲露巢。各有經營寧得已，未知辛苦定誰教。息黥補劓勞生事，蓋頂終須一把茅。

經旬坐穩一蒲團，纔閲朝寒又晚寒。藴火梅欣先臘放，避霜菊耐涉冬看。散花庵裏新居士，視草臺中舊史官。勿着兩般分別相，大千世界本來寬。

不畏群嗤不受憐，孤行一意久彌堅。敢誇願大難成佛，肯舐丹餘蚤得仙。方朔文章多詭俗，放翁家世少高年。《劍南》詩：「家世無高年，我今六十翁。」色經指訣全抛却，人壽終非草木延。

宜忌拘牽十二三，靈苗毒草比粗諳。性存薑桂何妨辣，味到芩連不取甘。好友勸嘗真苦口，庸醫隔膜漫多談。古方難適今時用，此理如禪在細參。

却病奇方乃避囂，遠坊兩板閉蕭條。室無歌妓何煩遣，鄰有鄉僧不待招。謂借山。石鼎濤生茶正熟，銅爐灰陷火潛消。鷄鳴漏盡人誰覺，又聽門前過早朝。

叢書三館校讎忙，訝許閒情付墨莊。樗本不材良匠棄，屠非絶技善刀藏。冬菹剩飽園官菜，歲賜删除博士羊。轉益從前素餐愧，大庖珍膳日分嘗。

童時了了記觀河，六十三年忽已過。眼暗耳聾知老否，葛涼裘暖奈身何。一帆去國談何易，萬卷無家累亦多。愛惜精神圖省事，明年兼擬謝詩魔。

自題癸未以後詩藁四首

七年供奉入乾清，三載編摩在武英。兩臂病風雙眼暗，枉將實事换虚名。

論卷排成手自删，多慚小草落人間。迷藏賴有南山霧，莫便輕窺豹一斑。

橐筆曾經侍兩宫，可憐無過亦無功。未應奢望《儒林傳》，或脱名於黨部中。

拙速工遲任客誇，等閒吟徧上林花。平生怕拾楊劉唾，甘讓西崑號作家。

題鄒古愚望日圖小影二首

鄒生真與古爲徒，人謂生狂自號愚。不戀桑榆收晚景，却回巖電向東隅。

君如要看榑桑日，試上鷹窠萬仞巔。只合俯身臨碧海，何須仰面望青天。吾鄉鷹窠頂東臨大海，寅卯之交於水底見日。

歲杪自嘆二首

短景侵尋白髮前，歸心歸夢日相牽。人間雀鼠工嗤點，伴食官倉又一年。

天生物性故難齊，健水東流弱水西。不信羚羊能挂角，如今只有觸藩羝。

周桐野前輩以隋龍藏寺碑拓本見貽二首

一千二百僧祇劫，龍藏今無片瓦遺。不有歐陽能《集古》，空勞佛力護殘碑。

翠墨椎來體尚全，書家名姓惜無傳。唐賢風骨依稀似，得法歐虞褚薛前。

敬業堂詩集卷四十一

待放集起癸巳正月，盡六月。

移疾經年，遲遲去國，恭遇聖天子萬壽之期，既隨班朝賀，復申前請。又三閲月，始蒙恩允歸。古人以道去國者，待放於郊，得玦乃去。《春秋公羊傳》則謂「大夫已去，三年待放」。噫！毋乃太濡滯乎？得玦而去，斯可矣。

韓幹放馬圖次東坡題李伯時所藏韓幹馬七言古詩韻圖爲

同年薄勺庭所藏，絹本，無款。孫少宰北海題其後，謂是韓幹筆。

一如鶴啄長鬣垂，一如狼顧尾撒絲。其一昂頭立而嘶，欲前不前耳卓錐。眼中空闊視八極，踽步尺咫胡由馳。薄言坰者在坰野，絡腦且脱黄金羈。人間皂櫪或老病，天上閑廐誰權奇。攻駒考牧兩無預，造物一聽相雄雌。圉官大得閒放意，觳觫遑問牛何之。吁嗟乎！隙中過景越千載，畫肉畫骨空毛皮。東川清絲況寸裂，縱復神駿疇能知。斯圖即謂曹霸可，弟子未必賢於師。

今年擬不作詩復爲友人牽率破戒口占自解

年來百事多頹廢，何必於詩苦用心。正爾苦心誰復識，堯夫自有《打乖吟》。

院長湯西厓前輩出示與副相揆公贈答詩索余次和六首

皇華候騎走駪駪，萬里還朝倡和新。何物堪持比詩境，冰壺玉鑑兩無塵。

好士重聞六館開，中間一館是翹材。春風入座人人愛，只待先生下直回。

第七車中博物餘，承明顧問在星廬。不知三篋三倉外，可有平生未見書？

白楊巷與青楊巷，多少車前騶唱聲。何似神仙雙學士，對騎官馬出郊行。時揆公以副相兼掌院，故得並稱學士。

文壇宿望與資深，吟徧西垣又苑林。三十年來同調盡，却從少和識孤音。《後漢書·孔融傳贊》：「越俗易驚，孤音少和。」

翽翽和鳴屬兩公，《卷阿》風入雅音中。枯桐入爨還邀賞，草木終憐臭味同。

題徐去矜侍御日南種菜圖

不費園官送，渾疑老圃家。苗民分匕箸，童子斸煙霞。飽喫三年菜，閒看四季花。還朝無俗物，堪作畫圖誇。

癸巳仲春上丁文廟分獻紀事四首

森森老檜上參天，路入橋門氣肅然。齋宿忝隨丞相後，先一日，隨太倉相國省牲閱祭品。趨蹌獲在聖人前。元音唱歎餘琴瑟，古器駢羅識几筵。兩度春秋遞分獻，一門兄弟儼差肩。去秋丁祭，家弟嗣璪與分獻之列。

鷺縗翟羽互飛翔，樂舞同時綴兩行。道在羹墻榮北面，禮成盥薦屬東廂。千秋世裔綿吳國，言子舊封吳侯，其裔孫德堅去冬始襲經博。十哲新躋列紫陽。朱子去春躋十哲，配享廟堂。以上兩賢，余分獻之位在焉。到此始知儒者貴，遥遥今古幾升堂。

自堂徂廡又趨階，升降循環往復迴。想像軒懸非一代，摩挲石鼓已三回。二十年前爲博士弟子，十年前釋褐。頭銜分去聲出資郎下，班次猶煩博士陪。宋祥符中，孫奭上言，釋奠舊禮以祭酒、司業、博士三獻，新禮以三公，近歲止命獻官三員兼攝，請備差太尉、太常、光禄卿三獻。詔可。今至聖前，則大學士行禮，十哲分獻，用翰林資深者二員，本監監丞博士二員，猶隨分獻官後，蓋參用宋時新舊禮也。絶勝恢諧飢曼倩，殿庭割肉早歸來。

題名釋褐幾何時，衰至人嫌拜起遲。奠斝時，余拜起稍遲，以致敬也。導引官遽相催迫，故云。位定瞽宗寧敢讓，致齋所序坐，分獻官在太常卿之上。事關籩豆豈無司。明朝尚舉分膰禮，他日誰陳齒胄儀。白首詞臣稽掌故，盛朝文物古爲師。

二月二十日雷雨之後忽復嚴寒枕上口占

老子慵貪卧，家童起報晴。朝來冰復合，昨夜蟄初驚。寒暖渾難定，陰陽動必争。庭花經手種，榮悴也關情。

後二日雪

欣欣逢歲閏，靄靄及春陽。早是經雷雨，如何更雪霜。天心寧好殺，物性自多傷。草木如知候，勾尖幸宛藏。出《史記·律書》。

恭祝皇上萬壽詩四章

鳳紀龍飛五十年，周天景運正中天。衆星拱極雲霄上，萬國瞻光日月前。難老祥徵仁者壽，誕生聖在佛之先。欲知帝力占甿俗，《擊壤》吹《豳》徧八埏。

爐香馩馩護楓宸，花甲循環曆象新。玉燭萬年三月節，鴻鈞一氣四時春。闢門典曠收群士，錫福疇多及庶民。黎老祝釐還自賀，兒孫同作太平人。

厚澤深仁物物霑，算從動植到飛潛。日晅風動恩威並，秉鉞垂衣創守兼。久運乾行神倍王，屢辭尊號德彌謙。太和宇宙無彊慶，長願春隨閏歲添。

極盛皇猷冠古今，無涯聖學仰高深。已隆咸五登三業，猶廑堯咨舜儆心。天大固知難繪畫，人歡争欲效謳吟。小臣拜手情尤切，十載蒙恩在禁林。

題石門勞鈞天日邊鼓篋圖二首

《文賦》行當擬陸機，鈞天年甫二十，故引用少陵詩中事。暫從鼓篋别庭闈。同朝幾輩來相問，五十年前父執稀。尊甫中丞公，甲辰進士，至是恰五十年。

過庭家學本傳《詩》，都講風流又一時。三百諸生多避席，愛聽匡説解人頤。

山野老人遠來祝萬壽者以千計目覩盛事紀之以詩

長世人多壽，親承異數加。使年踰甲子，問俗及桑麻。跪進觴停輦，歸簪帽有花。賜酺還賜杖，好向後生誇。

雨後過自怡園看海棠同院長作時余復請假

不記名園裏，搴芳醉幾回。偶逢新雨過，又報海棠開。此地嗟春晚，當時見手栽。勿辭燒燭看，爲是別花來。香山詩：「七十三翁難再到，今春來是別花來。」

四月朔大雪

大雪灑庭柯，春光九十過。急催花落盡，亂雜絮飛多。燕壘融還凍，鶯吭噤不歌。紛紛蜂與蝶，爭奈苦寒何。

送同年海天植前輩視學雲南

八千餘里皇華使，二十多年侍從臣。館閣文章天上草，門墻桃李日南春。先聲到處苗風變，公道傳來士氣伸。儘讓同官開府去，好持冰鑑答楓宸。

重過封氏園飲矮松下偕絅庵湘芷俠君潤木作

刺蘼花外矮松前，指點游踪廿四年。枝亞平行妨翠鬣，杖端摩頂透青天。與誰作伴人先老，閱世如流我獨憐。賣却朝衫充一醉，免教歸欠酒家錢。

再賦古松疊前韻

時聞松子落吾前，小住方知日似年。草色展開三丈地，濤聲捲起四垂天。最宜物外閑相賞，久在人間絶可憐。莫道如龍難畫得，真龍又值幾多錢。時潤木畫墨松，旁觀有譽樹爲龍者，故戲及之。

從刺蘼園步至陶然亭

未覺年衰腰脚頑，意行隨步有躋攀。雨餘天氣清和候，城角人家墟墓間。柏子庭空移白日，荻苗水涸轉蒼灣。此來直與孤亭別，貪得憑欄一晌閒。

壽山田石硯屏歌副相揆公屬和

吾聞陽精之純韞爲璞，白者曰璧黄者琮。兼斯二美乃在石，天遣瓌寶生閩中。壽山山前石户農，力田世世兼養蜂。採花釀蜜自何代，金漿玉髓相交融。深埋土肉久成骨，亦如虎魄結自千年松。想當欲出未出時，其氣貫斗如煙虹。地示愛寶惜不得，飛上君家几硯爲屏風。質良材富肌理豐，廣袤徑尺加磨礱。銀河中傾灩瀲水，灌頂倒擢崔嵬峰。寒光通透月兩面，高勢噴涌雲千重。長檠夜燒燭焰紅，表裏映徹疑中空。風林片石非爾比，況許下巖劣品矜芙蓉。朝來得句傳詩筒，語雖紀實工形容。平生嗜好一無癖，而此特爲情愛鍾。吁嗟乎！人間尤物蓋不乏，目所未覩誰能窮。公今獲石石遇公，無心之合欣遭逢。深山邃谷只作几硯視，要使天下稱良工。

循例請封典有作

貤封有例偏簪裾，院吏傳宣到敝廬。一榻春生衰病後，九重恩逮罷官初。絶無功狀虚縻禄，自寫年勞削勘書。慚愧初階叨進級，枉將章服混樵漁。

自怡園曉起即事呈副相

朝來雲出岫，昨日雨鳴溪。杏子落如豆，楊花膠作泥。新巢看燕乳，舊耳聽鶯啼。去年四月，公有《曉起聞鶯》詩屬和。詩境從閒得，何須苦覓題。

獨坐紫藤花下

俗客何由到，但聞蜂蝶喧。低枝如見就，長穗不勝繁。稍重雨欹架，忽飛風滿園。冗員無處著，東坡詩：「冗士無處著，寄身范公園。」來借紫花墩。

食新笋

朔野無修竹，名園擅辟疆。舊皮留虎豹，昌黎《笋》詩：「看皮虎豹存。」新角茁牛羊。瀹取庖厨潔，饞生匕筯香。一餐真過分，梅聖俞《謝韓持國貽笋》詩：「今年得此謂過分。」不似在他鄉。

放船至因曠洲

露氣煙光潑眼青，蒹葭影裏見孤亭。藕梢過港又生葉，柳絮逐波多化萍。鶯語忽流何處去，漁歌合向此間聽。老夫大有江湖興，肯讓閒鷗占一汀。

乞長假留别院長揆公二首

北道嚴裝日，院長將扈蹕赴口外。西窗剪燭時。兩心多戀戀，分手故遲遲。款曲行藏計，纏綿倡和詩。桑榆收已晚，後會恐難期。

示疾非無疾，藏名亦有名。難窮惟佛理，易足是官情。聚散人誰免，蹉跎我此行。半生知己分，投老荷相成。

雨中發自怡園再呈院長

迴思風雨追隨地，多在園居少在城。草木因公皆可敬，東坡詩：「醉翁行樂處，草木皆可敬。」禽魚與我豈無情。編年集换新題目，署尾㦗留舊姓名。從此高吟應寡和，更無人繼老門生。

附院長作　揆叙

一醉筵前各異程，迢遥沙塞與江城。欲攀征蓋終無計，苦挽歸航似不情。風雨每思償宿願，亭臺還請署新名。從今裂帛湖邊月，長照離人白髮生。

車中遇佟陶庵同年

三年不見故人詩，一笑多成世外期。君自愛閒求退早，我方移疾得歸遲。萍蹤浮海相逢地，柳絮隨風欲散時。莫怪下車還久立，老來光景怕臨岐。

吴寶崖以西苑龍棚詞百首新刻見貽兼索題句四首

朝爲百賦暮千詩，敏捷曾聞崔立之。何似吴郎新樂府，一時紙價貴京師。

好譜新聲付樂工，半參商調半參宫。二千八百驪龍顆，併入歌珠一串中。

員嶠方壺咫尺移，太平景物萬年期。丹青繪出殊難肖，輸與文人絶妙詞。時少司馬宋堅齋奉旨繪圖。

他人才少爾才多，珥筆差堪上駊娑。可惜得官偏落第，不曾名占百篇科。

端陽前二日薄勺庭招諸同年集王園芍藥花下

緑陰十里豐臺路，來趁名園芍藥期。良會轉憐經歲少，自去年以來，久不舉同年之會。好花偏愛閏年遲。江郎一夢才輸錦，小杜三生鬢有絲。珍重故人尊酒意，將歸時節詠將離。

酬别陶庵同年六首

出門衮衮怕風塵，見面睽違動隔春。形跡校疏情校密，可知俱是嬾朝人。

入同珥筆出隨鑾，幾載辛勤共跨鞍。今日車中思馬上，皇恩直似五湖寬。

歸期已是一年淹，辭禄能無缺乏嫌。慚愧故人親致贐，拜嘉祇恐或傷廉。

河梁録别意如何，真有長歌續短歌。不待吾言君自信，傳人一代本無多。

段家橋外木蘭舟，唱和曾同扈蹕游。却與歸人添别恨，獨吟怕上望湖樓。

君才畢竟爲時用，我老長甘與世辭。王右軍有《辭世帖》。聚散升沈渾細事，人生難得兩相知。

題宋蘭暉潯陽送客圖

聊借琵琶寓苦吟，多緣淪落望知音。後來信有商人婦，直被香山賺到今。

題程蒿亭持竿圖小照

已遮西日向長安，尚想臨流把一竿。寄語能詩侯叔记，求魚沮洳古來難。

晚香長老六十乞詩

紅椒上人年六十，世壽從頭數甲乙。朝來隱几夢青山，過我殷勤約歸日。我今面皺眼昏花，師亦瘦如枯木查。童時觀性依然在，同閲恒河無算沙。

陰雨連綿頗似江南黄梅天氣

乍陰乍晴鳩奪巢，半濕半乾蚓出土。南中五月熟梅天，北地應呼杏子雨。

送蔣樹存出宰餘慶

憶昨領書局，群英集金鑾。蔣生預校讐，臭味吾芝蘭。趨階或聯步，會食恒同餐。六時數晨夕，三歲離暑寒。書成上御覽，名姓列簡端。聚散夫何常，如沙孰能摶。同儕三十輩，一一争彈冠。我已病乞身，子行方得官。不以出處易，儼然平生歡。叩我蓬蓽門，送迎諒蹣跚。《谷風》有遺棄，責善人情難。古義胡足論，世途良可歎。子今又遠别，迢遞赴花蠻。黔俗我所諳，雁户雜猴猵。陰多晴日少，霧氣昏漫漫。長吏雖難爲，苗民豈真頑？賓輪況無幾，期會務使寬。訟簡案牘稀，地遐心跡閒。時時弄筆墨，哦詠於其間。亦足以自娱，因之報平安。好音望頻惠，綿邈非關山。

乞歸候旨未得成行寓庭雜蒔草花用以遣日吟成四首

歸心一以動，如馬渴思騁。乃復縶維之，動中反吾静。于焉寓草木，幽事閒稍領。既栽須有溉，生理視俄頃。未免擾鄰家，朝朝汲甘井。

瓦盆列群卉，紅白非一種。經旬排比開，含意似矜寵。閱人成旦暮，偷負力何勇。取笑桐柏材，十年方把拱。

開亦勿德雨，謝亦勿怨風。榮枯兩適然，了不關化工。化工倘狥物，毋乃與物同。所以老子懷，痴頑若孩童。

京師看花人，汲汲需代匱。主少十日情，市多三倍利。方從擔頭買，旋向墻角棄。不念花有根，初爲悦目地。賞新宜置舊，何用發深喟。

次日社集張匠門齋同人皆和余種花詩再疊前韻四首

平生數交游，湖海浪馳騁。邇來嗜好别，取友亦取静。與君鄰巷居，跬步煩引領。闊疏輒累月，會合或食頃。一笑兩心同，無波如古井。

君鬚尚鬖鬖，我髮已種種。引諸同調末，推許荷光寵。栽花坐無慘，決去愧不勇。焉能久鬱鬱，而待宰木拱。草木茁苔穎，好詩來清風。中有元氣存，豈謂屬和工。群公富揮灑，下筆無雷同。挹彼山下泉，爲余發蒙童。造物閲古今，生生本無匱。何論材不材，固有利不利。晚容桑榆補，蚤恐牙蘖棄。願將種花心，移作樹人地。毋使後來者，仍滋慨然喟。

題王石谷爲張超然畫旌節圖王畫此圖，九年始成。

張母早喪夫，張子幼無父。却將歿後榮，報答生前苦。有鹿不觸墳上松，有鼠不穿壙中土。天生異類猶多感，孰謂人情不如古。王君作畫踰九年，此事此圖皆足傳。我詩豈獨稱子孝，亦使後來知母賢。

去夏手植盆榴二本今年一枯一榮有感而作

庭下兩盆榴，經春謂已萎。其一雨忽生，病夫眼雙洗。枝端抽緑葉，葉底粲紅蕊。蕊綻復吐花，花殘旋結子。依然還舊觀，去聲。慰我岑寂裏。生存日向榮，死者爲薪矣。有情兼弔賀，感歎爲賦此。

院長貽嶺南椰子

椰子産番禺，瓠垂大如斗。其皮堅以韌，既剥且難剖。誰致越王頭，《齊民要術》云：「椰子，其俗謂之越王頭。」不脛而北走。微凹陷兩目，鑿竅通一口。轉側初有聲，俄傾半升酒。東坡《椰子冠》詩：「半升僅漉淵明酒。」閒吟出既醉，義愧餉師友。梅聖俞《謝李獻甫餉椰子》詩：「我獨愧先生，饌致崇師友。」

林鹿原餉武夷茶

頭綱拜賜吾何有，細色徒聞馬上詩。何法商量好消渴，都籃分得大窠茶。梅聖俞《新茶》詩：「大窠有壯液，所發必奇穎。」

木本金銀花十四韻

本是沿籬蔓，今成傍砌栽。瘦根形促縮，短梗狀堆㕍。鳥爪拳筋立，蛇皮换骨來。忍冬經凜烈，入夏應恢台。長乳層層發，幽花對對開。雛鶯飛閃爍，小鶴舞毰毸。蝶粉悠揚墜，蜂鬚颭灩迴。金銀分老穉，黄白變胚胎。最好清含露，尤宜薄戰雷。痛須芟冗葉，惜勿剪條枚。就影移書案，留香泛酒杯。資生無秘術，入藥即良材。病檢醫方熟，閒從物性推。不貪能識氣，衆眼漫相猜。

庭西牽牛子新苗競發喜成十韻

手種牽牛子，根株粒粒成。勾尖看乍破，兩葉喜先萌。驗長論分寸，爲時閱晦明。立苗防細弱，插竹與扶縈。遂有纏綿意，偏多附麗情。疾風從偃仰，猛雨賴支撑。地力隨肥瘠，天機示發生。幾時花逞艷，連日蔓交縈。寓目聊充玩，消閒亦强名。料他秋爛熳，我已赴歸程。

和張日容嘲薜荔二十韻

薜荔爾何物，纖微孰比方。胡然纏宇下，只合繚崖旁。跂跂工緣壁，離離巧羃墻。性因柔善附，地以瘠爲良。松柏寧勞施，絲蘿故自張。龍鱗移不易，《宋史》：「李彦發物供奉，大類朱勔，如龍鱗薜荔一本，輦致之費，踰數萬。」蛇蚹斷無傷。及見縈根密，俄驚引蔓狂。嫩莖繩絞繳，大葉羽披猖。山鬼依棲暗，《佛典》呼餓鬼爲薜荔。湘君結託荒。罔帷憐屈宋，《九歌》：「罔薜荔而爲帷。」

靡席笑班揚。《甘泉賦》：「靡薜荔而爲席。」雜蕙紉爲佩，輸荷緝作裳。搴枝頻颭影，貫蘂罕聞香。《離騷》：「貫薜荔之落蘂。」好補青藤椶，休侵白玉堂。《移文》累芳杜，《北山移文》：「豈可使芳杜厚顔，薜荔蒙耻。」作賦混蓀萇。張衡《南都賦》：「草則薜荔蕙，若薇蕪蓀萇。」誰遣臨書幌，兼能罩筆牀。有時經雨潤，逐日領風涼。梢自鄰家放，陰留夏景長。卷簾交竹翠，曳杖點苔蒼。大抵《詩》《騷》意，多從諷諭將。勿嗤吟小草，中有好篇章。

晚香長老贈桃枝竹杖

六尺桃枝杖，將歸荷見投。健添居士足，高出老僧頭。與鶴誰先到，爲龍寧久留。撥開塵土窟，遲爾入山游。

同人集棗東書屋分賦二首

春偷桃杏妍，夏竊芙蕖艷。秋榮雜桂菊，冬至亦時斂。欒子之無知，多將四時占。月季花。

小小黄金花，媚人如自獻。聊陪今日賞，適我他方願。衆醉敢獨醒，不勞持盞勸。金盞花。

汪陛交郡丞屬題負米讀書圖時將赴任潮州即以贈别

汪子客京華，氣豪心悒怏。高堂有母在，恒結白雲想。皇天憐斯人，得舉甫一上。南宫輒唱第，盛事快探掌。早知給舍官，不及州邑長。題輿行佐郡，得禄猶逮養。潮海萬里程，翩然捧檄往。過家拜白髮，喜氣春盎盎。却憶負米時，悲喜異今曩。平生讀書力，篝火依績紡。食報理必然，問言受如響。丹青非苟設，風義行可廣。題作贈行篇，披圖愜神賞。

題故汶州太守潘君畫像

士當未遇時，往往慕好爵。及乎嬰世網，又想田園樂。田園豈不好，世網多被牽。興罷乃徑歸，斯人得非仙。廿年客京洛，未識斯人面。山光竹影中，髣髴如相見。

送同年劉大山應召赴行在三首

且喜南冠不到頭，復趨幄殿侍宸旒。恩威天大殊難測，去住身孤可自由。沙潤草香知麝過，林蹊月黑見螢流。識途老馬今閒放，歷歷從君話舊游。

行行莫慮出關遥，司馬臺東景色饒。禾黍連塍無棄地，松杉夾岸有浮橋。霜收野果丹砂實，雨剪山蔬翡翠苗。一段閒情知不乏，也應問答到漁樵。
弱羽迴翔又一時，綴禽來拂鳳皇池。重回蓬島游仙夢，別擬山莊應制詩。眼望青冥行得路，心憂白髮見無期。臨岐直是難爲别，二十年來兩故知。

畫叉

我有古玉器，裹諸片青氊。烱如一鈎月，映出初三天。纖纖鋭兩頭，弓勢未扣弦。下連徑寸靶，中竅外規圜。愛惜徒手摩，致用無由緣。昨得桃竹杖，肌理細且堅。命工稍斲削，冠玉於其顛。呼之曰畫叉，古製想當然。東坡昔居黄，剩有掛壁錢。持叉日取百，月費猶三千。我今已鐫俸，仰屋方高眠。夫豈有餘資，貫穿梁上懸。叉成等無用，一笑仍棄捐。何如刻作鳩，扶我歸農田。

題王石谷山水四首

浮嵐暖翠望重重，幾道清泉出古松。知有僧樓尋不到，似聞一杵隔雲鐘。
水匯山環去復回，林端無徑不梯苔。石梁果與天台接，可許人間肉馬來。
想當潑墨目無前，董巨源流却井然。天下溪山皆粉本，空中結搆是雲煙。

朱瑶晚輩今多少，真蹟尤須愛惜看。見説山人年八十，白頭重畫此圖難。

留别潤木即次弟送行原韻四首

誰能問舍更求田，車自今懸室早懸。久病我忘官爵好，同朝人羨弟兄賢。魚隨水退先歸壑，雁逐雲飛尚各天。時德尹嶺南未歸。若是登真須拔宅，良常何敢獨爲仙。

幾夜連牀聽雨聲，却教離恨此中生。貧思飽煖原奇福，老戀桑榆亦至情。出處多岐非意料，去留無累稍身輕。只愁五十平頭客，婚宦何時了尚平。弟今年五十矣。

指點林廬眺望賒，曉隨門鵲暮棲鴉。桐爲先世成陰樹，池上梧桐，先君子手植，二十年前已合抱。宋人稱韓子華兄弟爲「桐樹韓家」。桂是吾家及第花。吾家廳事前銀桂五株，自癸酉以來，每逢科詔，兄弟子姪輩有獲雋者，必發金花一枝爲先兆，歷歷不爽。屋後籬疏須補竹，墻西地瘠想宜茶。得歸已乏躬耕力，種植書中課有加。

事兄慚愧竟如師，至性怡怡實在斯。何日始酬偕隱願，向人羞乞買山資。夢餘得句憐靈運，膝下成名愛阿宜。杜牧《與姪阿宜》詩：「連年掇科第，若摘頷下髭。」時五姪克紹新舉京兆，故云然。此外升沈皆分定，吾言雖淺要尋思。

留别詩社諸同人次張匠門見送原韻

去住何關此一官，衰年只别友朋難。煙霄過眼看如霧，草木論心臭比蘭。身在夢中誰獨覺，事當局外每長歎。是間著我初無謂，獅子林中一野干。《禪宗語録》有「野干隨逐獅子，終不成獅」之語。

白頭白盡想巢南，早署庵名未有庵。朝跡已收雙屐在，歸裝猶累一僮擔。高僧瓶鉢原初約，老圃桑麻豈腐談。多謝故交頻戀别，尚容諧謔互相參。

匠門以瓶蓮十二韻索和次答

脉脉凌波質，朝來帶露攜。出缾看蕊綻，照眼得花齊。長養仍資水，清幽更洗泥。略教分向背，初不競高低。欲語殊多態，何愁自少啼。艷將同洛浦，愛豈獨濂溪。有客尋池上，無魚戲葉西。依稀能忍笑，綽約好防迷。顧影移秋蝶，分香夢夕鷖。暑飈迎澹澹，凉雨避凄凄。立傍屏風鷺，談親麈尾犀。《涉江》吾擬采，先與報箋題。

題吴寶崖荏山讀書圖即送其出宰荏平

無事飲犀首，亡何飲袁絲。飲之爲功固不細，阮能罷哭陶忘飢。張芝李白大暢此中趣，可以狂草可以詩。逃名混跡靡不取，獨於從宦非其宜。何況邑宰寄民社，設遇煩劇尤難爲。吾黨吴生性躭酒，其人磊砢而英奇。今將行作吏，得縣古名荏。有山兖兖東南陲，有水霅霅西北馳。中間曠衍百餘里，厨傳四走當衝逵。似聞齊俗夙健訟，邦治邦法難兼施。書生習氣要一變，嗜好勿使旁人窺。仕而優則學，二者恒相資。公餘讀書良有味，絶勝千鍾百榼痛飲誇淋漓。勸君可止則徑止，未能遽止請損之。贈行實關朋友義，吾言雖戲庶可以箴規。

諸君爲余作桃枝竹杖歌余亦自賦一首

勞不得及奔馬，逸不得乘安車。飛不能群衆鳥，游不能隊潛魚。無端人趨我亦趨，倉卒一蹶誰當扶。七尺之杖六尺軀，聖恩寬大容田廬。歸與歸與，吾與爾俱。杖國雖不足，杖鄉已有餘。

苦熱

不辭河朔飲，酷暑竟難逃。高屋同炊甑，輕裕劇緼袍。石欄乾迸火，松柱液流膏。嗟爾巢棲者，多應厭羽毛。

題莊書田笠屐探梅圖

杜家亦有笠，謝家亦有屐。何必眉山翁，區區擬其跡。身挾冰雪骨，胸貯冰雪文。但遇梅花開，入山尋白雲。白雲舊在題詩處，畫裏溪山能久住。君今笠屐且閒抛，借與歸人作游具。

仇山村詩翰一卷乙丑秋於竹垞寓齋見之偕故友魏禹平題名其後未幾此卷歸吾鄉高文恪公又二十九年癸巳公之孫礪山攜至京師屬余題句存殁之感愴然於中聊附數言以志歲月

四百餘年翰墨新，流傳重是宋遺民。論詩正爾空當代，展卷渾如遇故人。世閱古今雙轉燭，事關存歿一傷神。先公手澤依然在，肯使桓厨贋亂真。

題鄭寒村爲魏仿韓畫棲鶴圖二首

鳧雛雁子影參差，篭羽群窺浴鳳池。争及寥天秋一鶴，巢松獨占舊高枝。

攜將鄭老一幅畫，來索查田七字題。我是人間退飛鷁，相逢只愛説巖棲。

題泰州宫氏春雨草堂圖

於野去山遥，環城爲水匯。草堂築其上，春雨名猶在。老木皆十圍，湖黿兀磈磊。問君今幾世，物色舊無改。正賴後多賢，畫圖益精采。鯉魴富罩汕，蝦蜆蕃菹醢。樵去唱烏鹽，漁來歌欸乃。路迷葭菼岸，舟出蒲蓮海。我欲溯回從，蒼蒼隔煙靄。

觀蜘蛛布網

小童持竹竿，簷角除蛛絲。既除旋復吐，日事經營爲。爾網密以張，爾腹恒苦飢。羽蟲投一目，所獲良已微。並生天壤間，動者羅禍機。兩皆置得失，且復吟吾詩。

洗象詞五首和顧俠君

畫鼓聲中緩步來，紅旗影裏撇波開。都人六月汗如濯，慣是一年看一回。

俸料新加例有無，尋常已飽大官芻。被他三品閒鷗笑，出没成群聽象奴。

兩齒觩然臂聳然，老於槽櫪浴於川。就中云有前朝者，曾見天家破賊年。相傳李自成僭號登極時，象有流涕者；入本朝，馴服如故。

角壯浮深去復迴，舊鞍重與拂炎埃。也應三日同休沐，辛苦終年立仗來。

衆裏觀場老比丘，粗從三喻識沈浮。兔迒馬跡紛紛渡，徹底輸他是截流。

題俠君噉荔第二圖

醴泉甘露吾不知，人間絶品惟荔支。惜哉遠落閩粤徼，爲候又與煩蒸期。四月則太早，七月則太遲。佳者熟當小暑時，闌風伏雨交紛披。炎官火傘赫赫曦，養成姑射仙山肌。冰丸雪片不受嚼，化作凉液沁入人心脾。我昔游閩遇歲稔，日噉四百五十顆有奇。爾來喉吻久枯澀，北果厭摘頻婆梨。故人密漬或遠致，四三五枚蒙見貽。色香味三了無取，但覺一甘入頰膠如飴。十年夢寐西禪枝，仙蹤縹緲胡可追？顧侯好事乃過我，閩産粤産兼嘗之。初嘗得火山，名雖曰荔格實卑。繼而得挂緑，漸入佳境方稱奇。生綃半幅寫不足，擬再乞畫還徵詩。今君已爲一組縻，畫餅説食徒爾爲。我歸大作口腹想，嶺嶠雖遠不過天南垂。鷓鴣孔翠成群飛，老夫興發神與馳。齒牙缺落舌尚在，清泉涌穴簌簌先流頤。

藏經匣歌并序

匣，漆皮爲之，無縫不可開。相傳古羅漢寫藏經，錮其中。長三寸許，闊二寸許，厚不盈寸。正面畫佛像一尊，背及四旁俱有梵書，西域喇嘛僅識其半，云「此大西天字也，彼中奉爲法寶。流入中國者七部，四部藏匣内，三部藏佛腹中。好事者啟視，壞其一。今在人間者，尚有六部，此其一也。佩之，水火、盗賊不能傷，魍魎魑魅不能害」云。中州李庶常牟山出以見示，成長短句一章。

毘勒最初藏，三百餘萬言。後人憶誦少，從簡删其繁。餘存三十八萬四千字，梵夾秘在庵羅園。《大論》云：「《毘勒藏》有三百二十萬言，佛在世時所造，後人憶誦力少，不能廣誦，撰爲三十八萬四千言。」四十二章經，流入震旦同河源。六朝南北洎唐代，高僧輩出如雲屯。兩伊合新舊，西方有新舊兩伊，猶此土之篆、隸。悉本經義爲譯翻。後來廣增律論部，與經爲輔傳仍昆。白馬詎勝馱，劫火安能燔。云誰收入方寸篋，三藏奚翅千千番。相傳阿羅漢，恐是須陀洹。手摹梵天書，流布於九垠。中國凡七部，一部已壞其六存。六部之中此其一，佩此可以安神魂。洵若彼所云，西江一口何難吞。吾聞釋迦教，率以譬喻論。有如須彌山納一芥子，大海水吸玻黎盆。細入無縫大則包乾坤，撮摶寶掌成胚渾。世人自昧真實諦，暗鎖白日長昏昏。疑者以爲無，空諸所有胡得焉。信者以爲有，實諸所無非本元。語言文字互膠擾，證入不二於何門。安得霹靂手，稽首兩足尊。鑿開真函破妄見，是則名爲報佛恩。

詠周尊彝十六韻形方而墮兩耳、四足，中有古篆「魯公作文王尊彝」七字，無銘詞歲月可考。

三代多銘識，圖從《博古》援。世惟金石壽，今覺鼎鐘繁。庾子山文：「公侯復始，鼎鐘逾繁。」此物傳周器，何時入國門。問名充象著，索價重瑶琨。魯國年無紀，姬公典幸存。啟封從聖子，近裔屬文孫。大祀新宫煥，東藩古制敦。少陵詩：「宗卿古制敦。」百籩偕簠簋，五獻設彝樽。螭虎形差肖，夔跜勢若蹲。比鉶安足穩，似鬲取唇反叶平。上聳環堪貫，中虚腹可捫。規模因樸著，容受以升論。黯黮苔封色，依稀土蝕痕。俯將輕漢爵，前欲媲商尊。俗已無精鑒，評難定一言。會逢歐趙輩，重與考淵源。

諸同年醵分錢行於陳秉之寓樓即席留別四首

來迎華蓋出朱輪，九陌炎歊萬斛塵。慚愧曲江諸舊好，緑槐陰下餞歸人。

有約難隨座主行，許座師於一月前南歸，余乞假之旨未下。秋風漸老碧芹羹。濟時心力輸公等，只好江東作步兵。

鵷鸞隊裏一沙鷗，飲啄曾同十載游。今日分飛憐隻影，煙波滿眼又回頭。

户小先拚入醉鄉，解衣盤礴自生凉。定知此後同年會，故態猶能記老狂。

自怡園二十一詠偕西厓前輩賦呈副相揆公

篔簹塢

游人裾上塵，馬跡門前路。一徑轉琅玕，蒼然三里霧。

雙竹廊

七松少傅宅，五柳徵君屋。輸此十步廊，天生兩竿竹。

桐華書屋

亭亭百尺枝，下蔭一欄翠。童子正開門，桐花風滿地。

蒼雪齋

碧玉方開籜，量成六寸圍。濯枝多雨露，新粉欲沾衣。

巢山亭

遠移三疊屏，突兀凌空起。勢壓小亭低，前臨一潭水。

荷　塘

記得初移藕，田田貼水荷。香風隨櫂遠，花校去年多。

北　湖

放眼際遥碧，近身葉似舟。鴛鴦最相戀，驚起却回頭。

隙光亭

一片平頗黎，穿林光瑣碎。閣欄如鳥巢，隱隱柴其内。

因曠洲

洲勢極空曠，旁分幾派江。因添方丈室，面面與開窗。

邀月榭

月出東皎皎，月落西茫茫。有時夜無月，倒影摇湖光。

蘆港

春漲今年足，蘆根上岸生。人間正炎熱，物外已秋聲。

柳汭

千株萬株柳，夾浦濃於黛。忽度一聲鶯，濛濛煙雨外。

芡　汊

芡是吾鄉實，充盤憶水羞。羨君池汊上，兩處種鷄頭。院長城居在鷄頭池上。

含漪堂

涼從何處來？適與披襟遇。風過水微波，於中得佳句。

釣魚臺

璜溪坐姜叟，濠上游莊周。果若知魚樂，不妨施直鈎。

雙遂堂

心跡既雙清，宦游亦雙遂。一事勝香山，公頭白猶未。

南　橋

兩厓石齒齒，一壑流濊濊。橋北與橋南，仙凡此分界。

紅藥欄

手自栽紅藥，旋開穩重花。禁中吟未足，歸到日西斜。

靜鏡居

先生靜多妙，跡顯心逾靜。借問祖師禪，無塵安有鏡？

朱藤逕

十萬寶瓔珞，舉頭迷下上。好笑王君夫，紫絲開步障。

野　航

野趣隨所寓，陸居同水宿。偶以舫名齋，已忘舟是屋。

次答廖若村同年贈别原韻二首

六人三載同書局，出入群聯雁一行。武英殿編輯《韻府》，余與若村、吴山掄、宋山言、汪紫滄、錢亮功六人，皆癸未同年也。自比蟲魚辭蠹簡，忽投珠玉滿奚囊。感深紈扇秋風篋，夢散宫衣舊日香。敢對離筵論後會，直緣情重不辭觴。

此身無用且分飛，却望晨霞阻夕霏。竹簟暑風攜枕去，蘆塘秋雨待船歸。長留異日心期在，莫謂同門出處非。李頎詩：「在昔同門友，如今出處非。」好片泖湖煙水色，願隨老鶴息塵機。尊公先生余癸酉同年，聞尚有彈冠之興，故云。

送陳秋田赴叙州長寧宰

鉤棧連雲幾百盤，漏天南去尚漫漫。一身多累無長策，萬里嚴程似左官。小邑攜家須約俸，故人臨别勸加餐。輿圖盡處江山麗，只作當時荔浦看。君前任荔浦，自言山水極佳。

棗東書屋大雨聯句

炎歊釀昏夢，猛雨發疲曳。郭雙村。補天潛女媧，射日恣后羿。宫恕堂。銀界指河傾，畢躔知月離。潤木。三光乍弛職，九野悉蒙翳。顧秀野。陰陽兩相賊，水火時爲帝。得非崑崙囚，倏受顓頊制。悔餘。暑路舞商羊，朱波騰黑蜧。繆湘芷。酣鏖鉅鹿戰，奮助昆陽勢。汪退谷。雹母掣礮礰，雷公拔精鋭。張匠門。蛟螭牙爪活，虎豹股栗斃。急點繩脚粗，密飛絲縷細。郭。

簷垂匹練下，庭漲立談際。宮。奔渾赴溝渠，淼莽連埤垸。森森竹箭直，滚滚浮漚繼。潤木。大麓易以迷，繁星恐不繫。顧。巢飢有烏啄，葉啞無蜩嘒。是處長蓬蒿，何人理蓀蕙。悔餘。群淹窘跂息，烝涉愁厲揭。繆。入市奡盪舟，行泥禹乘橇。汪。車輕難就熟，馬怯失奔踶。張。滑澾喜兒童，沾濡憐僕隸。郭。盆荷卸浮瓣，林果脱危蒂。宮。青沈兔目槐，翠刷龍鱗薜。潤木。柳腰任自誇，葵足寧煩衛。顧。醜石苔髮披，枯槎菌釘贅。悔餘。鸛鳴蟻封徙，蚓弔蛙坎瘞。繆。陰穴咽暗啼，高翾惜華毳。汪。鷹鸇尚屈猛，燕雀盍少憩。張。萬里覘郊畿，八埏首幽薊。郭。遥傳地欲浮，仰視天方懠。宮。涔涔衝塞去，岌岌排墻逮。富粟慳賣珠，貧薪劇剉桂。潤木。西北正愁霖，東南想連畷。顧。金隄儆楗帚，薄産關種藝。或者太浸淫，將毋成滲沴。可無魚鱉患，且免蝻蝗蔽。農占覬有秋，王省實惟歲。悔餘。丞相調玉燭，至尊執寶契。繆。旱潦互乘除，豐兇恒酌劑。汪。吾曹復何事，良會況有例。張。雖非酒爲池，幸以瓦爲袂。郭。居人宅如泛，過客駕頻稅。宮。何勞禁足方，自頌安心偈。潤木。詩社得陶潛，飲徒偕蔣濟。顧。遠坊輪蹄散，深坐吟箋遞。借驢罷朝謁，躡屐寡參詣。宴樂需雲宜，括囊坤象閉。防虞沈竈事，倉卒移牀計。悔餘。零瀝似啁哳，傾倒敵懍悷。繆。閒齋一喧寂，浮俗等塵壒。汪。盤飧省癡蠅，墻堊剥牡蠣。張。嗟我孤影形，愛君好兄弟。束帶已發狂，解衣復成嚏。筵攜吹月琯，袖挾掃雲篲。索醉來已遲，忘機止或泥。郭。流連永今夕，唾涕棄一切。從教清漏移，莫問明星嘒。刻殘三寸燭，哦出五言製。手寫類蠶眠，口占非獺祭。潤木。摧頹興易盡，爛熳詞多綴。瞥眼過氛煙，倒頭成夢寐。去將荷蓑笠，歸及鼓舟枻。老翁何所求，却立望秋霽。悔餘。

題潤木閉門采詩圖

子初僦居槐樹街，尋常兩板何曾開。開門偶爲買花出，一月上市凡三回。長椿寺前紅紫衒，木本價昂草本賤。買其賤者兼取多，意在閉門觀物變。煌煌自昔帝王都，眼中變幻何所無。無情草木有榮悴，況此假合成形軀。色塵未透初禪界，昨者采詩今采畫。坐消光景向閒曹，何日粗償焚券債。故園松菊荒荆榛，花間夢斷如隔晨。當時看爾年最少，已是半百平頭人。我今念念成枯槁，輸爾圖中顔色好。遲留且耐十年官，六十歸來未爲老。

牽牛作花十二韻索匠門諸子和

過雨簾櫳潤，微凉院落幽。老翁開笑口，小草拆花頭。名自雙星得，時將大火流。若非經閏月，已是報初秋。綽有含風態，其如見日愁。霞朝房早斂，露夕蕊重抽。續續如相替，匆匆可自由。及時催絡緯，連類況蜉蝣。豔極那能久，嬌多孰比柔。且依行藥徑，勿傍曝衣樓。急景何顔駐，餘光瞥眼休。似憐歸日近，作計與勾留。

旬來多雨聞廣寧門外泥深數尺歸期蹭蹬書遣悶懷

天行當溽暑，水勢汩郊原。歸計尚難料，世途安可論。投牀聽暗雨，倚杖望初暾。賴有同心友，衝泥一扣門。匠門單騎見過。

寄祝劉蘧庵光禄七十壽

我昔皖上游，過君之里第。南陵好山水，風俗古不替。君時已挂冠，鄭重敦夙契。開園設几席，話舊接襟袂。次第見諸郎，森森盡蘭桂。一别十八年，回頭如隔世。聞君今七十，精采溢顔際。室有參語賢。齊眉正同歲。全家多道氣，此福天所畀。養壽得奇方，煙霞閲清閟。假如在高位，已合懸車例。何似白樂天，林泉早爲計。

有詔於金州衛立水師營即以海賊之新就撫者充其弁伍草野迂儒無從獻末議漫紀十六韻

詔設金州戍，今爲要害城。水軍嚴約束，海寇戢縱横。控險非榆塞，分屯異柳營。渠魁推作帥，丁壯籍爲兵。甫脱檻車困，還加鞶帶榮。戰船齊魯給，餽餉薊遼并。貰罪恩良厚，優降事不輕。波濤通外國，帶礪近陪京。欲以招餘黨，因之息遠征。睿謀虛聽受，廷議集公卿。實藉綢繆計，俄聞贊畫成。聚蛇爲窟穴，圈虎傍茨荆。鷹眼終難化，狼心故自獰。《徙戎》宜有論，賞賊似無名。世孰防牙蘖，人方恃太平。區區誠過慮，笑爾一鯫生。

次和匠門雨中白蓮十二韻

玉井如船藕，移來是白蓮。花開元澹澹，雨洗更娟娟。出浴全身潔，離塵一鏡妍。細珠留的皪，活汞走匀圓。太素知無匹，孤標儼得仙。靈根超十地，色界净諸天。影濯銀河畔，香清羽扇邊。質迷深自隱，絲引誤相牽。帶笑聊悠爾，李群玉詩：「處世心悠爾。」含悽莫泫然。凌波愁浪惡，傾蓋望雲穿。江浦舟遲泛，湘皋佩合捐。輸他冰雪詠，孰與鬬便嬛？

次韻匠門陰雨不止

兼旬雷失威，入夜雨尤猛。欠伸局腰脊，靡騁瞻項領。流惡溝瀆盈，居汙箕箒屏。千門煙勃窣，九陌路壅梗。童出怕淤泥，婢炊愁濁井。桁衣變黴黦，襆被感單冷。庭作沼聚漚，簷爲瀑垂綆。誰歟請祈禱，古者有修省。澤馬兆何祥，坎輿戒多眚。清吟召蜩蛩，怒叫禁蟈黽。庶令沴氣消，徐俟曦光昞。人胥出淪溺，吾亦散憂耿。世事疾轉圜，天心易翻餅。勉旃毋多談，行矣需少頃。歸途指蝃蝀，去意隨舴艋。此時詠君詩，有味彌雋永。

六月十四夜久雨忽霽小庭凉月如秋五更起坐即事成詠

夜静窗微明，鷄鳴曙猶未。攬衣步庭下，簷溜初止沸。斜月在西南，殘雲風掃既。銀河洗我目，玉露清我胃。一凉襲虚襟，餘潤及群卉。流光閲醉夢，好景失聾聵。獨有無寐人，先知秋氣味。

喜晴次匠門韻二首

正爾巡檐嘆伏陰，忽開霽色見天心。月將東出氣尤爽，火已西流炎不侵。後三日立秋。赤脚一雙休踏屐，白絲半頂喜抽簪。呼童急掃堦前地，準備高人策蹇尋。

勿論熱熟與生疏，禪家有「熱熟處求生疏」語。閉户多時出少車。隔宿傳詩邀客和，歸期檢曆遣兒書。徑鋪嫩蘚氈相似，盆豔秋花錦不如。更貰迎凉一瓶酒，此間何事可愁予。

院長近以赤藤杖見贈合之前詩意蓋欲易我畫叉也作詩報之

昨以病乞假，先鐫半年俸。拄杖坐無錢，棄杖辭寓諷。實則心愛之，時時手摩弄。貧家乏冗物，一竹當兩用。拄畫乃名叉，隨身即爲從。先生欲巧取，猥以赤藤送。此藤産塞山，年深蟠石縫。細筋漸成骨，直理透條綜。堅如鐵鑄成，亦可扶蹣蹱。璧來田不往，曲直何足訟。平生車馬裘，義取朋友共。於兹獨有慽，貪得比藝種。挾兩詎爲多，失一肯輕縱。公廉忍見奪，我寶彌增重。幸賜雙杖銘，俾得終身誦。

立秋前一夕匠門席上作

此會循環忽五年，老於交誼倍依然。何曾清景辜風月，又聽商聲入管絃。齒序慚余居客右，詩成君肯讓誰先。眼前看是尋常事，或有人從異日傳。

立秋疊前韻用唐竇常詩作起句

算老重經癸巳年，況逢秋至轉凄然。露瀼梧徑蕭蕭葉，雨上琴牀緩緩絃。是日復雨。萬事蹉跎羊視後，一帆迢遞雁爭先。候門知有兒孫在，烏鵲連朝喜浪傳。

是日繆湘芷攜酒肴就余寓餞别偕匠門秀野潤木三疊前韻

風雨相留欲判年，足音蓬藋喜跫然。情知老馬難回策，目送歸鴻又拊絃。擘紙聯吟豪鬭健，圍棋賭酒怯饒先。時與匠門對局賭酒，互有勝負。良辰一醉誰拋得，生怕狂名被俗傳。

次汪紫滄同年見送原韻四首

鱗思反壑羽投林，知我誰能諒此心。引疾敢云臣計早，得歸尤荷主恩深。裝輕似葉行添杖，筆禿如椎懶廢吟。只有故交忘不得，每從别賦感登臨。

新詩字字比驪珠，懷袖分光照座隅。畫裏煙波鷗境界，燈前風雨雁程途。金蘭義重言多苦，藥石功深病或蘇。却笑迂疏真不揣，欲將農圃傲蓬壺。

月華南畔浴堂邊，形影相隨近十年。雲步改遷尋丈地，《霓裳》吹散大羅天。曾叨香案稱清吏，誤籍蓬池作謫仙。努力文章留報國，尚餘殘局在芸編。

不貪支俸給官薪，分定榮枯付往因。自信我爲當去客，劇憐君是未歸人。一身只要貧長健，萬事休憑夢當真。别後有書煩屢寄，免教北望苦馳神。

立秋後三日匠門家集梨園爲勝會再邀余入座四疊前韻

夜似長年日小年，逢場何忍獨醒然。野王岸上停三弄，司馬江頭輟四絃。月裏《霓裳》聽乍徹，座中白髮感尤先。梨園法曲皆供奉，或恐人間是別傳。

道山亭在福州城内宋程公闢爲守時所建曾南豐爲作記者也歲久傾圮林子鹿原得其故址將築堂名以瓣香蓋取陳後山向來一瓣香敬爲曾南豐之句屬友人繪圖來索詩

宋時道山亭，創自程太守。南豐與作記，膾炙人在口。從此此亭名，遂爲曾氏有。歷年經八百，頽廢來已久。鹿原嗜古人，尋碑攘榛藪。擘窠三大字，云出林希手。其字今倖存，其人無足取。大哉復古義，義取别賢否。築堂名瓣香，欲以妍蔽醜。在昔陳與曾，同時實師友。子今生末世，獨立嘆無偶。私淑夫豈徒，行將奉箕箒。庸非學問力，即事期不朽。我昨游三山，探奇意多負。銀袍者誰子，曾解讀碑否？劉後村《福州道山亭》詩：「城中楚楚銀袍子，來讀曾碑有幾人。」

警露軒鶴雛爲鹿原賦

吾聞鶴之性，與露最相警。軒以警露名，借鶴用自省。今年果得鶴，先後名實併。出𣪊曾幾時，風標已閒静。仰窺俯有拾，咫尺回素頸。主人院落寬，老樹蔭苔井。鷄群知獨立，瘦骨挾仙影。未得戛然鳴，奈兹秋夜永。翀天會有日，羽翮在修整。

題樓敬思夢洗三硯圖二首

曾於夢裏得三硯，三館今來校秘書。不信校書真應夢，但抛心力注蟲魚。

夢筆如江夢鳥羅，微凹聚墨不争多。文章豈必關神授，知有工夫在洗磨。

次韻奉酬院長西厓前輩贈行之句

直從毛羽假翩翩，用《南史·蕭引傳》中語。送我歸耕潁上田。比校鵷鸞宜落後，簸揚糠粃愧居先。東門古有迴車路，西夕天留養拙年。且喜歐陽爲學士，蓬山領袖得詩仙。

附原作　湯右曾

鵷鸞臺閣正聯翩，忽賦歸與種秫田。爲樂恐教兒輩覺，生天一任丈人先。元和體有三千首，謝朓才論二百年。我欲舉君還自代，似君真合領群仙。

敬業堂詩集卷四十二

計日集起癸巳七月，盡十二月。

暑雨連旬，初秋就道。自去年二月引疾乞休，及是六百日矣。淵明云：「行行循歸路，計日望舊居。」而今而後，歲月庶爲我有乎？

七月朔長假出都諸同年同學祖餞於廣寧門外即席留别

襆被蕭條去，離筵鄭重開。大生歸子色，榮捧故人杯。紫陌回頭隔，青山就眼來。渭城歌最好，朝雨浥輕埃。是日微雨。

蘆溝道中遇德尹自嶺南典試回京

出入如相避，翻驚邂逅緣。遠來君報命，獨往我歸田。别緒三秋雁，吟情一路蟬。對牀風雨約，迢遞待明年。弟臨别有「明年乞歸」之約。

涿州待渡

督亢陂邊柳，秋條尚蔭人。浮橋經漲斷，驛路出泥新。兀兀欲成夢，皇皇多問津。讓他車馬客，争渡入紅塵。

暮投三家店

不敢怨泥塗，來當積潦餘。群群逐鵝鴨，處處阻溝渠。酒肆蟻争垤，瓜棚蠅趁虚。也知皆逆旅，到此復趦趄。

過新城留别虞武通同年舊宰兹邑，因大計降調。

赤縣當煩劇，期年極苦辛。心勞書下考，官罷得長貧。世議近逾隘，交情老自真。西湖有鷗鷺，遲爾作閒人。

白溝道中即事

水利遺塘濼，燕南怕雨多。原田平少岸，沮洳溢爲河。改路尋牛跡，分裝累馬馱。艱難愁一老，蒿目意如何。

未至雄縣二十里老僧寧初新創一庵避暑小憩遇汪荇洲前輩自吾鄉典試回茶話移時而別

精舍何年築，前臨古堠旁。征途尚炎熱，佛地果清涼。却扇邀僧話，分茶與客嘗。班荊留數語，後會兩茫茫。

雄縣早發

秋暑如三伏，僕夫貪早涼。孤城浮水氣，匹馬望星光。露下田塗白，風來荇藻香。行行天漸曉，柳外見帆檣。

庚午二月與姜西銘同飯於趙北口姜食魚被鯁以酒下之徑至大醉一時傳爲嘻笑今復經此悽然感懷

二十年前路，髯姜並轡行。食魚憐骨鯁，下酒怪顏酡。老友他鄉盡，吾生去日多。向來談笑事，淚雨變滂沱。

解渴吟

勞人兼病暍，一勺望甘霖。直覺烹茶緩，還嫌汲井深。蟬清惟蜕殼，柳老或空心。我是忘炎者，聊爲《解渴吟》。

賣瓜者

辛苦瓜田叟，瓜成計息微。物因多致賤，人以渴充饑。肯守傷根戒，行將抱蔓歸。食瓤多棄子，遺種漸防稀。

商家林買草笠

頭輕宜戴笠，野服換商林。雨庇全身濕，晴邀片席陰。下車寧望揖，上馬憶曾吟。往年隨駕清暑，奉旨從官俱戴草帽，余曾有詩紀之。青篛平生夢，蹉跎直至今。余又有《謝賜魚》詩云：「緑蓑青篛平生夢，臣本煙波一釣徒。」

肩輿

《禮》有扶衰病，吾今釋負擔。徒行何不可，安坐得毋慚。未免役人力，將何解譃談。香山援舊例，陋巷得乘籃。樂天詩：「陋巷乘籃入，朱門挂印回。」

曉過德州感舊

閱徧畿南驛，禾麻喜歲豐。平蕪千里碧，初日半天紅。世故論今昔，皇情荷始終。壬午冬，召見德州行宫，隨命入内廷。十年牛馬走，力盡往來中。

旅店七夕懷德尹潤木兩弟都下

燕齊風一變，連日苦熱，今朝頓涼。邾魯柝相聞。弦月涼於水，繩河澹入雲。鷄鳴無失次，鶴警不離群。誰念獨吟客，油燈坐夜分。

曉入高唐州境始免泥淖之苦

遥遥三十里，一塔表州城。海市奇觀失，《夢溪筆談》：「歐陽公至高唐館，見沙中車馬人物，歷歷可辨。時謂之高唐海市。」沙程病骨輕。車行出糜淖，人意就寬平。方朔祠邊路，城北舊有東方朔祠。南來第八程。

扶犂叟

傴僂出茅茨，扶犂長恐遲。辛勤憐一叟，游惰聽群兒。巢燕將雛候，耕牛舐犢時。人情略相似，老者近乎慈。

過茌平新令吴寶崖尚未到官戲題旅壁

茌平新邑長，赴任底遲遲。甿俗三秋望，王程九日期。多傾浮蟻酒，省作捕蝗詩。一宿吾隨便，何煩地主爲。昨在都門，問寶崖何以不赴任。知其欲避捕蝗之役也。

東阿道中

今日東阿縣，重瞻少岱山。河流連巨野，地脈隱磝關。宋檀道濟置關於碻磝山下，地當在縣南。今不可考。剥棗棘籬外，漚麻溝澮間。土風占《月令》，一破旅人顔。

出都時買得于文定公穀城集心慕其人七月初九夜宿舊縣乃公故里也夢公投刺見訪自叙出處本末甚悉覺而異之敬紀一律

館閣論前輩，先朝一穀城。如何犯公諱，直欲改余名。事往儀型在，神交夢寐清。篋中有佳集，去國仰高情。

自汶上至濟寧田間多種藍及煙草

本業拋農務，群情逐貿遷。刈藍多用染，屑草半爲煙。樹藝非嘉種，膏腴等廢田。家家坐艱食，那得屢豐年？

濟寧寓樓坐雨

南池將買櫂，北騎此休鞍。得免載濡窘，復叨即次安。群喧因雨静，一榻占樓寬。我獨邀天幸，人間路正難。

寓樓讀陶詩畢敬題其後

顔謝非同調，千秋第一人。精深涵道味，爛熳發天真。有耻難諧俗，無官肯計貧。平生頑懦意，感動賴先民。

雨中獨游南池

外吏無交舊，歸人簡應酬。煙波宜獨往，風雨感重游。遠影千帆暮，孤亭萬樹秋。多情天井派，日夜向南流。《東泉志》：「自滋陽至寧陽界，共六十三泉，俱入濟寧，是爲天井派。」

舟發濟寧

波紋平熨帛，岸影曲隨弓。坐覺一船穩，行聞八牐通。城根匯洸汶，雲外指龜蒙。多少乘軺使，誰憐大小東。

過仲家淺望魚臺諸山

解纜鷄三唱，前征曙色催。蒼葭迷藪澤，白鳥起灣洄。日挾川光動，帆衝霧氣開。好山青似染，的的近魚臺。

南陽鎮二首

五丈溝東望，陂湖極淼茫。《寰宇記》：「泗水自任城界經魚臺東與菏水合，一名五丈溝，西自金鄉流入。」楊椿支兩畔，綫溜走中央。古市秋來廢，平田潦後荒。船船載漁具，聊復免流亡。

一帶山形墮，周遭地勢坳。老隄崩泐石，欹屋落苫茅。是處添新戍，何年詠樂郊。最憐農失業，牛犢飽芻茭。

食魚

沛水今年大，河魚逆上流。垂竿來接尾，舉網出騈頭。童僕餐皆饜，庖厨棄不留。多年京洛住，此味當珍饈。

泗上亭

亭長臺邊路，茫茫閱世多。自墟秦社稷，誰保漢山河。芒碭雲銷氣，枌榆社改柯。空傳沛中叟，曾聽《大風歌》。

食蓮藕有感

蓮藕同時賣，湖鮮賤勿論。劈蓬香爪甲，嚼雪脆牙齦。過客連檣販，居民種水繁。好爲來歲計，采實合留根。

晚泊韓莊閘

百丈轉坡陀，孤舟泊旋渦。遠山浮沛縣，急水灌泇河。雁鶩連天去，萑苻棄地多。坐看殘月上，徹夜有漁歌。

枕上喜聞櫓聲

櫓聲清似雁，摇夢下前汀。轉益歸心急，能教醉耳醒。風生南北埭，月過短長亭。不解眉山老，欣聞泗岸鈴。

臺兒莊阻風

行止原難必，天涯信短篷。明知滿槽水，不敵石郵風。高枕沈舟外，微吟折葦中。向來多逆境，閲歷已成翁。

泇溝順風掛帆

侵曉長年起，開頭報順風。遄歸天意許，利涉客心同。後至無奔馬，前飛及片鴻。布帆安穩在，計日報兒童。

入新河見糧艘覆敗者

黄水奔騰入，新渠變濁流。誰云無大患，凡漕運，漂流米二百石以内爲小患，二百石以外爲大患。見何喬遠記。依舊有沈舟。已鑿終難塞，將淤在急籌。治河兼治漕，何策兩綢繆。

五更渡黄河食頃抵天妃閘

淮强黄勢弱，擘箭出盤渦。水碧見檣影，月明來棹歌。蛟龍三舍避，鷗鷺兩涯多。不用占風色，聞鷄已渡河。

雨泊淮關

鎖鑰嚴關閉，裝囊獨客輕。市樓傳柝暗，鄰舫吐燈明。酒罷人初静，風高浪不驚。淮南今夜雨，好片滴篷聲。

淮上留别族弟信斯

怡荆好兄弟，五世義門如。每下南州榻，長停中道車。貧來初析箸，老去各移居。尚爾敦宗誼，殷勤一慰予。

淮陰侯廟下作

滅楚還封楚，破齊曾王齊。英雄歸駕馭，股掌若孩提。失國嗟烹狗，糜身付牝鷄。土人憐至骨，廟像儼公主。

泊寶應喬介夫杜過舟中兼餉家釀

翼折桓山鳥，喬家季獨存。再過城外路，及踐别時言。春初，介夫在京師，聞余有長告意，初未之信，故云。風雨藏書屋，鶯花縱櫂園。向爲尊甫侍讀公作《縱棹圖歌》，又爲令兄庶常君題「蒹葭書屋」。舊題如夢寐，負此酒盈尊。

高寶漕渠夏秋凡兩決半月前隄工始就舟行過此有感而作

民力東南竭，官程西北勞。隄防隨處潰，畚鍤不時操。秔稻連塍没，菰蔣比岸高。古來論水利，豈獨爲通漕。

過露筋祠下

舊是鹿筋梁，何年祀女郎。至今留廟貌，考古實荒唐。曉氣蛙魚國，秋聲蚊蚋鄉。人家葦花裏，放鴨滿陂塘。

邗關小泊同年王樓村攜酒就舟中小飲

半日揚州住，爲歡累主人。同年官自達，謂李䶇司。二老分相親。我袖羞懷刺，君囊轉諱貧。攜觴還挈榼，感激爲情真。

過高旻寺輓湘雨長老

宿昔還山約，蹉跎久未忘。高僧先下世，法子繼開堂。物外交游少，人間感嘆長。餘生知幾日，來炷影前香。

丁亥春隨駕游金山寺爾時便作休官之想初心幸遂重經山下風便不及泊作詩以結後緣

蓬萊重入望，風引去如飛。指水言猶在，登山力已微。憑誰留玉帶，幸自脱朝衣。余《游金山詩》有「終脱朝衫披野衲」句。爲報江神道，無田我亦歸。「爲謝江神豈得已，有田不歸如江水。」蘇東坡《登金山》句也。

夜宿常州城外

渡江纔兩宿，今夕到毘陵。酒熟橋邊肆，魚跳柳外罾。煙波千里舶，簾幕幾重燈。漸與鄉園近，惟愁米價增。

梁溪道中

山水多平遠，秋來悉美田。紅薑肥似掌，紫芋大於拳。玉剥菱腰闊，珠收芡粒圓。老饕歸爲口，一味説豐年。

村童籠致黄雀二十尾用六十錢買之放生口占一首

八月野田雀，成群入市闤。充庖憐爾命，倒篋破吾慳。孰出樊籠外，並生天地間。放飛因戒殺，不是望銜環。

過吴門擬一晤何屺瞻吴漪堂陸冰賢諸同年竟爲風雨所阻戲以詩代柬

屈指算良晤，到來風雨狂。往還期不偶，跬步病相妨。酒要乘閒置，游須計日償。防他三子笑，歸去有何忙？

初到家二首

生涯與時背，所事率滯阻。六月擇歸期，既雨且當暑。涉秋甫就道，凉意動砧杵。絺綌乃征衣，到家换時序。凄風不堪著，初服已吾許。

久客返敝廬，曩基無改築。南榮望阡陌，西舍通鄰曲。舊時杖白頭，零落多鬼録，後生類好事，開口問朝局。吾衰苦善忘，聾聵廢耳目。報以一不知，惟應話農牧。

中秋桂庭對月與徐韓弈馬衎齋及兒孫輩小飲

桂樹影娑婆，飄香散月波。中秋晴日少，樂事故園多。邂逅成良會，團圞好放歌。兒孫齊在眼，不醉更何如。

省先父母墓

墓祭仍隨俗，君羹不逮親。轉傷通籍晚，無補在家貧。去卜青烏吉，歸瞻翠鬣新。松栽欣免觸，山鹿爾何仁。

行園

畦丁老且死，五畝廢不治。朝來杖藜往，露草紛披披。桑柘析爲薪，藤蘿蔓成籬。池荒鷺群散，地瘦螘族移。蚕知蕪穢埸，中有茅庵基。畫圖良已具，結搆伊何時。禹慎齋曾爲余作《初白庵圖》。

腹痞

本意歸田樂，翻將病到家。胸中無壘塊，腹内有癥瘕。銖兩醫方誤，毫釐砭石差。去夏在京師針治不效。所憂非性命，衰態自堪嗟。

藥師周晬

去年傳遠信，錫汝藥師名。我老歸初見，兒今齒已生。但求無疾疢，不敢望聰明。撥棄人間事，猶餘膝上情。

九月晦日馬行齋見過同爲雲岫之游

近游老尚能，獨往難决驟。自從竹垞喪，結伴少耆舊。馬仲晨叩門，邀余赴雲岫。放船非意料，勝踐出邂逅。我有一枝藤，筋强節堅瘦。何曾蹞步失，所向傍顛仆。扶衰幸有賴，懶病庶可救。連山際東南，崖嶔露晴晝。九十有九峰，一峰爲領袖。前蹤悵未到，初願晚始就。迨此風日佳，後期恐難又。

泊舟用里堰肩輿行經南北兩湖

水盡乃見山，捨舟遂遵陸。村遥鷄犬散，路狹田禾熟。漸入漸幽深，近身空翠撲。濛濛午曦澹，黯黯秋氣蓄。忽於杳靄中，豁達開心目。三百頃湖光，長隄亘其腹。霜林環四照，倒影漾紅緑。惜哉好畫圖，冷落付樵牧。平生汗漫游，臨老思歸宿。終當結茅茨，來此占一曲。

晚抵高陽山麓上九曲磴夜投雲岫庵

到山路疑窮，壁立青巑岏。松陰十二轉，一上改一觀。忽聞鷹叫風，側背來高寒。夕陽墮西陸，返景飛彈丸。闃寂禪者居，地偪天形寬。鐘聲落海外，列宿棲簷端。老僧笑迎門，藹若平生歡。謂言登陟險，知我步履艱。汲井爲烹茶，拂牀與安單。蕭然一行脚，只作道侶看。

十月朔五更鷹窠頂觀日出

吾聞堯時十日曾並出，域内大水凡九年。自從羿射九日落，大禹注海納百川，獨留一曜隨天旋。爾來四千一百七十載，朝朝沐浴蛟龍淵。登州蓬萊閣，太山日觀羅浮巔。文人游跡往往到，鷹窠之頂僻在東南偏。海隅荒陋題詠少，好事或聽旁人傳。率云九月晦後十月朔，是時日月行同躔。初生類合璧，吞吐寅卯前。居民生長此山頂，目所睹記云偶然。況乃游人一生或間至，何怪欲覯無由緣。我來此處看日出，要是乾坤曠蕩之奇觀。山高地窮天水連，尾閭東洩茫無邊。明星有爛黑氣作，霧非霧兮煙非煙。移時一痕破，滿空血色紅殷鮮。乍浮復乍沈，水底疑被長繩牽。須臾涌出水面圓，紫金光現榑桑顛。自東而西不知幾萬里，一綫倒射洪波穿。亦不知自高而下幾千萬萬丈，一躍直上團團天，觀者目眩心神遷。却尋鷄聲到宿處，松窗黑暗僧猶眠。

糴　米

官罷無祠禄，家貧斗石艱。致炊誰巧手，欲乞我慚顔。懸釜三秋後，傾囊一飽間。瓶罌防鼠竊，莫笑老夫慳。

祝尚于潘竹村偕過不值各以新詩見投奉答一首

卅載風塵兩鬢絲，得歸翻悔挂冠遲。門無俗客開何礙，里有耆年晚始知。銜袖方將修半刺，投名先已枉新詩。從今步屧毋辭數，各趁腰輕脚健時。

連日雪不止忽憶塞外舊游

皋蘇祠下拜龍公，預祝明年二麥豐。稍密儘教封蟄户，漸高休遣没牛宫。久無書寄孤鴻外，曾記身穿萬馬中。誰信茆簷蒙敗絮，出門一步怕頭風。

藩司頒新曆至

天上軒轅紀，山中草木年。授時存國典，頒賜及村田。舊曆行當棄，陳人秪自憐。千官孟冬朔，猶記午門前。

聞王丹思及第之報喜而有寄

有命難終屈，多才豈易量。武英書局議叙，同事諸子先後得官，丹思爲奏事者所抑，迄不得選，復爲畫供奉。蹉跎留畫苑，瀟灑赴文場。一賦辭成讖，三年願果償。喜聞王芍藥，秋後領群芳。庚寅春，丹思作《芍藥賦》，其結語云：「開時不用嫌君晚，君在青春最上頭。」余戲呼爲「王芍藥」，竟成大魁之讖。

冬至後一日復雪

經旬重遇雪，半月未開冰。積素林光合，微陽井氣升。蕊疏梅尚禁，梢重竹難勝。傳語敲門客，奇寒幸見矜。時有以俗事相擾者。

自題臥室

生踚七九年，考室忝堂構。敝廬足風雨，自我先人舊。塗塈旁免穿，茅茨上除漏。於中劣容榻，圬墁功易奏。蠶繭密包纏，蜂房疏户牖。陰陽有向背，時日無避就。何以占吉祥，甘眠宵續晝。

曉窗展卷有味乎昌黎吾老著讀書之句輒成一律

捨此身何著，蠹書時復翻。味應同菽粟，老豈廢饔飧。請益虚師友，流風覬子孫。却慚更事久，多負古人言。

後十日復大雪

天工如刻期，一月連三白。同雲聚其族，巧作十日隔。初聞檐溜融，旋見瓦溝積。幽人閉關卧，護此一庭潔。里老有好懷，衝寒走相索。叶。豈無新釀黍，與汝回煖熱。肺病適余侵，臨觴主慚客。居鄰幸匪遠，歲晚況休役。有約待晴和，傾壺看新麥。

小齋前移植梅樹

擬徙池東樹，規除砌下苔。最先論位置，次第及栽培。疏影移燈就，生機戰雪回。歲寒吾與汝，滿眼盼花開。

次副相揆公塞外遇雪用舊韻見懷二首

遠枉三秋訊，開當雪霽時。斷雲歸岫晚，朔雁渡江遲。舊事炊粱夢，新篇疊韻詩。別前初約在，宛宛見心期。

班行同引籍，掌次近除名。馬上衝寒色，山中曝背情。君才方大用，吾意適孤行。若問菟裘計，鳩巢拙未成。來詩云：「勉酬初白願，爲報一庵成。」

座主宗伯許公枉駕敝廬感今追昔敬賦長律致謝

童穉相親到白頭，公今予告我歸休。二三子外無同輩，五十年前是舊游。僻地煙霞迎几杖，敝廬風雨傍松楸。多承古道關存殁，在處追隨淚欲流。

閒詠

延曦開竹閣，向晦掩柴關。世自如煙動，謝靈運詩：「民動如煙，我静而鏡。」吾猶比鶴閒。靈苗須善護，雜念最難删。此境於何驗，無如寤寐間。

臘月雨

五行遞休旺，歲晏陰亢陽。曾是冰霰晨，際兹淫潦妨。一旬恒雨若，物性遂失常。南山慰朝隮，四野煙霾併。百草萋以緑，苔枝競芬芳。堦前蚯蚓出，檐角春鳩鳴。虹見亦非時，乘機潛發生。項冥溺厥職，氣洩冬不藏。田間一禿翁，所願歌時康。側身屋漏底，仰視天茫茫。

半月以來坊局史館前後輩削籍者凡二十一人偶閲邸抄慨然而賦

占籍幾三百，同朝半盍簪。故知員太冗，不謂譴方深。枯菀寧關命，行藏各拊心。幸收麋鹿跡，終莫負山林。

癸巳除夕家讌有懷諸弟二首

室煖紅爐炭，窗浮晝燭煙。歲華如夢裏，家慶且尊前。明日晴難料，殘宵醉可憐。龍鍾還自幸，扶病過蛇年。

稍稍初心遂，匆匆節物違。寒庖供野饋，質庫寄朝衣。有弟分南北，時德尹、潤木留京邸，信庵客粵西未歸。無官減是非。一門推我長，齒序也應歸。

敬業堂詩集卷四十三

齒會集盡甲午一年。

甲午春杪，座主大宗伯許公邀楊晚研宫贊、陳梅溪侍御爲娱老會，僕以門下士忝充四人之數，周而復始，迭爲主賓。其秋，同宗兄弟年六十以上者凡五人，復有合醵之飲。大抵季必有會，會必有詩。一年中唱酬者十居二三，因以「齒會」名吾集，亦歸田一樂事也。

元旦大雪

跡遠疏賓客，心空穩睡眠。正宜晴閉户，況乃雪漫天。與世喜無事，爲農占有年。庭梅生意動，報我一花先。

過詩友錢木庵虞山故居

城角三間屋，傾欹少比鄰。半生餘酒債，四海失詩人。兒女早無累，木庵三子，長爲農，次依僧，季業儒，一女歸吾家孝廉姪。身名果孰親。翻憐吾未達，感舊尚沾巾。

上元雨中獨登虎丘二首

上元無月亦無燈，十里山塘冷欲冰。夜泊扁舟寺門外，梅花樓下弔詩僧。時根紹上人已去世。

劍池側畔侍宸游，寓直曾爲三日留。一夢八年還記得，舊題詩在仰蘇樓。丁亥四月，隨駕駐此。

晦日招潘竹村祝良仲叶龤兄弟小飲

舊讀唐賢集，多爲晦日游。閒中追節物，病起念朋儔。折柬幸能致，開樽聊共酬。貧家稀宴會，何惜小遲留。

臺心菜

未綻黄金粟，先抽緑玉簪。大烹充瓦釜，小摘滿筠籃。不賣何求益，多嘗詎覺貪。齋厨無異饌，童僕也分甘。

雪中玉蘭花盛開

閬苑移根巧耐寒，此花端合雪中看。羽衣仙女紛紛下，齊戴華陽玉道冠。

春分前連日雪

九十春將半，鶯花世界非。向榮違物性，餘慘露天機。幸不多時積，從教到處飛。舊巢雙燕子，社日倘來歸。

春　社

今年社是春分節，半月寒深閉户中。花少有時還朔雪，雨多無日不東風。村巫環珓傳神語，里老豚蹄望歲豐。除却農談吾嬾聽，何煩分酒更治平聾。

種芭蕉二絶句

東鄰帶雨移花本，西舍連泥掘藥苗。庭小不曾留隙地，又添墻角一芭蕉。

卷心乍展影掗莎，葉葉攢成緑一窠。不爲無花偏愛葉，花時長少葉時多。

清明日西阡焚黄感賦二律

憶昨營窀穸，旋馳赴闕裝。夢常驚冷節，歸及荷榮光。桑梓陰功在，先贈公行善於鄉，至今鄰叟猶能道之。栝棬舊澤傷。踏青諸父老，歎息看焚黄。

近展松楸路，遥瞻雨露天。有生逢聖代，無禄盡親年。淚落休官後，恩踰卜葬先。誓收清白跡，畢景守岡阡。

亡室柩前焚黄再作一首

一道黄麻制，存亡乃異辭。祇緣吾有愧，不謂爾無知。地下應含笑，生前未展眉。元微之《悼亡》詩：「報答生平未展眉。」謝恩憐子影，收涕爲群兒。

喜晴

春光霽後佳，節氣田間正。晨興啟蓬蓽，豁若奩開鏡。岸草既柔穠，渚牙亦鮮盛。村南杏粧卸，村北桃鬟靚。鋤麥農祈秋，浴蠶婦修政。俗醇游惰少，候至赴功競。新火稍出林，舊鄰無改姓。吾家世居此，少長識愛敬。鷄犬聲互聞，牛羊行讓徑。晚尋畎畝樂，益遂桑麻性。寄謝市朝人，誰能逐造請。

燕來巢

燕燕來何許，飛飛羽不齊。我方歸舊社，爾又換新泥。借問依人住，何如擇木棲。雨狂風正惡，勿厭草堂低。

客自會城來傳老友翁蘿軒龔蘅圃之意垂訊近狀口占報之

徑荒居又陋，過懶户常關。時事罕聞見，舊交疏往還。嗜從滋味薄，詩到應酬删。二老知予者，因風一慰顔。

去秋手栽海棠一本春不作花而德尹潤木兩家此花最盛戲作一絶寄之

階前手種海棠樹，樹小條疏著蕊難。翻被兩家園主妒，有花偏讓老夫看。

三月二日偶游硤石精舍

三月風光連上巳，人如蛺蝶鬬裙衫。兩山鐘磬東西寺，十里煙波遠近帆。拄杖我來尋履跡，題詩僧乞署頭銜。篋中亦有新排集，倘許經房貯一函。白香山年六十四，編集寄香山寺。

上巳與子姪輩飲西園海棠花下

寂寞逢嘉樹，流連及令辰。若非攜酒賞，幾負滿園春。絶豔驚雙目，浮光動四鄰。好花如子弟，笑擁白須人。

西林庵浴

我本無垢人，多生依净土。無端墮五濁，特以有身故。自從歸田來，迷昧晚稍悟。雖逃塵土汩，尚被詩酒汙。蟣蝨緣見侵，浣除急先務。山僧開浴室，午告湯沐具。愛此松下風，解衣入雲霧。微温徹毛髮，積患瘳沉錮。滌腸即未能，搔背不猶愈。老蟬初脱殼，呼吸通清露。嗒焉忘其身，垢膩於何附。

曉過鴛湖

曉風催我挂帆行，緑漲春蕪岸欲平。長水塘南三日雨，菜花香過秀州城。

葆光居賞牡丹兼示祝良仲賓季爾田兄弟五首

幨幕高張白石臺，花情亦似感栽培。已過穀雨三朝後，直待主人歸始開。時賓季、爾田初自粤東歸。

閲盡紛紛桃杏姿，遲開獨占豔陽時。只消一夜東風力，扶起花頭五百枝。

道是吾鄉第一花，芳時無客不矜誇。兩朝二百年門第，得似君家有幾家？

尺三花面大於盤，一丈花梢半出欄。頭白老翁來未晚，霧中看勝雨中看。

曲宴曾陪賞内廷，蕊珠樓閣隔青冥。一枝歸折非無意，猶有當時舊賜缾。

三月晦日偕楊晚研陳梅溪赴座主大宗伯許公之招流連三日敬賦五言古體詩一章用志盛事兼訂後期

世會賴人持，進難退仍易。公歸天下仰，鄉曲風先被。遜矣黄髪期，曠哉赤松志。遠收伊吕跡，近託張邴契。洛社與睢陽，高情千載嗣。九人不迨半，猥許門生廁。良辰春夏交，勝踐東西寺。年尊耄將及，興逸衰猶未。籃轝出匪遥，杖藤行可寘。堂無絲竹鬧，庭有煙霞膩。外静絶市讙，中虚得池位。雖然營圃墅，亭榭隨布置。不窮土木妖，所以矯豪侈。何嘗廢宴衎，芻豢薄滋味。不列水陸珍，所以警貪鄙。初焉立家法，久乃變風氣。道大等行藏，心空冥同異。乘流坎斯止，衆取我則棄。欲知鵬鷃游，豈外《逍遥》義。欲知名教樂，即此真率意。一會日經三，一年會須四。非疏亦非數，天賜皆君賜。幸生山水鄉，各有登臨地。創舉良獨難，後期當以次。

從東山大悲閣步上南山道院

山北山南一逕通，又從紺宇扣琳宫。千年樹老根穿石，百尺梯危勢轉空。上界神仙風肅肅，下方樓閣雨濛濛。羽人何福能消受，長在晨霏夕靄中。

過惠力僧房訪葛友峰

穿過林巒第幾層，到門雙屐響登登。祇應趙郡蘇和仲，猶識成都杜伯升。蜚遯難求偕隱伴，張平子賦：「欲蜚遯以保名。」儔居直似此山僧。白頭相對吾滋愧，撒手懸厓尚未能。

題西山快哉樓

東山標一塔，樓與塔尖齊。日月光先到，松篁勢盡低。爽宜延眺聽，老漸怯攀躋。緣境隨時結，詩成信手題。

碧雲寺以上四首，皆硤川游歷之作。

徑曲耐幽尋，杉籬步步陰。煙光遮市斷，殿影赴潭深。昔受栴檀供，今傷樵牧侵。欲知增減劫，成壞視禪林。

信庵貽我湘竹筆几

往與陳六謙。楊晚研。輩，結交始臨池。我腕不能懸，落筆恒苦肥。至今衫袖上，墨汁烏淋漓。十年課官書，猥充抄寫爲。一從拋筆墨，有指如駢枝。愛弟粵中來，美竹貽湘妃。斑筒圍五寸，文采光陸離。銛刀剖其半，承臂良所宜。惜哉硯田荒，此几將安施？毋忘持贈意，三復幼槃詩。謝幼槃《筆几》詩：「當君持贈恐不堪，大似無功饗鹽虎。」

座主許公別後寄示七律二章叙連日山游之樂再次來韻

溪山佳處榻長懸，暇日追陪樂境偏。靈運賦中行采藥，《康衢》歌裏看耕田。厭逢俗客談時事，閒與鄉人結善緣。雨笠風襟無恙在，畫圖容易着神仙。

茫茫宦海闊無邊，幾見虚舟濟巨川。白香山詩：「巨川濟了作虚舟。」退步始知原有地，掉頭誰信不關天。高人入社同招隱，大老還鄉例好禪。得御籃輿吾竊幸，乞身多及太平年。

自西阡步登龍山小甜妙果寺成鏡軒

杖藜無百步，欄楯有千家。未覺平簷淺，全虧老樹遮。童挑西澗水，西阡之北有泉，去此纔半里。僧製本山茶。佛日長如此，何愁莫景斜。

村家四月詞十首

茅苫枳落趁高低，草色平鋪樹影齊。一片緑陰行不到，家家門外有黄鸝。

生長蘆村與葦鄉，單丁門户怕逃荒。春來娶得紅裙婦，添壓橋南百本桑。

去年桑葉賤如毛，今歲蠶多葉價高。大抵乘除常得半，半償安分半償勞。

小滿初過上簇遲，落山肥繭白於脂。費他三幼占風色，二月前頭蚤賣絲。三幼即三眠也，見放翁詩自注。

野老籬邊獨一家，卧聞隔竹響繅車。開窗自起看風雨，日在墻東苦楝花。

活東幾日變蝦蟇，細瑣謀生亦有涯。租得山田還帶漊。種菱時節種魚花。

蠶忙粗了接農忙，早晚官符不下鄉。見説城中多大户，帶征猶欠隔年糧。

大麥離披小麥黄，連朝次第欲登場。開籠莫放新鵝鴨，怕損鄰田一寸秧。

一尺良田種一科，語出《齊民要術》。早年宜黍水宜禾。老農信口言皆驗，比似兒孫閱歷多。

山妻赤脚子蓬頭，從此勞勞直過秋。海角爲農知更苦。合家筋力替耕牛。

寄徐觀卿庶常四首

人間路狹田間闊，天上官多地上稀。難得玉峰徐吉士，簉朝廿日便思歸。來書云：「平生官況以廿日了之。」

乞歸初不爲鱸蓴，肯作江東第二人。霧豹一斑窺寸管，雲龍半爪現全身。

跨鳳驂鸞幾隊行，列仙名籍滿瑶京。不須更説鷦棲樹，阿閣巢多自見輕。

石公山下約耕雲，十畝桑麻許見分。觀卿有别業在洞庭西山，與余曾爲卜築之計。我爲退難歸已老，可憐事事不如君。

副相揆公惠寄人參一斤賦謝

官非致富具，官罷適得貧。獨不奈病何，父吟兒復呻。時兒建亦患病。貧家抱富病，動與參苓親。東産禁入關，南方價彌珍。十金易一兩，又苦贋雜真。投之湯劑中，日飲僅數分。持此望療疾，越人視秦人。荷公千里懷，拜貺俄盈斤。瑶光散藥笈，紫炁交斑璘。《春秋緯》：「瑶光星散而爲人參。」《禮緯》：「下有人參，上有紫炁。」沃以碧琉璃，爇以紅麒麟。庸醫亦色喜，奏效如轉輪。果然黍谷寒，變作陽崖春。公惠洵已厚，我慚鬱難伸。雖延草木年，等是幻泡身。所期調元手，旦晚秉國鈞。時聞枚卜列名。溝中多待澤，一老何足云。

德聞姪以先京兆公加贈嘉議大夫誥命一軸見示敬題於後

吾宗京兆之子孫，當時濟濟推清門。大賢餘澤久澌替，先代龍章今僅存。族譜亭前一回首，欲斥斯人言可醜。若教此軸落渠家，賣珠毁櫝夫何有。本支家孫弟兄搆禍，蕩盡先人餘業，故有此歎，不忍斥其名也。珍藏似爾豈非賢，中有詒謀二百年。科名仕宦尋常事，世業終須孝友傳。

余舊蓄古鏡一枚形正方背有飛魚二鱗鬣生動周遭一百八十乳水銀偏裏上著血皴朱砂斑不知何代物也偶閲元裕之集馬雲漢家方鏡背有飛魚與此形模正合元有七律一首載集中疑即馬氏故物而今爲我有喜續一篇紀之

馬家古鏡形模異，人世皆圓爾獨方。細乳流丹周四角，爛銀磨鼻貫中央。出波鱗甲飛如活，透骨頗黎冷放光。知有廉隅難入俗，合歸老子爲收藏。

蟻鬭

飯罷徐徐捫腹行，階前蟻陣太縱横。巧排睢水常山勢，鏖戰昆陽鉅鹿兵。國手圍棋分黑白，村兒鬭草計輸贏。轉頭一笑全無爲，不解當場抵死争。

兒建補官北上兼寄德尹潤木

爾往因門户，吾衰且杖藜。行期今始決，藥裹病仍攜。時兒病尚未全愈。老閲晨昏易，貧難出處齊。京華見諸叔，有信共緘題。

梅雨將至曝衣庭下睹舊賜紗葛袍感賦

一桁高懸犢鼻褌，篋中剩有賜衣存。爲防梅黦重開看，閒與兒曹説主恩。

禾郡試院古柏曾濟蒼繪圖索詩即次原韻

龍筋纏左紐，鶴骨鍊孤形。閲士幾頭白，遇君方眼青。愛頻攜畫卷，惜未入圖經。變化誰能料，風雷或晝冥。

德尹陞侍講却寄

雁行官序記隨肩，余兄弟三人同官編修，每入朝班，仍以齒序先後。久次今來合轉遷。用《漢書·孔光傳》中語。聊與家門增氣色，也勝陪點六年前。己丑初夏，春坊日講員缺，奉旨選擇掌院，曾以余名擬上，既而用陳鍾庭。

生日示兒孫

家世少高年，傷哉傳父祖。吾生良過分，六十已踰五。自爲鮮民來，奔走備艱苦。每逢先忌日，雙淚落槃俎。忍復受稱觴，成行拜兒女。殊非老人意，轉觸傷心緒。世教日以漓，五鼎儉三釜。厚己薄所生，逢辰競華詡。其或侈宴會，開筵召歌舞。此風非自今，此事尤不古。矧余衰且廢，徇俗一無取。仕宦閱十年，依然北門窶。先廬僅無恙，聊足蔽風雨。常恐病見侵，去來難自主。未知從兹往，尚復幾寒暑。但願汝曹賢，甘貧守前矩。貽清義有在，何用幹吾蠱。

夜枕喜雨

挂壁閒龍具，黄梅十日晴。忽聞中夜雨，殊慰老農情。枕簟通霉氣，溝塍走去水聲。跳蛙如送喜，不厭繞除鳴。

庭前蜀葵十二韻

蜀葵吾手種，五月儼成林。葉葉青蒲扇，株株碧玉簪。卑叢猶計尺，高榦突踰尋。耐久誰如爾，敷榮方自今。此花自五月至初秋，相續不斷。有花偏犯暑，得地肯移陰。抱素矜孤潔，中有白花一株。施朱競淺深。露晞疑濯錦，風暖快披襟。爛熳知時及，欹斜怕雨侵。寧無衛足智，尚有向陽心。石竹羞相亞，山榴妒不禁。畫工難設色，詩老獨搜吟。莫漫嫌貧窶，芳醪又一斟。韓魏公詩：「芳醪對一斟。」許魯齋詩：「但恨主人貧且窶，不教相對舞衣紅。」皆詠蜀葵句也。

日本繡毬花

南風來海外，吹綻小團圞。吐萼初含緑，染根俄變丹。垂垂懸蹴踘，衮衮壓欄杆。雨打戎葵折，留渠愛惜看。

盆池荷葉

藕梢種盆池，初葉青錢似。一葉復一莖，漸看翠蓋起。豈無十丈花，奈此三斗水。託根適有制，小器吾局爾。

家童以梅水滌硯既申諭之復詮次成篇當僮約一則

梅雨降天泉，其甘甚仙醴。瀹茶需此味，久貯益清泚。甕盎謹蓋藏，非時不輕啟。客嘉乃一薦，視若大烹禮。研垢利亟除，無端用泉洗。殷勤示《僮約》，誤事胡可底。開池用養魚，汲井用淘米。貧家用水法，一一須酌劑。推類以及餘，吾言當善體。

雨乍晴

鬖髿落草與堦平，屋漏痕餘滴瀝聲。老去一身隨燥濕，漫勞鳩鵲報陰晴。

觀插秧二十四韻

百汊通舟檝，千畦罷桔槔。人情須解澤，天道豈屯膏。夜足分龍雨，晨添浴鷺濤。渾渾泥破塊，汩汩溜鳴槽。及見苞初拆，先期種浄淘。《齊民要術》：「浄淘種子，經三日漉出。」露苗齊若剪，風葉弱於繅。維耦群衣襏，於田畢赴鼛。事因當務急，義取立根牢。寬解青腰束，匀鋪緑罽氂。横從分緯經，去。行列準茅綯。滑澾聊防蹶，瘡痂那暇搔。胼胝兼踵趾，仰俯混頭尻。正爾如針細，何時比岸高。栽培從幼穉，功力積纖毫。小鴨浮烏背，新鵝没乳毛。篝車思預祝，稂莠待徐薅。餉婦烹蠶豆，皤翁壓麥糕。放翁詩：「旋壓麥糕邀父老。」《衢》歌鄰巷答，《豳》樂土風操。身雜耕稄侶，心知稼穡勞。問誰司命扈，笑我代烝髦。偶倚孤藤杖，閒攜半榼醪。勸農勤本分，撫己愧嬉敖。有蟈除灰鞠，《周禮·秋官》：「蟈氏掌去鼃黽，焚牡鞠，以灰灑之則死。以其煙被之，則凡水蟲無聲。」無蟲慮食桃。「蟲食桃粟貴」，亦見《齊民要術》。豐年斯在眼，秭鳺已先滜。《史記》：「百草奮興，秭鳺先滜。」

梅雨初霽

隴畝有惰農，無端負春稿。十年京洛住，風氣習高燥。左臂雖病風，土脾幸未槁。還鄉豈不樂，顧已迫衰老。翻畏梅雨多，侵膚劇蚧蚤。兒童報新霽，起視天宇好。蟬嘒林葉初，鷄鳴曙光早。微颸自南來，掩冉被庶草。夏課晨有程，方當事研討。曝書良先務，趁此日杲杲。

舶趠風歌

吾聞千里以外風不同，人間乃有萬里之長風。來從海上梅雨後，紀自西郊野叟眉山翁。古稱博物家，無若周元公。《爾雅·釋天》篇，八方風色以類從。北凉西泰凱南谷自東，頹猋飄庉暴昌曀，一一命義無相蒙。《周禮》保章十有二，妖祥乖别占荒豐。下而莊生《齊物論》，以至應劭《風俗通》。颼瀏飈颮颷颼颸，叫嚎吒吸咬于喁。名雖巧排比，語實工形容。舶趠之名特未悉，土俗傳説惟吴中。吴中五六月，水盛溽暑方藴隆。此風東南來，一掃雲翳還虚空。商羊黑蝀潛厥蹤，炎官亦退三舍避，大啟槖籥伊誰功。三日濕氣消，五日暑氣融。連綿七日九日尚未止，快哉何暇分雌雄。羊角初從何處起，合而爲一浩蕩來無窮。丘真人《西游記》：「風初起如羊角，須臾合爲一風。」國家象胥譯九重，白雉入貢兼青熊。良商豪賈狎海童，高帆幅亞榑桑紅。中男長女各效職，飛渡溟渤如輕鴻。此時田間一老翁，置身恍在蘭臺宫。不知人生更復有何樂，但向北窗高枕卧聽聲蓬蓬。

鷹毛扇

稜稜疑戴角，六翮舊稱雄。誰翦摩雲勢，而爲弄袖風。近身無棄物，當暑奏奇功。莫逐斑妃扇，秋來怨篋中。

庭前新設日棚

奇峰突兀升，晨莫多幻狀。群來燭我室，火令方用壯。誰能待凉秋，坐受驕陽亢。貧家愛惜費，奇計役心匠。架木於中庭，從乾取巽向。《宅經》云：「從乾向巽，名入陰。」東西墻所限，南北稍通望。剖竹以爲椽，縛繩乃施帳。卷舒一夫力，自我創新樣。天亦無如何，居然聽人抗。片雲風不散，赤日走其上。但覺晝景長，焉知炎勢王。解衣盤礴卧，客至蒙見諒。憶昨扈從年，孱軀昧自量。跨鞍五六月，萬竈逐焚煬。渴飲道旁泉，形神聊一暢。勞筋誓永息，疲馬就閒放。跡遠倦驅馳，情孤愜宜當。青藍十幅布，氣壓錦步障。即事不願餘，休陰獲微尚。

雨後納凉

夢過雷霆了不驚，起來凉月在南榮。静中機候誰先覺，已有一蟲堦下鳴。

六月廿二夜熱不能寐五更起步庭下徘徊到曉

夜熱不成眠，展轉達五更。開門上殘月，適與微風迎。大火將西流，銀河去無聲。林亭散疏影，露葉涵虚明。薨薨羽蟲飛，喔喔村鷄鳴。身如閒草木，受此旦氣清。

沈松年觸暑見過爲余寫行藥圖小照贈之以詩

昔年三十四，張叟爲寫照。是時氣方豪，抱膝坐長嘯。癸亥夏，張子由爲余作《槐陰抱膝圖》。侵尋落塵網，行止非意料。一夢迫桑榆，回頭失吾少。自觀疑隔世，那免旁人笑。沈生技入神，下筆天下妙。曩者京洛游，不輕貌權要。朱門致厚幣，却去臂頻掉。獨愛山澤臞，足音赴蓬藋。老夫正避客，畏熱如畏燒。瀟灑實藉兹，掀髯引同調。吴縑六尺雪，静對屏聽眺。三日畫始成，投牀忽狂叫。張圖示左右，童稚皆曰肖。廼知神理憑，在骨不在貌。一杖兩椶鞵，清凉徹毛竅。高楊蔭風渚，密竹移煙嶠。外勢拓微茫，中深藏窵窱。過橋茅宇遠，轉徑柴籬繞。力圃方自今，幽情老彌劭。允宜置丘壑，何用談廊廟。稍待倏甲成，重煩添藥銚。

偶得鸛雛畜之階下旬日馴擾如家禽

老鸛巢古木，孤雛失遥汀。養之群鷄中，旬來食宿并。草際飛拍拍，花根立亭亭。有時照盆池，長喙梳短翎。適逢螻螘飽，暫脱魚蝦腥。方當竭澤時，時亢旱，河流枯涸。何處潛汝形。不如儕野鶴，飲啄且一庭。

苦旱

火雲燒海壖，禾黍供炰燔。是田拆龜兆，下隰高平原。山根曲曲谿，近溯十里源。其流本易涸，三尺淤泥渾。何當千桔槔，渴若接臂猿。下飲罄呼吸，涓涓寧復存。一井給百家，乞漿稍出村。人情靳所少，昏夜拒叩門。我有小池水，舊耒資灌園。經旬漸將枯，遑救鮞與鯤。畦丁仰沐浴，爨婢充缾盆。緩急吾豈無，義從易地論。開園聽使汲，兩不受怨恩。喝者盈路旁，其能以手援。喟然望雲漢，安得天瓢翻。

立秋後四日得雨喜疊前韻

雷鞭起龍蟄，電火林欲燔。急雨隨秋來，沛然滌焦原。出高而施下，天澤殊泉源。頓令赤埴墳，化作塗泥渾。物情俄頃變，判若王孫猿。柳子厚云：「猿之德，静以常；王孫之德，躁以囂。」向來沸蜩螗，闃寂無一存。鷄犬聲逾静，羊牛亦歸村。但見簑笠翁，倚杖臨柴門。濁酒貰鄰曲，農談慰田園。檐低劇投蜆，海近疑徙鯤。汲婦免抱甕，浴童喜傾盆。西成即未知，姑以目睫論。良苗與秕稗，各被霑濡恩。我亦領新凉，詩筆聊復援。閒庭有花木，枝葉爲翩翻。

雨後遣興

秋田一雨洗萌芽，餘潤還沾學圃家。苦竹鞭抽行地筍，戎葵梢放出籬花。身憂天下原非分，老覺浮生亦有涯。野色閒門無客扣，夕陽影裏數歸鴉。

重至西湖雜感六首

行宫昨巡幸，侍從偕東枚。詔許孤山游，緣坡陟崔嵬。高亭揭佳要，御書「佳要亭」，在孤山最高處。正面湖光開。再到踰八年，重扉鎖蒼苔。夕陽錯金碧，竹樹浮樓臺。聖主軫民艱，翠華無復來。湖流亦漸縮，清淺如蓬萊。

三百六十頃，葑田半平蕪。泊舟湖心亭，坐失西南隅。兩隄遞隱現，彌望菰茭蘆。吴中連歲荒，竭澤準此湖。誰興百年利，開濬繼白蘇。

菩提古律院，中有禪者堂。兒時侍我翁，曾宿道公房。奄忽五十載，沙彌成老蒼。爲言禪堂災，室被池魚殃。師徒二三輩，借歇鄰僧牀。世苦善緣稀，十方如一方。我貧正髩鬅，何以副汝望。昭慶舊寓被火，住持僧乞余重作《募緣疏》，故云。

故人喜我來，謂鄭春薦、高詵仲。有約晨往踐。中流泛彩鷁，酒果諧終宴。殘暑颯以收，荷風偃秋扇。各陳别中事，過去同掣電。齒脱頭亦童，是形無不變。惟留真面目，重與吴山見。

昔我同朝友，蘿軒翁康飴與田居龔蘅圃。竹深章豈績。乃同年，通籍甫歲餘。後先解組去，各守先人廬。錢子我持。我彌甥，比亦賦歸與。世途日湫隘，親舊旋凋疏。合并復何幸，皓首仍相於。湖山近可樵，湖水淺可漁。此生知幾見，莫負秋風初。

潯陽賢郡守，朱恒齋時客吾郡。歷政廿四年。罷官世業盡，無計營歸田。朅來泥馬城，卧痾僦市廛。良醫天下少，買藥慳囊錢。我欲招使出，一覽江湖天。足攣兼畏風，躑躅行不前。當路非無交，車音聽跫然。惟餘老賓客，同病心相憐。

龔蘅圃屬題田居圖圖爲王石谷所畫三首

我愛西泠龔侍御，《候樵》《開徑》擬村莊。前身似是黄清遠，好補《田居》辭九章。元浦江黄景昌，自號「田居子」，作《田居古調辭》九章，事載《吴淵穎集》，惜其辭不傳，《候樵》《開徑》，九章中篇名也。

更愛虞山王石谷，爲君破墨寫桑麻。晚年變盡大癡法，瀟灑自當名一家。

上洞煙波下潩田，朱陂楊柳陸池蓮。爲農果若畫中樂，吾亦嬾尋辟穀仙。

到湖上不及訪諦輝禪師而歸寄詩代柬

諦公世壽八十八，見説形神倍清拔。有時挈鉢身入城，健若雲端出巢鶻。隨行不用木上座，一日往還能步戛。葛藤斬盡松性孤，那怕霜根被纏殺。開堂説法踰四紀，坐斷高峰梵王刹。一拂何曾肯付人，問着三交兩頭瞎。似憐我是無家客，遠枉山中八行札。我來便合去尋師，却向石頭防路滑。雲林咫尺徑未到，回首湖西山齾齾。明年擬坐雨安居，眼膜終須寶篦刮。

題章豈績觀碁圖

宇宙一碁局，白黑兩戰場。細極蟲蟻微，大而至侯王。胥爲競心役，得失争毫芒。遂令坦坦塗，嶮巇劇羊腸。可憐橘中叟，機事亦未忘。國工吾不知，童稚勝老蒼。圖中一童子，與老叟對局。所以達觀者，袖手於其旁。

從姊丁節母八十壽令子修遠來乞詩

吾家賢姊丁節母，年二十七稱未亡。是時殉夫勢不可，有兒在抱姑在堂。夫之兩弟尚小弱，形影相傍何倀倀。婦供子職母兼父，兄道亦以丘嫂當。皇天欲貞苦節苦，一一艱瘁教親嘗。粧貧固已少簪珥，時絀又復罹凶荒。淚流繼血食有指，骨盡吸髓炊無糧。秋看烏哺感魚菽，春睹燕乳憐粃糠。晨春寧資相杵力，夜績肯借鄰檠光。全家仰俯賴操作，母不自白旁人傷。阿婆下世兩叔娶，寡鵠矢志孤雛償。父遺一經課使讀，世業克紹孫成行。乾坤豈終靳雨露，松柏要必經冰霜。蓼茶茹盡蔗味出，佳境漸入今方將。母年八十兒六十，白須綵袖前稱觴。中秋節近風物爽，桂樹簌簌飄天香。月中之兔爲擣藥，長生會得仙娥方。

西園早桂八月始花偶拈二絶句

兩株桂自先人植，歲歲開當七夕前。校是今番花信晚，秋香還占別家先。
消息西風任客傳，花時長結一村緣。而今勘破黄山谷，鼻孔猶爲晦老牽。

季方兄招同聲延兄曾三芝田兩弟於西林庵爲同宗五老會席間喜賦時甲午中秋前三日

古人重睦族，籩豆禮無廢。奈何世教衰，此義久云晦。家宗遠有緒，望實鄉國最。《伐木》歌卒章，吾猶及前輩。宦游鹵莽出，晚景侵尋逮。歸到忽一年，余去秋八月十三日抵家，今恰一年矣。病多逃酒債。喜聞折柬召，唤起初心在。八月撰良辰，五人合嘉會。兩兄吾所敬，兩弟亦吾愛。居近三里中，年皆六旬外。茅庵傍先壟，徑轉蒼山背。風日假清光，松篁發幽籟。僧來具茶荈，童去擕鮭菜。飛動愜平生，老狂餘故態。流光弦釋箭，盛壯已難再。但願五白頭，偷閒輒相對。

中秋雨集拙宜園賦呈宗伯座主晚研前輩二首

節到今年正，秋分此夜中。是日秋分節。重尋三宿約，惟欠一人同。陳梅溪以疾不至。巷氣通荷葉，林香入桂叢。滿城傳勝事，來看雪髯翁。

可惜團圞月，雲封得樹堂。檐虚燈動影，池闊水生光。聽雨篷籠外，吟風几杖旁。平生師友在，到此分真忘。

十七日陪游秦駐山得詩六首

夜雨晨乍晴，兹游天所許。攜筇出煙郭，振步凌雲嶼。公本海鶴姿，飄然命儔侶。身輕無險徑，心曠得豪舉。誰云溟涬寬，直欲巾笥貯。出郭。

社稷已丘墟，冕旒尚祠廟。當時伐山處，馳道餘蓬藋。可憐愚氓愚，不記暴秦暴。家家棧羊豕，坐享血食報。今年旱太甚，水乏蘋蘩芼。毋乃爲神羞，徒憑山鬼嘯。始皇廟。

平生汗漫游，不識蒼浮子。今來尋别業，愴若經蒿里。好事賴閒僧，詩名猶在耳。山林耆舊盡，太息煙霞委。詩老徐滄浮别業。

山後石狀狠，山前林靄濃。名藍繚而深，風氣於焉鍾。下有千頭橘，上有百丈松，潮聲卷地起。響答出谷鐘。禪扉日日開，未缺茗椀供。留題紀歲月，孰繼三人蹤。老僧出素册乞詩。半潮庵。

家住錢塘西，未覩曲江濤。及兹陟海嶠，遑惜攀躋勞。長風東南來，吹我上嶰嶆。忽然空四顧，快覺身歷高。井底俯孤城，三面被浪淘。築堤效精衛，木石焉得牢？誰能驅此山，外捍兀巨鼇。絶頂觀潮。

秦鞭不可施，頑礓倚天外。一山坐少肉，佛力將安賴。榛莽長於人，庵廬小如蓋。忘機任去住，涉境有成壞。置身萬仞岡，達者觀其大。少陵固云爾，臨老斯游最。茅庵。

食新米

秋水通港脉，吴船來海濱。稍聞米價賤，歡喜動四鄰。荒厨乏宿舂，八月亦食新。雖然營一飽，力惡不出身。薄宦比曼容，退耕輸子真。餘慚到僮僕，并作浮惰民。官鼠竊太倉，家鷄仰空囷。物生各分定，吾自棲吾貧。

由葑門至牧瀆舟中喜晴

積雨川初漲，秋晴候尚暄。帆移背城路，竹密近山園。野市漁樵散，人家雁鶩喧。太湖知漸近，水色半清渾。

重過鄧尉大司寇徐公墓與公子觀卿話舊二首

昔會尚書葬，重來二十秋。好山增氣色，高蔭鬱梧楸。賤日蒙青眼，流年感白頭。及門多著録，撿點幾人留。

藉甚賢公子，歸來一壑專。論文空老輩，誓墓及中年。跡忝同朝舊，姻從世講聯。觀卿與家德尹爲兒女親家。相看多道氣，應許數周旋。

五雲洞

鄧尉山形斷，柴莊嶺脉延。言尋五雲洞，試酌鉢盂泉。草偃秋迷徑，林深午見天。老僧年七十，揖客鳥巢邊。

午飯東山庵

村落樊籬外，人煙墟墓間。稍穿蒙密路，又轉一重山。樵擔行相引，禪扉晝亦關。薄游煩地主，裹飯慰衰顔。

晚入聖恩寺瞻漢月禪師塔與古庵老衲茶話

鐘聲天半落，麗刹占岑隅。地拔千章木，門開萬頃湖。來因瞻影塔，老喜接浮屠。倚賴青藤杖，隨行勝給扶。

重陽日由鄧尉坐罛船沿太湖濱抵漁洋灣登法華嶺與觀卿拈韻各賦五章

九日乃溯流，古來無此法。適兹泳游趣，遂與魚鳥狎。望望銅坑橋，前行出蘆夾。湖光三萬頃，際眼窮一霎。地盡日脚垂，天低浪頭壓。近山浮蛟鼉，遠艇點鳧鴨。奇懷洵曠蕩，良會殊欣洽。滿載洞庭春，十分傾醮甲。黄柑釀酒，名「洞庭春色」，見東坡賦。

鏡面三十里，淼瀰似無涯。片帆截湖來，小泊當峆岈。居民雜耕釣，竹樹環坳窪。中有佛者宫，法華及曇華。頭陀不好事，籬落無黄花。手拾墮巢薪，爲余烹土茶。屋山見微徑，林隙縈修蛇。直上千仞顛，迴身俯煙霞。

新城老詩翁，於焉戀清景。漁洋曾自號，四海傳歌詠。阮亭王先生絶愛此中山水，因自署「漁洋山人」。僂指今幾何，勝游闃如屏。履綦已陳跡，我到踵前猛。濤聲拔湖洪，飛上萬松頂。西風迫吹帽，新雁時一警。俯仰有古今，徘徊惜俄頃。誰爲後來者，繼躡最高嶺。折柬不可致，陪游欠詩僧。謂湘鄰禪師。兩人亦不孤，勇往快得朋。平生偕隱願，躧步氣益增。西指小九天，西山林屋洞爲十小天中第九天，觀卿有別墅在其下。下有田一塍。買鄰鄰苦少，約我我未能。具區舊志荒，文獻於何徵。君家富圖籍，考證庶足憑。我雖腰脚頑，肯辜手中藤。焉得七十二，峰峰與同登。

是節古所重，吾生隨所遭。向來閱星霜，南北毋已勞。有時泥飲伴，座上争題糕。間亦吐狂詞，氣粗陵二豪。塞垣九月雪，氊帽蒙戎袍。陪獵入圍場，分麞行燎毛。乞歸復何事，雙鬢餘蕭騷。左臂雖病風，尚堪持蟹螯。地鄰甫里陸，心契柴桑陶。君壯我就衰，逝波日滔滔。明年身縱健，何處重登高。

重陽後十日曾三弟招集西林庵是日微雨杲山法師不期而至

再舉重陽會，何妨十日遲。林巒真得趣，晴雨總相宜。踏屐堪尋菊，登高例有詩。閒僧來不速，社飲倍淋漓。

立冬後二日座主宗伯公偕晚研梅溪枉過村居次日移榻妙果山房再游菩提寺得詩四首

乾鵲聲中客款門，畫船唧尾泊籬根。掃除黄菊荒蕪徑，映帶丹楓穲稏村。半月先期傳父老，一家喜氣到兒孫。海山不盡東南望，登陟應須次第論。

桑榆餘煖在田廬，初約重尋幸不虛。行處聚觀傾里巷，有時問答及樵漁。能文客到先投句，時徐觀卿至自玉峰，詩先成。好事僧來盡乞書。晚研工書，所至楮墨堆案。寄語同朝諸大老，莫將八座傲懸車。

招提游更招提宿，四五人添八九人。時許伯勤、馬衎齋、杲山法師俱入座，承、楨兩兒亦侍行。自有此山無此會，勿論誰主復誰賓。靈泉怪石供幽賞，煦日和風應小春。知是它生緣境在，每逢佳處輒逡巡。

流光已付陶甄外，世味多消樸率中。省對枰筵慚地主，免教冠蓋炫鄰翁。熊羆起渭嗤何晚，蟋蟀歌唐儉可風。報答朝恩還有處，白頭相見祝年豐。

仲冬二日招諸兄弟續舉真率會明日芝田弟詩來次答一首

弟勸兄酬又一堂，依然同産似君良。《唐書·孝友傳》：「劉君良四世同居，雖族兄弟，猶同産也。」小春已過冬猶暖，短晷雖移夜甚長。老去喜爲無事飲，興酣聊鬥此身强。明朝夢覺三竿日，始信齊州接醉鄉。用東坡《睡鄉記》中語。

再次曾三弟見投原韻二首

橋欹路滑限東西，一櫂來尋曲折溪。每愛招邀聯近局，又從唱和得新題。陋邦關我詩同鄙，雅量輸君酒到齊。木盎瓦盆隨分設，何須几上復加綈。《鄴中記》：「冬月几上加綈。」

人中聱叟飲中仙，挹袂何妨更拍肩。地僻魚蝦貪入市，天晴箕畢快移躔。是日早雨晚晴。松筠歲晏留賓賞，莞秸庭空待雪填。却闢竹林惟二阮，同時應少弟兄賢。

抄書三首

人言冬是歲之餘，自分生涯伴蠹魚。比似王筠猶有媿，白頭方解手抄書。《南史》：「王筠愛《左氏春秋》，凡三過五抄，餘經子史皆一過，未嘗倩人假手。」

無數空花亂眼生，摩挲細字欠分明。西洋鏡比傳神手，八廓重開爲點睛。烏鷄已療病風手，秋兔猶存見獵心。炳燭餘光吾若此，兒曹那不惜分陰。

臘月雷

天公號令何其乖，夏慳膏澤冬發雷。先期三日礎流潤，雪候變雨成黄梅。螻蛄夜啼蚯蚓出，有聲來自南山隈。豐隆倒行坤軸裂，霹靂上劈天關開。吾聞《宵雅》哀《十月》，矧廼歲莫陰陽催。至尊端拱穆清上，宫府庶事歌康哉。震來虩虩百里爾，特向山谷鳴邅回。《淮南子》：「邅回山谷之間。」陋儒䰧䰧誠過計，誤信耳目生疑猜。庶徵休咎豈關汝，一飲且釂消寒杯。

池上梧桐一本先君所手植秋來忽枯家人析以爲薪用作此歎

苦竹不實鳳苦飢，霜風拗折枯桐枝。知音者希巧匠死，琴瑟之材同㡛㢋。我來撥灰三太息，重是先人手親植。紛紛桃李總輿臺，從此荒園少秋色。起結二句，用太白詩語。

十二月十六日赴青芝山會座主尚書徐公葬感賦二首

清德宜鐫石，佳城仰賜金。公以少宗伯贈尚書，恩給全祭全葬，異數也。哀榮朝典備，存殁主恩深。十郡千人會，三年獨子心。謂大司空。反虞猶孺慕，未忍進祥琴。

視我真猶子，從公始得師。乙丑春，公爲國子司業，余時備弟子員，親授作文法度。有經傳舊業，無路報深知。夢奠嗟何及，歸休悔稍遲。余於癸巳秋長假還鄉，公薨一年矣。寢門餘痛在，淚雨滴青芝。

祀竈一首

一年俄逼臘，爆竹接比鄰。不用儺驅鬼，自將詩送神。晨餐甘脱粟，夕爨付勞薪。此意天應諒，吾非媚竈人。

敬業堂詩集卷四十四

步陳集起乙未正月，盡五月。

謝病歸來，杜門七百日矣。不得已而作閩游。憶戊寅春夏間，偕朱丈竹垞南行，今往還仍取此路，東坡詩云：「團團如磨牛，步步踏陳跡。」用以名集，聊當解嘲。

元日立春大雪

家居閱兩年，連遇歲朝雪。東風不解凍，就我作冷節。鄰比莫往來，應門乃虛設。野人喜無事，復此庭宇潔。薺麥正青青，蘭芽爲誰茁。

二日喜晴

昨日既喜雪，朝來復快晴。開軒納東曦，檐滴微有聲。天豈去我遠，始和得人情。呼兒具紙筆，枕上詩已成。

四日西園散步得三絶句

算是今年第一回，草根殘雪尚堆堆。春風氣力强於杖，扶起衰翁踏凍來。

三日爲期已過期，晴光先動碧琉璃。苔枝照影魚兒躍，及取冰開鷺未知。

疏籬外繞翠檀欒，梅橘中栽五畝寬。抵得實封三百户，頭銜自署老園官。

人日赴榆村兄真率會二首

七十三翁齒最先，人言兄乃地行仙。白頭兄弟肩相並，不敢誇張説少年。

容易開尊得故鄉，況逢雪後好風光。梅花消息巡檐近，絶勝題詩寄草堂。

上元前二日芝田弟招集深寧齋席上次韻

杖履從游地，難忘直至今。余少日詩文極蒙伯父霍丘公賞識。風流前輩盡，結託晚年深。照座紅燈入，當杯白髮侵。懷新兼感舊，愁和郢中吟。

西阡老梅一本不知何人所植花時偶與諸兄弟婆娑其下芝田有詩再次韻

千林一樹特標奇，冰雪初消雨未滋。問著不知誰手種，却來與我伴衰遲。

送湯納時表弟赴吉水任三首

兩派江流百折灣，全家攜入畫圖間。桃花夾岸春旗影，直到廬陵不斷山。
牧羊圈豕盡彈冠，一第終輸本分官。不負種花心力在，吉州抹麗贛州蘭。
文江舊是人文藪，歷宋經元迄有明。此段挽回須老手，莫言邑宰事權輕。

次韻答又微姪

平生持論笑孤高，老去羞稱供奉曹。幸有田園收影跡，敢從壇坫薄風騷。披吟滿卷輸君富，置酒當筵看客豪。莫道懸車年未及，吾薪入爨已勞勞。來詩有「未老投閒聲價高」之句，故云。

庭前紅梅花時恰值春寒

側側餘寒薄薄粧，疏花嫩蕊太郎當。能禁臘底三番雪，翻怕春來十日霜。

次韻答東亭弟滇南見懷二首

自笑原非炙輠髡，一歸聊爾慰慚魂。退飛事異冥鴻弋，俯啄心空澤雉樊。伏臘鄉風隨戚黨，耕桑活計委兒孫。只愁兄弟天南北，却聽清吟似峽猿。

字如黑蟻筆頭髡，天末書寬久病魂。喜爾力能禁瘴癘，知余情頗戀丘樊。一門最盛推同祖，萬里相望各有孫。若論桑榆收未晚，莫因擇木感騰猿。用《晉書·李充傳》中事。

江行六言雜詩十八首

魯公傳《乞米帖》，元亮有饑驅詩。不妨舉家食粥，笑問此去何之。
人家泥浦漁浦，驛路樟亭赤亭。黄犢鳴邊草绿，畫眉啼處峰青。
船頭載餘杭酒，枕上看《富春圖》。老伴不離鵝鴨，浮踪又落江湖。
江流東射如箭，帆勢西張若弓。此去特邀天倖，平生逆水逆風。
一兩竿颺酒旆，四三點散漁燈。朝來露蓑長溼，月下風檣不停。
水色緑頭雄鴨，舟形縮項鯿魚。千點桃花拍岸，春潮不過桐廬。
挂劍謝皋羽墓，插竿嚴子陵壇。身後哭餘兩友，此句屬謝。生前笑擲一官。此句屬嚴。
乍合乍開煙靄，一重一掩霏微。紫鱗出網能躍，翠鳥踏波亂飛。
柳暗春旗古戍，梅殘横笛孤城。留取三分花事，老夫待要山行。
村鷄唤曙非一，野鶩眠沙必雙。時有飛星過水，忽看苦霧吞江。
蘭溪九迴腸曲，瀔水一指掌平。鵝卵石多瀨淺，魚鱗雲起天晴。
三百餘年婺學，建文以後失傳。重過四先生里，白頭撫卷愴然。余近抄宋、元、明初文集，得金華前輩數家。

門前二月楊柳，屋後千年豫章。村步稀栽杏樹，鄰船時遞蘭香。
碓牀多沉新漲，牛馬不辨兩涯。遥見一灘白鷺，近前知是浪花。
春分過後微雪，上巳前頭嫩寒。灘響吾愁減睡，日長兒勸加餐。時稚子隨行。
太末城南最好，橘林密帶甘林。歲歲經秋充賦，直從《禹貢》到今。
長亭七十有四，川路縈紆倍艱。安穩煙波六宿，卸帆已到常山。
一笈曾陪朱老，浙西吟過江西。誰憐磨牛陳跡，自笑飛鴻雪泥。

發常山早雨午晴二首

七日江程上水難，肩輿差比布帆安。朝來更覺山行好，小雨纔過路便乾。
麥畦菜壠黄兼緑，李徑桃蹊白間紅。著色春光誰畫得，常山西畔玉山東。

西江櫂歌詞四首

西下鄱陽總順流，波聲汩汩櫓聲柔。玉山城外唱歌去，三十三灘是信州。
千尺長橋亘水隈，商船到此盡眠桅。索錢幸自無關吏，滿載漳煙建紙來。
黄牛引犢眠茅屋，烏鬼隨人上竹簰。共説此鄉魚米賤，就中最賤莫如柴。

兩頭舠子月纖纖，愁雨愁風日日兼。過客飽餐江右飯，居人貴買浙西鹽。江西十三郡，惟廣信食浙鹽。

樟樹鷺巢歌爲施渟如明府作

鉛山縣署南城坳，緑陰冬夏常相交。豫章之材凡五樹，上有鷺鷥來結巢。東風二月高禖祀，燕子來時歲相遇。哺雛引子直經秋，此是風標遺種處。前者代嬗如高曾，後者相繼如雲仍。雪衣飄然閱五世，螽斯蟄蟄還繩繩。我讀東京《循吏傳》，鴞變好音虎革面。雀雛不探童子仁，疇昔傳聞今眼見。施侯到官踰兩年，政成三異群稱賢。仁民及物物斯樂，飛鳥依人人自憐。此地昨曾經寇賊，安集哀鴻繄誰力。老夫重過十八年，煙火居然萬家邑。佳辰召客開華筵，葉鳧緱鶴同翩翾。酒酣爲爾賦長句，侯乎侯乎豈非仙。

渟如招游蓮華洞四首

夾路泉聲響珮環，去城三里即名山。清游我正坐無事，難得君侯如我閒。

一綫天光落眼前，洞門深入忽中穿。欲知覺路隨方樂，憑仗西來一指禪。洞壁有石如佛指。

興欲登高力已疲，隨身可少杖扶持。自憐濟勝全無具，跛步寧忘一蹶時。時余渡澗失足，故云。

兩家弟子生同異，朱陸紛如聚訟來。指點鵝湖榛莽路，講堂片席待重開。鵝湖山在縣北二十里，君方議重修書院，故及之。

雨中度分水關

獨立千年石，回看百丈溪。浮雲自南北，健水各東西。俗吏憎書笈，勞人信杖藜。經過成熟路，不怕鷓鴣啼。

重游武夷沖佑宫

十八年前夢，披圖勝跡留。萬峰雲忽散，九曲水仍流。物外戀清境，生涯回白頭。短筇何負汝，重作幔亭游。

陳道士房見甌寧蔡鉉升明府留題作詩寄之

洞天三十六，此洞自秦開。羽士今寥落，琳宫幾劫灰。追游成昨夢，得句憶仙才。百里溪山近，雙凫早晚來。

建溪櫂歌詞十二章并序

朱子作《武夷九曲櫂歌》，亦偶然寄興云爾。其實九曲水淺，曾不容舟，余廣其意，作《建溪櫂歌詞》，可使艑郎唱艑而行，俚語所不擇也。

清流船名。尾大腹仍皤，杉板船輕一擲梭。順水無風行更穩，槳聲如雁櫓如鵝。

石根一道水瀠洄，真有腸如九曲迴。問渡亭前齊閣櫂，竹簰撑入武溪來。

不團小鳳不團龍，細色如今免上供。見説田家愁水旱，好充茶户莫爲農。

西江估客建陽來，不載蘭花與藥材。點綴溪山真不俗，麻沙村裏販書回。

年年三月杜鵑啼，紅白花開似錦溪。只作漫山桃李看，不知中有海棠梨。

松柏難逃野火災，忽教山色變成灰。樵人比似猿猴捷，絶壁無梯負擔回。

不争白狗黄牛峽，不數西江廿四灘。天下無如建溪惡，水中刀劍是峰巒。

北客南來飯好加，川程三百少魚蝦。建安腐乳甌寧酒，更有南鄉澤瀉花。

連山苦竹賤如毛，十節量成二丈高。小泊南鴉南口子，船船多换幾張篙。

青天白日走雷霆，黯澹危灘最有名。掣電光中行十里，船頭一轉即延平。

自從舟發崇安縣，直到洪塘與海通。若使一灘高一丈，幔亭合在半天中。

生小離家慣水行，濤波雖惡片篷輕。不須阿囝呼郎罷，但是同舟便有情。

訪同年滿覺山開府於三山官舍撫今懷昔賦贈二章

宗臣久掌絲綸簿，開府兼優政事科。地是巖疆曾伏莽，公來鯨海不揚波。刑清訟簡神何暇，望重官高氣轉和。坐使八閩風一變，挽回誰識苦心多。

曾陪京兆鹿鳴筵，共賦《長楊》《羽獵》篇。聯轡三回經出塞，下車一揖重同年。當時霄漢依光近，此日雲泥入望懸。不是先生能念舊，肯扶衰病到堦前？

與劉海觀前輩話舊有感

三館當時數二劉，後來誰不仰風流。芝蘭臭味終相近，縞紵交情幸見收。自别道山虚接武，每從宦海閱沉舟。對君忍話京華事，宿草鴒原痛未休。傷令兄若千先生也。

尋道山亭故址

芒鞋布襪記曾經，誰識蓬池舊謫星。雙眼參差收七塔，百年興廢閲孤亭。雲煙繞閣山形秀，浦漵通潮海氣腥。好在《南豐碑》一統，苔紋因雨洗猶青。

九仙山平遠臺

跨鯉人遥片碣留，居僧指點説丹丘。平生不信神仙術，垂老宜爲寂寞游。千里帆檣來域外，九霄風雨過城頭。劇憐野色亭西路，好景多歸萬歲樓。

皃山先生邀游城東湯泉

萬壑千峰赴海疆，却從海眼發温湯。名同繡嶺寧愁污，派别曹溪自有香。身外塵埃供洗滌，人間炎熱變清凉。依然沂水風雩意，童冠中間着老狂。時幕友沈、林二生、三公子俱在座，兒楨亦侍行。

老友林同人贈椶竹杖

海山産異竹，厥萌不常有。移君軒墀前，適用非適口。一年長一寸，寸寸累已久。碧玉内堅剛，椶皮外粗醜。尋丈經百年，居然竹中叟。金鵶劚作杖，鉅細纔可手。下有根生鬚，上有葉垂箒。故人憐我老，分贈意良厚。衰遲形影孤，配爾如得偶。嘉惠胡敢忘，命之曰執友。

留别前輩鄭老先生

此游真到鄭公鄉，許我重登佚老堂。南極一星留碩果，兩朝群望屬靈光。登山不用頻攜杖，好客猶能遠置莊。小吏相輕君勿怪，浮雲閲盡是炎凉。先生時爲邑令所窘，故云。

留别林同人

結交逢老輩，再見倍相親。開口問前事，聞聲知故人。林年將八十，目已喪明。衣冠非宿昔，眠食尚精神。洪浦通潮海，毋辭惠訊頻。《唐書·地理志》：「侯官西南有洪塘浦，自石岊江東經甓瀆至柳橋，以通舟楫。」即今之洪山橋也。

住福州半月不及噉荔支而歸聞西禪寺老僧癡賣尚無恙臨行口占寄之

果熟西禪寺，朱竹垞吴青壇記並嘗。分甘紅計顆，漬蜜白盈筐。一飽事難料，獨游神易傷。居僧應笑我，空到荔支鄉。

建寧遇同年張蒿陸張由詞館改知松溪縣今將移疾乞休詩以慰之

出宰松溪縣，行踰報政期。神清知善病，藥賤苦無醫。難得音書便，翻成邂逅奇。引年猶未及，莫負聖明時。

武夷精舍

早時蒙養地，晚節宦游途。風雨一精舍，溪山雙畫圖。居常鄰道院，交不廢緇徒。識者觀其達，何曾累大儒。

武夷采茶詞四首

荔支花落別南鄉，龍眼花開過建陽。行近瀾滄東渡口，滿山晴日焙茶香。

時節初過穀雨天，家家小竈起新煙。山中一月閒人少，不種沙田種石田。

絶品從來不在多，陰崖畢竟勝陽陂。黄冠問我重來意，拄杖尋僧到竹窠。山茶，產竹窠者爲上，僧家所製，遠勝道家。

手摘都籃漫自誇，曾蒙八餅賜天家。酒狂去後詩名在，用許峪題詩巖事。留與山人唱采茶。

崇安梅容山明府貽武夷山志

芒鞋三度入名山，衰白重游分已慳。今日圖經落吾手，巾箱攜得武夷還。

朝發小漿村暮抵紫溪途中口號四首

引得層層樹杪泉，高田瀉水及低田。占城旱稻移秧蚤，四月村翁掠社錢。

籃輿承蓋午風凉，戲折山花插兩旁。行處兒童齊拍手，白頭老子擁紅粧。

丹崖碧樹迴干霄，行盡巖關百里遥。日暮紫溪橋畔望，鷺鷥如雪點青苗。

編茅樊竹作村莊，樟樹花傳處處香。漫説兩邦封壤接，狹鄉終不及寬鄉。寬鄉、狹鄉，出《唐書·食貨志》。

鉛山道中

黿趺埋没泥沙底，翁仲欹斜草棘間。漸覺先朝餘澤遠，耕牛犂到費家山。

重至南昌感舊

官步門前柳拂頭，早年曾作豫章游。兩朝文物多經眼，千里江山復入舟。宿草淚深懸榻地，孤蹤分絶寄書郵。篋中一卷《西征集》，更與何人共唱酬。

登滕王閣

高凌碧落俯層瀾，老眼重開一大觀。笑閲星霜如隔世，癸亥、甲子間，曾游此閣，今三十餘年矣。閒思今古幾憑欄。帆移雲影千山動，湖納江流萬頃寬。時江水暴漲丈餘，沙洲皆没。校是詩翁無筆力，不留名姓避王韓。

飲胡都閫德庵署中荷亭上二首

三十餘年話舊游，也曾投筆覓封侯。邯鄲枕上夢初覺，一笑看成兩白頭。庚申、辛酉，余客黔陽幕府，胡時以武科從軍。

柳外風來灑面凉，雨餘三畝好池光。借君酒盞勸君醉，莫負滿亭荷葉香。主人善飲，故戲云。

端陽前二日游北蘭寺四首時李暘谷挈榼小飲列岫亭葉素我尊聞姪楨兒俱在座

北蘭寺在沙城北，旁置孤亭縹緲間。碧樹陰交三面暗，獨留一面對西山。

彩旗畫鼓沸中流，想像蛟龍晝出游。今日無人觀競渡，去年此地有沉舟。時當事嚴禁競渡。

若將世法苦相繩，何地能容世外僧。來往風流今已矣，居人猶説宋中丞。傷老僧淡雪也。

元氣茫茫散不收，尊前聊記五人游。衰年未必能重到，更爲斜陽作少留。

李壻暘谷追送於滕王閣下臨發歸舟二章留别

去便經年隔，來爲半月留。那無兒女戀，偏動别離愁。落日當高閣，清江帶小舟。臨行一杯酒，衰暮重回頭。

清德尚書後，尤宜愛此身。一村無兩姓，宗伯公世居吉水之谷村，聚族至二千人。八座有重親。壻雙親俱早世，而祖母劉太夫人尚在養。子出須斟酌，吾歸合隱淪。相思還命駕，後會豈無因。

晚渡鄱陽湖夜泊瑞洪

黄梅連日雨，濁浪入湖平。沙柳罾邊没，霞天鳥外晴。岸容移晚景，風色緊歸程。忽報帆飛渡，前村戍火明。

行經貴溪縣赴同年王辰幟之招即席分韻

花草瓊林語，於今十二年。君方行綰綬，我已賦歸田。邑有延賓館，門停載酒船。慚非徐孺子，此榻爲誰懸？

廣信舟中望靈山

頑石四百里，自安仁至鉛山，河口臨江，石山狀如覆盎，草木不生。兹焉秀獨鍾。翠屏三十六，不數九芙蓉。

五月二十六日到家驚聞兒建京師訃信傷慘而作七首

去歲夏四月，兒來告行期。我時卧在牀，汝去故遲遲。我欲速汝出，慰汝以好辭。爲言吾雖衰，歲月尚可支。銓除汝已及，行且把一麾。勿論地遠近，三年望旋歸。詎料凶問來，哀哉甫及期。兒亡於四月九日。此語恍如昨，此情痛難追。
一家仕同朝，出處分相謀。父既罷官去，子當偕歸休。奈何復遣行，夙疾況未瘳。致汝道路死，非汝命不猶。爲父實不仁，自傷還自尤。嗟嗟悔已晚，餘憾徹九幽。
延陵喪長子，其殮服以時。反服有苴麻，童僕或未知。倚賴者季父，視汝猶視兒。稍用慰老懷，附身審所宜。一棺隔江河，魂氣無不之。庶幾先入夢，報我歸來期。
祖宗二百年，庭誥閑有家。自汝爲吾子，勞少愛頗多。粹質本性生，不煩追琢加。豈惟弛扑教，抑且忘叱呵。自從處庭幃，迨試政事科。所至靡失德，後生可觀摩。天若假以年，成就當如何。嗚呼今已矣，家運薄則那。
兒初宰東鹿，律己慎以清。天子實嘉乃，綸褒爲我榮。癸未七月，余隨駕避暑口外，一日上遣内侍，傳諭云：「汝兒子在東鹿，居官清慎。朕已知道。」時同直諸君，皆爲余稱慶。安溪賢相公，謂汝性樸誠。不讓古循吏，行當大家聲。今相國安溪李公時巡撫北直，兒備員屬下，極荷知愛，嘗入南書房，語余云：「郎君天性樸誠，居官廉潔，大有循吏之風，所到未可量也。」生邀君相知，既没保令名。恩深一未報，改秩俄殞生。兒由刑曹郎陞授鳳翔知府，命下一月而没。頭銜亦何用，聊可書銘旌。
兒生乃冢孫，及見祖考妣。祖没五十三，兒齒十一矣。兒亡四十八，少祖五年耳。家世孰高年，吾今踰六紀。人間愧爲父，地下愧爲子。孰與游九京，頹齡諒無幾。向涉釋氏書，死生委達觀。乃復爲兒輩，白頭作悲酸。有情則有生，生理斷故難。親知苦相勸，至痛非旁寬。有時强自排，觸緒仍萬端。神傷不在外，老淚無多彈。

敬業堂詩集卷四十五

吾過集起乙未八月，盡丙申四月。

自聞建兒之訃，三月無詩。中秋後三日，楊致軒太守偕令叔東崖、施子自勗過慰，流連信宿，聊資觴詠，排遣哀情。夫喪明之戚，賢者以爲規，吾何人斯，敢不知過乎！

楊致軒偕諸子枉過敝廬

老抱延陵痛，經秋只自悲。感君攜伴至，慰我斂眉時。久别可無酒，有情聊賦詩。勿嫌芳草月，今夜過墻遲。

蠣奴歌并序

海中有小蟹，寄居螺殼中，兩螯四跪，外向能行。按，《本草》：「蟹大如錢，居蚌腹者，蠣奴也。」昌黎云：「入者主之，出者奴之。」今乃以入者爲奴耶？戲作歌索諸子和。

介蟲三百有六十，蟹族爬沙乃其一。旁加八跪撑雙螯，帶甲横行風雨疾。無端幻作腹居蟲，竊食蠣肉專其宫。吾聞出者爲奴入者主，主今安在奴稱雄。吁嗟乎！大魚噉多鰕鉏泣，觸蠻蝸角争方急。鵲巢古亦有鳩居，燕室終須防雀入。

答施自勗

才子生同邑，陳人喜得朋。每蒙詩見及，祗覺愧難勝。薄俗餘孤賞，虚懷去一矜。好傳《横浦集》，彦質有雲仍。宋施德操，字彦執，吾邑人也。與張子韶友善，《横浦集》中，與彦執尺牘及唱酬詩甚多，自勗豈其苗裔乎？

八月晦日榆村季方曾三芝田諸兄弟偕過桂堂小飲次芝田韻

夢裏悲歡覺者誰，流光去我杳難追。重尋老圃看花約，已失中秋坐月期。委蜕子孫聊自解，時榆村兄有殤孫之戚。在原兄弟詎勝思。余時適聞德尹病風辭免之信。達觀至竟談何易，除却銜杯百不宜。

第六孫生

東吴方喪子，次息又添孫。歌哭於斯室，興衰視此門。家貧寧計口，客至且浮尊。敢料成童日，吾猶月告存。

聞德尹患風疾將上章乞休寄懷二首

道遠傳書少，年侵感事多。忽聞君末疾，轉益我沉疴。家運衰如此，朝恩重若何？勿將身試藥，時世少醫和。

食新吾自幸，屈指又三年。偕隱原初約，當歸那問天。婢牽蘿補屋，奴縛草爲船。慚愧分甘意，寬心及目前。大兒身後多宦逋，弟許分結茅之資，以慰余懷。

重陽後一日季方兄招同諸兄弟龍尾登高

罛船昨夢隔漁洋，棁杖相攜又故鄉。海蜃浮空呈寶刹，石龍渡水得殘岡。嘉禾野潤初收雨，緑樹村濃未剪霜。愛惜眼光留足力，年年來此作重陽。

題龍尾山僧舍

龍形蜿蜒三四里，起伏脽尻露顛趾。秦鞭怒爾屹不移，鑿斷其腰曳其尾。龍腰，俗傳秦始皇所鑿。何年一掉鱗甲摧，蜕骨化石凝堅胚。山僧負土補石縫，長養松竹從嬰孩。駢青聳翠皈佛力，鎮以精藍高岌岌。鼉鳴鯨吼海外聞，樵唱漁謳月中入。回首茫茫禹九州，兹山奚啻一浮漚。蘭單合是疲牛路，老矣猶能賦《近游》。束廣微《近游賦》：「駕蘭單之疲牛。」

朱乾若輓詩二章

名高無顯晦，業富有淵源。家自傳閩學，身嘗到孔門。兄系出紫陽，曾設教於衍聖公家。荒榛誰與闢，碩果幸猶存。豈意龍蛇厄，頻傷好弟昆。與三子懷兩兄十年來，先後俱下世，故云。

白頭歸已晚，索莫感離群。昨歲猶過我，今朝又哭君。恍疑神理接，不謂死生分。孰是辭無愧，來題有道墳。

衎齋惠香橼戲答二絶句

磊落筠籠五十枚，清香分供佛前來。敢同賣菜還求益，待覓根株自接栽。

也擬堦前種一枝，老人作計太迂遲。心知證果非難事，眼見開花是幾時。

偶過雨梧齋看菊別後得二十韻寄主人楊致軒

貧家無菊看，一棹訪城隈。且喜經霜在，非關冒雨來。秋光如我待，病眼爲渠開。百本紛成列，千頭疊作堆。枝枝疑並蒂，朵朵儼重臺。倚賴扶身竹，因依帶土苔。淺深微別色，高下悉呈材。涼蝶窺簾度，慵蜂拂檻回。差堪登瓦缶，直可勸金罍。花及兼旬賞，根須隔歲培。相逢雖解后，臨別尚徘徊。預作東籬計，分苗手自栽。

訪陳侍御梅溪郊外新居二首

見説新居好，幽尋不待招。年豐禾被坂，潦退水平橋。改路侵桑柘，爲鄰傍緯蕭。涼風吹白帢，來問郭西樵。

海氣孤村外，秋聲萬木間。名方高洛社，夢不點朝班。閲世隨流水，安身比太山。傲他軒冕貴，投老遂長閒。

座主宗伯許公再邀楊晚研陳宋齋梅溪及余爲五老之會席上分賦二章時立冬後四日

又作名園三日留，款門人各有扁舟。宵能縱酒晨還醉，晴便登山雨即休。且喜大家添一歲，未應高興減前游。黄花已老丹楓嫩，斟酌初冬勝晚秋。

勿論雪北與香南，谷水東西亦有庵。行處人言星聚五，序來吾忝齒居三。緇黄世外關存没，是遠上人仍入坐，南山張道士已下世。風月尊前助笑談。錯料詩成如噉蔗，後來居上得無慚。晚研、梅溪兩家令子俱從游，詩又先成，故戲云。

墻根冬菊

直自陳荄發，何煩客土移。近根除蠹葉，薅草出卑枝。點綴荒蕪徑，支撑缺壞籬。栽培初少力，敢怨作花遲。

禾稼初收野眺作

窮鄉十年九旱潦，嘉種歉歉蕃庶草。秋來雨幸不成災，安慰人情眼前好。溪南粑稏百頃田，縱横蚱蜢飛連天。黄雲捲盡霜野闊，放眼直到南山邊。新春家家催相杵，倚杖閒聽鄰叟語。偶然村社飽鷄豚，久矣官倉肥雀鼠。

題杜集後二首

此老原非諫争姿，許身稷契復奚疑。可憐官馬還官後，徒步歸猶號拾遺。

漂泊西南且未還，幾曾蒿目委時艱。三重茅底牀牀漏，突兀胸中屋萬間。

讀莊子内篇八首

世人耳目隘，直與蜩鳩鄰。焉知天地間，乃有鵬與鯤。小窺大不盡，大視小不倫。吾游非彼適，彼笑非吾聞。

彼此一是非，有一斯有萬。於中强分别，間不能以寸。齊之以不齊，兩俱置勿問。方將與物化，何有乎物論。

其意在詆儒，其説乃近仙。其源發乎老，其漸流爲禪。養生徒養形，木寇膏自煎。是形無不盡，薪盡而火傳。
死生非二理，出入同一機。人皆有故鄉，弱喪昏不知。千載旦暮遇，淵明悟其微。南山舊宅在，逆旅終當歸。
生本玩世人，初未忘用世。觀其審出處，亦重君臣義。用世必以言，忠言或取戾。所以遁天刑，寧甘爲世棄。
人人兩其足，恥與兀者徒。向非德內充，有足不啻無。外形而形全，內神而神腴。形神兩皆寓，是謂內外符。
讀書自得師，深淺隨所到。當其快領會，何異朝聞道。勞生佚以老，反覆覺語妙。妙處老方知，毋輕示年少。
耆欲必有開，聰明出乎鑿。自從渾沌死，天下無純樸。帝王遞相嬗，泰氏不可作。世運日趨澆，滔滔繄誰覺。

十一月初七夜紀事

未年建子月，村舍宵喧豗。老夫衣服冠，起坐中心摧。女媧石破碎，猛雨噴空來。風勢助覘覘，電光走焞焞。孤陽五陰下，匕鬯吁可哀。復其見天心，奮地乃出雷。我欲祝雷公，馳聲徧九垓。毋徒震百里，虩虩驚童孩。又欲禱風伯，非時掃氛霾。明兩日重光，天門詄蕩開。五行有常變，數以反覆推。孰者主張是，瑞或生於災。世運視斡旋，人情仰昭回。露生亦何事，蟄户行復培。

庭卉具萎手除枯莖

條蔓天生弱，況兼冰霰加。過時多悴物，經眼即空華。芒刺除三逕，蒸薪共一車。但看枯穢盡，何種不萌芽。

兒建歸櫬權厝西阡

自得淮南信，輌歸報有期。遠慚嬴博葬，近慰首丘思。魂魄孫隨祖，冰霜父哭兒。一號臯某復，望絶倚門時。

閲邸報北直學使交替有人知德尹歸期不遠矣作詩志喜四首

冬來日日望迴輪，邸報遥傳信漸真。客病也應資藥餌，長途未可恃精神。官隨年限纔經臘，弟於去冬赴任，及是僅滿一年。農告歸期正及春。勞動里中羊酒賀，一家遂有兩閒人。王介甫詩有「豈容家有兩閒人」之句，故云。

舊莊喬木蔭茅茨，六十餘年忝一炊。丱角光陰雙鬢改，釣游踪跡兩心知。交頭對倚花前杖，斂手閒看劫外棋。見説漢廷偏愛老，申公免病故遲遲。

盛事依稀記玉堂，後先出入總恩光。魚潛樂莫如同隊，雁序歸仍不亂行。忍便析居違丙舍，尚煩刻碣表瀧岡。經耡績火原家法，相戒兒孫勿去鄉。

長虞晚節相從少，豈料歸期不約同。弟今年六十四，與余引疾之歲恰同。架有圖書延客座，堂無絲竹變鄉風。桑榆賸飽温暾味，梨棗粗收長養功。校勝蘇家好兄弟，對牀來作白頭翁。

蠟梅宋以前未有賦者東坡山谷後山少游始見於吟詠率皆古體而不入律王平甫陸務觀尤延之楊誠齋各有五七言律詩方虚谷瀛奎律髓選附梅花類中雪窗披覽頗不愜意適友人折贈此花信手拈筆非敢與前賢較工拙也

閱盡嘉平臘，來爲最晚芳。冰心含淺紫，雪瓣吐嬌黄。後菊偏同色，先梅別有香。百花多釀蜜，容爾占蜂房。

過德尹城中新居十二韻

再得歸田一紙書，喜於身自挂冠初。城隅別僦三間屋，户外高懸四望車。飽閲官情知進退，好還天道任盈虚。豈惟太息傳供帳，頗覺讙聲動里閭。應接稍防生客擾，往來寧慮舊交疏。囊衣事偶同王吉，襆被人應諒魏舒。世上名皆身以外，曆頭冬是歲之餘。巢成古樹寒依鵲，檻俯清池夕數魚。膝下諸雛看漸長，燈前二老笑相於。小時至性君猶在，病起精神我不如。良夜且爲無事飲，明年仍擬故林居。園廬早晚梅花發，已遣家童預掃除。

雪後次東坡韻二首

繞屋聞聲已散鴉，到門無逕可停車。雲端海日峰峰玉，畫裏山村樹樹花。酒上衰顔聊遣興，詩經白戰自成家。梁園賦客争工拙，未抵先生手一叉。

亦知天色朝來好，不奈風威分外嚴。笑指庪廖供爨蠟，戲摶師虎作形鹽。晴綿未拆猶鋪逕，冰筍俄長欲墮檐。最是瓷盆先得氣，蘭芽已放兩三尖。

丙申二月雨雪連緜援筆排悶

巡檐倚杖步蹣跚，村巷泥深欲出難。二月風光三日雪，閏年天氣半春寒。蟻浮竹葉杯常凍，雀啅苔枝蕊未殘。好笑纖兒群擲瓦，不聞古井復生瀾。

積翠樓古柏恭次座主宗伯公原韻二章

不知移植是何峰，拔地今成夭矯龍。左紐紋應儕老檜，後凋名許配高松。霜柯蔭合烏呈瑞，長公立巖，時官侍御。香葉年深鹿絶蹤。獨貫四時無改易，自天雨露正濃濃。

蒼髯翠甲映於思，不染人間半點埃。自倚孤根堅鐵石，對抽雙幹出樓臺。陶家門外新栽柳，王氏庭前手植槐。何似先生扶正直，少陵《古柏行》：「扶持自是神明力，正直原因造化功。」階庭成就柏梁材。

盆中鴛鴦梅戲次許東垞韻

兩般顔色接栽餘，香山詩：「樹接兩般花。」磁斗交花密復疏。秦虢一門承寵日，尹邢雙美入宫初。淡粧濃抹休相妒，傅粉施丹恐不如。未免孤山高士笑，笑他倚市又充廬。

蚍蜉

大盜盜魯藏，小盜盜墓木。蚍蜉肯自量，蜂蠆反余毒。本根葛藟庇，保已分良足。此外何不容，坦而示之腹。

二月杪偕諸兄弟西阡看梅集句

安得健步移遠梅，健如黄犢走復來。春花不愁不爛熳，只恐花盡老相催。集杜。

又一首

兩岸山花似雪開，劉夢得。一杯一杯復一杯。李太白。勸君更盡一杯酒，王摩詰。二月已破三月來。杜子美。

三月三日塘西卓氏園看梅

兩月春苦寒，閉門雨雪中。名園一昔到，天氣初和融。徐步盡深榛，窅然苔逕通。中有古梅樹，閲人自兒童。余年十三四時，讀書西水，曾游此園，今五十餘年矣。花開子孫枝，樹亦成老翁。不知幾易主，孤幹如焦銅。良辰與我期，噴雪當晴空。清香襲襟袂，澹若松下風。夕陽墮林西，纖月張虚弓。慚將塵土足，移入笙歌叢。是夕，沈氏叔姪置酒演劇，故云。

雨後玉蘭未殘適德尹自武原歸再飲其下此樹弟手植者

不負春來約，新晴果到家。手栽當檻樹，眼見出墻花。比雪偏能艷，韋蘇州詩：「清詩舞艷雪。」如瑜不掩瑕。兩翁心竊喜，何啻茁蘭芽。雨點着花瓣，俱成黑斑，故有第六句。

馬衎齋筮易得漸二爻既以名其居復繪小影坐磐石旁竹垞老人舊書于磐二字今以圖來索題附綴數語義盡於卦無取旁求也

離于干，即于磐。起居無時，惟石之安。止以爲巽兮，木因乎山。于陵于陸兮，抑豈鴻之所難。

三年前手植牡丹閏月始花吟成八韻

爛熳三年約，參差五尺叢。稍遲因閏月，最後領春工。密葉深流翠，狂苞怒發紅。扶頭香與力，登頰酒無功。日出光相射，煙含態轉融。憐渠風雨後，慰我寂寥中。臺榭移難定，笙歌賞易終。不如離色界，長伴白頭翁。

大雨枕上作

雷雨軒窗動，孤燈耿夜深。老人渾不寐，大有惜花心。

閏三月十一日拙宜園牡丹之期時晚研將赴密雲城工兼以送别四首

臨事從容意，於君見一斑。開園仍郭内，置酒且花間。世已難希古，天應未許閒。寧聞白賓客，垂老出香山。

不道桑麻社，中間有路岐。幾時重會合，此别各衰遲。官罷貧誰諒，身存病敢辭。隨翁心似鐵，難得好男兒。東坡《送子由北使》詩「隨翁萬里心如鐵」自注：「猶子遲也。」今令子次也侍行，故及之。

草野聞朝議，籌邊事不同。鑿山甌脱外，設險塞垣中。路指屯雲戍，城連避暑宫。河湟方用武，勝策轉漕功。

林下抛雙屐，風前换短衣。重爲遠行役，只望蚤旋歸。王事程期迫，京華故舊稀。莫令招隱地，歲晚寸心違。

腰痛自嘲

平生恥折腰，彊直詭自訟。謂從解組後，帶眼稍寬縱。寧知患苦纏，百衲鬭一縫。向來所受病，及是方覺痛。《養生論》以覺痛之日爲受病之始也。欠伸兩不遂，轉側需僕從。抓搔性復慵，摩拊亦安用。可憐血肉軀，猥與蟣蝨共。人間十萬貫，騎鶴嫌腰重。痛定吾有時，身輕行試鳳。東坡詩：「身輕可試雲間鳳。」

苦雨歎

十日五日雨脚稠，皇天害物肯待秋。《左傳》：「秋無苦雨。」服虔注云：「害物之雨，民所苦。」野花委地不如草，林鵲置巢全爲鳩。雌蛺蝶飛何處去，官蝦蟆叫無時休。南山朝隮東海溢，一老書空方坐愁。

海塘歎

沙崩岸塌風駕潮，潮頭勢與城爭高。愚公移山或可障，精衛填石誠徒勞。海若東來神鬼泣，尾閭南泄魚龍逃。邑興大役官乏費，行矣板築須時操。力役之征，紳士無得免者。少陵云：「板築不時操。」今日之謂歟！

蠶麥歎

舄鹵之地成梢溝，水漱齧者爲梢溝，出《周禮》注。傾都委貨爛不收。村姑尚以蠶命月，野老曾於麥望秋。恤緯孰是織室者，雜耕吾亦農家流。縣符蚤晚急夏税，何暇更爲百草憂。黄涪翁云：「男女墮地，衣食各有分齊，安能蹙額爲百草憂春雨耶？」

復愁四章

今年陰太盛，四月雨尤狂。渡口浮橋斷，門前暴漲黄。坐看千頃没，立致一村荒。歎息昂頭麥，抽芽比穗長。二麥垂熟而未登，芒穗中發芽，長寸許，目所未睹也。

頓遣蒸薪貴，難教米價低。溼炊煙冒瓦，罷汲井封泥。俗累生誰免，身謀老自迷。藜牀經月卧，拄杖不輕攜。

古井長防塌，先廬且幸存。沉沉移白日，耿耿向黄昏。螘穴乘甎縫，蝸涎上漏痕。此中無客到，何用掩蓬門。

箕畢占頻驗，庚壬候總非。鄰鷄鳴不已，梁燕乳相依。賦肯憐蛙瘦，人方羡鼠肥。樂郊何處所，舍此我安歸？

敬業堂詩集卷四十六

夏課集起丙申五月，盡十二月。

長夏家居，與德尹約爲書課，弟方纂輯《北史》，余點勘《毛詩注疏》。中有疑義，互相剖析，此情不異曩時，所增者白髮耳。

喜東亭弟滇歸見過時德尹亦歸故居。

艱辛憐遠別，歡喜報初歸。萬事付彈指，一門多拂衣。侵晨移爾艇，觸熱扣吾扉。相對成三老，人間此會稀。

自五月不雨至於六月二首

一月愁霖歎，三旬亢旱憂。雲從火山出，溪挾沸湯流。魚鼈潛無所，蜩螗聒不休。氣衰尤怕熱，計日望新秋。

有客京華至，爲言赤地同。不成驅鬼魃，兼恐致螭蝥。奠瘞神何定，精誠感或通。仍聞漢廷議，策免到三公。

得雨

海色昏昏合，雷聲隱隱粗。群情希汜濩，天意卹焦枯。一溉功雖細，千林氣稍蘇。篝車吾且祝，不敢笑田夫。

橘蠹化蜨馬縞《中華古今注》謂：「蛺蜨，一名野蛾，生江南甘橘園中。」不知乃橘蠹所化也。

橘蠹凡兩種，食心與食葉。食葉者速化，勢如靈鬼攝。語出《關尹子》。朝爲蠕蠕蟲，暮作栩栩蝶。公然委其蜕，雙翅巧開合。却向故枝頭，飛飛繞三匝。漆園方大夢，與汝形相接。試問前後身，依稀在目睫。

立秋夜雨晨起納凉

飛雨灑然過，小窗殘月明。微風動秋意，草木爲先聲。故人何方來，樊川詩：「清風來故人。」一笑披衣迎。端能起我懶，天地非無情。取用及須臾，寸懷良已盈。兹晨不兩旦，莫負鷄三鳴。

秋暑三絶句

秋暑不減三伏天，杖藜隨我來谿邊。跳蛙自得坎井樂，上有夕陽高柳蟬。

學書遠遜王右軍，學弈無過王積薪。日長如年大好睡，小技何足勞吾神。

布幔十幅當檐牙，東南好風渾被遮。牀頭非無蚊遶鬢，案上幸少蠅集瓜。

題毘陵徐思肖詩卷後四首

郵筒寄我一編詩，天然神骨清而奇。騷壇家將生有種，看取陣前姑蔑旗。

宫體徐摛一變新，傳家又得石麒麟。年來咄咄欲跨竈，莫怪阿翁誇向人。戲用《東坡尺牘》中語。

錢四才華世所稱，乃郎筆力亦騫騰。謂同年錢絅庵父子。同鄉遂有兩勁敵，詩派今屬南蘭陵。狎主齊盟事不難，並驅應許八蹄攢。老夫合退三舍避，憑軾試從壁上觀。

七夕前二日同德尹濬安飲東亭齋二首

水淺菖蒲港，船通皂莢橋。爲歡須永日，相過復今朝。草徑荒初闢，桐陰薄漸凋。歸休真上策，何待蚤招要。

同祖如同父，爲兄忝伯兄。家貧餘世業，官滿得鄉評。甕醬調藜糝，厨蕫芼鼈羹。向來疏酒盞，一飽累經營。

秋　庭

秋來無一事，物態頗相撩。是葉須防蝕，無根不耐澆。欹花危露蒂，修蔓妥風條。滿目皆生意，吾庭未寂寥。

賦得雨中荷葉終不溼六韻

爾本池中物，翻從溼得乾。出泥莖濯濯，帶雨葉團團。散作千聲去，欹留一滴難。高低承翠蓋，大小走珠槃。灑脱渾無跡，陰晴詎改觀。肯同凡草木，漏澤妄思干。

雨後行田

水氣一村蛙，晨光幾點鴉。畦風凉病骨，衣露涉秋花。正爾關農事，兼之遠俗譁。桔槔閒挂壁，勞苦及東家。

寄吴少融二十六韻時吴宰壽光。

忽忽三年别，遥遥異地情。索居雖潦倒，結念每迴縈。憶昨同晨夕，惟君獨老成。吉人辭樸訥，端士意肫誠。蹞步寧愁失，沖懷敢自盈。授經依北郭，請業到西清。榻愧陳蕃設，詩容顧況評。出攜青鏤管，歸傍短燈檠。績學承名父，高才敵令兄。少融爲梅村先生幼子，西齋給諫愛弟。向來留著作，兩度費咨呈。自我辭書局，憑誰問客旌。九衢千轍軌，萬事一棊枰。他日乘軒鶴，當時出谷鶯。先鞭輸祖逖，上第失楊英。夜雨新豐市，秋風古灌城。得官隨本分，爲政且神明。側聽衣冠誦，如傳襦袴聲。科條煩是累，民社寄非輕。示俗因奢儉，調絃戒改更。免教同列忌，休矯一時名。此外佳眠食，其他簡送迎。陳編閒肯廢，古道力能撑。便欲觀風去，殊難抱病行。撫躬憂浩蕩，回首歲峥嶸。爲報鳴琴宰，應憐撤瑟生。

西河餘痛在，雙眼不曾盲。

八月初四日放舟至硤石

習嬾常支户，乘凉偶放船。渠清瓜蔓水，露白稻花天。夜氣鳴鷄後，晴光蕩槳前。地平先見塔，高出萬家煙。

西阡桂六韻

手種西阡桂，三年漸看長。玉蘭輸舊翠，金粟試新黄。露重朝流潤，墻低遠遞香。婆娑佳月色，報答好秋光。敢擬栽爲柱，差堪署作堂。丁寧松檜伴，稍待共成行。

南堂桂八韻

五桂階庭樹，迎秋候蚤催。著花多四出，得氣必齊開。自我先人植，仍資造化培。好風香世界，凉影月樓臺。天上逃斤斧，山中混草萊。在家僧偶聚，不速客頻來。時衎齋、東亭不期而會。豆莢瓜瓤味，兄酬弟勸盃。最宜星露下，永夕與徘徊。

偕季方東亭德尹曾三諸兄弟過東林庵

北郭吟笻罷，東林講席收。憶四十年前陪范文白先生來游事。能無三宿戀，復作五人游。攢掃庭常潔，牋題壁尚留。影前香一瓣，來往記風流。時坐旋法師影堂。

題周少谷杏林雙鹿圖爲老友徐韓弈壽

杏爲仙人林，鹿是仙人友。少谷寫此圖，卷舒落吾手。愛其粉墨久若新，畫叉挂壁濃香熏。朝來詩成畫亦往，持以贈君兼壽君。與君論交從壯盛，通介看成徐邈聖。我如麋鹿爾爲群，豐草長林同此性。

臨平舟中

作雙白鷺起前汀，西望山光的的青。暗數永和隄畔路，宋趙誼父《過臨平》詩：「居人猶號永和隄。」一橋十里似長亭。

虎林與同年許莘埜話舊時初自蜀歸四首

烹鮮滋味定如何，叱馭行經萬里餘。今日秋風吹櫂轉，江鄉原不少鱸魚。

冷曹需次問何司，剩許閒編僰道詩。五角六張成底事，人間吉日是歸期。

旗鼓相當膽氣麤，生平事事不曾輸。輸他對我誇年少，漆點烏絲一尺須。

同年難得況同鄉，久別重逢感歎長。百五十人餘幾在，勸君狂得且須狂。時連聞劉大山、陳巨高、李時夏三同年凶問。「狂得且須狂」，借用香山成句。

題安平泉上二首

自從兩乳垂天目，中有神龍不測淵。直到臨平山脉斷，尚渟一眼在山泉。

我讀咸淳潛守《志》，曾收元祐罪人詩。摩挲一片竹閒石，好事僧稀問向誰？南宋潛說友《咸淳臨安志》云：「仁和縣安隱院地產曲竹，竹閒有池，名安平泉，東坡題詩云云。」按東坡題《安平泉》七律一首，集中失載，余曾采入《補遺》卷中。今至泉旁，尋碑碣不得，故云。

曾濟蒼遠致秋蘭一本重陽前試花寄詩報之

廣文能好事，貽我婺州蘭。不共三春賞，翻從九日看。同心如爾少，獨立後時難。待作幽人佩，清香可耐寒。

世棄

世棄身何與，身閒分已過。讀書新得少，見夢故人多。黍熟來初釀，池荒足敗荷。東籬佳節近，不醉擬如何。

吴起君重陽送菊至

今歲寒氣蚤，應節微有霜。是日霜降節。開門得君書，遠致籬下黄。瓦盆三十本，羅列成重行。端如衆君子，正色登我堂。吾衰萬事慵，酌酒不盡觴。何以答佳貺，託詩紀重陽。

後三日邀諸兄弟賞菊席上放歌

吾鄙吴生字起君，知余雅好忘余貧。扁舟送菊乃無酒，正及九九清霜辰。招呼近從南北巷，假借半出東西鄰。後庚三日稍稍集，義取兄弟不及賓。有如田家大作社，杖白頭者凡七人。合年四百七十二，雁雁排翅魚排鱗。天公貺我美風日，歲云莫矣行食新。海蝦挾須白出縮，椵蟹負殼紅輪囷。木瓢木杓傳父祖，中貯兼味清而醇。興來大壯客顔色，詩好全得花精神。人間所歷皆夢境，至樂孰與田園真。勿辭醉插滿頭去，一笑正落陶家巾。

少睡

秋去寒猶薄，冬來夜總長。堦前黄葉滿，門外朔風狂。舊得休心法，新傳養目方。癡兒憐少睡，撿曆勸移牀。

秃筆吟二首

久被宣城束縛加，鐵梳膠綴老年華。耗磨毛遂囊中穎，零落江淹夢裏花。縱不封侯追定遠，誰能銘冢向長沙。畫工掃壁休嫌秃，會見騏驎出咄嗟。

書不中書觚不觚，也曾東抹與西塗。姜牙斂手輸鷄距，虎僕藏鋒讓鼠須。墨沼涸逃蓬館債，硯田荒貸管城租。免冠一博秦皇笑，差勝中山穴處徒。

問東亭病

天末清貧吏，身還病亦隨。用巫真下策，勿藥得中醫。語出《漢書·藝文志》。瘴霧侵肌重，冰霜造物慈。入冬思合醵，爲爾尚遲遲。《毛詩箋》：「入必共族中而居。」又：「有祭脯合醵之歡。」

隙光

隙光野馬去如馳，正是先生静坐時。病不求醫吾有命，老方學《易》世無師。回思少作雕蟲比，轉悔餘波綺麗爲。唤起景陽來入夢，擲將殘錦乞去聲。丘遲。

芝田長子字西山賢而有文游學京師一病不起旅櫬還家詩以當哭兼慰芝田

天心洵茫昧，家運關彼此。可憐兩長男，相繼俱客死。亡兒歸柩，去冬亦於十一月到家。倚閭冰霰後，歸櫬風霜裏。割愛難以慈，奪情莫若理。明明聖賢教，五十不致毁。父母恩且然，矧乃施於子。吾本同痛者，勸君兼自慰。知其無奈何，安命而已矣。

冬課吟效擊壤體二首

炳燭餘光已可知，假饒聞道敢云遲。故人問我三冬課，六十年前上學時。順治丙申，余七歲，方就傅。

畫前有《易》《易》如何，删後無《詩》詩倍多。更向誰邊討消息，水從冰後不生波。

棄　裘

禦冬年已久，毛秃僅皮存。等是犬羊鞟，永辭狐貉温。留之竟安用，棄爾似無恩。改作吾何望，茅檐去負暄。

長　至

天地有肅殺，微霜爲驅除。洎乎冰雪交，慘者旋以舒。來復子之半，始凝履之初。何須當既剥，然後觀盈虚。

望歲集起丁酉正月，盡九月。

三年來元日連遇風雪，歲事不登，生理日窘。朝來天色晴霽，農占其有秋乎？老圃望歲，殆同老農也。

元旦喜晴

一從朝請廢，冰雪博高眠。却展山中曆，重瞻霽後天。兒孫粗識字，兄弟繼歸田。此外非吾分，隨人望有年。

邑侯陳衡山壽十二韻

海角桑麻邑，沙灣舄鹵田。極知吾土瘠，端賴令君賢。侯到纔期月，民勞已有年。上官頻按部，下户忍施鞭。利器無盤錯，長才展事權。緩征舒積困，雇役免齊編。酌劑心良苦，撟虔弊悉捐。政成單父速，名媲太丘傳。麗澤三春渥，仁風百里宣。初辰花照座，佳氣柳含煙。里老霞觴後，村童篠馬前。也應容野史，來奏《雅琴篇》。

正月十八日偕德尹西阡看梅兼邀曾三芝田東洲諸弟同飲花下三首

西麓寒梅樹，年年二月開。今年開獨早，應爲兩人來。
已是四回看，憐渠閲歲寒。同時手栽者，松柏長偏難。
隨意致芳鄰，壺餐勝餘飯。尊前一校點，且喜人皆健。

及門樓敬思自粤西遠寄潯桂

隔年一信到何遲，寄我潯州菌桂皮。已向籠中儲上藥，只愁天下少良醫。情深遠荷門生致，性在終於野老宜。別與蘇家傳釀法，搗香篩辣味尤奇。

贈杖

倚賴支離叟，扶持拙病翁。長虞故步失，不爲暮途窮。世乏三年艾，家無五尺童。用行吾與爾，形影略相同。

補屋海棠萎而復甦偕德尹芝田作用黄山谷體

前年爛若雲錦堆，去年憔悴無花開，今年芳意莽復回。人情貪多似嫌少，却是花稀看愈好，閲汝盛衰成我老。白頭自白紅顔紅，花如有語解勸翁，夜闌莫放清尊空。

再次芝田韻一首

隔霧看花三老翁，未甘白髮負春工。一梢欲墮胭脂雪，幾朵猶含蓓蕾風。爛熳人情沉醉後，寂寥詩味卷帷中。相逢莫漫嗟遲暮，悟徹從知色是空。原詩有「相逢可惜已遲暮」之句，故結句云。

聞副相揆公正月初六訃音小詩寄哀四首

宮内稱才子，臺端倚重臣。得君時最早，歷試品尤真。嗜苦餘千卷，門閒少雜賓。不知經幾劫，還復有斯人。

卿月三臺墮，文星八座懸。望高虚相業，才大損天年。謝客終成佛，生平留心内典。王喬竟得仙。所傷江鮑體，無子孰流傳？

憶昨歸田後，情親分不移。爲憐吾已老，長恐見無期。急遞書頻達，因風報輒隨。半年遲作答，魂夢至今疑。

何當承遠訃，豈是誤傳聞。四海誰知己，餘生又哭君。有文披舊稿，無酒酹新墳。不朽將安託，從今硯擬焚。

墻角郁李花盛放

碎霞剪綺綴繁枝，陸魯望《郁李花賦》：「碎緗綺，剪明霞。」偏反阿儺自一時。春到軒庭無悴物，又收《常棣》入吾詩。

連朝風雨園庭海棠零落都盡而瓶中折枝娟然獨秀老夫欲不誇爲佛力其可得乎

兩株芳樹全摇落，泥汙臙脂亦可憐。值得拈華成一笑，風災不到四禪天。

芥舟二首次祝尚于原韻

蜃樓鮫屋總非真，愛爾虚舟遠俗塵。芥納須彌中有地，杯浮滄海四無鄰。琉璃貯篋團團鏡，綫毯鋪筵寸寸茵。容得兩三人坐否，故應魚鳥自相親。

水滿坳堂柳拂梢，不須結宇用香茅。觸蠻有國争蝸角，燕雀何心占鷺巢。茶竈筆牀人共遠，蔣牙菰葉影相交。未能便作浮家去，倘許門從月下敲。

三月三日雨中潘竹村祝尚于周楚和三老人偕赴德尹之招翁源姪不至席上口占寄嘲

又是重三祓禊期，招尋也復逐群嬉。地偏俗儉人多壽，歲美風和雨應時。木芍藥花開正好，野酴醾酒醉何辭。竹林一阮真疏放，不豫吾流太好奇。

重宿寒中書齋

桐又將花柳又綿，山齋一榻故依然。曾偕老友成三宿，却話前游過十年。白髮昏昏中酒味，青燈黯黯讀書緣。只憂海近沙頹岸，夜半潮聲撼客眠。丙戌秋，與竹垞連榻齋中，能無存歿之感？

制府滿堯山同年奉詔巡海道經吾里詩以迎之四首

十年翠蓋不南巡，千里巖疆寄重臣。看取隨身三五騎，肯教供億累州民。

水溢山陬被澤深，兩邦旌節喜重臨。每逢田叟停車語，徧示君王愛養心。

畚鍤千家傍海壖，崩沙日費水衡錢。福星昨夜臨吴分，斥鹵重開負郭田。

雲帆星島駛經過，海外風恬可有波。一事尚煩公入告，兩關歲課本無多。

春盡日雨中招諸兄弟爲櫻筍會

老去邀歡要及時，肯緣泥濘阻前期。舊年風雨正如此，今日陰晴昨豈知。入饌朱櫻貪摘蚤，翻堦紅藥笑開遲。兄酬弟勸更番事，但到尊前醉勿疑。

德尹於得樹樓後築屋三楹既成以詩落之

五架三間屋，千竿萬个園。竹深堪障日，樹老莫傷根。北牖斜穿沼，南榮短界垣。景難兼奥曠，意在適凉温。粗遺規模具，翻嫌布置繁。移書驅壁蠹，品石斥湖鼋。鷄栅寬螻螘，牛宫祝子孫。誰爲張老頌，聊托仲長言。謝康樂《山居賦》：「仲長願言，流水高山。」幸爾留閒地，容余補壞樊。一庵何日就，笑指畫圖存。

偶過鴛湖

村北村南緑滿陂，溪山百里放船宜。鳩鳴葚熟蠶三起，燕掠風梢麥兩岐。乍煖故知非雨候，薄游何必定花時。兩湖地主今誰在，每到徒增感舊詩。

與靈上人餉龍井雨前茶二首

風篁十里郎當嶺，官焙争收粟粒芽。慚愧老僧親手摘，青紗蠟紙餉山家。

今年穀雨雨廉纖，茶味全勝笋蕨甜。正自不嫌山少肉，肉山無此好毛尖。

老友鄭寒村歿後五年其子義門攜愛蓮畫像過余屬題得二絶句

自脱朝衫换幅巾，祇應營道想前身。倐然出處行藏外，誰識完人是半人？寒村晚年病風，能以左手作書畫，自號半人。

更有何人識雅懷，一琴横膝對花開。多慚後死黄山谷，曾見光風霽月來。

梅　雨

半月濛濛雨，千畦釋釋耕。麥租雖未入，米價漸將平。屋老礎長潤，庭虚苔任生。吾脾方畏溼，却立候新晴。

德尹第四子滿月詩當祝辭

多男孰云累，晚境人尤羡。薛鳳乃踰三，荀龍剛得半。家門增喜氣，當暑清風扇。膩髮搓成團，貫之五色綫。耽耽垂大耳，皎皎開方面。出《左傳》注。騰上所未知，豐下已可見。我來拊汝頂，爲汝祝初旦。一祝兒長成，再祝爺强健。三祝好弟兄，他年相友善。

秋災行

西流之火方蟲蟲，兼旬不雨亦不風。先庚後庚凡五伏，秋暑酷於六月中。河流旱乾田拆罅，誰遣天吴來潤下。淡塘灌注味作鹹，仍恐良苗變枯稼。天乎降割此一方，相怨勿謂民無良。神痁鬼瘧何處避，且死那復論流亡。老夫本病在腰腹，不受淫邪外來觸。只餘雙耳未全聾，忍聽村鄰百家哭。

盆中草花二種已含蕊矣朝來忽萎

霜後冬收子，春來雨發芽。關心經夏旱，滿眼望秋花。忍負栽培力，徒勞灌溉加。童烏苗不秀，能免子雲嗟。

中秋夜與德尹對酌

今夕是何夕，弟兄俱在家。狂吞杯底月，笑指霧中花。老子興不淺，達人生有涯。底須愁後夜，圓影蝕蝦蟆。

十六夜復與德尹小飲弟有詩次其韻

既望猶未望，今年異往年。連宵雖博醉，老景劇相憐。但有兒摇膝，何須客滿筵。好詩能賽月，脱口自清圓。

秋花

雨後秋花到眼明，閒中扶杖繞階行。畫工那識天然趣，傅粉調朱事寫生。

五雜組九首

五雜組，玄黄帛。往復還，牛馬跡。不得已，主避客。

五雜組，新嫁孃。往復還，游冶郎。不得已，時世粧。

五雜組，雙鸂鶒。往復還，兩蛺蝶。不得已，君棄妾。

五雜組，刺繡手。往復還，貝錦口。不得已，掩耳走。

五雜組，氍毹毹。往復還，井轆轤。不得已，歸來乎。

五雜組，羅浮雀。往復還，華表鶴。不得已，生處樂。

五雜組，青紫楦。往復還，新舊券。不得已，《錢神論》。
五雜組，蝶戀花。往復還，蜂趁衙。不得已，東西家。
五雜組，采染綃。往復還，燕覓巢。不得已，思故交。

古詩四章

天荒地亦老，變化蕃草木。自從開闢來，悦人以紅緑。有榮斯有瘁，坐覺流轉速。傳語好風光，寧能衒無目。
衆蚍國大槐，擾擾成侯王。莊周化蝴蝶，與物亦未忘。至人豈無夢，夢則超形相。蟲螘所不爭，是曰華胥鄉。
域内有名山，攀躋力可至。人皆造其麓，抑或半嶺廢。歸來述所見，彼此不相似。等是未登峰，毋爲笑平地。
徒歌易成謡，獨唱難爲喁。我琴誰我瑟，我鼓誰我鐘。知音苟弗存，奚取覿面逢。遥遥千載下，或有牙與鍾。

敬業堂詩集卷四十七

粵游集上起丁酉十月，盡十二月。

丁酉夏，同年有自都下來者，傳佟陶庵中丞意，遲余作粵東之游。背秋涉冬，畏寒擬不出矣。余弟查浦曾三至其地，間語余曰：「嶺南無霜雪，且兄生平游蹤所未到，盍一往焉。」遂於十月初俶裝，明年四月，由粵西旋里，往反幾二百日。檢點道中詩，約如其數，分上下兩卷，録存之。

將有嶺南之行雨中過龔蘅圃侍御田居話別

小別倏三載，相望渺參辰。舊交半在亡，邂逅得兩人。喜汝罷官後，田居傍城闉。我來叩門入，追此風雨晨。問我將奚之？有懷難具陳。白頭萬里役，正坐不耐貧。頹年知幾何，復爾聚散頻。篋中有佳句，在遠情彌親。時侍御以《田居詩藁》屬余作序。

早發富陽喜晴

午辭樟亭驛，夕抵富陽宿。霜日曉初晴，煙江寒更緑。鷄鳴茅宇近，雁下潮田熟。萬株楓柏林，散作錦繡谷。平生山水興，臨老猶未足。聊復紀初程，清吟待兹續。

桐　廬

山偪不可城，千家聚成邑。民居半商賈，仰取俯有拾。斬櫟起炭煙，割林收漆汁。托身覆載内，生理隨分給。壯年不早計，暮齒行已及。莫怪杜陵翁，茫茫百憂集。

楨兒作釣臺詩未識嚴先生不受官之故徒以高隱目之作一首以廣其意

武宣馭下如束溼，課職東京亦孔棘。語見《後漢書·二十八將傳論》。一官直欲臣故人，此意先生應早識。逃名事偶同高尚，避辱心孤轉深匿。羊裘一領却累渠，苦被旁求相物色。伏波謗生薏苡珠，侯霸得罪由司徒。客星非將亦非相，吏議可得加狂奴？君不見璜谿老叟不自重，出應於畋後車夢。萬古江湖兩釣竿，潛龍勿用鷹揚用。

三衢道中口號四首

水落灘尤窄，輕舟一葦容。機心與機事，那免怨機舂。

沙際集饑鷺，修翎冷自梳。孟嘗門下客，大半食無魚。

兩岸丹黄色，千家橘柚林。勿嗤奴價賤，顆顆鑄成金。

明日川程盡，聊爲半日停，多煩賢太守，爲我致輿丁。謂靳培之太守。

早發常山大霧

苦霧忽吞天，去城不數武。如行襄城野，七聖迷處所。初旭漸漸高，寒光翳復吐。窅然墜醉夢，既覺乃停午。前瞻懷玉峰，峰峰垂白縷。西江行在望，未濟恐多沮。

舟發玉山

高灘稠竹節，尺水浮瓜皮。前經彈子渦，膠淺時有之。路長景苦短，坐送西南馳。却憶前年歸，正當暴漲時。一程破三日，上水宜遲遲。不謂下水船，艱難亦如斯。人生順逆境，閲世老更悲。

重過貴溪與同年王辰幟明府

我昨停舟爾下車，三年重到勝當初。冬來天氣晴尤美，畫裏江山錦弗如。官況不離文字外，時分校鄉闈，頗稱得士。風謡閒續笑談餘。象山亦是先賢蹟，好並鵝湖入志書。鉛山施明府重修鵝湖書院，屬余編輯志書。貴溪管内舊有象山書院，故及之。

龍津阻雪

地少雲多處，風饕雪虐時。客程當歲晏，天意警年衰。輕出自成悔，遄歸更勿疑。平生多類此，既往可勝追。

雪後渡彭蠡

雪山四望開，彭蠡豬其中。天光落東北，寒氣青濛濛。獨往矯孤鶩，群飛駕高鴻。沙明洲溆出，葉潰枝顛空。此行向南州，聊慰離别悰。三年女憶父，千里兒隨翁。生涯豈無涯，作計誠匆匆。寄謝宫亭神，歸帆幸分風。遠游興欲盡，一笑非途窮。

南昌遇袁州太守葛賓廬二首

懷抱因君又一開，人間洵有出群才。勿輕僻左宜春郡，曾屈昌黎作守來。

南浦維舟不記巡，眼前冠蓋一時新。也知諸葛真名士，來與貧交作主人。

南昌旅次答吉水令湯納時表弟見懷之作四首

與君稱中表，同是庚寅生。以我半年長，白頭忝爲兄。竭來寂寞游，奈此離索情。相望四百里，一水空盈盈。

隨身乏長物，投贈殊戔戔。子貧乃過我，報以雲藍牋。吟成十四章，字字珠琲圓。稍增行笈重，笑擲看囊錢。

世降士不情，矯廉競稱高。萬鍾避蓋禄，半李分螬螬。達者殊不然，寓形隨所遭。時無謝仁祖，菜把恩亦叨。

同里兩湯生，一登青雲梯。謂西厓少宰。一滯百僚底，長恐簿領迷。烹魚溉釜鬵，好音良可懷。逝將掃吾軌，歲晚期汝偕。

雨中早發南昌留別李壻暘谷

把酒對西山，開船溯南浦。數聲城上㯮，幾點沙頭雨。依回骨月恩，戚若去吾土。老人情懷惡，含語不得吐。官罷有孤蹤，路難無定主。勿愁魚化鐵，且作鴻遵渚。朗詠白絲行，行行忍羈旅。

豐城縣北十里磯頭山上有曲江祠朱文公往還湖南時與李後湖姚雪山游此後人因奉栗主以祀三賢詳見李崆峒祠記中今以韋武陽易後湖者訛也

贛江西南來，夭矯北走龍。到此乃東折，磯頭扼其衝。是名曰曲江，形勢險且雄。扁舟清夜詠，倡自紫陽翁。同時李與姚，杖履偕游從。三賢列祀典，蔚爲名教宗。世俗不好古，變置靡所衷。作詩糾繆誤，兼以警盲聾。

樟樹鎮舊名清江鎮。

瀟灑流下櫂歌聲，一曲清江見底清。老樹不知生意盡，尚憑古社占村名。

泥溪口枕上聞雁

陽鳥踰彭蠡，飄飄尚南飛。晨光若前導，群起泥江湄。數聲枕上過，傾耳漸入微。彼非我同群，安得相追隨。我帆十二幅，取用常半之。何以不用全，波濤怕欹危。下有無底竇，旁有不測磯。身乏雙羽翰，争先復奚爲？汝往太急急，吾行故遲遲。兹游到嶺南，諒亦難久羈。歸時倘見待，入春以爲期。

峽江縣

舊日周瑜埭，今爲小縣城。踞高因峽勢，隨地改江名。潦縮漁添户，時清戍減兵。大都從此去，彷彿蜀中行。

雨中望玉笥山

水遠山平四百里，兩崖斗拔滄江起。舟人遥指三三峰，《名山記》：「玉笥有三十三峰。」亂插芙蓉雨新洗。仙家縹緲住仙壇，不道人間路大難。請看玉笥山南路，漸近西江十八灘。

過桐江口不及訪同年李培園侍御以詩代柬

念昨別京華，君方入臺端。操持紀綱地，正色不可干。如何神武門，亦挂惠文冠。早知世路隘，不及山中寬。自聞返谷村，松竹爲改觀。築亭名補過，於義恐未安。古來賢達流，要視進退間。我欲賦《碩人》，爲君歌《考槃》。勗哉承世澤，名節初終完。

螺山文丞相祠

千古興亡恨，忠臣末運多。死難扶少帝，生不愧巍科。慷慨憂時策，峥嶸《正氣歌》。黄冠故鄉意，廟貌在山阿。

青原浄居寺七祖道場

錫泉一派接雷泉，味是曹溪六祖禪。欲識廬陵米貴賤，憑師問取下江船。

白沙渡

兩岸沙痕疑雪，一村竹氣如煙。風竿獵獵酒旆，雨笠遥遥渡船。

泰和城外望快閣

西昌漢古邑，地勢實開拓。鏡光十里平，倒影見城郭。浮圖南北峙，雙秀拱一閣。緬彼白下宰，流風宛如昨。官清無俗情，景勝擅傑作。冰絃絶已久，人境兩寂莫。除却謝玄暉，澄江何處著。「澄江一道月分明」，山谷《登快閣》詩中句也。世以比玄暉「澄江净如練」云。

十八灘絶句并序

按《志》，自贛縣至萬安，中有三百灘。孟襄陽所謂「贛石三百里」是也。然《陳書》云：「贛水本二十四灘，武帝發虔州，水暴漲，高數丈，三百里巨石皆没，止存十八灘耳。」世稱十八灘者，當本此。明嘉靖朝，湛甘泉自南司馬告歸，過此，作《十八歎》，今得詩，亦如之。各取灘名中一字爲韻，非云相襲，亦勞者自言其情而已。

習坎險在前，何人不惶恐。到此退已難，應思急流勇。右惶恐灘。

巨石浮牛背，亭亭鷺足翹。入鷗群不亂，愛汝好風標。右標神灘。

連日遇石郵，溯洄良苦辛。滔滔天下是，不問久知津。右綿津灘。

舟人買紙錢，例拜灘頭廟。來朝風順逆，今夕誰能料？右大料灘。

後灘接前灘，川脉互縈繞。人間爪牙毒，爲害長在小。右小料灘。

問言洵有神，受命若酬酢。借取方便風，泥行免郭索。右武索灘。

侵曉上曉灘，我睡不覺曉。向來坐有心，憂患亦不少。右曉灘。

萬里黄河水，崑崙乃發源。贛江源漸近，應號小崑崙。右崑崙灘。

虔吉此分疆，灘聲一倍長。人家盡柴步，墟落半漁梁。右梁灘。

雪少偏多雨，朝昏水氣腥。青洲洲畔草，臘月已青青。右青洲灘。

礓礫相摩盪，驚濤盡日喧。直同雷奮地，不獨雨翻盆。右銅盆灘。

大波深爲淵，小波淺成瀨。安得并州刀，剪此青羅帶。右落瀨灘。

長年生狎水，豈有不龜藥。幸自少層冰，可憐多赤脚。右狗脚灘。

莊生工寓言，率以小況大。必若魏王壺，人間能幾箇？右大壺灘。

失勢落江湖，中流賴一壺。千金奚翅直，人有不貲軀。右小壺灘。

劍戟礪鋒鋩，森森兩旁吐。狂瀾障不得，爲欠中流柱。右天柱灘。

石欲截江斷，江流奮怒前。來如弓挽强，去若箭釋弦。右横弦灘。

用盡灘師力，今朝過鱉灘。我無牛酒犒，愧爾報平安。右鼈灘。

自贛州換船至南安

八境圖中路，西來五換船。鄉心同北望，客況異南遷。東坡南遷時，作《虔州八境圖》詩。秀嶺標雙塔，清流穩一川。好風三百里，計日指鑾天。

過南安傷陳六謙太守

太息南安守，居官僅二年。如何千丈氣，竟掩九重泉。宦業孤孫盡，書名一郡傳。經過少交舊，回首極凄然。

與大庾令李皐如同年

同年四開府，百里獨棲鸞。邑是衝煩邑，官仍本分官。李舊宰新城。别來顔各换，此去歲將闌。珍重留行意，猶餘舊眼看。

度梅嶺題雲封寺壁

閲盡波濤險阻途，頓教磽确失崎嶇。梅花篷裏三關戍，錫杖泉邊六祖盂。過客儘貪風日好，居僧曾遇雪霜無。他生行脚緣猶在，又入《騎驢度嶺圖》。

衣鉢亭

夜半傳來消息真，本無明鏡自無塵。問渠衣鉢留何用，猶有焚衣毁鉢人。明魏莊渠事。

發南雄淩江方涸舟行一日纔十許里排悶成歌

淩江歸壑當深冬，城隅纔可溝洫通。麤砂細石單槽中，直與船背相磨礱。船頭纖纖船尾大，舵師束手輸篙工。篙工作力如羆熊，腰身寸寸彎彊弓。蝨行褌縫蟻旋封，跛羊登山鷁遇風。人間癡鈍有若此，歲聿云暮愁衰翁。愁衰翁，翁行作歌歌未終。羊城尚隔千里外，一夜夢逐南征蓬。

偶閲楊誠齋南海集途中多賦桃花且有梅花應恨我來遲之句余度嶺正值梅放時戲效其體作一絶

我來時候異誠齋，不見桃花只見梅。博得口占詩一句，千枝齊向臘前開。

晚過始興江口再效誠齋體二首

始興江口水平川，從此通流到海邊。我是漁船釣竿手，又攜簑笠上樓船。昨唤吉安漁船至贑，今所坐乃廣州樓船。按，樓船之名見《漢書》，今仍此名，不必皆官舫也。

一重山轉一重灣，不出孤帆向背間。行過前灣試東望，夕陽多在隔溪山。

冬暖

榕葉交陰筍出窠，南中冬律似春和。敝裘鞟在猶嫌厚，老研冰消可待呵？蚊到宵來飛不少，蠅於秋後集還多。所嗟無補桑榆暖，奈此霜髯雪鬢何？

望韶石二首

西瞻蒼梧雲，北望洞庭野。浮光表霍闕，古樂傳奏雅。聖主不南巡，群峰赤如赭。魚龍久寂莫，孰是聞《韶》者。

好風自南來，吹彼松竹林。鏗然中音會，中有太古心。典樂者誰歟？《簫韶》此遺音。虞廷去我遠，俯仰成古今。

韶州風度樓

公進《千秋録》，開元極盛時。如幾同列少，去國一身遲。終始全臣節，安危動主思。高樓瞻畫像，風度儼須眉。

雨發韶州

蒲帆十幅去不停，波光瑟瑟煙冥冥。芙容驛南一回首，三十六峰雲外青。

虎頭磯歌在太平關南十五里。

亂山少肉谿乏泉，渴虎下飲清泠川。飢蛟掉尾不得取，化而爲石形模全。白章黄質毛斑斑，四蹏陷沙行不前。尻脽起伏脊蜿蜒，當頭一眼射的圓。北平將軍身未到，没石飲羽誰所穿。眈眈下視流饞涎，坐踞要津凡幾年。國家封域拓海壖，山珍水錯來無邊。賈胡萬里逐貿遷，到此躑躅羸豕然。畏虎欲避無由緣，我思走章牋碧天。霹靂暫借雷公鞭，仍驅爾輩入山去，毋令爲害於商船。

十二月廿一日雪

我作冬暖詩，蚊蠅憎瑣屑。天公似解嘲，半夜風挾雪。舟人報奇事，起掃一篷白。客子亦欣然，千岑無寸碧。梅花落已盡，春事蚤狼籍。長恐百卉腓，陽機畢漏洩。却將栗烈氣，擎斂使凝結。乃知朝來寒，特爲桃李設。豈無雷雨候，候至方甲拆。留取道旁春，明年作佳節。

彈子磯阻風

曲江入海流，一縷縈驚蛇。中逢彈子梗，格鬭逞角牙。狂飈鼓狂瀾，噴石作雪花。艑郎好身手，過此不敢誇。筮《易》遇涉川，利用需于沙。南游本無事，汲汲奚爲耶？但使躁心平，何憂前路賒。止時吾泊宅，行處吾浮家。

觀音巖

石縫何年裂，中央架小龕。老僧如燕子，乞食語呢喃。

英德道中雪霽

輕冰結沮洳，飛霰集阜岡。榑桑東南枝，炯炯呈初陽。地暖劇流濕，天空淡浮光。英山碧差差，英江緑泱泱。不知夜來雪，疑是朝來霜。

英山二首

曾從畫法見礬頭，董巨餘蹤此地留。漸入西南如噉蔗，英州山又勝韶州。

一拳一角總峰巒，可惜天教落百蠻。好事吴兒渾未識，買園只鑿石公山。

舟中即目

屋角菜花黄映籬，橋邊柳色緑摇絲。分明寒食江南路，贉欠桃花三兩枝。

順風挂帆連下湞陽香爐清遠三峽

巴東三月昔聽愁，嶠南三峽今則不。北風晨發洭浦縣，英德舊名洭浦。吹我桂檝沙棠舟。峽中之山阻且修，峽中之水平不流。湞陽畫屏地底拔，大廟紫煙天際浮。就中清遠更秀出，造化有意窮雕鎪。青菡萏花萼競吐，緑玻璃鏡奩初收。華陽道冠簪碧玉，竺國寶髻垂珠旒。仙人笙鶴雲渺渺，帝子環珮風飀飀。漸行漸遠似相送，一重一掩如相留。片帆飛渡二百里，又見孤塔迎船頭。天憐此老太岑寂，貺以奇景須詩酬。人間夷險非境造，自我發興成清幽。君不見東坡先生海南句，平生奇絶誇兹游。

清遠峽飛來寺

兩崖勢欲合，中被江流穿。上有佛者廬，飛來自龍眠。梁普通中事，詳載寺記中。神人所施設，是物無頑堅。想當創闢初，風雨驅神鞭。鑿開渾沌竅，巧貯聰明泉。僧房若蜂房，一一皆倒懸。爾來幾閲世，不計草木年。磐石具生機，長根外包纏。波濤潤其趾，日月行其顛。散爲松柏香，聚作栴檀煙。蔽虧東西景，軒豁子午天。呼猨洞名在半空，日暮躋無緣。清寒難久住，仍放出峽船。

胥口村

玉鏡臺何處，江形就海低。地有玉鏡臺，相傳安期故蹟。地平山斷續，潮滿岸東西。生理漁樵足，人家竹樹齊。天涯各風俗，孤客自凄迷。

白塔岡浮石

萬古江心石，回江使倒流。潮頭争出没，山骨判沉浮。按志，白塔岡在三水縣東南，臨水，水中有石，浮沉各一。鵝鴨寒來集，黿鼉夜出游。漁翁牽小網，故故傍沙頭。

沙口待潮

艇子膠沙觜，坳堂等置杯。何須愁日暮，會有夜潮來。

初至廣州與大中丞佟陶庵同年話舊六首

五年一别隔蓬萊，芳訊遥傳庾嶺梅。天上故人開府出，田間野老輟畊來。山高海闊梯航路，武達文通將相才。竊喜小詩言果驗，濟時餘力正恢恢。余出都時《留别》詩云：「君才畢竟爲時用。」故落句及之。

雙闕浮光氣象新，「雙闕浮光照短亭」，東坡《題耑善亭》句也。天教八座代南巡，誰能地望兼門望。君本親臣又世臣。行處風霜成化雨，坐看冰雪變陽春。眼前衮衮皆時彦，可有同心共事人。

端倪軒豁得奇觀，浴日亭邊眼界寬。兩袖有風驅瘴癘，百蠻無警靜波瀾。封疆自昔雄兹土，科目人今重此官。見説密章時入奏，葵心何處不輸丹。

恩深自覺心逾小，才大何妨氣獨豪。節鉞威名行地遠，文章壇坫比官高。中郎題字推黄絹，太白分光屬彩毫。莫笑將貽無俗物，一條冰是舊同曹。時以耿絹、湖筆奉贈。

詞人例作嶺南游，自嘆蹉跎到白頭。浪跡又看成萬里，著書何敢望千秋。誰爲善相肥嫌瘦，世有知音唱或酬。輸爾滕王高閣句，一時唫偏十三州。中丞過南昌，有「試上滕王高閣望，章江門外有清流」之句，爲西江傳誦。

敢將孤鶴齒群鴻，性癖終難與俗同。天下迂儒猶賸我，平生知己孰逾公。曾陪供奉雲霄上，每憶交親氣概中。今日相逢重戴笠，下車還見古人風。

寓居仙湖街庭桂盛放

客居澹無事，庭下獨徘徊。忽有微風度，香從何處來。家童走相報，檐角桂花開。想到窳軒外，此時方試梅。

除夕

去國八十日，計程逾六千。長虞行不到，到此及殘年。無復聞銅臭，此間不用錢，故戲反山谷語。惟應烹海鮮。蛤蜊與竘醬，隨分優柈筵。

謝中丞餉節物

節物煩分餉，殷殷地主情。雖云施不報，肯使受無名。匕筯沾皆足，庖厨愧已盈。似憐藜莧腹，曾飽大官羹。向在內廷，歲除例賜羊、鹿、雉、兔、魚、酒。

敬業堂詩集卷四十八

粵游集下 起戊戌正月，盡四月。

羊城元日試筆戲呈中丞公

風光六十九回新，老客殊方愧此身。殘臘雪消正月暖，閏年曆報兩頭春。滄溟出日長先旦，斗極移杓又指寅。聽説官清民樂業，便思長作嶺南人。

二日中丞招游署後園池分賦六首

昨枉嚴公駕，今逢袁紹杯。到來凡五日，相見已三回。禮豈爲吾設，花應待客開。小桃何太早，紅雨點蒼苔。

北闕逶迤徑，東連宛轉城。越臺當戶秀，天井入池清。倚檻堪垂釣，聞歌想濯纓。向來瀟灑意，只視此官輕。

老樹何人種，名園此地無。自多新氣色，無改舊規模。曳杖馴麛子，看松長鸛雛。恍疑蓬島近，不似在城隅。

勝踐煙霞外，春風步屧初。餘恩沾草木，得性狎禽魚。巖壑真同趣，亭臺畫不如。板輿迎養便，未許賦《閒居》。

竹密晴疑雨，林深暖亦寒。不知官閣好，但覺旅懷寬。蠻果充柈飣，江鮮佐食單。平生滋味薄，相對勉加餐。

此外無賓客，應憐老病翁。交原因臭味，賞亦到兒童。時兒楨侍行。憂樂論先後，行藏感異同。却將詩送日，良晤詎匆匆。

過前輩梁藥亭故居

風流雲散兩茫然，轉瞬前游十五年。癸未春，余入館，先生散館。獨客遠來朋舊少，貧官没後子孫賢。買鄰古有千金語，遺稿今爲萬口傳。話到五交宜《廣絶》，西華葛帔復誰憐？

立春日張梅麓前輩招飲雲麓堂

仙蓂五葉撰良辰，晝繡還鄉恰及春。海内久推黄髮老，堂中猶侍白頭親。金花彩勝隨年换，銀燭華燈照座新。今夕從君論出處，始知天地有完人。時張以養親告歸。

喜晤藍公漪

藉甚榕城叟，才名洵不虚。氣吞三斗墨，筆吐五車書。客況浮萍合，交情碩果餘。臨卭有賢令，謂姚番禺齊州。猶足重相如。

人日雨中遲公漪不至

夜夢羅浮春，碧桃千樹霞。醒來枕上雨，落盡城中花。東風冷笑人，謂若坎井蛙。當門列雉堞，雲霧重周遮。我懶不能出，招呼及鄰家。速客客不來，舉杯還自嗟。一歡難强致，由命匪由他。用昌黎語。

謁南海神廟

姚侯送我游黄灣，澄江一道晴無瀾。黄昏到岸天色變，徹夜震撼號驚湍。平明謁海神，雲氣解駮光斑斕。殿中擊銅鼓，聲落海外迎潮還。巡簷繞廊看古碣，手剔碧蘚青苔斑。或欹或仆或屹立，節角剷殺形模殘。煌煌御書碑，迥出唐宋元明間。浴日孤亭表其右，七十二級直上窮躋攀。不知榑桑出地幾千丈，頓覺東西南北四望無遮攔。驪龍吐珠蛟噴涎，陽烏擊水鼇移山。祝融分位當炎躔，萬象呈露秋毫端。紫霞紅浪上下兩摩盪，中有萬點風檣竿。星流電掣到廟下，一一椎髻垂花鬘。吾皇膏澤被百蠻，遠人畢至邇者安。自從計臣握算變新法，鹽筴纖悉多歸官。廣川大澤禁漁獵，網漏魚鼈群生慳。問神受封今幾代，蒿目豈不知時艱。國家大事必祭告，謂是正直靡欺謾。幽明肸蠁一氣旋，憂樂當與民相關。曷不草緑章，爲民請命恩宜頒。但使方隅獲沾山海利，神亦坐享血食無慚顔。

附擬南海神答查悔餘先生謁廟詩

佟法海

先生蒼顔鶴髮七十强，磊磊落落詩名天下揚。笠翁鞵芒卭竹杖，水浮陸走萬里來炎方。羅浮神仙窟，羊城富貴場。掉頭兩不顧，輕舟獨泊飏旗岡。徑上七十二級浴日亭，愁看暘谷金暈浮扶桑。直入廟中撾銅鼓，鼓聲遥撼零丁洋。蒿目時艱不可説，惟神若可默贊襄。高歌如慕復如怨，怨到海神神亦傷。自從祝融宅南海，風非古昔俗譸張。田荒莠長蟊蝨活，常乎十郡封空倉。一水虎門扼衝要，雕蹄鑿齒通來王。珠璣翡翠珊瑚樹，玳瑁靈犀琥珀光。罔象見利亦忘義，揶揄壟斷雜官商。鹽法榷法不可問，山盗洋盗争强梁。職守一方司民命，安敢坐視蒼生殃。獨憑正氣觸百怪，幾夜辛勤草緑章。豈知山鬼足伎倆，陰晴播弄蔽太陽。茫茫萬里九天遠，狂風吹倒百鍊剛。古來天定能勝人，人定亦能勝彼蒼。吁嗟乎！人定勝天可奈何，尸位不去慚顔多。詩家若有斡旋手，請君更作回天歌。

海雲寺同藍采飲王符躬作

波羅廟下凌晨發，直到雷峰弭畫橈。一綫春流通斷港，華鯨南應虎門潮。水窮雲起得禪關，突兀樓臺數十間。曲曲迴廊隨步轉，不離平地却登山。木棉兩樹最稱奇，拔地參天萬萬枝。自笑杖藜來較蚤，不關渠事作花遲。一龕容得十方僧，個是天然第二燈。更約羅浮觀日出，尋師還上最高層。住持塵異，時往華首臺。

與番禺姚明府齊州二首

僂指修門别，俄踰二十年。君顔猶白皙，我髮已華顛。毛檄差堪喜，王舄自得仙。春風花滿眼，及此話前緣。

簿書原不俗，插架有牙籤。詩好人人説，才優事事兼。肯教同列忌，難得上官廉。驥足行將展，毋須歎久淹。

花田詠古

雁翅城南寂寞濱，芳華小苑已成塵。珠襦夢斷鴉啼曙，粉麝香消雨洗春。翠輦幾經偏霸主，素馨曾識故宫人。賣花擔上東風信，流轉人間又一巡。

珠江櫂歌詞四首

一生活計水邊多，不唱樵歌唱櫂歌。蜑子裹頭長泛宅，珠孃赤脚自凌波。

剪得青蒲織作篷，平鋪如席卷如筒。往來慣是乘潮便，不使朝南暮北風。

生男不娶城中婦，生女不招田舍郎。兩兩鴛鴦同水宿，聘錢幾口是檳榔。

米價高於珠價無？就船剖蚌換青蚨。近來官長清如水，不是珠池亦産珠。

大行仁憲恪順誠惠純淑端禧皇太后輓歌二章

彤史媯皇紀，徽音壽母賢。手襄開創業，坐閲太平年。典禮三朝備，哀榮五福全。北山松頂月，移照賁重泉。

鳳輦承顔地，龍樓問寢晨。一人隆孝養，萬國仰尊親。海角宣遺詔，宫中閟早春。朝班瞻望遠，淪落泣孤臣。

呈前輩鄭珠江先生

鄭公青瑣彦，雅尚寄林泉。在野長憂國，觀空晚入禪。與時疏應接，顧我數入。周旋。此意能無感，依依杖屨前。

偕梁孝穉游法性寺有懷心月上人兼示希聲學子四首

有約尋僧去，攜筇出郭賒。東風吹白髮，春事到梨花。石畔三生路，林間一味茶。横枝不傳法，消息問誰家。

一片青苔色，當門屐齒留。近身無俗物，望遠得高樓。轉覺城中隘，真宜象外游。折腰吾不慣，到此小低頭。薝蔔樓下，心公影堂在焉。

欄楯遥相望，中開一畝池。波明堂欲動，魚樂我先知。惠遠流風在，柴桑入社遲。勿嗟耆舊盡，弟子總能詩。藥亭舊與心公結詩社於此。

蓮漏晨猶滴，齋鐘午罷敲。沙彌通佛性，居士慰神交。座間喜晤周乳峰。庭長桄榔節，窗臨翡翠巢。重來應未厭，幽事滿西郊。

長壽庵坐湛庵禪師方丈聽談石公舊事

津梁誰得限，傳法到交南。涉海如航葦，還山遂築庵。劫難逃宿業，風不動毘嵐。賢嗣真龍象，千鈞獨力擔。

齊州於縣治之左新闢園池名梅花邨暇日與客同游索賦

蒼苔一曲轉東垣，廢地俄成十畝園。行處軒窗多入畫，望中花柳却疑村。南通海眼安池位，北引山光落酒樽。直作吾廬吾亦愛，萍踪隨水欲生根。

上官竹莊爲余寫青山歸櫂圖公漪有詩戲次其韻

舊聞五嶺皆炎熱，到此能無憶冷泉。不謂留行無地主，老夫興盡却迴船。

爲友人題暮雲春樹圖二絶句

渭北與江東，斯人兩不作。借取一幅圖，爲君論詩學。

暮雲與春樹，此景世不乏。借取一聯詩，爲君論畫法。

佟醒園以騎驢出嶺圖小照索題戲作六言律詩一首

我愛竹莊妙手，爲君寫此横圖。天南豈無鴻雁，醒園與中丞爲兄弟行，故云。嶺北猶聞鷓鴣。莊言非馬喻馬，佛説騎驢覓驢。一笑不離行脚，阿誰先取歸途。時余亦將歸。

題翁蘿軒爲藍公漪所畫枯樹小幅

故人垂老交情，爲寫枯枝贈行。唤起羅浮春夢，來聽紙上秋聲。

有以白菜餉中丞者中丞有詩屬和韻

閉門風味宛然存，菜把猶多餽送痕。傳語園官須手種，亟乘春雨斸籬根。

王符躬舍人席上贈許蒼嵐

許侯天下才，曾宰樂昌縣。官如已墮甑，棄去胡足戀。邂逅結襪生，呼朋開廣宴。君乘斑騅來，遇我心相善。昨日誦君詩，今朝識君面。冰壺貯秋月，表裏皆可見。平生千丈氣，對酒尚豪健。一吸盡一升，卷波看白戰。商聲帶河嶽，風日爲之變。我欲和此歌，朱絃忽中斷。

清涼山莊圖符躬屬題

舍人示我《山莊圖》，生綃横展五丈餘。良工三年寫始就，金谷輞川何足摹。君家舊住清涼麓，萬里江天入遐矚。故應胸次豁然寬，占斷此山猶未足。石頭城門平旦開，千巖暖翠排空來。珊瑚碧樹好顔色，照耀初日生樓臺。樓臺高下無重數，徑轉溪迴總迷路。標題一一都有名，毫末微茫指其處。問君結念毋已奢，洞天福地歸一家。潰成奚翅萬金産，還恐山林跡尚賖。君言好事皆虚事，架搆良難畫差易。未能依樣買園亭，乍可隨身蓄巾笥。海山兜率吾不知，此圖要亦人間稀。神仙只被瑶京誤，塋鶴何天不可飛。

正月晦日喜雨用中丞見示原韻即以志别

風花半落經春暖，雷雨初來送曉寒。農事相關公最喜，物情不隔我同歡。鷄鳴如晦方懷友，蛙鬧何知豈爲官。借取一篙清漲水，野人歸欲濯纓冠。

題上官竹莊羅浮山圖

大瀛海外有十洲，巨鼇不上龍伯鈎。何年背負蓬島至，兩山合一成羅浮。奇峰三百三十二，一一豈易窮冥搜。眼中孰是好奇者，上官山人今虎頭。山人欲爲山寫照，直上崔嵬走甂甈。朱明古洞華首臺，佳處真能領其要。歸來繪作指掌圖，萬象攝入摩尼珠。緑毛鳳挂佛子髻，五色蝗化仙人襦。我方神游力不足，爲爾題詩展横幅。正緣身不在山中，識得羅浮真面目。

光孝寺與笑成上人

訶林冠嶺外，重是古道場。摩挲菩提樹，躑躅風旛堂。不見祖師面，徒拈一瓣香。上人方坐雨，笑客疲津梁。

次韻中丞公夢羅浮作

有意游仙事竟違，羅浮未到我空歸。輸他準敕狂開府，夢裏乘鸞獨自飛。

將發珠江遇李約山觀察自粤西來訂同歸之約

世途歧出處，長恐見無從。只隔東西粤，相望千萬峰。君其李元禮，我豈郭林宗？江上同舟約，何期邂逅逢。

海幢寺十二韻阿字禪師道場。

洞宗衰復振，派衍自天公。半是逃名客，群稱出世雄。雲幢標郭外，香界湧南中。填海爲平地，參天起梵宫。欻成疑鬼運，幻出儼神工。穗石浮佳氣，朝臺拜下風。五仙皆法護，十力盡神通。蹴踏諸方徧，跏趺片席崇。我來塵世隔，師去影堂空。法供瓶爐潔，齋厨菜豉豐。映階筀竹翠，耀眼木棉紅。緣境他生結，留詩記此翁。

二月八日初離廣州

來時麥苗緑，歸路麥穗黄。南方冬春交，物候總不常。可憐百萬户，户户資春粻。曩苦食無鹽，今愁米價昂。温風送微雨，中有餅餌香。忍飢待食麨，差勝犁遷荒。嶺南廢田，有「遷荒」、「老荒」等名。

舟過三水邑宰徐君來晤口占贈之徐由庶常改官，新莅兹土。

三水合流處，孤城近海壖。誰知花縣宰，舊是玉堂仙。旴俗觀新政，官情耐左遷。天涯相識少，爲爾一停船。

羚羊峽

兩崖挂群龍，下飲一江水。水窮山忽住，水轉山復起。草木所不生，石頑盡横理。惟聞雾猨叫，杳杳雲霧裏。

朱觀察紫垣席上賦贈二首

我識朱公子，佳名在棗香。承家新節鉞，開府舊封疆。才大移風速，官閒化日長。三州行按部，處處有甘棠。

昨入中丞座，吟君唱和詩。法從前輩得，清受大僚知。細雨凝香室，春風畫戟枝。掣鈴容野老，雲樹慰相思。

戲柬高要令王寅采同年

崧臺君暫憩，雲嶠我間關。白髮重攜手，青春好駐顔。硯開鸜鵒眼，香點鷓鴣斑。割愛煩斟酌，無踰二者間。

登端州城東閱江樓

好事何人送酒來，自扶雙屐躡崔嵬。山從迴雁峰頭落，潮過羚羊峽口回。浩浩風聲隨几杖，濛濛蜃氣出樓臺。天公不薄將歸客，霽色今朝爲一開。時久雨乍晴。

望七星巖

維北有七星，天樞永不移。寓形忽隕地，幻作巖壑姿。我登閲江樓，高詠《慈恩》詩。七星在北户，一一俯視之。此生名山游，待了婚嫁期。洎乎婚嫁了，筋力恒苦衰。輸他有力人，濟勝忘嵚崎。猶賢無目者，興到目尚隨。

題寅采同年小照

身爲端溪主，不蓄端溪硯。賓戲主不知，低頭方展卷。

題李峻瞻移情圖

江峰不比海山深，鼓瑟何如聽鼓琴。不是琵琶箏笛手，莫從人境覓知音。

覆　石有序

南中英石硯山，多出工匠補綴而成。惟産自沙土中天然無刻畫痕者，斯爲上品。余歸笈得二枚焉：一爲佟中丞所贈，峰勢迴環，中穿六孔；一爲姚番禺所贈，勢若飛雲，孔大小倍之。以尺度之，長皆三寸許，世所稱皺、瘦、透者，殆無美不備。此游獲此，亦足以豪矣。今日行過德慶，舟中無事，羅列几案，賞玩不足，紀之以詩。

韶州山石奇，英州山石秀。人言奇者雄，不若秀者瘦。蒼龍骨離立，歲久色微黝。脱落之而鱗，深埋無底竇。結成巖洞勢，潤被沙水漱。玲瓏具本性，蹙縮聚衆皺。斧鑿絶纖痕，中虚互通透。偶然遇好事，不恪高價購。置之几硯旁，命曰小雲岫。一拳殊不易，況敢望多又。而我獨何幸，歸舟誇日富。熊魚兩得兼，彼美適邂逅。款款儼欲飛，翩翩若相就。人間陸賈裝，金玉難單究。千金真俗物，至寶肯輕售。何如落吾手，出入在懷袖。再拜謝故人，兹情亦良厚。

望夫山歌

杜鵑花，紅映白；杜鵑鳥，啼吐血。阿夫去作海上客，阿婦山頭化爲石。望夫不歸兮可奈何？蠻風蜑雨春來多。

封　川

《十詠》傳嘉祐，宋嘉祐中，田開知封州，有《臨封十詠》，盛誇風土之美。征途喜乍逢。時平山少盗，俗儉户勤農。趁雨收新麥，連邨急暮春。江船多賈客，一稔給鄰封。

梧州

東粤行初盡，三江此要衝。商通藤縣米，簰出象州松。北望雲千疊，南來瘴幾重。小舟如箬籠，雙膝劣能容。

雨中飲梧州郡守范拙存署齋

清絶蒼梧郡，山城並水涯。使君非俗吏，官閣似村家。雨戰椶櫚葉，籬編豆蔻花。春寒連日甚，勸我酌流霞。

與郡丞趙默庵話舊有感

憶昔赴黔幕，買帆泝漢陽。趙家好弟兄，一見傾肺腸。吾兄謂韜荒。亦豪士，齒序同雁行。君時甫弱冠，意氣争頡頏。往往副虚懷，高譚陋詞章。風塵一揮袂，自爾成參商。奄忽四十年，舊游半存亡。兩萍浮大海，乃在天一方。東坡詩：「蒼梧獨在天一方。」我鬢既摧頹，君顔俄老蒼。大才屈佐郡，何以展爾長。蠻城二月中，天氣如梅黄。入門巾屨溼，急雨鳴淋浪。

呼童啟書齋，延我卧竹牀。此情不殊曩，此景安可常。别易會苦難，況迫桑榆光。臨分留數語，俛仰多感傷。

逆風上灘歌

船頭喜鋭不喜方，竹篙用短不用長。上灘取逆不取順，出險在閒不在忙。老夫昏昏篷底坐，静聽兩旁風雨過。深慚作力役多人，成就垂緌一游惰。

雨中過昭平縣與馬莘叟

風磴層層上，衙齋踞地高。到門雲氣合，入座雨聲豪。已覺簿書簡，猶多迎送勞。酒香奴飯白，青眼愧吾曹。

龍門峽

龍尾千層雪，龍頭萬斛濤。硤形當絶險，崖勢故爭高。木馬船名。騰槽立，藤蛇絡石牢。雲端牽百丈，綠路辨秋毫。

佟中丞貽我羅浮蝶繭數十枚三日前雙蝶先出置之籠中朝來風日晴暖栩栩欲飛因開籠放之

五色仙山繭，分貽不計枚。似貪歸路近，雙翅獨先開。此豈籠中物，無端入夢來。人間何足戀，好去莫徘徊。相傳此蝶雖在千百里外，必返故山。

楊誠齋詩有韶州山又勝雄州之句余過英德爲進一解曰英州山又勝韶州今日行至平樂城南群峰競秀争奇目不暇給英山又不足言矣問之土人無能舉其名者然不可無詩紀之也

突兀離奇縱復横，峰稠嶂疊總無名。千尋自拔雲霄上，萬古何曾艸木生。佛指佛螺青未了，石蓮石筍畫難成。天教增損詩人眼，直覺昭州又勝英。

晚泊劉公渡望對岸諸峰

澄江一道鏡初鎔，寫出東南隔岸峰。指掌圖中看倒影，夕陽一百二芙容。

陽朔縣

雲從巫衡來，勢落桂嶺外。散爲椎結族，陽朔乃都會。森森競騈植，巉巉或孤介。滿眼盡兒孫，丈人竟安在？孤城如廢井，百雉陷其内。亦復設官司，於兹領巖砦。兩衙排籤立，日與刀劍對。匪曰牧人民，而云禦魑魅。昔賢遷謫到，所以多感噫。俾山蒙惡名，夫豈山之罪。不作一錢直，斯言毋已太。聖朝懷遠人，吏職視殿最。此邦瘴癘區，遷轉異流輩。於今號捷徑，上考率三載。寄語親民官，後來須自愛。

春燒

粤俗不好生，連山發春燒。新荑與枯枿，往往同一燎。昆蟲方啟蟄，被虐慘無告。造化豈不仁，吁嗟落蠻徼。客行天南陬，半月抵都嶠。侵肌苦毒霧，白日罕朗照。五行或偏勝，風痺恐難療。焉可無繼《離》，《易》疏以《離》上三爻繼明者爲火。來爲萬物燥。人情懷所便，即事具慶弔。此樂非彼欣，相哀莫相誚。

桂江舟行口號十首

龍江驛前水倒流，竹棚移上別山頭。趁虛人去愁喚渡，失却閤沙刳木舟。

灘江江色緑於油，百折千回到海休。多事天公三日雨，一條羅帶變黃流。

水自東流客自西，經過大抵是淒迷。木棉枝上鉤輈鳥，夜夜夜深不住啼。

下灘不信上灘勞，比似登山步步高。好語梢公牢把柁，上前只費兩三篙。

行近昭潭灘倍多，艑郎勸力唱牙何。此聲莫作尋常聽，便是湘南《欸乃歌》。

南望蒼梧北桂林，中間七驛瘴尤深。不知雲氣藏多少，能使蠻天日日陰。

霧雨濛濛霽景稀，人編蕉葉作蓑衣。櫓摇漁父唱歌去，牛背牧兒浮水歸。

戍旗相傍有人家，水退依然就淺沙。二月芳菲看已盡，滿灘蘆菔自開花。

過盡頑礓亂石堆，繡山一穴忽天開。明知不是秦人洞，容得漁舟日往來。

一月春寒甚臘寒，北風颯颯上檣竿。南人不辨冬衣服，也道朝來裌勝單。

飲同年叢汝霖桂林學署兼志别

不以他途雜，時猶賸此官。名傳人口易，實獲士心難。行色春將晚，離筵花正殘。蠻城一杯酒，懷抱若爲寬。

上巳前一日發桂林

連日輕寒連夜風，滿城桃李一時空。伏波門外梨花雨，春在鵑啼猨嘯中。

靈川縣齋清明

已過上巳即清明，一月天纔兩日晴。記取靈川好風味，新茶新豆到山城。

平蠻歌爲靈川令樓敬思作

槃瓠遺種成野豻，充拓百粵西南間。桂林所屬半瑶僮，瑶性稍馴僮性頑。僮中廖三乃最狡，結砦背子義寧縣山名。藏神姦。義寧邑宰畏如虎，長惡不復加防閑。康熙五十有六載，遂逞螫毒爲民患叶平。公然越境大劫殺，乘勢摇動西江灣。東西二江，在興安、靈川兩縣界中。靈川樓侯奮髯怒，一念軫卹周痌瘝。請於中丞願勦賊，朝發夕下無留艱。官軍壓境屹不動，旁睨翻笑書生孱。豈知仁者必有勇，勇氣遠過齊成覵。出《孟子注疏》。力捐百鎰鑄戎器，更募丁壯踰千鍰。仲冬誓師謁神廟，聲並淚下垂潸潸。與神幽明共守土，捍禦災患宜相關。

狼貪豕突忍坐視，一任滿耳啼孤鰥。陣圖兵法貯腹笥，臨事布置神安閒。先營壁隖後粻糒，下極坑谷高躋攀。天寒雪少但瘴霧，地盡石出皆榛菅。孤軍深阻三百里，間道別取千尋山。賊巢漸近徑彌惡，出賊不料攻而環。焚林燎穴何處遁，照耀巖壑朱旗殷。渠魁就殲脅從赦，散以畎畝閭閻闤。自從出疆迨飲至，三十五日師旋般。明朝獻馘上幕府，隊仗整肅排班班。受成例應給大賚，爲國惜費情非慳。有酒盈缸其色碧，有羊在牽其首肦。侯不居功以歸衆，單醪挾纊胥均頒。人傳封事上北闕，我適問道將西還。過侯治下暫弭檝，爲我掃榻開門檈。杯闌抵几聽陳説，竊嘆膽氣何其豩。如聞鼓鼙作餘力，如覩介胄當躬擐。朝廷設官鎮群獠，文武分職毋相奸。至令儒臣建偉績，壯士毋乃多頳顏。是庸作歌勒諸石，義在《小雅》誰能删。他年采入《桂海志》，碑額不愧書《平蠻》。

樓敬思朱襲遠追送於大灘江賦三言古詩爲别

胡桐花，萬堆雪。躑躅花，千層血。大波淪，小波沏。百斛舟，十夫力。居者主，行者客。湘江南，灘水北。雲淰淰，風淅淅。難莫難，此時别。

靈渠行

驚瀧下走三百灘，上流何至一掬慳。灘源濫觴乃在此，七十二重灣復灣。此渠鑿自秦史禄，初僅能通不能蓄。迨唐觀察李濬之，添設陡門三十六。石槽石斛升斗儲，一門典守用兩夫。鏵隄前啟後下板，修綆汲船如轆轤。雷轟電掣飛一綫，盈縮直從呼噏變。官船銜尾客船停，那得人人與方便。勸君小泊底須愁，不過多爲半日留。平生恥共人争路，况有林巒慰勝游。陡中巖岫絶佳。

夜泊鏵觜伏波祠下湘灕二水分流處

伏波祠廟枕江濆，湘北灕南兩派分。新月滿船天在水，蒼梧回首萬重雲。

興安田家

瀶勒連邨緑樹濃，家家臨水設機舂。刀耕火種風初變，問是山農是澤農？

夕抵全州城外

晨發鏵嘴潭，暮抵洮陽境。急流二百里，一宿兩程併。去聲。通塞世多途，疾遲吾有命。適來非意計，及此聊乘興。峨峨湘春樓，鬱鬱蒼松逕。城南松徑亘百餘里。相傳陳堯叟所植。咫尺不可尋，黄昏風雨横。

零陵道中

旗脚東北擲，朝來乘便風。清湘送帆影，翩若南歸鴻。卧看兩岸山，白雲起蓬蓬。前飛不作雨，掠過青玲瓏。導我向零陵，爲我驅霾霿。在遠睇欵接，緣沿路靡窮。昔讀子厚記，神游乎其中。溪山豈不佳，好事疇繼公。便欲訪古蹟，征途去匆匆。無人爲指似，艸木徒蘢葱。

題浯溪寺中興頌磨崖碑後在祁陽縣東南五里。

靈武功成賴朔方，中興名號遂歸唐。少陵善頌無多語，勳業汾陽異姓王。

千古磨崖一統碑，後來山谷有題辭。獨教宦蹟留餘憾，不刻《舂陵》數首詩。

三月十五夜湘中見月

于役忽半年，孤懷寄歸艎。北來四十宿，今乃辭瘴鄉。地當衡永交，水派瀟合湘。明波蕩圓魄，春月如秋光。乾坤清氣中，草木流真香。翏翏風乍發，漫漫夜何長。遥聞漁父歌，鼓枻下滄浪。白鷗飛不到，江永煙蒼茫。

過郴江口有感於杜工部事

十載游巴峽，三年客楚疆。青袍常避亂，白髮儼投荒。許國才難盡，憂時命不長。靴洲疑冢在，過者亦神傷。

望衡嶽

昔游曾到長沙郡，三十七年今又來。夜向湘江聽雨過，曉從衡嶽見雲開。帆移九面鏡中轉，雁斷一行天際迴。欲著青鞵還自嘆，已無脚力上靈臺。徐靈期《南岳記》：「衡山者，朱陵之靈臺。」

渌口沽酒

沙灣小市柳毿毿，酃渌篘成味最甘。滿引一杯歌一曲，無邊春色洞庭南。

醴陵縣

長沙封壤盡，僻路極崎嶔。一水趨湘急，孤城入楚深。怪禽啼少伴，斑竹泣成林。苦語騷人得，幾同木客吟。

前過常山玉山今過醴陵萍鄉四縣令同以一事去官偶紀之

朝廷惜民力，大事給郵符。朱邸徵求急，皇華道里紆。上官曾有檄，小吏似無辜。獲罪由腰笏，冤哉何易于。

自湘東驛遵陸至蘆溪

黄花古渡接蘆溪，行過萍鄉路漸低。吠犬鳴鷄村遠近，乳鵝新鴨岸東西。絲繅細雨沾衣潤，刀剪良苗出水齊。猶與湖南風土近，春深無處不耕犁。

復入舟

天公假我一日晴，籃輿軋軋山中行。山行既盡復買棹，攲枕夜聞雷雨聲。諸灘暴漲波雪雪，人與鷗鳧互相雜。秀江橋外櫓枝柔，穩過袁州小三峽。牛欄、鍾山、昌山三峽在宜春、分宜兩縣界中。

盧肇宅在宜春城外今爲學宫石筍一株猶存相傳唐時故物也

舊聞盧氏宅，中有讀書臺。地以名流著，人探古蹟來。便應呼石丈，幸不中碑材。顏魯公事，見《歐陽四門集》。秀色如堪挹，摩挲一片苔。

分宜感事

曾從史館見長編，太息明朝嘉靖年。牛李恩仇初植黨，京攸父子互争權。東門牽犬情相似，西市駢梟世不憐。賸檢《鈐山籍官簿》，兩橋猶盜水衡錢。嚴氏父子敗後，有司籍其家，事見《鈐山籍官簿》中。當時於州縣城外造兩石橋，費各鉅萬，世蕃皆盜官錢爲之，鄉人不知，至今猶有稱道其事者。

清江道中

甘林百里夾清江，岸岸風來白雪香。何減浣花溪上路，人家多在果園坊。

重泊鉛山河口却寄施渟如

弱纜牽船與岸平，一支春漲轉山鳴。坐看片月流雲影，卧聽長風挾雨聲。此地故人曾有約，重來小吏最相輕。講堂不到吾滋愧，爲報新編志已成。去春，曾枉書幣邀余修《鵝湖書院志》，今屬稿粗就，施已内擢離任矣。

朱甥德璵出家爲僧法名某號渭宗今住沙溪静室舟經其處留詩一首

汝甥吾是舅，夙世世間緣。見面尚相識，出家今幾年。但能修苦行，不在學參禪。蚤晚黄梅雨，隨農且種田。

自題粤游草後

老夫不怕寒怕熱，冬月出門夏到家。輕負嶺南三百顆，此行剛看荔枝花。

一日例吟詩一章，中間未覺應酬忙。無端來往萬餘里，題徧前賢謫宦鄉。

查慎行全集

第八册

范道濟 點校

中華書局

敬業堂詩集卷二十三

得樹樓集起丁丑正月，盡十二月。

吾家自喪亂後，僅存橫溪老屋，與兩弟同居。余所棲在西北隅，年深瓦落，不足以庇風雨。丁丑春，大兒倖舉南宮，挈之還家，爰即舊址改築小樓，樓成而老木數十章，皆在几榻間。因取少陵詩意，顏曰得樹。

人日同孫松坪張漢瞻楊晚研宮友鹿錢亮功方拱樞吳元朗蔣揚孫家德尹集王赤抒邸舍分賦上元燈八首

四垂羅帶影飄飄，一綫中懸愛細腰。莫傍市門輕衒影，有人依樣要偷描。
瓶口紅光忽吐蜺，醉人相對舌如箕。却因酒具名相似，記起花時鳥勸提。右葫蘆燈。
傴僂聊爲秉燭游，似曾閱世笑蜉蝣。朱門光景番番换，幾輩相看到白頭。

故紙形容大可憐，敢同南極指星躔。詩人只有香山老，張丈前頭炫少年。右老人燈。

鱗鬣粧成畫不如，竿頭擎出晚晴初。九衢塵浄月如水，一隊人隨一隊魚。

星橋鎖動沸波濤，人海中間湧巨鼇。多少書蟫曾飽死，讓他枵腹事焚膏。右魚燈。

一幅輕紗隔座深，芸牕小立夜沈沈。不争六曲屏山好，虚費人間屈戍金。

三尺孤光一片冰，當筵珠翠照何曾。眼昏已少看花分，更隔看花霧一層。右屏風燈。

二月杪南歸涿州道中遇雪十八韻

頗訝今年雪，方知此地寒。春深猶漠漠，野闊更漫漫。咳吐紛珠玉，飛揚富羽翰。近從煙際辨，遠入霧中看。鴻爪輕留跡，楊花滚作團。風輪旋蟻磨，車轍轉蜣丸。銀海光相耀，瓊田暖未殘。密防蟲户啟，細補鵲巢完。淺草勾尖没，枯株萬木攢。千家如畫裏，雙塔指城端。石滑經橋怯，沙平取徑難。幾曾填窨井，特爲顯峰巒。席帽融冰濕，征衣燎火單。茅茨雖易壓，穴隙莫相鑽。對爾吟慚郢，催余鬢比潘。勿愁燈焰短，直愛酒升寬。朔候何當變，泥塗不肯乾。明朝有奇計，酩酊上歸鞍。

連日車行泥淖中朝來僱短驢自固城至安肅縣凡兩墮鞍即事有感

雪消春水發，古道窪然低。客行忽落此，局促如鷄棲。兩車同隻輪，六馬併一蹄。力盡甫脱險，阬深復無蹊。長恐雪繼作，有滰雲萋萋。晨興天色佳，日脚垂虹蜺。跨驢横短策，快比駿駃騠。西南見郎山，刻露出角圭。寧知一往氣，世路偏多迷。蹶趺豈及防，康莊有排擠。前行苟無失，遲速理亦齊。還來車上坐，且免衣沾泥。

保定旅次閲邸抄得從弟東亭及兒建南宫捷音口占志喜兼寄嘲老友姜西溟

邸報傳來樂事重，一尊相屬慰浮蹤。青春三月客懷好，白髮半頭歸興濃。子弟聯翩同榜羡，家門成就老夫慵。探花却入少年隊，試問髯姜可勝儂。時姜亦成進士。

渡三汊河聞前路泥乾喜而有作

三汊河畔水濺濺，洗盡春泥上渡船。從此騎驢似騎鶴，折條垂柳當歸鞭。

晚抵安平縣

野曠天高落日紅，近城煙氣忽如籠。楊椿緑上鵶棲處，草意青回馬跡中。昔夢尚驚泥活活，歸心還怕雨濛濛。衰遲自分邀天幸，坎陷迴車路未窮。

大風過深州城外

驚沙衮衮日黄黄，不料東風爾許狂。茅屋捲空留破柱，酒旗吹折剩荑楊。幾家賣餅枯壕畔，一老扶犂大道旁。爲話連年秋潦苦，出車畿甸正輸糧。

曉渡衡水橋風色甚寒小飲市樓

石古橋滑臨奔湍，衡漳流濁同桑乾。高樓下瞰岸千尺，美酒大書旗一竿。帽絮蒙頭欲敗意，魚羹入饌聊加餐。杏花全未有開信，知是北來風色寒。

棗强道中喜晴

斷雲開四望，初日解重陰。野氣浮天動，煙光薄樹深。疲牛尋故跡，老馬得歸心。題徧旗亭壁，何人識苦吟。

客有稱高唐州爲緜駒里者戲成絶句

野語齊東最易訛，緜駒遺俗近如何。自從一變崑山調，不是吴兒不善歌。

大道曲

荒鷄聲遲月落早，行人出門看參昴。一條大道飛古塵，歲歲何曾長春草。我欲疊作山，羊腸九折争躋攀。我思鑿成水，泅人出没波濤裏。直教馬無四足車輪方，此路始應春草長。

穀城山

東阿城東穀城趾，傳是仙家舊鄉里。圯橋老叟果何人，能致留侯跪進履。《兵書》一卷既不傳，事往無徵正在此。秦皇凶暴蔑賢聖，偶語詩書皆棄市。布衣起自泗上亭，溲溺儒冠固其理。此非可以正道説，詭託《陰符》自兹始。竟參帷幄佐奇謀，躡足時時還附耳。大蛇中斷群雄滅，走狗旋烹舊臣死。舞陽活自女嬃偷，蕭相生遭獄吏恥。子房遠禍蓋有道，直視侯封同敝屣。神仙之説誠渺茫，有托而逃斯隱矣。陋儒讀書寡深識，異事人人徵太史。後來競指黄石公，當日原無赤松子。我爲此語豈好奇，石若有知呼可起。

清明後一日同戴田有弟東亭兒克建重游濟寧南池

露氣霞光水洗鮮，孤城深入鏡中天。杏花風暖高樓笛，柳色煙濃隔浦船。蠟屐半生凡幾兩，青袍一夢忽三年。壯心敢擬桓宣武，直爲攀條也自憐。

黄河打魚詞

桃花春漲衝新渠，船船滿載黄河魚。大魚恃强猶掉尾，小魚力薄唯噞水。魚多價賤不論斤，率以千頭换㪷米。河壖大潦秋不登，今年兩税姑停徵。但願田荒免逋賦，與官改籍充漁户。

大風渡黄河舟中與長源姪對局

柳絮春狂剪渡風，片帆飛下急流中。船頭已達長淮岸，一局殘棋劫未終。

過揚州示崔性甫楊曉先兩同年

不到紅橋已八年，有人柳下記停船。楊郎落第崔郎病，縱使同游越可憐。

閏三月朔日蝕舟中遇雨紀事

丁丑閏三月，日食法當既。明星晝當見，從卯當至未。白晝如昏黄，果然伊可畏。舟行拚偃卧，閉目聊自慰。何來打篷聲，雨點驟如沸。皇天閟垂象，下土雲蓊䨴。似欲弭此災，而爲不祥諱。我聞日當食，不食乃足貴。豈有晦昧晨，又蒙霾霧氣。將毋陰太盛，推驗得髣髴。六師方犁庭，欃槍掃敵愾。佇清沙漠塵，聲教朔南暨。公卿滿臺閣，賀表辭不費。五事占休徵，竊疑非此謂。天變雖偶然，民勞亦宜塈。野人語無擇，托興在薈蔚。不敢學盧仝，險艱殊少味。

初到家戲謝戚黨之見賀者

趁伴攜兒出帝畿，到家猶及换春衣。遠煩親友來相賀，不道余仍下第歸。

兒建赴殿試北上詩以示之

今年夏苦旱，六月未徂暑。兒子將北行，衝炎逐徒旅。留之又不可，遣去無多語。汝名已倖成，汝力正須努。天子方右文，策名在當宁。萬言應廷對，有抱期畢吐。煌煌鐘虡懸，叩擊諧律吕。自從制科設，得士凡幾許。置汝於其間，太倉特一黍。然而勿自薄，儕輩盡翹楚。同年百五十，若者指可數。父事中有人，姜西溟，吾癸酉同榜；嚴寶仍，吾同學老友也。雁行敢兄序。功名亦時至，非可有意取。造物吝虚名，齒角肯兼予。吾宗兩太史，荆州兄、聲山姪。並箧搏風羽。盛事傳一時，借居鄰韋杜。雖云官禁近，未免索米苦。汝今往暫依，慎勿希華膴。秋深決歸計，且復返鄉土。久甘南巷貧，差勝北門窶。千薪尚壅積，銓注十纔五。從政雖多途，不如科目舉。讀書想先輩，既進或慚沮。豈必一第邀，便思行綰組。閉門更力學，合轍驗今古。却出作選人，於世冀小補。而翁百念灰，自審莫若處。諄諄向臨發，庭誥述父祖。吾但當弄孫，門户全付汝。

得樹樓初成以詩落之九首

百年計樹人，十年計樹木。辛勤荷先澤，以有此老屋。兵火乃幸存，曩基方改築。勞生竟何得，去此空馳逐。誓收湖海蹤，歸掃一庭緑。樓成名得樹，外是非吾欲。五架初度材，謂在百金内。銖銖累木石，所費奚啻倍。貧家舉事難，輕發每追悔。連朝責逋負，工藝集群喙。將爲逃債臺，一笑付聾聵。列垣周四隅，與樓勢迴環。憑高無遠矚，胡以開心顔。竅壁延緑陰，少見天疑慳。別添一小閣，忽湧海外山。豁然百里目，乃在圭竇間。貞白居三層，元龍卧百尺。神仙彼可致，豪氣我非昔。方當狎斯人，未許校什伯。敢云去地遠，稍與鷄豚隔。尚恐烏雀群，移巢避生客。一榻雖已安，終慚自爲計。心長髮苦短，力不及諸弟。前人締造艱，親歷始知勩。撫兹念堂構，補葺當次第。身在吾敢辭，茫茫配根蒂。用少陵《四松》詩中語。設梯盡十級，傴僂連脽尻。日上能千回，兒孫捷飛猱。阿翁貪静坐，嗔嚇時一遭。形神既未忘，那免陟降勞。習勞亦不憚，所戒舉趾高。卑濕苦舊棲，老根連草蔓。新來稍軒敞，恰直樹之半。雖除螻蟻緣，却被蜩螗亂。朝眠與晝坐，鳴聒傍几案。推牕驚不去，疏響或一斷。喧寂兩聽之，老夫化成見。夕陽轉庭西，樹影來墻東。龍蛇動户牖，始知天有風。開襟亟當之，快若逃虚空。人間正炎熱，置我微涼中。

竹垞工八分，大字作擘窠。爲余題歲月，惜墨不費磨。懸之樓中央，筆勢翻江河。疑挾風雨至，颯然散高柯。時時卧其下，所得良已多。

樓上看雨

卧聞牀下殷輕雷，起拓南窗八扇開。墻缺雲流山影去，樹頭風截雨聲來。一鳩逐婦移陰立，雙燕將雛取勢回。我本無田還望歲，略分餘潤到蒼苔。

題周兼畫南唐小周后真六首

人間姊妹工相妒，遺恨茫茫豈有涯。怊悵瑶光梅信晚，一枝潛進未開花。

湘裙如水不遮風，鳳咮攜來倒挂紅。色色丹青無著處，泥金一縷在雙弓。

月暗花明霧氣多，盈盈羅襪步凌波。外間誰管深宫事，偷唱新聲子夜歌。

不須更減一分肌，周昉豀來善貌肥。如此丰姿如此畫，當初猶道未勝衣。

開寶初元議禮遲，待年承寵已多時。在廷只有韓熙載，曾托元和諷諭詩。

垂鬟分綹髮初長，想是南朝時世粧。指與俗工從未識，可憐絶筆付周郎。時兼惜已下世。

晚　景

晚景蟲聲入，空庭易夕陽。鵲巢風更穩，鶴骨露初涼。病葉非關蠹，秋花不取香。物情閒處得，吾轉惜流光。

次韻答顧揞玉

失學負壯年，東西逐烏兔。蹉跎髪漸絲，落拓衣仍布。希心躡前踵，回首却故步。歌筑混屠沽，唱酬雜緇素。歸來稍稍悔，事去種種悟。庶望針砭加，奚啻雪霜雨。去聲。雖蒙同人憐，或恐異己妒。之子負高才，於余枉佳句。紛然蓬麻中，直拔千尺樹。温恭具真性，磊砢得奇趣。何期天畔鴻，狎此沙頭鷺。知音世不遭，敢惜肝膽露。鷄鳴風雨晦，旅館燈燭暮。明朝走相尋，户外有二屨。由來意氣合，詎若邂逅遇。君家門地高，舊是雲間顧。昂藏自殊衆，標榜不在互。問途慚已經，吾老乃迷路。

雨夜過徐淮江二首

萍浮梗泛久西東，每過南湖憶此翁。斷港船通新漲水，空庭樹拔去年風。五經自課佳兒讀，半刺曾嫌俗客通。好是扣門能不拒，一燈重對雨聲中。

草堂南畔小池幽，一片蘆聲蓼穗秋。滿壁詩牋存歿淚，積年書疏往來郵。閒追昨夢驚彈指，老剩貧交幸到頭。未免對君還自媿，桑榆晚景亟宜收。

八月十六日同鄭春薦嚴定隅吴紫苺家潤木湖頭小飲風雨大作泊舟湧金門外是夤襆被而出晚來興盡入城戲作一律邀諸子並和

及到繁華地，翻成寂寞游。煙波三百頃，風雨一孤舟。山好偏宜澹，湖空易作音佐。秋。却防漁父笑，襆被不曾留。

種菜四章

晚豆尚沿籬，秋瓜已除架。畦丁惜地利，菜子及時下。功力積纖毫，滋培仰造化。勾萌達新雨，布緑密無罅。一旬可分蒔，半畝不待借。用東坡事。既足散其餘，猶能乞音氣。鄰舍。

灌溉既已勤，其長亦奮迅。窠窠盡發洩，生意不少吝。連朝風日晴，秋蟥忽成陣。灑灰得方法，經驗始深信。幸是力能施，何難手除疢。黍苗被蟲食，四野年不順。老圃奪天工，忍饑聊免饉。晚菘雖弱植，不怕霜雪加。秋種春可葅，盤餐佐貧家。根株諒無幾，口腹豈有涯。人間賣菜傭，求益方紛拏。禦冬吾有計，旨蓄良足誇。

杜陵客西川，種藝頗有園。清晨送菜把，乃感地主恩。茲事吾不取，恐爲貪夫援。於世苟無求，食力稍自尊。英雄亦如此，無事且閉門。

九日獨行園池上看木芙蓉

雨後罷登高，杖藜惜腰脚。園荒少秋菊，無以慰寂莫。兩株木芙容，紅白正聯萼。忽然失明鏡，萍漲水將涸。坐使雙嬋娟，影妍無處著。空持好顏色，脉脉自開落。應得主人憐，新晴走赴約。吾衰減情累，於物何厚薄。不忍廢重陽，逢花還命酌。

友人齋中看菊

幽人如晚卉，愛傍籬邊游。瓦盆薦茅齋，高下凡千頭。紅紫豈不好，黃花乃吾秋。森然群豔中，正色與目謀。競賞違衆嗜，獨吟發孤愁。泉明不可作，孰與偕唱酬。

喜又微姪自南昌歸

共客洪州幕，回頭十五年。未成宗炳卧，各有尚平牽。身健貧何礙，吟深句必傳。故鄉稀酒伴，日日望歸船。

傷庭前牡丹四首

別様風光散綺羅，豪家亭榭占春多。天公直似相欺得，不爲茅齋剩一窠。

兩行枯卉列東西，緑上苔痕路不迷。夜月魂歸吾望汝，半年猶護種花泥。

自知未到忘情處，幾度徘徊惜好枝。不獨我憐人亦爾，空欄客過立移時。

依稀一夢閲繁華，草没庭荒野老家。省却暮年多少事，灰心從此不栽花。

觀刈早稻有感

襏襫相逢半壓肩，刈禾争趁老晴天。蒹葭對岸遮鄰屋，蚱蜢如風過別田。地瘠不知豐歲樂，民勞尤望長官賢。誰知疾苦無人問，秋税新增户口錢。吾邑户籍十萬，每丁歲輸力役之征。今年忽從田賦加派，數百年舊制壞矣。

偕介庵叔訪菊步入鄰僧融然房

偶聽村家打稻聲，夕陽影裏向西行。一叢深樹擁精舍，兩板壞橋支斷浜。静對老僧通菊氣，怕逢俗客問花名。只將我算東籬伴，不要溪頭費送迎。

家釀新成獨酌至醉

種秫始微收，釀法遵舊譜。逡巡竢其熟，計日屈指數。朝來香滿城，甘滑如潑乳。開嘗親洗盞，一飲一升許。好客期不來，頹然自稱主。黄農忽已遠，薄俗難久處。寧知醉鄉中，風氣仍太古。尊前可徑造，有路胡勿取。

秋感六首

蟋蟀鳴近牀，蜩蟬闃無聲。二蟲相代禪，中已寒暑更。大哉造化理，乃以微物呈。人從此中老，擾擾何多營。天機昧群動，静者觀我生。

末俗愛盆山，花草妃紅白。看看耳目玩，屈辱到松柏。可憐千丈材，窘束不盈尺。寓形難自主，抱性終莫易。亦復耐歲寒，蒼然傍几席。對之還失笑，未覺生意窄。向非冰雪姿，雨露有夭折。菊蕊日以黄，楓葉日以紅。物情判老穉，變態隨霜風。霜風故無私，榮悴兩不同。一般賞顔色，矇叟隨盲童。西鄰一老樹，有藤縈繞之。歲久腹漸空，槎枒但枯枝。借藤以爲葉，下蔭仍紛披。藤如有矜色，張王去聲。方乘時。爨薪伐不材，斤斧旦夕施。樹摧藤亦斷，附麗終奚爲。世衰分誼薄，適用取目前。紈扇遇秋風，一度一棄捐。不念昔當暑，與人久周旋。我有敝羊裘，隨身二十年。皮存毛半附，無補冬號寒。明年與汝期，五月拂釣竿。渡淮橘成枳，一變性終失。不聞返故土，枳又化爲橘。人生百年中，孰是保初質。就衰水赴壑，駐景戈挽日。幾見白頭翁，鬢霜復如漆。

送學庵弟入都

黄葉打茅簷，北風如矢棘。此時來叩户，問子有底急。爲言將别家，結束赴京國。可無酒一杯，爲子煖行色。匆匆乃徑去，有語惜不得。子誠吾家駒，頭角早岐嶷。賦質負高明，秉心就沈默。讀書十行下，洞照窮梱閾。經史及百家，貫穿歸組織。時文雖小試，落筆輒英特。皇天不憐才，盛壯遭屈抑。十年躓場屋，知者爲太息。昨遇曲阜公，青雲加賞識。

拔之冠多士，庶用示矜式。虚名萬口傳，子故深自匿。窮鄉尠生趣，巷遇歌偪仄。堂上有老親，鬢絲白變黑。鑿坏豈得已，彼屺傷遠陟。幸托賢主人，時與陳實齋黄門同行。解椎濟其嗇。男兒志未遂，放轍無南北。不聞横海鱣，蟠尾肯溝洫。余方踏歸路，投老尚迷惑。子真賢友生，東坡詩：「豈徒爲我弟，要是賢友生。」朝夕宜在側。奈何不能留，又復奪有力。江河歲月晚，追逐乏羽翼。道逢南來鴻，寄書慰相憶。

送陳實齋給諫服闋還朝兼呈大司農澤州陳公時吾邑賦役不均頗望當事者留意也

三年簪筆作名臣，四紀還家爲老親。實齋前以終養乞歸。仕路卷舒雖在我，田間屬望更何人。朝無遺闕書應少，邑有更張見頗真。爲語司徒仍舊制，也教游惰識公旬。

介庵叔惠菊花

宗老移花到，家童掃地迎。澆深經夏旱，開晚及秋晴。酒復何人送，詩從即事成。濁醪留一醉，珍重見君情。

次兒武原歸舟又得菊數種

道遠宜兼土，船輕不費擔。好花來一一，荒徑闢三三。萬事同兒戲，餘香借客談。瓦盆非俗物，多取未爲貪。

有攜折足几來售者以百錢買之

折足用不適，傾囊計亦疏。聊將安破硯，或可配殘書。棄置終憐汝，枝梧頗累余。難憑非一几，舊友比何如。宋人詩「舊友誰如几可憑」。

園中西府海棠秋盡忽發花

萬木正摇落，一枝春忽回。縱饒花意好，不稱此時開。草本名相托，霜風艷恐摧。天寒憐袖薄，爲爾一低徊。

客來

與世了無競，并教棋局閒。客來無一事，籬下看南山。

再偕介庵叔過村西僧舍看菊

憶昨披榛入，經旬踏葉來。秋花偏耐久，名種或遲開。天意晴連月，自重九後不雨。人生夢幾回。屢游貪佛日，原不爲啣杯。

冬曉語溪舟中

江鄉已牢落，冬候更蕭條。風葉鳴孤樹，霜溪影一橋。沿塘收蟹簖，遠市插魚標。雀鼠何多耗，年荒爾獨驕。

陳傅巖給諫以種園圖索題二首

身在元龍百尺樓，庵居那便署休休。慣聽絲竹知魚樂，别築陂塘領鶴游。《僮約》屢申松菊徑，水租新報芰荷洲。黄橙緑橘皆垂實，歲計如農亦有秋。

鴨舍鵝欄閶門内橋名，見《吴郡志》。地接聯，鄰翁指點舊平泉。園爲申文定公别業。橋通别業仍三徑，樹到成陰已百年。棋局且從閒處布，畫圖留與後來傳。看君用意真幽絶，要使詩家賦輞川。

虞山張文貽乞節母于太君七十壽詩

妻無夫，兒無父，襁褓伶仃半生苦。兒無父，母有兒，白頭綽楔光門楣。人言張子孝，我謂子孝由母慈。人言張母賢，我謂母賢非子世不知。不見吾家節母苦節與張比，旌典不加坐無子，今年生亦七十矣。家叔母葛太君十九稱未亡人，去年六十九，苦節而歿。

歲寒雜感十首

斗室寬然著老夫，欠伸纔罷又跏趺。書能引睡聊遮眼，吟不求工似惜鬚。古佛可燒同榾柮，濁醪得煖勝醍醐。自從悟徹安心法，儒墨同歸識一塗。

萬里從戎記黑頭，不成一事老林丘。稍收芋栗宜充腹，不犯冰霜可廢裘。橘柚洲前非楚澤，鶺鴒沙外是涼州。最憐跋扈飛揚氣，歲晚因人尚遠游。聞德尹於十一月赴蘭州幕府。

文章鐘鼓付盲聾，都入閒吟静嘯中。敗竹行疏猶響雪，枯桑葉盡自鳴風。物情豹隱龍蛇蟄，歲事星回日月窮。不信鄒生居黍谷，能吹煖律挽天工。

小閣簾開取向東，寒天强半是西風。瓷缾减水朝防凍，布被加緜夜代烘。袖手輸贏迷黑白，轉頭兒女换青紅。自知於世全無用，新署頭銜號長翁。宋陳造云："物之無用者爲長，故自號江湖長翁。」

力田制策已殊科，忽枉瑶箋到薜蘿。得路君言猶若此，窮愁我況更如何。同年顧書宣見寄詩有「病中趨死易，貧裏養生難」之句。行藏委運談何易，人鬼論交意太苛。虞山錢玉友寄詩有「窮通判人鬼，隔絶如陰陽」之句。傳語兩家多憤激，向來結習費消磨。

鑿開渾沌本無情，萬竅從教怒不平。巧算誰能推雪片，頑空何自起風聲。陰陽槖籥機相引，水火丹爐勢必争。真宰茫茫竟誰是，難憑《齊物》詰莊生。

偷存子敬舊寒氊，與汝相依已有年。向老情懷偏戀舊，過時顔色敢争妍。懶魚冰底頭頭伏，凍雀枝間箇箇拳。便學蟄蟲吾亦得，屈伸何事乃關天。

無聊且作杜門人，肯逐鄉風鬥比鄰。俗儉稱家删饋歲，年衰無伴看迎春。生涯豈可謀妻子，鄙事何煩瀆鬼神。但使黄金同土價，齊奴巴婦一時貧。

誰將正變溯源流，今古何殊貉一丘。稊米太倉雖見録，遺珠滄海詎勝收。斑窺半豹難爲管，腋萃千狐始是裘。好與風騷搜累代，他時文選續名樓。竹垞先生書來相約，同選宋、元、明詩。

剥啄聲中歲偪除，督催詩債甚追呼。不狥俗好頭今白，自去名心膽更粗。耐冷且來尋筆研，消閒差覺勝摴蒱。此中甘苦何人識，豈獨雕蟲悔壯夫。

聞李辰山藏書多歸竹垞

嘆息詩人失李頎，柘湖回首舊游非。自憐老友今無幾，且喜藏書得所歸。萬卷又增三篋富，千金直化兩蚨飛。平生謬託知交在，悔不從渠借一瓻。

近游集 起戊寅正月，至三月。

東廣微志狹九州，爰作《近游》之賦，跡不越井里田園，事不離衣裳男女，近則近矣，於游之義奚取乎？余自己未至今，南北往還，約計七萬里，將收游蹤，自遠而近，兹集所以志也。

戊寅元旦

屋頭初日靄春暉，梅蕊看成豆粒肥。扣齒焚香吾起早，敲門投刺客來稀。舊梳白髮新逾短，貧煉初心老肯違。苦覺鶴山聞道晚，方知四十八年非。魏了翁詩「四十八年成一非」。

盛宜山新築瓣香庵於南湖之上雪中過之索詩賦贈二首

三十年前舊酒徒，天教晚節占南湖。不辭太守分清俸，便有游人指畫圖。水鳥雲帆争出没，風簾雨檻對虚無。繞籬尚少成陰樹，先種芭蕉一兩株。

半間小閣一枝藤，餘事行看次第增。野色憑闌牕面面，遠煙浮樹塔層層。不知雪裏參禪坐，何似花時挾妓登。畢竟前言吾是戲，近來詩派併傳僧。

雨中同朱十表兄過宿徐淮江聽鶯齋

去城日已夕，曲折尋枉渚。水涸舟屢膠，用篙迺舍櫓。兩人苦兀坐，拄杖入村隖。稍稍深竹間，疏燈翳復吐。此來占不速，況復往遇雨。犬吠僮僕嗔，開門揖賢主。爇薪燎我衣，敲冰轢汝釜。明朝迫人日，節物良有取。剪韭佐春盤，嘉肴竟踰五。新年困酒食，愛逐清談侶。一醉不得辭，重君風義古。

穀日至當湖沈南疑招同孫嘯夫過陸瞻成耕廬探梅分韻得豐字

殘冰消盡水光中，短櫂移灣港汊通。小圃花經人日雨，先一夕微雨。故人酒敵石尤風。溪山興發長先到，肴核年荒勿太豐。醉墨攲斜吾自笑，草書未暇爲匆匆。是夕瞻成索書楹帖，凡三易紙乃成，故云。

大風渡前山漾

川光蕩我前，一碧開玻璃。岸闊山斷續，船輕浪參差。但聞捍索鳴，心與閒雲馳。萬木盡却走，孤帆正窮追。道場屹不動，白塔如卓錐。平生汗漫游，老懶意漸隳。結念在苕霅，泛宅方自兹。

重至湖州戲簡許舜功張桐軒兩學博

偶然乘興到西吳，社日還尋舊飲徒。不用恢諧歸割肉，上丁纔過定膰吾。

座主清溪徐公招同楊玉符編修談未庵文選泛舟碧浪湖

蒲柳城南水一方，三年重此泊吴航。閒陪白社青門客，愛入銀鷗雪鷺鄉。帳下諸生看漸老，甕頭吏部最能狂。烏巾美酒東風汎，并作澄湖匹練光。

雨中游飛英寺次東坡稀字韻

春陰覆城堞，花淺游人稀。愛此北郭幽，晨征夕忘歸。盤旋上窣堵，恣眼窮清暉。東風拂面寒，細雨濕我衣。客來僧啟鑰，客去僧掩扉。跡在有迎送，心空無是非。

春分前一日余征吉學博招集杏花下

落盡苔枝春欲分，杏花庭院又斜曛。得錢沽酒即相覓，誰似能詩鄭廣文。

登道場山次東坡先生舊韻

船迴浦溆淺，徑轉村隖小。不覺坡陀高，騰身萬松杪。菰城陷井底，白塔嶁雲表。浮氣盪一州，湖波白渺渺。天長接遥翠，目極青未了。漸上伏虎關，群峰忽環繞。清飈蓄户牖，古殿深且窈。脈絡引檻泉，渟泓匯池沼。長廊百餘步，旁入逾幽悄。蒼鼠竄別枝，投空攫啼鳥。巋然翠微閣，中敞外見少。野火不到山，薈蔚復誰燎。坐令杉桂材，蒙茸委蓬蓼。飛蟲晝轟聚，高蔓晴夭矯。老僧守空庖，恐作山中殍。軍持乞米出，厭寂喜膠擾。我來久徘徊，愛此吟風篠。春深花淡淡，日暮雲嫋嫋。餘暉帶疏鐘，詩境墮空杳。古今一大夢，回首隔昏曉。

二月十六夜自長水塘乘月放舟二鼓抵嘉興城下

兩岸朧朧桃李花，一天風露屬漁家。小船卧聽櫂歌去，行到鴛湖月未斜。

同竹垞表兄飲譚蘐城給諫南樓看海棠

我愛城南給事宅，海棠兩樹紅交加。墻頭過酒便留客，樓上點燈兼照花。濯枝偏宜的皪雨，倦眼似隔朦朧紗。徑須時赴二老約，爛醉不問東西家。

寒食鍾復周秀才家看海棠和鍾飛濤

一樹萬花稠，花光盡入樓。偶逢寒食賞，偏憶少年游。照座驚紅艷，傷春到白頭。苦憐風雨惡，燒燭爲君留。

清明日南湖泛舟

積雨初霽交清明，桃花杏花飄滿城。城南水色緑於酒，鵝鴨一灘春草生。

曾道扶學憲惠蜀中藥材

吾比多幽憂，早衰坐善病。豈無三年艾，真贋苦難證。炮炙投成方，庸醫執其柄。邇來讀《本草》，稍稍諳藥性。蜀山美産多，州邑若畫境。靈苗倘易地，厥品變邪正。時俗但狥名，采真復誰更。先生校蜀士，甲乙手親評。開籠貯參苓，拔茅群有慶。餘材搜草木，良楛別明鏡。萬里宦游裝，錐刀肯相競。大江五六月，風壯波濤盛。百束壓歸艖，蛟龍不敢横。分張荷見及，行篋忽輝映。從來苦口利，義比良友諍。若待倉猝求，誰爲緩急應。於公感深意，臭味殊可敬。

上巳雨中同竹垞及兒建再赴淮江招

三月三日東風寒，徐尚書家春未殘。半篙新水淥忍唾，兩樹碧桃紅耐看。蛙黽幸未聒人耳，蛤蜊大可充君盤。一番相過一冒雨，笑口欲開爾許難。

題沈南疑林屋山居圖卷子二首

莫釐峰下是查灣，及記扁舟壓雪還。一事至今留缺陷，不曾西到石公山。

浮家泛宅事良難，綰綬行將赴一官。縱使買山争得住，故應寫作畫圖看。

自入春來往返嘉興湖州兩郡凡六十餘日穀雨後還家花事盡矣

累月扁舟碧水潯，歸來三徑已春深。樓頭一帶槎牙樹，多爲黄鸝换緑陰。

題又微姪載花圖小影

落魄江湖不計年，風流别是一生緣。桃根桃葉無顔色，迴避儂家載酒船。

再題種菜圖二首

還君一首《遂初賦》，和我三章學圃詩。彈鋏思魚原失策，封侯食肉更何時？

黄虀百甕亦前因，腰腹如渠那稱貧。也與萬羊同一飽，算來原自可驕人。

題族孫恒弘看舞圖

可是相逢游冶場，由來壯士愛紅粧。試他舞袖長多少，虹暈輕巾是電光。

敬業堂詩集卷二十四

賓雲集戊寅四月。

春來既以《近游》名集，是夏，復偕竹垞先生作閩南之行，淵明所謂「饑來驅我」也。往反五閲月，共得詩若干首，唱酬者居其半，釐爲三集。曰《賓雲》者，紀游武彝也；曰《炎天冰雪》者，取諸噉荔也；而以《垂橐》終焉。中間聯句數章，竹垞已刻入《曝書亭集》，兹不復删，義取各見，存題目也。

初發江干

江路羊腸迴，江風羊角合。丘長春《西游記》「風初起如羊角者千百，須臾合爲一風」，可證《莊子》「羊角而上」語。漸近漁浦潭，忽失六和塔。

自漁浦挂席至富陽聯句

艑郎唱櫓雨初消，悔餘。突起東風送客船。百里晴山低似屋，竹垞。一江新水健於潮。舟人謂江暴漲時，海潮不得上。得攜老伴無拘束，悔。縱是貧游未寂寥。況有月波春甕在，竹。隔船不乏酒人招。悔。

又聯句一首

江山小船急浪衝，竹。疾若鷙鳥凌霜冬。悔。灣澴忽轉赤亭岸，竹。俄頃不見南高峰。悔。鰣魚出網白尾尾，竹。烏柏夾路青茸茸。悔。井西道人畫不得，竹。暖翠浮嵐如此濃。悔。

和竹垞雨泊桐廬限腹字

灘聲遠初喧，山色晚逾緑。窅窅城上鐘，濛濛雨中屋。平生湖海夢，又近嚴陵宿。濯足有煙波，胡爲加帝腹。

和竹垞七里瀨限脚韻

老黿没水風旋作，合江亭西石勢惡，兩蛇對走赴一壑。雲端百丈挽山腰，井底孤篷轉山脚。

瀧中吟俗作龍，亦作籠。葉夢得《避暑録》辨其譌，云，當作瀧，閭江反。今從之。

瀧中亂峰高插天，瀧中急水折復旋，瀧中竹樹青如煙。白龍倒垂尾蜿蜒，洩雲噴霧爲飛泉。晴光一綫忽射穿，雨點白晝打客船。船行無風七十里，一日看山柁樓底。有風七里，無風七十里。瀧中口號。

晚次汝步乘月抵蘭谿城下

飛盡漁灣白鷺鷥，罛師逆浪上灘遲。蘭溪城外數錢女，月出未收青酒旗。

雨發東峰亭

昨日不料風，今朝不料雨。生涯昧所向，智不如商賈。聊爲山水游，旅興時一鼓。東峰吾舊識，嘉樹紛可數。中流乍回頭，悵若辭地主。三衢渺何處，去去信柔櫓。自此西行，余游蹤向所未歷。

水碓聯句四十韻

百灘趁漸江，昏旦鳴不息。竹。大波恣奔放，小波迴汩㴔。悔。居人擅水利，審曲引使直。竹。其長走蛟蛇，其廣納溝洫。悔。遏防激之怒，徑隘流轉亟。竹。夫豈水性然，適來遭勢偪。悔。于焉扼其吭，壘石添槩杙。竹。椽茅架小屋，度地隨偃仄。悔。斲木爲巨輪，當衝立樞極。竹。旁安三十輻，輻輻輳斤墨。悔。黿鼉交兩兆，鱉甲支九肋。竹。括張等虞機，璇運就圜則。悔。江心鏡欲躍，海底月半蝕。竹。滅頂泅人騰，升陑壯士踣。悔。尻高首或下，後湧前忽匿。竹。團團牛旋磨，匝匝鴉翻翼。悔。棗軸貫中央，有如蓍在扐。竹。循環觸牙動，揚者必先抑。悔。石臼質本頑，甘爲杵所賊。竹。昂然馬騰槽，俛若鶴啄食。悔。砅砰應關棙，次第符漏刻。竹。擣紙十萬牋，取禾三百億。悔。穅秕除未盡，藤竹需孔棘。竹。一爲機事牽，焉得休汝力。悔。先王昔制器，取象配卦德。竹。舟楫涉大川，耒耜徂畛域。悔。養生務佃漁，分壤别動植。竹。鄰歌答舂相，作苦爰稼穡。悔。俾習四體勤，群黎無懈忒。竹。後世技巧繁，淫奇難忖測。悔。桔槔轆轤作，便利成典式。竹。紛紛鑿渾沌，

一一騁胸臆。悔。能令蠢者靈，通者忽以塞。竹。即此水碓論，用意略可識。悔。居然役造化，安坐無作色。竹。乃知天生民，若苗之有螣。悔。夜來山雨驟，�漲漫澤國。竹。沙崩岸漂沈，有械施不得。悔。物成久則毁，兹理復何惑。竹。逸豫安可貪，民勞宜率職。悔。

和竹翁衢州城下作

開府專征地，孤城盜賊邊。身常當矢石，險豈恃山川。劉濞何知反，睢陽竟得全。白頭遺老在，對客話當年。甲寅、乙卯之亂，武定李文襄公鎮此，浙東西數郡獲全。

篁　步去衢州二十里，地産柑橘。

百折金川水，東流下石門。碓牀聲不斷，炭塢氣長昏。小屋椶櫚岸，疏籬橘柚村。荔支方入貢，剩爾未移根。

常山山行

常山小城如破驛，細路多嵌彈丸石。一乘竹轎役兩夫，雜遝前行隨估客。憐渠雇直止百錢，爲我赤脚頳兩肩。我今亦復被物役，何暇悲人還自憐。

和竹垞沙谿鋪

山田早插緑秧齊，小犢新生未架犂。閒背村童浮水去，牛欄只在岸東西。

龔家渡夏文愍公墓道作

東市朝衣血，西江野哭魂。已無鄉社祭，猶有墓門存。亂水荒阡斷，悲風宰木昏。鈐山籍官後，得謚即君恩。

自焦石塘抵鉛山河口兩岸石山獰劣上無寸土草木不生作詩嘲之並邀竹垞先生同賦以傳好事者

《爾雅》釋山名，類族紛可數。土山或戴石，石山或戴土。草木别有無，無者名曰岵。挾筴事出游，舊聞證新覩。一山一巨石，突兀向江滸。若被烈火焚，禿髾了無取。於獸燖其毛，於鳥翦其羽。於人爲寡髮，渾沌出太古。無心腹腎腸，無耳目肱股。大疣甕盎懸，醜疾籧篨俯。陳根何處托，氿泉不得吐。正坐山無情，遂令旁少輔。樵人弛負擔，匠氏輟斤釜。塊然天地間，於世爾奚補。

從河口陸行至鉛山縣三十里間山水清佳老樟古桂不記其數皆千年以外樹也所至輒流連其下自悔舟中誚頑石之作復賦此詩邀竹垞再和

溪迴峰巒奇，雲日互虧蔽。兩邊盡古木，曲徑入蒼翠。行人雜負戴，偃甜隨所至。如開步障陰，下可萬間庇。想當生材初，造物本無意。榮枯非分定，蒙養在托地。我昨嘲頑山，無端坐好事。目前不見睫，幾欲一槩視。向來身未經，鹵莽悔輕議。譬諸覘他邦，不仁在高位。輒云彼無人，賢者豈終棄。作詩還自哂，一解前言戲。

鉛山城中有古樟三每歲四月白鷺來巢其間伏雛乃去亦一異也

怪底空城老樹梢，鷺鷥引隊似蘆茭。魚蝦飽啖無人問，生子看看占鵲巢。

和竹垞雨晴

入門雨脚垂，出門雲氣遯。皇天本無私，邂逅適我願。

紫溪道中二首

去城漸遠漸青葱，畫裏谿橋曲折通。無有一村無好樹，歇涼人在小亭中。

壘土層層勢就低，石田如罫岸如梯。清泉盡是秧針水，直到山根始作谿。

度紫谿嶺

渡橋正亭午，白日無匿景。微茫紫翠間，嶠崪西南頂。躋攀力已殫，仰視猶半嶺。迴風轉轆轤，汲我出深井。茅庵冠木末，快若衣振領。緑樹忽交陰，蒼然失人影。坐來殊氣候，濁暑驚清泠。匆匆行役心，佳處惜俄頃。

觀造竹紙聯句五十韻

信州入建州，篁竹冗於篠。竹。居人取作紙，用穉不用老。悔。遑恤簫笛材，緣坡一例倒。竹。束縛沈清淵，殺青特存縞。悔。五行遞相賊，伐性力揉矯。竹。出諸鼎鑊中，復受杵臼擣。悔。不辭身糜爛，素質終自保。竹。汲井加汰淘，盈箱費旋攪。悔。層層細簾揭，餤餤活火熂。竹。舍粗乃得精，去濕忽就燥。悔。擘來風舒舒，暴以日杲杲。竹。箬籠走南北，適用各言好。悔。緬維邃古初，書契始倉皡。竹。自從史記煩，方策布豐鎬。悔。中經祖龍燔，孰敢撲原燎。竹。漆簡及韋編，殘灰跡同掃。悔。當時禍得脱，賴爾生不早。竹。漢代崇師儒，家各一經抱。悔。截緝蒲柳姿，刀削詎云巧。竹。如何創物智，乃出寺人造。悔。麻頭魚網布，棄物收豈少。竹。後來逾争奇，新製越意表。悔。山苗割藤芨，水澨采苔藻。竹。桑根斧以斯，蠶繭機不絞。悔。澄心光緻緻，鏡面波皛皛。竹。研宜金粉膏，繪作龍鸞爪。悔。桃花注輕紅，松花染深縹。竹。鵶青蜜香色，一一隨浣澡。悔。十樣益部箋，萬番傳癖稿。竹。紛然輸館閣，逖矣來海島。悔。要爲日用需，若黍稷粱稻。竹。惜哉俗暴殄，塗抹太草草。悔。俗詩黿蟈鳴，俗書蛇蚓繞。竹。俗學調必俳，俗文説多勦。悔。流傳人有集，刷印方未了。竹。積穢堆土苴，餘殃毒梨棗。悔。或污蝸角涎，或供蠹魚飽。竹。或爲肉馬踏，或被饑鼠齩。悔。糊窗信兒童，覆瓿付翁媪。竹。遭逢幸不幸，所繫豈纖杪。悔。平生嗜奇古，卷帙事研討。竹。秘笈藉爾抄，籯金匪吾寶。悔。響榻溯籀斯，斷碑拓洪趙。竹。提攜白刺史，著録庶可考。悔。由拳法失傳，將樂槽苦小。竹。楚産肌理疏，晋産膚澤槁。悔。物情相倍蓰，美惡心洞曉。竹。非無雲霞膩，愛此霜雪皎。悔。小疊熨帖平，捆載赴遙道。竹。預恐壓歸裝，又滋征榷擾。悔。

烏石村

修竹連山萬萬栽，斬新換葉碧如苔。特留老節非無用，歲歲生孫作紙材。村家造紙，多取新竹，故云。

分水關

萬斛松風捲戍樓，泉源同在此山頭。忽教一垛巖墻劃，不許東西更合流。

崇安孔彝仲明府招飲縣齋池上分賦二首

南游吾偶到，北海席頻虚。未敢輕修刺，何當先下車。客來童掃徑，衙罷吏抄書。欲識閒官味，君看清獻渠。

樹陰齋舫合，荷氣板橋灣。水檻晴初倚，溪門夜不關。座中無俗客，管内有名山。未到聞君説，如游九曲還。彝仲於座上極稱武夷之勝。

和竹坨幔亭

幔設曾孫宴，歌傳鼓笛聲。神仙如可學，大抵屬多情。

沖祐宫

一溪隨櫂轉，天半削兩峰。萬年宫在兩峰趾，古殿入門三五重。長廊白日氣幽邃，蔭以楓桂樟柟松。不知中有路，但見列岫四面排高墉。不知下有谿，但聞噌吰鞺鞳相應如鼓鐘。神仙高居道士俗，三月四月忙於農。苦言茶味薄，不足充上供。客來正炎熱，亟思澆此枯渴胸。頭綱封裹度嶺去，上品一呷需無從。明朝試扣白雲洞，洞口老僧逢不逢。武夷茶出僧製者，其價倍於道院。

宿虞道士山房

晚涼新浴罷，古觀有餘清。一院松篁氣，滿窗風雨聲。擣虀因藥臼，暖酒就茶鐺。預飭齋厨飯，山游望曉晴。

和竹垞仙蜕巖

生前不煉紫金丹，身後何須白玉棺。已向虚巖委枯骨，癡兒尚掃漢家壇。

虹橋板歌板爲崇安潘秀才在東所贈。

潘生贈我虹橋板，云此購得從仙山。幔亭宴罷橋忽斷，此木庋在萬仞之孱顔。蒼鷹健鶻對對巢不得，但見成群接臂叫跳猿猴猢。黄冠白足力難致，間出贋者相欺謾。有時晦冥晝風雨，神物欲降天爲慳。前者偶經此巖下，巖前白浪吞船豩。忽驚片板半空落，有若胎禽墮毳飛輕翾。主人大笑童僕喜，謂獲至寶非空還。已令巧匠刻爲佩，何異袖鞭使物驅妖姦。知君好奇特分贈，徑尺未許酬千鍰。我時聞斯語，未敢相譏訕。今晨入武夷，好事搜險艱。生爲指其處，乃在一曲二曲三曲灣。初疑棧道上，露出船尾彎。復如鳥鼠穴，竹箭亂插同榛菅。神輸鬼運義奚取，徑路斷絶誰躋攀。忽憶少年日，南走五溪窮百蠻。蠻人寄命巖洞裏，多搆柴棚臨峥潺。今之所見正此類，亦如秦客避亂來其間。不然飇輪雲馭本飛渡，豈有刳木留塵寰。摩挲重是千歲物，肌理駁蝕生香斑。攜歸壓書儘有用，何必新奇瓌詭驚愚頑。

和竹垞小九曲石壁是唐許碏題詩處故名題詩巖附録碏詩：

「閬苑花前是醉鄉，蹈翻王母紫霞觴。群仙拍手嫌輕薄，謫向人間作酒狂。」

石上三生事渺茫，題詩重過蕊蓊房。此中大好安茶竈，何苦人間作酒狂。

和竹垞御茶園歌

宋茶貴建産，上者北苑次壑源。研膏京挺南唐貢茶名。製一變，争新鬭異凡幾番。白龍之團青鳳髓，輦載入洛重馬奔。武夷粟粒芽，其初植未繁。何人著録始經進，前有丁謂後熊蕃。君謨士人亦爲此，餘子碌碌安足論。宣和以來雖遞驛，場未官設民不煩。元人專利及瑣細，高興父子希寵恩。大德三年歲己亥，突於此地開茶園。中連房廊三十舍，繚垣南北拓兩門。先春次春徧采摘，一火二火長温磨。緘題歲額五千餅，鷄狗竄盡山邊村。攜來詐馬筵，和入潼酪供鯨吞。豈知靈苗有真味，石銚合煮青松根。爾來歷年已四百，御園久廢名猶存。筠籃四月走商販，茶户幾姓傳兒孫。我思蠙魚橘柚任土貢，微物亦可充天閽。朝廷玉食自不乏，何用置局災黎元。追思興也實禍首，幸保要領歸九原。山靈曷不請於帝，按《女青律》笞其魂。傳語後來者：毋以口腹媚至尊。

仙掌峰瀑布

接笋仙掌峰，入望初聯綿。兩崖谺然豁，一瀑垂蜿蜒。不從仙翁指間出，却穿左脅下赴六曲爲奔川。行人衣沾芒屩滑，拄杖直上孤雲巔。崎嶇丘前石徑轉，胡麻小澗當橋邊。尋源初自稻田發，三里五里斷復連。淺處生菖蒲，深處得種菱與蓮。千年老蟾蜍，爬沙亦頑仙。仰天噏其舌，噴水一竅清而圓。始知山前雷轟礮激千丈瀑布水，即是山背涓涓泉。匏樽便向道人借，我懶欲住清涼天。

天游觀萬峰亭

占地既已高，尤難在扼要。前臨殊陡絶，旁睨轉孤峭。群雄奉一尊，奔赴不待召。來時記目擊，歷歷本形肖。羊群呼可起，仙羊石。馬首回若掉。馬頭巖。象鼻垂彎環，象鼻巖。獅頭仰軒趒。獅子巖。鼓鐘應考戛，鼓子峰、鐘模石。龍虎答吟嘯。卧龍潭、虎嘯巖。兜鍪勇士冠，兜鍪峰。粧鏡神女照。粧鏡臺、玉女峰。石笋瘦而長，接笋峰。蓮花娟且妙。蓮花峰。到亭悉殊狀，變幻非意料。初高後反匿，曩隱今忽跳。投空翻白鴉，削背掠蒼鶻。煙生松外村，竹亞崦中廟。清溪截羅帶，已斷復縈繞。澄泓鷗鷺池，中有一翁釣。流觀飽創獲，俯仰恣吟剽。翻嗟神靈區，僻左落遠徼。奇峰三十六，名可配嵩少。奈何杜韓輩，足未涉閩嶠。山靈秘莫宣，自古閉窔窔。我來及新晴，朗日相照耀。終疑雲霧窟，滃渤尚埋竅。幸賴此孤亭，於焉蹋䯪虓。重游果何時，臨去屢回眺。

坐竹簰入九曲聯句

連峰六六收蒼靄，悔。雨餘滑澾碎石街。竹。挈我栗杖椶毛鞵，悔。蘭湯渡口上竹簰。竹。
篙工初指一曲涯，悔。姓名幾輩爭磨崖。竹。娉婷玉女峰最佳，悔。野花簇髻松搖釵。竹。
當年武夷集神媧，悔。歌絃鼓板金管䚻。竹。高張雅奏無淫哇，悔。子禽小蛾定爾儕。竹。
群仙一散後會乖，悔。黃心老木委蛻薶。竹。爾獨對鏡留形骸，悔。千尋鐵障鎔頑鍇。竹。
大藏小藏肩背挨，悔。山魈獨脚帝所差。竹。洞門石扇呀然闖，悔。鋻舟力負何劤勭。竹。
其中瑰木類積稭，悔。又類羽鏃抽鞞靫。竹。水光汃汃聲湝湝，悔。冥冥微徑不可階。竹。
欲往金井迷鬼艾，悔。深潭龍卧波㴔瀤。竹。誰歟釣者貪鯆鮭，悔。茶園新芽出舊荄。竹。
僧籃道笈采摘皆，悔。可惜不逢紅粉娃。竹。題詩古巖平不欹，悔。精廬小於負殼蝸。悔。
豈若大隱屏之厓，竹。祠宇百世人模楷。竹。大書照耀銀泥牌，悔。學達性天聖德諧。竹。
屹然天柱高崴嵬，悔。勢如拱揖趨庭堦。竹。須臾路迴仙掌排，悔。神皋下上車輫輂。悔。

竹窠桃碉雜樹槐，悔。白雲莽前雙眼揩，悔。俯視九曲瀠青緺。竹。
新村村落尤可懷，悔。新苗活水通荆柴。竹。穀犬跳聒鷄膠喈，悔。況無蛇虎猿猱豺。竹。
何時買地營茅齋，悔。耕稷漁弋與子偕。竹。

和竹垞建陽

考亭本是黄家墓，侍御橋邊宅久空。陳跡已消名姓外，好詩猶展畫圖中。後來結搆原因此，佳處溪山遂屬公。欲買麻沙村畔屋，餘年拚作蠹書蟲。唐末侍御史黄子稜自洛陽寓居建陽東觀山，築亭以望其父之墓，曰「望考亭」，因以名里。朱文公之父韋齋先生愛建陽山水，未及卜居，公築考亭以承先志，正取黄侍御之意。後人專以考亭屬文公，侍御之名湮矣。「人過小橋頻指點，全家都在畫圖間」，侍御詩中句。

樟灘

小縣晨發船，建溪展平緑。前行三四里，跳沫粗如鵠。厥名曰樟灘，畜害自古酷。假令勢下趨，直瀉無迴躅。石梁伏水底，未免防坎毒。奈何三折形，故作巴字曲。湍奔方有激，石起陡被束。一芥一針投，中間不容粟。兩旁劇刀劍，獰惡伺失足。篙工善駕馭，肯與怒機觸。馴彼豶豕牙，服我童牛牿。終焉脱於險，初若順所欲。方悟不攖心，可以遠蹶促。

側聞前灘多，怪石難悉録。吾生不有命，恐懼隨羸僕。

雨中下黯淡灘

未到先愁出險難，忽驚片葉落奔湍。星流電轉目未瞬，一道白光飛過灘。

延平晚泊

小雨冥濛劍浦西，浮槎壓水女垣低。人家多傍翠巖住，榕葉滿城山鷓啼。

水口

雨餘忽飄雨數點，山外更添山幾層。六百里灘多過盡，也如出峽到夷陵。

小箬驛榕樹

古驛千年樹，蟠根積水涯。細筋堅作骨，新葉嫩如花。緑處陰三畝，枯邊畫一椏。散材真自幸，剪伐幾曾加。

竹崎關

佛桑花根犬吠，龍眼枝頭鳥鳴。漸覺山平水遠，郵籤報近榕城。

贈汪悔齋方伯

國家有異數，畸人出當之。巍巍宏博科，鵷鳳集一池。公來承主眷，初亦由文詞。繼乃悉公才，拔萃超常資。我朝拓遐陬，南不盡島夷。勿輕發介使，大體存羈縻。曠典偶一修，擇賢誠足毗。公時膺特簡，啣命東南馳。粘天駕波濤，帖首馴蛟螭。平生抱忠信，涉足無嶮巇。肅將明明威，慎重瞻丰儀。心若誕文教，要令崇先師。鰲背屹宫墻，作記刊諸碑。餘事當潤色，問俗陳風詩。手持《王會圖》，歸獻白玉墀。至尊動顔色，前席爲頻移。迄今《奉使録》，燦若星日垂。自兹益嚮用，歷試無不宜。試公以吏治，出領嵩洛伊。政成多異蹟，獨創非前規。試公以擊斷，明決仁且慈。八閩百萬户，立起殘瘡痍。試公以大藩，旬宣來保釐。民勞既已塈，國計終無虧。凡此十年中，官塗自逶迤。旁無汲引力，皆受特達知。煌煌名書屏，屢被褒美辭。行省尚見屈，看人换旌麾。賤子田間來，於公少恩私。側聞道路口，籍籍皆如斯。當今梁棟材，大器非公誰。公昔守洛陽，舍弟久追隨。猥蒙齒頰及，佳句時或披。堦前尺寸地，投謁獨怪遲。男兒屬有願，會合寧無期。攜我作遠游，竹垞真好奇。武夷昔未到，昨始慰所思。此來復識公，又得啖荔支。何期寂寞游，三樂併一時。篇終述己意，公幸勿見嗤。

敬業堂詩集卷二十五

炎天冰雪集起戊寅五月，盡六月。

端陽前二日初食荔支戲寄德尹時弟在蘭州二首

荔子初紅到福州，絳囊欲擘已涎流。阿頻來往如相避，笑擲閩南一度游。弟於甲戌二月游此，四月還家，未嘗噉荔也。阿頻，弟小名。

方紅陳紫價争高，次第行將飫老饕。直作衝炎吾得計，西游終不羨蒲桃。魏文帝以蒲桃比荔支，世譏其繆。

西施舌一名沙蛤。

尤物佳名托，依然住水鄉。死難逃越網，生只戀吴航。沙蛤産吴航者佳。

香螺

螺女江邊産，形龐味特奇。客厨貪一飽，空殼付僧吹。梅聖俞詩「佛寺吹螺空唱嚎」。

蟳《閩大記》：「一名蝤蛑。」

味美尤在螯，一枚十錢買。自從擘蝤蛑，不憶分湖蟹。

鱟魚腹下有十二足，雌雄常相負，取之輒作雙。

介屬魚其名，雌雄同一束。爬沙苦無力，安用十二足。

花蛤

入水化幾時，登盤復充鱠。刳腸誰見憐，文采却在外。

黄螺

藏尾露兩角，肉黄漫多腥。時於蝸殼中，自負枵然形。

珠蚶

珠蚶細已甚，魚鱗鶺眼許。海錯幸自多，烹鮮乃及汝。

食江瑶柱

河豚豈不佳，中毒時有之。須臾聊爲性命忍，當筵輟箸甘被旁人嗤。半生夢想江瑶柱，客或誇示長朵頤。南游無一事，直爲口腹寧非癡。土人向我言，惜來非其時。客欲嘗此味，請以冬爲期。清晨無端食指動，腥風怪雨入座紛離披。天教尤物落吾手，海市忽逐神鞭移。常鱗凡介盡辟易，獨許上品當釜錡。其形初如羊角合，儵若蝙蝠兩翅張襹褷。格高味厚少爲貴，中間甲柱孤撑搘，瀹以百沸湯，逡巡發華滋。鮮於金盤露，潔比白玉脂。《食經》百六十五卷，嗚虀點醬無不宜。良庖俗庖兩兩割烹好，方法不用傳嚴龜。隋大業中，刻淮南王《食經》一百六十五卷，唐人嚴龜有《食法》十卷。退之引類及章舉，坡老比儗到荔支。二公評騭竟誰是，吾方飽噉不暇措一辭。

林草臣擕酒見過

草堂無定所，亂後屬他人。愛客老尤篤，論交晚自親。割鮮兼衆味，載酒過比鄰。一醉叨深眷，翻憐地主貧。

養蜂歌

逆旅主人貪養蜂，木櫃中結房千重。别開孔竅聽出入，高置簷宇虞奔衝。頗同君臣儼有禮，稍别種族如知宗。兩衙薨薨勤鼓翅，四序擾擾無停蹤。婦姑勃豀或同室，子弟盛壯旋分封。秦宫每向花底活，韓憑大抵枝頭逢。苦兼黄連充藥使，甘比稼穡成花農。乾坤大哉類斯聚，形體眇爾性則兇。天生是物本巖谷，於世無競宜相容。自求辛螫誰作俑，乃至役物爲人傭。僦居一椽在隘巷，偪側欲避愁無從。明知倉卒非大害，未免有意防針鋒。吾將縱女任所適，解衣盤礴便疏慵。主人一笑不見許，留待割蜜當嚴冬。

汪學使棣園寄餉興化荔支

南越百株移遠植，西川一騎走炎埃。如何兩日楓亭路，也爲先生置驛來。

林竹筠封翁招飲榕庵

山根沮洳濕蒼苔，別業重新鑿石開。但使周遭留竹樹，不妨次第補亭臺。五經又課諸孫讀，次公碧山以五經擢第，故云。一榼頻攜遠客來。指點舊時門逕改，雙榕前歲拔風雷。門前榕樹二株，丙子七月爲大風所拔。

汪悔齋方伯署庭有荔支小暑後摘以見餉率成十六韻

陰合重樓外，枝垂曲檻東。珊瑚推舊譜，玳瑁占新叢。晝省初凝露，薇垣迥得風。繁星紛乍摘，白雪沃俱融。步障絲褰紫，宮衣袖卷紅。品方瑶柱美，東坡、梅溪以江瑶柱比荔支肌愛玉環豐。只許輝銀印，白樂天《寄楊使君荔支》詩：「對君銀印色相鮮。」何期餉竹籠。從來臭味合，大抵餽貽通。不是分甘好，將毋嚼蠟同。炎官方赫赫，熱屬又蟲蟲。解駮涼無汗，醫蠲渴有功。稍宜親夏簟，惟欠剥春葱。長樂全勝畫，郵亭尚憶楓。長樂所産名勝，畫者可與興化之楓亭相匹，皆名種晚熟者。近應來郡縣，遠不比瀘戎。少陵詩：「憶過瀘戎摘荔支。」旅橐終難致，頃筐倘更蒙。此游專爲口，貪得笑何窮。

甘泉漢瓦歌爲侯官林同人賦

林生老立專門學，金石遺文卷盈握。曾經從宦走長安，斷碣殘碑蘚親剥。昭陵蹟廢補亡闕，磨石山高穿硌确。冰霜裂面虎豹嘷，沙礫堆中拾完璞。摩挲銅狄自何年，萬棟灰飛片瓦全。爲按黄圖考宫殿，始知地是漢甘泉。底平面正規而圜，肖形似鏡還如錢。其高半寸徑三寸，旁具輪郭中不穿。土花蝕後文留識音志。上有長生未央字。龍拏鳳攫結撰奇，肉厚肌疏形體異。與人作硯不中用，抱質如初無變置。吁嗟乎楊南仲劉敞不作識者希，時俗誰能辨真僞。巧多滋僞樸者真，此瓦人間蓋無二。豈同冰井香姜閣，埏埴紛紛托疑似。勸生勿更加礱磨，本色須教存古意。生領此語索我詩，我詩質直無媠辭。請煩拓致數十本，偏乞羊何共和之。或恐流傳落人口，陶甄又復成今手。

張民瞻舍人趙二一今孝廉同日餉荔支

側生倒挂賴虬珠，後先磊落致座隅，空齋長夏失炎熱，中有仙姝冰雪膚。太真飛燕兩媚嫵，那辨徐家蔡家譜。《新譜》，蔡君謨著；《莆田譜》，徐師閔著。野人揣分已不廉，一飽今朝煩二主。此生大嚼知幾回，一日可少三百枚。從兹便結荔支社。用東坡嶺南事。日日西禪寺裏來。

六月初六日同竹垞青壇過長慶寺噉荔支二首

碧蘚埋唐碣，紅雲擁寺門。客嘗初揀樹，僧引爲開園。甘露充香飯，清泉注瓦盆。分沾徧僮僕，猶自壓枝繁。

蚶殼梢梢重，星毬箇箇圓。生偏當遠嶠，吾及遇豐年。寺僧云：今年荔子最熟，似爲遠客設供。邂逅三人話，衰遲一飽緣。勿嫌來較晚，禽鳥讓争先。

與陳漳浦莘學話舊

誰憐香案吏，遠謫到天南。索米洵非易，折腰良不甘。山租輸海貝，市舶賤迦楠。喜拜貧官惠，輕風白葛含。時以廣葛見贈。

數日前作詩報悔齋方伯末有無厭之請蓋在楓亭荔支也朝來果蒙分餉再成一律

四樹楓亭種，曾經入貢餘。人間應漸少，名下果無虛。絶品慚供客，兼程苦累渠。色香全未减，地主誼何如。「驛庭只四樹，樹老半枯枝」，閩人宋比玉《荔支詩》也。

龔運使榕溪招飲園亭

擲印歸家鬢未蒼，手栽梧竹闢池塘。到來但覺緑陰好，坐久始知清晝長。客子解衣思避暑，主人投轄怕逃觴。不辭户小拚沈醉，三伏世間無此涼。

飲陳集斯烏石山莊

炎天塵滿街，褦襶何太苦。野人寡酬酢，一飯必擇主。陳生静者流，邀我游椒塢。小樓城北面，豁達奇簷宇。漸入轉幽深。忽高迷步武。清泉閟巖竇，涓滴時復吐。碧眼貯渟泓，瀉爲荷芰渚。隔籬微辨徑，疊石不帶土。瘦竹走長鞭，淡花垂細乳。木桃正垂實。木桃似木瓜而有紋，上結一臍如小桃。錯落指可數。中無一蟬嘶，上有獨鶴舞。孤亭出林表，七塔皆下俯。客來導攀躋，赤日方卓午。清涼徹山骨，快若新過雨。善病君得閒，息交吾獨取。何當把鑱柄，共治黄精圃。

六月十四夜喜雨

撲扇蚊蠅苦不支，乍涼聊與睡相宜。一窗歸夢芭蕉雨，六月驚心蟋蟀詩。遠客交游長寂寞，殊方節物極參差。明朝紅屐城西路，已是潮田穫稻時。

題讓竹亭修禊圖卷

何必山陰亦有亭，一時盛事又丹青。舊因洗竹開三徑，新爲栽花讓半庭。詩好儘容僧入社，客來總與鶴忘形。年年上巳風光在，長指天南聚酒星。

送龔仲圭歸合肥

嗟余生苦晚，前輩目未識。側聞長老言，藴稸推厚德。煌煌端毅公，古道手扶植。南宫昔校士，良窳就陶埴。至性實憐才，搜羅如不克。謂宜餘澤在，十世報猶食。公子負英才，承家奉軌則。干人非本意，負米貧自力。堂有白髮親，傷哉彼屺陟。通門謁開府，願望良易塞。舊時桃李花，當路化荆棘。交幾厄陳蔡，歸及課耕織。不污槖囊金，正復壯行色。螺江水新漲，帆影輕比翼。一事足誇人，來從茘支國。薩天錫詩：「紅塵香煖茘支國。」

仙游茅筆歌

群山海上來，絡繹趨九仙。仙翁此山住，示夢於幾先。九仙祠祈夢最靈。山中老樵枕石眠，斧柯斷爛不記年。夢中髣髴遇神授，筆花晝吐黄茅天。覺來信手縛不律，巧被筆工偷妙術。遂令九仙祠下三脊茅，用與鷄毛鼠須匹。中書免冠頭不秃，菅蒯居然效微質。幸渠一束價未高，殿頭簪珥非汝曹。若教朱墨官盡取，便恐仙山成不毛。君不見連山伐竹兔拔毫，鐵梳膠綴何其勞。穢史自執奸吏操，直與此輩供錐刀。老夫抄書指生繭，怕掾人間管城管。塗鴉結蚓隨爾爲，不要殘年護吾短。

壽山石歌

周禮重璽節，後來印章毋乃同。自從秦人刻玉稱國寶，此外雜用金銀銅。鑄成往往上戴紐，屓贔作力碑趺雄。橐駝羔鹿虎豹龍，細者黿兔巨者貔與熊。肖形寓像隨所好，繆篆法與蟲魚通。漢時斗檢封，下沿唐宋仍相蒙。神龍貞觀宣和中，六印旁及金章宗。當時御府收藏及書畫，首尾鈐識丹砂紅。民間私記不知幾千萬，楊克一。有《集古印格》。王厚之。有

《復齋印譜》。姜夔。有《集古印譜》。趙子昂。有《印史》。集古誰能窮。車磲瑪瑙犀角及象齒，苟適於用俱牢籠。後來摹刻忽以石，其法創自王山農。元末諸暨人王冕，自稱「煮石山農」，始用花乳石刻私印。自元歷明三百載，巧匠到處搜碚礐。吾鄉青田舊坑凍，價重蒼璧兼黄琮。福州壽山晚始著，强藩力取如輸攻。初聞城北門，日役萬指傭千工。掘田田盡廢，壽山石産田中者最佳。鑿山山爲空。崑岡火連三月烽，玉石俱碎汙其宫。況加官長日檢括，土産率以包苴充。今之存者大洞蓋已少，大洞所産亞於田石。別穿巖穴開芙容。今所用者皆出芙容巖。居人業此成石户，斑白老叟攜兒童。采來製紐尚倣古，一一彫琢加磨礱。我聞金石古稱壽，兹山取義奚所從。如何出寶還自賊，地脈將斷天無功。山靈有知便合變頑礦，庶與鴻濛混沌相始終。

以蜜漬生茘支戲成一律

蠟黄封蔕上方奩，未入蜜時先融蠟封蔕。兩月南中已屬厭。筐篚人情憐白曬，瓶罌方法愛紅鹽。白曬、紅鹽俱見君謨《茘譜》。離枝便減三分色，入蜜懸知一味甜。珍重老翁親手摘，歸教兒女得分沾。

飲張民瞻齋

山墻藤蔓走龍蛇，指點相過路不賒。却喜鄰居連北巷，每拈書籍問東家。寓舍去張最近，頻得借書，故云。涼生翠蓋亭邊雨，風落紅薇屋角花。借取深杯還接燭，不愁官鼓夜催撾。是夕微雨，竹垞先歸，余及龔容溪兩人復留縱飲。

高斯億爲余畫竹以詩報之

畫竹原從草書出，眼中孰是張芝筆。高生善書久絶倫，餘技兼爲竹寫真。自言亦用狂草法，頗覺游戲能通神。無諸城中少修竹，客舍連旬苦炎毒。賴君妙手補化工，爲我一揮終十幅。幅終擲筆風雨來，野人疏爽心顔開。須臾雨止墨光濕，潤入紙背生蒼苔。老龍蜕骨瘦崛强，翠鳳掉尾紛毰毸。魄雄氣大腕力壯，盡掃篠簜皆凡材。忽然幻作鐵鈎鎖，江南李主作竹，自根及梢，極小者，一一鈎勒成，謂之鐵鈎鎖，自云惟柳公權有此筆法。世有誠懸應識我。渭川千畝胸鬱蟠，放縱精微無不可。文湖州派繼者難，後來獨推王孟端。人間多畫風中柳，東坡《題文與可墨竹》詩：「那將春蚓筆，畫作風中柳。」珍重蕭郎十五竿。斯億墨竹甚自秘重，故用蕭悦事爲比。

福州太守毁淫祠歌

愚甿致貧蓋有術，祈福淫祠亦其一。八閩風俗尤信巫，社鼠城狐就私暱。巫言今年神降殃，癘疫將作勢莫當。家家殺牛磔羊豕，舉國奔走如風狂。迎神送神解神怒，會掠金錢十萬户。旗旄夾道鹵簿馳，官長行來不避路。忽聞下令燔妖廬，居民聚族初睢盱。青天白日鬼怪遁，向來祇奉寧非愚。嗟嗟千年陋習牢相紐，劈正須煩巨靈手。江南狄公永州柳，此事今亡古亦偶，獨不見福州遲太守。

題悔齋方伯小照二首

鯨呿鰲擲氣何如，目送雲濤蕩碧虚。記得大羅天上事，瀣山難著白尚書。

獨立蒼茫又一奇，長松怪石兩參差。披圖聊識高人意，未是科頭曳履時。

楊浴庵餞别於謀野莊

黄門門下無多士，楊爲先黄門伯禮闈所取士。三十年來盡罷官。白首荷君存古道，清樽留我話更闌。科名得路人餘幾，子弟能文事最難。别後倘逢潮信便，好從魚素報平安。

垂橐集起戊寅七月，盡十二月。

舟發螺江林草臣張民瞻追送於洪山橋

小雨作秋涼，扁舟客將返。殷勤良友意，送我不辭遠。洪塘十五里，短亭復長亭。可憐橋下水，臨別難爲聽。來時梅子黄，去時龍眼熟。新歡旋已散，後會恐未卜。勿謂嶺海遥，合并諒有由。所嗟迫衰賤，去住兩白頭。

朝發竹崎順風晚抵水口驛

荔海南來得飽餐，此游那更笑無端。歸帆偶得東風便，明日方知上水難。自此以上，皆險灘矣。
涼月一梳微帶暈，暗潮三尺忽平灘。炎方未必無清景，貪向船頭坐夜闌。

初上灘

建溪之惡惡無比，狠石高低勢隨水。竹篙如鐵船似紙，曲折蜂窠犬牙裏。南浦迢迢六百里，大灘小灘從此始。黄河亦可濫觴耳，不到水窮行不止。

逆水逆風歌戲呈竹垞

逆水彉强弩，逆風簸蠻旗，澀灘怪石張頷頤。使我有篙不敢拽，有篙不能施。但見北來船，乘流挂席東南馳。我欲問天天不可問，丈夫處世各有利鈍。塞者自塞通自通，造化小兒游戲中。解后兩相值，我適遭其窮。却笑竹垞老，與我同舟還遇風，乃以我故兼累翁。翁今涉世頗知退，坐狎雷霆如一噫。我拍手，翁和歌，人生大都逆境多，順流豈遂無風波。

七月十五夜泊埂程

一村樹合煙初暝，四面山高月未升。隔岸聞鐘知有寺，滿川風浪放河燈。

折紙灘去尤溪縣二十里。

可憐尤溪灘，險於太行山。羊腸九折有路猶可攀，折紙一折乃在疾雷掣雷中央間。高下既懸絶，東西故彎澴，上灘不易下更艱。有生寄命脆如此，摇手休輕過折紙。

箭孔灘

銅牙發利矢，未足喻其急。小舟欲穿針孔入，石梯倒行三十級。强弓寸寸彎不得，羿彀不中嗟何及，束手號天天雨泣。

茶陽灘舟人口號云：「大水大湘，小水茶陽。」謂水落時，茶陽最險也。

大水大湘，小水茶陽。亘川塞路，如牛如羊。叱之不動迺是石，波臣横踞千步岡。當時大禹疏鑿不到此，漸長牙角勢莫當。棄置九州外，放流比投荒。如今郡縣闢海外，尚於中道梗咽爲民殃。何人爲剷除，毋令與水争强梁。石言吾何辜，水性本易怒。請君看取淮揚交，正坐中流無砥柱。

盆　灘

灘險寓盆名，波瀾頗不小。寄語踏浪兒，如何狎池沼。

雨後過南鴉口

暴漲添三丈，朝來冒兩涯。山深惟古戍，岸轉忽人家。苦竹秋來笋，紅薑雨後牙。似聞靈鵲語，報我過南鴉。朝來聞鵲聲，延平以南所無也。

建寧遇德州田子益以蜜漬荔支分餉

兩月三山客，歸裝但荔支。製來經我手，開處朵君頤。野饋憐同好，人情感過時。平生甘苦分，一味不曾私。

飲甌寧陳明府陛來縣齋

京國三年別，溪山半日留。眼中逢地主，意外繫歸舟。對酒寬相憶，當歌感昔游。應憐舊同學，臨老獨漂流。

萬石灘俗名阿彌陀佛灘，中流有三石幢。

物各以類從，號石數有萬。波流石自止，於義特取艮。憶昨經茲灘，嶄巖爭自獻。今看三石柱，尋丈纔露寸。一條換骨龍，掉尾秋更健。逡巡泝流上，淹滯得無悶。揚帆過須臾，正賴長女巽。舟人歸佛力，剪紙酬夙願。老夫亦欣然，滿酌不待勸。

大小米灘

掀波成山石作底，風平石出波瀰瀰。秋天一碧雨新洗，大灘小灘如撒米。

牛頭牛尾灘

牛頭彎稜稜，牛尾直挺挺。牛腰没水五里長，牛角雙雙亞桅頂。我聞灩澦如馬戒舟杭，爾牛曷不服爾箱？又聞刻石作犀鎮水怪，爾牛胡敢恣爲害？夜從甯戚飯，朝就巢父飲。或簑或笠或訛寢，客過灘頭亦安枕。

重過雙溪口懷武夷舊游二首

雲封霧冒失煙鬟，縱棹曾從九曲還。自覺秋來游興嬾，竟貪歸路不登山。

飃飄笙鶴萬峰頭，只許南來一度游。不分此生難再到，蓬萊風近且迴舟。

迴龍渡

已窮三日程，未盡西甌境。晚煙投古渡，歷歷見人影。北際仙霞關，東走括蒼嶺。中間小聚落，百舍同一井。結屋深箐中，開田萬松頂。年豐米價賤，市散村聲静。野戍依其旁，孤燈光耿耿。雖無荷殳役，尚有擊欜警。殘月猶未生，寥寥秋夜永。勞生竟何事，俯仰媿清景。

龍牙灘

乖龍竊天符，噀霧南入海。無端蜕鱗甲，墮地幾千載。帝將馴擾之，不忍甚厥罪。已令化爲石，本性終未改。欲遣水逆流，障川作崑嵓。河神勿聽命，蓄怒更百倍。森然磨其牙，昂首若有待。舟行一不戒，適捄魚鱉餒。幸以險著名，設防亦每每。篙師出全力，遇此愈精采。滅頂世豈無，毋貽過時悔。

蓮花灘

潭潭積水中，沈石知多少。偶然一呈露，妍醜難自保。兹灘乃以蓮花稱，秀出溪面開層層。惜哉非所據，徒取見者憎。不見關中岳蓮撑兩峰，江上九子名芙蓉，千年老鶴巢雲松。仙居縹緲築臺殿，復有詩老來扶筇。爾今胡爲不自拔，縱使娟好誰爲容。漁翁溪女詎知賞，惟見蚌沫相噞喁。石兮如有知，得地未必非遭逢。

鼠灘

五行紀異古垂戒，銜尾渡江占鼠怪。從來一穴可沈舟，爲禍於人豈在大。張湯雖酷未盡除，我今方嫌漢網疏。致令此輩繁有徒，詭托黠狀生江湖。安得秦時鞭石法，驅使浮沈逐鵜鴨。太倉溷厠從渠偷，切莫飲水污清流。

同學王令詒於庚午冬過嶺有南浦見寄絶句今日至浦城追憶前詩和此遥答時令詒宰黔之銅仁

平生怕讀江淹賦，南浦今來别恨同。此地故人曾憶我，一官今落瘴煙中。

緑波亭

愛山愛水成吾癖，一笑艱辛亦飽經。虎舌龍牙初脱險，二灘名。又題詩上緑波亭。

行經夢筆山下

詞賦成名只等閒，寸心得失略相關。詩人老去防才盡，不敢輕嘲夢筆山。

發浦城晚宿漁梁嶺下

城北城南叫鷓鴣，似言前路極崎嶇。回思習坎真輕命，頓覺升高是坦途。戍壘防秋仍鼓角，人家經亂久榛蕪。殘燈影裏蕭蕭夕，萬疊荒山客夢孤。

梨嶺廟前古松爲火所焚作歌弔之

吾聞梨嶺廟前老松樹，舊與嶺勢争岧嶢。此廟有興廢，此松閲世不知凡幾朝？亦不知其高幾萬丈，直從山根拔起上蔽山之椒。今來何闃寥，竽籟不復聞《簫韶》。可憐去年秋，已作霹靂焦。雷公斬斷青虬腰，白鶴飛去誰能招。豈無楩枏與竹柏，坐覺滿山氣象入望成蕭條。獨留古根深磵底，神呵鬼護如靈苗。茯苓歲久化琥珀，居人德薄何敢以倖邀。翻思十年前，東南寇盗蜂擁潮，山童石赭供爨樵。汝於此時幸得脱，賊兵不斫乃被野火燒。天既賦良材，使得干雲霄，胡爲灰劫隨僧寮。長成艱難摧拉易，自古在昔非今朝。嗚呼自古在昔非今朝！

度仙霞關題天雨庵壁

虎嘯狷啼萬壑哀，北風吹雨過山來。人從井底盤旋上。嶺下有龍井。天向關門豁達開。地險昔曾資劇賊，時平誰敢説雄才。一茶好領閒僧意，知是芒鞵到幾回。

峽　口初入衢州界。

矮屋荒村岸，浮橋亂水灣。船初通峽口，路已入鄉關。紅斂初沈日，青餘未了山。沙田秋熟早，牛更比人閒。

雨中過江郎街二首

奇峰登五老，秀嶺度雙姑。昨度大小楊姑嶺。好笑三郎石，朝來却避吾。

雨滴松杉徑，煙迷䆉稏鄉。秋山行處好，何必識江郎。

曉晴發清湖鎮舟中望江郎山

碓牀石瀨響泠泠，愛入歸人舊耳聽。岸草緑痕移蟋蟀，水花紅影帶蜻蜓。樵争曉市秋初霽，風轉荒灣櫂一停。雲霧不遮南望眼，三峰回首偪天青。

雲尖渡即目

水鳥插頭眠，近船忽群去。只有一條谿，前飛落何處。

雨夜宿王子潁龍游學署

先生六十鬢將華，老去方憐始願奢。百里好山長繞郭，一官閒地便移家。空堂對酒涼生幔，細雨移燈夜落花。分爾歸裝無俗物，芙蓉巖石竹窠茶。

嚴陵二絶句

巢由等是未稱臣，自占箕山潁水濱。誰遣州名屬流寓，却疑此地竟無人。

信公門下實多才，柴市餘生大可哀。不是英雄誰有淚，更無一個哭西臺。

夜發富陽曉至泥汊避潮小泊

浦口沙積岸，潭頭雨壞橋。客程兼昨夜，鄉夢破今朝。小堰孤舟渡，荒山八月樵。風波歸更怕，不賦廣陵潮。

吼　山

天開地坼石峥嶸，一櫂穿雲入甕城。唤起清風答長嘯，滿山松柏盡雷鳴。

偶游蘭亭

黄茅十里騎驢路，中有南朝内史祠。墨本尚傳修禊帖，紅墻新護御書碑。浮橋過雨衝泥渡，曲水平階疊石爲。一笑山陰付陳迹，人間何事不兒嬉。

語溪舟中與竹垞别

一條榔棵一扁舟，每過佳山約少留。榕葉蕉陰消客夏，芡盤菱角到家秋。粗償行脚平生債，不爽歸期汗漫游。我有新詩同《七發》，起翁微病待翁酬。時竹翁方抱痾。

閩中垂橐而歸家人適告米盡口占二律

烏有歸來問子虛，鄉園米價近何如。鷄争野老場邊粟，鼠嚙先生案上書。閲世始憐貧是病，占年空説衆維魚。荔枝飽噉吾知分，此福從來有折除。

半生顔狀忝風塵，檢點身謀悔亦頻。辟穀有方宜拔宅，毁車無用是勞薪。篋空笑貯加餐字，吾老羞爲乞米人。賓客不來僮僕散，免教鵝雁惱比鄰。昌黎詩：「隔墻極鵝雁。」

戊寅除夕

手中蓍擲流光過。東坡詩「流年已似手中蓍」，余今年四十九矣。老境猶彎寸寸弓。鄉曲無醫憐病婦，米鹽何物累衰翁。一家懸磬豐年後，萬事挑燈此夕中。那不癡騃逐兒女，試看禿鬢已還童。

敬業堂詩集卷二十六

杖家集起己卯正月，盡十二月。

歲己卯，婦病沉緜，爲之料理醫藥，入冬悼亡治喪，又踰月始計偕北上，時余年五十矣。豈意杖家之日，乃爲妻杖期之日乎。

四日立春

風從東來雲四散，獻節重開月上澣。田家占歲在新春，已過三朝不暇懶。起除鷄栅掃庭宇，旋拆牛宫治町疃。去冬無雪土不膏，蠶豆根拳麥苗短。直憑今日占今年，喜動桑榆一村暖。野夫杖藜亦蚤出，走向橋西閒趁伴。偶逢鄰叟看春還，云見城門懸詔板。鑾輿是月南巡狩，爲念頻年淮泗滿。宣房未築茭楗空，畚鍤須臾庸可緩。洪流涣涣冰開後，肯信吾鄉猶旱暵。勿愁燠沐入春無，漢明帝永平四年，詔「冬無宿雪，春不燠沐」，注云：「無暄潤之氣。」雨露行隨拂雲罡。

山陰道中喜雨

謝家雙屐舊曾攜，轉覺清游愛會稽。白塔紅亭山向背，赤欄烏榜岸東西。波光拂鏡群鵝浴，竹氣通煙一鳥啼。野老豈知身入畫，滿田春雨自扶犂。

曹娥廟

掠面飛蝙蝠，當門印虎蹄。我來尋古廟，人爲指新泥。前一夕有虎入廟。小市風掀瓦，高江浪壓堤。連宵巫覡喜，殺盡一村鷄。上元前後，里人賽社，群集廟中，燈火最盛。

上元前一日飲陶穎儒上虞縣齋

溪山漸入漸無窮，短棹飄然又浙東。載酒也應懷賀老，折腰毋乃累陶公。論交世路風塵外，得句春帆雨雪中。是日大雪。記取山城作元夕，一燈曾爲兩人紅。

雪後從西興晚渡錢塘江

牛車没轂水沙渾，暗長春潮二尺痕。萬竈鋪煙沉海戍，兩山銜雪束江瞖。船開渡口愁將晚，月到圓時過上元。莫負承平好風景，河塘燈火鬧黄昏。宋時沙河塘燈火最盛，東坡詩：「繁星鬧河塘。」

十七夜會城觀燈

委巷争除道，殘燈未拆棚。所難惟物力，最動是民情。白屋寒堆雪，紅樓夜放晴。俗貧官不諒，簫鼓徧春城。時萬乘將南巡，州縣承上官意，比户皆令張燈，起自十三，至十七夜，照耀如白晝，數十年僅見也。

偶　題

天鬭竹藤緣底事，偶因展卷一欷歔。《武成》或取二三策：「《戰國》漫誇《短長書》。」《史記索隱》云：「《戰國策》亦名《短長書》。」未到流傳成帝虎，不應磊落鄙蟲魚。曾從顔氏看《家訓》，何用和凝百卷餘。王應麟《困學紀聞》云，和凝爲文以多爲富，有集百餘卷，自鏤板行於世，識者多非之。此顔之推所謂「詅痴符」也。

題王松年流觴曲水圖二首

内史家風世不如，流觴長記暮春初。如今勝事傳來别，褉帖鐫碑換御書。

紅墻新割老僧田，鑿石穿渠又五年。畢竟讓君圖畫好，茂林修竹近天然。

題鳴野叔趺坐圖

華髮蒼顔映白須，列仙真個是臞儒。一丘一壑誰能畫，留待長康自補圖。叔工畫山水。

春分前三日南湖舟中口占

節物今年異，春分尚有梅。畫船依音挨岸泊，高閣傴雲開。水郭連旬雨，湖天昨夜雷。莫催桃李放，留待翠華來。時聞大駕已發京師。

連雨不止獨居小樓和陶雜詩十一首但借其韻不擬其體也

檐空有餘滴，窗暗無隙塵。几榻隨所設，頹然置我身。幸無俗客喧，聊與書卷親。溼薪爇破竈，煙氣迷四鄰。明明際陽和，奈此晦昧晨。寧無好桃杏，寂莫傷游人。
晚色時一晴，殘陽帶諸嶺。參差入我牖，出没墮空景。夜雨旋復鳴，三更布衾冷。漫漫失清旦，未覺春晝永。起望海岸山，依然化雲影。狂風卷平地，水勢怒欲騁。誰知倚樓人，注目心逾静。
杖藜雖鮮適，幽事亦易量。盆蘭如佳人，含笑新出房。瓦盆列左右，獨坐於中央。泠泠風露晨，宛在南山陽。勿將明媚眼，换此冰雪腸。
種樹待春風，花開人向老。媚人以華色，花亦難自保。泫然霪潦中，倉卒難就燥。天工詎汝惜，得氣翻悔早。蜂蝶兩不知，芳心爲誰抱。既開會有落，兹理何足道。
雙燕將來巢，經營尚猶豫。窺簷時下上，入室互翔翥。初如擇所依，終乃訖不去。烏衣亦可托，寧免漂摇慮。舊年堂上賓，風雨今焉如。浮塵寓天地，孰者爲去住。始知鵬鷃游，未到逍遥處。區區挍大小，叛道吾竊懼。
雨來鳩唤愁，雨止鵲聲喜。咄哉二鳥微，鳴噪强多事。陰晴及旱潦，造物茫茫意。偏勝豈必無，時行偶相值。但看雲靉靆，忽散飈如駛。馳思亦何爲，燥濕隨宜置。
我窮不有命，生理乃見迫。遂令多牛翁，傲人以阡陌。盎無五斗陳，甕有十月白。薰然壹醉富，未覺真鄉窄。連宵風雨聲，夢破江湖客。浮家猶見累，何計成拔宅。

老夫不任耕，病婦兼廢桑。本務既兩失，衣單食粃糠。莽蒼無所之，況需三月粻。連陰欲何詣，却立希朝陽。低頭爾室中，跼蹐敢自傷。寸田富梨棗，辟穀何奇方。仙人去我遥，再拜酹一觴。

人情動如潮，洶洶非一端。三農赴力役，百賈逐貿遷。因之惰游民，狂走成癡顛。至尊軫疾苦，玉食方風餐。肯以供億繁，而爲奸吏緣。柔能暨遠邇，義在《大雅》篇。

異端好大言，談天率無稽。欺人盡聾聵，自位高嵩崖。使讀聖賢書，未必副所懷。背馳去千里，詎易相縫彌。合之則兩傷，不如聽其漓。吾道譬暉曜，潛見示角羈。積陰等薄蝕，暫蔽焉能虧。

海角已窮僻，村中更蒼凉。春流渾渾來，欲濟川無梁。舊來豆麥隴，半作鼉黽鄉。甘澤苟非時，殺菽同殞霜。詩成感蔚薈，惡草日夜長。

春分後大雪和陶連雨獨飲韻

物情向暄潤，天道殊不然。却收花柳姿，都付冰雪間。老梅閲世久，崛强如頑仙。瘦竹亦舊栽，影障池南天。朝來悉被壓，夭閼無後先。初疑冬太暖，倚伏理必還。豈獨一黄楊，百厄同閏年。聞者或不察，吾詩若響言。

西湖櫂歌詞十首

栽松堿石號花園，亭剪椶毛竹織樊。貪看御舟新樣子，游人多出湧金門。御舟以椶毛爲亭，中植松竹，名「花園船」。

湖面平添積雨餘，放生池外葑初除。誰司水族加恩簿，開過桃花未打魚。

曼衍魚龍百戲張，蜃樓幻出水中央。船頭風引三山近，方丈蓬萊望渺茫。時禁游人不得登湖心亭。

滇茶紅染鶴頭殷，畫檻朱欄點綴間。何限兩堤花柳色，却收小景上盆山。亭臺到處羅列盆景，寶珠山茶尤多。

草色纔青柳未齊，石函橋北斷橋西。琉璃一片樓臺影，過盡笙歌十里堤。

鑿開混沌著丹青，落石猶疑處士星。白鶴不歸梅樹老，鷺鷥飛上御書亭。

萬葉千花綴彩棚，火蓮龜背吐層層。不知白日長多少，又點湖心照夜燈。

漁家小女髮如油，新向湖干學盪舟。也道城中粧束好，碧波回眼看梳頭。

蜂喧蝶鬧奈春何，拂面風香過綺羅。此意少年應未會，第三橋畔落花多。

弄潮天氣中秋後，競渡風光午日前。併與西湖作寒食，人生行樂趁今年。

愷功侍讀扈從至杭喜成二律

夢想清游十載餘，此來兼得侍鑾輿。一厨自展將軍畫，三篋行隨秘監書。不少吟聯傳館閣，愷功與陳乾齋南來唱和成卷。可無長策佐河渠。自從南涉江淮後，司馬文章世不如。

扈從風流別一家，得官畢竟要清華。曾衝漠北多番雪，及看江南兩月花。春服幾人還戲彩，時隨相國偕行。寺門無壁不籠紗。留君暫作湖山住，計日頭綱待賜茶。

南巡歌八章

吾君盛德邁唐堯，河伯波臣詎敢驕。一道長虹東跨海，不煩鞭石更成橋。

沉玉搴茭事已賒，十年泛泛使臣查。此行直爲河渠出，望祀虛傳萬里沙。

六龍南下宿遷城，三月桃花浪已平。多少詞臣争獻頌，黄河應爲聖人清。

淮泗東南盡海邦，家家羊酒壓豐杠。緑牌曉奏知名姓，特慰輿情一渡江。

盡除鹵簿撤朝班，耆老來迎御舫還。爲話道旁經眼見，天顔有喜侍慈顔。

德音一日徧江湖，百萬重聞貸宿逋。灑道清塵皆雨露，不因水旱始蠲租。

行過山鄉又水鄉，豆花褪後麥苗長。翠華小駐非無意，要使宫人識采桑。

岳牧頻煩事屢詢，屬車偶動爲勤民。從今便引《虞書》例，直望君王歲一巡。

眼鏡

巧製海西傳，能争造化權。隙光分日月，宿障掃雲煙。頓覺生虚白，猶堪續草《玄》。一編聊炳燭，兀兀慰衰年。

查浦書屋圖爲德尹題四首

兩磚斜日過墻遲，課罷頻看桂影移。此樹年來生意盡，可堪頭白話兒時。聽事東偏小齋，余與弟幼時讀書處也。庭有老桂一本，每視樹影上墻，爲放學之候，今桂已爲薪矣。

生子還同邵伯温，弟年四十五生子，故借邵堯夫事。見爺時節恰能言。挽鬚問事休輕嚇，直爲憐渠合杜門。

五十年來老弟兄，暫歸也復可憐生。一燈不作音做。江湖夢，好片對牀風雨聲。

藏書不過五千卷，築屋只消八九楹。先被畊煙偷畫稾，圖爲王石谷所寫，石谷自署「畊煙散人」。問君書屋幾時成？

留筍

好筍如人意，新梢補舊林。汝長應計日，吾老望成陰。不礙疏籬破，能令曲徑深。《咸》《韶》如到耳，風雨助清音。「竹兼風雨似《咸》《韶》」，黄伐檀句。

五十生日德尹次二蘇兄弟生日唱和詩爲壽次答二首

百年突過半，千慮鮮得一。無聞世或疑，衰賤天所騭。安心雖漸退，始願竟莫必。鐘鼓委盲聾，主賓炫名實。窮爲東野鳴，拙被南宫黜。那將桑榆晚，坐待婚嫁畢。人言庚寅降，賦命例不吉。吉祥在止止，虚白生爾室。結習顧未忘，時猶弄詩筆。可傳或有在，老境知幾日。

蹉跎向遲暮，孤露追本始。自我稱鮮民，缾罍久抱恥。有親養不逮，具體痛瘡痏。忍復把一觴，靦顔對兒子。稍欣老兄弟，兩杖交頭倚。分飛二十年，意料不及此。驕榮落霜葉，浮慮浄棐几。庶幾共殘年，服食勝菊杞。

池上看雨

五月蓮未華，團團葉如扇。亭亭不自匿，一一出池面。細雨聽無聲，初於葉上見。緑盤擎不定，的皪珠光旋。流汞忽一傾，倒垂三尺練。萍開魚影聚，萍合魚影散。即事偶成詩，悠然觀物變。

建蘭已萎盆中稗草叢生

誰云造物好栽培，膏澤多教長不才。此理年來看爛熟，建蘭盆上稗花開。

梅雨初晴

沮洳下溼生蒼苔，三旬苦雨經黄梅。水田萬蛤夜群吠，林巷一蟬晴忽來。曬書亭前日淡淡，打麥場上風飆飆。鄰家作苦一相勞，耘鼓正報槐花開。

海塘行

邑城去海十步遥，塘爲外捍非一朝。去年八月塘忽壞，洲渾崩裂隨秋潮。邇來沙漲三十里，魚鱉殘生差可喜。縣官欲爲先事防，倡議重修從此始。人輸一石名樂輸，石兮無脛何可驅。編排既須照户籍，運致仍復煩丁夫。里符夜下朝必赴，田卒污萊敢申訴。築塘捍海亦爲民，此事不勞官長怒。公旬三日古有之，向蠲力役誰所爲。吾邑户口十萬，丁丑冬，縣令王某忽盡除丁糧，每田十畝代納一丁。人情已自逐游惰，亦與三農同怨咨。火雲燒空日光赤，盡遣山田龜兆拆。陽侯勸爾莫漫驕，緩我塘工待農隙。

暑夜

滿庭荇藻疑浮空，樓陰乃在樹影中。繁星沸天月將落，銀漢中亘垂天虹。夜深人静氣一斂，坐覺襟袖來微風。波紋摇窗簟脈脈，煙氣隔幃紗濛濛。暑徂凉近誰最警，露草已報吟秋蟲。

缾中紅白蓮花

紅蓮赬如霞，白蓮淡如雪。兩皆以色故，幻相紛羅列。或云色即空，紅白本無别。或云空即色，是紅要非白。入我止觀中，萬象隨起滅。一瓶井華水，眼界琉璃徹。空花久已除，此色爲誰設。

秋旱四十韻

槁壤黄塵外，明霞杲日西。直防金被鑠，頗怪火猶稽。箕畢占曾驗，陰陽數不齊。雄雷張旱氣，《師曠占》云：雷始起，其霹靂者，所謂雄雷，旱氣也。雌霓散朝隮。一物關災眚，群情固慘悽。舌燥呼潤希蛛網露，乾裂燕梁泥。蚯蚓潛深穴，蛟龍困老隄。蝸涎粘壁死，鷺脚插巢棲。涉波無白鵜，群鴨，沙歕振羽鷄。魚噞貪涸轍，牛喘失涔蹄。萍塊膠連蚌，苔痕兆拆蠣。舌燥呼聒耳厭青蛻。古柏俄成杌，衰楊那復稊。瘦針撐棘枳，柔木偃槔櫪。蕉碎離披卷，桐攣小弱圭。宮槐當晝聶，《爾雅》：「守宮槐葉，晝聶夜炕。」岸茭舉叢低。乾暵悲芜蔚，争先任蒺藜。《埤雅》：「蒺藜，旱草也。歲欲旱，旱草先生。」竹身焚忽爆，花面炙多黧。是水湯同沸，無岡石不鬻。爲時宜長養，有力故排擠。壞葉頻辭樹，良苗半萎畦。村村抛襏襫，户户挂耰犂。瓶卧空依井，橋長尚跨谿。蝗來疑布陣，螢照儼然犀。東海行枯矣，南山望蔚兮。更誰施補救，不過禁屠封。巫覡終難信，童謡豈有倪。吁嗟聽藐藐，《爾雅》注：「雩之祭，舞者吁嗟而請雨。」瞻卬目睽睽，客或歌《雲漢》，吾方賦病梨。相煎何太迫，欲避奈無蹊。烈談融爐炭，焦煙著竈烓。袗絺同挾纊，懲熱到吹虀。不擬開三徑，因思接九梯。《後漢·東夷傳》：「挹婁國土俗極寒，穴居以深爲貴，大家至接九梯。」窮於入角鼠，窘甚觸藩羝。晨課書渾廢，宵眠枕罷攜。蠅聲俄已集，蚊翼詎勝批。瘠土天難問，勞生計總迷。但聞風發發，幾見湃萋萋。作苦隨鄰父，沉繇奈老妻。更愁兒索飯，早晚傍門啼。

即事

老夫畏暑如酷吏，逃入鄰園樹影中。貪趁槐陰成久坐，歸來衣上帶青蟲。

大雨二十韻

時雨何妨驟，秋陰不在多。民情方觖望，天意一滂沱。卷幔聲初到，傾盆勢已俄。隙光飛礲磹，萬籟入礱磨。地闊雷全動，風驍電突過。冰綃龍挂練，饔繭鳳投梭。急點齊穿屋，横流倒瀉河。搜林驅虎兕，劈岸徙蛟鼉。旱魃骈頭溺，天吴拔尾拖。崑崙囚甫創，蝃蝀指非訛。轉眼陰晴判，宜人燥溼和。不關居塏塽，乍喜去煩苛。野氣通籬落，斜陽在薜蘿。板橋閒倚杖，茅舍亂堆蓑。曖曖連村樹，油油被隴禾。遠煙微映竹，新瀰半欹荷。菱角紅將采，鷄頭白可搓。蟬涼猶抱葉，魚樂自跳波。大有豐年象，初聞野老歌。詩成無好語，改罷亦長哦。

打魚歌

秋池瀰瀰瀏且平，罟師撒網初無聲。緑玻璃碎鏡光裂，一尾撥刺千頭驚。蛙跳蝦擲鰌鉏亂，似欲去此舉族行。豈知縱舍固有道，竭澤之利吾忍争。老魚勢屈適就烹，死非其罪如韓彭。弱魚力小如孩嬰，分無倖理乃放生。本來於汝何厚薄，恩怨不入須忘情。可憐韓子不知足，一飽欲鱠東溟鯨。終當不殺賦《净業》，梁武帝《净業賦》：「見净業之可愛，與不殺而爲因。」毋以口腹戕生成。

曉過南湖

卧看西南落月圓，起來晴色滿湖煙。孤城傍水開門早，一鷺如人導我前。菰葉曉沉風外岸，菱花秋淡影中天。何當穩與漁翁約，長守蘆根舊釣船。時計偕北上。

峒峿題壁

小驛三家市，西京百里侯。《漢書·地里志》有司吾侯國，即此。河聲下淮甸，山路入沂州。瘠地人多儉，殘年客善愁。南飛有孤雁，急急復奚求。

喜遇同年汪東山與聯轡北上

京洛三年别，升沉分已殊。如何偪殘臘，復此共長途。東山丁丑成進士，今赴明年殿試。故態狂猶在，名心老漸無。夜寒君不飲，吾醉好相扶。

除夜平原旅舍夢亡妻

分明入夢又瞢騰，昨歲今朝病正增。倦枕爲余猶强起，殘樽到手已難勝。圍爐杴火兒烹藥，薄雪鈎簾婢上燈。誰遣荒鷄忽驚覺，北風茅店冷於冰。

敬業堂詩集卷二十七

過夏集盡庚辰一年。

三上南宫，今復報罷。家編修兄留余下榻，暫緩歸期。唐時舉子落第者，六月後不出謂之過夏。故以名集。而秋冬道路之作，并附録焉。

三月三日同園修禊分韻得養字主人爲胡循齋觀察。

東風如故人，隨我杖藜往。紛紜閲花市，過眼多塵坱。小憇得同園，初欣天氣朗。主人天下士，愛客致羅網。及閽謁未入，命僕駕先枉。爛熳呼朋儕，殷勤話疇曩。一官棄唾涕，萬事付豪爽。大阮亦勝流，投閒攜几杖。謂令叔翔庵。藥欄桃李徑，拱把手培養。先開委空枝，密布無隙壤。可憐芙蓉杏，作態媚幽賞。那知白髮翁，分絶探花想。八年三見黜，得失同反掌。當筵猶氍毹，所見胡不廣。此生竿木場，著屐知幾兩？作詩記陳迹，即景成俯仰。元《方輿勝覽》：「大興府海雲寺有千葉杏二株，名芙蓉杏，張叔夏見之，爲填《三姝媚》詞。」園中有此花，故云。

題宋山言學詩圖二首

宗武學能傳杜老，小坡才可繼眉山。添他一卷《中州集》，知己無如父子間。

從今不信廬陵語，窮乃工詩豈定評。看取風流宋公子，才名已占又科名。

白丁香次韻三首

絶代人宜空谷幽，幽香愛傍玉搔頭。憑誰爲解梢梢結，減我東欄向夕愁。昌谷詩：「亂結丁香梢，滿欄花向夕。」義山詩：「芭蕉不展丁香結，同向春風各自愁。」

滿城風雨滿天風，滿地狂花只取紅。獨向枝頭賞冰雪，莫欺老眼太朦朧。

粉墨何當點作圖，畫家真色自應殊。依稀寒食梨花樹，月底看來澹欲無。

愷功侍讀惠宣德紙走筆謝之二首

小印分明宣德年，南唐西蜀價爭傳。儂家自愛陳清款，不取金花五色牋。宣德貢牋有「宣德五年造」素馨紙印。又有五色粉箋、金花五色箋、五色大簾紙、磁青紙，以陳清款爲第一。

九萬山陰何敢望，澄心百幅亦應難。從今稍變歐梅例，一首詩須博一番。歐陽以澄心紙百幅遺梅聖俞，聖俞有詩。故東坡有「詩老囊空不一留，百番曾作百金收」之句。

戲題陳叔毅桃葉渡江圖小照二首

三生一夢坐多情，謫向江湖是酒星。桃葉桃根雙姊妹，可堪隨汝作浮萍。

詞賦江關漸白頭，倩人扶上木蘭舟。殷勤聽唱公無渡，不爲風波也合休。

再次家荆州兄詠白丁香韻二首

誰教巧手作瓊英，四出真從六出爭。一夜花光如積雪，誤他啼鳥報天明。

買得初從廟市回，朱朱白白費疑猜。只憑狡獪花兒匠，偷取唐昌玉蕊來。

上巳後五日再過同園看花賦贈胡翔庵四首

結鄰真喜近斜街，步屧尋春又一回。五日重來光景換，早花零落晚花開。

山桃含笑海棠妍，素奈香清亦可憐。小雨乍晴晴又雨，今年天是養花天。

不用枝頭挂小鈴，一群嬌鳥避楸枰。緑陰滿地花光合，晝静時聞落子聲。

閲盡穠華到晚春，客中吾是最閒身，却愁有酒無錢買，長累貧官作主人。

湯西厓編修寓庭丁香花下作三首

空庭三株樹，手植知何人。自我見此花，已閲十五春。居停幾易主，索醉不記巡。今來枝逾繁，出屋垂繽紛。花豈知我老，我衰暗傷神。稍欣舊交在，白頭尚如新。

自昔有土墻，界庭分背向。何年始撤去，樹勢乃張王。花氣下迴廊，葉陰通步障。旁添一堆石，小作攀躋狀。遂令賞花人，高出萬花上。

主人舊善病，客子新下第。邂逅好花前，流連詎失計。天公亦解事，雲日薄虧蔽。移牀坐清陰，落蕊時墜髻。無酒不我酤，拔釵向誰泥。前言戲之耳，一笑聊破涕。是日不設飲，而余與西厓俱喪偶，故及之。

題同年汪東山南浦送行圖時余下第將歸

踏歌相送感汪倫，潭水桃花記此春。指點舊年風雪路，轉憐我是獨歸人。去冬與東山相遇司吾道中，聯騎北上。

偕荆州兄過一莖庵飲香林亭下次韻四首

淺草曲徑通，林深小亭伏。春游太雜沓，摧折到花竹。居僧典守疏，鳥雀不勝逐。人間逆旅客，憔悴無如僕。約伴來何遲，悵焉空寓目。庶將酒一斗，散此愁千斛。借問賞殘紅，何如對新緑？

亭臺雖無多，托致取澹漠。尚書別業改，舊爲合肥宗伯公所葺。香火付蘭若。想當經營初，手自種花藥。不知幾賓客，來此共酬酢。前塵墮空虛，餘景就頹落。向人如有訴，俯仰憐病鶴。

昔與竹垞翁，來游杖頻策。花時不暇懶，爛醉屢脱幘。夕陽到墻西，樹影相枕籍。我時齒尚壯，詩酒越繩尺。飲罷興尤狂，篇終疵互摘。而今坐頹廢，好友孰稱益。賴有白髮兄，依依尚相惜。追陪恐無幾，出處途已畫。

詩社幸見收，名場應見斥。魚熊古難兼，較若辨黑白。細思百年内，倏忽駒過隙。蟻封看擾擾，蟲語聽嘖嘖。不如兩相忘，舉琖酹花魄。退之言可廢，此口胡足惜。

再過西厓同元朗無功文子作

宿雨曉初霽，不知春淺深。落盡枝上花，爲君留緑陰。竹廊静脉脉，葉幌虚沉沉。此中有幽致，何處來鳴禽。

無功索題蒹葭書屋圖用東坡寄傲軒韻

長髯作蝟磔，短鬢未鶖秃。如何葭葦場，結此數間屋。看君用意殊，瀟灑取遠俗。浮名一鷄肋，小挫詎云辱。夜枕夢江湖，晨餐辭輦轂。升沉卜諸内，奚待再三瀆。本非山澤臞，肥遯在上六。平生讀書意，貪得肯知足。傳家十萬籤，直以腹笥蓄。歸時展圖畫，秋水堪釀緑。荒灣一色蘆，老圃百年木。相尋知有處，把卷吾已熟。

題錢朝采設色花

眼見春歸可奈何，一枝花葉自婀娜。問他没骨圖成後，破費胭脂得幾多。

廉讓寓齋送春分韻得有字

小時逢春愛花柳，逐伴年年開笑口。年來年去春復春，不料侵尋成老醜。來如東門遇游女，去若河橋别良友。明知邂逅兩無端，未免依違悵分手。鏡中鬖鬖曰髮長上聲。，門外衮衮紅塵走。曹生也是不羈徒，爲餞春歸召儕偶。朱櫻紫筍憶鄉味，欲致僧厨無一有。失路隨余學放顛，得錢賴爾能沽酒。有情相對且沈醉，萬事蒼茫一回首。

與朱悔人京口一别十二年矣今春相見京師讀其游匡廬武當兩集喜而有作

丁卯橋西蒜山畔，江聲怒走風帆戰。兩萍一散十二秋，流落燕中復相見。不怪年光逐飛電，不怪青袍尚貧賤。怪君頷下鬑鬑鬚，點漆黰烏經百煉。開箱示我兩卷詩，元氣入筆何淋漓。始知巢父有仙骨，豈比岑參空好奇。吾今老矣百事錯，局促人間何處著。髯兮肯賦《歸去來》，隨汝名山辦芒屩。

同朱悔人劉大山魏禹平錢亮功馮文子方靈皋吴山崙汪武曹諸子飲徐尚書碧山堂花下分韻得曹字

謝公别墅近城濠，載酒曾陪飲興豪。不料故人還客此，猶能折柬致吾曹。商量未定將歸燕，時南宫報罷，諸子將次第南歸。摇落何堪舊種桃。併墮平生知己淚，廿年塵土一青袍。

同悔人禹平雪坪崑繩文子武曹亮功集黄岡王副相書齋雪坪有詩余繼和

三十年來培護深，堦除手植盡成陰。可知今日憐才意，即是當時種樹心。天近城南多雨露，人從畫裏指山林。一春兩度陪公飲，自愛婆娑入醉吟。

三月晦日李寅谷招同人怡園雅集分韻得登字

帝城逐人事，節物有廢興。晦日尋李封，吾追杜少陵。衰賤衆所棄，誰如几可憑。惟有貧時交，不作炭與冰。與君生同歲，稍長以兄稱。君弟令弟若華，余同年友也。即余弟，鄉書昨同徵。麗正聊僦居，暮景失飛騰。君故得名早，顔謝何足輘。七齡書擘窠，前輩久服膺。舉塲三十載，謂宜鯤化鵬。到今困韁鎖，屈首似我能。相國宛平公，憐才異孫弘。六館致一士，翕然聲價增。由來天下賢，難以徽墨繩。名園卧榻側，興到便許乘。花時速朋曹，欄檻俯對凭。葱葱萬井煙，高標見觚稜。水光與樹色，到眼皆鮮澄。遂令塵土胸，振步疑飛昇。欲去屢回顧，恍然夢游曾。西鄰張司業，謂寄亭。豪氣如陳登。夜來致吾徒，酒器雜斗升。我飲僅小户，當筵醉瞢瞢。依稀人影外，籬落移疏燈。明知病酲餘，前悔後莫懲。且復盡今日，此歡恐難仍。

方拱樞徐學人招集竹林僧房用昌黎短燈檠歌韻各賦一首

青天不如歸路長，白日不如燈燭光。清談爲洗煩惱毒，快比灌頂醍醐凉。城西古寺竹林側，濃陰正落鄰僧牀。我今已是無家客，芒鞋一雙輕策策。故人也復念窮途，招向此間浮大白。不辭醉倒花滿前，我醉欲借精藍眠。醉中得詩尤縱恣，夢入仙山吸空翠。長安齷齪胡可居，直戀知交未能棄。

吴西齋農部次前韻見貽結語云有才如此長淪棄再疊韻答之

一年暮景晷綫長，一日暮景桑榆光。曷不收身及未死，打鐘掃地居清凉。李義山云：「平居忽忽不樂，尅意事佛，方願打鐘掃地，爲清凉山行者。」人生去住各有志，異夢何必非同牀。兒童候門望歸客，已報騎驢横短策。那堪寄食猶淹留，看過銅街柳花白。新詩忽來慰眼前，平沙草色荒千眠。我坐無才翻自恣，貧女何當飾珠翠。感君置我盧楊間，世與君平方互棄。

三疊前韻酬劉若千侍御

籩父戇父兼三長，十年視草同明光。次公淮海特簡出，不比請郡來西凉。令弟海觀去冬由編修簡任揚州太守。先生冰銜又繼改，行且毦筆登南牀。寄言鳳皇池上客，萬事何曾由預策。股肱耳目皆帝臣，亦欲乘時少建白。丈夫不退須當前，誰能蠢蠢如蠶眠。渥洼之産本奇恣，孔雀回頭失金翠。眼中衮衮見諸公，不礙江湖有淪棄。

四疊前韻答錢亮功

野鳧頸短鶴頸長，鵂鶹晝暗螢夜光。尺蠖自伸龍自蟄，火鼠自熱涼蟬涼。狐狸跳梁蝨緣袴，觸蠻争國蟻鬬牀。紛紛等是逆旅客，瑣瑣都無善全策。一枰袖手姑置之，何暇爲渠分黑白。君方高詠明燈前，我亦醉吟冰雪眠。兩篇一意取自恣，不拾零星路傍翠。鐵槍半段試相當，我用何妨時所棄。

題梅雪坪小照

才名應不讓都官，心在青松白石間。直是相看兩不厭，對君兼對敬亭山。梅，宣城人，故云。

西厓自編修改授刑垣三首

君本澹蕩人，通籍久華密。蓬山坐無事，十日九移疾。吾嘗從之游，仡仡勤著述。門無閒造請，庭有好風日。本分分莫踰，讀書初願畢。俄聞改言路，諫草煩史筆。官雖號拾遺，衮職少缺失。功名況時至，建白非預必。珍重千鈞機，寧爲鼷鼠發。

臺省初授官，半由庶吉士。朝廷破成例，簡畀出久次。同館復同年，六人遂居四。和鳴自鸞鳳，肯作鷹鸇鷙。司空城旦書，儒者通大意。方當覘經術，夙抱豈初試。盛氣，一往不自量。斟酌二者間，得失恒相當。語默固有道，因時蹈其常。先生熟古今，事外易持議，引喙多激昂。設身處局中，唯阿無一長。其或好生風，沽名事矜張。快心挾茲理固細詳。蒭蕘述所見，幸恕狂言狂。

陳六謙出示漢唐以來諸石刻同張超然林吉人朱北山項霜田家潤木分韻得氣字

吾黨陳髯老可畏，書法縱横今米芾。平生致此蓋有由，嗜古津津飫餘味。南游北宦三十載，所至窮探自娱慰。尊彝款識拓商周，篆隸銘詞藏漢魏。源流了了溯河漢，清濁離離判涇渭。神專志篤物斯聚，缾罄囊空窮肯諱。問君貪得毋已奢，借客旁觀似無謂。髯雖不答亦自笑，補綴叢殘寧有既。老夫昨獲薛稷書，宋搨唐碑傳果毅。余近得《果毅都尉李汪墓銘》，六謙極歎賞。手樵指畫弗忍釋，累爾垂涎發深喟。君家墨妙堆古香，片紙何堪追髣髴。人間散軼知何限，架上搜羅嘆猶未。不如各守不貪寶，但遇金銀粗識氣。明窗小几零丁帖，斜日空庭紅紫卉。童子烹茶客未歸，松風正瀉濤聲沸。

淮南宋射陵先生及陸太君八十雙壽詩

海上蓬山山外天，老人高並婺星懸。鹿車對挽原偕隱，鳩杖同扶又十年。綵袖兒曹雙白鬢，謂穉恭孝廉。紫薇家世一青氈。滄桑眼見尋常事，我識淮南地是仙。

爲楊次也題周兼畫

秋光澹於水，秋水澹於人。臙脂何處著，一點在朱脣。誰識淺深意，畫時良苦辛。

題高巽亭怡怡園

我愛高家好兄弟，才名標格兩争奇。他年離別知不免，記取對牀聽雨時。

題江陰周氏女郎設色草花

野花最好是無名，纖手親煩點染成。吹得蜂腰比人瘦，東風輕薄可憐生。

荆州兄移寓懶眠衕衕籬落林亭頗饒幽致留余過夏歸計未成三章遣興并索西厓西齋共和之

且喜金家住帝都，未應回首憶江湖。燕辭舊社三年主，鵶乳新巢四月雛。旁舍幾楹通曲折，輕紗一障隔模糊。君看膝上王文度，也愛將車入畫圖。

位置槎枒犖确間，庭除小步得躋攀。心如井底無波水，雲肖城頭没骨山。三徑未成聊寄跡，一枝暫息好乘閒。難抛載酒聯吟伴，或恐花時費往還。

兩株嘉樹賦婆娑，老愛流光静裏過。淡入茶煙新月上，濃交棋局緑陰多。葉聲欹枕瀟瀟雨，簾影摇窗瑟瑟波。莫遣詩成傳好事，和章祇許共羊何。

戲題禹鴻臚八瞽圖次韓慕廬先生原韻

萬竈燒松傾漆斛，輕薄紛紛畫不足。一翁高坐稱瞽師，七子團團列無目。然雖無目耳未聾，十事傳聞九捧腹。牛頭馬脯鬧屠肆，雌霓入聲。雄虹争捲握。鼎彝真贋兩詆娸，奩軸成虧互翻覆。得之隋掌快呈珠，失者周閑嗟喪騄。用樊南集中語。何如混沌初不鑿，大璞全真方是玉。可憐多少不盲人，白口光中銜螢燭。出《晋書·劉頌傳》。

題西齋圖二首圖爲王石谷作

何計能寬索米愁，一官倉庾也風流。畫圖酷愛王摩詰，詩味澹如蘇密州。東坡集中《西齋》詩，密州所作，西溟以爲黄州，非也。世事飽諳殊少味，人生閒處直須偷。某丘某水依稀似，留向歸時指釣游。

買書分俸論千卷，種樹成陰待十年。借問膠西富桑棗，何如潁尾長風煙。天生才士定多癖，君與此圖皆可傳。獨有吾詩真被壓，更無一句敵坡仙。

苦雨六章

暑雨不當怨，旱澇各有時。我無螻蟻營，趨避將何之。屋漏苦見迫，一牀亦頻移。昏昏醉夢間，起坐渾如癡。亂蛙强多事，叫跳無停機。

蛙黽日以親，人跡日以疏。他鄉惟兩弟，彼此仍索居。德尹寓米市，潤木在椿樹衚衕。乾鵲不報晴，扣門得家書。苦言蠶麥損，正值積澇餘。寧知京洛間，我亦幾爲魚。誰能裹飯往，好友或念余。得家書。

我友鄰巷居，隔絶異鄉縣。六街發暴漲，南北天塹限。心知騎驢危，不及挂帆便。衝泥欲過之，邂逅不得閒。却歸閉門坐，猛雨聲連旦。殘燈如溼螢，耿耿棲几案。燈明諒何益，吾老眼已暗。答西厓。

眼昏晝如夜，拓窗候晴暉。重雲有時開，晨光乍熹微。陽烏方洗翅，黯黮潛炎威。矧乃燕雀曹，羽短焉能飛。江河如可越，與爾將同歸。

黄水欲逆行，清淮助流惡。司空非一禹，出使半臺閣。似聞水鄉民，汎汎鷗鳧若。野人好奇計，稍稍試疏瀹。中庭地勢窪，猥以鄰爲壑。下流靡所放，鹵莽費開鑿。天心吾錯料，静待溝澮涸。

皇天乃好雨，一月月離畢。太白方經天，浮雲爲深匿。星躔暗中度，休咎徵兩失。井塌槐殞花，墻傾棗垂實。待兹晴景换，秋序向蕭瑟。莫怪野夫詩，候蟲同一律。

立秋日喜霽同九恒早過西厓是夕再同九恒西厓飲康飴寓用立秋二字各賦二首

呼群起我早，赴約如請急。逢君下直歸，竟坐不暇揖。檐飛報晴鵲，袖出《苦雨》什。日薄風進凉，林深氣流溼。竹尾亦翛然，清如小童立。浮生知幾見，佳節豈頻集。官況尚宜閒，旅懷何汲汲。蒓鱸殊有味，歸去吾猶及。後二日余將出都。

去歲秋大雨，湖洪發龍湫。尋君湖上莊，風燈颭漁舟。得官豈不好，坐失家山游。居鄰湯給事，邸舍相綢繆。落魄兩酒徒，無端並淹留。汲井濯我足，呼酒澆我喉。舉頭見秋河，大火方西流。流光遽如許，不醉當何求。

自中元前出都舟行無詩八月初三夜渡黄河偶爾得句索同年徐貢瑶和

岸塌河身闊，茫茫失舊灘。遥天挂新月，一櫂下奔湍。老去才疑盡，窮歸興易闌。詩成聊撥觸，堅壁莫旁觀。

送女詞二首九月十三日再入都作。

嫁女事瑣屑，老翁非所知。母在當汝憐，母没行告誰。遥遥三千里，閨閣從此離。兄嫂送及門，慰情多好辭。勸之勿令哭，我淚反交頤。

老來百念空，久識身如寄。胡爲未能割，身外憐幼穉。失母父向慈，家貧滿餘媿。長途挈之往，既嫁直如棄。皇天勞吾生，遺累當以次。笑指五岳期，猶需十年事。時無忌尚未聘。

秋杪重至王家營次楊次也壁間韻

十日征程滯故鄉，大河西北又嚴裝。千家轉徙留三户，萬柳榮枯在一霜。斷岸無橋頻待渡，涸沙有犢尚犂荒。驚心八月歸舟路，夜下萑苻百里黄。

治河謡

六壩塞，春水溢。六壩開，秋水來。水深河大，官方高卧。其一。淮之土，蒲茭蘆。淮之民，獱獺魚。刈蘆作帚魚作飯，努力與官高築堰。其二。一石水，五斗泥，濁流下灌清江低。不望黄河清，但願倒流直向崑崙西。其三。泗亦刷黄，淮亦刷黄，清流一綫河中央。其四。天生吾民，水忍戕之，以水治水，惟天子命之。其五。

即目

水落漁翁結網初，只貪竭澤肯留餘。鸕鷀鸂鶒且群避，勿與此翁争此魚。

霜殺草

嚴霜能殺草，冬日旋殺霜。相殺無已時，生理終不傷。衰氣赴積陰，先機兆微陽。君看勾萌意，松柏同一岡。

旅舍落一齒自嘲二首

毀理生時具，太剛焉得完。平生無大嚼，到此亦凋殘。舌在柔何益，脣亡想更寒。長途憐弱女，苦口勸加餐。沈石田《齒痛》詩：「勸餐兒女不知難。」

不爲窺鄰婦，何曾玷薦賢。春冰消最易，病葉墮長先。已落誰復顧，餘存寧久堅。自慚輸老馬，數齒減衰年。

白楊

白楊生古墓，墓古鴉亦老。當風叫空巢，敗葉棲衆草。方當托高蔭，豈意守枯槁。嗟彼種樹人，悟機乃不蚤。

德州道上詠霧淞花

霧隱孤城去轉遥，曉程十里愛瓊瑶。冰聲策策初疑葉，雪片離離盡綴條。纖指亂垂絃下柱，折釵争墮舞時腰。最憐頃刻同開謝，只費三竿日便消。

景州董子祠

西風殘照廣川城，董相祠邊感慨生。官秩稍增秦博士，文章獨闢漢西京。醇儒豈以科名重，濁世無如經術輕。却笑武皇親制策，牧羊牧豕盡公卿。

大風商家林待渡

波濤動我前，朔野何汪洋。行行忽迷路，欲渡川無梁。老馬徘徊鳴，北風寒且僵。輕冰拆沮洳，澹日沉輝光。平生湖海游，汗漫殊未央。禦窮不有命，試以一葦杭。隔河見人家，煙火靄漁莊。苦辛脱彼岸，樂踰還故鄉。問途倉卒間，夷險豈有常。明朝難逆料，聊復索酒嘗。

奉題阮亭先生倚杖圖

誰與先生貌一丘，柴門以外即滄洲。殘霞紅上鯉魚尾，遠水碧於雄鴨頭。風定垂垂緑楊影，雨餘咽咽凉蟬秋。幾時真裹幅巾去，容我來隨杖履游。

除夕過西厓齋西厓與悔人赤抒方分韻賦詩余以事先行

續和一首

老來驚節序，除夕倍相關。官舍静無事，旅人猶未閒。鏡中無黑髮，枕上有青山。頗怪京華道，一年三往還。予今年正月入都，七月南歸，十月再至。

敬業堂詩集卷二十八

偷存集起辛巳正月，至四月。

辛巳四月，舟過吴門遇盜，出都以後詩約五十餘首，胠篋以去，無一存者，閒中記憶偶得十數章，題曰《偷存集》。

題費而奇畫水仙月季花

水邊林下各幽姿，春在梅花未吐時。誰替天公管正月，一梢初點淡胭脂。

題家聲山所藏趙子車修竹吾廬圖次卷中陳眉公舊韻

猶記年時載酒尋，故廬煙雨别來深。誰云阮巷分南北，宛是吾家舊竹林。

正月四日集朱悔人寓齋用郎左司鶯歸漢宫柳花隱杜陵煙爲韻分得歸字時余將出都

游子不得意，春風減容輝。家家朱門開，孤雲欲誰依。以上四句，俱集前人詩。無酒肯沽我，累君典春衣。我行興已闌，君住願亦違。千薪壓白首，刺天看群飛。苦竹歲不實，鳳兮宜忍饑。素絲雖云長，莫借鄰人機。獨持耿耿意，遲暮將安歸。昔别踰十年，後會那可幾。交情重末路，毋使音書稀。

上元夜白溝旅店遇王文子編修

獨客歸裝薄，新年酒價增。平沙千里月，冷市幾家燈。邂逅歡何極，粗狂老尚能。被君嗤好事，題壁記吾曾。「今宵明月入窗早，去日小鬟如我長」，余五年前過此，題壁詩也。

趙北口喜晴

涣涣冰初釋，葱葱樹向榮。水浮雄縣動，沙過鄚州輕。客飯魚蝦氣，村場鼓笛聲。鄉心兼節物，屈指急歸程。

景州城外

遥遥廣川城，望望十里塔。連日北風多，春冰開復合。

有以小車載鸕鷀者戲作

鸕鷀本在舟，忽作乘軒鶴。大似水鄉人，騎驢客京洛。

出　山

穆陵春意動，農事正相催。屈曲山程盡，微茫野色來。牛羊乘麥短，鵝鴨喜池開。消息逢人問，淮南正早梅。

河濱墳

河濱卿相墳，窀穸今幾世。雨中兩翁仲，對我若流涕。前年水没腰，去年水浮髻。淪胥眼中見，已作鬖鬖勢。我笑謂石人，汝憂亦良細。淮揚百萬家，十室九沉瘞。可憐桓司馬，欲以堅保脆。石槨三年成，寧非速朽計。

二月六日舟泊白田喬無功介夫兄弟招同王方若飲縱櫂園梅花下用東坡雨中看牡丹韻各賦三首

我來大河北，青草四野無。淮岸初逢春，滿園蓓蕾珠。雨氣入冰骨，煙光潤苔膚。池南有疏影，竹杖行更扶。

繞屋幾平聲。百本，出墻忽一枝。一枝未全開，餘寒尚相持。人情向花葉，幽討及此時。何當爛熳辰，共賞桃杏姿。

不到踰十年，竹樹森然起。主人漸頭白，況乃吾與子。謂方若。對酒苦告歸，斯言誠可鄙。臨行還被肘，勸我嗅花蕊。

虎丘買草花

買笑談何易，傾囊直爲花。憐渠兼客土，伴我似浮家。種向吴兒乞，歸從野老誇。瓦盆茅屋底，毋乃太奢華。

出都時屬禹司賓之鼎作初白庵圖取東坡身行萬里半天下僧卧一庵初白頭詩意也余自已未出游計道里所經視先生奚啻十倍今白髮且滿頭矣所居園池之東有閒地數畝擬結茅其上而資斧適乏不潰於成輒題數語以堅初志覽者勿笑道旁之築也

平生好游不知止，二十三年十萬里。鵶飛不到滇中山名。雁飛迴，中有勞人雙屐齒。而今老矣合歸田，又指茫茫兜率天。妄想難酬成佛願，把茅聊縛定僧禪。

蔣樹存招集繡谷交翠堂分得江咸二韻

初來客欲迷桃隝，久住君堪比石淙。繡谷好風鶯歷歷，緑陰微雨燕雙雙。一軍騷雅尊前壘，四壁溪山畫裏窗。芝草坊名吾久識，不緣入座始心降。

山堂昨日枉華緘，前一日令叔楊孫書來留行。且緩歸程半日帆。開徑自來原屬蔣，入林從此又交咸。來如獨雁貪隨侶，飲似長鯨笑立監。記取逃觴多謬誤，淋漓酒汁在青衫。

張日容匠門書屋落成索題句

五架三間八九楹，重來已聽讀書聲。開池疊石經營始，鬼運神輸指顧成。杜甫堂新非背郭，陸雲屋老只依兄。一庵未遂誅茅計，大笑吾才不及卿。余欲結初白庵，至今未成。

繙經集起辛巳五月，終壬午九月。

安念稍萌，遂成障礙。自我致寇，於彼何尤？從此洗心皈釋典，未必非天之全我晚境也，戒之哉！

陳補思聞余歸自吴中以詩見嘲次答二首

忽傳尺素到鰥魚，對客開緘一笑餘。道力未全宜有此，天花已散試何如。緑林豈易求知己，來詩云：「故知豪客今逾俗，豈是詩名涉弗如。」白髮原應早結廬。若問窮歸何事業，尚逃小劫剩殘書。

老去真同半面魚，見《會稽志》。從教比目笑王餘。左思云：「雙則比目，片則王餘。」長須赤脚差相稱，法喜維摩總一如。子敬偷存無故物，伯淮歸去有精廬。繞籬添種平安竹，又費東園問訊書。

讀楞嚴經二首

水土定浮沉，大輪轉風火。肧胎互融結，大患緣有我。螘行欲右旋，奈此磨盤左。執持去成見，所寓胡不可。

塵根遞纏繞，畢竟同生異。如結既綰成，是一要非二。一成仰方便，六解當以次。觀性證三空，解脱亦如是。

六月二十夜

幽室忽已夕，有聲作雷鳴。胡爲乎來哉？熠燿方宵行。衰年耿無寐，夜氣延虛明。林静風不交，天空月徐生。聲光同一寂，夢覺胥忘情。

德尹止一子初生時余名之曰阿願六歲而殤三詩哭之

初生與發無窮願，到此翻成有漏因。汝伯爲誰開望眼，乃翁渾似哭成人。誤投珠掌償前債，妄冀金環認後身。四十九年羈旅恨，東坡《哭幹兒詩》云：「吾年四十九，羈旅失幼子。」德尹今年五十矣。喚回殘夢倍傷神。

爺歸端爲汝求師，德尹今春請假，將挈家北上。已是秋來上學期。每爲杜家誇驥子，忽驚白老失龜兒。愛河縱涸須千劫，苦海難量爲一慈。得似旁人强相勸，不禁老淚亦交垂。

吾生早受多男累，得子中年未算遲。一慟竟成千古痛，十年重續《四殤》詩。十年前連喪諸姪，余曾有《四殤》詩。孩提長養原非易，老大生存祇自悲。借取劉郎詩作讖，一枝吹折又生枝。

六月廿三夜大雨

風如車輪東北馳，雨如車軸西南垂。蛟龍尾焦海水立，虎豹股栗山林移。二更小劫須臾過，不礙先生高枕卧。一林竹影過墻東，殘月如新剛半破。

立秋日馬寒中素村見過

好友兼秋到，新涼似病餘。數莖添白髮，一夢過紅蕖。自笑貧逾甚，翻憐迹未疏。盤餐論後約，手自種園蔬。

雨後獨行池上

誅茅斬竹杳無期，廢圃頻來爲此池。我與鷺鷥同照影，白頭相對立多時。

陳允文見過用余與補思唱和韻作詩相投次答二首

剥啄聲中住木魚，清風來值午茶餘。《客嘲》《賓戲》聊相答，失馬亡弓只自如。「亡弓豈須求，失馬不必涕。」秦少游《東城被盗》詩中句也。梧葉打醒庵主夢，槐花踏過野人廬。留君小作須臾住，省得敲門再寄書。

去意難回縱壑魚，獨留詩味付吟餘。舟痕契劍癡何益，麈尾拈花笑弗如。尚恐波瀾生古井，肯容荆棘長神廬。口頭截斷君休問，看取新抄貝葉書。

窗前荼蘼秋後復發花

自從三月春歸後，引蔓抽條漸出墻。但愛秋來有花看，不知中已閲炎凉。

促織

草樹荒庭合，何來絡緯啼。夜長時斷續，風引忽東西。故傍殘燈急，俄催片月低。空機委墻角，感物悼亡妻。

德尹自妙果山避暑歸五疊魚字韻

十日齋厨聽粥魚，歸來又續黑甜餘。誰無痼疾難相笑，各有風流兩不如。禮斗便應朝絳闕，尋僧何必到匡廬。從今分辨晨昏課，我讀《楞嚴》爾道書。余方留心内典，而弟舉家持斗齋，故云云。

病枕口占

小雨已過風颼飀，老人卧病亦在樓。長天又推月東出，大火欲掣河西流。秋聲蕭蕭遽如許，元氣浩浩當誰收。大千超滅了無際，静視此身同一漚。

即事二首

俗吏讐詩客，文書惱病夫。吾方入蓬藋，爾自養萑苻。憎主非群盜，藏奸豈具區。世情多叵測，即事一長吁。

萬古一棋局，言平最不平。獺窺魚穴静，鳩伺鵲巢成。物性論强弱，天機近鬭争。但教風作質，有觸自忘情。出《楞嚴經》。

病後過竹垞先生齋

偶因風雨宿君家，倦枕無眠到曉鵶。起向曝書亭上坐，一池荷葉兩三花。

東湖舟夜

夜好偏無月，天空頓覺秋。風兼雙鷺起，水帶一螢流。樹氣船船露，燈光寺寺樓。十年曾載酒，落魄笑重游。

喜竹垞先生至

荒村積雨餘，秋水方没埭。蛩然足音至，啟户蓬蒿礙。三徑懶未除，一牀涼可對。先生本師事，折節到儕輩。我貧家少書，倒篋肯見貸。蒙求不嫌瀆，過我仍捆載。茅齋月露清，氣壓酒盞内。高談如赴敵，薄病逡巡退。

同竹垞德尹過馬寒中山居

馬氏好兄弟，卜居傍層崖。青山滿墻頭，羅列如髻釵。杖藜約朱老，興到相與偕。不辭步屧遠，及此秋光佳。款我非俗情，赴君有奇懷。筮《易》得酒食，遂以衎名齋。寒中書屋名「衎齋」。既飽還讀書，桐陰落空堦。人生貴稱意，作計殊未乖。

同游菩提寺

路轉稻花村，山田間腴确。肩輿入古寺，墻宇半圮剥。林高樵斧稀，時有一鳥啄。居僧不耐静，辛苦事詩學。世界無寂喧，心源異清濁。叩余笑不答，待彼迷自覺。何處一聲鐘，殘陽在樓角。

補思再疊魚字韻見寄經秋乃到再次答二首

真成一往侶禽魚，結習都消洗硯餘。雅謔從人嘲孝本，繆恭無令重相如。雪霜頭鬢秋欹帽，桃李心花夜照廬。好是兩鰥同嬾病，半年初答暢當書。

投我三章比梵魚，初機未契且留餘。法門猛叩無方便，疑網重開有譬如。萬劫黑風迴客夢，一輪白月到吾廬。此中何句堪酬對，翻怕匆匆索報書。

立冬日小飲

枕囊秋夜長，檐齒冬日短。人生如病瘧，寒暑遞流轉。黄葉墜空庭，疾於丸下阪。鏡中好顔色，去我不少緩。百念委昨非，一閒就今嬾。牀頭酒新熟，吾量殊易滿。小飲即頹然，西窗有餘暖。

吴船花燭詞爲談未庵賦十首

蘇臺人說是瑶臺，銀燭光中寶扇開。便把重陽當七夕，分明昨夜渡河來。佳期在重九前一日。

小住吴門又幾旬，蓬萊清淺話前塵。多憑一念回仙意，憐取當前背癢人。

自從踏鼓罷朝天，辜負香衾四五年。萬頃煙波誰管領，只消一隻五湖船。
紅槎碧落記程程，博望歸來別有情。時未庵初自河工歸。畢竟有星難替月，鏡奩秋讓一輪明。
兩槳如輪夾畫艭，水沉風細不開窗。鴛鴦湖外鴛鴦鳥，排到前溪盡作雙。
灑墨含毫色色工，玉臺唱和有人同。風流白石真堪笑，但解吹簫伴小紅。
取次園林放櫂宜，兩頭絃管不教隨。費他幾管生花筆，曉畫蛾眉夜和詩。
不用攜家傍斗邊，頻伽好語自能傳。齊眉新注長生籍，知是蓬萊最小仙。
曾趨粉署殿東廂，鷄舌猶餘舊賜香。好唱新翻新樂府，《賀新凉》是《賀新郎》。
消磨綺語已多年，色界重生兜率天。借取薰衣香一瓣，懺余成佛爾成仙。

題永福寺詩僧得川詩卷

蜜殊不作參寥没，湖上詩僧久寂寥。頗訝名山虚法器，忽傳逸韻繼江潮。招呼猿鶴隨孤磬，收拾煙霞貯一瓢。倘許往來成二老，借余閒地結團焦。

得川疊前韻從余問詩法戲答之

唐音宗派何須問，大抵詩情在寂寥。細比老蠶初引緒，健如强弩突迴潮。閒來謹候爐中火，衆裏心防水面瓢。不遇知音彈不得，吾琴經爨尾全焦。

次韻題施翼聖東荒田舍圖

宛轉溪橋有徑通，竹梧新長屋邊叢。市聲只在牛羊外，吹散蕒洲一篴風。

壬戌秋自黔中歸張遠子游爲作槐陰抱膝圖辛巳冬至夜偶一展閱感歎之餘自作二絶句附諸君題詠後

夢中惝怳豈無夢，身外依稀別有身。道是故吾吾不識，那將顔狀問他人。

二十年來共唱酬，詩名曾向卷中收。故交大半已黄土，剩爾人間作白頭。

題朱楫師所藏顧咸三畫羅浮五色蝶二首

山中木葉尋常化，野老籬邊作伴游。驚見畫圖新樣好，夜來高枕夢羅浮。

問渠多有幾銖輕，栩栩能傳紙上聲。好笑虎頭癡獨絶，欲將蛺蝶占時名。

德尹久留杭州有卜居西溪之意歸來以詩索和次韻二首

野外橋邊水竹村，不曾移徑改籬門。一冬雪少疏梅綻，百里人歸喜鵲喧。耕織終當課奴婢，田園豈易委兒孫。卜居河渚原先志，重與殘年對榻論。

三間老屋住東頭，怪底仍如不繫舟。但使年豐還俗儉，何妨弟勸且兄酬。窮奢志願求偕隱，勇退風期望急流。待得手栽黎棗熟，他時相對且忘憂。

寒中次前韻見寄再答二首

煙火依依十里村，也如對宇望衡門。桑榆候暖差宜晚，鷄犬聲凡亦覺喧。萬事爲農長没世，一經失計又傳孫。空花眼界原無定，此境須從静者論。

門開甘露此峰頭，夜半誰能負壑舟。忍鎧力持俄破戒，箭鋒機鈍已難酬。鴻濛世界憐摶土，香象江湖要絶流。肯與維摩同丈室，本來無疾更何憂。寒中久不作詩，忽爲余兄弟觸發，次章訊余，從事内典，故仍用禪語爲答。

馬素村疊魚字韻見寄八疊前韻

拙於鳩更懶於魚，百念俱灰白髮餘。已覺浮名原假設，未知禪味究何如。隙窺野馬紛無主，粉蝕瓜牛累有廬。炳燭光陰君錯料，只圖遮眼不看書。

再疊卜居韻答素村二首

我愛郎家半日村，碧池一眼正當門。魚龍得氣時方蟄，鵝鴨如雲凍不喧。三徑居鄰惟二仲，兩家婚媾到諸孫。棧羊篩酒何年事，五岳游須次第論。

造化茫茫命壓頭，諸星何處證般舟。一身有母尤應惜，四大無恩可要酬。叔寶神情非俗士，孝章才氣本名流。村場酒賤須勤置，相勸休爲織室憂。來詩有不自釋者，故以此廣之。

十二月十六日雪同德尹作

野闊朝煙未起厨，一行老樹帶鵶枯。海天勢合山加峭，水墨痕消畫亦無。醉指松筠誇我健，戲搏獅象駭兒愚。何當便作堅牢玉，長與先生映白須。

歲杪有感三疊卜居韻示德尹二首

西枝覓地豈無村，栗里歸來尚有門。巢鵲占風聊自穩，山蜂割蜜爲誰喧。賣薪分老朱翁子，負土深慚祭弟孫。此意旁人應不諒，家貧何事敢輕論。

一回相對一回頭，往事真難記刻舟。勘破官情成汝懶，放低詩格待余酬。煖憑爐火迴陽氣，静送冰溪過洑流。白髮蒼顔還自笑，年來方欲治幽憂。

十疊前韻答寒中二首

勿將磊落笑蟲魚，冰雪崢嶸又歲餘。彈罷孤絃聲寂若，鑷殘衰鬢影皤如。小槽酒滴鄰姬甕，古篆香消佛子廬。漸覺心平無怪事，不勞咄咄向空書。

曾思大海掣鯨魚，牙後誰甘拾唾餘。蕭索輪囷吾若此，飛揚跋扈爾何如。孤燈吐燄虹搜壁，萬木無聲雪壓廬。最後兩篇尤奪氣，免冠應謝不中書。

早春謁座主清溪徐公席上賦呈以下壬午。

開遍梅花薄雪餘，春來重擬舁籃輿。十年風月吟難盡，師自甲戌春歸林下，將十年矣。百里溪山畫不如。慧業種將成佛後，精神强似挂冠初。一莊荒後無他宅，天護先生萬卷書。南陔草堂去冬被火，故云。

不到西湖四年矣壬午春分前三日與鄭春薦同游感賦

多年不赴故人期，湖上風光異往時。紅杏橋欄游冶騎，緑楊亭檻御書碑。劉郎前度花誰主，杜牧三生鬢已絲。口業粗償殘債盡，尚煩君記《櫂歌詞》。己卯二月，曾作《西湖櫂歌詞》十二首，已失其稿，春薦頗猶記憶也。

贈楊遠卿年伯二首

麈尾犀株借美談，直從公府指潭潭。將軍大樹移關右，太守名花載日南。長見恩光留卓午，最宜風景是春三。多緣難穩東山卧，五馬行看益兩驂。

茱萸灣口蜀岡南，勝事年來一倍添。九曲晴波春縱櫂，二分明月夜鉤簾。門前棨戟連昆友，膝下才名起孝廉。謂同年曉先。漫説黄金曾鑄印，世家原自重牙籤。

立夏日同年顧書宣招陪座主徐公泛舟紅橋歸甜天寧精舍看牡丹座主有詩恭次原韻

濛濛柳絮風，淡淡櫻桃雨。孤城迤邐盡，一水沿洄渡。此都洵繁華，里俗鄙淳素。橋迴彩鷁轉，石亞朱欄互。何期寂莫游，復此陪杖屨。時來感節物，境往餘詩句。不到今九年，甲戌初夏隨公南歸，曾過此。依稀記前路。家家好亭館，恨不留春住。有如別故人，臨去屢回顧。勿嗟春向晚，千載猶晨暮。獨喜松柏姿，恍然仙者遇。先生近於仙術有得。耆英舊同社，雲散星布濩。興發偶重來，神清獨如故。濤江不能限，塵土詎能汚。佳景際清和，名花賞修嫮。將車弟子職，繞膝孫曾趣。時任可父子俱隨侍。叩道發群蒙，會心歸一悟。哂劉藉糟粕，卑庾工詞賦。白日爲公長，蒼顏爲公駐。願從千日醉，媿托十年樹。

兒建新任束鹿縣令將挈諸孫赴署先寄詩二首

得邑滹沱上，孤城深晋間。初聞猶恐誤，相慰始開顔。汝性差宜僻，吾來亦愛閒。畿南風土好，不礙少溪山。

隱德凡三世，微名爾倖成。家聲關不細，民社寄非輕。廉豈沽名具，卑宜近物情。譬如行萬里，安穩視初程。

中元後三日渡河題王家營旅壁

潦退河壖與岸平，舊題詩壁半欹傾。北裝莫笑今年蚤，頭白羞偕計吏行。

舟過寶應喬無功以家釀見餉今日旅舍悶坐聞楊次也在清江浦欲邀與共飲而爲風雨所阻

故人貽我喬家白，欲喚楊郎共醉眠。生被大河横截斷，雨昏風惡渡無船。

客舍喜晴

茅舍欣初霽，征途悶久淹。河聲秋易壯，日氣午仍炎。異俗全家駭，空囊十口嫌。兒孫頻問事，繞膝挽吟髯。

觀無忌興祖騎驢戲作短歌

兒童生長便舟居，眼中不辨騾與驢。牽來信口以馬呼，上下左右須人扶。一日駊騀防不虞，兩日妥帖稍自如。三日脱轡膽氣粗，趫捷意將誇老夫。老夫年當三十餘，從軍遠走西南隅。露青竹鞭生馬駒，徑渡鳥道如莊衢。豈知今來衰病俱，髀肉消盡臀無膚。前瞻後顧悔識塗，曷不歸去勤耕鉏，看牛舐犢鷄哺雛。平生不識馬新息，據鞍矍鑠何其愚！

重興集題壁

昨去因逃水，今來未算家。巢林無定燕，啄地有饑鴉。風折青蒲葉，籬高紫莧花。涔蹄如可活，猶聚兩三蛙。

峒峿田家

雷鳴田種占城稻，田無水利者爲雷鳴田，見《欒城集》。占城旱稻不資水而生，見《宋史》。不信人間有水荒。見説今年猶苦潦，可憐井底是淮揚。

秋山曉行

忽從山麓上山椒，忽轉山腰路一條。露草燈明鷄喔喔，風林月黑馬蕭蕭。行人曉起偏多伴，古渡秋來未有橋。正是新凉好天氣，喜逢霽色又連朝。

汶河大石橋六月爲大水所壞亂流鞭馬而渡

怒水衝橋斷，崩沙壅石平。亂流風勢急，到岸馬蹄輕。直怕秋多雨，偏宜晚放晴。路難頻却顧，盡室歎長征。

晚至堵莊

淺草依頑石，纍纍似伏羱。群兒嗤瘦俗，久客解方言。犢放斜陽岸，鴉盤早穫村。趁虚人散盡，冷落近黄昏。

磨驢行

山家養驢供磨麥，石縫隨身落輕雪。前遮兩目後被鞭，步步團團踏陳迹。用東坡詩中語。君不見雕鞍玉勒紫金羈，暮越朝燕掣電馳。八百里牛千里駿，等爲人役莫相疑。

旅壁見錢亮功徐學人唱和詩戲次其韻

年來漸喜識生涯，讀罷《楞嚴》讀《法華》。共道子綦初喪偶，豈知靈運久忘家。行依古佛賢千劫，笑閱人情鬼一車。寄謝杏林雙燕子，維摩別自有天花。

蒙陰縣南十五里早飯豆花棚下

荒溪曲折凡三渡，草屋欹斜只半間。不負一餐留客坐，豆花棚下看蒙山。

黄河厓大水斷路由董樹口晚投苦水鋪

黄河故道久揚塵，驚見狂瀾限鬲津。已是泥塗又陰雨，載濡馬首況車輪。野航待渡如須友，村落初經屢問人。可但平原成畏路，此來何處不逡巡。

初入東鹿境

衡水橋邊路，西來小邑偏。人家多瓦屋，沙陸少閒田。露白收棉後，秋紅支棗天。鄰封紛水旱，容易得豐年？

八月十五日鹿城對月偶閲欒城集有中秋次韻子瞻夜字韻二詩即次其韻一示兒建一寄德尹潤木信庵諸弟

陸川城中連日雨，草橋霽色宜今夜。滹沱南徙故道存，疑有蛟龍伏潭下。城南草橋之下，瀦水成潭，相傳爲滹沱故道。水面團團月東吐，城頭灎灎河西瀉。空庭置酒荇藻間，古柏高槐互相亞。廿年塵坌今已歛，此夕清凉天所借。吏曹初散不聞呼，好客能來何用謝。人言僻縣少公事，我愛閒居似村舍。不教僮僕課鷄豚，聊與兒孫給梨蔗。一杯對飲要無愧，九折驅車終可怕。平生慣被醉尉嗔，但恨未逢劉四罵。

曾聞海賈海上言，萬里陰晴同此夜。可憐南北各相望，片月東升日西下。少年狂飲不論命，欲卷黄河向身瀉。今來滿盞輒不勝，甘讓人豪退居亞。感時紀物行自歎，裘敝囊空復誰借？忽見關榆葉互凋，懸知庭桂花應謝。清光過眼如流汞，故國回頭真傳舍。豈無白酒配黄鷄，苦憶紅菱兼紫蔗。壯年離别初不覺，此日羈遲老尤怕。何當歸作玩世翁，肯以文章供怒罵。

習射吟

朔野秋早寒，枯楊北風横。朝來見獵喜，欲試角弓硬。分棚無舊侣，努力行復更。稍辨良窳材，粗諳燥濕性。兒童視游戲，君子覘德行。嚆矢壯先聲，雕翎鼓後勁。持盈詎非力，入彀終有命。一勝何足矜，相形乃知病。從禽遇多詭，反己鵠必正。技小道亦存，年衰心少競。聊爲《習射吟》，庶比良友諍。

重陽日一畝園登高同德尹作

一笑相從亦偶然，勞生誰料再游燕。黄花濁酒憐佳節，老樹空庭感昔年。對榻翻牽連夜夢，登高獨欠故山緣。只應鴻雁如兄弟，不忍分飛便各天。

敬業堂詩集卷二十九

赴召集起壬午十月，終癸未五月。

赴召紀恩詩并序

欽惟我皇上聖德神功，遠邁千古。薄海内外，含生戴性之倫，無一民不被仁恩，無一物不沾麗澤。巍巍蕩蕩，謳頌難名。屬者黄河底績，鑾輅南巡，警蹕無聞，輕裝減從。貿載不遷夫市肆，耕犁不輟乎農郊。回陽春於青霜白雪之辰，駐宿衛於蔀屋茅簷之下。無非勤求郅理，念切民依。臣東海鯫生，偶客畿輔，竊聞駕涖德州，方與田夫野老抃舞歡欣，共效昇平之頌。迺今十月十七日直隸巡撫臣李光地傳旨，召臣趨赴行在。臣即於臣子克建東鹿縣署中，星馳就道，匐伏宫門。伏念臣齠齡失學，壯歲居貧，年逾四十，始舉於鄉，三上禮闈，未成一第。自惟賦命蹇鈍，寸進無階，幸逢堯舜之君，自甘畎畝之樂，不知微賤姓名，何由上達。聞命之下，慚恧徊徨，罔知所措，敬賦紀恩詩二章，恭呈御覽，可勝惶悚之至。

聖謨平土奏安瀾，詔舉時巡萬國歡。榾鼓無聲傳過輦，場功初畢候鳴鑾。恩波先沛三春雨，瑞雪都忘十月寒。微賤不知天上事，謳歌遥向彩雲端。

睿藻紛繽布九垓，麗天雲漢竝昭回。是日，頒賜山東大小臣僚御書數十幅。觀光豈獨臣鄰喜，就日争隨父老來。作息自安歌帝力，旁求何幸及凡材。祇應聖主同元化，雨露沾濡到草萊。

二十日召赴行宫欽賜御書程子視箴一幅恭紀十六韻

警蹕除黄道，周廬列紫垣。勤民同舜禹，邁德媲羲軒。户户安淳俗，人人覲至尊。萬幾多暇豫，八法自騰騫。龍鳳争跳蕩，虹霓互吐吞。祥光昭法象，健體協乾元。揮霍風雲勢，涵濡雨露痕。堯文紛焕采，宓畫久窮源。徧渥奎章賜，仍傳詔旨温。頒來皆琬琰，捧出盡瑶琨。下逮慚孤梗，殊榮荷九閽，瞻天初見日。學古莫窺藩。箴守儒家説，書驚御筆援。祇承雖往訓，敬凜即王言。拜舞隨寮寀，珍藏示子孫。傳家何以報，世世頌君恩。

二十八日召試南書房自此奉旨每日入直。

屢下南宫第，俄聞秘閣開。一經雖舊習，六論本非材。宋時秘閣試六論。不敢他途進，終慚特召來。平生無夢想，今日到蓬萊。

與揆愷功學士同試南書房感舊成句

天上青雲客，人間白雪翁。交新雙闕下，話舊十年中。詩讓揮豪速，文慚起草工。宋時秘閣試論至蘇子瞻始起草。薦賢名偶玷，慚愧躡追風。是日，召試十二人，欽定愷功第一，余第二。

南書房敬觀宸翰恭紀有序

康熙四十一年十一月初八日，上御乾清宫，發御書一千四百二十七幅，命大學士臣張玉書、吏部尚書臣陳廷敬、工部尚書臣王鴻緒、副都御史臣勵杜訥、右諭德臣查昇展閲分類，以備頒賜。臣慎行亦得隨諸臣後，仰瞻天日之光，洵有生之奇遇，人世所罕覯者也。欽惟我皇上天亶聖姿，日新盛德。法乾行之健，殫聖學之勤。業懋功純，光華炳燿。深宫無逸，游藝入神。自真書以及行草，由小楷以至擘窠，或臨倣諸家，或親書聖製，有美畢萃，無體不兼。此雖古來專工八法，終身矻矻，自名一家，未有如是之多而且精者。而臣於拜觀宸翰之下，仰見我皇上神功聖德，冠絶千古者，更有蠡測焉：伏讀御製《北征》、《凱旋》諸詩，廟謨獨斷，勝算萬全，首惡伏辜，餘寬祝網，闢版圖未闢之地，臣史策未臣之邦。我皇上宏猷偉略，冠絶千古者，其一也；伏讀御製《巡視河工》、《省方》、《問俗》諸詩，奠九有以敉寧，恐匹夫之不獲；萬姓已共安於耕鑿，一人恒自處於先勞。遂致湖海安流，黄、淮底績，我皇上仁民阜物，冠絶千古者，又其一也；伏覩御書《大學》聖經一章，旁至往喆先賢，格言銘序，抉其精微，摘其奥義，采諸儒之懿訓，成昭代之典謨，獨於程、朱二子則不書其名，我皇上崇儒重道，冠絶千古者，又其一也；伏覩御書，於晉、魏、六朝以逮唐、宋、元、明諸臣名蹟，無不手橅心賞，要皆棄所短而取所長，集古今之大成，爲帝書之第一。而紙尾必署云：「臨某某書」，我皇上聖不自聖，冠絶千古者，又其一也。臣一介微賤，遭逢盛事，千載一時，舞蹈謳吟，自不能已，譬諸秋蟲春鳥，生覆載之内，亦知鳴天地之恩。恭賦七言絶句十二章，以紀榮遇，謹拜手稽首以獻。

玉檢初開五色煙，淋漓元氣滿中天。宵衣旰食無多暇，更灑雲藍十萬牋。

咫尺丹霞映玉清，觚稜日射八窗明。忽聞風雨來天半，知是君王落筆聲。

一畫真成萬世師，捧來千幅更神奇。銀河直與宸居接，無數蛟龍起墨池。
金薤銀鈎結構新，争看入聖又超神。即論藻采輝煌色，萬古群推第一人。
璧合珠連琰琬垂，蠡應難測管難窺。欲知伐叛安民略，看取親書御製詩。
遠自鍾王溯褚虞，百家一一手臨橅。兼長迥出專家上，要令諸臣奉楷模。
霞蔚雲蒸露未乾，盡收造化入毫端。萬鈞腕力皆天授，欲補虞戈一筆難。
良工巧匠日礲磨，淵鑒新鐫勝永和。不似當年淳化閣，帝王法帖本無多。
朝退香煙護紫宸，御牀緗帙展佳辰。緑雲新斲松花硯，特撤文房賜老臣。
書訣原從主敬來，數行御札日星開。可知筆正由心正，入直多聆聖訓回。
鳳翥鸞翔勢莫攀，皇恩次第及千官。九重日月無私照，有目皆容仰面看。
禁庭纔到便沾榮，深愧無才答聖明。强作蕪詞比謡諺，堯文巍焕本難名。

冬雪十二韻

朔候連三白，同雲匝萬家。縱横迷地軸，灝汗極天涯。樓閣高逾見，簾櫳薄易遮。漸從疏處密，忽向整時斜。老柳飛揚絮，枯梅頃刻花。氣沉千里雁，寒噤幾村鴉。暗掃遺蝗種，潛滋宿麥芽。逢年先應瑞，是玉必無瑕。積厚光摇海，平鋪勢展沙。歲功資醖釀，春事踵繁華。灞上吟情遠，山陰客櫂賒。意中餘好景，留作畫圖誇。

爲泗州李蒼存題秋穫圖二首

築屋不羨蕭貫之，種松莫學杜子師。西風吹熟半黄稻，又是牛健鴉嬌時。

淮南第一山邊住，泗州南山，米芾以爲淮山第一山。渦口十年長苦饑。家書昨日報秋穫，勸爾有田胡不歸。

奉題大司寇新城公荷耡圖

君臣際會唐與虞，文章政事誰不如。東家司寇魯大儒，品望獨與經術俱。晝日三接寵賚殊，城南甲第輝御書。帶經堂顔公手摹，復以繪畫煩鴻臚。禹之鼎。眼前浩蕩生江湖，歸夢曉落扶桑隅。齊州九點青模糊，萬木陰陰猿鳥呼。春山欲雨雲作膚，風帆亂走隨鷗鳬。村深岸轉帶渚蒲，緑楊如煙際平蕪。中有一翁行荷耡，我公豈是山澤臞。神仙標格蒼眉須，朝衫野服兩弗拘。良田二頃宅一區，人生此境何可無。虞廷當時少此圖，盛事缺載《皋陶謨》。

鼉尾山圖再爲新城先生賦三首

依然小泊洞庭旁，公自扁舟興不忘。試向東山看月出，繞身三十里湖光。

勿論石室與金庭，畫裏迴源別有亭。七十二峰遮不斷，別添鼉尾一痕青。曾見趙松雪《峼華秋色圖》，鼉尾一峰，青出群山之外。

千秋讖籍記東平，天寶詩人舊有名。從此人間長見畫，故鄉山水屬先生。

送楊既明倅廬州兼寄張建陽太守

薊北冰霜動早梅，淮南驛騎已先催。春帆路轉藏舟浦，堠館花迎教弩臺。名郡風流輸半刺，世家子弟羨多才。桑枝麥穗君游政，何術能資佐理來。

擬玉泉山大閱二十韻

地闢丹稜浒，天開裂帛湖。連岡環北極，列曜拱中區。鞮譯銷氛氣，風雲蓄睿謨。不忘神武略，獨握帝王符。吉日將差馬，先期已祭貙。桓桓齊步伐，肅肅選車徒。野曠金鉦轉，沙平玉帳鋪。一人躬韎韐，九校勇馳驅。鵝鸛知兵法，龍蛇入陣圖。雪光明組練，寒律勁雕弧。憶昨三犂候，親征萬里逾。行間走英衛，麾下拔孫吴。撻伐聲靈在，韜鈐將相俱。詩人賡虎拜，士氣動山呼。振旅時方暇，回鑾日未晡。殊威宣遜土，同軌坦經涂。典禮因時舉，欃槍掃跡無。武功雖再纘，文德久覃敷。用遏昭無外，周防戒不虞。煌煌太平業，磐石鞏皇都。

盆中二詠吴元朗齋分賦

一尺篘簹種，低抽碧玉簪。近人差免俗，待汝幾成林。不少交加翠，終輸瑣碎金。若爲鞭横逸，移向小庭陰。細竹。

不隨千樹暗，東坡《梅花詩》：「江頭千樹春欲暗。」只似一枝斜。愛入詩人閣，難忘處士家。帶苔移客土，傍火發唐花。就我生春色，依依感歲華。早梅。

賦得歲寒堅後凋十二月十五日御試入直詞臣，奉旨同作，不用應制體。

物性終難改，天行歲有常。平時滋雨露，晚節煉冰霜。鶴骨清添勁，龍鱗老變剛。鬱葱生意在，寒律總春陽。

集汪東川祭酒齋賦得風潮泊島濱即次祭酒原韻

淼淼停征櫂，茫茫失遠汀。雲隨風脚黑，天偪浪頭青。礐石驚難定，鼉沙駭未經。直疑蜃氣化，孤島似浮萍。

奉和聖製詠雁恭次原韻立春後一日。

不戀江湖闊，仍爲北嚮鴻。羽毛知自愛，一一待春風。

恭和御製爲考試歎原韻十二月二十三日，考試各省學臣奉旨同作。

聖主嚴科詔，御製詩爲科場作。深期積習更。憐才程玉律，警俗發鐘聲。既往應知悔，將來勿任情。欽哉奉明命，勉矣立修名。

早春喜雪二十六日應皇太子令。

同雲迴合曙光中，恰喜占年兆歲豐。三白連緜餞殘臘，六花翔舞向東風。映空有色高逾見，到地無痕暖漸融。好借渡江梅柳意，亟裁詩句報春工。

彤庭雪霽二十七日應皇太子令。

曈曈霽色啟黄扉，瑞靄遥生旭日暉。白玉堦墀增皎潔，丹霄臺殿倍光輝。融成雨露滋仙境，化作陽和滿帝畿。共喜太平真有象，宫梅苑柳漸芳菲。

雪後與楊耑木編修步入後左門

净洗東華十丈塵，曉來聯袂向楓宸。誰憐舊日聞鷄伴，又作殘年踏鼓人。

除夕前一日晚出東華門口占示錢亮功

未許騎官馬，誰能借蹇驢。人憐三黜後，自歎二毛初。曉入蛩兼駏，昏歸步當車。峥嶸冰雪裏，草草歲將除。

京師與德尹守歲用少陵飛騰暮景斜句爲韻各賦古詩五首

勞薪無停輪，弱羽宜退飛。與子各衰晚，初心尚依依。川流日夜東，造化一逝機。去者既不返，來者終安歸。百年幾寒暑，一夕毋相違。

庭除帶積雪，門巷餘殘冰。雪後冰尚堅，寒光互稜層。照我頭上髮，射我窗上燈。我醉兩不知，流光兀騰騰。桑榆有餘暖，忍凍非汝能。

寥寥夜向晨，冉冉歲云莫。豈無一樽酒，惜此佳節度。雕盤飣肥烹，彼嗜非余慕。缾罍貯旨蓄，義取咄嗟具。天明有朝參，飽啖黄虀去。

壯歲輕别離，東西浪驅騁。迴思疇昔事，過眼須臾景。明詔欻見徵，浮蹤合萍梗。半生參與商，此夕形隨影。再拜感君恩，官似居鄉井。

兒孫在畿縣，兄弟居京華。計里五百餘，相望如褒斜。一門盡旅食，老境終思家。此時山中梅，苔枝應已花。吾方作歸夢，街鼓幸緩撾。

癸未元日乾清宫早朝

三陽景運翊佳辰，紫極傳來詔旨新。雙闕倚天晴帶雪，千門銜日曉除塵。金爐香引朝元路，銀燭光分待漏人。親見堯蓂初吐葉，龍飛四十二年春。

朝會樂器歌

康熙四十二年正月初二日入直南書房，蒙恩賜觀樂器：編簫一，鼓二，鐘一，黄麾一，塤一，箎一，柷敔一，退朝恭紀以詩。

《雲門》《咸池》及《大章》，制作肇自炎與黄。後來《韶夏》繼《濩武》，聲容綴兆遥相望。或云象功或象德，宫懸一一傳太常。洎乎秦漢寖失古，器雖尚在意渺茫。儒生好事强傅會，《蒼龍》《朱鷺》妄揣量。流傳往往入樂府，遂薦郊廟登明堂。豈知元音關運數，出與盛世鳴光昌。國家功崇德深厚，上有堯舜垂衣裳。八風從律星應紀，亭毒四序昭三光。一人穆穆慶交泰，多士濟濟歌元良。朝乾夕惕日不足，庭燎繼問夜未央。肅雝臨保本家法，儼覩列聖於羹墻。化成久道治累洽，民返太樸仁風翔。懷柔河岳指帶礪，撫馭畿甸巡遐荒。北清狼望罷斥堠，南拓鰲背開封疆。圓顱方趾悉受吏，丹砮白雉争來王。麒麟在郊鳳巢閣，不貴異物夸禎祥。太和之氣彌宇宙，正賴雅樂爲宣揚。吾君神智况天縱，聖學孰測淵源長。精通緯數窮亥步，博極典墳追羲皇。黄鐘累黍辨清濁，太簇截竹調陰陽。文成雲璈扣金石，詩就月窟諧宫商。伶官确立衆工伏，御製親授協律郎。豈惟神人胥悅豫，兼采法曲收遺忘。每逢朝賀必合樂，左右羅列東西廂。臣昨承恩預元會，摳衣肅拜丹墀旁。柘黄帕瞻黼座近，咫尺頫首心徬徨。廣庭雪花開蓂莢，朵殿日氣暾榑桑。乍聞鈞天動九奏，縹緲散入爐煙香。始終條理何暇晰，但覺盈耳聲洋洋。歸來惝怳疑夢寐，魯壁一夜聆鏗鏘。明朝詔許觀古器，始信大樂非絲篁。編鐘編磬列簨簴，楹鼓田鼓齊輝煌。旌麾奇綵繪螭虎，簫管逸韻含鸞凰。塤篪柷敔狀各異，据圖考證殊難詳。天生耳目不虛畀，帝錫聞見開聾盲。虞廷當日傳搏拊，鳥獸應節猶低昂。幸逢昌期邀異數，及與百爾偕趨蹌。歡心不覺同率舞，拜手敢謂希賡颺。矢詩遂歌記盛事，萬年願奉南山觴。

恩賜砥石山緑硯恭紀十韻

扁石登廊廟，良工費網羅。出應逢盛際，名始著巖阿。養璞埋雲霧，呈材仰琢磨。潤流花上露，青刷雨中荷。眉子殊難匹，陶泓詎足多。祇宜供玉案，敢望賜鑾坡。染翰恩長被，含毫分已過。拜嘉誠異數，榮捧竝詞科。彩筆濡雙管，隃麋試一螺。便應焚舊硯，涓滴浥餘波。

初四日雪中隨駕赴西苑夜宿自怡園賦呈揆愷功院長二首

出城三十里，飛鞚不曾停。萬樹忽凝素，一峰猶翠屏。渡橋欄宛轉，漱石水清泠。共識皇情豫，新畬一麥青。

獵獵風欹帽，飀飀雪點衣。林塘迷野徑，燈火候郊扉。東閣新詩好，梁園舊客非。謂西溟、東江。白頭憐我在，至性似君稀。

雪後與聲山紫滄同直暢春園二首

西山帶雪高，寒光際青天。晨曦照積素，萬木中含煙。手把右丞詩，群峰當我前。幸無塵事擾，兼以忘新年。

宛宛紫界墻，苑門開向東。直廬在小東門内。窅然深山意，近在十步中。林鳥已春聲，細泉生遠風。澄懷適有會，詠嘯何必同。

上元前三日自怡園觀燈上相國兼呈院長二首

碧香新試上元篘，詔許名園續舊游。下直一行同繫馬，入門幾步便移舟。宫中詩句元才子，天下神仙李鄴侯。兩世恩光皆眼見，得陪賓從也風流。

二分明月一分燈，引入仙山第幾層。洞口煙霞濃似染，雪邊亭榭暖如蒸。林疏竹密參差見，逕轉廊迴取次登。却向江湖回白首，十年重到夢何曾。自癸酉以後，不到十年矣。

連日賜御饌恭紀

不識天厨味，頻驚出大官。調和從翠釜，珍重對金盤。腹儉捫應愧，恩深報漸難。翻防饑朔笑，待詔得加餐。

十四十五夜召入西苑賜觀煙火恭紀七言絶句八首

閣道中分十里墻，西山西繞御園長。夕陽消盡千峰雪，別吐紅雲捧玉皇。

不夜城邊宛轉通，廣場千步望玲瓏。欲知九曲黄河勢，只在仙人一掌中。

宫鴉飛盡暮天青，百萬燈如百萬星。併作晶瑩光一片，忽從銀海湧松亭。

火齊珊瑚竝陸離，山光林影互參差。静無人語來天上，微覺風摇五綵旗。

布置高低儼列墉，朦朧初被白雲封。流星一綫飛空去，匝地漫天盡燭龍。孟浩然《薊門觀燈》

詩：「薊門看火樹，疑是燭龍然。」

百道金蛇閃苑城，須臾萬鼓助砰輷。誤疑雷電前山起，勤政樓頭月正明。

綵棚高架起鰲山，銀燭光騰霄漢間。寧壽宫中扶輦出，太平天子奉慈顔。

虬箭聲遲玉漏中，年年行樂與民同。詞臣好紀昇平事，簫鼓連宵報歲豐。

恭祝萬壽詩十二章有序

竊聞純禧永錫，篤生有道。聖人景命長新，弘啟無疆曆服。詩歌嘉樂，先推之保佑天申；書衍疇圖，必極諸康寧壽考。既誕膺夫繁祉，自久享夫曆年。欽惟皇上，體天行健，如日之升。質文持五運之中，道法冠百王之上。嘉祥咸萃，統元會而保合太和；尊號弗居，屏顯榮而敦崇實政。推虞帝協中之化，欽恤何啻再三；師夏王補助之仁，蠲賑動盈千萬。澤流漳滏，則畿輔安瀾；功奠淮黃，則東南底績。舉曠典於時巡時邁，播鴻慈於養老養賢。凡兹德意之覃敷，悉本精神之强固。歲惟協洽，日在降婁，欣逢聖壽之期，適符大衍之數。於時和風翔洽，化日舒長。騎竹兒童，識天顏於過輦；扶鳩白叟，瞻佳氣於回鑾。由勳舊以逮懿親，自文臣以及武衛，獻三多之祝，稱萬歲之觴，莫不慶溢山呼，歡騰虎拜。臣慎行草莽陋質，僻左孤踪，遭遇聖明，召依禁近。臣之蒙恩拔擢，視多士爲獨優。臣之感德頌颺，較群工爲倍切。用敢不辭孄鄙，敬托謳吟，葵知向日，冀俯鑒夫寸心；蓂幸生階，思仰酬夫大造云爾。

其　一

瑞靄凝丹陛，祥煙擁紫宸。萬年三月節，四海一家春。禮樂調元化，謳歌屬聖人。敷天多望幸，特爲舉時巡。

其　二

睿慮周遐邇，皇猷冠古今。堯階三尺土，舜樂五絃琴。德自重熙洽，恩沾壽考深。萬方均樂育，帝謂本無心。

其　三

見説山東叟，欣觀德化成。蠲租憐歲儉，賜粟惠春畊。不息天行健，無私帝好生。活人餘百萬，軫䘏荷皇情。

其　四

翠岫三千丈，崔巍上岱宗。金泥除漢策，玉檢陋秦封。旗拂天門樹，雲開日觀峰。仙山留五老，擁蓋候飛龍。

其　五

鑾輿親閲視，河水正平隄。西受清淮弱，東趨滄海低。一條鋪練帶，千里亘虹霓。永紀隨刊績，朝宗萬國齊。

其　六

川嶽懷柔日，乾坤奠麗中。安流歸聖算，平土奏神功。桑柘連村遠，來牟入望同。不教傳警蹕，到處聽呼嵩。

其　七

一覽江天闊，長流聖澤深。晴霞開海面，塔火照波心。御墨蛟龍勢，仙韶鸞鶴音。扶桑占喜氣，來往快登臨。

其八

春水江南路，巡游紀昔年。觀風來海嶠，問俗上吴船。淳樸安畊鑿，繁華輟管絃。天顔知有喜，康阜勝從前。

其九

千頃頗黎色，重爲明聖開。宸章懸日月，睿藻焕亭臺。桃李乘時放，煙波拂櫂來。湖山真有幸，直作小蓬萊。

其十

秦淮民望切，歸路又重經。二水春流碧，三山爽氣青。香煙迎不斷，翠輦過還停。愛戴心如一，争看萬壽屏。

其十一

宵旰勤三事，清廉勉六曹。與民同後樂，爲政必先勞。優詔辭尊號，回鑾沛雨膏。先一日大赦。巍巍功德在，峻極孰争高。

其十二

地久天長運，河清海晏期。九如争獻頌，三祝竝摛詞。謭陋叨殊遇，顓愚仰聖慈。自慚同小草，依托上林枝。

新荷西苑作。

幾處葉田田，池塘未吐蓮。托根來上苑，濯質自清泉。扇拂煙波動，珠承雨露圓。魚知游泳樂，争聚畫橋邊。

三月二十六日分賜南書房入直諸臣瓶中牡丹臣慎行得鞓紅一朵恭紀

扶桑初旭映曈曨，聯步晨趨入直同。紫闥恩光連上苑，彤廷芳氣襲東風。人來漢殿鶯花候，春在堯天雨露中。五色雲端親捧出，仙葩争看一枝紅。

四月初四日殿廷對策恭紀

朱衣前引向彤庭，黄紙封頒出御屏。仗外煙霞成化雨，是日，午後微雨。螭坳燈燭聚春星。天人理要窮三策，章句儒多守一經。不是皇仁均造物，摶扶容易徙南溟。

初七日太和殿傳臚恭紀

九霄臺閣九重城，臚唱親聽第四聲。余名在二甲第二。自比蓬麻資灌植，群欣燕雀荷生成。雲開閶闔趨冠珮，風過江湖識姓名。宋劉季孫詩：「日出唱君名姓，春風吹過江湖。」從此酬知須努力，勉承鞭策赴王程。

初九日恩榮宴恭紀

竊禄官厨已半年，余自去年十月奉召入内廷。紅綾重對曲江筵。生逢聖代誠何幸，老傍科名又自憐。杏葉鞍名。杏園同駐馬，雁行雁塔總隨肩。緑槐樹底參差影，猶記花黄六月天。禮部廳事前槐陰特茂，諸進士宴席分列其下。

恭和御製初夏新晴較射

淑氣迎新夏，華騶出曉晴。隔花初樹鵠，穿葉不驚鶯。月滿開弓勢，風高應羽聲。誰知聖人意，耀德本無争。

十五日保和殿引見欽授翰林院庶吉士恭紀

蛾眉班押候臨軒，未有涓埃報至尊。特許奏名來玉陛，不教待詔老金門。文科報國慚臣分，宦牒同朝戴主恩。臣胞弟嗣瑮翰林院編修，族姪昇左春坊左諭德。葵藿有心知向日，願從瑶島結孤根。

十九日午門賜鈔恭紀

頻垂旅槖走關山，一第俄登蓬閬間。遂有朱提分少府，頓令寒士動歡顔。宸章舊沐華縑重，去冬，在德州蒙賜御書程子《視箴》。寳硯曾叨緑玉頒。今年正月，蒙賜砥石山緑硯。今日衆中還拜賜，殊榮稠疊冠清班。

二十日文廟釋褐恭紀

數仞宫墻霄漢連，兩楹俎豆故依然。曾陪鼓篋三千士，重到橋門二十年。余自甲子五月入國學肄業。末學豈增科目重，非才特荷聖人憐。較他儕輩蒙恩早，獨在青衫未换前。

二十一日赴暢春苑謝恩恭紀

初著宫袍拜禁林，碧梧翠柳望成陰。可知聖主裁培意，即是天工長養心。千頃池邊看鼓鬣，萬年枝畔聽鳴禽。從來日月無私照，一物含光感自深。

送高江村先生南歸即次紀恩六章原韻

物望群瞻進退間，先生風度杳難攀。神仙骨勝留侯健，帷幄功高李泌還。却眺白雲懷子舍，長憑金鏡駐恩顔。鮑照詩：「孤景留恩顔。」君臣名分家人誼，禮絶平時供奉班。

承明出入兩周星，紫炁遥瞻傍九靈。一代龍門示模楷，同時虎觀奉儀型。賞留瓊島看花宴，道在青箱授几銘。連日宣傳尤絡繹，天潢舊學重傳經。

家書天上喜開函，無恙春風報布帆。人以新陰艷桃李，天教晚節護松杉。一門四世皆餘慶，時遇覃恩，正一品官在任者，例得貤封四代，公方養母乞歸，得邀恩例，實異數也。八座三年特改銜。去住到公真綽綽，主恩前後總非凡。

西苑門東竝歇鞍，自聞高唱和皆難。疏簾捲雨吟紅藥，畫閣傳香賦牡丹。以上皆記同直西苑事。一字褒增華衮重，萬間廣被布衣寒。江湖不放滔滔下，有力能迴既倒瀾。

丹梯百級上丹墀，獨藉文章結主知。去國光陰移緑鬢，向陽花木發華滋。奎章再錫歸裝富，優詔頻頒飲餞遲。此意旁觀猶感涕，那教身受不生悲。

曾聽邸舍話金鑾，敢望天衢振羽翰。門外忝隨新立鵠，巢痕猶認舊棲鸞。恩濃晝日看三接，夢繞鄉園感百端。直擬臨岐論後約，好收朝跡共追歡。

四月二十三日分賜西苑入直諸臣御書扇臣慎行得聖製泊舟惠山詩恭紀八韻

珍重傳宫扇，輝煌徧直廬。賜當清景下，頒及午風餘。應候知開闔，無塵待掃除。未秋凉已襲，纔夏暑先驅。駐蹕留佳詠，分行灑御書。恍疑泉到耳，真覺翠浮裾。墨氣生濃淡，煙光動卷舒。終身懷袖裏，長似拜恩初。

謝賜玻瓈眼鏡二首五月初一日。

玉比晶瑩鏡比圓，一時披豁覩青天。明珠吐暈泥沙外，爝火分光日月邊。名紙尚堪題細字，秘書仍許對新篇。此生視息真何幸，雙眼摩挲敵少年。

霽月光風在紫垣，海西佳製賜頻煩。《漢書》注：「鄭重，猶言頻煩也。」潭空秋水清無底，壺貯春冰薄有痕。絶勝金鎞除胞膜，不須藜杖照黄昏。曾經隔霧看花後，老戀餘光盡主恩。

端午日西苑賜饌恭紀

天上天中節，初晴景物鮮。榴含將放蕊，葉擁未開蓮。菰黍縈宫綫，先一日賜糉。蒲觴撤御筵。恩波真不淺，長傍鳳池邊。

賦得夢破蓬窗雨奉睿旨，不用應制體。

明燈初炧酒微消，倦枕扁舟夜泬寥。楓葉橋邊看漠漠，蘆花風外聽瀟瀟。一天雲氣沉孤雁，兩岸灘聲長暗潮。唤醒江湖十年夢，起尋歸路尚迢遥。

題少宗伯孫樹峰前輩扇頭榴花

丹砂染出鶴頭紅，畫稿移來禁苑中。似與天工諧暖律，年年開候應薰風。

王麓臺前輩爲余畫扇自題其後索同直諸君和

萬樹鳴蟬水一隈，西山驟雨過輕雷。看君老筆如并剪，割取浮嵐暖翠來。

潞水歸帆圖爲諭德姪賦

日長如年暑未徂，丁丁晝漏傳宮壺。直廬直伴一事無，開卷示我歸帆圖。三竿秋水六幅蒲，小船放溜如飛鳧。浪花遠吞丁字沽，緑楊拂岸交紅芙。舟中之人疑可呼，掉頭徑欲歸來乎。君恩未許賦《遂初》，田園有路去尚紆。作詩聊取償宿逋，勸爾且勿思蓴鱸。

瀚海石歌奉旨作

瀚海出國門，亭堠萬有餘。君王神武勤遠馭，伐叛特欲安邊隅。歸來玉斧畫大渡，屬國東西一都護。羈縻不設甌脱閒，何者能邀至尊顧。異哉有神物，産自此海濱。遠從開闢混礓礫，直到海底今揚塵。女媧補天煉五色，散落人間人不識。年深道遠莫致之，瓌寶仍爲天上得。禁林過雨山蒼然，緑窗窈窕生紫煙。越羅蜀錦開什襲，詔許重陳玉案前。内官捧下通明殿，耀眼平生驚未見。碧砮奇氣蓄風雲，銅鍥飛芒繞雷電。七星挂斗何煌煌，六十四象隨圓方。綺霞縠霧錯采章，白璧自白黄琮黄。或如荔垂枝，又如榴拆囊。或如鏡留影，又如芝植房。或如犧牛角繭栗，或如蝦蟇入月頷頤張。或如青螺或紋蛤，或如馬肝止血瘳膏肓。或如珊瑚出網丹出鼎，松脂出地琥珀凝堅光。賦形寓色靡不肖，化工之巧盡洩無留藏。臣聞積水類生石，瑟瑟波摇紅鞢鞨。潮淘汐戰廉角平，蜃吸鰲呿光怪發。黔中白鷺洲，貴州思南府有白鷺洲，文石絶佳。文登彈子窩。在登州蓬萊閣下海中，見《蘇軾集》。偶披千萬遇什一，毓秀孕靈能幾何？孰如此石來自遐荒外，磊砢英多殊可愛。攜來共指前席珍，采處曾蒙後車載。石兮石兮汝豈無知空抱質，顧盼恩深同剪拂。回思萬古委泥沙，方信聖朝無棄物。

寄祝汪韋齋年伯七十壽時官鞏昌郡丞

宦跡中經四郡移，姓名曾達九重知。神仙路指青牛道，風月吟寬皓首期。愛酒每傾鸚鵡盞，生兒多集鳳皇池。謂武曹、文升昆季。頭銜特爲貤封换，歷守還朝算未遲。

奉旨免赴教習廳賦呈院長揆公

詔恩已免春秋課，館職猶充弟子科。顔魯公詩：「魯國今從弟子科。」變白果能生黑否，少陵詩：「余髪喜却變，白間生黑絲。」出藍其奈謝青何。《北史·李謐傳》：「初師博士孔璠，後璠還就謐請業。同門生語云：青出藍，藍謝青。師何常，在明經。」回思東閣傳經地，老厠門墻媿自多。

第二廳前逐隊過，北扉咫尺接鑾坡。

敬業堂詩集卷三十

隨輦集起癸未五月杪，盡十二月。

元時避暑灤京，百官皆有公署，今惟詞臣數人耳。癸未五月，大駕將幸山莊，先十日傳旨南書房翰林六人，俱著隨行。六人者：諭德臣昇，編修臣廷儀、臣名世，庶吉士臣灝、臣慎行、臣廷錫也。臣壯履自請隨班，亦預焉。始而行宮檢書，既而圍場觀獵。往返計百二十日，每有所作，輒呈御覽，附以入冬後詩，共爲一卷。

將隨駕往口外避暑蒙恩賜紗葛衣二襲恭紀

垂柳陰中晝卷幃，微軀宜稱襲恩輝。行穿碧水丹山路，先賜含風疊雪衣。杜甫《端午賜衣詩》：「細葛含風軟，香羅疊雪輕。」凉逐冰絲分繭館，香隨葛越出星機。序更不用愁刀尺，預算秋深扈蹕歸。

五月二十五日隨駕發暢春苑晚至湯山馬上口占四首

雨餘沙磧净無泥，瓜蔓秧針緑滿畦。共識君王愛民意，村村駐輦看扶犂。

閒按輿圖考地名，承平畿甸古長城。《昌平山水記》：長城，齊天保二年所築。詞臣頻日承宣喚，特許班隨豹尾行。

軍裝小隊走弓刀，年少曾親鞍馬勞。老去承恩還自媿，重蒙天上賜征袍。

炎景當空日正長，潺潺湯峪水如湯。泉源萬斛皆天澤，化作人間六月凉。

是日赴東宫召觀灑睿筆口授書法兼蒙賜扇恭紀十六韻

天縱儲君聖，英資曠古奇。毓成龍鳳德，學本帝王師。几硯無他玩，宫庭備幼儀。就將猶勉勉，敦敏倍孜孜。鶴禁時多暇，鑾輿出每隨。幾曾疏筆墨，直是好文辭。羲畫傳家法，堯章焕丕基。書多呈御覽，恩許侍臨池。訣發千秋秘，工兼八法宜。銀鈎光絢爛，金薤象紛披。腕力由神運，心源絶仰窺。難窮惟贊嘆，過望是榮施。寶箑承華重，仁風被物慈。述書徒續賦，應教愧成詩。朝爽襟先挹，秋凉袖早知。驪珠長在握，宸翰並昭垂。一月前，蒙皇上頒賜御書扇。

賦得緑樹陰濃夏日長二十六日，御試講官題，臣亦擬作。

高倚層霄俯映池，緑陰陰處日遲遲。晴穿密葉蟬初翳，暑薄交柯鳥未知。曲徑煙分蒼蘚潤，重樓人静晝簾垂。炎曦只隔深林外，似戀清幽不肯移。

二十七日隨駕發湯山

凉殿東來御路平，金輿八襲正徐行。雲從萬疊峰頭出，風逐千群馬尾生。《甘澤》祇應歌盛世，《醴泉》何用草新銘。抽毫進牘慚臣職，納鉢親隨第二程。

懷柔道中遇雨是日駐蹕密雲

七渡河邊過綵斿，坡坨高下入檀州。午陰側帽消朱夏，細雨垂鞭似早秋。地險一軍資障塞，《開元要略》云：「密雲，燕之邊陲，管障塞軍五千。」時清三輔奉宸游。虒音提。奚父老争扶杖，隔歲重攀翠輦留。《方輿紀要》後漢曰傂奚，魏皇始二年置密雲，縣治提攜城。臣按，《續通典》：「檀州密雲縣即漢虒奚縣，舊治傂奚，與虒奚音本相同。」《魏書》遂譌爲提攜，當以《漢書》爲證。

賜觀御書大學經傳恭紀二十韻

昭代文明啟，吾皇政化隆。熟精洙泗理，大闡聖賢功。胞與周民物，幾康謐始終。一經神默契，十傳語全融。《堯典》推明德，《湯盤》視袚躬。孝慈爲世則，好惡與人同。異説歸《淵鑒》，群儒仰折衷。欲令聲振鐸，端賴筆抒虹。心法由誠正，書源本貫通。學難窮秘笈，勤不輟行宫。滌硯龍窺沼，揮毫鳳舞空。淋漓雲氣外，披拂柳陰中。星斗天垂象，山泉帝發蒙。教傳先胄子，前一日書成，先賜東宫展閲。寵示逮臣工。偏黨消皇極，維持長士風。頒應徧黌序，澤自被西東。睿藻光何焕，王言義必充。卷終有御製跋語。道宏該創守，力厚闢鴻濛。羲畫傳同遠，箕疇演並崇。煌煌治平業，萬古照蒼穹。

登密雲城樓

第一封畿此要衝，兩城宛轉合長墉。風生温谷油油黍，黍谷在懷柔、密雲二縣界。漲走潮河矯矯龍。井底炊煙沉石匣，天西積雪射居庸。志稱居庸爲「冷關」，積雪盛夏不消。八荒户闥今同視，笑説秦關百二重。

石匣營

已廢金溝館，猶存石匣營。濛濛空翠裏，細雨濕霓旌。

恩許扈蹕諸臣戴草笠

臺笠都人制，黄冠野服姿。直疑雲覆頂，不怕雨催詩。涼燠俄能换，陰晴兩自宜。從臣齊戴德，美蔭荷皇慈。

過南天門初見邊墻明徐武寧所創戚少保重修者也

勝國留遺築，危梯極望收。萬峰乘障起，一水入關流。形勢當全盛，邊墻免歲修。太平輸鎮將，裘帶取封侯。

柳林喜雨呈同僚

高柳垂陰漸近關，地在古北口南三里。炎蒸疑在有無間。解衣脱帽君恩重，下馬分題客況閒。枕底雷生南澗雨，城頭雲起别州山。朝來擬草《甘霖頌》，才短羞隨供奉班。

六月初四日扈駕出古北口

太行蜿蜒二千里，七十二坳連首尾。東趨遼碣西泠陘，留幹一門屹中壘。古北口，一名留幹嶺，見《金史》。巨靈擘石如擘雲，雲根俯插黄花軍。煙氛突過掃無迹，風雨欲來天半聞。出關彌望神州壤，六飛清暑頻來往。高墉已斷山不斷，無數芙蓉列仙掌。川迴岡轉輦路長，涼亭舊驛今村莊。元時避暑沿路多涼亭，賜東、西涼亭軍士糧鈔。見《文宗本紀》。帝獵北涼亭，見《趙世延傳》。明洪武二十七年，置古北口十四驛，猶存東涼亭驛之名。禽魚共識天顔喜，草木中含御氣香。小臣多年客燕代，夢想何曾踰紫塞。自詡遭逢老更奇，停鞭飲馬長城外。

塞外山

已被雲遮百萬層，又從雲外見崚嶒。翻緣山好添惆悵，未得峰峰策杖登。

兩間房直廬作

隨班番直又晨興，金鑰銜魚轉數層。延閣日長無箇事，坐消清簟一壺冰。

初六日奉旨編輯歷代詠物詩恭紀四首

宣文小閣秘圖書，「延閣圖書取次陳」，元周伯琦詠宣文閣詩句。雲霧窗中點勘初。聖主不曾遺小物，莫輕《爾雅》注蟲魚。

儷白駢青句已陳，篇章何處發清新。盡攜中秘隨行笈，三篋何煩默記人。

日日珍羞出大官，雉羹魚糝水精盤。丹鉛未是酬知地，聊與風人解《伐檀》。

曾披圖籍考山川，聖訓真同象緯懸。文選樓高重拜命，敢同輕薄議前賢。

初伏日睿賜時果木瓜酒恭紀

帳殿爐煙合，周廬霽景長。人間正初伏，塞外已新涼。珍果當筵賜，芳醪洗盞嘗。恩波承少海，一勺詎能量。

行過青石梁

天豁新開嶺，鸞旗曉向東。古藤攀石度，絶壁過雲通。鳥啄槐花雨，蟬嘶槲葉風。林巒行不盡，長在畫圖中。

駐蹕鞍子嶺連雨驟涼

複磴中涵金碧姿，小青山外蹕初移。愛迎嵐翠晨趨直，貪傍燈明夜詠詩。泉脉曲通行帳外，雨聲渾似滴篷時。水晶宮殿清涼國，傳語人間總未知。

賦夜光木

積水生神木，俄登几案旁。四時無改火，五夜必騰光。近映藜輝淡，遥分桂魄涼。頓教虚室白，臨卷勝螢囊。

御賜武彝芽茶恭紀

幔亭峰下御園旁，武彝山下有御茶園，元時貢茶地名。貢入春山採焙鄉。曾向溪邊尋粟粒，蘇軾句：「武夷溪邊粟粒芽。」却從行在賜頭綱。雲蒸雨潤成仙品，器潔泉清發異香。珍重封題報京洛，可知消渴賴瓊漿。

連日恩賜鮮魚恭紀

銀鬣金鱗照坐隅，烹鮮連日賜行厨。感踰學士蓬池鱠，唐時學士賜食蓬池鮮鱠。味壓詩人丙穴腴。元虞集詩：「魚藏丙穴腴。」素食餘慚留匕箸，加餐遠信慰江湖。笠簷蓑袂平生夢，臣本煙波一釣徒。陸龜蒙詩：「笠簷蓑袂有殘聲。」

送勵南湖前輩奉旨歸省尊甫少司寇公病

橐筆經時共直廬，何堪絶塞唱《驪駒》。乍看請急情辭苦，特許還家恩遇殊。客夢不離丹嶂遠，鄉心已與白雲俱。最憐一掬酬恩淚，并爲思親灑路隅。

塞外蝴蝶應東宫令。

羅浮仙種幾時來，金粉天生不染埃。忽見一雙同照影，始知隔水有花開。

十六日五更隨駕發鞍子嶺行至三道梁天始明

金壺虬箭響登登，霽月流天景漸澄。谷罨一重環翠幙，雲移雙仗識紅燈。風輪暗激飛梁轉，松頂遲看旭日升。滿篋纖絺長什襲，此來何處有煩蒸。

十八日駕幸釣臺召臣等隨行賜膳釣魚恭紀七言絶句八首

插天碧嶂起芙蓉，路轉潺潺又幾重。百頃風潭雷雨過，萬魚唧尾候真龍。

高臺俯瞰樺榆溝，指示灤河最上流。記得銀絲鱠鮮鯽，欣從塞外識源頭。巳刻，上御樓，召臣等五人至臺下，指臺下流水諭曰：「此灤河上流也。」

魚藻池邊輦路平，直隨仙仗到蓬瀛，官厨初飫紅蓮飯，御饌仍分碧澗羹。午刻，賜御饌紅蓮米飯、柳根魚羹。

芳餌循環下釣筒，絲緡長日侍青宫。煙蓑雨笠尋常句，慚愧猶蒙記憶中。午後奉旨：翰林諸臣赴皇太子行幄釣魚。臣前《謝賜魚》詩有「臣本煙波一釣徒」之句，東宫舉以示近侍，并記以志愧。

山莊一帶並河壖，人衆如魚盡力田。要與周詩占吉夢，早開場圃待豐年。

一條羅帶水拖藍，只少漁舟着兩三。滿眼丹青輸畫手，鶯聲柳色似江南。

文鱗躍處起漣漪，水族沾恩感聖時。不是網罛施不得，爲留餘澤及鯤鮞。

佳名原自柳根來，魚名柳根赤，蓋柳根之色赤，此魚好噉柳根，故名。釣得仍將柳貫鰓。分賜詞臣三百尾，插竿騎馬雨中回。

賦得遠色有諸嶺限二蕭應東宮令。

誰寫丹青向碧霄，參差入望勢徧遥。煙光澹處疑無樹，日氣生時似湧潮。飛鳥不能踰嶂外，横雲只許抹山腰。分明有路行難到，知隔天台第幾橋。

二十日行殿召對出至直廬内侍復傳諭臣慎行云汝子在東鹿縣居官甚清朕已稔知感恩述事恭紀二首

已注金閨籍，仍叨顧問榮。睿容瞻肅穆，天語聽分明。轉益臣心懼，難窺聖學精。行宫清秘地，不異侍延英。

穉子慚民社，能忘舐犢私。未成期月治，驚荷九重知。清白原家法，生成仰聖慈。家書連夜發，矢報勉捐糜。

恭和御製立秋喜霽

聖主如天惠澤周，與民同樂每先憂。歸雲夜散簷頭雨，沃土人耕化外州。野鶴報晴初戛戛，良苗入望已油油。詩成共識皇情豫，白藏新占歲有秋。

恩賜佛手柑恭紀

筠籠珍重貢炎方，羅帕玲瓏照玉堂。縹蔕經時猶帶緑，芳苞映日已全黄。長隨錦荔迎凉到，遠勝新橙透甲香。别與傳柑增掌故，立秋時節賜山莊。

磁瓶草花

澗草巖花摘小叢，秘磁𣂔水愛青紅。不教開落塵沙畔，只似栽培雨露中。映壁數枝開曉日，入簾雙蝶帶西風。誰將蟋蟀籬邊景，移向灤河避暑宫。

秋海棠

小紅低映緑窗紗，昨歲開時正别家。白髮滿頭還自笑，塞山六月看秋花。

奉和御製穹覽寺七言絶句敬次上韻二首

清磬和泉隔岸聞，蒼松翠藹散氤氲。不知四面山重數，遥指爐煙是碧雲。

寶翰留題昔未聞，麝煤龍餅氣氤氲。祝釐老監今頭白，特起香臺貯彩雲。

陳潛齋前輩分餉柿子酒

小榼遥看走馬軍，微風先爲送奇芬。行厨洗盞湯初老，隔幔呼燈日漸曛。尚想青黄垂野徑，忽驚紅緑眩微醺。東坡詩：「醉眼眩紅緑。」從今細雨殘更後，每到醒時定憶君。

七月初五日賜食蜜漬荔枝二首

嶺外未曾嘗小緑，閩南猶記擘輕紅。石屏詩：「新來嘗小緑。」少陵詩：「輕紅擘荔枝。」而今拜賜來天上，他日嘗新歎轉蓬。

蠟封蜜漬味全融，秋暑初迴却扇風。領取一襟冰雪意，白銀盤映荔枝紅。

蒙古貢馬

蒲梢不拒諸藩貢，印烙新加毛骨殊。斂却霜蹄行駕鼓，爛如雲錦看成圖。騊駼廄應房星上，苜蓿園開瀚海隅。不比《無羊》歌考牧，聖朝馬政在攻駒。

七夕喀喇火屯雨後作

雕霧鷹風漲沉寥，一天秋意頓蕭蕭。彩虹截斷遼西雨，飛入銀河當鵲橋。

賦野杏根

古根埋不爛，搜剔豈能辭。斑剥舊苔蘚，槎牙新菌芝。乾坤無棄物，研席得奇姿。自有天然質，何煩斧鑿爲？

裕親王挽詩二首奉旨作。

禮絶三公上，親爲萬乘兄。分忘敦棣蕚，卹賜備哀榮。傍邸愁雲結，回鑾淚雨傾。時上駐蹕塞外，聞王訃，即日回都哭臨。桐陰留畫像，存殁感皇情。上常命畫工寫御容，與王並坐桐陰下。蓋取同老之義，平居友愛如此。

尚覺春秋富，俄驚泉路長。友於歸聖主，文獻失賢王。海闊星沉象，天空雁斷行。舉朝哀挽切，感動爲宸章。

雙塔峰歌

灤河之水鳴淙淙，晨光欲透草木蓊。千巖浮動萬壑充，十里霧濕三花鬟。陽烏展翅煙攄虹，倒射石壁紛青紅。中有兩峰迴不同，向人騰躍比祝融。厥初生時誰所礱，分而爲二疑霳靂。自從巨斧開鴻濛，勢欲復合難彌縫。小者爲霍大者宮，前高後亞兒隨翁。其顛石笋各卓空，如窣堵波剷圓穹。其旁老松垂蘢葱，雨露已費千年功。初從南麓瞻崇隆，恍然御氣乘罡風。青天一碧懸雙篷，仙舟出没波濤洪。形隨徑轉日在東，併作高柱孤巃嵸。首末稍斂中微豐，異哉三竅何玲瓏。下空一門拆崆峒，中央一綫星光通。最上一穴磨青銅，團團皎月非朦朧。洞貫腹背豈羿弓，誰與人力争天工。須臾位置移怱怱，左右互易驚愚矇。漸行漸遠漸不窮，回頭依舊藏霾霿。我思佛力大且雄，舍利所在塔廟崇。十方照耀開盲聾，僧伽興廢會有終。豈如兹山媲華嵩，巍峨俯闞荆榛叢。綿亘古塞接蠮螉，劫火不壞況兵戎。地雖僻左秀獨衷，昔名未彰今始蒙。吾皇盛德邁帝鴻，盡攝六合歸牢籠。年年《雅》詩賦《車攻》，山莊近在封域中。已獲顧盼邀重瞳，何須秩祀偕三公。小臣作歌達聖聰，特與此石慶遭逢。

塞田雙穗嘉穀恭紀

屬車到處瑞徵奇，嘉穀俗呼小米子。欣看燕尾垂。異畝比禾皆九穗，連畦如麥總雙岐。澤流膏雨珠兼玉，譜入《豳風》畫亦詩。從此康年豈勝紀，太平天子是農師。

蔣西君爲汪紫滄畫菜索題

君昔養親惟小園，白菘紫芥供晨昏。君今已食大官饌，夢寐何曾忘此味。秋來見菜應思鄉，蔣家三徑吾求羊。玉堂雲霧看落筆，中有故畦風露香。

二十七日發熱河

耿耿疏星曉，泠泠白露秋。是日白露節。老松經燒斷，頑石隘溪流。草苫沿籬屋，人騎渡水牛。塞田霜氣晚，七月已全收。曩時塞外六月已寒，黍稷少熟。今年七月杪尚未作霜，故莊田倍收。

八月初六日發唐山營初入蒙古界

興桓左界接遼陽，千里中開雉兔場。邊户生涯資射獵，天家甌脱變耕桑。風馳屬國東西尉，化被諸蕃部落王。豐草長林皆禁籞，遥看直北是龍荒。

度汗鐵木兒嶺

一林槲葉一林楓，半染青黄半染紅。只道平沙隨地闊，忽開絶境與天通。冰霜氣候陽和裏，金碧山川指顧中。緩轡不知林壑險，殊榮孰與六人同。嶺路險仄，特命侍衛導臣等前行。

初十日發擺波喀口

寒色馬犪㹩，重裘怯不勝。嚴霜如薄雪，細水作輕冰。蕃部三千帳，圍場百萬層。遥看射生處，旭日正東升。

十一日駐蹕巴林桑斯臺上於附近山中行圍賜臣等全鹿一隻恭紀

雉尾鶏翹曉望分，旍旗高捲萬山雲。威加草木秋行令，禮重貙膢晝掩群。從獸總歸《司馬法》，回鑣如策凱旋勳。只慚未效三驅力，拜賜長先七校軍。

額勒蘇臺聞雁有懷德尹時聞弟乞假將出都

一聲哀響落秋旻，列幕燈明夜向分。倦枕何人還不寐，望鄉有客最先聞。路長遼海霜前月，天偪陰方雪後雲。附爾封書須早達，人間兄弟有離群。

十二日駕幸額勒蘇臺大獵召臣等觀圍恭紀七言長歌一首

聖朝雄略彌宇宙，四海爲家同在宥。行宫直過大青山，纘武年年寓巡守。川原蕃廡少甌脱，邊障清寧罷烽堠。盡收種落當郊樊，大展岡巒作靈囿。涼秋八月商飈發，霜氣凝嚴冰未溜。朝來下詔大合圍，草淺林疏宜往狩。三千虎旅移前帳，十萬龍驤出華廐。奇毛箇箇五花文，表貉揚旜偏巖岫。層層葉幄絢紅紫，面面山屏圍錦繡。前行十里雪初晴，千步場如築新就。遥看數騎林西麓，畫裏依微人比豆。雁行齒序列後先，魚貫班聯隨長幼。綿綿翼翼遠不斷，整整斜斜近相湊。須臾旋繞山之東，觀者同時盡迴首。舉鞭初可一二數，錯落星文排列宿。長松冠嶺嶺插空，人馬從空俄下走。呼聲幾處震虚谷，驚起雕翎落飛狖。此時已有鹿斯奔，闌入圍場孤引脰。東跳西顧迷所向，首鼠張皇等鼯鼬。魚麗鸛翼頃刻成，變幻圓方詎能究。陣圖本是丘井法，旌立和門嚴介冑。合圍漸緊壤漸平，匝布叢攢勢相繆。不知鹿群何處來，俟俟儦儦紛邂逅。麚麚麛麚麋麖麑，麀麈麠麢麋麎麐。希問偵伺前復却，防內怔惶駭而驟。渴舌長如飲澗垂，野心思突重圍透。天威奮武臨咫尺，頓轡齊鑣不容竇。神機獨握舉大綏，衆志成城鹿爲鏃。虹流電掣忽飛鞚，月滿弓開胥入彀。逸足公然帶箭馳，先聲所至隨弦仆。一人獲雋萬人歡，群祝君王千萬壽。大弨旋韔不盡發，餘勇猶浮衮龍袖。網開一面頌皇慈，節應《騶虞》叶仁獸。雲收霧捲圍乍撤，萬騎如風散晴晝。小試真同掃塞氛，盈庖豈獨充飣餖。觀兵耀德典彌崇，行賞班餘功孰懋。竊聞上古有大甸，秋獮相傳本由舊。青丘自欲吞雲夢，吉日先須卜庚戊。漆沮甫草偶于畋，悉率從王惟左右。今之健兒千三百，來自諸蕃踰尉候。大圍共一千三百人，皆出蒙古喀爾沁奧諸部落。期門將士但旁觀，山立何曾技輕奏。此皆至尊善撫馭，同軌歸誠車輻輳。國家恩澤浩如天，蕃部寧非天所覆。自然忭舞群用命，王用三驅此其又。《車攻》寧數《小雅》材，《羽獵》應嗤西漢陋。矢詩橐筆本臣職，況著征衣隨短後。雖慚無力效殳鋋，盛事千秋幸親覯。

中秋節恩賜月餅時果恭紀

列幕周廬白似銀，中天夜氣肅鈎陳。皇衷尚感團圞節，時因裕親王未卜葬，停止筵宴。禮賜偏優侍從臣。宫餅堆盤隨月彩，御園分果得時珍。回思瓜豆田園味，老去驚看節物新。

是夜角火羅對月呈掌院揆公時奉使朝鮮初還

年年別裏逢佳節，今夕班荆又一奇。玉兔銀蟾新賜餅，是夕，御賜大小月餅，皆飾金彩宫殿，爲蟾兔之形。錦囊珠笈舊題詩。烏桓露警三更夢，碧海槎回八月期。記取勒蘇山下路，霜花壓帳話高麗。

十六夜撒勒巴爾吉對月

十分月到今宵滿，一半秋從昨日過。前一日秋分。路轉溪山鳴鼓角，天垂障塞繞星河。不愁織女機絲濕，自笑姮娥白髮多。殘醉易醒宫漏永，青綾無寐欲如何。

十九日度生吉兔嶺

翠屏丹嶂四成圍，見説前岡雉兔肥。山下忽逢沮洳水，蘆花如雪馬頭飛。

二十五日曉發舒庫里口

曈曈初日上天東，一片秋光照耀同。好是萬株紅葉滿，已經霜後未經風。

二十六日扈蹕至興安嶺有旨命臣等登絶頂遠眺恭紀七律四首

崇岡斗起杳難攀，翠罕華旌歲往還。六合一家寧恃險，九邊三面總無關。龍沙展勢提封外，鳥道盤空霄漢間。詔許重登峰頂望，始知高出萬層山。

忽開眼界向層巔，指掌圖成立馬前。東走陪京山委浪，北踰瀚海地黏天。牛羊白散千屯雪，草木青回萬竈煙。四十九藩齊望幸，呼嵩聲徹半空傳。

甲帳辰旗紫邏長，極天晴色辨微茫。黄榆不斷庭方路，白日能消冰雪光。獵騎嘶風争北向，野鷹隨雁亦南翔。西山蒼靄遥相接，直似登臨在帝鄉。

輿圖遠闢古興安，鳳舞龍迴氣鬱蟠。半嶺出雲鋪大漠，喬松落葉倚高寒。嶺以北松皆落葉。

丹青不數東南秀，俯仰方知覆載寬。萬里乾坤千里目，欣從奇險得奇觀。

大風下興安嶺

崇岡無樹朔風寒，直下真從井底看。知是向南歸路近，亂飛黄葉打征鞍。

二十八日駐蹕伊遜河源上親射石熊以熊掌頒賜臣等恭紀長歌

千峰萬峰争落木，秋聲蕭蕭氣肅肅。連朝纘武大掩群，殪盡山中雪斑鹿。西風卷地餘怒號，虎豹股栗豺狼逃。老熊何物敢自匿，出林獨叫求其曹。天威赫業揚雲罕，搗穴直窮熊所館。公然人立向人啼，正值琱弓彀初滿。皮毛與石孰比堅，不聞射石石亦穿，須臾三發三命中，摇尾大似求哀憐。忽看趫捷如猿鳥，騰上千年松樹杪。神機别以火器攻，霹靂斜飛貫肔腦。半空拗折青珊瑚，松耶熊耶墮地俱。皇心因材有生殺，倔强那得逃天誅。雉飛兔走清林莽，重馬馱來徧行賞。鷙性寧非恃爪牙，焚身至竟因蹯掌。駞蹏鹿尾猩猩唇，舊傳此味配八珍。大庖祇合供御饌，榮施何幸加詞臣。臣聞南山之下渭水濱，從禽搏獸空鋪陳。賦家漫誇三十六，終日射侯原非真。豈如吾皇勇且仁，除兇服猛胥躬親。已靖六合無纖塵，山林兼使異獸馴。他年珥管紀上瑞，郊藪行見游麒麟。

賜觀紫騮御馬恭紀十韻

御馬紫騮名，牽來左右驚。無疆全地道，至健配天行。出應房星瑞，時逢朔漠清。風雲開萬里，日月夾雙睛。闊步無谿塹，深觀識性情。馴良由駕馭，神駿本生成。往往從蒐獮，悠悠逐旆旌。勢隨龍象蹴，氣躡虎狼平。按轡千林肅，回鑾六幙晴。啣恩何以報，戀主每長鳴。

九月初三日東宮行圍召觀殺虎恭紀

連岡若環斷若玦，猛虎一聲蒼石裂。千狐百貉走且僵，獨踞巑岏爲窟穴。儲君英武如吾君，六鈞親挽古未聞。年年侍輦出狩獵，手搏奚止什伯群。餘威所臨氣先壓，弓未離囊箭猶插。星流一點緑沈槍，刺虎真同捉鵝鴨。黑文白額光斑斕，毛血映徹朱旗殷。豐杠重馬挾以至，衝飆霍霍來陰山。羽林奏刀技神速，理解肌分同破竹。憐渠故是獸中雄，特命留皮瘞其肉。大哉利溥仁人言，麟趾原從聖澤論。一片文茵常在御，半丘白骨更啣恩。臣工侍觀咸動色，殺物之中昭震德。不知看射向山南，何似隨圍來塞北。

初六日隨東宫射獵蒙賜全鹿野雉恭紀十首

昨日山中親射虎，近前指與舊圍場。琱戈豹韃導中央，特許詞臣列兩旁。

一箭攔回飛走路，隨身數騎尚嫌多。林深谷邃轉坡坨，黄葉聲中掣電過。

别教羽衛追風逐，天馬如龍又過山。蒼鹿年深雪作斑，洞胸飲羽突希間。

欲知官笴長多少，五寸雕翎帶血紅。射雉仍開八札弓，離披彩羽墮晴空。

赤豹黄羆皆進御，充庖一味不私嘗。英姿雄略似吾皇，連日分圍獵澗岡。

翠屏萬仞紅雲外，别領旌旗小隊回。一色明駝倒載來，獵塵收處夕陽開。

每聽鷄鳴親視膳，豫游原不廢晨昏。重輪長傍紫薇垣，侍輦歸仍侍寢門。

萬鈞腕力强於弩，朝射貔貅夜賦詩。德備才全左右宜，家傳真得帝王師。

今日塞垣親扈蹕，去年京洛正騎驢。割鮮分肉快何如，馬後捎來拜賜餘。

慚愧書生叨異數，酬恩無地感恩深。平生未習穿楊技，老去空存見獵心。

重九雪後汗鐵木嶺觀獵二首

十萬羽林齊挾矢，只教六騎作旁觀。銀麞縞鹿挺巑岏，重展圍場勢更寬。

毛鑪虀蝌愛新霜，每到登高必望鄉。誰料烏桓山外路，萬峰踏雪過重陽。前二日大雪。

十二日上親射金錢豹恭紀十八韻

朔漠回鑾候，君王罷獵時。忽聞山下豹，正逐草間麋。詎縱顔行抗，還將餘勇施。三驅争效命，七校復揚旗。金鏃霜花淬，飛龍電影追。應弦疑樹鵠，拔箭已連骴。直作摧窮寇，真如殪伏雌。右髃充上殺，全質少微疵。貍首斑斑血，猫睛瞯瞯眵。鬚雄粗縮蝟，爪利善藏錐。自匿荊榛窟，初含霧雨姿。氣曾吞虎兕，力肯讓熊羆。緩死俄無路，偷生詎有期。但令供獮狩，猶得壯威儀。鎗桿風摇尾，鞍橋錦冒皮。呈文留炳蔚，取用及捐糜。師武當關險，兵韜示象奇。小臣慚獻頌，何異管中窺。

十四日駕發藍旂營乘舟網魚命臣等沿河騎隨賜鮮鯉人各一尾恭紀

雪光皛皛山稜稜，千山映雪朝日升，灤河之水暖不冰。刳舟剡楫凌空去，三丈黄龍帝親御，川后前驅風伯助。峽形漸束波愈清，潛鱗帖帖何敢驚，人聲不聞聞水聲。須臾船重皇情樂，唧尾駢頭來繹絡，八紘一張魚載躍。鰷鱨鰋鯉旨且多，義不盡取收網羅，滿渠新漲餘天波。詞臣拜恩已無算，復賜紅鱗長尺半，馬上攜歸萬人看。

是日中途命侍衛射虎復召臣等同觀恭紀

後殺豹，先殺熊，陰方凛凛生寒風。先殺熊，後殺虎，積雪皠皠映强弩。君王威德彌寰宇，坐致遐方歌樂土。闢田築室藝稷黍，猛獸寧容此偪處。爾牙如鋸我鏃銛，焚林盪谷期盡殲。溪東距溪西，相望十餘里。忽聞響應徹山顛，天語遥傳順風耳。西洋人所製。六飛所幸成坦途，冥頑何物乃負嵎。期門壯士能手搏，奉令何異天行誅。天生聖人能格物，檮杌窮奇情狀悉。耳端一缺戕一人，厥罪昭然何待詰。自從殺此虎，邊牧蕃雞豚。自從殺此虎，莊户長子孫。黄熊赤豹同噬吞，腥風掃盡無一存。小臣稽眼嗟未見，談虎尋常色爲變。此來快覩三害除，直似陪游向畿甸。

十七日度小青山

去日蕉衫暑雨收，歸時急雪灑重裘。重經司馬臺南路，紅樹連山正晚秋。

入古北口

金支影轉翠微間，萬馬驕嘶並入關。雉堞連雲軍角壯，虎牙憑險戍旗閒。西風漸老河邊柳，積雪回看塞外山。正是秋清好時節，六龍行狩扈南還。

過牛欄山下二首

青山缺處吐孤城，行到牛欄路更平。一片黄榆緑槐影，白狼河畔作秋聲。

白酒黄花興未違，一鞭新自塞垣歸。短裘衝過重陽雪，又向京華换裌衣。

十月初十早入直蒙恩賜帶數珠恭紀

星聯珠貫入承明，是日同直共七人。章服驚叨四品榮。一串牟尼呈五色，同時裘飾粲三英。循環豈易充臣數，祝聖惟當轉佛名。長恐維鵜譏不稱，也如老馬錫繁纓。

房師汪東山先生請假奉太夫人南還留秋帆圖卷子命題敬賦四絶句

《秋興》賦罷賦《閒居》，首路争看侍板輿。此樂季鷹渾未識，區區歸計爲鱸魚。

一聲天上聽臚傳，小住蓬山已四年。來與鄉人重换眼，五湖别自有神仙。

宦海茫茫詎有涯，急流幾箇赴歸期。霜前吾谷秋如錦，算是扁舟到岸時。

一條清況冷冰銜，十幅西風穩布帆。公去我留緣底事，擬因苦笋脱朝衫。用黄山谷語。

題劉禹峰水邊行樂圖小照二首

風酣緑浪紅蕖，雨洗蒼苔碧梧。萬口詩傳京洛，半生夢落江湖。

菱租舊輸甓社，魚計新收白田。隔浦三間書屋，過橋一隻畫船。

雪後下直口占

徐蹋禁中雪，遠看城上山，宫鴉巧相背。晨出暮飛還。

題許有介先生册子

事出先賢傳，名從獨行敦。眼看耆舊盡，心慕典刑尊。逸品傳書畫，餘風付子孫。淋漓浮墨汁，中有不亡存。

賀張志尹前輩生子

鄧藝馮經孰擅場，乃翁才藻世無雙。祝兒他日無多語，七歲能文似曲江。

賦得深屋喜爐温應八皇子教。

幾重簾幙幾重茵，深掩紗窗净少塵，鴿炭啖紅寒漸減，鵲爐灰白煖初匀。三冬不納冰霜氣，一室能回天地春。應念五更騎馬出，銅街已有趁朝人。

題元人風雨歸舟圖應四皇子教。

遥山澹抹近山遮，一棹飄然水一涯。似有風聲隨雨到，忽疑雨勢受風斜。白蘋洲畔年年客，黄葉村邊處處家。身在畫中渾不覺，却教人指畫圖誇。

十二月初九大雪獨直南書房有懷陝西隨駕諸君

雲海平鋪釦砌寬，六花如絮點裘乾。金猊坐擁玲瓏石，玉蝶争飛宛轉欄。雲護蓬萊長覺曉，樹當温室不知寒。此時最憶隨鑾客，少室中條並轡看。前一日聞駕已涖中州。

送楊遠卿之任武昌

去年訪君過維揚，今年送君向武昌。江湖不到塵土眼，遠夢夜落梟魚鄉。洲邊芳草城邊柳，騎鶴仙人重出守。洞庭春水際瀟湘，大别青山横沔口。煙花三月畫船開，王程不用巘鼓催。到官好尋陶庾蹟，歷郡正賴龔黄才。才多政簡無不可，列戟凝香但安坐。閒攜賓從上南樓，倘有新詩應憶我。

除夕前一日蒙恩賜羊鹿雉兔鮮魚鹿尾上尊諸品恭紀

二首

山海奇珍鼎味充，上尊羅列歲時同。斑龍肥羜光相耀，彩羽文鱗澤並豐。頒賜例隨台輔後。自大學士張玉書、陳廷敬以下被賜者凡十三人，臣與焉。謝恩多在直廬中。一年濫竊官厨饌，素食能無愧國風。

豐杠錦帕壓重重，節假歸沾湛露濃。雕俎味新調翠釜，玉泉香煖拆黄封。鄉風未敢分僚友，蘇軾《餽歲》詩：「亦欲舉鄉風。」家祭先應薦祖宗。却爲思親成感涕，君羹歸遺去聲已無從。

敬業堂詩集卷三十一

直廬集起甲申正月，盡乙酉五月。

直廬之名出《漢書·嚴助傳》注，所以處賢良文學之臣。余不才，初蒙特召，出入禁林，已踰年矣。今乃取以名集者，斷自受職之歲始，用彰恩遇，且以志愧云。

元旦太和殿早朝

火城宛轉度星橋，香殿葐蒀接慶霄。黄繖綵旃龍影動，玉笙金管鳳音調。五雲淑氣開蓂葉，一日春風曳柳條。前一日立春。鷺綴鴛分真忝竊，正衙初預德陽朝。

上元節西苑賜宴觀燈恭紀

瓊島東瞻璧月圓，《箾韶》吹徹九重天。壺傾瀲灩金尊溢，盤貯芳馨玉饌鮮。絳蠟班隨中使導，黄柑例許侍臣傳。太平時節觀燈宴，既醉惟當祝萬年。

是夕復侍宴東宫蒙賜玉盃恭紀

曾從《繁露》記書名，鶴禁傳看分外榮。照座欲分鐙影燦，入懷長並月胎盈。舉同彝鼎恩加重，刻作雲雷製倍精。珍重捧歸須什襲，濁醪難向此中盛。

春分禁中雨

小雨流鶯外，濛濛紫界墻。不知春過半，但覺日添長。白髮趨中禁，芳時感異鄉。多煩玉階草，爲我報年光。

次韻答吴西齋四首

青韶同調半衰遲，久缺題襟唱和詩。自詡狂呼袁彦道，難忘好客鄭當時。長檠列幕慚分照，小蹇衝泥倘借騎。巷北巷南曾咫尺，余借寓與西齋僅隔巷。却從離索想追隨。二老居鄰共往還，謂楊玉符、孫松坪兩前輩。舊游歷歷笑談間。墻頭過酒傳鄉語，花底移牀夢故山。萬事無如長耐冷，一官何計便投閒。舉朝才筆輸吴質，借職猶堪押右班。不須作賦擬文通，好步詞場繼《國風》。後輩揣摩工日下，故人傳寫到吴中。時蔣西君乞假將歸。碧香開甕春浮白，翠袖分燈夜剔紅。怪得近來貧轉甚，俸錢多半給新豐。江湖一别悔難追，誰遣閒鷗拂鳳池。玩世何妨資客難，低頭聊喜得吾師。同時領袖推東省，時考選臺垣，吴名在第一。異代文章替左司。吴官户曹時，有《左司筆記》一書。若向此中論臭味，莫言萇楚竟無知。

送同年蔣西君假歸常熟迎養太夫人二首

泥金纔報隔年春，晝繡還迎白髮親。同榜科名傳盛事，世家書畫起文人。桃花漲後移舟穩，魚藻池西賜宅新。行前一日，奉旨賜宅於西華門内。好片尚湖煙雨色，詔恩猶許住三旬。齒序肩隨别有情，多君事我竟如兄。直廬並候花磚影，奏帖常聯紙尾名。小立官槐曾繫馬，重來禁樹已藏鶯。卜鄰預擬同王翰，家聲山賜宅與西君比鄰。不爲登仙羨此行。

暢春園早桃四首

記曾元夕醉香醪，冰雪千林吐白毫。今日重來雲錦换，十分春色屬山桃。

萬樹垂楊未放青，餘寒猶勒水邊亭。天然掩映成圖畫，横展西山作翠屏。

浴日榑桑躍海東，滿天晴色曉曈曨。仙山樓閣無重數，只在紅霞一朵中。

煙輕霧薄景遲遲，金碧園中四望宜。忽憶江村寒食路，竹梢低拂兩三枝。

二月二十五日駕幸西苑直廬恭紀

翰墨林依紫苑東，親承步輦出芳叢。萬間廣夏移天上，時直廬新經改築，上顧臣等云：「此屋比從前更覺開敞了。」三接深恩沛禁中。身作紅雲長傍日，心隨碧草又迎風。直廬便是披香殿，月賜虛慚赤管功。

三月二日上御經筵恭紀

雲日瞻堯表，疇咨啟舜編。誰能窺聖學，猶不廢經筵。芳宴調羹撤，花瓷瀹茗圓。是日停止筵宴，諸臣皆賜茶而退。講官仍入直，縈袖有爐煙。講官工部尚書臣鴻緒、掌詹臣元龍講罷，仍入南書房。

西苑上巳呈同直諸君

上巳接清明，韶光滿苑城。曉煙和柳重，夜雨爲花晴。節物春長好，年芳老自驚。兩三修禊伴，閒話水邊行。

三月四日賜食榆錢糝恭紀

天上星榆歷歷看，春風吹綻小團欒。柔條摘處青成串，新火烹來翠滿盤。槐葉冷淘難比色，藜羹舊糝記同餐。他時誇向田翁說，此味曾經賜大官。

送陳陟齋都諫請假歸里即次留别原韻

袍笏同朝萃一家，歸心偏愛故園花。清時衮職無遺闕，祖帳都門有嘆嗟。隔岸黄塵車歷鹿，渡江新月櫓伊鴉。到時親友如相問，爲道題詩字半斜。

寓園紫藤花同紫滄賦

不計千枝與萬枝，玲瓏巧透竹笆籬。圍屏倚翠成宫錦，步障留陰護紫絲。蔓引龍蛇皆上走，花披瓔珞總交垂。家園手種應如臂，忍負東風爛熳吹。

偕同年何屺瞻過古藤書屋時藤花方盛開賦呈楊玉符孫松坪兩前輩

高出檐牙又幾層，濃陰特比昔年增。重揩霧裏麻茶眼，來對堦前老大藤。一片黏須猶待拂，千梢壓架恐難勝。祇應火急催新句，莫謂先生病未能。時兩先生皆抱微痾，故云。

題學士姪柳邊歸院圖二首

一條虹影亘長隄，玉蝀橋邊響月題。緩轡不愁歸路遠，移家新傍禁垣西。

入直常先下直遲，風條雨葉裊鞭絲。自從賜出飛龍廄，宋時，翰林學士例賜飛龍廄馬。不向東家借馬騎。

送劉雨峰出守真定

我初游學來帝京，漁洋夫子官司成。君時實助四門教，相臨以分稱師生。衆中期許良獨厚，灑脱不用常格程。過從往往得一醉，叩發談議交縱横。感君磊落有真意，憐我遲莫方成名。五言投贈竟長幅，氣韻遒逸聲鍧鏗。迴環首尾二十載，我鬢漸白君顔頳。郎潛索米豈不久，一麾出守今專城。風前五馬五騏驥，叱馭快作西南征。橐駝載書車載酒，緑楊夾路聞鸝鶊。常山古郡接畿輔，沙泉瀏瀏欣相迎。紅蕖繞郭雲錦爛，白鷺下浴滹沱清。行人六月汗如濯，過此盡愛徐徐行。誰歟妙手爲補繪，鈴閣何必非蓬瀛。我今一官苦羈鞅，欲往相就心摇旌。中山釀熟幸郵致，毋令肺渴枯腸鳴。

送掌詹陳乾齋前輩予假省親四首

夜聞優詔下承明，特許朝來拜表行。親老詎應虚子職，天高原自近人情。道存養志歸非晚，風動旁觀感亦生。欲識掉頭瀟灑意，浮雲直似從官輕。

賓僚地望冠班行，直上頻依講幄旁。星漢文章唐許國，臚雲名第宋安陽。兩宫召對無虚夕，三殿摛毫有報章。誰似先生饒至性，最承恩日乞還鄉。

曾踰旱海紀開邊，出入聲華孰比肩。館閣清才傳子弟，蓬壺歸路著神仙。望雲地較瞻雲近，捧日心隨愛日懸。更喜一門多盛事，春帆相望五湖船。一月前，令兄陟齋乞假先行。

枌榆鄉社舊居鄰，華髮趨朝接後塵。新樹忍攀東岸柳，殘鶯猶戀上林春。半綸投老知何日，入座還家羨有親。總道名園成獨樂，十年書局尚隨身。時奉旨攜帶《歷朝賦彙》三百餘卷，還家校刊。

池上雙鶴

長鳴相和兩仙禽，多在陽坡少在陰。偶向清池閒照影，被人猜有羨魚心。

恩賜哆囉雨衣恭紀

短褐頻趨道路塵，青氈猶是向來貧。爲憐褦襶隨朝士，特賜哆囉出屬賓。燥濕推恩慚厚庇，短長稱意荷終身。從今聽雨聽風候，儤直堪誇楯梐人。

五月朔賜高麗米糉恭紀

清暑初交殿角風，又傳節物近天中。靈符舊繫千絲縷，玉粒新頒五采筒。青蒻香分菖葉緑，銀盤光射石榴紅。雲帆不却三韓貢，拜賜還教紀祖功。上諭云：此米本出高麗，自太宗朝歲貢百石，爲端午上供。

送許不器赴任陳留

風俗陳留好，猶傳一縣名。人耕莘野徧，水入汴渠清。百里才非小，三年政必成。舊游高李盡，相送倍含情。乙亥秋，余曾游梁宋間故云。

送張裕齋郎中出守杭州

海宇久昇平，朝家重民事。吾州繁劇郡，牧守詎輕寄。相國門多賢，先生乃其季。起家科第中，敭歷非初試。銓除例引見，人地有易置。天子稔公才，臨軒親簡畀。群情翕然服，公望兹果遂。賤子本州民，田廬依廣庇。抒懷述所見，幸勿芻蕘棄。餘杭一都會，舊習沿浮侈。賓筵糜酒醪，徵逐共游戲。東南際江海，隱現魚鹽市。黠者半爲商，群群騖聲利。枲絲雖土貢，耕紡業間墜。往時櫛比塲，十室減一二。士風最柔弱，氓俗鮮倉積。去聲。好訟其性然，因緣飽胥吏。舞文骫吾法，嚬笑巧窺伺。所以古相傳，陋邦號難治。我公朱轓出，福曜光燭地。才大實恢恢，心虚恒惴惴。平生開濟瞳，夙昔澹泊志。道路方欣瞻，風聲已先駛。星羅九屬邑，僱科兼撫字。公行示以廉，表帥勵下位。百族豐确殊，噢咻同體視。公行示以儉，變化需漸漬。必若蠹蠹豪，先須扶善類。弊當去太甚，利或興以次。洵知鸞鳳仁，遠勝鷹隼鷙。公餘愜雅尚，山水領幽致。開閤挹清虚，褰帷納空翠。澄泓千萬頃，高下三百寺。日爲湖上游，原不廢填委。吟賡白蘇什，手續歐梅記。寧待報最期，竚看璽書賜。

苑中聞鶯

晝與人聲静，墻兼晷影移。四圍千碧樹，百囀兩黄鸝。椹熟蠶應老，芒疏麥正垂。未聾雙耳在，爲爾立多時。

五月二十六日喜雨

前夕齋壇撤醮回，西郊今日忽聞雷。一軒傍水看雲起，萬木無風待雨來。聖與天通終應禱，人言旱久未成災。願敷甘澤沾濡意，膚寸崇朝徧九垓。

雨後暢春園池上作

林亭片雨過，萬緑濃於染。葉杪滴殘聲，波紋蕩餘點。暑景猶未徂，涼風遽相感。平生微尚在，老去孤蹤忝。復此坐幽清，自然塵慮澹。

題陳允升塞外牧羊圖後四首

誰護儲胥峙糗粻，開邊端合用陳湯。即看士馬歡騰後，宴犒猶餘萬角羊。

鞭策曾趨萬騎先，鐃鉦親扈六飛旋。當初應笑栘中監，雪北蒙氊十九年。

横草功名一例看，牧羊何似牧民難。郎潛此日憐頭白，辛苦邊州兩政官。

春草如秧際緑蕪，驅群何日首歸途。一蓑煙雨村南北，添寫巾箱《考牧圖》。

大雨下直至自怡園

急雨催歸騎，虚檐警夕聽。勢沉三徑竹，漚散一池萍。穴蟻緣林木，跳蛙入户庭。最宜新浴罷，坐看鶴梳翎。

題蕉士上人扇頭墨竹

老僧指上微涼起，攜入先生懷袖中。好是緑筠亭上坐，墨光含雨筆摇風。

移寓城南道院納涼

不信人間有鬱蒸，好風來處晚涼增。滿城鐘磬初生月，隔水簾櫳漸吐燈。書少只宜高閣庋，墻低聊當曲欄憑。白須道士休相避，我已身如退院僧。

玉蝀橋觀荷花和張研齋前輩

水風涼透鷺鷥肩，一鏡争窺萬柄蓮。不是玉樓金殿影，直疑身在過湖船。

雨中獨直南書房

窅窅九重關，沈沈萬壽山。雨來聲更静，天上坐能閒。寓意同休沐，浮踪信往還。御溝新漲急，歸及聽潺潺。

大雨出前門口占

猛勢如潮欲撼城，九衢暴漲一門争。去年六月灤河北，雷轉空山是此聲。

送陳子文出守石阡八首

槖筆多番到直廬，墨淋漓灑玉蟾蜍。一麾自擁君恩出，礱石先應刻御書。君爲部郎時，屢召赴南書房作行楷書，前後再賜宸翰。

瘦嶺荒江路七千，一家迢遞向蠻天。不知賧布巴賨外，可有公畦太守田。用《南史·伏暅傳》事。

烏道中開斗大城，嬥歌處處合蘆笙。風流郡伯褰帷入，赤脚花鬘次第迎。

清香晝静雙枝戟，碧樹春垂小桁簾。預算鈴齋無俗事，一泓冰鏡照吟髯。

碑版光傳照裔文，臨池妙手繼鵝群。翻防訟牒紛難却，判尾争先乞使君。

四十年來好弟兄，夢中曾共躡蓬瀛。子文初赴選，夢與余兄弟同入朝，已而果驗。白頭岐路天南北，忍便怱怱賦《渭城》。

短衣猶記走邊頭，燧火遥連古智州。今日故人乘傳去，太平時節話前游。庚申、辛酉，余在貴陽幕府，故及之。

宦蹟知從歷政深，單裝寧肯負初心。歸舟不載葵花石，要使清名過鬱林。《石阡府志》：「城南龍洞有兩石，如盤形，類葵花。洞中産紋石，俗名醮果，任人賞玩，不得攜歸。」

恭和御製山左豐年歌原韻

《周官》荒政皆仁政，散利恒先重民命。平時蓄衆道維慈，臨事承天心以敬。五行《疇範》推皇建，九扈農祥視晨正。堯湯水旱其數然，補救由人乃前定。吾君御宇軫衈頻，流膏沛潤沾幽淪。厚培亭毒煦春律，峻極穹蓋函秋旻。偶逢小眚占俗儉，特涣大號賙甿貧。開倉立發千萬億，遣吏徧荷咨諏詢。飛鴻在野集在澤，六府九紀咸平均。東人誰能忘帝力，艱食俄聞奏鮮食。禾苗長畝二麥登，鼓腹依然安作息。向來睿慮每宵衣，至是天顏同霽色。明朝尺一傳山莊，帝庸作歌庶事康。太平有象省惟歲，飢溺已拯猶如傷。《豳風》十月獻朋酒，群祝萬壽期無疆。可知先憂後樂意，覆載莫媲恩難量。小臣矢詩紀上瑞，更願嶽牧勤官方。

伏讀御製山莊書懷賜大學士詩恭次扇頭原韻

雨暘時若驗陰晴，無逸心周稼穡旿。夏壠已聞收翠浪，秋場旋見擣紅粳。仁風被賜先元老，喜色騰懽徧列卿。共識宸章難仰答，太和元氣在咸英。

疊納涼韻戲答俞扶九侍御時同寓道院。

晨煙夕靄氣蒸蒸，秋水門前幾尺增。止酒免償鄰負債，施油催點佛龕燈。嫩莎院落晴聯步，獨樹軒窗雨對憑。寓庭有白楊一株。除却入朝須起早，兩鰥何事不如僧。

古詩四章上座主孝感相國壽

火維靈奧區，灝氣恣磅礴。洞庭匯溟涬，石廩聳寥廓。五百應昌期，元精鼓槖籥。大儒乃篤生，作鎮配川嶽。恭惟我夫子，異采輝井絡。曳履上星辰，訏謨重帷幄。迴翔密勿地，獨力斡樞略。立極奠六鰲，清剛礪鐮鍔。道原幸有賴，不數平津閤。

正學日淪替，百家紛語言。我公實聞知，洙泗窮淵源。妙窺千聖秘，月窟兼天根。理障快掃除，煥如朝吐暾。發揮爲事業，突兀撐乾坤。峨峨千丈松，迴立無攀援。經邦實致治，吾道中行存。

勝國史未成，簡編就殘脱。門户互排挋，文獻恐澌没。聖朝樹立遠，損益鑒前轍。大筆待鉅公，是非辨毫髮。六館既弘啟，四部亦燦設。貫穿三百年，搜抉十萬帙。迢遥溯開創，細瑣逮季末。非公習掌固，何由發囊括。獨成一代書，凜凜《陽秋》筆。

贊化非一塗，調元歷三紀。朝端立樞極，爨下收杞梓。五度入南宫，至尊深倚毗。請看百僚上，盡屬門墻士。一歸出懇誠，進退鮮愠喜。重來資啟沃，未許久田里。公之視浮榮，奚啻若敝屣。角巾就邸第，寢食善名理。上日攬揆辰，川流同嶽峙。采芝猶有待，傳菊熉中使。平格天所豐，稱觴今以始。

王學庵給諫移寓保安街有詩見寄次答二首

笑檢空囊付畫叉，不妨家具少於車。篋中諫紙傳新草，唐制，拾遺官月給紙二百張，名諫紙。墻角吟蛩報晚花。置酒可能邀北郭，賣書端合問東家。十年瘴嶺煙江路，容易星回博望查。學庵兩任黔、粵縣令。

轆轤綆轉石欄邊，僦屋曾棲蒲褐禪。余壬午、癸未間曾僦居此街。古井再經愁雨塌，舊交重聚得天憐。明燈照壁何愁蠍，緑樹當門定有蟬。稍待泥乾走相覓，看君新竈起茶煙。

得朱悔人石泉書却寄

蛛絲繳繞鵲聯翩，信使來從古石泉。蹣足憐渠行萬里，尺書報我閱三年。天垂馬閣真奇險，官到龍州類左遷。相勸白頭須作達，好詩題徧好山川。

奉祝崑山徐太夫人七十壽

早相中朝黼黻臣，晚攜麟鳳拜恩綸。五千歲裏三秋節，二十年來八座人。星漢高源占寶婺，門墻餘廕在儒紳。黄花酒暖金桃熟，遥指西池是海濱。

史蕉飲前輩招集一畝園分賦

踏屐衝泥取次行，重來忽漫聽秋聲。空園樹比昔年老，積雨天逢今日晴。世上官情閒最好，詩中澹味煉難成。韓家潭外如鈎月，愛領新涼到鳳城。

月夜城南水閣偶集分韻得白字即題陳濂村峨眉詩草後

高閣倚秋清，天空露華白。水風吹月上，去我若咫尺。此時一尊酒，遠致三峨客。稍稍召朋儔，羅羅飣肴核。盍簪非意料，邂逅心莫逆。君生公相家，名上金閨籍。七年行蜀道，蠶叢始開闢。君才雖小試，實佐籌邊畫。談笑無滯機，登臨挾仙翮。徑危蛇倒退，石惡劍中劈。不然域外觀，詎肯供汝役。人生百年内，知著幾兩屐。奈何塵鞅羈，蹞步恒跼蹐。哦詩撫清景，尚爾好顏色。懷袖有峨眉，雲煙落几席。兹山洵僻左，迥與中原隔。鬬險出五丁，日月光攝身，雷霆伺投隙。雪山帶西竺，萬里赴絡繹。豈非所歷高，參井手可摘。不醉良可惜。努力營一歡，流連盡今夕。

題史耕巖前輩收綸轉櫂圖四首

銜尾船裝壓浪書，鱸鄉風物比何如。羨君別具經綸手，釣綫隨身自卷舒。

賞花曾記把魚竿，南史家傳學士冠。四十年中三掌誥，鳳池何似五湖寬。

拍殘銅斗酒初醒，射鴨堂連避暑亭。想得卸帆秋正好，水花風葉滿鷗汀。

千里波光一曲移，西風吹老碧蒓絲。畫圖愛寫湖山意，未是先生乞賜時。

熊質均年伯五十壽

半百韶華九九辰，重陽前一日。紅萸黄菊一番新。堂前接武尚書履，膝下承顔進士巾。次君與余同年。風月無邊邀客賞，虀鹽有味愛官貧。時官國子學正。盈觴酒美須勤置，共識清醇似主人。

陳濂村新闢書屋名曰萍廬中秋後二日招同人宴集分韻

得明字

名園十年别，乙亥夏，與濂村共醉高陽相國園亭。蜀道萬里行。自爾好會稀，轉頭歲峥嶸。聞君昨報最，還裝及秋晴。相公顧之喜，東閣客已盈。吾老不曉事，頽然厠群英。開筵亦見招，謂是門下生。坐我三間廬，酌以一角觥。爲言聚散地，遠近豈有程。點池忽西東，浮海或合并。所以顔此室，而取萍爲名。吾意殊不爾，勸君還細傾。君才本謫仙，偶然去瑶京。玉堂手種樹，再到陰已成。況復芝蘭堦，連枝合田荆。謂潛齋學士。胡爲不自廣，猥作詩人鳴。如余乃萍耳，一葉漂大瀛。舉頭望秋空，雲月遞微明。後期難預必，得句且再賡。

送靖安叔歸硤石三首

畫鼓朱旗曉日開，廣場千步浄無埃。紫光閣下通名姓，曾與天潢較射來。紫光閣在玉蝀橋西南，武殿試日，皇上率東宫、諸王先升御幄，步射畢，諸進士乃排班。

文武家聲荷主知，右班特許綴蛾眉。一門盛事傳希有，親見穿楊入彀時。叔赴殿試日，余與聲山姪俱奉特旨賜坐西班觀射，時以爲榮。

最喜高堂有老親，還家初换綵衣新。兩山霜葉紅於錦，馬上争看第一人。余家以武科登第者自叔始。

總憲蔣裕庵先生輓詞二首

副相聲華重，恢然德宇宏。青雲多故吏，黄閣是門生。相國桐城公出先生禮闈分校門下。氣壓松阡肅，霜留柏府清。憲臺傳故事，存没儁哀榮。帝里移家久，堂開緑野宜。庭惟栽玉樹，坊亦號靈芝。卿月流丹旐，商飈卷素帷。《薤歌》聲咽處，慘動是南司。

大宗伯長洲韓公挽詞四首

昭代文章伯，精靈造化鍾。同朝瞻進退，上殿畫儀容。獨具回天力，群歸秉禮宗。逍遥歌曳杖，泰岱忽摧峰。

五雲臚唱後，八代起衰時。制藝東朝讀。皇太子手選先生制藝文一册，曾出示慎等。才名四裔知。直惟憑帝鑒，清并畏人知。物望關存殁，非公更屬誰？

昔去絲綸地，還朝又十年。高風仍館閣，雅尚自林泉。一病歸難料，先生以病乞歸，奉旨留京調理。初心老倍堅。尚餘毫髮恨，悵望五湖船。

折柬曾蒙召，扶牀得幾回。泥塗遲下直，函丈失追陪。七月二十日，公病間手札見招，是日慎行下直稍晚，不及趨赴，遂成永訣。遺墨真堪寶，藏緘忍再開。寢門纔隔月，今爲哭公來。

題吴震一中翰詩藁後

張介山、呂山、劉論交付刹那，吴均風義老研磨。芸香俸校三年淺，藥樹吟成五夜多。白樂天《禁中夜直詩》：「藥樹陰中惟兩人。」妙手不妨偷格律，長才倘肯乞餘波。一樓準約山邊住，山邊一樓，震一舊以名集。拍手猶能作和歌。

東宫召赴西園賜觀皇上御書匾額大小二十有九恭紀七律八章

元氣淋漓萬象融，欣瞻宸翰闢鴻濛。瑶源珠海來仙島，鳳翥鸞翔下震宫。光射臨池知浴日，筆隨運肘想生風。一時喜色關飛動，嵩祝齊傳抃舞中。

爐煙直上護氤氲，松棟虹梁燦欲分。殿閣香風浮墨氣，河山秀色映天文。畫傳羲《易》籌圖秘，念切周《詩》稼穡勤。御書「知稼軒」、「無逸齋」。共紀本朝家法古，書屏銘座付儲君。

真覺謙尊道益光，「謙尊堂」，亦御書匾。不名宫殿但名堂。擘窠寧羨書飛白，響榻難憑紙硬黄。賜出形模隨大小，琢成體製合圜方。吾皇慈愛青宫孝，欽仰時親黼座旁。

到處黄金榜御書，太平堂構慶端居。晨曦燭地光相並，列宿周天數有餘。大業時時游藝圃，嘉名一一取經畬。「日知」舊額重鈎勒，開卷猶思出閤初。「日知堂」，皇太子初出閤時上所賜額也，今移入苑中。翠籞東連紫界墻，林泉交映藹秋方。龍樓問寢宵常早，鶴禁娱暉景正長。藻井非煙呈五采，璇題如鏡啟重光。凌雲百級丹梯上，頭白應嗤老仲將。萬丈光芒出檻前，煌煌禁扁稱高懸。堯階茅土原同儉，文囿風光共一天。玉案浮花開漆硯，銀鈎寫月向澄川。凡魚欲作鯤鵬化，御墨吞來骨盡仙。筆陣縱横氣總降，帝書亘古擅無雙。九苞翽羽連翩起，萬斛龍文獨力扛。迸散繁星懸兩曜，盡收千派納長江。人間欲見曾多得，轉幸身依青瑣窗。茫茫學海望無涯，上殿恭承異數加。目炫管中窺日月，夢回衣上帶雲霞。歐蘇小記榮天藻，羲獻真傳屬帝家。愧作玉皇香案吏，難濡柔翰繪光華。

恩賜新刻御製詩集恭紀二首

宵旰孜孜四十年，元音和暢在詩篇。天章久與絲綸播，御集新成琬琰鐫。逸韻鏗金還戛玉，祥風户誦復家絃。《關雎》《麟趾》胥王化，詩教原推《雅》《頌》先。武功文德並宣揚，間采風謡到省方。耕鑿萬方民擊壤，《簫韶》九奏帝垂裳。典謨媲美尊虞夏，花月成篇陋漢唐。拜捧瑶編還惕息，難憑諷詠答恩光。

恩賜御園十種蒲桃恭紀十種者：一伏地公領孫，二伏地黑蒲桃，三伏地瑪瑙蒲桃，四哈密公領孫，五瑣瑣蒲桃，六哈密緑蒲桃，七哈密紅蒲桃，八哈密黑蒲桃，九哈密白蒲桃，十馬乳蒲桃。

上林名果味芳鮮，采摘均從雨露邊。色借紫青相照曜，顆分大小各勻圓。流來馬乳香先噀，釀出龍池品盡仙。便與櫻桃同飽食，紀恩難罄益州牋。成都有十様箋。

十二月十九早奉東宫令南苑冬夜寒甚偶見硯池結冰以硯池冰爲題汪灝錢名世查慎行蔣廷錫四人可各賦七律一首又自製七律以示改正雪明書幌易生寒水静圓池墨未乾乍結琉璃漆硯裏自成珠玉彩毫端微涓倍有清瑩色一滴還深碧錦湍凍釋煙雲浮几上須知下有黑蛟蟠臣慎行恭和云

研朱滴露一泓寬，喜見冰花結作團。粉色映箋雲母白，墨光鋪几水精寒。入懷珠玉生奩底，呵氣蛟龍上筆端。計日東風先解凍，詞源如海富波瀾。

十二月二十日奉旨特授編修感恩恭紀四首

綸書璀璨下金鑾，同直三人並授官。同日被旨者：汪灝、蔣廷錫及臣慎行，共三人。湛露九重頻渥澤，條冰一署不知寒。登瀛路許迴翔入，翰林舊制，庶吉士俱於二門外下馬，授職後乃騎馬入登瀛門。藏閣書容次第看。總是鰲峰清切地，渾忘弱羽篞鵷鸞。

玉堂故事久相傳，常吉多充弟子員。文俸例教同七品，隨班特荷免三年。庶吉士例須教習三年，再經御試，然後授職。先是，臣等以供奉内廷，特免教習，皆異數也。身依香案初稱吏，詔賜頭銜不待銓。自沐榮光心竊媿，愧居四十六人先。癸未科進士，除一甲三人外，與館選者四十九人，余名在第二。

螭頭龍尾上陂坨，拾級重經拜命過。步接彤扉仍注籍，名聯黄紙儼登科。較量前輩榮真冒，比並同年幸最多。章服不殊恩遇異，一行歸騎擁鳴珂。

共道遷鶯傍上林，姓名從此列朝簪。身微彌覺栽培厚，地近尤蒙教養深。應臘蘭芽初茁玉，先春柳綫已拖金。傾心一寸同葵藿，長托堯階仰照臨。

除夕前二日恩賜御書大福字恭紀

景福欣逢介福辰，自天題處自天申。萬年鳳藻輝宸極，一顆驪珠賜侍臣。捧出深宫榮並受，懸同御扁墨長新。箕疇更衍無疆祝，敷錫從知徧庶民。

恭和御製除日晚宴原韻

景運循環紀始終，年年嘉慶與民同。鈞天律轉冰霜候，大地春回雨露功。詔許動庸承曲宴，時無水旱廑宸衷。小臣與凛豐侯戒，既醉恩深聖訓中。恭讀御製，有「平生惡酒難堪飲」之句。

王學庵生子走筆賀之六首以下乙酉稿。

六十生兒似較遲，却緣難得轉稱奇。芝田蕙畝從人説，瓊樹天生只一枝。

拾得陳後山詩：「黄家生子名拾得。」添丁未足論，烏衣餘慶自清門。直同膝上看文度，抱子心情當抱孫。

諫草焚來盡去聲有書，芸香何用辟蟫魚。先教識透之無字，徐讀巾箱萬卷餘。

雙眼摩挲喜可知，緑槐陰發去年枝。待君添種三株樹，要看凌雲合抱時。

湯餅筵前客坐深，掌中擎出是璆琳。隔簾不用催絲竹，兒笑兒啼盡好音。

天上麒麟見未曾，他時摩頂記徐陵。老夫自詡言多驗，身是人間現在僧。

奉題少詹彭先生捫腹圖

大彭遠祖商老籛，世家柱下爲神仙。旁人見公腹便便，矢口但稱邊孝先。我公稽古如力田，白晝那肯成高眠。承明出入三十年，朝回日日手一編。撑腸卷軸富五千，大筆無過許與燕。兩宫顧問召屢前，官非不達學愈專。緑衣有語然不然，先生笑指池上蓮。誰其畫者調丹鉛，此意或向知音傳。

應皇太子令詠白杜鵑花

鶴林花本神仙種，名字雖同色不同。一自根株歸閬苑，獨留冰雪向春風。披香欲奪氍毹艷，「披香殿上紅氍毹」，蘇軾《詠杭州南漪堂》杜鵑花句。敕賜休誇躑躅紅。白居易詩：「一名山躑躅，一名杜鵑花。」王建詩：「敕賜一窠紅躑躅，謝恩未了奏花開。」從此三更枝上月，定無啼血染芳叢。

見可亭姪新柳詩偶作一首

偶爲長條作短行，此聲不是笛中聲。時清關塞無攀折，路近章臺有送迎。濯濯應憐前度態，依依長帶故園情。春來縱得東風力，莫倚纖腰便鬬輕。

祈穀壇西北積水十餘頃四時不竭每旦有群鳧游泳其間因名之曰野鳧潭口占一絶

潭潭積潦浸城隈，不長菰蒲長水荇。我夢江湖歸未得，野鳧何事却飛來。

和周藹庵都諫閒居雜詠兼簡學庵西齋四首

三間道院例支錢，薄俸分緡月二千。日日日長閒鎖却，一燈歸照夜棲禪。

芹泥融棟燕巢新，小社回頭已過春。我本無家一房客，可憐飛鳥更依人。

又作三年住帝鄉，蕭齋有味是蒼涼。墻頭山色門前水，不忍移居過別坊。

官曹西省連東省，門巷青楊接白楊。道是閒居閒不得，得閒翻爲和詩忙。

下直偶過學庵齋明日學庵以詩索和次原韻

緑樹陰中着兩臛，夕陽移影過東隅。唱酬互入新詩卷，時學庵與元朗編刊《掖垣唱和詩》。還往猶餘舊酒徒。謂西厓。有子祝君苗在手，「十苗方在手，想像秋禾熟」，戴石屏《生子詩》也。未歸約我杖同扶。眼前事事關遲莫，不夢横溪即泖湖。横溪，余所居地名。

南海子

千頃平如指掌收，草蟲趯趯鹿呦呦。騶虞囿小樵無禁，鈎盾田寬麥有秋。萬柳槎枒沿徑轉，一渠曲折入墻流。心同魚鳥便飛放，愛作城南十里游。元時名「飛放泊」。

南紅門接駕歸途喜雨時皇上南巡回京。

萬乘回鑾候，三農望雨辰。自天能潤物，到地喜清塵。處處溝渠急，行行榆柳新。衝泥歸更好，馬意亦踆踆。

五月初九日上御淵鑒齋召大學士臣玉書臣廷敬工部尚書臣鴻緒學士臣升元臣昇臣壯履臣原祁編修臣瑄臣廷儀臣廷玉臣名世臣慎行臣廷錫等入至雲步石賜坐賜饌畢人賜荷花一鉼隨命由蕊珠院延賞樓泛舟回直廬感恩紀事恭賦七言律詩四首

身依禁闥已三年，天上方知更有天。楊柳橋通星漢畔，芙蓉檻繞御牀前。游同靈沼魚真樂，聽到伽陵鳥亦仙。雲步石邊聯步入，臨流高下列芳筵。

咫尺夔龍接武隨，從容宣勸坐移時。坐間屢遣内侍傳温旨，令臣等勿拘常禮。煙霄畫入丹青動，殿閣涼生草木知。有數遭逢關氣數，無私造化荷恩私。苑門隔日先傳唤，應是今朝下直遲。

詔恩半日許迴翔，崑閬遲遲晝倍長。貝闕珠宫環四際，十洲三島儼中央。翠屏開處雲流影，綵鷁飛來水拂香。共識天顔多霽色，雨餘風物借輝光。

玉井移根迥不同，秘瓷人賜一枝紅。莖從新折流晨露，蕊爲含開帶好風。擎出榮隨丞相後，攜歸香滿禁垣東。此生直願依蒲藻，長在煙波浩淼中。

題費曉城同年牧牛圖

嫩草如秧水似油，雉疏閒放白蘋洲。畫師最得華陽趣，不取黄金寫絡頭。

送陳秋田宰荔浦

一官萬里赴昭州，人替君愁自不愁。匣硯囊琴非俗物，丹梯碧落是清游。九疑路轉收帆驛，八桂風高捲幔樓。真羨楊蘧挈家去，王程如砥接詩郵。唐楊蘧曾到嶺外，見陽朔、荔浦山水，談不容口，俄而求選彼邑，挈家南去。

敬業堂詩集卷三十二

考牧集起乙酉五月杪，盡丙戌四月。

余自癸未扈蹕清暑，甲申以纂輯《韻府》留京師。乙酉五月，復奉旨隨駕。是秋撤圍後，萬乘巡邊，别由雍安嶺渡庫勒齊河，自此抵張家口，乃元時上都孔道，今屬上駟院慶豐司。數百里間，岡勢坦迤，駝馬牛羊約三百餘萬。上按程閲視，指諭臣等云：「昔太宗皇帝謂此地宜畜牧，今果蕃息若此。」遂頒賜侍從大小臣工，人各馬一匹、羊二頭，臣亦與焉。又四百里，始入居庸關。臣惟《小雅》之美周宣曰：「誰謂爾無羊，三百維群。誰謂爾無牛，九十其犉。」我國家考牧之盛，不啻千伯倍之，《詩》《書》史册所載，得未曾有，特取此義，以紀盛事云。

扈從山莊避暑出都口占

又是山莊扈蹕時，賜衣重著馬重騎。邊人望幸經初伏，閏歲君王避暑遲。

雨後過懷柔城外

火雲突兀壓城頭，地近黄花古戍樓。好是緑陂新過雨，路平如掌接檀州。

重出古北口

煙火千家散舊屯，饋漿野老候關門。自言世得耕耘力，黄犢年來又有孫。

曉過青石梁新開路

高入雲端俯作梁，中間鑿石得康莊。松聲落澗風泉合，藥氣浮山露草香。馬爲重經成熟路，人貪早度取微涼。詞臣例飽天厨饍，已有中官候道旁。

鞍子嶺直廬庭西新設松棚

十丈移巖壑，三間蔭苑墻。有時松子落，隨意乳毛香。不礙流晨露，尤宜障夕陽。天教人夏健，何減北窗凉。

發黄甲營喜晴

青浮翠積氣氤氲，曉色俄從霽色分。馬首已迎初上日，雕翎猶帶未歸雲。峰皆似染供屏幛，樹不論年絶斧斤。曾記上番隨蹕候，灤河新漲隔山聞。癸未六月過此，連值大雨。

詠金絲桃應皇太子令

裝束渾疑出道家，川原何用覓紅霞。偶分高士籬邊色，仍是仙人洞裏花。金粉露凉朝蝶夢，檀心香颭午蜂銜。尋來莫怪漁舟誤，比似桃源路更賒。

駐蹕樺榆溝特給官房止宿感恩恭紀

千帳連雲並出關，受廛何幸預清班。炎埃氣隔無三伏，覆載恩深抵萬間。新瓦鱗鱗宜聽雨，短墻面面好看山。風餐露宿原臣分，每被殊榮輒汗顔。

發樺榆溝從新開石梁至哈喇火屯

鑿開峭壁轉龍腰，高棧中縈綫一條。石吻仰歕泉作霧，雲根倒拔樹干霄。向來紆徑千盤轉，此去前村十里遥。真覺太平民樂業，山南山北盡漁樵。

塞外草花暑月特盛同年蔣酉君用横幅寫七十餘種呈院長揆公以絶句屬和四首

頻年隨輦到邊庭，自補《山經》及《水經》。更借玉堂揮翰手，兼收花草入丹青。

折枝一派取阿那，木本無多草本多。六月塞山猶似錦，不知春色更如何。

莫嗔嵇鄭難爲狀，莫笑徐黄欠寫生。到此始知天地大，野芳無數總無名。

風翻雨洗枝枝别，儷白駢紅色色新。誰似先生工體物，好詩能發畫精神。

恩賜御書扇恭紀

聖藻光騰寶篋中，五明開處潤濛濛。招擕滿苑松杉氣，披拂微涼殿閣風。鵲羽午摇炎熾散，麝煤香迸汗珠融。捧歸當暑先珍襲，篋笥緘恩託始終。《古今注》：「舜廣開視聽，求賢人以自輔。作五明扇，漢公卿皆用之。」《拾遺記》：「周時外國獻丹鵲，拾其脱羽以爲扇，名爲鵲扇。」

烏城立秋和同年佟淵若韻

萬壑含朝雨，千巖斂夏雲。炎涼雖迥判，晝夜漸平分。爽自披襟得，聲先隔樹聞。候蟲吟較晚，高唱獨輸君。

立秋後一日召游行宫後苑賜宴恭紀十二首

銀河西繞翠微岡，紫界東連宛轉墻。一片樓臺先入望，蓬瀛遥在水中央。

天然圖畫引躋攀，盡出宸衷指點間。巖壑不須多架搆，下因流水上因山。

神川過雨氣溟濛，沙土無痕井脈通。欲識泉源深幾許，轆轤聲轉白雲中。

坡陀幾曲接轡頭，漸入仙源徑漸幽。忽漫孤雲生兩角，小欄低檻盡如樓。

煌煌禁扁麗中天，楹帖分題兩兩懸。萬丈光芒争耀眼，不知旁有好山川。以上皆御扁名。

松鶴陰從積翠生，泉蘿煙月一時清。每經御墨留題處，記得旃檀别殿名。

帶峰傍石布芳筵，夾岸鏗鏘奏管絃。山水清音消不得，況從天上聽鈞天。

一道清流合兩河，釃渠中有半開荷。分明太液池邊種，重沐天家萬里波。
插架排籤滿禁林，御牀左右列森森。行宫仍是圖書府，清暑時時惜寸陰。
水精簾幙緑莎茵，行過星橋别有津。除却澆花無汎掃，就中何處著纖塵。
疊砌平階茁露芽，近看如錦遠如霞。塞垣小草生何幸，開作長春苑裏花。
華貂環座盡公侯，特許詞臣與宴游。滿引金樽歌既醉，謝恩齊上木蘭舟。

敬題御書東坡詩扇爲法鴻臚作

七輪松扇早涼天，舊句新題御墨鮮。不獨侍臣沾渥澤，榮光兼被作詩仙。

賦得雲抱兩三峰應皇太子令

萬峰齊露頂，雲氣欲何之。偶遇參差石，還縈縹緲姿。三山遥望處，一華未開時。髣髴應難畫，形容況入詩。

佛手柑奉旨題畫扇上。

名並黄柑種不同，巧從佛號示玲瓏。菩提證果雙林下，優鉢拈花一指中。色映金繩長帶露，香開寶掌自生風。聞思大士應微笑，披拂先教鼻觀通。

恩賜御書敬業堂扁額恭紀十六韻

清暑時多暇，行宫日正長。君王親翰墨，侍從沐恩光。是壁皆盈尺，如椽總倍常。因心成變化，運肘示端方。山海峰濤壯，龍鸞爪翅張。堯文開盛世，羲畫掩前王。帝賚優無比，臣衷懼莫當。身雖依廣夏，家本住窮鄉。憶在兒童日，親隨子弟行。長貧惟立壁，短晷或然糠。風雨留先築，柴荆指舊莊。業傳慚肯構，敬止念維桑。幸獲支門户，終難荷棟梁。數椽天一角，萬歲字中央。鄰叟來扶杖，姻親賀滿堂。承家期世守，祝國永無疆。

七月二十四日五更發波羅火屯始有寒色

卧聽鷄鳴已過三，起來攬帶上征驂。五更寒色風初北，七月邊聲雁已南。汩汩乳泉縈暗谷，濛濛霧雨染濃嵐。前行漸與圍場近，飛騎如雲隔宿探。

烏喇帶秋分日作前夕大雷雨昨日微雪故詩中紀之

朔野秋光少，俄驚草木衰。大都殘暑退，便是蚤寒來。天霽今朝雪，山收昨夜雷。匆匆裘換葛，節序暗相催。

度達陰嶺看紅葉

蛇躡猿攀路僅通，溪聲忽轉一山紅。行來不道秋纔半，已在寒林薄雪中。

中秋夜薩勒巴里對月

一片中秋月，重經古塞看。宮壺傾法醞，是夕，御賜酒果。客夢警新寒。似雪侵髯白，疑霜拂帳乾。故園諸弟在，悵望隔團圞。

八月十七日伊蘇河源雪中聞雷食頃開霽

雲黑初防挾雨來，俄看黍谷散寒灰。千峰雪作漫天霧，萬帳風兼動地雷。紅樹一番殘葉盡，碧空依舊夕陽開。眼前變幻真奇絶，天果難將管見推。

隨駕行興安嶺上

横亘東西路幾千，直從遼海控居延。盡消伏莽山無樹，不斷靈源地涌泉。群牧牛羊量論谷，諸藩廬帳列如墨。聖朝不畫長城界，一道平岡是九邊。

連日扈從由雍安嶺烏蘭哈爾哈至上都必拉觀圍恭紀八首

連天積素耀威弧，鵲血牛螉力盡輸。梁簡文詩：「控弦因鵲血，挽强用牛螉。」看取群情齊踴躍，一人獲雋萬人呼。

初分左右儼星奔，旋列方圓陣法存。千仞岡頭黄纛下，藍旗兩扇合旌門。

西僧迎輦列香旛，擊盋吹螺動法門。番界從來知佛大，而今更識帝王尊。多論那拉之西有喇麻寺，西僧一百五人，蒙古每一部落供養一僧，俱來迎謁，賜銀緞有差。

嵯峨高勢拂雲開，天語親聆指示來。踏遍峰峰沙似雪，始知身到白龍堆。二十五日，隨駕至上都海拉斯臺，上諭云：「此地山形，首皆西南向，尾皆東北向，即古白龍堆也。」

朴遬如飛掠草中，御前突過疾於風。萬鈞神藝無輕發，命中仍開射虎弓。

獸自成群鳥自稀，網開四面總天機。白雲一片平如席，趁取鶻鶉帖地飛。

尾同麈麂首成犢，千百黄羊合一群。攔入圍中何所擬，滿灘鵝鴨鬧如雲。

豹尾鷄翹滿後塵，近前傳旨召儒臣。分頒五色離披羽，榮被雕鞍是八人。二十六日，於固勒班庫特力隨圍，特賜翰林官山雉，人各一尾。

雪中戴青氊大帽上顧見大笑口占紀之

大於煖耳覆雙肩，冰雪騎驢二十年。今日重蒙天一笑，白頭還戀舊青氊。

隨駕閲視群牧恭紀八首

右接雲中左界遼，放來群牧十分膘。自從聖祖開基遠，水草新來分外饒。

齊色分花望不窮，一群拔萃一群空。天生驥騄初無種，只在君王顧盼中。

大漠塵消罷戍屯，曾收汗血入關門。於今青海無傳箭，字息均蒙豢養恩。

肉鞍高出草頭低，千百封牛褐色齊。《漢書》注：馲駝背上肉鞍隆高若封土，俗呼封牛。知有泉源在山外。但從沙上覓駝蹄。

烏犉黄犉種各殊，駢蹏迭角雜收駒。太平畜産閒無用，好入《豐年考牧圖》。

四時邊草閲榮枯，坰谷填谿作雪鋪。一色萬群三百萬，不曾輕費大官芻。《詩》疏：羊以三百爲群，合三十萬計之，則千群也。今合三百萬計之，則萬群矣。

邊户群歌樂歲穰，素封何必業耕桑。家家賜種滋蕃息，銀餅渾如秬粢香。《唐摭言》宣宗賜韋澳、孫宏銀餅餡，皆乳酪膏之所爲。即今乳酥餅也。

蒺藜苑小傳唐監，苜蓿園荒笑漢家。自是累朝無馬政，天留沃壤在龍沙。

恩賜上駟院馬一匹恭紀七言排律十六韻

萬里平沙屬慶豐，更申冏命牧騊駼。如荼如火千峰上，爲錦爲雲一望中。有駜幸隨觀坰野，上襄敢冀賜行宮。房星燭地光先見，電影流天澤下通。玉勒金羈新改控，琱鞍黄帕舊曾蒙。丹青妙合將軍畫，聲價高踰都護驄。緩轡追陪雙仗近，着鞭先後八人同。南書房侍直八人，同日拜賜。細看六印猶鈐髆，《唐六典》：「在牧之馬有飛字印、龍形印、三花印、風字印、賜字印、出字印，其形容端正，擬送尚乘者，以飛字印其髀髆。」乍拂三花待翦鬉。不分牽來游果下，且教行處避芳叢。疾徐本具馴良性，安穩寧資調習功。躞蹀身輕辭社燕，飛揚隊逐入關鴻。食貧慚媿薪芻儉，種貴夸張皁櫪空。照夜俄看歸路白，經春旋試軟塵紅。翔麟苑與飛龍廄，蕃錫恩深念匪躬。

上御帳殿南門命侍衛試調生馬召臣等同觀恭紀

步闊蹄高齒尚童，《尚書大傳》：「童馬不馳。」忽驚一顧出重瞳。賞加牝牡驪黄外，恩在驅馳駕馭中。杏葉裁韉初被錦，桃花作汗欲噴紅。龍涓騏校皆天廐，冀野從看萬馬空。

雪後賜酥酒恭紀

馬足瓊瑶十里衢，到來稠疊賜黄封。土酥點雪脂凝白，官釀消冰乳滴濃。寒斂衾裯禁永夜，温同狐貉禦嚴冬。銀罌翠杓均天澤，醉飽春回草木容。

行經獨石口外

獨石西南路最紆，時平關隘失崎嶇。灤河源在千山外，流過元朝避暑都。

下西巴里臺

直下初從萬仞巔，忽於井底見炊煙。松風夜轉潺湲水，知是山腰一眼泉。

即　事

童子提壺斟馬酒，老翁曲項奏胡琴。近前争博君王笑，真見諸番愛戴心。

張家口

北風獵獵上旌旃，古堠連山峭偪天。鎮將時平多扈蹕，六龍五載一巡邊。

宣府早發

星羅城堡屹相望，地是雄邊舊教場。漸近關南秋尚暖，雁飛先過鷂兒梁。

重陽下堡道中

垂楊全緑菊微黄，九月關城未降霜。踏盡烏桓千嶂雪，却來平地作重陽。

入居庸關

截斷雲頭作翠屏，官溝南瀉水泠泠。黄花催熟旗亭酒，笑脱重裘度冷陘。居庸關，名冷陘，太行入陘之一也。

彈琴峽

沙紋練練溜涓涓，似有鳴琴出響泉。松磴曉含三尺雪，石牀秋語七條煙。聲希不信人間有，悟徹原非指上傳。莫聽鼓鼙思將帥，清音今屬好山川。

恩賜羔皮袍料恭紀

授衣時節恰歸期，裘敝重叨聖主慈。飽食始知肥羜美，臣素不食羊，近奉旨賜嘗，洵美味也。敵寒尤覺乳羔宜。製成刀尺憐柔毳，謝莊《賜裘表》：「靡毫柔毳。」省對冰霜凜素絲。行與都人還示儉，三英五緎在風詩。

山莊雜詠有序

山莊者，我皇上避暑行宫之統名也。臣以草茅新進，再扈扈從，自夏徂秋，往返各閱百餘日。其間山川風土之美，草木禽魚之狀，一一俱蒙恩指示。凡耳之所聞，目之所覩，口不勝述，則紀以小詩，合成三十首，用備遺忘，不揣蕪詞，並呈御覽。

朝涼夕爽絶氛霾，畫裏山莊處處佳。聖德如堯惟尚儉，采椽不斲土爲階。古北口外行宫，凡八所，皆無丹雘之飾。

章奏多從驛騎馳，行宫勤政日孜孜。三更樺燭明如晝，又是宵衣乙覽時。唐太宗每以甲夜視事，乙夜觀書。

溪蔌山殽味有餘，慈幃時達問安書。往來中使頻相望，何異宫庭侍起居。每得新蔬，輒遣中使馳送皇太后宫。

阡陌横從蒔藝區，《豳風》《七月》繪成圖。瓜瓤豆莢田家味，帶露朝朝進御厨。

煙光濃澹寫晴空，多少旌旗掩映中。大抵無峰無好樹，一峰不與一峰同。

幾暇濡毫有萬行，臨池無體不飛翔。蛟龍噴作巖頭雨，千澗流來墨瀋香。

畫鹿宫門樹射棚，冬膠秋幹試初呈。静中人籟皆天籟，朱鷺單傳中的聲。

嶺複岡重不記名，石矼隨處瀉琮琤。濛濛薄霧沾衣潤，雲縷多從水面生。

小雨初過月未升，浮浮空翠暖如蒸。不知濕氣消何處，萬竈炊煙萬帳燈。

林幽谷邃暗霏微，過午人人换裌衣。預卜明朝天色好，相風微動柘黄旗。

松蓋年深雨露滋，茯苓琥珀化應遲。太平是物争呈瑞，枯枿先看出紫芝。赤芝産落葉松根。

灤水清流比漆沮，鱮潭潑潑漾菰蒲。細鱗柘緑皆堪鱠，不數紅鰓巨口鱸。細鱗魚重唇，身有黑斑。柘緑魚色微緑，皆灤河所産。

泡子河淤舄鹵開，霜華彌望白皠皠。邊民聽食天然利，只禁鹽車入口來。泡子河生天然鹽，不待煎熬而成，蒙古用小車載以貿易。

煜煜蒼龍尾角蟠，小星如沸鬧林端。乍驚三尺飛光度，螢火大於金彈丸。塞外流螢極大，光可燭三尺許。

泥金細縷簇龍鱗，首尾中分翡翠紋。頗訝賦形同蠍虎，試看噓氣却成雲。山中蜥蜴長四寸許，頭以下色如翡翠，有紋如魚鱗，尾作金色，吐氣爲雲，土人呼爲雲虎。

多年沙土養奇材，照夜渾疑吐蚌胎。可是水中真蘊火，但生涼燄不然灰。山杏根入水千年，光如水精，夜置暗室中，毫髮畢見。

鋭頭長尾口如[illegible]，肉翅旁連四足俱。猜是千年老蝙蝠，問名方始識飛狐。飛狐，鋭頭缺口，耳小尾長，毛深褐色，翅如鼈裙，四足生翅，中前二爪，後五爪，能飛，不踰尋丈。

叢間樸樕葉先枯，歐李駢睛似火珠。長路微甘供解渴，馬鞭争挂紫珊瑚。歐李一名烏喇奈，子如櫻桃而大，味微甘而酢。

青楓烏柏自喬柯，映日多成錦繡窩，片片丹砂開障扇，就中椴葉得霜多。椴樹葉大如團扇，初生時可裹粉餅蒸食，秋月經霜，鮮紅可愛。

山梨微澀杞漿酸，崖蜜煎從翠釜頒。珍重蓬萊金醴味，不傳方法向人間。山梨、枸杞，汁經煉成膏，味皆鮮美，上嘗以賜近臣。

榛實初生如栗蓬，秋來采掇出低叢。鷄頭剥玉差相並，餖飣曾無一顆空。俗云十榛九空，塞外所產不爾也。

難憑《本草》考豨苓，異卉奇葩眼未經。滿地根株移不得，金蓮垂實菌收釘。地產金蓮花及猴頭蘑菇。

官馬如雲盡上膘，便經霜雪也肥饒。地黃牧宿人人識，何似連山盡藥苗。

千盤百折上興安，寒燠平分咫尺間。忽見萬松齊落葉，人言山後是陰山。落葉松生興安嶺北，秋冬凋落，與凡木同。

道是山鄉又水鄉，四時多半領秋光。西風欲起駝爭圂，早雪將飛麝退香。

雲端千仞跨晴空，真有飛梁亘彩虹。番語漫傳生吉兔，佳名新賜玉玲瓏。達陰嶺東北四十餘里，山顛巨石百餘丈，中通一門，望若飛橋。蒙古謂之生吉兔，皇上改名玲瓏山。

晨隨羽衛愛山行，夜宿周廬傍幔城。自入秋來常起早，挈壺攢點最分明。詞臣帳房在行宫南門外五十餘步，欽天監司漏處也。

畫屏環繞直廬傍，草色常先柳色黄。八月初頭風力緊，夜來傳旨禁燒荒。塞外草枯，禁野火，謂之燒荒，犯者法綦重。

蝗不成災歲有秋，直從畿甸到邊頭。更教州縣除蝻子，預計來年睿慮周。秋來蝗不爲災，皇上爲明年慮，命畿輔所在，偏掘蝻子。

溪流經雨雜清渾，茗椀頻霑雨露恩。日給大官泉一斛，秖應飲水亦思源。自發哈喇火屯，恐河流渾濁，致傷脾氣，賜臣等官厨水，日一石。

丙戌上元夜召入西苑觀千葉蓮花燈恭紀四首

太華晴光絢晚霞，良宵移入玉皇家。月華滿苑清如水，湧出峰頭十丈花。

天香飄下蕊珠宫，映水俄驚太液紅。不夜城中光四照，南薰先應五絃風。

不羡金蓮畫詔回，恍疑風引近蓬萊。分明千佛光中現，併作紅雲一朵開。

彩棚高傍御樓懸，千萼多從一蒂聯。不是大羅天上見，人間誰識火中蓮。

潤木弟授庶吉士二首

初聞唱第向丹墀，再見班行雁序隨。桂發五枝曾有讖，余家廳事前有老桂，癸酉八月開花，忽作深紅色，異於常時。甲戌、乙亥、丙子、丁丑皆然，自是余兄弟及兒子相繼登第。楊穿三葉可無詩。白樂天與弟行簡、敏中先後及第，故其詩云「楊穿三葉盡驚人」。家門我已推爲長，仕路君猶算未遲。何事相看兩相泣，雙親見背已多時。

早緣貧賤多離别，老去依依勝得朋。小閣重添聽雨榻，短檠分店入朝燈。浮踪到海翻相聚，歸路如天豈易登。寄語阿頻存晚計，且來共飲一條冰。時德尹在揚州書局。

哭樊桐姪二首丙戌五月初一。

二十年前哭乃翁，遺孤抱出尚孩童。可堪留取昏花眼，看汝成人又送終。

單丁門户剩嬰孩，收拾殘書與寄回。永訣有言吾不食，三千里外爲誰來。

敬業堂詩集卷三十三

甘雨集起丙戌五月，盡九月。

入夏以來，畿輔稍旱。自五月二十一日駕發西苑，大雨五晝夜，田疇霑足。萬口歡呼，咸謂聖天子軫念民生，甘霖應期，不禱而自至。視《靈雨》、《甫田》諸什不既多乎哉？臣以珥筆隨豹車之後，沐膏澤而詠豐年，固其職也。

五月二十四日駐蹕密雲連夕大雨

輦路涼生暑乍融，到來連夜雨兼風。四山雷轉車聲外，萬帳燈浮水氣中。入夢似聞泥滑滑，占晴行見黍芃芃。頻年毦筆慚無補，枕上吟成願歲豐。

謝賜普洱茶

洗盡炎州草木煙，製成貢茗味芳鮮。筠籠蠟紙封初啟，鳳餅龍團樣並圓。賜出儼分甌面月，瀹時先試道旁泉。侍臣豈有相如渴，長是身依瀣露邊。

喀喇火屯口占

水無蚊蚋地無螨，寺有旛幢石有龕。山是膏腴溪是乳，草如桑葉馬如蠶。

蔣西君同年爲余寫芙蓉折葦扇頭小景戲題二絶

偶拈秃筆寫霜容，點綴誰知不取濃。會得江湖清氣味，蒹葭只合倚芙蓉。

塞垣歸思入秋多，欲涉江湖奈晚何。一葦可杭吾亦去，詩翁莫嘆葉沉波。

七月朔烏城立秋

行宫六月全無暑，早覺涼生大火中。客裏心情原草草，老來光景又匆匆。千山朔氣初迎雁，一雨秋聲盡入蟲。笑指伊蘇河畔柳，三年與爾共西風。

七月十五日四更發熱河度嶺至喀喇火屯天未明

塞天暑亦涼，矧此秋候變。披衣起我早，熟路馬重踐。群峰競高低，孤月遞隱現。參差樹交影，斷續雲流片。長風從西來，過耳劇嚆箭。行行得平地，星火遥可辨。嵐霧滃然蒸，横前鋪白練。道旁有雙塔，隔手不復見。磵絶賴橋通，泉鳴知徑轉。忽聽一聲鐘，微茫識行殿。口外無佛、老之宫，惟烏城行宫旁新創穹覽寺、琳霄觀。

七月十六日烏城直廬驚聞房師虞山公訃音哀情痛切托於短章四首

公去京華日，余方扈從時。癸未秋，先生奉太夫人乞假南還，余時方隨駕口外。三年歸失約，一别見無期。昨寄書猶達，前月接家弟德尹揚州信，云端陽前與先生同渡江。初傳病尚疑。何當聞訃後，驚發早秋悲。

涑水攜書局，蓬山入選樓。去春奉旨於揚州校刊《全唐詩》。奉親恩最渥，給俸禮仍優。在籍官恩準開俸，從來無此例也。風格詩篇著，儀容畫像留。先生出都時，留《秋帆畫卷》命題，後復奉手書，命慎行校閲歷年詩集。到頭天莫問，公自有千秋。

壯歲宦情澹，懷歸至性真。科名無媿色，庚辰殿試，公第一人及第。巖壑早收身。穉子將周晬，高堂正六旬。懸知方易簀，俯仰劇傷神。

歷憶追隨地，多慚屬望情。早曾同座主，癸酉鄉試，慎行與先生同出清溪徐公、廬陵彭公之門。老及作門生。寢哭知何日，心喪痛失聲。灤河兼淚雨，滴滴向南傾。

題西君爲家少詹姪畫四時花卉卷二首

乍驚五色江郎筆，幻出黄筌四季花。知是餘波多綺麗，未妨游戲亦名家。

吹開吹謝自年年，人世風災絶可憐。一片丹青非色界，四禪天是養花天。佛書有初禪、二禪、三禪、四禪天，至四禪天始無風災。

座主總憲吴公請假旋里恭賦四律寄送

乞歸偏在眷深時，臺望非公更屬誰。岳峙淵渟瞻氣象，蒼松白石表襟期。久持綱紀群僚肅，獨抱冰霜聖主知。真喜太平多盛事，大臣進退總逶迤。

法曜文星並一垣，高從河漢溯淵源，回瀾力比鈞衡重，下士心忘副相尊。秘閣有書皆博覽，巖廊何事不深論。即看拜疏辭朝後，尚引肩輿到苑門。公前赴西苑辭歸，上特命肩輿至小東門，慰問賜茶，真異數也。

詔恩暫許憩林閒，不比尋常賦《遂初》。别路人皆期健飯，引年公未及懸車。一門老去仍同爨，八座歸來只舊廬。何物眼前當《七發》，蓴鄉亭外有鱸魚。

一時祖帳盡名流，才子同朝挽不留。三殿文章行接武，五湖風月侍歸舟。蒹葭隔岸鷄催曙，橘柚開園雁報秋。我是歐陽門下士，柴車何日獲從游。

題少詹姪寫經圖時在塞外直廬

我觀人世間，知巧競一途。乃至事所生，虚名亦求沽。不見古孝子，用心常近愚。愚則本乎樸，樸爲誠所孚。苟有裨於親，寧論事有無。唪經祈冥福，此語傳浮圖。庶幾抱微誠，上答父母劬。通乎立教意，可以輔吾儒。宫詹吾宗賢，至性具髮膚。少禀二人訓，學優過庭趨。出爲鸞鳳鳴，歸作膝下雛。中丞贈君訃，痛絶天難呼。北堂垂白母，爲爾增歔吁。黽勉進水漿，傷哉反哺烏。母氏繼下世，兩喪一時俱。平生風木悲，血淚交模糊。君時年盛壯，頓覺形神臞。霜寒宵寢磚，味苦晝茹荼。旁人競相勸，勸保七尺軀。似聞西方經，《報恩》古有諸。親恩等山嶽，子報真錙銖。遂發寫經願，寸心懷區區。幃前一瓣香，几上墨一盂。竭我兩眼力，拚我十指瘏。眼昏指如椎，口誦足雙趺。誦已還慟哭，哭罷復細書。如此踰兩年，白抽頭鬢須。當其迫沈痛，信筆非臨橅。果然妙蓮華，一一紙上敷。一卷萬餘字，七卷七萬餘。人天合掌敬，燦若琳琅珠。俞子亦好手，爲君寫成圖。今來十五霜，故山拱楸梧。偶然展卷看，清淚猶承臚。我生乃鮮民，踪跡歎早孤。先人尚淺土，齒髮日夜枯。作詩志吾媿，汗出成沾濡。

八月十三日駕幸翁牛特恭紀時八公主下嫁於都倫郡王

一統車書域，三朝雨露天。名藩星拱極，法駕日臨邊。遐裔元家貴，崇姻聖代聯。肅雝輿衛盛，錫賚禮文全。事與和親異，恩加屬國專。不煩湯沐邑，特給水衡錢。甸服居相近，華風被獨先。丹青開殿宇，錦繡裹山川。封爵原仍舊，王庭遂不遷。副車常侍輦，駙馬每從田。負弩鸞鑣下，呼嵩豹仗前。從看外孫國，望幸自年年。

木克帶西行十八里山下有湯泉

北行漸入苦寒鄉，喜見湯泉湧道旁。自覺溫能回黍谷，或云下必有砂牀。波痕消盡冰霜氣，石髓流爲草木香。便作解衣盤礴地，暫時休澣也清涼。

中秋夜柳林口翫月與玉符先生及亮功紫滄西君三同年小飲偶成十六韻

露白霜清候，千巖萬樹頭。銀河斜繞塞，金鏡迥懸秋。輪自東隅上，光從西極流。天長雄鼓角，野静散貔貅。星火移躔避，關山倒景收。賞應同北闕，興不減南樓。蕭爽披襟得，高空與目謀。幾年叨扈從，一夕抵旬休。已免攜衾直，還爲秉燭游。王程千里共，恩賜兩宮稠。佳果充桦桉，鮮禽入膳羞。班荆傳酒令，隔幔數更籌。餅似團圞様，詩須酩酊酬。老狂尤爛熳，小坐獨遲留。明日追成夢，吾生笑若浮。起來林影下，嵐翠濕衣裘。

八月十九日皇太子睿賜初白庵扁額恭紀十六韻

地近瞻儲聖，天高鑒積誠。三光開睿筆，四海識庵名。夙昔棲禪志，今來戀闕情。青雲垂欲上，白髮正初生。有作皆邀賞，非才竊自驚。蓬茅沾雨潤，葵藿向陽傾。感激桑榆晚，驅馳歲月更。去家無累遺，下直有僧迎。往往誇儕輩，時時話寵榮。一瓢蟠木瘿，松瘿瓢。三秀紫芝莖。匣許香楠貯，賜帶數珠。盂教浄水盛。頗黎水盂。白巵傳漢玉，緑硯琢洮瓊。是物皆堪供，以上六種，皆兩宮前後賜物。何年築始成。雖蒙頒扁額，未敢計柴荆。蟣蝨微生賤，龍蛇尺幅盈。萬鈞餘腕力，恩重倍難擎。

塞外大風二十四韻索同直諸公和

天上箕星動，山中月暈生。土囊俄出口，沙磧欲填平。猛拔群峰立，喧招萬籟迎。奔衝來若鶩，颯沓去如傾。牛馬渾難辨，蛟龍怒欲争。蓄威雷隱轔，助氣鼓砰鍧。劍戟齊攻壘，波濤迴撼城。餓鴟當晝叫，饑虎傍人行。鼠黠藏深穴，蟲僵踢斷莖。草埋蛇鼻淺，寒噤蝟毛撑。昨夜還防雪，今朝竟得晴。驅雲成片段，轉石落峥嶸。鵶起斜行亂，雕盤遠勢成。向南惟雁路，直上是鵬程。曀本難終日，狂猶逞二更。將收偏作力，忽散寂無聲。谷以虚能受，心緣静不驚。勿愁開橐籥，祇是聽竽笙。衮衮除塵坱，悠悠指旆旌。回頭千樹禿，稱體一裘輕。酒近移牀暖，爐添宿火明。却看天宇曠，翻覺塞垣清。落帽知何處，飄蓬且自征。蘭臺多賦手，小律倘同賡。

行經玲瓏山下

鑿開渾沌得玲瓏，片石居然絶塞雄。地肺想從巖竇入，天台信有石梁通。風雲嘘吸千尋表，日月迴環一竅中。莫怪經過屢回望，佳名却與故山同。余鄉餘杭縣亦有玲瓏山。

八月二十三日上入山行圍射獲白鹿一頭恭紀十韻

白鹿非凡種，仙山歲月長。出當時有道，瑞叶壽無疆。洞口眠時月，原頭望處霜。明明開射的，皎皎入圍場。碧砮千鈞鏃，瑶星一道芒。最宜豣並獻，肯與豹深藏。至潔斑同雪，如膏色勝蒼。皮能留素質，草不療金創。雕俎充庖味，銀毫耀眼光。謬慚陪羽獵，作頌比麟祥。

西君分餉梨藕賦謝十六韻

行厨滋味重，肥膩饜牛羊。正爾宜佳果，俄看致滿筐。遠分慈母惠，特並故人嘗。藕抱玲瓏質，梨含沆瀣漿。嫩疑新出水，紅似乍經霜。洗剔親教净，摩挲愛倍常。大瓢斟雪汁，小片截瓊肪。鬆脆鳴牙頰，芳鮮潤肺腸。真堪解消渴，況乃佐清凉。我本柴桑士，居連荇藻塘。踏泥風葉底，摘顆露籬旁。賣菜多求益，堆盤輒賤償。幾曾虚野饋，長是及鄰莊。物理因希貴，人情感舊長。鑿池從憶白，入谷每思張。二者今兼得，何須問故鄉。

道旁冢

其一在土城南岡上，石獅二，白碑一統；其一在土城東十里，石几一，石亭二，上刊「孝敬之墓」四字，姓名皆無可考。

衰草茫茫近土城，白碑相望兩荒塋。當時馬革尸同裹，今日牛眠地總平。野火漫容荆棘長，塞田并乏子孫耕。有知合笑曹瞞拙，欲刻征西占墓名。

重過玲瓏嶺看霜林作十二韻

犖确重來路，秋容最好時。往年經雪早，今歲得霜遲。二月花相似，千林景特奇。問名難辨種，設色故多姿。濃淡丹黄葉，交加爛熳枝。簇來成綺繡，疏處度旌旗。换眼層層别，迴鞭步步隨。已憐侵暮色，還與發華滋。粧點江南畫，鋪張塞外詩。衰顔熏欲醉，白髮巧相欺。好事何人賞，登高此地宜。丁寧朔風候，旦晚莫狂吹。

聞同年顧書宣前輩湖廣訃音愴懷今昔成五十韻

絶塞來凶問，初疑後果真。恨難埋厚地，狂欲問蒼旻。憶昔充鄉貢，時同忝國賓。紅箋通姓氏，麗正約比鄰。名稍居姜後，癸酉同舉京兆，書宣名在十八，西溟十九，余二十。心常與顧親。雁行聯弱羽，魚隊狎凡鱗。雨雪連牀數，篇章擊節頻。嗜痂良有癖，遭砭各無嗔。搜剔疵瑕出，銷鎔鑛鐵純。偷來輸格律，讀罷爽精神。自爾投膠漆，何曾計屈伸。禮闈看再舉，臚唱聽移旬。獨脱囊中穎，先呈席上珍。列科登一甲，同榜得三人。金馬聲華盛，芝蘭臭味均。甲戌殿試，書宣第一甲第二，丁丑西溟一甲第三，庚辰余房師汪公一甲第一，皆癸酉同榜也。自忘頻下第，翻羡早抽身。君於甲戌冬乞假回籍。病喜鷗情適，閒教鶴性馴。落帆揚子夜，踏月廣陵春。出處都如夢，參商那記巡。分攜從甲戌，會合又庚辰。却話青雲舊，俱添白髮新。木樨參佛法，黄葉證前因。「黄葉打醒游子夢，木樨參透老僧禪」，余與書宣同宿天寧僧舍句也。景已當摇落，衰猶向隱淪。未成棲倦翼，寧免作勞薪。元老開黄閣，微名達紫宸。壬午冬，余因京江相國之薦，召直南書房。寸長嗟莫效，六論笑空陳。釋褐推先輩，含毫托後塵。我仍留輦下，君亦起漳濱。癸未冬，書宣方還朝。花底隨朝謁，燈前惠討論。詞源寬萬頃，筆陣敵千鈞。妙斲斤能運，奇方手不龜。輿圖歸指掌，道路識迷津。乙酉冬，書宣奉旨入直南薰殿，纂輯《方輿路程》。乙覽皆稱善，公才久合掄。使車方簡命，省試且陶甄。場屋收羅鄴，門墻進郄詵。爲爐分玉石，握管稱金銀。氍毹徒喧謗，從容視笑顰。不慚膺特眷，彌覺重詞臣。紀進士榜發後事。遂啟扶風帳，重持大雅輪。楚材傳自古，儒術近尤振。辭闕還瞻戀，之官亦苦辛。行期何苒苒，别語太諄諄。君於初春，奉督學湖廣之命，四月中乃出都，臨行時，頗以善病爲慮。北轍俄經夏，時余扈從避暑口外。南轅似隔晨。鯉書猶待寄，《鵩賦》忽遄臻。江漢文星墜，瀟湘士氣泯。雖云蒙寵異，實未展經綸。澤國秋多慘，騷人例豈循。歸旌千里遠，宦況一生貧。憔悴孤踪在，淒涼往跡湮。老年殊少淚，痛極爲沾巾。

院長惠裘一襲賦謝十韻

推解情何厚，炎涼序忽遷。初過摇扇景，已迫授衣天。蒼腋茸交密，銀貂色最鮮。製成微霰候，拜賜朔風前。輕暖渾踰帛，奇温又勝綿。禿襟便跨馬，短後稱垂鞭。裼襲隨時尚，冰霜是夙緣。曉披迴醉纈，夜脱聳吟肩。袖裹攜新卷，箱中感舊氊。敝裘從唱和，回首十三年。癸酉冬，余作《敝裘》詩，先生與西溟、實君、元龍皆有和章。

謝院長贈馬十二韻

廿載曾徒步，三年會上雍。借驢長自笑，騎馬忽相從。華廐蒙分賜，貧家慮乏供。品應超脱兔，種本出飛龍。宋時學士例賜飛龍廐馬。突過風前影，難尋月下踪。蹴冰蹄似鐵，批竹耳成鋒。一色全凝雪，三花待刷鬃。密看毛細膩，垂愛尾鬖鬆。王濟雖多癖，孫陽詎易逢。驅馳憐盛壯，剪拂愧衰慵。捷徑休爭取，歸途幸見容。最宜隨下澤，安穩代扶笻。

半截塔次院長韻

龍沙茫茫荒怪集，佛界劃天絶梯級。誰興此塔此山中，高湧蓮華嵌空立。大千起滅微塵過，小劫須臾轉輪急。頑礓亂礫泐作堆，風雨猶疑鬼神入。當時委蜕兩夫婦，華表歸來改城邑。相傳元時有某萬户與其妻棄官學佛，殁後合葬於此。冰天下壓巔頂平，雪谷深埋半腰及。我來訪古興桓地，欲寫山川入行笈。每逢陳跡輒徘徊，口業未停餘宿習。草間定有碑銘在，野火燒殘沮洳濕。國書難考奇渥温，筆授惜少鳩摩什。公詩紀實良足徵，歸去皇輿付編輯。

院長惠家製金銀花露一缾賦謝二十韻

佳名傳《本草》，舊識鷺鷥藤。黄白移時變，金銀任俗稱。但聞兼葉曬，寧解帶花蒸。方法誰邊得，園林手種曾。栽培無棄物，筐筥亦時登。籬密開從徧，枝繁采勿勝。製乘香未散，候視氣先騰。倒挽河車水，徐收井甃繩。夜窗珠滴瀝，晨旭露鮮澄。澹比初融雪，清於乍釋冰。怳疑仙掌露，直向玉盤凝。出火經三日，浮缾貯半升。諒非供熱客，間或餉良朋。邊地尤難致，塵襟豈易膺。流匙宜少許，瀉盞感多承。點酒奇芬溢，和茶别味增。唇沾良已足，肺潤更相應。沆瀣咨仙侣，醍醐問老僧。薔薇紅莫擬，玫瑰紫休矜。白戰聊成詠，慚無故事徵。

重陽日度木倫喀喇沁

亂山高下入圍場，掠面西風似弩强。馬足聲乾千澗葉，雁群寒警一裘霜。登臨豈必皆吾土，今古閒消幾夕陽。記取題糕重九節，燎毛燔肉共分麞。是日撤圍，賜麞一頭。

雪後隨駕度汗鐵木兒嶺

校獵秋初罷，回鑾雪乍零。雲峰晴晶晶，風磴曉泠泠。换景供吟筆，收圖入畫屏。萬株枯樹頂，獨愛一松青。

重過唐山營

去日村村翠剡堆，歸時碌碡廣場開。天教朔野西成早，又待君王射兔來。

發波羅火屯至藍旗營

劍分一嶺隔西東，自駱駝嶺東北爲校獵之區，其西南則山莊也。半月風光迥不同。沙磧人歸黄落後，山家煙起翠微中。年豐障塞秋先穫，水落浮橋路盡通。誰信古來甌脱地，築場樊圃入豳風。

自星龕巖歸至烏城道中重見霜林西君有詩再次前韻

過眼當摇落，繁華又一時。地非千里遠，候較兩旬遲，嚥日晨猶麗，烘霞暖更奇。黄留將雪景，紅發未霜姿。秀拔多喬木，輪菌乏醜枝。似燒原上火，愛映酒邊旗。猶憶衝炎去，曾經緩轡隨。緑陰晴借爽，潤色雨添滋。忽换登高屐，來題看葉詩。含情如見待，有信不吾欺。榮悴天難主，妍媸分各宜。本非松與柏，那免受風吹。

九月十四日烏城旅舍連接諸弟諸兒兩孫八信口占一律

燈花如穗吐煙煤，果有家書出塞來。三處豈應同日發，八函却喜一時開。勸餐兄弟憐年長，到眼兒孫抵夢回。爲報老懷殊不惡，地爐氊帳撥寒灰。

重陽後十日入古北口

踏徧雲中雪外山，敝裘重脱柳重攀。寒花過節如迎客，朔雁先期已度關。官馬散隨黄犢卧，戍兵秋較老農閒。勞生屬有驅馳分，默數三年六往還。

石匣城南村民有駕牛墾田者上駐蹕親履田間扶犂行百餘步一時觀者萬人咸謂聖主重農勸穡至意真千古所未有臣身叨侍從目覩盛事恭紀二十韻

雲捲三秋稻，霜清百頃陂。君王除警蹕，郊甸正鎡基。近接鑾輿過，群瞻玉趾移。羽林分仗立，耕叟執鞭隨。龍見天垂象，牛馴帝解縻。沾犂皆雨露，被隴即京坻。久悉艱難意，重蒙疾苦咨。事傳千載盛，恩豈一夫私。自昔豐穰慶，嘗聞史册垂。紺轅曾屢駕，黛耜亦頻施。千畝《周官》籍，三推《月令》儀。大都修典禮，已謂致恬熙。幾見勤民主，行當省斂時。西疇躬自蹈，田器手親持。積厚培尤力，居高履愈卑。九州胥樂土，萬乘是農師。《擊壤》歌相勸，吹《豳》繪總宜。人歡聲動地，風遠播爲詩。作所陳《無逸》，蠻成付有司。小臣慚頌述，振古孰如兹。

俞扶九寓齋賞菊分韻得時字

關榆塞柳别經時，一夕從君那得辭。衝雪人過重九節，傲霜花剩半開枝。寒香泛夜差宜酒，病眼經秋漸怯詩。記取燈前論聚散，明年相憶在東籬。時余將請假南歸。

題張研齋前輩桃花流水圖小照時在西苑直廬。

北風夜狂轉冬律，墜葉堦墀寒瑟瑟。生綃忽展横幅圖，暖氣春回映簾日。垂楊夾岸水没篙，碧色染透胭脂毫。晴霞燒空半天赤，點出萬株深淺桃。玉堂學士神仙客，每到花時懷舊陌。鷺鷥翹足鷗刷翎，下有鱖魚長一尺。船頭舉網船尾炊，何如斫鱠留蓬池。披圖空看畫中景，對鏡微添頷下髭。我昨南帆經古皖，櫂入樅江春過半。至今清夢繞龍眠，三十六峰紅不斷。可憐此地不相逢，却在雲窗霧閣中。青篛緑簑何日辦，且教閒處付漁翁。

敬業堂詩集卷三十四

西阡集起丙戌十月，盡十二月。

凡詞臣請假葬親者，例移吏部，須六年俸滿，方與彙題。余自癸未入館，甲申授職，通計前後歷俸未滿四年。丙戌秋杪，隨駕歸自口外，於直廬冒昧陳情，叨蒙聖恩俯允所請，誠異數也。回思先母見背，已三十五年；先君棄養，已二十九年矣。長恐溘先朝露，負土無期，今乃得買地西阡，歸營大事。吾子若孫，履斯阡也，當念貧家葬親之不易，益感聖朝卹下之深仁，則兹集所留，特涕泗之痕而已。

恩賜白金二百兩恭紀十韻

竊禄清華地，霑恩湛露天。朱提頒少府，白鏹逮微員。優倍三年俸，榮踰萬選錢，旣非金穴比。旨自玉堂宣。重馬歸時載，空囊補處穿。春衣還質庫，客座設青氈。暴富鄰翁問，長貧爨婢憐。每持清白誡，長望子孫賢。不敢辜君惠，行將置墓田。孤生餘頂踵，感涕爲光先。時先人尚未營葬，將以賜金買地。

乞假葬親南歸睿賜騾馬二匹恭紀二十韻

連騎東朝出，輝煌照路岐。來從蒺藜苑，産自渥洼池。騾馬名雖别，龍麟種並孳。漆光明似鑑，騾色純黑。紫啖潤無疵。馬色純紫。抖擻塵沙净，開張骨骼奇。八蹄行互舉，雙尾立交垂。共飲無踶齕，同槽免縶維。曹韓師畫理，湛岳比妍姿。東坡詩：「馬中湛嶽有妍姿。」天廄方登用，房星忽下移。聯翩驚異數，蕃錫荷恩私。臣本駑駘質，生逢特達知。昨來衣白袷，今去鞚青絲。屬有驅馳分，真當愛惜騎。芻茭慚厚給，鞭策敢輕施。每憶重經處，寧忘徒步時。雪深東郭履，寒勒灞橋詩。歸徑逡巡識，旁人指點疑。力衰輸盛壯，心在冀追隨。數齒殊多感，齊衡轉自嗤。長鳴同戀主，臨發又遲遲。

將出都留别院長及同直諸公四首

有生長恐負君親，白首清班忝後塵。蘭畹草生聊自託，鳳池鷗入亦相馴。關門柳色三經夏，苑路花光四及春。總是恩波最寬處，就中容得濫竽人。

窀穸先人久未營，隨身挈涕每縱橫。微官敢作歸田計，聖主能憐負土情。篋有賜書裝不薄，囊惟襆被累差輕。只慚駑鈍宜長放，尚與騂騮逐隊行。去年九月，皇上賜馬一疋，今年十月，皇太子賜騾馬二疋，院長亦曾惠馬，故及之。

勿論解組與彈冠，直爲天高仰報難。情重繞朝新贈策，夢深星瀨舊投竿。九重禁闥深嚴地，七品年勞本分官。倘許衡茅專一壑，猶能曝背話金鑾。

得歸未掃舊巢痕，用東坡詩中意。去住心孤但自捫。列宿回瞻天北極，單車獨赴國西門。檀溪屋老將誰主，栗里田蕪尚有村。長羨冥鴻在寥廓，不曾輕受稻粱恩。

與潤木別於彰儀門外

自我住京師，五年裘換紵。名成時已晚，恩重歸敢遽？子臣虞兩負，方寸亂徐庶。請急太匆匆，痛深創寔鉅。親亡未克葬，貧到傷心處。追憶初喪時，悲端非一緒。汝時尚角丱，至性本天具。今來强仕踰，將伯寔堪助。同歸苦未得，時弟亦欲乞假而未遂。萬事料難預。送我出修門，殷殷戒徒御。我行營大事，家督難自恕。饑凍固其常，兒孫何足慮。來騎蹇驢來，去駕柴車去。風吹日杲杲，飄散蘆花絮。灑淚各無言，哀歌聊自叙。

晚抵良鄉

近畿積雨後，大道成塗泥。舊時攔馬墻，今作蓄水堤。眼中有岐徑，涉足恒恐迷。正賴孤塔高，前行辨東西。南來者誰子，賓從相排擠。光輝溢路旁，簇簇千輪蹄。倉卒爲引避，我車若鷄棲。

早過涿州

曙色朦朧十里橋，城端雙塔聳岧嶤。層冰欲裂風何橫，濃日如熏霧忽消。新闢河淤半蕪没，舊攀沙柳尚蕭條。出畿便是田園路，南望三千未覺遥。

五更發高碑店

久作京華客，鄉程夢易迷。分明茅店月，猶誤早朝鷄。

食安肅菜

老夫居貧曾種菜，露韭霜菘成替代。朅來竊食大官厨，百甕黄虀剩餘債。歸程晚經安肅縣，一碧環城雪初蓋。流涎大似逢麯車，頤朵腸鳴難久待。頃筐雖乏園官送，求益何妨擔夫賣。銀刀削葉土銼烹，柔滑清甘美無對。花猪肥羜真堪唾，野飯村沽差足配。家童相顧旁愕眙，不信主人心篤愛。我願當官知此味，朘剥毋爲里閭害。又願民間無此色，春社祈年秋報賽。菜畦不蟥田不蝗，過客盤餐聊一快。

渡三叉河沙滋唐三水合流於此

百里平陂際白沙，滋唐兩派匯三叉。樹頭小扇風旗影，舊識中羊村名賣酒家。

重入東鹿境宿清官店先寄兒建十二韻

上谷南來少戍墩，自張墩以南道旁無堠。天寒日薄易黄昏。重穿野水平沙路，又宿柴門老樹村。地遠郊圻殊僻左，人隨歲月劇驚奔。遠迎何敢煩丞尉，黄丞、趙尉至此相迎。再到惟欣長子孫。顧我便能偕隱否，問渠可有去思存。時兒建循例量移，將離任矣。一家飽暖踰初望，百里絃歌盡國恩。捧檄當時聊自慰，折腰今日且休論。仰邀天幸年頻稔，下賴民淳訟少冤。成就汝爲無過吏，保全家是舊清門。雖無餘力營三徑，已忝廉名達九閽。酒盞久拋思共把，燈花何喜遽能繁。明朝飲馬滹沱側，好對清流驗鬢痕。

乙亥秋與許霜巖同過深州忽忽十二年矣重經此地題壁依然時許遠宦滇南口占寄之

飛鴻一散天南北，指爪痕從壞壁留。惆悵城南獨吟客，夕陽隨影過深州。

饒陽道中作

我前冬日暖，我後北風狂。向背苟異宜，一身判陰陽。矧乃别形體，疾痛焉能詳。造物豈不仁，饑寒盈道傍。目存力匪逮，惻惻中自傷。

曉發河間黄昏抵大城縣

瀛海東來路，漫漫百里長。田荒薪比桂，潦退鹻如霜。牛跡迷朝霧，鴉聲散夕陽。誰憐畿内地，經眼有蒼涼。

奉謁座主少宗伯許公於大城官署敬呈二律

一城斗大控河壖，析木遥從天漢連。永賴渠成傳萬世，暫勞公出已三年。時子牙河堤告成，報績不遠矣。棠陰樹樹堤邊柳，膏澤村村葑上田。漳滏滹沱皆底績，不曾輕費水衡錢。秩宗兼職領司空，畿輔行看奏禹功。憶送氊車衝朔雪，重來冰署坐春風。何人愛士同迂叟，從此歸田望醉翁。準備籃輿候三徑，先傳鄉信到江東。

曲路店遇吴元朗

去國非初約，相逢淚一揮。余因營葬出，君亦帶星歸。時元朗丁内艱。衰柳催蓬鬢，枯風裂布衣。半生知己分，到此倍依依。

大風抵張夏戲題旅壁

四幅帷裳巧障風，到來村巷聚兒童。此中閉置疑新婦，一笑那知是老翁。

崮山柏

戢戢排行欲及千，黄楊小厄故依然。廿年野火荒山道，看爾幾成劫後仙。

長清山行

曉露趁殘更，荒鷄失次鳴。嚴霜升井氣，落木走風聲。磵道衝沙聚，山墻疊石成。大都生癭俗，磊塊總難平。

泰安州題壁

少負狂名老好奇，逢山興發尚淋漓。如何十度城南宿，不敢輕題望岱詩。

長至日山左道中即目書懷二十四韻

一綫添歸日，初陽放曉晴。細泉冰底咽，枯草燒餘萌。土瘠逢人問，年衰换節驚。滿前憐凍餒，即事歎凄清。此地初荒旱，相傳半死生。至尊憂獨切，當事責差輕。足陌千緡給，留漕萬數盈。不教移積粟，專欲活殘甿。碩鼠成群聚，哀鴻四散鳴。民貧寧樂禍，官賑特空名。受爵能無愧，增階竟冒榮。牛羊難問種，鷄犬乍聞聲。正使流亡復，懸知疾苦併。如何經儉歲，尚爾廢深耕。亟飾郵亭麗，修治平聲。道路平。戍旗雙雙堠，墟落短長程。僅免追呼擾，幾同力役征。辛勤偕婦女，率作及兒嬰。望幸心雖結，安巢計未成。皇仁終見憫，吏治亟宜更。自笑犂鋤叟，來隨商旅行。何曾受芻牧，直是惜婺惸。暖律回鄉夢，寒灰付宦情。所祈年穀熟，終老卧柴荆。

羊太傅故里

《班書》源可考，系出泰山羊。世已經千載，魂應戀故鄉。功名論際會，氏族閱興亡。峴首沈碑後，何須感歎長。

新泰城南望嶅山

孤峰截斷連山脈，大似人間獨立人。地湧雲根浮縹緲，一名青雲山。天生石骨瘦嶙峋。仰瞻泰岱旁無附，平揖徂徠近作鄰。不用多生閒草木，免教榮落改冬春。

旅店食雉兔作

頻歲叨陪獵，秋田雉兔肥。中官馳馬賜，侍從掛鞍歸。北上何年再，南烹此味稀。經過慚野饋，寂寞慰朝饑。

蒙陰城東十餘里地名城子莊壬午初秋曾一飯於此水旱之餘居民百餘家轉徙殆盡惟舊時逆旅主人在耳感歎不已紀之以詩

敗茅頽壁兩三間，百室漂流偶一還。記得往年題句在，豆花棚下看蒙山。

抱犢詞桃墟道中見一老叟抱黄犢騎驢而行，戲作。

東村牛骶秋不熟，别向村西買黄犢。買成抱上蹇驢騎，驢尾稀如翁鬢禿。驢今馱翁復馱畜，步步施鞭毋乃酷？人情厚薄從古然，或加諸膝或墜淵。

古明鏡詞見道旁醜婦而作。

人間有真色，嬌者顔如蓮。東家欲效之，紅白調朱鉛。衆方賞塗抹，群謂醜者妍。好女不自明，詎藉旁人憐。妍媸果若從人定，何用團圞鑄明鏡。

沂州出山

沙淺沙深突復坳，一行疏樹帶煙郊。山經齊魯青纔了，馬渡洸沂碧未膠。小圃重樊因枳椇，浮橋粗就賴蘆茭。經旬尚滯黄河北，漸喜魚羹入客庖。

淮北聞雁

風急霜清欲渡淮，數聲客夢驀驚回。與誰好作江湖伴，東坡詩：「我衰寄江湖，老伴雜鳧鴨。」憐汝亦從邊塞來。殘月曉催千片落，長天寒曳一繩開。蓮房菰米沈波後，集澤群多亦可哀。夏秋之交，淮南北皆被水。

從宿遷登舟連夜渡河

勞筋貪暫息，買櫂聽漁歌。漸與江淮近，自然鴻雁多。涸沙無斷岸，急浪有盤渦。忽報晨冰合，吾舟已渡河。

黄河中流見月出口占一絶

誰謂河流濁，吾疑徹底清。一眉殘月影，鏡裏看初生。

發清江浦二首

南來步步遠風霾，川路晨征一倍佳。竹篸蒲帆渾不用，艣聲如雁下長淮。

編蘆縛荻聚成堆，大舸多從江外來。試問老堤堤畔柳，年年辛苦爲誰栽。

重晤大司農徐浩軒先生於淮上二首

邊風朔雪灑重裘，猶記鋒車一夕留。却到淮陽冬候暖，滿窗紅日話中秋。中秋前，先生復命至塞外，於柳林口行帳中盤桓半日。

河堤本是司空職，計相重乘使者軺。館閣人情久延竚，江湖粗了合還朝。先生以大司農兼翰林掌院，教習庶常，似不應久於外，故云。

張運青先生見餉食物遣人遠致於四十里外以詩奉謝

見説官厨儉，淮流孰與清。於公無媿色，餉我見真情。追送煩郵使，分嘗徧老兵。道旁傳異事，此客勿相輕。

寶應雨泊

冒雨衝泥取次行，多年不聽滴篷聲。此聲好是治聾藥，老耳孤燈分外清。

曉晴發寶應喜得順風先寄德尹揚州

安宜城外雨餘天，晨旭初生血樣鮮。湖似貫珠行不盡，秦少游詩：「高郵西北多巨湖，纍纍相連如貫珠。」雲隨飛鳥勢争先。離心各抱三年外，短夢難禁兩日前。一事報渠差快意，好風添送順流船。

掛帆行六十里將抵界首風勢轉狂小舟不敢下閘戲成二絶

閘口狂風撼柁樓，堤邊驚浪聚浮漚。何妨暫作須臾住，只算荒灣遇石尤。

石尤風緊人知避，我獨逡巡避順風。不謂有風行不得，掛帆何必急流中。

高郵道中

北風吹折荒灘蘆，四無頃畝純浸湖。周遭三十六陂水，中置一城形覆盂。蔣之奇詩：「中間可以置戍城，隱然高阜如覆盂。」城頭角聲曉如訴，城外人家半漁户。我來正及積潦收，但見飛鳧導前路。買魚射鴨值幾錢，所愁米貴厨無煙。水鄉作客大不易，嗟爾居民誠可憐。

大雪夜泊瓜洲二首

茱萸灣北晨沽酒，瓜字洲南夜泊船。我自只如常日醉，人言風雪滿江天。

歸途未免防冰雪，一月晴和竟似春。今日漁簑堪入畫，天公原不薄歸人。

雪後渡揚子江

廿里風程一霎間，海門晴色帶潮還。白頭浪裏參差影，看盡江南雪後山。

舟過丹陽有感於范堯夫事漫成一律

郵籤朝過曲阿城，又是江東第二程。一刺投名羞俗態，十年爲客見人情。當時已少郭元振，故友誰如石曼卿？預遣家書刻歸日，兒童不用遠相迎。是日遣老僕先歸。

三十年來舟過無錫未嘗再游惠山口占解嘲

來往如梭三十年，不曾重酌德池泉。他時終作法雲老，償取平生未了緣。

膠山在無錫縣東四十里九域志云山南有梁蕭侍郎故宅今無可考矣

蕭蕭雁鶩鳴枯蒲，南朝侍郎宅有無。膠山漸近惠山遠，中隔芙蓉一片湖。

渡尚父湖晚抵虞山二首

煙村雨浦遞灣環，忽入澄湖杳靄間。常愛大癡横幅好，不知粉本在虞山。

長松高下蔭坡陀，老柳參差蘸碧波。咫尺吴門風景别，山塘十里稻堆多。

過錢玉友河亭話舊二首時已收身奉佛但未廢飲耳

團蒲旁着一龕燈，轤鎖中無杜伯升。事見東坡詩。長恐入門遭痛棒，對君吾是啞羊僧。

不愛天花作道場，萬緣消盡酒難忘。白樂天有《何處難忘酒》詩。從今方丈維摩室，添瓣清香祀杜康。

與許暘谷時許初自山右歸

一笑還家未覺貧，奉承堂上白頭親。可憐我亦稱人子，負米歸來晚爲身。少陵詩：「負米晚爲身，每食臉必泫。」

西阡雜感五首

其一

銜恤三十年，今方卜城域。有身彌自痛，負土假人力。

其二

兩山如玦抱，一水縈紆注。落葉滿西阡，别家墳上樹。

其　三

坡陁非丈五，馬鬣是新封。小著樊籬護，須防鹿觸松。

其　四

墓田故無多，又占數間屋。庶望子孫賢，既耕且還讀。

其　五

一門四兄弟，去住難自主。丙舍幸已成，神傷對牀雨。時潤木乞假未得。

除夕與德尹信庵守歲二首

驐鷄篘酒餞殘年，餽歲鄉風自昔傳。不爲盤餐營口腹，老來情味合歸田。
家貧未免思游宦，及至成名累有官。畢竟商量何計穩，白頭兄弟一堂難。

迎鑾集起丁亥正月，盡一年。

丙戌偪臘抵家，營先人葬事畢，將於西阡築舍，爲休息計。會天子閱河南巡，在籍臣僚，例應遠迎。明年正月，買舟渡河，隨鑾自淮陽抵江寧，至蘇、杭。五月初，於高郵送駕，再展六月之假，乃復歸里。通計一年中，息肩不過二百日，懶不作詩，僅得如干首。

園梅垂放而主人將出門口占一絶

冰雪禁繁蕊，莓苔裹老枝。吾閒猶未得，不謂爾開遲。

錢玉友有見寄長篇極論作詩之旨終以傳世相期許兼承不朽之託連日阻風虎丘舟中無事賦此奉酬

吾觀工畫人，胸本藴丘壑。雲煙資變幻，山水赴脈絡。又聞國手棋，惜子不輕落。翻新布奇勢，全局如一著。良醫去成見，因病施方藥。巧匠先量材，運斤乃盤礴。羿射無詭遇，騶琴有醳攫。高僧厭苦空，八棒解拘縛。老仙出狡獪，九鎖啟橐籥。惟詩亦云然，衆美視斟酌。神功須力到，佳境豈意度。人皆信手成，孰肯苦心作。同心得錢子，洞見非隔膜。惜哉方逃禪，此道付糟粕。偶然一吐露，萬象互疇酢。足知精進幢，隨事無退却。投篇過推許，不量余所作。平生知己分，夙昔慎唯諾。寧待遲暮年，重爲不朽託。君其益自愛，藏藁手親削。玉友近編所作詩九卷，名《撫雲集》。

夜泊京口

誰信勞生有路難，山川猶作故鄉看。風翻石壁連城動，潮滿江船出口寬。細火一星疑遠市，重裘二月尚春寒。東君不管梅花信，任向高樓笛裏殘。

奉和座主相國澤州公吴橋道中見寄之作敬次原韻時扈蹕南巡。

浮浮薊北煙，曖曖江南樹。聞公陪輦出，延竚凡幾度。早梅已飄香，繁杏亦修嫮。惟占燕雀喜，詎觸蛟蜃怒。挂席下清淮，馳情快前遇。詩高有孤唱，興愜無長路。絮暖茱萸灣，風輕桃葉渡。舊游吟未足，更向湖山去。

院長揆公出都時亦有詩見寄清江舟中出以索和奉次原韻並簡唐東江考功

清音天半落松杉，吟傍仙舟響亦凡。夜雨一篙平岸水，春蒲十幅渡河帆。不辭醉詠花欹帽，預擬題襟墨漬衫。爲報東江老居士，速馳詩遞答來函。

揚州城外觀燈船和友人韻二首

琉璃一片映珊瑚，上有青天下有湖。岸岸樓臺開畫錦，船船絃索曳歌珠。二分明月收光避，千隊驪龍逐仗趨。不爲水嬉誇盛事，萬人連夕樂堯衢。

錦纜朱欄綵鷁群，滿川春暖氣如熏。倒窺銀海千枝燄，迸散金波五色雲。雁齒初裝虹有暈，魚鱗不動水無紋。君王到處皆勤政，猶自宵衣坐夜分。

題湘雨禪師宙亭詩集後師乞余作序故落句及之

九僧殁後名僧少，今見詩中第十人。傾倒盋囊千斛水，洗空衣裓七條塵。秋田領鶴精神爽，春谷聞蘭臭味親。不敢與師多作序，欲離文字證前因。

初登金山

齋鐘浴鼓平生夢，垂老方成邑蹕游。忽聽潮聲分兩派，信知樹影在中流。千檣雲霧浮孤塔，三島樓臺聚一漚。終脱朝衫穿野衲，卓庵閒地幸相留。

清明喜霽再登金山同院長作

片帆重過潤州城，曙色東來海氣晴。千點桃花一江水，妙高峰下作清明。

雨後隨駕發龍潭抵江寧

晨隨羽衛發龍潭，雨氣初收日色暹。驛路馬嘶泥滑滑，野田雉雊麥漸漸。六朝煙柳攀罾岸，三月風花賣酒帘。《擊壤》吹《豳》聲一概，尚煩停蹕問茅檐。

隨駕謁明太祖孝陵恭紀十二韻

明祖山林在，天家祀典昭。千官隨虎旅，萬乘駐鸞鑣。風雨東來近，江關北睇遥。石城蟠脈厚，靈谷蓄泉饒。狐兔何曾窟，松楸竟不凋。運雖經鼎革，詔特禁芻蕘。下馬坊猶聳，祲恩殿忍燒。遺民安率土，聖主念前朝。本以仁除暴，還同舜紹堯。統傳心有契，社廢廟無祧。陵户煩增置，神宫儼舊寮。霸圖卑六代，園寢任蕭條。

院長見贈大篇過蒙推奬次韻奉酬

《騷》《雅》本正聲，沿流乃盡變。前賢不苟作，寸錦勝匹練。自從篇什繁，觀者目易眩。公才擬日星，有作萬人見。圭璋既特達，氣類必引薦。賞奇神有交，嗜善誨不倦。手持大圓鏡，盡攝諸方彦。高談折深源，小智窮曼倩。伊余好吟詠，宿昔弄柔翰。駑駘百舍趨，追驥不及半。人言桃李春，自顧桑榆晏。雄辭荷奬借，照眼驚璀璨。穆穆被清風，嘐嘐發將旦。和章如草木，披拂聊供翫。

自葑門至崑山舟中作

鯉魚橋外綵旗斜，乙未亭邊鼓笛譁。六十四涇煙水色，半隨鳳艒泛桃花。鯉魚橋、乙未亭皆在葑門外，見丘與權《築塘記》，六十四涇，詳《吴郡志》中。

立夏日吴山寓樓偕竹垞朱先生及鄭息廬馬衎齋素村家德尹爲櫻筍之會竹垞有詩和答一首

夏木陰中夏日長，小樓西面吸湖光。簾櫳昨夜猶春雨，花事今年偶故鄉。佳節重逢知幾度，白頭一笑抵千場。朱櫻紫筍家園味，容易山厨得飽嘗。

雨中隨駕泛舟西湖次院長韻五首

看山曾向雨絲中，青苧竿頭弱柳風。今日船從天上坐，亭臺不與昔年同。

沿堤畫槳愛徐行，但换橋坊不改名。水墨圖中天一色，鷺鷥幾點去分明。

澄波何處著纖埃，寺面多從鏡裏開。放鶴亭邊聊一憩，居僧猶記探梅來。

摇曳垂楊淺水灣，心隨魚鳥欲忘還。裏湖行盡外湖出，又露西南兩角山。

老去論詩敢自豪，從公游興尚陶陶。袖中攜得西湖去，十幅吟箋勝薛濤。

昭慶僧樓同年佟淵若學士步月見訪

滿川煙火氣熏蒸，誰解敲門問老僧。多謝同年能見訪，上樓初點佛前燈。是夕，湖舫煙火最盛。

和淵若學士西湖雜詠四首

短墻高閣俯層瀾，中有幽人洗眼看。漫道放船隨處好，煙波終讓外湖寬。時淵若寓段橋外。

雙鳩啼雨又連朝，濕翠濛濛隔岸遥。好片蘇公堤畔柳，映人騎馬渡虹橋。

賀監狂名老在無，酒船一櫂未應孤。心知不及閒鷗鷺，拂雨翹煙占此湖。

四圍圖畫本天成，三面雲山一面城。多少才人吟不盡，尚留佳句待先生。

雨中過南湖訪老友盛鶴江二首

幾稍新竹透籬根，一片蒼苔印屐痕。六七年來閒不出，感君爲我特開門。

煙雨迷離又一春，舊游如夢亦如塵。萬緣消盡詩名在，猶替南湖作主人。

隨駕重至虎丘寓直仰蘇樓下

好片生公石，重來似十洲。爲逢僧話舊，猶認仰蘇樓。

聞兒建到家之信

爲貧而仕全家出，末路何堪久別離。書卷抛來飽魚蠹，田園荒後長榛茨。急流自信差能退，廉吏誰云不可爲。比似遷官還校喜，燈花爲汝報歸期。

吴門舟次喜遇潤木假歸

誰傳遠信自京華，聞汝歸程漸有涯。驟見尚疑俱作客，昨歸翻怪不同車。半年冰雪愁爲減，一飯江湖勸互加。錯料老夫詩是讖，白頭兄弟盡還家。予去年除夕詩有「白頭兄弟一堂難」之句，故云。

重酌惠山泉

千章老樹蔭渟泓，不忝《茶經》第二名。急借匏尊蠲久渴，旋敲石火試新烹。僧無吝色從多汲，客有餘甘爲一清。挈得缾罌須穩載，免教地主累張衡。

奉謁侍讀秦公於寄暢園敬呈五章

石龍噴沫轉堦除，平碧中涵萬緑俱。信是有源能不竭，旁分一派給僧厨。

合抱淩雲勢不孤，名材得並豫章無？平安上報天顔喜，此樹江南只一株。園中樟樹一本，乃數百年物，上嘗傳問：「此樹無恙？」故云。

山光水色盡沾恩，風月兼留雨露痕，堂中有「山光水色」、「松風水月」諸額，皆十餘年來御筆屢次題賜者。頭白村翁傳盛事，鑾輿六度幸名園。

德門子弟媲荀陳，再見瓊枝玉樹新。謂洛生喬梓。却笑平泉空作記，世家難得是文人。

韓公文體杜詩名，謝傅家聲白宦情。四海只今無執友，從游應許老門生。辛酉，先生典試江西，廬陵彭公是科所得士。慎行癸酉舉京兆，又出彭公門下，例得稱門生。

麥　秋

桑疇宜暖麥宜寒，宵旰憂勤亦少寬。親見江淮民樂業，清和天氣好回鑾。

邵伯埭送駕後歸舟即事二首

埭南埭北鮝魚肥，斗野亭邊興不違。説與故人應惜别，千帆送盡一帆歸。

高寶中央地最低，秧針浮水水浮畦。霑沙雨足牛蹄健，萬頃湖田盡架犂。

與德尹自揚州連舫渡江

梅花開後草堂前，準擬春來共醉眠。此福兩人消不得，半年五上渡江船。

入夏苦旱六月十五早偕鄉人禱雨烏龍井步至菩提山真如寺二首

淡月朦朧般若臺，沈沈海岸蔽黄埃。可憐我本無田者，足躉荒山乞雨來。

皋蘇遺廟在巖阿，潛説友《臨安志》云：「鹽官縣東七十里有烏龍井，廣四尺，深七尺，冬夏不竭，相傳皋、蘇二將軍逐黄巢死於此，因祠焉。紹興十年，歲旱，禱雨即應，敕賜『濟福廟』額，在寺南六里。」古井年深不起波。好笑兩三垂白叟，便思泥首致滂沱。

耳聾

五官初廢一，萬竅爲收聲。絲竹吾何與，雷霆衆自驚。少聞差省事，多笑豈無情。社酒如堪治，明年試聽鶯。

十月十七日病起過鄰僧融然房看菊

閒僧仍種菊，病叟偶還鄉。物色憐寒蝶，人情愛晚香。開遲經夏旱，節爽似秋涼。對此增怊悵，吾家徑久荒。

周濂溪先生家塾銅章一枚形製奇古其裔孫歷世寶藏來索題句敬賦一章

道州崛起千年下，聖學昭如揭日星。遂使大儒承統系，猶留小器覯儀刑。摩挲繆篆蟲魚古，洗剔銅花翡翠青。不比還珠空寶櫝，子孫長得護精靈。

天寧詩僧文緯見過

夕陽影裏鴉投樹，落葉聲中犬吠船。久矣蓬門無剥啄，偶然葦岸有緣沿。孤吟喜接金襴友，一味能參玉版禪。時以冬笋見餉。絶勝地爐煨芋在，爲師飽喫送殘年。

敬業堂詩集卷三十五

還朝集起戊子正月，盡五月。

家居一年，展限已滿。州縣敦迫就道，勢難逡巡。一術士語余曰：「君欲賦《遂初》，其在壬癸之交乎。」余笑而頷之，既至都，仍内直。昔楊誠齋自江西召還，陸務觀有相賀歸館之作，今集中所載《朝天續集》，此其時也。後五年從江東賦歸。果若術士言，則余之退休亦不遠矣。

立春後五日清溪舟中大雪留别談未庵徐任可十二韻

四野雲俄合，孤舟凍始消。東風鳴昨夜，大雪灑今朝。邂逅成奇特，斯須破寂寥。連峰胥挺玉，衆水畢趨苕。委浪疑鋪練，投村誤斷橋。微嫌經臘少，偏愛入春饒。亞白回梅眼，誇輕鬬柳腰。近人何脈脈，隨我太飄飄。吟對知才減，寒禁待酒澆。畫圖愁去國，蹤跡笑還朝。時余將北上。莫便欺蘭蕙，終須别艾蕭。溪山有迷路，長恐失漁樵。

聞少詹姪京邸訃音時余方東北裝先馳詩四章哭之

忽馳家信入新春，凶問初傳或未真。共訝緘封纔偪臘，不知屬纊已經旬。兩宫遺問無虚日，一姓哀榮得幾人。屈指輀車定南下，空將老淚灑征塵。

早年同學晚同官，永訣俄從小别拚。去年四月杪，與聲山别於揚州。哭有餘哀何日盡，死無留憾古來難。層霄路近瞻雙闕，淺土年深痛兩棺。皋復有靈知不瞑，側身天地荷恩寬。

家門先後忝科名，臚唱同聽第四聲。遲汝八年稱後輩，丁丑春，聲山從庶常授編修，余授職在甲申冬月，相距八年。長余一月禮先兄。余兩人皆庚寅生，而聲山長余一月，上前奏帖及班次，余皆在後，故云。籍咸入社名相亞，廣受還鄉夢隔生。從此孤踪兼善病，菟裘知復幾時營。

推挽無端到不才，王程何處不追陪。每當宣唤慚臣老，嘗蒙東宫召對，以姪故，呼慎行曰「老查」。特被恩頒恤爾哀。丙戌十月，姪病不入直，上出人参一斤，命慎行賚賜。《七發》同朝皆屬望，三年一病竟摧頽。可憐烹鯉沈綿候，猶寄音書促我來。

過梅里爲竹垞先生留一日

鄭重還山約，餘年準擬同。如何向岐路，又復轉孤篷。過酒衝筵雪，維舟拍岸風。我衰公早白，告别敢怱怱。

虎丘花信樓與馬素村别

樓頭樹色已葱葱，樓外煙光薄未融。客況前游前度夢，去年二月，泊舟樓下，五日乃渡江。春程一雨一番風。緑蕪望極空濛際，白髪痕深聚散中。多感故人臨别意，揮絃遥送倦飛鴻。

丹陽即目

連檣旁有小車行，不斷伊鴉轣轆聲。夾岸坡陁帶殘雪，麥苗青上曲阿城。

重過高旻寺留别湘雨長老

茱萸灣口記停船，再叩禪扉已隔年。四海僧皈康寶月，三生人説杜樊川。閒投拄杖殘雲外，倦倚征帆落照前。等是有山歸未得，憐師還復望師憐。

雪後晚抵儀真

白沙一道走平川，野有耕犂步有船。萬頃瓊田鋪宿麥，幾村茅屋起蒼煙。新泥滑路逢初霽，枯樹攀條感昔年。曾是阻風中酒地，老來情緒倍依然。乙亥秋，從六合發舟，阻風於此。

江浦農家

江邑連年旱，爲農詎免饑。牛羊誰是牧，雀鼠自能肥。野廢林廬在，城蕪户口稀，眼看春社近，倘與燕同歸。

滁州看山

霧薄疏林晴曖曖，雪消幽澗響潺潺。曉來衝霧踏殘雪，愛看環滁面面山。

欲游瑯邪山尋醉翁亭不果

征輪兀兀鬢催斑，誰遣勞薪不暫閒。咫尺西亭行不到，又隨春雁度關山。土人呼清流關爲關山。

清流關

一綫飛流百丈清，洩雲歕雨落峥嶸。時平久罷中原戍，地險猶沿五代名。琴筑低昂因石勢，風濤起滅付松聲。瓦銚茶熟行人渴，只有閒僧管送迎。

磨盤山

勿論九折與千盤，涉足誰如此路寬。羊角旋風隨曲曲，磨牛陳跡轉團團。連雲取棧紆終到，峻坂迴車下最難。不是人間無捷徑，漸鴻原自喜盤桓。

池河驛

古驛千家聚，鍾離北望孤。河流近淮泗，山脈盡荆塗。客飯論珠貴，村醪計盞沽。明朝貪早發，前路入平蕪。

臨淮縣渡河

暴漲衝橋斷，孤城比石堅。中流聲沸地，別浦氣沈煙。渴虎憎關吏，饑烏仰客船。渡淮魚米賤，鄰壤接豐年。

淮北道中

隔岸草纖纖，人家緑映檐。泥中逢驛騎，樹杪展風帆。暮色遥天落，春寒細雨攙，故鄉行漸遠。猶未换春衫。

冒雨發皇莊入靈壁境泥淖甚深兢兢有失足之慮車中口占

泥濘忽如許，行行險且紆。平生無闊步，老去復長途。不少前車鑒，誰爲將伯呼。短筇吾賴汝，緩急幸攙扶。

宿州村家有種柏作籬者戲嘲之

數椽曲木架茅茨，雨打風翻大半欹。多少荆榛寬束縛，屈將翠柏作樊籬。

春　寒

杏蕊稀疏萺葉短，田家占候幾回過。春光只似宦情冷，自渡江來風雨多。

旅店食紅蓮米飯

見説太丘産，紅蓮稻最良。色疑新出水，粒愛乍除芒。少陵詩：「除芒子粒紅。」淅罷鮮於染，炊來軟更薌。曾蒙天上賜，往年隨駕口外，官厨曾賜食。一飯愧私嘗。

永城縣署與唐殿宣飲別

共作風塵吏，聊追夙昔歡。分攜頻改歲，相勸一加餐。酒緑禁愁淺，燈紅欲別難。老深兒女戀，直似故鄉看。君之長子，余姪婿也，余姪又爲君婿，時皆在座。

道旁官柳一樹獨枯

同根連理枝，一様被風吹。莫問榮枯意，春工兩不知。

商丘道上戲作兼寄同年宋山言二首

少治《春秋》老漸疑，宋都舊事記依稀。近來六鷁多争進，幾見因風稍退飛。

梁園春半好風光，紅杏開鄰宋玉墻。苦被時名牽率去，一官頭白校書忙。

寧陵喜雨

客過中州愛物華，沙隨城外氣清嘉。轆轤轉井晨澆菜，槅棱開田午種花。地産木棉，土人但呼爲花，今其下種時也。色映酒壚三尺紵，聲和牛鐸四輪車。空傳杞宋遺風在，喬木何曾屬世家。

贈正華長老并序

去睢州城北十里，道旁梵宇，俗呼鐵佛寺。持住長老，吴人也。自言蘇州嚴墓李氏子，少依巨德禪師記莂，法名正華。康熙庚申，渡江北游，將赴五臺，禮文殊瑞像。一夕經此，坐道旁，臥鐘下，諦視，則李正華姓名在焉。恍然悟前生之爲行脚僧也。兹地舊有佛廬，明季燬於兵火。遂發願募化，銖積寸累，經二十餘年，乃薙草開林，凡爲殿四重，莊嚴像設，廊廡周遭僧寮及庖湢之所，共六十餘間。仍以餘金買常住田二頃，飯南北往來緇衆，今寺成而年老矣。余覯而異之，爲詳記始末，并贈以詩。

曾爲行脚此經行，聚鐵依稀鑄姓名。重向荒村投一宿，忽從古佛證前生。斧斯荆棘還初地，海湧樓臺現化城。用盡萬金殘債了，結跏依舊聽鐘聲。

伯牛岡在杞縣城東上有冉子廟地非孔道行人罕有過而問者

垂鞭來問伯牛岡，田叟扶犂過我旁。指點人煙最深處，一村新柳似鵝黄。

重至陳留縣齋與許不器話舊二首

小許移官去，回頭十四年。乙亥秋，許霜巖出宰兹邑，邀余同來，留此兩月。故人今宦此，古義兩殷然。種樹添新蔭，開池得美泉。重來娱老眼，光景勝從前。

不料衙煩邑，衙齋乃爾閒。簿書神不滯，交友性相關。却餽安余素，居貧諒汝艱。一杯渾暖熱，相顧慰衰顔。是日大風，寒甚。

大雪暮抵開封湯西崖前輩留飲學署二首

二月梁園雪，春風特地寒。行防街路滑，到及酒升寬。物色符清望，交情稱冷官。庭花經手植，何惜借人看。

一代文章伯，中原桃李陰。青春聊作伴，白髮莫相侵。與國培元氣，於公識苦心。人知讀書貴，土價比黄金。

徐大來太守送黄河水

汴俗多鹽井，黄流遠不侵。兩牛煩重載，斛水抵兼金。澹泊知官味，清涼鑒客心。飲河還自哂，滿腹恐難禁。

雪後發汴城

三日大梁住，北風吹不休。朝來開霽景，擬上渡河舟。此地多賢主，吾生感舊游。吹臺桃柳色，臨老重回頭。

渡黄河

地勢豁中州，黄河掌上流。岸低沙易涸，天遠樹全浮。梁宋回頭失，徐淮極目收。身輕往來便，自歎不如鷗。

延津城北望太行山

河壖一小縣，傳是廩延城。野燒痕猶在，沙田廢不耕。民謡思樂土，客飯記荒程。指點鹽車路，千峰馬首晴。

早過淇縣

高登橋下水湯湯，朝涉河邊露氣涼。高登橋、朝涉河皆在城南。行過淇園天未曉，一痕殘月杏花香。

渡淇水

昨日渡衛源，今朝涉淇水。出山雖異派，相望不百里。游子中原來，黄流混混耳。忽然鑒毛髮，顧影落清沘。風塵有黧顔，夫豈水污爾。從衰旋得白，正坐不知止。逝者方如斯，於何觀止理。寓形忌太潔，外垢庶可洗。

鄴下雜詠四首

湯陰城外千楊柳，密罩征鞍過相州。中有一株柔可愛，勸人繫馬拂人頭。

一賦何當敵《兩京》，也知土木費經營。濁漳確是無情物，流盡繁華只此聲。

頑礫粗礓少硯材，詞人陳跡散如灰。兩家摶土殊多事，曾範三臺舊瓦來。

一月寒禁幾信風，初從河北聽豐霳。老夫準備看花眼，半日停鞭住鄴中。是夕雷雨。

雨後發豐樂鎮渡漳河

雷雨已過朝復暾，早桃欲花煙滿村。夢中似聞簷滴響，渡口微覺河流渾。青山濛濛作雲氣，白浪滚滚留沙痕。滏陽北望三十里，舊事過眼從誰論。曩與許霜巖過此，有「芰荷香裏到磁州」之句。

釃渠詩并序

磁州在漳、滏二水間，大興蔣侯來知州事，始至相度地勢，慨然思復西門豹、史起之舊，謀於州之士民，咸慮勞且費，侯獨違群議，毅然爲之。釃滏陽河爲渠，以灌城南北。渠之廣不過一丈，深半之，曲折通流，建閘以驗盈縮，旱潦有備，蓄洩以時行之。十年開稻田數萬頃，歲收數十萬斛，初以爲不便者，後皆帖帖，謂侯之惠愛斯人，惟斷乃成也。侯名櫂，字試可，余未識其人，過其境，聞父老之言，有古循吏之風焉。作詩以竢采風者。

一州頓復西門績，南北釃流引滏河。緑樹成陰茅屋少，清渠夾鏡稻田多。年深漸欲孳魚蟹，利美兼宜植芰荷。他日誰裁《溝洫志》，吾詩或可當絃歌。

題邯鄲吕仙祠壁

百念全消一老夫，神仙不信信浮屠。直饒贈枕成何用，鼻息如雷夢已無。

臨洺關

臨洺關前春水緑，草色平鋪接沙麓。戍人閒雜老農耕，拾得前朝戰場鏃。

自褡褳店騎驢至沙河

遥遥沙河城，皛皛堆坳白。驢耳露雙尖，驢蹄深一尺。

鴉拾粒行

牛前仰而犂，鴉後俛以拾。牛豈爲鴉耕，鴉因牛得粒。農夫呵牛長苦饑，不如鴉群飽食東西飛。

渡泜水有感於張陳事

泜河直下常山郡，誰遣當年竟不流。此事終留交道恨，萬屍填塹兩人仇。

上巳趙州道中二首

幾日冰開合，餘寒勒柳條。十日前中州已見杏花，而邯鄲以北柳未全緑，氣候之不同如此。水濱游女少，閒殺趙州橋。

平原留故里，牢落幾人家。客過誰澆酒，僧來且喫茶。

與張昆詒時宰新樂。

惠好自兒童，相看忽老翁。以君三歲長，與我兩心同。書畫性成癖，絃歌聲可風。桑榆須早計，歸路免西東。

定武道中

積雪春猶潦，連朝釋凍痕。鶯花何太晚，榆柳不勝繁。貰酒中山市，騎驢代北村。祇愁風色惡，回首太行昏。

堯母泉在慶都城南源發於平地四時不涸環城數十里間居民頗護其利

《禹貢》遺風冀壤先，帝鄉耕鑿故依然。繞城半食蒲荷利，源在南鄉一眼泉。道旁石碑稱「堯母鄉第一泉」。

保陽城西望落翮山

不斷羊腸麓，東來萬馬趨。數峰銜落日，此路出飛狐。

狂風行

碧天杲杲日正中，萬竅突發顛狂風。塵沙滃勃晝冥晦，瓦礫旋轉隨枯蓬。使人口吻不得張，耳目成盲聾。馬牛來往紛憧憧，問之不辨西與東。是時三月初，柳條舒緑桃將紅。胡爲噫此不平氣，春行秋令毋乃違天公。我行邂逅偶相值，墨守未易當輸攻。心如混沌一不鑿，外感欲入何由通。適來日無影，適去塵無踪。盡收衆籟入槖籥，仍以一寂還虚空。

清明前三日重直暢春園觀桃花二首

煖煙晴靄互交加，散作高低遠近霞。行盡人間冰雪路，又來天上看穠華。

已逢蛺蝶未聞鶯，閏歲春遲倍有情。畢竟鳳城花信準，早桃開候近清明。

同年王樓村招飲白丁香花下

我從鄉園來，不看鄉園花。輸君京洛住，久客還成家。一株丁子香，高卑趁檐牙。曾經上番種，旋發春來葩，獨抱冰雪姿，亭亭遠塵沙。良長醉其下，酒美殽核嘉。夕陽轉庭西，人影花交加。我鬢已半白，君鬢亦漸華。自然法眼净，《維摩經》：「遠離塵埃，得法眼净。」不被紅紫遮。爲歡出邂逅，所戒非窮睽。《後漢·仲長統傳論》：「楚楚衣服，戒在窮睽。」

閏三月朔與德尹同直内廷次東坡五月一日轉對韻

冠壓華顛帶繞腰，重來心跡負耕樵。僦居未穩連宵夢，接武還同雙日朝。上苑花開如見笑，故人酒熟例相要。殘年果踐歸休約，《擊壤》猶能頌帝堯。

苑東移居與同年汪紫滄同寓紫滄有詩和答三首

近傍名園遠去郊，無多屋宇半編茅。春蠶慣作同功繭，癸未以後，偕紫滄下榻自怡園。社燕來尋舊識巢。景與征衫隨日换，官隨手板幾時拋。卜鄰絶勝清漳宅，蛩駏相依剩素交。

茫茫人海此居停，萬斛風埃兩葉萍。草色堦除晴不掃，槐陰門扇晝長扃。同槽廐馬無蹏嚙，典謁家僮互使令。怪底群情皆帖妥，多緣君與我忘形。

西苑鶯花幾閲春，憶初伴直祇三人。暢春園向未有直廬，癸未正月三日，余與聲山、紫滄始奉召入直，後遂爲例。何堪夢覺傷存殁，或恐詩成泣鬼神。時家聲山甫下世，所居即其舊寓也。炳燭餘光銷晚境，青雲岐路失前因。摶沙放手終同散，東坡詩：「親友如摶沙，放手旋復散。」敢向蘧廬認主賓。

同年佟淵若學士游西山歸出示見寄二絶句次韻奉答

浮嵐暖翠望難分，忽枉新篇贈白雲。賴是愛山同有癖，夢爲麋鹿也隨君。

西山何似西湖好，欲問知章借馬騎。今日煙波重到眼，去年曾和卷中詩。去年春杪與淵若西湖唱和。

題顧桓吴江送别圖爲紀可亭學博賦

舟移碧草緑波岸，人别曉風殘月時。此景此圖誰會得，江郎賦筆柳郎詞。

閏月十四日西苑送春二首

九十春光百五賒，緑陰陰處雨斜斜。多情裂帛湖頭水，長替東風掃落花。

老去春遲願竟酬，多添半月踏青游。人間何處無歸路，也被宫鶯唤少留。

閏三月二十一日蒙恩召入淵鑒齋乘舟至瑞景軒蕊珠院露華樓徧觀各種牡丹恭紀四首

宣喚欣承異數加，高從銀漢泛紅槎。行陪閬苑神仙侣，看徧春風穩重花。穠淡何心隨造化，丹青難貌是韶華。先一日，傳示《牡丹圖譜》。栴檀別殿分明到，只作華胥好夢誇。

艷極真宜過雨看，枝頭肅肅尚朝寒。盤盂向背開瓊扇，瓔珞高低現寶鬘。白日光中雲五色，明波濯處錦千端。天工頃刻呈新瑞，點出靈砂九轉丹。

萬卉千葩未覺稠，掃宫老監記牙籌。薌林不斷通三島，花海無邊際十洲。佳氣茵蒀蒸作霧，餘霞縹緲結成樓。蕊珠一本尤奇絶，徑尺重臺兩並頭。

瑶階釦砌望迴環，映徹層層着色山。御譜新標題品外，花名凡九十餘種，皆皇上新定。佳名微別淺深間。心如草木春知閏，天並君王霽在顔。一片爐煙成百和，袖中攜得國香還。

寓庭槐

庭隅雙槐樹，手植知何人。自我來此居，婆娑忽經春。初看兔目綻，漸布緑葉勻。高處稍出墻，密將遮比鄰。以兹尋丈地，無窮寓清新。千章豈不多，取蔭及一身。閲人如傳舍，脈脈還傷神。

四月二日恩賜櫻桃恭紀十韻

燦燦華林種，離離朱實香。熟常先夏果，貢不待炎方。磊砢初垂樹，勻圓正滿筐。珊瑚駢火齊，沆瀣和瓊漿。露帶枝頭潤，盤登葉底涼。鳥鴿珠愛赤，蜂釀蜜羞黄。櫻桃一名櫻珠，一名崖蜜。昨憶西湖獻，去歲初夏，上駐蹕西湖，居民日進此果。今來上苑嘗。賜珍蒙見及，飽食感非常。配筍厨空敕，探花宴屢張。唐時宰相有櫻筍厨，進士有櫻桃宴。分甘誰得似，長侍聖人旁。

題孫書年松下清齋圖孫善山水，近亦供奉畫苑。

自從月給官倉粟，辜負園中鴨脚葵。思作散仙猶未得，更思成佛問何時。

西苑賜觀秧田恭紀十二韻

帝籍非千畝，農祥視一畦。初聞朱果熟，旋見緑針齊。料節栽花地，開釃灌稻溪。自天知稼穡，率土動耰犂。檻外雲生岫，簾前雨作泥。膏腴隨廣狹，脈絡就高低。剡剡浮金溆，葱葱夾玉隄。好風垂柳下，斜日畫橋西。多稌占豐稔，維魚兆畢圭。甸師行不到，勾盾典曾稽。入侶金鸂鶒，歸尋木駃騠。自慚輸布縠，猶解勸耕啼。

四月二十七日召入無逸齋看新竹恭紀十二韻

地闢琅玕隖，天通篛栝門。煙霄連別苑，雷雨過前軒。簌簌風開籜，洄洄水注根。移栽初尚淺，培護久能繁。惜筍寧充饌，抽梢盡出藩。幾年成翠幙，一徑轉蒼垠。潤滴莓苔砌，高扶薜荔垣。涼陰清有氣，新粉净無痕。直節人皆見，虛心道亦存。律堪調鳳吹，名豈愧龍孫。好報平安信，休辜長養恩。親從天上看，不羨白沙村。

題王麟昭桐陰撫琴畫扇

暑殘涼早雨餘天，人坐桐窗晝寂然。百尺清陰三尺水，秋聲先上七條絃。

午日西苑直廬賦雨中榴花

小院盆榴樹，花時帶雨鮮。施朱何太赤，似火獨能然。白髮違佳節，丹心感盛年。蒲葵方滿眼，此本定誰憐。

敬業堂詩集卷三十六

道院集起戊子五月，終十二月。

余自甲申以後，僦居城南道院者三年。今春寓直西郊，五月駕幸山莊避暑，余仍回舊寓。時同年賀集洲、沈岱瞻及家弟東亭俱需次入都，樂數晨夕，遂定居焉。安知後人不指此爲浙西道院乎？

重寓城南道院

壞壁留題在，重來直似歸。野鷗終自遠，舊來積水潭鷗鷺成群，今水涸，無復至者。巢燕復相依。獨樹風吹急，叢葵雨打稀。避炎宜塏爽，作計未全非。

疊前韻與同年賀集洲沈岱瞻家東亭時三子皆同寓

曲尺移牀卧，分曹賭墅歸。浮踪雖泛泛，鄉語自依依。到眼青山近，梳頭白髮稀。杜門深自念，五十九年非。東坡云：「定居之後，杜門燒香，深念五十九年之非。」余今年恰五十九，故云。

小憩一莖庵與静章上人

槐影落空庭，晝長鳥聲樂。我來叩門入，濃緑净如濯。禪牀聊閉目，非夢亦非覺。微涼何處生，風動袈裟角。

寄祝竹垞先生八十壽二首

當代龍門望不輕，得官何必盡公卿。風清李泌神仙骨，帝錫張華博物名。「研經博物」，御書賜先生匾額也。茗椀登堂無俗客，籃輿扶路有門生。蟫魚不蝕長生字，老閲巾箱眼倍明。

自返初衣不記春，十年鳩杖又隨身。百分盞滿休辭醉，萬卷書多轉益貧。荻火烹鮮鱸氣味，松風吹長鶴精神。翛然出處行藏外，要是江東第一人。

趙价人乞東籬詩戲贈

君不識陶公，而乃號東籬。君又未識我，來乞東籬詩。我雖未識君，尚幸生同時。陶生千載上，知我與君誰。譬如夢中人，此夢非彼知。形開神或合，閉目若見之。孰謂淵明心，與君不相期。我詩豈妄作，成此一段奇。

題同年詹允繩小照二首

射策成名已有餘，百城高擁意何如？石田佳句堪移贈，更讀人間未見書。

萬卷傳家手澤新，五經腹笥目紛綸。也應留取餘光在，分乞去聲。然糠鑿壁人。

秀野草堂圖歌次顧十一俠君原韻王麓臺仿董文敏《盧鴻草堂》筆意，朱竹垞有記。

某樹某水與某丘，曠懷往往消百憂。無端弓旌被繮鎖，坐對塵壒生牢愁。盧鴻草堂圖，閱世已千載。十志並流傳，其人儼如在。問誰好事供瀟灑，毋乃真跡留王宰。華亭最晚出，橅本發精采。今之妙手繼者誰？摩詰前身應畫師。丹青一變粉墨骨，寫向尺幅尤雄奇。

云是吴中小秀野，何斯佳境移於斯。堂中主人顧十一，結客論文兩豪逸。百家汎濫流溯源，萬口喧傳名副實。我是當年入座人，淋漓衫袖梨花春。愛其披豁氣誼真，丰格仿佛餘先民。宴衎之樂非絲竹，水色煙光八窗緑。半酣颯沓風雨來，歕玉跳珠三百斛。辛巳初夏，大雨中過秀野草堂，坐客皆盡醉。鐵崖老矣阿瑛貧，空巷閒抛薜蘿屋。可憐相見鳳城西，僦舍還同燕子棲。猶能折柬致朋舊，局促肯放詩名低。我詩胡足道，依樣葫蘆畫中藁。惟君癖嗜之，擘紙含毫共研討。留題慣惱麓臺翁，作記深慚竹垞老。吁嗟乎！神仙富貴孰有無，默存豈必皆清都。夢中《五嶽》巾箱圖，君歸來兮挾我俱，以神爲馬蘧爲廬。一息十反良可娱，賃舂齷齪難久居，乃獨憐君屋上烏。

椿樹草堂月下分韻得侵字銷夏第一集。

草堂無樹月無陰，但覺風生露氣侵。跌宕久嗟良會少，疏狂終託故交深。閒消長夏宜甘酒，老傍清光耐苦吟。從此京華比河朔，壚邊知費幾招尋。

初伏日集張天門前輩寓齋暑甚晚雨微涼

流金已是報初庚，誰耐銅街襏襫行。伏日人歸東閣早，條冰銜署一堂清。風能却扇炎何有，雨解催詩晚竟成。買得荷花兼買葉，碧筒留待夜深傾。

曉仙謡效温飛卿體

赬霞照夕騰香氛，丹樓絳闕五采文。蟾蜍流銀兔噴玉，澹作淺碧魚鱗雲。西池宴罷瑠璃淨，杯面團團墮圓鏡。露警花宫酒乍醒，紫文早奏馳名姓。天鷄振翰來剛風，俛聽萬户膠膠同。九州大夢呼未覺，海底忽躍踆烏紅。龕鬖絳節淩虚去，隱隱笙璈動初曙。一鶴高飛何處尋，群仙只在朝真路。

天門席上分賦宣窑盤中果物余得文官果限官字

甲拆終難透，勾尖幸自完。直同蘆笋淡，不比柘漿寒。細剖分甘瘦，同登秘色盤。文名差底用，一笑顧園官。

長林豐草吾廬圖爲林鹿原賦銷夏第二集。

鹿原名字天下聞，鹿原非鹿乃龍文。雄姿壯不受羈靮，蹴踏往往空其群。世家嗜好通八分，楷法偶樵王右軍。一目之羅魏舒射，此事胡足以盡君。然而受知徑以此，遂釋塵褐干青雲。日星煌煌懸御製，目眩旁觀敢偷睨。居然給札給隃糜〔一〕，染翰朝朝得瞻睇。天生本性終難奪，疏越幺絃發孤詣。爲言吾自愛吾廬，豐草長林海南澨。問君結廬曾否成，向人指圖先署名。譬如驥騄負轅軛，心縱欲往歸無程。老夫曩客三山麓，正值山頭荔支熟。汝兄謂同人。導我入西禪，冰瀉銀盆香剖玉。而今道遠歎莫致，畫餅寧堪飽饞腹。不如棄置兩忘情，且免騎驢度三伏。珊瑚作鞭金絡頭，幾時穩放華陽牛。林深可投草可卧，此畫便是逍遥游。

李簣齋招集聖安寺納凉得火字銷夏第三集。

百蟲之長人爲蠃，熱屬欲逃無計可。況當九陌鬱蒸天，萬甑煙騰塵堀堁。連晨喜赴遠坊招，似翼辭笯鏃隨笴。聖安寺古洵幽寂，湖柳村荒尤僻左。主人未到但居僧，衆客後來先揖我。是早余最先到。初除鼠跡布禪榻，旋掃蛛窠開殿鎖。槐榆蒼翠滴苔磚，鬼佛青紅填粉垛。黄金鑄橘南曦斂，空穴來聲土囊哆。須臾雜沓履綦集，飣餖駢羅肴核夥。臨淄揮汗

〔一〕「糜」，原作「縻」，誤。「隃糜」，古縣名。《廣韻・虞韻》：「隃，隃糜，古縣，在扶風。」其地産墨，因以「隃糜」、「糜丸」爲墨之代稱。

一官涉世馬加銜，千緒河朔豪，物外無炎安用躲。平生曾授《楞嚴》偈，欲賦蘭臺愁炙輠。稍知冰釋還成水，不道風生却從火。縈身蠶自裹。動摇煖觸互起滅，煩惱清涼遞吹籔。何人可語清浄退，宋劉凝之有「清浄退庵」，朱子爲作《記》。悟來性火本真空，透過風輪乃初果。以上六句，皆本《首楞嚴經》語。自然熱毒無罅入，更怕虚空有堆埵。此地差堪盤礴裸。偶因趁伴作良游，依舊觀心同宴坐。明朝俛仰便陳跡，閒處知經幾喧歌。好音到耳微雨來，清景回頭夕陽墮。打鐘掃地結願存，《樊南甲藁序》云：「惟願打鐘掃地，爲清涼山行者。」莫遣新詩浪傳播。野人好涼兼好静，夙畏浮名今亦頗。

陳月瀧太常蘭竹草蟲畫二首

離披九畹雨垂葉，夭矯半庭風戛竿。知是誰家舊籬落，却煩秃筆寫荒寒。

蛺蝶蜻蜓盡作團，幽人措意非無端。春蘭作花危石底，瘦棘高於秋竹竿。

白沙翠竹石江圖爲吉水宗伯李公賦即用題中六字爲韻。

展卷復長吟，雙清到心跡。秋風何處來，滿眼江湖白。

我公似康樂，在家久忘家。盤陀一片石，坐閲恒河沙。

巖廊四十年，夙昔青霞志。興到一回頭，鄉山渺空翠。一寸二寸魚，三竿五竿竹。何必記平泉，寓庭幽事足。靄靄林表雲，鑿鑿波底石。獨抱萬里心，卷舒不盈尺。過客尚留句，愛兹山水邦。天生好圖畫，應屬李文江。

分詠京師古跡得貫休畫應夢羅漢像銷夏第四集。

五千五百阿羅漢，出世生天登彼岸。其中尊者十八賢，龍象騰空來震旦。白描晚入龍眠畫，魔嬈紛拏雜真贋。豈知遠出百年前，巨幅流傳磨不爛。翔麟供奉貫休入蜀，賜紫，爲翔麟殿内供奉。浮屠人，詩才繪事兩絶倫。自言夢與應真遇，覺來肖貌兼傳神。心追手橅一揮就，少緩則逝將失真。豐頤槁項多變相，喜者含笑怒者瞋。蓮藏已登《禪月集》，貫休詩二十卷，名《禪月集》，刻入《大藏》。此圖淪落偏風塵。老僧古寺深埋照，異物將歸有先兆。當時畫本夢中成，此夕蘧然神復告。明朝有力負而趨，卷軸儼隨飛錫到。或疑十八缺其二，恐與李圖均被盗。相傳明因寺中，舊有李伯時畫《渡海尊者圖》，不知何年爲人賺去，存者贋本，而僧不知也。巧偷豪奪孰有無，古往今來夢一覺。去聲。嗟嗟神物難久貯，莫逐青蚨便飛去。君不見虎溪橋畔廬山路，羅漢曾爲押綱具。用曹翰下江州事。

雨中蔣青棠孝廉邀集城南張園用南字

竹梧花藥勢相參，門徑依稀到尚諳。重與尋幽同野外，早曾聯句向城南。亭臺易主名猶昔，風雨留人晚更酣。二十五年真一夢，白頭摇落感江潭。甲子秋與姜西溟、魏水村、惠研溪輩十七人飲酒賦詩於此，爾來園亭凡三易主矣。

夏日詠物分得青奴

織作交加翠，留筠發冷光。卷舒隨笛簟，瑩滑稱藤牀。比扇三秋棄，如童五尺長。玲瓏須會取，即事有炎凉。

次韻答周漁璜前輩見寄

結習多生未易捐，得公投句喜跫然。遠山擁髻潭如鏡，秋水平階屋似船。已外形骸猶有夢，不離文字豈能禪。來詩云：「詩人垂老例參禪。」祇應借佛論詩境，何法真超色界天。時以拙稿就正於先生。

以蜜漬鮮荔枝二枚分餉漁璜前輩蒙示絶句二章次韻戲答

從知物以少爲貴，兩首詩酬兩荔枝。焉得嶺南三百顆，博君一顆一篇詩。

重馬馳來幾騎塵，開奩分餉孰如新。老饕舌在終能辨，風味依稀似故人。

立秋日陳南麓都諫招集挂雲書屋

老樹蒼藤捲幔秋，旁添籬落綴牽牛。鄰沽滿眼分清濁，諫紙開箱給唱酬。小榻迎涼仍北嚮，斜陽如火又西流。誰能不領園林趣，每到君家愛少留。

匡山讀書圖歌爲南麓都諫賦九言古體。

我昔嘗吟太白《廬山謡》，亦嘗身到九疊屏風坳。谷簾瀑布倒挂幾萬丈，五老峰勢競出争嵺峣。一笻兩屐十步八九顧，東西南北上下同猿猱。太白書堂不知在何許，樵翁指點此地雲松巢。披榛取徑晚入青蓮谷，道旁石刻大字深而巏。三尊銅佛塵昏儼泥塑，半截苔碣對拆如坤爻。多年老鼠化作白蝙蝠，飛攫鶴卵占斷長林梢。爾時曾作世出世間想，曷不於此翦棘編蓬茅？故人相招頭白早歸去，誤落塵網乃被移文嘲。黄門先生今之嗜古者，展卷彷彿以漆來投膠。風埃骯髒衮衮胡足道，直引謫仙居士爲神交。當時手持玉尺往校士，剖析白黑銖纍疇能淆。眼中了了忽現雲霧窟，匡廬面目踴躍隨鞭鞘。還朝改官載離七寒暑，百四十寺鐘鼓猶鏗敲。命工寫圖聊寓瀟灑意，遭逢聖主牙笏那得拋。《羽皇新銘》都付夢游境，興雖勇往跡繫煙中匏。棲賢拾遺讀書舊曾隱，公擇山房萬卷亦手抄。兹山圖記流傳代不乏，但恐再往之計成浮泡。清泉白石有約倘勿負，君其少緩容我爲嗚髇。陳曾典江西鄉試，故有「玉尺校士」之句。

分詠詩人居址得東坡迎涼第五集。

東坡本屬宜賓郡，桃李陰從郡圃收。前輩風流傳白老，後來名勝擅黄州。白樂天爲忠州刺史，於郡圃東坡手種桃李，往往見於詩句；蘇公自謂出處老少粗似樂天，東坡之號，實本於白，非偶合也。平生得力在憂患，此地何心繫去留。大似高鴻向寥廓，雪泥指爪記曾否？

牛鳴雙村櫂歌爲郭於宫賦四首

水淺沙平閣短篷，西陂東埭往來通。緑簑影裏跨牛渡，鬧殺兩樵南北風。

煙光霧氣不曾乾，人與眠鷗共一灘。湖似貫珠船似蚌，酒如碧玉蟹如盤。

見説江南水拍天，而今江北占豐年。自來葑塞湖邊住，黄犢生兒愛種田。
小墢新開未起租，四圍一色萬梢蘆。紅薑紫芋村村熟，不怕人間有寇鳧。

七月十四夜寓樓對月

此地殊空闊，高樓更上層。天孤一輪月，星散萬家燈。稍覺浮塵斂，俄看濁水澂。夜涼人不寐，好景惜憑陵。

題恬庵上人匡廬訪道圖二首

惠遠與少文，前生定同社。可惜愛山人，今非住山者。
五老雲松頂，初登不道難。近來無脚力，只愛畫中看。壬申秋，余游廬山，曾上五老峰觀海綿，故云。

七月十五夜陳六謙過寓庭月下小飲時六謙將出守南安。

十頃空潭半貯泥，秋蓮晴湧緑頗黎。是夕積水潭放河燈。城空鼓角聲初動，月出樓臺勢盡低。
佳夕一歡成邂逅，故交垂老惜分攜。燕堂酒熟梅花發，莫忘清游補舊題。六謙黔中往返詩無見及者，故戲督之。

題史耕巖前輩溧陽溪山圖即次原韻四首

良常東下路斜斜，小堨平橋接兩涯。夢聽雷平池畔雨，覺來滿崦是桃花。桃花崦，見顧況詩，句曲勝地也。

栽桑種稻互回連，柳色騎牛浦浦煙。碧水繞田田繞郭，村翁不識縣門前。

官情澹與昔賢同，聊寫歸心寄雨濛。此段風期難擬似，王家輞口謝東中。

洮湖如鏡照人明，雲霧翻從展卷生。欲借公詩論米畫，筆端風雨勢縱横。米元章舊有《溧陽溪山圖》，故云爾。

題邵甘來匯水村居圖

修篁出屋柳沿堤，牛放前灘鴨後溪。吹得讀書聲過耳，釣絲風色板橋西。

初游城南陶然亭

望遠村東緩轡游，余寓居道院在望遠村東，去亭纔二里。忽從飲馬得清流。黄塵烏帽抽身晚，白露蒼葭洗眼秋。風偃萬梢鋪井底，日斜雙鷺起城頭。誰憐一派蕭蕭意，我是江湖未泊舟。

種藤歌爲周桐埜前輩賦迎凉第六集。

吾聞管子云，十年計樹木。稍欲望成陰，寧須校遲速。君言美蔭貴目前，疇能鬱鬱待十年。兩株柔木手交植，意取引架遮炎天。插竹扶持工乍畢，蛉蜷未騁龍蛇質。緑痕羃作薜荔墻，不與先生障西日。盆池斛水置廣庭，細鱗戢戢多於萍。碧天倒影落萬丈，夜久却涵三五星。此間露坐差不惡，翻怕團團葉垂幕。放梢何日過鄰家，留待春風看瓔珞。家德尹、潤木兩弟先後僦居，皆與先生比鄰。

德尹請假出都志别八首

去年夏旱今年水，八口窮鄉那免饑。我坐欲歸歸未得，得歸何忍阻君歸。

植檜移松已兩年，家書頻寄問西阡。洛陽二頃談何易，稍喜躬耕有墓田。

纔報歸期想候門，夢中燈火荻花村。天教此老桑榆暖，六十攜兒似抱孫。

舊巢架搆鳩雖拙，老樹婆娑蠹已除。樊圃早垂黄橘柚，開池先養白芙渠。

涉脚迷途幸未遥，六年官簿笑同寮。輸他勇退能過我，多賦山居少在朝。弟自癸未秋假歸，丁亥冬還朝，今又以病告。

乞官無復步兵厨，米價新來貴比珠。慚愧臨行留薄俸，折支能博酒囊無？宋時，檢校官折支，例得退酒袋，東坡詩有「猶費官家壓酒囊」之句，時俸米方議改折，故及之。

消夏迎涼紀歲華，自五月以來，同人爲消夏迎涼之會，會必分題。離筵忽漫對黃花。一尊勸汝重陽酒，若箇登高不憶家？

一庵猶欠結茅資，竹本花栽要及時。煩寄兒曹無别語，爲余勤補舊柴籬。

孫觀河無隱室乞題詩

丈室初從月地分，木樨開後又逢君。香風自滿三千界，鼻孔撩天幾箇聞。

座主相國澤州公有别墅在西苑旁政事之暇間一甜焉因取唐人郎士元詩意名曰半日村高詠成篇命余繼和恭賦一章時長至前二日

頻傳騶唱出閒坊，沙路西連紫界墻。一室凝香回暖律，萬峰銜雪冷斜陽。圖開别墅原同謝，詩取佳名亦愛唐。會得先生瀟灑意，寸陰還較小年長。

紫滄同年出示百聲詩凡天壤間有聲之物無不入其牢籠和之不勝和也冬至日獨直西苑心有所會偶拈四題兼寄靈隱諦輝高旻湘雨兩禪師亦屬並和

梵天一晌泬寥開，誰激華鯨怒吼雷。日落空林無客到，煙藏遠刹有風來。三生同聽人何在，半夜孤眠夢忽回。一百八聲敲不斷，苦教積劫墮輪迴。鐘聲。

範金琢玉記同編，古製難從磬氏傳。小雨泠泠晨灑竹，孤燈裊裊夜浮煙。軍持老衲腰同折，香積空厨室並懸。最憶山堂秋講罷，一聲清徹似巴蟬。白樂天詩「巴蟬聲似磬」。磬聲。

緣木求魚又一奇，巧將法器付雕師。空虛自與敲鏗應，緩急都於梵唄宜。響入松濤疑掉尾，枯逃世網賴犍椎。憑誰悟徹前塵事，身是他山啄木枝。木魚聲。

三災驀過晝沈沈，窣堵波高蘭若深。已向池中懸倒影，又從天半落清音。石如解聽無生話，風豈能摇久定心。若問此聲何起滅，本來無縫杳難尋。塔鈴聲。

冬夜集潛齋分韻

我愛陳學士，古歡金石諧。在躍不忘潛，而以顔其齋。寓直少閒暇，暫歸召朋儕。設鱠當嚴冬，迨兹風日佳。素心五六輩，步屧相與偕。君家門庭高，俗子無由階。相公聞且喜，初筵示模楷。獸炭紅麒麟，地爐宿𤇆埋。分題命觴詠，是日，相國命題，衆各拈韻。合座忘形骸。盆梅初著花，行列如人排。疏影落杯底，清香入奇懷。五言卒未成，壹醉衆已皆。頭盤雜拇陣，録事主所差。錢絅庵。劉若千。興頗豪，顧俠君。繆湘芷。量靡涯。陳子世南。氣稍怯，罰籌密於釵。卧甕玉頽山，浮蛆碧傾淮。余惟兀然坐，幸免出而哇。客散二屨留，是夕，余與絅庵留宿齋中。連牀聽膠喈。明朝寒栗烈，雪花點銅街。詩成從馬上，醉眼還重揩。

冬夜讀亡友錢木庵詩中有詠塵詠影二首嘆其學道有得

追和原韻

果否蓬萊海底生，本來無質自然輕。狂能眯目虚空暗，細解窺窗穴隙明。羊角團團多借勢，馬頭滚滚似趨名。泥融雨浥終難盡，那得乾坤一掃清。右詠塵。

寓形宇内豈惟人，幻出無端現在因。我覺官骸多是假，汝依水月詎爲真。隨身只怪趨難避，面壁誰知坐轉親。吹却油燈何處覓，佛光中現舜多神。右詠影。

十二月初五夜夢一僧叩門乞詩夢中了了作四言八句覺而録之

有目斯翳，有耳則鳴。人方擾擾，竅聰穴明。空即是色，寂於何聲。混沌不鑿，以全其生。

謝院長餉白魚牛尾貍

樵山擘水致珍羞，陋巷敲門荷見投。細剁銀絲防骨鯁，爛蒸玉面惜膏油。酒嘗雙榼鮮同擊，周紫芝詩：「買魚配酒爲君嘗。」蘇詩：「酒淺欣嘗牛尾貍。」糟壓三冬膩欲流。東坡詩：「長羨淮魚壓楚糟。」子由《玉面貍》詩：「壓入糟盎膩欲流。」自分生平藜莧腹，得兼二者更何求。

院長疊前韻見貽追憶十六年前唐東江與余晨夕唱酬事再疊韻奉答

憶昨狂吟不自羞，瓊瑶屢報木瓜投。名園擘紙移朱舫，綺陌迴鞭避碧油。花下清尊殊跌宕，雪中白戰也風流。唐衢去後交游冷，忍聽嚶鳴出谷求。

次日復惠黄柑冰鮮兼來索詩再賦二首

登柈磊落皆三寸，照眼輝煌得八枚。羅帕分甘先令節，碧香留賦待新醅。漸回冰齒瓊漿暖，試奏霜刀緑霧開。便與魏橙同給客，拜嘉真自永嘉來。《橘譜》：「出永嘉者爲真柑。」

風味依稀似鱠殘，侯鯖一月貴長安。豐肌弱骨和羹美，雪片冰花入座寒。欲報已無青玉案，盛來兼乏水晶盤。連朝小試烹鮮手，只累先生減食單。

鑿冰詞

朔風兮夜號，百川兮晨凍。射白日兮冷光，柔變剛兮石無縫。千夫杵兮聲沖沖，砉然解兮塊斯融。天倒窺兮尋丈下，歸無極兮馮夷之宫。吁嗟乎！冰堅可藏兮從爾鑿，亦既臨深兮其毋履薄。

次韻答李秦川

衰年注蟲魚，如蠹蝕書史。迂疏衆所易，末契得之子。扣門晨有投，藻句霞散綺。師承得前輩，出語究終始。子生本名家，抗志矯波靡。昨來應秋賦，名溢人口耳。展足抱未攄，挽頽力堪仔。詩才尤秀拔，氣壓侯叔𨑳。當今大雅宗，四海歸繡水。一老謂竹垞先生。導其源，揚瀾賴多士。新倪擢苕潁，舊調削軟美。味道庶在兹，詞章寧小技？君看鳴陰鶴，豈有寡和理。餘風被東南，剡廼桑與梓。老人慎許可，僂指故無幾。往往爲余言，後來惟一李。余雖分拙劣，夙好附群紀。來篇等括張，機觸難自止。殘冬互酬答，塵芥何足洗。

題劉若千前輩夜雨對牀圖小照

我恨不如遵渚雁，行列群群飛不斷。又恨不如同隊魚，朝朝在藻還依蒲。可憐兄弟如相避，萍梗沈浮劇兒戲。壯年作客晚筮仕，投老茫無歸宿地。偶然風雨一連牀，僮僕旁觀詫奇事。平生怕讀潁濱詩，中有傷心幾行淚。關中二劉今二蘇，才名宦跡兩不孤。有生聚散誰免得，看取《對牀聽雨圖》。長公秀骨仙之臞，次公白皙豐而腴。題詩尚爾感顛頟，令我展卷增嗟吁。關河南距四千里，正坐一官爲累耳。不見伯淮季江屢詔徵不起，肯以元纁易布被？

送勞介巖副憲歸里十二月十五日。

老伏青蒲振直聲，冰霜凛冽歲峥嶸。風波孰與批鱗險，華衮何如拜杖榮。九死人皆危此舉，一歸天特厚餘生。猶憐不及商山老，鴻鵠飛時羽翼成。

查慎行全集

范道濟 點校

第十册

中華書局

敬業堂集卷四十九

餘波詞上

余少不喜填詞。丁巳秋，朱竹垞表兄寄示《江湖載酒集》，偶效矉焉。已而偕從兄韜荒楚游，舟中多暇，徧閲唐宋諸家集，始知詞出於詩，要歸於雅，遂稍稍究心。自己未迄癸亥，五年中得長短句凡百四十餘闋。甲子夏，攜至京師，就正於竹垞，留案頭許加評定。旋失原稿，已四十年矣。曩刻拙集時，頗以爲闕事。雍正癸卯正月，忽從沈子房仲、楚望、椒園兄弟獲此抄本，故物復歸，殊出望外。昔人有悲墜屨、哭亡簪者，兹集之失而復得，視敝屨、蓍簪不又多乎哉！因取前後所作，編次爲二通，用少陵詩語題曰「餘波集」。仁和趙子意田爲補刊於詩後。初白翁手識，時年七十有四。

沁園春 寄徐初鄰金陵

鐵鎖消沉，江勢東來，直下金焦。想笛賽婆官，凄清舊步；鼓迎龍户，寂莫迴潮。啼殺棲鴉，滴殘晝漏，昨夢回頭覆鹿蕉。無多恨，最傷心兩字，怕説南朝。　　水亭閒望勞勞，但春去春來急景銷。嘆廢寢壖垣，棠花漠漠；故家門第，燕衹飄飄。欲別誰留，欲歌誰和？細馬馱過皂莢橋。無人管拚，酒邊歸路，風墮鞭鞘。

金縷曲 送盛鶴江入都

酒罷昏星没。正春江、揚舲捩柁，曉程催即。十載誇張才人事，《香傳》《茶經》俱輯。詩草又新來成集。湖海名流徵欲起，賸吟窗、席冷無人奪。眉子研，且勤滌。　　京華不少閒游客，料紛紛、彈冠結韤，乘車戴笠。同學行藏都在眼，幾箇文章得力。悵生事、逡巡五十，誰信蘆溝橋上路，有布衣、障扇騎驢入。定那處，相逢揖。

滿庭芳 爲叔母葛夫人五十壽

耳厭笙歌，庭無鶴鹿，等閒甲子空徂。象牙齒冷，白髮蚤隨梳。三十年來舊事，傷心絶、人世全無。多付與，前塵小劫，彈指過須臾。　如今剛半百，長明燈下，勤禮文殊。幸添香掃榻，未要人扶。猶有高堂健在，依棲處、仍作兒呼。春風過，緑楊門巷，兩兩聽慈烏。

金縷曲 過家黄門伯如圃

明月湖誰賜？羡歸來、平分五畝，就鄰買地。洛社池亭平泉石，也要乘閒先置。問某水、某丘曾記。里巷不教車騎入，便近城，大得山林意。都寫向，畫圖裏。　小船撑過花邊市，甚當年、清絲豪竹，近來多廢。野鶴汀鷗閒門外，抵得署書幾字？闢行馬、郎君官貴。故客尚尋東閣去，愴霜天、白菊階墀閉。争得似，陪公醉。

風流子 喜韜荒兄楚歸

村莊如畫裏，維舟了，微雨豆花秋。看楚俗攜來，人情粔籹，吴霜未老，雁膳蘧蔬音求搜茅齋下，瓦盆隨分設，煙火隔厨幽。有兔褐茶香，侍兒纖手；鵝黄酒熟，奴子平頭。　我歌兄按拍，行樂處、何似竹脆絲柔。才隔巷南巷北，別樣風流。問瑞草橋邊，誰貽紅帶？富春江上，自有羊裘。一任酒徒星散去，覓封侯。

雙雙燕 寄聲山姪

過荷風了，向羽扇蕉衫，小年偏永。青帘换苧，轉首凉秋鬢影。舊事有誰尋省，酒分與、詩緣俱冷。可因幸舍供魚，忘却鱸邊歸興？　引領，山田一頃。有被阪文瓜，交塍香穎。平生期許，不是不堪馳騁。且學蓬茅卧穩，算此處、原非捷徑。甚時撥櫂重過，話向竹窗煙暝。

金菊對芙蓉 西水吴氏故居

鳥啄風箏，蛇盤斗栱，高下一帶樓臺。自綺羅叢散，瓊扇常開。晴攀翠竹題名滑，有幾個、過客多才。大都憐取，狂春柳絮，倦晝桃腮。　北園南埭東齋。看花磚經雨，塌盡莓苔。時有鄰娃貰酒，换得遺釵。眼前便是西泠路，春波外，行意徘徊。去年崔護，此門此日，生怕重來。

沁園春 淮郡主故苑

戚里繁華，貴主山莊，駙馬山亭。有記曲紅紅，歌珠串串；隔帷黑黑，絃索泠泠。曉宴催粧，夜游傳蠟，長使行人駐足聽。滄桑後，問楊家田氏，幾主曾更？銅環不鎖嚴扃，漸拆盡、春山屈戍屏。但斷浦蜻蜓，飛來衣桁，空庭蝙蝠，掠過窗櫺。樹色濃枯，花陰疏密，幾處蒼蒼夕照青。休回首，料華林平樂，一概凋零。

前調 薔薇

濃暖送寒，小雨捎晴，紅雲一欄。漸竹架欹來，柔陰嬝嬝；枳籬缺處，狂蔓看看。高似窺鄰，低還拂地，幾度牽人宛轉間。斜陽外，映淺深向背，巧逞朱顏。不禁刺弱枝繁，算欲折、還休好是難。便撲蝶花前，微揎羅袖，踏青階下，先護雲鬟。戀醉多情，與春無分，長是開時芳信闌。餘香好，把膽缾貯露，黃額輕彈。

前調 送友人游洞庭山

藥裹一囊，釣綸一竿，清游在茲。歎越國浮家，今無高士；吳歌倚棹，誰譜新詞？壓擔書輕，扶頭酒重，過盡松陵知不知？垂虹畔，問楊郎鐵笛，可有人吹？粘天萬頃玻璃，只芥羽、中流點破之。正石尤風定，煙棲花隝；熟梅雨足，水到茶陂。朱橘論錢，黃柑佐釀，好在秋光指後期。歸帆便，乞玲瓏片石，與致茅茨。

滿庭芳 陳簡齋先生新葺閒園，隨黎洲黄夫子過訪留贈。

結構初完，規模漸拓，春田又看成蹊。夜來好雨，洗盡種花泥。宛似元家上泂，鳴鳩外、麥浪吹畦。橋南北，傍籬壘石，緩步得攀躋。　渾迷，回櫂路，煙添柳瀁，雲暖茶溪。正客來問字，主愛留題。任是游人小住，憑闌候、風信難齊。重過好，東園步屧，書籍記曾攜。

瑞鶴仙 秋柳

風情牽暫住。乍鷺老秋絲，一年好處。依稀想前度。爲憐伊腰瘦，不成遥妒。河橋古渡，冷蕭蕭、馬嘶人去。傍離亭、挽盡長條，夢繞江南舊路。　無數，涼蟬抱葉，雨燕辭梢，昏鴉匝樹。時光流轉，但暗裏，驚衰暮。被西風吹得，江潭摇落，不道樹猶如許。記濃陰、隔浦移舟，濛濛暖絮。

臺城路 秋聲

商飈瑟瑟涼生候，孤燈影摇窗户。堤柳行疏，井梧葉盡，添灑芭蕉片雨。纔聽又住。正澹月朦朧，微雲來去。簌簌空廊，有人還傍繡簾語。　多因枕上無寐，攙二十五更，殘點頻誤。響玉池邊，穿針樓畔，一派難分竹樹。零碪斷杵，更空外飛來，攪成淒楚。別樣關心，天涯驚倦旅。

金縷曲 送陳六謙謁選北上

身世看如此。笑忽忽、纔停歸櫂，旋催行李。一領青衫氈樣重，塵土不堪重洗。況此去、復三千里。舊社鷄豚期且近，數同游、何可無吾子。想別後，當然爾。　故人誰續《藍田記》？便時時、哦詩松下，何妨公事。雙耳未聾丞不負，正好聽歌博醉。若行止、余皆無地。兩角耕牛容易辦，怕家人、催捉東山鼻。終擬索，長安米。

沁園春 友人邀余賦閨中雜事，分得三題。枕

刀尺親裁，裏束初成，吴綾蜀羅。想芙蓉新樣，粉嫌輕污；酴醿餘馥，氣愛輕呵。壓袖曾經，墮釵知否？未許輕移到錦窠。勾留處，較佳人雪腕，方便誰多。　合歡光景些那，更不奈、春來獨自何。看碧流難浣，並頭留影；餘温猶印，半面成窩。熊取宜男，豹堪辟魅，不比銷魂寂寂過。相思恨，是爲君留下，長託微波。孟襄陽詩：「漸看春偪芙蓉枕。」楊誠齋詩：「酴醿爲枕睡爲鄉。」李義山詩：「冰紋簟上琥珀枕，旁有墜釵金鳳翹。」《唐書·五行志》：「韋后妹爲豹頭枕以辟邪，伏

熊枕以宜男。」李太白詩：「爲君留下相思枕。」「託微波」，借用宓妃留枕事。

前調被

計幅裁量平，寬窄隨宜，温柔幾重。自金針縫罷，絲連錦叚；瓊煙爇透，香護筠籠。泥我朝朝，伴他昔昔，軟愛裝綿煖愛烘。玲瓏裹，問凝脂團雪，可怕消融？　覆來青翰舟中，便慚繡、羞珠兩不同。有侍兒帖妥，曾鋪曾疊；添衣斟酌，經雨經風。欲起還遲，背人覓得，一角偷藏鳳咮紅。尋思久，奈略回身處，好夢無蹤。劉孝威《謝賚錦被啟》：「鄂君慚繡，楚侍羞珠。」李義山詩：「青翰舟中有鄂君。」

前調席

脉脉盈盈，軟勝桃枝，密於白藤。甚燕山飛下，詩才比雪；楚江攜到，夏簟分冰。薄取輕安，滑防新浴，傍枕依衾夜夜曾。憑纖藉，喜稱身熨貼，擁背親承。　小憐玉體横陳，料此外、嬌憨着意憎。問角展蘇薰，爲誰鋪襯；汗沾椰葉，幾度消凝。飛燕能輕，玉環能重，肥瘦虧他一一勝。抛人處，只蕉心半卷，不在多層。《尚書疏》：「篾席，桃竹枝席也。」白樂天詩：「六尺白藤牀。」李太白詩：「燕山雪花大於席。」杜少陵詩：「恩分夏簟冰。」「蘇薰席」，見《唐書·地理志》。「椰葉席」，見《西京雜記》。

惜紅衣 金魚

瑶甕盛苗，銀牀轉水，十分愛養。日日來看，問甚時纔長。紅鱗欲透，漸小隊、尾株分樣。兩兩，净緑涵空，足庭階清賞。美人閒想，竹葉爲船，吹風戲來往。鏡光忽皺，牽動簷蛛網。恰是一群驚避，没處幾痕圓浪。待縠紋旋細，又噞絲萍葉上。

海天闊處 螢

滿庭草色猶青，不知熠燿從何至。幽光明滅，隨風難定，乍飛還止。兩兩三三，離離合合，池邊林際。自隋宫散後，便成廢苑，再不見，繁華地。巧向輕羅扇底、逐佳人，映將綃綺。夜窗歸晚，紗燈滿貯，帳紋如水。月落香沉，流輝耿耿，一牀秋思。好伴他簾外，疏星幾點，照儂無寐。

翠樓吟 蟬

密柳河橋，疏桐院落，陰陰幾處同起。身輕容易托，也還戀、故園清庇。蕭然高寄。奈未穩吟情，何來螗臂。驚飛候，乍移别樹，殘聲猶曳。多事。慣攪閒眠，聽雨晴昏曉，更番到耳。日斜樓角外，草草又、催將秋意。風襟露思。訴不了清空，凉暄略記。且休把，冠綏鬟翼，依稀擬似。

眉嫵 新月

乍殘陽西斂，一鈎心字，早已挂林杪。影薄銀河澹，沉波處，水門未收晚釣。窺窗正好，被墻陰、强半遮了。素娥寡、不待及時鐘，斟酌畫眉蚤。一任淺顰相效。比五更東畔，别弄纖巧。肯落佳期後，團圓意、向前屈指應到。黄昏悄悄，可有人、下堦私禱？問裙帶吹風，消受拜兒多少。

多麗 詠水面木芙蓉花

算秋容，佳處偏宜映帶。恍移在、滕家圖上，涉江正好采采。憶宿粧、水殿醒時，是徐孃、老去姿態。粉鏡初收，銀蟾欲瀉，池光冷暗銷螺黛。誰憐取、浮紅漂白，長逐鴛鴦隊。湘君遠，未應遺却，雲裳霜珮。渾不管、搴芳舊侣，經營一笑難再。倚西風、自傷遲暮，木末含情更何待。脉脉遥望，依依莫戀。憑渠流向煙波外。便從此、東西飄泊，打併團圞在。差勝似、落瓣船頭，花花相背。

綺羅香 橙

翠淺疑流，黄嬌欲滴，屢報新霜番次。顆顆低垂，葉底微窺密刺。記小庭、細雨初移。是籬落、年時秋尾。似蓬萊，金醴嫌酸，清泉蔌蔌已流齒。　憑闌幾遍細數，自攀條摘後，枝頭剩幾。佳客重來，取給猶煩一二，擣金虀，風味攢眉。散緑霧，清香繞指。乞人前，橘様偷藏，團圞懷袖裏。

杜少陵詩：「細雨欲移橙。」陸魯望詩自注：「蓬萊公以金醴四升待主簿，主簿嫌其味酸。」《魏王花木志》有給客橙。文與可《金橙徑》詩：「小船燒薤擣香虀。」蘇東坡詩：「使君風味好攢眉。」

白苧 不見陳撝謙一年有餘，填此寄之

小春前、重九後，風光如此。渾無聊賴，獨客坐傷往事。恁匆匆、緑醪銀榼歡呼地。只隔一重城，似隔了，千山千水。向來酒伴，零落而今餘幾。問眼中，有誰跌宕如吾子？　猶記、紅牙按曲，素手捱箏，醮船波蕩，同過娉婷小市。便許我重來，怕添顛頽。歌筵側畔，好先安筆研，待題詩尾。却早暗風，催轉庭梅，一梢偷試。屈指前期，漸及燒燈矣。「娉婷市」，五代時鍾傳侍兒所居。

臺城路 寄題初鄰水亭。

兩湖千頃菱花白，卷簾漲痕微退。蓼岸煙輕，蘆村霧重，相望渾如天外。雲山一帶，算城北城南，故人都在。釣具詩筒，鷗邊穩棹，並誰載。　三間料合閒閉，向東西南北，生事頻悔。歸橐長楬，游蹤漸近，此段妻兒應怪。前期不礙，有蒓擔挑鱸，緯蕭攔蟹。秋雨濛濛，重來聽欸乃。

惜餘春慢 王桐村新葺小軒，索題句。

堂笏猶存，檐牙未落，佳處略煩結構。移將鷄柵，掃却蟲窠，頓覺規模非舊。花外清陰又添，竹補三竿，弓開一肘。喜南榮北檻，絶無塵到，坐消閒晝。　真不礙、野老墻低，書聲出屋，兒比王商能秀。水門繫艇，兩兩歡迎，開徑頻來社友。我欲從君卜鄰，初念逡巡，甚時始就。但等閒荒了，先廬不願，諸甥似舅。

百字令 壽張魯白

年年相見，認黄山一叟，雨襟風帽。梳掌摩挲雙鬢改，髮短不勝簪導。病未抛詩，貧偏愛客，此品今來少。莎廳竹徑，自攜敝帚勤掃。　不是不想田廬，夢歸路斷，恨終身難了。況乃迎門無稚子，執研星星又小。溪友留魚，園官送菜，只合他鄉老。舉觴相屬，期君同拾瑶草。

臺城路 九日同人小飲和朱日觀

荑煙藥市門開處，秋潮乍通村舍。竹葉灣東，菖蒲港北，好友特煩枉駕。微霜昨夜，正紅啟榴房，翠除瓜架。一笑相看，風前烏帽並時卸。　年年索郎高會，多情懷酒伴，長在籬下。桂板催詩，柳圈祓禊，總付漁樵閒話。重尋舊社，笑如此江山，登臨多暇。後約蒼茫，菊枝聊滿把。

邁陂塘 送韜荒兄往白下，時余方計楚游，兼訂偕行之約。

計郵籤、苕苕幾驛，長亭七十有五。杉青閘外揮杯別，一片繁笳疊鼓。投贈句，恨不滿、緑波碧草江郎賦。杳無重數，向紅板橋頭，青楊巷口，都是黯然處。　應悵望，舊日杏花春雨。重來雙燕曾誤。莫愁艇子空城畔，潮落潮生如故。邀笛步，好借取、半帆風色先期赴。逡巡且住，待結束游裝，明年相趁，共聽鷓鴣去。

八歸 送燕

還細曾棲幕上，暫依宇下，弱羽處處堪寄。翩然便欲辭巢去，似怕尋常巷陌，再到難記。還細踏簾鈎認取，又相對呢喃未已。徘徊意、應惜茅堂，此後整長閉。抵得江南一度，雪程風驛，草草詩人下第。春來且住，秋來且別，身世誰非旅邸。笑行藏未穩，與爾飄飄定何異。知明歲、花濃柳澹，社日前頭，主人歸也未？詩人下第，用章孝標《賦歸燕》事。少陵詩：「請看處處巢君屋，何異飄飄託此身。」

玉蝴蝶 雪

聽到五更風息，幢幢燈影，愁度長宵。曙色飛來，銀海翻動銀濤。鏡光融、拂花還起，研冰薄、呵氣旋消。任兒曹，團獅作戲，愛竹頻搖。蕭騷。荒村南北，數家煙火，迷了漁樵。野闊天低，絕無人跡過溪橋。草堂清、梅魂欲斷，江市遠、酒價應高。待招邀，晴邊蠟屐，踏破瓊瑶。

望湘人 寄季叔楚署

便鄉音無改，簿領垂衰，星霜兩地頻換。遠信難真，孤飛易倦。惱殺衡陽少雁。僕射洲空，夫人城老，落帆幾片。自峨眉、冰雪崢嶸，眄到蜀江春暖。　　旅食舉家未免。只龍陽難辦，木奴千絹。問湖北湖南，米價新來貴賤。楚船青雀，吴船赤馬。一水籤程好算。得歸來、尚有田園，不愧詩家素滙。

鳳池吟 上元村居

陰過新年，寒餘舊臘，時序取次侵凌。漸人家門巷，紫姑神降，閒卜豐登。柳又誇腰，東風拂檻弱難勝。水村煙市，一番晴意，融盡殘冰。　　城中父老歸晚，說曉來微雨，不礙張燈。笑亂餘景物，昇平故事，小縣還仍。可惜溪橋，梅花無主月空凝。黄昏淺，料玉龍、哀怨難憑。

臨江仙 北山寓樓與宋梅知夜話

霜雪長途君倦矣，遠游吾計怱怱。兩萍浮海偶相逢，茶煙禪榻，行復幾時同。　　漏轉城頭春夜永，小樓缺月疏桐。燈花何喜也能紅。亂鴉棲後數，盡北征鴻。

瑞鶴仙影客舍詠燈花

一枝鮮潤，蘭膏裏、蠅頭紅蕊初著。戀他短檠，愔愔不動，爲誰的爍。蘆簾紙閣。聽不了、風鈴風鐸。問何如，高燒銀燭，箏柱輥絃索。　方便，煩憐取、欲剔還停，任教開落。不如儂意，只尋常、照人淹泊。遠信無憑，浪傳與、屋頭雙鵲。趁沈沈細雨，春夜動春酌。

八歸寒食塘西道中，與張介山别。

梨粧欲試，杏泥未和，芳訊饒半落後。踏青共指長橋路，且喜討春舊伴，近鄰都有。籬落青旗書字大，笑村店家家誇酒。好趁取、水泛苕西，天氣弄晴候。　遥想會城此夕，花游一曲，多少行人回首。湖船猶冷，風前雨外，燕子未知歸否？漸南程催赴，勝賞幽期惜分手。知甚日、粥香餳白，散了新煙，重來看插柳。

減蘭己未四月别家作

父書盈簏，手澤猶新何忍讀。也要頻開，卷帙須防飽蠹來。　阿奴碌碌，門户全生難免

俗。莫便如儂，氣沮妻孥八口中。仲弟　小時了了，滿望長成頭角

依依弱弟，歷齒垂髫憐叔季。孟去天涯，仲氏殷勤即汝師。

好。玉樹庭階，添取新陰待我回。三四兩弟　練裳竹笥，量力行看他日

再三憐汝，早歲無娘今喪父。慚媿稱兄，忍聽閨中夜哭聲。

事。此別經年，慰藉飄零仗嫂賢。小妹　蹉跎生計，浪走風塵非本

臼邊相杵，我爲長貧還累汝。催上鳴機，又替征夫製夾衣。

意。不爲封侯，怕被人呼馬少游。內子　文章何用，却望家風留句

明年十二，典謁可能陪客位。嬾惰無端，失學從渠正可憐。

誦。勿更嬌癡，夜枕晨餐侍母慈。庚兒　閒中日課，掃地澆花無不

多年隨我，戀主青猿情亦頗。卧犬籬根，也似痴頑免應門。

可。留片蒼苔，莫被羊牛踐踏來。老僕

臺城路

初有江漢之役，朱日觀、王子穎、桐村、祝豹臣、家西崶叔、德尹弟、眉山姪追送於朱

與三表兄村莊，席上賦別。

無端遥指西南路，驪歌棹歌難理。萬里瀟湘，何涓一夕，説甚才情綺麗。萍蹤如寄。望楚

尾吴頭，浪花無際。屢改行期，多應依戀爲知己。銅盤燭黄初膩。乍杯闌氣熱，合座成醉。殘月流空，曉星當户，一片離愁頓起。天涯情味。算只有清風，故人相似。遠信毋忘，時時煩附鯉。

木蘭花幔 端陽前二日，程禹聲、徐淮江餞飲南湖舟次，兼酬别俞右吉先生。

迤迤生浪態，明鏡裏，寫樓臺。正競渡中流，綵旗颭灎，畫鼓喧豗。離筵，恰逢此節，愛登柈、鄉味近黄梅。白白王餘入饌，青青昌歜浮杯。碧苔，幾楮親裁，句好勝金釵。時欲邀妓不果。道擊楫舟中，彈箏車上，猶有人才。旁觀定應見哂，感先生、勸我盡餘醅。京口且乘潮去，武昌曾爲魚來。

臨江仙 平望驛

兩岸菰蒲聞笑語，人家只隔輕煙。銀魚曉市上來鮮。一湖鶯脰水，雙櫂燕梢船。屈指郵亭剛第一，眼中長路三千。南風吹夢到江天。故鄉桑苧外，無此好山川。

朝中措 夜游虎丘

笙歌十里過山塘，到寺已黄昏。客散當壚酒冷，僧歸别院茶香。　一奩止水，一堆講石，幾轉迴廊。及取無多清景，獨吟獨步何妨。

百字令 楓橋夜泊

帆檣隱隱，背孤城、家指青山一髮。樓櫓亭臺都過盡，離了煙窩霧窟。漁笛葓洲，樵歌葦岸，雲吐初弦月。橋邊弭棹，愛他風氣清越。　猶是夜半鐘聲，今來古往，過耳成飄忽。可惜閒吟佳句少，辜負青蘇布襪。獨壘吹笳，斜塘擊柝，草草催明發。照人無寐，螢光幾點出没。

宴清都 過無錫，風便不及泊。遥望九龍，在蒼翠間。向鄰舟分得山泉半瓶，烹茶破睡。

陸羽《經》猶記。數水品、江南曾占第二。濃翠堆鬟，空青抹黛，濛濛雲氣。好風吹送吴船，甚失却、登臨勝地。聽杳杳、幾杵疏鐘，煙林正擁山寺。　百弓割片茶園，生涯飄泊，談何容易。銀瓶金井，夢中空想，轆轤聲起。五湖者番游興，賴吹火、烹泉有此。把宜壺、浄洗供春，絶勝吴家買婢。供春，吴頤山婢名，始製宜興茶壺。俗以爲「龔春」者，訛。

玉漏遲 夜過毘陵

微凉乘小雨。朦朧殘照，尚含輕霧。楊柳風多，新月又生南浦。正是落潮時候，有人在、沙頭摇艣。相傍去，鄉音互答，愛聞吴語。　已過七里郊坰，聽茅店呼燈，漁梁争渡。去江漸近，警急猶傳列戍。欲問隋家故苑，知十六離宫何處？城外路，黄昏角聲如訴。

殢人嬌 丹陽道上

鴨嘴咿嘔，羊頭轣轆，人道是、朱方古陸。黄泥幾坂，清流幾曲。煙起處、更添幾椽茅屋。　地少江南，雲寬江北，眄不到、長天遐目。官田放馬，民田放犢。願微雨、村村稻鍼抽緑。

水龍吟 登北固山

岷峨雪水消來，洪濤萬里從東注。蒜山擁髻，瓜州曳帶，遥遥江步。滿眼興亡，季奴草長，人來古渡。看南帆出口，城頭蘆管，盡飄向、揚州去。　泥馬當年半壁，更誰暇、倉皇北顧。錦袍繡甲，英雄事業，却輸兒女。夾岸黄塵，滿瓶名酒，中流畫鼓。到而今贏得，登臨悵望，渺平沙樹。

滿江紅京口曉發，夜泊觀音門外。

空闊江天，到此地、覺吾身小。寄身外，蕭然一笠，飄然一櫂。鐵甕城高鐃吹動，金山寺近鐘鳴早。把滿壺、細酒京口酒名酹波臣，開懷抱。　日上處，東方曉。帆挂候，西風飽。儘迢迢極望，白門斜照。兩岸山移倒退馬，千層浪逐前飛鳥。比下灘、出峽順流船，兼程到。

永遇樂燕子磯同韜荒兄觀劇

陡起千尋，嶙峋突兀，濤春萬古。晚景融怡，艑郎却指，日落波平處。蘆洲一帶，柳堤數折，人與鳧鷗並住。還怕向、絶頂憑凌，沈沈愁滿煙霧。　隔船遥聽，哀絲豪竹，月影朧朧輕護。村落難尋，微風吹遞，近轉磯頭路。開元弟子，郭郎賀老，剩想衣冠南渡。也抵得，商女歌殘，凄凉《玉樹》。

解連環 訪周雪客於汝南灣，不值。

大功坊下。喚凉篷艇子，撑入圖畫。過水亭、面面扶欄，想人隔荷風，坐消長夏。楊柳灣洄，問徧了、三兩鄰亞。道水西門外，載酒載花，别築亭榭。當時櫟園官罷。便手掃棠陰，自闢精舍。愛儒雅、又到諸郎，算裙屐風流，肯輸王謝。舊熟才名，何必更，十年同社。還只恐、吟成《白雪》，調高和寡。

滿江紅 輓胡二寄先生

蕭瑟峥嶸，先君子、舊曾游地。腸斷是、麻衣入拜，繐帷仍几。出《周禮疏》。九土難埋漂泊恨，一棺竟蓋飛揚氣。問茫茫、七十五年來，天何意。亡國夢，秦淮水。《懷舊賦》，山陽里。甚後生前輩，無情有淚？對此江山堪一慟，如先生者今餘幾！但陶家，門外白楊風，蕭蕭起。

前調 胡震生索贈

白鷺洲前，芳草展、滿灘新緑。舊來是、南康幾葉，一枝片玉。手種東陵瓜五色，眼看度索桃三熟。嘆過江人物柳吹綿，飛相逐。兒女怨，《清溪曲》。男子恨，新亭哭。剩輪囷劍膽，酒邊棖觸。八十高堂行尚健，六千君子今誰屬？指長江、如練去吞天，鐘山麓。

渡江雲 蔡璣先、鉉升兄弟招，同王璞庵、胡震生泛舟秦淮，席上分調。

人家垂柳亞，水蕻花放，簾卷落潮天。岸容隨棹轉，碧檻紅闌，佳處互洄沿。時光縱好，奈撩人、滿目山川。把一幅、烏絲欄展，同寫入新篇。尊前。故鄉在望，七十長亭，問離觴幾遍。還又傍、荷陰擘藕，葉外聞蟬。斜陽帽影微風袖，知後期、更落誰邊？欲別也，河梁錦纜重牽。

邁陂塘 飲胡星卿先生白鷺洲荷亭上

繞名園、渟泓淥净，白蓮鏡裏開合。檀橋西岸清無暑，迎面香來恰恰。煙景豁，望不盡、城端山色林梢塔。移來小榼，喜蘿薜侵衣，葫蘆貯酒，觴政罷秦法。渾忘却，舊日朱門邸閣，沙田十畝環匝。柴籬近與鄰翁接，鷗鷺馴如鵝鴨。泥滑滑。任急雨、催詩飛去無多霎。芒鞵醉踏。正蓼外潮平，花西月到，歸路聽鞺鞳。

安公子 題余鴻客杏花村居，是日品茶而不鬥酒填詞紀之。

幽絶城南墅，女墻一曲當環堵。門外緑陰，陰乍合、啼鶯選樹。障扇驅塵，剥啄尋常去。爲新茶、偶爾留人住。正小年平半，日影婆娑停午。　少日誇豪舉，近來好事猶如故。無酒須酟，也不費、茅容鷄黍。直愛君貧，雜坐忘賓主。借玉川、七椀爲談麈。看清風出屋，灑作竹梢涼雨。

應天長 蔡龍文招同方邵村侍御、吴待觀孝廉、胡震生、王璞庵、家韜荒集懶園，席上分調，兼示令季五玉。

舊時歌管地。想丘壑，閒情謝傅曾寄。江左風流，曷末封胡又起。百年花木秀，數不到、《平泉》小記。算只有、桐梓樊家，芝蘭袁氏。　羨爾好兄弟。問第五名高，何如驃騎？永日棋聲，翻盡楸枰餘勢。便長安似此，但對酒、厭談時事。既醉也、畫舫斜陽，柳邊還檥。

八聲甘州 送王璞庵入山左戎幕

杳杳天低鶻没，西怪相逢何晚，又蒼茫、千里動離愁。聽一聲畫角，滿城落日，客散江頭。北是青州。淮水新來淺，馬渡中流。見説舊年山左，正塵荒古驛，草占平疇。喜傳來好語，五月麥先秋。若天心、肯憐赤子，且從他、賣劍買耕牛。官居暇，劉郎雄概，好卧高樓。

樓中天 發金陵，王汾仲、胡震生追送於江干，留此志别。

揚舲欲渡，正吴天六月，江流怒漲。昨夜酒醒今日别，起喚炎風五兩。潮嚙空洲，雨來高岸，一片蒹葭響。山川如畫，殘樽重此相向。可奈芳草東西，浮雲南北，去住都無狀。珍重臨岐留款語，只要毋忘疇曩。知有前期，難分此夕，遮莫勞長想。有書好附，紅鱗白雁還往。

滿江紅 野泊即目

牛渚西來，三十里、平蕪極目。趁幾箇、舸艚相約，剪江同宿。沙際罾閒窺白鷺，槐陰篷晚歸黄犢。喜無名、小聚自成村，清流曲。　籬缺處，門栽竹。煙起處，蘆編屋。早映檐一帶，野田新緑。微雨去添峰頂翠，好風來皺波紋縠。更依依、飛鳥帶斜陽，投姑熟。

驀山溪 天門山又名蛾眉山

曉江寫鏡，兩道蛾眉展。别浦翠生煙，與染就、黛螺深淺。三竿日上，宿霧欲消時，風力軟。遠帆移，百里看猶見。　當年太白，傑句曾傳徧。氣象吐長虹，最好是、天門中斷。眼前光景，同此一經過，問作者，更誰與，俯仰才何限？

浪淘沙 繁昌舊縣

略彴傍蒼葭，酒斾夭斜。縣南風色野人家。黄石堆墻茅當瓦，還占平沙。　煙外曉程賒，去去天涯。嚴城何處不吹笳。恰似廢池喬木畔，一一啼鴉。

碧芙蓉 望九華山

參參伍伍，倚翠屏千仞，芙蓉碧聚。微陽初逗，幾峰見日，幾峰還雨。浮嵐擁靄，青不斷，池陽路。乍前頭、秀偪人來，被長風、猛送帆去。　擬向遥空攬取。把玲瓏，一壺貯。

怕仙人掌上，九女鬟輕，幻成煙霧。讀罷青蓮句，問東道、今誰爲主？拚盡日、閒倚船窗，舉頭數了重數。「九華今在一壺中」，「白雲穿透碧玲瓏」，皆蘇東坡句。王介甫《望九華》詩：「峨然九女鬟，争出一鏡匳。」李太白《望九華贈韋仲堪》詩：「君爲東道主，於此卧雲松。」

南　浦皖口舟中

吴楚此分疆，瀉中江、直到長風沙觜。潮滿浸青山，澄如練、隱隱魚龍欲起。南城飲馬，北城吹角蒼煙裏。萬井樓臺連埤堄，俯瞰渾疑無地。霞標古塔層層，控巖關、閲盡舳艫千尾。美滿挂帆風，朝來便、又送游人過此。湘天尚遠，亂雲生處浮濃翠。喜近大雷西岸望，一點小孤如髻。

點絳唇雨後泊李陽湖

皛皛空江，釣絲風起漁灣暮。春鵃飛去，幾點沙頭雨。過盡輕雲，忽見晴霞吐。垂楊渡。亂峰缺處，回首來時路。

燕山亭月下聽鄰舟彈琵琶

水闊山長，二十五絃，清怨不勝疊奏。何處飛來，一派秋聲，颯颯驚沙灑袖。喚起愁心，向曲浦、移船相就。還又，問截取曹綱，是誰妙手？　忽然裂帛聲終，正雨止風收，碧天如畫。月細漸滿，漏箭頻催，人間幾人回首。楓葉蘆花，便比似、潯陽江口。邂逅，傍若箇，迴燈添酒。

長亭怨慢過湖口，追答俞大文兄弟。

論要害、西南鎖鑰。萬馬奔騰，雙鐘噴薄。湖波横截，孤城勒住、亂山脚。煙消日落，倒影動、千家郭。下有一雙魚，曾傳與、故人夙約。　寂莫，嘆我經此地，恰值機雲入洛。閒尋游跡，空悵望、幾重雲幕。把兩年、別裏新詞，半題在、江聲小閣。待掃壁來看，應憶南飛烏鵲。

渡江雲六月十五夜，同韜兄琵琶亭對月，沽酒不可得，填此解嘲。

煙波三十宿，一輪鄉月，兩度向人圓。洞庭西上路，弱柳江頭，旋換白門船。天涯淪落，泣青衫、司馬誰邊？ 漫留得、琵琶亭古，冷落四條弦。 依然。 流分九派，劍指雙峰，嘆荒涼滿眼。 便擬博、兄酬弟勸，醉也無緣。 前生定入東林社，知後期、重結何年。 征夢闊，白雲回首江天。

長亭怨慢 武昌縣西道士洑，亦名西塞山。 絶壁臨江，上有張志和祠。 按西塞山在吳興。

《唐書》：張志和，金華人。 顔真卿守湖州時，志和來謁，願浮家泛宅，往來苕、霅間。 踪跡未嘗入楚也。 陸放翁《入蜀記》云即玄真子《漁父詞》云云者，第未詳考耳。

浮空欲翥，翠色移來，正扁舟剪渡。 一峰忽轉，黄冠形狀，迎人似俯。 殘霞紅斂，送幾點、神鴉飛去。 指前頭、隱隱孤城，已辨黄州煙樹。 磯邊小作遲留，向香火荒祠，笑問漁父。 鱖魚肥美，算只在苕霅，溪山深處。 生前好事，多著了、清吟幾句。 又分得、西塞山前，别派斜風細雨。

臨江仙 漢陽立秋

楸葉剪花桐落子，半年節物旋更。 湘裙紅映漢江清。 擣衣人去，浦口暗潮生。 斗柄西迴天在水，家家暑退涼輕。 數聲促織近窗鳴。 二更月落，燈火已多情。

河瀆神 桃花夫人廟

霸國好山川，夕陽平楚蒼然。洞門王象閉嬋娟。露桃開謝年年。　至竟息亡緣底事？花並樓中人墜。千古消魂都似此，細腰宮又何地？

驀山溪 玉沙署庭有菊數本，課僕除草，編籬以護之，亦知花時未必留賞，聊以習奴輩之勤爾。

階除荒菊，刈草還成圃。天意却如人，便添灑、夜來疏雨。竹闌干外，翠色曉葱蘢，秋未老，露初濃，誰識栽培苦。　年年九日，籬下曾期汝。拋却故園叢，又坐閱、歲時荊楚。西風有信，獨客去無程，霜降後、雁來時，自有黄花主。

虞美人

乍涼天氣清於水，漸近中秋矣。玉鈎素手兩纖纖，指與畫樓西角月初三。　王昌只在墻東住，消息憑何處？半年清夢落天涯，今夜一燈明滅忽思家。

臺城路 自到江陵，三得王桐村書，感其勤惓之意，填此奉答。

來鴻去燕綿綿路，驚心二三千里。骨肉無多，平安却賴，六六紅鱗頻寄。吴霜初試，想橘瓣分苞，蟹螯斷跪。穲稏村邊，柴門相望老兄弟。謂子穎。登高却當此際，長江遥極目，何限雲水。沙市留詩，旗亭畫壁。誰管渚宫故事。蘆花風起。正鼓瑟人來，數峰銜翠。渺渺知音，滿懷空憶子。

前調 妓席作

屏帷乍卷佳人出，夜堂静愔愔地。兩板紅牙，一枝清笛，傍有盧郎偷倚。歌頭酒尾。漫博得當場，厭厭微醉。爾許風流，煙花南部興聊寄。座中年少凡幾，是誰先感嘆，家隔千里。珠箔飄燈，紅筵奪目，惱亂江東蕩子。天涯失意。倩半幅羅巾，揾將清淚。檐雨瀟瀟，曲終更漏起。

賀新凉 秋晚獨上荆州城樓

飛過蠻天雨。背孤城、夕陽西下，大江東去。虎渡龍洲依然在，長是馬嘶日暮。有獨客、登樓懷古。豚犬英雄都不問，問成名孺子今何處？秋太晚，散砧杵。山川洵美非吾土。向江陵、裌衣催换，一番寒暑。翠冷紅酣微霜後，變了荆門煙樹。且目送、邊鴻南度。隔岸殘雲流欲盡，指空濛下是衡陽路。愁浩浩，共誰語？

氐州第一 與韜兄江陵分手，久不得武陵消息，近傳已赴南昌幕府，因便寄懷。

木末霜催，風信乍緊，龍山别酒曾勸。路指桃源，小船壓浪，安穩過湖眠飯。峒户熢煙滿，底處覓、秦人鷄犬。譜首新詞，《竹枝》聲裏，蠻歌倘變。客況蹉跎秋晼晚。盼消息、魚沈素斷。聞説東游，滕王閣下，趁一帆風便。念孤飛、何日到，參差翼、江湖定倦。應記蘆花，舊時群、有襯字爐峰小雁。「小雁過爐峰」，李長吉《寄小季》詩中句。

木蘭花慢 雪後再登龍山落帽臺。

暴晴冬候變，晨旭暖，凍痕開。趁雪洗荒郊，馬蹄躞蹀，不起纖埃。前游，菊枝初綻，又蜀江寒碧接天迴。遠客豈期再到，閒僧及記曾來。生涯，落拓情懷。餘悵望，費徘徊。諒戎服參軍，旁人應笑，知己猶猜。風前，偶然落帽，也何妨借酒寓恢諧。便作此鄉故事，一堆土阜名臺。

夢横塘題城南田老齋壁

鵲巢門巷，老樹低墻，映簷一帶城雉。三逕頻開，俗士駕、尋常不至。雕斛栽花，瓷盆養石，滿欄蒼翠。愛微霜初度，濃日猶温，都未有、殘冬意。　楚南風物無多，剩何參老去，能談往事。清景依然，只難得、閒人如爾。擬約箇、酒徒再到，想見梅邊雪翻蕊。洗研求題，嘗茶看畫，與重揩棐几。

拜星月慢夜渡荆江，時官軍初下湖南。

霜壓疏篷，水銜柔艣，虎渡晚來催唤。刀尺寒衣，急砧聲不斷。孤帆色、漸入西南天地，背指江橋酒幔。第一籤程，報公安小縣。　記今宵、旅宿辭津館。清無寐、倦枕惟長歎。幾番起視婁氏，泛中流纔半。漸微茫、月墮楊潭岸。湖天闊，燐火如星燦。又依依、移過前灘，起一行驚雁。楊潭岸在荆江，見《岳陽風土記》。

驀山溪冬杪罾市道中

冰開平澧，輕浪參差起。樹杪一峰晴，映極浦、蒼煙小市。長竿曬網，畫裏著漁舠，風澹亂餘雲物，不料還留此。過眼惜匆匆，指前路、又侵亭燧。處、雪消時，好景江南似。

時聞禁旅尚駐辰州。白雲回首，家在五湖東，湘渚雁，洞庭魚，會我南游意。

齊天樂 庚申武陵立春

寒梅未吐。被横緑蘋兩岸晴光轉，關心乍聞綿羽。樹掩鑾旗，草迎塞馬，冷落滿城簫鼓。管聲聲，催開最苦。南陌東郊，有誰結伴討春去。當時賓客游處。蒼苔閒尋徧，猶記題句。野竹遮鄰，山茶出屋，此景眼前非故。蕭條如許。賸鷗鳥灣洄，幾家還住。及泛扁舟，水生挑菜渚。

前調 元夕

春來天氣不長好，已經幾番風雨。柳態將絲，燒痕猶黑，未辨青鞋游具。良宵三五。對燭影摇紅，釭花細吐。遥憶家園，隔年燈下小兒女。當時舊踏歌路。聽十番大小，拍徧南部。村酒柔情，鄰姬索笑，都是夢曾游處。楚南風土。但月黑軍城，棲烏匝樹。還有樓頭，鼕鼕傳漏鼓。

徵招得外舅陸先生都下書

陂湖萬古浮煙地，光風這回流轉。碧水上頳魚，迨春冰初泮。殷勤傳信到，喜白髮、加餐猶健。勝友題襟，舊交結襪，歸期荏冉。　應念、楚天遥，開緘處、人在洞庭西岸。鄉思與離愁，縱急觴難緩。我來幕下，翁留輦下，總非始願。幾時共，情話田園，對窗燈一盞。

邁陂塘得盛鶴江書，兼寄文可上人。

憶離筵、緑醪紅燭，黄頭入饌新饜。滿湖煙月歸人醉，催解荷陰弱纜。波瀲灔。算食宿、程遥多傍沙頭店。長魚似劍，每對了南烹，便思鄉味，此意肯忘暫。　誰更念，青草瘴生寒斂。蠻禽啼近山檻。傳來懷袖加餐字，慰我萍漂梗泛。差不憾，想還往、風流二老年來占。紗幮竹簟。問醉裏逃禪，吟邊聯社，别後興增減。

珍珠簾早春寄弟

何心遂作周南客。煞等閒、暗把年光拋擲。路已苕苕，況阻湘帆楚驛。笛裏梅花飄欲盡，最難禁、冷猿濕雪。脉脉。正黄昏愁坐，一番憶别。　咫尺，家山不隔。喜池塘佳夢，來依今夕。南畝共巾車，向草煙牛跡。到此始知田舍好，悔鞍馬、江關跋涉。役役。笑逡巡歸計，幾時纔決。

朗州慢

余來武陵，當兵燹之際，觸目荒涼，遡劉賓客之舊游，悽愴憑弔，與姜白石追思小杜，寄慨略同。因和其自度《揚州慢》一闋以見意。用其韻而易其名，亦猶《春霽》《秋霽》之不改調云爾。

屈子亭荒，隱侯臺廢，沅江苦霧難晴。聽鵰鴣叫處，又春水初生。問仙路、紅霞遠近，匆匆花事，愁滿刀兵。但煙扶殘柳，馬鞭青入空城。　風流司馬，向詩篇、都寄閒情。有曲度南音，《采菱》歸晚，白馬湖平。并入《竹枝》歌裏，游人去，流盡灘聲。念劉郎前度，也如杜牧三生。招屈亭、隱侯臺，見劉集中，《采菱曲》、《竹枝詞》，皆其在朗州時所作。

武陵春

泛小舟渡沅江尋梅

城外清江江外草，草色已迎船。人在煙波擙靄間，渡口夕陽山。　隔岸酒帘招我去，春意在漁灣。醉插江梅帽影偏，攜得一枝還。

木蘭花慢季叔將往辰州，以佩刀奉別。

書生緣底事，都草草，學戎裝。望盤瓠城南，馬頭塵起，邊日無光。舊來，橫磨一劍，知爲誰拂拭爲誰藏？縱使長騰紫炁，肯教輕露寒芒。臨岐把贈意偏長，對此兩茫茫。悵鋏底歌殘，環邊約負，人老蠻鄉。家園五千里外，好換牛買犢返耕桑。留向鷄豚春社，恢諧割肉何妨。

昭君怨江樓偶題

風去波紋簇簇，嫩柳嬌鴉新浴。樓外晚晴天，好山川。一派空濛影裏，漁唱乍沈還起。歸興滿江湖，得歸無？

鬥百草上巳武陵西郊閒游，有懷東亭、又微、聲山諸弟姪。

甲子冥冥，半春飄雨無人管。及取新晴，袷衣襵疊，一領輕衫催換。小城西、有柳罥漁罾，水平花堰。正馬渡中流，鳧汀嫩緑，鷗波清軟。猶記杯浮曲渚，草踏斜川，幾處追游約吟伴。去每攜衾，來多聯袂，向斜陽、參差影亂。如今但、薺合沙田人不見。湖南岸，對桃開，俄驚春晚。

掃花游 清明後一日再游枉山，與山學禪師茶話。

去城不遠，被野趣招人，路迴峰起。幾家桃李。並隔花婭姹，高鬟相倚。弄袖風來，好片踏青天氣。算多是，夢後韶光，眼前詩意。　遥指方外地。有白髮閒僧，蕭然孤寄。前游省記。正殘燈急雪，梅粧初試。轉眼春深，又和葉摘將青子。茶煙裹，聽鐘聲、再尋山寺。

邁陂塘 送楊粲英往湘潭

乍雲開、琵琶峰頂，撲人嵐氣濃暖。桃花水汎清明後，翠轉湘帆一面。風色便。指六六蒼灣，突過川程半。新煙兩岸，喜鮭菜旋通，舟車不隔，行子望江縣。　封侯事，三載未酬初願。却從鬧處閒看。山川洵美非吾土，贏得將軍善飯。君莫嘆。漸髀肉生來，雙掌摩挲徧。長沙米賤。好壓取歸航，擣香炊玉，爾汝互相勸。

南　浦 次張玉田春水韻

風澹日濃時，寫渟泓、映徹鏡奩春曉。含意待流紅，揉藍浄、一抹沙痕輕掃。浮萍開處，依依傍母鳧雛小。遠浦柳陰魚欲上，已接船頭芳草。殷勤流下三湘，倩并刀、與把半江剪了。汀瀅小灣洄，苔猶濕、想有湔裙人到。閒情深淺，舊聲舊耳聽來悄。試問西陵橋畔路，知游舫新裝多少？

氐州第一 立夏

風雨鑾天，節候無準，熟衣重御初夏。燕未將雛，鶯初喚侶，何處故王臺榭。好景難抛也，第一是、橋邊柳下。幾顆朱櫻，半甌紫筍，客中瀟灑。見説耕犂行已駕。乍添種、離離桑柘。近水人家，舍南舍北，正早蠶浴罷。想一聲、啼鳩到，茅檐外、薔薇應謝。計日晴邊，緑陰成、重來繫馬。

安公子 寓庭芍藥一窠，花垂放矣。余將理沅南之棹，不及待其開，留詞別之。

初見叢添蕊。小欄一日千回倚。風信參差屈指到，今番第幾。冉冉韶華，漸入青春尾。

人欲別、試問花知未？　聽栗留啼處，也喚將離兩字。明日吾行矣。等閒負了揚州紫。　蠒栗梢頭，風物料、依稀相似。可惜開時，少個狂書記。笑眼前、緣淺猶如此。更休論此外，載酒尋詩何地？

滿江紅 内子三十帨辰，寄此爲壽。是日在桃源舟中。

咫尺仙源，何處問、雲中鷄犬。剛一笑、舊年三十，流光轉眼。萬事無如儂失計，一家只要君長健。把江湖、好語報平安，加餐飯。　天四月，江南畔。初夏景，村居滿。正鳩鳴椹熟，野蠶成繭。繞膝憐深兒女拜，傷心憶侍翁姑宴。料愁邊，窺鏡旋添絲，歸來見。

滿庭芳 從住灘步行，渡朱洪溪。

雨送微凉，客貪緩步，意行稍轉灣環。到天古木，藤老葉緜蠻。野果枇杷初熟，繁枝重、猿鳥爭攀。窺人過，一群驚竄，石上墜啣殘。　前山。尋不到，泉聲落磵，響珮鳴環。便褰裳欲涉，冰去。足生寒。忽展黃雲一片，秧田外、雉尾堪删。重循省，霎時光景，偷入畫圖看。

醉太平 船溪驛

山行澗行，風程雨程。紅榴小驛初晴，報前岡路平。　溪田碓聲，畬田火聲。煩他布穀催耕，指煙綿草青。

浪淘沙 楠村梅花橋佛閣小憩

欄檻落鮮澄，倒影分明。今來古往一郵亭。閣下長橋橋下澗，馬渴泉清。　拉沓是蠻程。難得佳名，戍人行盡野人行。如此溪山留不住，弦月旋生。

好事近 麻陽同天寺僧房

暝色起孤城，煙外千峰俱淡。竹几藤床紙帳，有新蟾來瞰。　山椒一夢已如仙，歸路去時暫。約略蘋花小港，棹微波瀲瀲。

南柯子 初入麻陽溪

漱玉風生頰，跳珠雪濺肌。舣船截浪去如飛，絶勝馬蹄泥滑汗頻揮。　山鳥飄紅帶，溪禽浣翠衣。只除夾岸酒樓稀，宛似西谿留下櫪頭歸。

摸魚兒 遣家信，紙有餘幅，書此足之。

自依人、青油幕底，征衫再换凉燠。吴雲郢樹微茫外，萬點黔山高矗。憑短目，眄不到、西陂荷柳東橋竹。濃陰净緑。想香澹風漪，塵清苔砌，暑意減新浴。凝情處，應諒歸期難卜。炎荒馬首人獨。匆匆堠館斜行字，手擘藤牋小幅。書未足，補一闋、新詞架筆挑燈讀。客懷不俗。料遠信來時，鵲靈最早，爲我報茅屋。

臨江仙 銅仁郡閣雨望。

暮暮朝朝多變態，偶然一露晴輝。孤城四面萬峰圍。卷簾何處，雲重雨飄絲。　梔子坪邊新漲急，鷺鷥立盡空磯，麻陽舦子緑蓑衣。白魚三寸，江口販鮮歸。

花犯 石榴

是何人，移從西域，幾時到南土。依山傍路。映絳蕚丹華，高下無數。眼明我是紅樓主，幽遐同恨阻。最苦是、繞枝啼血，對花聽杜宇。元微之《感石榴》詩：「非專愛顔色，同恨阻幽遐。」

關心節物記吴孃，匆匆曾過了，那年端午。窗近水，人正在、緑陰陰處。傍偏髻、一痕微逗，映小朵、珊瑚籠繭虎。而今向、鑾中重見，紅裙誰妒汝。唐萬楚詩：「紅裙妒殺石榴花。」

瑞鶴仙 鳳仙花

參差開也得。看嬝嬝娉娉，垂垂滴滴。多般鬥顔色。任張家呼婢，韋家稱客。小庭南北，細飛來、丹禽一一。向天涯、似慰羈愁，與媚煙朝露夕。　幽絶。苔茵稠疊，落瓣無多，寸心易結。好風披拂。草蟲簌簌飛出。愛佳名、合作女兒憐取，旁人未許偷摘。微嫌他、指染紅尖，和花擣葉。張文潛詩：「金鳳乃婢妾，紅紫徒相鮮。」《本草》韋君呼，鳳仙爲羽客。」劉貢父詩：「輝輝丹穴禽，矯矯翅翎展。」宋光宗李后名鳳，宫人避諱稱爲「好女兒花」。楊鐵崖詩：「夜擣守宫金鳳蕊，十尖盡換紅鴉觜。」

蘭陵王 安丘劉丙孫，故相國少子也。風塵天末，來宦沅州，與楊中丞有通家之誼。銅仁郡齋，共數晨夕，知薄官非所樂也。因用其扇頭舊韻，填詞贈之。

楚天杳，奈此山頑石老。泥活活，苦竹岡頭，愁度霿猿萬松杪。雁飛真不到。馬足羊腸空繞。更誰念，釋屩從軍，中有劉郎正年少。　滑稽何可少。嘆相國流風，於今頓邈。衣冠只博摇頭笑。便東華夢隔，西華交在，一官争抵歸去好。君聽子巂鳥。　懊惱，亂懷抱。指平野青徐，浮雲海嶠。扶桑日上鷄鳴蚤。甚登臨回首，每當西照。鄉關一髮，目已斷，青未了。

前　調 贈吴雁山次前韻

絲路杳，人向此中易老。望銅崖，衮衮山尖，一握孤雲起天杪。歸飛何日到。烏鵲南枝頻繞。角聲慘，戰地相逢，自嘆臣今不如少。　君才時所少。喜通介如常，舊來徐邈。人情争滿淳于笑。問眼中桑海，胸中壘塊，半生知己赴誰好。依依失群鳥。　煩惱，休縈抱。有短檝長鑱，釣江吟嶠。勿嫌白髮盈頭早。只無多鬢影，鏡邊羞照。西垣斜日，夢裏事，猶了了。

木蘭花慢 七夕江口舟中作

晚程西晃路，深崦裏，著扁舟。看薄霧成雲，片雲成雨，一雨成秋。推篷坐聽餘滴，漸輝輝、紅日下蘆洲。似磬凉蟬到耳，如梳新月當頭。白香山詩：「巴蟬聲如磬。」　灘聲東瀉火西流，佳節客難酬。憶貰酒湖亭，曝衣村巷，吹笛江樓。孤萍近來蹤跡，擬乘查、碧落問牽牛。獨夜飛飛烏鵲，五溪渺渺鳧鷗。

百子令八月十五夜，銅仁坐雨，有懷德尹、潤木。

良宵清景。莽回頭、鄉社年年三五。碧海纖雲，都斂盡、空外凉蟾飛度。蟋蟀柴門，豆花籬落，豔豔疏燈吐。兄酬弟勸，中庭好片風露。　一自隻影南游，十分圓月，不照蠻方路。萬事干戈揮手外，詠罷微飈桂樹。半嶺猿休，極天雁斷，坐聽瀟瀟雨。此時離恨，燭花對客能語。

前調十六夜見月疊前韻

狂雲妒月，甚無情、掩却盈盈十五。賴是今年，秋帶閏、還有中秋一度。二八清光，隔宵晴意，不料團圞吐。移來墻角，疏桐猶滴圓露。　誰似太白詩豪，相邀對影，同此天涯路。我欲舉杯瓶已卧，搤得不眠倚。椒館蟲吟，竹門風過，静聽翻疑雨。沈沈永夕，素娥相傍無語。李長吉詩：「吴質不眠倚桂樹。」

鵲橋仙庚申閏中秋

天高露冷，一輪山月，又是十分圓候。平分節序屬中秋，問今夕、可平分否？　桂叢香過，菊叢香淺，省對新花殘酒。若教餘閏帶重陽，算此會、已登高後。

臺城路 浦市别宋梅知，並簡故園諸子。

黄花黄葉沅南岸，相逢便經揮手。浦口羈帆，尊前新月，此會他鄉難又。踟蹰搔首。羨獨木船輕，歸程易就。我亦思歸，客中送客拗楊柳。　舊交屈指某某，感因風寄訊，書疏都有。離緒紛紛，報章草草，此外儘煩君口。多能記否？好爲我殷勤，徧傳良友。預想挑燈，故園他夜酒。

點絳唇 冬杪發銅仁，晚宿松樹坪。

醉别江城，荒荒野宿投村樣。鵑啼月落，茅店孤燈著。　老馬迎風，衣上霜花薄。天垂幕，孤雲一握，吹散咿咿角。

清平樂 平溪道中微雪

深江薄雪，人去清浪驛。佳句巧從驢背覓，此地何來此客？　臘梅香遞前山，戍旗插過烏蠻。天末鴻飛不到，傳烽與報平安。時官軍初恢復貴陽。

洞仙歌 渡重安江

丹危翠險，乍懸繩度索。井底人從半空落。有清江、拖帶抹斷雲根，天一綫，兩面奇峰峭削。英雄何事業，飛鳶墮處，拍岸波聲怒時作。便策馬中流，馬亦徘徊，行人去、夕陽哀角。料無分食肉覓封侯，笑占夢無端，誰如宋桷？「食肉占夢」，出《晋書·索紞傳》。

金縷曲 清平縣

雪洗黄茅瘴。掃寒空、纖雲斂跡，層巒獻狀。縣小人稀餘三户，亂後偏留想像。也不負、詩家吟賞。錦市花場尋不到，賸清平兩字仍無恙。些個事，動惆悵。　行行相見坡西望。指前頭、羊腸武勝，塞笳悲壯。屈曲嶔崎高低路，三十六梯難上。煩傳語、百蠻君長。但使官廉民復業，便紅苗白爨吾亭障。圖可按，示諸掌。羊腸、武勝，二關名。

消息 宿楊老驛

百里中途，孤城小駰，岡重巒複。皁帽蒙頭，青氈裹手，暮寒猶觸。微陽西墮，趁虛人散，客與昏鴉並宿。正山頭、野火燒殘，聽風過，蕭蕭竹。　舊家名酒，憑誰買醉，零落低帘更何剩幅。想雪水初添，年時此際，比舍新芻熟。可堪回首，六亭南北，一片荒煙廢麓。時、翠袖牽蘿，重來補屋。「清平豆腐楊老酒」，此鄉口號，自此至平越府，凡有六亭。

玲瓏四犯

韜荒兄昔過黄絲驛，賦二詞，組織極工。今來不無蔓草零露之感，填詞寄之。

問佳風凹回鳶，冰槽溜馬，去來此路相左。神傷離亂後，事往逡巡箇。征鞍欲停無那。伴名、最憐婀娜。城北城南，堠長堠短，回首轉愁我。　　鑾孃憶，當壚坐。有蛛絲迎面，客燈火。曹家碑背上，好字思量過。酒人一別紅顔散，更誰把、平原繡作做。擬寄和。歸艖却、匆匆未果。白香山詩：「別後曹家碑背上，思量好字斷人腸。」

敬業堂集卷五十

餘波詞下

齊天樂 辛酉貴陽立春

東風兩度年頭尾，新春舊春如替。雪點湘蘋，煙開湖柳，又看山梅到此。鬘粧綰髻，待踏月場開，蘆笙旋起。銅鼓聲中，青紅兒女且驩喜。鄉風處處都別。歲華頻改换，只添憔悴。魚上冰鮮，酒迎臘白，略似溪肴村味。貴陽魚似吾鄉鮮鯽，酒似吾鄉臘釀。東君有意。感就我他鄉，依依萬里。也擬郊游，鞭絲誰共理？

瀟湘静 楊耑木都下書來，知外舅陸先生已南還，喜而有作。

瘴南雪北千千里。感公子、萬金一紙。開緘欲讀，燈花剔了，又紅添雙蕊。骨肉兩飄蓬，秋風便、歸裝先治。多應傴臘，到家期近，猶及看、早梅未？　悵望橋東學圃。草堂寒，塵封杖几。先君老友，惟翁健在，忍重來揮淚。次第慰家人，定憐取，天涯游子。嬌癡剩有，外孫繞膝，挽須問事。

西河 春晴偕彭南陔、吴雁山登照壁山佛閣。

春乍霽，漏天景色清美。巖巒無樹可棲煙，翠屏凝紫。出郊未惜馬蹄遥，舉鞭直上巋硊。　懷古意，登眺耳。程番今又何地？風雲滿眼幾人歌？幾人雪涕？桑滄陵谷兩無情，危欄詎忍長倚。　戰場草、淺塵不起。變青紅、血痕初洗。下瞰孤城井底。笑井蛙、曾此跳平。梁，只在夕陽邊，鵑聲裏。

疏影 賦瓶梅影，次張玉田韻。

便娟秀月，寫横斜墻角，已是清絶。傍我移來，幾度端相，欲拆翻嫌難折。膽瓶位置看如宛似佳人空谷，亭亭還自畫，特許伴、燒燈冷節。被燭光、遥妒無端，故向小窗明滅。依稀林下相逢處，傍紙帳、東風欲顧，芳意幽潔。爲爾傳神，秃筆疏枝，試與和花點出。憶孤山、浮動黄昏，曾掃影邊香雪。活。

沁園春 寄祝朱止谿先生及吴太君八十雙壽

碧沼丹崖，路繞蓬萊，芙蓉小城。自樊園種漆，琴材並老，帶湖栽柳，鷗侣齊盟。八十年過，八千年近，猶記東山捉鼻情。喧傳遍，是文翁宦蹟，杜叟詩名。簾前曲奏瓶笙，正春酒浮觴花外迎。羡先生林下，竹身瀟灑；夫人林下，梅韻幽清。白首相莊，板輿閒處，愛傍籃輿次第行。時光好，願長筵長侍，兒子門生。

曲游春 清明黔陽城外作

故壘新煙起，數蠻城春事，初過百六。一片郊坰，但幾群鴉噪，幾聲野哭。何處餘喬木。全未有、遷鶯出谷。只誤他，雙燕歸來，舊巢還覓茅屋。細草離離遠緑。正馬牧荒疇，健閒黄犢。豈少相逢，奈踏白軍多，踏青人獨。誰唱《巴南曲》。向天涯、自成風俗。記取鼻飲三升，鈎藤酒熟。「踏白軍」，游徼騎也。見《宋史》。蠻人以鼻飲鈎藤酒，見《老學庵筆記》。

金縷曲 又何軒前芍藥一叢，花時被風雨摧殘，而余所插瓶中雙蕊，經旬始落，一似有情相慰者，戲填此調。

姹女粧成坐。漸依依、與人分去。熟，朱唇輕破。斟酌穠纖相傍好，同此連宵篝火。愛紺碧、餘香惹唾。十日吟窗留伴客，聽藥欄、猛雨花期過。枝稍弱，肯微嚲。　尹邢薄妒知無那。還防他、銅瓶力盡，不風自墮。天若有情應護惜，把贈將離差可。笑寂莫、何人似我。曾向武陵筵畔看，隔年詩、滿紙無心和。重對汝，鎮愁卧。

點絳唇 雷雨初過，小軒睡覺，歸思忽生。

雨過空城，輕雷薄靄千山暝。飛蚊遶鬢，睡美軒窗静。　江上黄魚，忽引東歸興。紅榴褪，八番花信報，道端陽近。

二郎神 午日風雨，殘酒薰人，竟成薄醉，友人索余題扇，填詞應之。

聽雨聽風，驀忽地、流光偷换。誰能料者般，客況南食，今年又半。蠻果枇杷偏遲熟，有撥刺、銀刀入饌。都勻府產鰣魚。記馬渡清沅，買魚配酒，去年江館。　相勸。中丞脱略，容參午宴。也不用、當門懸符結艾，幸是把杯人健。醉裏詞成，拈須微笑，且爲旁人題扇。剛夢隔、一縷茶煙輕颺，醒來靠晚。

綺羅香 署庭七夕桂花盛放

風色迴條，露華流葉，花候炎方特早。小院飄香，及取火流星曉。憑玉兔、半面催開，喜金粟、一枝預報。是吴剛、妙手移栽，流黄恰映錦機巧。　高榆天上歷歷，比人間叢樹，涼意多少。顧影婆娑，待月圓時也好。想姮娥、不耐清寒，步羅襪、盈盈先到。便從今、暗數三開，孤芳猶未老。宋人詩：「四出花中異，三開格外芳。」

瑶華慢 賦鷄㙛

傍松似繖，比肉非芝，喜筠籠初稛。肌分理細，脆於瑶柱，嫩於玉筍。厨孃好瀹，觸纖指、微防輕損。任清涎、齒頰先流，欲嚼芳鮮未忍。　憐伊産自炎荒，數陳家九種，圖譜猶賸。人間雋味，但風乾日炙，封題遠信。秋林雨過，記竹下、呼兒采菌。便吴鹽雪點羹湯，那有者邊風韻。「松繖」出勞山。「肉芝」見《抱朴子》。「九種菌」見陳仁《玉菌譜》。

拜星月慢中元夜對月

素角烏烏，女垣東畔，圓月初生雲表。斗柄旋回，射西方參昴。曲欄外，滿地玲瓏影動，壓樹棲鴉纔到。漸過黄昏，又窺窗斜照。　算愁邊、何限凄清調。人無寐、凉意蟲先報。此際誰不驚心，只閒房較早。念鑾中、天氣晴時少。團圞處、忍負秋期好。唤𡛷僮、卷起疏簾，伴金波到曉。

瑣窗寒中元後，苦雨連旬，薄寒中人，已似吾鄉十月天氣，南方節候，無準如此。

蟋蟀空廊，梧桐別院，逡巡暑退。雨聲連夜，不許新凉替代。直隨他、萬馬南來，瘴鄉氣候同沙塞。把秋期變作，做。授衣時節，早寒先戒。　一帶，頹垣外。有鵋鳴似鬼，鷄鳴如晦。空齋愁坐，搦管讐書都礙。況中庭、橘末垂條，孤鴻消息渺難待。但朝朝、目送荒煙去，作巖頭黛。

夢横塘得家信

繩橋夢杳，絲路人稀，書來歲聿云暮。寄到春衫，嘆節序、中更寒暑。驥子聰明，別時猶小，今能憶父。只家貧世亂，大要憐渠，慈母杖、休輕與。我行不爲封侯，甚歸期屈指，誤了還數。績火蓬窗，暗想到、昨封題處。誰知向、鷄聲絶徼，孤館愁開夜深雨。待不消魂，一回對影，也悲辛狂顧。

水龍吟 賦霧淞

攢柯密箐層層，朝來幻出公超市。餘寒未滅，阿誰裁剪，雪翎粉翅。非葉非花，疑花疑葉，珠裝玉綴。笑隋家新樣，都將綺繡，强占了，瑠璃地。城角垂垂幾樹，壓鼂厨、蠻煙斂紫。天公妒汝，微陽院落，瓏鬆驚墜。人静空階，一聲清響，鏗然到耳。倩東風着力，唤回舞態，與扶頭起。曾子固《霧淞花》詩：「舞人齊插玉瓏鬆。」

臺城路 壬戌新年黔中見燕

燕窩山在城東，見《黔記》。外春來也，差池恰逢雙羽。舊巷亭臺，新年花草，總付零笳斷鼓。安巢何處？奈地老城荒，并無佳樹。小立茅檐，飛飛蓦過短墻去。尋常不記前度，甚來從海上，歸路偏阻。蜀霧吞江，楚雲迷峽，却伴烏蠻久住。乾坤逆旅。嘆我亦依人，未須憐汝。遮眼鄉關，濛濛人日雨。

鷓鴣天 花朝晴出郭閒眺

快晴難得是花朝。六千里路連芳草，廿四番風剩柳條。　紅犵狫，紫姜苗，亂山何處酒旗招。鷓鴣聲裏游人少，啼過頭橋又二橋。

屐齒殘泥冷乍消，冷，音另，土語以霧雨後路滑成冰爲冷。

曲游春 白櫻桃下偶題

二月初頭，見櫻桃一樹，花頭漸白。剛被晴烘拆，已瘴雨長飄瓦，改東風幾信，偏滯寒色。彷彿，梨雲杏月。覺香泛南枝，春便有、游蜂窺得。勿嫌相對無情，猶是上年吟客。　占斷花朝，勝寒食江南，燕簾吹雪。可有人憐惜，是當時下階曾折。争奈亂後風陰較密。光，斷無消息。李長吉詩：「下階自折櫻桃花。」

唐多令 後園紅杏、林檎二本，今春忽枯，惟李花獨盛。

一種舊春風，年時經眼同。好花枝、能白能紅。曾被上番吟賞後，蝴蝶夢，忒匆匆。　伴詩懷、清許盧仝。應有縞衣來叩户，人尚在，百蠻中。韓退之顔色等頭空，孤芳賸此叢。

《李花》詩：「夜領張徹投盧仝，乘雲共至玉皇家。」

驀山溪 又何軒前芍藥，今年忽發並頭一枝，楊中丞屬賦。

頩顔怒拆，變作嫣然笑。淇澳有佳人，一箇箇、傾燕艷趙。含情顧影，相傍各低徊，曾妒否？解憐無？鏡展新粧肖。金壺勝賞，絶代矜難老。卍字小欄前，問誰步、春風獨蚤。佳名好换，莫道是將離；一覺夢，兩娉婷，此譜楊州少。徐文長賦：「狂苞怒拆。」蕭子顯詩：「佳人淇澳出，艷趙復傾燕。」

臺城路 二月廿九日黔陽送春

年年絶域春華改，驚心這回較早。唐帽山前，襄陽橋外，一片明波碧草。尋芳事了。正翠駬人歸，閒吹竹䏧。路指西南，關城宛轉楚天杳。當時嬥歌花館，亂餘留想像，别夢繚繞。紅袖當壚，緑楊蔭馬，底處曾經買笑。時光縱好。但爲雨憐花，因風送鳥。去已忽忽，任他三月小。

緑頭鴨 聽任小史唱《提水調》，其聲婉轉幽咽，相傳明沐國公鎮滇時宫人所歌者。

面如花，畫圖樓閣神仙。入侯門、琵琶偷學，未登狎客紅筵。轆轤長、胭脂井淺，别翻新調

《鷓鴣天》。三百年來，故宫幽怨，此聲今被僰僮傳。似花底、雛鶯調舌，嬌小又清圓。歌頭轉、一絲風細，裊斷還聯。　問人間、幾回曾聽，哀彈不用么絃。便司空、向來見慣，也同司馬淚潸然。我亦無端，爲伊腸斷，凄凉何況館娃年。杯闌後、曲終夜半，風雨到燈前。疑有箇、人兒擁髻，愁對伶玄。

滿江紅 送楊劍川罷官歸雲間

鳥道羊腸，算最險、無如作吏。又何況、烏蠻南角，浪穹左臂。鬢底霜華官興嬾，眉間黄色歸心遂。便抽帆、到岸有何難，能知止。　九峰畔，雲霞膩。三泖外，煙波細。是前張後陸，高賢故里。秋兔弦開樵擔月，春蠶絲引漁竿餌。問先生、此樂幾人同，人無幾。

金縷曲 客窗初夏觸景思鄉

地盡天連蜀。聽啼鵑、幾聲催放，四山躑躅。看到此花人情倦，翻愛陰陰夏木。來掩映、隔窗棋局。翠葉枝頭紅相亞，儘殷鮮、不受蜂須觸。一顆顆，荆桃熟。　露梢添引光如沐。只從他、出堦成筍，出墻成竹。游子新來田園夢，長繞采桑鄰曲。鎮邂逅、村粧不俗。插鬢野芳風吹墮，乍歸來、微雨鳩鳴屋。裙共草，一般緑。

清平樂 初發貴陽

莎衫藤屐，陰雨霉天積。晴路一鈎初得月，門外馬嘶人別。　來時車犖間關，去時烽火平安。笑問遠游何事，也如絕域生還。

如夢令 平越道中遇雨

苦竹岡頭滑路，郎馬來從何處。行不得哥哥，相勸解鞍且住。杜宇，杜宇，又道不如歸去。

無悶 黎峨阻兵漫題旅壁

旌旆連郊，鼓角連營，井底孤城如陷。笑萬里歸裝，一囊一劍。欲踏芒鞵徑去，奈霧雨、冥濛雲濃澹。路難如此，客愁正劇，猿吟又慘。　誰念，梗猶泛。對亂石荒屯，亂山孤店。爲旅食年深，易成秋感。壞壁題詩好在，記醉眼、昏花燈明暗。喜夜來、布被凉生，已夢清湘裊纜。

生查子六月十五夜，黎城坐月。

青山淡欲無，月到中天小。却扇一襟風，暑氣清多少。蘆壁吐燈光，中有鄰娃笑。明日二郎祠，去約乘凉蚤。

臨江仙立秋後七日，自潕溪乘舟東下。

撲面風埃行倦矣，急來照影清江。澴波激石勢相撞。小船篙槳便，穩穩下驚瀧。預遣兒書報歸日，到時黄葉秋窗。滿沽菊釀待開缸。家山無限好，蠟屐更添雙。

洞仙歌過楠木洞，舟人指點石上有沉香船，云是吕仙留跡。

蒼灣一轉，愛澂波如鏡。倒插雲鬟翠眉影。乍洞移楠木，船指沉香，仙路遠，縹緲似非人境。晚來微雨過，竹樹蕭森，做弄秋聲入清聽。猛喚起塵機。草草經過，負多少、松梯苔磴。賴沙鳥有情伴人歸，與並坐江心，煙濤百頃。

臺城路武陵换船，自龍陽至長沙。

山窮水遠蒼茫外，楚天頓開心目。紫草灣洄，白沙洲溆，都入郭熙横幅。家家農牧。已閒却人牛，葑田早熟。漁户風煙，插竿曬網出茅屋。程程鷺眠鷗宿，長年能一一、指似遺俗。岸闊三秋，湖平八月，又轉清湘幾曲。浮青剪緑。趁細雨薲香，沽將醽醁。好卸輕帆，古碑尋嶽麓。

瀟湘夜雨長沙水檻亭，爲趙雲岑副使作。

甃石爲池，移橋就砌，多年結構纔成。長沙風物，官閣有園亭。分取三湘别派，波光動、簾額盈盈。中秋對月，應更好、盃底吸空明。笑先生愛客，門庭如市，宦況彌清。一片冰壺裏，寫出閒情。直把西湖比似，也宜風雨也宜晴。只少得、篷舟一箇，同聽煮茶聲。

百字令曉發湘潭，由青草湖出洞庭看月。

江潭一棹，趁宵來、三十六灣秋漲。二百里程高枕過，席底平如掌上。菰葉翻翻，蘆花漠漠，日落魚吹浪。天開地坼，人間此境何曠。屈指況近中秋，敂舷歌罷，晚景尤清亮。

我本南游無一事，愛答榜歌漁唱。湘渚移帆，洞庭賒月，俯仰應同賞。玻瓈忽動，冰輪湧起千丈。

臺城路登岳陽樓

三年行盡西南路，重來岳陽樓下。宿霧占風，晴霞辨雨，變態空濛難寫。乾坤作冶，看萬象俱融，鏡光東瀉。一笛飄蕭，秋心吹滿洞庭野。舊來戰壘初洗，憑軒休涕泗，目斷戎馬。遠浦沈煙，輕舠點葉，既濟風波翻怕。琴高待跨，奈地少雲多，魚龍未化。剩有閒情，坐觀垂釣者。

長亭怨慢壬戌九月十三日到家作

甚當日、去家容易。秉燭羌村，夢猶恍惚。不記飄零，却憑兒女、算年月。爲渠覓食，一笑蛩蛩負蹷。傾倒薄游裝，聊付與、煙生煬突。咄咄，山陽聞笛罷，獨自心傷存殁。時聞右朝之變。生還偶遂，别中事、逢人怕揭。料柴門、更有誰敲，便菊徑、從他蕪没。好勤課童奴，重理釣磯耕垡。

摸魚子 涉園酬别魏禹平

放扁舟、清風涇上，此生快事爲最。城隅一徑蒼然轉，滿架朱藤高挂。鶯語外，正人坐、春風花被游絲礙。名園入畫。記杯賭循環，床移曲尺，佳夕鎮相對。留連處，却指離程如黛。眼前光景難再。更爲後會知何地，浪態檣形相背。無可奈。算去住、行藏總被浮名絓。還應自愛。待挾妓春山，尋僧秋社，重與了吟債。

念奴嬌 贈别碧紋録事

尋春較晚，人都笑、小杜舊時光景。曲港橋通，門啟處、翠柳紅薇交映。唤起梳頭，懨懨猶帶，中酒催花病。有心絳蠟，夜闌留照雙影。却是我未成名，匆匆輕别了，翻嫌薄倖。此意沉吟行復住，不爲石郵風緊。明日回頭，離煙恨水，多少愁人境。問重來約，叮嚀莫似瓶井。李嶠詩：「消息似瓶井。」

一萼紅 重過飛翠軒

枇入杷園。有翠禽飛出，消息遞前軒。柳外飄燈，花陰籠月，歸後略帶微醺。剛博得、横波回盼，喜嫩約、不負去時言。來便重來，抛人容易，休似初番。爲我迴身幾遍，道護他窮絝，終自憐君。高燭融銀，沉煙續篆，且與並坐黄昏。也莫管、漏聲長短，拚一度、相對一消魂。明日倩誰相伴，水上湔裙。戲用王建《宫詞》中語。

渡江雲禾城答華羲逸見貽原韻，兼送其北行。

歸裝何畹晚，落帆天際，雲樹及冬晴。故人欣握手，寄我新詞，屬和到春城。兩湖煙雨，鴛鴦外、流水無聲。又早是、南檣北柁，滿眼促征程。空舲。哀猿斷峽，宿昔曾游，向閒中循省。争得似、花街壓笛，燭院聞箏。歡場事往渾如夢，夢醒時、説與誰聽？空自詠，白頭洛下書生。

百字令徐淮江别後寄調，有「書記狂游」之語，次韻答之。

經營買笑，甚娉婷、十斛明珠論價。月下星前花底醉，偶逐春風良夜。采了蘼蕪，種將紅豆，雲散清歌罷。三生一夢，未應輕算游冶。多少劍客呈鴟，琴姬擁鳳，豪舉誰能借。自檢空囊償酒債，差勝博梟壺馬。知己書來，佳人别後，孰是忘情者？報章草草，却愁洗研重寫。

解連環紀夢

蕉陰隔院，有到窗殘月，移來一片。更添他、幾點疏螢，正角枕紗幮，夜凉人倦。薄被香消，留縷縷、手縫針綫。感殷勤就夢，直似憐儂，寄宿孤館。　邂逅難償初願。只燈花猶似，那回爛熳。盼舊約、曾指紅榴，又點綴蒼苔，下階踏徧。曉路侵星，欲去也、晴梢露泫。悔當初、輕別西灣，茨姑葉爛。

解蹀躞接德尹武昌信，知春杪已作嶺表之游。

依依漢南柳色，舊是懷人處。柁樓水拍，長隄又春暮。流下黄鵠磯頭，好憑赬尾紅鱗，與傳尺素。　眼中路。一笑賓鴻社燕，勞勞各如許。嶺南此去，一事却輸與。計日荔子初紅，從渠飽噉千枚，可能分取？

芭蕉雨本意

夢覺微凉生處。曉來傳點到、分明語。起凭去闌杆細數。驀地捲作秋聲，梧桐別樹。　淋漓不怕絲雨，只恨風掀翥。乍翠羽飄飄，細分縷。渾忘了、舊題詩，直待重展蕉心，再來覓句。

祝英臺近 賦蝶，和韜荒兄韻。

去翩翩，來劫劫，秦宫一生狎。花落花開，好景過如霎。料得庭院深深，重游較晚，也惆悵、成陰緑葉。　恁輕怯、憑仗滕閣丹青，長依畫眉妾。爲汝叮嚀，雙飛避羅箑。防他撲向春衫，買絲繡樣，把金粉、損將一捻。

離别難 寄書

一櫂别忽西風，映門秋水芙蓉。畫梁雙燕少，錦字孤鴻杳。樓頭他夜夢，忒惺忪。疏雨外，啼螿碎，殘燈何喜著花紅。　花可愛，情無賴。獨眠遲，短箋滿貯相思。封題鈐小印，牢記秋螢信。莫便道、負心期。人好在，來應再，那回端不似當時。

河　傳 秋雨

薄暮，微雨。做秋聲，紙瓦山窗獨明。蘆花夾岸舟乍停。曾經，瀟瀟和雁聽。　疏點漸稀檐外竹，還蔌蔌，静覺涼生屋。記明朝，約登高。隔宵，殘燈挑復挑。

綺羅香 紅葉，用玉田舊韻。

叢菊籬荒，茱萸洴冷，漸老紅顔誰主。派别丹黄，不上青楓圖譜。任賽過、二月花時，渾難戀、霜條霞縷。向枝頭、添陣寒鴉，自隨流水杳然去。　去也去也何處，曾博幾人憐惜，幾回題句。醉面微酡，有客暗嗟遲暮。指隔岸、賣酒旗邊，是昨歲、登高舊路。聽穿林、風已蕭蕭，可堪還夾雨。

新雁過妝樓 賦菊，用玉田舊韻。

留取瓦盆，兼客土、雅稱茅舍疏籬。山人衣白，老伴愛結黄衣。舊徑三三分好種，新頭一一摘繁枝。喜開時。花如人澹，蟹比魚肥。　莫怨芳期摇蕩，有南山到眼，不負陶詩。結塔開屏，晚景争戀斜暉。鄰翁舊來好事，記帽底、滿頭曾插歸。歸來好，問餐英幽味，醉醒誰知？范景仁有《菊塔》、《菊屏》二詩。

江南好 虎丘送朱子容六丈入都，癸亥二月。

騎鶴吹笙，六郎風格，梅村句子猶新。詞壇酒壘，五十八回春。好在江山四壁，茶煙畔、鬢縷飄銀。驚初見，壯心千里，擬向何人？　橫塘舟檥處，桃鬟柳眼，總是迷津。把吴都舊夢，付與前因。亂後渡江光景，算誰似、衛玠傷神。垂綸手，却遮西日，還指洛陽塵。

霜葉飛

再得淮江書，知弄珠别落人手。余時將有南昌之役，旅懷殊耿耿也。

不來何意差池恨，魚箋橫幅曾寄。多緣銀漢澀微波，誤秋期容易。還憶得、别時情事，煙條妨路船猶檥。費多時佇立，纔小語、回身行行，莫忘飛翠。　儂意正爾相憐，半年游跡，直是沉吟爲此。柳綿依舊化浮萍，與飄零何異。倩一股、菱花秋水，殷勤好寄離人淚。拚溢浦西風，聽到琵琶，别添顦顇。

望江南

朝發景德鎮，夜抵饒州，舟中即事三首。

江行好，裊裊挂帆時。一練澄波煙鎖住，三竿紅日霧消遲。此景曉來宜。

又

江行好，歷歷亂帆時。牛背日斜鴉獨立，漁灣人去鷺雙窺。此景晚來宜。

又

江行好，寂寂卸帆時。群雁驚人霜外起，小船吹笛月中移。此景夜來宜。雲汀樹枯，沙汀草枯。北風吹折

四字令 阻風鄱陽湖

黃蘆，奈蕭蕭雁呼。彭郎小姑，康郎大姑。更愁五老香爐，限狂瀾一湖。

綺羅香 南州官舍，風雨連朝，履安叔索題詞稿。

零雨西山，斷雲南浦，縹緲愁城誰築。一卷新詞，手寫烏絲十幅。喜穠婉、漸近梅溪，論清麗、寧輸竹屋。最苦是、花落江天，此時相對却慵讀。幢幢孤館殘燭，正頳鱗蒼翼，望極遥目。小立東風，只唱舊時歌曲。藁砧恨、委浪萍輕，翠袖怨、出山泉濁。而今恁、一句都無，斷腸難再續。

金縷曲彭蠡舟中，讀外舅陸先生與聲山姪雁字唱和詩卷，戲填此調。

海外群鴻戲。寫遥天、前行未斷，後行還起。排比八分人字樣，倒捲霞光作紙。忽一折、斜飛取勢。變化隨宜成草聖，覺陣圖、大有縱横氣。象外法，畫中意。　畫沙印雪依稀似。也强如、紛紛鵝鴨，挂名帖尾。漸遠漸高看漸没，澹入雲藍無際。望不盡、揚瀾左蠡。有所思兮湘浦外，悵魚沈、尺素遲難寄。好爲我，傳牋地。《法帖》評鍾太傅書如飛鴻戲海。《宣和書譜》：「王濛論章草，作人字法。」白香山詩：「却要斜飛取勢回。」王右軍有《筆陣圖》。蘇東坡詩：「有似飛鴻印雪泥。」右軍又有《鵝群》、《鴨頭丸》二帖。「雲藍箋」，見《松陵集》。

邁陂塘吴民則屬題《秋浦歸帆圖》，用李分虎韻，時由吴興學博去任。

問先生、采芹采茅，何如歸采蒓去？駱駝橋外樵風便，好著一枝柔艣。挽不住，看無恙、歸帆穩挂西南路。鏡匳初鑄，趁鷺頂飄絲，鳧翁刷翠，行到水窮處。　船頭轉，一片空濛煙雨。吟續《蘋洲笛譜》。風流六客今何在，又作西湖社主。君記取。算道士磯邊，未必無漁父。爲儂留語。道放鴨人歸，桃花春漲，來歲或尋汝。

點絳脣 紅花埠道中

河北人家，踏青也有紅裙女。野花誰主，多謝風擡舉。叵耐啼鵑，苦勸人歸去。歸何處，濃煙疏雨，遮斷江淮路。

臺城路 京師送李分虎南歸，兼懷令兄斯年、武曾。

秋聲獵獵修門外，清笳亂砧齊起。古堠參差，離亭長短，獨客竟成歸計。桑乾一騎。漸淮菊催黄，江楓變紫。上了吴船，霜風吹淺太湖水。登高恰當故里，弟兄應悵望，別夢難理。時斯年在長沙，武曾在鳳陽。西日東塵，瘴南雪北，此度倦游凡幾。寄聲二李。料隻影單棲，未償初志。莫忘去重來，酒人燕市裏。

木蘭花慢 送曹升六舍人佐郡新安。

插天青未了，三十六，翠芙蓉。愛官閣鈴梆，人家鷄犬，多在雲中。畫圖又呈變幻，便横看不與側看同。煙氣潤添修竹，濤聲晴卷長松。匆匆，我昨游蹤，算此去，却輸公。正千里峰銷，一州事簡，諸縣年豐。風流，未妨佐郡，問宦情詩況那般濃？擬踐黄山舊約，籃輿筍屐相逢。

齊天樂 寄祝魏青城憲副七十壽

傍城煙火環城水，依然舊家喬木。巷列東西，巷分南北，中有涉園幽築。花邊補屋。正結搆初成，幅巾歸沐。七十平頭，官情到此合知足。　傳來雙鬢猶緑。市朝回首處，都是棋局。近社僧來，署門客去，誰奏《鶴南飛》曲。翠娥持燭。待自琢新詞，譜將絲竹。散入春風，蚤梅香撲撲。

酹江月 京城中元

如弓沙月，正秋輪乍滿，映來粉堞。冰琖拍殘人影亂，散作六街涼蝶。賣過荷花，一番夜市，又賣青荷葉。碧雲萬柄，星星點點的的。　回憶昨歲今宵，故人相喚，並放西湖檝。水面樓臺天上下，鏡裏倒窺紅頰。經眼風光，轉頭情事，鷗夢無多霎。秋絲添鬢，孤燈照影愁鑷。

一萼紅積雨，有懷竹垞，時移寓古藤書屋。

翠模糊。想藤梢垂格，老緑早凉初。葉葉分風，狀狀避漏，近日吟興何如？問添了、幾莖白髮，又還問、撚斷幾莖鬚？蠅拂甘瓜，蟻浮苦酒，作底歡娱？　著得等身書就，甚眼中未見，還有奇書？夢隔前塵，客來今雨，好是深巷閒居。且莫賦、田園歸去，算斯人、何可此間無。一笑回頭，白鷗浩蕩江湖。

解珮令聯句送趙秋谷歸益都

城頭畫鼓，馬頭紅樹。最無憀、酒邊人去。朱彝尊。聽徧《陽關》，也未抵、者番别苦。魏坤。一程風、一程寒雨。　斷橋横浦，淺沙深塢。翠灣環、鄉山無數。慎行。卸了朝衫，换獨速、莎衣醉舞。坤。勝東華，滿鞾塵土。彝尊。

浣溪沙聯句題張遠墨梅

淡墨螺匀尺幅綃，坤。五三六點冷香苞，彝尊。玉龍拖尾燕分梢。慎行。　紙帳影浮斜月底，彝尊。畫屏春貼小山坳，慎行。一番花事又江郊。坤。

春風嫋娜游絲。同竹垞賦，限蛇字。

笑東君何意，斷送芳華。吹墮粉，走噴沙。向蜘蛛、窠裏巧粘密網，縈成金縷，展出繅車。細欲無痕，長能比髮，牽惹游人眼界花。安得天機織素手，織將霧縠與冰紗。千丈晴空不礙，日光斜映，見閃閃、輕罥檐牙。無風綽、被雲遮。瞥然摇曳，又過鄰家。一筆難描，來蹤去影；寸絲難綰，春蚓秋蛇。無情有恨，任花南水北，定誰憐取，飄蕩生涯。太白詩：「白髮三千丈。」陸探微能一筆畫，師宜官有游絲書。

百字令爲真定梁相國壽

風流謝傅，想當時、原爲蒼生而出。人以爲通公自介，四十年如一日。闕補山龍，姿同海鶴，帝賚尊良弼。太平有象，中書仍領樞密。　猶記莊號雕橋，壽槐重蔭了，錦堂琴瑟。衮衮公卿皆後輩，秩算松齡纔七。一桁朝衣，滿牀牙笏，慶繞芝蘭室。梅邊開閣，奉觴長近佳節。

前調 竹垞屬題《歸耕圖》，次卷中原韻。

良田二頃，只躬耕、少個南陽名士。悵望杏花煙雨候，鄉夢牽人何已。纔着朝衫，便思初服，前輩多如此。先生歸也，買山計正難耳。　趁好碌碡村邊，桔槔園外，長一支春水。還我緑蓑青箬笠，重向溪南小市。十角吴牛，千頭楚橘，早辦收身地。笑陶元亮，昨非始覺今是。

太平時 奉和聖製立春

淑氣初回景色嘉，一天霞。人間何物報春華，有梅花。　已覺冰池鱗甲動，浪淘沙。滿城柳意待風斜，萬人家。

醉太平 甲申元夕，西苑觀燈賜宴，歸同揆愷功院長賦。

西山雪融，西湖鏡融。一天明月清風，慶時和歲豐。　尊中酒紅，懷中橘紅。醉歸街鼓鼕鼕，報三霄露濃。

邁陂塘 高江村宫詹屬題《蔬香圖》。

展生綃、天開圖畫，恍然身在璚圃。宫羹禁臠多嘗遍，偏愛蔬香繞筯。江畔路，擬挂却、衣冠暫領田園趣。斑鳩啼午。正土軟春酥，疏畦小稜去，一陣菜花雨。　筠籠淺，把送不勞地主。自攜鴉觜鋤去。十年宰相非難事，且與撥灰煨芋。煩致語，料五畝、池邊未是歸休處。聊追白傅。向紫莧青菘，黄芽緑甲，博取醉吟句。

百字令 樓敬思送盆菊，賦謝。

重陽纔過，被霜風、剪盡一庭秋緑。門外白衣招不到，卧聽鄰槽酒熟。落葉聲乾，殘陽影淡，夢繞東籬菊。此時貽贈，感君知我幽獨。　直爲下濮田荒，斜川路隔，歸計貧難卜。華髮滿頭何處插，辜負佳人空谷。客土培根，紙條沁水，聊洗塵埃目。肯來同賞，餐英正喜無肉。敬思前寄余詩，有「何妨食無肉」之句。

菩薩蠻 錢蔗山給諫贈女兒香一奩，賦謝。

西塘才子東官令，異香幾片遥攜贈。唤着女兒名，十分憐惜生。　鷓鴣斑血結，蘭氣薰奩出。端合浣清泉，忍教凝紫煙。以水洗之，清香自發，不待火爇也。

疏影 同魏水村賦寓庭芭蕉

新桐墻角，愛碧茸茸下，孤莖秀擢。一片纔開，一片旋抽，次第展將旬朔。天生百竅玲瓏樹，慣只做、小庭葉幄。儘放教、障日捎雲，經多少雨淋露濯。漸入凄涼時候，緊西風、攪得愁人夢覺。幾度裁牋，幾遍題詩，饒半憐他脆薄。自從没骨圖成後，可還怕、霜花剪却。時禹尚基作寫生小幅。好護持、宛轉柔心，莫被玉纖偷剝。

金縷曲 寓庭雜蒔草花，有一種名秋牡丹者，戲嘲之。

小草當秋季。向軒墀、孤莖獨上，晚花初試。解道鼠姑顔色好，一種偷他名字。倩翠葉、層層扶起。碎翦繚綾攢縹蔕，與籬根、霜菊差相似。白菊經霜多變紫色。那許並，魏家紫。　傾城傾國談何易。便同時、翻階紅藥，纔中作婢。此外花曹三百六，誰譜入《名園記》？幸落後、少争春意。自揣弗如應自遠，尹和邢，孰若相迴避。入宫妒，庶免爾。

前　調 盆池種藕，有葉無花。

爲愛荷香早。傍春分、就鄰乞藕，埋盆作沼。乍見田田浮鏡面，數點青錢圓小。漸翠聳、亭亭羽葆。道是看花吾有分去，轉轆轤、引水添清曉。費心力，計多少。　等閒長夏多過了。到秋來、雲沉露冷，向誰索笑。老子胸無惆悵事，聽雨聽風也好。只些子、替伊煩惱。直恐天寒羅袖薄，與芭蕉、一例經霜倒。剩清氣，耐枯槁。

醉太平 丙戌元宵，召赴暢春園西廠觀煙火。

墻東玉虹，橋東燭龍。丹樓一朵雲紅，是宵中旦中。　煙濃霧濃，凌空架空。西山一帶朦朧，隔千重萬重。

長亭怨 詠揆院長家紅鸚鵡，同孫松坪學士作。

記故國、隴雲深處。千里依人，華堂且住。借取猩唇，殷鮮染出、好毛羽。雕籠太苦，把三尺、珊瑚架汝。芍藥階前，早誦得、主人佳句。　芳樹。恁朝朝暮暮，送盡桃花如雨。枝頭杜宇，將血色、啼痕相訴。更休誇、紅嘴多知，還應念、緑衣舊侶。憑誰解銀絛，重認丹山歸路。

行香子 月下過佟陶庵學士湖上寓樓，時隨駕至杭。

煙水鮮澄，煙樹瞢騰。上樓梯、一二三層。曲欄小檻，是處堪凭。看日初沉，雲初斂，月初升。　有約頻仍，許我重登。捲疏簾、相對壺冰。風流學士，見也何曾。是飲中仙，詩中將，社中僧。

減　蘭 題湖舫丁亥秋作

十三樓壞，十二橋邊朱舫在。秋已蕭蕭，老柳還誇十五腰。　坐中年少，昨日不來今乍到。看我題詞，漫道風流似昔時。

臨江仙 西湖秋泛

記得樓亭御舟名春侍讌，滿湖燈燭薰天。一番光景換尊前，殘荷猶瀉雨，疏柳已無蟬。　望西泠橋外去，吟過第六橋邊。商聲輥上十三絃。晚風吹不斷，涼透鷺鷥肩。

浪淘沙 錢塘觀潮

鼇赭露脽尻，對東江皋。雲垂海立湧金鼇。隔岸越山渾不見，水比山高。萬馬走單槽，鼉徙龍逃。當初誰賦廣陵濤？强弩三千輸筆力，直是人豪。

洞仙歌 戊子正月望後，竹垞表兄送余北行，至南湖而别。

一天冰雪，過收燈時候。長水橋南惜分手。感登艫相送，直到杉青，歌驪客，檢點當前都有。兄言吾老矣，後會難期，酌我重斟十分酒。此意最殷勤，臨發踟躕，可敵得、石尤風否？好借取、深盃勸還酬。也預算中秋，爲先生壽。今年八月望後，先生八秩大慶。

釵頭鳳 重渡揚子江

沙邊瀨，花邊埭，泊船剛與高樓對。門開處，垂楊樹。多無聊賴，亂飄煙絮。去，去，去。紅闌外，青簾内，依稀有箇箏人在。憑絃柱，分明語。風波如此，勸公毋渡。住，住，住。

探春慢 上巳偕楊晚研、湯西崖、周桐野、沈磵房萬柳堂禊飲。

宰相橋坊，橋榜爲益都馮相國所題。太平風景，那回祓禊曾到。能幾多時，再逢此會，柳亦隨人漸老。繞隄千萬樹，恁春晚、偏如春蚤。只添對酒新鵝，未有囀枝黄鳥。　閒數城南吟伴。剩楊湯周沈，舊是同調。水長蘆根，煙開萍塊，此段年光最好。從遣殘陽墮，有初月、舒眉遮照。醉尉相逢，何妨過申犯卯。馮異《暮春醉中》詩：「不須愁犯卯，且乞醉過申。」

減　蘭 賣花詞

吹花風起，二十四番多到耳。紫陌紅塵，樓上新粧擔上春。　朱門誰主，舊日園丁今賣汝。入市人看，西子纔堪博一錢。《孟子》注疏：「西施每入市，人願見者，先輸錢一文。」

步蟾宫 碧雲寺僧房見盆桂而作

誰移天上長生樹，是八萬四千月户。一枝來自廣寒宫，猶似帶、九秋風露。　開時也有微香度。奈冷蕊、羅羅可數。小山招隱近來稀，且讓與、閒僧作主。

桂枝香 辛卯十二月，武英殿書局告竣，停免内直。填此自嘲。

老郎顔駟，問霜雪盈顛，久留何事？寅入申歸，刊韻聊充外史。村夫子輩能相笑，笑日日、亂書堆裏。多年積算，不知耗却，幾囊官米。漫贏得、燈花送喜。似蠹魚蝕了，神仙兩字。從此投閒，免作蠅鑽故紙。柯亭劉井迴翔入，更休論省官省吏。還應自幸，身慵職散，稱優閒地。皎然詩：「外史刊新韻，蠅鑽故紙出。」《傳燈録》：「南宋謂館職爲省官。」周子充云：「省官不如省吏，蓋嫌俸薄也。」見《老學庵筆記》。白香山詩：「職散優閒地，身慵老大時。」

水龍吟 次章質夫楊花舊韻

是誰細剪兜羅，不期而至無端墜。天生輕薄，眯人望眼，惹人閒思。繞徑鋪氈，當階滚雪，重門難閉。向酒旗影裏，茶煙榻畔，一陣陣，因風起。　却逐舞衫歌扇，亂紛紛、不成行綴。欲飛旋止，將離又合，乍團還碎。最怕沾泥，微嫌罥網，差宜點水。任無情化作，浮萍若箇，灑楊家淚。

桂殿秋 題桂菊圖爲友人壽

高士宅，列仙家。秋光儘入畫圖誇。移將月裏長生樹，來配霜前不落花。

柳梢青 從廟市買菊花二本，白者先開，黄者較遲半月，戲嘲之。

零露漙漙，重陽過也，菊蕊初團。本來同譜，根曾同種，花擬同看。問伊開則誰先？似兩姓、詩人一般。白在黄前，樂天樂地，居易居難。唐末有舉子，能爲詩，每通名刺，云：「鄉貢進士黄居難，字樂地。」欲比白居易字樂天也。

賀新涼 壬辰重陽前二日，張日容招集城南陶然亭。

驀過中秋後。響西風、萬梢蘆荻，萬條楊柳。惆悵東籬歸未得，帝里又將重九。且趁伴、來開笑口。檢點尊前人如故，只病夫、廢了持螯手。時余左臂病風。用其一，且持酒。　敝裘縫裂新寒透。記年時、隨鷹逐兔，射飛烹走。貧到今番無菊看，一醉徑煩良友。算樂事、人生難又。此會明年知誰健，問登高、還在城南否？吾老矣，莽回首。

前調 後二日，蔣螻廣席上聽歌，次前韻。

風雨重陽後。乍宵來、微雲澹月，高梧疏柳。病與樂天相伴住，消遣十常八九。更何必、櫻桃樊口。南魏北張餘音在，勝挨箏、壓笛推琵手。當此際，可無酒？　就聾雙耳聲聲透。喜主人、閉關投轄，肯教賓走。門外泥深行不得，老子狂呼小友。聽換羽移商還又。白日催年鷄催曉，問玲瓏、解唱吾歌否？拚醉倒，且濡首。

好事近 自怡園聞鶯，呈揆院長。余長假將南歸。癸巳四月。

杜宇勸人歸，苦被鶯聲留住。行到紫藤花外，有垂楊千樹。　無心且與盡情啼，切莫管春去。知道雙甘斗酒，是明年何處？

河傳 甲午春社作

雙燕，相見。又今朝，來覓蓬茅舊巢。酒邊一旗煙外招。飄飄，綠楊紅板橋。　昨夜社公新雨足。盃珓卜，蠶麥家家熟。約比鄰，去酬神，老人，再逢得幾巡。

漁家傲 題秋漁圖

蠏舍魚莊問有無，全家活計指菰蒲。一曲煙波三四里，如畫裏。殘荷折葦蕭蕭意。

村北村南酒可沽，秋來不欠水田租。昨夜夜凉貪熟睡，呼未起。霜花濃壓船頭尾。

西地錦 詠苔

三徑久荒松菊。漸平鋪蒼玉。筍鞵新縛，蓑衣新買，映上階新緑。

髮短何愁曲局。愛雨來如沐。不教禽啄不教竹，掃又忍教手觸。陸放翁詩：「新買蓑衣苔樣緑。」劉夢得銘：「苔痕上堦緑。」「石髮」，見《爾雅》。《毛詩·采緑》章：「予髮曲局，薄言歸沐。」唐人詩：「饑禽啄嫩苔。」又：「陰階竹掃苔。」

洞仙歌 秦駐山頂，石上苔長三寸許，土人呼爲卷柏。采歸養以清泉，經宿莖葉展舒，蒼翠欲滴，因種之瓷盆，冬來彌茂。《本草》所云長松，當即此種也。

海山絶頂，有群真來往。斑駁落留石壇上。任孿拳稱柏，偃蹇稱松，經幾劫，三寸靈苗無恙。

小童殊解事，隔宿攜歸，試汲清泉貯盆盎。生意突然回，扶起蒼顔，勝九節、菖蒲拄杖。果若是、雲霞洞中仙，幸勿與芝草，琅玕争長。

點絳唇 乙未寒食，鉛山道中遇雨。

行過川程，籃輿軋軋穿林去。亂鴉啼處，衣濕梨花雨。　山無數，丁丁樵斧，知是誰家墓。兒女青紅，不踏城西路。

瑞鶴仙 武夷山下看道院製茶

淺瀨紋如縠。把輕篙、撑入瀾滄渡名九曲。花宫繞林麓，也不耕瑶草，不栽黄竹。一聲秸鞠，催隔塢、人家布穀。又誰知、茶竈開時，三月石田早熟。　雨足。旗槍初展，院院提筐，摘將嫩緑。濃蒸緩焙，看火候，纔經宿。引微飔吹出，白雲深處，香徧山南山北。儘清流船名。滿載，筠籠何妨無宍。即肉字，見《吴越春秋》。

沁園春 虎丘買水仙，戲填一闋。

根似鴟頭，葉似蒜苗，花名水仙。問仙翁仙姆，幾時留種，不移天上，乃落人間？洛浦凌波，漢皋捐珮，想像冰肌映玉顔。娉婷意，勝眼中多少，沅芷湘蘭。　山塘賣汝堪憐，只一本、纔教值一錢。向墻角堆堆，籬根顆顆，漸違物性，欲攬花權。老我婆娑，爲渠愛惜，貯以青磁沃以泉。歸來好，賽渡江桃葉，同上吴船。

前調 詠老少年，德尹以詩索賦。

鴨脚輸黄，鵶臼輸紅，將何比妍。便粧成暮景，未霜先豔。洗來朝氣，得露尤鮮。姹女司爐，嬰兒躍冶，幻出蓬頭灌頂僊。西風裏，把丹砂一擲，倒换衰年。笑他雙蝶翩翩，還認作、花穠二月天。看疏疏斜倚，乍明人眼。亭亭小立，恰並人肩。凉雨簾櫳，斷霞籬落，好趁蛩聲雁影前。秋非晚，似者般顔色，我見猶憐。

前調 蠟梅

不是陶家，不是林家，將金鑄顔。恰避了青霜，甘隨菊後。欺他豔雪，愛占梅先。融蠟爲珠，染梔成蒂，萬蕊千頭顆顆圓。瞿曇面，抱赤心一點，誰鬬嬋娟？味無味處天然，肯便與、蜂脾蜜作緣。看野竹如煙，聊同倚翠。山茶似火，恥並爭妍。酒泛新鵝，塵消舊麯，時有寒香到鼻邊。銅缾古，把一枝斜插，共餞殘年。

東風第一枝 盆梅重放喜而有作

細剪椶毛，净揩瓷斗，蓓蕾重添繁蕊。好風微漏春前，暗香偷攙臘尾。畫中取意，又豈在、依山傍水。逗紗窗、一點疏燈，大有横斜標致。　便開也、不捎燕觜，便落也、不粘蝶翅。苔痕緑上閒階，是伊天然位置。陳根客土，幾曾占、種花隙地。伴老夫、炙硯呵冰，寫入歲寒吟裹。

一剪梅 瓶梅

短短寒梅剪剪茨。記手栽時，到手攀時。花開先報白頭知。不取繁枝，只揀疏枝。　竹几蘆簾相對宜。可有霜欺，還怕冰欺。膽瓶就火與頻移。非定州瓷，即汝州瓷。

滿庭芳 半山舟中看桃花作

酒憶添頳，辭成靧面，風流時世梳粧。多虧掩映，傍竹倚垂楊。不費淺深斟酌，紅無賴、一意成狂。村西路，嫌他蜂蝶，抵死鬧斜陽。　舊家羅綺伴，曹衣吴帶，色色相當。問舊年崔護，前度劉郎。縱使游蹤重到，空悵望、巷口門傍。煩説與，道永和隄畔，别有仙鄉。

金縷曲 聞潤木弟墮車傷臂，填此寄訊。

卧穩東窗旭。忽有人、橋邊竹外，叩門剥啄。傳到城南墮車信，使我身如受觸。嘆門户、阿奴碌碌。黄髮爲期須善寶，奈下堂、蹎步能傷足。何況是，脱輿輻。新豐老叟全身福。料紛紛、三公僕射，非吾所欲。鄉里兒童成項領，慎勿争馳競逐。且三折、把醫肱曲。從此歸休真上策，便白駒瘦也，宜空谷。溪畔路，想應熟。《新豐折臂翁》，見白香山詩。「折臂三公」，羊祜事，見《晉書》本傳。「墮車僕射」，王儉事，見《南史・蔡廓傳》。

梅花引 壬寅小除夜與德尹分賦

一方苔，一梢梅，殘雪初消花未開。好風來，好風來。臘底春前，韶光方暗催。明朝便是明年節，明日立春。勿論今夕爲何夕。且啣盃，且啣盃。兄弟勸酬，白頭知幾回。

紅娘子 詠雙頭桃實，戲次沈房仲原韻。

移自仙源口，可愛親栽否？楊誠齋《嘗桃》詩：「香味比嘗無兩樣，人情畢竟愛親栽。」靧面兒郎，同根姊妹，結成嘉耦。最憐渠、從小便相隨，到齊眉眉壽。未必家家有，且喜年年又。肯被鶯含，怕教鸚啄，忍同瓜剖。好留將、心裏兩人人，試誰堪耐久？黄山谷詞：「似合歡桃核，真堪人恨，心兒裏有兩箇人人。」

鵲橋仙 庭前香櫞一本，秋杪有脊令來巢，踰旬而雛成。適有所感，漫填此闋。

燕辭秋社，鴻歸秋渚，爾獨來巢簷際。一枝穩穩又將雛，頌不了、前兄後弟。唐明皇有《脊令頌》。「前兄後弟」，出《梁書·夏侯夔傳》。田家荆合，韓家桐老，笑問同居幾世？明年此樹若開花，便比並、詩人常棣。凡卉木新栽者，有鳥來巢，明年花實必茂。此語聞之老圃。

蝶戀花 入冬風雨，盆菊離披，折供案頭，經旬色猶鮮好，戲贈以詞。

葉亞梢頭看競吐。已是經霜，又怕經風雨。手揀數枝親折取，殷勤誰似東籬主？半月寒窗相媚嫵，冶冶融融，出水鮮於土。不爲無花偏愛汝，有花多在人擡舉。杜牧之詩：「融融冶冶黄。」白樂天詩：「不是花中偏愛菊，此花開後更無花。」元微之詩：「大都只在人擡舉。」

敬業堂詩續集卷一

漫與集上起戊戌五月，盡庚子十二月。

少陵云「老去詩篇渾漫與」，俗本多誤「與」爲「興」。東坡先生用之，云：「清篇真漫與」，叶入語韻，可證「興」字之繆。余年衰才盡，從前愧乏驚人之句，已鏤板問世，悔莫能追。自兹以往，當日就頹唐，不知餘生尚閲幾寒暑，更得幾首詩也。

介庵上人新住古衡丙舍贈以六言二絶

插竹編籬作苦，灌園抱甕忘機。畟畟松風吹帶，溥溥草露沾衣。

老去師宜住静，佳時我定來游。一段因缘不淺，兩條拄杖交頭。

聞許立巖侍御内陞列卿將假歸省覲喜而有寄兼呈座主宗伯公

宦途原自達，家慶復誰同。堂上尚書履，門前御史驄。望雲占喜氣，計日及秋風。預蠟陪游屐，詩成報謝公。

盆池荷花六韻七月二日。

庭窄無池位，埋盆種藕芽。四年空布葉，今日忽開花。照影亭亭上，迴風故故斜。涼生三尺幔，香透一重紗。物性清難奪，人情少見誇。跏趺如可結，莫便委泥沙。用辟支佛事。

題沈麟洲覓句圖

君家遠有承，詩是東陽格。苦覓人不知，却道無心獲。

閲二日德尹芝田兩弟皆有和章詩來而花已謝次韻

陳根抽五蕊，一朵粲新芽。野老衰遲目，仙人頃刻花。有莖仍挺拔，是葉總夭斜。畫乏施丹手，詩留護壁紗。瑶池歌已遠，玉井語徒誇。若要顔長駐，除非伏火砂。

許立巖見過村居

茅齋無客到，門刺荷相投。水長萍浮岸，橋低石礙舟。六年驚易過，一飯挽難留。忍作忽忽別，蒓鱸已報秋。

喜雨集陶

重離照南陸，炎火屢焚如。夏雲多奇峰，近瞻百里餘。田家豈不苦，似爲饑所驅。白日淪西河，始雷發東隅。神淵瀉時雨，好風與之俱。良苗亦懷新，繞屋樹扶疏。農務各有歸，吾亦愛吾廬。悠悠待秋稼，且還讀我書。即事多所欣，慰情良勝無。

戊戌秋陶庵中丞由粤東巡澥入都道經吾里枉使見存山肴村釀追送於黄灣傳舍長律志别十六韻

道遠驅馳數，恩深出入勞。兩年開幕府，六月載星旄。溟展垂天翼，山移戴角鼇。先聲飛組練，小隊偃弓刀。當暑佳眠食，沿途戒驛騷。僕夫非況瘁，王事有游敖。重譯銷烽燧，單車沛雨膏。來觀滄海日，及賦曲江濤。中丞於中秋後一日渡錢塘。竊聽詩篇富，懸知氣象豪。前旌臨敝邑，枉訊到吾曹。衰賤才何有，先生誼獨高。昨容修刺謁，今許贈言叨。先生許爲余作詩序。後會殊難卜，餘歡又一遭。吟還催剪燭，節欲近題糕。野餉攜蔬簌，村沽載濁醪。敢邀騶從辱，三徑滿蓬蒿。

閏八月望夕桂堂小飲芝田有詩次其韻

菊叢未吐桂叢幽，前度追驩發興猶。月轉黄昏成白晝，天回寒露作中秋。明日爲寒露節。安排格韻酬詩敵，牽率茶僧預飲流。謂得泉法師。三十八年同一夢，夢闌忽失少年游。庚申閏中秋，余客黔南幕府，今三十八年矣。

寒露後六日偕東亭德尹曾三芝田諸弟集季方兄曉天書屋芝田以詩索和次原韻

不然已過登高會，霜露中分閏月天。家有弟兄如老友，身除疾病即頑仙。夜凉庭桂殘香候，秋澹籬花嫩蕊先。累爾轆轤頻下汲，近來吟思似枯泉。蘇子由詩云：「老人詩思如枯泉，轆轤不下罋盎乾。」年來每有宴會，芝田必首唱索和，故云。

重九雨中偕諸兄弟赴曾三之招

齒會寧嫌數，佳辰不憚勞。門前泥滑滑，堂外雨嘈嘈。軟美糕蒸栗，鮮肥蟹擘膏。海山青似染，縱目勝登高。

後六日德尹治具邀諸兄弟登龍山小憩西林庵再過妙果山房看菊二首

忽聞乾鵲報檐聲，昨夜猶防雨阻行。雲日放晴天有信，霜風吹鬢帽多情。同游特許緇隨素，一醉頻煩弟勸兄。不負年年爲此會，鄉山洽恰占佳名。

五日爲期六日遲，流光如駛詎堪追。菊尋西社初開處，楓愛吴江半落時。興到儘拚雙屐往，力稀全靠一笻支。笑將閒事成忙事，已補登高又補詩。

立冬後二夕大雷雨

夏令冬行虐，陰陽變慘舒。蟲經坏户後，雷似發聲初。窗裂新糊紙，簷鳴暴漲渠。一燈愁不寐，細檢五行書。

長至前後經旬苦雨田租不入厨人告米罄適芝田弟詩至和以遣懷

薄田纔二頃，歲入給官私。小縣開倉蚤，秋糧例於十月朔開徵。荒村得米遲。連旬多凍雨，來日乏晨炊。誰道衡門下，洋洋可瘵饑。《毛詩箋》「樂饑」作「瘵饑」，義與「療」同。

閱邸抄知副相揆公奉特旨予謚文端感賦一律

易名事大敢輕論，忽聽綸褒下紫閽。兩字克當何媿色，九原可作詎孤恩。本師君不忘胡震，用李贊皇集中事受業人終笑孔璠。却望寢門遥破涕，借將朝典慰吟魂。

小除日翁蘿軒見餉橙橘

鄉風稀餽歲，遠信自當湖。磊落承筐實，紅黄照座隅。偷嘗無婢妾，繞膝有孫雛。計口分甘徧，餘存逮老夫。

己亥元旦二首時余年七十。

蚤梅殘雪散氛氳，春色三分過半分。上日幾逢兼雨水，半月前立春，今日交雨水中氣。吉占且喜有風雲。《史記·天官書》：「正月旦，欲終日有雨有雲，有風有日。」閒門掃軌眠方穩，絶塞傳烽耳怕聞。歲事推遷成舊物，屠蘇又是六回醺。余歸田已六年。

須鬢皤然齒豁然，杖鄉以後杖朝前。所慚客拜長遲答，若問吾車已蚤懸。兄事無人難諱老，一月前，連喪榆村、季方兩兄。《北史》：「傅永常諱言老，自稱六十九。」養生有論笑希仙。當前任放兒童戲，記得身騎竹馬年。白香山年七十有詩，云：「大曆年中騎竹馬，幾人得見會昌春。」

元宵家宴

冰雪經旬臥，欣逢霽景澄。不辜滄海月，又點草堂燈。酒力春寒退，年光老態增。傳柑虛故事，回首望觚稜。

春分後五日雪

冬暖梅全落，春寒柳未柔。浹天雲淰淰，蔽野雪浮浮。漸補茅茨缺，微添石磵流。芒鞵閒掛壁，二月尚重裘。

留硤川五日歸來牡丹盛開

不知人世有繁華，春去渾如轣轆車。公道肯饒頭上髮？吾生且看眼前花。風翻雨打無欄護，日薄雲輕抵幕遮。贏得村鄰詫奇事，麻姑又到蔡經家。

風雨中自禾郡攜歸白紫二色芍藥芝田有詩索和次來韻

半月花情閱牡丹，將離與展後期寬。兩叢買取淺深色，一艇載將風雨寒。白髮衰翁羞獨對，紫衣年少笑相看。多緣我相生分別，可愛羊脂愛馬肝？

七十生日德尹以詩五章爲壽次韻酬之

影與形俱步步隨，兩情一味似兒時。未成學業年加長，有限精神日就衰。削草舊存師授《易》，余近輯《玩辭集解》，半出黎洲先生《象數論》。災梨新刻手編詩。薺甘荼苦從誰説，我外唯應爾得知。

文瀾筆陣一時平，勿問人間子墨卿。竹簟茅檐存晚計，玉堂金殿話前生。達如南郭原無偶，痛比西河未喪明。也與老萊同七十，只除顏色不如嬰。
蚤知老病合休官，不謂居貧爾許難。蟻穴隄防非一缺，燕巢泥補取粗完。時方修葺屋宇，故云。
盤登苦苣傷蔬没，出少陵詩。園有甘蕉被竹彈。沈休文有《修竹彈甘蕉》文。萬事轉頭多失策，彊憑筋力與追歡。

家門樂事人言少，先後相尋賦遂初。藥樹陰交扶杖立，茶煙風遞隔墻居。回思壯日多岐路，容易頹年共敝廬。且喜手栽梨棗熟，斷無荆棘待芟鋤。
椿菌何分大小年，多生緣境在雲泉。慧輪靈運希成佛，詭託曼都號斥仙。求友孰踰兄弟好，貯書頗望子孫賢。繞身笑指叢殘架，個是先生二頃田。

老友王子穎移家沈蕩遠來爲余稱壽詩以謝之

太息同儕略喪亡，天留一老作靈光。己未夏，集殖和堂者十人，今唯子穎及余兄弟在耳。豪情減後難忘友，宦業貧來易去鄉。共研分燈論往事，烹葵剪韭勸餘觴。我如蒲柳君松柏，七十還輸八十彊。壬年八十一矣。

端陽後四日盆荷花

老夫生日纔過二，又向花前引一杯。合被兒童傳好語，去年六月未曾開。

酬徐茶坪兼題其詩集次竹垞贈徐舊韻

余生值惡月，微類繆占雀。用《唐書·崔信明傳》中事。侵尋感耄及，交舊久離索。方當鐵化魚，忽訝玉抵鵲。凌朝來信使，剥啄扣門闟。猥煩徐佐卿，遠致一隻鶴。是時夏苦旱，村舍甚熏灼。清風穆如至，九鎖爲啟鑰。好句滿緘封，俄倒囊傾橐。《大雅》世誰陳？斯人獨歌咢。擾龍作家畜，遇虎以手搏。豪健力所勝，仰撢俯奚怍。泝源杜韓氏，變化出榘矱。其質儼陶匏，其文匪粉雘。羹鯖飽千臠，湯茗快一瀹。幢高有精進，輪轉無退却。長鳴得子和，謂思肖。又肯縻好爵。足知造化爐，金火謝外爍。不争屈宋艷，詎笑齊梁弱。自我畦徑開，傍誰樊籬託。固宜與時背，方枘難入鑿。此就詩論詩，於焉得大略。吾尤服其品，拔俗高逴逴。蚤成名進士，宦海恥涉脚。問時年幾何，陸機初入洛。行藏斷諸内，韁鎖遽擺落。厭踏嚴城鼓，愛聽蕭寺鐸。掇第如摘髭，視官如棄䩡。述庚辰春夏間，君登第後事。却歸研經史，心跡雙寂寞。到今二十年，嗜古勤逾恪。憶昔潛采翁，竹垞也。論文慎唯諾。從君賞才藻，昆友並淵博。一孔一針投，有若絲在籰。翁今宰木拱，君復傷棣蕚。不有宿好敦，晨星孰聯絡。王楊數儕輩，非曰乏富駱。眼獨爲余青，書來篦刮膜。何時浮震澤，放棹下三箬。傳柝聞魯邾，計程殊閩貉。佇待暑暍蠲，微凉度疏箔。閒攜石麟子，過我履交錯。滌除騷士悲，披拂風人作。尚欲丐餘波，潤兹轍鮒涸。敢云奏刀手，薄技呈灑削。棗梨甫被災，落葉費掃掠。書來索余集，時剞劂初竣，方在校勘譌字，故云。亂堆方丈室，旁少一弓拓。然而不自鄙，顧哂子雲閣。荷君附同調，有味寄澹漠。君豈終山林，吾宜置丘壑。長虞岐出處，庶望互評泊。相期覿面論，雙榼當對酌。時以雙酒榼見貽。

苦旱行

祝融不卹爲農苦，晴過三旬竟無雨。槔槔上水遠灌田，日炙風吹變剛鹵。幾家結伴還插秧，秧針嫩緑旋旋黄。千畦百隴仰灌溉，河底行見輕塵揚。君不聞潮聲撼塘岌岌殆，外溢中乾兩相倍。眼前勿作雲漢憂，或恐桑田遂成海。

苦熱吟

水如沸兮山如焚，青天白日兮騰火雲。雨師潛蹤兮風伯避，爰有蠅蚋兮薨薨成群。晨餐兮廢筋，夜無眠兮徹曙。半年傳舍兮三易官，煩暑不隨兮酷吏去。時吾邑署令將離任。吁嗟嘻！若教暑退吏尚留兮，二者相較其誰尤兮，我吟苦熱熱猶可支兮，世無凉土去此安歸兮《北史·嚈噠國傳》：「夏遷凉土，冬逐暖處。」。

抱膝圖贊并叙

孔明抱膝隆中，其志殆未易測，史家謂其嘗自比管、樂，世遂以英豪目之。觀其《誡子書》云：「静以修身，儉以養德。」又云：「學欲静也，才欲學也。」多是聖賢分上語，豈屑以霸佐自命者哉！許子純也，性静以儉，有才而篤學。命工寫照，以「抱膝」名圖，吾知其所取，固在此不在彼也。因發其指，而系以贊曰：

是庸作贊，栻目以竢。儒者之效，章章如是。彼卧者龍，孰窺涯涘。聖賢之道，與雜霸異。我師古人，得其大意。當其抱膝，悶如遯世。孟卑管功，孔小管器。繄惟神契，非曰形似。洎乎遇主，適會時至。史官失職，世降而季。學崇厥基，才歷乎試。於焉致遠，於焉明志。屈王佐才，侔於功利。

中元後復有江右之役吴尺鳧浣輪兄弟招同翁蘿軒章豈績楊東崖柴陛升吴志尚成桂舟馬寒中家可亭飲繡谷軒席間多賦詩見送別後寄答一首

新知舊好極纏綿，唱觴歌驪惜此筵。漸老漸稀朋酒會，忽晴忽雨早涼天。身隨筆墨爲人役，時白中丞招修《江西通志》。影落江湖祇自憐。霜雪滿頭閒未得，五年三上富春船。

雨後發常山將抵玉山縣途中復遇大雨

一溉功無及，三秋喘未蘇。時浙東久旱，暑猶未退。官徵山縣賦，户減石田租。樂土今何處，衰年復此塗。油衣非瓦屋，寧免載霑濡。

舟發玉山遇順風止挂半帆楊東崕有詩戲次原韻二首

罟師今日奏奇功，快意多生美滿中。杜牧詩：「千帆美滿風。」此理乘除看爛熟，上灘連遇石尤風。數日前阻風貌頭。

碓牀夾岸湧盤渦，電掣雷奔瞥眼過。老怯風波吾已慣，被君翻作《半帆歌》。

過貴溪哭同年王辰幟

同年餘幾箇，小别死生分。老去常爲客，重來又哭君。前過嚴州哭詹廉夫，今又喪我辰幟。政條留邑乘，歸櫬阻秦雲。出拜多襁褓，兒啼詎忍聞？

水蛾嘆舟人云：「江湖間，每八月此蟲出，三日則止。天所以資魚食也。」

我聞宵蛾赴火死，今見飛飛晨赴水。成群百萬蔽江來，江闊風高颺不起。嗟爾之生良已微，捐軀適救魚鼈饑。可憐水火均不免，兩翼原來是禍機。

中秋南昌書局對月限韻

又作殊方會，牽牛昏正中。客程千里外，鄉語一尊同。快讀新詩句，東崖疊韻詩，即席先成。閒思舊桂叢。愛眠辜好月，莫笑白頭翁。

白近薇中丞席上賦贈

衰遲重作豫章游，直爲徵書禮聘優。座上開尊傾北海，花間懸榻下南州。交情到我真青眼，事業如君尚黑頭。共識此邦文獻古，編摩須仗網羅求。

雨中藩長許孝超年伯招飲紫薇堂

早從才子識高陽，卅載通門綴末行。花底清談銷積暑，城頭片雨送新凉。圖書列屋開東壁，絲竹留賓到後堂。誰似先生風義古，下車下榻兩難忘。次君條侯，癸酉同舉京兆。

與祁鶴亭臬長話舊

重來仍款款，昔別悔匆匆。遇我非今雨，於君見古風。閒能空訟鉅，雅喜接詩筒。慚媿相投句，猶蒙記憶中。

南昌李少峰明府見示詩刻題贈一首

作客逢仙吏，投詩見楚材。汗青千古事，浮白一編開。地遠蛟龍伏，秋空鸛鶴來。同年有難弟，末契託追陪。令兄眉山與余癸未同年，「眉山」一作「眉三」。

重陽前四日許藩長送鞠

開徑無黄菊，敲門到白衣。瓦盆親位置，籬落有光輝。時寓庭新設竹籬。不礙看花晚，偏宜摘蕊稀。重陽思共賞，留取借書瓻。是日兼餉酒。

明日雨中祁臬長李南昌復送菊以詩索和

滿目皆秋色，何煩冒雨尋。自增幽谷趣，不起故園心。地主風流接，生涯節序侵。懸知簿書暇，亦未廢清吟。

次鶴亭臬長重陽菊未開韻

風雨開緘引興長，滿庭菊蕊尚含香。詩逢高調難酬和，人到中年易感傷。時鶴亭有悼亡之感。未免有情成結習，從來名種必遲芳。題糕頌酒渾閒事，添得連朝一段忙。

重九喜晴偕諸子游東湖百花洲得高字

初聞簷雨響蕭騷，漸吐晴光散鬱陶。萬事古來難逆料，一年今日又登高。城隅宛轉黄沙岸，檻外參差白雪濤。講武亭空僧舍古，幽清直覺勝江皋。

再過憩雲庵訪心壁禪師得登字

川光雲影恣憑陵，掌握猶餘佛面藤。愛續清游無外客，閒追往事問南僧。當筵落帽狂何有，踏屐尋詩老尚能。世出世間同此樂，太平時節報三登。白中丞曾禱雨於此，時雨公亭初成。

是日李少峰劉敬臣兩明府復邀游列岫亭再限重陽二字

良辰賢主兩難逢，有約來聽郭外鐘。古寺出門風浩浩，晚山隔岸翠重重。南飛渚有隨陽鳥，北走江如掉尾龍。露白蒹蒼遥極目，知從何處采芙蓉。

此間名勝擅滕王，別有亭亭著北岡。題壁我留清氣味，快晴天假好風光。徑須酩酊酬高會，何必登臨定故鄉。借取一鳴詩作結，今朝第七十重陽。末句用司空表聖成語。

後一日白近薇中丞招游百花洲

琉璃凝碧寫金天，擇勝擕觴此地偏。賞接賓朋連九日，恩加魚鳥及三年。蓬壺別境通花島，簫鼓中流少畫船。百度知君多舉廢，眼前豈獨一亭然。地爲講武亭故趾。

題秋江返棹圖送心壁禪師歸廬山開先寺即次九日過訪韻

閣上留題記石淩，巖頭已長到天藤。師應勿拒重來客，我亦曾爲過去僧。小劫如風吹易過，勝游似夢續難能。撥開雲霧全身現，誰謂匡廬不可登？

雨公亭詩爲白近薇中丞賦次鶴亭觀察原韻

後樂先憂視此亭，誰施妙手繪丹青。爲霖預卜君臣契，被澤旋教婦子寧。大有兩書傳列郡，屢豐一頌徹彤庭。從今箕畢占長驗，不用山川更乞靈。

同諸子步至李紹津家看池上木芙蓉

不乘籃筍不扶笻，步屧相將喜過從。一片秋光開老眼，御書樓外看芙蓉。
曲欄渾似野人家，倒影盆池落綺霞。紅白淺深皆可意，最憐渠是後開花。
殘陽西墮月東升，霜氣初消露氣蒸。座客微酣花亦醉，不勝情態兩瞢騰。
臨別殷勤又一杯，半開時節勝全開。心知爛熳無多日，日日閒須日日來。

盆菊初開連朝苦雨移盆入室即事成詩

擔頭分得籬邊種，繁蕊争開四十窠。幸免後時霜凛冽，難禁連日雨滂沱。高人避世今餘幾，好友登堂儘愛多。珍重詩翁擡舉意，莫教一老便成莎。戴石屏詩：「菊花雖老不成莎。」

立冬日招李少峰偕寓中諸子賞菊限韻二首

自我來居此，真成野老家。編籬分井竈，啟户納煙霞。已涉初冬節，還看九日花。勿辭開口笑，白髮鬪霜華。

逡巡初有待，爛熳忽齊開。似戀羈人住，兼邀好客來。澹交論臭味，薄設忝尊罍。相勸陶彭澤，能無盡興回？

大雨枕上作

狂飈裂紙牕，徑入卧榻前。吹萬豈可息，我衰自無眠。寒燈澹孤光，月落庭西偏。却觀鼻端白，一寂謝衆喧。

殘菊

娟娟盆中花，黄白各自好。霜風一披拂，甘作科上槁。人情委墻角，枯菀孰相保。我欲餐其英，毋令儕庶草。

聞鶴亭觀察陪白中丞西山行圍却寄二首

蒭蕘雉兔與民同，纔了農功纘武功。見説山深無伏莽，滌場時節詠《豳風》。

急雪重裘九月寒，塞山三度記隨鑾。須防見獵初心在，矍鑠猶能起跨鞍。

白中丞以御賜鹿條分餉賦謝二章

山莊地是古興桓，别展圍場千里寬。白露節前行射鹿，丹楓林外想回鑾。榮光遠自雲端下，珍味原同席上看。奏使歸來傳異數，似聞天語勸加餐。

一味無私惠愛均，黄封重疊荷分珍。似憐白首羈棲客，曾作青雲扈從臣。尾割紫瓊親拜賜，元耶律楚材《鹿尾》詩：「微香馥馥紫瓊漿。」條烹紅玉又嘗新。詩成却笑西川杜，菜把園官是主人。杜工部《園官》詩云：「清晨送菜把，長荷地主恩。」蓋未嘗拜嚴中丞之貺也。

有感二首

齒豁頭童一秃翁，依然自課比蒙童。滄桑漸遠傳聞異，文獻無徵感歎同。論出一時雖衮衮，事關千古敢匆匆。轉慚虚下陳蕃榻，不作州民作寓公。

自别家來倏九旬，枯桑海水夢紛紜。心銜清宦虚分俸，頭責先生老賣文。雨雪欲銜千里返，江湖只被一山分。如何兄弟天南北，不及隨行雁有群。久不得潤木中州信，頗以爲念。

瑞雪吟爲白中丞六十壽

歲己亥冬建丑月，臘尾春前十三日。中丞周甲際斯晨，萬里祥光飄玉屑。滿城霧凇呈奇卉，拔地霜松挺高節。孺子亭邊一片明，元嬰閣外千重白。中野頻來集澤鴻，豐年預卜連雲麥。家家飽暖挾狐貂，處處謳歌騰巷陌。天然圖畫入屏障，此景難憑粉繪設。瓊枝琪樹佳子弟，水鑑冰壺好顔色。眼前無物可容塵，世上何人堪比潔。肝腸如此天所鑒，公豈自誇人盡識。野夫今年年七十，來作南州老賓客。擬披鶴氅去登堂，快與先生吟瑞雪。

立春前三日南昌李明府送春牛至口占四絶句

滿城積雪尚堆堆，半月堅冰未肯開。忽漫雪消冰盡釋，門前簫鼓送春來。

青角烏牛白作唇，勾芒中立與鞭春。李涪《刊誤》云：「月令出土牛以示農耕之早晚。其年立春在十二月晦，則策牛人當中。立春在正月望，則策牛人在後。」硯田別有耕犂叟，已是年開八秩人。「年開第八秩」，香山七十一歲詩句也。

也擬看春出曳笻，怕人笑我太龍鍾。不知柳色東郊路，再得餘年幾度逢。

眼前物換又星移，爲報風流邑宰知。印鎖未開閒趁取，急傳箋遞送寒詩。

立春日楊東崖次前韻四首屬余再疊

敗筆叢書擁作堆，閒門除雪徑初開。村夫子舍了無事，大似殘冬放學來。

風光劍首劌吹唇，白髪平分一半春。三十五年真大夢，陳人猶自作勞人。甲子春，余客此，今三十五年矣。

支扉不出廢支笻，隨分鄰沽呷兩鍾。細檢曆元重記日，立春甲子幾曾逢。

擊鉢聲中漏乍移，燈花未卜已先知。打乖近得堯夫訣，傳取羊何論卷詩。

人日喜辜孝廉會可至即次去年初入書局原韻

白須紅頰氣横秋，入座争輸第一籌。勝裏有花如送喜，眼前唯醉可銷愁。新年未爽尋梅約，好友何煩出谷求。廊廟山林俱分定，勸君莫作杞人憂。時聞西陲將出師。原作有「江湖時有廟堂憂」之句，故云。

七〔一〕夕陪白近薇中丞滄浪亭燈宴

湖亭佳處郭泉偏，元夕剛逢雨霽天。碧浪影翻空際月，紅雲光拔火中蓮。開成爛熳千枝艷，散作溟濛萬井煙。共識與民同樂意，滿城簫鼓卜豐年。

傷李氏外孫朝英

六歲初從傅，居然骨骼成。見人知禮數，憐汝太聰明。殤後嗟無服，悲來劇有情。可堪遲莫眼，灑淚爲彌甥。

〔一〕「七」，疑當作「元」。

屋漏詩戲次陳揺上楊東崖唱酬韻

昔漏恒在雨，今漏乃在雪。雪來絮飄揺，雪止汁淋瀝。居停同露宿，夢作載胥溺。寧煩中流壺，賴有中唐甓。家僮習承霤，仰面工伺敵。一瀉如懸河，餘聲猶點滴。

哭李壻暘谷二首

明珠乍失掌中珍，一慟寧知竟殞身。生怕迴腸唯弱女，死難瞑目爲重親。短長夢欠從前債，露電光銷過去因。盡賣琴書供薄殮，世家誰信本來貧。

頭白歸來所向窮，哭兒哭壻六年中。每因小别愁余病，豈料重來送汝終。事到傷心難自遣，天留望眼頓成空。分明識得泥洹路，何取人間作老翁。

傳經圖詩柴陛升屬賦

自從科詔興，六籍傍注脚。先生玉爲律，子弟珠在握。修畛接菑畬，連楹開講幄。主張三尺喙，出入四寸學。九牛群附毛，五鹿罕折角。可憐遺經在，例取東高閣。前聖多微言，斯人孰先覺。柴生名父子，雅慕過庭樂。淵源想授受，俗筆恥輕搦。向來逐時趨，有力不豈必一第擢。如犖。回思巾笥業，至味餘香穪。髣髴圖畫中，梓材勤樸斲。人生不朽名，我亦章句儒，詩成有餘怍。舉場雖云淹，世澤優且渥。傳家庶無忝，作計良已慤。

白近薇中丞招游廬山信宿秀峰寺得詩四首

每逢三月節，來此祝堯年。開府香山後，匡廬洵有緣。官雖膺節鉞，性自愛雲泉。騶騎行長減，齋壇禮必虔。不嫌衰賤跡，兼與野人期。御扁名新換，山門向不移。法雲開麗刹，佛日獻晨曦。賓客蓮花幕，郎君瓊樹枝。壬申八月，余游開先，心壁禪師亦於是歲十月來主法席，今二十九年矣。舊識金繩路，重參玉版禪。却從扶杖日，數到入山年。白社名相亞，靈峰會儼然。所慚根器鈍，得道讓兄先。心公長余一歲，禮當稱師兄。漱牙還洗眼，兩度記衰翁。玉峽挂雙龍，飛來自半空。風雲聲忽合，山澤氣常通。法乳流相續，僧庖給不窮。

過萬山寺有懷熙怡長老

我愛熙怡叟，對人雙耳聾。重來門徑改，久坐影堂空。雲氣微茫外，湖光隱見中。萬杉何處是，叟叟但松風。

重憩棲賢寺有懷角子禪師

再到棲賢寺，蒼凉憶角師。雨中煩設榻，燈下對論詩。存殁初難料，興衰各有時。袈裟來揖客，舊識小沙彌。

恭謁白鹿書院

五百僧房外，巋然一講堂。曾蒙君子教，湯愓庵前輩曾主教洞學。似到聖人鄉。六代詩書澤，千秋翰墨光。大成殿懸御書扁額對聯。老思歸宿地，端合掃門墻。

舟發南康不及過圓通寺聞老衲杲庵年八十餘精力尚如故以詩寄之

名僧多示寂，壬申秋，住持東林曰宗雷，西林曰宗魯，大林曰同如，萬杉曰熙怡，棲賢曰角子，黄龍曰眉生，今皆下世。賸爾古須眉。夢想曾游處，亭憐夜話時。圓通寺夜話亭，歐陽公與居衲故蹟也。此身俱向老，再見恐難期。石畔逢圓澤，三生未可知。

星子毛明府餉廬山新茶

山中摘得火前春，箬籠分嘗味取新。我苦校書君作吏，暫時相對作閒人。

答湯碩人見投三章次原韻

南豐湯仲子，投我好篇章。世講久彌篤，交情淡故長。探懷餘漫刺，入坐接清光。翻惜相逢晚，須眉各老蒼。

此地論文獻，君家一老泉。富留書萬卷，貧守屋三椽。宦業鄉人諱，儒風令子傳。滄桑多少事，援筆意茫然。

世味酸鹹外，才名出處中。追游憐雨散，持論戒雷同。冉冉年垂暮，棲棲道豈窮。數行相慰藉，别後見深衷。

題李次侯太守小照

《白沙翠竹》曾題句，十八年前爲司農公題《白沙翠竹江村圖》。當日將君比鳳雛。八十年來留望眼，重看老蚌出雙珠。圖中兩郎君侍立左右。

題亡壻李暘谷小像

跅弛之才，馴良之德。何以馭之，勿盡其力。一解。人間逸足，一日千里。勖哉十駕，終期至止。二解。昂昂家駒，覬游泮涣。齒雖加長，塗未及半。三解。吁嗟殞矣，神理則那。式瞻遺挂，傷如之何！四解。

題朱茀園耡菜圖

食肉何當更食魚，算來無味比園蔬。勸君勤把金鴉觜，種後工夫尚費鋤。

南昌客舍贈别及門樓敬思赴廣州理傜同知任

劉髯名諸生，才氣壓流輩。曾攜一尺管，出入三殿内。憶昨直武英，纂修端汝賴。囊錐看脱穎，萬里宰苗寨。初任粤西靈川縣。手掃烏白蠻，如鉏薅草艾。屬鞬偶然事，竟以功奏最。邂逅兩中丞，陳乾齋、楊天爵。薦剡趣入。召對。至尊記名姓，寮寀增盼睞。去日雪瀌浮，來時浪澎湃。南州重見面，歡喜出意外。告别乞贈言，行赴五羊倅。官非百夫長，顧領弓刀隊。公然專城居，唯諾視進退。傜兮亦民耳，在宥託覆載。牧之則牛羊，攖之則蜂蠆。皇天本好生，赤子彼何罪。使君來撫字，兹理諒不昧。男兒屬有才，官職大可耐。守身等藏器，况乃高堂在。三年詎久淹，典郡屈指待。子壯我衰頹，後期恐難再。殷勤效苦語，凡百幸自愛。

陸聚緱楊東崖自豫章歸應本省鄉試口占一律贈行

西陵來往渡，南浦别離筵。得路寧論晚，同舟况是仙。陸應慚顧後，楊肯讓盧前。倚賴秋風便，佳音望早傳。

周子象益竹坨先生外孫也將歸索句贈以二章

甌舫竹垞齋名。流風在，名家世孰如。魏舒真宅相，王粲且傳書。雅量能容衆，清言足起予。摶扶看直上，無分借吹嘘。

學力君加富，年顔我就衰。江天星復散，人世首重回。會合知何日，殷勤盡此杯。應憐歸未得，一老尚風埃。

中伏日題瑞金楊季重秀才深隴梅花圖二首

我昨曾游大庾嶺，梅花臈月已全開。君家想在畫邊住，那不叩門衝雪來。

矮屋疏籬曲曲通，何來一陣過溪風。人間炎熱無處避，好入先生詩句中。

七月二日大雨

昨日日蝕今日雨，陰陽氣候迥不同。九津怒漲北流水，一榻快受西來風。威挾雷霆尋丈外，氣蘇草木須臾中。牀頭有酒且獨酌，不覺連釂瓶爲空。

白中丞内擢少司農以述懷詩索和次原韻疊成四章兼以奉送

西江清望冠群倫，帝眷寧容遽乞身。公時引疾，奏請辭職，奉特旨内陞。及見仁風翔率土，洵知直道在斯民。時方入闈，士子皆不肯赴試，意在攀轅也。分頒條教家家奉，入告封章字字真。漫説武陽遺愛古，何如今日滿江津？

善政年來次第陳，先憂後樂總關身。波濤脱險便商旅，雨露流膏徧士民。功被千秋心轉細，碑傳萬口語皆真。賸留一事逡巡在，未濬三湖及九津。公嘗欲開豫章溝以蓄洩東湖之水，故及之。

出膺旄節入垂紳，遠近同歸祗絜身。地重何妨卿是貳，風清尤喜部稱民。匡時有道持孤介，報國無慚任一真。貪把新詩再三讀，篇終餘味尚津津。

南來小住俄經歲，萬卷堆中寄此身。下榻久欣依地主，僑居直欲作州民。雲泥相望殊懸絶，筆札時傳恕率真。怪得臨分猶戀戀，白頭無望客中津。時志局告竣，余亦將歸矣。

讀易至噬嗑適德尹以黄芽菜見餉戲拈一首

噬肉何煩滅鼻爲，頤中有物好觀頤。齒牙落後剛難克，舌在差於軟美宜。

客江西踰年歸來庭花盡萎惟紅梅一樹無恙徘徊其下偶成一律

百卉全摇落，孤標省見稀。鬬筇枝並瘦，刮目蕊添肥。去作經年别，來如度嶺歸。從渠開早暮，與驗發生機。

臘　寒

澤國愁冬旱，茅齋閉積陰。臘前雷忽奮，歲杪雪方深。半月前雷電交作。苦竹叢相亞，疏梅冷不禁。負暄宜野老，人有向陽心。

敬業堂詩續集卷二

漫與集下 起辛丑正月，盡壬寅十二月。

辛丑元日用數目字口占八句

吾生七秩又加二，五老今爲最老夫。同宗五人之會，余年居長。兄弟四人三並宅，兒孫八輩半將雛。從歸田後九年矣，自反胸中一事無。幸戴堯天逢再閏，龍飛六十效嵩呼。

題女史陳書畫松

蒼顔白甲，之而拏攫。振五鬣兮三針，瀉長風兮一壑。人稱矯矯之龍，自比亭亭之鶴。噫！世無張璪與畢宏，乃令閨中女士爲汝填丹青。

八日立春德尹招同諸弟小飲

纔過人日恰逢春，隔宿招邀及令辰。臘雪消檐呈獸瓦，凍醪吹醆起魚鱗。追驩夢忽踰三載，榆村、季方兩兄殁於戊戌之冬，此會久疏矣。鬥健天猶賸五人。一事能無嗤過分，華燈不稱在家貧。時潤木自洛中寄燈至。

驚蟄前二日偕寒中德尹西阡探梅

夜聞枕底殷殷雷，曉約酒伴尋春來。流雲欲釀社翁雨，驚蟄尚慳人日梅。南枝北枝渾未動，一朵兩朵俄先開。婆娑其下索共笑，頭白更何煩汝催。

後七日曾三弟招同諸弟再過西阡看梅歸飲其齋中續成一首

耀眼千頭與萬頭，十分可有一分留。但逢酒熟邀同醉，不遣花開悵獨游。老至幾曾辜節物，頻來直爲近松楸。杖端攜得苔枝去，趁取燈前爛熳酬。

雨中得川法師攜新詩見示兼謀及卓庵地因次東林講席韻贈之

吟興吾全減，煩師爲鼓宮。病堅持戒力，閒得念經功。有路宜防滑，無塵可礙空。一瓶兼一鉢，萬事付痴聾。

春　寒

臘雪兼春雪，春寒甚臘寒。池冰開復結，野服裌如單。啟户憐群蟄，移盆誤蚤蘭。静中諳物變，應得後時看。

□月十二日喜得曾孫長齡詩以志之二首

昔作京華客，曾傳孟浪言。數年前友人至京師，傳余已得曾孫。及接家信，乃曾孫女也。十年留望眼，今日慰衰門。所幸男非女，誰爲祖抱孫。同堂湯餅會，老淚暗添痕。傷大兒也。

鬚鬢何須鑷，孫枝又茁庭。渾忘吾短景，且祝汝長齡。仍世慚黄甲，他年免白丁。方岳《石孫受命》詩：「得免白丁奚啻足。」留傳窮事業，十葉有專經。予家自大理公而下，衣冠凡十世矣。

黄梅無雨嘆

舍南舍北單鳩鳴，入梅入時一月晴。蘊隆蟲蟲地欲裂，日出杲杲天無情。人間只有爲農苦，天且不憐誰恤汝。踏車時節亟催科，敲朴聲中淚成雨。《吴郡志》：「吴人以芒種日謂之入梅，後十五日謂之入時。」

夏夜

星火乍明滅，螢光入檻流。近來渾少睡，夏夜長於秋。

久旱田禾多被蟲蝕鄰翁來告紀之以詩

氣嬴滋百螣，《毛詩箋》：「螟螣之屬四蟲，盛陽氣嬴則生。」《月令》：「百螣時起，是陽行而生。陽盛則蟲起也。」旱魃爾何驕。赤壤沙泉涸，青天野火燒。憑誰祈好雨，無力救良苗。亦有憂時意，徒歌漫作謡。

佛抱入泮名基德尹長子也

屬望無窮在，員纔弟子充。禮應加冠字，年甫及成童。弓冶名家後，門閭喜氣中。向憐生校晚，猶足慰而翁。

立　秋閏六月十六日。

半年分節序，兩月度炎曦。天到凉生候，人如病起時。斬藤蘇老樹，引蔓上枯籬。稍悟栽培理，勞生未敢辭。

遣悶五首

蕪荒十畝田，活計聽兒輩。老翁無外事，灑掃此庭内。庭前手蒔花，旱久仰一溉。一溉力尚能，求多非所逮。

葵藿知傾陽，牽牛故自匿。秋來常早起，及此好顔色。引蔓爾許長，敷榮憐頃刻。人生亦朝露，乃復爲太息。

布幔設多年，與人拒炎威。狂風忽吹裂，屋角飀酒旗。迨兹暑將徂，補綴聊撐支。有情戀故物，何必遽改爲。達道吾未能，課孫比課子。隔墻催上學，初日漏牕紙。雷霆夜來過，似鬬牀下螘。惟有讀書聲，琅然偏入耳。涉世已七旬，勞形非一徑。當時快意處，衰退多成病。吾衰吾病宜，壯健時豈更。醫無奪胎法，勿藥廳安命。

禱雨辭

康熙歲辛丑，閏戹六月杪。五行火息水，金氣鑠原燎。號萬性不齊，可憐群就燥。焚如到松竹，況乃灌溉草。《毛詩傳》：「童梁非灌溉之草，得水則病。」薪醮等摧殘，庖厨助煎熇。井枯池亦竭，是處開龜兆。瓢飲且維艱，腹枵詎易飽。苗田溥斯害，立作棲苴槁。民病思《下泉》，吏才貪上考。方徵晋陽絲，肯藉琅琊稻。吾寧忍聽睹，獨卧憂悄悄。巷北走里巫，門前來野老。紛然聚其族，愁嘆際昏曉。或云堯湯年，七旱九水潦。《周官》列荒政，六祝五曰禱。村中有神社，禋自唐宋肇。曷不往乞靈，庶登稼穡寶。杖藜隨伴出，趁此星月皎。敢辭衣涉露，翻覺沾溼好。古廟散群鴉，荒庭無汛掃。片香倉卒炷，覬徹星象表。土偶了不聞，吁嗟向晴昊。天門詄蕩蕩，赤日仍杲杲。感應理豈無，祈年或宜早。況聞兵猶火，旱實兵所召。不見閩海疆，燧煙接窮島。出車當此際，虎旅正南討。兩邦封壤連，免幸輓輸擾。平情易地校，擇禍此猶小。歸各語兒孫，家貧善自保。世界苦人多，豐年古來少。結二句，皆用唐人成語。

勘荒詞

稻根攣縮稻葉焦，宿田稂莠方驕驕。農夫告荒乞申愬，踏勘翻逢官長怒。催科之吏晨下鄉，田今如此何云荒。直須野無青草木黃落，始信天殃魃行虐。

七月杪雨二首

亢旱經三月，農占候畢箕。田間苗槁後，天上雨來時。偏溉雖無補，爲災未可知。《左傳》：「自十月不雨，至於五月，不曰旱，不爲災也。」昨聞邑令勘荒而不報災，故云。眼前瓢飲足，相勸忍朝飢。

用盡耕耘力，云誰憫作勞。老夫憂灌灌，赤子訴嗷嗷。直怕禾無種，上。非關土不毛。但看稊與稗，得雨尚能高。

聞制府滿䆗山同年恢復臺灣郡縣馳詩遥賀五十韻

鯨鯢安甌粤，梯航路，宗臣帶礪盟。十年開大府，萬里寄長城。地重綏猷遠，天高伏莽清。

有截，蛟鱷静無驚。近置臺灣郡，仍沿海上名。荷蘭初窟穴，日本繼兼并。古未通中國，今方列外瀛。漳泉資扞禦，羅鳳拓屯耕。畝税登諸社，郵籤紀十更。官從遷轉便，商視去來輕。守土非憑險，浮家慣逐嬴。盛朝當遠馭，小腆忽潛萌。側聽妖氛起，懸知羽檄横。推赤虞厥初傳警急，其勢劇狰獰。劫庫俄焚署，搴旗遂斫營。群呼烏易合，嵎負虎難攖。大都逋藪澤，懷毒，藏姦慮沸羹。黠雖同鼠竊，貪或甚狼争。即事歸經略，何顔敢抗衡。方專閫不異聚山棚。幸可鞭箠及，寧容癬疥生。撤烽宵拜疏，傳箭曉提兵。詎待師中命，外征。廈門移玉帳，浪島接金鉦。風雨來馳驟，雲雷動滿盈。謀猷元老壯，紀律丈人貞。勳撫宜兼用，恩威在並行。蠱應周後甲，巽必戒先庚。銷鑠熇蒸氣，宣揚赫濯聲。熊羆供臂指，金石貫精誠。遺將符分竹，潛軍木渡罌。登庢持赤幟，映水載青旌。餘勇收番舶，前茅破啄評。竟褫闞白魄，那免夙沙烹。束縛駢頭至，枝梧一足躩。乞降殊慘澹，積困失趯趙。立見屍填壑，毋須觀築京。搗巢腥滌蕩，奏凱日晴明。鋒鏑兒童避，壺漿父老迎。別甄功罪吏，招復版圖氓。六月戎車飭，三秋賊壘平。踰旬除猰貐，尅日掃欃槍。師貴神而速，功惟斷乃成。東漸敷聖澤，南顧慰皇情。優詔便蕃錫，殊恩委任榮。墨縗煩視事，華衮重留卿。坐握中台節，歸彯上相纓。雲臺星象列，麟閣畫圖呈。公自修文德，人皆賀武英。誰操燕許筆，好勒鼎鐘銘。

重過青芝山展座主徐公墓

再入青芝路，佳城四望開。伏龍延地脈，馴鹿護松栽。兩世恩加厚，公子大司空亦奉新綸予祭葬，故云。千秋首重迴。老餘門下士，知得幾回來。

題武進楊笠乘孝廉詩卷二首

少陵上下古今意，多在成都十一篇。杜集中《戲爲六絶》及《解悶》五首皆在成都時作。元裕之《論詩三十章》倣此。愛爾論詩續元後，不曾餘瀋拾前賢。

《都序》誰能重太沖，賞奇兼恐乏司空。還君行卷爲君嘆，可惜不逢潛采翁。謂竹垞也。時楊以詩乞序，故云。

題陳崑發九還圖

陳生示我《九還圖》，丹青妙絶神與俱。鏡中有花水有月，湛湛之體如太虚。三身一性塵無惹，離相方能超般若。畫中看畫孰爲真，形外寓形多是假。老夫好佛不希仙，著句殊非蠟脚禪。觀色觀空空即色，與生同證大羅天。

沈仁山送菊

閒居愛重九，斟酌吾誰與？一棹赴嘉招，對花兼命侣。重陽前一日荷招飲。昨爲芳圃客，今作柴籬主。也擬續前游，臨觴愁獨舉。時沈方止酒。

食蟹有感

稗是荒田稻，民間敢告饑。無腸憐若輩，多足自能肥。《抱朴子》：「無腸公子，蟹也。」《揚子》：「一蟹郭索。」注云：「多足貌。」

德尹梓樹橋新居落成詩四章

喜聞成室在斯朝，淡水塘東第二橋。《咸淳臨安志》「鹽官縣有淡塘」，即今水塘也。義取去塵兼近市，《易·説卦》疏：「爲白，取其風吹去塵。爲近市，取其木生蕃盛。」聲傳伐木似遷喬。粗營别墅三間足，只隔西阡百步遥。指點小時游釣處，幾人白髮伴漁樵。

同居同爨原初志，莫問陶庵與邵庵。用虞伯生兄弟事。宅買一千鄰百萬，謂曾三、芝田。山環東北户西南。吹來隔岸畦風好，汲處通泉井味甘。我比《斯干》還善頌，不生女子但生男。

晨霏暮靄接氤氲，邾魯聲從擊柝聞。三里詎同千里遠，子瞻《與子由》詩，有「不見便同千里遠」之句。兩家初自一家分。子孫賢必師吾儉，童僕頑須策以勤。聽取王褒申後約，力將灑掃代耕耘。

梓材自昔宜丹雘，得地今堪里巷誇。三徑垂成先補樹，十年作計勝栽花。肯堂肯構情相屬，爲瑟爲琴事豈賒。從此老兄長蓄眼，莫教桐樹讓韓家。宋人稱韓子華兄弟爲「桐樹韓家」。

第七孫生戲作洗兒詩

家門爲祖難辭老，人世生男不厭多。祝汝長成無别法，小名端合唤僧哥。歐陽永叔家小兒有名僧哥者，一長老在坐，戲謂曰：「公不重佛，何取此名？」公笑曰：「人家小兒要易長育，往往借賤物爲小名，如狗羊犬馬之類是也。」聞者絶倒。

題雙松晚翠樓圖爲毘陵莊仿鶴封君八十雙壽

八十年前十八公，當時手植今成龍。畫師畫龍非畫松，墨光散作雲蓬蓬。仙山如雲凡幾重，雲開日出露兩峰。丈人卓立碩且豐，天姥娟秀排芙容。其下雙幹争相雄，蟠根厚地靈氣鍾。茯苓雪白琥珀紅，倒拔千尺摩蒼穹。樓居乃在翠蓋中，何來巢鶴鳴向風。此聲不與凡聲同，殷勤寄入瓊瑤宫。李義山《畫松》詩：「路入瓊瑤宫。」

徐荼坪題拙集見寄四絶書來索和戲次原韻

詩癡符比和凝集，王伯厚云：「和凝有集百卷，自鏤板行世。此顔之推所謂詩癡符也。」敢望人傳入藝林。土炭自慚殊少味，可堪分咍與知音？用柳子厚《答崔黯書》中意。

及記雲藍詠舊聯，近從吴體得新篇。玉溪才藻世無匹，降格如何擬下贙。

年少楊郎有舅風，句如彊敵體兼工。令甥楊笠乘亦有詩見寄。此心相醉不在酒，氣味清於象鼻筩。

一犂歸老傷時晚，四海論交笑眼空。輸爾得名三十載，頭今未白蚤稱翁。

吞金吟爲烈婦葛曹氏作

之死以自誓，義惟殉藁砧。如松無改節，匪石豈轉心。萬古有長暮，千秋方自今。誰編《烈婦傳》，采我《吞金吟》。

周柯雲以詩索酒戲答之

白墮成烏有，用章子厚送酒事。青蚨化子虛。杯乾重九後，甕卧七旬餘。以上四句僕自謂。無酒誰酤我，空函好報渠。乞漿須在酉，古語云：「太歲在酉，乞漿得酒。」今逢儉歲，似非其時。檢曆問何如？

以潯酒一罇貽柯雲聞其有和詩三章而不具寄意蓋嫌少也再作此調之

賣菜多求益，爲君酌損之。一罇供卯飲，半醉聽晨炊。得隴宜知足，將詩博解頤。木瓜期永好，投我勿遲遲。

懷姪紹

聞汝攜妻柩，辭親自北旋。荒涼傳旅食，時山左荒旱。迢遞趁租船。野燒千林斷，河冰十月堅。可無書一紙，安穩報殘年。

喜雪二首

雲氣低迷海氣昏，窮陰連日暗孤村。兒童起報夜來雪，九十九峰齊到門。

家家茅舍爨無煙，何法商量救目前。鴉鵲啄泥蝗入地，好從來歲望豐年。

再過當湖喜晤翁蘿軒

無事能相憶，扁舟兩詣門。秋田經夏暵，冬日就春温。身健長如此，官貧且勿論。别中安慰意，各喜得曾孫。

蘿軒屬題仗節渡海圖

浮山來自東海東，合羅爲一羅群峰。中有仙人五色蝶，奉使遠赴蓬萊宫。下視古珠崖，浩浩積水空。乘槎客星天上落，文光南射抒長虹。飛飛報海神，正直能感通。神之來兮蝶以告，百匝旋繞官艨艟。高桅枝亞槫桑紅，前驅蛟鱷逃魚龍。坎男平展一泓水，巽女順效三更風。須臾欻渡五百里，自我往矣歸來同。回頭却望九州外，際天一氣青濛濛。繪圖兼題詩，詩好畫亦工。爲君展畫揩雙瞳，蘧蘧形開栩栩中。昔游非夢怳如夢，此境試叩蒙莊翁。

賑饑謡

官倉徹去粒粒珠，兩斛米充一斛輸。官倉發來半粞穀，一石纔舂五斗粟。然穅雜秕煮淖糜，役胥自飽民自饑。吁嗟乎！眼前豈無樂國與樂土，不如成群去作倉中鼠！

兀坐吟效香山體

聵者視惟明，盲者聽必聰。兩官互爲用，缺陷相彌縫。今我殊不然，眼暗耳復聾。無聞亦無見，兀坐成癡翁。逝將塞其兑，毋勦説雷同。作詩以自箴，庶免尚口窮。

兩月來連送荆州季方兩兄及聲山姪葬感賦

吾宗衰已甚，窀穸復連旬。賸得扶藜手，頻爲執紼人。瞑知魂魄妥，儉諒子孫貧。幾點將乾淚，偏傷後死神。

潤木陞學士

初傳當換秩，京堂員缺，弟方列名引見。隻日忽宣麻。唐制：學士院於隻日宣麻。冷署官仍達，空囊俸稍加。一門岐出處，二老謂余與德尹借光華。人指東西屋，多稱學士家。

七十三吟壬寅元日作。

白髮高堂笑語參，滿巵春色進黄甘。鷄聲驚起兒時夢，五十年前二十三。夜夢先父母在堂，兒孫群奉觴上壽。醒而追憶五十年前，先安人見背，余時年纔二十三，恰合詹義成語，遂借用之。

憶在武英春殿裏，五更冰雪趁朝參。而今日宴猶高枕，花甲周來又十三。余年六十，奉旨領武英書局。

送春簫鼓到城南，詩被催成酒半酣。此景回頭如昨日，年開八秩已加三。己亥冬，客南昌，答

《李明府送春牛》詩有「硯田别有耕犂叟，已是年開八秩時」之句。

我笑山陰老學庵，閒中往往好高談。隔年甫乞宫祠禄，又嘆窮愁七十三。陸放翁年七十二，再乞領宫祠，其詩云：「七十人言自古稀，我今過二未全衰。」明年又作《七十三吟》，則云：「髮無可白方爲老，酒不能賒始是貧。」何前後自相戾也。

三杖篇并序

癸巳夏將出都，撰副相自塞外寄送赤藤，借山上人亦以桃枝贈别。乙未春，客游三山，老友林同人復貽椶竹一條，先後有詩報謝。自爾家居無事，日常摩挲，間一出户，必攜以自隨，因成長短句一章。世出世間，同心無幾。感兹故物，久與周旋。遠銜故舊之情，近資將伯之助，老懷棖觸，不覺言之長也。

文端撰公謚。遠寄七尺藤，瘦筋入骨堅稜稜。林翁近貽一尋竹，肌理年深滑如玉。紅椒所贈材稍慳，稱意亦復輕而圜。初白庵中幽獨叟，叟一杖三成四友。平生游好凡幾輩，及此衰遲誰耐久。自從得三杖，重結物外緣。導前行徐徐，顧影來翩翩。不傷世尊面，不倚洪崖肩。不化葛陂龍，不參八棒十三禪。入我左右手，不計於國於鄉年。有時課農桑，卓立古路邊。有時問酒家，高挂阮修錢。有時步簷看牛斗，有時曳向柴荆前。有時登臨試脚力，扶持直上青山顛。有時用其一，更番出入循環然。有時一不用，舍則藏耳非棄捐。人皆嗤我迂，爾胡步步趨亦趨。杖兮杖兮爾之三身兮本一身，釋典以法報應爲三身。自天作合兮非無因。吾方愛爾如弟昆兮，親爾如子孫。何有乎管鮑兮，何有乎雷陳。彼四海九州之人兮，又何勞履我即而過我門。「同年皆四海九州之人」，語本昌黎。

正月十日赴曾三之招偕諸弟西阡看梅

好是花期卜復更，前四日見邀，爲雨雪所阻。花光照雪眼尤明。禁當臘底連旬凍，報答春來兩日晴。人事過年多變態，天工於我豈無情。肩隨諸弟頭皆白，又作山前一隊行。

席間戲嘲德尹

合與寒梅作主人，花時往往亦稱賓。東家酒熟西家醉，卜宅方知爲卜鄰。德尹新居，西去曾三纔數十武，故云。

元夕招諸弟小飲二首

數數貪相見，寥寥歎索居。爲歡宜卜夜，隔宿費傳書。歲儉稀村鼓，園荒賸野蔬。勸餐殊少味，亥日也無魚。香山詩：「亥日沙頭始賣魚。」今從市中覓鮮鱗不可得，故云。海國春長晦，山堂冷欲冰。一尊元夕酒，幾盞舊年燈。取樂非絲竹，披懷勝友朋。薄雲如作意，相送月微升。

驚蟄前一夕大雪壓折庭梅一椏

驚蟄庭梅發，方當爛熳期。横遭連夜雪，壓折近窗枝。枯菀原關數，猗儺詎有知。老翁爲蚤起，惆悵獨移時。

送沈麟洲之任文昌兼懷同年盧仲山及門孫洪九時盧宰臨高孫宰瓊山皆文昌鄰邑也二首

去國資裝儉，嚴程里數長，初爲乘傳客，舊是校書郎。碧海天無瘴，生黎峒有香。故知非俗吏，改邑領文昌。沈於武英書局議叙，初掣茂名，改授今邑。

交游多遠宦，往往隔音塵。復此臨岐路，因之憶故人。京華送孫楚，江閣别盧綸。不附書相寄，爲言嬾是真。

次韻屠艾山中丞閲吾邑塘工紀事四首昔少陵和次山舂陵行而不寄元竊仿其意聊志築塘始末沐膏澤而詠勤苦草野之情自不能已也

重聞海底出桑田，拯溺心勞豈偶然。土本無情能尅水，人今有力可回天。行看瀉鹵同剛鹵，時至前賢讓後賢。從使鹽塘堅似鐵，《咸淳臨安志》「鹽官縣有鹽塘」，即海塘也。一城何止萬家全。

楗石頹林徧井閭，剥膚長恐化爲魚。但祈河伯薪相屬，或覬陽侯射可祛。前此有用築河隄法，課民間出蘆葦，及遣術士射潮者。下策隄防多類此，頻年畚鍤最憐渠。賴君來砥中流柱，歲晚方休力役車。

雲夢寧論八九吞，閒憑里老慰驚魂。身隨汩出餘生幸，眼見塵揚有數存。萬竈騰煙迷黑白，二儀噓氣判清渾。蛟鼉遠徙鳧鷖樂，汎渚眠沙比在亹。

漁帆樵舶任西東，夕汐朝潮兩信通。龕赭鎖江收牡鑰，堨尖綿岸吐雄虹。幾人築室如謀道，他日爲輪效轉蓬。千古隨刊歸禹蹟，未聞海外奏神功。

德尹自新居乍歸復有吳行朝來偶過補屋辛夷方花口占一律招芝田弟小飲

主人昨日返先廬，冒雨連宵又入吳。乙鳥不巢書屋冷，辛夷自萼海棠枯。庭前舊有海棠一本，今萎矣。賸留寂寞娱詩老，那免顛狂憶酒徒。小摘畦蔬供薄醉，眼前有景肯教辜。

喜韓自爲過訪村居

吳興前輩盡，尊甫子蘧先生及座主徐蘋村先生。海角故交疏。豈意停歸櫂，猶煩訪敝廬。采詩千載後，自爲有《近詩兼》之選。話舊廿年餘。村野無供給，非君孰諒余。

雨中牡丹戲作吳體

錦帷錦幛貧家無，風雨故來侵汝膚。半黏半落袖上唾，一瀉一斛懷中珠。爲誰含笑忽成泣，向我低垂可要扶？安得南唐名畫手，調丹與寫没骨圖。

楊致軒命工寫補衲圖自題四絶句大抵皆寓言初白老人不欲一語道破贈以六言四偈拈華微笑正不必從大衆索解也

傴仄藕絲針孔，直從古古到今。還珠誰開左手，補衲自貯苦心。

情難校銖輕重，口戒言錐有無。待赴投鍼機會，耐加磨杵工夫。

隨身不挂寸絲，傳法纔留一縷。本來無縫天衣，忍説西穿東補。

去且打包行脚，歸當縛律坐禪。金粟影中頭面，木犀香裏因緣。

題沈房仲所藏湯少宰西厓畫卷二首

淋漓五株樹，墨氣互漬薄。試問輞川翁，何須着丘壑？

人人讀公詩，惜少見公畫。我今領其趣，妙豈在詩外。時公子良耜以少宰詩集屬校閲，故云。

罌粟花

投種記中秋，向榮及初夏。閲時嫌汝久，開眼迨我暇。穀雨初過旬，牡丹已前謝。繁葩相繼發，紅紫弄嬌妧。轉瞬三日中，流光激如射。紛紛豔質委，一一青房亞。感此花得名，象形出假借。罌儲能幾許，囊括乃無罅。亦名米囊。自從去年旱，穀貴吁可怕。野人方忍饑，望爾甚望稼。謀生遑遠慮，是物貪速化。少待粟粒成，石鉢付碾砑。煎熬比牛乳，何有乎燔炙。撐腸或無力，養胃庶有藉。以上六句，煎罌粟湯法，見蘇子由《藥苗詩》中。此法勿輕傳，吾將高索價。

初夏連雨獨酌

夜倒荼蘼架，朝翻芍藥叢。只消三日雨，又過一番風。春事眼看盡，芳樽誰與同。朱櫻青豆莢，問我忝鄰翁。

喜　晴

麥壠風來煮繭香，桑疇雨過熟梅黃。好花辭蔕半成土，新筍放梢齊出墻。習嬾連朝忘盥櫛，爲鄰幾户返流亡。曝書曬藥吾生事，也逐田家四月忙。

閒中觀鼅鼄作窠惡其顯設禍機而憐飛蟲之不知避也感嘆成十四韻

長蹻蠨蛸族，天生性不廉。醜形皤爾腹，毒網匝吾簷。一目初抽繭，千絲乍滿奩。團團行小磨，細細織疏簾。巧自星邊乞，身長屋角潛。女工偷緯經，去。軍法竊韜鈐。意阱方施設，心兵孰戒嚴。蟣蠓穿孔礙，蜂蝶被黐黏。竟少周防智，能無掩襲嫌。此難逃越喙，彼或遇羅鉗。有命胥愁觸，靡求不取兼。禍憐飛處召，貪問幾時厭。物類多相賊，生機豈盡殲。微吟聊託興，即事感旁覘。

次韻同年李眉三南昌署中見懷之作兼寄令弟少峰明府

瓊林一會散如煙，官職才名孰兩全。閒却種花裁錦手，眉三曾宰江都，今去官。好題濯錦浣花箋。戲用韓浦兄弟事。聞君唱和成新集，使我低徊憶往年。安得因風生羽翼，難兄難弟共盤旋。

得泉法師自徑山歸以茶筍見餉戲答一偈

茗柯實理能悟，玉版新參孰偕。何福消磨清供，爲師二十九齋。吴仁璧詩：「二十九齋餘日在，請君相伴醉如泥。」

小暑勸農辭

兩旬赤日過平。黄梅，稻針渴水田生埃。人情方憂去年魃，天意突回小暑雷。《農占》云：「小暑一聲雷，倒轉做黄梅。」謂多雨也。披蓑走勸耕耰侶，斗柄指丁宜藝黍。四方水旱吾不知，近與村鄰紀晴雨。《淮南子》：「夏至加十五日，斗指丁，則小暑。」

送楊致軒赴淮上並簡總河尚書陳滄洲

營生畎畝中，外事百不知。夜枕來好雨，晨興課耕菑。有客將出門，扁舟過我辭。云當謁父執，遥泝清江湄。似聞淮黄交，海道廢不治。上流漸填淤，漕粟行遲遲。去冬數萬艘，回空去。悉後期。河臣日坐嘯，公帑徒虚縻。九重南顧憂，宵旰允在兹。天下有鉅任，楚材起當之。矯矯湘潭公，望隆朝野眦。司空職水土，特簡非疇咨。下車甫三月，積弊端端疊。別開延攬途，奏入報可隨。顧惟需才際，詎往夫奚疑？憶昨陪南巡，開河議方滋。聖聰斥勿聽，仁被枯骸骴。使者免冠謝，跪聆切責詞。子時理北河，底績在下邳。桃花千里浪，故道復一支。上考記姓名，把麾旋量移。西凉極邊郡，忍使侍養違。棄官返子舍，色笑依庭幃。三年檀州城，形影肯暫離。父在代父勞，父殁扶櫬歸。銜哀舉大事，黽勉獨力擔。子性實至孝，子才故難羈。焉能盛壯年，鬱鬱長衡茨。大儒況當道，行矣得所脅。音依，與歸義同。輕車就熟路，成此一段奇。我有肝膈語，殷勤效臨歧。子家門閥高，仍世澤未漓。願爲良馬逐，莫作耍駕馳。曹輩豈乏賢，心期古爲師。奢須示以儉，愛必視乎施。上爲國惜財，下亦量己資。謹身而節用，歷試何不宜。贈行意盡此，或勝酒一巵。

四時行樂圖爲張楚良題

春

眼前自饒春意，何必三十六宫。紅藥扶頭宿雨，緑楊蹴地輕風。

夏

蕉陰似薄非薄，桐葉雖多不多。竹几桃笙瀟灑，椶鞵蒲扇挼搓。

秋

水北水南霜氣，船頭船尾衣香。離離人影花影，的的濃粧淡粧。

冬

童子開爐煮雪，幽人倚檻披氈。兩眉喜氣浮動，又得新詩幾聯。

題潘銘三孝廉相馬圖小照四首

房星偶然降，地上有騏驎。紛紛皁櫪下，孰是九方歅？

杏葉韉未施，桃花色堪愛。君其賞神駿，或在驪黄外。

骨有買千金，才誰展萬里？人間高築臺，請自郭隗始。

曹霸丹青手，逢人亦寫真。試看相馬者，此豈尋常人。

題沈紹衣遺像四首

人稱沈隱侯，自比林君復。竹外一梢梅，梅邊數間屋。

少壯記同游，廣談讓虞筆。神理宛然存，呼之疑欲出。

拙閒吾好友，陳六謙。澹遠吾賢從。家聲山。兩三幅上句，五十年前夢。二人各有題辭，今亦下世。

久在人間世，孤懷語向誰。還將病風手，追和草堂詩。

哭馬寒中四首

含笑君過我，含悽我送君。悲歡朝夕變，來往死生分。性命脆如此，流傳駭所聞。從兹當食嘆，不獨感離群。是日晨過余，午餐尚健飯，輟筯後忽云頭暈，亟遣與丁昇之歸，中途氣絶矣。

一發真難救，從知病有根。禍深同室門，痛徹九原魂。豈少相關意，終慚未盡言。數行身後淚，無補是生存。

十里南塘路，歸兮認故居。一生豪氣盡，萬事蓋棺初。妾守牽蘿屋，兒收插架書。詒謀須善體，兄弟好相於。

太息歸田後，何人問草萊。嬾知吾少出，勤望爾頻來。造物忍相奪，孤蹤良自哀。徑荒門尚設，行復爲誰開？

長生木瓢歌有序

塞山千年松瘿，内侍采以爲瓢。覆如蝦蟇，仰如荷葉，中容一升許，體輕而材堅，叩之有聲。乙酉秋，隨駕避暑口外，蒙恩頒賜者。閩中林鹿原取少陵詩語，名之曰：「長生木瓢」，八分書其旁，閒窗檢點舊物，以歌紀之，并邀德尹同作。

老蟾爬沙離月户，走上寒巖古松樹。化而爲瘿質漸堅，雪錮冰膠肌理附。夜叉欲割雷火燒，頤未及張其背焦。不知閲世經幾劫，大似箕山舊挂瓢。中官采同豫章樸，雨洗泉澆出新沐。豹胎拆骨僅留皮，鱉甲刳腸殊少肉。外睅兩目頭微哻，音何。仰擎無柄皤皤荷。旁敲儼聞聲閤閤，中翕能受形皤皤。當初曾浥官厨酒，拜賜居然落吾手。今來飲水每思源，甘與支離分相守。詩人好古命以名，杜章可斷標長生。瓢乎瓢乎！汝之真率吾所愛，毋逞狡獪伎倆復變蝦蟆精。

建蘭盛放戲成二絶

新芽續續茁陳根，可惜看花眼漸昏。天與此翁留鼻觀，秋來香到第三番。

名種何須九畹滋，閒堦也長子孫枝。癡懷尚作明年計，手剪花蔈供佛瓷。

明窗吟

閉眼則見暗，開眼則見明。問窗窗不知，多緣吾眼生。紛紛黑白花，變幻靡定形。丈室修止觀，滿前水清泠。盡除昏暗鎖，勝閱《光明經》。

浄几吟

几浄豈有垢，塵來集無端。方其初集時，拂去良不難。既拂旋復集，我勞何時閒。有心斯有塵，應作無垢觀。毋爲一塵役，流轉心目間。

古杏山先奉政公祠下老桂四株每歲花時觀者雜沓余兄弟年踰七十曾未一寓目中秋前七日德尹治具攜紹姪及沈甥房仲椒園偕往小飲花下得詩二首

山從金粟近分支，中有吾家古桂祠。百尺煙霄扶老幹，兩朝雨露長孫枝。天教人健兼無事，僧報花開正及期。七十餘年輕擲過，只争一日勿嫌遲。先一日相約，爲微雨所阻。

小春天氣氣清和，邵堯夫詩以八月爲小春天。恰喜招攜少長過。風出墻頭香馥郁，日翻屋角影婆娑。瓦盆瀉酒三升釅，芳樹攀條一曲歌。聊解鄰人嘲笑語，子孫來少客來多。

重九前三日庭桂復花適聞德尹自吴門返棹口占招之

倏過中秋已二旬，再開花似爲歸人。明朝便恐紛紛落，何暇招呼更及賓。謂東亭、曾三、芝田諸弟。

後二日德尹乃來花落矣

今年夏旱秋無菊，賴有深叢發晚香。昨日不來今日落，可憐明日又重陽。

九日不可無詩漫賦

古來此節非今始，天下何人似我閒。無酒無花省留客，不風不雨罷登山。秋高烏帽黄塵外，興寓疏籬落照間。獨把一篇酬九日，從他雲物笑慳頑。

吾邑海隄告成制府滿曷山疏請立海神廟親來度地於小尖山麓皇上御書協順靈川四大字錫之扁額用示褒崇壬寅仲冬藩臬二長祇承臺檄蒞止廟中虔恭將事慎行老病里居獲逢盛典敬賦俚言以志不朽云

路轉山迴海接天，高甍巨桷鎮山前。神封不以公侯重，睿藻長如日月懸。雲散蜃樓呈象出，波平龍窟抱珠眠。堯民同此安耕鑿，來與君王祝萬年。

戲詠案頭哥窑唾壺盂

小器託名製，流傳自章一。咳唾承幾人，今來入我室。我非王處仲，汝口保無缺。

長齋繡佛圖爲楊笠乘節母賦二首

庭下一梧桐，初生鳳已孤。桐今高出屋，辛苦鳳將雛。

佛力隨人願，年深事果諧。孝烏能反哺，慈母愛長齋。

再爲笠乘題江天一笠圖次原韻二首

魚尾殘霞照水紅，健帆劈箭指遥空。渡江桃葉不用楫，自有少男少女風。

浪白青天曉日紅，飄蕭一笠好凌空。人生快意偶然爾，若是順流休使風。

十二月初四日恭聞大行皇帝於十一月十三日賓天而詔使未至小臣病廢家居不敢草草成服搶地呼天悲哀欲絶旋復收召魂魄賦輓歌四章祇自述銜恩負痛之私至於帝德皇猷充浹宇宙詳於記注千古爲昭固非草莽蕪詞所能形容萬一也

皇帝升遐率土知，北來哀詔尚遲遲。家居水遠山窮處，耳聽天崩地坼時。却望雲霄心似醉，未填溝壑命如絲。此身直是拖腸鼠，流落人間浪自悲。

功高參贊道彌綸，鴻澤靡涯造化均。乾健坤貞時久泰，日暄雨潤物長春。兒童今作耕稷叟，卿相誰非教養人。六十一年無改號。始終堯曆兩壬寅。

臣本無才拔擢優，旋憐衰病許歸休。篋藏宫硯蛟螭護，架奉宸章日月留。楹帖兩行珠十顆，堂顔一笏玉雙鈎。貧家何物非君賜，説與兒孫總淚流。

一昨曾充侍從班，如今視息愧投閒。起居路隔千官外，頂踵恩深廿載間。弓是烏號驚忽墮，髯隨龍去杳難攀。傷心枕上春明夢，髣髴猶疑覲聖顔。

敬業堂詩續集卷三

餘生集上起癸卯正月，終乙巳五月。

雍正初元，再逢癸卯，余年七十有四矣。江海餘生，吟情未廢，正如病馬嘶櫪，枯葵泫霜。竊取東坡此意名此集，既以志感，亦以志痛也。

敬題康熙六十一年曆後

王春天上賜官書，花甲山中紀閏餘。蚤是孟冬頒朔後，重逢開歲改元初。青陽左个迴羲馭，斗柄東方轉帝車。節物不殊年號異，敢將新舊比乘除。

舊有餘波詞二卷原稿失去將四十年沈房仲楚望椒園兄弟忽以抄本來歸即用詞字爲韻口占二絶謝之

綺麗餘波入小詞，枉抛心力悔難追。依稀四十年前夢，重拾亡簪事亦奇。

故物來歸喜可知，木瓜原是我家私。相投敢謂瓊琚報，兩首詩償兩卷詞。

二月三日再過西阡看梅適遇沈椒園遂與偕行時德尹以腰痛不能出故章末戲及之

臘尾曾經冰雪催，旋經風雨又經雷。枝頭欲落未全落，眼底先開讓後開。天好一春逢幾日，身閒半月到三回。半月來，與仁和符、趙二生及吴興沈厚餘、韓自爲輩兩過此，故云。腰輕腰瘦宜相傍，故與東陽結伴來。

題沈房仲閉户視書小照三首

俗物與書仇，紛來奪專嗜。愛此卷中人，胸無户外事。

人方用三冬，爾乃取九夏。梧竹滿清陰，翛然坐其下。

吾衰苦善忘，鑿壁仰鄰照。蘇老有成言，得君如再少。

去冬過當湖重宿化城精舍紅椒上人初自嶺外歸出游草見示今有詩來索和以四絶酬之

化城庵外水如天，每到東湖愛泊船。禪老粗償行脚債，詩翁重續對牀緣。

消息流傳恐失真，親從六祖證前因。黑灰堆裏尋衣鉢，辛苦南華禮足人。

識取寒泉不二門，散花千偈似瀾翻。平生痛癢相關處，拍掌中看帶血痕。來詩有「吾道痛相關」之句。

水月洗開雲霧窟，廬山面目現當前。從今便結紅椒社，何必青松有白蓮。來書云將歸老廬山，相約續青松之社。

喜曾濟蒼學博見過次見貽原韻

菰蒲新漲拍村橋，鷗外相尋獨倚橈。歸路爾貪千里近，離群我嘆十年遥。蚤時風格追思曼，末俗交情感孝標。酒間語及徐淮江後人。忍負眼前林底月，直須酩酊到深宵。

老友張漢瞻自瞜城來有詩感舊次韻奉酬

京洛追隨不計春，推移俱是兩朝人。故交屈指年年減，邸報傳聞事事新。居近幾家滄海曲，謂唐考功東江、王給諫學庵。詩留一卷太湖濱。往有《橘社唱和》，漢瞻曾刻於吴門。明珠魚目休論價，草木終緣臭味親。時以新刊文集見貽，余亦以拙刻奉教。

題符天朗聽琴圖小照

絲布澀難縫，譜成《惱儂曲》。緑珠所作。餘音一以散，古調復誰續。不愛指頭纖，只怕指頭俗。老耳劇分明，寒泉韻秋玉。

又題竹里勘書圖

邊孝先腹十萬卷，庾蘭成賦三兩竿。置爾於雲窗霧閣，擬之以青瑶明玕。

哭東亭弟六月十九日。

旬來聞伏枕，旦日走憑棺。吾哭得無慟，汝貧翻爲官。功衰凋喪盡，子姓荷承難。後死餘家督，腸枯感百端。

六月廿四夜枕上作

季夏之月魃行虐，三旬苦熱兼無風。暗雨卧聞來自北，明星起視生於東。民勞尚懸飢渴望，吏酷聊借驅除功。杜陵句似爲我設，未免憂國思年豐。

及門符幼魯將入太學來乞贈行之句

海隅夏大旱，處暑暑未徂。符子將北游，肩輿叩吾廬。告别乞贈言，此意胡可虚。我持一盃酒，味薄分去聲。有餘。酌子不盡觴，行行勉相於。男兒屬有志，寧甘老鄉閭。京華聲利場，太學才所儲。天衢闢賢路，馳騁誰不如。筮《易》得《同人》，謹於出門初。豈惟交道爾，願以類推諸。

亢旱苦吟四章

居非永熟鄉，兩世且拙宦。歸田踰一紀，仰屋屢永歎。初來親故疏，近遺僮奴散。兒孫累十口，稚弱居過半。頗覺生理艱，頽齡乏長算。何當委時運，付以一笑粲。

荒政緩催科，明明新詔制。陋邦亦王土，徵發當此際。皇天久不雨，瞻仰星有嘒。郡符夜到門，猛挾雷霆勢。貧家窘倉猝，慮不及卒歲。盡典禦冬衣，而充夏秋税。

年年秋八月，種菜及是時。自從亢旱來，風燥土不滋。荷耡破完塊，投種計已遲。甲拆稍萌牙，蟥去聲。口甘如飴。嗚呼菜色民，自古乃有之。今方愁歲饉，豈獨啼年飢。

此鄉本瘠壤，寥落窮甿居。樂歲尚歉歉，户鮮升斗儲。十年罹海患，疾痛況未舒。熬波久無鹽，竭澤兼無魚。何以置此輩，俾安作息餘。吾詩倘可風，聞者盍采諸。

重陽前四日沿海隄入邑城道中感賦

愁卧閲十旬，閉門何所之。今晨偶爾出，目觸中心悲。海霧一氣黄，秋陽敵炎曦。黍苗槁既盡，禍及菉與萮。有如經戰地，顛倒横僵屍。果然周餘民，慘慘靡孑遺。赴死聚百族，偷生無一機。曷不呼彼蒼，天高聽宜卑。傷哉莫以告，造物非不慈。田間老秃翁，罪歲微有辭。身謀良自拙，遑恤斯人饑。

十月九日重赴沈仁山賞菊之招席上戲拈二絶句

涉夏經秋旱太甚，問花那得此精神。一池水抵三時雨，辛苦朝朝抱甕人。

遲開猶及領晴光，日薄風輕未有霜。只算今年秋帶閏，重來恰好是重陽。

菊花中有名舊朝衣者戲詠之

借緋借紫儘無端，俗眼多從一例看。衣不如新人已舊，枉呼贊善作朝官。香山詩：「好似東都白贊善，被人猶喚作朝官。」

題勝予姪牧牛圖五章章四句

飯之則肥，飲之則瘦。緩爾商聲，聆予雅奏。一解。爰四其足，可菑可畬。亦兩其角，可以挂書。二解。爾牛來思，釋茲在茲。既辭輓軛，盍解厥縻。三解。黄金籠頭，飼於豢牢。與其爲甯，毋寧爲陶。四解。出關者青，露地者白。自我牧矣，各適其適。五解。

徐觀卿將北行有詩留別次韻奉酬

鉅若鼇戴山，微如螘冠粒。履幽則坦坦，用壯斯岌岌。君才眼罕儷，君語口恒澀。半月脱朝衫，窮年事緗笈。躬承馬班後，學富鯤鯨吸。勝國史未成，嗣賢合重葺。烹鷄用牛鼎，少膾取多汁。嗜篤來衆嚌，衿開祛積習。東江老名宿，謂唐實君。惠好稱朋執。浥彼古井深，資予修綆汲。羅千網必萬，粺九糲或十。義以晰精觕，時乎視闢翕。寧非明堂材，盍奏《清廟》什。行藏勇内斷，聲譽恥虚襲。峨峨野史亭，燦燦傳家集。爲鱗雖久濳，在羽難終戢。新綸紹前局，初震發群蟄。人皆推掌故，官甫踐末級。巾笥快提攜，直廬供采緝。歲增廩稍豐，月受隃麋〔一〕給。同僚斂手避，先輩下牀揖。尺木階徐升，登瀛門再入。矯首有抗顔，和衷靡孑立。所期擊汰往，安事臨岐泣。贈處例當酬，蠅蝨附驥㬥。山蔬忝饟薄，村酒勸飲溼。遠道懽莫追，餘波感猶及。志士覬業成，吉人貴辭輯。從教衣帶緩，肯作步吏急。功名況時至，庸可俯而拾。去去慰民望，吾方詠臺笠。

題徐子貞大司空遺像

我出師門，垂四十年。通家後進，獲奉周旋。公之視余，猶稚弟然。晚追前躅，同返林泉。幸不負夫初心，遽舍我而逝焉。官止於司空，壽躋乎老傳。式瞻畫像，儼睹生前。蓋逝者其耋，而不亡者其天。

〔一〕「麋」，疑當作「糜」。

徐青藤墨牡丹爲視遠上人題二首

濃墨點雙花，枯枝綴一椏。目中無尹白，放筆自成家。

不數洛陽春，不上《天彭譜》。愛此甘露瓶，紋如衲衣補。

題金匡秀户部南廬圖卷子

婁江之水清滄浪，幽居宛在天一方。展開八尺好横幅，令我興發神蒼茫。耕煙筆紗呼欲起，圖爲王石谷所畫。快比并刀能剪水。樹高竹密緑兩涯，日薄風微香十里。飛來紙上疑有聲，采蓮歌逐菱歌生。亭臺占斷清涼國，宜爾三人遺宦情。人間炎熱吁可怕，亦有扁舟思穩駕。題詩預作隔年期，來就圖中消九夏。

哭唐東江考功四首

獨上扁舟遡逆風，滿天冰雪到婁東。賸含涇面雙行淚，來哭平頭九秩翁。與我相忘形跡外，感人尤在樸誠中。矯時肯擬朱公叔，自此交情見始終。

華髮登朝僅兩年，賦歸樂事在林泉。招邀鄉社耆英友，成就師門繼起賢。君歿後數日，徐觀卿以輓章寄示，具述相成之誼。上瑞人方占壽國，少微星忽隕旻天。九原可作夫奚憾，自信千秋業必傳。

曾將尺素寄相思，亦有流傳肯見疑。無間可容纖芥入，此言唯許兩心知。粗償晚節行藏約，細檢生平贈答詩。最後一篇皇甫序，不教衆目笑詩癡。今年正月，君爲余叙詩集。

門館郊園次第開，昔游幾度獲趨陪。十年齒序推兄長，半榻塵封望我來。同調云亡應共惜，輓歌相續有餘哀。海山兜率茫茫路，老向人間首獨回。此章追述京華舊事，兼傷揆文端公。時文端下世已七年，君集中哭揆詩有見示語，故及之。

甲辰正月重訪佟陶庵同年於江寧試院感舊有作二首

嶺南經判袂，海上繼啣杯。忽漫七年別，猶能十里來。短長蹁躚夢，辛苦佐時才。君由西寧軍前奉旨起用，故云。萬事蒼茫外，重逢又一回。

跡忝朝廷舊，身叨禮數優。入時庸自棄，出谷偶相求。柳色回青眼，梅花笑白頭。感君期我厚，長恐負千秋。囊承分俸刊拙集，故及之。

上元前二日陶庵以詩約游清涼山次韻奉答

令節長多雨，連朝偶得晴。陪游原有約，索醉豈無名。香山詩：「獨醉似無名，借君作題目。」稅杖扶身健，芒鞵稱脚輕。老嫌簫鼓鬧，準擬入山行。

元夕偕陶庵中丞游清涼山寺

山號清涼寺並稱，此山此寺冠金陵。展開碧落千重綱，湧出紅蓮百萬燈。勝踐肯隨殘劫廢，佛殿新被火。危欄知得幾回凭。宰官說法吾來聽，或恐身爲過去僧。

題秦淮丁氏河房二截句

一派淪漪漾小波，風光其奈早春何。亭臺夾岸參差影，老柳無多新柳多。

畫社詩壇半寂寥，百年塵劫履綦銷。依稀記得虞山句，丁字簾前是六朝。

贈清涼中洲禪師

師在吾鄉住十年，風塵南北見無緣。眼前一片清涼界，二老相逢亦偶然。

經史紛綸入剪裁，《黄山賦》可壓《天台》。波流雲委三千字，一句何曾杜撰來。師有《黄山賦》，皆集古人成句爲之。

戲柬蔡鉉升

饑鳳軒前隕客星，杜濬。璞庵殁後少詩朋。王廷銓。能談五十年來事，一個隳官蔡鉉升。《高唐賦》：「長吏隳官，賢士失志。」

席上留别陶庵鉉升中洲禪師適至

高僧來入社，開府出登壇。韻鬥千巖險，吟求一字安。足增行子重，敢竭故交歡。江渚禽魚便，新篇寄不難。

自金陵至丹陽歸途即事口號六首

莫愁湖北莫雲横，淳化關南朝日生。不管群情方望雨，出門一步但祈晴。

茅庵僧勸趙州茶，遥指坡陀去似蛇。爲説井枯池亦竭，前頭漸少賣漿家。

野無青草麥無芽，捲地風來撲面沙。遇著閒人還借問，前村何處有梅花？

應試諸生半跨驢，就中不少鄭昌圖。相看一笑休相避，西抹東塗是老夫。二月補行癸卯鄉試。

滿眼流移大可憐，憐渠所至遇凶年。絲毫何補饑寒色，忍爲看囊惜一錢。

古邑句容隻堠邊，僅通車騎不通船。詩翁來往無人識，獨結孤燈信宿緣。

送李邑侯罷官歸武功二首名含英，甲子科乙榜，秦人。

思歸若箇便成歸，簿領抽身似爾稀。昨日罷官今日去，萬人海裏羨鳧飛。

武亭川外武功天，禁旅西征近十年。留取濟時心力在，讓他卜式去輸邊。

薄游二十日歸時西園西阡梅花已零落而盆中三本開方爛熳戲成二絶

落盡江城笛裏花，主人索笑始還家。盆梅亦是移根接，不爲東風長妒芽。見《黄伐檀集》。

舊圃新阡本一家，天工人巧略争差。遲開畢竟先桃杏，及作春頭替代花。

庭有柔木二月初吐小白花花皆五出因名之曰雪梅

紅梅已死十年前手植者。盆梅謝，五出輸他密綴條。比似雪花看更好，入春一月不曾消。

石芝出南海中，《鄭北山集》所云石花也。

海南有異産，瑶質波濤姿。靈苗豈根蒂，歲久成菌芝。土俗名以花，泥沙誰惜之。我來游嶺表，瑞物始見奇。歸無千金槖，石肯萬里隨。刷以止濁膠，澤以無垢脂。藉以錦文石，承以縹色瓷。平堦水一泓，淼若千頃池。中央好位置，爲爾呈華滋。上有蔚藍天，倒涵星斗垂。旁有金鯽鯉，吹唇摇尾鬐。菖蒲須漸長，荇藻交紛披。芝兮得其所，永與山海辭。唤醒嗜睡翁，此品不療饑，吾姑悦吾目，君毋朵君頤。東坡有《夢食石芝》詩，故戲云。「唤醒濛濛嗜睡翁」，亦蘇詩語。

牡丹花下偶題

吾生去日多來日，春事今年減舊年。可惜風光太狼籍，彊扶衰病到花前。

潤木新居看玉蘭次德尹隔日雨阻原韻兼示上姪令録寄京師

唐昌玉蕊豈易得，木筆愛吐瓊瑶花。倉皇不費萬金買，先後特争一日差。遲開正爾及爛熳，治具公然出咄嗟。吾廬無此聊藉口，夜醉東舍晨西家。

德尹新居看牡丹二首

新堂既已成，名種移牡丹。鞓紅玫瑰紫，深色鬥兩般。迨兹風日晴，家會欣團圞。買栽洵得地，好與兒孫看。是日信庵自開化歸，諸姪諸孫俱在坐。

吾庭非無春，其花名玉樓。昨開值驟雨，爛熳八十頭。召客客不來，主人翻出游。先一日招諸弟於瓻軒爲賞花之會，被雨阻。有情定遥妒，易地爲勸酬。

哭承兒四首

汝兄四十八，捨我而逝矣。汝没後十年，數亦止於此。兩哀併一慟，摧感胡能已。明知贅世翁，必無久存理。所傷門祚薄，壯殞先暮齒。生汝兄弟三，眼前惟一子。魂兮去如夢，未遠呼應起。

小年故多病，慮作短折童。亦既見成人，庶望送我終。天乎忍降割，奪去仍匆匆。葠價貴於金，積孱氣不充。有時或彊起，好語聊慰翁。誰知藥罔效，竟坐室屢空。

四女各未字，三男盡孩提。汝在稱慈父，汝亡累孀妻。一母將七雛，故巢且群棲。饑寒雖僅免，晨夕同號啼。老耳實怕聞，聞之彌愴懷。吾今已耄及，嫁娶何時諧。汝叔苦相勸，謂我勿過傷。人生百歲中，壽夭齊彭殤。六十且不毁，矧迺七十强。禮教有格言，嗟嗟吾豈忘。那堪垂老境，重此遘逆喪。委蜕視子孫，達觀媿蒙莊。收聲欲制淚，淚落復數行。

七夕邀諸弟作真率會先三日爲芝田七秩生辰兼補壽觴席上口占四絶

一家舊注長生籍，合算今年得幾何。四個老人三百歲，更加百歲肯辭多。「四個老人三百歲」，用香山成語。

不問賓筵與主筵，更番酹必我居先。此觴只算屠蘇酒，得歲還應讓少年。

人生七十古來稀，萬口流傳老杜詩。笑引《南華》爲轉語，行年七十似嬰兒。

斗牛光並老人星，銀漢中央界紫庭。但願年年仍此會，借君生日倒吾瓶。

七月十九日海災紀事五首

門前成巨浸，屋裏納奔湍。直怕連墻倒，寧容一榻安。卑憐蟲窟掩。仰羨燕巢乾，海闊天空際，誰知寸步難。借穿殊少屐，欲濟況無舟。我怯行攜杖，兒扶勸上樓。鷄豚混飛走，鵝鴨亂沉浮。小劫須臾過，茫茫織室憂。不有匏瓜苦，渾忘稼穡甘。奇災悲目擊，往事聽農談。高岸翻爲谷，窪居直似潭。連山浮島嶼，幾點户東南。驚魂招晷刻，沉氣晦連晨。身似乘槎客，誰爲裹飯人。滔滔方滿地，衮衮總迷津。久在人間世，徒嗟閱歷頻。「水無沉氣」，出《國語》。亭户千家哭，沙田比歲荒。由來關氣數，復此覩流亡。痛定還思痛，傷時轉自傷。艱虞吾分在，無計出窮鄉。

武原故人陳少典下世垂五十年尚未克葬比聞棺木被海潮所漂感傷存殁作詩寄其子行中

一棺猶淺土，聞説被潮衝。痛矣兒無父，傷哉殯未封。居貧須量力，擇吉乃逢凶。行中精於堪輿家術，故云。骨朽難逃劫，吾將罪毒龍。

李氏外孫女歸寧其母於南昌詩以示之

汝母年四十，無男痛孤孀。我時在汝家，目睹心悽愴。回頭汝在側，肩差如母長。弱女良勝無，含哀解徊徨。亟歸爲擇壻，近出諸孫行。前春遣就婚，去秋聞弄璋。老人破涕笑，稍用慰所望。爲婦已三年，禮宜見姑嫜。却愁形與影，生長未離孃，女出孃孤單，依依誰侍旁。送汝至中道，此情良可傷。愛割乳上雛，隨親返南昌。分飛二千里，東下錢塘江。逮汝夫婦來，我復遭逆喪。匆匆暫相見，悲喜焉得雙。西風吹斷雲，診夢占不祥。俄來南浦信，又報無服殤。人間内外孀，歡聚恒充堂。天胡於此酷，觸境罹奇殃。歸寧亦可憐，母在雛則亡。想當重會面，斷續難爲腸。切勿念老人，老人行自量。世無消愁藥，可有長生方。

題仲弟查浦後甲辰圖小照十六韻

鄉黨吾廬會，高堂《學圃圖》。《學圃圖》，先大夫甲寅春畫像也。余兄弟四人及大兒克建，咸侍列圖中，今五十一年矣。承顔猶宿昔，過眼特須臾。賤日雙青鬢，歸休兩白鬚。得兒雖校晚，投老倍堪娱。弟生三子，皆在五十、六十以後。漸愛隨肩侍，長聽隔壁呼。用南齊劉瓛兄弟事。推先讓梨栗，交替飲屠蘇。樹是三珠茁，庭非一鯉趨。自嗤牛舐犢，人羨鳳將雛。膝下添文度。去冬新得一孫，亦入畫。毫端識長儒。見《北史·文苑傳》。閒依鬃几坐，健却瘿藤扶。喚出從花下，排行繞屋隅。起居方遞進，左右亦時須。偶作分巢燕，均爲反哺烏。行看孫丱角，勿忘去。父勤劬。笑問多男子，何如五丈夫。更煩名畫手，貌爾比商瞿。商瞿老年生五丈夫子，竊爲弟留眼望之。

送沈楚望赴汴梁幕兼寄楊次也徐象求

之子梁園去，詞華洵絶倫。幕僚稱得士，村巷感居人。夢豈江河隔，情兼臭味真。此中多舊好，毋惜附書頻。

海魚嘆并序

吾邑未罹海患以前，城西有巨魚，隨潮至，約千餘斤。潮退閣沙，附近居民割而食之，不半月而來海潮之禍。客有傳其事者，作此以補前詩所未及云。

永明海鬵移山來，《南齊書》：「永明九年，鹽官縣石浦有魚乘潮來，水退不能去，黑色無鱗，土人呼爲海鬵。」細鱗不數菜黃鮐。桓寬《鹽鐵論》：「菜黃之鮐，不可勝食。」居民分臠彼何罪，天遣先期行告災。浹旬以後洪流至，鬼泣神號無處避。怒聲似爲魚復仇，千萬生靈吞一氣。魚乎魚乎倘有知，孰啖汝肉刳汝皮。如何了不分恩怨，一任波臣恣虐爲？

中秋與佟陶庵中丞相遇於江陰舟次邀同月下小飲口占一首

清涼古寺上元游，重展晴光爲我留。一笑可知無價買，萬緣何必有心求。主張風月推壇坫，舒卷波瀾入唱酬。絶勝虎山橋畔路，兩頭弦管作中秋。蘇人皆望先生於是夕至虎丘，故云。

吴船口號五首

潮痕初退岸猶淹，直過吴江水始甜。賴有具區三萬頃，不然瀉鹵盡生鹽。

東鄰禾爛相無舂，西舍居然畝一鍾。肯信報施皆鹵莽，惰農方欲傲良農。

水厄初離大海濱，人天孰與指迷津。忽然石觸舟中裂，悟徹平生有漏因。過滸墅關，石觸舟壞，此中似有悟境。

往來屈指一旬中，南北東西總逆風。勿與此翁同此路，鄰船豈必盡無篷。

黑白何心角逐雄，黄羊枰付水流東。依稀十九條邊路，也算仙家小劫終。舟中與尊聞姪圍碁遣日，今碁局爲水所漂，故云。

吊秋花二首

貧到今年甚，栽花徑并荒。客疏閒步屧，庭失好秋光。枯槁翻因水，摧殘不待霜。感時覘物變，渾似閲滄桑。

爲少成陰樹，從添覆地花。頻頻滋灌溉，歷歷萎泥沙。凉蝶飛何處，秋蟲話别家。陳根如不死，春雨望萌芽。

題從孫東木説劍圖小影

擁書仗劍真名士，看舞徵歌亦雅儒。令祖聲山有《仗劍擁書圖》，尊甫恒弘有《看舞圖》，舊皆屬余題句。愛爾丰神如父祖，爲題詩到第三圖。

喜得三弟潤木請假省墓之信四首

忽忽京華别，回頭十二年。自嗟衰已久，重見恐無緣。喜極淚隨落，書來夢告先。前一夕，夢與諸弟共飲梅花下。蚤梅消息近，猶及草堂前。

一紙平安字，中含慘痛辭。乞歸寧論暫，得請敢嫌遲。恩重身難退，天高聽故卑。自今方計日，倚杖候柴籬。至性吾憐汝，頽齡似弱齡。銜哀思往事，燔告慰先靈。再世恩榮逮，千秋雨露零。岡阡松柏路，冬月倍青青。海角承基業，秋潮冒石塘。三間僅無恙，十畝已全荒。身在貧何礙，詩成病亦忘。古來無此樂，四老話連床。時四弟信庵方赴省試，計當同歸。

製地黄丸十韻

恒醫多試藥，久病守成方。客或餐雲母，吾唯服地黄。豈無他佐使，兼取理陰陽。味以甘爲正，材尤熟者良。飯蒸資穀氣，酒洗帶糟薌。幾遍親炮炙，移時謹弆藏。磨臍霏白雪，臼杵擣玄霜。夜和丸加蜜，朝饑嚥用湯。參苓從長價，藜藿等充腸。若問延年訣，君看髮短長。《藥性論》云：「熟地黄久服，變白延年。」

重陽前一日曾三弟招同德尹芝田登龍尾山歸飲齋中口占二截句

十年幾度記清游，一壑能專又一丘。輸與主人筋力健，笑看三杖拄交頭。余與德尹、芝田俱杖而登山，曾三獨否。

髣髴前塵付夢游，認將龍尾作旄丘。《詩疏》：「前高後下曰旄丘。」醵錢可是看囊物，爛醉歸仍挂杖頭。是日曾三獨爲主，仍以百錢見還，故云。

九日閒步橫漲橋西過玉禾堂晤言思百原存叔季益諸姪憶五十年前曾偕荆州兄登宅南小丘感嘆之餘得一絶句

五十餘年指釣游，憶同把蟹撇新篘。竹林便是西州路，膹對諸郎半白頭。言思年過周甲，百原亦五十七。

洪梅岑自珣溪過訪即次去年投贈首尾二章韻用酬繾綣之情

隔年曾讀七篇詩，同調如君更不疑。久缺寄書成懶慢，重煩弭櫂訪衰遲。菊荒陶徑仍留客，楓落吳江已後時。慰我寂寥何以報，敢從鵴路指鴻逵。

俗談肯置齒牙間，一笑相逢飯顆山。知我者希應自愛，古人如作許誰攀。漸消實事休回首，竊忝虚聲祇汗顔。借取尊前秋好處，滿川風月送君還。

自海潮退後旱乾凡兩月餘立冬後三日風雨連晝夜身在畎畝憂樂之境與鄉鄰同率成一首

大潦之餘重苦旱，入冬一雨沛窮檐。村翁旋報麥芽茁，釁婦先知井味甜。天澤下施方是益，民情取足詎傷廉。缾罌滿貯煎茶水，解渴充饑兩莫兼。

題徐學人茶坪書屋圖

《易》於水澤交，中爻有頤象。聖人喻諸味，義在五與上。苦雖不可貞，甘則往有尚。詩家釋荼薺，彼此互相妨。甘苦味絶殊，譬形非一狀。茶坪至性士，即事寓意匠。中有涕淚痕，幺絃出哀唱。圖來屬繼和，畫好神悽愴。我欲釋其神，展圖笑相向。苦中適得甘，一物取兩況。祝君如諫果，甘至苦可忘。天方憐斯人，今亦蔗境償上。吾詩非適俗，良用慰瞻望。

題沈勉之春江待渡圖

《易》曰有待行，《詩》云須我友。通乎《需》之義，利設夫何有。韋弦矯後急，軒輊視前後。萬事靡不然，時來隻成偶。命圖寓深意，識者爲頷首。

四杖圖歌并序

雍正甲辰秋，潤木以省墓乞假，信庵南宫下第，仲冬望後，相繼到家。時余年七十有五，德尹七十有三，潤木已開第七秩，信庵最少，亦平頭六十矣。白首兄弟，重聚一堂，此生此樂，何可多得。沈子松年爲繪《四丈圖》，圖成，余首唱一篇，屬諸弟共和。

兄年杖國兮弟杖鄉，昔之少壯兮今皆老蒼。伯兮仲兮偕叔與季，杖亦如人兮一二三而四。語本《皇極經世書》。天教四杖兮配四翁，落我手中兮入我圖中。斯圖閱世兮知凡幾世，安得斯人兮世世爲兄弟。

從孫東木贈我石徂徠集及舊墨二挺口占以報

手生慣使雪堂墨，眼暗愛看抄本書。勿笑老饕貪盡取，譬嘗熊掌得兼魚。

東木與楚望疊魚字凡七章連翩傳示再拈二首以答來意

才地評量總不如，連朝踏凍費傳書。兩賢健比雲端鶻，一老懶於冰底魚。

插架徒然萬卷餘，只圖遮眼不繙書。詩成亦用白描法，免得人譏獺祭魚。來詩誇余藏書之富，故有此答。

東木前既初從楚望轉致詩中未之及楚望有詩見督戲疊來韻兼示東木

清況原從君所於，報章草附一行書。衰顏忘事類如此，重爲蹄筌記兔魚。

椒園自杭歸用魚韻繼和四章見示再疊答之

賸馥殘膏吐棄餘，免冠自哂不中書。何來好句如香餌，十丈寒潭又出魚。用《吕氏春秋》語。

多生有味在三餘，不是還書即借書。童似蟄蟲愁啟户，主方溉釜喜烹魚。垂白慈幃暮倚閭，平安兼望海南書。詩人至性吾能識，彈鋏歸來豈爲魚。來詩用馮驩事，故云。霜雪侵陵日月除，一尊與爾且澆書。臢留五色離披羽，待配春盤潑剌魚。時餉我野鶏，先以臘酒報貺，新年尚擬作主人也。

喜雪九疊前韻

冬旱旋經兩月餘，朝朝咄咄向空書。欣欣喜動眉間色，雪兆豐年夜夢魚。

烏程王懿誦明府以潯酒八壜見貽再疊前韻

都門醉別十年餘，念舊重煩咫尺書。與致青州八從事，不愁换酒少金魚。

雪後同德尹潤木於西阡裁翦松柏枝即事十二韻

五百新阡樹，參天待幾時。縱饒心欲速，夫豈力能爲。方法咨林叟，權宜問葬師。皆云扶直幹，切戒蘖横枝。趁取冬餘臘，毋拘日反支。及朝行展視，有道在芟夷。斟酌供薪穫，商量用斧斯。攀條防損葉，近本怕傷皮。翦伐初何忍，栽培擬自兹。養成非易易，競長勿遲遲。鹿去寧教觸，烏來定引慈。好留君子澤，傳語後人思。

甲辰除夕與德尹潤木敬業堂守歲

十里東西宅，中央是舊廬。但教頻會合，何異昔同居。就我生春色，前十日已立春，故借用杜句。爲歡卜歲除。白頭三醉叟，相顧一軒渠。

乙巳元日偕潤木飲德尹梓樹堂

夜點霏微雪，晨開爛熳晴。吉占逢上歲，《漢書·天文志》：「正月旦決八風。東北，爲上歲。」殘醉續深更。門冷稀賓客，年衰有弟兄。欲知排日樂，童穉也歡迎。

三日偕德尹過潤木雙遂堂小飲

橋北生春水，橋南泊舫船，《爾雅注》：「舫，並兩船也。」堂開書插架，池動柳含煙。此會經三日，吾生又一年。未須論聚散，取樂及尊前。

信庵四弟自開化至貽我頭陀蘭一盆

海水如鹽變白沙，小庭群卉少萌芽。未栽堂北宜男草，忽到山中侍女花。見《采蘭雜志》。捲幔移盆香馥郁，迴燈入畫影交加。東風吹過寒梅信，笑問蘭陔有幾家。

再詠頭陀蘭

有美猗猗蘭，山人蒔藝成。瓦盆移磵谷，滋護從孩嬰。歲久葉紛披，寶同翡翠罌。見《歸田録》。是宜有佛性，故以頭陀名。我本老比丘，宿世偕修行。對之莞爾笑，亦若弟見兄。適當春蚕時，抽穗百十莖。蕊者含其芳，秀者揚其英。深叢如自匿，高幹或自呈。方將入我室，豈獨列我庭。我庭窅而深，我室幽以清。中空無一有，百竅延虛明。微颸何處來，鼻觀先通靈。霍然蘇病骨，邈矣遠俗情。同氣何待求，同心何用盟。但看露地住，爾汝胥忘形。《大品》云：「須菩提説法者，受十二頭陀，其八爲露地住。」

元宵後一日德尹第二孫彌月再同諸弟作湯餅會

昨夜燒燈節，團欒正及時。今朝湯餅會，少長復於斯。却喜抱孫蚤，渾忘生子遲。回頭看乃祖，顏色尚嬰兒。戲用老萊子事。

送潤木假滿還朝四首

百日期俄滿，依依旦夕留。情應關棣萼，夢亦戀松楸。繞膝餘黄口，迴腸感白頭。稻粱恩漸重，何敢説長休。

屈指平生日，全家聚會難。當初殊未覺，此去若爲寬。盡撥形骸累，徐商出處安。古來朝市隱，直作故林看。

要津居不易，况乃近鸞扃。密勿絲綸閣，承明著作庭。昏歸怕掃軌，曉入必侵星。前輩如趨步，司徒尚典刑。謂張研齋尚書。

直伴多卿貳，歸休獨老翁。十年供奉後，一夢欠伸中。起廢恩長負，隨班命不同。定蒙相問訊，爲道耳全聾。

潤木北行後喜學庵弟到家二首

壇坫文章伯，儀曹主客郎。官曾居粉署，歸只守茅堂。鄉黨人皆敬，蓴鱸味正長。起予腰脚健，踏屐到南塘。

送迎連日有，出處一家中。且喜辭朝客，重添合醵翁。兩眉雖雪白，雙頰尚霏紅。偕隱年相亞，如何不約同。余及德尹先後歸田，年皆六十四，學庵亦然。

會城諸子寄示燈花唱和詩卷戲作二首補未盡言之有

短檠平。纔二尺，高燭或三條。艷蕊能含照，芳心怕被挑。開原資火力，落豈待風飄。老眼渾如霧，從看漸漸消。

到處傳鄉信，更番報客過。隔宵疑有讖，詰旦總成訛。螢尾光相似，蠅頭焰幾何？防他蜂蝶笑，輕命是飛蛾。

當湖過高文恪公墓下有感

天上巢痕掃，人間鶴夢回。新松陰漸合，宿草客誰來。廢瑟餘三嘆，題詩擬《七哀》。自傷遲暮眼，轉瞬閲興衰。

重晤借山和尚時將歸老匡廬故後半云

東湖吾所愛，訪友復尋春。可嘆論交地，唯存出世人。嚴西武於去年下世。煙波寛放艇，雲霧密藏身。二老心期在，隨方總比鄰。

以陳鳴遠舊製蓮蘂水盛梅根筆格爲借山七十壽口占二絶句

梅根已老發孤芳，蓮蕊中含滴水香。合作案頭清供具，不歸田舍歸禪房。
偶然小技亦成名，何物非從假合成。道是摶沙沙不散，與翻新句祝長生。

曉渡泖湖

扶桑初旭射波紅，人在波光浩淼中。一葉舟如千里馬，落潮時候挂帆風。

大司農華亭王公哀輓六首

逮事仁皇帝，初終五十年。官評崇歿後，物望繫生前。進退同僚式，詩文異域傳。龍髯攀莫及，銜痛遂終天。公薨於雍正癸卯中秋，距先帝升遐僅九月。

公豈當言路，時方競楚風。安男談禍福，俗子走盲聾。不藉祛邪力，安知衞道功。問誰操白簡，衮衮笑諸公。此述辛酉秋公官讀學時，劾朱方旦事。

昭代龍門重，先朝信史成。褒譏歸直道，好惡泯平情。事大關千古，心勞萃一生。後來加點竄，此任恐非輕。此述丁丑春公奉專敕纂修《明史》事。今史局重開，故結句云。

巾箱家世業，鄭孔有箋疏。兼綜紛紜說，重煩考證餘。荆榛芟藝苑，雲霧闢經畬。倚賴醇儒筆，流傳秘監書。此述公乙未春還朝，奉旨纂輯《毛詩傳注》事。

承家多令嗣，柄政有賢兄。星叶乘箕兆，旌題去國銘。宸衷餘震悼，朝典備哀榮。公已無遺憾，徒傷後死情。

門生門下士，時世溯淵源。別有酬恩淚，深蒙知己言。壬午以後，慎行入内廷，荷公獎許，迥出儕輩。佳城瞻望近，公賜域在平湖縣界内。畫像典刑存。酹酒陳詞意，還應徹九原。

陶庵中丞來撫吾浙寄示重到西湖詩兼索和傳語以十章爲率次韻如數報之

一篇乍展兩眉嚬，官紙投來寂寞濱。值得白家飛醆賀，江山管領屬詩人。白香山詩：「且喜詩人來管領，遥飛一盞賀江山。」

花應含笑柳舒顰，老葑重開淺渚濱。一色春波三百頃，可憐魚鳥總依人。時重濬西湖。

聖主當時愛笑嚬，用《淮南子》。陪游十日此湖濱。閒鷗喚醒眠沙夢，可有鵷鸞隊裏人。來書語及丁亥春隨駕至湖上唱和事。

重傳魚素語含嚬，與致珍羞到水濱。野老忍充藜莧腹，鄰家還有斷炊人。後十日，承手書相招，兼貺珍味。

十室相看九額顰，連年水旱厄東濱。福星一點明吴越，多少人間望歲人。

煙雨先開西子顰，遥從海澨泝江濱。願推睠顧貧交意，次及鶉衣轂食人。

霜松雪柏青冥上，弱藻疏萍沼沚濱。地望雲泥心不隔，眼中誰似繡衣人。

兩回款洽長江畔，一度追隨南海濱。今作部民應自量，竭歡肯效掃門人。用《漢書》魏勃事。

已成嬾病兼衰病，合卧漳濱與潁濱。辜負先生懸榻待，愧非徐孺子其人。

十首吟成抵效矉，靈珠一握在淮濱。讓君頭地君應笑，我是車前避馬人。

春分前補種庭下草花

客土移根茁嫩芽，遠從僧舍近山家。衰年不作多年計，繞砌仍栽草木花。

德尹既和種花絶句復反前意作一首有惟應茂叔庭前草不費栽培也不除之句再次韻答之二首

隙地纔寬尋丈餘，被人比並浣花居。浣花溪上花饒笑，少陵成句。是草如何不剪除？少陵又有《除草》詩。

百卉全腓蔓有餘，鵲巢何異被鳩居。静中勘徹因材理，花要栽培草要除。

以拙集寄高大立蒙投七言古體長篇推許過分非所敢當輒成小詩八章報謝兼寄曾濟蒼

初聞檐溜響空庭，又聽東軒鵲喜靈。報道門前春漲起，雙魚來自菜花涇。木中地名，大立自署「菜花涇老農」。

纏綿真足慰相思，已得君書又得詩。不獨《陽春》難繼和，久將殘錦付丘遲。

自拂小草未經芟，慚愧詩存尚致籤。用皮襲美句。老去敢云聲病少，特煩高手與鍼砭。

曾記京華把一篇，曩在都下，錢蔗山曾以君詩稿屬余評閲。當時唱和獨無緣。直從常侍論家學，五十工詩自可傳。來篇有「四十以外始學詩」之句，故用高達夫事以相證。

便從於野筮於郊，義在《同人》最上爻。説與後生曾見否，年將八十始論交。門稀剥啄故人疏，比並耆英正不如。同學尚餘曾子固，謂濟蒼也。歐陽永叔有《贈同學曾子固序》。罷官依舊比鄰居。無佛稱尊亦可憐，白頭兄在弟之前。謂家德尹。好邀張丈爲同社，許我誇張作少年。君年長余一歲，故戲取香山詩語以自況。百里煙波悵兩鄉，停雲南北互相望。蓴羹未落秋風後，肯棹扁舟過一嘗。

曾濟蒼扁舟見過匆匆即去别後寄示五律三章次答原韻

自聞辭學舍，冰雪到家遲。不爽經年約，君癸卯見寄詩有「準擬明秋共晨夕」之句。還縈落月思。有情來弭棹，無夢到牽絲。轉悔怱怱别，煩君又寄詩。

各有煙霞癖，多忘草木形。跡同歸島鶴，情比在原鴒。家集光相射，清風座可銘。時以尊甫學憲公《清風堂集》刻本賜教。所慚無以報，歸去但空舲。

鄉社新農侣，名場舊飲徒。一生回白首，萬事失東隅。笑我方迷野，從人欲問途。延年如有術，相勸服菖蒲。來詩有「可許同晨夕，鈔書事截蒲」之句，故用《抱朴子》韓衆傳中事奉答。

德尹以堦前大紅洋茶花二律來索和次原韻

特因來處遠，小本亦名葩。似剪珊瑚樹，旋開寶相花。雪中猜作火，地上擲成砂。寵極宜深貯，翻嫌出屋茶。「山茶出屋人未知」，唐人句也。

妙手誰能繪，施丹別有方。趙昌有《山茶圖》，東坡題云：「劍南樵叟爲施丹。」染根從赤土，耀眼奪紅桑。曹唐詩：「海畔紅桑花自開。」難減一分色，如聞三日香。遲開寧免妒，芍藥在偏房。

牡丹一叢手植窳軒堦下已十餘年去秋亦被潮淹春來花頭頓減十之五感歎成吟

手植芳叢傍蘚階，曾經爛熳起樓臺。只圖春好花長好，不道吾衰爾亦衰。物性近憐多夭闕，天工敢信盡栽培。何煩翦却開松徑，知是花時少客來。貫休詩：「春來老病厭迎送，剪却牡丹栽野松。」。

上巳前一日徐韓弈左田父子見過留飲花下

今年已分負芳時，連日敲門匪所思。鄰舍晚分紅曲酒，前一日家東木餽琥珀釀。故人晨赴牡丹花若有知應見哂，合將宫體讓徐摛。

撥觸吟脾又得詩。禁當齲齒重開戒，旬來因齒痛止飲。期。

祝良仲兄弟邀同朱敬修及子姪輩葆光居賞牡丹感舊五首

甲午春，赴賢昆弟之招，余有詩紀之。分明一枕繁華夢，再到俄經十二年。遇酒逢花每自憐，當前光景記從前。

老夫制淚且開顰。郎君謂勉仁。好比階庭樹，世澤長培手澤新。檢點尊前少一人，賓季下世已四年。

眼見祝家花若此，朱家庭院問何如。敬修所居飱和堂前亦有牡丹一叢，花時不到四十七年矣。飱和堂與葆光居，兩姓相望十里餘。

含笑入門扶醉返，愛花兼愛主人賢。嘉辰省對亦前緣，日薄風微縠雨天。

翁衰事事粗知分，歸勸花神拜下風。慚愧吾家淺淺叢，開時只好伴衰翁。

烏程令王懿誦同年樓村賢嗣也到官半年三枉信使惠好有加野人乏芹曝之獻二律報謝兼寓感懷

半年三問訊，一一到衡茅。美酒開君甕，新煙出我庖。情深車笠際，誼託紀群交。十卷傳家集，流傳重手抄。時以尊公詩集屬余校閱。故人凋喪盡，萬事轉頭空。不有鳴琴宰，誰憐採藥翁。溪山鄰壤隔，晨夕往時同。曩在武英書局，與懿涵共事凡四年。出處何曾判，於今見古風。

喜晴戲示鄰叟

海角罹水旱，桑田歲無收。今春蠶麥好，到耳一解憂。何期立夏來，晝夜雨不休。蠶饑麥委浪，彌望成荒疇。鄰家有老翁，仰睇蒼蒼愁。呼天訴疾痛，淚亦滂沱流。天意驀然回，如人轉雙眸。風驅蝃蝀翳，日出崑崙囚。災弭斯爲祥，即事非外求。綠葉既沃沃，良苗仍油油。我關謂此翁，汝今已白頭。拭汝交頤淚，聆我擁鼻謳。西成所未知，春花鄉人以蠶麥爲春花。幸有秋。且須貰斗酒，偕我壠畔游。踏泥行插秧，決水使瀉溝。此乃兒輩事，毋參老人謀。

三月二十九日枕上作

入夏六日半陰晴，月當小盡天將明。堦前初開蚯蚓結，門外亂打蝦蟆更。殘花遞風凡幾信，新葉滴露時一聲。年年送春如送客，自我作主能無情。

四月朔德尹招同諸弟西阡看梓花曾三不至末章專及之八首

村北村南路不賒，西家攜杖過東家。此橋恰與花爲讖，梓樹橋邊梓樹花。

四株直幹兩行排，十八年前記手栽。老守墓田差自幸，直從拱把見花開。

玉蘭雪落海棠紅，讓爾稱王萬木中。二十四番都不問，遲開猶壓楝花風。陸佃《埤雅》云：「梓爲百木長，故呼爲木王。」

遮墻出屋勢亭亭，一色晴光耀眼明。不是詩人吟不到，被他楸樹竊花名。羅願《爾雅翼》云：「梓即楸。」杜詩：「楸樹高花媚遠天。」當是梓花也。

椅桐一例可爲琴，誰識年來長養心。傳語花神須善護，已成材後望成陰。

閒向山前把一尊，深慚令弟慰賢昆。王右丞詩：「平原思令弟，康樂謝賢昆。」五楸莫作三槐看，只要家風及子孫。《雜五行占》：「舍西種梓楸五，令子孫順孝。」少陵又有《五楸》詩。

骰盤索采酒盈升，邂逅爲歡取得朋。却喜居鄰連二仲，謂芝田、維人。何妨末座置吳興。謂沈椒園。

小雨催人入醉鄉，白頭狂得且須狂。用香山語。兩回輕負看花約，前二日，竾軒賞罌粟花，曾三亦不至，故云。笑問一翁有底忙。東坡詩「有底忙時不肯來」。

四月八日雨釋氏以此日爲彌勒佛誕，雨則主夏旱。

佛日宜垂照，農占視秏登。望晴翻得雨，爲咎怕先徵。俗已凋傷極，吾尤感歎增。所憂非越分，生理自無憑。

知止吟效康節體

知止聊從止足徵，牀堪趺坐几堪凭。鉼花落後休迎客，禪杖閒來侍定僧。俯聽蛙池憐叫跳，仰看鵠路笑飛騰。呼兒試問春苔色，綠上庭階又幾層。

晨起聞繅車聲喜而得句

蠶桑原是吾家業，五十餘年廢不治。自先淑人卒後，久不聞此聲矣。朝夕飽餐奴婢嬾，詩書責效子孫癡。力難與國充耘耔，用昌黎語。意取如期佐繭絲。時方急催科。忽聽繅車聲動處，喜於雙耳未聾時。

寄祝文昌令沈麟洲六十生日

三千歲月從頭數，六十纔經第一回。野老今朝隨客賀，釋迦昨日抱孫來。先一日有得孫之慶。火山荔子長先熟，瓊海桃花或後開。火山荔枝，四月先熟，見東坡集。大林桃花，四月方開，見香山詩。傳語鶴書徵不遠，簿書寧復滯仙才。

馬素村北歸見過

進士幾時進，太白詩有「進士不得進」之句，素村於癸卯捷南宮，不預庶常之選，故云。歸舟暫海涯。未尋松菊徑，先過竹林家。甕拆銷愁酒，燈繁送喜花。別中何限事，歡喜問京華。

庭前香櫞一株自正月後脊令相繼來巢者凡三入夏復添第四巢見者詫爲奇事感成四章

似求同氣得專爻，《京氏易傳·同氣爲專爻》注云：「兄弟爻也。」四月看成第四巢。好笑先生生計拙，一庵卅《説文》：「三十也。」載未編茅。禹鴻臚爲余繪《初白庵圖》，幾及三十年矣。

新緑陰交户牖鄉，連枝穩穩寄連房。直同譽樹韓宣子，來與貧家告吉祥。

破卵焚巢事出奇，依依擇木詎無知。只除風雨漂摇患，此外吾能力護持。次第隨群不亂群，五家成保四成鄰。語出《唐書·食貨志》。婆娑此樹還三嘆，知得幾年爲主人。

四月晦夕雨中夢游西湖

孟夏提月月沉魄，晦日爲提月，見《公羊傳》。仰視重陰方霡霂。三更飛夢到西湖，直上孤山少登屐。千年華表鶴群散，百歲叢林僧履隻。諦輝禪師年九十九，於兩月前示寂，夢中了了如此。獨來遇雨可奈何，對此茫茫感今昔。水仙祠前行唤渡，櫂轉蘇堤春漲拍。忽磨明銀豁雙瞳，旋起清風扶兩腋。琉璃萬頃冰一片，倒寫天容落澄碧。船頭魚躍浪參差，船尾鷗輕煙滅没。漸深漸入漸蒙翳，半篙抵岸如投隙。遮頭蓮葉青出藍，掠面荷花紅壓白。中有高人沿岸住，遲去。我門開心莫逆。曲闌幽榭導使前，沆瀣漿濃分琥珀。爲言塵世苦拘局，紫蓋丹霞争掃席。曷不相從汗漫游，浮名於汝終何益。余時含意笑未答，霹靂一聲檐瓦擲。覺來依舊雨淋浪，疑有湖光滿虚宅。

沿南塘至花山觸目感懷口占以當鄙諺四首

去秋海岸拆奔潮，閘口經年未有橋。老子不知生處樂，賸留枯眼閱蕭條。

災餘仍慮復爲災，魚鱉殘生大可哀。聖主何曾忘海角，潮神前月受封來。

向來畚鍤嘆徒勞，保障方期鐵石牢。昨日皇華馳驛過，已傳會計析秋毫。

不插青苗種木棉，忍饑數到授衣天。問渠微命絲難續，何法支吾度半年。

黄梅紀災

播種多黄萎，如遭旱魃焚。雨痕青没草，鹻氣白成雲。樂土今安適，奇荒古未聞。空煩春夏鳸，應候趣耕耘。《左傳》賈逵注：「春鳸趣耕，夏鳸趣芸。」

次韻酬陳宋齋閱拙集見寄之作

與君降同庚，惡月獨在午。壯齡失前猛，餘照覬晚補，捫腹本空疏，報耕宜莽鹵。千秋著作堂，敢望坐廊廡。師門昔多士，存者今纔五。同邑受業梨洲先生之門者，凡十五人，今唯宋齋、廷益、梅溪、余及德尹在耳。相去復參商，鷄鳴感風雨。如余走流汗，僅可籍湜伍。傳業君庶幾，後先期踵武。猥承獎許加，喻以莊蝶栩。《三都》覆酒甕，世尚譏傖父。矧收爨餘薪，而謂翹中楚。秦彊乃盟趙，齊大顧下莒。小技古所卑，詞章奚足數。君方勤纂述，萬卷恣搜聚。吾老未廢書，粗亦識甘苦。素心樂晨夕，竚跂共傾吐。

次韻答吴興沈寅馭見投四章

平生出門交，獲覯天下士。王楊既掉鞅，屈賈亦劘壘。吴興憶昔游，山水東南美。風流及前輩，觥録互作使。一别三十年，好奇未知止。舊人眼中盡，回首脚頻跂。夢入鱸魚鄉，秋期猶準擬。詩來若相導，喜色浮杖几。

遥遥泝華胄，千載幾望族。獨有約後人，到今擅品目。一村無兩姓，門第不改卜。緬惟襄敏公，世緒待爾續。撫今萃群俊，望古騁遐矚。才氣直靡前，虚懷怕抱獨。側聞鄴架富，足用三冬讀。爲善無近名，莊言視緣督。

至戚遠漸疏，時風薄尤最。投名肯顧我，欲下老龐拜。長揖就末行，尊稱加耄聵。腹枵轉内愧，覆發苦難蓋。好友昔見收，來詩追述與東江唱酬事。殆同拾腐芥。數篇唱和什，豈敢追彊對。何當跫然音，蓬藋假謦欬。置之勿復道，自嘆乃凡介。

大阮謂厚餘。諧古歡，宦游阻魚素。近傳得長告，甘澤感汜濩。仕路退良難，人情怯鈎注。

括機有巧發，入彀多詭遇。本根衔名實，枝蔓托毗附。蠹奪眼界花，幻晞草頭露。子方志

進取，勇要禺彊護。珍重《角弓》詩，毋忘譽嘉樹。

敬業堂詩續集卷四

餘生集下起乙巳六月，終丙午十月。

德尹札來云懶見一客懶舉一步懶動一念前二語不過婾閒而已若云不動念似難以懶字並提此境非十年面壁未易到也作詩勖之

法門修心地，攝念當用勤。大施精進幢，去妄還其真。妙湛歸總持，是名不動尊。懶者勤之反，積習奚足云。雖然不見客，朋從交紛紜。即或不舉步，静坐愁緒煩。念豈因懶息，較難一例論。我有秘密藏，力敵千魔軍。衆賓雜遝來，兩脚波濤奔。能於起處滅，旋於息後存。舊緣以漸斷，除蔓次及根。新緣免再結，去火先抽薪。此是止觀法，勿令緣有因。

老兄不忍私，持以贈卯君。

窳軒燕乳六雛中有一白翎者喜賦八韻

紫燕家家有，雛生白者稀。自巢居士室，偷學野人衣。玉剪開時見，銀鈎挂處飛。入群言語似，獨立羽毛非。高比鵝翎潔，輕嫌鶴骨肥。華堂輸氣象，蓬户借光輝。笑我偏留賞，憐渠肯見依。秋期行漸近，春社望重歸。

半研歌爲長洲王繩其賦

帝鴻形製遠莫詳，瓦則銅雀甎香姜。彼皆陶甄出入手，詎若純璞不散之爲良。爰從五代溯魏晉，嗜古獨取唐文皇。惜哉墨妙就埋没，蘭亭繭紙翻入昭陵藏。當時研石落何許，一千年後乃於牛女星野騰光芒。王廷評家流澤長，故第弈葉傳金閶。風流文采似續代不乏，天錫瓌寶近在靈芝坊。見范石湖《吴郡志》。有同茂先識劍氣，拾從礓礫移置几案旁。土花不蝕貞觀字，節角廉殺隨員方。直將此研珍重比玉德，分珪之半猶可名曰璋。一日三摩挲，既以自號復用顔其堂。不知物情何以貴完璧，秦城十五其價未易相低昂。適來徵我詩，寄語善自將。柏厨神物縱使不飛去，亦須防有人間攫石米襄陽。

寄題汪西京乘查圖小照

嘗笑蒙莊生，好作自恣言。一篇《秋水》喻，特以大小論。豈知聖人門，觀水必於瀾。海爲河所輸，去。河乃海之源。祭海禮先河，古訓垂簡編。汪侯儒林彦，學務探本根。寓形宇宙内，肯受夔蚿憐。乘查繪作圖，於義胡取焉。人謂汗漫游，庶幾遇神仙。我云溯洄往，直可窮崑崙。命圖或以此，試問然不然。

素村寫山林一幅見貽戲題一絶

墨含煙雨筆生風，妙處居然奪化工。如此溪山留不住，又看君入簿書叢。時將赴銓選。

鼠嚙書舊作也偶於廢簏中得之字句多脱落補綴成篇録存十二韻

老去他靡蓄，攜歸賸有書。療饑同菽粟，誇富勝菑畬。獨嗜宜遭妒，群邪那易除。取憎無若鼠，爲蠹豈維魚。巧伺吹燈後，機乘倦枕初。抱頭疑竄矣，銜尾突來如。旁午紛狼籍，零丁費補苴。無牙誰謂汝，利口劇愁余。曠廢貍奴職，潛逃酷吏屠。飲河非乏水，棄壤亦餘蔬。倉裏寧驚犬，田間可化駕。如何天地大，苦苦攬蓬廬。

責猫二首

魚飧飽後似逃逋，長養成群竊肉徒。孰是漢廷刀筆吏，盍將鼠罪坐狸奴。

老人長夜每醒然，兀坐昏昏抵晝眠。怪爾也來争此席，公然睡暖舊青氈。

讀易至蹇卦左足適病風作此自解

先聖設卦爻，《蹇》取往來義。示人以知險，兀者特異是。我今跛一足，往則以偏廢。山水處其窮，吴草廬以《蹇》初爻爲東山下之窮處，上爻爲北水外之窮處。四傍靡騁地。西南與東北，何有利不利。嗒焉斗室中，坐卧兩皆寄。時還用吾短，緩步向簷際。用《北史》李諧事。四肢具體微，萬象息踵跂。不爲平原客，見《史記》。不作衛侯使。見《穀梁傳》。免被全人嗤，寧逢馬蚿避。用黄山谷詩中語。行年七十六，委運隨時至。但恐氣血衰，旋隳讀《易》志。胡敬齋云：「古人老而學愈進，是持守得定，不與氣血俱衰也。

庭前牽牛卯開辰萎真可謂之頃刻花今蚤偶摘一朵平置盆池水面至日落鮮艷如初戲作三絶

日出相看到日斜，徑同日及槿花朝開夕殞，《草木狀》名「日及花」。鬥鮮華。老夫手握駐顔訣，憐取道人七七花。東坡詩：「安得道人般七七，不論時節把花開。」周子充詩：「頃刻能開七七花。」

墻頭池面兩相猜，變相翻從泡影來。博得兒童傳好語，房房斂盡一房開。

曾從天啟讀宫詞，美酒澆來萎稍遲。不獨内家堪插鬢，而今纔信放翁詩。天啟朝宫人喜插此花，晨起用酒灌其根，開時稍耐久。陸劍南詩有「插鬢熠熠牽牛花」之句。

中秋前擬招徐韓弈陳宋齋梅溪及德尹曾三芝田諸弟合并爲三日之游先期相訂俱蒙見允作詩志喜二首

東西相望總離居，問訊頻傳得報書。愛惜風光三日裏，感懷存殁十年餘。自甲午以後，兩舉齒會。楊晚研先下世，聲延、季方兩兄繼之，座主許宗伯公又繼之，前年又喪東亭弟。前期直恐因跛廢，時余左足病風。末疾猶思借酒祛。賴是同心不遐棄，肯隨佳月到吾廬。

近偕諸弟遠朋儔，博取新歡續舊游。齒長人皆開八秩，眼明天許作去。中秋。芡盤菱角田家味，紫蟹黄鷄野客羞。《伐木》三章歌一闋，清狂校勝竹林不？叶平。

客至解嘲

四體分勤惰，左之非所宜。上階先右足，義取主人爲。

中秋夕客散偶成末句用劍南成語

龍鍾曳杖憶歸田，癸巳中秋兩日前。便有鄰人憐我老，不圖又過十三年。

信庵四弟自開化爲我購得江山老杉可製棺具者七十六翁外是復何求耶

三年輸石槨，三寸勝桐棺。與馬衣薪異，將蠶作繭看。形骸終是累，魂魄但求安。生死分勞息，吾非慕達觀。

徐觀卿屬題竹間小照四首

池上千竿，渭濱千畝。君子之居，君子之有。一。

維其有之，是以好之。豈維好之，亦克似之。二。

外則直兮，中乃虚兮。於焉況德，淇澳之詩。三。

卷中之人，含毫邈然。我儀圖之，代以言宣。四。

仙馭弟七十初度以繭紙來乞壽言戲作小仙謡贈之二首

好片霞光軟玉箋，笑將潤筆抵長錢。一門兄弟皆丹籍，爾是茅家最小仙。時以醻分見還，故第二句云。

莫問三千與大千，五通亦是地行仙。黄眉碧眼如相遇，七十嬰兒正少年。

九日許鐵山楊泓峥連舫過草堂初擬載酒登山晚爲雨阻

畫船銜尾到柴桑，一笑陶家徑就荒。却喜吟編投好句，如開病眼領秋光。二子以《秋日詠物》唱和詩見示。杖扶野老蹣跚步，酒散騷人鬱結腸。不料清游天也妒，滿村煙雨過重陽。

題楊泓峥負米圖卷

是母靡不慈，古今幾孝子。愛此《負米圖》，援經而證史。一解。負米不爲身，反用少陵語。仰事俯有育。詎忍聽啼饑，豐年一雙玉。二解。孝子前致辭，糠粃可療饑。勿將反哺粒，分減到含飴。三解。慈母亦有語，天心視施報。但願膝下孫，他年如爾孝。四解。

聞楊東崖旅櫬到家未能往哭詩以送哀

旅櫬南歸日，吾方伏枕辰。爲誰留望眼，與世惜斯人。未作青雲士，空悲白髮親。一哀辭不盡，餘淚溢衣巾。

病中曾濟蒼過存匆匆即別次疊舊韻

別中有約泛雙橈，重過南塘第五橋。短札長箋期冉冉，荻花楓葉夢遥遥。交能耐久常存舊，病恐滋深不在標。忍作扶牀來便去，未曾卜晝況連宵。

枕上呻吟二首

受病知何日，今爲覺痛時。不仁先手足，餘毒遞肝脾。臀疽連發，醫家皆云肝脾溼熱之症。自得安心藥，難尋速效醫。朽株空穴喻，三復樂天詩。

細數平生友，人間賸幾人。枯松形伴影，宿草鬼爲鄰。隔世轉頭乍，連宵來夢頻。遠慚兼近媿，一歎一傷神。連夕夢朱與三、祝彥方、王子穎、桐村兄弟。

秋盡日力輩致菊花數本列於階前彊起排悶

重陽以後過旬災，好事童還致菊栽。我自無心攜酒賞，一年秋負此花開。

後十日德尹攜酒共嘗疊前韻

勿藥豈非无妄疾，有花莫問是誰栽。能消二老一夕醉，正爾不用争先開。

寄許純也徐階五兩編修時奉旨估計畿輔城工兼司賑濟

鴻飛方集澤，賑卹荷皇仁。豈乏循良吏，猶煩侍從臣。力難施版築，才可試經綸。損上斯爲益，端須惠及民。

病起窳軒前秋花已萎課童除徑

入冬百卉荒蕪盡，愛惜能無翦伐加。留取陳根分種類，掃開落葉待萌芽。墻陰緩步蒼苔出，屋角回頭白日斜。七十六翁窮未死，明年還擬看秋花。

徐觀卿年四十三方舉子書來索詩二首

已稱外祖方爲父，女壻來參賀客筵。余姪基爲徐長壻，前年已得子。若比堯夫差校蚤，生兒還在兩年前。邵堯天舉子時，年四十五。

掌上争傳一顆珠，他時摩頂記曼殊。笑援杜老詩爲讖，待看徐卿第二雛。少陵有《徐卿二子歌》，「二雛」，其詩中語。

偕德尹至梅里送竹垞表兄葬

平生載酒論文地，今日偕爲執紼行。萬卷書留良史宅，百花莊近相公塋。卜兆百花莊，距文恪公賜域五里。銘傳有道辭無媿，淚落天傭表未成。令孫稼翁乞余撰表墓碑文，尚未就。十七年來餘痛在，待看宿草慰哀情。

高聲伯誂仲兄弟年皆近八旬秋來先後除授教職入冬相繼云亡良可憫也

高家老兄弟，得秩不辭卑。白首同歸日，青氈未暖詩。天寧留碩果，世漸少名師。野外誰傳訃，惟應哭所知。用《檀弓》語。

久旱乏煎茶水適得泉講師至口占四句

殘年最有相如渴，茶竈經旬付冷灰。正擬問龍還乞水，敲門一笑得泉來。

歲云莫矣一室蕭然殘書十架外几案間惟小物八種意有所觸隨筆賦之或莊或謔非贊非銘自遣一時之興爾

厚能鎮薄，尺寸青膚重山岳。右竹鎮紙。

一拳石從研得名，天與嶔㠑匪鑿成，草堂之靈英山英。右英石研山。

挹彼注兹，以言乎入也。前涓後滴，以言乎出也。如井收之勿幕，庶取用而恒給也。右均窑硯滴。

有生缺陷，造化補天。一凝冰，相予瞽。右水精眼鏡。

唾可加，出可哇。語其量，有茹有吐耶？充其義，不屑不潔耶？右哥窑唾盂。

孰使一缾之中，而備四季之氣。爾滋爾長兮，於焉代匱。吾閲吾衰兮，以爲臭味。右花缾。

貪爲墨，近之者黑。剥牀以辨，毋緇我白。右白玉墨牀。

鑑之昏矣，塵則集矣。心之蔽矣，垢斯積矣。惡乎除塵視拂拭，惡乎去垢在洗滌。右古鏡。

寒夜作

朔氣襲凝寒，重衾一老單。效收綿力薄，量減酒升寬。不寐夜偏永，無端歲又殘。奇方傳數上。息，餘暖在還丹。丹田也。

丙午立春前雪立春在卯時，五更猶是臘雪也。

麥隴輕冰候，茅檐薄雪辰。五更初餞臘，三日復迎春。俗儉希霑澤，年衰敢怨貧。或云天示兆，活此一方民。

陳宋齋有新年試筆見寄詩即次去年中秋齒會二章韻再疊奉酬

已是田居又索居，得君詩勝得君書。揮毫力健增年後，嚼雪神清薄病餘。轉眼又看梅萼破，當頭猶記月魔祛。釋典以月望爲魔祛。巡檐索笑原初約，乘興還期過敝廬。

草木年隨草木儔，師門昨夢感同游。齒雖似馬徒加長，學不如農豈有秋。自返田園甘養拙，向來林澗恐貽羞。授經傳業輸君在，鄰壁餘光肯借不？來詩有「書種有朋其室邇」之句，此章專以志愧。

廣四雖吟并序

白香山《四雖吟》以年老、命薄、眼病、家貧，與同時四人相校，自謂己勝於彼，余意不然，命薄、家貧，夫何足道，眼病特年老之一端耳。爰捨其三而廣其一，義取達生，未免援儒入莊矣。

眼雖病，日出猶生明。耳雖聾，風來猶作聲。手雖戰，信筆書猶成。足雖廢，倚杖跛猶行。牙齒雖脱落，猶能茹菜羹。鼻雖若齆嚏，猶能遠穢邇椒馨。天既賦以形，又復勞其生。行年七十八，尚欲逃天刑。曾家貧與命薄，足以擾吾宇而攖吾寧？

題沈椒園南堦初卉圖取休文《八詠》詩中語。

歲丙午元旦，沈子造我廬。殷勤索贈言，袖出《初卉圖》。我笑問沈子，繪圖者誰歟？經營出意匠，頗與俗手殊。清池十畝光，蕩漾金碧居。旁添竹萬个，高蔭松一株。雜花繞城平，點綴紛紫朱。置子於其中，圖書間琴壺。神情既閒暇，氣韻兼蕭疏。顧茲《初卉》名，於義奚取乎？答云卉者草，《爾雅》曾分疏。《八詠》自家傳，寓形聊託諸。我有迂闊語，推類請及餘。大哉天地間，物靡不有初。日初視乎旭，照耀遍寰區。月初視乎絙，縱轡騁望舒。驥騄千里足，厥初乃名駒。鳳凰九苞羽，厥初亦名雛。人生曰初度，未幾稱丈夫。初學泝本根，《六經》實菑畬。初志勵晨夕，百年積辛劬。閑家交有功，初筮後莫渝。世途謹初涉，當路無岐趨。我老事事乖，失之在東隅。今雖悔弗逮，敢望收桑榆。願子及盛壯，鑒余爲前車。勿徒草木觀，毋被形質拘。有初克有終，先甲從畢辜。此意期不薄，此圖設非虛。

禽言九章

春風吹，春草發。春雪浮，浮泥滑滑。一。

群趨群步，退飛有路，不如歸去。二。

宅不毛，田不苗，家家土銼無柴燒。直待夏麥黄，重看婆餅焦。三。

前年海水鹹殺粟，去年連塍旱種菽。今年雨足，盍來重播穀。四。

鳩鳴椹熟，扈將啄粟，鶺鴒鶺鴒催蓋屋。五。

同功偕作，繭頭自薄，胡取蠶絲一百箔。六。

野有慈姑，其葉沃若，孝婦之口，忍云姑惡。七。

村南之酒村北酤，不計面生熟，但問錢有無。女當鑪，男提壺。八。

天未明，且偃卧。炊未成，且忍餓。老而未殁，得過且過。九。

題友人評硯圖三首

天質花青葉白，人工銅瓦陶泓。能分上中下品，勝看詩書畫評。

直可呼爲軟玉，磨而不磷匪堅。純綿何妨裹鐵，纖手搓來欲圓。

侍女浄揩棐几，群兒綵戲芝庭。勿嗤兩手三硯，也似各傳一經。

二月二日晴效放翁體

一月陰寒慘不舒，風光也解轉庭除。門開霧野三竿日，冰躍盆池二寸魚。傾倒空箱旋曬藥，揩摩澀眼試看書。吟成聊用龜堂格，猶記年當十七初。放翁有「常憶年初十七時」之句，乃其七十七時所作。

送馬素村赴選入都四首

君居距余居，一塘三石橋。如連六十井，《毛詩疏》：「六十四井爲甸，甸方八里。」吾兩家道里相去，約如此數。共聽蚤晚潮。有書容借抄，有酒肯見招。造門或卜晝，下榻仍連宵。言念平生歡，能毋感寂寥。明知有岐路，老境不自聊。

自我反田里，君旋客京華。不見十餘年，去夏暫到家。今又別我出，行行向天涯。黄昏叩門入，驚起宿老鴉。貧者有贈言，貨財蔑以加。蒭蕘倘可采，跡遠心匪遐。

舉場名久噪，七上逢初元。得第世所榮，是科特名恩。謂當出頭地，槖筆侍紫闥。乃復儕其曹，貫魚伺銓門。平生著作手，詎耐簿領繁。縣令古難爲，吾聞前輩言。

聖主方右文，泮宫芹藻美。他塗不以雜，間用名進士。五十曰艾年，正當服官始。儒師去俗吏，奚啻相倍蓰。試問敷教寬，何如猛政理。宦成論巧拙，斟酌當及此。

驚蟄後二日雷雨大作

天地久閉藏，雲雷動盈滿。豈其震群蟄，端用起我懶。晨興拓窗望，雨脚垂箭簳。户户煙氣微，村村農事緩。園中菜罕茁，野外麥猶短。饑饉適洊臻，桑榆乏餘暖。婢依懸釜立，童負涇薪返。一老方坐慚，得餐寧論晚。

花朝偕韓弈家德尹赴陳宋齋看梅之招二首

滿灘春漲拍溪沙，萬里晴光照海涯。近社人隨新到燕，勒寒梅是未開花。攬須肯信風情減，時宋齋病初起。拴杖方看足力加。一笑前言猶在耳，直饒君作少年誇。余與宋齋同生順治庚寅。年十六出應童子試，始相識。余問君年，君漫應曰：「甲午生。」追憶已是六十年前事矣。

交誼原從古處論，家風可使薄夫敦。蚤推友愛如舅弟，晚喜媥婕到子孫。身健會尋他夕約，酒香且泛上時尊。何妨小變從前例，花信爲期視此番。向來此會以三日爲率，故云。

春分前一日西園看梅四首

候到春分始見梅，人情大抵惜遲開。似留老子尋詩地，免使衝寒踏凍來。

日氣花光一片明，雨初晴似雪初晴。短筇落手不愁滑，路涇好尋乾處行。用放翁句。

主人久病園頭懶，林下漸成榛棘叢。爾自不曾辜望眼，依然爲我報東風。

雌蝶雄蜂知不知，歸來小折横斜枝。膽瓶相對影亦好，坐到月上燈昏時。

憶庭前紅梅前年海水淹吾庭，群卉無恙，此樹獨萎。

小樹難逃曠劫灰，花時兩度憶紅梅。白頭豈復賞顔色，未免有情因手栽。

題陳子晉孝廉把卷圖

鄴侯牙籤三萬軸，插架新如手未觸。退之此語微含譏，謂是書多難盡讀。陳家雁行好弟兄，一門以内七業成。豈惟過庭學《詩》《禮》，已自拾芥聯科名。他年捉鼻知不免，歸侍晨昏猶把卷。會當讀盡乃翁書，爲爾披圖留望眼。

春分後十日偕德尹曾三芝田學庵諸弟西阡看梅二首

西麓看花歲有期，今春陰雨故遲遲。遲來已近禁煙候，猶及緗梅爛熳時。緗梅開最晚。

春酒還同社酒傾，不煩苦勸各飛觥。年年此會吾能預，只是慚稱白髮兄。明日是德尹誕辰，故借用東坡語。

僧哥殤三月二日。

夢中先得讖，膝上果殤雛。桂附殊難療，參苓或可扶。醫家皆云宜服人蓡，力不能給也。家貧心負愧，淚落眼從枯。何取人間世，摧頹作老夫。

清明日再同諸弟西阡看玉蘭戲作吳體

清明之候天氣回，林下水邊節物催。今日韶光異昨日，半開花意勝全開。木蓮木筆取形似，玉蕊玉蘭從客猜。贏得村童齊拍手，白頭五老又重來。

小飲曾三齋再疊前韻

此生此集凡幾回，春事向晚花信催。可無詩與蕭灑送，況有酒澆壘塊開。骰盤肯博破顔笑，字謎或比藏鬮猜。天於我輩分不薄，莫遣後期疏往來。

翁蘿軒札來約爲西湖之游以詩作答

故人傳尺素，春事滿湖塘。柳外移歌席，花邊繫畫航。勝游憐我孏，後會鬥誰彊。留待登高侯，相尋醉鶴觴。重陽後二日，爲蘿軒八秩大慶。

早發嘉興

茫茫曉路出杉青，風色初回霧氣醒。夾岸黄雲三十里，片帆飛渡菜花涇。

立夏日飲同年李若華無錫學署

劇縣疆初割，青氊座尚温。絃歌二三子，時分置金匱縣，弟子員去其大半。詩禮一孤孫。若華與令兄寅谷皆喪子，兩家惟一孫。分託同年古，情緣舊雨敦。恰逢櫻筍會，款語到黄昏。

過青山莊與張天門前輩話舊

一别京塵十五年，歸休相對各華顛。主猶愛客寧辭病，我得如君便是仙。再世平泉深雨露，千章喬木長風煙。卜鄰未果青山約，回首令人意惘然。

毘陵訪徐荼坪流連信宿快讀新詩兼晤兩郎君喜而有贈

風雅今誰主，言追正始還。唱酬如不隔，衰病最相關。别裏頻馳札，重來各慰顔。欲知傾倒意，交在紀群間。

茶坪出新意製料絲燈四面不用山水花鳥畫稾乃從拙集中采取七律一聯以真草隸篆四體書剔墨而成郡中燈市爲之一變今以兩挂見貽小詩報謝兼邀莊蓀服湯述度諸君同賦

製出徐家意匠工，黑間有白白間空。游絲變體雙鈎外，漢師宜官有游絲書。暖玉生煙四照中。吾邑陳太常家有《玉煙堂法帖》。翠墨鏤成疑響榻，碧紗題處愧新籠。一燈從此傳千百，紈扇渾如畫放翁。

春夏之交返往吴中十餘日歸舟連遇逆風口占一首

經年心跡閟林丘，偶作東吴十日游。春水迢迢縈浦溆，曉星落落數上。朋儔。黄魚好勸加餐住，紅藥如邀買笑留。不管石尤風力横，一篙容易轉船頭。

窳軒初夏觸景成吟八首

亞簷庭樹影初交，坐閲紅芳换緑梢。童穉不曾驚鳥雀，將雛時節復來巢。

插竹纏枝引幾竿，詩人游戲出毫端。屈將木本作芍藥，擡舉草花稱牡丹。昌黎、東坡詩皆以牡丹爲木芍藥，今稱纏枝草本爲牡丹。

荼蘼架與薔薇援，比擬同時得兩家。别向鄰園移月季，一般開作四時花。

金魚苗貯瓦盆間，世界江湖無此寬。一笑貧家供給薄，又因施去。食減盤餐。樂天詩：「我來施食爾垂鈎。」少陵詩：「盤餐老夫食，分減及溪魚。」

箬葉還同魚子看，箇中臭味品題難。閒來繙盡《金漳譜》，不愛珠蘭愛米蘭。箬葉亦名米蘭，魚子亦名珠蘭，皆庭中所有。《金漳蘭譜》一卷，宋趙彦著。

蜂尾穿花但釀甘，人言甘苦兩難兼。那知世有黄連蜜，可得中邊一味甜。東坡詩：「蜂鬧黄連采蜜花。」《本草》：「宣州有黄連蜜。」《釋典》：「如人食蜜，中邊皆甜。」

不待年時夏税期，家家續命望新絲。天移四月爲蠶月，《邠風》之蠶月，三月也。故遣繰盆浴繭遲。連月春寒，立夏後早蠶始出。

夢回明月照梨花，畫稿依稀句裏誇。辜負主人留望眼，去年白燕傍誰家。余去年《白燕》詩有「秋期行漸近，春社望重歸」之句，今竟不至，故用章孝標語以解嘲。

題烏程令王懿誦牧牛圖小照

出門便是草，已到使牛處。却笑臨濟師，逢人猶問路。一解。鼻孔何用牽，放閒付阿對。露地常在前，人牛各自在。二解。官今方牧民，寓意在調伏。可知母憶子，不異牛舐犢。三解。我有十幅圖，與牛作公案。除却《牧牛歌》，請君加判斷。四解。

偶繙乙酉隨駕日記中有恭和御製乏良醫五律一章刻集時失載今録存之

好生天地德，舉念感皇慈。已致民多壽，還憂國少醫。神農今再見，岐伯更誰師。无妄初無疾，須將勿藥治。

梅雨連旬村中無播穀者

夜夜雨連朝，村村路斷橋。沉波多宿麥，被壠少新苗。垤蟻緣堦上，庭蛙闖户跳。眼前愁脉滿，災豈待風潮。脉滿見《國語》，土人以七八月爲風潮之候。

曾三弟銓授寧波郡學官引年辭職詩以美之

行藏能自斷，物望遂相懸。清濁泉因地，卷舒雲在天。閒搔雙雪鬢，笑擲片寒氈。寄語蘇司業，毋煩乞酒錢。少陵《寄鄭廣文》詩：「賴有蘇司業，時時乞酒錢。」

春杪過曾濟蒼一夕而别入夏蒙兩寄書先後以疊韻詩索和次韻奉酬兼柬高大立二首

風光暗閱人，頭白喜如新。小别俄經夏，前游尚及春。沉吟懷剡曲，寂寞慰漳濱。勿怪書遲答，詩癡易稿頻。用宋方岳成句。

相望兩故人，物候又驚新。屢送山中臘，猶儲若下春。烹鮮餘鱠縷，連舫待溪濱。地主清狂在，行呼老阿頻。來詩訊及舍弟近況，故及之。阿頻，弟小名也。

題徐韓弈小照二首

有手不放閒，提攜到笄筥。笑問八十翁，疇爲擷芳侣。

牡丹花中王，蘭亦稱國香。不逢采芝叟，其肯雜衆芳。

苦熱六月廿九晨起作。

天之告災古所聞，旱既太甚今復云。氣將歕海變塵霧，力欲拔山成火雲。鱗介難從釜偷活，羽毛兼恐林遭焚。人於其間何處避，蠅蚋蜩螗非爾群。

雨窗得宋齋見寄詩期於中秋踐廷益湖莊之約次韻奉答七月十九夜。

雨榻勾勾鼻息勻，忽傳剥啄寄書人。過頭久結西湖夏，屈指爲期八月春。邵堯夫以八月爲小春夢去多番懷好友，老來幾箇得閒身。輸他龍馬賢昆季，相距跰躃隔兩塵。

窳軒秋花今年特盛

高沿籬作障，低覆地成茵。草本無非藥，秋花不讓春。旱乾時適至，澆灌澤惟均。不負栽培意，終歸造物仁。

題沈房仲竹林小照二首

龍蛇蜕骨能活，虎豹看皮自文。筆底吟風嘯雨，眼前障日攙雲。

白鶴蹤留彳亍，青鸞尾散毰毸。七賢六逸何處，讓爾獨往獨來。

戲答周柯雲即以來詩中勤羸窮高四字爲韻

耄矣無新得，終焉失舊聞。業荒慚竊惰，時過悔勦勤。自署知非子，人嗤折角君。時纂輯《易》注初成，故用《朱雲傳》中事。桑榆收太晚，餘照幸旁分。

去日多於髮，消閒事事宜。花寧煩助長，杖或借扶羸。興到三杯酒，吟成五字詩。偶然來熟客，亦復著饒棋。

黔婁爲妹壻，用香山語。晚境略相同。海角支離叟，人間潦倒翁。鼠饑辭米盎，蠹飽戀書叢。頗笑韓夫子，爲文欲送窮。

似譽亦如嘲，多承一字褒。稍知辭世易，敢作閉門高。廓落容吾輩，夸毗聽汝曹。枯松元早偃，不是傲蓬蒿。

驚聞紹姪天津之訃四首八月十四日。

西郵兼急足三千里，俄來告汝終。適當風雨後，驚起夢魂中。掩面淚交迸，附書哀莫窮。北訃，何以慰而翁。時潤木差江西典試，澐姪將渡江省覲。

細思無弱冠充鄉貢，今經十四年。得名時最早，不壽世争憐。京雒交游重，家門友愛傳。殀理，我慘但呼天。

古來稱新婦爲嫠婦，猶遲廟見辰。粧奩資藥物，衰絰换綦巾。割股初拚命，迴腸爲奉親。節孝，嗟爾未亡人。姪贅於金，甫兩月，病中新婦割股和藥，殁後屢欲自經，皆來僕口述事。

家已丁二月占初吉，依依話北征。仲春朔，姪將北上，從新居來告行。半年疏問訊，一别判幽明。衰運，天胡厄後生。眼枯垂白叟，未死得無情。自乙未至甲辰，十年中連喪建、承兩兒，今又哭姪。

重九日德尹邀同沈楚望房仲椒園及家尊聞東木於小尖山潮神廟作登高之會基姪治具座間得詩三首屬諸子共和

西風吹海闊天低處，登臨不在高。一年秋向晚，二老興仍豪。練練沙紋細，層層石脚牢。

帽落，絶勝上金鰲。明張東海詩：「落帽風高客袂寒，金鰲閣上倚闌干。」積雨當新霽，亭空望不迷。雲煙無朕跡，天地露端倪。水勢方趨下，潮頭忽轉西。近帆看漸遠，一一點鳬鷖。沙彌殊解事，指點語衰翁。春夏初暄候，東南積水中。樓臺入圖畫，人馬走虚空。海市依稀見，吾詩與讖同。是日，居僧述三四月間所見如此，余前題《神廟》詩曾有「雲散蜃樓呈象出」之句。

墻角牽牛秋杪尚吐花

餐風吸露吐晨光，續續花隨引蔓長。賺我秋來頻早起，直先七夕後重陽。

答錢塘周少穆次來韻

種稻恒苦遲，藝稷恒望早。芝蘭失所植，孰辨二芳草。見《後漢書·酈炎傳》。毛羽性或殊，鷁飛讓鴻鷮。浮沉視水族，蘋也要非藻。眼前具物理，豈必事遐討。彼昏有不知，醉夢墮茫渺。周生湖山彦，譬擅東南寶。猥蒙謙謙懷，枉訊及羸老。我初壯失學，餘媿時滿抱。響應失宫商，鼓鐘虚擊考。竊聞立言義，作者務根道。與子古爲期，摩蒼還汎浩。

沈房仲匏研銘

其追其琢，寓匏於石。笙磬同音，吾以觀端瓊之德。

寄祝老友翁蘿軒八秩壽

杖朝一老重鄉評，耳尚含聰目竟明。獨樂湖山歸地主，同時卿相是門生。桐城相國、静海司寇，皆先生庚辰分校禮闈所得士。煙霞愛赴神仙畫，絲竹閒陶觴詠情。我欲壽翁何以祝，祝翁還請借翁名。翁名嵩年。

偕德尹曾三芝田赴學庵之招

浹日招尋又一回，樂群鷗鷺共沿洄。十日前曾三作主人。似聯等輩成吟社，可有門生致酒材。
新種青蔬供小摘，就荒黄菊喜重開。依然三徑桑柴宅，不信曾官主客來。

題許鐵山楊泓净秋日詠物唱和詩後二首

才人洵有不平鳴，老耳空堂蟋蟀驚。曾酌社翁春社酒，鼓商商應識秋聲。
蛺蝶新時樣總非，争誇好手繡羅衣。報章不乞天孫巧，屈宋原來是錦機。

敬業堂詩續集卷五

詔獄集起丙午十一月，盡丁未四月。

十一月十九日雪後舟發北關

冒寒連夜赴嚴程，行過塘西天始明。多事兒童攉蚤起，數峰晴雪指臨平。時率子姪輩少長九人，同赴詔獄。

泊虎丘

壯欲辭家老未能，得歸擬作此山僧。預愁脚軟腰無力，難躡浮圖最上層。

過常州不及入城留柬錢亮功徐學人

同年同學餘幾箇，出處難教一例同。錢不如徐猶勝我，爾方室處我衝風。

大霧渡江追憶丁亥春先帝南巡迎駕時過此

憶昨迎鑾旭日紅，今朝雲霧隔重重。天留未死孤臣耳，又聽金山寺裏鐘。

過寶應示章綺堂同年章亦同赴詔獄。

射陽湖畔偶停船，却望前游意惘然。憶王樓村同年。如此冰霜如此路，七旬以外兩同年。

連日東風黄河冰合而復釋清可鑒鬚眉亦一異也

地降天升水氣澄，人間何處辨休徵。全虧三日東風力，融盡黄河萬里冰。

是夕雨幸已渡河

馬爲薄蹄愁雨雪，狐防濡尾怯風波。二途處一知神貺，用昌黎語。竊幸朝來已渡河。

沂水縣南二十里道旁榜曰二疏故里感而賦此

西京盛事傳稀有，解組歸休我亦曾。今日經過疏傅里，檻車誰料有重徵。檻車上施欄檻，囚禁罪人，見劉熙《釋名》。

霧淞花古人罕詠者惟曾南豐有七律一首拈筆示綺堂

迷濛夜路轉平沙，開偏千林霧淞花。中有數株高出屋，蒙陰城北野人家。

輿丁偃短驢

隨車逐馬走踆踆，此路由來富役貧。看取探囊租小蹇，執鞭還有執鞭人。

題熬陽旅壁

高從泰岱躡天門，𡽹繹龜蒙一氣吞。好笑熬山拳石耳，欲於此處獨稱尊。

阜城除夕邑令送南酒一尊

邑宰非交舊，何來此一壺。投醪今夕意，明旦抵屠蘇。

趙北口坐冰牀

老涉驚波足可憐，平生履薄怕臨淵。阿誰與唱《公無渡》，三尺冰牀穩勝船。

旅店具魚羹有感而作

解凍風來二月初，水圍例賜擊鮮餘。釜鬵已溉餐何忍，謂是先皇縱壑魚。

丁未立春正月十四日。

曆頭七十八回新，檢點猶餘現在身。氣自東來瞻淑氣，臣今老去作纍臣。平生内省能無疚，此禍相連亦有因。聊借樂天詩自慰，八寒陰獄變陽春。香山成句，前一日大雪，故用之。

去冬臘月朔渡江連遇風雪舟行至邵伯埭阻冰復回揚州起旱及十四日渡河則冰復開瀇凌之後波平如鏡可鑒人影顧語同舟曰此非河清之瑞乎因口占絶句云云近抵京師入刑部獄十餘日聞各省奏報河清與余所見輒合再作七言長律紀之

喧傳喜氣動春城，河瑞曾於臘月呈。九曲竟成千里潤，萬年重爲一人清。風雲得路均沾澤，草木何心亦向榮。多少詞臣應獻頌，蟄蟲慚愧發先聲。

二月朔聞皇上親祭社稷壇遇雪恭紀

重展堯蓂又匝旬，每聞祀事必躬親。時逢豫大豐亨會，德感壇壝社稷神。三日致齋心皎潔，五花應候雪紛繽。麥秋好卜邦畿瑞，預慰皇情及早春。

和胡元方中丞次東坡入獄詩第一章韻

兩月冰霜忽入春，余自去年十一月初八日離家，今年正月初八日入獄。全家赴獄豈惟身。僮奴漸狎鈴梆卒，子姪初充灑掃人。窮可揶揄宜有鬼，交雖故舊亦如神。古以不識面者爲神交。與君只隔重圍住，得讀新詩是夙因。

謝元方送莞香

同氣類相求，蕙嘆因芝焚。豈若鶂嚏者，薰蕕兩無分。故人起我頑，辟穢揚其芬。依然方丈室，四壁生煙雲。

元方以三絶句見投追憶武英書局舊事次韻以答

乞歸分作老農師，遥望觚稜記往時。同調祇今零落盡，忽從臺獄和蘇詩。

偕隱相期出帝都，白頭豈料復長途。鴒原急難由兄弟，不敢重誇《四杖圖》。康熙壬辰，與仲弟德尹有歸休之約。曾屬同年蔣酉君寫《二隱圖》以寓意，書局諸君皆有詩見贈。雍正甲辰，三弟潤木省墓假歸，四弟信庵南宫下第，白頭兄弟，同聚一堂。沈子松年爲繪《四杖圖》，因來詩有「好在壺中《二隱圖》」之句，故併及之。

詞賦何當羨長卿，悔從俗學博浮名。此中舊是傳經地，幸檢巾箱借老生。時從元方借讀《周易》。

元方又用東坡入獄第二首韻余亦次和

風人自古感凄凄，到此誰能氣不低。隙影一塵容野馬，甕天三尺覆醯鷄。和詩賸有斜川子，問疾兼無法喜妻。花落鶯啼頻入夢，幾時歸路下塘西。余家去塘西僅百里，故用《東坡樂府》中語。

元方以上巳夢中作屬和兼以慰之

閏歲纔過一半春，前四日春分。風光旋報采蘭辰。招尋每歎虛高會，唱和差忻得近鄰。終望主恩全晚節，由來天意惘文人。有生所歷誰非夢，莫把須臾夢當真。

東坡有詠御史臺榆槐竹柏詩元方獄庭無竹柏以菊梅易之余幽囚之所並無榆槐止有老柳二樹其一已枯萎方供獄卒爨薪仍用來詩次韻之例賦孤柳四章

雙柳誰所栽，年年換新緑。想當綢繆時，寧料芻楚束。北株乃先萎，竟被金尅木。其一似

含悽，欲唱《渭城曲》。我笑戲相語，保己良已足。幸敷尋丈陰，庇及瞻烏屋。右次榆韻

入冬雖凋落，春來影旋動，夏至涼可歇。垂垂弄風條，點點溜雨葉。云何讓榆槐，秋實獨少莢。右次槐韻

凋落，飛絮猶比雪。隨時閲寒暄，荏苒送日月。華堂或盈萬，嘆爾太孤絶。右次槐韻

青草一寸無，何況柏與竹。爾以少見留，免教斤斧觸。閲人諒已多，大抵榮勝辱。榮者爲瓦全，辱莫如碎玉。豈無君復梅，亦有淵明菊。且留青眼看，毋使眩紅緑。右次竹韻

向使生道旁，視之等一葦。柔條被攀折，秋後猶未已。何如在犴狴，作配癡老子。南枝復生華，惜已迫暮齒。縱逃入爨厄，行就凋槁矣。誰復見當年，風流張長史。右次柏韻

元方以爨僮潘姓畫松詩索和戲次原韻

鵲依庭柳鷄群棲，飽食餘粒饑啄泥。晨來東嚮傳好語，片紙飛墮茨墻西。展開乃是畫松什，金篦刮去兩目重重翳。恍如突兀見此樹，蒼髯翠鬣可望不可梯。雲煙浮空遞出没，蘿蔦著壁相纏緊。頓疑圜土變山谷，旁有白石鑿鑿清澗流澌澌。玉川長鬚那得此好手，想與執爨老婢顔面同其黧。主人文雅僕不俗，行厨行笥隨提攜。老夫耄矣頗好事，欲乞尺幅笑比鄰家醯。倘能放筆爲我作直榦，識畫之眼略似分别青黄驪。惜無傑句追步浣花叟，使汝流傳名與畢宏韋偃齊。

固始令汪牧庭故人棣園學使賢嗣也亦以事在獄從元方中丞索余贈言偶憶閩中舊事以二絶句柬之

莫逆初從七字詩，楓亭荔子憶分貽。到今餘味津津在，三十年前贈答時。

再世論交復有詩，新篇如荷故人貽。時牧庭以和元方諸什見示。只愁咫尺成千里，三見東方月滿時。

哭三弟潤木二首三月二十二日。

罪大誠當殺，全歸有數存。生難寬吏議，瞑亦沐君恩。鬼守辭鄉魄，棺封詔獄魂。幾時容反葬，薄殮勝王孫。

家難同時聚，多來送汝終。吞聲自兄弟，泣血到孩童。地出陰寒洞，天號慘澹風。莫嗟泉路遠，父子獲相逢。上姪先一日卒。

閏三月朔作二首

已過八十又三日，昨日纔逢穀雨辰。自是黄楊宜有厄，清和半月閏殘春。

年光何與衰翁事，也復時時唤奈何。爲百草憂春雨少，替千花惜曉風多。

春已盡矣孤柳尚未舒條閒步其下偶成

圍外新葉樹，出墻高亭亭。畫地乃爲牢，獨來伴拘囹。我衰何足道，日夜望汝榮。已經三月餘，衆眼終未青。將毋學病叟，亦作支離形。並生天地間，草木非無情。寄語後栽者，勿依問囚廳。

敗群鵲

朝查查，暮嚄嚄。鵲聲喜，烏聲惡。兒童打烏不打鵲，道是紇干生處樂。維南兩鵲鶖不仁，占巢高樹旁無鄰。有如鷹化爲鳩眼未化，以猛濟貪四顧圖并吞。每當下食群退避，六國何敢争彊秦。我欲驅使去，舉火兼巢焚。一回一嘆還逡巡，天生萬物何物無敗群。吁嗟乎！天生萬物何物無敗群。

余續賦孤柳一章謂其生意盡矣立夏後試以井泉澆之旬日而芽蘖稍萌再作一首索元方及德尹信庵兩弟和

徘徊古井湄，枯者長已矣。弔影憐其孤，梢頭尚含蕾。涉春旋入夏，謂汝亦隨萎。天旱雨不膏，地窪坎有水。轆轤轉百尺，灌溉自根始。近本稊忽生，漸看葉薿薿。敢誇人力勝，實荷栽培理。初如脱網魚，半生猶半死。終愧上林枝，三眠復三起。

凉棚吟

置身《坎》上爻，叢棘周團欒。幽囚擬編户，聊受屋一廛。舉家十數口，老者居三焉。正愁五六月，赤日流炎躔。胡以使病軀，免迫湯火煎。眷眷梁主事，情同地主賢。時於縲絏中，委婉相周旋。謂當設凉棚，傭值約五千。展開積穢土，料節日用錢。列木十數株，交加竹作椽。蘆簾與草蓯，補綴繩寸聯。轉盼結構成，軒豁開蟲天。凌晨常早起，當午續夜眠。清風有時來，好鳥鳴林端。緊惟三老喜，群兒亦欣然。語罷笑啞啞，餐餘腹便便。或如蟻旋磨，或如魚躍淵。或持書一卷，或録詩數篇，雜坐肯齒序，徐行忽劘先。並荷清凉陰，渾忘在憂患。叶平。窮爲天所鷩，厄乃世所憐。餘生知幾何，造次求自安。人笑比茶篷，似可結善緣。何如杜陵叟，廣夏千萬間。我方計逃暑，彼乃思庇寒。

病起吟

鬱火不上炎，下注成癰疽。彼蒼肯垂憫，負痛不敢呼。諒無性命憂，聊復忍斯須。沉綿五晝夜，寢廢食與俱。今晨忽潰決，僅免臀無膚。起來就凉棚，曳杖行徐徐。初日照我影，依然一老夫。老夫不自知，人謂形太癯。神清夢醒後，悟徹痛定餘。郇將煩惱藤，縛此露電軀。從兹維摩室，四百四病無。

又五言絶句四十首

一裘四十年，鞟在毛全禿。狐狢不我温，隨身作囚服。

《噬嗑》利用獄，《家人》閑有道，滅耳悔已遲，其能免何校。潤木坐訕謗，九卿會訊，以家長失教爲余罪名。

弟兄隔别居，各以一墻限。向來對牀者，咫尺不相見。潤木在内監，我輩來彼初不知也。

土舍比巢居，嗷嗷引十雛。喙長毛羽短，愁殺白頭烏。念兒歲前到京，首先投獄，故云十雛。

亦復有何喜，朝朝雙鵲鳴。畏寒思曝背，爲報雪初晴。

投足全無地，多眠少起時。偶然扶杖立，形定影潛移。

漏點晨初絶，鈴聲晝不休。似聞驅疫鬼，賴有鎮監猴。獄卒循墻提鐵鈴以巡邏，日夜聲不絶，號「鎮監猴」，云以辟疫癘。

日分一升米，夜與饑鼠共。驅之善緣壁，聲觸鋃鐺動。

南所對北監，傳是錦衣獄。賸有圜外人，追思瑠禍酷。

流惡就卑溼，滇淤日幾回。一方無垢地，三寸不燃灰。

畫猫非真猫，虎斑而虎視。雖無食牛量，肯作喞蟬戲。題壁上畫猫。

飄瓦簷前地，覆盆頭上天。孽非由己作，何用祀庭堅。

樹根一口井，味苦臭不腥。差堪濯我足，幸勿羸其瓶。

折枯爲柴柵，插地畫兩界。吾餐乏腥羶，螻蟻穴其外。

煙煤昏四壁，黑業被埋藏。一面窗糊紙，連朝佛放光。

何處無芳草，陳根此獨稀。入春頻望雨，倘有發生機。

蘭以當門鋤，竹緣開徑洗。誰將移草心，徧告圜扉裏。墻根見青草數叢，移種新闢之地。

八十日離家，三千里路賒。怪來南信斷，昨夜卜燈花。正月廿七夜燈花椀大，明日信庵至。

門房十五人，兩世半析觔。皇天遺悔禍，少長斯復聚。

不夢羊踏蔬，長叨官送菜。黄虀三百甕，於此了殘債。送菜謂粱主事。

樂府題曾記，今方識本收。凡入獄者，例有禁卒一人看守，名曰本收。相看無好語，是曰《畔牢愁》。按，《畔牢愁》，揚雄所作。

馬糞兼牛矢，麻藍及豆萁。最憐羊豕骨，亦可當薪炊。

牢户如蟲户，餘寒減復增。雪花時點地，二月未開冰。

西北圍墻古，無端半夜頹。耳聾驚坐起，謂是發春雷。余羈管處，在外圍西北角，墻傾幾被壓。時過驚蟄二十餘日，尚未聞雷聲。

官醫多試方，庸者司性命。衰病不自憂，惟憂後生病。念兒、學姪，俱患瘧，上姪帶危病自南所移來。

經月不櫛沐，盈頭髮半膻。云何蝨其間，彼乃能變黑。「得毋蝨其間」，出昌黎詩。「蝨處頭而黑」，出嵇叔夜《養生論》。

夜到曝書亭，夢尋種蓮主。似與告歸期，花時天小暑。春分夜，夢與朱竹垞池上種蓮。

同爲卵生類，天性人莫回。林鴉驅復集，巢燕招不來。

春服宜修禊，今朝四事違。東坡詩：「古來四事巧相違。」故人誰憶我，猶著禦冬衣。上巳日，有《懷武原去年花朝之會兼寄主人陳宋齋》。

蟲以臭得名，横行罪難掩。均爲血肉害，蟣蝨當末減。

百二春逢閏，春風日夜饕。忽驚春過半，已閲四提牢。提牢主事，一月例更替，三月初來者以分校禮闈去，更易一人。

不道流光迅，翻傷見面遲。却將三月半，認作授衣時。三月十二日，德尹攜家中所寄春服至。

人間有桃杏，悵望春維暮。風捲飛花來，誰家庭下樹。清明前一日大風，杏花數片吹入墻内。

遇物到忘機，攝心入無想。烏可巢吾肩，鵲可食吾掌。

姪抱危疾來，沉綿知不起。弟病初未聞，胡爲遽至此。上姪歿於三月二十日，後一日得三弟凶問。

死伏冥誅矣，株連罪已微。慰懷傳一語，後至或先歸。潤木歿後，聞家西仲、錢我持、沈麟洲相繼至。

向晚輕雷發，人情望雨齊。曉看簷瓦上，點點是沙泥。穀雨前一日，天雨土。

章子今云亡，孤此一條竹。上有斑斑痕，湘纍如代哭。去冬偕章綺堂北來，以斑竹杖見贈，今章已物故，睹物爲之心傷。

蘿軒八十叟，遠寄相思字。讀罷紙滴穿，報之數行淚。立夏接翁康貽手札。

數行寬大詔，遞減到盡室。家長尤欣然，生機在生日。五月初七早，聞此案概從寬典，是日爲余誕辰。

敬業堂詩續集卷六

生還集起丁未五月，盡六月。

五月初十日出獄後感恩恭紀

來著寒衣去暑衣，半年囚服在圜扉。毀巢完卵初非望，溉釜烹魚敢憶歸。波累門房從古有，矜全父子似今稀。雷霆雨露皆天澤，感到難言淚暗揮。此案罪名，半年乃定。生者俱邀寬典，減等發遣，信庵父子以出繼獲免，慎行及兒念尤蒙格外殊恩，放歸田里。

德尹將赴謫籍留別二章

獄具闇難叫，恩深海莫量。尚憐遷謫地，難定是何鄉。或山東，或陝西，部議尚未定。席帽炎風纖，蕉衫暑雨凉。六雛隨一叟，差勝向窮荒。全家同詔獄，何事不相關。淚盡存亡際，魂驚聚散間。吾衰虞死别，汝健必生還。或者詩成讖，他時一破顔。

信庵先出都余行期未定

出獄我最先，去住稍自由。汝從官發遣，刻限隨符郵。後出竟先歸，翻添小别愁。蹇驢汗其背，壓馱衝蘆溝。蘆溝新雨餘，巨石滑如油。念汝乏下走，跬步防須周，幸賴兩兒賢，謂克新、克寬兩姪。習勤子職修。扶爺上土炕，勸爺進晨羞。行李倘缺乏，世塗向誰謀？同在艱難中，愧無能分憂。節勞兼省費，川程或乘舟。僂指到家時，恰當逢立秋。我歸諒匪遠，無過半月留。暑退風漸凉，天高火已流。壞籬摘瓜豆，破屋看斗牛。濁醪賒南鄰，麤糲春西疇。萬事姑撥置，傷哉忍回頭。

留别許立巖館卿

破涕忽成笑，餘生是再生。艱虞當末路，窮老見真情。行色風加烈，歸囊葉校輕。叩門知緩急，誰似許清卿？

留别薄聿脩柯櫑齡唐益功賡虞箴四同年

師門轉盻廿五年，同朝同榜唯四賢。再閲世途吾老矣，欲談舊事心茫然。名雖放歸歸豈易，官免限期期頻遷。稍欣不狥祖餞例，醉飽一路蒙哀憐。諸君不隨俗例餞行，或贈賮，或饋食物，捆載滿車。

送沈麟洲重赴粤東

豈謂家門禍，餘波及海南。往還程計萬，會合日纔三。閲世誰貞友，隨翁有好男。時長君孟公仍隨侍南行，故用蘇家父子事。桑榆留晚景，竚立待歸驂。

次酬高薑田贈别第一章韻

一生失學老無傳，業富輸君經笥便。詩得派來流法乳，書成家後笑羊肩。交新高李游梁日，名噪機雲入雒年。何計商量延暮齒，相於暫别久周旋。

留别家爾周友龍兩弟及沈子椒園時三人同館高少司寇宅

鄉曲少吟伴，得歸翻自憐。南風吹五兩，長路又三千。春草池塘夢，秋燈邸舍緣。别中如見憶，頻望慰新篇。

爲紫幢主人留半日一晤即别别後以詩寄之宗室，名文昭，字子晋。

爲君留半日，執手倍依依。可惜論交晚，重嗟省見稀。調同忘分誼，語重借光輝。十五年前路，仍如免病歸。

五月廿二日出都仍宿長新來時旅店

蘆溝向南去，沙石轉蒼灣。大道半淹水，初程重見山。已無三宿戀，祇有兩人還。逆旅曾吾識，垂頭亦慘顔。

大　雨

雲勢隨風轉，雷聲掣電過。頓消炎酷烈，轉愛雨滂沱。步步牛迷轍，群群豕涉波。油衣那免漏，好去換漁蓑。

雨後新城道中

城南城北柳交加，雨潤泥新未起沙。嘉果鳥偷鑽核李，翠皮冰沁剖瓤瓜。獨吟自嘆成歸客，一飯何須問酒家。猶有皇恩忘不得，每回白首望京華。

即事二首

畿南處處好村莊，水利初興歲未穰。見説一春長渴雨，麥秋時節始犂荒。

白溝一綫是通川，遥指帆檣古渡邊。預卜晝眠應有夢，夢歸先上阿孃船。

重過趙北口

記得冰牀冰面行，一堤兩淀喜重經。濃陰得氣涵晴露，殘月收光避曉星。橋俯碧流知馬渴，人歸近市覺魚鯹。今來古往成何事，輸與眠鷗占此汀。

晨發任丘喜晴

未到先愁我，自此至河間，南北數十里，地勢窪下，遇三日雨，輒成巨浸，舊稱「瀛海」，行者苦之。兹來頗快人。夜凉貪得雨，曉霽幸無塵。農户耰耡出，原田黍稷新。脱離泥淖苦，馬意亦踆踆。

自獻縣至景德二州久旱無雨官司方事祈禱流民載路率成二首

燕齊封壤接，極目際平蕪。舊井泥猶汲，新楊秭并枯。吁嗟勤致禱，潤澤冀均濡。爲問西京吏，隨軒雨有無？

去京六百里，依舊有流移。曩在都時，聞五坊驅逐流民出境。忍作《逐貧賦》，曾傳《乞食詩》。一錢施豈靳，百族計誰私。自揣還相謂，吾非拯爾時。

新　蟬

何校誰憐聰不明，背春涉夏未聞鶯。道旁拾得醫聾法，高柳鳴蜩第一聲。

過德州城外不及訪前輩田綸霞及同年李文衆後人

此邦耆舊幾人存，田李風流在子孫。雙袖龍鍾數行淚，忍過西路灑州門。

午飯苦水鋪

醬蒜羹葱薤，群蠅遽集斯。忍饑爲廢箸，旁有勸餐兒。

自恩縣南至津期店萬柳夾道成陰過此即高唐州界故末句戲云

晨遮初旭暮斜陽，萬樹交陰午亦凉。過此令人忘六月，小車欹枕夢高唐。

煙墩行高唐以南，營房一新。

舊墩久廢土裂罔，新墩改築高環墻。十里五里遥相望，戍旗標識從高唐。兵居煇煌盡丹臒，民舍苫茅半頽落。時清且喜罷傳烽，夜静寧煩勤擊㯋。

行經茌平有感於前令吳寶崖去官之故并紀所聞於旅主人

吳生曾出宰，名被上官嗤。下考催科拙，中才槖筆宜。俗貧非一邑，民望失三時。旱潦憑誰訴，能無怨有司。

東阿縣北新開河一道問之土人初無名也

朝廷興永利，州縣博虚名。畚鍤紛紜集，河渠指顧成。久晴無水蓄，一雨便泥行。即目抒懷句，依稀太息聲。

穀城山下

十日星埃苦晝炎，晚來洗眼穀城南。雲頭雲起晴飛雨，山外山高青出藍。

聞濟寧以南各牐已通朝來從汶上改路東行小憩康莊驛

汶濟支流匯，漕渠一道通。買帆知校便，改轍遂從東。麥壠秋初刈，瓜田歲屢豐。槐陰茅店底，小住爲清風。

濟寧旅館夜聞雨聲

新夢續殘夢，重爲一宿留。癸巳秋南歸，亦從此地上船。載濡行可免，將伯助何求。前夜猶防雨，明朝好放舟。多情天井派，只管向南流。

雨泊天井閘書所見

河魚逆上多，衆網布牐口。誰知得魚者，戴笠垂綸叟。

下牐歌

上牐難，下牐易，尋丈中間千里勢。上牐安，下牐危，群呼邪許無所施。雷聲奮地光飛電，浪挽彊弓船釋箭。人情冒險昧吉凶，取快祇争呼吸中。勸君姑緩勿用亟，《需》在泥沙方利涉。

雨後曉發

曙色晴如霧，舟行圖畫中。三竿初上日，一榻自來風。碧野寬河北，青山盡兖東。旅愁隨境豁，休道莫途窮。

南陽舟中食新蓮子

晨過南陽鎮，居民擾魚鮭。湖光蕩漾開，香溢岸兩涯。亭亭翠雲蓋，擎出扶桑霞。就船買蓮蓬，賤比菽與麻。擘之復剥之，愛此玉粒芽。中含涓滴味，甘露同清嘉。雪乳藴其漿，細泉流齒牙。至味少爲貴，充腸奚取耶。淳于一石酒，盧氏七椀茶。未免放厥辭，徒爲後世誇。我本愛蓮人，無端落泥沙。園荒沼亦廢，叫跳私蝦蟆。誓從今以往，移藕向鄰家。安得百頃池，别栽十丈花。用昌黎玉井蓮事。

連遇逆風舟行遲滯戲作吴體遣懷

雲峰突兀天溟濛，打窗猛雨三日同。滿槽渾渾西北水，劈岸浩浩東南風。得句偶然從意外，轉頭宛爾墮夢中。長年年長健可羨，弟作篙師兄柁工。船户張姓二人，兄長余一歲，弟小余二歲。

又絶句一首

淮南米價聞騰涌，每遇商船問若何。争及此間魚最賤，食魚人少捕魚多。

再疊前韻

連朝不飯空捫腹，奈此河魚腹疾何。笑擲何郎供一飽，看囊直覺萬錢多。

東坡詩云去得順風來者怨輒以所見廣之

得上仙舟總不凡余所乘舟名飛仙。，巧從名句破機緘。南來北去兩無礙，去得順流來挂帆。

野泊

濁浪三百里，黄河疑倒流。歸心雖汲汲，行役且悠悠。新月生漁浦，殘陽下柁樓。人家當不遠，鵝鴨滿灘頭。

脾疾戲拈三絶句

思慮出苦吟，傷脾或有之。我作多游戲，脾神應得知。
桃實大於拳，蓮實細於乳。吾寧舍其大，則以養脾故。
血枯六脈微，豈止脾脉弱。世罕老人醫，吾其肯試藥？

六月十一日過臺兒莊

南池距臺莊，三百六十里。七日行始達，水順風逆耳。厄運老未終，扁舟復落此。櫓聲晨到枕，舟子報風止。小兒前致問，厄非自今始。古人處逆中，必有安常理。教之識忍字，忍過事堪喜。

宿遷關吴體。

舊輸兩石今不然，舊例，民船自山東來者，止令載巨石二，至此交納，以備河上工料。鱗跳羽萃愁滿川。重船納貨輕納料，醉客禁酒醒禁煙。嚴關正爾指淮岸，密網行且張河壖。空囊傾倒能幾許，大笑不容留一錢。

桃源舟中

路比仙源迴不同，恍於此地作漁翁。帆移柳岸雲浮白，日射蘆村霧吐紅。直與迴腸紓鬱結，放教雙眼破鴻濛。人間好境難多得，生怕明朝又逆風。

渡河口號八首

川后波臣兩效靈，居民指點翠華停。清河口對清江浦，黄瓦猶高萬壽亭。先帝自丁亥年閲視河工，後不復南巡矣。

蘆荻作楗夾河濱，採買從來不累貧。知是何年歸正帑，更無閒地養官薪。

六月河防未輟工，清流長被濁泥衝。縷隄土是遥隄土，蟻穴移來築蟻封。

船頭暗伏陷人灘，枕底旋成閣淺灣。平莫平於三草壩，險應險過百牢關。

海近天空地勢低，水分南北岸東西。板沙縫坼如刀截，嫩草頭平似剪齊。

長女占和少女同，無朝無暮往來通。舟人屈指六十日，只有東南一色風。自四月望至今，兩月無日非東南風，亦一異也。

小炷香分兩處焚，河神別過別淮神。不教名姓污祠壁，誰識風波有幸民。

老去艱辛閲歷多，眼前何處没風波。怕將口號傳人口，留與漁夫作櫂歌。

淮口增築蓄清敵黄二壩上水甚難牐河無此險也

古來傳禹績，平土奏安瀾。自設東西堰，如分上下灘。遏防令高易，扼吭欲噴難。寄語河隄使，神功勿妄干。

淮岸夜泊紀所見三首

民將蘆編屋，官取蘆爲埽。蘆兮識可憐，生死遞相弔。

日没月未上，黑雲騰四面。葦岸吐孤燈，瀲波千尺練。

大星三五點，小星明復滅。俯仰一青天，玻璃渾不隔。

曉過清江浦二首

清濁判淮黄，有若渭與涇。近來淮稍濁，猶以清爲名。賴此緑陂草，映波如染成。

急流導鷁首，微風颭旗尾。船上白面郎，樓中紅袖女。盈盈隔河漢，相望正如許。

晚泊淮陽城西知半月前淮水暴漲丈餘今勢雖漸減而隄外田禾低者猶成巨浸感賦一律總督漕使張慕莘舊好也余爲放歸田里之人不欲以姓名投謁竊取少陵春陵行之例詩成亦不寄張

桐柏山南水，横流一丈高。孤城堅保障，十日減波濤。饑溺宜兼拯，經營念獨勞。久膺艱鉅任，何以沛陰膏。

入寶應高郵界幸水不爲災河工方修築隄岸昨詩誠過慮也再作一首以解嘲

高寶陂湖接，雙隄瀉衆流。天光白淼淼，野氣緑油油。坐閲新苗長，行看晚穗抽。腐儒不曉事，徒作杞人憂。

轉應曲效樂天體秦郵舟中即目六首

浮沈豈必緣輕重，此理難從物性求。沙鳥羽輕偏善没，水牛蹄重獨能浮。

後先豈必争遲速，此訣須從達者傳。欲速馬因失足後，開遲船爲得風先。
貪廉豈必由取舍，此段難從有意求。二寸白小多漏網，尺半紅鱗或上鈎。
災祥豈必因旱潦，此事終須人力饒。千金隄塞一蟻穴，百里水洩三虹橋。
死生豈不論長短，此事難從天道争。黄口小兒多夭折，白頭老子却長生。
富貧豈必關憂樂，此意須從處境謀。萬户富平侯不樂，一瓢貧巷士忘憂。

立秋夜泊召伯埭熱極竟夕不成寐

直從日落風生後，坐到星稀月澹時。蘆荻灘頭秋氣味，一年今夜最先知。

揚州换船吴孝廉次侯至舟次相晤口占志别

吴生知我停征棹，先枉高軒向水濱。差喜同年還有後，生爲豹文吏垣之子。劇傷舊好絶無人。謂史蕉飲、顧書宣、郭于宫輩。

渡江後舟中及初到家作八首

行經五月又六月，飽閲風狂及雨狂。淮北晚禾將换緑，江南早稻已垂黄。一月中，南北所見，不同如此。須臾過目留新詠，容易歸途得故鄉。餓死先廬吾亦樂，況聞歲計未全荒。舟子吴江人，問知黄梅多雨，嘉興以南，田家無不播穀者。

舟人亦復有何急，晝夜來兼食宿程。過隙馬馳帆倒影，裂波魚出櫂雙聲。傾欹不少飛揚路，安穩終輸自在行。但得到家寧計日，匹如半載坐愁城。昨午從揚州解纜，今蚤已抵毘陵。

賀我生還預有詩，詩家古義孰如兹。徐卿二子成名日，錢氏一翁歸老時。徐卿二子，見少陵集，謂徐茶坪及思肖兄弟。「且有一翁錢少陽」，太白句也，謂錢絅庵。款款故應憐久别，匆匆猶足慰相思。只慚筋力難爲禮，來往初非論報施。二君俱就舟次握别，余不及報也。

轉盡陂坨地掌平，低田初聽桔槔聲。風披翠羽芸芸長，岸束清流瀰瀰盈。擊壤豈真忘帝力，習勞翻似代牛耕。誰爲民牧應垂卹，敢望蠲租望緩征。常州以南，彌望皆水田。

碧空如水月將出，城外放船乘早凉。到耳鷄聲無次序，刺肌蚊喙有鋒芒。嵐光澹澹開前路，天意濛濛引睡鄉。行過望亭渾不見，塔尖初日見山塘。三更發錫山，至望亭天始明。

金閶門外氣如薰，暴雨南來欲拯焚。乍喜跳珠湯止沸，俄看插漢火騰雲。可憐民困天知否，大抵耕深報薄云。慰爾眼前聊一快，十分愁暫減三分。吴門小泊喜雨。

漸近鄉關倍慘然，脊令原上鶺鴒天。累添行處尋常債，痂結平生未了緣。石火光中思拔宅，木魚聲裏學逃禪。不如且作黄山谷，收取詩名四十年。涪翁成句。

早信歸期在未占，隔年羊酒夢中擔。去冬將發杭州，夢中有人吟詩二句，云：「鄰里幾家羊酒賀，賀他父子得同歸。」兒童識面尚八九，父老叩門時兩三。瘦盡形容皮骨在，新留霜雪鬢毛添。獄中不剃髮者百五十日，及出，則兩鬢垂頰二寸，視之故髯也。留以志厄運。白頭白盡非初白，别署頭陀忍辱庵。

六月廿六夜過鴛湖酬曾濟蒼别後見寄詩中舟字韻兼訂秋凉偕高大立見過之約

好片南湖水，重來洗病眸。堂前初秉燭，橋外暫維舟。肯踐三秋約，寧須一夕留。回頭經死地，長恐見無由。

住劫集起丁未七月。

釋氏於賢劫一代分壞、空、成、住四時。就此四時中，成劫已過，壞、空未來，以現在者爲住劫。余今患難頽齡，猶餘口業，正不知住世凡幾日，更得幾首詩也。

七月十一日喜雨吾里自甲辰七月海潮汎溢後，水土多成鹹味。今年黄梅積雨，土性復故，乃得插秧。

一村瀉鹵變良田，甘澤重滋白露天。歷盡河淮江北路，喜從海角卜豐年。

行研銘

從我於厄，食我墨兮。毋污爾潔，幸洗雪兮。

三年來村家不種稻而種木棉頗擅其利今年間有因襲舊例者入秋風雨太多畝收失望感歎成篇

木棉秋早實，經露復經霜。日給貧家口，年逋大户糧。差宜沙雨潤，最忌海風狂。鄰有西成望，嗟嗟爾獨荒。

脾泄足腫久未愈醫云服參則效戲答之

人葠金比價，盈兩十千錢。藥竈添新火，齋厨斷晚煙。萬緣能委運，一事敢祈天。老死尋常事，休教病苦纏。

枕上偶拈七月廿四早。

撚須擁鼻出呻吟，淺語中含感慨深。燕散已無雛可戀，花開尚有蝶相尋。病餘稍悟浮休理，閒處微徵寂照心。因病得閒閒且病，也如夢閱去來今。

敬業堂集補遺

卷四十六　望歲集

正月十八日偕德尹西阡看梅兼邀會三芝田東洲諸弟同飲花下第四首

寄語諸兄弟，閒須日日來。商量枝上蕊，南北莫辭開。

庭桂

我愛庭前五株桂，兩邊陰合互交加。青葱無改四時葉，爛熳忽開三日花。長有好風來客座，偏分香氣與鄰家。可憐月被蝦蟆蝕，賸與人間閱歲華。前二夕月蝕，故云。

重陽無菊友人有以書扇屬題者戲占一絶

去年對菊苦無酒，貧到今年菊也無。天意不曾留缺陷，故教濃墨補成圖。

卷四十七　粵游集上

不見

不見楊生久，相逢苦告勞。憐他深自匿，去我欻如逃。與國充窑户，爲官列郡曹。勢交君莫怪，衡鑑析秋毫。

卷四十八　粵游集下

呈前輩鄭珠江先生

白首羈孤客，重游眼倍青。同門慚後進，余與公先後出德清徐夫子之門，相距十八年。古道荷忘形。假借通鄰並，盤餐及使令。藥籠如見取，亦願託參苓。時先生微恙而却人參之饋，故云。

中丞貽我英石筆架再次前韻在《次韻中丞公參羅浮作》後。

英石分貽願不違，袖中攜得一峰歸。只愁咫尺風雷起，化作孤雲出岫飛。

續集卷一　漫與集上

答許東垞即次消炎見寄原韻

萬里衝炎甫到家，一林高竹憶由衙。嶺南巨竹名由衙，可作梁柱，見《竹譜》。故人句挾清風至，熱客蹤如凍雨賒。塵短難驅蠅集案，汲深聊用井澆花。詅痴合有旁觀笑，慚悔和凝浪見夸。王伯厚云：和凝爲文，以多爲富，有文集百卷，自鏤板行世。此顔之推所謂「詅痴符」也。時余方刻拙集，而來篇過蒙推許，故借以自況。

端陽後四日盆荷作花喜成二絶句第一首

正是葵榴照眼時，天教净質發盆池。問渠九品居何品，來占人間第一枝。

雨後發常山將抵玉山縣途中復遇大雨

出郭尚朝隮，初防霧雨迷。雲峰俄見日，沙路不成泥。商旅行相雜，圖書去每攜。草坪知漸近，一飯向江西。

白進薇中丞席上賦贈第一首

公望公才迥莫攀，欣從光霽識公顔。賞留藤閣徐亭外，道在鵝湖鹿洞間。客到龍門清似水，時瞻鼇背屹如山。十三州是雄繁地，尊俎丰神自燕閒。

與祁鶴亭臬長話舊第一首

我愛祁觀察，衙齋净少塵。心忘官位重，誼取素交親。花木饒生意，琴書足養神。掣鈴容野老，披豁對天真。

雨公亭詩爲白近薇中丞賦次鶴亭觀察原韻第一首

一誠感動百神忙，風伯驅炎雨送涼。立見天心回頃刻，行知民樂慶方將。謳歌自爾騰仁壤，積貯何須發義倉。但是有祈無不應，千秋盛事紀非常。

喜遇張損持兼答來詩之貺

出入如相避，癸未夏，先生散館，余入館。初終莫漫猜。兩萍踪復合，一笑首重回。世少文章伯，天留著作才。有詩兼有筆，咄咄偪人來。

元夕奉陪白近薇中丞滄浪亭燈宴第二首

俊游不上臨江閣，幽檻回欄似畫船。六曲屏風燈錯落，四圍花氣水澄鮮。詞人愛赴西園讌，野老來銜北海筵。借取米家詩一句，群賢畢至愧居前。

屋漏詩戲次陳摇上楊東崖唱酬韻第二首

陰晴杳難占，巢鵲虚架搆。揲蓍得《未濟》，濡尾且濡首。欹眠起危坐，静聽徹霄晝。或疑繘羸瓶，將毋甕敝漏。移牀無避處，計拙等困獸。朗誦《抑》之篇，不愧庶不疚。

續集卷二　漫與集下

與平湖林明府鳳溪

一門託契凡三世，幾處追隨共唱酬。鄰邑喜來賢父母，京華恍接舊朋儔。庭閒鮎箭民無訟，户采風謡歲有秋。何物比君官況好，東湖九派是清流。

兩日前曾三弟見過訂人日探梅之約忽爲雨雪所阻書來請卜後期以詩代柬

豈料看花約，翻成雨雪期。興非今日減，力較去年衰。晝夜何須卜，陰晴未可知。蟄蟲行啟户，聽取震來時。吴中以梅爲驚蟄花，後十二日交此節矣。

八月十五夜遲德尹不至

五樹桂團團，頭番花已殘。徑非因客掃，月正耐人看。世界流光速，吾生好會難。勸酬思老弟，獨酌强爲歡。

續集卷三　餘生集上

十月九日重赴沈仁山賞菊之招席上戲拈第三首

霜髯雪鬢漫相催，五日爲期到兩回。更約明年身幸健，還開笑口插花來。

甲辰正月重訪佟陶庵同年於江寧試院感舊有作第二首

細讀徒軍什，深窺見道言。時出《西征》詩見示，於禪理有得。多生成佛性，再出爲君恩。已握文章枋，仍兼節鉞尊。鳳巢長在眼，不隔九重門。

自金陵至丹陽歸途即事口號第七、八首

幾條清淺有成河，故道年深堙塞多。誰與此邦興水利，鑿開沙埂納江波。
雲濃霧薄曉茫茫，穿過東南白兔岡。更轉幾灣山路盡，清渠十里近丹陽。

七月十九日海災紀事第三首、第七首

飄飲猶難必，空傳乳滴幽。用皮襲美詩中事。井泉華作浪，梅水澹成鹹。囊粟全遭浥，壺漿半被攙。暴漲三尺餘，及書架而止。賸留書一架，慰解老夫饞。

斬鮫思壯士，《驅鱷》記雄文。孰是金隄守，時無强弩軍。滂沱兼淚雨，慘澹向愁雲。捐瘠民何罪，馳章幸上聞。第三句一作「孰砥中流柱」。

中秋與陶庵中丞相遇於江陰舟次邀同月下小飲口占第一首

九里灣頭地名。萬里風，纖雲斂盡碧天空。舟移露白葭蒼侯，客坐冰壺玉鑑中。仕路閒情如此少，人生快事偶然同。問君襟度寬何許，容得滄浪一釣翁。

題陳光庭小照戲次圖中原韻二絕

少年詞藻比王融，多少才人拜下風。憐取兩般顏色好，木蘭花白海棠紅。

紈扇風流又一時，自磨濃墨寫烏絲。桃根桃葉生何幸，並向圖中作侍兒。

題張楚良捫腹圖二首

風前消暑列犀簪，飯後攤書到竹林。若向書中論相法，可知捫腹有三壬。用劉夢得、陸放翁詩中語意。

經笥粉綸擬大春，好詩千首發清新。披圖笑向張公子，此腹何曾肯負人？

送潤木假滿還朝第二首

才高偏善下，詩好豈容删。弟乞假後，手編《横浦集》屬余校删。獨立風塵表，誰爲伯仲間。應酬無俗韻，開闢得重關。但問泉清濁，何會礙出山。

春分前補種庭下草花一本春分前下有「課力輩」三字。第二首

薙草封泥聚作團，主人一笑但旁觀。閒來特地添忙事，似與頑童解素餐。

曾濟蒼扁舟見過匆匆即去别後寄示五律三按，「三」字疑誤。章次答原韻第四首

有弟皆垂白，宜開佚老堂。未成魚在渚，重送燕辭梁。好友寬相憶，同時歧所望。北郵傳早晚，高義與雲翔。家潤木北行時，君以不及祖餞爲歉。末章兼謝雅誼。

庭卉競吐口占邀諸弟共賞

雨餘猶賸幾叢豔，世上都輪老輩閒。莫待提壺苦相勸，盍來花底共開顔。

偶讀東坡戒殺詩題其後

魚蝦雖擾擾，鵝鴨自成群。刀几操生殺，庖厨忍見聞？世多懷壁罪，客有《愬螭》文。見《柳子厚集》。轉愛毘耶室，清齋斷五葷。

續集卷四　餘生集下

答程汝偕

瓣香門下士，書信遠相貽。練帨揩顔汗，青鞋養足胝。二物皆荷寄贈者。開函知古道，拭硯和新詩。此意相投報，毋忘永好爲。

寄滿制府

上缺。厚録執分霑。洲畔荒千絹，函中致百縑。拜嘉因念舊，揣分或傷廉。對客收籐笈，呼兒貯藥奩。行將端策筮，與決卜居占。初白償初願，茅庵計日苫。

重陽前五日喜樓敬思見過

旅懷經久别，王事迫嚴程。枉棹因余病，傾筐見汝情。「行者傾筐以顧念」，出《晋書·殷仲堪傳》。時敬思將回廣州郡丞任，行李方缺乏，承分藥餌之資，故云。籬花遲菊信，鄉味及莼羹。野餉雖微薄，相留意不輕。

連接盧仲山沈麟洲海南信一詩報謝

兩州同一島，萬里致雙魚。遠憶山中叟，頻煩海外書。是施均禄俸，匪報乏瓊琚。古義論辭受，居貧愧有餘。

歲云莫矣一室蕭然殘書十架外几案間惟小物八種意有所觸隨筆賦之或莊或謔匪贊匪銘自遣一時之興爾

第一首、第八首

南山竹，毛氏族，中書受封此湯沐。用其穎兮棄其秃。口不言功兮，湘靈代哭。右湘竹筆筒。

紙亦竹所成，云何被竹壓。如以紙鎮紙，是名不二法。右竹鎮紙。

入春冰雪正月杪盆梅初試一花邀諸弟小飲

連旬冰雪發孤芳，老瓦盆邊酒亦香。大抵人情矜少見，白袍一個破天荒。用東坡《海外贈人》語。

底用尋梅向水濱，草堂省對亦前因。就中孰是拈華者，笑口齊開四老人。

後三日復雪在《驚蟄後二日雷雨大作》一首後。

雪霰忽復集，先期蟄已驚。人皆虞大旱，我且憫微生。燕出巢難覓，《負暄録》：「少年時伐薪，見蟄燕一毬，其大如斗。始信燕亦蟄，至驚蟄始出耳。」蟲填户欲平。坐愁無好句，强半紀陰晴。

天慳霂霢三冬後，地奮雷霆一震中。誰料此時翻得雪，蟄蟲真是可憐蟲。

春分前一日西園看梅第四首

戰回冰雪得春妍，漸到清明穀雨天。桃李輿臺何足壓，後時猶占鼠姑前。

春分後十日偕德尹曾三芝田學庵諸弟西阡看梅第二首

意外偕游得五人，時學庵甫從江陰歸。瓊枝別與報芳辰。多承載酒殷勤意，四日爲期未覺頻。

祠中玉蘭將吐，曾三弟有約，上巳載酒來賞，相距不過四日矣。

早發嘉興第二首

一餅頭綱馬上茶，名園人指畫圖誇。而今花木知誰主，付與青旗賣酒家。

寄廣州太守樓敬思次章兼東姚齊州同學

館閣儲材地，髯兮果軼倫。名高開望府，宦達得詩人。清節酬明主，慈顔奉老親。定知循吏蹟，不忝孟家鄰。

昔作羊城客，今稱在户農。十年回白首，萬事感微蹤。自述丁酉冬客粵東事。海闊沈魚素，天長少雁封。舊交姚合在，爲我道衰慵。

窳軒初夏觸景成吟第八首

西舍東鄰燕子忙，舊痕掃盡只空梁。琴書正恐唧泥汙，迴避儂家六尺牀。少陵詩：「唧泥點污琴書内。」

感夢

古有高資户，今懷永熟鄉。開邊充召募，近輔活流亡。厚腊須防毒，無創幸勿傷。太平占氣象，只在勸耕桑。第六句用《維摩經》中語。

題毘陵湯述庭東菑𥂕耕圖卷二首

欲作勸農詩，逢年凡幾箇。知君圖寓意，聊以警游惰。

出閫無溢辭，其能家置喙。我展《𥂕耕圖》，知君有德配。

補録

七月十九日海災紀事

外障如無岸，前驅突有潮。村墟非昔宿，桑海視崇朝。魚鼈疇能化，黿鼉爾莫驕。似聞洪水割，洛儆廑唐堯。

死傍魚鹽利，生資户口稠，三年逃旱魃，一夕委陽侯。得免僵屍積，翻隨木偶流。剥膚行且迫，乃復替人愁。

故鬼逢新鬼，千人活幾人。棄骸家莫認，枯骨壑爲鄰。荷鍤無乾土，焚林奈溼薪。烏鳶與螻蟻，狼藉問誰親。

乍報潮頭過，還聞海眼穿。大聲初轉石，餘怒尚吞天。西舍春漂杵，東家爨少椽。竈沈魚在釜，三日斷炊煙。

黍稷方華日，苞蕭並浸時。端能流歲禍，胡可療吾飢。世苦需經濟，民窮敢怨咨。殘生無所著，終望長官慈。

禽言十章第二首

山則有□原缺，水則有波。岐險孔多，將伯若何？行不得哥哥。

送張葭士比部省覲南還

右曹清望著朝端，子舍難忘膝下歡。祖道回思六年事，謂尊甫先生也。鄉書又報一番安。也知世路歸由我，只是人情變此官。好片溪山頻洗眼，爲君細展畫圖看。

馬素村北歸見過

進士幾時進，歸舟暫海涯。未尋松菊逕，先訪竹林家。瓮坼經春酒，燈開送喜花。別中何限事，不敢問京華。

餘波詞

瀟瀟雨

去秋余自黔歸，與德尹相左朗州道中。頃來豫章，晤子敬兄於鄱陽舟次，知德尹嶺表歸裝，亦取道於此，距余至纔二十日耳。孤燈野岸，霜氣入船，因便附書，並作此詞以寄。手指攣屈，幾不能伸也。

鑾雲邊雪幾綿綿，歧路亘星霜。甚同此江湖，來如相避，去也分行。方悔薄游草草，不待汝歸裝。十月庾梅早，一信曾將。　冷落年時姜被，喜風流人説，鬢影衣香。茘枝同社，海外變文章。二語用東坡事。料新篇、半應憶我，儘無聊、巢〔一〕菜託思鄉。馳書報、團圞猶及，歲酒茅堂。

〔一〕「巢」，疑當作「蓴」。

鵲橋仙

兩年前，庭樹有脊令來巢，曾填詞志喜。今春再至，營於舊巢之旁，仍用舊調紀之。

宿雛已老，新雛復長，未掃巢痕猶在。王家子弟謝家兄，只三歲、看成三代。　自來自去，相親相近，野性天生友愛。人情似此古應稀，嘆毁室、鬩墻一輩。

前　調

正月杪，庭樹有脊令來巢於舊巢之南，甫經旬，復有巢於新巢之北者。三疊前韻。

南枝纔構，北枝重架，腰鼓連環相似。便呼此樹作烏衣，也算得、舊家門第。　青楊何妥，白陽蕭脊，見《南史》。争比同根同氣。伯勞飛燕有東西，讓爾占、雙棲福地。

前　調

窳軒雙燕復歸故巢，四疊前韻。

茅檐淺淺，蘆簾密密，幸免飄摇風雨。去年燕子喜重歸，似認得、白頭庵主。　桃花紅褪，菜花黃綻，又是泥融前度。眼前何物不懷新，笑戀舊、維予與汝。

前調三月初第二巢之北復營第三巢，五疊前韻。

烏飛三匝，兔營三窟，幾見三巢同樹？ 孰居南北孰中央，用《南史·劉繪傳》中事。也似學、三秋雁序。

三家村裏，三間老屋，三歲忍歌去汝。天教次第看雛成，又豈在、三朝三暮。

敬業堂集輯補

海寧查嗣瑮夏重著
山陰王　嶸兔庵較

一、側翅集

按，《側翅集》所收庚申年詩，共一百八十三首，初白先生編集時，收入《敬業堂詩集》卷二《慎旃集中》僅八十四首，其中與《慎旃集中》無異文者僅十五首。今據上海圖書館所藏稿本《側翅集》收録，除與《慎旃集中》無異文者盡七篇略去外，其與《慎旃集中》有異文者，以脚注標出。另有《重游德山記》一篇，移入《敬業堂文集》。稿本中殘缺字以□標出。

側翅集小言

王　嵘

查子夏重負朝陽之資，挾圖南之翮，飛則千仞也，下則覽悳輝；激則三千也，息則六月。時幻在陰亦鷄而群，時或漸陸亦羽而儀。青首羅摯，金衣公子，與夫沙頭睡藻，江上吞鱗，靡不狎而祇，自惜吾翅也。及斥搶拙笑，臂偵腐嚇，咸以三昧游戲出之，縱有碧眼胡僧，莫能指爲烏之苞、龍之孕也。無何雲而鏘舞，瀨而相羊，不從大翮小翮，南溟東渤，從牛女入冀，以抵參井？翺於庭，飲於醴，棲於衡，蒼莽沈瀏，豹房蛟窟，以及蘆中瀨上，羽衣柒鷹爪之僻，靡不到下上輪□，厥聲百奏，嘁也，喈也，邕也，唳也，吼也，怨而訴也，嘯而歌也，嘻而笑，怒而罵也。籟發□□，聋者滿樹。《側翅集》出焉，余取而繙之，曰：嘻，異已！拾遺有言：「飢鷹不飽食，側翅隨人飛。」曰「飢」，言讒也。曰「隨」，言依也。君平生志不温飽，不隨人偃仰，以此名篇，將無側。夏重曰：子何知？獨不見九疑之峰、武夷之逕、虞世南韓退之李伯紀之人之文乎？側出無端，離奇宕跌，悉還正面，即儗夫鷹，余實飛也，間間歷落，縱不飢予腸，夫亦勞吾□也。今而後，吾且側耳於啅鷹之臺，側目於高墉之上，抑亦側足於華嶽之巔，以整刷吾翅，大展而正揚也。吾側也與哉吾翅也！

康熙辛酉正月中浣於越年家社盟弟王嵘耶舫氏頓首

謾　題

歲庚辰，余從大中丞楊公客武陵，以春盡買櫂，五月至沅州，復自沅赴銅仁。七月間，三下麻陽，一至浦市，再赴沅州。已而由平溪、清浪而入黔。及抵貴竹，則仲冬之望矣。計一年之中，息肩無過百日。然而役役之詩，亦往往不乏。昔人所謂「勞者歌其事」也。雪窗檢點，得一百八十餘篇，竊取少陵贈高常侍詩義，命之曰「側翅集」。

庚申除夕石稜居士查嗣瑮識於貴陽署中

人日武陵郊外閲武三首

其　一

鷹揚盪决勢無前，觭角相持又一年。豈謂陳湯寬吏議，竟〔一〕煩充國荚〔二〕屯田。國殤鼙鼓

〔一〕「竟」，集作「尚」。
〔二〕「荚」，集作「策」。

馳聲急，廟社龍旗奪目鮮。別有紅粧陪夜宴，氈墻歌管自清圓〔一〕。

其　二

如荼如火望紛紜〔二〕，鼓角鐃鉦一路聞。下馬尚須論□伐〔三〕，總戎今已領〔四〕將軍。轅門誰獻〔五〕平蠻策，朝議先頒諭蜀文。輸與書生工算奕，疏簾殘局轉斜曛。

其　三

春風細柳拂行營，常恐條侯壁夜驚。高壘總非當國意，隔年空築受降城。人天□日留殘劫，兵火□災紀遠征。見説春深多瘴癘，乘時何計答升平。

〔一〕後四句，集作「桃花色映巴滇馬，杏葉裝成子弟韉。漫説秦人曾避地，而今此地是窮邊」。
〔二〕「紛紜」，集作「中分」。
〔三〕此一句，集作「黑齒舊疆仍結壘」。
〔四〕「總戎今已領」，集作「綠旗別隊自」。
〔五〕「獻」，集作「上」。

游枉山二首

其一

雪消沅岸水平隄，草色迎人緑未奇。應候鳥還□□谷，臨流馬正惜障泥。不嫌野老衣冠古，似覺[一]游人出入迷。只少梅花千百樹，竹籬茅屋宛西溪。

其二

乾明臺殿表峥嵘，好事偏傳處士名。灰劫百年誇佛力，筠杉一路轉泉聲。從教景好人人賞，難得春來日日晴。莫上楚亭西北望，風沙隔岸即軍城。

〔一〕此二字點去，以硃筆改爲「真遣」。

元夕後一日陪中丞公及同人再游枉山爲雨雪所阻留宿乾明寺方丈次石間周益公石刻原韻二首〔一〕

其一

城外清江江上山，依然白浪捲蒼灣。雪飄燈事闌珊後，春到梅花淺澹間。竹樹一丘藏曲折〔二〕，樓臺幾處記躋攀。茶煙芋火前因在，一〔三〕宿留人未遣還。

其二

（略，見《敬業堂詩集》卷二。）

〔一〕集中二首顛倒之，題中無「元夕後一日陪中丞公及同人」十二字，無「寺」字，「枉山」作「德山」，「原」作「舊」。

〔二〕「藏曲折」，集作「迷出入」。

〔三〕「一」，集作「信」。

渡沅江尋梅步至田家

我家五湖東，茅屋臨溪斜。傍梅還補竹，疏密相周遮。東風入南園，翠�籠白葩。但有客來看，主人常在家。朅來沅湘交，馬足飛驚沙。偶逢好風日，出郊避囂譁。一江春水里生，琉璃碧無瑕。閒呼小艇渡，貼水如浮槎。野岸翠撲撲，燒痕已萌芽。交塍盡薺麥，絶少樹與花。信足忘近遠，意行隨之鴉。白頭邀我坐，跪進血色茶。澀縮難下咽，頷頤出而哇。問以亂離景，欲語頻咨嗟。甲兵年已久，風物百倍差。有生等魚鱉，去住隨天涯〔一〕。豈復有佳趣，開園織籬笆。種梅非不好，常恐剪伐加。偶然剩一本，老幹空槎枒。書生坐好事，所至長紛拏。歸袖攜一枝，膽缾養井華。小窗畫幅開，燈影披横斜。客話故園事，清香流齒牙〔二〕。

〔一〕此二句以墨筆劃去，似爲删去者，然傍亦有硃批「接下來，盡得意」六字。
〔二〕後有硃批：「五古結構，尚未緊峭。於轉換處，更得頓挫，則氣力出矣。」

早春客舍見燕二首

其　一

弱弱差池報早春，舊巢窗户换承塵。豈知我亦天涯客，還與蘧廬做主人。

其　二

蕭條風雨感元嘉，避彈南來未有家〔一〕。但使營巢須擇木，緑楊城郭盡〔二〕棲鴉〔三〕。

朗州署中次中丞公原韻

近南天氣常多雨，强半春陰欲作寒。蠻郡稀逢驚犬日，楚人時見沐猴冠。罷碁簾閣沈吟

〔一〕「未有家」原作「處處家」，硃筆圈去。
〔二〕「緑楊城郭盡」，硃筆改爲「滿城林木喚」，原字亦未圈去。
〔三〕後有硃批：「詩佳，恐讀者疑之，故改數字，如不妨礙，不必改也。

坐，聚米江山寂寞[一]看。多愧將軍寬禮數，行藏草草對杯盤[二]。

家叔自荆州至得詩三首[三]

其一

（略，見《敬業堂詩集》卷二。）

其二

生計真無賴，南游際亂離。雨多春黯黯，湖闊浪參差。旅況行粗覺，家書報每遲。竟消髀肉盡，騎馬亦何爲？

[一]「寂寞」，硃筆改爲「袖手」，原字未圈去。

[二] 按，後有墨批「删」。

[三] 詩題，集作「喜季叔自荆州至二首」。

其　三

及〔一〕見干戈地，方知骨肉恩。人情還佩犢〔二〕，客路漸啼猿。那得窮無恨，惟應醉勿論。如何連夕話，多半是田園。

同舍雷生將爲秦贅詩以賀之二首

其　一

莫作逢人避，雷郎貌出群。英雄原好色，婦女亦從軍。嵑户花迷客，陽臺夢是雲。刀環前約在，不比泥紅裙。

〔一〕「及」，集作「再」。
〔二〕「還佩犢」，集作「方畏虎」。

其　二

買笑金難惜，思歸意豈休。花嬌游子目，雲重美人頭。風暖鶯遷樹，巢香燕入樓。肯辭他夜醉，珍重鷫鸘裘。

欲游衡嶽不果和中丞公二首

其　一

南行興盡幾躊躇，尚隔衡山千里餘。絶境以憑清夢到，俗緣長與勝游疏。韓公正直應相似，李泌精神□不知。終擬從公論後約，石函料斗覓神書。

其　二

雁迴孤嶺春將半，帆轉三湘□正南。偶對小圖如涉足，每逢佳客借清談。丹崑藥草無人識，緑樹猿猱有徑探。但得題詩追庾闡，未妨作記比羅含。

春寒被酒偶成

開口何辭一笑顛，半春好景負花前。圍爐座密聯吟夕，布被寒輕中酒天。小閣幢幢燈焰直，空廊□□雪珠圓。洞庭高浪如山様，夢穩輕鷗白鷺還。

早春見燕再次中丞公韻二首

其　一

紅襟翠尾逐高低，巷口堂前路易迷。自是春寒禁不得，却教孤客羨雙棲。

其　二

君家簾幙好相親，辛苦巢成客舍春。一種羽毛原自愛，肯將泥污惱傍人〔一〕。

〔一〕尾有硃批：「豈謂梅花有客耶？」

送葉亟公入蔡將軍幕時蔡督師滇黔二首

其一

相見荆江別朗城，忽忽歧路指南征。時危未撤重關戍，老健猶思絶徼行。萬事蒼茫資幕府，一官南北叅書生。知君倚馬元多暇，紅燭揮毫遣幻情。葉舉宏詞科不第，故有「一官南北」之句。

其二

入座應將古義陳，壺漿迎路不驚塵。已過楚境還黔境，須信吾人即蔡人。鼓角春風聽自壯，關山詩筆□如神。後來若見留題處，倚劍知余屬和新。

馬草行〔一〕

去年秋旱田禾槁，師無見糧馬無草。今年麥隴春雨淫，廬帳旋移入城堡。北兵數多馬倍

〔一〕詩題下有墨批：「只叙事，略無感慨寄託，可删。」

之，昂首芻薪待騰飽。百錢争買得一束，沸地吹唇已如埽。江天轟轟夜發雷，東郊平旦煙綿開。水深河大渡不得，戀棧伏櫪空徘徊。倀廝碧眼識天意，却立嘈嘈愁雨勢。城中土淺草不生，城外泥深放無地。君不見辰龍關外山多處，苜蓿連年斷行路。將軍要使戰馬肥，明朝試渡巖關去〔一〕。

食山藥

一飽差堪補食前，瓊糜風味别腥羶。老饕却笑東坡叟，藷芋何能比玉延。

春晴登朗州城樓

沅水湘煙入望深，郡樓閒上當登臨。晴邊日作薰檐氣，亂裏歌傷去國心。芳草迎船還舊岸，緑楊盤馬馬新陰。劉申去後城空在，水次猶傳上堵吟。

〔一〕尾有硃批：「後一段指未分明。」

出師吟

昨日雨，今日晴，滿城喧喧傳點兵。黔陽西南二千里，陰雲纔開陣雲起。將軍白馬白戰袍，旗旄凛凛徘弓刀。弓刀在腰鎗在手，馬上徐徐步疾走。岡頭泥滑路難行，不比沙場一望平。請公下馬學徒步，走盡平坡走山路。

朗州竹枝詞并序〔一〕

竹枝歌，其聲本起沅湘間，劉夢得貶朗州司馬，倚其聲爲三十餘篇。大抵祖《九歌》遺意，使土人習爲迎神送神之曲。東坡居士則編入樂府長歌，專爲寫其幽怨惻怛之音，而山川風物、鄙野勤苦之意一無所及。則以前人固備言之也，嗟乎江鄉水草，已飽牛羊，谷口烽煙，遂驚鷄犬。豈意漁歌欸乃之地，至今而變爲戰場乎？偶憶唐戎昱詩，有「悔學秦人南避地，武陵原上又徵師」之句，因綴數章，以補前人所未見，事取紀聞，語不倫次，二公若在，或亦有同感也夫！

〔一〕詩題，集作「朗州絶句四首」，且無序。

其　一

（略，見集卷二《朗州絶句四首》之一。）

其　二

三閭遺像對江潯，草色波紋緑暗侵。亦有行人來繫馬，古祠無壁柳陰陰。

其　三

（略，見集卷二《朗州絶句四首》之二。）

其　四

（略，見集卷二《朗州絶句四首》之三。）

其　五

船頭船尾雨纖纖，小步新來聚米鹽。不怕風波輕性命，泛梟飛鷥滿湖南。

其　六

奚奴馳馬湧潮痕，澈底清江踏不渾。日暮趁虚人散盡，千群都入大南門。

其　七

楊隄竹墢幾家連，清曉呼群上渡船。賣得春蔬來换米，關公祠下看攤錢。

其　八

田荒米貴骨應枯，一口名煙醉得無？聞道軍門頒尺一，只加烟税不蠲租。

其　九

貧女含羞避北兒，偶然行汲到江湄。千帆過盡水如鏡，照影亭亭立少時。

其　十

冷鷄啼苦雨連朝，岸曲人歸水半腰。行過江頭知處苦，春泥活活馬蕭蕭。

其十一

水碧山青千里長，一聲欸乃過瀟湘。行人怕聽鷄頭滑，溪路西南是夜郎。

其十二

督師聲勢震鑾荆，父老能[一]誇晝錦榮。不信但看楊相國，遺恩還在鼎州城[二]。

旅次值先子大祥忌辰二首[三]

其一

想像音容已再期，傷心何事到天涯。舊巢重搆鳩偏拙，老屋將頹蠹未知。淚落關山皆濕土，時危窀穸尚愆期。遥憐弟妹相依處，一夜悲嘑傍寢帷。

〔一〕「能」，集作「徒」。

〔二〕詩尾有硃批：「爲舊事志，或足止耳食之論。」

〔三〕詩題上有硃筆眉批：「二詩亦佳，然此題終未穩。」

其　二

素幔空堂慘尚懸，那堪爲位拜南天。麻衣入座人應諒，布襪從軍事可憐。失學苦防諸弟懶，長貧端賴一家賢。孤兒責己慚家督，悔作皋魚哭道邊。

寒食奉陪中丞公渡江野步

柳條風起日西斜，兩槳迎人渡水涯。便有兒童隨步屧，不教車騎駭田家。黄分菜圃初投種，紅入桃蹊尚有花。滿眼兵荒行自惜，此游曾爲攬芳華。

三月十一日作

走馬巖關盡日程，拍張兵勢説南行。烏啼楚幕群俱散，鹿走中原逐未成。棡鼓曲還愁鬵簗，蚩尤旗正吐欃槍。遺民及見滄桑事，不願餘生更料兵。

馬上見薔薇二首

其一

開到薔薇春色闌，荒村無主鳥啼殘。出墻一朵如憐女〔一〕，能使行人駐足看。

其二

狂花狂蔓繞西園，弟勸兄酬共一樽。今歲看花知憶我，題詩却在武陵原。

三月晦日看芍藥三首

其一

苦防烈日損臙脂，小雨輕雲晚最宜。一日東風差得力，於春無分笑開遲。

〔一〕「如憐女」，硃筆改爲「窺人笑」，原字亦未圈去。

其　二

將離欲贈記相逢，姹女妝成乍倚風。一種含情深對客，爲同在百蠻中憐。

其　三

曾是三生杜牧之，揚州一夢隔天涯。而今又作狂書記，紅藥花前獨詠詩。

謁三閭祠〔一〕

平遠江山入望〔二〕迴，古祠漠漠背城開。莫嫌舉世無知己，未有庸人不忌才〔三〕。放逐肯消亡〔四〕國恨，歲時猶動楚人哀。湘蘭沅芷依然〔五〕緑，想見吟魂自去來。

〔一〕詩題，集中無「謁」字。

〔二〕「入望」，集作「極目」。

〔三〕此二句有墨筆眉批：「從來古詩中無此語也，不刊之論。」另有硃筆眉批：「何其言之痛也。」

〔四〕「亡」，集作「忘」。

〔五〕「依然」，集作「年年」。

武陵鄉民有餉新豆者感賦

君不見搶田時局如兒戲，吴越争桑忽搆釁。六年轉戰關時運，甌脱新彊猶列陣。自從秋旱畝無收，蟻聚蜂屯資餽餫。天心厭亂知幾時，始以干戈繼饑饉。湖南米粟富天下，往往舟車給鄰郡。官軍食粲民食粃，況敢癡愚冀施賑。草芽榆粉剩無幾，所望南風催麥信。飢軀奔走改顔色，骨肉相逢眼難認。初來鄉曲覓鄰居，旋見催科布新政。流亡稍復亦可憐，荒亂全生此其僅。廢蕪未墾牛意驕，土力肥磽總難盡。隔年投種偶然事，豆莢旋生花已褪。我來蒿目情何限，每過田夫相問訊。誰言疲俗民亦頑，感激依然露天性。憐余本是田家人，野味嘗新詎非分。傾筐餉我不求報，客況人情轉添恨。却憶村居四月時，蠶禾過社群相趁。豆區菜圃畦畛接，東舍西鄰焰火近。柔桑遶屋交添陰，少婦簪花紅點鬢。已教布穀勸春耕，更聽提壺倒良醖。年來江湖事游惰，飽食無端慚頓頓。何當歸去駕柴車，重與鄉鄰通餽問。

武陵送春詩

筍屐籃輿幾地逢，物〔一〕華一度〔二〕記南中。鵑聲啼〔三〕過青楊瘴，花信飄殘畫角風。亂里關城春草草，愁邊詩酒客忽忽〔四〕。蠻江源在千山〔五〕外，流下桃源〔六〕戰血紅。

桃　源

以下自朗州至沅江途中作。

武陵溪口朗江灣，戰血於今色〔七〕正殷。楚甸回看惟見水，蠻程從此始登山。兵戈〔八〕小劫

〔一〕「物」，硃筆改爲「韶」，原字亦未圈去，集作「春」。
〔二〕「度」，集作「夢」。
〔三〕「鵑聲啼」，集作「草痕吹」。
〔四〕此二句，集作「燒尾蛇應流枉矢，驚弦鳥亦避虚弓」。
〔五〕「蠻江源在千山」，集作「桃源只隔孤城」。
〔六〕「桃源」，集作「辰陽」。
〔七〕「戰血於今色」，集作「花落鵑啼血」。
〔八〕「兵戈」，集作「分灾」。

流離恨〔一〕，鷄犬先秦想像間〔二〕。但使耕桑能復業，仙家原自在人間。

早發白馬渡

牂牁南望翠巃嵸，纔過桃源路幾重。夾岸晨光喧百鳥，隔舩雲氣失千峰。飛來薄霧看成雨，騰起長磯鬬若龍。如此江山差不惡，誰憐亂後但傳烽。

辰溪坪

結陣愁雲傍水濱，望中高勢故嶙峋。古來形勝知何地，連雲荒草壓輕〔三〕塵。來經官渡相持後，柵孔争誇插柳新。

〔一〕「流離恨」，集作「推移過」。
〔二〕此句，集作「避世遺風想像還」。
〔三〕「輕」，硃筆改爲「征」，原字未删去。

水心寨

雲端高勢原相倚，水底雙峰亦對開。斤斧削成天有力，江山奇絶我無才。亂離盡少閒僧住，要害曾誇敵國來。若向此中論砥柱，東流何日挽方回。

海螺峰歌

楚南地窮山聚族，畫裏芙蓉攢簇簇。連岡沓嶂只等閒，陡起千尋勢真獨〔一〕。海螺一峰天下稀〔二〕，刻畫偏肖形模奇〔三〕。雷碓鬼斧劈不得，疑有列僊來護之〔四〕。中豐上鋭下微窄，

〔一〕此三句，集作「逞怪争奇走相逐。桃源以上篁箐多，碧玉篸如春筍束。」
〔二〕「稀」，集作「奇」。
〔三〕此句，集作「形模彷彿神依稀」。
〔四〕此句，集作「造物伎倆初奚施」。

凹處成〔一〕青凸成〔二〕白。古苔繡錯十六盤，巒髻椎高五〔三〕千尺。輕身想像窮煙霄，仰天一笑天爲高。不知猿猱爾何技〔四〕，騰擲絶頂相矜驕。久〔五〕聞老螺生海底，鯤化鵬飛遂〔六〕移此。偶然蝸殼吐饞涎，倒覆江干吸江水。我嗤汝腹彭亨幾許寬，安能吸盡五溪之水無〔七〕奔湍。天公吝權不輕假，特置怪物當百蠻〔八〕，嗚呼特置怪物當百蠻〔九〕。萬古秀異鍾層巒〔一〇〕，坐令荒徼人俱頑。

〔一〕「成」，集作「痕」。
〔二〕「成」，集作「邊」。
〔三〕「五」，集作「二」。
〔四〕「技」，集作「恃」。
〔五〕「久」，集作「似」。
〔六〕「遂」，集作「忽」。
〔七〕集中無「水無」二字。
〔八〕此二句，集作「天公渴汝一掬慳，故實汝腹封泥丸」。
〔九〕此句，集作「嗚呼已實汝腹封泥丸，只合棄置當百蠻」。
〔一〇〕此句，集作「胡爲秀聳拔萬山」。

明月庵

綫路盤盤上碧霄，孤撑一意〔一〕削岧嶢。虬龍攫石藤枝〔二〕健，猿鳥離〔三〕人野性〔四〕驕。鏡裏帆檣生水面，畫中亭檻轉山腰。赤城霧氣如相接，便似天台渡石橋。

清浪灘

怒勢中流劈浪開，蟄龍潛處起驚雷。衣冠如故神留像，牙角争雄石騁才。鄉户幾看疲挽運，灘上設役夫以挽糧艘〔五〕。狂〔六〕瀾何事故奔頽。蠻方〔七〕有路天難限，百險終須椋桅來。

〔一〕「意」，硃筆改爲「境」，原字亦未删去。
〔二〕「藤枝」，硃筆改爲「材何」，原字亦未删去。
〔三〕「離」，硃筆改爲「無」，原字亦未删去。
〔四〕「野性」，硃筆改爲「性自」。
〔五〕此注，集無。
〔六〕「狂」，集作「洪」。
〔七〕「炎方」，集作「炎荒」。

北溶驛

西隔辰陽只一程〔一〕，傷心戰地見何曾。亂峰月落鵑啼血〔二〕，瘦棘花邊鬼傍燈。草與城荒柴柵壞〔三〕，燕隨人散土巢崩。滄桑不獨論時局，小市炊煙有廢興〔四〕。

辰州

亂雲深處戍煙生〔五〕，槃瓠西來尚有城。百雉銜山〔六〕經雨黑，五溪流惡入江清。重來〔七〕

〔一〕「只一程」，集作「纔百里」。
〔二〕此句，集作「尸陁林下烏争肉」。
〔三〕此句，集作「井與田平柴柵廢」。
〔四〕此二句，集作「相逢漫説從軍樂，一飯無端百感增」。
〔五〕此句，集作「連岡猛火夜燒營」。
〔六〕「銜山」，集作「憑高」。
〔七〕「重來」，集作「就傾」。

廬舍全無主，畏險舟車半不行。時將從陸路行〔一〕。預擬砂牀堪壓擔，歸裝何似去時輕。〔二〕

沅南舟中寄李武曾

君歸我往勞勞路，風雨長灘夢李紳。亭障重番通嶺徼，溪山依舊到〔三〕詩人。每逢翠竇尋題字，若見紅綃定野賓。用唐人放猿事。只是子規啼切處，楊花不似向前春。

壺頭山伏波廟

（略，見《敬業堂詩集》卷二。）

發辰州馬上大雨

百折岡巒去復迴，旌旗〔四〕小隊轉城隈。馬頭雲勢俄爲雨，谷口泉聲併應雷。磽确形還〔五〕

〔一〕此注，集無。

〔二〕此二句，集作「欲訪遺書尋二酉，旁人指點笑書生」。

〔三〕「到」，硃筆改爲「怨」，原字亦未删去。

〔四〕「旌旗」，集作「弓刀」。

〔五〕「形還」，集作「連山」。

愁路滑，離披態正〔一〕惜花開。竹鷄無賴啼偏切，直送行人度嶺來。

宿五里亭

舟行奇〔二〕險還遵陸，跋涉誰知險更并。牛跡水添三尺澗，雲頭暮轉一峰晴。頗聞西上攀躋苦，却笑南游性命輕。草草郵亭貪一宿〔三〕，辰陽辛苦記〔四〕初程。

辰溪道中

山阪人行極嶮巇，路迴依舊出江湄。犁頭滴泪收遺鏃，馬骨無恩感敝帷。廢井禽言聲磔格，斜陽燕麥影參差。楚南零落皆三尺，何處從人話往時。

〔一〕「態正」，集作「滿眼」。
〔二〕「奇」，集作「脱」。
〔三〕此句，集作「細數道旁雙隻堠」。
〔四〕「記」，集作「是」。

羅舊驛

陽明舊日留詩地，我到偏傷亂後情。淺草平陂荒徼路，殘陽小驛圖〔一〕司城。驛前有廢城。〔二〕西征將帥猶堅壁，南牧牛羊各占營。此日蠻人皆佩犢，不煩布穀苦催耕。

午日沅州道中

一年傳旅食，吳楚隔干戈。山〔三〕果枇杷熟，蠻〔四〕花躑躅多。蒲魚鄉國味，梅〔五〕雨客程歌。佳節今朝是，誰知馬上過。

〔一〕「圖」，集作「鋪」。
〔二〕此注，集無。
〔三〕「山」，集作「蠻」。
〔四〕「蠻」，集作「山」。
〔五〕「梅」，集作「風」。

沅州即事口號五首〔一〕

其一

將軍意氣本飛揚，轉敗爲功事亦常。昨夜帳中傳上壽，酪漿留客出紅妝。

其二

（略，見《敬業堂詩集》卷二《沅州即事》之一。）

其三

櫺星南望已無門，馬踏平池泮水渾。一片城南荒草地，佛樓鐘鼓自朝昏。

〔一〕集中僅收二首。

其四

官兵十萬擁城〔一〕隈，糧運頻煩羽檄催。米價最高薪最賤，炊烟多是〔二〕畫梁灰。

其五

江橋長亘影如虹，列肆居肰鬧日中。厮養近專商賈利，殺牛屠狗自成風。

自沅州至麻陽道中四首〔三〕

其一

雲裝煙屐記閒關，漸入西南天地間。帽影巧〔四〕遮當午日，泉源知〔五〕隔幾重山。驅馳身健

〔一〕「城」，集作「巖」。

〔二〕「多是」，集作「晴散」。

〔三〕詩題，集作「自沅州抵麻陽二首」。

〔四〕「巧」，硃筆改爲「薄」，原字亦未删去。

〔五〕「知」，硃筆改爲「響」，原字亦未删去。

知何補，吟眺心孤每愛閒。從此沅江清夢闊，鷗波渺渺自蒼灣。

其　二

層巒高下走危坡，變態煙霞取次過。石蹴水花當道濺，日穿林影過溪多。草間有兔猶營窟，馬首逢人總荷戈。不信客懷消不得，據鞍無賴一高歌。

其　三

徑曲泥無兩日晴，齊天坡下暑猶清〔一〕。廢坪過雨〔二〕分秧水〔三〕，小砦因山〔四〕占土城。楚樹含情如有待，蠻花問俗本〔五〕無名。風波外有嶔崎路，不礙行人晝日行〔六〕。

〔一〕此二句，集作「半月天無一日晴，亂山處處走溪聲」。
〔二〕「過雨」，集作「隔岸」。
〔三〕原注：「楚南皆山地，稍寬衍者名爲坪。」
〔四〕「山」，集作「高」。
〔五〕「本」，集作「總」。
〔六〕此二句，集作「嶔崎路在風波外，不礙行人觸暑行」。

其 四

麻陽西上草芊綿，黔楚分疆指顧邊〔一〕。自是勞人貪僻路，也知瘏〔二〕馬愛清泉。參天有勢松何健，肖物能工石亦妍。一片銅崖青入望，夕陽跕跕數飛鳶。

天擎洞〔三〕

黔江自與楚水通，楚山不與黔山同。神靈有意幻奇譎，要使〔四〕豁達開心胸。初披榛莽覓側〔五〕徑，旋渡略彴踰奔洪。路窮始覺巖竇顯，氣象軒翥由中空〔六〕。陰叢暗聲〔七〕聚蚊蚋，

〔一〕此二句，集作「欲知黔楚分疆處，只在孤雲兩角邊」。
〔二〕「知瘏」，集作「如渴」。
〔三〕詩題，集作「天擎洞歌」。
〔四〕「要使」，集作「使我」。
〔五〕「側」，集作「微」。
〔六〕此二句，集作「水窮雲起巖洞出，外象軒翥中含空」。
〔七〕「暗聲」，集作「轟轟」。

老骨結髓成〔一〕虬龍。崩〔二〕崖俛瞰勢全〔三〕墜，一柱枝撑真奇雄〔四〕。蜂房倒垂作層級，鍾乳亂滴□〔五〕玲瓏。不知瀑布之源在何許，天紳飄下垂天〔六〕東。石鋒〔七〕截斷千匹練，龍梭織雨抛晴空〔八〕。又疑蜥蜴吐沫散，冰雹寒氣五月〔九〕生迴風。長林豐草四時潤，雨露不到天何〔一〇〕功。

〔一〕「結髓成」，集作「硌硌摧」。
〔二〕「崩」，集作「懸」。
〔三〕「全」，集作「將」。
〔四〕「枝撑真奇雄」，集作「突兀撑於中」。
〔五〕闕一字，集作「穿」。
〔六〕「垂天」，集作「朝陽」。
〔七〕「鋒」，集作「梁」。
〔八〕此句，集作「明珠迸出鮫人宫」。
〔九〕「五月」，集作「颯颯」。
〔一〇〕「天何」，集作「誰尸」。

初入黔境土人皆避兵深洞洞又在懸崖峭壁間緣梯上下與猿猱無異睹之心惻口占作詩〔一〕

巢居風俗故依然，石穴真〔二〕當萬木顛。幾地流移還有伴，舊時井竈斷無烟。餘生兵革逃難穩，絶塞田疇瘠可憐。好報長官蠲賦斂，獮猿家世室〔三〕如懸。

銅仁署中得家叔沅州書知與余離沅相距半日不勝惘然

過盡清江白石灘，蠻城鵲喜得平安。風波别〔四〕路慫期易，骨肉他鄉數面難。客醉壺歌驚遠夢，人今匏繫厭微官。殷勤書札凄凉話，永夜深燈制〔五〕泪看。

〔一〕詩題，集作「初入黔境土人皆居懸崖峭壁間緣梯上下與猿猱無異睹之心惻而作是詩」。
〔二〕「真」，集作「高」。
〔三〕「世室」，集作「室久」。
〔四〕「别」，硃筆改爲「蠻」，原字亦未删去。
〔五〕「制」，硃筆改爲「滴」，原字亦未删去。

銅仁書懷寄德尹潤木兩弟六章則專示建〔一〕

其　一

客行已度萬峰巔，咫尺牂牁〔二〕接漏天。雲磴〔三〕險應輕蜀道，布帆穩憶上吳船。家書盾鼻題難盡，春草刀環夢未圓。了了故園東下路，洞庭高浪白門烟。

其　二

虚名小郡笑猶存，官舍無煙米不屯。鷄犬境荒空碧草〔四〕，漁樵人散又黄昏〔五〕。路窮江口

〔一〕集題作「銅仁書懷寄德尹潤木兩弟四首末章專示建兒」。
〔二〕「牂牁」，集作「西南」。
〔三〕「磴」，集作「棧」。
〔四〕此句，集作「鵝鴨池荒餘棄壘」。
〔五〕此句，集作「漁樵人少但空村」。

船稀到，山到天邊〔一〕石盡髡。最是子規啼未歇，插天丹嶂起雩猿。

其　三

軍角高原樹大旗，楚歌淒斷一沾衣〔二〕。月斜飢〔三〕虎巡城去，風定棲烏〔四〕匝〔五〕樹歸。超石諸營兒作戲，射生別帳妓成圍。封侯何與書生事，隻影天南欲倦飛〔六〕。

其　四

俗近紅苗喜跨刀，瘴雲毒霧閟溪毛。牛羊瘦嶺耕難遍，户口窮鄉〔七〕

〔一〕「到天邊」，集作「近黔東」。
〔二〕此二句，集作「眼見青旗換白旗，幾聞殊俗震餘威」。
〔三〕「飢」，集作「嚵」。
〔四〕「棲烏」，硃筆改爲「寒鴉」，原字亦未删去。
〔五〕「棲烏匝」，集作「飢烏繞」。
〔六〕此二句，集作「飛書草檄非吾事，悔著征人短後衣」。
〔七〕以下闕。

其　五

（略，見《敬業堂詩集》卷二《銅仁書懷寄德尹潤木兩弟四首末章專示建兒》之四。）

其　六

夜郎天外走無端，堠館經時穩住難。星斗夜分雙極目，江湖書到一加餐。烽傳鯨海波猶沸〔一〕，血漬牛涔土未乾。喪亂别中誰料得，急將好語慰平生。

高慎旃自黔罷官入都索贈行之句〔二〕

八年遠宦阻迴車，萬里高堂悵倚廬〔三〕。歸志竟成桑海後〔四〕，逢人猶説亂離初。子删〔五〕

〔一〕原注：「時傳浙有海警。」
〔二〕詩題闕「自黔」二字。
〔三〕原注：「少司寇先生尚在堂。」
〔四〕此句，集作「歸路已遲鴻雁後」。
〔五〕「子删」，集作「藺成」。

恨滿江南賦，孝穆情真僕射書。此去朝家崇史事，崔瞻蘊藉比何如。

小雨既過溽暑鬱蒸

六月南荒憯久晴，火維突兀苦無情。喜聞微雨涼生幔，坐看諸峰秀偪城。對影樹旋移白日，懷新苗已負蒼生。身愛天下慚非分，只要蚊蠅却扇清。

後庭瓔珞柏兩樹每早有黄鸝來鳴用義山流鶯韻

新音睍睆羽參差，啼到聲多不自持。老樹每迎清曉韻，雙柑空負薄游期。聽來耳熟如鄉語，夢去心驚又別時。知有舊巢棲未定，金衣惆悵上南枝。

禱雨行

昔聞黔中天無三日晴，今之所見乃徑庭。風從南來日如火血，火雲燒空龍尾赬。山田高下就山勢，溪峒絶少三畝平。桔槔下汲虹宛宛，江水百丈難倒行。苗根拳攣草根蔓，黄泥坂裂墜作坑。呰中肥牛椎饗士，尺寸胼胝由躬耕，天乎未肯憫農力。半月慳澤胡無情。中丞睹此頻仰歎，未了干戈又荒旱。年來所事與心違，毋乃官窮累微賤。步行禱雨入龍祠，五日霑濡竟及期。公言感應偶然事，市恩煦煦非吾意。天功雖非人可貪，致此嘉難得堪喜。誅求已看貧到骨，祇恐逢年尚難起。西南若許留孑遺，苗民雖頑亦人耳。即今海內盡兵荒，不獨傷心爲一方。我亦有田歸未得，每逢水旱苦思鄉。

郡齋喜雨午睡初覺偶題

絶勝僧窗借榻眠，簟紋涼似早秋天。山榴過節花偏豔，南鳥如人舌頗圓。筆墨新功分永晝，農桑閒夢得豐年。萬峰雲氣孤城雨，人在高樓捲幔前。

六月十五夜坐雨憶舊年潯陽舟中於韜荒兄對月悵然有感〔一〕

（略，見《敬業堂詩集》卷二二。）

〔一〕詩題，集作「六月十五夜銅仁郡齋坐雨憶去年此夕同韜荒兄潯陽對月有作」。

鷄冠砦

絲路微從鳥道分，半空鷄犬隔江聞。雨聲飛過岩頭砦，多少人家是白雲[一]。

漾頭司

雲山獅口寨，風俗短裙苗。兩郡封疆錯，孤城控制遥。遺民收野芋，古[二]路入山椒。怕見征南騎，臨江斥渡[三]驕。是夕，得滿兵移鎮銅仁之報[四]。

夜泊黄蠟關大雨江水暴漲丈餘黎明發舟諸灘盡失矣[五]

頑石堆瘿疣，清江限[六]羅帶。黔山雖可憎，黔水頗可愛。雨聲怒流濁，曉鏡忽破碎。岸邊

〔一〕此詩及詩題殘缺，僅餘「砦多少人家是白雲」八字，今據《敬業堂詩集》卷二補。
〔二〕「古」，集作「狹」。
〔三〕「斥渡」，集作「叱馭」。
〔四〕此注，集無。
〔五〕詩題，集作「大雨泊黄蠟關江水暴漲黎明解纜諸灘盡失矣」。
〔六〕「限」，集作「曳」。

竹樹叢，荇藻罥猶礙〔一〕。積水勢東流，枝葉無□背〔二〕。小舡〔三〕銜尾去，一〔四〕葉舞澎湃。榜人顧我笑，壯士行何畏。來當兵革地〔五〕，夷險視一概。誰能守孤篷，鬱鬱坐久待。輕生涉風濤〔六〕，既濟反深〔七〕悔。

戲惱雷玉衡

兵火西南梗未通，乍來風味試黔中。酒傾蘆管傳瓶飲，衣綻棕櫚擘綫縫。白小偶烹供異饌，花蕎一稔抵豐年。憑君爲語滇南勝，只恐蠻鄉俗總同。

〔一〕此二句，集作「千年老樹枝，礓石亞完塊」。
〔二〕此二句，集無。
〔三〕「舡」，集作「舠」。
〔四〕「一」，集作「脱」。
〔五〕「地」，集作「交」。
〔六〕「涉風濤」，集作「犯過涉」。
〔七〕「反深」，集作「稍知」。

銅仁秋感十首次劉丙孫原韻〔一〕

其一

節〔二〕物移黔境，關城錯〔三〕楚邦。亂山惟見〔四〕石，細水亦名江。烽〔五〕燧連苗砦，秋〔六〕燈又〔七〕客窗。崎嶇經戰地，游屐不成雙。

〔一〕詩題，集作「銅仁秋感和劉丙孫六首」。
〔二〕「節」，集作「風」。
〔三〕「錯」，集作「接」。
〔四〕「惟見」，集作「争戴」。
〔五〕「烽」，集作「遠」。
〔六〕「秋」，集作「孤」。
〔七〕「又」，集作「冷」。

其　二

（略，見《敬業堂詩集》卷二之二。）

其　三

郭外於菟穴，城中跛扈兵。幾能〔一〕除猰貐，只自〔二〕逐鼯鼪。長技論飛鞚，餘威到射生〔三〕。草間遺赤子〔四〕，一一〔五〕望昇平。

〔一〕「能」，集作「時」。
〔二〕「只自」，集作「終日」。
〔三〕此二句，集作「警急傳鷄羽，悠揚聽角聲」。
〔四〕「遺赤子」，集作「殘孑在」。
〔五〕「一一」，集作「却立」。

其　四

居民憔悴甚，〔一〕顔狀異中華。〔二〕薄賦仍〔三〕輸賧，餘生只〔四〕戀家。銅苗收石緑，金氣辨丹砂。亂裏輕鑾貨，何時載客車〔五〕

其　五

東山秀入城，積翠雨餘生。不縱登高日，長屯遠戍兵。封侯争肉食，草檄賤文名。莽莽升沉計，攜龜就楚傖。

〔一〕「憔悴甚」，集作「竄崖谷」。
〔二〕「異中華」，集作「類齾齴」。
〔三〕「仍」，集作「猶」。
〔四〕「只」，集作「各」。
〔五〕「載客車」，集作「到客槎」。

其　六

隙火飛蟲入，庭隅樹影生。月華經霧〔一〕淡，嵐氣入秋晴〔二〕。南味疏鮭菜，西風到膾橙。可憐鄉夢熟〔三〕，滿聽櫂歌聲〔四〕。

其　七

莫謾思鄉味〔五〕，茲游興頗長〔六〕。肯辭〔七〕蘆酒濁，翻覺〔八〕野蔬香。珠米春兼石〔九〕，刀魚

〔一〕「華經霧」，集作「光經雨」。
〔二〕「晴」，集作「清」。
〔三〕「熟」，集作「斷」。
〔四〕此句，集作「戍柝正三更」。
〔五〕「思鄉味」，集作「愁覊旅」。
〔六〕此句，集作「南游計亦良」。
〔七〕「肯辭」，集作「主嫌」。
〔八〕「翻覺」，集作「客愛」。
〔九〕「春兼石」，集作「升春雪」。

寸縷霜。蹉跎叨匕箸，容易送流光。

其　八

偪仄歌難盡，人情大抵然。坦懷成衛玠，畏路讓劉鄢。夢入乘車穴，詩參造物權。長沙鵩似鵩，腸斷洛陽年。

其　九

艱辛來棘道，怪事記初經。峻阪愁衝雨，長灘怒走霆。水花鳴翡翠，岸草拂蜻蜓。漂泊逢人話，依依似兩萍。

其　十

及此同辰夕，都忘爾汝形。壺觴多暇日，幕府借居停。客況鴉啼署，家書鵲喜靈。最憐煙瘴地，相對眼猶青。

夢歸故園

一郡荆榛萬嶺猿，客愁盡處夢田園。影涼疏簟梧桐露，花艷秋階蟋蟀盆。籬落瓜壺仍翠架，書聲燈火又黄昏。倚閭白髮今無復，腸斷兒童出候門。

秋夜用陽明先生韻

月出山更高，蟲語秋逾静。江聲涼入户，銀漢澹留影。轅門鼓角悲，半夜徹邊警。比聞思南戰，喘息足尚屏。角弓挽未强，犀角卧已冷。有情有深感，無處無佳境。坐令孤客心，撫時惜清景。

祝京山將歸梅里有詩留别賦贈行二章酬之兼寄斯年武曾分虎兄弟

其一

瘴斂巖城日已高，歸裝孑孑夢勞勞。到鄉社事黄花酒，别浦秋煙白鷺濤。木落旗亭催放艇，吟成樺燭記分毫。讀書射獵初心在，便好從君計善刀。

其　二

三李前游跡未陳，烽傳苗部羽書新。日南詩句滄桑録，花底琴書現在身。彭蠡秋來無過雁，夜郎天外又歸人。相逢爲話余兄弟，兩地西風隔戰塵。

送劉丙孫之任沅州劉安丘相國次子也

卧閣吟窗共幾旬，天涯此別忽風塵。路長且勿論歸計，母在尤應惜此身。相國風流宜有後，當時故舊豈無人。宦游情味如遷客，轉信微官不救貧。

送雷玉衡赴印江學博任雷，滇南人〔一〕。

雙江路盡還雙峽，此去休辭〔二〕跋涉難。秋雨隔城聞戰伐，夕烽傳點望平安。鄉程漸近檳

〔一〕此注，集無。
〔二〕「辭」，集作「論」。

榔樹，宦味初嘗苜蓿柈〔一〕。昨夜尊前頻送喜，燈花何負鄭虔官。

得家有聲兄都下書許久未答夜窗檢笥中舊札輒續報章并作二詩奉寄〔二〕

其一

布帆安穩客飄萍〔三〕，君〔四〕渡滹沱我洞庭。橘柚候依京國雁，茱萸人〔五〕散故園星。瘴鄉弓力秋來健，沙塞〔六〕笳音嶺外聽。若向此游論客況，亂離〔七〕一一眼曾經。

〔一〕「柈」，集作「盤」。
〔二〕詩題，集作「得家荆州兄都下書久而未答夜窗檢笥中舊札因續報章并作二詩奉寄」。
〔三〕此句，集作「朔南踪跡兩浮萍」。
〔四〕「君」，集作「爾」。
〔五〕「人」，集作「會」。
〔六〕「塞」，集作「磧」。
〔七〕「亂離」，集作「兵荒」。

其　二

陳東倘許持清議，經濟如兄綽有餘。滿地干戈人作客，一燈風雨夜開書〔一〕。絶奇世事傳聞裏，最好交情見面初。如此畏途須閲歷，興闌吾意欲迴車〔二〕。

枕上偶得〔三〕

漏盡鷄一鳴，遥遥村砦裏。須臾遍城市，歷亂殊未已。晨光澹列宿，虚白上窗紙。夜來江湖心，夢斷不可理。但〔四〕覺柔櫓聲，咿啞猶在耳。

〔一〕此二句，集作「夜雨新豐空作客，秋燈絶徼又開書」。
〔二〕「意欲迴車」，集作「欲賦歸與」。
〔三〕「得」，集作「成」。
〔四〕「但」，集作「似」。

秋懷詩并序

鑾城秋早〔一〕，風雨淒其，懷遠〔二〕思鄉，一時并集，次第有作，得詩一十二〔三〕章。江湖浩蕩，分寄無由，異日奉几杖於先生，寫心期於同好，當一一〔四〕出以相質，用博和章焉。

姚江黄夫子掛名薦牘知驅馳無力不能北上也

卅載〔五〕靈光劫燒餘，名山一席老仍虚。及門漸散天南北，舊事閒隨夢卷舒。黨論甘陵多擬似，交情中散比何如。公朝謾有程文海，又費先生却聘書。

〔一〕「早」，集作「晚」。
〔二〕「遠」，集作「友」。
〔三〕「十二」，集作「十六」。
〔四〕「一一」二字，集無。
〔五〕「卅載」，集作「四海」。

外舅陸〔一〕先生久留都下短章勸駕情見乎辭

事與心違悵遠〔二〕離，烽煙〔三〕一信底差池。望窮難覓衡陽雁，客到猶〔四〕傳塞上詩。南國霜華愁點〔五〕鬢，東籬秋信菊如期。買山歸卧談何易，始覺巢由是盛時。

黄晦木先生

黄浦花深護竹扉，隔江城郭鶴空〔六〕歸。風生故壘餘蘆荻，天遣西山長蕨薇。注《易》十年留小草，憂時一涕肯輕揮。老裝來往錢塘路，藥裹丹爐計未違。

〔一〕此處，集中有「射山」二字。
〔二〕「遠」，集作「久」。
〔三〕「烽煙」，集作「京華」。
〔四〕「猶」，集作「遥」。
〔五〕「愁點」，集作「蓬著」。
〔六〕「空」，集作「初」。

家二南伯閉户里居絶意仕宦

從前去住每逡巡，愛我無如伯父真。一别驚心連戰伐，兩年回首隔音塵。雲霞老健登山杖，絲竹名高捉鼻人。便好文章傳後輩，階庭玉樹已争新。

王汾仲寓居白門

青山無恙罷登臨，誰遣神州竟陸沉〔一〕。快馬短裘他夜夢，荒亭野史故交心〔二〕。愁侵衰鬢絲何極，老傍窮途感易深。一片臺城吹角外，秦淮煙柳變秋陰。

平陵宋梅知久客吾土往余在楚南晤令兄山臞於常武知其昆弟季闊絶二十二年矣因詩以寓消息

吴楚漂流各未還，浮雲回首極間關。來經嶺徼干戈後，交許君家伯仲間。丘壑幾成棲隱

〔一〕此句，集作「收取雄才入苦吟」。
〔二〕原注：「謂金正希先生。」

計，風塵遍老別離顏。天涯我正思諸弟，欲寄新詩淚已潸。

長水李秋錦

（略，見《敬業堂詩集》卷二《秋懷詩》之五。）

白門王璞庵

南戒江山破涕新，博梟壺馬鬬長貧。英雄混跡疑亡賴，風雨高歌覺有神。一劍乾坤鳴怪事，六朝裙屐笑文人。采蘩橋畔留詩別，珍重人間有〔一〕政身。

周青士在登州幕

聞君又傍東牟幕，緑水紅蓮映主賓。太守風流今有數，故鄉徵逐漸無人。幻呈海市沙門曉，青入秋旻泰嶽真。莫對江關説憔悴，庾家詞賦老逾新。主人爲潭舟市。

〔一〕「珍重人間有」，集作「母在尤宜惜」。

朱人遠陳撝謙子棨黄主一各有文見送繾綣之意别後不忘也

酒幔河橋柳拂絲，故人欲折並依依。篋中行卷春留别，畫裏孤飄客憶歸。鸞郡秋聲迴鼓角，戰場風力展旌旗。飛書手健堪提〔一〕劍，不擬〔二〕從軍一布衣。

陳子文舉家赴安邑丞近聞子厚亦作晉游同此致意

三徑無資慢〔三〕管絃，清才差勝廣文氈。藍田記入昌黎集，絳帖碑留淳化年。一縣葡萄秋釀酒，千家砧杵月臨邊。豬肝不用供他客，雙鵲東軒信早傳。東坡《與子由》詩：雙鵲先我來，飛上東軒背〔四〕。

〔一〕「飛書手健堪提」，集作「賣文剩買防身」。
〔二〕「擬」，集作「改」。
〔三〕「慢」，集作「謾」。
〔四〕此注，集無。

祝豹臣〔一〕南宫下第閉門讀史撫孤侄如己出言念及此不無存歿之傷

握手河梁〔二〕事忍論，他時存歿感〔三〕賢昆〔四〕。久從恭謹傳家法，却幸諸孤聚義門。四海貧交情骨肉〔五〕，兩朝青史〔六〕泪添痕。君家忠孝尋常事，一第何當説感恩〔七〕。

王子穎右朝兄弟

望衡對宇雅相親，南阮才高不諱貧。帶雨村春晨隔巷，到〔八〕門燈火夜留賓。兩家子弟如

〔一〕「豹臣」，集作「彦方」。
〔二〕「握手河梁」，集作「存殁相關」。
〔三〕「他時存殁感」，集作「桓山翼折嘆」。
〔四〕原注：「謂令兄鳳司。」「令兄」二字，集無。
〔五〕此句，集作「二頃良田貧減價」。
〔六〕「青史」，集作「汗簡」。
〔七〕此二句，集作「買鄰擬就墻東住，及取遺風教子孫」。
〔八〕「到」，集作「欵」。

行雁，一姓婚姻少比鄰。角酒争棋曾此地，鷄聲絶塞〔一〕夢何因。

客夏同人餞别於飧和堂轉盼經年〔二〕聞故鄉社事紛然感懷同志作詩寄主人朱與三〔三〕

（略，見《敬業堂詩集》卷二《秋懷詩》之七。）

徐孝績有書見存並簡盛鶴江徐元贊〔四〕程禹聲〔五〕

崔九堂前〔六〕一繫舟，遠來情感寄書郵。關心風雨經聯榻，輕命江山博壯游。木葉波仍浮

〔一〕「鷄聲絶塞」，集作「荒鷄絶徼」。
〔二〕「轉盼經年」四字，集無。
〔三〕此詩集中列《白門王璞庵》之後。
〔四〕「元贊」，集作「淮江」。
〔五〕集題後尚有「諸子」二字。
〔六〕「崔九堂前」，集作「石佛橋邊」。

楚甸，蘆花雪又滿吴洲。蓴〔一〕鱸稻〔二〕蟹鄉〔三〕味，容易懷人負好秋。

得楊端木京邸書

消息京華〔四〕萬里通，憐余踪迹久從戎。羞言處士河陽幕，豈有書生絶域功。浴鐵甲分秋練白，蠟丸書傍燭花紅。知君矯首西南望，懷友思親一概中。

漢陽王孟穀羅魯峰

晴川閣外〔五〕揮杯後，兩度西風閲歲華。鸚鵡夢銷江上草，鷓鴣啼老日南花。舞迴鷄枕宵初半，讀罷魚書飯好加。此日〔六〕楚材多放廢，居然屈宋起名家。

〔一〕「蓴」，集作「蒓」。
〔二〕「稻」，集作「橙」。
〔三〕「鄉」，集作「鄉」。
〔四〕「京華」，集作「烽烟」。
〔五〕「閣外」，集作「高閣」。
〔六〕「此日」，集作「莫道」。

語溪吴橙齋

珊瑚筆格水晶簾，儒雅風流爾獨兼。别墅棋聲驚鳥散，後堂花氣避人嫌。詩傳梨板篇篇好，曲倚瓊□字字嚴。如此風光行樂過，肯將游屐到滇黔？

與韜荒兄江陵分手兄赴豫章，余亦尋〔一〕至沅南相望各天音問遂隔〔二〕比得鄉信因寓感懷

曾作江湖同隊魚，洞庭南上更愁余。遠〔三〕游想像重題閣，故國平安有報書。去日兒童皆項領，同時牛馬亦襟裾。捉刀未了生涯事，只是羞乘下澤車。

〔一〕「亦尋」二字，集無。
〔二〕「問遂隔」，集作「塵复隔」。
〔三〕「遠」，集作「舊」。

家二南伯〔一〕謁選入都〔二〕遠書見示〔三〕

囊琴匣硯走燕臺，鄉月當頭又幾回〔四〕。軍角風高鷄唱〔五〕合，獵塵秋早雁翎開。數傳絶塞天垂盡，柱砥狂瀾勢急迴。勿與積薪論行輩，好從彭澤賦歸來〔六〕。

仲弟德尹性不耐家食自余出門以後遂羈游興聊以慰之

碧蘿紅蓼一汀煙，小雨濛濛濕釣船。旅食始知村舍好，新寒常作夢歸緣。芙蓉豔處霜侵闊，禾黍收時水冒田。婚嫁一家都累汝，望鄉情事祝豐年。

〔一〕「二南伯」，集作「伯二南」。
〔二〕「謁選入都」，此四字，集無。
〔三〕集中此詩列《客夏同人餞别於殆和堂聞故鄉社事紛然感懷同志作詩寄主人朱與三》之後。
〔四〕此二句，集作「憶從奉杖别岩隈，遠枉馳箋又一回」。
〔五〕「鷄唱」，集作「蟲語」。
〔六〕後四句，集作「石光敲火三年過，銅柱無名萬里來。珍重先生期許意，緘題欲報每遲徊」。

得又微姪書兼寄西嵒叔及閭英聲山諸弟姪

經年草草悵乖違，又向蠻方换裌衣。戰地短書鴻偶到，故園樂事蟹初肥。論嚴同調交偏廣，曲到〔一〕知音和要稀。見説文場誇讌會，南游吾已卷争飛。

連下銅鼓龍門魚梁諸灘

上灘力相争，下灘勢相借。連山百餘里，眩轉日光乍。山根見竹樹〔二〕，一抹蒼然化。小舟片葉輕，掀簸穿石罅。飛雹在其旁，雷霆走其下。篙師〔三〕逐奔瀉，快若王良〔四〕駕。過都等歷塊，轥汗濕未卸。又如彀鐵弩，東向海門射。胥濤狎重水，斂怒如退舍。□神況小婢，指摘或遭吒。以斯悟至理，出險在閒暇。向來覆舟人，正坐浪驚怕〔五〕。

〔一〕「曲」硃筆改爲「信」，原字亦未删去。
〔二〕「眩轉日光乍。山根見竹樹」二句，集無。
〔三〕「走其下。篙師」，原作「心手習。曲折」，後删去，硃筆眉批曰：「平常語，須剪裁之。」
〔四〕「瀉，快若王良」，「御，控縱飛黄」，後删去。
〔五〕原注：「前一日，舟子不戒，幾至覆舟。」

高村田家三首

其一

種田神堂灣，家在隔溪住。溪水清且淺，山光映秋素。日暮負戴歸，群然亂流渡。欲看瘠瘦瘢，鳥催脱破胯。

其二

俗貧盜見棄，夜户不可設。翻爲防逃兵，鄉社有團結。隔河聞人聲，睒睒鬼燈滅。我欲從之言，棘莽高八尺。

其三

牛羊争隘巷，井臼引高木。村村聚一姓，鷄犬亦并宿。兵荒分同死，男女不輕鬻。所以五溪蠻，古來多巨族。

浦市晤宋梅知兼贈别時閏秋四日也四十四韻〔一〕

與子總角交，廿年數晨夕。中間有離合，契闊纔經月。忽爲萬里游，竟作兩年隔。共言後會期，蒼莽知何日？初春得子書，感子遠相憶。令兄久辭家，托我覓消息。朗州快相見，恍與子面覿。行藏互相憐，并作幕中客。惶惶著作手，止用供草檄。鹽車上太行，識者爲飲泣。所用等違才，何如老槽櫪。稍喜喪亂餘，神清髮猶黑。報章走急足，與爾慰饑惄。十年一紙書，奚止萬金直。平生骨肉恩，至性有感激。小僮襆布被，一往輕跋涉。洞庭粘天去，灝汗漫無壁。近江石齒齒，白日飛霹靂。小舟試奇險，行李幾淹浥。汝兄我先□，我弟汝新别。兩家兄弟間，手足乃其一。銅仁聞子來，喜劇狂叫絶。買舟下浦市，石觸舟中裂。怖餘身幸在，再理渡江檝。北行意已堅，百險詎能敵。沙頭重把袂，迎面淚反滴。開口先暄寒，次第家事及。子言聊慰我，指似聽歷歷。舍弟辭人幕，今年復家食。别中六寄書，此度凡兩接。是日，接德尹所寄第六札。其餘俱浮沉，欲見那可得。非子爲口傳，孟浪費楮墨。子來喜見兄，飄泊手重執。余行别諸弟，渺渺孤飛翼。同到百蠻中，方寸異歡戚。

〔一〕「時閏秋四日也四十四韻」十字，集無。

是時秋平分，晝夜五十刻。月魄哉初生，魚燈閃星的。江樓話達旦，對酒脣不濕。局促苦告歸，怱怱又行色。路岐争戰地，去住兩逼側。賤貧何足耻，所要各努力。期許交情然，漂泊天意或。子颿已飛揚，我馬尚羈靮。去去復何言，涼風在蘆荻〔一〕。

康家渡夜泊

水落沙明白石圓，沅江初月秀便娟。河房燈火千家市，客渡蘆花一葉船。波静魚龍銜尾

〔一〕集中此詩，異文較多，故附於後，以資參考：「與子總角交，賤貧互相得。自從行萬里，始作可憐色。兩萍浮大海，後會那可即。初春得子書，感子遠相憶。令兄久辭家，托我覓消息。武陵快相遇，恍與子面覿。頗怪經亂離，神清髮深黑。報章走急足，與爾慰饑惄。十年一紙書，奚啻萬金直。平生骨肉恩，獨往輕遠涉。沅江石齒齒，白日飛霹靂。投軀試奇險，聚散俱慘戚。汝兄我先見，我弟汝新别。兩家兄弟間，異姓派如嫡。銅崖聞子來，喜劇遽走覓。買舟下浦市，石觸舟中裂。怖餘身幸在，再理渡江檝。沙頭重把袂，迎面淚反滴。開口先暄寒，次第家事及。子言聊慰我，指似聽歷歷。舍弟辭人幕，今年復家食。别中六寄書，此度凡兩接。是日，接德尹所寄第六札。子來喜見兄，飄泊手重執。余行别諸弟，渺渺孤飛翼。同落百蠻中，悲歡儳殊域。江天秋平分，晝夜五十刻。月魄哉初生，飛蟲撲燈入。從昏話達旦，對酒脣不濕。别當争戰場，岐路莽南北。子颿已高掛，我馬尚羈靮。去去勿回頭，涼風在蘆荻。」

去，夜涼鷗鷺插頭眠。天邊又送還家客，鄉思離愁夢并牽。前一夕，梅知别去。

馮葉村家

布裙翻翻短幅，高髻亭亭古粧。坐看人成翁媪，不知世有姬姜。

麻陽運船行

麻陽縣西催轉粟，人少山空聞鬼哭。一家丁壯已〔一〕從軍，老稚相〔二〕攜出茅屋。朝行派米暮傕船，吏胥點名還索錢。轆轤轉絙出井底，西望提溪如到天。麻陽至提溪，相去一〔三〕百里。一里四五灘，灘灘響流水。一灘高五尺，積勢殊未已。南行之衆三萬餘，樵爨軍裝必由此。小船裝載纔數石，船大裝多行不得。百夫并力上一灘，邪許聲中骨俱〔四〕折。前頭

〔一〕「已」，集作「盡」。
〔二〕「相」，集作「扶」。
〔三〕「二」，集作「三」。
〔四〕「俱」，集作「應」。

又見奔濤瀉，未到先愁淚流血。脂膏已盡正輸租，皮骨僅存猶應役。君不見三〔一〕軍坐食萬民勞，民氣難甦兵〔二〕氣驕。前軍昨報〔三〕思南戰〔四〕，多少揚麾〔五〕白日逃。

署庭老桂一本閏秋花凡三發最後值雨

山城無樹草芊綿，老幹秋陰不算年。顧兔迎蟾期好在，瘴煙蠻語爾何緣。先時黄傲籬邊菊，獨夜香依幕府蓮。省記一年秋好處，月華曾對兩回圓。

晴

山腰看雲生，濸若煙吹縷。俄然冒城郭，散作灑窗雨。晚來檐滴疏，翳翳微陽吐。瘴氣晴乍消，亂峰青可數。坐憶芙蓉花，清江相娟嫵。應有曝蓑人，纜船閣柔櫓。把茅縛蝦蟹，

〔一〕「三」，集作「一」。
〔二〕「兵」，集作「士」。
〔三〕「前軍昨報」，集作「虎符昨調」。
〔四〕「戰」，集作「戍」。
〔五〕「揚麾」，硃筆改爲「旗兵」，原字亦未删去。

村酒買新煮。俗客問姓名，櫂歌入前浦。

重陽前一日〔一〕四字得韜〔二〕兄豫章信

其一

豫章書到雁程勞，山館孤燈夜屢挑。怕説重陽又明日，南來何地不登高〔三〕。

其二

寺門霜老擘黄柑，風滿征帆酒半酣。忽憶去年江上雨，菊花天氣别荆南。

送王子上歸山陰

小驛鳴榔雨餞秋，五湖蘋末一孤舟。乍爲别語遲尊酒，不負輕裝有敝裘。歸計長途須健

〔一〕此處，集中有「銅仁郡齋」四字。
〔二〕此處，集中有「荒」字。
〔三〕原注：「末句一作『望鄉無侣倦登高』。」集中無此注。

飯，書生絶域幾封侯？ 天涯不獨憐分袖，直爲思鄉也自愁。

同沈將雲楊魯山〔一〕游銅崖

雙江合處勢瀠洄，地盡銅崖〔二〕忽有臺。 沙際馬知寒潦縮，城西鴉帶夕陽回。 年深兵燹碑難紀〔三〕，路入榛蕪眼倦開。 片石中流〔四〕開闢在，題詩曾閲幾人來。

重過齊天坡

十月新寒犯曉程〔五〕，千〔六〕峰瘴氣晚〔七〕初晴。 人來天際斜陽影，馬蹈雲中落葉聲。 歲事

〔一〕詩題，集尚有「羽上」二字。
〔二〕「銅崖」，集作「中流」。
〔三〕「紀」，集作「讀」。
〔四〕「中流」，集作「只從」。
〔五〕「犯曉程」，集作「瘴已輕」。
〔六〕「千」，集作「萬」。
〔七〕「瘴氣晚」，集作「濕翠雨」。

總〔一〕憐民力盡，郵亭遥數戍烟生。半年游跡愁重到，何計雲山慰客情。

沅州哭劉丙孫二首〔二〕

其一

幕府論交快得群，天涯失意手重分。不應小别輕揮淚，豈謂重來果哭君。中秋前在銅仁揮淚而别，遂成永訣〔三〕。盡賣衣裘供薄殮，誤他僮僕遠從軍。瓦燈相對僧窗夕，忍讀龍場瘞旅文。劉官吏目故云。

其二

偶然倡和成詩讖，鵩賦長沙最不祥。余和丙孫《秋感》詩有「長沙鴞似鵩，腸斷洛陽年」之句〔四〕。萬里慙

〔一〕「歲事總」，集作「杼軸誰」。

〔二〕詩題，集前有「再至」二字。

〔三〕「揮」，集作「灑」。

〔四〕「余和」二字。集中注文無。

余稱好友，一官累爾死殊方。招魂有母傷垂白，舁櫬無兒等國殤。但使〔一〕負薪貧也得，九原應自悔辭鄉。劉爲安丘相國次子。

麻陽山中偶得

石刷參差勢倚天，下臨無地有奔泉。山腰一綫羊腸路，人度西風萬木顛。

送魯山省親歸里

殷勤尊酒別鑾天，安穩圖書壓客船。經眼雲山窮戰地，稱心詩句遠游篇。彩衣綫綻三秋後，白髮花濃八座前。不載丹砂供服食，閒居一賦已成仙。

魯山次韻留別再和一章

淼淼孤帆入楚天，漢陽煙樹洞庭船。羊腸岐路聞猿夕，雁足西風別鶴篇。客夢最勞聯榻後，歸心一到附書前。夜郎他日論才調，流落休輕擬謫仙。

〔一〕「但使」，集作「拚却」。

夜觀燒山〔一〕

（略，見《敬業堂詩集》卷二《夜觀燒山和中丞公韻》。）

發銅仁

黄茅無際天濛濛，霧雨散作雲滿空。陽烏畏寒晚始出，日氣不敵鹵來風。山南山北殊氣候，雜樹向背交青紅。眼前慰客有圖畫，不負萬里游黔中。

晚行田塻坪有呈楊公

濃雲薄雪萬峰頭，旗脚斜陽霧乍收。地僻窮山依獨戍，茅荒數頃得平疇。撫摩何計瘡痍起，兵火無情草木愁。滿眼已看民力盡，關心真切大臣憂。

〔一〕詩題，集作「夜觀燒山和中丞公韻」。

雪後平溪道中〔一〕

馬足聲堅凍未融，楚南晴雪照黔東。百家廢井懸軍後，一路啼猿灌莽中。斑白逢人愁鋌獸，蠻荒〔二〕何地集哀鴻〔三〕。書生亦有傷時泪，袖濕征鞭裏朔風。

清浪衛廣福寺

瓦礫城空〔四〕萬竈荒〔五〕，巍〔六〕然古殿似〔七〕靈光。居〔八〕僧一去塵蒙佛，斷〔九〕角孤吹夜

〔一〕詩題，集有注：「時官軍初復貴陽。」

〔二〕「蠻荒」，集作「萑苻」。

〔三〕「鴻」，集作「鳴」。

〔四〕「空」，集作「隅」。

〔五〕「荒」，集作「旁」。

〔六〕「巍」，集作「居」。

〔七〕「殿似」，集作「寺比」。

〔八〕「居」，集作「殘」。

〔九〕「斷」，集作「畫」。

有〔一〕霜。劫過昆明灰尚黑，經殘〔二〕龍漢事全荒。空〔三〕碑猶〔四〕是前朝〔五〕物，野火燒殘〔六〕柏葉香。寺爲萬曆朝指揮朱公所建〔七〕。

過鷄鳴關

危關陡起勢龍嵸，俯仰江天一望空。野哭有聲愁白日，棄骸無肉任寒風。亂山列幕天將曉，巨石填壕路又通。險阻自存師自老，人間原是少英雄。

題鎮遠中河寺後石洞

（略，見《敬業堂詩集》卷二。）

〔一〕「有」，集作「雨」。
〔二〕「經殘」，集作「年深」。
〔三〕「空」，集作「斷」。
〔四〕「猶」，集作「知」。
〔五〕「前朝」，集作「何年」。
〔六〕「殘」，集作「來」。
〔七〕此注，集無。

度油榨關感述〔一〕

平明走馬出江津，〔二〕峭壁西風卷戰塵〔三〕。轉粟上天寧〔四〕易事，據關横劍竟〔五〕何人。雪消淺土埋尸出〔六〕，冰裂刀痕見〔七〕血新。等是兵荒〔八〕逃不得，戰〔九〕場溝壑兩無因〔一〇〕。

〔一〕「感述」二字，集無。
〔二〕「江津」，集作「城闉」。
〔三〕「卷戰塵」，集作「冷偪身」。
〔四〕「寧」，集作「非」。
〔五〕「横劍竟」，集作「連栅復」。
〔六〕此句，集作「雪填土窟埋屍淺」。
〔七〕「見」，集作「迸」。
〔八〕「兵荒」，集作「三災」。
〔九〕「戰」，集作「疆」。
〔一〇〕「無因」，集作「窮塵」。

飛雲巖

白雲本在天，變幻隨所到。無端忽墮此，穴地啟洞竅。石髓久漸凝，靈姿特神妙。軒軒勢欲舉，外秀中䴊鶩，坐勞佛力鎮，刻畫恣凌暴。山靈怒不受，企脚首頻掉。猶虞從風揚，出山不可叫。呈形寓百怪，意想得奇肖。昂昂舞獅象，狠狠蹲虎豹。蛟龍護鱗甲，鸞鳳披羽翿。或疑人卓立，又似波傾倒。形容口莫悉，覽勝難領要。造物太雕刻，〔一〕將毋元氣耗。林泉爲映帶，旁引轉深奧。清陰借〔二〕古栢，遠響發〔三〕幽瀑。遂令過客心，出入殊静躁。惜哉靈勝境，乃落西南徼。好事偶一逢，高情復誰較。獨留陽明碑，千古表蠻獠。碑在月潭寺中。

〔一〕「刻」，集作「刓」。
〔二〕「借」，集作「矗」。
〔三〕「發」，集作「落」。

黎峩道中雜詩四首〔一〕

其一

（略，見《敬業堂詩集》卷二《黎峩道中二首》。）

其二

馬場河接羊場水，流下灘灘客渡稀。各種生苗同結束，七盤坂下販鹽歸。

其三

（略，見《敬業堂詩集》卷二《黎峩道中二首》。）

其四

清平美酒黄絲女，未到黔陽我亦聞。今日來從兵火後，傍誰買醉倚紅裙。

〔一〕詩題，集作「黎峩道中二首」。

黔陽雜詩仲冬十五日作〔一〕。

其一

蚩尤百丈吐寒芒〔二〕，怪〔三〕氣西南莽未央。燕雀君臣空殿宇，蜉蝣人〔四〕世已〔五〕滄桑。亂山似作孤城衛，横戟誰堪一面當。總道井蛙餘怒在，夜郎何苦自稱王〔六〕。

其二

一軍倉卒走牂牁，掩甲兼程算孰多。金筑平明傳檄到，鐵橋斜日據鞍過。百蠻尚足雄莊蹻，中使何曾折趙佗。莫笑狂生輕鼎鑊，淮陰他日竟如何？

〔一〕詩題，集作「黔陽雜詩四首」，且無題下注。
〔二〕時有彗星之變。
〔三〕「怪」，集作「殺」。
〔四〕「人」，集作「身」。
〔五〕「已」，集作「閲」。
〔六〕此二句，集作「錯料夜郎知漢大，井蛙曾此自稱王」。

其三

休將卧虎擬〔一〕前禽，諸將功高賊未擒。榻馬隔城邊草瘦，幕烏啼曉陣雲深。黔疆〔二〕路盡黔疆險，蜀國人從鳥鳥尋〔三〕。别有〔四〕壽陽污血地，猶傳〔五〕田叟哭王琳〔六〕。

其四

玉斧銅標界有無，受降城下亟軍儲〔七〕。田横客肯〔八〕辭窮□〔九〕，樂毅功難敵謗書。官濫

〔一〕「擬」，集作「比」。
〔二〕「黔疆」，集作「盤江」。
〔三〕此句，集作「鈎棧人從蜀國尋」。
〔四〕「别有」，集作「一片」。
〔五〕「猶傳」，集作「浪傳」。
〔六〕原注：謂永寧事。
〔七〕此句，集作「苴蘭城外亟儲胥」。
〔八〕「肯」，集作「已」。
〔九〕闕一字，集作「島」。

羊頭争獻鏡，謀疏〔一〕鼠穴少□〔二〕車。英雄稺子論誰是，廣武登臨歎有餘。

其　五

吹唇沸地勢縱横，約束誰同〔三〕峽路兵。間道寇應〔四〕防豕突，叢祠有火散狐鳴。殘年租賧催何急，貧〔五〕俗兵荒〔六〕命已輕。莫〔七〕倚弓刀能殺賊，向來漁獵本蒼生。

武侯祠

割據□才出，真從運數争。苦心扶季漢，餘力到南征。廟古寒鴉集，山高薄雪成。渡瀘緣

〔一〕「疏」，集作「新」。
〔二〕闕一字，集作「乘」。
〔三〕「誰同」，集作「人稱」。
〔四〕「寇應」，集作「無援」。
〔五〕「貧」，集作「鬼」。
〔六〕「兵荒」，集作「流離」。
〔七〕「莫」，集作「勿」。

底事，錯莫笑書生。

喜晤秦望兄兼志别

與君支派分兄弟，瀨角天□一面難。豈意干戈成阻隔，翻從烽火報平安。宦途老憶田園好，客况初經慰□寬。莫忘殷勤明歲約，早梅花放待同看。

贈王兔庵二首

其一

行卷無多許對勘，亂餘游况并西南。途窮正值焚書劫，才大誰容捫虱談。白首長年心乍折，青燈細字眼猶看。文章原是名山業，但説投時恐不甘。

其二

詩草親煩手校勘，相逢何意忽天南。一來絶域原拚命，每對知音必健談。候轉鶯花看漸近，歲寒松柏試誰堪。知君大有歸田興，話到山陰夢亦甘。

自五月以後不得德尹消息用少陵遠懷舍弟穎觀等一首六韻

聞汝辭入幕，經時少寄書。干戈淹别日。梅竹且村居。池草詩争秀，蠻燈歲逼除。兩年期易爽，十口計全疏。殘雪銜雙岫，春冰破一渠。依依游子夢，長日繞林廬。

兔庵手校余集小詩鳴謝

勿論詞賦動江關，髀肉消來客最閒。獨樹對床長聽雨，好風開幕一看山。歌狂擊節憐稀和，笑指參軍語帶蠻。此日虞翻差不恨，向來知己一人難。

除夕貴竹署中次德尹去年此夜見懷湘南韻二首韻〔一〕

其一

草草行藏計未堅，鄉心此夕每依然。蠻枝對酒花無恙，絶塞逢春客有緣。賣賦他時憐猋

〔一〕詩題，集作「貴陽除夕次德尹去年此夜湘南見懷韻」。

道，封侯何計出于闐。來經戰地全争健，只對閒身惜壯年。

其　二

秦城趙璧價誰償，位置無功有醉鄉〔一〕。劍氣久寒思拂□〔二〕，鷄聲無伴起張皇〔三〕。吟殘蠟燭三更笛，夢結春雲十畝桑。不是無家輕遠别，天南回首一摧腸。

齊天坡早發此首在《天擎洞》之上〔四〕。

山逼嵐氣侵，仲夏曉猶冷。離披馬鬃濕，十里霧未醒。流雲莽迴盪，陸海開萬頃。東日生其間，轆轤〔五〕上修綆。殷鮮滿〔六〕輪血，倒射却無影。蒼茫樹浮藻，參錯峰脱穎。攀躋足

〔一〕此句，集作「隻影隨身漫去鄉」。
〔二〕闕一字，集作「拭」。
〔三〕「張皇」，集作「徊徨」。
〔四〕詩題，集作「早發齊天坡」，且無題下注。
〔五〕「轆轤」，集作「金丸」。
〔六〕「滿」，集作「一」。

力窮，目賞得奇景。方知夜來宿，乃在最高頂。

附《側翅集》後硃筆批語三條：

萬里從軍，正是書生失路。全卷本意乃往往在吟歎之外，此殊得古人身份。

文既别有集，一記一賦，録出可也。

七律佳者，真足追劍南。間有字句未穩及人所能有處，亦無妨也；五律太少，須沉酣少陵，方出今人之上；七古盡佳，恨少；五古梅知一篇，幾入浣花之廡。他作尚未頓挫，更須多作。

二、見於《壬申記游》者

《壬申紀游》中所收之詩，初白先生編集時收入《敬業堂詩集》卷十四《溢城集》，然有一部分未收入集中。今據浙江省圖書館所藏初白先生手稿《壬申紀游》輯入，計四十四題五十七篇。稿本中殘缺字以□標出。

浚義舟中書所見

嗟爾徒誇人力工，屋茅捲地似飛蓬。鵲巢狡獪能高踞，偏在枝頭不怕風。

獨游虎丘寺

不記春山幾度登，亂泉疏樹一層層。獨來對石兩物語，偶爾趁人如得朋。屐齒静聽高處響，欄杆留待倦時憑。三生似夢蘧然覺，又作匡廬行脚僧。時余將往九江。

荆溪雜詠

採茶攜妓有新詩，太守風流憶盛時。惆悵我來春較淺，窑煙青過牧之陂。

學士南遷白首還，買田陽羡分真慳。杜鵑枝上杜鵑鳥，叫得吴山名蜀山。蜀山有東坡書院，山以先生得名也。

宜壺一具值千緡，雅製争誇妙絶倫。誰與龔春傳手枝，大彬没後更無人。

虎丘寺之惠山寺，補綴亭臺便幾多。較是雙溪風俗好，不裝游舫載笙歌。

溧陽與宋梅知話舊

天公惱我好遠游，吴中六日遇石尤。朝來浪静渡西氿，泙練西去纔通溝。平陵古城又廷櫂，所到未免成淹留。故人家住城南陬，三間老屋支平疇。屋頭淋浪滏新雨，不聞乾鵲聞鳴鳩。入門大笑劇飛動，頓令羈旅寬家愁。可憐爲人好心事，無酒酤我典子裘。十三年來一會面，離緒欲話翻無由。不知其主視其僕，相見亦復多綢繆。我今生計迫衰賤，未甘漁釣依林丘。子雖居貧勇過我，淡泊與世能無求。年逾五十方舉子，六歲上學工咿嘎。客來呼使出長揖，雒誦所記聲如流。眼前即此堪自醒，餘者得失非人謀。漸翁家韜荒兄。桐叟王右朝。久下世，與君那得還黑頭？杯闌仍作黯然别，問我懷刺將誰投？九華五老有夙約，此行此願吾將酧。囊糧中道尚告匱，貸粟我就朱江州。敬如太守。

板子磯

狼藉寧南十萬兵，蕭蕭草木但空城。可憐板子磯頭水，難洗將軍跋扈名。

雨阻大通驛先寄桐城高明府丹植

古驛西來已放晴，無端又作打蓬聲。江南江北人千里。春雨春風夜二更。殘夢易消村店酒，急裝誰諒倦游情。年來事事都難料，豈獨舟行忌算程。朝來風順，意薄昏可抵樅陽，不謂尚隔一程也。

即　事

依稀已過曉粧時，捲起珠簾驀地垂。一片水煙昏似夢，柳絲絲夾雨絲絲。

古道庵羽人抱一乞詩留飲一絶

坡陁直走高山脊，上有樓開面面窓。老樹却遮三面暗，獨留一面看南江。

田間先生聞余至從山中命駕來會即夕招飲賦呈二章〔一〕

居人指點路人誇，有客能邀長者車。即此鄉風殊近古，到來樂事更何加。江山洵美須賢

〔一〕集中僅收第一首，題作「田間先生聞余至自青山命駕來會喜賦」。

主，子弟多才必世家。先生孫曾共十二人，皆好學能文。自笑兩廣猶隔道，仙源無分看桃花。先生次日招余同往青山看桃，以事不及追隨，故云。

樅陽客舍遲高丹植不至

初聞飛鳥到江邊，躑躅征車遂不前。逆旅竟同三宿戀，殷期翻爲一程愆。茅茨避雨牀牀漏，蘿壁當風户户穿。敢向此中嫌局促，蓋蓬强如浪頭船。

賦道楷之約走筆答之

晾蓬天好愛春晴，已辦街西踏屐行。畢竟登山緣分淺，鵓鴣鳴作雨來聲。

自樅陽至楊樹灣道中即目〔一〕

亂山西北走孤城，起伏坡陁勢不平。頗似秣陵關外路，羊頭本作桔槔聲。

泥犁破塊水初渾，低處人牛聚作村。野渡無船行不到，隔溪一帶好田園。

〔一〕第一、二首集中不載，集中僅收第三首。

與丹植

小時萍聚長萍飄，君已飛揚我寂寥。久别喜聞官濟濟，獨來真覺水迢迢。山桃繞郭紅千樹，津柳迎鞭緑萬條。賴是龍眠春色早，得從花縣過花朝。

寒食獨山湖舟中

已過桃花漲，湖灘尚露痕。草青沉雁浦，山緑禁煙村。

次韻酬别錢越秀

十里風花夾路香，踏花尋到讀書堂。自知久住緣終淺，還恐重來路易忘。畫裏有詩吟未足，山中無曆日猶長。此間萬事輸君樂，只費朝朝負米囊。

草廬端合著名賢，深鎖林塘十畝煙。但覺花光猶繞屋，不知松勢已參天。一經累汝才真屈，半菽娱親事可傳。珍重前期臨别約，書來雙眼望長懸。

己未夏與韜荒兄同赴軍幕道出皖上泊舟登城樓指顧江山詠高青丘詩意氣殊壯轉盼十四年兄久下世余落魄重來感念舊游詩以寄慨

江關南北論雄麗，京口西來數皖城。便與石頭成鼎足，上流形勢必先争。此首紀兄當年語。吴頭楚尾茫茫路，屈指前游十載多。不料重來無老伴，壯心銷盡怕風波。

小孤山

珠衣玉座押仙班，倔强天吴掉尾還。真與迴瀾留砥柱，潮痕不上小孤山。海潮不過小孤山，唐張繼詩云：「潮至潯陽回去，相思無處通書。」明人詩亦有「江過潯陽始上潮」之句。

重至九江

弱柳江邊路，西來八換船。黄泥淘作浪，灌莽亂侵壖。市已移闗隘，民多逐貿遷。尚留漁户在，曬網夕陽天。

恒齋太守有喜余至溢城之作奉答

已失半年約，到來榻尚懸。能生□□□，方見主人賢。酒滿藏書屋，詩催刻燭聯。轉添存殁恨，流落話從前〔一〕。

楊花同恒齋賦〔二〕

疇徑從鋪杜老□，殘春如夢過今年。風光官舍長飄雨，時節征衣又拆綿。燕尾翦開輕作影，蛛絲網得薄如煙。浪游蹤跡依稀似，老眼看他分外憐。

酴醾花下

此花開後雜花稀，酒入濃香似乳肥。賸想家園初夏景，朱藤一架壁薔薇。

〔一〕原注：「憶大司空也。」

〔二〕此詩增改頗多，一片塗鴉，最終均圈去，故集中未收。

疏叢嫩蕋細差差，勾勒春光別有姿。應是上頭攀折少，放梢先報出墻枝。

下榻小軒額曰緑蔭并系以詩

新桐聚柳交加緑，小閣幽深似隔溪。南北窗開人未起，朝朝欹枕聽鶯啼。

小雨枕上作

幽人正作去聲。還鄉夢，惱亂鄰墻屐齒聲。又是今年花事了，一天春雨滯江城。

春盡日游延枝山歸聽退思堂演劇疊韻二首

勿論芳信易蹉跎，及取春山一遍過。鳥勸提壺能醉否，風吹短鬢奈絲何。閒情老愛柴桑賦，故壘愁徵觱栗歌。溢城被明季兵火後，至今凋殘未起。染得胭脂成土色，惜花人少落花多。俗呼胭脂山，以土皆赤壤也。

年來何事不蹉跎，可□春隨短夢過。伴我他鄉情幾許，送君南浦恨如何。櫻桃未上看花宴，箏笛宜聽隔院歌。好是流鶯新出谷，江城近日柳蔭多。

新　桐

亭亭碧梧桐，入夏勢方長。其枝直如臂，其葉大如掌。細乳未垂華，新陰愛森爽，庭深得幽趣，上展緑雲幌。晴拒夏日炎，涼招好風響。旅人本孤寂，配汝怨成兩。誰言天地寬，纔足容俯仰。不知此根株，幾年受培養。當時誰用意，手植供我賞。北窗移卧榻，已作羲皇想。獨欠一聲蟬，臨風猶怏怏。

新竹再索灌園和

我從田間來，性與植物宜。而性猶愛竹，無竹俗難醫。有亦不在多，脩脩兩三枝。捲筒脱斑籜，削出青瑶姿。朝來漸放梢，緑浄無瑕疵。鳥重不敢踏，風輕自來吹。閒開小卷書，秀色奪兩眉。勿嫌老幹醜，所專在本根。堅韌方自兹，幹老方紛披。長吟既已罷，忽憶去年詩。故國十畝陰，周匝環一池。老人視籬笋，愛護同嬌兒。森然看成行，高下肩相差。不使客題名，琅玕緑無疵。今來稍蒼勁，又復生孫枝。我昨别家日，孫方學步時。行當早程歸，截與竹馬騎。懷興祖也。

梧桐雨

客舍孤燈照影真，梧桐葉上雨聲新。此聲只好一回聽，料得聽多定惱人。

瓶中鶯粟花和灌園韻

別院攀來帶露華，暫時紅豔入窗紗。一囊多少明年種，老去看花倍惜花。

九江向無鯽魚網户忽獲一尾以饋太守晚餐分噉詩以紀之

照網收來出水新，眼光汃汃尾莘莘。行厨亟與傳方法，第一先教勿損鱗。
七筯纔供腹已皤，其如每飯不忘何。人情那得新知足，翻怪從前漏網多。

昨日灌園以清齋不食鯽魚晨餐補噉乃隔歲糟藏者作詩解嘲屬次韻〔一〕

未肯長齋便斷葷，也應難割爲鱗群。老人自欠嘗新分，此腹何曾敢負君。

〔一〕此二詩修改較多，一片塗鴉，尤以第二首爲甚。最終均圈去，故集中未收。

片□重開小甕魚，〔一〕臘糟香透味何如。一□飽□供兼味，〔二〕不礙齋期讀道書。余齋期在明日，故云。

三月晦日和灌園

一日陰雨一日醉，夜來病酒朝來睡。日復一日朝復朝，九十春光過如駛。忽聞啼鴃催天晴，野人夢覺醉亦醒。與君戒酒入茶社，明日廬峰去消夏。起句用《北史》皇甫亮語。

曉起偶題

狼籍餅花一小枚，自收几上著殘棋。夜來黠鼠全無忌，滿腹公然飲研池。

紀秦中救荒事四十韻

江城梅雨天，客子朝睡足。聞人説邸報，撫枕起嚬蹙。維時秦地旱，西鳳歲不熟。豈惟民

〔一〕此句，集作「臘糟香透去年魚」。
〔二〕此句，集作「傳語江湖方健飯」。

食艱，蕉萃及草木。此邦昨寇亂，比户經鋒鏃。進傳瘡痍瘢，白骨稍生肉。周宣憫鴻雁，中野當肅肅。天道若好還，殘黎合蒙福。如何魃肆虐，竟學吏行酷。五行徵恒暘，厥咎甚司牧。封疆設大臣，遐逖寄耳目。顛危莫以告，坐聽一路哭。致煩嚴譴加，初意詎所欲。幸賴上仁明，幽微靡不燭。即如前年詔，州縣課積穀。一念既周防，幾先事已伏。荒政古無奇，儲備祗在夙。不然猝遇患，補救終碌碌。常平就近發，旦夕散糜粥。仍慮仰給多，嗷嗷哺莫續。先頒内帑金，繼漕去聲江河粟。輓輸資晋楚，險阻同隴蜀。按程竿浮費，率以鍾致斛。一麥庶可望，耕鋤力難勠。飢來不得食，奚取豐年玉。臺省拜封章，大農籌仰屋。西京賈晁策，亟者邊儲蓄。轉加卜式漁，所以風僚屬〔一〕。朝廷重名器，好爵肯輕鬻？緩急偶一行，未云國體黷。盈庭集群議，去若置郵速。即容入貲補，罪許計鍰贖。明明曠蕩恩，獨使偏隅沐。權宜雖暫假，物力亦已促。河湟要害區，邊地那比腹。疆圉拓無外，萬落悉臣服。必若固本根，尤當酌全局。補牢善其後，轂勝輿脱輹。吾生托餬口，僅免溝壑辱。但願農有秋，歸將叱黄犢。

〔一〕此兩句，集作「此事昔有諸，如今勢應復」。

端陽與灌園老人對飲庾樓下有懷恒齋太守時恒齋奉調赴南昌兼屬訪老友羅飯牛

懶不同行起每遲，半年頻改入山期。風傳爆竹喧江郡，是日江城爆竹聲不絶。鳥去桐花落酒卮。又向他鄉逢此節，未知官事了何時。南州好在高人宅，可少停車乞畫詩。

夏至大風雨灌園先生有詩見貽奉奉答一首

午日已過逢至日，一天風雨滯溢城。不將酩酊酬時序，却喜波瀾接老成。柳色窗陰牀對設，苔花徑滑屐同行。吾衰漸信空門教，欲買江魚去放生。明日爲余生日，本詩及之，故云。

枕上聞雨急起視之乃桐花墜葉上做聲也

不道桐花打葉聲，隔窗亂點入三更。老夫怕熱起看雨，放入一牀斜月明。

柳蔭和灌園

半垂密葉半枯枝，賴是風流性不移。幾樹日斜遮屋處，一窗風到捲簾時。江潭賦罷攀應少，彭澤歸來種未遲。最憶釣船臨水泊，晚涼時節更相宜。

漏下三十刻與灌園月下納涼獨越秀堅卧不起

閲境無寂喧，心閒領微會。江城苦炎地，夜氣亦清快。起穿樹影行，月在竹柏外。空明蕩水藻，未覺庭宇隘。微風入茶鐺，緩火出幽籟。此時兩相對，客況天所丐。如何邀孝先，伎倆偏狡獪。雷聲起鼻息，不怕四鄰怪。應被弟子嘲，便便太無賴。

南湖觜阻風明太祖列栅控陳友諒歸路即其地也。

三百年前事，西南一戰收。至今留戍壘，依舊控江流。濁浪高於屋，炎風猛過秋。廬山猶在眼，未忍别江州。時宋中丞牧仲移節江蘇，欲邀余同行，故云。

新涼

疾風驅火雲，雨氣散諸嶺。西南紫翠間，中有廬山影。空江日將夕，惜此須臾景。日夕可奈何，新涼一船嶺。

江上遇魏昭士自吴中來即送其歸贛

篷倉十日滯江潯，真喜跫然聽足音。蝦菜羡君初返櫂，蓴鱸勸我動歸心。難爲客路三秋別，畢竟交情兩世深。慚愧舊時豪氣在，敢將湖海比山林。

野泊七夕

一派空明影，星河盡倒流。小船乘月坐，老眼望鄉愁。風色迴旗脚，江聲滿柁樓。南飛有烏鵲，爲報楚天秋。

張彦博以小照索題

君樹前頭細柳風，置君合在畫圖中。不須索我新題句，横槊詩成字字工。秋風湖海鬌將絲，交臂從前却怪遲。今日披圖成一笑，識君兼識少年時。

署庭前牽牛一本余手栽者自余去彭澤二十日重至溢城花已爛漫矣越秀出對花見憶二絶句見示戲和

一天風露洗鉛華，蟋蟀階除豔豔花。爲汝流連豈無意，重來客舍似還家。

竹籬手縛水親澆，及取秋花醒寂寥。添得老夫忙一月，爲他早起又朝朝。

三、見於《南齋日記》者

《南齋日記》中所收之詩，初白先生編集時收入《敬業堂詩集》卷三十一《直廬集》，然有一部分未收入集中。今據上海圖書館所藏初白先生手稿《南齋日記》輯入，計十五題二十三篇。稿本中殘缺字以□標出。

禁中春雪二月初三應諸王教。

鳳城春事近花朝，五出重門瑞雪飄。住勒杏園將放蕋，拂開柳苑最長條。狻猊香透寒初減，鳷鵲雲低暖自消。安得玉除深一尺，九門歸步踏瓊瑶。

送朝定侯方伯赴任山右四首

綰綬來三輔，分□歷五年。續能平水土，名喜籍神仙。帝□非常士，榮膺不次□。西巡餘厚澤，此去賴旬宣。

恢奇傳晋問，儉樸著唐風。俗變褰幃裏，春生化馭中。股肱分陝重，保障出英雄。一和南薰曲，從知長若功。

□奉初赴臺，天語密諮諏。岳牧時方重，屏藩望最優。太行成坦道，汾水揚清流。竚見膺旄節，承恩正黑頭。

憶昨隨鑾出，長陵綏轡行。微名慚我老，古道荷君情。柳晴東門路，雲開上黨城。迢迢千里別，飛夢□□旌。

暢春園看早桃[一]

酬春長在杏花前，宿雨初過分外妍。一幅雲藍誰寫得，萬花頭上是青天。

[一] 稿本《南齋日記》載詩八首，此爲第二、五、六、七首，係集中所未收者。

韶華芳令好風催，一氣蒸霞十萬栽。不似合江欄畔樹，園官次第報花開。三千結子出蓬萊，仙種曾傳核似杯。蜂蝶不來啼鳥静，始知天上勝天臺。爛漫何曾雜衆芳，真□雨霞占年光。須知造物無惱意，但是花頭盡出墻。

送陳陟齋都諫請假歸里即次留別原韻二首[一]

袍笏同朝萃一家，歸心偏愛故園花。清時袞職無遺闕，祖帳都門有嘆嗟。鷁首春波河九曲，鳥啼芳草路三三鴉。此時最好江南景，緑樹連村酒幔斜。老直承明頗憶家，蹉跎又過一春花。夢隨鄉路難爲別，吟送歸人每自嗟。隔岸黄塵車歷鹿，渡江新月櫓伊鴉。到時親友應[二]相問，爲報[三]題詩字半斜。

[一] 集中所刻，合兩首前後半首作一首。
[二] 「應」，集作「如」。
[三] 「報」，集作「道」。

五更出平則門至暢春園天始明

高城傳柝罷，苑路辨微茫。夜雨已成霽，曉風猶作涼。平疇交麥氣，綠樹吐燈光。一日容休沐，誰知野趣長。

送許不器赴任陳留〔一〕

君本名家後，高才久絶塵。如何釣鰲手，忽作折腰人。貶跡聊隨俗，初心豈爲貧？中原無痔瘻，亦足醒安仁。

玉蝀橋觀荷花和張衡臣前輩

明波如眼媚天光，一鏡争開萬柄香。白髮滿頭人盡笑，赤欄橋畔看題粧。

〔一〕稿本收詩二首，此爲第二首，係集中所未收者。

題扇頭畫兔應四皇子

仙族由來託望舒，管城何必羞中書。畫圖便是騶虞圃，豐草成群樂有餘。

雲間廖年伯母八十壽詩

文從母範開雲楣，八秩欣逢介壽期。桂子香飄鸞雀雀，桐孫枝拂鳳凰池。天留兩老承恩地，節是中秋醉月時。從此遐齡豈□算，年年長進九光卮。

寄壽楊紫儀七十

雁行魚對數朋游，聞説楊幡已白頭。甕拜酒香浮緑蟻，杖扶人健刻丹鳩。煙霞勝踐懷龍井，花月佳招醉虎丘。楊，錢塘人，今居吴門。曾是東山門下客。謂家伊璜伯。老仙閲世自風流。

次扶九積雨韻

低處家家没半扉，濃雲未肯解重圍。雷聲屢震威何褻，潦水淩空勢倒飛。亂草當階群蛉吠，小船横繫一人歸。眼前大有江湖興，漸及蓴鱸□蟹肥。

京口蔡卓庵將軍以小照索題

百尺長松十畝蔭，未應山水少清音。如何一片孫郎石，獨讓將軍抱膝吟。
科頭緩服自雄姿，聞説今來髯黑絲。畫閣麒麟驚眼見，識君兼識少年時。

送静安叔南歸〔一〕

蓴鱸鄉夢久勞勞，何日歸期指大刀。惆悵黄花喜序酒，送君時節近登高。

重九日水閣小集分賦

澄波如練寫晴光，地迴樓孤早得涼。雅會不知誰是主，浮生端合醉爲鄉。煙霞滿眼皆秋意，今古回頭幾夕陽。却憶萬峰啣積雪，去年隨輦踏圍場。

〔一〕稿本收詩四首，此爲第四首，係集中所未收者。

恭和御製乏良醫

好生天地德，舉念感皇慈。已致民多壽，還憂國少醫。神農今再見，歧伯更誰師？无妄初無疾，仍將勿藥治。

附録

原序

王士禎序

老友海昌陸先生辛齋，嘗攜其愛壻查夏重詞一卷見示，且曰：「此子名譽未成，冀先生少假借之，弁以數語。」其時余官曹署，冗俗碌碌，未及爲也。及余轉官司成，則夏重與其弟德尹後先入成均，余乃得以一日之長臨之。德尹旋與友人入粤，而夏重肄業橋門，離經鼓篋，魚魚雅雅，弱不勝衣，近是黄叔度一流。乃其詩若文，則又滂葩奡兀，奔發卓犖，蛟龍翔而虎鳳躍。今之詩人，或未之能先也。然且深情獨寫，孤韻一往，令人諷詠徘徊，乍不能已。蓋夏重既辛齋玉潤，且爲吾友勉齋黄門猶子，仍世通顯，胚胎濡染。昔人有云，半千孫固應爾。姚江黄晦木先生，常題目其詩，比之劍南。余謂以近體論，劍南奇創之才，夏重或遜其雄；夏重綿至之思，劍南亦未之過。當與古人争勝毫釐。若五七言古體，劍南不甚留意，而夏重麗藻絡繹，宫商抗墜，往往有陳後山、元遺山風。後山凌厲峭直，力追絶險；遺山矜麗頓挫，雅極波瀾。吾未敢謂夏重所詣，便駕前賢，然使起放翁、後山、遺山諸公於今日，夏重操蝥弧以陪敦槃，亦未肯自安魯鄭之賦也。且夏重學有本根，斷斷自愛，子瞻曰：「一時文人，如魯直、補之、無已、文潛、少游，吾未嘗以師資自處，皆以朋友待之。」而吾乃以一日之長臨夏重乎？顧屈指同學，其才可到昔賢者，正復無幾。蘇門諸君子，與放翁、後山、遺山，皆名節自持，凛凛有國士風，蓋有重於詩文者，而詩文益重。吾方處夏重於諸公之間，正以其詩而又不敢限之於詩也。去冬余奉使南海，夏重操長歌送行，且以詩集序見屬，歸而夏重《慎旃二集》已裒然成卷帙矣。余既已諾昨者之請，重憶辛齋疇昔之言，時已卧病請假，匆匆戒道，尪羸在側，僕夫俶裝，援筆以完宿約。蓋於夏重與夏重之詩，皆有不能自已於言者。夏重其益勉之！異日相見，其必有更進乎此者矣。濟南王士禎序。

楊雍建序

己未春，余奉命撫黔陽，而同邑查子夏重短衣挾策，自吴涉楚，追及之於荆江夢渚之間。其時疆場未啟，豺虎塞塗。余提戈束馬，自銅仁間道崎嶇，谿谷崖箐，孤軍轉戰，一旅深入，帳下健兒能從者，不過數十人。而夏重獨忼慨與俱，經年而後抵貴治。相與仰視飛鳶，俛蹈荆棘，烽火晝紅，簫笳夜咽，未嘗一日不同之也。軍府初開，書檄旁午，調遣徵發，將伯助余，倉卒肆應，又兩年始定。夏重則去余歸里，往謁其觀察世父於鄱江焉。夫以白面書生，年未及壯，弱不勝衣，骨稜稜出衣表，乃能骫髒自喜如此，則已齷齷豎儒異矣。顧復戎旅之頃，不廢吟嘯，握槊賦詩，磨盾草檄，軍中有傅修期，既隱若敵國，兼得陶寫歲月，瘴雲如墨，毒草摇風，以賦詠當悲歌。浣花工部，不履行間，淮蔡軍諮，羌無篇什。庶幾小益之戎裝，競傳劍南之詩句，藻采横飛，綺思艷發，抑又多焉，何其壯也。今年夏重入游太學，而余適膺召命，歸佐夏官，因復留之邸舍。夏重乃裒其行旅之詩，梓之問世，其豫章之吟，别爲一集，題曰《慎旃》，蓋取詩人行役之義，且屬余爲弁語。夫詩人有言，維予與汝。往者貴竹之日，余與夏重真同蛩駏，回首蠻煙，驚心駭魄，歷歷如在目睫。序夏重之詩，非余又誰屬也？因爲纂述舊游，書之卷首，若夫齊紈未貴，菱歌萬金，夏重業已狎主齊盟，又無俟余稱説矣。同里楊雍建序。

黄宗炎序

余賣藥海昌，查子夏重屢有詩醻和，尋其佳處，真有步武分司，追蹤劍南之堂奥者。夫今人卒業兔園，孰不以風流自命？左掞右摛，東綆西繘，都欲駁正李、杜之瑕釁，元、白之卑弱，爲漢爲魏，爲陶爲謝，目空千古，苟從旁細覈，正如揚灰萬斛，求半銖銅鐵且不可得，況於金乎？此所以深歎於才難也。夏重視彼，猶孤鳳獨鶴，翱翔於百鳥鷄群中，可謂横絶一時者矣。此非取法淺陋也，惟其知作者苦心，一字一句，莫不有深意於其間。若屬目麄浮，矢口妄論，真耳食吠聲，徒作撼樹蚍蜉爾。夏重是編，自己未至壬戌，四年間水陸萬里，往來楚、黔之什，山川詭變，與江、浙殊絶，苗蠻風俗，與鄉土迥判。加以亂離兵革之慘，饑荒焚掠之餘，天寶詩人所不及覩，投荒遷客所未曾歷者，聚斂筆端，供其驅使，寧樊籬鷃雀可望其項背哉！吾因是而更有慨焉。使夏重據龍山之田數頃，桑柘茂密，池有魚，園有果，牛宫豕柵，静謐於先人之舊廬，兄弟相爲師友，必沈酣經史，守先以傳後，無疑也。乃歷鹿舟車，蹭蹬亭皋，即耳目之聰明，足發其誕幻，然於青燈四庫，不能無夢寐焉。雖然，麻姑年少，將見蓬萊揚塵，不難返海外之逸書，使歸學宮；搜龍宫之秘圖，傳諸人間。斯蠹粉陳言，又奚足云。剡中老友黄宗炎纂。

陸嘉淑序

夏重自黔歸，裒其三年往反道路之詩，自題曰《慎旃集》，吾友黄晦木先生喜而序之，爲奬許其所已至，而勉惜其所未至。晦木，夏重尊人逸遠畏友，倜然以古道自處，夏重既拜而登之集矣。今年余偶來燕臺，夏重方客燕未返，其同學友人欲梓其集燕中，乃過余而請曰：「小子不幸，早失怙恃，舍其先人之廬，奔走四方，冀以續食。晦木先生所云青燈四庫，杳然夢寐，斯集所留，與嶺猿瘴鳥相爲和答，勞者易歌，不自知其言之長也。然而山川登涉，動魄驚心，追思昨夢，讀之而怦怦心悸，不欲便付摧燒，姑應友人之請，丈人亦有以終進之乎？」余應之曰：「子之詩，自附於《陟岵》詩人之義，夫亦知詩人之根柢乎？夫《陟岵》之詩人，疲勞困頓，晨夕不遑，而於父母兄弟三致思焉。忠孝悱惻之懷，詠歎淫泆而不能自已，此固風雅之本原，而非流俗之詠唱也。今之稱詩者，挾持唐宋，頌酒争長，各爲門户，余竊以爲皆非也。夫詩何分唐宋，亦别其雅俗而已。古之詩人，其志潔，其行芳，自託於芝蘭芳草，而絶遠蕭艾。故雖至坎壈失職，郤曲於傾輈駭駟之途，而耿介特立，終不移於積俗。以此求之，陶彭澤、杜浣花之流，操持卓犖，磊砢傲兀，凛凛皆有國士風。故其爲詩，迥然自遠於俗。即白分司諷諭、閒適諸篇，言近指遠，一唱三嘆，真得風人之遺，與元亮、子美同其根柢，而不知者妄謂之俗。嗚呼！耳食拘墟之徒，又豈足與論六義之旨趣乎？」夏重稟承庭訓，濡染家學，反覆四始之際既已有年，一旦遠涉江河，崎嶇貴竹，發而爲詩，依然《陟岵》之思。晦木老友以爲上武分司而下追射的，一言爲智，知其不輕借游揚也。且晦木以父執登堂，門庭無恙，牛官豕柵，橘圃魚陂，俛仰流連，乃更以青燈四庫，欲廣夏重之意。夫亦以先人手澤，存於縹緗卷帙間，冀使無忘其根柢爾。夏重勉之！歲月易遷，盛年不再，計夏重挾策遠游之年，正與余抱疴焚研之歲等。雙丸轉轂，余已素髮被領，老大空悲，了無可紀。夏重詩已見許前輩，春華之藻，恃本根之不拔耳。根之盛者，其枝幹日益繁，《慎旃》之詩，夏重之本末存焉。無俟訪逸册而搜秘圖，益保其《陟岵》之思而已。輒以此勉夏重，且請更質諸晦木。冰叟陸嘉淑序。

鄭梁序

《慎旃二集》者，吾友查子夏重游豫章之詩也。初查子自己未游黔，至壬戌而歸，名其詩曰《慎旃集》，今自癸亥游豫章，至甲子而歸，復名其詩曰《慎旃二集》。蓋皆取孝子行役不忘其親之義也。嗟乎，查子乎！游乎而欲慎旃乎！古昔盛時，民有恒産，士有常稍，負耒横經，温凊定省，安所事游？其偶有游者，不過賢勞王事耳。故孝子行役而得以慎旃自勉。至春秋戰國之世，而士以游名，朝秦暮楚，已有不遑言慎者矣。然孔子曰：「游必有方。」孟子曰：「人知之亦囂囂，人不知亦囂囂。」則是游亦未嘗不得慎也。天變人窮，最困者莫如四民之首。飢來驅我，急何能擇，其尚能有方乎？曳裾無門，投筆安往，其尚能囂囂乎？於此之時，而欲慎旃，難矣。且夫查子之游豫章也，鄱陽之險，不若洞庭之惡也；洪都之近，不若鬼方之遠也；六月之暫，不若數載之久也；舊游詞客往還唱和之樂，不若蠻獠寇賊戰争殺戮之慘也。較之游黔之役，又似可以無慎，而查子慕親之誠，守身之孝，每念不忘，用名其集，余於是而歎《陟岵》詩人，何代蔑有，決不得以古今時地限也。世衰學喪，風雅道淪，言宋言唐，言魏言漢，紛紛聚訟之徒，類皆飲潘拾唾。正如家僮路乞，各張勢豪所有，以相矜詡，而不自知其妻孥安在。彼豈不聞虞廷言志之説哉？勢利薰溺，情性銷亡，隻句單詞，諱世取寵，自謂言志，而其實無志之可言也。得查子慎旃之意而振之，登山臨水，感時詠物，吊往驚離，無往而非不忘其親之心所寓。楊用修謂詩須有爲而作，蓋自《三百篇》而降，屈大夫、陶彭澤、杜工部千古俱有同旨，寧謂風雅一道，不可自此而復續乎？彼區區以韓、歐、蘇、陸之間儗之者，猶皮相矣。余病留京邸，因懷岵屺之望，不欲受人牢籠，間或自鳴其酸苦。遇塵堆糞壤之人，輒秘不使見，唯查子與一二故交至，始出與誦之。暑退秋來，襆被南返，查子過别，索序此編，長吟低諷，慨然喜其與余有合也。《易》曰：「同聲相應。」余其能無言哉？同學弟鄭梁題於燕京旅次。

唐孫華序

凡古今文章著作之事，其深造獨詣，名當時而傳後世者，類皆有驚才絶學，而又加以不已之好，好之至者且或有其癖焉。昔杜元凱有《左傳》癖，而少陵亦云「爲人性癖躭佳句」，好至於成癖，則顓固之極，通於神明，變化生而能事盡矣。吾友查夏重先生，天縱異才，深沉好古，於書無所不闚，而其生平所癖好者，惟於詩、於山水、於友朋，而於進取榮利之塗，泊如也。昔人論文，謂必得江山之助，以先生之才之學，而天又故遲其遇，俾其馳驅游覽，以盡吐其胸中之奇。嘗挾策從軍，至牂牁、夜郎之地，以及齊、魯、燕、趙、梁、宋之區，郵亭驛壁，題詠殆遍，往往傳誦人口。又嘗渡彭蠡，過洞庭，登匡廬之巔，探峴山、黄鶴之勝。所至必與賢豪長者相結，往復酬唱，詩益富而且益奇。癸未成進士，簡入翰林，即受天子特達之知。授職以後，比歲西巡，扈蹕者再，常在屬車豹尾之間。涉大都之河，窮甌脱之境，荒遐幽岨，從來詩人之所未到，題詠之所不及，盪胸駭目，悉繪之於詩。凡有所作，皆呈御覽，未嘗不篇篇稱善也。人皆謂先生遭逢盛世，將駸駸嚮用。而先生常懷箕潁之志，亟欲告歸，當道鉅公，競挽留之不可。年未及懸車，已决然竟賦《遂初》矣。既歸里門，於世事一無干預，而登臨詠歌之興未衰也。乃復南游閩、粤，尋無諸之故墟，訪尉佗之遺迹，而其詩益豪蕩感激，超神入化矣。先生於詩文、山水、友朋之外，餘無所好，蓋先生不獨以詩傳，而其爲人高情逸韻，尤夐乎其不可及也。昔予在京師，與姜西溟、趙蒙泉、楊晚研、惠研谿、湯西厓、宫恕堂、吴西齋諸君及先生弟姪德尹、聲山爲文酒之會，每月必再會，每會必分韻賦詩。西溟有酒所嘗謂諸君：「我輩大約人人有集，然其詩或傳或不傳，今當牽連綴姓氏於集中，百年以後，幸有傳者，則附載之姓氏亦不泯没於後世矣。」予時笑以爲迂。由今觀之，先生之集固已必傳無疑，且不忘舊好，予之姓氏既屢見於集中，而又屬予爲序，予固將滅没無聞，而得挂姓氏於先生集中，不特如少陵之於阮生、朱老，東坡之於杜伯升、楊耆老、符秀才而已也。則予其亦有厚幸也夫！婁東同學弟唐孫華撰。

敬業堂詩集序

許汝霖序

夏重之重於人，與人之重夏重者，豈獨以詩哉！其在家庭也，愉婉承歡，善繼其尊人逸遠先生之志，與諸弟一堂師友，砥行立名。至於義方垂訓，慈而彌嚴。長若幼皆能自樹立，倡隨之誼，食貧相莊，《悼亡》一賦，終其身不再娶，其飭躬於内也如此。其立朝也，著作承明，出入禁闥者十年，天子嘉其勤慎，卿尹服其恬雅。年甫六十四，遽移疾還家，其於進退之際又如此。則夏重之足重於人，與人之重夏重者，固自有在，不獨以詩也明矣。即論其詩，亦恢之以學問，深之以涵養，且歷覽宇内之名山巨川，以達其氣，裕其神而擴其耳目之聞見，即物寫懷，皆其忠孝友愛至性至情之所藴蓄而流露，初非規規焉争能於聲律字句間也。平生所作不下萬首，今手自删定，起己未迄戊戌，凡四十八卷。取隨駕山莊時御書賜額，名曰《敬業堂集》，乞余一言弁首藏諸家。余與夏重生同里，重以昏姻，晚又出余門下。自其少時，伏處海濱，迄三十歲以後，游學京師，歷仕歸田，數十年如一日，世之知夏重者孰余若？遂不辭而爲之序。佟陶庵先生，夏重舉京兆時同年友也。既而同直内廷，晨夕數年，塤篪唱和，儕輩皆一時之選，而其伏膺者惟夏重一人。丙申冬，出撫東粤，夏重走訪之，臨别捐俸，囑刻其詩以問世。是夏重之見重於陶庵，與陶庵之重夏重者，跡雖重其詩，實不獨以詩重也。世之讀夏重詩者，以衰朽或不足信，請試質之陶庵先生。康熙五十八年己亥秋七月朔，洛溪衰朽許汝霖序。

敬業堂集補遺跋

許昂霄跋

查初白太史未刻詩集，原稿藏於其家，珍秘殊甚。適有谷陽蔣某給以厚值，購一副本，託余外弟查子蓉村爲之介紹。蓉村因别録二本，一藏篋中，一以貽余。余復手加校勘，合之向時所刻，是爲完書。惜無好事者爲補刊於集後耳。《漫興》、《餘生》二集原稿，據蓉村云，悉屬太史手書，惜余未一寓目也。余所見者僅《住劫集》數葉，亦係真跡，至《詣獄》、《生還》二集，乃其子姪輩所録，間有塗改數處，則太史親筆也。故此本悉遵之。竊疑《詣獄》以後三集，雖經改竄，未及删定。惟《爲紫幢主人留半日》五律一首，格上注一「删」字；然首尾不勾，未知何故。又七絶中「玉溝一綫是通川」一首，「連朝不飯空捫腹」一首，五絶中「波魚逆上多」一首，《轉應曲》末二首，俱補書於格上，另是一人之筆，故注一「增」字。

一篇中或芟去數字，或删去數聯，或全首删去，悉係太史手定。凡全首删去者，上必注一「删」字，首尾各用一勾。

凡注一作某字者，皆係初稿。其後一改再改，乃用今本者也。或模糊難辨，介在疑似，故兩存之。

《寄滿制府》五排一首，詩題及前半首俱係元缺，止存後數聯耳。

卷中圈點亦係太史自加，丁敬禮所謂文之佳惡，吾自得之者也。原本俱用墨筆，今用硃筆。惟《餘生集》下《窳軒初夏觸景成吟》中「屈將木本作芍藥」一聯，用硃筆，今用墨筆。

太史晚歲吟詠，删逸甚多。即如《甲辰海患紀事》凡十首，余數年前會於友人案頭見之。今集中止有六首，又删去其一，定爲五首。至「斬蛟思壯士」一首，已用别紙黏貼，蓉村揭而視之，並録於後。

蓉村嘗見《望歲》、《粤游》二集原稿，較刊本多詩數首，想開雕時所芟去也。然不欲任其散佚，並録之，以附於卷末。

花溪後學許昂霄蒿盧氏漫識。

張元濟跋

甲辰冬日，傅沅叔同年至自天津，同作天台、雁蕩之游，途中語余，都中舊家有藏書散出，中有評校《敬業堂集》，爲涉園舊藏，余聞之神往。及沅叔北還，乃託代購，謂雖重值不吝也。越兩月而書至，卷中鈐先六世叔祖思嵒公印記數方，丹黄雜施，評校極精審，且補録續集及補遺一册，皆公手跡。卷首附許君蒿盧識語數則。許君爲公受業師，此必迻録許君藏本，中有詩六十一首，詞五首，爲刊本所不載。許君謂初白先生手自删削。在先生之意，固以此爲不必存，然傳至今日，則彌足珍貴。余方輯《涵芬樓秘笈》，因綜爲補遺，印入第四集。凡所圈點，悉仍原本之舊，固以饜好讀先生詩者之望，亦以承蒿盧先生及思巖公不敢任其廢佚之志也。

乙巳春二月，海鹽張元濟識。

四庫全書總目提要

臣等謹案：《敬業堂詩集》五十卷，國朝查慎行撰。慎行有《周易玩辭集解》，别著録。

是編裒其生平之詩，隨所游歷，各爲一集，凡《慎旃集》三卷，《耑歸集》、《西江集》共一卷，《踰淮集》一卷，《假館集》二卷，《人海集》、《春帆集》、《獨吟集》各一卷，《竿木集》、《題壁集》共一卷，《橘社集》、《勸酬集》、《湓城集》、《雲霧窟集》各一卷，《客船集》、《並轡集》共一卷，《冗寄集》一卷，《白蘋集》、《秋鳴集》共一卷，《敝裘集》、《酒人集》共一卷，《游梁集》、《皖上集》、《中江集》各一卷，《得樹樓集》、《近游集》共一卷，《賓雲集》一卷，《炎天冰雪集》、《垂橐集》共一卷，《杖家集》、《過夏集》各一卷，《偷存集》、《繙經集》共一卷，《赴召集》、《隨輦集》、《直廬集》、《考牧集》、《甘雨集》、《西阡集》、《迎鑾集》、《國朝臣還朝集》、《道院集》各一卷，《槐簃集》二卷；《棗東集》、《長告集》、《待放集》、《計日集》、《齒會集》、《步陳集》、《吾過集》各一卷，《夏課集》、《望歲集》共一卷，《粵游集》二卷，附載《餘波詞》二卷。自古喜立集名者，以楊萬里爲最多。慎行此集，隨筆立名，殆數倍之。集其中有以二十四首爲一集者，殊病其傷於煩碎。然亦足徵其無時無地不以詩爲事矣。集首載王士禛原《序》，稱黄宗羲比其詩於陸游。士禛則謂：「奇創之才，慎行遜游；綿至之思，游遜慎行。」又稱其五七言古體，有陳師道、元好問之風。今觀慎行近體，實出劍南，但游喜寫景，慎行喜抒情；游喜隸事，慎行喜運意，故長短互形，士禛所評良允。至於後山古體，悉出苦思，而不以變化爲長；遺山古體，具有健氣，而不以靈敏見巧，與慎行殊不相似。核其淵源，大抵得於蘇軾爲多。觀其積一生之力，補注蘇詩，其得力之處，可見矣。明人喜稱唐詩，自國朝康熙初年窠臼漸深，往往厭而學宋，而生硬率俚之病生焉。得宋人之長而不染其弊，數十年來，固當爲慎行屈一指也。

乾隆四十三年十月恭校上。

總纂官臣紀昀、臣陸錫熊、臣孫士毅。

總校官臣陸費墀。

查慎行全集

第十一册

范道濟　點校

中華書局

敬業堂文集

目録

敬業堂文集卷一

敬業堂文集卷二

敬業堂文集卷四

敬業堂文集卷五

敬業堂文集卷一

制頌疏表

萬壽頌并序〔一〕

臣聞景運方中，兩曜之光久照；太和在宇，四時之氣長春。行健者天〔二〕，至聖法天而不息；無疆者地，大君應地而永貞。惟德與上下同流，斯壽與清寧合撰。故《書》稱五福，先之錫極備徵；《詩》頌九如，首以罄宜戩穀。全其理者裕其數，敷天同

〔一〕中華書局四部備要本《敬業堂文集》（下簡稱「四部備要本《文集》」）題下有注：「代院長作。」

〔二〕「之氣長春行健者」七字，原闕，據四部備要本補。

愛戴之忱；足其實者隆其名，率土有頌颺之義。若夫巍峨浩蕩，德極於無能名；斯乃通復循環，壽至於不可紀。概舉盈數，則數衍萬年；實指元功，則功侔兩大。乾施坤載之象，固無孅而不臻；日升月恒之華，亦有目所共睹。傳紀元於隸首，推甲子於大撓。莫能揆此貞符，量〔一〕其洪算者矣。

欽惟皇上，得備〔二〕三才，心涵萬有。生知天縱，聖神文武皆全；盛業日新，録位壽名俱永。運璿璣而鼓大化，雲行雨施；握金鏡而焕弘猷，星羅電耀。朝乾夕惕，萃千八百國爲一家；旰食宵衣，合五十二年如一日。書契所載，古未之聞。覩記之餘，略陳其概。

竊見天以一誠爲命，而四時百物效其能；聖以一敬居心，而八政五紀歸其極。錫萬邦之福，典莫隆於享帝享親；垂百代之型，道莫重於盡倫盡物。我皇上親郊以承蒼昊，既祇飭於齋宫對越之時；祈穀以望豐年，復加虔於用幣薦馨之表。紫壇紺幄，事天即以爲民；黛耜朱紘，勤民所以裕國。而且因心爲孝，問安視膳之勤修；率

〔一〕「量」，四部備要本《文集》作「量」。
〔二〕「備」，四部備要本《文集》作「裕」。

祖攸行，成憲舊章之恪守。竭園陵而展祀，霜露增思；侍長樂以承歡，晨昏靡間。勵精聽政，當未央而問夜瞻星；倡儉率先，享大奉而浣衣菲食。燭妍媸於明鏡，萬象莫逃；權輕重於平衡，五材並飭。虚懷以來鞀鐸，恒執兩而用中；殊禮以厚股肱，務循聲而核實。授官分職之際，必重斷於親咨；月要歲會之餘，特加嚴於保任。視群臣爲同體，豈内重而外輕；訓大吏以躬行，貴上廉而下法。師師有位，和衷以共襄太平；藹藹吉人，延頸而樂觀雅化。

方其舉三雍之禮，道岸先登；屈萬乘之尊，儒宫丕焕。几筵賜蓋，闕里隆九拜之儀；俎豆加籩，考亭躋十哲之配。振濂閩之絶學，簪纓下逮雲礽；溯洙泗之流風，爵秩均加苗裔。敦行崇實，明訓早厲於黌宫；廣額開科，殊恩覃敷於多士。投戈而嫻禮讓，弁伍觀光；釋耒而奏絃歌，草茅承化。至於廣厦細旃之上，周知稼穡艱難；省方問俗之時，弘溥閭閻樂利。權有無而通計，視周官國用之餘；合遐邇以胥蠲，陋漢詔田租之半。發帑動踰百萬，雨潤焦枯；賑荒不惜再三，雷蘇寒蟄。推恩下弛於驛遞，寬額傍逮於關鹾。凡兹損上益下之弘規，皆屬約已誠民之至意。屢紆法駕，河防永固於淮陽；一稟宸謨，水利聿興於畿輔。陂渠底績，人登衽席之安；灌溉爲資，户獲倉箱之慶。《豳風》塲圃，繪耕織以成圖；勾盾田疇，勸農桑而布令。水旱無虞於禋禜，春秋匪懈於耕耘。猶念愚賤之無知，或致桁楊之失入。虞廷欽恤，三居三宅之必詳；周制寬平，八法八議之惟慎。刑罰措而畫衣不犯，群游恒性之天；親遜成而比屋可封，共託好生之宇。道德於是乎一，風俗於是乎同。

若夫神武性優，知勇天錫。懷仁育義正之略，所向無前；廑安邦除暴之心，有征必克。摐金鉦而問罪，若烈火之燎鴻毛；秉旄鉞而行誅，譬衝風之捲秋籜。運九天於掌上，如雷如霆；決千里於目中，不震不動。前者三藩逆命，奉天威而鯨觀長封；後此一隅跳梁，奮乾斷而狼烟立掃。版圖式廓，提封開海外之疆；沙漠永清，都護拓安西之界。

迨乎功成治定，偃武修文。禮樂以條貫其中和，《詩》《書》以導揚其美善。法有因而典有創，酌益損以昭垂；史爲緯而經爲經，合異同以參考。國書爲同文之盛，翻譯加詳；古文爲時藝之宗，選裁獨正。旁通聲韻之學，清濁叶於元音；博求事物之原，鴻纖歸於實據。他如文林華什，藝苑巵言，莫不廣采群書，萃成全集。或冠以御序，如《乾象》之包六爻；或加以手批，若曦光之燭萬彙。精思奥義，一覽無餘；巨簡長編，十行並下。尤以數爲律本，熟研於求邊求角之間；律爲樂原，詳審於陰生陽生之用。蓋自羲皇畫卦之後，《堯典》授時以來，直探河洛之淵源，備悉疇圖之象數。謂方圓未足以測天地，必推三角以抉其精微；謂晷刻不足以周古今，必準五行而驗其盈縮。窮天文之節度，璧合珠聯；究地理之縱横，絲牽繩貫。名一物而源流具見；舉一事而本末胥融。

良由質賦生安，心通翕闢。濟以鈎深致遠，兼之好古敏求。講幄宏開，披琅函而陳性命；經筵時御，啟緗帙而闡苞符。會萬理於一中，統萬殊於一貫。先天後天之學，較若列眉；無極太極之幾，洞如指掌。溯心傳而承學統，直窮千聖淵涵；羅道藪而包藝林，兼漱百家芳潤。敷〔一〕鴻文以宣化，鼓盪風霆；抒麗藻以成章，昭回雲漢。會心呈象，皆周情孔思之微；寓物興懷，悉禹鼎湯盤之秘。煌煌二典，配御製而成三；浩浩三倉，推帝書爲第一。當萬幾之稍暇，擅八法而兼工。宛轉揮毫，鐵畫銀鈎之筆；淋漓染翰，龍〔二〕翔鳳翥之形。散異彩於行間，榮光四照；運神工於法外，逸態横生。

總之聖必多能，遂爾學該游藝。備顯仁藏用之德，大包宇宙而靡遺；極開物成

〔一〕「敷」，四部備要本《文集》作「書」。
〔二〕「龍」，四部備要本《文集》作「鸞」。

務之能，細入毫芒而無間。溥天之下，品物咸亨；自古及今，光華復旦。自非大猷駿業，咸五而登三；茂實英聲，下蟠而上際。孰與媲可久可大之模，備貞觀貞明之量也哉！

兹者昭陽紀歲，南斗中天，踰成周解禊之期，得句曲會仙之日。恭遇我皇上誕生化日。開太平之基，卜曆周花甲之數。於時百昌暢遂，二氣絪縕。披長養之和風，樂舒長之化日。鵷行鷺序，趍朝聯賀雀之班；虎士熊臣，結綬映僊桃之色。抒忱獻頌，旁及乎槐市芹宫；額手歡呼，下逮夫黄冠緇衲。或託仙音而致禱，絳節樹於琳宫；或假佛力以祝釐，彩幢湧於寶地。以至東西南朔，同切瞻雲就日之思；寄棘譯鞮，並懷望闕呼嵩之願。蓋天意欲斯民之久治，而人心樂我后之長生。要皆發乎至誠，本乎至性，既無遠而弗届，亦不召而自來。極之趾羽含仁，麟游而鳳舞；山川效順，玉耀而珠輝。正使洛出瑞圖，河浮丹篆。八風並扇，六樂偕宣。未足臚列禎祥，形容美備。

而我皇上方且謙而彌光，恒以一德。屏顯名而敦實政，修人事以答天庥。功崇業廣，而尊號弗居；道洽化成，而休徵勿録。端拱穆清之上，惟相忘於棟牖松雲；照臨函夏之間，益致謹於澡心浴德。皇哉唐哉，蔑以加矣！巍乎焕乎，孰能名焉！

臣某秉質顓愚，賦材譾薄。備員省闥，舉家叨豢養之恩；竊録卿班，仍世荷生成之德。欣逢聖節，莫罄懽悰。輒效巷舞而塗歌，聊用管窺而蠡測。淵鱗仰沫，能無踴躍之情；巢翼翔庭，與有飛翾之樂。謹拜手稽首而獻頌曰：

聖人秉曆，體德於乾。纂承烈祖，昭事上天。醇風翔洽，文命遐宣。開來示極，振古無前。其一

天亶元后，至德廣運。明物察倫，窮理盡性。唐虞勛華，洙泗義藴。爰集大成，昭垂典訓。其二

金鏡既清，玉衡斯平。兼三道合，明兩化行。九疇式叙，萬物由庚。日用徧德，以綏我氓。其三

浩浩九區，茫茫禹績。一人有慶，岳瀆受職。海不波揚，河無汎溢。成天平地，欽哉帝力。其四

時邁其邦，逌勤輜駕。儆爾有位，助宣仁化。有租斯蠲，有罪斯赦。户户羔豚，村村桑柘。其五

好生之德，涵育群靈。原情以義，按律以經。豈伊祝網，允矣空囹。罰用止罰，刑期無刑。其六

文治光昭，武功丕烈。一怒安民，雷轟電掣。梟獍就殄，欃槍掃跡。泰階既平，海外

有截。其七

迺闡性道，迺覺顓蒙。異端胥斥，聖道攸崇。奎章宸翰，開闢鴻濛。式我金玉，同倫同風。其八

人沐禮淵，家翔義圃。鼓篋横經，什什伍伍。爰逮虎賁，周旋規矩。何以柔之，辟雝鐘鼓。其九

柔遠能邇，化洽無垠。皎日麗天，萬象同春。來重九譯，去備四賓。行人歲款，悉主悉臣。其十

上苑花明，液池魚躍。瑞表山龍，祥徵海鶴。天道不言，有孚咸若。壽域弘開，與民偕樂。其十一

太和保合，元氣充盈。靡性不遂，靡滋不萌。嘉禾九穗，朱草六莖。爲我皇壽，暢茂畢呈。其十二

在地成形，在天成象。神泉晝湧，甘露宵降。麟出於郊，鳳巢閣上。爲我皇壽，詎可數量。其十三

我皇之壽，與時循環。周而復始，孰測其端。合四天下，歷億萬年。同瞻舜日，永戴堯天。其十四

擬上尊號表康熙癸未　代九卿作

竊惟五行號帝象，莫著於仰觀；三統稱皇典，莫隆於監古。欽明濬哲，勛華咸擅殊稱；知勇純熙，湯武允無慚德。蓋善頌善禱者，臣子之至情；而得壽得名者，帝王之懋績。昭垂往策，炳啟來兹。

欽惟皇上，德符寶籙，道握璇圖。秋肅春温，酌剛柔於並濟；乾施坤載，表覆幬於無私。質文持五運之中，王猷時乂；禮樂冠百王之上，聖敬日躋。懸日月而式九圍，鼓風霆而清八極。巍巍有象，大文緯地而經天；蕩蕩難名，郅化上蟠而下際。至誠能格，儼對越以告虔；明德惟馨，備尊親以致孝。雝宮肅廟，祗承三后之顯謨；聖子神孫，恪奉一朝之家法。事先教胄，作君兼裕作師；運啟崇儒，道統宏開治統。雲漢作人之化，棫樸群歌；主臣一德之休，柏梁創體。既覃敷乎文命，復丕顯乎武功。夫其靖燧煙於滇洱，闢郡縣於海山。提封盡窮髮之邦，都護領接梯之族。六師除暴，秉黄鉞以親征；一怒安民，載青旌而奏凱。版圖式廓，七德遐宣。沙漠永清，五兵不試。告成功於陵寢，備典禮於山川。克明克讓之衷，不伐不矜之度。豈屑仿壇壝之故事，襲封禪之虚名已哉！

於是六服承流，百神效順。曦車五色，奠安瀾於淮泗之濱；芝蓋三重，慰群望於斗牛之域。蒼龍馴而白魚躍，碧海晏而黄河清。馳風驛露，隨鳳艒以流膏；就日瞻雲，稱兕觥而介壽。賜高年之粟帛，飭群吏之廉隅。省方問俗以還，歲會月要之際，無念不詳求國是，無時不顧切民依。蠲租減賦之詔，何歲不頒？發金賑粟之恩，何人不被？汪澤涵濡於周《雅》，薰絃條暢於虞琴。宥一眚以慎鞫成，本大生以致刑措。欽時錫福，知王道之平平；過化存神，識民風之皡皡。猶復勤於聽政，當未央而問夜瞻星；儉以率先，享大奉而浣衣菲食。惟天爲大，實體健以行乾；如日之升，方懋勤以遜志。

漏移青瑣，猶對簡編；朝退紫宸，便親翰墨。煌煌御製，配二典而成三；燦燦帝書，擅千秋而第一。人知向學，崇文之目九千；家捧賜函，秘府之箋十萬。加以學兼游藝，天縱多能。合璧規儀，聯珠候朔。律曆疇圖之數，紀元章蔀之占，莫不抉其精微，窮其知巧。正使山開丹篆，美不勝書；河涌赤文，義難殫述。固宜三千國士，同徵有道之祥；億萬臣民，共效無疆之祝矣！

蓋自削平南服，以及蕩掃北陲，群欣不世之奇逢，請上至尊之徽號久矣。合内而合外，抑且至再而至三，而乃皇度沖虚，聖懷謙挹，未俞所請，以迄於今。欽惟三月佳辰，恭遇萬壽令節。中朝僚寀，薄海蒸黎，孰不翹企雲霄，仰瞻嵩華？謂皇上之聖德，視帝王爲獨隆；皇上之神功，亘古今所罕睹。生當盛際，難賡颺贊之詞；幸届昌期，願舉尊崇之典。用敢僉同輿論，仰達宸聽。將以配二曜之光華，合兩儀之廣大。固欲上符乎典禮，豈徒俯協乎人情？

我皇上道在敬天，則蒼穹元昊之名，天道好謙而弗讓；我皇上心存法祖，則英明仁聖之號，祖宗翕受而不辭。恭懇睿慈，勉徇衆望；敕下廷議，崇奉尊聞。則仙芝曆草，偕器車澤馬而並登；赤字緑章，合玉檢金泥而胥慶矣！臣等不勝踴躍歡忭之至，謹合詞奉表以聞。

福州九仙山萬壽亭碑文

臣聞陶唐廣運，三祝效於華封；成周太和，九如賡於宵雅。咸當以天治人之世，爰抒用下敬上之情。蓋德至聖人，則爲莫可名之德；尊爲天子，則爲無可尚之尊。惟是介以長齡，庶用申夫私禱。屬昭陽之紀歲，當南斗之中天。恭遇我皇上誕生開太平之基，卜曆周花甲子之數。上蟠下際之澤，均沾於西被東漸；瞻雲就日之誠，豈隔於山陬海澨？

繄此無諸之舊國，實爲有截之奥區。《周禮》職方，拓七閩而爲九；道書福地，冠百島而稱三。山是九仙，知地靈之有待；亭名萬壽，願聖祚之無疆。自諸臣蕆事以來，爲每歲祝釐之所。端倪軒豁，測日晷於離方；形勢崇隆，奠丕基於巽位。九鯉戢鱗而效順，六鼇昂首而戴高。苟非宏巨麗之規，曷以慰觀瞻之望？壇邊松柏，五辰交映於户庭；井上芙蕖，一曜循環於左右。旁連梵刹，發揮三十二光；俯瞰人寰，奔走百千萬衆。

時當三月，慶叶萬方。披長養之和風，樂舒長之化日。呼嵩望闕，年年聯劍佩之班；扶杖觀光，處處切謳歌之願。雲端飛舄，盡指王凫；天半吹笙，時來緱鶴。或託仙音而致禱，絳節樹於琳宫；或假佛力以祈祥，綵幢湧於香界。蓋天意欲斯民之久治，而人心樂我后之長生。要皆本乎至誠，根乎至性。既無遠而弗届，亦不召而自來。豈若遥窺金洞，莫測靈源，空擬玉虚，罔親法象而已哉！

爾其平臨城郭，遥引阡陌。原田滚滚，黄粱黑秬之鄉；樓閣葱葱，丹荔蒼榕之國。桃花源裏，雞犬千家；細柳營邊，貔貅萬竈。七塔參差於几案，九峰隱現於煙霞。仰瞻而晨旭開紅，遠眺而夕嵐凝黛。此則拱翊斯亭之大概也。

至於覆幬所及，朝會所經。無雷出日之邦，火鼠燭龍之域。陽侯率職，統百谷而來朝；白雉告祥，譯九重而入貢。莫不沐仁風而喜形於色，企化宇而敬發於心。先後梯航，望塵展拜；聯翩卉服，識路知歸。此則助宣遐化之大概也。

惟兹萬歲之遐齡，咸集一人之厚福。懷柔河嶽，涵度量於高深；膏澤寰區，卜精神於强固。若乾坤之函蓋，百靈肸蠁以保和；如日月之光華，兩大氤氲而配極。是則天之所佑，無煩頌禱之辭；神所憑依，與享昇平之樂。凡爲臣子，孰不尊親。庶幾香火萬年，慶綿長於寶鼎；疇圖五福，思翊贊於皇猷云爾。

御賜砥石山緑硯賦并序

康熙四十二年正月初二日，奉旨，召翰林院學士以下六十七人〔一〕，次日齊赴南書房，人賜〔二〕砥石山緑硯一方。先一日，臣慎行仰沐殊恩，亦於内廷拜賜。伏念我皇上寵遇儒臣，錫之名硯，用以琢磨成器，砥礪廉隅，聖意至深且厚。臣草茅微賤，與荷榮施，拜賜自天，抱慚無地〔三〕，恭作律賦一篇，上呈御覽。自惟頑礦媕鄙，言之無文，聊以紀曠典、志私幸云爾！

維聖主之右文，當中天之盛際。朝有善而畢登，野無賢之或棄。於時地不愛寶，物胥呈瑞。凡抱質與懷材，咸手額而踵跂。思樂育於昌時，冀效能於聖世。竊聞盛京奥壤，峰

〔一〕「六十七人」，四部備要本《文集》作「六十人」。
〔二〕「人賜」，四部備要本《文集》作「每人欽賜」。
〔三〕「拜賜自天抱慚無地」八字，原闕，據四部備要本《文集》補。

迴海環。得扶輿之清氣〔一〕，標峻極之瑋觀。孕秀松花之江，鍾靈砥石之山〔二〕。爰有佳石，出乎其間。其爲質也，温兮如玉。滋液清泉，含姿邃谷。表堅貞而外彰，斂精華而内蓄。其爲色也，雲蒸霞蔚〔三〕。分吉光於翡翠，燦目彩於鸜鵒。貯秋水而痕青〔四〕，浮春巒而眉緑。

維時萬乘東巡，周覽神臯。采彼美産，用礪容刀。發芙蓉之鍔，瑩鸊鵜之膏。覘良材於歷試，遂寵被以榮褒。迺召良工，斲以爲硯。雅製斯成，文茵斯薦。既特達而受知，爰輝煌於臺殿。洵大智之創物，同擢微而舉賤。爾其同材〔五〕異狀，森羅〔六〕琳琅。刻以雷雲之紋，映以奎璧之光。或圜規而方矩，或全珪而半璋。滑不拒夫隃麋，膩不留夫毫芒。固已剔厥瑕璺，而萃其精良。

〔一〕「得」，四部備要本《文集》作「蘊」；「氣」，四部備要本《文集》作「淑」。
〔二〕「孕秀」、「鍾靈」後，四部備要本《文集》有「於」字。
〔三〕「蔚」，四部備要本《文集》作「郁」。
〔四〕「青」，原作「清」，據四部備要本《文集》改。
〔五〕「材」，原作「工」，據四部備要本《文集》改。
〔六〕「森羅」，四部備要本《文集》作「羅列」。

聖天子方壽考作人，澄懷有主。錫以銘詞，載諸册府。惟以静而永年，標大義而綱舉。配二〔一〕典與三謨，垂日星於萬古。首頒元輔，聖訓是欽；再及官僚，麗澤彌深。以至供奉文昌之署，圖書翰墨之林。如雨露之霑濩，儼象緯之照臨。於是乎拜自瑶階，捧出琳宫。丹霄之梯千尺，紅雲之殿九重。下以誇示於子孫，上以炳燿乎祖宗。孰不感有生之榮幸，慶兹石之遭逢。

蓋自書契以來，下迨宋元之季，硯之爲品，譜不勝紀。鳳咮以山擅奇，龍尾以溪表異，紅絲與眉子〔二〕殊稱，紫玉與青花并儷。彼後來而居上，推端州爲最貴。然皆産自遐陬，出於荒澨。詎若發跡之奇，近在興王之地？甫離巖穴，便親廊陛。磨礱告竣於文房，銘贊式承乎御製。一人崇儒而徧賚，百爾山呼而拜賜。夫豈尋常之匠石所可媲其位置者哉！

臣材同礫棄，質媿瓦全。膺千載之殊遇，實僅覯於簡編。忭舞於諸臣之後，拜恩於黼座之前。竭微忱於颺頌，非筆墨之能宣。惟仁者之必壽，象有取乎樂山。托磐石之鞏固，祝天子之萬年。

〔一〕「二」，原作「三」，據四部備要本《文集》改。
〔二〕「眉子」，四部備要本《文集》作「翠濤」。

重修真定府龍興寺碑記奉旨擬作

原夫世嬗去來，秘密久傳於震旦；教隆今昔，闡揚尤盛於普門。二十五圓通方便，迴超四智；千二百功德聞思，獨證三摩。借果行因，菩薩即如來之退位；開權顯實，觀音乃大士之應身。八難三塗，隨呼輒應；四生六道，無感不神。示勝力以降魔，演威音以服象。方成道於天竺，旋顯跡於洛伽。莫不地涌化城，人皈净域。雖法界之流通靡竞，而琳宫之起廢有緣。擁萬鼎以然香，聞無二性；指千江而掬月，光止一輪。此珠瓔寶珞，靈光亘古昭明；紺宇朱楹，神物隨方擁護者也。

真定龍興寺者，唐自覺禪師所創，有金銅大悲菩薩像在焉。毁從周末，佐國計而糜軀；興自宋初，現化機而覺世。河浮木筏，既因木以標基；地發銅光，遂範銅而作像。於時赤龍煉火，朱雀棲爐。運僧祇於埏埴之前，洞參瑶銑；置賢劫於陶鈞之上，體備丹青。實相端凝，網七重而交映；粹容慈穆，合百寶而莊嚴。須彌迥鎮乎閻浮，闍崛下觀乎忉利。身之長也，爲尺七十有三；臂之多也，爲數四十有八。銀牀展地，獨立表其威儀；珠髻摩天，虚空示其靈異。金杵夾降龍之位，鐵圍開調象之場。法派無邊，旁帶滹沱之水；慈源不竭，上通析木之津。洵善慶之神區，棲真之秘宅矣。

爾乃時經風雨，歲閲冰霜。高甍難免夫漂摇，大像或虞夫剥落。長藤延蔓，侵淩柏子之庭；幽草爲叢，黯澹蓮花之座。誦白衣之號，劫石潛消；望紫竹之林，微塵不隔。朕省方所至，駐蹕於斯。瞻仰尊嚴，興懷修葺。下爲蒼生祈福，上爲聖母祝釐。爰發帑以鳩工，復遣員而督役。魚鱗翠瓦，挾層閣而翬飛；雁齒青階，護崇基而轉轂。千欒霞焕，環列曜於天中；萬礎星羅，運長虹於掌上。紅葩植井，煌煌菡萏香臺；丹桂承梁，弈弈琉璃寶炬。凌雲啟搆，雖因率土之資；尅日成工，寔賴彌天之力。

於是佛光普照，黼繢周施。瑞像重新，相好具足。一輪千輻，抽紫焰於金山；七滿八圓，發朱花於銀界。浄瓶宵注，潤浹堯甸；皎鏡晨開，光騰禹服。四依弟子，企踵而識經涂；十願法師，登堂而知户牖。蓬萊之水三尺，孤標碣館以南；榑桑之景再中，永峙太行以北。雕欄畫檻，亘迢遞而極高深；芝蓋華幢，陟峥嶸而開廖廓。臨泜洹之疊壑，眺燕趙之層岡。文軒繡甍，大通舍利之城；桂楫蘭舟，下泛尼連之渚。從此八方迴向，十善護持。懸慧燈而照乾坤，布法雲而拱畿甸。四魔六賊，多爲耕鑿良民；萬井千閭，悉庇道場曠宇。豈可使車輪馬跡，獨銘於西弇之山；佛影龍龕，無紀於東林之石。洒礱貞琰，用刻堅林。惟願大心弘益，圓智曲成。八解源流，並融性海；五明衢路，廣植福田。俾般若之門，隨緣而啟；仁壽之域，舉世同登。此則朕推崇象教之原，佐佑隆平之意也夫。

恭擬五臺廣通寺碑記奉旨作

原夫華嚴首唱，現廣大於空虚；妙德弘敷，證通明於平正。藏名歡喜，山號清涼。標靈則鹿苑珠林，略勝則雁門紫塞。再焕維新之象，式瞻由舊之規。

兹廣通寺者，雲中勝境，臺頂精藍。拔奇於獅座偏旁，擢秀於鷲峰半麓。當其開基前代，鑿石成龕；結宇空巖，範銅爲瓦。撤千重之欄楯，揮霍〔一〕雲烟；呈五色之牟尼，輝煌藻采。大乎金閣，儼分照乎十方；小朶天城，每齊瞻乎五佛。豈意歲華之流易，漸爲風雨所漂摇。

朕法駕時巡，祇園涖止。諷高僧之題咏，禮古德於道場。慨彼經營，重加修葺。爰頒内帑，特賜上方。畫棟用以重輝，雲楣於焉載焕。風幢高卓，偕鐵鳳以翔翱；月境孤懸，並金輪而焜燿。種福田於福地，事重祝釐；宣梵唄於梵天，意兼勸俗。庶幾教闡浮提，識化機之廣遠；理融净域，歸佛性之圓通云爾。

〔一〕「霍」，四部備要本《文集》作「灑」。

恭擬中臺菩薩頂碑記奉旨作

碧落千尋，浮法雲於五髻；紺宫百疊，湧慧日於一螺。摩騰天眼之所憑，何育神光之所攝。譬諸木金水火，行配土而居中；岱霍華恒，嶽得嵩而竣極。洵祇林之勝概，梵界之偉觀矣。

兹菩薩頂寺者，區包靈跡，閣貯真容。默贊化機，初布貞觀墨詔；顯資治理，載新景德豐碑。瑞像現於毫端，金繩拓於覺路。群龍北向，樓臺當地脉之中；雙練南飛，鐘磬隔煙蘿之外。基緣闢而加廣，殿以配而彌尊。旃檀與婆律同薰，薝蔔共優曇並馥。結大士跏趺之座，峰湧蓮華；登普賢般若之臺，河呈香象。百千賢劫，同歸不二法門；萬億人天，各證前三妙諦。從此招提永焕，欄楯重開。臨列障以標奇，冠諸方而首出。用銘貞石，作鎮名山。

恭擬普陀山寺碑記奉旨作

蓋聞震旦佛國，有三大山：北曰五臺，爲文殊顯化；西曰峨眉，爲普賢勝蹟；南曰普陀，則觀音大士現真之地，《華嚴經》所説善財南詢處也。山在浙江定海縣東南大海中。

梵云補怛洛伽，華言小白華，孤峙水中，蜿蜒綿亘，紫竹旃檀，法華龍樹之勝，不可枚舉。洪波際天，盪浴日月。大洋諸國，俱在襟帶。毓靈孕秀，洵宇内之瓌觀矣！

自後梁迄今，建寺賜額，累代不絕。薄海内外，士民之函經捧香，瞻仰膜拜者，趾相接也。是山雖居大海中，而顯靈示幻，雲帆飛渡，向無風濤覆溺之患。幸今六合承平，海氛靖息。琉球、日本，俱隸職方，厦門、臺灣，悉爲郡縣。兹山香火因緣，較前特盛。蓋佛教以清净爲宗，慈悲爲本，自如來高座説法，聞思大士以耳根圓通現三十二應身，入諸國土，接引群倫。又其發願弘大，必欲度盡衆生，方始成佛。故能化身萬億，普濟人天。與古先聖王己飢己溺、欲立欲達之心，真有隱相吻合者。孰謂佛氏之教，不足顯贊王化哉？

朕南巡時，兩發帑金，重修紺宇，上爲皇太后祝釐，下爲民生祈福。且願普天之下，同種善根，咸登樂土。潮音在耳，彼岸非遥。或於大士救度一切之意，有庶幾焉。故因寺僧某之請，爲文以記其概云。

恭擬佩文齋詠物詩選序

昔子夏序《詩》，謂：「正得失，動天地，感鬼神，莫近於詩。先王以是經夫婦，成孝敬，厚人倫，美教化，移風俗。」若是乎詩之道大矣哉！而周公纘述唐虞，宗翼文武，制禮以導天下，著《爾雅》一篇。後之序之者謂：「《爾雅》，所以通詁訓之指歸，叙詩人之興詠。」疏之者曰：「《爾雅》所釋，徧解六經，而獨云『叙詩人之興詠』者，以《爾雅》之作，多爲釋《詩》，是則一物多名，片言殊訓，凡以蟲魚草木之微，發揮天地萬物之理，而六義四始之道，由是以明焉。」故夫詩者，極其至，足以通天地，類萬物，而不越乎蟲魚草木之微。詩之詠物，自《三百篇》而已然矣。孔子曰：「邇之事父，遠之事君，多識於鳥獸草木之名。」夫事父事君，忠孝大節也，鳥獸草木，至微也，吾夫子並舉而極言之。然則詩之道，其稱名也小，其取類也大。即一物之情，而關乎忠孝之旨，繼自騷賦以來，未之有易也。此昔人詠物之詩所由作也歟。

朕自經帷進御，至於燕暇，未嘗廢書。於詩之道，時盡心焉。爰自古昔逸詩，漢魏六朝，洎夫有唐，訖於宋元明之作，博觀玩味，搴其蕭稂，掇其菁英，命大學士陳廷敬、尚書王鴻緒校理之，翰林蔡升元、楊瑄、陳元龍、查昇、陳壯履、勵廷儀、張廷玉、錢名世、汪灝、查慎行、蔣廷錫編録之，名曰《佩文齋詠物詩選》。蓋蒐采既多，義類咸備，又不僅如向者所云蟲魚鳥獸草木之屬而已也。若天經地志人事之可以物名者，罔弗列焉。於是鏤板行世，與天下學文之士共之。將使之由名物度數之中，求合乎温柔敦厚之旨，充詩之量如卜商氏所言，而不負古聖諄諄[一]詁訓之心，其於詩教有裨益也夫。

擬御製高旻寺浮圖碑記[二]高旻寺匾額出自御題，篇中未及。

維揚，古佳麗地。枕江帶淮，百川之所交會。人民輻輳，風物充美。凡東南數千里財賦，皆由儀真迤邐而達於淮。糧艘賈舶，鱗次櫛比，可謂盛矣！三塔灣在州之南，上有高旻寺，寺旁浮圖，屹然聳峙，高插雲霄。登臨四望，江山清淑之氣，盡歸襟帶。蓋揚州爲東南之勝，而兹塔又揚州之重鎮也。歷年既多，漸就剥蝕。其邦之士民，謀所以新之。作法喜之緣，作布金之會。鳩工庀材，雲集響應。棟宇一新，規模大壯。朕自今年四月，閱河南巡，道過維揚，父老焚香遮道，攀輿景從。因稍稍留憩其間，見夫木石參差，金碧輝映。從其外而望，人煙羃䍥，絃歌之聲，與寺之鈴鐸相應。朕顧而樂之。回鑾而後，出宫中古佛一座，令山僧以時供養此塔。夫竺教與儒宗，似分途徑，然其汲引爲善之心則一也。彼所爲慧業，即儒者之爲智。彼所爲慈航，即儒者之所爲仁。今觀江都之氓庶，輕財樂施，

[一]「諄諄」，原闕一「諄」字，據四部備要本《文集》補。
[二]此篇自四部備要本《敬業堂文別集》（下簡稱「四部備要本《別集》」）輯入。

共襄寶地，亦可知人心之向善，動於天，發於性，有不待家喻而户曉者。推是心也，一道同風之治，可漸致矣！獨區區之琳宫寶刹，作一方之名勝已哉。

朕自臨御四十餘年，宵衣旰食，無日不以民生爲念。猶恐深居九重，不獲周知民隱。時因巡行，遍覽風俗，蠲賑屢加，警勸倍至，行之既久，蒸然嚮風，康阜盈寧之象，倍於往昔。思欲與民偕游大道，一觀隆古之治也。孟子云：樂以天下也。今也民之所樂，朕亦樂之矣。爰爲記，而勒諸石，以誌不忘云。

武英書局報竣奏摺

臣查慎行、臣錢名世、臣汪灝謹奏：爲報明《韻府》稿完日期事。臣等奉命編纂《佩文韻府》，仰惟我皇上茹古涵今，經天緯地。崇禮樂詩書之教，焕日星雲漢之文。立言修辭，傳世行遠。自九重之撰述，及乙夜所鑒裁，莫不濬發帝心，宏敷聖訓。光華炳曜，萬祺爲昭。而《韻府》一書，尤宸衷所注意。欽頒體例，御定規模。每卷每帙，排日進呈；一字一句，遵旨定奪。其間繁簡去留，盡由指授；源流本末，咸奉誨言。諸臣采掇彌年，而皇上披覽一過，皆淵衷之所熟記；諸臣廣搜衆籍，而皇上開示片語，悉愚昧之所未聞。至有屢蒙口諭，曾發手批：某事宜删，某條宜補。蓋我皇上聰明天亶，睿哲性成，加以博極群書，淹該四庫，誠非末學小臣所能仰窺萬一也。

先年，臣孫致彌偕臣張元臣、臣趙晋、臣吴廷楨、臣廖賡謨、臣宋至、臣吴士玉、臣盧軒并臣汪倓、陳至言、趙申季、周彝、何焯、朱書等編輯，自「一東」至「五尾」，已成三十五韻。去年四月二十三日，張常住、李國屏傳旨：命查慎行、錢名世、汪灝往武英殿，分纂上、去、入三聲，大約不過一半年間，可以竣事。又傳旨：將《書畫譜》三人要回，並各館上寫好字者，令臣等選用，欽此。臣慎行等三人，凛遵聖諭〔一〕，將未經纂輯自「六語」起至「十七洽」止共七十一韻，分爲三股，偕臣元臣、臣廷楨、臣賡謨、臣至、臣士玉、臣軒，并力分纂。今年閏七月初八日，臣晋服闋，赴殿，協力纂修。將臣楊瑄、臣蔡升元、臣查昇、臣勵廷儀、臣名世、臣蔣廷錫、臣張廷玉、臣慎行、臣灝、臣賈國維、臣陳壯履等内增稿本，并大學士臣張玉書、臣陳廷敬、臣李光地、尚書臣徐潮、臣王鴻緒、臣李振裕、左都御史臣徐元、内閣學士臣顧悦履等外增稿本，合并校閲增删。於今八月二十四日，所纂各韻俱已告竣。現在陸續交付繕寫人員，剋日分寫，理合先行奏明。其繕寫人員，先經致彌在殿時，有鄭爲龍、李同聲、王懋訥、宫懋諒、逯選、陸箕永、馮守禮、王敬銘、汪俊、洪昇、王嶠、楊希曾十二人。

〔一〕「諭」，四部備要本《文集》作「訓」。

去年四月，現在殿中校録者，有李同聲、王懋訥、宫懋諒、陸箕永、馮守禮、王敬銘、汪俊、洪昇八人。五月以後，由《書畫譜》發下者，有王世繩、顧藹吉、裘巖生、孫起範、吴暄、蔣深六人，由方輿館取入者，有胡期恒、叢潤、田廣運、沈經、周旋五人，由子史精華館取入者，有錢于樹、范于枋、張育徽、潘秉鈞、高位、錢阿瑛、丁圖南、胡宸基八人，由孫致彌奏明發下者，有孫農祥、程瓚二人。又續下孫順一人。諸臣皆感荷皇上高厚之恩，欽取在殿辦事，且優給月俸、住房、衣服，一視内官學教習之例，各懷向榮之心，同矢報答之願，上緊校録，不敢懈怠。通計臣等纂完各韻稿本，九月盡可以寫畢。再加校對，盡呈御覽。理合一併聲明。又一件，先年編輯「一東」韻時，皇上曾諭：將「有覺無空」四字補入。彼時未經查明出處，而「東」韻已刻完。今臣等查得「有覺無空」、「有空無覺」二語，出王安石《金陵語録》，理合粘寫。請旨，如蒙俞允，應於空字末幅，删去摘句，將此條改補。伏候聖裁。謹奏。

佩文韻府告成公請御製序文奏摺擬稿

臣陳廷敬、臣李光地、臣勵廷儀、臣錢名世、臣查慎行、臣汪灝、臣蔣廷錫、臣陳壯履、臣張廷玉、臣趙晋、臣吴廷楨、臣賈國維、臣吴士玉、臣周彝、臣盧軒等謹奏：欽惟皇上，道貫天人，學兼德藝。樹百王之標準，萃群聖之精英。萬幾之暇，怡神詞翰。天章雲藻，炳耀古今。嘗以《韻府群玉》、《五車韻瑞》二書，頗適作詩選韻之用，而簡略空踈，不精不備。於康熙四十三年六月，特命南書房翰林諸臣，增補訂正，漸次成編。猶以典故或未極博，復命臣廷敬等，再加蒐討，以裒益之。既有原本、增本之殊，又有内增、外增之别。兩編並列，未集厥成。隨於是年十二月，開局於武英殿，大發内府書籍，别選翰林官，考授合併，逐日繕寫，進呈御覽，乃付梓工。一字一句，經聖心斟酌而始安；當去當取，稟皇言指示而後定。名爲臣等數十人之采輯，其實皆出自皇上一人之睿裁。故能囊括高深，綱羅鉅細，海含地負，玉振金聲。不獨作詩者便於取材，即作文者亦堪資考證。洵爲類林之拔〔一〕萃，蓺苑之箐華者矣！

經今八載，於五十年十月，全書告成，共一百零六卷，一萬八千餘頁。卷帙重大，篇章繁富，乃人間稀有之書，册府珍藏之本。不有宸章弁冕，何以昭示來兹。臣等謹薰沐齋虔，稽首頓首，恭懇皇上御製序文，式冠簡端。如北辰之領衆星，如東瀛之攝百谷。要使普天率土，共瞻文治之光華；學士經生，益覩書倉之奥賾。歷千秋而不朽，輔六籍而永垂。臣等不勝踊躍歡忭之至。

〔一〕「拔」，原作「援」，據四部備要本《文集》改。

辛卯十月十五日於暢春園啟奏。本日奉旨：「序文着大學士擬進。」名單內，御筆鈎去趙晉、何焯二人。自京江相國而下，無論存殁，凡在編纂之列者，着一一另開。

武英書局報竣回奏摺子〔一〕辛卯十月初十

本月初六日，監造臣和素傳上諭：「所奏《佩文韻府》告成，知道了。這摺内修書人員，誰修的多？誰修的少？走了幾年？誰勤？誰惰？可令查慎行、錢名世、汪灝等查明，即注在名單之下，再奏。欽此。」欽遵，臣慎行等，伏念編纂此書，首尾今經七載，遷延歲月，僅獲報竣。糜費錢糧，亦不復少。仰勞皇上百方指授，示以去取之則，多番策勵，限以繕完之期。臣等材質庸下，資力遲鈍，既不能先期集事，并不能如限告成。恩幸有加，曠鰥難逭。復蒙皇上俯垂明訓，過量優容。聞命之下，不勝惶悚感激。至於校録官生，亦皆荷破格殊恩，出入殿廷，光榮已極。衣裘房屋，賜賚頻仍。教養生成，天高地厚。區區校録，報效幾何？雖經臣慎行等三人編輯既定，派令繕寫，各限頁數，每日交收，其進呈寫本，發刻宋字本及刻就樣本，以暨進呈宋字寫本，亦俱分派每日校對，不容推避偷

〔一〕「摺子」，四部備要本《文集》闕「子」字。

安，亦不令此多彼少。此在局人員之常分，何敢言勞？臣等誦述皇恩，宣示聖諭。校録人員跪聽之下，惟有惶恐觳觫，互相媿責，感激流涕，永矢犬馬而已。謹將校録各官生行走年月，開列奏聞。十五日奉旨：「名單交與撰叙。」

易經解義進呈疏〔一〕

題爲進呈刊完日講《易經解義》仰祈睿鑒事。臣等於康熙十九年三月十九日，奉旨：「《易經》講章，應行刊刻，欽此。」臣等叨侍經幃，欣承聖藻，伏睹皇上體天德以行健，觀人文而化成。四子六經，討論原委；百家諸史，綜貫古今。頒行歷有成書，研究精於大《易》。蓋明天道，察民故，已傳四聖之心；而觀會通，行典禮，乃冠五經之首。發揮自羲文周孔，參稽於濂洛關閩。旨則遠而辭則文，古皇先哲之精微，悉歸典要；陽必扶而陰必抑，君子小人之情狀，備極形容。此蓋聖衷自具乾坤，其於弇鄙何知損益？九重宵旰，時親東魯韋編；一介衡茅，日給西清筆札。每聆天語，皆圖書未發之英華；兼授人時，本河洛以來之理數。舉而措之爲事業，默而成之於象言。焕發絲綸，光生梨棗。自强不息，雖

〔一〕此篇自四部備要本《別集》輯入。

隆寒盛暑，常搜玉軸芸編；乃教思無窮，俾荒滋遐陬，盡作文河學海。行且家傳而户誦，有如懸象以箸明。臣等未測幾深，難酬高厚。用集微塵於山嶽，敢同爝火於日星。抱蓍以求，在儒者學程朱之學；垂裳而治，惟吾君心堯舜之心。勉效修辭以立誠，猶慚覆餗而滋咎。總訂二編之策，彙成乙夜之觀。校刻詳加，裝潢成帙。伏願皇上悦心亹亹，成性存存。王道易知以簡能，聖修德崇而業廣。臨豐履泰，常思謙巽以致中孚；解困涣屯，永濟升恒而登大有。則廣矣大矣，推行及乎億萬年；而鼓之舞之，利用暨乎千百國。臣不勝區區之願，僅具題恭進以聞。

進呈類函表〔一〕

經筵講官文華殿大學士兼禮部尚書今致仕臣英、經筵講官刑部尚書臣士禛、經筵講官吏部左侍郎兼翰林院學士臣掞、内閣學士兼禮部侍郎臣榕端等謹題。遵旨纂修《類函》一書，今屬稿告竣，謹進呈者。伏以群言淅瀝，争充棟而汗牛；萬象散殊，貴分條而晰縷。嫏嬛福地，張茂先所未全窺；津逮集書，酈道元所曾睹記。遠溯黄初之《皇覽》，久失流

〔一〕此篇自四部備要本《别集》輯入。

傳；近誇永樂之秘函，亦多缺略。石渠虎觀，俱詳古而略今；玉檢金泥，誰鏤雲而繪月。縱横萬里，上下千年，考索難周，校讎未核。伏遇皇帝陛下，睿思天縱，聖學日新。神功則緯武經文，景運則參天貳地。宵衣旰食，勤綜攬於萬幾；目覽手批，聚精神於四庫。理該内外，事備鴻纖。凡金匱石室之藏，靡不探源竟委；即古史稗官之列，亦皆按部就班。謂凡厥類書，向無善本，惟唐《類函》，略稱贍備。宜推其體例，漱潤增華。蓋《類函》所録，本於虞世南《北堂》之鈔、歐陽詢《藝文》之纂，《初學記》雖約而有則，白、孔《帖》終駁而未詳。捃摭止及初唐，紀載非關内府。而且各自爲編，不相統攝。揆諸體製，未盡陶鎔。

臣等祗受成命，恭率翰詹諸臣，商榷凡例，臚列區分，益以他書，句櫛字比。諸凡日星河嶽，部次貴乎精詳；禮樂兵農，制度求其明備。以及禽魚草木，罔不搜羅；道德性情，更加闡發。約歸典則，踵孔門文學之科；參考異同，究歷代圖書之府。雖抱殘守缺，未能力致五車；而落實取材，竊擬目探二酉。事求根據，非徒撦割爲工；詞取新鮮，不數飣餖爲富。故首以音義明辨，總載提綱，而典故次之，事對又次之。單詞隻句，有可采録，另爲一條，不敢散失。至於詩賦雜文，則辨體標目，删繁就簡，有節取之義焉。譬夫翦裁在手，集千腋而成裘；組織任心，辮五絲而爲采。庶幾方名象數，幼學者展卷神開；理翰文條，曠覽者含毫色喜。陳之几案，李商隱可無獺祭之勞；載入裝囊，虞秘書并省行厨之脚。

然諸臣既非成於一手，臣等復荒謬而何知。字有傳訛，魯魚不少；書非目見，挂漏必多。置諸□几之旁，敢道笙簧六藝；雜在芸編之末，蓋言薈萃百家。正猶學府之糠粃，書倉之管蒯。伏冀文光奎照，大度淵涵。矜載筆之陋儒，管窺蠡測；經重瞳之御覽，日麗雲昭。帝錫嘉名，便覺光騰萬卷；天開鴻製，更令價重三都。懸《呂覽》於國門，賞頒一字；刊《石經》於太學，歡溢九衢。集類苑之大成，爲藝林之極則。將見臨文浩瀚，無俟排沙以簡金；隸事紛綸，不啻銜珠而噴玉矣。謹謄寫稿本四百五十卷，目録四卷。奉表恭進以聞。

進呈賦類表〔一〕

伏以書契之作，代不乏人。古詩之流，賦居其一。摛華掞藻，事已極於敷陳；指遠辭文，義或取乎諷諭。入蘭臺而給札，才集群英；游梁苑而揮毫，文多大雅。鏗鏘典則，善此者有升堂入室之名；瑰麗雄奇，觀之者起擲地淩雲之慕。揆厥所自，各有專家。本爲六藝之笙簧，終作五經之鼓吹。流傳既遠，篇帙滋多。自非總集爲一書，誰識淵源於百代。伏遇皇帝陛下，道高允執，學懋緝熙。平天成地，經綸持五運之中；奮武揆文，道法

〔一〕此篇自四部備要本《別集》輯入。

冠百王而上。分宵旰憂勤之暇，披玉策而横經；本神靈濬哲之姿，展牙籤而汲古。高文典册，皆由御筆之立成；鴻藻琳琅，快睹宸章之親灑。固已牢籠斑馬，役使鄒枚。乃猶丙夜滋勤，甲籤時啟。謂文章傳世，在各種具有全書；而剞劂流行，獨賦體從無善本。《文選》所載，止登晋宋以前；《英華》所收，未及宋元而後。他如《文粹》、《文鑑》所録，既從略而不詳；況《賦苑》、《賦藻》諸書，更挂一而漏萬。自非廣搜遺稿，彙集群書，則庾信清新之作，不幾雜用補袍；揚雄篆刻之篇，無乃真同覆瓿。

臣祗承天語，加意蒐羅。或探選本之遺編，或購一家之專集。既珠聯而璧合，亦條晰而縷分。蓋賦之作也，始於博物大夫，盛於夸多詞客。蘭陵祭酒，肇裁禮智之編；澤畔騷人，爰有芷蘭之託。西京東雒，典麗稱雄；北部南朝，英華競縟。唐傳應制之體，而拘格律者爲多；宋懲靡麗之波，而目清真者爲上。元明而降，體勢各殊。然而人竭雕蟲，家矜繡虎；源流不一，卷帙孔繁。於是按部就班，比物連類。仰觀天象，籠風雲月露於毫端；俯察方輿，萃都邑山川於紙上。大之兵農禮樂，典制攸存；小之器用方名，纖悉具備。或文關治道，開卷而恍接唐虞；或理出儒宗，披文而如談性命。憶事懷人之製，清艷各殊；言情適志之章，憂樂互異。以至草木禽魚之細，伎藝仙釋之流，莫不竭學士之經營，殫詞人之藻繪。分之則有二十四類，比於天氣之推移；合之則有三千餘篇，多較古詩之原數。

庶幾雲蒸霞蔚，選材者可無美之弗收；抑且體方用圓，取則者亦操柯之不遠。然臣本以菲才，荷蒙重任。讀書未窮二酉，遺逸必多；繕寫不出一家，魯魚難辨。聊竭收羅之力，合成薈萃之書。傳之藝林，不過昆山片玉；進之册府，何異滄海一珠。伏冀鑒以淵澄，光同奎照。心源窮乎四庫，兼收薄技於縹緗；披覽懋乎三餘，不棄陋儒之擇掇。倘或陳之□几，即當價重璠璵；并望錫之嘉名，遂覺光騰奎璧。將見潘江陸海，與金匱石室而同編；宋艷班香，偕玉府珠林而俱永矣。

請假葬親奏摺〔一〕

編修臣查慎行謹奏：臣一介寒微，遭逢聖主，由舉人召赴内〔二〕廷，賜進士出身，欽點翰林院庶吉士，特免教習，改授編修。身叨一第，皆出皇上之生成；目識一丁，皆蒙皇上之教誨。四年侍直，三次隨鑾。方當俯竭駑駘，仰酬高厚，何敢遽陳私請，冒瀆宸聰。但

〔一〕此篇原闕題，據四部備要本《文集》補。

〔二〕「編修臣查慎行謹奏臣一介寒微遭逢聖主由舉人召赴内」二十三字，原闕，據四部備要本《文集》補。

臣有萬不獲已苦情，不得不扣籲於皇上之前者。臣兄弟少而孤露，早失瞻依。臣母見背已三十五年，臣父下世亦二十九年矣。向因身賤家貧，無力營葬。自康熙四十三年正月間，蒙恩賜銀二百兩，臣即寄回家中，與臣弟協力買得葬地一區，在所居龍山西麓，暫行浮厝。今臣慎行與胞弟嗣瑮、嗣庭三人，俱沐聖恩，七年之中，拔置侍從，而父母兩棺，尚在淺土。臣身係長子，每一念及，寢食爲之不寧。伏念我皇上以孝治天下，在京大小官員，例許回籍葬親。臣備員禁近，不便向衙門呈請。恭懇睿慈，俯准暫假半年，歸營葬事。祠墓一畢，仍當星馳供職。從此犬馬餘生，皆效力之日。舉家存歿，永戴皇仁於世世矣！謹奏。

敬業堂文集卷二

序跋

橘社倡和集序〔一〕

余生三十，足不越鄉里。己未夏，始出而索游。由漢、沔南浮洞庭，凡五溪、三湘、七澤之勝，靡不到。壬戌秋，溯江東下，已而復從錢唐泛婺、歙諸溪，而上過彭蠡，弭楫乎章江。其冬，欲入廬山度歲，不果。明年，涉江淮，渡水而北。水浮陸走，其往返者，又數四。通計十餘年來，行蹤所歷，不下三萬里。而太湖去吾鄉二百里而近，獨無由至，私竊以

〔一〕此篇自四部備要本《別集》輯入。

爲憾。

庚午春，大司寇徐公請假出都，將開書局於太湖之東山，邀余同歸，遂欣然樂而許之。以重陽後二日，買舟渡湖，行出胥口，有一帆導我而前者，及抵岸，則張子漢瞻也。張子語余：「昔皮、陸倡和，多在龍威、林屋間，而東山未嘗寓目。范石湖、文衡山、徐昌穀諸公，間嘗一至，而題詠無多。兹山雲物，其尚有待耶？」兩人因約爲詩課，迭相唱答。空樓夜静，往往燒燭見跋，哦聲出林樾間，棲禽磔磔飛去，如是者半月。方將搜剔巖穴，上下林藪，盡發此中之奇。然後放舟至石公山，登縹緲峰，尋昔人仗履故蹟，相與放意肆志焉。豈知蕭聊坎壈之人，即山巔水涘、友朋吟眺之樂，造物者亦未盡假之緣乎？漢瞻忽以事先歸，余自是亦倦游矣。臨別次第，編輯得詩如干首，其曰「橘社集」者，因寓園而名也。

蘇詩補注例略〔一〕

余於蘇詩，性有篤好。向不滿於王氏注，爲之駁正瑕璺，零丁件繫，收弆篋中，積久漸成卷帙。後讀《渭南集》，乃知有施注蘇詩。舊本苦不易購，庚辰春與商丘宋山言並客輦

〔一〕此篇自查開乾隆辛巳刻香雨齋藏板《蘇詩補注》輯入。

下，忽出新刻本見貽，檢閲終卷，於鄙懷頗有未愜者。因復補輯舊聞，自忘蕪陋，將出以問世。昔王原叔注杜詩，既行世矣，王寧祖則有改正；王内翰注杜集，薛夢符又有補注本，黄長睿有較定本，蔡興宗有正異本，杜田有補遺正謬本。古人於箋疏之學，各抒所得，不肯雷同勦説如此，非欲衒己長而攻人之短也。慎不敏，竊取此義。

公詩自仁宗嘉祐己亥始見集中，所謂《南行集》也。《牛口見月》詩亦是年作，注家顧繫諸嘉祐元年。按嘉祐元年爲丙申，而詩中有「忽憶丙申年」之句，其背戾可知。從來編年者，或起辛丑，或起壬寅，《南行集》迺己亥庚子詩，反置續集中，殊失位置。考《宋史·藝文志》，有《南征集》一卷，「征」字乃「行」字之訛，當時此卷本自單行。今自《郭綸》及《初發嘉州》以下，編次一準《欒城集》，例雖獨變，序固不紊也。

蘇詩宜編年固矣，惟是先生升沉中外，時地屢易，篇什繁多，必若部居州次，一一不爽，自非朝夕從游，疇能定之。施元之、顧景繁生南渡時，去先生之世未遠，排纂尚有舛錯。如《客位假寐》一首，鳳翔所作，而入倅杭時；《次韻曹九章》一首，黄州所作，而入守湖州時。姑舉一段，以見編年之難。凡慎所辨正，必先求之本詩，及手書真蹟，又參以同時諸公文集，洎宋元名家詩話題跋，年經詩緯，用以審定前後。余家少藏書，每從竹垞朱先生及馬衎齋、素村兄弟借閲，援據考證，實賴佽助焉。

兹集舊有八注、十注，同時稍後者有唐子西、趙夔等注。乾道末，御製序刊行。紹興中有吴興沈氏注見《吴興備志·經籍類》中、漳州黄學皋補注見王懋宣《閩大記·藝文類》中，今皆不傳。傳者惟王氏、施氏兩家耳。施氏本又多殘脱，近從吴中借抄一本，每首視新刻或多一二行，乃知新刻復經增删，大都掇拾王氏舊説，失施氏面目矣。今於施注原本所有而新刻所删者，輒補録以存其舊，漫不可辨者則缺之。譬諸斷碣殘碑，自成片段，何取天吴紫鳳，顛倒裋褐哉！

南宋時人，有箋注先生詩句，號《東坡錦繡段》，隨句撰事牽合，殊無根蔕，此與魯訔、黄鶴之注杜，李歜之撰《詩史》同科，固有識所姍笑。若乃當代文獻，信而足徵，寧容闕略？趙叔平、張退傅、張天覺、李誠之、徐德占、劉仲馮、劉壯輿諸公，《宋史》各有傳，非泯泯無聞者。仁宗朝之制科，范景仁之新樂，王介甫之新法，种誼之禽鬼章，邢恕之搆宣仁，王韶之啟邊釁，何以一無援證？元祐初年議回河，七年議郊祀，周思道等先後論榷蜀茶，詮釋亦復影響模糊，皆疏漏之大者，餘無論矣。

疏漏之病，前條略舉之，更有繁蕪之病，有詩意本瞭然多添注脚者，有所用非此事强爲牽率者，有一事經再用、三用稠疊蔓引者。洪容齋曰：「讀是書者，要非蒙童小兒，何煩屢注哉？」凡此冗沓，王注固多，施氏亦所不免，芟之不勝芟也。且二書流傳已遠，聽其單行於天地間，知此解者，毋謂離之則雙美也。

此外更有改竄經史，妄托志傳，以傅會詩辭者。《禮記》：「敝帷不棄，爲埋馬也；敝蓋不棄，爲埋狗也。」施氏注删去中間二語，作何解乎？唐明皇兄弟六人，其一早卒，寧、薛，兄也，岐、申，弟也，當時稱明皇爲三郎。王氏謂岐、薛、申、寧皆明皇諸弟，何所據乎？《北史》：「周樂運，字承業，録夏殷以來諫諍事，名《諫苑》。」先生《和朱公掞初夏》第五句正使此事，而施注、王注皆云：「《南史》：李承業集古今奏議，作《諫苑》。」《南史》曾有其人乎？范石湖《吴郡志》：「王誨字規父，熙寧六年知蘇州。王覿字明叟，元祐中亦知蘇州。」明明兩人也。施注謂「覿字規父」，可乎？王明清《揮麈録》：「趙令鑠字伯堅，宗室世雄子也。」趙令畤初字景貺，東坡爲改字德麟，《集》中有《字説》可考，施注謂「伯堅，一字景貺」，可乎？「詩家秀句傳」，少陵《哭李尚書》五言句也，施注因先生有「秀句出寒餓」之語，遂增二字爲七言。杜集中曾有此句法乎？盧鴻一《草堂圖》有十志，詳載《唐詩紀》及周密《雲烟過眼録》，而以「十志」爲「千老」，作何解乎？《出峽詩》云「亦到龍馬溪，茅屋沽村釀」，按樂史《太平寰宇記》，夔州有龍洞溪，即善釀酒之村也。地名，雖一字小異，與詩意正合，而施氏補注謂「馬鳴溪，俗稱龍馬溪」，《寰宇記》之文可僞造乎？訛在原注，則應駁正；訛在補注，咎將誰諉乎？

郡縣山川之名，最易傳譌。虔州號虎頭城，見《宋中興小歷》，而以爲常州；醴泉，眉州山名，而以爲西安之醴泉縣；姥嶺在杭州龍山，而以爲天姥山；太白在長安，而引《洞天記》；龍潭在壽州，而引《延平志》；玉門關在瓜州，而云沙州。其他寺觀樓閣，妄指圖經，附會不一。兹從《十道志》、《元和郡縣圖志》、《太平寰宇記》、《輿地廣記》、《九域志》、《方輿勝覽》，下逮曹學佺《名勝志》、《古今沿革考索》爲詳。至於宋朝官制，亦不敢略。則本之曾子固《隆平集》、孫彦同《職官分紀》二書，用補他家所未及，雖未必毫髮無憾，固已十得八九矣。

王注之繆，吴中新刻本《正譌》一卷，抉摘過半矣。但持議有過苛者。如「素木」之爲「素米」，「鹽惡」之爲「鹽惡」，「盧山」之爲「廬山」，「裹楷」之爲「裴楷」，「范縝」之爲「范績」，「狄詠」之爲「秋詠」，率因字畫相近，傳寫翻刻，致成魯魚帝虎。訛由工匠，非關注家也。又，所糾第八卷，王淪當作倫。按《晉書·列女傳》，王渾中弟名淪，惟《世説》注則云渾弟倫。然則淪字固譌，倫字恐亦譌也。三十七卷，「望祖猶蟻蜂」，注云「當作望祀」。葛立方《韻語陽秋》辨之詳矣。應仍作「望祖」，輕爲改易，於義似有未安。

本集詩與他集互見者，凡九十餘篇，皆施氏原本所無也。新刻本收入《續補》上下卷，王氏本散見於分類中，贋作極多。潁濱及蘇門六君子作，率皆混雜，至有割截他集半首誤爲全篇者。如《答晁以道索書》，則陳後山五律前半首也；《寄歐叔弼》七言絶句，則子由《贈劉道士》七律後半首也。唐人詩甚且有闌入者，若概行削去，時俗恐以爲疑，故另爲二卷，每首後附注「此詩亦見某集」，令覽者有考焉。至施注新刻内有本集重出者，如《歸自道場何山遇大風憩耘老溪亭命官奴秉燭寫風竹題詩》云云，即《游道場何山》五古全首中之四句也；《睡起》一首，即《佛日山榮長老方丈》五首之一也；《贈虔州慈雲鑒老》一首，已載第四十卷中，復載《續補遺》下卷；《復官北歸再次前韻》二首，郭功父作也，既附三十九卷注中，《補遺》下卷何以再見？此類徑從删例。又如《次韻子由聞予善射》七律一首，《扶風天和寺》五律一首，《答南華長老》一偈，舊本所有，而新刻失載，亟當補録。要歸於別真贋、去重複、無脱漏而已，若云糾繆，則吾豈敢？

《和陶詩》一百三十六首，子由有序，自成二卷，細考之，惟《飲酒》二十章和於揚州官舍，餘悉紹聖甲戌後自惠遷儋七年中作也。歲月大略可稽，分之各卷，以符編年之例。其間亦有未能確指年月者，則慎以意推之，要難遷就他所也。

文字之禍，於公爲烈，始而牽連詩帳，終則禁及藏書，散軼固多，收藏不乏。今從編簡中留心搜輯，共得逸詩一百二十餘首。又唐人所謂口號，皆近體詩也，張燕公有《十五夜御前口號》，少陵《紫宸殿退朝口號》、《西閣口號》之類是也。宋人帖子詞及致語口號，猶仍其舊。施氏原注有帖子詞一卷，目録尚存，新刻妄爲删削，今一併采入，與逸詩釐爲三卷。

劉辰翁之評杜集也，同時倡和如嚴武、高適、韋迢、元結詩，例皆附録，《和賈至早朝》詩，錢塘舊本兼收王維、岑參作，錢虞山《箋注》仍而不删也。今視此例，凡與東坡贈答者，若文潞國、張宣徽、文湖州、梅都官、歐陽公、范純父、王半山、鄭介夫以及子由、子容、山谷、少游、補之、文潛、後山、端叔、功父、述古、仲車、三孔兄弟，方外則辨才、參寥，幸而人有專集，悉采其詩，附本篇末；或有集而不傳，傳而不遠，如劉景文、錢穆父、孫莘老、李公擇、陳舜俞、王仲至、胡完夫、蔣穎叔、王定國、魯元翰、王晋卿、趙景貺、柳子玉、周開祖諸公贈答之什，偶得一二，闕略不少。其附録諸詩，不加注釋者，蓋方專精於此，未遑旁及云。

補注之役，權輿於癸丑，迨己未、庚申後，往還黔、楚，每以一編自隨。己卯冬，渡淮北上，冰觸舟裂，從泥沙中檢得殘本，淹浥破爛，重加綴葺。辛巳夏，自都南還，夜泊吴門，遇盗探囊，胠篋之餘，此書獨無恙也。自念頭童齒豁，半生著述，不登作者之堂，庶幾托公詩以傳後，因閉門戢影，畢力於斯，追維始事，迄今蓋三十年矣。雖蠡測管窺，何足仰佐萬一，顧視世之開局於五月，蕆事於臘月，半年勒限，草促成書，淺深得失，必有能辨之者。

康熙壬午仲春，初白菴主人查慎行識。

永思集序

《周禮》太祝掌作六辭，以通上下親疏遠近。六曰誄。誄之有辭，載於《春秋傳》。其在《曲禮》，曰：「里有殯，不巷歌。……望柩不歌。」三代以前有誄辭，無輓歌也。顧誄辭非可泛加，賤不誄貴，少不誄長，曾子言之矣。輓歌則起於漢初，《薤露》、《蒿里》之曲，相傳田橫門人所作。後李延年分而爲二，以《薤露》送王公，以《蒿里》送士夫。干寶所謂「葬家之樂，執紼相和之聲」是已。魏晋以降，如袁山松、陶元亮輩，或自作輓歌，習俗相沿；或交游姻戚，各哭其私；或子若孫，乞諸同時作者，用爲不朽之託。而哀挽篇章，遂與墓壙志銘並舉不廢。抑所以慰孝子仁人不忍死其親之意。事雖不古，君子特有取焉。

嘉禾鄒學博駕枚以其尊人八十二翁迪功君行述，屬予填諱。既又徧徵同郡詩人挽章，題曰《永思集》，將付梓，介祝孝廉景和復來問序。《詩》不云乎：「永言孝思。」《書》不云乎：「愼厥身修，思永。」元儒胡雲峰亦云：「孝貴永思，永則不匱。」鄒子既不忘其親，則所以顯親揚名，而永其傳者，即是推之有餘矣。何必廢《蓼莪》之什，然後爲孝乎！

南書房史官海寧查慎行纂〔一〕。

王勇濤懷古吟序〔二〕

今古詩人多矣！乃代不數家者，夫豈排比鋪陳格律音調已哉？當其始，必別有一團英爽精奇不可磨滅者，得於天，成於學，而藏於胸久矣，觸事成詩，蓋其餘也。善讀者，窺之隱隱隆隆，磅礴蘊結，究歸自然，乃知可與天地古今相終始。作者難，讀者豈易哉？漢魏唐宋以迄今，一也。

王勇濤先生與余同方同學，僑居東山草堂。是時，如外舅辛齋、族父伊璜諸前輩，一時徵逐，唱和切劘，先生無不在焉。予兄弟亦時至其室，詩酒清狂，固其樂也。窺其氣概，罔不以千古自豪。洎予游歷諸方，先生亦歸武原故居，閒歲返里，過令姪桐村，猶幸與先生相往復，且唱酬也。其《懷古吟》成於四十歲前，諸前輩悉韙之。夫有思於古，必不得於今，不得於今，遂以通乎古。古哉！古哉！直超數代中矣！其他詩格，凡數變，亦數千

〔一〕「南書房史官海寧查慎行纂」十一字，四部備要本《文集》闕。
〔二〕此篇自四部備要本《文集》輯入。

餘焉。先生豪於懷古，其昆季或長於詠史，或精於注疏。視予載筆承明，時入時出，其勞逸何如哉？故鄉，予樂也，予將服予初服矣！

人海記自序〔一〕

蘇子瞻詩云：「惟有王城最堪隱，萬人如海一身藏。」與東方曼倩「陸沉金馬」之意略同。余自甲子夏北游太學，又九年，舉京兆秋試，又十年，唱第南宫。其後供奉内庭者七年，從事書局者三年。迨癸巳夏移疾乞歸，年六十有四矣。通計三十年來，客居京師歲月過半。其間耳目聞見，隨手綴録，零丁件系，不下數百條，雪窗檢點，裒集成卷，命曰《人海記》。

止齋姪鴛湖詩序

《詩》三百篇，《小雅》之材七十二，《大雅》之材三十一。菁莪棫樸，辟雝鼓鐘，胥關風化之大者。是以魯作泮宫，采芹致頌；鄭廢學校，城闕貽譏。蓋《詩》之道，其感人深，其

〔一〕此篇自咸豐三年小嫏嬛山館刻本《人海記》輯入。

移風易，故先王著爲教焉。當其時，卿大夫之退老於家者，及其鄉之賢者，咸得抗顔爲師，黨庠術序，春誦夏絃，不啻父兄坐於上，子弟承於下也。故教行自近，而風化以成。後世筮仕者，自一命以上，率去其鄉，惟學官猶爲近古，則由其道以善其俗，固莫先於詩教矣。

吾宗止齋，蚤年有聲場屋，既不得志，益肆力於詩。晚司訓於禾郡之秀水，秀水距吾鄉百里，而止齋與其弟聲山三十年前文酒徵逐之地也。今之執經請業，于于而來，及門者，非疇昔交游，則其子弟，止齋儼然師資自處，復以風雅倡率之。兩湖之間，瓣香初地，詩社之流風未泯也。吾知秀之士，耳擩目染，此唱彼和，於以繕性，於以陶情，有在泮之好音，無子衿之佻達。采風者將舉一邑式天下焉，然後爲詩教之成。而吾於止齋所爲樂觀其成者也。兹集之刻，夫豈徒哉？刻既竣，輒道此意以爲序。

曝書亭集序

康熙戊午，朝議修《明史》，天子慎選局僚，命在廷各舉所知。明年己未，特開自詔之科，親試體仁閣下，擢高等五十人。於是秀水竹垞朱先生由布衣除翰林檢討，充史館纂修官。其後十餘年間，同時被用者多改官去，或列顯要，躋卿貳，而先生進退迴翔，仍以檢討終老。論者以爲當史局初開時，得先生者數輩專其任而責其成，則有明一代之史必可成，成亦必有可觀。若以未盡其用，爲先生惜者。余獨謂立言垂世，先生自有其不朽者在，史局不與焉。

先生天資明睿，器識爽朗，於書無所不窺，於義無所不析。蓋嘗錯綜人物而比量之，博物如張茂先，多識如虞秘監，淹通經術如陸德明、顔師古，熟精史乘如劉知幾、劉邃父兄弟，貫穿今古，明體而達用如馬鄱陽、鄭夾漈、王浚儀，而乃濟之以班、馬之才，運之以歐、曾之法，故其爲文，取材富而用物宏，論議醇而考證確。嘗謂孔門弟子申黨、薛邦，後人不當以疑似妄爲廢斥；謂曲阜縣令宜用周公後東野氏爲之；謂鄭康成功存箋疏，不當因程敏政一言遽罷從祀；謂王陽明事功人品，炳烈千古，不得指爲異學，輒肆詆娸。凡此，皆有關名教之大者。世徒知先生文章之工，不知其根柢九經，折衷群輔，雖極縱横變化，而粹然一出於正如此。其稱詩以少陵爲宗，上追漢魏，而汎濫於昌黎、樊川，句酌字斟，務歸典雅，不屑隨俗波靡，落宋人淺易蹊徑。故其長篇短什，無體不備，且無孅不臻。他若商周古器、漢唐金石碑版之文，以及二篆八分，莫不搜其散軼，溯其源流，往往資以補史傳之缺略，而正其紕繆。下至樂府篇章，跌宕清新，一掃《花間》、《草堂》之舊，填詞家至與玉田、白石並稱，先生亦自以無媿也。平生篹著，曾兩付剞劂，未仕以前曰《竹垞詩類》、《文類》，序之者，多一時名公臣卿、高材績學之彦；通籍後曰《騰笑集》，先生自爲序，并囑余附綴數言者也。晚歸梅會里，合前後所作，手自删定，總八十卷，更名《曝書亭集》。刻始於己丑秋，曹通政荔軒實捐資倡助。工未竣而先生與曹相繼下世。賢孫稼翁遍走南北，乞諸親故，續成兹刻，斷手於甲午六月，於是八十卷裒然成全書矣。

余里居無事，既分任校勘，稼翁復來乞序。余不才，何足以序先生之文？顧念中年從事問學，質疑請益，受教最深，又幸托中表，稱兄弟，自謂生平出處之跡，以及入朝歸老之歲月，與先生有彷彿相似者。噫！自己未迄今三十六年，向之爲先生序集者，惟余在耳。則推原作者之意，以塞賢孫之請，固後死之責也，其又敢辭？

先生有才子，名昆田，字西畯，先十年卒。有詩十卷。稼翁遵大父治命，附刻於後。昔黄氏《伐檀集》，朱氏《韋齋集》，兩翁之傳，皆因賢子。今西畯則附名父以傳，比於蘇家之有叔黨。覽斯編者，如讀文忠集，而兼得斜川詩，非快事歟？

康熙五十有三年，歲在閼逢敦牂且月辛未下澣，海寧查慎行序〔一〕。

〔一〕「康熙五十有三年歲在閼逢敦牂且月辛未下澣海寧查慎行序」二十五字，四部備要本《文集》闕。

曝書亭集序〔一〕

竹垞先生以名高入史館，刻其詩文數十萬言，既爲藝苑職志矣。今年丙寅，復輯其已未以來詩若文凡若干卷。集成見示，且屬爲之序。愼行於先生中表兄弟，然名位文章相去絶遠，何足以知先生？雖然，亦嘗從事於文，欲有所就正於先生久矣。

竊謂唐之文奇，宋之文雅；唐文之句短，宋文之句長；唐以詭卓頓挫爲工，宋以文從字順爲至。昌黎之文，《進學解》自言之矣，《答李翺書》則爲人言之矣，李漢、李翰諸人又言之矣，總蘄不蹈襲前人一語。廬陵推論六藝之華，則曰：「自能以功業光昭於時，故不一於立言而垂不腐。」而今乃沿襲模擬，以空疏不學之材，强爲無本之枝蔓，不幾爲古人所笑乎！

先生於書無所不窺，搜羅遺佚，爬梳考辨，深得古人之意。而後發而爲文，粹然一澤於大雅，固非今之稱文者所敢望矣。其稱詩最早，格亦稍稍變，然終以有唐爲宗，語不雅

〔一〕此篇自四庫全書本《曝書亭集》輯入。因其文與底本及四部備要本《文集》有較大差異，故録存以備參考。

馴者勿道。正始之音不與人以代興之業，此慎行所竊窺於先生，嘗欲廣諸同好，而因舉私見以質之先生者也。故辱先生之命，輒書此以進之。

海寧查慎行。

秋影樓詩集序

《秋影樓詩集》者，余房師東山汪公所作也。

癸酉秋，公舉京兆，與余同出德清徐先生、盧陵彭先生之門。後三年丁丑，公成進士；又三年庚辰，以第一人及第。而余坎壈失職，連不得志於有司。惟公於聚散之際，執手欷歔，所以勞苦而慰勉之者，甚真且摯。

迨壬午冬，余被召入内廷，癸未三月，倖舉南宮，實出公分校禮闈本房所薦。既釋褐，登堂修敬，公迎笑曰：「吾兩人平時契分何等，今乃以此禮見耶？」余拜，公答拜，終不肯以師道自處，仍以執友待之。

甫一月，而余扈從赴口外，公亦於是年八月奉太安人南歸。明年車駕渡江，特命公居家食俸，校刻《全唐詩》。丙戌七月，書局未竣，而公訃忽至。余時適請假葬親，急裝遄返，取道虞山，哭公於寢，遺孤尚在乳抱，太安人出編見屬，余受而藏之。會還朝期迫，悤悤未暇付梓。

及癸巳秋，長假還鄉，乃檢諸篋笥，亟命楷書生繕寫，仿宋本開雕，距公下世已八年矣。追維癸酉以後，託同譜者十年，在門牆者四年，其間執弟子禮，從容邸舍，親承色笑者，無過一月中之三數日耳。此余於校閱之下，不禁撫卷心傷，淚流承睫者也。

刻既成，敬識始末，以板歸諸公子，俾藏於家。集凡九卷，每卷篇什多寡不同，皆公所手定，庸仍其舊，使公子知先人手澤存焉耳。若夫公詩之體格，位置當在大曆以後、長慶以前諸名家間。慎行，門下士也，何敢輕爲倫擬，則以俟天下後世讀其詩而論定之者。

海昌門生查慎行謹序〔一〕。

形家五要二編序

《史記》有堪輿家，本日者之流也。許叔重注《淮南子》云：「堪，天道也。輿，地道也。」《漢書·藝文志》有《堪輿金匱》，相傳爲葬書之始。顧形家多祖管、郭云。考之史，

〔一〕「海昌門生查慎行謹序」九字，四部備要本《文集》闕。

輅本傳不及營兆域事，惟過毌丘儉墓數言耳。璞所受青囊中書，已爲火焚，《傳》所載者，惟爲母卜葬一事。迨五代迄唐，其術乃盛行，《葬經》及《狐首》、《地理》諸經出焉。自是以來，葬師輩出，其書日益多，八式、八分、青烏、白鶴、金鍼、玉尺、碎山、踏地種種名目，難以枚舉。大抵人執一說，各名一家，吉凶禍福，彼此互異。非惟互異，抑且相反。爲人子孫者，將何所取衷以解惑哉？

余初不解此，因亦不甚信，向爲先父母營葬西阡，粗就大局而已。比緣老病退休，長子夭亡，或者歸咎於新壟，然終不爲所惑也。一日方讀《易》，族叔在宸以武原萬君雲從《形家五要》來索序。萬氏自仙師以後，子孫得其傳者數世矣。初爲正編，繼爲補編。其說一以理氣爲主。

余於是躍然起，曰：「《大傳》所謂『俯察地理』，非言理乎？所謂『山澤通氣』，非言氣乎？地有地之理，山澤之氣何，莫非地之氣乎？氣以顯理，而理寓乎氣。離而二之，不得也。萬氏以儒者之學，行形家之術，竊竊乎惟恐人之昧於理氣，以自欺而欺人。推是心也，仁人孝子，不忍薄於所親，必有道矣。」余雖不習形家之言，喜其於《易》道有合也，於是乎書。

葛友峰文集序

葛君友峰以所著古文四集，屬余爲序。每一執筆，盡焉心傷，欲作而輒止者，屢矣。蓋友峰爲余叔母葛太君之愛弟，余叔父眉石公早世，叔母苦節，依母家以居，君之事寡姊如母也。余兄叔寶爲遺腹子，自乳抱及成人，依託舅氏，君之視孤甥猶子也。叔寶兄既娶且生子矣，復不幸父子相繼以殁。先君命余季弟信庵爲叔父母後，君之待吾弟，無異於所自出也。蓋兩家存亡似續之際，宿昔之分誼如此。

自余年十五六時，往來叔母家，未嘗不與君相見，見則數晨夕奉教言，如是者十餘年。其後，余奔走四方，間一還家，則叔母已下世，城中餘椽，弟弗能有，仍返先人之敝廬。君亦厭邑居之囂雜，抱其著述，遠蹟僧寮。去秋，余長假歸里，邂逅君於紫微山下，則幅巾野服，飄然爲世外道人裝矣。會大宗伯許公引年予告，卜居兩山之間。君既研席老友，余以門下士時時過從，得與君握手道故，慰勞如平生。吾兩人晚節之周旋，又如此。

然則余雖不忍序君之文，而誼固有不可終辭者，因縷述今昔，著於篇，以塞其請。亦使讀兹集者，知天下有至性，然後有至文。若友峰之篤於内行，而不薄所親，澹於取名，而翛然榮辱得喪之外，任舉一端，皆可矜式，固不待文而始傳也，況其文之足以信今而行遠者乎！

自吟亭詩稿序

癸巳夏，余請假將出都，同年十數人餞飲於陳甥秉之寓舍。酒半，山陽阮君越軒起，執余手曰：「先君子平生喜作詩，未嘗出以問世，存者不肖手輯，向欲乞序於君，以垂不朽，今君行有日矣，敢以請。」明日詣吾門，以《自吟亭稿》上下二卷見示。余受而讀之，合諸古作者之意，可傳者蓋十五六焉。

夫自漢魏以降，稱詩家不知凡幾，其裒然成集者，皆自謂可傳者也。顧或傳焉，或否焉。幸而傳矣，又不能久且遠，何哉？傳家易，而問世難；問世易，而傳世難也。夫子孫之於父祖，苟無墜其業，則必思永其傳，以爲吾先人手澤存焉耳。乃其足不踰户庭，名不出鄉曲，雖窮年矻矻，著書滿家，而世不及知。且世又多貴遠而忽近者，自王、楊、盧、駱、李、杜、韓、孟諸公，輕薄謗傷，同時且不免，故曰「問世難」。其或喜交游，鶩聲譽，上之官資、氣力，足以奔走一世，遂群然推目曰：「此著作手也。」次則借資於當路，流傳唱和，互相標榜，亦可要名於一時。迨没身而後，交游盡而聲譽銷，向所撰述，如螢光爝火，隱見叢殘。蠹蝕之餘，幾何其不湮滅也？故曰「傳世難」。今先生之詩可以傳矣，顧不汲汲自求其傳，而待後人以傳。後之人不以爲一家之私言，而出而問諸世，而世果以爲可傳，則其傳之必遠且久，無疑也！

蓋先生初亦有志用世，嘗兩至京師。既而歷兖、豫、吴、越之郊，所與往還贈答者，非前朝佚老，則當代賢豪鉅公也，顧不假其游揚汲引之力，爾乃歸憩林廬，孤吟獨詣。其志潔，故其神清；其品高，故其辭簡。誦先生之詩，而論其世，蓋詩又以人傳也。天下後世倘有以余爲知言者，庶無負越軒請序之意乎。

六峰閣詩序〔一〕

唐以來稱詩家，無過少陵杜氏。其自言曰：「詩是吾家事，人傳世上名。」蓋少陵家法，實本乃祖膳部公。然其父奉天公閑初不詩以名，其子宗文、宗武、孫嗣業，亦未聞有詩傳後也。將毋風雅一道，自具性情，雖父子祖孫，不能私授歟？抑或人各有集，而傳之不永歟？未可知也。

秀水朱子稼翁，爲竹垞檢討之孫，西畯文學之子。自其少時，稟承庭誥，研味篇章。

〔一〕此篇四部備要本《文集》題作「六峰閣詩集序」。

凡祖父之客來登潛采堂者，類皆當代名流，稼翁周旋函丈，言論風規，漸濡有素。故其爲詩，磊砢英多，寓懷蘊藉，宫商亢墜，句酌而字斟。有肆好之風，無雕繢之習，信能克繼家聲者矣！

曩挾其著述，薄游京師，受知於相國太倉公，薦入春秋經局。比暫假歸，大暑中過余村居，出新刻《六峰閣詩藁》，屬爲弁語。昔危太樸序廣信桂氏三世文集，以爲儒林盛事，何幸於朱氏復見之。余既爲檢討公校序《曝書亭全集》，兼及西畯《笛漁稿》，今徇稼翁之意，復援筆書此。稼翁年方壯，學當日富，充其所至，何敢限之於詩。或者留未盡之年，獲觀其所成就，豈非餘生幸事與！

黄岡王氏族譜序

同年王君晋侯謁選至京師，得四川奉節令，行有日矣。出《家譜》，請余序。

按，王之先系出太原，宋南渡後，有官於江西饒州者，因家焉。明洪武初，貞一公自饒移黄，是爲黄岡始遷祖。四傳而析爲三支，曰志聰、志友、志恭。志友之子，爲武略公，正統土木之變，扈駕北狩，歸而口不言功。生三子，長琦，次璘，次琥。璘，中成化丁未進士，歷官廣西參政，嗚父勳於朝，加卹廕，兄琦得襲廕錦衣千户，世居京師。而琥與伯叔之子仍居黄岡之栗山。本朝以來，科名蔚起。風采，己未進士；漢周，癸未進士；全方，丙戌進士。漢周，即晋侯也。

王氏既爲楚望，慮先澤漸遠，子姓漸繁，思所以徵前而信後，其爲譜，不遠追華胄，斷自貞一公以下，詳系世次，附以家傳，凡若干卷。余覽而嘉焉，爲推本言之曰：

古者，諸侯世其國，鄉大夫世其家，生有族，没有廟，群昭群穆，百世而不失其倫，故譜可不作。後世宗法壞，而譜牒始興。晋太元中，賈弼廣集氏族，撰十八州百十六郡合七十二卷。南齊賈氏增至七百十二卷，劉湛、王儉輩，亦各有紀纂。然皆綜郡國之族姓以成書，未嘗專屬一家也。家譜之作，則自唐京兆韋、杜氏始，他若《鄴侯家傳》、《裴氏家牒》、劉復禮之《大宗血脉》、陸景獻之《陸氏家系》，難以悉舉，往往於一姓之中，别其支派，各爲族望。蓋唐人尚門第，而輕寒畯，宜於譜籍詳慎如此。五季之亂，朝廷不以定流品，閭閻不以通婚姻，衰宗舊族，歲月陵夷，而家譜又廢。有舉前人故事，而子孫不知，至妄託先賢以自誣其宗祖，識者耻之。眉山蘇氏於是創爲譜例，後之爲家譜者取法焉。

大抵作譜之法，必由近以溯遠，由親以逮疏。吾之兄弟，皆知爲吾父之所出；吾之伯叔，皆知爲吾祖之所出。故其情親而義合。廣而推焉，萃吾族千百人之身，其初一父之子也。雖親盡服窮，而老老幼幼、喜慶憂恤之義，自有不忍恝然者，因其不忍恝之義而聯之以情，非古者親親、尊祖、敬宗、收族之道歟？由斯道也，過墓而知哀，入廟而思敬，父兄子弟，相聚於宗塾，相勉於孝慈，其秀者升於朝，其樸者安於野，上之立德立功，爲邦國之瑞，下亦不失敦本務嗇，稱鄉里善人。行且以一門家法，成一郡之風俗。此則晋侯與宗老作《譜》之深意，豈徒矜門閥、誇繁衍云爾哉。

瓣香詩鈔序

禾郡盛宜山既没，其門人沈寓厖輯所著《瓣香詩集》，走京師，乞余言弁首。自余與宜山交，見其生平詩格，凡三變焉。初爲諸生，亦嘗有志當世。既不見售，則與同學吴脊虚、朱與三、趙子亶、陳少典、徐孝績及吾家韜荒輩，創爲吟社。時海内詩派，尚沿王、李餘習。宜山與數君者，獨以少陵爲宗，怫鬱沉苦之思，往往形諸唱和。中年厭棄舉業，出而索游，一至京師，再客汾晋，已乃溯江涉湖，水浮陸走，凡六七千里，耳目見聞，足以發抒盤礡之氣。向之怫鬱沉苦者，一變而爲縱横灝衍，有陸放翁、元裕之之餘風。迨乎白首歸來，究心内典，築室南湖之上，署曰「瓣香庵」。所與游者，非山林逸士，即諸方禪衲也。一時後進從之學詩者甚衆，宜山椶鞋藤杖，婆娑乎其間。幺絃孤韻，漸詣平澹，雖若不甚經意，有他人錘煉所不能到者矣。

今此卷，大率四十以後之作。以余所見，如《泊京口望金山》諸什，及甲寅、乙卯間，偕愚兄弟分題校韻，亦不下數十首，今皆失録。蓋宜山天機流露，信筆成章，初不自愛惜，脱手或爲人取去，搜輯散亡，固門弟子職也。余老向空門，亟思因病請假歸，與宜山結西方之社，而今不可得矣。回首前塵，恍成昨夢，存殁之感，不禁愴然於懷也。

江西通志序代白中丞作

國家聲教覃敷，靡遠弗届，闢版圖未闢之國，臣史策未臣之邦。幅員廣袤，踰二萬里。江西於其間，不及十之一耳。然其山川，則有匡廬、玉笥、龍虎、崆峒、章貢、脩盱、揚瀾、左蠡之高且深；物産則有豫章之材、銀朱之稻、信州之楮、雙井之茶、西山之葛、金谿之苧、饒州之陶；其於人也，理學則肇自金谿、都昌，下迨崇仁、餘干、吉水；文章則盧陵、臨川、南豐開其源，吴、虞、揭、范承其流，下至制舉家，亦必推章、陳、羅、艾；相業則有周益公、陳康伯、楊文貞、劉文端；忠義則有文信國、謝疊山及靖難末季諸賢；高尚則有徐孺子、陶靖節、雷次宗、蘇雲卿；仕宦則有若韋武、狄梁國、韓昌黎、范文正、王文成，至於南康、袁、贛則周茂叔、張南軒、朱紫陽過化之地也。蓋上下數千年，延沿十七代，莫不前輝而後映，名至而實歸。嗚呼！盛矣！

顧自勝國以還，紀乘之書，率就湮没，傳者惟林利瞻《通志》、王敬所《大志》、郭青螺《豫章書》而已。本朝康熙癸丑，曾奉修志之檄，繼值逆藩變亂中輟。我皇上削平醜孽，耆定功成，疆圉清晏。癸亥三月，復命直省各進通志。於時，前撫安鑄九開局編校，刊刻進呈，爾來垂四十年。

余以匪材，謬膺簡命，來撫是邦，政事之暇，披閲前志，似有不慊於懷者。於是謀諸方伯許君，薈萃十三郡七十餘州縣之新舊志、先賢之家乘，與二三友人，再加編纂。竊嘗反覆尋繹，而嘆兹役之匪易易也。大抵居今者，病在略古；失實者，病在采名；辭夸者，病在煩蕪；腹儉者，病在疏漏；援證者，病在傅會；請託者，病在徇情。一人也，或兩地並收，於是有重複之病；一事也，或兩家互異，於是有舛譌之病。兹欲詳於古矣，而後之所疑，或前之所缺，則徵信難；欲考其實矣，而此之所非，或彼之所是，則折衷難；欲節其煩蕪矣，而載籍所存，篇連牘累，則持擇難；欲補其疏漏矣，而耳目所接，寡見眇聞，則博稽難；欲去傅會、拒請託矣，而一手之所障，不敵衆口之喧沓，以范石湖爲《吴郡志》，猶不免流俗之搒阸，則絶情尤難。若夫删削重複，駁正舛譌，則在乎加之意而已，不敢以易心出之，慮其忽略於俄頃也；不敢以我見持之，慮其矯拂乎公論也。雖如是，其敢自信爲傳書乎？夫西江，固向所稱文獻名區也。七十年間，兩經兵燹，世家藏書，僅存什一於千百，文不足徵也，老成耆舊，凋落已盡，前聞軼事，往往抱殘而缺疑，獻不足徵也。又況限成於期月，分纂於數人？要惟是區區無私無欺一念，竊附三代之直道，用以導揚休美，黼黻太平，庶幾可告無罪於此邦人士也夫！

田居詩序

戊午秋，竹垞朱先生自北歸，亟爲余稱龔太常公子蘅圃之詩，余初未之識也。甲子夏，游學京師，太常已下世，蘅圃方同竹垞僦居古藤書屋，昕夕過從，迭相主客。余得託末契於其間，始恨交蘅圃之晚，而信竹垞之不欺也。

蓋太常公分守通永時，竹垞實客其所。蘅圃虛懷善下，加之博學好古，一洗時世紈袴裘馬之習，而惟揚風扢雅，請益析疑，由是業日益進。未幾，竹垞薦入史館，令子西畯賢而有文，蘅圃復訂交紀群之間。當是時，宫商扣擊，一往而情深。讀蘅圃之詩者，有雞鳴風雨、伐木取友之思焉。

及蘅圃補官郎署，巡歷海關，擢言路，任臺長，操持紀綱之地，不肯與衆浮沉。時竹垞已飄然去國，往往古處相期，貽書敦勗。未幾，蘅圃亦以言事休官矣。其《出國門》詩有云：「三黜已容歸故里，短章何用乞西湖。」又云：「聖恩不忍揚其短，臣職終慚未盡言。」

讀之者，謂有芃野詩人畏罪罟而好正直之思焉。

晚歸武林，築室於城北隅，署曰「田居」，距竹垞家二百里而近，間或撥櫂造門，燭跋杯闌，縱談往昔。已而竹垞薄游閩粤，蘅圃溯湖湘而南，所得詩各盈帙。兩人末路之相於又如此。

丁酉冬，余有羊城之役，道出會城。蘅圃袖《田居詩》十卷，過余寓，屬爲之序。携諸行笈，歸來未及報命，遽聞蘅圃之訃。嗟乎！已矣！古藤文酒之樂，歷歷目前，天不慭遺，老成頓盡。竹垞既喪，君又云亡。自今以後，豈復有風流相賞如二老者乎？雖然，蘅圃亡矣，固有不亡者存。余既爲竹垞序《曝書亭集》，復爲蘅圃序《田居詩》，二集行當並傳，則余之姓名，且籍以垂不腐矣。

卓蔗村詩序

余衰病杜門，學殖荒落，特未廢詩。姻親朋好，有不鄙而枉教者，往往飫予之欲，摩挲老眼，必終卷而後已。性之所好，不自解也。一日，陳子周乾携舅氏卓蔗村詩稿見示，余受而卒業，不禁盛衰存歿之感焉。

自余十三四年時，負笈從師棲水，僦居卓丈亮菴家。亮菴，蔗村大阮也。時蔗村大父諭德公事章皇帝，爲侍從儒臣。尊甫孝廉公，亦以科名踵起。浙西之推門望者，歸卓氏。

其後二十餘年，再過塘西，始獲與蔗村兄弟游。則王謝門風，繩承弗替。是時，東南社事方興，蔗村及張岕老輩，爲一鄉領袖，四方士大夫往來西吴東越者，必弭楫造廬。户外之履常滿，酒闌燈灺，鬮韻分題。蔗村於其間，雒誦高吟，聲淵淵若出金石，岕老從而和之，鼓宫宫動，鼓角角動。一時命侣嘯儔之樂，遠近傳爲盛事云。

及余投老歸田，親戚故舊，凋喪殆盡。過岕老故居，則已易主，蔗村墓木且拱矣。撫茲卷也，能毋𢡟然以傷乎？

周乾請予爲校定，略加去取，予應之曰：「蔗村之詩，一生本末存焉。予方反覆尋繹，如追昨夢而勘前塵，零章斷句，皆可愛惜。又忍抵玉於崑岡，捐珠於滄海乎？」

趙功千漉舫小稿序

元皮昭德學詩於孫少初，孫殁，昭德刻其詩以傳世。吴草廬序其始末，謂可拯頹風而厲薄俗。及序昭德之詩，則又稱其才優而學贍。蓋詩之爲道，雖發於性情，而授受淵源，必推所自。學之貴有本也，如是夫！

仁和趙子功千，吾友沈磵房高弟也。既爲其師刻《梵夾集》，屬余序之矣，復以己所著

《漉舫小稿》寄示。喜其事適與前賢合也，爲書數行於簡首。草廬不又云乎：「才繇乎天，學由乎人。」人者日進日榮，則天者與之俱。功千年方壯，抱才而績學，益培其根，益浚其原〔一〕，所詣殆未易限斷，他日業成名立，《漉舫》之集行與《梵夾集》並傳，俾孫、皮不得專孅於前，是則余所厚期乎功千者。

東村詩序〔二〕

癸未省試，余與濟南李西音同出房師虞山汪公之門，兩人情好甚摯也。余留京師，西音歸里。又六年庚寅，西音赴選北來，得江南之石埭令。臨别，手一編見示曰：「此吾先子宫詹公之詩也。先子早歲成進士，甫筮仕而際仳離。旋登清要，繼而遭竄謫，終而返田廬。其於家國之際，險夷榮悴，可喜可愕之事，既備嘗之矣，而無一不發之於詩。不肖將梓以問世，非君孰可屬序者？敢以請。」余受而藏之。時方供奉内廷，碌碌未暇。癸巳後長假家居，始發篋卒讀，慨然興歎曰：「此非清廟明堂之詩乎？奚而入於變

〔一〕「原」，四部備要本《文集》作「源」。

〔二〕此篇自齊魯書社《四庫全書存目叢書》集部第二〇三册李呈祥《東村集》輯入。

風變雅也。」蓋先生之詩，鈎貫經史，囊括百家，氣遒而力健，直欲追攝少陵，而復參之韋柳以博其趣，游之元白以暢其支。悲涼激楚，隱曜毫端，要皆因時以望，隨遇而安。讀之者窅然以深，曠然以遠，有風人之致，無騷客之態，作者能事畢矣。竊觀百餘年來詞壇吟社，先後代興，必稱濟上最著者，歷城之李，新城之王。滄溟、阮亭兩先生之詩盛行於海内，有口者皆能誦之。抑知李後王前，乃有宫詹先生固可並驅方駕，成鼎足之勢乎？顧歷城當勝國中葉，敭歷中外，仕路坦夷；新城則際本朝極盛時，躋崇階，升大座。故其爲詩也，變體少而正聲多。先生所履之境，在枯菀榮悴間，故其詩雖變而仍歸於正。蓋遇不同而詩同，即詩不必盡同，而其可傳於後世無不同也。然則兹集一出，其嘉惠來學，有功於詩教者，豈淺鮮哉？

歲戊戌，西音去石埭來宰德清，去吾鄉百里而近，追維疇昔之言，謹書此以完宿諾。余生也晚，不獲從先生遊。今徇賢嗣之請，挂名簡末，是先生之詩不因鄙言增重，而余之姓名且將托先生之集以垂不腐也，非厚幸歟！

海寧門年眷姪查慎行拜纂。

仲弟德尹詩序

順治丙申，余七齡入小學。明年丁酉，仲弟亦出就傅。日課有餘力，先淑人率口授唐詩一首。弟性警敏，蚤解《切韻》諧聲，十歲以上，五經四子書略成誦。先大夫不遽令習應舉業，則與余退而學詩。既冠且娶，始從慈溪葉師學爲時文。而性之所好，尤在吟詠，久之遂成卷。父執陸射山、范默菴兩先生，家伊璜、二南兩伯父，互加獎飾，則益自喜，又相約爲詠史詩。是時弟年二十六，余視弟兩年以長，形影相隨，未嘗一日離也。

先淑人既見背，先大夫命余兩人析箸。未幾，旋奉諱，兩稚弟尚未成立，迺延師督訓之，獨脱身出。己未夏，余從軍南去，弟北游京師，自爾聚散靡常。迨庚辰、癸未，後先成進士，同館者十年。余長告歸田里，年已六十四矣。又二年，弟從順天學使因病辭職，年數適與余同。通計三十餘年，彼此往復之作，不下三百首，而己未以前之少作及見〔一〕詶答，不在此數焉。

竊觀古人傳集，兄弟唱詶之富，無若眉山二蘇公。今雖不敢謬附傳人之列，第就篇章

〔一〕此處四部備要本《文集》多一「□」。

計多寡，自謂不讓前賢。顧二蘇晚年一存一殁，欲尋對床風雨之樂，不復可得。余與弟乃獲邀天幸，年皆七十以外，唱予和汝，不減兒時，較前賢反若有過之者，此豈始願所及料、人力所能致哉？

戊戌秋，余徇好友之意，先刻拙集問世，遠近知交，兼來索弟詩刻。蓋弟平生轍迹，幾偏天下，所至與賢豪長者游，覽眺留題，往往膾炙人口，獨不自愛惜，散軼者多，篋衍所存，僅十之四五耳。余稍爲評潤，以付梓工，因序兩人自少而壯而老離合盛衰之故如此。

芙航纈稿序

武進楊子笠乘，爲殿撰東皋先生曾孫，觀察陶菴先生之孫，宫坊芝田先生之從孫，而龍門令端木君之幼子也。龍門抱才小試，中年殁官下，笠乘生半歲而孤。稍長，與諸兄同産儕居，停辛儲苦，克自樹立，以迄於成。舉康熙丁酉京兆秋試，下第後，旋丁嫡母憂。讀禮之餘，窮探經史及諸子百家，性尤耽吟咏。其舅氏徐茶坪，余好友也。尺書歲一再至，必極稱笠乘之賢而能文。曾以所著《芙航纈稿》十卷，寄余乞序。余讀其詩，愛其才，爲題四絶句而歸之。卒章云：「還君行卷爲君嘆，可惜不逢濳采翁。」蓋悼竹垞云亡，而余之氣力不足以振起之也。

壬辰長至後，凍雨連旬，村巷往還俱斷絶，忽聞剥啄聲，則笠乘不遠五百里，挾茶坪手札，叩吾門而受業，復申前請益勤。余告之曰：「以子之才，自足推倒一世。若余者，志氣耗磨，由衰而竭，殆如伏波在土室時矣。子生長風雅之國，而乃近捨鄉賢，遠求野老，吾其何以益子乎？」雖然，固不能已於言也。

憶自壯歲從軍黔幕，拜觀察公於馬前，獲與龍門相見。已而游學京師，辱宫坊國士之知。晚入史館，於兩先生爲後進。時笠乘之兄若游、令叔乘萬先後至都，胥託末契焉。余生稍晚，獨未識殿撰公爾。迺今又得吾笠乘，俯仰四十餘年，老成殂謝，典型在望，喜鼎閥之多才，名公之有後，且信茶坪之非阿所好也。輒次第排比，書於篇首。若以余爲識途老馬，從而問津焉，則駑駘十駕且不及，其能與一日千里者爲前導乎！媿彌甚已。

南宋雜事詩序

吾杭自建炎南渡，號稱帝都，雖偏據規小，顧歷七朝百七十餘年間事，亦綦賾矣。其載在潛説友《咸淳志》者，視他書較詳，猶不無舛漏。余嘗欲就世傳單本，證其瑕舋，而補其缺略，别成一編，名《武林備志》，炳燭之光，力未逮也。

錢唐符幼魯、吴尺鳧，仁和趙功千、意田兄弟，與郡中同學七人，相約爲《南宋雜事詩》。大而朝廟宫壼，細及閭閻風俗，或取諸正史，或取諸稗史，或取諸名家詩文集。一篇之中，或專舉一事，或連綴數事，網羅散逸，鉅細不捐，人各成七言截句百首。合七子之作，得七百篇焉。

以余所見，符、吴兩家，絢者若雲錦，澹者若雲煙〔一〕，亦既領異標新，目不暇給。則因所已見以推所未見，而今而後，於故都舊事，可無舛漏之憾矣乎！

嘗考《漢書·藝文志》，雜家者流，蓋出於議官，兼儒墨、合名法而爲言者也。張河間亦云：「小説九百，古秘書所掌，其流實繁。班氏列之諸家，於以見王治之悉貫，小道之可觀。」然則雜事諸什，豈世之雷同剿説、貴耳而賤目者所能望其涯哉？

劉後村生當南渡時，曾取中興以後諸家五七言絕句，各選百首，而江湖派諸人，如姜夔、趙蕃、師秀、徐照之流，不在此數。以今擬古，殆將過之無不及也。觀兹集者，於事不厭其雜，於辭則味其醇，庶幾不失諸君立言之指也夫。

南書房舊史官查愼行序〔二〕。

〔一〕「若雲錦澹者」五字，四部備要本《文集》闕。

〔二〕「南書房舊史官查愼行序」十字，四部備要本《文集》闕。

鳳晨堂詩集序

吳興韓子蘧先生，以甲族耆英負詩名，繫海内重望。其伯子希一，與余從兄韜荒僚婿也，因得借觀《蘧廬詩鈔》，私心〔一〕嚮往，已非一日。甲戌秋，隨座主蘋村徐公來游苕上，始獲登鳳晨堂而修敬焉。

先生喜余至，訂同郡名流，爲中秋雅集，與會者凡三十餘人。謁既入，少長就齒序，先生白鬚紅頰，坐主席，四公子森然接待，獻酬之際，進退唯諾惟謹，竟夕乃罷。是時，東南社事方興，公子輩掉鞅名場，各專精舉業，而兼服先生詩教者，則仲子自爲也。

未幾別去，南北風塵，久成契闊。先生與徐公，年最高，後先捐館舍，希一繼亡。余亦衰疾歸里，杜門窮巷。壬寅三月，自爲忽扁舟見過，相與握手道舊故，追溯前游，忽忽二十九年矣。感嘆之餘，自爲出一編見示，曰：「先君一生心力，畢萃於詩，嘗仿元裕之《中州集》、錢虞山《列朝詩》例，有《近詩兼》之選，自勝國碩老，以及當代名公鉅卿、才人逸士，

〔一〕「心」字，原闕，據四部備要本《文集》補。

下逮浮屠羽客，多者數十百篇，少者十數篇，人各爲編，冠以小序。既裒然成集矣，臨終，復命余補所未備，通前後共八十卷，部帙浩繁，力未遑鋟木。今欲刻拙詩附先子詩後，出以問世，君其惠我一言！」

余聞諸先正曰：「詩以品重，顧品必自重，然後人重之。」先生自滄桑以後，樂志丘園，獨立萬物之表，法《遯》之上九以肥身。其品高，故其詩如星斗在天，嵩嶽在地，令人翹瞻遐跂，可望不可即也。自爲秉承庭誥，年甫强仕，輒淡於進取，以山水友朋爲性命。其品逸，故其詩如泉之有源，如雲之出岫，可溯其自來，莫窮其所際，令人循環唱嘆，而不能已也。

吾知兹集出而世之稱詩者，群奉典刑，因詩以知其品，且因一家之詩，知其所采諸家之詩，當必有衆諒其苦心，不謀而〔一〕合，襄其力所未逮者，《近詩兼》之行世有日矣。

時雍正改元端月下澣海寧查慎行篹〔二〕。

〔一〕「而」，四部備要本《文集》作「又」。
〔二〕「時雍正改元端月下澣海寧查慎行篹」十五字，四部備要本《文集》闕。

施自勖詩序

宋南渡初，吾邑有施彦執、楊子平與張無垢，並稱三先生，載在程泰之《縣學祠記》。彦執先生名德操，潛説友《咸淳志》稱其「學有本末，主《孟子》以排釋氏」者。既而讀《横浦集》，見所與彦執唱和諸什，則又以知彦執之能詩。惜其無後，所著不傳。邑乘無徵，恒以爲缺事。

康熙甲午春，施子自勖扁舟詣門，以五言古體百韻爲贄。余固已奇其才，與之接，其氣恬如，其辭吶如。叩其家世，則彦執先生族裔也。余喜謂曰：「自紹興迄今，歷年六百餘。子之族，世居兹邑，罕有以詩文繼起者。子今家貧年富，有志嗜古，自拔於曹輩，出而步先哲之後塵，詎非彦執先生之靈有以默啟之乎？子必勉之！」自勖唯而退。

踰年，而楊子致軒自平涼罷守歸，從容詢及後來人才，余爲自勖首屈一指，且戲語致軒：「自勖爲施後人，安知君非子平先生遥胄乎？」兩人遂一笑成莫逆。頻年里居，以及往來淮浦，前於後喁，詶答盈卷。自勖間携以相示，所詣必有進。今將掞生平簒著，偕其從弟孝廉君北游京師，乞余爲叙〔一〕。

余衰病杜門，無所肖似，輦下前輩，及二三舊游，寒暄之問，不相通者踰十年矣。重違自勖之意，聊書數語於簡端。見之者或且曰：「海昌有高才生，乃肯俯出初白門下。意者其人雖癃老，尚未至廢學乎？」是則余之言不足爲自勖重，而自勖適足爲余增重也已。

沈一齋集序

世之操觚家，孰不以傳人自命哉？顧其人本無可傳之實，不過剽勦陳言，博一時虚譽，迨身没而名隨湮，固無足道。或人與文可並傳矣，而後人不克荷家聲，承先業，視祖父手澤，漠然如雲煙過眼，任其散軼而不知裒輯，以永其傳，徒使有識者緬想流風，付之太息，良可傷已！

吾邑沈君一齋，姻戚中嗜古篤行君子也。君之祖妣，余之從祖姑。君又娶於查，爲門

〔一〕此處有眉批：「時先生里居，施公將北游，而先向先生索序。」

壻，遂移居龍山。蚤精制舉業，兼工詩古文詞。既而學益富，家益貧。中年以後，衣食奔走，南北往還不下數萬里。所至得賢主人，而君懷抱落落，丰骨稜稜。人之遇之者，莫不多其才，服其品，久與之居，不覺愛而生敬也。

生平纂述甚多，班孟堅所謂賢人失志之賦。古今體詩，大抵皆憫時嫉俗、反躬飭己之辭。間寓閒情，溢而爲樂府，跌宕中不乏磊砢傲兀之氣。至其教子若孫，惟在敦本力行，反覆告誡，如箴如銘，視顔氏《庭誥》加嚴焉。

君既没十餘年，令嗣仲和、叔良、孫楚望咸能承教績學，謙謹以律己，潔白以養親。且勤勤焉裒録遺篇，惟失墜隕越是懼。集成，凡若干卷，將刻以問世，來乞弁言。余既重君之爲人，足與文並垂不朽，又嘉賢子孫之汲汲以傳先集爲務，誠懇之請，至再至三而不置也。雖欲以不文辭，其可得歟？

今雨集序

康熙辛巳、壬午間，家少詹聲山及余先後供奉内廷，旋奉分纂《韻府》之命，少詹之愛壻沈麟洲、次子恒侯來依賜宅。繙經閱史之餘，文酒從容，宫商迭叩，由是知麟洲之能詩。

丁亥冬，少詹下世，盡室南還。《韻府》尚未成書，余繼赴武英，充督輯之役。踰年，而恒傒服闋，來請共事，以卒先業。書成議叙，得粤之長寧令以去。又一年，余長告歸田，則麟洲方自會城遷居吾里，與少詹長子恒弘〔一〕閉户研精，唱酬盈卷，間出《移居詩》四章見示。所學益進，所詣益深。爲之擊節唱嘆，未遑屬和也。

先是，聖祖仁皇帝憫少詹勤悴卒官，有意推〔二〕恩於身後，長寧業蒙特召。及是，過家忽不起，疾，恒弘代其弟謝〔三〕恩北上，麟洲以副榜赴教習，結束與俱。余亦力爲慫恿，至則果被〔四〕後命，同入武英書局。是時，總裁爲吾友長沙陳滄洲，獄〔五〕嶽懷方，於後進不輕提獎，獨愛二子，爲忘分交。長篇短什，往往互相〔六〕詶答。

恒弘不幸旋没，其次子貞木往扶柩，又繼亡，麟洲一一經紀其喪，始就銓選，得瓊州之

〔一〕「弘」字，乃「私」字改筆而成，上有眉批曰：「『私』字何以爲名？應是誤字。考之，乃是『弘』字。」

〔二〕「推」字，原闕，據四部備要本《文集》補。

〔三〕「謝」字，原闕，據四部備要本《文集》補。

〔四〕「果被」二字，原闕，據四部備要本《文集》補。

〔五〕「嶽」字，原闕，據四部備要本《文集》補。

〔六〕「相」字，原闕，據四部備要本《文集》補。

文昌令。便道里門，彙葺乙未入都以後詩，題曰《今雨集》，蓋悼少詹云徂，而物情交態之非舊也。

臨行，留乞余序。既諾之矣，援筆輒不忍下，憶少詹與余同生庚寅，而長余一月，分雖叔姪，情好若兄弟。爾乃十餘年來，未盡頹齡，登澹遠之堂，哭其父子祖孫凡三世。計其一門内外，目前克自樹立，迄於有成者，僅愛壻一人爾。讀《今雨詩》，而繹其命集之意，能無俯仰存没之傷乎？

所喜者，麟洲之詩，探源於《騷》《選》，泛濫於杜、韓、蘇、陸諸家，非獨才情俊拔，而學識又有以副之。今以校書郎出爲命吏，涉瓊海，抵珠厓，身之所歷，尤足廣其眺聽，而助其發揮。昔人謂蘇子瞻海南詩文，如龍蛇變化，不可端倪。以今儗古，民社之寄，宦游之踪，非遷謫者比。吾知麟洲以大雅不群之材，爲國家敷政於萬里外，公餘纂著，富有而日新，行將報最還朝，奏清廟明堂之什，用慰少詹無窮之期望。僕老矣，旦夕且稽眼竢之。是爲序。

沈碉房詩集序

同學沈君碉房起孤生，績學能文，弱冠有聲場屋。既而家貧母老，奔走四方，資館俸以致養。年踰强仕，始舉京兆秋試，五上春官不第，去作選人。久之，得長沙攸縣令。隨以年老見斥，歿於京師。

孤子嘉轍輯録手澤，凡八種，以卷計者五十餘。其傳業門人仁和趙昱，先校刻其詩集八卷以問世。既成，乞序於余。

余與碉房交，垂四十年，風塵南北，聚散不常，唱酬絶少。然每見君詩，輒流連反覆，不忍釋。曩集西崖湯少宰邸舍，各出新篇，互相評泊。君於余推許太過，非所敢當。余擬君以張文昌，君未嘗不色喜。微窺其意，則有未甚愜者，余固中心藏之。今披覽是編，目之所接，神與俱會，飄飄乎雲興而霞蔚也，皛皛乎冰清而玉瑩也。鬱鬱乎其有懷，淵淵乎其有聲，汩汩乎其有原有本也。才足以導其情，學足以昌其氣，夫豈拘拘焉摩揣一家而爲之者？然後知君之所詣，果未易測。向之自以爲知君，而輕加倫擬，是則余之陋也。

噫！以君之才，當盛壯時，何難一日千里，造物者故困阨之，摧折之，使其平生藴蓄，一無所攄洩，而乃感時賦物，俯仰興懷，長吟短咏，間吐胸中之奇。其詩愈工，而其年已邁，不亦可哀也與！

余因之重有感焉。屈指三十年來，西泠游好，漸次淪落，汪寓昭最蚤亡，嚴定隅兄弟繼之，吴六皆、陳叔毅、項霜田輩又繼之。歸田以後，一哭鄭息廬，再哭龔蘅圃。已而，承磵房之訃。今年春，西崖又下世矣！嘆同調之無存，慮頽年之莫纂。眼昏頭白，援筆而序君詩，青燈老屋，顧影孑然，風雨淒其，淚隨筆落，不獨悲君，行自傷已。

沈房仲詩序

我自歸田後，里中有學爲詩者，謬推爲識途老馬，往往以所作過問，沈子房仲其一也。房仲，爲家少詹聲山外孫，其尊人東隅，挾其文才，校書内廷，宦游海外，詩名播寰宇有年矣。房仲夙稟庭訓，研精經史，風氣日上，自是佳子弟。課誦之餘，作爲詩歌，以抒寫其情性。幺弦孤詣，不同凡響。蓋自八詠而後，代不乏人。淵源有自，弓治相仍，我知其能世其家學也。

投老窮鄉，閉門謝客，惟房仲時時載酒過蓬蒿之徑，相與抗論古今，辨析疑義。愛其胸有書卷，含英咀華，宫商協奏，皆至性寔〔一〕學所流露，非世之耳食拘墟者比。邇年以來，

〔一〕「寔」，四部備要本《文集》作「實」。

文場吟社，以無房仲爲之握管操觚，殊覺無色。每一詩成，人輒傳焉〔一〕。而房仲亦不欲棄其少作，彙録成篇，出以見示。

今讀房仲之詩，雄厚者其氣，雋永者其韻，超邁者其才，沉摯者其學。少年所詣如此，探源窮委，充其所到，不難步武文房，凌轢蘇、陸，房仲勉之！顧觀此日學詩之士，不得不讓房仲出一頭地矣。

我因是更有喜焉。少詹風雅一脉，已得傳人，借輝光於宅相，豈獨能世其家學之足〔二〕羡也哉。噫！老夫耄矣，後生可畏，憑軾寓目，直欲退避三舍。乃房仲則以心香一瓣，屬於頽唐廢棄之人，未免赧然也。

紫幢詩鈔序

古今稱詩家，率言品格，義蓋取乎高也。顧格以詩言，而品則當以人言。世固有能詩而品未必高者矣，亦有品高而未必能詩者矣，要未有高品之詩，而格不與俱高者也。吾嘗

〔一〕「焉」，四部備要本《文集》作「寫」。
〔二〕「足」，四部備要本《文集》作「是」。

讀《易》，而得「高」之義焉。「天下有山」，卦名爲「遯」，蓋天不自以爲高，而遠出乎山之上；山亦不自以爲高，而艮止於天之下。故上三爻曰「好」，曰「嘉」，曰「肥」，皆「吉」，而「無不利」。《蠱》之「上九」，亦不以幹蠱爲事，而「高尚」之名歸之。然則聖人之微意，約略可推矣。

紫幢先生，宗室之高賢也。生逢稽古右文之際，先帝以壽考作人於前，今上以離明繼照於後，正賢傑駸駸向用時。先生亦嘗屢應科詔，既入彀而復去，遂廢棄舉業，杜門誦讀，專用以昌其詩。素受業於新城王公之門，積數十年，而詣日益深，篇章日益富。曩余在京師，同年王樓村、同學郭雙村數數稱述先生之高雅。時方内直，晨入昏歸，無緣一奉色笑。迨衰廢歸田，十三年於兹矣。同邑戚友楊晚雷久游太學，假館先生賢弟廉泉家，書來致先生意，寄示《紫幢軒詩鈔》八卷，屬余爲之序。

余初竊疑先生派出天潢世爵，襲五等之封，而經綸未獲大展，負其盛氣，發爲詩歌，必且高自位置，目空時流。爾乃讀其詩，閒婉而多風，雋永而有味，如離朱之移目，而匡鼎之解頤也。其所與晨夕往還，此唱彼和者，非詞客騷人，則衲僧羽士，下迨村莊父老，較量晴雨，流連景光，短詠長吟，亦往往不乏。然後知先生初不自以爲高，而其度量超越，固有迥出尋常萬萬者矣。

先生詩格，已見推於王、郭兩君，余雖更餙蕪辭，奚足增高岱嶽哉？抑《詩》有之：「高山仰止，景行行止。」太史公以爲「雖不能至，然心嚮往之」。余不敏，竊附此義，自志平生，傾倢私顧，且欲使天下後世讀先生詩者，因其格之高，而知其品之高也。

河南睢州白雲寺佛定和尚語録序[一]

蓋聞跏趺説法，野鴿馴階；瀟灑安禪，毒龍伏鉢。四空妙定，八辟明心。有相無相之懷，瀾翻千偈；即佛即心之印，囊括三途。何可勝原，本難悉記。河南白雲寺佛定大師，慧智夙成，禪關天啟。拈花悟道，非有慕於繁華；指月喻空，遂有契於定慧。六親愛割，挽衫袖而不回；一鉢風高，操軍持而獨往。綜其出處，飽歷艱辛。託身於羽化之山，初離人境；受戒於清源之郡，遂斷知聞。陋北地之囂氛，就南方而參講。彈指已過千劫，面壁何止十年。居蔭長松，卧依白石。燈影静照，衹聞妙香。鳥語觸機，總歸禪悦。既已寢空結習，未契真如。居萬萬恒河之中，轉生生世界之内。苟輪回之未達，終煩惱之難除。精進益勤，誠心潛契。夢回脚痛，洞澈古今。到處心安，齊觀生死。鼠肝蟲臂，任造物而無

[一] 此篇自四部備要本《别集》輯入。

心；木骨紙皮，縱剜身而罔覺。嗣後肆行蘭若，浪迹山林。聽鼓投齋，隨鴉託宿。茗水名賢之境，飛錫而來游；漆園傲吏之鄉，渡杯而忽至。值傑菴之老叟，參曹洞之微言。四十二部之貝葉，晝夜捧持；三十一家之家門，後先了澈。琅函寶軸，非同文字之觀；木葉山花，不礙虛靈之性。怨憎調伏，遠近歸依。長老爲之布金，學士因而施帶。緇流雲集，道侶景從。爰以壬戌之良辰，延入白雲之方丈。

大師則口餐香積，身掛芻摩，深言不生，妙辨無相。坐卧殿西之一角，苔滿禪衣；敷陳卷裹之千言，花平講席。廣長舌吐，滿座蓮香；清淨身閒，一枝藤瘦。琴非彈而長寂，鐘待叩而斯鳴。落落圓音，沈沈秘旨。心田馳驟，無假一乘五律之書；眼界虛空，何啻三篋八藏之義。逍遥合掌，岑寂論心。瀚海未盡其深，懸河不窮其蘊。登凡流於彼岸，現白日於幽崖。乃有問義學徒，隨行侍者，據所問答，記之簡編。既積累而成書，冀流傳於奕禩。圓月照海，遠近皆明；慧風吹雲，碧空長淨。象負龍藏之奥，接軟語而咸知；騰猿繫馬之懷，聞法音而頓釋。某逃禪未決，學道有心。夙欽擊可之遞師，非慕珣珉之奉佛。根源不墜，常誓修五願之文；忠孝未酬，難身許雙峰之寺。聞兹妙道，隱觸前生。周顒之興不忘，蘇□之齋何日。俗塵撲面，安知簷蔔之香；弱雨衝風，可有金剛之性。惟願慧燈朗照，法指遥傳。倘關鍵之可開，庶筌蹄之盡棄。金篦刮眼，是所望於慈恩；寶牒裝珠，是所期於來哲。

沈爲久善世戊亥分歲集唐七律詩序〔一〕

晋傅長虞集七經成語，初止四言十章耳。宋人始廣爲五、七言，《王臨川集》中彙爲兩卷，幾及百篇，《清江三孔集》亦不下四五十首。顧於古體多，而今體少，今體又僅有絶句，而無律詩。將毋古調易好，而格律難工歟？抑或前人故留此未竟之業，以待後之述者歟？

秀水沈子爲久，才而能文，兼工詩學。以《戊亥分歲集唐七律》三十章，來索題詞。展卷讀之，首尾貫穿，屬對親切，有揮灑之樂，無湊合之痕。知其非爲集句設也，直自抒性靈云爾。昔蘇子瞻於孔毅父則言之矣：「不如默誦千萬首，左抽右取談笑足。」陸務觀於楊夢錫又言之矣：「火龍黼黻，豈補綴百家衣者耶？」余雖欲多作贊詞，殆無以易二公之語，遂援筆而書簡端。

〔一〕此篇自四部備要本《别集》輯入。

初白外書序〔一〕

余自癸巳夏告歸，養痾里閈中。間爲閩遊，爲粤遊，蓬窗水檻，卷軸隨身，卸席停橈，書鈔任手。又連遭建、承兩兒之變，西河抱恨，痛不欲生，視息人間，支離益甚。悶極無聊之際，因取歸田後十餘年内所睹記前言往行類，集而編次之，命長孫岐昌繕寫，釐爲六十卷，非敢自附於著作之林，而竊取昔賢餘論纂述排編，名曰「初白外書」。

周易玩辭集解自序〔二〕

慎行童而讀《易》，白首而未得其解也，則仍於聖人之辭求之。始而玩《卦辭》、《爻辭》，繼而玩《彖傳》、大小《象辭》，務於聖人之辭，字字求著落、詮釋，其求諸經文而不得，必先考之《注疏》，復參以諸儒之説，不敢偏徇一解，亦非敢妄立異同。平心和氣，惟是之歸，管窺蠡測，亦間附一二。

〔一〕此篇自管廷芬《海昌藝文志》卷八輯入。

〔二〕此篇自豐府藏書本《周易玩辭集解》輯入。

雍正甲辰三月既望，查慎行識，時年七十有五。

王方若詩集序

余充京兆鄉貢時，年已四十有四；又十年，奏名禮部。顧瞻彙進，英英皆少年。其間頫首下心，夙昔所愛敬而兄事者，癸酉則慈谿姜西溟，癸未則寶應王方若而已。兩先生咸負當代重名，差池晚達，先後以高第入史館，一時稱風雅者兼歸焉。西溟奡兀峥嶸，不肯輕假牙頰。其論詩，以峭拔爲骨，湛淡爲神。方若寬和弘藹，與人交必盡其忻懽。發爲吟詠，極筆墨之淋漓，而一澤於古雅。兩家詩品之不同如此，顧唱予和汝，胥引余爲同調焉。豈不以年齒相亞而忘其媕陋與？抑别有契合，如草木之臭味與？

兩先生立朝皆不久，逮余長假歸田，西溟没已十四年，方若未幾亦下世。西溟之詩，先鏤板於德清，唐太常益功曾以序見屬。方若詩，尚未有刊本也。雍正甲辰秋，賢嗣懿誦以名孝廉來宰烏程。甫涖任，亟專信使，奉先人遺稿委余校訂。將付剞劂，并索弁言。嗟嗟，良友云亡，老成頓盡，以余之不才，頭童齒腐，猶在人間，俛仰平生，恍同前塵昨夢，而耄已及矣。所喜兩家遺集俱於吴興梓行，一同年老叟獲睹成書，各挂姓名於篇首，是誠後死者之幸，庸不敢以不文辭。若迺作者之精光聲價，如照乘之珠，連城之璧，傳諸藝林，有目共見。區區蕪語，又奚足爲輕重乎哉？

同學年弟海寧查慎行簒，時年七十有六〔一〕。

東亭查浦兩弟七十壽序

嘗讀《虞道園集》，會川有兩尹先生者，伯仲同年月日生，其後同舉八十之觴，士大夫相與歌咏之，虞既爲之序。越十年，兩先生同登九十，强健如昔。伯氏之孫憕，復乞虞文爲壽。論者謂一門盛事，世不恒覯，顧非虞文，則其事弗傳云。

康熙辛丑二月，吾弟東亭、查浦，年皆七十。東亭，余同祖，查浦，余同父也。兩弟之生，其年同，其月同，視兩尹先生特不同乳、不同日耳。族黨姻戚，將合醵製屏，致揚頌之意，余其能無一言乎？竊念余三人者，幼從父叔後，唯諾進退，齒序而肩隨，人見之者，咸以爲一父之子也。稍長，同受業於慈溪葉伯寅師，已而，同赴場屋，屢見斥於有司。自丙子訖庚辰，東亭與德尹後先聯捷南宫。以余之拙滯，至癸未，始成進士。與東亭同赴殿試，繼又同入仕版。迨癸巳夏，余因病乞休。越二年，乙未，而德尹移疾歸。又一年，丙

〔一〕「同學年弟海寧查慎行簒時年七十有六」十六字，四部備要本《文集》闕。

申，東亭亦自滇行取需次旋里矣。蓋三四十年中，出處之跡，無不同如此。不知兩尹先生，自少而壯，壯而老，其生平所歷，與吾輩略相同否？夫道園與兩先生雖同時，而匪同族，意當日尹之宗黨兄弟，或亦有叙述爲文如余者，未可知也。

余家自曾祖而下，三世無高年，余今已七十有二，視弟輩兩年以長，而齒髮早衰，兩弟精神服食，不減壯盛時。繼自今而八十、而九十，當與兩尹先生媲美無疑。第不知十年、二十年後，白髮老兄，尚能執筆爲文如虞與否？兩尹先生之名，無可考，其事特因虞文以傳。今兩弟吏治文章，海内士大夫皆艷稱之，抑又不知余之文得籍兩弟以傳於後否？姑述意中之言，以示諸姪、諸孫，爲家門私慶云爾。

樓母黄孺人七秩壽叙

曩余奉旨領武英書局，姚江樓子敬思，時以薦至京師，從余游而好也，因稔知其母氏之賢。及敬思校勘年滿，銓授廣西靈川縣，太孺人方就養。戊戌三月，余訪舊嶺南，歸經管内，下榻縣齋。敬思乘間請曰：「吾母今年十月中浣春秋七十矣。惟是祝嘏之辭，未有所屬。幸夫子辱臨敝邑，敢乞一言，以爲親榮。」余辭不獲，則爲之序，曰：

太孺人生雲間趙氏，幼撫於姚江黄氏，爲吾師梨洲先生族孫女。年十八歸贈君竹卿公。樓，故金華仕族。鼎革之初，家業中落，贈君去而服賈，奉謝太君遷居雲間。太孺人黽勉有無，佐其夫子，洗腆致孝。於是時，宗黨稱賢婦。敬思生而資質過人，稍長就外傅，即知嚮學，性嗜書，凡目所未見者，家貧力不能致，則佯病卧床，母偵知之，則脱簪珥，輟機杼，購以授其子。或藏書家有善本，亦必資以借鈔。間具簦笈，俾出而求友，以成其名。於是時，宗黨稱賢母。

自敬思之莅靈川也，邑居楚粤之交，地瘠而民好訟。每日出視事，或時有所平反縱舍，太孺人則色喜，爲之加飯。敬思體母意以行之，而民俗變。邑之士，罕有以科第起家者，敬思創書院，聘師儒，擇子弟之秀者，肄業其中。每月必六至，親加課試。届期，太孺人夙興飭奴僕，潔具厨傳，管勾茶鐺，人人示以鼓舞之意。丁酉秋闈，邑士獲儁者得二人焉，而士風以振。鄰邑有劇僮，入境剽劫，敬思議興師剪除，而以母在堂，逡巡未決。太孺人正色曰：「兒以書生，受國厚恩。既膺民社之寄，忍坐視善良爲劇盗魚肉乎？第往，勿以我爲念。」敬思拜受命，請於上官，招集鄉勇，親搗賊巢。甫一月，渠魁就殲，餘黨潰散，而民害以除。凡是數者，皆足爲太孺人壽。

《詩》不云乎：「十月獲稻，爲此春酒，以介眉壽。」今太孺人誕辰，適當其時，邑之父老子弟，必且登堂而祝曰：「孰使我侯用輕刑、興學校、平劇寇，吾儕小人，得以樂其樂而利其利。太孺人之惠我良厚矣！」敬思既以受教於親者施諸民，旋以獲報於民者壽其親，又奚俟援證古昔，緣飾美辭，始足爲屏幛增重哉？

座主大宗伯許公八十壽叙

國家當重熙累洽之際，上有壽考作人之君，一時名公鉅卿，必有碩德偉度，在朝在野，卓然爲群望攸歸者，天亦集慶於其躬，既重之以禄位，復俾享乎期頤。其在《尚書·君奭》之篇曰：「天壽平格，保乂有殷。」時則有若保衡、伊陟諸賢佐焉。《疏》稱：「有德者必有壽。」夫豈獨盛世之君云爾哉！請得以吾師大宗伯許公徵之。

公以名進士歷官三十年，年七十有三，致政而歸，實皇上御極之四十九年也。又一年，癸巳，恭遇聖天子萬壽之期，公自里第朝賀京師，朝廷優禮老臣，賜宴賜衣，復破例推恩，貤封四世，距今又六年。己亥，公春秋八十矣。三月二日爲嶽降之辰，於是硤川、龍山戚友，製屏爲壽，而以祝嘏之辭見屬。

竊觀士君子遭際昌時，其持躬善俗，出處行藏，動關世運。顧稱於鄉者，未必顯於朝；以文章得名者，政績或無足紀；或文章政績兼優矣，爵未必尊；爵尊矣，退未必勇；退且勇矣，年或未必高；勇退而年既高矣，後人或未必皆賢。是數者稍有缺陷，未足稱宇宙完人矣也。

公起家經生，一門内，以祇父恭兄，禄俸所入，賙卹徧乎三族，鄉之稱孝友者歸焉。生平制義，不下數千首，學者奉爲金科玉律。其他館閣著述，悉本理學爲主，世之稱文章者宗焉。視學江南，文體一新；督理北河，則成平永奏；歷户、禮兩部，請託無所撓，天下於是頌公之政績焉。由其貳司農正位秩宗也，九重之眷注方殷，而公懇辭謝政，與座主澤州相國同時引年，都下傳爲盛事。非公之位高而勇退乎？考之史傳，稱恬退者，首漢二疏，史顧不詳其年壽；若唐之白樂天，以刑部尚書致仕，壽止七十五；孔君嚴以禮部尚書致仕，壽止七十四；宋之李文定、杜正獻、龐莊敏、吕文靖、富文忠、韓忠獻、歐文忠諸公，致仕以後，率未有登大耋者。香山之社，睢陽之會，遥遥相望，年踰九秩者，惟文潞國一人耳。而其子若孫，顧無聞焉。我公自予告以來，年彌高而德彌劭。有京兆爲之子，以顯揚於朝端；有孝廉爲之孫，以承顔於膝下。春秋佳日，杖履出游，賓朋緇素，追隨恐後，下至黄童白叟，所至聚觀，以望見顔色爲幸。蓋我公之在今日，如景星，如慶雲，天下咸指爲上瑞。而此邦之人，乃欲私爲己有，曰：「吾鄉之大宗伯許公也。」然則其所以祝公壽公之意，豈特如文潞公而已乎？

余出公門下，受知最深。復踵後塵，歸休田里，今年年亦七十矣。方當御籃輿，奉撰杖，隨父老子弟後，躋堂介壽，繼自今尚覬未盡之年，操管以待，且將大書特書，而未艾也已。

蔣母張太孺人八十壽序

同年友嘉禾蔣君聲御，以名孝廉宰廬之舒城，凡所施設，卓然有古循吏風。比及三年，上官多其賢且才，交章薦達。今上初元，特允所請，調繁〔一〕揚之江都。時母夫人尚在堂，春秋七十有九矣。明年甲辰五月某日，將稱八秩之觴，先期自治所專价以書來諗，曰：「吾母姓張氏，爲外王父明經公愛女，年十八歸先君子。先君子早歲有聲庠序，不屑問家人生産，吾母佐以勤儉，得一意於詩文朋友之樂。生鶴鳴、鳳起、鴻逵兄弟三人。先君子年四十六棄諸孤，時鳴已娶婦，爲諸生，起甫十五歲，逵甫十三歲。吾母雖極憐愛，至讀書行己，稍涉輕浮，必深加繩督。愚兄弟兢兢自守，不敢少踰矩矱，良以嚴訓之餘，又恃慈教相扶植也。母性兼孝慈，迨事先祖父十八年、先祖母四十四年，温顔愉色，曲盡歡心。先祖生二子，伯父居長，先君子居次。當吾母于歸時，伯父没已八年，伯母何無所出，煢煢

〔一〕「繁」，四部備要本《文集》作「維」。

孀居，蓄眼以待似績。嗚於乳抱中，承祖命爲後於伯父，奉伯母爲繼母。長齋繡佛，不與中饋事，一飲一食，吾母必躬親省視，敬之如姑，愛之如姊，如是者踰四十年。每諄諄諭嗚夫婦曰：『爾孝養繼母，當過於所生，庶不負一生苦節。』其於兩弟，亦時訓以事世母，當如事母。猶憶繼母臨殁時，執吾母手而泣曰：『吾一未亡人，無子而有子，數十年安享家庭之樂，今得含笑入九原，皆賢娌之賜也。吾何能爲報，但願爾子孫，世世賢孝，以酬爾德而已。』姻戚間，獲聞此語者，至今能道之。庚子秋，嗚初宰舒邑，懇請迎養。吾母曰：『汝能潔己愛民，與地方興利除弊，勿負祖父遺訓，是所謂養志也。菜羹蔬水，吾安之已久，其可以養口體爲孝耶？』不肖祇承不敢違。恭遇皇上登極，覃恩敕封孺人，今年屆八旬，含飴弄孫，體尚康寧。姻黨將製屏爲壽，辱君知契有素，幸賜一言。」

余觀詩人頌魯侯而歸本於壽母，傳者謂「燕飲於内寢……爲之祝慶」。漢史之傳雋不疑，晉史之傳陶侃，亦往往推母德以成子孝。先儒有云：「福禄榮名，所以奉壽考。」其是之謂歟？聲御蚤稟庭誥，壯奉母儀，近且施於官政。白雲親舍，瞻望匪遥。有貤封以褒門範，有賢弟以侍晨昏，有孫曾以娱色笑。柔膬不缺於供，起居惟其所適。一堂之上，冠帔照耀，衆賓介筵，目睹盛事者，咸稱焉，曰：「孝子之承歡如此，賢母之積慶如此。」吾知兩邑士民，聞其風者，必且交相頌曰：「孰使我侯撫我如父，教我如師？微太孺人之德不及此，微太孺人之福不及此。」是則聲御既以獲上治民者悦乎親，又以悦乎親者信乎友。顧其惓惓乞言之意，不以人情所誇者爲榮，而緬懷宿昔，縷述生平，於燕喜之辰，陳勤苦之事，曰：「此母氏之志也。」夫豈尋常祝嘏浮辭所能稱揚萬一哉！

賜進士出身、南書房供奉、敕授儒林郎、翰林院編修、加一級、欽命武英殿纂書總裁、前翰林院庶吉士、年眷姪海寧查慎行拜撰〔一〕。

代壽徐大司寇金太夫人七十序〔二〕

壽之有序，猶其有頌也。然不名頌而爲序，欲箸其實，無取溢美也。若夫享天下之大榮，備古今之純嘏。魚軒載賡於前，鸞誥疊隨其後。而又康寧眉壽，日進無疆。游其門者，方頌述之不足，尚何溢美之有？

今秋九月既望，爲大司寇徐公師母金太夫人設帨之辰，四方之士大夫率爲歌頌以進。

〔一〕「賜進士出身南書房供奉敕授儒林郎翰林院編修加一級欽命武英殿纂書總裁前翰林院庶吉士年眷姪海寧查慎行拜撰」四十九字，四部備要本《文集》闕。

〔二〕此篇自四部備要本《別集》輯入。

某雖不文，屬有師門之誼，又重以姻婭，敢無一言以佐觴乎？夫稱母氏之遐齡者，如金母、上元，尚矣。然而譜牒未詳，薦紳所勿道。至如劉子政、范蔚宗之所采輯，又半出於茹辛食櫱之事，非福之全者，不足爲太夫人稱引也。

思古之善頌者，莫過於《詩》。《詩》之稱后妃也，曰：「樂只君子，福履成之。」其美僖公也，曰：「魯侯燕喜，令妻壽母。」夫上古無序壽之文，然以福係《風》，而以壽係《頌》，意深遠矣。夫《風》所以化也，取於福；《頌》所以祈也，取於壽。蓋於《風》見婦道，於《頌》見母道，至矣哉！

夫海内之有先師司寇公，是人物之弁冕，文章之司命也。某憶自壬子得乙榜，以師禮見，情色靄然。洎乙丑授職，又以館師禮見，益親且密。是時聖天子武功耆定，脱劍臨雍，加意文治。特簡大儒宿望，領袖清班。公遂以某兼掌教籍，進則黼黻皇猷，綱維治道；退則扶進後學，陶鑄人材。一日之内，見士何啻七十；一堂之上，食客幾至三千。然而存問無遺，酒肴必飭，何整以暇也？且講席之間，時從諸世兄從容議論，見其咳唾成珠，英華四照，抑且肅雍循謹，有禮有法，如石慶兄弟然。噫！此足以知太夫人矣。

夫從來稱婦順者，以「無成有終」爲極則。今論者，觀我師之位躋槐棘，館閣翹材，則相與服太夫人之内助；觀諸世兄之鳳采九苞，龍文百斛，則相與歸太夫人之義方。而太夫人方且恬愉交養，葆之於太和，行之以大順。不必延鄉授邑，石窌錫田，而固已八座起居矣！不必剉薦留賓，隔幃辨友，而固已五桂森列矣！所謂人倫七德，風化二《南》者與！且我師自釋褐通籍，以至乞假休沐，二十餘年，天下之受恩於師門者，如水行地，無所不有。嘗有施德於人，而師不言，即其人亦終不知者。自我師厭世而後，太夫人又力成其志，諸三黨九族，待以舉火者甚衆，雖傾囊倒庋不少，憐其陰功之所藴蓄，磅礴而洋溢，宜福與壽之，益不可量也。迺者，長公藝初先生，以繡斧家居。次君章仲先生，以文衡復命。其餘諸世兄，俱已掇巍科而翔雲路矣。太夫人優游色養，髪白而神充。或賦東征而望河洛，則風滿錦帆；或御版輿而憩家園，則春熙芳沼。

兹者長筵初啟，載值凉秋。太夫人鳴璜佩玉，褕狄鞠裳。采秋菊之英，和玉醴以進。諸子若孫，錦衣綵袖，瑜珥瑶環，油油侍側。其爲人世之吉祥善事，何如此也！夫閨門之内，昔人以爲王化之基。故《關雎》倡於上，斯《鵲巢》應於下。我國家豐仁厚澤，數十年教化之行，周章四達，而後東南吴會間，乃萃其清淑醇備之氣，鍾厚於太夫人，古所稱師範六宫，總持内教者，將於是乎在，不止荷天休，受介福，如世俗所云也。

某與藝初先生杵臼定交，絲蘿繼好。異日兩家子姓，歲時過從，抽毫作頌，洗爵致詞，正未有艾。余爲老門生，固當掇金英，酌康爵，婆娑醉舞於慈雲廣蔭之中，則太夫人是亦人中之金母、上元矣！欣喜之餘，因爲叙以獻。

代壽陳林岫童夫人八十序〔一〕澤州出名

余與宫端乾齋先後以文翰入侍禁廷，宫漏晝永，間評論天下士及耆舊中之賢者。宫端輒言曰：「吾家林岫兄，今世之有道長者也。與之交，初若坦率無奇。久之，如飲醇者之不覺自醉也。」他日復語，且曰：「非特吾兄之賢，乃其嫂童夫人之德亦罕有也。」余異而識之，且十載矣。尋聞林岫已辭世數年，宫詹之猶子世南以公車至京師，延與之語，所稱引如宫端言，余益歎林岫乃東南耆舊之賢者，而以不及識其人爲可憾也。今歲之夏，宫端以省覲告歸，臨行無别語，惟諄諄囑之，曰：「前所稱林岫兄，應耳熟矣。今其嫂夫人八十大壽，盍壽諸？」余慨然許諾，因即以所聞於宫端者，壽之曰：

嘗讀《大易》，至「地道無成而代終」，以媲於爲臣、爲妻之義，竊議妻道無成，理所固然。及觀夫子删《詩》，獨取《關雎》、《葛覃》、《鵲巢》、《采蘋》，以爲風始，其他則入於變風。然後歎妻道無成，非無成也，成之而不言也。自范蔚宗作《列女傳》，所載節烈事居

〔一〕此篇自四部備要本《别集》輯入。

多，而安常履順者，顧鮮焉。然則《關雎》、《葛覃》，反不得冠諸風之上乎？夫林岫以敦行聞，世之人知賢林岫而已，其夫人之賢不盡知也。即其夫人亦初無矯矯可賢之紀也。然余以爲知林岫之賢者，則知夫人矣。林岫壯時，由武林卜居於吴之閶門。閶門，古繁華地。而林岫獨以敦實樸茂聞，閶門人亦不以爲怪，漸且愛敬而宗仰之矣。抑且賦性伉慨，遇事果斷，居常賓朋滿座，觴酒治具，咄嗟立辦，不聞人聲。諸以急告者，必曲相周恤，寒者衣之，飢者食之，至於置義田以育棄嬰，治良藥以起痌疾，給棺槥以施有喪。此數者，人或能勉之，獨林岫發之而誠無倦心，亦無德色。雖天性懇至，要其夫人與有力焉。且林岫雖號素封，非有王陽鑄金之術也。其輕財好義，等於棄璧負子之林回，疑其家亦稍稍中落矣，而饒裕如故，非其夫人左右匡贊，又何以至此？太史公稱萬石君家不言而躬行，子孫致大官者數人，掛朝籍者不可勝紀。今以林岫之德，益以賢夫人之助，獲慶寧特如萬石君而已哉！林岫有令嗣世賞、介眉，俱禀承家訓，孝弟雍睦，倜儻有遠志。四方之士大夫至吴者，争欲與之交。孫枝繞膝，皆俊拔能文。自林岫厭世後，夫人已七十餘，操持家政不少懈，諸孫入見，必問以所讀何書。嘗篝燈勤課，書聲琅琅，與刀尺相應，故諸孫多以文名顯雍泮間。夫人白髮珠翹，秀眉翟茀，以享綸誥之榮，極康寧之福者，正未有艾。兹者設帨之辰，四方馳賀者，車塞於巷。諸子若孫，融融洩洩，以次奉觴而進。夫人顧之，喜可知矣！夫古之爲教，始於閨庭，達於邦國。故有爲善於鄉，而應從在千里外者。往時潛庵湯先生撫吴，舉敦行之老，林岫首與其選。吴之士大夫翕然宗之，風習幾爲一變。假令太史氏采風執簡，取《大易》、《風詩》之義，揚彤管之徽音，以昭示來許，舍夫人其誰與歸？今宫端方以予告歸侍子舍，左右就養之暇，理宜采其懿行，筆而書之，志諸家乘，亦賢史氏之責也。夫人之壽，且與日月争光矣。

代族尊爲伯母胡太孺人八十公壽序〔一〕

余老無事，嘗遨游族姓間，遇一可法可傳之事，及夫女而有士行者，皆樂聞而志之。將以采入宗譜，示不忘也，則一得之宗母胡太孺人焉。今歲孟陬之吉，爲太孺人八十設帨之辰。賀歲之餘，舉族謀所以壽者，余因喜而言，曰：

夫古之稱壽，與人子之所以壽者，多矣。或以人，或以天，或以貴壽，或以賢壽。優游恬養而壽，此得乎人者也；含辛茹苦而壽，此得乎天者也；錦衣鼎食以壽親，此待貴而顯者也；立身揚名以壽親，此不待貴而顯者也。方太孺人之歸於我姪典石也，其賢孝日有

〔一〕此篇自四部備要本《别集》輯入。

聞矣。典石少孤，力學，與觀察勉齋齊名，狎主壇坫者十年。夫何才與命違，先從長夜。時保三昆季尚在童稚，凡内外鉅細，太孺人一以身當之。又能敬事高堂，曲得其歡心。二十年如一日，斯不以節而兼孝乎！我南宗第四支，自孝廉忠臺公而後，至觀察而益大，保三昆季係孝廉之曾孫、而觀察之堂姪也。方勉齋以給諫顯門，不乏紈綺，而太孺人獨布素不厭，且日夜抱其遺經，以訓厥子。雖丸熊畫荻無以過，斯不以慈母而兼嚴父乎！夫以天下至難之事，萃於一閨閣之身，人或疑太勞，顧反得逸；人或疑太苦，顧反得甘。不膏粱而色充，不參术而身泰。蓋太孺人之所以壽者，天也，非人也。猶憶己卯之秋，毒發於指，醫者十輩不能效，夜半似有神人撫其手者，遂霍然以解，非天而何？

且夫天欲壽之，必生賢嗣以昌之。吾觀保三昆季，皆異才，自其少壯，即力振於雍泮間。所交皆當世賢豪長者，聲振數千里外。嘗北游燕薊，南窮楚越，名公卿争欲致之，然席未暖，而輒還轅。或以題柱棄繻之説進，則蹙然曰：「有老母在，遠游尚不可，矧敢久爲夫？盧江捧檄，世人之所羡也，而養志之孝不存焉。」

太孺人一閫範耳，而夙有士君子之行。其平居成人之美，周人之急，無不備至。不持齋佞佛，常具平等心，故令嗣之遵其教者，亦如之。嘗登其堂，賓朋滿座，以恂恂之儒素，而有古豪俠風。太孺人顧而喜曰：「我有子矣。」今者覽揆之日，四方之馳賀者，車填於巷。有文孫五，俱英傑可畏。龍文豹采，琳琅照此一門。其所以壽親亦至矣，何必褕衣翟茀哉！

故余謂壽以人，不若壽以天之爲永；以貴壽其親，不若以賢壽其親之爲真。非太孺人之德，不足以應無涯之天眷，非保三昆季之賢且孝，不足當養志之賢名。此非余一人之言，舉族之公言也。顧以齒輩故，遂不辭而爲之序。

石鍾山重刻東坡記跋〔一〕代

石鍾山，見於《水經》及唐少室山人記，然因東坡先生而益顯。自余幼時，讀先生文，既又見商文恪《石鍾集序》，知兹巖之有石刻，其來久矣。及余來守九江，舟出湖口，登南鍾崖，思一摩挲石碣不可得，因低回太息而去。蓋自明正統己巳，石裂仆於水中，爾來又二百年矣，湖口學博陶君有志復古，於訓士之暇，磨礲巖石，續刻公文，以書來告，余覽而善之。夫溢城一郡，古號名區，山巔水涘，前賢故蹟，往往不乏，使居官者，盡如陶君之周心，一切廢墜，且次第修舉，余咸將藉手觀成焉，□石刻云乎哉！

〔一〕此篇自浙江省圖書館藏查慎行手稿《壬申紀遊》輯入。

題王雙谿集後

紹熙內禪，朱子於寧宗初元，自潭州召還講席，不數月即罷去。王晦叔炎入爲從官，則在明年之冬，與朱子未嘗同朝也。

今《雙谿集》中，有《與朱侍講論諒闇中開講》一書，異同之端，已萌於此。後來《禁僞學疏》，世傳發端於王。朱子《與黄直卿》尺牘有「僞學之章，前此劉元秀力薦王炎爲察官」之語，此尤其確證也。明正德中，休寧程曈作《新安學系録》，謂：「考雙谿傳，未嘗作察官。疑是時别有一王炎，以其姓名之同，而誤歸之。」稱爲受誣，且援程篁墩之言爲證。蓋二程於晦叔爲同鄉後輩，特曲護其短耳。

愚按，晦叔之爲察官，見於本集《謝制帥表》中，云：「適逢初政之清明，亟被公朝之選擇。首當言責，積彈擊之怨仇；躐冠從臣，無論思之補報。」所云「首當言責」，非察官而何？所云「彈擊怨仇」，非禁僞學而何？供狀昭然，自不可揜。胡濬夫爲王作傳，而不及此事，蓋亦深諱之也。跡其生平，附奸仇正，一韓侂胄之私人耳。其與何澹、胡紘、姚愈、沈繼祖、劉德秀、高文虎輩攻朱子者，何以異？顧欲掩覆其惡，至與紫陽並列於道學之録，毋乃昧於邪正是非耶？讀是集者，或不加察，予故表而出之，爲有文無行者戒。

恭跋外曾王父鍾文陸公〔一〕讀易抄後

《易》之道廣大悉備，程子以事理明之，朱子以象占推之。自科舉之學獨宗《本義》，程《傳》遂束高閣矣！善乎，胡文敬之言曰：「專主《本義》，則似乎太拘；必讀程《傳》，方發明得盡。」又曰：「不可拘於事理，亦不可拘於象占，然事理又切世用。」此真善於學《易》者也。

慎行之外曾王父鍾忠惠公，明萬曆朝名臣，所輯《讀易抄》十四卷，每卦每爻以程《傳》爲主，次之以《本義》，又次引諸儒之説，以發明之。其意正與餘干合。公巡按山東時，鏤板於青州，迨今百二十餘年矣。公之後裔，罕有睹是書者。慎行官翰林編修，於内閣藏書中，曾獲見之，未及録其副。癸巳四月朔，偶從慈仁廟市購得，時方因病乞假，遂謹藏歸笈。公之孫曾有賢而世其家學者，當以此編歸諸鍾氏，慎行不敢私爲秘册也。

〔一〕「文陸公」，四部備要本《文集》作「忠惠公」，下文亦作「忠惠公」。

跋范文白先生楷書四十二章經後

吾邑范文白先生，與爾旋法師爲方外交，晚歲益密，每春秋佳日，幅巾棁杖，來游東林。余時年甫弱冠，幸獲追隨，有作輒就正於先生。所以奬借而嘘植之者，不啻口出。嘗與旋公書，於余兄弟有二謝兩蘇之目。雖心媿其言，然生平知己之感，終不敢忘也。

旋公殁，先生相繼下世，迄今垂四十年。余方引疾家居，一日，旋公之法嗣介庵携先生小楷《四十二章經》見示。追思疇昔，二老風流，恍然如昨，而余年且將七十矣。范之後人，或在或亡，罕有世其家學者。介庵獨恪守戒律，宗風弗墜，復能護持此册，整娖猶新，其賢於我法中人，不亦遠乎！

謹按，梵筴流傳東土者，《四十二章》爲最先。厥後翻譯轉多，經文互異。鳳山所注，視騰蘭初譯，篇章語句，固已參差；海虞毛氏雕本，尤爲舛錯。先生所寫，一依《大藏》，不失佛成道時演説初指，其第四章「兩口惡駡」，「口」字當作「舌」，恐是筆譌。至楷法之工，則固有目共睹，毋煩贊一詞者也。

題扶風琬琰録後

晋以後，士大夫始重門第，於是有《族姓昭穆記》、《百家集譜》、《姓氏英賢譜》、《族系録》、《衣冠譜》諸書。其子孫之述祖父行業者，如褚顗、江祚、虞賢、庾斐、陸煦、李虆、張茂樞、令狐德棻輩，類有記載。世所傳，惟《鄴侯家傳》而已。蓋朝廷既以官秩爲氏族之甲乙，世家亦遂以此別門房，祖德之顯晦，一視爵秩位之崇卑。而潛善幽光，没而弗耀，其弊至於以子姓而誣祖宗，雖岡頭澤底，吾無取也。

吾邑之馬氏，顯於元，歷四百餘年，墳墓不遷，椒聊繁衍。余友衎齋，系出於朱，自其祖某公，爲後於馬，始改姓馬氏，今幾世矣。間讀元末明初諸家集，或詩或文，凡有關於先世者，悉采附廷舉公墓表後，題曰「扶風琬琰」。使世家之裔，人人如衎齋，則尊祖敬宗，詒孫穀子之道，於是乎在，又何慮潛德之弗彰乎？

跋雞肋集後

愷功性嗜吟咏，初從余游，年十四五，出語已壓時輩。癸酉夏，余重至京師，愷功詩格一變，而爲典贍老蒼。既自悔其少作，欲盡付摧燒。余語之曰：「學問之道，不進則退。

進者，發新硎；退者，失故步。然則是編亦吾子之故步也，盍存之，以自礪新硎乎？」因爲芟汰十之五，名之曰《雞肋集》，示不忍棄云。今日雪窗無事，偶爲點勘，附志數語於後。

康熙甲午長至後三日，同學查慎行題〔一〕。

跋唐明皇孝經注石刻

古文《孝經》，漢顔芝所獻。先是今文《孝經》十八章已行於世，孔安國、馬融爲古文傳，后蒼、翼奉、張禹、鄭玄，乃説今文。劉向《七略》不以古文爲是，故不列於學官。劉炫《稽疑》不以今文爲是。陸德明、司馬貞力主鄭《注》，劉知幾主安國《傳》，於是争論蠭起。明皇乃合諸家之説，注今文《孝經》，刻石長安，詔元行沖撰《疏》，詳見危太朴《序》中者如此。

丁酉五月，慈谿鄭義門性〔二〕過余，携石刻拓本見贈。以危《集》證之，無元行沖《疏》，而前有御製《序》，後有李齊古上《表》。蓋此經勒石國子監，天寶四載刊成。模本隨表以

〔一〕「康熙甲午長至後三日同學查慎行題」十五字，四部備要本《文集》闕。

〔二〕「性」字，四部備要本《文集》闕。

進者，元《疏》初不附刻也。御製《序》中，有「舉六家異同，合五經旨趣」之語，所云「六家」者，韋昭、王肅、虞翻、劉劭、劉炫、陸澄也。劉炫以上四家，危《序》所不載，正可互相考稽云。自天寶以來，千有餘年，碑石之在長安者，未必完好，而今拓本無纖毫殘損，其爲數百年前舊搨無疑。

康熙丁酉五月既望，慎行識〔一〕。

跋元板纂圖集注文公家禮後

虞道園云：「朱子使門人輯《儀禮經傳通解》，其志固將有所爲也。事有弗逮，終身念之。而所謂『家禮』者，因司馬氏之説，而粗加隱括，特未成書，而世已傳之。其門人楊復氏以其師之遺意爲之記注者，蓋以補其闕云。」

按，楊復，字志仁，一字信齋，秦溪人，《宋史·藝文志》有楊復《儀禮圖解》十七卷。《續文獻通考》所載，又有《儀禮圖》十四帙、《家禮雜説附注》二卷。《家禮》乃信齋所自注，而《儀禮圖》及《經傳通解》，則與黄勉齋諸公相繼共成之者也。余家舊有宋刻《儀

〔一〕「康熙丁酉五月既望慎行識」十一字，四部備要本《文集》闕。

禮圖》，今又購得《纂圖集注家禮》凡十卷，刻板，卷首楊氏《附注》，後又有復軒劉垓孫《增注》。楊稱門人，而劉稱後學，則此本已非楊氏原書。然校諸俗下所傳本，其儀節詳略，率多異同，圖式亦不合。俗本乃明邱瓊山以己意參酌編次者，并失劉氏之舊矣。

康熙庚子四月，查慎行敬識於南昌志局〔一〕。

又按，原刻序文，乃朱子親筆。後來翻刻既多，或致失真。今以《全集》考之，不同者凡七處：「常體」，「體」字《集》作「禮」。「舉其契」，「契」字《集》作「要」。「體」、「要」二字，疑翻刻之訛，當從《集》。至「用於貧窶」，《集》訛「用」作「困」。「務本」之「務」，《集》訛作「敦」。「崇化」之「崇」，《集》亦訛作「敦」。又，「不可以一日」，「不」字之上少「亦」字。「究觀古今」，《集》少「究」字。此則當依刻本而增改加正者也。慎行又識。雍正癸卯中秋後十日，時年七十又四〔二〕。

〔一〕「康熙庚子四月查慎行敬識於南昌志局」十六字，四部備要本《文集》闕。
〔二〕「慎行又識雍正癸卯中秋後十日時年七十又四」十九字，四部備要本《文集》闕。

跋七里沈氏先世制辭後

沈子楚望，奉其先太守公、中書公兩世誥敕、墓銘刻本見示，余拜而讀之。銘太守公墓者，余外曾王父忠惠鍾公；銘中書公墓者，吾鄉太常忠節吴公也。兩公爲前朝理學氣節名臣，於太守、中書兩先生，皆執下輩禮。凡所稱述，咸信而足徵。覽斯編者，因鍾、吴兩公之文，考知太守公父子之德業，不獨人以文傳，而文又以人重也。吾邑不乏世家名族，安得郯子禮宗，能言其祖，人人皆楚望乎？是足矜式已。

雍正甲辰臘月立春前三日，同里查慎行敬跋〔一〕。

御札樵本跋〔二〕

調飲食最爲緊要，醫書有云：非濕熱不作瀉，非停食不作痛。又云，通則不痛，痛則不通。人皆知其調理，至飲食之時即不能矣。

〔一〕「雍正甲辰臘月立春前三日同里查慎行敬跋」十八字，四部備要本《文集》闕。

〔二〕此篇及下篇《御書福字跋》均自清道光抄本《初白庵藏珍記》（一卷）輯入。

康熙四十二年五月侍直暢春園，臣慎行偶因腹疾，暫假十八、十九日，蒙恩兩遣内侍，賚賜西洋上藥，隨出御札，徧示在直諸臣以調養之方，實因臣慎行而發也。御書親筆素牋一幅，爲臣姝昇所寶藏，臣病痊後，赴直廬謝恩，恭橅絹本珍諸篋笥，永佩聖訓，奉爲守身之要云。

内廷供奉翰林院庶吉士臣查慎行謹志。

御書福字跋

内廷日直詞臣，除夕前官給羊、鹿、雉、兔、魚、酒，歲以爲常。康熙甲申十二月二十七日已循例拜賜矣，明日，皇上御乾清宫西煖閣，親灑宸翰，作徑尺大福字十二幢，遣中使下頒直廬，同時在直者，大學士臣玉書、臣廷敬，尚書臣振裕、臣鴻緒，諭德臣昇、臣壯履，編修臣瑄、臣廷儀、臣名世、臣灝、臣廷錫，臣慎行亦與焉。諸臣咸賦詩謝恩。臣慎行詩曰：「介福欣逢景福辰，自天題處自天申。萬年鳳藻輝宸極，一顆驪珠賜近臣。捧出彤庭榮並受，懸同御扁墨長新。箕疇大衍無疆慶，敷賜行看徧庶民。」乙酉正月付養心殿工匠用黄綾裝潢訖，復請鈐御寶，永昭異數云。

南書房供奉特授翰林院編修臣慎行恭紀。

題著作王先生文集後〔一〕

按先生文合第二第三卷止十八篇，此外皆薦剡、敕詞、題跋、墓誌、祭文，後人采以附録者，吕伯恭與朱紫陽尺牘云：「王信伯集初謂印刻必多，此數篇，則舊固見之矣。」據此，則淳熙中已有刊本，即盧序所云「福清邑庠舊有先生文集二册」行於世者也，特寶祐丙辰重刻於吴學耳。今刊本絶少，抄本復多，脱軼如語録。又，《答門人顔子樂道之問》等編，並不可得矣，可勝太息！

康熙乙未仲秋慎行手識。

題胡雲峰先生集後

朱子之學，自黄勉齋而後，遞相授受者，何北山、王魯齋、金仁山、許白雲皆金華人。

〔一〕此篇及以下《題胡雲峰先生集後》、《題鄧文肅公集後》、《題江月松風集後》、《題王安中集後》、《題王常宗集後》、《題虞山人詩集後》、《題朱一齋先生集後》等共八篇跋文，均自清道光抄本《初白庵題跋》（一卷）輯入，此卷附《初白庵藏珍記》後。

雲峰生朱子之鄉，其所纂述，無非發明考亭之緒業，顧不獲從祀廟庭。《元史》本傳所載，僅《本義通釋》及《四書通》，謂其有功於朱門也，他若《太極圖説通》、《書通》、《西銘通》、《大學指掌圖》、《四書辨疑》、《五經會意》、《詩書集解》、《禮記春秋纂述》、《爾雅韻語》、《純正蒙求》、《感興詩通》、《雲峰筆記講義》二百卷、《文集》二十卷，皆缺而不載。世所傳《文集》又缺其半。明正德中，初刻於婺源，萬曆中再刻於家塾。予此抄，蓋婺源初本云。

慎行識，後丁酉九月望日。

題鄧文肅公集後

元鄧文肅公《巴西集》向未有刊本，余從玉峰徐氏借抄。《元史》無《藝文志》，本傳止云「文集若干卷」，而無卷帙可稽。此外尚有《内制集》、《讀易類編》，今亦亡之，則此要非足本。又，文體先後錯雜，略加詮次，編目於簡端，以便翻閲云。

初白翁識。康熙甲午冬至日。

此篇見《吴草廬集》，今附録。按，《元史》鄧本傳，至順三年賜謚文潔，而志中不載，蓋鄧之葬在戊辰，而予謚在後，非碑文疏漏也。丁酉端陽後三日，慎行又識。

慎行又按，黄文獻所撰碑文與吴作大段相似，但此詳而彼略，故並録附卷首，以補正史傳之闕訛。據黄碑，鄧賜謚在至正九年，而本傳云至順五年。至順乃文宗年號，改元在庚午，終壬申，盡於三年，無五年也。又閱十八年爲順帝至正九年戊子，始請予謚，當以黄碑爲正。初白翁再志。

題江月松風集後

錢思復以《曲江觀潮賦》得名，今集中不載，意其别有文集，惜不傳也。此本從曹秋岳司農家借抄，後有補亡詩數首，乃司農采編者，而獨遺《觀潮賦》，當更訪善本補之。初白查慎行識，時癸巳初冬。

題王安中集後

明初吴中有十才子，以高侍郎啟居首。閩中有十才子，則以林膳部鴻居首，次閩縣鄭定，侯官王褒、唐泰，長樂高棅、王恭、陳亮，永福王偁及鴻弟子周玄、黄玄，時人目爲「二玄」者也。恭字安中，隱居七岩山，自稱皆山樵者。永樂初，以儒士薦起，待詔翰林，年六十餘矣。與修《永樂大典》，書成，授本院典籍。此其詩集也，分體不分卷，中有古體訛入近體者，亦有詞調訛入古體者，今標出每篇之上，覽者辨之。

後辛丑閏夏，初白老人查慎行識，時年七十又二。

題王常宗集後

慎行按，明初修《元史》，徵山林之士，前後共三十一人。洪武元年冬，則王克寬等十六人，高啟、傅著、謝徽與焉，三人吴産也。至洪武三年春，續徵朱右等十四人，吴中則有張簡、杜寅、王彝。書成，賜金幣遣還。彝尋薦入翰林，以母老乞歸養。時蒲圻魏觀知蘇州府事，彝與文字往還。觀被誅，彝及啟俱伏法。先生之始末如此。都序云：「修《元史》者，三十有二人。」不知其中有趙壎者，前後皆被召，其實止三十一人。都第弗詳考耳。啟字季迪，徽字元懿，簡字仲簡，寅字彦正，著字則明。

康熙乙未七月，初白老人手識。

又按，朱竹垞《明詩綜小序》謂常宗有《三近齋稿》，不知即此集，抑有別本也？

慎行又按，先生名彝，其先人本姓陳氏，父仕元，爲崑山州教授，遂家嘉定，自號「嫣蜼子」。

題虞山人詩集後

案桑序，勝伯所著名《希澹園稿》，而竹垞《明詩綜》則云《鼓枻稿》，豈別有一集耶？須再考。

題朱一齋先生集後

朱善，一名善繼，字備萬，豐城人。九歲通經史，能屬文。元末兵亂，奉母隱山中。明洪武初，徵爲南昌教授。八年廷試第一，授翰林修撰，以奏對失旨放還。尋，召爲待詔，擢文淵閣大學士。嘗講《家人》卦於上前，與劉三吾、王叡稱三老。未幾，告歸，年七十二。正德中謚文恪。生平著述甚多，有《詩經解頤》《史輯》《遼海集》《一齋集》諸書，傳世者止《一齋集》，十卷。花山馬氏所藏僅前集中之四卷耳。予從江右藏書家借抄成足本，外、後集五卷，即《遼海集》也；又，《廣游集》一卷，共十六卷。

後己亥十月，初白老人手識。

影元鈔本湛然居士文集題識〔一〕

萬松洞宗派按《金史》曾召入内殿説法，承安二年詔住西山之仰山。又三十九年爲元世祖至正三十一年，歲次甲午，次序當作於是年。湛然爲萬松高弟，其推許不啻口出。世徒知其有功名教，不知禪理精深又如此。歸震川有云：「余少已知耶律晉卿，今始識從源真面目。」予於居士亦云。但歸所見止後七卷，而余乃獲窺全豹。惜鈔手潦草，訛字極多。略用硃筆點出，他日當訪善本校定，庶無餘憾。

康熙辛丑六月初十，初白老人手識。

歸有光跋語曰：「耶律文正王佐元有開闢天地之功，而於禪理造悟如此。余少已知耶律晉卿，今始識從源真面目也。甲子十月十九日天雨無事，讀之半日而畢。本十四卷，亡其前七卷，當俟訪求之。」

〔一〕此篇自臺北成文出版社《中國期刊彙編（第二種）·國學圖書年刊》第五册第四年刊下《題跋·館藏善本書題跋輯録四·集部》輯入。

題陶靖節集十卷〔一〕

陶詩宋以前無注者，至湯東澗始發明一二而未詳。元初，詹若麟居近柴桑，因遍訪故跡，考其歲月，本其事跡以注釋其詩，吴草廬爲之序。比於紫陽之注《楚騷》，當時必有刻本，而今不可得見。此本間引東澗之説，惜未見詹注耳。

康熙甲午夏初，白老人閲畢附識。

濟寧寓樓讀陶詩畢敬題於後：「顔謝非同調，千秋第一人。精深涵道味，爛漫發天真。有耻難諧俗，無官肯計貧。平生頑懦意，感動賴先民。」時余方因病乞假。癸巳七月望，慎行志。

題刑統賦解二卷〔二〕

《宋史・藝文志》《刑統賦解》四卷，不詳作者姓名。晁公武《讀書後志》著録者一卷，

〔一〕此篇自李盛鐸《木犀軒藏書題記及書録》（北京大學出版社一九八五年版）《木犀軒藏書書録》卷四輯入。

〔二〕此篇自瞿良士《鐵琴銅劍樓藏書題跋集録》（上海古籍出版社二〇〇五年版）卷三輯入。

云皇朝傅霖撰，或人爲之注。則傅乃宋人，非元人也。趙文敏序云，東原郄君章析而韻釋之，而不稱其名。則郄必元人，竹垞概以爲宋人者亦訛。此本爲吉林曹氏藏本，甲午五月余從西吴書估購得之。

初白老人查慎行志。

題孝詩一卷〔一〕

此金陵黄氏千頃堂抄本，乙丑余客都下，曾於俞郃案頭見之，今歸玉峰季子。甲午九月借鈔畢附識，初白翁。

題説學齋稿四卷〔二〕

按，焦氏《經籍志》《危太樸集》五十卷，今不可得矣。世所傳之鈔本凡二，其一曰《太樸文集》，皆賦、頌、記、序，有目録而不分卷。其一曰《説學齋稿》，碑版之文居多，而不編

〔一〕此篇自吴壽暘《拜經樓藏書題跋記》（清道光二十七年刻本）卷五輯入。
〔二〕此篇自陸心源《皕宋樓藏書志》（清光緒萬卷樓藏本）卷一百十一輯入。

目，即開林〔一〕顧氏跋所云「歸太樸亦未見」者。此外，又有古今體詩二卷，要之，皆非全書。近從玉峰徐氏、梅里朱氏、花山馬氏三處借閲，互加參考，稍稍正其舛訛，隨録隨校，不敢假手他人，至漫不可辨者，則乃闕之。費兩月之心力，彙成二册。又於浦江鄭氏《麟溪集》及程文憲公《雪樓集》、黄文獻公《日損齋集續》采得題跋、墓銘五首補録於後。雖未敢信爲足本，較三家所藏差少紕繆云。

康熙丁酉五月既望，初白老人查慎行再識。

題松垣文集十一卷〔二〕

按郭青螺《豫章書》以幸元龍，字震甫，高安人，嘉泰間進士。初尉京邑，改知當陽縣，擢郢州通判。上書雪濟邸冤，屏費而卒。黄雷岸《人物志》以爲慶元進士，由鄂州通判忤史彌遠，劾令致仕。考之《科目志》，慶元五年己未曾從龍榜：幸元龍，靖安人，仕郢州判。

〔一〕「開林」，疑爲「關林」之訛。

〔二〕此篇自李盛鐸《木犀軒藏書題記及書録》（北京大學出版社一九八五年版）《木犀軒藏書書録》卷四輯入。

又與郭《書》、黄《志》互異，而與《靖安選舉志》則同，似當從之。所著《松垣集》外尚有《桂巖集》，今不傳。此集刊於明萬曆朝，僅存什之一，亦非足本也。康熙庚子中秋前於南昌書局抄録成卷，故識於首。

查慎行初白。

題雙峰集九卷〔一〕

是集初刻於宋寧宗嘉泰四年，公季子邁所編，先生自序，題曰《雙峰猥稿》。至理宗淳祐七年，再刻於連山，章枕山有序。元初，公之七世孫名世重刊，有歐陽冀公序。未幾，板燬。洪武中，八世孫泰亨以家藏舊雕本重刻於南昌，訓導劉鉞志其本末。正統中，十世孫守中重刻，劉忠愍爲之序。今所鈔者，照正統本，第八卷中缺七言律詩三首，第九卷中缺訓後一條，據別本補入。

康熙庚子重陽前四日，慎行識。

慎行於江西書局見是集鈔本，第九卷中尚有「訓後」一條，今補録。

〔一〕此篇自吴壽暘《拜經樓藏書題跋記》（清道光二十七年刻本）卷五輯入。

題傅與礪詩集八卷〔一〕

元傅若金，字與礪，江西新喻人。受業范德機之門，年三十余，遊燕京，虞伯生見其詩，大加稱賞，由是知名。元統三年，介使安南，還授廣州教授。余修《江西志》，於臨江人物爲立傳，此八卷借鈔於吴尺凫氏。尚有《文集》若干卷，當從花山馬氏合成全璧。

初白翁識。時年七十有一。

題林公輔先生文集不分卷〔二〕

林公輔名右，明洪武朝人，被薦授職閣門下。所著文計一百五篇，不分卷帙。余得鈔本於友人齋頭，補綴破爛，别録如右。原本舊用硃墨校閲，每篇段落及字句之間多有鈎畫甲乙處，於作者命意眉目分明，要是留意於先民矩矱者。故并其圈點悉依原本，以存其舊焉。初白翁。

〔一〕此篇自黄丕烈《士禮居藏書題跋記》（清光緒十年滂喜齋刻本）輯入。

〔二〕此篇自吴壽暘《拜經樓藏書題跋記》（清道光二十七年刻本）卷五輯入。

又按，先生臨海人，洪武中與葉見泰等並徵，官中書舍人，與方正學友善。嘗奉璽書行邊，有功，進春坊大學士，命輔導皇太孫，以事謫中都教授，棄官歸。靖難初，聞正學被禍，爲位哭於家。成祖召之不至，械至京，猶欲用之，先生對曰：「罪人逃死已久，藉令可仕，當與方孝孺同朝矣。」成祖怒，劓之死。南渡後追贈禮部尚書，謚貞穆，事載華亭《明史》列傳。世但知先生爲文士，罕有稱其忠義者，特表出之。

康熙辛丑四月，查慎行再識。

題毛詩舉要二十卷〔一〕

右《毛詩舉要》二十卷，焦氏《經籍志》不載，《菉竹堂書目》有鄭氏《釋文》及《音義》共四册，而無卷數，亦無《舉要》之名。此本購自江西志局，確係宋雕本。二十卷首尾完好。惟篇首僅有圖數頁，又無序，疑尚有缺文，苦不得别本校對。乙巳二月檢閲一過，敬識於末。

南書房史官查慎行。時年七十又六。

〔一〕此篇自楊紹和《楹書隅録》（清光緒二十年聊城海源閣刻本）卷一輯入。

題虙齋考工記解上下卷〔一〕

林希逸字肅翁，又號虙齋，福清人。乙未吴榜，由上庠登第，凡三試皆第四，真西山所取士也。是歲以《堯仁如天賦》預選，時稱林竹溪。周草窗《雜誌》中載其登第事甚詳。

查慎行手識。

題雲林集詩二卷文一卷〔二〕

黄文獻公溍所作《太常博士危府君墓誌》：府君諱永吉，字德祥，徙居雲林三十六峰之陽，即太僕之父也。詩名《雲林集》，當以此，慎行識。

虞伯生有《清明山房詩爲危太樸作》，又《次韻太樸讀書山中見懷之作》二首，載《學古録》二十七卷《歸田稿》中。今檢《雲林集》，皆失原作。又，宋景濂有《題危雲林訓子四

〔一〕此篇自傅增湘《藏園群書經眼録》（中華書局二〇〇九年版）卷一輯入。

〔二〕此篇自吴壽暘《拜經樓藏書題跋記》（清道光二十七年刻本）卷五輯入。

言詩後》云「危公家子，字於𢥞，自檢討奉常遷佐薊州，將之官，賦四言詩一章勉之」云云，今亦失原作。

鶴山筆録跋〔一〕

竹垞自粵遊回，鈔《鶴山筆録》一卷見眎。予意必陳腐滿紙，漫不省也。近因箋注蘇詩，試取檢閲，則見辨核紀録，皆有真趣，卓乎小説名家。毛氏《津逮》既鎸其題跋，而不及此，想汲古閣中亦無此藏本也。爰校正一二譌字，命兒子承加意精抄，儲之説類。

悔餘老人書。

〔一〕此篇自李調元《函海》第二十九所收宋魏了翁《鶴山筆録》（據光緒七年刻本翻刻）輯入。

敬業堂文集卷三

雜記

重遊德山記〔一〕

沅江過朗州城下，五里折而南，其流清駛，灘聲悠揚。水底白石鑿鑿可數。游人櫂小艇至西岸，即德山也。中丞楊公奉命撫黔，其來朗也，始至，即與客約游焉。山之陽爲乾明寺，寺中有龍井二，水泉甘潔。殿後荒榛宿莽間，古碑七八，或仆或立，苔紋剥蝕，惟宋丞相周益公二詩，大書深刻，點黷犂肰。同遊者咸和焉。

〔一〕此篇自稿本《側翅集》輯入。題下硃批：「別入文類。」

寺東金剛塔院。其西循徑路而上，百許步，爲桂林園。又西而北，陂地回互，其勢漸高，曰孤峰頂。四面陡絶。北顧荆襄，數百里間煙樹微茫，莫可辨識。其西側，桃源、辰州，連山蜿蜒，際天無極。東南洞庭，洪波浮空，雲霞倒生，風帆浪舸，向背去來，或隱或見。此則山之勝覽也已！

已而，天色忽變，煙靄四合，下視朗州城，墜泱莽間，樓櫓莫辨，而鼓角之喧闐，猶殷殷在耳。山寒清峭，難久駐，遂覓徑而下。東北聚柱，高八九丈許，藤蘿薜荔，轇結紛披，葱鬱輪囷，望之若樹，就視，則一古塔也。北行四十步，石壁倚江，巖巖千尺，山勢於是焉窮。考《志》，此山因善卷得名。今其遺蹟，渺不可得。而佛殿翬飛，燼而再煥。人或不愛萬金以祈福，顧恪餘力，不爲高士營一祠，亦獨何也！相與徘徊歎息者久之。比至江口，則顛風斷渡，還坐乾明方丈，微聞簷頭鐵鳳鏗然做聲而已。未幾，雨雪交下，四山竹柏，與鞺鞳泠泠相應。因與中丞叙鞍馬之場，塵土風沙，所至皆是，不謂兵戈戎馬之場，猶有此清境，亦足以償半年之勤瘁爾！一燈禪榻，風雨依然，特未知重遊何日？燒燭而記之。

自怡園記

京師在《禹貢》冀州，城内地近西山，水泉歕涌，出阜城、德勝二門，演迤灝漾，泉之源不知其幾也。玉泉最近，泉出山下，自裂帛湖東南，流入丹稜沜。傍水之園，舊以數十，海淀最著。今天子既規以爲暢春園，有詔聽王公大臣於其傍各營別業。

相國明公之園，在苑西二里。其初平壤也，海淀之支流經焉。度地於丁卯春。余時假館邸第，公邀余出郭，畚鍤之衆，錯趾於畎溝禾黍間。鑿地導川，積土成阜，澗溪流而沼沚渟，規模粗具也。

後一年，余以事告歸。明年再至京師，游於北郊，石墻水柵，逶迤連延。架橋以通往來，甃石以時蓄洩。亭臺花木，羅列而清疏。步屧所至，犁然改觀矣。

既而余南游洞庭，泝江西上，渡彭蠡，登廬山五老峰，落拓而歸。洎癸酉夏復來謁公於郊園，則草之茁者叢，木之花者實，槐柳交於門，藤蘿垂於屋，蘭蓀薋菉，被坂交塍，洲有葭菼，渚有蒲蓮，凫雛雁子，魚鮪鱗介之屬，飛濳游泳，充牣耳目之前，窅然以深，若入巖谷，曠然以遠，如臨江湖，久與之居，而不能舍以出也。曩令兹地終爲農牧之區，則阡陌東西，村童野叟，牛羊之所踐履耳。幸而爲苑囿，爲池臺矣。或賓從之游，歲月一至焉，則泉石山林，事仍有待。

今者海宇蕩平，國家清晏，時和而年豐，含生之倫，靡不各遂所欲。公於斯時乃得從容逸豫，時奉宸游，矢《卷阿》之德音，效洛濱之故事。迴思十年以前，公方枋國，廟堂之上，旰食宵衣，以削除寇亂爲務。洎乎小腆就平，而公亦旋解機務矣。豈非先憂後樂，各有其時？而臺池鳥獸之樂，《傳》所稱「與民偕樂，故能獨樂」者歟！

余田野布衣，生長山陬水澨，屢獲從公游，承命而爲記，既以賀兹地之遭，且俾世人知公獲享林泉之樂者，由於手佐太平也。

吏部廳藤花賦

原夫物有菀枯，因人而重；材無堅脆，得地斯榮。紅藥翻階，紫薇榜亭，亦有柔木，敷於廣庭。爾廼擢秀芳辰，托根清署，雖掩冉而葳蕤，終纏綿而附麗。虬潛蠖屈，難求十丈之伸；蚓結蛇蟠，聊借一枝之寄。

於斯時也，首夏清和，火正司南。日曨曨以窺牖，風微微以入檐。莖似踈而還密，葉將放而猶纖。不斷穠香兮，蜂鬚斜觸；初施紫粉兮，蝶翅輕沾。

其爲地也，窈窈閣鈴，沉沉門鑰。曉烟深鎖乎牆隅，晝漏稀傳乎院落；頳顔酣酒而嫵媚，長袖臨風而綽約。披帷拂幔兮，整整斜斜；綰綬垂紳兮，纍纍若若。

其爲木，則非叢非苞，非灌非喬，阿那冶葉，荏苒倡條。比絲蘿之善附，俄緣木而抽梢。

其爲色，則在皓非白，在朱非赤，儷緑妃紅，實維間色。荆花無連理之枝，含笑乏淩霄之質。然且保擁腫，閲流光，飫土膏，承天漿。薪樵不加采，斧斤不能傷。豈非重前賢之手澤，比遺愛於甘棠？

於是廳以花名，案因香設。陰成步障之庭，影動啣杯之席。禽聲宛宛，似傳好音；花氣欣欣，如有德色。才人因之以賦咏，志士撫之而太息。莫不俯仰景光，流連昕夕。彼弱植之敷榮，尚邀歡於顧惜，何況新甫之柏，徂徠之松，海濱若木，嶧陽孤桐？方將蔽厚地，摩蒼穹，星占營室，象取棟隆。梓人增其顧盼，匠石快其遭逢。有不乘時致用，而假手成功者乎？

窳軒記

初白主人名其坐卧之室曰「窳軒」。客或過而叩其義，曰：「蓋聞器之不良者爲窳，俗之呰媮者爲窳，先生豈别有説處此乎？」

應之曰：「天之生物也，一成而不可變，各有本性焉。客獨不睹夫草木乎？繇者，條者，芭者，灌者，苕者，艻者，杌者，棘者，上喬者，下樛者，剛而脆、柔而忍者，似綸似組者，似布似帛者，材不材者，苟遂其性，則始乎甲坼，達乎勾萌，胥有亭亭自拔之勢。惟蔓生者曰蓏語出《周禮注疏》，其義與窳通。許叔重言：『窳，嬾也。』孔穎達《詩疏》云：『草木皆自竪立，惟瓜蓏之屬卧而不起，若嬾人常卧室，故字從穴。』然則蓏者，物性之嬾者也，故窳之義歸焉。今主人筋駑肉緩而歸老斯室也，四年於兹矣。跡遠乎著作之庭，名脱乎衣冠之録。靦〔一〕若淵魚，逸儕巖鹿。於焉婆娑，於焉寤宿。爰息吾肩，爰託吾足。髮稀慵櫛，身垢倦浴。空盈廢持，蠹簡輟〔二〕讀。運甓嗤陶，釋《玄》陋束。瓦缶鼓而不歌，贏博坎而不哭。方且兀坐忘几，晏眠忘蓐。收視銷聲，若無耳目。是秉性之最嬾者無如僕也，故隤然自況於草木。」

種草花説

窳軒之南有小庭，廣三尋，袤尋有六尺，繚以周垣，屬於檐端，拓窗而面之。主人無事，以杖以履，日蹣跚乎其間。既又惡夫草之滋蔓也，謀闢而蒔藝焉。或曰：「松、桂、杉、梧，可資以蔭也。是宜木。」主人曰：「吾年老，弗能待。」或曰：「梅、杏、橘、橙，可行而列也。是宜果。」主人曰：「吾地狹，弗能容。」有道焉，去其蕪蔓者而植其芳馨者，是亦幽人

〔一〕「靦」，原作「覶」，據四部備要本《文集》改。

〔二〕「輟」，四部備要本《文集》作「掇」。

逸士之所流連也。迺命畦丁鉏荒薉，就鄰圃乞草花。山僧野老，助其好事，往往旁求遠致焉。

主人樂之，猶農夫之務穡而獲嘉種也。蓋一年而盆盎列，二年而卉族繁。迄今三年，萌抽於粟粒，荄發於陳根，芊芊芚芚，紛敷盈庭，兩葉以上，悉能辨類而舉其名矣。當春之分，夏之半，雨潤土膏，乘時以觀化，見夫甲者坼，芒者擢，吾之生機與之俱動也。已而含芬菲，飽風露，吾之呼吸與之相通也。爲之相其稀穊，時其燥濕，除厥蠹而根是培，直者遂之，弱者扶之，蚤芳者吾披之，晚秀者吾竢之。洎乎風凄霜隕，莖萎而實堅，則謹視其候斂藏，以待來歲焉。吾之精神，無一不與之相入也。而且一薰一蕕，別臭味也；爲穉爲壯，驗枯菀也；或寒或暴，紀陰晴也；朝斯夕斯，閱春秋也；優哉游哉，聊以卒歲也。

客徒知嘉樹之蔭吾身，而不知小草之悦吾魂也；徒知甘果之可吾口，而不知繁卉之飫吾目也。彼南陽之梓漆，平泉之花木，積諸歲月，詒厥子孫，洵非吾力之所逮，抑豈吾情之所適哉！

姪克寬字説

季弟信庵之次子名克寬，生二十二年矣。丁酉五月，試於有司，始列名郡庠，信庵請余字之。余惟子生則父命以名，及冠而字之，乃朋友之道也。雖然，因其字以文其名，且以寓訓勉之意，即出於父兄，胡不可？遂字以「居仁」，而語之曰：

克寬、克仁之義，首發於《商書》，孔子於《乾·九二》則曰：「寬以居之，仁以行之。」善解《易》者，孰如子思？其言曰：「寬裕温柔，足以有容也。」又孰如孟子？其曰：「居惡在？仁是也。」吾由是以思，寬乃仁之量，居乃行之本乎！夫仁，有全體焉，有大用焉。體則其居也，用則其行也。君子體仁，居也；足以長人，則行矣。以仁存心，居也；强恕而行，則行矣。行豈有外於居者乎？

今進而與子言：家庭，從容乎父母之側，疾言遽色，無所用也。更進而與子言：學問，涵泳乎《詩》《書》之味，躁心迫志，無所施也。所謂從容涵泳者，非寬而何？子能體之，則居者居此也，行者行此也，仁遠乎哉！克寬不以吾言爲迂，請筆之爲字説。

姪基字説

仲弟德尹之長子名基，年十五，充禾郡博士弟子員，請字於余。古者十五歲曰「成童」，二十曰「弱冠」。未冠而字，非禮也，余將責成童以成人之禮焉。爰字以「履旋」而爲之説。曰：

聞諸《易·大傳》：「履，德之基也。」基乎，基乎！今與汝言《履》卦之義，可乎？「履」者何？步履也。初、上兩爻，「履」之始、終也。初之「素履」，進步也，故曰「往」；上之「視履」，退步也，故曰「旋」。夫士之處世，無過兩途，不患其不能進也，既進矣，則當思退步。吾夫子於《大壯》，亦取「履」義，初「壯趾」，而上「不能退」，與此正相發明。世固〔一〕故有挾一往之氣，直視無前，自謂馳驟縱横，靡適不可。要其終如泛梗飛蓬，貿貿焉不知歸宿之何在，然後悔其無退身地步。上居卦末，閲歷深矣。六三以「跛履」遇「咥」，而履道者獲坦坦之貞；九五以「夬履」致「厲」，而履尾者有愬愬之吉。人情之得喪安危，皆其自取。吾一一反而考驗焉，任世途之險夷，無以易其「素履」。若户然，朝於斯出，暮於

〔一〕「固」，原作「過」，據四部備要本《文集》改。

斯入。若路然，前由此往，後由此歸。其進也，不窮於晚節；其退也，不負其初心。夫是之謂「考祥」，夫是之謂「元吉」。至是而獨行之願遂矣，履道之能事畢矣，無他，基在故也。上爻統《履》之全，卦義蓋如此，非余之私言也，先儒嘗言之矣。吴文正公之《銘履齋》曰：「中有實地，下澤上天，初履其往，後視其旋。」基乎，願汝三復斯銘也。

沈廷芳字説

古者有字辭，無字説。男子冠而字，自始加、再加、三加，及三醴三醮，皆賓爲之。賓既爲之冠，因而爲之字，因而爲之辭，率以頌寓規焉。其或非賓而命以字，非賓之辭而别作字説，均之非古也。沈子慎旃，初名某，既冠，且字矣。今更名廷芳，復請字於余。余援古義以告之，終辭不獲，則取《離騷》「芳椒」之義，字之曰「椒園」。

夫草木之以芳見稱，有若蘭者矣，有若菊者矣，有若芝與桂者矣，吾獨取乎椒也，何居？按許氏《説文》云：「芳，香草。」《毛詩疏》云：「椒之實香，芳物也。」故《椒聊》之章咏其實，《載芟》之章咏其馨。《椒花》一頌，出漢魏以下，三百篇所不道。然則《騷》之所稱，固取其實之兼臭味者而言，非芳菲、芳華之謂也。沈子所居有園，讀書閉户，徜徉乎其中，挹彼繁衍，資我芬郁。於以奉親，則椒盤是獻；於以懷友，則握椒可貽。夫寧采春華而忘秋實乎哉？爰系以歌，曰：

園有椒，有菉其目。之子采之，其香盈匊。

園有椒，其味孔辛。之子佩之，其香遠聞。

重修飛雲巖月潭寺碑記代楊中丞作

向讀陽明先生《飛雲巖記》，謂「天下之山，聚於雲貴，而雲貴之勝，萃於茲巖」，心竊欣然向往。時繫官於朝，而黔陽僻在荒徼，去京師六千餘里，以爲生平游跡，無由至焉矣。無何，奉撫黔之命。是時，西南猶阻寇亂。既而，王師采阻，恢復疆圉。兩年之間，余方從事鞍馬，厭苦馳驅，出入於荒榛宿莽、猿猱虎豹之穴，丹危翠險，力之所窮，興與俱盡。雖雅有山水勝情者，宜其困躓憔悴，一變疇昔之好尚。而迺過茲巖之下，不覺心神耳目爲之飛動，忘行役之勞，與客流連不忍去也。

巖傍舊有月潭寺，路當孔道，兵馬驛騷，窗户垣墻，悉皆墮圮。思一爲茀葺，顧時不暇爲。適學士佛公、侍郎金公督餉入黔，以重修之議來告。余曰：「某志也。」復與二三僚屬，捐資以襄此舉，期年而成。董其役者，繪圖以進。凡棟宇墍塈，撓敗者易之，頹廢者整之。一時欹者植，剥者堊，闕者備，而月潭寺之勝，頓復舊觀〔一〕。巖之右有隟地，勢平而衍，别營殿宇三重，築亭以表其前，濬池以環其後。巖之前踞高而起，與聖果亭並峙者，爲童子閣。自是而兹巖之秀，爛焉增勝矣！

幸余方在請告，冀得蒙恩放歸，重經其地，於焉憩息。迴思向者風塵況瘁，車殆馬煩，山靈有知，或不余陋，庶無負萬里之行乎！惟是城郭人民、里閭風俗之故，一經凋敝，積數十年未能驟復，而游觀之地，易壞亦易成，此余之援筆不禁慨然有動於中者也。

海寧縣學重建明倫堂碑記

吾邑學宫，舊在縣治西。宋南渡初，丹陽刁侯雍來爲宰，始徙於治東南，晉陵胡先生瑆爲之《記》。後五十餘年，紹熙改元，吴興沈侯紡復建堂，而揭以明倫，寓賢鍾先生必萬稱其知教人之本。學之有明倫堂，其來舊矣。歷元迄明，興廢不一。入本朝，康熙乙卯、丙辰間，安陽許侯三禮因其舊，稍加修葺，爾來又四十餘年。風侵蠹蝕，日就頽圮，尺椽片瓦，僅有存者。堂之址，鞠爲茂草，行者惻焉。自余歸田十年，令兹邑者凡六易，加以旱魃

〔一〕「觀」，四部備要本《文集》作「規」。

爲虐，陽侯告菑。士生其地，日敝敝焉偕編户小甿輸將畚鍤之不暇，遑恤其他？

壬寅夏，應城黄侯在瓚自仁和令兼視邑篆，下車謁文廟，慨然以重建斯堂爲己任。首捐清俸，庀材鳩工，邑中士大夫亦竭蹶佽助。不五旬，而頹垣斷礎美輪美奂，頓還舊觀。班書有云：「移風易俗，非俗吏所能。」不信然與！侯既去，多士請余文記其事。吾見世之爲宰者矣，其强有力者，不過急簿書赴期會，用以媚上官而博薦剡，率視文教爲不急而不肯爲；其弱者，則因循瞻顧而不能爲。於是乎朝廷養育賢才之地，反不若浮屠、老子之宫，任其廢墜而莫舉，良可嘆已！侯，今一署令耳，能急所當務，致此邦人士咸感發興起，相與共觀厥成。又以見世教未衰，而善政之果可爲也。

凡我多士，何人不在倫類之中？何人不有明倫之責？登斯堂也，顧斯名也，父兄以誨子弟，俊乂以迪顓蒙。今日修於家者，異日即可效於國。庶不負古人命名之義，抑所以答賢侯重建是堂之厚貺也與！慎行，邑人也，齒髮就衰，而學業不進，品騭未成，肅瞻宫墻，循省滋愧，於多士有朋友之道焉，敢云責善，竊願交相敦勉云爾。

南書房史官邑人查慎行撰〔一〕。

〔一〕「南書房史官邑人查慎行撰」十一字，四部備要本《文集》闕。

琳霄觀碑記

蓋聞崑丘縹緲，啟白玉之仙樓；閬苑峥嶸，竦黄金之神闕。自昔真人攸宅，多在奥區；天姥所都，必棲靈境。然或方壺員嶠，遠希海外蓬瀛；月窟星躔，遥指雲端臺殿。未若近聯松牖，映御幄以增輝；峻竦雕櫨，拱宸居而焕采。洵乎天人胥慶，遐邇具瞻者矣！

琳霄觀者，名標雁塞，地屬烏城。自臣民蒇事以來，爲行在祝釐之所。千峰環秀，二〔一〕水交流。測日晷於離方，正壇壝於巽位。因基架屋，舊爲炎帝之宫；疊石爲堂，是謂火〔二〕神之宅。規模粗具，殿庭鮮巨麗之觀；締構維新，像設表莊嚴之飾。碧霞中坐，紫府宏開。岱嶽於以分靈，神州因而錫祉。金容殊特，巍然三十二光；寶相華端，粲若八十一好。瓊簷珠網，仰挹慈顔；絳節高幡，高傳法響。洪庥普被，實司福善之權；純嘏用申，永示降祥之理。星冠肅穆，則玉珮來儀；霞帔飄揚，則瑶池並列。錫子孫之繁衍，吉兆徵熊；助耳目之聰明，長齡仿鶴。豈若遥窺金洞，莫測靈源，空擬玉虚，罔親法象而已。夫

〔一〕「二」，四部備要本《文集》作「三」。
〔二〕「火」，四部備要本《文集》作「大」。

其照臨福地，密邇神淵。紫鱗游泳於淪漣，彩翮飛翔於岑蔚。花光匝砌，雨露敷榮；樹色參天，烟霄擢質。羽幢芝蓋，拂行斾之綴旒；鼉鼓鯨鐘，應挈壺之漏刻。遠眺而夕嵐凝黛，仰瞻而晨旭開紅。此則拱翊離宮之大概也。

乃若棟隆叶吉，斗極分榮。屈臨萬乘之尊，涖止三清之界。旃檀小殿，時聞袖屨之香；金碧修廊，長獲〔一〕風雲之氣。璇題寵錫，名擅琳霄；金榜高懸，光昭銀漢。壇邊松柏，五辰交燭〔二〕於户庭；井上芙蕖，二曜循環於枅栱。莫不同瞻御墨，共仰天章。慶萬壽之無疆，祝一人之景運。此則賜名給額之大概也。

爾其俯臨闤闠，旁引陌阡。樹以桑麻，闢塞垣而歌樂土；教之稼穡，築場圃而繪《豳風》。白墳赤埴之神皋，沃逾千里；黑秬黄粱之嘉種，畝溢三鍾。倉箱咸慶其豐盈，酒醴不愆於報賽。此則輔國佑民之大概也。

至於屏藩之會，朝貢所經。無雷出日之鄉，火鼠燭龍之域。同文同軌，合八表以來王；殊俗殊方，款九邊而受吏。覆幬所及，躋熙攘於春臺；聲教所通，登康寧於壽域。莫

〔一〕「獲」，四部備要本《文集》作「護」。
〔二〕「燭」，四部備要本《文集》作「錯」。

不沐仁風而喜形於色，瞻靈宇而敬發於心。絡繹輪蹄，望塵頂禮；聯翩劍珮，識路知歸。此則助宣遐化之大概也。

凡兹二氣之良能，咸贊九重之厚福。懷柔河嶽，涵度量於高深；膏澤寰區，卜精神於强固。危微精一，心傳直溯唐虞；服教畏神，統馭并包釋老。無爲稱舜，風開道德之先；多壽頌堯，曆〔一〕冠神仙之首。若乾坤之函蓋百靈，肸蠁以保和；如日月之光華兩大，氤氲而顯化。是則天之佑助，無煩頌禱之辭；神所憑依，與享昇平之樂。凡爲臣子，孰不尊親。庶幾香火萬年，慶綿長於寶鼎；疇圖五福，思翊贊於皇猷云爾。

重修普濟寺碑記

溯夫佛教之盛，莫如南北朝。今京師梵刹最古者，率昉於北魏、周、齊間。顧世遠無徵，其載在圖經，勒諸碑版，確然有年月日可紀者，則隋開皇中之仁王塔、唐貞觀中之憫忠寺也。順義縣去京師東北六十里，縣有村曰王路村，有寺曰普濟。相傳唐文王征高麗歸，道經此，命僧建道場，以度陣亡將士。則兹寺之創，當與憫忠同時，歷遼、金、元，或

〔一〕「曆」，疑爲「歷」之訛。

廢或興，至明正德、嘉靖兩朝，始有重修記石可考。自嘉靖丁酉迄今，又百七十餘年矣。

善男子錢某某兄弟三人，樂善而好施，奉其母邵氏，皈依三寶。睹佛宇之頹圮，慨然發願，庀材鳩工，經始於康熙四十九年庚寅，訖工於五十二年癸巳。凡爲殿四重，三門外峙，廊廡四周，像設之缺壞者完之，丹堊之剥落者新之，以至法筵應供之器，齋寮庖湢之所，靡不整姒具備。約費以二萬計，未嘗募緣求助，皆捐己資，抑又可謂難矣。

余惟慈氏立教，五根以信心爲上，六度以檀施爲首，佛在世時，直欲以慈悲一念，普濟衆生，苟可救人利物，即軀命亦所弗恤，何有於奉身之財？從其教者，始則堅其信心，既而廣其願力，自什佰以至億萬，心之所及，力必殫焉。是真得檀波之義諦者也。竊嘆世之居厚資者，往往校錙銖，吝出納，捨一金自以爲檀越主，飯一僧自以爲功德林。其視錢氏兄弟，不亦靦顔多愧乎哉！

順義縣重修東嶽廟碑記

太山爲岱宗，載在《尚書》，歲舉柴望之祀。禮，天子祭四嶽，諸侯祭名山之在封内者。齊人有事於太山，必先有事於配林，而季氏旅之，孔子以爲僭。秦漢以降，凡舉封禪者必於此。然則太山之神綦尊，祀典不綦重與？

顧嶽者，地示也，祭於壇壝而弗廟，立廟自拓跋氏始。其初，五嶽總一廟於桑乾，至唐乃各立廟於嶽麓。東嶽廟幾遍天下，則在宋之中葉。南渡後，濟州地入於金，元裕之《東游記》：「嶽祠在城中，止有岱嶽青帝而已。」元吴文正公《仁聖宫碑文》亦止言「奉東嶽之神」耳。不知何時肇祀碧霞元君，而嶽神反若退處其下者，蓋名實之紊甚矣。余往還京師，所過齊魯韓趙之區，鄉曲百家之聚，必有碧霞行宫，而東嶽廟寥寥無幾。夫亦重其祀，而不敢輕舉與？

順天府屬順義縣之王路邨，舊有東嶽廟，創始歲月莫考，大興錢登弼氏捐資重修。凡爲殿三重，東西廊廡若干楹，像設各如其序。既成，請余記其本末。余諗之曰：「太山之神，古惟天子、諸侯得而祭之，非世俗所稱碧霞元君者比。今元君之祠宇遍西北，村夫里媪，千百爲群，奔走禱祈惟恐後。向令移其香火，轉而奉嶽祀，吾知太山之神，未必以妥以侑也。《傳》有之：『非其所祭而祭之，名曰淫祀，淫祀無福。』又曰：『有其舉之，莫敢廢也。』然則子之此舉，非以邀福，其殆有無廢之義也夫！」錢氏子曰：「敬聞命矣。」於是乎爲之記。

外祖妣羅太君遷葬記

外祖妣羅太君，仁和儒家女，外王父司李鍾公偏房也。司李公爲河南巡撫、忠惠公次子，積慶之餘，孕毓繁衍，有男子七人，女子九人。而羅太君出者三，舅氏一，早夭。先淑人及歸吴世母，其愛女也。先淑人年十七來歸先大夫，未幾，外王父下世。先淑人性至孝，太君就養於吾家者十餘年。順治辛丑歲，大祲，盜入吾室，老人驚怖幾絶，始避地僦居塘西。時慎行甫十二，嗣瑮甫十歲，太君愛憐不忍捨，則并携以往。俾從師受業，恩勤有加。余兄弟侍外祖母左右，如依吾母膝下也。癸卯冬，忽不起，疾。先淑人親來視湯藥，奉含殮，權厝於博陸村忠惠公墓旁，距吾鄉百里而遥。歲時必遣余兄弟往省，奠醊惟謹。

辛亥夏，先淑人屬疾，伏枕踰時，臨終呼不孝等，泣而命之曰：「汝外祖母歿已九年，一棺淺土，吾日夜所疚心，姨母吴又無子，外家骨血，惟汝兄弟，他日幸有所立，營吾葬時，必遷汝外祖母之柩，同歸一域，九原之下，庶幾魂魄相依也。」時三、四兩弟尚穉弱，皆環侍，跪受命曰：「敬識，不敢忘。」先淑人頷之，目遂瞑。嗚呼！此壬子三月二十二日事也。又六年，而先大夫棄養，余兄弟奔走衣食，力未能營先人窀穸。庚辰後，余及二、三兩弟先後成進士，入史館。丙戌十二月，始得蒙恩給假，卜地西阡，而寧吾親焉。戊子春，匆匆北發，適大兒克建離東鹿任，需次還家，爰以先淑人之命命之。其冬，奉外祖母柩來遷，距先父母墓西北三十步許。及余長假歸田，踰年，仲弟亦以病告，則墓木且拱矣。每春秋，展墓享祀，必先，子若孫咸在列。自今而後，先淑人之靈，或以妥以侑乎？既又慮其久而或替也，議於祭産内撥令字田八畝，永供外祖母烝嘗，并刻石以詒後，俾世世子孫，勿忘所自出。

雍正三年乙巳，外孫查慎行謹記〔一〕。

〔一〕「雍正三年乙巳外孫查慎行謹記」十三字，四部備要本《文集》闕。

敬業堂文集卷四

墓誌祭贊

先室陸孺人行略

孺人爲辛齋陸先生第三女，先生與先君子同里同志，故許以孺人字余。締好時，兩家子女猶在襁褓中也。歲己亥，外母顧太君棄世，孺人年尚穉，受外祖顧翁拊育。顧翁故饒於財，食指百計，孺人以弱女子處其際，内外上下無間言。迨顧翁歿，孺人年已及笄矣。丁未正月，自陸來歸，外舅及先君子方結納四方賢豪，不事生産，家計益落。合巹之夕，外舅手書致先君子曰：「練裳竹笥，牽犬繫羊，弟并無之。所恃知我耳！」蓋兩先人情好脱略如此。孺人釵荆裙布，處之恬如。

吾母鍾太孺人爲忠惠公女孫，司李公愛女。先祖武庫公承通議、奉政累世餘澤，而先君爲長子，一時結褵之儀[一]，綺羅筐篚，照耀里閭。中更患難，二十年中，資産屑越殆盡。先母既晨春夜績，率作於前，孺人亦刻苦以成婦道。其待翁姑也，不詔之坐，不敢坐；不命之退，不敢退。兢兢惟恐有失，以違尊嫜心。吾母治家嚴肅，少所許可，至是，喜謂不肖曰：「吾向以無母之女爲汝憂，能若是，是得婦矣。」

余早禀庭誥，不習舉業。年十九，始從甬上葉伯寅先生生學爲帖括之文。又三年，出應童子試，受知於郡守淮南嵇公。未及終試，而吾母病篤，復屏棄筆硯，專意侍奉。孺人代理家政，延醫師，饋湯藥，寒暑晝夜，寢食不遑。至壬子春，吾母見背，孺人號痛不欲生。蓋自齠齡失恃，覬得長奉姑嫜之教爾。乃重罹慘變，誠自傷賦命之薄也。

先是，仲弟德尹已娶於唐，是年五月，先君子命余兩人析箸。時新舉大喪，饔飧不給，余督率老婢子墾中庭隙地，種茄以續食。孺人課蠶桑，勤紡織，以佐不逮。如是者七年。旋奉先君之諱，時三弟潤木年十五，四弟濬安年十四，兩弟事長嫂如母，孺人以撫則子，以禮則如賓。兩弟每與人言，至感而泣下。

[一]「儀」，四部備要本《文集》作「盛」。

己未夏，同邑楊以齋先生出撫貴陽，余慨然發從軍之志。是時，疆場未靖，豺虎塞塗，戚黨交好，多來阻行，余故因循久之。孺人初亦以浪游爲戒，既而獨力勸駕，曰：「丈夫年方壯，不於此時審出處，寧能老死牖下耶？且君所以躊躇者，非以家貧子幼故耶？君第行，勿以爲慮。」余感其語，遂決策遠行。其秋，吳中大旱，赤地千里。吾鄉濱海舄鹵之地，顆粒不登。上辦官租，下撫穉子，外奉師儒，無米之炊，巧婦束手。孺人焦心殫力，黽勉有亡。至戚中有憐而貸之粟者，峻却不受，呼兒建諭之曰：「吾非嬌情而爲此。凡吾所以爲此者，爲汝父及汝輩地耳。他日幸有所樹立，使人謂汝家貧賤時，妻子嘗仰給於人，何顏面相對乎！」此事吾伯姊曾爲余道之，孺人未嘗以告也。

余不耐家居，又不善營生產。二十年於外，館穀所入，散若摶沙，間一内顧，孺人不以資日用，自十金以上，必曲爲會計，恢贖先世廢業，一絲一粟，按籍可稽，今薄田稍供饘粥，皆孺人撙節勤劬所留也。

天資孝敬，孺慕之誠，四十不衰。戊辰二月，外舅客京師，抱危疾，余買舟扶侍旋里，踰年而歿。自此以後，事余尤謹，曰：「感君之視吾父猶父也。」凡余所飲之酒，彼未嘗沾唇；所食之品，彼未嘗下筯，屑麥作糜，摘蔬供匕，下與臧獲同甘苦，率以爲常。癸酉秋，兒建登鄉薦，余亦舉京兆。明年五月還家，始破顏一笑，而茹苦不異曩時。余怪而叩之，徐答曰：「君不記種茄時耶？」丁丑之役，兒建幸捷南宫，余仍被放。兒歸，儒人執其手，淚下瀾翻，嗚咽不自禁。蓋不以子之成名爲喜，而以余之落第爲悲。自今思之，余之負孺人實甚矣。

體故羸弱，兼善病，投以參桂，往往小差。去秋，余歸自閩，未幾，孺人驟患崩下，氣血大虧，百藥罔效，氣息僅屬。每聞余將近出，輒掩面迴身，淚漬枕席。余固心知爲不祥，蓋頻年往來萬里，孺人從無離别可憐之色也。秋來擬赴試禮闈，逡巡至今日，果爲永訣之期，能不傷哉！

計其生平，九齡爲無母之女，二十二爲無姑之婦，爲黔婁妻三十有三年，曾未獲享一日之安。中間營兩喪，娶兩媳，支持門户，整理田廬，畢耗其心神而繼之以死。此五十老鰥所爲憑棺摧痛，百端交集，不知涕泗之横流也。

孺人有女，尚幼。晚又撫吾姊之孤女爲己女，侍孺人之疾，與兩兒兩媳衣不解帶者一年。中夜聞咳嗽聲，必起立，傍徨以伺。雖此女至性過人，然非爲之母者恩義備至，豈易得此。

孺人生順治辛卯四月十七日未時，卒於康熙己卯十月二十五日戌時，享年四十有九。子三人：長克建，丁丑科進士，娶祝氏，辛未進士諱翼模女。次克承，娶許氏，廣東潮州府平遠縣知縣諱兆炎女。次克念，未聘。女二人：一未字，一許字丙戌進士、原任工部尚書朱諱之弼公之孫，江西九江府知府諱儼之子某。孫男二人：長昌祖，未聘。次昌祈，聘己亥進士馬諱麟翔公孫女，太學生諱翌贊之女。孫女一人，許字壬戌進士、現任左春坊左庶子兼翰林院侍讀許諱汝霖公之孫，己卯科舉人諱惟模之子焞。皆克建出。兒輩既昏迷不能執筆，余亦心神貿亂，聊述梗概，仰祈仁人君子錫之銘誄，用勒貞珉，舉家存歿，感均不朽。

皇清誥授榮禄大夫都督僉事廣東駐防參領白公神道碑〔一〕

廣東駐防參領蓋平白公既薨且葬之十有五年，其長子中丞公繼受特恩，開府江右，不遠二千里，專介致書於海寧查慎行，具述先公宦蹟行狀，請文其神道之碑。慎昔備員史館，竊見開國功臣之裔所上家世閥閱，惟計功牌之多寡，鮮有推原譜系，考驗歲月勳績者，則往往執筆而嘆。今中丞公乃能篤念先猷，稽諸時地，年經而事緯，俾論撰者有所證據。仁人孝子之用心，抑又可稱郯子禮宗，能言吾祖者。

〔一〕「廣東」二字，原闕，據四部備要本《文集》補。

謹按，公諱允明，字正純〔一〕，姓白氏，奉天蓋平人。白氏遠有世緒，載在《左氏傳》者名乙丙，見於《太史公書》者名起，世爲秦將。高齊時，有名建者，仕至五兵尚書，賜田於韓城，子孫後徙下邽。數傳至樂天先生居易，爲太原望族。其遷遼陽蓋平縣之白家寨，則自公之高祖諱欽始也。曾祖諱仲義，祖諱文達，父諱承舉，字雙泉，三代皆以公貴，誥贈榮禄大夫。曾祖母蕭氏，祖母皮氏、高氏，母喻氏，皆誥贈一品夫人。雙泉公生三子，長登明，丁亥貢士，歷任江南太倉知州。季啟明，癸卯舉人，歷任江西按察司副使，分巡贛南道。公其仲也，生而天姿英偉，頭角峥嶸。幼承父命，偕兄若弟，出就外傅，習舉子業。比壯，獨慨然有志當世之務。因掩卷嘆曰：「大丈夫當立功萬里，寧能跼促作轅下駒？況家世幽并，時方用武，今衣白衣從舉子後，旅進旅退，非吾願也。」遂一意於韜鈐之學，凡陰陽術數，軍軌神機，金匱玉帳之經，五行八陣之圖，以至《握奇》〔二〕、《接要》，定邊安遠之策，罔不覽其略而抉其微。嘗云：「昔人論三陣，師以義出，沛若時雨，得天之時，爲天陣；足食

〔一〕「純」，四部備要本《文集》誤作「姚」。
〔二〕「奇」下原衍一「握」字，據四部備要本《文集》删。

省費，且耕且戰，得地之宜，爲地陣；舉三軍士如子弟從父兄，得人之宜，爲人陣〔一〕。我嘗深思而默味之，真兵家不易之論也。」

世祖章皇帝既入關定鼎，改遼東爲奉天，世家子弟率隨遷徙。公年踰弱冠，長身善射，上馬顧盼，飈馳電掣，見者目爲神人。會有南征之役，於八旗下簡拔技勇之材，公首膺斯選，初授拖沙喇哈番，隨征湖廣。其地南阨滇黔，西控巴蜀，洞庭、青草、五溪、三湘之交，淼茫無際。限以崇岡深箐，苗蠻之所窟穴，奸宄之所逋逃，而毛魯山賊，尤爲驍黠。公躬擐甲胄，深入其阻，手擒渠惡，而三楚積寇以平。時順治十五年也。

明年己亥，海寇内訌，破京口，犯江寧，勢且張甚。有旨，移荆湘上游之師，往爲聲援。公誓衆登舟，順流東下，疾於風雨，不十日抵城下，賊望風披靡。我師乘之，俘馘無算，餘黨遠颺，而江寧之圍以解。於時京口初宿禁兵，以公英邁，著有成效，因留駐防。不踰年，陞參領。

今上即位，用人由舊。江海之濱，鯨波不作；三山抱障，屹若金湯。公久鎮之力居多

〔一〕「人陣」，原作「人戰」，據四部備要本《文集》改。

焉。康熙甲寅，逆藩變亂。京口當南北要衝，將軍王之鼎稔公忠誠有素，且深得軍民心，即題補鎮江城守副將。涖事之後，清釐虛冒，整飭隊伍，軍紀爲之肅然。已而調守崇明，邑治如孤島，界連閩浙，海禁初弛，雲帆〔一〕浪楫，一瞬千里，出没無常。公斥烽堠，修戰艦，勤撫綏以盡士力，嚴約束以備不虞。訖公之去，盜賊無敢窺三沙境上者。累功加都督僉事，誥授榮禄大夫。

天子念公久勞於外，特召入京。適廣州駐防參領需人，復以原銜出鎮。抵粵後，治行一如江南。羊城之衢，官兵與民居衡宇相錯，歲時往來，洽比如姻婭。久之，遂成風俗。微公與前後軍帥維持調護，不至此。公既久客炎方，每懷京師風土之樂，年未及懸車，輒力求謝事。蓋家居又歷年所。癸未六月二十一日，以壽終於邸第，得壽七十有三。配苟氏，三韓世族、前指揮諱美公女，誥封一品夫人，婦道母道，冠於戚黨，先十年卒。以某年月日，合葬玉田縣東三十里亮水橋。子男四人：長潢，即中丞公也。次洵，貢生，歷仕雲南府知府。皆苟夫人出。次瀚，次渼，皆國學生，側室某氏出。孫男二人：映槐，國學生，候選同知，潢出。映梅，國學生，洵出。孫女七人，潢出者二，洵出者五。

〔一〕「雲帆」，原作「雲飄」，據四部備要本《文集》改。

余惟遼陽爲國家龍興之地，人才輩出，類以勳猷表見，克自樹立，爲時名臣。公雖爵未列五等，而身受兩朝之知遇，前後垂五十年。始而宣力戎行，有折衝禦侮之略；繼乃坐鎮雅俗，有輕裘緩帶之風。洎乎晚節，世際承平，薄海内外，兵氣銷而祥風洽，乃得歸老林泉，優游以終老。及見其子聯翩濟美，紹振家聲，迹其所成就，視伯與季，果孰多乎哉？他若褆躬訓子，孝於親，友於兄弟，謹篤於故舊，恩逮於僕僮，《狀》之所載，𢡟不勝書。書其濟時〔一〕用世、進退行藏之節大者，所以合於史法也。

南書房史官查慎行纂〔二〕。

誥授奉政大夫四川按察司僉事提調學政曾公墓誌銘并序

公諱王孫，字道扶，姓曾氏，系出於孫。世居嘉興縣之永豐都。祖，温州府學訓導，諱謀樞，娶於朱，生子一，諱耒，字子莘，即公本生父也。繼室王氏，生子一，叔夜。子莘公生數月而母朱歿，稍長，罹後母之虐，幾不自全。出贅於曾，乃獲免。遂依外父君山公以居。

〔一〕「時」，四部備要本《文集》作「世」。

〔二〕「南書房史官查慎行纂」九字，四部備要本《文集》闕。

生三子，公其長也。君山公老而無嗣，偕其夫人王氏撫女之子如己子，恩勤備至。子莘公懷抱怨慕，鬱鬱早世。易簀時，感婦翁之恩，無以報，呼長子囑曰：「余不幸，生遘家難，賴曾氏存活。今得有爾兄弟，皆爾外祖父母血脉之所延也。外祖無子，爾其永爲曾氏後，他日敬告爾祖，謂爾父垂死之言。」時，公甫九歲，涕泣而受治命。遂奉外祖君山公爲考，外祖母王氏爲妣，而以曾爲姓。其歿也，爲服三年喪。後用公貴，君山公累贈奉政大夫、户部山西司員外郎，王太君累贈宜人。公雖出爲曾後，而不忍薄於所親。本生祖父母之墓，獨力經營，義不旁委。而以本生父祔焉。奉本生母曾太君，克盡子職，仕則迎養官舍。病且亟，公長跽以請曰：「脱不幸，將如何？」曾太君正色張目視曰：「汝父臨終命汝者何？吾父吾母竭心力撫汝者何？而乃尚爲此言？」公拊膺號慟曰：「如是，則長負所生矣。」太君曰：「夫何負？汝爲吾父吾母之後，是吾父吾母無子而有子，不愈於爲吾子乎？且使吾得告無罪於地下幸矣，夫何負？」語訖而瞑。公乃改降服而心喪，終三年。其後爲請於朝，奉旨旌表節孝。公之内行純備，根於天性然也。

公以順治甲午舉於鄉，戊戌成進士，初授漢中府司理，改補江西都昌令。報最，擢户部廣東司主事。尋，分司通州，監督中南倉。報滿，還原任。時孝莊文皇后梓宫葬遵化，職押夫役。事竣，例加一級，賜内貯表裏二。未幾，司権龍江關，陞本部山西司員外郎，進刑部郎中，出爲四川按察司僉事，提調學政。任滿家居候補。踰二年而卒。

其初任漢中也，首革盤茶陋規，歲數千金。免小商違限之罰。嚴治中茶之奸，而茶政以飭。司理之職，特重刑名。公宅心寬恕，惟以平反爲主。有王進友者，以馬賊擬梟，公謂搶奪與强劫迥異，遂減梟斬爲髡鉗。王之元一家被殺，其姪仁舉、起運、興運赴官鳴冤，反受羅織。擬磔仁舉，而斬起運、興運。獄已具矣，初無證據，公謂若是則死者之冤未雪，復令生者含冤。請寬仁舉等重刑，懸應得之罪，以待真犯，庶生者之冤雪，然後可以雪死者之冤。謂李國讓等傷供不符，擬絞非法。謂王大昌因姦致死之事，可疑者三；謀殺造意之罪，可疑者五，而大辟得減等。他所縱舍，難以縷舉。漢屬賦多不均，而沔尤甚。公爲酌定丁隨糧行之法，積困頓甦。會勦山西之役，公餽餫〔一〕有方，民力不痺而軍食充濟。連雲棧道險，歲久且壞，當事委公督理，凡修險塪五千二百丈，險石路二萬三千餘丈，土路不與焉。修偏橋一百八十，去偏橋而壘石以補者二十五，自江面至岸，高三丈。修水渠一百四十五道，煅石三十二處，去大石之礙路者二百八十九壘，補木石欄千九百三十八丈有奇。易閣王塪爲觀音塪。合工六萬九千八百，計口授庸，不三月告竣。公之實心任事，務

〔一〕「餫」，原闕，據四部備要本《文集》補。

爲久遠之計，大率類此。在漢中六年，賢聲懋著，會中丞與制府相齟齬，公欲調劑之，不得，因而被劾。無幾微不平之意，欣然奉曾太君以歸。

其再任都昌也，縣治倚山瀕湖，地瘠而俗獷，素號難治。再經寇亂，城市爲墟。公廣爲招徠，流亡漸歸。則分建營房，以居防兵，民得安業。境故多盜，柳國和者，盜之魁也，從逆稽誅，竊踞山砦，時時出劫旁近州縣。浮梁獲其黨，移文窮捕。國和坐山顛，援弓下擬，大言以詬捕官。擲一函俾歸報，用僞提督印封之。公覽而笑曰：「是何能爲？然急之且生變。」則佯置不問，若非所急也。而陰爲部署，寬脅從而購首惡，其黨稍稍散去。國和勢孤計蹙，乃自投繫獄，仍規就解時中途逸去。公坐堂皇，集其族數十人，呼國和使前，擲捕官歸報之函，詰之曰：「此非若所爲耶？僞提督印何來？效死沙場何語？是不特爲盜，且叛矣。」顧其族衆曰：「我今日爲爾釋赤族禍。」立杖殺之。鄱陽有三山、四山，屹立波濤中，爲湖盜出没之藪。他盜志在取財，湖中盜則必殺人，謂不殺人則有失主，臟物敗。而李再豪者，所殺尤多。公詗得，以計掩之。一訊即服，并誅殘黨數輩，而湖境肅清。邑西南與新建接壤，新之民資湖洲之草以糞田，洲歲有課。而都民之樵采者，往往千百其群，越境争取，雖有按鐮交采之舊斷，勢不能遵。新民居近省會，便於訟。其豪又利訟，訟乃可以徵費於業洲之户。新民既失洲利，復滋訟費，甚病之。而都民之解省對簿者，動輒填屍犴狴。搆訟且二百年，瘐死亦數十百人矣。而争者訖不已。公籌度再三，曰：「得之矣！欲息争計，惟以銀易米，官爲徵解耳。」於是移會新建令，酌定草價，歲額百五十金，都民於小滿前輸本縣官，爲牒解新建，轉給業洲之民。草則聽都民採，毋禁。例既定，兩邑數百年之争以息。甲子，裁兵爲亂，連陷安義、建昌，鄰封震動。時方有秋闈分校之聘，公力辭，而專事保障。方訓練鄉勇，以備不虞。會賊禽，乃罷。歷九年，舉卓異去。父老匍匐攀留，或挐舟追送百里外。既去，復爲構堂祀名宦，群情之愛戴若此。

其司榷龍江也，兼理西新關税務。關有照票，新票使受事，前任之印票即不行，商旅常竭一日之力，奔走出入，稍不及，則退而復納。又商之自外至者，税既上，或不以時售，恒居貨城外以待價。欲貿遷他所，例更納出江税。公至，胥爲寬免，其他利無不行，弊無不革。江督傅清端公深嘆異之，曰：「吾閲人多矣，未見有刻意惠人如曾君者。」及代者至，傳復告曰：「但事事以曾君爲法，無詖政矣。」清端生平岸崖自高，少可多否，於公獨推重焉。

其視四川學政也，當兵燹之後，士多窮乏。公加意存恤，鼓勵而振起之。先是，蜀士斥復之柄，操自有司，不待學校除名，笞撲與齊民等。公知其弊，先戒諸生毋抗守令，而特飭守令之違例辱士者，必詳參論如法。有司之遇士有禮，自此始。蜀多崇山峻嶺，按部所歷，崎嶇芿莽，與豹虎競涂。士之應試者，裹糧徒步，遠者千餘里，近亦數十百里。或縛竹爲簰筏，下上岭岈石齒間，倉卒失足，呼吸莫拯。公惻然憫之，於原定六□之外，從來星軺所未到者，不憚親臨，俾士子免跋涉之苦。又修舉廢墜，嚴鄉賢名宦之祀，旌苦節以勵風化，尊耆碩以示儀刑，人始知有讀書爲善之樂。三載考績，學使者例自署牘上，督撫核題，公自署曰：「平常。」中丞于進公語曰：「君治行而平常，誰則公明尤著者？」將以稱職報，公謝曰：「荷上臺厚意，顧某老矣，方欲引年。且實有歉然於中者，自叨科第，受國恩四十年，思起西南文教比鄒魯，而今不能，其敢濫膺奬薦？」乃如所署上，部覆以原銜候補。蓋公生平莅官飭政之大略如此。

國家官制，外吏任專而權不分，故居其職者，得自行其志。至京朝官，則自大學士、九卿而下，每一職必二人共理，部郎於其間抱案牘，署紙尾，旅進旅退，雖有奇才偉略，無所設施。故公之政事文學，亦著於外而略於内云。

居恒研究，務爲明體達用之學。所作詩古文辭，及制舉業，發抒性靈，不屑掇拾牙後語。嘗言：「文無定體，惟變化斯無窮，運用之妙，存乎心耳。」性嚴毅，不苟殉流俗，而遇事有幾先之哲。妖人朱方旦以左道惑衆，舉國若狂。大吏迎至江右，稱受業弟子，望塵而拜，屬員奔赴恐後。公獨拒不往，且下教曰：「苟入吾境，必逐之。」未幾而敗。吴三桂初叛，人情洶洶。公獨曰：「自古奸雄逆僭，平時必邀結人心，而三桂所至殘暴。余昔治漢中，適其移鎮滇南時。漢中民怨之入骨髓，他可知矣。狂悖反覆，祗自速禍耳。」果如所料。

歷官七政，一以義命自安，耻事躁競。與人交，事賢而友仁，不以顯晦存亡易節。於關中，則親三李。於江右，則敬禮湯惕庵，聘主白鹿講席。於蜀，則式高士呂潛、李開先、龔懋德之廬，拔射洪楊忠節之孫於飢寒，而貢諸國學。達州唐敬一，前任西安丞，與公厚，後唐被誣，公致書所知，白其枉。既歿，而卹其家。及行部至州，則醊其墓，躋而祀諸鄉焉。他若營同學沈墨庵之葬，拯故人周雷之急，歸故高令凌天保之喪，俱施德於不報，尤人所難。一生專事酬恩，未常稽怨，常曰：「古人理喻情遣之論，意非不佳，然猶多存此四字於胸中，將理非可喻、情非可遣者，遂當與之校乎？」撫本宗兩弟魯、會，情義交摯。當〔一〕本生祖司訓公歿，析遺產，公方爲貧諸生，悉推以與之。教養婚嫁，下逮其子女。念本宗繼起乏人，爲姪匡世援例入成均，更其名必大，以寓屬望之意。公既後曾氏，應得卹典不逮所生，每念子莘公孝行當表，顧事已易代，難於陳請。令都昌時，遇覃恩，乞以身及

〔一〕「當」，作「摯」，據四部備要本《文集》改。

妻應得封典，移贈本生父母。部議兩姓無貤贈之例，格不行。迨康熙三十八年，有總兵王化行者，疏請復殷姓，且言受王氏恩，乞無奪其所贈官，而移本身及妻誥命，貤贈父母。奉旨允行。公時候補家居，聞之躍然喜曰：「吾今得例矣，雖復姓與出繼微有不同，但聖天子以孝治天下，倘得遂烏鳥之私，死且瞑目矣。」將以是秋赴闕陳情，而病遽不起。公生平未展之願，抱痛於九幽者，此而已。

或問余曰：「矍相之射，與爲人後者不入，何義歟？」余謂聖人之意，蓋惡夫與者耳。解之者曰：「與猶奇也。」後人者，一人而已，既有爲者，而往奇之，是貪財也。公之爲後於曾，夫豈貪其財歟？豈既有一人而往奇之者歟？蓋外父母無後，族既無應繼之人，壻又無後外父母之理，而命其子承之，則固其所自出也。以所自出者，而爲所出者之後，詎非人情？且既爲之後，而於本生降服矣，則貤贈之典，自當權其所重，《記》有之，變於禮者之禮也，其斯之謂歟？

抑余又嘗讀元黄文獻公溍所作《外舅王公墓記》，曾祖妣宗氏，忠簡公澤四世諸孫女，累贈令人，考諱沂，文林郎，不禄。公本宗氏子，令人之從孫也，遵母命俾爲文林後〔一〕。其

〔一〕「後」字，四部備要本《文集》闕。

後葬文林，而旁置冢舍，名之曰「繼庵」，示子孫使勿替其承云。此事於今髣髴相似。文獻公，有元一代名儒也，於王弗諱其所自出，因竊取此義，以表公之志，雖不必合於古書法，覽者庶無誚焉。

公所著，有《清風堂集》六卷，《書牘》六卷，《漢中録》三卷，《都昌録》五卷，《四川録》二卷，《雜記》一卷。生明天啟甲子二月廿五日，卒康熙三十八年己卯七月廿六日，春秋七十有六。屢遇覃恩，初階文林郎，進承德郎，誥授奉政大夫。配沈氏，累贈宜人，先十年卒。子男一，安世，歲貢生，任浦江學訓導，側室魏氏出，賢而有文，所著詩古文及舉子業，皆有家法，娶吴氏，禮科給事中準庵公女。女三：一適太學生褚蔚章；一適鎮海學訓導蔣名世，沈宜人出；一適諸生錢某，魏孺人出。孫男八人，都、郊、祁、郃俱諸生，邠、郁、郇、某尚幼。郊，嫡冢也，才而夭。以庶弟郇爲後，更名嗣況。孫女五。曾孫男三，曾孫女五。

先是，公擇地於秀水縣崑字圩，以己卯正月合葬贈公及王太宜人，而以原配沈宜人祔其穆，曰：「吾歿後，亦葬此，庶幾魂魄長依先人。」窀甫畢，而公以疾終。形家言兆非吉。安世乃更卜域，於是冬十一月八日壬申，奉公柩葬於嘉興縣里仁九都之辰字圩，遷沈宜人祔焉。而以前二日庚午，并遷贈公、王太宜人之柩於新阡之東。兩塋相望，承公志也。安世乞銘於余，余方引疾歸田，筆墨荒廢，敬謝不敏。安世請益堅，庸不敢辭，據行狀論次如右。爰系以銘，銘曰：

始從治命兮，卒妥先靈。魂魄往來兮，順事没寧。爲後於人兮，無忘所生。以爲不信兮，視其姓名。

皇清誥封一品太夫人于母張太君墓誌

太夫人張氏，太子太保、兩江總督、謚清端北溟于公冢婦，曲沃學博、贈光禄大夫右之公原配，大中丞、江蘇巡撫子繩公母也。世爲永寧州人，父，文學有培公，爲州名宿。太君幼嫻禮教，及笄而歸光禄。清端公起家羅城令，縣當瑶箐，單騎赴任，時祖母李太夫人、母王太夫人俱在養。光禄家居，以孫而供子職。太君相之，敦牟巵匜，奉事惟謹。清端藉是無内顧憂，得以殫力封疆，砥礪廉節。迨薨於兩江制府之任，太君相光禄，支持喪紀，宗黨内外，咸以孝稱。及光禄司訓曲沃〔一〕，太君隨之署，俸入不給，往往脱簪珥佐之。時中丞已由門蔭特授臨清州守，光禄解組，偕太君就養焉。每晨夕出聽訟，太君輒坐屏後，聞鞭

〔一〕「司訓曲沃」，原作「司典訓沃」，據四部備要本《文集》改。

杖聲，則慘動顔色，屢以哀矜勿喜爲戒。中丞益自奮勵，爲時名臣。蓋自州牧，歷監司，秉臬浙江〔一〕，總藩全蜀，以至開府江蘇，極禄仕之入，爲娱親之奉，太君享此者二十餘年。中丞依依膝下如孩穉時，太君亦不以令子官高，少弛提撕儆誡之義。天子聞而嘉之。丙戌春，車駕南巡，特賜「壽帷恩永」御書匾額，可謂榮矣。康熙五十年十一月十四日，以疾卒於永寧里第，享年七十有四。子一人，即中丞也。女四，壻某某，孫男一，孫女二。某年月日，將合葬光禄公之墓，中丞書來乞銘。昔歐陽文忠志蔡端明母墓，謂洪範五福，離之雖爲五，必合而不闕其一，然後爲福之備。今太君以孝事重闈，爲賢婦；以柔順事夫，爲令妻；以官方勖子，爲壽母。蓋厚其德者，斯享其報，其於五福，洵無一之或闕矣。於是乎可銘。銘曰：

于公之門，流澤孔長。裕後承先，母道克襄。施於有政，爲邦家光。德隆以壽，歸安其藏。我作銘詞，仍世永昌。

太學生候贈承德郎御六徐公墓表

自唐以來，士大夫家多言族望。顧有一家之望焉，有一鄉一國之望焉，有天下之望

〔一〕「浙江」，原作「浙以」，據四部備要本《文集》改。

焉。其出而仕者，著勛猷於當代，蔚爲社稷名臣；其處者，亦能敦天顯而篤友恭，無失爲淑躬砥行之士，實之既至，群望於是乎歸。蓋族以望重，而望族又以人重也。以余所見，鄉之長老推海鹽望〔一〕族，必曰徐氏。於徐族之望，言忠節者，必稱肩虞公；言孝友者，必稱御六公云。

公諱乾貞，字長善，御六其别號也。徐氏自宋靖康末觀文殿大學士諱某，扈從南渡，始居臨安，再遷金華下管。其後，有諱某者，仕爲嘉禾令。子孫遂占籍海鹽，世有潛德，至明而大顯。公之曾祖考定溪公諱濎，祖考星魯公諱應奎，兩世皆用肩虞公貴，贈資善大夫、兵部尚書，星魯公生四子：長光治，任光禄寺丞，贈奉直大夫、大理寺正；次從治，萬曆丁未進士，巡撫山東，殉難萊州，卹贈兵部尚書，賜祠額曰「忠烈」，世所稱肩虞先生也；次元治，仕和州同知；次昌治，崇禎癸酉科舉人，以子貴，贈承德郎、岳州府通判。承德郎，公之考也，子五人，公序居長，次拱樞、升貞、蒙貞、頤〔二〕貞。升貞由岳州府通判，歷仕户部陝西司正郎。餘皆文學，不仕。母許氏，繼母屠氏，俱贈安人。

〔一〕「望」字，四部備要本《文集》闕。
〔二〕「頤」，原作「順」，據下文及四部備要本《文集》改。

自肩虞公殉節封疆，其子姓群從，往往激揚風義，磊砢而英多。公於其間，獨以性行肫純，爲戚黨所推服。年十五，母許安人歿，擗踊哀毁如成人。承德公有疾，奉侍湯藥，衣不解帶者累月。晨夕籲天，乞以身代。承德病良已，迨年近期頤，承顔膝下，極養志之樂。季弟頤貞病且篤，承德命以公次子爲其後。先是，弟有妾生子，寄乳外舍，人罕知者，公已陰詗得之。至是，義形於色，曰：「吾弟自有子在某處，吾忍令吾之子利其所有，而斬弟脉乎？」因請於承德公，告諸家廟，似續之議乃定。公以孝弟著聞非一日矣，遠近尤高此舉。嗟嗟！世之人，乃有幸昆弟之無後，陰利其資産者。一門以内，紾臂攘敚，釁起鬩牆，應繼者既有人矣，復有與爲人後，託名曰愛繼，寸椽尺〔一〕地，必縷析而瓜分之。又其甚者，匍匐公庭，少長搆訟，不至兩敗俱傷不止，所獲無幾，而所損者實多。聞先生之風，亦可以知媿矣！

平生又篤於交誼。桑海之初，忠烈門人某某，避難至鹽邑，舊交咸揵户不納。公假館授餐，視疇昔有加，闔門百口，資給經年，訖事定乃去。其他賙卹窮乏，緩急患難，不以在亡爲辭，大率類此。

〔一〕「尺」，四部備要本《文集》作「寸」。

壯年亦嘗有志功名之會，發憤下帷。既而屢躓場屋，乃援例入國學，絶意進取，惟督課子孫，惓惓以勿墜門風爲訓。

康熙戊申七月某日，以疾終，享年□十有□。待贈承德郎。公凡三娶，皆待贈安人。原配朱氏，父曰循默先生，幼育於絳州守葵愚公，及笄而歸徐。旋遭喪亂，大江以南，盜賊充斥。公居常怏怏，謂朱曰：「丈夫際此仳離，恒惴惴，恐不免，況女子乎？」安人曰：「妾籌之熟矣。設有不虞，拚一死耳，必不貽家門羞。」未幾，而澉浦之難作。城中人情洶洶，公挈家避兵豐山。寇至，公適他出，安人被執，曰：「我徐秀才妻，義不受辱。」兵問徐秀才何在，偪迫再四，終不肯言。勢漸亟，安人度不免，罵不絶口，遂遇害。二婢商氏、顧氏俱從死。時順治乙酉八月二十三日也。是夕，大雨達旦，黎明，公始歸，於積屍中求得之。比含殮，顏色面如生，權厝於先壠之側。丙戌，繼娶宋氏，甫一年而歿。戊子，再娶許氏，賢能冠九族，撫前産子女如己出。綜理家政，巨細有條。公歿後，長齋奉佛，又三十年卒。子二人：長儲元，朱安人出，順治辛卯拔貢，某官。次賡元，宋安人出，例監生，候選州同知。女□人，適某某。孫男□人。儲元出者某某，賡元出者某某。孫女□人。二子奉公及三安人柩，合葬於大步山祖塋之側，既有年矣。康熙戊子春，公之仲子賡元謁選至京師，與余同寓城南道院。嘗爲余言：「先君子之孝友，朱安人之節烈，未獲遠揚萬一。不孝幼而失恃，甫生數月，而母宋安人卒。所以乳哺鞠育，得至今日者，後母許安人力也。今皆棄養，遠者六七十年，近者亦十餘年，雖薄營窀穸，而幽珉缺如。每一念及，無地自處。今屬筆於君，用表先墓，幸有以惠賜之。」余時方出入禁闥，碌碌未暇爲也。及癸巳秋，病假歸家，相見復申前請，至於再，至於三。因念余與仲子交好，垂四十年，近復託葭莩之末，仲子之女爲余次兒婦，於公家内外懿媺知之稔矣。按之於古，皆合銘法。謹據賡元所撰行狀，而撮其大端。系曰：

秦柱之東，大海之濱。山川盤礴，蔚爲名人。惟忠與孝，式範人倫，冰霜之操，爰及閨門。巍巍族望，世所見聞。我作銘詞，信以表墳，後有過者，尚徵斯文。

待贈奉政大夫允思李君墓誌銘并序

國家設科以取士，士生其間，雖簪裾之族，名卿才大夫之子若孫，擩染庭誥，耳聞目見，謂不由此塗進者，則爲旁岐、爲捷徑，一切唾棄勿屑。往往刻苦爲文，争自切劘，與後門寒畯較勝負於毫釐。天亦遂賦之以才以昌，仍世胚胎之業。然或有才，而艱於遇，且奪之年，則又疑修短榮悴之故，造物者有時不能自主。此余於吉水允思李君所爲拊膺太息者也！

君諱景灡，號怡園，允思其字也。世爲江西吉水著姓。曾祖尚德，誥贈光禄大夫、户部尚書。曾祖妣某氏，誥贈一品夫人。祖元鼎，明天啟壬戌科進士，歷官兵部侍郎，累贈户部尚書。祖妣朱氏，諱中楣，誥封恭人，累贈一品夫人，世所稱遠山夫人也。與司馬公閨門唱和，有《白石山房》諸集傳世。父振裕，康熙庚戌科進士，歷任户、禮、工三部尚書，仕終大宗伯。母劉氏，累封一品夫人。宗伯公之子七人，惟君爲劉太夫人所出，序又居長，生而頭角嶄然，天姿秀拔，戚黨尤愛重之。年未弱冠，博通經史，兼工舉業。入成均，爲博士弟子試，輒空其曹，雖老生宿儒，自遜弗如也。再從鄉試，有聲場屋。時宗伯公以詞垣重望，特簡督學江南，君隨任官下，獲親良師友，益奮發於文章。宗伯公按節諸郡，必挈君以行，間令檢閲士子試卷，第其甲乙，輒當公意。君亦不憚勞瘁，諓官燭以繼晷，目不暇給，手不停批。坐是致疾以卒。時康熙□年某月某日也。君歿後二十年，同産諸弟，聯翩雀起，舉孝廉者二，成進士者一，仕於朝且通顯矣。君之孤子，亦以壬午舉於鄉。一門科第，後先相望，而君獨有才無命，竟以青衿殞矣！嗚呼！不亦可哀也歟！

君生於康熙□□年□月□日，享年僅有二十有□。以子貴，待贈奉政大夫。配鄒氏，原任翰林院檢討諱度珙公長女，待贈宜人，稱未亡人者二十餘年，以婦道而供子職，訓藐孤使有成，未逭禄養而卒。子一人，暄，康熙壬午科舉人，候補部主事。《傳》有之：「績學之報，不於其身，必於其後。」天之所以厚君者，或在此乎？暄，余女夫也。甲午八月某日，將奉君之柩，與鄒宜人祔葬於吉水縣石瀨鄉飛鳳原先塋之側，先期以書來告，曰：「不孝生而孤露，先君棄養，餘二十年矣。今又居母喪，行將釋經。惟是先君之器識文藝，早見推於士林，不幸賫志下泉，百未展一。暄無所似肖〔一〕，不能表揚潛德，負爨蒙累，不復比數於人。幸丈人一言，旌紀以光幽壤，敢百拜以請。」愼竊自惟不腆之文，無足爲君重，固宜以拙陋辭。所以不敢終辭者，念余爲孝廉時，辱宗伯公古道，降門閥而締婚姻；繼官於朝，昕夕奉教者，且及六載。吾女又獲侍重闈，於君家門風，知之甚悉，每以不得識君爲恨事。故徇令子之請，勉爲序次如此。銘曰：

君之生兮，瓊枝襲芳。君之歿兮，寶劍銷光。謂天難問兮，仰視茫茫。生前之憾兮，身後其昌。佳城兮孔藏，鳳飛兮翺翔。日吉兮時良，魂歸兮故鄉。松楸鬱鬱兮，石瀨洋洋。我卜世澤兮，山高水長。

〔一〕「似」，四部備要本《文集》作「依」。

皇清誥授資政大夫總督雲南貴州兩省軍務兼理糧餉兵部左侍郎兼都察院左副都御史加五級謚恪勤郭公神道碑銘并序

康熙五十五年五月初六日，資政大夫、總督雲南貴州兩省軍務兼理糧餉、兵部左侍郎兼都察院左副都御史〔一〕、加五級郭公以疾薨於滇南公署。事聞，天子深加悼惜，有旨欽賜祭葬，復允禮官易名之請，予謚「恪勤」。輀車北還，將卜葬於某縣某原，窀穸有日矣。先期，公子費晟介予族孫元昌，自京師以書致善狀〔二〕，請銘公隧道之碣。余自歸田以來，筆墨久廢，欲謝不敏。猶憶乙酉之歲，追陪豹尾後，識公於馬上。公時方貳太僕，既而晋冏卿，不數月，擢副憲，出撫雲南。余旋以老病乞休，忽忽十餘年，如昨日事。而公以勞瘁卒官，不可復作矣。京師距吾鄉三千餘里，束芻之醊訖不得自將，今孝子不朽其親之託，不於在位之大人先生，而遠以見屬，此意其可虛辱乎？爰詮次公之族出歷官而序之，曰：

〔一〕題中及此處「左侍郎」、「左副都御史」，四部備要本《文集》作「右侍郎」、「右副都御史」。

〔二〕「善狀」，四部備要本《文集》作「詞」。

公諱瑮，字子燦，滿洲人。先世遠有代緒，見於國史。樸也公，諱納爾賽，從世祖入關有功授世職者，公之祖也。静齋公，諱納可達，官護軍參領，隨征逆藩，於岳州、長沙，屢立戰功，以病卒於軍中者，公之考也。兩世皆以公貴，誥贈資政大夫。祖妣納拉氏，妣括爾嘉氏，俱贈夫人。參領公生子二，公居長，次法哈，累官陝西駐防副都統。

公生而岐嶷有志局，家世武冑，至公始以文學顯，雅好讀書，顧不屑屑於章句。年十八，選充翰林院筆帖式，翻譯《五經》、《四子書》，精析義藴，院長及詞垣諸公，咸推服焉。尋以内閣中書権蕪湖關税，陞户部主事。浙江踏勘水災，關東有事於賑濟，公以才能，連被遴遣。軺車所指，兼程剋期，克殫厥職，積資擢禮部員外郎。時皇上親征厄魯特，輓運軍糈，分中西兩路，公隨督運大臣卒保等出西路，寒暑晝夜，不辭沉瘁，首先飛輓，士馬飽騰。以功進太僕少卿。乙酉秋，車駕巡邊，由興安嶺入張家口，閲視慶豐司群牧。公時扈蹕，上於馬上問政，公下馬徒步，上命騎以從，隨問隨答，靡不稱旨。由是深加褒賞，駸駸嚮大用矣。其冬回鑾，即遷本寺正卿。

明年三月，陞副都御史。四月奉巡撫雲南之命，尋丁内艱，奉旨慰留，在任守制。滇省在西南七千里外，苗蠻峒箐，與州縣參錯。又經吴逆變叛之餘，群情易動。有妖人李自業者，納結亡命，自稱桂王，僞造印信，將倡衆爲亂。廣南開化、廣西臨安四郡，根株蔓延，訛言日至。公廉得其狀，密遣兵搜捕，殲厥巨魁，而諸方以靖。三江苗民，互相仇殺，侵犯邊界，公檄羅平協將，一舉討平之。復榜示諸苗寨，俾舊染污俗，咸與維新。既又念滇民之困，首在私派也，則嚴行禁革以甦之。念退卒之貧而無告也，則墾廢田以贍之。一切飭吏、整軍、重農、恤士、儲餉、籌邊、備災、悍患諸務，無不次第舉行。天子稔公治狀也，己丑春，循例陛見，賜弓矢、食物外，特賜御書「進善詰奸」匾額，及「九天雨露隨符節，萬里烟嵐奉簡書」對聯，蓋異數也。

會雲貴總督缺員，即命公開制府，兼督兩省。公自以任大責重，益感激奮勵，鞠躬盡瘁，以抒當宁南顧之懷。於是申明紀綱，訓迪將吏，務歸於上下協和，兵民安堵。自此五六年〔一〕來，牂牁、夜郎、三宣、六詔之域，訖以寧謐，胥公鎮静休養之力也。四川與黔省爲鄰，烏蒙土司禄鼎乾構釁别部，頑梗不法，川撫上其事，上遣大臣至黔，命公會同川貴巡撫、提督，酌議勦撫事宜。公馳至畢節，遣一介持檄往，曉以大義。鼎乾素聞公威名，則立率所部頭目，匍匐聽命。公面諭以「朝廷威德，無遠弗届，爾等共托生成，胡乃相蹂躪，不受有司約束，致煩天使臨邊」。又諭以「皇上憐憫遠彝，不忍即加誅戮」之意。鼎乾等稽顙

〔一〕「五六年」，原作「五十六年」，據四部備要本《文集》改。

乞哀，咸願解仇釋憾。公察其誠，爲奏請，從寬貸死。凡公身任封疆，從容以遏亂，略多此類也。邊圉要地文吏，經公薦達者，率皆循良；其被斥者，亦俯服無怨。武弁自偏裨以下，或調或陞，例應選擇具奏。他人或以爲市恩，或因以爲利，公試其技勇，量其幹局，必人地相宜，而後登諸薦剡。逮〔一〕引見時，上親加考閲，無一變易更置者。前後在滇十年，與文武同僚和衷式好，下遇屬吏，亦無疾言遽色。

性不殖生産，或有以子孫衆多，宜稍爲之計者。公正色曰：「吾受主恩最深，肯爲若輩易素履乎？且吾之子若孫，皆國家所豢養者，苟繼吾志，何患不能自立耶？如其不肖，雖遺以籯金，奚益？」蓋公之家教如此。故其諸子諸孫，多禀承庭誥，檢身砥行，不媿清白云。

公舊有胃疾，炙以艾而愈。已而復發，遂不起。方公伏枕時，兩省紳士軍民，咸號呼籲天，願捐己筭以益公壽。其薨也，遠近男女，奔走哭輳門者，日以千萬計。嗚呼！此豈易得者哉？自公云亡，西南徼外，屬有軍事，接任此席者，以託故引疾獲譴去，天下於是

〔一〕「逮」字，原闕，據四部備要本《文集》補。

益多公任事之勤劬初終一節，有古大臣風焉〔一〕。伏讀諭祭文曰：「方謂股肱攸寄，何圖年力早衰。」賜謚文曰：「生前既著其勞勩，身後爰被以恩施。」煌煌天語，所以風勵有位者深矣！

公生於順治乙未四月二十一日未時，薨於康熙丙申五月初六日亥時，享年六十有二。元配覺羅氏，誥贈夫人。繼配納拉氏，誥封夫人。子男十一人：長，傅爾敦，護衛兼護軍參領，娶某女；次，費昌，内務府慎刑司員外郎，娶某女；次，常禄，禮部主事，娶某女；次，郭多宏，御前侍衛，娶某女；次，惟，候補主事，娶某女；次，僧保，候補筆帖式，娶盧氏，雲南布政司詢女；次，費晟，監生，娶汪氏，佐領諱額爾倫女；次，圖宏，娶覺羅氏某女。並納拉夫人出。次，雲圖，側室趙氏出；次雲布、雲泰，納拉夫人出，俱幼，未聘。女四人：一適某氏子，覺羅夫人出。納拉夫人出者二，側室張氏出者一，俱幼，未字。孫男十二人：傅爾敦出者六，費昌出者二，常禄出者一，郭多宏出者二，僧保出者一。伊爾敦，戊戌進士，官翰林院庶吉士，娶某女；圖洪，庚子舉人，娶某女；伊爾恭，聘固山額真瓦烏方力女。皆傅爾敦出。餘俱幼，未聘。孫女十二人：傅爾敦出者二，費昌出者

〔一〕「焉」，原闕，據四部備要本《文集》補。

三，常禄出者三，郭多宏出者二，僧保出者一，費晟出者一。一適某子，費昌出。餘俱幼，未字。費晟，即以書來乞銘者。賢而有文，輦下士大夫群稱許之。公後之昌熾，殆未可量也。銘曰：

世運維新，雲龍在宥。聯翩方召，世禄世懋。景鍾勒勳，巨鬯錫卣。踵武以文，繄君子之胄。秉姿端毅，好是正直。爰自文資，試諸右職。皇華載賦，洊膺華秩。譽望攸歸，繄君子之德。迺登憲府，迺秉旌幢。惠此〔一〕南土，王臣匪躬。殁享令名，謚以酬庸。惟勤惟恪，繄君子之功。東海千屯，西京萬石。門容旋馬，居無割宅。友于挺拔，慶餘善積。維賢維象，繄君子之澤。坡陁丈六，瞻彼原田。峨峨佳城，豐碑用鎸。聿徵史氏，銘以永傳。過者下馬，繄君子之阡。

敕授承德郎原任詹事府右春坊右中允兼翰林院編修晚研楊先生墓誌銘并序

嗚呼！經學之不講久矣！自分經取士之法行，士率以帖括爲捷徑。就其所肄習

〔一〕「此」，四部備要本《文集》作「北」。

者，則曰本經，餘皆庋之高閣。父以是教，子以是承，師弟以是相授受，拘守一家之説，出口入耳，不踰四寸之間。取足徇時尚而博決科，一得志於有司，輒詡詡然誇於衆曰：「習某經，出某房。」世亦遂指目之曰：「此以明經得第者也。」明經者，固若是乎哉？

考明初科詔經義，多參用古注疏及諸儒傳説，逮其後，於《易》，則去《程傳》，專主《本義》；於《詩》於《書》，則去《注疏》，專主《朱注》、《蔡傳》；於《春秋》，則去《左氏》、《公羊》、《穀梁》、《張洽傳》，專取胡氏；於《禮記》，則去《注疏》，别取《陳氏章句》。小儒又從而滅裂破碎之，節删注脚，杜撰講章。習舉業者，喜其説之膚淺，而便於剿襲也，往往奉爲矩矱。由是，聖人之微言大義，反湮没於家傳户習中，求其於本經中，捨講章而體認傳注者，千百不得十一，況肯旁及他經乎？即或稍加涉獵，孰能於傳注之外，參考諸家同異，折衷六義指歸乎？自非上下古今，好學深思，不以一時科目爲榮，卓然以儒者自命，鮮有不與齊俱入與汩偕出者。此余於晚研先生云亡，不禁過時而悲也。

先生幼受業於秀水竹垞朱公，長從姚江梨洲黄公游。兩公皆湛深經術，先生遂傳其學焉。先生姓楊氏，名中訥，字尚木，學者稱晚研〔一〕先生。先世自將樂遷居海寧，至司馬

〔一〕「研」，原作「硯」，據前文及四部備要本《文集》改。

公而族望始著。司馬公諱雍建〔一〕，字以齋，順治乙未進士，歷官兵部左侍郎，世德宦業，詳竹垞所撰《墓誌》中。先生，其長子也。生而穎異，讀書數行俱下，過目不忘。自爲諸生，所稱述著作，固已驚前輩而壓曹偶矣。既而貢入國學，舉順天丁巳鄉試。四上南宮，以文中用經語，輒被斥，至辛未始成進士。殿試二甲第一，改翰林院庶吉士，授編修。丙子，充河南鄉試正主考。癸未假歸，適丁司馬公艱。服未闋，奉校刻《全唐詩》之命，開局揚州，已赴，補原官。稍遷詹事府右春坊右中允，出視江南學政。未終歲而去官。家居者六年，奉旨修理密雲城垣，工既竣，以逋帑未歸，逾年得疾，卒於京邸。長子守知匍匐扶柩南歸，卜兆於鳳皇之原，葬有日矣。以嘉定張檢討大受所撰《行狀》來乞銘，余與先生生同邑，長同學，仕於朝，以後進爲同官，老又同歸田里。以余之迂疏無似，惟先生知之獨深，則世之知先生者，固宜莫余若也。雖不文，其敢辭？

竊窺先生，自壯及老，無非讀書之時，自入仕迄歸休，無非讀書之地。故於書，無所不讀，而最深於經。於經，無所不窮，而尤精于《易》、《春秋》。

其於《易》也，謂聖人立象設卦，以前民用。自王輔嗣以理言《易》，乃入於虛無幻眇之

〔一〕「雍建」，原作「雍庭」，據四部備要本《文集》改。

域。故言《易》不言數，非《易》也；言數而不知變，非《易》也。余嘗叩以《卦變圖》及十九卦之義，先生曰：「變卦之説，昉於虞仲翔，至朱子始作圖，以陰陽對待兩卦，一前一後，合爲一圖，六十四卦合爲三十二圖。如重《乾》居首，則重《坤》居末，《姤》居圖首，則《復》居圖末之類是也。以三十二圖反復之，則爲六十四圖。每圖首末各以一卦爲主，如遇前一卦有爻變，則自前而後，共變六十四卦。如遇後一卦有爻變，則自後而前，共變六十四卦。此三十二圖之凡例也。進而推其詳，如本卦只一爻變，自初變上便成六卦；有兩爻變，自初變上共成十五卦；有三爻變，自初變上共成二十卦；有四爻變，自初變上共成十五卦；有五爻變，自初變上共成六卦；若六爻全變，只一卦，連本卦共六十有四也。以前後論，後卦一爻變，與前卦五爻所變之卦同；二爻變，與前卦四爻所變之卦同；三爻變，與前卦三爻所變之卦同；四爻變，與前卦二爻所變之卦同；五爻變，與前卦一爻所變之卦同；若六爻皆變，即是前卦前後交互，所以兩圖合爲一圖也。凡占變例者，自六爻皆不變，至一、二、四、五、六爻全變，固可無待於圖。惟三爻變通二十卦，以前後十卦分『貞』、『悔』，非按圖考索，猝未易辨其前後，須玩六十四圓圖，凡變在前十卦者，初爻皆有變。凡變在後十卦者，初爻皆無變。占值一卦三爻變者，專看初爻之變與不變，初爻或九或六，則變在前十卦。初爻或七或八，則變在後十卦。以此推之，一一不爽。三百八十四爻，無一爻不變，即無一卦不變。其指《訟》、《泰》等十九卦爲卦變者，朱子特因《彖傳》有『上』、『下』、『往』、『來』之文，故舉以見例耳，何嘗謂卦變止於十九卦耶？」

其於《春秋》，尤嗜《左氏傳》。余又曾舉五始之説叩之，先生曰：「《春秋》一書，聖人爲尊王作也，既爲尊王而作，則所以正天地之常經，垂萬世之大法者，豈特謹始一端云爾哉？自王褒固圖緯之説，以黄帝受圖而得五始，謂《春秋》書改元即位，取法於此，何休從而和之。殊不思改元正號，即位謹始，王者事也。諸侯用之，則僭矣。當春秋時，周德雖衰，天命未改，魯安得有元年？魯君不奉王命，安得自即位？聖人於元年之下，即位之上，以王法繩之，故首書云『元年春，王正月』，意蓋託魯以尊周。正以見元者，王之所自出；正朔者，惟王乃得改。而非謂魯之元年足以善始、魯君之即位足以奉元也。左氏與公羊，惟知此義，故以正月爲周正，以加王於正，爲大一統。王褒、何休之徒，不明乎此，遂以元之氣正天之端，以天之端正王之政，以王之政正諸侯之即位。其與聖人筆削之微旨，不幾刺繆哉？」

之二説者，余退而識之，至今罔斁云。

大抵先生之學，蘊蓄包涵，宏深粹密，而如鐘之在懸，隨叩輒應，如泉之有本，遇坎斯盈。《傳》有之：「記誦之學，不足以爲人師，必也其聽語乎！」其先生之謂歟！惜其不自表暴，心所獨得，事若有待，未嘗筆之於書，而今已矣！學者雖欲質疑請業，無從矣。夫余知之先生者，世或不盡知；即余自以爲知先生，而究不足以盡先生之藴。然則世之知先生者，抑又淺矣！早工制義，及詩古文詞，典雅精深，各臻其奥。書楷晋唐〔一〕，於縱横中具有法度。他人分其一節，皆可名家。由先生視之，直餘事焉爾。

先生生於順治己丑五月，殁於康熙己亥八月，享年七十又一。恭遇覃恩，敕授承德郎。配徐氏，敕封安人，先□年卒。子二：長即守知，來速銘者。庚辰科進士，歷任陝西平凉府知府。原聘許氏，予告禮部尚書時庵公女。娶徐氏，提督河南學政僉事桐岡公女。次觀成，太學生，娶陳氏，原任淳安縣教諭、誥封奉政大夫宋齋公女。女三：一適乙酉科舉人吴方大，一適康熙乙未科進士、翰林院庶吉士陳世仁，一適候選縣丞彭載奕。孫男三：守知出者一，師侯；觀成出者二，師倫、師何。孫女三：一適邑庠生陳源生，守知出。餘幼，未字。

噫！先生視余一年以長。余早衰多病，先生精神視履，過余奚啻十倍。憶丙申閏月，先生將北行，余舉酒相屬，期先生蚤賦歸來。蓋慮余溘先朝露，不朽之託，當以相累。

〔一〕「唐」，四部備要本《文集》作「陶」。

嗚呼！豈意余乃銘先生墓乎？又重自悲已。銘曰：

惟古造士，非一區兮。降而科舉，迺權輿兮。被服古訓，疇非儒兮。敷衍爲文，拾唾餘兮。用悦群目，流時譽兮。一往不復，迷厥初兮。孰拯其流，俾歸墟兮。先生與世，豈異趨兮。獨爲其難，闢經畬兮。原原本本，先注疏兮。旁綜百家，並資須兮。唐〔一〕捐俗學，如土苴兮。磨礲奮發，皆道腴兮。欿然自視，實若虚兮。有問斯答，端貫珠兮。傾倒出之，以誠輸兮。《易》精於數，自堯夫兮。《春秋》義例，傳江都兮。既得其精，不著書兮。余悔失學，負居諸兮。老知向方，嘗問途兮。飲醇且飫，解飢劬兮。古之學者，今則亡兮。神明摧傷，形影孤兮。鳳皇之阡，鬱楸梧兮。爰銘貞石，納幽壚兮。誰其表之，燦龜趺兮。過者下馬，斯人徒兮。

亡壻李暘谷墓誌銘

嗚呼！此吾壻李暘谷孝廉之墓。竊嘆吾壻一身所係綦重，有必不可死者三焉：曾祖考少司馬公，祖考大司農公，兩世俱未葬，壻爲冢適，一也；祖母劉太夫人春秋高，與孤

〔一〕「唐」，四部備要本《文集》作「棄」。

孫相倚爲命，二也；螽娶吾女，生一子，不育，偏房某氏，生子名朝英，甫就外傅，以痘殤，冢嗣尚虚，三也。跡其生平，居家之孝弟，御下之惠慈，誼篤於姻親，信孚於朋友。抑且勤學問，礪廉隅，不沾沾一名自足，而以遠大爲期，自今追溯，絕無致夭之由。而乃旬日之間，父子相繼殞歿。天道至此，真不可問矣！

自余歸田後，嘗因訪舊至閩粵，每過南昌，必下榻壻家，流連浹月。己亥夏，白中丞以修江西新《志》，復枉書見招。壻聞之，先期專价勸行。衰暮頽齡，不辭跋涉，亦以壻在故也。至則開書局於會府，與壻居隔巷，晨夕過從，依依同子舍，如是者半年。孰謂永訣之期，竟在此乎？其没也，祖母哭於堂，寡妻弱女哭於室，諸叔諸弟，莫不銜悲而襄事。外而戚黨交游，以詩文致哀挽者且數十百人。旁至鄰里，亦多太息流涕，非實行素孚，何以得此？没後一月，即出厝於原籍吉水縣之谷村。余素衣執紼，送至撫州門外，憑棺大慟。蓋慮自茲以往，遥遥長暮，不知窀穸何期也。

乃余歸未一年，未亡人已爲壻筮宅卜日，命外孫女以書告哀曰：「先父一生品行，著在家庭内外。煢煢母女，無力表章。欲求外祖賜墓誌一篇，但恐老人臨文又增傷悼，奈何？」余覽之，不禁老淚重揮，一再執筆，不忍爲又不忍不爲也。爰遣兒念西行會葬，俾以此文刻石納諸幽。

壻名暄，字紹津，號暘谷。世爲吉安望族，先代宦業，詳前所撰《允思君墓誌》中。允思君，壻考也，不幸蚤世。母鄒氏，順治己亥進士、原任翰林院編修度珙〔一〕公女，携孤兒，依舅姑於官舍。幼惇重，異凡兒，長而聰明穎發，嗜學能文。年十八，中本省鄉試副榜。又三年壬午，舉於鄉，屢上春官，不第，例授部主事，旋丁鄒太君艱，服闋，需次已及，或勸之仕，則以祖母在養，不肯赴選。既又深念自宗伯公以上，兆域未卜，力之所逮，姑自近始，因先營其父母之葬，將推而上之，與諸父次第舉行〔二〕，今且永抱痛於九原矣。生於康熙壬戌三月初一日，卒於庚子正月三十日，年三十有九。辛丑十月某日，葬於吉水縣某村某阡。有詩集四卷，藏於家。配查氏，余女也。子二人，俱殤。嗣子某。女一人，福辰，許字順治壬辰進士、原任江西按察司副使、分守饒南九道先伯勉齋公之曾孫，原任江南碭山知縣先兄恭庵公之孫，原任廣西荔波知縣、吾侄沛恩之子太學生廷樞。余嘗爲允思君志墓矣，今又銘吾壻之墓，且古未有以女乞銘父墓者，嗟嗟！不重可哀也歟！銘曰：

五世之澤，一身之肩。孰承厥後？孰光於前？上有重親，下有病妻。無兒待似，有

〔一〕「度珙」，底本、四部備要本《文集》均空缺兩字，據《待贈奉政大夫允思李君墓誌銘》補。

〔二〕「行」字，四部備要本《文集》闕。

女未笄。先人之藏，魂魄伊邇。誰其銘者，曰外舅氏。

傳南山宗昭慶寺宜潔津師塔銘并序

昔優婆離受如來之命，集毗尼藏。自結集以後，垂範四儀，調御三業，盡刹海無量聖凡總歸一律，可謂嚴矣。流傳東土，法其羯摩，論行相，則有二百五十之殊；究威儀，則有三千八萬之別。唐顯慶中，終南山道宣律師精研律部，從教爲名，天下推爲防非止惡宗。終唐之世，號稱極盛。厥後，禪教興，而律教漸衰。學佛者，謂威儀無關於心性也，則往往廢而不講。宋初，錢塘有允堪律師者，起而復振之，南山之教於焉中興。慶曆中，建戒壇於杭、於蘇、於秀，昭慶寺之有戒壇，自堪師始也。爾來六百餘年，又得一人焉，曰宜潔律師。師諱書玉，宜潔其字，武進唐氏子。父吉王，儒而好佛。母朱氏。師生，抱異質，神光奕然。甫能言，常口誦佛號。稍長，習舉子業，已出應有司試。一旦宿根内萌，辭割親愛，入嘉山寺，禮自謙師，薙染依止。既而走華山，謁見月律師，始圓具爲綱維者有年。夙夜勤劬，精究儀範，博通經典，造詣日深。見公知其爲法器，遂傳夜半之衣。見公殁，繼之者爲定庵律師，與師同居華山，晨夕叩擊，多所資益。癸亥冬，昭慶本山長老及杭城紳士，延定師開壇説法，師與俱來。明年正月期滿，定庵返華山，師徇緇素之請，遂留住昭慶，時康熙二十三年也。

自師主法席，凡四方稟戒求具者，不之華山而之昭慶，曰：「宜公真吾師矣！」師豐頤廣顙，目深口方。每遇戒期，座下圍繞恒數千百人，不論根器利鈍，一繩以律，無少寬假。至告諭之下，則演大乘以覺聽，談因緣以化愚。柔其舌而平其氣，諄諄循循，無疾言，無倦色。故聞其風者，于于然而來；睹其貌者，聳聳然而敬；迨入其門，則依依然久而不忍去也。他寺院開戒，率簡於行事，惟昭慶一遵佛制，必謹必嚴。器鉢之聲，與山水清音相應，自晨達莫，自夏徂冬，整齊端肅如一日。其或行脚諸方，搭衣於盛暑，露頂於嚴寒，往往目無邪睨，步不歧趨，見之者，不問可知爲昭慶戒子也。爲導師非止一方，如京口彼岸寺、佛日浄慧寺，皆嘗延請説法，所至善信向化，一如在昭慶時。

庚辰冬，昭慶經回禄，戒壇亦被灾，師處之怡然。勤持律部，羯摩布薩，檀施踵來，木章竹箇，山積壑委，數年之間，崇壇傑閣，煥焉復新。瞻仰皈依，人天歡喜。向非具龍象之力，其能致此歟！萬乘南巡，屢經兹寺，初賜宫燭名香，再賜御書「般若尊經」，三賜龍藏法寶。皇四子和碩雍親王復頒「波離重來」匾額，叢林傳以爲榮。洵足稱大闡無遮法門，翕受人天供養者矣。

余嘗考釋氏載紀，奉南山教者，如文綱、道岸、道澄、慧欽、元照諸公，法號僅傳，他無聞焉。又考昭慶律寺創於晋天福中，自堪師而下，住持雖代不乏人，至論戒律之精嚴，道行之純粹，以及法緣之廣，遭遇之隆，父老相傳，未有盛於宜師者也。師住昭慶四十年，老而精進不衰，日誦《梵綱》、《四分》，率無間寒暑云。吾邑去杭百里而遥，既熟聞師行業，垂老歸田，喜從方外游。邑西舊有戒壇寺，擬約一二同社，與師共結香火因緣。俄聞師示疾，且隻履西歸矣。辛丑十一月十四日，乃其示寂之期，世壽七十有七歲，僧臘五十有六。講律度衆者，二十有九壇。載在《同戒録》，塔於某所。壬寅十月，其徒某介安國寺僧自誠來乞余銘。銘曰：

三無漏學，闡自世尊。因定生慧，戒爲其根。登堂由階，入室視門。毗尼秘密，直溯道源。奈何末流，久而漸淪。不有大覺，疇續智燈。猗歟宜師，有傳有承。爲法出世，律宗中興。鍾之在懸，何叩不應。泉之有源，靡委弗澂。聿來昭慶，梵綱是弘。巍巍法堂，白椎晨升。衲流駢集，萬屐千簦。攝以威儀，歸一佛乘。觀者屏息，聽者伏膺。祝融不戒，焰烈煙騰。豈伊劫灰，式顯功能。師方宴坐，檀度頻仍。殿嶁復故，壇高彌增。皇有優賚，嘉汝律僧。於再於三，旁加殊稱。爲國祝釐，與人發瞢。人之望師，如千歲冰，如彌天綱，如絡地繩。謂宜高臘，長此棲憑。云胡不憖，遽赴冥徵。湖山鬱鬱，湖波盈盈。助法而施，翼禪而行。永同此律，時靡有争。逝矣如歸，來者如迎。瞻無縫塔，讀有道銘。

垂億萬劫，幽珉媲貞。

翰林院檢討亡甥陳元之墓誌銘并序〔一〕

太史公傳萬石君，稱「其教不肅而成，不嚴而治」，子若孫，自二千石以至丞相封侯，五朝不絕，可謂盛矣。顧其始終盛衰之故，獨惓惓於「孝謹」二字，三致意焉。誠有味乎其言之也！大抵世禄之家，鮮克由禮，始於一念之縱恣，其後必至於忘親。則知孝未有不由乎謹者。謹於言動，則不輕然諾，不苟步趨；謹於處世，則不泛交游，不徇利禄。皆所以成其孝也。以是修身，則爲身教；以是刑家，則爲家法。氏族之蕃衍，子孫之昌熾，其在斯乎？

然世亦有砥行窮鄉，没世而名湮滅弗彰者。幸而生長名家，聲稱在人口矣，往往天奪之年，不克終其孺慕之初志，則又竊疑天道茫昧，而人事之多缺陷。有心世道者，能不爲之顣焉神傷，潸焉出涕矣乎？若吾甥陳元之是已。

君諱世仁，元之其字，大宗伯實齋公之第三子，吾從姊查夫人所出。陳爲吾邑望族，

〔一〕「并序」二字，原闕，據四部備要本《文集》補。

宗伯公禔躬淑世，鬱爲當代名公鉅儒。賢嗣五人，聯翩濟美，皆能稟承庭誥，循循修弟子之職，被服儒雅，儼然萬石家風。吾里之推門第而兼孝友者歸焉。君生而資性謹厚，稍長，嗜學能文。早爲諸生，蹭蹬場屋。康熙戊子，始舉於鄉。又七年，乙未，成進士，授庶常。則其兄蘭侯，弟秉之、行之，已捷南宫，或歷曹郎，出典外郡，先後讀中秘書矣。君以得路稍遲，益自奮勵。於書無所不窺。經史而外，兼精算學，旁通内典。每遇館課，纚纚成章，同輩望而推服。與人交，無翕翕熱。敝衣曳履，一童子相隨，間出徒行以詣客。客或非之，不顧也。其他儉約多類此。

時太夫人春秋高，居家，綜理内外，積勞成疾，兩目忽失明。君聞之，寢食俱廢，而朝廷方嚴京官請假之令，君父兄諸弟，俱仕於外，無一人在籍者。乃以嫡母一子陳情終養，既得請，星馳南歸，時丁酉九月也。至則母夫人目疾如故，乃徧訪名醫於吴越間。聞苕中有閔元一者，能以神針開瞽，親往延之家，醫胗母脉，謂曰：「此非可旦夕奏效也。」先投以拔本澄源之劑，君晝則奉侍湯藥，夜則默禱於天，願減己筭以療母病。如是者久之，然後用針。蓋一年而左目明，又二年而右目明。如金鎞刮膜，掖披雲霧，而睹青天。母子相看，破涕成笑。遠近傳爲異事。非君至孝感通，何以得此？性又深於友愛，仲兄履之孝廉蚤殁，教其長子如所生，又撫其幼子如爲己子。迨宗伯公予告還鄉，君日侍二人側，問寢視膳，不異未第時。在籍三年，例授檢討，人方謂積善之餘慶當未艾，孰意攖疾不起。其歿也，二老人哭之甚哀。宗伯公每語人曰：「兒以母病乞歸，歸愈母病而身死，終養之志，迄不得遂。」嗚呼！是誠可悲也已！

生於康熙丙辰正月二十三日，卒於壬寅二月□日，享年四十有七。原配楊氏，辛未科進士、原任右春坊右中允晚研公之女。繼娶萬氏，癸未科進士、原任翰林院編修授一公之女。子女幾人，某氏出。君歿九月，而宗伯公薨。新天子追念老臣，賜卹有加，哀榮備至，而君已不及見矣。

遺孤皆未成立，惟是太夫人年七十有八，尚在堂。將葬君於龍山花邊堰南盤溪之上，先期，其季弟行之以母命來乞余銘。世系詳宗伯公行略中，兹不具載。獨念其母老子幼，仰事俯育之懷，有未能釋然於身後者。爰叙次其平生，而推本於孝謹，庶幾無愧辭云。

銘曰：嗟嗟吾甥，禄不逮年。慕白華之純潔，爰敝屣乎一官；開母目於既盲，惟積誠而格天。名雖彰於歿後，志未殫於生前。所悲者哲人之云逝，所幸者德門之多賢。庶足慰北堂於垂白，寧爾魄於重泉。龍西之阜，孝子之阡。我作斯銘，以永其傳。

皇清誥授中憲大夫原任大理寺丞仍正四品服俸致仕栗巖顧公墓誌銘并序

雍正二年八月癸酉，中憲大夫、大理寺丞、仍正四品服俸致仕顧公以疾卒於石門縣里第正寢，孤子濂遠宦四川，聞訃旋里，既治喪矣。明年七月辛丑，卜葬公於本邑芝村西獨字圩。先期素冠素衣，詣同年友海寧查慎行之門，涕泣而言曰：「濂無狀，萬里孤蹤，一官需次，再乞養親不得，終天之恨，負疚靡涯。惟是先大夫一生嘉言孅行，以及出處大節，皆足爲朝野矜式，而懸綍之石，未有銘辭，敢固以請。」余惟古來賢公卿既殁，其名行政業，紀載表揚之者，類出同時臣公之手，名位輩行不相上下，其言庶幾信而足徵。今某於公，以詞館，則後進晚生；以年誼，則通門子姪。抑且婞鄙無文，自揣何能爲役？所以不敢終辭者，既辱孝子之命，至於再至於三，而自歸田以後，竊望公之後塵者，十有三年於兹矣。由今吾里與石門相距僅百里，及公强健時，未獲一問起居，奉杖几相從於雲泉風壑之旁。由今思之，雖悔莫追〔一〕。爰據行述而爲之辭，曰：

〔一〕「追」，四部備要本《文集》作「及」。

公諱鐔，字詩城，一字栗巖。姓顧氏，系出祝融，歷六朝，爲吴中望族。其諱政者，則石門遷祖也。四傳至封行人司，諱文昌，字明寰，篤行耆德，樂善好施，鄉黨依爲惠主，公之王考也。生子五，行人次居三，公之考也。諱朱，字某，前明崇禎壬午舉人，癸未進士，甲申選授行人司，年方弱冠，磊砢多大略。同朝鄉先達倪鴻寶、劉念臺兩先生咸器重之。時南北鼎沸，奉差清餉兩浙，毫髮不爲家計。南都潰，慷慨欲引決，有以老親在堂勸阻之者，乃從間道歸。入本朝，二十餘年而歿。兩遇覃恩，以公貴，加贈徵仕郎、翰林院庶吉士，再贈文林郎、山東道監察御史。母朱氏、吴氏、沈氏，並贈孺人。

沈孺人從贈公於革命播遷之餘，順治丙戌九月初三日，生公於吾邑之石〔一〕墩里。頭角岐嶷，顧盼與凡兒異，贈公拊而喜曰：「必此子也，大吾門者。」稍長，就外傅，習爲制舉之文。稟承庭誥，學日益專，業日益精，顧不利於小試。贈公殁後六年，始補博士弟子員。康熙戊午，本省鄉舉第二人。明年聯捷南宫，改翰林院庶吉士，時年三十四矣。散館，補山東道監察御史，巡視北城，豪右爲之斂跡。每遇大案，三法司會審，屬公裁定者居多。以吏部銓注不如法，特疏糾劾。奉旨「着該部明白回奏」。大恚恨，力詆公，擬降四級調

〔一〕「石」，四部備要本《文集》作「后」。

用。賴聖明在上，命再議，鐫級留任。又條陳濱海之利，宜弛禁以業貧民。繼掌鼓廳事，閲條例，應駁者多，鮮得上聞。疏請減科條，以達下情。雖格於部議，論者韙之。己巳，掌京畿道，巡視長蘆鹽課，革除積弊，屏絶苞苴。先後在臺中七八年，直聲大著。凡所以條奏，家不留稿，科抄部案，可考而知也。壬申八月，内陞京堂，借補大理寺丞，仍支正四品俸。廷平司天下奏當，公益研精律例，辨析疑似，援史證經，上下數千百年，酌劑異同，而洽於今制，聽者心服焉。

甲戌，移病旋里，家居者五年，迨己卯起補原官。明年八月，遂以原品致仕，年甫五十有五。自解組後，未嘗以一牘干當事。當事咸器敬禮之。恭遇聖祖仁皇帝兩度南巡，公與在籍臣僚，隨例迎謁，先帝不忘舊臣，恩賜墨刻御書《孝經》手卷，又賜宸翰唐人詩、朱子詩兩幅。公於中摘取二字，自號「茆屋山翁」。人益以此知公内斷於心，無復出山經世意矣。所居城西老屋數椽，兩版常掩，客或過，叩索應門僮不得。遇春秋佳日，步行出郭，蔬町稻隴，逢田夫里叟舊所識者，款語相勞，若如家人。童穉旁立，亦問知爲某氏子，善氣近人，見者忘其爲達官也。公天資樂易，而器宇凝重。長身修髯，素少疾病，安恬順養。年彌尊而德彌劭，優游林下者，凡二十五年。一旦無疾捐館舍，聞者咸太息，或至流涕。古所稱鄉先生殁而可祭於社者，非公其誰歟？

溯公生平，孝友於家庭，惇睦於戚黨。承前而啟後，美不勝書。自丙午丁贈公之艱，治喪甫畢，痛先世未克葬，與伯叔謀襄大事。時歲方祲，或有難色。公曰：「禮不非懸棺之窆，且今之殯宮，先祖築室觀稼處也。存之所樂，殁之所安。撤屋以葬，不亦可乎？」既葬，果吉壤。贈公著《春秋本義》未竣，公編次續成，合經文梓行於世。兄弟五人，公居長，綜理家政。壯者爲禮聘成婚，幼者爲延師督訓。一妹既長，具資裝嫁之。皆出一手所營辦。其後既貴，猶時時量力佽助，自少至老，未嘗分彼此也。沈太孺人殁時，其母猶在，及卒，公爲合葬於外祖墓。舅氏無後，復爲附葬墓旁。歲時親往展省，其篤於一本如此。奉己純約，無聲色玩好之娛。禄入少豐，誼存推解，宗黨姻親，靡不分沾。以故家無贏餘，盎中之糧，不爲旬月計，衣裘鮮潔者，常在子錢家，處之恬如也。少所嘗受業師，周恤其後人，無吝情，無德色。鄉會座主，居址不問遠邇，遇喪必躬哭諸寢。初結文社十餘輩於邑中，其後或出或處，或存或殁，餽問唁慰，備極情文。其子弟有所能，則獎成之；無所能，必爲道先世舊事，以誠意戒勉感動之。其篤於師友故舊如此。其教子孫也，讀書課文而外，輒舉少年函丈所聞，或朋好贈言以相示。嘗曰：「吾平生所學，得諸過庭爲多，今亦樂與汝輩共語。」耳濡目染，不見其益當有時而悟也。未第以前，專精舉業，帖括家奉爲金科玉律。至治經，必會萃諸儒之説，辨析異同，而求其至當。常言：「不得聖賢立言之旨，雖泛濫，不可謂通經。」平居問答，偶舉一義，群疑盡釋。推其緒餘，子孫皆興於學。又喜讀朱子《通鑑綱目》，手繙二十一史凡數過。好學深造，老而不衰。與人交，多恩而寡怨。或有負之者，公不與校。後來謝，歡如初。不訐人之惡以示直，不飾己之情以悦人。子弟有微過，亦不以疾言遽色相加，徐析情理，令自思之，改則止。下逮左右使令，笞撲怨罵，終身亦不數見，其大度有容，天性然也。

前後立朝十六年，家居之日倍之。自以蒙被國恩，奉職日淺。長子濂，既成進士，行當謁選，意在侍養，不忍遠離。公促之就道，曰：「吾投閑，不能爲國效力。汝可不成吾志耶？」歷任自邑宰晋部曹，所至勖以「清、慎、勤」三字，繼奉「分發四川補用」之旨。時西陲方宿重兵，公貽書告誡：「勿以勞瘁爲辭，勿以晨昏爲念。」及聞大捷，額手北面向曰：「老臣之望此矣！而今而後，庶慰宸衷西顧之懷乎！」其居江湖而不忘軍國，又如此。

卒時享年七十有九。配温氏，誥封恭人，文學叔子公諱良之女，前癸未進士、殉難寶忠公諱璜之姪女，先二十年卒，合今葬焉。子二：長濂，康熙癸酉科順天舉人，己丑科進士，行取主事，題補四川巴州知州。初室沈氏，繼室尤氏。次溗，戊子、甲午副榜，庚子科舉人，娶吴氏，先卒。女三：長適太學生温廷奏，次適太學生許大任，次適歲貢生鍾處厚。孫男七：槃、槳、棨、槩、檠、棃、棻。孫女二。曾孫男一，煐。曾孫女一。銘曰：

緬公初終，垂八十年。靡疚維人，樂全者天。爲克家子，爲邦國賢，爲黄髪叟，爲玉籍仙。秉兹全德，康寧壽考。群望攸歸，靈光一老。雖滿百齡，人以爲少。胡乘箕尾，遽辭塵表。余初游學，識公京師。道德之腴，一望可知。洎乎通籍，公蚤賦歸。如何末路，迺失追隨。哲人云萎，行將安放。公之賢嗣，昔同鄉榜。俾作銘辭，勒珉泉壤。聿來執紼，感深俛仰。芝村腆腆〔一〕，語水湯湯。泝忠孝源，澤流孔長。坎其幽深，表厥阡岡。既安且固，名賢之藏。

族姪言思孝廉哀辭并序

吾宗由元末於婺源分支海寧，明成化中，大參東谷公首以甲科起家。已而中丞、京兆繼起，歷弘治迄萬曆六朝，里中推望族，迨明季衰矣。入本朝，前輩則黄門勉齋伯，同輩則翰編〔二〕荆州兄，後輩則少詹聲山姪，皆以名進士通籍，門風稍稍復振。四十年中，先後下世，余既目睹其盛衰。歸田以後，聲山之兩子相繼殁。此外又有晨夕往還，年齒未暮，初

〔一〕「腆腆」，四部備要本《文集》作「膴膴」。
〔二〕「翰編」，四部備要本《文集》作「翰林」。

聞其疾，遽送其終，已哭其父，旋哭其子者。老在人間，則往往感懷自悼。乃今復喪我言思，此七十六翁不禁俯仰神傷，淚隨筆落者也。

言思名克忠，號厚村〔一〕，大參公十世宗孫，荆州兄長子也。生而頭角峥嶸，甫離乳抱，荆州兄〔二〕猝攖飛禍，久之得釋。攜兒就館於敬修堂。姪處群兒中，言笑不苟，展卷數行俱下，整衣雒誦，目不旁矚，見者異之。己未春，荆州北游太學，姪年纔十五，時祖母祝太孺人尚在堂，以孫而代子職，侍其母朱孺人，黽勉有無，饘酏甘旨罔缺。督訓諸弟，切偲如朋友，方正若嚴師。如是者十年。荆州兄始以五經欽賜舉人，聯捷，授翰林編修。家故中落，老屋數間，僅蔽風雨。太孺人就養京師，諸弟隨侍，姪以年長，家居持門户。讀書之暇，不廢治生。竭手口拮据之勞，堂構維新，規撫拓舊。及荆州奉親回籍，旋丁祝太孺人艱。未幾，朱孺人亦逝。三年内，連舉兩喪。姪侍尊人，則晨昏銜恤。居廬次，則哭泣盡哀，鄉黨稱孝焉。庚辰四月，荆州兄以疾卒官，姪帶星北上，余時適留邸舍，見其哀毁骨立，且慰且憐之。執其手曰：「爾先人未竟之緒，繼述在賢兄弟，願以守身爲孝，上慰先

〔一〕「村」，原作「材」，據四部備要本《文集》改。
〔二〕「荆州兄」三字，原闕，據四部備要本《文集》補。

靈。」姪稽首曰：「敬受教。」自是以後，待余恭謹有加。乙酉九月十九日〔一〕，余與聲山同直南書房，御前發下《浙江鄉試録》，姪之姓名在焉。兩人相對而笑，不覺泣數行下，蓋喜哲人之有後，而痛其已歿不及見也。是秋，余弟潤木同舉於鄉，明春，潤木幸捷南宮，而姪連不得志於有司，年且六十矣。余衰廢田居，兩家相距不半里，較晴量雨，時或過從。猶記去秋重九，步過玉禾堂，姪與其弟百源、存叔、季益咸在坐，余留詩云：「五十餘年指釣游，憶曾把蟹揿新蒭。竹林便是西州路，剩對諸郎半白頭。」竊自附於陳留阮氏，不敢以行輩相高。姪之見重於余，固自有在焉也。

蓋姪天性孝友，父没後，先廬陋，弗能容身，與仲同居。三四兩弟雖析居，金粟往來，會聚未嘗隔旬。事孀居叔母如事母，撫同堂弟如同懷。遇事所當爲與力所能爲，直任不避嫌怨。宗祠雖久頹圮，倡率族衆，協力佽助，楹桷一新。戚黨之貧無告者，死不克葬者，周恤恩勤，纖毫無德色。房師陳官罷不能歸，鬻産以饋贐。後其子知解州，州故多疑獄，積歲未決，姪偶過訪，留旬餘，檢視案牘，一一爲陳剖析，全活者數十家。嘗笑迂儒專守章句，不適時用，特留心經濟，凡選舉、河工、漕運，一切興利除弊之事，所籑述約數萬言，皆灼然可施行

〔一〕「九月十九日」五字，原闕，據四部備要本《文集》補。

者。平生不惑異教，不邇聲色。原配瞿氏歿〔一〕，旁無妾侍，匡牀斗室，卧起如空山老僧。體素清勁，少疾。去冬忽患瘧，久漸沉緜，諸弟偕其一子扶牀更番視湯藥。既知病且不起，遺命禁絶佛事，自擇葬地於宅東南，預定安厝之期，則初生之年月日時也。噫！異矣！易簀前一日，余走探之，神氣爽朗猶平時，回面相向曰：「命豈止於此乎？」嗟嗟！余亦不虞其止於此也。乃越一日，而凶訃至矣，不亦可哀也歟！既視其含殮，復以辭叙哀。辭曰：

謂蒼蒼而無知矣，壽夭者孰司其權？謂蒼蒼而有知兮，良與窳宜精以甄。參觀於往古來今兮，殆介乎然不然之間。自世教之澆漓兮，慨故家之獨先。或仰慚於弓冶兮，或失矯於韋弦。或出門而罔功兮，或入室而叢愆。彼無質之可采兮，或揚灰而求鉛。何含輝而蘊璞兮，乃輒遭乎棄捐。彼涓靡之淫哇兮，或聚聾而翕觀。何正始之元音兮，獨知希而和〔二〕難。彼萍藻之泛泛兮，孰與夫松柏之丸丸。亦既畀以材美兮，奚勿施於榱椽。彼腹背之柔脆兮，孰與夫鸞凰〔三〕之高翰。苟傅天有摧鎩兮，與沉冥又奚别焉？胡德優而運促

〔一〕「歿」字，原闕，據四部備要本《文集》補。
〔二〕「和」，四部備要本《文集》作「知」。
〔三〕「凰」，四部備要本《文集》作「鳳」。

兮，霄泥若是其相懸。曾惠吉而逆凶兮，吾將廢蓍龜而折筵篿。嗟乎言思，人中龍兮！重規疊矩，承前蹤兮！厥初秉直〔一〕，稱聖童兮！長而英英，有父風兮！式瞻趨步，應鼓鐘兮！宜爾室家，諧肅雝兮！刑於兄弟，篤友恭兮！章〔二〕品鷺〔三〕，出磨礱兮！懷抱經濟，才力充兮！長身脩髯，好儀容兮！鄙彼迂儒，徒冬烘兮！群望所屬，歸才雄兮！謂宜奮發，大吾宗兮！早登賢書，扼南宫兮！跼天蹐地，仍篏籠兮！乙巳之〔四〕占，乙巳終兮！自卜吉兆，馬鬣封兮！煢煢令子，愴孤熊兮！依依群弟，形影從兮！食報於幽，若酬庸兮！存順殁寧，夫奚恫兮！感彼憐喪，輟相舂兮！矧予與汝，氣本同兮！盛衰休戚，萃寸衷兮！辭以告哀，哀靡窮兮！

祭房師汪東山先生文

維年月日，文林郎、翰林院編修、受業查某，謹以束帛牲醴之儀，致奠於皇清敕授儒林

〔一〕「直」，四部備要本《文集》作「質」。
〔二〕「章」字，四部備要本《文集》闕。
〔三〕此處疑闕一字。
〔四〕「之」，四部備要本《文集》作「立」。

郎、翰林院修撰房師汪公之靈，曰：

在三之義，師生最重。洎來存殁，關心尤痛。百草焚芝，大夏摧棟。天乎難問，臨風長慟。惟我夫子，金相玉質。卓犖者才，特達者德。外朗内潤，含華佩實。瓊樹無雙，威鳳罕匹。早摘魁宿，掉鞅名場。三年養翮，一舉騰驤。臚句首唱，爲邦家光。鬖鬖華近，籍籍周行。宫月如眉，苑花似雪。榮遇攸專，地分親切。繼持文枋，春闈校閲。玉尺森嚴，冰壺皎潔。余慚癸酉，鄉書同薦。蹉跎遲暮，三北文戰。敝帚甘棄，焦桐就爨。垂老同年，立雪相見。公顧而笑，爾我昆弟。自今往還，如家人誼。晨趨禁直，夕依邸〔一〕第。一月春風，門牆私被。余隨告别，扈駕北行。公旋奉母，八月南征。特戀慈幃，非厭承明。校書給俸，人以爲榮。自公言歸，余同失路。寒暑再離，惄如朝暮。公又憐余，頻傳尺素。勉以自力，仰承恩顧。公於王事，其肯辭勞。書局隨身，何異在朝。窮年矻矻，繼晷焚膏。積以時月，菁華俱消。今春人日，奉公手札。云自歲除，夙疾間發。顧惟珍重，謂可勿藥。如何力疾，勤瘁猶昨。秋風塞外，回雁哀鳴。有書南來，疑信交并。倏焉驚訃，忍痛失聲。四年一夢，遂訣死生。嗚呼！夫子盛年，生徒白首。恩重踰山，慚無力負。桑榆之景，自

〔一〕「邸」，原作「卯」，據四部備要本《文集》改。

憐蒲柳。長恐棲遲，負我師友。詎意心喪，反在目前。流水嗚咽，伯牙絶絃。緬懷疇昔，音容宛然。公豈遽殁，有文必傳。公之遺篇，特付李漢。手澤猶新，一辭難贊。辱委編輯，敢云點竄。後有知音，式標藝苑。公之身後，賴有餘澤。襁褓遺孤，形單影隻。琴書無恙，留貽他日。公其勿念，後死之責。惟太夫人，齒髮蕭疎。倚閭望斷，血淚交枯。飄摇風雨，綢繆卒瘏。公目未瞑，其在斯乎？余念先壟，歸營得請。路出海虞，哭公於寢。靈惟肅然，神其不泯。絜酒陳詞，有淚如梗。

祭王麓臺少司農文

維年月日，具官查某，謹以楮帛之儀，致祭於誥授資政大夫、經筵講官、户部左侍郎麓臺王先生之靈，曰：

己巳仲夏，識公京師。余未釋褐，公官拾遺。用介吴子，因緣致辭。余乞公畫，公徵余詩。詩往畫來，如塤應篪。自爾忘分，成心相知。内顧而慚，匪曰等夷。實惟古道，下交逮而。公齒長余，十年以内。余名後公，卅年以外。公改詞垣，余稱後輩。余入供奉，公來參對。恭惟聖主，右文昭代。道際其亨，時逢其泰。海流典籍，山萃圖繪。公處於中，標奇擅最〔一〕。旁觀落筆，署名斯退。几研從容，間承私誨。時暢春苑，初置直廬。公珂余珮，亦步亦趨。靡風不被，靡澤不濡。一味之甘，分嘗御厨。有時蒙召，賞花釣魚。黄頭撥櫂，黑衣揚艫。无〔二〕逸淵鑒，露華蕊珠。天上陪游，形隨影俱。以公器度，厚重和舒。遂於衆中，眷注優殊。爰擢掌坊，爰相儲宫。爰作院長，爰貳司農。維寅維清，夙夜在公。公望日峻，公階日崇。人之處己，歷級乘墉。孰善持盈，循牆彌恭。人之款交，儕僚異同。疇篤念舊，迂踈見容。公之於余，屢不易蹤。歲踰十閏，有初克終。余昔假歸，冰霜戒令。公親呵凍，潑墨寵贈。比者寫真，前因是證。公爲横卷，毫鋒遒勁。余坐詩窮，公推畫聖。形跡匪踈，心親貌敬。山川匪邈，林輝淵映。矯首停雲，庶幾晚境。上方嚮用，公業未竟。何忽騎箕，追歡難更。嗚呼！公之家世，疊軌重規。公之族望，前皋後夔。公之在位，特達受知。公之云亡，朝野嗟咨。自聞公訃，悢悢移時。溯公緒言，清風載馳。展公名蹟，宿霧重披。拜公寢門，自哭其私。生芻一束，敬致繐幃。靈兮來格，庶無泛詞。

〔一〕「標奇擅最」，四部備要本《文集》作「擅奇標最」。
〔二〕「无」，四部備要本《文集》作「元」。

公祭京江相國文

嗚呼！河浮嶽降，鍾閒氣於名賢；國幹邦楨，溯光儀於元老。嘆台星之中坼〔一〕，矜式何從；痛梁木之遽摧，攀躋莫逮。凡兹士庶，皆將瞻華表而愴神；矧我門牆，有不望繐帷而潸涕者哉！

惟我大師相京江公，望著南徐，名高北斗。應中天之景運，爲昭代之完人。總角而韞玉含珠，弱冠而懷蛟吐鳳。門踰萬石，獨傳恭謹之風；業在一經，大啟詩書之澤。辨微茫於理窟，根柢深醇；開軌轍於詞壇，菁華發越。百川手障，韓文起八代之衰；七曜胸羅，董策冠西京之首。早登王路，久簡帝心。密勿論思，不愧宣公内相；辭章華國，群推太白仙才。剴切敷陳，務啟心而資講幄；從容轉對，每正色而侍經筵。李文靖器局弘深，堪羽儀於螭陛；周益公才情贍蔚，宜領袖乎蓬山。學士班高，屢拜九重之寵賚；尚書地峻，繼標二部之清風。於是命掌絲綸，人思霖雨。坐彤庭而論道，秉玉鉉以調元。八柱承天，鼎鈞之望斯重；四時成歲，亭毒之功爲多。而乃退食自公，絕口不言温樹；薦賢爲國，市恩

〔一〕「坼」，原作「拆」，據四部備要本《文集》改。

寧受私箋？一介之取予必嚴，清而非矯；常時之顰笑維謹，和乃不流。架有賜書，共識過庭之家學；門如止水，惟來問字之生徒。位益貴而業益貧，服食僅侔乎寒素；德彌尊而心彌下，詢謀或及乎芻蕘。際皋夔契稷之期，兼文武經綸之略。朝家掌故，既酌古以準今；廊廟訏謨，亦決機而贊畫。驛同籌筆，託風雲而遠護儲胥；地闢龍荒，近日月而頓消兵氣。出隨戎輅，靖鯨鯢於瀚海天山；入掌文衡，收才俊於南金東箭。内聖外王之學，遇事迺彰；先憂後樂之衷，無時或釋。

蓋天子之宵旰圖維者，五十餘年；而相國之左右勗勷者，二十一載。問京江之風度，何減曲江；知燕國之精神，還同潞國。屬懇章而引疾，奉温旨以慰留。裴令公再入中書，初終一節；富文忠時稱賢相，億兆同辭。爾其篤棐之忱，倍嚴〔一〕於華首；委蛇之度，無改於素絲。上方優待老成，公每扈從行在。省耕觀穫，山莊即清暑之宮；咏月吟風，延閣亦養賢之地。賞花釣魚之宴，往往陪游；分冰賜簟之榮，時時下逮。謂宜天壽平格，福備康寧。年屆七旬，擬效躋堂之獻；時當六月，溘來頹嶽之聲。皇情震悼，卹典優崇。加褒美於生平，極哀榮於存歿。錫帑金而厚襄大事，灑宸翰而親製挽章。近侍護喪道路，皆爲感

〔一〕「嚴」，四部備要本《文集》作「麗」。

泣；親藩致醊几筵，載荷哭臨。凡此終始恩禮之隆，孰非夙夜公忠之報。某等幸托帡幪，恭承榘範。音容如在，謦欬無聞。樹神道以爲碑，媿乏子瞻之製；束生芻而漬酒，敢忘永叔之悲。嗚呼！焜煌史册，公雖殁而猶生；寂寞羹牆，神式憑而來享。嗚呼哀哉！

尚饗！

祭祝安道文

維年月日，進士安道祝親家以疾卒於京邸。某月日，喪車旋里，越祭日，姻弟查慎行率男緦服子壻克建，敬致絜酒之奠，敶辭以哭之。曰：

嗚呼！謂天道其無知兮，賢者未必皆窮；謂天道而有知兮，念令德宜乎考終。彼襹褷腹背之毳兮，孰與夫六翮之翿雄？苟傅天有摧鎩兮，曾何異乎牢籠？彼静谷與躁川兮，曾惠吉而逆凶。胡折篿而剡筵兮，莽不知其所從。參觀於然否之間兮，吾將謂蒼蒼之夢夢。維先生之秉哲兮，沐庭誥於聖童。際家門之鼎盛兮，貞苦節以褆躬。孺慕逮乎强壯兮，念天顯而篤友恭。加恩勤於俯育兮，雅化刑於肅雝。占同人而賦伐木兮，至性褩而爲禮容。凡宜家與諧俗兮，悉調協以沖融。欲吹疵於一毛兮，無纖瑕之可攻。洵有媺其畢備兮，又奚待乎彌縫？伊文行之分科兮，聖門或難於兼通。維君子而有章兮，群推先於望宗。夙潛精於制藝兮，羅百家而發胸。文名煥其早揚兮，洪音儲乎鐘鏞。迨同祖之昆弟兮，咸篋羽而摶風。獨蹉跎而晚達兮，甫釋褐於南宫。慶者方及門兮，遽承訃於郵筒。嗚呼！寡妻在室兮，代養老翁。兒〔一〕女盈前兮，婚嫁未終。一第不足慰九京兮，痛生者之罹此鞠凶。蓋績學者罔知所勸兮，砥行者莫酬其庸。此士林胥爲喪氣兮，而豈徒戚黨之私恫？伊余昔之締好兮，愧小子之實虹。覸耳提而面命兮，仰文人之高峰。胡泰山之忽頹兮，淚浪浪其呼空。銘旌飄飄兮，輀車總總。招魂歸來兮，先壟崇墉。椒漿奠醊兮，斧鬣未封。靈其不昧兮，鑒此哀衷！

長假後告墓文

維康熙五十二年八月十九日，長男慎行長假還家，敬告於敕贈儒林郎、翰林院編修加一級顯考逸遠府君，敕贈太安人顯妣鍾太君之墓曰：

男不幸早失怙恃，年二十三，吾母見背，又六年，吾父下世。家徒壁立，無以自存，不得已依人遠幕。時吾父之喪服方小祥，含悽靦面，幾不齒於人數。其後四年，

〔一〕「兒」字，原闕，據四部備要本《文集》補。

自黔返里，兩柩在堂，未克卜葬。明年甲子，游京師。又十年，癸酉，始舉鄉試。又十年，癸未，乃成進士，以詞翰入侍禁林。又四年，丙戌，奏請歸營窀穸。草草襄事，旋復北行。迄今癸巳，男慎行年已六十有四矣。竊念先世，自曾祖、祖父母及諸叔兄弟，享壽無及耳順者，而男獨邀天幸，年踰六旬。自惟賦分迂疏，常恐重獲罪戾，貽先人地下之憂。夙夜惴焉，匪朝伊夕。茲因病乞假，蒙皇恩俯允，於本年七月朔出都，八月十三日歸里，先已省視松楸。越六日，敬設几筵致奠。自今以往，誓以未盡餘年，依棲丙舍，和協兄弟，教訓子孫。仰答親恩，下綿世澤。伏冀父母在天之靈，鑒此微忱，來格來享。

岳武穆像贊〔一〕

非直也勇，有皎其節。非直也智，有丹其血。胸羅魚鳥，手握風雲。山猶難撼，況撼吾軍。公起行伍，登壇授職。直指龍沙，志清妖孛。前有關公，後有岳公。扶劉恢趙，志將毋同。一喜《春秋》，一癖《左氏》。討賊攘夷，千歲忠義。

〔一〕此篇自四部備要本《别集》輯入。

代祭勵少司寇哀辭〔一〕

繄我師之至德兮，朝野奉爲儀型。謂上壽其可必兮，胡遽謝此年齡。丁游海而化鶴兮，説歸天而爲星。入寢門而長慟兮，猶思立雪乎中庭。以師之文章在館閣兮，勳業在旂。常言爲經而動爲則兮，與日月而争光。諒中外所共知兮，又孰煩余之諄詳。顧知我莫若師兮，欲不言轉傷。彼禽鳥之無識兮，猶眷戀而懷恩。卷葹之有心兮，葵亦衛其本根。曾感高厚而不知兮，忽忽負此師門。緬形容而怳在兮，思言笑其猶温。謂所感獨在知遇兮，尚非余志之所存。

憶乙丑之受知兮，始服官而朝謁。迨蒙恩而入直兮，自丙寅之四月。抱芹私而獻御兮，時追陪乎禁闥。非師吾將曷依兮，若涉江之有筏。顧不材如□□兮，師常誨余之諄諄。遭聖明之寵遇兮，忝備員乎近臣。幸晨夕之相依兮，提命因之益親。出翰墨之餘暇兮，飲道德之和醇。謂事君無過竭力兮，處世貴其有常。毋臨深以爲高兮，寧用短而懷長。巧未勝拙兮，閒實勝忙。施恩慎勿求知兮，受恩慎勿忘。彼古訓有成言兮，期力行以

〔一〕此篇自四部備要本《别集》輯入。

自彊。稟師承之明訓兮，心惕惕其若驚。顧至愚莫若余兮，時率意而徑行。迂與踈而相半兮，懶與拙其交并。世群起而非笑兮，惟師鑒予之愚誠。任天則落落兮，任人則營營。兩者孰分高下兮，歷久而自明。師既剖予之疑兮，余自信而益果。佩師言以終身兮，何所適而不可。我敢自謂知師兮，師誠知我。歷十八年如一日兮，尚烏識夫世情之瑣瑣。

帝倚師爲國楨兮，師逾戒滿而持盈。屢引年而弗獲兮，洊階陟乎六卿。雖坐棘木而聽事兮，仍出入乎承明。常臨軒而趣召兮，呼國老而不名。眷象賢之踵武兮，世篤忠貞。歷蓬瀛而入直兮，相友愛如弟兄。知師訓猶庭訓兮，努力保此樸誠。從師游已歷年兮，師步而亦步。視世人之翕訿兮，師終不改乎此度。積勤勞而不乏兮，齒雖牢而髮素。謂心閒者身康兮，謂天全者神固。諒物理所必然兮，何忽聞此哀訃。痛彌留之握手兮，涕横流而交頤。草遺疏而口授兮，命□□使書之。乞遺言以銘佩兮，尚肫懇其有辭。謂君父不可負兮，彼蒼不可欺。苟堅守而不惑兮，又何過之可訾？

驗吾師之積誠兮，雖造次而弗離。天不憖遺哲人兮，我安仰而安追？昔宣尼之至聖兮，年未耄而泣麟。洵生死如窮達兮，訝天問之難陳。言猶在耳兮，書猶在紳。惟師成我而兼知我兮，我今舍師其誰遵？過西州而長痛兮，杖屨隔乎宫牆。召巫咸爲我招兮，極呼籲乎八荒。靈上下其陟降兮，水行地而無方。跪陳詞而薦酒兮，神彷彿其在堂。嗚呼！自兹以往兮，何一日之能忘？

祭楊少司馬文〔一〕代侍讀學士陳元龍作

嗚呼我公，人中之瑞。五緯經天，五嶽鎮地。兩朝耆宿，中外翹跂。胡不憖遺，凋此國器。公之勳績，日月長懸。公之文章，金石相宣。始於莅民，洊至九列。大小簡煩，應時而設。三十餘年，忠誠同結。當公立朝，諫紙横飛。洎乎出鎮，邛笮懾威。名書於屏，勳紀於旂。民安争輯，謹小慎微。事定還朝，晋階司馬。宴賞有加，《蓼蕭》心寫。願結遂初，恩隆予假。進退綽然，誰與匹者。安石東山，晋公緑野。

某生也晚，敬自垂髫。門闌相望，一水容刀。通家孔李，長接風標。良玉温栗，高山岧嶢。令嗣英奇，一一踵武。長公晚研，詞林學府。同官於京，差池接羽。再世神交，臭味蘭杜。公幾大耋，氣壯神酣。方期百歲，而康而强。胡爲不弔，在巳旋傷。峰摧天柱，星掩文昌。方公家居，帝眷無已。時時存問，錫杖授几。四海延頸，望公復起。

憶歲乙卯，扈駕而南。望公顔色，精采内含。帝隆勳舊，日接有三。煌煌宸翰，自天

〔一〕此篇自四部備要本《别集》輯入。

寵頒。顏以松喬，作鎮如山。赤松子喬，仙籙同班。距今六年，有如瞬息。流水東馳，曜靈西匿。遺表餘忠，聞之心惻。想像音容，高山可即。典型一謝，文獻云亡。屈指父輩，晨星渺茫。關西清德，千載彌芳。撫今感舊，何日而忘。

代祭錢翟亭封翁文〔一〕翁本姓何。

緊先生之華胄，肇韓何而相沿。遷婁江以入籍，遂系姓於彭籛。門惟通德，代産名賢。南贛有甘棠之餘愛，東臺有諫草之遺編。莫不聲施金石，譽永山川。洎先生而六葉，卜舊德之長延。自髫年而失怙，奉懿訓於三遷。但見丰標獨立，器宇無前。振層霄之彩鳳，鼓遼海之横鱣。恢經畬而重闢，戰藝苑而争先。於時一門群從，比翼垂肩。京兆提其桴鼓，司農助其旗旃。相與砥磨而水淬，莫不學海而文淵。遂乃觀賓上國，聲振幽燕。瞻雲程之九萬，佇水擊於三千。先生則以堂有鶴髮，身無雁聯。與待時而晝錦，盍歡養而終天。迺望南雲，迺促歸鞭。循蘭陔而采擷，奉板輿以周旋。豈遺榮而玩世，實至性之攸虔。爾乃探珠淵海，采玉藍田。慶嗣公之蔚起，悉頭角之嶷然。何荀龍之並美，洵謝鳳之

〔一〕此篇自四部備要本《别集》輯入。

争妍。騁雲衢而通籍，羡次第而飛騫。九畹芬而齊茁，五花燦而交宣。而先生方且左圖右史，品竹栽蓮。平章風月，嘯傲林泉。賓隨時而滿座，膝盡日而横絃。或共吟而投洛下之社，或奮筆而灑會稽之箋。並皆聲捷於鐘鼓，價重於珠蠙。僕仰高風，以日以年。身未親於杖屨，神已契於蘭荃。託葭莩之雅愛，愜素願之拳拳。方親周而誼疊，類璧合而珠連。憶去春之穀旦，值弧矢之高懸。盍簪雜遝，舞袖聯翩。袍製天家之雲錦，樽開仙醴之瓊筵。遠近傳爲盛事，方松檜而同堅。況先生行和器重，才大神全。於心無偷，於物無牽。披鶴田之莓莓，欣蘭畹之芊芊。謂宜下侶希夷，上友偓佺。胡風摧而電掣，竟孰起而問天。惟是形隨身盡，名與世傳。是先生之壽終於指使，而先生之雄文卓行垂萬古而不朽者，宜與鐘鼎而同鎸。哲人不可作，玉京不可還。鐘沉兮劍没，木朽兮膏煎。聊披詞而薦祭，涕沾臆而潺湲。

代許司農祭陳封翁文〔一〕

天生我公，爲國禎祥。藴而不施，流澤彌長。在天斗極，在地扶桑。誰爲真宰，摧枝

〔一〕此篇自四部備要本《别集》輯入。

斂芒。僕與我翁，枌社連鄉。先之交情，金石同剛。重以譜誼，蘭杜齊芳。愛翁祝翁，百歲康强。何不憖遺，模楷冠裳。翁之一生，動驚俗耳。有量汪涵，莫窺涯涘。有性堅剛，不受塵滓。養性葆真，見表知裏。水火横前，直行無葸。簪芴盈牀，淡不加喜。生長高門，優游珂里。疊錫重封，考祥視履。昔迎鑾輅，歡動天顔。鳩杖龎眉，宸翰寵頒。隨以奇珍，絡繹頻煩。期翁上壽，坐鎮如山。誰云仙遠，近在人間。翁之尊榮，悉翁自致。玩好無耽，勤勞不避。閉户傳經，不問家事。辨色而興，夜分未寐。字準銀鉤，書探金匱。庭訓甫成，貽厥後繼。祖而兼父，恩濟以義。惓惓先業，惟恐失墜。漢有夷門，於翁爲二。毋謂山高，一簣所成。無謂林密，始自勾萌。天不負公，蔚爲國楨。根深末茂，實大聲宏。粵自戊午，蹋開雲路。蘭畹争芳，孫枝競布。兩紀之間，連翩振鷺。或翔郎署，或接蓬瀛，或領鄉賦。彩鳳和鳴，華星聯聚。朝野喧傳，令德垂裕。

憶昔初交，館榻招延。探珠淵海，采玉藍田。珠皆成貫，玉不煩鐫。課餘雄辨，晨夕相聯。歡忘爾汝，禮絶拘攣。前後八載，臭味蘭荃。僕時壯夫，翁已中年。一從計偕，相與分手。竊忝一第，隨行儕偶。録録風塵，自辰至酉。後膺皇華，道出江口。回軫故山，略訪親友。僕時中年，翁已白首。嗣後分襟，長抱飢渴。籍甚長公，名冠仙籍。曉漏追隨，聯鑣並轍。叙舊道故，或愕或悦。每得好音，慰此苑結。垂二十年，風馳電掣。僕已白首，翁逾大耋。聞翁雖老，眠食如常。行不用杖，體輕步强。愛寫蠅頭，不礙燈光。五福集躬，百齡何長。張荃思邈，異代相望。惟忠與孝，難兼自古。《詩》亦有言：「不遑將父。」長公望雲，心回寸縷。決志歸裝，及親三釜。況有季君，先後踵武。錦鯉齊陳，斑衣對舞。萬石高風，二難遺矩。天倫之樂，無藉鐘鼓。僕以職事，承乏湖濱。故舊間闊，往還垂鄰。迨乎三載，音問難申。往往聞言，疑僞疑真。今歲之吉，龍舸南指。惟翁冢孫，扈蹕迤邐。薄言相遇，於河之涘。知翁抱恙，累月未已。方祈天佑，勿藥有喜。豈料一病，旋呼起起。平生典型，俄然已矣。帝聞嗟悼，錫典光美。存殁銜恩，哀榮終始。感念疇昔，默數春秋。歷歷眼中，歲星幾周。從壯得衰，從老得休。日無東逝，水不西流。文獻凋喪，我誰與游？愴然中夜，横涕難收。翁存身榮，翁去名留。千載而下，比之太丘。

代祭錢京兆文〔一〕晉錫

惟彭籛之華胄，誕江左之名賢。苞丹山之彩鳳，鼓遼海之横鱣。地居岳牧之首，治駕趙張之先。方馳聲於三輔，何輒返於重淵。緊先生之傑出，非時哲之比肩。起家聲於弱

〔一〕此篇自四部備要本《別集》輯入。

冠，擅獨步於丹鉛。摶程途之九萬，富奏牘之三千。詞鋒擬於神劍，文瀾壯於湧泉。懷美錦而待製，試裁割於小鮮。彼富春之蕞爾，實地瘠而民獧。得河上之神宰，遂卧治於琴絃。政不煩於鉤距，刑不費乎蒲鞭。稱治行之第一，宜報最而飛騫。遂驄鳴於戚里，儼鶴立於臺前。彊宗聞而外斂，墨吏悔而中悛。實素望之見化，非取重於威權。激清風之遐舉，荷主眷之日專。出臺霜而卿月，如雕擊而鶯遷。洵才大而器弘，隨張弛而用圓。惟神皋之畿甸，本治教之所先。地則銅街鐵市，人則塵合雲連。非風望之峻整，孰鎮服而帖然。隆帝心之特簡，借威重於日邊。乍風行而草偃，亦吏習而民便。莅辟雍而講學，廣選造於陶甄。仰邦畿之翼翼，試王道之平平。游京華而覘政，徵往事於前編。彼三王之苛細，雖英斷奚取焉。

顧某某之不才，幸納交之有年。精誠貫乎金石，臭味並乎蘭荃。嗣同官於京邸，時軌接而鑣聯。瞻丰標之嚴重，味道藴於高堅。謂階基之不測，況聖澤之頻宣。宜勳名之日盛，懸鐘鼎而長鐫。何嚴霜之中人，乃遽折乎杞梗。歎壽命之不齊，孰排闔而問天。思古來之賢聖，或年促而名傳。如先生之偉望，與日月而高懸。雖設施之未竟，已名位之兩全。憶丰裁之如昨，撫掛劍而留連。非丹砂之可轉，豈菊泉之能延。悵庭皋之落葉，痛丹旐之翩翩。遂陳詞而薦酒，淚交集而淪漣。

代祭徐母金太夫人文〔一〕

慈雲曉散，婣星夜移。女宗何則，壼範難追。猗與太母，坤德藴奇。仁心惠質，習禮明詩。作配司寇，内政虔持。惟我司寇，當代皋伊。文章弁冕，理學綱維。其生有自，其出有爲。提攜後進，表率群司。忠乎扆幄，名冠蓬池。事常旁午，不失毫氂。客常滿座，無棄粟絲。非有令德，孰佐弘規。僉曰賢哉，殊錫是宜。珩璜照耀，褕翟紛披。南城受册，東武流貤。今兹所見，異代同揆。某於司寇，欽若鼎彝。言游京國，得挹光儀。高山仰止，實副所思。逮歲己丑，公任館師。長兒某某，幸拜履綦。禮園劘切，義圃追隨。如金就冶，如木就倕。講席之暇，杯斝燕私。五飲惟旨，四膳孔時。因知内教，式禮莫遺。天眷有德，福履永綏。既隆坤範，又著母儀。嗣君踵武，五桂榮滋。藍田采玉，蕙圃求芝。苟龍謝鳳，曾何足侈。欽仰德門，佳氣葳蕤。通家再世，聲叶塤篪。絲蘿引蔓，遠附喬枝。敦崇明德，永好爲期。母雖眉壽，神不少衰。令嗣色養，孝敬融怡。江魚入饌，露薤流匙。潘輿毛檄，慶萃一時。今歲之秋，設帨迎禧。爰采菊英，爰奉瓊巵。錦袍璀璨，綵袖參差。

〔一〕此篇自四部備要本《别集》輯入。

天倫樂事，歡動九逵。方且稱觴，以祝期頤。東陵南嶽，仙侣相攜。胡爲不弔，遽薄崦嵫。緬懷懿行，舉世所推。二南彰教，七德流慈。貴不忘儉，榮不辭疲。仁能逮下，誼篤本支。喪者待殯，貧者待炊。司寇餘德，惟母承之。無成有終，地道弘施。古稱女士，非母而誰？忽焉朝露，傷心繐帷。班箴永絶，鍾禮長垂。載揚彤管，千古同悲。

代祭陳宜人文〔一〕

嗚呼宜人，既稱女宗，亦號母儀。孝敬備至，禮法孔垂。何德兼家美，而壽止於斯。嗟少女之離位，豈神匕之可追。余與宮諭聲山，處則同鄉邑，出則同班資。翱翔鵷鵲之觀，游泳鳳凰之池。或侍奉直廬，聯吟而接武；或追隨警蹕，並轡而交馳。蓋誼相師友，而情等塤篪。竊見其丰神瀟灑，胸次恢奇。目不營生産，口不及家貲。然而周親篤舊，濟困扶危。事能立辦，禮無失時。非宜人之賢，則孰與左右而維持？

以宜人賦性純備，習禮明詩。四星連曜，七德承禧。其未字也，有聞於鄉，爲吾宗之淑女；其既字也，宜其家室，爲通國之閫師。但見動如德耀，静若貞姬。有委曲承歡之

〔一〕此篇自四部備要本《别集》輯入。

孝，有和煦一體之慈。迨乎從夫以貴，象服是宜。朝儀之藻火孔榮，而猶躬刀尺；官厨之酒膳不絶，而猶御園葵。謂此乃貧家之故物，豈暫貴而忘之。余觀夫仁慈者壽永，泊淡者福滋。此終古之皆然，何獨於宜人而參差？豈賦命之有限，實天道之難推。當宜人疾也，聲山方以賢勞扈從，南北分歧，見者爲之心惻，聞者爲之憂疑。而宜人方且蹶起牀褥，忼慨陳詞。勖夫子以忠愛，罔内顧而營私。幸楓宸之聖明，降湛露而淋漓。賜宫中之上藥，簡御院之名醫。宛乎家人之雅愛，骨肉之常儀。謂宜長年而益壽，胡竟蕙折而蘭摧？嗟乎宜人，受聖澤於生前，福亦不爲不厚。垂懿徽於身後，壽亦豈有窮期？矧夫驥子鳳雛之軒舉，芝田蘭畹之葳蕤。卜絲綸其世掌，於宜人乎何悲？獨是有宜人之才，且賢而後可，以佐宫諭之清規。故夫人各有死，而宜人之死，實爲遠近之所悼，而内外之所悲，況深知如余，能不爲之惻愴而漣洏？

又族中公祭陳宜人文〔一〕

嗚呼！宜人之賢，世無其伍。爲郝爲鍾，常徵之古。有德自天，不藉保姆。有榮自

〔一〕此篇自四部備要本《别集》輯入。

性，不藉纂組。宜壽而康，光吾宗譜。胡爲嚴霜，凋此蘭杜？德如宜人，族黨所推。能識大體，動合成規。相我宮諭，中外具宜。方其食貧，財賄不私。及其既貴，服御不侈。三十年間，甘苦自知。無喜無愠，有如一時。求之士類，猶或難之。維我宮諭，天性孝友。宜人佐之，尺寸不苟。承事舅姑，如事父母。推之姊姒，若左右手。維我宮諭，湖海交游。宜人佐之，内政虔修。有殽惟嘉，有酒思柔。間脱簪珥，以佐觥籌。僉曰賢哉，今之尹姑。内則所傳，百不一失。是宜顯揚，從夫有秩。象服魚軒，惟安且吉。石窌延鄉，曾何足述。自我宮諭，帝眷日專。或隨豹尾，或立鑪煙。夙夜在公，祇若冰淵。身且不恤，家何有焉。宜人有心，與宮諭同。相勖以義，相勸以忠。黽勉有無，竭蹶始終。積衰成疾，金石難攻。維帝垂照，曲體臣衷。垂問不絶，中使常通。禁方秘藥，出自深宮。恩誼日加，與山比崇。宜人之疾，自春伊始。默不自明，隨發隨止。宮諭扈從，不遑寧止。返節稍休，行裝復理。維時宜人，病不能起。然且扶攜，爲宮諭喜。謂君行哉，無以有己。日往月來，金銷石毁。竟入膏肓，數窮於癸。吁嗟宜人，德音勿諼。何知有貴，乃爲親尊。何知有榮，乃爲君恩。忠孝大節，出自閨門。宜人雖往，懿德長存。哀哀令子，孝行孔彰。慈竹一枯，悲烏永翔。追念徽音，比德維□。非言可罄，豈筆能詳。再拜陳詞，有酒盈觴。傳之宗祊，千載留芳。

敬業堂文集卷五

書啟尺牘

代賀實齋陞副憲書〔一〕

秋間蒙伯父以一書見示，碌碌未及禀候，開罪至今。某在家塵俗逼人，國書古學，兩無寸進，視秉之弟之勇猛無前，自當退避三舍，况其他哉！十七日，得伯父超擢之信，欣喜無量。夫臺端重任，非風望峻整，無以當之。以伯父膺此，所謂人職雙清，當令不察而威，不繩而肅。且以紀綱耳目之地，二年之間，兩伯父先後炳耀；昔兄弟并驅，一時榮之。

〔一〕此篇自四部備要本《文集》輯入。

將來國史登載，又增一段盛事。此姪所爲上爲天下賀，下又爲家賀也。

代上熊孝感書〔一〕

某以菲質庸才，蒙老夫子拂拭於驪黄之外。旋荷君恩，得讀書中禁，本擬潛心館閣，努力寸進，以圖不負聖朝，不負師門。緣慈幃在堂，循陔念切，迎養則勢有不能，望雲則情有難忍。因暫爾給假，庶幾兩全。

自拜違函丈以來，塵事日積，回憶栽培厚德，無日或忘。去冬，老夫子予告南旋，政府積勤之餘，暫憩緑野。私喜宫牆稍近，可以隨時趨謁，祗聆誨言。奈老祖年高力耗，家伯、叔父，俱宦游京師，不可一日離左右，以致寸心未展。夏間，反蒙存注，并賜簡翰。時以家伯父覲省言還，出關相迓，致失裁答，悚惶無地。重煩遣使遠詢，益增慚恐。秋氣平分，聞老夫子奉詔還朝，四海延頸如宋司馬，況忝列門牆，加額尤甚。雖老夫子桃李半天下，而卷葹小草，誰不有心。謹備餞儀若干，本欲親賫拜奉，而目下家伯父甫歸，諸瑣事悉以委某，分無所辭，謹藉紀綱奉上，以爲祖道之一助。臨紙無任瞻依。

〔一〕此篇自四部備要本《文集》輯入。

復楊次崖書〔一〕

一從分袂，歲籥幾更，間闊如許，未曾奉尺一以通情愫，疎懶之罪，概可知矣。比年，長兄先生既奏成效於河濱，旋展長才於中土。倥偬旁午之間，從容展布，誰識文章雄伯中，得覩此經濟巨手耶？展讀瑶翰，遠辱注存，兼蒙延譽，知長兄於數千里外，不忘杵臼交如此，真令人感愧交集無論。徐中丞公爲當代碩儒，清班重望，得親拜履舄，喜過瞻韓。即長兄之知我愛我，其又可違耶？但弟與陳世兄同研席五六年，頗稱莫逆。今秋又預爲來歲之約，誼已難辭。况宫詹乾翁先生甫以覲省歸里，有《歷代賦鈔》一書，出自聖裁，行登梨棗。目下搜緝校訂，正屬需人之時，弟雖不才，業許分任其事，即可以辭世兄，斷難爲宫詹地也。來使懇款致辭，倍悉雅愛，兼以長途遠訪，勞勞跋涉，甚所不安。而弟進退由人，事在兩難，統祈鑒察。宫詹處别有一札，附達於中丞左右，想中丞先生亦能垂諒也。

〔一〕此篇自四部備要本《文集》輯入。

復陳宮詹先生書〔一〕

夏初，荷蒙注存，賜之手札，垂顧慇懃，有踰骨肉。時某身留海甸，碌碌塵土中，未及裁答。嗣後，甫送世兄扈從北行，而賤體忽染時氣，伏枕兼旬，百事坐廢。以前日記，俱託及門同人代寫，奉寄遲慢之罪，不可名狀。遥想老年伯自予告南旋以來，兩閲寒暑，以二疏知足之心，兼萬石家門之慶，人間樂事，何以過此？側聞老年祖精神老而愈旺，飲食加進，步履如飛，心羨何極！更可幸者，邇來四年，叔亦假歸子舍，而世兄方接武直廬，循陔之樂，聯以同根，報國之誠，付諸後起。雙美兼全，尤屬從來僅事。但紫禁恩深，蒼生望重，懇辭不得之事，必將復見於今。雖老年伯勇決不回出於天性，至此且奈之何？前寄到賦本，因留直房，不便攜出，未及再爲較勘。想經諸法眼所定，必無遺憾。《全唐詩》頃已告成，配以《賦彙》，二書皆藝苑中甲觀，爲益不淺。今聞剞劂已竣，板存何所，將來印餘副册，得存留一部，以見寵賜，惠莫大焉，非所敢望也。《題畫詩》原草草分類，其中舛訛遺軼尚多。今得老年伯親加鑒定，又增益其所不足，使成全璧，真此書之幸！但未識何時

〔一〕此篇自四部備要本《文集》輯入。

可以告成，世兄望此頗亟亟也。口外消息，聞十二准入城，或云尚須到海子打圍三日，竟未有確信。相聞劉介老作入都之計，王硯兄已歸吴門矣。若二公尚留館中，乞代候起居，良友久别，殊耿耿也。專此肅復，諸非言盡。

與何大令書〔一〕

歲前入都，過承厚愛，祖帳關津，情辭繾綣，感激至今。老父臺清風惠政，流播京師，萬口如一。當今至尊，需才圖治，首重牧民之職。治行如老父臺，何啻召、杜復出，早晚聲謡上達宸聽，不次之擢，無待課最考績也，遥用欣羨。弟繫官燕邸，渭水江東，鱗羽稀闊，凡家園之一草一木，悉賴帡幪，感何如之！

兹有啟者，曩歲家居時，集《歷代分類題畫詩》一部，進呈御覽，目下奉命刊刻，此係皇上榮寵小臣之意。然以窮官當此，梨棗剞劂之資，茫然無辦，不得不告急於老父臺。前項本不欲瑣瀆琴治，但事出無奈，統希鑒原。將來老父臺鳴騶上進，把袂燕臺，乃知弟之貧窘，并非誑語也。臨紙無任翹企。

〔一〕此篇自四部備要本《文集》輯入。

答鉛山令施渟如書

去歲家叔寅工東歸，具審吾兄方修舉廢墜，表樹先型，私心歎仰，匪朝伊夕。頃，唐子星聚過舍，知鵝湖書院近已落成，承枉書幣見招，將委以修志事，分當躬詣講堂，面承範誨。而老病頹齡，精力就衰，憚於跋涉，瀕行復止，但有神馳。昔蔣仲永宰鉛山，改築學宫，朱子稱其知化民成俗之先務。顧學校興廢，有司與有責成。至於書院之在郡邑，當事者率視爲可有可無，往往任其圮仆。向非實有志於聖賢之學，欲溯其源流，而泯其同異者，孰肯於先儒過化之地，汲汲以舉廢爲事乎？吾兄獨慨然毅然，爲此於舉世不爲之日。固宜至誠所動，由上官而徹宸聰，此真吾道之幸，千載一時也！

然愚竊謂天下事，創始固難，善後亦復不易。白鹿書院初亦仍李氏之舊耳，及朱子整頓維新，規模式廓，去任後猶惓惓致書於錢子言、黄商伯輩，俾因其教而永其傳。弟往年曾親至斯地，瞻仰之下，肅然起敬。先謁禮聖殿，次宗儒祠，次先賢祠。時主洞者，建昌、安義兩學博，諸生從游者，不下三四十人，次第來揖，與之語，皆恂恂謹退，無子衿佻達之風。則又竊喜竊嘆，凡流連三晝夜，乃去。夫朱子距今已遠，而良法美意，猶未至盡廢者，推原其故，蓋由廣置洞田也。按洞田，舊籍〔一〕多至二千三百餘畝，今雖未能，似宜先置數頃，計畝勒石，虛其左方，後有同志，以次漸增。不但廪給師儒，且可計其贏爲歲修之費，如此庶不辜創興之舉，庶可垂久遠之模。要使此邦人士，群〔二〕知賢侯深仁厚澤，惠我無疆，父兄師弟，交相勸勉，將由科舉之業，以求進乎身心性命之微。

西江，固昔所稱理學名區也，安知自今以往，不有聞風興起者乎？鄙懷區區，所屬望者實在此。此外，更有應酬條件，疏於別箋，發凡起例，事歸賢宰。至草創編輯之役，弟雖不文，固不敢辭。不盡之意，特命小兒克承代陳，諸祈照鑒，不備。

公送諦輝禪師再住龍井啟

伏以蓮華掌上，千重障碧海之瀾；貝葉林中，百級辨丹梯之路。雲無心而出岫，鶴隨錫以還山。瓶拂生風，人天有慶。恭惟某師旨闢三關，功深七净。戒珠忍鎧，慧明早證乎一襟；香積軍持，供養普同乎十地。方其撥塵見佛，已椎鼓而上堂；及乎爲法求人，乃鳴

〔一〕「籍」，四部備要本《文集》作「隸」。

〔二〕「群」，原作「郡」，據四部備要本《文集》改。

鐘而退院。下座自鷲峰以後，結茅於龍井之傍。石火如星，祥光屢現。源泉比鏡，定水忽清。山中有此奇緣，衆口傳爲盛事。爾乃振錫避蟲，升錘代鴿。翔於廖廓，寧同蜮魅之形；視若烟埃，不作鶺鴒之戀。正宗淡薄，何妨離俗而自超；外道峥嶸，方且入群而不亂。半肩差辦，衲上吹毛；一印重圓，臺前剗草。辨才之復歸天竺，紛出寶光；了元之常住金山，偈留玉帶。此騑馳慧駕，力稍倦於津梁；而影定智燈，道仍高於宴坐者也。某等識鑒難窺，心塵易壅。情微出世，慚斷酒之蕭綱；工少破邪，愧長齋之王奂。惟是春園柳路，企香象於禪林；海月桑津，仰宗風於法界。製頭陀之頌，幸遇簡棲；羨盧岳之游，將從惠遠。伏願佛日長輝，慈雲大布。龍宫鵝殿，超九劫而景象恒新；東震南離，合四大而光明徧燭。則山靈有主，報恩於蓮目果唇；沙界無方，奪彩於珠還璧合矣！

代柬吕無黨[一]代陳世南，札中所稱家伯即乾翁。

自壬午省中一會，荏苒至今。所惠名稿，珍之篋笥，披對如晤。且時從馬寒兄處，得

[一] 此篇自四部備要本《別集》輯入。

悉動静，差慰闊懷耳。

兹啟者，家伯父在京邸時，曾奉命纂輯《賦彙》一書，已經進呈，但刻期告竣，掛漏尚多。目下方欲廣搜散逸，合成大觀。屈指近地藏書之家，舍敝鄉花山而外，惟老□暨梅里老人而已。而梅里先生淹久吴門，未便馳謁。花山所有，業已蒐索略盡。度鄴架所收，富於猗頓。銖寸累積，不如探一寶藏。本欲親懇，緣多事匆遽，特託姪孫□□，叩齋告借。惟望傾囊倒篋，助成全書。使數千年纂刻之家，有所歸宿，何快如之！原本目録并奉覽，以便檢付。大約以唐、宋、元所缺文集爲主，明人集次之，志書及他本又次之。□處寫手甚多，録出即當奉趙，萬無污損浮沉之患。如不見信，有寒兄前例可證也。容日面叩，不一。

壽張提督〔一〕

恭惟□□□天上歲星，關西鼎族。建牙旗而出鎮，盡收半壁江山；啟玉帳而書功，何止千秋帶礪。柳營晝静，清風散入於旌幢；蓮幕春暉，氛祲潛消於樽俎。况復曹武惠之

〔一〕此篇自四部備要本《别集》輯入。

箱篋，惟載圖書；郤元帥之韜鈐，專崇禮樂。軍籌羅俊彦，每聞即席賦詩；小隊出郊坰，時見尋花覓句。壽域天開，春熙人共。某幈幪餘蔭，想望清標。每欲理舟楫於雲間，謁旌旗於海上。而子舍難離，寸心未遂。兹當中和之令節，正值弧矢之高懸。幕府晨開，柳色共春旗交映；杯觴夜動，月光與樺燭争輝。虎奮龍驤之儔，逡巡避席；桂芳蘭馥之雋，次第奉觴。樂事爲古今所無，歡聲合遠近無二。他日耆英會裏，徐伸祝嘏於三千；今日花月宴前，聊佐稱觴於萬一。仰祈台鑒，曷勝愚衷。

徵詩啟〔一〕

蓋聞弇山眉樹，西池介王母之觴；紫蓋標峰，南嶽注夫人之籙。真靈位業，圖裏類載瑶姬；雲笈寶章，録中必稱玉女。月遂號姊，廣寒之銀闕千層；星亦名妃，神島之瓊扉十扇。羅浮香外，爪識麻姑；蓬萊閣邊，髾垂艷女。青蓮送相門之婦，九疊紫煙；玉溪詠天上之人，五銖綺縠。惟吸露餐霞之侣，乃擅才情；而詠椒吟絮之儔，大都仙品。

〔一〕此篇自四部備要本《别集》輯入。

我沈年伯母范恭人系傳文正，千載而下，代産俊英，望著中吴。四姓之中，尤推卓躒。自祖參政長倩公振藻南州，父檢討伏菴公揚聲北郭，文章冰鑑，澤滿點蒼之山；史筆玉堂，人記柯亭之井。橋名宛轉，池内養右軍之鵝；堂號芝蘭，帳後列季長之樂。恭人甫離毁齒，即羨徽柔；乍至勝衣，群言婉淑。聽鶯閣清文滿篋，善禀師承；絡緯吟麗句千章，洵能貽厥。琉璃硯匣，每依睡鴨之爐；玳瑁書籤，長並舞鸞之鏡。衛茂漪法傳戈永，遜彼臨摹；曹大家賦作《東征》，讓兹博洽。且也旁工渲染，仿北苑之雲山；妙悟寫生，學南唐之花鳥。鷗波亭子，管仲姬詞翰風流；小宛山堂，趙文淑粉墨蕭灑。歸於東田年伯學士公，隱侯詞賦，猶傳元暢之樓；詹事聲詩，共説鬱金之什。甥能似舅，宅相稱賢；姪其從姑，内賓允若。時尊人編修青城公，宫袍翠袖，早紬金匱之書；夕膳晨餐，遽賦《南陔》之詠。奉堂萱而盡養，愛日舒長；喜庭桂之挺生，聯珠照耀。伯氏翔生公，横經絳帳，羨綬桃穠李之交妍；仲氏瞿菴公，射策鑾坡，喜蓬鱠冰醪之拜賜。恭人之事學士公，雁燈共照，疑義討論；鴻案相莊，奇文欣賞。君舅東山樂志，甘旨潔馨；夫子北闕上書，虀鹽黽勉。學士公於是青鞋席帽，騁槐序以争先；白雪鴻文，薦秋風而直上。尋以鎖闈高等，擢爲中秘詞臣。芙蓉鏡下，譽滿春官；芍藥詩中，珮鳴紫殿。青綾入直，視日影之花磚；朱鬣早朝，聽霜花之街鼓。恭人則雞鳴相警，每櫛縰以將迎；日昃不遑，猶拮据而庀治。若乃仰雕攀驥，誰無託足之賢；墜珥遺簪，大有掃門之客。學士公虚懷接士，諸生皆庾杲之蓮；折節禮賢，從事盡王恭之柳。恭人則盤飧必飭，豈止咄嗟之糜；杯斝不空，如解逡巡之酒。若夫鵠綾鳳紙，玉帶常書。賞花釣魚，宸章敬和。疊被恩綸之錫，頻膺章服之華。恭人則躬益儉勤，奉逾清素。羅紈在御，偏安污澣之衣；甘毳鮮陳，每飽園蔬之味。廿年玉局，資琴瑟之賢勞；繼世坤儀，學舅姑之軌範。睦閨門之妯娌，内則是師；潔祭祀之蘋蘩，《召南》爾式。是以女宗鍾郝，少克相夫；母訓珩璜，長能教子。蘇家軾轍，兄弟並駕熙豐；徐氏摛陵，父子俱領箸作。長爲進士天維年兄，才高綵筆，少看上苑之春；吏試繡川，已協中牟之化。陶士行之廉潔，封鮓可風；雋不疑之平反，明刑秉訓。次天申、天采兩年兄，録幕黄簾，惟勤絃誦；潘江陸海，屢冠豪英。蔚爲王國之羽儀，允作天家之楨幹。況夫乘龍佳壻，咸屬燕子烏衣；繞膝賢孫，悉是蘭芽玉茁。蓋由地名渥水，自多騏驥之兒；山是崐岡，定有鳳鸞之雅。

兹者年逢花甲，序值春中。金甌宅畔，颭楊柳之輕風；珠樹庭前，霽杏花之宿雨。釵飛戴勝，競瞻寶婺之星；屏囀倉庚，争熟餘杭之酒。銀箏纖手，彈來寶柱十三；紅襪回身，舞列紫鴛七十。朱軬交轂，半是門生；紫毯趨蹡，無非群從。大中等劉盧世戚，孔李通家。或集賢院中，並聽金鑰；或大羅天上，同詠霓裳。既拜母以登堂，宜稱詩以獻壽。

伏望東觀名儒，西園才子，速成朱貝膠東河北之箋，廣輯瓊瑶五岳十洲之客。裁雲鏤月，共成樂只之歌；戛玉敲金，群進穆如之頌。謹啟。

重建大悲殿募疏引〔一〕

蓋聞法雲常住，慧日無窮。非資佛力之慈悲，誰脱人間之窠臼。惟此黄坡菴大悲寶殿者，居海昌之東偏，當黄崗之北界。創自有宋，紀端平年號而如新；火於有明，得若水禪師而重建。名實高於蘭若，地不接於紅塵。乃者歷年既多，舊觀頓改。蘭橑桂棟，半入塵埃。月殿風廊，全欹雨露。爰有白庵禪師，梵行密持，齋心久鍊，猛發弘誓，重振名藍。罄衣鉢以命工，誅草茅而惟力。功既同於累土，事必待於布金。惟願慧業名流，好施長老。結因緣會，生歡喜心。共成西土之琳宫，不吝東坡之玉帶。庶使金光寶相，重照耀於青蓮；香蓋珠幡，永輝煌於紺宇。昔名賢溥施，掌出雙金；信士修檀，手雨七寶。先聲倡導，非敢自謂能之；隨喜布緣，是所望於長者。

〔一〕此篇自四部備要本《别集》輯入。

尺牘八通〔一〕

小别忽經年，老境何以堪此？初歸人事鹿鹿，兼值省墓，時未遑相詣。郎君見過，又復失晤。聞吾兄方患目眚，而弟新得書畫古玩十餘種，思就評於法眼，亟望掃除障瞖，過我品題。十五以後，庶務稍閑，不知能襆被信宿否？磁器廿件，秋石二圓，附趼哂存是荷！珩齋先生，弟慎行頓首。尚有東和燒一壜，俟便舟奉上。

〔一〕此八通尺牘自清道光抄本《初白庵尺牘》（一卷，吴昂駒輯）輯入，該抄本附於《初白庵藏珍記》後。其後有吴昂駒跋：「右查太史初白公尺牘，真蹟係武原張丈鷗舫舊藏。乾隆甲寅暮春，先季父兔床公與一時名人修褉涉園。席間，張丈出此册賞玩，先季父遂假以歸，余乃得一寓目。未幾，録存副本，以原册還之。忽忽數十載，時往來於心，不能去也。近張丈物故，家中法書名畫，間或散出，而尺牘亦遂爲諸人分去。余從茗賈先後購此八通。内與馬珩齋先生借觀《南史》，時太史方補注蘇詩，藉以考校。今《補注》刊本，於《次韻朱光庭初夏》第五句，辨承業爲見於《北史》，施、王兩家注謂見於《南史》者謬。則當日用心之勤，訂正之切，於此可見，又豈得以尋常酬應筆札目之乎！兹雖較張丈舊册不及十分之一，然少而益珍，誰謂斷錦零紈，不足與天吴紫鳳美也哉！道光丙戌孟秋中浣，邑後學吴昂駒謹識。」

又半月不相聞問，甚念！目患以漸減否？《龍木論》云：「眼翳凡十五種，又有五輪八廓之障。」細思尊恙，當屬風氣二輪，受病在肝家居多。高明以爲然否？苕中有去翳名手，近以應召北上。撥開雲霧，作清净觀，知其受病之由，便得療病之法，想不必借力於針藥也。望切禱切，專价代候，幸示慰懸懸！弟慎行頓首。

新年既删俗例，遂使形跡闊疎。想南樓興味殊佳，停雲在望，如隔霄泥也。舊曾借閲《南史》，草草一過，不記其詳。今有一段，欲煩檢閲。李承業有傳否？傳中有集古今奏議爲《諫苑》一書之事否？因注蘇詩及《朱光庭初夏》一首，中有疑義耳，候確示。寒兄學長，弟慎行頓首。

頃自杭歸，聞無黨已先期相過，不知苕游果如前約否？即苕游不果，而竹翁日内必至，且作鄉曲盤桓，再商後會耳。太夫人想已萬安，令姪輩痘症諒皆安吉！相念之切，專力走候。三兄不另啟，郎君近狀，并望示慰！珩齋先生，弟慎行頓首，廿三日五刻。

記》一首，則別集亦有之。二本對校，此爲重出矣。蘿臺畫扇，止存二柄，故人手筆，不復能割愛也。郎君素箋，檢案頭不得，想雜置查浦處耶！率報不一。珩齋先生，弟慎行頓首。

一月以來，苦腰痛，郡中之行，因此而阻日。卧陋室中，聽風雨聲，但有愁歎，止坐道力未堅。得教，知精進過我，真敢拜下風矣！秉之語，晤間已略及之，亦無決絶見覆之辭。行止惟臺酌耳。蘿臺已作古人，手筆尤可寶，弟所藏無幾，不願以易他玩，故不檢付，有興過此共賞何如？弟慎行頓首。

平生所與西溟同年往還詩札，向在京師，彙成一卷，被陳六謙取去，至今以爲憾。承教乃無片紙可供清玩者。查浦處或有此，俟其到家，往問可也。玉峰之行，若在出月望後，擬遣一僕隨往，蚤則不及矣！率報不具，期弟名心肅。

蘿臺畫扇，遵命換水墨溪山，附識數言於後，即託髯翁奉寄，曾否送到？香櫞古無賦者，去年見東崖七律一首甚佳，今但寫意，意在博取一粲而已！查浦歸志已決，未必非知己所樂聞也。并及，珩齋先生，弟慎行頓首。

尺牘九通〔一〕

浪跡半年，往返萬里，而彼中地主惟一人，其不至狼狽者，幸也。初歸即問近況，聞方留吴會，接手教，乃知以目疾静養山中，未能叩候爲悵。拙詩一卷，多屬草稿，須俟謄清奉正。稚子已赴禾應試，并復。

學道未深，至多妄想妄動，受此黑業，正天之成就老僧也。承知己念，感愧感愧！蘇詩無恙，竟爲吾家青氈。昨又從俠君借得抄本施注，日内方在檢勘，胠篋一案，已付之小劫矣。竹垞此時往禾，月杪約過舍，至期再相聞耳。

〔一〕此九通尺牘自清道光抄本《初白庵尺牘》輯入。其後有吴昂駒跋：「右諸尺牘亦係涉園舊藏，余未及購。第一通言及珩齋目疾，與余所得前二通同時，以下數通，皆與《蘇詩補注》有關，故并録存之。」

秋後伏枕浹旬，因江村公前語久而未報，不得已扶病出門，舟中受暑受風，歸途勉强一過竹翁，卧談半日，稍稍忘倦，到家委頓如故矣。兒曹出手書，具承感念，吴中丞事已度外置之。此間回文亦非難事，所苦衰謝餘生，心神漸耗，及身未死，必欲成《補注蘇詩》一書。但卷帙浩繁，即謄清稿本，大非容易。昨復從竹垞借出數十册，以消磨枕上歲月。大抵每閲一部，必有一二條可采。今又聞吾兄新購得《韻語陽秋》，亟思一看，專力走請，望即發下。前借六册，一併繳還，幸檢到。竹翁期以七月初七八南來作連宵踏月之會，不知追隨之緣不如從前慳阻否？

竹翁失約不來，春興遂嬾，兀坐小樓，日以抄書爲課，半月内已編成《蘇詩目録》第一卷，亦謄清矣。亟思就正於知己，昨吴以振口傳，駕於初十過我，正在延佇，接手教且喜且悵。德尹庭前海棠極盛，明日晴好，何不肩輿西顧，作一兩日閒賞耶？候切候切！潤木過年了無消息，承注存，謝謝！從者枉存之便，幸攜《宋史新編》及《欒城集》善本，尚欲檢訂訛字，繙閲一過，即奉歸插架耳。附復，不一！

前夕歸途，雖有月色，而草露沾濡，從者勞矣。昨日清溪人來，奉敝座主命，將有揚州之行，入山之約，不及走踐爲悵。《欒城集》抄本亦係不全，欲一閲《潁濱遺老傳》，乞從刻本檢此卷，付來爲感。蠟斗奉貢，周旋几案十餘年，今割以相贈。老懷無取，繫戀可知矣！

苦雨交蒸，加以肋瘡作楚，日内未能赴出門之約，懊惱非常，小兒選後尚無來信，早晚正在懸望。承知己存注，謝謝！《潁濱遺老傳》，抄本所無，刻本時須檢閲，容日馳繳何如，率報不一。

得公寓怡然房，南即古雲院也。渠明日有武原之行，若往晤，須在今晚，庶不相左耳。來書暫留，相易亦無不可，但弟本與竹垞本勘對，有無缺失，手注其上，未忍便捨，且所采東坡唱和詩，具未録出，兄欲留覽，他日仍當見借，則兩得矣。别諭不敢承宣，撇非爽約，未知倒换何物，更待面商，何如？

所借書，只除架上重本三種，餘悉照原本奉歸，幸檢。施注原抄，一時未能檢出，想非急務，不妨來年耳，冗次率復。

昨因規贖祭田，二更始反棹，不謂駕適於此日見過也。王集領到，施注原本脱譌處甚多，未足據以校定。刊本先付一册，閲畢更換耳。

尺牘三通〔一〕

初秋澹遠家僕抵都，接次兒三月中家信，始悉吾兄連丁二艱。蓋前此屬有所聞，未得

〔一〕此三通尺牘自清道光抄本《初白庵尺牘》輯入。其後有吴昂駒跋：「余於道光乙酉秋，借得邑先輩查學庵先生詩集，燈下展閲，見其有《題初白太史證因圖》七律二章，詢諸交好中，知此圖者甚少，今觀太史尺牘，而知圖係王麓臺先生所繪，尤爲可重，且當時遠近傳觀，必多題詠，何至今日而圖與詩皆不可得見乎？昔予内兄陳半圭輯太史年譜，僅載《槐蔭抱膝》、《蘆塘放鴨》及《初白庵四杖》諸圖，而此獨未之及。録尺牘三通，以俟補其闕云。太史更有《行樂圖》，爲沈松年所畫，時康熙甲午，太史年六十有五，年譜中亦當補入。案，太史平生所繪諸圖，今皆無從蹤跡，惟《四杖圖》猶爲查浦公後人丙唐丈所藏。「四杖」者，太史及弟查浦、横浦、信庵四老人也。圖亦沈松年作，時在雍正甲辰，太史年七十有五矣。聞其寫貌逼真，余屢勸仰峰借摹，至今未果。附記於此，俾企仰太史者得以至魏塘索觀耳。」

確報，而此信則緣水程淹滯，故至是乃悉其詳。已遣急足往荒城，便當專人至奠，幸勿督其失禮也。西北抗旱，加以炎疫。聞吾鄉淫潦連綿，伏審兩兄哀毁之餘，孝履無恙，可勝馳禱！兩舍弟家居，諒當時時入山，勤相慰藉，竹垞先生常得合并否？《烏臺詩案》，便中刷寄數十部，西齋亦來苦索。此本原從渠借抄，似難却其求耳。弟精力就衰，齒髮凋落，了無善狀可爲知己道者。初白庵片瓦未辦，近復發妄想，屬麓臺先生作證因圖，敷水橋邊，前游髣髴，不爲埃塵汩没，賴有此而已。德尹亦味禪悦，高明如昆季，亦能回向心地初否？幸留神毋怠。三兄不另候，統此致意！

既望一語已悉，但此時尚無肯綮，奈何！詩話數條，如咸兄已録出，便中幸與證因圖並擲爲感。冗次率泐，不盡。

前書照來日收到，方在繙閲，足以消夏。承教，俟此間閲畢，更换可耳。證因圖附去，丹老晤間爲致意。

尺牘二通〔一〕

仲春五日接讀元宵前手教，知馬蹄又走長安，執事戚誼真摯，存殁之語愴然動人，益促我東歸之念矣。辱諭援例二生，黔例已於去冬停止，目下藩司彙册已成，概不收納，惟竢鎮遠府册報到日，即當達部。來教乃出後時，不能奉行矣，奈何奈何。即右朝見托加納事，亦坐是無可復商。近亦寄書報之。執事試問之子穎、豹臣兩公，知愚言之不謬耳。冗中泐復，惟祈鑒諒，臨楮神馳。亮工表叔至誼，期同學姪璉頓首。印一。夏重。朱文方印。

初聞吾弟入泮之信，憂喜交半，正慮空中樓閣，架構萬難，及兩僕來黔，細悉顛末，添我鬱結。念弟甫離怙恃，甘苦未諳，□□迫促遠行，不及待汝成立。每一憶此，輒用疚心。吾曹基業淺薄，每事須踏實地。功名一途，正當讀書俟命，時至事起，徐相機宜。居巢人好奇計，七十乃自見耳。急而强爲之，徒費心力。先疇數十畝以供餬口，今弟受分之産，

〔一〕此二通尺牘自葛嗣浵《愛日吟廬書畫叢録·别録》（浙江人民美術出版社二〇一二年版）卷二輯入。

過半已屬他人，便有饑寒之患，奈何奈何？ 然貧乃士之常，古人類有立錐無地、奮發自振者，惟願因此益加激勵，刻苦讀書，即就制闈之業，猛圖寸進，勿馳騖於聲華，勿因循於歲月，痛自繩削，庶望有成，以慰先靈於地下，此真嘔血瀝膽之語。 弟天性純良，必聞之而心動也。 去冬曾從楊語可處會付文銀二十兩，少爲吾弟補苴罅漏，此時想已收，明乃兄心雖無窮而力則有限，知能體悉區區耳。 庚姪已爲納盟，可令多讀程墨，遇文期與闈題分做。 弟以叔父之尊，力相督率，勿共荒於嬉，切切！ 二兄來信，有三月赴江右之語，故不作字。 所托納盟三姓，因來人到遲，貴州事例已停，不及代爲料理，有來問者可以此復之。 期兄璉白。

敬業堂文集卷六

易説

河圖説〔一〕

注《易》之家，自漢唐以下，未有列圖於經之前者。朱子指《河圖》爲聖人作《易》之由，獨創此例。後來科舉之學，遵用《本義》，遂無敢異辭。

愚據《繫傳》考之，竊謂《河圖》之數，聖人非因之以作《易》，乃因之以用蓍者也。《上繫》第九章，程子移「天地之數」於「大衍」之前。《本義》云：「『大衍之數五十』，以《河

〔一〕此篇世楷堂藏版《昭代叢書》己集《易説》、四庫全書本《周易玩辭集解》題作「河圖説一」。

圖》中宫天五乘地十得之。」則朱子固以《河圖》爲蓍數所從出矣，不知於十一章何復指爲作《易》之由？觀本章經文，首云：「天生神物。」末云：「河出圖，洛出書。」明是先有蓍、龜，後有圖、書。天之生蓍，以爲《易》用。河之出圖列象，以示蓍之用。「聖人則之」者，因圖象而立揲蓍之法也。所以下文接云：「《易》有四象。」在圖爲七、八、九、六，在《易》爲陰、陽、老、少，其數適相符。聖人倚圖之中數，用蓍衍之。自八卦而六十四卦、三百八十四爻，參伍錯綜，以盡其變。圖與卦爻，遂相爲用而不廢。然則《河圖》之出，造化所以通蓍卦之變耳。若論圖象，五十居中，一、二、三、四爲位，六、七、八、九爲數，止有四象，初無八卦也。《易》有《易》之四象，圖有圖之四象，以七、八、九、六合於陰、陽、老、少，而卦之變以出，而蓍之用以神。顧〔一〕在伏羲畫卦之初，止是一奇一偶。於奇上再加一奇一偶，於偶上再加一奇一偶，兩儀四象，天造地設，不假安排布置，豈待列《河圖》於前，模〔二〕仿而畫卦乎？夫畫卦之由，吾夫子固明言之矣：「仰觀天，俯察地，近取身，遠取物，於是始畫八卦。」果若《河圖》爲作《易》之由，夫子何不云「觀《河圖》而畫卦」乎？夫子所不言者，愚

〔一〕「顧」字，原闕，據世楷堂藏版《昭代叢書》己集《易説》、四庫全書本《周易玩辭集解》補。
〔二〕「模」，世楷堂藏版《昭代叢書》己集《易説》、四庫全書本《周易玩辭集解》均作「規」。

不敢信也。夫子所明言者，愚不敢悖也。

河圖說〔一〕

客或〔二〕難余曰：「因圖畫卦，夫子所不言，固已！然則朱子之臆說乎？」曰：「非也。其說出於劉歆，衍於緯書，而傳於邵氏，朱子特篤信弗疑焉爾。」

按，《漢書·五行志》：「劉歆以虙羲受《河圖》，則而畫之，八卦是也。」《春秋緯》云：「《河圖》龍發。」《禮緯含文嘉》云：「伏羲德合上下，地應以《河圖》、《洛書》，則而象之，乃作八卦。」孔氏、劉氏、鄭氏因以《河圖》爲八卦。東漢尚讖緯，其說相沿，無足怪者。晁氏《讀書志》云：「緯書僞起哀、平，光武既以讖立，故篤信之。鄭玄、何休以之通經，曹褒以之定禮，自苻堅之〔三〕後，其學始絕。」〔四〕厥後，韓康伯注《繫傳》，削而弗采也。孔《疏》雖雜引衆說，初不列《圖》於經也。

〔一〕此篇世楷堂藏版《昭代叢書》己集《易說》、四庫全書本《周易玩辭集解》題作「河圖說二」。

〔二〕「或」，世楷堂藏版《昭代叢書》己集《易說》、四庫全書本《周易玩辭集解》均作「有」。

〔三〕「之」，世楷堂藏版《昭代叢書》己集《易說》、四庫全書本《周易玩辭集解》均作「以」。

〔四〕此段小字底本、四部備要本《文集》均錯置於「因以《河圖》爲八卦」之後，據世楷堂藏版《昭代叢書》己集《易說》、四庫全書本《周易玩辭集解》改。

周子於《易》，發太極之義，第云聖人之精，畫卦以示，於《河圖》無一言也。歐陽公深以龍馬、神龜爲不經，嘗力闢之。程子云：「無《河圖》，八卦亦須畫。」陸象山曰：「《河圖》屬象，非作《易》之旨。」袁樞仲亦疑《河圖》爲後人僞作。獨朱子堅信緯書之說，於《河圖》析四方之合，以爲《乾》、《坤》、《坎》、《離》；補四隅之空，以爲《兑》、《震》、《巽》、《艮》。此與後世納卦家以文王八卦納入《洛書》者何異哉？蓋朱子於《易》，不宗程而宗邵。邵氏之學則傳自陳希夷，朱子亦自謂「先天後天圖，其説皆出邵氏」。而康節之子伯温作《經世辨惑》，謂希夷學《易》，止有一圖，以寓陰陽消息之數與卦之生變。則似《河圖》亦傳自希夷者。但自希夷以前，皆爲方士所授受。至希夷傳穆伯長，伯長傳李挺之，挺之傳邵堯夫。《本義》宗邵，始舉《圖》歸諸《易》耳。

善乎！歸熙甫之言曰：「『河出圖，洛出書』，此《大傳》之所有也。通《乾》流《坤》、天苞地符之文，非《大傳》之所有也。以彼之名，合此之迹，不與《大易》同時，不藏於博士學官，千載之下，忽出於山人野客，私相付受。雖其説自以爲無所不通，然有《易》則無《圖》可也。」

或者又援《論語》「河不出圖」之言以相證，此尤傅會之甚者。天下豈有《河圖》既出，復有一《河圖》哉？使後之圖不異乎前，則何煩復出？使前之圖有異乎後，是兩《河圖》

矣！夫子「吾已矣夫」之歎，蓋在莫年，即「明王不興，天下孰能宗予」之意。如謂《易》因《圖》作，則前聖人既作《易》矣，《河圖》復出，夫子又將作一《易》耶？

余既作《河圖説》，復細閲《朱子全書》，其中數條，有與鄙見相發明者，因摘附於左：一，附録語云：「仰觀俯察，遠取近取，安知《河圖》非其中一事。」玩此條，則與「《河圖》爲作《易》之由」，朱子已似稍變矣。一，《感興》詩云：「羲皇古神聖，妙契一俯仰。不待龍馬圖，人文已宣朗。」又《答王伯禮書》云：「太極、兩儀、四象、八卦，伏羲畫卦之法也。」玩此二條，則作《易》之由，朱子亦自謂不因《河圖》矣。一，《與郭沖晦書》云：「七、八、九、六，所以謂陰、陽、老、少者，其説本於《圖》、《書》，定於四象，大抵《圖》、《書》，七、八、九、六之祖也。」玩此條，則蓍數出於《河圖》，朱子固嘗言之矣。元儒胡雲峰説《易》，專宗《本義》，然於《説卦》第十章謂：「以一索再索爲揲蓍求爻，乃朱子未改定之筆。」愚亦謂因《圖》作《易》之説，詳著於《啟蒙》，得毋行世最蚤，晚年於《本義》遂不復改定歟？愼行年且七十，方有志學《易》，上無師承，旁無朋友之講習。間有所疑，求諸《注疏》、程、朱，而未能釋然者，或從先儒語録、文集參稽得之，意在考信而已。管窺錐指，《易》道至大，何所不容。縱受嗤於衆目，冀不獲戾於先聖爾！

横圖圓圖方圖説

伏羲六十四卦次序，《横圖》凡八層，一分二，二分四，四分八，八分十六，十六分三十二，三十二分六十四。以《乾》始，以《坤》終，中分《復》、《姤》二卦，陽起於《復》，陰起於《姤》。陰陽交錯，位置天然，莫不從一分兩中出。康節謂猶根之生幹、幹之生枝，明道謂加一倍法，此圖盡之矣。方、圓二圖，形體雖殊，大要不離乎此。

《圓圖》左陽右陰，一順一逆，皆從中起。左自《復》數，右自《姤》數，歷四卦而爲《震》、《巽》。又自《震》左數，自《巽》右數，歷八卦而爲《坎》、《離》。自《離》左數，自《坎》右數，歷八卦而爲《艮》、《兑》。自《兑》左數，自《艮》右數，歷八卦而爲純《乾》、純《坤》。其次序，與《横圖》相合。

《方圖》自下而上，有逆無順。亦從中起，由《震》一陽，次《離》、《兑》之二陽，而成《乾》之三陽。由《巽》一陰，次《坎》、《艮》之二陰，而成《坤》之三陰。其分六十四卦，疊爲八層者，第一層即《横圖》自《乾》至《泰》八卦也，第二層即自《履》至《臨》八卦也，第三層即自《同人》至《明夷》八卦也，第四層即自《无妄》至《復》八卦也。推而至第八層，即《横圖》中自《否》至《坤》八卦也。

王魯齋云：「中斷《横圖》，左右回環，是爲《圓圖》。八疊《横圖》，是爲《方圖》。」薛敬軒云：「三圖奇偶皆相對是也。」今合三圖觀之，《乾》得一而《夬》，倍一而得《大壯》，倍兩而得《泰》，倍四而得《臨》，倍八而得《復》。《坤》得一而《剥》，倍一而得《觀》，倍兩而得《否》，倍四而得《遯》，倍八而得《姤》。此是加一倍法。初以六十四卦左右上下分之，各三十二，降而爲十六，由十六而八，而四，而二，而一，此是減一倍法。蓋卦順往，故以倍而加；圖逆來，故以倍而減。畫卦者，漸分漸多；筮卦者，愈求愈少。反復其道，互相發明也。邵子又云：「月者，日之影。陰者，陽之影。以其彼此交錯也。」然則偶者，其奇之影乎？《横圖》之影，緊相錯者也；《圓圖》之影，遥相錯者也；《方圖》之影，斜相錯者也。知順逆加減之法，又知奇偶相錯之理，而後可與觀卦，而後可與觀圖。

卦變説

《大傳》云：「爻者，言乎變者也。」未有爻變而卦不變者。上經三十卦，反對者十二。下經三十四卦，反對者十六。惟《乾》、《坤》，《頤》、《大過》，《坎》、《離》，《中孚》、《小過》八卦，正反相同，則反其奇偶以相配。卦體既變，爻則隨卦而變。三百八十四爻，無一爻不變，即無一卦不變。無一卦不變，則必皆有成卦之由。若所謂卦變者，乃九六陰陽二老之交，主占者臨時而言。作《易》時何曾有「某卦自某卦來」之説乎？

夫子於《彖傳》，或言「上下」，或言「來往」，或言「内外」，或曰「進而升」，或曰「行而得位」，見於《訟》、《泰》、《否》、《隨》、《蠱》、《噬嗑》、《賁》、《无妄》、《大畜》、《咸》、《恒》、《晉》、《睽》、《蹇》、《解》、《升》、《鼎》、《漸》、《渙》等十九卦。朱子因指此十九卦爲卦變。今據他卦推之，如《比》、《損》、《益》三卦，亦曰「上下」，《井・彖》亦曰「往來」〔一〕。又如《屯》以初、上兩爻互换，則成《觀》；《蒙》以初、上兩爻互换，則成《臨》；《泰》以初、五兩爻互换，則成《井》；《否》以三、五兩爻互换，則成《旅》。又如《泰》、《否》二卦，彼此互换，亦可爲四陰四陽之卦：以初爻互换，則爲《无妄》，爲《升》；以二爻互换，則爲《訟》，爲《明夷》；以三爻互换，則爲《臨》，爲《遯》；以四爻互换，則爲《大壯》，爲《觀》；以五

〔一〕此句下，世楷堂藏版《昭代叢書》已集《易説》、四庫全書本《周易玩辭集解》均有雙行小字注：「胡雲峰著《本義通釋》，皆闡明朱子之言。獨十九卦變，或及或不及。而於《渙・彖傳》明其意，曰：『《本義》以二爻相比者爲變，朱子雖有是疑，而未及改正也。』其亦不足於卦變之説而云然乎？」

爻互换，則爲《需》，爲《晉》；以上爻互换，則爲《萃》，爲《大畜》。引伸觸類，兩體中莫不有上下往來之象。夫子何必舉剛柔相易者，一一明言卦變之由乎？〔一〕其於六十四卦中，偶舉上下往來之義，言之〔二〕於十九卦，亦猶《豫》、《隨》等十二卦，或言時義，或言時用，或止言時，豈此外諸卦無時、無義、無用乎？

竊考卦變之説，昉於左氏。戴仲培曰：「左氏説變卦，往往不過一爻。」薛文清《讀書録》亦曰：「變卦只换一爻。」〔三〕演於虞仲翔，而仲翔之釋《比》卦曰：「《師》，二上之五，得位。」蜀才謂：「此本《師》卦六五降二，九二升五，剛往得中，爲《比》之主。」朱漢上據之以定虞氏卦變，其法以

〔一〕「兩體中莫不有上下往來之象。夫子何必舉剛柔相易者，一一明言卦變之由乎」三十一字，底本與四部備要本《文集》均錯置於「豈此外諸卦無時無義無用乎」後，據世楷堂藏版《昭代叢書》己集《易説》、四庫全書本《周易玩辭集解》改。

〔二〕「言之」，原作「二公」，四部備要本《文集》作「二爻」，據世楷堂藏版《昭代叢書》己集《易説》、四庫全書本《周易玩辭集解》改。

〔三〕此注文，世楷堂藏版《昭代叢書》己集《易説》、四庫全書本《周易玩辭集解》均置於「動者惟一爻而已」之後。

兩爻相易，主變之卦，動者惟一爻而已。〔一〕後李挺之爲《六十四卦相生圖》，則《臨》、《遯》兩卦自第二變以後，主變之卦，兩爻皆動，已失虞氏之傳。朱子因李氏之説，别爲《卦變圖》，凡一陰一陽之卦，皆自《復》、《姤》來；二陰二陽之卦，皆自《臨》、《遯》來；三陰三陽之卦，皆自《泰》、《否》來；四陰四陽之卦，皆自《大壯》、《觀》來；五陰五陽之卦，皆自《夬》、《剥》來。本取一卦之中，剛柔相易，兩爻往來者也。乃其釋十九卦，則又不然。有取諸一卦者，有取諸兩卦者，有云上自某卦來，下自某卦來，又自某卦來，取諸三卦者。非特與虞、李二家不合，即朱子亦自變其《圖説》矣。

凡卦以上體爲外，下體爲内。自外而内者，爲下，爲來；自内而外者，爲上，爲往。此《易》之通例也。而《无妄》之「剛自外來」，《本義》謂「卦自《訟》而變，九自二而來，居初〔二〕。」初與二同在内卦，可謂之自外來乎？此尤與經顯然不合者。胡雲峰爲之説，云：「或謂外卦

〔一〕「蜀才」至「動者惟一爻而已」，世楷堂藏版《昭代叢書》已集《易説》、四庫全書本《周易玩辭集解》均作「蜀才謂此本《師》卦，動者惟一爻而已」。「蜀才」後，世楷堂藏版《昭代叢書》已集《易説》、四庫全書本《周易玩辭集解》有小字注：「《宋景文筆記》引顔之推曰：『范長生自稱蜀才，則蜀人也。』」

〔二〕「九自二而來居初」，世楷堂藏版《昭代叢書》已集《易説》作「九自二來而居於初」。

爲《乾》，《震》之剛自《乾》來。」《本義》固未嘗言也。其餘或兩爻互易，並居内體而曰上、曰往，並居外體而曰下、曰來，愚於各卦〔一〕辨之詳矣。薛河東以卦變爲孔子之《易》，愚竊謂卦變乃朱子之《易》也。

又按，《程傳》謂卦變者〔二〕自《乾》、《坤》來，而闢古注《賁》自《泰》來之説。然據其所稱《乾》、《坤》者，皆三畫卦，即《泰》、《否》所分，上下二體之《乾》、《坤》也。下《乾》上《坤》，非《泰》而何？朱子謂依程子變法，則於四陰四陽之卦難通。愚謂，若依《本義》，雜引兩爻、三爻以證一卦之變，亦何難通之有？似未可是此而非彼也。故余於雙溪王氏之言《易》，獨有取焉，曰：「卦變之説，存而勿論，斯可矣！」

天根月窟考

康節以《先天圖》爲伏羲之方位，又創爲「天根月窟」之説。其詩有云：「《乾》遇《巽》時觀月窟，地逢雷處見天根。」蘇君禹解之云：「《復》爲天根，陽含陰也。《姤》爲月窟，陰

〔一〕「卦」，世楷堂藏版《昭代叢書》己集《易説》、四庫全書本《周易玩辭集解》作「體」。
〔二〕「者」，世楷堂藏版《昭代叢書》己集《易説》、四庫全書本《周易玩辭集解》作「皆」。

含陽也。」愚考先儒有以八卦言者，指《坤》、《震》二卦之間爲天根，指《乾》、《巽》二卦之間爲月窟。程前村謂：「天根在卯，《離》、《兑》之中；月窟在酉，《坎》、《艮》之中。」有以十二辟卦言者，則以十一月爲天根，五月爲月窟是已。

康節又有詩云：「天根月窟間來往，三十六宮都是春。」所謂三十六宫者，其説凡六。以八卦言者三：《乾》一，《兑》二，《離》三，《震》四，《巽》五，《坎》六，《艮》七，《坤》八之次序，積數爲三十六；又，以《乾》一對《坤》八，《兑》二對《艮》七，《離》三對《坎》六，《震》四對《巽》五，積四九之數爲三十六；又，《乾》畫三，《坤》畫六，《震》、《坎》、《艮》畫各五，《巽》、《離》、《兑》畫各四，統計八卦，陰陽之畫，亦三十六。以六十四卦言者三：朱子曰：「卦之不易者有八，《乾》、《坤》、《坎》、《離》、《頤》、《中孚》、《大過》、《小過》。反易者二十八，合之成三十六。」方虚谷曰：「《復》起子，左得一百八十日；《姤》起午，右得一百八十日。一旬爲一宫，三百六十日爲三十六宫。」周海門曰：「其往也，由《姤》而《遯》，而《否》，而《觀》，而《剥》，而《坤》；其來也，由《復》而《臨》，而《泰》，而《大壯》，而《夬》，而《乾》。每卦〔一〕六爻，六卦

〔一〕「卦」字，底本、四部備要本《文集》均闕，據世楷堂藏版《昭代叢書》己集《易説》、四庫全書本《周易玩辭集解》補。

往來，共三十六也。」以辟卦言者一：鮑魯齋曰：「自《復》至《乾》六卦，陽爻二十一，陰爻十五，合之則三十六。自《姤》至《坤》六卦，陰爻二十一，陽爻十五，合之亦三十六。陽爻陰爻，總七十二，以配合言，故云三十六。」

按以上諸説，雖若各殊，其以一陽生爲天根，一陰生爲月窟，則無不同也。《象數論》曰：「康節以天根爲性，月窟爲命。性命雙修，乃老子之學，其理爲《易》所不言，故其數亦於《易》無與。」今第因邵氏之説而考存之。

八卦相錯説

八卦相錯，邵氏謂：「伏羲先天之學，《乾》一，《兑》二，《離》三，《震》四，《巽》五，《坎》六，《艮》七，《坤》八，此先天八卦方位也。」邵子又有詩云：「天地定位，《否》《泰》反類。山澤通氣，《損》《咸》見義。雷風相薄，《恒》《益》起意。水火相射，《既濟》《未濟》。」經文云：「水火不相射。」詩中删去「不」字以就句法，已失經指〔一〕。則又以《否》、《泰》、《損》、《咸》、《恒》、《益》、《既》、《未》爲八卦。愚於此不能無疑焉。

〔一〕「指」，世楷堂藏版《昭代叢書》己集《易説》、四庫全書本《周易玩辭集解》均作「旨」。

按方位，南與北對，東與西對，東南與西北對，西南與東北對。皆就三畫卦對看，未及重卦。一陰對一陽，二陰對二陽，三陰對三陽，妙在爻爻相錯。一與八錯，《乾》、《坤》也；二與七錯，《兑》、《艮》也；三與六錯，《離》、《坎》也；四與五錯，《震》、《巽》也。相錯之象，不在互易，而在對待，所以爲先天。若彼此互易，則爲後天之流行矣。

今據其説推之。《否》、《泰》互易，天地無定位矣；《既》、《未》互易，水火乃相射〔一〕矣；《損》、《咸》、《恒》、《益》互易，一陰對二陰，一陽對二陽矣。不但方位變遷，且與經文不合。邵子又云：「八卦相交而成六十四卦。」愚謂合觀下文，只是八卦用逆數〔二〕方得相錯。《乾》、《兑》、《離》、《震》，前四卦爲往；《巽》、《坎》、《艮》、《坤》，後四卦爲來。往者順，《乾》一至《震》四，皆用順數；來者逆，《巽》五至《坤》八，皆用逆數。數往者之順，而知來者之逆。所以《巽》五不次於《震》四，而次於《乾》一。若《巽》五即次《震》四之後，則八卦不相錯矣。相錯只就八卦言，似不當説到六十四卦。蔡虚齋云：「以順逆分判八

〔一〕「射」，四部備要本《文集》作「對」。

〔二〕「逆數」，世楷堂藏版《昭代叢書》己集《易説》、四庫全書本《周易玩辭集解》均作「順逆」。

卦，八卦之位既定，則一卦各管八卦〔一〕，而六十四卦在其中矣。不可以相錯者爲六十四卦，皆逆數也。」先儒固有言之者矣，亦非某臆説也。

吴舫翁云《先後同天説》：先天，圖象也；後天，圖運也。先天《乾》南《坤》北，後天居《兑》之二隅。後天父母之心，比先天更苦。少女易悦，母欲守之；《兑》金易暴，父欲制之；其過暴，而母又欲解之；其過悦，而父欲嚴之。蓋西乃陰方，先天防《兑》，後天防《兑》，其義一耳。不然，先天《乾》初，即領少女何爲者乎？至於出《震》齊《巽》，即雷風之相薄；見《離》勞《坎》，即水火之不相射；悦《兑》成《艮》，即山澤之通氣；《乾》、《坤》夾《兑》，即天地之定位。豈有兩樣父母，兩樣男女乎？蓋先後之名有異，而天則一。先天《乾》南，而後天《離》南，《乾》虚其中即《離》，《離》即《乾》也。先天《坤》北，而後天《坎》北，《坤》實其中即《坎》，《坎》即《坤》也。先天《離》東，而後天《震》東，木生火，《震》即《離》也。先天《坎》西，而後天《兑》西，金生水，《兑》即《坎》也。先天《兑》東南，而後天《巽》東南，轉《巽》即《兑》，轉《兑》即《巽》也。先天《震》東北，而後天《艮》東北，其成終者，正成始也，《艮》即《震》也。

〔一〕「八卦」，世楷堂藏版《昭代叢書》己集《易説》、四庫全書本《周易玩辭集解》均作「一卦」。

先天《巽》西南，而後天《坤》西南，長女代母，母代長女也，《坤》即《巽》也。先天《艮》西北，而後天《乾》西北，少男代父，父代少男也，《乾》即《艮》也。豈非先天即後天之天、後天即先天之天乎！

辟卦説一

京氏卦氣，以十二卦分配十二月，其源發於《子夏傳》所云：「極六位而反於《坤》之《復》，其數七是也。」《本義》於純陽、純陰二卦，不注四月、十月，其餘《復》、《臨》、《泰》、《大壯》、《夬》五陽長卦，《姤》、《遯》、《否》、《觀》、《剥》五陰長卦，皆分注云「此某月之卦」，則又祖京氏説也。

今按，《乾》、《坤》而外，上經《泰》、《否》、《臨》、《觀》、《剥》、《復》六卦，三十六畫，而陰之多於陽者十二。下經《遯》、《大壯》、《夬》、《姤》四卦，二十四畫，而陽之多於陰者十二。上經自《泰》正月，《臨》十二月，《復》十一月，皆陽月也，則逆數已往；自《否》七月，《觀》八月，《剥》九月，皆陰月也，則順推未來。下經自《遯》六月，《姤》五月，皆陰月也，則逆數已往；自《大壯》二月，《夬》三月，皆陽月也，則順推方來。此陰陽多寡順逆，自然之序也。

辟卦説二

十二辟卦，在上經者八，在下經者四，其説亦詳於邵氏。以一歲之月、一日之辰配一元之會、一運之世，皆十二也。陽起十一月，爲《復》，於辰爲子。十二月爲《臨》，於辰爲丑。正月爲《泰》，於辰爲寅。二月爲《大壯》，於辰爲卯。三月爲《夬》，於辰爲辰〔一〕。四月爲《乾》，於辰爲巳。陰起五月，爲《姤》，於辰爲午。六月爲《遯》，於辰爲未。七月爲《否》，於辰爲申。八月爲《觀》，於辰爲酉。九月爲《剥》，於辰爲戌。十月爲《坤》，於辰爲亥。十二月三十六旬，分之則七十二候。十二卦三十六陽，分之則七十二畫。一陽之運，息於《復》，盈於《乾》，消於《姤》，虚於《坤》，此其大略也。

按，《臨·卦辭》曰：「至於八月有凶。」十二月分卦，自文王始，至京房《卦氣圖》，以《坎》、《離》、《震》、《兑》爲四正卦，主二至二分，以六十卦分辟侯、大夫、卿，而《復》、《臨》、《泰》、《大壯》、《夬》、《乾》、《姤》、《遯》、《否》、《觀》、《剥》、《坤》十二卦皆屬於辟，

〔一〕「爲辰」二字，原闕，據四部備要本《文集》、世楷堂藏版《昭代叢書》己集《易説》、四庫全書本《周易玩辭集解》補。

每爻各主一候，此辟卦之名所由昉。要而論之，陰陽升降，不外《乾》、《坤》十二畫中，辟者，主也。爲之主者，在内故也。吾於辟卦，益明《乾》、《坤》之理。

或問：「十二卦體，但有《乾》、《坤》、《震》、《巽》、《艮》、《兑》，而無《坎》、《離》，何也？」曰：「《震》、《巽》一陽一陰〔一〕，《坎》、《離》二陽二陰，所以未便成三陽三陰者，以《離》中有少陰，而二陽分，必至於《兑》，則陰在外，而二陽合，始可進而成三陽之《乾》。《坎》中有少陽，而二陰分，必至於《艮》，則陽在外，而二陰合，始可進而成三陰之《坤》。《復》、《姤》，一陰一陽之後，必合十六卦，而後成二陽之《臨》、二陰之《遯》者，正以其有《坎》、《離》故也。觀夫子於治曆明時，則獨取諸《坎》、《離》者，其義不昭然乎？」

中爻説

中爻之義，《注疏》與《本義》不同。孔穎達分内外卦，以二、五爲中爻，朱子除初、上二

〔一〕「一陰」二字，底本、四部備要本《文集》均闕，據世楷堂藏版《昭代叢書》已集《易説》、四庫全書本《周易玩辭集解》補。

爻，而取二、三、四、五。吴草廬則兼二説，謂正體〔一〕，二爲内卦之中，五爲外卦之中〔二〕；互體，三爲内卦之中，四爲外卦之中。今合六十四卦《爻》、《象辭》觀之，言中者，多在二、五兩爻，惟《復》卦「六四」一爻，《益》卦三、四兩爻，則以三、四爲中位。説者以爲此互卦也，因取《左傳·莊公二十二年》周史爲陳侯筮，遇《觀》之《否》，曰「《坤》，土也；《巽》，風也；風行於土上，山也」〔三〕，杜元凱注云「自二至五，《艮》象」，爲互卦占《易》之證。凡卦爻所取象，求之二體不得者，求之互體，往往得之。非中爻不備，其以此歟！然觀下文，二與四同陰位，用柔，又貴得中，四過中，又以近五而多懼。得中者，二也。三與五同陽位，用剛，不用柔，而云「柔危剛勝」者，指三也，五則剛柔皆吉。蓋三、四不中，而二、五中，譽懼功凶之分由此。據經文，遠近對五言，貴賤以等言。所謂中爻，仍以二五爲主，但

〔一〕「體」，底本、四部備要本《文集》作「説」，據世楷堂藏版《昭代叢書》己集《易説》、四庫全書本《周易玩辭集解》改。

〔二〕「五爲外卦之中」一句，底本、四部備要本《文集》均闕，據世楷堂藏版《昭代叢書》己集《易説》、四庫全書本《周易玩辭集解》補。

〔三〕四部叢刊本《春秋經傳集釋》作「《坤》，土也。《巽》，風也。《乾》，天也。風爲天於土上，山也」，下文杜注爲「自二至四有《艮》象」。

雜物撰德，辨是與非，則非中四爻互體不備耳。

中爻互體説

邵子云：「卦用六爻，《乾》、《坤》主之。爻用四位，《坎》、《離》主之。」今據所謂《先天圓圖》取爲互法，去其初、上，用中四位，左方自《乾》至《復》三十二卦，右方自《姤》至《坤》亦三十二卦。取而互之，各得十六卦。皆以兩卦中四位相交，而縮一卦，實由六十四而三十二也。

蓋自太極肇判，氣以成形，由一以生二。及夫兩儀既奠，則形交氣感，復合二而生一，斯造化之機緘，大《易》之精藴也。按其二體之序，上則《乾》一至《坤》八，兩兩相對；下則《乾》一至《坤》八，四運迭周。自然而然，條理不紊，誰爲之哉？造化之自然也！復以此再互之，左右各得八卦。《乾》、《坤》、《既》、《未》，四四相比，共十六卦。皆以四卦縮成一卦，實由三十二而爲一十六也。夫造化以《乾》、《坤》、《坎》、《離》爲主，故再互之，卦則《乾》、《坤》、《坎》、《離》，具八體。在下體則《乾》、《離》、《坤》、《坎》，分先後以著先天之體。在上體則《坎》、《乾》、《離》、《坤》，明交錯以終後天之用也。再以十六卦互之，則成《乾》、《坤》、《坎》、《離》、《否》、《泰》六卦。蓋《乾》、《坤》乃陰陽之純氣，《坎》、《離》得陰陽之中氣，《否》、《泰》則陰陽之交合。《乾》、《坤》爲《易》之門，於此不更可見哉！統而言之，子午當陰陽之極，故兩互，而《乾》、《坤》之位皆不易，所以定上下之位也。卯酉當陰陽之中，故一互，而《坎》、《離》爲《復》、《姤》，再互，則《復》、《姤》歸《乾》、《坤》，而十六卦縮成兩卦矣。所云《乾》、《坤》爲大父母，《坎》、《離》、《復》、《姤》爲小父母，以圖按之，其序如此。然互體既分上下，則上下亦有中位。正體，則二五爻居上下卦之中，所以多譽多功。互體，則三四爻爲内外卦之中，所以多凶多懼。三四之中，乃由變而成，故曰「雜物撰德，辨是與非，則非中爻不備」也。

吾邑張待軒先生極闢中爻互卦之非，謂：「孔子云非中爻不備者，初、上兩爻所不言中，四爻備言之也。二與四，三與五，乃總論中爻功位，何嘗謂二、三、四爲一卦，三、四、五爲一卦乎？」

廣八卦説

《注疏》於《説卦》取象，字字分疏，難免穿鑿之病。《本義》又失之太略，後學遂靡所折衷。蓋夫子推廣八卦之象，語大語小，引伸觸類，初非義類可拘。有從文、周象、爻例者，有自引《大象》例者，又有於《説卦》别取象者。雲峰胡氏云：「周公以《乾》爲『龍』，夫子以爲『馬』。文王以《坤》爲『馬』，夫子以爲『牛』。象之不必泥如此。」然而求取卦爻，亦往往有合者。如《乾》爲「馬」，則取諸《大畜》之「良馬逐」，内卦《乾》體也；《巽》爲「雞」，則取諸《中孚》之「翰音」，外卦《巽》體也；《坎》爲「豕」，則取諸《睽》之「豕負塗」，中爻互《坎》也；《離》爲「雉」，則取諸《旅》之「射雉」，外卦《離》體也；《兑》爲「羊」，則取諸《夬》之「牽羊」，外卦《兑》體，又取諸《大壯》之「羝羊」，中爻互《兑》也。又如《乾》爲「首」，於《乾》卦「用九」得之；《坤》爲「腹」，於《明夷》外卦「六四」得之；《震》爲「足」，於《大壯》内卦初爻得之；《巽》爲「股」，於《咸》中爻互卦得之；《坎》爲「耳」，於《噬嗑》中爻互卦得之；《離》爲「目」，於《履》中爻互卦，又於《歸妹》内卦「九二」得之；《艮》爲「手」，於《蒙》外卦「上九」得之；《兑》爲「口」，於《咸》外卦「上六」得之。

此外，則有遍求卦、爻，而終不得其義者。如《坤》卦辭言「馬」，爻辭言「冰」，今則取爲《乾·象》；《蒙》言「金夫」，《困》言「金車」，《鼎》言「金鉉」、「玉鉉」，卦中無《乾》體也，此於《乾·象》言之。《坤·文言》言「天玄地黄」，此則言「於地爲黑」。《乾》於《爻》言「龍」，此則入《震·象》。《賁》四上兩爻言「白」，卦中無《巽》體也，此於《巽》言之。《坎》初用事，稱「雲」，稱「雨」，稱「泉」，此則稱「月」，未嘗見於卦、爻也。《頤》言「靈龜」，《損》、《益》言「十朋之龜」，未嘗有《離》體也；《晋》言「鼫鼠」，未嘗有《艮》體也；此則於

《離》、《艮》言之。《爻》有「兑月」、「兑雨」，而《兑·象》不及；《巽》之「用巫」，《鼎》之「得妾」，亦無《兑》體也，《兑·象》則言之。又如《乾》馬，《坤》牛，《震》龍，《艮》狗，《兑》羊，皆重舉；而《巽》雞，《坎》豕，《離》雉，則不重舉。《乾》言爲「圜」、爲「君」，《坤》不言爲「方」、爲「臣」。凡若此者，難以悉殫，類非後人所能窺測。楊龜山云：「《説卦》所〔一〕類，亦不止此，爲之發其端，使學者觸類求〔二〕之耳。」此言得之。學者只從「近取諸身，遠取諸物」會其大意。可解者，解之；不可解者，毋以己説傅會强解之。君子於其所不知，蓋闕如也。聖人且云然，學者顧欲强不知以爲知乎哉？

〔一〕「所」，世楷堂藏版《昭代叢書》己集《易説》、四庫全書本《周易玩辭集解》均作「取」。

〔二〕「求」，世楷堂藏版《昭代叢書》己集《易説》、四庫全書本《周易玩辭集解》均作「取」。

附録

敬業堂文集序〔一〕

王國維

吾鄉查他山先生《敬業堂文集》二册，不分卷，後有吴翁跋，面葉隸書十二字，亦似槎翁手書。蓋源出拜經樓鈔本，而吴本又傳自海鹽張㴑舫者也。先是，他山先生冢孫巖門岐昌輯此集稿，藏花谿倪氏六十四硯齋，陳簡莊鱣首録一本，張㴑舫從之傳録。吴氏又録張本，紫谿王氏簡可復從吴本録之。未幾，而倪本、吴本俱燬於火。槎翁又從紫谿傳録，有跋，見《海昌藝文志》中。此則從吴氏第一次寫本出，疑即王紫谿本也。先生外曾孫陳半圭敬璋又從王氏録得一本，編爲四卷，并撰《年表》冠其首。今張、吴、二陳本俱不傳，則是

〔一〕此序自四部備要本《文集》輯入。

本益足貴矣！此邑人張君渭漁藏書，當吾之世，吾寧言收藏者推渭漁。寧固文獻之邦也，康雍之際，他山先生得樹樓與馬寒中思贊道古樓并以藏書著聞東南。至乾嘉間，吴氏拜經樓、陳氏向山閣之藏，乃與吴越諸大藏書家埒。而蔣氏生沐光煦之東湖草堂、寅舫光焴之寶彝堂爲之後勁。其餘如松靄周氏春、耕崖周氏廣業、緑窗錢氏馥、渟溪管氏庭芬，皆有藏書。馬、吴、周、蔣諸家，亦頗旁蒐金石書畫，而陳受笙均、馬古芸錦、胡廉石棨、釋六舟達受遂以之名其家。其後，諸家之藏頗或散佚。至咸豐赭寇之亂，遂掃地已盡。其幸而存者，蔣氏寶彝堂一家而已。亂後，收藏家若錢鐵江大令保塘、若唐耑甫明經仁壽、若孫銓伯司馬鳳鈞，皆宦學於外，所藏或持歸，或否，世莫得而窺焉。故自余童丱以至弱冠，居鄉之日，未嘗見一舊本書、一金石刻。蓋三百年來，文獻盡矣。暨光宣之間，始得渭漁。渭漁長余三四歲，當就傅時，書塾相望也，顧余未嘗習渭漁。後頗聞渭漁棄舉子業，攻金石書畫。光緒乙巳，余歸自吴門，渭漁訪余於西城老屋，出唐解元芍藥、馬湘蘭蘭石小幅，相與把翫移晷。嗣後，遂不復相聞。惟聞人言渭漁學益進、藏益富。逮丙辰春，余自海外歸，欲盡覽渭漁之所藏，而渭漁則死矣！

初，同光之間，硤川朱苓年明經頗搜羅鄉先輩遺著，其藏書渭漁盡得之，而六舟上人所藏北齊武定玉造像，當時爲搆玉佛庵者，亦歸於渭漁。渭漁又時往來吴越間，所至有獲，亦不復以鄉邦文獻自限。使天假之年，當與查、馬、吴、陳諸家抗衡，乃年甫踰四十而歿。歿後，遺書、遺器及金石拓，尚塞破數屋，均未整比，斯不能不爲吾邑文獻惜也。

辛酉春，渭漁友人仁和姚君虞琴將刊印是書，屬余序其首。余感是書因渭漁而傳，又念三百年來，吾邑收藏家以他山先生始，以渭漁終，故略述渭漁行事，俾附以不泯焉。

同邑後學王國維序。

吴騫跋〔一〕

鄉先輩查初白内翰《敬業堂詩》正續集流布海寓，考韻語者，莫不家置一編，獨《文集》未經授梓，故傳本尤少。予昔於倪敏修大令六十四研齋見之，未及借鈔，時往來於心。今春偶過吾友選巖張君南曲舊業，出此見視，欣然若遇故人，因假歸傳録。此編不知何人所輯，亦未有序目卷次。鈔方竟，適沈吕璜孝廉遺王勇濤《懷古吟》，又得初白翁一序，乃編中所未有，知其遺文之放失者多矣。即别録一通寄選巖，附益編後。選巖博雅嗜古，家藏初白手跡尤多，嘗欲料理敬業遺書，以繼尊甫芷齋先生刊《初白庵詩評》之志，苟其事成，

〔一〕此跋自四部備要本《文集》輯入。

不誠世濟其美者哉！

嘉慶丙辰，邑後學吴騫識。

陳半圭跋[二]

右《敬業堂文集》二册，爲查太史初白公著。先生一生精力，注意於詩，而文不多作。大半出自應酬，復不自收拾，所存絶少。是篇約百首，不類不次，蓋公之孫巖門舅氏所搜訪而彙録者。其後爲花谿倪氏所得，傳録涉園張氏，而原本旋燬於火，兔床吴丈從涉園假以録之，再録於王君紫谿，而吴氏本復燬，今又從王氏本録之。幾經傳寫，訛謬實多，於是悉心校訂。疑者闕之，略加詮次，釐爲四卷，復輯年表一卷於册首。竊嘗聞之，縱横排奡，發揚蹈厲者，才人之文也；俯仰揖讓，春容大雅者，儒者之文也。公原本經術，發爲文章，主於理明詞暢，深得歐曾法度，與其雕琢曼詞以炫世者，相距遠矣。惜所著半皆散佚，而造物者又若妬之，再亡於火，幸而有存。則是篇也，特全豹之一斑，可不爲之珍惜而善藏之乎？余及門查孝廉一飛，公之玄孫也，就試禮部，留滯都門，他日歸，當舉以示之，謀付

〔二〕此跋自四部備要本《文集》輯入。

梓人，以垂不朽焉。録陳半圭《爾室文鈔》

姚景瀛跋〔二〕

海寧查初白先生詩，著聲海内，同邑管芷湘庭芬曾爲之注而未成。《文集》罕見，求之故家，久之，得於張兄渭漁所，係傳寫本，僅二册，不分卷，無序，有吴兔床一跋。文中多訛字，朱彊邨先生爲之校正，復經王雪澄、金甸丞兩先生詳加商訂，遂成善本。先生，康熙時供奉南齋，所謂「煙波釣徒」翰林也。應制之文，鏘金戛玉，上媲雅頌，而碑版序傳記事之作，亦銜華佩實，雅近道園，工力足以相副。其時，如查浦、聲山載筆西清，各盡所長，而論次才名，未之能先。予懼其久而失墜，乞觀堂作序，爲之印行，亦晚學之責也。墨版既竣，爲述得書之由與校書之精，書之跋尾，以告後人。

杭州仁和後學姚景瀛虞琴甫識。

〔二〕此跋自四部備要本《文集》輯入。

查初白先生别集序[一]

金蓉鏡

文以理爲主，以氣昌之，排比字句，末也。然不可疏，疏則理與氣無以載之而行，所謂言之無文，行而不遠。然則，字句，載理之器，非所以爲文也，亦猶於喉舌出言，而非所以爲言。文有奇偶，體各有宜。以一代論之，桐城方氏未出以前，奇體之文未純，而偶體則工。故康熙一代詞人，近世所不能及。查初白先生以詩鳴國初，其集外文，雖非其至，而温潤縝密，殖學有本。此本《别集》手稿亦然。雖多應制、擬作及代人之作，然可備當時掌故，玩其風味，無噍殺之音，亦足以厚俗而宜民。此文之盛也。

乾嘉以後，考據盛而義理衰，衍明季門户之習，一字之辨，動以千百，排纂瑣碎，雜以茁軋，有似博士買驢。逮其極也，則是己非人，短詣長訾，心以不競，如市賈炫售，其格亦卑，而世事亦隨之。

畫此兩界，以觀當世之文，盛衰之故，砉然明矣。今則雜以西事西言，順流而往，疑古者以爲無一物可信。於是舉國故舊俗而空之，萬惑齊發，此考證之極敝也。予感世故，極

〔一〕此序自四部備要本《别集》輯入。

論文體，於此發之。至於此本手稿，流傳有緒，備於藏家，不復瑣及云。

龍集己巳冬十月，嘉興後學金蓉鏡拜序。

敬業堂文别集跋〔一〕

許嘉猷

右初白翁手録稿，殘缺不全，間有塗改，與鐫本不同。我鄉先達手澤，百數十年猶存，可不寶諸？

嘉慶二十二年丁丑正月穀日，妙果山長許嘉猷識於遂初園之賓翰山房。

敬業堂文别集跋〔二〕

姚景瀛

查初白先生《敬業堂文稿》兩册，景瀛前所校印者，蓋從亡友張君渭漁所藏拜經樓手録本迻寫得之。己巳夏，聞吾鄉故家藏有先生手寫詩文稿二册，遂因費君景韓作緣，易以

〔一〕此跋自四部備要本《别集》輯入。
〔二〕此跋自四部備要本《别集》輯入。

重值，今爲校録。則文爲前本所無，詩則有刻，有未刻。先生詩原稿本，藏侯官沈氏濤園，凡其時語涉禁網者，多所刊落。其已刻者，亦多所改定。聞繆君藝風、王君雪澄、諸君真長皆曾借校，别爲寫録。不知此本所未刻者，亦曾入原編否？竢諸他日當校行之。先以此本之文，編爲别集，以附前本之後。果使先生之文與詩，今在天壤間者得盡之，此則景瀛所大願也。

同爲校録者，海昌費寅義得並書。杭州仁和後學姚景瀛虞琴甫識。

初白庵藏珍記序〔一〕

吴昂駒

仰峰查表姪，初白供奉五世孫〔二〕也。恬静泠逸，心無外營，而於先世手澤之遺，恒寶愛而弗失。蓋自供奉至今，百有餘年，凡寸簡尺幅，不啻觸手而如新焉。余每於春秋佳日，拏舟過訪，爐煙幾縷，香茗一甌，與之追談舊事，每請出手蹟以相證，而仰峰亦以余知

〔一〕此序自清道光抄本《初白庵藏珍記》輯入。

〔二〕此處原有眉批：「他山嗣字輩，仰峰有字輩，自他山公算，遞至仰峰，第六世孫。原本不誤，後改誤。」

愛慕遺風，樂出觀而無厭。統先後所得見，亦云多矣，兹將其詩篇題識，録成一編，并以余家藏尺牘真蹟，附載於後，俟續纂《書畫譜》時彙入之。凡寓目於此者，庶以爲星斗之麗天，弗僅作煙雲之過眼可，是爲序。

道光庚寅四月立夏前一日，吴昂駒拜識。

初白庵藏珍記跋〔一〕

吴昂駒

供奉查初白先生於康熙四十三年冬杪，拜賜聖祖仁皇帝御書徑尺大福字，歷世寶藏，至今墨彩常新，覺鸞軒鳳翥之勢，時鼓動於窗欞几案間也。頃，余過訪仰峰，敬謹瞻仰，因將其題句跋語録之以歸。竊案，先生《人海記》載，日直諸臣，每年除夕前，例賜之物甚詳，而是冬加賜「福」字，外尚有御書對聯、緑石硯子。以先生不並入紀恩詩，故人知之者鮮，而備著於《人海記》，亦所以誌不忘歟！至詩句與《敬業堂集》刊本略異數字，由定稿時復爲更正之故，摘附於後，庶讀者得以互參耳：

〔一〕此跋自清道光抄本《初白庵藏珍記》輯入。

首句《集》作「景福欣逢介福辰」。「彤庭」作「深宫」。「箕疇」句作「箕疇更衍無疆祝」。「行看」作「從知」。

陰陽判傳奇

目録

陰陽判傳奇卷下

陰陽判傳奇序〔一〕

海上弘軒主人

千鍾緑蟻，難澆扼塞之腸；一曲紅牙，漫寫英雄之恨。江上之悲風夜起，怨人宫商；匣中之秋水時鳴，怒衝冠髮。君前淚落，怕聞河滿之詞；燭下眉低，愁唱鷓鴣之什。況乎義關毛裏，一腔之熱血横流；事極冤誣，五夜之文犀莫照。苟不乞靈於優孟，肖彼衣冠；誰爲借筆於史狐，傳之簡册。嗚呼！此傳奇之所由作也。

夫乾坤浩浩，鴟鴞偕鸞鳳齊生；今古悠悠，孝子與忠臣並録。夢東門之草，兒女子亦解除兇；懸枯冢之頭，大丈夫真能報父。然而世無秦鏡，妖魅宵行；吏有羅鉗，陽烏晝

〔一〕此序自《古本戲曲叢刊》本《陰陽判》（下簡稱「《古本戲曲叢刊》本」）輯入。

晦。銅山金穴，總爲爨獄之資；封豕長蛇，不改齧人之智。縱使洞胸碎首，尚有餘辜；堪嗟嘗膽卧薪，終難共戴。不嫌饒舌，爲語知音。朱公以磊落之才，半生任俠；厖獪以豺狼之性，一市稱雄。苗莠分畦，薰蕕異氣。顧以設糜待餓，名歸長者之門；因而折簡邀賓，釁啟酒人之坐。雖閨中强諫，婦並王章；而醉後疏狂，途窮阮籍。群兇螘聚，争揮都尉之拳；醜類峰屯，竟摺應侯之脅。斯時也，奄奄命盡，陳元龍之豪氣未除；渺渺魂歸，蔣子文之英靈不泯。於是孝子拊膺，慈孫動魄。呼天有血，哀號長吏之庭；搶地如崩，隱破仇人之膽。却千金於宅相，西州賴有羊曇；堅一諾於宗盟，南國重逢季布。詎料陶朱之子，已囑莊生；還將狐白之裘，私投鄭袖。面塗粉墨，靡師楊震之清；座繞雷霆，不顧阿香之怒。遂使沉冤盆覆，難將成案山移。時則痛絶子心，哭殘親骨，銜哀涉險，僵仆黄河。遮首陳詞，飽經白梃。凄風苦雨，行人憐范叔之寒；九食三旬，曠野乏王孫之飯。縱喜驄留桓典，其如幕有郗生。叩鑾輿而咫尺難通，情同萬里；磨霜刃而十年未試，憾切終天。冀一當而不能，將萬死其奚贖？然而人間碧血，到底消沉；天上青蓮，終成幻化。談空揮麈，袈裟清百劫之塵；負土成墳，毛髮殉九原之魄。矢精誠乎白日，瀚海生塵；格幽意於蒼旻，炎天飛雪。冥漠之報施不爽，如來之證果非虛。當年獄底殘魂，既淪胥於苦海；今日市中虓虎，都滅跡於閻浮。薛家之三鳳方新，鄧氏之一簪何在。禪心徹處，打開人鬼關頭；慧眼看時，照破陰陽境界。試向笙歌隊裏，坐山僧一箇蒲團；好從游戲場中，聽子弟數聲檀板。

海上弘軒主人題。

陰陽判傳奇序〔一〕

長松下散人

天地間多缺陷事，天地不能自補，而俟人補之。人何以補之？補之以事，補之以心。事則華衮斧鉞，其權伸，其事快。心則呼天搶地，其勢屈，其心痛。夫至天下後世痛其心而事已無補，天地亦何貴？是人之補之，然使伈伈晛晛，路人君父，則不獨缺陷在事，且缺陷在心。天地但能以人心補事，又將用何物補心？是故天地之寶，心爲貴。心貴故心不易泯，即當局者自甘泯泯而公道在人，必從而長言之，嗟歎之，流連而歌詠之，甚之感時憤世者摭其事蹟，譜以宫商，直欲以野董狐代鬼咎繇，王章陰律，手爲平反。由是枉者伸，覆者發，潛德闡，奸諛誅，向之大痛於心者，究竟大快於事，而天地一缺陷於是乎坦坦平

〔一〕此序自《古本戲曲叢刊》本輯入。

平。此《陰陽判傳奇》所以不得不作也。

余諦觀朱孝子矢志報仇，既不能骈戮仇黨，復不能剸刃仇腹，則是父仇終未報也。獨其枕戈待旦，須臾不忘，雖海有時枯，石有時泐，而此志耿耿不磨，歷二十五年，仇黨盡伏冥誅，卒以戴天爲恨，一慟而絶。他山老人豈誠快其事乎？夫亦痛其心焉耳，痛其心而按紅豆、付梨園，吾知觀劇者見其仇之狠毒也，將群然而怒，是即孝子之拊膺飲血而怒之者也；見其仇之狡脱也，將群然而駡，是即孝子之決眥衝髮而駡之者也；見其仇之熠於冥誅，入於異類也，終且群然而樂，是即孝子之食肉寢皮、破涕爲笑而樂之者也。是編一日不磨，則是事一日不朽，合天下後世百千萬人之公怒、公駡、公樂，以報孝子欲報之冤，而孝子之心畢矣，而孝子之事畢矣。《陰陽判》如之何可以不作？

且夫天下顛撲不破者，理焉已耳。陽判不公，而至決之以陰判，孰不以爲誕妄無憑。然而苞苴難用於夜臺，請託不行於雷部，積惡餘殃，到頭結案，斷斷如此，奈何不認作照膽鏡，而以爲莫須有、想當然乎？竊願爲人子者閲是而知親之不可忘，爲人臣者閲是而知法之不可枉，貪暴邪淫者鑒此而回頭苦海，好剛任氣者感此而釜底抽薪。則是編之作不但爲孝子補缺陷之事，并能爲天下後世補缺陷之心。女媧氏五色石直可以生花之管代之，其有裨於世道人心豈尠也哉！或曰：是非孝子所願，則奈何？余應之曰：惟其不願有是，所以爲孝子然。橋厠之不中，不得謂豫讓之不報智伯。博浪沙之不中，不得謂張良之不報韓。古今大帳簿大率論其心而已矣。閲《陰陽判》者，當作如是觀。

長松下散人著。

題謬城朱孝子名翊陰陽判〔一〕

王㙉

千秋朱孝子，仗義情殊岌。英氣肘腋生，孤憤風雷泣。父仇伏冥誅，子道真補葺。我披陰陽判，細將遺事拾。本屬謬人事，巧寄毘陵邑。此中有難言，承審多偏執。天道難罔欺，王法無出入。老夫若當時，豈受千金揖。長兒枕中戈，蘊生餘血汁。渺兹一海邦，忠孝不相襲。傳奇醉竹翁，作記悔庵什。抒寫畫圖間，陰風長習習。慷慨復悲鳴，頑廉與懦立。千秋朱孝子，遐哉不可及。

康熙甲申七夕後五日嘉定令黄平震來王㙉稿。

〔一〕此題詞自《古本戲曲叢刊》本輯入。

里言奉贈栩士朱孝子〔一〕

言忠與言孝，事到一時休。孰肯捐微命，偏能復大仇。禍深天亦怒，冤極鬼應愁。堪歎衣冠子，忘親直忍羞。

虞山鄒元斗少微

物换時移只愴神，大仇還仗筆鋒伸。生前俠節酬知己，死後奇蹤足快人。直道詎能容末世，沉冤誰肯達楓宸。昭然果報陰陽判，試向高僧叩往因。

同里楊鳳來子儀

〔一〕此題詞自《古本戲曲叢刊》本輯入。

誰憐不共戴天仇，隱忍偷生四十秋。白骨成灰魂未化，黄金鬻獄恨難酬。聖朝誅殛從寬宥，草土呼號敢怨尤。萬死莫償恩萬一，祇憑血淚灑松楸。

蘇州報本庵釋明戒泣血具

浩氣凌空大復仇，誓將生斷佞人頭。天條有律冤堪雪，暮夜多金志莫酬。深感彼蒼誅萬惡，故拈劇戲播千秋。自慚巾幗無才思，承命塗鴉實可羞。

從來報復最難能，況遇薰天勢焰腥。嘗膽卧薪抛産業，捐軀碎首哭公庭。天憐大孝施誅殛，官懼王章正典刑。今日後人咸服禮，吾宗則傚有先型。

侄婦彩霞具草

述略〔一〕

海昌談清子瞻

廷奇公諱琦，沛國後裔，乃尊君平先生，篤學醇儒，一門孝友，詩禮傳家，業經入誌，垂世而不泯者，欽仰不獨在鄉黨中也。公自幼識《春秋》大意，長而服賈，秉性不凡，豪俠慷慨，抑强扶弱，濟衆博施，受惠者不可勝數。大抵好人之所好，多見知於君子；惡人之所惡，當招妒於小人。

甲申，流寇陷京，首倡義師，召里中壯士，曰：「吾輩雖不食禄，亦可以報踐土之恩。」正擬出師，俄聞寇滅，仍散歸農，遐邇莫不壯公之志遠。里有龐揚者，會於尊酒之間，遂搆睚眦之怨，釀成大禍，死於非命。爲人子者，能不疾首痛心、亟思報復乎？羽吉欲雪不共

〔一〕此述略自鄭振鐸藏古吴蓮勺廬鈔本（下簡稱「鄭藏本」）輯入。

之讎，寧顧身家性命？由邑及省，凡屬當道，無不屢控求伸。所恨者貪吏枉法，縱漏以吞舟；卿老昧心，通賄賂而殉縱。噫！此輩衣冠中之禽獸，名教中之盜賊，恨不斬其頭、飲其血，以抒孝子之冤也。即今二十年來，種髮黧面，嘗膽卧薪，身辭純采，口絶肥甘，長惘音容之杳，惟愁鐘鼎之存。飲恨終天，無門可訴。哀哉哀哉！痛何如之？但墨吏元凶，俱遭天殛。而羽吉三子，克承祖業，不愧箕裘。將來孝子之門昌日熾，亦可大慰乃祖於重泉矣。

陰陽判傳奇卷上

醉竹主人述略　他山老人填詞

第一齣〔一〕　弁言

【踏莎行】雀硯塵封，鸞箋蟲蝕，十年不秉春秋筆。偶拈别録聽聲冤，心傷孝子青衫濕。　屈陷難平，悲哀罔極，補天孰煉媧皇石。憤呼斗酒譜宫商，助君楚冢鞭三百。

【滿庭芳】（末上）義憤朱翁，賑飢起釁，席間觸怒元凶。計擒群毆，畢命一宵中。孝子哭求檢抵，法網漏、巧計鑽營。控轅門，黄堂情面，雷電震虚空。　冒死馬前歷控，戴天有恨，剸刃無庸。毁形滅性，一慟九原從。感得伍公陰殛，鐵鞭贈、夙怨銷鎔。旌純孝，一堂歡聚，千古被恩榮。

〔一〕「齣」，鄭藏本作「折」，後同。

第二齣　祀神

【破齊陣】(外蒼髯、外巾行衣上)司馬雲霞意氣,元龍湖海襟期。知己千觴,不平一劍。交盡黄金無悔,投筆有懷追定遠。致産何心傲子皮,男兒要出奇。

【減字木蘭花】家傳孝友,落落襟懷誰與偶。天付疏狂,一擲千金膽氣揚。善善惡惡,半生不敢輕然諾。膝遶兒孫,繼述由知有後人。老夫姓朱名挺,字立山,毗陵東里人也。賦性迂疏,寄情瀟灑。讀書午夜,惟耽忠孝廉節之編;倚劍秋空,儘多慷慨悲歌之致。締交游於四國,堅然諾於千金。集棘棲叢,小隱不嫌雌伏;追風掣電,長嘶無意群空。既已唾棄〔一〕功名,聊復沉酣詩酒。魯仲連自矜名節,猶能排難而解紛;嵇叔夜素厭逢迎,或至任情而忤物。捫心雖則無愧,處世未免招尤。邇來追念前非,防維後患。親朋交勸,頗知自佩以韋絃;子性承歡,不忝家傳之詩禮。荆妻葉氏,半生效順以齊眉;長兒朱翊,百計服勤而養志;兒媳顧氏,婉爾淑儀;小孫朱音,嶄然頭角。老夫一生落拓,不事家人産業,將祖遺萬金家緣,漸次消落。所喜治内有人,克家有子,以此得遍遊都郡,歷覽山川,從無内顧之虞。且一切周恤孤寒,交接親朋之具,頗能預辦。真個是氣溢太和門有慶,恩施不報里稱賢。這也不在話下。目下洪武定鼎金陵,四民樂業。我久已棄儒學

〔一〕「唾棄」,鄭藏本、《古本戲曲叢刊》本作「吐涕」。

賈，每從江浙往來。前者舟過錢塘，幾遭風濤之險。感得子胥伍公雲頭顯聖，舟濟潮平。以此老夫在家潔治一室，供設神位，歲時致祭不怠。今日恰好又是伍公誕日，祭禮預已完備，不免喚妻兒每出來，同到神位前禮拜一回。（向内介）院君、兒媳每那裏？（内）來了。（老旦、生、三髯、旦、小旦、包巾男扮同上）（老旦）

【破陣子】椸架禮嫻《内則》，瑟琴詩咏《關雎》。（生）養志慚無牲鼎奉，（旦）效順親操井臼宜。（小旦）承歡戲綵衣。

（各見介）（外）我舟過錢塘，每蒙伍公嘿佑，今日恰逢神誕，特唤你每出來，一同瞻禮。（衆）曉得。（小旦）請問公公，伍公是何神聖？我每歲時致祭。（外）孩兒，你説與孫兒知道。（生）伍公殉節報君，鞭仇報父，昔爲勾吴相國，今爲雷部潮神，英靈千古如生，正合歲時致祭。（小旦、老正旦）原來如此。（外）隨我來。（合）精忠不逐淫祠毁，浩氣恒從大地存。（外）就此一同下拜。（同拜介）（合）

【錦纏道】仰神威，賴帡幪豚浪不吹，羡公忠孝兩無虧。報深仇，一朝覆楚鞭屍。惜成功兵吞會稽，痛遭讒身裹鴟夷。今日個白馬素車隨。潮上下、英靈不昧，千秋肸蠁齊。我抒寸敬、一杯遥酹，望公撥雲頭、少鑒蟻忱微。

（各起介）（外）祭告已畢，院君、媳婦，收過祭禮則個。（老旦、旦）曉得。一尊聊致敬，百拜敢邀靈。（下）（外、生、小旦出介）兒孫每坐著。（生、小旦）告坐了。（外）孩兒，我因瞻禮伍公，忽然動了許多感慨。（生、小旦）爲何？（外）我想古今史書所載，爲父兄報仇者，代不乏人，但能報於生前，歿則已矣。惟有伍公，獨能報之於死後。且平王千乘之主，非同編户齊民，乃至伐冢鞭屍，國祚幾覆，豈不是千古以來第一樁快心之事？

【普天樂】想刺空衣，身先斃，（生）這是豫讓。（外）獻輿圖，成何濟？（小旦）這是荆軻。（外）不平恨千古同悲，快心事如公有幾？孩兒，我爲父的，生平嫉惡如仇，恐以剛直取禍。設有不測，你每亦能少效伍公否？（生）爹爹何出此言？（合）一堂燕喜，杞人憂、何煩兒輩防維。

（内嗽介）（外）門外嗽聲，不知誰人到來。（生）孩兒看來。

【古輪臺】（小生、末上）歎窮黎，甫離兵燹，又遇凶飢。救荒自古難爲計。（小生）自家侯文宰，（末）自家朱傅。有事相聞至此。自家至戚，不免徑入。（生）原來表兄與大哥到來。爹爹，侯家表兄、長房大哥在此。（外接見介）賢甥與賢侄何來？（末）叔父還未知道麽？（小生、末）閭閻鼎沸，爲民不聊生，一霎揭竿而起。（外）却是爲何？（小生）年來洪武登基，四方平定。大兵之後，繼以凶年，連歲五穀不登，塗有餓〔一〕殍。鎮上幾家大户，盡皆閉倉遏糶。（末）隨有個無賴少年，叫做沈丫頭，糾合飢民千人，以借米爲名，沿門需索。若與較量多少，即時搶劫一空。叔父雖非富户，也還算殷實之家，倘此輩不能忘情，豈不可慮？（小生、末）蛟聚成雷，蟻穿隄潰，這綢繆未雨要防微。（外）嗄！原來如此。唉！眼見森嚴律例，直恁地甘死如飴。（生）爹爹，那些大户，也有不是處。（生、小旦）一任粟陳貫

〔一〕「餓」，鄭藏本作「飢」。

朽，越秦肥瘠，曾無介意。致衆憤激成危。（外）便是這般説。我平昔黑夜施明燈，寒天施絮襖，何況今日遇此凶災？我家雖無倉廪儲積，尚可〔一〕勉力濟施。不妨罄倒囊資，買米給散，還把忠言告，務把一天災釁盡消弭。

（小生）母舅雖志存利濟，只是還聽愚甥一言。

【前腔】休迷。凡百事要韜光隱晦，安得恃己揚才，招尤生忌？（末）況任俠輕財，那得源源相繼？（生）二位哥哥之言，深爲有理。望爹爹呵！（生、小旦）緘口如絣，持身似玉，由知世路最崁崎。（外）既承相勸，罷！我不敢自專，好歹與里中父老相商，傳知本鎮大户，明日齊集公所，會議設法賑濟。同舟並濟，使諸不逞斂手低眉。這的是與人同善，省却我獨爲君子，懷璧其罪。（衆）這便才是曲突把薪移，願兇鋒戢，這耳鳴陰德自家知。

（小旦）公公，婆婆、母親知道兩位伯伯在此，已整治牲醴，請同到中堂飲福則個。（外）如此甚好。賢甥賢侄，同到裏邊，少坐去。（小生、末）又要相擾。（外、生、小旦）好説。（合）

【尾聲】借金莖，消魂礧，（外）賢甥不妨扶醉賭圍棋。（合）這纔是肺腑周親臭味齊。

（外）匪云異姓是同心，（生）雲起高臺日未沉。

〔一〕「可」，原闕，據鄭藏本、《古本戲曲叢刊》本補。

（末）漫説酒逢知己飲，（小生）由知詩向會家吟。

第三齣　賑飢

【秋夜月】（净上）禀性偏，誓不爲良善。陸地風波隨吾便，青天霹靂容誰閃。這殺人心一點，比太行山更險。

自家四維鎮上一個富商，厖易的便是。出身本自豪强，生性每多惡毒。一丁不識，已成吠道之厖；土著爲雄，更甚負嵎之虎。盤人房，拆人産，濕鹽爛鐵，指爲白鏹黄金；離人妻，奪人女，列寵專房，盡是孤鸞寡鵠。活殺已非一人，自謂輿帛輦金，從無破柱；陷害已非一事，惟恃張羅設阱，何畏遭彈。兄弟五人，盡是雕心雁爪；黨羽百輩，無非鐵臂銅拳。犯者必斃，在小民方塌翼垂頭；觸者必焦，即紳士亦拊膺咋舌。正是：朗朗青天輕抹殺，我花花太歲儘施爲。閑話休題，目下年荒米貴，盜賊蜂生。里中無賴，糾合亡命千人，强以借米爲名，沿門需索。稍不遂意，搶奪一空。唉！如此亂民，官府全無禁約，反有那些没膽智的人，恐怕激成大禍，傳約鎮上殷實之家，齊集公所，會議捐粟賑濟。我既擔了個富豪名色，少不得也去走遭。只是拿定主意，毫不假借便了。正是：任他風浪起，只是不開船。（下）（副净執黄旂，上書「明知官法，飢餓難忍」。丑、三旦扮飢民，同上）

【窣地錦襠】啼飢號冷徹窮簷，財虜依然睡夢恬。黄旂大字手中拈，逞勢行兇敢出尖。

（副净）自家沈丫頭，只爲年歲凶荒，受餓不過，只得聚集人衆，向大家富户告借米糧，苟延殘喘。就中假公濟私，搶劫些金銀財帛，受用受用。（老旦）那些鎮上人，好生害怕。聞得今日這幾個大户，齊集公所，會議賑濟。不知可濟得我每的事？（旦）内中有個朱員外，是個忠厚好人。他必然處分停當，我每就不愁餓死了。（丑）〔一〕但有個厖易，爲富不仁，久慣盤放私債，佔人房産，奪人妻女。我等衆人，大半受過他的荼毒。今日在公所會議，我每要他助米一百擔，他若不肯，攢盤打他一頓，不怕他衙門情熟，會打官司。（小旦）説得有理，我每一齊擠上前去。（合前，下）

（外、末、小生、净各色衣巾上）

【前腔】膏腴坐享忽生嫌，蟻聚蜂屯遍里閻。發棠無望國恩沾，仗義捐輸衆議僉。

（外）老夫朱挺。（末）自家傅好禮。（小生）卑人酈有年。（净）學生厖易。（合）請了。（外）諸公，時逢鼎革，歲歉民飢。我等坐享豐腴，何忍坐視不救？因此奉約諸公到此，公同面議，大家捐助升斗，全活生靈，也是一樁造福之事。（末）不但如此，這些不逞之徒，日衆一日，倘然激成大變，彼此身家難保。還是作速定議，隨力捐助。那班人少遂其欲，這亂萌就可解散了。（小生）妙！這「隨力」二字，説得最好。我每儘著自己力量，助得十挑二十挑的，就是十挑二十挑〔二〕。助得一斛兩斛的，就是一斛兩斛。總之聚少成多，衆擎易舉。（净）差了，他每窮，我每發跡，各人命運所

〔一〕「丑」，原闕，據鄭藏本、《古本戲曲叢刊》本補。
〔二〕兩「二十」，鄭藏本、《古本戲曲叢刊》本均作「廿」。

招，如何白白地要得我每的東西？你每便畏首尾，保身保家。我學生偏不怕，文來文對，武來武對。就要我一升一合，也不要思想。（外、末、小生）厖親翁說那裏話，我每還是從長計較。

【八聲甘州】時逢〔一〕荒歉，歎嗷嗷衆口，待盡懨懨。況鄉城鼎沸，容不得袖手傍覘。則個鮒魚涸轍望滴水沾，我每呵，斗斛捐輸也事甚纖。（合）戒嚴，須忖到玉石俱炎。（净）豈有此理？列位老親翁，你每是要做好人的。

【前腔】沾沾。一謎語蜜言甜，待沽名弔譽，防危慮險。我偏不情願。總有倉箱千萬，兀誰敢絲粒輕拈？這班無賴，那一個是有良心的。任他鳩形鵠面溝壑殲，我怎敢割肉還將伊肉黏？（衆）唉！厖親翁，安靖了地方，大家身家可保。依你說，倒是我每不是了。（合前）（副净、衆上）惡物從來易見，善錢畢竟難求。（進介）列位爺每在此設法賑濟〔二〕，我每正自嗷嗷待哺，聞得有個姓厖的，偏自梗議，升斗也不助〔三〕捐輸。我每整千人在此，拚着性命，結識了他罷！（老旦）這就是厖易了。（衆）你這臭糞財主，平昔間揑放私債，盤剥小民，加重出來的等子頭，足勾今日賑濟了。偏是你執定主意，毫不假借，偏要你助米一百石，一粒也少不得。（净）呀！年時荒歉，這是

〔一〕「逢」，鄭藏本作「運」。
〔二〕「濟」，鄭藏本、《古本戲曲叢刊》本作「飢」。
〔三〕「助」，鄭藏本、《古本戲曲叢刊》本作「肯」。

天降的災殃。做好事，也要人自己情願。你每便强要得我的麽？（衆）放你孃的狗屁！老烏龜，老忘八！

【排歌】你奇吝奇貪，我人極計添，不容不虎視眈眈。（副净）不要替他閑講，我每竟少林幫襯便了。（净）你每動不得手，有官法的。（副净）你不見旗上寫著，「明知官法，飢餓難忍」，一任上官執法律例嚴，我每打死了你，早難道一命須償千命殲。（衆）打打。揮胳膊，奮脚尖，光光先把鬢毛撏。（打净，净逃下）（外）住手，列位且莫造次。老夫有個主意在此。（旦）朱員外，你是個忠厚好人，有甚主意，我每聽你分付就是。（外）你等遭此凶年，飢餓難忍，這幾位同里諸公，在此商議。各人情願隨力捐助。在下雖則貧乏，也不做白客的。即日散票支給，少助你每過活便了。只是今後各宜守分，這犯法之事，斷不可爲。（副净）好好！有此慷慨仗義的好人，我等豈肯再做此勾當？咄！列位，大家散了夥罷！（衆）説得是，大家散夥。（外、末、小生）我每也各自回家去罷。（合）温言勸，大惠沾。黔敖高誼一鄉瞻。

（各下）（净上）好惱！好惱！

【前腔】七竅烟生，心頭火炎，銅錢銀子，説得這般容易。待將俺活剥生醃。這多是朱立山一味好勝，買結人心，以致區區呵！老拳鷄肋衆奴添，險做了脱殼生龜一命淹。此仇不可不報。有日狹路相逢，憑著我衙門熟，黨羽兼，暗將矛戟四週鉗〔一〕。還有金銀饋，情面瞻，少不得至公堂

〔一〕「鉗」，鄭藏本、《古本戲曲叢刊》本作「鈐」。

上狠抽籤。

說便這等說，小人報仇，就在眼前。君子報仇，直待三年。且回家納悶去。

賣富沽名奈爾何，一時衆憤遂操戈。

正是恨小非君子，果然無毒不丈夫。

第四齣　席釁

【傾杯賞芙蓉】【傾杯序】（外巾服上）花辰月夕興偏殷，陶寫憑佳醞。儘著我一葉輕航，遍賞溪山，拂袖歸來，意氣如雲。我朱立山，爲飢民煽亂，設法賑濟，又因土寇倡亂，團集鄉兵，一時義聲載道。偏是一班勢豪，心懷嫉妒。那些官府，也錯認我家資富厚，横將户役科派。老夫素性豪放，那裏耐煩。只得離了本鄉，前往武林，恣情遊覽。却有同氣爲我謀幹，得授杭所大使，前程雖則渺小，倒落得揮灑自如。目下告假還鄉，那些親友争先爲我洗塵，日以麯蘖爲事。今日不知何故，那厖易也具一柬相邀。我和他薰蕕各别，嫌釁久萌。本待不去，却有人來，説他是悔罪修好，以禮相請，如何推却？咦！雖則如此，畢竟不去的是。（作沉吟介）（丑上）撞騙家家熟，鑽謀事事諧。今朝食指動，又遇酒筵開。自家西街上一個幫閒須隆的便是。兩日悶坐在家，没有生意。（笑介）恰好厖大官人著我請那朱員外去赴宴。這個東道是落得噉的。此間是他門首，不免徑入。（見介）員外恭喜了！（外）須兄久違了。老夫經年飄蕩，無喜可賀。（丑）説那裏話，厖大官人這般一個財主，著實仰慕榮光。今日具有草酌，敬爲員外洗塵，特託小子多多致意，專乞枉駕。（外）極蒙厖親翁厚情，奈老夫適有事故，不暇奉陪。（丑）呀！厖官人這般厚情，員外何須推托？（外）不是推托，實有賤冗羈身。（丑）我曉得了，員外莫非爲著去年賑飢一節，曾和厖官人有些口角麽？這是員外的好意，替他周旋，鄉里中那個不曉得的。【玉芙蓉】你坦衷浩浩堪憑信，這細故拘拘何足論。員外就此同去，（拉外行介）（外）放手。（丑）華筵上，各相忘怨惘，更須知人情遇著酒杯親。

（虛下）（净巾服上）計就月中擒玉兔，謀成日裏捉金烏。學生厖易，向因西街朱立山賑飢市恩，削我體面。一向心中懷恨，没處發洩。不道他竟到杭州投用，做了杭所大使。近日告假歸來，一班阿諛小人，日日請他賀喜。我向賴鹽商起家，他既做了大使，未免有些交關，如何冷淡得他？（恨介）因此也備桌酒，請他坐坐。昨日發個帖去，他却推托事故，不肯來。咦！豈不枉辦了酒餚。西街上有個須幫閒，雖則與他近鄰，和俺最是交厚，著他去邀請，一定是來的。呀！天色晚了，還不見到。（外上）磈礧滿腔消不去，（丑）金莖十斛可頻澆。此間已是，員外請進。（唤介）（净迎見介）多蒙老親翁光降，只是恭候久了。（外）過蒙盛意，愧不敢當。適有小事，所以來遲。（净）草草蔬酌，爲公特設。這須兄極是知趣，請來奉陪，就請登席。（安席飲介）（净）

【玉芙蓉】慚無北海樽，愧少郇厨品。效春園剪韭，草率迎賓。（外笑）平原十日誠過分，論杜曲三杯最朴真。（丑）傾佳醞，喜傳杯數巡。（合）再休教殷勤投轄效陳遵。

（净）兄是海量，取大杯來，連飲十大杯。（外連飲介）（净强勸介）（外）賤量不勝酒，不敢領了。

（净）我聞得浙人最刁，兄在浙中，榮任經年，也像了浙江人了。（外）什麽榮任？只因受人欺侮，氣悶不過，苟且棲身罷了。（净）原來親翁只在家裏行得去，外邊就行不去了。（外笑介）也還有在家裏行不去哩。（净笑介）在家裏行不去的，到了外邊，或者倒行得去。（外變色介）你今日還是邀我飲酒，還是要奚落我？（丑勸介）休得認真，不論家裏，不論外邊，大家都行得去。

【普天帶芙蓉】【普天樂】（外）你借微詞，開新釁。我聽狂言，挑夙憤。（净）將酒勸人，並無惡意，怎麽就使起氣來？你芝麻大的前程，只好恐嚇鄉里人，却嚇我老厖不動。（外）你布陰謀，久已通國遭傷；逞兇威，又待虎穴稱尊。（净）不要出言吐涕，我受你剥落勾了。（外）出言不遜，請咱來故意相尋趁。（丑勸介）不須發怒，這酒後相嘲無定准。（外）甚麽相嘲，他明明阬陷我。【玉芙蓉】（净）聽伊語，越將人氣損。俺這裏難容罵座的這灌將軍。

（内）好意請人吃酒，怎麽在此喧嚷？（净暗向内介）外邊人光景不像，俺家裏尋幾個打手來。

（丑）官人好意請人吃酒，似這般翻成不美。他是醉漢，待他醒了，和他講。

【朱奴帶錦纏】【朱奴兒】（外）你倚富厚欺人太狠，（净）你趁雄豪尋人太緊。（丑）大叔每再燙酒來。勸你嘉賓賢主休矛盾。（遞酒與外介）酒中嫌還仗酒來消悶。（外擲杯徑出介）（丑）員外且住，待辭謝了主翁方好去。（外）我原是不肯來的，是你苦苦勸來，受了這一場嘔氣，謝他甚麽？（丑）這等說，倒是我的不是。（外）【錦纏道】這賊子難容忍，如山罪案，從頭與細論。拚得把微軀殉，我爲這萬民除害氣方伸。

（下）（净）氣煞我也。朱立山上門欺我，本待打他一頓，却被你每勸住，錯與他。（丑）今日請他吃酒，怎麽好打他？看這老兒光景，想是討出場了，改日再作區處。（净）我族中有個侄兒，足智多謀，且待他蘇州回來，商量個計策。（恨介）

【尾聲】把釘心仇，刻骨恨，直待教勾消净盡。不把他了命傾家我也不做人。由來吴越釘仇深，杯酒干戈似有因。得放手時休放手，得饒人處不饒人。

第五齣　閨諫

【西地錦】（老旦上）孟案低回自舉，桓車宛轉相扶。老身葉氏，夫君朱立山，生平慷慨，重義輕財。每遇不平，罔顧後患。前者賑飢禦盜，轉被豪門忌嫉；又以結客傾囊，遂致家業日耗。近自浙中歸來，那些親友，無不設酌邀請。不知何故，厖家也來邀請。既有心病，理合謝辭，却被一個幫閑攛挽不過，竟赴席去了。只恐此去，未必盡歡終席。心中好生挂念！（外怒容上）出言不遜將人忤，一腔憤恨難舒。（見介）院君。（老旦）員外回來了。你到厖家赴席，爲何面帶怒容？（外）那厮致柬相邀，明知没甚好意，被這須隆再三勸我，則道是君子不念舊惡，且不妨事。誰知飲酒中間，竟把語言譏誚。和他厮鬧了一場，憤憤而歸。待拉幾個親友，和他説個曲直。（老旦）呀！你又差了。酒後之言，互相謔笑，何必認真。（外）明明欺我，那裏是什麽謔笑？（老旦）員外，我想爲人在世，須要——

【啄木兒】汪洋度，遠大模，那微語相嘲何足數？凡百事一忍爲高，酒中言不聽還無。（外）唉！你那知我心事。（老旦）唉！我豈不知？只是負嵎切慮咆哮虎，你燎原當戒無明火，豈不聞善惡由來是兩途。

（外）院君，不是我——

【前腔】心胸狹，識見粗，這極惡窮兇斷然難與伍。不争他觸怒樽前，轉教人憶起當初。（老旦）極惡窮兇，自有天鑒，何必員外苦苦和他相争？（外）唉！那夢夢天道無憑據，我錚錚血性難回護。若一味委縮，任他得志，枉了我七尺堂堂一丈夫。（老旦）員外嗄！你如此執性，只恐禍不旋踵。

【三段子】仇非秦楚，莽相争得毋計疏。勢同石卵，强相投一何自苦？（外）院君，你此言一發差矣！萬里江山多翻覆，一身生死何憂怖。我去拉齊幾個有肝膽的知交，前去和他理論，少不得公道昭昭不可誣。

（下）（老旦）員外轉來！唉！當此暮年，兀自性如烈火，怎麽處？我兒快來。（生急上）母親有何分付？（老旦）你爹爹罷家赴席，含怒而歸。我苦勸不從，憤憤而去，只怕又做出什麽事來。你快去找尋著了，勸他回來。（生）孩兒就去。（小生巾服上）

【歸朝歡】桑榆景，桑榆景，安閒可圖，是非場偏多擔荷。舅母拜揖。（老旦）賢甥來得正好，舅舅厖家赴席，一言不合，雷霆迅，雷霆迅，忠言牴牾，恨仇家誓必與交爭勝負。（小生）愚甥聞二房表侄，在逃未獲，拖累他父親代解按察。本縣發批，當堂點解進京，特來報知母舅。適在途中，道知始末。母舅不勝駭愕，孑身赴省去了，著愚甥回覆舅母而來。（老旦、生驚介）嗄！他爲二房父子起解南省，竟自孑身進京去了！（老旦）阿呀！員外嗄！你抱薪救火全不悟，我脱簪待罪終無補。孩兒奉陪，待我收拾行裝，孩兒追上前去，隨往京師。免教做阮籍途窮形影孤。

（小生）舅母説得是。我也奉陪表弟走遭。（老旦、生）如此最好。（小生）愚甥回家收拾，拱候表弟便了。

（小生）無復回心惜暮年，（老旦）江山易改性難遷。

（生）分明指與平川路，（合）却把忠言當惡言。

第六齣　設謀

【雙勸酒】（净巾服上）神欽鬼欽，誰不畏凛。仇深恨深，如何安寢？安排下窩弓毒鴆，索教他一命歸陰。

人無害虎心，虎有傷人意。我厖易也算一村之主，那一個不借我銀錢，受我箝制？不道這朱立山事事蓋我上頭，每每與我作對。有了他，形容得區區一發不好了。前日好意請他吃酒，竟相罵開交，挑動了我的火性，著惱起來。被我借端尋釁，東告一狀，西告一狀，接連打上幾場官司。（恨介）好毒嗄！不但掾他不倒，反被他弄了手脚。府中打了廿板，大出其醜。這段冤仇，結得海樣般深。這口氣，那裏去出？且喜我舍侄足智多謀，精於刀筆，還去與他商量，必要掾他一掾，了得他的性命，那時惟我獨尊了。事不宜遲，就去。正是：不施萬丈深潭計，怎得驪龍頷下珠？（下）

【前腔】（丑巾服上）**名列士林，心如墨䈆。釁生事尋，横行無禁。觸著咱殺人情性，索教他矴底身沉。**

生小貫奢豪，逢人氣岸高。誇張舌似劍，賣弄筆如刀。學生姓厖，名舛，字君彩。家資豐足，聲勢豪華。紳士往來，轎馬出入。四維鎮宗族親黨頗多，壬子科舉監生員不少。有個君雄老伯，財勢兩全，父子六人，獨霸一村，與一同里朱立山作對。訐訟連年，仇深恨闊，一心要將他謀害。我想清平世界，恐怕惹出禍來，每每於中解勸。連日彼此有事，不曾會及。（净内嗽介）（丑）咦！話人脚癢，他倒來了。（净上）睚眦仇須報，搥心怨不忘。君彩侄兒有麽？（丑迎介）正在相念，來得最好。（對揖介）請坐了。（傍坐介）有甚貴忙，連日少會。（净）不要説起。我爲了你與朱健作對，幫著你處置了他。可恨朱立山，替他衙門打幹，待要將他寬釋，削[一]我面光。日日在家納悶，所以

[一]「削」，鄭藏本、《古本戲曲叢刊》本作「捋」，下文兩「削」字同。

不曾出門。必要弄得他人亡家破，纔出我心頭之氣，爲此特來與你商量。（丑）老伯，我想冤家宜解不宜結。朱立山這老兒，平昔間不弱於人，你和他打了十來次官司，不曾勝他一次。什麼正經，只管把銀子撇送在衙門裏去，不如及早罷休。（净焦躁介）差了。我爲了你，把朱健父子處置。朱立山削我面光，就是削你的面光。我便立意圖報，你竟包羞忍耻，豈是男子漢大丈夫所爲？我也不和你説了，我去了。（丑）住了。伯伯説話不差，做侄兒的，不是説到我心坎上，我那裏按捺得住？必定劃個毒策，弄得他殺便好。（净喜介）我正爲此而來。你足智多謀，必有妙計。（丑想介）嗄！有了，這樁事體，不消又去起爐作竈，就事論事。目下縣官捉拏朱健不到，好生焦躁。朱立山不知死活，替他央分上走路數，縣官先已十分怪他。今日乘此機會，把他一發捻在命案裏頭。先出一張首狀，只説朱立山藏匿朱健在家，捉他出來，立要拏到，自然夾打下監，那時再算計，弄殺他便了。（净）是便是個上策，只怕捻他不倒。（丑）也不難，一面首告出差人，一面糾合了弟兄叔侄，再叫二三十打手，先捉他父子兩人，一路打到家裏。金鋼箍、鐵尺、棒槌，上身排到下身，打殂了他，就約定差人，捉他到官。

【駐馬聽】鐵漢難禁，私毆官刑一並侵。還索叮嚀獄吏，阻絶牢門，不許傳音。難捱飢楚命歸陰。他是**干條人犯冤何諗。**（净）妙！真正是個捷策。首狀打合會差人，多在你身上。合族里叫打手，多是我。事不宜遲，明朝就如法便了。（丑）竟是明朝。（合）**手到成擒，**這**甕中之鼈，愁伊則甚。**

（净）我倒去了。衙門事件，多是你停當。我拉齊了人，竟去捉人了。

（净）剪草要除根，（丑）殺人須見血。

（净）一霎夙冤消，（丑）奇謀賽諸葛。

第七齣　群毆

【步步嬌】（外巾服上）盃酒殷勤申宿好，情重難推調。我朱立山，承友相約，前去領情。（内鴉鳴介）呀！鴉聲沸樹梢，使我心驚，主何先兆？呸！與我什麼相干，應知吉凶豈爲鳥鳴招？（内作旋風、外作身幌狀介）呀！又是一陣旋風，險教失足塵埃道。

（下）（净、副净、丑箭衣拴腰，老旦、旦緊身衣，各藏器械上）走嗄！

【前腔】山海深仇縈懷抱，決計思圖報，偕行盡勇驍。饒你走上青天，騰雲趕到。（外醉上）且喜已到家中了。一飲任酕醄，醉鄉覓得歸程早。

（净衆進，扯住介）你是朱立山，那裏走！（外）你是厖易，統領多人，到我家來，待要怎麼？（净）你藏匿了朱健，我已當官出首。如今朱健在那裏？等我每搜一搜。（外）搜什麼？你每敢要搶劫麼？（净）不但搶劫，竟要了你的命哩！（衆）扯他出來打便了。（副净、丑打，外拳揮脚踢，外踢，丑倒地，扒起喊介）（净）好個狠賊，一齊動手，打。（衆攢打，外倒地，外又起介）（净）我每圍住了打，從陳家門首，須家門首，一路打到家裏去。（衆圍住，一路打介）（净）朱大，你今日可認得厖爺爺！（外）

【風入松】你弁髦法紀肆兇驍，黨與糾齊胡哨。（净）我只兇這一遭，今日竟要活活打殺你哩。（外）我此身已委豺狼窖，一任你施威行暴。（净）你是籠中之鳥，網底之魚，死在頭上了，還敢崛强。弟兄子侄每，與我上身排到下身，打個爽快的。（衆攢打介）（外）强賊，我已落你彀中，似淺水神龍悮遭，魚蝦戲，不相饒。（净掌外嘴介）誰和你戲來？我受得你好毒。

【前腔】幾番控訴庭交，使盡奇奸異狡。强詞奪理無公道，反自把黄桑杖討，今日里冤冤相報。打殺了你，拚兩斗松香黄豆，將伊骸骨，霎時燒。

（生、末、小旦繫縛，執棒槌、短棍上）不好了，爹爹被厖易一路扛打，遍體受傷了，我每趕上。（遇介）（生打净，末打副净、丑，小旦打老旦、旦介）（衆）不好了，他每拚命而來，我每且散。（生、末、小旦趕打，衆下）（生、外抱哭介）阿呀！爹爹！這是那裏説起——

【急三鎗】頭顱破，肢骸損，遭强横。一命懸絲似，哥哥，你和孩兒扶著爹爹回去，我就回來，把葯親調。（外）罷了，我被衆兇這番毒打，銜深恨，挨奇楚，魂飛蕩，速速抬我縣堂上去，擊鼓叫喊。擒惡黨，正天條。

（末、小旦扶外下）（净、副净、丑、老旦、旦又上）拏住，拏住！（圍攢打，生倒，生跳起，力打，衆合打，生倒地介）（外又上）狠賊，你打得我這般模樣，又要打死我孩兒麽，和你併了命罷。（净再打，衆又攢打，外倒地昏介）（副净、老旦按住外打，丑、旦按住生打介）

【風入松】(净)你敢妝模作樣帶生逃，我穩便把一門盡勦。(副净、丑)咦！這樣不經打的，看他懨懨一息應難保，咦！還不見公差來到。(净)撇在那裏，我每且去兜了差人來，早拏赴公堂審確，不怕他不伏法，不成招。

(下)(末、小旦急上)公公見爹爹不來，又趕去了。

【急三鎗】忙追去，休遲滯。拚軀命，相争論，截兇梟。(末見介)叔父、兄弟被他打得悶倒在地，人事不省在那裏了。(末、小旦共叫介)呀！怎麽處？怎麽處？遍體鱗傷，嘔血不止，似這光景，吉少凶多，説不得。我負了你公公，你扶了爹爹，捱到家中，著人抬往本縣告理。糾兇黨，施毒手，殺人命。

(末背外，小旦扶生)急向公庭訴，王法怎輕饒。

(下)(净、副净、丑又上)這一打，氣是出了，指望就有差人來捉去解官。不道縣官去接上司，不曾僉牌，擔閣住了。只這兩個，打得地匾蛇一般，倘然死了，怎麽處？(副净)君子嘗防惡法，或老或小，死了一個，他每必要領了多人，打上門來，我每且留住方才這些打手，暗地防護。再去尋兩個病危花子，藏在家裏，若打上門來，自弄殺了，捉住他每兩個，扭到當堂[一]——

【風入松】告他借屍抄殺犯明條，正法加刑不小。(净)他每必定也告人命。(副净)就去告來，互

[一]「堂」，鄭藏本、《古本戲曲叢刊》本作「官」。

傷生命相當著，再拚把金銀囑託。（净）有理，我每及早排起石脚來。（合）疾忙向街頭市腦，尋幾個垂髫丐，認兒曹。（下）

第八齣　囑訣

（生扶外，老旦、旦隨上）（外）嵇紹疎慵阮籍狂，半生落拓任行藏。那知毒火熏天燄，一旦消殘百鍊鋼。我朱立山，那知今日也！

【小桃紅】我吐虹霓千丈破青冥，天生下這剛烈性也。並不肯謁王侯屈膝向公庭，把這窮骨子自支撑。誰承望被賊奴，累官司，施惡孽，遭奇横也，枉了我一世豪英。奈何這下場頭，結果的不分明。

（作盛怒、暈倒介）（老旦）員外甦醒。（生、旦哭唤介）

【下山虎】（衆）仰求天眷，默叩先靈。可憐他一生積德，不該遭此奇禍。可奈哭哀哀地，唤他不省。（外醒，復暈介）（衆）看他氣吐還吞，目開又瞑。（生）天呵！若保佑俺爹行得再生，我便萬死也甘心領。（外掙不起介）（衆）目擊這萬狀悽惶腸肚疼。（外睁目對衆介）我病勢如此，刻下斷然不保。只是我受此奇冤，死後便干休了不成？你每扶我到中堂，唤俺那文宰賢甥、公台侄兒來，聽我分付。（衆扶介）須索把悲傷按，遺言審聽。天呵！須鑒俺積善人家消除這災眚。

（小旦同小生、末上）（小生）卒傳横事搥心坎，（末）無奈奇冤萃吾宗。（貼）公公，伯父和表伯在此問候。（外睁目介）（貼引小生、末進見介）（小生）母舅，愚甥在此。（外）文宰賢甥。（末）叔父，侄兒在此。（外）公台侄兒。（睁目介）我親戚雖多，只有你兩個人平昔間能解我意，故此著小孫請來，有一言囑付。若是遲了片時，不能勾相見了。（小生）母舅寬心，自古道吉人天相，你種德多年，兒孫滿目，雖則尊體受傷，好好的服葯調治，自然痊可。

【山麻稭】（小生、末）**你施孝友，爲家政。**只圖個**綵舞聯翩，暮景看承。**（外）我不能夠這一日了。**生憎，未能個一劍誅梟獍，反落得陷身阬坎，捐生梃刃，飲恨幽冥。**

你每不要啼哭，聽我分付。（衆含淚應介）（外）朱立山也是個好漢子，一生辛苦備嘗，險巇歷盡，並不曾屈節於人。藉有祖父遺資，頗能過活。但往往疾惡太嚴，憤時太過。本意憐孤恤寡，反緣立異以招尤。有時排難解紛，或致激昂而起釁。於今年已六旬，遭仇横死，仔細想他平昔與我作對，都是借題陷我。天理昭彰，不曾被他捺入牢獄。他却不肯悔罪，反施毒計，不殺不休。（向生介）我死之後，你做兒子的，若報此仇不得透徹，我死在九泉，也不瞑目。（生伏地介）爹爹，且自寬心調治，兒雖不肖，情願蹈湯赴火，不負嚴命。（外向小生）賢甥。（小生）母舅。（外）我和你情深誼重，不比泛常甥舅。我死之後，倘我兒無力告理，全仗你主持照管。（小生）斷不至此。（外）侄兒。（末）叔父。（外）你平日間最有血性，我死後，你兄弟無力報仇，仗你助一臂之力。（末）何至於此？但後來事，不勞叔父挂心。（外長歎介）

【五韻美】眼前人，同折證，我一腔怨氣塞太清，真待把冤仇報徹我目纔瞑。孩兒，（生應介）（外）你看厖賊一門，種類繁，勢力大，機變深。欲報此仇，非同小可容易。把群兇殺盡，償還你爹爹一命。只是一件，要他抵命，必須發壇檢驗，免不得分屍拆骨，便怎麽處？（歎介）也顧不得了。（衆悲介）（生伏地介）這個斷然使不得的呵〔一〕！（外）也是我命該如此，這是我冤孽障，偏和那兇徒抗衡。自古那志士仁人，强半不保全首領。（衆跌足介）

【蠻牌令】跌著足恨難勝，睜著眼怨難平。非常冤慘事，偏臨到俺家庭。（外）孩兒也不索心懷餒怯，那厖賊如此胡爲，料應滅除不久。我泉下有靈，不道的便饒恕了他？他撞著我天生骨鯁，我湊著他惡貫充盈。兒嗄！你莫把復仇志，中道更。扶助你，自有那半空中，一點陰靈。（大叫倒椅介）（衆各叫介）（生抱大哭介）（小生、末）霎時氣絶了。（合）

【江頭〔二〕送別】一靈去，一靈去，不相照應。皇天遠，皇天遠，莫知苦情。似此善良年不永，却陷入枉死孤城。（衆扶外下）（生跌上）天那！不道爹爹如此慘亡，做孩兒的活做甚麽？只是兒雖不肖，今後此

〔一〕「呵」，鄭藏本、《古本戲曲叢刊》本作「聻」。
〔二〕「江頭」，鄭藏本、《古本戲曲叢刊》本作「亭前」。

身，當留作報仇雪耻之身了。

【憶多嬌】我生不寧，死未應，先須瀝血灑訟庭，把鱗砌傷痕作證明。儘著餘生，儘著餘生，和那兇徒厮併。

【尾聲】天教趙氏遺孤剩，此志自今朝立定。顧不得這擔子千鈞，力未勝。（哭下）

第九齣　衆憤

【梨花兒】（外、浄扮地方上）庬家兄弟虎而翼，殺人只當掐個蝨。（副浄、丑扮地方上）世間若有雷公賣，嗏！買個雷公打殺這賊。

（外、浄）我每東里人氏，聞得朱員外病勢沉重，同幾個鄰舍去問他一聲。却不知爲甚，街坊上人捱擠不去。（見副浄、丑介）請了，列位大哥！（外、浄）下顧敝街，有何貴幹？（副浄、丑）聞得貴街朱立山父子，被庬氏一門盡情毆打他。爲什麽緣故？（外、浄）他兩家一向有些仇隙，接聯打了幾場官司，仇隙愈深了。於上年十二月初五日，庬易那厮，統領多兇，趕到俺街上，來頭好不兇險。你每想也看見的。（副浄）怎麽不見？只是不知怎麽樣打法。（外）那一日上門，捉他父子出來。（伸舌介）咦！打得利害。（浄）我每是目睹的。被這般兇徒通身上下，打得燥脾，只有舌頭上不曾吃拳。（外）那庬氏一門，還恨著哩！（丑）還恨什麽？（外）恨不曾敲落他的卵。（浄）卵是不曾敲得，那幾根卵毛梢，却被他呵曲了。（副浄）這等他兩人性命不保了？（外、浄）後生的還不打緊，那老的没救了。且住，你每問他怎的？（丑）我每在此經過，聞得路上人紛紛揚揚，都是這般説，故此借問。（外、净）你每莫非與厖家有仇麽？聞得你每聚集多人，只等朱員外死了，便要去抄搶他家私。可是有的？（副净）實不相瞞，那厖氏一門，父子兄弟十餘人，爲富不仁，交通官吏，將人誣陷。我每被他明欺暗拐，佔了許多田房，害了許多性命。一時勢力不敵，又得隱忍他。若不爲了這頭人命，我每扳他不下。（外、净）依你這等説，却難爲了朱員外，那個人在我街中，不知救拽了許多人的性命，周旋了許多的事體。這個人死了，可是當耍的？（丑）老伯伯倒説得好笑，我每是教他打的，還是幫他打的？（外、净）不是這等説，我每有恩報恩。那朱立山這個好人，那個不要他活？（副净）説便是這等説，他若死將起來，你也拖他不住。（丑）我每有仇報仇，不乘此機會，扳攤了他，那出得這口鳥氣？（外）你每且住。那朱員外雖是好人，今番料然不救，他若死了，那朱員外的兒子，一定要申冤的。我每有恩報恩的，該與厖家作對。你每有仇報仇的，也該與厖家作對。各鄉的人，齊心合力，却是做了一家人了，還要嚷什麽？（衆）是嗄！我每算計定了，只待朱員外一死，衆人都去幫他，打到仇家門上，搶他一個精光，打他一個半死，大家得個鬆爽。（外）不要性急，且待打聽的真實了，方可下手。（衆）説得是，我每同去。

【鎖南枝】覘消息，驗實虚，輿情洶洶，待把猛獸驅。這是公道猶存，不昧人心處。（聽介）（内舉哀介）（衆）哀聲沸，賢士廬。呀！朱員外真個死了。唉！這般一個好人，竟斃於兇人之手。感動路傍人，一齊髮毛竪。

（小生上）禍事生倉卒，奇情駭聽聞。衆位高鄰，到此何幹？（衆）聞得朱員外患病，特來問候。（小生哭介）我母舅被厖家一門毒毆，今早吐血數升，方才氣絶了。（外、浄）果有此事！（作悲介）天那！這般好人，有此一日。你家大官人在那裏？（小生）還在家中啼哭，即刻便要去縣中告理。（衆）他每有財有勢，若放他走脱了幾個，他就去打點衙門，真命做了假命了。我每趁著今日，人頭聚會，幫助你家，一齊打到他的門首，見一個，拏一個，把來鎖在死人脚上，他就做不得手脚了。

【其二】他殺人草菅似，揮金糞土如。更有千般狡計，倘魆地潛蹤，對簿將何據？（攘臂介）同盟在，攘臂呼，好乘機，莫猶豫。

（小生）多謝諸公如此仗義！只是目今行事，不可草率，我已打聽得厖易，他料著母舅傷痕入骨，必無生理，預先養著一班打降，又尋幾個垂斃病人在家，若是群然鬨去，兇身不能拏住他，却弄死幾個病人，擁出打降來，拏住幾個上門的人，翻道是借屍抄殺，兀的不——

【其三】假命翻成實，真情反涉虚。渾身是口誰聽取，須把不共深仇，翻撇向波心去。諸公盛情，豈不知感？蒙高誼，激路衢。還索細商量，不可太匆遽。

（衆）侯相公説得是，我每依著你就是。如今朱大官人到縣中告理，我每一齊去幫他質證，務要申冤，把厖氏一門，活活的殺死在我眼裏，大家出口氣罷了。（小生）如此最感，就請同行。（合）

【其四】窮民悵，剪伐餘，畢竟昭彰天理虚。只要協力同心，鄰里相扶助。有一日恩都報，忿共攄，方信到頭來，果報顯然著。（下）

第十齣　阻檢

【泣顔回】(小旦上)慘變出尋常，激切天呼地搶。并州快剪，一下下碎剪柔腸。我朱音，只爲公公慘亡，大仇未報，跟隨父親法司告准，委官相驗真傷。今日挂牌，到壇檢驗，那原、被、證佐，地鄰人等，多已拘齊。仵作、土工，亦已唤到。但不知如何發落？唉！祖父如此慘亡，又要開棺拆骨，好不悽慘！待睆而不視，忍遺骸負痛還遭創。厖賊，便服辜俯首無詞，公公嗄！待入土全屍絶望。

(下)(内鳴鑼)(老旦、旦、皂、外、吏抱卷，丑，門子捧印，末冠帶，雜，傘夫上)

【前腔】文犀錦灥坐琴堂，百里花封職掌。蠢然民命，動輒相關痛癢。下官武進縣令卓韋是也。准有冤民朱栩士慘殺父命一案，示期今日臨壇，檢驗屍傷，依律定罪。預已發牌打埽，提齊原、被候檢。左右！(衆)有！(末)擺道前行。(合)不檢不償，漢酇侯律例多停當。謾説是勿喜哀矜，還記取得情無枉。

(下)(小旦哭上)法司已自臨壇，我公公大難又到了，好苦嗄！

【千秋歲】痛難當，拆骨官壇上，自不禁泚然汗顙。厖易，你那狗男女，手段通神，手段通神，應不惜輦帛輿金情講。可不道天湛湛，難遮障。法凛凛，無偏向，少不得騈首高竿上。那伊飛蟲百足，至死不僵。

(内)仵作每那裏？分付開棺。(丑仵作執斧，同副净上)老爺著你劈開屍棺，待我洗熨骨殖檢驗。

（與斧介）快快開棺。（副浄接斧介）（小旦急上，奪斧介）你是尫賊，還敢持斧行兇，劈我公公棺木麽？（丑）小官人，這是檢屍規矩，要兇首開棺的。（小旦）胡説。你父子兄弟，將我公公活活打死，還敢斧劈靈柩麽？我先把你砍死。（砍副浄，丑攔介）（小旦）你攔一攔，也是一斧。（丑、副浄急避，小旦遶場趕上〔一〕）

【前腔】見强梁，按不住無明燄，索教你一斧身亡。（末急上，攔介）侄兒住手，這是法令宜然，法令宜然。傷痕檢，致死情由，不妄成招卷。刑曹掌，正罪案，幽靈暢。（小旦）雖則如此，何忍把公公屍骸分拆。拚我一斧，劈死仇人，也强似三推六問。（末）説那裏話。造次休鹵莽，少不得有天朝斧鉞，對付雲陽。（丑奪小旦斧，扯副浄下）（小旦趕打，末攔勸介）（小旦）本待劈死仇賊，不道伯伯反來攔阻，公公嗄！（内開棺）（小旦）呀！

【越恁好】聽一聲下斧，一聲下斧〔二〕，寸心中萬刃戕。（内拆骨檢驗）（小旦）呀！又聽一聲拆骨，七魄兒九霄颺。我那公公嗄！既遭兇横亡，既遭兇横亡，那些生全與死全歸，不致髮膚毁傷。復紛身碎骨，直使血成燐，氣成沴，不得藁梩掩藏。（内）屍格填完，自首至足，重傷二十四

〔一〕「上」，鄭藏本、《古本戲曲叢刊》本作「介」。
〔二〕「一聲下斧」四字，鄭藏本、《古本戲曲叢刊》本闕。

處。（内末）上了木桶，封貯壇上。（内應介）（小旦）填硃格，注重傷。便抵命誅兇黨，教兒孫何忍，先見此慘狀。

（内吆喝：「打！」净、副净叫喊介）（小旦）兇身在那裏杖責，人命是真了。（内喝放起介）（内末）上了刑具。（内衆）領鈞旨，犯人上刑具。（内末）兇犯帶去收監，朱栩士、朱傳取保，打道回衙。（内衆應，喝道鳴鑼介）（老旦、旦押净、副净杻上）（小旦）這是祖爹仇人。（趕打，衆擁下）（生、末上）我兒在那裏？（小旦）爹爹、伯伯來了，兇犯可曾擬斬？（生、末）官府驗實傷痕，十分著惱，把厖行、厖舛等每人重責三十，連厖易一齊發監，我每取保候審，定罪申詳。（小旦）爹爹、伯伯，你在壇上，忍見公公拆骨檢驗，好不痛心。（生、末）要他抵命，不得不如此。只待審結，那幾個兇身，多要問成大辟，你公公之恨，也可少申了。（小旦）二位大人，雖已——

【前腔】填明屍格，填明屍格，萬人場驗確傷。還怕他鑽營私竇，孔家兄有靈爽。倘南山可移，倘南山可移，業鏡蒙，法網漏，使一兇未亡，致重泉飲痛，父屍殘，子罪昭，便萬死怎償？（生）兒嗄，這是臨終叮囑，不檢不償。但得金科正，玉律彰，我逆罪甘標榜。也任《春秋》責備，心自通暢。

（末）事已至此，我每且回去，静候明審便了。

【紅繡鞋】青天白日公堂，公堂。轟雷掣電王章，王章。（小旦）爹爹，只是仇未復，父先亡；生抱屈，死遭傷；虧孝道，壞天常。

（生）這也是萬不得已。

【尾聲】遺言猶在非虚妄，髏骨深仇敢暫忘（小旦）我那公公嗄，可憐你俠骨烹蒸終無抔土藏（掩淚下）

第十一齣　却金

（丑上）包充保正線衙官，武斷鄉閭綽有權。到處慣衝筵上酒，歸家摸出袖中錢。自家須隆，一向閑撞過日，没有生意，却有東街上的龎大官人和我最好。他和俺街上的朱立山，自來做對。近日請他吃酒，又鬥了一場寡氣。當晚虧我勸住，散了筵席。龎大官恨他刻骨，和那侄兒商量，要擺佈他的性命。恐怕事發時無人打點，預先央我包充了保正，日後便好替他蒙蔽。（笑介）他自殺人，干我甚事？落得做了保正，説合地方事情，吃些酒飯，袖些紙包，頗不寂寞。不想近日龎家竟弄出天來大的官司，一時沸沸揚揚，地方那得不報？我只爲受了龎家銀子，勉强延捱幾日，扭揑情節，含餬申報。前日大爺弔屍發壇，檢驗真傷。兇手各與責扙，一門盡行監禁。他大兒子龎洪，受了驚嚇，中了暑氣，竟瘐死獄中。我就替他畫策，進了一張活殺男命的狀子，投府發縣，指望一命抵命。不道官府執法，申了六案。即日挂牌研審。這番對簿，必要夾打問罪。十人打死一人，十人償命。爲此老龎與我算計，這樁事體，雖是他兒子要申冤，却有一個侯舉人，與死者情關甥舅，一應出公檄，具公約，遞公書，都是他出尖，不肯干休。爲此，老龎措置得千金，著我暗暗送去，只消他收了，就好於中取計。這場官司，却變做撒局了。咦！只是那侯舉人，人都説他是有意氣的人，怎麽肯得了銀子，便改了心腸，變了面孔？（笑介）説便是這般説，那裏有個黑眼珠見了白雪雪的銀子也是不要的？我如今用心與他幹辦去。到其間，把幾句言語去打動他，看他怎麽把持得定？正是：卒聞誶語紅生面，一見多金黑了心。（下）（小生上）挺身烈士勢常孤，杯酒微嫌殺灌夫。舉國尚餘公憤在，欲擒市儈問何辜。小生侯文宰，母舅朱立山，爲富豪厖易攢毆致斃，表弟告理求伸。前已發壇檢驗，近聞厖易那廝廣布金錢，希圖免脱。禮：父母之仇，不與共戴天；兄弟之仇，不反兵而鬥；從兄弟之仇，執兵而隨主人之後。我侯文宰幼年失恃，視舅猶母，即不爲魁，亦得附於「執兵隨後」之義。不知這段奇冤，何日得伸。這口怨氣，幾時得平也。想著我母舅呵！

【一枝花】哀哉他豪華性所宜，俠烈人皆許。金因知己贈，劍爲不平揮。積怨纍纍，杯酒裏干戈沸。當不起張羅更伏機，可憐我母舅，負鱗傷匝月彌留，齎長恨中霄奄逝。

論起來，約法三章，殺人者死。厖賊更有何辨？只是這厮呵，久已是——

【梁州第七】混衣冠忘却身爲市儈，藐法紀不啻手是屠兒。動輒是呼群集黨千百輩。凶狠似在山虎豹，强横似鼓浪蛟螭，奸詐似含沙鬼域，狡猾似毁室鴟鴞。潑金錢鬼磨能推，肆賄賂山判能移。全不顧天聞若雷，也不忌王章誕赫，更不管衆口成碑。膽兒粗慣是靡惡不爲，名兒著益自指揮維意。一旦殺人以梃，向大市通都裏，想起俺渭陽情，周親誼。假饒把戮力同仇的志氣灰，可不道枉戴鬚眉。

且住。人命關天，檢驗已確。縣中延捺不審，受賄觀望可知。我想縣公爲民父母，自當矢慎矢公，決不以一時之養和，爲官評之微玷。不免作書一封，露函傳達，雖未便十分唐突，也不妨微寓譏彈。（寫介）

【牧羊關】念百代官評在，怕一時物議隨，少什麼公是公非。眼見得衆虎披猖，孤雛慘斃，若不是神明持藻鑑，那些個瞻仰慰群黎。因此把下情陳，封書遞，早盼取鐵案如山矻不移。

書已寫完，及早差人投遞。看縣官如何裁發。呀！道猶未了，門外嗽聲，不知是誰到來。（丑上）得他心肯日，是我運通時。侯相公有麽？（小生）什麽人？（出見外）原來須保正。保正何來？（丑）小子無事，焉敢輕造？有話相商至此。（小生）願聞。（丑）只爲令母舅這宗命案，小子不合當了地方，拖上拖下，無休無歇。欲求相公做主，通個商量。死的是死了，活冤家宜解不宜結。就是兩國相争，也有個請行成的道理。相公不嫌饒舌，還請俯聽小子一言。（小生）呀！

【四塊玉】慘生生纔把那命案提，趷錚錚便齩得鋼牙碎。恨不學王孫呼市救亡齊，那聽取蘇張掉舌秦庭説？（丑）小子此來，有個意思，若得相公允從，當以千金爲壽。（小生怒介）呀！我聞伐國不問仁人，你這句話，是那裏説起？遮莫俺五臟灰，受了他千金餽，可不枉了也奉家傳凛四知。

（丑）龐氏具有千金，特託小子代致。不是求相公左袒取勝，只要相公這裏一概不預，免賜公言，這就叨蔭無窮了。（小生怒介）咳！保正，你此言差矣！

【哭皇天】早難道渭陽誼到此多休棄，當塗人袖手相窺。可知俺青萍匣底聲頻嘯，可知俺紅燭宵中心不灰。便做道隨後執兵何畏。（丑）天下無不解之仇，令母舅那裏，厖氏父子弟兄，情願盛備祭桌，一個個披麻執杖，靈前跪拜。只要相公寬釋，令弟令侄，也就不得不從了。這相送千金，已在小子處，即刻就著人送來。（小生）説那裏話？便做道肆筵陳几，五鼎三牲，哀號長跪，苴杖麻衣，怎教那三代深仇一旦洗？若要我弟侄允從，除非借仇人首領，瀝血盈杯。

（丑）侯相公，解紛息訟，原是一樁好事，何必執見至此？還是依了小子，把禮物收下。若是嫌輕，還可加增奉送。（小生）一發胡講了，你這厮可不認差了人也，想著俺——

【烏夜啼】十年來霜鋒，霜鋒磨礪，只待把無義誅夷。便不平路見也眼睢盱，何況這心傷舅氏冤淪髓。一霎地追維，攪碎俺肝脾。假若是昧心顏苟且納金貲，枉了也植綱常卓犖居人世。這的是刻骨仇，用不著行成計。好留還取世間直道，莫玷污俺平素操持。

（丑）相公執意如此，可不枉了小子這番來意？上天有好生之德，還請三思。（小生）三思什麼來？咄！你這狗男女，還不走出去？

【煞尾】説什麼有錢十萬通神易，俺則是鐵骨錚錚志不回，何用你鼓舌搖唇肆無忌。（推丑出介）快走，俺這裏麟鳳門牆，須没你犬鷹坐位。則看俺墨跡未乾，還有鋤奸書一紙。

（下）（丑出介）有這等事？我趕這白老蟲到你屋里來，倒喫了個大醬瓜。呀！呸！有了，這一千銀子，那裏不尋了個門路？罷，一不做，二不休，本縣大爺有個門子，一向在外邊打合，與我甚是莫逆，不免就去央他。將這千金送進，要求大爺做主，止將監斃厖洪抵命，活人一概超豁。難

道做官的，也像了這書獃、背財生的不成？有理有理，受人之託，就與他便宜行事去。正是：此處不留銀，自有留銀處。（下）

第十二齣　營漏

（外扮差人上）上命遣差，蓋不由己。自家本縣差人便是。老爺挂牌，今日親審慘殺父命一案起訴〔一〕。不免拘齊各犯，在此伺候。道猶未了，三梆發過，老爺早已出堂來也。（末冠帶，老旦、旦喝上）

【天下樂】展驥無慚百里才，河陽桃李及時栽。素心豈爲黄金改，可奈黄金暮夜來。

下官卓韋是也。朱栩士控告慘殺父命一案，前已發壇檢驗，雖然人命是真，何忍多兇駢抵？意欲少通情面，延捺觀望。叵耐人言籍籍，又是地方公呈，又是紳衿公檄，又是鄰邦遊客致書切責，又是本處孝廉露函傳達，下官不覺大慚。正欲盡法研審，昨日厖易又託我門子，餽送千金，要下官姑開一面，止將監斃厖洪抵命，衆犯一概超豁。下官想來，受賄枉殺，這便有礙天理。若曲全生命，却也何媿於心？只得從寬審結便了。分付開門。（衆開門）（末）帶齊慘殺父〔二〕命事一起人犯聽審。（衆應，帶浄、副浄杻手、生白布包頭，上）犯人進。（末）聽點。朱栩士。（生）有。（末）厖易。

〔一〕「訴」，鄭藏本、《古本戲曲叢刊》本作「數」。
〔二〕「父」，鄭藏本作「人」。

（净）有。（末）庞舛。（副净）有。（末）庞易、庞舛帶下去。（衆應，帶净、副净傍跪介）（末）朱栩士。（生）有。（末）本縣登壇檢驗，身屍傷痕鑿據，真命顯然，已將兇身重責羈禁。你只該静候編審，如何反自行兇，父子叔姪，趕打庞洪，負傷斃獄。這是知法犯法了。（生）爺爺，這是那裏説起？小的父親，被庞易父子兄弟一十二兇，統領打降五十餘梟，擒小的父子二人，鐵尺木槌，打得遍體鱗傷，噴血斃地。當即告明臺下，發處保辜。小的父親〔一〕，上年十二月初五日，受毆被傷，於今年正月初五，噴血身死。前蒙爺爺檢驗真傷，父親裂屍拆骨，小的大痛在心，魂不附體了。群兇殺死父親，自有天臺秉公執法，定斬抵償。區區趕打庞洪，濟得甚事？那庞洪自家惡貫滿盈，死於獄底，怎推到小的父子叔侄身上，希圖抵飾真命？爺爺是個青天，明鑑萬里，豈容巨惡朦朧潑誣？（末）帶下去。（衆帶生下跪）（末）庞易。（净）有。（末）你這老頭兒，多大年紀，不知法律，輒敢統領子侄行兇，打死朱立山。已經檢驗真傷，首從難逃大辟了。你還有何辯？（净）爺爺，小的皤然衰老，是個待死之人。只爲朱立山父子，是個積棍，欺凌小的，生釁訐告，賄賂上官，枉法將小的痛責。兒子庞洪，心切父仇，和他争論，鬭毆是有的。小的年衰力怯，可還打得動人的介？不想朱栩士機乘檢屍，恨小的兒子扛擒毒毆，進監傷發身死，求青天爺爺判抵。（末）帶下去。（衆帶净下）（末）朱栩士。（生）有。（末）庞易這般老邁，料無行兇毆打情由，只你父親慘死，凡係共毆下手諸兇，法合

〔一〕「小的父親」四字，鄭藏本、《古本戲曲叢刊》本闕。

一体擬抵。厖洪倡始行兇，罪應大辟，今已監斃在獄，上蒼所以速其報也。准其抵命，助毆諸兇，理合減等。厖易召保候詳，厖舛等還監候擬便了。（生大哭介）哎呦！爺爺，厖易多兇，打死父親，萬日昭彰。爺爺如此判斷，父親真命無償了。爺爺，小的死不甘服的呵！

【皂羅袍】檢驗，屍格現在。痛寸傷支體，生死銜哀。殺人償命罪須該，昭昭憲典難寬貸。同謀號召，由惡主裁。喝令指使，由惡遣差。望爺爺霆威迅劈除毒蠆。（末）朱栩士聽著——

【前腔】兇黨，明謀殺害。按律條首從，並[一]斬應該。只那厖易如此龍鍾，如何揮拳攘臂？其未行兇可知。（净爬上）爺爺就是青天。（末）厖洪寔係渠魁，理合准斬，今已死於獄底，無論朱栩士父子趕打是否，依律抵命，夫復何憾？其助毆諸兇，本縣自有明斷。明懸一鑑聽親裁，商置三面姑爲解。（生）爺爺，十人打死一人，十人償命，還求爺爺執法。群兇作難，同爲禍胎。一兇漏網，終生厲階。若得按律究治，寃魂泉下天恩戴。

（末）且自畫供，聽候發落。（生）爺爺，没有一個明斷，小的就死不畫供的。（末怒介）這樣放刁。左右，厖易押去取保，厖舛帶去收監。分付掩門。（衆關門）（末）片言折獄期無訟，一念哀矜體好生。（下）（衆押净、副净下）（生）呀！官府竟退堂去了。罷了罷了，拚着性命，再到憲司告理去。

【撲燈蛾】錢神實有靈，錢神實有靈，鐵案頓鎔解。惡黨不駢誅，終則寃沉黑海也。我那爹

[一]「並」，鄭藏本作「立」。

爹嘎！你遺言猶在，忍含冤輕縱狼豺，叩憲轅請除兇害。快與表兄、大兄計議去。辨真情、楮端瀝血敢延捱。

【尾聲】呼天搶地渾無奈，眼睜睜白骨空埋。若是上司不能申理，便鼓擊登聞何懼哉！（下）

第十三齣　控轅

（小旦上）父母之仇不戴天，秦庭泣血有誰憐。朱家枉死尨涓在，匕首何由報九泉？自家朱音，我祖公公爲尨氏攢毆，辜限慘亡，枉教拆骨分屍，終使縱兇漏網。我爹爹與兩位伯伯計議，便待往上司申理，可奈一時抱病，經月卧牀。我想人命重情，延捱不得日子。向年公公曾説，設有不測，兒孫輩可學得伍公？我想伍公也是個人，我朱音也是個人，難道爲子的報得父仇，爲孫的偏報不得祖仇？因此禀過爹爹，代爲告理。那應天巡撫衙門，建置句容地方，我搭了便船，三日三夜，已趕到這裏，不意三日前撫院放告已過，我這張狀詞怎生投得進去？説不得，且前往轅門，小心伺候。一待開門時節，我拚命叫喊，把真情面訴便了。

【端正好】杳茫茫，天不旦，怨氣裏一望江山。只爲玉京遥生怕閶闔排雲晚，因此闖轅門巴的這一線陽光盼。

（下）（内吹打，副净、老旦中軍，净、末軍牢，旦、丑刀捆手，生、小生藍旂手，逐對上）（外三髯冠帶上）昭代才名第一流，當年日下五雲浮。文章南國扶元氣，節鉞西臺壯大猷。下官袁泰，蒲州萬泉縣人也，登洪武四年進士，累官都察院僉都御史。今奉聖恩，欽差巡撫應天等處地方，總理糧儲，提督軍務，目下兵荒之後，民不聊生，未免訟獄繁興，案牘失實。以此屬下府縣，每有申詳，必須親自檢閱。三日前示期放告，控牘紛紛，就中冤沉求雪者固多，情虚越訴者亦不少。今日就此公堂之上，逐一批閱。有事關重大、應與昭雪者，便行批發下司，限期詳報。必使民無冤抑，始見吏有循良。中軍官，分付開門。（傳介）（衆開門介）（净、末、小生下）（外）分付各府州縣印官，儀門伺候，俟有狀詞批發。（傳介）（外看狀介）這是縱盜屠良事，批發廬州府。（副净）廬州府印官何在？（生上，接狀下）（外）這一紙飛殃蔓勦事，批發揚州府。（老旦）揚州府印官何在？（末上，接下）（外）這一紙白晝殺搶事，原告厐易，被告朱栩士，這一宗公案，本院久已察訪備細，反來誑告，唤厐易進來。（衆唤，净上見介）小的有。（外拍案怒介）奴才，你每打死了朱栩士的父親，還没有償命。今日反來陷他打搶。左右，與我扯下去，重責十五板。（衆應打介）（外）趕出去。（趕净下）（小旦上）撼轍明知螳臂弱，聞天聊學鶴聲高。大老爺責過厐易，明知祖父受冤，此時不即叫喊，更待幾時？大老爺救命嗄！（外）轅門外什麽人叫喊？中軍官看來。（老旦、副净）咄！什麽人叫喊？（小旦）小的是常州人，控告祖父真命的。（副净、老旦）禀上老爺，是個告狀的。（外）唗！本院放告日期已過，怎敢亂我法度？軍牢每，與我揣他進來。（丑、末應，提小旦進，攛地介）（小旦）阿呀！大老爺，祖父真命無抵，求大老爺電情正法。（外）唗！狗才，看你年紀還不多，就會這等放刁。本院十日前示期，三日前放告。你果有冤情，何不依期投控？輒敢亂我法度，驚擾轅門。叫左右與我捆起，重打三十大棍。（衆應，綑介)(小旦)小的負痛求伸，致亂老爺法度，小的該死。只是還求大老爺俯聽一言，情願就死。(外)也罷，看你拚生投控，或者果負真冤，可把受冤始末，照依狀詞，一一説上。若有半字虚誣，看大棍伺候。(小旦)小的朱音，是常州府東里人，告爲三必號轅事：仇敵殺人，人子必號；官蠹婪贓不抵，必號；司道洞冤礙憲，必號。痛祖父朱立山呵——

【滚繡毬】守家聲詩禮嫺，播賢名閭里間。遭惡黨釘仇誣陷，逞八兇扛殺生餐。可憐我祖父呵，負鱗傷一命殂，遭拆檢寸骨殘。那厖易呵，賄縣胥舞文欺謾，線府幕玩法容奸。我想那人心一點何容昧，從古來漢法三章未可删，盼的這冤案親翻。

(外)住了，就是慘殺父命這一事，前日縣家申文到來，本院已檢閲一過。既經審結，就是一宗鐵案了。怎麽又來瀆告？明明是聽受教唆，藐玩國法。叫軍牢與我打。(應介)(小旦)小的此來，是求生呵〔一〕！(外)也罷。你試把縣家枉斷情由，也一一説來。(小旦)縣家上下關節，表裏呼應，竟將搜逃故殺，捏巧無影起釁；審期四月，妄稱熱審減等。兇年五十，巧捏七旬收贖。抹殺主使行兇，移抵瘐斃尾犯。

【叨叨令】憑著他金兒帛兒，一霎纍纍垂垂的辦。更有那情兒面兒，打點的的確確的倩。早已是官兒吏兒，一任朦朦朧朧的扮。那里想律兒例兒，便索明明白白的按。兀的不痛殺人也麽

〔一〕「呵」，鄭藏本、《古本戲曲叢刊》本作「聻」。

哥，兀的不慘殺人也麽哥。却教俺孫兒子兒，怎敢消消停停的看。

（外）興朝法令維新，官府豈不愛惜功名？你這一面之詞，何足深信。罷！姑免責罰，手下的與我撚出轅門去。（衆應扯介）（小旦掙住介）小的這狀詞，若不蒙憐准，將使真命無償，憲綱永墮，故殺律等屬虚文，不共冤無門再控，祖命一日不抵，音身一日不生；憲天一日不准，音控一日不止。萬望大老爺呵——

【脱布衫】揭冰壺照徹兇頑，憐蟻命速賜平反。試把那鬻獄的單詞細看，方信道梗陽人盡成虚幻。

（外）我且問你，前日申文上邊，還髣髴記得有朱栩士名字，這是什麽人？（小旦）就是小的父親。（外）住了。人命果真，仇家漏網，怎麽兒子不來控告，反要你孫子出頭？其間必有包替等情，到底不便批准。（小旦）呀！小的父親，爲了祖父呵——

【小梁州】死比鴻毛骨委壇，久已是肉膻心寒。抱奇冤骨髓一時乾，身增患，不能勾抖擻叫天關。

祖父慘死，我父親自應爲祖執命。父親卧病，孫兒正合代父鳴冤。

【幺篇】這的是天生一本枝和蔓，是何容冷眼相看。只恐怕見天難，明冤晚。因此適違期限，昧死把馬頭欄。

（外）也罷！看你情詞迫切，准了你的狀，還發到該縣去，覆審詳奪便了。（小旦）阿呀！縣家判斷已定，怎肯自己翻招？ 還求老爺提到案下，親審發落。

【快活三】他那裏能營幹，他那裏善交關。 若不是**叩青天親自職糾彈，誰待管黃泉下銜悲歎？**

（外）既如此，本院批發常州府印官，嚴審確報便了。 中軍官發下去。（老旦）常州府印官何在？（末上，接，下）（外）朱音，你的狀詞，本院已發府官，你去罷。（小旦）願大老爺萬代公侯。（出介）（外）應准狀詞，批閱已完。 中軍官，分付關門。（應介，關門，下）（小旦）好了，好了！ 狀詞已蒙面准，批發本府去了。 這回祖父沉冤，可望昭雪也！

【朝天子】爲公私縱奸，致生死負冤，下民怎敢把尊官訕？ 帝閽欲叩，龍須莫犯，恨漫漫那得幽魂散。 幸喜**柏府霜清，烏臺日燦，**一回兒**判准了南山案。** 如今及早回程，報知父親去。 咦！厖賊厖賊，有一日把**一班兒巨奸，駢首向法壇。** 少什麼**道旁人齊叫聲天有眼。**（下）

第十四齣　雷警

（小生衣巾上）好還天道豈夢夢，枕畔霜戈究許紅。 九世復仇千古大，後昆但願有〔一〕襄公。 自家侯文宰，只爲厖氏八兇活殺舅命，縣斷縱兇漏網，心懷憤恨，無心去赴春闈，正欲奪身而出，代爲

〔一〕「有」，鄭藏本作「不」。

申訴上臺。喜得表侄朱音已自控准撫院，批發本府確審詳報。又聞厖氏輩〔一〕金打點，上下關節。對簿時畢竟如何判斷，放心不下，只得也去府前打聽打聽，或者有效力之處，不靳一臂相助。刻下人犯已解齊，府主升堂在即，就此走遭，正是：礪鋒未得消長恨，錬石誰爲補不平。（下）（老旦、旦小軍，副浄冠帶上）

【挂真兒】重寄專城蒙聖眷，坐黄堂掌握威權。心本慈祥，政維姑息，五馬春風游衍。

利器多逢盤錯間，九遷除目九重頒。江城風唳雲中鶴，卧閣煙浮雨後山。下官常州府知府高邑是也。有四維鎮朱立山，爲富豪厖易攢毆致死，只爲受了幕賓與門生囑託，已經授意縣官，妥招結卷。不料他兒孫輩痛父慘亡，必欲多人償抵。又從撫院衙門告准，批發本府確審詳報。下官明知此案尚有脱漏，只是初招已定，不便改移。《尚書》有云：「罪疑惟輕，寧失不經。」那裏好執定律例，立殺全家於筆底？少停審時，只是允依縣審，從寬發落便了。左右，開門，擡聽審牌出去。分付將撫院發下三必號轅事詞上有名人犯一齊帶進聽審。（傳介）（丑帶生、小旦、末、浄上）犯人進。（衆）進來。（副浄）聽點。原告朱栩士。（生）有。（副浄）朱音。（小旦）有。（副浄）被犯厖易。（浄）有。（副浄）你是首名，下名免點。（浄）是。（副浄）朱傳。（末）有。（副浄）地方須隆。（丑）有。（副浄）被告、地方且跪過一邊，先帶原告上來。（生）

〔一〕「輩」，鄭藏本、《古本戲曲叢刊》本作「糞」。

小人有。（副净）你就是朱栩士麼？ 這宗命案，該縣久已結卷成招，内中賣花起釁，沿途截殺，多是錚錚鐵案。 你怎麼叫兒子去越訴上臺，干名犯義？ 豈不知王法森嚴，官刑利害麼？

（生）阿呀！ 爺爺嗄——

【梁州新郎】戴天有恨，共天不願，痛父攖兇慘變。 舞文漏網，通神十萬金錢。（副净）這個有何憑據？ 據卷内口供鑿鑿，争毆是實。（生）爺爺，没有這樣事呵[一]！ 端爲釘仇布阱，豺虎縱横。草芥生靈賤。（副净）哇！ 還說「釘仇」，左右掌嘴。（衆應打介）（小旦爬上介）阿呀！ 爺爺嗄！ 深仇未雪也罷先干，元惡階前仍晏然。（副净）你這奴才，小小年紀，也會花言巧語，左右掌嘴。（衆應打介）（生、小旦）爺爺嗄！ 我怨氣吐，悲聲嘶，不道求生得死逢天譴。 舌猶在，敢明辯。

（副净）你這奴才，敢强辯，叫地方上來。（丑）小的有。（副净）卷内據有口供。 畢竟怎生起釁？

（丑）確爲賣花起釁。 相毆的時節，那厖洪下手獨重，這是真情噓。（副净）可又來。

【前腔】初供不改，真情如見。 未合辭聽一面。 早難道快心駢抵，把律條異樣新鎸。 地方，過一邊。（丑下）（副净）朱栩士，你就質他訐訟釘仇，他也不過死罪。 就認了賣花起釁，他也是死罪。 你何苦這等質他？（生）寔是不曾賣花。（小旦）寔是釘仇毆斃呵[二]！（副净除帽，擲卓，立起，踢生、旦介）咄！

[一]「呵」，鄭藏本、《古本戲曲叢刊》本作「聻」。
[二]「呵」，鄭藏本、《古本戲曲叢刊》本作「聻」。

這兩個奴才該死，左右的，再與我重重掌嘴。（衆應，打介）（副净仍坐介）好奴才，直恁齩釘嚼鐵，俐齒伶牙，小覷黄堂善。你還認了賣花起釁罷！（生、小旦）阿呀！老爺，關天人命也怎虛言。還望朗朗高臺秦鏡懸。（副净怒，將筒籤盡撒介）奴才，我得了厖易三千銀子，今日讓本府作一個主，我清似水，白如麵，早難道錢神恁地多靈變。權在手，儘施展。

皂隸打著。（衆應，欲打介）（生）阿呀！爺爺嗄！小的殺父之仇，與厖易誓不俱生，就打死小的。

【前腔】（生、小旦）任屍横三尺階前，得趕上森羅寶殿。也須向閻羅天子，明白敷宣。（副净呆介）姑且饒打，左右，趕下去，再不許上來。（背介）這厮決不肯招認賣花争毆，却也没奈何他。（思介）嗄！有了。招内有「沿途截殺」字樣，只把朱傅難爲起來，待供認了曾打厖洪，便好牽制朱立山的真命，那厖氏一門，便可保全了。不是循私賣法，那解網施仁，我也夙有成湯願。説得有理。（轉介）左右，唤朱傅上來。（末）小的有。（副净）是你打死厖洪麽？（末）没有這等事嘘！（副净）不招，左右扯下去，先打十板再問。（衆應，打介）（末）爺爺，冤枉嘘！（副净）還説什麽冤枉，左右，與我夾起來。（衆應介）（末）爺爺，厖易父子兄弟，打死了小的叔父，小的巴不得將他一門個個打死，只可惜强弱不敵也付空言。前日屍場上，與他争論幾句是有的。只算未斷舌的常山罵賊還。（副净）好好的人，怎麽罵了就死？你若認了打，只算報仇，只問你個杖罪。若不招認，把你活活敲死。（末）小的認了曾打他一下罷。（副净竪二指介）你認了兩下罷。（末）蒼天嗄，呼聲細，天聞遠，千箠萬楚知難免。且承認，聽詳讞。

是小的打了兩下。(副净)分付各犯畫供。(生)阿呀！爺爺要小的死，小的就死。若説畫供，這是斷斷不願的。

【節節高】若輕將十字填，罪名鎸，受冤人轉自遭冤譴。(副净)先將下名畫供，不怕你崛强。(末、小旦)多不願畫供嚧。(合)一尺地，一尺天，難欺炫。(副净)這樣可惡，一齊夾死這班奴才。(出位，亂踢介)(内放煙火，外扮雷公，丑扮雷母，小生扮雨師，同上，舞一回，下)(副净驚，躲桌下介)(老旦)好奇怪！一霎時大風大雨，一個霹靂，分明在頭頂上響個不住。不知老爺那裏去了。(副净爬出介)不好了！青天白日，忽然大雨如注，鳴雷掣電起來。莫非這宗命案，竟是千真萬確的麽？啊呀！啊呀！聽了當頭一響渾身顫，自今以後敢將私意和盤獻？本府呀！不是失箸俄驚一震威，就是聖人迅雷風裂亦必變。

(旦)稟老爺，堂下水深三尺了。(副净)且把衆犯帶起，厖易等依舊收監。朱傳召保，餘人釋放寧家，候本府申詳撫院定奪。(老旦應，帶净下)(副净)左右，分付關門。(旦關門，副净、旦下)(生、末、小旦出介)

【前腔】(小生上)風霾復慘然，障青天，驚聞階礎奔濤濺。(生)表兄也在此。阿呀不好了，府主呵！(生、小旦)妝鐵面，惡讕言，依原卷，八兇七陷模糊讞，遂成萬死無伸案。(小生)母舅之仇，如何得報？(生)説不得了。聞得近日朝廷特差大臣一員，總督江南各省，我身邊還有幾錢碎銀，可作盤費。不免星夜趕到淮上去，候他出巡所在地方，好歹捹命控准，再求昭雪。哥哥，你且回家去罷。(末)兄弟要往淮上，愚兄奉陪前往。(生)如此最感！(小旦)孩兒也要同去。(生)這個不消，你年紀尚小，再禁不得許多苦楚。況有祖母在家，也須代我侍奉。有了你伯伯同去，你還是不去的是。侯家表兄家中有事，望你不時看覷看覷，我與哥哥就此去了。（小旦扯住介）爹爹且慢。（生灑脱介）放手，我去也！

（生、末）碎首無階氣欲橫，當頭有昊情難鑑。

（急下）（小旦）爹爹果然去了，我那爹爹嗄！

【尾聲】你病餘力疾猶稱健，動千里泣血攀轅。（小生）表侄且免悲傷，快快回家去報與舅母、弟婦知道。一面再打聽表弟淮上消息便了。（小旦）是。（合）恨只恨官府多情却爲錢。

（下）（末扮伍公，净雷公，丑電母，生雨師，副净風伯，老旦、旦旂使，同上，舞一轉介）（末）善哉！善哉！吾神雷部滄江湧潮上將吴相國伍子胥是也，今有朱氏父子，聽鞫公堂。問官暗昧事理，橫加榜掠。吾神奏知上帝，即著統領雷部，前往示警，務使墨吏寒心，豪惡喪膽。奉旨示警已畢，就此返駕，一同覆旨去。（串陣介）

【對玉環帶清江引】列缺争先，豐隆伐鼓喧。屏翳趨前，飛廉噓氣旋。俄聞天詔宣，一震地維掀，誰是循良，能無透膽寒。由來天眼明如電，善惡纖毫見。笑雷鳴敬意生，雨過頑心現，請聽這阿香車一下兒碾。（下）

陰陽判傳奇卷下

醉竹主人述略　他山老人填詞

第十五齣　途窮

【步蟾宫】（生、末上）（生）千冤萬恨填心坎，知秦鏡何時照膽？（末）凄風苦雨最難堪，況又是囊空金欠。

（生）卑人朱栩士。（末）自家朱傳。（生）只爲金靈法弊，海底冤沉，思量背負冤黄，趕到總制衙門告理。號控數次，未蒙批准。總制徐州勘荒，又攔住馬頭叫喊，剛説得一句，你到撫院那裏去告，坐馬已過去了。只得又從滁州、桃山、臨淮等處，凡四五日，叫喊不計其數。（末）可憐我兄弟，被那些軍牢每一謎亂打，不顧死活。唉！兄弟，你受了許多苦楚。只是狀詞到底不准，如何是好？（生）説不得，我再到前面，看總制何處下馬，畢竟告准了纔住。總制到天上，我也到天上去。（末）隨去也好，只是没有盤纏，我先回去罷。（生）這不妨，没有盤纏，我自沿街討飯與你吃，你若不同我去，倘路上死於仇家之手，何人曉得。（大哭，末亦哭介）既如此，只得同著兄弟就走。（合）

【梅花塘】黑冤銜，閶闔無從探。血淚漬衫襟，盼一線天光湛。（末）聞得總制行牌，今日一定過河。我每打聽經過何處，再去叫喊。只是那些軍牢攔阻，兄弟，你又再受打不起了，怎麽好？（生）哥哥，莫説千箠萬楚，若得控准，便身膏刀斧也心甘。（内鳴鑼介）（末）呀！遠遠静街鑼響，莫非總制已到了？我到前面打聽的實，就來。（下）（生）唉！天那！我已將萬死擔，怎敢嘿無言，學鬼參。

（末上）兄弟，我已打聽明白，那鳴騶喝道之聲，果是章總制老爺到了。（生）如此，我每急急趕上前去。（合）

【香柳娘】喜停旌駐驂，喜停旌駐驂，好把馬頭手攬，忘身賸有包身膽。（内鳴鑼拖板、吆喝介）聽鳴騶響導，聽鳴騶響導，自合踴躍犯威嚴，欷歔訴仇憾。（内）站開！（末）又是一隊軍牢來了。（合）聽聲聲站開，聽聲聲站開，偏是我情多不堪，只得脚兒牢站。

（末）總制坐馬，早已遠遠望見了。兄弟快喊。（生）憲天老爺，電冤救命嗄！（净扮軍牢，執棍打上）你這狗頭，受打十多來次了，又來叫喊，死也不怕的？

【前腔】敢號呼數四，敢號呼數四，不怕棒痕血黤。你見有那一個人在這裏告狀？可知路行人不敢潛身探。（又欲打，生攔住，跪介）小的是四維鎮人，只爲父親被人打死，府縣官受賄徇私，可憐父命無償，所以拚生在此告狀。小的願不要求生，只是各位爺每，就打死小的也無益。望開恩見憐，望開恩見憐，使我馬首得親瞻，姑容一聲喊。（净）如此看來，爲父報仇，是個孝子了。我每各有人心，那里還拏得起手來打你？大老爺如今到徐州去，你從此大著膽，再到前邊叫喊便了。**鐵心腸頓軟，鐵心腸頓軟，**少不得**孝心格天，真寃洞鑒。**

（下）（末）且喜這些軍牢每哀憐行孝，説今後再不打了。（生）只是纔説了幾句話，總制坐馬又已過去了，怎麽處？（末）没奈何，只得再告。方纔他每説總制要往徐州，我每還是一路追上去。（生）説得是，好歹央及哥哥，一同趕上前去。（急行介）（合）

【前腔】願追隨馬足，願追隨馬足，哀號愈慘，聲高冀得回眸瞰。（末）呀！一路趕來，前面阻有一溪大水，那裏覓個渡船渡過去？（生）唉！總制坐馬只管去遠了，那裏等得及渡船？此時秋水初涸，料已不致淹没，我只得把衣服拴縛起來，涉水過去。（末）我也只得隨著兄弟，一同過去。（生）又要累及哥哥。（作紮衣渡水介）（合）**便憑河無悔，便憑河無悔，**（生作滑跌沉水介）（末）阿呀！不好了。（急救生起，末亦立不住介）（生起，又扶住末介）阿呀！哥哥，多多累了你了。（扶行介）（合）**幾向汨羅渰，如經瞿峽險。**（生）好了，上得岸來，這回得了性命了。（末）只是兄弟身上衣服盡皆沾濕，我每腹中又已飢餓，身畔並没分文，如何挨得到前途去？（生）阿呀！好苦嗄！（合）**痛飢寒怎堪？痛飢寒怎堪？**（生）哥哥説不得了，拚得我**求乞負慚，餘生留暫。**

（外、小生、丑扮過客上）

【前腔】覷行蹤可憐，覷行蹤可憐，人形消滅，可知**路貧更比家貧慘。**（外）我每多是附近做客商的，偶然在此經過，覷見這兩位客人，面目黧黑，略無人狀。（小生）這一位一發衣服沾濕，像是失足墮水的。深秋天氣，倘受了寒，就不好了。（丑）一發看他愁眉哭臉，似有冤枉事情，挂在心上的。（生）便是。我爲父命無償，趕著總制控告，從滁州、桃山、臨淮，直到這裏，屢控不准。如今正要隨到徐州，冒死控准纔住。（外）這等説，足下莫非姓朱？（生）卑人就是朱栩士。（外）學生金泰夫，前日在貴縣經過，聞得此事。不想今日在此相遇。爲父報冤，是個真正大孝子。看二位這般模樣，盤纏畢竟不敷。身邊偶有白銀七八星，不嫌輕褻，奉贈孝子，爲一程之敬。（小生）學生偶爾經行，不曾帶得銀子，身上恰好多穿兩件衣服在此，各人奉贈一件，聊以禦寒。（丑）不是這樣説，身上濕了，好不難過。天又晚起來了，竟留到學生家裏去，先𢬵炭火烘乾了身上，淡酒粗肴，吃些夜飯，權宿一宵，明早起身趕路，可使得？（生、末）多蒙各位見憐，協力相助。再生之恩，請上受我一拜！（衆）請起！請起！（生、末）**謝仁人鑒原，謝仁人鑒原，死結與生銜，洪恩永銘感。**（外）既如此，我每各自去了。你這位客人，即要留他到家，也是一樁好事，孝子你不要推辭了，住了一宵，明日早行罷。（生、末）領命！領命！（合）**儘今宵劇談，儘今宵劇談，茅柴酒酣，盡傾夙憾。**（外、小生各下）（丑）隨我來。（生、末同下）

第十六齣　河控

（副净上）閑人趕開，街道埽遍。無官不貴，無役不賤。自家徐州北門外一個地方便是，只爲總制章老爺，奉旨出巡，要渡過黄河，到豐、沛各縣去。一時地方官紛紛擾擾，多過河迎接，仍恐人民

挨擠，或有公事傳喚，只得在此伺候。道猶未了，前面吹打掌號，想總制行船到來也。一路驅逐閑人，聲喊前去。（喊下）

【粉孩兒】（生上）**哀哀的負奇冤，心似剮。痛飢寒，千里奔馳不暇。但得鼕鼕天鼓一下撾，便死呵，比偷生倍覺光華。**我爲父鳴冤，來向總制馬前告理。歷行五十日，歷控十餘次，只是不准。打聽今日在徐州北門經過，要渡河到豐、沛各縣去，只得捨命再去叫喊。倘蒙憐准，就是萬分僥倖了。一路行來，前面北門不遠，哥哥先往打聽消息去了，待他來時，便知端的。（末上）須識吞聲泣，能令行路哀。（生）哥哥來了，總制大船可到河下麽？（末）總制一路行船，將到北門了。（生）既如此，我每快快趕上前去。（合）**任教咱首碎階除，終未肯心灰叩馬。**

（下）（内吹打、掌號介）（小生冠帶，外、净中軍，旦、丑小軍，副净、小旦水手，行船上）

【紅芍葯】膺聖寵江左巡察，駕清風一葉官艖。願爲斯民覆千厦，恐鞭長不及腹下。下官章溢，處州龍泉人也。削平閩楚奏績，歷任御史中丞，叨奉恩綸，總制江南等處。一應官吏賢否，地方利弊，許下官露封奏聞。從臨淮至此，將次渡過黄河，巡視豐、沛各縣。叫中軍官，分付水手趲行。（副净）禀上老爺，一時風大浪高，行船不上[一]。（小生）這等暫且泊下，俟風浪少息，再行。（副净）曉得。（吩咐泊船）（内應介）（小生）**輕舟鬱林石載些，儘自覺從容閑暇。彼劉琨尚且回風，甚石尤輒敢**

[一]「上」，原作「止」，據鄭藏本、《古本戲曲叢刊》本改。

阻駕。（生上）江南第一慘殺滅抵奇冤，求憲天大老爺，矜憐蟻命嗄！（衆喝介）（小生）手下不許攔阻，本院親見此人叫喊有二十多次了。（問介）咄！你有什麽冤情，如此連控不已？（生）阿呀！憲天大老爺嗄！小的父親，遭富豪厖易等迭陷，坐誣釘仇，被他子侄厖舛等活活打死，府縣受賄徇縱，司道如詳發落，只有大老爺呵！

【耍孩兒】亘古奇冤能洞察，約法三章在，斷不致網漏仇家。小的呵，吱喳！五十日馬首號聲大，望鈞批准字牌懸挂。憲天老爺，再不與小的作主，願沉身向淮河下。（欲投水介）（小生）手下快扶住了。（衆應救介）（小生）取狀詞上來。（生遞狀介）

【會河陽】（小生）目睹心傷，料情非虚假，（筆判介）筆尖判准謾稽查。朱栩士上來。（生）小的有。（生）你的狀詞，本院准了。批發到按察司去，好教棼蠹寒心，豪强正法。教怨鬼，休啼罷。去罷。（生叩頭介）謝憲天老爺。疾趨，盼建業斜陽下。（下）（老旦）禀老爺，風恬浪静，可以行船了。（小生）如此，分付開船。（内應，吹打開船介）（合）前行，望豐沛青山罅。（下）

【縷縷金】（末上）心慽慽，眼巴巴，河干瀝血，訴可容納？遠遠望去，我兄弟在船頭上哀哀申訴，畢竟不知可得告准。但願皇天有眼，早賜燃犀照，原情執法。好了，兄弟來了，看他愁眉暫展眼生花，想冤書這回達，想冤書這回達。

【越恁好】（生上）哀鳴千狀，哀鳴千狀，涓涓血淚灑。天心感動，千鈞筆遂騰拏。（末）兄弟，狀詞准了麽？（生）藉哥哥福廕，准了。冰壺洞鑒，僥倖殺，已向臬司批發。（末）批發按察司去了，如此，我每趕到省中，等候挂牌審理。（生）哥哥説得是，我每連夜就去。（合）怕不得風和雨、程途雜，顧不得飢和凍、身軀化。（下）

【紅繡鞋】（浄、副浄上）争看總憲停艖，停艖。驚聞成案争差，争差。（浄）侄兒，不好了，聞得朱栩士總制衙門告狀，緊緊隨著前來，悄悄打聽，已在船頭喊准，現今批發按察司去了。（副浄）便是，這怎麽處？咦！這個老殺才，（合）真勁敵，是冤家。一波定，一波加。肌生粟，緒縈麻。

（浄）嗄！有了，有了！一些也不難。打聽得他硃語，是官蠹棼贓等事，畢竟連府縣官吏，多告在裏頭，他每見了日報，少不得也自著忙。我每急急回家，通個消息進去，還央府署幕賓，尋個的確分上，要求總制弔銷了這張狀詞，今後再不怕他跋扈了。（副浄）説得有理，我每快回去。

【尾聲】情知兩下難干罷，則看我手段通天值得誇。老朱，老朱，這狀詞弔銷了，看你再到那裏去告？不怕不忍氣吞聲拜服了咱。

第十七齣　泣禱

【秋蕊香】（老旦上）謾説戴天不共，應知叩閽無從。（旦上）宛轉蛾眉何濟用，學不得孝女緹縈。

（老旦）瑝琇除凶在弱齡，謝娥一女事能成。（旦）古人立行由天性，忍藉亡親博孝名。（老旦）媳婦。（旦）婆婆。（老旦）我家員外，爲仇家攢毆，負痛身亡，只爲賄賂公行，以致有檢無抵。我孩兒同了大房侄兒，又趕到淮上，向總制衙門告理去了。一去幾月，杳無音信回來，畢竟不知狀詞可得批准，冤抑可得伸雪否？（旦）官人一點孝心，上天必然默助。媳婦已著孩兒，往伯伯家中探問去了。待他回來，或有消息，也未可知。（老旦）總制生死衙門，控准也是渺茫之事。我一時想起，求告官府，不如求告神明。你公公在日，平昔間最敬重的是吴相國伍公，忠孝英靈，千古不昧。待與媳婦通往神位前，高聲哭訴，萬一神靈有感，早早陰殛諸凶，可不强似匍匐憲轅，屢呼不應？（旦）婆婆説得有理，待媳婦安排香燭，奉隨婆婆哭訴一番便了。（老旦）如此，隨我來。（合）悲風萬古同揮淚，碧血三年只化燐。（老旦）此間已是神位前了。（旦）待媳婦燃點香燭。（老旦）就此一同拜訴則個。（拜介）（合[一]）

【桂枝香】天高莫控，神靈虔奉，須鑒我山海仇深，慘被他虎狼交訌。況分骸拆骨，分骸拆骨，自必幽魂含痛。怎禁妻孥長慟，因此訴靈聰。我姑媳二人呵！亦有鞭仇志，奈難施覆楚功。

[一]「合」，原闕，據《古本戲曲叢刊》本補。

（旦）說到激切之處，不覺血淚齊傾。婆婆恕無禮了，容媳婦膝行向前，再行禱告一回。相國老爺嗄！妾身嘗聞公公說來，相國在生時節，忠孝絕倫，英雄無敵。在臨潼會上，文欺百里奚，武勝秦姬輩。拳打荆蹟，脚踢卞莊。挂白金爲盟府，保十七路諸侯無事。後來遁跡復仇，興吴復楚，發已葬之家，鞭既朽之屍。相國，你是千古英雄，做得出這千古快心之事。我家負此深仇，難道神靈就助不得我半臂之力？（合）

【前腔】**英雄磨礱，孝忠傳誦。**你**偏能既死屍鞭，**我家呵！**長則任在生仇縱。**（拍案介）阿呀！相國老爺嗄！你**英靈在天，英靈在天，豈無感動，能不憫痛？**好**站虚空，下下荆鞭助，**教他**纍纍虎穴空。**

（起介）（旦）拜禱已畢，婆婆，堂前早膳去罷。（同出介）（丑童子負錢，隨小生上）

【不是路】**渺渺長空，**畢竟**彰癉難逃一鑒中。**（進介）舅母拜揖！弟婦拜揖！（老旦）原來賢甥到來。（小生）前日表弟赴淮時節，當面分付說，家中有事，要愚甥看覷一二。目下恐盤纏不給，偶有脫粟二挑，青蚨二貫，**聊相送，渭陽至誼許誰同。**此後倘有欠缺，遣人陸續送來。童兒，把錢放下，米分付挑了進去。（丑應，下）（老旦）屢承賢甥看顧，何以克當？（小生）好說。還有一樁喜事，報知舅母、弟婦。早上日抄傳報，表弟在徐州等處，連控總制一十八次，今日告准，批發臬司去了。**法堂中，**比不得**黄堂花縣多胡哄，**少不得**玉律金科秉至公。**（老旦）如此謝天地！（合）**冤情訶，軒轅明鏡當頭捧，決無輕縱，決無輕縱。**

【長拍】(小旦上)盼斷關山，盼斷關山，驚傳音耗，生死始終銜痛。(旦)孩兒回來了。(小旦)表伯也在此。(小生)正是。你父親控准總制，特來報信。(小旦)阿呀！婆婆，不好了！孩兒往伯父家去打聽，早有便信寄回。説〔一〕我父親雖已告准。可恨那厖易、厖舛呵！情知犀照，難逃駢抵，黄金一謎輸供。私竇巧鑽營，似飛蟲百足，死猶賈勇。(衆)畢竟怎麽樣了？(小旦)他府幕交通私禮致，真鐵面竟遮蒙。不道總制又仰下臬司，一霎原詞銷繳。可不枉間關千里，淚血啼紅？

(老旦)有這等事？阿呀！天那！(合)

【短拍】本分冤翻，本分冤翻，何期盆覆，又依然巧計彌縫？從此抱恨永無窮。便白日青天何用？除是漆頭飲器，冀復仇、九世有襄公。

(老旦)還有一件，可曾打聽？你爹爹可就回來？(小旦)孫兒也曾問過，説爹爹還在省中，要伺候總制經臨，再行號控。俟有明示，才得回家哩。(旦)如此，孩兒隨著我每，朝夕神前禱告，拜求伍公陰空嘿佑則個。(小生)弟婦説得是。舅母，愚甥告辭回去了。(三旦)有慢了！

【尾聲】慚無杯茗相迎送，(小生)合自把家門珍重。(合)好辦著日夕含辛訴伍公。

(三旦)怨家剚刃血猶新，落日悲風跡已陳。

〔一〕「説」，原誤作「誰」，據鄭藏本、《古本戲曲叢刊》本改。

（小生）不少虎冠南面著〔二〕，此時執法是何人？

第十八齣　挾刃

（生挂劍上）曾經九死出昭關，何事餘生戀世間？磨劍十年鋒刃澀，不知斬得幾人還。我急報父仇，歷赴各憲衙門告理，甚至沿河號控，攔駕籲呼。奈精誠不足格天，致冤恨依然沉海。如今計無所出，只得市一利劍，隨路伺候，待剸刃仇人之頸，瀝告亡父之靈。萬一此志得償，就要到官自首，按律治罪，必不生還。不免到家廟中，拜别祖先，前去行事便了。（作進拜哭介）我那祖宗嗄！孫兒不肖，不能報殺父之仇。

【入破】志空齎，冤未洗，罪惡瀰天地。尚覥顔生斯世，安得齒於人類？大痛無伸，自願與仇俱斃。學取那蘇不韋仇頭終斷，徐元慶國法不廢。我那祖宗嗄！栩士殺得仇人，到官認罪，伏誅夷，再不能個返家祠春秋瞻禮。還喜生有彌孫，宗祧可繼。伏望陰靈庇，早狹路逢仇易，霜鋒快頸血飽祭。孫兒呵授首雲陽，便磨骨揚灰何畏？只落得相從黄泉，還可猥云無媿。

〔二〕「著」，《古本戲曲叢刊》本作「者」。

（小旦上）爹爹請用早膳。呀！爹爹爲何腰懸利刃，在此痛哭？（生）兒嗄！厖易等一班巨兇，錢神有靈，你公公真命付之流水。做爹爹的，已是計窮力竭了，只得市此利劍——

【破第二】待手誅大仇，瀝血把先靈慰。（小旦驚介）爹爹，殺了人要抵命的。一命未償，又幫貼一命賠抵。（生）唉！我的兒，我偷生蒙面，腐心切齒，恨無死地。（小旦）爹爹雖如此説，孩兒怎捨得爹爹？（生）我也顧不得了，親兒嗄！僥倖你身已成立，我心無縈繫。

（欲走，小旦扯介）爹爹那裏去？（生）兒嗄！從今以後，你自做你的事，我自幹我的事罷了。

（小旦跪扯介）爹爹去不得的。

【衮第三】大父慘亡，大父慘亡，有祖母白髮青燈淚。你忘身殉仇，忘身殉仇，撇庭闈，失侍奉，怎不刳腸裂胃？（生）唉！你説那裏話！幹蠱承先，幹蠱承先，本分兒曹之事。我的兒，婆婆、母親在堂，儘晨昏、養志承歡，把我未了事一色包替。

言盡於此，我去也。（急走，小旦扯哭介）婆婆、母親，快來！（老、旦急上）何事呼聲急，應知愁緒多。兒嗄，爲何在此啼哭？（小旦）婆婆、母親，不好了！爹爹身懷利刃，在此拜別家祠，要去殺仇報怨。孩兒苦勸不住，婆婆，母親，一同解勸解勸。（老）原來爲此，我那親兒嗄！（旦）我那官人嗄！（合）

【歇拍】你不念妻孥，不念妻孥，怎不念高堂憔悴？挾刃殲仇，挾刃殲仇，縱使一兇斃，多兇在，更何爲？況亡身及親，至此噬臍無及。還記取，不敢毁傷，髮膚身體。

（生）母親，非是孩兒不惜遺體，只爲我——

【中衮第五】負罪寰區，負罪寰區，掬湘江怎把羞顔洗。待手刃元兇，手刃元兇，早認罪，早畢命，早揚眉。母親你膝下追陪，我預已處分兒輩。只這鞠育深恩，姑待來生報伊。

（三旦）哎喲！使不得，那厖賊呵——

【煞尾】陽憲能逃，陽憲能逃，怕陰譴難避。千百世，筆是劍，口成碑。被唾罵，受誅夷。雖有孝子慈孫，怎把惡名少諱？儘快心，何事區區，把匹夫勇恃？

（生）是不差。謹依母親、妻子之勸，我且寧耐。（三旦）這便纔是。

【入破】（生）將一片大膽粗心，權且收拾起。（三旦）且同到裏邊去，向匣中仍將三尺青萍閉。

（合）須信幽明本無二理，終有明白爰書究擬。（下）

第十九齣　皈釋

【點絳唇】（外扮老僧上）五葉分支，一乘直指。無多子，棒喝交施，一掃閑文字。

少室風靡貝葉塵，靈光獨轉法王輪。一峰時有銜花鳥，千載何來放鶴人。老僧鶴洲是也。妙性常圓，真如獨湛。丹霞密印，普聞獅子之音；白雪重參，直接鵝王之乳。曹溪滴水，偶然流到葤溪；庾嶺飛花，忽爾經過吴嶺。向往報本庵中，開堂説法。早上禪牀打坐，猛然心血來潮。慧眼遥觀，知有毘陵孝子朱栩士，痛念父死非命，矢志報復。來此中吴，挾刃行刺。此人夙有善根，可傳心印。爲此出庵相訪，待他到此，數言點化，收爲弟子。務使明心見性，入聖超凡。俾其宗先並上慈航，脱離苦海。唉！我想大地一切衆生，好没來由也！

【混江龍】咄嗟塵世，紛紛攘攘欲何之。大排場龍争虎鬬，小布算蟻戰螳支。一息尚存，狠巴巴兀自争誇强弱；雙睛欲瞑，急煎煎還待較論雄雌。有幾個張公藝傳家百忍？有幾個婁師德唾面無辭？棋枰國手，陣詡雄師；生須嘗膽，死必鞭屍。可知道伽公三昧水難期，鼂家十世仇猶俟。寄語天下後世，便做饒人些子，可知不是痴兒。

（下）（生挂劍上）號冤無地痛如何，十七年來但枕戈。畢竟父仇猶未報，路人浪説孝名多。我朱栩士，切念父仇，挾刃以俟。叵耐厖賊，時刻隄防，無從下手。近日打聽此賊另爲他事訐訟，聽審府中。爲此瞞著家中，前來蘇城伺候。只待狹路相逢，擒住此賊，一刀殺却，我就死何辭？（外上）南無阿彌陀佛！（生）那邊有位長老來了。（外）居士何來？（生）師父在上，弟子稽首。（外問訊介）請問居士，高姓大名，意將何往？（生）弟子毘陵人氏，姓朱名栩士，到此尋一相識。（外）咦！居士休瞞老僧。

【油葫蘆】覷著您慘澹容顔忍鷙姿，髮長鬖面有疵，那裏是爲尋相識過茅茨？老僧曉得你，多分牢騷萬斛填胸次，敢待學吹簫乞食來吴市。（生）萍水相逢，素無一面，如何師父便知弟子心中之事？（外）老僧那有不知？則恁氣昂昂生必伸，血淋淋死不辭。圖一個快心三尺青萍試，可是麽？你好將來意細陳詞。

（生悲介）蒙師下詢，何敢隱瞞？只得實情相告。（外）就請明言。（生）弟子只爲先父遭仇遇害，有檢無償，行將手刃元兇，捐軀不惜。（外）唉！你好差也！你則道——

【天下樂】公道無存，待報以私，一也麽時不惜死。 可不道**匹夫小勇最堪嗤**。還有一説**恁一身，殉一兇，彼多兇，孰殉之？** 可不道先人一命，依舊無償，終枉却**萬人場暴父屍**。

（生）父仇未報，蒙面偷生，情甘狹路偕亡，何暇少計利害？就此告别，弟子前往中途伺候去也。（外）且自少停，聽俺一言。（生）師父有何指示？（外）人心憒憒，法網惛惛，匹夫無私報之仇，天道有好還之理。居士且藏器以待，焉知將來，無曲成孝子之日？

【那吒令】記聖言有之，以直怨報施。論佛門大慈，總寃親等視。況禪家宗旨，有人我便非。恁可一思還再思， 記取**出爾仍反爾**。萬一王法無情，與仇俱斃，上有老母，下有妻孥，**豈不是百行多疵？**

（生）是嗄！逞一時血氣之勇，忘百年菽水之供。蒙大師當頭一捧，如夢初醒。哎喲！朱栩士，朱栩士，你既不能報殺父深仇，又不能慰衰慈暮景，真天地間大罪人也！（外）善哉，善哉！居士再聽一言。（生）願聞。（外）你父身遭寃斃，魄滯幽扃。欲報深恩，昊天罔極。與其憲轅歷控，冀仇家立正金科，孰若正法早聞，使爾父早登蓮界。語云：「一人成佛，九族升天。」將此身心奉塵刹，是則名爲大報恩。（生）是。「一人成佛，九族升天。」弟子省悟了。（擲刀介）呀呸！還要此刀何用？（外）善哉！善哉！

【寄生草】火燄當心熾，醍醐徹頂施。且喜冰消瓦解元無事，放身失命從今始。隨波逐浪維君志，可知廣頞舊屠兒，屠刀放下即佛子。

（生）蒙師明諭，茅塞頓開。矢念出家，潛修正果。弟子就此皈依，命名受記，暫容回鄉葬父，隨來披剃參禪〔一〕。（拜介）（外）呀！一言開示，決意皈依，誠哉夙有善根也！

【煞尾】一聲毒鼓鳴，一會偷心死。聽著您言三語四，的是俺般若門中師子兒。只是一件，怕你撇不下擾擾妻兒，捨不得纍纍家貲，依舊鼠齧枯藤自危耳。（生）既入空門，決無繫戀。苟有悔心，弟子佛前立誓。（外）既如此，命爾法名明戒，就隨老僧回庵，皈依三寶。俟爾歸葬事畢，來此參學便了。（生）謹遵法旨。（隨外行介）（外）弟子但言出如矢，願心堅不二，做一個衝破琉璃金鳳子。

（下）

第二十齣　安葬

【步步嬌】（小生、末上）力不從心空銜恨，靈瑣呼難應。（小生）小生侯文宰。（末）自家朱傅。（小生）今日表弟奉母舅遺骸安葬，一同前來輓送。（末）只大仇不能報復，兇身盡皆漏網，爲可恨耳！（合）錢

〔一〕「禪」，鄭藏本、《古本戲曲叢刊》本作「學」。

神恁有靈，生使極惡窮兇，終得保全首領，瓜葛負親情。今日裏一抔助覆，益自添悲哽。（下）

【山坡羊】（生上）黑沉沉弁髦法令，輕飄飄草菅人命。羞澀澀偷生未安，急煎煎求死還無定。挾刃行，遇明師，賴證明。雖則是卧薪嘗膽權移性，終未免絶俗離家太忍情。我朱栩士，爲父冤未白，捨命殲仇。幸在吴門葑溪得遇鶴洲師父，藥言點化，火性銷鎔。已經合掌皈依，姑待息心參學，兹因父骨久暴，窀穸尚虚。告過本師，急急回來營葬。那遺骸向已成殮，今早扶至祖塋，母親、妻子俱在幕中，伺候吉時安葬。我已唤下待詔，即於今日削下頂髮，投入壙中爲殉。俟掩土事畢，隨往報本庵中，見我師父，一意參學。巴個見性明心便了。忘形，把闔閭城作舍衛城。逃生，改聖賢經爲竺國經。

【五更轉】（小生、末上）遺蜕殘，幽扃冷，慘生生執紼情。賢弟，吉時將屆，行將安厝了。（生）二位兄長，栩士不肖，不能爲父報仇，有何面顔，靦生人世？今日收葬父骨，當削下頂髮爲殉，俟掩土事畢，隨即出家去了。（小生、末）賢弟差矣！你上有慈親，下有妻子。俯育仰事身兼秉，野鶴孤雲，須不是男兒究竟。（生）哥哥嗄！我地不載，天不容，罪案書難罄。除非是逋逃藪借清涼境，從此行脚參方，打辦著方袍圓領。

待詔快來！（丑上）飄行爲活計，待詔是官銜。大相公請升尊冠，待我落髮。（生除帽，小生、末奪住介）呀！賢弟，你一生孝友，半世激昂，極其力足以動金石而格鬼神，約其辭亦可爍往古而昭來服。我舅氏雖慘於死，可以等於不死，賢弟雖艱於報，可無慚於未報。尚有何求不得，短見如此？

【園林好】褫生魂久已仇家膽驚，罄餘力能使亡人妥靈。況海内争傳孝行，應無愧史垂青，因何事志俄更？

（生哭介）二位哥哥嗄！做兄弟的——

【江兒水】自顧生無補，其如死未能。愚弟決意出家，其間還有深意，要使龎賊見我削髮披緇，此身放廢，趁疏虞或可圖一逞。況蒙鶴洲師父數言開示，我已矢志皈依西方聖，博個一人領悟全家證，料得先靈首肯。待詔快來動手則個，鄭重金刀，煩惱根芟除無剩。

（小旦急上）俠骨窮逾壯，雄心屈更伸。爹爹爲何在此鬧吵？（小生、末）你爹爹要去出家，在此披剃。（小旦跪，哭介）爹爹！使不得的呢！

【玉交枝】一言驟聽，頓教人淒然淚零。念兒方矢志圖温清，怎一旦教失趨庭？（生）我已甘瀟灑掉臂行，你娱親只合從親命。（小生、末）兄弟。（小旦）爹爹。（合）棄家緣殊爲不情，棄家緣殊爲不情。

（丑）列位相公，大官人立意要剃，且剃了再商量。（小旦）咄！

【玉胞肚】狂奴未省，敢胡言添薪沸鐺。（生）畜生，這是爲父的主意，如何出口傷人？你既不容披剃，我自投淵自盡了，不能個效次宗社結匡廬，情願伴靈均身葬清泠。（急走，衆攔介）不須如此，任從披剃便了。（丑）可是到底拗他不過。（小旦跪哭介）阿呀！爹爹，兒甘代父學無生，父免抛兒事遠行。

（生）你願代我出家麽，且再商量。你分付土工，驗准吉時，打點扶櫬安葬。（小旦）如此孩兒分付去了。（下）（生）快來與我削髮。（小生、末）怎麽又要削髮？（生）我心匪石，不可轉也。（丑作削髮，生按假髮介）（小生、末）呀！

【玉山供】徒然諫諍，鐵錚錚志不少更。覷著伊髡首哀容，頓教人目慘心驚。（丑）髮又落了，去罷，不要又討罵。（急下）（小旦上）爹爹，吉時已至，請爹爹扶靈安厝。（見，哭介）依然祝了髮了，兀的不痛殺我也！（跌介）（生急下）（小生、末）侄兒醒來。（小旦起介）我那爹爹嗄！毁形滅性，永不復儒冠蓋頂。（小生、末）事已如此，不用悲傷，且待大事經營畢，返家庭，再將力諫挽行旌。

（生上）父親靈柩，已自入壙，我將頭髮殉葬，蓋土既畢，不免請婆婆、母親出來，拜别先靈回去。（小旦）婆婆、母親，有請！（老旦、旦上）

【川撥棹】窀穸竟，相向哭，皆失聲。（老旦）我的兒，你如何竟把髮兒削下了？教我做娘的，睹髡然下下心疼，睹髡然下下心疼。（生）母親，雖是孩兒不孝，也是萬不得已。恨此身從命未能。請母親靈前奠别。（衆各哭拜介）（合）紙飛灰，蝴蝶輕，血流紅，杜宇鳴。

（生）天色已暮，且自回喪則個。（内鼓樂，生請牌，衆隨行介）

【僥僥令】千秋存吉壤，百世妥佳城。待廬墓三年情難已，也知有白鵲依依來繞庭。

（齊下）（小旦急上）爹爹，爹爹！纔到家中，一時竟不見了。方纔原説葬了公公，就要棄家修行，如今真個去了。唉！説不得，我稟過婆婆、母親，向各處庵院尋訪回來便了。爹爹嗄！

【尾聲】你念何真？心何硬？輕抛骨肉任飄萍，閃教我腸斷西風血淚傾。（下）

第二十一齣　陰拘

【粉蝶兒】（旦扮異鬼，跳舞上）（外扮判官，生扮使者，執旗隨上）（各擺勢介）（外上臺介）撮土浮漚，變幻出洪荒宇宙。這其間無了無休。舞天魔，搬傀儡，蝸争蟻鬬。更有那逞强梁搆結冤仇，誰與您懺慈悲湔除罪垢。

善惡絲毫不可瞞，行行帳簿寫周全。千秋是是非非地，一片明明白白天。俺乃陰司十殿冥王案下，一個總掌善惡簿判官便是。俺大王爺奉雷部伍相國牒文，要勾拏恃勢殺人、得錢枉法一干人犯，研審一樁陽判未伸的公案。那干人犯，也有死過的，也有存在的，也有酆都拘繫的，也有遊魂飄蕩的。著俺立時拘到，鎖禁北陰，候一一拘齊，彙解雷部施行。既奉分付，免不得次第發牌，按名勾攝去。（叫介）追魂使者，你帶領攝魄鬼卒，速拿四維鎮厖易到來，不得有誤。（簽票，擲下）（生接票，同旦跳下）（外上臺介）唉！這干犯人，真好没來由也！

【醉春風】您待要安排長調足千秋，那得個堅固身軀鑄鐵鍒。只落得霎時石火電光收，大都來否，否！（内鑼鼓，場角放桌，生從桌上翻筋斗，牽浄上）（浄强立，生縶浄，從桌仆地介）（旦提起，撲跌介）（生）厖易拏到。（外跳地，看介）咄！ 厖易，你生前的兇惡，如今那裏去了？（作靴踢、不動、笑介）好一個大財主，到此地全然沒用了。可知道一旦無常，三寸氣斷，萬般揮手。叫鬼卒，帶去北陰暫禁，候解雷部者。（旦應，提凈，擲下）（外上臺介）使者帶領鬼卒，速拏須隆到來。（擲牌，生接，同旦跳下）（外）呀！

【石榴花】憑著您瀾翻舌底有吴鈎，便索幻吐蜃中樓。那曉得舉頭三尺有神眸。少不得黑簿兒登，朱票兒勾，趲行程晷刻難拖逗。（内鑼鼓，丑披髮奔上，躲入桌下，旦上尋覓，生上，四望介）（旦從桌下牽出，提撲介）（丑呆跪介）（生）須隆拏到。（外跳下，看介）呀呸！ 你平日間巧語胡謅，爲甚的釣魚鉤搭上腮兒縣？ 到此聲息一齊休。

帶去北陰收禁者。（旦應推介）（外上臺介）鬼使每，速將厖舛、厖洪、厖券等拘到者。（擲票，生、旦接下）（外）可笑那世上，有這一般狗男女！

【鬭鵪鶉】自恃著勢厭王侯，自恃著錢過壁斗，穩靠著十萬通神，通神的計周。可知道没面目的閻羅，如何致賕？（内鑼鼓，旦牽三雜，粉面披髮，逐一緩行上）（生上喝介）（雜驚走，亂撞介，扯跪介）（生）厖舛、厖洪、厖券拏到。（外跳下，怒看、足踢，雜怕閃介）（外）呀！ 你這三個死囚，在生時好不利害哩，今日個大限來臨怎挽留，收拾起鬼蜮黄昏，改抹了豺狼白晝。

押去北陰收禁者。（旦扯，雜作强介，打下）（外上臺介）速拏高邑、卓韋到來。（生旦接票，下）

【出隊子】（外）覰多少衣冠名胄，慣則是飲貪泉踞濁流，將一座公衙喬坐狠持籌。只待把名利兩兼收，那裏管魆青天在烏紗上頭。

（旦牽副浄、末冠帶披髮上）（生）高邑、卓韋拏到。（外跳下，拱手介）老公祖請了！老父母請了！（副浄、末驚避，旦扯跪介）（外冷笑介）好嗄！太守是一府之主，縣令是一邑之尊。

【哈麻子】怎不去津要投，怎不去津要投，打斡著錦繡般前程久。買幾個儒生和耆老，立一座長生位，祝千秋。今日個楚囚相對，今日個楚囚相對，呀！那搭是窩臟巨藪，那搭是講情私竇。叫鬼使，與俺把衣冠跣剥，押去北陰收禁者。（應、跣剥介）（外）還你個衣冠埽地，輸與那楚楚蜉蝣。

（帶下）（外上臺介）鬼使每，再拘姬皛、東方畦到來，一齊彙解者。（生旦接票，下）（外）可恨那兩個，多是仕途中人。

【上小樓】甫能彀青雲志酬，早換了螢窗操守。胡亂把鏤骨寃埋，乞情書遞作孽錢受。（旦牽老旦、小旦，蓬首垢面上）（生）姬皛、東方畦拏到。（外下認介）（二旦閃介）（外笑介）二位，好一個受業門人，入幕嘉賓，内外箝鈎，今日裏一樣的氣懨懨低眉束手。

快押去北陰收禁者。（應、押下）（外）使者上前來，聽俺分付。（生）有！（外）使者！

【煞尾〔一〕】你可把威風兒快抖擻，不許時刻暫稽留。把這般孽鬼纍囚，一串兒繩拴索扣，將他

〔一〕「煞尾」，鄭藏本、《古本戲曲叢刊》本作「聖藥王」。

先解往雷部，後押赴九幽。著那厮泥犁苦趣多承受。（生）是！謹依分付，鎖押衆犯，彙解雷部去也。（舞下）（外）鬼卒，聽我分付。（旦）有！（外）你好把紫遊韁鬆却了九花虬，把鸞鈴兒緊緊兜，錦韉兒輕輕的扣。整備俺響道鳴騶，八極巡遊。回向冥幽，繳還了十殿差勾。（旦逐句應，作帶馬勢介）（拱外上馬介）（外大笑介）俺好灑樂也！俺便輕按著帶圍，斜捲起袍袖，馬啊！你好逐電追風，莫待俺玉鞭抽閃却了手。（走馬勢，遶場下）

第二十二齣　神判

【新水令】（末金冠白蟒，鬼使隨上）歎生前霸業手匡扶，逞英雄鞭仇覆楚。丹心金石貫，碧血鐲鏤濡。今日個統理江湖，嘯風雷自靈霄第一府。

手提尺劍拓封疆，兄父深仇夙已償。一片忠魂長不泯，素車白馬出錢塘。吾神吴相國伍員是也。夙昔英雄，平生正直。十年生聚，忠言無補於亡國〔一〕；一劍從容，抉目徒傷夫入越。上帝憐俺忠孝，敕封爲雷部滄江湧潮之神。毘陵有一烈士朱立山，仗義任俠，樂善好施。賑飢何惜傾囊，禦亂不辭協力。誠人中之瑞，洵當世之英。一生敬奉吾神，設位供養。禍爲群凶毆斃，其子栩士，

〔一〕「國」，鄭藏本、《古本戲曲叢刊》本作「吴」。

遍籲各憲，大仇終不能伸。致其妻媳朝朝焚祝，祈求顯報。俺已洞鑒其冤，合與昭雪。已曾移牒冥司，將貪官污吏，行賄舞文各黨，一併勾提到來，限在今日審奪。鬼卒，（小生應介）先引朱立山陰魂上殿。（小生應，下引外巾服上）（外跪介）神聖在上，朱立山冤魂叩見！（末）起過一邊。（外）神聖，可憐冤魂在世，敬奉尊神，陰祈慈廕，誰知今日——

【步步嬌】俠骨嶙峋終無補，狹路逢豺虎，負鱗傷一命殂。慘慘幽靈，飲恨泉路。當世少龍圖，通神十萬冤無訴。

（末）我神多已洞悉，不煩哀訴。請過一邊。（外下）（末）鬼卒，帶貪員二名聽審。（衆押副凈、丑囚服上，跪介）（末點名介）高邑。（副凈）有！（末）卓韋。（丑）有！（末）你世受國恩，身叨民牧，自應存公秉直，與民間理枉伸冤，何敢暗肆苞苴，妄填案卷？

【折桂令】你食君禄身任民牧，須打辦剔弊釐奸，雪枉昭誣。可知道暗室有神鬼瞋訶，當時有口碑剗削，後世有史筆誅鋤。剗地裏頂烏紗頓忘了衣冠故我，見黄金早昧却面目當初。律例模糊，讞語枝梧。眼睜睜網漏吞舟，那裏管鬼哭冥途？

（副凈、丑）神聖，冤枉嚧，我二人呵！

【江兒水】屋漏心無愧，堂階政不苛，怎敢貪泉試飲，改却燈窗素？（末）你可記得審問朱立山命案了？（副凈、丑想介）記得，記得。那日審問，有個保正須隆，一口供稱買花起釁，争毆應知非謀故。（末）你那日如何審問了？（副凈、丑）上天有好生之德，《尚書》言：「寧失不經。」姑容一面開商罟，當下兩情甘服。並未捏造招詞，又若個潛通賄賂？

（末）胡說！上天好生之德，可不道有春雨定有秋霜，《書》言「寧失不經」，却是從「罪疑惟輕」起見。今朱氏命案，通國共知，還有甚的疑來？

【雁兒得勝】一個佔花封公道無，一個踞黄堂良心忤。那日呵，可也聽雷鳴心暗驚，爲甚纔雨過頑如故？呀！可不是法少面情多，可不是金靈品行污。覷的這民命輕而賤，覷的這王章迂且疏。何辜，閃教他拆骨挨奇楚？償逋，也教恁分屍受慘屠。

鬼使，特此牒文一道，移送楚江大王案下，將那兩個貪員，發入刀山劍樹地獄去。（衆牽副浄、丑下）（末）提奸棍東方畦、姬虼，奸證須隆等一班孽鬼聽審。（衆牽三雜，破衣、枷杻上，跪介）（末）你這一班奸棍，何敢黨附元兇，夤緣納賄，致朱立山沉冤莫雪，負痛幽冥。那陽世一班貪官污吏，都是你等誘壞了他。（雜）他每一邊受賄，一邊脱罪，鬼犯每適逢其會，爲他傳言幾句有的，並没有夤緣之事。

【僥僥令】金非無處餽，罪以得情逋。這的是吹火因風爲力少，須不比峻法深文鍛煉苛。

【收江南】（外）呀！好一派花言巧語呵，覷俺做陽官輩好欺誣，您若説金非無處罪應逋，可知道心難瞞昧眼難糊。如今受賄的也在這裏，脱罪的也在這裏，你既會因風吹火，何不也替他效力些兒？甚關節可圖，甚關節可圖，則問你可還免脱避酆都？

鬼使，持此牒文一道，移送宋帝大王案下，將那一班孽鬼，發入抽腸拔舌地獄去。（衆應，牽下）

（末）厖氏衆惡，合應分别首從治罪。只提厖易、厖舛、厖洪聽審，那厖券、厖紹、厖静、厖朗、厖行等，鬼使領此文書，仰該府城隍，逐一拘提刑鞫，移送閻羅天子案下，發入鑊湯鋸解地獄去者。（應介）（末）唤厖易、厖舛、厖洪上來。（衆牽浄、副浄、丑，披髮赤身，枷杻上，跪介）（末）厖易，你父子叔侄三人，逞兇殺命，揮金漏網。陽官可以夤緣，吾神斷難輕恕。情真罪當，到此已没得辯了。（浄）神聖爺爺，朱立山恃强欺淩，小鬼逆來順受，他自抱病身死，誣陷小鬼父子兄弟叔侄的。

【園林好】我語粗疏不學〔一〕這罵座灌夫，他性恣睢竟做了訂仇鼂錯，兩下裏致成秦楚。他本自膏肓病，服冥辜，怎將我弓蛇影，定爰書。

（外）咄！在俺案前，還敢抵賴。（指浄介）

【沽酒太平】你逞渠魁黨羽呼，逞渠魁黨羽呼。（指副浄介）你造首策把訟端誣。朱立山呵！衆梃交加死不甦，使殘骸拆骨，也教您截體分軀。朱立山。（外）有！（末）那班孽鬼，是你殺身大仇，（執鞭介）取俺銅鞭，每人重打三百。（外）恩蒙神聖明判，三兇已難逃罪。今日仇人相見，恨不食肉寢皮。但見他披枷帶鎖，蓬首垢面，於心翻覺慘然，何忍復加鞭擊？（末）善哉善哉！只此一言，便可立地昇天矣。請過一邊，吾神自有發落。厖易罪之魁，厖舛禍之首，朋謀活殺善良，致令拆骨檢驗。今將你兩個孽畜，移送變成大王案下，罰作牛馬，轉生人世。碌碌的南疇辛苦，纍纍的長途戴負，頻

〔一〕「學」，鄭藏本、《古本戲曲叢刊》本作「匡」。

頻的鞭箠譹譹，哀哀的刀砧痛楚。厖洪下手獨重，陽官判案有據。姑念死於獄底，已伏天誅。罰爲犬子，代人司閽。俺呵！免却您戕生宰屠，姑與你悦口豢芻。你這三個孽畜，從此後呵，呀！再休想人身重做。

（應、牽下）（末）金童玉女何在？（小生、小旦執旛上）（末）持此長旛寶蓋，引送朱長者暫棲海山方丈，候疏奏天庭褒錫。（小生、小旦）領法旨。（引外，内吹普庵咒下）（末）公案已完，不免飛昇天界，奏聞上帝者。

【尾聲】禍淫福善無差錯，歷歷天曹報不誣，寄語朱栩士父子須知道，三世沉冤快哉今已復。

（下）

第二十三齣　冥歎

（丑扮鬼使，執鎚上）輪回果報不差分，暗室之中有鬼神。若使陰司無報應，世間落得做兇人。我乃變成大王案下一個鬼使便是。奉本殿大王鈞旨，轉奉雷部伍相國牒文，押解厖昜、厖舛兩名鬼犯，到陽世去，托生在牛胎馬腹，萬劫不得人身。可奈這兩個小鬼，啼啼哭哭，走上一步，倒退下兩步，恐怕誤了限期，催他一聲。咄！鬼卒每，把鬼犯帶上前來，快走一步。（旦、老旦、鬼卒鏈牽净牛皮、副净馬皮上）枉作千年長調，難逃一日無常。好苦嗄！（丑）陰司限期，只管慢騰騰地，還不快走，好打呀！（净、副净哭介）鬼使哥住手，看我兩個這般模樣，此去正受苦不了，虧你還擔得手起，一路來只顧打。（丑）你怕打，在生時節，何苦做這樣惡人？（浄、副浄）並不曾做什麽惡人。（丑）到了這裏，還要躲賴。你不惡到是我惡？好打！（打介）（浄）是惡的，是惡的。（副浄）最惡而不可恕者也。（丑）可又來嘎！也罷，既招認是惡人，你索性把在生時惡款，細細説與我聽一聽，好垂戒後世。（副浄）惡款儘多，一時那裏説得盡，不如不説罷。（丑）不説再打。（浄）我説，我説。看官每，多要洗耳拱聽，我在生時節呵！

【耍孩兒】陰謀肆毒如蜂蠆，辣手行兇似虎豺。罟呑産業盤私債。填房姬妾他人婦，（副浄）填房姬妾他人婦，入橐金銀是若個財。妄自稱尊大，抹殺了青天湛湛，遮却了白日皚皚。

（丑）這樣無惡不爲，可以勾了。怎麽又活活的把個朱善士打死？直惡到這個地位。（浄）唉！鬼使哥，我在生時節，只道打死了人，是不妨事的。

【四煞】我大威風不伏輸，小神通會使乖。殺人見血心愉快。衙門布置關節到，（副浄）衙門布置關節到，掾幕交通徑竇開。命可金錢買。（丑）既然這等奸猾，來到這裏，何不也尋個關節，免了變牛變馬。況且這幾個主謀的，過付的，説情的，多在這裏了，也去央他一央兒。（浄）他每都身入地獄，自己的苦没處説，還好去央他？（副浄）況且陰司官府，比不得陽間。鬼犯呵！待尋個夜臺分上，帶不到陽世錢來。

（丑）這等你兩個事到今日，可還懊悔當初麽？（浄）怎不懊悔？（副浄）就懊悔也遲了。

【三煞】（浄）不隄防楚冢鞭，（副浄）怎遮瞞孽鏡臺。（浄、副浄）爲牛作馬多尷尬。（副浄）到此時顧不得什麽了，打殺人是你主謀的，你今日帶累得我好，背心上椿他一下。（打介）（净叫痛介）我問你違禁滅法事，這張紙那個告的？ 是你帶累了我，倒説我帶你累的，肉也咬你一塊下來。（咬介）（副净叫痛介）（净）八兇斃命伊魁首，（副净）片紙與謀伊主裁，（净、副净）這畜生道承挈帶。 一樣去披毛帶角，再休想奪舍投胎。

（丑）你每自己造下的罪孽，互相埋怨，可也不中用，爲牛作馬，重到陽間走遭，也還造化哩！

（净）鬼使哥，這樣造化，倒不敢勞，就把我每爲牛作馬的苦楚，一發説與你聽一聽。（丑）説來，説來！（副净）等我先説，我此去呵！

【二煞】失人身，充下乘，換皮毛，稱駑駘。 背馱日月奔馳快，千騎萬跨艱辛耐，短策長鞭痛楚挨。 容易齒算增衰憊，死呵！ 誰承望千金骨買，誰承望敝帷身埋。

（丑）你這厮驢腸狗肺，原不是個人。 如今罰去做馬，這是應該的。 快走，快走，不走再打。

（净）索性也等我説一説，此去做牛的苦楚。

【一煞】鼻朝天，一索拴，角彎弓，八字開，苦辛受盡身屠宰。（大哭介）（丑）不要哭。（净）怎麽説不要哭？ 索性等我細細的説與看官每聽者。 一做做了牛，鼻頭繩被人牽住了，又要耕田，又要車水，又要轉磨，又要碾米，又要捋乳餅，又要馱貨物。 略略遲慢了些，拏起鞭子，精皮膚上就是幾抽。 受了千辛萬苦，幫别人做下人家，不道恩將仇報，一等老邁了，或是有了些病，就拏來賣人屠宰，到了作場内，眼淚索索落。 那其間白刀進了紅刀出，一時就粉身碎骨，肉吃了去，倒也罷了，（恨介）擺佈得盡情，皮是鞔鼓了，角是造弓了，筋是打絃線了，油是澆蠟燭了，血是和油漆去了，蹄脚割是做家伙了，骨頭是做骨牌骰子了，毛是嘎田了，膽是入葯了，只有骨屑無用，又被相面先生拏去，寫招牌了。唉！苦惱嘎！似這等算無遺策真堪恨，似這等死有餘刑實可哀，何日得償盡輪回債。（丑）你這厮把人打死，直致拆骨分屍，恁般報應，纔顯得地府無私哩！（浄）不差，鬼使哥説的是，這的是自家作孽，怨不得冥府差排。

（丑）呀呸！限期已至，只管講閑話，快些走一步罷！（又欲打介）（浄、副浄）就走，就走。阿呀！好苦嘎！

【煞尾】端則爲生前一念虧，免不得身沉萬劫災。寄語天下造惡的，覷了俺這旁生異類，索把那牛馬般的肺腸大家改。（下）

第二十四齣　謁母

【搗練子】（生根容上）冤墮海，鬢添霜，有限心期抱永傷。往事不堪回首憶，那能穩坐在禪床。

我朱栩士，一生則爲欲報父仇，務申素志，嘔心瀝血以將枯，迸氣號冤而垂絶。其如呼天不聞，叩閽無路，逃生之餘孽尚存，縱使匿影人間，披緇方外，共戴之大慚猶在，歷年不得一當。礪劍徒然。後昆賴有三男，承祧足矣。及今下報九原，不教欠了一死。設或性根不泯，得陳怨悃於天曹；厲鬼有靈，追殺賊魂於地下，（歎介）亦足了我心事。今日則索叩謝本師，回家拜辭老母，痛哭先君墓前，尋個結果。只是一件，此番倘使骨肉聞知，又增出許多係戀。（悲介）不如瞞過他們罷了。但我本師慧眼，早已覷定前緣，不消隱諱，就此行到法堂，叩問一聲。（喚介）師父有請！（外上）常從佛印可，暫與世相縻。賢弟，兩日不見你上堂，今早何事相喚？（生）弟子雖則出家，俗緣未斷。念先父遺骸安厝未穩，意欲暫歸展謁，特來拜辭。（外）你的本意，我早已知道了。（視生介）賢弟還是不消去罷。（生）師父，我今番意已決矣。（揖介）

【忒忒令】恨無緣身依佛光，早注定命歸泉壤。只是我父仇未報，死不瞑目。戴天纍纍，有許多業障。（外）你也不須怨恨。（生）多謝吾師！賴濟渡，有慈航。恰待把怨懷舒，愁眉放，奈不能勉强。

（外）賢弟，你平生忿恨不平，此去自有分曉。到底善惡果報，歷歷分明，則要堅持一心，上蒼定有安排你處也！

【其二】歎人間紛争短長，那似俺佛門通廣。只要你孝誠一點，神鑒知天上，定返照有回光。到底這善惡分，恩仇判，絲毫也不爽。

（生）謝吾師指點，就此告别。（外）未償夙願從君去，（生）辦取虔心仗佛提。（下）（老旦、旦上）

【番卜算】（老旦）骨肉兩分離，白髪添悲愴。（旦）强開顔、宛轉勸高堂，百感攢心上。

（老旦）媳婦，我和你作配賢門，准擬永蒙福慶。怎知你公公死於非命，孩兒又爲父仇未報，身寄通門，教我老年來舉目淒惶，觸處動成傷感，如何是好？（旦）婆婆，不須煩惱，這也是命數如此。公公雖則冤死，聞得天理昭彰，那些兇徒，也都家破人亡了。丈夫雖則出家，賴有孩兒在此，不至全虧奉養。已往事且放過一邊，請自開懷則個！（小旦上）天外聞佳信，堂前慰苦衷。婆婆、母親，爹爹回來了！（老旦、旦喜介）在那裏？（生上）身有不堪留世日，事偏不忍對親言。（見介）母親拜揖！（老旦）我那一日不盼望著你？如今回來得正好，只是今後再不要出去了。（生）依著母親就是。（忽作悲慘介）（老旦不樂介）（旦）官人，這幾日婆婆不見你回來，好生懸念。今日到了家中，多方安慰他纔是，爲甚又弔下淚來？（老旦）便是。

【沉醉東風】早是我齧指痛傷，今甫免椅閭懸望。孩兒你切莫再往他鄉。（小旦）爹爹此番原爲奉事婆婆而歸。（老旦）你纔得家庭相嚮，却爲甚反添悽愴。（生）則爲尨賊一門，不曾誅盡。以此孩兒回家想著，不覺氣苦。（老旦）你莫提這椿，説他話長。則這纍纍賊子，已自排頭兒滅亡。

【五供養犯】（生）我心期惚恍，身在他州，懸念高堂。（旦）你既然懷念母親，不要出去就是。（生）我那妻，則靠你盡心服侍母親，及時修定省，加意勸茶湯。（旦）這個不消你説。（生向小旦介）你婆婆在上，須念他高年苦況，萬般門户事，一力去承當。（小旦）這是孩兒當得的。（生背介）無限離情，繫咱心上。

（暗悲介）（旦、小旦驚疑介）（小旦）婆婆、母親，你看父親好好回家，却爲甚出語含糊，悲傷不已，莫非還要去麼？（旦）看他這般光景，知道他又是怎的？（對生介）

【江兒水】提起心間事，難禁淚萬行。你性如烈火難遮擋，撇下這年老慈幃誰親傍？攬得我心頭小鹿時時撞，教我憑誰説向？（生）娘子，你須是開懷寬慰我的母親。（旦）你不消囑付我，顧你從今，切莫要又生波浪。

【川撥棹】（小旦）離別況，歎經年盼斷腸。今日裏聚首華堂，今日裏聚首華堂。凡百事索要從容細商，奉親顔，禮所當，雪冤心，且暫忘。

（老旦）孩兒，你爹爹行了許多路程，不可飢餓，及早安排晚飯。（小旦應介）（合）爲傷離別意，珍重遠歸人。（並下）（生吊場）我明日要赴死先靈，便與母親永訣，那有不來拜别的理？回到家中，又多了一番牽挂。這也不足爲異，只是母親如此年高，如此係念，我那里放心得下？（悲歎介）吾想《禮》經垂不共之文，古訓有從子之義。没奈何遭此冤讐，母親，母親！我也顧不得了。（拜介）

【尾聲】望慈帷北面虔稽顙，兒不孝不能終養，也則爲不共的深仇不可忘。（下）

第二十五齣　慟仆

（末上）風助悲聲雨助啼，伏墳竺禰事争奇。天長地久有時盡，此恨綿綿無絶期。自家朱員外家一個墳丁便是。二十年前，員外爲仇黨毆斃，他家大官人竭盡心力，爲父報仇。雖不曾活殺得幾個，却也拖得他家破人亡了。近日奉他父親遺骸，安葬祖塋，我當得替他看守。只是大官人好生古怪，瞞了家人，來到這裏，對著個土堆兒，一謎哀哀啼哭。朝哭到夜，夜哭到朝。算到今日，已是七晝夜了。水漿一滴没有下口，漸漸聲微氣短，那淚珠兒還不肯收住哩！咦！這般哭法，想是性命不要的。我家世代受過他每照顧，那裏坐視得過？免不得勸他一聲，好生扶送了回去。正是：說不說在我，聽不聽在他。（下）（生哭上）

【十二紅】【山坡羊】慘磕磕黄泉怨結，熱丕丕丹田氣咽，杳茫茫青天枉呼，黯沉沉白日誰昭揭？我那爹爹呵！【五更轉】我多惡劣，餘罪孽，久已應誅滅。千回百轉，兀自偷存活，蒙面喪心，如何分說。一向恨無死處，今父親已安窀穸。【園林好】要死得身軀浄潔，要死得心胸快絶。死在此地恰好。父和兒團頭親切，一向剸刃未得，今衆兇盡伏冥誅。【江兒水】我睁眼冥途，較剸刃陽間更捷。阿呀！爹爹嗄！【玉交枝】哀恫慘怛，哭連宵達旦未歇。似循牆七日當秦闕，不煩勺水吞饐。【三月海棠】一聲低蟲語階垣，一聲高蟬吟林樾。神飛越，早已滴盡鮫珠，流將鵑血。（作委頓介）【好姐姐】（末上）痛哉啼聲四徹，大官人幸是男子，若做女人，怕不哭倒了長城半截。大官人，員外棄世多年了，怎消得如此哀痛？不要哭壞了身子呀！你看眼中流出，一顆顆多是鮮血。這的是荆山淚盡，繼之血滿頰。大官人，可憐嗄！哭得一絲兩氣，什麽要緊，我還扶你到草舍中，吃些湯水，將息將息，打點送回家去的好？（生摇首介）不消。你自去。（末背介）呸！好意勸他，全然不保。看這光景，已是兇多吉少。只得去報與他家裏知道，教舍人自來勸他回去。正是：愁人說與愁人聽，孝子能知孝兒心。（下）（生漸作低聲介）爹爹嗄！【五供養】斑斑駁駁，淚既枯，腥血又竭。身輕如敗葉，眼光攝，天風兩腋任扶掖。爹爹在那裏？孩兒來也！（帶跌奔下）（旦、小旦上，末隨上）【鮑老催】聞言驚懾，肝腸一寸一迸裂，鞋幫一步一綻跌。（旦）官人在那裏？（小旦）爹爹在那裏？（末）阿呀不好了！大官人竟已哭死在此了。（旦）官人嗄！（小旦）爹爹嗄！【桃紅菊】你久已是如飴甘死，久已是如飴甘死。竟一旦孤墳慟訣。（小旦）母親，孩兒曉得父親之意。二十年前，祖父未葬，群兇未滅，今遺蜕已安吉壤，仇人盡伏冥誅，因此今日呵——【川撥棹】親裁決，只待補天傾，填地缺，（旦）儘教伊父祖熨帖，儘教伊父祖熨帖。争忍我妻孥慘別？阿呀！官人嗄！（小旦）爹爹嗄！（合）【僥僥令】乾坤有毁息，此志不虧闕。覷著伊凛凛鬚眉饒生氣，可知道百千秋存大節。

（末）院君、舍人，且休啼哭，急急回家，報與老院君知道，料理後事，作速殯殮要緊。（小旦）這也説得是！（合）

【尾聲】墓門未遂旌綽楔，先立統斷腸碑碣。（旦）我那官人嗄！（小旦）我那爹爹嗄！（合）從此夜夜丹青聽杜宇咽。

（下）（末吊場）咦！好好的青天皎日，爲甚一霎時陰風颯颯，黑氣漫漫，變作窮冬景象？（作寒顫介）不好了！這一回要凍死人了，呀！一發奇怪，半空中飄飄颺颺，竟下起雪來了。嗄！是了是了，這一定朱家父子蓄聚的怨氣感召來的。從來説一夫受枉，六月飛霜，可見真有這事。這是衆耳衆目，共見共聞。也不消小子去報新聞，我只在這裏，伴著大官人，等候他每前來，相幫盛殮

便了。正是：人間惡孽休輕作，天上神明不可誣。（下）

第二十六齣　駭變

【普賢歌】（副净、丑扮鄉民上）古來怪事有多般，怪事今朝更改觀。（丑）飛雪降炎天，想天憐孝行完，遠近林梢多帶孝冠。

（副净）我每各鄉人民，聞得西街上朱大官人爲著父冤不雪，一慟身亡，來此探問。不想如此炎蒸天氣，陡生寒冷，降起雪來。（丑）想是朱官人的一腔怨氣，感觸了上帝，有此災異。（副净）便是。不想世間果然有此怪事。我和你一時乘興，出門時不曾帶得衣服，今番要凍死在這裏了。（丑）不妨，我們前日隨著朱官人打官司的時節，有幾個同事的人，住在那裏，我和你去借些衣服穿，怕他不肯？（副净）説得有理，就此找尋前去。（並作寒顫、走介）（副净）莫説我和你這般寒冷，那街坊上人，都穿著緜衣，還在這裏曲著腰，聳著雙肩哩！（丑）莫説個人，便是那牛馬也都凍倒在那裏。説話之間，此間已是他門首，叫唤一聲，老伯伯在家麽？

【前腔】（外、净上）（外）長空無際雪漫漫，炎夏俄然變大寒。（净）寒毛遍體攢，牙齒打鬭瘦，只合伴在竈前縮一團。

（見介）請了！大哥多時不見了。下顧敝鄉，有何貴幹？（副净、丑）我們聞得貴街朱大官人死得詫異，特來探問。道是炎天，不曾帶得衣服，不想途中遭了大雪，一時寒冷不過，要來借領尊袍，遮蓋遮蓋，改日奉還。（外）這個不妨，只是這場雪，下得奇怪得緊。（衆）便是那朱大官人死得奇異，這場雪也下得駭人哩！（叩天介）謝天謝地，顯些靈聖。我們幫了朱家，打得這場官司，吃了千辛萬苦，可也不枉。（丑）不要閑講，我們凍不過了，快些把衣服來穿。（外）老漢只有這件衣服，脱下來就是。只怕不中用。（丑）尊袍儘好，正對我穿。（副净）你這身材短小，把與我穿正好。（作奪衣介）（丑搶衣服穿介）（作摇擺介）（副净）這般雪地裏，不要抹壞了老伯伯的衣服。（净）不要嚷，我有一領敝衣在此。（授衣與副净穿介）（副净、丑）既到此間，須索向朱家墳首探望一遭。（外、净）我們是去探望過的了，如今又得奉陪。（共行介）你看這雪越下的大了！

【中吕過曲[一]・駐雲飛】刮地風酸，飛作瑶花滚作團。時令能旋换，人意多驚惋。嗏！**東海旱三年，霜飛夏半。匹婦匹夫，天地精誠貫。**方信道**千古綱常一例觀。**

（末朱傳上）地下有靈徵孝感，人間無路執兵隨。列位請了！（相見介）（末）一向過蒙列位俯鑒我家寃情，多方照拂。於今舍弟慘亡，又蒙賜唁。舍侄方在苫迷，不及叩謝，生受洪恩，無從報答了。（外、净）説那裏話，我每承受賢門的福蔭，子子孫孫，也報答不盡。區區奔走之勞，何足言謝？（副净、丑）莫要説近鄰，便是我每，也遥藉你家的覆庇。那厖氏一門，不是你家消除他的氣燄，地方上那得安静？（末）這話一發不敢當了。（作悲介）（衆）不須慘苦，你看這場大雪，降得十分怪異。

［一］「中吕過曲」四字，原闕，據鄭藏本、《古本戲曲叢刊》本補。

可見賢門受冤情節，不獨世人得知，天地也是鑒知的。（末）這個怕是偶然，舍弟亡日，適逢其會耳。（衆拜介）（末答拜介）

【前腔】報父心專，天亦垂憐助痛瘐。失却陽和暖，撒下水花亂。嗏！傳說鶴號寒，堯崩雪漫，異事奇徵，今古同一貫。（衆）真正好個孝子。（合）公論由來定蓋棺。

（衆）就此告辭。（末）多謝了！（衆）由來天意符人意，轉覺新聞勝舊聞。（下）（末）你看天理昭彰，霎時徵變。人心公直，異氣同聲。可知俺叔父冤情，幽明共鑒的了。不道我栩士家弟，拚着萬死，不顧一生之計，爲父申冤，此志不酬，如今也殉孝而死。連我做兄弟的，竭力幫助他。半世辛勤，一齊付之流水。仔細想來，揆諸勢力，我既不得爲魁；酌乎情理，却又不屑與之同國。近有方外同盟，移書相約，我索把這些小家緣，付與奴輩，飄然遠去，恣意問水尋山，却不是好？

【前腔】黑白争摶，覷破了勝敗無常棋一盤。那筲斗何足算？便鐘鼎終須拚。嗏！山水恣盤桓，是非不管。雖則窮幕無歸，落得塵俗身心浣。叔父、兄弟，我告辭你去了，從此野鶴孤雲世界寬。（下）

第二十七齣　生天

【夜行船】（生魂上）身世無常同石火，啼血儘骨委荒莎。下及黄泉，上窮碧落，見父茫茫何所？

我朱栩士，伏墓哀號，血枯身仆。一靈縹緲，無束無拘。思欲見我父親一面，到處跟尋，杳不可得。適有雷部伍公雲霄巡歷，我冒罪叩見，瀝陳下情，始知父親暫棲海山方丈。我聞此消息，喜不自勝。只得扶趁天風，徑往尋覓。行到此處，早是茫茫一片大海。你看波浪奔騰，魚龍隱見。遥望仙山三點，高出於百千翠嶂之中。唉！若非早脱皮囊，自登羽化，那得見此天際風景也？

【惜奴嬌】銀海金波，覷浪花堆裏，龍宫沉鎖。三山鼎峙，拱服著千點青螺。迤邐行來，前面早見高山一座，樓閣掩映，金碧輝煌，洵非人間境界也！巍峩，樓閣層層丹青裹。端的是天上神仙府，你看山峰之上，鐫著「方丈」二字，明明我父親棲真於此，那得問取詳細，進見一面。爹爹嗄！你向安樂窩。則我這情私瑣屑，可還許重帶輕拖。

【黑麻序】（外仙裝上）婆娑，水曲山阿，任山花開落，日月催科。（生）呀！那邊來的，分明似我父親模樣。恁瀟瀟灑灑，早已做秋風蟬蜕。（外）呀！這不是我孩兒麽？（近看介）（生）果然是我爹爹。（外）果然是我孩兒。（生）我那爹爹嗄！（外）我那孩兒嗄！（合）滂沱！難容兩淚閣。還將雙眼摩，細凝睃。二十載離悰交訴，畢竟酸楚誰多。

（外）我的兒，你鋭志報復，我在黄泉下儘知。今因何事捐生，也便來到這裏？（生）不瞞爹爹説——

【錦衣香】我閶闔呼，終則親仇荷。霜刃磨，未得仇軀剁。自知罪重孽深，偷生不可。哀號伏冢血全枯，黄泉覓父，方丈經過。（外）原來如此！却是難爲了我兒了。爲父的辭世以來，迄今二十多載，幸在生無過，任逍遥不受拘縛，近蒙伍公審判，洞府權留座。候詔宣靈瑣。（生）那些仇家何在？（外）多付與牛胎馬腹，刀分劍剉。

（内）玉旨下。（外）道猶未了，早有玉旨到來，孩兒，就此一同跪接。（小生扮天使，衆扮金童玉女，持旛幢，隨上）咫尺天心近，須臾玉詔傳。上帝有旨，朱挺負奇任俠，樂善好施，慘遭拆骨之冤，未護覆盆之照。子栩士齎志復仇，悉心行孝，絶俗而焚修梵宇，誓死而慟訣墓田。是皆夙有善根，同具佛性。净土之修不輟，天宫之樂長存。即著金童玉女，旛幢接引，遍遊極樂世界，上生兜率天宫。謝恩。（外、生謝恩，起介）（小生）二位，天宫不遠，净土非遥，各請努力，小聖繳旨去也！（下）（外）塵俗下愚，過蒙天鑒。既承玉旨，我與孩兒遍遊佛國，同上天宫便了。（生）分付金童玉女，就此引導。（衆應同行介）（合）

【潑水令】遣恩仇都無喜怒，冥是非並忘人我，一回彈指見彌陀。祇樹千行，寶珠無數，頻伽奏，舍利歌。五色蓮花車輪大，香雲蓋，香雲蓋，天花亂墮。梵唄唱，梵唄唱，天樂均和。

【尾聲】極樂國裏青蓮果，同修證永不淪墮。翻悔那二十載的焦勞爲什麽？（下）

第二十八齣　旌圓

（净扮院子上）花迎喜色皆知笑，鳥識歡心亦解歌。會得天心惟與善，不煩日夕枕霜戈。小人朱家院子便是。我家大官人，心懷夙憤，一慟身亡。時值炎天，獨此百里之内，忽變嚴冬，降下一場大雪。府縣官申報上臺，知是我主人純孝所感，給賜金書匾額，旌表門閭。我家舍人，以貢監出身，得授府學訓導。姻聯宗氏小姐，擇吉今日過門。聞得縣中齎送匾額，也就是今日到門。適纔發轎已過，新人將至。著小人整治筵席，只得在此伺候。（老旦、旦吉服，小旦冠帶上）

【玉女步瑞雲】（老旦）報應昭昭，（旦）會見好還天道。（小旦）又依然一堂歡笑。

（見介）（老旦）孫兒，且喜冠帶恩榮，姻聯宗氏。今日六合吉期，正好完成花燭。（小旦）父祖慘亡，備極終天之恨。何意於功名之事，家室之私？既承祖母嚴命，只得勉爾拜從。（旦）這便才是。（内吹打介）（净）禀上老院君，宗家小姐親轎到了。（老旦）分付儐相迎請。（净）儐相走動。（副净上）能聯兩姓好，慣締百年歡。老院君見禮！（老旦）不消了。親轎已到，好生迎請。（副净應介）（請丑洗面，兜紅上）（又請小旦上）（喝禮、交拜、相見介）（副净下）（老旦）分付院子，安排筵席，送酒。（净）酒到。（定席飲介）（合）

【降黄龍】燭影紅摇，羨雙星此夕，會合藍橋。花迎喜氣，正香焚蘭麝，樂奏簫韶。恩邀，黌宫秉鐸，功名遂職司風教。（旦）合巹禮畢，先送新人進房。（應介）（合）膺冠誥，從此和鳴彩鳳，地久天遥。

（送丑下）（末、小生擡金書匾額上，書「純孝格天」）（合）

【黃龍衮】天心詎可邀？天心詎可邀？感格惟忠孝。金額輝煌，點滴恩波浩。稟上大爺，本縣老爺遵奉憲委，旌獎孝子，齎送匾額到門。（小旦）有勞了！請外厢酒飯，還有薄儀相犒。（末、小生應，下）（小旦）分付堂中懸掛。（老旦、旦）唉！我對此題旌，更傷懷抱。（小旦）我那爹爹嗄！（合）多苦行，無間言，應旌表。

（外、生行衣幅巾，副净、丑仙童持旛引上）

【前腔】生前憤恨消，生前憤恨消，身後愆尤少。立地生天，散誕香雲表。（立桌上介）妻、媳、孫兒，擡起頭來，聽我分付。我已超生天界，仇人盡誅。爾等正好立業成家，再勿含悲飲痛，雖則迴隔人天，早已分明果報。我去也，黃金界，白玉樓，憑舒嘯。

（下）（小旦）呀！分明見我父祖雲頭顯現，又道「我已超升天界，仇人儘伏冥誅」。兒孫輩遵奉遺言，從此更無悲痛矣！英靈不遠，一同望空禮拜！（同拜介）（合）

【尾聲】董狐直筆書純孝，比不得歌謠捏造。直抵做信史流傳千秋壽梨棗。（下）

許欽流跋

《陰陽判傳奇》，清初查慎行撰。慎行字夏重，號初白，又號悔餘，又號他山老人，海寧人。官翰林院編修。著有《敬業堂集》。詩名與施愚山、趙秋谷相埒。又與朱竹垞爲表昆仲，集中與竹垞唱酬極多。此傳奇譜毘陵朱氏冤案，疑即竹垞之族人，初白與有戚誼，故爲作此以鳴冤也。通部律頗諧協，排場、賓白，亦甚當行。初白以詩詞名，不意又兼長於曲也。舊見傳奇後附原案事蹟甚多，今此本則無之，殆另印單行本耶？是本爲友人張玉森君所贈，並附識之。

丁卯五月，許欽流記。

長松下散人跋〔一〕

此傳奇之作，三吳諸君讀《聲冤》、《憫冤》二録，悲練川廷奇朱公之慘死，孝子羽吉之百控不得伸而作也。陽判不公，自有冥判，理所固然。至姓氏里居，稍加改易，亦爲梨園子弟之登場者地耳。後之覽者，庶幾知所尚論云。

長松下散人跋。

附録蘇州報本庵釋明戒七律一首，即朱孝子作也。

誰憐不共戴天仇，隱忍偷生四十秋。白骨成灰魂未化，黄金鬻獄恨難酬。聖明誅殛從寬宥，草土呼號敢怨尤。萬死莫償恩萬一，祇憑血淚灑松楸。

〔一〕此跋自鄭藏本輯入。

古吳白雲山人張玉森跋〔一〕

朱孝子鴻漸，字羽吉，以父廷奇爲龐揚慘斃，求伸不得，髡首披緇，擬出不意求一當。及康熙南巡，伏道呈冤，由蘇至浙，由浙還蘇，卒不得達，時年六十有三。竹垞朱公彝尊爲著《陰陽判傳奇》示世，婁江黄與堅忍庵序其事，題詞者有史官沈世奕青城，龍山查大吕公全，婁江吴宗球仲徽，婁東周硃山濤，武水計法希深，毘陵胡軾景瞻，張世楷正夫，胡荆溪孔致，沈廷鐘武臣，陸遇霖商巖，張秉鼐元調，蔣兆鼒聲中，姚起期雲圖，胡衮漢旒，胡衮龍章，暨陽陳鼎定九，江上徐景溶，趙鑣，曾鱗化，暨陽劉匪居，蓉城陳調陽沈文，古吴周茂蘭子佩，易亭楊无咎震百，潛夫楊炤明達，范必英秋濤，葑溪陸秉樞電郊，書牧顧名予賓，徐鳳鳴，吴中戆客東山翁美非彦，具區施高羽伯，洞庭許奉光紫明，許明，具區施琞佩宜，震

〔一〕此跋自鄭藏本輯入。

澤姜晋，烏程嚴振，莫鼇許濬，虞山趙誠意蘭存，苑苑朱之煌天襄，顧禧天吉，謝仕賢昜庵，侯存仁始旦，雪汀沈法律心，楊甹，武南胡宏，海昌周允達等，情詞悱惻。海内傳誦孝子軼事，練川故里至今人猶能道之者。特不特時值康熙，世稱極盛，白晝鬼魅公然現形，舉朝瞢焉罔覺。殆覆盆之下，赤日不照，所謂君聖臣良，特史官諛美之詞乎！煌煌鉅著，轉不若私家著述較有可信者矣。

民國十二年季夏，古吴白雲山人張玉森誌於宣南旅次。

查慎行全集

范道濟 點校

第十二册

中華書局

蘇詩補注

補注東坡先生編年詩目録

① 「牢」，原注：别本作「中」，訛。

①「牛」，原注：一作「井」。

卷二

嘉祐五年庚子春自荊州赴京師詩三十九首

①「碚」，原注：一作「培」。

卷三

起嘉祐六年辛丑十一月赴鳳翔簽判任合明年壬寅共詩五十首

① 原注：別本無「天寶」二字。

卷五

起英宗治平元年甲辰合明年乙巳罷鳳翔任還朝直史館共作詩四十五首

① 「天和」，原注：一本作「天花」。

① 「天和」，原注：一本作「大老」。
② 「并引」下，原有「○一本作『戲作賈梁道詩』」。

① 原注：一本有「見寄」二字。
② 原注：一本作「亭」〇《欒城集》失原作。

① 「二」，原注：一作「一」。

卷七

① 原注：一本無「明慶」二字。

卷八

起熙寧五年壬子秋盡是年十二月倅杭時作詩六十九收

① 「師」，原注：一作「思」。

①「五」，原注：一作「兩」。

卷九

起熙寧六年癸丑正月盡六月倅杭時作詩六十一首

① 原注：一作「山人」。

①「後」下，原注：一本云「二月十日」。

卷十

起癸丑立秋盡九月倅杭作共五十八首

①「看」，原注：一作「觀」。

卷十一

起癸丑冬合甲寅春夏往返常潤道中共七十七首

①「泉」，原注：一作「水」。
②「錢」下，原注：「公自注：惟演、易。」

卷十二

起熙寧七年甲寅六月自常潤回杭九月移知密州以後作共四十八首

① 「菩」下，原注：一本有「提」字。

卷十三

熙寧八年乙卯密州任共四十三首

卷十四

熙寧九年丙辰在密州作六十六首

① 「川」，原注：一本作「州」。

①「韻」，正文題目作「和」。

卷十五

熙寧十年丁巳正月自密州至京師四月後赴徐州任盡一年詩六十三首

① 「仙」，原注：一本作「山」。

① 原注：一本題上有「徐州」二字。

卷十六

元豐元年戊午春夏在徐州作六十三首

① 原注：別本無「傅」字，今據外集。

卷十七

① 「月」下，原注：一本有「寄子由」三字。

① 「懷」,原注:一本作「寄」。
② 「未」,原注:一本作「味」。

卷十八

起元豐二年己未正月至三月以後自徐移湖州作四十七首

卷十九

起己未五月在湖州任八月赴御史臺獄十二月出獄作五十首

① 「雪」，原注：别本作「靈」，訛。

① 原注：一本題云「贈王郎一首」。

卷二十

元豐三年庚申正月赴黃州盡一年六十首

卷二十一

元豐辛酉壬戌兩年中在黄州作八十九首

① 「河」，原注：一本無「河」字。
② 「二十一」，原注：別本作「廿」，今從石刻。

① 「萬」，原注：一本作「愈」。「破」，原注：一本作「界」。「五」，原注：一本作「六」。

卷二十二

起元豐六年癸亥合明年甲子三月在黃州作共四十二首

① 第一個「二」與第二個「二」下均有原注：一本作「士」。

卷二十三

起元豐七年甲子四月離黄州五月至筠七月過金陵作共四十四首

① 「筠」，原注：一本無「筠」字。
② 「驥」，原注：一本無「驥」字。

卷二十四

起甲子八月自金陵歷真潤揚淮在泗州度歲作

共五十六首

① 「十三日」，原注：一本無「十」字。

卷二十五

起元豐八年乙丑正月自泗州往南京得請放歸五月抵常州後作五十六首

① 「琬」，原注：一本作「畹」。
② 原注：一本題云「書劉君射堂」。

①「都」，原注：别本作「部」，訛。

卷二十六

① 「謹」，原注：一本作「瑾」。
② 「葦」，原注：一本作「鞏」。

①「仁」，原注：别本作「口」，訛。題下，原注：一本題云「占山亭二絶」。
②「登州」，原注：一本無此二字。
③「萬」，原注：一本無「萬」字。
④原注：一本作「過范縣訪德孺」。

卷二十七

哲宗元祐元年丙寅自右史除中書舍人十月擢翰林學士知制誥盡一年共三十八首

① 原注：別本題止「第五橋」三字。
② 「睦」，原注：別本作「陸」，訛。

① 原注：一本題云「再用前韻」。
② 「狄」，原注：「狄」别本訛「秋」。

① 「走筆」，原注：一本無此二字。
② 「門」，原注：一本作「封」。

卷二十九

① 「構」，原注：一本無「構」字。
② 原注：一本少「畫」字。

卷三十

元祐三年戊辰官翰林學士作五十七首

① 原注：一本題云「雜詩」。
② 原注：一本題「與前首同」。

① 原注：一本題中無「淵明」二字。
② 「立」下，原注：一本有「敗書屋」三字。
③ 「黃」，原注：諸刻作「董」，訛。

① 原注：一本無「范」字。
② 原注：别本題云「呈定國」。

① 「金」，原注：別本作「全」，訛。

① 原注：外集題下有「戲贈」二字。

① 原注：外集題下有「東坡來爲不速」六字。

② 「寄」下，原注：别本有「題」字。

① 「夫」，原注：一本作「老」，今從外集。
② 「義」，原注：一作「羲」。
③ 「旦」，原注：一作「目」，訛。

① 「二」，原注：别本作「一」。

卷三十四

起元祐六年辛未八月以後合明年三月以前在潁州任作共六十七首

① 「聽」，原注：一作「贈」。

①「陳」，原注：一本作「除」，訛。

① 原注：一本題云「竹間亭小酌懷叔弼季默兼呈景貺履常」。
② 「飲」，原注：一本作「食」。
③ 原注：一本無「雪中」二字。
④ 「堂」，原注：一本作「亭」。
⑤ 原注：一本云「送運判官朱朝奉入蜀」。

① 「淳」，原注：一本作「純」。

① 原注：外集題下有「效韋蘇州」四字。

卷三十六

起壬申秋杪自揚州還朝合明年癸酉九月以前作六十五首

① 原注：「池」下疑脱「石」字。

①「軾」，原注：一本無「軾」字。
② 原注：別本作「一首」者，訛。

卷三十七

起元祐八年癸酉九月出知定州合明年甲戌四月謫惠州南行過金陵作五十二首

① 「戲」，原注：一本作「呈」。
② 原注：一本無「州」字。

①「夾」，原注：一本作「峽」，訛。

① 原注：一本云「過洞庭」，訛。

卷三十九

紹聖二年乙亥在惠州作七十四首

① 原注：一本題云「題靈峰赤壁」。

① 「尾」，原注：一本作「虎」，訛。

① 「水北」下，原注：一本無「水北」二字。「年」下，原注：一本無「年」字。
② 「輔」，原注：別本作「甫」，訛。

卷四十

起紹聖三年丙子正月合明年丁丑四月以

① 「伊邇」，原注：一本作「將近」。
② 原注：一本無「圃」字。
③ 原注：别本無「茶」字。

① 「鮮」，原注：一本作「寡」。
② 原注：一本題云「次韻南圭使君與循州唱酬一首」。
③ 原注：一本題云「次韻南圭文之二太守同過白鶴新居之什」。

卷四十一

其紹聖四年丁丑四月自惠州謫昌化軍安置盡是年十二月四十二首

① 「惠州」，原注：一本無「惠州」二字。

① 「謝」，原注：別本無「謝」字。
② 原注：一本無「罷官赴闕」四字。

卷四十三

①「嘉會」，原注：別本作「會嘉」者，訛。

卷四十四

① 原注：外集題中無「彦」字。
② 「六」，原注：别本作「九」字。

起庚辰九月離廉州是冬在韶州度歲明年辛巳正月度嶺作四十三首

①「上」，原注：一本作「下」。
②原注：一本無「二子」兩字。
③「進」，原注：一本作「晉」。

①「廣州何道士」，原注：一本無此五字。
②「空」，原注：一本作「江」。
③「遼」下，原注：一本有「項」字。
④「燒」，原注：一本作「落」。「字」下，原注：一本有「上」字。

卷四十五

起徽宗建中靖國元年辛巳春自南安歸常州終是年七月四十二首

① 「隱」下，原注：一本有「宅」字。
② 「和」下，原注：一本有「此詩」二字。
③ 原注：施氏原本有「用鬱孤臺韻」五字。

① 「直」，原注：別本作「立」者，訛。
② 「江」，原注：《宋文鑑》作「王」。

卷四十六

補録帖子詞口號詩六十五首

卷四十七

遺詩十九首補編詩四十五首

卷四十八

補編詩九十二首

① 原注：二首已刊前集。
② 「逡巡」，原注：一本作「優柔」。

① 原注：一本題云「贈僧思誼」。

---

① 原注：一本題云「蒼悟懷古」。
② 「鴻」下，原注：一本有「一」字。

卷五十

他集互見詩四十三首

① 原注：一本題云「長沙留別」。

宋孝宗御製蘇文忠公集序并贊

成一代之文章，必能立天下之大節。立天下之大節，非其氣足以高天下者，未之能焉。孔子曰：「臨大節而不可奪，君子人與？」孟子曰：「我善養吾浩然之氣，以直養而無害，則塞乎天地之間。」蓋存之於身謂之氣，見之於事謂之節。節也，氣也，合而言之，道也。以是成文，剛而無餒，故能參天地之化，關盛衰之運。不然，則雕蟲篆刻，童子之事耳，烏足與論一代之文章哉？故贈太師謚文忠蘇軾忠言讜論，立朝大節，一時廷臣，無出其右。負其豪氣，志在行其所學，放浪嶺海，文不少衰。力斡造化，元氣淋漓，窮理盡性，貫通天人。山川風雲，草木華實，千彙萬狀，可喜可愕，有感於中，一寓之於文。雄視百代，自作一家，渾涵光芒，至是而大成矣。朕萬幾餘暇，紬繹詩書，他人之文，或得或失，多所取舍。至於軾所著，讀之終日，亹亹忘倦，常置左右，以爲矜式，信可謂一代文章之宗也歟！乃作贊曰：

惟古文章，言必己出。綴詞緝句，文之蟊賊。手扶雲漢，斡造化機。氣高天下，乃克爲之。猗嗟若人，冠冕百代。忠言讜論，不顧身害。凛凛大節，見於立朝。放浪嶺海，侶於漁樵。歲晚歸來，其文益偉。波瀾老成，無所附麗。昭晰無疑，優游有餘。跨唐越漢，自我師模。賈馬豪奇，韓柳雅健。前哲典刑，未足多羨。敬想高風，恨不同時。掩卷三歎，播以聲詩。

乾道九年閏正月望，選德殿書賜蘇嶠。

補注東坡先生編年詩例略

余於蘇詩，性有篤好。向不滿於王氏注，爲之駁正瑕璺，零丁件繫，收弆篋中，積久漸成卷帙。後讀《渭南集》，乃知有施注蘇詩。舊本苦不易購，庚辰春與商丘宋山言並客輦下，忽出新刻本見貽，檢閱終卷，於鄙懷頗有未愜者，因復補輯舊聞，自忘蕪陋，將出以問世。昔王原叔注杜詩，既行世矣，王寧祖則有改正；王内翰注杜集，薛夢符又有補注本，黄長睿有較定本，蔡興宗有正異本，杜田有補遺正謬本。古人於箋疏之學，各抒所得，不肯雷同勦説如此，非欲衒己長而攻人之短也。慎不敏，竊取此義。

公詩自仁宗嘉祐己亥始見集中，所謂《南行集》也。《牛口見月》詩亦是年作，注家顧繫諸嘉祐元年。按嘉祐元年爲丙申，而詩中有「忽憶丙申年」之句，其背戾可知。從來編年者，或起辛丑，或起壬寅，《南行集》迺己亥、庚子詩，反置《續集》中，殊失位置。考《宋史·藝文志》，有《南征集》一卷，「征」字乃「行」字之訛。當時此卷本自單行。今自《郭綸》及《初發嘉州》以下，編次一準《欒城集》，例雖獨變，序固不紊也。

蘇詩宜編年固矣。惟是先生升沉中外，時地屢易，篇什繁多，必若部居州次，一一不爽，自非朝夕從游，疇能定之。施元之、顧景繁生南渡時，去先生之世未遠，排纂尚有舛錯，如《客位假寐》一首，鳳翔所作，而入倅杭時；《次韻曹九章》一首，黄州所作，而入守湖州時。姑舉二段，以見編年之難。凡慎所辨正，必先求之本詩及手書真蹟，又參以同時諸公文集，洎宋元名家詩話、題跋，年經詩緯，用以審定前後。余家少藏書，每從竹垞朱先生及馬衎齋素村兄弟借閲，援據考證，實賴佽助焉。

兹集舊有八注、十注。同時稍後者，有唐子西、趙夔等注。乾道末，御製序刊行。紹興中有吴興沈氏注見《吴興備志·經籍類》中，漳州黄學臯補注見王懋宣《閩大記·藝文類》中，今皆不傳。傳者惟王氏、施氏兩家耳。施氏本又多殘脱，近從吴中借抄一本，每首視新刻或多一二行，乃知新刻復經增删，大都掇拾王氏舊説，失施氏面目矣。今於施注原本所有而新刻所删者，輒補録以存其舊；漫不可辨者則缺之。譬諸斷碣殘碑，自成片段，何取天吴、紫鳳，顛倒裋褐哉！

南宋時人，有箋注先生詩句，號《東坡錦繡段》，隨句撰事，牽合殊無根蔕，此與魯訔、黄鶴之注杜、李歜之撰詩史同科，固有識所姍笑。若乃當代文獻，信而足徵，寧容闕略？

趙叔平、張退傅、張天覺、李誠之、徐德占、劉仲馮、劉壯輿諸公，《宋史》各有傳，非泯泯無聞者。仁宗朝之制科，范景仁之新樂，王介甫之新法，种誼之禽鬼章，邢恕之搆宣仁，王韶之啓邊釁，何以一無援證？元祐初年議回河，七年議郊祀，周思道等先後論榷蜀茶，詮釋亦復影響模糊，皆疏漏之大者，餘無論矣。

疏漏之病，前條略舉之。更有繁蕪之病：有詩意本瞭然，多添注脚者；有所用非此事，强爲牽率者；有一事經再用、三用，稠疊蔓引者。洪容齋曰：「讀是書者，要非蒙童小兒，何煩屢注哉！」凡此冗沓，王注固多，施氏亦所不免，芟之不勝芟也。且二書流傳已遠，聽其單行於天地間。知此解者，毋謂離之則雙美也。

此外更有改竄經史，妄托志傳，以傅會詩辭者。《禮記》：「敝帷不棄，爲埋馬也；敝蓋不棄，爲埋狗也。」施氏注删去中間二語，作何解乎？唐明皇兄弟六人，其一早卒，寧、薛，兄也；岐、申，弟也，當時稱明皇爲三郎。王氏謂岐、薛、申、寧皆明皇諸弟，何所據乎？《北史》：「周樂運，字承業，録夏殷以來諫諍事，名《諫苑》。」先生《和朱公掞初夏》第五句正使此事，而施注、王注皆云：「《南史》李承業集古今奏議，作《諫苑》。」《南史》曾有其人乎？范石湖《吴郡志》：「王誨字規父，熙寧六年知蘇州。王覿字明叟，元祐中亦知蘇州。」明明兩人也。施注謂「覿字規父」，可乎？王明清《揮塵録》：「趙令鑠字伯堅，宗室世雄子也。」趙令畤初字景貺，東坡爲改字德麟，集中有《字説》可考，施注謂「伯堅，一字景貺」，可乎？「詩家秀句傳」，少陵《哭李尚書》五言句也，施注因先生有「秀句出寒餓」之語，遂增二字爲七言。杜集中曾有此句法乎？盧鴻一《草堂圖》有十志，詳載《唐詩紀》及周密《雲烟過眼録》，而以「十志」爲「千老」，作何解乎？《出峽詩》云「亦到龍馬溪，茅屋沽村釀」，按樂史《太平寰宇記》，夔州有龍洞溪，即善釀酒之村也。地名雖一字小異，與詩意正合，而施氏補注謂「馬鳴溪，俗稱龍馬溪。」《寰宇記》之文，可僞造乎？訛在原注，則應駁正。訛在補注，咎將誰諉乎？

郡縣山川之名，最易傳譌。虔州號虎頭城，見宋《中興小歷》，而以爲常州。醴泉，眉州山名，而以爲西安之醴泉縣。姥嶺在杭州龍山，而以爲天姥山。太白在長安，而引《洞天記》；龍潭在壽州，而引《延平志》；玉門關在瓜州，而云沙州。其他寺觀樓閣，妄指圖經，附會不一。兹從《十道志》、《元和郡縣圖志》、《太平寰宇記》、《輿地廣記》、《九域志》、《方輿勝覽》，下逮曹學佺《名勝志》，古今沿革，考索爲詳。至於宋朝官制，亦不敢略。則本之曾子固《隆平集》、孫彦同《職官分紀》二書，用補他家所未及，雖未必毫髮無憾，固已十得八九矣。

王注之繆，吴中新刻本《正譌》一卷，抉摘過半矣。但持議有過苛者。如「素木」之爲

「素米」，「鹽惡」之爲「鹽惡」，「盧山」之爲「廬山」，「褭楷」之爲「裴楷」，「范縝」之爲「范績」，「狄詠」之爲「秋詠」。率因字畫相近，傳寫翻刻，致成魯魚帝虎，訛由工匠，非關注家也。又，所糾第八卷，「王淪」當作「倫」。按《晉書·列女傳》，王渾中弟名淪，惟《世説》注則云渾弟倫。然則「淪」字固謁，「倫」字恐亦謁也。三十七卷，「望祖猶蟻蜂」，注云「當作望祀」，葛立方《韻語陽秋》辨之詳矣。應仍作「望祖」，輕爲改易，於義似有未安。

本集詩與他集互見者，凡九十餘篇，皆施氏原本所無也。新刻本收入續補上下卷，王氏本散見於分類中，贋作極多。潁濱及蘇門六君子作，率皆混雜，至有割截他集半首，誤爲全篇者。如《答晁以道索書》，則陳後山五律前半首也。《寄歐叔弼》七言絶句，則子由《贈劉道士》七律後半首也。唐人詩甚且有闌入者，若概行削去，時俗恐以爲疑，故另爲二卷，每首後附注「此詩亦見某集」，令覽者有考焉。至施注新刻内有本集重出者，如《歸自道場何山遇大風憩耘老溪亭命官奴秉燭寫風竹題詩》云云，即《遊道場何山》五古全首中之四句也。《睡起》一首，即《佛日山榮長老方丈》五首之一也。《贈虔州慈雲鑒老》一首，已載第四十卷中，復載續補遺下卷。《復官北歸再次前韻》二首，郭功父作也，既附三十九卷注中，補遺下卷，何以再見？此類徑從删例。又如《次韻子由聞予善射》七律一首，《扶風天和寺》五律一首，《答南華長老》一偈，舊本所有，而新刻失載，亟當補録。要歸於别真贋、去重複、無脱漏而已，若云糾繆，則吾豈敢？

《和陶詩》一百三十六首，子由有序，自成二卷，細考之，惟《飲酒》二十章，和於揚州官舍，餘悉紹聖甲戌後，自惠遷儋七年中作也。歲月大略可稽，分之各卷，以符編年之例。其間亦有未能確指年月者，則慎以意推之，要難遷就他所也。

文字之禍，於公爲烈，始而牽連詩帳，終則禁及藏書，散軼固多，收藏不乏。今從編簡中留心搜輯，共得逸詩一百二十餘首。又，唐人所謂口號，皆近體詩也，張燕公有《十五夜御前口號》，少陵《紫宸殿退朝口號》、《西閣口號》之類是也。宋人帖子詞及致語、口號，猶仍其舊。施氏原注有帖子詞一卷，目録尚存，新刻妄爲删削，今一併采入，與逸詩釐爲三卷。

劉辰翁之評杜集也，同時倡和，如嚴武、高適、韋迢、元結詩，例皆附録，《和賈至早朝》詩，錢塘舊本兼收王維、岑參作，錢虞山《箋注》仍而不删也。今視此例，凡與東坡贈答者，若文潞國、張宣徽、文湖州、梅都官、歐陽公、范純父、王半山、鄭介夫以及子由、子容、山谷、少游、補之、文潛、後山、端叔、功父、述古、仲車、三孔兄弟，方外則辨才、參寥，幸而人有專集，悉採其詩，附本篇末，或有集而不傳，傳而不遠，如劉景文、錢穆父、孫莘老、李公擇、陳舜俞、王仲至、胡完夫、蔣穎叔、王定國、魯元翰、王晉卿、趙景貺、柳子玉、周開祖諸公贈答之什，偶得一二，闕略不少。其附録諸詩，不加注釋者，蓋方專精於此，未遑旁及云。

補注之役，權輿於癸丑，迨己未、庚申後，往還黔、楚，每以一編自隨。己卯冬，渡淮北上，冰觸舟裂，從泥沙中檢得殘本，淹浥破爛，重加綴葺。辛巳夏，自都南還，夜泊吳門，遇盜，探囊胠篋之餘，此書獨無恙也。自念頭童齒豁，半生著述，不登作者之堂，庶幾托公詩以傳後，因閉門戢影，畢力於斯。追維始事，迄今蓋三十年矣。雖蠡測管窺，何足仰佐萬一。顧視世之開局於五月，蕆事於臘月，半年勒限，草促成書，淺深得失，必有能辨之者。

康熙壬午仲春，初白菴主人查慎行識。

東坡先生年表

仁宗景祐三年（一〇三六）丙子

十二月十九日卯時，先生生於眉山縣紗縠行里第。王宗稷云：「十二月爲辛丑，十九日爲癸亥。丙子癸亥，水向東流，故才汗漫而澄清。子卯相刑，萬年多難。」

景祐四年（一〇三七）丁丑

寶元元年（一〇三八）戊寅

是年十一月改元。

寶元二年（一〇三九）己卯

康定元年（一〇四〇）庚辰

是年二月改元。

慶曆元年（一〇四一）辛巳

是年十一月改元。

慶曆二年（一〇四二）壬午

是年，先生七歲。按，先生上韓魏公梅直講書云：自七八歲知讀書。

慶曆三年（一〇四三）癸未

是年，先生八歲。入小學，道士張易簡爲師。按，先生作《范文正公文集序》云：慶曆三年，某始入鄉校。士有自京師來者，以石守道《慶曆聖德詩》示鄉先生。某從旁竊窺，問：「十一人何也？」先生曰：「童子何用知之？」某曰：「此天人也耶？則不敢知。若亦人耳，何爲其不可？」

慶曆四年（一〇四四）甲申

慶曆五年（一〇四五）乙酉

是年，先生十歲。按，子由作先生墓志云：公生十年而先君宦學四方，太夫人親授以書，問古今成敗，輒能語其要。太夫人讀東漢史，至《范滂傳》，慨然太息，公侍側曰：「某若爲滂，夫人亦許之否？」夫人曰：「汝能爲滂，吾顧不能爲滂母耶？」公亦奮厲有當世志，太夫人喜曰：「吾有子矣！」

慶曆六年（一〇四六）丙戌

慶曆七年（一〇四七）丁亥

先生年十二歲。是年，公祖父亡，本集《與曾子固書》云：「某逮事祖父，祖父之歿，某年十二矣。」又按，《天石硯銘序》曰：「某年十二時，於所居紗縠行宅隙地得異石，扣之有聲，且爲之銘。」

慶曆八年（一〇四八）戊子

是年十二月以霖雨爲災，頒德音，改明年元。

皇祐元年（一〇四九）己丑

皇祐二年（一〇五〇）庚寅

皇祐三年（一〇五一）辛卯

皇祐四年（一〇五二）壬辰

先生年十七。按，本集《滿庭芳》詞序云：「予年十七，始與劉仲達往來於眉山。」

皇祐五年（一〇五三）癸巳

至和元年（一〇五四）甲午

是年三月，太史言四月朔日當食，上避正殿，改元。

先生年十九，娶眉州青神王方女。按，本集《王氏墓志》云：「生十六歲而歸於軾，至治平二年，王夫人卒，年二十有七。」以年數考之，則甲午歸於先生，明矣。

至和二年（一〇五五）乙未

先生年二十。按，先生作《張安道樂全先生文集序》云：「某年二十，以書生見公成都，一見待以國士。」

嘉祐元年（一〇五六）丙申

是年四月，京師大雨，壞官私廬舍。六月，雨壞太廟、社稷壇。詔群臣言時政闕失。九月，大赦，改元。

先生年二十一，舉進士入京。按，本集《鳳鳴驛記》云：「嘉祐丙申舉進士，過扶風。」又，《范文正公集序》云：「嘉祐元年始舉進士，至京師。」

嘉祐二年（一〇五七）丁酉

是年三月，賜禮部奏名進士諸科及第出身八百七十七人，親試舉人，免黜落始此。

先生年二十二。春，赴禮部時，歐陽文忠公知貢舉，梅聖俞與其事。得公《刑賞忠厚之至論》，欲以冠多士，疑曾子固所爲，乃抑置第二，復以《春秋》對義，居第一，及殿試，章衡榜中進士乙科。

四月，丁太夫人武陽君程氏憂。按，司馬温公作《程夫人墓志》云：「夫人以嘉祐二年四月癸丑，終於鄉里。」

嘉祐三年（一〇五八）戊戌

先生年二十三，丁母艱，家居。

嘉祐四年（一〇五九）己亥

先生年二十四，服除。其冬，侍老蘇公舟行適楚。十二月至江陵度歲。按，《上荆州王兵部書》云：「自蜀至楚，舟行六十日，過郡十一，縣三十有六。」

嘉祐五年（一〇六〇）庚子

先生年二十五。正月，自荆州出陸，由荆門、宜城、襄、鄧、唐、許至京。故《荆州》詩云：「柳門京國道，驅馬向春陽。」正月過唐州，作《新渠》詩。是年，到都後，授河南府福昌簿，不赴。王宗稷《年譜》謂：「授福昌主簿，有《新渠》詩。」前後牽混殊繆，當從《紀年録》。

嘉祐六年（一〇六一）辛丑

是年八月乙亥，策制舉人。

先生年二十六，應制科，與子由同入三等，歐陽公薦公秘閣，試六論，舊不起草，故文多不工。公始具草，文義燦然。按，本集《上吴内翰書》云：「今年春，天子將求直言之士，而某適求調官京師，舍人楊公采其鄙野之文五十篇，奏之天子，使與明詔之末。」

是冬，授大理評事簽書鳳翔判官。十一月十九日，與子由别。十二月到鳳翔任。

老蘇公被命修禮書。旁無侍子，子由乞留京師養親。時陳公弼爲鳳翔守。

嘉祐七年（一〇六二）壬寅

是年二月癸未，命官録被水諸州繫囚。

先生年二十七，在鳳翔簽判任。

二月，往屬縣減決囚禁，至寶雞、虢、郿、盩厔四縣。既畢事，因朝謁太平宫，遂游南山，所過有詩。

嘉祐八年（一〇六三）癸卯

是年三月辛未，仁宗崩。四月壬申，英宗即位，慈聖曹太后同聽政。十月甲午，葬仁宗於永昭陵。

先生年二十八，在鳳翔，覃恩轉大理寺丞。

七月，因久旱，禱雨太白山，由磻溪，宿虢縣，渡渭，往陽平，至斜谷下馬磧，所至有詩。

是秋，讀書終南太平宫。

英宗治平元年(一〇六四)甲辰

是年正月丁酉朔，改元。

先生年二十九，在鳳翔簽判任，磨勘轉殿中丞。

治平二年(一〇六五)乙巳

先生年三十，自鳳翔還朝。按，《華陰寄子由》詩云：「臘酒送寒催去國，東風吹雪滿征衣。」當於是年正月還朝。傅藻《紀年録》云：「甲辰冬，任滿還京」者，訛。

子由作先生墓志云：治平二年罷還，判登聞鼓院。英宗在藩邸，聞先生名，欲以唐故事召入翰林。宰相限以近例，召試秘閣，得直史館。

是年三月二十八日，通義郡君王氏卒，六月六日殯於京城外，夫人生子邁。

治平三年(一〇六六)丙午

是年十二月，立潁王爲皇太子。

先生年三十一。春，在京直史館。

四月二十五日，丁編禮公憂。按，張安道作《文安先生墓表》云：《太常禮書》成，未報，以疾卒，實治平三年四月戊申也。英宗皇帝聞而傷之，命有司具舟，載其喪歸葬於蜀。

治平四年（一〇六七）丁未

是年正月丁巳，英宗崩。戊午，神宗即位，尊曹太后曰太皇太后，母宣仁高后曰皇太后。十二月，詔起居日增轉對官二人。

先生年三十二，居憂在蜀。八月壬辰，葬老蘇公於眉州蟆頤山之東二十餘里，地名老翁泉。按，本集《送賈訥倅眉詩》云：「老翁山下玉淵回，手植青松三萬栽。」即其地矣。

神宗熙寧元年（一〇六八）戊申

是年正月甲戌朔改元。四月詔翰林學士王安石越次入對。

先生年三十三，免喪里居。按，本集《四菩薩閣記》云：「載四菩薩版以歸。既免喪，嘗與往來浮屠人，勸某爲先君捨施，爲大閣以藏之。」作記時熙寧元年十月二十六日。

熙寧二年（一〇六九）己酉

是年二月，以富弼同中書門下平章事，以王安石參知政事，創置三司條例，議行新法。呂誨、范仲淹等俱以忤安石貶官①。十月，富弼罷相。

先生年三十四，還朝監官告院。按，《烏臺詩案》云：熙寧二年，某在京授差遣，與王晉卿等詩賦。云云。

熙寧三年（一〇七〇）庚戌

是年正月，詔諸路散青苗錢。三月，始策進士，罷詩、賦、論三題。五月，罷制置三司條例，歸中書。九月，作東西府以居執政。十二月，立保甲法，以韓絳、王安石並同中書門下平章事，初行免役法。

先生年三十五，在京監官告院。按，本集《送章子平序》云：「熙寧三年十一月二十日，子平自右司諫直集賢院，出牧鄭州，同人皆賦詩餞之。」又有《送錢藻知婺》、《曾子固倅越》詩。《烏臺詩案》云：舊例館閣外補，同舍餞送，必分韻。云云。

是年，范景仁薦先生可充諫官。

熙寧四年（一〇七一）辛亥

是年二月，罷詩賦及明經諸科，以經義論策試進士。置學官，使之教導。三月，遣

① 濟按：范仲淹卒於皇祐四年（一〇五二）。

使察奉行新法不職者。六月，歐陽修以太子少師致仕，富弼坐格青苗法，徙判汝州。八月，置洮河安撫使，命王韶主之。十一月，作中太一宫。

先生年三十六，監官告院兼判尚書祠部。王荆公欲變科舉，上使兩制三館議之。先生議上，即日召見。時創行新法，先生上書論其不便，荆公之黨不説，命攝開封府推官。旋以言事不協，力乞外任，除通判杭州，過汝陰見歐陽公。十一月，到杭州任。

時沈立字立之爲太守。

熙寧五年(一〇七二)壬子

是年正月，置京城邏卒，察謗議時政者收罪之。三月，富弼致仕。四月，括閒田，置弓箭手，以古渭砦爲安遠軍，命王韶行教閲法。五月，行保馬法。八月，王韶復武勝軍，改爲鎮洮軍，尋升爲熙州。是月，頒方田均税法。十一月，章惇開梅山。

先生年三十七，在杭州。閏七月，哭歐陽公於孤山。是月，監試舉人於鎖院。十月十日，作送進士詩序。

是秋，沈立罷杭州，陳襄字述古來代。

初冬，以督開運鹽河至鹽官。

十二月，運司又差先生往湖州，相度隄岸利害。時孫莘老爲湖守。

熙寧六年（一〇七三）癸丑

是年二月，王韶復河州。三月，親策進士，置經局，命王安石提舉。試明經諸科，又詔進士諸科並試明法注官。四月，置律學。五月，遣熊本措置瀘夷。七月，詔京西、淮南、兩浙、江西、荆湖六路各置鑄錢監。八月，復比閭族黨之法。九月，置兩浙和糴倉，立斂散法，又詔興水利。十一月，中太一宫成，親祀。詔浙西路提舉司出米賑常、潤饑。

先生年三十八，在杭州，春夏之交往富陽、新城，又往於潛、臨安諸屬縣，再遊徑山，所至有詩。

立秋日，禱雨宿靈隱。

是冬，沿漕檄賑濟常、潤饑民，在常州度歲。

熙寧七年（一〇七四）甲寅

是年正月，賞復岷、洮等州功。二月，詔三司歲會天下財用出入之數以聞。三月，行方田法。四月，以旱，罷方田法。是月，王安石罷知江寧府，韓絳同中書門下平章事，吕惠卿參知政事。七月，詔河北兩路捕蝗。九月，置京畿、河北、京東西路三十七將。十月，置三司會計司，以韓絳提舉。

先生年三十九，有《元日過丹陽》詩。六月自常、潤還杭。八月，捕蝗至於潛、新城。是年，納侍妾朝雲。按，《墓志》云：朝雲姓王氏，錢塘人，事先生二十有三年。紹聖三年，卒於惠州。

九月，移知密州，秋末離杭。十一月三日到密州任，在密度歲，有《除夜與段屯田》詩，云：「龍鍾三十九，勞生已强半。」王宗稷《年譜》謂「在潤州道上過除夕」者，訛。

熙寧八年（一〇七五）乙卯

是年二月，王安石復入相，初行河北户馬法。六月，頒王安石《詩》、《書》、《周禮》義於學宫。十月，吕惠卿罷知陳州，詔以災異數見，赦天下，罷手實法。

先生年四十，在密州任，春旱禱常山。

夏旱再禱雩泉，有《上韓丞相論災傷書》，又論密州鹽税，《後杞菊賦序》云：「予仕宦十九年，家日益貧，移守膠西，而齋厨蕭然。」按，先生登第，至是恰十九年矣。

熙寧九年（一〇七六）丙辰

是年二月，遣郭逵擊交阯。十月，王安石罷判江寧府，以吴充、王珪同中書門下平章事。

先生年四十一，在密州，遷祠部員外郎。十二月，就差知河中府，已而改知徐州，在濰州度歲。

熙寧十年(一〇七七)丁巳

是年七月,河決澶州曹家村埽。九月,詔河決害民田所屬州縣疏瀹。十二月,以郊祀恩改明年爲元豐。

先生年四十二。

元日發濰州,由濟南到京師,住關城外范景仁園。按,《烏臺詩案》云:熙寧十年二月三日,范鎮往西京,軾作詩送之。云云。又,《送魯元翰》詩起句云:「冗士無處著,寄身范公園。」

四月,赴徐州任。

河決澶州,水及徐州城下,城將敗,公率武衛營卒長築東南長隄,首起戲馬臺,尾屬於城,城賴以全。十月五日,水退,朝廷降敕獎諭。

是秋,子由至徐,留月餘,赴南都。

元豐元年(一〇七八)戊午

是年正月,復以王安石爲尚書左僕射,封舒國公。四月,塞曹村決河,名其埽曰靈平。詔河北被水者蠲其租。五月,蔡確參知政事。

先生年四十三，在徐州任。

二月，奉旨賜錢二千四百一十萬及發常平錢、米，改築徐州外小城，創木岸四。以奬諭敕記，并刻諸石，爲《熙寧防河録》。又撤項羽廟材，即城東門爲大樓，堊以黄土，以土實勝水也。八月癸丑，樓成。九月庚辰，大合樂以落之。

是年，秦少游將入京應舉，至徐謁見先生。黄魯直以《古風》二首上先生。黄、秦二君奉教於先生始此。

元豐二年（一〇七九）己未

是年三月，疏汴、洛。六月，清汴成。七月，張方平以太子少師致仕。十月乙卯，太皇太后曹氏崩，明年葬永昭陵。

先生年四十四。

二月，移知湖州。三月，至南京。四月二十九日到任。一云二十日。

七月二日，監察御史何大正、舒亶、諫議大夫李定上言，蘇軾作爲詩文謗訕朝政，奉旨送御史臺根勘。二十八日，皇甫遵到湖州追攝。

八月十八日，赴臺獄。十二月，獄具。二十九日，責授黄州團練副使。子由聞先生下獄，乞以見任官職贖罪，亦謫監筠州鹽酒税。王鞏、王詵坐與先生游，並貶官。

元豐三年（一〇八〇）庚申

是年二月，章惇參知政事。九月，改定官制，以王安石爲特進，改封荆國公。

先生年四十五。正月，過陳。子由自南都來别。二月一日，到黄州寓居定慧院。本集《與王文甫子辨》云：「僕以元豐三年二月一日到黄，家在南都，獨與兒子邁來。」云云。又，《與文潞公書》云：「到黄無所用心，遂因先子之學作《易傳》九卷。」又作《論語説》五卷。

五月，子由赴貶所，過黄，留半月乃去。是月，先生遷居臨皋亭。是冬，借天慶觀道士堂，坐四十九日，見《答秦太虚書》中。

時徐君猷爲黄州太守。

元豐四年（一〇八一）辛酉

是年正月，詔進士加律義。三月，章惇知蔡州。九月，夏兵救米脂砦，鄜延經略副使种諤擊破之。种諤又敗夏人於無定川。十月，諤遣曲珍等通黑水、安定堡，路遇夏人，又大破之，斬獲甚衆。

先生年四十六，在黄州，寓居臨皋亭。正月二十日，往岐亭。

是年，馬正卿爲先生請於郡守，得故營地數十畝。躬耕其中，作《東坡》八章。自號東坡居士，自此始。

元豐五年（一〇八二）壬戌

是年五月，遣給事中徐禧治鄜延邊事。八月，城永樂。九月，夏人圍永樂，城陷，徐禧死之。十月，貶呂惠卿知單州。

先生年四十七，在黄州。初作雪堂，自臨臯亭遷居焉。《東坡圖》云：自黄州東門至雪堂四百三十步，以大雪中爲之，因繪雪於四壁。南挹四望亭，西控北山之微泉，特爲勝概云。

三月，至蘄水。

七月、十月，兩遊赤壁。

元豐六年（一〇八三）癸亥

是年閏六月，富鄭公薨。十二月，文潞公以太師致仕。

先生年四十八，在黄州。七月二十七日，朝雲生子遯。

是年，蜀人巢元修來從先生學。

元豐七年（一〇八四）甲子

黄州太守徐君猷罷去，未幾，卒。接替姓名失考。

是年，司馬光《資治通鑑》成，降詔奬諭。文彦博入朝，賜宴於瓊林苑。

先生年四十九。正月二十五日，奉旨特授汝州團練副使，本州安置。四月，别黄州。

五月，由九江至筠州與子由别。

六月，長子邁將赴饒州之德興尉，送之至湖口。七月，過金陵，幼子遯病亡。

十二月，在泗州度歲。

元豐八年（一〇八五）乙丑

是年正月，立延安郡王爲皇太子。三月戊戌，神宗崩，哲宗即位。太皇太后高氏權同處分軍國事。十月，葬神宗於永裕陵。以司馬光爲門下侍郎。賜楚州孝子徐積絹、米。以吕公著爲尚書左丞。

先生年五十。

元日，雪中渡淮。四日，離泗州，表請常州居住，到南京，奉放歸陽羡之命。七月，至常州，復朝奉郎。八月十七日，得旨除知登州。

十月十五日，到登州。二十日，以禮部員外郎召還朝。

十二月，以七品服入侍延和，除起居舍人。

哲宗元祐元年(一〇八六)丙寅

是年正月改元。二月,蔡確、章惇相繼罷相。四月,王安石卒。以文彦博平章軍國重事。五月,韓維爲門下侍郎,吕惠卿落職,分司南京。八月,詔常平依舊法,罷青苗錢。九月,司馬温公薨。

先生年五十一,在京師。正月,除中書舍人。本集《辭免狀》云:「臣頃自貶所起知登州,到任五日而召以省郎,半月而擢爲右史,今又冒榮直授,躐等驟進。」云云。

十月十二日,除翰林學士知制誥。

十一月,除侍讀,召入院考試館職。

十二月五日,與狄咏同館伴北使。

是年,子由亦自績溪令召入爲秘書省校書郎。

元祐二年(一〇八七)丁卯

是年三月,奉安神宗神御於景靈宫宣光殿。七月,韓維罷。八月,岷州將种誼復洮州,執鬼章青宜結。十一月,獻鬼章於崇政殿,聽招其子及部曲歸以自贖。十二月,興龍節,初上壽於紫宸殿。

先生年五十二,在翰苑。本集《興國寺六祖畫贊序》云:「余嘉祐初舉進士,館於興國浴室，予去三十一年，而中書舍人彭器資亦館於是。」云云。按，嘉祐丁酉至元祐丁卯，恰三十一年矣。

九月十五日，邇英殿侍講，賜御書。

是年，爲司馬温公、富鄭公、趙清獻公作神道碑，又作《贈李道士》詩，云：「五十之年初過二，衰顔記我今如此。」

元祐三年（一〇八八）戊辰

是年三月，御集英殿策進士，賜諸科及第出身一千一百二十二人。四月，用吕公著、吕大防、范純仁、劉摯、胡宗愈等。十二月，范鎮定鑄律度鐘磬等以進，令禮部太常參定。

先生年五十三，在翰苑。《和子由元日》詩有「白髮蒼顔五十三」之句。正月知貢舉，三月開院。

五月一日，與子由同轉對。九月，卧病請郡，不許，復直玉堂。

元祐四年（一〇八九）己巳

是年五月，蔡確貶英州别駕。

先生年五十四，在翰苑。上元，侍宴端門，累章乞郡。

三月，除龍圖閣學士左朝奉郎，出知杭州。按，子由作先生墓志云：宣仁心善先生辨蔡持正之謗，出郊，遣内侍賜龍茶、銀合。用前執政恩例也。先生出守，子由代爲翰林學士。

七月三日，到杭州任，謝表云：「江山故國，所至如歸，父老遺民，與臣相問。」先生舊爲杭倅，故云。先生之守杭也，與林希子中爲替，故《和子中》詩有「江邊遺愛啼斑白」之句。是歲，子由使契丹。

元祐五年（一〇九〇）庚午

是年二月，文潞公以太師致仕。吕大防等以旱求退，不允。是歲，東北旱，浙西水災。

先生年五十五，在杭州，有論西湖狀及書《高麗公案》。除夜，有和熙寧中題都廳詩，序云：「熙寧中，某適守此郡，除夜題一詩於壁，今二十年矣。」

時劉季孫景文以左藏副使爲兩浙兵馬都監，駐杭州。與先生多唱和詩。是年，用監税蘇堅之議，浚鹽橋、茅山二河。又用錢塘尉許敦仁之議，開西湖，以壅土作堤，築橋其上，從北山直抵南屏，後人號爲蘇公隄。

元祐六年（一〇九一）辛未

是年二月，子由爲尚書右丞。七月，張方平復宣徽南院使致仕。

先生年五十六。

二月九日，被旨召還朝。王宗稷《年譜》訛以爲三月。

三月九日，離杭州。先生去杭，林子中復來替。四月，到闕，除翰林承旨，復侍邇英。按，子由作先生墓志云：先生召還，本除吏部尚書，復以轍故，改翰林承旨。乞寢新命，與兄同備從官，不許。是時，子由爲尚書右丞，故云。五月入院，以弟嫌請郡。八月，以龍圖閣學士出知潁州，九月到任。十月，以旱禱張龍公。十一月一日，雪中與客會聚星堂，援歐陽故事，作禁體詩。時趙景貺爲潁倅。陳履常爲學官。

是冬，潁州久雪，人飢，散義倉積穀數千石，及作院酒務柴炭數十萬秤以賑之，又奏乞罷黄河夫萬人，開本州溝瀆。

元祐七年（一〇九二）壬申

是年六月，子由爲門下侍郎，蘇子容爲右僕射，范子功爲中書侍郎。九月，詔南郊宜依故事，設皇地祇，禮畢，别議方澤之儀。十一月，祀天地於圜丘，中外加恩。

先生年五十七。

二月，自潁移知揚州。三月十六日，到揚州任。初，先生在潁與趙德麟同開西湖，至是湖成。

九月，以兵部尚書召還朝，復兼侍讀。

十一月，南郊，爲鹵簿使，尋遷禮部尚書、端明殿學士兼翰林侍讀學士。

元祐八年（一〇九三）癸酉

是年五月，監察御史董敦逸、黄慶基以論二蘇公，罷爲湖北、福建轉運判官。九月，宣仁太皇太后崩，明年二月，葬永厚陵。

先生年五十八，任端明、侍讀二學士。

上元，侍飲，有呈同列詩。六月，館汶公東堂，有詩。八月一日，先生繼室同安郡君王氏卒，次子迨、幼子過皆夫人所生也。按，先生初娶通義郡君王氏，即同安之堂姊也。本集《祭王君錫丈人》文云：「始某昏姻，公之猶子。允有令德，夭閼莫遂。惟公幼女，嗣執罍篚。」云云。但再娶歲月則無可考耳。

是月，以龍圖、端明兩學士出知定州。

九月十四日，與子由别於東府。二十七日，出都門。十月，到定州任。時辟李之儀、孫敏行爲幕官。按，本集《定州到任謝表》云：「一去闕廷，三换符竹。坐席未暖，召節已行。筋力疲於往來，日月逝於道路。」云云。

紹聖元年（一〇九四）甲戌

是年正月改元，紹述之議興。吕大防、范純仁等相繼罷去。以章惇爲尚書僕射，安燾爲門下侍郎。六月，來之邵等疏言先生前掌制命，語涉譏訕，連坐貶斥，子由出知汝州，分司南京，筠州居住。十二月，范祖禹、黄庭堅等亦坐史事，責授散官，遠州安置。

先生年五十九，在定州任。四月，奉旨追一官，落兩職，以承議郎知英州。六月，舟行至當塗縣，責授寧遠軍節度使，惠州安置。

八月，度庾嶺。

十二月二日，到惠州，寓居合江樓。十八日，遷於嘉祐寺松風亭，作思無邪齋。按，本集《與陳季常尺牘》云：「自當塗聞命，便遣骨肉還陽羨，獨與幼子過及老雲并二庖婢過嶺。」云云。

時詹範，字器之，爲惠州守。

紹聖二年（一〇九五）乙亥

是年二月，吕大防以監修史貶秩，安州居住。十月，以許將、蔡卞爲尚書左右丞。

先生年六十，在惠州。《上元夜》詩云：「前年侍玉輦，端門萬枝燈。去年中山守，老病亦宵興。今年江海上，雲房託山僧。」

三月，《和陶歸田園居》詩自序云：「始予在廣陵和《飲酒》詩二十首，今復爲此，要當盡和其詩乃已爾。」

九月十九日，仍遷居合江樓。

紹聖三年（一〇九六）丙子

是年正月，韓忠彦出知真定府，劉安世責授新州别駕，英州安置。

先生年六十一，在惠州。五月，卜新居於白鶴峰。本集《和陶移居》詩序云：「予去歲自水東嘉祐寺遷居合江樓，迨今一年，得歸善縣後隙地數畝，父老云：古白鶴觀也，意欣然，營之。」

七月，朝雲亡。八月三日，葬於棲禪寺之東麓，作亭覆之，名曰六①。

歲暮，《和陶》詩有「我年六十一，頽景薄西山」之句。是年詹器之罷惠州守，方南圭子容來代。

紹聖四年（一〇九七）丁丑

---

① 濟按：「六」，四庫本作「六如」。

是年二月，以三省言，追貶吕公著、司馬光、文彦博等官。子由爲化州别駕，雷州安置。以曾布知樞密院事，蔡卞爲尚書左丞，林希同知樞密院。

先生年六十二。

二月十四日，白鶴新居成，自嘉祐寺遷居。

閏二月，先生長子邁授韶州仁化縣令，舉家到惠。按，先生《和陶時運》詩序云：「長子邁與予别三年矣，般挈諸孫，萬里遠來，不能無欣然。」

四月，被命，責授瓊州别駕，昌化軍安置。太守方子容自攜告身來，且曰：「此固前定乎？吾妻沈事泗州僧伽謹甚，一夕夢和尚告别，曰：『當與蘇子瞻同行，後七十二日當有命。』今適七十二矣，豈非前定乎？」

四月十九日，寄家於惠州，獨與幼子過南行。五月十一日，與子由相遇於藤，同行至雷州。

六月十一日渡海。

七月二日至昌化軍。初，僦官舍以居，有司猶謂不可，乃買地築室三間。在軍城南，鄰於天慶觀，時張中爲昌化軍守。

元符元年(一〇九八)戊寅

是年六月戊寅朔改元。九月，秦觀除名，移雷州編管。

先生年六十三，在儋州。是年子由復自雷州徙居循州。

十一月五日，以久不得子由書，筮《易》，得《涣·六三》，作《筮卦記》，二十一日，作《藷説》，云：「海南以藷爲糧，今歲藷菜不熟，以客舶至，市有米也。」

元符二年（一〇九九）己卯

是年八月，命御史點檢三省、樞密院，並依元豐舊例。

先生年六十四，在儋州。是年朝廷命提舉湖南常平董必察訪廣西，至雷州，遣人過海，逐先生出官舍。本集《與程全父尺牘》云：「初至僦官舍數椽，近復遭迫逐。」又，《桄榔菴銘》序云：「謫居儋耳，無地可居，偃息於桄榔林中，摘葉書銘，以記其處。」按，是時昌化軍守張中，坐與先生善，亦被黜。

元符三年（一一〇〇）庚辰

是年正月九日，哲宗崩，遺詔立弟端王。復范純仁等官。四月，蔡卞罷。十月，蔡京出知永興軍。貶章惇爲武昌軍節度副使，以韓忠彦爲尚書僕射。十一月，改明年元。元祐中謫官俱徙内郡居住。

先生年六十五，在儋州。五月，奉旨移廉州安置。六月二十日渡海。七月初至廉。

八月授舒州團練副使，永州安置。十一月，復朝奉郎，提舉玉局觀，在外任便居。

是年，在韶州度歲。

徽宗建中靖國元年（一一〇一）辛巳

是年正月以皇太后喪，二月徽宗始聽政。

先生年六十六。

正月度嶺，五日過南安軍。按，傅藻《紀年録》：先生有《過南安軍》詩。今刻本俱失載。

二月，以江水涸，小住虔州。三月杪，舟發虔州，由彭蠡出江。

五月一日，過金陵，行至真州，病暴下。是月，至常州，借居顧塘橋孫氏之館。

六月，告老，以本官致仕。七月二十八日，公薨。崇寧元年閏六月，邁等葬公於汝州郟城縣釣臺鄉上瑞里嵩陽峨眉山。

補注東坡先生編年詩采輯書目

十三經注疏
五經要義
水經注
山海經
夏小正
春秋繁露
乾鑿度
陸璣詩疏
吴越春秋
越絶書

國語
戰國策
史記
前漢書
後漢書
袁宏後漢紀
謝承後漢書
三國志
魏氏春秋
晉書

南北史
宋書
南齊書
梁書
陳書
隋書
魏書
北齊書
周書
唐六典
舊唐書
唐會要
五代史
王溥五代會要
陸游南唐書

馬令南唐書
吴越備史 范坰 林禹
宋史
吴越備史補
東都事略 王偁
李燾長編
歷代史表
宋史新編
李肇國史補
續資治通鑑
楞嚴經
法華經
維摩經
金剛經
金光明經

圓覺經
古今譯經圖記
釋迦方誌 道宣
釋迦氏譜 道宣
高僧傳 梁釋慧皎
續高僧傳 道宣
宋高僧傳 贊寧
法苑珠林
傳燈録
續燈録
傳法正宗記
釋氏稽古録 覺岸
教苑遺事
梁武帝集
五燈會元

僧寶傳
翻譯名義
僧史
黄庭經
禪林寶訓
吕氏春秋
管子
莊子
道德經
真誥
太霄經
神仙傳
列仙傳
十二真君傳
續仙傳

搜神記
續搜神記
抱朴子
淮南子
列子
燕丹子
楚辭
古樂府
穆天子傳
王子年拾遺記
方言
周處風土記
荆楚歲時記
三輔決録
三輔黄圖

西京雜記
博物志
續博物志 李石
文選
世説
陸佃埤雅
劉熙釋名
急就篇
參同契
炙轂子
杜氏通典
文苑英華
文獻通考
鄭樵通志
釋藏音義指歸

李肇翰林志
唐詩紀事
唐文粹
宋文鑑
白氏六帖
曾慥集仙傳
洛陽伽藍記
金陵梵刹志
武陵梵志
宋宰輔編年録　徐自明
皇朝事實類苑　江少虞
宋朝職官分紀　孫彦同
咸淳臨安志　潛説友
施宿會稽志
張淏會稽續志

東京夢華録　孟元老
汴京遺蹟志　李濂
開元天寶遺事
大滌洞天記　鄧牧心
洞天福地記
范成大吴郡志
咸淳毗陵志　史能之
成化毗陵志
南徐記　虞孝恭
京口三山志
于欽齊乘
晏謨齊地記
盛儀維揚志
元和郡縣志　李吉甫
太平寰宇記　樂史

輿地廣記　歐陽忞
王存九域志
祝穆方輿勝覽
元方輿勝覽
名勝志　曹學佺
程大昌雍録
東觀餘論
輿地碑目　王象之
西湖遊覽志　田汝成
遊覽志餘
吴興掌故集　徐獻忠
十道四番志
九州記要
汴故宫記　楊魚
震澤編　王鏊

全邊紀略
至元嘉禾志　徐碩
成化杭州志
江西通志
明一統志
廣東通志
閩大記　王懋宣
吴都文粹　鄭虎臣
九朝通略　熊子復
齊安拾遺　許端夫
虔州志
荆州志
渚宫舊事　余知古
初學記　徐堅
古今惠山考　談修

成化湖州志　勞鉞
三楚新録　周羽冲
南唐近事　鄭文寶
洛陽名園記　李格非
隋唐嘉話　劉餗
吴興備志　董斯張
雞林志　王雲
辛氏三秦記
陳沂山東通志
楊慎四川志
李膺益州記
輿地紀勝
潤州志
張揖廣雅
至治瑞陽志　楊升雲

海寧縣志
吴興舊志　談鑰
吴興統記
名山記
徑山志
茅君傳
天竺事跡
上天竺紀勝
祥符志
吴興雜録　張勃
蘇州舊志　王鏊
嘉興舊志　柳琰
新城縣志
湛長史舊居志
華陽國志

任豫益州記
永嘉志
天台記
彭門志
南虔記
晉地道記
桂海虞衡志
賓州志
金陵雜志
廬山紀事 桑喬
圓通事實
錢塘潮候圖
金山寺志
南方草木狀 嵇含
蔡襄荔支譜

韓彦直橘譜
戴凱之竹譜
劉蒙菊譜
蔡君謨茶録
范成大菊譜
陸羽茶經
北苑貢茶録 熊蕃
黄儒品茶要録
張又新水記
廣西郡邑志 張維
江源記
九江志 文德翼
南海古跡記 吴萊
顧微廣州記
北流志

羅浮指掌圖記 鄒師正
吳地記 陸廣微
吳郡圖經續記 朱長文
南嶽記 徐靈期
辰州志
曹溪志
廬陵志 周必大
長安志 宋敏求
襄陽記
程大昌演繁露
全芳備祖 陳景沂
海棠譜 陳思
吳船録
歸田録
入蜀記

夢粱録 吳自牧
硯譜
洪容齋五筆
學林 王觀國
齊民要術
困學紀聞 王應麟
汝南先賢傳
許氏説文
陶淵明集
謝靈運集
鮑明遠集
庾子山集
杜少陵集
萬首唐人絶句
李太白集

韓昌黎集
孟襄陽集
孟東野集
長慶集
四門集
劉賓客集
柳子厚集
杜樊川詩集
樊南甲乙集
李義山集
李長吉集
江東集 羅隱
玉川子集
松陵集
會昌一品集

六一居士集
嘉祐集
梅宛陵集
丹淵集 文同
欒全先生集 張方平
安陽集 韓琦
蘇子容集 頌
趙清獻集 抃
司馬温公傳家集
石室先生年譜
范文正公集
無盡居士集 張商英
范純父内翰集
范蜀公集 鎮
元城先生語録 劉器之

欒城集
隆平集　曾鞏
元豐類藁
王荆公集
清江三孔集
黄山谷内集　任淵注
山谷外集　史容注
山谷别集　史季温注
陳後山詩集　任淵注
後山叢話
古靈先生集　陳襄
雞肋集　晁補之
嵩山集　晁以道
宛邱集　張耒
姑溪集　李之儀

青山集　郭祥正
淮海集　秦觀
蔡君謨集
文潞公集
西堂集　鄭俠
王梅溪集
賀方回集
節孝先生集　徐積
文昭公集　曾肇
滄浪集　蘇舜欽
擊壤集
眉山集
朱子全書
真西山集
范石湖集

汪彦章集 藻
雙溪集 蘇籀
唐子西語録
横浦集 張九成
謝疊山集
陸放翁集
烏臺詩案 朋九萬
參寥集 釋道潛
北磵集 僧居簡
金室外集 釋宗泐
吴淵穎集 萊
道園學古集 虞集
魏鶴山集 了翁
陵陽集 牟巘
宋景濂集

黄文獻公集 溍
韻語陽秋 葛立方
詩話總龜 阮閱
猗覺寮雜記 朱翌
鐵網珊瑚 朱存理
苕溪漁隱叢話 胡仔
歲時雜咏今集 蒲積中
詩人玉屑 魏慶之
能改齋漫録 吴曾
吕氏童蒙訓
傅咸七經詩
藝苑雌黄 嚴有翼
瀛奎律髓 方回
津陽門詩注
月窟集 釋昭覺

冷齋夜話 僧惠洪
竹坡詩話 周紫芝
葉石林詩話
潘子真詩話
二老堂詩話 周必大
碧溪詩話 黄徹
容齋題跋
山谷題跋
廣川畫跋 董逌
石門題跋 僧德洪
止齋題跋 陳傳良
西溪詩話
百家詩話
六一詩話
許彦周詩話 顗

陸放翁題跋
王立之詩話
詩眼 范元實
紫薇詩話 吕居仁
聲畫集 孫紹遠
後村題跋 劉克莊
漫叟詩話
劉須溪評
鐵圍山叢談 蔡絛
蔡寬夫詩話
李北海普光王寺碑
宜秋集 揭傒斯
繼古叢編 宋施青臣
本覺寺碑記 姚綬
南部新書 錢易

清波雜志　周煇
中吴紀聞　龔明之
肯綮録　趙叔向
梁溪漫志　費衮
邵氏聞見前録
邵氏聞見後録
高士傳
東南防守利便　陳克
慧光奏事録
乾道庚寅奏事録　周必大
惠山新皇記　獨孤及
癸辛雜識　周密
聞見近録　王鞏
甲申雜記　王鞏
石林避暑録

劉敬叔異苑
張師正括異志
遯齋閒覽　陳正敏
邱處機西遊記
春渚紀聞　何薳
侯鯖録　趙德麟
南卓羯鼓録
因話録　趙璘
劉向别録
豹隱記
揮麈三録　王明清
貴耳録　張端義
沈括筆談
五色綫
齊東野語　周密

玄中記
雲煙過眼録 周密
雞肋編 莊綽
泊宅編 方勺
陽朔廳壁記 吴武陵
北户録 段公路
酉陽雜俎 段成式
王禎農書
楓窗小牘 戴埴
圓通紀勝集
熙豐日歷
澠水燕談 王闢之
侍兒小名録
道山清話 王暐
陵陽室中語

蓼花洲閒録 高文虎
冢記
文昌雜録 龐元英
城東父老傳 陳鴻祖
志林
外紀
晏公類要
類説
湘山野録
續前定録
嬾真子録 馬永卿
養痾漫筆 趙溍
炙龜論 張世南
墨莊漫録
摭青雜説 王明清

離騷辨正　朱熹
劉甲人物志序
丹鉛總録　楊慎
雲笈七籤
王銍默記
晁氏世譜
晁公武讀書志
瑞應録
坦齋通紀　邢疏
天台國清寺碑
周羽皇到難篇
洪邁對雨編
陳襄文昌雜述
春明退朝録　宋敏求
晁以道墨經

洪氏香譜　駒父
葉廷珪香譜
陸友墨史
唐彦猷硯録
高似孫硯箋
金壺記　釋之
投荒録
中興小歷
捫蝨新語
東臯雜録　孫宗鑑
城邑考
緯略　高似孫
緗素雜記　黄朝英
席上腐談　俞琰
幕府燕閒録　畢仲詢

丁未録
燕翼貽謀録　王林
桐君藥録
殷芸小説
談録
雪浪齋日記
楊文公談苑
輟耕録　陶宗儀
郭頒世語
學林新編
吴均續齊諧記
張君房脞説
北夢瑣言　孫光憲
蘇鶚演義
復齋漫録

金石録
禁臠　僧洪覺範
碧湖雜記　謝枋得
溪蠻叢笑　朱輔
集異記　薛用弱
玉堂雜記　周必大
孫公談圃　劉延世
羅璧識遺
岳珂媿郯録
玉壺清話　僧文瑩
詩林廣記
藜藿野人詩話
太平清記
茶事續録
茶譜

樂章文譜　徐景安
益州名畫録　王休復
法書苑　周越
謝赫畫品
宣和書譜
五代名畫補遺　劉道醇
歷代名畫記
米襄陽畫學
名畫録
書苑菁華　陳思
名畫録補遺
唐朝名畫録
法書要録　張彥遠
式古堂書畫彙考
鄧椿畫繼
書畫舫　張丑
郭若虛紀藝
本草別録
李廌畫品
唐愼微本草證類
宋朝名畫評　劉道醇
嘉祐本草
朱景元名畫評
以上共五百十六種

續采書目　一百十六種

百斛明珠
玉局文

播芳大全
爾雅翼　羅願
世本
法句經
杜預春秋傳序
陸羽惠山寺記
南嶽思大禪師行狀
歐陽守道碧落堂記
臨淮志
雲居山志
西清詩話
佩韋齋輯聞　俞德鄰
羅浮記
六經釋文
司馬温公詩話
江文通集
孫真人枕中記
大集經
陳楠翠虚篇
景定建康志　周應合
庚溪詩話　西郊野叟
蠶書　秦處度
詩釋文
涅盤經
蔡邕月令
寳祐志
家語
瓊州志
裴淵廣州記
新唐書

石林燕語
八素經
庾肩吾書品
景德傳燈録
三十國春秋
心經疏記
韓致堯集
彌陀經
太平廣記
寶蒙述書賦
顔之推家訓
梁京寺記
大唐拾遺記
集古録
百州學海

樂府解題
宋元詩會
隋遺録 顔師古
峽程記
野客叢書 宋王楙
詩苑類格
文心雕龍
菽園雜記
南越志
唐會要
唐大詔令
茶陵集 李東陽
江鄰幾雜志
帝王世紀
華嚴大疏

崔豹古今注
明道先生集
高齋漫録 曾慥
吴越國考 徐一夔
金丹訣
大還丹秘契圖
伏琛齊地志
開天傳信記 鄭棨
石鼓文考正 王厚之
吾衍學古篇
遁甲專征賦 袁卓
李綽歲時記
梁益州記
十六觀行經
吴都諸山録 周必大

玄奥集成
續吴都文粹 錢穀
悟真篇
錢唐先生集
異物志 楊浮
中黄經
神宗頌古
晁氏客語 以道
遂初堂書目 尤袤
芥隱筆記 龔檢討
雲巢集 沈遼
糖霜譜 洪邁
遊名山記
攻媿集 樓鑰
蘭陵尚書集 孫覿

宋中興四朝志

後村詩話　劉克莊

平園集　周必大

雪樓集　程鉅夫

七返丹砂法　孫思邈

四朝聞見録　葉紹翁

元遺山集　好問

娱書堂詩話　趙與虤

海録碎事　葉庭珪

朱少章詩話　朱弁

晦菴詩話　朱子

刊誤　唐李涪

中華古今注

永嘉集　釋玄覺

東溪試茶録

蜀鑑

賓退録

分門古今類事

太平御覽

麟遊縣志

耆舊續聞　陳鵠

學圃餘藁　朱長文

晞髮集　謝翱

周易古占法　宋程迥

東坡先生編年詩卷一

古今體詩四十二首 仁宗嘉祐四年己亥冬，侍老蘇公自蜀至荆州作。

慎按：《南行集叙》略云：己亥之歲，侍行適楚，舟中無事，凡與耳目所接者，雜然有觸於中而發於咏歎。蓋家君之作與弟轍之文皆在，凡一百篇，謂之《南行集》。十二月十八日江陵驛書。又按，子由詩云：「初來寄荆渚，魚雁賤宜客。楚人重歲時，爆竹聲磔磔。新春始涉五，田凍未生麥。相攜歷唐許，花柳漸芽坼。」蓋己亥十月，先生自眉州入嘉陵江，經戎、瀘、渝、涪、忠、夔諸州，下峽，抵荆州度歲。明年庚子正月，自荆門出陸，由襄、鄧、唐、許至開封，道里歲月，歷歷可考。故《欒城前集》以《郭綸》一首壓卷，《初發嘉州》以下諸詩次之。明萬曆朝，焦弱侯叙《東坡外集》，自言得秘閣善本，其編次一如《欒城集》，今從之。施氏原本以《辛丑十一月初赴鳳翔》詩爲冠，而己亥、庚子所作，概棄弗録，開卷便錯，何取乎編年？吾不解也。

郭綸

公自注：綸本河西〔一〕弓箭手〔二〕，屢戰有功，不賞。自黎州都監官滿，貧不能歸。今權嘉州監税。

河西猛士無人識，日暮津亭閲過船。路人但覺驄馬瘦，不知鐵槊大如椽。因言西方久不戰，截髮願作萬騎先。我當憑軾與寓目，看君飛矢集蠻氈。

〔一〕河西：《漢書》：武帝初置張掖、酒泉、燉煌、武威四郡，昭帝又置金城郡，爲河西五郡。歐陽忞《輿地廣記》：陝西路凉州，漢武威郡，前凉張軌、後凉吕光皆據此。唐初爲凉州，後改河西節度。

〔二〕弓箭手：《宋史·兵志》：鄉兵者，選户籍團結訓練以爲防守，陝西曰保毅，本周舊制。開寶八年發平凉、潘源二縣民治城隍，因立爲保毅弓箭手。咸平五年，點沿邊丁壯六萬八千人與正兵同戍邊郡。慶曆初，悉敕爲保捷軍，環、慶、保安亦各籍置，曰河西弓箭手。

附子由作：

郭綸本蕃種，騎鬭雄西戎。流落初無罪，因循遂龍鍾。嘉州已經歲，見我涕無窮。自言將家子，少小學彎弓。長遇西鄙亂，走馬救邊烽。手挑丈八矛，所往如投空。平生事苦戰，數與大寇逢。昔在定川寨，賊來如群蜂。萬騎擁酋帥，自謂白相公。揮兵取其元，糢糊腥血紅。戰勝士氣振，越敵如旋風。蚩蚩氈裘將，不信勇且忠。遥語相勸誘，一矢摧厥胸。短兵接死地，日落沙塵蒙。馳歸不敢息，馬口銜折鋒。誰知八尺軀，脱命萬死中。忽聞南蠻叛，羽檄行忽忽。將兵赴危難，瘴霧不辭衝。行經賀州城，寂莫無人蹤。攀堞莽不見，入據爲築墉。一旦賊兵下，百計燒且攻。三月不能陷，救至遂得通。崎嶇有成績，元帥多異同。有功不見賞，憔悴落巴賨。已矣復誰信，言之氣恟恟。予不識郭綸，聞此爲歛容。一夫何足言，竊恐悲群雄。此非介之推，安肯不計功。郭綸未嘗敗，用之可前鋒。

按：子由作，叙述郭綸生平最詳，足與東坡詩相發明，余之附録同時唱和，凡以此也。

初發嘉州〔一〕

朝一作「初」發鼓闐闐，西風獵畫旃。故鄉飄已遠，往意浩無邊。錦水細不見〔二〕，蠻江清可憐〔三〕一本作「更鮮」。奔騰過佛脚〔四〕，曠蕩造平川。野市有禪客，釣臺尋暮烟。相期定先到，久立水潺潺。公自注：是日期鄉僧宗一，會别釣魚臺下。

〔一〕嘉州：應劭《漢書注》：順帝改青衣縣爲漢嘉，以公孫述稱帝，青衣人不賓，光武嘉之也。《十道志》：嘉州犍爲郡，《禹貢》梁州之域。《元和郡縣志》：漢犍爲郡之南安縣，接近漢中之漢嘉舊縣，因名。大業二年，併入眉州，武德二年改嘉州，割通義、洪雅等四縣，别置眉州。《九域志》：成都府路嘉州犍爲郡，本朝爲上州，治龍游縣。《吴船録》：自眉至嘉一百二十里。

〔二〕錦水：《太平寰宇記》：蜀江至成都，濯錦鮮潤，異於他水，名濯錦江。按，嘉州距成都三百餘里，故云「錦水細不見」。

〔三〕鑾江：《太平寰宇記》：青衣水濯衣即青，故名。至龍游縣與汶水合，以其來自徼外，故曰鑾江。又云：有沫水自陽山縣流入，初無陽山江之名，施氏補注謬。

〔四〕佛脚：《輿地紀勝》：開元中，僧海通於瀆江、沫水、濛水三江合處，鑿石爲彌勒大像，高三百六十尺，建七層閣以覆之，積十九年，工始備。唐韋臯《大像記》略云：頭圍千尺，目廣二丈，其餘相好，一一稱是。陸放翁詩注云：一泉泓然，正在髻下，每歲水漲，不能及佛足。

附子由作：

放舟沫江濱，往意念荆楚。擊鼓樹兩旗，勢如遠征戍。紛紛上船人，橶急不容語。余生雖江陽，未省至嘉樹。巉巉九頂峰，可愛不可住。飛舟過山足，佛脚見江滸。舟人盡斂容，競欲揖其拇。俄頃已不見，烏牛在中渚。移舟近山陰，壁峭上無路。云有古郭生，此地苦箋注。區區辨蟲魚，爾雅細分縷。洗硯去殘墨，徧水如墨霧。至今江上魚，頂有遺墨處。覽物悲古人，嗟此空自苦。余今方南行，朝夕事鳴櫓。至楚不復留，上馬千里去。誰能居深山，永與禽獸伍？此事誰是非，行行重回顧。

犍爲〔一〕王氏書樓〔二〕

樹林幽翠滿山谷，樓觀突兀起江濱。云是昔人藏書處，磊落萬卷今生塵。江邊日出紅霧散，綺窗畫閣青氛氲。山猿悲嘯谷泉響，野鳥嘐戛巖花春。借問主人今何在？被甲遠戍長苦辛。先登搏戰事斬級，區區何者爲三墳。書生古亦有戰陣，葛巾羽扇揮三軍。古人不見悲世俗，回首蒼山空白雲。

〔一〕犍爲：《水經》：江水東南過犍爲江陽縣。酈注云：故大夜郎國。《史記》：武帝使唐蒙伐西戎，得夜郎國，遂立犍爲郡。《元和郡縣志》：漢南安縣地，周置沉犀郡，並立武陽縣。開皇三年，改犍爲縣。西北至嘉州一百五十六里，郭允蹈《蜀鑑》：漢武帝元光四年，始置犍爲郡，今榮、嘉、眉等州即其地。

〔二〕王氏書樓：郭璞記：犍爲縣北百里，有書樓山。

慎按：先生在黄州，《與王齊萬秀才》詩云：「君家稻田冠西蜀，擣玉揚珠三萬斛。塞江流秭起書樓，碧瓦朱欄照山谷。」齊萬，字文甫，蜀人，時寓居武昌縣，當即書樓主人也。

過宜賓〔一〕見夷牢刻本作「中」，訛亂山〔二〕原注：嘉祐四年作。

江寒晴不知，遠見山上日。朦朧含高峰，晃蕩射峭壁。横雲忽飄散，翠樹紛歷歷。行人挹孤光，飛鳥投遠碧。蠻荒誰復愛，濃秀安可適。豈無避世士，高隱鍊精魄。誰能從之游，路有豺虎跡。

〔一〕宜賓：《元和郡縣志》：漢南安縣地，屬犍爲郡。天寶元年，改爲義賓，屬戎州。東南至州一百六十里。《太平寰宇記》：諸葛亮南征，於此置郁鄢戍，後改郁鄢縣。開元十七年爲義賓。與《元和志》不合。《九域志》：太平興國元年，避太宗諱，改義賓爲宜賓。《太平寰宇記》謂開寶九年改名者，訛。

〔二〕《一統志》：宜賓在叙州，漢僰道，後周外江，唐義賓，宋宜賓。

慎按：元《方輿勝覽》云：夷牢山在叙州宣化縣南，夷人祭社於此，飲酒歡樂。夷語以「樂」爲「牢」，故名。二蘇有《過宜賓見夷牢亂山》詩云云，向來諸刻本俱作「夷中」，今據此改定，以正傳刻之謬。

附子由作：

江流日益深，民語漸已變。岸闊山盡平，連峰遠排漢。慘慘瘴氣青，薄薄寒日煖。峰巒苦崖石，草木條幹短。遥想彼居人，狀類麏鹿竄。何時遂平定，戍卒從此返。

夜泊牛口

日落江霧生，繫舟宿牛口〔一〕。居民偶相聚，三四依古柳。負薪出深谷，見客喜且售。煮蔬爲夜飧，安識肉與酒。朔風吹茅屋，破壁見星斗。兒女自咿嚘〔二〕，亦足樂且久。人生本無事，苦爲世味誘。富貴耀吾前，貧賤難獨守。誰知深山子，甘與麋鹿友。置身落蠻荒，生意不自陋。今予獨何者，汲汲强奔走。

〔一〕牛口：失考。

〔二〕咿嚘：趙壹詩：骯髒自骯髒，咿嚘自咿嚘。

附子由作：

行過石壁盡，夜泊牛口渚。野老三四家，寒燈照疏樹。見我各無言，倚石但箕踞。水寒雙脛長，壞袴不蔽股。日暮江上歸，潛魚遠難捕。稻飯不滿盂，飢卧冷徹曙。安知城市歡，守此田野趣。秖應長凍餒，寒暑不能苦。

牛口見月

掩窗寂已睡，月脚垂孤光。披衣起周覽，飛露洒我裳。山川同一色，浩若涉大荒。幽懷耿不寐，四顧獨彷徨。忽憶丙申年，京邑大雨霶〔一〕。蔡河中夜決〔二〕，横浸國南方。車馬無復見，紛紛操桄郎。新秋忽已晴，九陌尚汪洋。龍津觀夜市，燈火亦煌煌。新月皎如晝，疏星弄寒芒。不知京國喧，謂是江湖鄉。今來牛口渚，見月重凄凉。却思舊遊處，滿陌沙塵黄。

〔一〕京邑大雨：《東都事略》：嘉祐元年夏四月，河北大水。壬子，河決商胡。六月，社稷壇壞，下詔令中外臣工疏時政缺失。

〔二〕蔡河：《宋史·河渠志》：蔡河貫京師，兼閔水、洧水、濮水。王應麟《困學紀聞》：建隆二年，浚蔡河，通陳、潁之漕，古琵琶溝也。杜佑《通典》謂漢運路由浚儀十里入琵琶溝，絶蔡河，入陳州，即此矣。《太平寰宇記》謂蔡河在開封縣南，别有琵琶溝在縣南十一里，即莨宕渠者，非也。李濂《汴京遺跡志》源委較詳，今備載於後：蔡河貫京城，爲都人所仰。閔水自尉氏歷祥符合於蔡，是爲惠民河；洧水自許田注鄢陵，歷扶溝合於蔡；濮水出鄭之大隗山，注臨潁，歷鄢陵、扶溝合於蔡，凡許、鄭諸水悉會焉。其自尉氏北流至戴樓門東廣利水門入城，名西蔡河；其從陳州門西普濟水門出城，經通許接舊蔡河者，名東蔡河。

慎按：仁宗嘉祐元年丙申，先生舉進士過扶風，本集有《鳳鳴驛記》，以年譜考之，公甫舉進士，明年丁酉丁成國太夫人憂，歸蜀。己亥冬，侍老蘇公再入京。此詩乃己亥作，故云「忽憶丙申年」，通篇多是追遡語。王氏注謂嘉祐元年至京師作者，謬。今改正。

戎州〔一〕

亂山圍古郡，市易帶群蠻〔二〕。瘦嶺春耕少，孤城夜漏閒。往時邊有警，征馬去無還。自頃方從化，年來亦款關。頗能貪漢布，但未脱金鐶〔三〕。何足争强弱，吾民盡玉顔。

〔一〕戎州：《元和郡縣志》：古僰國。秦破滇，通五尺道，漢武通西南夷，置僰道縣，屬犍爲郡。戎獠之中最有人道，故其字從人。梁大同十年，立戎州。《太平寰宇記》：梁於此置大同郡，又置戎州。隋初，郡廢而州存。天寶元年，改南溪郡，羈縻三十六州，一百三十七縣，並荒梗無户口。乾元中，復爲戎州。○又按，《十道志》：唐大曆十五年，改戎州爲叙州。歐陽忞《輿地廣記》：宋政和四年，改戎州爲叙州，蓋取「西戎即叙」之義。二處互異，存以備考。《吴船録》：自犍爲縣至叙州一百五十里。

〔二〕群蠻：《太平寰宇記》：其土有四族，黎、蒯、虞、牟。夷夏雜居，風俗各異。其蠻獠之類，不識文字，言語不通。

〔三〕金鐶：《南史》：狼牙修國，其王及貴臣皆雲霞布覆胛，以金繩爲絡帶，金環貫耳。《唐書·南蠻傳》：投和在真臘國南，王宿衛百人，衣朝霞，耳金鐶。《太平寰宇記》：戎州蠻獠風俗，椎髻跣足，鑿齒穿耳。○按，金鐶，耳飾也，施氏補注訛。

附子由作：

江水通三峽，州城控百蠻。沙昏行旅倦，邊静禁軍閑。漢虜更成市，羅紈靳不還。投氈揀精密，换馬瘦孱顔。兀兀頭垂髻，團團耳帶鐶。夷聲不可會，争利苦間關。

舟中聽大人彈琴

彈琴江浦夜漏永，歛衽竊聽獨激昂。風松瀑布已清絶，更愛玉珮聲琅璫。自從鄭衛亂雅樂，古器殘缺一作「破」世已忘。千年寥落獨琴在，有如老仙不死閲興亡。世人不容獨反古，强以新曲求鏗鏘。微音淡弄忽變轉，數聲浮脆〔一〕一作「泡」如笙簧。無情枯木今尚爾，何况古意墮渺茫。江空月出人響絶，夜闌更請彈《文王》〔二〕。

〔一〕浮泡：《翻譯名義》：受想行起似浮泡。

〔二〕文王：《吴淵穎集》云：琴有十二操：將歸、猗蘭、龜山、越裳、拘幽、岐山、履霜、雉朝飛、别鵠、殘形、水仙、襄陽，其中拘幽、岐山二操，即文王操也。

附子由作：

江流浩浩群動息，琴聲琅琅中夜鳴。水深天闊音響遠，仰視牛斗皆從横。昔有至人愛奇曲，學之三歲終無成。一朝隨師過滄海，留置絶島不復迎。終年見怪心自感，海水震掉魚龍驚。翻回蕩潏有遺韻，琴意忽忽從此生。師來迎笑問所得，撫手無言心自明。世人囂囂好絲竹，撞鐘擊鼓浪謂榮。安知江琴韻超絶，擺耳大笑不肯聽。

泊南牛《欒城集》作「南井」〔一〕口期任遵聖長官不至到晚不及見復來〔二〕

江上有微徑，深榛煙雨埋。崎嶇欲取别，不見又重來。下馬未及語，固已慰長懷。江湖涉浩渺，安得與之偕。

〔一〕南井：曹學佺《名勝志》：瀘州江安縣，在州西南一百二十里，有縣市，有井市。宋置南井監，在縣東北。○《水經注》：巫溪水徑北井縣西，東轉歷其縣北，井南有鹽井，井在縣北，故縣名北井。蓋蜀鹽皆井出，北井置縣，南井置監，率因産鹽得名也。

〔二〕任遵聖：《東都事略》：任孜，字遵聖，眉山人，以學問氣節雄鄉里，名聲與蘇洵相上下，仕至光禄寺丞。○按，遵聖曾爲平原令，故稱爲「長官」。先生詩有「平原老令更可悲」之句，見本集。

附子由作《欒城集》原題云「泊南井口期任遵聖」：

期君荒江濆，未至望已極。朔風吹烏裘，隱隱沙上立。愧余後期至，先到犯寒色。既泊問所如，歸去已無及。繫舟重相邀，雨冷途路濕。

過安樂山〔一〕聞山上木葉有文如道士篆符〔二〕云此山乃張道陵所寓二首第二首一本作「重過安樂山」。

其　一

天師化去知何在，玉印相傳世共珍。故國子孫今尚死，滿山秋葉豈能神。

其　二

真人已不死，外慕墮空虚。猶餘好名意，滿樹寫天書。

〔一〕安樂山：《元和郡縣志》：瀘州合江縣，舊名安樂縣。安樂山在縣東八十里，縣取名焉。

〔二〕木葉文如篆符：《入蜀記》：黄牛廟後叢木，似冬青而非，莫能名者。落葉有黑文，似符篆，葉葉不同。

慎按：《漢書》：建安二十年，曹操破張魯，定漢中。魯祖父陵，順帝時客於蜀，學道鶴鳴山中。《三國·魏志》：張陵客蜀，學道鵠鳴山，造作符書，以惑百姓。葛洪《神仙傳》：張道陵，沛國人，學長生之術，入蜀，住鵠鳴山。《太平寰宇記》：鶴鳴山在蜀州晉原縣西北七十九里，張道陵登仙之所。「鶴」與「鵠」，古人通用。按，以上諸書，皆謂道陵寓鶴鳴山，不云在安樂山也。王象之《碑目》：安樂山有唐高宗時劉真人《藏經碑》。黄山谷云：劉真人，名珍，字善慶。安樂山乃真人飛昇之所。鄧綰《吏隱閣記》亦謂，安樂山，世傳隋開皇中劉珍先生登真之地。曹學佺《名勝志》：山有天符葉樹，一夕大風雨，拔去。後得於容子山。葉如荔枝而長，上有文如蟲篆。或以爲劉真人仙跡。據此數説，則安樂山仙跡乃劉善慶，非天師也。先生舟行過山下，一時所聞，出長年三老之口，恐未必得其真，故爲考證如此。

渝州〔一〕寄王道矩〔二〕

曾聞五月到渝州，水泊長亭砌下流。唯有夢魂長繚繞，共論唐史更綢繆。舟經故國歲時改，霜落寒江波浪收。歸夢不成冬夜永，厭聞船上報更籌。

〔一〕渝州：《十道志》：渝州南平郡，古巴國也。《元和郡縣志》：劍南道，東川節度所轄。東至魚復，西連僰道，北接漢中，南極牂牁，是其界也。劉璋分巴郡，自墊江以下爲永寧郡，先主又以固陵爲巴東郡，於是巴郡分而爲三。梁武陵王於巴郡置楚州。開皇九年改爲渝州，因渝水爲名。東北至涪州，水路三百四十里。《太平寰宇記》：屬山南西道，崇寧中，改恭州。范石湖《吴船録》：所謂恭州，即渝州也。後以光宗潛邸，始陞府名重慶。

〔二〕王道矩：一本「矩」作「祖」，爵里失考。

入峽〔一〕

自昔懷幽一作「清」賞，今兹得縱探。長江連楚蜀，萬派瀉東南。合水來如電〔二〕，黔波緑似藍〔三〕。餘流細不數，遠勢競相參。入峽初無路，連山忽似龕。縈紆收浩渺，蹙縮作淵潭。風過如呼吸，雲生似吐含。墜崖鳴窣窣，垂蔓緑毵毵。冷翠多崖竹，孤生有石楠。飛泉飄亂雪，怪石走驚驂。絶澗知深淺，樵童忽兩三。人烟偶逢郭，沙岸可乘籃。野戍荒州縣〔四〕，邦君古子男。放衙鳴晚鼓，留客薦霜柑。聞道黄精草，叢生緑玉篸。盡應充食飲，不見有彭聃。氣候冬猶煖，星河夜半涵。遺民悲昶衍，公自注：孟昶從此入覲，王衍亦蜀主。舊俗接魚蠶〔五〕。板屋漫無瓦，巖居窄似菴。伐薪常冒險，得米不盈甔。歎息生何陋，劬勞不自慚。葉舟輕遠泝，大浪固嘗諳。矍鑠空相視，嘔啞莫與談。蠻荒安可住，幽邃信難妉。獨愛孤棲鶻，高超百尺嵐。横飛應自得，遠颺似無貪。振翮游霄漢，無心顧雀鶴。塵勞世方病，局促我何堪。盡解林泉好，多爲富貴酣。試看飛鳥樂，高遁此心甘。

〔一〕入峽：《吴船録》：發泥碚村，六十里至恭州，自此入峽。大抵西川至東川，風土已不同，至峽，益陋矣。

〔二〕合水：《水經》：江水又東北至巴郡江川縣，涪水、漢水、合水、宕渠水合南流注之①。

〔三〕黔波：《吴船録》：黔水自黔江來，合大江。江濤黄濁，黔江乃清泠如玻璃，其下悉是石底，自成都至此，始見清江。

〔四〕州縣：本集《與荆州王兵部書》云：自蜀至楚，過郡十一，縣二十有六。

〔五〕魚鼊：歐陽忞《輿地廣記》：三代以前蜀君，曰蠶叢，曰伯雍，曰魚凫，曰杜宇，曰開明，相繼王之。

附子由作按，《欒城集·入峽》詩在《巫山廟》之前，蓋誤以瞿塘爲入峽也。今依《吴船録》編附《渝州》詩後：

舟行瞿塘口，兩耳風鳴號。渺然長江水，千里投一瓢。峽門石爲户，鬱怒水力驕。扁舟落中流，浩如一葉飄。呼吸信奔浪，不復由長篙。捩柂破濆旋，畏與亂石遭。兩山蹙相值，望之不容刀。漸近乃可入，白鹽最雄高。草木皆倒生，哀叫悲猿猱。白雲繚長袖，零落如飛毛。緬懷洚水年，慘蹙

---

① 濟按：「江川」，《水經注》作「江州」，「合水」，《水經注》作「白水」。

病有堯。禹益決岷水，屢與山鬼鏖。摧岡轉大石，破地疏洪濤。巉巉當道山，斬截肩尾銷。峭壁下無趾，連峰斷修腰。破處不生草，上不挂鳥巢。水怪不盡戮，下有龍與鰲。遼哉千萬年，禹死遺迹牢。豈必見河洛，開峽斯已勞。

江上看山

船上看山如走馬，倏忽過去數百群〔一〕。前山槎牙忽變態，後嶺雜遝如驚奔。仰看微徑斜繚繞，上有行人高縹緲。舟中舉手欲與言，孤帆南去如飛鳥。

〔一〕數百群：馬思贊云：起句用少陵「隔河見胡騎，倏忽數百群」二語，杜是正面，此是譬喻，所謂「奪胎换骨」法也。

附子由作：

朝看江上枯崖山，憔悴荒榛赤如赭。暮行百里一回頭，落日孤雲靄新畫。前山更遠色更深，誰知可愛信如今。惟有巫山最穠秀，依然不負遠來心。

黔中〔二〕一本作「涪州」得山胡公自注：善鳴，出黔中。

終日鎖筠籠，回頭惜翠茸。誰知聲嚧嚧，亦自意重重。夜宿烟生浦，朝鳴一作「吟」日上峰。

故巢何足戀，鷹隼豈能容。

〔一〕黔中：《元和郡縣志》：巴之南鄙，秦黔中地。蜀先主以爲涪陵郡。武德元年，立涪州，在蜀江之南，涪江之西。元《方輿勝覽》：涪州自思州之上費溪發源，經五十八節名灘，方至黔州，溉凡五百餘里，與蜀江會於涪州之東。《九域志》：涪州屬夔州路，東至忠州三百五十里。○按，涪州，古巴國，漢涪陵。

附子由次韻：

山胡擁蒼毳，兩耳白茸茸。野樹啼終日，黔山深幾重。啄溪探細石，噪虎上孤峰。被執應多恨，筠籠僅不容。

留題仙都觀〔一〕

山前江水流浩浩，山上蒼蒼松柏老。舟中行客去紛紛，古今换易如秋草。空山樓觀何崢嶸，真人王遠陰長生。飛符御氣朝百靈，悟道不復誦《黄庭》。龍車虎駕來下迎，去如旋風摶紫清。真人厭世不回顧，世間生死如朝暮。學仙度世豈無人，飡霞絶粒長辛苦一作「苦辛」。安得獨從逍遥君，泠然乘風駕浮雲，超世無有我獨行一作「存」。

〔一〕仙都觀：《水經注》：平都有天師，治道書，號爲平都福地。《太平寰宇記》：平都山，漢陰長生白日昇天於此，二十四化之一也。《道藏》有《平都山仙都觀記》二卷，注云：山在忠州陰長生成仙處。《輿地紀勝》：仙都觀，在酆都縣平都山，唐建，宋改景德觀，又名白鶴觀。段文昌《修平都觀記》云：平都最高頂，即漢時王遠、陰長生二真人蟬蜕之所。《輿地碑目》：仙都觀有《二仙公碑》，李虔撰；《二仙銘》，薛湜撰，俱景龍二年立，號白玉碑。《百川學海》：治平末，東坡泊舟仙都觀下，道士持陰長生石刻《金丹訣》，就質真贋。坡曰：「不知也。然士大夫過此，必以請，久之，自有知者。」〇按，治平末，先生方在鳳翔任，焉得泊舟觀下？或誤以嘉祐爲治平爾。

仙都山鹿

日月何促促，塵世苦局束。仙子去無蹤，故山遺白鹿〔一〕。仙人已去鹿無家，孤棲悵望層城霞。至今聞有遊洞客，夜來江市叫平沙。長松千樹風蕭瑟，仙宫去人無咫尺。夜鳴白鹿安在哉？滿山秋草無行迹。

〔一〕白鹿：老蘇公《詩序》云：「至酆都縣，將游仙都觀，見知縣李長官，云固知君之將至也。此山有鹿甚老，而猛獸、獵人終莫能害，將有客來游，鹿輒夜鳴，故嘗以此候之，而未嘗失。余聞而異之，乃爲作詩。」〇按，《嘉祐集》不載此序，亦無詩。《霏雪録》所載與此略同。《方輿勝覽》：景德觀前，鹿麑時出没林間，與人狎。自平都西去一里，樹林叢密者，白鹿山也。景德觀即仙都觀，注見上首。

江上值雪效歐陽體限不以鹽玉鶴鷺絮蝶飛舞之類爲比仍不使皓白潔素等字歐陽公原作載《聚星堂雪》詩後。

縮頸夜眠如凍龜，雪來惟有客先知。江邊曉起浩無際，樹杪風多寒更吹。青山有似少年子〔一〕，一夕變盡滄浪髭。方知陽氣在流水，沙上盈尺江無澌。隨風顛倒紛不擇，下滿坑谷高陵危。江空野闊落不見，入户但覺輕絲絲。沾裳細看若一作「巧」刻鏤，豈有一一天工爲？霍然一揮徧九野，吁此權柄誰執持？世間苦樂知有幾，今我幸免沾膚肌。山夫只見壓樵擔，豈知帶酒飄歌兒。天王臨軒喜有麥，宰相獻壽嘉及時。凍吟書生筆欲折，夜織貧女寒無幃。高人著屐踏冷冽，飄拂巾帽真仙姿。野僧斫路出門去，寒液滿鼻清淋漓〔二〕。灑袍入袖濕靴底，亦有執板趨堦墀。舟中行客何所愛？願得獵騎當風披。草中咻咻有寒兔，孤隼下擊千夫馳。敲冰煮鹿最可樂，我雖不飲强倒巵。楚人自古好弋獵，誰能往者我欲隨。紛紜旋轉從滿面，馬上操筆爲賦之。

〔一〕朱翌《猗覺寮雜記》：東坡雪詩「青山有似少年子」二句，蓋用皮日休云「世無用賢人，青山生白髭」意也。

〔二〕寒液滿鼻：束皙《餠賦》：玄冬猛寒，清晨之會，涕凍鼻中，霜凝口外。

慎按：子由《次韻病中大雪》詩，追述江上值雪事，則子由當亦有作，今《欒城集》失載。

嚴顔碑公自注：在忠州〔一〕，顔即巴郡太守，事見《蜀志·張飛傳》。

先主反劉璋，兵意頗不義。孔明古豪傑，何乃爲此事？劉璋固庸主，誰爲死不二。嚴子獨何賢，談笑傲碪几。國亡君已執，嗟子死誰爲？何人刻山石，使我空涕淚。吁嗟斷頭將，千古爲病悸。

〔一〕忠州：《元和郡縣志》：後漢巴東郡，唐貞觀八年改忠州。

附子由作：

古碑殘缺不可讀，遠人愛惜未忍磨。相傳昔者嚴太守，刻石千載字已訛。嚴顔平生吾不記，獨憶城破節最高。被擒不辱古亦有，吾愛善折張飛豪。軍中生死何足怪，乘勝使氣可若何？斫頭徐死子無怒，我豈畏死如兒曹？匹夫受戮或不避，所重壯氣吞黄河。臨危閒暇有如此，覽碑慷慨思橫戈。

屈原塔公自注：在忠州，原不當有碑塔於此，意者後人追思，故爲作之。

楚人悲屈原，千載意未歇。精魂飄何處？父老空哽咽。至今滄一作「蒼」江上，投飯救飢渴。遺風成競渡，猿叫楚山裂。屈原古壯士，就死意甚烈。世俗安得知，眷眷不忍决。南賓舊本本作「賨」，訛舊屬楚〔一〕，山上有遺塔〔二〕。應是奉佛人，恐子就淪滅。此事雖無凴，此意固已切。古人誰不死？何必較考折。名聲實無窮，富貴亦暫熱。大夫知此理，所以持死節。

〔一〕南賓：《太平寰宇記》：山南東道忠州南賓郡，理臨江縣。梁大同六年，立臨江郡，後魏改臨州。唐武德二年，分武寧置南賓縣，屬臨州。天寶元年，改南賓郡，忠州即南賓也。刻本俱訛作「南賨」，「賨」者，巴蜀貢賦之名，非地名也。

〔二〕屈原碑：《輿地碑目》：臨江郡有屈原碑，《九域志》亦引之。

附子由作《欒城集》原注：「在忠州。」：

屈原遺宅秭歸山，南賓古者巴子國。山中遺塔知幾年？過者遲疑不能識，浮圖高絶誰所爲？原死豈復待汝力。臨江慷慨心自明，南訪重華頌孤直。世人不知徒悲傷，强爲築土高岌岌。

望夫臺〔一〕公自注：在忠州南數十里。

山頭孤石遠亭亭，江轉船回石似屏。可憐千古長如昨，船去船來自不停。浩浩長江赴滄海，紛紛過客似浮萍。誰能坐待山月出，照見寒影高伶俜。

〔一〕望夫臺：《名勝志》：南山，即翠屏山，在忠州城對岸，山中有朝真巖、望夫臺。

附子由作：

江上孤峰石爲骨，望夫不來空獨立。去時江水拍山流，去後江移水成磧。江移岸改安可知？獨與高山化爲石。山高身在心不移，慰爾行人遠行役。

竹枝歌并序

《竹枝歌》本楚聲〔二〕，幽怨惻怛，若有所深悲者。豈亦往者之所見有足怨者與？夫傷二妃而哀屈原，思懷王而憐項羽，此亦楚人之意相傳而然者。且其山川風俗、鄙野勤苦之態，固已見於前人之作與今子由之詩，故特緣楚人疇昔之意，爲一篇九章，以補其所未道者。

蒼梧山高湘水深，中原北望度千岑。帝子南遊飄不返，惟有蒼蒼楓桂林。楓葉蕭蕭桂葉碧，萬里遠來超莫及。乘龍上天去無蹤，草木無情空寄泣。水濱擊鼓何喧闐，相將扣水求屈原。屈原已死今千載，滿船哀唱似當年。海濱長鯨徑千尺，食人爲糧安可入？招君不歸海水深，海魚豈解哀忠直？吁嗟忠直死無人，可憐懷王西入秦。秦關已閉無歸日，章華不復見車輪。君王去時簫鼓咽，父老送君車軸折。千里逃歸迷故鄉，南公哀痛彈長鋏。

三户亡秦信不虚，一朝兵起盡讙呼。當時項羽年最少，提劍本是耕田夫。横行天下竟何事，棄馬烏江馬垂涕。項王已死無故人，首入漢庭身委地。富貴榮華豈足多，至今惟一作「猶」有冢嵯峨。故國凄涼人事改，楚鄉千古爲悲歌。

〔一〕竹枝：其聲本出於巴渝，唐貞元中，劉禹錫在沅湘，以俚歌鄙陋，乃依《騷》、《九歌》，作《竹枝新歌》。

附子由作：

舟行千里不至楚，忽聞竹枝皆楚語。楚言啁哳安可分？江中明月多風露。扁舟日落駐平沙，茅屋竹籬三四家。連春並汲各無語，齊唱竹枝如有嗟。可憐楚人足悲訴，歲樂年豐爾何苦？釣魚長江江水深，耕田種麥畏狼虎。俚人風俗非中原，處子不嫁如等閒。雙鬟垂頂髮已白，負水采薪常苦艱。上山采薪多荆棘，負水入溪波浪黑。天寒斫木手如龜，水重還家足無力。山深瘴煖霜露乾，夜長無衣猶苦寒。平生有似麋與鹿，一旦白髮已百年。江上乘舟何處客？列肆諠譁占平磧。遠來忽去不記州，罷市歸船不相識。去家千里未能歸，忽聽長歌皆慘悽。空船獨宿無與語，月滿長江歸路迷。路迷鄉思渺何極，長怨歌聲苦凄急。不知歌者樂與悲，遠客乍聞皆掩泣。

八陣磧〔一〕

平沙何茫茫，髣髴見石蕝〔二〕。縱横滿江上，歲歲沙水齧。孔明死已久，誰復辨行列。神兵非學到，自古不留訣。至人已心悟〔三〕，後世徒妄説。自從漢道衰，蠭起盡姦傑。英雄不相下，禍難久連結。驅民市無烟，戰野江流血。萬人賭一擲，殺盡如沃雪。不爲久遠計，草草常無法。孔明最後起，意欲掃群孽。崎嶇事節制〔四〕，隱忍久不決。志大遂成迂，歲月去如瞥。六師紛未整，一旦英氣折。惟餘八陣圖，千古壯夔峽。

〔一〕八陣磧：《困學紀聞》：八陣圖，可見者三，一在浦陽之高平舊壘，一在新都之八陣鄉，一在魚復永安宫南江灘上。魚復石磧，迄今如故。《太平寰宇記》：八陣圖，在奉節縣西南七里。《荆州圖副》云：永安宫南一里，渚下平磧上，周圍四百十八丈，中有孔明八陣圖。按，奉節縣本漢魚復縣地，桓温征蜀過此，見常山蛇陣，遂勒銘曰：「望古識其真，臨源愛往跡。恐君遺事節，聊下南山石。」《水經注》：八陣圖，東跨故壘，皆累細石爲之，聚石八行，行間相去二丈。《入蜀記》：夔州東南有八陣磧，孔明之遺跡，碎石行列，如引繩。每歲江漲，磧上水數十丈，比退，陣石如故。

〔二〕石蕝：《晉語》：楚爲荆蠻，置茅蕝，設望表。《説文》：蕝束茅，表位也。按，此云「石蕝」，謂八陣磧以石表位，如茅蕝也。

〔三〕心悟：《蜀志·諸葛亮傳》：亮性長於巧思，推演兵法，作八陣圖，咸得其要。

〔四〕事節制：《蜀志》：建安十二年，亮悉衆由斜谷出據武功五丈原，每患糧不繼，使己志不伸，是以分兵屯田，爲久住之基。耕者雜於渭濱居民之間，而百姓安堵，軍無私焉。

附子由作：

漲江吹八陣，江落陣如故。我來苦寒後，平沙如匹素。乘高望遺蹟，磊磊六十四。遥指同布碁，就視不知處。世稱諸葛公，用衆有法度。區區落褒斜，軍旅無闊步。中原竟不到，置陣狹無所。茫茫平沙中，積石排隊伍。獨使後世人，知我非莽鹵。奈何長蛇形，千古徑不悟。惟餘桓元子，久視不能去。

諸葛鹽井〔一〕

公自注：井有十四，自山下至山上，其十三井常空，盛夏水漲，則鹽泉迤邐遷去，常去於江水之所不及。

五行水本鹹，安擇江與井？如何不相入，此意誰復省。人心固難足，物理偶相逞。猶嫌取未多，井上無閒綆。

〔一〕鹽井：《太平寰宇記》：八陣磧下三里有一磧，東西百步，南北四十步。上有鹽泉井五口，以木爲桶。昔嘗取鹽，即時沙壅，冬出夏没。

白帝廟〔一〕

朔風催入峽，慘慘去何之？共指蒼山路，來朝白帝祠。荒城秋草滿〔二〕，古樹野藤垂。浩蕩荆江遠，淒涼蜀客悲。遲回問風俗，涕泗憫興衰。故國依然在，遺民豈復知。一方稱警蹕，萬乘擁旌旗。遠略初吞漢，雄心豈在夔。崎嶇來野廟，閔默愧常一作「當」時。破甑蒸山麥，長歌唱竹枝。荆邯一本作「都」，譌真壯士，吴柱本經師〔三〕。失計雖無及，圖王固已奇。猶餘帝王號，皎皎在門楣。

〔一〕白帝廟：《水經注》：江水又東，逕魚復故城南，故魚國也。《地理志》：江關，都尉治。《元和郡縣志》：公孫述改魚復爲白帝城。元《方輿勝覽》：白帝廟，在奉節縣東八里舊州城内，有三石筍猶存。《入蜀記》：白帝廟，氣象甚古，松柏皆百年物。王象之《碑目》：白帝廟凡三，其一，元和元年；其二，長興二年；其三，廣政元年立。廟前有柏柱，大可十圍，高二十餘丈，乃公孫述時樓柱。

〔二〕荒城：盛弘之《荆州記》：巴東郡峽上北岸，有一山，孤峙，甚峭，巴東郡據以爲城。《水經注》：白帝山北緣馬嶺，接赤甲山。其間平處，南北相去八十五丈，東西七十丈。東傍瀼溪，即以爲隍，寒山九坂，最爲險峻。公孫述據蜀，自以爲承漢土運，故號曰「白帝城」。

〔三〕吴柱：時爲公孫述博士，事詳公孫述傳中。

永安宫〔一〕公自注：今夔州之永安門，即宫之遺址也。

千古陵谷變，故宫安得存。徘徊問遺老，惟有永安門。遊人雜楚蜀，軍馬晚喧喧。不見重樓好，誰知昔日尊。吁嗟蜀先主，兵敗此亡魂。只應法正死，使公去遭燔〔二〕。

〔一〕永安宫：《三國志》：先主伐吴不利，自夷陵道還，改白帝爲永安，仍於州西七里築永安宫。《水經》：江水又東，逕永安宫南。注云，劉先主終於此。距平地可二十里許，江山迥闊，入峽所無。樂史謂公孫述築者，訛。陸游《入蜀記》：夔州在山麓沙上，所謂魚復永安宫也。宫今爲州倉，州治在宫西北。永安門無可考，以地里揆之，當是夔之西門。

〔二〕遭燔：《三國志》：章武二年，先主自巫峽至夷陵，連營七百里，吴將陸遜令軍士人持一把茅，以火攻之，連燒四十營。

過木櫪觀〔一〕

石壁高千尺，微蹤遠欲無。飛簷如劍寺〔二〕，公自注：出劍門東，望上，寺宇彷彿可見。古柏似仙都〔三〕。許子嘗高遯〔四〕，行舟悔不迂。斬蛟聞猛烈，提劍想崎嶇。寂莫棺猶在，脩崇世已愚。隱居人不識，化去俗争吁。洞府烟霞遠，人間爪髮枯。飄飄乘倒景，誰復顧遺軀。

〔一〕木櫪觀：老蘇公《詩序》云：「許旌陽得道之所，舟人不以相告，既過，至武寧縣乃得其事。縣人云，許旌陽棺槨猶在山上。旌陽，許邁也，嘗爲旌陽令。」《太平寰宇記》：木櫪山在萬州武寧縣東南十三里。《輿地紀勝》：許旌陽舊宅，今之白鶴寺也。

〔二〕劍寺：王象之《碑目》：劍門山頂有一寺，曰梁山寺。

〔三〕古柏似仙都：元《方輿勝覽》：自酆都縣東行二里，石徑縈回，翠柏萬株，即平都山。

〔四〕許子：《列仙傳》：許遜，字敬之。晉永嘉中，爲蜀之旌陽令。從吴猛得神方，棄官居洪州西山下。時海昏有大蛇，真君用正一斬邪之法殲之。

慎按：《十二真君傳》與此略同。又云，東晉尚書郎邁、護軍長史穆，皆遜之族子也。又，《真誥》云，許尚八男，第四邁，五當作「字」，須考叔玄，自改名遠游。則旌陽令名遜，非邁也。《詩序》以旌陽爲邁者，訛，今爲考正。

巫　山〔一〕按，《欒城集》有《巫山廟》七言古詩一首，無《巫山》詩。

瞿塘迤邐盡〔二〕，巫峽崢嶸起。連峰稍可怪，石色變蒼翠。天工運神巧，漸欲作奇偉。坱軋勢方深。結搆意未遂。旁觀不暇瞬，步步造幽邃。蒼崖忽相偪，絶壁凜可悸。仰觀八九頂〔三〕，俊爽凌顥氣。晃蕩天宇高，奔騰江水沸。孤超兀不讓，直拔勇無畏。攀緣見神宇，憩坐就石位。巉巉隔江波，一一問廟吏。遥觀神女石〔四〕，綽約誠有以。俯首見斜鬟，拖霞弄修帔。人心隨物變，遠覺含深意。野老笑我旁：「少年嘗屢至。去隨猿猱上，反以繩索試。石筍倚孤峰，突兀殊不類。世人喜神怪，論説驚幼穉。楚賦亦虚傳，神仙安有是？」次問「掃壇竹」，云「此今尚爾。翠葉紛下垂，婆娑緑一作「緣」鳳尾。風來自偃仰，若爲神物使。絶頂有三碑，詰曲古篆字。老人那解讀，偶見不能記。窮探到峰背，採研黄楊子。黄楊生石上，堅瘦紋如綺。貪心去不顧，澗谷千尋縋。山高虎狼絶，深入坦無忌。洪一作「溟」濛草樹密，葱蒨雲霞膩。石竇有泓泉，甘滑如流髓。終朝自盥漱，冷冽清心胃。浣衣挂樹梢，磨斧就石鼻。徘徊雲日晚，歸意念城市。不到今十年，衰老一作「疾」筋力憊。當時伐殘木，牙蘖已如臂。」忽聞老人説，終日爲嘆喟。神仙固有之，難在忘勢利。貧賤爾何愛，棄去如脱屣。嗟爾若無還，絶糧一作「粒」應不死。

〔一〕巫山：《水經注》：江水歷峽東，逕新崩灘。其下十餘里，有大巫山，首尾一百六十里，謂之巫峽。蓋因山爲名也。樂史《太平寰宇記》：舊云自三峽取蜀，數千里恒是一山，此好大之言也。惟三峽七百里，兩岸連山，略無缺處。重巖疊嶂，隱天蔽日。自非亭午夜分，不見日月。所謂高山尋雲，怒湍流水，絶非人境。神女廟在峽北岸。

〔二〕瞿塘：《水經注》：白帝城西有孤石，冬出水二十餘丈，夏即没，秋時方出。《樂府解題》：瞿，盛也；塘，陂池也。言盛水其中，可以行舟也。又云：夏則爲瞿，冬則爲塘。《入蜀記》：瞿塘關西門正對灧澦堆。《太平寰宇記》：瞿塘在夔州東一里，古西陵峽也。連崖千丈，奔流電激。《方輿勝覽》以爲三峽之門。《吴船録》：泊夔州，視瞿塘，水僅漫灧澦之頂，盤渦散其上，謂之灧澦撒髪。十五里，至瞿塘口。

〔三〕八九頂：《入蜀記》：巫山十二峰，不可悉見，所見八九峰。

〔四〕神女石：按，峽中十二峰，曰望霞、翠屏、朝雲、松巒、集仙、來鶴、浄壇、上昇、起雲、飛鳳、登龍、聖泉，無神女峰之名。范成大《吴船録》云：陽臺高唐觀，人云，在來鶴峰上。《入蜀記》云：十二峰，惟神女峰最爲纖麗奇峭，宜爲仙真所托云云。竊意來鶴峰，即神女峰之别名，未可知也。

巫山廟上下數十里有烏鳶無數取食於行舟之上舟人以神之故亦不敢害〔一〕

群飛來去噪行人，得食無憂便可馴。江上飢烏無足怪，野鷹何事亦頻頻。

〔一〕廟烏：《吴船録》：凝真觀前有馴鴉，客舟將來，則迎於數里之外，舟過亦送數里，土人謂之神鴉。《入蜀記》：神女祠中有烏數百，送迎客舟，自唐夔州刺史李貽詩已云「群烏幸胙餘」矣。

附子由作：

巫廟真人古列仙，高心獨愛玉爐烟。飢烏巧會行人意，來去紛紛噪客船。

神女廟〔一〕

大江從西來，上有千仞山。江山自環擁，恢詭富神姦。深淵鼉鼈橫，巨壑龍蛇頑。旌陽斬長蛟，雷雨移滄灣。蜀守降老蹇，至今帶連鐶。縱横若無主，蕩逸侵人寰。上帝降瑤姬〔二〕，來處荆巫間。神仙豈在猛？玉座幽且閒。飄蕭駕風馭，彌節朝天關。倏忽巡四方，不知道里艱。古粧具法服，邃殿羅烟鬟。百神自奔走，雜沓來趨班。雲興靈怪聚，雲散鬼神還。茫茫夜潭静，皎皎秋月彎〔三〕。還應摇玉佩，來聽水潺潺。

〔一〕神女廟：盛弘之《荆州記》：神女廟在峽之北岸。《入蜀記》：過巫山凝真觀，謁妙用真人祠，即世所謂巫山神女祠。正對巫山，峰巒上入霄漢，山脚直插江中。

〔二〕瑤姬：《神女賦》：我帝之季女，名瑤姬，封於巫山之臺。所謂巫山之女，高唐之姬。

〔三〕秋月：《入蜀記》：神女峰，每八月十五夜月明時，有絲竹之聲往來山頂，山猿皆鳴，達旦方止。

過巴東縣〔一〕不泊聞頗有萊公遺蹟〔二〕

萊公昔未遇，寂莫在巴東。聞道山中樹，猶餘手種松〔三〕。江山養豪俊，禮數困英雄。執板迎官長，趨塵拜下風。當年誰刺史，應未識三公。

〔一〕巴東縣：《水經注》：江水經巴東峽，後漢公孫述遺田戎拔巫之巴東，縣名始此。《太平寰宇記》：山南東道，巴東縣在歸州西六十里，本漢巫縣地。後周置樂鄉縣，開皇十八年改爲巴東縣。《九域志》屬荆湖北路。

〔二〕萊公：按，曾鞏《隆平集》：準没後，仁宗哀其以忠貶死，贈中書令、萊國公，謚忠愍。萊國乃仁宗朝追贈，非真宗朝所封，施氏補注譌。

〔三〕手種松：按，《入蜀記》：巴東縣江山雄麗，大勝秭歸。謁寇萊公祠，登雙柏堂。舊有公手植柏，今已槁死。《澠水燕談》亦云，萊公知巴東，手植雙柏於庭，民比之甘棠，謂之萊公柏。今先生詩以爲「手種松」，似爲韻所轉移，抑傳聞失實也。

昭君村〔一〕

昭君本楚人，艷色照江水。楚人不敢娶，謂是漢妃一作「家」子。誰知去鄉國，萬里爲胡鬼〔三〕。人言生女作門楣，昭君當時憂色衰。古來人事盡如此，反覆縱横安可知。

〔一〕昭君村：《漢書注》：應劭曰：王嬙，王氏女，名嬙，字昭君。文穎曰：本南郡秭歸人也。《太平寰宇記》：歸州興山縣，有王昭君宅，王嬙即此邑人，故曰昭君之縣。村連巫峽。香溪在邑界，昭君所游處。《方輿勝覽》：昭君村在歸州東北四十里。

〔三〕胡鬼：白居易《昭君詩》：生爲漢宫妃，死作胡地鬼。

附子由作：

峽女王嬙繼屈須，入宫曾不媿秦姝。一朝遠逐呼韓去，遥憶江頭捕鯉魚。江上大魚安敢釣？轉柁横江筋力小。深邊積雪厚埋牛，兩處辛勤何處好。去家離俗慕榮華，富貴終身獨可嗟。不及故鄉山上女，夜從東舍嫁西家。

新　灘〔一〕

扁舟轉山曲，未至已先驚。白浪横江起，槎牙似雪城。番番從高來，一一投澗坑。大魚不能上，暴鬣一作「鰓」灘下横。小魚散復合，瀺灂如遭烹。鸕鷀不敢下，飛過兩翅輕。白鷺誇瘦捷，插脚還欹傾。區區舟上人，薄技安敢呈。只應灘頭廟〔三〕，賴此牛酒盈。

〔一〕新灘：《吴船録》：歸州下五里，白狗灘。又三十里，新灘，名豪三峽。《入蜀記》：新灘南岸曰官漕，北岸曰龍門。龍門水湍急，多暗石，官漕差可行，故舟率由南上。然石多鋭，易穿船，爲峽中最險處。宋初山崩石壅，爲舟害，於是著令，自十月至二月禁行舟。知歸州趙誠疏鑿之，灘害稍去。江絶於天聖中，至皇祐三年復通。然灘害至今未能悉去。

〔三〕灘頭廟：《入蜀記》：江瀆北廟，正臨龍門江，南岸又有江瀆南廟。

新灘阻風

北風吹寒江，來自兩山口。初聞似摇扇，漸覺平沙走。飛雲滿巖谷，舞電穿窗牖。灘下三日留，識盡灘一作「山」前叟。孤舟倦鵶軋，短纜困牽揉。嘗聞不終朝，今此獨何一作「何其」久。只應留遠人，此意固亦厚。吾今幸無事，閉户爲飲酒。

黄牛廟〔一〕

江邊石壁高無路，上有黄牛不服箱。廟前行客拜且舞，擊鼓吹簫屠白羊。山下耕牛苦磽确〔二〕，兩角磨崖四蹄濕。青芻半束長苦飢〔三〕，仰看黄牛安可及。

〔一〕黄牛廟：《荆州記》：夷陵南岸重嶺叠起，最大而高。岸間有石，狀如人負力牽牛，人黑牛黄，成就分明。此巖既高，加以江湍紆迴，雖途經信宿，猶望見之。行者歌曰：「朝發黄牛，暮宿黄牛，三朝三暮，黄牛如故。」《吴船録》：過新灘八十里，至黄牛峽，上有沼川廟，黄牛之神也，云助禹疏川者。《入蜀記》：黄牛廟神，封嘉應保安侯。其下即無義灘，亂石塞中流，望之可畏。

〔二〕磽确：《詩疏》：阪田，崎嶇磽确之處。

〔三〕青芻：少陵詩：與奴白飯馬青芻。

蝦蟆碚〔一〕一作「培」。

蟇背似覆盂，蟆頤似偃月。謂是月中蟇，開口吐月液。根源來甚遠，百尺蒼崖裂。當時龍破山，此水隨龍出。入江江水濁，猶作深碧色。禀受苦潔清，獨與凡水隔。豈惟煮茶好〔二〕，釀酒應無敵。

〔一〕蝦蟇碚：《歐陽公集》自注云：「碚」，土人寫作「背」字，音「佩」。《荆川記》：蝦蟇碚在夷陵石鼻山下。黄山谷云：從舟中望之，頤頊口吻甚類蝦蟇。尋泉入洞中，石氣清寒，泉出石骨若虬龍。水流循蝦蟇背，垂鼻口間，乃入江。《入蜀記》云：蝦蟇在扇子峽麓，頭鼻吻頤絶類，而背脊皰處尤逼真。

〔二〕煮茶：張又新《水記》：峽州扇子峽石中突而洩水，俗謂之蝦蟇石，其水煎茶第一。曹能始云：陸羽品其水爲天下第四。陸放翁詩：巴東峽裏最初峽，天下泉中第四泉。

出峽〔一〕

入峽喜巉巖，出峽愛平曠。吾心淡無累，遇境即安暢。東西徑千里，勝處頗屢訪。幽尋遠無厭，高絶每先上。前詩尚遺略，不録久恐忘。憶從巫廟回，中路寒泉漲。汲歸真可愛，翠碧光滿盎。忽驚巫峽尾，巖腹有穿壙。仰見天蒼蒼，石室開南向。宣尼古廟宇〔二〕，叢木作帷帳。鐵楯横半空，俯瞰不計丈。古人誰架構，下有不測浪。石竇見天囷，瓦棺悲古葬。新灘阻風雪，村落去携杖。亦到龍馬溪，茅屋沽村釀〔三〕。玉虚悔不至〔四〕，實爲舟人誑。聞道石最奇，寤寐見怪狀。峽山富奇偉，得一知幾喪。苦恨不知名，歷歷但想像。今朝脱重險，楚水渺平蕩。魚多客庖足，風順行意王。追思偶成篇，聊助舟人唱。

〔一〕出峽：《吴船録》：黄牛峽盡，則爲扇子峽，過此，盡峽中灘矣。三十里，得南岸，則盡平地，曰平善壩。舟出峽。至此，人皆相慶如更生。三十里至峽州。

〔二〕宣尼古廟：《入蜀記》：發巴東山，益奇怪，有夫子洞，在峭壁，人迹不可至，彷彿若有欄楯，不知所謂夫子者，何也？按，《王梅溪集》：巫山縣東有靈泉，謂之孔子泉，其旁居民，生子輒能讀書。據此二説，則峽中當有孔子廟，而無可考。

〔三〕村釀：《水經注》：魚復戍左岸有巴鄉村，村人善釀，故俗稱「巴鄉清」。村側有溪，溪中多靈壽木。

〔四〕玉虚：《晏公類要》：玉虚洞周圍石壁，隱出異文，日居左而圓，月居右而缺。龍虎草木之狀，不可殫述。《文獻通考》：荆湖北路歸州興山縣有玉虚洞。《太平寰宇記》：玉虚洞在興山縣南五十里。唐天寶五載，其洞忽開。《入蜀記》：玉虚洞去江岸五里許，洞門小，纔尋丈。既入，則可容數百人。有石成幢，蓋旛旗、芝草、竹笋、仙人、龍虎、鳥獸之屬。

慎按：《太平寰宇記》：龍洞溪在夔州西一百里。《輿地志》云：永安宫西有南鄉峽，峽西八十里有溪，溪中有靈壽木。此即是龍洞溪，即善釀酒之村也。據此，與詩語正相合。但《記》作「龍洞」，詩作「龍馬」，必有一訛。馮氏補注妄托《寰宇記》云，馬鳴溪在夔州，俗稱龍馬溪。又僞造土人牧馬於溪上産龍駒事，以傅會之。杜撰假託，用以欺人。《寰宇記》全書具在，真不滿覽古者一笑也。

遊三游洞〔一〕

凍雨霏霏半成雪，游人屨冷蒼苔滑。不辭攜被巖底眠，洞口雲深夜無月。

〔一〕三游：白居易詩序云：予自江州司馬授忠州刺史，之郡，與知退會於夷陵。翼日，微之返棹，送予至下牢戍，聞石間泉聲，因舍棹，步入缺岸。水石相薄，跳珠濺玉，驚動耳目，各賦古詩二十韻，書於石壁。以吾三人始游，故因名三游洞。洞在峽州上二十里北峰下兩岸相嵌間。

附老蘇詩：

洞中蒼石流成乳，山下寒溪冷欲冰。天寒二子苦求去，吾欲居之亦不能。

附子由詩：

昔年有遷客，攜手過嵌巖。去我歲已百，游人忽復三。

慎按：老蘇、子由二詩，《嘉祐》、《欒城集》俱失載，今從王氏注中采録。

遊洞之日有亭吏乞詩既爲留三絶句於洞之石壁明日至峽州吏又至意若未足乃復以此詩授之〔一〕

一徑繞山翠，縈紆去似蛇。忽驚溪水急，争看洞門呀。滑磴攀秋蔓，飛橋踏古槎。三扉迎北吹，一穴向西斜〔二〕。嘆息烟雲老一本作「去」，訛，追思歲月遐。唐人昔未到，古俗此爲家。自此以下，王注分爲二首。今從施氏本，合而爲一。洞煖無風雪，山深富鹿豭。相逢衣盡草，環坐髻應髽。竈突依巖黑，樽罍就石窪。洪荒無傳記，想像在羲媧。此事今安有，遺蹤我獨嗟。山翁勸留句，强爲寫槎牙。

〔一〕峽州：《十道志》：三峽口，地曰峽州，楚、蜀分畛。《輿地廣記》：魏武平荆州，分置臨江郡，蜀先主改爲宜都，後周改曰硤州。《九域志》：峽州夷陵郡，屬荆湖北路。後周硤州，唐初改硤爲峽。東界至江陵府二百六十五里，西界至歸州一百五里。

〔二〕三扉一穴：《入蜀記》：過下牢關，繫船，登三游洞，躡石磴二里，其險處不可着脚。洞大如三間屋，有一穴，通人過，然陰黑可畏。繚山腹，傴僂自巖下至洞前，差可行。下臨溪潭，石壁二十餘丈。又一穴，後有壁，可居。鍾乳歲久垂地，正當穴門。

附子由作：

洞前危徑不容足，洞中明曠坐百人。蒼崖兀硉起成柱，亂石散列如驚麏。清溪百丈下無路，水滿沙上如魚鱗。夜深明月出山頂，下照洞口纔及唇。沉沉深黑若大屋，野老熢火青如燐。平明欲出迷上下，洞氣飄亂爲横雲。深山大澤亦有是，野鳥鳴噪孤熊蹲。三人一去無復見，至今冠蓋長滿門。

寄題清溪寺〔一〕公自注：在峽州，鬼谷子之故居。

口舌安足恃，韓非死説難。自知不可用，鬼谷乃真姦。遺書今未亡〔二〕，小數不足觀。秦儀固新學〔三〕，見利不知患。嗟時無桓文，使彼二子顛。死敗無足怪，夫子固使然。君看巧更窮，不若愚自安。遺宫若有神，頷首然吾言。

〔一〕清溪：《太平寰宇記》：清溪在峽州遠安縣南六十五里，源出清溪山下，冬夏無增減。《鬼谷先生傳》云：楚有清溪，下深千仞，其水靈異。郭璞《遊仙》詩：清溪千仞餘，中有一道士。借問是何人？云是鬼谷子。

〔二〕遺書：柳宗元《讀鬼谷子》：漢時劉向、班固録書無《鬼谷子》，《鬼谷子》最後出，學者宜其不道也。

〔三〕秦儀新學：程明道曰：秦、儀學於鬼谷，其術先揣摩，然後捭闔，既動，然後用鈎鉗。

附子由作：

清溪鬼谷子，雄辨傾六國。視世無足言，自閉長默默。蘇張何爲者？欲竊長短術。學成果無賴，遂爲世所惑。顛倒賣諸侯，傾轉莫可執。後世何不明，疑我不汝及。誰知居深山，玩世可終日。君觀二弟子，死處竟莫得。客齊自披裂，投魏求寄食。悠悠清溪中，石亂流水急。溪魚爲朝飡，老死得安穴。居亂獨無言，其辯吾不測。

留題峽州甘泉寺〔一〕公自注：姜詩故居。

輕舟横江來，弔古悲純孝。逶迤尋遠跡，婉孌見遺貌。清泉不可掬，涸盡空石窖。古人飄何之，惟有風竹鬧。行行翫村落，户户懸網罩。民風坦和平，開户夜無鈔。叢林富筍茹，平野絶虎豹。嗟哉此樂鄉，毋乃姜子教〔二〕。

〔一〕甘泉寺：歐陽修詩自注云：甘泉寺，在臨江一山上，與縣廨相對，寺有清泉一泓，俗傳姜詩泉，亦有姜詩祠。按，詩，廣漢人，疑泉不在此。陸游《入蜀記》：峽州西山甘泉寺，竹橋石磴，甚有幽趣。法堂之右小徑數十步，至孝婦泉，謂姜詩妻龐氏也。泉上有祠，歐陽不以爲信，故其詩云：「事跡難尋楚語訛。」

〔二〕姜子：《後漢書》作姜詩。

慎按：《水經注》：洛縣有沈鄉，去江七里，江士遜之所居。士遜名詩，至孝，母好飲江水，嗜魚膾，常以雞鳴溯流汲江。子坐取水溺死，婦恐姑知，稱詩游學。冬夏衣服，實投江流。於是，至孝上通，泉出其舍側。涌泉之中，旦旦出鯉魚一雙以膳焉。《華陽國志》：廣寒郡治雒縣。「洛」字原從水，漢火德，忌水，故改從「雒」。則詩爲廣漢人，與《後漢書》合，但所記事跡稍異，而姓又不同。《東觀漢記》亦以爲江詩，或係流傳之謁，當以史傳爲正也。

夷陵〔一〕縣歐陽永叔至喜堂〔二〕

夷一作「西」陵雖一作「有」小邑，自古控荆吴。形勝今無用，英雄久已無。誰知有文伯，遠謫自王都。人去年年改，堂傾歲歲扶。追思猶咎吕〔三〕，感嘆亦憐朱〔四〕。公自注：時朱太守爲公築此堂。舊種孤楠老〔五〕，新霜一橘枯。清篇留峽洞，醉墨寫邦圖。公自注：三游洞有詩。《夷陵圖》後有留題處。故老問行客，長官今白鬚。著書多念慮，許國減歡娱。寄語公知否，還須數倒壺。

〔一〕夷陵：《吴録》：昭烈帝立宜都於西陵，即夷陵也。

〔二〕至喜堂：《居士集·至喜堂記》略云：景祐三年，修有罪謫是邦，朱公至縣舍，擇其廳事之東以作斯堂，與賓客偕至而落之。按，峽州又有至喜亭，歐公亦有記，堂在縣署中，非至喜亭也。

〔三〕咎吕：李燾《長編》：范仲淹權知開封府，言事無所避，時吕夷簡執政，仲淹上言，進退近臣，不宜全委宰相。夷簡不悦，斥仲淹越職言事，坐貶。韓魏公《安陽集·歐陽墓志》云：文正范公權京尹，直陳時政得失，大忤時宰意，斥守饒州，諫官不敢言，公貽書責之，坐貶夷陵。今按，《宰輔編年録》：吕夷簡於明道二年四月罷相，十月復入相，前後共七年。

〔四〕朱太守：《宋史》：景祐二年，朱慶基以郎中出守峽州。

〔五〕孤楠：歐陽集有《至喜堂新開北軒手植楠木》詩，云：爲憐碧砌宜佳樹，手劚蒼苔選緑叢。

慎按：自嘉州至荆州，水路二千六百八十餘里，其經由郡縣古蹟，先後次第，《欒城集》亦有舛訛者，故以上排次，依范石湖《吴船録》。

東坡先生編年詩卷二

古今體詩三十九首嘉祐五年庚子春，自荆州陸行赴京師作。

息壤詩并引

《淮南子》曰：「鯀湮洪水，盗帝之息壤，帝使祝融殺之於羽淵。」今荆州南門外，有狀若屋宇，陷入地中，而猶見其脊者。旁有石，記云：「不可犯。」畚鍤所及，輒復如故。又頗以致雷雨，歲大旱，屢發有應。予感之，乃爲作詩。其辭曰：

帝息此壤，以藩幽臺，有神司之，隨取而培。帝敕下民，無敢或開。惟帝不言，以雷以雨。惟民知之，幸帝之恕。帝茫不知，誰敢以告。帝怒不常，下土是震。使民前知，是役於民。無是墳者，誰取誰予，惟其的之，是以射之。

慎按：幸帝之恕，「恕」字似當作「怒」；誰敢以告，「告」字叶韻，似當作「訴」。諸刻本恐訛，存疑，再考。

附子由作：

江上寒沙薄如席，一夕墳起成高丘。江流傾轉力不勝，左齧右吐非自由。南郡城南獨何者？平地生長殊不休。當中屋背不盈尺，深入百丈皆石樓。古人不知下有怪，發破不掩水漲浮。傳言夏鯀塞洚水，上帝愛此無敢偷。竊持大畚負長鍤，刺取不已帝使流。禹知水怒非塞止，網捕百怪雜蜃鰍。掘壕入土不計丈，投擲填壓聲鳴啾。一時既定憂後世，恐此竊出壞九州。神人已死無復制，故以此土封其頭。發之輒滿不可既，意使靈物長幽囚。前年大旱千里赤，取土盈掬雨不收。誰言咫尺舊黃壤，中有千歲龍與虬。高山萬仞猶可削，嗟此何獨生如疣。天長地遠莽無極，雖有缺壞誰能賙？我疑天意固有在，患世多事窮鐫鎪。埏陶鼓鑄地力困，久不自補無爲憂。世無女媧空白石，磊磊滿地如浮漚。耕田鑿井自無已，息壤無幾安能酬。

荆州十首〔一〕

其一

游人出三峽〔二〕，楚地盡平川。北客隨南賈，吴檣間蜀船。江侵平野斷，風捲白沙旋。欲問興亡意，重城自古堅。

〔二〕荆州：《元和郡縣志》：荆南節度，屬江南西道。《太平寰宇記》：荆州江陵郡，屬山南東道，楚郢都，秦爲南郡，即今州也。《九域志》：西至峽州，水路三百三十里。北至襄州，四百五十里。至東京，一千八百八十里。

〔三〕三峽：庾仲雍《荆州記》：巴楚有明月峽、廣川峽、東突峽，今謂之巫峽、秭歸峽、歸鄉峽。《太平寰宇記》：巫峽在巫山縣，明月峽在夷陵懸崖間，黄牛峽在夷陵西。又云：三峽者，西峽、巫峽、歸峽也。《峽程記》：三峽者，明月、廣谿、仙山也。

慎按：三峽之名有二，或以瞿塘、灩澦、巫山爲三峽，或云州境之明月峽、黄牛峽與西陵峽爲三峽。

其　二

南方舊戰國，慘澹意猶存。慷慨因劉表，凄凉爲屈原。廢城猶帶井，古姓聚成村〔一〕。亦解觀形勝，昇平不敢論。

〔一〕古姓：《太平寰宇記》：武昌郡六姓，吴、伍、程、史、龍、郢，武陵郡三姓，卞、伍、龔，皆載山南東道荆州下。

其　三

楚地闊無邊〔一〕，蒼茫萬頃連。耕牛未嘗汗，投種去如捐。農事誰當勸，民愚亦可憐。平生事遊惰〔二〕，那得怨凶年。

〔一〕楚地：《元和郡縣志》：春秋以來，楚國之都，謂之郢都，西接巴巫，東連雲夢，亦一都會之所。《史記》：鶉首，楚之分。自張十八度至軫十二度，楚之分野。

〔二〕遊惰：《太平寰宇記》：荆之爲言强也，陽盛物堅，其氣急悍，故人多剽輕。唐至德以後，流傭争食者衆，五方雜處，風俗大變。五月五日，競渡戲舟，廢業耗民，莫甚於此。

其　四

朱檻城東角，高王此望沙〔一〕。江山非一國，烽火畏三巴〔二〕。戰骨淪秋草，危樓倚斷霞。百年豪傑盡，擾擾見魚蝦。

〔一〕高王：《五代史·南平世家》：高季興於後梁開平元年爲荆南節度，末帝時封渤海王。後唐莊宗朝封南平王，子從誨，嗣封父爵。〇望沙：《荆州志》：城東南有望沙樓，後梁時高季興建，以望沙津，陳堯咨知荆州，更名仲宣樓。《五代史·南平世家》：高從誨，多權詐，晉高祖遺陶轂爲國信使，從誨晏轂於望沙樓，大陳戰艦於樓下，曰：吴蜀不賓，願修武備以待師期。

〔三〕三巴：《華陽國志》：劉璋改永寧爲巴郡，以固陵爲巴東，墊江以上爲巴西，是爲三巴。

慎按：此詩因南平而致慨於五季也。季興初爲荆南節度，所領止江陵、歸、峽三城，地狹而兵弱，難與諸國争衡，父子祖孫與五代相終始，假其封號，竊據單州。是時楊、李擅吴，王氏保閩，劉氏鴟張於南粤，王、孟跳梁於蜀中，莫不帝制自爲，志圖兼并，獨高氏所向稱臣，中間不自揣量，間一搆兵，初敗於王宗壽，再敗於孔勍，及後唐伐蜀，請以本道兵自取夔、萬等州，終不敢出，畏蜀如虎之譏，其能解免乎？未幾，而强弱大小，同歸澌滅，百年以來，戰骨已銷，孤城猶在，千秋形勝之區，惟「危樓倚斷霞」耳！一時豪傑自命者，細瑣么㬷，無足比數。「魚蝦擾擾」一語，説得五代君臣及僭號諸國可憐、可憫、可鄙、可羞，又無論孱弱之高氏也！施氏補注，此篇專爲南平而發，淺之乎論蘇矣！

其五

沙頭烟漠漠〔一〕，來往厭喧卑。野市分麐鬧，官船過渡遲。遊人多問卜，傖叟盡攜龜〔二〕。日暮江天静，無人唱楚辭。

〔一〕沙頭：元微之《江陵玩月》詩：闐咽沙頭市。《荆州志》：市在江陵縣東南十五里，謂之沙頭市。

〔三〕擕龜：此譏楚人尚巫也。施氏補注引支牀龜，甚無謂。

其　六

太守王夫子〔一〕，山東老俊髦。壯年聞猛烈，白首見雄豪。食雁君應厭，驅車我正勞。中書有安石，慎勿賦《離騷》。

〔一〕太守：先生全集有《上荆州王兵部書》，又有《與王刑部書》，二人皆爲荆州守，又同姓，其名字俱失考。

其　七

殘臘多風雪，荆人重歲時。客心何草草，里巷自嬉嬉。爆竹驚鄰鬼〔一〕，驅儺逐一作「聚」小兒〔二〕。故人應念我，相望各天涯。

〔一〕爆竹：宗懔《荆楚歲時記》：正月一日，雞鳴而起，先於庭前爆竹，以辟山魈惡鬼。十二月八日，爲臘，村人並擊細腰鼓，作金剛力士以逐疫。

〔二〕驅儺：《周禮·夏官》：方相氏，掌蒙熊皮，黄金四目，玄衣朱裳，執戈揚盾，帥百隸而時儺，以索室毆疫。《吕氏春秋》注：前歲一日，擊鼓驅疫癘之鬼，謂之逐除，亦曰「儺」。

其八

江水深成窟，潛魚大似犀。赤鱗如琥珀〔一〕，老枕勝玻瓈〔二〕。上客舉雕俎，佳人摇翠篦。登庖更一作「兼」作器，何以免屠刲。

〔一〕琥珀：《本草》：青魚生江湖間，多以作鲊，所謂五侯鯖也。其頭中枕骨，蒸令氣通，曝乾，狀如琥珀。荆楚人煮拍作酒器，梳篦甚佳。

〔二〕老枕：《爾雅》：魚枕謂之丁。注云：枕在頂骨中，如丁字。

其九

北雁來南國，依依似旅人。縱横遭折翼，感惻爲沾巾。平日誰能挹，高飛不可馴。故人持贈我，三嗅若爲珍〔一〕。

〔一〕荆俗，蓋好食雁，故詩云爾。合第六首「食雁君應厭」句觀之，可見。

其十

柳一作「脩」門京國道〔一〕，驅馬及春陽。野火燒枯草，東風動緑芒。北行連許鄧〔二〕，南去極衡湘〔三〕，楚境横天下，懷王信弱王。

〔一〕脩門：《招魂篇》：歸來兮脩門。王逸注：郢城門也。盛弘之《荆州記》：郢南門二門，一名龍門，一名脩門。唐吴融《留獻荆南成相公》詩：行行柳門路，回首下離東。則荆州别有柳門，他無可考。

〔二〕許鄧：《太平寰宇記》：許州許昌郡，屬河南道，西南至汝州一百八十里。鄧州南陽郡，屬山南東道，南至襄州一百八十里，北至汝州四百九十里。

〔三〕衡湘：《文獻通考》：荆湖南路衡州，秦屬長沙郡，吴以地置衡陽、湘東二郡。

渚宫〔一〕

渚宫寂莫依古郢〔二〕，楚地蒼茫非故基。二王臺閣已鹵莽〔三〕，公自注：湘東王高氏。何况遠問縱横時。楚王獵罷擊靈鼓，猛士操舟張水嬉。釣魚不復數魚鼈，大鼎千石烹蛟螭。當時郢人架宫殿〔四〕，意思絶妙般與倕。飛樓百尺照湖水，上有燕趙千蛾眉。臨風揚揚意自得，長使宋玉作楚詞。秦兵西來取鐘簴，故宫禾黍秋離離。千年壯觀不可復，今之存者蓋已卑。池空野迥樓閣小，惟有深竹藏狐狸。臺中絳帳誰復見，臺下野水一作「鴨」浮清猗一作「漪」。緑窗朱户春晝閉，想見深屋彈朱絲。腐儒亦解愛聲色，何用白首談孔姬。沙泉半涸草堂在，破窗無紙風颸颸。陳公蹤蹟最未遠〔五〕，十一作「七」瑞寥落今何之。百年人事知幾變，直恐荒廢成空陂。誰能爲我訪遺蹟，草間應有湘東碑。

〔一〕渚宫：郭允蹈《蜀鑑》：江陵有津鄉故城，在今江陵縣東，渚宫即其地。○按，《左傳》：楚子西沿漢泝江，將入郢，王在渚宫下見之。《太平寰宇記》亦引此，未嘗云渚宫襄王所建也。施氏補注謬，今駁正。

〔二〕古郢：余知古《渚宫舊事》：鬻熊爲周文王師，成王封其孫熊繹於楚。後六世，熊渠立，又數世，至文王，國始大，遂都郢。今江陵北郢城、紀城是也。

〔三〕二王臺閣：《渚宫舊事》：湘東王繹于子城中穿構池山，長數百丈，上有通波閣，跨水爲之。南有芙蓉堂，東有禊飲堂，西有鄉射堂。堂置竹堋，可移動。東南有連理堂，堂北有映月亭、修竹堂、臨水齋。齋前高山，山有石洞，潛行苑中。山上有陽雲樓，北有臨風亭、明月樓，顔之推詩「屢陪明月宴」是也。竹林堂庭前有桂竹，冬月抽筍，味如桂而辛。其中有劉宅紫薔薇、康家四出薔薇、白馬里薔薇、長沙千葉薔薇，並以長格架其上。下有十間花房，仰而望，花葉交映，其間花草雖繁，竹林彌盛，故號竹林堂。《太平寰宇記》謂之湘東苑。高氏事無可考。

〔四〕郢人宫殿：《渚宫舊事》：靈王作傾宫，三年未息，而爲章華之臺。翟人來朝，王誇之，與客登章華之臺，三休乃至。《太平寰宇記》：章華臺在江陵東三十三里，臺形三角。《名勝志》云：楚離宫也，又謂之豫章臺。《水經注》：江水又東，得豫章口，是也。陳子昂詩：遥遥下巫峽，望望得章臺。

〔五〕陳公：按《宋史》，天禧中，陳堯咨以右正言知制誥出守荆南，事蹟無可考。

荆門惠泉〔一〕

泉源從高來，走下隨石脈。紛紛白沫亂，隱隱蒼崖坼。縈一作「灣」回成曲沼，清澈見肝膈。濼別本作「衆」者，訛瀉爲長溪，奔駛蕩蛙蟈。初開不容椀，漸去已如帛。傳聞此山中，神物嬾一作「頗」遭謫。不能致雷雨，灩灩吐寒碧。遂令山前人，千古灌稻麥。

〔一〕荆門：《太平寰宇記》：荆門本漢舊縣，荆、襄之要津。唐末荆南高氏建爲軍，北至襄州一百七十里。《九域志》：宋開寶五年，即江陵府荆門鎮建軍，與《太平寰宇記》沿革稍異。要之，非宜都荆門山也。施氏補注題下云：荆門山，在宜都大江之南，與虎牙相對，詭托于公自注，他本俱無，今駁正。○惠泉：葛立方《韻語陽秋》：荆門軍有惠泉。李德裕題詩云：兹泉由太潔，終不蓄纖鱗。到底清何益，涵虚祇自貧。至今碑版存焉。本名蒙泉，沈傳師有「蒙泉聊息駕，可以洗君心」之句，而德裕乃直曰惠泉。曹學佺曰：荆門州西有蒙、惠二泉，即州城所引以爲池者。源出象山，北曰蒙，南曰惠，蒙泉常寒，惠泉常温。葛立方混而爲一，非也。

附子由作：

泉源何從來？山下長溪發。油然本無營，誰使自激洌？茫茫九地底，大水浮一葉。使水皆爲泉，地已不勝洩。應是衆水中，獨不容至潔。涓涓自傾瀉，奕奕見清澈。石泓浄無塵，中有三尺雪。下爲百丈溪，冷不受魚鼈。脱衣浣中流，解我雙足熱。樂哉泉上翁，大旱不知渴。

次韻答荆門張都官維見和惠泉詩〔一〕

楚人少井飲，地氣常不洩。蓄之爲惠泉，坌若有所拆。泉源本無情，豈問濁與澈。貪愚彼二水，終古恥莫雪。只應所處然，遂使語異别。泉旁地平衍，泉上山嵽嵲。君子慎所居，此義安可闕。古人貴言贈，敢用況高節。不爲冬霜乾，肯畏夏日烈。泠泠但不已，海遠要當徹。

〔一〕張維：《吴興志》張子野之父名維，以子都官郎中貴，封正四品，能詩，孫莘老爲作《十咏圖序》，疑即其人。

附子由作：

荒凉荆門西，泉水誰爲洩？發源雖甚微，來意不可拆。平鋪清池滿，皎皎自明澈。甘凉最宜茶，羊炙可用雪。炎風五月交，中夜吐明月。太守燕已還，青嶂空嵲嵲。泉上白髮翁，來飲杯饌闕。酌水自獻酬，箕踞無禮節。區區游泉人，常值午日烈。回首憂重城，賞玩安能徹。

涮陽早發〔一〕

富貴本無一作「先」定，世人自榮枯。囂囂好名心，嗟我豈獨無。不能便退縮，但使進少徐。我行念西國，已分田園蕪。南來竟何事，碌碌隨商車。自進苟無補，乃是嬾且愚。人生重意氣，出處夫豈徒。永懷江陽叟〔二〕，種藕春滿湖。

〔一〕涮陽：按，涮乃水名。《虔州志》：龍南、龍川之交，有水曰涮。非先生經由之地也。存疑，俟再考。

〔二〕江陽：《水經注》：江水東南，過犍爲江陽縣。郭允蹈《蜀鑑》：江陽，今瀘州。曹學佺《名勝志》：晉時曾置江陽郡於眉州。此爲得之。

附子由作：

春氣入楚澤，原上草猶枯。北風吹栗林，梅蕊颯已無。我行亦何事，驅馬無疾徐。楚人信稀少，田畝任蓁蕪。空有道路人，擾擾不留車。悲傷彼何嬾，歎息此亦愚。我今何爲爾？豈亦愚者徒。行行楚山曉，霜露滿陂湖。

夜行觀星

天高夜氣嚴，列宿森就位。大星光相射，小星鬧若沸。天人不相干，嗟彼本何事？世俗强指摘，一一立名字。南箕與北斗，乃是家人器。天亦豈有之，無乃遂自謂。迫觀知何如，遠想偶有似。茫茫不可曉，使我長歎喟。

漢水〔一〕

捨棹忽逾月，沙塵困遠行。襄陽逢漢水〔二〕，偶似蜀江清。蜀江固浩蕩，中有蛟與鯨。漢水亦云廣，欲涉安敢輕？文王化南國，遊女儼如卿。洲中浣紗子，環珮鏘鏘鳴。古風隨世變，寒水空泠泠。過之不敢慢，佇立整冠纓。

〔一〕漢水：按，漢、沔二水，《水經》通稱漢。有二源，出鞏昌、秦州之嶓冢，至四川，由重慶江津縣入江，此西漢水也。出漢中府沔縣之嶓冢，至漢陽府入江者，東漢水也。《水經》所紀「沔與漢合」者也。

〔二〕襄陽：《太平寰宇記》：山南東道襄州，本楚邑。檀溪帶其西，峴山亘其南，爲楚之北津。建安十三年，始置襄陽郡，以地在襄山之南爲名。南至荆門軍三百二十五里，東北至唐州二百五十里。《輿地廣記》：屬京西南路，去江陵步道五百，勢同脣齒。

襄陽古樂府三首

野鷹來

野鷹來，萬山下。荒山無食鷹苦飢，飛來爲爾繫綵絲。北原有兔老且白，年年養子秋食菽。我欲擊之不可得，年深兔老鷹力弱。野鷹來，城東有臺高崔嵬。臺中公子着皮袖，東望萬里心悠哉。鷹何在！嗟爾公子歸無勞，使鷹可呼亦凡曹〔一〕，天陰月黑狐夜嘷。

〔一〕呼鷹：《襄陽記》：劉表墓在城東，又東二十里，有呼鷹臺。

附子由作：

野鷹來，雄雉走。蒼茫荒榛下，毰毸大如斗。鷹來蕭蕭風雨寒，壯士臺中一揮肘。臺高百尺臨平川，山中放火秋草乾。雉肥兔飽走不去，野鷹飛下風蕭然。嵯峨呼鷹臺，人去臺已圮。高臺不可見，況復呼鷹子。長歌野鷹來，當年落誰耳。父生已不武，子立又不强。北兵果南下，擾擾如驅羊。鷹來野雉何暇走，束縛籠中安得翔？可憐野雉亦有爪，兩手捽鷹猶可傷。

上堵吟〔一〕《欒城集》缺和詩。

臺上有客吟秋風，悲聲蕭散飄入宫。臺邊游女來竊聽，欲學聲同意不同。君悲竟何事，千里金城兩稚子〔二〕。白馬爲塞鳳爲闕，山川無人空且閒。我悲亦何苦，江水冬更深，鯿魚冷難捕。悠悠江上聽歌人，不知我意徒悲辛。

〔一〕堵：《水經注》：沔水又東，過堵陽縣，堵水出焉。歷新城郡，故漢中之房陵縣，漢末爲郡，又分置上庸郡。其城三面注水。《九域志》：竹山縣有堵水。

〔二〕千里金城：《元和郡縣志》引盛弘之《荆州記》云：孟達爲新城守，登白馬山嘆曰：「劉封、申躭据金城千里而不能守，豈丈夫哉？」因爲《上堵吟》，今人猶傳此聲，音韻憤激，其哀思之音乎！郭允蹈《蜀鑑》：昭烈遣孟達攻房陵，下之。遣劉封乘沔水與達會攻上庸，太守申躭舉郡降。以躭爲上庸太守，躭弟儀爲西城太守，定漢中。上庸、西城，皆今金州地也。章武元年，孟達以上庸降魏，合房陵、上庸、西城三郡爲新城，以達領之。入城登白馬塞，嘆云云。

慎按：《元和郡縣志》：白馬山在竹山縣西南三十里，《太平寰宇記》云：即新城山。《荆州記》所謂孟達登白馬山而嘆，即此。按，竹山舊屬襄陽府之均州。施氏補注遠引衡州白馬關者，大謬。今駁正。

襄陽樂〔一〕

使君未來襄陽愁，提戈入市裹氊裘。自從氊裘南渡沔，襄陽無事多春遊。襄陽春遊樂何許，峴山之陽漢江浦。使君朱旆來翻翻，人道使君似羊杜。道邊逢人問洛陽，中原苦戰春田荒。北人聞道襄陽樂，目送飛鴻應斷腸。

〔一〕襄陽樂：《南史》：劉道産初爲無錫令，後爲雍州刺史，領寧蠻校尉，加都督兼襄陽太守。善於臨職，在雍部政績尤著，蠻夷前後不受化者皆順服。百姓樂業，由此有《襄陽樂歌》，自道産始也。

附子由作：

誰言襄陽苦，歌者樂襄陽。太守劉公子，千年未可忘。劉公一去歲時改，惟有州南漢水長。漢水南流峴山碧，種稻耕田泥没尺。里人種麥滿高原，長使越人耕大澤。澤中多水原上乾，越人爲耕楚人食。火耕水耨古常然，漢水魚多去滿船。長有行人知此樂，來買槎頭縮項鯿。

峴　山

遠客來自南，游塵昏峴首〔一〕。過關無百步，曠蕩吞楚藪。登高忽惆悵，千載意有偶。所憂誰復知，嗟我生苦後。團團山上檜〔二〕，歲歲閲榆柳，大材固已殊，安得同永久。可憐山前客，倏忽星過霤。賢愚未及分〔三〕，來者當自剖。

〔一〕峴首：《襄沔記》：紫蓋山、萬山、峴山，謂之三峴。宋時改紫蓋山爲中峴，以峴山爲峴首。

〔二〕山上檜：《名勝記》：晉柏在峴山上，相傳羊叔子手植，有碑，題曰「晉柏」。

〔三〕賢愚：暗用《羊祜傳》與鄒湛等登峴山慨歎語。

萬　山〔一〕公自注：時獨不游，問轍而作。

西行度連山，北出臨漢水。漢水蹙成潭〔二〕，旋轉山之趾。禪房久已壞，古甃含清泚。下有仲宣欄〔三〕，綆刻深容指。回頭望西北，隱隱龜背起。傳云古隆中，萬樹桑柘美。月炯轉山曲，山上見洲尾。綠水帶平沙，盤盤如抱珥。山川近且秀，不到懶成恥。問之安能詳，畫地費簪箠。

〔一〕萬山：《元和郡縣志》：萬山一名漢皐山，在襄陽縣西十里，與南陽鄧縣分界處。古諺云，襄陽無西，言其界迫促。《太平寰宇記》：萬山北隔沔水。

〔二〕潭：孟浩然《萬山潭》詩自注云：即沉碑潭。

〔三〕仲宣欄：《襄陽耆舊傳》：王粲與繁欽並鄰同井，其墓及井見在。曾鞏《元豐類藁》：魏侍中王粲《石井欄記》，參謀太子舍人甄濟撰，上元二年，來積移井欄，置於襄州刺史官舍。《集古録》：井欄記有二，貞元十七年者，于頔撰，胡鉦書。上元二年者，甄濟撰，彭朝書。

隆　中〔一〕

諸葛來西國，千年愛未衰。今朝游故里，蜀客不勝悲。誰言襄陽野〔二〕，生此萬乘師？山中有遺貌，矯矯龍之姿。龍蟠山水秀，龍去淵潭移。空餘蜿蜒蹟，使我寒涕垂。

〔一〕隆中：王象之《碑目》：蜀丞相諸葛公碑，今在武侯故宅，晉李興撰。《南雍州記》：隆中有諸葛故宅。《荆州記》：宅西有山臨水，孔明嘗登之，鼓琴爲《梁父吟》，因名此山爲樂山。《太平寰宇記》襄陽縣有諸葛宅。《蜀志》：三顧草廬，即此宅也。有井深四丈，壘砌如初。

〔二〕襄陽野：裴松之《三國注》引《漢晉春秋》曰：亮家於南陽之鄧縣。《殷芸小説》云：孔明躬耕南陽，乃襄陽之南陽墟，非今之南陽郡也。愚按，襄陽東二十里，有鄧城，習鑿齒記所云「楚王城鄧之濁水」，即斯地矣。蓋鄧之南鄙也，今爲鎮。裴松之謂在南陽鄧縣者，訛。

竹葉酒

楚人汲漢水，釀酒古宜城〔一〕。春風吹酒熟，猶似漢江清。耆舊何人在？邱墳應已平。惟餘竹葉酒，留此千古情。

〔一〕宜城酒：《太平寰宇記》：宜城，襄陽屬縣，在府南九十五里，本楚之鄢都。天寶元年，改宜城縣，故城在今縣南。其地出美酒，俗號「宜城酒」爲「竹葉春」。《名勝志》：宜城有金沙泉，在縣東二里。其泉造酒甘美，世稱「宜城醖」，又名「竹葉春」。梁元帝詩：宜城醖酒今朝熟。

鯿魚

曉日照江水，游魚似玉瓶。誰言解縮項〔一〕，貪餌每遭烹。杜老當年意，臨流憶孟生〔二〕。吾今又悲子，輟筯涕縱横。

〔一〕縮項鯿：《襄陽耆舊傳》：峴山下漢水中出鯿魚，極肥美。宋張敬兒爲刺史，作六櫓船獻齊高帝，曰：「奉槎頭縮項鯿一千八百頭。」

〔二〕憶孟生：孟浩然詩：鳥泊隨陽雁，魚藏縮項鯿。杜甫詩：復憶襄陽孟浩然，新詩句句盡堪傳。只今耆舊無新語，漫釣槎頭縮項鯿。

食雉

雄雉曳脩尾〔一〕，驚飛向日斜。空中紛格鬬，綵羽落如花。喧呼勇不顧，投網復誰嗟。百錢得一雙，新味時所佳。烹煎雜雞騖，爪距漫槎牙。誰知化爲蜃〔二〕，海上落飛鴉〔三〕。

〔一〕脩尾：陸佃《埤雅》：雉之健者爲鷮，尾長六尺。《傳》曰：四足之美有麃，兩足之美有鷮。

〔二〕化爲蜃：《禮記·月令》：雉入大水爲蜃。

〔三〕落飛鴉：《埤雅》：蜃形如蛇而大，噓氣成樓臺，如在烟霧中，高鳥倦飛，就之以息，氣輒吸之而下，俗謂之蜃樓。

潁大夫廟〔一〕公自注：潁考叔也，廟在汝州潁橋。

人情難强回，天性可微感。世人争曲直，苦語費摇撼。大夫言何柔，暴主意自慘。荒祠傍孤冢，古隧有殘坎。千年惟茅焦，世亦貴其膽。不解此微言，脱衣徒勇敢。

〔一〕潁廟：《太平寰宇記》：潁大夫廟在許州許昌縣西十里，隋大業中重建，不言在汝州，或汝州别有一廟。未詳。

新渠詩并引

庚子正月，予過唐州〔一〕。太守趙侯〔二〕，始復三陂〔三〕，疏召渠〔四〕，招懷遠人，散耕於唐。予方爲旅人，不得親執壺漿簞食，以與侯勸逆四方之來者，獨爲《新渠》詩五章，以告於道路，致侯之意。其詞曰：

新渠之水，其來舒舒。溢流于野，至於通衢。渠成如神，民始不知。問誰爲之？邦君趙侯。

新渠之田，在渠左右。渠來奕奕，如赴如湊。如雲斯積，如屋斯溜。嗟唐之人，始識秔稌。新渠之民，自淮及潭。挈其婦姑，或走而顛。王命趙侯，宥我新民。無與王事，以訖七年。侯謂新民，爾既來止。其歸爾邑，告爾鄰里。良田千萬，爾擇爾取。爾耕爾食，遂爲爾有。築室於唐，孔碩且堅。生爲唐民，飽粥與饘。死葬於唐，祭有雞豚。天子有命，我惟爾安。

〔一〕唐州：《十道志》：唐州淮安郡，秦爲南陽郡。《元和郡縣志》：秦南陽地，後魏太和中，置東荆州。恭帝時改淮州。開皇中，改顯州。貞觀九年，改唐州。北至汝州葉縣一百八十里，至許州二百七十里。〇按，《太平寰宇記》謂顯德五年，分置唐州。《輿地廣記》謂貞觀十年改名，沿革歲月，與《元和志》俱不同，未詳孰是。

〔二〕趙侯：《東都事略》：趙尚寬，字濟之。知唐州，按視地圖，得召信臣故迹，發卒復三大陂、一大渠，溉田萬餘頃。又教民自爲支渠，轉相浸灌，四方之民雲集。尚寬復請以荒田計口授之，貸民官錢置耕牛。比三年，盡爲膏腴之田。仁宗聞而嘉之，進秩，賜金，再留，民畫像祠之。章俊卿《山堂考索》：嘉祐五年，三司使包拯言：唐州治四縣，田之入草萊者十八九，知州趙尚寬，興復召信臣渠并境内之陂堰，下溉民田數萬頃。非獨流民自歸，又有淮湖之民至者萬餘户，請留再任。從之。○按，公過唐州，正趙尚寬再任時也。

〔三〕三陂：《水經注》：東荆州有馬仁陂、湖陽陂、唐子陂。《元和郡縣志》、《太平寰宇記》、《輿地廣記》諸書皆失載。

〔四〕召渠：《輿地記》：漢召信臣爲南陽守，興水利，露宿課耕，民呼爲召父。有召堰，在今唐縣界内。《荆州圖副》：湍水作耑，在鄧州城北七里，有六門堰，擁湍水而成，亦召信臣所作也。

附王介甫作：

離離新田，其下流水。孰知其初，灌莽千里。其南背江，其北踰淮。父抱子攜，十百其來。其來僕僕，墁我新屋。趙侯劭之，歲乃大熟。作者不飢，飽及鷄鶩。僦船與車，四鄰出穀。今游者處，昔止者留。維昔牧我，不如今侯。侯來適野，不有觀者。税於水濱，問我鰥寡。侯其來矣，三歲於兹。誰能止侯，我往來之。

雙鳧觀 公自注：在葉縣。

王喬古仙子〔一〕，時出觀人寰。常爲漢郎吏，厭世去無還。雙鳧偶爲戲，聊以驚世頑。不然神仙迹，羅網安能攀。紛紛塵埃中，銅印紆青綸。安知無隱者，竊笑彼愚奸。

〔一〕王喬古仙子：《元和郡縣志》：汝州葉縣，《後漢書》謂之小長安。開元三年，於縣置仙州，以漢時王喬於此得仙也。《太平寰宇記》：王子喬壇在緱氏縣東南六里。

慎按：《後漢·方術傳》：王喬，河東人，爲葉令。或云古仙人王子喬也。王觀國《學林》云：案，《左傳》稱太子晉，蓋周靈王之太子，名晉。《左傳》及《史記》不言晉字喬，而劉向《列仙傳》云「王子喬」者，必太子晉字喬。劉向得之他書耳。至後漢王喬者，姓王名喬也。鄉里氏族仕版皆有定籍，而本傳曰「或云即古仙人王子喬」，是何言耶？近世有《王氏神仙傳》，類聚古今王姓之得仙者，王喬凡三人，《前漢書·王莽傳》中有「予之皇祖叔父子僑」之語，殊不知王子喬乃靈王之子，非姓王也。先生詩云云，似亦承本傳之謬，今援證於後。

附子由作：

王喬西飛朝洛陽，飄飄千里雙鳧翔。鳧飛遭網不能去，惟有空履鳧已亡。誰知野鳥不能化，豈必雙履能飛揚。鳧神履怪當有在，搔首野廟春風長。

許州西湖〔一〕

西湖小雨晴，灩灩春渠長。來從古城角，夜半傳新響。使君欲春游，浚沼一作「治」役千掌。紛紜具畚鍤，鬧若蟻運壤。夭桃弄春色，生意寒猶怏。惟有落殘梅，標格尚矜爽。游人坌已集，挈榼三且兩。醉客卧道旁，扶起尚偃仰。池臺信宏麗，貴與民同賞。但恐城市歡，不知田野愴。潁川七不登，野氣長蒼莽。誰知萬里客，湖上獨長想。

〔一〕許州西湖：《元和郡縣志》：陳許節度使理許州，秦潁川郡，東魏改南鄭州，今州城是也。《太平寰宇記》：河南道忠武軍節度，唐同光二年，復爲許州，東北至東京二百十五里。《九域志》：京西北路許州，宋升潁昌府。程大昌云：神宗初爲忠武軍節度，後封潁王，故元豐三年升爲府。《石林詩話》：許昌西湖與子城密相附，云是曲環作鎮時，取土築城，因以其地導潩水瀦之，廣百餘畝，中爲横隄。初但有其東之半，其西廣於東增倍，而水不甚深。宋莒公爲守，因起黄河春夫浚治之，始與西相通。故其詩云：鑿開魚鳥忘情地，展盡江湖極目天。

阮籍嘯臺〔一〕

阮生古狂達，遁世默無言。猶餘胸中氣，長嘯獨軒軒。高情遺萬物，不與世俗論。登臨偶自寫，激越蕩乾坤。醒爲嘯所發，飲爲醉所昏。誰能與之較，亂世足自存。

〔一〕阮籍臺：《太平寰宇記》：阮籍臺在尉氏縣東南二十步，籍每追名賢，攜酌長嘯，登此。

大雪獨留尉氏有客入驛呼與飲至醉詰旦客南去竟不知其誰〔一〕

古驛無人雪滿庭，有客冒雪來自北。紛紛笠上已盈寸，下馬登堂面蒼黑。苦寒有酒不能飲，見之何必問相識。我酌徐徐不滿觥，看客倒盡不留濕。千門晝閉行路絶，相與笑語不知夕。醉中不復問姓名，上馬忽去橫短策。

〔一〕尉氏：《水經注》：尉氏，鄭國之東鄙弊獄官名也。鄭大夫尉氏之邑。應劭曰：尉氏，鄭之别獄也。《太平寰宇記》：晉時南阮所居。《九域志》：在開封南九十里。○尉氏，係地名，此不待言。至應注「鄭之别獄」，按，《左傳》：欒盈出奔，周西鄙掠之，辭於行人曰：「天子陪臣盈，得罪於王之守臣，將逃罪，罪重於郊甸，無所竄伏，敢歸死於尉氏。」王使司徒禁掠欒氏者。云云。注：尉氏，討奸之官。是尉氏，乃王朝討奸之官，非鄭之别獄也。應劭注謬。又，按罪重於郊甸，似尉氏亦周之郊甸，與鄭東鄙無涉。

慎按：諸刻本此題，止「大雪獨留尉氏」六字，今從《外集》采録全題。

黄河

活活何人見混茫，崑崙氣脉本來黄〔一〕。濁流若解污清濟，驚浪應須動太行。帝假一源神禹蹟，世流三患梗堯鄉〔二〕。靈槎果有仙家事，試問青天路短長。

〔一〕崑崙：《爾雅》：河出崑崙墟，色白，所并渠千七百一川，色黄。王肅云，崑崙在臨羌西。《水經》：崑崙虚在西北，去嵩高五萬里，地之中也。注引《外國圖》云：從大晉國正西七萬里，得崑崙之墟。釋宗泐《全室外集》云：河源出抹必力巴赤山，番人呼黄河爲「抹處犛牛河」，爲「必力處巴赤」者，分界也。其山西南所出之水是謂河源。東抵崑崙七八百里。今所涉處，尚三百餘里，下與崑崙之水合流。中國相傳謂源出崑崙，非也。崑崙名「麻琫剌」，其山最爲高大，四時常雪。番書載其境内祭祀之山有九，此其一也。

〔二〕三患梗堯鄉：《莊子》：華封人謂堯曰：「天下有道，則與物皆昌；無道，則修德就閒。千載厭世，去而上仙，乘彼白雲，歸於帝鄉，三患莫至，身常無殃，何辱之有？」

朱亥墓〔一〕公自注：俗謂「屠兒原」。

昔日朱公子，雄豪不可追。今來游故國，大塚屈稱兒。平日輕公相，千金棄若遺。梁人不好事，名姓寄當時。魯史盜齊豹，求名誰復知。慎無怨世俗，猶不遭仲尼。

〔一〕朱亥墓：朱亥事詳《史記·信陵君傳》。《太平寰宇記》：朱亥墓在封邱縣西三十里。李濂《汴京遺蹟志》云：朱亥墓在開封西南朱仙鎮。未詳孰是。

慎按：信陵既誘竊兵符，復使亥椎殺晉鄙，而奪其軍。所報者私恩，所負者大義。史遷不美晉鄙之死節，而多朱亥之豪俠，取予似乎失當。故公詩意謂以春秋之義責之，則必曰「盜殺晉鄙」矣，幸而不遭孔子，獲免盜名，然則世俗呼爲屠兒，猶未爲辱也。

次韻水官詩并引

净因〔一〕大覺璉師〔二〕，以閻立本〔三〕畫水官遺編禮公〔四〕。公既報之以詩，謂某：「汝亦作。」某頓首再拜，次韻，仍録二詩爲一卷獻之。

高人豈學畫，用筆乃其天。譬如善游人，一一能操船。閻子本縫掖，疇昔慕雲淵〔五〕。丹青偶爲戲，染指初嘗黿。愛之不自已，筆勢如風翻。傳聞貞觀中，左衽解椎髻。南夷羞白雉，佛國貢青蓮。詔令擬王會〔六〕，別殿寫戎蠻。熊冠金絡額，豹袖擁幨旜。傳入應門内，俯伏脱劍拳。天姿儼龍鳳，雜沓朝鵬鱣。神功與絶迹，後世兩莫扳。自從李氏亡，群盜竊山川。長安三日火，至寶隨飛烟。尚有脱身者，漂流出東一作「東出」關。三官豈容獨，得此今已編。吁嗟至神物，會合當有年。京城諸權貴，欲取百計難。贈以玉如意，豈能動高禪。信應一篇詩，皎若畫在前。

〔一〕净因：《五燈會元》：汴京自周毁寺，太祖建隆間，復興兩街，止是南山律部、慈恩賢首抄疏義學而已。天台止觀、達摩禪宗未行也。皇祐中，内侍李允寧始施汴宅一區，創興禪席，賜額十方净因院。

〔二〕大覺璉師：《僧寶傳》：仁宗皇祐中，初創净因院，止有道者住持。歐陽修、陳師孟奏請廬山居訥，訥稱目疾不起，聽舉自代，乃以懷璉應詔。《禪林寶訓》：明州育王寺懷璉禪師，字器之，漳州陳氏子。嗣泐潭、懷澄、青原下十四世。宋仁宗皇祐二年，詔住京師十方净因院，賜號大覺禪師。

〔三〕閻立本：《唐朝名畫録》：立本，位居宰職，與兄立德齊名。《廣川畫跋》云：立本，顯慶初爲工部尚書，總章元年，拜左相，封博陵縣公。有應務之才，兼工畫，號爲丹青神化。

〔四〕編禮：《宋史·蘇洵傳》：嘉祐間，除秘省校書，詔集建隆以來禮書，乃以霸州文安主簿，與項城令姚闢同編，纂爲《太常因革禮》一百卷。

〔五〕雲淵：《漢書》：終軍，字子雲。王褒，字子淵。二人合傳，故先生並稱之，非揚子雲也。

〔六〕擬王會：洪景盧云：《汲冢周書》七十篇，所載事物多過實。《王會篇》皆大會諸侯及四夷事，所記四夷國名頗古奥，獸畜亦奇崛。唐大太宗時，遠方諸國來朝貢者甚衆，服裝詭異。顔師古請圖以示後，作《王會圖》，蓋取諸此。

附老蘇原作此詩《嘉祐集》失載，今從王注采出録：

水官騎蒼龍，龍行欲上天。手攀時且住，浩若乘風船。不知幾何長，足尾猶在淵。下有二從臣，左右乘魚黿。矍鑠相顧視，風舉衣袂翻。女子侍君側，白頰垂雙鬟。手執雉尾扇，容如未開蓮。從者八九人，非鬼非戎蠻。出水未成列，先登揚旗旜。長刀擁旁牌，白羽注强拳。雖服甲與裳，狀貌猶鯨鱣。水獸不得從，仰面以手扳。空虚走雷霆，雨雹晦九川。風師黑虎囊，面目昏塵烟。翼從三神人，萬里朝天關。我從大覺師，得此鬼怪編。畫者古閻子，於今三百年。見者誰不愛？予者誠已難。在我猶在子，此理寧非禪。報之以好詞，何必畫在前。

東坡先生編年詩卷三

古今體詩五十二首起嘉祐六年辛丑十一月後赴鳳翔任，合明年壬寅作。

慎按：嘉祐五年庚子，先生授河南福昌主簿，未赴，而以歐陽公薦，召試秘閣，復應制科，入三等。明年十一月，除大理評事簽書鳳翔判官，十二月到任。時陳希亮爲府帥，以屬禮待之，或謁入，不得見。先生壯年盛氣，不肯相下，所作《凌虚臺記》及《客位假寐》詩，不平之語，時一發露。《烏臺詩案》中有「任簽判日，爲中元節假不赴知府廳，罰銅八斤」，亦希亮任内事也。施氏原本移《客位假寐》一首入倅杭時，蓋訛以公弼爲述古耳。今據邵博《聞見後録》改正。又，《和子由除夕見寄》五古一首，《和子由聞余善射》七律一首，皆在鳳翔時作，施氏本缺，今補入卷中。

辛丑〔一〕十一月十九日既與子由别於鄭州西門之外馬上賦詩一篇寄之〔二〕

不飲胡爲醉兀兀，此心已逐歸鞍發。歸人猶自念庭闈〔三〕，今我何以慰寂寞。登高回首坡壠隔，但見烏帽出復没〔四〕。苦寒念爾衣裘薄，獨騎瘦馬踏殘月。路人行歌居人樂，童僕怪我苦悽惻。亦知人生要有别，但恐歲月去飄忽。寒燈相對記疇昔，夜雨何時聽蕭瑟。君知此意不可忘，慎勿苦愛高官職。公自注：嘗有「夜雨對牀」之言，故云爾。

〔一〕辛丑：仁宗嘉祐六年。

〔二〕鄭州：《元和郡縣志》：春秋鄭國，晉置滎陽郡，開皇三年改鄭州，貞觀七年自武牢移於今理，東至東京一百四十里。《九域志》：屬京東北路，宋爲奉寧軍節度。

〔三〕念庭闈：《潁濱遺老傳》：轍年二十三，舉直言。是時先君被命修禮書，而兄子瞻出簽書鳳翔判官，旁無侍子，因奏乞養親。

〔四〕按，《許彦周詩話》云：《詩》云：「燕燕于飛，差池其羽。之子于歸，遠送于野。瞻望弗及，泣涕如雨。」此詞可泣鬼神矣。東坡送子由詩：「登高回首陂隴隔，但見烏帽出復没。」乃遠紹其意。

和子由澠池〔一〕懷舊

人生到處知何似？應似飛鴻踏雪泥。泥上偶然留指爪〔二〕，鴻飛那復計東西。老僧已死成新塔〔三〕，壞壁無由見一作「覓」舊題。往日崎嶇還記否，路長人困蹇驢嘶。公自注：往歲馬死於二陵，騎驢至澠池。

〔一〕澠池：《太平寰宇記》：即秦、趙相會之地。在河南府西，城與澠池水源南北相對。許氏《説文》：澠似蛙而大，池内産此，故名。《輿地廣記》：澠池有東、西俱利二城，元魏置澠池郡，今爲縣。《元和郡縣志》：廣陽山，亦名澠池山，在縣東北。自澠池東至河南府，一百五十里。

〔二〕飛鴻留爪：《傳燈録》：天衣懷義禪師云：雁過長空，影沉寒水，雁無遺跡之意，水無留影之心。若能如是，方解向異類中行。先生此詩前四句，暗用此語。

〔三〕老僧：字奉閑。子由詩注云：昔與子瞻應舉，過宿縣中寺舍，題老僧奉閑之壁。

附子由原作：

相攜話别鄭原上，共道長途怕雪泥。歸騎還尋大梁陌，行人已度古崤西。曾爲縣吏民知否？舊宿僧房壁共題。遥想獨遊佳味少，無言騅馬但鳴嘶。轍曾爲此縣簿，未赴而中第。

次韻和劉京兆〔一〕石林亭之作石本唐苑中物散流民間劉購得之〔二〕

都城日荒廢〔三〕，往事不可還。惟餘古苑石，漂散向一作「尚」人間。公來始購蓄，不憚道里艱。忽從塵埃中，來對冰雪顔。瘦骨拔凛凛，蒼根漱潺潺。唐人惟奇章，好石古莫攀〔四〕。盡令屬牛氏，刻鑿紛斑斑。嗟此本何常，聚散實循環。人失亦人得，要不出區寰。君看劉李末，不能保河關。況此百株石，鴻毛於太山。但當對石飲，萬事付等閒。

〔一〕劉京兆：《東都事略》：劉敞，字原父，袁州臨江人。進士甲科。在長安，得古器數十，愛其款識文字奇古，因以考知三代制度與先儒所説不同者。《六一題跋》：嘉祐中，原父以翰林學士出爲永興軍路安撫使，其治在長安。原父博學好古，多藏古奇器物，能讀古文銘識，而長安，秦、漢故都，時時發掘所得，原父悉購而藏之。《鐵圍山叢談》：劉原父出守長安，其地多古簋、敦、鏡、甗、尊、彝之屬，因自著一書，號《先秦古器記》。《太平寰宇記》：關西道京兆郡，漢乾祐初改永興軍，其京兆府仍舊，宋因之。東至西京八百五十里，西至鳳翔三百十里。

〔二〕石林亭：王象之《碑目》：石林亭，在麟游縣治東。劉敞有詩，蘇軾和，石刻尚存。

〔三〕都城：《文獻通考》：京兆府，周之舊都，凡周、秦、漢、晉、西魏、後周、隋至於唐，並爲帝都。

〔四〕奇章、好古：詳見白居易《太湖石記》。

附劉原父原作此詩從《麟游縣志》采出：

朝廷入忘返，山林往不還。念無高世資，聊處可否間。築基倣崔巍，鞭石輕險艱。群玉相磊落，萬峰正孱顔。種樹亦蒼蒼，激流復潺潺。渦浯欻在眼，崑閬若可攀。自我攖世網，爾來鬢毛斑。邱壑誠若喪，簿書常自環。及爾滅聞見，曠若遠塵寰。豈願同避世，庶幾善閉關。子牟固懷魏，謝傅悲徂山。兹焉可娱老，詎厭終歲閒。

和劉長安題薛周逸老亭周善飲酒未七十而致仕

近聞薛公子，早退驚常流。買園招野鶴，鑿井動潛虬。自言酒中趣，一斗勝凉州。翻然拂衣去，親愛挽不留。隱居亦何樂，素志庶可求。所亡嗟無幾，所得不啻酬。青春爲君好，白日爲君悠。山鳥奏琴筑，野花弄閒幽。雖辭功與名，其樂實素侯。至今清夜夢，尚驚冠壓頭。誰能載美酒，往以大白浮。之子雖不識，因公可與遊。

慎按：薛周，爵里莫考，此詩因前篇而附録。

附子由次韻：

飛鳥不知穴，山鹿不知流。薛子善飲酒，口如吸水虬。吾聞腸胃間，何異族黨州。人滿地已盡，一芥不可留。謂子試飲水，一酌不再求。謂子飲醇酒，百爵豈待酬。酒可水不可，其説亦繆悠。以我視夫子，胸腹百丈幽。譬如田中人，視彼公與侯。未省破顔飲，何况裸露頭。鴟夷謂大瓠，皆飽安用浮。多少苟自適，豈害爲朋遊。

驪山三絶句〔一〕

其一

功成雖欲善持盈，可歎前王恃太平。辛苦驪山山下土，阿房纔廢又華清〔二〕。首句「雖」字疑訛，當作「惟」。

〔一〕驪山：程大昌《雍録》：驪山，周爲驪戎國，即藍田山也。《輿地廣記》：天寶元年更名會昌山。《太平寰宇記》：驪山在昭應縣東南二里，温泉出其下。《三秦記》：始皇作閣道，至驪山八十里，人行橋上，車行橋下。今石柱猶存。

〔二〕阿房：《元和郡縣志》：阿房宫在萬年縣西北十四里。《太平寰宇記》：始皇築阿房宫，十五年始成，以在山阿之旁，故名。○華清：《雍録》：華清宫，開元十年建，初名温泉宫，後改華清宫，在驪山，最爲奢盛，百司皆有邸第。玄宗嘗以十月往幸，歲竟乃歸。《宋朝事實類苑》：故宫在繡嶺之下，今靈泉觀是也。宋敏求《長安志》：四面皆有繚牆，内有朝元閣、長生殿、羯鼓樓。

其　二

幾變雕牆幾變灰，舉烽指鹿事悠哉。上皇不念前車戒，却怨驪山是禍胎。

其　三

海中方士覓三山，萬古明知去不還。咫尺秦陵是商鑒〔一〕，朝元何必苦躋攀〔二〕。

〔一〕秦陵：《元和郡縣志》：始皇陵在萬年縣東八里。始皇即位，治驪山陵，役徒七十萬人。蓋驪山水源本北流者，陂障使東西流。又，此土無石，取大石於渭北，其費功力如此。

〔二〕朝元：《長安志》：朝元閣在華清宫東南，老君殿之北。天寶七載，老君見於朝元閣，改名降聖閣。江少虞《事實類苑》：繡嶺山半有玉蕊峰。所謂朝元閣者，峰側有夾柱，作王母之像。其御階，甃以蓮花磚千條。次一石柱，柱端有孔。相傳云，天寶中，貫以紅錦組，宫女攀援而上。天聖末尚在。至慶曆中，王母像已失，石柱亦爲道士燒爲灰矣。

和子由岐下詩并引○《欒城集》缺原作。

予既至岐下，逾月，於其廨宇之北隙地爲亭。亭前爲横池，長三丈。池上爲短牆，屬之堂。分堂之北厦爲軒窗曲檻，俯瞰池上。出堂而南，爲過廊，以屬之廳。廊之兩旁，各爲一小池。皆引汧水，種蓮養魚於其中。池邊有桃、李、杏、梨、棗、櫻桃、石榴、樗、槐、松、檜、柳三十餘株。又以斗酒易牡丹一叢於亭之北。子由以詩見寄，次韻和答，凡二十一首。

北　亭

誰人築短牆，横絶擁吾堂。不作新亭檻，幽花誰爲香。公自注：舊堂北有牆，予始去之爲亭。

横　池

明月入我池，皎皎鋪紵縞。何日變成緇，《太玄》吾嬾草。

短　橋

誰能鋪白簟，永日卧朱橋。樹影欄邊轉，波光版底摇。

軒窗

東隣多白楊，夜作雨聲急。窗下獨無眠，秋蟲見燈入。

曲欄

流水照朱欄，青紅亂明鑑。誰見檻上人，無言觀物泛。

雙池

泝流入城郭，亹亹渡千家。不見雙池水，長漂十里花。

荷花

田田抗朝陽，節節卧春水。平鋪亂萍葉，屢動報魚子。

魚

湖上移魚子，初生不畏人。自從識鈎餌，欲見更無因。

牡丹

花好常患稀，花多信佳否？未有四十枝，枝枝大如斗。公自注：牡丹花有四十餘枝。

桃花

争開不待葉，密綴欲無條。傍沼人窺鑑，驚魚水濺橋。

李

不及梨英軟，應慚梅蕚紅。西園有千葉，淡伫更纖穠。公自注：城西有千葉李，如荼蘼。

杏

開花送餘寒，結子及新火。關中幸無梅〔一〕，汝彊充鼎和。公自注：關中地不生梅。

〔一〕關中：《宋中興四朝志》：潘岳以爲秦在隴、函二關之間，是爲關中。然鳳州之散關、隴西之隴關、商州之武關、原州之蕭關、藍田之嶢關，其名皆先秦而出，則凡地在四關之内，皆當繫關以爲名也。

梨

霜降紅梨熟〔一〕，柔柯已不勝。未嘗蠲夏渴，長見助春冰。

〔一〕紅梨：杜甫詩：紅梨迥得霜。

棗

居人幾番老，棗樹未成槎。汝長才堪軸，吾歸已及瓜。公自注：棗樹至難長。

櫻　桃

獨遶櫻桃樹，酒醒喉肺乾。莫除枝上露，從向口中溥。

石　榴

風流意不盡，獨自送殘芳。色作裙腰染，名隨酒盞狂。公自注：酒名有石榴。

樗

自昔爲神樹，空聞蜩鵙鳴。社公煩見輟，爲爾致羊羹。公自注：樗舊爲土地廟所蔽，余始遷廟牆北。

槐

采擷殊未厭，忽然已成陰。蟬鳴看不見，鶴立赴還深。公自注：上有野鶴三、四。

松按，此首疑是《檜》。

强致南山樹，來經渭水灘。生成未有意，鴉鵲莫相干。

檜按，此首疑是《松》。

依依古松子，鬱鬱緑毛身。每長須成節，明年漸庇人。

柳

今年手自栽，問我何年去。他年我復來，摇落傷人意。

慎按：以上二十一首所紀非一時事，因詩引中有「至岐下逾月」之語，故類編辛丑卷中。又按，《欒城集》無寄東坡原作，無從采附。

和子由除日見寄

薄官驅我西〔一〕，遠別不容惜。方愁後會遠，未暇憂歲夕。强歡雖有酒，冷酌不成席。秦烹惟羊羹，隴饌有熊腊。念爲兒童歲，屈指已成昔。往事今何追，忽若箭已釋。感時嗟事變，所得不償失。府卒來驅儺，矍鑠驚遠客。愁來豈有魔，煩汝爲攘磔〔二〕。寒梅與凍杏，嫩蕚初似麥。攀條爲惆悵，玉蕊何時拆。不憂春豔晚，行見棄夏蕨〔三〕。人生行樂耳，安用聲名籍？胡爲獨多感，不見膏自炙。詩來苦相寬，子意遠可射。依依見其面，疑子在咫尺。兄今雖小官，幸忝佐方伯。北池近所鑿，中有汧水碧〔四〕。臨池飲美酒，尚可消永日。但恐詩力弱，鬬健未免馘。詩成十日到，誰謂千里隔。一月寄一篇，憂愁何足擲。

〔一〕薄官：《史記·鄭當時傳》：年少官薄，然其同游知交，皆大父行，天下有名之士也。

〔二〕攘磔：《月令》：季春，命國儺九門磔攘，以畢春氣。鄭氏注云：磔牲以攘於四方之神，所以畢止其災也。

〔三〕夏蕨：《周禮》：其植物宜覈物。鄭氏注：通作「核」，謂李、梅之屬。《陳平傳》：亦食糠覈耳。又與「粇」同。

〔四〕汧水：《爾雅》：水決之澤爲汧。《水經注》：渭水過陳倉縣，汧水入焉。水出汧縣之蒲谷鄉弦中谷，有二源，一出縣西山，世謂之小隴山；其一發源南山西側，俗以此山爲吴山，古之汧山也。自水會上下，咸謂之魚龍川。《元和郡縣志》：五水俱在鳳翔，謂汧、渭、岐、雍、漆也。

慎按：《欒城集》原題云：「辛丑除日寄子瞻先生和章。」亦應編本年之末。施氏原本失載，今從續補卷中移編於此。

附子由原作：

一歲不復居，一日安足惜。人心畏增年，對酒語終夕。夜長書室幽，燈燭明照席。盤餐雜梁楚，羊炙錯魚腊。庖人饌雞兔，家味宛如昔。有懷岐山下，展轉不能釋。念同去閭里，此節三已失。初來寄荆渚，魚雁賤宜客。楚人重歲時，爆竹鳴磔磔。新春始涉五，田凍未生麥。相攜歷唐許，花柳漸牙拆。居梁不耐貧，投杞避糠覈。城南庠齋静，終歲守墳籍。酒酸未嘗飲，牛美每共炙。謂言從明年，此會可懸射。同爲洛中吏，相去不盈尺。濁醪幸分季，新筍可餉伯。巑巑嵩山美，漾漾洛水碧。官閒得相從，春野玩朝日。安知書閣下，群子並遭馘。偶成一朝榮，遂使千里隔。何年相會歡，逢節勿輕擲。

壬寅〔一〕二月有詔令郡吏分往屬縣減决囚禁自十三日受命出府至寶雞虢郿盩厔四縣〔二〕既畢事因朝謁太平宫而宿於南谿谿堂遂並南山而西至樓觀大秦寺延生觀仙遊潭十九日乃歸作詩五百言以記凡所經歷者寄子由

遠人罹水旱，王命釋俘囚。分縣傳明詔，尋山得勝游。蕭條初出郭，曠蕩實消憂。薄暮來孤鎮〔三〕，登臨憶武侯。崢嶸依絶壁，蒼茫瞰奔流〔四〕。半夜人呼急，横空火氣浮。天遥殊不辨，風急已難收。晚入陳倉縣〔五〕，猶餘賣酒樓〔六〕。烟煤已狼籍，吏卒尚呀咻。公自注：十三日宿武城鎮，即俗所謂石鼻寨也。云孔明所築。是夜二鼓，寶鷄火作，相去三十里，而見於武城。雞嶺雲霞古，龍宫殿宇幽。公自注：縣有雞爪峰、龍宫寺。南山連大散〔七〕，歸客走吾州。欲往安能遂，將歸爲少留。回趨西虢道〔八〕，却渡小河洲。公自注：十四日，自寶雞行至虢。聞道磻谿石〔九〕，猶存渭水頭。蒼崖雖有迹，大釣本無鉤。公自注：聞太公磻谿石在縣東十八里，猶有投竿跪餌兩膝所著之處。東去過郿塢，孤城象漢劉〔一〇〕。公自注：十五日至郿縣，縣有董卓城，象長安，俗謂之「小長安」。誰言董公健？竟復伍孚仇。白刃俄生肘，黄金謾似邱。平生聞太白〔一二〕，一見駐行騶。鼓角誰能試，風雷果致不？巖崖已奇絶，冰雪更琱鎪。春旱憂無麥，山靈喜有湫。蛟龍嬾方睡，缾罐小容偷。公自注：是日晚，自郿起至青秋鎮〔一三〕，宿。道過太白山，相傳云：軍行鳴鼓角過山下，輒致雷雨。山上有湫，甚靈。以今歲旱，方議取之。二曲林泉勝，三川氣象侔。近山麰麥早，臨水竹篁修。公自注：十六日至盩厔，以近山地美，氣候殊早，縣有官竹園〔一三〕，十數里不絶。先帝膺符命〔一四〕，行官晝冕旒。侍臣簪武弁，女樂抱箜篌〔一五〕。秘殿開金鎖，神人控玉虬。黑衣横巨劍，被髮凛雙眸。公自注：十七日，寒食。自盩厔東南行，二十餘里，朝謁太平宫二聖御容。此宫乃太宗皇帝時，有神降於道士張守真，以告受命之符所爲立也。神封翊聖將軍，有殿。邂逅逢佳士，相將弄彩舟。投篙披緑荇，濯足亂清溝。晚宿南谿上，森如水國秋。遶湖栽翠密，終夜響颼飀。公自注：是日，與監宫張杲之泛舟南溪，遂留宿於溪堂。冒曉窮幽邃，操戈畏炳彪。公自注：十八日，循終南而西，縣尉以甲卒見送。或云，近官竹園，往往有虎。尹生猶有宅，老氏舊停輈。問道遺踪在，登仙往事悠。馭一作「御」風歸汗漫，閲世似蜉蝣。羽客知人意，瑶琴繫馬鞦。不辭山寺遠，來作鹿鳴呦。帝子傳聞李〔一六〕，巖堂髣像緱。輕風幃幔卷，落日髻鬟愁。入谷音「浴」驚蒙密，登坡費挽摟。亂峰攢似槊，一水澹如油。中使何年到？金龍自古投〔一七〕。千重横翠石，百丈見游儵。最愛泉鳴洞，初嘗雪入喉。滿瓶雖可致，洗耳歎無由。公自注：是日，游崇聖觀，俗所謂樓觀也，乃尹喜舊宅。山脚有授經臺，尚在。遂與張杲之同至大秦寺，早食而别。

有太平宮道士趙宗有，抱琴見送，至寺，作《鹿鳴》之引，乃去。又西至延生觀，觀後上小山，有唐玉真公主修道之遺跡。下山而西，行十數里，南入黑水谷。谷中有潭，名仙遊潭。潭上有寺三，倚峻峰，面清溪，樹林深翠，怪石不可勝數。潭水以繩縋石數百尺不得其底，以瓦礫投之，翔揚徐下，食頃乃不見。其清澈如此。遂宿於中興寺。寺中有玉女洞，洞中有飛泉，甚甘。明日以泉二瓶歸至郿。又明日，乃至府。忽憶尋蟆培，方冬脱鹿裘。山川良甚似，水石亦堪儔。惟有泉旁飲，無人自獻酬。公自注：昔與子由游蟆培，時方冬，洞中温温如二三月。

〔一〕壬寅：仁宗嘉祐七年。

〔二〕四縣：《九域志》：秦鳳路鳳翔府，領縣十，寶雞，虢，郿，盩厔，其四也。《太平寰宇記》：寶雞在府西南九十里，虢縣在府南四十里，郿縣在府東南一百里，盩厔縣在府東南二百里。按，寶雞、郿二縣，今屬鳳翔府。虢縣地，今併入岐山縣。盩厔縣，今屬西安府。

〔三〕孤鎮：《九域志》：武城鎮屬寶雞縣。郭允蹈《蜀鑑》：陳倉有上、下二城，上城秦文公築，下城是郝昭築。

〔四〕蒼茫：陳鵠《耆舊續聞》：李嘉祐詩：門臨蒼茫經年閉，身逐嫖姚幾日歸。又，張祜詩：洛水暮天横蒼茫，邙山落日露崔嵬。東坡詩：峥嶸依絶壁，蒼茫瞰奔流。「蒼茫」二字，古人用之，皆是平聲，而此作仄聲。

〔五〕陳倉縣：《水經》：渭水又東，過陳倉縣西。酈道元注：縣有陳倉山，山上有寶雞祠。昔秦文公於此坂得若石焉，其色如肝，歸而寶祠之，故曰陳寶。《元和郡縣志》：陳倉縣，在渭水北。

《九域志》引《三秦記》曰：秦武公都雍，陳倉是也。《困學紀聞》：陳倉在唐爲鳳翔府寶雞縣。

〔六〕賣酒樓：《名勝志》：寶雞城内有酒樓，自唐至宋，城邑屢更兵火，獨此樓尚存。

〔七〕南山：《五經要義》云：終南，長安南山也。《長安志》：終南山，在長安城西南五十里。《雍録》：終南，横亘關中南面。西起秦隴，東徹藍田，凡雍、岐、郿、鄠、長安、萬年，相去且八百里，連綿峙踞其南者，皆此一山也。○大散：《雍録》：大散關，在漢中府西南。《太平寰宇記》：在寶雞縣西南五十二里，通褒斜之大道。《宋中興四朝志》：大散關隸興泉縣，爲秦、蜀往來要道。兩山斗絶，出可以攻，入可以守。實表裏之形勝也。

〔八〕西虢：《水經注》：雍縣，秦德公所居。《漢書·地理志》以爲西虢縣。《文獻通考》：西虢在今鳳翔縣。《太平御覽》引《帝王世紀》曰：虢有三焉，周封虢仲於西虢，此其地也。

〔九〕磻溪石：《水經注》：渭水之右，磻溪水注之，水出南山溪中，有泉，謂之兹泉，即《吕氏春秋》所云「太公釣兹泉」也。今人謂之凡谷。林障秀阻，人跡罕交。東西隅有石，水流次於石，即太公垂釣之所，兩膝遺跡猶存，是有磻溪之稱。《太平寰宇記》：虢縣有磻溪，其水清泠，北流十二里，注於渭。

〔一〇〕孤城象漢劉：《水經注》引《漢獻帝傳》曰：董卓發卒築郿塢，高與長安城等。《太平寰宇記》：董卓塢，在郿縣東北十六里，卓封郿侯，據北阜築塢，高七十丈，以寫長安城形。

〔一一〕太白：《水經注》引《地里志》曰：太一山，古文以爲終南，杜預以爲中南也。亦曰太白。冬夏積雪，望之皓然。柳子厚《太白山祠堂碑》：雍州西南界於梁，其山曰太白。程大昌《雍録》：太白山，隷武功縣，東距萬年三百里。《元和郡縣志》謂在郿縣東南五十里。按，《福地記》云：太一山，在長安西南五十里，左右四十里内皆福地，則長安之太白乃福地，非洞天也。考《三十六洞天記》第十一洞天太白山，名玄德之天，在明州，與此無涉。施氏、王氏注引《洞天記》者，謬也。

〔一二〕青秋鎮：《九域志》：郿縣有青秋、横渠、虢川、斜谷四鎮。

〔一三〕官竹園：注詳後第五卷「司竹監」下。

〔一四〕膺符命：曾鞏《隆平集》：有神降於終南山，道士劉守真以爲天下之宗神，號黑殺將軍。守真每齋戒祈請，必至。聲如嬰兒，獨守真能曉。開寶九年，太祖不豫，驛召守真問焉。曰：「上天宫闕成，玉鎖開矣，晉王有人心。」言訖，不復降。大平興國六年，詔築上清太平宫於終南山下。邵博《聞見後録》：神降於鳳翔盩厔縣民張守真家，守真遂爲道士。其他所紀與《隆平集》同，惟道士之姓互異。合之公自注，當以張守真爲是。

〔一五〕箜篌：《容齋隨筆》：劉昭《釋名》：箜篌，空國之侯所作。《樂府録》云：箜篌乃鄭、衛之音，以其亡國之音，故號空國之侯，亦曰坎侯。吴兢《解題》云：漢武依瑟造坎侯，訛爲箜篌。按，《封禪書》：武帝召歌兒作二十五絃及箜篌。應劭注云：帝令樂人侯調始造此器。《前漢書·郊祀志》備書此事，言「空侯」自此始。劉、吴雖博洽，亦不深究，且「空」非國名，其説尤穿鑿也。

《初學記》、《太平御覽》編載樂事，皆缺而不書。《續漢紀》云：靈帝作箜篌，亦非也。

〔一六〕帝子：宋玉《九歌》：帝子降於北渚。注云：堯二女，公詩借以言玉真公主也。○按，唐景雲元年，睿宗第九女昌隆公主出家爲女冠，二年，改封玉真。長安輔興坊東南有玉真觀。今先生自注云：延生觀後小山有公主遺跡，或後人於此别立道院耳。

〔一七〕金龍：周昭禮《清波雜志》：天下名山洞府，朝廷每歲投龍簡。天聖中，下道録院，定歲投龍簡二十處。

附子由次韻：

山川足清曠，闤闠巧拘囚。安得纖阿御，同爲穆滿遊？遥知因汗漫，遠出散幽憂。原隰繁分繡，村墟盡小侯。春深秦樹緑，野闊渭河流。四顧神蕭瑟，前探意漲浮。勝觀殊未已，往足詎能收。下坂如浮舸，登崖劇上樓。强行腰傴僂，困坐氣嘘咻。鳥語林巒静，花明澗谷幽。濯溪驚野老，伐石路駭他州。中散探深去，文淵到處留。聽琴峰下寺，弄石水中洲。溪冷泉冰脚，山高霧遶頭。石潭清照骨，瀑水濺成鈎。仙廟鳴鐘磬，神官秉鉞劉。養生聞帝女，服氣絶彭仇。故宅猶傳尹，先師不喜邱。居人那識道，過客漫停騶。巖谷誠深絶，神仙信有不？雲居無几杖，霞珮棄鐫鎪。豹隱連山霧，龍潛百尺湫。門開誰與叩，桃熟浪傳偷。紺髮清無比，方瞳凛不侔。會須林下見，乞取壽年修。拔去和雞犬，相隨若旆旒。乘風遺騕褭，長嘯賤笙篌。從騎衣皆羽，前驅鬣盡虬。安能牽兩足，暫得快雙眸。自昔辭鄉樹，南行上楚舟。萬江窮地脈，三峽束天溝。雲暗酆都晚，波吹木櫪秋。尋溪緣窈窕，入洞聽飀飀。空寺收黄栗，荒祠畫伏彪。登臨雖永日，行邁肯停輈。蓄縮今何事？攀躋昔已悠。魏京饒士女，春服聚蜉蝣。雷動車争陌，花摇樹繫鞦。遊人紛蕩漾，野鳥自嚶呦。平日曾經洛，閒居願卜緱。空言真比夢，久渴漸成愁。早退嘗相約，辭囂痛自摟。愛山心劫劫，從宦興油油。海宇都無礙，山林盡可投。願爲雲上鵠，莫作盎中鯈。適性行隨足，謀生富給喉。今遊雖不與，後會豈無由？畫出同穿履，宵眠共覆裘。弟兄真欲爾，朋好定誰儔。試寫長篇調，何人肯見酬。

太白山下早行至横渠鎮〔一〕書崇壽院〔二〕壁

馬上續殘夢，不知朝日昇。亂山横翠幛，落月澹孤燈。奔走煩郵吏，安閒愧老僧。再遊應眷眷，聊亦寄吾曾。

〔一〕横渠鎮：《九域志》：郿縣有横渠鎮。

〔二〕崇壽院：《一統志》：崇壽院在郿縣東五十里横渠鎮南。

附子由次韻：

山下晨光晚，林梢露滴昇。峰頭斜見月，野寺早明燈。樹暗猶藏鵲，堂開已饌僧。據鞍應夢我，聯騎昔嘗曾。

留題延生觀後山上小堂〔一〕

溪山愈好意無厭，上到巉巉第幾尖。深谷野禽毛羽怪，上方仙子鬢眉纖〔二〕。不慚弄玉騎丹鳳，應逐嫦娥駕老蟾。澗草巖花自無主，晚來蝴蝶入疎簾。

〔一〕延生觀後小堂：《錦繡萬花谷》：唐景雲元年，睿宗第九女昌隆公主出家爲女冠。二年，改封玉真。長安輔興坊東南有玉真觀，今云延生觀後山上小堂有公主遺跡，宜乎後人爲之立堂矣。

本朝端拱元年十月，奉勑賜額。

〔二〕上方仙子：即唐玉真公主也。詳本卷《壬寅二月》詩公自注中矣。

附子由次韻：

謝公遊意未能厭，踏盡登山屐齒尖。古殿神仙深杳杳，香爐烟翠起纖纖。巖花寂歷飄瓊片，庭桂蕭疎漏玉蟾。帝子暮歸人不見，微風細雨自開簾。

留題仙遊潭中興寺〔一〕東有玉女洞〔二〕洞南有馬融讀書石室過潭而南山石益奇潭上有橋畏其險不敢渡

清潭百尺皎無泥，山木陰陰谷鳥啼。蜀客曾遊明月峽〔三〕，秦人今在武陵溪。獨攀書室窺巖竇〔四〕，還訪仙姝款石閨。猶有愛山心未至，不將雙脚踏飛梯。

〔一〕仙遊潭：在黑水谷，詳見《壬寅二月》詩公自注中。

〔二〕玉女洞：《太平寰宇記》：寶雞縣有玉女洞，秦穆公女弄玉鳳臺之地也。《麟遊縣志》：玉女潭在縣南二十里魚塘峽内，其水自永安宫前流入此潭，從半山飛下，聲振巖谷。舊志謂有仙浴此。《名勝志》：唐武后避暑九成宫時浴此，因賜名。

〔三〕明月峽：《太平寰宇記》：明月峽在利州綿谷縣界。又云，渝州巴縣東。《華陽國志》：巴郡江州縣有明月峽，即此。

〔四〕書室：《元和郡縣志》：馬融讀書臺，在盩厔縣東北三十七里。

慎按：章子厚爲商洛令，與東坡同遊南山，抵仙遊潭。潭下臨絶壁，横木其上。子厚揖東坡書壁，不敢。子厚平步過之，握筆大書，乃還。東坡拊其肩曰：「君他日必能殺人。」此段載施氏原注《送章七出守湖州》詩下，新刻删去，今移附於此，可爲末句注脚。

附子由次韻：

潭邊沙水不成泥，潭上孤禽挂巘啼。繚繞飛橋能試客，蒙茸翠蔓巧藏溪。雲爲絳帳馬融室，石作屏風玉女閨。仙果知君今未足，臨潭脚戰怕長梯。

石鼻城〔一〕

平時戰國今無在〔二〕，陌上征夫自不閒。北客初來試新險，蜀人從此送殘山。獨穿暗月朦朧裏，愁渡奔河蒼茫間。漸入西南風景變，道邊修竹水潺潺。

〔一〕石鼻：即武成鎮，詳見《壬寅二月》詩公自注中。

〔二〕戰國：《水經注》：魏明帝遣太原郝昭營陳倉城，諸葛亮圍之，不下。今灄水對亮城，是與昭相禦處也。

附子由作：

千山欲盡垂爲鼻，百戰皆空但有城。虎鬬穴中秦地恐，龍飛渭上漢江傾。雍人未有章邯怨，魏將猶存仲達精。睥睨陵遲春草滿，白羊無數向風鳴。

磻溪石

墨突不暇黔，孔席未嘗煖。安知渭上叟，跪石留雙骭。一朝嬰世故，辛苦平多難。亦欲就安眠，旅人譏客懶。

附子由和：

吕公年已暮，擇主渭河邊。踞餌留雙膝，臨溪不計年。神專能陷石，心大豈營鱣。不到磻溪上，安知自守堅。

郿塢〔一〕

衣中甲厚行何懼〔二〕，塢裏金多退足憑〔三〕。畢竟英雄誰得似，臍脂自照不須燈。

〔一〕郿塢：《後漢書·董卓傳》：塢高厚七丈。注云：今按，塢舊基高一丈，周圍一里一百步。

〔二〕衣中甲厚：《董卓傳》：王允與士孫瑞密表其事，自書詔以授吕布，令李肅與布於北掖門内待卓入門，肅以戟刺之，衷甲不入，傷臂墮車，趣兵斬之。

〔三〕塢裏金多：《董卓傳》：築塢於郿，積穀爲三十年儲。自云：事成，雄據天下；不成，守此足以畢老。塢中珍藏有金三萬斤，銀八九萬斤。

附子由和：

董公平日甚縱横，晚歲藏金欲避兵。當日英雄智相似，燕南趙北亦爲京。

樓觀〔一〕公自注：秦始皇立老子廟於觀南，晉惠始修此觀。

門前古碣卧斜陽〔二〕，閱世如流事可傷〔三〕。長有幽人悲晉惠，强修遺廟學秦王。丹砂久窖井水赤〔四〕，白术誰燒厨竈香。聞道神仙亦相過，只疑田叟是庚桑。

〔一〕樓觀：《元和郡縣志》：樓觀在盩厔縣東三十七里，本周康王大夫尹喜宅也。相承至秦、漢，皆有道士居之。晉惠帝時重置者，其地舊爲尹先生樓。《錦繡萬花谷》引《樓觀記》云：周穆王尚神仙，因尹真人草樓之觀，遂召幽逸之人，置爲道士。《雲笈七籤》：樓觀在京兆府盩厔縣神獸鄉聞仙里。《華陽録記》云：始皇好神仙，於尹先生樓前立老君廟。晉元康中，重修。蒔木萬株，連亘七里，給灑掃户三百。

〔二〕古碣：《雲笈七籤》：尹喜遇老君，得道。穆王爲建祠修觀，召幽逸之人，置爲道士。故《樓觀碑》云：昔周康王時大夫關令尹喜所立也。

〔三〕閱世：陸機《歎逝賦》：川閱水而成川，水滔滔而日度。世閱人而成世，人冉冉而行暮。

〔四〕丹砂井：《抱朴子》載臨沅縣廖氏事，補注作「臨汜」，訛。

附子由和：

老聃厭世入流沙，飄蕩如雲不可遮。弟子憐師將去國，關門望氣載還家。高臺尚有傳經處，畫壁空留駕犢車。一授遺書無復老，不知何苦服胡麻。

寶雞[一]縣斯飛閣[二]

西南歸路遠蕭條，倚檻魂飛不可招。野闊牛羊同雁鶩，天長草樹接雲霄。昏昏水氣浮山麓，汎汎春風弄麥苗。誰使愛官輕去國，此身無計老漁樵。

〔一〕寶雞：舊陳倉縣，唐改名寶雞。詳注前「陳倉」下。

〔二〕斯飛閣：《寶鷄縣志》：斯飛閣在縣治西南。

壬寅重九不預會獨遊普門寺僧閣有懷子由[一]

花開一作「門」酒美盍不一作「言」歸石刻作「曷不醉」，來看南山冷翠微。憶弟淚如雲不散，望鄉心與雁南飛。明年縱健人應老，昨日追歡意正石刻作「已」違。不問石刻作「向」秋風强吹帽，秦人不笑楚人譏。

〔一〕普門寺：《鳳翔府志》：普門寺在東門外，唐建，金大定六年重修。

慎按：石刻題云：「壬寅重九以不與府會故獨游至此有懷舍弟子由」。

客位假寐公自注：因謁鳳翔府守陳公弼。

謁入不得去，兀坐如枯株。豈惟主忘客，今我亦忘吾。同僚不解事，愠色見髯須。雖無性命憂，且復忍須臾。

慎按：《斯飛閣》、《重九不預會》二首，施氏原本俱不載。《客位假寐》一首，訛載杭州卷中。其今以時、地考之，其爲鳳翔作，無可疑者，故類編於此。史稱公弼清勁寡欲，平生不假人以色。其守鳳翔時，年且老矣。《邵氏聞見後録》謂：公弼在府，東坡初擢制科，吏呼蘇賢良。公弼曰：「府判，何賢良也！」杖其吏不顧。或謁入，不得見。故東坡《客位假寐》詩云云，其不堪如此。後公弼受他州魄酒，從贓坐，沮辱抑鬱抵於死。或云，歐陽公憾於公弼有曲折東坡，不但望公弼相遇之薄也。公弼子季常居黄州，元豐初，東坡謫黄者，執政疑公弼廢死由東坡，委於季常甘心焉。然二人相得甚歡，故東坡爲公弼作傳。有「軾官鳳翔，相從二年。方是時，少年盛氣，屢與公争議，至形於言色，已而悔之」等語，愚謂兩先生皆賢者，當官意氣一時，偶不相下，容或有之。若謂東坡因此修怨，致公弼放廢以殁，此事所必無者。使誠有之，則季常又豈忘親狗友者？邵氏之説，未可盡信也。

九月二十日微雪懷子由弟二首

其一

岐陽九月天微雪〔一〕，已作蕭條歲莫心。短日送寒砧杵急，冷官無事屋廬深。愁腸別後能消酒，白髮秋來已上簪。近買貂裘堪出塞，忽思乘傳問西琛。

〔一〕岐陽：《元和郡縣志》：岐陽縣，漢杜陽地，唐割扶風、岐山二縣置，以在岐山之陽也。《文獻通考》：秦内史地，漢爲右扶風，後魏置岐州，西魏改爲岐陽郡，唐鳳翔府。

其二

江上同舟詩滿篋〔一〕，鄭西分馬涕垂膺。未成報國慚書劍，豈不懷歸畏友朋。官舍度秋驚歲晚，寺樓見雪與誰登。遥知讀《易》東窗下〔二〕，車馬敲門定不應。

〔一〕江上同舟：《江上值雪》詩，見第一卷。

〔二〕讀《易》：蘇籀《雙溪集》載子由言：「先君晚歲讀《易》，玩其爻、象，以觀其辭，皆迎刃而解。」又云：「作《易傳》未完，命二子述其志。初，二公少年皆爲《易説》，既而東坡成書，公乃送所解與坡，今《蒙卦》獨是公解。」籀，子由之孫也。

附子由次韻：

秋氣蕭騷仍見雪，客愁繚繞動縈心。幽吟北户窗聲細，歸夢函關馬跡深。踈樹飛花輕蔌蔌，衰荷留柄亂簪簪。遥聞詩酒皆推勝，社客何人近納琛。

平時出處常聯袂，文翰叨陪舊服膺。自信老兄憐弱弟，豈關天下少良朋？何時杯酒看浮白，清夜肴蔬粗滿登。離思隔年詩不盡，秦梁雖遠速須膺。

病中聞子由得告不赴商州三首〔一〕

其一

病中聞汝免來商〔二〕，旅雁何時更著行。遠別不知官爵好，思歸苦覺歲年長。著書多暇真良策，從宦無功漫去鄉。惟有王城最堪隱，萬人如海一身藏。

〔一〕商州：《輿地廣記》：商，契始封於此，秦内史地，西魏置洛州，後周改商州。《九域志》：屬永興路，古商國，秦商君之邑。張儀詐以商於之地六百里賂楚，即此。《太平寰宇記》：屬山南西道。東北至東京千二百里，西北至長安二百六十里。

〔三〕免來商：《十道志》：商州上洛郡，《禹貢》梁州之域，周豫州境，漢武置上洛縣於此。《潁濱遺老傳》：轍十九舉進士，釋褐；二十三，舉直言。仁宗親策之於廷。轍因所問極言得失，考官司馬君實第以三等。胡武平以爲不遜，力請黜之。上不許，曰：「以直言召人，而以直言棄之，天下謂我何？」宰相不得已，置之下第，除商州軍事推官。王介甫不肯撰詞，知制誥沈文通亦考官也，當制，有愛君之言。時先君被命修禮書，轍乃奏乞養親三年。

其　二

近從章子聞渠説〔一〕，公自注：章子惇也。苦道商人望汝來。説客有靈慚直道，逋翁久歿厭凡才。夷音僅可通名姓，瘦俗無由辨頸顋。《答策》不堪宜落此〔二〕，上書求免亦何哉？

〔一〕章子：《宋史》：章惇，字子厚，浦城人。舉進士甲科，初調商洛令。曾慥《高齋漫録》：子瞻任鳳翔節度判官，章子厚爲商令，二人相得甚歡。

〔二〕答策：《欒城集·策》略云：今海内窮困，生民愁苦，而宫中好賜，不爲限極。所欲則給，不問有無，司會不敢争，大臣不敢諫。國家内有養士、養兵之費，外有北狄、西戎之奉。陛下又自爲一阱，以耗其餘，恐以此得謗，而民心不歸也。《潁濱遺老傳》：王介甫意其右宰相專攻人主，比之谷永。宰相韓魏公哂曰：「此人策語，謂宰相不足用，欲得婁師德、郝處俊而用之，尚以谷永疑之乎？」

其　三

辭官不出意誰知，敢向清時怨位卑。萬事悠悠付杯酒，流年冉冉入霜髭。策曾忤世人嫌汝，《易》可忘憂家有師。此外知心更誰是？夢魂相覓苦參差。

附子由次韻三首：

怪我辭官免入商，才疎深畏忝周行。學從社稷非原本，近讀詩書識短長。東舍久居如舊宅，春蔬新種是吾鄉。閉門已學龜頭縮，避謗仍兼雉尾藏。

南商西洛曾虚署，長吏居民怪不來。妄語自知當見棄，遠人未信本非才。厭從貧李嘲東閣，懶學謏張緩兩腮。知有四翁遺跡在，山中豈信少人哉？

塤動篪鳴只自知，憂輕責少幸官卑。聲名漫作耳中瑱，科第空收頷底髭。西鄙猖狂猶將將，中朝閒暇自師師。近成新論無人語，仰羨飛鴻兩翅差。

病中大雪數日未嘗起觀號〔一〕令趙薦〔二〕以詩相屬戲用其韻答之

經旬卧齋閣，終日親劑和。不知雪已深，但覺寒無奈一作「那」。飄蕭紙窗鳴別本作「明」，訛，堆壓簷板墮。公自注：關中皆以板爲簷。風飈助凝冽，幃幔困掀一作「軒」簸。惟思近醇醲，未敢窺璨瑳。何時反炎赫〔三〕，却欲躬臼磨。誰言坐無氊？尚有裘充貨。西隣歌吹發，促席寒威挫。崩騰踏成逕，繚繞飛入座。人歡瓦先融，飲雋餅屢卧。嗟予獨愁寂，空室自困坷。欲爲後日賞，恐被遊塵涴。寒更報新霽，皎月懸半破。有客獨苦吟，清夜默自課。詩人例窮蹇，秀句出寒餓。何當暴霜雪，庶以躡郊賀。

〔一〕虢：《元和郡縣志》：虢縣，在鳳翔府北三十里，古虢國，周虢叔所封。《太平寰宇記》謂在府南四十里，以《壬寅二月》詩考之，當從《寰宇記》。

〔二〕趙薦：字賓卿，臨邛人。皇祐三年，鄭獬榜登第。

〔三〕何時反炎赫：韓愈詩：皇天何時反炎燠。

慎按：杜子美《哭李尚書之芳》云：詩家秀句傳。本五言詩也。施注新刻本於五言之下，增「寒餓」二字，作七言句者，譌。今駁正。

附子由次韻：

吾兄筆鋒雄，詩俊不可和。雪中思清絶，韻惡逾難奈。殷勤賦黃竹，自勸飲白墮。言隨飛花落，意與長風簸。餘力遠見撩，千里寄璀瑳。嗟予久廢學，有類轉空磨。研磨久無得，安可待充貨？空記乘峽船，行意被摧挫。溟濛覆洲渚，冷冽光照座。我唱君實酬，馳騁不遑卧。譬如逐獸盧，豈覺山徑坷。酒肴助喧熱，筆硯盡沾涴。詩詞禁推類，令肅安敢破？亦有同行人，牽挽赴程課。爾來隔秦魏，渴望等飢餓。徒然遇佳雪，有酒誰與賀？

歲晚相與饋問爲饋歲酒食相邀呼爲別歲至除夜達旦不眠爲守歲蜀之風俗如是余官於岐下歲暮思歸而不可得故爲此三詩寄子由

饋歲

農功各已畢，歲事得相佐。爲歡恐無及，假物不論貨。山川隨出産，貧富稱小大。寘盤巨鯉橫，發籠雙兔卧。富人事華靡，綵繡光翻座。貧者媿不能，微摯出舂磨〔一〕。官居故人少，里巷佳節過。亦欲舉鄉風〔二〕，獨唱無人和。

〔一〕摯：與「贄」同，《曲禮》作「摯」。

〔二〕鄉風：何遜詩：鄉鄉自風俗，處處皆城市。

附子由次韻：

周公制鄉禮，無有相通佐。鼎肉送子思，蒸豚出陽貨。交親隨高低，豈問小與大。自從此禮衰，伏臘有飢卧。鄉人慕古俗，酬酢等四座。東隣遺西舍，迭出如蟻磨。寧我不飲食，無爾相咎過。相從慶新春，顔色買愉和。

别歲

故人適千里，臨别尚遲遲。人行猶可復，歲行那可追。問歲安所之，遠在天一涯。已逐東流水，赴海歸無時。東隣酒初熟，西舍彘亦肥。且爲一日歡，慰此窮年悲。勿嗟舊歲别，行與新歲辭。去去勿回顧，還君老與衰。

附子由次韻：

富貴日月速，貧賤覺歲遲。遲速不須問，俱作不可追。親舊且酣飲，送爾天北涯。歲去雖無情，從我歷四時。酌爾一杯酒，留我壯且肥。長作今歲歡，勿起異日悲。掉頭不肯顧，曾莫與我辭。酒闌氣方横，豈信從爾衰。

守歲

欲知垂盡歲，有似赴壑蛇〔一〕。修鱗半已没，去意誰能遮。况欲繫其尾，雖勤知奈何。兒童强不睡，守歲夜讙一作「喧」譁。晨雞且勿唱，更鼓畏添撾。坐久燈花一作「燼」落，起看北斗斜。明年豈無年，心事恐蹉跎。努力盡今夕，少年猶可誇。

〔一〕赴壑：李商隱《樊南甲集》：赴壑而一去無返。

附子由次韻：

於菟絶繩去，是歲壬寅。顧兔追龍蛇。奔走十二蟲，羅網不及遮。嗟我地上人，豈復奈爾何。未去不自閑，將去乃諠譁。天上驅獸官，爲君肯停撾。魯陽揮長戈，日車果再斜。釃酒勸爾醉，期爾暫蹉跎。偕醉遺爾去，壽考自足誇。

讀開元天寶遺事三首〔一〕一本題云：「開元遺事三首」。

其一

姚宋亡來事事興《外集》作「生」，一官銖重萬人輕。朔方老將風流在〔二〕，不取西蕃石堡城〔三〕。

〔一〕開元天寶遺事：晁公武《郡齋讀書志》：《開元天寶遺事》四卷，漢王仁裕撰，凡一百五十九條。

〔二〕朔方老將：《舊唐書·王忠嗣傳》：玄宗方事石堡城，詔問攻取之略。忠嗣奏云：「石堡城險固，若頓兵城下，恐所得不如所失。」上不快。會董延光獻策，請下石堡城。詔忠嗣分兵應之，忠嗣僶俛而從。及延光過期不克，訴忠嗣緩師，故無功。遂徵入朝，以哥舒翰代之。其後，翰大舉兵，城拔，死者大半。竟如忠嗣之言。

〔三〕石堡城：《唐書·吐蕃傳》：吐蕃陷石堡城。天寶初，令皇甫惟明、王忠嗣爲隴右節度，不能克。八載，哥舒翰攻而拔之，改石堡城爲神武軍。

其　二

潭裏舟《外集》作「春」，一本作「車」船百倍多〔一〕，廣陵銅器越溪羅。三郎官爵如泥土〔二〕，争唱《弘農得寶一本作「体」歌》〔三〕！

〔一〕潭裏舟船：《唐書·地里志》：京兆府萬年縣有廣運潭，天寶三載韋堅開。《舊唐書·韋堅傳》：天寶元年，擢堅陜郡太守、水陸轉運使。乃擁渭水作興成堰，於長樂坡下、滻水之上架苑牆，東面有望春樓，樓下穿廣運潭以通舟楫，二年而成。預於東京、梁、宋作小解底船二三百隻，置於潭側，皆署牌表之。若廣陵郡船即堆積廣陵所出錦、鏡、銅器、海味，會稽郡船即銅器、吴綾、絳紗，凡數十郡。

〔二〕三郎：《嬾真子録》嘗記開元中，有劉朝霞獻俳文於明皇，云：遮莫你古來五帝，怎如我今代三郎？○按，明皇兄弟六人，其一早亡，寧王、薛王，兄也，申王、岐王，弟也。故稱「三郎」。

〔三〕《弘農得寶歌》：《韋堅傳》：先是，人間戲唱歌詞，曰：「得体紇那也，紇囊得体耶。潭裏舟船闕，揚州銅器多。三郎當殿坐，看唱《得体歌》。」至開元二十九年，田用秀上言：見玄元皇帝，云有寶符在陝州桃林縣尹喜舊宅。發使求得之，改桃林縣爲靈寶。及潭成，縣尉崔成甫翻出此詞，使婦人唱之，爲「得寶弘農野，弘農得寶耶」。云云。《開天傳信記》：上於弘農得寶符，白石篆文，成「乘」字，識者云：乘字，四十八年，得寶之年。遂改天寶也。《唐詩紀事》：崔成甫爲陝縣尉，更《得体歌》爲《得寶弘農野》。

慎按，得体，「体」字，《舊唐書》注云：「都董切。」此「体」字之本音也。補注者改「体」爲「體」，謬以千里矣。讀書不識字，貽誤非細，特爲牽連駁正。

其　三

琵琶絃急衮《梁州》〔一〕，羯鼓聲高舞臂韝。破費八姨三百萬，大唐天子要纏頭〔二〕。

〔一〕梁州：鄭棨《開天傳信記》：西凉州新製曲，曰《凉州》。《明皇雜録》：上歸自蜀，乘月登樓，命歌《凉州》，即貴妃所製。程大昌《演繁露》：樂府所傳大曲，惟《凉州》最先出。《會要》：自晉播遷内地，古樂遂不存。苻堅滅凉，始得漢魏清商之樂，及宋武定關中，收之入江南。隋平陳，獲之，文帝以爲華夏正聲，乃置清商署。煬帝立清樂西凉等九部，後遂訛爲《梁州》。洪容齋《隨筆》：《凉州》，後轉爲《梁州》，唐人已多訛用。其實從西凉來也。《樂府詩集·凉州歌序》亦稱《梁州曲》。《分門古今類事》：唐天寶中，樂章皆以邊地州郡爲名，如《凉州》、《甘州》是也。《蔡寬夫詩話》：教坊大曲，猶是唐本，而絃索守之尤嚴。故言《凉州》者，謂之「護索」，取其音節雄繁也。唐起樂皆以絲聲，而竹聲次之。

〔二〕纏頭：《太真外傳》：上戲曰：「阿瞞樂籍，今日幸得供養夫人，請一纏頭。」○按，《御覽》云：舊俗，賞歌舞人錦綵置之頭上，謂之纏頭。

慎按：以上三首，施氏原本不載。《外集》編第三卷，鳳翔時作也，今從之。

東坡先生編年詩卷四

古今體詩三十八首嘉祐八年癸卯，在鳳翔任作。

和子由踏青〔一〕

東風陌上驚微塵，遊人初樂歲華新。人閒正好路旁飲，麥短未怕遊車輪。城中居人厭城郭，喧闐曉出空四鄰。歌鼓驚山草木動，簞瓢散野烏鳶馴。何人聚衆稱道人，遮道賣符色怒嗔。宜蠶使汝繭如甕，宜畜使汝羊如麕。路人未必信此語，强爲買服禳新春。道人得錢徑沽酒，醉倒自謂吾符神。

〔一〕踏青：子由《詩序》云：眉之東門十數里，有山曰蟇頤山，上有亭、榭、松、竹，山下臨大江。每正月八日，士女相與遊嬉飲酒於其上，謂之「踏青」。陸放翁詩云：只怪今朝空巷出，使君人日宴蟇頤。《名勝志》：蟇頤山在江東七里，有至德觀。人日出東郊，渡江遊蟇頤，眉之故事也。據二説，踏青乃人日事，非八日也。「八日」恐訛。李綽《歲時紀》：上巳日，都人於曲江禊飲踏青草，曰「踏青」。劉禹錫詩：昭君坊中多女伴，永安宫外踏青來。則踏青之俗，所在皆然，不獨眉州也。

附子由原作原題云「記歲首鄉俗寄子瞻二首」：

江上冰消岸草青，三三五五踏青行。浮橋没水不勝重，野店壓糟無復清。松下寒花初破萼，谷中幽鳥漸嚶鳴。洞門泉脉龍睛動，觀裏丹池鴨舌生。山下餅罌沾稚孺，峰頭鼓樂聚簪纓。縞裙紅袂臨江影，青蓋驊騮踏石聲。曉去争先心蕩漾，暮歸誇後醉縱横。最憐人散西軒静，曖曖斜陽著樹明。

和子由蠶市

蜀人衣食常苦艱，蜀人遊樂不知還。千人耕種萬人食，一年辛苦一春閒。閒時尚以蠶爲市〔一〕，共忘辛苦逐欣歡。去年霜降斫秋荻，今年箔積如連山〔二〕。破瓢爲輪土爲釜，争買不啻金與紈。憶昔與子皆童丱，年年廢書走市觀。市人争誇鬭巧智一作「智巧」，野人喑啞遭欺謾。詩來使我感舊事，不悲去國悲流年。

〔一〕蠶市：王氏注引子由《詩序》云：眉之二月望日，鬻蠶器於市，因作樂縱觀，謂之蠶市。

〔二〕箔：《詩經》：八月萑葦。注：曲薄，即箔也。

附子由原作：

枯桑舒芽葉漸青，新蠶可浴日晴明。前年器用隨手敗，今冬衣着及春營。傾囷計口賣餘粟，買箔還家待種生。不惟箱篚供婦女，亦有鉏鎛資男耕。空巷無人鬬容冶，六親相見争邀迎。酒肴勸屬坊市滿，鼓笛繁亂倡優獰。蠶叢在時已如此，古人雖没誰敢更？異方不見古風俗，但向陌上聞吹笙。

次韻子由論書〔一〕

吾雖不善書，曉書莫如我〔二〕。苟能通其意，常謂不學可。貌妍容有矉〔三〕，璧美何妨橢。端莊雜流麗，剛健含婀娜。好之每自譏，不獨子亦頗。書成輒棄去，繆被旁人裹。體勢一本作「皆云」本闊落，結束入細麽。子詩亦見推，語重未敢荷。邇來又學射，力薄愁官笴。公自注：官箭十二把，吾能十一把箭耳。多好竟無成，不精安用夥？何當盡屏去，萬事付懶惰。吾聞古書法，守駿莫如跛〔四〕。世俗筆苦驕，衆中强嵬騀。此下少一韻。鍾張忽已遠〔五〕，此語與時左。

〔一〕論書：《韻語陽秋》：東坡《與子由論書》云云，其子叔黨跋公書云：吾先君子豈以書自名哉？特以其至大至剛之氣，發於胸中，而應之以手。不見其刻畫嫵媚之態，而章甫端冕，若有不可犯之色。少年喜二王，晚乃喜顔平原，故時有二家風氣。俗子不知，妄謂學徐浩，陋矣！觀此，則知初未嘗規規於翰墨積習也。

〔二〕莫如我：《公羊傳》：葵邱之會，桓公震而矜之，叛者九國。矜之者何？猶云莫若我也。

〔三〕矉：《莊子》：西施病，心而矉。按，「矉」與「顰」同。

〔四〕跛：《外紀》：趙子固云：徐會稽之濁在跛偃，李北海之濁在欹邪。跛偃之弊，流爲東坡；欹邪之弊，流爲元章父子。

〔五〕鍾張：孫過庭《書譜》：敬之不及逸少，猶逸少之不及鍾、張。羊欣《古來能書名人録》：潁川鍾繇，魏太尉，書有三體。弘農張芝，高尚不仕，善草書，精勁絶倫。

慎按：子由原作凡十五韻，先生和詩脱去「鎖」字，止十四韻。諸刻本皆同，無善本考補，殊爲缺事。

附子由原作《欒城集》題云「子瞻寄示岐陽十五碑」：

堂上岐陽碑，吾兄所與我。吾兄自善書，所取無不可。歐陽弱而立，商隱瘦且楄。小篆妙詰曲，波字美婀娜。譚藩居顔前，何類學顔頗。魏華自磨淬，峻秀不包裹。九成列賢俊，磊落雜么麽。英公與褒鄂，戈戟聞自荷。何年學操筆，終歲惟箭笴。書成亦可愛，藝業嗟獨夥。余雖謬學文，書字每慵惰。車前駕騏驥，車後繫羸跛。逾年學舉足，漸亦成駊騀。古人有遺蹟，篹短不及鎖。願從兄發之，洗硯處兄左。

記所見開元寺吴道子畫〔一〕佛滅度〔二〕以答子由次原韻。

西方真人誰所見〔三〕？衣被七寶從雙狻〔四〕音「酸」。當時修道頗辛苦，柏生兩肘烏一作「鳥」巢肩。初如濛濛隱山玉，漸如濯濯出水蓮。道成一旦就空滅，奔會四海悲人天。翔禽哀響動林谷，獸鬼躑躅泪迸泉。龐眉深目彼誰子？繞牀彈指性自圓。隱如寒月墮清畫，空有孤光留故躔。春遊古寺拂塵壁，遺像久此霾香煙。畫師不復寫名姓，皆云道子口所傳。縱横固已蔑孫鄧，有如巨鰐吞小鮮。來詩所詩孰與此，安得攜挂其旁觀。

〔一〕開元寺吴畫：《邵氏聞見後録》：鳳翔開元寺，大殿九間。後壁，吴道玄畫。自佛始生、修行、説法及寂滅度，山林、宫室、人物、禽獸，數千萬種，如佛滅度，比邱衆躃踊哭泣，皆若不自勝者，雖飛鳥走獸，亦作號頓之狀，獨菩薩淡然不動如平時，略無哀戚之容。豈以其能盡生死之致者歟？其識「開元三十年」云。曹學佺謂吴畫在普門寺，第勿深考耳。

〔二〕佛滅度：《釋迦氏譜》：世尊入初禪，二三四禪，至非想定、入滅盡定。從定起已入涅槃。於是，大地震動，幽冥大明，諸比邱等悲慟殞絶。阿耶律告止諸天滿空，比邱等悲號搔擾，恐有怪責，既聞此喻，互相裁抑。

〔三〕西方真人：《列子·仲尼篇》：西方之人，謂之聖者。李知幾云：意其説佛也。

〔四〕七寶：七寶有二種：一者七種珍寶，二者七種王寶。七種珍寶者，《無量壽經》云：金、銀、琉璃、玻瓈、珊瑚、瑪瑙、硨磲。《恒水經》云：金銀、珊瑚、瑪瑙、真珠、硨磲、明月珠、摩尼珠。七種王寶者，《華嚴經》注：一金輪寶，二象寶，三紺馬寶，四神珠寶，五主藏臣寶，六玉女寶，七兵主臣寶。得是七寶於閻浮提，作轉輪王。

附子由原作《欒城集》題云「畫文殊普賢」：

誰人畫此二菩薩，趺坐花心乘象狻。弟子先後執盂缶，老僧槎牙森比肩。山林修道幾世劫，顔貌偉麗如開蓮。重崕宛轉帶林樹，野水荒蕩浮雲天。峨眉高處不可上，下有絶澗錮九泉。朝陽未出白霧起，有光燭天如月圓。靈仙居中粗可識，有類白兔依清躔。遊人禮拜千萬萬，迤邐漸遠如飛烟。五臺不到想亦爾，今之畫圖誰所傳？吾兄子瞻苦好異，敗繒破紙收明鮮。自從西行止得此，試與記録代一觀。

和子由寒食〔一〕

寒食今年二月晦，樹林深翠已生烟。遶城駿馬誰能借，到處名園意盡便。但挂酒壺那計盞，偶題詩句不須編。忽聞啼鴂驚羈旅，江上何人治廢田。

〔一〕寒食：《後漢·周舉傳》：太原一郡，俗以介子推焚骸，有龍忌之禁。至其亡月，咸言神不樂舉火，由是士民每冬中輒一月寒食，莫敢相爨。舉爲并州刺史，乃作弔書置子推廟，言盛冬去火，殘損民命，非賢者意。宣示愚民，使還温食。於是衆惑稍解。然則漢以前寒食，乃在冬中，不在二三月間也。《汝南先賢傳》：太原舊俗，以介子推焚骸，一月寒食。亦不言在春。惟《鄴中記》云：并州冬至後一百五日，爲介子推斷火，冷食三日。後世以清明前一日爲寒食節，本此。

附子由原作《欒城集》題云「寒食前一日寄子瞻」：

寒食明朝一百五，誰家冉冉尚厨烟？桃花開盡葉初緑，燕子飛來體自便。愛客漸能陪痛飲，讀書無思懶開編。秦川雪盡南山出，思共肩輿看麥田。

中隱堂詩并序

岐山〔一〕宰王君紳〔二〕，其祖故蜀人也。避亂來長安，而遂家焉。其居第園圃，有名長安城中〔三〕，號中隱堂者是也。予之長安，王君以書戒其子弟邀予遊，且乞詩甚勤，因爲作此五篇。

其　一

去蜀初逃難，遊秦遂不歸。園荒喬木老，堂在昔人非〔四〕。鑿石清泉激，開門野鶴飛。退居吾久念，長恐此心違。

〔一〕岐山：《元和郡縣志》：岐山縣，本雍縣地。《太平寰宇記》：太王徙於岐山，即此。岐山在縣東北十里，西至鳳翔府五十里，宋屬鳳翔。

〔二〕王紳：字正叔，見《邵氏聞見後録》，即中隱堂主人。

〔三〕長安城：賈躭《縣道記》：長安縣故城，今謂之苑城，蓋古鄉聚名，在渭水南。漢於其地築未央宫，謂大城曰長安城。

〔四〕昔人：《欒城》詩注：或云此即歸登宅，登爲唐相，詩中昔人指登而言也。

其　二

徑轉如修蟒，坡垂似伏黿。樹從何代有？人與此堂高。好古嗟生晚，偷閒厭久勞。王孫早歸隱，塵土汙君袍。

其　三

二月驚梅晚，幽香此地無。依依慰遠客，皎皎似吴姝。不恨故園隔，空嗟芳歲徂。春深桃杏亂，笑汝益羈孤。

其　四

翠石如鸚鵡，何年别海壖。來一作「貢」隨南使遠，載壓渭舟偏。已伴喬松老，那知故國遷。金人解辭漢〔一〕，汝獨不潸然？

〔一〕金人：《史記·武帝本紀》又作柏梁銅柱、承露仙人掌之屬矣。李賀有《金人辭漢歌》。

其　五

都城更幾姓？到處有殘碑。古隧埋蝌蚪，崩崕露伏龜。安排壯亭榭，收拾費金貲。岣嶁何須到〔一〕？韓公浪自悲。

〔一〕岣嶁：《湘水記》：衡山南有岣嶁峰，東西七十里，南北三十里，高一千五百丈。禹登此，得金簡玉牒治水之書。其山，上承翼宿，鈐得鈎物①，故名岣；下据離宫，攝統火維，故曰嶁。《名勝志》：岣嶁峰，在衡州城西三十五里，上有禹治水碑，皆蝌蚪文字。昔樵者見之，自後無有見者。韓愈《岣嶁山》詩：森森緑樹猿猱悲。

附子由次韻五首：

秦中勝岷蜀，故國不須歸。甲第春風滿，巴山晝夢非。竹深啼鳥亂，花落晚蜂飛。我欲西還去，敲門慎勿違。

官去空留鶴，山浮不見鰲。竹林迎日浄，槐木擁亭高。鳥噪知人至，蟬鳴覺口勞。誰能飲堂上，解帶不穿袍。

唐朝卿相宅，此外更應無。請看庭前樹，曾攀屋裏姝。流傳漸失實，遺老不禁徂。試問歸登物，林間翠石孤。

愛君高堂上，有似蜀江壖。牆外終南近，簷西太白偏。晚梅晴自媚，老竹暗相遷。未到遥聞説，吾廬安得然。

君看原上墓，墳盡但餘碑。誰見生前貴，塵生帶下龜。高堂幸有酒，一飲豈論貲。强勉行樂耳，古人良可悲。

① 濟按：「鈐得鈎物」，四庫本作「提轄鈎鈐」。

次韻子由彈琴《外集》題云「次韻子由以詩見報編禮公借雷琴記舊曲」。

琴上遺聲久不彈，琴中古義本長存。苦心欲記常迷舊，信指如歸自看痕。應有仙人依樹聽，空教瘦鶴舞風騫。誰知千里溪堂夜，時引驚猿撼竹軒。公自注：過終南，令道士趙宗有彈琴「溪堂」。

附子由原作《欒城集》題云「大人久廢彈琴比借人雷琴以記舊曲十得三四率爾拜呈」：

久廢凡桐不復彈，偶然尋繹尚能存。倉庚鳴樹思前歲，春水生波滿舊痕。泉落空巖虛谷應，珮敲清殿百官騫。終宵竊聽不能學，庭樹無風月滿軒。

次韻和子由欲得驪山澄泥硯〔一〕「澄」，一作「沉」。

舉世爭稱鄴瓦堅〔二〕，一枚不换百金頒。豈知好事王夫子，自採臨潼繡嶺山〔三〕。經火尚含泉脉暖，弔秦應有淚痕潸。封題寄去吾無用，近日從戎擬學班。

〔一〕澄泥硯：《硯譜》：虢州澄泥，唐人品硯以爲第一。又，米芾《硯史》云：相州土人自製陶硯，在銅雀上，以熟絹二重，陶泥澄之，取極細者，燔爲硯，有色緑如春波者。又云：虢州石細，理如泥，發墨，不滲。驪山澄泥無可考，疑即虢州石也。俟再考。

〔二〕鄴瓦：胡仔《苕溪漁隱叢話》：銅雀臺瓦硯，以古物而見貴。色頗青，其内平瑩，厚有及寸者，印工姓氏，皆分隸書。《鄴中記》：魏武於銅雀園立三臺。《太平寰宇記》：三臺：銅雀，中臺也；金虎、冰井，南臺、北臺也。《名勝志》：曹魏都鄴，於城北造銅雀臺，日久臺廢，土人掘地得瓦，以爲硯，貯水數日不滲。

〔三〕臨潼繡嶺：《輿地廣記》：陝西永興軍路，京兆府臨潼縣。本驪戎國，驪山在南。漢新豐，唐慶山，宋祥符八年改臨潼。程大昌《雍録》：臨潼縣，秦驪邑也。《山海經》：驪山左右皆峻嶺，雲霞繡錯，因有繡嶺之名。

附子由原作：

長安新硯石同堅，不待書來許見頒。豈必魏人勝近世？强推銅雀没驪山。寒梅舒卷開雲葉，清露霑流發涕潸。早與封題寄書案，報君湘竹筆身斑。

次韻和子由聞予善射

中朝鸞鷺自振振，豈信邊隅事執蔎。共怪書生能破的，也如驍將解論文。穿楊自笑非猿臂，射隼長思逐馬軍〔一〕。觀汝長身最堪學，定如髯羽便超群。

〔一〕射隼：《易》：公用射隼於高墉之上。○馬軍：杜甫詩：洗盞開嘗對馬軍。

慎按：施注新舊本俱失載此詩，今從《外集》第三卷補編。

附子由原作：

舊讀兵書氣已振，近傳能射喜征蕘。手隨樂節寧論中，箭作鴟聲不害文。力薄僅能勝五斗，才高應自敵三軍。良家六郡傳真法，馬上今誰最出群。

鳳翔八觀[一]并引

《鳳翔八觀》詩，記可觀者八也。昔司馬子長登會稽，探禹穴，不遠千里；而李太白亦以七澤之觀至荆州。二子蓋悲世悼俗，自傷不見古人，而欲一觀其遺蹟，故其勤如此。鳳翔當秦、蜀之交[二]，士大夫之所朝夕往來此八觀者，又皆跬步可至，而好事者有不能徧觀焉，故作詩以告欲觀而不知者。

石鼓歌[三]

冬十二月歲辛丑，我初從政見魯叟。舊聞石鼓今見之，文字鬱律蛟蛇走。細觀初以指畫肚[四]，欲讀嗟如箝在口。韓公好古生已晚，我今况又百年後。强尋偏傍推點畫，時得一二遺八九。我車既攻馬亦同，其魚維鱮貫之柳。公自注：其詞云：「我車既攻，我馬亦同。」又云：「其魚維何？維鱮維鯉。何以貫之？維楊與柳。」此六句可讀，其餘多不可通。古器縱橫猶識鼎，衆星錯落僅名斗。糢糊半已隱瘢胝，詰曲猶能辨跟肘。娟娟缺月隱雲霧，濯濯嘉禾秀稂莠。漂流百戰偶然存，獨立千載誰與友？上追軒頡相唯諾，下揖一作「挹」冰斯同鷇鷇〔五〕。憶昔周宣歌《鴻雁》，當時籀史變蝌蚪〔六〕。厭亂人方思聖賢，中興天爲生耆耇。東征徐虜闞虓虎，北伏一作「伐」犬戎隨指嗾。象胥雜沓貢狼鹿，方召聯翩賜圭卣。遂因鼓鼙思將帥，豈爲考擊煩矇瞍？何人作頌比《嵩高》？萬古斯文齊岣嶁。勳勞至大不矜伐，文武未遠猶忠厚。欲尋年歲無甲乙，豈有名字記誰某？自從周衰更七國，竟使秦人有九有。掃除詩書誦法律，投棄俎豆陳鞭杻。當年何人佐祖龍？上蔡公子牽黄狗。登山刻石頌功烈，後者無繼前無偶。皆云皇帝巡四國，烹滅强暴救黔首。六經既已委灰塵，此鼓亦當遭擊掊。傳聞九鼎淪泗上，欲使萬夫沉水取。暴君縱欲窮人力，神物義不污秦垢。是時石鼓何處避？無乃天工令鬼守。興亡百變物自閑，富貴一朝名不朽。細思物理坐嘆息，人生安得如汝壽？

〔一〕鳳翔：《元和郡縣志》：項羽封章邯爲雍王，即此地。漢爲右扶風，唐武德中爲岐州，至德元載改鳳翔郡，乾元中改府。東至東京一千一百七十里。《九域志》：屬秦鳳路。

〔二〕秦蜀之交：《九域志》：鳳翔府地里，東至京兆府一百七十里，西至隴州一百十四里，南至鳳州七十五里，北至涇州九十里，東南至洋州四百五里，西南至鳳州一百三十里，東北至邠州六十七里，西北至渭州八十里。

〔三〕石鼓：《困學紀聞》：石鼓原在天興縣南，乃雍縣也。《太平寰宇記》：石形如鼓，其數有十，蓋紀周宣王田獵之事，其文即史籀之迹。唐貞觀中，蘇勗紀其略，云：虞、褚、歐陽，共稱古妙，雖歲久訛缺，然尚有可觀。《名勝志》：鳳翔縣南，有石鼓鎮。石鼓初散陳倉野中，韓文公爲博士，請於祭酒，欲輿致太學，不從。後，鄭餘慶始遷於鳳翔孔子廟，元季移燕京國子監。○慎按，石鼓文，歐陽《集古録》始設三疑，然前此已多紛紛之説。王厚之《石鼓文考正》云：周王之獵碣也，韓愈以爲宣王鼓，韋應物以爲文王鼓、宣王刻，鄭樵以爲秦鼓，馬定國以宇文泰曾蒐岐陽，指爲後周物。董逌曰：《傳》云，成有岐陽之蒐。杜預謂還歸自奄，乃大蒐於岐陽。叔向曰：昔成王盟諸侯於岐陽，楚爲荆蠻，置茅蕝。宣王蒐岐陽，世遂無聞哉？方成康與穆賦頌鐘鼎之銘，皆番吾之蹟，則此爲番吾可知。程大昌《雍録》亦以爲成王鼓。自韓、蘇詩以爲宣王，後人無敢有異議者。其實，按諸《左傳》及杜注，言成王而不及宣王，其爲成王鼓無疑。

〔四〕指畫肚：陳思《書苑菁華》：鍾繇初師劉德昇，後傳蔡邕筆法。臨終，謂其子會曰：「吾積三十餘年，行坐未嘗忘，若在寢息，則畫其被，皆爲之穿。」周越《法書苑》云：虞七被中以指畫肚。

〔五〕冰斯：吾衍《學古篇》：李陽冰名潮，後以字行，别字少温。韓昌黎《蝌蚪書後記》云：大曆世李監陽冰獨能篆書。《國史補》：陽冰工小篆，自言李斯之後，至小生，曹喜、蔡邕不足言也。

按，陽冰趙郡人，太白之從叔。許氏《説文解字序》云：秦兼天下，李斯作《蒼頡篇》，改大篆爲小篆。《書斷》云：斯，小篆入神，大篆入妙。

〔六〕籀史變科蚪：虞世南《書旨述》：史籀循科斗之書，采蒼頡古文，别署新意，號曰「籀文」。《書苑菁華》：周宣王時，史籀始著《大篆》十五篇，世謂之「籀書」，亦曰「籀篆」，石鼓文是也。《宣和書譜》：史籀書，存者石鼓，以其爲籀所創，故曰「籀書」；以其爲太史氏而得名，又曰「史書」。《石鼓文考正》引《吕氏紀》云：蒼頡造大篆，後世有科斗書，則謂篆爲籀書。張懷瓘以柱下史始變古文，是大篆與籀異，不得定爲史籀所書也。韋續五十六種書體，其六爲科斗之書，因科斗名，故飾之以形，不知年代。或云顓頊所製，今古文是也。《水經注》：古文出於黄帝之世，蒼頡本鳥蹟爲字，自秦用篆書，古文絶矣。魯恭王得孔子宅書，不知有古文，謂之科斗書。

附子由和：

岐山之陽石爲鼓，叩之不鳴懸無虡。以爲無用百無直，以爲有用萬物祖。置身有用無用間，自托周宣誰敢侮？宣王没後墳壠平，秦野蒼茫不知處。周人舊物惟存山，文武遺民盡囚虜。鼎鐘無在鑄戈戟，宫殿已倒生禾黍。厲宣子孫竄四方，昭穆錯亂不存譜。時有過客悲先王，綢繆牖户徹桑土。思宣不見幸鼓存，由鼓求宣近爲愈。彼皆有用世所好，天地能生不能主。君看項籍猛如狼，身死未冷割爲脯。馬童楊喜豈不仁？待汝封侯非怨汝。何況外物固已輕，毛擒翡翠尾執麈。惟有蒼石於此時，獨以無用不見數。形骸偃蹇任苔蘚，文字皴剥困風雨。遭亂既以無用全，有用還爲太平取。古人不見見遺物，如見方召與申甫。文非蝌蚪可窮詰，簡編不載無訓詁。字形汗漫隨石缺，蒼蛇生角龍折股。亦如老人遭暴横，頤下髭秃口齒齬。形雖不具意可知，有云楊柳貫魴鱮。魴鱮豈厭居溪谷，自投網罟入君俎。柳條柔弱長百尺，挽之不斷細如縷。以柳貫魚魚不傷，貫不傷魚魚樂死。登之廟中鬼神格，錫汝豐年多黍稌。宣王用兵征四國，北摧犬戎南服楚。將帥用命士卒驩，死生不顧闞虓虎。問之何術能使然？撫之如子敬如父。弱柳貫魚魚弗違，仁人在上民不怒。請看石鼓非徒然，長笑泰山刻秦語。

詛楚文〔一〕公自注：碑獲於開元寺土下，今在太守便廳。秦穆公葬於雍槖泉祈年觀下，今墓在開元寺之東南數十步，則寺豈祈年之故基耶？淮南王遷於蜀，至雍，道病卒，則雍非長安，此乃古雍也。

峥嶸開元寺，髣髴祈年觀〔二〕。舊築掃成空，古碑埋不爛。詛書雖可讀，字法嗟久换。詞云秦嗣王，敢使祝用瓚。先君穆公世，與楚約相捍。質之於巫咸，萬葉期不叛。今其後嗣王，乃敢搆多難。刳胎殺無罪，親族遭圉絆。計其所稱訴，何啻桀紂亂。公自注：秦嗣王至此，皆《詛楚文》中語。吾聞古秦俗，面詐背不汗。豈惟公子卬，社鬼亦遭謾。遼哉千載後，發我一笑一作「笑一」粲。

〔一〕詛楚文：《六一題跋》：秦祀《巫咸神》文，今流俗謂之《詛楚文》，首述秦穆公與楚成王事，遂及楚王熊相之罪。按，《史記·世家》自成王以後，王名有熊良夫、熊適、熊槐、熊元，而無熊相。據文言「倍十八世之詛盟」，今以《世家》考之，自成王十八世爲頃襄王，而頃襄王名横，不名熊，疑相傳寫爲横也。

〔二〕祈年觀：《雍録》：雍縣古牢井，秦惠公之所居，所謂祈年宫也。孝公又謂之橐泉。《太平寰宇記》：祈年宫在天興縣。《漢書·地理志》：扶風雍縣有橐泉宫，秦孝公起；祈年宫，惠公所起。又有祈年觀，注詳後《秦穆公墓》詩下。

附子由和：

詛楚楚如桀，詛秦秦則紂。桀罪使信然，紂語安足受？牲肥酒醪潔，夸誕鬼不祐。鬼非東諸侯，豈信辨士口。碑埋祈年下，意繞章華走。得楚不付孫，但爲劉季取。吾聞秦穆公，與晉實甥舅。盟鄭絶晉歡，結楚將自救。使秦詛楚人，晉亦議秦後。諸侯迭相詛，禍福果誰有？世人不知道，好古無可否。何當投涇流，渾濁蓋鄙醜。

王維吴道子畫〔一〕

何處訪吴畫？普門與開元〔二〕。開元有東塔，摩詰留手痕。吾觀畫品中，莫如二子尊。道子實雄放，浩如海波翻。當其下手風雨快，筆所未到氣已吞。亭亭雙林閒，彩暈扶桑暾。

中有至人談寂滅，悟者悲涕迷者手自捫。蠻君鬼伯千萬萬，相排競進頭如黿。摩詰本詩老，佩芷襲芳蓀。今觀此壁畫，亦若其詩清且敦。祇園弟子盡鶴骨，心如死灰不復温。門前兩叢竹，雪節貫霜根。交柯亂葉動無數，一一皆可尋其源。吴生雖妙絶，猶以畫工論〔三〕。摩詰得之於象外，有如仙翮謝籠樊。吾觀二子皆神俊，又於維也斂衽無間言。

〔一〕王維畫：《名勝志》：王右丞畫竹兩叢，交柯亂葉，飛動若舞。在開元寺東塔。〇吴道子畫：注詳本卷《開元寺》下。

〔二〕開元寺：《鳳翔府志》：開元寺在城北街，唐開元元年建，内有《詛楚文》及吴道子畫佛，王維畫竹。

〔三〕畫工：《唐朝名畫録》：太宗幸玄武池，見瀉鶒，召閻立本圖之。左右誤云宣畫工，立本大耻之，遂絶筆，戒子弟不令學畫。

附子由和：

吾觀天地間，萬事同一理。扁也工斲輪，乃知讀文字。我非畫中師，偶亦識畫旨。勇怯不必同，要以各善耳。壯馬脱銜放平陸，步驟風雨百夫靡。美人婉娩守閒獨，不出户庭修容止。女能嫣然笑傾國，馬能一蹴致千里。優柔自好勇自强，各自勝絶無彼此。誰言王摩詰，乃過吴道子？試謂道子來置汝，所挾從軟美。道子掉頭不肯應，剛傑我已足。自恃雄奔不失馳，精妙實無比。老僧寂滅生慮微，侍女問絜非復婢。丁寧勿相違，幸使二子齒。二子遺蹟今豈多，岐陽可貴獨能備。但使古壁常堅完，塵土雖積光艷長不毀。

維摩像[一]唐楊惠之塑在天柱寺[二]

昔者子輿病且死，其友子祀往問之。跰躃鑒井自嘆息，造物將安以我爲！今觀古塑維摩像，病骨磊嵬如枯龜。乃知至人外生死，此身變化浮雲隨。世人豈不碩且好，身雖未病心已疲。此叟神完中有恃，談笑可却千熊羆。當其在時或問法，俛首無言心自知。至今遺像兀不語，與昔未死無增虧。田翁里婦那肯顧？時有野鼠銜其髭。見之使人每自失，誰能與詰別本作「結」，訛無言師。

〔一〕維摩像：《名勝志》：維摩詰像，在鳳翔縣天柱寺，爲揭摩室示疾者。
〔二〕天柱寺：《鳳翔志》：天柱寺，在鳳翔縣東北。唐李洞《宿鳳翔天柱寺》詩：天柱暮相逢，吟思天柱峰。

附子由和：

金粟如來瘦如腊，坐上文殊秋月圓。法門論極兩相可，言語不復相通傳。至人養心遺四體，瘦不爲病肥非妍。誰人好道塑遺像，鮐皮束骨筋扶咽。兀然隱几心已滅，形如病鶴聳兩肩。骨節支離體疎緩，兩目視物猶炯然。長嗟靈運不知道，强翦美須插兩顴。彼人視身若枯木，割去右臂非所患。何况塑畫已身外，豈必奪爾庸自全。真人遺意世莫識，時有游僧施鉢錢。

東　湖〔一〕

吾家蜀江上，江水清如藍。爾來走塵土，意思殊不堪。况當岐山下，風物尤可慙。有山秃如赭，有水濁如泔。不謂郡城東，數步見湖潭。入門便清奧，怳如夢西南。泉源從高來，隨波走涵涵。東去觸重阜，盡爲湖所貪。但見蒼石螭，開口吐清甘。借汝腹中過，胡爲目耽耽。新荷弄晚凉，輕棹極幽探。飄飄忘遠近，偃息遺珮篸同「簪」。深有龜與魚一作「魚與龜」，淺有螺與蚶。曝晴復戲雨，戢戢多於蠶。浮沉無停餌，倏忽遽滿籃。絲緡雖强致，瑣細安足戡。聞昔周道興，翠鳳依孤嵐〔二〕。飛鳴飲此水，照影弄毵毵。公自注：此古飲鳳池也。至今多梧桐，合抱如彭聃。彩羽無復見，上有鸇搏鵮。嗟予生雖晚，好古意所妉。圖書已漫漶，猶復訪僑郯。《卷阿》詩可繼，此意久已含。扶風古三輔，政事豈汝諳？聊爲湖上飲，一縱醉後談。門前遠行客，劫劫無留驂。問胡不回首，毋乃趁朝參。予今正疎懶，官長幸見函。不辭日游再，行恐歲滿三。暮歸仍倒載，鐘鼓已鐺鐺。

〔一〕東湖：《鳳翔志》：在縣東門外，鳳泉自北繞城南流。《名勝志》：東湖在鳳翔城東，雍、渭二水所溢。今城介於東、北二湖間。

〔二〕翠鳳孤嵐：《太平寰宇記》：岐山亦名天柱山。周之興也，鸑鷟鳴於山上。

〔三〕古三輔：《元和郡縣志》：鳳翔，《禹貢》雍州之域。秦屬内史。漢景帝時，更名主爵都尉。武帝太初元年，改右扶風，與京兆尹、左馮翊謂之三輔，初共治長安城中。至後漢，扶風出理槐里，即今興平縣東南七里槐里城是也。施氏補注以爲「楓里」，訛。

附子由和：

不到東湖上，但聞東湖吟。詩調已清絶，佳境亦可尋。蜿蜒蒼石螭，蟠拏據湖心。倒腹吐流水，奔注爲重深。清風蕩微波，渺渺平無音。有鼈行在沙，有魚躍在潯。鼈圓如新荷，魚細如蠹蟫。梧桐生兩涯，蕭蕭自成林。孫枝復生孫，已中瑟與琴。秋蟲噪蜩蚻，春鳥鳴鳩鵀。有客來無時，濯足蔭清陰。自忘府中官，取酒石上斟。醉倒卧石上，野蟲上其襟。醒來不知暮，湖月翻黄金。油然上馬去，縱意不自箴。作詩招路人，行樂宜及今。人生不滿百，一瞬何所任？路人掉頭笑，去馬何駸駸？子有不肖弟，有冠未嘗簪。願身化爲線，使子爲之鍼。子欲烹鯉魚，爲子溉釜鬵。子欲枕山石，爲子求布衾。異鄉雖云樂，不如反故岑。瘦田可耕鑿，桑柘可織紝。東有軒轅泉，隱隱如牛涔。西有管輅宅，尚存青石碪。彭女留膝踝，禮拜意已欽。慈姥抱衆子，亂石寒森森。朝往暮可還，此豈不足臨？慎勿語他人，此意子獨諶。

真興寺閣〔一〕

山川與城郭，漠漠同一形。市人與鴉鵲，浩浩同一聲。此閣幾何高？何人之所營？側身送落日，引手攀飛星。當年王中令〔二〕，斫木南山赬。寫真留閣下，鐵面眼有稜。身强一作「長」八九尺，與閣兩峥嶸。古人雖暴恣，作事今世驚。登者尚呀喘，作者何以勝。曷不觀此閣？其人勇且英。

〔一〕真興寺閣：《鳳翔志》：真興寺閣，宋節度使王彦超建，在城中，高十餘丈。

〔二〕王中令：《宋史》：王彦超，臨清人。歷後唐、晉、漢，至周祖革命，遷節度。顯德中，累功加侍中，歷永興軍節度，移鎮鳳翔，宋初加中書令，代還。太宗朝封邠國公，致仕。

附子由和：

秦川不爲廣，南山不爲高。嵯峨真興閣，傑立陵風飈。危檻俯翔鳥，跳簷落飛猱。上有傲世人，身衣白鶴毛。下視市井喧，奔走何嗷嗷。蕭然倚楹嘯，遺響入雲霄。清風吹其裾，冉冉不可操。不知何所爲？豈即非盧敖。遊目萬里間，遠山如伏羔。遺語謝世俗，釣魚當釣鼇。

李氏園公自注：李茂貞〔一〕園也，今爲王氏所有。

朝遊北城東，回首見修竹。下有朱門家，破牆圍古屋。舉鞭叩其户，幽響答空谷。入門所見夥，十步九移目。異花兼四方，野鳥喧百族。其西引溪水，活活轉牆曲。東注入深林，林深窗户緑。水光兼竹净，時有獨立鵠。林中百尺松，歲久蒼鱗蹙。豈惟此地少，意恐關中獨。小橋過南浦一作「圃」，夾道多喬木。隱如城百雉，挺若舟千斛。陰陰日光淡，黯黯秋氣蓄。盡東爲方池，野雁雜家鶩。紅梨驚合抱，映島孤雲馥。春光水溶漾，雪陣風翻撲。其北臨長谿，波聲卷平陸。北山卧可見，蒼翠間磽秃。我時來周覽，問此誰所築？云昔李將軍，負險乘衰叔。抽錢算閒口，但未榷羹粥。當時奪民田〔二〕，失業安敢哭？誰家美園圃，籍没不容贖。此亭破千家，鬱鬱城之麓。將軍竟何事，蟣蝨生刀韣。何嘗載美酒，來此駐車轂。空使後世人，聞名頸猶縮。公自注：俗猶呼「皇后園」〔三〕，蓋茂貞謂其妻也。我今官正閒，屢至因休沐。人生營居止，竟爲何人卜。何當辦一身，永與清景逐。

〔一〕李茂貞：按，《五代史》：李茂貞於唐昭宗時以鳳翔節度封岐王，終梁世，奉唐正朔。及唐莊宗滅梁，茂貞上箋猶稱岐王。其後乃改封秦王。王氏注謂昭宗景福元年進封秦王者，訛。

〔二〕奪民田：按，《五代史》稱，茂貞居岐，寬仁愛物，民頗安之。又稱其子從曮有田千頃，竹千畝，在鳳翔懼侵民利，未嘗省理。鳳翔人愛之，似不應有奪田籍圃之事。而江鄰幾《雜志》謂，茂貞幽昭宗於紅泥院，自據使宅，民獻善田，薄租以佃之，稱秦王户。後子孫以券收田。府西土腴各百餘頃，不十年，蕩盡。與先生詩胳合。意其奪田開園，乃唐末事。其後既爲世土，則市小惠以結民心，亦奸雄之故智。東坡身至鳳翔，所見必真，故詩云云，可補史傳之缺。

〔三〕皇后園：《五代史》：唐亡，諸侯之强者，皆相次稱帝。獨茂貞不能，但稱岐王，開府置官屬，以妻爲皇后，鳴稍羽扇，視朝出入，擬天子而已。

附子由和：

有客騎白駒，揚鞭入青草。悠悠無遠近，但擇林亭好。蕭條北城下，園號李家媪。繫馬古車門，隨意無灑掃。鳴禽驚上屋，飛蝶紛入抱。竹林净如濯，流水清可澡。閒花不着行，香梨獨依島。松枝貫今昔，林影變昏早。草木皆蒼顔，亭宇已新造。臨風置酒尊，庭下取栗棗。今人强觀笑，古人已枯槁。欲求百年事，不見白鬚老。秦中古云樂，文武在豐鎬。置囿通樵蘇，養獸讓麀麌。池魚躍金碧，白鳥飛紵縞。牛羊感仁恕，行葦亦自保。當年歌靈臺，後世咏魚藻。古詩宛猶在，遺處不可考。悲哉李氏末，玉霸出奴早。城中開芳園，城外羅戰堡。擊鼓鳴巨鐘，百姓皆懊惱。及夫聖人出，戰國卷秋潦。園田賦貧民，耕破園前道。高原種菽粟，陂澤滿秔稻。春耕雜壺漿，秋賦輪秸藁。當年王家孫，自庇無尺橑。空餘百歲木，妄爲妖巫禱。遊人足譏罵，百世遭舌討。老翁不願見，垂涕祝襁褓。持用戒滿盈，飲酒無醉倒。

秦穆公墓〔一〕

橐泉在城東〔二〕，墓在城中無百步。乃知昔未有此城，秦人以泉識公墓。昔公生不誅孟明，豈有死之日而忍用其良？乃知三子殉公意〔三〕，亦如齊之二子從田横。古人感一飯，尚能殺其身。今人不復見此等，乃以所見疑古人。古人不可望，今人益可傷。

〔一〕穆公墓：羅璧《識遺》云：穆公葬橐泉祈年觀。程大昌《雍録》：劉向言，穆公葬無邱壟處矣。惠公、孝公，並是繼世之君，子孫無由起宫於祖宗之墳陵。惟《三輔黄圖》謂祈年觀穆公所造。

〔二〕橐泉：《鳳翔志》：橐泉在城内東南隅，秦穆公建宫於上。

〔三〕三子：《括地志》：三良塚，在雍縣南一里故城内。

附子由和：

泉上秦伯墳，下埋三良士。三良百夫特，豈爲無益死。當年不幸見迫脅，詩人尚記臨穴惴。豈如田横海中客，中原皆漢無報所。秦國吞西周，康公穆公子。盡力事康公，穆公爲不負。豈必殺身從之遊，夫子乃以侯嬴所爲疑三子。王澤既未竭，君子不爲詭。三良殉秦穆，要自不得已。

和子由聞子瞻將如終南太平宮谿堂讀書〔一〕

始者學書判，近亦知問囚。但知今當爲，敢問向所由。士方其未得，惟以不得憂。既得又憂失，此心浩難收。譬如倦行客，中路逢清流。塵埃雖未脱，暫憩得一漱。我欲走南澗，春禽始嚶呦。鞅掌久不決，爾來又徂秋。橋山日月迫〔二〕，府縣煩差抽。王事誰敢愬？民勞吏宜羞。中間羅旱暵，欲學喚雨鳩。千夫挽一木〔三〕，十步八九休。渭水涸無泥，菑堰旋插脩。對之食不飽，餘事更遑求？近日秋雨足，公餘試新蒭。劬勞幸已過，朽鈍不任鎪。秋風欲吹帽，西阜可縱遊。聊爲一日樂，慰此百年愁。

身名則已勤，殉身則已媮。我誠愚且拙，身名兩無謀。

〔一〕終南太平宮：《揮麈録》：祖宗神御像，在鳳翔者，爲上清太平宮。注詳本卷《壬寅二月》詩下。

〔二〕橋山：《帝王世紀》：黄帝葬於上郡陽周之橋山。《元和郡縣志》：子午山亦曰橋山，在關内道寧州真寧縣東八十里。按《宋史》，仁宗崩於癸卯三月，其年十月，葬永昭陵橋山，借以言山陵事。

〔三〕挽木：《宋史》本傳：關中自元昊叛，民貧役重，岐下歲輸南山木栰，自渭入河，經砥柱之險，衙吏踵破家。軾訪其利害，爲修衙前規，使自擇水工，以時進止，自是害減半。

附子由原作：

爲吏豈厭事，厭事日惰媮。著書雖不急，實與百世謀。問吏所事何？過客及繫囚。客實虚擾人，囚有不自由。辨之何益增？不辨亦足憂。嗟此誰不能，脱去使自收。幽幽南山麓，下有溪水流。溪上亦有堂，其水可濯漱。終日不見人，惟有山鹿呦。是時夏之初，溪冷如孟秋。山椹黄笠屐，林筍紫角抽。朝取筍爲羹，暮以椹爲羞。溪魚鯉與魴，山鳥鷺與鳩。食之飽且平，偃仰自佚休。試探篋中書，把卷挹前修。恍如反故鄉，親朋自相求。蔚如甕中糟，久熟待一篘。爲文若江河，豈復有刻鏤。尚何憶我爲？欲與我同遊。我雖不能往，寄詩以解愁。

將往終南和子由見寄

人生百年寄鬢鬚，富貴何啻葭中莩？惟將翰墨留染濡，絶勝醉倒蛾眉扶。我今廢學如寒竽，久不吹之澀欲無。歲云暮矣嗟幾餘，欲往南溪侣一作「旅」禽魚。秋風吹雨凉生膚，夜長耿耿添漏壺。窮年弄筆衫袖烏，古人有之我願如。終朝危坐學僧趺，閉門不出閒履鳧。下視官爵如泥淤，嗟我何爲久踟躕？歲月豈肯與汝居？僕夫起餐秣吾駒。

慎按：此詩施氏原本不載，今因題附編。又按，《欒城集》此詩失原作。

讀道藏

嗟予亦何幸，偶此琳宫居。宫中復何有？戢戢千函書。盛以丹錦囊，冒以青霞裾。王喬掌關籥，蚩尤守其廬。乘閒竊掀攬，涉獵豈暇徐。至人悟一言，道集由中虚〔一〕。心閒反自照，皎皎如芙蕖。千歲厭世去，此言乃籧篨〔二〕。人皆忽其身，治之用土苴。何暇及天下，幽憂吾未除。

〔一〕道集虚：《莊子》：惟道集虚，虚者心齋也。

〔二〕籧篨：《詩疏》：竹席也。《晉書》：皇甫謐自爲葬送之制，氣絶以後，以籧篨裹尸，不用棺槨。詩中正用此事。王氏注謂有二義者，非。

附子由和：

道書世多有，吾讀老與莊。老莊亦已多，何況其駢旁。所讀嗟甚少，所得半已强。有言至無言，既得旋自忘。譬如飲醇酒，已醉安用漿？昔者惠子死，莊子哭自傷。微言不復知，言之使誰聽。哭已輒復笑，不如斂此藏。脂牛雜肥羜，烹熟有不嘗。安得西飛鴻，送弟以與兄。

真興寺閣禱雨

太守親從千騎禱，神翁遠借一杯清。雲陰黯黯將嘘遍，雨意昏昏欲醖成。已覺微風吹袂冷，不堪殘日傍山明。今年秋熟君知否？應向江南飽食粳。

慎按：真興寺閣，鳳翔八觀之一也。子由賦序云：「季夏六月，子瞻與張户曹琥同遊真興寺，晚登寺後重閣，東南望五丈原，原上有白雲如覆釜，慨然思孔明遺跡，作書與轍曰：『可以賦此。』」則此詩當亦癸卯六月所作。施氏原本不載，新刻載《續補遺》卷中，今移編於此。

七月二十四日以久不雨出禱磻溪是日宿虢縣二十五日晚自虢縣渡渭宿於僧舍曾閣閣故曾氏所建也夜久不寐見壁間有前縣令趙薦留名有懷其人〔一〕

龕燈明滅欲三更，欹枕無人夢自驚。深谷留風終夜響，亂山銜月半牀明。故人漸遠無消息，古寺空來看姓名。欲向磻溪問姜叟，僕夫屢報斗杓傾。

〔一〕趙薦：詳本集第三卷《和趙薦雪》詩。

二十六日五更起行至磻溪天未明

夜入磻溪如入峽，照山炬火落驚猿。山頭孤月耿猶在，石上寒波曉更喧。至人舊隱白雲合，神物已化遺蹤蜿。安得夢隨霹靂駕，馬上傾倒天瓢翻。

是日自磻溪往陽平〔一〕憩於麻田青峰寺〔二〕之下院翠麓亭〔三〕

不到峰前寺，空來渭上村。此亭聊可喜，修徑豈辭捫。谷映朱欄秀，山含古木尊。路窮驚石斷，林缺見河奔。馬困嘶青草，僧留薦晚飧。我來秋日午，旱久石牀温。安得雲如蓋，能令雨瀉盆。共看山下稻，凉葉晚翻翻。

〔一〕陽平：《九域志》：虢縣有陽平鎮。郭允蹈《蜀鑑》：褒谷西北有古陽平關，其地在梁州褒城縣西北。今大安軍五里亦有陽平關，頗險要，然非舊蹟也。

〔二〕青峰寺：《岐山縣志》：青峰山在縣南一百五十里，上有青峰寺。

〔三〕翠麓亭：《岐山縣志》：翠麓亭在縣東南一百八十里，青峰禪寺之下。

附子由和：

走馬紅塵合，開懷野寺存。南山抱村轉，渭水帶沙渾。亭峻朱欄繞，堂虚白佛尊。煩襟喜修竹，倦馬樂芳蓀。白氎柔隨手，清泉滿照盆。塵顔洗濯净，髀肉再三捫。饋食青蔬軟，流匙細粟翻。老僧勿施敬，對客説山門。

二十七日自陽平至斜谷〔一〕宿於南山中蟠龍寺〔二〕

橫槎晚渡碧澗口〔三〕，騎馬夜入南山谷。谷中暗水響瀧瀧，嶺上踈星明煜煜。寺藏巖底千萬仞，路轉山腰三百曲。風生飢虎嘯空林，月黑驚麏竄修竹。入門突兀見深殿〔四〕，照佛青熒有殘燭。愧無酒食待遊人，旋斫杉松煮溪蔌。板閣獨眠驚旅枕〔五〕，木魚曉動隨僧粥。起觀萬瓦鬱參差，日亂千巖散紅緑。門前商賈負椒荈，山後咫尺連巴蜀〔六〕。何時歸耕江上田，一夜心逐南飛鵠。

〔一〕斜谷：《元和郡縣志》：郿縣亦曰斜城，城南當斜谷，因爲斜口。郭允蹈《蜀鑑》：斜口谷中，褒水所流，穴山架木以行。《長安志》：褒谷長四百七十里，與斜同爲一谷。南口曰褒，北口曰斜。

〔二〕蟠龍寺：《太平寰宇記》：郿縣有斜谷路，館驛停廢，唐永貞元年重置。

〔三〕橫槎：《鳳翔府志》：蟠龍寺，在郿縣西南三十里。

〔三〕橫槎：韋應物詩：榆柳飄枯葉，風雨倒橫槎。

〔四〕突兀深殿：杜甫詩：夜深殿突兀。

〔五〕板閣：《太平寰宇記》：斜谷舊有棧閣二千九百八十九間，板閣二千九百九十二間。

〔六〕山後連巴蜀：郭允蹈《蜀鑑》：常璩謂蜀以褒斜爲前門，則南鄭者，蜀之扞蔽也。南鄭，本古褒國，自褒谷至鳳州界，一百三十里，始通斜谷。在郿縣，今地名石門。

附子由和：

谷口夜行不見月，上下不辨山與谷。前呼後應行相從，山頭誰家有遺燭。蹬蹬深徑馬蹄響，落落稀星着疎木。行投野寺僧已眠，叩門無人狗出縮。號呼從者久嗔罵，老僧下牀揉兩目。問知官吏冒夜來，掃牀延客卧華屋。釜中無羹甑實盡，餽客滿盎惟脱粟。客來已遠睡忘覺，僧起開堂勸晨粥。自嗟奔走閔僧閒，偶然來過何年復？留詩滿壁待重遊，但恐塵埃難再讀。

是日至下馬磧〔一〕憩於北山僧舍有閣曰懷賢南直斜谷西臨五丈原〔二〕諸葛孔明所從出師也石刻云：題合龍懷賢閣。

南望斜谷口，三山如犬牙。西觀石刻作「臨」五丈原，鬱曲石刻作「屈」如長蛇。有石刻作「緬」懷諸葛公，萬騎出漢巴。吏士寂如水，蕭蕭聞馬撾。公才與曹丕，豈止十倍加？顧瞻三輔間，勢若風捲沙。一朝石刻作「奈何」長星墜〔三〕，竟使蜀婦髽。山僧豈知此，一室老烟霞。往事逐雲散，故山依渭斜〔四〕。客來空弔古，清淚落悲笳。

〔一〕下馬磧：《九域志》：鳳翔岐山縣，在府東四十里，有驛店、馬磧二鎮。

〔二〕五丈原：《蜀志》：建興十二年，諸葛亮悉大衆，由斜谷以流馬運據武功五丈原。《長安志》：石橋山，在岐山縣南三十里，渭水所逕，其側有五丈原，諸葛屯兵處。又十里，即南山。《元和郡縣志》：五丈原，在郿縣西南三十五里。《太平寰宇記》引《魏氏春秋》云：青龍二年，諸葛出斜谷，郭淮策其必登積石原，遂先據之。亮至，不得上，因屯渭南。司馬懿謂諸將曰：「亮若出武功，依山東轉，是其勇也。若西屯五丈原，諸君無事矣。」亮果屯此原。《水經注》引武侯《與步隲書》曰：僕前軍在五丈原，原在武功西十里，馬冢在武功東十餘里，有高勢，攻之不便，是以留耳。郭允蹈《蜀鑑》：五丈原在武功故縣，今在鳳翔府郿縣。

〔三〕長星墜：《蜀志》：建安十二年八月，亮卒於軍中，時年五十四。裴松之注：亮卒於郭氏塢。《宋書·天文志》：諸葛亮伐魏，屯於渭南，有長星赤而芒角，西南流投亮營。占曰：兩軍相當，有大星流來，走軍上及墮軍中，皆破敗徵也。《名勝志》：五丈原西有落星村

〔四〕故山依渭：《水經注》：渭水逕武功縣，斜水自南注之。北歷斜谷，逕五丈原。諸葛亮《與步隲書》云：水出武功縣，亦謂之武功水。《名勝志》：渭水北去長安五十里，發源鳥鼠山西，自鄠縣界流入。

攓雲篇〔一〕并引

余自城中還，道中雲氣自山中來，如群馬奔突。以手掇開，籠收其中，歸家，雲盈籠，開而放之，作《攓雲篇》。

物役會有時，星言從高駕。道逢南山雲，欻吸如電過。竟誰使令之，衮衮從空下，龍移相排拶〔二〕，鳳舞或頹亞。散爲東郊霧，凍作枯樹稼。或飛入吾車，偪仄入肘胯。搏取置笥中，提携返茅舍。開緘乃放之，掣去仍變化。雲兮汝歸山，無使達官怕。

〔一〕攓雲：《莊子》：攓蓬而指之。注：音搴。《方言》：楚謂取，曰攓，亦讀上聲。

〔二〕排拶：韓愈《雪》詩：崩騰相排拶，龍鳳交横飛。

慎按：此詩及後一首，施氏原本不載。《外集》類編第三卷，鳳翔時作也。今據此，從《續補》上卷移編。

妬佳月

狂雲妬佳月，怒飛千里黑。佳月了不嗔，曾何污潔白？爰有謫仙人，舉酒爲三客〔一〕。今夕偶不見，汍瀾念風伯。毋煩風伯來，彼也易滅没。支頤少待之，寒空净無迹。粲粲黄金盤，獨照一天碧。玉繩慘無輝，玉露洗秋色。浩瀚玻璨琖，和光入胸臆。使我能永延，約君爲莫逆。

〔一〕三客：太白詩：舉酒邀明月，對影成三人。

太白詞〔一〕并引

岐下頻年大旱，禱於太白山輒應，故作《迎送神辭》一篇五章。

〔一〕太白神：《唐書》：天寶八載，太白山人李渾上言：「金星洞内有玉版石，紀聖皇福壽之符。」命中丞王珙往求，獲之。因御勤政樓大赦，封太白山神爲神應公。柳宗元《祠堂碑序》：雍州西南，界於梁，其山曰太白，其地恒寒，其人以爲神，故歲水旱則禱之。本集《乞封太白山神狀》：伏見當府太白山，雄鎮一方，載在祀典。按，唐天寶八年，封山神爲神應公。迨至皇朝，始改封侯，而加以濟民之號。自去歲九月不雨，徂冬及春。父老咸謂此山舊有湫水，祈禱必應。擇日齋戒，既至之日，大雨，周飫，起二麥於垂枯。鬼神雖幽，報答甚著，若贈公爵，實未爲過。

其一

雷闐闐，山晝晦。風振野，神將駕。載雲罕，從玉虬。旱既甚，蹷往救，道阻修兮。

其二

旌旗翻，疑有無。日慘變，神在塗。飛赤篆，訴閶闔。走陰符，行羽檄，萬靈集兮。

其三

風爲幄，雲爲蓋。滿堂爛，神既至。紛醉飽，錫以雨。百川溢，施溝渠，歌且舞兮。

其四

騎裔裔，車斑斑。鼓簫悲，神欲還。轟振凱，隱林谷。執妖厲，歸獻馘，千里肅兮。

其五

神之來，悵何晚。山重複，路幽遠。神之去，飄莫追。德未報，民之思，永萬祀兮。

慎按：此五章，施氏原本不載，今從《全集》采出，因地附編。

扶風天和寺[一]

遠望若可愛，朱欄碧瓦溝。聊爲一駐足，且慰百回頭。水落見山石，塵高昏市樓。臨風莫長嘯，遺響別本作「涕」，訛浩難收。

[一]天和寺：《扶風縣志》：天和寺在城南。《鳳翔志》：此詩石刻，在扶風縣南山馬援祠中。先生自題其後云：癸卯九月十六日，挈家來遊。「遺涕」，石刻作「遺響」，今改正。又，宋人陳雄題云：天和寺在扶風縣之南山，蘇公留詩於庭壁，迄今二十年矣。予承乏斯邑，因暇日與絳臺田愿子立、洛陽趙卬勝翁同觀，愛其真墨之妙，慮久而漫滅，乃召方渠閻圭公儀就摸於石。元豐癸亥六月二十三日，終南陳雄仲武題。

慎按：陳奕禧《益州于役記》云：扶風南山取公詩首句，有遠愛亭，今此詩石刻尚存。又按，此詩施氏原本不載，今據石刻考定年月，編癸卯詩卷末。

附子由次韻《欒城集》題云「次韻子瞻題扶風道中天和寺小亭」：

客車來不息，轍迹自成溝。莫怪慵登寺，猶宜常舉頭。獨遊知憶弟，望遠勝登樓。處處題詩徧，篇篇誰爲收。

東坡先生編年詩卷五

古今體詩四十五首 起英宗治平元年甲辰，合明年乙巳罷鳳翔任還朝直史館作。

和子由記園中草木十首

其一

煌煌帝王都，赫赫走群彦。嗟汝獨何爲？閉門觀物變。微物豈足觀，汝獨觀不倦。牽牛與葵蓼〔一〕，采摘入詩卷。吾聞東山傅，置酒攜燕婉。富貴未能忘，聲色聊自遣。汝今又不然，時節看瓜蔓。懷寶自足珍，藝蘭那計畹〔二〕？吾歸於汝處，慎勿嗟歲晚。

〔一〕牽牛：陶弘景曰：此藥始出，田野人牽牛謝藥，故名。《本草》：三月生苗作藤，蔓繞籬墻，高二三丈。《炮炙論》謂之草金鈴，《酉陽雜俎》謂之盆甑草，近人隱其名爲黑丑，以丑屬牛也。○葵蓼：《爾雅》：莃戎葵。郭璞注：今蜀葵也。歐陽詹詩：芭蕉一葉妖，戎葵一花妍。《本草》：蓼有紅、白二種，秋花經月。

〔三〕計畹：王逸《離騷章句》：十二畝曰畹。

其　二

荒園無數畝，草木動成林。春陽一以敷，妍醜各自矜。蒲萄雖滿架〔一〕，困倒不能任。可憐病石榴〔二〕，花如破紅襟。葵花雖粲粲，蒂淺不勝簪。叢蓼晚可喜，輕紅隨秋深。物生感時節，此理等廢興。飄零不自由，盛亦非汝能。

〔一〕葡萄：《漢書》作蒲桃，張騫自西域歸，始得此種。

〔二〕石榴：《博物志》：張騫使西域，得塗林安石國榴種以歸，故名安石榴。

其　三

種柏待其成，柏成人已老。不如種叢篁〔一〕，春種秋可倒。陰陽不擇物，美惡隨意造。柏生何苦艱？似亦費天巧。天工巧有幾，肯盡爲汝耗？君看藜與藿，生意常草草。

〔一〕 篲：《爾雅》：葥，王篲。郭璞注：王帚也，似藜，其樹可以爲掃篲，海東呼爲「落帚」。

其 四

萱草雖微花〔一〕，孤秀能自拔。亭亭亂葉中，一一勞心插。牽牛獨何畏？詰曲自牙蘖。走尋荆與榛，如有夙昔約。南齋讀書處，亂翠曉如潑。偏工貯秋雨，歲歲壞籬落。

〔一〕 萱：《大觀本草》：萱，本作蘐。鄭樵《通志》謂「萱草一名合歡」者，誤。

其 五

蘆筍初似竹〔一〕，稍開葉如蒲。方春節抱甲，漸老根生鬚。不愛當夏緑，愛此及秋枯。黄葉倒風雨，白花摇江湖。江湖不可到，移植苦勤劬。安得雙野鴨，飛來成畫圖。

〔一〕 蘆筍：《爾雅》：葭蘆，菼薍，其萌蘿。注云：今江東呼蘆筍爲蘿，蘿音拳。

其 六

行樂惜芳晨，秋風常苦早。誰知念離别，喜見秋瓜老。秋瓜感霜霰，莖葉颯已槁。宦遊歸無時，身若馬繫皂，悲鳴念千里，耿耿志空抱。多憂竟何爲？使汝玄髮縞。

其　七

官舍有叢竹，結根問囚廳。下爲人所徑，土密不容釘。殷勤戒吏卒，插棘護中庭。磽砌忽墳裂，走鞭瘦竛竮。我常攜枕簟，來此蔭寒青。日暮不能去，卧聽窗風泠。

其　八

芎藭生蜀道〔一〕，白芷來江南〔二〕。漂流到關輔，猶不失芳甘。濯濯翠莖滿，愔愔清露涵。及其未花實，可以資筐籃。秋節忽已老，苦寒非所堪。斸根取其實，對此微物慚。

〔一〕芎藭：《大觀本草》：芎藭，一名山鞠藭，出蜀中者名川芎。

〔二〕白芷：《本草》：芷，一名葯。許氏《説文》：晉謂之虈，齊謂之茝，楚謂之蘺，生於下澤，故有澤芬之名。

其　九

自我來關輔，南山得再遊。山中亦何有？草木媚深幽。菖蒲人不識，生此亂石溝。山高霜雪苦，苗葉不得抽。下有千歲根，蹙縮如蟠虬。長爲鬼神守，德薄安敢偷〔一〕？

〔二〕德薄：《法華經》：德薄之人，不種善根。《抱朴子·仙藥篇》：凡庸道士，心不專精，行穢德薄，是終不能得也。

其十

野菊生秋澗，芳心空自知。無人驚歲晚，惟有暗蛩悲。花開澗水上，花落澗水湄。菊衰蛩亦蟄，與汝歲相期。楚客方多感，秋風咏江蘺。落英不滿掬，何以慰朝飢。

慎按：《欒城集》記園中所有止十首，先生和詩刻本皆作十一首，蓋譌入《紀夢》一首耳，今改正。

附子由原作十首自注云：時在京師：

其一

萱草朝始開，呀然黄鵠觜。仰吸日出光，口中爛如綺。纖纖吐須鬛，冉冉隨風哆。朝陽未上軒，粲粲幽閒女。美人生山谷，不解歌與舞。君看野草花，可以解憂悴。

其二

寒地竹不生，雖生常若病。斸根種幽砌，開葉何已猛。嬋娟冰雪姿，散亂風日影。繁華見孤淡，一箇畝千頃。令人憶江上，森聳緣崖勁。無風籜自飄，策策鳴荒徑。

其　三

蘆生井欄上，蕭騷大如竹。移來種堂下，何爾短局促。莖青甲未解，枯葉已可束。蘆根愛溪水，餘潤長鮮緑。强移性不遂，灌水惱童僕。晡日下西山，汲者汗盈掬。

其　四

堂後病石榴，及時亦開花。身病花不齊，火候漸已差。芳心竟未已，新萼綴枯槎。誰言石榴病？乃久占年華。鄰家花最盛，早發豈容遮。殘紅已零落，婀娜子如瓜。

其　五

蒲桃不禁冬，屈盤似無氣。春來乘盛陽，覆架青綾被。龍髯亂無數，馬乳垂至地。初如早梅酸，晚作釀酪味。誰能釀爲酒，爲爾架前醉。滿斗不與人，涼州幾時致？

其　六

室幽來客稀，塵土積不掃。鄰翁笑我拙，教我種叢草。經霜斫爲篲，不讓秋竹好。始生如一毛，張王忽侵道。鉏耰禁芟斸，愛惜待枯槁。有用皆勿輕，吾師灌園老。

其　七

吾兄客關中，果蠃施吾宇。兄雖未得還，我豈如婦女。呦呦感微物，涕泗若零雨。但愛果蠃莖，屈曲上牆堵。朝見緣牆頭，暮已過牆去。物生隨年華，還日何足數。

其　八

牽牛非佳花，走蔓入荒榛。開花荒榛上，不見細蔓身。誰翦薄素紗，浸之青藍盆。水淺浸不盡，下餘一寸銀。嗟爾脆弱草，豈能凌霜晨。物性有禀受，安問秋與春。

其　九

南園地性惡，雙柏不得長。蓬麻春始生，今已滿一丈。柏生嗟幾年，失意自悽愴。有子壓枝低，已老非少壯。尤柏柏已冤，尤地亦恐忘。兩既無所尤，高枝幾時放？

其　十

葵花開已闌，結子壓枝重。長條困風雨，倒卧枕邱壟。憶初始放花，岌岌旌節聳。得時能幾時？

狼藉成荒冗。浮根不任雪，采剥收遺種。未忍焚枯莖，積疊牆角擁。

紀　夢

我歸自南山，山翠猶在目。心隨白雲去，夢繞山之麓。汝從何方來？笑齒粲如玉〔一〕。探懷出新詩，秀語奪山緑。覺來已茫昧，但記説秋菊。有如採樵人，入洞聽琴筑。歸來寫遺聲，猶勝人間曲。公自注：八月十一日，夜宿府學，方和此詩，夢與弟游南山，出詩數十首，夢中甚愛之。及覺，但記一句，云「蟋蟀悲秋菊」。

〔一〕笑齒燦如玉：李白詩：粲然啓玉齒，授我煉藥説。

附子由和《欒城集》原題《和子瞻紀夢》：

兄從南山來，夢我南山下。探懷出詩卷，卷卷盈君把。詩詞古人似，弟則吾弟也。相與千里隔，安得千里馬？攜手上南山，不知今乃夜。晨雞隔牆唱，欹枕窗月亞。百語記一詞，秋菊悲蛩吒。此語飽謝流，平日我不暇。我本無此詩，嗟此誰所借！

和子由種菜久旱不生

新春堦下筍芽生，厨裏霜虀倒舊罌。時繞麥田求野薺，强爲僧舍煮山羹。園無雨潤何須歎，身與時違合退耕。欲看年華自有處，鬢間秋色兩三莖。

慎按：此詩施注原本、新刻本俱失載。考之《欒城集》，先生和詩當在鳳翔官舍作，今從別本補編。

附子由原作：

久種春蔬旱不生，園中汲水亂餅罌。松葵經火未出土，僮僕何朝飽食羹。强有人功趨令節，悵無甘雨困耘耕。家居閒暇厭長日，欲看年華上菜莖。

大老寺竹間閣子〔一〕

殘花帶葉暗，新筍出林香。但見竹陰緑，不知汧水黄〔二〕。樹高傾隴鳥，池浚落河魴。栽種良辛苦，孤僧瘦欲尫。

〔一〕大老寺：「大老」一本作「天花」，一本作「天和」。《鳳翔志》：竹閣在城東北五里，唐光啓中李茂真建，後爲大老寺。當從《志》。

〔二〕汧水：《鳳翔縣志》：在縣西二十里，由汧陽縣西，又南流入寶雞。

慎按：此詩施氏原本不載，新刻載《續補》下卷，據《外集》，以爲鳳翔時作，今從之。

周公廟〔一〕廟在岐山西北七八里廟後百許步有泉依山湧洌異常國史所謂潤德泉世亂則竭者也〔二〕

吾今那復夢周公，尚喜秋來過故宮。翠鳳舊依山硉兀〔三〕，清泉長與世窮通。至今游客傷離黍，故國諸生咏雨濛。牛酒不來烏鳥散，白楊無數暮號風。

〔一〕周公廟：《岐山縣志》：周公廟在縣西北十五里鳳鳴山下。《名勝志》：鳳山之麓，有周公廟。廟前有筀竹園，園内有泉，引泉入池，曰不溢池。

〔二〕潤德泉：《岐山縣志》：泉在周公廟東。唐鳳翔節度使崔珙奏：「岐山縣棲鳳鄉周公廟，舊有泉水，枯竭多年，去冬十一月十七日，忽因大風，其泉五處一時湧出，各深一尺。詢諸故老，咸稱此泉出，必時泰歲豐者，請宣示史官，以光典册。」詔答云：「朕以虚庸，敢膺元貺。披圖見瑞，省表增慚。今賜名潤德泉。」《湘山野録》：雍熙二年，鳳翔奏周公廟有泉湧出，相傳時平則流，亂則竭。唐大中年，復流，賜號「潤德」。後又涸，今其泉復涌，澄瑩甘潔。太宗嘉之。今俗號功德泉。

〔三〕翠鳳：《竹書紀年》：周文王元年，有鳳集於岐山。《國語》：周之興也，鸑鷟鳴於岐山。《水經注》：天柱山有鳳皇祠。《太平寰宇記》：岐山一名天柱。時人謂此山爲鳳凰堆。

附子由次韻：

周人尚記有周公，禾黍離離下有宫。破豆烝豚非以報，野巫長跪若爲通。山圍棟宇泉流近，鳳去梧桐落葉濛。有客賦詩題屋壁，二南猶自有遺風。

嵇紹似康并引○一本題云「戲作賈梁道詩」。

王淩謂賈充曰：「汝非賈梁道之子耶？乃欲以國與人！」由是觀之，梁道之忠於魏也，久矣！司馬景王既執淩歸，過梁道廟，淩大呼曰：「我亦大魏之忠臣也。」及司馬病，見淩與梁道守而殺之。二人者，可謂忠義之至，精貫於神明矣。然梁道之靈獨不能已其子充之姦，至使首發成濟之事〔一〕，此又理之不可曉者也。故予戲作詩云。

嵇紹似康爲有子，郗超叛鑒似無孫。如今更恨賈梁道，不殺公閭殺子元〔二〕。

〔一〕成濟事：《晉書·賈充傳》：高貴鄉公之攻相府也，充率衆拒戰於南闕。軍將敗，成濟謂充曰：「今日之事何如？」充曰：「公養汝，正爲今日，復何疑？」於是濟抽戈犯蹕。

〔二〕慎按，《三國·魏志》：王淩謂齊王不任天位，欲迎立楚王彪，遣楊弘以廢立事告兖州刺史黄華。華、弘以白司馬宣王，宣王將兵討之。淩勢窮，自縛出迎。宣王承詔送京師。淩至項，飲藥死。干寶《晉紀》曰：淩到項，見賈逵祠，呼曰：「賈梁道！王淩固忠於魏之社稷者，唯汝有神知之。」其年八月，宣王有疾，夢凌、逵爲厲，遂薨。據此，則殺王凌者，乃仲達，非子元也。王應麟《困學紀聞》云：王凌以壽春，欲誅懿而不得。此其證也。先生蓋訛記爲景王事，故恨梁道不殺公閭而殺子元耳。從來注家，無有辨者，今駁正。

慎按：此詩施氏原本不載，《外集》編第三卷，鳳翔時作也。今據此從新刻《續補》下卷移編。

南溪之南竹林中新構一茆堂予以其所處最爲深邃故名之曰避世堂〔一〕

猶恨溪堂淺，更穿修竹林。高人不畏虎，避世已無心。隱几頹如病，忘言兀似一作「自」瘖。茆茨追上古，冠蓋謝當今。曉夢猿呼覺，秋懷鳥伴吟。暫來聊解帶，屢去欲攜衾。湖上行人絶，堦前暮雪深。應逢緑毛叟，扣户夜抽簪。

〔一〕避世堂：《名勝志》在盩厔縣東南二十五里。

附子由次韻：

拄杖行窮徑，圍堂尚有林。飛禽不驚處，萬竹正當心。虎嘯風吹籟，霜多蟬病瘖。獸驕從不避，人到記由今。未暇終身住，聊爲半日吟。青松可絶食，黄葉不須衾。偶到初迷路，將還始覺深。堂中有幽士，插髻尚餘簪。

重遊終南子由以詩見寄次韻

去年新柳報春回，今日殘花覆緑苔。溪上有堂還獨宿〔一〕，誰人無事肯重來？古琴彈罷風吹座，山閣醒時月照杯。嬾不作詩君錯料，舊逋應許過時陪。

〔一〕溪堂：在南溪上，注見《壬寅二月》詩公自注中。

附子由原作：

終南重到已春回，山木緣崖緑似苔。谷鳥嗚呼嘲獨往，野人笑語記曾來。定邀道士彈鳴鹿，誰與溪堂共酒盃？應有新詩還寄我，與君和取當遊陪。

自清平鎮遊樓觀五郡大秦延生僊遊往返四日得十一詩寄舍弟子由同作〔一〕按，《欒城集》題云「和子瞻三遊南山九首」，自《樓臺》至《玉女洞》止，此外又有《調水符》、《姚氏山亭》二首，合成十一首之數。

樓觀

鳥噪猿呼晝閉門，寂寥誰識古皇尊。青牛久已辭轅軛，白鶴時來一作「來時」訪子孫。山近朔風吹積雪，天寒落日淡孤村。道人應怪遊人衆，汲盡堦前井水渾。

〔一〕清平鎮：按，《九域志》：鄠縣有清秋鎮，注見前。此云清平，失考。

附子由次韻：

神仙避世守關門，一世沉埋百世尊。舊宅居人無姓尹，深山道士即爲孫。天寒遊客常逢雪，日暮歸鴉自識村。君欲留身記幽寂，直將山外比羌渾。

五　郡〔一〕

古觀正依林麓斷，居民來就一作「説」水泉甘。亂溪赴渭争趨北，飛鳥迎山不復南。羽客衣冠朝上象，野人香火祝春蠶。汝師豈解言符命，山鬼何知託老聃〔二〕！公自注：觀有明皇碑，言夢老子告以享國長久之意。

〔一〕五郡：《名勝志》：盩厔縣有五郡城，舊説有兄弟五人並居此，後爲道觀，唐竪碑。

〔二〕山鬼：《史記·始皇本紀》：山鬼不過知一歲事耳。

附子由次韻：

蜀人不信秦川好，食蔗從梢未及甘。當道沙塵類河北，依山水竹似江南。觀形隨阜飲溪鹿，雲氣侵山食葉蠶。猶有道人迎客笑，白須黄衲豈非聃。

授經臺〔一〕公自注：乃南山一峰耳，非復有築處。

劍舞有神通草聖，海山無事化琴工。此臺一覽秦川小〔二〕，不待傳經意已空。

〔一〕授經臺：《名勝志》：在鳳翔城南，崇聖觀在其側，尹喜既見老子，授五千言，退而居此。

〔二〕秦川：《地理志》：陸川，陝之平川盡處，過此而東，則雍之秦川也。

附子由和：

輪扁不能令子巧，老聃雖智若爲傳。遺經尚在臺如故，弟子今無似喜賢。

大秦寺〔一〕

晃蕩平川盡，坡陁翠麓横。忽逢孤塔迥，獨向亂山明。信足幽尋遠，臨風却立驚。原田浩如海〔二〕，滚滚盡東傾。

〔一〕大秦：《法苑珠林》：終南山有大秦嶺竹林寺。

〔二〕原田：鄭康成《詩箋》：周原在岐山之南。《史記》徐廣《音義》：岐山，在扶風，其南有周原。《名勝志》：周原在岐山縣東四十里，東西横亘，肥美寬平，即《詩》「周原膴膴」者也。地在岐山之陽，《左傳》曰：「成有岐陽之蒐。」

附子由和：

大秦遥可説，高處見秦川。草木埋深谷，牛羊散晚田。山平堪種麥，僧魯不求禪。北望長安市，高城遠似烟。

仙遊潭五首

公自注：潭上有二寺：一在潭北，循黑水而上，爲東路，至南寺。渡黑水西里餘，從馬北上，爲西路，至北寺。東路險，不可騎馬，而西路隔潭，潭水深不可測，上以一木爲橋，不敢過。故南寺有塔，望之可愛，而終不能到。

潭

翠壁下無路，何年雷雨穿。光摇巖上寺，深到影中天。我欲然犀看，龍應抱寶眠。誰能一作「言」孤石上，危坐試僧禪。

附子由和：

潭深不可涉，潭小不通船。路斷遊人止，龍藏白沫旋。蒻藤量水短，插石置橋堅。橋外居民少，躬耕不用錢。

南寺

東去愁攀石，西來怯渡橋。碧潭如見試，白塔苦相招。野饋慚微薄〔一〕，村沽慰寂寥。路窮斤斧絶，松桂得干霄。

〔一〕野饋：《詩·七月》疏：饁，野饋也。

附子由和：

澄潭下無底，將渡又安能？慣上横空木，輕生此寺僧。曉魚聞考考，石塔見層層。不到殊非惡，他年記未曾。

北寺

唐初傳有此，亂後不留碑。畏虎關門早，無村得米遲。山泉自入甕，野桂不勝炊。信美那能久，應先學忍飢。

附子由和：

君看潭北寺，何用減潭南。不到還能止，重來獨未厭。荒涼增客思，貧病覺僧慚。飲水寒難忍，誰言柏子甘。

馬融石室

未應將軍聘〔一〕，初從季直游〔二〕。絳紗生不識〔三〕，蒼石尚能留。豈害依梁冀，何須困李侯〔四〕。吾詩慎勿刻，猿鶴爲君羞。

〔一〕將軍聘：《後漢書·馬融傳》：永初二年，大將軍鄧隲聞融名，召爲舍人，非其好也，而不應命。既飢困，乃悔而嘆息，往應召。

〔二〕從季直游：本傳：初，京兆摯恂以儒學教授隱於南山，融從其游學，博通經籍。季直，恂字也。

〔三〕絳紗：《鳳翔志》：馬融，扶風人，今縣東南二十里，有絳帳村。

〔四〕依梁困李：本傳：融懲於鄧氏，不敢復違忤勢家，遂爲梁冀草奏李固，以此爲正直所羞。

附子由和：

扶風貴公子，早歲伴山家。吹笛墮秋葉，讀書隨曉鴉。業成心自叛，學苦我長嗟。石室非人住，窮山雪似沙。

玉女洞

洞裏吹簫子，終年守獨幽。石泉爲曉鏡，山月當簾鈎。歲晚杉楓盡，人歸霧雨愁。送迎應鄙陋，誰繼楚臣謳？

附子由和：

洞門蒼蘚合，傴仄不容身。傳有虚明處，中藏窈窕人。吹笙橋上月，拾翠洞南春。往往來山下，蕭然雨灑塵。

愛玉女洞中水既致兩瓶恐後復取而爲使者見紿因破竹爲契使寺僧藏其一以爲往來之信戲謂之調水符

欺謾久成俗，關市有契繻。誰知南山下，取水亦置符。古人辨淄澠，皎若鶴與鳧。吾今既謝此，但視符有無。常恐汲水人，智出符之餘。多防竟無及，棄置爲長吁。

附子由和：

多防出多欲，欲少防自簡。君看山中人，老死竟誰謾。渴飲吾井泉，飢食甑中飯。何用費卒徒，取水負瓢罐。置符未免欺，反覆慮多變。授君無憂符，堦下泉可嚥。

自僊遊回至黑水見居民姚氏山亭高絶可愛復憩其上〔一〕

山鴉曉辭谷，似報遊人起。出門猶屢顧，慘若去吾里。道途險且迂，繼此復能幾。溪邊有危構，歸駕聊復柅。愛此山中人，縹緲如仙子。平生慕獨往，官爵同一屣。胡爲此溪邊，卷卷若有誒？國恩久未報，念此慙且泚。臨風浩悲叱，萬世同一軌。何年謝簪紱，丹砂留迅晷。

〔一〕黑水：谷名，注見第三卷《壬寅二月》詩公自注中。

南溪有會景亭處衆亭之間無所見甚不稱其名予欲遷之少西臨斷岸西向可以遠望而力未暇特爲製名曰招隱仍爲詩以告來者庶幾遷之

飛簷臨古道，高榜勸遊人。未即令公隱，聊須濯路塵。茆茨分聚落，烟火傍城闉。林缺湖光漏，窗明野意新。居民惟白帽，過客漫朱輪。山好留歸屐，風迴落醉巾。他年誰改築，舊製不須因。再到吾雖老，猶堪作坐賓。

附子由次韻：

隱居吾未暇，何暇勸夫人。試飲此亭酒，自慚纓上塵。林深開翠帟，岸斷峻巖闉。送雪村沽釅，迎陽鳥弄新。竹風吹斷籟，湖月轉車輪。霜葉飛投坐，山梅重壓巾。欲居常有待，已失嘆無因。古語君看取，聲名本實賓。

凌虚臺〔一〕

才高多感激，道直無往還。不如此臺上，舉酒邀青山。青山雖云遠，似亦識公顔。崩騰赴幽賞，披豁露天慳。落日銜翠壁，暮雲點烟鬟。浩歌清興發，放意末禮删。是時歲云暮，微雪灑袍斑。吏退迹如掃，賓來勇躋攀。臺前飛雁過，臺上雕弓彎。聯翩向空墜，一笑驚塵寰。

〔一〕凌虚臺：本集《凌虚臺記》略云：四方之山，莫高於終南，而都邑之最麗者，莫近於扶風。以至近求至高，其勢必得，此凌虚之所爲作也。

慎按：邵博《聞見後録》云：東坡作《凌虚臺記》，陳公弼覽之，笑曰：「吾視蘇明允猶子也，某，猶孫子也。平日故不以辭色假之者，以其年少，暴得大名，懼夫滿而不勝也，乃不吾樂耶？」不易一字，即命刻之石。其後，公弼坐贓，抑鬱以没，至謂「東坡致使然」云云，此事之未必然者，予於《客位假寐》詩注中辨之詳矣。

附子由次韻：

棄我謂我遠，求我謂我還。我一爾則二，視此臺上山。山高上干天，獨不照我顔。無乃我自蔽，誰謂山則慳。遠望不見趾，近視不得鬟。山實未始變，任子自擇删。北風吹南崖，山上秋葉斑。道遠又寒苦，皴裂辭難攀。晴空卷朝雲，照夜霜月彎。强爾登此臺，勉矣趨闤闠。

竹鼦〔一〕一作「鼸」。

野人獻竹鼦，腰腹大如盎。自言道旁得，采不費罝網。鴟夷讓圓滑，混沌慙瘦爽。兩牙雖有餘，四足僅能髣。逢人自驚蹶，悶若兒脱襁。念此微陋質，刀几安足枉。就擒大倉卒，羞愧不能饗。南山有孤熊，擇獸行舐掌。

〔一〕竹鼦：陸佃《埤稚》：栗鼠，若竹鼦之類，蓋鼠食竹，故曰「竹鼦」。《燕山録》云「煮羊以鼦」，即此也。

附子由次韻：

野食不穿囷，溪餘不盜盎。嗟鼦獨何罪，膏血自爲網。陰陽造百物，偏此愚不爽。肥癡與瘦黠，稟受不相髣。王孫處深谷，小若兒在襁。超騰避彈射，將中還復枉。一朝受羈緤，冠帶相賓饗。愚死智亦擒，臨食抵吾掌。

渼陂魚〔一〕公自注：陂在鄠縣。

霜�細破爲雙掩〔二〕，中有長魚如卧劍。紫荇穿腮氣慘悽，紅鱗照座光磨閃。攜來雖遠鬛尚動，烹不待熟指先染。坐客相看爲解顔，香粳飽送如填塹。早歲嘗爲荆渚客，黄魚屢食沙頭店〔三〕。濱江易採不復珍，盈尺輒棄無乃僭。自從西征復何有？欲致南烹嗟久欠。游儵瑣細空自鯹，亂骨縱横動遭砭。故人遠餽何以報？客俎久空驚忽贍。東道無辭信使頻，西鄰幸有庖虀釅。

〔一〕渼陂魚：《元和郡縣志》：渼陂在鄠縣西五里，周圍十四里。《長安志》：出終南山諸谷，合胡公泉爲陂。《十道志》：地有五味陂，産魚，甚美，因名之。唐寶曆間，敕渼陂令尚食，禁采捕。

〔二〕雙掩：「掩」、「揜」同。《曲禮》：大夫不揜群。《石經》作「掩」，蓋襲取之義，今用爲魚具之名。

〔三〕沙頭：在《荆州》注，詳第二卷中。

附子由次韻：

渼陂霜落魚可掩，枯茭破盤蒲折劍。巨斧敲冰已暗知，長叉刺浪那容閃。鯨孫鮫子誰復惜，朱鬣金鱗漫如染。邂逅相遭已失津，偶然一掉猶思塹。嗟君遊宦久羊炙，有似遠行安野店。得魚未熟口流涎，豈有哀矜自欺僭。人生飽足百事已，美味那令一朝欠？少年勿笑貪匕筯，老病行看費鍼砭。羊生懸骨空自飢，伯夷食菜有不贍。清名驚世不益身，何異飲醯徒酷釅。

十二月十四日夜微雪明日往南溪小酌至晚

南溪得雪真無價，走馬來看及未消。獨自披榛尋屐迹，最先犯曉過朱橋。誰憐破屋眠無處，坐覺村飢語不囂。惟有暮鴉知客意，驚飛千片落寒條。

附子由次韻：

南溪夜雪曉來霽，有客晨遊酒未消。風泛餘花來逐馬，浮光斷澗不知橋。山寒凍合行人息，醉熟賓歡舞意囂。歸騎相將踏瑶玉，嗅林閒認早梅條。

九月中曾題二小詩於南溪竹上既而忘之昨日再遊見而録之

其一

湖上蕭蕭踈雨過，山頭靄靄暮雲横。陂塘水落荷將盡，城市人歸虎欲行。

其　二

誰謂江湖居，而爲虎豹宅？　焚山豈不能，愛此千竿碧。

司竹監〔一〕燒葦園因召都巡檢柴貽勗左藏以其徒會獵園下〔二〕

官園刈葦留枯楂「留枯楂」別本皆作「歲留楂」，深冬放火如紅霞。枯楂燒盡有根在，春雨一洗皆萌芽。黄狐老兔最狡捷，賣侮百獸常矜誇。年年此厄竟不悟，但愛蒙密争來家。風迴燄卷毛尾熱，欲出已被蒼鷹遮。野人來言此最樂，徒手曉一作「時」出歸滿車。巡邊將軍在近邑〔三〕，呼來颯颯從矛叉。戍兵久閒可小試，戰鼓雖凍猶堪撾。雄心欲搏南澗虎，陣勢頗學常山蛇。霜乾火烈聲暴野，飛走無路號且呀。迎人截來砉一作「苦」逢箭，避犬一作「火」者，訛逸去窮投罝。擊鮮走馬殊未厭，但恐落日催棲鴉。弊旗仆鼓坐數獲，鞍挂雉兔肩分麚。主人置酒聚狂客，紛紛醉語晚更譁。燎毛燔肉不暇割，飲啖直欲追羲媧。青邱雲夢古所咤，與此何啻百倍加。苦遭諫疏説夷羿，又被詞客嘲淫奢。豈如閒官走山邑，放曠不與趨朝衙。農工已畢歲云暮，車騎雖少賓殊嘉。酒酣上馬去不告，獵獵霜風吹帽斜。

〔一〕司竹監：《漢書注》：芒竹，在盩厔南界，芒水之曲而多竹林也。《水經注》：芒水又北徑盩厔縣之竹圃。漢冲帝詔曰：「翟義作亂於東，霍負倚芒竹。」即此也。《元和郡縣志》：司竹園，周迴百里，置監丞掌之。《唐六典》：司竹監掌植養園竹之事，其管内及有司所須簾、籠、筐、篚之屬，擇其材幹以供之。按，《漢書》有司竹長丞，後魏有司竹都尉，後周有司竹監及丞，唐因之。在京兆、鄠、盩厔、懷州、河内界中。宋時惟鄠、盩厔一監，在鳳翔。

〔二〕左藏：《咸淳臨安志》：左藏掌受四方財賦之入，以待邦國之經費。其原蓋起於周，職内、職歲、外府之職，漢更隸大農少府，至晉始置左、右藏，分建東、西庫。宋初，左藏止一庫，置使領焉，率居以清望官。其後惟才是用，四選通得入轄。

〔三〕巡邊將軍：《宋史·職官志》：諸縣有巡檢司，掌訓治甲兵，巡邏州邑，擒捕盜賊，有沿邊溪洞都巡檢，或蕃漢都巡檢。孫彦同《職官分紀》：嘉祐三年，詔：諸路每一州軍巡檢，有至三、五員者，又，兩、三州至八、九州有都同巡檢，軍馬勢分，罕能獲賊。其一州軍止留巡檢一員，數州留都同巡檢一員，其邊海江湖險僻之地，舊有巡檢處皆留之。

附子由和：

駿馬七尺行馮馮，曉出射獸霜爲冰。荻園斫盡有枯栟，束茆吹火初如燈。乍分乍合勢開展，蒼烟被野風騰騰。黄狐驚顧嘯儔侶，飛鳥先起如蒼蠅。須臾列旆布行伍，有似修蟒横岡陵。蒼鷹猛犬出前後，缺處已挂黄麻罾。回風忽作火力怒，平地一捲無疆塍。商辛不出抱寶死，曹瞞逸去焦其肱。投身互喜脱灰燼，鬭首旋已遭侵凌。何人上馬氣吞虎？狐帽壓耳皮蒙膺。開弓徐射疊雙兔，擁馬讙叫驚未曾。舉鞭一麾百夫進，擊鼓再發箭啓棚。去如飛虻中如雹，獲若雨獸膏流澠。肉分麾下飽壯士，皮與公子留縑繒。縱横分裂惠村塢，尚有磊落載後乘。吾兄善射久無敵，是日斂手稱不能。憑鞍縱馬聊自適，酒後醉語誰能膺。健兒擊搏洵可樂，主將雄猛今誰勝？胸中森列萬貔虎，嗟世但以文儒稱。安得强弓傳長箭，使射蔽日垂天鵬。

和子由木山引水二首

其一

蜀江久不見滄浪，江上枯槎遠可將。去國尚能三犢載，汲泉何愛一夫忙。崎嶇好事人應笑，冷淡爲歡意自長。遥想納涼清夜永，窗前微月照汪汪。

慎按：第一首與《欒城集》用韻不同。

其二

千年古木卧無梢，浪捲沙翻去似瓢。幾度過秋生蘚暈，至今流潤應江潮。泫然疑有蛟龍吐，斷處人言霹靂焦。材大古來無適用，不須鬱鬱慕山苗。

附子由原作：

引水穿牆接竹梢，谷藏峰底大容瓢。將流旋滴廬山瀑，已盡還來海上潮。亂點落池驚睡覺，半山含潤沃心焦。瓦盆一斛何勝滿，溢去猶能浸菊苗。

簷下枯槎拂荻梢，山川迤邐費公瓢。幽泉細細流巖鼻，盆水瀰瀰漲海潮。但愛堅如湖上石，誰憐收自竈中焦。蒼崖寒溜須佳蔭，尚少冬青石罋苗。

和子由苦寒見寄 按，《欒城集》缺原作。

人生不滿百，一别費三年。三年吾有幾〔一〕，棄擲理無還。長恐别離中，摧我鬢與顔。念昔喜著書，别來不成篇。細思平時樂，乃爲憂所緣。吾從天下士，莫如與子歡。羡子久不出，讀書蝨生氊。丈夫重出處，不退要當前。西羌解仇隙〔二〕，猛士憂塞壖。廟謀雖不戰，虜意久欺天。山西良家子，錦緣貂裘鮮。千金買戰馬，百寶粧刀鐶。何時逐汝去，與虜試周旋。

〔一〕三年：先生於嘉祐辛丑十一月赴鳳翔任，又三年，爲英宗治平元年甲辰。按，傅藻《紀年録》：是冬，任滿還朝。此詩乃將離鳳翔時作，故有「一别費三年」之句。施氏原本編入第一卷《鼊市》詩後，訛矣。今改正。

〔三〕西羌解仇：按，《東都事略》：嘉祐六年，趙諒祚上書慕中國衣冠，明年當以迎漢使者，仁宗許之。至治平三年，復舉兵犯慶州，又寇大順城。先生作詩在治平初，其時，諒祚尚未渝盟，而逆料虜情，固知其必叛矣。

寄題興州〔一〕鼂太守新開古東池〔二〕

百畝清一作「新」池傍郭斜，居人行樂路人誇。自言官長如靈運，能使江山似永嘉〔三〕。縱飲座中遺白帢，幽尋盡處見桃花。不堪山鳥號歸去，長遣王孫苦憶家。

〔一〕興州：《太平寰宇記》：山南西道興州，白馬氏之東境，漢分置武都郡。按，今州則武都之沮縣也。晉以後爲楊茂搜所據，後魏改東益州，廢帝改興州。地當入蜀要衝，東北至長安九百五十里。《九域志》：利州路興州順政郡，在興元府成、階、鳳三州之間，今漢中府興安州是也。

〔二〕鼂太守：名仲約，《司馬温公集》有《寄題興州晁都官仲約東沼沼上有唐鄭都官詩刻石》。又，文與可《丹淵集》詩序云：余過興州，太守晁侯延之於東池晴麗亭，且道其所以爲此池亭之意，余賦詩云：「鄭谷題詩處，荒涼不復知。使君來問日，景物欲歸時。」

〔三〕靈運永嘉：《元和郡縣志》：温州永嘉郡，漢會稽東部之地。晉大寧中，置永嘉郡。唐上元二年，於永嘉縣置温州。《太平寰宇記》：永嘉有南亭、北亭、白岸亭、楠溪、石帆、石室、謝公池、謝公巖諸名勝，靈運皆有詩。

附鄭谷《興州東池》原作：

南連乳郡流，闊碧浸晴樓。徹底千峰影，無風一片秋。垂楊拂蓮葉，返照媚漁舟。鑑貌還惆悵，難遮兩鬢羞。

附司馬君實作：

名郎遊勝地，心迹繼風流。昔爲題詩著，今因好事修。四山相照映，五馬屢淹留。相見波光净，依然一片秋。

附子由作：

山繞興州萬疊青，池開近郭百泉并。昔年種柳人何在，累歲開花藕自生。波暖跳魚聞樂喜，人來野鴨望船鳴。西還過此須終日，爲問使君行未行？

華陰寄子由〔一〕

三年無日不思歸，夢裏還家旋覺非。臘酒送寒催去國，東風吹雪滿征衣。三峰已過天浮翠〔二〕，四扇行看日照扉〔三〕。里堠消磨不禁盡，速攜家餉勞驂騑。

〔一〕華陰：《元和郡縣志》：華州華陰縣，漢屬弘農郡，太華山在縣南八里。《輿地廣記》：《禹貢》華陰之地，秦更名秦寧，漢高八年，改爲華陰縣。

〔二〕三峰：《名山記》：華嶽有三峰，直上數千仞，基廣而峰峻，有如削成，今博山香爐形，實象之。

〔三〕四扇：韓愈詩：荆山已過華山來，日出潼關四扇開。

和董傳留别〔一〕

麤繒大布裹生涯〔二〕，腹有詩書氣自華〔三〕。厭伴老儒烹瓠葉，强隨舉子踏槐花。囊空不辦尋春馬，眼亂行看擇壻車〔四〕。得意猶堪誇世俗，詔黄新濕字如鴉〔五〕。

〔一〕董傳，本集《與韓魏公尺牘》云：進士董傳至長安，見軾於官舍，道其窮苦之狀，賴公而存，又薦我於朝，吾生平無妻，有彭駕部者，許嫁我以妹，云云。按，先生作此詩時，傳已病殁，則其生前未嘗娶婦，故詩中有「眼亂行看擇壻車」之句。

〔二〕大布：陶潛詩：御冬足大布，麤絺以應陽。

〔三〕腹有詩書：韓愈詩：由腹有詩書。

〔四〕擇壻：申培《詩説》：《摽有梅》，女父擇壻之詩。

〔五〕詔黄：《南史·王韶之傳》：遷黄門侍郎，領著作，凡諸詔黄，皆其辭也。王楙《野客叢書》：唐中書制詔，畫旨而施行者，曰勑，用黄麻紙；承旨而行者，曰敕牒，用黄藤紙。

西蜀楊耆二十年前見之甚貧今見之亦貧所異於昔者蒼顔華髮耳女無美惡富者姸士無賢不肖貧者鄙使其逢時遇合豈減當世之士哉頃宿長安驛舍聞泣者甚怨問之乃昔富而今貧者乃作一詩今以贈楊君

孤村漸一作「微」雨逐一作「送」秋凉，逆旅愁人怨夜長。不寐相看惟櫪馬，悲歌一作「愁吟」互答有寒螿。天寒滯穗石刻作「檖」猶横一作「棲」畝，歲晚空機任石刻作「尚」倚牆。勸爾一杯聊復睡，人間貧富海茫茫。

慎按：此詩施氏原本不載，本詩有石刻，題云「余三十年前雨過扶風夜半逆旅有歌者其聲悲甚起問之蓋昔富今貧者予亦爲悽然飲之以酒而作此詩今日寒雨不止忽憶此事且念楊君之悽屑與逆旅者何異故書以與之」云云，與刻本小異。故附録於此。按，先生宦蹟自後不復入秦，故知此詩爲此時作。今從新刻《續補》下卷移編。

夜直秘閣呈王敏甫〔一〕

蓬瀛宫闕隔埃氛，帝樂天香似許聞。瓦弄寒蟬鴛卧月，樓生晴靄鳳盤雲。共誰交臂論今古，只有閒心對此君。大隱本來無境界，北山猿鶴漫移文。

〔一〕直秘閣：《文獻通考》：大平興國二年，始建崇文院。端拱初，建秘閣，亦在崇文院中。孫彦同《職官分紀》：端拱元年，置秘閣，每夜輪校理、校勘一人直宿。曾鞏《隆平集》：秘閣初隸京百司，淳化元年，秘書監李至上言，乞與三館同列，不隸京百司。詔：自今秘閣宜次三館。

慎按：宋時秘閣之秩，視三館較卑。三館者，昭文、集賢、史館也。以先生《墓誌》考之，英宗治平二年，公自鳳翔罷還，召試秘閣，入三等，得直史館。未幾，丁老蘇公憂。元祐初，自登州還朝，除起居舍人，繼除中書舍人。前後歷官未嘗授秘閣之秩。題中所云「直秘閣」，疑當作「直史館」，此詩施氏原本不載，今據《外集》，從《續補》卷中移編。

謝蘇自之惠酒〔一〕

高士例須憐麴蘗，此語嘗聞退之説。我今有説殆不然，麴蘗未必高士憐。醉者墜車莊生言，全酒未若全於天。達人本自不虧缺，何暇更求全處全。景山沉迷阮籍傲，畢卓盜竊劉伶顛。貪狂嗜怪無足取，世俗喜異矜其賢。杜陵詩客尤可笑，羅列八子參群仙。流涎露頂置不説，爲問底處能逃禪。我今不飲非不飲，心月皎皎長孤圓〔二〕。有時客至亦爲酌，琴雖未去聊忘絃。吾宗先生有深意，百里雙罌遠將寄。且言不飲固亦高，舉世皆同吾獨異。

不如同異兩俱冥，得鹿亡羊等嬉戲。決須飲此勿復辭，何用區區較醒醉。

〔一〕蘇自之：失考。

〔二〕心月：《傳燈録》：心月孤圓，光吞萬象。

慎按：此詩施氏原本不載，《外集》編第四卷，自鳳翔還朝直史館時所作。今據此，從新刻《續補》上卷移編於此。

東坡先生編年詩卷六

古今體詩五十首起神宗熙寧二年己酉服闋還朝，歷任開封推官，尋改杭州通判，抵廣陵作。

次韻柳子玉見寄〔一〕

薄雷輕雨曉晴初，陌上春泥未濺裾。行樂及時雖有酒，出門無侶漫看書。遥知寒食催歸騎，定把鴟夷載後車。他日見邀須强起，不應辭病似相如。

〔一〕柳子玉：名瑾，吴人。與王介甫同年，集中有詩。又，梅聖俞有《送柳瑾秘丞》詩及《柳秘丞赴大名知録》詩。黄山谷亦有唱和。

附子由次韻：

新年始是識君初，顧我塵埃久滿裾。談辯不容朝夕聽，情親空愧往還書。久聞筆陣無前敵，更擬詩壇託後車。待得入城應少暇，相從有約定何如？

送曾子固倅越得燕字〔一〕

醉翁門下士〔二〕，雜沓難爲賢。曾子獨超軼，孤芳陋群妍。昔從南方來，與翁兩聯翩。翁今自憔悴，子去亦宜然。賈誼窮適楚，樂生老思燕。那因江鱠美，遽厭天庖羶。但苦世論隘，聒耳如蜩蟬。安得萬頃池，養此横海鱣。

〔一〕曾子固倅越：韓持國撰《曾子固神道碑序》，略云：公嘉祐二年，進士及第。爲太平州司法參軍，歲餘，召編修史館書籍。嘗爲《英宗實録》檢討官，踰月，罷出，通判越州。

〔二〕醉翁門下：《東都事略》：曾鞏游太學，歐陽修見其文而奇之，自是名聞天下。嘉祐二年，歐知貢舉，鞏兄弟皆舉進士。

《烏臺詩案》：熙寧三年内，送到曾鞏詩簡。曾鞏，字子固。是年准敕通判越州。臨行，館閣同舍舊例餞送。衆人分韻，軾探得「燕」字，作詩一首，中云：但苦世論隘，聒耳如蜩蟬。譏諷近日朝廷進用多刻薄之人，議論褊隘，聒喧如蜩蟬之鳴，不足聽也。又云：安得萬頃池，養此横海鱣。

以此比犖賢才也。《後漢書·黄憲傳》：汪汪如萬頃波，言安得有度量如黄憲者，能容養此宏材也。

王頤赴建州錢監求詩及草書〔一〕

我昔識子自武功〔二〕，寒廳夜語尊酒同。酒闌燭盡語不盡〔三〕，倦僕立寐僵屏風。丁寧勸學不死訣，自言親受方瞳翁。嗟予聞道不早悟，醉夢顛倒隨盲聾。邇來憂患苦摧剥，意思蕭索如霜蓬。羨君顔色愈少壯，外慕漸少由中充。河車挽水灌腦黑，丹砂伏火入頰紅。大梁相逢又東去，但道何日辭樊籠。未能便乞勾漏一本作「岣嶁」令，官曹似是錫與銅。留詩河上慰離别，草書未暇緣怱怱。

〔一〕建州錢監：《九域志》：福建路建州建寧郡節度，領縣七，監一，咸平三年置，鑄銅錢。

〔二〕武功：《元和郡縣志》：武功縣在渭水南，今郿縣地是也。按，舊縣境有武功山斜谷水，亦曰武功水，則縣本以山水立名。

〔三〕燭盡語不盡：《唐書·柳公權傳》：充翰林學士。文宗夜召對，燭盡而語不盡，宫人以蠟液濡紙繼之。

附子由作：

憶游長安城，皆飲母卿宅。身雖座上賓，心是道路客。笑言安能久？車馬就奔迫。城南南山近，勝絶聞自昔。徘徊竟莫往，指點煩鞭策。道旁古龍池，深透河渭澤。山行吾不能，愧此纔咫尺。壯哉誰開鑿，千頃如一席。參差山麓近，滉蕩波光射。君時在池上，俗事厭紛劇。望門不敢叩，恐笑塵土迹。自從旅京城，所向愈無適。君來曾未幾，已復向南國。扁舟出淮汴，惟見江海碧。野人處城市，長願有羽翮。脱身相從遊，未果聊自責。

秀州〔一〕僧本瑩静照堂〔二〕

鳥囚不忘飛，馬繫嘗念馳。静中不自勝，不若聽所之。君看厭事人，無事乃更悲。貧賤苦形勞，富貴嗟神疲。作堂名静照，此語子謂誰？江湖隱淪士，豈無適時資。老死不自惜，扁舟自娱嬉。從之恐莫見，况肯從我爲？

〔一〕秀州：《元和郡縣志》：嘉興縣，本長水縣，秦爲由拳。孫吴時有嘉禾生，改禾興。後以孫皓父名，改爲嘉興。《五代史・職方考》：秀州，吴越王錢元瓘置，割杭州之嘉興縣爲屬而治之。

〔二〕静照堂：柳琰《嘉興舊志》：招提講寺，在郡治西北二里，唐曹刺史捨宅爲院，賜名羅漢院。宋治平四年，改招提院，僧慧空住院内。有静照堂，蘇文忠、王介甫諸公皆有詩。慧空，即本瑩字也。

附子由作：

有僧訪我携詩卷，自説初成静照堂。《欒城集》作「净照」，訛，今改正。求得篇章書壁素，不論塵土漬衣黃。故山別後成新歲，歸夢春來繞舊房。看取盈編定何益，客來無語但循牆。

石蒼舒醉墨堂〔一〕

人生識字憂患始，姓名麤記可以休。何用草書誇神速，開卷惝怳令人愁。我嘗好之每自笑，君有此病何能瘳。自言其中有至樂，適意不異逍遥遊。近者作堂名醉墨，如飲美酒消百憂。乃知柳子語不妄，病嗜土炭如珍羞。君於此藝亦云至，堆牆敗筆如山邱。興來一揮百紙盡，駿馬倏忽踏九州。我書意造本無法，點畫信手煩推求。胡爲議論獨見假，隻字片紙皆藏收。不減鍾張君自足，下方羅趙我亦優。不須臨池更苦學，完取絹素充衾裯。

〔一〕石蒼舒：文與可《丹淵集》有《石屯田墓志》，略云：石君諱某，字君瑜，世居關中。男一人，蒼舒，雋慧修爽，雜習可喜，工詞章，善草、隸。前爲高陵縣主簿，諸公皆譽之。

附子由作：

石君得書法，弄筆歲月久。經營妙在心，舒卷功隨手。惟兹逸群氣，扶駕須斗酒。作堂名醉墨，揮灑動牆牖。安得濁酒池，淋漓看濡首。但取繼張君，莫顧顛名醜。

送安惇秀才失解西歸〔一〕

舊書不厭百回讀，熟讀深思子自知。他年名宦恐不免，今日棲遲那可追。我昔家居斷往還，著書不暇窺園葵。朅來東游慕人爵，棄去舊學從兒嬉。狂謀謬算百不遂，惟有霜鬢來如期。故山松柏皆手種，行且拱矣歸何時。萬事早知皆有命，十年浪走寧非癡。與君未可較得失，臨別唯有長嗟咨。

〔一〕安惇：《宋史·奸臣傳》：安惇，字處厚，廣安軍人。上舍及第。紹聖初，章惇、蔡卞造同文獄，使與蔡京雜治元祐諸臣者，即其人也。

送任伋〔一〕通判黄州兼寄其兄孜

吾州之豪任公子，少年盛壯日千里。無媒自進誰識之？有才不用今老矣。别來十年學不厭，讀破萬卷詩愈美。黄州小郡夾谿谷〔二〕，茆屋數家依竹葦。知命無憂子何病？見賢不薦誰當恥？平原老令更可悲〔三〕，六十青衫貧欲死。桐鄉遺老至今泣，潁川大姓誰能箠？因君寄聲問消息，莫對黄鷂矜爪觜。

〔一〕任伋：字師中。《宋史·任孜傳》：其弟伋，亦知名，嘗通判黄州，當時稱大任、小任，孜注已見

第一卷。

〔二〕黄州：《元和郡縣志》：春秋時邾子之地，又爲黄國之境。蕭齊於此置齊安郡。隋開皇三年，罷郡置黄州。

〔三〕平原：《元和郡縣志》：河北道德州，所屬有平原縣，本漢舊縣，東北至州四十六里。王氏注云：孜，時爲簡州平原令。與詩不合。

慎按：以上七首，施氏原本編鳳翔還朝卷末。以愚考之，公罷鳳翔，在治平乙巳，明年丙午四月，丁老蘇公憂，歸蜀。至熙寧己酉，免喪入朝。又兩年，出倅杭州。此七首乃己酉以後作，今移編。

附子由作：

一别都門今五年，劇談精壯故依然。厭居巴蜀千山底，決住荆河十頃田。老去功名無意取，身閒詩筆更能專。黄州無事聊須飲，世俗方今自足賢。

次韻子由初到陳州一本有「見寄」二字二首〔一〕

其一

道喪雖云久，吾猶及老成。如今各衰晚，那更治刑名〔二〕。懶惰便樗散，疎狂託聖明。阿奴須碌碌，門户要全生。

〔一〕陳州：《水經注》：伏羲、神農並都此。舜後嬀滿爲周陶正，武王妻以元女太姬，而封諸陳。《九域志》：京東北路陳州鎮安軍節度，治宛丘縣，去東京二百四十五里。

〔二〕那更治刑名：《潁濱遺老傳》：神宗嗣位三年，求治甚急。時王介甫新得幸，以執政領三司條例，上以轍爲之屬。介甫急於財利，吕惠卿爲之謀主，轍議事多牾。青苗法行，陳其決不可，且請補外。介甫大怒，將加以罪。陳陽叔止之，奏除河南推官。會張文定知睢陽，以學官見辟，從之。

其二

舊隱三年别，杉松好在不？吾今尚眷眷，此意恐悠悠。閉户時尋夢，無人可説愁。還來送别處，雙泪寄南州。

附子由原作二首：

謀拙身無向，歸田久未成。來陳爲懶計，傳道愧虚名。俎豆終難合，詩書强欲明。斯文吾已試，深恐誤諸生。

久愛閒居樂，兹行恐遂不？上官容碌碌，飽食更悠悠。枕畔書成癖，湖邊柳散愁。疎慵愧韓子，文字化潮州。

次韻子由緑筠堂〔一〕

愛竹能延客，求詩剩掛牆。風梢千纛亂，月影萬夫長。谷鳥驚棋響，山蜂識酒香。只應陶靖節，會取北窗涼。

〔一〕緑筠堂：一作「緑筠亭」。本集先生自書此詩後云：清獻先生嘗求東坡居士作緑筠亭詩，曰：「此吾鄉人梁處士之居也。」後二十五年，乃見處士之子琯，請書此本。時紹聖二年四月十三日。自紹聖乙亥上溯熙寧辛亥，恰二十五年，故知此詩爲辛亥年作。楊升雲《至治瑞陽志》謂「緑筠堂在瑞州，蘇轍寓此，有詩，子瞻次其韻」云云。考《欒城集》中，失原作，或筠州别有緑筠堂，東坡此詩自爲梁處士所作，今依施氏原編。

送劉攽〔一〕倅海陵〔二〕

君不見阮嗣宗，臧否不挂口。莫誇舌在齒牙牢，是中惟可飲醇酒。讀書不用多，作詩不須工。海邊無事日日醉，夢魂不到蓬萊宫〔三〕。秋風昨夜入庭樹，蓴絲未老君先去。君先去，幾時回？劉郎應白髮，桃花開未開？

〔一〕劉攽：《宋史》：劉攽，字貢父，與兄敞同登科，仕州縣者二十年，始爲國子直講。熙寧中，判尚書考功。嘗貽王安石書，非新法。安石怒，斥通判泰州。

〔二〕海陵：《輿地廣記》：泰州有吴太倉，《枚乘傳》「不如海陵之倉」是也。晉安帝置海陵郡。唐武德三年，改海陵縣。《太平寰宇記》：淮南道海陵監，煮鹽之務也。唐置縣，僞唐於海陵縣置泰州。按，泰州今屬揚州府。《烏臺詩案》謂「熙寧三年劉攽通判海州」者，訛。海州當作海陵。

〔三〕蓬萊：施氏原注：貢父博記，能文章，政事侔古循吏，與王介甫爲友。介甫得政，行新法。貢父時在館閣，貽書論其不便，曰：「今百姓取青苗錢於官者，公私債負逼迫，故稱貸出息以濟其急。介甫爲政，不能使家給人足，無稱貸之患，而特開稱貸之法，以爲有益於民，不亦可羞哉！今郡縣之吏，方以青苗錢爲殿最，未足，不得催二税。如此，民安得不請？安得不納？而謂其願而不可止者，吾誰欺？欺天乎？」又謂，「皇甫鏄、裴延齡之聚斂，商鞅、張湯之變法，未有保終吉者」。介甫大怒，斥通判海陵。題館壁云：「璧門金闕倚天開，五見宫花落古槐。明日扁舟滄海去，却從雲氣望蓬萊。」元祐間，拜中書舍人，卒於官。以上皆施注，原本所有而新刻删去。按，貢父時從館閣謫官，其題壁詩有「却從雲氣望蓬萊」之句，故先生云：海邊無事日日醉，夢魂不到蓬萊宫。今將原注删去，則本詩二語殊無着落，且其貽安石書，反復痛切，而本傳失載，亦足補《宋史》之闕略，特詳録於篇末。

送錢藻出守婺州得英字〔一〕

老手便劇郡，高懷厭承明。聊紆東陽綬〔二〕，一濯滄浪纓。東陽佳山水《烏臺詩案》作「平生好山水」，未到意已清。過家父老喜，出郭壺漿迎。子行得所願，愴恨居者情。吾君方急賢，日旰坐邇英〔三〕。公自注：邇英，閣名。黄金招樂毅，白璧賜虞卿。子不少自貶，陳義空峥嶸。古稱爲郡樂，漸恐煩敲搒。臨分敢不盡，醉語醒還驚。

〔一〕錢藻守婺州：《東都事略》：錢藻，字純老，吴越王五世孫。舉進士，又中制科。爲人清謹寡過，爲治簡静，人稱長者。英宗時爲秘書校理，上書請太后還政。通判秀州。神宗時遷直舍人，擢知制誥，除樞密直學士，知開封府云云。不及守婺州事。曾子固《送錢婺州詩序》：純老以明經進士制策入等，入館閣，編校書籍。其文章學問有過人者，宜在天子左右，而顧請一州，欲自試於川窮山險之地。此賦詩者所以推其賢，惜其意，而不能已也。

〔二〕東陽：《元和郡縣志》：江南道婺州東陽郡，本會稽西部都尉。孫皓始分會稽，置東陽。隋平陳，置婺州，取其地於天文爲婺女分野也。

〔三〕邇英：《宋史》：仁宗景祐二年正月，置邇英、延義二閣。江少虞《宋朝事實類苑》：崇政殿之西有延義閣，南向。近陽門之北有邇英閣，東向。皆講讀之所也。

慎按：《烏臺詩案》：錢藻知婺州，館閣同舍舊例餞送。席上先索藻詩，欲各分韻作送行詩。藻作五言絶句一首，某分得「英」字，作古詩。云云。此詩言朝廷方急賢才，多士並進，子獨遠出爲郡，不少自勉强求進，但守高義，譏時人之急進也。又言青苗助役既行，百姓輸納不前，則爲郡者不免用鞭箠催督，醉中道此語，醒後却驚恐得罪，以譏新法不便也。

附子由作：

桃花汴水半河流，已作南行第一舟。倦報朝中言嘖亂，喜聞淮上櫓咿呦。平時答策詞無枉，此去爲邦學更優。自古東陽足賢守，請君重賦沈公樓。

送吕希道知和州〔一〕

去年送君守解梁〔二〕，今年送君守歷陽〔三〕。年年送人作太守，坐受塵土堆胸腸。君家聯翩三將相〔四〕，富貴未已今方將。鳳雛驥子生有種，毛骨往往傳諸郎。觀君崛鬱負奇表，便合劍珮趨明光。胡爲小郡屢奔走，征馬未解風帆張。我生本自便江海，忍耻未去猶徬徨。無言贈君有長嘆，美哉河水空洋洋。

〔一〕吕希道：按，《宋史》及《東都事略》俱無傳。詳見施氏原注。新刻本删節，今補録於後。吕希道，字景純，丞相文靖公之孫，翰林侍讀學士公綽之子。慶曆六年，獻所爲文，召試賜進士出身，入判登聞鼓院。歷知解、和、滁、汝、澶、湖、亳七州，河南監牧使，三司都勾院。景純性寬厚，沈静端默。熙寧、元豐間，士急於進取，獨雍容其間，安分，隨所適而樂，遇事有不可，必力争。及元祐之初，吏治寬平，景純雅量自如，亦不改其故。爲郡皆有惠政，既去，而人思之。

〔二〕解梁：《水經注》：涑水逕解縣故城南。《春秋》：晉惠公因秦返國，許秦以河外五城。内及解梁，即此城也。《元和郡縣志》：河中府臨晉縣，有故解城，在縣東南十八里。《太平寰宇記》：後魏及周之南北二解俱在臨晉縣界。今解縣乃隋開皇十六年於廢虞鄉縣置。唐於蒲州界别置虞鄉，五代漢乾祐中於解縣置州。

〔三〕歷陽：劉禹錫《和州廳壁記》：歷陽，古揚州之域，秦爲九江治所。梁之亡也，侯淵明與王僧辯盟，二國協和，而州得名。《九域志》：淮南西路和州歷陽郡防禦，治歷陽縣。

〔四〕三將相：按，《宋史·宰輔表》及《宰輔編年録》：吕蒙正於太宗端拱元年自昭文大學士參知政事，加中書侍郎平章事，咸平六年封萊國公。吕夷簡，於仁宗天聖七年自龍圖直學士除同平章事，景祐二年封申國公。吕公弼，於英宗治平二年自權三司使，樞密直學士除樞密副使，四年進樞密使。詩中所稱「三將相」，謂蒙正、夷簡、公弼也。王氏注於蒙正、夷簡而外，不引公弼，而引公著。按，公著於哲宗元祐初方入相，先生作詩在熙寧中，其謬戾昭然。施氏補注復踵其訛，今爲改正。

次韻王誨夜坐〔一〕

愛君東閣能延客，顧我閒官不計員。策杖頻過知未厭，卜居相近豈辭遷。莫將詩句驚搖落，漸喜尊罍省僕緣。待約月明池上宿，夜深同看水中天。

〔一〕王誨：誨字規父，熙寧中爲蘇州守。注詳後十一卷中。

送文與可〔一〕出守陵州〔二〕

壁上墨君不解語，見之尚可消百憂。而况我友似君者，素節凜凜欺霜秋。清詩健筆何足數，逍遥齊物追莊周。奪官遺去不自覺〔三〕，曉梳脱髮誰能收。江邊亂山赤如赭，陵陽正在千山頭。君知遠别懷抱惡，時遺墨君解我愁〔四〕。

〔一〕文與可：施氏原注：與可爲人静深，操韻高潔，超然不攖世故。熙寧初，王介甫得政，時論紛然，與可時爲集賢校理，請遠郡以去。東坡忠憤所激，數上書論天下事，退而與賓客言。與可每苦口戒之。逮其倅杭，與可寄詩云：「北客若來休問事，西湖雖好莫吟詩。」後來得罪，果如其言。畫竹石妙絶一世，得者皆寶之。後知洋州，改湖州，未到郡而卒。自以文翁之後，號石室先生，所著有《丹淵集》四十卷，行於世。

〔二〕陵州：《元和郡縣志》：劍南道東川陵州，南北二面，懸崖斗絶，南臨鹽井。《太平寰宇記》：陵州，漢犍爲郡之武陽縣東境也。《輿地廣記》：成都府路仙井監，後周置陵州。宋熙寧五年，廢爲陵井監。《丹淵集》中有《乞改陵州名狀》，云：州之所以得名，據《地里志》，本犍爲與蜀二郡之地，在梁爲懷仁郡，西魏時改陵州，因境有陵井，故名。陵井始後漢張陵開興，因以名井，復因井名以名州。

〔三〕奪官：范百禄《文與可墓志》：熙寧三年，知太常禮院時，執政欲興事，多所更釐，附麗者衆，公獨遠之。及與陳薦等議宗室襲封事，執據典禮，坐奪一官，再請鄉郡，以博士知陵州。

〔四〕墨君：與可作堂名「墨君」，東坡爲記。

送劉道原〔一〕歸覲南康〔二〕

晏嬰不滿六尺長〔三〕，高節萬仞陵首陽。青衫白髮不自嘆，富貴在天那得忙？十年閉户樂幽獨，百金購書收散亡。朅來東觀弄丹墨，聊借舊史誅姦强。孔融不肯下曹操，汲黯本自輕張湯。雖無尺箠與寸刃，口吻排擊含風霜。自言静中閲世俗，有似不飲觀酒狂。衣巾狼藉又屢舞，旁人大笑供千場。交朋翩翩去略盡，惟吾與子猶彷徨。世人共棄君獨厚，豈敢自愛恐子傷。朝來告别驚何速，歸意已逐征鴻翔。匡廬先生公自注：道原父也，致仕二十餘年矣古君子〔四〕，挂冠兩紀鬢未蒼。定將文度置膝上，喜動鄰里烹猪羊。君歸爲我道姓氏一本作「名姓」，幅巾他日容登堂。

〔一〕劉道原：《東都事略》：劉恕，字道原。王安石與恕有舊，欲引恕修三司條例，以不習錢穀爲辭。因言天子方屬公以政事，宜恢張堯舜之道，不應以財利爲先。方安石用事，呼吸成禍福，恕奮厲不顧，直指其事。司馬光修《資治通鑑》，奏請恕同編修。光出知永興軍，恕亦以親老告歸南康，乞監酒税以就養。有詔即官下編修。

〔二〕南康：《太平寰宇記》：江南西路南康軍，本江州星子鎮，太平興國三年，以地當要津，改鎮爲星子縣，仍割江州之都昌、洪州之建昌以屬焉。○按，贛州舊名南康府，與此有别。

〔三〕晏嬰：劉爲人短小，故以晏嬰比之。

〔四〕匡廬先生：《東都事略》：劉渙，字凝之。舉進士，爲潁上令。以剛直不屈，即棄官而歸，家於廬山之陽，時年甫五十。歐陽修與渙同年進士也。高其節，作《廬山高》詩以美之。居廬山三十餘年，以壽終。朱文公《壯節亭記》略云：凝之官至屯田員外郎，家居四十年，八十五卒。二子，長名恕，次名格。《欒城集》中有《劉屯田哀辭》。

附子由作：

大川傾流萬物俱，根旋脚脱争奔徂。流萍斷梗誰復數，長林巨石曾須臾。軒昂顛倒唯恐後，嗟予何獨强根株。三年一語未嘗屈，擬學文舉驚當塗。心知勢力非汝敵，獨恐清議無遺餘。扁舟歲晚告歸覲，家膳欲及羞尊罏。隱居高節世所尚，挂冠早歲還州閭。紛紛世事不著耳，得失豈復分錙銖。投身固已陷泥滓，獨立未免遭霑濡。君歸左右識高趣，牛毛細數分賢愚。

出都來陳所乘船上有題小詩八首不知何人有感於余心者聊爲和之

其　一

蛙鳴青草泊，蟬噪垂楊浦。吾行亦偶然，及此新過雨。

其　二

鳥樂忘罝罦〔一〕，魚樂忘鈎餌。何必擇所安，滔滔天下是。

〔一〕罝罦：《月令》：田獵罝罘，羅網畢翳。按，罘，音浮，通作罦。

其　三

烟火動村落，晨光尚熹微。田園處處好，淵明胡不歸？

其　四

我行無疾徐，輕楫信溶漾。船留村市鬧，閘發寒波漲。

其　五

舟人苦炎熱，宿此喬木灣。清月未及上，黑雲如頹山。

其　六

萬竅號地籟，衝風散天池。喧豗瞬息間，還挂斗與箕。

其　七

潁水非漢水〔一〕，亦作蒲萄緑。恨無襄陽兒，令唱銅鞮曲。

〔一〕潁水：《名勝志》：潁在陳州南五十里，通上蔡，水出南頓，而注於淮。

其八

我詩雖云拙，心平聲韻和。年來煩惱盡，古井無由波。

慎按：以下出都赴杭道中作。

次韻張安道讀杜詩

《大雅》初微缺，流風困暴豪。張爲詞客賦，變作楚臣《騷》。展轉更崩壞，紛綸閱俊髦。地偏蕃怪産，源失亂狂濤。粉黛迷真色，魚蝦易豢牢。誰知杜陵傑，名與謫仙高。掃地收千軌，争標看兩艘。詩人例窮苦，天意遣奔逃〔一〕。塵暗一作「闇」人亡鹿，溟翻帝斬鼇。艱危思李牧，述作謝王褒。失意各千里，哀鳴聞九皋。騎鯨遁滄海，捋虎得綈袍。巨筆屠龍手，微官似馬曹。迂疎無事業，醉飽死游遨〔二〕。簡牘儀型在，兒童篆刻勞。今誰主文字？公合抱旌旄。開卷遥相憶，知音兩不遭。般斤思郢質，鯤化陋儵濠。恨我無佳句，時蒙致白醪。殷勤理黄菊，未遣没蓬蒿。

〔一〕奔逃：《舊唐書·杜甫傳》：禄山陷京師，肅宗徵兵靈武，甫自京師宵遁，赴河西拜右拾遺。明年，房琯罷相，出甫爲華州司功參軍。時關畿亂離，穀食踊貴，甫寓居成州同谷縣，負薪采梠，兒女餓殍者數人。

〔二〕醉飽死遊遨：《舊書》又云：永泰元年，蜀中大亂，甫扁舟下峽，未維舟而江陵亂，乃沿泝湘流，游衡山，寓居耒陽。永泰二年，啗牛肉白酒，一夕而卒。

附張安道原作：

文物皇唐盛，詩家老杜豪。雅音還正始，感興出《離騷》。運海張鵬翅，追風騁驥髦。三春上林苑，八月浙江濤。璀璨開蛟室，幽深閉虎牢。金晶神鼎重，王氣霽虹高。甲馬騰千隊，戈船下萬艘。吴鈎銛莫敵，羿彀巧無逃。遠意隨孤鳥，雄筋舉六鼇。曲嚴周廟肅，頌美孔圖褒。世亂多群盜，天遥隔九皋。途窮傷白髮，行在窘青袍。憂國論時事，司功去諫曹。《七哀》同谷寓，一曲錦川遨。妻子飢寒累，朝廷戰伐勞。倦遊徒右席，樂善乏干旄。萬里歸無路，危城至輒遭。行吟悲楚澤，達觀念莊濠。逸思乘秋水，愁腸困濁醪。耒陽三尺土，誰爲翦蓬蒿？

附子由和韻：

我公才不世，晚歲道尤高。與物都無著，看書未覺勞。微言精《老》《易》，奇韻喜《莊》《騷》。杜叟詩篇在，唐人氣力豪。近時無沈宋，前輩蔑劉曹。天驥精神穩，層臺結搆牢。龍騰非有迹，鯨轉自生濤。浩蕩來何極？雍容去若遨。壇高真命將，毳亂始知髦。白也空無敵，微之豈少褒。論文開錦繡，賦命委蓬蒿。初試中書日，旋聞鄜畤逃。妻孥隔豺虎，關輔暗旌旄。入蜀營三徑，浮江寄一艘。投人慙下舍，愛酒類東皐。漂泊終浮梗，迂踈獨釣鼇。誤身空有賦，掩脛惜無袍。卷軸今何益？零丁昔未遭。相如原並世，惠子漫臨濠。得失將誰怨？憑公付濁醪。

送張安道〔一〕赴南都留臺〔二〕

我公古仙伯，超然羡門姿。偶懷濟物志，遂爲世所縻。黄龍遊帝郊，《簫韶》鳳來儀。終然反溟極，豈復安籠池。出入四十年，憂患未嘗辭。一言有歸意，闔府諫莫移。吾君信英睿，搜士及茆茨。無人長者側，何以安子思？歸來掃一室，虚白以自怡。游於物之初，世俗安得知。我亦世味薄，因循鬢生絲。出處良細事，從公當有時。

〔一〕張安道：施氏原注：張文定公，名方平，字安道。其先宋人，後徙揚州。以賢良方正射策，優等，屢遷知諫院。元昊叛命六年，上益厭兵，而賊亦困敝。元昊欲自通無由，安道上疏：「願因郊赦開其自新。」仁宗喜曰：「是吾心也。」西師解，安道有力焉。神宗擢爲參知政事。御史中丞缺，曾公亮欲用王安石，安道極論不可。未幾，以憂去位。先是知皇祐貢舉，嘗辟安石考校，既入院，凡院中之事，皆欲紛更，遂檄使出。老蘇公作《辨姦論》，以譏安石，謂必亂天下，安道爲載於所撰墓碣。與安石如冰炭，安石當軸，神宗欲再使共政，安石每力排之。而安道論新法之害，皆深言危語不少屈。知陳州時，監司皆新進，趨時興利，長吏初不與聞。安道曰：「吾衰矣，雅不能事人，歸與！以全吾志。」即力請留臺以歸。故詩云「一言有歸志，闔府諫莫移」也。後判應天府，陛辭，面諭曰：「初欲卿與韓絳共事，而卿議政不同。又欲以卿爲樞密使，而卿論兵亦異。卿受先帝末命，卒無以副朕意乎？」因泫然泣下，賜帶如常任宰相者。守蜀時，得三蘇公，皆器異之。薦東坡及李大臨爲諫官。坡下制獄，又抗章請命。嘗以安道意，作諫用兵書，其言懇切至到。又序其文，以比孔融、諸葛亮云。元祐間，以太子太保薨，贈司空。蘇子由爲請謚曰「文定」。居南亭，榜所居曰「樂全堂，」東坡爲賦詩。

〔二〕南都留臺：《晉書》：張方劫惠帝幸長安，僕射荀藩等在洛陽爲留臺承制行事。「留臺」之名始此。《元和郡縣志》：河南道宋州，即高辛氏之子閼伯所居商丘，今州理也。漢爲梁國，隋於睢陽置宋州。《太平寰宇記》：後唐同光元年，改爲歸德軍，至東京三百里。《輿地廣記》：宋景德四年，陞應天府。《九域志》：祥符七年，改應天府爲南京。《宋史·職官志》：自太祖以來，巡狩親征，則命親王或大臣總留守事，是爲東京留守。其西、南、北三京各守一人，以知府兼之。按，《張文定墓記》：仁宗朝，自尚書左丞知南京。神宗熙寧中，請南京留臺，遂知陳州，即此時也。

《烏臺詩案》：熙寧四年五月中，軾將赴杭州，張方平陳乞得南京留臺，本人有詩一首送軾，只記得落句云「最好乘舟遊禪扉」，其餘不記。却有一詩送本人，云：「無人長者側，何以安子思？」比方平之賢，言朝廷當堅留其人以要任，不可令居閒地。

附子由作：

識公歲已深，從公非一日。仰公如重雲，庇我貧賤迹。公歸無留意，我處念平昔。少年喜文字，東行始觀國。成都多遊士，投謁密如櫛。紛然衆人中，顧我好顔色。猖狂感一遇，邂逅登仕籍。爾來十六年，鬢髮就衰白。謀身日已謬，處世復何益？從來學俎豆，漸老信典册。自知百不堪，偶未三見黜。譬如溝中斷，誰復强收拾。高懷絶塵土，舊好等金石。庠齋幸無事，樽俎奉清適。居然遠憂患，況復取矜式。汪洋際海深，澹泊朱弦直。狥時非所安，歸去亦何失。道存尚可卷，功成古難必。還尋赤松子，獨就丹砂術。恨無二頃田，伴公老蓬蓽。

傅堯俞〔一〕濟源草堂〔二〕

微官共有田園興，老罷方尋隱退廬。栽種成陰十年事，倉黄求買百金無。先生卜築臨清濟，喬木如今似畫圖。鄰里亦知偏愛竹，春來相與護龍雛。

〔一〕傅堯俞：《東都事略》：傅堯俞，鄆州須城人。未冠，舉進士。元祐四年，拜中書侍郎，卒謚獻簡。紹聖中，入黨籍。施氏原注：傅欽之本鄆人，官孟州。樂濟源風土，徙焉。王安石素與之善，方行新法，謂之曰：「方今紛紛，俟君來久矣。當以待制、諫院處君。」堯俞曰：「新法世以爲不便，誠如是，當極論之。」安石愠，遂寢。司馬温公嘗謂邵雍曰：「清、直、勇三德，人所難兼，吾於欽之畏焉。」雍曰：「欽之清而不耀，直而不激，勇而能温，是爲難耳。」

〔三〕濟源草堂：《水經》：濟水出王屋山。注云：山下有濟源廟。《太平寰宇記》：孟州濟源縣，在州西北四十里，濟水在縣西北三里，出平地，有二源。《名勝志》：濟源草堂，在濟瀆廟西，宋知河陽軍傅堯俞建，俗呼其遺址爲傅家林。

附子由作：

聞有高居值百金，西山南麓北山陰。園通濟水池塘好，花近洛川顔色深。人去節旄分重鎮，客來猿鶴感幽吟。溪溪雨過西湖漲，歸興蕭然定不任。

陸龍圖〔一〕詵挽詩〔二〕

挺然直節庇峨岷，謀道從來不計身。屬纊家無十金產，過車巷哭六州民。塵埃輦寺三年別，樽酒岐陽一夢新。他日思賢見遺像，不論宿草更沾巾。公自注：成都有思賢閣，畫諸公像。

〔一〕龍圖：《宋史·職官志》：龍圖閣有學士、直學士、待制、直閣等員。凡館閣久次者，必遷直龍圖閣，爲擢待制之基也。元豐後，爲補外者貼職。閣中奉太宗御製及世譜圖書符瑞之物。何氏《語林》：舊制，直龍圖閣謂之假龍，待制謂之小龍，直學士謂之大龍，學士謂之老龍。凡帶此職，例呼龍圖。

〔三〕陸詵：《宋史·陸詵傳》：詵，字介夫，餘杭人，進士起家。初通判秦州，歷知桂州、延州、秦鳳、晉州、真定、成都。與詩中「六州」正合。施注以爲「秦鳳未上而改命」，而公詩有「樽俎岐陽一夢新」之句，似指其在秦鳳時事，所未詳也。

附子由作：

擁節西來未一年，淒涼道路泣東轅。蜀都富樂真當惜，民事艱難誰復論。白馬何人趨遠日，青芻盈束更無言。異時歸去逢遺老，空聽咨嗟述舊恩。

胡完夫母周夫人挽詞〔一〕

柏舟高節冠鄉鄰，絳帳清風聳搢紳。豈似凡人但慈母，能令孝子作忠臣。當年織屨隨方進，晚節稱觴見伯仁。回首悲凉便陳迹，凱風吹盡棘成薪。

〔一〕胡完夫：《東都事略》：胡宗愈，晉陵人，胡宿弟之子也。舉進士甲科。神宗朝，同知諫院。時李定自秀州推官除御史，蘇頌、李大臨以不草制，落職。宗愈封還詞頭，坐奪職通判真州。哲宗即位，遷中書舍人、給事中，累遷御史中丞，尋拜尚書左丞。卒，謚修簡。後入黨籍。

次韻柳子玉過陳絶糧二首

其　一

風雨蕭蕭夜晦迷，不須鳴叫强知時。多才久被天公怪，闕食惟應爨婦知。杜叟挽衣那及脛，顔公食粥敢言炊。詩人情味真嘗遍，試問於今底處一作「事」虧。

其　二

如我自觀猶可厭，非君誰復肯相尋。圖書跌宕悲年老，燈火青熒語夜深。早歲便懷齊物志，微官敢有濟時心。南行千里知一作「成」何事，一聽秋濤萬鼓音〔一〕。

〔一〕萬鼓音：《錢唐潮候圖》：聲如雷鼓，猶不足以形容之。

附子由次韻二首《欒城集》題云「次韻柳子玉謫官壽春舟過宛丘見寄」：

局冷曾非簿領迷，幽居渾似未官時。忽聞客至驚還喜，出見泥深笑不知。謀拙未能憂歲計，身閒聊可飽晨炊。行舟借問何匆草？淮口無潮月正虧。

獻酬不用辭升斗，曲直何勞問尺尋。要路風波無限惡，謫居情味最能深。交從錦水初無間，鄰卜共山已有心。草聖詩豪並神速，數因南雁惠佳音。

潁州初别子由二首〔一〕

其一

征帆挂西風，别淚滴清潁〔二〕。留連知無益，惜此須臾景。我生三度别〔三〕，此别尤酸冷。念子似先君，木訥剛且静。寡辭真吉人，介石乃機警。至今天下士，去莫如子猛〔四〕。嗟我久病狂，意行無坎井。有如醉且墜，幸未傷即一作「輒」醒，從今得閒暇，默坐消日永。作詩解子憂，持用日三省。

〔一〕潁州：《元和郡縣志》：河南道潁州，漢汝南郡之汝陰縣地。後魏孝昌四年，改置潁州。西北至汴七百里，東南至壽州二百五十八里。程大昌《演繁露》：神宗初封潁王，故元豐二年，升爲潁昌軍，爲王封之舊也。張舜民以爲熙寧初者，訛。

〔二〕清潁：《元和郡縣志》：潁水自項城縣界入州。《名勝志》：古語云，世亂潁水濁，世治潁水清。

〔三〕三度别：嘉祐六年，先生赴鳳翔任，子由留京師，别於鄭州西門外；治平三年，先生自鳳翔還朝，子由出爲大名推官。詳見《欒城集》。今先生赴杭，子由自陳送至潁州而别。

〔四〕去莫如子猛：《烏臺詩案》：熙寧四年十月，軾赴杭州，時弟轍自潁州相别。後十一月到杭州本任，作初别子由詩云：「至今天下士，去莫如子猛。」爲弟轍曾作制置條例，充檢詳文字，争議新法不合，乞罷。説轍去之勇决，亦諷朝廷新法不便也。

其　二

近别不改容，遠别涕霑胸。咫尺不相見，實與千里同。人生無離别，誰知恩愛重。始我來宛邱〔一〕，牽衣舞兒童。便知有此恨，留我過秋風。秋風亦已過，别恨終無窮。問我何年歸？我言歲在東〔二〕。離合既循環，憂喜迭相攻。此語長太息，我生如飛蓬。多憂髮早白，不見六一翁。

〔一〕宛邱：《元和郡縣志》：宛邱本漢陳縣，高齊時移項縣理於此，隋改宛邱縣。《爾雅》：邱上有邱曰宛邱。郭璞注：今在陳州。

〔二〕歲在東：歲星在東方，謂甲寅年也。先生與辛亥冬赴杭，歷三年至甲寅春，以子由在濟南，求爲東州守，果有移知密州之命，洵不食此言矣。《太平寰宇記》云：東南至潁州三百里。

附子由次韻二首：

託身游宦鄉，終老羡箕潁。隱居亦何樂？親愛形隨影。念兄適吴越，霜降水初冷。翩然事舟楫，棄此室廬静。平明知當發，中夜抱虚警。永懷江上宅，歸計失不猛。人生狗所役，有若魚墮井。

遠行豈易還，劇飲終難醒。不如早自乞，閒日庶猶永。世事非所憂，多憂亦誰省。
放舟清淮上，蕩潏洗心胸。所遇日轉勝，恨我不得同。江淮忽中斷，陂塘何重重！紫蟹三寸匡，
白皃五尺童。赤鯉寒在汕，紅粳滿霜風。西成百物賤，加餐慰貧窮。胡爲復相念，未肯安南東。
人生免飢寒，不受外物攻。不見田野人，四壁編茆蓬。有食輒自樂，誰知富家翁。

歐陽少師令賦所蓄石屏〔一〕

何人遺公石屏風？上有水墨希微蹤。不畫長林與巨植，獨畫峨眉山西雪嶺上萬歲不老之孤松。崖崩澗絶可望不可到，孤烟落日相溟濛。含風偃蹇得真態，刻畫始信天有工。我恐畢宏〔二〕、韋偃死葬虢山下〔三〕，骨可朽爛心難窮。神機巧思無所發，化爲烟霏淪石中。古來畫師非俗士，摹寫物象略與詩人同〔四〕。願公作詩慰不遇，無使二子含憤泣幽宫。

〔一〕歐陽少師：《東都事略》：歐陽修，仁宗嘉祐五年爲樞密副使。明年，拜參知政事。神宗即位，遷尚書左丞。以譏切王安石，遂聽以太子少師致仕。《揮麈前録》：國朝百官致仕，庶僚守本官，以合遷一官回授任子，侍從仍轉一官，宰執换東宫官。熙寧初，歐陽公始以太子少師帶觀文殿學士致仕，示特恩也。自是遂以爲例。《歐陽年譜》：公致仕於熙寧四年，殁於熙寧五年。東坡倅杭，正歐公初歸潁時也。

〔二〕畢宏：張彦遠《名畫記》：畢宏，大曆五年爲給事中，改京兆少尹，爲左庶子。樹石擅名於代。樹木改步變古，自宏始也。封演《聞見記》：宏善畫古松，後見張璪，於是閣筆。

〔三〕韋偃：《名畫記》：韋鑒工龍、馬，弟鑾工山水、松石。鑾子鶠工山水、高僧、奇士、老松、異石，筆力勁健，風格高舉。俗人空知鶠善馬，不知松石更佳也。《宣和畫譜》：鶠雖家學，而烟霞風雲之變，輪困離奇之狀，過其父遠甚。

〔四〕摹寫物象：元稹《杜少陵墓志》：擺去拘束，摹寫物象。

附子由作：

石中枯木雙扶疎，粲然脉理通肌膚。剖開左右兩相屬，細看不見毫髮殊。老榑剥落但存骨，病松憔悴空留鬚。邱陵迤邐山麓近，雲烟瀇霩風雨餘。我驚造物巧如此，刻畫鎖細供人須。公家此類尚非一，客至不識空嗟吁。案頭紫雲抱明月，牀上寒木翻飢烏。賦形簡易神自足，鄙棄筆墨嗟勤劬。天工此意與人競，雜出變怪驚群愚。世間淺拙無與敵，比擬賴有公新書。

陪歐陽公燕西湖〔一〕

謂公方壯鬚似雪，謂公已老光浮頰。朅來湖上飲美酒，醉後劇談猶激烈。湖邊草木新著霜，芙蓉晚菊争煌煌。插花起舞爲公壽，公言百歲如風狂。赤松共遊也不惡，誰能忍飢啖仙藥。已將壽夭付天公，彼徒辛苦吾差樂。城上烏棲暮靄生，銀釭畫燭照湖明。不辭歌詩勸公飲，坐無桓、伊能撫箏〔三〕。

〔二〕西湖：潁州西湖，注詳第二卷。

〔三〕坐無桓、伊：施氏原注：歐陽文忠公事英宗、神宗，堅求退，除觀文殿學士，出典亳、青二州，擢宣徽使，判太原。遣内侍賜告，諭赴闕，欲留共政，力辭，乞守蔡州。在亳六請致仕，至蔡復請，乃許。公年未及謝，天下高之。舊號醉翁，晚又號六一居士。昔守潁上，樂其風土，因卜居焉。郡有西湖，尤愛之。是時王介甫得政，推行新法，小人用事。公爲郡，不忍以法病民。介甫舊出公門，至是，懼其復用，間惎甚深，毁阻不已。謂必無補時事，但使異論者附之，遂聽歸老。東坡用桓、伊事，意實在此。居潁纔一年，薨，年六十有六。

附子由作：

西湖草木公所種，仁人實使甘棠重。歸來築室傍湖東，勝遊還與邦人共。公年未老髮先衰，對酒清歡似昔時。功成業就了無事，令名付與他人知。平生著書今絶筆，閉門燕居未嘗出。忽來湖上尋舊游，坐令湖水生顔色。酒行樂作游人多，争觀竊語誰能呵。十年思潁今在潁，不飲奈此游人何。

十月二一本作「一」日將至渦口五里所遇風留宿〔一〕

長淮久無風〔二〕，放意弄清快。今朝雪浪滿，始覺平野隘。兩山控吾前〔三〕，吞吐久不噫。孤舟繫桑本〔四〕，終夜舞澎湃。舟人更傳呼，弱纜恃菅蒯。平生傲憂患，久矣恬百怪。鬼神欺吾窮，戲我聊一噫。缾中尚有酒，信命誰能戒。

〔一〕渦口：《左傳》吴城邗溝，通江淮。注云「邗溝東北通射陽湖，西北至渦口入淮」是也。《困學紀聞》：渦口在濠州鍾離縣西北九十里。陳克《東南防守利便》云：淮南之浸，有淮水、淝水、渦水，皆在淮北，晉、魏侵吴，必自譙入渦，元魏時作十三城於渦口。《泗州志》云：渦河發源，自葛河口西來，至亳州界，黄河從西北注之，至亳城北，與馬當河合，經蒙城，流至懷遠縣，東入淮，謂之渦口。以水勢曲折旋轉，故名。賈似道奏疏謂「渦口上環荆山，下連淮岸，險要可據」者，是也。

〔二〕長淮：《圖經》云：淮河，四瀆之一，自泗州龜山東北流，與汴河合，東北入海，即長淮也。

〔三〕兩山：《水經注》：荆、塗二山對峙，爲一脉，自神禹以桐柏之水汎濫爲害，乃鑿山爲二以通之。按，兩山今在懷遠縣南。

〔四〕桑本：《易·否卦》：九五，繫於苞桑。疏云：苞，本也，凡物繫於桑之苞本，則牢固也。

附子由和：

長淮暮生風，來自渦河口。新舟雖云固，波浪亦難受。詩來話艱危一作「厄」，驚恐及兒婦。憶同泝荆峽，終夜愁石首。餘飇入幃幄，跳沫濺窗牖。平生未省見，驚顧欲狂走。爾來涉憂患，漸覺成老醜。遥喜波浪中，時能飲醇酒。

出潁口〔一〕初見淮山是日至壽州〔二〕

我行日夜向江海，楓葉蘆花秋興長。平一作「長」淮忽迷天遠近，青山久與船低昂。壽州已見白石塔，短棹未轉黄茆岡，波平風軟望不到，故人久立烟蒼茫。

〔一〕潁口：《水經》：淮水東流，與潁口會，又東北逕壽春故城西。

〔二〕壽州：《元和郡縣志》：秦九江郡，南北朝爲壽春，隋改壽州。《太平寰宇記》：淮南道壽州壽春郡，宋升忠臣軍節度。西北至東京八百五十里，東至濠州二百二十里。《五代會要》：周顯德四年，移壽州於下蔡，以舊壽州爲壽春縣。

附子由次韻：

清淮此日見滄浪，始覺南來道路長。窗轉山光時隱見，船知水力故軒昂。白魚受釣收寒玉，紅稻堆場列遠岡。波浪連天東近海，乘槎直恐漸茫茫。

壽州李定〔一〕少卿出餞城東龍潭上〔二〕

山鴉噪處古靈湫，亂沫浮涎繞客舟。未暇然犀照奇鬼，欲將燒燕出潛虬一作「蚪」。使君惜別催歌管，村巷驚呼聚玃猴。此地他年頌遺愛，觀魚并記老莊周。

〔一〕李定：王明清《揮麈前録》：李定，同時有三人。其一字仲求，洪州人，晏元獻之甥，欲預賽神會，蘇子美以其任子拒之，致興大獄者。又，李定，字資深，元豐中御史中丞，揚州人。又，李定，嘉祐、治平以來以風采聞，遍歷諸路計度轉運使。官制未行，老於正卿，蓋濟南人也。世多指而爲一，不可不辨。又按，《烏臺詩案》亦有兩李定，其一人即御史中丞、上疏劾東坡者。其一在承受先生譏諷文字收坐人姓名内，未詳孰是。

〔二〕城東龍潭：《水經注》：肥水又西逕東臺下，即壽春外郭東北隅阿之榭也。東側有一湖，三春九夏，紅荷覆水，引瀆城隍，水滙成潭。《名勝志》：三國時安豐郡，隋改壽州。芍陂在城東。後漢建安十四年，鄧艾重修此陂，所謂「龍泉之陂，良田萬頃」。

附子由次韻：

東行取次閲三州，擊鼓清晨復解舟。車騎紛紜追過客，鼓鐘淒咽動潛虬。宦遊底處非巢燕，歸計何嫌誚沐猴。賴有故人憐遠適，殷勤屢勸酒行周。

濠州七絶〔一〕

塗山〔二〕

公自注：下有鯀廟，山前有禹會村〔三〕。

川鎖支祁水尚渾，地埋汪罔骨應存。樵蘇已入黄能廟，烏鵲猶朝禹會村。

〔一〕濠州：杜祐《通典》：春秋鍾離之國，隋開皇二年，改濠州，因水爲名。《元和郡縣志》：濠州本屬淮南，與壽阻淮帶山爲險。自貞元以後，州西渦口對岸置兩城。東至楚州四百二十里，西南至壽州二百二十里。

〔二〕塗山：《水經注》：淮水出荆山之左，塗山之右。左氏云：禹會諸侯於塗山，山巔有禹廟。王應麟《困學記聞》：塗山，《地里志》謂在壽春東北。按，《漢志》「九江郡當塗」，應劭注云：「禹所娶塗山侯國，漢之當塗，今濠州鍾離也。」塗山在濠州，確然無疑。施注新刻雜引《吴越春秋》、蘇鶚《演義》，衆説紛紛，可删也。

〔三〕禹會村：《太平寰宇記》：塗山西有禹村。《帝王世紀》曰：禹會諸侯於塗山。在揚州之域，今鍾離邑界有當塗故縣存。宋濂《記略》云：自塗山足曳杖入山，三四里至聖水泉亭，又一里至山巔，禹廟在焉。游目四顧，壽春、臨濠、宿州皆在冥濛中。山下聚落甚盛，名禹會村。山麓有鯀廟。

附子由和：

娶婦山中不肯留，會朝山下萬諸侯。古人辛苦今誰信？只見清淮入海流。

彭祖廟〔一〕公自注：有雲母山，云彭祖所採服也。

跨歷商周看盛衰，欲將齒髮鬭蛇龜。空餐雲母連山盡〔二〕，不見蟠桃著子時。

〔一〕彭祖廟：《世本》：陸終之子，其三曰籛，是爲彭祖。長年八百，綿壽永世。《太平寰宇記》：彭祖廟，在濠州子城上東北角。

〔二〕雲母山：祝穆《方輿勝覽》：雲母山，在臨淮縣南四十里，山出雲母。縣西有慶集坊，以彭籛嘗寓此。《太平寰宇記》：雲母山，一名濠上山，在濠州東南。又云：雲母自彭祖始食之，時人共傳採於此。

附子由和：

長説先師似老彭，共疑好學古先生。不知亦解飱雲母，白日登天萬事輕。

逍遥臺〔一〕公自注：莊子祠堂在開元寺，即墓爲堂。

常怪劉伶死便埋，豈伊忘死未忘骸？烏鳶奪得與螻蟻，誰信先生無此懷！

〔一〕逍遥臺：《太平寰宇記》：南華真人冢，在州東二里開元寺講堂後。唐刺史梁延嗣累土爲之，刻莊子像於上。《九域志》以爲莊子墓在焉。又云：潛龍殿在莊臺寺，南唐主李昪微時，常寓寺中，即今開元寺。

附子由和：

猖狂戰國古神仙，曳尾泥塗老更安。厭世乘雲人不見，空墳聊復葬衣冠。

觀魚臺〔一〕

欲將同異較錙銖，肝膽猶能楚越如。若信萬殊歸一理，子今知我我知魚。

〔一〕觀魚臺：《元和郡縣志》：莊周臺在鍾離縣西南七里，濠水經其前。《太平寰宇記》：莊子與惠子觀魚，即此，又名觀魚臺。

附子由和：

莊子談空惠子聽，郢人斤斧誒忘形。莫嗟質喪無知者，對石何妨自説經。

虞姬墓〔一〕

帳下佳人拭淚痕，門前壯士氣如雲。蒼黄不負君王意，只有虞姬與鄭君〔二〕。

〔一〕虞姬墓：《太平寰宇記》：在定遠縣南六十里，高六丈。《名勝志》：今俗名嗟虞墩。

〔三〕鄭君：《史記》不載其名。按，南宋俞德鄰《佩韋齋輯聞》引《唐世系》云：鄭君名榮，大司農鄭當時乃其後云。

附子由和：

布叛增亡國已空，摧殘羽翮自令窮。艱難獨與虞姬共，誰使西來敵沛公。

四望亭〔一〕公自注：太和中，刺史劉嗣之立。李紳以太子賓客分司東都，過濠，爲作記。記今存而亭廢者數年矣。

頽垣破礎没柴荆，故老猶言短李亭〔二〕。敢請使君重起廢，落霞孤鶩换新銘。

〔一〕四望亭：李紳《四望亭記》：濠城之西北隅，迴環者可數百里而遠，盡彼目力，四封不閲。郡守彭城劉君嗣之步履所及，悦而創亭焉。雲山左右，長淮縈帶，下繞清濠，傍瞰城邑，四封五達，皆可洞然。

〔二〕短李：白居易詩：笑勸迂辛酒，狂吟短李詩。

附子由和：

唐史不聞劉嗣之，空傳短李舊歌詩。高亭毁盡惟存記，猶有區區父老知。

浮山洞〔一〕

公自注：洞在淮上。夏潦不能及，而冬不加高，故人疑其浮也。

人言洞府是鼇宫，升降隨波與海通。共坐船中那得見，乾坤浮水水浮空。

〔一〕浮山：《水經注》：淮水又東，逕浮山。《元和郡縣志》：梁時童謡云：荆山爲上格，浮山爲下格。遂於鍾離南起浮山堰。《太平寰宇記》：浮山在泗州招信縣西七十里，下有石穴，每淮波汎濫，不能没其穴。

慎按：《錦繡萬花谷》載此詩，題云「靈巖寺在浮山頂上」，起句「人言」作「人云」，「洞府是」作「寺是六」，與此小異。

附子由和：

洞府原依水面開，秋潮每到洞門回。幽人燕坐門前石，長看長淮船去來。

發洪澤中途遇大風復還〔一〕

風浪忽如此，吾行欲安歸？挂帆却西邁，此計未爲非。洪澤三十里，安流去如飛。居民見我還，勞問亦依依。攜酒就船賣，此意厚莫違。醒來夜已半，岸木聲向微。明日淮陰市，白魚能許肥。我行無南北，適意乃所祈。何勞舞澎湃，終夜摇窗扉。妻孥莫憂色，更典簇中衣。

〔一〕洪澤：《名勝志》：洪澤在清河縣東南六十里，湖長八十里。

〔二〕淮陰：《水經注》：淮水又北，逕淮陰故城。《説文》：在水之南曰陰也。《太平寰宇記》：淮陰本漢舊縣，在楚州城西五十里，宋於此置北兖州，隋重置淮陰縣。

附子由次韻：

昨夜宿洪《欒城集》作「鴻」，訛澤，再來遂如歸。却行雖云拙，乘險諒亦非。誰言淮陰近，阻此駭浪飛。長風徑千里，蛟蜃相因依。眇然恃一葉，此勢安可違？冒涉彼何人？勇決生慮微。欲速有不達，魚腹豈足肥。風帆尚可轉，野廟誰能祈？但當擁衾睡，慎閉窗與扉。夜聞聲尚惡，起視聊披衣。

十月十六日記所見一作「十月六日」

風高月暗雲水一作「水雲」黄，淮陰夜發朝山陽〔一〕。山陽曉霧如細雨，炯炯初日寒無光。雲收霧卷已亭午，有風北來寒欲僵。忽驚飛雹穿户牖，迅駛不復容遮防。市人顛沛百賈亂，疾雷一聲如頹牆。使君來呼晚置酒，坐定已復日照廊。怳疑所見皆夢寐，百種變怪旋消亡。共言蛟龍厭舊穴，魚鼉隨徙空陂塘。愚儒無知守章句，論説黑白推何祥。惟有主人言可用，天寒欲雪飲此觴。

〔一〕山陽：戴延之《西征記》：山陽縣有山陽津，故名。《太平寰宇記》：楚州淮陰郡，理山陽縣。本漢射陽縣，地在射水之陽也。晉改射陽爲山陽。西北至東京二千二百五十里，南至揚州三百里。

附子由次韻：

君不見天高后土黄，變化出入惟陰陽。旋凝細霧作飛雹，復遣震雷追日光。可憐萬物甚微細，坐聽百變隨顛僵。深根固蒂無計遯，倏來忽反安能防？平生未見實驚耳，稍遠不知如隔牆。君看歌舞醉華屋，下有纍縶排兩廊。眼前苦樂尚懸絶，空中造化知有亡。我居宛邱厭凝沍，雪翻海水填陂塘。但知膏澤利牟麥，恣食餅餌真嘉祥。山陽所記亦何事，有酒胡不盡一觴。

廣陵會三同舍各以其字爲韻仍邀同賦

劉貢父

去年送劉郎〔一〕，醉語已驚衆。如今各漂泊，筆墨誰能弄？我命不在天〔二〕，羿彀未必中。作詩聊遣意，老大慵譏諷。夫子少年時，雄辯輕子貢。爾來再傷弓〔三〕，戢翼念前痛。廣陵三日飲〔四〕，相對怳如夢。况逢賢主人，白酒潑春甕。竹西已揮手〔五〕，灣口猶屢送〔六〕。羡子去安閒，吾邦正喧鬨〔七〕。

〔一〕送劉郎：送劉攽倅海陵詩，見本卷。

〔二〕我命不在天：《尚書》：我生不有命在天。

〔三〕再傷弓：施氏原注：貢父天資滑稽，不能自禁。與王介甫素厚，迨當國，亦屢謔之，雖每爲絶倒，然意終不平。初以館閣校勘同知禮院，與介甫考開封試，因争「小畜」二音，語言往復，爲御史彈奏，罷禮院及考功矣。介甫又告神宗曰：司馬光朝夕所與切磋者，乃劉攽、蘇軾之徒，觀近臣，以其所主，其人可知也。尋出，知海陵。貢父先既被劾，又爲介甫所斥，故云「再傷弓」。新刻本將此段删去，今補録。

〔四〕廣陵：《元和郡縣志》：廣陵，吴王濞所都，周四十里。《太平寰宇記》：淮南道揚州廣陵郡，州城置在陵上，一名崑崙岡。漢爲江都國。隋開皇九年，改揚州。唐天寶元年，改爲廣陵郡。宋爲大都督府，治江都縣。西北至東京一千九百四十里。

〔五〕竹西：《寶祐維揚志》：竹西亭在禪智寺前，官河岸，取杜牧之詩語也。

〔六〕灣口：《名勝志》：茱萸溝在江都縣東北十里，從合瀆渠，東過茱萸埭，七十里至岱石湖，又西四里，對張綱溝，入海陵縣界。阮昇之記謂：吴王濞開邗溝，通運，至海陵倉東北，有茱萸村云。按，《揚州志》：茱萸灣，俗名灣口，亦曰灣頭。

〔七〕吾邦正喧鬨：《烏臺詩案》：熙寧四年十月内，赴杭州通判，到揚州。有劉攽并館職孫洙、劉摯皆在本州，偶然相聚數日，别後作詩三首，各用逐人字爲韻。内寄攽詩「羨子去安閒，吾邦正喧鬨」云云，言杭州監司所聚，初行新法，事多不便也。

附子由次韻：

貢父少多才，交游一何衆。談辭坐傾倒，玉麈日揮弄。逡巡不爲虐，巧捷有微中。群情忌超邁，微過出嘲諷。南遷時已久，未見肯力貢。舌在終自奇，髀滿安足痛。人生百年内，僅比一朝夢。駸駸就銷涸，斗水傾漏甕。江淮未可嫌，遲晚聊自送。試觀終日閒，何似兩耳鬨。

孫巨源〔一〕

三年客京輦，憔悴難具論。揮汗紅塵中，但隨馬蹄翻。人情貴往返，不報生禍根。坐令平生友，終歲不及門。南來實清曠，但恨無與言。不謂廣陵城，得逢劉與孫。異趣不兩立，譬如王孫猿。吾儕久相聚，恐見疑排根。我褊類中散，子通真巨源。絶交固未敢，且復東南奔〔二〕。

〔一〕孫巨源：《宋史》本傳：孫洙，羈丱能文。未冠，第進士。歐陽修等舉應制科，進策十五篇，指陳政體，韓琦讀之，嘆曰：「今之賈誼也」。再遷集賢校理、知太常禮院。治平中，兼史館檢討，同知諫院。神宗主王安石新法，洙知不可，而鬱鬱不能有所言，但力求外補，得知海州。免役法行，常平使者欲加歛取盈，洙力争之。尋勾當三班院，進知制誥，自直學士擢翰林學士。時參知政事缺，將用之，竟卒。年四十九。施氏注謂：巨源與東坡異趣，故用「王孫猿」事，終以絶交之句，其責之深矣。海昌陳氏訂曰：巨源與先生同舍，介甫柄政，同舍禁相往來，故詩云「終歲不及門」，深嘆京輦不得聚會，而幸廣陵之得會也。但君子小人異趣，恐反以逐客相聚爲排報。然吾輩相契，不啻竹林諸賢，小人力能出之於外，使奔走南北，而終不能絶君子之交。詩意展轉，正如此。若如施注，是巨源爲小人矣。且「吾儕」二句與「異趣」二句，上下語氣如何相屬？此大謬也。慎又以本集考之，先生《次韻孫巨源海州》詩，有「他時當有景孫樓」之句，後登景疏樓，又有懷巨源《永遇樂》詞，元祐中同子由訪王定國，時巨源已没，復感念存殁，爲之悲嘆。蓋二人生死交情如此，施注似不足據，故采吾友之論，而以己意辨證之。

〔三〕東南奔：唐沈傳師詩：承明年老輙自論，乞得湘守東南奔。

附子由次韻：

巨源學從横，世事夙討論。著書十萬字，辨如白波翻。諫垣適多事，憂心生病根。立談信無補，閉口出國門。棄置卧江海，閔嘿寧復言。朝行共長嘆，逐客繼二孫。南方固鄉黨，謫宦侶鶴猿。風俗未寧静，朋黨争排報。引去良自得，獨清在澄源。往者未可招，冠蓋方駿奔。

劉莘老〔一〕

江陵昔相遇，幕府稱上賓〔二〕。再見明光宫〔三〕，峨冠挹《苕溪叢話》作「揖」搢紳。如一本作「而」今三見子，坎坷爲逐臣。朝遊雲霄間，欲分丞相茵。暮落江湖上，遂與屈子鄰〔四〕。了不見愠喜，子豈真可人。邂逅成一歡，醉語出天真。士方在田里，自比渭與莘。出試乃大謬，芻狗難重陳〔五〕。歲晚多霜露，歸耕當及辰。

〔一〕劉莘老：《宋史》本傳：劉摯，渤海人。嘉祐中，擢甲科。後爲御史，入見，神宗問：「卿從學王安石耶？安石極稱卿器識。」對曰：「臣東北人，少孤獨學，不識安石也。」屢疏論新法之害，語甚激切。安石欲竄之嶺外，神宗不許，但謫監衡州鹽倉。元豐初，再遷右司郎中，以事罷歸。哲宗即位，擢御史中丞，連進尚書左丞，中書、門下侍郎。勇於去惡，爲朋讒奇中，以觀文學士罷知鄆、青二州，貶分司南京，蘄州居住。陷邢恕之謗，再貶新州安置。數月卒，年六十八。紹興初，贈少師，謚忠肅。

〔二〕幕府：《東都事略》：摯初舉進士，調知南宫縣，徙江陵府觀察推官。施氏原注：東坡以治平丙午夏奉老蘇公喪歸蜀，道江陵，而忠肅正在荆州幕府，故詩云云。

〔三〕再見明光：本傳又云：因韓琦薦，除館閣校勘，累擢檢正中書禮房，才月餘，爲監察御史裏行。

〔四〕屈子鄰：《烏臺詩案》：贈劉摯詩：「暮落江湖上，遂與屈子鄰」，意謂屈原放逐潭、湘之間而非其罪，今摯亦謫官湖南，故言與屈子相鄰。緣是時聞説摯爲言新法不便責降，既以屈原非罪比摯，即是謂摯所言爲當也。

〔五〕芻狗：《烏臺詩案》：莊子詆毁孔子之言，皆先王之陳迹，譬如已陳之芻狗，難再陳也。軾意以譏執政大臣在田里時，自比伊尹、太公，及試用，大謬戾，便當罷退，不可再施用也。《苕溪漁隱》：東坡詩「士方在田里」云云，與劉元城所云「當時君子自比伊、周、孔、孟」，意皆誚荆公也。

附子由次韻：

莘老奮徒步，首與觀國賓。儼然自約束，被服載與紳。黽勉丞相府，接迹輿臺臣。顧嫌任安躁，未忍裂坐茵。推置冠獬豸，謂言我比鄰。三晉固多士，骯髒存斯人。竄責不敢辭，狂言見天真。南方異風俗，强食魚尾莘。應同賈太傅，抱屈耻自陳。猶有痛哭書，受釐定何辰。

查慎行全集

第十三册

范道濟 點校

中華書局

東坡先生編年詩卷七

古今體詩五十首

起熙寧辛亥冬，自潤州抵杭州通守任，合明年壬子春夏作。

遊金山寺〔一〕

我家江水初發源，宦遊直送江入海。聞道潮頭一丈高，天寒尚有沙痕在。中泠南畔石盤陀，古來出没隨濤波。試登絶頂望鄉國，江南江北青山多。羈愁畏晚尋歸楫，山僧苦留看落日。微風萬頃鞾文細，斷霞半空魚尾赤。是時江月初生魄，二更月落天深黑。江心似有炬火明〔二〕，飛焰照山棲鳥驚。悵然歸卧心莫識，非鬼非人竟何物？公自注：是夜所見如此。江山如此不歸山，江神見怪警一作「驚」我頑。我謝江神豈得已，有田不歸如江水〔三〕。

〔一〕金山：《太平寰宇記》：金山澤心寺，在潤州城東南揚子江中，因頭陀開山得金，故名金山寺。《頭陀巖記》謂：金山之名，始於李錡奏請。王象之云：按，《唐書》，建中之難，陳少游在揚州，以甲士三千臨江大閱，韓滉亦總兵臨金山。則建中時，已有金山之名，非始於李錡也。

〔二〕江心炬火：劉辰翁以爲龍。不知何據，存以備考。

〔三〕如江水：《晉書・祖逖傳》：元帝以逖爲奮威將軍，渡江，中流擊楫而誓曰：「祖逖不能清中原而復濟者，有如大江！」《詩話總龜》：東坡《游金山》，結四句蓋與江神指水爲誓耳。句中不言盟誓者，乃用子犯事，指水則誓在其中，不必詛神然後謂之盟也。《送程六表弟》云：「江水在此吾不食」，即此意。

附子由和：

長江欲盡闊無邊，金山當中惟一石。潮平風静日浮海，縹緲樓臺轉金碧。瓜洲初見石頭城，城下波濤與海平。中流轉柁疑無岸，泊舟未定僧先迎。山中岑寂恐未足，復將江水遶山麓。四無鄰家群動息，鐘聲鏗鍠答山谷。烏鳶力薄墮中路，惟有胡鷹石上宿。誰知江海多行舟，遊人上下奪巖幽。老僧心定身不定，送往迎來何時竟？朝遊未厭夜未歸，愛山如此如公稀。不待遊人盡歸去，恐公未識山中趣。

自金山放船至焦山〔一〕

金山樓觀何耽耽，撞鐘擊鼓聞淮南。焦山何有有修竹，采薪汲水僧兩三。雲霾浪打人跡絶，時有沙户祈春蠶。公自注：吴人謂水中可田者爲沙。我來金山更留宿，而此不到心懷慙。同遊興盡决獨往，賦命窮薄輕江潭。清晨無風浪自湧，中流歌嘯倚半酣。老僧下山驚客至，迎笑喜作巴人談。公自注：焦山長老，中江人也。自言久客忘鄉井，祇有彌勒爲同龕。困眠得就紙帳暖，飽食未厭山蔬甘。山林飢餓古亦有，無田不退寧非貪。展禽雖未三見黜，叔夜自知七不堪。行當投劾謝簪組，爲我佳處留茆菴。

〔一〕焦山：《太平寰宇記》：焦山，海口之戍也。《京口三山志》：焦山在京口東北九里江中，與金山相望。《唐圖經》云：後漢焦光隱此，故名。按，焦光一作「先」，《高士傳》云：世莫知其所出，或云生漢末。嘗結草廬於此山，後野火燒其廬，因露寢。大雪，袒卧不移。三詔不起，因以「三詔」名洞。山之東北有二島對峙，謂之海門，上有焦山寺。

附子由和：

金山遊徧入焦山，舟輕帆急須臾間。涉江已遠風浪闊，游人到此皆争還。山頭冉冉萬竿竹，樓閣不見門長關。金山共此一江水，只有絶勝無此閒。野僧終日飽一飯，與世相視如髦蠻。門無舟楫斷還往，説法教化黿鼉頑。偶然客至話鄉國，西望落日低銅鐶。岷峨正在日入處，想像積雪堆青鬟。稻田一頃良自給，仕宦不返知誰攀。久安禄廩農事廢，强弓一弛無由彎。行逢佳處輒嘆息，想見茆屋藏榛菅。我知此地便堪隱，稻田旆旆魚斑斑。

甘露寺〔一〕

江山豈不好，獨游情易闌。但有相攜人，何必素所歡。我欲訪甘露，當途無閒官。二子舊不識，欣然肯聯鞍。公自注：欲游甘露寺，有二客相過，遂與偕行。古郡山爲城，層梯轉朱欄。樓臺斷崖上，地窄天水寬。一覽吞數州，山長江漫漫。却望大明寺〔二〕，惟見烟中竿。狠石卧庭下〔三〕，穹窿如伏羱。公自注：寺有石如羊，相傳謂之狠石，云諸葛孔明坐其上，與孫仲謀論曹公也。緬懷卧龍公，挾策事琱鑽。一談收猘子，再説走老瞞。名高有餘想，事往無留觀。蕭公古鐵鑊〔四〕，相對空團團。陂陁受百斛，積雨生微瀾。公自注：大鐵鑊二，按銘，梁武帝所鑄。泗水逸周鼎，渭城辭漢盤。山川失故態，怪此獨能完。僧繇亦化人，霓衣挂冰紈。隱見十二疊，觀者疑夸謾。破板陸生畫，青猊戲盤跚。上有二天人，揮手如翔鸞。筆墨雖欲盡，典刑垂不刊〔五〕。公自注：畫獅子一，菩薩二，陸探微筆。赫赫贊皇公，英姿凛以寒。古柏手親種，挺然誰敢干。枝撑雲峰裂，根入石窟蟠。公自注：衛公所留，祠堂在寺，手植柏合抱矣。薙草得斷碑，斬崖出金棺。瘞藏豈不牢，見伏理可嘆。公自注：近寺僧發古殿基，得舍利七粒，并《石記》，乃衛公爲穆宗皇帝造福所葬者。四雄皆龍虎，遺迹儼未刓。方其盛壯時，争奪肯少安？廢興屬造物，遷逝誰控摶。況彼妄庸子，而欲事所難。古今共一軌，後世徒辛酸。聊興廣武嘆，不待雍門彈。

〔一〕甘露寺：《太平寰宇記》：甘露寺在潤州城東角土山上，晴明，軒檻俯見揚州。《京口三山志》：北固山上有亭屋五間，《舊經》云：孫吴甘露五年建，因以年號爲寺名。《九域志》：甘露寺前對北固，後枕大江，唐李德裕建，時甘露降此，因以爲名。按，《會昌一品集》中有《祭言禪師文》，云：因甘露之降瑞，立仁祠於高標。當從《九域志》爲是。

〔二〕大明寺：《輿地紀勝》：大明寺在揚州蜀岡側，盛儀《維揚志寺》：在江都縣西北，古之棲靈寺也。

〔三〕狠石：《蔡寬夫詩話》：甘露寺中有塊石，《耆老傳》稱孫權嘗據其上，與劉備議曹操處，與先生自注不合。

〔四〕鐵鑊：《名勝志》：甘露寺中鐵鑊甚鉅，梁天監十八年造。在解脱殿前，銘曰：「滿貯甘露，種以荷蕖。供養十方，一切諸佛。」後二行，書官人名并「五十石鑊」四字。

〔五〕不刊：杜預《春秋傳序》：左邱明受經於仲尼，以爲經者，不刊之書也。

〔六〕廣武：《元和郡縣志》：滎澤縣有廣武城，在三皇山上，或謂之三寶山。上有二城，曰東廣武、西廣武，各在一山頭，相去二百步。《水經注》：高祖與項羽對語，羽射高祖中胸處也。

附子由次韻：

去國日以遠，涉江歲將闌。東南富山水，跬步留清歡。清晨涉甘露，乘高棄征鞍。超然脱闤闠，穿雲撫朱欄。下視萬物微，惟覺滄海寬。潮來聲洶洶，望極空漫漫。一渡海舶，冉冉移檣竿。水怪時出没，群嬉類猳貚。幽陰自生火，青熒復誰鑽？石頭古天險，憑恃分權瞞。疑城耀遠目，來騎驚新觀。聚散定王業，成毁猶月團。金山百圍石，岋岋隨濤瀾。猶疑漢宫廷，屹立承露盤。狂波恣吞噬，萬古嗟獨完。凝眸厭滉漾，繞屋行盤跚。此寺歷今古，遺跡皆龍鸞。孔明所坐石，牂羅非人刊。經霜衆草短，積雨青苔寒。蕭翁嗜佛法，大福將力干。陂陀故鑊在，甲錯蒼龍蟠。衛公秉節制，佛骨埋金棺。長松看百尺，畫像留三嘆。新詩語何麗，傳讀紙遂刓。嗟我本漁釣，江湖心所安。方爲籠中閉，仰羡天際摶。游觀惜不與，賦咏嗟獨難。俸禄藉升斗，虀鹽嗜醎酸。何時扁舟去？不竢官長彈。

次韻子由柳湖感物〔一〕

憶昔子美在東屯，數間茆屋蒼山根。嘲吟草木調蠻獠，欲與猿鳥争啾喧。子今憔悴衆所棄，驅馬獨出無往還。惟有柳湖萬株柳，清陰與子供朝昏。胡爲譏評不少借〔二〕，生意凌挫難爲繁〔三〕。柳雖無言不解愠，世俗乍見應憮然。嬌姿共愛春濯濯，豈問空腹修蛇蟠？朝看濃翠傲炎赫，夜愛疏影摇清圓。風翻雪陣春絮亂，蠹響啄木秋聲堅。四時盛衰各有態，摇落悽愴驚寒温。南山孤松積雪底，抱凍不死誰復賢？

〔一〕柳湖：《名勝志》：柳湖在陳州城北，子由爲教授時創亭於上。

〔二〕譏評：施氏原注云：按子由詩，意謂柳花入水爲浮萍，松性堅耐，其露墜地爲僊茅，功力十倍鐘乳。故東坡有是句。

〔三〕生意：庾信《枯樹賦》：老樹婆娑，生意盡矣。

附子由原作：

柳湖萬柳作雲屯，種時亂插不須根。根如卧蛇身合抱，仰視不見蜩蟬喧。開花三月亂飛雪，過牆渡水無復還。窮高極遠風力盡，棄墜泥土顔色昏。偶然直墮湖水中，化爲浮萍輕且繁。隨波上下去無定，物性不改天使然。南山老松長百尺，根入石底蛟龍蟠。秋深葉上露如雨，傾流入土明珠圓。乘春發生葉短短，根大如指長而堅。神農嘗藥最上品，氣力直壓鍾乳温。物生禀受久已異，世俗何始分愚賢。自注：嘗見野人言，柳花入水爲浮萍，松上露墮地爲僊茅，陰乾服之益人。古方云：十斤鍾乳，不如一斤僊茅。

次韻楊褒早春〔一〕

窮巷淒凉苦未和，君家庭院得春多。不辭瘦馬衝殘雪，來聽佳人唱《踏莎》〔二〕。破恨徑須煩麴蘖，增年誰復怨羲娥？良辰樂事古難並，白髮青衫我亦歌。細雨郊原聊種菜，冷官門户可張羅。放朝三日君恩重〔三〕，睡美不知身在何。

〔一〕楊褒：歐陽公有《於劉功曹家見楊褒女奴彈琵琶》詩，餘無可考。

〔二〕佳人唱《踏莎》：佳人當指琵琶妓也，樂府有《踏莎行》。

〔三〕放朝：司空圖詩：高秋期野步，積雨放趨朝。

慎按：施氏原注：楊褒於治平間通判潁州。先生次韻詩疑亦過潁州時作，而無確據。聊從舊本編此，俟再考。

初到杭州寄子由二絶〔一〕

其一

眼看時事力難勝〔二〕，貪戀君恩退未能。遲鈍終須投劾去，使君何日换聾丞。

〔一〕初到杭州：《宋史》本傳：王安石欲變科舉，公議上，即日召對。安石之黨不悦，命權開封推官。會上元，敕府市浙燈，軾疏罷之。時安石創行新法，復上書論其不便。安石滋怒，使御史

〔二〕《苕溪叢話》作「任」，訛。

謝景温論奏其過，窮治無所得。軾遂請外，通判杭州。按，《年譜》：先生於熙寧四年十一月到任。

〔三〕時事：子由所作先生《墓志》云：是時，四方行青苗、免役、市易，浙西兼行水利、鹽法。《烏臺詩案》：熙寧四年十二月内，初任杭州，《寄子由》詩云：「眼看時事」云云，意謂新法青苗、助役等事煩雜不可辨，亦言己才力不能勝任也

其　二

聖明寬大許全身〔一〕，衰病摧頽自畏人。莫上岡頭苦相望，吾方祭竈請比鄰。

〔一〕聖明寬大：《咸淳臨安志》：熙寧三年，詔江淮發運、湖北運司體量殿中丞、直史館蘇軾居喪、服除，往復賈販，及令天章閣待制李師中供析照驗，見軾妄冒差借兵卒事實以聞。侍御史知雜事謝景温劾奏故也。景温與王安石連姻，安石實使之窮治，卒無所得。軾不敢自明。久之，乞補外。上批出：「與知州差遣。」中書不可，擬令通判潁州。上又批出：「改通判杭州。」然軾自此留京師幾一歲，明年夏末秋初乃出都，由陳赴杭。此段可補本傳、《墓誌》之缺。

附子由次韻二首：

吏治區區豈不勝《欒城集》作「任」者，訛，吴中已自富才能。還應占位書名姓，學取藍田崔縣丞。

試盡風波萬里身，到官山水却宜人。君知晏子恩仍厚，還與從來舊卜鄰。

次韻柳子玉二首

地　爐

細聲蚯蚓發銀瓶，擁褐橫眠天未明。衰鬢鑷殘欹雪領，壯心降盡倒風旌。自稱丹竈錙銖火，倦聽山城長短更。聞道牀頭惟竹几，夫人應不解卿卿。公自注：俗謂竹几爲竹夫人。

附子由作：

鑿地泥牀不費功，山深炭賤火長紅。擁衾熟睡朝衙後，抱膝微吟暮雪中。寵辱兩忘輕世味，冰霜不到傲天工。遥知麻步無人客，寒夜清尊誰與同。

紙　帳

亂文龜殼細相連，慣卧青綾恐未便。潔似僧巾白疊布，暖於蠻帳紫茸氊。錦衾速卷持還客，破屋那愁仰見天。但恐嬌兒還惡睡，夜深踏裂不成眠。

附子由作：

夫子清貧不耐冬，書齋還費紙重重。窗明曉日從教入，帳厚霜飈定不容。京兆牛衣聊可藉，公孫布被旋須縫。吴綾蜀錦非嫌汝，簡淡爲生要易供。

臘日游孤山訪惠勤惠思二僧〔一〕

天欲雪，雲滿湖，樓臺明滅山有無。水清出石一作「石出」魚可數，林深無人鳥相呼。臘日不歸對妻孥，名尋道人實自娱。道人之居在何許？寶雲山前路盤紆〔二〕。孤山孤絶誰肯廬〔三〕？道人有道山不孤。紙窗竹屋深自暖，擁褐坐睡依團一作「圓」蒲。天寒路遠愁僕夫，整駕催歸及未晡。出山迴望雲木合，但見野鶻盤浮圖〔四〕。兹遊淡薄歡有餘，到家怳如夢蘧蘧。作詩火急追亡逋，清景一失後難摹。

〔一〕惠勤、惠思：本集《錢塘勤上人詩序》云：佛者惠勤，從歐陽公遊三十餘年，公常稱之爲聰明才智有學問者，尤長於詩。《咸淳臨安志》：惠勤，餘杭人。同時有惠思。王安石《送惠思》詩云：緑净堂前湖水緑，歸時正復有荷花。花前若見餘杭姥，爲道仙人憶酒家。今於潛西菩明智寺有思所作《浴堂記》。

〔二〕寶雲山：《西湖遊覽志》：寶雲山在西湖之北，大佛寺之西。寶雲之支，渡西泠橋以入孤山。

《咸淳臨安志》：寶雲寺，乾德二年，錢氏建，舊名千光王寺，古蹟有靈泉井、錦塢、初陽臺。

〔三〕孤山：《咸淳臨安志》：孤山在西湖中稍西，一嶼聳立，旁無聯附，爲湖山勝絶處。舊有智果觀音院、瑪瑙寶勝院、報恩院、廣化寺。《西湖游覽志》：孤山巋介湖中，碧波環繞，唐、宋間樓閣參差，彌布椒麓。

〔四〕浮圖：《翻譯名義·窣堵波西域記》云：浮圖，此翻圓冢，亦翻高顯。義依梵，本瘞佛骨所，是名曰塔。

附文與可次韻二首：

跨明越，壓蘇湖，錢塘風物天下無。玉峰孱顔石穿漏，雪海浩蕩潮喧呼。舊嘗持之詫吾孥，會挈爾去相與娱。宦游若不求此都，腰間采組徒云紆。子瞻鳳味新結廬，日娱其間興不孤。平生美志自償足，休問滿眼生萑蒲。有物可比中鄙夫，蜉蝣朝生死於晡。公攘顯奪入缺一字篋，驕穉毋乃非良圖。子瞻之樂固有餘，辨説是非從魯蘧。我今有索君勿逋，歸日好景爲我摹。

問子瞻，何江湖，乃心魏闕君豈無？胡爲放浪檢束外，日與隱者相招呼？籃輿往往從以孥，靈運石壁無此娱。窮深極險興未已，豈復更憚梯磴紆。過客休誇衡與廬，天下此景君勿孤。欲將文字寫物象，當截無限春江蒲。登高能賦屬大夫，游覽未厭嗟已晡。安得世上有絶筆，盡取君詩粧此圖。此身之外何贏餘，栩然而覺其夢蘧。請看湖上人名逋，此子形相誰解摹。

蘇子容次韻一首：

臘日不飲獨游湖，如此清尚他人無。唱酬佳句如連珠，況復同好相應呼。君常聽事嗟罪孥，雖在樂國猶寡娱。是社稷臣魯顓臾，直道自任心不紆。最愛靈山之僧廬，彼二惠者清名孤。案上梵夾牀龍鬚，爐銷都梁饌伊蒲。潔行自欲敦薄夫，長吟擁褐忘昕晡。坐客不設氊氍毹，對境如看方輿圖。君懷經濟才有餘，名聲妖孽懲顔蘧。且來山林尋遐逋，更玩四營兼參摹。

子由次韻一首：

鳥依山，魚依湖，但有所有無所無。輕舟沿泝窮遠近，肩輿上下更傳呼。翩然獨往不攜孥，兼擅魚鳥兩所娱。困依巖石坐巉絶，行牽翠蔓隨纏紆。道逢勤思訪其廬，誦詩清切秋蟬孤。隱居羞踏陌上土，何人起愛輪下蒲？水南巷中羅百夫，雞鳴朝謁至日晡。人生變化安可料，憐汝久遯終無圖。梟鷺不足鶴有餘，一俯一仰戚與蘧。嗟我久欲從逃逋，方圓不敢左右摹。

李杞寺丞見和前篇復用元韻答之〔一〕

獸在藪，魚在湖。一入池檻歸期無。誤隨弓旌落塵土，坐使鞭箠環呻呼。追胥連保《烏臺詩案》作「保伍」罪及孥，公自注：近屢獲鹽賊，皆坐同保，徙其家。百日愁嘆一日娱。白雲舊有終老約，朱綬豈合山人紆。人生何者非蘧廬，故山鶴怨秋猿孤。何時自駕塵車去？掃除白髮煩菖蒲。麻鞵短後《苕溪叢話》作「襪」隨獵夫，射弋狐兔供朝晡〔二〕。陶潛自作五柳傳，潘閬畫入三峰圖〔三〕。吾年凜凜《苕溪叢話》作「五十」今幾餘，知非不去慚衛蘧。歲荒無術歸亡逋，鵠則易畫虎難摹。

〔一〕李杞寺丞：按，李杞熙寧七年以三司判官提舉成都茶事。初立茶法，禁止民間私賣。先生詩有「茶爲西南害，岷俗記二李」，謂杞與稷也。

〔二〕朝晡：趙與時《賓退録》：古之刻漏，夜有甲、乙、丙、丁、戊，晝有朝、禺、中、晡、夕。

〔三〕潘閬：沈括《筆談》：潘閬，字逍遥，錢塘人。咸平間有詩名，與錢易、許洞爲友。後坐盧多遜黨，亡命，廢姓名，僧服入中條山。會赦，以四門博士召之。送信州安置，放棄終身。葉紹翁《四朝聞見録》：潘閬居錢塘，工唐風，惟落魄不檢。爲秦王記室參軍。王坐罪，捕閬急。閬自髡易緇。上怒既怠，有爲閬説者，上旋悟，勑授四門助教。未幾，論者謂閬終秦黨，語多怨望，編置信州。先是，盧多遜與潘善，故有四門之命。多遜譖趙普不行，普相而多遜罷。故閬終不免。

慎按：《烏臺詩案》：熙寧五年，軾任杭州通判，於十二月内與發運司勾當公事大理寺丞李杞因獵出游孤山，作詩四首。内第二首有譏諷。「誤隨弓旌落塵土，坐使鞭箠環呻呼」，以譏諷朝廷新法行後，公事鞭箠之多也。又曰：「追胥保伍罪及孥，百日愁嘆一日娱」，以譏諷朝廷鹽法，收坐同保、妻子移鄉，法太急也。又曰：「歲荒無術歸亡逋，鵠則易畫虎難摹」，意取馬援畫鵠不成猶類鶩，畫虎不成反類狗。言歲既饑荒，我欲出奇畫賑濟，又恐朝廷不從，反似畫虎不成類狗也。

再和

東望海，西望湖，山平水遠細欲無。野人疏狂逐漁釣，刺史寬大容歌呼〔一〕。君恩飽暖及爾孥，才者不閒拙者娱。穿巖度嶺脚力健，未厭山水相縈紆。三百六十古精廬〔二〕，出游無伴籃輿孤。作詩雖未造藩閾，破悶豈不賢摴蒱〔三〕。君才敏贍兼百夫，朝作千篇日未晡。竭來湖上得佳句，從此不看營邱圖。知君篋櫝富有餘，莫惜錦繡償菅蘧。窮多鬬險誰先逋，賭取名畫不用摹。

〔一〕刺史：時沈立爲杭州守，注詳第八卷《雙蓮》詩下。

〔二〕三百六十古精廬：《西湖遊覽志餘》：杭州内外及湖山之間，唐以前爲三百六十寺，及錢氏立國，後增爲四百八十。僧之派有三，曰禪、曰教、曰律。

〔三〕摴蒱：程大昌《演繁露》：摴蒱之名至晉始著，其流派自博出。博用六子，樗蒱則用五子。刻木爲之，兩頭尖鋭，中間平廣，狀如今之杏仁。凡一子悉爲兩面，其一面塗黑，黑之上畫牛犢以爲章；一面塗白，白之上即畫雉。凡投子者，五皆黑則名盧，在摴蒱爲最高之采。挼木而擲，往往叱喝，故名呼盧。其五子四黑而一白，則是四犢，其采名雉，降盧一等；或名爲梟。皆勝色也。有《摴蒱經》，不知作者姓名。今骰子之制，乃祖五木，兩頭裁去尖鋭，而蹙長爲方。既有六面，必著六數，不比五木但有黑白兩面矣。

游靈隱寺得來詩復用前韻〔一〕

君不見，錢塘湖〔二〕，錢王壯觀今已無。屋堆黄金斗量珠，運盡不勞折簡呼。四方官游散其孥，宫闕留與閒人娱〔三〕。盛衰哀樂兩須臾，何用多憂心鬱紆。溪山處處皆可廬，最愛靈隱飛來孤〔四〕。喬松百尺蒼髯鬚，擾擾下笑柳與蒲。高堂會食羅千夫，撞鐘擊鼓喧朝晡。凝香方丈眠氍毹，絶勝絮被縫海圖。清風徐來驚睡餘，遂超羲皇傲几蘧。歸時棲鴉正畢逋，孤烟落日不可摹。

〔一〕靈隱：葉紹翁《四朝聞見録》：虎林山即靈隱山，因避唐諱，改爲武林。樓攻媿詩：武林山出武林水，靈隱後山毋乃是。

〔二〕錢塘湖：《咸淳臨安志》：西湖在郡西，舊名錢塘湖。源出武林山，周圍三十里，自唐及國朝，號游觀勝地。

〔三〕錢王宫闕：徐一夔《吴越國考》：吴越國，在杭州鳳皇山下，其子城南曰通越門，北曰雙門。錢氏納土後，二門猶存。《咸淳臨安志》不言在鳳皇山下。宋政和中，孫沔守杭，蔡襄爲撰《雙門記》，云：「錢氏依山阜以爲治，而雙門置木石，錮金鐵，用爲敵備。沔以爲非禮制，改作之。」則錢氏宫室在鳳皇山下，無疑矣。

〔四〕飛來：《晏公類要》：晉咸和元年，西天僧慧理登兹山，嘆曰：「此是中天竺靈鷲山之小嶺，不知何年飛來。佛在世日，多爲仙靈所隱，今此亦復爾耶？」因挂錫造靈隱寺，號其峰，曰「飛來」。《太平寰宇記》：靈隱山在錢塘縣西十五里，本名稽留山，今立寺焉。

戲子由

宛邱先生長如邱，宛邱學舍小如舟。常時低頭誦經史，忽然欠伸屋打頭。斜風吹帷雨注面，先生不愧旁人羞。任從飽死笑方朔，肯爲雨立求秦優。眼前勃蹊何足道，處置六鑿須天游。讀書萬卷不讀律〔一〕，致君堯舜知《苕溪叢話》作「終」無術。勸農冠蓋鬧如雲，送老虀鹽甘似蜜。門前萬事不挂眼，頭雖長低氣不屈。餘杭别駕無功勞〔二〕，畫堂五丈容旂旄。重樓跨空雨聲遠，屋多人少風騷騷。平生所慚今不耻，坐對疲氓更鞭箠。道逢陽虎呼與言，心知其非口諾唯。居高志下真何益，氣節消縮今無幾。文章小伎安足程，先生别駕舊齊名。如今衰老俱無用，付與時人分重輕。

〔一〕讀律：《宋史》：熙寧六年，於國子監置律學。又，《選舉志》：王安石變法，立新科明法，試律令、刑統大義、斷案，所以待諸科之不能業進士者。元豐六年，國子司業朱服言：命官在學，公試律義、斷案俱優，准吏部試法授官。

〔二〕餘杭：《太平寰宇記》：江南道杭州餘杭郡，因縣以立名。隋平陳，合錢塘、綏安、鹽官、餘杭四縣，置杭州，在餘杭縣。十年，移州於錢塘城。十一年，復移州於柳浦西，依山築城，即今郡也。煬帝初，爲餘杭郡。唐武德四年，復爲杭州。吴越時，爲衣錦軍。宋改寧海軍節度。

慎按：《烏臺詩案》「與王詵往來詩賦」條内《戲子由》詩云：「任從飽死笑方朔，肯爲雨立求秦優。」意取《東方朔傳》「侏儒飽欲死」及《滑稽傳》優旃謂「陛楯郎，汝雖長，何益乃雨立？我雖短，幸休居」，言弟轍家貧官卑，而身材長大，所以比方朔、陛楯郎，而以當今進用之人比侏儒、優旃也。又云：「讀書萬卷不讀律，致君堯舜知無術。」是時，朝廷新興律學，軾意非之。以爲法律不足以致君於堯舜，今時又專用法律，而忘詩書，故言我讀萬卷書不讀法律，蓋聞法律之中，無致君堯舜之術也。又云：「勸農冠蓋鬧如雲，送老虀鹽甘似蜜。」以譏諷朝廷新差提舉官，所至苛細生事，發擿官吏，惟學官無吏責也。弟轍爲學官，故有是句。又云：「平生所慚今不耻，坐對疲氓更鞭箠。」是時，多徙配犯鹽之人，例皆飢貧，言鞭箠此等貧民，軾平生所慚，今不復耻矣，以譏朝廷鹽法太急也。又云：「道逢陽虎呼與言，心知其非口諾唯。」是時，張靚、俞希旦作監司，意不喜其人，然不敢與争議，故毁詆之爲陽虎也。○慎按，施氏、王氏注所引《烏臺詩案》多缺落不全，故於《補注》，悉皆詳録。此段施注刻本已全載，今仍録入者，蓋《詩案》即本詩注脚，比之公自注，義例不得不載也，餘倣此。

附子由次韻：

我將西歸老故邱，長江欲濟無行舟。宦游已如馬受軛，衰病擬學龜藏頭。三年學舍百不與，糜費廩粟常慙羞。矯時自信力不足，從政敢謂學已優？閉門却掃誰與語，晝夢時作鈞天游。自從四方多法律，深山更深逃無術。衆人奔走我獨閒，何異端居割蜂蜜。懷安已久心自知，彈劾未至理先屈。餘杭軍府百事勞，經年未見持干旄。賈生作傅無封事，屈平憂世多離騷。煩刑弊法非公恥，怒馬奔車忌鞭箠。藐藐何自聽諄諄，謼謼未必賢唯唯。求田問舍古所非，荒畦敝宅今餘幾。出從王事當有程，去須膰肉嫌無名。掃除百憂惟有酒，未退聊取身心輕。

附文與可次韻：

子由在陳窮于邱，正若淺港横巨舟。每朝升堂講書罷，緊合兩眼深埋頭。才名至高位至下，此事自屬他人羞。猶勝俁俁彼賢者，手把翟籥隨群優。岋如老鶴立海上，退避不與鶩鵠遊。文章豈肯用一律，獨取無間有神術。所畜未嘗資己身，榾榾恰同蜂聚蜜。有時七日不火食，支體雖羸心不屈。陵陽謬守卑且勞，馬前空愧持旌旄。平生讀書若臾訴，老大下筆侵《離騷》。貧且賤焉真可恥，欲撻群邪無尺箠。安得來親絳帳旁，日與諸生供唯唯。須知道義故可樂，莫問功名能得幾。君子道遠不計程，死而後已方成名。千鈞一羽不須較，女子小人知重輕。

送蔡冠卿〔一〕知饒州〔二〕

吾觀蔡子與人遊，掀髯笑語無不可。平生儻蕩《苕溪叢話》作「倜儻」不驚俗〔三〕，臨事迂闊乃過我。横前坑穽衆所畏，布路金珠誰不裹。爾來變化驚何速，昔號剛强今亦頗。憐君獨守廷尉法〔四〕，晚歲久《苕溪叢話》作「却」理鄱陽柂。莫嗟天驥逐羸牛，欲試良玉須猛火。世事徐觀真夢寐，人生不信長轗軻。知君決獄有陰功，他日老人䣽魏顆。

〔一〕蔡冠卿：《鄱陽記》：蔡冠卿，字元輔，慶曆六年進士，歷知鄢陵縣，遷大理少卿，出知饒州。後人畫像配范文正。

〔二〕饒州：徐湛《鄱陽記》：郡北有堯山，地加饒衍，益「食」而爲「饒」矣。《九域志》：江南東路饒州鄱陽郡，治鄱陽縣。

〔三〕儻蕩：《漢書·史丹》：貌若儻蕩不備，然心甚謹。注云：儻蕩，疏誕無檢也。

〔四〕獨守廷尉法：施氏原注：初，知登州許遵因婦人阿云傷夫獄，遵言大理審刑所定刑名不當，翰林學士王安石是遵議。熙寧元年七月，詔：「謀殺已傷，案問欲舉，自首，從謀殺減二等論。」富弼、曾公亮爲相，皆不然之。二年二月三日，詔：「自今謀殺人已死，自首及案問欲舉，並奏裁。」而安石以右諫議參知政事，奏言：「謀殺刑名論辨已一年，宜早裁處。」上令與富弼議。弼辭以「素不曉刑名，但人説諫議以謀與殺分爲二等，破析律文」。先是，吕公著、韓維、錢公輔定案問欲舉如安石議，詔依所定，而審刑院、大理寺官齊恢、王師元、蔡冠卿皆以爲不當。詔安石與刑寺官會議。恢尋出使，師元、冠卿合奏，不肯與安石會議。詔以師元等所議下安石，安石詰難條奏。至二月三日，乃有前降指揮。而安石是日得政。判刑部劉述、丁諷奏以爲不可用，封還中書。安石與參政唐介争議於上前，上卒從安石議。冠卿既與安石不合，遂補外，得饒州。東坡送行詩意蓋用此。此段施氏舊刻所有，可補《宋史》之缺，而新刻删去，今爲補録。○《烏臺詩案》：熙寧五年二月内，大理少卿蔡冠卿准敕差知饒州，軾作詩送之，除無譏諷外，其云「横前坑穽衆所畏」，以譏當時用事之人，有逆其意者，則設坑穽以陷之也。又云「布路金珠誰不裹」，以譏朝廷用事之人，有順其意者，則以利誘之，如以金珠布路也。又「爾來變化」二句，以譏士大夫爲利所誘脅，變化從之，雖舊號剛强，今亦然也。又云「憐君獨守廷尉法」，言冠卿屢與朝廷争議刑法，以致不進用，出守小郡。又云「莫嗟天驥逐羸牛」，以冠卿比天驥，以進用不才比羸牛，以譏諷進用之人不當也。又云「欲試良玉須猛火」，玉經火不變，然後爲良，言冠卿經歷艱險折挫，節操不改也。又云「世事徐觀真夢寐」，言人事得喪，古來譬如夢幻。當時執政不必常進，冠卿不必常退也。

慎按：施氏原本此詩編初到杭州之前，與原注不合。原注云：蔡冠卿與王安石議刑獄不合，補外，得饒州，事在熙寧二年二月。《烏臺詩案》則云五年二月，兩處互異。依施注，此詩應在《送曾子固倅越》之前，不當編入倅杭時。依《詩案》，則應編壬子二月以後，亦不當在辛亥冬，今改編於此。

嘲子由

堆几盡埃簡，攻之如蠹蟲。誰知聖人意？不盡書籍中。曲盡絃猶在，器成機見空。妙哉斲輪手，堂下笑桓公。

慎按：《外集》：「古書」作「書籍」。此詩施氏原本不載，新刻載《續補》下卷，止有前四句。今從《外集》采其全篇，編倅杭卷中。

越州〔一〕張中舍壽樂堂〔二〕

青山偃蹇如高人，常時不肯入官府。高人自與山有素，不待招邀滿庭户。卧龍蟠屈半東州〔三〕，萬室鱗鱗枕其股。背之不見與無同，狐裘反衣無乃魯〔四〕。張君眼力覷天奥，能遣荆棘化堂宇。持頤宴坐不出門，收攬奇秀得十五。才多事少厭閒寂，卧看雲烟變風雨。笋如玉筯椹如簪。强飲且爲山作主。不憂兒輩知此樂，但恐造物怪多取。春濃睡足午窗明，想見新茶如潑乳。

〔一〕越州：《元和郡縣志》：浙東觀察使治越州，秦會稽郡。漢順帝時，浙江東西分吴、越，隋改越州。《太平寰宇記》：宋爲鎮東軍節度使。施武子《會稽志》：王羲之爲會稽内史，王述爲揚州牧，羲之耻之，求分會稽爲越州，不果。至隋，而會稽卒爲越州，蓋本於此。《名勝志》：南渡後，始改名紹興府。

〔二〕張中舍壽樂堂：施氏原注云：紹興初，僉書判官丁君載新是堂，郡人傅給事崧卿嘗作《記》，其略云：堂在判官廳事之西南，熙寧五年，簽書公事太子中舍張次山字希元實始創建。余從伯父奉議館於張，爲之記。兒童時，嘗見石本，大抵謂此堂面山臨泉，可以資仁知之養，而享其成，故名「壽樂」。張，建康人，工書，蓄古畫甚富。嘗見其《跋玉軸黄庭》數百字，小楷精妙，有二王筆法。方作堂時，召能文詞者往，往，爲賦詩。今考《掇英集》，東坡詩外，惟録太守沈諫議立之律詩一篇而已。廳事今爲通判南廳云云。此段新刻本俱删去，今補録。又按，《烏臺詩案》云：熙寧五年，軾通判杭州日，太子中舍越州簽判張次山，有書求作《寶繪堂記》，即其人矣。宋朝《職官分紀》：太子右春坊，有中舍人，從七品。

〔三〕卧龍：元稹《州宅記》：越州子城，因種山之勢，盤龍迴繞，若卧龍形，故取以爲名。施武子《會稽志》：府治枕卧龍東麓。

〔四〕狐裘反衣：《北史·王孝籍傳》：反被狐白，不好緇衣。此小人爲明尚不取也。

姚屯田挽詞〔一〕

京口年來耆舊衰，高人淪喪路人悲。空聞韋叟一經在，不見恬侯萬石時。貧病只知爲善樂，逍遥却恨棄官遲。七年一别真如夢，猶記蕭然瘦鶴姿。

〔一〕姚屯田：名失考。《職官分紀》：工部官員有屯田郎中及員外郎。

送岑著作〔一〕

懶者常似静，静豈懶者徒？拙則近於直，而直豈拙歟？夫子静且直，雍容時卷舒。嗟我復何爲？相得歡有餘。我本不違世，而世與我殊。拙於林間鳩，懶於冰底魚。人皆笑其狂，子獨憐其愚。直者有時信平聲，静者不終居。而我懶拙病，不受砭藥除。臨行怪酒薄，已與别淚俱。後會豈無時？遂恐出處疏。惟應故山夢，隨子到吾廬。

〔一〕岑著作：名象求，中江人。《文獻通考》：《吉凶影響録》十卷，中江岑象求於熙寧末閒居江陵所撰，蓋岑自梓州罷任後事也。《職官分紀》：秘書省有著作佐郎。

雨中明慶賞牡丹〔一〕一本無「明慶」二字。

霏霏雨露作清妍，爍爍明燈一作「珠」者，訛照欲然。明日春陰花未老，故應未忍著酥煎〔二〕。

〔一〕明慶：《咸淳臨安志》：明慶寺在木子巷北，唐大中二年，僧景初建，爲靈隱院。祥符五年，改今額。《武林梵志》：明慶寺有蘇文忠公書《觀音經碑》。

〔二〕酥煎：《復齋漫録》：東坡《明慶牡丹》詩云云，孟蜀時兵部尚書李昊每將牡丹數株分遺朋友，與牛酥同贈。且曰：「俟花凋謝，即以酥煎食之，無棄穠艷。」其風流貴重如此。

慎按：此詩施氏原本不載，《外集》編自「黄州歸宜興」卷中，今據《咸淳臨安志》改編。

吉祥寺賞牡丹〔一〕

人老簪花不自羞，花應羞上老人頭。醉歸扶路人應一作「争」笑，十里珠簾半上鈎。

〔一〕吉祥寺牡丹：《冷齋夜話》：牡丹，唐時杭州無此種。長慶中，開元寺僧惠澄自都下乍得一本，謂之洛花。至宋漸多，而獨盛於吉祥寺。本集《牡丹記》略云：熙寧五年三月二十三日，予從太守沈公觀花於吉祥寺僧守璘之圃云云。《武林梵志》：吉祥律寺在安國坊，乾德三年，睦州刺史薛温捨宅爲寺，治平中，改曰「廣福」。其地多牡丹。

吉祥寺僧求閣名

過眼榮枯電與風，久長那得比《咸淳臨安志》作「似」花紅？ 上人〔一〕宴坐〔二〕觀空閣〔三〕，觀色觀空色即空〔四〕。

〔一〕上人：《大品經》：佛言若菩薩一心，行阿耨多羅，三藐三菩提，心不散亂，是名上人。《翻譯名義》：律云，瓶沙王稱佛弟子爲上人。

〔二〕宴坐：《維摩經》：不於三界現身意，是爲宴坐；不越滅度而現諸威儀，是爲宴坐；心不住内，亦不住外，是爲宴坐；於諸見不動，而修行三十七品，是爲宴坐。

〔三〕觀空：《楞嚴經》：觀空非色，見即消亡。僧肇《宗本義》：般若之門觀空，漚和之門涉有。注云：智門觀空，悲門涉有。

〔四〕色即空：《維摩經》：色即是空，非色滅空，色性自空。

和劉道原見寄

敢向清時怨不容？ 直嗟吾道與君東。坐談足使淮南懼〔一〕，歸去方知冀北空。獨鶴不須驚夜旦，群烏未可辨雌雄。廬山自古不到處，得與幽人子細窮。

〔一〕淮南懼：《漢書·辛慶忌傳》：虞有宮之奇，晉獻不寐；衛青在位，淮南寢謀。王應麟《困學紀聞》：今人多以淮南謀寢稱汲黯，而不及青。按，「汲黯在朝，淮南謀寢」二語，見《吴語》步隲疏中。○施氏原注：道原既與介甫異論，絶交，力請歸養。前詩既以汲黯比道原，此詩益致嘆美之意。又用汲黯事，以淮南喻介甫也。《烏臺詩案》：軾爲劉恕有學問，心正直，故作此詩美之，因以諷當今進用之人也。恕於是時自館中出監酒務，非敢怨時之不容。馬融謂鄭康成：「吾道東矣。」故比之「汲黯在朝，淮南寢謀」。又以比恕之直。又，韓愈云：「冀北馬群遂空。」言館中無人也。「嵇紹昂昂，如獨鶴之在雞群。」又，《淮南子》：「雞知將旦，鶴知夜半。」又以劉恕比鶴，謂衆人爲雞也。《詩》云：「具曰予聖，誰知烏之雌雄。」意言今日進用之人，君子小人雜處，如烏之不可辨雌雄也。

和劉道原咏史〔一〕

仲尼憂世接輿狂，臧穀雖殊竟兩亡。吴客漫陳豪士賦，桓侯初笑越人方。名高不朽終安用，日飲無何計亦良。獨掩陳編弔興廢，窗前山雨夜浪浪。

〔一〕咏史：《東都事略》稱道原有史學，於晉、魏以後事尤精詳。考證前史差繆，所著《十國紀年》四十二卷，《通鑑外紀》十卷，其精於史學如此，惜《咏史》詩不傳也。

和劉道原寄張師民〔一〕一本作「思民」。

仁義大捷徑，詩書一旅亭。相夸綬若若，猶誦麥青青。腐鼠何《烏臺詩案》作「相」勞嚇，高鴻本自冥。顛狂不用唤，酒盡漸須醒。

〔一〕《烏臺詩案》：熙寧六年，軾任杭州通判，有劉恕字道原寄詩三首，軾依韻和，即不曾寄張師民，師民者亦不曾識。除無譏諷外，此詩譏諷朝廷近日進用之人，以仁義爲捷徑，以《詩》、《書》爲逆旅，但爲印綬爵禄所誘，則假六經以進，如莊子所謂「儒以《詩》、《禮》發冢」，故云「麥青青」。又云小人之顧禄，如鴟鳶以腐鼠嚇鴻鵠，其溺於利，如人之醉於酒，酒盡則自醒也。○慎按，六年當作五年。

送張職方吉甫〔一〕赴閩漕六和寺中作〔二〕

羡君超然鸞鶴姿，江湖欲下還飛去。空使吴兒怨不留，青山漫漫七閩路〔三〕。門前江水去掀天，寺後清池碧玉環。君如大江日千里，我如此水千山底。

〔一〕張吉甫：爵里失考。○職方：孫彦同《職官分紀》：兵部官屬，職方郎中，從六品，員外郎，正七品。

〔二〕六和寺：《咸淳臨安志》：六和塔在龍山月輪峰，即舊壽寧院。《西湖遊覽志》：龍井之南爲九溪，其西爲十八磵，路通月輪山，六和塔在月輪峰旁。宋開寶三年，智覺禪師即錢氏之南果園建塔，以鎮江潮。高九級，五十餘丈，海船夜泛者，以塔燈爲指南。開化寺即塔院也。按，《翻譯名義》：僧伽，此云和合衆，和有六義：戒和同修，見和同解，身和同住，利和同均，口和無争，意和同悦。

〔三〕七閩：《周禮》：職方氏，掌天下之圖，辨其邦國、都鄙、四夷、八蠻、七閩、九貉、五戎、六狄之人民。《國語》：閩，芈蠻也。《輿地廣記》：福建路，春秋時爲七閩地，秦爲閩中郡。

和子由柳湖久涸忽有水開元寺山茶舊無花今歲盛開二首

其一

太昊祠東鐵墓西〔一〕，一樽曾與子同攜。回瞻郡閣遥飛檻，北望樯竿半隱堤。飯豆羹藜思兩鵠，飲河嘿水賴長霓。如今勝事無人共，花下壺盧鳥勸提。

〔一〕太昊祠：《漢書·地理志》：陳本太昊之墟。《揮麈録》：太祖詔修先代帝王祠廟，每廟須及百五十間。太昊祠在陳州，以金提勾芒配。《太平寰宇記》：陳州，枕蔡水，八卦壇在焉。伏羲陵在城北三里。

其二

長明燈下石欄干〔一〕，長共松杉守歲寒。葉厚有稜犀甲健，花深少態鶴頭丹。久陪方丈曼陁雨，羞對先生苜蓿盤。雪裏盛開知有意，明年開後更誰看。

〔一〕長明燈：唐高邁《長明燈頌》：日中則昃，昃則没，我長明燈不没；月滿則虧，虧則盡，我長明燈不盡。

附子由原作二首：

旱湖堤上柳空多，倚岸輕舟奈汝何。秋雨連渠添積潤，春風吹凍忽生波。蟲魚便爾來無數，鳧雁猶疑未肯過。持詫錢塘應笑我，坳中浮芥兩幺麽。

古殿山花叢百圍，故園曾見色依依。凌寒强比松筠秀，吐艷空驚歲月非。冰雪紛紜真性在，根株老大衆園稀。山中草木誰攜種，潦倒塵埃不復歸。

雨中遊天竺靈感觀音院〔一〕

蠶欲老，麥半黄，前山後山雨浪浪。農夫輟耒女廢筐，白衣仙人在高堂〔二〕。

〔一〕靈感觀音院：《咸淳臨安志》：上天竺觀音寺，晉天福四年，僧道翊結廬山中，夜有光，就視，得奇木，命孔仁謙刻觀音像，錢忠懿王即其地創佛廬。咸平中，郡守張去華以旱迎大士至梵天寺致禱，即日雨。自是水旱必禱焉。治平二年，知杭州沈遘奏，「天竺看經院觀世音菩薩始自石晉，至今福澤生民，前後靈跡甚著。蒙旨賜曰：『靈感。』端明學士蔡襄繼守是邦，一新院宇，用揭新額」云云。《釋氏稽古略》亦同，王注以爲蔡襄奏上其事者，訛。

〔三〕白衣仙人：《慧光奏事録》：孝宗宣上天竺僧若訥入對選德殿，問上竺起因：「今得幾時？」訥曰：「起石晉天福四年。」太祖開寶間，吴越王錢俶夢白衣天人曰：「吾居處甚隘。」覺而詢其實，爲廣其殿宇。據此，則「仙人」當作「天人」。存以備考。

贈上天竺〔一〕辯才師〔二〕

南北一山門，上下兩天竺〔三〕。中有老法師，瘦長如鸛鵠。不知修何行？碧眼照山谷。見之自清凉，洗盡煩惱毒。坐令一都會，男女禮白足。我有長頭兒〔四〕，角頰峙犀玉。四歲不知行，抱負煩背腹。師來爲摩頂，起走趁奔鹿。乃知戒律中，妙用謝羈束。何必言法華，佯狂啖魚肉。

〔一〕上天竺：《咸淳臨安志》：天聖中，僧詵夢大士像浮空而行，出小山，曰：「吾欲憩此。」明日，僧寂至，語夢協，乃謀徙今處。乳竇峰矗其前，白雲、師子、中印諸峰左右環拱，所謂上天竺也。

〔二〕辯才：《咸淳臨安志》：郡守沈遘謂大士以聲音爲佛事，非禪那所居，即謝去住持智月，以辯才法師元浄爲其主。仍請於朝，以教易禪，元浄乃益增廣殿宇。熙寧中，詔歲度僧一，每遣中使致香幣，歲給大農錢作佛事。

〔三〕兩天竺：《咸淳臨安志》：嘉祐末，郡守沈禮部文通以爲天竺起於司馬晉時，踰七百載，而觀音發跡西峰，甫及百年，遂分爲二，云云。白居易詩亦云：「一山門作兩山門，兩寺原從一寺分。」〇慎按，《舊志》並載三天竺，而云兩者，嘗見南宋人王信《華嚴閣記》云：南、北山浮屠之居，幾四百所，而授禪家學者三，惟靈隱、浄慈及中天竺耳。乃知上、下兩天竺皆律寺，其並稱，蓋由此也。

〔四〕長頭兒：即先生中子迨也。

慎按：子由所撰《辯才塔銘》：「師名元浄，字無象。沈文通治杭，命師住上天竺。」以《咸淳志》考之，沈遘爲杭州守在嘉祐七年。《釋氏稽古略》亦云：「辯才自仁宗嘉祐末，歷治平、熙寧，住上天竺一十七年。」然則，先生倅杭時，辯才正住天竺，贈詩必於此時。宋雕本及施氏本俱載此詩於密州卷中，訛矣。當先生在杭，一時詩僧如惠勤、惠思、清順、可久輩，往往見於篇章。辯才乃諸方尊宿，豈有近在湖山，獨不一顧，迨去任後始作詩遥贈耶？今改編於此。

和蔡準〔一〕郎中見邀遊西湖三首〔二〕

其一

夏潦漲湖深更幽，西風落木芙蓉秋。飛雪闇天雲拂地，新蒲出水柳映洲。湖上四時看不足，惟有人生飄若浮。解顔一笑豈易得？主人有酒君應留。君不見錢塘游宦客，朝推囚，暮決獄〔三〕，不因人喚何時休！

〔一〕蔡準：失考。

〔二〕西湖：《咸淳臨安志》：明聖湖，周繞三十里，三面環山，溪谷縷注，下有淵泉水道，瀦而爲湖。漢時金牛見湖中，以爲明聖之瑞，故名。以其負郭而西，故又稱「西湖」。

〔三〕推囚決獄：宋吴華《北廳記》略云：熙寧中，蘇文忠公由史館來貳杭郡事。時方行新法，公常因法以便民。又，姚巖《東廳續記》云：先生以奉常博士倅杭，於時，民淳事簡，猶有「朝推囚，暮決獄」之詩，其勤於王事如此。

其二

城市不識江湖幽，如與蟪蛄語春秋。試令江湖處城市，却似麋鹿游汀洲。高人無心無不可，得坎且止乘流浮。公卿故舊留不得，遇所得意終年留。君不見抛官彭澤令，琴無絃，巾有酒，醉欲眠時遣客休。

其　三

田間决水鳴幽幽，插秧未遍麥已秋。相攜燒筍苦竹寺〔一〕，却下踏藕荷花洲。船頭斫鮮細縷縷，船尾炊玉香浮浮。臨風飽食得甘寢，肯使細故胸中留。君不見壯士憔悴時，飢謀食，渴謀飲，功名有時無罷休。

〔一〕苦竹：《咸淳臨安志》：苦竹筍，端午前多充餽遺，以其性凉也。

六月二十七日望湖樓醉書五絶〔一〕

其　一

黑雲翻墨未遮山，白雨跳珠亂入船。卷地風來忽吹散，望湖樓下水如天。

〔一〕望湖樓：《咸淳臨安志》：望湖樓在錢塘門外一里，一名「看經樓」，乾德五年，錢忠懿王建。《西湖遊覽志》：樓在昭慶寺前，一名「先德樓」。

附子由次韻：

欲看西湖兩岸山，卧乘湖上木蘭船。湖山已自隨船改，更值陰晴欲雨天。

其　二

放生魚鼈逐人來〔一〕，無主荷花到處開。水枕能令山俯仰，風船解與月徘徊〔二〕。

〔一〕放生：《藝文類聚》：梁元帝時，荆州有放生亭碑，世謂放生事始於唐，不知唐以前已有之。《咸淳臨安志》：天禧四年，王欽若奏以西湖爲祝聖放生池，禁采捕。郡守王隨記其事。《西湖遊覽志》：放生亭在寶石山麓。

〔二〕月徘徊：太白詩：我歌月徘徊。

附子由次韻：

眼看西湖不暫來，簿書無算撥還開。三年屈指渾將盡，記取從今得幾回。

其　三

烏菱白芡不論錢〔一〕，亂繫青菰裹綠盤一作「綵槃」。忽憶嘗新會靈觀〔二〕，滯留江海得加餐。

〔一〕菱芡：《咸淳臨安志》：菱初生，嫩者名沙角，硬者名餛飩，湖中生如栗様者，極鮮。雞頭古名芡，又名雞壅，今錢塘之梁渚、窈頭，仁和之藕湖、臨平湖所産特佳，西湖尤勝，可篩爲粉。

〔二〕會靈觀：《汴京遺跡志》：會靈觀在南薰門外，宋祥符五年建，初名五岳觀，觀成，賜名會靈。南有奉靈園，東有凝祥池。歐陽公詩自注云：凝祥池雞頭極美。

附子由次韻：

湖山欲買恨無錢，且盡芳樽對玉盤。菱角雞頭應已厭，蟹螯馬頰更勤餐。

其　四

獻花游女木蘭橈，細雨斜風濕翠翹。無限芳洲生杜若，吴兒不識楚辭招。

附子由次韻：

終日清漪弄短橈，久忘車乘走翹翹。秋風且食鱸魚美，洛下諸生未可招。

其　五

未成小隱聊中隱，可得長閒勝暫閒〔一〕。我本無家更安往，故鄉無此好湖山。

〔一〕暫閒：韓愈詩：盡瘁年將久，公今始暫閒。

附子由次韻：

滯留朝市常嫌鬧，放棄江湖也未閒。孤舫粗窮千頃浪，肩輿未盡百重山。

七月一日出城舟中苦熱

涼飈呼不來，流汗方被體。稀星乍明滅，暗水光瀰瀰。香風過蓮芡，驚枕裂魴鯉。欠身宿酒餘，起坐濯清泚。火雲勢方壯，未受月露洗。身微欲安適，坐待東方啓。

宿餘杭〔一〕法喜寺〔二〕後緑野堂望吴興〔三〕諸山懷孫莘老〔四〕學士〔五〕

徙倚秋原上，淒涼晚照中。水流天不盡，人遠思何窮。問牒《咸淳臨安志》作「路」知秦過，看山識禹功〔六〕。公自注：餘杭，始皇所舍舟也。西北舟杭山，堯時洪水，繫舟山上。稻涼初吠蛤，柳老半書蟲。荷背風翻白，蓮腮雨退紅。追游慰遲暮，覓句效兒童。北望苕溪轉，遥憐震澤通。烹魚得尺素，好在紫髯翁。

〔一〕餘杭：《元和郡縣志》：餘杭縣，東南去杭州七十里。《吴興記》云：始皇三十七年，將上會稽，途出此地，因立爲縣。捨舟航於此，仍以爲名。《史記》：始皇臨浙江，水波惡，乃西百二十里從狹中渡。徐廣注云：蓋在餘杭也。《元和志》謂始皇捨舟航於此，因以爲名。蓋留杭而名其地，則禹也。因地名而置爲縣，則秦也。

〔二〕法喜寺：《咸淳臨安志》：餘杭有法喜院，在縣郭内溪北，舊名「吉祥」，光化二年建。大中祥符八年，改今額。左有亭，跨城。東坡嘗宿於寺，留題亭上，後人名爲懷舊亭。

〔三〕吴興：《元和郡縣志》：古防風氏之國，三國時置吴興郡，隋仁壽二年，改湖州。東至杭州一百九十里。《太平寰宇記》：宋爲宣德軍節度使。

〔四〕孫莘老：按，《宋史》：孫覺，字莘老，高郵人，第進士。嘉祐中，編校昭文書籍。神宗朝以右正言奪兩職，通判越州，徙知通州，歷知廣德軍，蘇、福、亳、揚、徐五州，不載知湖州事。《東都事略·孫莘傳》：熙寧中，修起居注，以言事黜知廣德軍，踰年，徙湖州。以時考之，及本集《墨妙亭記》云云，與詩正合。

〔五〕學士：《容齋隨筆》：國朝館職必試而後命，一經此職，遂爲名流。高者曰集賢修撰，史館修撰，直龍圖閣，直昭文館、史館、秘閣、集賢院，次曰集賢、秘閣校理，官卑者曰館閣校勘、史館檢討，均謂之館職。記注官缺，必於是取之。官至員外郎則任子。中外皆稱學士。江少虞《宋朝事實類苑》：開元故事，集賢院校書郎許稱學士。今三館職事皆稱學士，用開元故事也。

〔六〕禹功：《咸淳臨安志》：舟杭山，在餘杭縣西北二十五里，山頂有石穴，古老云禹治水維舟之所。

附子由次韻：

信美非吾土，三吴一水中。亭高望已極，舟入去無窮。朝市知安在？湖山信有功。遨遊逐鳧鴨，飲食數魚蟲。波浪喧朝夕，梅蒸變緑紅。逢人問京洛，去國長兒童。同舍情相接，鄰邦信屢通。相邀欲相過，道里訊溪翁。

宿臨安〔一〕净土寺〔二〕

雞鳴發餘杭，到寺已亭午。參禪固未暇，飽食良先務。平生睡不足，急掃清風宇。閉門群動息，香篆起煙縷。覺來烹石泉，紫笋發輕乳。晚凉沐浴罷，衰髮稀可數。浩歌出門去，暮色入村隝。微月半隱山，圓荷争瀉露。相攜石橋上，夜與故人語。明朝入山房〔三〕，石鏡炯當路。昔照熊虎姿，今爲猿鳥顧。廢興何足弔，萬古一仰俯。

〔一〕臨安：《元和郡縣志》：臨安縣在杭州西北一百二十八里。《吴志》云：建安十六年，分餘杭立臨水縣，晉太康中，改臨安縣，有臨安山，故名。

〔二〕净土寺：《咸淳臨安志》：净土禪寺，在臨安縣南二里。顯德中，吴越錢氏建，號「光孝明因寺」。祥符中，改今額。元張昱《過臨安净土寺》詩云：祥符賜額海會寺，回首年來彈指過。自注云：「東坡作杭倅時，行部於潛，過此。」《武林梵志》：寺在臨安縣北鄉，五代梁乾化二年，吴越王捨基爲寺。《梵志》訛，當從《臨安志》。三説互異，備録，俟再考。

〔三〕山房：施氏原注：真寂院，一名山房，在净土之旁。新刻本改云「在石鏡山東」，非原文也，今駁正。

附子由和：

四方清净居，多被僧所占。既無世俗營，百事得豐贍。家居每紛薄，奉養出寒欠。昔年旅東都，局促吁已厭。城西近精廬，長老時一覘。每來獲所求，食飽山茶釅。塵埃就湯沐，垢膩脱巾韂。不知禪味深，但取飢腸饜。京城苦煩溷，物景費冶染。吴都况清華，觀刹吐光艷。石矼度空闊，泉溜瀉深塹。經過未足多，終老應長歎。

附楊參政楝次韻詩從《咸淳臨安志》采出。

令君督來期，書郵日旁午。世事不足論，清游乃先務。朝朝扣禪關，復此得净宇。淺斟琥珀濃，細嚼銀絲縷。味雋問牛酥，軒高來燕乳。曲折溪屢横，尖圓峰可數。萬頃喧桑田，一簇静松塢。由來鏡中人，不殊草頭露。越主朝汴宫，蜀客盡吴語。剥蝕净土碑，荒殘峽山路。桑梓如之何，誰能忘一顧？日詢錦橋新，三嘆清流俯。

自净土步至功臣寺〔一〕

落日岸葛巾，晚風吹羽扇。松間野步穩，竹外飛橋轉。神功鑿横嶺，巖石得巨片。直度千人溝，下有微流泫。岡巒蔚回合，金碧爛明絢。緬懷異姓王〔二〕，負擔此鄉縣。長逢胯下辱，屢乞桑間飯。誰謂《咸淳臨安志》作「知」山石頑〔三〕？識此希世彦。凛然英氣逼，屹起猶聳戰。他年萬騎歸，父老恣歡宴。錦繡被原野，金珠散貧賤。竇融既入朝〔四〕，吴芮空記面。榮華坐銷歇，閲世如郵傳。惟有長明燈，依然照深殿。

〔一〕功臣寺：《咸淳臨安志》：功臣山在臨安縣南一里，本名大官山，唐昭宗詔改錢鏐所居大官山爲功臣山。施氏原注：臨安開化院，在縣南二里，梁乾化五年，吴越王建，舊名功臣院。

〔二〕異姓王：《吴越備史》：錢鏐於天復元年五月，初封彭城王，二年五月，封越王。天祐元年，封吴王。至梁始封吴越王。唐莊宗朝，自稱吴越國王。《五代史·吴越世家》：詔圖形凌烟，升衣錦營爲衣錦軍云云。時鏐尚未封越王也。施氏補注顛倒史傳原文，便似圖形、升軍等事，皆在天復二年後矣，今爲駁正。

〔三〕山石：《吴越備史》：武肅王錢鏐，杭州安國縣人，生於本縣之衣錦鄉。王嘗憇後山，忽一石屹然自立，王志之。後建功臣精舍，遂以石爲佛坐。先生所用，乃此事。新刻施注本引石鏡作注者，訛也。

〔四〕入朝：《吴越備史補》：興國三年，吴越王錢俶於二月六日發國城，三月二十四日至京師，居於禮賢宅。五月四日，再上表，請以吴越封疆歸有司。所部州十三、縣八十六、户五十五萬七百、兵十五萬五千盡獻於朝，改封俶爲淮海國王。《五代史·錢鏐傳》：子元瓘，孫佐，佐弟俶，四主，凡四十八年，國除。

附子由和：

山平村塢連，野寺鐘相答。晚陰生林莽，落日猶在塔。行招兩社僧，共步青山月。送客渡石橋，迎客出林樾。幽尋本真性，往事聽徐説。錢王方壯年，此邦事輕俠。鄉人鄙貧賤，異類識英傑。立石象興王，遺迹今岌嶪。功勛三吴定，富貴四海甲。歸來父老藏，崇高畏摧壓。詩人巧譏病，牛領二字疑有訛恣挑抉。流傳後世人，談笑資口舌。是非亦已矣，興廢何倉卒。持歸問禪翁，笑指浮漚没。

慎按：此詩向來刻本俱訛入《東坡集》，題云「遊杭州山」。考《欒城集》，乃子由《和子瞻自淨土步至功臣寺》作也。今從和詩例附録，以正諸刻之譌。首句《東坡集》作「山中村塢迷」，「遺迹」作「遺址」，「牛領」作「此欲」，「摧壓」作「傾壓」，數字稍異。

遊徑山〔一〕

衆峰來自天目山〔二〕，勢若駿馬奔平川。中塗勒破千里足，金鞭玉鐙相迴旋。人言山住水亦住，下有萬古蛟龍淵〔三〕。道人〔四〕天眼識王氣〔五〕，結茆宴坐荒山巔。精神《苕溪叢話》作「誠」貫山石爲裂，天女下試顔如蓮。寒窗暖足來朴渥一作「朔」，夜鉢咒《苕溪叢話》作「沉」水降蜿蜒。雪眉老人朝叩門，願爲弟子長參禪。爾來廢興三百載〔六〕，奔走吳會輸金錢〔七〕。飛樓湧殿壓山破，朝鐘暮鼓驚龍眠。晴空仰《咸淳志》作「偶」見浮海蜃〔八〕，落日下數投村一作「林」鳶。有生共處覆載内，擾擾膏火同烹煎。近來愈覺世議一作「路」隘，每到寬《烏臺詩案》作「勝」處差安便。嗟余老矣百事廢，却尋舊學心茫然。問龍乞水歸洗眼〔九〕，欲看細字銷殘《咸淳志》作「長」年。公自注：龍井水，洗病眼有効。

〔一〕徑山：《徑山事狀》：山乃天目之東北峰，有徑路通天目，故謂之徑山。五峰周抱，中有平地，人迹不到。

〔二〕天目：《元和郡縣志》：天目山高三萬六千丈，東南有瀑布，上有兩池，爲天之左、右目。《咸淳臨安志》：山在臨安縣西五十里，周八百里，有三十六洞。按，《大藏洞淵集》：第三十四洞天天目山，左目高三千丈，右目高二千五百丈，洞周圍一百里，名太微玄蓋洞天。《太平寰宇記》：天目山一名浮玉山，上有兩池，一峰在東，號東天目，在臨安縣界。西尖峰在於潛縣北四十五里。連亘杭、宣、湖、徽四州之境，周迴二千里。

〔三〕蛟龍淵：《續高僧傳》：徑山有龍淵，龍王化身爲人，獻其地於國一大師，乃成伽藍。《吳興掌故》：蛟龍池在天目山東南。《名勝志》：東、西二瀑噴注，有上、中、下三池。上池懸崖五十仞，中池三十仞，下池深莫測，溢於大徑口，小徑口。

〔四〕道人：《咸淳臨安志》：吳郡崑山朱氏子貢禮部，道由丹徒至鶴林寺，馬素禪師見而異之。遂祝髮，名法欽。久之，辭出遊方，請示所止。素曰：「汝乘流而行，遇徑即止。」欽至山，問途於樵者，曰：「此乃徑塢。」師記素語，遂自東北而登。適見苫草以覆罝罘，乃即其下默坐。值大雪，旬日不食。獵師見而慕之，爲結草菴。唐大曆三年，代宗詔至闕下，親加瞻禮，號國一禪師。王顔、邱丹撰《塔銘》，崔元翰、李吉甫撰《碑銘》。

〔五〕天眼：《傳法正宗記》：四祖優婆麴多尊者，有十力弟子，其一天眼力。《翻譯名義》：佛有天眼通者，於眼得色界，四大造清净色，是名天眼。天眼所見，諸色無不能照。

〔六〕廢興三百載：《咸淳臨安》：徑山能仁禪院，在臨安縣北三十里。開山曰國一禪師法欽，唐代宗時，詔即其菴所建徑山寺。乾符六年，改爲鎮國院。祥符中，改賜承天禪院。

〔七〕吴會：范成大《吴郡志》云：世多稱吴門爲吴會，自唐已然，此殊未穩。天下都會之處多矣，未有以地名冠於「會」之一字而稱之者。吴本秦會稽郡，後漢分吴、會稽爲二郡。後世指二浙之地，通稱吴會，謂吴與會稽也。《莊子釋文》：「淛江」注云：今在餘杭郡，後漢以爲吴、會分界。其云分界，則言兩地尤明。褚伯玉隱居剡山，齊太祖手詔吴、會二郡，以禮迎遣。此證尤切。按，宋元嘉時，以揚州浙西屬司隸校尉，而以浙東五郡立會州，以隋王誕爲刺史。此單稱會之證也。

〔八〕浮海蜃：《漢書》：海旁蜃氣象樓臺。韓愈詩：頃刻青紅浮海蜃。

〔九〕洗眼：《吴興掌故》：徑山有洗眼池，昭明太子嘗於此讀書。

《烏臺詩案》：熙寧六年内，遊徑山，留題云「近來愈覺世議隘，每到勝處差安便」，以諷朝廷用人多刻薄褊隘之人，不少容人過失。見山中寬閒之處爲樂也。其詩係朝旨降到册子内。

附子由次韻：

去年渡江愛吴山，忽忘蜀道輕秦川。錢塘後到山最勝，下枕湖水相縈旋。坐疑吴會無復有，扁舟屢出凌濤淵。今秋復入徑山寺，勢壓衆嶺皆摧顛。連峰沓嶂不知數，重重相抱如青蓮。散爲雲霧翳星斗，聚作潭井藏蜿蜒。欽翁未到人跡絶，千里受記來安禪。荒榛野草置茆屋，坐令海賈輸金錢。至今傳法破煩惱，飽食過客容安眠。解裝投錫不復去，紛紛四合來烏鳶。或言此處猶未好，海上人少無煩煎。天台雁蕩最深秀，水驚石瘦尤清便。青山獨往無不可，論説好醜徒紛然。終當直去無遠近，藤鞵竹杖聊窮年。

慎按：《烏臺詩案》此詩係熙寧六年作，連下二首俱應改編癸丑卷中，今依施注舊本。

自徑山回得吕察推詩用其韻招之宿湖上〔一〕

多君貴公子〔二〕，愛山如愛色。心隨葉舟去，夢繞千山碧。新詩到中路，令我喜折屐。古來軒冕徒，操舍兩悲慄。數朝辭簪笏，兩脚得暫赤。歸來不入府，却走湖上宅。寵辱吾久忘，寧畏官長詰。飄然便歸去，誰在子思側。君能從我遊，出郭及未黑。

〔一〕呂察推：字仲甫。《宋史·職官志》：諸路有觀察推官。

〔二〕貴公子：《宋史》：呂文穆七子皆爲京朝官，居簡最顯，仕至户部侍郎。仲甫疑即居簡之子，而史失考。

附子由次韻一首：

朝從徑山來，泱莽徑山色。暮從湖上歸，滉漾湖光碧。借問泛湖舟，何似登山屐。高懷厭朝市，遠去忘憂慄。目向幽人青，顔從濁醪赤。塵埃解羅網，宇宙爲安宅。油然了無營，此意誰能詰？嗟余别離久，欲往徒反側。留滯亦何爲，空驚突深黑。

宿望湖樓再和

新月如佳人，出海初弄色。娟娟到湖上，瀲瀲摇空碧。夜凉人未寢，山静聞響屐。騷人故多感，悲秋更憀慄。君胡不相就？朱墨紛黝赤。我行得所嗜，十日忘家宅。但恨無友生，詩病莫訶詰。君來試吟咏一作「味」，定作鶴頭側。改罷心愈疑，滿紙蛟蛇黑。

夜泛西湖五絶

其一

新月生魄跡未安，纔破五六漸盤桓。今夜吐艷如半璧，遊人得向三更看。

其二

三更向闌月漸垂，欲落未落景特奇。明朝人事誰料得？看到蒼龍西没時。

其三

蒼龍已没牛斗横〔一〕，東方芒角昇長庚。漁人收筒及未曉，船過惟有菰蒲聲。公自注：湖上禁漁，皆盜釣者。

〔一〕蒼龍：《漢書·天文志》：東宫蒼龍。又云：杓攜龍角。孟康注云：杓，斗柄也。龍角，東方宿也。攜，連也。又，《晉書·天文志》：十二次分野，始角、亢，以東方蒼龍爲首。

其　四

菰蒲無邊水茫茫，荷花夜開風露香。漸見燈明出遠寺，更待月黑看湖光。

其　五

湖光非鬼亦非仙〔一〕，風恬浪静光滿川。須臾兩兩入寺去，就視不見空茫然。

〔一〕湖光：周密《癸辛雜識》：西湖四聖觀前，每至昏後，有二燈浮水上。其色青紅，自施食亭前南至西泠橋復回。風雨中，光愈盛，月明則稍淡，雷電之時，則與争光閃爍。余之所居，在積慶山顛，每夕觀之，無少差，凡看二十餘年矣。

東坡先生編年詩卷八

古今體詩六十九首起熙寧壬子秋，盡十二月，通守杭州時作。

慎按：《咸淳臨安志》：先生初至杭，沈立之爲太守。明年八月，沈除審官院以去，陳述古來代，時先生在試院。十月，燕錢塘進士於中和堂，隨以督開運鹽河至鹽官。十二月，運司又差往湖州，相度堤岸。半年中，事跡如此。施氏補注新刻本以《鹽官絶句》雜入湖州，又譌編《客位假寐》一首於是卷中，今一一釐正。

焦千之〔一〕求惠山泉詩〔二〕

兹山定空中，乳水滿其腹。遇隙則發見，臭味實一族。淺深各有值，方圓隨所蓄。或爲雲洶湧，或作線斷續。或鳴空洞中，雜佩間琴筑。或流蒼石縫，宛轉龍鸞蹙。瓶罌走千里，真僞半相瀆。貴人高宴罷，醉眼亂紅緑。赤泥開方印，紫餅截圓玉。傾甌共歎賞，竊語笑僮僕。豈如泉上僧，盥灑自挹掬。故人憐我病，蒻籠寄新馥。欠伸北窗下，晝睡美方熟。精品厭凡泉，願子致一斛。

〔一〕焦千之：字伯强，與王深父兄弟同爲歐公門下客。《名勝志》：焦千之，潁州焦陂人。以文學受知文忠公，後授秘書校理，終知無錫州。吕純希知潁，爲起宅於城南，號曰焦館。

〔二〕惠山泉：獨孤及《惠山寺新泉記》云：寺居西山之麓，山小多泉，山下有靈池。其泉伏涌潛洩，無沚無竇，始發袤丈之沼，疏爲懸流，及於禪牀，周於僧房，灌注於德池，瀠回於法堂。《太平寰宇記》：惠山寺在無錫縣東七里，一名九隴山。張又新《煎茶水記》：陸鴻漸言無錫縣惠山寺石泉水爲天下第二。《晏公類要》：惠泉在普利寺，南廡有曲水亭。

答任師中次韻公自注：來詩勸以詩酒自娱。

閒裏有深趣，常憂兒輩知。已成歸蜀計，誰借買山貲？世事久已謝，故人猶見思。平生不飲酒，對子敢論詩。

〔一〕任師中：名伋，注見第六卷。

沈諫議召遊湖不赴明日得雙蓮於北山下作一絶持獻沈既見和又别作一首因用其韻〔一〕

其一

湖上棠陰手自栽，問公更得幾回來？水仙亦恐公歸去，故遣雙蓮一夜開。

〔一〕沈諫議：《宋史》：沈立，字立之，歷陽人。第進士，歷右諫議大夫。出爲江淮發運使，知杭州。施武子《嘉泰會稽志》：熙寧三年，沈立以右諫議大夫出知越州。四年正月，移知杭州。○按，先生初倅杭，沈爲太守。本集有《牡丹記》，云：熙寧五年，從太守沈公觀花於吉祥寺。即其人也。沈不久當替，故詩中云然。

其二

詔書行捧縷金箋，樂府應歌《相府蓮》〔一〕。莫忘今年花發處，西湖西畔北山前。

〔一〕相府蓮：陳景沂《全芳備祖》：于頔因瑞蓮製曲，名《相府蓮》

和歐陽少師會老堂次韻〔一〕

一時冠蓋盡嚴終，舊德年來豈易逢。聞道堂中延蓋叟，定應牀下拜梁松。蠹魚自曬閒箱篋，科斗長收古鼎鐘。我欲棄官重問道，寸筳何以得舂容。

〔一〕會老堂：《蔡寬夫詩話》：歐陽文忠與趙康靖同在政府，相得甚歡。趙歸老睢陽，歐相繼謝事歸汝陰。一日，康靖單車來訪，踰月而返，年八十矣。文忠因榜其地爲會老堂。《居士集·會老堂致語》注云：熙寧壬子，趙康靖自南京訪公於潁，時吕正獻爲潁州守。

附歐陽永叔原作：

古來交道愧難終，此會今時豈易逢？出處三朝俱白首，凋零萬木見青松。公能不遠來千里，我病猶能釂一鍾。已勝山陰空興盡，且留歸駕爲從容。

題永叔會老堂

三朝出處共雍容，歲晚交情見二公。乘興不辭千里遠，放懷還喜一樽同。嘉謀定國垂青史，盛事傳家有素風。自顧塵纓猶未濯，九霄終日羨冥鴻。

慎按：施氏原本、新刻俱失載此詩，今從別本補入。

和歐陽少師寄趙少師次韻〔一〕

朱門有遺啄，千里來燕雀。公家冷如冰，百呼無一諾。平生親友半遷逝，公雖不怪旁人愕。世事如今臘酒醲，交情自古春雲薄。二公凜凜和非同，疇昔心親豈貌從？白鬚相映松間鶴，清句更酬雪裏鴻。何日揚雄一廛足，却追范蠡五湖中。

〔一〕趙少師：《東都事略》：趙槩，字叔平，應天虞城人。神宗朝，官尚書左丞。數求去位，以太子少師致仕。居睢陽十五年，卒，謚康靖。爲人樂易，與人無所怨怒。張安道《樂全先生集》中《趙康靖神道碑》云：始，歐陽修躐公知制誥，人意其且不能平。及修坐累詔獄，公獨抗章言修無罪。上感悟，修以故得全。公既退老，修亦退居汝陰，往從之游，樂飲旬日云云。故東坡詩有「二公凜凜和非同，平日心親豈貌從」之句，蓋紀其實也。

附永叔原作：《居士集》題云「擬剝啄行寄趙少師」。

剝剝復啄啄，柴門驚鳥雀。故人千里至，信士百金諾。搢紳相趨動顏色，閭巷歡呼共嗟愕。顧我非惟慰寂寥，於時自可警媮薄。事國十年憂患同，酣歌幾日暫相從。酒醒初不戒徒御，歸思瞥起如飛鴻。車馬闃然人已去，荷鋤却向野田中。

監試呈諸試官

我本山中人，寒苦盜寸廩。文辭雖久一作「少」作，勉强非天稟。既得旋廢忘，懶惰今十稔。麻衣如再著〔一〕，墨水真可飲〔二〕。每聞科詔下〔三〕，白汗如流瀋。此邦東南會，多士敢題品。芻蕘盡蘭蓀，香不數葵荏。貧家見珠貝，眩晃自難審。緬懷嘉祐初，文格變已甚〔四〕。千金碎全璧，百衲收寸錦。調和椒桂釃，咀嚼沙礫磣。廣眉成半額，學步歸踔踸一作「踸」。維時老宗伯〔五〕，氣壓群兒凜。蛟龍不世出，魚鮪初驚淰。至音久乃信，知味猶食椹。至今天下士，微管幾左衽。謂當千載後，石室祠高朕〔六〕。爾來又一變〔七〕，此學初誰諗。權衡破舊法，芻豢笑凡飪。高言追衛樂，篆刻鄙曹沈。先生周孔出，弟子淵騫寢。却顧老鈍軀，頑樸謝鐫鋟。諸君況才傑，容我懶且噤。聊欲廢書眠，秋濤春午枕。

〔一〕麻衣：唐劉虛白詩：「二十年前此夜中，一般燈火一般紅。不知歲月能多少，猶著麻衣待至公。」

〔二〕墨水：《隋書・禮儀志》：後齊每策秀、孝，皇帝坐於朝堂，秀、孝各以班草對。其有脱誤、書濫、孟浪者，起立席後，飲墨水一升。

〔三〕科詔：《三國志・魏・程曉傳》：高選賢才，以充其職，申明科詔，以督其違。《宋史・選舉志》：宋之科目，初惟進士及諸科，歲以爲常。皆秋取解，冬集禮部，春考試。諸州以本判官試進士，録事參軍試諸科。本集《送杭州進士序》：熙寧五年，錢唐之士，貢於禮部者九人。

〔四〕嘉祐文格：《石林詩話》：至和、嘉祐間，場屋舉子爲文尚奇澀，或不能成句。歐陽公力欲革其弊，既知貢舉，凡文涉雕刻者，皆黜之。時韓子華、范景仁、王禹玉、梅公儀等同事，梅聖俞爲參詳官。及放榜，平時有聲如劉輝輩，皆不與選，士論頗洶洶。然是榜得蘇子瞻爲第二人，子由與曾子固皆在選中，可謂得人矣。

〔五〕老宗伯：時歐陽永叔以禮部知貢舉。

〔六〕石室：《太平寰宇記》：文翁立學舍，作石室，在華陽縣城内。後遇火，太守陳留高朕更修立，又增造一石室。其欒櫨節制尤古，畫古人之像及禮器云云。據此，則石室乃高朕造，後人因以祠朕。施氏補注云「邦人立石室祠之」者，訛。

〔七〕爾來又一變：《宋史·選舉志》：初，進士試詩、賦、論各一首，策五道，帖《論語》十條，對《春秋》或《禮記》墨義五十條。神宗議更法，王安石謂：「古之取士，多本於學校。」於是改法。進士科罷詩、賦、帖經、墨義，士各占治《易》、《詩》、《書》、《周禮》二記一經，兼《論語》、《孟子》，謂《春秋》有三傳，難通，罷之。試分四場，初大經，次兼經大義，凡十道，次論一道，次策三道。熙寧四年，親試進士，始專以策，定限千言。舊特奏名人試論一道，今亦制策焉。

附子由和：

登科歲云徂，舊學日將落。外遭飢寒侵，内苦憂患鑠。傳家足墳史，遺説本精約。群言久紛蕩，開卷每驚矍。居官忝庠序，授業止干籥。朝廷發新令，長短棄前彠。緣飾小學家，睥睨前王作。聲形一分解，道義因附託。安行厭衢路，强挽就縻縛。縱横施口鼻，爛漫塗丹堊。强辯忽横流，漂蕩終安泊。意惟法初傳，欲講面先怍。新科勸多士，從者盡高爵。徘徊始未信，銜誘終難却。嗟哉守愚鈍，幾不被譏謔。獨醒慙餔糟，未信耻輕諾。敢言折鋒鋩，但自保城郭。有司顧未知，選試謬西洛。群儒誰號令？新語競投削。雖云心所安，恐異時量度。詭遇便巧射，嫁晚由拙妁。誰能力春耕？忍飢待秋穫。聞兄職在監，考較筆仍閣。縮手看旁人，此意殊未惡。

望海樓晚景五絶〔一〕

其一

海上濤頭一線來〔二〕，樓前指顧雪成堆。從今潮上君須上，更看銀山二十回。

〔一〕望海樓：《咸淳臨安志》：東樓一名望海樓，在中和堂之北。《太平寰宇記》：名望潮樓，高一十丈。唐武德七年置，白居易詩云：憑君吟此句，題向望濤樓。則又作「望濤」，三處互異，存以備考。

〔二〕一線：盧肇《海潮賦》：夾群山而遠入，射一線而中投。

其　二

橫風吹雨入樓斜，壯觀應須好句誇。雨過潮平江海碧，電光時掣紫金蛇〔一〕。

〔一〕紫金蛇：釋惠洪詩：紫金蛇，誰掣斷？墮空萬點跳珠亂。又，白居易詩：蛇騰電掣光。

其　三

青山斷處塔層層，隔岸人家喚欲譍。江上秋風晚來急，爲傳鐘鼓到西興〔一〕。

〔一〕西興：《越絶書》：浙江南路西城者，范蠡敦屯之處。其陵固可守，謂之固陵。《水經注》：湘江又逕固陵城北，今之西陵也。施武子《嘉泰會稽志》：西陵在蕭山縣西十二里。謝惠連有《西陵阻風》詩。吴越改曰「西興」。

其　四

樓下誰家燒夜香？玉笙哀怨弄初凉。臨風有客吟秋扇，拜月無人見晚粧。

其　五

沙河燈火照山紅[一]，歌鼓喧呼笑語中。爲問少年心在否？角巾欹側鬢如蓬。

[一] 沙河：程大昌《演繁露》引潘洞《浙江論》云：胥山西北舊鑿石以爲棧道，景龍四年，沙岸北漲，地漸平坦。州司馬李珣始開沙河，水陸成路。胥山者，今吴山也。又，《州圖經》云：沙河塘在縣南五里，此時河流去青山未甚遠。李紳詩曰：猶瞻伍相青山廟。景龍沙漲之後，至於錢氏，隨沙移岸，漸至鐵幢。今新岸去青山已逾三里，皆爲通衢，居民甚盛。《咸淳臨安志》云：咸通三年，刺史崔彦曾所開，有中沙、外沙、裏沙。近南有壩頭，與程説互異。《西湖遊覽志》：沙河塘，宋時居民甚盛，碧瓦紅檐，歌管不絶。外沙河自永昌門北繞城，前沙河在菜市門外，後沙河在艮山門外。

附子由次韻五首：

山色潮聲四面來，城中金碧爛成堆。不愁門外嚴扃鎖，終日憑欄未擬回。

湖山蒼蒼日向斜，烟波萬狀不容誇。畫船人去浮紅葉，石徑僧歸躡白蛇。

樓觀争高不計層，嗢嗢過雁自相譍。錢王舊業依稀在，歲久無人話廢興。

荷葉初乾稻穗香，驚雷急雨送微凉。晚晴稍放秋山色，洗却濃粧作淡粧。

白酒傾漿膾斫紅，晝遊未厭月明中。樓高只辨聽歌鼓，不見遊人轉似蓬。

試院煎茶

蟹眼已過魚眼生，颼颼欲作松風鳴。蒙茸出磨細珠落，眩轉遶甌飛雪輕。銀瓶瀉湯誇第二，未識古人煎水意。公自注：古語云：煎水不煎茶。君不見昔時李生好客手自煎，貴從活火發新泉〔二〕。又不見今時潞公煎茶學西蜀，定州花瓷琢紅玉〔三〕。我今貧病常苦飢，分無玉盌捧蛾眉〔四〕。且學公家作茗飲，塼爐石銚行相隨。不用撑腸拄腹文字五千卷，但願一甌常及睡足日高時。

〔一〕松風：吴許《茶疏》：水一入銚，便須急煮，候有松聲即去。

〔二〕活火：李約云：茶須緩火炙，活火煎。活火，謂炭之有餤者。

〔三〕定州花瓷：《茶疏》：茶甌，取古定窑兔毛花者，亦磑碾茶用之宜耳。其在今日，純白爲佳，兼貴於小定窑。

〔三〕玉盌捧蛾眉：韓愈詩：茗盌纖纖捧。

附子由和：

年來病懶百不堪，未廢飲食求芳甘。煎茶舊法出西蜀，水聲火候猶能諳。相傳煎茶只煎水，茶性仍存偏有味。君不見閩中茶品天下高，傾身事茶不知勞。又不見北方俚人茗飲無不有，鹽酪椒薑誇滿口。我今倦遊思故鄉，不學南方與北方。銅鐺得火蚯蚓叫，匙脚旋轉秋螢光。何時茆簷歸去炙背讀文字？遣兒折取枯竹女煎湯。

孫莘老求墨妙亭詩〔一〕

蘭亭璽紙入昭陵，世間遺跡猶龍騰〔二〕。顔公變法出新意〔三〕，細筋入骨如秋鷹〔四〕。徐家父子亦秀絶〔五〕，字外出力中藏稜。嶧山傳刻典刑在〔六〕，千載筆法留陽冰〔七〕。杜陵評書貴瘦硬，此論未公吾不憑。短長肥瘦石刻作「瘠」各有態，玉環飛燕誰敢石刻作「與」憎？吴興太守真好古〔八〕，購買斷缺揮縑繒。龜趺入座螭隱壁，空齋晝静聞登登。奇蹤散出走吴越，勝事傳説誇友朋。書來乞詩要自寫，爲把栗尾書溪藤。後來視今猶視昔，過眼百世如風燈。他年劉郎憶賀監，還道同時須服膺。

〔一〕墨妙亭：本集《墨妙亭記》略云：吴興自東晉爲善地，凡守郡者，率以風流爲事。自莘老至，以其餘暇，羅網遺逸，得前人賦咏數百篇，爲《吴興新集》。其僵仆斷缺於荒陂野草之間者，又皆集於此。

〔二〕蘭亭遺跡：歐陽公《集古録・蘭亭修禊序》：世所傳本尤多，世言真本葬昭陵。唐末之亂，昭陵爲温韜所發，所藏書畫皆剔取裝軸金玉而棄之。太宗時搜訪，集爲十卷，模傳之，分賜近臣。獨《蘭亭》真本亡矣，故不得列於《法帖》。黄魯直云：蘭亭真跡今竟失之，書家晚得定武石本，髣髴存古人筆意，摹寫或失之肥瘦，亦自成妍。

〔三〕顔公變法：《書苑菁華》：凡書通則變，歐變右軍體，柳變歐陽體，至于顔真卿等，並是書中得仙手，皆得法後自變其體，若執法不變，號爲奴書。

〔四〕筋骨：衛夫人《筆陣圖》：善筆力者多骨，不善筆力者多肉。又云：多骨微肉者，謂之筋書。徐浩《論書》云：初學之際，宜先筋骨。筋骨不足，肉何所附？

〔五〕徐家父子：竇泉《述書賦》：廣平之子，令範之首。婭姹鍾門，逶迤王後。注云：徐嶠之，東海人，廣平太守。子浩，中書舍人，國子祭酒。父子有書名。

〔六〕嶧山傳刻：《述書賦》注：李斯作小篆，書《嶧山碑》，其後石燬失，土人刻木以代之。

〔七〕筆法留陽冰：《述書賦》：趙郡李君，嶧山並驚。注云：李陽冰，趙郡人。《唐朝書評》：陽冰篆書，若古釵倚物，力有萬夫。李斯之後，一人而已。

〔八〕太守好古：慎按，墨妙亭石刻，王象之《碑目》所載不全，今從《吴興掌故》備録於後：僧智永集羲之書，作《聖教序記》。《漢故梁相費君碑》、《漢堂邑令費君碑》、《漢堂邑令費鳳别碑》，甘陵石勛撰此三碑，名《三費碑》，其鄉因以名。《陳孝義寺碑》，徐陵撰，唐湖州刺史、十代孫嶠之書。《舞綃堂記》，齊慶胄撰。《射堂記》，顔魯公書。《項王碑陰述》，魯公書。《項王蔬食文》，邱除書。《干禄字書》，魯公書。《晉吴興太守謝公碑》，唐刺史裴清撰，僧道詵書。《太守歷官記》，自王逸少洎陳任忠，凡四十四人，唐人所勒，在《謝公碑》陰。《白蘋洲五亭記》，白居易撰，馬纘書。《白蘋亭記》、《湖州刺史廳壁記》，顧况撰。《表高茶山述》，于頔撰。《沈府君墓銘》，諱縉，字章甫，乾元元年韋卓撰并書。《胡夫人墓銘》，天復三年于景休撰并書。《金氏墓銘》，太中十二年李翊述并書。《吴氏墓銘》，太和九年胡季良書。斷碑二，一咸通五年僧翰書，一乾元元年鄔彤書。羊欣、宋翼二帖。褚摹《蘭亭帖》。秦篆《嶧山記》。梁太守柳惲《江南曲》，至和二年刻。張逸《碧瀾堂》詩。陳堯佐《芳菲園》詩。《寶章法帖》一部。陳吏部《修城記》。《晉謝傅塘碑》，先在謝公鄉，後移入亭。杜槩《長興雜咏》，子希爲郡守，刻於亭。東坡《墨妙亭記》，蔣燦書。

附子由次韻：

高岸爲谷谷爲陵，一時豪傑空飛騰。身隨造化不復返，忽若野雀逢蒼鷹。當年碑刻最深固，風吹土蝕銷無稜。遺文漫滅雨中迹，翠石斷裂春後冰。古墳欲毁野廟廢，行人不去征鞍凴。書生耽翫立風雪，飢驢厭苦疲奴憎。愛之欲取恨無力，旋揉翠墨濡黄繒。不如好事孫太守，牛車徙置華堂登。繞牆羅列耀圭璧，罷宴起讀留賓朋。却思遺迹本安在，原隰處處荒榛藤。田夫野老誰復顧，鬼火野照來寒燈。廢興聚散一如此，反使涕泗沾人膺。

附曾子固作：

隆名盛位知難久，壯字豐碑亦易忘。棗木已非真篆刻，色絲空喜好文章。峴山漢水成虚擲，大厦深簷且閉藏。好事今推雪溪守，故開新館集琳瑯。

李公擇〔一〕求黄鶴樓〔二〕詩因記舊所聞於馮當世者〔三〕

黄鶴樓前月滿川，抱關老卒飢不眠〔四〕。夜聞三人笑語言，羽衣著屐響空山。非鬼非人意其仙，石扉三叩聲清圓。洞中鏗鋐落門關，縹緲入石如飛烟。雞鳴月落風馭還，迎拜稽首願執鞭。汝非其人骨腥羶，黄金乞得重莫肩。持歸包裹弊席氊，夜穿茆屋光射天。里閭來觀已變遷，似石非石鉛非鉛。或取而有衆忿喧，訟歸有司今幾年。無功暴得喜欲顛，神人戲汝真可憐。願君爲考然不然，此語可信馮公傳。

〔一〕李公擇：《宋史》：李常，字公擇，建昌人。擢第，歷宣州觀察推官。熙寧中，知諫院，言均輸、青苗流毒天下，出判滑州，累徙淮南西路提點刑獄。哲宗立，進户部尚書，尋出知鄧州。所著有《文集》、《奏議》、《詩傳》、《元祐會計録》，以《欒城集》考之，公擇時知鄂州，而本傳失載。

〔二〕黄鶴樓：《太平寰宇記》：黄鶴樓在武昌江夏縣西二百八十步。昔費禕登仙，每騎黄鶴，於此憇駕。

〔三〕馮當世：《宋史》：馮京，字當世，江夏人。富鄭公婿，謚文簡。

〔四〕抱關老卒：王定國《聞見近録》：鄂州黄鶴樓下，有石光徹，名曰「石照」。其右巨石，世傳以爲仙人洞。一守關老卒，每晨興必拜洞下。一夕，見三道士自洞中出。吟嘯久之，將復入洞，卒即從之。道士曰：「汝何人耶？」卒具言所以，且乞富貴。道士曰：「此洞間石，可速抱一塊去。」卒持而出，石合，無從而入。明日視石，黄金也。鑿而貨之，衣食頓富。爲隊長所察，執之，以爲盜。卒以實告，官就其家取石。至郡，則非金非石非玉非鉛，至今藏於軍資庫中。蘇子瞻有詩紀之，即此事也。

附子由作：

前年見君河之浦，東風吹河沙如霧。北潭楊柳强知春，樽酒相攜終日語。君家東南風氣清，謫官河壖不稱情。一麾夏口亦何有？高樓黄鶴慰生平。荆江洞庭春浪起，漢沔初來入江水。岸頭南北不相知，惟有風濤湧天地。巫峽瀟湘萬里船，中流鼓楫四茫然。高城枕山望如帶，華榱照日光流淵。樓上騷人多古意，坐忘朝市無窮事。誰道武昌岸下魚，不如建業城邊水？

八月十日夜看月有懷子由并崔度賢良〔一〕

宛邱先生自不飽，更笑老崔窮百巧。一更相過三更歸，古柏陰中看參昴。去年舉君苜蓿盤，夜傾閩酒赤如丹。今年還看去年月，露冷遥知范叔寒。典衣自種一頃豆，那知積雨生科斗。歸來四壁草蟲鳴，不如王江常飲酒〔二〕。公自注：王江，陳州道人。

〔一〕崔度：時爲陳州教授。張方平《樂全先生集·舉崔度劄子》云：伏見陳州州學教授、試國子四門助教崔度，通經有文，周知世務。韓琦薦舉，盛稱其才，後緣張昪再奏，方得此助教名目。竊見每次科場，以舉數推恩者亦便注官，至如度者，賜之一官，不爲忝冒。

〔二〕王江：張耒《明道雜志》云：陳州有王江者，真有道之士。嗜酒佯狂，形短而肥，丫髻簪花，語言不常，而有中理。止無常處，惟持藁一束。或至京師，今不復見矣。

附子由次韻：

先生客陳未常飽，弟子於今敢言巧。敗牆破屋秋雨多，夜視陰精過畢昴。虀鹽冷落空杯盤，且依道士修還丹。丹田發火五臟暖，未補漫漫長夜寒。我生疲駑戀芻豆，崔翁遊邊指北斗。惟有王江亦未歸，閉門無客邀沽酒。

催試官考較戲作〔一〕

八月十五夜，月色隨處好。不擇茆簷與市樓，况我官居似蓬島。鳳咮堂前野橘香〔二〕，劍潭橋畔秋荷老〔三〕。八月十八潮〔四〕，壯觀天下無。鯤鵬水擊三千里，組練長驅十萬夫。紅旗青蓋互明滅，黑沙白浪相吞屠。人生會合古難必，此景此行那兩得？願君聞此添蠟燭，門外白袍如立鵠〔五〕。

〔一〕催試官：吴自牧《夢粱録》：八月十五日放貢舉，應諸州郡及各路運司並於此日放試。蓋宋時定制，放榜在中秋日。以後詩考之，是年八月十七日始出榜，故公有催試官之作。

〔二〕鳳咮堂：文與可《丹淵集·寄題杭州通判官居詩叙》云：鳳咮堂在鳳皇山下。此山真如鳳，有兩翅，翅上各建一塔，而鳳咮正落所居地上。舊有一堂，在山欲落處，近葺之，謂之鳳咮堂。

〔三〕劍潭橋：失考。

〔四〕八月十八潮：唐盧肇《海潮賦》：何錢塘洶然以獨起，殊百川之進退？何仲秋忽爾而自興，異三時之雺霈？自注云：八月十八日潮勢更大。《夢粱録》：臨安每歲八月内，潮怒勝於常時，自十一日起，至十八日，傾城而出，最爲繁盛。自廟子頭直至六和塔，水軍教閲，於潮未來時下水，打陣，展旗，百端呈藝，號天下壯觀。《咸淳臨安志》：每仲秋既望，潮怒特甚，杭人執旗泅水，以迓子胥。弄潮之戲，始於此。

〔五〕白袍：王林《燕翼貽謀録》：國初仍唐舊制，有官者服皂袍，無官者衣白袍。故興國七年詔曰：中外官并貢舉人私自衣紫者，禁止之。止許衣白袍或皂袍。楊文公《談苑》：晉開運，詔兩制各作詩賦一篇，付禮部，爲考試之式。獨學士李懌不肯，曰：「懌識字有數，因人成事，使再衣白袍入貢部，下第必矣。」洪邁《貢院》詩：慙愧紛紛白袍子。

八月十七日復登望海樓自和前篇是日牓出與試官兩一作「五」人復留五首

其　一

樓上烟雲怪不來，樓前飛紙落成堆。非關文字須重看，却被江山未放回。

其　二

眼昏燭暗細行斜，考閲精强外已誇。明日失杯君莫怪，早知安足不成蛇。

其　三

亂山遮曉擁千層，睡美初凉撼不譍。昨夜酒行君屢歎，定知歸夢到吴興〔一〕。

〔一〕歸夢到吴興：劉誼，吴興人，時爲試官。本集有《送劉寺丞赴餘姚》詩，叙其事甚明。此詩云云，指劉也。

其　四

天台桂子爲誰香？倦聽空堦點夜凉。賴有明朝看潮在〔一〕，萬人空巷鬬新粧。

〔一〕看潮：八月十八日事，注見前篇下。

其　五

秋花不見野花紅，身在孤舟兀兀中。細雨作寒知有意，未教金菊出蒿蓬。

秋懷二首

其　一

苦熱念西風，常恐來無時。及兹遂淒凜，又作徂年悲。蟋蟀鳴我牀，黄葉投我幃。窗前有棲鵩，夜嘯如狐狸。露冷梧葉脱，孤眠無安枝。熠燿亦有宋刻本作「求」偶，高屋飛相追。定知無幾見，迫此清霜期。物化逝不留，我興爲嗟咨。便當勤秉燭，爲樂戒暮遲。

其　二

海風東南來，吹盡三日雨。空堦有餘滴，似與幽人語。念我平生歡，寂寞守環堵。壺漿慰作勞，裹飯救寒苦。今年秋應熟，過從飽雞黍。嗟我獨何求，萬里涉江浦。居貧豈無食？自不安畎畝。念此坐達晨，殘燈翳復吐。

哭歐宋刻本有「陽」字公孤山僧惠思示小詩次韻

故人已爲土，衰鬢亦驚秋。猶喜孤山下，相逢説舊遊。

慎按：《歐陽公年譜》：公於熙寧辛亥六月，以觀文殿學士、太子少師致仕，七月歸潁，明年壬子閏七月薨，年六十六。《宋史·神宗本紀》謂公薨於八月，訛。

梵天寺〔一〕見僧守詮〔二〕小詩清遠宋刻本作「婉」可愛次韻

但聞烟外鐘，不見烟中寺。幽人行未已，草露濕芒屨。惟應山頭月，夜夜照來去。

〔一〕梵天寺：《咸淳臨安志》：梵天寺，乾德中錢氏建，舊名南塔，治平中改今額。王在晉《碑記》：經鳳山門折而南，又折而西，爲梵天寺。先是，阿育王山有靈鰻井，吴越王迎阿育舍利歸梵天寺奉之，鑿井南廊，鰻忽見。《西湖遊覽志》：梵天寺在萬松嶺西南。

〔三〕守詮：一作「志詮」，又作「惠詮」。《冷齋夜話》：東吴僧惠詮佯狂垢污，而詩語清婉。常書湖上一寺云云，東坡和之，竟以此詩知名。

附守詮原作：此詩從《竹坡詩話》采出。

落日寒蟬鳴，獨歸林下寺。柴扉夜未掩，片月隨行屨。惟聞犬吠聲，又入青蘿去〔一〕。

〔一〕《竹坡詩話》：余讀東坡和守詮小詩「但聞烟外鐘」云云，未嘗不喜其清絶。晚遊錢塘，始得詮詩云云。「柴扉」，《詩話》作「松扉」，「惟聞」，《詩話》作「時聞」，「又入」，《詩話》作「更入」。乃知其幽深清遠，自有林下一種風流，東坡老人雖欲回三峽倒流之瀾，與溪壑争流，終不近也。

和沈立之留别二首〔一〕

其一

而今父老千行淚，一似當時初去一作「去越」時。不用鐫碑頌遺愛，丈人清德畏人知。

〔一〕沈立之：即沈諫議也。《咸淳臨安志》：熙寧三年十二月，趙抃自杭徙知青州。是月庚申，和州人沈立自越移杭。五年壬子八月，立除審官院以去，福州人陳襄來代。

其　二

臥聞鐃鼓送歸艎，夢裏怱怱共一觴。試問別來愁幾許？春江萬斛若爲量。公自注：去時，予在試院。

和陳述古拒霜花〔一〕

千株掃作一番黄，只有芙蓉獨自芳。唤作拒霜知未稱，細思却是最宜霜。

〔一〕陳述古：按，《古靈先生行狀》：公名襄，字述古，文惠公堯佐長子。慶曆二年，進士及第。熙寧中，除知制誥，不數月，出知陳州。未期，改移杭州。在杭二年，移應天府。所著《古靈先生集》二十五卷。《東都事略》：陳襄，熙寧中知制誥，忤王安石。以草河北詔，言「水不潤下」，又《赦文》、《奉祠紫極宫》，以爲語犯俗嫌，出知陳州、杭州。《宋史》稱其「涖官所至，必務學校，以講求民間利病爲急。在經筵時，神宗訪人才之可用者，襄以司馬光、韓維、吕公著、蘇軾至於鄭俠三十三人對，帝不能用」。《咸淳臨安志》：熙寧五年五月，舉陳襄自陳州以尚書刑部郎中移知杭州。七年六月，襄移知應天府，與楊繪兩易其任。

附述古原作：《古靈集》原題云「中和堂木芙蓉盛開戲呈子瞻」。

千株寒葉正疏黄，占得珍叢第一芳。容易便開三百朶，此心應不畏秋霜。

次韻孔文仲推官見贈[一]按，《清江三孔集》缺原作。

我本麋鹿性，諒非伏轅姿。君如汗血馬，作駒已權奇。齊驅大道中，並帶鑾鑣馳。聞聲自決驟，那復受縶維。謂君朝發燕，秣楚日未攲。云何中道止，連蹇驢騾隨。金鞍冒翠錦，玉勒垂青絲。旁觀信美矣，自揣良厭之。均爲人所勞，何必陋鹽輜。君看立仗馬宋刻本作「色」，不敢鳴且窺。調習困鞭箠，僅存骨與皮。人生各有志，此論我久持。他人聞定笑，聊與吾子期。空堦宋刻本作「齋」卧積雨，病骨煩撐支。秋草上垣牆，霜葉鳴堦墀。門前自無客，敢作揚雄麾。候吏報君來，弭節江之湄。一對高人談，稍忘俗吏卑。今朝枉詩句，粲如鳳來儀。上山絶梯磴，墮海迷津涯。憐我枯槁質，借潤生華滋。豈宋刻本作「肯」效世俗人？洗刮求瘢痍。賢明日登用，《清廟》歌緝熙。胡不學長卿，預作《封禪詞》。

〔一〕孔文仲：《宋史》：孔文仲，字經父，新喻人。舉進士，南省擢第一。歷台州推官。熙寧初，范鎮薦制舉，對策萬言，力論理財用兵之法非是。王安石大怒，啓神宗，御批罷歸故官。按，其過杭唱和，正文仲罷舉復還台州推官時也。

朱壽昌郎中少不知母所在刺血寫經求之五十年去歲得之蜀中以詩賀之〔一〕

嗟君七歲知念母，憐君壯大心愈苦，羨君臨老得相逢，喜極無言淚如雨。不羨白衣作三公，不愛白日昇青天。愛君五十著綵服〔二〕，兒啼却得償當年。烹龍爲炙玉爲酒，鶴髮初生千萬壽。金花詔書錦作囊，白藤肩輿簾蹙繡〔三〕。感君離合我酸辛，此事今無古或聞。長陵揭來見大姊，仲孺豈意逢將軍。開皇苦桃空記面，建中天子終不見。西河郡守誰復譏〔四〕，潁谷封人羞自薦。

〔一〕朱壽昌：文與可《送朱郎中序》云：熙寧三年，同自蜀還臺，宿臨潼道館。朱康叔引名見訪。問其所以西行之故，欲然曰：「不肖不幸，少與母氏相失，及今五十年矣。去歲在廣德，一日若有所感，遂解官，決欲走天下，冀萬一或遇之。當先出函谷、上雍，宜有得，道其跡，彷彿可信。乃斷葷血食，刺臂鏤板，寫摹佛書，散於所經由道，祈徹母氏之聽聞。」又言：「倘在金州者，明日且復如南矣。」言罷，涕泣嗚嗚，上馬而別。至京，未幾，長安大尹錢明逸表於朝曰：「朱某向棄官尋母，今既得之馮翊矣，宜還舊秩，以激勸天下。」其秋，康叔侍太夫人入都，上嘉賞，特召見。復其官，封其母長安縣太君。康叔，名壽昌，今爲駕部郎中云云。又按，《東都事略·獨行傳》：朱壽昌，揚州天長人，父巽，真宗朝爲工部侍郎。壽昌七歲，父守長安，出其母劉氏，嫁民間。又，《宋史》本傳：劉氏，巽之妾也。出嫁党氏。有數子，壽昌悉迎以歸，既以養母，故求通判河中府。

〔二〕五十著綵服：《司馬温公集》有《贈河中通判朱郎中詩序》云：壽昌，熙寧中知廣德軍，年五十三，乞尋醫，身自訪母，得於同州，迎以歸養，奏授封邑。

〔三〕白藤輿：《宋史·輿服志》：白藤輿檐，金銅犢車，漆犢車，内外命婦通乘。

〔四〕西河郡守：借吴起而指李定也。按，江少虞《皇宋事實類苑》云：司農少卿朱壽昌，所生母被出，及長，棄官入關，得母於陜州。士大夫嘉其孝節，多以歌詩美之。蘇子瞻爲作詩、序，且譏激世人之不養者。時李定不服母喪，言者攻之。見其序，大恚恨。後爲中丞，遂起臺獄云云。今考之《全集》，序已失傳。而此詩結二句，諷刺之意凛然可見。陳訏曰：李定不服母喪，而壽昌棄官求母，二事相形，恰在同朝。王介甫左袒李定，反忌壽昌，但付審官院，折資通判河中府。故云「西河郡守誰復譏」。不獨刺李定，亦以深罪介甫。「潁谷封人羞自薦」，則言壽昌不欲與世争名，故乞河中以去。施氏補注不爲分析，徒填故實，則「羞自薦」三字如何着落？即「誰復譏」三字，義亦俱脱空矣。

湯村開運鹽河雨中督役〔一〕

居官不任事，蕭散羨長卿。胡不歸去來？滯留愧《苕溪叢話》作「恨」，非淵明。鹽事星火急〔二〕，誰能卹農耕？薨薨曉鼓動，萬指羅溝坑。天雨助官政，泫然《苕溪叢話》作「泣愁」淋衣纓。人如鴨與猪，投泥相濺驚。下馬荒堤上，四顧但湖泓。線路不容足，又與牛羊争。歸田雖賤辱，豈失一本作「識」，訛泥中行。寄語故山友，慎毋《烏臺詩案》、《咸淳臨安志》俱作「勿」厭藜羹。

〔一〕湯村運鹽河：《九域志》：仁和縣有四鎮，湯村其一也。《咸淳臨安志》：仁和縣有湯村鎮市。又云：前沙河在菜市門外太平橋外沙河北水陸寺前入港，可通湯鎮、赭山、巖門鹽場。東坡嘗於此督開運河。○慎按，王注引《宋史》本傳，開鹽橋河乃公守杭時事，前後牽混，今駁正之。

〔二〕鹽事：《宋史·食貨志》：熙寧五年，以盧秉提舉兩浙鹽事，其法頗峻。惟杭、越、湖三州，格新法不行。發運司劾奏虧課，皆獄治。王安石言捕鹽法急，可以止刑。時歲課雖增，刑獄實繁，江東漕臣張靚上言「秉法太峻，至有母殺子者」。詔治其罪，然竟以增課升一資。《烏臺詩案》「與王詵干涉」條下，内《差開運鹽河》詩云云。是時盧秉提舉鹽事，開運河，差夫千餘人。軾於大雨中部役。其河只爲般鹽，既非農事，而役農民，秋田未了，有妨農事。又，其河中間有湧沙數里，軾宣言開得不便，自嗟泥雨勞苦，羨司馬長卿居官而不任事。又愧陶淵明，不早棄官歸去也。農事未休，而役夫千餘人，故云「鹽事星火急，誰能卹農耕」。又言百姓已勞苦，不意天雨又助官政勞民，轉致百姓疲弊。役人在泥水中，辛苦無異鴨與豬。又言軾亦在泥中，與牛羊爭路而行，若歸田，豈至於此哉？故云「寄言故山友，慎勿厭藜羹」而思仕宦，以譏諷朝廷開運鹽河不當，以妨農事也。

附子由和：

興事常苦易，成事常苦難。不督雨中役，安知民力殫？年來上功勳，智者争雕鑽。山河不自保，疏鑿非一端。譏訶西門豹，仁智未得完。方以勇自許，未恤衆口歎。天心閔劬勞，雨涕爲汍瀾。不知泥滓中，更益手足寒。誰謂邑中黔，鞭箠亦不寬？王事未可回，后土何時乾。

是日宿水陸寺〔一〕寄北山清順僧二首〔二〕

其一

草没河堤雨暗村，寺藏修竹不知門。拾薪煮藥憐僧病，掃地焚香浄客魂。農事未休侵小雪，佛燈初上報黄昏。年來漸識幽《咸淳臨安志》作「閒」居味，思與高人對榻論。

〔一〕水陸寺：《咸淳臨安志》：水陸院在太平橋北，東坡督開湯鎮運河，宿此。《西湖遊覽志》：南山分脈入城，佛刹有水陸寺，在獅子巷。宋太平興國七年，生法師建。寺故在城外。《武林梵志》：水陸寺内有銀杏二株，宋物也。

〔三〕清順：《冷齋夜話》：西湖僧清順，字頤然。清苦多佳句，常賦《十竹》詩，云：城中寸土如寸金，幽軒種竹只十箇。春風慎勿長兒孫，穿我堦前緑苔破。又詩云：久服林下游，頗識林下趣。從渠緑陰繁，不礙清風度。閒行石上眠，落葉不知數。一鳥忽飛來，啼破幽絶處。荆公游湖上，愛之。東坡亦與遊，多唱和。按，《西湖遊覽志》「頤然」作「怡然」。

其　二

長嫌鐘鼓聒湖山，此境蕭條却自然。乞食遶村真爲飽，無言對客本非禪。披榛覓路衝泥入〔一〕，洗足關門聽雨眠。遥想後身窮賈島，夜寒應聳作詩肩。

〔一〕披榛：《抱樸子》：葛洪貧無僮僕，籬頭穨被，常披榛出門，排草入室。

附子由次韻二首：

雲氣連山雨瀉盆，暮投僧舍欲關門。暫時灑掃寬行役，終夕崎嶇入夢魂。煩熱暗消秋簟冷，烝濡未解夜燈昏。二年遊宦多勞苦，何日相從得細論。

野寺蕭條厭客喧，雨披修竹亂紛然。已因無食聊從仕，深悟勞生不問禪。未至莫憂明日事，偷閒且就此宵眠。天明歸去芒鞋滑，雖有藤輿懶上肩。

鹽官部役戲呈同事兼寄述古〔一〕

新月照水水欲冰，夜霜穿屋衣生稜。野廬半與牛羊共，曉鼓却隨鴉鵲興。夜來履破裘穿縫，紅頰曲眉應入夢。千夫在野口如林，豈不懷歸畏嘲弄。我州賢將知人勞〔二〕，已釀白酒買豚羔。耐寒努力歸不遠，兩脚凍硬須公軟〔三〕。

〔一〕鹽官：《元和郡縣志》引《吴志》云：孫權爲將軍，陸遜始仕幕府，出爲海昌屯田都尉，即此地。武德七年，省入錢塘。貞觀四年，復置。海水在縣南七里。《太平寰宇記》：本漢海鹽、由拳二縣之境。《吴越地理》云：鹽官本名海昌，時改爲鹽官。沈約《宋書》云：此説非也，鹽官乃漢之舊縣。按，《吴志》：陸遜爲海昌屯田都尉，并領縣事，建安五年也。故《太康地志》云：漢鹽官也。《咸淳臨安志》云：《漢志》但有海鹽縣，《晉》、《宋志》乃有海鹽、鹽官兩縣，見得鹽官之置，當在吴時。今嘉興、海鹽與此接壤，必置縣之初，析海鹽爲之，以地有鹽官，故因以名縣。吴王濞煮海爲鹽，在此。在府治東一百二十九里，管時和、昌亭、元吉東、元吉西、靈泉、長平等六鄉。

〔二〕州將：《漢書·嚴延年傳》注：謂郡守爲郡將者，以其兼統武事也。

〔三〕軟脚：《大唐拾遺記》：郭子儀自同州歸，詔大臣就宅軟脚局，人率三百千。

鹽官絶句四首

南寺千佛閣〔一〕

古邑居民半海濤，師來搆《咸淳臨安志》作「基」築便能高。千金用盡身無事，坐看香烟繞白毫。

〔一〕南寺：《咸淳臨安志》：慶善寺在鹽官縣西南二百步。天監七年，土人弘靈度因井中有光，三日不止，舍宅爲寺。地濱海，遂以觀海爲名。祥符元年，改今額。有千佛閣，門外有唐大中間石幢，有竇思永撰《銅僧伽像記》，葛蔡撰《天台致院記》。

北寺〔一〕悟空禪師塔〔二〕公自注：名齊安，宣宗微時，師知其非凡人。

已將世界等微塵，空裏浮花夢裏身。豈爲龍顔更分别，只應天眼識天人。

〔一〕北寺：《武林梵志》：安國寺在鹽官西北二十步。唐開元元年建，名鎮國海昌院。宋祥符四年，改齊豐寺。《咸淳臨安志》亦同。按，悟空，唐末人，海昌院創於元和中，非開元也。兩《志》皆訛，當從《高僧傳》。

〔三〕悟空塔：《高僧傳》：鹽官海昌院釋齊安，姓李氏，實唐帝系，出家，從南京大寂禪師。元和末，遊越之蕭山。時海昌有法昕者，於放生池廢地，葺禪居，請安主之。懸知宣宗隱曜緇行，預戒知事曰：「當有異人至此。」明日，行脚數人參禮。安默識帝，令維那高位安置，且語帝曰：「時至矣，無滯泥蟠。」囑以後事而去。帝本憲宗第四子，穆宗異母弟也。武宗恒忌之。宦者仇公武拯護，俾髠髮爲僧，縱之而逸。武宗崩，百官迎立之，聞安已終。敕謚悟空，爲建塔。王象之《碑目》：唐宣宗《悼安國寺悟空禪師碑》，在鹽官縣。○慎按，宣宗爲憲宗第十三子。初，憲宗納李錡妾生光王怡，幼時，宫中皆以爲不慧。武宗疾篤，宦官密於禁中定策，立爲皇太叔。後即位，是爲宣宗。見於《唐書》者如此。《高僧傳》爲宣宗第四子者，訛。其爲僧出亡事，正史無可考。觀東坡自注，有「宣宗微時，師知其非凡人」之語，則《高僧傳》所載，似非無稽。録存備考。

塔前古檜〔一〕

當年雙檜是雙童，相對無言老更恭。庭雪到腰埋不死，如今化作兩蒼龍。

〔一〕塔前古檜：《石林避暑録》云：華亭悟空禪師塔前檜，亦唐物。宣和中詔朱冲取之。檜大不可越橋梁，乃以大舟泛海，出楚州以入汴。行一日，張帆，風猛，檜枝與帆低昂不可制，舟與人皆歿，云云。《咸淳臨安志》亦云：鹽官安國寺，悟空禪師塔前有古檜。宣和間，朱勔移以去。據此，則古檜宣和中乃被厄，東坡至鹽官，猶及見之。今悟空塔現在吾邑安國寺中，石林以爲華亭，訛。

僧爽〔一〕白雞〔二〕公自注：養二十餘年，嘗在坐側聽經。

斷尾雄雞本畏烹，年來聽法伴修行。還須却置蓮花漏，老怯風霜恐不鳴。

〔一〕僧爽：梵志失考。

〔二〕白雞：陶隱居云：學道之士居山，宜養白犬、白雞，可以辟邪。梅聖俞詩：禪庭鳴白雞，祖道歌黃鵠。

慎按：以上四首，施氏原本訛編《鴉種麥行》之後，今改正。

六和寺〔一〕冲師〔二〕閘山溪爲水軒〔三〕

欲放清溪自在流，忽教冰雪落沙洲。出山定被江潮涴，能爲山僧更少留。

〔一〕六和寺：注見第七卷《送張職方》詩下。

〔二〕冲師：失考。

冬至日獨遊吉祥寺〔一〕

井底微陽回未回，蕭蕭寒雨濕枯荄。何人更似蘇夫子，不是花時肯獨來。

〔一〕吉祥寺：《西湖遊覽志》：自觀橋南至衆安橋，街東有安國坊，宋時有吉祥寺。乾德三年，睦州刺史薛温捨宅爲寺。治平二年，改廣福。中有牡丹，蔡襄有《吉祥寺賞牡丹》詩。

後十餘日復至

東君意淺著寒梅，千朵深紅未暇栽。安得道人殷七七，不論時節把宋刻本作「遣」花開。

戲　贈

惆悵沙河十里春，一番花老一番新。小橋依舊斜陽裏，不見樓中垂手人。

和人求筆迹

麥光鋪几净無瑕，入夜青燈照眼花。從此剡藤真可弔，半紆春蚓綰秋蛇。

慎按：以上五首，施氏補注本雜編往湖州詩中，今改正。

將之湖州戲贈莘老

餘杭自是山水窟，側宋刻本作「仄」聞吴興更清絶。湖中橘林新著霜〔一〕，溪上苕花正浮雪。顧渚茶芽白於齒〔二〕，梅溪木瓜紅勝頰〔三〕。吴兒膾一作「鱠」縷薄欲飛〔四〕，未去先説饞涎垂。亦知謝公到郡久〔五〕，應怪杜牧尋春遲。鬢絲只可對禪榻，湖亭不用張水嬉〔六〕。

〔一〕湖中橘林：《石林避暑録》：吴中橘惟洞庭東、西二山最盛。《吴興備志》：橘出洞庭。宋時洞庭山屬吴興。

〔二〕顧渚茶：《元和郡縣志》：顧渚山，貞元以後，每歲以紫筍茶進奉。《太平寰宇記》：茶産長興縣界，生顧渚山中者，與峽州、光州同。顧渚在縣西北三十里。《吴興山墟名》云：吴王夫槩顧其渚次原隰平衍，崖谷林薄中多産茶，以充歲貢。

〔三〕梅溪木瓜：《太平寰宇記》：梅溪在吴興縣。隋《圖經》云：吴興故鄣縣東三十里有梅溪山。《元和郡縣志》：湖州土産有木瓜。《吴興備志》：湖州唐時貢連蔕木瓜。牟巘《陵陽集・四安道中》詩自注云：木瓜園，入折山數里，土人取瓜，埋其半於沙中，以紙鏤花貼上，以溪水灑之，日曬乃紅。

〔四〕膾縷：談鑰《吴興志》：唐吴昭德，吴興人，善造鱸膾。時人嘲之曰：「鱠若遇吴，縷細花鋪。」

〔五〕謝公：顔魯公《題謝公塘碑陰》云：太保謝公，晉咸和中，以吴興山水清遠，求典此郡。按，詩借以喻莘老也。下引杜牧先生，自謂。

〔六〕水嬉：《吴興掌故》引《統紀》云：清明日，橈彩舟於溪上，爲競渡之戲，謂宜田蠶。《荆楚歲時記》則以五月五日，吴興止是寒食爲此者。崔元亮爲牧之張水嬉，即此。

鴉種麥行

霜林老鴉閒無用，畦東拾麥畦西種。畦西種得青猗猗，畦東已作牛尾稀。明年麥熟芒攢宋刻本作「鑽」槊，農夫未食鴉先啄。徐行俯仰若自矜，鼓翅跳踉上牛角。憶昔舜耕歷山鳥爲耘，如今老鴉種麥更辛勤。農夫羅拜鴉飛起，勸農使者來行水〔一〕。

〔一〕勸農使者：杜氏《通典》：勸農謁者，梁天監九年置。《唐大詔令》：開元十二年，置勸農使，巡按郡邑，安撫户口。孫彦同《職官分紀》：景德二年，詔諸道轉運使、副使，及知州、少卿、監以上，並兼勸農使，其餘知軍、通判等，並兼勸農事。天禧二年，改諸路提點刑獄爲勸農使副。天聖四年，令逐路轉運司自今勸農，更不置司。

送張軒民寺丞赴省試〔一〕

龍飛甲子盡豪英，嘗喜吾猶及老成。人競春蘭笑秋菊，天教明月伴長庚。傳家各自聞詩禮，與子相逢亦弟兄。洗眼上林看躍馬，賀詩先到古宣城〔二〕。公自注：伯父與太平州張侍讀同年，此其子。

〔一〕寺丞：《職官分紀》：太常、宗正、光禄、太僕、鴻臚、司農、大理、太府皆有丞。

〔二〕古宣城：《太平寰宇記》：漢宛陵縣，順帝改宣城郡，唐置宣州。開元中，析置青陽、太平、寧國三縣。寶應二年，又析太平，置旌德縣。自乾元以後，爲寧國軍節度。

和致仕張郎中春晝〔一〕

投紱歸來萬事輕，消磨不宋刻本作「未」盡秖風情。舊因蓴菜求長假，新爲楊枝作短行。不禱自安緣壽骨，深宋刻本作「苦」藏難没是詩名。淺斟杯酒紅生頰，細琢歌詞穩稱聲。蝸殼卜居心自放，蠅頭寫字眼能明。盛衰閲過君應笑，寵辱年來我亦平。跪履數從圯下老，逸書閒問濟南生。東風屈指無多日，只恐先春鶗鴂鳴。

〔一〕張郎中：《吴興掌故集》：張子野仕至都官郎中，晚年漁釣自適，至今稱張釣魚灣。按，《吴興志》：張先，烏程人，康定進士。《齊東野語》云天聖八年進士，與《志》不合，《志》訛也。又按，周公謹《齊東野語》載，孫莘老《十咏圖序略》云：贈尚書刑部侍郎張公諱維，吴興人。以吟咏自娱，不出仕，以子先封正四品，年九十有一。公卒十八年，子尚書都官先亦致仕家居，取公平生自愛詩十首，寫之縑素，號《十咏圖》。都官字子野，蓋其年八十二云。按，胡安定《言行録》：慶曆六年，郡守宴六老於南園，其一爲衛尉寺丞張維。世固知有子野，而不知有其父也。《十咏》詩中，如「灘頭斜日鳧鷺隊，枕上西風鼓角聲」，「花有秋香春不知」，皆佳句也。又，先生本集有祭文，稱「爲子野郎中」。其文曰：「惟余子野，歸及强仕。優游故鄉，若復一世。」與孫莘老《序略》正相合，因詳録之。

用和人求筆跡韻寄莘老宋刻本題云「再用前韻寄莘老」。

君不見夷甫開三窟，不如長康號癡絶。癡人自得終天年，智士死智罪莫雪。困窮誰要卿料理，舉頭看山笏拄頰。野鳧翅重自不飛，黄鶴何事兩翅宋刻本作「翼」垂？泥中相從豈得久？今我不往行恐遲。江夏無雙應未去，恨無文字相娱嬉。公自注：黄庭堅，莘老婿，能文。

慎按：《山谷後集》云：庭堅初室曰蘭溪縣君孫氏，故龍圖閣直學士孫公覺莘老之女。庭堅年十七，從舅氏李公擇學士於淮南，孫公憐其少，以蘭溪歸之。因公自注，附志於此。

附子由次韻：

宦游莫向長城窟，冬冰折膠弦亦絶。吴中臘月百事便，鰣煮黄金鱸鱠雪。京城舊友一分散，近憶吴興鬢滿頰。世事反覆如翻飛，今日共鯀前益垂。畏人但恐去不遠，適意未覺歸來遲。借問校讎天禄閣，何如江海同游嬉。

畫魚歌〔一〕公自注：湖州道中作。

天寒水落魚在泥，短鈎畫水如耕犂。渚蒲拔宋刻本作「披」折藻荇亂，此意豈復遺鰍鯢？偶然信手皆虛擊，本不辭勞幾萬一。一魚中刃百魚驚，蝦蟹奔忙誤跳擲。漁人養魚如養雛，插竿貫宋刻本作「冠」笠驚鵜鶘。豈知白梃鬧如雨，攪水覓魚嗟已疎。

〔一〕畫魚：《欒城集》自注云：吴人以長釘加杖頭，以杖畫水取魚，謂之畫魚。注家不知引此。王氏分類編入《書畫》類中，固謬。施氏補注謂以鈎畫魚，亦未詳確，今爲考正。

附子由和：

潛魚在淵安可及？垂餌投竿易如拾。投江設網雖不仁，一瞬未移收百十。畫魚何者漫區區？終日辛勤手拮据。已嫌長網不能遍，肯信一竿良有餘。鯤鯢駭散蛟龍泣，獲少驚多亦何益？願從網罟登君庖，碎首屠鱗非所惜。

吴中田婦嘆公自注：和賈收韻。

今年粳稻熟苦遲〔一〕，庶見霜風來幾時。霜風來時雨如瀉，杷頭出菌鐮生衣。眼枯淚盡雨不盡，忍見黄穗卧青泥。茅苫一月隴上宿，天晴穫稻隨車歸。汗流肩頳載入市，價賤乞與如糠粞。賣牛納税拆屋炊，慮淺不及明年饑。官今要錢不要米〔二〕，西北萬里招羌兒。龔黄滿朝人更苦，不如却作河伯婦〔三〕。

〔一〕粳稻：《大觀本草》：粳，與杭同，有早、中、晚三收。諸家獨以晚稻爲粳者，非也。凡不粘者皆爲粳。

〔二〕要錢：司馬温公論青苗及坐倉糴米之害，云：東南錢荒，而粒米狼戾，今棄其所餘，取其所無，農末皆病矣。

〔三〕河伯婦：《聖賢冢墓記》：河伯姓吕，名公。夫人姓馮，名夷，華陰人，服八石得水仙，爲河伯婦。

附子由次韻：

久雨得晴惟恐遲，既晴求雨來何時？今年舟楫委平地，去年蓑笠爲裳衣。不知天公誰怨怒？棄置下土塵與泥。丈夫强健四方走，婦女齷齪將安歸？塌然四壁倚機杼，收拾遺粒炊糠粞。東鄰十日營一炊，西鄰誰使救汝饑？海邊惟有鹽不旱，賣鹽連坐收嬰兒。傳聞四方同此苦，不關東海誅孝婦。

同邵同年〔一〕戲贈賈收秀才三首〔三〕

其一

傾蓋相歡一笑中，從來未省馬牛風。卜鄰尚可容三徑，投社終當作兩翁。古意已將蘭緝佩，招詞閒詠桂生叢。此生自斷天休問，白髮年來漸不公。

〔一〕邵同年：《吴興志》：邵迎，字茂誠，高郵人。本集《邵茂誠詩集序》云：茂誠與余同進士，十有五年，而見之於吴興孫莘老座上。則茂誠亦嘉祐二年進士。詩集今不傳。

〔三〕賈收，字耘老，烏程人。所著有《懷蘇集》，見《吴興志》。

其二

朝見新叢宋刻本作「蕙」出舊槎，騷人孤憤苦思家。五噫處士大宋刻本作「太」窮約，三賦先生多誕誇。帳外鶴鳴奩有鏡，筒宋刻本作「篇」中錢盡案無鮭。玉川何日朝金闕？白晝關門守夜叉〔一〕。公自注：時賈欲再娶。

〔一〕夜叉：《維摩經》注：夜叉有三種，一在地，二在虚空，三天夜叉也。地夜叉不能升空，天夜叉能飛行。佛轉法輪，地夜叉唱，空夜叉聞；空夜叉唱，四天王聞。如是，乃至梵天也。

其三

生涯斷處似檣烏，科第無心摘頷鬚。黄帽刺船忘歲月，白衣擔酒慰鰥孤，狙公欺病來分栗，水伯知饞爲出鱸。莫向洞庭歌楚曲，烟波渺渺正愁予〔一〕。

〔一〕渺渺愁予：耘老有侍姬二人，名「雙荷葉」。本集《答耘老尺牘》云：齒落目昏，當是爲雙荷葉所困。此詩結句，蓋用《九歌》作隱語，以戲其目昏也。

遊道場山〔一〕何山〔二〕

道場山頂何山麓，上徹雲峰下幽谷。我從山水窟中來，尚愛此山看不足。陂湖行盡白漫漫，青山忽作龍蛇盤。山高無風韻宋刻本作「松」自響，誤認石齒號驚湍。山僧不放山泉出，屋底清池照瑶席。階前合抱香入雲，月裏仙人親手植。出山回望翠雲鬟，碧瓦朱欄縹緲間。白水田頭問行路，小溪深處是何山。高人讀書夜達旦〔三〕，至今山鶴鳴夜半。我今廢學不歸山，山中對酒空三嘆。

〔一〕道場山：《釋氏稽古略》：梁乾化二年，湖州道場山如訥禪師卓菴於山，乘虎游行。《吴興掌故》謂「唐中和間，建伏虎道場於此」者，訛。《湖州舊志》：吴越建十聖殿爲真正寺，宋改萬壽禪寺。

〔二〕何山：《太平寰宇記》：何口山，一曰何山，在烏程縣南十里，亦曰金蓋山。《吴興掌故》：金蓋山，《郡志》訛以爲何山。何山與道場山聯接，爲北一支。金蓋是南一支。

〔三〕高人讀書：汪藻《何氏書堂記》：圖經相承，以何氏爲晉何楷。楷嘗讀書此山，後爲吴興守，以其居爲寺而名其山。顔魯公《杼山碑》亦曰：寺西南有何楷釣臺。則楷嘗居此無疑。然楷之姓名，於《晉史》無所見，惟沈約《宋書》叙何子平曾祖楷爲晉侍中，而唐林氏《姓纂》亦云：「何叡渡江，生楷，爲晉侍中。」《晉書》稱叡有五子，獨充、準有傳，而不及其餘。《括地志》謂楷吴興太守。《宋書》以楷爲侍中，豈約見何充嘗除侍中，因訛以充爲楷耶？以余考之，有宋《禪幽寺碑》云：元嘉十四年，創立精舍於金蓋山，初不言楷時有寺，且何山之名，於梁吴均詩始見之。疑楷嘗學於此山，後人慕之，指其處，謂其以居爲寺者，非也。

附子由次韻：

兩山相負爲峰麓，流水重重注溪谷。遊人上尋流水源，未覺崎嶇病雙足。山深下視雲漫漫，徑垂石底千屈盤。松林陰森白日静，忽驚人世如奔湍。客行不避苦寒出，僧定端居不下席。人生嗟與草木同，置身所在由初植。堂中白佛青髻鬟，氣象冲淡非人間。坐令遠客厭奔走，徑欲築室依空山。木魚桹桹夜將旦，星斗欹斜挂山半。行役有程未可留，將出山門復長歎。

贈孫宋刻本無「孫」字莘老七絶

其一

嗟余與子久離群，耳冷心灰百不聞。若對青山談世事，當須舉白便浮君〔一〕。

〔一〕《烏臺詩案》：熙寧五年十二月，蒙運司差往湖州相度隄岸利害，因與湖州知州孫覺相見。軾作詩：「若對青山談世事，當須舉白便浮君。」是時約孫覺并坐客，如有言及時事者，罰一大盞。雖不指時事是非，意言事多不便，更不可說，說亦不盡也。

其二

天目山前淥浸裾《苕溪叢話》作「蕪」，碧瀾堂下看銜艫〔二〕。作隄捍水非吾事〔三〕，閒送苕溪入太湖〔三〕。

〔一〕碧瀾堂：《吴興掌故》：碧瀾乃霅溪館中堂名。杜牧之佐宣城時，來遊吴興，爲書堂額，作《霅溪館》詩。吴興自郡齋外，凡治中、别駕之廳，俱名爲館，惟霅溪館以待過從之客。今館廢而碧瀾之名獨存，重牧之也。張廉有《重修碧瀾堂記》，不知其爲霅溪館。

〔二〕作隄捍水：《東都事略》：孫覺知湖州，以松江隄爲民害，易以石，長百餘里。○按，東坡往湖州相度隄岸，正是築隄事。王氏舊注謂先生以開運鹽河至湖州者，謬。運鹽河在仁和、鹽官界，注見本卷。又按，宋進士單諤《論湖州水利》略云：吴江岸界於吴淞江、震澤之間，岸東則江，岸西則震澤，江之東則大海。自慶曆二年，欲便糧道，遂築此隄，横絶江流，致震澤之水溢而不洩，蓋湖州運河通達平望，幾百二十里，太湖之水，半泄其間。大抵歲多南風，則水患在蘇州；歲多北風，則水患在湖州。

〔三〕苕溪入太湖：《元和郡縣志》：苕溪西南自長城、安吉兩縣東北，流至湖州城南，與餘不溪、苧溪水合流，入太湖，在州北三十五里。長城，今長興也。《湖州舊志》：苕溪水出天目山之陰廣苕山，東過安吉南邵渡，折而北，與獨松水合，東過浮石山南，又折而東北，過梅溪鎮北，爲龍溪，又北過彭，滙箬溪、四安諸水，北來注之。滙而爲西溪，北過釣魚灣，又北過清塘門，又折而東至臨湖門。自古苕水，入太湖之溪也。

慎按：《烏臺詩案》：「天目山前」一首，軾爲先曾言水利不便，却被轉運司差往相度隄岸。意言本非興水利之人，而不敢預者，以譏諷時世與昔不同，水利不便而然也。

其　三

夜來雨洗碧巑岏，浪湧雲屯遶郭寒。聞有弁山何處是〔一〕？爲君四面竟宋刻本作「意」求看。

〔一〕弁山：劉敬叔《異苑》：卞山本名土山，有項籍廟。自稱卞山神，故改名。《吴興備志》引《吴興山墟名》云：卞山峻極，非清秋爽月，不見其頂。《元和郡縣志》：卞山，當作「冠弁」之「弁」。徐陵《孝義寺碑》云：高弁蒼蒼，遥聞天語。程大昌《演繁露》：東坡初至湖州，詩曰：聞有弁山何處是？爲君四面意求看。及其既久，凡詩及此山皆爲「卞」，不爲「弁」。蓋《圖經》云：卞姓居之，故以名山。至《風土記》，其文又加「山」爲「峠」。案，《左氏》昭九年，爲弁髦。杜注：弁，冠也。陸曰：「弁」亦作「卞」。然則古蓋通用矣。謂山形爲弁，亦與「卞」通。

其　四

夜橋燈火照溪明，欲放扁舟取次行。暫借官奴遣吹笛，明朝新月到三更。

其　五

三年京國厭藜蒿，長羡淮魚壓楚糟〔一〕。今日駱駝橋下泊〔二〕，恣看修網出銀刀。

〔一〕淮魚楚糟：《邵氏聞見録》：至和間，皇后好食糟淮白魚，吕文靖公夫人欲以十奩爲獻。公悵然曰：「玉食所無之物，人臣家安得有十奩也？」梅聖俞詩：頭尾接清淮，淮魚日登網。吴蒓芼羹美，禁糟增味爽。

〔二〕駱駝橋：《太平寰宇記》：駱駝橋在湖州府治前。《湖州舊志》：橋跨霅溪上，又名迎春。《吴興備志》又有東駱駝橋，在江水滙。建炎間，郡人於中流析爲二，南曰甘棠，北曰長橋。劉禹錫《送韓七之湖州》詩：駱駝橋上蘋風起。

其　六

烏程霜稻襲人香〔一〕，釀作春風霅水光〔二〕。時復中之徐邈聖，無多酌我次公狂。

〔一〕烏程：《元和郡縣志》：烏程本秦縣。《越絶外傳》云：始皇至會稽，徙大越之人於烏程。《吴興統記》：秦時有烏巾、程林，善釀美酒，因置縣。張協《七命》：荆南烏程。箋云：在荆溪之南也。熊明遇《若下酒疏》云：義興爲荆溪，而若下在其南，故曰烏程若下。蓋當時尚未分長興也。

〔二〕霅水：《太平寰宇記》：霅溪在烏程縣南一里，凡四水合爲一水，自浮玉山曰苕溪，自天目山曰餘不溪，自銅峴山曰前溪，自德清縣東北流至州前興國寺前曰霅溪。顧長生《三吴土地記》曰：霅溪水至深者，又四水激射之聲。

其七

去年臘日訪孤山，曾借僧窗半日閒。不爲思歸對妻子，道人有約徑須還。

莘老葺天慶觀小園有亭北向道士山宗説乞名與詩〔一〕

春風欲動北風微，歸雁亭邊送雁歸〔二〕。蜀客南遊家最遠，吴山寒盡雪先晞。扁舟去後花絮亂，五馬來時賓從非。惟有道人應不忘，抱琴無語立斜暉。

〔一〕天慶觀：勞鉞《湖州舊志》：天慶觀在府治北，梁大同二年建，名玄風觀，唐改龍興。宋祥符元年改天慶。

〔二〕歸雁亭：《吴興掌故》：歸雁亭，孫莘老作，道士乞名，東坡以「歸雁」名之，蓋自寓思歸之意。

至秀州〔一〕贈錢端公安道〔二〕并寄其弟惠山老〔三〕一作「惠山山人」。

鴛鴦湖邊月如水〔四〕，孤舟夜傍鴛鴦起。平明繫纜石橋亭，慙愧冒寒髯御史。結交最晚情獨厚，論心無數今有幾。寂寞抱關嘆蕭生，耆老執戟哀揚子。怪君顔采却秀發，無乃遷謫反便美。天公欲困無奈何，世人共抑真疏矣。毘陵高山錫無骨〔四〕。陸子遺味泉冰齒。賢哉仲氏早拂衣，占斷此山長洗耳。山頭望湖光潑眼，山下濯足波生指。倘容逸少問金堂，記與嵇康留石髓。

〔一〕秀州：注詳第六卷。

〔二〕錢端公安道：《東都事略》：錢顗，字安道，無錫人。自知烏程縣召爲御史裏行。熙寧初，與劉述、劉琦等上疏劾王安石、曾公亮，貶監衢州鹽税。後起通判秀州而卒。按，唐時御史裏行稱「端公」。

〔三〕惠山老：失考。

〔四〕鴛鴦湖：《至元嘉禾志》：長水塘，源出杭州府屬之海昌諸山，出硤石，東北流入嘉興。其支流北注秀水之幽湖，其正流至城南，瀦爲鴛鴦湖。宋聞人滋《記》略云：檇李，澤國也。東西皆陂湖，南湖尤大。計百二十頃。其禽多鴛鴦，故名。又云：兩湖相麗，若鴛鴦然。

〔五〕毘陵：《元和郡縣志》：常州，晉陵郡，漢曰毘陵。晉元帝時避諱，改晉陵。

秀州報本禪院〔一〕鄉僧文長老方丈〔二〕石刻題云「題秀州本覺鄉僧文長老方丈」。

萬里家山一夢中，吴音漸已變兒童。每逢蜀叟談終日，便覺峨眉翠掃空。師已忘言真得道，我除搜句百無功。明年採藥天台去，更欲題詩滿浙東。

〔一〕報本禪院：《本覺寺碑記》：檇李西郭二十七里外，有空翠亭遺趾。唐宣宗時，僧冀來自臨海，宿亭下，感異人夢，結菴以居。事聞，賜額報本禪院。

〔二〕文長老：《碑記》又云：宋時蜀僧文及主之，請易爲寺，改本覺寺。周必大《吴郡諸山録》云：早行至本覺寺登岸，即古檇李也，舊號小長蘆。東坡過此，爲文長老賦詩處。

王復秀才所居雙檜二首〔一〕

其　一

吴王池館遍重城〔二〕，奇宋刻本作「間」草幽花不記名。青蓋一歸無覓處，只留雙檜待昇平。

〔一〕王復：錢唐人，所居在杭州候潮門外，詳見後《種德亭詩序》。

〔二〕吴王：《吴越備史》：錢鏐於昭宗天祐元年封吴王。

其　二

凛然相對敢相欺，直幹淩空未要奇。根到九泉無曲處，世間惟有蟄龍知〔一〕。

〔一〕蟄龍：胡仔《苕溪叢話》：東坡在御史獄，獄吏問曰：「根到九泉」云云，有無譏諷。答曰：「王安石詩：『天下蒼生待霖雨，不知龍向此中蟠。』此龍是也。」獄吏爲之一笑。此段《烏臺詩案》所不載。

宋叔達家聽琵琶〔一〕

數絃已品龍香撥，半面猶遮鳳尾槽〔二〕。新曲翻從宋刻本作「從翻」玉連鎖，舊聲終愛鬱輪袍。夢回只記歸舟字〔三〕，賦一作「舞」罷雙垂紫錦絛〔四〕。何異烏孫送公主〔五〕，碧天無際雁行高。

〔一〕宋叔達：《范忠宣集·朝請大夫宋君墓志》云：公諱道，字叔達，河南人。少孤力學，登進士甲科，與弟迪同榜。累遷秘省著作郎，尚書屯田郎中。神宗朝，提點福建刑獄，入爲開封推官。出知同州。年高倦於民事，提舉西京崇福宫。與賢士大夫游，善爲詩歌。元豐六年，終於洛之私第。

〔二〕半面遮：白居易詩：猶抱琵琶半遮面。

〔三〕歸舟字：謝靈運詩：天際識歸舟。

〔四〕紫錦絛：周霆震詩：西園蹴踘醉蒲萄，北里琵琶紫錦絛。

〔五〕烏孫公主：《史記》：元封中，遣江都王建女細君爲公主，妻烏孫昆莫。昆莫年老，語言不通。公主悲愁，自作歌。天子憐之。《文選·王昭君詞序》云：昔公主嫁烏孫，令琵琶馬上作樂，以慰其道路之思。

東坡先生編年詩卷九

古今體詩六十一首 起熙寧六年癸丑正月，盡六月，在杭州通守任作。

元日次韻張先子野見和七夕寄莘老之作〔一〕

得句牛女夕，轉頭參尾中。青春先入睡，白髮不遺窮。酒社我爲宋刻本作「無」敵，詩壇子有功。縮頭先夏鱉，公自注：見《玉川子》。實腹鄙秋蟲。莫唱帬垂緑，無人臉斷紅。舊交懷賀老，新進謝終童。袍鵠一作「鶻」雙雙瑞〔二〕，腰犀一一通。小蠻知在否？試問囁嚅翁。

〔一〕張先：《齊東野語》：是時有兩張先，俱字子野。其一開封人，天聖三年進士，歐陽公爲作《墓志》。其一湖州人，天聖八年進士，《宋史》不立傳，故其家世不詳。○慎按，《吴興志》：張子野，烏程人，康定進士。仕至都官郎中致仕，年八十九卒，葬弁山多寶寺後。○又按，張先，

《志》以爲康定進士，《齊東野語》以爲天聖進士，兩處不同，當從周公謹爲是。公謹，南宋人，必有所據。

〔三〕袍鵲：白居易詩：鵲銜瑞帶繞腰飛。

正月九日有美堂〔一〕飲醉歸徑睡五鼓方醒不復能眠起閱文書得鮮于子駿所寄雜興諸本作「雜興」者，訛作古意諸本作「古意」者，訛一首答之〔二〕

衆人事紛擾，志士獨悄悄。何異琵琶絃，常遭腰鼓鬧。三杯忘萬慮，醒後還皎皎。有如轆轤索，已脱重縈繞。家人自約飭，始慕陳婦孝。可憐原巨先，放蕩今誰弔？平生嗜羊炙，識味肯輕飽。烹蛇啖蛙蛤，頗訝能稍稍。憂來自不寐，起視天漢渺。闌干玉繩低，耿耿太白曉。

〔一〕有美堂：《庚溪詩話》：嘉祐初，龍圖閣直學士尚書吏部郎中梅摯公儀出守杭州，仁宗特製詩寵賜。其首章曰：地有吴山美，東南第一州。梅既到杭，遂建堂山上，名曰有美。歐陽修爲《記》，略云：錢塘有天下之美，斯堂又盡得錢塘之美焉。《西湖游覽志餘》：有美堂在鳳凰山之頂，左江右湖，畢陳目下。

〔二〕鮮于子駿：《宋史》：鮮于侁，字子駿，閬州人。第進士。神宗朝詔近臣舉所知，范鎮以侁應選。除利州路轉運判官，升副使，提舉常平。後爲京東西轉運使。元豐二年，知揚州。蘇軾自湖州赴獄，親朋皆絶，道揚，侁往見，臺吏不許通。或謂：「侁宜亟焚軾所往來書文以避禍。」侁曰：「欺君負友，吾不忍爲也。」刻意經術，所著有《詩傳》、《易斷》。作詩平淡淵粹，尤長於楚詞。蘇軾讀其《九誦》，謂近屈原、宋玉，自以爲不可及也。

慎按：《鮮于子駿集》原題云「雜興三首」，先生和詩題當云「得鮮于子駿所寄雜興作古意一首答之」。諸刻本俱訛，今改正。

附鮮于侁《雜興三首》：

幽居觀物變，天道固虚盈。炎炎日方熾，微陰一已生。凉風動野草，桃李先飄零。蜩螗集高柳，絡緯響空庭。愁心獨耿耿，宵夢竟難成。

一氣斡元造，爲功未嘗煩。群生自委化，天地亦何言。臬脛不可增，楮葉不可鐫。欲益固爲損，勞心非自然。不見平陽侯，醇酒聊終年。

三王貴養老，所重在乞言。酒醴副嘉肴，黄髮斯皤然。朝廷本忠厚，風俗亦變遷。豈意漢道微，侍中惟少年。耆舊無備問，李公所以難。

次韻答章傳道宋刻本無「道」字見贈〔一〕

並生天地宇，同閱古今宙。視下則有高，無前孰爲後。達人千鈞弩，一弛難再彀。下士沐猴冠，已繫猶跳驟。欲將駒過隙，坐待石穿溜。君看漢唐主，宮殿悲《麥秀》。而況彼區區，何異壹醉富。鷄鶋非所養，俯仰眩金奏。髑髏有餘樂，不博南面后。嗟我昔少年，守道貧非疚。自從出求仕，役物恐見囿。馬融既依梁，班固亦仕竇。效矉豈不欲？頑質謝鐫鏤〔二〕。仄聞長者言，婞直非養壽。吐面慎勿拭，出跨當俛就。居然成懶廢，敢復齒豪右。子如照海珠，網目疎見漏。宏材乏近用，巧舞困短袖。坐令傾國容，臨老見邂逅。吾衰信久矣，書絶十年舊。門前可羅雀，感予宋刻本作「子」煩屢叩。願言歌緇衣，子粲還予授。

〔一〕章傳道：名傳，閩人。《吴都文粹》載蘇子美贈詩，内二句云：南閩章其氏，傳名字傳道。即其人也。

〔二〕《烏臺詩案》：熙寧六年正月，作詩《次章傳韻次答》，云「馬融既依梁」四句云云，所引梁冀、竇憲，並是漢時人，因時君不明，驟躋顯位，驕暴竊威福用事。而馬融、班固二人，皆儒者，並依托之。軾詆毁當時執政大臣，我不能效班固、馬融苟容依附也。

法惠寺〔一〕橫翠閣〔二〕

朝見吴山橫〔三〕，暮見吴山縱。吴山故多態，轉側爲君容。幽人起朱閣，空洞更無物。惟有千步岡，東西作簾額。春來故國歸無期，人言秋悲宋刻本作「悲秋」春更悲。已泛平湖思濯錦，更看橫翠憶峨眉。雕欄能得幾時好，不獨憑欄人易老。百年興廢更堪哀，懸知草莽化池臺。遊人尋我舊遊處，但覓吴山橫處來。

〔一〕法惠寺：《咸淳臨安志》：西林法惠院，乾德元年，吴越王建。舊名興慶，祥符中改今額。《西湖遊覽志》：自清波門折而南，爲方家峪。峪畔舊有法惠院，慶曆間，法言作西軒於此。

〔二〕橫翠閣：失考。

〔三〕吴山：《咸淳臨安志》：吴山在城中，吴人祠子胥山上，因命曰胥山。盧元輔作銘，燬於火，舊有胥山坊，今廢。

祥符寺〔一〕九曲觀燈〔二〕

紗籠擎燭迎門入，銀葉燒香見客邀〔三〕。公自注：見《諸香名譜》。金鼎轉丹光吐夜，寶珠穿蟻鬧連宵〔四〕宋刻本及《咸淳臨安志》作「朝」。波翻焰裏元相激，魚舞湯中不畏焦。明日酒醒空想像，清吟半逐夢魂銷。

〔一〕祥符寺：《咸淳臨安志》：大中祥符寺，梁大同二年，鮑侃捨宅爲寺。舊名發心，祥符初改賜今額。按，《武林梵志》：祥符寺在祥符橋畔，孤山别有寺，亦名祥符。

〔二〕九曲：《咸淳臨安志》：錢塘門外有九曲路，又有九曲法濟院、九曲寶嚴院。

〔三〕銀葉：沈立之《香譜》：用黑角沉、臘茶、定粉、白蜜等爲末，收沙瓶中，久窨尤佳。燒時以雲母、銀葉襯之。

〔三〕寶珠穿蟻：唐楊濤《蟻穿九曲珠賦》：蟻爲質兮微渺，珠有竅而虚圓。苟一縷之是繫，雖九曲而可穿。

附曾鞏《上元游祥符寺》詩：從《臨安志》採出。

月明如晝露華濃，錦帳名郎笑語同。金地夜寒消美酒，玉人春困倚東風。紅雲燈火浮滄海，碧水樓臺浸遠空。白髮蹉跎歡意少，强顔猶入少年叢。

上元過祥符僧可久房蕭然無燈火〔一〕

門前歌舞鬬分朋，一室清風冷欲冰。不把琉璃閒照佛，始知無盡本無燈。

〔一〕可久：《咸淳臨安志》：西湖舊多好事僧，往往喜作詩。其最知名者，熙寧間有清順、可久兩人。順字怡然，久字逸老。所居皆湖山勝處，而清約介静，不妄與人交。士大夫多往就見，時有餽之米者，所取不數升，以瓶貯几上，日取二三合食之，雖蔬茹亦不常有。人尤重之。《武林梵志》：法師可久，錢塘錢氏子。天聖初，得度，學教觀於静覺。喜爲詩，居西湖祥符。蘇軾元夕去從者，獨行入師室，了無燈火，但聞薝蔔餘香，歎仰留詩云云。晚年送客不踰閾，如此十餘年。窗外惟紅蕉數本，翠竹百箇。一日謂人曰：「吾死，蕉竹亦死。」未幾皆驗。

正月二十一日病後述古邀往城外尋春

屋上山禽苦唤人，檻前冰沼忽生鱗。老來厭伴一作「逐」紅裙醉，病起空驚白髮新。卧聽使君鳴鼓角，試呼稺子整冠巾。曲欄幽榭終寒窘，一看郊原浩蕩春。

附述古和詩：原題云「和蘇子瞻通判在告見寄」。

郊原芳意動游人，湖上晴波見躍鱗。鬧逐牙旗千騎遠，暗驚梅蕚萬枝新。尋僧每拂題詩壁，邀客仍將漉酒巾。寄語文園何所苦，且來相伴一行春。

有以官法酒見餉者因用前韻求述古爲移厨飲湖上〔一〕

喜聞宋刻本作「逢」門外白衣人，欲鱠湖中赤玉鱗。遊舫已粧吴榜穩〔二〕，舞衫初試越羅新〔三〕。欲將漁釣追黄帽，未要靴刀抹絳巾。芳意十分强半在，爲君先踏水邊春。

〔一〕移厨：鄭谷詩：花落移厨送晚春。

〔二〕吴榜：《晉書·張載傳》：吴榜越船，不能無水而浮。

〔三〕越羅：杜甫詩：越羅蜀錦金粟尺。《老學菴筆記》云：遂寧出羅，謂之越羅，似會稽尼羅而過之。

飲湖上初晴後雨二首

其一

朝曦迎客宴宋刻本作「艷」重岡，晚雨留人入醉鄉。此意自佳君不會，一杯當屬水仙王〔一〕。公自注：上有水仙王廟。

〔一〕水仙王：《咸淳臨安志》：水仙王廟在西湖第三橋北。《西湖遊覽志餘》：在孤山南麓。

其二

水一作「湖」光瀲灧晴方一作「偏」好，山色空濛雨亦奇。欲一作「若」把西湖比西子，淡粧濃抹也宋刻本作「總」相宜。

往富陽〔一〕新城〔二〕李節推先行三日留風水洞見待〔三〕

春山磔磔鳴春禽，此間不可無我吟。路長漫漫傍江浦，此間不可無君語。金鯽《苕溪叢話》作「魚」池邊不見君〔四〕，追君直過定山邨〔五〕。路人皆言君未遠，騎馬少年清且婉。風巖水穴舊聞名〔六〕，只隔山溪夜不行。溪橋曉溜浮梅蕚，知君繫馬巖花落。出城《咸淳臨安志》作「行」三日尚逶迤宋刻本作「遲」，妻孥怪罵歸何遲宋刻本作「時」。世上小兒誇疾走，如君相待今安有？

〔一〕富陽：《元和郡縣志》：漢富春縣，晉太元中，避鄭太后諱改春爲陽。《古蹟考》：富陽城，唐咸通中縣令趙訥所築。《九域志》：在杭州西南七十三里。《太平寰宇記》：縣有潮户，朔望迎潮而歌。

〔二〕新城：《元和郡縣志》：本富春地，唐永淳元年，分西境置。東北去州一百三十二里。沈約《宋志》：新城在浙江西南，名桐溪，吴立新城縣。按，二説建革互異，以《寰宇記》考之，吴始立縣，後廢入桐廬。唐永淳中，復置也。○《咸淳臨安志》：吴越王改新城，爲新登。宋太平興國三年，復改爲新城，邑人羅隱爲《記》。

〔三〕李節推：名佖，一作「泌」。見《烏臺詩案》及《年譜》中。《宋史·職官志》：軍府幕職有節度推官，又有觀察、防禦、團練推官。此則節度推官也。《咸淳臨安志》：節度推官廳在府前，近民坊。

〔四〕金鯽池：在六和塔下。

〔五〕定山邨：《太平寰宇記》：定山在錢塘縣西四十七里，突出浙江數百丈。江濤至此輒抑聲，過此便雷吼霆怒。上有可避濤處，行者賴之，謂是海神婦家。又，虞喜《志林》：錢塘江有浙山，潮水衝山即回入海，故名，亦名定山。《咸淳臨安志》：定山高七十五丈，周迴七里一百二步，山下居民數百家。

〔六〕風巖水穴：《咸淳臨安志》：風水洞，在楊村慈巖院，舊名恩德院。有洞極大，流水不竭。頂上又一洞，立夏清風自生，立秋則止。白居易《遊恩德寺》詩：雲水埋藏恩德洞，簪裾束縛使君身。即此也。

《烏臺詩案》：熙寧七年，爲通判杭州，於正月二十七日，遊風水洞，有本州節推李泌知軾到來，在彼等候，軾到乃留題於壁，其卒章不合云「世上小兒誇疾走」云云，以譏世之小人多務急進也。慎按，《年譜》游風水洞乃六年事，《詩案》訛以爲七年，當改正。

風水洞二首和節推〔一〕

其一

風轉鳴空穴，泉幽寫石門。虚心聞地籟，妄意覓桃源。過客詩難好，居僧語不繁。歸瓶得冰雪，清冷慰文園。

〔一〕風水洞：注詳見前詩下。

其二

山前乳水隔臨安志作「洗」塵凡，山下宋刻本作「上」仙《臨安志》作「清」風舞檜杉。細細龍鱗生《臨安志》作「鋪」亂石，團團羊角轉空巖〔一〕。馮夷窟宅非梁棟，御寇車輿謝轡銜。世事漸艱吾欲去一本作「出」，訛，永隨二子脱讒讒〔二〕。

〔一〕羊角：莊子《逍遥遊》：摶扶遥羊角而上者九萬里。又，《道藏》載丘處機《西遊記》云：風初起，如羊角者數十。須臾，合爲一風。

〔二〕二子：指馮夷、御寇也。○《烏臺詩案》當年再遊風水洞，又云「世事漸艱吾欲去，永隨二子脱譏讒」，意謂朝廷行新法後，來世事日益艱難，小人多務讒謗。軾度斯時之，不可以合，又不可以容，故欲棄官隱居也。

慎按：《詩案》再遊風水洞云云，《咸淳臨安志》云：坡在杭三年，風水洞在五十里外，游且再至，則此二首，與前詩非同時所作，而月日莫考，仍附編於此。

附子由和：

風送江湖滿洞天，洞門可聽入無緣。土囊鬱怒聲初散，石齒聱牙勢未前。樂奏洞庭真跌宕，歌傳帝所亦清便。何人隱几觀遺韻？重使顔成問嗒然。

獨遊富陽普照寺〔一〕

富春真古邑，此寺亦唐餘。鶴老依喬木，龍歸獲賜書〔二〕。連筒春水遠，出谷曉《臨安志》作「晚」鐘疎。欲繼江潮韻，何人爲起予？

〔一〕普照寺：《咸淳臨安志》：净明寺在富陽縣北五里，舊普照寺，治平二年，改今額。

〔二〕龍獲賜書：《咸淳臨安志》：寺枕高山，名曰舒璧。山坳有龍潭，澗水横流，上有橋亭。有御書閣。

慎按：李白詩：天台國清寺，天下爲四絶。今爲普照游，到來復何別？據此，唐時已有此寺，與本詩第二句正合。

附子由次韻：

塵埃日以遠，斗擻更無餘。寺到逢門入，詩成信手書。山深僧自樂，路遠客終疎。訪盡前朝景，他年一告予。

自普照游二菴〔一〕

長松吟風晚雨細，東菴半掩西菴閉。山行盡日不逢人，裛裛野梅香入袂。居僧笑我戀清景，自厭山深出無計。我雖愛山亦自笑，獨往《咸淳臨安志》作「幽獨」神傷後〔二〕一作「復」難繼。不如西湖飲美酒，紅杏碧桃香覆髻。作詩寄謝採薇翁，本不避人那避世。

〔一〕二菴：《咸淳臨安志》：大明院在富陽縣北四里，四峰環繞，前如連璧，俗呼「裏菴」，即東坡所謂東、西二菴是也。舊名普明，乾德三年建，治平二年，改今額。

〔二〕獨往神傷：杜甫詩：晚來幽獨恐傷神。

附子由次韻：

披榛入山山路細，鐘聲出寺門將閉。石苔冉冉上芒鞵，草露團團著衣袂。野人茆茨苦竹屋，終身局促無生計。天公未省長困人，春田米盡秋田繼。老妻稺子亦自樂，野草山花還插髻。長笑人間醉未醒，終老辛勤漫欺世。

富陽妙庭觀董雙成故宅發地得丹鼎覆以銅盤承以瑠璃盆盆既破碎丹亦爲人争奪持去今獨盤鼎在耳二首〔一〕

其一

人去山空鶴不歸，丹亡鼎在世徒悲。可憐九轉功成後〔二〕，却把飛昇乞内《咸淳臨安志》作「肉」芝。

〔一〕妙庭觀：《咸淳臨安志》：妙庭觀在富陽縣西十五里，舊號明真，治平二年，改賜今額。世傳董雙成故宅。天聖中，道士朱去非發地得丹鼎。紹興初，建香風堂、玉笙菴，里人謝伋取李白《月華詞》名之。

〔二〕九轉：鮑昭《昇天行》云：九龠隱丹經。注云：仙家有九轉金丹法，而龠所以藏書也。《抱朴子·金丹篇》：第一轉名丹華，第二名神符，第三名神丹，第四名還丹，第五名餌丹，第六名煉丹，第七名柔丹，第八名伏丹，第九名寒丹。

其二

琉璃擊碎走金丹，無復神光發舊壇。時有世人來舐鼎，欲隨雞犬事劉安。

新城道中諸刻本有「二首」兩字，今删去。

東風知我欲山行，吹斷簷間積雨聲。嶺上晴雲披絮帽〔一〕，樹頭初日挂銅鉦。野桃含笑竹籬短，溪柳自摇沙水清，西崦人家應最樂，煮葵宋刻本作「芹」燒筍餉春耕。

〔一〕絮帽：晉灼注《漢書》：「冒」音「陌」。顔師古曰：「帽絮，老人以覆其頭。」應劭：「冒，額絮也。」

附晁端友次韻：

身世悠悠我此行，溪邊委轡聽溪聲。散材畏見搜林斧，疲馬思聞卷旆鉦。細《律髓》作「小」雨足時茶户喜，亂山深處長官清。人間岐路知多少？試向桑田問耦耕。

慎按：《新城道中》二首，諸刻皆入先生集。宋雕本亦然。方回《瀛奎律髓》止載前一首，而評其下，云：東坡爲杭倅，時熙寧六年癸丑二月，循行屬縣，由富陽至新城，有此作。是年三十八歲。晁无咎之父端友令新城，其和篇有「小雨足時茶户喜，亂山深處長官清」云云，乃其佳句。方回南宋人，其言必有所本。則第二首乃晁作也。向來無有辨證者，今從和詩例，改附於此。端友，字君誠。黄山谷作《晁君成墓誌》，「誠」作「成」，而不署其名。本集有《晁君誠詩集序》，後公出知揚州，和晁无咎詩，又有「少年獨識晁新城」，即端友也。而山谷志君成墓，獨不載爲新城令事。

附子由次韻：

春深溪路少人行，時聽田間耒耜聲。饑就野農分餉黍，迎嫌尉卒鬧金鉦。閒花開盡香何在？白酒沽來壓未清。此味暫時猶覺勝，問兄何日便歸耕？

山村五絶

其一

竹籬茅屋趁谿斜，春入山村處處花。無象太平還有象，孤烟起處是人家。

其二

烟雨濛濛雞犬聲，有生一作「身」何處不安生？但令宋刻本作「教」黄犢無人佩〔一〕，布穀何勞也勸耕。

〔一〕《烏臺詩案》：《山村》第二首云云，言是時販私鹽者，多帶刀仗，故取前漢龔遂事，意謂但將鹽法寬平，令人不帶刀劍，而買牛買犢，則自力耕，不勞勸督。以譏諷朝廷鹽法太峻，不便也。

其　三

老翁七十自腰鐮〔一〕，慚愧春山筍蕨甜。豈是聞韶解忘味，邇來三月食無鹽〔二〕。

〔一〕腰鐮：元結詩：老公七十自腰鐮，將引兒孫行時稼。

〔二〕《烏臺詩案》：第三首云云，意言山中之人，飢貧無食，雖老猶自采筍蕨充飢。時鹽法太峻，僻遠之人無鹽食，動經數月。若古之聖人，則能聞韶忘味，山中小民，豈能食淡而樂乎？亦以譏鹽法太峻也。

其　四

杖藜裹飯去怱怱，過眼青錢轉手空。贏得兒童語音好，一年强半在城中〔一〕。

〔一〕《烏臺詩案》：第四首云云，意言百姓雖得青苗錢，止便於城中浮費使却。又言鄉村之人，一年兩度夏秋税，又數度請納和預買錢，今此更添青苗、助役錢，因此莊家幼小子弟，多在城市，不着次第，但學得城中語音而已。以譏諷朝廷新法青苗、助役不便也。

其　五

竊禄忘歸我自羞，豐年底事汝憂愁？　不須更待飛鳶墮，方念平生馬少游。

附子由次韻五首：

山行喜遇酒旗斜，無限桃花續杏花。　與世浮沉真避世，將家漂蕩似無家。
塍間白水細無聲，日煖泥融草不生。　似恐田家忘帝力，多差使者出催耕。
旋春紅稻始經鎌，新煮黄雞取次甜。　無慕無營人自樂，莫將西子愧無鹽。
升平事業苦怱怱，未信浮名到底空。　何用槖駝朝塞外？　試聽碌碡語場中。
貧賤終身未要羞，山林難處更堪愁。　近來南海波尤惡，未許乘槎自在游。

癸丑春分後雪一本作「二月十日雪」。

雪入春分省見稀，半開桃李不勝威。　應慚落地梅花識，却作漫天柳絮飛。　不分東君專節物，故將新巧發陰機。　從今造物尤難料，更暖須留御臘衣。

慎按：此詩施氏原本訛編是年立秋後，今依《欒城集》次，移置前卷。

附子由次韻：

春雪漫天密又稀，勾芒失據走靈威。故欺貧窶冬裘盡，巧助遨遊酒盞飛。林下細花添百草，堦前輕素翦新機。老農先解憂桑柘，九月家人當授衣。

湖上夜歸

我飲不盡器，半酣味尤長。籃輿湖上歸，春風灑宋刻本作「吹」面凉。行到孤山西，夜色已蒼蒼。清吟雜夢寐，得句旋已忘。尚記梨花邨，依依聞暗香。入城定何時？賓客半在亡〔一〕。睡眼忽驚矍，繁燈鬧河塘〔二〕。市人拍手笑，狀如失林麞。始悟山野姿，異趣難自强。人生安爲樂，吾策殊未良。

〔一〕在亡：《漢書》：且緩急人所時有，夫一旦叩門，不以親爲解，不以在亡爲辭，天下所望者，獨季心、劇孟。

〔二〕河塘：即沙河塘，注見第八卷。

曾元恕〔一〕游龍山〔二〕吕穆仲不至〔三〕

青春不覺老朱顏，强半銷磨簿領間。愁客倦吟花以一作「似」酒，佳人休唱日銜山〔四〕。共知寒食明朝過，且赴僧窗半日閒。命駕吕安邀不至，浴沂曾點暮方還。

〔一〕曾元恕：失考。
〔二〕龍山：《咸淳臨安志》：龍山在嘉會門外，去城十里，一名卧龍山。田汝成《西湖總序》：自清波門折而南，爲方家峪。又西南，爲慈雲嶺。嶺之南，爲龍山。山上有天真禪寺。
〔三〕吕穆仲：按，穆仲時爲杭州察推。
〔四〕日銜山：李白《烏棲曲》：吴歌楚舞歡未畢，青山欲銜半邊日。

慎按：此詩施氏原本不載，新刻本載《續補》下卷，今據題改編。

寒食未明至湖上太守未來兩縣令先在〔一〕

城頭月落尚啼烏，烏榜紅舷早滿湖。鼓吹未容迎五馬〔二〕，水雲先已颺雙鳧。映山黄帽螭頭舫，夾一作「横」道青烟鵲尾爐〔三〕。老病逢春只思睡，獨求僧榻寄須臾。

〔一〕兩縣令：《輿地廣記》：錢塘縣，五代晋時改爲錢江，别置錢塘縣，與錢江分治州郭下。太平興國四年，改錢江曰仁和。○慎按，本集《立秋日禱雨同周徐二令》詩，周名邠，字開祖，時爲錢塘令。徐爲仁和令。《咸淳臨安志》：仁和縣令，北宋時有徐璹。《春渚紀聞》：徐璹，字全父，嘗與東坡坐雙檜堂，公指二檜曰：「二疏辭漢去。」璹應聲曰：「大老入周來。」公爲擊節，即其人也。

〔二〕五馬：程大昌《演繁露》：太守五馬，莫知的據。古樂府「五馬立躊躇」，即其來已久。或言《詩》「良馬五之」，侯國事也。漢有駟馬車，止用四馬。而鄭玄注《詩》曰：「《周禮》州長建旗，漢太守比州長，法御五馬。」則太守之用五馬，後漢已然矣。至唐白居易《和春深》詩曰：「五匹鳴珂馬，雙輪畫戟車。」其《自杭分司》詩曰：「錢塘五馬留三匹，還擬騎來攬擾春。」老杜亦曰：「使君五馬五驊騮。」則是真有五馬矣。若其制之所始，則未有知者。

〔三〕鵲尾爐：《海録碎事》引《珠林》云：香爐有柄，曰鵲尾爐。費崇先信佛法，常以鵲尾爐置於膝上。

次韻孫莘老見贈時莘老移廬州因以別之〔一〕

鑪錘宋刻本作「鎚」一手賦形殊，造化無心敢望渠。我本疎頑固當爾，子猶淪落况其餘。龔黄側畔難言政，羅趙前頭且眩書〔二〕。公自注：莘老見稱政事與書，而莘老書至不工。惟有陽關一杯酒，慇懃重唱贈離居。

〔一〕廬州：《文獻通考》：古廬子國，梁改合肥爲合州，隋改廬州。○慎按，莘老知廬州事，《東都事略》及《宋史》本傳皆失載。史容《山谷詩注》云：「莘老以言事，謫知廣德軍，踰年徙湖州，又徙廬州。」與公詩相合，可補《宋史》之缺。

〔二〕羅趙：葛立方《韻語陽秋》：張芝嘗自品其書，上比崔、杜不足，下方羅、趙有餘。故世之言惡札者，必曰羅趙。東坡詩云云，蓋譏之也。羅爲羅暉，趙爲趙襲。張彦遠《書法要録》：襲與暉並以能草見重關西，矜巧自異，衆頗惑之。

贈　别

青鳥銜巾久欲飛，黄鶯别主更悲啼。殷勤莫忘分攜處，湖水東邊鳳嶺西。

次韻代留别

絳蠟燒殘玉斝飛，離歌唱徹萬行啼。他年一舸鴟夷去，應記儂家舊住諸刻作「姓」者，訛西〔一〕。

〔一〕舊住西：《韻語陽秋》：《寰宇記》載西施事，施，其姓也。是時有東施家、西施家，故李白詩曰：自古有秀色，西施與東隣。而東坡詩乃云「記取儂家舊姓西」，似與《寰宇記》不同。○慎按，《吕氏童蒙訓》曰：東坡詩云云，僕謂坡公不應如是之疎。乃是「舊住西」傳寫之訛，以「住」字爲「姓」字耳。既是姓西，何問新舊？此説甚不通。「應記儂家舊住西」，正此一字，語意益精明矣。又按，王楙《野客叢書》所辨，與此亦略同。

月兔茶[一]

環非環，玦非玦，中有迷離玉兔兒。一似佳人裙上月，月圓還缺缺還圓。此月一缺圓何年？君不見鬭茶公子不忍鬭小團，上有雙銜綬帶雙飛鸞。

[一] 月兔茶：《黄山谷集》有「都濡月兔茶」。按，涪州有廢都濡縣，月兔茶此地所産。

薄命佳人

雙頰凝酥髮抹漆，眼光入簾珠的皪。故將白練作仙衣，不許紅膏汙天質。吴音嬌軟帶兒癡，無限閒愁總未知。自古佳人多命薄，閉門春盡楊花落。

吉祥寺花將落而述古不至

今歲東風巧翦裁，含情只待使君來。對花無信花應恨，直恐明年便不開。

述古聞之明日即至坐上復用前韻同賦

仙衣不用翦刀裁，國色初含一作「酣」卯酒來。太守問花花有語，爲君零落爲君開。

慎按：「盡日問花花不語，爲誰零落爲誰開？」全首載《松陵唱和集》，唐嚴惲《惜花》絶句也。○又按，《古靈先生集》中，此題缺和詩。

李鈐轄坐上分題戴花〔一〕

二八佳人細馬駄〔二〕，十千美酒渭城歌。簾前柳絮驚春晚，頭上花枝柰老何？露濕醉巾香掩冉，月明歸路影婆娑。緑珠吹笛何時見？欲把斜紅插皂羅。

〔一〕鈐轄：《宋史·職官志》：總管鈐轄司，掌軍旅屯戍、營防守禦之政令，或一州一路，有兼二路三路者。

〔二〕細馬：《唐六典》：凡馬，有左右監以別其粗良。細馬之監稱左，粗馬之監稱右。細馬，謂馬之良者。

於潛〔一〕令刁同年野翁亭〔二〕

山翁不出山，溪翁長在溪〔三〕。公自注：前二令作二翁亭。不如野翁來往溪山間，上友麋鹿下鳧鷖。問翁何所樂，三年不去煩推擠？翁言此間亦有樂，非絲非竹非蛾眉。山人醉後鐵冠落，溪女笑時銀櫛低。我來觀政問風謡，皆云吠犬足生氂。但恐此翁一旦捨此去，長使山人索寞溪女啼。公自注：天目山唐道士常冠鐵冠，於潛婦女皆插大銀櫛，長尺許，謂之蓬沓。

〔一〕於潛：《元和郡縣志》：縣西有替山，因名。舊「替」字無水，《後漢書·郡國志》始加「水」作「潛」。武德七年，置潛州。八年，廢爲縣。《太平寰宇記》：秦徙大越鳥語之人置替。闞駰《十三州志》：「替」讀爲「潛」。《九域志》：於潛縣，在杭州西二百里。

〔二〕刁同年：《咸淳臨安志》：刁璹，與東坡同年，熙寧中，爲於潛令。今浮橋立三賢祠，與東坡、毛國華並祠。

〔三〕山翁、溪翁：《咸淳臨安志》：山翁亭在縣圃東白雲菴之側，溪翁亭在縣西北之潘洲。

於潛女

青裙縞袂於潛女，兩足如霜不穿屨。䗙沙鬒髮絲穿杼，蓬沓障前走風雨〔一〕。老濞宫粧傳父祖〔二〕，至今遺民悲故主。苕溪楊柳初飛絮，照溪畫眉渡谿去。逢郎樵歸相媚嫵，不信姬姜有齊魯。

〔一〕蓬沓：注見前首公自注下。

〔二〕老濞：王注：指吴越王錢氏。○父祖：《晉書·陸機傳》：我父祖名播四海，寧不知耶？杜甫詩：塞上得阮生，迥繼先父祖。

自昌化〔一〕雙谿〔二〕館下步尋谿源至治平寺〔三〕二首

其一

亂山滴翠衣裘重，雙澗響空窗户摇。飽食不嫌溪筍瘦，穿林閒覓野芎苗。却愁縣令知游寺，尚喜漁人争渡橋。正似醴泉山下路〔四〕，桑枝刺眼麥齊腰。

〔一〕昌化：《太平寰宇記》：昌化縣在杭州西二百四十里。唐初爲紫溪縣，後改唐山。梁爲吴昌。《咸淳臨安志》：太平興國三年，改吴昌縣爲昌化。

〔二〕雙谿：《咸淳臨安志》：雙溪在昌化縣前一百一十步。徐冠《新亭記》略云：縣治之前溪，分南北流。舊有雙溪館，熙寧間，縣令陸元長臨北流爲亭。東坡經游亭上，題詩紀事，有「雙澗響空」之語。

〔三〕治平寺：《武林梵志》：治平寺在昌化縣西一里，舊名忭平。唐大中二年建，開平三年改今額。

〔四〕醴泉山：楊慎《四川通志》：醴泉山在眉州治西八里，環繞州城。山半有八角井，清甘如醴，故名。○按，先生《送程六表弟歸蜀》詩，有「醴泉寺古垂橘柚」之句，今詩中所云醴泉山，即此地也。因昌化而觸蜀中之景，與後篇「夢歸時到錦江橋」意略同。蓋先生宦游所至，田園退歸之念，無時或忘，往往見於篇什。施氏補注本妄引西安醴泉縣，與此何涉？今駁正。

其　二

每見田園輒自招，倦飛不擬控扶摇。共疑楊惲非鋤豆，誰信劉章解立苗？老去尚餐彭澤米，夢歸時到錦江橋〔一〕。宦遊莫作無家客，舉族長懸似細腰。

〔一〕錦江橋：《元和郡縣志》：大江一名汶江，一名流江，經成都縣南七里。蜀中又謂流江爲懸笮橋水，西南兩江，共七橋，李冰所造，上應七星。《太平寰宇記》：蜀濯錦江，即蜀江，水至此濯錦，錦彩鮮潤於他水。《華陽國志》：蜀江衆，多作橋，故蜀立里多以橋爲名。西南兩江有七橋，直西門有冲治橋，西南石牛門曰市橋，城南曰江橋，南渡流曰萬里橋，西上曰夷里橋，上里曰笮橋，從冲治橋西出曰長昇橋。李膺《益州記》：七里橋者，一長星橋，今名萬里；二員星橋，今名安樂；三璣星橋，今名建昌；四夷星橋，今名笮橋；五尾星橋，今名禪尼；六冲星橋，今名永平；七曲星橋，今名昇仙。

於潛僧〔一〕緑筠軒〔二〕

可使食無肉，不可使居無竹。無肉令人瘦，無竹令人俗。人瘦尚可肥，俗士不可醫。旁人笑此言，似高還似癡。若石刻作「欲」對此君仍大嚼，世間那有揚州鶴？

〔一〕於潛僧：名孜，字惠覺，見《參寥子集》。

〔二〕緑筠軒：《咸淳臨安志》：寂照寺在於潛縣南二里豐國鄉。寺舊有緑筠軒，後徙縣齋。寶慶初，避御名，易以此君軒，仍用坡詩，晉王徽之語也。

附參寥作：原題《惠覺孜師緑筠軒》。

緑筠蕭蕭含爽籟，幽姿泠落人誰愛？壁間但有謫仙詞，指坡公也。聲名自到江湖外。當年創軒非壯觀，局促簾櫳日虧蔽。一朝經畫有底難，推倒牆頭了無礙。坐挹西南十里山，彩翠浮空屹相對。開池鑿圃增氣象，佳致真爲一方最。鳥聲嗚春春漸融，蘭芽蕙茁初蒙茸。我來正值新雨後，弄日吹香聞坐中。主人散策邀我步，池南池北聊從容。會待龍孫添夏蔭，借君此地眠清風。

與臨安令宗人〔一〕同年劇飲〔二〕

我雖不解飲，把盞歡意足。試呼白髮感秋人，令唱黄雞催曉曲〔三〕。與君登科如隔晨〔四〕，敝袍霜葉空殘緑。如今莫問老與少，兒子森森如立竹。黄雞催曉不須愁，老盡世人非我獨。

〔一〕宗人：蘇舜舉，字世美，時爲臨安令。見《烏臺詩案》及《欒城集》。

〔二〕同年：《唐書·許孟容傳》：李絳與孟容弟同舉進士，絳曰：「進士、明經，歲百人，吏部得官至千人，私謂爲同年，本非親舊也。」

〔三〕黄雞催曉：出白居易《玲瓏歌》。

〔四〕登科：《石林避暑録》：世以登科爲折桂。注詳下卷《汪覃秀才》詩下。

附子由次韻：《欒城集》題云「次韻子瞻與蘇世美同年夜飲」。

晚歲事游宦，相從未嘗足。羨君四海皆兄弟，棧中直木不容曲。臨安老令況同科，相逢豈厭樽中緑。潦倒誰憐澗底松，歲寒尚有霜前竹。聞道渠家八丈夫，他日歸耕免幽獨。

寶山晝睡〔一〕

七尺頑軀走世塵，十圍便腹貯天真。此中空洞渾無物，何止容君數百人〔二〕。

〔一〕寶山：《西湖志》：遡吴山西上，有寶月山，又東爲淺山，淺山之支爲七寶山。

〔二〕容君數百人：先生自題此詩後云：余在錢塘，一日晝寢於寶山僧舍，起題壁云云。其後有數小子亦題名壁上，見者乃謂予誚之也。周伯仁所謂「君」者，乃王茂弘之流，豈此輩哉！

僧清順〔一〕新作垂雲亭〔二〕

江山雖有餘，亭榭苦一作「著」難穩。登臨不得要，萬象各偃蹇。惜哉垂雲軒，此地得何晚。

天功一作「公」争向背，詩眼巧增損。路窮朱欄出，山破石壁狠。海門浸坤軸，湖尾抱雲巘。葱葱城郭麗，淡淡烟郵遠。紛紛烏宋刻本作「烏」鵲去，一一漁樵返。雄觀快新獲，微景收昔遁。道人真古人，嘯咏慕嵇、阮。空齋卧蒲褐，芒屨每自捆。天憐詩人窮，乞與供詩本。我詩久不作，荒澀旋鋤墾。從君覓佳句，咀嚼廢朝飯。

〔一〕清順：注詳本卷《上元過僧可久房》詩注下。《西湖遊覽志餘》：東坡一日游僧舍，壁間見小詩云：「竹暗不通日，泉聲落如雨。春風自有期，桃李亂深塢。」問誰所作，或以清順對。即日求得之，聲名頓起。〇怡然，《冷齋夜話》作「頤然」。

〔二〕垂雲亭：《咸淳臨安志》：寶巖院，後唐天成二年錢氏建，舊名「乘雲」，治平二年改額。元豐中，僧清順作垂雲亭，又作借竹軒。

附陳述古《垂雲亭》詩：

小亭巉絶出雲間，萬象升沉不得閒。莫怪詩翁頭白早，時來向此寫湖山。

五月十日與吕仲甫〔一〕周邠僧惠勤惠思清順可久惟肅義詮〔二〕同泛湖游北山〔三〕

三吴雨連月，湖水日夜添。尋僧去無路，潋潋水拍簷。駕言徂北山，得與幽人兼。清風洗昏翳，晚景分穠纖。縹緲朱樓人，斜陽半疎簾。臨風一揮手，悵焉起遐瞻。世人鶩朝市，獨向谿山廉。此樂得有命，輕薄宋刻本作「傳」神所殲。

〔一〕呂仲甫：即呂穆仲。

〔二〕僧惟肅、義詮：俱失考。

〔三〕北山：《西湖志》：自寶雲山、葛嶺、棲霞嶺一帶，統謂之北山，以其在西湖之北也。

會客有美堂周邠長官與數僧同泛湖往北山湖中聞堂上歌笑聲以詩見寄因和二首時周有服

其一

藹藹君詩似嶺雲，從來不許醉紅裙。不知野屐穿山翠，惟見輕橈破浪紋。頗憶呼盧袁彥道，難邀罵坐灌將軍。公自注：皆取其有服也。晚風落日元無主，不惜清涼與子分。

其二

載酒無人過子雲，掩關晝卧客書裙。歌喉不共聽珠貫，醉面何因作纈紋。僧侶且陪香火社，詩壇欲歛鸛鵝軍。憑君遍遶湖邊寺，漲緑晴來已十分。

附周開祖原作：此詩從《咸淳志》采出。

堂上歌聲想遏雲，玉人休整碧紗裙。粧殘粉落胭脂暈，飲劇杯深琥珀紋。簪屣定知高楚客，笑談應好却秦軍。莫辭上馬玉山倒，已是遲留至夜分。

席上代人贈别三首

其一

悽音怨亂不成歌，縱使重來奈老何。淚眼無窮似梅雨，一番勻了一番多。

其二

天上麒麟豈混塵，籠中翡翠不由身。那知昨夜香閨裏，更有偷啼暗别人。

其三

蓮子擘開須見膓〔一〕，楸枰著盡更無期。破衫却有重縫日宋刻本作「逢處」，一飯何曾忘却時。

〔一〕葛立方《韻語陽秋》：古辭云：「藁砧今何在？山上復有山。何當大刀頭，破鏡飛上天。」古詞又云：「圍棋燒敗襖，著子故衣然。」皮、陸嘗擬之。陸云：「旦日思雙履，明時願早諧。」皮云：「莫言春璽薄，猶有萬重思。」此皆以下句釋上句，與「藁砧」異矣。《樂府解題》以此格爲風人詩，取陳詩以觀民風之意。至東坡「蓮子擘開須見薏」云云，是文與釋並見於一句之中，與風人意，又小異矣。

留題徐氏花園二首

其一

莫尋群玉山頭路，莫看劉郎一作「京都」觀裏花。但解閉門留我住，主人休問是誰家。

其二

退之身外無窮事，子美生前有盡花。更有多情君未識，不隨柳絮落人家。

慎按：此二首施氏原本不載，諸刻本所載共三首，題云「藏春塢」，今據《外集》，以「莫尋群玉山頭路」云云一首、「退之身外無窮事」一首係此題之下，其「朱閣前頭露井多」一首，題云「密州藏春塢」，分編兩卷，以正諸刻之訛。

唐道人言天目山上俛視雷雨每大雷電但聞雲中如嬰兒聲殊不聞雷震也[一]

己外浮名更外身，區區雷電若爲神。山頭只作嬰兒看，無限人間失箸人。

[一] 天目山雷雨：《咸淳志》引《圖經》云：天目山一名浮玉山，東天目在臨安縣界，西尖峰在於潛縣界，有雷神宅，在西尖峰山半間。

追和子由去歲試舉人洛下所寄暴雨初晴樓上晚景五首

其一

秋後風光雨後山，滿城流水碧潺潺。烟雲好處無多子，及取昏鴉未到間。

其二

洛邑從來天地中[一]，嵩高[二]蒼翠北邙紅[三]。風流耆舊消磨盡[四]，只有青山對病翁[五]。

公自注：謂富公也。

〔一〕洛邑：《輿地廣記》：西京河南府，周成王作洛邑，今曰王城是也。《邵氏聞見録》：洛陽形勢，郟鄏山在西，邙山在北，成皋在東，闕塞直其南。隋文帝登邙山，對闕塞歎曰：「真天闕也！」

〔二〕嵩高：《名山記》：嵩山在登封縣東十里，五岳之中岳也。山有三峰，中曰峻極，東曰太室，西曰少室。

〔三〕北邙：《名山記》：北邙山在偃師縣北。《水經注》以爲芒山。《元和郡縣志》：北邙西自洛陽縣界，東入鞏縣界。舊説是隴山之尾，乃衆山總名。連嶺修亘，四百餘里。

〔四〕耆舊：《邵氏聞見録》：元豐五年，文潞公留守西京，時富鄭公以司徒致仕。乃集洛中卿士大夫年德高者，爲耆英會。就資聖院建大厦，曰耆英堂。命鄭奂畫像其中。時富公年七十九，潞公與席汝言皆七十七，王尚恭七十六，趙丙、劉几、馮行已皆七十五，楚建中、王慎言皆七十二，張問、張壽皆七十，王拱辰時留守北京，願與其會，年七十一。獨司馬公年未七十，亦請入會，凡十三人。洛陽多名園、古刹、水竹、林亭之勝，諸老鬚眉皓白，衣冠甚偉，每宴集，都人隨觀之。

〔五〕病翁：《富鄭公神道碑》：公名弼，字彦國，河南人。熙寧二年八月，以病辭位，出判河南，改汝州。公言：「新法臣所不曉，不可以復治郡，願歸洛養病。」許之，尋封鄭國公，致仕。六年閏六月，薨於洛陽私第。○按，子由赴洛，在五年，公已卧病矣。

其　三

白汗翻漿午景前，雨餘風物便蕭然。應傾半熟鵞黄酒，照見新晴水碧天〔一〕。

〔一〕水碧：程大昌《演繁露》：李白詩多言「采水碧」，碧，玉類也，水中有此碧也，《字書》云：玉之縹青者。古大夫佩水蒼玉，殆用此乎？

其　四

疾雷破屋雨翻河，一掃清風未覺多。應似畫師吴道子，高堂巨壁寫降魔〔一〕。

〔一〕寫降魔：張彦遠《歷代名畫記》：吴道玄，陽翟人，任兖州瑕邱縣尉。初名道子，玄宗召入禁中，改名道玄。工畫，下筆有神，名曰畫聖。西京唐安寺菩提院北壁《降魔變相》，道子畫也。此段施注所有，新刻本删去，今補録。○按，《傳燈録》：天魔念世尊成道，且受折抑，率衆作難，世尊以指按地，地大震，魔皆顛仆，於是降之。

其　五

客路三年不見山，上樓相對夢魂間。明朝却踏紅塵去〔一〕，羞向清伊照病顔〔二〕。

〔一〕踏紅塵：白居易《詠拙》詩：亦曾舉兩足，學人踏紅塵。

〔二〕清伊：《水經注》：伊水逕前亭西。《名勝志》：伊水出南陽縣西蔓渠山，東北過伊闕中，又東過洛陽縣南，入於洛。

附子由原作：《欒城集》題云「洛陽試院樓上新晴五絶」。

縹緲危譙面面山，朝來雲作雨潺潺。忽然風卷歸何處？百里陰晴反掌間。

嵩少猶藏薄霧中，前山迤邐夕陽紅。高樓一閉三十日，遥憶巖頭種藥翁。

伊闕遥臨鳳闕前，龍門女几氣蒼然。唐朝御路依稀在，猶想東巡塵暗天。

天壇王屋北侵河，高比嵩邱一倍多。小有清靈今尚在，俗緣深重奈成魔。

前朝宫闕倚芒山，殿閣層層半嶺間。猶恐北來岡阜淺，太行東抱故孱顔。

過廣愛寺見三學演師觀楊惠之塑寶山〔一〕朱瑶畫文殊普賢〔二〕

其一

寓世身如夢，安閒日似年。敗蒲翻覆卧，破衲再三連。勸客眠風竹，長齋飲石泉。回頭萬事錯，自笑覺師賢。右《和見三學演師》。

〔一〕廣愛寺楊惠之塑寶山：《名畫録補遺》：楊惠之於河南府廣愛寺三門上，塑五百羅漢及山亭院楞伽山。先是，惠之將塑楞伽山，乃爲大義浄三藏咒其土，故至今蠕物飛禽悉不敢至山所。唐末黄巢亂，京洛焚毁寺宇，惟惠之手迹率不殘毁。《名畫補遺·塑作門》神品三人，惠之其一也。

〔二〕朱瑶：《名畫録》：朱瑶字温琪，學吴道子筆迹，由是知名。客遊雍、洛時，河南府全真觀請瑶畫經相及周廡、中門列壁，世稱神筆。

附子由原作：《欒城集》題云「將出洛城過廣愛寺見三學演師」。

寺古依喬木，僧閒正暮年。爲生何寂寞，愛客尚流連。虚牖羅修竹，空厨響細泉。坐聽談舊事，遍識洛中賢。

其二

妙迹苦難尋，兹山見幾層。亂峰螺髻出，絶澗陣雲崩。措意元同畫，觀空欲問僧。莫教林下意，終老歎何曾。右《和觀楊惠之塑寶山》。

附子由原作：

虚室無尋丈，青山有百層。迴峰看不足，危石恐將崩。聽法來天女，依巖老梵僧。須彌傳納芥，觀此信還曾。

其　三

朱瑶唐晚輩，得法尚雄深。滿寺空遺迹，何人識苦心？長廊欹雨脚，破壁撼鐘音。成壞一作「敗」無窮事，他年復弔今。右《和朱瑶畫文殊普賢》。

附子由原作：

壁毁丹青在，移來殿廡深。賦形驚變態，觀佛覺無心。旌旆翻空色，笙竽含妙音。風流出吴樣，遺法到如今。

韓子華〔一〕石淙莊〔二〕

絳侯百萬兵，尚畏書牘背。功名意不已，數與危機會。我公抱絶識，凛凛鎮横潰。欲收伊吕迹，遠與巢由對。誓言雖未從，久已斷諸内。區區爲懷祖，頗覺羲之隘。此身隨造物，一葉舞澎湃。田園不早定，歸宿終安在？彼美石淙莊，每到百事廢。泉流知人意，屈折作濤瀨。寒光洗肝膈，清響跨竽籟。我舊門前客，放言不自外。園中亦何有？薈蔚可勝計。請公試回首，歲晚餘蒼檜。

〔一〕韓子華：《宋史》：韓絳，字子華。舉進士甲科，歷事仁宗、英宗。及神宗立，以韓琦薦，拜樞密副使。代陳升之同制置三司條例。熙寧三年，參知政事。出爲陝西宣撫使，即軍中拜中書門下平章事、昭文館大學士。慶卒作亂，罷知鄧州。明年，以觀文殿學士徙許州。按，子由赴洛，正知許州時也。

〔二〕石淙莊：《欒城集》自注云：水中有石曰淙，唐天后朝，嘗宴群臣於此，石刻尚存。《名勝志》：石淙山在登封縣東南三十里，則天與群臣會飲於此，賦詩。薛曜序云：石淙者，俗謂之平樂澗。近接嵩嶺，俯届箕峰，瞻少室兮若連，睇潁水兮如帶。

慎按：此詩施氏原注稱，子華遵忠憲公之命，服闋誓墓，年五十，請謝事，上疏引王羲之去郡不仕云云。章屢上不允，先生此詩「誓言雖未從」四句，乃用子華表語，其推重子華如此。愚謂不然。按，子華前後兩入相，皆在熙寧中，初創役法之議，安石倚以爲助。後與吕惠卿不合，請帝再用安石計，其歷仕三朝，出入中外，垂四十年。至元祐初，年七十六，始請老致仕。生平汲汲仕宦，不甘閒退，概可知矣。以史傳考之，熙寧三年，自副樞密出爲陝西宣撫，以素不習兵，致慶卒作亂，罷知鄧州。此詩起四句，用絳侯事，正指此。既而移許州，進觀文殿大學士，再相之機，駸駸已兆。而謂跡同伊、吕，心慕巢、由，天下其誰信之？故一則曰「誓言雖未從」，再則曰「田園不早定」。此身碌碌，方以官爲家，彼石淙莊者，洵美而非吾土，其可謂歸宿之地乎？故終之以勸勉之詞，曰「請公試回首，歲晚餘蒼檜」。雖自托於放言，實緣賓舊之故而不敢自外。一篇之中，三致意焉，所謂君子愛人以德也。覽者不考生平，猥舉誓墓一節，謂子華爲恬退一流，失作者本旨矣。

附子由原作：

飛泉來無窮，發自嵩嶺背。奔馳兩山間，偶與亂石會。傾流勢摧毁，泥土久崩潰。堅姿未消釋，巀嶭儼相對。居然受噴潑，雷轉諸竅内。初喧墮深谷，稍放脱重隘。跳沫濺霏微，餘瀾洶澎湃。宸遊昔事遠，絶壁遺刻在。人跡久寂寥，物理係興廢。相君厭紛華，築室俛湍瀨。濯纓離塵垢，洗耳聽天籟。將追赤松遊，自置青雲外。道人亦何者，預此事歸計。猶恐山未深，更種萬株檜。

慎按：子由於熙寧壬子八月赴洛陽，於妙覺寺考試舉人，及還，道出嵩、少之間，至許昌，往返詩共二十六首，東坡所和《暴雨初晴樓上晚景》五首、《過廣愛寺》三首、《韓子華石淙莊》一首，共九首，諸刻本但以《暴雨初晴》五首爲和子由作，今移「五首」二字於首題之下，而《廣愛寺》三首、《石淙莊》一首類附於後。

東坡先生編年詩卷十

古今體詩五十八首起癸丑立秋，盡九月，在杭州通守任作。

立秋日禱雨宿靈隱寺同周徐二令〔一〕

百重堆案掣身閒〔二〕，一葉秋聲對榻眠。牀下雪霜侵户月，枕中琴筑落階泉。崎嶇世路宋刻本作「味」嘗應遍，寂寞山棲老漸便。惟有憫一作「悶」者，訛農心尚在，起占一作「瞻」雲漢更茫然。

〔一〕二令：注見前。

〔二〕堆案：少陵有《早秋苦熱堆案相仍》詩。

附子由次韻：

世故紛紛誰復閒，蛟龍不雨獨安眠。人間已厭三秋旱，澗底猶慳一掬泉。廟令酒肴時醉飽，田家糠粃久安便。憂心未已誰知卹，更把爐香試一然。

游靈隱寺戲贈開軒李居士〔一〕

推倒垣牆也不外集作「有底」難，一軒復作兩軒看。若教從此成千里，巧歷如今也被謾。

〔一〕開軒李居士：《咸淳臨安志》：開軒在合澗橋西北，元祐中，有李居士者居此，與東坡往還，名失考。

慎按：此詩施氏原本不載，《外集》編第四卷倅杭時作。本題下自注，有「李佖節推」四字，則李居士即李佖也。《咸淳志》失於詳考，今補注。

病中獨遊净慈謁本長老周長官以詩見寄仍邀遊靈隱因次韻答之〔一〕

卧聞禪老入南山〔二〕，净掃清風五百間〔三〕。我與世疎宜獨往，君緣詩好不容攀。自知樂事年年減，難得高人日日閒。欲問雲公覓心地，要知何處是無還。公自注：《楞嚴經》云：我今示汝無所還地。

〔一〕净慈：《名勝志》：南屏山在僊姥墩西南，中峙者爲慧日峰，錢王弘俶建永明院於前。南渡時，永明院燬，復興。紹興九年，賜額净慈寺。今按，北宋時有净慈之名，不始於南渡也。

〔二〕禪老：《釋氏稽古略》：元豐初，蘇州瑞光寺禪師宗本移住杭州净慈寺，奔走天下，禪子道場甚盛。○慎按，是時有兩本長老，一圓照禪師宗本，姓管氏，熙寧中住净慈，見《傳燈録》。其一大通禪師善本，姓董氏，元祐初亦住净慈。見《續燈録》。世謂之大、小本。先生守杭時，有《送小本禪師赴法雲》詩。此作在倅杭時，其爲大本無疑也。

〔三〕五百間：《釋氏稽古略》：杭州永明寺禪師道潛謁法眼益禪師，益曰：「子向後有五百毳徒爲王侯所重。」至廣順元年，吴越忠懿王建慧日永明寺，請師居之。師請塔下羅漢過新寺，符王之先夢也。《咸淳臨安志》：净慈寺中有五百羅漢堂，曹勛作《五百羅漢記》。

附周開祖原作：

放歸騶騎獨尋山，直入青蘿翠靄間。謝客杖藜方自適，阮公蠟屐許誰攀？何愁白髮能添老，須信黄金不買閒。應向林泉真得趣，徜徉終日未經還。

慎按：本集先生倅杭時，與開祖唱酬甚多，惜開祖詩傳流絶少。今從王氏舊注中采出此詩，附録於後，其詩序冗長，不具載。

病中遊祖塔院〔一〕

紫李黄瓜邨路香，烏紗白葛道衣凉〔二〕。閉門野寺松陰轉，欹枕風軒客夢長。因病得閒殊不惡，安心是藥更無方。道人不惜階前水，借與匏樽自在嘗。

〔一〕祖塔院：《咸淳臨安志》：祖塔法雲院，唐開成二年欽山法師建。舊名資慶，大中八年改大慈。開運二年改仁壽。太平興國六年改賜今額。《武陵梵志》：定慧禪寺，俗稱虎跑寺。唐元和中僧寰中建，賜額廣福院。其創建年月互異，未詳孰是。

〔二〕白葛：杜甫詩：韶州白葛輕。

慎按：《名勝志》載先生《虎跑泉》七律一首，即次《游祖塔院》韻，必係同時作。子由和二章，先生原唱亦應有二首。今采入《逸詩》卷中。

附子由次韻二首：原題云「次韻子瞻病中游虎跑泉僧舍」。

掃地開門松檜香，僧家長夏亦清凉。公庭多事久來厭，静處安眠計甚長。修竹塡窗藤簟緑，白蓮當户石盆方。香厨晚飯紅粳熟，忽憶烹雞田舍嘗。

澗谷新晴草木香，野情蕭散自生凉。雨添山色翠將溜，日轉松陰晚更長。病客獨來惟有睡，游僧相見亦他方。還家煩熱都消盡，不信醫王與藥嘗。

虎跑泉〔一〕

亭亭石塔東峰上，此老初來百神仰。虎移泉眼趁行脚，龍作浪花供撫掌〔二〕。至今游人盥濯罷，卧聽空堦環玦響。故知此老如此泉，莫作人間去來想。

〔一〕虎跑泉：《咸淳臨安志》：大慈山有虎跑泉。宋濂《虎跑泉寺碑記》云：虎跑泉在杭之南山大慈定慧禪院。唐元和十四年，性空大師來游慈山，棲禪其中。○慎按，宋釋贊寧所撰《高僧傳》：杭州大慈山，寰中姓盧氏，蒲坂人。年二十五，隨計中甲科，遭母憂，服闋，往北京童子寺出家。初隱南嶽常樂寺，其地乏水。俄而，深宵有虎嗥嘯盧側，詰旦視之，泉坼地而湧，足其汲用。後之杭，浙江之北有山，曰大慈，旋成巨院。後終，窆於塔所。又云：常樂寺山，虎跑泉當中，公滅日，忽焉乾涸云云。據本傳所載，虎跑泉在南嶽常樂山，不云在大慈也。大慈之有虎跑泉，後人托名，所未可知。但相傳既久，先生詩尚云爾，《郡志》、《梵志》，固無足辨也。

〔二〕撫掌：《成化杭州志》：玉泉寺，在錢塘門西青芝塢南。齊建元中，靈悟禪師曇超卓菴講經，龍於菴前撫掌，泉自湧出，號撫掌泉。

佛日山榮長老方丈五絶〔一〕

〔一〕《咸淳臨安志》：東坡熙寧六年七月五日，自長安堰還，來游，留贈長老榮公詩五首。

其　一

陶令思歸久未成，遠公不出但聞名。山中只有蒼髯叟〔二〕，數里蕭蕭管送迎。

〔一〕佛日：《太平寰宇記》：臯亭山西爲黄鶴山，舊有黄鶴樓，在山巔。吴越錢氏建佛日院於此。《咸淳臨安志》：佛日山在母山之東北，中有佛日浄慈寺。施氏原注：佛日山在城東北四十里，天福七年建佛日院，祥符元年改爲浄慈。《武陵梵志》：明教嵩禪師道場也。〇慎按，《北史》：客問三教優劣，李士謙曰：「佛，日也。道，月也。」佛日之義取此。

〔二〕蒼髯叟：《武陵梵志》：佛日山徑下有大松，皆唐宋物。

其　二

千株玉槊攙雲立，一穗珠旒落鏡寒。何處霜眉碧眼客，結爲三友冷相看。

其　三

東麓雲根露角牙，細泉幽咽走金沙〔一〕。不堪土肉埋《咸淳臨安志》作「藏」山骨，未放蒼龍浴渥注〔二〕。

〔一〕金沙：《咸淳臨安志》：金沙泉在仁和縣永和鄉，引先生詩爲據。

〔二〕渥注：《咸淳臨安志》引《祥符志》云：黄鶴山在佛日之北，高百餘丈，巔有龍池，一名渥注。出雲必雨。周必大《吴郡諸山録》：净慧院面對黄鵠峰，堂後有渥注泉，出石罅中。

其　四

食罷茶甌未要深，清風一榻抵《咸淳臨安志》作「直」千金。腹摇鼻息庭花落，還盡平生未足心。

慎按：施氏補注新刻本《續補遺》下卷重載此詩，改題云「睡起」。刻書草率，致有此病。今存此而删彼，附志於此。

其　五

日射西施氏原本作「回」廊午枕明，水沉燒《臨安志》作「銷」盡碧烟横。山人睡覺無人見，只《咸淳志》作「惟」有飛蚊繞鬢鳴。

弔天竺海月辯師三首〔一〕

其一

欲尋遺跡强沾裳，本自無生可得亡。今夜生公講堂月，滿庭依舊冷如霜。

〔一〕海月：《釋氏稽古略》：杭州天竺靈山寺慈雲靈照尊者名遵式，示寂後，嗣法者明智太師祖韶。韶有二弟子，曰慧辨，即海月禪師。曰元浄，即辯才法師也。海月，華亭人。本集《海月真贊序》云：錢塘佛者之盛，甲於天下，於僧職正、副之外，别補都僧正一員，號爲僧官。余通守錢塘時，海月大師慧辨實在此位。一日師卧疾，使人請余入山，適未暇。旬餘乃往視，則師之化四日矣。余至乃闔棺，趺坐如生。

其二

生死猶如臂屈伸〔一〕，情鍾我輩一酸辛。樂天不是蓬萊客，憑仗西方作主人〔二〕。

〔一〕臂屈伸：《十六觀行經》云：譬如壯士，屈伸臂頃，即生西方。

〔三〕樂天：白居易詩：海山不是吾歸處，歸即須歸兜率天。後二句用此意。

其　三

欲訪浮雲起滅因，無緣却見夢中身。安心好住王文度，此理何須更問人。

慎按：《天竺事跡》：熙寧六年七月十七日，海月大師慧辨晨起盥漱，謝衆，趺坐而寂。杭州通守蘇公弔以三詩，序而贊之，云云。據此，先生詩當是七月所作。施氏原本訛編下卷，今改正。

孤山二咏并引

孤山有陳時柏二株，其一爲人所薪，山下老人自爲兒時，已見其枯矣。然堅悍如金石，愈於未枯者。僧志詮作堂於其側，名之曰柏堂，堂與白公居易竹閣相連屬。余作二詩以紀之。

柏　堂〔一〕

道人手種幾生前，鶴骨龍筋《咸淳志》作「姿」尚宛然。雙榦一先神物化，九朝三見太平年〔二〕。忽驚華構依巖出，乞與佳名到處傳。此柏未枯君記取，灰心聊伴小乘禪。

〔一〕柏堂：《咸淳臨安志》：陳文帝天嘉二年，建廣化寺。寺有當時所植兩柏。舊本云，蘇軾嘗作詩以記，今有小亭，孝宗御書此詩刻石亭上。東坡作《孤山二咏序》云云，堂久廢。

〔二〕三見太平年：謂隋、唐、宋也。《漢書·食貨志》：凡三登曰太平。

附楊蟠《柏堂詩》：從《臨安志》采出。

零落雪霜後，猶含千載春。一株化爲石，誰是種時人？

附郭祥正《柏堂詩》：從《臨安志》采出。

歲老枝葉簡，春深香氣新。可憐湖上檜，曾識井中人。

竹閣〔一〕

海山兜率兩茫然〔二〕，古寺無人竹滿軒。白鶴不留歸後語，蒼龍猶是種時孫。兩叢恰似蕭郎筆〔三〕，千畝空懷渭上村。欲把新詩問遺像，病維摩詰更無言。

〔一〕竹閣：《傳燈録》：鳥窠禪師名道林，富陽潘氏子，出家後，見西湖之北秦望山有長松，盤屈如蓋，遂棲止其上。元和間，白居易刺杭，數從問道。乃起竹閣於湖上，近師之居，以便參益。○按，《高僧傳》：鳥窠禪師名圓修，與《傳燈》異。白居易詩：晚坐松簷下，宵眠竹閣間。《咸淳臨安志》：白公竹閣，舊在廣化寺柏堂之後。王象之《碑目》：唐白舍人《鳥窠禪師問答頌》，在定業院。

〔二〕兜率：《楞嚴經》：欲界六天：一四天王天，二忉利天，三夜摩天，四兜率天，五化樂天，六曰他化自在天。

〔三〕蕭郎：名悦，善畫竹，唐人。詳見《白樂天集》。

與述古自有美堂乘月夜歸〔一〕

娟娟雲月稍侵軒，瀲瀲星河半隱山。魚鑰未收清夜永，鳳簫猶在翠微間。凄風瑟縮經絃柱〔二〕，香霧凄宋刻本作「萋」，疑當作「低」迷著髻鬟。共喜使君能鼓樂，萬人争看火城還。

〔一〕有美堂：注見第九卷。

〔二〕絃柱：施氏原注引《玉臺新咏・朝時篇》：纖絃促柱。

附子由次韻：

飲闌鐘虡欲移軒，香霧猶殘金博山。明月飛來松嶺外，遊人散落馬蹄間。城嚴畫鼓初傳角，路暗山花自落鬟。清境暫時都不見，夜深人静始來還。

有美堂暴雨

遊人脚底一聲雷，滿座頑雲撥不開。天外黑風吹海立〔一〕，淛東飛雨過江來〔二〕。十分瀲灔金樽凸，千杖敲鏗羯鼓催〔三〕。唤起謫僊泉灑面，倒傾鮫室瀉瓊瑰。

〔一〕黑風：《法華經·普門品》：若有衆生入於大海，假使黑風吹其船舫，漂墮羅刹鬼國。○海立：《容齋隨筆》：東坡《有美堂會客》詩，頷聯云「天外黑風吹海立，浙東飛雨過江來」，讀者疑海不能立。黄魯直曰：「蓋是爲杜老所誤。」因舉《三大禮賦·朝獻太清宫》云：「九天之雲下垂，四海之水皆立」以告之。二者皆句語雄俊，前無古人。坡《和陶·停雲》詩，有「雲屯九河，雪立三江」之句，亦用此也。

〔二〕浙東：《石林避暑録》：《水經》兩浙獨略，浙江謂之漸江。余意「漸」江，即「浙」字，欽訛分爲二。酈道元注引《地理志》「浙江出丹陽黟南蠻中」①者，是矣。然浙江不見於《禹貢》，以錢塘江爲浙江，始於《秦紀》。陸廣微《吴地記》：漢順帝永建四年，山陰殷重獻策，分江置兩浙。詔司空王襲封從錢塘江中分，向東爲會稽郡，向西爲吴郡。

〔三〕杖：南卓《羯鼓録》：杖用黄檀、花楸等木。○慎按：南卓，唐肅、代時人，有和張志和《漁父

①「蠻」，原作「率」，據葉夢得《避暑録話》改。

辭》。施氏補注訛作「南京」，可發一笑。

附賈耘老《有美堂》詩：

自刊宸畫入雲端，神物應知護翠巒。吴越不藏千里色，斗牛嘗占一天寒。四簷望盡回頭懶，萬象搜來下筆難。誰信静中疎拙意，略無踪跡到波瀾。

慎按：耘老所著，有《懷蘇集》，世不傳。偶閲《庚溪詩話》，云：有美堂士大夫留題甚衆，東坡倅杭，令吏盡録之，而未著其姓名，默定詩之高下，遂以賈收詩爲冠。其詩云云。皖上陳焯《宋元詩會》中，亦選此詩，今因題附録。

八月十五日看一作「觀」潮五絶

其一

定知玉兔十分圓，已作霜風九月寒。寄語重門休上鑰，夜潮留向月中看。

其二

萬人鼓噪懾吴儂，猶是宋刻本作「似」浮江老阿童。欲識潮頭高幾許〔一〕，越山渾在浪花中。

〔一〕潮頭：《越絶書》：子胥死，其神依潮往來，有見其素車白馬於潮頭者。

其　三

江邊身世兩悠悠，久與滄波共白頭。造物亦知人易老，故教江水向宋刻本作「更」西流〔一〕。

〔一〕江水西流：枚乘《七發》：江水逆流，海水上潮。蓋江水本自東流，潮自海門逆入，江勢不能敵，往往隨潮西流。

其　四

吴兒生長狎濤淵〔一〕，冒利輕《烏臺詩案》作「忘」生不自憐。東海若知明主意，應教斥鹵變桑田。公自注：是時有旨，禁弄潮。

〔一〕狎濤：《咸淳臨安志》：每中秋既望，潮怒特甚。杭人執旗泅水上，以迓子胥。弄潮之戲，蓋始於此，往往有沉没者。治平中，郡守蔡襄作《戒弄潮》文。熙寧中，兩浙察訪使李承之奏請禁止。然終不能遏也。

《烏臺詩案》：熙寧六年，任杭州通判，因八月十五日觀潮，作詩五首，寫在安濟亭上。前三首並無譏諷，至第四首云云，言弄潮之人貪官中利物，致其間有溺而死者，故朝旨禁斷。軾謂主上好興水利，不知利少而害多。言「東海若知明主意，應教斥鹵」之地盡「變桑田」，此言事之必不可成者，譏諷朝廷水利之難成也。其詩係册子内。

其　五

江神河伯兩醯雞，海若東來氣吐霓〔一〕。安得夫差水犀手，三千强弩射潮低〔二〕。公自注：吴越王嘗以弓弩射潮頭，與海神戰，自爾水不近城。

〔一〕海若東來：《咸淳臨安志》：海門在仁和縣東北六十五里。有山曰赭山，與越州龕山對峙，潮水出入其間。郭璞所謂「海門一點巽山小」，指此。

〔二〕射潮：《吴越備史》：梁開平四年八月，始築捍海塘。王因江濤衝激，命强弩五百，以射潮頭，既而潮遂趨西陵。

東陽水樂亭〔一〕宋本公自注：爲東陽令王都官概作。

君不學白公引涇東注渭，五斗黄泥一鍾水。又不學哥舒横行西海頭，歸來羯鼓打涼州一作「梁州」。但向空山石壁下，愛此有聲無用之清流。流泉無絃石無竅，强名水樂人人笑。慣見山僧已厭聽，多情海月空留照。洞庭不復來軒轅，至今魚龍舞鈞天。聞道磬襄東入海，遺聲恐在海山間。鏘然澗谷含宫徵，節奏未成君獨喜。不須寫入薰風絃，縱有此聲無此耳。

〔一〕水樂亭：《元和郡縣志》：東陽縣西去婺州一百五十里。《名勝志》：縣南有山，三峰相對，曰東峴、西峴。飛瀑數丈，自巔而下，注於澗，淙淙如漱玉。宋熙寧中，縣令王概作亭澗上，號水樂亭。與公自注正合。施氏注則云：「錢塘、東陽皆有水樂洞。」未嘗以水樂洞專屬錢塘。惟潛説友《咸淳臨安志》則謂烟霞嶺下，舊爲錢氏西關净化院。有洞，虚窈渟涵如淵。洞中有水，聲如金石。熙寧二年，守鄭公獬名之曰水樂洞。後二年，東坡來爲倅，遂賦詩。近歲有施宿父子注蘇詩，引《志林》云：「此詩爲東陽令王都官作。」今考《志林》，初無此語。按，坡倅杭，凡三年，足跡遍湖山。如楊村風水洞，遠在五十里外，游且至再。安有近在城南隅，乃不一到？再詳詩中語，有「多情海月空留照」、「遺聲恐在海山間」，若婺之東陽，介在萬山，烏睹所謂海？其指錢塘巖洞甚明。太傅平章賈公嘗得此詩真跡，題云「右賦東陽水樂亭」，亦無「爲王令作之」語。蓋此地隸東陽村，亦猶風水洞之在楊村也。

慎按：《咸淳臨安志》，南宋潛説友所撰，成於咸淳四年，正賈似道柄國時。水樂洞適爲賈所得。《志》中極爲鋪張巖壑亭臺之勝，特欲借坡公爲重，以逢合當局。意其所辨證，似難取信。余於杭州名勝，引用此書，不一而足。獨此條未敢輕徇。一證之宋刻居世英家大字本，題下有「爲東陽令王都官槩作」九字，再證之元人黄晉卿集《記水樂亭》詩一則，今摘數語：東陽，婺大縣。宋王君槩爲令，在熙寧時。嘗登西峴山，作亭泉上，名水樂。二蘇公咸爲賦詩。亭既廢，好事者或以其詩刻置杭之南山水樂洞，猶存其舊題，曰「東陽」云云。據此，可證《咸淳志》之謬，竊幸余之駁辨，乃非臆説也。

附子由和：

君不見武安前堂立曲旃，官高利厚多憂患。又不見夏侯好伎貧無力，簾箔爲衣人莫識。兩人操行雖不同，辛苦經營實如一。不如君家激水石中流，聽之有聲百無憂。笙竽窅渺度溪谷，琴筑凄咽穿林邱。高人處世心淡泊，衆聲過耳皆爲樂。退食委蛇石上眠，幽音斷續牀頭作。政如古人樂易多，歡娱積土爲鼓塊爲桴。但能復作太古意，君家水樂真有餘。

與周長官李秀才游徑山二君先以詩見寄次其韻二首[一]

其一

少年飲紅裙，酒盡推不去。呼來徑山下，試與洗塵霧。癡馬惜障泥，臨流不肯渡。獨有汝南君，從我無朝暮。肯將紅塵脚，暫着白雲屨。嗟我與世人，何異笑百步？功名一破甑，棄置何用顧。更憑陶靖節，往問征夫路。右答周長官。

〔一〕周、李：按，《烏臺詩案》：熙寧六年，因往諸縣提點，到臨安縣，隔得一兩日，周邠、李行中二人亦來，與軾同遊徑山，周邠作詩一首，軾和答。即後「勝」字韻詩也。

其二

龍亦戀故居〔一〕，百年尚來去。至今雨雹在，殿閣風纏霧。而我棄鄉國，大江忘北渡。便欲此山前，築室安遲暮。又恐太幽獨，歲晚霜入屨。同游得李生，仄足隨蹇步。孔明不自愛，臨老起三顧。吾歸便却掃，誰踏門前路？右答李秀才。

〔一〕龍戀故居：蔡襄《徑山記》：其間小井，故龍湫也。歲率一來，雷雨暝曀。

附子由次韻一首：

我兄東南遊，我亦夢中去。徑山聞已熟，往意穿雲霧。夢經山前溪，足冷忽先渡。舉頭雲峰合，到寺霜日暮。香厨饌巖蔌，野徑踏藤屨。平生共遊處，蹇足躡高步。崎嶇每生胝，眩晃屢回顧。何年棄微官，携手衆山路？

臨安三絶

將軍樹

阿堅澤畔菰蒲節，元德牆頭羽葆桑。不會世間閒草木，與人何事管興亡？

錦　谿〔一〕

楚人休笑沐猴冠，越俗徒誇翁子賢。五百年間異人出，盡將錦繡裹山川〔二〕。

〔一〕錦谿：《晏公類要》：石鏡谿在臨安縣東南一里。《咸淳臨安志》：石鏡谿一名錦谿。

〔二〕錦繡裹山川：《湘山野録》：開平元年，梁太祖封錢鏐爲吴越王，改臨安縣爲衣錦軍。是年，省塋墓，延故老，旌鉞鼙吹，振耀山谷。自昔游釣之所，盡蒙以錦繡，爲牛酒，大陳鄉飲。别張蜀錦，爲廣幄，以飲鄉婦。凡男女八十以上，金樽；百歲以上，玉樽。鏐起執爵，於席自唱《還鄉歌》以娱賓。曰：三節還鄉兮挂錦衣，吴越一王駟馬歸，臨安道上列旌旗。碧天明明兮愛日輝，父老遠近來相隨。家山鄉眷兮會時稀，斗牛光起兮天無欺。

石　鏡〔一〕

〔一〕一本作「照」，訛。

山雞舞破半巖雲，菱葉開殘野水春。應笑武都山下土，枉教明月殉佳人。

〔一〕石鏡：《太平寰宇記》：山之東峰有石鏡，徑二尺七寸，其光照人如鏡，不爽毫髮。《咸淳臨安志》：衣錦山舊名石鏡山，在縣南一里，高二十六丈，周二百六十步。

登玲瓏山〔一〕

何年僵立兩蒼龍，瘦脊盤盤尚倚空。翠浪舞翻紅罷亞〔二〕，白雲穿破碧玲瓏。三休亭上工延月〔三〕，九折巖前巧貯風〔四〕。脚力盡時山更好，莫將有限趁無窮。

〔一〕玲瓏山：《咸淳臨安志》：玲瓏山在縣西二十里，兩山屹起，盤屈凡九折，上通絶頂，名曰九折巖。南行百許步，有亭，下瞰百里山，名曰三休亭。

〔二〕紅罷亞：慎按，王注引杜牧詩云：罷亞百頃田，西風吹半紅。考牧之詩，叶「陽」韻，乃「半黄」，非「半紅」也。注家傅會遷就，往往竄改古人句以爲注脚，今駁正。

〔三〕三休亭：注見上。

〔四〕九折巖：注詳本卷《洞霄宫》詩「九鎖」注中。

宿九僊山〔一〕公自注：九僊謂左元放、許邁、王、謝之流。

風流王謝古僊真，一去空山五百春。玉室金堂餘漢士〔二〕，桃花流水失秦人。困眠一榻香凝帳，夢遶千巖冷逼身。夜半老僧呼客起，雲峰缺處湧冰輪。

〔一〕九僊山：《咸淳臨安志》：九僊山在臨安縣西十二里，葛洪、許邁煉丹之地。

〔二〕玉室金堂：《晉書·許邁傳》：邁，字叔遐。嘗謂餘杭垂霤山是洞庭西門，於是立精舍，而往來茆嶺之洞室。永和二年，移入臨安西山，乃改名元，字遠遊。與王羲之書曰：「自山陰至臨安，多金堂玉室，僊人芝草，漢末諸得道者在焉。」

陌上花〔一〕并引

遊九僊山，聞里中兒歌《陌上花》，父老云：吴越王妃，每歲春必歸臨安。王以書遺妃曰：「陌上花開，可緩緩歸矣。」吴人用其語爲歌，含思宛轉，聽之凄然。而其詞鄙野，爲易之云。

其　一

陌上花開蝴蝶飛，江山猶是昔人非。遺民幾度垂垂《咸淳臨安志》作「年年」老，游女長歌緩緩歸。

〔一〕陌上花：謝皋羽《晞髮集·歸朝曲》：勾吳月令牽牛中，翟茀乘風來閟宮。又云：先王蒸嘗澤有差，上恩許歌《陌上花》。自注：吴越王妃以開寶九年三月隨王入朝。《五代史》：吴越錢弘俶，宋太祖時常來朝，遣還國。太平興國三年，詔俶來朝，始舉族歸京師。

其　二

陌上山花無數開，路人争看翠軿來。若爲留得堂堂去，且更從教緩緩回。

其　三

生前富貴草頭露，身後風流陌上花。已作遲遲君去魯，猶教緩緩妾還家。

遊東西巖〔一〕公自注：即謝安東山也。

謝公含雅量，世運屬艱難。況復情所鍾，感概萃中年。正賴絲與竹，陶寫有餘歡。嘗恐兒輩覺，坐令高趣闌。獨攜縹緲人，來上東西山。放懷事物外，徙倚弄雲泉。一旦功業成，管、蔡復流言。慷慨桓野王，哀歌和清彈。挽鬚起流涕，始知使君賢。意長日月促，卧病已辛酸。慟哭西州門〔二〕，往駕那復還。空餘行樂處，古木昏蒼烟。

〔一〕東西巖：《韻語陽秋》：會稽、臨安、金陵皆有東山，俱傳以爲謝安攜妓之所。按，謝安本傳：初，寓居會稽，與王羲之、許詢、支遁遊處。被召不至，遂棲遲東山。此會稽之東山也。本傳又云：安嘗往臨安山中，坐石室，臨濬谷，悠然歎曰「此與伯夷何遠？」今餘杭縣有東山，東坡《遊東西巖》詩注云：即謝安東山。此臨安之東山也。本傳又謂，及登臺輔，於土山營墅，樓館林竹甚盛，每攜中外子姪游集。今土山在建康上元縣崇禮鄉。《建康事迹》云：安石於此擬會稽之東山。此金陵之東山也。○慎按，葛常之所考正，校施氏原注尤爲明晰，但止言東山，而不及西山。考《咸淳臨安志》，縣北有東、西二永安巖，西山乃許遠遊所居也。見《晉書》本傳。東山，則安石所常游者，後人但知有謝。故洪平齋有詩云：西山許邁無人問，只説東山有謝安。今先生詩亦專爲謝而作，特並著之。

〔三〕西州門：《元和郡縣志》：孫策定江東，置揚州於建業。其州廨，王敦、王導所創。後會稽王道子於東府領揚州牧，因號此爲西州。《太平寰宇記》：謝安薨，會稽王道子代領州牧，第在州東。故時號揚州廨爲西州。有東、南、西三門。

宿海會寺〔一〕

籃輿三日山中行，山中信美少曠平。下投黄泉上青冥，線路每與猱猿爭。重樓束縛遭澗坑，兩股酸哀飢腸鳴。北渡飛橋踏彭鏗，繚垣百步如古城。大鐘横《咸淳臨安志》作「一」撞千指迎，高堂延客夜不扃。杉槽漆斛江河《咸淳臨安志》作「湖」傾，本來無垢洗更輕。倒牀鼻息四隣驚，紞如五鼓天未明。木魚呼粥亮且清，不聞人聲聞履聲。

〔一〕海會寺：《咸淳臨安志》：海會寺在縣西二里。蔡襄《碑記》云：臨安海會寺，梁大同中始作，號竹林。及五代正明之際，吴越王又新之，益廣前制。是時，吴中浮屠居雖千百數，無是倫者。宋祥符間，例易天下寺名，遂賜今額。天禧五年冬，火。僧有明積費錢三千萬，役十一年而後成。《武陵梵志》：海會寺在臨安縣西二里，地名南北鄉。

海會寺清心堂〔一〕

南郭子綦初喪我，西來達摩尚求心。此堂不説有清濁，遊客自觀隨淺深。兩歲頻爲山水役，一溪長照雪霜侵。紛紛無補竟何事，慚愧高人閉户吟〔二〕。

〔一〕清心堂：失考。

〔二〕高人：指僧有明也，見前注蔡襄《記》中。先生《跋蔡記後》云：熙寧六年，軾自杭來臨安，君謨殁已六年矣①。明師之齒七十有四。耳益聰，目益明，寺益完壯。竹林橋上，暮山依然，有足感嘆者。

徑山道中次韻答周長官兼贈蘇寺丞

年來戰紛華，頗宋刻本作「漸」覺夫子勝。欲求五畝宅，灑掃樂清浄。學道恨日淺，問禪慙聽瑩。聊爲山水行，遂此麋鹿性。獨遊吾未果，覓伴誰復聽。吾宗古遺直，窮達付前定。餔糟醉方熟，灑面呼不醒。奈何效燕蝠〔一〕，屢欲争晨暝。不如從我遊，高論發犀柄。溪南渡

---

①「年」，原訛作「十」，據《東坡集》改。

横木，山寺稱小徑〔二〕。公自注：太平寺俗號小徑山。幽尋自兹始，歸路微月暎。南望功臣山〔三〕，雲外盤飛磴。三更渡錦水，再宿留石鏡。緬懷周與李，能作洛生詠。明朝三子至，詩律嚴號令。籃輿置紙筆，得句輕千乘。瓌瓏苦奇秀，名實巧相稱。九僊更幽絶，笑語千山應。空巖側破甕，飛溜灑浮磬。山前見虎迹，候吏鐃鼓競。我生本艱奇，塵土滿釜甑。山禽與野獸，知我久蹭蹬。笑謂候吏還，禦虎我有命。徑山雖云遠，行李稍可併。頗訝王子猷，忽起山陰興。但報菊花開，吾當理歸榜。

〔一〕燕蝠：《烏臺詩案》：熙寧六年，因往諸縣提點，到臨安縣，有知縣大理寺丞蘇舜舉來本縣界外太平寺相接。軾與本人爲同年，自來相知。見軾，復言：「舜舉數日前入州，却被訓狐押出。」軾問其故，舜舉言：「我擘畫得人户供通家業役鈔《規例》一本，甚簡。前日將去呈本州諸官，皆以爲然。呈轉運副使王廷老等，不喜，差急足押出城來。」軾取其規例詳看，委是簡便。因問訓狐事，舜舉言：「自來聞人説一小話云：燕以日出爲旦，日入爲夕。蝙蝠以日入爲旦，日出爲夕。争之不决，訴之鳳凰。至路次，逢一禽，謂燕曰：不須往訴，鳳凰在假，或云鳳凰渴睡。都是訓狐權攝。」舜舉意以此譏笑王廷老等不知是非也。○慎按，《詩案》，乃先生在御史臺述。舜舉云云，非舜舉自供也。施氏補注改删全文，乃以爲舜舉所供。何鹵莽若此？

〔二〕小徑：《咸淳臨安志》：天目之東北峰，下有大徑口、小徑口，世傳爲龍所往來之地。

〔三〕功臣山：按，《五代備史》及《咸淳臨安志》，改大官山爲功臣山，唐昭宗朝事。施氏原注謂「晉天福五年改名」者，訛。

汪覃秀才久留山中以詩見寄次其韻〔一〕

季子應嗔不下機，棄家來伴碧雲師。中秋冷坐無因醉，半月長齋未肯辭。擲簡搖毫無忤色，公自注：汪善書，托寫諸人詩。投名入社有新詩。飛騰桂籍他年事〔二〕，莫忘山中採藥時。

〔一〕汪覃：失考。

〔二〕桂籍：《石林避暑録》：世以登科爲折桂，此因郄詵對策自云：「桂林一枝」也，唐以來皆用之。温庭筠詩：猶喜故人新折桂。

再遊徑山

老人登山汗如濯，倒牀一本作「到山」困卧一作「睡」呼不覺。覺來五鼓日三竿，始信孤雲天一握〔一〕。公自注：古語云：孤雲兩角，去天一握。平生未省出一作「陟」艱險，兩足慣曾行犖确。含暉亭上望東暝〔二〕，凌霄峰頭挹南嶽〔三〕。共愛絲杉翠絲亂〔四〕，誰見玉芝紅玉琢〔五〕。白雲何事自來往〔六〕，明月長圓無晦朔〔七〕。公自注：山有白雲峰、明月菴。塚上雞鳴猶憶欽〔八〕，山前鳳舞遠徵璞。雪窗馴兔原不死，烟嶺孤猿苦難捉。從來白足傲生死，不怕黄巾把刀槊。榻上雙痕凛然在，劍頭一吷何須角。公自注：以上皆山中故事。嗟我昏頑晚聞道，與世齟齬空多學。靈水先除眼界花，一本公自注：龍井水洗眼有效。清詩爲洗心源濁。騷人未要逃競病，禪老但喜聞剥啄。此生更得幾回來？從今有暇無辭數。

〔一〕孤云：《廣異記》：興元之南，有路通巴州，三日而達山頂，其絶高處，謂之孤雲兩角。

〔二〕含暉亭：失考。

〔三〕凌霄峰：蔡襄《游徑山記》：四面五峰，如手竪指，一峰南絶，卓爲巨擘。《徑山志》：五峰羅列，凌霄一峰，最高而秀。

〔四〕綵杉：蔡襄《游徑山記》：環山多傑木，綵杉翠樫，千千萬萬，若神官蒼士，聯幢植葆。

〔五〕玉芝：《僊書》名白鼠爲玉芝，餌之長生。

〔六〕白雲：晁无咎《徑山》詩：明月菴前醉松醪，白雲峰頂瞰吴郊。

〔七〕明月：見上。

〔八〕雞鳴：《咸淳臨安志》：國一禪師初來徑山，有二白兔拜跪於杖履間，有靈雞嘗隨法會，不食生類。及師之長安，雞長鳴三日而死，今靈雞塚存焉。

洞霄宫〔一〕

上帝高居愍世頑〔二〕，故留瓊館在凡間。青山九鎖不易到〔三〕，作者七人相對閒〔四〕。公自注：《論語》云：作者七人矣。今監宫凡七人。庭下流泉翠蛟舞〔五〕，洞中飛鼠白鴉翻〔六〕。按，「翻」字出韻，疑當作「飜」。長松怪石宜霜鬢，不用金丹苦駐顔。

〔一〕洞霄宫：《茅君傳》：第三十四洞天，名大滌玄蓋之天。《咸淳臨安志》：洞霄宫在餘杭縣西南十八里。漢元封三年，創宫壇於大滌洞前，爲投龍祈福之所。唐高宗時，遷於前谷，爲天柱觀，弘道元年建。中宗朝，賜觀莊一所。錢氏改天柱宫。祥符五年，陳堯佐奏改洞霄宫。其創改年月，詳悉可據。施氏原注謂：天柱宫，唐大曆五年建者，訛也。此段新刻本已删去，余家藏原本有之，附辨於此。

〔二〕上帝高居：杜甫詩：上帝高居絳節朝。

〔三〕九鎖：《咸淳臨安志》：九鎖山在大滌洞。其勢九折，曰天關，曰藏雲，曰飛鸞，曰凌虚，曰通真，曰龍吟，曰洞微，曰雲璈，曰朝元，其下有石門夾道。

〔四〕七人：《咸淳臨安志》：大滌東南叢竹間，有磐石，可坐。東坡倅杭時，同蔡準、吴天常、樂富國、聞人安道、俞康直、張日華凡七人，來爲林泉之遊，遂名其巖曰「來賢」。

〔五〕庭下流泉：《咸淳臨安志》：撫掌泉在洞霄宫殿階之西，深三尺許。熙寧初，有物狀如蛟鰻，遶欄楯間，人以杖撲之，即墜入泉。須臾，雲霧周布一山，大水自天柱源來，洶湧可畏。云：龍之怒也。《洞天記》：翠蛟亭在洞霄宫門外三十餘步。

〔六〕飛鼠：《咸淳臨安志》：大滌洞中有白鼠，長可二尺，《僊書》名爲玉芝。

附蔡準詩：此詩載《咸淳臨安志》中。

大滌洞沉沉，天柱峰嶫嶫。人世悲落花，觀松無易葉。朝夕樵風生，雲鶴閒情愜。何當采玉芝，真蹤從此躡。

初自徑山歸述古召飲介亭以病先起〔一〕

西風初作十分凉，喜見新橙透甲黄。遲暮賞心驚節物，登臨病眼怯秋光。慣眠處士一作「居士」雲菴裏，倦醉佳人錦瑟傍。猶有夢回清興在，卧聞歸路樂聲長。

〔一〕介亭：《咸淳臨安志》：治平四年，祖無擇以右諫議大夫、龍圖學士出知杭州，作介亭於鳳凰山。

附述古次韻：

山頭高會喜初凉，翠石排衙夾徑香。原憲杖藜空有病，陶生漉酒且和光。江湖帶月來雲外，天籟和琴歷耳傍。小妓不知君倦起，歌眉猶作遠山長。

慎按：右一首，《古靈先生集》失載，今從蒲積中《歲時雜咏》采録。

明日重九亦以病不赴述古會再用前韻

月入秋幃病枕凉，霜飛夜簟故衾香。可憐吹帽狂司馬，空對親春老孟光。不作雍容傾坐上，翻成骯髒倚門傍〔一〕。人間此會論今古，細看茱萸感歎長。

〔一〕骯髒：《文選注》：骯髒，高亢婞直之貌。

附述古次韻：

雙蓮高卧正凄凉，應檢芸編閲舊香。桃葉樽前生悵望，菊花籬下減清光。雲山入眼屏千疊，翠木分庭幄兩傍。得酒且歡君强起，雲霄歸去路岐長。

慎按：此詩亦載《歲時雜咏》，今集訛爲東坡作，今改正，附録。

九日尋臻闍黎遂泛小舟至勤師院二首〔一〕

其一

白髮長嫌歲月侵，病眸兼怕酒盃深。南屏老宿閒相過〔二〕，東閣郎君懶重尋。試碾露芽烹白雪，休拈霜蕊嚼黄金。扁舟又截平湖去，欲訪孤山支道林。

〔一〕勤師院：《咸淳臨安志》載二詩於《報恩院》下。按，報恩院，開寶七年錢氏建，舊名報先，在孤山。有六一泉、東坡菴。時惠勤住此，故云勤師院。

〔二〕南屏老宿：《上天竺紀勝》：仁宗皇祐五年，吕溱知杭州，請法智下第一世實相法師梵臻，以天台教主天竺看經院。《教苑遺事》：熙寧五年，實相法師梵臻，移南屏興教寺。

其二

湖上青山翠作堆，葱葱鬱鬱氣佳哉。笙歌叢裏抽身出，雲水光中洗眼來。白足赤髭迎我笑〔一〕，拒霜黄菊爲誰開？明年桑苧煎茶處，憶着衰翁首重回。公自注：皎然有《九日與陸羽煎茶》詩。羽自號桑苧翁，余來年九日，去此久矣。

〔二〕白足赤髭：《魏書·佛老志》：太武時，有白足沙門惠始。《高僧傳》：白足跣行，泥濘不染，故名。又，天竺佛馱耶尊者，善《毗婆沙論》而髭赤，時號「赤髭毗婆沙」，游匡山，爲遠公所重。

九日舟中望見有美堂魯少卿飲宋刻本有「處」字以詩戲之二首〔一〕

其一

指點雲間數點紅，笙歌正擁紫髯翁。誰知愛酒龍山客，却在漁舟一葉中。

〔一〕魯少卿：《宋史·循吏傳》：魯有開，字元翰。以從父宗道廕入官，知霍山縣。富弼薦之，以爲有古循吏風，知南康軍，代還。熙寧初，行新法，王安石問：「江南何如？」以所對乖異，出，通判杭州。秦少游《官制策》云：舊制，少卿之官，一秩而有四名①，太常、光禄、衛尉、司農是也。今寄禄格則不然，自中散大夫以下，至承務郎，秩惟一名而已。按，《職官分紀》：宗正、太僕、大理、鴻臚、太府俱有少卿，不止於四也。

① 「秩」，原作「刊」，據王文誥《蘇文忠公詩註集成》卷十改。

其二

西閣珠簾卷落暉，水沉烟斷珮聲微。遥知通德凄凉甚，擁髻無言怨未歸。

慎按：《長公外紀》云：時魯元翰使事已完，不還朝，家有美妾，故子瞻戲之。

元翰少卿寵惠谷簾水一器龍團二枚仍以新詩爲貺嘆味不已次韻奉和〔一〕

巖垂匹練千絲落，雷起雙龍萬物春。此水此茶俱第一，共成三絶景中人。

〔一〕谷簾泉：《廬山紀事》：面陽山南有康王谷，谷簾泉在康王谷中。漢陽陂頂之水下注數十百縷，班布如瓊簾，下有水簾洞。王禹偁《序》云：「水之來，計程一月矣，而其味不敗。」○按，《山志》：康王谷，九江府所屬。施氏補注謂「在南康城西」者，訛。

游諸佛舍一日飲釅茶七盞戲書勤師壁〔一〕

慎按：此詩施氏原本不載，今從《續補》下卷因人附編。

示病維摩元不病，在家靈運已忘家。何須魏帝一丸藥，且盡盧仝七碗茶。

〔一〕釅茶：《傳燈録》：仰山偈云：「釅茶三兩椀，意在钁頭邊。」

九日湖上尋周李二君不見君亦見尋於湖上以詩見寄明日乃次其韻

湖上野芙蓉，含思愁胍胍。娟然如静女，不肯傍阡陌。詩人杳未來，霜豔冷難宅。君行宋刻本作「子」逐鷗鷺，出處浩莫測。葦間聞拏音，雲表已飛屐。使我終日尋，逢花不忍摘。人生如朝露，要作百年客。喟彼終歲勞，幸兹一日澤。願言竟不遂，人事多乖隔。悟此知有命，沈憂傷魂魄。

送杭州杜戚陳三掾罷官還鄉〔一〕

秋風摵摵鳴枯蓼，船閣荒村夜悄悄。正當逐客斷腸時，君獨歌呼醉連曉。老夫平生齊得喪，尚戀微官失輕矯。君今憔悴歸無食，五斗未可秋毫小。君言失意能幾時，月啖蝦蟆行復皎。殺人無驗中不快《詩案》作「決」，此恨終身恐難了。徇時所得無幾何，隨手已遭憂患繞。期君正似種粟麥，忍飢更待宋刻本作「待食」明年麫。

〔一〕三掾：謂杜子方、陳珪、戚秉道也。《宋史·職官志》：各州諸曹有録事、户曹、司法、司理，俱從八品。《烏臺詩案》：熙寧五年，杭州録事杜子方一作「房」、司户陳珪、司理戚秉道，各爲承勘本州姓裴人家女使夏沉香投井及姓裴人家小女孩在井内身死不明事，當時夏沉香只決臀杖二十，放。後來本路提刑陳睦舉駁，差秀州通判張若濟重勘，決殺夏沉香。三官因此衝替。意陳睦舉、張若濟駁勘不當，致此三人無辜失官。軾作詩送之，云「君言失意能幾時，月啖蝦蟆行復皎」，意取盧仝《月蝕》詩云：「傳聞古來説，月蝕蝦蟆精」，同意比朝廷爲小人所蒙蔽也。軾亦言：杜子方等本無罪，爲陳睦舉、張若濟蒙蔽朝廷，以衝替逐人，後當感悟牽復。云：「佝時所得無幾何，隨手已遭憂患繞。」意謂張若濟不久自爲公事，被勘矣。此詩係册子内。以上《烏臺詩案》全文。

慎按：三掾罷官，乃熙寧五年事。此詩似應編入上卷，或罷任在五年冬，而去杭則在六年秋耳。故編次仍依原本。

次韻周長官壽星院同餞魯少卿〔一〕

琉璃百頃水僊家，風静湖平響釣車。寂歷疎松欹晚照，伶俜寒蝶抱秋花。困眠不覺依蒲褐，歸路相將踏桂華。更着綸巾披鶴氅，他年應作畫圖誇。

〔一〕壽星院：《咸淳臨安志》：壽星院在葛嶺，天福八年建。有寒碧軒、此君軒、觀臺、盃泉，東坡皆有詩。

次韻述古過周長官夜飲

二更鐃鼓動諸隣，百首新詩間八珍。已遣亂蛙成兩部，更邀明月作三人。雲烟湖寺家家境一作「鏡」，燈火沙河夜夜春。曷不勸公勤秉燭，老來光景似奔輪。

慎按：《古靈先生集》闕原作。

述古以詩見責屢不赴會復次前韻

我生孤僻本無隣，老病年來益自珍。肯對紅裙辭白酒，但愁新進笑陳人。北山怨鶴休驚夜，南畝巾車欲及春。多謝清時屢推轂，狶膏那解轉方輪。公自注：來詩有「雲霄蒲輪」之句。

慎按：《古靈先生集》闕原作。

金門寺〔一〕中見李西臺〔二〕與二錢公自注：惟演、易唱和四絶句戲用其韻跋之〔三〕

其一

帝城春日帽簷斜，二陸初來尚憶家。未肯將鹽下蓴菜，已應知雪似楊花。

〔一〕金門寺：失考。○慎按，本詩云云，言二錢初入朝事，金門寺疑當在開封。編詩者訛以先生四詩入倅杭州時，未可知也。姑依原本，俟再考。

〔二〕李西臺：《宋史·文苑傳》：李建中，字得中，蜀人。進士甲科。景德中，以久次進金部員外郎，求掌西京留司御史臺。尤愛洛中風土，就構園池。善書札，行筆尤工，多構新體。草、隸、八分亦妙。趙璘《因話録》：高宗改御史臺爲南臺，則憲臺未始有西臺之稱。王明清《揮麈録》：本朝李建中爲分司西京留司御史臺，世遂以爲西臺。

〔三〕二錢：《東都事略》：錢惟演，字希聖，吴越王俶之子。仁宗朝，仕至樞密使。卒，贈侍中。初謚文穆，改謚思，又改文僖。曾鞏《隆平集》稱：惟演少富貴，有志於學。其家聚書侔於秘府。預修《册府元龜》，凡千篇，詔與楊億分爲之序。錢易，字希白，吴越廢王倧之子。舉進士甲科，真宗朝，擢知制誥。易善行、草書，有《金閨集》六十卷、《瀛州集》五十卷、《西垣集》三十卷、

《内制》二十卷、《壽雲總録》一百卷、《新書》十卷、《洞微志》十卷。

其　二

平生賀老慣乘舟，騎馬風前怕打頭。欲問君王乞符竹，但憂無蟹有監州。公自注：皆世所傳錢氏故事。

其　三

西臺妙跡繼楊風〔一〕，公自注：凝式。無限龍蛇洛寺中。一紙清詩弔興廢，塵埃零落梵王宫。

〔一〕妙跡繼楊風：《邵氏聞見録》：楊凝式，唐宰相涉之子。朱全忠篡位，涉爲奉傳國寶使。凝式歷唐、晉三朝，佯狂不任事，累官至太子少師。《法書》自顔、柳以入二王之妙。居洛陽延福坊。《蔡寬夫詩話》：楊凝式不自檢束，自號爲楊風子，終能以智自完。書法高妙，今洛中僧寺尚多遺跡。《題華嚴院》一首云：院似禪心静，花如覺性圓。自然知了義，争肯學神僊。用筆尤奔放奇逸。《黄山谷題跋》云：李西臺喜學書。《題楊少師大字壁後》云：枯杉倒檜霜天老，松和麝煤陰雨寒。我亦生來有書癖，一回入寺一回看。

其四

五季文章墮劫灰，升平格力未全回。故知前輩宗徐庾，數首風流似玉臺。

慎按：詩至唐末，格調已極卑弱。降而五代，干戈擾攘，士生其際，救死扶傷之不暇，豈復知有文章？所以有「五季文章墮劫灰」之嘆也。宋興，轉禍亂爲昇平，人才輩出，宜其有挽回風氣，力追正始者。而一時如楊大年、宋子京輩，務爲艱澁隱僻，以誇其能。其間風流自命者，不過俎豆徐、庾，學爲纖艷之體而已。竊意李、錢倡和之什，猶染唐末之雲霧，故先生此詩云然。觀其命題曰「戲用韻跋之」，雖嘲謔爲文，隱寓譏諷之義矣。

胡穆秀才遺古銅器似鼎而小上有兩柱可以覆而不蹶以爲鼎則不足疑其飲器也胡有詩答之〔一〕

隻耳獸齧環，長唇鵞擘喙。三趾下鋭春蒲短，兩柱高張秋菌細。君看翻覆俯仰間，覆成三角翻兩髻。古書雖滿腹〔二〕，苟有用我亦隨世。嗟君一見呼作鼎，纔注升合已漂逝。不如學鴟夷，盡日盛酒真良計。公自注：有古篆五字，不可識。

〔二〕胡穆：失考。

〔三〕古書滿腹：後漢趙臺詩：古書雖滿腹，不如一囊錢。

東坡先生編年詩卷十一

古今體詩七十七首 起癸丑冬，合甲寅春夏，往返常、潤、蘇、秀道中作。

慎按：癸丑冬，先生沿漕檄賑濟常、潤饑民，明年甲寅夏，仍回杭州。計其往返乃爲賑饑，初未聞密州之命也。移密州在甲寅九月以後。《年譜》甚明，施氏補注謂此卷「在錢塘聞移密之命，去杭，經常、潤道中作」者，訛也。

賀陳述古弟章生子

鬱葱佳氣夜充閭，始見徐卿第二雛。甚欲去爲湯餅客〔一〕，惟愁錯寫弄麞書。參軍新婦賢相敵〔二〕，阿大中郎喜有餘。我亦從來識英物，試教啼看定何如。

〔一〕湯餅客：趙德麟《侯鯖録》：東坡詩妙于使事，如「甚欲去爲湯餅客」，出劉禹錫《贈張盥》詩。云：憶爾初懸弧，余爲坐上賓。舉筯食湯餅，祝詞天麒麟。若以爲明皇王后之事，則不見坐食湯餅之意。此王注之訛也，施氏補注仍之，今駁正。

〔三〕參軍：王氏注：參軍謂渾中弟淪。施氏補注引《世説》注云：渾弟倫，字太冲，歷大將軍參軍，以正「淪」字之譌。○慎按，《晉書》王渾妻《鍾氏傳》：參軍謂渾中弟淪也。王注「淪」字固訛，施氏補注「倫」字亦訛。當從《晉書》作「淪」。

贈治易僧智周

寒窗孤坐凍生瓶，尚把遺編照露螢。閣束九師新得妙〔一〕，夢吞三畫舊通靈〔二〕。斷絃挂壁知音喪，公自注：師與契嵩深相知，時已逝矣。揮麈空山亂石聽。齋罷何須更臨水，胸中自有洗心經。

〔一〕九師：劉向《别録·九師道訓》者，淮南王聘善爲《易》者九人，從之采獲，爲《淮南九師書》。

〔二〕通靈：陶潛賦：願假寐以通靈。

張子野年八十五尚聞買妾述古令作詩〔一〕

錦里先生自笑狂，莫欺九尺鬢眉蒼。詩人老去鶯鶯在，公子歸來燕燕忙〔二〕。柱下相君猶有齒，江南刺史已無腸。平生謬作安昌客，略遣彭宣到後堂。

〔一〕張子野：名先，注見第九卷首。《石林詩話》：張先郎中能爲詩及樂府，至老不衰。居錢塘。子瞻作倅時，先年已八十餘，家猶畜聲妓。子瞻贈詩，蓋全用張氏故事戲之。先和云：愁似鰥魚知夜永，懶同蝴蝶爲春忙。極爲子瞻所賞。本集《題張子野詩後》，摘其佳句云：浮萍破處見山影，小艇歸時聞棹聲。乃子野所作《西溪無相院》詩也。全篇載《瀛奎律髓》中。子野詩世不多見，因附録于此：積水涵虚上下清，幾家門静岸沙平。浮萍破處見山影，小艇歸時聞棹聲。入郭僧尋塵裏去，過橋人似鏡中行。已憑暫雨添秋色，莫放修林礙月生。其風致亦可想見矣。《詩話總龜》云：「東坡詩有全篇用事者，如《賀人生子》及《戲張子野買妾》句云云，用事何嘗不流便哉？」

〔二〕燕燕：《錦繡萬花谷》引東坡詩「公子歸來燕燕忙」，自注云：「張祐妾名燕燕。」吴中新刻補注引漢成帝時童謡，訛。

書雙竹湛師房二首〔一〕

其　一

我本西一作「江」湖一釣舟，意嫌高屋冷颼颼。羡師此室纔方丈，一炷清香盡日留。

〔一〕雙竹：司馬光《詩序》云：杭州廣嚴寺有雙竹，相比而生，舉林皆然。其尤異者，生枯樹腹中，自其頂出，森然駢聳，樹如龍蛇相縈。余見之，爲詩云云。《咸淳臨安志》：廣嚴院，吴越王建。舊名瑞隆，治平二年改賜今額。○慎按，《趙清獻集》亦有《題杭州雙竹寺》詩：粉籜雙雙脱，修篁兩兩高。其全首不具録。

其　二

暮鼓朝鐘自擊撞，閉門孤枕對殘缸宋刻本作「釭」。白灰旋撥通紅火，卧聽蕭蕭雨一作「雪」打窗。

附司馬君實《雙竹》詩：

雙幹標枯腹，青青凡幾霜。龍騰雙角直，鯨噴兩鬚長。詎欲尋支遁，安能問辟疆？屢來非别意，未與此君忘。

寶山新開徑〔一〕

藤梢橘刺元無路，竹杖棱鞋不用扶。風自遠來聞笑語，水分流處見江湖。回觀佛骨《臨安志》作「國」青螺髻，踏遍仙人碧玉壺。野客歸時山月上，棠梨葉戰暝禽呼。

〔一〕寶山：《咸淳臨安志》：寶山在御厨營門内第一巷，上有廣嚴寺、寶奎閣。

和述古冬日牡丹四首

其一

一朵妖紅翠欲流〔一〕，春光回照雪霜羞。化工只欲呈新巧，不放閑花得少休。

〔一〕翠欲流：高似孫《緯略》：翠，鮮明貌，非色也。不然，東坡詩既曰「紅矣」，又曰「翠」，可乎？

《烏臺詩案》：熙寧六年，任杭州通判時，知州係知制誥陳襄，字述古。是年冬十月内，一僧寺開牡丹數朵，陳襄作四絶句，軾嘗和。云云。此詩皆譏諷當時執政大臣，以比化工，但欲出新意，擘劃令小民不得暫閑也。

其　二

花開時節雨連風，却《詩案》作「欲」向霜餘染爛紅。漏泄春光私一物，此心未信出天工。

其　三

當時只道鶴林仙，解遣秋光宋刻本作「花」發杜鵑〔一〕。誰信詩能回造化，直教霜枿放春妍。

〔一〕鶴林杜鵑：《容齋隨筆》：鶴林寺杜鵑，乃今映山紅，又名紅躑躅。

其　四

不分《詩案》作「憤」清霜入小園，故將詩律變寒暄。使君欲見藍關詠，更倩韓郎爲染根。

附陳述古原作：

百草蕭條病朔風，雙枝成字疑訛染魏家紅。直疑天與凌霜色，不假東皇運化工。

一朵妖紅拆寺園，忽驚寒律變春暄。非關花好難栽接，自是天時變本根。

慎按：《古靈集》原題《次韻柯弟太博見示超化牡丹》，今集中第一、第三首已缺，所存止兩首耳。

劉貢父見余歌詞數首以詩見戲聊次其韻

十載飄然未可期，那堪重作看花詩。門前惡語誰傳去，醉後狂歌自不知。刺舌君今猶未戒，炙眉吾亦更何辭。相從痛飲無餘事，正是春容最好時。

《烏臺詩案》：熙寧六年十一月内，劉攽聞人唱軾新詞，作詩相戲。軾和本人一首，不合引賀拔惎以錐刺其子舌，以戒言語事戲劉攽；又引郭舒狂言而王敦炙其眉，以自比，皆譏諷人不能容狂直之言也。

慎按：此詩熙寧六年十一月作，《詩案》甚明。施氏原注載在密州卷中，今移編。

和柳子玉喜雪次韻仍呈述古

詩翁愛酒常如渴，瓶盡欲沽囊已竭。燈青火冷不成眠，一夜撚鬚吟喜雪。詩成就我覓歡處，我窮正與君彷彿。曷不走投陳孟公，有酒醉君仍飽德。瓊瑶欲盡天應惜，更遣清光續殘月。安得佳人擢素手，笑捧玉盌兩奇絶。艷歌一曲回陽春，坐使高堂生暖熱。

觀子玉郎中草聖

柳侯運筆如電閃，子雲寒悴羊欣儉。百斛明珠便可扛，此書非我誰能雙。

慎按：此詩施氏原本不載，《外集》編第三卷倅杭時作，今從之。

雪後至臨平〔一〕與柳子玉同至僧舍見陳尉烈〔二〕

《咸淳臨安志》載此詩，題云「雪霽過臨平邈師房會陳烈少府」。

落帆古戍下，積雪高如丘。强邀詩老出，踈髯散颼飀。僧房有宿火，手足漸和柔。静士素寡言，相對自忘憂。銅爐擢烟穗宋刻本作「檖」，石鼎浮霜漚。我行雖有程，坐穩且復留。大哉天地間，此生得浮遊。

〔一〕臨平：《九域志》：仁和縣有臨平鎮。

〔二〕陳烈：《宋史·隱逸傳》：陳烈，字季慈，侯官人。元祐初，部使者申薦之。以宣德郎致仕。又，《陳襄傳》：襄與陳烈、周希孟、鄭穆爲友，相與倡道于海濱，謂之四先生。《古靈集》陳襄《舉人自代狀》：「前授安州司户參軍、充國子直講陳烈，振誠明之學，躬孝弟之行，窮泰不累于心，出處必由于道。臣實不如，舉以自代。」觀述古之推重如此，當是徐仲車一流人。

李頎秀才善畫宋刻本有「山」字以兩軸見寄仍有詩次韻答之〔一〕

平生自是箇中人，欲向漁舟便寫真。詩句對君難出手，雲泉勸我蚤抽身〔二〕。年來白髮驚秋速，長恐青山與世新。從此北歸休悵望，囊中收得武陵春。

〔一〕李頎：《西湖遊覽志》：李頎，字粹老。少舉進士，得官，棄去。爲道人。徧歷湖湘，晚樂吴中山水，隱於臨安大滌山。往來苕上，遇名人勝士，皆與周旋。善丹青，間作小詩。東坡倅杭日，粹老以幅絹作春山横軸，且書一詩于後，不通姓名，付樵者，令伺坡出投之。坡展視詩畫，即散問西湖名僧輩，云是粹老。久之，偶會于僧舍，相得甚歡，因和其詩。粹老畫盡物之變，而秀潤簡遠，不能爲人特作，故世絶少。

〔二〕抽身：白居易詩：宜當早罷去，收取雲泉身。

夜至永樂文長老院文時卧病退院〔一〕石刻云：「再過本覺文老已病退。」

夜石刻作「愁」聞巴叟卧荒邨，來打三更月下門〔二〕。往事過年如昨日，此身未死得重論。老非懷土情相得，病不開堂道益尊。惟有孤棲舊時鶴，舉頭見客似長言。

〔一〕永樂：柳琰《嘉興志》：秀水縣治西北十五里有永樂鄉。○慎按，永樂鄉有本覺寺，即第八卷中文長老之報本禪寺，詳見《本寺碑記》中。王氏注謬引《圖經》，云永樂寺在富陽縣，蓋訛認永樂鄉爲永樂寺也。今辯正，詳見前注。

〔三〕月下門：賈島詩：僧敲月下門。

柳氏二外甥宋刻本作「生」求筆迹二首〔一〕

其一

退筆如山未足珍，讀書萬卷始通神。君家自有元和脚〔二〕，莫厭家雞更問人。

〔一〕柳氏二甥：長名閎，字展如；次名闢。先生妹婿柳文遠之子。本集《跋楞嚴經後》云：「吾甥柳闢，孝弟夙成，自其童子能爲文，不幸短命，其兄閎爲手寫此經」云云。黄山谷《詩序》云：「柳閎展如，蘇子瞻之甥也。才德甚美，有意于學。」合二公之言觀之，則二柳之生平可知矣。

〔二〕元和脚：《復齋漫録》云：陳無己作「脚」字，東坡作「手」字。無己詩云：肯學黄家元祐脚。後見東坡詩：君家自有元和手。其理雖同，但「手」字異。云云。據此，則舊本作「手」字。但「元和脚」三字，見劉賓客詩中，自有來處，姑存其説。

其　二

一紙行書兩絶詩，遂良鬚鬢已成宋刻本作「如」絲。何當火急傳家法，欲見誠懸筆諫時。

和錢安道〔一〕寄惠建茶〔二〕

我官于南今幾時，嘗盡谿茶與山茗。胸中似記故人面，口不能言心自省。爲君細説我未暇，試評其略差可聽。建谿所産雖不同，一一天與君子性。森然可愛不可慢，骨清肉膩和且正。雪花雨脚何足道？啜過始知真味永。縱復苦硬終可録，汲黯少戇寛饒猛。草茶無賴空有名〔三〕，高者妖邪次頑懭一作「礦」。體輕雖復强浮沈《茗溪叢話》作「泛」，性滯偏工嘔酸冷。其間絶品豈不佳？張禹縱賢非骨鯁。葵花玉銙不易致〔四〕，道路幽險隔雲嶺。誰知使者來自西？開緘磊落收百餅。嗅香嚼味本非《茗溪叢話》作「無」別，透紙自覺光炯炯。粃糠團鳳友小龍，奴隸日注〔五〕臣雙井〔六〕。收藏愛惜待佳客，不敢包裹鑽權倖。此詩有味君勿傳，空使時人怒生癭。

〔一〕錢安道：名顗，詳見前。

〔二〕建茶：《輿地廣記》：建州，秦屬閩中郡。吴永安三年，分置建安郡。唐武德四年，立建州。宋升建寧軍，有茶山，屬建安縣。熊蕃《北苑貢茶録》：陸羽《茶經》、裴汶《茶録》皆不第建品，至唐末，然後北苑茶出，爲之最。

〔三〕草茶：《品茶要録》：陸羽雖爲知茶，然所知者，皆今之所謂草茶。蓋草茶味短而淡，故嘗恐去膏。建茶力厚而甘，故惟欲去膏。

〔四〕葵花玉銙：建安貢茶，方者爲銙，葵花，乃其形製也。

〔五〕日注：施宿《會稽志》：日鑄嶺在會稽縣東南五十五里，其陽坡名油車，朝暮常有日，産茶絶奇。有名最晚。吴越貢奉中朝，土毛畢入，不聞有日注茶。則茶之出，殆在吴越國除之後。他書及土人皆作「日鑄」，惟《歸田録》則云「草茶甚於兩淛，兩浙之品，日注第一」。其後書作「注」者，自歐陽公始。

〔六〕雙井：《石林避暑録》：草茶極品，惟雙井、顧渚。雙井在分寧縣，地屬黄氏，魯直家也。魯直力推賞，族人交致之，然歲僅得一二斤耳。

《烏臺詩案》：熙寧六年，軾任杭州通判日，因本路運司差往潤州，勾當公事，經過秀州，錢顗在秀州監酒税，曾作臺官，始于秀州與之相見。顗作詩一首，送茶與軾。軾復與詩一首謝之。除無譏諷外，「草茶無賴空有名」二句，以譏世之小人乍得權用，不知上下之分，若不諂媚妖邪，即須頑獷狠劣。又，「體輕」二句云云，亦以譏世之小人體輕浮而性滯泥也。又，「其間」二句云云，亦以譏世之小人如張禹，雖有學問，細行謹防，終非骨鯁之臣。又，「收藏愛惜」四句云云，以譏世之小人。有以好茶鑽貴要者，聞此詩當大怒也。上件係降到册子内。

慎按，此首據《詩案》，乃初赴常潤道中作。施氏本訛編在前，今改正。

錢安道席上令歌者道服

烏府先生鐵作肝〔一〕，霜風卷地不知寒。猶嫌白髮年前少，故點紅燈雪裏看。他日卜鄰先有約，待君投劾宋刻本作「紱」我休官。如今且作華陽服，醉唱儂家七返丹〔二〕。

〔一〕鐵肝：《吴興掌故集》：錢顗初爲烏程令，熙寧中，召爲御史。上疏論新法，謫衢州鹽税。時人號爲鐵肝御史。

〔二〕七返丹：《參同契》：九還七返。注云：地二生火，天七成砂，魂魄相戀，砂火之精，返照鼎中，故曰七返。陳少微《七返靈砂論》：七返七還，異名同體。返者，是丹砂化爲金；還者，是金歸于丹。第一返，丹砂；第二返，寶砂；第三返，英砂；第四返，妙砂；第五返，靈砂；第六返，神砂；第七返，玄真絳霞砂。

慎按：《苕溪漁隱叢話》：回仙有《沁園春》一闋，明内丹之旨，云：「七返還丹句。在人先須句。煉已待時句。」《沁園春》調起處三句皆四字，至第三句方叶韻。施氏補注改「已」字爲「餌」，又截去「待時」二字，其謬如此，今駁正。

附周開祖次韻：此詩從史能之《咸淳毘陵志》中採出。

舊立霜臺吐肺肝，高風猶自襲人寒。曾將白簡清朝擲，却把黄庭静處看。谷口退翁親有道，江邊歸客本無官。君家别得長生術，不用金爐九轉丹。

惠山謁錢道人烹小龍團登絶頂望太湖[一]

踏遍江南南岸山，逢山未免更流連。獨携天上小團宋刻本作「圓」月，來試人間第二泉。石路縈迴九龍脊[二]，水光翻動五湖天[三]。孫登無語空歸去，半嶺松聲萬壑傳。

[一] 錢道人：即安道之弟。先生有《至秀州贈錢安道并寄其弟惠山老》詩，見第八卷。

[二] 九龍：《太平寰宇記》：九龍山，亦曰冠龍山。陸羽《惠山寺記》云：山有九隴，若龍之偃卧然。

[三] 五湖：陸魯望云：太湖上稟咸池，五車之氣，故一水五名。《太平寰宇記》：五湖，晉陵、無錫兩縣中，分湖爲界。又引《南徐記》云：無錫縣有長渠，南有五湖，向南又有小五湖，非《周禮》所云五湖也。

慎按：以下三首，施氏本編甲寅元日之後，殊失次，今改正。

錢道人有詩云直須認取主人翁作兩絶戲之

其一

首斷故應無斷者，冰銷那復有冰知。主人苦苦令儂認，認主人人竟是誰？

其二

有主還須更有賓，不如無鏡自無塵。只從半夜安心後，失却當年覺痛人。

除夜野宿常州城外二首〔一〕

其一

行歌野哭兩堪悲，遠火低星漸向微。病眼不眠非守歲〔二〕，鄉音無伴苦思歸。重衾脚冷知霜重，新沐頭輕感髮稀。多謝殘燈不嫌客，孤舟一夜許相依。

〔一〕常州：《元和郡縣志》：吴延陵季子之采邑也。《越絶書》謂之淹君城。漢爲毘陵縣，《晉志》：太康二年，爲毘陵郡，後改晉陵。隋開皇九年，别置常州于常熟縣，後移治晉陵。東至蘇州二百里。

〔三〕病眼：按，「病眼少眠非守歲」，白樂天《除夜》詩也，先生一時偶用之耶？

其　二

南來三見歲云徂，直恐終身走道塗。老去怕看新曆日，退歸擬學舊桃符。烟花已作青春意，霜雪偏尋病客鬚。但把窮愁博長健，不辭最後飲屠蘇〔一〕。

〔一〕飲屠酥：《容齋隨筆》：今人元日飲屠酥，自小者起，固有來處。後漢李膺、杜密以黨人同繫獄，元日飲酒，曰：「正旦從小起。」又，《時鏡新書》：董勛曰：「俗以小者得歲，故先酒賀之；老者失時，故後飲。」顧况詩：手把屠酥讓少年。方干云：纔酌屠蘇定年齒，坐中皆笑鬢毛斑。則相傳固久矣。

元日過丹陽明日立春寄魯元翰〔一〕是歲熙寧七年甲寅。

堆盤紅縷細茵陳〔二〕，巧與椒花兩鬬新。竹馬異時寧信老，土牛明日莫辭春〔三〕。西湖弄水猶應早，北寺觀燈欲及辰。白髮蒼顏誰肯記，曉來頻嚏爲何人〔四〕？

〔一〕丹陽：《元和郡縣志》：秦曲阿縣。唐武德中，于縣置簡州。天寶元年，改丹陽縣。《輿地廣記》：天寶元年，改簡州爲丹陽延陵鎮。與《元和志》不合。○慎按，武德中，曾以延陵縣地置丹徒縣，而别置延陵縣于今所。宋熙寧五年，省延陵入丹陽。則今丹陽縣即延陵縣，昔之延陵鎮乃今丹徒鎮也。

〔二〕茵陳：陶弘景曰：茵陳，似蓬蒿而葉緊細，秋後莖枯，至春又生。張揖《廣雅》及吴普《本草》皆作「因陳」。

〔三〕土牛：王應麟《困學紀聞》：土牛之法，以歲之干色爲首，支色爲身，納音色爲腹。如立春日，干色爲角、耳、尾，支色爲脛，納音色爲蹄。景祐元年，以《土牛經》四篇頒行天下，丁度作序。

〔四〕頻嚏爲何人：《漢書·藝文志》有《鼻嚏耳鳴雜占》十六卷。宋馬永卿云：「俗説以嚏爲人説，蓋古語也。今人嚏則云人道我。」

古纏頭曲〔一〕

鵾絃鐵撥世無有，樂府舊工惟尚叟〔二〕。一生喙硬眼無人，坐此困窮今白首。翠鬟女子年十七，指法已似呼韓婦。驚宋刻本作「輕」帆度海風掣回，滿面塵沙和淚垢。青衫不逢湓浦客，紅袖漫插曹綱手。爾來一見哀駘佗，便著臂韝躬井臼。我慚貧病百不足，强對黄花飲白酒。轉關濩索動有神，雷輥空堂戰窗牖。四絃一抹擁袂立，再拜十分爲我壽。世人只解錦纏頭，與汝作詩傳不朽。

〔一〕纏頭：《太平御覽》：舊俗，賞歌舞人錦綵置之頭上，謂之纏頭。

〔三〕尚叟：失考。

刁同年草堂〔一〕

不用長竿矯繡衣，南園北第兩參差。青山有約長當户，野水無情自入池。歲久酴醿渾欲合，春來楊柳不勝垂。主人不用怱怱去，正是紅梅着子時。

〔一〕刁同年：本集有《於潛令刁同年野翁亭》，注見前。

刁景純〔一〕賞瑞香花憶先朝侍宴次韻〔二〕

上苑夭桃自作行，劉郎去後幾回芳。厭從年少追新賞，閒對宮花識舊香。欲贈佳人非泛洧，好紉幽佩弔沈湘。鶴林神女無消息，爲問何年返帝鄉。

〔一〕刁景純：《張安道集》中《刁大中墓志》：公諱某，丹陽人，子四人，繹、約、紓、紡，景純即約也。陸游《南唐書·刁彦能傳》：彦能，宣州人，子衎，入國朝，仕至崇文院檢討。衎孫約，亦名士，久在三館，晚築室潤州，號藏春塢。

〔三〕瑞香花：吴曾《能改齋漫録》：廬山瑞香花，古所未有，亦不產他處。天聖中，人始稱傳，東坡諸公繼有詩咏。豈靈草異芳，俟時乃出？故篇什悉作「瑞」字。張祠部以「瑞」爲「睡」。《廬山紀事》：南唐時，從廬山移植瑞香花于蓬萊殿，號曰紫蓬萊。

同柳子玉游鶴林〔一〕招隱醉歸呈景純〔二〕

花時臘酒照人光，歸路春風灑面凉。劉氏宅邊霜竹老〔三〕，戴公山下野桃香。巖頭匹練兼天浄一作「静」，泉底真珠濺客忙〔四〕。安得道人携笛去？一聲吹裂翠崖岡。何薳《春渚紀聞》云：薳家藏公墨本，自注云：「昔有善笛者，能爲穿雲裂石之聲。」别不用事也。

〔一〕鶴林：注詳施氏原本。

〔二〕招隱：《元和郡縣志》：獸窟山，一名招隱山，在丹徒縣西南九里，即隱士戴顒之所居。《京口志》：戴顒初居竹林，後乃築館于此。至景平元年，顒女捨與曇度爲寺。《太平寰宇記》謂：昭明太子曾游此山讀書，因名招隱，今石案古跡猶存。與前説互異，當從《元和志》。

〔三〕劉氏宅：《京口志》：潤州西南有壽岳，宋武帝家此山麓。

〔四〕真珠：《石林避暑録》：鎮江招隱寺，山稍曲，復幽邃，有鹿蹟、虎跑二泉。《名勝志》：招隱寺有真珠、鹿蹟二泉。而無虎跑泉，疑後來因公詩改名，未可知也。

景純見和復次韻贈之二首

其一

解組歸來道益光，坐看百物自炎涼。捲簾堂上檀槽鬧，送客林間樺燭香〔一〕。淺量已愁當酒怯，非才猶覺和詩忙。何人貪佩黄金印，千柱耽耽瑣北岡。

〔一〕樺燭：程大昌《演繁露》：古燭未知用蠟，直以薪蒸，即是燒柴取明耳，或亦剥樺皮爇之。《本草》：樺木，似山桃，皮堪爲燭。

其二

人間膏火正争光，每到藏春得暫涼〔一〕。多事始知田舍好，凶年偏覺野蔬香。豁山勝畫徒能説，來往如梭爲底忙？老去此身無處着，爲翁栽插萬松岡。

〔一〕藏春：按，藏春塢，刁景純所居，注見前。

柳子玉亦見和因以送之兼寄其兄子璋道人

不羡腰金照地光，暫時假面弄西凉。晴窗曬日肝腸煖，古殿朝真屨袖香。説静故知猶有動，無閒底處更求忙。先生官罷乘風去，何用區區賦《陟岡》？

子玉家宴用前韻見寄復答之

自酌金樽勸孟光，更教長笛奏伊凉〔一〕。公自注：子玉家有笛妓。牽衣男女遶太白，扇枕郎君煩阿香。詩病逢春轉深痼，愁魔得酒暫奔忙。醒時情味吾能説，日在西南白草岡。

〔一〕伊凉：《太平寰宇記》：隴右道伊州，漢鐵勒國。唐貞觀四年，始置伊州。凉州，漢武威郡。○慎按，唐時多以州名曲，伊、凉、甘、石之類是也。

景純復以二篇一言其亡兄〔一〕與伯父同年之契一言今者唱酬之意仍次其韻〔二〕

其一

靈壽扶來似孔光〔三〕，感時懷舊一悲凉。蟾枝不獨同攀桂〔四〕，雞舌還應共賜香〔五〕。公自

注：亦同爲郎。等是浮休無得喪，矗分憂樂有閒忙。年來世事如波浪，鬱鬱誰知柏在岡。

〔一〕亡兄：景純之兄名繹，注見上。

〔二〕伯父：本集《廷評公行狀》云：公三子，長曰澹；次曰涣，以進士得官，終都官郎中、利路提點刑獄；季諱洵。按，題中所稱伯父，即涣也。

〔三〕靈壽：《漢書》：平帝賜孔光靈壽杖。顔師古注：靈壽木，似竹，有節，長不過八九尺，自然合杖制，不須削治也。

〔四〕攀桂：注詳第十卷《汪覃秀才》詩下。

〔五〕雞舌：《翻譯名義》：雞舌香，五馬洲出。《異物志》：是草萎，可以合香。外國人説衆香共是一本，華爲雞舌香。治口氣，故三省郎含香奏事。

其　二

屢把鉛刀齒步光〔一〕，更遭華衮照厖凉。蘇門山上莫長嘯，薝音「胆」蔔林中無别香〔二〕。燭燼已殘終夜刻，槐花還似昔年忙〔三〕。背城借一吾何敢？慎莫尊前替戾岡。

〔一〕步光：《詩話總龜》：坡公和「岡」字至第七篇，「屢把鉛刀齒步光」，乃用曹子建《七啓》中「步光之劍，華藻繁縟」。雖第一韻衆人所更易，而七篇未嘗改，又貫穿精絶如此。

〔二〕薝蔔：《翻譯名義》：薝蔔，或作「詹波」。《大論》翻黄花，樹形高大，西云苫末，此云金色。西域近海岸樹。

〔三〕槐花忙：《詩話總龜》：槐之方花，乃進士赴舉之時。唐人翁承贊詩：雨中粧點望中黄，勾引蟬聲送夕陽。憶得當年隨計吏，馬蹄終日爲君忙。

子玉以詩見邀同刁丈遊金山

君年甲子未一作「久」相逢，難向君一作「人」前説老翁。更有方瞳八十一〔一〕，畬衣矍鑠走山中。

〔一〕八十一：景純長東坡四十二歲，見本集祭文中。熙寧甲寅，坡公年三十九，則刁年八十一矣。

慎按：施氏補注本此詩在《續補遺》下卷，以題考之，當是此時作。

金山寺與柳子玉飲大醉臥寶覺禪榻夜分方醒書其壁〔一〕

惡酒如惡人，相攻劇刀箭。頽然一榻上，勝之以不戰。詩翁氣雄拔，禪老語清軟。我醉都不知，但覺紅緑眩。醒時江石刻作「山」月墮石刻作「上」，摵摵石刻作「瑟瑟」風響變。惟有一龕燈，二豪俱不見。

〔一〕按，此書真跡，鄱陽洪邁得之。淳熙十六年刻石于當塗之郡齋，題云「與柳子玉寶覺師會金山作」。

送柳子玉赴靈僊〔一〕

世事方艱便猛迴，此心未老已先灰。何時夢入真君殿〔二〕，也學傳呼觀主來。

〔一〕赴靈仙：《太平寰宇記》：天柱山在舒州懷寧縣西北，九天司命真君所主。○《九域志》：舒州灊山，唐置司命真君廟，宋改靈仙觀額。《名勝志》真源宫，宋政和中改靈仙觀，道家謂之司玄洞天。○慎按，《欒城集》：子玉于熙寧辛亥謫官壽春。先生倅杭以來，屢有倡和，自癸丑以後，柳之姓名不復見集中矣。子玉卒，子由有詩挽之，云「灊山仍乞古仙宫」。靈仙觀在舒州，故云。以時考之，子玉之歿，當在丙辰、丁巳間，其乞宫觀，必於癸丑春前。題所云「送」之者，即送其赴靈仙也。

〔二〕夢入真君殿：本集《雜記》云：子玉嘗夢赴司命真君召，未幾，果有監靈仙觀之命。

慎按：靈仙，諸刻本俱訛作「靈山」，今改正。此詩施氏原本不載，今從新刻《續補》下卷因人類編。

監洞霄宫〔一〕俞康直郎中所居四詠〔二〕

退圃

百丈休牽上瀨船，一鈎歸釣縮頭鯿〔三〕。園中草木春無數，只有黄楊厄閏年。公自注：俗説黄楊一歲長一寸，遇閏退三寸。

〔一〕監宫：《文獻通考》：宋初大臣有年及當致仕者，使領宫觀，以寓禄，蓋優之也。熙寧中，王安石欲興事，諸非議新法者，率以爲疲老斥，使領祠外官。領祠，初皆自請，不自請而特差者，同於降黜。熙寧二年，詔杭州洞霄宫，依嵩山崇福宫、舒州靈仙觀例，置管勾及提舉提點官。其後，又詔卿監以上提舉，餘官管勾。《職官分紀》：宫觀使有都監、提舉等名。

〔二〕俞康直：《名勝志》：大滌山有磐石，子瞻倅杭，仝蔡準、吴天常、樂富國、聞人安道、俞康直、張日華來游，賦詩。後人因名「來賢巖」。按，東坡《洞霄宫》詩自注云：「今監宫凡七人，康直其一也。」他無可考矣。

〔三〕縮頭鯿：《韻語陽秋》：杜甫、孟襄陽詩皆言「縮項」，而東坡乃云「一鈎歸釣縮頭鯿」，或疑爲平仄所牽，不知「長腰粳米，縮頭鯿魚」，楚人語也。

逸　堂

新第誰來作並隣，舊官寧復憶星辰。請君置酒吾當賀，知向江湖拜散人。

遯　軒

冠蓋相望起隱淪，先生那得老江邨。古來真遯何曾遯，笑殺踰垣與閉門。

遠　樓

西山烟雨捲疎簾，北户星河落短簷。不獨江天解空闊，地偏心遠似陶潛。

游鶴林招隱二首

其　一

郊原雨初霽，春物有餘妍。古寺滿修竹，深林聞杜鵑。睡餘柳花墮，目眩山櫻然。西窗有病客，危坐看香烟。

其二

行歌白雲嶺，坐詠修竹林。風輕花自落，日薄山半陰。澗草誰復識？聞香杳難尋。時見城市人，幽居惜未深。

書普慈長老壁〔一〕公自注：志誠。

普慈寺後千竿竹，醉裏曾看碧玉椽。倦客再遊行老矣，高僧一笑故依然。久參白足知禪味，苦厭黄公宋刻本公自注：鳥名聒晝眠。惟有兩株紅百葉，晚來猶得向人妍。

〔一〕普慈：《京口志》：城西南有壽岳，宋武帝家此。至陳時，即其宅基建慈和寺。至宋，改普慈。

書焦山綸長老壁〔一〕

法師住焦山，而實未嘗住。我來輒問法，法師了無語。法師非無語，不知所答故。君看頭與足，本自安冠屨。譬如長鬣人，不以長爲苦。一旦或人問，每睡安所措。歸來被上下，一夜無着宋刻本作「着無」處。展轉遂達晨，意欲盡鑷去。此言雖鄙淺，故自有深趣。持此問法師，法師一笑許。

〔一〕綸長老：失考。先生前《游焦山》詩云：老僧下山驚客至，迎笑喜作巴人談。當即其人也。

刁景純席上和謝生二首

其一

悮入仙人碧玉壺，一歡那復問親疎。盃盤狼籍吾何敢？車騎雍容子甚都。此夜新聲聞北里〔一〕，他年故事記南徐〔二〕。欲窮風月三千界〔三〕，願化天人宋刻本作「人天」百億軀〔四〕。

〔一〕北里：孫棨有《北里志》一卷。

〔二〕南徐：《元和郡縣志》：晉元帝渡江，于京口僑置徐州。《太平寰宇記》：潤州丹陽郡，三國時吴爲重鎮。晉元帝都建業，改爲丹陽尹。劉宋時置南徐州。二書沿革、時代互異，未詳孰是。

〔三〕三千界：《翻譯名義》：三千界通有三種，謂小千、中千、大千也。千倍小千爲一中千，千倍中千爲一大千。

〔四〕化百億軀：摩訶衍云：周匝千華上，復現千釋迦。一華百億國，一國一釋迦。故釋迦牟尼佛名千百億化身也。《傳燈録》：昔南山尊者問韋天將軍，曰：「余聞一佛化境，三千國土。日月歲數，或言百億，或言千百億。」答云：「如師問百億、千百億者，經文分明千百億化身。」又，布袋和尚偈：「雖然是一軀，化身千百億。」

其二

縱飲〔一〕誰能問挈壺〔二〕？ 不知門外曉星疎。 綺羅勝事齊三閣，賓主談鋒敵兩都〔三〕。 榻畔烟花嘗嘆杜，海中童丱尚追徐〔四〕。 無多酌我公須聽，醉後麤狂膽滿軀。

〔一〕 縱飲：陳後山《叢話》：刁學士景純喜交結，請謁談宴，常至半夜，號刁半夜。

〔二〕 挈壺：《周禮》：挈壺氏，掌挈壺以令軍井。 鄭司農注曰：謂爲軍穿井，井成，挈壺懸其上。 壺所以盛飲，故以壺表井。 云云。 詩中借用二字，正取盛飲之意。 猶言千鍾百榼，不計傾壺之多少也。 施氏補注引王注云：不必問漏之淺深，失其義矣。

〔三〕 談鋒：《殷芸小説》：有客詣陳太邱，談鋒甚敵。

〔四〕 童丱：白居易詩：童男丱女舟中老。

留别金山寶覺〔一〕圓通〔二〕二長老

沐罷巾冠快晚凉，睡餘齒頰帶茶香。 艤舟北岸何時渡？ 晞髮東軒未肯忙。 康濟此身殊有道，醫治外物本無方。 風流二老長還往，顧我歸期尚渺茫。

〔一〕 寶覺：《金山志》：宋寶覺禪師乃育王璉禪師法嗣，南嶽下十二世，傳雲門宗。

〔二〕圓通：失考。

和蘇州〔一〕太守王規父〔二〕侍太夫人觀燈之什余時以劉道原見訪滯留京口不及赴此會二首〔三〕

其一

不覺朱幡輾後塵，争看繡幰錦纏輪。洛濱侍從三人貴，京兆平反一笑春。但逐東山攜妓女，那知後閣走窮賓。滯留不見榮華事，空作賡詩第七人。

〔一〕蘇州：《元和郡縣志》：江南道蘇州，吴郡，周吴太伯國初置，城在今吴縣西北五十里。闔閭始遷於此。東漢永建四年，分浙江以東爲會稽，郡西爲吴郡。隋開皇九年，改爲蘇州，因姑蘇山爲名也。南至杭州三百七十里。

〔二〕王規父：范成大《吴郡志》：王誨，字規父。熙寧六年，以朝散大夫、尚書司勳郎中知蘇州。

〔三〕京口：《吴志》：建安十四年，孫權謀拒曹操，始于吴遷京口，謂之京城。十六年，徙居秣陵，而置京口鎮。《南徐志》：京口舊名須口，即西浦也。

其二

翻翻緹騎走香塵，激激飛濤射火輪。美酒留連三夜月，豐年傾倒五州《吴都文粹》作「湖」春。公自注：時浙西皆不熟，罷燈，惟蘇獨盛。安排詩律追强《吴都文粹》作「佳」對，蹭蹬歸期爲惡賓。墮珥遺簪想無限，華胥猶見夢回人。

慎按：以上二首，施氏原本訛編《戲錢道人詩》後，今改正。

常潤道中有懷錢塘寄述古五首〔一〕

其一

從來直道不辜宋刻本作「孤」身，得向西湖兩過春。沂上已成曾點服，泮宫初采魯侯芹。休驚歲歲年年貌，且對朝朝暮暮人。細雨晴時一百六，畫船鼉一本作「簫」鼓莫違民。

〔一〕潤：《元和郡縣志》：孫權自吴理丹徒，今潤州城是也。舊名京口，開皇十五年置潤州，東有潤浦口，故名。

其　二

草長江南鶯亂飛，年來事事與心違。花開後院還空落，燕入華堂怪未歸。世上功名何日是，樽前點檢幾人非。去年柳絮飛時節，記得金籠放雪衣〔一〕。公自注：杭人以放鴿爲太守壽。

〔一〕放雪衣：《倦游録》：王丞相生日，聳大卿籠雀鴿造相府以獻，搢笏開籠，一一放之。

附述古次韻二首：《古靈集》題云「和子瞻沿牒京口憶西湖寒食出遊見寄」。

乞得湖山養病身，花時曾共憶行春。嚶鳴幽鳥還遷木，觱沸清泉復采芹。皂蓋尋芳邱有李，彩樓觀戲巷無人。錦袍公子歸何晚？獨念溝中菜色民。自注云：時子瞻沿漕檄賑濟常、潤飢民。

春陰漠漠燕飛飛，可惜春光與子違。半嶺烟霞紅旆入，滿湖風月畫船歸。緱生一曲人何在？遼鶴重來事已非。猶憶去年題別處，鳥啼花落客沾衣。

其　三

浮玉山頭日日風〔一〕，湧金門外已春融〔二〕。二年魚鳥渾相識，三月鶯花付與公。剩看新翻眉倒暈，未應泣別臉消紅。何人織得相思字，寄與江邊北向鴻。

〔一〕浮玉山：《山海經》：天目山一名浮玉。公詩中疑用此。施氏補注以爲金山，恐訛。

〔三〕湧金門：吴自牧《夢粱録》：杭州西城三門，曰清波，曰錢塘，曰湧金，皆臨西湖。

慎按：《古靈集》此首缺和。

其　四

國艷夭嬈酒半酣，去年同賞寄僧簷。但知撲撲晴香軟，誰見森森曉態嚴。穀雨共驚無幾日，蜜蜂未許輒先甜。應須火急回征棹，一片辭枝可得黏。

附述古次韻：《古靈集》題云「和子瞻沿牒京口憶吉祥寺牡丹見寄」。

新接枝頭色倍添，馬蹄尋處帽欹簷。春工别與鉛華麗，佛地偏資好相嚴。紅蕊欲開丹未渥，素香堪茹雪非甜。詩翁何事辛真賞，不許浮根浪葉黏。

其　五

惠泉山下土如濡，陽羨溪頭米勝珠〔一〕。賣劍買牛吾欲老，殺雞爲黍子來無？地偏不信容高蓋，俗儉真堪著腐儒。莫怪江南苦留滯，經營身計一生迂。

〔一〕陽羨溪：《太平寰宇記》：常州宜興縣，本秦陽羨。周處《風土記》：名荆溪。古城在今縣南，一名蝦虎城。荆溪在縣南。《漢·志》：中江，首蕪湖，東至陽羨入海。即此溪也。《周益公題跋》云：公熙寧中倅杭，沿檄常、潤間，賦詩云云，卜居，蓋權輿于此。朱冠卿《宜興續圖經》云：東坡初買田黄土村，田主有曹姓者，鬻而造訟，有司已察而斥之。坡移牒，以田歸之。倪瓚《荆溪圖序》：子瞻嘗云：「一入荆溪，便覺意思豁然。」云云。合數説觀之，先生初曾買田于陽羡，後因訟，仍歸原主。故此計終不成，則此詩之作，正買田黄土村時也。

慎按：《古靈集》第五首亦缺和章，今採録章子厚詩，以記卜居陽羡事也。

附章子厚詩：

君方陽羡卜新居，我亦吴門葺舊廬。身外浮名輕土苴讀上聲，眼前陳迹付籧篨。澗聲山色蒼雲上，花影溪光罨畫餘。他日扁舟約來往，共將詩酒狎樵漁。

杭州牡丹開時僕猶在常潤周令作詩見寄次其韻復次一首送赴闕

其一

羞歸應爲負花期，已見成陰結子時。與物寡情憐我老，遣春無恨賴君詩。玉臺不見朝酣酒，金縷猶歌空折枝。從此年年定相見，欲師老圃問樊遲。

其　二

莫負黄花九日期，人生窮達可無時。十年且就《三都賦》，萬户終輕千首詩。天静傷鴻猶戢翼，月明驚鵲未安枝。君看六月河無水，萬斛龍驤到自遲。

慎按：陳舜俞有《和周開祖别子瞻》詩，陳詩世不多見，爲附録於後。

附陳舜俞作：此詩當亦和開祖離錢塘赴闕時所作。

仙舟繫柳小橋東，會合情多勞謫翁。相對一尊浮蟻酒，輕寒二月小桃風。羈懷散誕謳歌裏，世事縱横醉笑中。莫恨明朝又離索，人生何處不怱怱。

常州太平寺觀牡丹〔一〕

武林千葉照觀空〔二〕，别後湖山幾信風。自笑眼花紅緑眩，還將白首對鞓紅。

〔一〕太平寺：《咸淳毘陵志》：太平講寺在郡東門外，齊高祖創建。乾元中，僧法偁始大之。宋改太平興國禪寺。

〔二〕觀空：杭州吉祥寺閣名，詳見第七卷。

慎按：此詩《外集》題云「雨後昭慶賞牡丹」，今從施注本。

遊太平寺净土院觀牡丹中有淡黄一朵特奇爲作小詩

醉中眼纈自斕斑，天雨曼陀照玉盤。一朵淡一作「官」黄微拂掠，鞓紅魏紫不須看。

慎按：以上二首，施氏原本不載，補注本載《補遺》下卷，今據《外集》，按時地移編於此。

無錫〔一〕道中賦水車〔二〕

翻翻聯聯銜尾鴉，犖犖确确蜕骨蛇。分疇翠浪走雲陣，刺水緑鍼抽稻芽。洞庭五月欲飛沙，鼉鳴窟中如打衙。天公不見老翁一作「農」泣，唤取阿香推雷車〔三〕。

〔一〕無錫：周處《風土記》：武王封周章小子于無錫。杜氏《通典》引《史記》曰：太伯始居吴，即此地。《漢·志》：會稽郡下，有無錫縣。顧野王《輿地記》：古讖云：無錫寧，天下平。有錫兵，天下争。

〔二〕水車：《韻語陽秋》：王荆公《元豐行》云：倒持龍骨挂屋敖。龍骨，水車也。東坡亦有《水車》詩云云，言水車之利，不及雷車，所霑者廣也。《太平御覽》引《魏略》曰：馬均居京都，有地可爲園，患無水以灌。乃作翻車，令童轉之，而灌水自覆，更出更入。其巧百倍于常。水車之制昉此。

〔三〕阿香雷車：《續搜神記》：義興人姓周，出都。日暮，道邊有一新草屋，有一女子。望見周，便求寄宿。向一更，聞外有小兒喚：「阿香！官喚汝推雷車。」女乃辭去。明朝視宿處，乃見一新塚。

成都進士杜暹伯升出家名法通往來吴中〔一〕

欲識當年杜伯升，飄然雲水一孤僧。若教俛首隨韁鎖〔二〕，料得如今似我能。公自注：柳子玉云：暹若及第，不過似我。

〔一〕進士：宋時發解舉子皆稱進士。殿試取中，爲及第出身。

〔二〕韁鎖：《漢書·叙傳》：貫仁義之羈絆，繫名聲之韁鎖。

虎邱寺〔一〕

入門無平田，石路穿細一作「細穿」嶺。陰風生澗壑〔二〕，古木翳潭井。湛盧誰復見〔三〕？秋水光耿耿。鐵花秀巖壁，殺氣噤蛙黽。幽幽生公堂〔四〕，左右立頑礦。當年或未信，異類服精猛。胡爲百歲後，仙鬼互馳騁。窈然留清詩，讀者爲悲哽。東軒有佳致，雲水麗千頃。

熙熙覽生物，春意破淒冷。我來屬無事，暖日相與永。喜鵲翻初旦，愁鳶蹲落景。坐見漁樵還，新月溪上影。悟彼良自咍，歸田行可請。

〔一〕虎邱寺：《吴都文粹》載徐輔《虎邱記》云：山在郡北。遥望平田中一小邱，高一百三十尺，周二百十丈。晉王珣《山記》：山勢四面周迴，嶺南則是山徑。兩面壁立，交林上合，蹊路下通，升降窈窕，亦不猝至。龔明之《中吴紀聞》：虎邱山椒有二伽藍，顔魯公詩云：不到東西寺，于今十五春。白樂天有《東西武邱》詩。今西安即西武邱。《吴郡志》：靈巖寺即晉王珣、珉捨别業以創焉。始于一山，中分二寺，今則合爲一。《太平寰宇記》：今寺即闔閭墓。

〔二〕澗壑：《元和郡縣志》：武邱山，闔閭葬于此。秦始皇鑿其珍異，莫知所在。鑿處今成深澗。《太平寰宇記》：山澗是孫權發塚，掘求闔閭寶器。澗側有平石，可容千人。

〔三〕湛盧：《吴越春秋》：楚昭王得湛盧之劍于狄，召風胡子而問之。風胡子曰：「臣聞吴王得越所獻寶劍三枚，一曰魚腸，二曰槃郢，三曰湛盧。魚腸之劍，已用殺吴王僚也。槃郢，已送死女。今湛盧，入楚也。」施氏補注謂，以湛露獻吴公子光，以弑其君僚。今《吴越春秋》無此文也，改竄史傳，諸如此類，可笑。

〔四〕生公：《釋氏稽古略》：羅什法師弟子道生袖手來晉，入平江虎邱山，竪石爲聽徒，講《涅槃經》。至闡提有佛性處，曰：「如我所説，義契佛心否？」群石皆首肯之。

蘇州閭邱江君二家雨中飲酒二首〔一〕

其一

小圃陰陰徧灑塵，方塘瀲瀲欲生紋。已煩仙袂來行雨，莫遣歌聲便駐雲。肯對綺羅辭白酒，試將文字惱紅裙〔二〕。今宵記取醒時節，點滴空堦獨自聞。

〔一〕閭邱：范成大《吴郡志》：閭邱孝終，字公顯，郡人。常守黄州，既掛冠，與諸名人耆艾爲九老會。東坡經從，必訪孝終，賦詩爲樂。本集《水龍吟詞序》云：太守閭邱公顯，已致仕，居姑蘇。後房懿卿者，甚有才色。云云。○按，閭邱名字，蓋取《孝經》「以顯父母，孝之終也」二句義。《中吴紀聞》亦以爲孝終。應從《吴郡志》及《紀聞》，作「終」。施氏補注作「忠」者，訛。

〔二〕文字：韓愈詩：不解文字飲，惟能醉紅裙。

其二

五紀歸來鬢未霜，十眉羅宋刻本作「環」列坐生光。喚船渡口迎秋女，駐馬橋邊問泰娘。曾把四絃娱白傅，敢將百草鬭吴王。從今却笑風流守，畫戟空凝宴寢香。

蘇州姚氏三瑞堂〔一〕公自注：姚氏世以孝稱。

君不見董召南，隱居行義孝且慈。天公亦恐無人知，故令雞狗相哺兒，又令韓老爲作詩。爾來三百年，名與淮水東南馳。此人世不乏，此事亦時有。楓橋三瑞皆目見〔二〕，天意宛在虞鰥後。惟有此詩非昔人，君更往求無價手。

〔一〕姚氏三瑞堂：龔明之《中吴紀聞》云：閶門西姚氏園亭頗足雅致，所居有三瑞堂。范成大《吴郡志》：三瑞堂在楓橋，孝子姚淳所居。家世業儒，蘇文忠往來必訪之。嘗爲賦《三瑞堂》詩，姚氏致香爲獻，公不受。

〔二〕楓橋：《吴地紀》：長、吴二縣虹橋三百有餘，最著者爲楓橋，在閶門西七里。孫覿《蘭陵尚書集》有《楓橋寺記》：舊作「封橋」，後因張繼詩，相承作「楓」。今天平寺藏經多唐人書，背有「封橋常住」字。

慎按：此詩施氏本訛編密州卷中，今據《外集》改正。

次韻沈長官三首

其一

家山何在兩忘歸，盃酒相逢慎勿違。不獨飯山嘲我瘦，也應糠覈怪君肥。

其二

男婚已畢女將歸，累盡身輕志莫違。聞道山中食無肉，玉池清水自生肥。

其三

造物知吾久念歸，似憐衰病不相違。風來震澤帆初飽〔一〕，雨入松江水漸肥〔二〕。

〔一〕震澤：《禹貢》：三江既入震澤，底定。《越絶書》：太湖周迴三萬六千頃，《禹貢》之震澤。

〔二〕松江：《吴郡志》：松江在郡南四十五里，《禹貢》「三江」之一也。南與太湖接。吴江縣在江濆，垂虹跨其上。程俱《松江賦》：三江之湊，實爲五湖。地脉四達，衍爲松江。

戲書吴江〔一〕三賢畫像三首〔二〕

其　一

誰將射御教吾兒，長笑申公爲夏姬。却遣姑蘇有麋鹿，更憐夫子得西施。公自注：范蠡。

〔一〕吴江：《太平寰宇記》：吴江本名松江，又名笠澤。其江出太湖。二源，一江東五十里入小湖，一江東二百六十里入大海。《五代史職方考》：吴江縣，梁開平三年，錢鏐置。

〔二〕三賢畫像：《中吴紀聞》：越上將軍范蠡，晉江東步兵張翰，唐贈右補闕陸龜蒙，各有畫像在吴江鱸鄉亭旁，東坡有詩。後易其名曰「三高」，且更爲塑像。今在長橋北，與垂虹亭相望。范成大《三高祠記》：三君者不並世，而吴江之邑人獨奉蒸嘗，以誇於四方。《式古堂畫考》：三賢像，李伯時所畫。

其　二

浮世功勞食與眠，季鷹真得水中仙。不須更説知幾一作「機」早，直爲鱸魚也自賢〔一〕。公自注：張翰。

〔一〕直爲鱸魚：《中吴紀聞》載季鷹《秋風歌》，曰：秋風起兮佳景時，吴江水兮鱸正肥。三千里兮家未歸，恨難得兮仰天悲。王贇《過吴江》詩云：因想季鷹當日事，歸來未必爲蓴鱸。意謂翰度時不可有爲，故飄然遠去也。東坡即其語而反之，更高一格。

其　三

千首文章二頃田，囊中未有一錢看。却因養得能言鴨，驚破王孫金彈丸。公自注：陸龜蒙。

附劉景文三首：

太湖際天碧，浩蕩浮萬象。中有洞庭山，天作蓬壺樣。蘆葦秋蕭蕭，時聞發漁唱。清風如可尋，明月迷所向。有人在扁舟，髮白神夷曠。扣舷了不顧，出没信波浪。心已類水石，何由知得喪？遺名至如今，自古惟越相。初爲吴都囚，君后憂醢醬。忍耻人謂愚，祈生世知妄。尪瘵脱萬死，歸國奇謀創。行師舞羣姓，下令躍諸將。夜半覆姑蘇，夫差始悲愴。安側寬晷刻，反掌成伯王。江山入會稽，功高誰與抗？寵利速禍敗，忠臣半誅放。遯去舉邦求，君王鑄形狀。寂寥數千年，相見霜縑上。右范蠡。

吴江浄如鏡，吴艇輕如飛。吴山遠如畫，此景天下稀。秋風曉槭槭，秋雨凉霏霏。誰將菰菜擷，正是鱸魚肥。時有季鷹者，懷此如當作「知」所歸。浩歌有餘樂，肯樂首陽饑。親朋不可挽，飄忽雲邊衣。亦聞有富貴，大第嚴朱扉。食必列鐘鼎，侍妾鳴珠璣。簪裾望顔色，賓從生光輝。一言轉造化，枯朽成芳菲。功高責又重，勢缺一字干天威。福深禍亦稱，顛覆始知幾。斯人悟茲理，弔世潛歔欷。沉浮固寵禄，安能與心違。滄波浩無際，草木情依依。可以恣幽步，白雲藏釣磯。靜引一盃酒，高缺一字憐昨非。數峰太湖上，斜陽明翠微。虚亭展遺像，想見猶忘機。右張翰。

人物盛東南，莫如吴郡陸。漢季逮唐來，班班聞史牘。門庭迭輝赫，龍虎争馳逐。風流郁蘭桂，氣象鮮車服。魯望乃其裔，清標暎宗族。文章及者鮮，意氣舊本作「意趣」超然獨。寧從一瓢飲，不枉萬鍾禄。雲烟藹巾袖，星斗粲胸腹。來居笠澤旁，蕭蕭數間屋。厨中甑起塵，筆下珠盈斛。吟須僧舍題，醉就友人宿，醒將《太玄》解，卧把《離騷》讀。心雖混漁釣，迹亦缺一字樵牧。韻高誰可聽，皮子往還熟。唱酬數百篇，名流必雌伏。叢書類有道，不賦長沙鵬。晚泊松江上，遺圖見眉目。分明孤鶴姿，軒昂駭雞鶩。右陸龜蒙。

慎按：景文與坡公唱和，前後不下數十首，惜其傳世者少。余目所偶見，必亟録而存之。此三章，載錢叔寶《續吴都文粹》中，今采録。

附鄆王楷三首：按，宋欽宗初封鄆王，此三首見《式古堂書畫考》，今采附。

已將勳業等浮漚，鳥盡弓藏見遠謀。越國江山留不住，五湖風月一扁舟。

西風淅淅動高梧，目送浮雲悟卷舒。自是歸心感秋色，不應高興爲鱸魚。

杞菊蕭條繞屋春，不教鵝鴨惱比鄰。滿身花影猶沈醉，應是江湖一散人。

劉孝叔會虎邱時王規父齋素祈雨不至二首〔一〕

其　一

白簡威猶凛，青山興已穠。鶴閒雲作氅，駝卧草埋峰。跪履若可教，卜隣應見容。因公問回老，何處定相逢？

〔一〕劉孝叔：《宋史》：劉述，字孝叔，湖州人。神宗朝爲御史，上疏劾王安石，出知江州。踰年，提舉崇禧觀，故有「白簡」、「青山」之句。

慎按：王規父，名誨。熙寧六年，爲蘇州守，注見本卷。又按，王覿，字明叟，泰州人。元祐中爲右諫議，坐論胡宗愈出知潤州。加直龍圖閣，移知蘇州。《宋史》有傳。施氏補注謂覿字規父，牽混爲一人，大謬。今駁正。

其　二

太常齋未解，不肯對纖穠。只遣三千履，來遊十二峰。林空答清唱，潭净寫衰容。歸去瑶臺路，還應月下逢。

過永樂文長老已卒〔一〕石刻云：夜至本覺，文長老已化。

初驚鶴瘦不可識，旋石刻作「漸」覺雲歸無處尋。三過門間老病死〔二〕，一彈指頃去來今〔三〕。存亡慣見渾無淚，鄉井石刻作「曲」難忘尚有心。欲向錢塘訪石刻作「弔」圓澤，葛洪川畔待秋深。

〔一〕永樂文長老：注見前。

〔二〕三過門：宋僧居簡《北磵集》中有《本覺禪院三過堂記》，其略云：或謂東坡因鄉里故舊，故爲文長老游本覺。公以熙寧五年倅杭，明年有事于潤，道過檇里，尋訪焉。後六年，自徐移湖，再過焉，文病且老。又十年，自翰林學士知杭州，又過焉，文死矣。據此，則先生所作三詩，首尾相距十七八年，不應概入倅杭卷中。今從施氏之舊，存前説以備參考。○老病死：《維摩經》或示老病死，成就諸羣生。

〔三〕彈指頃：《翻譯名義》云：時之極少爲刹那。壯士一彈指頃，六十五刹那。又云：二十念爲一瞬，二十瞬名一彈指。○去來今：《維摩經》：皆以世俗文字數，故説有三世，非謂菩提有去來今。

贈張刁二老〔一〕

兩邦山水未凄凉，二老風流總健强。共成一百七十歲，各飲三萬六千觴一作「場」。藏春塢裏鶯花鬧，仁壽橋邊日月長〔二〕。惟有詩人被磨折〔三〕，金釵零落不成行。

〔一〕二老：《東都事略·梅堯臣傳》後云：同時有張先子野、刁約景純，皆有文名，而逸其事。按，本集有《張子野年八十五尚聞買妾》詩，又有《祭刁景純文》，云「卒時年八十五」，今詩云「共成一百七十歲」，距景純之卒，不遠矣。

〔二〕仁壽橋：疑張子野所居，今失考。

〔三〕詩人：先生自謂。施氏補注引王氏舊文，云「詩人指言張子野」者，訛。

東坡先生編年詩卷十二

古今體詩四十八首起熙寧甲寅六月，自常、潤回錢塘，九月後移知密州，盡十二月作。

去年秋偶游寶山上方入一小院闃然無人有一僧隱几低頭讀書與之語漠然不甚對問其鄰之僧曰此雲闍黎也不出十五年矣今年六月自常潤還復至其室則死葬數月矣作詩題其壁〔一〕

雲師來寶山，一住十五秋。讀書嘗閉户，客至不舉頭。去年造其室，清坐忘百憂。我初無言說，師亦無對酬。今年宋刻本作「來」復扣門，空房但飀飀。云已滅無餘，薪盡火不留。却疑此室中，常有斯人不。所遇孰非夢，事過吾何求。

〔一〕雲闍黎：《西湖游覽志》：七寶山在白馬廟巷之西，舊有寶嚴院，錢氏建。雲闍黎者寓院中，謝絶人事，日理《觀音經》，忽一日，留偈而逝。偈云：誦經一字禮一拜，頭白眼眵坐塵界。天雞臨夢啼一聲，明月一輪觀白在。

聽僧昭素琴〔一〕

至一作「温」和無攫醳，至平無按抑。不知微妙聲，究竟從何出。散我不平氣，洗我不和心。此心知有在，尚復此微吟。

〔一〕昭素：失考。

僧惠勤〔一〕初罷僧職〔二〕

軒軒青田鶴〔三〕，鬱鬱在樊籠。既爲物所縻，遂與吾輩同。今來始謝去，萬事一笑空。新詩如洗出，不受外垢蒙。清風入齒牙，出語如風松一作「松風」。霜髭茁病骨，饑坐聽午鐘。非詩能窮人，窮者詩乃工。此語信不妄，吾聞諸醉翁。

〔一〕惠勤：注見前。

〔二〕僧職：宋時兩街僧職，有正有副。

〔三〕青田鶴：《太平寰宇記》：處州青田縣，因青山爲名。《相雀經》云：青田之雀。即此邑之地。

游靈隱高峰塔

言游高峰塔〔一〕，蓐食治野裝。火雲秋未衰，及此初旦凉。霧霏巖谷暗，日出草木香。嘉我同來人，久便雲水鄉。相勸小舉足，前路高且長。古松攀龍蛇，怪石坐牛羊。漸聞鐘磬音，飛鳥皆下翔。入門空有無，雲海浩茫茫。惟見聾道人，老病時絶糧。問年笑不答，但指穴藜牀。心知不復來，欲歸更徬徨。贈别留匹布，今歲天早霜。

〔一〕高峰塔：《咸淳臨安志》：南高峰塔，天福中建，高可十丈。又，北高峰塔，天寶中建，高七層。《西湖游覽志》：高峰在南、北諸山之界，羊腸屈曲，松篁葱蒨。塔居峰頂，東瞰平蕪，盡湖山之景。南頫大江，西接巖竇，怪石翔舞，洞穴邃密。

附楊蟠《北高峰塔》詩：從《臨安志》采出：

杳杳孤峰上，寒陰帶遠城。不知山下雨，奎斗自分明。

八月十七日天竺山送桂花〔一〕分贈元素〔二〕

月缺霜濃細蕊乾，此花原屬玉堂仙。鷲峰子落驚前夜〔三〕，蟾窟枝空記昔年。破裓山一作「高」僧憐耿介，練裙溪女鬭清妍。願公綵擷紉幽佩，莫遣孤芳老磵邊。

〔一〕天竺桂：張子韶《橫浦集·憶天竺月桂》詩：湖上北山天竺寺，滿山桂子月中秋。黄英六出非凡種，肯許天香過別州？自注云：天竺桂花六出，他州所無。《冷齋夜話》：天竺桂花，中秋特盛，非必種出月中，地氣使然也。

〔二〕元素：《宋史》：楊繪，字元素，綿竹人。神宗朝爲御史中丞，免役法行，繪陳十害。罷爲侍讀學士，出知亳州。歷應天、杭州。《咸淳臨安志》：陳襄罷杭州守，楊繪來代之。《范淳甫集》中①，有《楊元素墓志》，稱其能治經，尤長于《易》、《春秋》，仕終天章閣待制。

〔三〕子落：宋之問詩：桂子月中落。白居易詩：宿因月桂落。自注云：天竺有桂，月中子落。又，《東城桂》詩：子墮本從天竺寺，根盤今在闔閭城。《咸淳臨安志》：靈隱有月桂峰，相傳月中桂子嘗墜于此，生成大樹，其花白，其實丹。天聖中，天降靈實於此山，狀如珠璣，識者曰：此月中桂子也。

① 濟按：「范淳」，原本作「蕩浮」，據四庫本改。

捕蝗至浮雲嶺山行疲苦宋刻本作「茶」有懷子由弟二首〔一〕

其一

西來烟障塞空虚，灑徧秋田雨不如。新法清平那有此，老身窮苦自招渠。無人可訴烏銜肉，憶弟難憑犬附《臨安志》作「寄」書。自笑迂疎皆此類，區區猶欲理蝗餘。

〔一〕浮雲嶺：《咸淳臨安志》：浮雲嶺在於潛縣南二十五里。

其二

霜風漸欲作重陽，熠熠溪邊野菊黄。久廢山行疲犖确，尚能村醉舞淋浪。獨眠林下一作「牀上」夢魂好，回首人間憂患長。殺馬毁車從此逝，子來何處問行藏？

慎按：《烏臺詩案》云：熙寧四年十二月内，軾初任杭州，寄子由詩云：「獨眠林下夢魂好，回首人間憂患長。殺馬毁車從此逝，子來何處問行藏？」又云：「眼看時事力難勝，貪戀君恩退未能。」意謂新法青苗、助役等事，煩雜不可辨，亦言已才力不能勝任也。據此，則此詩當是熙寧辛亥冬作。但起句云「霜風漸欲作重陽」，明係九月初所作。以《年譜》考之，先生到杭州任在十一月，不應九月中先有此詩。傅藻《紀年録》係此詩於熙寧七年，與施氏原本合。恐《詩案》年月有訛，編次仍依施本。

青牛嶺高絶處有小寺人迹罕到〔一〕

暮歸走馬沙河塘，爐《咸淳臨安志》作「青」烟裊裊十里香。朝《臨安志》作「秋」行曳杖青牛嶺，崖《臨安志》作「寒」泉咽咽千山静。君勿《臨安志》作「莫」笑老《臨安志》作「山」僧，耳聾唤不聞，百年俱是可憐人。明朝且復城中去《咸淳志》作「還衝細雨山前去」，白雲却《咸淳志》作「正」在題詩處。

〔一〕青牛嶺：《咸淳臨安志》：青牛嶺在新城縣西七十里南新鄉，舊名寶福山。方丈有東坡題詩于壁。末云「熙寧七年八月二十五日」。《名勝志》：漁洲在新城縣西六十里。又五里，爲寶福山，山有青牛嶺及多福寺，白雲常覆其頂。

新城陳氏園〔一〕次晁補之韻〔二〕

荒凉廢圃秋，寂歷幽花晚。山城已窮僻，况與城相遠。我來亦何事？徙倚望雲巘。不見苦吟人，清樽爲誰滿。

〔一〕陳氏園：《咸淳臨安志》：新城縣七賢鄉有陳氏園。

〔三〕晁補之：《宋史》：晁无咎，字補之，鉅野人。父端友，工于詩。補之十七，隨父官杭州，樂錢塘山川風物之麗，著《七述》以謁通判蘇軾，由是知名。《咸淳臨安志》：晁端友，熙寧中爲新城令，其子補之隨侍官所。東坡行縣，以文來謁，遂知之。

附晁无咎二首：《雞肋集》題云「次韻蘇公和南新道中作」。

山園芙蓉開，寂寞歲云晚。公來無與同，念我百里遠。寒飈吟一作「吹」空林，白日下重巘。興盡還獨歸，挑燈古囊滿。

讀公棲鴉詩，歲月傷晼晚。公何不念世？蠟屐行避遠。羈鳥翔别林，歸雲抱孤巘。我才不及古，歎息襟泪滿。

梅聖俞〔一〕詩中有毛長官者今於潛令國華也聖俞没十五年而君猶爲令捕蝗至其邑作詩戲之〔二〕

詩翁憔悴老一官，厭見苜蓿堆青盤。歸來羞澀對妻子，自比鮎魚緣竹竿〔三〕。今君滯留生二毛，飽聽衙鼓眠黄紬。更將嘲笑調朋友，人道獮猴騎土牛。願君恰似高常侍，暫爲小邑仍刺史。不願君爲孟浩然，却遭明主放還山。宦遊逢此歲年惡，飛蝗來時半天黑。羡君封境稻如雲，蝗自識人人不識。

〔一〕梅聖俞：《東都事略》：梅堯臣，字聖俞，宣城人。世以詩名，堯臣遂以詩聞天下。嘉祐元年，趙槩等薦于朝，得國子監直講，官至都官員外郎。有詩集四十卷。○按，《歐陽集》中《梅聖俞墓志》：嘉祐五年四月癸未，聖俞卒于京師。自庚子至甲寅，蓋十五年矣。

〔二〕毛國華：名賓。○慎按，聖俞有《送毛秘校自宣城主簿被薦入補令》詩，《晁无咎集》有《和於潛令毛國華茗雪行》一篇。先生本集又有《於潛令刁同年野翁亭》詩，見第九卷。刁、毛二人爲於潛令，皆在先生倅杭時。○《咸淳志》於潛縣令條下，並載兩人姓名，亦無交代歲月可考。

〔三〕鮎魚竹竿：《本草》：鯢魚，即鮷魚之能上樹者。俗云鮎魚上竿，乃此也。《異物志》：有魚之形，以足行，如蝦。

附梅聖俞作：

良驥不必大，騰身已超邁。良弓不待寒，調弦自勁快。宣城古大邑，聽訟易聾聵。君能抉其塞，宰與民共賴。自當割雞用，刃必無鈍敗。嘗聞開元時，令長多賜戒。戒石今尚存，世異事不背。以此贈行行，無酒勿我怪。

與毛令方尉〔一〕游西菩一本有「提」字寺二首〔二〕

其一

推擠不去已三年，魚鳥依然笑我頑。人未放歸江北路，天教看盡淛西山。尚書清節衣冠後，處士風流水石間。一笑相逢那易得，數詩狂語不須删。

〔一〕毛令、方尉：毛名寶，字國華。方名武。《咸淳臨安志》：熙寧七年八月，蘇文忠公同毛君寶、方君武訪參寥、辨才，遂宿西菩山，留題。云云。

〔二〕西菩寺：秦湛《重修明智寺記》略云：於潛之西菩有光燭天，見菩薩像。其時僧道志茅廬其下，遂聚邑人之錢而廟佛焉，號西菩寺，實唐天祐中也。本朝改曰明智，今謂其山猶曰西菩云。湛，少遊之子也。《咸淳臨安志》：西菩山，在於潛西波亭鄉。初，山之西有光亘天，嘗現菩薩像，故名。九瑣交陳，雙峰對峙，明智寺在焉。寺前半里許，有亭曰轉山，取東坡「路轉山腰」之句。《武林梵志》：明智寺在於潛縣西十八里，後歸併寂照寺。

其　二

路轉山腰足未移，水清石瘦便能奇。白雲自占東西嶺〔一〕，明月誰分上下池〔二〕。黑黍黄粱初熟候，朱柑緑橘半甜時。人生此樂須天付，莫遣兒郎取次知。

〔一〕東西嶺：《咸淳臨安志》：明智寺有雙峰堂，秦湛《西菩寺記》：兩峰屹然，如立長人。泉湧西巖之趾，盛暑常寒。

〔二〕上下池：《咸淳臨安志》：明智寺中有清凉池、明月池。

聽賢師琴

大絃春温和且平，小絃廉折亮以清。平生未識宮與角，但聞牛鳴盎中雉登木。門前剥啄誰叩門？山僧未閑君勿嗔。歸家且覓千斛水，净洗從前箏笛耳。

慎按：《苕溪叢話》引《復齋漫録》云：元微之詩：宮絃春以君，君若春日臨。商絃廉以臣，臣作旱天霖。蓋用《史記》鄒忌子聽齊威王鼓琴語也。《西清詩話》乃謂「胡僧義海琴妙天下，而東坡《聽惟賢琴》詩云云，以爲凡聲皆爾，不獨琴爲然」。至謂「東坡不知琴趣」，殊不知亦取鄒忌子事耳，可謂不學。

贈寫真何充秀才〔一〕

君不見潞州别駕眼如電〔二〕，左手挂弓横撚箭。又不見雪中騎驢孟浩然，皺眉吟詩肩聳山。飢寒富貴兩安在？空有遺像留人間。此身常擬同外物，浮雲變化無蹤跡。問君何苦寫我真？君言好之聊自適。黄冠野服山家容，意欲置我山巖中。勳名將相今何限，往寫褒公與鄂公。

〔一〕何充：鄧公壽《畫繼》：何充，不知何許人也。郭若虚《紀藝》：宋自建隆以至熙寧，獨工傳寫者七人。何充與焉，亦不詳其里居。○慎按，本集《與王定國尺牘》云：「蘇州何充畫真，雖不全似，而筆墨之精，已可奇也。」則充乃蘇州人。

〔三〕潞州别駕：《唐書·玄宗本紀》：初爲潞州别駕。

回先生過湖州東林〔一〕沈氏飲醉以石榴皮書其家東老庵之壁云西隣已富憂不足東老雖貧樂有餘白酒釀來因好客黄金散盡爲收書西蜀和仲聞而次其韻三首東老沈氏之老自謂也湖人因以名之其子偕作詩有可觀者〔二〕

其一

世俗何知窮宋刻本作「貧」是病〔一〕，神仙可學道之餘。但知白酒留佳客，不問黄公覓素書。

〔一〕東林：《吴興備志》：歸安縣有東林山，一名貝錦峰，上有回仙觀，沈東老捨宅。

〔二〕東老庵：《侯鯖録》：熙寧中，有道士過沈東老，飲酒，用石榴皮寫詩于壁上，云云。自稱回山人，東老送出門，至石橋上，先渡數十步，不知所在。或曰：即吕先生也。《吴興掌故》：沈東老，名思，隱居東林山。郡守秘閣陳誠伯以東老名其所居之菴。詳見郡人劉一止《回仙祠記》中。

其　二

符離道士晨興際，華岳先生尸解餘。忽見黄庭丹篆句，猶傳青紙小朱書。

其　三

凄凉雨露三年後〔一〕，髣髴塵埃數字餘。至用榴皮緣底事？中書君豈不中書。

〔一〕三年後：《侯鯖録》：熙寧七年，東坡過晉陵，遇東老之子，道其事。時東老已殁三年矣，故起句云然。慎按，東老之子偕，字君與。見本集《雜記》中。

附陳履常次韻二首：此二詩從《吴興備志》中采出。

一杯領意不須沽，六字持身已有餘。癡子未知天上樂，先生合解世間書。

隨世功名非所望，稱家豐儉不求餘。青衫出指論奇字，白髮挑燈寫細書。

李行中宋刻本有「秀才」二字醉眠亭三首〔一〕

其一

已向閒中作地仙，更於酒裏得天全。從教世路風波惡，賀監偏工水底眠。

〔一〕李行中：龔明之《中吴紀聞》：李無悔，名行中，本霅川人，徙居淞江，高尚不仕。范成大《吴郡志》：醉眠亭在淞江，李無悔所居。至元《嘉禾志》：李行中築亭于青龍江上，諸公皆有詩。

其二

君且歸休我欲眠，人言此語出天然。醉中對客眠何害？須信陶潛未若賢。

其三

孝先風味也堪憐，肯爲周公晝日眠。枕麯先生猶笑汝〔一〕，枉將空腹貯遺編。

〔一〕枕麯先生：白居易詩：居士忘筌兀兀坐，先生枕麯昏昏睡。

附李無悔《自題醉眠亭》原作：

簷低檻曲無嫌隘，地僻草深宜晝眠。代枕暮憑谿上石，當簾時看屋頭烟。倦游拂壁畫山徑，貪醉解衣還酒錢。一水近通西浦路，客來猶可棹漁船。

附子由作：

是非一醉了無餘，惟有胸中萬卷書。已把人生比蘧傳，更將江浦作階除。欲眠賓客從教去，倒臥氍毹豈暇舒？京洛舊遊真夢裏，秋風無復憶鱸魚。

附李公擇作：

陶公醉眠野中石，君醉輙眠舍後亭。人知醉眠盡以酒，不知身醉心長醒。衆人清晨未嘗飲，已若醉夢心冥冥。淫名嗜利到窮老，有耳亦不聞雷霆。醉石雖頑慰山側①，苔昏蘚剥誰與扃？牧童樵叟亦能指，卒以陶令垂千齡。危檐弱棟倚荒渚，海霧江雨穿疎櫺。勿謂幽亭易摧折，勉事偉節同明星。

附張子野作：

醉翁家有醉眠亭，爲愛江隄亂草青。不聽耳邊啼鳥唤，任教風外雜花零。飲酣何必過比舍，樂甚

① 「慰」，宋楊潛《紹興雲間志》卷下作「委」。

應宜造大庭。五柳北窗知此趣，三間南楚漫孤醒。

附陳令舉作：

酒擔《至元嘉禾志》作「膽」嘗輕六印腰，醉中一枕敵千朝。興亡藐比榮枯柳，聚散看同旦暮潮。醉法本應塵外有，醒魂徒向水邊招。已聞佳士過從約，不比東風逐去橈。

附韓宗文次韻三首：

萬慮中來攪不眠，醉時一覺自陶然。冥冥固已忘天地，豈向杯中覓聖賢？

得酒休論飲得仙，醉中遺物爲神全。世間反覆無窮事，吏部難忘抱甕眠。

昔有遺賢世所憐，滄浪亭下醉時眠。松江變酒終難待，却對殘燈理短編。

慎按：徐碩《至元嘉禾志》及勞鉞《湖州志》所載，醉眠亭題咏甚多，如王觀、張景修、蘇棁、晁端佐、端彦、關景山、楊蟠、秦觀、僧道潛，名作如林，録之不勝録。偶采數公詩，附志姓名於左方。

潤州甘露寺彈箏

多景樓上彈神曲〔一〕，欲斷哀絃再三促。江妃出聽霧雨愁，白浪翻空動浮玉。公自注：金山名。喚取吾家雙鳳槽，遣作三峽孤猿號。與君合奏芳春調，啄木飛來霜樹杪。

〔二〕多景樓：《京口志》：甘露寺有多景樓，中刻東坡熙寧甲寅與孫巨源輩會此賦《采桑子》詞，碑石今尚存。

單同年求德興俞氏聚遠樓詩三首

其　一

雲一作「雪」山烟水苦難親，野草幽一作「閒」花各自春。賴有高樓能聚遠，一時收拾與閒人。

慎按：《苕溪漁隱》云：作語不可太熟，亦須令生。東坡作《聚遠樓》，本合用「青山緑水」對「野草閒花」，以此太熟，故易以「雪山烟水」，此深知詩病者。然後知寧拙毋巧、寧樸毋華、寧粗毋弱、寧僻毋俗之語可信。

其　二

無限青山散不收，雲奔浪卷入簾鈎。直將眼力爲疆界，何啻人間萬户侯。

其　三

聞説樓居似地仙，不知門外有塵寰。幽人隱几寂無語，心在飛鴻滅没間。

平山堂〔一〕次王居卿祠部韻〔二〕

高會日陪山簡醉，狂言屢發次公醒〔三〕。酒如人面天然白，山向吾曹分外青。江上飛雲來北固〔四〕，檻前修竹憶南屏〔五〕。六朝興廢餘坵壠，空使奸雄笑寧馨〔六〕。

〔一〕平山堂：方回《瀛奎律髓》注云：慶曆八年二月，歐陽公守揚州，作是堂于蜀岡之大明寺。江南諸山，拱立簷下，故曰平山。沈括爲《前記》，洪邁爲《後記》。

〔二〕王居卿：《宋史》：王居卿，字壽明，登州人。第進士，歷天章閣待制，以言利至從官。稱俗吏云。

〔三〕狂言：《詩話總龜》：王居卿在揚州，同孫巨源、蘇子瞻適相會，居卿置酒，舉林和靖「疎影」「横斜」二句，以爲詠杏與桃、李皆可。東坡曰：「可則可矣，第恐杏、桃、李花不敢承當耳。」一座大笑，詩中所云「狂言」，當指此事。

〔四〕北固：《南史》：梁蕭正義爲南徐州刺史，武帝幸朱方，正義修廨宇以待輿駕。初，京城之西，有別嶺入江，高數十丈。三面臨水，號曰北固。蔡謨起樓其上。頂有小亭，上幸，登望久之，敕曰：「此嶺不足固守，然京口實乃壯觀。」改曰「北顧」。《太平寰宇記》：北固山在丹徒縣北一里。

〔五〕檻前修竹：《石林避暑録》：平山堂左右，老木參天。後有修竹數千竿，大如椽，不見日色。

〔六〕寧馨：吴曾《漫録》：張謂詩：家無阿堵物，門有寧馨兒。以「寧」字爲去聲。劉夢得詩：爲問中朝學道者，幾人雄猛得寧馨。以「寧」字爲平聲。按，晉宋間，以「寧馨兒」爲不佳也。雖「寧」字平、去二聲皆可通用，然張、劉二詩，義則乖矣。東坡亦作側聲。

次韻陳海州書懷〔一〕

鬱鬱蒼梧海上山〔二〕，公自注：東海鬱州山，云是蒼梧浮來。蓬萊方丈有無間。舊聞草木皆仙藥，欲棄妻孥守市闤。雅志未成空自嘆，故人相對若爲顔。酒醒却憶兒童事，長恨雙鳧去莫攀。公自注：陳曾令鄉邑。

〔一〕陳海州：名失考。《元和郡縣志》：春秋魯之東鄙。秦分薛郡置郯郡，漢改郯爲東海郡。武德四年，改海州。《文獻通考》：東魏改郯縣爲海州。與《志》異。《太平寰宇記》：大海在城東。《九域志》：淮南東路海州，治朐山縣。東南至漣水軍三百四十里，北至密州四百五十里。

〔二〕蒼梧山：《山海經》：郁洲在海中。「郁」音「鬱」。注云：在朐縣東北。昔有道者十人，遊于蒼梧鬱洲之上，皆得道。其山自蒼梧徙至東海之上，今猶有南方草木生焉。故崔琰《述征賦》曰：郁洲者，故蒼梧山也。在東海城北，有九嶺。

次韻陳海州乘槎亭〔一〕

人事無涯生有涯，逝將歸釣漢江槎。乘桴我欲從安石，遁世誰能識子嗟？日上紅波浮翠巘，潮來白浪卷青沙。清談美景雙奇絶，不覺歸鞍帶月華。

〔一〕乘槎亭：失考。

次韻孫職方蒼梧山〔一〕

蒼梧奇事豈虚傳？荒怪還須問子年。遠託鰲頭轉滄海，來依鵬背負青天諸刻本作「山」者，誂。或云靈境歸賢者，又恐神功亦偶然。聞道新春恣遠覽，羨君平地作飛仙。

〔一〕孫職方：名奕，職方，其官銜也。

次韻孫巨源寄漣水〔一〕李盛二著作〔二〕并以見寄五絶

其一

南嶽諸劉豈易逢？相望無復馬牛風。山公雖見無多子，社燕何由戀塞鴻。公自注：昔與巨源、劉貢父、劉莘老相遇於山陽，自爾契闊，惟巨源近者復相見於京口。〇慎按：本集有《廣陵會三同舍》詩，即二劉與孫也。小注中「山陽」二字疑訛，當作「廣陵」。

〔二〕漣水：《元和郡縣志》：泗州漣水縣，晉置東海郡，隋廢郡，以縣屬海州，因縣界有漣水，故名。《九域志》：淮南東路，楚州山陽郡，開寶九年，以泰州鹽城縣隸焉。熙寧五年，改漣水軍。《文獻通考》：《太平寰宇記》以爲興國三年建漣水軍，與《志》異。《淮安府志》：鹽城縣，宋時立漣水軍于此，水有東漣、中漣、西漣。按，《水經》別有漣水，出連道縣西，乃資水之別派，非此也。

〔三〕李著作：未詳。盛著作：名僑，見《烏臺詩案》。又，《欒城集》有《盛僑授國子司業》告詞。

其　二

高才晚歲終難進，勇退當年正急流〔一〕。不獨二疏爲可慕，他時當有景孫樓。公自注：巨源近離東海郡，有景疏樓〔二〕。

〔一〕勇退：《宋史》：孫洙，熙寧初同知諫院，神宗主王安石新法，多逐諫官。洙知不可，而鬱鬱不能有所言，但力求補外，得知海州。

〔二〕景疏樓：《名勝志》：景疏樓在海州治東北。石刻云：宋葉祖洽慕二疏之賢而建。疏廣、疏受，皆東海人也。

其　三

漱石先生難可意，公自注：謂巨源。 鬣氈校尉久無朋。公自注：自謂。 應知客路愁無奈，故遣吟詩調李陵。公自注：謂李君也。

其　四

雲雨休排神女車，忠州老病畏人誇〔一〕。詩豪正值安仁在，空看河陽滿縣花〔二〕。公自注：盛爲邑宰。

〔一〕忠州：《唐詩紀事》：白居易于元和十三年，自江州司馬移刺忠州。詳見《三游洞詩序》中。

〔二〕河陽縣：《元和郡縣志》：周司寇蘇忿生之邑，漢爲河南縣，唐屬河南府。《太平寰宇記》：宋屬河北道，以在河北爲名。即古孟津之地，今孟州。《名勝志》：今懷慶府孟縣。潘岳爲河陽令，徧栽桃李，呼爲花縣。今縣南河隄尚有遺跡。有澆花井，在故河陽城内。

其　五

膠西未到吾能説〔一〕，桑柘禾麻不見春。不羡京城騎馬客，羡他淮月弄舟人。

〔一〕膠西：《元和郡縣志》：秦屬瑯邪郡，漢高祖分齊，立膠西國，都高密。後魏改膠州，以膠水爲名。隋開皇五年，改密州。《太平寰宇記》：膠山一名五弩山，膠水之所出也。《五代史·職方考》：膠西，故曰輔唐，梁改安邱，晉曰膠西。○未到能説：韓愈詩：潮陽未到吾能説，海氣昏昏浪泊天。

王　莽

漢家殊未識經綸，入手功名事事新。百尺穿成連夜井，千金購得解飛人。

董　卓

公業平時勸用儒，諸公何事起相圖？只言天下無健者，豈信車中有布乎？

慎按：周必大《二老堂詩話》：陸務觀云：「王性之謂東坡作《王莽》詩，譏介甫，云『入手功名事事新』。又，詠《董卓》云『豈信車中有布乎』，蓋指介甫争易市事自相叛也。『車中有布』，借吕布以指惠卿。姓曾，布名，其親切如此。」前輩已言之矣，施氏補注抹却此段，竊爲己説，是何心哉？

虎兒〔一〕

舊聞老蚌生明珠，未省老兔生於菟。老兔自謂月中物，不騎快馬騎蟾蜍〔二〕。蟾蜍爬沙不肯行，坐令青衫垂白鬚。於菟駿猛不類渠〔三〕，指揮黄熊駕黑貙。丹砂紫麝不用塗，眼光百步走妖狐。妖狐莫誇智有餘，不勞摇牙咀爾徒。

〔一〕虎兒：王氏分類以此題入《詠史》中，大謬。劉辰翁評云「此篇疑爲猶子遠作」，亦未能確指王氏之訛。愼按，子由第三子名遠，以甲寅年生，名虎兒。本集《將至筠寄三猶子》詩，有「夜來夢見小於菟」之句，自注云：「遠，小字虎兒。」此其明證。子由己卯生，故詩中借「老兔」爲戲。《欒城集》題云《和子瞻喜虎兒生》，即和此詩也。

〔二〕蟾蜍：《五經通義》：月中有兔與蟾蜍。月，陰也。蟾蜍，陽也。而與兔並明，陰係於陽也。《春秋演孔圖》：蟾蜍，月精也。

〔三〕不類渠：《史記》：漢高祖謂「如意類我」，正暗用此意。

附子由和：

生男如狼猶恐尫，寅年生虎慰爺娘。汝家家世事文史，門户豈有空剛强。試看猛虎在山谷，斧牙鉤爪旗尾揚。徐行當道擇牛羊，狐狸驚走熊猪忙。我今老病思退藏，生子安得尚激昂。不見伯父擅文章，逡巡議論前無當。

除夜病中贈段屯田〔一〕以下密州作。

龍鍾三十九，勞生已强半。歲暮日斜時，還爲昔人歎。公自注：樂天詩云：行年三十九，歲暮日斜時。今年一線在，那復堪把玩。欲起强持酒，故交雲雨散。惟有病相尋，空齋爲老伴。蕭條燈火冷，寒夜何時旦。倦僕觸屏風，饑鼯嗅空案。數朝閉閣卧，霜髮秋蓬亂。傳聞使者來，策杖就梳盥。書來苦安慰，不怪造請緩。大夫忠烈後，高義金石貫。要當擊權豪，未肯覷衰懦。此生何所似？暗盡灰中炭。歸田計已决，此邦聊假館。三徑麤成資〔二〕，一枝有餘暖。願君更信宿，庶奉一笑粲。

〔一〕段屯田：名繹，字釋之。時爲提刑。見《欒城集》。

〔二〕三徑資：《陶潛集》：聊欲絃歌，爲三徑之資。

慎按：甲寅冬，先生在密州度歲，此詩其確證也。施注、王注兩本中，又有《僕年三十九在潤州道上過除夕七絶二首》。據何蘧《春渚紀聞》，以爲錢塘關子容作。今移編《他集互見》卷中，附志於此。

附子由次韻：

京東分東西，中割齊魯半。兄來本相從，路絶人長歎。前朝使者還，手把新詩玩。憐我久别離，卷帙爲舒散。誰言窮陋邦，得此唱酬伴。相逢傾蓋間，晤語何旦旦。宦遊少娱樂，纏縛苦文案。能于王事餘，時作楚詞亂。譬如近膏油，未肯忘濯盥。賢豪真勉强，功業畏遼緩。伊余獨何爲？舊籍西南貫。竊禄未遑歸，自笑嗟已懦。方當四海寒，戀此一寸炭。主倦客欲留，逡巡要奪館。奈何獨見收，軟語强温暖。此意定難酧，還予授子粲。

喬太博見和復次韻答之〔一〕

百年三萬日，老病常居半〔二〕。其間互憂樂，歌笑雜悲歎。顛倒不自知，直爲神所玩。須臾便堪笑，萬事風雨散。自從識此理，久謝少年伴。逝將遊無何，豈暇讀城旦。非才更多病，二事可并案。愧煩賢使者，弭節整紛亂。喬侯瑚璉質，清廟嘗薦盥。奮髯百吏走，坐變齊俗緩。未遭甘鷁退，並進恥魚貫。每聞議論餘，凛凛激貪懦。莫邪當自躍，豈復煩爐炭。便應朝秣越，未暮刷燕館。胡爲守故垢，眷戀桑榆暖。爲君叩牛角，一詠南山粲。

〔一〕喬太博：名叙，字禹功。見本集。太博，其官也。孫彦同《職官分紀》：太常寺有博士。又，國子監有太學博士。

〔二〕百年居半：《列子》：百年者，人之大齊，得百年者，千無一焉。設有一者，孩抱以逮昏老，居其半矣。疾痛哀苦，亡失憂懼，又幾居其半矣。《抱朴子·勤求篇》：百年之壽，三萬餘日耳。幼弱則未有所知，衰邁則歡樂並廢，童蒙昏耄除數十年，而險隘憂病相尋代有。居世之年，略消其半，計定得百千者，喜笑平和，不過五六十年，六七千日耳。顧盼已盡矣，無以笑彼夏蟲朝菌也。蓋爲不知道者之所至悲夫！

二公再和亦再答之

寒雞知將晨，飢鶴知夜半。亦如老病客，遇節嘗感歎。光陰等敲石，過眼不容玩。親友如摶沙，放手還復散。羈孤每自笑，寂寞誰肯伴。元達號神君，公自注：晉循吏喬智明，字元達。高論森月旦。紀明本賢將，公自注：段釋之，本將家。汩没事堆案。欣然肯相顧，夜閤燈火亂。盤空愧不飽，酒薄僅堪盥。雍容許著帽，不怪安石緩。雖無窈窕人，清唱弄珠貫。幸有縱橫舌，《説劍》起慵懦。二豪沈下位，暗火埋濕炭。豈似草玄人，默默老儒館〔一〕。行看富貴逼，炙手借餘暖。應念苦思歸，登樓賦王粲。

〔一〕儒館：韓愈詩：館儒養經史。

雪後書北臺壁二首

其一

黄昏猶作雨纖纖，夜静無風勢轉嚴。但覺衾裯如潑水，不知庭院已堆鹽。五更曉色來書幌〔一〕，半夜《梁溪漫志》作「半月」寒聲落畫簷。試掃北堂看馬耳〔二〕，未隨埋没有雙尖。

〔一〕五更曉色：《梁溪漫志》：或疑五更自應有曉色，亦何必雪。不知此詩所云「五更」者，甲夜至戊夜，自昏達旦，皆若曉色，非雪而何？

〔二〕馬耳：《水經注》：馬耳山，高百丈，上有二石並舉，望齊馬耳，故世取名焉。陳沂《山東志》：馬耳山在諸城縣西南六十里。○按，王新城先生《夫于亭雜記》：宋孫奕字季昭《示兒編》云：東坡《雪夜》詩「試掃北臺看馬耳，未隨埋没有雙尖」。次公曰：馬耳，山名。殊不知王晉之與霍辨雪夜對談，曰：「看北臺馬耳菜何如？」左右曰：「有雙尖在。」坡正用此事。趙未見而妄爲是説耳。然孫亦不注出處，此條宜增入。

其二

城頭初日始翻鴉，陌上晴泥已没車。凍合玉樓寒起粟，光摇銀海眩生花〔一〕。遺蝗入地應千尺，宿麥連雲有幾家〔二〕。老病自嗟詩力退，空吟《冰柱》憶劉叉。

〔一〕玉樓銀海：《石林詩話》：詩禁體物語，歐陽公與客賦雪，舉此令，往往皆擱筆。然此亦無定法，鄭谷「亂飄僧舍茶烟濕，密灑歌樓酒力微」，非不去體物語，而氣格如此其卑。若蘇子瞻云「超然飛動，何害其言「玉樓」、「銀海」？

〔二〕宿麥：羅願《爾雅翼》：麥比他穀，獨隔歲種，故號宿麥。

附子由次韻二首：

麥苗出土正纖纖，春蚤寒官令尚嚴。雲覆南山初半嶺，風乾東海盡成鹽。來時瞬息平吞野，積久欹危欲敗簷。强付酒尊判醉熟，更尋詩句鬬新尖。

點綴偏工亂鵲鴉，淹留亦解惱船車。乘春已覺矜餘力，騁巧時能作細花。僵雁墮鵶誰得罪？敗墻破屋若爲家。天公愛物遥憐汝，應是門前守夜叉。

附王介甫次韻六首：

古木昏昏未有鴉，凍雷深閉阿香車。摶雲忽散簁爲屑，剪水如分綴作花。擁篲尚憐南北巷，持杯能喜兩三家。戲挼弄掬輸兒女，羔袖龍鍾手獨叉。神女青腰寶髻鴉，獨藏雲氣委飛車。夜光往往多聯璧，白小紛紛每散花。珠網纚連拘翼座，瑶池淼漫阿環家。銀爲宫闕尋常見，豈即諸天守夜叉。惠施文字墨如鴉，於此機緘漫五車。礘若易緇終不染，紛然能幻本無花。觀空白足寧知處，疑有青腰豈作家？慧可忍寒真覺晚，爲誰將手少林叉？寄聲三足阿環鴉，問訊青腰小駐車。一一照肌寧有種，紛紛迷眼爲誰花？争妍恐落江妃手，耐冷疑連月姊家。長恨玉顔春不久，畫圖時展爲君叉。戲摇微縞女鬟鴉，試且流酥已頩車。歷亂稍埋冰揉粟，消沉時點水圓花。豈能舴艋真尋我，且與蝸牛獨卧家。欲兆青腰還不敢，直須詩膽付劉叉。靚粧嚴飾燿金鴉，比興難工漫百車。水種所傳清有骨，天機能織皦非花。嬋娟一色明千里，綽約無心熟萬家。長此賞懷甘獨卧，袁安交戟豈須叉。

慎按：陸放翁云：蘇文忠雪詩用尖、叉二韻，王文公有次韻詩，議者謂非二公莫能爲也。吕成叔乃頓和至百篇，字字工妙，無牽强凑泊之病。據此，則尖、叉二韻，介甫當時皆有和章。今集中所載，止叉字韻六首耳。至吕成叔百篇，世無一傳者。古人名作，湮没何可勝道？可發一歎。

謝人見和前篇二首

其　一

已分酒杯欺淺懦，敢將詩力宋刻本作「律」鬭深嚴。漁簑句好真堪畫〔一〕，柳絮才高不道鹽。敗履尚存東郭足宋刻本作「指」，飛花又舞謫仙簷。書生事業真堪笑，忍凍孤吟退筆尖。

〔一〕漁簑句：鄭谷《雪》詩：江上晚來堪畫處，漁人披得一簑歸。他日段贊善爲畫作圖，鄭復有詩謝之，云：愛余風雪句，幽絶寫漁簑。○慎按，「真堪」二字，八句中凡再見，諸本皆然。後見宋刻本，第三句乃是「應須」二字，足證俗本之訛。

其　二

九陌淒風戰齒牙，銀杯逐馬帶隨車。也知不作堅牢玉〔一〕，無奈能開頃刻花〔二〕。得酒强歡愁底事，閉門高卧定誰家？臺前日暖君須愛，冰下寒魚漸可叉。

〔一〕堅牢：白居易詩：世間好物不堅牢，彩雲易散琉璃脆。

〔二〕頃刻花：沈瓚《續仙傳》載殷七七詩：解醖逡巡酒，能開頃刻花。

趙成伯家有麗人僕忝鄉人不肯開樽徒吟春雪美句次韻一笑〔一〕

繡簾朱户未曾開，誰見梅花落鏡臺？試問高吟三十韻，何如低唱兩三杯。公自注：世言：檢死秀才衣帶上有雪詩三十韻。又云，陶穀學士買得党太尉家伎，遇雪，陶收雪水烹團茶。謂伎曰：党家應不識此？伎曰：彼粗人，安得此？但能于銷金煖帳中，淺斟低唱，喫羊羔兒酒。陶默然，慚其言。莫言衰鬢聊相映，須得纖腰與共回。知道文君隔青瑣，梁園賦客肯言才。公自注：聊答來句，義取婦人而已。罪過，罪過！

〔一〕趙成伯：成伯時以尚書郎倅密州，先爲眉之丹稜令，邑人稱之。通守臨淮。先生移守膠西，又佐是邦。爲人簡易疎達，表裏洞然。勤于吏職，親官事如家事。先生作《密州通判廳壁記》，稱予之。此段見施氏原注第十一卷。新刻本删去，今補録之，移注於此。

慎按：此詩施氏原本編《遺詩》三十三首卷中，今據《外集》，移編於此。

成伯家宴造坐無由輒欲效顰而酒已盡入夜不欲煩擾戲作小詩求數酌而已

道士令嚴難繼和，僧伽帽小却空迴。隔籬不唤隣翁飲，抱甕須防吏部來。公自注：道士令，悦神樂中所謂離而復合者。杜詩云：肯與隣翁相對飲，隔籬呼取盡餘杯。

成伯席上贈所出妓川人楊姐

坐來真箇好相宜，深注唇兒淺畫眉。須信楊家佳麗種，洛川自有浴妃池〔一〕。施氏補注本云：洛川當作灌川。

〔一〕浴妃池：《太平寰宇記》：灌縣有楊妃池。《太真外傳》：楊玄琰爲蜀州司户，生貴妃于此。兒時嘗誤墮此池。○《志》云：在縣東二十里，今爲邱、洪二姓之宅。

慎按：以上二首，以題考之，亦密州作。施氏原本不載，今從新刻《續補》下卷因地移編。

鐵溝行贈喬太博

城東坡隴何所似？風吹海濤低復起。城中病守無所爲，走馬來尋鐵溝水〔一〕。鐵溝水淺不容輈，恰似當年韓與侯。有魚無魚何足道？駕言聊復寫我憂。孤村野店亦何有？欲發狂言須斗酒。山頭落日側金盆，倒著接䍦搔白首。忽憶從軍年少時，輕裘細馬百不知。臂弓腰箭南山下，追逐長楊射獵兒。老去同君兩憔悴，犯夜醉歸人不避。明年定起故將軍，未肯先誅霸陵尉〔二〕。

〔一〕鐵溝水：陳沂《山東志》：銕溝水，原出烽火山，流經諸城縣東北，一十五里入濰水。

〔二〕霸陵：按，宋刻本「霸」作「灞」，于義無取。附志備考。慎按，《許彦周詩話》云：淮陰勝而不驕，乃能師李左車。李廣誅霸陵尉，則薄於德矣。東坡「明年定起故將軍，未肯先誅霸陵尉」，用事當如此向背。

莫笑銀杯小答喬太博

陶潛一縣令，獨飲仍獨醒。猶將公田二頃五十畝，種秫作酒不種秔。我今號爲二千石，歲釀百石何以醉賓客？請君莫笑銀杯小，爾來歲旱東海窄。會當拂衣歸故坵，作書貸粟監河侯。萬斛船中著美酒，與君一生長拍浮。

東坡先生編年詩卷十三

古今體詩四十三首熙寧八年乙卯在密州任作。

送段屯田分得于字

勸農使者古大夫〔一〕，不惜春衫踐泥塗。王事靡盬君甚劬，奉常客卿虬兩鬚〔二〕。東武縣令天馬駒〔三〕，泮宫先生非俗儒〔四〕。相與野飲四子俱，樂哉此樂城中無。谿邊策杖自攜壺，腰笏不煩一作「須」何易于。膠西病守老且迂，空齋愁坐紛墨朱。四十豈不知頭顱〔五〕，畏人不出何其愚。

〔一〕勸農使者：即段屯田繹。

〔二〕奉常客卿：時趙成伯以尚書郎倅密，故稱奉常客卿。

〔三〕東武縣令：《輿地廣記》：密州諸城縣，東漢東武縣地，時趙之晦爲東武縣令，見本集。

〔四〕泮宮先生：時章傳道、趙明叔皆爲密州教授。

〔五〕四十：先生丙子生，至乙卯，年恰四十。施氏原本以此詩編入甲寅卷中，今改正。

和段屯田荆林館〔一〕

南山有佳色，無人空自奇。清詩爲題品，草木變芬菲。謝女得秀句，留待中郎歸。便當勤鞭策，僕倦馬亦饑。公自注：段有姪女在密州。

〔一〕荆林館：失考。

出城送客不及步至溪上二首

其一

送客客已去，尋花花未開。未能城裏去，且復水邊來。父老借問我，使君安在哉？今年好風雪，會見麥千堆。

其　二

春來六十日，笑口幾時宋刻本作「回」開。會作堂堂去，何妨得得來。倦遊行老矣，舊隱賦歸哉。東望峨眉小，盧山翠作堆〔一〕。公自注：郡東盧山，絶類峨眉而小。

〔一〕盧山：《水經注》：濰水又北，合盧水，即久台水也。《地理志》曰：出琅邪横縣故山，王莽之合坵也。在東武故城南，世謂之盧山。陳沂《山東志》：盧山在諸城縣東南四十五里。

游盧山次韻章傳道〔一〕諸刻作「廬山」者，訛，今改正。

塵容已似服轅駒，野性猶同縱壑魚。出入巖巒千仞表，較量筋力十年初。雖無窈窕驅前馬，還有鴟夷挂後車。莫笑吟詩淡生活，當令阿買爲君書。

〔一〕章傳道：注見第九卷。

盧山五詠王氏本訛作「廬山」，今改正。

盧敖洞公自注：《圖經》云：敖，秦博士，避難此山，遂得道。

上界足官府，飛昇亦何益？還在此山中，相逢不相識。

飲酒臺

博士雅好飲，空山誰與娱？莫向驪山去，君王不喜儒。

聖燈巖

石室有金丹，山神不知秘。何必吐宋刻本作「露」光芒，夜半驚童稚。

三　泉

皎皎巖下泉，無人還自潔。不用比三星，清光同一月。

障日峰〔一〕

長安自不遠，蜀客苦思歸。莫教名障日，喚作小峨眉。公自注：其狀類峨眉，但小耳。

〔一〕障日峰：《水經注》：密水有二源，西源出奕，亦曰障日山。晏謨曰：山狀障日，是有此名。《名勝志》：山在諸城縣東三十里，亦名障日嶺。

次韻章傳道喜雨公自注：禱常山而得。

去年夏旱秋不雨，海畔居民飲鹹苦。今年春暖欲生蝝，地上戢戢多於土。預憂一旦開兩翅，口吻如風那肯吐。前時渡江入吴越，布陣横空如項羽。公自注：去歲錢塘見飛蝗自西北來，極可畏。農夫拱手但垂泣，人力區區固難禦。撲緣鬘毛一作「尾」困牛馬，啖齧衣服穿房户。坐觀不救亦何心？秉畀炎火傳自古。荷鋤散掘誰敢後？得米濟饑還小補。常山山神信英烈〔二〕，撝駕雷公訶電母。應憐郡守老且愚，欲把瘡痍手摩撫。山中歸時風色變，中路已覺商羊舞。夜窗騷騷鬧松竹，朝畦泫泫流膏乳。從來蝗旱必相資〔三〕，此事吾聞老農語。庶將積潤掃遺孽，收拾豐歲還明主。縣前已窖八千「千」字恐訛，當作「十」斛，公自注：今春及今，得蝗子已八千餘斛。率以一升完一畝。更看蠶婦過初眠，公自注：蠶一眠，則蝗不復生矣。未用賀客來旁午。先生筆力吾所畏，蹴踏鮑、謝跨徐、庾〔三〕。偶然談笑得佳篇，便恐流傳成樂府。陋邦一雨何足道？吾君盛德九州普。中和樂職幾時作？試向諸生選何武。

〔一〕常山神：《水經注》：扶淇之水，出西南常山。本集《記》略云：山不甚高大，而下臨城中，如在山上。歲旱，禱雨兹山，未嘗不應。蓋有常德者，故謂之「常山」。熙寧八年，春夏旱，再禱焉，皆應如響，乃新其廟。熙寧九年七月，詔封常山神爲潤民侯，本集有祝文。

〔二〕蝗旱相資：《埤雅》：春遺魚子如粟，埋於泥中，明年水及故岸，則化而爲魚。如遇旱乾水縮，不及故岸，則其子久閣，爲日所暴，乃生飛蝗。

〔三〕蹴踏：《楞嚴經》：龍象蹴踏，非驢所堪。

謝郡人田賀二生獻花

城裏田員外，城西賀秀才。不愁家四壁，自有錦千堆。珍重尤奇品，艱難最後開。芳心困落日，薄艷戰輕雷。公自注：昨日雷雨。老守尤多病，壯懷先已灰。殷勤此粲者，公自注：賀獻花三朵。攀折爲誰哉？玉腕揎紅袖，金樽瀉白醅。何當鑷霜鬢，强插滿頭回。

惜花

吉祥寺中錦千堆，公自注：錢塘花最盛處。前年賞花真盛哉。道人勸我清明來，腰鼓百面如春雷，打徹凉州花自開。沙河塘上插花回〔一〕，醉倒不覺吴兒咍。豈知如今雙鬢摧，城西古寺没蒿萊。有僧閉門手自栽，千枝萬葉巧剪裁。就中一叢何所似？馬腦盤盛金縷杯。而我食菜方清齋，對花不飲花應猜。夜來雨雹如李梅〔二〕，紅殘緑暗吁可哀。公自注：錢塘吉祥寺花爲第一，壬子清明賞會最盛，金盤綵籃以獻於座者五十三人。夜歸，沙河塘上觀者如山，爾後無復繼也。今年，諸家園圃花亦極盛，而龍興僧房一叢尤奇。但衰病牢落，自無以發興耳。昨日雨雹，知此花之存者有幾？可爲太息也。

〔一〕吉祥寺沙河塘：注俱詳倅杭卷中。

〔二〕雨雹如李梅：《風俗通》：漢文帝後元年，雨雹如桃李，深三尺。

和頓教授見寄用除夜韻〔一〕

我笑陶淵明，種秫二頃半。婦言既不用，還有責子歎。無絃則無琴，何必勞撫玩？我笑劉伯倫，醉髮蓬茆散。二豪苦不納，獨以鍤自伴。既死何用埋？此身同夜旦。孰云二子賢，自結兩重案〔二〕。笑人還自笑，出口談治亂。一生溷塵垢，晚以道自盥。無成空得嬾，坐此百年綬。側聞頓夫子，講道出新貫。豈無一尺書，恐不記庸懦。陋邦貧且病，數米銖稱炭。慚愧章先生〔三〕，十日坐空館。袖中出子詩，貪讀酒屢暖。狂言各須慎，勿使輸薪粲。

〔一〕頓教授：名起，鄆州人。與子由同赴洛中，見《欒城集》。

〔二〕兩重案：《傳燈録》：僧問雲峰：「丹霞燒佛，院主爲甚麽眉鬚墮落？」雲曰：「一人傳虚，萬人傳實。」曰：「恁麽，則又不落也。」雲曰：「兩重公案。」

〔三〕章先生：即章傳道，注見上。

和子由四首按，《欒城集》，子由時爲齊州掌書記。

韓太祝送游太山〔一〕

偶作郊原十日游，未應回首厭籠囚。但教塵土驅馳足，終把雲山爛熳酬。聞道逢春思濯錦，更須到處覔菟裘。恨君不上東封頂，夜看金輪出九幽。

〔一〕韓太祝：名宗弼。《職官分紀》：太常寺官屬有太祝。

附子由原作：《欒城集》題云「次韻韓宗弼太祝送游太山」。

羨君官局最優游，笑我區區學問囚。今日登臨成獨往，終年勤苦粗相酬。春深緑野初開繡，雲解青山半脱裘。回首紅塵讀書處，煮茶留客小亭幽。

送春

夢裏青春可得追，欲將詩句絆餘暉。酒闌病客惟思睡，蜜熟黄蜂亦懶飛。芍藥櫻桃俱掃地，公自注：病過此二物。鬢絲禪榻兩忘機。憑君借取《法界觀》〔一〕，一洗人間萬事非。公自注：來書云：近看此書，余未嘗見也。

〔一〕《法界觀》：《指月録》：法順和尚，世傳文殊化身，大弘華嚴圓頓之旨，作《法界觀》，文簡理盡，天下宗之。《釋氏稽古略》：杜順和尚，名法順。唐貞觀中，集《華嚴法界觀》。弟子智儼傳其教。唐憲宗問澄觀曰：「《華嚴》所詮，何謂法界？」師曰：「法界者，衆生身心之本體也。虚明廣大，惟一真境而已。世尊初成正覺，稱法界性，説《華嚴經》，全以真空，簡精事理，融攝周徧凝寂。」

附子由原作：《欒城集》題云「次韻劉敏殿丞送春」。

春去堂堂不復追，空餘草木弄晴暉。交游歸雁行將盡，踪蹟鳴鳩嬾不飛。老大未須驚節物，醉狂兼得避危機。東風雖有經旬在，芳意從今日日非。

首夏官舍即事

安石榴花開最遲，絳裙深樹出幽菲。吾廬想見無限好，客子倦遊胡不歸？坐上一樽雖得滿，古來四事巧相違。令人却憶湖邊寺，垂柳陰陰晝掩扉。

附子由原作：《欒城集》題云「次韻趙至節推首夏」。

首夏尋芳也未遲，繞園紅紫尚菲菲。無心與物真皆可，有酒逢人勸莫違。夢逐楊花無限思，身慚啼鳥不如歸。官居寂莫如僧舍，海燕憐貧故入扉。

送李供備席上和李詩〔一〕

家聲赫奕蓋并涼，也解微吟錦瑟旁。擘水取魚湖起浪，引杯看劍坐生光。風流別後人人憶，才器歸來種種長。不用更貪窮事業，風騷分付與沉湘。

〔一〕李供備：名昭叙，時以黎陽都監歸洛省親。供備，其官名也。《宋史·職官志》有供備庫使。《職官分紀》云：自内客省使至皇城使以下，謂之東班。自宫苑使以下二十名，謂之西班。供備使在西班内。

附子由原作：《欒城集》題云「次韻李昭叙供備燕别湖亭」。

池亭雨過一番凉，雲髻羅裙客兩旁。不覺行人離恨遠，貪看積水照筵光。滿堂樽俎歡方劇，極目江湖意自長。歸去伊川瀟灑地，不須遺念屬清湘。

西齋

西齋深且明，中有六尺牀〔一〕。病夫朝睡足，危坐覺日長。昏昏既非醉，踽踽亦非狂。褰衣竹風下，穆然中微凉。起行西園中，草木含幽香。榴花開一枝，桑棗沃以光。鳴鳩得美蔭，困立忘飛翔。黄鳥亦自喜，新音變圓吭。杖藜觀物化，亦以觀我生師莊切。萬物各得時，我生日皇皇。

〔一〕六尺牀：白居易詩：小簟六尺牀。

小兒

小兒不識愁，起坐牽我衣。我欲嗔小兒，老妻勸兒癡。兒癡君更甚，不樂愁何爲？還坐愧此言，洗盞當我前。大勝劉伶婦，區區爲酒錢。

寄劉孝叔[一]

君王有意誅驕鹵[二]，椎破銅山鑄銅虎。聯翩三十七將軍[三]，走馬西來各開府。南山伐木作車軸，東海取鼉漫戰鼓。汗流奔走誰敢後，恐乏軍興汙資當作「質」斧。保甲連村團未遍[四]，方田訟牒紛如雨[五]。爾來手實降新書[六]，抉剔根株窮脈縷。詔書惻怛信深厚[七]，吏能淺薄空勞苦。平生學問只流俗[八]，衆裏笙竽誰比數。忽令獨奏《鳳將雛》，倉卒欲吹那得譜。況復連年苦飢饉，剥齧草木啖泥《詩案》作「桑」土。今年雨雪頗應時，又報蝗蟲生翅鼓。憂來洗盞欲强醉，寂莫虚齋卧空甒。公厨十日不生烟，更望紅裙踏筵舞。故人屢寄《詩案》作「近來屢得」山中信，只有當歸無别語。方《詩案》作「猶」將雀鼠偷太倉，未肯衣冠掛神武。吴興丈人真得道[九]，平日立朝非小補[一〇]。自從四方冠蓋鬧《詩案》作「四方冠蓋鬧如雲」，歸作二浙湖山主。高踪已自雜漁釣，大隱何曾棄簪組。去年相從殊未足[一一]，問道已許談其麤一作「粗」。逝將棄官往卒業，俗緣未盡那得睹。公家只在霅谿上，上有白雲如白羽。應憐進退苦皇皇，更把安心教初祖。

〔一〕劉孝叔：名述，湖州人。注見十一卷。

〔二〕有意誅驕鹵：施氏原注：初，神宗即位，起安石於金陵，付以大政。是時，帝已有誅滅西夏意，遂用种諤，以開邊釁。安石逢迎帝意，且謂：「鞭箠四夷，必財用豐裕，然後可行其志。」於是，終帝之世，以理財爲急，兵連禍結，南征西伐，幾至於亂。故詩首言征伐之意。

〔三〕三十七將軍：《宋史·兵志》：熙寧七年，詔總開封府畿、京東西、河北路分置將、副。自河北始，自第一將以下至十七將，在河北四路。自第十八將以下共七將，在府畿。自第二十五將以下共九將，在京東。自第三十四將以下共四將，在京西。凡三十有七。○又按，《東都事略》：熙寧九年九月，從蔡挺請，置三十七將。與施氏原注相合。新刻本補注改「七年九月」爲「三年十一月」，不知何所據，今駁正。

〔四〕保甲：《宋史·兵志》：保甲者，熙寧變募兵之新制也。熙寧三年，始連比其民以相保任。詔畿内之民，十家爲一保，五十家爲一大保，十大保爲一都保。有保長、保正。應主客户兩男以上，保一人爲保丁。遂推之五路。四年，詔保丁肄習武事。五年，上番於巡檢司，十日一更。初隸司農，八年，隸兵部。凡義男保甲民兵，共七百一十八萬二千餘人。○又，施氏原注，新刻本删去，今補録於後：上嘗問：「如何可以漸省正兵？」安石曰：「當使民習兵，則兵可省。」然其後保甲不能逐盗，而爲盗矣。故曰「保甲連村團未徧」也。

〔五〕方田：《宋史·食貨志》：方田之法，分五等以定税。則凡田方之角，立土爲岸，植木以表之。有方帳，有莊帳，有户帳，分析典賣，官給契，縣置簿，皆以今所方之田爲正。見於籍者，二百四十八萬四千三百四十九頃。○又，施氏原注，新刻本删去，今補録於後：熙寧五年，司農丞蔡天申請委提舉司均税而領於司農，始立方田均税之法。以東、西、南、北各千步當四十一頃有奇爲一方，歲以九月委令佐分地計量，均定税數。至明年三月畢，揭以示民。仍再期一季，以盡其詞。乃出户帖莊帳付之，以爲地符。故云「方田訟牒紛如雨」也。

〔六〕手實降新書：《困學紀聞》：《管子・地員篇》云：其立后以手實。手實之名，始見於此。吕惠卿因以行手實之法。《宋史・吕惠卿傳》：惠卿用弟和卿計，置五等丁産簿，使民自供手實。尺椽寸土，檢括無餘，而至雞豚，亦徧抄之。隱匿者許告，以貲三之一充賞。又，《蒲宗孟傳》：吕惠卿置手實法，猶許災傷五分以上不須。宗孟請勿以凶豐張弛其法，民益病矣。本集《墓志》云：公自杭徙知密州，時方行手實法。司農守下諸路，不時施行者以違制論。公謂提舉常平官曰：「違制之坐，若出自朝廷，誰敢不從？今出於司農，是擅造律也。」使者驚曰：「公姑徐之。」未幾，朝廷亦知手實之害，罷之。密之人，私以爲幸。

〔七〕詔書：《東都事略》：熙寧七年二月乙丑，詔曰：「朕涉道日淺，政失厥中，以干陰陽之和。乃冬迄春，旱暵爲虐。省膳避殿，冀以消變。歷日滋久，未蒙休應。中外臣僚，並許實封，直言朝政缺失。」〇又，施氏原注云：七年春，上以大旱，憂見容色。欲罷保甲、方田等事。安石曰：「水旱常數，堯湯所不免。但當益修人事。」上曰：「此豈細事？朕所以恐懼者，正謂人事有所未修耳。」此段新刻本亦删去，今補録於此。

〔八〕學問止流俗：施氏原注新刻本删去，今補録云：蘇子由爲條例司檢詳，與安石議論不合，求罷。

上問曰：「蘇軾何如其弟？」安石恐見用，曰：「軾兄弟好生異論，以阻成事。若朝廷不察，用此兩人，則能合流俗之見不可。」故云「學問止流俗」。

〔九〕丈人得道：江少虞《事實類苑》：劉孝叔吏部深味道腴，東南清端之士也。强仕之際，即恬於進。後將引年，方得請。

〔一〇〕立朝：《宋史·劉述傳》：王安石爭謀殺刑名，述兼判刑部，駁之。及敕下，述封還中書，執奏不已。安石白帝，詔開封推官王堯臣劾述罪。述率御史劉琦、錢顗共上疏，曰：「安石執政未數月，中外人情，囂然胥動。耑肆胸臆，輕易憲度。無忌憚之心，首議財利，務爲容悦。豈宜處之廟堂以亂國紀，願早罷逐，以慰天下心。」疏上，安石奏先貶琦、顗，開封獄具，述三問不承。安石欲置之獄。司馬光與范純仁争之，乃議貶爲通判。帝不許，以知江州。踰年，乞提舉崇禧觀以歸。

〔一一〕去年相從：《與劉孝叔會虎坵》詩，載十一卷。

《烏臺詩案》：熙寧八年四月十一日，軾作詩寄劉述，「君王有意」四句，是時朝廷遣使諸路檢點軍器，及置三十七將官。軾將謂今上有意征討胡虜，以譏諷朝廷諸路遣使及置將官張皇不便。又，「南山伐木」云云，以譏朝廷法度屢變，事目煩多，吏不能曉。又，「况復連年苦饑饉」云云，意謂近來饑饉，飛蝗蔽天，以譏諷朝廷政事缺失、新法不便之所致。又云酒食無備，齋厨蕭然，以譏諷朝廷減削公使錢太甚。公事既多，旱蝗又甚，貳政巨藩，尚如此窘迫，所以言山中故人寄信令歸，但軾貪禄，未能便掛冠而去。又，「四方冠蓋鬧如雲」二句，以譏諷朝廷近日提舉官所至生事苛碎，故劉述乞宫觀，歸湖州也。其詩不係朝旨降到册子内。

孔長源輓詩二首〔一〕

其一

少年才氣冠當時，晚節孤風益自奇。君勝宜爲夫子後，林宗不愧蔡邕碑。南荒尚記誅元惡〔二〕，東越誰能事細兒〔三〕。耆舊如今幾人在？爲君無憾爲時悲。

〔一〕孔長源：按，《宋史·孔文仲傳》不載其父名。《曾南豐集·司封郎中孔君墓志》云：「君諱延之，字長源，新淦縣人，孔子四十七世孫。幼孤，自感勵，學業大成，舉鄉進士第一。卒於熙寧七年二月。」施氏原注「延之」作「延世」，又云「曾知封州」。《墓志》不載。

〔二〕南荒誅元惡：《墓志》云：杜杞之使南方也，誅歐希範蒙趕，君策居多。又云：爲廣南西路轉運判官，時雷州守方倪爲不善，官屬共告之。倪要奪其書，悉取官屬并孥繫獄，君馳至，取倪屬吏，縱繫逮者七百餘人，倪坐法當斬，以瘐死。人讙叫感泣，聲動海上。

〔三〕東越細兒：《墓志》又云：遷開封推官，以母老辭，知越州，改知宣州，未至，言者奏：越州鹽法不行，故課負，坐罪罷。「細兒」當指越州奏鹽法之人。孔因是罷官，故云「誰能事細兒」。施氏引韓詩作注，甚無謂。

其　二

小堰門頭柳繫船〔一〕，吴山堂上月侵筵。潮聲夜半千巖響，詩句明朝萬口傳〔二〕。公自注：長源自越過杭，夜飲有美堂上，聯句，長源詩云：「天目遠隨雙鳳落，海門遥蹙兩潮趨。」一坐稱善。豈意日斜庚子後，忽驚歲在巳辰年。佳城一閉無窮事〔三〕，南望題詩淚灑牋。

〔一〕小堰門：《咸淳臨安志》：城東保安門，舊名小堰門。本集《請開西湖狀》：錢氏有國時，郡城之東有小堰門，昔人以大、小二堰隔絶江水，不放入城。

〔二〕萬口傳：鄭谷詩：不知幾首南行曲，留與巴兒萬口傳。

〔三〕佳城：《墓志》云：初，君樂江州之山水，買宅將居之。故其子以八年九月葬君於江州德化縣仁貴鄉之龍泉原。

寄吕穆仲寺丞〔一〕

孤山寺下水侵門，每到先看醉墨痕。楚相未亡談笑是，中郎不見典刑存。公自注：杭有伶人，善學吕，舉措酷似。别後常令作之以爲笑。君先去踏塵埃陌，我亦來尋桑棗村。回首西湖真一夢，灰心霜鬢更休論。

〔一〕吕穆仲：先生倅杭時，吕爲察推。注見前。

余主簿母挽詩

閨庭蘭玉照鄉閭，自昔雖貧樂有餘。豈獨家人在中饋，却因《麟趾》識《關雎》。雲軿忽已歸僊府，喬木依然擁舊廬。忍把還鄉千斛淚，一時灑向老萊裾。

送趙寺丞寄陳海州

景疏樓上唤蛾眉〔一〕，君到應先誦此詩。若見孟公投轄飲，莫忘衝雪送君時。

〔一〕景疏樓：葉祖洽建，在海州。注詳十二卷。

答陳述古二首《古靈集》失原作。

其一

漫説山東第二州〔一〕，棗林桑泊負春游。城西亦有紅千葉，人老簪花却自羞。

〔一〕山東第二州：《輿地廣記》：京東東路，望，青州；上，密州。《九域志》：淳化五年，改青州爲鎮海軍。開寶五年，升密州爲安化軍。

其二

小桃破蕚未勝春，羅綺叢中第一人。聞道使君歸去後〔一〕，舞衫歌扇總成塵。公自注：陳有小妓，述古稱之。

〔一〕使君歸去：《咸淳臨安志》：陳襄於熙寧七年六月，自杭州移知應天府，楊繪來代。本集有《送述古迓元素·訴衷情》詞一首，述古去杭，在先生未赴密州之前。

張安道樂全堂

列子御風殊不惡，猶被莊生譏數數。步兵飲酒中散琴，於此得全非至樂。樂全居士全於天〔一〕，維摩丈室空翛然。平生痛飲今不飲，無琴不獨琴一作「今」，訛無絃。我公天與英雄表，龍章鳳姿照魚鳥。但令端委坐廟堂，北狄西戎談笑了。如今老去苦思歸，小字親書寄我詩。試問樂全全底事？無全何處更相一本作「求」虧。

〔一〕樂全居士：本集《張文定墓志》：公諱方平，字安道。歷事真宗、英宗、神宗、哲宗四朝。請老，拜太乙宫使，以宣徽使致仕。性與道合，得佛、老之妙。晚自號樂全居士，有《樂全集》四十卷。

附張安道原作：原題云「自題樂全堂」。

樂全得意在莊書，静閲流光樂有餘。四句幻泡明般若，一篇力命信冲虚。心閒自覺浮雲薄，才拙誠知與世疎。只此空名漫兒戲，何王城闕不坵墟？

附子由作：

天命無不全，人事每自傷。譬如摩尼珠，宛轉有餘光。藻色不能加，塵埃豈有亡？世人未嘗識，姑射手自將。我公體自然，率性非勉强。驅馳四十年，不入憂患塲。晚歲事蒙養，斂退就此堂。小儒豈知道，夙昔窺門墻。申屠師無人，無足亦自忘。如逢鄭執政，一笑先生旁。

張文裕挽詞〔一〕

高才本出朝廷右，能事方推德業餘。每見便聞曹植句，至今傳寶魏華書。濟南名士新凋喪，劍外生祠已潔除〔二〕。欲寄西風兩行淚，依然喬木鄭公廬。

〔一〕張文裕：按，《宋史·張掞傳》稱其性篤孝，幼時刲股療父疾，後與兄揆廬母墓。故先生詩有「能事方推德業餘」之句。本傳又云：知益都縣，當督賦租，置里正弗用，民皆以時入。石介《獻息民論》，以益都爲天下法。故有「劍外生祠已潔除」之句也。

〔三〕生祠：《漢書·于定國傳》：父于公爲縣吏，決獄平，郡爲立生祠。

附子由作：

持節西南二十年，華堂遺像已蒼然。歸來侍從三朝舊，老去雍容平地僊。落筆縱横題壁處，誦詩清壯舉杯前。東遊邂逅迎歸旐，淚落城南下馬阡。

懷西湖寄晁美叔同年〔一〕

西湖天下景，游者無愚賢。淺深隨所得，誰能識其全。嗟我本狂直，早爲世所捐。獨專山水樂，付與寧非天。三百六十寺〔二〕，幽尋遂窮年。所至得其妙，心知口難傳。至今清夜夢，耳目餘芳鮮。君持使者節，風采爍雲烟。清流與碧巘，安肯爲君妍。胡不屏騎從，暫借僧榻眠。讀我壁間詩，清凉洗煩煎。策杖無道路，直造意所便。應逢古漁父，葦間自延緣。問道若有得，買魚勿論錢。

〔一〕晁美叔：施氏原注：美叔名端彦，時提點兩浙刑獄，置司杭州。紹聖初，爲秘書少監，以直秘閣知陝州，提舉崇福宫，改知潭州。子説之，字以道。後亦從先生遊。新刻本删去後段，今補録。

〔二〕三百六十寺：注見第七卷。

和梅户曹〔一〕會獵鐵溝〔二〕

山西從古説三明，誰信儒冠也捍城〔三〕？　竿上鯨鯢猶未掩，公自注：近梟數盜。草中狐兔不須驚〔四〕。東州趙叟一作「傻」飲無敵，南國梅僊詩有聲。不向如皐閒射雉，歸來何以得卿卿？公自注：是日惟梅、趙不射。

〔一〕梅户曹：名失考。

〔二〕鐵溝：注見十二卷。

〔三〕捍城：《詩》：公侯干城。疏云：干，捍也。

〔四〕草中狐兔：杜甫詩：草間狐兔盡何益，天子不在咸陽宫。

祭常山回小獵〔一〕

青蓋前頭點皂旗，黄茅岡下出長圍。弄風驕馬跑空立，趁兔蒼鷹掠地飛。回望白雲生翠巘，歸來紅葉滿征衣。聖明一作「朝」若用西涼簿，白羽猶能效一揮。

〔一〕常山：注見前。

《烏臺詩案》：熙寧八年五月，軾知密州，於本州常山泉水處祈雨，有應，遂名爲「雩泉」。九年四月，立石常山之上。去年祭常山回，與同官習射放鷹，作詩一首，題在本州小廳上。除無譏諷外，云「聖朝若用西涼簿，白羽猶能效一揮」，意取西涼州主簿謝艾事。艾本書生也，善能用兵，故以此自比，若用軾爲將，亦不減謝艾也。軾在臺供説，其詩即不係降到册子内。

和章七出守湖州二首〔一〕

其一

方丈僊人出渺一作「渺」茫〔二〕，高情猶愛水雲鄉。功名誰使連三捷，身世何緣得兩忘。早歲歸休心共在，他年相見話偏長。只因未報君恩重，清夢時時到玉堂。

〔一〕章七守湖州：《丁未録》：章惇舉進士甲科。王安石用事，李承之薦惇可用，安石召見之。惇素辨，又善迎合，安石大喜。數年遂至侍從三司使。上嘗譽張方平之美，以問惇，惇以告吕惠卿。故御史蔡承禧彈惇云：「朝登陛下之門，暮入惠卿之室。」爲此也。上由是惡惇。安石亦仇惠卿，黜之陳州中丞。鄧綰言：「惇人物佻薄，行跡醜穢，與惠卿協濟爲奸，宜早罷斥。」遂自權三司使出知湖州。○按，施氏原注：子厚，浦城人，父俞徙蘇州。子厚好論出世間法，故詩中多用學僊事。東坡既買田陽羡，子厚在湖州，寄詩云「君方陽羡卜新居，我亦吴門葺舊廬」云云。時子厚二親無恙，故次章有「兩卮春酒」之句。此段新刻本删去，今補録。

〔二〕僊人出淼茫：《揮麈録》云：章俞者，郇公之族子。不自拘檢，與妻之母楊氏通，生子。楊氏以一盒貯水，緘置其内，使人持以還俞。既長，登第，與東坡締交。後送其《守湖州》詩，有「方丈僊人出淼茫」云云，以爲譏己，由是怨之。其子入政府，俞尚無恙，嘗犯法，以年八十勿論。事見《神宗實録》。紹聖初，東坡渡海，蓋修報也。

其　二

絳闕雲臺總有名，應須極貴又長生。鼎中龍虎黄金賤，松下龜蛇緑骨輕。公自注：君好爐火而餌茯苓。雪水未渾纓可濯，弁峰初見眼應明。兩卮春酒真堪羨，獨占人間分外榮。

次韻劉貢父李公擇見寄二首

其　一

白髮相望兩故人，眼看時事幾番新。曲無和者應思郢，論稍《苕溪叢話》作「少」卑之且借秦。歲惡詩人無好語，公自注：公擇來詩，皆道吴中饑苦之事。夜長鰥守向誰親。公自注：劉貢父近喪妻。少思多睡無如我，鼻息雷鳴一本作「如雷」撼四鄰。

《烏臺詩案》：熙寧六年九月内，軾和劉攽寄「秦」字韻詩。「白髮相望兩故人，眼看時事幾番新」，以譏諷朝廷近日更立新法，事尤多也。○慎按，此詩公自注，有「公擇來詩皆道吴中飢苦」之語。公擇以熙寧七年自鄂州移知湖州，在任兩年，改齊州。作此詩時，公擇尚在湖。貢父時知曹州，二詩唱和既係同時作，其爲熙寧八年無疑。《詩案》以爲六年，《苕溪叢話》以爲九年，當是傳刻之訛。今依施氏原本，與後一首俱編密州卷中。

其　二

何人勸我此間《詩案》作「中」來，絃管生衣甑有埃。緑蟻沾一作「濡」唇無百斛，蝗蟲撲面已三回。磨刀入谷追窮寇，灑涕循城拾棄孩別本作「骸」者，訛。爲郡鮮歡君莫歎《詩案》作「笑」，猶勝塵土走章臺。

《詩案》作「何如」

《烏臺詩案》：熙寧八年六月，李常寄「來」字韻一首與軾，即無譏諷，軾依韻和答云云。此詩譏諷朝廷新法，減公使錢太甚，及造酒不得過百石，致絃管生衣，甑有塵埃。又有蝗蟲、盗賊、灾傷、飢饉之苦，以譏朝廷政事缺失，及新法不便之所致也。九月十四日，準問目「有無未盡」，軾供曾和李常等詩，即不係册子内。

附子由次韻一首：

青蒲一下復東來，擁扇西風滿面埃。擊柝自營何擇地，餔糟同醉未須回。孤高振鷺瞻初下，淡泊嬰兒及未孩。我亦漂流家萬里，年來羞上望鄉臺。

和張子野見寄三絶句

過舊遊

前生我已到杭州〔一〕，到處長如到舊游。更欲洞霄爲隱吏〔二〕，一庵閒地且相留。

〔一〕前生到杭州：何薳《春渚紀聞》：西湖壽星寺老僧則廉言：東坡作郡倅日，始與參寥同登方丈，即顧謂參寥曰：「某平生未嘗至此，而眼界所視，皆若素所經歷者。自此上至懺堂，當有九十二級。」遣人數之，果如其言。因曰：「某前身，山中僧也。今日寺僧，皆吾法屬耳。」後每至寺，即解衣盤礴，久而始去。則廉時爲僧雛，侍側。每暑月袒露竹陰間，細視公背，有黑子如星斗狀，即北山君謂顔魯公曰「誌金骨，記名僊籍」是也。

〔二〕洞霄：餘杭宫名，注見前。

見題壁

狂吟跌宕無風雅，醉墨淋漓不整齊。應爲詩人一回顧，山僧未忍掃黄泥。

竹閣見憶

柏堂南畔竹如雲，此閣何人是主人？　但遣先生披鶴氅，不須更畫樂天真〔一〕。

〔一〕樂天真：《釋氏稽古略》：竹閣，今爲廣化寺。白侍郎遺像在焉。

和蔣夔寄茶〔一〕

我生百事嘗隨緣，四方水陸無不便。扁舟渡江適吴越，三年飲食窮芳鮮。金虀玉膾飯炊雪，海螯江柱初脱泉。臨風飽食甘寢罷，一甌花乳浮輕圓。自從捨舟入東武，沃野便到桑麻川。翦毛胡羊大如馬，誰記鹿角腥盤筵。厨中烝粟堆飯甕，大杓更取酸生涎。公自注：山東喜食粟飯、飲酸醬。柘一作「拓」羅銅碾棄不用〔二〕，脂麻白土須盆研。故人猶作舊眼看，謂我好尚如當年。沙谿北苑强分别〔三〕，水脚一綫争誰先？　清詩兩幅寄千里，紫金百餅費萬錢。吟哦烹噍兩奇絶，只恐偷乞煩封纏。老妻稚子不知愛，一半已入薑鹽煎〔四〕。人生所遇無不可，南北嗜好知誰賢。死生禍福久不擇，更論甘苦争蚩一本作「媸」妍。知君窮旅不自釋，因詩寄謝聊相鐫。

〔一〕蔣夔：本集有《送蔣夔赴代州學官》詩，餘無可考。

〔二〕柘羅銅碾：蔡君謨《茶録》：茶羅，以絶細爲佳，羅底用東川鵞溪絹之密者，投湯中揉洗以羃之。茶碾，以銀或鐵爲之，黄金性柔，銅及鍮石皆然，生鐵不入用。

〔三〕沙溪北苑：黄儒《品茶要録》：壑源、沙溪，其地相背，中隔一嶺。無數里之遠，然茶産頓殊，豈地脉獨鍾於壑源耶？凡壑源之茶，售以十，則沙溪之茶，售以五。《石林避暑録》：北苑茶正所産爲曾坑，謂之正焙。非曾坑爲沙溪，謂之外焙。○按，壑源、沙溪，皆北苑地名。

〔四〕薑鹽：本集《題薛能茶詩後》云：唐人煎茶用薑，故能詩云：「鹽損添常戒，薑宜着更誇。」據此，則又有用鹽者矣。近世亦有用此二物者。然茶之中等者，入薑煎，信佳也，鹽則不可。

光禄庵二首

其一

文章恨不見文園，禮樂方將訪石泉。何事庵中著光禄，枉教閒處筆如椽。

其二

城中太守的何人？林下先生非我身。若向庵中覓光禄，雪中履迹鏡中真。

慎按：此二詩施氏原本不載，新刻本載《續補》下卷，據《外集》編第五卷密州時作。又，本集先生《與陳履常尺牘》云：遠承寄貺詩刻，讀之灑然。輒和《光禄庵》二絶，聊以寄欽羨之懷。末又云：高密連年旱蝗，應付朔方百須，紛然疲苶。仰企僊館，如在雲漢矣。云云。考《後山集》中，失原作。

東坡先生編年詩卷十四

古今體詩六十六首熙寧九年丙辰在密州作。

立春日病中邀安國仍請禹功同來僕雖不能飲當請成伯主會某當杖策倚几于其間觀諸公醉笑以撥滯悶也二首

其一

孤燈照影夜漫漫，拈得花枝不忍看。白髮欹簪羞彩勝，黄耆煮粥薦春盤〔一〕。東方烹狗陽初一本作「和」者，訛動，南陌争牛卧作團。老子從來興不淺，向隅誰有滿堂歡？

〔一〕黄耆：《大觀本草》：黄耆，俗作芪。耆，長也。色黄而爲補藥之長。

其二

齋居卧病禁烟前，辜負名花已一年。此日使君不强喜，早春風物爲誰妍？青衫公子家千里，白髮先生杖百錢。曷不相將來問病，已教呼取散花天。

慎按：禹功即喬太博，成伯即趙郎中，皆先生密州僚屬也。次章有「辜負名花已一年」之句，先生于甲寅冬赴密，閱乙卯爲一年，故知此二詩爲丙辰作。施氏原本不載，新刻載《續補遺》下卷，今移編此卷首。

答李邦直〔一〕

美人如春風，着物物未知。羈愁似冰雪，見子先流澌。子從徐方來，吏民舉熙熙。扶病出見之，驚我一何衰。知我久慵倦，起我以新詩。詩詞如醇酒，盎然熏四支。徑飲不覺醉，欲和先昏疲。西齋有蠻帳，風雨夜紛披。放懷語不擇，撫掌笑脱頤。别來今幾何？春物已含姿。柳色日夜暗，子來竟何時。徐方雖云樂，東山禁游嬉。又無狂太守，何以解憂思？聞子有賢婦〔二〕，華堂詠《螽斯》。曷不倒囊橐？賣劍買蛾眉。不用教絲竹，唱我新歌詞。

〔一〕李邦直：《東都事略》：李清臣，魏人。治平中舉制科，以歐陽修薦，擢集賢校理。韓絳宣撫陝西，奏清臣爲屬。絳貶，清臣通判海州，後同知太常禮院，爲京東路提刑。施氏原注謂：公守高密，時邦直以京東提刑行部至密，即此時矣。又按，施氏原注云：自元祐初革清庶政，至五年，人心已定。惟熙寧舊黨分布中外，多起邪説，以摇撼在位。吕微仲丞相、劉莘老中書尤畏之，欲引用其黨以平怨，謂之調停。蘇子由爲中丞，極論其非。後三省奏除邦直吏部尚書，范祖禹、姚勔皆言不當。命未下，又除蒲宗孟兵部尚書。子由時爲右丞，言于宣仁曰：「前日除李清臣，給諫紛然争之，未定。今又用宗孟，蓋此二人者，昔與王珪、蔡確輩並進，與今日聖政不合。若並用此四人，使之進黨類，氣勢一合，非獨臣等奈何不得，亦恐朝廷難奈何矣！」事遂已。洎宣仁服藥，中書省又以爲户部尚書。哲宗親政，于元祐之政，不能無疑。侍御史楊畏無耻嗜進，逆探上意，即疏章惇、安燾、吕惠卿、鄧温伯、李清臣等，各加題品，且密奏萬言，具言神宗所以建立法度之意，上皆嘉納。邦直未至，除中書侍郎。首以紹述逢上意，且多激怒之詞，温伯和之。會廷策進士，邦直撰策題，即爲邪説，以扇惑羣聽。子由入奏論之，不報。李、鄧從而媒孽之，遂得罪。范忠宣去相位，邦直獨專中書，亟復青苗、免役法，除諸路提舉官。章子厚入相，邦直又與之異。紹述朋黨之説，肇于此三人，正人幾無噍類。裔夷亂華，中原板蕩，皆基于此。云云。觀其所紀，與《潁濱遺老傳》略同。有關北宋朝局，新刊本删而不載，今備録之。

〔二〕賢婦：邦直初娶韓魏公之女，繼娶孫巨源之女。注詳後卷《感舊》詩下。

慎按：此詩施氏原本編上卷之末，今因詩中有「春物已含姿」之句，當是首春作，移編于此。

和文與可洋川一作「州」園池三十首〔一〕石刻題云「寄題與可學士洋州園池三十首從表弟蘇軾上」。

湖橋

朱欄畫柱照湖明，白葛烏紗曳履行。橋下龜魚晚無數，識君拄杖過橋聲。

〔一〕文與可洋州：《文湖州墓志》：熙寧中，知陵州。既復舊秩，歷度支司封員外郎，徙知洋州。家宜父所編《石室先生年譜》：先生赴洋州，在熙寧八年秋冬之交，至丁巳秋，任滿還京。《水經注》：漢水又東，會洋水。導源巴山，東北流逕平陽城。《漢中記》曰：本西鄉縣治也，魏廢帝于此立洋州。《元和郡縣志》：後漢南鄉縣，爲蜀重鎮，晉改西鄉。西至興元府一百二十里。《九域志》：洋州洋川郡，屬利州路。《寰宇記》：屬山南道，宋爲武定軍節度。《名勝志》：今漢中府洋縣。

附文與可原作：

飛橋架橫湖，偃若長虹卧。自問一日中，往來凡幾過。

附子由和：

湖南堂宇深，湖北林亭遠。不作過湖橋，兩處那相見。

横　湖〔一〕

貪看翠蓋擁紅粧，不覺湖邊一夜霜。卷却天機雲錦段，從教匹練寫秋光。

〔一〕横湖：《名勝志》：横湖在洋縣城西，遠望若匹練之横，故名。

附文與可原作：

長湖直東西，漾漾承守寢。一望見荷花，天機織雲錦。

附子由和：

湖裏種荷花，湖邊種楊柳。何處渡橋人，問是人間否？

書　軒

雨昏石硯寒雲色，風動牙籤落石刻作「亂」葉聲。庭下已生書帶草，使君疑是鄭康成。

附與可原作：

清泉繞庭除，緑篠映軒檻。坐此何所爲？惟宜弄鉛槧。

附子由和：

緑竹覆清渠，塵心日日疎。使君餘癖在，苦要讀文書。

冰　池

不嫌冰雪繞池看，誰似詩人巧耐寒。記取羲之洗硯處，碧琉璃下黑蛟蟠。

附與可原作：

日暮池已冰，翩翩下鳧鷖。不怕池中寒，便于冰上宿。

附子由和：

水深冰亦厚，滉蕩鋪寒玉。好在水中魚，何愁池上鷖。

竹　塢

晚節先生道轉孤，歲寒惟有竹相娱。麤才杜牧真堪笑，唤作軍中十萬夫。

附與可原作：

文石間蒼苔，相引入深塢。莫憾青琅玕，無時露如雨。

附子由和：

空陂放脩竹，肅肅復冥冥。莫除塢外筍，從此入園生。

荻　浦

雨折霜乾不耐秋，白花黄葉使人愁。月明小艇湖邊宿，便是江南鸚鵡洲〔一〕。

〔一〕鸚鵡洲：《太平寰宇記》：鸚鵡洲在大江中，江夏縣西南二里，中流與漢陽分界。《後漢書》云：黄祖爲漢陽太守，時長子大會賓客，有獻鸚鵡于此洲者，故以爲名。

附與可原作：

枯荻饒霜風，暮影寒索索。無限有微禽，捉之宿如客。

附子由和：

離披寒露下，蕭索微風觸。摧折有餘青，縱橫未須束。

蓼嶼

秋歸南浦蟪蛄鳴，霜落横湖沙水清。臥雨幽花無限思，抱叢寒蜨不勝情。

附與可原作：

孤嶼紅蓼深，清波照寒影。時有雙鷺鷥，飛來作佳景。

附子由和：

風高蓮欲衰，霜重蓼初發。會使此池中，秋芳未嘗歇。

望雲樓

陰晴朝暮幾回新，已向虚空付石刻作「寄」此身。出本無心歸亦好，白雲還是望雲人。

附與可原作：

巴山樓之東，秦嶺樓之北。樓上卷簾時，滿樓雲一色。

附子由和：

雲生如湧泉，雲散如翻水。百變一凴闌，悠悠定誰使？

天漢臺

漾水東流舊見經〔一〕，銀潢石刻作「河」左界上通靈〔二〕。此臺試向天文覓，閣道中間第幾星？

〔一〕漾水：《尚書》：嶓冢導漾，東流爲漢。孔穎達疏：泉始出山爲漾。

〔二〕銀潢：《雞跖集》：許洞謂銀河爲銀灣，李賀謂爲銀浦，一曰銀潢。

附與可原作：

北岸亭館衆，最先登此臺。臺高望群峰，萬里雲崔嵬。

附子由和：

臺高天漢近，匹練挂林端。秋深霜露重，誰見落西山？

待月臺

月與高人本有期，挂簷低户映蛾眉。只從昨夜十分滿，漸覺冰輪出海遲。

附與可原作：

城端築層臺，木杪轉深路。常此候明月，上到天心去。

附子由和：

夜色何蒼蒼，月明久未上。不上倚城臺，無奈東西障。

二樂榭

此間真趣豈容談，二樂并君已是三。仁智更煩訶妄見，坐令魯叟作瞿曇。公自注：來詩云：二見因妄生。

附與可原作：

暖山孰云静，漢水亦非動。二見因妄生，仁智何常用。

附子由和：

動静惟所適，仁智亦偶然。誰見二物外，猶有天地全。

瀟泉亭〔一〕

聞道池亭勝兩川，應須爛醉答雲烟。勸君多揀長腰米，消破亭中萬斛泉。

〔一〕瀟泉：按，《寰宇記》：洋州有儻谷水，亦名駱谷水。「儻」與「瀟」，未詳孰是。

附與可原作：

逕源分瀁水，滚滚出亭下。横湖能許深，日夜見傾瀉。

附子由和：

泉來草木滋，泉去池塘滿。委曲到堦除，清泠備晨盥。

吏隱亭

縱横憂患滿人間，頗怪先生日日閒。昨夜清風眠北牖，朝來爽氣在西山。

附與可原作：

竹籬如雞栖，茅屋類蝸殼。静几默如禪，往來人不覺。

附子由和：

隱居亦非難，欲少求易遂。有意未成歸，聊就茅檐試。

霜筠亭

解籜新篁不自持，嬋娟已有歲寒姿〔一〕。要看凜凜霜前意，須待秋風石刊作「深」粉落時。

〔二〕嬋娟：《文選·嘯賦》：蔭修竹之嬋娟。

附與可原作：

危亭入水深，正在脩篁裏。坐久寒偪人，暫來須索起。

附子由和：

林高日氣薄，竹色净如水。寂歷斷人聲，時有鳴禽起。

無言亭

殷勤稽首石刊作「致問」維摩詰〔一〕，敢問如何是法門〔二〕？石刻「敢問」作「不二」。彈指未終千偈了，向人還道本無言〔三〕。

〔一〕殷勤：《維摩經·問疾品》：世尊殷勤，致問無量。

〔二〕法門：《維摩經》：何菩薩入不二法門？各隨所樂説之。

〔三〕無言：《維摩經》：文殊問維摩詰：「仁者當説何等是菩薩入不二法門？」時維摩詰默然無言。

附與可原作：

誰此設㵎牀？頗稱我衰惰。公事凡少休，須來嘿然坐。

附子由和：

處世欲無言，事至或未可。惟有此亭空，宴坐聊從我。

露香亭

亭下佳人錦繡衣，滿身瓔珞綴明璣。晚香消歇無尋處，花已飄零露已晞。

附與可原作：

宿露濛曉花，婀娜清香發。隨風入懷袖，累日不消歇。

附子由和：

重露覆千花，繁香凝畦圃。不忍日將晞，散入微風去。

涵虛亭

水軒花榭兩爭妍，秋月春花石刻作「風」各自偏。惟有此亭無一物，坐觀萬景得天全。

附與可原作：

石磴抱城回，入竹見虛檻。前望佳景多，倚筇聊此暫。

附子由和：

虛亭面踈篁，窈窈衆景聚。更與坐中人，行尋望來處。

谿光亭

決去湖波尚有情，却隨初日動簷楹。溪光自古無人畫，凴仗新詩與寫成。

附與可原作：

橫湖決餘波，淲淲寫寒溜。日景上高林，清光動窗牖。

附子由和：

溪亭新雨餘，秋色明滉漾。鳥度夕陽中，魚行白石上。

過溪亭

身輕步穩去忘歸，四柱亭前野彴微。忽悟過溪還一笑，水禽驚落翠毛衣。

附與可原作：

小彴過清溪，有亭纔四柱。地僻少人行，翩翩下鷗鷺。

附子由和：

溪淺復通橋，過者猶恨嬾。賴有沙上鷗，常爲獨游伴。

披錦亭

烟紅露緑曉風香，燕舞鶯啼春日長。誰道使君貧且老？繡屏錦帳咽笙簧。

附與可原作：

紫紅層若雲，密葉叠如浪。青帝下尋春，滿園開步障。

附子由和：

春晚百花齊，綿綿巧如織。細雨洗還明，輕風卷無跡。

禊亭

曲池流水細鱗鱗，高會傳觴似洛濱。紅粉翠蛾應不要，畫船來往勝于石刻作「不須」人。

附與可原作：

懸流效曲水，上巳娱嘉賓。飲罷已陳迹，那復山陰人。

附子由和：

觴流無定處，客醉醒還酌。毋令仲御歌，空使人驚愕。

菡萏亭《丹淵集》作「軒」。

日日移牀趁下風，清香不斷思何窮。若爲化作龜千歲，巢向田田亂葉中。

附與可原作：

朝陽媚秋漪，菡萏隔深竹。誰開翠錦幃？無限點銀燭。

附子由和：

開花濁水中，抱性一何潔。朱檻月明時，清香爲誰發？

荼蘼洞

長憶故山一本作「半雨半晴」寒食夜，野荼蘼發暗香來。分無素手簪羅髻，且折霜蕤浸玉醅。

附與可原作：

長條綴繁英，擁架若深洞。是處欲清香，淒風爲特一作「持」送。

附子由和：

猗猗翠蔓長，藹藹繁香足。綺席墮殘英，芳樽漬餘馥。

篔簹谷〔一〕

漢川脩竹賤如蓬，斤斧何曾赦籜龍。料得清貧饞太守，渭川石刻作「濱」千畝在胸中。

〔一〕篔簹谷：《名勝志》：在洋州城西北五里。

附與可原作：

千輿翠羽蓋，萬錡緑沉槍。定有葛陂種，不知何處藏。

附子由和：

誰言使君貧，已用谷量竹。盈谷萬萬竿，何曾一竿曲。

寒蘆港

溶溶晴港漾春暉，蘆筍生時柳絮飛。還有江南風物否？桃花流水鮆魚肥〔一〕。

〔一〕鮆魚：梅堯臣《過淮》詩：日暖鮆魚繁。

附與可原作：

落月照冰臺，曉氣何太爽。兩岸雪烟昏，鳧鷗出深港。

附子由和：

蘆深可藏人，下有扁舟泊。正似洞庭風，日暮孤帆落。

野人廬

少年辛苦事犂鋤，剛厭青山遶故居。老覺華堂無意味，却須時到野人廬。

附與可原作：

蕭條野人廬，籬巷雜蓬葦。每一過衡門，歸心爲之起。

附子由和：

野人三四家，桑麻足生意。試與叩柴荆，言詞應有味。

此君菴 一本作「亭」。

寄語菴前抱節君，與君到處合相親。寫真雖是文夫子，我亦真堂作記人〔一〕。

〔一〕真堂作記：先生《題與可墨竹》詩，有「老可能爲竹寫真」之句，與可有墨君堂，先生曾爲作記，故云。

附與可原作：

叢�裏團櫚，净影碧如水。誰識愛君心，過橋先到此。

附子由和：

風梢繞簷匝，露幹當窗净。遥知素壁上，醉墨森相映。

香一作「金」橙徑

金橙縱復里人知，不覺石刻作「得」鱸魚價自低。須是松江烟雨裏，小船燒薤擣香虀。

附與可原作：

金橙寔佳果，不爲土人重。上苑聞未多，誰能爲移種。

附子由和：

葉如石楠堅，實比霜柑大。穿徑得新苞，令公憶鱸膾。

南　園

不種夭桃與緑楊，使君應欲候農桑。春畦一作「桑疇」雨過羅紈膩，夏壠一本作「麥壠」風來餅餌香。

《冷齋夜話》：荆公詩：繰成白雪桑重緑，割盡黄雲稻正青。東坡詩：春畦雨過羅紈膩，夏壠風來餅餌香。如《華嚴經》「舉果知因，譬如蓮花，方其吐花，而果具蕊中」。造語之工，至此盡古今之變。

附與可原作：

農桑乘曉日，凌亂如碧油。紫椹熟未熟，但聞黄栗留。

附子由和：

官是勸農官，種桑亦其所。安得陌上人，隔葉扳條語。

北　園

漢水巴山樂有餘〔一〕，一麾從此首歸塗。北園草木凴君問，許我他年作主無。

〔一〕漢水巴山：《名勝志》：漢中府洋縣，東連襄漢，南蔽巴蜀。又云：漢山在漢中府西南二十里，北距漢水，南接巴山。

附與可原作：

春風有多少？盡入使君家。當與郡人樂，滿園桃李花。

附子由和：

使君美且仁，徧地種桃李。豈獨放春花，行看食秋子。

寄題刁景純藏春塢〔一〕

白首歸來種萬松，待看千尺舞霜風。年抛造物陶甄外，春在先生杖履中。楊柳長齊低户暗，櫻桃爛熟滴階紅。何時却與徐元直？共訪襄陽龐德公。

〔一〕刁景純藏春塢：注詳十一卷。

玉盤盂二首并引

東武舊俗，每歲四月，大會于南禪、資福兩寺，以芍藥供佛，而今歲最盛。凡七千餘朵，皆重跗累蕚，繁麗豐碩。中有白花，正圓如覆盂。其下十餘葉稍大，承之如盤，姿格絶異，獨出于七千朵之上。云：得之于城北蘇氏園中，周宰相莒公之別業也〔一〕。而其名甚俚，乃爲易之。

其一

雜花狼籍占春餘，芍藥開時掃地無。兩寺粧成寶瓔珞〔二〕，一枝争看玉盤盂。佳名會作新翻曲，絶品難尋舊畫圖。從此定知年穀熟，姑山親見雪肌膚。

〔一〕蘇莒公：名禹珪。

〔二〕寶瓔珞：《法華經》：有七寶塔，隨地湧出，無數幢旛，以爲嚴飾，垂寶瓔珞，寶鈴萬億，而懸其上。

其二

花不能言意可知，令君痛飲更無疑。但持白酒勸佳一作「嘉」客，直待瓊舟覆玉彝。負郭相君初擇地，看羊屬國首吟詩。吾家豈與花相厚，更問殘芳有幾枝。

《姑溪題跋》云：「東坡守東武，得異花于芍藥品中，既名之，又賦詩二首，以志其事。崇寧四年冬至後七日，陽翟人傅君仲訓偶出花圖相示。東坡小楷二詩于其下，蓋當日本也。因次其韻云。」今檢《姑溪集》中，次韻詩已缺。

附子由次韻二首：

千葉團團一尺餘，揚州絶品舊應無。賞傳莒國遷鐘簴，移憶胡僧置鉢盂。叢底流連傾鑿落，缾中捧擁照浮圖（《欒城集》作「屠」，訛）。强將絳蠟封紅蕚，憔悴無言損玉膚。

故相林亭父老知，出羣草木尚何疑。無多産業殘花藥，幾許功名舊鼎彝。豐艷不知人世别，佳名新換使君詩。明年會看花尤好，剥盡浮苞養一枝。

次韻潞公〔一〕超然臺〔二〕

我公厭富貴，常苦勳業尋。相期赤松子，永望白雲岑。清風出談笑，萬竅爲號吟。吟成超然詩，洗我蓬之心。嗟我本何人，麋鹿强冠襟。身微空志大，交淺屢言深。囑公如得謝，呼我幸寄音。但恐酒錢盡，煩公揮橐金。

〔一〕潞公：《東都事略》：文彦博，字寬夫，汾州介休人。嘉祐中，以河陽三城節度使同平章事，封潞國公。《宋史》本傳：位將相五十餘年，徧歷公孤，兩以太師致仕。元豐中，居洛陽，與富弼等十一人爲耆英會。

〔二〕超然臺：子由《超然臺賦序》略云：「子瞻守高密，因其城上之廢臺而增葺之，以告轍曰：『將何以名之？』轍曰：『天下之士奔走于是非之場，浮沉于榮辱之海，囂然盡力而忘反，亦莫自知也。而達者哀之，非以其超然不累于物耶？老子曰：雖有榮觀，燕處超然，試以超然名之，可乎？』乃爲之賦。」云云。

附文寬夫原韻：

莒侯之燕處，層臺踰十尋。俛鎮千乘國，前瞻九仙岑。勿作西州意，姑爲東武吟。名教有靜樂，紛華無動心。凴高肆遠目，懷往散冲襟。琴觴興不淺，風月情更深。民被襦袴惠，境絶枹鼓音。欲識超然意，鴒原賦擲金。

聞喬太博換左藏〔一〕知欽州以詩招飲〔二〕

今年果起故將軍，幽夢清詩信有神。馬革裹屍真細事，虎頭食肉更何人。陣雲冷壓黄茅瘴，羽扇斜揮白葛巾。痛飲從今有幾日，西軒月色夜來新。

〔一〕換左藏：左藏，武職也。《宋史·職官志》有西京左藏庫使，蓋喬禹功以文階而改武職也。

〔二〕欽州：《元和郡縣志》：漢平南越，置合浦郡。欽州即合浦縣城。梁置安州，開皇十八年，改欽州，取欽江爲名。東至廣州三百里。

喬將行烹鵝鹿出刀劍以飲客以詩戲之

破匣哀鳴出素虬，倦看鶂鶂聽呦呦。明朝只恐兼烹鶴，此去還須却佩牛。便可先呼報恩子，不妨仍帶醉鄉侯。他年萬騎歸應好，奈有移文在故坵。

奉和成伯兼戲禹功

金錢石竹道傍秋，翠黛紅裙馬上謳。無限小兒齊拍手，山公又作習池遊。

慎按：此詩施氏原本不載，今從《續補》下卷改編。

寄黎眉州〔一〕

膠西高處望西川〔二〕，應在孤雲落照邊。瓦屋寒堆春後雪〔三〕，峨眉翠掃雨餘天〔四〕。治經方笑《春秋》學〔五〕，好士今無六一賢。公自注：君以《春秋》受知歐陽文忠公，公自號六一居士。且待淵明賦歸去，共將詩酒趁流年。

〔一〕黎眉州：《宋史》：黎錞，渠江人。英宗以蜀士問歐陽脩，對曰：「文行蘇洵，經術黎錞。」本集《眉山遠景樓記》略云：「太守黎希聲，先君子之友也。既滿將代，衆不忍其去，相率留之。」

〔二〕西川：《元和郡縣志》：眉州屬劍南道西川節度使所轄。漢犍爲郡陽武縣之南境，梁於此立青州，後魏改眉州。武德元年，改爲嘉州。二年，于通義縣别置眉州。

〔三〕瓦屋：《太平寰宇記》：雅州滎經縣滎水在城東，經水在城南。一出瓦屋山，一出改丁河。《名勝志》：瓦屋山在縣東北二十里，形如瓦屋，上有念佛鳥、娑羅花。其巖朝現辟支，午現普賢。

〔四〕峨眉：任豫《益州記》：峨眉山在南安縣界，兩山相對，狀如峨眉。張華《博物志》以爲牙門山。《名山記》：峨眉山周匝千里，石龕一百十二，大洞十二，小洞二十八。《元和郡縣志》：峨眉大山在嘉州峨眉縣西七里，中峨眉在縣東二十里。《蜀都賦》云：抗峨眉于重阻。

〔五〕《春秋》學：張端義《貴耳録》：王荆公斥詞賦，尊經，獨以《春秋》非聖經，不試。所以元祐諸臣多作《春秋傳解》，則其議論素不同矣。晁公武《讀書志》云：《春秋經解》，黎錞撰。錞，蜀人，歐陽公之客。名其書爲「經解」者，以經解經也。後又爲《統論》附焉。

附子由次韻：

眼看狂瀾倒百川，孤根漂蕩水無邊。思家松菊荒三徑，回首謳歌沸二天。簿領沉迷催我老，春秋廢格累公賢。鄰居屈指今誰在？一念傷心十五年。

和趙郎中捕蝗見寄

麥穗人許長，穀苗牛可没。天公獨何意？忍使蝗蟲發。驅攘著令典，農事安可忽？我僕既胼胝，我馬亦款矻。飛騰漸云少，筋力亦已竭。苟無百篇詩，何以醒睡兀？初如疏畎澮，漸若決瀰渤。往來供十吏，腕脱不容歇。平生輕妄庸，熟視笑魏勃。愛君有逸氣，詩壇專斬伐。民病何時休，吏職不可越。慎毋及世事，向空書咄咄。

登常山絶頂廣麗亭

西望穆陵關〔一〕，東望瑯琊臺〔二〕。南望九仙山〔三〕，北望空飛埃。相將叫虞舜，遂欲歸蓬萊。嗟我二三子，狂飲亦荒哉。紅裙欲仙去，長笛有餘哀。清歌入雲霄，妙舞纖腰回。自從有此山，白石封蒼苔。何嘗有此樂？將去復徘徊。人生如朝露，白髮日夜催。棄置當何言？萬劫終飛灰。

〔一〕穆陵關：《元和郡縣志》：穆陵山在沂水縣北一百九十里。《名勝志》：大峴山在臨朐縣東北，上有穆陵關。

〔二〕瑯琊臺：《史記》：始皇二十八年，南登瑯琊，留三月。徙黔首三萬户瑯琊臺下，立石刻，頌功德。《輿地廣記》：越王勾踐欲伯中國，徙都于此，起觀臺，周七里。《元和郡縣志》：瑯琊山在諸城縣東南一百四十里。始皇作層臺于上，謂之瑯琊臺，周迴二十里。《太平寰宇記》：臺基三層，每一層高三丈，上有碑，六百字可識。李斯書，餘多剥落。

〔三〕九仙山：《名勝志》：盧山在諸城縣西南四十五里。又二十五里爲九仙山，高聳摩空，常有仙人居之，峰巒十有一，盤石十有八。本集有「九仙今已壓京東」，自注云：「九仙在東武，奇秀不減雁蕩。」今詩中所云「南望九仙山」，即此。與穆陵、瑯琊俱在密州數百里内。施氏補注云：在錢唐臨安，或云在密州諸城縣。慎按，臨安亦有九仙山，與密州之山名偶同，詩中所用。兩引者訛。

薄薄酒二首並引

膠西先生趙明叔〔一〕，家貧好飲，不擇酒而醉。常云：薄薄酒，勝茶湯。醜醜婦，勝空房。其言雖俚，而近乎達。故推而廣之，以補東州之樂府。既又以爲未也，復自和一篇，聊以發覽者之一噱云爾。

其一

薄薄酒，勝茶湯；麤麤布，勝無裳。醜妻惡妾勝空房〔二〕。五更待漏韡滿霜，不如三伏日高睡足北窗凉。珠襦玉柙萬人相送歸北邙，不如懸鶉百結獨坐負朝陽。生前富貴，死後文章。百年瞬息萬世忙，夷齊、盗跖俱亡羊，不如眼前一醉是非憂樂兩都忘。

〔一〕趙明叔：名杲卿，密州鄉貢進士，有行義。見本集《書劉庭式事後》。

〔二〕醜妻：《苕溪漁隱叢話》引《古樂府》云：昔有行道人，陌上見三叟。年各百餘歲，相與鋤禾莠。中叟前致詞，室内嫗粗醜。東坡先生詩意用此。

其二

薄薄酒，飲兩鍾；麤麤布，着兩重。美惡雖異醉暖同，醜妻惡妾壽乃公。隱居求志義之從，本不計較東華塵土北窗風。百年雖長要有終，富死未必輸生窮。但恐珠玉留君容，千載不朽遭樊崇。文章自足欺盲聾，誰使一朝富貴面發紅？達人自達酒何功，世間是非憂樂本來空。

附黄魯直和二首：《山谷集》題云「蘇密州爲趙明叔作薄薄酒二章憤世嫉邪其言甚高以予觀趙君之言近乎知足不辱有馬少游之餘風故代作二章以終其意」。

薄酒可與忘憂，醜婦可與白頭。徐行不必駟馬，稱身不必狐裘。無禍不必受福，甘餐不必食肉。富貴于我如浮雲，小者譴訶大戮辱。一身畏首兼畏尾，門多賓客少僮僕。美物必甚惡，厚味生五兵。匹夫懷璧死，百鬼瞰高明。醜婦千秋萬歲同室，萬金良藥不如無疾。薄酒一談一笑勝茶，萬里封侯不如還家。

薄酒終勝飲茶，醜婦不是無家。醇醪養牛等刀鋸，深山大澤生龍蛇。秦時東陵千户食，何如青門五色瓜。傳呼鼓吹擁部曲，何如春雨一池蛙。性剛太傅促和藥，何如羊裘釣烟沙。綺席象牀雕玉枕，重門夜鼓不停撾。何如一身無四壁，滿船明月卧蘆花。吾聞食人之禄，可隨以鞭撲之戮。乘人之車，可加以鈇鉞之誅。不如薄酒醉眠牛背上，醜婦自能搔背癢。

附李端叔和二首：

薄薄酒，勝茶湯，剉麝臍，爲有香。斷尾山雞避文章。直材先伐甘井竭，誰將列鼎移黄粱。揚雄草玄反嘲白，麯蘖寧非丹井食。却念牛衣兒女心，王郎漫致回天力。五湖歸去弄烟月，仗劍成名空玉雪。飲薄酒，醉後紛紛亦何有。

莫厭薄酒薄，莫惡醜婦醜。君不見王尋百萬驅虎豹，千兵蕩掃同拉朽。又不見高堂笙歌午夜飲，明日哭聲喧正寢。莫厭薄酒薄，到頭一醉亦足樂。莫惡醜婦醜，攜子弄孫同白首。高飛遠走固亦樂，莫救眼前忘肘後。

慎按：《姑溪集》杜孝錫、晁堯民俱有和詩，今不傳。

同年王中甫挽詞

先帝親收十五人〔一〕，公自注：仁宗朝賢良十五人，今惟富鄭公、張宣徽、錢純老及予與舍弟在耳。四方争看擊鵬鶚。如君事業真堪用，顧我衰遲不足論。出處升沉十年後，死生契闊幾人存？他時京口尋遺跡，宿草猶應有淚痕。

〔一〕十五人：王應麟云：仁宗朝制科十五人，天聖中何詠、富弼，景祐中蘇紳、吴育、張方平、田況，慶曆中錢明逸、錢彦遠，皇祐中吴奎，嘉祐中夏噩、陳舜俞、錢藻、蘇軾、蘇轍、王介甫。東坡詩云：先帝親收十五人，注者多訛。○按，王氏注無錢明逸、錢彦遠、吴育、夏噩、陳舜俞五人姓名，别以余靖、林億、魯宗道、尹洙、錢易，足十五人之數。向來俱承其謬，今從《困學紀聞》爲辨正。

附王介甫作：

同學金陵最少年，奏書曾用牘三千。盛名非復居人後，壯歲如何棄我先。種橘園林無舊業，采蘋洲渚有新篇。蒜山東路春風緑，埋没誰知太守阡。

奉和成伯大雨中會客解嘲

樂事難并真實語〔一〕，坐排用意多乖誤。興來取次或成歡，瓦鈎却勝黄金注。我生禍患久不擇，肯爲一時風雨阻？天公變化豈有常，明月行看照歸路。

〔一〕真實語：李商隱詩：若信貝多真實語，三生同聽一樓鐘。

慎按：此詩施氏原本不載，新刻載《續補》上卷，以題考之，當是在密州作，今移編于此。

七月五日二首

其一

避謗詩尋醫，畏病酒入務〔一〕。蕭條北窗下，長日誰與度？今年苦炎熱，草木困薰煮。况我早衰人，幽居氣如縷。秋來有佳興，秫稻已含露。還復此微吟，往和糟牀注。

〔一〕入務：白居易詩：將吏隨衙散，文書入務稀。

趙與虤《娱老堂詩話》：詩有以法家史文語爲對者，如東坡云：避謗詩尋醫，畏病酒入務。先子亦有云：架閣酒無債，編修詩未工。

其　二

何處覓新秋，蕭然北臺上。秋來未云幾，風日已清亮。雲間聳孤翠，林表浮遠漲。新棗漸堪剥，晚瓜猶可餉。西風送落日，萬竅含悽愴。念當急行樂，白髮不汝放。「悽愴」二字，石刻本一作「悽悵」。

趙郎中見和戲復答之

趙子吟詩如潑水，一揮三百八十字。奈何效我欲尋醫，恰似西施藏白地〔一〕。趙子飲酒如淋灰，一年十萬八千杯。若不令君早入務，飲竭東海生黄埃。我衰臨政多繆錯，羡君精采如秋鶚。頗衰老子今日飲，爲君坐嘯主畫諾。

〔一〕藏白地：白居易《簡簡吟》：十三行坐事調品，不肯低頭白地藏。

次韻周邠[一]寄雁蕩山圖二首[二]

其一

一華行看雄陜右[三]，九仙今已壓京東。公自注：將赴河中，密邇太華。九仙在東武，奇秀真不減于雁蕩也。此生的有尋山分，已覺温台落手中[四]。

指點先凴采藥翁，丹青化出大槐宫。眼明小閣浮烟翠，齒冷新詩嚼雪風。

〔一〕周邠：按，先生倅杭時，周邠爲錢塘令。施氏原注以爲錢塘人者，訛。

〔二〕雁蕩山：沈括《筆談》：雁蕩山，天下奇秀，諾矩羅尊者所居。前世人所不見，祥符中，修造玉清昭應宫，伐山取材，此境始露。《名勝志》：雁蕩山在樂清、平陽二縣界。北雁蕩在樂清東，南雁蕩在平陽西，各去縣一百里。頂上有湖，方十餘里，水常不涸。雁之春歸者宿此。〇《寄山圖》：先生在密州，《與周開祖尺牘》云：脱湖北之行而得樂清，正如舍魚而取熊掌也。又云：寄示山圖，欲求善本而不可得者。新詩清絶，輒和二首。

〔三〕二華：《山海經》：太華之山，削成而四方，高五千仞，廣十里。遠而望之，若華狀，故名華山。太華之西八十里，有少華山。《名山記》云：少華山在華州東南十五里。

〔四〕温台：《太平寰宇記》：上元二年，分括州，置温州，以温嶠嶺爲名。北至台州五百里。台州即回浦縣地，三國吴少帝置臨海郡，唐武德五年，改台州。北至越州五百里。

慎按：《年譜》：熙寧十年，公在密州，就差知河中府，已而改徐州。故本注有「將赴河中」之語。

其　二

西湖三載與君同，馬入塵埃鶴入籠。東海獨來看出日，石橋先去踏長虹〔一〕。遥知别後添華髮，時向尊前説病翁。所恨蜀山君未見，他年携手醉郫筒。

〔一〕石橋：《天台記》：石橋長七丈，北闊二尺，南闊七尺，龍形龜背，苔莓甚滑。孫綽《天台賦》「踐苔莓之滑石」是也。○按，開祖時移知温州樂清縣，故云然。

和魯人孔周翰題詩二首〔一〕并引

孔周翰嘗爲仙源令，中秋夜以事留于東武官舍中。時陳君宗古、任君建中皆在郡。其後十七年中秋，周翰持節過郡，而二君已亡。感時懷舊，留詩于壁。又其後五年中秋，軾與客飲于超然臺上，聞周翰乞此郡，客有誦其詩者。乃次其韻二篇，以爲他日一笑。

此題全文載蒲積中《歲時雜咏》全集中，諸刻本俱無，今補録。

其一

壞壁題詩已五年，故人風物兩依然。定知來歲中秋月，又照先生枕麴眠。

〔一〕孔周翰：名宗翰。注詳本卷《答孔郎中荆林馬上見寄》詩下。

其二

更邀明月説明年，記取孤吟孟浩然。此去宦遊如傳舍，揀枝驚鵲幾時眠。

慎按：此詩施氏原本不載，新刻載《續補》下卷，今移編。

附孔宗翰原作：

屈指從來十七年，交親零落一潸然。嬋娟再見中秋月，依舊清輝照客眠。

送碧香酒與趙明叔教授

聞君有婦賢且廉，勸君慎勿爲楚相。不羡紫駝分御食，自遣赤脚沽村釀。嗟君老狂不知愧，更吟醜婦惡嘲謗〔一〕。諸生聞語定失笑，冬暖號寒卧無帳。碧香近出帝子家，鵝兒破殼酥流盎。不學劉伶獨自飲，一壺往助齊眉餉。

〔一〕吟醜婦：見本集《薄薄酒序》中。

趙既見和復次韻答之

長安小吏天所放，日夜歌呼和丞相。豈知後世有阿瞞，公自注：曹公自言參之後。北海尊前捉私釀。先生未出禁酒國〔一〕，詩語孤高常近謗。幾回無酒欲沽君，却畏有司書簿帳。公自注：近制，公使酒過數，法甚重。酸寒可笑分一斗，日飲無何足袁盎。更將險語壓衰翁，只恐自是臺無餉。

〔一〕禁酒國：《魏略》：太祖時禁酒，而人竊飲之，故難言酒以濁酒爲賢人，清酒爲聖人。盧仝詩：何時得出禁酒國。

趙郎中往莒縣逾月而歸復以一壺遺之仍用前韻〔一〕

東隣主人游不歸，悲歌夜夜聞春相。門前人鬧馬嘶急，一家喜氣如春釀。王事何曾怨獨賢，室人豈忍交謫謗？大兒踉蹡越門限，小兒咿啞語綉帳。定教舞袖掣伊凉，更想夜庖鳴甕盎。題詩送酒君勿誚，免使退之嘲一餉。

〔一〕莒縣：《太平寰宇記》：《春秋》：莒人入向。注云：今城陽莒縣也。《漢書·地理志》：莒縣屬城陽國，隋廢莒縣，屬莒州。貞觀八年，廢莒州，以莒縣屬密州。《名勝志》：今爲莒州，屬青州府。

蘇潛聖挽詞〔一〕

妙齡馳譽百夫雄，晚節忘懷大隱中。悃愊無華真漢吏，文章爾雅稱吾宗。趨時肯負平生志，有子還應不死同。惟我閒思十年事，數行老淚寄西風。

〔一〕蘇潛聖：爵里失考。

和晁同年九日見寄〔一〕

仰看鸞鵠刺天飛，富貴功名老不思。病馬已無千里志，騷人長負一秋悲。古來重九皆如此，别後西湖付與誰？遣子窮愁天有意，吴中山水要清詩。

〔一〕晁同年：即晁美叔，注詳上卷。

送喬施州〔一〕

恨無負郭田二頃，空有載行書五車。江上青山横絶壁，雲間細路躡飛蛇。雞號黑暗通蠻貨，蜂鬧黄連採蜜花〔二〕。共怪河南門下士〔三〕一本作「客」，不應萬里向長沙。公自注：喬受知于吴丞相，而施州風土大類長沙。

〔一〕喬施州：喬禹功自太博換左藏，知欽州，事見本卷。未聞有改施州之命。王注謂其後除知施州，未知何所據。施氏原注無之，疑喬施州另是一人，非禹功也。存疑，俟再考。○《元和郡縣志》：春秋巴國之界，漢爲巫縣之境，後周置施州。《輿地廣記》：施州屬夔州路，其地有施王屯餘址，因以爲名。

〔二〕黄連：《九域志》：施州土貢，每年黄連十斤。

〔三〕河南門下：《東都事略》：吴育，字春卿。仁宗朝拜相，後以資政殿大學士知河南，卒謚正肅。○按，《賈誼傳》：河南守吴公聞其秀才，召置門下，後爲長沙王傅。公詩用事親切如此。

雪夜獨宿柏仙一作「山」庵〔一〕

晚雨纖纖變玉霙，小庵高卧有餘清。夢驚忽有穿窗片，夜静惟聞瀉竹聲。稍厭冬温聊得健，未濡秋旱若爲耕。天公用意真難會，又作春風爛熳晴。

〔一〕柏仙庵：失考。

和孔郎中荆林馬上見寄〔一〕

秋禾不滿眼，宿麥種亦稀。永愧此邦人，芒刺在膚肌。平生五千卷，一字不救饑。方將怨無襦，忽復歌《緇衣》。堂堂孔北海，直氣凛郡兒。朱輪未及郊，清風已先馳。何以累君子，十萬貧與羸。滔滔滿四方，我行竟安之。何時劍關路，春山聞子規。

〔一〕孔郎中：《東都事略》：孔宗翰，字周翰，孔子四十五代孫，道輔之子。以父任爲將作監主簿。復舉進士。王珪、司馬光奉敕薦士，皆以宗翰應詔。歷知蘄、密、陝、楊、洪、兖六州。元祐初，除司農少卿，終刑部侍郎。《宋史》本傳亦以爲孔子四十五代孫，道輔之子。而《司馬温公集》謂宗翰爲孔子四十七代孫，施氏補注又謂宣聖五十世孫者，訛也。當從史傳改正。○施氏原注：周翰與東坡密州爲代，未至，此詩先之。是時，官制未行，階官爲郎。周翰名父之子，繼坡爲東武，契好日篤，唱酬相屬，其知敬賢哲如此，宜爲司馬公所深知也。

别東武流杯〔一〕

莫笑官居如傳舍，故應人世等浮雲。百年父老知誰在？惟有雙松識使君。

〔一〕流杯：《名勝志》：諸城縣有柳林河，出石門山，流逕縣西，入于扶淇。密人爲上巳祓除之所。

慎按：此詩施氏原本不載，新刻載《續補》下卷，今改編於此。本集《和孔密州五絶》有《和流杯石上草書小詩》，即此章也。

留别雩泉

舉酒屬雩泉，白髮日夜新。何時泉中天，復照泉上人。二年飲泉水，魚鳥亦相親。還將弄泉手，遮日向西秦。

留别釋迦院牡丹呈趙倅

春風小院初一作「却」來時，壁間惟見使君詩。應問使君何處去，憑花説與春風知。年年歲歲何窮已，花似今年人老矣。去年崔護若重來，前度劉郎在千里。

慎按：陳後山《登鳳皇山懷子瞻》詩云：數篇曾見使君詩，前後登臨各一時。妙舞新聲難得繼，清風明月却相宜。朱欄行遍花間路，看盡當年題壁處。更有何人問使君，青春欲盡花飛去。自注：引子瞻「應問使君何處去，憑花説與春風知」云云。鳳皇山在杭州。又按，田汝成《西湖游覽志》：「吴山寶成寺，晉天福中建，名釋迦院。石壁刻先生手書。」合觀二處，東坡此詩當是杭州作，訛入密州卷中者。但題中有「呈趙倅」三字，趙倅，即成伯也。姑依施氏原本，俟考。

董儲〔一〕郎中嘗知眉州與先人游過安邱訪其故居見其子希甫留詩屋壁〔二〕

白髮郎潛舊使君，至今人道最能文。隻雞敢忘橋公語，下馬來尋董相墳〔三〕。冬月負薪雖一作「那」得免，鄰人吹笛不堪聞。死生契闊君休問，洒淚西南向白雲。

〔一〕董儲：施氏原注：董儲，寶元二年，以都官員外郎守眉。東坡集云：密州安邱人，能詩，有名，寶元、慶曆間，其書尤工而人莫知，僕以爲勝西臺也。此段新刻本删去，今補録。

〔二〕安邱：《太平寰宇記》：安邱縣，在密州西北一百二十里。漢舊縣，屬北海郡。大業二年，改牟山縣爲安邱，復舊名。

〔三〕下馬：程大昌《雍録》：下馬陵在萬年縣南六里。韋述《西征記》曰：本董仲舒墓。李肇《國史補》：武帝幸宜春苑，每至此下馬，時謂之下馬陵。

東坡先生編年詩卷十五

古今體詩六十三首起熙寧十年丁巳正月，自密州至京師，四月後赴徐州任，盡一年作。

除夜大雪留濰州元日早晴遂行中途雪復作〔一〕

除夜雪相留，元日晴相送。東風吹宿酒，瘦馬兀殘夢。葱曨曉光開，旋轉餘花弄。下馬成野酌，佳哉誰與共？須臾晚雲合，亂灑無缺空。鵝毛垂馬騣，自怪騎白鳳〔二〕。三年東方旱，逃户連欹棟。老農釋耒嘆，淚入饑腸痛。春雪雖云晚，春麥猶可種。敢怨行役勞，助爾歌飯甕。

〔一〕濰州：許慎《説文》：濰水，出瑯琊箕山，亦名濰山。《太平寰宇記》：青州北海縣，隋置濰州。宋建隆五年，建爲北海軍。西至東京一千三百二十里，東南至密州界七十五里。曾鞏《隆平集》云：乾德二年，以北海軍爲濰州。與《太平寰宇記》不合，未詳孰是。

〔二〕騎白鳳：孫光憲《北夢瑣言》：沈詢除節旄，曹唐作詩云：玉詔新除沈侍郎，便分茅土領東方。不知今夜游何處，侍從皆騎白凰皇。不知者槩以爲游仙詩。

大雪青州〔一〕道上有懷東武園亭寄交代一本無「交代」二字孔周翰〔二〕

超然臺上雪〔三〕，城郭山川兩奇絶。海風吹碎碧琉璃。時見三山白銀闕。蓋公堂前雪〔四〕，緑窗朱户相明滅。堂中美人雪争妍，粲然一笑玉齒頰。就中山堂雪更奇〔五〕，青松怪石亂瓊絲。惟有使君游不歸，五更上馬愁斂眉。君不見施氏原本作「是」淮西李侍中，夜入蔡州縛取吴元濟。又不見施氏原本作「是」襄陽孟浩然，長安道上騎驢吟雪詩。何當閉門一作「户」飲美酒，無人毁譽河東守。

〔一〕青州：《元和郡縣志》：青州北海郡，齊營邱，漢爲臨淄，唐武德二年，改青州，置總管府。東至密州三百三十里。《太平寰宇記》：唐乾元中升平盧軍節度。

〔二〕交代：《後漢書》：傅燮爲漢陽太守。初，范津舉燮孝廉。及爲漢陽，與燮交代合符而去。

〔三〕超然臺：注見前

〔四〕蓋公堂：本集《蓋公堂記》略云：曹參爲齊相，避正堂以舍蓋公。吾爲膠西守，知公爲是邦人也，求其墳墓、子孫不可得，慨然懷之。治新寢于黄堂之北，重門洞開，盡城之南北相望，如引繩，名之曰「蓋公堂」。時從賓客僚吏，游息其間，而不敢居，以待如公者焉。

〔五〕山堂：本集《山堂銘序》云：熙寧九年六月，大雨，野人來告：「故東武城中，溝瀆圮壞，亂石無數。」取而儲之，因守居之北牖爲山，且開新堂北向，以寓目焉。銘詞有「因廡爲堂，踐城爲山」之句。

至濟南李公擇以詩相迎次其韻二首〔一〕

其一

敝裘羸馬古河濱，野闊天低糝玉塵〔二〕。自笑餐氈典屬國，來看换酒謫仙人。宦游到處身如寄，農事何時手自親。剩作新詩與君和，莫因風雨廢鳴晨。

〔一〕濟南：《元和郡縣志》：漢分齊郡，立濟南國，後爲郡。晉永嘉之後，移理歷城，即今理也。于欽《齊乘》云：漢濟南國，元魏改爲齊州，天寶中，改濟南郡。《宋書·地理志》：厚陵以齊州防禦使入繼，升節度。○慎按，《淮海集》中《李公擇墓志》云：「神宗初，爲右正言。力詆新法，落職，通判滑州。歲餘，徙知湖州。遷尚書祠部員外郎，徙知齊州。東坡離密，正公擇知齊州時也。《宋史》及《東都事略》本傳俱失載，以公詩考之，與《墓志》正合。

〔三〕玉塵：何遜《雪》詩：若逐微風起，誰言非玉塵。

其二

夜擁笙歌霅水濱〔一〕，回頭樂事總成塵。今年送汝作太守，到處逢君是主人。聚散細思都是夢，身名漸覺兩非親。相從繼燭何須問？蝙蝠飛時日正晨。

〔一〕笙歌霅水濱：本集《定風波詞序》云：「余昔與張子野、劉孝叔、李公擇、陳令舉、楊公素會于吴興，時子野作《六客詞》，其卒章云：盡道賢人隱吴分，試問，也應旁有老人星。凡十五年，再過吴興，而五人者皆亡矣。」

和孔君亮郎中見贈〔一〕

偶對先生盡一尊，醉看萬物洶崩奔。優游共我聊卒歲，骯髒如君合倚門。只恐掉頭難久住，應須傾蓋便深論〔二〕。固知嚴、勝風流在，又見長身十世孫。公自注：戣，字君嚴。弟戡，字君勝。退之志其墓云：孔世三十八，吾見其孫，白而長身。今君亮四十八世矣。

〔一〕孔君亮：事跡失考。《欒城集》有《孔君亮郎中新葺闕里西園棄官而歸》七律一首，亦宣聖後裔也。

〔二〕掉頭傾蓋：按，此詩後半首，皆用孔姓事。掉頭不肯住，孔巢父也。出杜詩：「孔子與程子傾蓋而語」，出《家語》。

慎按：以上五首，施氏原本編上卷之末，今計年改編。

顔樂亭詩并序

顔子之故居所謂陋巷者，有井存焉，而不在顔氏久矣。膠西太守孔君宗翰，始得其地，浚治其井，作亭于其上，命之曰「顔樂」。昔夫子以簞食瓢飲賢顔子，而韓子乃以爲哲人之細事，何哉？蘇子曰：古之觀人也，必于小者觀之，其大者容有僞焉。人能碎千金之璧，不能無失聲于破釜；能搏猛虎，不能無變色于蜂蠆。孰知簞食瓢飲之爲哲人之大事乎？乃作《顔樂亭詩》以遺孔君，正韓子之説，且用以自警云。

天生蒸民，爲之鼻口。美者可嚼，芬者可臭。美必有惡，芬必有臭。我無天游，六鑿交鬬。鶩而不返，跬步商受。偉哉先師，安此微陋。孟賁股栗，虎豹於走。渺然其身，中亦何有？我求至樂，千載無偶。執瓢從之，忽焉在後。

慎按：此詩施氏原本不載，今從新刻《續補》下卷，因入移編。又，司馬君實有《顔樂亭頌》，李邦直有《顔樂亭銘》，不具録。

送范景仁游洛中〔一〕

小人真鬧事，閒退豈公難？道大吾何病？言深聽者寒。憂時雖早白〔二〕，駐世有還丹。得酒相逢樂，無心所遇安。去年行萬里，蜀路走千盤〔三〕。投老身彌健，登山意未闌。西游爲櫻筍，東道盡鵷鸞。杖屨攜兒去，園亭借客看。折花斑竹寺，弄水石樓灘〔四〕。鬻馬衰憐白，驚雷怯笑韓。蘚書標洞府，公自注：歐陽永叔嘗游嵩山。日暮，于絶壁上見苔蘚成文，云：神清之洞。明日復尋，不見。松蓋偃天壇〔五〕。試與劉夫子，重尋靖長官〔六〕。公自注：劉几云：曾見人嵩山幽絶處，眼光如猫，意其爲靖長官也。又，《送喬仝詩引》云：靖長官，唐末五代人，得道不死。

〔一〕范景仁：《東都事略》：范鎮，字景仁，成都華陽人。舉進士。英宗朝，以學士出知陳州。神宗即位，復還翰林，知通進銀臺司。王安石改常平爲青苗法，鎮三上疏争之，不報。時年六十三，即上言：「臣言不行，無顔立于朝，請致仕。」上表謝曰：「臣雖乞身而去，敢忘憂國之心？望陛下集群議爲耳目，以除壅蔽之嫌；任老成爲腹心，以養和平之福。」天下聞而壯之。本集《范蜀公墓志》云：「熙寧中，極論新法之害。安石大怒，自草制，極口詆公。落職，翰林學士致仕。」

〔二〕憂時早白：《墓志》又云：「仁宗即位三十五年，未有繼嗣。公上疏請擇宗室賢者，以繫天下心。聞者爲之股栗，待罪百餘日，章十九上，鬚髮爲白。」

〔三〕蜀路走千盤：《司馬温公詩話》：范景仁年六十三致仕，一朝思鄉里，遂輕行入蜀。至成都，日與鄉人飲樂，散財于親舊之貧者。遂游峨眉山、青城山，凡期歲，乃還京師。

〔四〕石樓灘：《洛陽伽藍記》：城東門曰建春門，門外有石樓。穀水周圍繞城，至建春門外，東入陽渠。

〔五〕天壇：《太平寰宇記》：天壇山在河南府澠池縣東北，一名壇屋山。高五百尺，四絶如壇。

〔六〕靖長官：曾慥《集仙傳》云：應靖不知何許人。唐僖宗時，爲登封令，既而棄官學道，遂仙去，隱其姓而以名顯，故世謂之靖長官。元祐中，劉几常遇于嵩高山中。又，張師正《括異志》：静長官，真定人，登明經第一。一旦棄妻子，游名山，數年不歸。洛下有靳襲者，于其家常設一榻，枕褥甚潔，云：「以待静長官。静今隱嵩、少間，歲或一再至。」靳氏以神仙事之。「靖」與「静」，未知孰是。

《烏臺詩案》：熙寧十年二月三日，范鎮往西京，軾作詩送之。軾昨知密州，得替到闕城外，借得范鎮園安泊。鎮，鄉里世舊也。其詩除無譏諷外，云「小人真闇事，閒退豈公難」。意以諷今時小人以小才而享大位，暗于事理，以進爲榮，以退爲辱。范鎮前爲侍郎，難進易退，小人不知也。

又云：「言深聽者寒。」軾謂鎮舊日多論時事，其言深切，聽者爲恐。意言鎮當時所言，皆不便事也。九月三十日，在臺準問目，供出其詩，不係降到册子内。

附子由次韻：

尋山非事役，行路不應難。洛浦花初滿，嵩高雪尚寒。平林抽凍筍，奇艷變山丹。節物朝朝好，肩輿步步安。酴醾釀膩酒，苜蓿薦朝盤。得意忘春晚，逢人語夜闌。歸休三黜柳，賦咏五噫鸞。鶴老身仍健，鴻飛世共看。雲移忽千里，世路脱重灘。西望應思蜀，東還定過韓。平川涉清潁，絶頂上封壇。出處看公意，令人欲棄官。

次韻景仁留别

公老我亦衰，相見恨不數。臨行一杯酒，此意重山嶽。歌詞白紵清，琴弄黄鐘濁。詩新眇難和，飲少僅可學。欲參兵部選，有力誰如犖。且作東諸侯，山城雄鼓角。南游許過我，不憚千里邈。會當聞公來，倒屣髮一一作「三」握。

京師哭任遵聖〔一〕

十年不還鄉，兒女日夜長。豈惟催老大，漸復成凋喪。每聞耆舊亡，涕泫聲輒放。老任况奇逸，先子推輩行〔二〕。文章得少一作「小得」譽，詩語尤清壯。吏能復所長，談笑萬夫上。自喜作劇縣〔三〕，偏工破豪黨。奮髯走猾吏，嚼齒對姦將。哀哉命不偶，每以才得謗。竟使落窮山，青衫就黄壤。宦遊久不樂，江海永相望。退耕本就君，時節相勞餉。此懷今不遂，歸見纍纍葬。望哭國西門，落日銜千嶂。平生惟一子〔四〕，抱負珠在掌〔五〕。見之齠齔中，已有食牛量。他年如入洛，生死一相訪。惟有王濬冲，心知中散狀。

〔一〕任遵聖：名孜，注見前。

〔二〕先子推輩行：《東都事略》：任孜以學問氣節雄鄉閭，名聲與蘇洵相上下。

〔三〕劇縣：遵聖曾爲平原令，見本集《送任伋通判黄州》詩中。

〔四〕一子：《東都事略》：任伯雨，字德翁。邃于經術，文力雄健。其父孜，字遵聖。

〔五〕珠在掌：白居易詩：掌珠一顆兒三歲。

慎按：此詩施氏原本訛編密州卷中，今改正。

書韓幹牧馬圖〔一〕

南山之下，汧渭之間。想見開元天寶年，八坊分屯隘秦川〔二〕。四十萬匹如雲烟〔三〕，騅駓駰駱驪騮騵。白魚赤兔騂皇鶾胡安切，龍顱鳳頸獰《苕溪叢話》作「獝」且妍。奇姿逸德隱駑頑，碧眼胡兒手足鮮。歲時翦刷供帝閑，柘《苕溪叢話》作「赭」袍臨池侍三千。紅粧照日光流淵，樓下玉螭吐清寒。往來蹙踏生飛湍，衆工舐筆和朱鉛。先生曹霸弟子韓〔四〕，廐馬多肉尻脽圓。空刀切，脽音「誰」。肉中畫骨誇尤難，金羈玉勒繡羅鞍。鞭箠刻烙傷天全，不如此圖近自然。平沙細草荒芊綿，驚鴻脱兔争後先。王良挾策飛上天，何必俛首服短轅。

〔一〕韓幹牧馬圖：《名畫記》：幹，大梁人。《西陽雜俎》云：藍田人。《唐朝名畫録》以爲京兆人。未詳孰是。《名畫録》：幹，天寶中，召入供奉，能狀飛龍之質，圖噴玉之奇。開元後，外國名馬，重譯累至。明皇擇其良者，與中國之駿同頒畫寫之。陳閎貌之于前，韓幹繼之于後，寫渥洼之狀，若在水中。幹居神品矣。

〔二〕分屯隘秦川：《元和郡縣志》：秦城在隴州汧源縣東西二十五里。秦非子養馬汧、渭之間，周孝王封爲大夫。貞觀中，自京師東赤岸澤移馬牧于秦、渭二州之北，置監牧使，掌其事。南使在原州西南一百六十里，西使在臨洮軍西二百二十里，北使寄理原州城内，東使寄理原州城外。天寶中，諸使共五十監，監牧地東西約六百里，南北約四百里。

〔三〕四十萬匹：《名畫記》：明皇好大馬，御廐至四十萬匹，遂有沛艾大馬，西域大馬，骨力追風，毛彩照地，不可名狀，號木槶馬。

〔四〕曹霸：《名畫記》：曹霸，魏曹髦之後。天寶末，每詔畫御馬及功臣。又云：韓幹初師曹霸，其後遂獨自擅。

《烏臺詩案》：熙寧十年二月到京，三月初一日，王詵送到簡帖，約來日出城外四照亭中相見。次日，軾與詵相見，令姨嫿六七人斟酒下食，有倩奴問軾求曲子，遂作《洞仙歌》一首、《喜長春》一首與之。次日，王詵送韓幹畫馬十二匹，共六軸，求軾題跋。不合作詩云「王良挾策飛上天，何必俛首服短轅」，意以騏驥自比，譏諷執政大臣無能盡我之才，如王良之能御者，何必折節干求進取也。其詩即不係朝旨降到册子内。

送魯元翰〔一〕少卿知衛州〔二〕

冗士無處著，寄身范公園〔三〕。桃李忽成陰，薺麥秀已繁。閉門春晝永，惟有黄蜂喧。誰人肯携酒，共醉榆柳村？髯卿獨何者，一月三到門。我不往拜之，髯來意彌敦。堂堂元老後〔四〕，亹亹仁人言。憶在錢塘歲，情好均弟昆。時于冰雪中，笑語作春温。欲飲徑相覓，夜開叢竹軒。搜尋到篋笥，鮓醢無復存。每愧烟火中，玉腕親炮燔。别來今幾何？相對如夢魂。告我當北渡，新詩侑清樽。坡陁太行麓〔五〕，洶湧黄河翻〔六〕。仕宦非不遇，王畿西北垣〔七〕。斯民如魚耳，見網則驚奔。皎皎千丈清，不如尺水渾。刑政雖首務，念當養其源。一聞襦袴音，盗賊安足論！

〔一〕魯元翰：《宋史·魯有開傳》：自南康軍代還，出，通判杭州，知衛州。徙冀州，增河堤。時朝廷遣使河北，必遮道誦有開功狀，召爲膳部郎中。元祐中，歷知洺、滑二州，官至中大夫。

〔二〕衛州：《元和郡縣志》：河北道衛州汲郡，即殷牧野之地。漢爲汲縣，魏孝静帝于汲縣置義州，周武帝改爲衛州。

〔三〕范公園：即景仁東園也。本集《與黎希聲尺牘》云：向自密將赴河中，至陳橋，受命改差彭城，便欲赴任。以兒子娶婦，暫留城東景仁園中。

〔四〕元老：《宋史》：魯宗道，字貫之，亳州譙人。真宗朝爲右正言，直龍圖閣。仁宗立，拜諫議大夫、參知政事。在政府七年。卒，謚剛簡。有開之從父也。用其蔭入官。

〔五〕太行麓：《名勝志》：衛輝府輝縣西北，與太行山連接。

〔六〕黄河：《元和郡縣志》：黄河自新安縣界流入，經汲縣南，謂之棘津，亦謂之石津濟。《太平寰宇記》：黄河自津鄉縣界流入，又自縣西南敦留村東南，流入胙城漢河堤北。

〔七〕王畿西北垣：《太平寰宇記》：衛州東南至東京一百三十五里。

次韻子由送蔣夔赴代州學官〔一〕

功利争先變法初〔二〕，典刑獨守老成餘。窮人未信詩能爾，倚市懸知繡不如。代北諸生漸狂簡，牀頭雜説爲爬梳。歸來問雁吾何敢？疾世王符解著書。

〔一〕代州學官：《九域志》：河東路代州雁門郡，宋乾德元年爲上州，治雁門縣。《宋史·職官志》：慶曆四年，始詔軍、州、監各立學，置教授，訓導諸生，委運司及長吏于州縣幕職或本處舉人有德藝者充。熙寧中，始命于朝。

〔三〕變法初：《宋史·王安石傳》：釋訓《詩》、《書》、《周禮》，頒之，號曰《新義》。主司純用取士，士莫得自名一經，先儒傳注，一切廢不用。

附子由原作：

憶遊太學十年初，猶見胡公豈弟餘。偏閱諸生非有道，最憐能賦似相如。青衫共笑方持板，白髮相看各滿梳。暫免百憂趨長吏，勉調三寸事新書。

宿州〔一〕次韻劉涇〔二〕

我欲歸休瑟漸希，舞雩何日著春衣？多情白髮三千丈，無用蒼皮四十圍。晚覺文章真小技，早知富貴有危機。爲君垂涕君知否〔三〕？千古華亭鶴自飛。公自注：涇之兄汴，亦有文，死矣。

〔一〕宿州：《元和郡縣志》：徐州符離縣，元和四年，始置宿州。《太平寰宇記》：元和中，以徐州、符離之地，南臨汴河，有埇橋爲舳艫之會，襟帶梁、宋漕運。乃以符離、蘄縣、虹縣三邑立宿州。開寶元年，陞爲保静軍節度。北至徐州一百四十里。

〔二〕劉涇：《東都事略》：劉涇，字巨濟，簡州陽安人。第進士，王安石薦其才，除經義所檢討。久之，爲太學博士。罷知咸陽縣，常州教授，歷國子監丞，知處、虢、貞、坊四州。元符末，除職方郎中，卒。爲文務奇怪語，好進取，多爲人排斥。晁公武《讀書志》：劉巨濟《前溪集》五卷，爲文頗奇怪。○按《欒城集》，涇時爲宿州教授，而本傳云常州，未詳孰是。

〔三〕垂涕：本集《與劉巨濟書》云：賢兄文格奇拔，不幸早世。見其手書舊文，不覺垂涕，云云。詩中有「富貴危機」之語，又引「華亭鶴」，乃陸機臨刑事，若不得其死者？而他無可考。

附子由作：

此身雖復類潛夫，衰老無心强著書。道路不知奔走賤，交遊空怪往還疎。絃歌更就三年學，簿領惟添一味愚。他日相逢定何處？莫將文彩笑空虚。

和李邦直沂山祈雨有應〔一〕

高田生黄埃，下田生蒼耳。蒼耳亦已無，更問麥有幾？蛟龍睡足亦解慙，二麥枯時雨如洗。不知雨從何處來，但聞吕梁百步聲如雷〔二〕。試上城南望城北，際天菽粟《苕溪叢話》作「麥」青成堆。饑火燒腸作牛吼，不知待得秋成否？半年不雨坐龍慵，共《苕溪叢話》作「但」怨天公不怨龍。今朝一雨聊自贖《苕溪叢話》作「何足道」，龍神社鬼各言功。無功日盗太倉穀《苕溪叢話》作「粟」。嗟我與龍同此責。勸農使者不汝容〔三〕，因君作詩先自劾。

〔一〕沂山祈雨：《元和郡縣志》：沂山在沂水縣北一百二十里。《齊乘》云：《周禮》：青州，其山鎮曰沂山。注云：沂水所出，即公玉帶請漢武帝所封之東泰山也。山半有東鎮東安王廟石刻神像。又云：翁婆廟，即沂山之神，歷代封祀有典。

〔二〕吕梁百步：徐州二洪也。注别見。

〔三〕勸農使者：時邦直爲京東提刑。按，《職官分紀》：天禧二年，改諸路提刑爲勸農使。

《烏臺詩案》：熙寧十年，軾知徐州日，六月内，李清臣因沂山禱雨有應，詩寄軾云云。軾作詩一首與清臣。除無譏諷外，不合言神龍慵懶不行雨，却使人心怨天公，以諷大臣不任職，不能燮理陰陽，却使人怨天子。以天公比天子，以神龍、社鬼比執政大臣及百職事。軾自言無功竊禄，與龍無異。當時送與李清臣，來相謁，戲笑言：「承見示詩，只是勸農使者不管恁地事。」

附李邦直原作：此詩從《苕溪漁隱叢話》采録。

南山高稜層，北山亦崷崒。坐看兩山雲出没，雲行如驅歸若呼，始覺山中有靈物。鬱鬱其焚蘭，罩罩《苕溪叢話》作「覃覃」其擊鼓。祝屢祝《苕溪叢話》作「歌」，巫屢舞，我民無罪神所憐，一夜雷風三尺雨。嶺木兮蒼蒼，溪水兮泱泱，雲散諸峰互明滅。東阡西陌農事忙，廟閉山空音響絶。

附子由和：

宿雪雖盈尺，不救春夏旱。吁嗟徧野天不聞，歌舞通宵龍一戰。旋開雲霧布旌旗，復遣雷霆助舒卷。雨聲一夜洗塵埃，流入溝河朝不見。但見青青黍與禾，老農起舞行人歌。汙邪滿車尚可許，供輸到骨期無他。水行天地有常數，歲歲出入均無頗。半年分已厭枯槁，及秋更恐憂滂沱。誰能且共蛟龍語，時布甘澤無庸多。

徐州送交代仲達少卿〔一〕

此身無用且東來，賴有江山慰不才。舊尹未嫌衰廢久，清尊猶許再三開。滿城遺愛知誰繼，極目扁舟挽不回。歸去青雲還記否？交游勝絶古城隈。

〔一〕仲達：本集《題跋》云：詩人戴仲達，嘗從歐陽文忠公游。不知即其人否。

慎按：此詩施氏原本不載，《外集》編第五卷。題上有「徐州」二字，今據此，從《續補》下卷移編。

和孔密州五絶即孔宗翰，注見前。

見邸家園留題

除却膠西不解歌。大旆傳聞載酒過，小詩未忍着磚磨。陽關三疊君須秘〔一〕，公自注：來詩有「渭城」之句。

〔一〕陽關三疊：本集《雜記》云：舊聞《陽關三疊》，余在密州，有文勛長官者，自云得古《陽關》本，每句皆再唱，而第一句不疊，乃唐本「三疊」蓋如此。及在黄州，讀樂天詩，云：相逢且莫推辭酒，聽唱陽關第四聲。注云：「第四聲『勸君更盡一杯酒』。」以此驗之，若第一句疊，則此句爲第五聲矣。今爲第四聲，則第一句不疊，審矣！《太平寰宇記》：陽關在沙州壽昌縣西六里，以居玉門關之南，故曰陽關。本漢置，謂之南道，玉門關謂之北道，皆西域門户。程大昌《雍録》云：唐世多事西域，故行役之極乎西境者，以出陽關爲言也。既渡渭以及渭城，則西北向而趣玉門、陽關，皆由此始。

春步西園見寄

歲歲開園成故事〔一〕，年年行樂不辜春。今年太守尤難繼，慈愛聰明惠利人。

〔一〕開園：宋制，州守每歲二月開園，散父老酒食。

東欄梨花

梨花淡白柳深青，柳絮飛時花滿城。惆悵東欄二一本作「一」株雪，人生看得幾清明。

和流杯石上草書小詩〔一〕

蜂腰鶴膝嘲希逸，春蚓秋蛇病子雲。醉裏自書醒自笑，如今二絶更逢君。

〔一〕流杯：注見上卷。

堂後白牡丹

城西千葉豈不好，笑舞春風醉臉丹。何似後堂冰玉潔，遊蜂非意不相干。公自注：孔頎有聲妓，而客無見者。

和趙郎中見戲二首公自注：趙以徐妓不如東武，詩中見戲，云：「只有當時燕子樓。」

其 一

燕子人亡三百秋，捲簾那復似揚州。西行未必能勝此，空唱崔徽上白樓。

慎按：先生在密州，就差知河中府，未赴而改知徐州。蓋徐在密之東南，河中在密之東北，故前詩云「此身無用且東來」。此云「西行未必能勝此」，言向使赴河中，亦未必便勝徐州也。崔徽，河中娼妓。故借作解嘲語。

其 二

我擊藤牀君唱歌，明年六十奈君何。公自注：趙每醉歌畢，輒曰：明年六十矣。醉顛只要裝風景，莫向人前自洗磨。

次韻子由與顔長道〔一〕同遊百步洪〔二〕相地築亭種柳

平明坐衙不暖席，歸來閉閤閑終日。卧聞客至倒屣迎，兩眼蒙籠餘睡色。城東泗水步可到，路轉河洪飜雪白。安得青絲絡駿馬？蹙踏飛波柳陰下。奮身三丈兩蹄間，振鬣長鳴身自乾。少年狂興久已謝，但憶嘉陵繞劍關〔三〕。劍關大道車方軌，君自不去歸何難？山中故人應大笑，築室種柳何時還？

〔一〕顔長道：《宋史》：顔復，字長道，魯人，顔子四十八世孫。父太初，以名儒爲國子監直講。嘉祐中，試中書第一，賜進士，爲校書郎。熙寧中，爲國子直講。坐王安石，罷。元祐初，起太常博士，累遷中書舍人，兼國子祭酒。以疾，改天章閣待制。卒，年五十七。子岐，門下侍郎。

〔二〕百步洪：《名勝志》：百步洪在徐州城東南二里，水中若有限石，懸下迅急，亂石激濤，凡數里。

〔三〕劍關：《元和郡縣志》：劍關道，其山峭壁千丈，下瞰絶壑，飛閣以通行旅。《太平寰宇記》：小劍城在利州益昌縣西南五十里，諸葛武侯于此立劍門，以大劍山至此爲險隘之路也。

附子由原作：《欒城集》題云「陪子瞻遊百步洪」。

城東泗水平如席，城頭遠山銜落日。輕舟鳴櫓自生風，渺渺江湖動顔色。中洲過盡石縱横，南去清波頭盡白。岸邊怪石如牛馬，銜尾舳艫誰敢下。没人出没須臾間，却立沙頭手足乾。客舟一葉久未上，吴牛回首良間關。風波蕩潏未可觸，歸來何事嘗艱難。樓中吹笛暮烟起，出城騎火催君還。

附舒堯文次韻：此篇從《烏臺詩案》采出。

先生何人堪並席？李郭相逢上舟日。殘霞明滅日脚沉，水面浮雲《苕溪叢話》作「光」天一色。磷磷石若銕林兵，翻激奔衝精甲白。岸頭旂幟《苕溪叢話》作「旌旗」簇五馬，一櫓飛艎信天下。入夜寒生波浪間，汗衣始逐秋風乾。相忘河魚互出没，得性沙鳥鳴間關。委蛇二龍乃神物，游樂諸溪疑有誤字誠爲難。築亭種柳恐不暇，天下雷雨須公還。

《烏臺詩案》：熙寧十年，知徐州日，觀百步洪，作詩一首，有本州教授舒焕，字堯文，和詩云云。上件詩，意無譏諷。

次韻李邦直感舊

騶騎傳呼出跨坊〔一〕，簿書填委入充堂。誰教按部如何武〔二〕？只許清尊對孟光〔三〕。婉娩有時來入夢，温柔何日聽還鄉。酸寒病守尤堪笑，千步空餘僕射場〔四〕。

〔一〕騶騎跨坊：《唐書·鄭畋傳》：故時宰相騶呵聯數坊，呵止行人。畋敕導者止百步。

〔二〕按部：邦直時爲京東提刑，子由在徐與邦直唱和詩自注云：「時邦直將出巡青州。」故有「按部」之句。

〔三〕孟光：慎按，施氏原注前段殘脱不全，大約謂孫巨源有少女，東坡謂欲擇壻，無如邦直。巨源首肯，卒以歸之。故此詩有「清尊對孟光」之句。巨源女此時或已歸邦直矣。然考李清臣本傳，稱其自幼敏悟，韓琦以兄子妻之。則邦直元配爲韓，當是韓已殁，而巨源之女爲繼室耳。

〔四〕僕射塲：《太平寰宇記》：毬塲後圃在徐州城角，韓退之爲張僕射節度推官，屢以擊毬爲諫。

與梁先〔一〕舒焕〔二〕泛舟得臨釀字二首

其一

彭城古戰國〔三〕，孤客倦登臨。汴泗交流處〔四〕，清潭百丈深。故人輕千里，蜸足來相尋。何以娱嘉客，潭水洗君心。

〔一〕梁先：字吉老。見本集。

〔二〕舒焕：字堯文，時爲徐州教授。見《烏臺詩案》。

〔三〕彭城古戰國：《水經注》：彭城，殷大夫老彭之國也。于春秋爲宋地。《成十八年》：楚伐宋，并之，以封魚石。崔季珪《述初賦》：「報黄公于邳圯，勒魚石于彭城。」即是處矣。本集《上神宗書》曰：徐州爲南北之襟要，而京東諸郡安危所寄也。其地三面被山，獨其西平川數百里，西走梁、宋。其城三面阻水，以汴、泗爲池。漢高祖，沛人也。項羽，宿遷人也。劉裕，彭城人也。朱全忠，碭山人也。皆在今州數百里間耳。《名勝志》：秦始置彭城縣，屬泗水郡。漢高祖改泗水爲沛郡，又分沛郡立楚國，後因置徐州。

〔四〕汴泗交流：《水經注》：泗水又南，淮水入焉，經彭城縣故城。《名勝志》：泗水源出山東泗水縣，南流過沛縣，至徐州東北，合汴水，循城東南達淮。汴水自河南浚儀縣界東流，過蕭縣，至州城東北，與泗水合。二水滙而爲潭，極深，有龍居之。

其　二

老守厭簿書，先生罷函丈。風流魏晉間，談笑羲皇上。河洪一作「洪河」忽已過，水色緑可釀。君無輕此樂，此樂清且放。

次韻答邦直子由五首

其　一

簿書顛倒夢魂間，知我疎慵肯見原。閒作閉門僧舍冷，卧聞吹枕海濤喧。忘懷杯酒逢人共，引睡文書信手翻。欲吐狂言喙三尺，怕君嗔我却須吞。公自注：邦直屢以此見戒。

其　二

城南短李好交遊，箕踞狂歌不《苕溪叢話》作「總」自由。尊主庇民君有道，樂天知命我無憂。

醉呼妙舞留連夜，公自注：邦直家中舞者甚妙。閒作清詩斷送秋。瀟灑使君殊不俗，尊前容我攬鬚不？以上二首，邦直原韻。

附李邦直原作一首：邦直原唱應有二首，今從《烏臺詩案》、《苕溪叢話》采得一首。

東來嘗恨《苕溪叢話》作「嘆」少朋游，得遇高人蘇子由。已誓不言天下事，相看俱遺世間憂。新詩定及三千首，囊別幾成二十秋。南省都臺風雪夜，問君還記劇談不？

附子由二首：《欒城集》原題云「李邦直見邀終日對卧南城亭上」。

一徑陂陁草木間，孤亭勝絶俯川原。青天圖畫四山合，白晝雷霆百步喧。烟柳蕭條漁市遠，汀洲蒼莽白鷗翻。客舟何事來匆草，逆上波濤吐復吞。

東來無事得遨遊，奉使清閒亦自由。撥棄簿書成一飽，留連語笑失千憂。舊書半卷都如夢，清簟横眠似欲秋。聞説歸朝今不久，塵埃還有此亭不？

其　三

老弟東來殊寂寞，故人留飲慰酸寒。草荒城角開新徑〔一〕，雨入河洪失舊灘。車馬追陪迹未掃，唱酬往復字應漫。此詩更欲憑君改，待與江南子布看。

〔一〕城角：《水經注》：淮泗之會，即城角也。

其　四

君雖爲我此遲留，别後凄凉我已憂。不見便同千里遠，退歸終作十年游。恨無楊子一區宅，懶卧元龍百尺樓。聞道鵷鸞滿臺閣，網羅應不到沙鷗。以上二首，子由原韻。

附子由原作一首：缺一首。

真能一醉逃煩暑，定勝三盃禦臘寒。自有詩書供永日，莫將絲竹亂風灘。舞雩何處歸春暮，叩角誰人怨夜漫。聞道丹砂近有術，錙銖稱火共君看。

慎按：《欒城集·次韻邦直見答》共二首，其第二章，即「五斗塵勞尚足留」也。《烏臺詩案》、胡仔《苕溪漁隱叢話》、吴曾《能改齋漫録》載此詩，俱係東坡作，子由當别有「鷗」字韻一首，而今已逸。編集者訛以坡詩充數，不可不辨。

附李邦直一首：邦直詩亦應有二首，今從《烏臺詩案》采得一首。

匙飯盤蔬强少留，相逢何物可消憂。緣君未得酒中趣，與我漫爲方外遊。草亂不容移馬跡，山雄全欲逼城樓。濟時異日須公等，莫狎翩翩海上鷗。

其五

五斗《烏臺詩案》作「五十」塵勞尚足留，閉關《能改齋漫録》作「門」却欲治幽憂。羞爲毛遂囊中穎，未許朱雲施氏補注本作「龍逢」者，訛地下遊。無事會須成好飲，思歸時欲賦登樓。羡君幕府如僧舍，日向城南《能改齋漫録》作「西」看浴鷗。

《烏臺詩案》：與李清臣干涉事：清臣答弟轍二首，于詩後批云：可求子瞻和其詩，云「匙飯盤蔬强少留」云云。軾却作二首和清臣，其内一首云：「五十塵勞尚足留」，云云。朱雲，漢成帝時乞斬張禹，成帝欲誅之。雲曰：「臣得從龍逢、比干游，足矣。」龍逢，夏桀臣；比干，商紂臣，皆由諫而死。軾爲屢言新法不便，不蒙施行，以朱雲自比。意至明之世，無誅戮之事。故言軾未許與朱雲地下游。王粲是魏武時人，因天下亂離，故粲在荆州依托，作《登樓賦》，賦中有懷鄉思歸之意。軾爲屢言新法不便，不蒙施行，有罷官懷鄉之意，亦欲作此賦也。軾又用韻與李清臣六首，内一首云：「城南短李好交游」，云云。清臣再次元韻，有一首云「東來常恨少朋游」云云。

慎按：《烏臺詩案》，先生與邦直、子由唱和原有八首，諸刻本止存四首，施氏補注采入「五斗塵勞尚足留」一首，止有前四句。今從《能改齋漫録》抄補，僅足五首之數，尚逸其三。又按，第五首亦見《欒城集》中，考《詩案》，確是坡作，并爲辨正。

再附子由次韻四首：

城頭棟宇恰三間，楚望淒凉弔屈原。雨洗山川百里凈，風吹笑語一城喧。鄉書莫問經時絶，歲事初驚片葉翻。南近清淮鱸鱖好，釣筒時問有潛吞。

謬將疎野託交遊，平日論心亦有由。科第聯翩叨舊契，利名疎闊少新憂。清談已覺忘朱夏，濁酒先防虐素秋。多病無聊惟有睡，頻頻詩句未嫌不？

野鶴應疑鳧雁苦，夏蟲未慣雪霜寒。隱居顔氏終安巷，垂釣嚴生自有灘。破宅不歸塵可掃，下田初種水應漫。退耕尚作悠悠語，拙宦猶須步步看。

欲作彭城數月留，谿山勸我暫忘憂。城頭準擬中秋望，臺上遷延九日遊。嵐氣雨餘侵近郭，江聲風送隱危樓。汀洲聚散知誰怪？且學漂浮水上鷗。

司馬君實〔一〕獨樂園〔二〕

青山在屋上，流水在屋下。中有五畝園〔三〕，花竹秀而野。花香襲杖屨，竹色侵杯斝。樽酒樂餘春，棋局消長夏。洛陽古多士，風俗猶爾雅。先生卧不出，冠蓋傾洛社〔四〕。雖云與衆樂，中有獨樂者。才全德不形，所貴知我寡。先生獨何事？四海《烏臺詩案》作「方」望陶冶。兒童誦君實，走卒知司馬。持此欲安歸，造物不我捨。名聲逐吾輩，此病天所赭。撫掌笑先生，年來效喑啞〔五〕。

〔一〕司馬君實：施氏原注，新刻删去，今補録。司馬文正公，字君實。其先河内人，後家陝州夏縣涑水鄉。中進士甲科。仁宗擢知諫院，始發大議，乞立宗子爲後。韓忠獻因其言，遂定大計。事英宗、神宗，爲翰林學士、御史中丞。王介甫爲相，始行新法。首言其害，以身争之。當時士大夫不附介甫者，皆倚以爲重。拜樞密副使，以言不行，不受命。除端明學士，出知永興軍。力乞歸，以爲留司御史臺、提舉崇福宫。閑居十五年，自號迂叟。及《資治通鑑》成，加資政殿學士。哲宗即位，宣仁簾聽，入臨京師。民擁其馬，至不得行。遮道呼曰：「公無歸洛，留相天子，活百姓。」衛士見公，皆以手加額。遂起爲門下侍郎，拜左僕射。爲政一年，疾病半之，而設施措注，凛凛乎向至治矣。元祐元年，薨于位，贈太師，温國公。

〔二〕獨樂園：李格非《洛陽名園記》：獨樂園極卑小，不可與他園班。其曰讀書堂者，數椽屋，澆花亭，弄水種竹軒尤小。公自爲記。《元城語録》：温公居洛，于國子監之側得故營地，創獨樂園，自傷不得與衆同也。以當時君子自比伊、周、孔、孟，公乃以種竹、澆花等事，自比于唐、晉間人，以救其敝。公自撰《獨樂園記》，略云：熙寧四年，迂叟始家洛。六年，買地二十畝于尊賢坊北，闢以爲園。中有堂曰讀書堂，堂北爲沼，沼有廬曰釣魚庵。沼北曰種竹齋，沼東曰采藥圃，圃南爲六欄，欄北曰澆花亭。又于園中築臺作屋，曰見山臺，合而命之，曰獨樂園。

〔三〕五畝：白居易《池上篇》：十畝之宅，五畝之園。

〔四〕洛社：《唐詩紀事》：白居易以刑部侍郎致仕，居洛，愛香山之勝，與僧如滿結社于此。

〔五〕喑啞：《東都事略》：神宗欲用光，光不可，出知永興軍。移許州，不赴。遂判西京留司御史臺以歸。自是絶口不復論時事。

慎按：《烏臺詩案》：司馬君實在西京葺一園，名獨樂，作詩記之云云。此詩言四海望光執政，陶冶天下，以譏見任執政，不得其人。又言兒童走卒，皆知其姓名，終當進取。緣光嘗言新法不便。既言終當用光，亦是譏新法不便，終當用光，改變此法也。又言光却喑啞不言，意望光依前上言，攻擊新法也。

送顏復〔一〕兼寄王鞏〔二〕

彭城居官冷如水，誰從我遊顏氏子。我衰且病君亦窮，衰窮相守正其理。胡爲一朝捨我去，輕衫觸熱行千里。問君無乃求之與，答我不然聊爾耳。京師萬事日日新，故人如故今有幾。君知牛行相君宅〔三〕，扣門但覓王居士。清詩草聖俱入妙，别後寄我書連紙。苦恨相思不相見，約我重陽嗅霜蕊。君歸可喚與俱來，未應指目妨進擬。太一老仙閒不出〔四〕，公自注：張安道爲中太一宫使。鞏，即安道壻也。踵門問道今時矣。因行過我路幾何？願君推挽加鞭箠。吾儕一醉豈易得，買羊釀一作「酤」酒從今始。

〔一〕顏復：字長道，彭城人。

〔二〕王鞏：《宋史》：王鞏，懿敏公素之子。長于詩，從蘇軾游。軾守徐，鞏往訪之。軾得罪，鞏亦竄賓州。數歲得還，豪氣不少挫。後歷宗正丞，以跌宕傲世，故終不顯。○補録施氏原注：王定國鞏，居京城牛行街，而張安道居南京。定國與東坡約，先過安道，而以重陽謁公于徐。故屬長道拉與俱來。然定國至南京，竟以事不至，有詩送梁父寄坡。坡和答有「花枝不共秋歆帽，筆陣空來夜斫營」之句。後一歲，始赴重陽之約，有《九日次韻王鞏》等詩。

〔三〕牛行：《東京夢華録》：潘樓東街巷，出舊曹門，朱家橋瓦子。下橋，人烟市井，不下州南，以東牛行街，一直抵新城。

〔四〕太一老仙：《容齋三筆》：熙寧六年，司天中官正周琮言：據《太一經》推筭，熙寧七年甲寅歲，太一陽九百六之數，至是年復元之初。故《經》言太歲有陽九之災。太一有百六之厄，皆在入元之終，或復元之始。當癸丑、甲寅，爲災厄之會，而得五福太一，移入中都，可以消災爲祥。竊詳五福太一，自雍熙甲申入東南巽宫，故修東太一宫于蘇村。天聖己巳入西南坤位，故修西太一宫于八角鎮。望詳稽故事，崇建宫宇。于集禧觀之東，爲中太一宫。按，《張文定墓志》：公性與道合，得佛、老之妙。熙寧中請老，拜東太一宫使，就第。公自注以爲中太一宫使，未詳孰是。

附子由作：《欒城集》題云「送顔復赴闕」。

箪瓢未改安貧性，皐繹猶傳直道餘。不見失官愁戚戚，但聞高卧起徐徐。居中舊厭軍容講，補外仍遭城旦書。此去將身置何許？秋風未免憶鱸魚。

蝎虎

黄雞啄蝎如啄黍〔一〕，窗間守宫稱蝎虎。闇中繳尾伺飛蟲，巧捷功夫在腰膂。跂跂脈脈善緣壁，陋質從來誰比數。今年歲旱號蜥蜴，狂走兒童鬧歌舞。能銜渠水作冰雹，便向蛟龍覓雲雨。守宫努力搏蒼蠅，明年歲旱當求汝。

〔一〕啄黍：李白詩：黄雞啄黍秋正肥。

子由將赴南都與余會宿于逍遥堂作兩絶句讀之殆不可爲懷因和其詩以自解余觀子由自少曠達天資近道又得至人養生長年之訣而余亦竊聞其一二以爲今者宦游相别之日淺而異時退休相從之日長既以自解且以慰子由云〔一〕

其一

别期漸近不堪聞，風雨蕭蕭已斷魂。猶勝相逢不相識，形容變盡語音存。

〔一〕南都：歸德府，宋爲南京。按，《潁濱遺老傳》：熙寧中，張文定知睢陽，以學官見辟，從之。三年，授齊州掌書記。後二年，改著作佐郎，復從文定簽書南京判官。今將赴南都，正簽書判官時也。

其　二

但令朱雀長金花，此別還同一轉車。五百年間誰復在？會看銅狄兩咨嗟。

附子由原作二首。序長不具録。

逍遥堂後千尋木，長送中宵風雨聲。誤喜對牀尋舊約，不知漂泊在彭城。

秋來東閣涼如水，客去山公醉似泥。困卧北窗呼不起，風吹松竹雨凄凄。

留題石經院三首〔一〕

其　一

葱蒨門前路，行穿翠密中。却來堂上看，巖谷意無窮。

〔一〕石經院：在臺頭寺中，見本集《種松詩》公自注。

其　二

夭矯庭中檜，枯枝鵲踏消。瘦皮纏鶴骨，高頂轉龍腰。

其　三

窈窕山頭井〔一〕，潛通伏澗清。欲知深幾許，聽放一作「轉」轆轤聲。

〔一〕山頭井：《名勝志》：雲龍山頂有石佛井，雲氣出其中，去地可七百餘尺。

附子由次韻三首：

岧嶢山上寺，近在古城中。苦恨河流遠，長教目力窮。

盤曲山前路，流年向此消。興亡須一弔，范老卧山腰。

孤絶山南寺，僧居無限清。不知行道處，空聽暮鐘聲。

慎按：本集《雜記》云：熙寧十年八月四日，與子由同來，留小詩三首，子由和云云。《欒城集》失載，今采録。

過雲龍山〔一〕人張天驥〔二〕

郊原雨初足，風日清且好。病守亦欣然，肩輿白門道。荒田咽蛩蚓，邨巷懸梨棗。下有幽人居，閉門空雀噪。西風高正厲，落葉紛可掃。孤童卧斜日，病馬放秋草。墟里通有無，垣墻任摧倒。君家本冠蓋，絲竹鬧隣保。脱身聲利中，道德自濯澡。躬耕抱羸疾，奉養百歲老。詩書膏吻頰，菽水媚翁媪〔三〕。饑寒天隨子，杞菊自擷芼。慈孝董邵南，雞狗相乳抱。吾生如寄耳，歸計失不蚤。故山豈敢忘？但恐迫華皓。從君好一作「學」種秫，斗酒時自一作「相」勞。

〔一〕雲龍山：《名勝志》：雲龍山在徐州城西二里，山出雲氣，蜿蜒如龍，故名。

〔二〕張天驥：字聖塗。見《賀方回集》及本集《七寶寺題名》。

〔三〕翁媪：天驥父，字希甫。母，李氏。本集《題張希甫墓志後》云：余爲徐州，始識張希甫父子。元年之冬，李夫人病没，徐人多言其賢。天驥出其母手書數十紙，記浮屠、道家，筆迹不類婦人。是時，希甫年七十餘，辟穀導引，飲水百餘日，甚瘠而不衰，目瞳子炯然。余不忍天驥之憂懼，乃告之：「願以時飲食，慰子孫之意。」希甫强爲余食，然無復在世意。後二年没。知其夫婦皆超然世外者矣。

附子由作：

南山暮將歸，下訪張夫子。黍稷滿秋風，蓬麻翳鄰里。君年三十八，三十有歸意。躬耕奉慈親，未覺耰耡鄙。讀書北窗竹，釀酒南園水。松菊半成陰，日有幽居喜。客來時借問，問子何年起？新求西溪石，更築茆堂阯。但令三歲熟，此計行亦遂。堂成不出門，清名滿朝市。

贈王仲素寺丞公自注：名景純。

養氣如養兒，棄官如棄泥。人皆笑子一作「予」拙，事定竟誰迷？歸耕獨患貧，問子一作「予」何所齎。尺宅足自庇，寸田有餘畦。明珠照短褐，陋室生虹霓。雖無孔方兄，顧有法喜妻。彈琴一長嘯，不答阮與嵇。曹南劉夫子，名與子政齊。家有《鴻寶書》，不鑄金褭蹄。促膝問道要，遂蒙分刀圭。不忍獨不死，尺書肯見梯。我生本强鄙，少以氣自擠。孤舟倒江河，赤手攬象犀。年來稍自笑，留氣暖下臍。苦恨聞道晚，意象颯已凄。空見孫思邈，區區賦病梨。

慎按：本詩乃王仲素致仕將歸時贈行作也。施注新刻本又有《贈仲素致仕歸潛山》七言古詩一首。施氏原本所無，乃子由作也。故編入「他集互見」卷中。

陽關曲一作「詞」三首

贈張繼愿

受降城下紫髯郎〔一〕，戲馬臺前古戰塲〔二〕。恨君不取契丹首，金甲牙旗歸故鄉。

〔一〕受降城：《舊唐書》：神龍三年，張仁愿於河北築三受降城，首尾相應。以拂雲祠爲中城，與東、西兩城相去各四百餘里。北拓三百餘里，置烽堠一千八百所。自是，突厥不敢度山放牧。《元和郡縣志》：東受降城，漢雲中郡地，在榆林縣東北八里。中受降城，本漢五原郡地，今爲天德軍。西受降城，在豐州西北八十里，蓋漢朔方郡地。○按，築城年月，《元和志》以爲景雲三年者，訛也，當從《舊唐書》。

〔二〕戲馬臺：《太平寰宇記》：戲馬臺在徐州城南一里。本集《上神宗書》曰：彭城三面阻水，獨其南可通車馬，而戲馬臺在焉。其高十仞，廣袤百步。若用武之世，屯千人其上，凡戰守之具，與城相表裏，雖用十萬人，未易取也。

答李公擇

濟南春好雪初晴，行到龍山馬足輕〔一〕。使君莫忘霅溪女，時作陽關腸斷聲。

〔一〕龍山：濟南有龍山鎮，見《外紀》。

中秋月

暮雲收盡溢清寒，銀漢無聲轉玉盤。此生此夜不長好，明月明年何處看。

慎按：《詩話總龜》謂東坡作彭城守時，過齊州李公擇。中秋席上作絶句，「暮雲收盡溢清寒」云云。其後，山谷在黔南以《小秦王》歌之云云。此詩與前一首似是同時作。以愚考之，先生過濟南，在本年正月，有詩載卷首。四月赴徐州，未嘗在齊州過中秋也。按，《玉局文》及《風月堂詩話》云：東坡中秋詩，紹聖元年自題其後，云：「予十八年前，中秋與子由觀月彭城時作此詩，以《陽關》歌之。」此段正與詩合。其在李公擇席上所賦，即前篇答李公擇者是也。《詩話總龜》混兩詩爲一時事，訛也。

和孔周翰二絶

再觀邸園留題

小園香霧曉蒙籠，醉守一作「手」狂詞未必工。魯叟録詩應有取，曲收彤管《邶》、《鄘風》。

觀净觀堂效韋蘇州詩

弱羽巢林在一枝，幽人蝸舍兩相宜。樂天長短三千首，却愛韋郎五字詩。

答任師中家漢公〔一〕

先君昔未仕，杜門皇祐初。道德無貧賤，風采照鄉閭。何嘗疎小人，小人自闊疎。出門無所詣，老史在郊墟〔二〕。門前萬竿竹，堂上四庫書。高樹紅消梨，小池白芙蕖。常呼赤脚婢，雨中擷園蔬。矯矯任夫子，罷官還舊廬。是時里中兒，始識長者車。烹雞酌白酒，相對歡有餘。有如龐德公，往還葛與徐。妻子走堂下，主人竟誰歟？我時年尚幼，作賦慕相如。侍立看君談，精悍寔起予。歲月曾幾何，耆老逝不居。史侯最先殁，孤墳拱桑樗。我亦涉萬里，清血滿襟袪。漂流二十年，始悟萬緣虚。獨喜任夫子，老佩刺史魚〔三〕。威行烏白蠻〔四〕，解辮請冠裾。方當入奏事，清廟陳璠璵。胡爲厭軒冕？歸意不少紓。上蔡有良田，黄沙走清渠。罷亞百頃稻，雍容十年儲。閒隨李丞相，搏射鹿與猪。蒼鷹十斤重，猛犬如黄驢。豈比陶淵明，窮苦自把耡。我今四十二，衰髪不滿梳。彭城古名郡，乏人偶見除。頭顱已可知，幾何不樵漁。會當相從去，芒鞋老菑畬。念子瘴江邊，懷抱向誰攄。

賴我同年友，相歡出同輿。冰盤薦文鮪，公自注：鮪，鮥也。戎瀘有之。玉斝傾浮蛆。醉中忽思我，清詩綴瓊琚。知我少所一作「詠」諧，教我時卷舒。世事日反覆，翩如風中旗。雀羅弔廷尉，秋扇悲婕妤。升沉一何速？喜怒紛衆狙。作詩謝二子，我師甯與蘧。

〔一〕家漢公：失考。

〔二〕老史：本集《雜記》云：先友史經臣，字彦輔，眉山人，與先君同舉制策。篤于節義，博學能文。竟不仕，年六十卒。無子。又，老蘇公集中有《祭史彦輔文》。彦輔之殁，在坡公丁成國太夫人憂時。

〔三〕佩刺史魚：《淮海集·任師中墓表》云：元豐中，公知瀘州。使者誣奏：公西南乞第過江安時，不時掩擊，疑有私謁。乃先下章于他郡各窮竟，所考未具，而公卒。以先生詩按之，師中時當從瀘州罷歸，居新息。與《墓表》不合，或已去官，而使者追論前事耳。

〔四〕烏白蠻：《蜀鑑·西南夷考》：自曲州、靖州西南距龍利城，通謂之西爨白蠻。自彌鹿、升麻二川，南至步頭，通謂之東爨烏蠻。延袤二千餘里。《唐會要》：東謝在黔州之西數百里，北至白蠻。《梁益州記》：嶲州嶲山，地接諸蠻部，有烏蠻、秋蠻。施氏補注引《梁益州記》，改「秋蠻」爲「白蠻」，以就詩句，今駁正。

初別子由

我少知子由，天資和而清。好學老益堅，表裏漸融明。豈獨爲吾弟，要是賢友生。不見六七年〔一〕，微言誰與賡。常恐坦率性，放縱不自程。會合亦何事，無言對空枰。使人之意消，不善無由萌。森然有六女，包裹布與荆。無憂賴賢婦〔二〕，藜藿等大烹。使子得行意，青衫陋公卿。明日無晨炊，倒牀作雷鳴。秋眠我東閣，夜聽風雨聲。懸知不久別，妙理難一作「重」細評。昨日忽出門，孤舟轉西城。歸來北堂上，古屋空峥嶸。退食悮相從，入門中自驚。南都信繁會，人事水火争。念當閉閤坐，頹然寄聾盲。妻子亦細事，文章固虚名。會須掃白髮，不復用黄精。

〔一〕不見六七年：子由《會宿逍遥堂詩序》云：子瞻通守杭州，復移守膠西，而輒留滯睢陽、濟南，不見者六七年。

〔二〕賢婦：子由夫人史氏。

附子由次韻：

衮衮河渭濁，皎皎江漢清。源流既自異，美惡終未明。嗟我頑頓質，乃與公並生。出處每自托，謳吟輒嘗賡。譬如病足馬，共此千里程。勝負坐已决，豈待終一枰。憶公年少時，濯濯吐新萌。堅姿暎松柏，直節凌榛荆。學成志益厲，秋霜落春榮。淡然養浩氣，脱屣遺齊卿。百煉竟不變，三年終未鳴。區區兩郡守，籍籍四海聲。年來效瘖默，世事慵譏評。不見室家好，悦如揖重城。别離長塵垢，歲月何峥嶸？彭門偶會合，白髮互相驚。受教恐不足，吐論那復争。疾雷發聾聵，清月照昏盲。篤愛未忍棄，浪云舊齊名。更請問郭許，題品要當精。

次韻吕梁〔一〕仲屯田〔二〕

雨葉風花日夜稀，一杯相屬竟何時。空虚豈敢酬瓊玉？枯朽猶能出菌芝。門外吕梁從迅急，胸中雲夢自逶遲。待君筆力追靈運，莫忘南臺九日期。

〔一〕吕梁：《水經》：泗水南，過沛縣東。又東，逕山陽郡；又東南，過彭城縣東北；又東南，過吕縣南。注云：吕，宋邑也。縣對泗水，上有石梁焉。懸濤漰湃，寔爲泗險。《元和郡縣志》：吕梁在彭城東南五十七里，蓋泗水至吕縣，積石爲梁也。

〔二〕屯田：《職官分紀》：工部所屬，有屯田郎中、員外郎。

王鞏屢約重九見訪既而不至以詩送將官梁交且見寄次韻答之交頗文雅不類武人家有侍者甚慧麗〔一〕

知君月下見傾城，破恨懸知酒有兵。老守亡何惟日飲，將軍競病自詩鳴。花枝不共秋歓帽，筆陣空來夜斫營。愛惜微官將底用？他年只好寫銘旌。

〔一〕將官：《職官分紀》：國朝自河北通好，特分將領置官于河北、河東、京東等處，以統領所部兵，謂之將官。○梁交：字仲通。見《欒城集》。

臺頭寺〔一〕雨中送李邦直赴史館分韻得憶字人字兼寄孫巨源二首〔二〕

其一

霜林日夜西風急，老送君歸百憂集。清歌窈眇入行雲，雲爲不行天爲泣。紅葉黄花秋正亂，白魚紫蟹君須憶。凴君説向髯將軍，衰病相逢應不識。

〔一〕臺頭寺：《太平寰宇記》：戲馬臺在彭城縣南三里。宋于其上置寺，曰臺頭寺。

〔二〕史館：《宋史·職官志》：國初有三館，曰昭文館、史館、集賢院，皆仍前代之制。太宗賜名崇文院，端拱中，于崇文院中堂建秘閣，置直閣校理等員。凡直三館及秘閣，與集賢修撰、史館修撰、直龍圖閣，皆爲高等。次曰集賢校理、秘閣校理。卑者曰館閣校勘、史館檢討。均謂之館職。

其 二

珥筆西歸〔一〕近紫宸〔二〕，太平典册不緣麟。付君此事寧論晉《烏臺詩案》作「全書漢」，載我當時舊《過秦》。門外想無千斛米，墓中知有百年人。看君兩一作「雙」眼明如鏡，休把《春秋》坐素臣。

〔一〕珥筆西歸：《漢書·趙充國傳》：張安世本持橐簪筆。注云：謂備顧問。《東都事略》：清臣以歐陽脩薦，召試，擢集賢校理，尋爲京東提點刑獄，召充國史院編修官，修起居注，知制誥。

〔二〕紫宸：《長安志》：唐龍朔三年，造宣政、紫宸、蓬萊三殿。《宋史·禮志》：常朝之儀，以宣政爲前殿，紫宸爲便殿。宋制，帝日御垂拱殿，宰相一人押班，五日起居，則於崇德殿或長春殿，中書門下爲班首，崇德即紫宸也。元豐官制行，始詔百司朝官以上，每五日一朝紫宸，京朝官以上，朔望一朝紫宸。

《烏臺詩案》：熙寧十年九月内，李清臣差修國史，軾作詩送清臣，云：「付君此事全書漢，載我當時舊《過秦》。」軾于仁宗朝曾進論二十五篇，皆論往古得失。賈誼，漢文帝時人，追論秦之得失，作《過秦論》，史記載之。軾安以賈誼自比，意欲李清臣于國史中載所進論，故將詩與清臣。即不係朝旨降到册子内。按，施氏原注：熙寧十年八月，邦直除國史院編修官，十二月，東坡于臺頭寺送之。時孫巨源爲知制誥。《詩案》謂邦直赴史館在是年九月，且此詩既編重九前，當從《詩案》作九月爲是。

代書答梁先

此身與世真悠悠，蒼顔華髮誰汝留。强名太守古徐州，忘歸不如楚沐猴。魯人豈獨不知邱，蹸藉夫子無罪尤。異哉梁子清而脩，不遠千里從我遊。瞭然正色懸雙眸，世之所馳子獨不。一經通明傳節侯，小楷精絶規摹歐。公自注：梁生學歐陽公書。我衰廢學嬾且婾，畏見問事賈長頭。别來紅葉黄花秋，夜夢見之起坐愁。遺我駮石盆與甌，黑質白章聲琳球。謂言山石生澗溝，追琢尚可王公羞。感子佳意能無酬？反將木瓜報珍投。學如富賈一作「貴」在博收，仰取俯拾無遺籌。道大如天不可求，修其可見致其幽。願子篤寔慎勿浮，發憤忘食樂忘憂。

九日邀仲屯田爲大水所阻以詩見寄次其韻

無復龍山對孟嘉，西來河伯意雄夸〔一〕。霜風可使吹黄帽，公自注：舟人黄帽，土勝水也。樽酒那能泛浪花。漫遣鯉魚傳尺素，却將燕石報瓊華。何時得見悲秋老，醉裏題詩字半斜。

〔一〕河伯：《侯鯖録》：馮夷，華陰潼津鄉隄畔人也。服八石，得水仙，是爲河泊。

送楊奉禮〔一〕

譜牒推關右，風流出靖恭〔二〕。時情任險陂，家法故雍容。南去河千頃，公自注：大水中别。餘惟酒一鍾。更誰哀老子，令得放疎慵。

〔一〕奉禮：《職官分紀》：太常寺官屬，有奉禮郎。

〔二〕靖恭：白居易詩：惟憶靖恭楊閣老。《小學紺珠》：唐楊憑，居履道坊；於陵，居新昌坊；汝士，居靖恭坊，世稱三楊。《海録碎事》：汝士父子，並爲公卿，居靖恭里，號靖恭楊家。施氏補注引《小雅》「靖恭爾位」作注者，譌。

慎按：此詩施氏原本不載，新刻載《續補》下卷，今依《外集》移入徐州卷中。

河復并引

熙寧十年秋，河決澶淵。注鉅野〔一〕，入淮泗，自澶、魏以北〔二〕，皆絶流而濟。楚大被其害，彭門城下水二丈八尺，七十餘日不退。吏民疲于守禦。十月十三日，澶州大風終日。既止，而河流一枝，已復故道，聞之喜甚，庶幾可塞乎？乃作《河復》詩，歌之道路，以致民願而迎神休，蓋守土者之志也。

君不見西漢元光、元封間，河决瓠子二十年〔三〕。鉅野東傾淮泗滿〔四〕，楚人恣食黄河鱣。萬里沙回封禪罷〔五〕，初遣越巫沉白馬。河公未許人力窮，薪芻萬計隨流下。吾君盛德一作「仁聖」如唐一作「帝」堯，百神受職河神驕〔六〕。帝遣風師下約束，北流夜起澶州橋。東風吹凍收微渌，神功不用淇園竹。楚人種麥滿河淤，仰看浮槎棲古木。

〔一〕鉅野：《水經注》：黄水又東逕鉅野縣北。何承天曰：鉅野廣大，南通洙、泗，北連清、濟。《困學紀聞》：濟州鉅野縣東北，有大野澤，即鉅野也。《名勝志》：黄河有南、北二道，俱在鉅野縣境内，濟寧州領縣四，鉅野其一也。

〔二〕澶魏：《春秋·襄公十二年》：諸侯之卿，會于澶淵。《元和郡縣志》：河北道澶州，本漢頓丘縣地。武德初，置澶淵郡，後避高祖諱，改澶州，因澶水爲名。黄河在州南三十五里。《太平寰宇記》：澶淵在臨河縣東南十七里。《名勝志》：今大名府屬之開州。《太平寰宇記》：河北道魏州，理大名、元城二縣，漢魏郡，周大象二年，改魏州。後漢乾祐元年，改爲大名府。東至東京四百里。

〔三〕瓠子河：《水經注》：瓠子河出東郡濮陽縣北。縣北十里，即瓠河口。《九域志》：濮州雷澤縣有瓠子河。陳後山《叢談》云：雷澤，黄河故道，今呼爲沙河。其跡猶在，土人謂之瓠岡。

〔四〕淮泗：《水經注》：淮水出南陽平氏縣胎簪山，東北過桐柏山。《風俗通》曰：南陽桐柏大復山，淮水所出也，山南有淮源廟。淮水又東北至下邳淮陰縣西，泗水從西來，注之。泗水出魯卞縣北山，東南過彭城縣東北，又東南過下邳縣西，又東南入淮。淮、泗之會，即城角也。二水決入之所，謂之泗口也。

〔五〕萬里沙：《困學紀聞》：在萊州掖縣。《名勝志》：夾萬歲河兩岸，沙長三百里，漢元封元年，大旱，禱于此。

〔六〕百神受職：《禮記》：禮行于郊，而百神受職焉。

登望谼「洪」同亭

河漲西來失舊谼，孤城渾在水光中。忽然歸壑無尋處，千里禾麻一半空。

韓幹馬十四匹〔一〕

二馬並驅攢八蹄，二馬宛頸騣尾齊。一馬任前雙舉後，一馬却避長鳴嘶。老髯奚官騎且顧，前身作馬通馬語〔二〕。後有八匹飲且行，微流赴吻若有聲。前者既濟出林鶴，後者欲涉鶴俛啄。最後一匹馬中龍，不嘶不動尾摇風。韓生畫馬真是馬，蘇子作詩如見畫。世無伯樂亦無韓，此詩此畫誰當看？

〔一〕十四匹：樓鑰《攻媿集·題趙尊道渥洼圖序》云：趙尊道以龍眠《渥洼圖》示余，余曰：「誤矣。本韓幹馬，東坡曾爲賦詩，此龍眠所臨。」爲書坡詩于後，而次其韻。馬實十六，坡詩云十四疋，豈誤耶？洪《容齋隨筆》：韓公《畫記》云：「凡馬之事二十有七，馬大小八十有三，而無有同者焉。」秦少游謂其叙事該而不煩，倣之作《羅漢記》。坡公賦《十四馬》。詩之與記，雖異，其爲布置鋪寫則同。誦公之語，蓋不必見畫也。

〔二〕通馬語：《酉陽雜俎》：大食國馬，解人語。

附樓鑰次韻：此詩從《攻媿集》采出。

良馬六十有四蹄，騰驤進止紛不齊。權奇倜儻多不羈，亦有顧影成驕嘶。或行或涉更相顧，交頸相靡若相語。畫出老杜沙苑行，將軍弟子早有聲。中間名種雞羣鶴，無復疲瘵烏燕啄。當時玉花可媒龍，後日去盡烏呼風。開元四十萬匹馬，俯仰興亡空看畫。龍眠妙手欲希韓，莫遣鐵面關西看。

有言郡東北荆山〔一〕下可以溝畎積水因與吴正字〔二〕王户曹同往相視以地多亂石不果還遊聖女山山有石室如墓而無棺槨或云宋司馬桓魋墓二子有詩次其韻二首〔三〕

其一

側手區區豈一作「未」易遮，奔流一瞬卷千家。共疑智伯初圍趙，猶有張湯欲漕去聲斜。已坐迂疎來此地，分將勞苦送生涯。使君下策真堪笑，隱隱驚雷響踏車。

〔一〕荆山：《徐州志》：荆山在懷遠縣西南，山有玉坑，乃卞和采玉之所。宋濂《記》略云：自塗山麓，折而西至荆山。梁、魏交兵時，就山築堰，以灌壽春。其餘跡猶可見。

〔二〕吴正字：名琯，字彦律。正字，其官也。《烏臺詩案》：元豐元年，軾知徐州，有本州正字吴琯鎖廳得解赴省試，軾作《日喻》一篇送之。即其人矣。

〔三〕聖女山：《水經注》：泗水又南，逕宋大夫桓魋冢。西山枕水上而盡石，鑿而爲冢。今人謂之石槨。槨有二重，石作工巧。《太平寰宇記》：桓魋墓在彭城縣北二十七里。《徐州志》：桓山下臨泗水，舊名聖女山。

其　二

茫茫清泗遶孤岑，歸路相將得暫臨。試著芒鞵穿犖确，更然松炬照幽深。縱令司馬能鑱石，奈一作「會」有中郎解摸金〔一〕。强寫蒼崖留歲月，他年誰識此時心。

〔一〕《藝苑雌黄》云：陳琳檄文，言曹操置發邱中郎將、摸金校尉。東坡詩以校尉爲中郎，誤。

贈寫御容妙善師

憶昔射策干先皇〔一〕，珠簾翠幄分兩廂。紫衣中使下傳詔，跪奉冉冉聞天香。仰觀眩晃目生暈，但見曉日一作「色」開扶桑。迎陽〔二〕晚出步就坐〔三〕，絳紗玉斧光照廊。野人不識日月角，彷佛尚記重瞳光。三年歸來真一夢〔四〕，橋山松檜淒風霜。天容玉色誰敢畫？老師古寺晝閉一作「閑」者，訛房。夢中神授心有得，覺來信手筆已忘。幅巾常服儼不動〔五〕，孤臣入門涕自滂。元老侑坐鬚眉古，虎臣立侍一作「侍立」冠劍長。平生慣寫龍鳳質，肯顧草間猿與麞。都人踏破鐵門限，黄金白璧空堆牀。爾來摹寫亦到我，謂是先帝白髮郎。不須覽鏡坐自了，明年乞身歸故鄉。

〔一〕射策：《年譜》：公于仁宗嘉祐六年，應制科，入第三等，授大理寺評事。

〔二〕迎陽：江少虞《事實類苑》：迎陽門之北有邇英閣。《歸田録》：邇英閣在迎陽門東北向。

〔三〕步就坐：《欒城集·入侍邇英》詩自注云：昔舉制策，坐于崇政殿西廊，蓋邇英之北也。日晚，仁皇自延和步入崇政，過所試幄前，瞻望天表，最爲親近云云。正與先生此詩相合。

〔四〕三年歸來：公于嘉祐六年十一月赴鳳翔任，壬寅、癸卯至甲寅，而仁宗晏駕。明年乙卯，公方還朝。故有「橋山松檜」之句。

〔五〕不動：李遠《贈寫御真李長史》詩：龍髯不動彩毫輕。《後村詩話》：李遠《贈寫御容李長史》云：「初分隆準山河秀，再點重瞳日月明。」極工。及坡公「仰觀眩晃目生暈，但見曉色開扶桑。迎陽晚出步就坐，絳紗玉斧光照廊。野人不識日月角，彷彿尚記重瞳光」之篇一出，光焰萬丈，視遠所作，真小兒語。

哭刁景純

讀書想前輩，每恨生不早。紛紛少年塲，猶得見此老。此老如松柏，不受霜雪槁。直從毫末中，自養到合抱。宏才乏近用，千歲自枯倒。文章餘正始，風節貫華皓。平生爲人爾，自爲薄如縞。是非雖難齊，反覆看愈好。前年旅吴越，把酒慶壽考。扣門無晨夜，百過迹未掃。但知從德公，未省厭邱嫂。別時公八十，後會知難保。昨日故人書，連年喪翁媼〔一〕。公自注：景純妻先亡。傷心范橋水，漾漾舞寒藻。華堂不見人，瘦馬空戀皁。我欲江東去，匏尊酌行潦。鏡湖無賀監，慟哭稽山道。忍見萬松岡〔二〕，荒池没秋草。

〔一〕連年喪翁媪：施氏原注：妻江氏，先一年卒。

〔二〕萬松岡：在藏春塢，刁景純所居。

答吕梁仲屯田

亂山合沓圍彭門，官居獨在懸水邨。公自注：懸水邨，吕梁地名。居民蕭條雜麋鹿，小市冷落無雞豚〔一〕。黄河西來初不覺，但訝清泗奔流渾。夜聞沙岸鳴甕盎，曉看雪浪浮鵬鯤。別本作「鶤」，誤。吕梁自古喉吻地，萬頃一抹何由吞？坐觀入市卷閭井，吏民走盡餘王尊。計窮路斷欲安適，吟詩破屋愁鳶蹲。歲寒霜重水歸壑，但見屋瓦留沙痕。入城相對如夢寐，我亦僅免爲魚黿。旋呼歌舞雜詼一作「談」笑，不惜飲釂空缾盆。念君官舍冰雪冷，新詩美酒聊相温。人生如寄何不樂？任使絳蠟燒黄昏。宣房未築淮泗滿，故道堙滅瘡痍存。明年勞苦應更甚，我當畚鍤先黥髡。付君萬指伐頑石，千鎚雷動蒼山根。高城如鐵洪口快〔二〕，談笑却掃看崩奔。農夫掉臂免狼顧，秋穀布野如雲屯。還須更置軟脚酒，爲君擊鼓行金樽。

〔一〕小市：《宋書·張暢傳》：彭城有小市門。

〔二〕高城如鐵：子由《黄樓記序》：水既涸，乃請更築徐城。山水之衝，以隄捍之。水雖復至，不能病也。

答孔周翰求書與詩

身閒曷不長閉口，天寒正好深藏手。吟詩寫字有底忙？未脱多生宿塵垢。不蒙譏訶子厚疾，反更刻畫無鹽醜。征西自有家雞肥，太白應驚飯山瘦。與君相從知幾日，東風待得花開否？撥棄萬事勿復談，百觚之後那辭酒。

查慎行全集

范道濟 點校

第十四册

中華書局

東坡先生編年詩卷十六

古今體詩六十三首元豐元年戊午春夏在徐州任作。

送李公恕赴闕〔一〕

君才有如切玉刀，見之凜凜寒生毛。願隨壯士斬蛟蜃，不願腰間纏錦絛。用違其才志不展，坐與胥吏同疲勞。忽然眉上有黄氣，吾君漸欲收英髦。立談左右皆動色，一語徑破千言牢。我頃分符在東武，脱略萬事惟嬉遨。盡壞屏障通内外，仍呼騎曹爲馬曹。君爲使者見不問，反更對飲持雙螯。酒酣箕坐語驚衆，雜以嘲諷窮詩騷。世上小兒多忌諱，獨能容我真賢豪。爲我買田臨汶水，逝將歸去誅蓬蒿。安能終老塵土下，俯仰隨人如桔槔。

〔一〕李公恕：施氏原注：公恕時爲京西轉運判官，召赴闕。公恕一再持節山東，於東坡詩中見之。子由亦有詩送之。

慎按：《欒城集·送公恕》詩在丁巳除夕後，先生此詩亦從上卷末移編戊午卷首。

附子由作：

我行未厭山東遠，昔遊歷下今梁苑。官如雞肋浪奔馳，政似牛毛常黽勉。幸公四年持使節，按行千里常相見。鷹掣秋田伏兔驚，驥馳平野疲牛勸。似憐多病與時違，未怪兩州從事嬾。除書奪去一何速，歸袖翩然不容挽。黄河東注竭崑崙，鉅野横流入州縣。民事蕭條委濁流，扁舟出入隨奔電。回首應懷微禹憂，歸朝且喜寧親便。公知齊楚即爲魚，勸築宣房不宜緩。

張寺丞益齋〔一〕

張子作齋舍，而以益爲名。吾聞諸夫子，求益非速成。譬如遠遊客，日夜事征行。今年適燕薊，明年走蠻荆。東觀盡滄海，西涉渭與涇。歸來閉户坐，八方在軒庭。又如學醫人，識病由飽更。風雨晦明淫，跛躄瘖聾盲。虚實在其脉，静躁在其情。榮枯在其色，壽夭在其形。苟能閲千人，望見知死生。爲學務日益，此言當自程。爲道貴日損，此理在既盈。願言一作「君」書此詩，以爲益齋銘。

〔一〕張寺丞：本集《張忠甫字説》云：張厚之忠甫，樂全先生子也。先生名之曰恕。軾推先生之意，字之曰厚之，又曰忠甫。施氏原注：忠甫，元祐間擢將作監丞，誥詞載《子由集》。後進文定。在翰林日，英宗立神宗，手札除直秘閣，知齊州。

附子由作：

人生不讀書，空洞無一有。羨君常齋居，散帙滿前後。開編試尋繹，閲歲行自富。從横圖畫出，次第宫商奏。汪洋蓄江河，渺莽包林藪。興亡數千載，絡繹皆在口。顧念今所知，頗覺前日陋。我家亦多書，早歲常竊叩。晨耕挂牛角，夜燭借鄰牖。經年謝賓客，飢坐失昏晝。堆胸稍盤屈，落筆逢左右。樂如聽鈞天，醉劇飲醇酎。自從厭蓬蓽，誤逐功名誘。初心一漂蕩，舊學皆榛莠。失足難遽回，撫卷長自詬。幸君無事日，謂可終身守。春耕不厭深，秋穫當自受。金玉或爲災，詩書豈相負。

春菜

蔓菁宿根已生葉，韭芽戴土拳如蕨〔一〕。爛蒸香薺白魚肥，碎點青蒿凉餅滑〔二〕。宿酒初消春睡起，細履幽畦掇芳辣。茵陳〔三〕甘菊不負渠〔四〕，鱠縷堆盤纖手抹〔五〕。北方苦寒今未已，雪底波稜如鐵甲〔六〕。豈如一作「知」吾蜀富冬蔬，霜葉露芽寒更茁。久抛松菊一作「葛」猶細事，苦筍江豚那忍説。明年投劾徑須歸，莫待齒摇并髮脱。

〔一〕韭芽戴土：《本草》：韭之美在黄，乃未出土者。

〔二〕青蒿：《本草》：䔧，一名青蒿。

〔三〕茵陳：《本草》：茵陳，蒿類也。經冬不死，更因舊苗而生。

〔四〕甘菊：《本草》：菊有二種，一種紫莖而味甘，葉可作羹者，爲真菊。

〔五〕纖手：杜甫《立春》詩：菜傳纖手出青絲。

〔六〕波稜：《本草》：一名赤根菜，八九月種者，可備冬食。

附黄魯直次韻：

北方春蔬嚼冰雪，妍暖思採南山蕨。韭苗水餅姑置之，苦菜黄雞羹糝滑。蓴絲色紫菰首白，蔞蒿芽甜蔊頭辣。生葅入湯翻手成，芼以薑橙誇縷抹。驚雷菌子生萬釘，白鵝截掌鱉解甲。琅玕林深未飄籜，軟炊香粳煨短茁。萬錢自是宰相事，一飯且從吾黨説。公如端爲苦筍歸，明日青衫誠可脱。

送鄭户曹〔一〕

遊遍錢塘湖上山，歸來文字帶芳鮮。羸童瘦馬從吾飲，陋巷何人似子賢。公業有田常乏食，廣文好客竟無氊。東歸不趁花時節，開盡春風誰與妍。

〔一〕鄭户曹：《宋史》：鄭僅，字彦能，彭城人。第進士，屢遷直龍圖閣、陝西轉運使，進集賢修撰、顯謨閣待制，改知寧州，徙秦州，召拜吏部侍郎，知徐州。以顯謨閣學士卒，謚修敏。《徐州志》：鄭僅，第進士，爲大名府司户參軍，歷知冠氏、福昌二縣，有善政。仕終顯謨閣學士。按，施氏原注「僅」作「瑾」，與史傳州志不合，或係傳刊之訛。當從《宋史》。又，《職官志》：軍、州諸曹，有户曹參軍，掌户籍、賦税、倉庫、受納。後去參軍二字，改司户曹事。孫彦同《職官分紀》：司户參軍，上州從八品，中、下州從九品。按，集中《送鄭户曹》詩凡三首，此篇當是赴任大名時也。

虔州八境圖八首并引

《南康八境圖》者，太守孔君之所作也。君既作石城，即其城上樓觀臺榭之所見而作是圖也。東望七閩，南望五嶺，覽群山之參差，俛章、貢之奔流。雲煙出没，草木蕃麗，邑屋相望，雞犬之聲相聞。觀此圖也，可以茫然而思，粲然而笑，慨然而嘆矣！蘇子曰：此南康之一境也，何從而八乎？所自觀之者異也。且子不見夫日乎？其旦如槃，其中如珠，其夕如破璧，此豈三日也哉？苟知夫境之爲八也，則凡寒暑、朝夕、雨暘、晦明之異，坐作、行立、哀樂、喜怒之變，接於吾目而感於吾心者，有不可勝數者矣，豈特八乎？如知夫八之出乎一也，則夫四海之外，詼詭譎怪，《禹貢》之所書，鄒衍之所談，相如之所賦，雖至千萬未有不一者也。後之君子，必將有感於斯焉。迺作詩八章，題其上。

其一

坐看奔湍一作「灘」遶石樓，使君高會百無憂。三犀竊鄙秦太守，八詠聊同沈隱侯。

其二

濤頭寂寞打城還，章貢臺前暮靄寒〔一〕。倦客登臨無限思，孤雲落日是長安。

〔一〕章貢臺：《太平寰宇記》：貢水源出雩都縣新樂山，章水源出大庾縣聶都山，至贛縣合流爲贛水。歐陽忞《輿地廣記》云：贛水東源出雩都，曰湖漢水；西源出南野，曰彭水。二水皆北流，合於贛縣，總爲豫章水，北流入大江。後人因「贛」字，以湖漢水爲貢水，彭水爲章水，劉澄之遂以爲章、貢合流，因以名縣，失之矣。按，趙抃《章貢臺記》略云：水別二派，合流城郭，於文爲「贛」。予嘉祐六年出守，間爲遊觀。治西北隅有野景亭舊趾，於是復臺其上，以新其名，爲章貢，蓋不失實也。據此，則「贛」字取章、貢二水合流爲義，蓋不獨劉澄之也。

其　三

白鵲樓前翠作堆〔一〕，縈雲嶺路若爲開。故人應在千山外，不寄梅花遠信來。

〔一〕白鵲樓：《贛州志》：八景臺在郡治東北，下瞰奔流。白鵲樓在八景臺北。趙清獻《記》云：望闕、鬱孤，軒豁於前，皂蓋、白鵲，瞰臨左右。

其　四

朱樓深處日微明，皂蓋歸時酒半醒。薄暮漁樵人去盡，碧溪青嶂遶螺亭〔一〕。

〔一〕螺亭：《述異記》：螺亭在南康郡，昔有貞女，採螺爲業，曾宿此亭，螺噉其肉，故號螺亭。《太平寰宇記》：螺亭石山，巨石臨水，螺殼無數，凝結石畔。

其　五

使君那暇日參禪，一望叢林一悵然〔一〕。成佛莫教靈運後，著鞭從使祖生先。

〔一〕叢林：《景德傳燈録》：江西禪師道一，漢州什邡人，姓馬氏。開元間，習定南岳山中，遇讓和尚，得心印，始自建陽佛跡嶺遷臨川，次至南康龔公山。《南虔記》：龔公山在城北，今爲寶華寺，有馬祖遺跡。《江西舊志》：馬祖巖在贛州城東五里。

其　六

却從塵外望塵中〔一〕，無限樓臺烟雨濛。山水照人迷向背，只尋孤塔認西東〔二〕。

〔一〕塵外：亭名也。《虔州志》：馬祖巖上有馬禪關及雲端、駒巖、一憇、塵外四亭。

〔二〕孤塔：《釋氏稽古略》：馬祖於貞元中示寂，元和八年，賜謚大寂禪師，塔曰大莊嚴之塔。趙與虤《娱書堂詩話》：歐陽文忠公詩云：「山浦轉帆迷向背，夜江看斗辨西東。」東坡亦云：「山水照人迷向背，只尋孤塔認西東。」身遊山水間，果有兹理，二公可謂善於形容者矣。

其　七

雲烟縹緲鬱孤臺〔一〕，積翠浮空雨半開。想見之罘觀海市〔二〕，絳宫明滅是蓬萊。

〔一〕鬱孤臺：《名勝志》：鬱孤臺，一名賀蘭山，在府治麗譙坤維百步，隆阜鬱然孤峙，故名。唐李勉爲刺史，更名望闕。慎按，趙清獻《記》云：望闕、鬱孤、軒豁於前。乃二臺名。曹能始謂更名望闕者，訛也。

〔二〕之罘：《史記》：始皇二十九年，登之罘，刊石。《太平寰宇記》：之罘山在文登縣西北百九十里。其山在海中，山東南有壘石，俗傳武帝造橋，有兩石銘仍存。山高九里，週迴五十里。

其八

回峰亂嶂鬱參差，雲外高人世得知。誰向空山弄明月？山中木客解吟詩〔一〕。

〔一〕木客：《太平寰宇記》：上洛山在贛縣南九十里，山多木客，能斫杉枋，與人交易，以木易人刀斧。又，《五色線》引《南虔記》云：南康山間有木客，形骸皆人也，但鳥爪耳，一名山魈。《詩話總龜》云：《十道四番志》：興國上洛山有木客，形容似人，遥見分明，近則隱藏。所載木客，未嘗言能作詩也。後得《續法帖記》，木客詩云云，方知得句之因。徐鉉謂鄱陽山中有木客，爲詩一章云云者，豈鉉未嘗見《十道四番志》耶？

讀孟郊詩二首〔一〕

其一

夜讀孟郊詩，細字如牛毛。寒燈照昏花，佳處時一遭。孤芳擢荒穢，苦語餘詩騷。水清石鑿鑿，湍激不受篙。初如食小魚，所得不償勞。又似煮彭蜞〔二〕，竟日持一作「嚼」空螯。要當關僧清，未足當韓豪。人生如朝露，日夜火消膏。何苦將兩耳，聽此寒蟲號〔三〕。不如且置之，飲我玉色一作「巵」醪。

〔一〕孟郊：《舊唐書》：孟郊，少隱於嵩山，稱處士，留守鄭慶餘辟爲賓客。性孤僻寡合，韓愈一見，以爲忘形交，嘗稱其字曰東野，與之唱和。葛立方《韻語陽秋》云：孟郊詩「楚山相蔽虧，日月無全輝」、「萬株古柳根，拏此磷磷溪」等句，造語工新，無一點俗韻，然其他篇章似此者絶少。李觀評其詩云：「高處在古無上，平處下觀二謝。」許之太甚，東坡詩云云，貶之亦太甚矣。

〔二〕彭蜞：郭璞《爾雅注》：螃，即彭蜞也。《本草》：蟹之最小者，名蟛蜞，音越，吴人訛爲彭蜞。

〔三〕寒蟲號：《爾雅注》：寒號，夜鳴求旦之鳥。冬月裸體，晝夜鳴叫，四足有肉翅，不能遠飛。《本草》：鶡旦，一名寒號蟲。

其　二

我憎孟郊詩，復作孟郊語。飢腸自鳴唤，空壁轉飢鼠。詩從肺腑出，出輙愁肺腑。有如黄河魚，出膏以自煮。尚愛銅斗歌，鄙俚頗近古。桃弓射鴨罷，獨速短蓑一作「莎」舞。不憂踏船翻，踏浪不踏土。吴姬霜雪白，赤脚浣白紵。嫁與踏浪兒，不識離别苦。歌君江湖曲，感我長羈旅。

訪張山人得山中字二首〔一〕

其一

魚龍隨水落，猿鶴喜君還。舊隱邱墟外，新堂紫翠間〔二〕。野麋馴杖屨一作「屨」，幽桂出榛菅。灑掃門前路，山公亦愛山。公自注：張故居爲大水所壞，新卜此室，故居之東。

〔一〕張山人：即張天驥也。

〔二〕新堂：本集《放鶴亭記》云：熙寧十年秋，彭城大水，雲龍山人張君之故居，水及其半扉。明年春，水落，遷於故居之東，東山之麓。升高而望，得異境焉。作亭於其上。山人有二鶴，甚馴而善飛，故名之曰放鶴亭。

其二

萬木鎖雲龍〔一〕，公自注：山名。天留與戴公。路迷山向背，人在瀼西東。薺麥餘春雪〔二〕，櫻桃落晚風。入城都不記，歸路醉眠中。

〔一〕雲龍山：注見本卷。

〔二〕薺麥：韓愈《琴操》詩：雪霜貿貿，薺麥之有。

送孔郎中赴陝郊〔一〕

驚風擊面黄沙走，西出崤函脱塵垢〔二〕。使君來自古徐州，聲震河潼殷關右〔三〕。十里長亭聞鼓角，一川秀色明花柳。北臨飛檻卷黄流，南望青山如峴首〔四〕。東風吹開錦繡谷〔五〕，淥水翻動蒲萄酒〔六〕。訟庭生草數開尊，過客如雲牢閉口。

〔一〕孔郎中赴陝郊：《東都事略》：孔周翰，歷知蘄、密、陝、揚、洪、兖六州。此則自密移陝時也。《水經》：河水又西，徑陝縣故城之南。《注》云：河北對茅城，春秋茅津也。河南即陝城，周召分陝，以此城爲東西之别。《太平寰宇記》：屬河南道。郡夾河，河南諸縣則豫州域，河北則冀州域。魏太和十一年，置陝州。《九域志》：永興軍路陝州，宋爲保平軍節度理所。

〔二〕崤函：《元和郡縣志》：崤山，一名嶔崟山，自東崤至西崤相去三十五里。路極險峻。《漢書·地理志》：弘農，故秦函谷關也。崔浩注云：東自崤山，西至潼津，通名函谷。

〔三〕河潼：杜預《左傳注》：桃林塞，潼關是也。《元和郡縣志》：潼關在華陰縣東北，關西一里有潼水。又云：河在關内，南流衝激，因謂之衝關。按，秦函谷關，今靈寶縣西南十里故關是也。大路在北，本非鈐束之要。漢楊僕，宜陽人，耻居關外，請徙關於新安。武帝從之。建安十六年，曹操破馬超於潼關，則從中間徙於今所。歷三處而至河潼。上躋高阿，俛視洪流，實爲天險。《名勝志》：潼谷水經松果山下，北流入黄河。唐天授初，置潼津縣，長安二年廢。今爲驛，有石橋，尚名潼津橋，即潼谷水所逕也。

〔四〕峴首：《名勝志》：峴山在陝州靈寶縣東，以形似襄陽峴山，故名。

〔五〕錦繡谷：《名勝志》：宜陽縣在陝州西南七十里，有錦屏山，春時花卉繁盛如錦，武后游此，賜名錦繡谷。邵堯夫詩：錦屏山映一川霞，桃李争妍二月花。先生詩中所云錦繡谷，當指此。王氏注所引，乃在廬山，非此也。

〔六〕蒲萄酒：錢希白《南郡新書》：太宗破高昌，收馬乳蒲萄，種於苑中，並得酒法，仍自損益之，造酒緑色，長安始識其味。太白詩「遥看漢水鴨頭緑，有似蒲萄初撥醅」，本此。

與梁左藏會飲傳國博家〔一〕

將軍破賊自草檄，論詩説劍俱第一。彭城老守本虚名，識字劣能欺項籍。風流别駕貴公子，欲把笙歌暖鋒鏑。紅旆朝開猛士噪一作「讙」，翠帷暮捲佳人出。東堂醉卧呼不起，啼鳥落花春寂寂。試教長笛傍耳根，一聲吹裂堦前石。

〔一〕國博：《職官分紀》：國子監博士，有太學五經四門，武學、律學、書學、算學諸名。

附子由次韻：

彭城欲往臺無檄，初喜東西合爲一。將軍走馬隨春風，精鋭千人森尺籍。口占佳句驚衆坐，手練强兵試鳴鏑。酒酣起舞花滿地，醉倒不聽人扶出。歸來相對如夢寐，虎踞熊經苦岑寂。黄樓方就可同遊，飲盡官厨三百石。

寒食日答李公擇三絶次韻

其一

從來蘇李得名雙，只恐全齊笑陋邦〔一〕。詩似懸河供不辦〔二〕，故欺張籍隴頭瀧。

〔一〕慎按，公擇時知濟南，故有「全齊」之句。

〔二〕供不辦：似謂詩才敏捷，左右供事之人，書寫不及也。

其二

簿書鼛鼓不知春，佳句相呼賴故人。寒食德公方上冢，歸來誰主復誰賓？

其三

巡城已困塵埃眯，執僕仍遭蟣蝨緣。欲脱布衫攜素手，試開病眼點黄連。公自注：來詩謂僕布衫督役。

約公擇飲是日大風

先生生長匡廬山，山中讀書三十年。舊聞飲水師顏淵，不知治劇乃所便。偷兒夜探黑一作「赤」白丸，奮髯忽逢朱子元。半年群盜誅七百，誰信家書藏九千。春風無事秋月閒，紅粧執樂豪且妍。紫衫玉帶兩部全，琵琶一抹四十絃。客來留飲不計錢，齊人愛公如子産。兒啼卧路呼不還，我慙山郡空留連。牙兵部吏笑我寒，邀公飲酒公無難。約束官奴買花鈿，薰衣理髮夜不眠。曉來顛風塵暗天，我思其由豈坐慳。作詩愧謝公笑讙，歸來瑟縮愈不安。要當啖公八百里，豪氣一洗儒生酸。

慎按：施氏原注云：「公擇知齊，齊素多盜。公擇至，痛懲艾之，論報無虚日，而不少止。他日，得黠盜，以爲郡兵，使直事鈴下，稍任使之，因詢其奸狀。對曰：『此由富家爲之囊橐，官吏迹捕及門，禽一人以首則免矣。』公擇乃令得藏盜之家，皆發屋破柱，盡拔其根株，自是奸不容匿，境内遂清。始，公擇在江夏、吴興，政尚寬簡，吏民安樂之，郡以大治。及爲濟南，頗峻文深詆，郡亦大治。由是，人知其通踈適變，所值無不可者。此詩有『偷兒夜盜黑白丸』云云，蓋謂是也。」此種注，於本詩大有發明，可補史傳之闕略。而吴中新刻本，概行删削。今亟録，以存其舊。古人苦心，不敢没也。

坐上賦戴花得天字

清明初過酒闌珊，折得奇葩晚更妍。春色豈關吾輩事，老狂聊作坐中先。醉吟不耐欹紗帽，起舞從教落酒船。結習漸消留不住，却須還與散花天。

夜飲次韻畢推官〔一〕

簿書叢裏過春風，酒聖時時且復中。紅燭照庭嘶騕褭，黄雞催曉唱玲瓏。老來漸減金釵興，醉後空驚玉筯工。公自注：畢善篆。月未上時應蚤散，免教鼕谷問吾公。

〔一〕畢推官：字景儒，時爲徐州從事。見《淮海集》。曾爲杭僧法言篆「雪齋」二字。本集《游桓山記》「同游有畢仲孫」者，即景儒之名也。

芙蓉城并引

世傳王迥子高與仙人周瑶英遊芙蓉城。元豐元年三月，余始識子高，問之，信然。乃作此詩，極其情而歸之正，亦變風「止乎禮義」之意也。

芙蓉城中花冥冥，誰其主者石與丁。珠簾玉案翡翠屏，霞舒雲卷千娉婷。中有一人長眉青〔一〕，烱如微雲淡踈星。往來三世空鍊形，竟坐誤讀《黄庭經》。天門夜開飛爽靈，無復白日乘雲軿。俗緣千劫磨不盡，翠被冷落淒餘馨。因過緱山朝帝廷，夜聞笙簫弭節聽。飄然而來誰使令，皎如明月入窗櫺。忽然而去不可執，寒衾虛幌風泠泠。仙宫洞房本不扃，夢中同躡鳳凰翎。徑度萬里如奔霆，玉樓浮空聳亭亭。天書雲篆誰所銘，遶樓飛步高竛竮。仙風鏘然韻流鈴，蘧蘧形開如酒一作「醉」醒。芳卿寄謝空丁寧，一朝覆水不返瓶，羅巾別淚空濙濙。春風花開秋葉零，世間羅綺紛膻腥。此身《苕溪漁隱叢話》作「生」流浪隨滄溟，偶然相值兩浮萍。願君收視觀三庭，勿與嘉穀生蝗螟。從渠一念三千齡，下作人間尹與邢。

〔一〕長眉青：《許彦周詩話》：詩人寫人物態度，至不可移易。退之《華山女》詩：洗粧拭面着冠帔，白咽紅頰長眉青。此定是女道士。《芙蓉城》詩云：中有一人長眉青，烱如微雲淡踈星。便有神仙風度。

慎按：施氏原注：此詩王荆公嘗和之，首云：「神仙出没藏杳冥，帝遣萬鬼驅六丁。」嘗爲俞紫芝誦之。紫芝請書於紙，荆公曰：「此戲耳，不可以爲訓。」故不傳。此段新刻本删去，今補録。又，按本詩序，元豐元年三月作也。施氏本編入卷末，與詩序不合，今移於前。

續麗人行并引

李仲謀家有周昉畫背面欠伸内人〔一〕，極精，戲作此詩。

深宫無人春日長，沉香亭北百花香。美人睡起薄梳洗，燕舞鶯啼空斷腸。畫工欲畫無窮意，背立東風初破睡。若教回首却嫣然，陽城下蔡俱風靡。杜陵飢客眼長寒，蹇驢破帽隨金鞍。隔花臨水時一見，只許腰肢背後看。心醉歸來茅屋底，方信人間有西子。君不見孟光舉案與眉齊，何曾背面傷春啼。

〔一〕周昉：《唐朝名畫録》：昉字仲朗，京兆人。施注以爲字景玄，未詳孰是。

聞李公擇飲傅國博家大醉二首

其一

兒童拍手鬧黄昏，應笑山公醉習園。縱使先生能一石，主人未肯獨留髡。

其二

不肯惺惺騎馬迴，玉山知爲玉人頽。紫雲有語君知否？莫唤分司御史來。

傅子美召公擇飲偶以病不及往公擇有詩次韻

樊素阿蠻皆已出，使君應作玉箏歌。可憐病士西窗下，一夜丹田手自摩。

觀子美病中作嗟嘆不足因次韻

百尺長松澗下摧，知君此意爲誰來。霜枝半折孤根出，尚有狂風急雨催。

慎按：以上二首施氏原本不載，新刻載《續補》下卷，據《外集》編第五卷，皆守徐州時作。今從之。子美，當即傅國博字也。

起伏龍行并引

徐州城東二十里有石潭，父老云：「與泗水通，增損清濁，相應不差，時有河魚出焉。」元豐元年春旱，或云置虎頭潭中，可以致雷雨。用其説，作起《伏龍行》。

何年白竹千鈞弩，射殺南山雪毛虎。至今顱骨帶霜牙，尚作四海毛蟲祖。東方久旱千里赤，三月行人口生土。碧潭近在古城東，神物所蟠誰敢侮？上欱蒼石擁巑竇，下應清河通水府。眼光作電走金蛇，鼻息爲雲擢煙縷〔一〕。當年負圖傳帝命，左右羲軒詔神禹。爾來懷寶但貪眠，滿腹雷霆瘖不吐。赤龍白虎戰明日，公自注：是月丙辰，明日庚寅。倒卷黃河作飛雨。嗟我豈樂鬭兩雄，有事徑須煩一怒。

〔一〕鼻息爲云：杜甫詩：如絲氣或上，爛漫爲雲雨。

聞公擇過雲龍張山人輒往從之公擇有詩戲用其韻

我生固多憂，肉食嘗苦墨。軒然就一笑，猶得好飲力。聞君過雲龍，對酒兩静默。急携清歌女，出郭及未昃。一歡難力致，邂逅有勝特。喧蜂集晚花，亂雀啄叢棘。山人樂此耳，寂寞誰侍側？何當求好人，聊使治要襋。使君自孤憤，此理誰相值。不如學養生，一氣服千息。

送李公擇

嗟予寡兄弟，四海一子由。故人雖云多，出處不我謀。弓車無停招，逝去勢莫留。僅存今幾人，各在天一陬。有如長庚月，到曉爛不收。宜我與夫子，相好手足侔。比年兩見之，賓主更獻酬。樂哉十日飲，衎衎和不流。論事到深夜，僵仆鈴與騶。頗嘗見使君，有客如此不？欲別不忍言，慘慘集百憂。念我野夫兄，知名三十秋。已得其爲人，不待風馬牛。他年林下見，傾蓋如白頭。

慎按：施氏原注：公擇在濟南，東坡赴彭城，過之。公擇罷濟南，復過東坡於彭城。唱酬甚多，故云：比年兩見之，賓主更獻酬。野夫，公擇之兄，名莘。嘗爲江西轉運使。東坡自黄移汝，道建昌，過其故居，有詩云：何人修水上，種此一雙玉。謂其兄弟也。新刊本删去，今補録之。

送筍芍藥與公擇二首

其一

久客厭鹵饌，公自注：蜀人謂東北人爲鹵子。枵然思南烹。故人知我意，千里寄竹萌。駢頭玉嬰兒，一一脱錦繃。庖人應未識，旅人眼先明。我家拙厨膳，彘肉芼蕪菁。送與江南客，燒煮配香粳。

其　二

今日忽不樂，折盡園中花。園中亦何有，芍藥裊殘葩。久旱復遭雨，紛披亂泥沙。不折亦安用，折去還可嗟。棄擲亮未能，送與謫仙家。還將一枝春，插向兩髻丫。

和孫莘老次韻

去國光陰春雪消，還家蹤跡野雲飄。功名正自妨行樂，迎送纔堪博早朝〔一〕。雖去友朋親吏卒，却辭讒謗得風謡。明年我亦江南去，不問雄繁與寂寥〔二〕。

〔一〕博早朝：白居易詩：「雞鳴猶獨睡，不博早朝人。」

〔二〕雄繁，指言劇郡也。

慎按：史容注《山谷集》云：莘老前後典郡，自廣德徙湖州，又徙廬州，持祖母喪，服除，知蘇州云云。先生倅杭時，莘老自湖移廬，有詩送之。今是詩之作，當在莘老知蘇州時。故結處有「明年我亦江南去」之句。

遊張山人園

壁間一軸烟蘿子〔一〕，盆裏千枝錦被堆。慣與先生爲酒伴，不嫌刺史亦顔開。纖纖入麥黄花亂，颯颯催詩白雨來。聞道君家好井水，歸軒乞得滿瓶回。

〔一〕烟蘿子：《經籍志》有烟蘿子《内真通元歌》一卷，又有烟蘿子《養神關鎖秘訣圖》一卷，蓋古之學仙得道者也。

杜介熙熙堂〔一〕

崎嶇世路最先回，窈窕華堂手自開。咄咄何曾書怪事，熙熙長覺似春臺。白砂碧玉味方永，黄紙紅旗心已灰。遥想閉門投轄飲，鵾絃鐵撥響如雷。

〔一〕杜介：字幾先，揚州人，居平山堂。見本集。

次韻答劉涇〔一〕

吟詩莫作秋蟲聲，天公怪汝鉤物情，使汝未老華髮生。芝蘭得雨蔚青青，何用自燔以出馨。細書千紙雜真行，新音百變口如鶯。異義蜂起弟子争，舌翻濤瀾卷齊城。萬卷堆胸兀相撑，以病爲樂子未驚。我有至味非煎烹，是中之樂吁難名。緑槐如山闇廣庭，飛蝱一作「蟲」繞耳細而清。敗席展轉卧見經一作「驚」，訛，亦自不一作「不自」嫌翠織成。意行信足無溝坑，不識五郎呼作卿。吏民哀我老不明，相戒無復煩鞭刑。時臨泗水照星星，微風不起鏡面平。安得一舟如葉輕，卧聞郵籤報水程。蓴羹羊酪不須評，一飽且救飢腸鳴。

〔一〕劉涇：字巨濟，注見前。

攜妓樂游張山人園

大杏金黄小麥熟，墜巢乳鵲拳新竹。故將俗物惱幽人，細馬紅粧滿山谷。提壺勸酒意雖重，杜鵑催歸聲更速。酒闌人散却關門，寂歷斜陽挂疎木。

種德亭并引

處士王復，家於錢塘。爲人多技能，而醫尤精。期於活人而已，不志於利。築室候潮門外，治園圃，作亭榭，以與賢士大夫游，惟恐不及，然終無所求。人徒知其接花蓺果之勤，而不知其所種者德也，乃以名其亭，而作詩以遺之。

小圃傍城郭，閉門芝术香。名隨市人隱，德與佳木長。元化善養性，倉公多禁方。所活不可數，相逢旋相忘。但喜賓客來，置酒花滿堂。我欲東南去，再觀雙檜蒼〔一〕。山茶想出屋，湖橘應過牆。木老德亦熟，吾言豈荒唐〔二〕。

〔一〕雙檜：本集有《王復秀才所居雙檜》二絶句，見第八卷。

〔二〕荒唐：《莊子·天下篇》：以繆悠之説，荒唐之言，無端崖之詞，時縱恣而不儻。

附子由作：《欒城集》題云「贈王復秀才」。

候潮門外王居士，平昔交游遍海涯。本種松杉爲老計，晚將亭榭付鄰家。爲生有道終安隱，好事來游空嘆嗟。猶有東坡舊詩卷，忻然對客展龍蛇。自注：王君舊有園亭，子瞻兄名之曰「種德」。其亭頃以貧故鬻之矣。

慎按：《欒城集》子由此詩，自績溪還朝，道過錢塘，乃元豐乙丑所作，距東坡寄詩已七年，亭已易主，而王復尚無恙也。

次韻僧潛見贈〔一〕

道人胸中水鏡清，萬象起滅無逃形。獨依古寺種秋菊，要伴騷人餐落英。人間底處有南北，紛紛鴻雁何曾冥。閉門坐穴一禪榻，頭上歲月空峥嶸。今日偶出爲求法，欲與慧劍加礱硎。雲衲新磨山水出，霜髭不翦兒童驚。公侯欲識不可得，故知倚市無傾城。秋風吹夢過淮水，想見橘柚垂空庭。故人各在天一角，相望落落如晨星。彭城老守何足顧，棗林桑野相邀迎。千山不憚荒店遠，兩脚欲趁飛猱輕。多生綺語磨不盡〔二〕，尚有宛轉詩人情〔三〕。猿吟鶴唳本無意，不知下有行人行。空堦夜雨自清絶，誰使掩抑啼孤惸。我欲仙山掇瑶草，傾筐坐嘆何時盈。簿書鞭扑晝填委，煮茗燒栗宜宵征。乞取摩尼照濁水，共看落月金盆傾。

〔一〕僧潛：《咸淳臨安志》：道潛，於潛浮溪村人，字參寥。本姓何。幼不茹葷，以童子誦《法華經》，爲比邱，於内外典無所不通。崇寧末示寂，賜號妙總大師。○補録施氏原注：東坡守吴興，會於松江。既謫居，不遠二千里，相從於齊安。留期年，遇移汝海，同遊廬山，有《次韻留别》詩。坡守錢塘，卜智果精舍居之，入院，分韻賦詩，又作《參寥泉銘》。坡南遷，遂欲轉海訪之。以書力戒，勿萌此意，自揣餘生必須相見。當路亦捃其詩語，謂有刺譏，得罪，反初服。建中靖國初，曾子開言其非罪，詔復薙髮。此段序參寥生平及與先生遊好最詳，不知新刊本何故删去之。

〔二〕綺語：佛氏口之四業，妄言、綺語，其二也。

〔三〕詩人情：朱弁《風月堂詩話》：參寥自杭謁坡於彭城，一日燕郡寮，謂客曰：「參寥雖不與此集，然不可不惱之也。」遣官妓馬盼盼持紙筆就求詩。參寥援筆立成，有「禪心已作沾泥絮，不逐春風上下狂」之句。坡喜曰：「吾嘗見柳絮落泥中，謂可以入詩，偶未收入，遂爲此人所先。」

慎按：參寥於是年四月過徐州，有《詩案》可據。施氏原本訛編《九日》詩後，今與下篇俱移於此。

次韻潛師放魚

法師說法臨泗水，無數天花隨麈尾。勸將净業種西方〔一〕，莫待夢中呼起起。哀哉若魚竟坐口，遠媿知幾穆生醴。況逢孟簡對盧仝〔二〕，不怕校人欺子美〔三〕。疲民尚作魚尾赤，數罟未除吾顙泚。法師自有衣中珠，不用辛苦泥沙底〔四〕。

〔一〕净業：梁武帝《净業賦》：見净業之可愛，與不殺而爲因。

〔二〕孟簡：《唐詩紀事》：孟簡，字幾道，德州人，元和中擢第。

〔三〕子美：《左傳·襄公二十五年》：鄭子展、子產帥車七百乘伐陳，宵突陳城，遂入之。子美入，數俘而出。注云：子美，即子產也。

〔四〕泥沙底：白居易《放魚》詩：不須泥沙底，辛苦覓明珠。

《烏臺詩案》元豐元年四月，軾知徐州日，有相識浙僧道潛來相看，同在河亭上坐。見人打魚，其僧買魚放生，作詩一首，即無譏諷。軾依韻和詩一首與本人，云：「疲民尚作魚尾赤。」《左傳》云：「如魚頳尾，衡流而方揚裔。」注云：「魚勞則尾赤。」是時徐州大水之後，夫役數起，軾言民之疲病如魚勞而尾赤也。數罟謂魚網之密細者，以言民既疲病，朝廷又行青苗、助役，不爲除放，如密網之取魚，皆以譏朝廷新法不便，以致大水之災也。此段施氏原注失載，補注本亦不全，今備録之。

附參寥原作：

嘉魚滿盤初出水，尚有青萍點紅尾。銀鰓戢戢畏烹煎，崛强有時俄自起。彼客殷勤贈使君，願向中厨薦醪醴。使君事道不事腹，杞菊終年食甘美。傳呼慎勿付庖人，百步洪邊放清泚。回首無欺子産淳，漫道悠然泳波底。

文與可有詩見寄云待將一段鵝溪絹掃取寒梢萬尺長次韻答之〔一〕

爲愛鵝溪白繭光，掃殘雞距紫毫芒一作「鋩」。世間那有千尋竹，月落庭空影許長。

〔一〕鵝溪：任淵《山谷内集注》：鵝溪，在今潼川，畫絹所出。

〔二〕千尋竹：本集《雜記》：與可畫竹，初不自貴重，持縑素而請者，足相躡於門。與可厭之，投諸地，曰：「吾將以爲襪材。」及與可自洋州還，余爲徐州，與可寄書曰：「近語士大夫，墨竹一派，近在彭城，襪材當萃於子矣。」書尾復一詩，云云。予謂與可竹長萬尺，當用絹二百五十匹，因答詩云云。與可笑曰：「蘇子瞻辨則辨矣，然二百五十四，吾將買田而歸老焉。」

慎按：《丹淵集》失原作，全首無從采録。

聞辯才法師復歸上天竺以詩戲問〔一〕

道人出山去，山色如死灰。白雲不解笑，青松有餘哀。忽聞道人歸，鳥語山容開。神光出寶髻，法雨洗浮埃。想見南北山〔二〕，花發前後臺〔三〕。寄聲問道人，借禪以爲詼。何所聞而去，何所見而回。道人笑不答，此意安在哉？昔年本不住，今者亦無來。此語竟非是，且食白楊梅。

〔一〕辯才復歸天竺：《欒城集·辯才塔碑》云：師年二十五，賜紫衣及辯才號。沈遘治杭，請住上天竺。居十七年，有僧文捷者，利其富，倚權貴人，奪而有之，遷師於下天竺。復逐師於潛。逾年，捷敗，事聞朝廷，復以上天竺畀師。捷之在天竺也，施者不至，巘谷草木爲之索然。及師之復歸，山中百物皆若有喜色。清獻趙公親見而贊之，曰：「師去天竺，山空鬼哭。天竺師歸，道場光輝。」留三年，終捨去，老於南山之龍井。

〔二〕南北山：白居易《寄天竺禪師》詩：南山雲起北山雲。

〔三〕前後臺：白居易詩又云：前臺花發後臺見。先生二句皆用之。

和子由送將官梁左藏仲通〔一〕

雨足誰言春麥短，城堅不怕秋濤卷。日長惟有睡相宜，半脱紗巾落紈扇。芳草不鋤當户長，珍禽獨下無人見。覺來身世都是夢，坐久枕痕猶著面。城西忽報故人來，急掃風軒炊麥飯。公自注：徐州所出。伏波論兵初矍鑠，中散談仙更清遠。南都從事亦學道，不惜腸空誇腦滿。問羊他日到金華，應許相將遊閬苑。

〔一〕梁仲通：名交，見《欒城集》。

附子由原作：《欒城集》題云「送梁交之徐州」。

湖水清且深，新荷半猶卷。未見紅粧窈窕娘，先排翠羽參差扇。水面風生人未知，欹傾俯仰長先見。岸上遊人暮不歸，清香入袖涼吹面。投壺擊鞠緑楊陰，共盡清樽飧白飯。坐中飛將忽先起，輕衫出試彭門遠。百步洪西白浪翻，戲馬臺南雲岫滿。江山雄麗洵宜人，風流孰似梁王苑。

次韻秦觀〔一〕秀才見贈秦與孫莘老李公擇甚熟將入京應舉〔二〕

夜光明月非所投，逢年遇合百無憂。將軍百戰竟不侯，伯郎一斗得涼州。翹關負重非無力，十年不入紛華域。故人坐上見君文，謂是古人吁莫測。新詩説盡萬物情，硬黄小字臨黄庭。故人已去君未到，空吟《河畔草青青》。誰謂他鄉各異縣，天遣君來破吾願。一聞君語識君心，短李髯孫眼中見。江湖放浪久全真，忽然一鳴驚倒人。縱横所值一作「往」無不可，知君不怕新書新。千金敝帚那堪换。我亦淹留豈長算。山中既未決同歸，我聊爾耳君其漫。

〔一〕秦觀：《宋史》：秦觀，字少游。少豪雋慷慨，溢於文詞。登第，歷秘書省正字，兼國史院編修官。紹聖初，坐黨籍，出，通判杭州，御史劉拯論其損益《實録》，貶監處州酒税，尋削秩，徙郴州編管，又徙雷州。徽宗即位，復官，放還，至藤州而卒。文集四十卷。施氏原注：東坡剛直忠正，二聖追神宗遺言，將付大政，臺諫多甚間。凡所與輒攻之，少游其一也。

〔二〕秀才：《唐書·杜正倫傳》：隋世重舉秀才，天下不十人，而正倫一門三秀才，皆高第。

附秦少游原作：

人生異趣各有求，繫風捕影祇懷憂。我獨不願萬户侯，惟願一識蘇徐州。徐州雄偉非人力，世有高名擅區域。珠樹三株詎可攀，玉海千尋真莫測。一昨秋風動遠情，便憶鱸魚訪洞庭。芝蘭不獨庭中秀，松柏仍當雪後青。故人持節過鄉縣，教以東來償所願。天上麒麟昔漫聞，河東鸑鷟今纔見。不將俗物礙天真，北斗以南能幾人？八磚學士風標遠，五馬使君恩意新。黄塵冥冥日月换，中有盈虛亦何算？據龜食蛤暫相從，請結後期游汗漫。

附子由作：《欒城集》題云「次韻秦觀秀才携李公擇書相訪」。

淮南三歲吾何求，使君到後銷人憂。君言有客輕公侯，扁舟相從古揚州。致之匹馬恨無力，千里相望同異域。新詩空使四座驚，隱居未易凡人測。使君南歸無限情，鴻飛攜書墮我庭。此書兼致昔年客，袖中麗句淮山青。老夫强顔依府縣，堆案文書本非願。清談亹亹解人頤，安得座右長相見。狂客吾非賀季真，醉吟君似謫仙人。末契長遭少年笑，白髮應慚傾蓋新。都城酒貴誰當換，塵埃垢面非良算。歸來泗上正思君，莫待黄花霜爛漫。

僕曩於長安陳漢卿家見吴道子畫佛碎爛可惜其後十餘年復見之於鮮于子駿家則已裝背完好子駿以見遺作詩謝之

貴人金多身復閒，争買書畫不計錢。已將鐵石充逸少，公自注：大王書中有殷鐵石字，鐵石乃梁武帝時人。更補朱繇爲道玄。公自注：世所收吴道子畫，多朱繇筆也。煙薰屋漏裝玉軸，鹿皮蒼璧知誰賢。吴生畫佛本神授一作「駿」，夢中化作飛空仙。覺來落筆不經意，神妙獨到秋毫顛。昔我長安見此畫，歎息至寶空潸然。素絲斷續不忍看，已作蝴蝶飛聯翩。君能收拾爲補綴，體質散落嗟神全。誌公彷佛見刀尺，修羅天女猶雄妍〔一〕。如觀老杜飛鳥句，脱字欲補知無緣。問君乞得良有意，欲將俗眼爲洗湔。貴人一見定羞怍，錦囊千紙何足捐。不須更用博麻縷〔二〕，付與一炬隨飛煙。

〔一〕修羅天女：《維摩經》注：阿修羅，男醜，女端正，有大勢力，常與天共鬭。此神果報最勝，隣次諸天，而非天也。

〔二〕博麻縷：言貴人所蓄書畫多贋物，不值一錢，不足以博麻縷，止宜付之一炬而已。王注謬引佛氏麻三斤語，施氏補注復取之，何也？

雨中過舒教授〔一〕

疎疎簾外竹，瀏瀏竹間雨。窗扉静無塵，几硯寒生霧。美人樂幽獨，有得緣無慕。坐依蒲褐禪，起聽風甌語。客來淡無有，灑掃凉冠履。濃茗洗積昏，妙香净浮一作「無」，訛慮。歸來北堂闇，一一微螢度。此生憂患中，一餉安閒處。飛鳶悔前笑，黄犬悲晚悟。自非陶靖節，誰識此閒趣。

〔一〕舒教授：即舒焕。施氏原注：時舒爲徐州教授。元祐八年，以左朝郎校對秘書省黄本書籍。紹聖初，通判熙州。孫彦同《職官分紀》云：「《通典》：『漢郡國皆有文學掾，唐府郡置經學博士，各一人，以五經教授學生。』宋無專員，諸州文學之職，從九品，爲散官。」

次韻舒教授寄李公擇

草書妙絶吾所兄，真書小低猶抗行。論文作詩俱不敵，看君談笑收降旌。去年逾月方出晝，公自注：予去年留齊月餘。爲君劇飲幾濡首。今年過我雖少留，寂寞陶潛方止酒。公自注：此行公擇病酒，夕不飲。别時流涕攬君鬚，懸知此懽墮空虚。松下縱横餘屐齒，門前轣轆想君車。怪君一身都是德，近之清潤淪肌骨。細思還有可恨時，不許藍橋見傾國。公自注：公擇有婢，名雲英，屢欲出，不果。

又送鄭户曹〔一〕

水繞彭城一作「祖」樓〔二〕，山圍戲馬臺〔三〕。古來豪傑地，千載有餘哀。隆準飛上天，重瞳亦成灰。白門下吕布，大星隕臨淮。尚想劉德輿〔四〕，置酒此徘徊。爾來苦寂寞，廢圃多蒼苔。河從百步響，山到九里回〔五〕。山水自相激，夜聲轉風雷。蕩蕩清河壖，黄樓我所開。秋月墮城角，春風摇酒杯。遲去聲君爲座客，新詩出瓊瑰。樓成君已去，人事固多乖。他年君倦游，白首賦歸來。登樓一長嘯，使君安在哉？

〔一〕按，本年《中秋月》詩：鄭子向河朔。公自注云：鄭僅赴大名户曹。施氏云：時爲冠氏令者，訛。

〔二〕彭城樓：《太平寰宇記》：魏刺史王延明移彭祖廟於子城東北樓，爲彭城樓。

〔三〕戲馬臺：《元和郡縣志》：戲馬臺在彭城縣東南二里，項羽所造，戲馬於此。

〔四〕劉德興：《南史·宋高祖本紀》：劉裕，字德輿。《文選》注：宋武帝爲宋公，在彭城，九日出項羽戲馬臺，至今相承，以爲舊準。

〔五〕九里山：《太平寰宇記》引《玄中記》云：彭城有九里山，有穴潛通瑯琊。《名勝志》：九嶷山在徐州東北九里，山陰有孫氏墓碑，上刊九嶷山，俗名九里山。

次韻黄魯直見贈古風二首〔一〕

其一

嘉穀臥風雨，稂莠登我場。陳前漫方丈，玉食慘無光。大哉天宇間，美惡更臭香。君看五六月，飛蚊殷回廊。兹時不少假，俯仰霜葉黄。期君蟠桃枝，千歲終一嘗。顧我如苦李，全生依路旁。紛紛不足道，悄悄徒自傷。

〔一〕黄魯直：《宋史》：黄庭堅，字魯直，第進士。哲宗立，召爲秘書郎，《神宗實録》檢討官。紹聖初，章惇、蔡卞論《實録》多誣，貶涪州别駕，黔州安置，又移戎州。徽宗即位，乞郡，得太平州，到任九日罷，主管玉隆觀。尋除名，編管宜州，徙永州，卒年六十。〇施氏原注：魯直學問文章，天成性得，於詩尤高。善法書，自成一家。東坡所以推揚汲引，如恐不及。初，游灊皖山谷寺，樂其林泉，因自號山谷道人。建炎間，贈直龍圖閣。高宗愛其筆札，御府收蓄甚富，且録用其家云。

慎按：《烏臺詩案》：元豐元年二月内，北京國子監教授黄庭堅寄書一封，并古詩二首與軾，依韻和答，云「嘉穀卧風雨」至「玉食慘無光」，以譏今之小人勝君子，如稂莠之奪嘉穀。又云「大哉天宇間」至「悄悄徒自傷」，意言君子、小人進退有時，如夏月蚊虻縱横，至秋自息。比黄庭堅於蟠桃，進必遲；自比苦李，以無用全生。又取《詩》云「慍於群小」，以譏諷當今進用之人皆小人也。此段全文，已載施氏原注中，今依例附録。

其　二

空山學仙子，妄意笙簫聲。千金得奇藥，開視皆豨苓。不知市人中，自有安期生。今君已度世，坐閲霜中蒂。摩挲古銅人，歲月不可計。閬風安在哉？要君相指似。

附黄魯直原作二首：

江梅有佳實，托根桃李場。桃李終不言，朝露借恩光。孤芳忌皎潔，冰雪空自香。古來和鼎實，此物升廟廊。歲月坐成晚，烟雨青已黃。得升桃李盤，以遠初見嘗。終然不可口，棄擲官道旁。但使《烏臺詩案》作「但取」本根在，棄捐果《詩案》作「庸」何傷。

青一作「長」松出洞一作「澗」壑，十里聞風聲。上有百尺絲，下有千歲苓。《苕溪漁隱叢話》尚有「自性得久要，爲人制頽齡」二句。小草有遠志，相依在平生。醫和不並世，深根且固蔕。人言可醫國，何用太早計。小大才則殊，氣味固《詩案》作「苦」相似。

次韻答舒教授觀余所藏墨

異時長笑王會稽，野鶩羶腥污刀几。暮年却得庾安西，自厭家雞題六紙。二子風流冠當代，顧與兒童争愠喜。秦王十八已龍飛，嗜好晚將蛇蚓比。我生百事不挂眼，時人繆説云工此。世間有癖念誰無，傾身障簏尤堪鄙。人一作「一」生當著幾緉屐，定心肯爲微物一作「塵」起。此墨足支三十年，但恐風霜侵髮齒。非人磨墨墨磨人，缾應未罄罍先恥。逝將振衣歸故國，數畝荒園自鋤理。作書寄君君莫笑，但覓來禽與青李。一螺點漆便有餘，萬竈燒松何處使。君不見永寧第中擣龍麝，列屋閒居清且美。倒暈連眉秀嶺浮，雙鴉畫鬢香雲委。時聞五斛賜蛾緑，不惜千金求獺髓。聞君此詩當大笑，寒窗冷硯冰生水。

送鄭户曹賦席上果得榧子

彼美玉山果〔一〕，粲爲金一作「銀」槃實。瘴霧脱蠻溪，清樽奉佳客。客行何以贈，一語當加璧。祝君如此果，德膏以自澤。驅攘三彭仇〔二〕，已我心腹疾。願君如此木，凜凜傲霜雪。斲爲君倚几〔三〕，滑净不容削。物微興不淺，此贈毋輕擲。

〔一〕玉山果：《本草》：榧實，一名玉山果。《藝苑雌黄》云：予與潘伯龍食榧子，言諸處皆不及玉山者，方悟東坡詩語，恐是上饒玉山縣。潘云：玉山，地名，在婺之東陽縣，所生榧子香脆，與他處迥殊。故《集韻》「榧子」注云：木名，有實，出東陽諸郡。而《本草》亦云：出今東陽諸郡。施氏補注引王注云：出信州玉山者，訛。

〔二〕三彭：《中黄經》云：一者上蟲居腦中，二者中蟲居明堂，三者下蟲居腸胃，名曰彭琚、彭質、彭矯。惡人進道，喜人退志。

〔三〕斲爲几：《本草》又云：榧，一作「棑」，其木名文木，葉似杉木，如柏理，如松肌，細軟可爲器用。詩家所云棑几即此。

送胡掾

亂葉和凄雨，投空如散絲。流年一如此，遊子去何之？節義古所重，艱危方自茲。他年著清德，仍復畏人知。

答仲屯田次韻

秋來不見渼陂岑，千里詩盟忽重尋。大木百圍生遠籟，朱絃三歎有遺音。清風卷地收殘暑，素月流天掃積陰。欲遣何人賡絕唱，滿堦桐葉候蟲吟。

密州宋國博以詩見紀在郡雜詠次韻答之

吾觀二宋文〔一〕，字字照縑素。淵源皆有考，奇險或難句。後來邈無繼，嗣子其殆庶〔二〕。胡爲尚流落，用舍真有數。當時苟悅可，慎勿笑杕杜。斲窗誰赴救，袖手良優裕。山城辱吾繼，缺短煩遮護。昔年繆陳詩，無人聊瓦注。於今賡絕唱，外重中已懼。何當附家集，擊壤追咸濩。

〔一〕二宋：《宋史》：宋庠，初名郊，字公序。安陸人。弟祁，字子京。兄弟同舉進士，禮部奏祁第一，庠第三。章獻太后不欲以弟先兄，擢庠第一，置祁第十。人呼二宋，以大小别之。庠練習典故，擅儒雅之望。祁亦能文，多建白。

〔二〕嗣子：史譏公庠愛信幼子，多與小人游，爲御史吕誨所劾，請敕庠不得以二子隨。子京於皇祐中，亦坐其子從張彦方游，以龍圖閣學士出知亳州。則二宋之子，俱不能世其家者也。故先生詩中亦多微詞。

答范淳甫〔一〕按，《范内翰集》中失原作。

吾州下邑生劉季〔二〕，誰數區區張與李。公自注：來詩有「張僕射李臨淮」之句。重瞳遺迹已塵埃，惟有黄樓臨泗水。公自注：郡有廳事，俗謂之霸王廳。相傳不可坐，僕拆之以蓋黄樓。而今太守老且寒，俠氣不洗儒生酸。猶勝白門窮吕布〔三〕，欲將鞍馬事曹瞞。

〔一〕范淳甫：《梁溪漫志》：范淳甫之母夢鄧禹而生子，故名祖禹，字夢得，司馬温公爲改字淳甫。《宋史》：范祖禹，成都華陽人。進士甲科，從司馬温公編修《通鑑》，書成，薦爲秘書省正字。哲宗立，遷著作郎，兼侍講。蘇軾稱爲講官第一。○補録施氏原注：祖禹幼孤，鞠於叔祖忠文公景仁。元祐初，自正字擢右正言。修《神宗實録》，由著作郎兼侍講。又試中書舍人。自除拾遺及螭掖，皆以婦父吕正獻秉政，辭不拜。正獻薨，乃擢右諫議大夫，遷給事中，禮部侍郎，翰林學士。其議論皆關天下大體。哲宗親政，忠讜日聞，紹述事興，言不見聽，請外，以龍圖學士知陝州。言者論修《實録》詆誣，連貶永、賀、賓、紀而卒，年五十八。東坡與范氏同爲蜀人，而忠文敬愛其兄弟，故與淳甫意好尤篤。元祐中，居要路，志同道合，相與力持國是。後南遷，淳甫歿於烟瘴，坡於海外聞之，以書弔諸子，許爲《志墓》。坡既北還，淳甫亦許歸葬，期諸子於道中一見，竟不相遇。子沖，字元長，高宗擢爲學士。

〔二〕下邑：《元和郡縣志》：沛縣東南至徐州一百四十三里，本秦舊縣，取沛澤爲名。漢興四年，改爲沛郡，理相城，以此爲小沛。魏分立譙郡，又以沛國爲王國。宋爲沛縣，改屬徐州。隋罷郡，縣屬仍舊。《史記》：高祖十二年，破黥布，還過沛，謂沛父老曰：「遊子悲故鄉，吾雖都關中，萬歲後，吾魂魄猶樂思沛。且朕自沛公以誅暴亂，其以沛爲朕湯沐邑。」

〔三〕白門：《輿地志》：徐州南門也。

次韻答王定國

每得君詩如得書，宣心寫妙書不如。眼前百種無不有，知君一以詩驅除。傳聞都下十日雨，青泥没馬街生魚。舊雨來人今不來，悠然獨酌卧清虚〔一〕。我雖作郡古云樂，山川洵美非吾廬。願君不廢重九約，念此衰冷勤呵嘘。

〔一〕清虚：王定國堂名，本集有詩，子由有記。

和鮮于子駿鄆州新堂月夜二首〔一〕公自注：前次韻，後不次。

其一

去歲遊新堂，春風雪消後。池中半篙水，池上千尺柳。佳人如桃李，蝴蝶入衫袖。山川今何許，疆野一作「界」已分宿。歲月不可思，駛若船放溜〔二〕。繁華真一夢，寂寞兩榮朽。惟有當時月，依然照杯酒。應憐船上人，坐穩不知漏。

〔一〕鄆州：《元和郡縣志》：漢東平國，後爲郡。隋分兖州萬安縣，置鄆州。《宋史·地理志》：鄆州，初爲京東路。熙寧七年，分爲東、西兩路，鄆州屬西路。《名勝志》：今爲鄆城縣，屬濟寧州。《宋史·鮮于侁傳》：神宗朝，自利州路轉運使判官爲京東西路轉運使。

〔二〕溜：鮮于子駿原作「流」，自注云：去聲。先生和詩及《欒城集》俱作「溜」，二字固可通用也。

附鮮于子駿原作：原詩載《宋文鑑》，題云「新堂夜坐月色皎然由連理亭信步庭中徘徊久之因爲五言一首」。

秋風吹微凉，天雨新霽後。閒齋獨隱几，明月在高柳。振衣步庭下，顥氣入襟袖。天空雲漢明，隱約辨列宿。蒼蒼松檜上，零露霏欲溜。脱葉滿閒園，繁華迨衰朽。清霄望蟾影，宜付一杯酒。多病謝樽罍，城頭轉寒漏。

附子由次韻：

長愛陶先生，閒居棄官後。牀上卧看書，門前自栽柳。低回顧微禄，畢竟誰挽袖。索莫秋後蜂，青熒曉天宿。惟將不繫舟，託此春江溜。尺書慰窮獨，秀句驚枯朽。遥知新堂夜，明月入杯酒。千里共清光，照我茅簷漏。

其二

明月入華池，反照池上堂。堂中隱几人，心與水月涼。風螢已無迹，露草時有光。起觀河漢流，步屧響長廊。名都信繁會，千指調笙簧。先生病不飲，童子爲燒香。獨作五字詩，清絶如韋郎〔一〕。詩成月漸側，皎皎兩相望。

〔一〕韋郎：《賓退録》：韋應物，京兆長安人。貞元十年二月，由左司郎中補外，得蘇州刺史。年九十餘，不知所終。洪容齋《題跋》云：《韋蘇州集》中有詩，云「少事武皇帝，無賴恃恩私。一字都不識，飲酒肆頑癡。武皇升仙後，憔悴被人欺。讀書事已晚，把筆學題詩。兩府始收跡，南宫謬見推。非才果不容，出守撫惸嫠」云云。蓋應物自序其少年事也。《唐史》失其事，不爲立傳。

送將官梁左藏〔一〕赴莫州〔二〕

燕南垂，趙北際，其間不合大如礪。至今父老哀公孫，烝土爲城鐵作門。城中積穀三百萬，猛士如雲驕不戰。一旦鼓角鳴地中，帳下美人空掩面。豈如千騎平時來，笑談謦欬生風雷。葛巾羽扇紅塵静，投壺雅歌清燕開。東方健兒虓虎樣，泣涕懷思廉恥將。彭城老守亦凄然，不見君家雪兒唱。

〔一〕左藏：《元豐類稿》：興國初，左藏之財既充斥，始分爲三，錢與金帛皆别藏，典守者亦各異。《宋史·職官志》：左藏庫東西作坊使，階武顯大夫。西京左藏庫使，階武經大夫。作坊副使，階武顯郎。左藏副使，階武經郎。楊奂《汴故宫記》：宣徽院北曰御藥院，其北曰右藏庫。右藏庫之東，曰左藏庫。

〔二〕莫州：《太平寰宇記》：河北道莫州文安郡，領鄚縣、任邱、長豐三縣。易京城在鄚縣西北三十里。然則今之雄縣，乃公孫瓚易京也。王注莫州即易京，訛。

附子由作：《欒城集》題云「送梁交供備知莫州」。

猛士當今守四方，中原諸將近相望。一樽度日空閒暇，千騎臨邊自激昂。談笑定先降鹵使，詩書仍得靖戎行。君看宿將何承矩，安用摧鋒百戰場。

東坡先生編年詩卷十七

古今體詩五十一首元豐戊午秋冬在徐州任作。

次韻子由送趙屼歸覲錢塘遂赴永嘉〔一〕

歸舟轉河曲，稍見楚山蒼。候吏來迎客，吴音已帶鄉。言從謝康樂，先獻魯靈光。已擊三千里，何須四十强。風流半刺史，清絶校書郎。到郡詩成集，尋溪水濺裳。芒鞋隨采藥，蠒紙記流觴。海静蛟鼉出，山空草木長。宦遊無遠近，民事要更嘗。願子傳家法，他年請上方。

〔一〕趙屼：按，《東都事略·趙抃傳》後云：子屼，亦篤行君子。嘗爲御史，論事知治體。後爲太僕少卿以卒。初不著其字，亦不及倅温事。文與可《丹淵集·趙秘書墓志》則云：治平二年天水趙公之子新授秘書省校書郎、知杭州於潛縣事，名屷，字景仁，以疾卒於洛陽官舍云云。以歲月考之，清獻公守杭在熙寧之末，元豐之初，其子省覲正此時事。《清獻集》中有《十八男屷自温倅迎於雁蕩》詩，則公自杭罷歸永嘉，屷尚爲温倅。若據《墓志》，前此十餘年屷早殁矣。後閲《清獻公神道碑》：「公二子，長曰岏，終於潛令。次即屷。」乃知《丹淵集》「屷」當作「岏」。景仁乃岏字也。施氏原注：趙屷，字景□，「景」字下脱去一字，補注本遂以「景仁」實之，失於考證，竟混兩人爲一矣。不可不辨。

附子由原作：

世人何局促，奔走鬢蒼蒼。聞道餘杭守，獨遊何有鄉。禪心朝吐日，元氣夜生光。清静安罷瘵，寬仁服暴强。聲名高一世，風采見諸郎。謁帝朱爲紱，還家綵作裳。經過留畫舫，談笑接清觴。問訊顔依舊，峥嶸歲自長。人生真幾許，世味不堪嘗。歸去聞詩罷，求余却老方。

中秋月一本有「寄子由」三字三首

其一

殷勤去年月，潋灧古城東。憔悴去年人，卧病破窗中。徘徊巧相覓，窈窕穿房櫳。月豈知我病，但見歌樓空。撫枕三嘆息，扶杖起相從。天風不相哀，吹我落瓊宫。白露入肺肝，夜吟如秋蟲。坐令太白豪，化爲東野窮。餘年知幾何，佳月豈屢逢。寒魚亦不睡，竟夕相喚喁。

其二

六年逢此月，五年照離别。公自注：中秋有月，凡六年矣，惟去歲與子由會於此。歌君别離曲，公自注：子由有《水調歌頭》。滿座爲凄咽。留都信繁麗〔一〕，此會豈易擲。鎔銀百頃湖，挂鏡千尋闕。三更歌吹罷，人影亂清樾。歸來北堂下，寒光翻露葉。唤酒與婦飲，念我向兒説。豈知衰病後，空盞對梨栗。但見古河東，荍一作「蕎」，音義同麥花一作「如」鋪雪。欲和去年曲，復恐心斷絶。

〔一〕留都：謂南京，時子由在張安道幕。

其三

舒子在汶上，閉門相對清。公自注：舒焕試舉人鄆州。鄭子向河朔，公自注：鄭僅赴北京户曹。孤舟連夜行。頓子雖咫尺，兀如在牢扃。公自注：頓起來徐試舉人。趙子寄書來，《水調》有餘聲〔一〕。公自注：今日得趙杲卿書，猶記余在東武中秋所作《水調歌頭》也。悠哉四子心，共此千里明。明月不解老，良辰難合并。回頭一作「顧」坐上人，聚散如流萍。嘗聞此宵月，萬里同陰晴。公自注：故人史生爲余言，嘗見海賈云：中秋有月，則是歲珠多而圓。賈人常以此候之，雖相去萬里，他日會合，相問則陰晴無不同者。天公自著意，此會那可輕。明年各相望，俯仰今古情。

〔一〕《水調》：本集有「丙辰中秋歡飲達旦大醉作水調歌頭兼懷子由」詞。

中秋見月懷一作「寄」子由

明月未出群山高，瑞光萬一作「千」丈生白毫。一盃未盡銀闕涌，亂雲脱壞如崩濤。誰爲天公洗眸子，應費明河千斛水。遂令冷看世間人，照我湛然心不起。西南大一作「火」星如彈丸，角尾奕奕蒼龍蟠。今宵注眼看不見，更許螢火争清寒。何人艤舟臨古汴，千燈夜作魚龍變。曲折無心逐浪花，低昂赴節隨歌板。公自注：是夜，賈客舟中放水燈。青熒滅没轉山前一作「前山」，浪颭風迴豈復堅。明月易低人易散，歸來呼酒更重看。堂前月色愈清好，咽咽寒螿啼露草。卷簾推户寂無人，窗下咿啞惟楚老〔一〕。公自注：近有一孫，名楚老。南都從事莫羞貧，對月題詩有幾人？明朝人事隨日出，怳然一夢瑶臺客。

〔一〕楚老：本集《與李公擇尺牘》云：某有一孫，體頗碩重，八月十二日生，名楚老。

附子由次韻：

西風吹暑天益高，明月耿耿分秋毫。彭城閉門青嶂合，卧聽百步鳴飛濤。使君攜客登燕子，月色著人冷如水。筵前不設鼓與鐘，處處笛聲相應起。浮雲捲盡留金丸，戲馬臺西山鬱蟠。杯中渌酒一時盡，衣上白露三更寒。扁舟明日遊古汴，回首逡巡陵谷變。河吞巨野入長淮，城没黄流只三板。明年築城城似山，伐木爲隄隄更堅。黄樓未成河已退，空有遺跡令人看。城頭見月應更好，河流深處今生草。子孫幸免魚鼈食，歌舞聊寬使君老。南都從事老更貧，羞見青天月照人。飛鶴入籠不能出，曾是彭城坐中客。

答王鞏公自注：鞏將見過，有詩，自謂惡客，戲之。

汴泗遶吾城，城堅如削鐵。中有李臨淮，號令肝膽裂。古來彭城守，未省怕惡客。惡客云是誰？祥符相公孫。是家豪逸生有種，千金一擲頗黎盆。連車載酒來，不飲外酒嫌其村〔一〕。子有千瓶酒，我有萬株菊。任子滿頭插，團團見花不見目。醉中插花歸，花重壓折軸。問客何所須？客言我愛山。青山自遶郭，不要買山錢。此外有黄樓，樓下一河水。美哉洋洋乎，可以療饑并洗耳。彭城之遊樂復樂，客惡何如主人惡。

〔一〕嫌其村：《演繁露》云：唐令，在田野者爲村，别置村正一人。故世之鄙陋者，因以村名之。東坡詩「不飲外酒嫌其村」，正用此意。

次韻王定國馬上見寄

昨夜霜風入裌衣，曉來病骨更支離。疎狂似我人誰顧，坎坷憐君志未移。但恨不攜桃葉女，尚能來趁菊花時。南臺二謝人無繼，直一作「只」恐君詩勝義熙〔一〕。公自注：二謝從宋武帝九日燕戲馬臺。

〔一〕義熙：晉安帝年號。時宋武帝爲晉臣，鎮徐州。

與頓起〔一〕孫勉泛舟探韻得未一作「味」字〔二〕

窗前堆梧桐，床下鳴絡緯。佳人尺書到，客子中夜喟。朝來一樽酒，晤語聊自慰。秋蠅已無聲，霜蟹初有味。當爲壯士飲，眥裂須磔蝟。勿作兒女懷，坐念蠨蛸畏。山城亦何有，一笑瀉肝胃。泛舟以娱君，魚鼈多可饋。縱爲十日飲，未遽主人費。吾儕俱老矣，耿耿知自貴一作「愧」。寧能傍門户，啼笑雜猩狒。要將百篇詩，一吐千丈氣。蕭條歲行暮，迨此霜雪未。明朝出城南，遺跡觀楚魏。西風迫吹帽，金菊亂如沸。顧君勿言歸，輕別吾所諱。

〔一〕頓起：鄆州人，時來徐州試舉人，見公自注。

〔三〕孫勉：觀先生送勉詩，當是淮南人，莘老之弟也。時與頓起同爲考官。

次韻答頓起二首

其一

挽袖推腰踏破紳，舊聞攜手上天門〔一〕。相逢應覺聲容似，欲話先驚歲月奔。新學已皆從許子，諸生猶自畏何蕃。殿廬直宿真如夢，猶記憂時策萬言。公自注：頓君及第時，余爲殿試編排官，見其答策語頗直。其後，與子由試舉人西京，既罷，回登嵩山絶頂。嘗見其唱酧詩十餘首，頓詩中及之。

〔一〕上天門：言其同子由登嵩山事。先生自注甚明，施注引太山，非也。

其二

十二東秦比漢京，去年古寺共題名。公自注：去歲，見之於青州。早衰怪我遽如許，苦學憐君太瘦生。茅屋擬歸田二頃，金丹終掃雪千莖。何人更似蘇司業，和徧新詩滿洛城。

九日黄樓作〔一〕

去年重陽不可説，南城夜半千漚發。水穿城下作雷鳴，泥滿城頭飛雨滑。黄花白酒無人問，日暮歸來洗韡襪。豈知還復有今年，把盞對花容一呷。莫嫌酒薄紅粉陋，終勝泥中千柄鍤。黄樓新成壁未乾，清河已落霜初殺。朝來白露一作「霧」如細雨一作「細如雨」，南山不見千尋剎。樓前便作海茫茫，樓下空聞櫓鴉軋。薄寒中人老可畏，熱酒澆腸氣先壓。煙消日出見漁村，遠水鱗鱗山齾齾。詩人猛士雜龍虎，公自注：坐客三十餘人，多知名之士。楚舞吴歌亂鵝鴨。一杯相屬君勿辭，此景一作「境」何殊泛清霅。

〔一〕黄樓：秦觀《黄樓賦序》云：太守蘇公守彭城之明年，既治河決之變，民以更生，因繕修其城，作黄樓於東門之上，以爲水受制於土，而土之色黄，故取名焉。子由亦有賦。

太虚以黄樓賦見寄作詩爲謝〔一〕

我在黄樓上，欲作黄樓詩。忽得故人書，中有黄樓詞。黄樓高十丈，下建五丈旗。楚山以爲城，泗水以爲池。我詩無傑句，萬景驕莫隨。夫子獨何妙，雨雹散雷椎。雄詞雜今古，中有屈宋姿。南山多磬石，清滑如流脂。朱蠟以一作「爲」摹刻，細妙分毫釐。佳處未易識，當有來者知。

〔一〕秦觀，初字太虚，後改少游，陳《後山集》中有《字説》。

九日次韻王鞏

我醉欲眠君罷休，已教從事到青州。鬢霜饒我三千丈，詩律輸君一百籌。聞道郎君閉東閣，且容老子上南樓。相逢不用忙歸去，明日黄花蝶也愁。

送頓起[一]

客路相逢難，爲樂常不足。臨行挽衫袖，更賞折殘菊。佳人亦何念，悽斷《陽關曲》。酒闌不忍去，共接一寸燭。留君終無窮，歸駕不免促。岱宗已在眼，一往繼前躅。天門四十里，夜看扶桑浴。回頭望彭城，大海浮一粟。故人在其下，塵土相豗蹴。惟有黄樓詩，千古配《淇澳》。公自注：頓有詩，記黄樓本末。

〔一〕《欒城集》中有《次韻頓起考試徐沂舉人寄詩》一首，今不附録。

慎按：頓起，鄆州人，故云「岱宗已在眼」。此詩所云天門，則指太山，與前詩有别。

送孫勉

昔年罷東武，曾過北海縣[一]。白河翻雪浪，黄土如蒸麪。桑麻冠東方，一熟天下賤。是時累饑饉，嘗苦盜賊變。每憐追胥官，野宿風裂面。君爲淮南秀，文采照金殿。公自注：君嘗考中進士第一人。胡爲事奔走，投筆腰羽箭。更被髯參一作「將」軍，豪篇來督戰。公自注：其兄莘老，以詩寄之，皆言戰事。親程三郡士〔二〕，玉石不能衒。欲知君得人，失者亦稱善。君才無不可，要使經百鍊。吾詩堪咀嚼，聊送别酒噘。

〔一〕北海縣：《太平寰宇記》：後漢北海國，齊北海郡，皆此地也。隋開皇初罷郡，置下密縣，屬青州。十六年，又於此置濰州。大業二年州廢，改下密爲北海縣。歐陽忞《輿地廣志》：唐武德二年，以北海置濰州，宋爲北海軍，乾德二年升爲州，治北海縣。

〔二〕三郡士：本集《徐州鹿鳴宴詩序》：元豐元年，三郡之士皆舉於徐。謂徐及沂、鄆三州也。

李思訓畫長江絶島圖〔一〕

山蒼蒼，水茫茫，大孤小孤江中央〔二〕。崖崩路絶猿鳥去，惟有喬木攙天長。客舟何處來？棹歌中流聲抑揚。沙平風軟望不到，孤山久與船低昂。峨峨兩煙鬟，曉鏡開新粧。舟中賈客莫漫狂，小姑前年嫁彭郎〔三〕。

〔一〕李思訓：《名畫録》：思訓與子昭道俱得山水之妙，號大李、小李。思訓神品，昭道妙品。本集《雜記》云：唐人王摩詰、李思訓之流，畫山水峰巒，自成變態，雖蕭然有出塵之姿，然頗以雲物問之。作浮雲高靄與孤鴻落照，明滅於江天之外，舉世宗之，而唐人之典刑盡矣。

〔二〕大孤小孤：《太平寰宇記》：彭蠡湖周圍四百五十里，湖心有大孤山，以别德化、都昌之界。小孤山，高三十丈，周圍一里，在彭澤縣古城西北九十里。吴曾《能改齋漫録》：南唐陳致雍《曲臺奏議集》：其間一首《正大姑小姑山神像》，曰：准祠部，據彭澤鎮申大姑、小姑，乞改神像者。孤山，《釋山》云：蜀，孤也。今下民訛言，穿鑿浮僞，作爲淫祀，必也正名，於義安取。彭澤鎮所申改正甚允。中所安排神像部伍，典或不載，但依常式，去婦人位，立山神廟貌。乃知南唐已嘗討論改正。至本朝，因循既久，又復婦人像，而敕額至以聖母爲稱，其鹵莽曾不若南唐也。

〔三〕彭郎：《名勝志》：小孤北岸與彭澤縣接界，山之西，有小孤廟，對岸有澎浪磯，語訛爲「彭郎」，遂有「小姑嫁彭郎」之語。

張安道見示近詩

人物一衰謝，微言難重尋。殷勤永嘉末，復聞正始音。清談未足多，感時意殊深。少年有奇志，欲和南風琴。荒林一作「村」蜩蚻一作「蚻」亂，廢沼蛙蟈淫。遂欲掩兩耳，臨文但噫瘖。蕭然王郎子，來自緱山陰。公自注：其婿王鞏攜來。云見浮邱伯，吹簫明月岑。遺聲落淮泗，蛟鼉爲悲吟。願公正王度，《祈招》繼愔愔。

慎按：《烏臺詩案》：元豐元年八月内，張方平令王鞏將詩一卷來徐州，封題云《樂金堂雜咏》，乃是方平舊詩。軾作一詩題卷末，云云。言晉元帝時，衛玠初過江左，不意永嘉之末，復聞正始之音。軾意言人物衰謝，不意復見張方平之文章才氣，以譏諷今時衰薄也。意以衛玠比方平，故云「清談未足多，感時意殊深」，言我非獨多衛玠清談，但感時之人物衰謝，微言難繼，此意殊深遠也。又，「少年有奇志」至「臨文但噫瘖」，言軾少年本有志，欲和天子薰風之詩，因見學者多空言無實，或雜引佛老異端之書，文字雜亂，故以「荒林」、「廢沼」比朝廷新法屢有變改，事多荒廢，致風俗虚浮，學者誕妄，如蜩蚻之紛亂，遂掩耳不欲論文也。又，「蕭然王郎子」六句，以王子晉比王鞏，以浮邱伯比方平也。「願公正王度，《祈招》繼愔愔」，據《左氏》：楚靈王欲求鼎於周，求地於諸侯。其臣右尹子革諫王，其詩曰：「祈招之愔愔，式昭德音，思我王度，式如玉，式如金，形民之力，而無醉飽之心。」靈王不能用，以及於難。軾欲張方平勿爲虚言之詩，當作譏諷朝廷闕失，如祭公謀父作《祈招》之詩以正王也。按，此段施氏原注所載，删落不全，今考舊本，備録焉。

附子由次韻：

世俗甘枉尺，所願求直尋。不知一律訛，大樂無完音。見利心自揺，慮害安得深。至人不妄言，淡如朱絲琴。悲傷感舊俗，不類騷人淫。又非避世翁，閔嘿遽陽瘖。嘐嘐晨鷄鳴，豈問晴與陰？世人積寸木，坐使高樓岑。晚歲卧草廬，誰聽《梁甫吟》？他年楚倚相，倘能記愔愔。

次韻王鞏顔復同泛舟

沈郎清瘦不勝衣，邊老便便帶十圍。躞蹀身輕山上走，懽呼船重醉中歸。舞腰似雪金釵落，談辯如雲玉塵揮。憶在錢塘正如此，回頭四十二年非。

次韻張十七九日贈子由〔一〕

千戈萬槊擁笓籬〔二〕，九日清樽豈復持。公自注：是日南都敕使按兵。官事無窮何日了，菊花有信不吾欺。逍遥瓊館真堪羨，取次塵纓未可縻。廹此暇時須痛飲，他年長劍拄君頤。

〔一〕張十七：即張恕寺丞，注見前。

〔二〕笓籬：《北史》：笓籬戰格，於女牆跳出安之，以遮矢石。

附子由次韻：

無限黄花簇短籬，濁醪霜蟹正堪持。坐曹漫爾誇勤瘁，割肉何妨笑詆欺。世外尊罍終日放，俗間簿領莫相縻。茱萸插遍知人少，談笑須公一解頤。

慎按：《欒城集》又有《戲次前韻寄王鞏》二首，今不具録。

次韻王鞏獨眠

居士身心如槁木，旅館孤眠體生粟。誰能相思琢白玉，服藥千朝償一宿。天寒日短銀燈續，欲往從之車脱軸。何人吹斷參差竹，泗水茫茫鴨頭緑。

次韻王鞏留别

去國已八年，故人今有誰？當時交遊内，未數蔡充兒。豈無知我者，好爵半已縻。争爲東閣吏，不顧北山移。公子表獨立，與世頗異馳。不辭千里遠，成此一段奇。蛾眉亦可憐，無奈思餠師。無人伴客寢，惟有支牀龜。君歸與何人，文字相娱嬉。持此調張子，一笑當脱頤。

慎按：補録施氏原注：時王介甫罷相歸金陵，以韓絳子華代之。又薦吕惠卿參知政事，相與守新法而不變故。子華號傳法沙門，惠卿號護法善神。正人端士，皆以異論，指爲流俗，廢棄於外。其不能自持者，亦枉道以從之。故詩八句云云，意有所指，獨嘆定國異於他人，不肯屈節爲用，故又云「公子表獨立」云云也。

登雲龍山

醉中走上黄茅岡〔一〕，滿岡亂石如群羊。岡頭醉倒石作牀，仰看石刻作「觀」白雲天茫茫。歌聲落谷秋風長，路人舉首東南望，拍手大笑使君狂。

〔一〕黄茅岡：《徐州志》：雲龍山在徐州城東，山之陰曰黄茅岡。

慎按：此首先生手書刊石，詩後題云：元豐元年九月十七日，張天驥、蘇軾、顔復、王鞏始登此山。

題雲龍草堂石磬

折爲督郵腰，懸作山人室。殊非濮上音，信是泗濱石。

慎按：此詩施氏原本不載，新刻本載《續補》下卷，今附録於此。

與舒教授張山人參寥師仝游戲馬臺書西軒壁兼簡顏長道二首〔一〕

其一

古寺長廊院院行，此軒偏慰旅人情。楚山西斷如迎客〔二〕，汴水南來故遶城。路失玉鈎芳草合，林亡白鶴古泉清。淡遊何以娱庠老，坐聽郊原琢磬聲。

〔一〕西軒：《名勝志》：戲馬臺高數十仞，周圍皆土阜，宋時於上建臺頭寺，鑿磴以升，中有西軒。

〔二〕楚山：即楚王山，注見後卷《送張師厚》詩下。

其二

竹杖芒鞋取次行，下臨官道見人情。天寒菽粟猶棲畝，日暮牛羊自入城。沽酒獨教陶令醉，題詩誰似皎公清。更尋陋巷顏夫子，乞取微言繼此聲。

滕縣〔一〕時同年西園〔二〕

人皆種榆柳，坐待十畝陰。我獨種松柏，守此一片心。君看閭里間，盛衰日駸駸。種木不種德，聚散如飛禽。老時吾不識，用意一何深。知人得數士，重義忘千金。西園手所開，珍木來千岑。養此霜雪根，遲彼鸞鳳吟。池塘得流水，龜魚自浮沉。幽桂日夜長，白花亂青衿。豈獨蕃草木，子孫已成林。拱把不知數，會當出千尋。樊侯種梓漆，壽張富華簪。我作西園詩，以爲里人箴。

〔一〕滕縣：《齊乘》云：古滕國，漢初夏侯嬰封滕公，後置蕃縣。隋改蕃爲滕縣，唐屬徐州，宋屬鄆州。按，《寰宇記》及《輿地廣記》皆以滕縣爲徐州屬縣，《齊乘》謂宋屬鄆州者，訛。

〔二〕時同年：失考。

次韻王廷老和張十七九日見寄〔一〕

霜葉投空雀啅籬，上樓筋力强扶持。對花把酒未甘老，膏面染鬚聊自欺。無事亦知君好飲，多才終恐世相縻。請看平日銜杯口，會有金椎爲控頤。

〔一〕王廷老：名伯敭，官至虢州守。其子爲東坡壻，見《欒城集·祭王虢州文》。注詳本集《送伯敭守虢州》下。

鹿鳴宴〔一〕

連騎怱怱畫鼓喧，喜君新奪錦標還〔二〕。金罍浮菊催開宴，紅蕊將春待入關〔三〕。他日曾陪探禹穴，白頭重見賦《南山》。何時共樂昇平事，風月笙簫坐夜閒。

〔一〕鹿鳴宴：《宋史》：州郡貢士曰鹿鳴宴，其登第曰聞喜宴，二宴許用雅樂。本集《徐州鹿鳴宴詩序》云：元豐元年，三郡之士，皆舉於徐。九月辛丑晦，會於黄樓，修舊事也。

〔二〕奪錦標：《古今詩話》：盧肇、黄頗皆宜春人，同舉，郡守獨餞頗。明年，肇狀元及第，歸，郡守會觀競渡，肇即席賦詩，云：「向道是龍剛不信，果然奪得錦標歸。」

〔三〕將春入關：杜牧《及第後寄長安故人》詩：秦地少年多釀酒，待將春色入關來。

慎按：此詩施氏原本不載，今考，據年月，從《續補》下卷移編。

次韻參寥師寄秦太虛三絶句時秦君舉進士不得按，《參寥集》失原作。

其一

秦郎文字固超然，漢武憑虚意欲仙。底事秋來不得解，定中試與問諸天〔一〕。

〔一〕定中問天：《苕溪詩話》：東坡《寄參寥》，問少游失解云：「底事秋來不得解，定中試與問諸天。」蓋用劉禹錫《和宣上人賀王侍郎放榜》詩，云：「借問至公誰印可，支郎天眼定中觀。」不惟兼具儒釋，又正屬科場事，其不泛如此。

其二

一尾追風抹萬蹄，崑崙元圃謂朝隮。回看世上無伯樂，却道鹽車勝月題。

其三

得喪秋毫久已冥，不須聞此氣崢嶸。何妨却伴參寥子，無數新詩咳唾成。

與參寥師行園中得黄耳蕈〔一〕

遺化何時取衆香，法筵齋鉢久凄涼。寒蔬病甲誰能採，落葉空畦「落葉」，一作「落蕊」半已荒。老楮忽生黄耳菌，故人兼致白茅薑。蕭然放箸東南去，又入春山筍蕨鄉。

〔一〕黄耳蕈：《傳法正宗記》：十五祖迦那提婆至迦毗羅國，有長者梵摩净德，園樹中生耳如菌，味甚美。長者與第二子羅喉羅多取而食之，盡而復出。

附參寥次韻：

鈴閣追隨十月强，葵心菊腦厭甘涼。身行異地老多病，路憶故山秋易荒。西去想難陪蜀芋，南來應得共吴薑。白雲出處原無定，只恐從風入帝鄉。

百步洪并引

王定國訪余於彭城，一日，棹小舟與顔長道攜盼、英、卿三子游泗水，北上聖女山，南下百步洪，吹笛飲酒，乘月而歸。余時以事不得往，夜著羽衣，佇立黄樓上，相視而笑，以爲李太白死世間無此樂三百餘年矣。定國既去逾月，復與參寥師放舟洪下，追懷曩遊，已爲陳跡，喟然而歎。故作二詩，一以遺參寥，一以寄定國，且示顔長道、舒堯文邀同賦云。

其一

長洪斗落生跳波，輕舟南下如投梭。水師絶叫鳧雁起，亂石一綫争磋磨。有如兔走鷹隼落，駿馬下注千丈坡。斷絃離柱箭脱手，飛電過隙珠翻荷。四山眩轉風掠耳，但見流沫生千渦。嶮中得樂雖一快，何異水伯夸秋河。我生乘化日夜逝，坐覺一念逾新羅。紛紛争奪醉夢裏，豈信荆棘埋銅駝。覺來俛仰失千劫，回視此水殊委蛇。君看岸邊蒼石上，古來篙眼如蜂窠。但應此心無所住，造物雖駛如吾何？回船上馬各歸去，多言譊譊師所呵。

慎按：《容齋三筆》：韓、蘇爲文，用譬喻處，重複聯貫，至有七八轉者。韓《送石洪序》云：「論人高下，事後當成敗，若河決下流而東注；若駟馬駕輕車就熟路，而王良、造父爲之先後也；若燭照數計而龜卜也。」《盛山詩序》云：「儒者之於患難，其拒而不受於懷也，若築河堤以障屋霤；其容而消之也，若水之於海，冰之于夏日；其玩而忘之以文詞也，若奏金石以破蟋蟀之鳴、飛蟲之聲。」蘇公《百步洪》詩「斗落生跳波」云云之類是也。

其　二

佳人未肯回秋波，幼輿欲語防飛梭。輕舟弄水買一笑，醉中盪槳肩相摩。不學長安閭里俠，貂裘夜走臙脂坡〔一〕。獨將詩句擬鮑、謝，涉江共採秋江荷。不知詩中道何語，但覺兩頰生微渦。我時羽服黄樓上，坐見織女初斜河。歸來笛聲滿山谷，明月正照金叵羅。奈何捨我入塵土，擾擾毛群欺卧駝。不念空齋老病叟，退食誰與同委蛇。時來洪上看遺跡，忍見屐齒青苔窠。詩成不覺雙淚下，悲吟相對惟羊、何。欲遣佳人寄錦字，夜寒手冷無人呵。

〔一〕胭脂坡：李濂《汴京遺跡志》：胭脂城在開封府城西北，朝暮斜暉照之若胭脂，俗呼爲紅沙岡。

送參寥師

上人學苦空〔一〕，百念已灰冷。劍頭惟一吷，焦穀無新穎。胡爲逐吾輩，文字爭蔚炳。新詩如玉屑一作「雪」，出語便清警。退之論草書，萬事未嘗屏。憂愁不平氣，一寓筆所騁。頗怪浮屠人，視身如邱井。頹然寄淡泊，誰與發豪猛。細思乃不然，真巧非幻影。欲令詩語妙，無厭空且静。静故了群動，空故納萬境。閲世走人間，觀身卧雲嶺。鹹酸雜衆好，中有至味永。詩法不相妨，此語當更請。

〔一〕苦空：《翻譯名義》：苦以偪惱爲義，身爲諸苦之本，當求空寂，此最爲樂。

夜過舒堯文戲作

先生堂上一作「前」霜月苦，弟子讀書喧兩廡。推門入室書縱横，蠟紙燈籠晃雲母。先生骨清少眠卧，長夜默坐數更鼓。耐寒石硯欲生冰，得火銅瓶如過雨。郎君欲出先自贊〔一〕，坐客斂衽誰敢侮。明朝阮籍過阿戎，應作羲之羡懷祖。

〔一〕郎君：舒堯文之子名彦舉，見本集《遊桓山記》。

和參寥見寄

黄樓南畔馬臺東，雲月娟娟正點空。欲共幽人洗筆硯，要傳流水入絲桐。且隨侍者尋西谷，莫學山僧老祝融〔一〕。待我西湖借君去，一杯湯餅潑油葱。

〔一〕祝融：《南嶽記》：衡山者，火臺之寶洞，赤帝館其嶺，祝融託其陽。祝融，衡山一峰也。「山僧老祝融」，暗用懶殘事。

慎按：此詩施氏原本不載，新刻載《續補》下卷，考之《外集》，題云「奉答參寥離彭門至淮上見寄」，今據此移編。

附參寥原作：

朅來淮上卧蕭宫，回首人間萬事空。院静水沉消薄幔，睡餘寒日耿修桐。南方訪古思杯渡，北海談經憶孔融。寂寞蒹葭霜雪後，何時重倚玉青葱。

十月十五日觀月黄樓席上次韻

中秋天氣未應殊，不用紅紗照坐隅。山上白雲横匹素，水中明月卧浮圖。未成短棹還三峽，已約輕舟泛五湖。爲問登臨好風景，明年還憶使君無。

答王定民定民字佐才，東萊人，俊民弟也。

開緘奕奕滿銀鈎，書尾題詩語更遒。八法舊聞宗長史，五言今復擬蘇州〔一〕。筆蹤好在留臺寺，旗隊遥知到石溝。欲寄鼠鬚并繭紙，請君章草賦黄樓。

〔一〕五言擬蘇州：白居易《與元微之書》：近歲韋蘇州，五言尤高雅閒澹，自成一家。

次韻王廷老退居見寄二首〔一〕

其一

浪蕊浮花不辨春，歸來方識歲寒人。回頭自笑風波地，閉眼聊觀夢幻身。北牖已安陶令榻，西風還避庾公塵。更搔短髮東南望，試問今誰裹舊巾？

〔一〕王廷老退居：《欒城集》中《送王廷老朝散》詩，有「一廢十五年，直坐多才耳」之句，正謂其退居時也。

附子由作：

歌吹新城百尺臺，青山臨水巧崔嵬。佳人解作迴文語，狂客能鳴摻鼓雷。擷菊傳杯醒復醉，采菱盪槳去仍回。新年聞欲相從飲，春酒還須剩作醅。

其　二

接果移花看補籬，腰鐮手斧不妨持。上都新事長先到，老圃閒談未易欺。釀酒閉門開社甕，殺牛留客解耕縻。何時得見纖纖玉，右手持杯左捧頤。

慎按：《欒城集》詩原題云「次韻王廷老寄子瞻」一，今《東坡集》中無「臺」字韻詩，疑闕一首。又，第二章乃《次張十七九日韻》也，先生又有次《王廷老和張十七見寄韻》詩，此章疑亦同時作，而編集者訛入此題，未可知也。

次韻顏長道送傅倅

兩見黄花掃落英，南山山寺徧題名。宗成不獨依岑范，魯衛終當似弟兄。去歲雲濤浮汴泗，與君泥土滿衣纓。如今別酒休辭醉，試聽雙洪落後聲〔一〕。

〔一〕雙洪：《宋史·河渠志》：吕梁、百步兩洪，湍急險惡，多壞舟楫。《徐州志》：吕梁洪在城東南五十里，有上、下二洪。巨石齒列。波流洶湧，吕梁西岸有尉遲城。唐尉遲恭疏二洪，因築城。

雲龍山觀燒得雲字

丁女真水妃，寒山便火耘。隕霜知已殺，坯户聽初焚。束熅方熠燿，敲石俄氤氲。落點甘泉烽〔一〕，横煙楚塞氛。窮蛇上喬木，潛蛟躡浮雲。驚飛墮傷雁，狂走迷癡麞。谷蟄起蜩燕。山妖竄夔羵。野竹爆哀聲，幽桂飄冤芬。悲同秋照蝌，快若夏燎蚊。火牛入燕壘，燧象奔吴軍〔二〕。崩騰井陘口，萬馬皆朱幩。摇曳驪山陰，諸姨爛紅裙。方隨長風卷，忽值絶澗分。我本山中人，習見匪獨聞。偶從二三子，來訪張隱君〔三〕。君家亦何有，物象移朝曛。把酒看飛爐，空庭落繽紛。行觀農事起，畦壠如纈紋。細雨發春穎，嚴霜倒秋蕡。始知一炬力，洗盡狐兔群。

〔一〕甘泉：《太平寰宇記》：長安縣有桂宫，《廟記》云：漢武造。《關中記》云：桂宫在未央宫北，周四十餘里。《三秦記》云：桂宫一名甘泉，中有迎風臺，以避暑。又，鄠縣有隋甘泉宫，在縣東二十里，對甘泉谷，故名。

〔二〕燧象：梁元帝詩：連雞隨火度，燧象帶烽然。

〔三〕井陘口：《元和郡縣志》：河東太原府廣陽縣有井陘，故關在縣東八十里。《太平寰宇記》：井陘口，今名土門口，在獲鹿縣西南十里，即太行八陘之第五陘也。四面高，中央下，似井，故名。

《困學紀聞》：土門口在鎮州，即井陘關也。

〔四〕張隱君：即雲龍山人張天驥。

慎按：以下四首皆戊午冬作，施氏原本訛編下卷，今移置本卷之末。

和田國博喜雪〔一〕

疇昔月如晝，晚來雲暗天。玉花飛半夜，翠浪舞明年。螟螣無遺種，流亡稍占田。歲豐君不樂，鐘磬幾時編。公自注：田有服，不樂。

〔一〕田國博：字叔通。本集有《留別叔通元弼坦夫》詩，首句云「田三昔同寮」，即其人也。時以國子博士爲徐州通判，故先生贈詩又有「風流別乘多才思」之句。

祈雪霧豬泉出城馬上作贈舒堯文〔一〕

三年走吴越，踏徧千重山。朝隨白雲去，暮與棲鴉還。翩如得木狖，飛走誰能攀。一爲符竹累，坐老敲榜閒〔二〕。此行亦何事，聊散腰脚頑。浩蕩城西南，亂山如玦環。山下野人家，桑柘雜榛菅。歲晏風日暖，人牛相對閒。薄雪不蓋土，麥苗稀可删。願君發豪句，嘲詼一作「笑」破天慳。

〔一〕霧豬泉：《徐州志》：蕭縣東南五十里爲大觀山，其處有霧豬山，其泉曰豬泉，爲豬龍所伏，歲旱禱雨極應。本集《祈雪祝文》云：噫嘻我民，何辜於天。不水則旱，於今二年。天未悔禍，百日不雨。雪不斂塵，麥不蓋土。天子命我，禱於山川。側聞此山，神龍之淵。

〔三〕敲榜：韓愈《赴江陵》詩：何况親犴獄，敲榜發奸偷。

次韻舒堯文祈雪霧猪泉

長笑蛇醫一寸腹，銜冰吐雹何時足。蒼鵝無罪亦可憐，斬頸横盤不敢哭。豈知泉下有猪龍，卧枕雷車踏陰軸。前年太守爲旱請〔一〕，雨點隨人如撒菽。公自注：傅欽之曾禱此泉，得雨。太守歸國龍歸泉，至今人詠淇園緑。我今又復罹此旱，凛凛疲民在溝瀆。却尋舊跡叩神泉，坐客仍攜王子淵。公自注：欽之時客，惟舒在矣。看草《中和》《樂職》頌，新聲妙語慰華顛。曉來泉上東風急，須上冰珠老蛟泣。怪詞欲偪龍飛起，險韻不量吾所及。行看積雪厚埋牛，誰與春工掀百蟄。此時還復借君詩，餘力汰輈仍貫笠。揮毫落紙勿言疲，驚龍再起震失匙。

〔一〕前年太守：按，《宋史·傅堯俞傳》不載知徐州事。《一統志》「徐州名宦」條下，列傅堯俞姓名。以公詩考之，傅守徐，當在熙寧乙卯、丙辰間。

附黄魯直次韻：

老農年饑望人腹，想見四溟森雨足。林回投璧負嬰兒，豈聞烹兒翁不哭。未論萬户無炊烟，蛛絲蝸涎經杼軸。使君憫雪無肉味，煮餅青蒿下鹽菽。豈云剪爪宜侵肌，霜不殺草仍故緑。幽靈嬰鼠西山霧，牲肥酒香神未瀆。得微往從董父餐，寧當睡繫葛陂淵。卜擇祠官齊博士，暴露致告蒼崖顛。請天行澤不汲汲，爾亦枯魚過河泣。生鵝斬頭血未乾，風馬雲車坐相及。百里旌旗灑玉花，使君義動龍蛇蟄。老農歡喜有春事，呼兒飯牛理蓑笠。博士勿嘆從公疲，明年麥飯滑流匙。

宋復古畫瀟湘晚景圖三首〔一〕

其一

西征憶南國，堂上畫瀟湘。照眼雲山出，浮空野水長。舊游心自省，信手筆都忘。會有衡陽客，來看意渺茫。

〔一〕宋復古：夏文彦《圖繪寶鑑》：宋迪，字復古。擢第爲郎。師李成，畫山水，運思高妙，筆墨清潤。又喜畫松，或高或偃，或孤或雙，以至於千萬株，森森然殊可駭。江少虞《皇朝事實類苑》：度支員外郎宋迪，善爲平遠山水，其得意者，有平沙落雁、遠浦歸帆、山市晴嵐、江天暮雪、洞庭秋月、瀟湘夜雨、煙寺晚鐘、漁村落照，謂之八景。好事者多傳之。《湘山野録》：長沙有八景臺，宋迪度支工畫，有平沙落雁等名，謂之八景。僧惠洪各賦詩於左。

其　二

落落君懷抱，山川自屈蟠。經營初有適〔一〕，揮灑不應難。江市人家少，烟邨古木攢。知君有幽意，細細爲尋看。

〔一〕經營：謝赫《畫品》：畫有六法，五曰經營位置。杜甫詩：意匠經營中慘淡。

其　三

咫尺殊非少，陰晴自不齊。徑蟠一本作「遥」趨後崦，水會赴前溪。自説非人意，曾經入馬蹄。他年宦遊處，應指劍山西。

慎按：以上三首，施氏原本不載，《外集》編第五卷。今從新刻本《續補》下卷移編。

贈狄崇班季子〔一〕

狄生臂鷹來，見客不會揖。踞牀咤得雋〔二〕，借筋數禽入。短後擲豹裘，猶濺猩血濕。指呼索酒嘗，快作長鯨吸。半酣論刀槊，怒髮欲起立。北方老猘子，狂突尚不縶。要須此慓悍，氣壓邊烽急。夜走追鋒車，生斬活離級。持歸獻天王，封侯穩可拾。何爲走獵師，日使群毛一作「毛群」泣。

〔一〕狄崇班：名失考。孫彦同《職官分紀》：淳化二年，置内殿崇班，在東西供奉、侍禁、殿直之上。先是，供奉殿直等有四十年不遷者，故特置崇班，差定其次授焉。

〔二〕得雋：韓愈詩：得雋語時囂。

慎按：此詩施氏原本不載，《外集》編第五卷，在徐州時作。今據此從新刻本《續補》上卷移編。

石炭并引

彭城舊無石炭。元豐元年十二月，始遣人訪獲於州之西南白土鎮之北，治鐵作兵，犀利勝常云。

君不見前年雨雪行人斷，城中居民風裂骭。濕薪半束抱衾裯，日暮敲門無處换。豈料山中有遺寶，磊落如蠹萬車炭。流膏迸液一作「乳」無人知，陣陣腥風自吹散。根苗一發浩無際，萬人鼓舞千人看。投泥潑水愈光明，爍玉一作「石」流金見一作「實」精悍。南山栗林漸可息，北山頑鑛何勞鍛。爲君鑄作百錬刀，要斬長鯨爲萬段。

〔一〕石炭：《水經注》：石虎作冰井臺，井深十五丈，藏冰及石墨焉。石墨可書，又然之難盡。亦謂之石炭。

〔二〕白土鎮：《禹貢》：徐州厥貢，惟土五色。《漢書·郊祀志》：王莽使徐州，歲貢五色土。《九域志》：徐州蕭縣有永安、白土二鎮。

慎按：此詩施氏原本編己未卷首，今據本題年月改正。

東坡先生編年詩卷十八

古今體詩四十七首起元豐二年己未正月在徐州任，三月後移知湖州道中作。

人日獵城南會者十人以身輕一鳥過槍急萬人呼爲韻得鳥字

兒童笑使君，憂慍常悄悄。誰拈白接羅，令跨金騕褭。東風吹濕雪〔一〕，手冷怯清曉。忽發兩鳴髇，相趁飛䳨小。放弓一長嘯，目送孤鴻矯。吟詩忘鞭轡，不語頭自掉。歸來仍脱粟，鹽豉煮芹蓼。何似雷將軍，兩眼霜鶻皎。黑頭已爲將，百戰意未了。馬上倒銀缾，得兔不暇燎。少年負奇志，蹭蹬百憂繞。回首英雄人，老死已一作「亦」不少。青春還一夢，餘年真過鳥。莫上呼鷹臺〔二〕，平生笑劉表。

〔一〕濕雪：《埤雅》：霰，閩俗謂之米雪，今名穧雪，亦曰濕雪。

〔二〕呼鷹臺：《水經注》：沔水南有層臺，號曰景升臺，表蓋遊於此。《太平寰宇記》：呼鷹臺在襄陽鄧城縣東南一里，劉表所築。表常登此，鼓琴作樂，有鷹來至，因名。

《烏臺詩案》：軾先與將官雷勝並同官寄居等一十人出獵，作詩各一首，計十首。後批請王定國轉示晉卿都尉，當輸我一籌也。王詵，字晉卿。詵令書表司張遵寄軾詩十一首，并後序云：子瞻所寄新詩，並會獵事迹，夸示一時之樂。余因回示報樂侍寢清歌者雲英等，凡十有一人，輒效子瞻十家之詩，各以其名，製詞一篇寄子瞻，不知却復輸此一籌否？其意説富貴作樂，即無譏諷。上件詩，不係册子内。

附子由次韻：

將賢士氣振，令肅軍聲悄。晨登戲馬臺，一試胡騣裹。城空巷無人，里社轉相曉。吾公庶無疾，但恐園囿小。荆榛一焚蕩，雉兔皆驚矯。翩翩白馬將，手把青絲掉。少小事邊徼，斬刈輕荼蓼。殿前賜鞍勒，珂月明皎皎。自言得所事，強暴無不了。廟算本詩書，下策禁焚燎。當令百煉剛，甘就一指繞。低回未嘗試，坐被世人少。秋霜一朝下，凌厲見鷙鳥。爲君整驕惰，重立穰苴表。

將官雷勝得過字代作

胡騎入雲一作「回」中，急烽連夜過。短刀穿鹵陣，濺血貂裘涴。一來輦轂下，愁悶惟欲卧。今朝從公獵，稍覺天宇大。一雙鐵絲箭，未發手先唾。射殺雪毛狐，腰間餘一箇〔一〕。

〔一〕一箇：《大射禮》：「搢三，挾一个。」《詩疏》引之云：「搢者，插也。挾，謂手挾之。射用四矢，故插三於帶間，挾一以扣弦而射也。」《荀子》：「負矢五十箇。」个、箇二字，古通用。慎按，餘一箇，謂尚餘一矢也。《左傳·成公十六年》：「楚王召養由基，與之兩矢，使射吕錡。中項伏弢，以一矢復命。」詩中後四句正用此。舊注引杜詩「峽口驚猿聞一箇」，似無謂，今駁正。

臺頭寺步月得人字

風吹河漢掃微雲，步屧中庭月趁人。浥浥爐香初泛夜，離離花影欲摇春〔一〕。遥知金闕同清景，想見氈車輾一作「碾」暗塵。回首舊游真是夢，一簪華髮岸綸巾。

〔一〕《石林詩話》：詩下雙字極難，須使五言、七言之間，除去五字、三字外，精神興致全見於兩言，方爲工妙。唐人記「水田飛白鷺，夏木囀黄鸝」爲李嘉祐詩，王摩詰添「漠漠」、「陰陰」四字，如李光弼將郭子儀軍，一號令之，精彩數倍。如老杜「無邊落葉蕭蕭下，不盡長江滚滚來」，「江天漠漠鳥雙去，風雨時時龍一吟」等，乃爲超絕。近時，蘇子瞻「浥浥爐香初泛夜，離離花影欲搖春」，可以追配前作也。

臺頭寺送宋希元〔一〕

相從傾蓋只今年，送別南臺便黯然〔二〕。入夜更歌《金縷曲》，他時莫忘《角弓》篇。公自注：是日與宋君同栽松寺中。三年不顧東鄰女，公自注：取宋玉。二頃方求負郭田。公自注：取季子。我欲歸休君未可，茂先方議斸龍泉。

〔一〕宋希元：爵里失考。

〔二〕南臺：即戲馬臺，以在徐州城南，故名。

種松得徠字公自注：其四在懷古堂，其六在石經院。

春風吹榆林，亂莢飛作堆。荒園一雨過，戢戢千萬栽。青松種不生，百株望一枚。一枚已有餘，氣壓千畝槐。野人易斗粟，云自魯徂徠〔一〕。魯人不知貴，萬竈飛青煤。束縛同一車，胡爲乎來哉？泫然解其縛，清泉洗浮埃。枝傷葉尚困，生意未肯回。山僧老無子，養護如嬰孩。坐待走龍蛇，清陰滿南臺。孤根裂山石，直幹排風雷。我今百日客，公自注：時去替不百日。養此千歲材。茯苓無消息，雙髩日夜催。古今一俯仰，作詩寄餘哀。

〔一〕徂徠：《水經注》：環水又左入於汶水，又西南流經徂徠山西，山多松柏。《詩》所謂「徂徠之松」也。《記》曰：徂徠山在梁甫、奉高、博三縣界，猶有美松，亦曰尤徠之山也。《名勝志》：在泰安州東南四十里。

作書寄王晉卿忽憶前年寒食北城之遊走筆爲此詩〔一〕

北城寒食烟火微，落花胡蝶作團飛。王孫出遊樂忘歸，門前驄馬紫金鞿。吹笙帳底烟霏霏，行人舉頭誰敢晞。扣門狂客君不麾，更遣傾城出翠帷。書生老眼省見稀，畫圖但覺周昉肥〔二〕。別來春物已再菲，西望不見紅日圍。何時東山歌《采薇》，把盞一聽《金縷衣》。

〔一〕王晉卿：補録施氏原注：王晉卿，名詵，太原人，徙開封。自少志趣不群，能詩善畫，選尚魏國賢惠公主。母宣仁高后，於神宗爲同産。主性賢厚，不妬忌，好讀古文章，喜筆札。晉卿慕東坡，相與遊從。嘗爲作《寶繪堂記》，多蓄法書名畫，及自製丹青，每爲題詠。坡以詩對御史臺，謫黄州，晉卿自絳州團練使，坐追兩秩停廢。賢惠病，神宗復其官，以慰主意。未幾，薨，遂貶官安置均州。元豐七年春，徙潁。哲宗即位，許居京師。元祐初，自登州刺史，復文州團練使，駙馬都尉。與東坡不相聞者七年，感嘆，作詩相屬。坡和篇真跡，在臨川王揆子俞家，刻於婺倅廳。徽宗爲端王，相與情好最厚。既即位，自和州防禦使，遷定州觀察使。

〔二〕周昉肥：《廣川畫跋》：李龍眠得周昉《按箏圖》，指以問曰：「人物豐穠，肌勝於骨，蓋畫者自有所好哉？」余曰：「此固唐世所好。諸説太真豐肌秀骨，今見於畫，亦肌勝於骨。韓公言曲眉豐頰，便知唐人所尚，以豐肌爲美。昉於此時知所好，以圖之矣。」

往在東武與人往反作粲字韻詩四首今黄魯直亦次韻見寄復和答

苻堅破荆州，止獲一人半。中郎老不遇，但喜識元歎。我今獨何幸？文字厭奇玩。又得天下才，相從百憂散。陰求我輩人，規作林泉伴。寧當待垂老，倉卒收一旦。不見梁伯鸞，空對孟光案。才難不其然，婦女厠周亂。世豈無作者，於我如既盥一作「灌」，非。獨喜誦君詩，咸韶音節緩。夜光一已多，矧獲纍纍貫。相思君欲瘦，不往我真懦。吾儕眷微禄，寒夜抱寸炭。何時定相過，徑就我乎館。飄然東南去，江水清且暖。相與訪名山，微言師忍粲。

附黄魯直次韻三首：《山谷集》原題云「見子瞻粲字韻詩和答三人四反不困而愈奇崛輒次韻寄彭門」。

公才如洪河，灌注天下半。風日未嘗攖，晝夜聖所嘆。名世三十年，窮無歌舞玩。入宫又見妬，徒友飛鳥散。一飽事難諧，五車書作伴。風雨暗樓臺，雞鳴自昏旦。雖非錦繡贈，欲報青玉案。文似《離騷》經，詩窺《關雎》亂。賤生恨學晚，曾未奉巾盥。昨蒙雙鯉魚，遠託鄭人緩。風義薄秋天，神明還舊貫。更磨薦禰墨，推挽起疲懦。忽忽未嗣音，微陽歸候炭。仁風從東來，拭目望齋館。鳥聲日日春，柳色弄晴暖。漫有酒盈樽，何因見此粲。

人生等尺捶，豈耐日取半。誰能如秋蟲，長夜向壁歎。朝四與暮三，適爲狙公玩。臭腐暫神奇，暗噫即飄散。我觀萬世中，獨立無介伴。小黠而大癡，夜氣不及旦。低首甘豢養，尻脽登俎案。所以終日飲，醉眠朱碧亂。無人明此心，忍垢待濯盥。仰看東飛雲，只使衣帶緩。先生古人學，百氏一以貫。見義勇必爲，少作衰俗懦。忠言願回天，不忍效吞炭。還從股肱郡，待詔圖書館。投壺得賜金，侏儒餘飽暖。寧令東方公，但索長安粲。

元龍湖海士，毀譽略相半。下牀卧許君，上牀自永歎。丈夫屬有念，人物非所玩。坐令結歡客，化爲烟霧散。武功有大略，亦復寡朋伴。詠歌思見之，長夜鳴曷旦。東南望彭門，官道平如案。簡書束縛人，一水不能亂。斯文媲秬鬯，可用圭瓚盥。誠求活國醫，何忍棄和緩。開疆日百里，都内錢朽貫。銘功甚俊偉，乃見儒生懦。且當置是事，勿使冰作炭。上帝群玉府，道家蓬萊館。曲肱夏簟寒，炙背冬屋暖。只令文字垂，萬世星斗粲。

慎按：《山谷集》中三首之外，又有《次韻答堯民》一首，《次韻聞子瞻得湖州》一首，陳後山亦有次韻二首，今不具録。

雪　齋[一]公自注：杭僧法言，作雪山於齋中。

君不見峨眉山西雪千里，北望成都如井底[二]。春風百日吹不消，五月行人如凍蟻。紛紛世人爭奪中，誰信言公似贊公[三]。人間熱惱無處洗，故向西齋作雪峰。我夢扁舟入吴越，長廊静院燈如月。開門不見人與牛[四]，公自注：言有詩見寄云：林下閒看水牯牛。惟見空庭滿山雪。

〔一〕雪齋：秦觀《雪齋記》略云：雪齋者，杭州法慧院言師所居之東軒也。始，師開此軒，汲水爲池，界石爲山，又灑粉於峰巒草木之上，以象飛雪之集。州倅蘇公過而愛之，名曰雪齋。後四年，公爲彭城，復命郡從事畢景儒篆其名，作詩寄之。于是，雪齋之名有聞於時。

〔二〕成都：《十道志》：益州成都府，古梁州巴、濮、庸、蜀之地。

〔三〕言公：名法言，字無擇，見《淮海集》。

〔四〕人牛：歸宗《牧牛圖序》云：嶺上人牛俱不見，空留箬笠與蓑衣。

以雙刀遺子由子由有詩次其韻

寶刀匣不見，但見龍雀環[一]。何曾斬蛟蛇，亦未切琅玕。胡爲穿窬輩，見之要領寒。吾刀不汝問，有愧在其肝。念此力自藏，包之虎皮斑。湛然如古井，終歲不復瀾。不憂無所用，憂在用者難。佩之非其人，匣中自長歎。我老衆所易，屢遭非意干。惟有王玄通，堦庭秀芝蘭。知子後必大，故擇刀所便。屠狗非不用，一歲六七刓。欲試百鍊剛〔二〕，要須更泥蟠。作詩銘其背，以待知者看。

〔一〕龍雀環：《水經注》：赫連龍昇七年，遣將作大匠梁公叱造五兵，器鋭精利，乃咸百鍊。爲龍雀大環，銘其背曰：古之利器，吴楚湛盧。大夏龍雀，名冠神都。可以懷遠，可以柔邇。如風靡草，威服九區。

〔二〕百鍊剛：《文選》：豈意百鍊剛，化爲繞指柔。

慎按：王氏注云：《詩案》曾供此詩「胡爲穿窬輩」四句，以詆當時邪佞之人也。世所傳《烏臺詩案》無此一段，附録於此。

附子由原作：

彭城一雙刀，黄金錯刀環。脊如雙引繩，色如青琅玕。開匣飛電落，入手清霜寒。引之置膝上，凛然愁肺肝。我衰氣力微，覽鏡毛髮斑。誓將斬鯨鯢，静此滄海瀾。又欲戮犀兕，永息行路難。有志竟不從，撫刀但長歎。投刀淚如霰，北斗空闌干。歸來刈蓬蒿，鋤田植芳蘭。惜刀不忍用，用亦非所便。棄置塵土中，坐使鋒刃刓。牀頭夜生光，知有蛟螭蟠。慚君贈我意，時取一磨看。

遊桓山〔一〕會者十人以春水滿四澤夏雲多奇峰爲韻得澤字〔二〕

艤舟桓山下，長嘯理輕策。彈琴石室中，幽響清礫礫。弔彼泉下人，野火失枯臘。悟此人間世，何者爲真宅。暮回百步洪，散坐洪上石。愧我非王襄，子淵肯見客。臨流吹洞簫，水月照連璧。此歡真不朽，回首歲月隔。想像斜川遊，作詩寄彭澤。

〔一〕桓山：注見前。

〔二〕十人：按，本集《遊桓山記》：從遊者八人，畢仲孫、舒焕、寇昌朝、王適、王遹、王肄、軾之子邁、焕之子彦舉，合戴道士及先生爲十人。

戴道士得四字代作〔一〕

少小家江南，寄跡方外士。偶隨白雲出，賣藥彭城市。雪霜侵鬢髮，塵土污冠袂。賴此三尺桐，中有山水意。自從夷夏亂，七絲一作「絃」久已棄一作「廢」。心知鹿鳴三，不及胡琴四。使君獨慕古，嗜好與衆異。共弔桓魋宫，一灑孟嘗淚。歸來鎖塵匣，獨對斷絃喟。挂名石壁間，寂寞千歲一作「載」事。

〔一〕戴道士：《遊桓山記》：元豐二年正月晦，從二三子游於泗上，登桓山，入石室，使道士戴日祥鼓雷氏之琴，操《履霜》之遺音。曰：「噫嘻，悲夫！此宋司馬桓魋之墓也。」《太霄經》：平王東遷洛，置道士七人。《漢書·郊祀志》注：《漢宮闕疏》云：神明臺，高五十丈，上有九室，常置九天道士百人。道士之名，自武帝始，平王事不可考。

次韻田國博部夫南京見寄二絶〔一〕

其一

歲月翩翩下坂輪〔二〕，歸來杏子已生仁。深紅落盡東風惡，柳絮榆錢不當春。

〔一〕部夫：督部夫役也。本集有《鹽官部役》詩，義同。

〔二〕下坂輪：白居易詩：我今六十五，走若下坂輪。

其二

火冷餳稀杏粥稠，青裙縞袂餉田頭。大夫行役家人怨，應羨居鄉馬少游。

月夜與客飲杏花下

杏花飛簾散一作「報」餘春，明月入户尋幽人。褰衣步月踏花影，炯如流水涵青蘋。花間置酒清香發，争挽長條落香雪。山城酒薄不堪飲，勸君且吸杯中月。洞簫聲斷月明中，惟憂月落酒杯空。明朝卷地春風惡，但見緑葉棲殘紅。

送蜀人張師厚赴殿試二首

其一

忘歸不覺鬢毛斑，好事鄉人尚往還。斷嶺不遮西望眼，送君直過楚王山〔一〕。

〔一〕楚王山：《水經》：獲水又東，過蕭縣南。注云：北流注之蕭縣南對山，世謂之蕭城南山。戴延之《述征記》謂之同孝山。劉澄之《山川志》謂縣南有冒山。按《志》，即徐州之桓山也。有楚元王墓。《彭門志》云：山下古冢數十，皆依山爲之，甃以巨石。元王冢特大，餘者皆其子孫。○按，楚王山以楚元王得名，非因項羽也。施氏補注引《史記·項羽本紀》者，訛。原本無此條，今駁正。

其二

雲龍山下試春衣，放鶴亭前送落暉。一色杏花三十里，新郎君去馬如飛〔一〕。

〔一〕新郎君：《摭言》：薛逢厄於宦途，嘗策羸赴朝，值新進士榜下，綴行而出，見逢行旅蕭條，前導曰：「迴避新郎君。」逢語之曰：「阿婆三五少年時，也曾東塗西抹來。」

再次韻答田國博部夫還二首

其一

西郊黄土没車輪，滿面風埃笑路人。已放役夫三萬指，從教積雨洗殘春。

其二

枝上稀疎地上稠，忍看紅糝落牆頭〔一〕。風流别乘多才思，歸趁西園秉燭遊。

〔一〕紅糝：韓愈詩：始見洛陽春，桃枝綴紅糝。

田國博見示石炭詩有鑄劍斬佞臣之句次韻答之

楚山鐵炭皆奇物，知君欲斫姦邪窟。屬鏤無眼不識人，楚國何曾斬無極。玉川狂直古遺民，救月裁詩語最真。千里妖蟇一寸鐵，地上空愁蟣蝨臣。

答郡中同僚賀雨

水旱行十年，飢疫遍九土。奇窮所向惡，歲歲祈晴雨〔一〕。雖非爲己求，重請終愧古。鬼神亦知我，老病入腰膂。何曾拜向人〔二〕，此意難不許。重雲萋已合，微潤先流礎。蕭蕭止還作，坐聽及三鼓。天明將吏集，泥土滿鞾屨。登城望麰麥，緑浪風掀舞。愧我賢友生，雄篇鬬新語。君看大熟歲，風雨占十五〔三〕。天地本無功，祈禳何足數。渡河不入境，未一作「豈」若無蝗虎。而況刑白鵝，下策君勿取。

〔一〕歲歲祈晴雨：先生倅杭時，有《立秋禱雨》及《捕蝗》詩。繼守密州，有《禱雨張龍公》及《雩泉記》。及移徐州，初至即被水災，既而祈雪霧豬泉，又有《元豐元年春旱禱雨》詩，皆見本集。

〔二〕拜向人：《三十國春秋》：慕容儼少見潘樂，長揖而已。或勸屈節，儼攘袂曰：「吾狀貌如此，行望人拜，豈能拜向人？」

〔三〕風雨占十五：《論衡》：儒者論太平瑞應，皆言五日一風，十日一雨。

留别叔通元弼坦夫

田三昔同寮，向我每傾倒。當年或齟齬，反復看愈好。寇三我部民，孝弟化隣保。有如袁伯業，苦學到衰老。石生吾邑子，勁立風中草。宦遊甑生塵，飯疑當作「飲」水媚翁媪。我窮交舊絶，計拙集枯槁。三子尤見存，往復紛紵縞。迎我淮水北，送我睢陽道。願存金石契，凜凜貫華皓。

慎按：田三即叔通，寇三即元弼，石生即坦夫也。叔通時爲徐倅，故稱同寮。陳後山《寇參軍集序》云：太常少卿寇君之子，其季曰元弼。曾爲許州司户參軍，徐州人也。又有《次韻元弼三兄》詩。惟石坦夫不可考。先生初自密移徐，故云「迎我淮水北」，今自徐往南京，故云「送我睢陽道」，其爲離彭城時作無疑。施氏原本不載，今從《補遺》上卷移編於此。

罷徐州往南京馬上走筆寄子由五首〔一〕

其一

吏民莫扳援，歌管莫凄咽。吾生如寄耳，寧獨爲此别？别離隨處有，悲惱緣愛結。而我本無恩，此涕誰爲設？紛紛等兒戲，鞭鐙遭割截。道邊雙石人〔二〕，幾見太守發。有知當解笑，撫掌冠纓絶。

〔一〕徐州：《元和郡縣志》：秦泗水郡，項羽都此，號彭城。漢改沛郡，立楚國，今州理是也。宣帝改彭城郡，宋永初二年，改徐州。自隋氏鑿汴以來，南控埇橋，以扼汴路，其鎮尤重。西南至宋州三百一十里。

〔二〕雙石人：陳師道《送杜純》詩云：國家有急君得辭，徐人不勞扣關請。向來此地幾送迎，草間翁仲口不瘖。任淵注云：《水經注》：鄗南千秋亭壇廟之東，枕道有兩石翁仲。東坡《罷徐州》詩曰：道邊雙石人，幾見太守發。則徐州有石人可知。

其　二

父老何自來，花枝裊長紅。洗盞拜馬前，請壽使君公。前年無使君，魚鼈化兒童。舉鞭謝父老，正坐使君窮。窮人命分惡，所向招災凶。水來非吾過，去亦非吾功。

其　三

古汴從西來〔一〕，迎我向南京。東流入淮泗，送我東南行。暫别復還見，依然有餘情。春雨一作「風」漲微波，一夜到彭城。過我黃樓下，朱欄照飛甍。可憐洪上石，誰聽月中聲？

〔一〕古汴：《水經》：睢水東逕睢陽縣南，汴水從北來注之。《太平寰宇記》：汴水在商邱縣北，梁孝王廣睢陽城七十里，開汴河，後汴水始經城南。

其　四

前年過南京，麥老櫻桃熟。今來舊遊處，櫻麥半黄緑。歲月如宿昔，人事幾反覆。青衫老從事〔一〕，坐穩生髀肉。聯翩閲三守〔二〕，迎送如轉轂。歸耕何時决，田舍我已卜。

〔一〕老從事：時子由尚爲南京簽書判官。

〔二〕閲三守：子由初到陳州，時張安道留守南都；至熙寧七年，陳述古自杭州移知應天府；其一人無可考。

其　五

卜田向何許？石佛山南路〔一〕。下有爾家川，千畦種秔稌。山泉宅龍蜃〔二〕，平地走膏乳。異時畝一金，近欲爲逃户。逝將解簪紱，賣劍買牛具。故人豈不懷？廢宅生蒿櫓。便恐桐鄉人，長祠仲卿墓。

〔二〕石佛：《九域志》：眉山縣有石佛鎮。

〔三〕山泉：《怪異記》：豬龍泉在眉山石佛鎮，曾有乳猪伏於此，化二鯉。

附子由和五首：《欒城集》題云「和子瞻自徐移湖將過宋都途中見寄」。

東武厭塵土，彭門富溪山。從兄百日留，退食同躋攀。輕帆過百步，船底驚雷翻。肩輿上南麓，眼界涵川原。愛此忽忘歸，願見且三年。我去已匆匆，兄來亦奔奔。永懷置酒地，遶郭多雲烟。

我昔去彭城，明日河流至。不見五斗泥，但見三竿水。驚風鬱飆怒，跳沫高睥睨。瀲灩三月餘，浮沉一朝事。分將食魚鼈，何暇顧鄰里。悲傷念遺黎，指顧出完壘。繞堞對連山，黄樓麗清泗。功成始踰歲，脱去如一屣。空使西楚氓，欲語先垂涕。

千金築黄樓，落成費百金。誰言使君侈，聊慰楚人心。高秋吐明月，白壁懸青岑。晃蕩河漢高，恍悢窗户深。邀我三日飲，不去如籠禽。使君今吴越，雖往將誰尋。

欲買爾家田，歸種三頃稻。因營山前宅，遂作泗濱老。奇窮少成事，飽暖未應早。願輸槖中裝，田家近無報。平生百不遂，今夕一笑倒。他年數畝宫，懸知迫枯槁。

梁園久蕪没，何以奉君遊。故城已耕稼，臺觀皆荒邱。池塘塵漠漠，雁鶩空遲留。俗衰賓客盡，不見枚與鄒。輕舟捨我南，吴越多清流。

泗州〔一〕僧伽塔〔二〕

我昔南行舟繫汴，逆風三日沙吹面。舟人共勸禱靈塔，香火未收旗脚轉。回頭頃刻失長橋，却到龜山未朝飯。至人無心何厚薄，我自懷私欣所便。耕田欲雨刈欲晴，去得順風來者怨〔三〕。若使人人禱輒遂，造物應須日千變。我今身世兩悠悠，去無所逐來無戀。得行固願留不惡，每到有求神亦倦。退之舊云三百尺，澄觀所營今已换〔四〕。不嫌俗士污丹梯，一看雲山繞淮甸。

〔一〕泗州：《元和郡縣志》：秦泗水郡，漢武分置臨淮郡。周大象二年，改泗州。開元中，自宿遷縣移今理。《太平寰宇記》：泗州南至淮水一里，與盱眙分界。《東南防守利便》：泗州夾河爲城，古盱眙縣在淮岸北，今城鎮淮泗之衝。

〔二〕僧伽塔：《高僧傳》：僧伽者，葱嶺北何國人也。何國在碎葉國東北。伽在本土，少而出家，始至西涼，次歷江淮。當龍朔初至臨淮，就信義坊居人乞地下標志之，穴土獲古碑，乃齊香積寺，得金像，衣葉刻普照王佛字。嘗卧賀拔氏家，現十一面觀音形，其家遂捨宅。其香積寺基，即今寺也。中宗景龍二年，詔赴内道場，仍褒飾其寺，曰普光王。後示寂，歸葬淮上。多於塔頂現小僧狀，於時乞風者得風，求子者得子。太平興國七年，敕重蓋塔，務從高敞，加其層累。

《釋氏稽古略》云：宋太宗雍熙元年，詔修增僧伽塔，加謚「大聖」二字。與本傳年月小異。劉貢父《中山詩話》：泗州塔，人傳下藏真身。後閣有碑，道興國中塑僧伽像事甚詳，云云。與本傳正合。《稽古略》訛也。《詩話》又云：退之詩「火燒水轉掃地空」，則真身焚矣。塔本喻都料所造，極工巧，俗謂塔頂爲天門。蘇國老詩云：上到天門最高處，不能容物只容身。

〔三〕「耕田欲雨」二句：《困學紀聞》：劉夢得賦云：同涉於川，其時在風。沿者之吉，溯者之凶。同藝於野，其時在澤，伊穜之利，乃稑之厄。東坡詩「耕田」二句意本此。

〔四〕澄觀：葛立方《韻語陽秋》：唐中葉浮屠中有四澄觀：架支提以舍僧伽者，洛陽之澄觀也，退之元和五年爲洛陽令，與之詩者也。參無名大師，爲《嚴華疏》主譯經潤文者，會稽之澄觀也，裴休爲塔銘云：元和五年，授僧統印，歷九宗聖世，爲七帝門師，俗壽一百二者也。《傳燈録》有鎮國大師澄觀。又有曹溪別出第二世五臺山華嚴澄觀大師，似即會稽之澄觀。然續云：無機緣語句可録，則又非也。

慎按：本篇有「我昔」「我今」二語，後篇又有「再過龜山」之句，乃自徐移湖時作也。先生初赴杭時，有《將至渦口遇風留宿》及《發洪澤中途遇大風復還》二詩，故此云「我昔南行舟繫汴，逆風三日沙吹面」也。先生於甲寅秋杪自杭守密，至己未夏，自徐移湖，是爲歲五周矣。故下首云「再過龜山歲五周」。施氏原本編入倅杭卷中者，訛。今與《龜山》一首，俱改入本卷，凡余之編次，即以本詩爲證，皆此類也。

附子由和：

清淮濁汴争强雄，龜山下閟支祁宫。高秋水來無遠近，蕩滅洲渚乘城墉。千艘銜尾復誰惜，萬人雨泣哀將窮。城中古塔高百尺，下有蜕骨黄金容。蛟龍百怪不敢近，迴風倒浪歸無踪。越商胡賈豈知道，脱身獻寶躊元功。至人已立萬物表，刦火僅置毛孔中。區區淮汴亦何有？一挹可注滄溟東。胡爲尚與水族較，時出變怪驚愚聾。嗚呼此意不可詰，仰視飛栱凌晴空。

龜　山〔一〕

我生飄蕩去何求，再過龜山歲五周。身行萬里半天下，僧卧一菴初白頭。地隔中原勞北望，潮連滄海欲東游。元嘉舊事無人記，故壘摧頽今在不？公自注：宋文帝遣將拒魏太武，築城此山。

〔一〕龜山：《宋書》：元嘉二十七年，遣臧質拒魏，遂於梁山築長圍城，造浮橋，絶水路。《太平寰宇記》：梁山又改爲長圍山，在楚州西南一百八十里，在盱眙縣北三十里，即下龜山也。上有絶壁，下有重淵。宋文帝築城拒魏處。

書泗州孫景山西軒〔一〕

落日明孤塔〔二〕，青山繞病身。知君向西望，不媿塔中人。

〔一〕孫景山：名奕，見《欒城集》。

〔二〕孤塔：即僧伽塔。

泗州遇倉中劉景文老兄戲贈一絶

既聚伏波米，還數魏舒籌。應笑蘇夫子，僥倖得湖州。

慎按：此詩施氏原本不載，据詩語，仍自徐移湖時作。今從《續補》下卷移編。

過淮三首贈景山兼寄子由

其一

好在長淮水，十年三往來〔一〕。功名真已矣，歸計亦悠哉。今日風憐客，平時浪作堆。晚來洪澤口，捍索響如雷。

〔一〕三往來：先生於熙寧辛亥赴杭，甲寅移知密州，元豐己未自徐移湖，往來經淮上，相距九年，今云十年，亦略約言之耳。

其二

過淮山漸好，松檜亦蒼然。藹藹藏孤寺，泠泠出細泉。故人真吏隱，小檻帶巖偏。却望臨淮市〔一〕，東風語笑傳。

〔一〕臨淮：《元和郡縣志》：泗州臨淮郡，漢武置。南臨淮水，西枕汴河。水路東至楚州二百二十里。詳見《泗州》注。

其三

回首濉陽幕〔一〕，簿書高没人。何時桐柏水〔二〕，一洗庾公塵。此去漸佳境，獨遊長慘一作「愴」神。待君詩百首，來寫浙西春。

〔一〕濉陽：《元和郡縣志》：春秋宋國秦碭郡，漢曰濉陽，以濉水在郡之南也。

〔二〕桐柏水：《禹貢》：「導淮自桐柏。」疏云：桐柏山在南陽平氏縣東南，淮水所出。《水經》云：出胎簪山，東北過桐柏山。胎簪蓋桐柏之旁小山，傳言南陽郡之東也。

附子由次韻三首：《欒城集》題云「次韻子瞻過淮見寄兼柬孫奕職方」。

出處平生共，江淮恨不來。宦遊良誤我，老病賦懷哉。狗物終今世，量書盡幾堆。歸耕少憂患，惟有仰春雷。自注：蜀中謂田無水利者，爲雷鳴田。

龜山昔同到，松柏故依然。紅印封鹽豉，黄罌分井泉。青天攜杖處，晚日落帆偏。無限相思意，新詩句句傳。

行役饒新喜，臨川逢故人。相看對泉石，憐我在埃塵。會合終多故，分張類有神。南遊得如願，夢想雪溪春。

舟中夜起

微風蕭蕭吹菰蒲，開門看雨月滿湖。舟人水鳥兩同夢，大魚驚竄如奔狐。夜深人物不相管，我獨形影相嬉娱。暗潮生渚弔寒蚓，落月挂柳看懸蛛。此生忽忽憂患裏，清鏡過眼能須臾。雞鳴鐘動百鳥散，船頭擊鼓還相呼。

余去金山五年而復至次舊詩韻贈寶覺長老

誰能斗酒博西涼，但愛齋厨法豉香。舊事真成一夢過，高談爲洗五年忙。清風偶與山阿曲，明月聊隨屋角方。稽首願師憐久客，直將歸路指茫茫。

附少游次韻：

雲峰一變隔炎涼，猶喜重來飯積香。宿鳥水干迎曉鬧，亂帆天際受風忙。青鞋踏雨尋幽徑，朱火籠紗語上方。珍重故人敦妙契，自憐身世兩微茫。

大風留金山兩日

塔上一鈴獨自語〔一〕，明日顛風當斷渡。朝來白浪打蒼崖，倒射軒窗作飛雨。龍驤萬斛不敢過，漁艇《苕溪叢話》作「舟」一葉從掀舞〔二〕。細思城市有底忙，却笑蛟龍爲誰怒。無事久留童僕怪，此風聊得妻孥許。灊山道人獨何事，夜半不眠聽粥鼓。

〔一〕塔鈴語：《晉·佛圖澄外傳》：石宣與佛圖澄同坐浮圖，一鈴獨鳴，澄聽鈴音以言事，無不效驗。按，「明日顛風當斷渡」一句，即鈴音也。

〔二〕龍驤、漁艇：《苕溪漁隱叢話》：對句法，人不過以事以意出處備具謂之妙，不若東坡之奇特。如曰：聞説騎鯨遊汗漫，記曾捫蝨話酸辛。又曰：龍驤萬斛不敢過，漁舟一葉從掀舞。以「鯨」爲「蝨」對，以「龍驤」爲「漁舟」對，大小氣焰不等，其意若玩世而英傑之氣，終不可没。

慎按：先生自徐移湖，過高郵，與少遊、參寥同行，遊金山時，兩公皆在焉。故前篇少遊有和詩，此篇結句所云「灊山道人」，即參寥也。施氏原本訛編倅杭卷中，今改正。

遊惠山〔一〕并引

余昔爲錢塘倅，往來無錫，未嘗不至惠山。既去五年，復爲湖州，與高郵秦太虚、杭僧參寥同至，覽唐處士王武陵〔二〕、竇群〔三〕、朱宿〔四〕所賦詩，愛其語清簡，蕭然有出塵之姿，追用其韻，各賦三首。

其一

夢裏五年過，覺來雙鬢蒼。還將塵土足，一步一作「涉」猗瀾堂〔五〕。俯窺松桂影，仰見鴻鶴翔。炯然肝肺間，已作冰玉一作「雪」光。虚明中有色，清净自生香。還從世俗去，永與世俗忘。

〔一〕惠山：陸羽《惠山寺記》：惠山，古華山也。顧歡《吴地志》：華山在吴城西北一百里。釋寶唱《名僧傳》云：沙門僧顯宗，元徽中入吴，憩華山精舍，《老子》、《枕中記》所謂吴西神山是也。梁大同中，有青蓮花育於此，尋更爲惠山寺。寺前有曲水亭，中有方池，名千葉蓮花池，亦名纑塘，亦名浣沼。獨孤及《惠山新泉記》：寺居吴西神山之足，山小多泉，山下有靈池異花。唐丹丘湛長史《舊居志》云：無錫縣西郊七里有惠山寺，即宋司徒長史湛茂之之别墅也。

〔二〕王武陵：字晦伯。

〔三〕竇群：字丹列。

〔四〕朱宿：字遐景。

〔五〕猗瀾堂：朱昱《毘陵志》：猗瀾堂在惠山第二泉上。

附王武陵原作：明談修《惠山古今考》載此詩，原題云「戊辰八月吴郡朱遐景自秦還吴次無錫命予及竇丹列會於惠山之精舍是時山林始秋高興在目凉風白雲起於坐隅逍遥於長松之下偃息於盤谷之上仰視雲嶺俯瞰寒影夕陽西歸皓月東出群動皆息視身如空玄言妙論以極窮奥丹列有遁世之志遐景有塵外之心予亦樂天知命怡然契合夫良辰嘉會古人所惜序述不作是闕文也山水之下景物秀茂賦詩以紀方外之游」。

秋日遊古寺，秋山正蒼蒼。泛舟次巖壑，稽首金仙堂。下有寒泉流，上有珍禽翔。石門吐明月，竹木涵清光。中夜何沉沉，但聞松桂香。曠然出塵境，幽慮澹已忘。

其二

薄雲不遮山，疎雨不濕人。蕭蕭松徑滑，策策芒鞋新。嘉我二三子，皎然無緇磷。勝遊豈殊昔，清句仍絶塵。弔古泣舊史，疾讒歌《小旻》。哀哉扶風子，難與巢許隣。公自注：謂竇群。

朱彝尊曰：王武陵、朱宿，新舊《唐書》無考。惟竇群有之。按，王字晦伯，朱字遐景，三人後皆登諫列，而題詩惠山日，皆未仕也。故東坡目以處士。《五竇集》，近白門龔賢，依宋本刊行，然群遊惠山詩亦不載。其《初入諫司喜家室至》絶句曰：一旦悲歡見孟光，十年辛苦伴滄浪。不知筆硯緣封事，猶問傭書日幾行。近於俗狀矣。此蘇詩所以有「難與巢許隣」之句也。

附竇群原作：《惠山古今考》載此詩，原題云「元和二年五月三日重遊此寺獨覽舊題二十年矣當時三人皆登諫列朱遐景方詣行車王晦伯尋卒郎署余自西掖累遷外臺復此躊躇吁嗟存歿因題壁以志所懷」。

共訪青山寺，曾隱南朝人。問世松桂老，開襟言笑新。步移月亦出，水映石磷磷。予洗腸中酒，君濯纓上塵。結彩入幽抱，清氣達蒼旻。信此澹忘歸，淹留冰玉鄰。

其三

敲火發山泉，烹茶避林樾。明窗傾紫盞〔一〕，色味兩奇絶。吾生眠食耳，一飽萬想滅。頗笑玉川子，飢弄三百月。豈如山中人，睡起山花發。一甌誰與共，門外無來轍。

〔一〕紫盞：蔡襄《茶録》：茶色白，宜黑盞。建安所造者紺黑，紋如兔毫，他處或色紫，皆不及也。

附朱宿原作：亦見《惠山古今考》。

古寺隱秋山，登攀度林樾。悠然青蓮界，此地塵境絶。機閒任晝昏，慮淡知生滅。微吹遞遥泉，疎松對殘月。庭虛露華綴，池净荷香發。心悟形未留，遲遲履歸轍。

附秦太虛次韻三首：

輟棹縱幽討，籃輿入青蒼。圓頂如邀迓，旃檀燎深堂。層巒淡如洗，傑閣森欲翔。林芳含雨滋，岫日隔林光。涓涓續清溜，靡靡傳幽香。俯仰佳覽眺，悠然身世忘。

使君厭機械，所與惟散人。顧慙蒹葭陋，謬倚瓊林新。上干青磝磝，下矚白磷磷。洞天不知老，金界無棲塵。緬彼人間世，烏蟾閱青旻。詎得踵三隱，山阿相與鄰。

樓觀相複重，邈然閟清樾。九龍吐清泠，滮滮曾未絶。罌缶走千里，真珠猶不滅。况復從茶仙，茲焉試葵月。岸巾塵想消，散策佳興發。何以慰遨嬉，操觚繼前轍。

附參寥次韻三首：

山烟弄滅没，山木含葱蒼。刺舟傍遥岸，理策升虛堂。周遭矚層巘，矯矯如翱翔。下瞰平田流，澮然浮日光。青篁解初籜，洗雨聞幽香。雖云迫前途，真賞豈易忘。

松門暗朝雨，寂歷無行人。蔓草忽穿徑，卉木鬱以新。堦泉漱石齒，照眼光磷磷。使君美無度，卓犖遺囂塵。風標傲竹柏，談笑凌穹旻。何媿沈冥子，卧霞吞結鄰。

揚帆渡江來，洗眼鶩翠樾。雲姿既容裔，鳥弄更清絶。凌梯訪前踪，蜿蜿亦未滅。嗟我魚目光，疇能綴明月。狂墨掃琅玕，風烟坐中發。殊勝區中人，茫茫走飛轍。

附李端叔次韻三首：《姑溪集》題云「子瞻參寥太虚同遊惠山用王武陵竇群朱宿三詩韻各有所賦參寥録以相示予將遊焉因次其韻」。

曾爲惠山客，心已寄莽蒼。知今幾何時，常在山間堂。淹留情莫摯，悵望自疑翔。聯翩得秀句，古殿逢燈光。耳冷徹孤神，境幽拂清香。買舟行有期，此興安能忘。

三子骨已朽，來者非一人。簫聲起孤鳳，抑按皆清新。松陰貯老月，蘚暈涵蒼磷。崎嶇固有屢，千載無纖塵。物物吾已矣，今昔均可旻。何當事一廛，顧水終爲鄰。

膏肓有前人，老意繫叢樾。差池紛繽霜，味蠟火已絶。一啜風漱液，幽思起復滅。詎慚數及七，緬子在明月。疎更蹇修途，景耿重激發。泠然倘可御，千古同一轍。

贈惠山僧惠表〔一〕

行遍天涯意未闌，將心到處遣人安。山中老宿依然在〔二〕，案上楞嚴一作「伽」已不看〔三〕。欹枕落花餘幾片，閉門新竹自千竿。客來茶罷空無有，盧橘楊梅尚帶酸。

〔一〕惠表：失考。

〔二〕老宿：《翻譯名義》：梵云體毘履，此云老宿。又云五十夏以上，一切沙門所尊敬者，名耆宿。

〔三〕楞嚴：《翻譯名義》：《首楞嚴經》言，一切究竟而得堅固，定名爲佛性。又翻爲金剛藏，諸菩薩證此定，故名。

贈錢道人

書生苦信書，世事仍臆度。不量力所負，輕出千鈞諾。當時一快意，事過有餘怍。不知幾州鐵，鑄此一大錯。我生涉憂患，常恐長罪惡。静觀殊可喜，脚淺猶容却。而况錢夫子，萬事初不作。相逢更何言，無病亦無藥〔一〕。

〔一〕無病無藥：《傳燈録》：百丈懷海禪師云：佛是衆生邊藥，無病不要喫藥。藥病俱消，喻如清水。

與秦太虛參寥會於松江而關彦長徐安中適至分韻得風字二首〔一〕

其一

吴越溪山興未窮，又扶衰病過垂虹〔二〕。浮天自古東南水，送客今朝西北風。絶境自忘千里遠，勝遊難復五人同。舟師不會留連意，擬看斜陽萬頃紅。

〔一〕松江：《九域志》：即吴江也。注詳十一卷。

〔二〕垂虹：《吴郡志》：垂虹，吴江東門外橋名，一名長橋。慶曆八年，縣尉王庭堅建。東西百餘丈，中間有垂虹亭，錢公輔作記。治平三年，縣令孫覺重修。以木爲之，南渡後判官張顯祖始甃以石。《輟耕録》：吴江長橋七十二間，作橋者，僧從雅師立總其役。

其　二

二子緣詩老更窮，人間無處吐長虹。平生睡足連江雨，盡日舟横擘岸風。人笑年來三黜慣，天教我輩一尊同。知君欲寫長相憶，更送銀盤尾鬣紅。

附秦太虚作得浪字：

松江浩無旁，垂虹跨其上。漫然銜洞庭，領略非一狀。恍如陣平野，萬馬攢穹帳。離離雲抹山，窅窅天粘浪。烟中漁唱起，鳥外征帆颺。愈知宇宙寬，斗覺東南壯。太史主文盟，諸豪盡詩將。超摇外形檢，語笑供頡頏。便娟棄追逐，撥剌亦從放。獨留三百缸，聊用沃軒曠。

附參寥作得岸字：

蜿蜒跨長虹，吴會稱極觀。淪漣幾萬頃，放目失垠岸。倒影射遥山，青螺點空半。從來誇震澤，勝事無昏旦。破浪涌長鬐，排空度飛翰。肺肝入清境，劃若春冰泮。安得凌九垓，從公遊汗漫。

次韻闞令送魚〔一〕

舉網驚呼得巨魚，饞涎不易忍流酥。更煩赤脚長鬚老，來聽西風十幅蒲。

〔一〕闞令：即前題中闞彦長也。前詩第二首結句「更送銀盤尾鬣紅」，當指送魚事。

次韻秦太虚見戲耳聾

君不見詩人借車無可載，留得一錢何足賴。晚年更似杜陵翁，右臂雖存耳先聵。人將蟻動作牛鬭，我覺風雷真一噫。聞塵掃盡根性空，不須更枕清流派。大朴初散失渾沌，六鑿相攘更勝敗。眼花亂墜酒生風，口業不停詩有債。君知五藴皆是賊〔一〕，人生一病今先差。「瘥」同但恐此心終未了，不見不聞還是礙。今君疑我特佯聾，故作嘲詩窮嶮怪。須防額癢出三耳，莫放筆端風雨快。

〔一〕五藴是賊：《心經》：五藴皆空。又云：無色無受想行識。《疏記》云：五藴亦爲五陰。《維摩經》：樂離五欲，樂觀五陰，觀如怨賊。《楞嚴經》：眼、耳、鼻、舌及與身、意六，爲賊媒，自劫家寶。

慎按：此題《淮海集》失原作。

端午徧遊諸寺得禪字

肩輿隨所適，遇勝輒流連。焚香引幽步，酌茗開浄筵。微雨止還作，小窗幽更妍。盆山不見日，草木自蒼然。忽登最高塔〔一〕，眼界窮大千〔二〕。卞峰照城郭，震澤浮雲天〔三〕。深沈既可喜，曠蕩亦所便。幽尋未云畢，墟落生晚烟。歸來記所歷，耿耿清不眠。道人亦未寢，孤燈同夜禪。

〔一〕最高塔：《吴興志》：飛英寺在湖州府治北，寺中有塔名飛英。注詳後卷。

〔二〕大千：道宣《釋迦方誌·統攝篇》云：海外有山，是鐵所成數。至一千鐵圍都繞，名小千世界，即此小千數。至一千鐵圍都繞，名中千世界，即此中千數。至一千鐵圍都繞，名爲大千世界。

〔三〕卞峰、震澤：注俱見前。

慎按：先生自題此詩後云：僕爲《吴興遊飛英寺》詩：微雨止還作，小窗幽更妍。盆山不見日，草木自蒼然。自非至吴越，不見此景也。

附秦太虚作：《淮海集》原題云「同子瞻端午日遊諸寺賦得深字」。

太史抱孤韻，暢懷在登臨。别乘載鄒枚，佳辰事幽尋。參差水石瘦，窈窕房櫳深。清磬發疎箔，妙香横素襟。復登窣堵坡，環迴矚嶔崟。雙溪貫城郭，暝色帶孤禽。凉飈動爽籟，薄雨生微陰。塵想澹清漣，牢愁洗芳斟。揮箋訂往古，援毫示來今。愧無刻燭敏，續此金玉音。

送劉寺丞赴餘姚〔一〕

中和堂後石楠樹〔二〕，與君對牀聽夜雨〔三〕。玉笙哀怨不逢人，但見香烟横碧縷。謳吟思歸出無計，坐想蟋蟀空房語。明朝開鎖放觀潮，豪氣正與潮争怒。銀山動地君不看，獨愛清香生雲一作「雪」霧。別來聚散如宿昔，城郭空存鶴飛去。我老人間萬事休，君亦洗心從佛祖。手香新寫法界觀，眼净不覷登伽女，餘姚古縣亦何有〔四〕。龍井白泉甘勝乳〔五〕。千金買斷顧渚春〔六〕，似與越人降日注〔七〕。

〔一〕劉寺丞：施氏原注前半缺，後段云：寺丞名誼，號宜翁。本集又有《送劉行甫赴任餘姚詞・調寄南柯子》，「山雨瀟瀟過」一首是也。行甫手寫《華嚴經》八十一卷，故詩中有「手香新寫法界觀」之句。宜翁提舉廣西常平，上書極論新法，載國史。學道欲輕舉，自稱三茅翁。元祐間知韶州，公行其詞云：汝昔爲使者，親見民病，盡言而不諱，夫豈知有今日之報哉。又嘗有書從其問道云。此段新刻本删去，今補録。○《湖州舊志》：劉誼，字公曼，號宜翁，長興人，治平四年進士。子名燾，字無言，元豐三年中甲科。《吴興掌故》：劉宜翁有《文集》三十卷，《奏議》

四十卷。

〔二〕中和堂：《咸淳臨安志》載李左史《中和堂記》，略云：「始錢王鏐於其宮作堂，名閱禮。本朝至和中，威敏孫公沔來守此土，易名中和。守居負鳳皇山，堂跨山憑高。蘇文忠嘗謂下瞰海門，洞視萬里。觀覽之傑，抑可想見。

〔三〕聽雨：《咸淳臨安志》：聽雨軒在中和堂後，景定五年，劉安撫良貴爲屋八楹，取東坡「中和堂後石楠樹，與君對牀聽夜雨」之句爲扁。

〔四〕餘姚古縣：《元和郡縣志》：舜後支庶所封，舜姓姚，故曰餘姚。本漢舊縣。《太平寰宇記》：餘姚山，一名姚邱山，在餘姚縣西北六十里。《九域志》：餘姚縣在越州東北百四十七里。

〔五〕龍井白泉：《嘉泰會稽志》：餘姚縣秘圖山之西一里有靈緒山，南俯姚江，亦名嶼山。山腰有微泉，未嘗竭，所謂龍泉也。孔曄記云：山巔有葛仙井。

〔六〕顧渚春：《吴興備志》引吴均《入東記》云：顧渚在長興縣北三十里。吴王夫差顧其渚次原隰平衍，可爲都邑，故名。勞鉞《湖州志》：長興縣有堯市山，在縣西北。又七里爲顧渚山，旁有二山相對，大澗中流，産茶異品。有泉曰金沙，不常出。每春將造茶，太守致祭，頃即清溢。造畢即涸。《南郡新書》：唐制，湖州造茶，謂之顧渚貢焙。晁公武《讀書志》：陸羽與皎然、朱放輩論茶，以顧渚春爲第一。

〔七〕日注：《嘉泰會稽志》：日鑄嶺在會稽縣東南五十五里，嶺下有寺，名「資壽」，其陽坡名「油車」。朝暮常有日色，産茶絶奇，有名最晚。吴越貢奉中朝，土毛畢入，不聞有「日鑄」茶，則「日鑄」之出，殆在吴越國除之後。《歸田録》云：草茶盛於兩浙，兩浙之品，日注第一。芽纖白而長，其絶品至二三寸，不過數十株。餘雖不逮，然非他産可比。多啜宜人，無停滯酸噎之患。按，日鑄，他書及土人皆用此「鑄」字，惟《歸田録》則書爲「日注」，疑歐公自有所據。其後書作「注」者，自歐始也。

東坡先生編年詩卷十九

古今體詩五十首起元豐己未五月，盡十二月作。

慎按：元豐二年四月二十九日，先生到湖州任，七月二十八日中使到湖追攝，八月十八日赴臺獄，十二月二十八日獄具，謫黄州團練副使，在獄出獄詩共十一首。施氏原本編《遺詩》卷中，胡仔云：此數詩，東坡不欲傳於世，蓋手自芟者，今從編年例，附入湖州以後。

霅上訪道人不遇

花光紅滿欄，草色緑参岸。不逢青眼人，長歌白石澗一作「爛」。

慎按：此詩施氏原本不載，新刻載《續補》下卷，據《外集》編湖州卷中，題云「霅上訪道人不遇」，諸本作「靈上」者，訛，今改正移編。

李公擇過高郵見施大夫與孫莘老賞花詩憶與僕去歲會於彭門折花餽筍故事作詩二十四韻見戲依韻奉答亦以戲公擇云〔一〕

汝陽〔二〕真天人〔三〕，絹帽著紅槿。纏頭三百萬，不買一笑哂。共誇青山峰，曲盡花不隕。當時謫仙人，逸韻謝封畛。詩成天一笑，萬象解寒窘。驚開小桃杏，不待雷發軫。餘波尚涓滴，乞與居易、稹。爾來誰復見，前輩風流盡。寂寞兩詩人，殘紅對櫻筍〔四〕。飢腸得一醉，妙語傳不泯。君來恨不與，更復相牽引。我老心已灰，空煩扇餘燼。天遊照六鑿，虛室掃充牣。懸知色竟空，那復嗜烏吻〔五〕。蕭然一方丈，居士老龐蘊。散花從滿裓，不答天女問。故人猶故目一作「日」，怨句寫餘恨。疑我此心在，遮防費欄楯〔六〕。應虞已斃蛇，折尾時一蠢。仄聞孟光賢，未學處仲忍。公自注：開閣放出，事見本傳。寄招應已足，左右侍雲鬢。何時花月夜，羊酒謝不敏。此生如幻耳，戲語君勿慍。應同亡是公，一對子虛听。

〔一〕折花餽筍：先生在徐州，有《送筍芍藥與公擇》詩，見第十六卷。

〔二〕汝陽：《舊唐書》：讓皇帝長子璡，封汝陽郡王。

〔三〕天人：裴松之《三國志注》引《魏略》云：邯鄲淳見曹植才辨，謂之天人。杜甫《贈特進汝陽王》詩：特進群公表，天人夙德升。

〔四〕櫻筍：韓偓《食含桃》詩自注云：秦中謂三月爲櫻筍時。《南部新書》引李綽《秦中歲時記》：四月十五以後，自堂厨至百司厨，通謂之櫻筍厨。施氏補注專屬宰相者，訛。

〔五〕烏吻：《本草》：烏喙，即草烏頭也。

〔六〕欄楯：《彌陀經》：極樂國土，七重欄楯。注云：横曰欄，直曰楯。

慎按：《唐書·藝文志》有南卓《羯鼓録》一卷，考《吴興志》，卓，德宗朝人，與張志和同時，有《和漁父詞》五首。施氏補注所引《羯鼓録》，訛「南卓」爲「南京」，不止一處，附辨於此。

王鞏清虚堂

清虚堂裏王居士〔一〕，閉眼觀心一作「身」如止水〔二〕。水中照見萬象空，敢問堂中一作「前」誰隱几？吴興太守老且病，堆案滿前長渴睡。願君勿笑反自觀，夢幻去來殊未已。長疑安石恐不免，未信犀首終無事。勿將一念住清虚，居士與我蓋同耳。

〔一〕清虚堂：《汴京遺跡志》：清虚堂在開封府城東。子由《記》略云：王定國爲堂於居室之西，置圖史百物，而名曰清虚。蕭然如山林高僧逸居，忘其在京師塵土之鄉也。及其經涉世故，出入禍患，乃發篋，出其玩好，投以予人，意其真有清虚者在焉。

〔二〕觀身如止水：用《楞嚴經》中月光童子事。

次韻答王鞏

我有方外客，顔如瓊之英。十年塵土窟，一寸冰雪清。朅來從我遊，坦率見真情。顧我無足戀，戀此山水清。新詩如彈丸，脱手不暫停。昨日放魚回，衣巾滿浮蘋。今日扁舟去，白酒載烏程。山頭見月出，江路聞鼍鳴。莫作《孺子歌》，滄浪濯吾纓。吾詩自堪唱，相子棹歌聲。

慎按：此詩施氏原本編入彭城卷中，細觀詩語，極道山水之勝，當是先生守湖州，定國復來相訪，與清虚堂詩同時作也。若在彭城，不應有「白酒載烏程」之句，故改編於此。

和孫同年〔一〕卞山龍洞禱晴〔二〕

吴興連月雨，釜甑生魚蛙。往問卞山龍，曷不安厥家。梯空尚一作「上」巉絶，俯視驚谽谺。神井湧雲蓋〔三〕，陰崖垂蘚花。交流百道泉，赴谷走群蛇。不知落何處，隱隱如繰車。我來叩石户，飛鼠翻白鴉。寄語洞中龍，睡味豈不嘉。雨師少弭節，雷師亦停撾。積水得反壑，稻苗出泥沙。農夫免菜色，龍亦飽豚豭。看君擁黄紬，高卧放晚衙。

〔一〕孫同年：名失考。

〔二〕卞山龍洞：《吴興掌故集》：卞山有一石，上大而末小，危立如幢。旁有洞，深叵測，相傳神龍居之。黄魯直書「黄龍洞」三字。《名勝志》引《山墟名》云：卞山之陰，有黄龍洞，吴越時立祥應宫以祀之。

〔三〕神井：談鑰《吴興志》：黄龍洞在城北十八里，舊名金井。梁貞明初，有黄龍見於井中，易今名。歲以五月二十二日致祭。

慎按：《吴興備志》：公手書此詩，當時刻石，置黄龍洞，後移府中。明正德朝，郡守吕某爲跋。今石猶在郡署聽事後。

乘舟過賈收水閣收不在見其子三首〔一〕

其一

愛酒陶元亮，能詩張志和。青山來水檻，白雨滿漁蓑。淚垢添丁面，貧低舉案蛾〔二〕。不知何所樂，竟夕獨酣歌。

〔一〕賈收水閣：《苕溪漁隱叢話》：賈耘老舊有水閣，在苕溪之上，沈會宗爲賦小詞。《吴興掌故集》：賈收所居，名浮暉閣。

〔三〕添丁舉案：本集《與耕老尺牘》云：念賈處士貧甚，乃作怪石古木一紙，可令雙荷葉收掌，須添丁長以付之也。又，本集《戲贈賈收》詩第二首公自注云：賈將再娶。今云「貧低舉案蛾」，則賈此時已再娶矣。

其二

嫋嫋風蒲亂，猗猗水荇長。小舟浮鴨緑，大杓瀉鵞黄。得意詩酒社，終身魚稻鄉。樂哉無一事，何處不清凉。

其三

曳杖青苔岸，繫船枯柳根。德公方上冢，季路獨留言。已占蒲魚港，更開松菊園。從兹來往數，兒女自膺門。

次韻孫祕丞見贈〔一〕

感概一作「慨」清哀一作「衷」似變風，老於詩句耳偏聰。迂疎自笑成何事，冷淡誰能用許功。

不怕飛蚊如立豹〔二〕，肯隨白鳥過垂虹〔三〕。吟哦相對忘三伏，擬泛冰溪入雪宫。公自注：湖州多蚊蚋，豹脚尤毒。垂虹，吴江亭名。

〔一〕孫祕丞：名失考。按，《宋史·職官志》：祕書省丞，從七品，位次少監下。

〔二〕飛蚊如豹：《齊東野語》：吴興多蚊，蓋水蟲之所變，生草木中者吻尤利，而足有文采，號爲豹脚。

〔三〕白鳥：《夏小正》：丹鳥，螢也。羞白鳥，謂螢以蚊爲糧。施氏補注又引《金樓子》云：白鳥，蚊也。○慎按，詩中所云白鳥乃鷗鷺之類，蓋上句既用飛蚊，本句白鳥若再作蚊蚋解，於義重複，非作者本旨也。

與客遊道場何山得鳥字

清溪到山盡，飛路盤空小。紅亭與白塔〔一〕，隱見喬木杪。中休得小菴，孤絶寄雲表。洞庭在北户，雲水天渺渺。菴僧俗緣盡，净業洗未了。十年畫鵲竹，益以詩自繞。高堂儼像設，禪室各深窈。奔泉何處來，華屋過溪沼。何山隔幽谷，去路清且悄。長松度翠蔓，絶壁挂啼鳥。我友自杭來，尚歎所歷少。歸途風雨作，一洗紅日燎。俄驚萬竅號，黑霧卷蓬蓼。舟人紛變色，坐羨輕鷗矯。我獨唤酒杯，醉死勝流殍。書生例强狠，造物空煩擾。更將掀舞勢，把燭畫風篠。美人爲破顔，正似腰支嫋。公自注：歸自道場何山，遇大風，因憩耘老溪亭，命官奴秉燭捧硯，寫風竹一枝。明朝更一作「便」陳迹，清景墮空杳。作詩記餘歡，萬古一昏曉。

〔一〕白塔：朱彧《蘋州可談》云：宋熙寧中，有老僧言道場山在州之離方文筆山也，低於他山，故未有魁天下者。僧乃乞緣，即山背建塔，望之如卓一筆。其後大觀賈安宅、政和莫儔，相繼爲廷試魁。○按，詩中所云白塔，即山巔浮圖也。施氏本引白塔巷有白石塔，與道場山無涉，今駁正。

慎按：「更將掀舞勢」四句，諸刻本另作五言絶句一首。明屬重出，今移原題作四句注脚，以正向來之謬。

僕去杭五年吴中仍歲大饑疫故人往往逝去聞湖上僧舍不復往日繁麗獨净慈〔一〕本長老學者益盛作詩寄之〔二〕

來往三吴一夢間，故人半作冢纍然。獨依舊社傳真法，要與遺民度厄年。趙叟近聞還印綬〔三〕，公自注：聞資政趙公致政，得謝。竺翁先已反林泉〔四〕。何時策杖相隨去，任性逍遥不學禪。

〔一〕净慈：《咸淳臨安志》：南山報恩寺，即净慈寺。顯德元年建，初號慧日永明院，中有五百羅漢堂。

〔二〕本長老：《釋氏稽古略》：元豐初，蘇州瑞光寺禪師，名宗本，移杭净慈寺，奔走禪子道場甚盛。

〔三〕趙叟還印綬：《咸淳臨安志》：熙寧十年五月，趙抃自知越州以資政殿大學士移知杭州。《清獻公神道碑》云：公年未七十，告老不許，請之不已。元豐二年二月，加太子少保致仕。

〔四〕竺翁：指辯才。公在徐州有《聞辯才復歸上天竺》詩。施氏注謂指本長老者，訛。

舶趠風 并引

吴中梅雨既過，颯然清風彌旬，歲歲如此，湖人謂之舶趠風。是時，海舶初回，云此風自海上與舶俱至云爾。

三旬已過黄梅一作「梅黄」雨〔一〕，萬里初來舶趠風。幾處縈回度山曲，一時清駛滿江東。驚飄簌簌先秋葉，唤醒昏昏嗜睡翁。欲作蘭臺快哉賦，却嫌分別問雌雄。

〔一〕舶趠風：《庚溪詩話》：吴中每暑，則東南風數日，名舶趠風，云海外舶船禱於神而得之，乘此風到江浙間也。余官吴門，庚午六月既望風作，踰旬而止。暑氣頓減。丙子歲，余罷官寓居無錫，六月晦前三日，此風作，凡七日乃止。按，坡詩則當在五月或六月初，而余兩見之，乃在六月望後與六月晦前，節氣有早晚也。

〔三〕黄梅雨：《埤雅》：江湘兩浙四五月，梅欲黄落，則水潤土溽，其霏如霧，名曰梅雨。自江以南三月雨謂之迎梅，五月雨謂之送梅。○劉須溪曰：先生詩格固豪放老健，至對偶切處，如「黄耳蕈」對「白芽薑」，「牛尾貍」對「雞頭鶻」，今以「舶趠風」對「黄梅雨」。或者謂因事請客，然原其句意，每每相貫。

丁公默送蝤蛑〔一〕

溪邊石蟹〔二〕小於一作「如」錢〔三〕，喜見輪囷赤玉盤〔四〕。半殼含黄宜點酒〔五〕，兩螯斫雪勸加餐。蠻珍海錯聞名久〔六〕，怪雨腥風入坐寒。堪笑吴興饞太守，一詩换得兩尖團〔七〕。

〔一〕丁公默：爵里失考。

〔二〕石蟹：《蟹譜》：明越溪澗石穴中出小蟹，其色赤而堅，俗呼爲石蟹。

〔三〕小於錢：《博物志》：南海有水蟲，名蒯，其中有小蟹，大如榆莢。又，《廣志》：蜅，小蟹，大如貨錢。

〔四〕赤玉盤：《大觀本草》：生南海中，其螯最鋭，斷物如芟刈。扁而最大，後足闊者名蝤蛑，南人謂之撥棹子。大者如升如盤，小者如盞楪，兩螯如手，異於衆蟹。一名執火，其色赤也。《咸淳臨安志》：蝤蛑，鹽官産者佳。

〔五〕含黄：《吴興掌故集》：蟹子未成時曰黄，甲有細骨，黄依以生。入海則黄化爲子，而芒亦漸長。至春深散子，則芒亦輸出，蟹腐矣。

〔六〕海錯：《禹貢》：海物惟錯。

〔七〕尖團：唐彦謙《蟹》詩：謾誇風味過蝤蛑，尖臍猶勝團臍好。

送孫著作〔一〕赴考城〔二〕兼寄錢醇老李邦直二君於孫處有書見及〔三〕

使君閒如雲，欲出誰肯伴？清風獨無事，一嘯亦可喚。來從白蘋洲〔四〕，吹我明月觀〔五〕。門前遠行客，青衫流白汗。問子何匆匆？王事不可緩。故人錢與李，清廟兩圭瓚。蔚爲萬乘器，尚記溝中斷。子亦東南珍，價重不可算。别情何以慰，酒盡對空案。惟持一榻涼，勸子巾少岸。此風那復有，塵土飛灰炭。欲寄二大夫，發發不可絆。

〔一〕孫著作：名失考。按，《宋史·職官志》：秘書省有著作郎及佐郎。

〔二〕考城：《水經注》：考城，周之采邑，春秋戴國。《陳留風俗傳》曰：秦穀縣也。後改菑縣。《名勝志》：漢顯宗東巡，改爲考城，今河南睢州之屬縣。

〔三〕錢、李：錢醇老，名藻。李邦直，名清臣。注見前。

〔四〕白蘋洲：白居易《五亭記》：湖州城東南二百步抵霅溪，溪連汀洲，一名白蘋。《吴興掌故集》：其名起於柳惲之詩，光啓中，李師悦廢而爲倉。《太平寰宇記》：白蘋洲在霅溪東南，去州治一里。

〔五〕明月觀：勞鉞《湖州志》：府治有明月樓，在子城西南隅。唐貞元十三年建。梅聖俞《吴興五咏》，明月樓其一也。《吴興備志》引王氏《畫苑》，有李伯時所畫水晶宫明月館圖。王氏注謂在江寧府故臺城者，謬。今駁正。

〔六〕發發：《詩》：飄風發發。《漢書》：發發者，非古風也。

泛舟城南會者五人分韻賦詩得人皆苦炎字四首

其一

城中樓閣似魚鱗，不見清風起白蘋。試選苕溪最深處〔一〕，仍呼我輩不羈人。窺船野鶴何曾下，見燭飛蟲空自馴。遶郭荷花一千頃〔二〕，誰知六月下塘春〔三〕。

〔一〕苕溪：《咸淳臨安志》引《祥符志》云：苕溪闊七十六步，秋冬深五尺，春夏深九尺。《山海經》云：天目山一名浮玉山，苕溪出焉。在於潛、臨安兩縣界。耆老相傳云：夾岸多苕花，每秋風飄散水上，如飛雪然，因名。

〔二〕遶郭荷花：《吴興掌故集》引姜白石云：吴興號水晶宫，荷花極盛。陳簡齋詞云：今年何以報君恩，一路荷花，相送到青墩。亦可見矣。

〔三〕下塘：梅堯臣《送胡武平》詩：始時繞郊郭，水不通蹄輪。公來作新塘，直抵吴淞垠。程大昌《演繁露》：湖州東門外上塘路，武平始築也。《咸淳臨安志》：上、下塘河，南自天宗水門、餘杭水門，二河合於北郭稅務前，與城東水合，分爲兩派。一由東北上塘入大運河，一由西北過江漲橋以北，入安吉州界，曰下塘河。

其　二

苦熱誠知處處皆，何當危坐學心齋。海螯要共詩人把，溪月行遭霧雨霾。鄉國飄零斷書信，弟兄流落隔江淮。便應築室苕溪上，荷葉遮門水浸堦。

其　三

紫蟹鱸魚賤如土，得錢相付何曾數〔一〕。碧筩時作象鼻彎，白酒微帶荷心苦。運肘風生看斫鱠〔二〕，隨刀雪落驚飛縷。不將醉語作新詩，飽食應慚腹如鼓。

〔一〕得錢：杜甫詩：溪女得錢留白魚。

〔二〕斫鱠：《吴興掌故集》：湖人往時善斫鱠，縷切如絲，簇成人物花草，雜以姜桂。山谷云：「吴興庖人斫松江鱸鱠。」則吴興斫鱠之名遠矣。《七啓》：輕隨風飛，刀不轉切。潘岳《西征賦》：饔人細切，鸞刀若飛。即此也。

其 四

橋上游人夜未厭，共依水檻立風簷。樓中煮酒初嘗灹，月夜一作「下」新粧半出簾。南郭清遊繼顔謝，北窗歸卧等羲炎。人間寒熱無窮事，自笑疎頑不受痁〔一〕。

〔一〕痁：《左傳》：齊侯疥，遂痁。杜預注：痁，瘧疾也。

與王郎夜飲井水一作「贈王郎」〔一〕。

吴興六月水泉温，千頃菰蒲聚鬭一作「暗」蚊。此井獨能深一丈，源龍如我亦如君。

〔一〕王郎：名適，字子立。注見前。

慎按：《外集》題上有「湖州」二字，詩中「源龍」作「龍源」，「如我」作「如故」。

次韻李公擇梅花

詩人固長貧，日午飢未動。偶然得一飽，萬象困嘲弄。尋花不論命，愛雪長忍凍。天公非不憐，聽飽即喧鬨。君爲三郡守〔一〕，所至滿賓從。江湖常在眼，詩酒事豪縱。奉使今折磨，清比於陵仲。永懷茶山下，攜妓修春貢〔二〕。更憶檻泉亭〔三〕，插花雲髻重。蕭然卧灊麓〔四〕，愁聽春禽哢。忽見早梅花，不飲但孤諷。詩成獨寄我，字字愈頭痛。嗟君本侍臣，筆橐從上雍。脱韡吟芍藥，給札賦雲夢。何人慰流落，嘉藕天爲種。杯傾笛中吟一作「曲」，帽拂果下鞚。感時念羈旅，此意吾儕共。故山今一作「亦」何有，桐花集么鳳。君亦憶匡廬，歸掃藏書洞。何當種此花，各抱漢陰甕。

〔一〕三郡守：《宋史·李常傳》：熙寧中，自諫院出守鄂州，未幾徙湖州，又自湖移知齊州。

〔二〕茶山修貢：《吴興備志》：常州宜興縣東南有茶山，唐時茶入貢，又名唐貢山。杜牧之《湖州》詩：山實東南秀，茶稱瑞草魁。剖符雖俗吏，修貢亦仙才。

〔三〕檻泉亭：在濟南。《欒城集》中有《和孔教授濟南四咏》，其一爲「檻泉亭」。李公擇知齊州，故云。施氏補注引《爾雅》，失之矣。

〔四〕卧灊麓：公擇時提點淮南西路刑獄，提刑司在舒州。《九域志》：舒州灊山縣，漢移南嶽於此。

送淵師歸徑山

我昔嘗爲徑山客，至今詩筆餘山色。師住此山三十年，妙語應須得山骨。谿城六月水雲蒸，飛蚊猛捷如花鷹。羡師方丈冰雪冷，蘭膏不動長明燈。山中故人知我至，争來問信今何似。爲言百事不如人，兩眼猶能書細字。公自注：徑山夏無蚊。余舊詩云：問龍乞水歸洗眼，欲看細字銷殘年。

送表忠觀錢道士歸杭并引

熙寧十年，詔以龍山廢佛祠爲表忠觀〔一〕。元豐二年，通教自杭來，見予於吴興，問：「觀亦卒工乎？」曰：「未也。杭人比歲不登，莫有助我者。」余曰：「異哉！杭人重施輕財，是不獨爲福田也，將自托於不朽。今歲成矣，子其行乎！」及還，作詩送之。

先王舊德在民心，著令稱忠上意深。隳淚行看會祠下〔二〕，挂名争欲刻碑陰〔三〕。凄凉破屋塵凝坐，憔悴雲孫雪滿簪〔四〕。未信諸豪容郭解，却從他縣施千金。

〔一〕表忠觀：《咸淳臨安志》：表忠觀在城南龍山，熙寧十年，趙清獻公請於朝，即龍山廢佛刹妙因院爲觀。詔賜額，曰表忠。詳具蘇公所撰碑。

〔二〕隳淚：趙抃奏疏云：錢氏墳廟在錢塘者二十有六，在臨安者十有一，父老過之，有流涕者。

〔三〕碑陰：施氏原注：表忠觀碑文實東坡爲之，「挂名争欲刻碑陰」之句，指此碑也。

〔四〕雲孫：《爾雅》：昆孫之子爲仍孫，仍孫之子爲雲孫。按，指通教錢道士也。

次韻周開祖長官見寄〔一〕

俯仰東西閲數州，老於岐路豈伶優。初聞父老推謝令，旋一作「已」見兒童迎細侯。政拙年年祈水旱，民勞處處避嘲謳。河吞巨野那容塞〔二〕，盜入蒙山不易搜〔三〕。仕道固應慚孔、孟，扶顛未可責由、求。漸謀田舍猶懷禄，未脱風濤且傍洲。惘惘可憐真喪狗，時時相觸是虚舟。朅來震澤都如夢，只有苕溪可倚樓。齋釀酸甜如蜜水，樂工零落似風甌。遠思顔、柳并諸謝，近憶張、陳與老劉〔四〕。公自注：謂張子野、陳令舉、劉孝叔。風定軒窗飛豹脚〔五〕，雨餘欄檻上蝸牛。舊游到處皆蒼蘚，同甲惟君尚黑頭。憶昔湖山共尋勝，相逢杯酒兩忘憂。醉看梅雪清香過，夜棹風船駭汗流。百首共成山上集，三人同作月中遊。海南未起垂天翼，澗底仍依徑寸麻。已許春一作「秋」風歸過我一作「歸便得」，預憂詩筆老難酬。此生歲月行飄忽，晚節功名亦謬悠。犀首正緣無事飲，馮驩應爲有魚留。從今更一作「便」踏青州麴，薄酒知君笑督郵。

〔一〕周開祖：名邠，先生倅杭時，周爲錢塘令，多唱和詩。又有《送周邠赴闕》及《周邠寄雁蕩山圖作》。蓋周自錢塘赴闕，復出宰樂清，故云「海南未起垂天翼，澗底仍依徑寸麻」，惜其未大用於時也。

〔二〕河吞巨野：公在徐州事。

〔三〕盜入蒙山：公在密州事。

〔四〕張陳老劉：張子野名先，陳令舉名聖俞，劉孝叔名述。注詳見前。先生罷杭倅赴密，李公擇時知湖州。先生與令舉輩過之，子野作《六客詞》，見《樂府序》。

〔五〕豹脚：《苕溪漁隱叢話》：吴興，澤國也。春夏之交，地尤卑濕，仍多蚊蚋。子瞻有詩，云「風定軒窗飛豹脚，雨餘欄檻上蝸牛」，真紀實也。

《烏臺詩案》：元豐二年六月十三日，軾知湖州，有周邠作詩寄軾。軾答云：「政拙年年祈水旱，民勞處處避嘲謳。河吞巨野那容塞，盜入蒙山未易搜。」自言遷徙數州，未蒙朝廷擢用，老於道路，並所至遇水旱盜賊，夫役數起，民蒙其害，以譏諷朝廷政事闕失，並新法不便之所致也。「仕道」二句云云，以言已仕而道不行，則非仕道也。故有慙於孔、孟。孔子責由、求云：「危而不持，顛而不扶，則將焉用彼相矣？」顛謂顛仆也，意以譏諷朝廷大臣不能扶正其顛仆。軾在臺，於九月十四日，准問目有無未盡事，軾供出上件詩。因依不係，朝旨降到册子内。

林子中以詩寄文與可及余與可既没追和其韻〔一〕

斯人所甚厭，投畀每不受。欲其少須臾，奪去唯恐後。云誰尸此職，無乃亦假守。賦才有巨細，無異斛與斗。胡不安其分，但聽物所誘。時來各飛動，意合無妍醜。坐令雞棲車，長載朱伯厚。平生無一旅，既死咤萬口。自聞與可亡〔二〕，胸臆生堆阜。懸知臨絶意，要我一執手。相望五百里，安得自其牖。遺文付來哲，後事待諸友。伶傳嵇紹孤〔三〕，老病孟光偶。世人賤目見，争笑千金帚。君詩與楚詞，識者當有取。但知愛墨竹，此歎吾已久。故人多厚禄，能復哀君否？不見林與蘇，飢寒自奔走。

〔一〕林子中：《宋史》：林希，字子中，福州人。第進士。元祐初，歷進中書舍人。紹聖初，章惇用事，時方推明紹述，希皆密豫其議。自司馬光、吕公著、吕大防、劉摯、蘇軾、轍等數十人之制，皆希爲之。詞極醜詆，讀者無不憤歎。遷吏部、禮部尚書，擢同知樞密院。徽宗立，以其詞命醜正之罪，奪職，知揚州，徙舒州。卒贈資政殿學士，謚文節。

〔二〕與可亡：按，《文湖州墓志》：與可以元豐戊午移知湖州，卒。先生作詩在己未，相距纔一年耳。

〔三〕嵇紹孤：與可之子，字逸民，子由壻也。

與王郎昆仲及兒子邁遶城觀荷花登峴山亭〔一〕晚入飛英寺〔二〕分韻得月明星稀四首

其一

昨夜雨鳴渠，曉來風襲月。蕭然欲秋意，谿水清可啜。環城三十里，處處皆佳絶。蒲一作

「浦」蓮浩如海，時見舟一葉。此間真避世，青蒻低白髮。相逢欲相問，已逐驚鷗没。

〔一〕峴山亭：《韻語陽秋》：吴興峴山，去城三里，有李適之窪尊亭。勞鉞《湖州志》：晉太守殷康築亭於顯山上，名曰顯亭。後避廟諱改焉。凡守令之去，而見思者，勒石峙亭，以比羊叔子之峴山云。

〔二〕飛英寺：勞鉞《湖州志》：飛英寺在府城北門内。唐咸通中，僧雲皎自長安來，得舍利，建飛英石塔。中和五年，改上來寺。景德二年，改今額。後分爲二，東曰飛英教寺，西曰飛英塔院。

其二

清風定何物，可愛不可名。所至如君子〔一〕，草木有嘉聲。我行本無事，孤舟任斜横。中流自偃仰，適與風相迎。舉杯屬浩渺，樂此兩無情。歸來兩溪間，雲水夜自明。

〔一〕君子風：《風俗通》：風或清明來，久長不摇樹木，離地二三丈者，此謂龍德在於下。風或清明不及二三尺者，此君子風也。

其三

苕水如漢水，鱗鱗鴨頭青。吴興勝襄陽，萬瓦浮青冥。我非羊叔子，媿此峴山亭。悲傷意則同，歲月如流星。從我兩王子，高鴻插修翎。湛輩何足道〔一〕，當以德自銘。

〔一〕湛輩：鄒湛，字潤甫。洪容齋《題跋》云：《晉代名臣文集》，凡十四家。有張敏者，太原人，其中一篇云《頭責子羽文》，凡九百餘言。鄒湛姓名，因羊叔子而傳，字曰潤甫。蓋見於此。○按，《元和郡縣志》云：羊叔子鎮襄陽，與鄒潤甫同登峴山。湛之字，世亦有稱之者矣。

其　四

吏民憐我懶，鬬訟日已稀。能爲無事飲，可作不夜歸。復尋飛英游，盡此一寸暉。撞鐘履聲集，顛倒雲山一作「山雲」衣。我來無時節，杖屨自推扉。莫作使君看，外似中已非。

〔一〕撞鐘：《楞嚴經》：食辦擊鼓，衆集撞鐘。

次韻章子厚飛英留題

款段曾陪馬少游，而今人在鳳麟洲。黄公酒肆如重過，杳杳白蘋天盡頭。

慎按：《宋史》章惇本傳：熙寧中，出知湖州，徙杭州，入爲翰林學士。元豐三年，拜參知政事。先生來吴興，正子厚爲翰林學士時也。故云「而今人在鳳麟洲」，此詩施氏原本不載，新刻編《續補遺》下卷，今因題附録。

城南縣尉〔一〕水亭〔二〕得長字

兩尉鬱相望，東西一作「南」百步塲。揮一作「插」旗蒲柳市，伐鼓水雲鄉。已作觀魚檻，仍開射鴨堂。全家依畫舫，極目亂紅粧。瀲瀲波頭細，疎疎雨脚長。我來閒濯足，溪漲欲浮牀。澤國山圍裏，孤城水影旁。欲知歸路處，葦外記風檣。

〔一〕縣尉：趙與時《賓退録》：隋改縣尉爲縣正，又爲書佐。《新唐書》：武德元年，仍改書佐曰縣尉。《唐六典》：諸州上縣，尉各二人。《宋史·職官志》：千户以上縣，置令、簿、尉。若不置簿，則以尉兼之。五代多用軍校，大爲民患，太祖以初賜第人充掌閲藉弓手，戢奸禁暴。

〔二〕水亭：《吴興掌故集》載顔魯公《記》，略云：湖州烏程縣南水亭，即柳惲之西亭也。繚以遠峰，浮以清流，實資游宴之美。陸羽《圖記》云：西亭在縣南六十步，跨苕溪爲之。

與胡祠部〔一〕遊法華山〔二〕

陂湖欲盡山爲界，始見寒泉落高派。道人未放泉出山，曲折虚堂瀉清快。使君年老尚兒戲，緑棹紅船舞澎湃。一笑翻杯水濺裙，餘歡濯足波生隘。長松攙天龍起立，蒼藤倒谷雲崩壞。仰穿蒙密得清曠，一覽震澤吁可怪〔三〕。誰云四萬八千頃，渺渺東盡日所曬〔四〕。歸途十里盡風荷，清唱一聲聞《露薤》。公自注：是日樂工有作此聲者。嗟予少小慕真隱，白髮青衫天所械。忽逢佳士與名山，何異枯楊便馬疥〔五〕。君猶鸞鶴偶飄墮，六翮如雲豈長鎩。不將新句紀兹游，恐負山中清净債。

〔一〕胡祠部：名失考。按，《宋史·職官志》：禮部所屬祠部郎中，從六品。員外郎，正七品。

〔二〕法華山：《湖州志》：卞山之别峰有石斗山，又名法華山，下有法華寺。

〔三〕一覽震澤：《吴興掌故集》：法華寺高頂有臨湖亭。勞鉞《湖州志》：太湖周三萬六千頃，縱廣二百八十里，東爲松江，又東流二百里入海。

〔四〕東盡日所曬：《困學紀聞》引《楚漢春秋》：下蔡亭長詈淮南王曰：「封汝爵爲千乘，東南盡日所出，尚未足黔徒群盜所耶，而反，何也？」

〔五〕枯楊馬疥：《五燈會元》：僧問仁岳禪師：「一大藏教盡是名言，離却名言，如何指示？」師曰：「癲馬揩枯柳。」

又次前韻贈賈耘老

具區吞滅三州界〔一〕，浩浩湯湯納千派〔二〕。從來不著萬斛船，一葉漁舟恣奔快。仙壇古洞不可到〔三〕，空聽餘瀾鳴湃湃。今朝偶上法華嶺一作「頂」，縱觀始覺人寰隘。山頭卧碣弔孤冢〔四〕，下有至人僵不壞〔五〕。空餘白棘網秋蟲，無復青蓮出幽怪。公自注：事見本院碑。我來徙倚長松下〔六〕，欲掘茯苓親洗曬。聞道山中富奇藥，往往靈芝雜葵薤。詩人空腹待黄精〔七〕，生事只看長柄械。公自注：子美詩云：長鑱長鑱白木柄，我生托子以爲命。今年大熟期一飽〔八〕，食葉微蟲真癬疥。公自注：賈云今歲有小蟲，食葉不甚爲害。白花半落紫穗香，攘臂欲助磨鎌鎩。安得山泉變春酒，與子一洗尋常債。

〔一〕三州界：勞鉞《湖州志》：太湖歸墟，一名震澤，兼跨蘇、常、湖三州之界。

〔二〕納千派：王鏊《震澤編》：北曰百瀆，納建康、常、潤之水。南曰諸漊，納宣、歙、臨安、苕、霅之水。

〔三〕仙壇古洞：《玄中記》：洞庭，古人謂仙壇之靈區，有龍威、林屋等洞。

〔四〕山頭卧碣：王象之《碑目》：烏程縣法華寺有唐太光和尚神異碑，李紳書。

〔五〕不壞：白居易詩：身壞口不壞，舌根如紅蓮。

〔六〕長松：《吴興備志》：法華寺前有松，逕數里。皎然詩：路入松聲遠更奇，山光水色共參差。中峰禪寂一僧在，坐對梁朝老樹枝。即此地也。

〔七〕黄精：《苕溪漁隱叢話》：杜詩「黄精無苗」，後人所改也。舊乃「黄獨」，本處謂之土芋，根惟一顆而色黄，故名黄獨。饑歲，土人掘以充食，故老杜云爾。東坡云：詩人空腹待黄精，則坡讀杜詩，亦以「黄獨」爲「黄精」矣。

〔八〕大熟：《書》：秋大熟，未穫。《漢書·食貨志》：大熟則上糴三而舍一。

趙閱道〔一〕高齋〔二〕

見公奔走謂公勞，聞公隱退云公高。公心底處有高下，夢幻去來隨所遭。不知高齋竟何義，此名之設緣我曹。公年四十已得道，俗緣未盡餘伊皋。功名富貴俱逆旅，黄金知繫何人袍。超然已了一大事，挂冠而去真秋毫。坐看猿猱落罝一作「罟」罔，兩手未肯置所操。乃知賢達與愚陋，豈直相去九牛毛。長松百尺不自覺，企而羡者蓬與蒿。我欲贏糧往問道，未應舉臂辭盧敖。

〔一〕趙閱道：《東都事略》：趙抃，字閱道，衢州西安人。元豐二年致仕，退居於衢。有溪石松竹之勝，與山僧野老遊，不復有貴勢也。居六年，卒，謚清獻。○施氏原注：趙清獻爲侍御史，京師目爲鐵面御史。知成都，以一琴一鶴自隨，爲政簡易。擢參知政事。時王介甫行新法，閱道屢斥其不便，最後上言，制置條例司遣使者四十輩，騷動天下。安石强辨自用，詆天下之公論以爲流俗，違衆罔民，順非文過。奏入，懇乞去位。拜資政殿學士知杭州，移青，再帥蜀，歸知越州，復徙杭，遂致仕，薨年七十七。

〔二〕高齋：施氏原注：其自杭告老而歸也，錢塘州宅之東，舊據城闉，横爲屋，下瞰虚白堂，不甚高大，而最超出州宅，爲州者多居之，謂之高齋。東坡守杭，秦少章輩寓焉，亦有「留下高齋月明」之句。清獻既治室衢州，其旁不遠數步，亦有山麓，屹然而起，即作別館其上，亦名高齋。○按，以上二段，皆施氏原本所有，新刻删去，今補録。

附趙閲道《自題高齋絶句二首》：按，《清獻集·退居十咏》，今録《高齋》、《雙松》二首。

軒外長溪溪外山，捲簾空曠水雲間。高齋有問如何樂？清夜安眠白日閒。

少時親手植雙松，晝愛層陰夜聽風。今日歲寒踰五紀，也應心似主人翁。

送俞節推〔一〕公自注：汝尚之子。汝尚，字退翁。○慎按，俞汝尚，《宋史》有傳，諸本脱去汝字，今補正。

吴興有君子〔二〕，淡如朱絲琴。一唱三太息，至今有遺音。嗟余與夫子，相避如辰參。公自注：退翁官於蜀，余在京師，余歸而退翁去。及余官於吴興，則退翁亡矣。猶喜見諸郎，窈然清且深。異時多良士，末路喪初心。我生不有命，其肯枉尺尋。

〔一〕俞節推：《吴興掌故集》：退翁之子俞節推，名有任。施氏原注以爲名温甫，兩處互異，存以備考。

〔二〕吴興君子：周必大《題滕元發與退翁詩後》云：《四朝國史》於「遺逸」中立《俞退翁傳》，大槩用孫莘老所作《墓表》。惟自西川召爲御史，力辭不拜。《墓表》但云以闕員召，《傳》乃云王介甫藉其清望，使擊故老。夫退翁清德，安肯妄發？介甫用人，寧不察此？竊疑元發嘗倅湖州，退翁郡人，熟知其賢，觀所贈詩可知。當熙寧元年，神廟待元發方厚，擢爲中丞，必舉臺屬。退翁之召，或以其薦。是歲十二月，元發改翰林。明年春，介甫得政，出之於外。知幾而退，是乃所以爲退翁。況舉主補外，自應隨罷耶。《墓表》不書其由，莘老亦嘗攻元發故也。退翁元孫洪出示元發詩翰，妄意如此。又，《題溪堂集後》亦云然。

附子由作：《欒城集》題云「送青州簽判俞退翁致仕還湖州」。

不作清時言事官，海邦那復久盤桓。早依蓮社塵緣少，新就草堂歸計安。富貴暫時朝露過，江山故國水精寒。宦游從此知多事，收取楞伽静處看。

附俞退翁次韻：此詩亦見《欒城集》，末附跋語云：高祖郎中以侍御史召，力辭不允，解組而歸。先生作是詩送之，高祖《溪堂集》中亦嘗賡和。淳熙丁未，澂假守筠陽，謹刊篇末。澂，退翁之仍孫也。

釋屩從軍早濫官，已衰能復尚盤桓。邇來齒髮羞相問，乞有衡茅覓自安。使我襟懷遺内熱，送君詩句襲人寒。知誰便是知音者，且作巖溪雪景看。

慎按：《吴興備志》俞汝尚有《溪堂集》四卷，惜不傳，今從《欒城集》采出，附録一章於此。

次韻答孫侔〔一〕

十年身不到朝廷，欲伴騷人賦落英。但得低頭拜東野，不辭中路候淵明。艤舟苕霅人安在？卜築江淮計已成。千里論交一言足，與君蓋亦不須傾〔二〕。

〔一〕孫侔：《宋史》：孫侔，字少述，真州人。事母盡孝，屢舉進士。及母病革，終身不求仕。與王安石友善，安石爲相，過真州，待之如布衣交。《宋文鑑》載林希所作《孫少述傳》，云：侔，吴興人。父及，仕至簡州倅。侔方四歲，從其母吴氏，家揚州。初名處，字正之。王安石《自序》所云：「淮之南，有賢人焉，曰正之，余得而友之者也。」○慎按，少述，本吴興人，而家於揚。與先生詩五六聯正合。《宋史》以爲真州人者，訛。當從《宋文鑑》。

〔二〕傾蓋：楊誠齋曰：「孔子與程子相見，傾蓋而語。」鄱陽云：「傾蓋如故。」孫侔與東坡初不相識，以詩寄坡，坡和云：與君蓋亦不須傾，此翻案法也。

重寄

凛然高節照時人，不信微官解浼君〔一〕。蔣濟謂能來阮籍，薛宣真一作「直」欲吏朱雲。好詩衝口誰能擇，俗子疑人未遺聞。乞取千篇看俊逸〔二〕，不將輕比鮑參軍。

〔一〕徵官：施氏原注：劉原父敞知揚州，言孫侔孝弟忠信，足以扶世矯俗。詔以爲揚州教授，力辭。沈文通、王陶、韓維連薦之，授忠武軍推官、常州通判，皆不就。元豐三年，命以通判致仕。

〔二〕千篇：《吴興備志》：孫侔所著，名《徵士集》。

次韻和劉貢父登黄樓見寄並寄子由二首

其一

清派連淮上，黄樓冠海隅一作「禺」。此詩尤偉麗，夫子計魁梧〔一〕。公自注：劉爲人短小。世俗輕瑚璉，巾箱襲武夫。坐令乘傳遽〔二〕，奔走爲儲胥。邂逅我已失，登臨誰與俱。貧貪倉氏粟，身聽冶家橅。會合難前定，歸休試後圖。腴田未可買，公自注：本欲買田於泗上，今已不遂矣。窮鬼却須呼。二水何年到〔三〕，雙洪不受艫。至今清夜夢，飛轡策天吴。公自注：此詩寄劉。

〔一〕計魁梧：《錦繡萬花谷》云：《史記·張良傳》「魁梧」注：蘇林曰：梧音悟。東坡和「夫」字韻詩，平聲押韻，似訛。趙次公注蘇，亦云然。○慎按，《後漢書》：臧洪體貌魁梧。注：音吾。杜甫詩：魁梧秉哲尊。曾文清詩亦有「乃翁容貌計魁梧」之句，皆作平聲用。安得單据一說，以坡公爲訛耶？

〔二〕乘傳遽：《東都事略·劉攽傳》：熙寧中與安石不合，斥通判泰州。又知曹州，歷京東轉運使，徙知兗、亳二州。吴居厚代爲轉運使能奉法令，致財賦，追坐攽廢弛，黜之。以先生詩考之，正貢父爲京東轉運時也。

〔三〕二水：謂汴、泗。

其二

與子皆去國，十年天一隅。數奇逢惡歲，計拙集枯梧。好士餘劉表，窮交憶灌夫。不矜持漢節，猶喜攬桓須。清句金絲合，高樓雪月俱。吟哦出新意，指畫想前橅。公自注：子由初赴南京，送之出東門，登城上，覽山川之勝，云：此地可作樓觀。於是，始有改築之意。公自注：近以絹自寫子由《黄樓賦》，爲六幅圖，甚妙。自寫千言賦，新裁六幅圖。傳看一座聳，勸著尺書呼。莫使騷人怨，東流不到吴。公自注：此詩寄子由。

附子由次韻二首：

青山開四面，白水繞三隅。野闊時聞籟，人閒舊據梧。畫船留上客，遺蹟問田夫。事少日常飲，才疎世未須。決河初洊至，勝事偶相俱。燕子卑無取，滕王遠可橅。飛濤隱埤堄，落日麗浮圖。同舍新持節，專城敢遽呼。未迎行部駕，已放下淮艫。試問登消暑，自注：吴興有消暑樓。如何楚與吴。

藹藹才名世，駸駸日轉隅。一時同接淅，平昔共棲梧。攬轡真壯士，擁旄良丈夫。塵埃脱緇綬，水石慰霜須。勝地來相失，清尊未暇俱。射餘空見括，鑄罷祇觀膴。歸計何當決，徂年貴早圖。檻中終爲食，韝上恥聞呼。顧我牛羊毳，平生一釣艫。微官不須滿，也復試遊吴。

吴江岸〔一〕

晚色兼秋色，蟬聲雜鳥聲。壯懷銷鑠盡，回首尚心驚。

〔一〕吴江岸：宋宜興進士單鍔《水利書》：吴江岸界於吴松江、震澤之間，岸東則江岸，西則震澤。自慶曆二年，欲便糧運，遂築此隄，横絶江流五六十里。致震澤之水，溢而不泄。吴江岸之東水，常低於岸西之水一二尺。

慎按：此詩施氏原本不載，新刻本編《續補遺》下卷。考《年譜》，公前後過吴江，或在春夏之交，或秋盡，或冬杪。今詩中所叙，乃初秋景物，當是己未七月攝赴臺獄時作，故移於此。

御史臺榆槐竹柏四首〔一〕

榆

我行汴堤上〔二〕，厭見榆陰緑。千株不盈畒，斬伐同一束。及居幽囚中，亦復見此木。蠹皮溜秋雨，病葉埋牆曲。誰言霜雪苦，生意殊未足。坐待春別本作「秋」，訛風至，飛英覆空屋。

〔一〕御史臺：孫彦同《職官分紀》引《漢官解詁》注云：西京謂御史府，亦謂之御史臺。江少虞《事實類苑》：自大夫至主簿，並存六典舊式。《宋史·職官志》：御史臺掌糾察官邪，肅正紀綱。其屬有三：一臺院，二殿院，三察院。國初置推直官二人，專治獄事。凡推直有四：曰臺一推，臺二推，殿一推，殿二推。咸平中，又置推勘官十人。《刑法志》：凡群臣犯法，大者多下御史臺，小則大理寺、開封府鞫治。曾肇《重修御史臺記》：門北向，取陰殺之義。李濂《汴京遺蹟志》：御史臺在京城内東澄清街北。

〔二〕汴隄：《元和郡縣志》：禹開汴渠，以通淮、泗。漢永平初，築隄。隋煬帝更令自板渚引河入汴口，又從大梁之東引汴達淮，河畔樹之以榆柳。

附子由次韻：

秋風一何厲，吹盡山中緑。可憐凌雲條，化爲樵夫束。凛然造物意，豈復私一木。置身有得地，不問直與曲。青松未必貴，枯榆還自足。紛然落葉下，蕭條愧華屋。

槐

憶我初來時，草木向衰歇。高槐雖經一作「驚」秋，晚蟬猶抱葉〔一〕。淹留未云幾，離離見疎莢。棲鴉寒不去，哀叫飢啄雪。破巢帶空枝，疎影挂殘月。豈無兩翅羽〔二〕，伴我此愁絶。

〔一〕抱葉：杜甫詩：抱葉寒蟬静。

〔二〕無翅羽：白居易詩：奮飛無翅羽。

附子由次韻：

盛衰日相尋，循環何曾歇。攀條擥柔荑，回首驚脱葉。緑槐陰最厚，零落今存莢。千林一枯槁，平地三尺雪。草木何足道，盈虚視新月。微陽起泉下，生意未應絶。

竹

今日南風來，吹亂庭前竹。低昂中音會〔一〕。甲刃紛相觸。蕭然風雪意，可折不可辱。風霽竹已一作「亦」回，猗猗散青玉。故山今何有，秋雨荒籬菊。此君知健否，歸掃南軒一作「三徑」緑。

〔一〕中音會：《莊子》：庖丁爲解牛，奏刀騞然，莫不中音，合於《桑林》之舞，乃中《經首》之會。

附子由次韻：

故園今何有？猶有百竿竹。春雷起新萌，不放牛羊觸。雖無朱欄擁，不見紅塵辱。清風時一過，交戞響鳴玉。淵明避紛亂，歸嗅東籬菊。嗟我獨何爲，棄此北窗緑。

柏

故園多珍木，翠柏如蒲葦。幽囚無與樂，百日看不已。時來拾流膠一作「肪」，未忍踐落子。當年誰所種，少長與我齒。仰視蒼蒼幹，所閲固多矣。應見李將軍，膽落温御史〔一〕。

〔一〕温御史：指李定、舒亶輩。

慎按：先生赴獄詩共十一首，施氏原本止録《獄中遺子由》二首、《出獄》二首、《太皇太后挽詞》二首，入《遺詩》卷中。此外俱不載。胡仔《苕溪叢話》謂御史府諸詩，先生意不欲傳於世，故居世英家所刻前集無之。施氏在南宋時，故尚仍其舊。今從《續補》卷中移入湖州以後，黄州以前，編年之例應爾也。

附子由次韻：

曲如山下藤，脆若溪上葦。春風一張王，秋霜死則已。胡爲南澗中，辛勤種柏子。上枝撓雲霓，下根絞泉齒。伐之爲梁棟，歲月良晚矣。白首閲時人，君看柱下史。

己未十月十五日獄中恭聞太皇太后不豫有赦作詩〔一〕

庭柏陰陰晝揜門，烏知有赦鬧黄昏。漢宫自種三生福，楚客還招九死魂。縱有鋤犁及田畝，已無面目見邱園。只應聖主如堯舜，猶許先生作正言。

〔一〕太皇太后：《東都事略》：仁宗后曹氏，贈韓王彬之孫，贈吴王玘之女。仁宗崩，英宗即位，詔軍國大事請太后權同處分，乃御内東門小殿，垂簾聽政。神宗即位，尊爲太皇太后。

慎按：此詩施氏原本不載，新刻本載《續補》下卷，今移編。

十月二十日恭聞太皇太后升遐以軾罪人不許成服欲哭則不敢欲泣則不可故作挽詞二章〔一〕

其一

巍然開濟兩朝勳〔二〕，信矣才難十亂臣。原廟固應祠百世〔三〕，先王何止活千人〔四〕。和熹未聖猶貪位，明德雖賢不及民。月落風悲天雨泣，誰將椽筆寫光塵。

〔一〕十月：《東都事略·后妃世家》：曹太后崩於元豐二年十月二十日。諸刻本題中多訛爲「十二月」，今删去「二」字，以正向來之訛。

〔二〕兩朝勳：《宋史》：曹彬，字國華，真定靈壽人。太祖開寶六年，進檢校太傅。七年，平江南，拜樞密使。太宗即位，加同平章事。從征太原，加兼侍中。太平興國三年，進檢校太師，尋封魯國公。咸平二年卒，追封濟陽郡王，謚武惠。

〔三〕原廟：《宋史》本傳：配享太祖廟庭。

〔四〕何止活千人：《宋史》本傳：乾德二年，伐蜀，彬爲都監。所下郡縣諸將欲屠城，以逞其欲。彬申令戢下，所至悦服。開寶七年，奉詔赴荆南，發戰艦，以彬爲都部署。八年，師次秦淮，彬每緩師，冀李煜歸命。使人諭曰：「事勢如此，所惜者一城生聚。」城垂克，忽稱疾，諸將來問疾，彬曰：「惟諸公誠心自誓，城克之日，不妄殺一人，則吾疾自愈矣。」明日城陷，煜與其臣詣軍門降，彬待以賓禮，卒賴保全。

其二

未報山陵國士知〔一〕，遶林松柏已猗猗。一聲慟哭猶無所，萬死酬恩更有時。夢裏天衢隘雲仗，人間雨泪變彤帷。《關雎》、《卷耳》平生事，白首纍臣正坐詩〔二〕。

〔一〕國士知：《東都事略》：蘇軾以詩得罪，知必死。慈聖太后違豫中聞之，謂神宗曰：「嘗憶仁宗以制科得軾兄弟，甚喜，曰：『吾爲子孫得兩宰相。』今聞軾以作詩繫獄，得非仇人中傷之？捃至於詩，其過微矣。吾疾勢已篤，不可以冤濫，致傷中和。」神宗涕泣，軾由是得免。

〔二〕纍臣坐詩：《烏臺詩案》：監察御史舒亶札子：包藏禍心，訕讟慢罵，無復人臣之節，未有如軾者也。陛下發錢以本業貧民，則曰「贏得兒童語音好，一年强半在城中」；陛下明法以課試群吏，則曰「讀書萬卷不讀律，致君堯舜知無術」；陛下興水利，則曰「東海若知明主意，應教斥鹵變桑田」；陛下謹鹽禁，則曰「豈是聞韶解忘味，邇來三月食無鹽」；其他觸物即事，無不以譏謗爲主。旁屬大臣緣以指斥乘輿，可謂大不恭矣。御史中丞李定札子：軾自度不爲朝廷獎用，銜怨懷怒，恣行醜詆。見於文字，或有燕蝠之譏，或有竇梁之比，訕上罵下，法所不宥。

予以事繫御史臺獄獄吏稍見侵自度不能堪死獄中不得一別子由故作二詩授獄卒梁成以遺子由

其一

聖主如天萬物春，小臣愚暗自亡身。百年未滿先償債，十口無歸更累人。是一作「到」處青山可埋骨，他年夜雨獨傷神。與君世世爲兄弟，又結來生未了因。

其二

柏臺霜氣夜淒淒，風動琅璫月向低。夢繞雲山心似鹿，魂驚湯火命如雞。眼中犀角真吾子，身後牛衣愧老妻。百歲神遊定何處，桐鄉知葬浙江西。公自注：獄中聞杭、湖間民爲余作解厄道場者累月，故有此句。

慎按：先生獄中詩向不入正集，南宋人詩話中往往載之，多有不同者。《石林避暑録》「未滿先償債」作「未了須還債」，「無歸」作「無家」，「埋骨」作「藏骨」，「他年」作「他時」，「眼中」作「額中」，「百歲」作「他日」，「何處」作「何所」，「知葬」作「應在」。《韻語陽秋》「埋骨」亦作「藏骨」。《捫蝨新語》「世世」作「今世」，「吾子」作「無子」，「知葬」作「知在」。

十二月二十八日蒙恩責授檢校水部員外郎黄州團練副使復用前韻二首〔一〕

其一

百日歸期恰及春〔二〕，餘年樂事最關身〔三〕。出門便旋風吹面〔三〕，走馬聯翩鵲啅人。却對酒杯渾是夢，試拈詩筆已如神。此災何必深追咎，竊禄從來豈有因。

〔一〕檢校員外郎：孫彦同《職官分紀》：檢校，兼官也。《唐會要》：員外郎，神龍以後有之。惟皇親戰功之外，不復除授。今則貶責者，然後以員外官處之。○團練副使：《職官分紀》：國朝節度防禦團練副使，從八品。

〔二〕百日：公以八月十八日赴獄，十二月二十八日出獄，恰滿百日。

〔三〕樂事：陶潛詩：樂事滿餘齡。

〔四〕便旋：《詩》：子之還兮。《傳》：便捷之貌。《疏》云：便捷，本作便旋。

《烏臺詩案》：御史臺根勘所於十一月三十日結案，具狀申奏，差陳睦録問，别無翻異。准敕作匿名文字嘲訕朝政及中外臣僚，徒二年。情重者，奏裁准律。犯私罪，以官當徒者，九品以上，一官當徒一年。據按，蘇軾見任祠部員外郎、直史館、并歷太常博士，其蘇軾合追兩官，係情重，及比附并，或以官，或以職。奉聖旨，蘇軾可責授檢校水部員外郎，充黄州團練副使，本州安置，不得簽書公事。○又按，孫君孚《談圃》云：子瞻得罪時，有朝士賣一詩策，内有使墨君事者，遂下獄。李定、何正臣劾其事，以指斥論，謂蘇曰：「學士素有名節，何不與他招了？」蘇曰：「軾爲人臣，不敢萌此心，却未知何人造此意。」一日，禁中遣馮宗道按獄，止貶黄州團練副使。此段《烏臺詩案》所不載，附録於此。

其二

平生文字爲吾累，此去聲名不厭低。塞上縱歸他日馬，城東不鬬少年雞〔一〕。休官彭澤貧無酒，隱几維摩病有妻〔二〕。堪笑睢陽老從事，爲余投劾向江西。公自注：子由聞予下獄，乞以官爵贖予罪，貶筠州監酒。

〔一〕城東鬬雞：《城東父老傳》云：賈昌年七歲，明皇召爲雞坊小兒長。至元和庚寅，年九十八矣，語太平事，歷歷可聽。自言少年以鬬雞媚上，上以倡優畜之。

〔二〕維摩有妻：《維摩經·法喜以爲妻》注云：法喜，謂見法内生喜也。世人以妻色爲悦，菩薩以法喜爲悦。

慎按：十月二十日以下六章，施氏原本俱載《遺詩三十一首》卷中，今據歲月，移於此。

東坡先生編年詩卷二十

古今體詩六十首起元豐三年庚申正月赴黄州，盡一年作。

陳州〔一〕與文郎逸民飲别攜手河隄上作此詩〔二〕

白酒無聲滑瀉油，醉行隄上散吾愁。春風料峭羊角轉，河水渺綿瓜蔓流。君已思歸夢巴峽，我能未到説黄州〔三〕。此生聚散何窮已，未忍悲歌學楚囚。

〔一〕陳州：《太平寰宇記》：自開封府東南至陳州三百十里。

〔二〕文逸民：名務光，子由壻也，故呼爲文郎。按，范百禄所撰《文湖州墓志》，男五人，務光，第四子也。

〔三〕黄州：注詳後。

子由自南都來陳三日而别〔一〕

夫子自逐客，尚能哀楚囚。奔馳二一作「三」百里，徑來寬我憂。相逢知有得，道眼清不流。别來未一年，落盡驕氣浮。嗟我晚聞道，款啓如孫休。至言難久服，放心不自收。悟彼善知識〔二〕，妙藥應所投。納之憂患塲，磨以百日愁。冥頑雖難化，鐫發亦已周。平時種種心〔三〕，次第去莫留。但餘無所還，永與夫子游。此别何足道，大江東西州。畏蛇不下榻，睡足吾無求〔四〕。便爲齊安民〔五〕，何必歸故邱。

〔一〕南都來陳：宋州歸德軍，宋爲南京。《太平寰宇記》：自歸德軍西南至陳州二百八十里。

〔二〕善知識：《法華經·本事品》：其善知識，能作佛事。

〔三〕種種心：猶俗言般般也。施氏原注引《左傳》「余髮種種」者，訛。

〔四〕睡足：杜牧之《齊安郡》詩：平生睡足處，雲夢澤南州。

〔五〕齊安：《元和郡縣志》：春秋邾地，後爲黄國之境。蕭齊於此置齊安郡。開皇三年罷郡，置黄州。《太平寰宇記》：淮南道黄州齊安郡，唐中和五年移於舊邾城南，與武昌對岸。東北至東京一千九百里，南至武昌縣隔大江，北至光州七百里。

正月十八日蔡州道上遇雪次子由韻二首〔一〕

其一

蘭菊有生意，微陽回寸根。方憂集暮雪，復喜迎朝暾。憶我故居室，浮光動南軒。松竹半傾瀉，未數葵與萱。三徑瑶草合，一缾井花温〔二〕。至今行吟處，尚餘屐齒痕。一朝出從仕，永愧李仲元。晚歲益可羞，犯雪方南奔。山城買廢圃，槁葉手自掀。長使齊安人，指説故侯園。

〔一〕蔡州：《元和郡縣志》：漢汝南郡，隋自豫州移入懸瓠城，今理是也。大業二年，改蔡州。東北至陳州二百六十里，東南至光州三百二十里。《九域志》：京東西北路蔡州汝南郡，淮康軍節度，領新息、新蔡等十縣。《一統志》：今汝寧府。

〔二〕井花：杜甫詩：兒童汲井花，慣捷瓶在手。

其二

鉛膏染髭鬚〔一〕，旋露霜雪根。不如閉目坐，丹府夜自暾。誰知憂患中，方寸寓羲軒〔二〕。

大雪從壓屋，我非兒女萱。平生學踵息，坐覺兩鐙温。下馬作雪詩，滿地鞭箠痕。佇立望原野，悲歌爲黎元。道逢射獵子，遥指狐兔奔。蹤跡尚可原一作「尋」，窟穴何足掀。寄謝李丞相，吾將反邱園。

〔一〕染髭鬚：劉禹錫詩：近來時世輕前輩，好染髭鬚媚後生。

〔二〕方寸：《黄庭經》注：三丹田，各方一寸，曰寸田。

慎按：《欒城集》原題云「次韻王適雪晴復雪二首」，其首章用韻不同，先生所和，皆第二首韻也。

附子由原作一首：

同雲自成幄，飛雪來無根。一爲清風卷，坐見東方暾。重陰偶復合，飛霰滿南軒。油然青春意，已見出土萱。老病一不堪，惟恃濁酒温。開户理松菊，掃蕩無遺痕。卷舒朝夕間，誰識造化元。乾坤本何施，中有神怪奔。萬物極毫末，顛倒何足掀。老農但知種，荷鋤理南園。

過新息留示鄉人任師中〔一〕公自注：任時知瀘州，亦坐事對獄。

昔年嘗羡任夫子，卜居新息臨淮水〔二〕。怪君便爾忘故鄉，稻熟魚肥信清美。竹陂雁起天爲黑，公自注：小竹陂在縣北。桐柏烟横山半紫。公自注：桐柏廟在縣南。知君坐受兒女困〔三〕，悔不先歸弄清泚。塵埃我亦失收身，此行蹭蹬尤可鄙。寄食方將依白足，附書未免煩黄耳。往雖不及來有年，詔恩倘許歸田里。却下關山入蔡州，爲買烏犍三百尾。公自注：蔡州出水牛。

〔一〕任師中：名伋，注見前。

〔二〕卜居：《欒城集》云：任師中，名伋，世家眉山，吾先君子之友也。始爲新息令，其民愛之，買田而居。○新息：《元和郡縣志》：漢新息縣，唐武德二年，置息州，貞觀中廢爲縣。《太平寰宇記》：新息縣在蔡州東南一百五十里，淮水自西流入，經縣南。《漢書》注：本息縣，其後東徙，故加新字。

〔三〕坐受兒女困：《淮海集·瀘州使君任公墓表》：熙寧五年，熊本薦伋知瀘州。元豐二年，納溪砦互市，有毆夷人至死者。故事，漢人殺夷人，既論死，仍償其資，謂之骨價。時砦將欲勿與，夷人争譟。公曉以禍福，投兵請降。而轉運判官意與公異，公具奏，使者欲貪功生事。使者即誣奏公前乞弟過江安不時掩擊，疑有私謁。朝廷疑之，乃先免而下章於他郡，各窮究所考，未具而公卒。

過淮

朝離新息縣，初亂一水碧。暮宿淮南村〔一〕，已度千山赤。麏鼯號古戍，霧雨暗破驛。回頭梁楚郊，永與中原隔。黄州在何許，想像雲夢澤〔二〕。吾生如寄耳，初不擇所適。但有魚與稻，生理已自畢。獨喜小兒子，少小事安佚。相從艱難中，肝肺如鐵石。便應與晤語〔三〕，何止寄衰疾。公自注：時家在子由處，獨與兒子邁南來。

〔一〕淮南村：《元和郡縣志》：淮水去新息五里，自西流入，經縣南。

〔二〕雲夢澤：《史記·司馬相如傳》：楚有七澤，其小者名雲夢。《太平寰宇記》：雲夢澤在安陸縣東南，闊數百里，南接荆州。○慎按，《左傳》：邧子之女，棄子於夢中。《史記》：楚令尹子文生時，父母棄雲中。羅子蒼《識遺》云：江北爲雲，今玉沙、監利、景陵等縣。江南爲夢，今公安、石首、建寧等縣。跨江南北，總謂之雲夢，乃二澤名。《禹貢》、《爾雅》皆言雲夢，並舉而言耳。舊《尚書》：雲夢土作乂。唐太宗得古本《尚書》，作「雲土夢作乂」，遂詔從古本。

〔三〕晤語：《詩·陳風》：彼美淑姬，可與晤語。

書麐公詩後并引

過加禄鎮南二十五里大許店，休馬於逆旅祁宗祥家，見壁上有幅紙，題詩云：「滿院秋光濃欲滴，老僧倚杖青松側。只怪高聲問不譍，嗔余踏破蒼苔色。」其後題云：「滏水僧寶麐。」宗祥謂余：「此光黄間狂僧也，年百三十，死於熙寧十年。既死，人有見之者。」宗祥言其異事甚多，作是詩以足之。譍公本名清戒，俗謂之戒和尚云。

譍公昔未化，來往淮山曲。壽逾兩甲子，氣壓諸尊宿。但嗟濁惡世，不受龍象蹴。我來不及見，悵望空遺躅。霜顱隱白毫，鏁骨埋青玉〔一〕。皆云似達摩，隻履還西竺。壁間餘清詩，字勢頗拔俗。爲吟五字偈，一洗凡眼肉。

〔一〕鏁骨：《續玄怪録》：延州有婦人，甚有姿色，少年悉與狎。數歲而歿，葬道左。有胡僧敬禮其墓曰：「斯乃大慈悲，喜捨俗之欲，無不狥焉。此即鏁骨菩薩。」衆人開視，其骨鉤結，皆如鏁狀，遂與起塔。

遊浄居寺〔一〕并引

浄居寺在光山縣南四十里大蘇山之南〔二〕，小蘇山之北。寺僧居仁爲余言：齊天保中，僧惠思過此〔三〕，見父老，問其姓，曰蘇氏，又得二山名。乃歎曰：「吾師告我，遇三蘇則住。」遂留結菴。而父老竟無有，蓋山神也。其後僧智顗見思於此山而得法焉〔四〕，則世所謂思大和尚智者大師是也。唐神龍中，道岸禪師始建寺於其地〔五〕。廣明庚子之亂，寺廢於兵火，至乾興中乃復，而賜名曰梵天云。

十載遊名山，自製山中衣。願言畢婚嫁，攜手老翠微。不悟俗緣在，失身陷危機。刑名非夙學，陷穽損積威。遂恐生死隔，永與雲山違。今日復何日，芒鞋自輕飛。稽首兩足尊〔六〕，舉頭雙涕揮。靈山會未散〔七〕，八部猶光輝〔八〕。願從二聖往〔九〕，一洗千劫非。徘徊竹溪月，空翠摇烟霏。鐘聲自送客，出谷猶依依。回首吾家山，歲晚將焉歸。

〔一〕净居：《名勝志》：净居山在光山西南，山上有净居寺。

〔二〕光山縣：《元和郡縣志》：光山縣在光州南三十里，本漢西陽縣，魏屬弋陽郡，宋孝武於此立縣。光山一名弋山，在縣西北八十里。

〔三〕惠思：《南嶽思大禪師行狀》：師諱慧思，武津李氏子，依北齊慧聞禪師，悟入《法華》三昧，時稱思大和尚。及領徒南邁，值梁之亂，暫止大蘇。後居南嶽般若寺，爲法華三祖。《釋氏稽古略》云：初，南嶽慧聞探藏經，得龍樹大士所造《中觀論》，悟旨，遂遥禮龍樹爲師。以《法華》宗旨授慧思，思授智者大師智顗，顗授灌頂尊者，頂授縉雲威，縉雲傳東陽威，東陽傳左溪元朗，朗傳湛然荆溪尊者，通爲九祖。後世宗之，曰天台教。

〔四〕智顗：《續高僧傳》：智顗，字德安，姓陳氏。年十八，投相州果願寺出家。後詣光州大蘇山慧思禪師受業，思每歎曰：「昔在靈山同聽《法華》，今復來矣。」即示普賢道場，爲説四安樂行。顗乃於此山行《法華》三昧，又入白沙，如前入觀。於經有疑，輒見思來冥爲披釋。後常令代講，聞者伏之。思既遊南嶽，顗便詣金陵。

〔五〕道岸：《高僧傳》：道岸，姓唐氏，世居潁川，爲大族。永嘉南渡，遷於光州。出家後，居會稽龍興寺，時號大和尚。孝和皇帝召入朝，圖形於林光宫，御製像贊。後辭還光州，度人置寺，於是祇陀苑囿，鬱起僧坊。

〔六〕兩足尊：《傳燈録》：黄蘖云：舉足即佛，下足即衆生。諸佛兩足尊者，即理足、事足、衆生足、生死足、一切等足。足故不求。

〔七〕靈山會：《釋氏稽古略》：智者大師初謁大蘇山惠思禪師，悟《法華》三昧，見靈山一會，儼然未散。

〔八〕八部：《翻譯名義》：一天，二龍，三夜叉，四乾闥婆，五阿修羅，六迦樓羅，七緊那羅，八摩睺羅，皆有大神力，能變形在座聽法。

〔九〕二聖：謂惠思與智顗。

慎按：施氏原注：此詩墨蹟今在湖州向氏，首有「浄居」二字。新刻删去，今補録。

梅花二首

其一

春來幽谷水潺潺，的皪梅花草棘間。一夜東風吹石裂，半隨飛雪度關山。

慎按：周必大《題跋》：東坡手書《梅花二絶》，元豐三年正月，貶黄州道中作，「一夜」，手書作「昨夜」。

其　二

何人把酒慰深幽，開自無聊落更愁。幸有清溪三百曲，不辭相送到黄州。

戲作種松

我昔少年日，種松滿東岡。初移一寸根，瑣細如插秧。二年黄茅下，一一攢麥芒。三年出蓬艾，滿山散牛羊。不見十餘年一作「十年餘」，想作龍蛇長。夜風波浪碎，朝露珠璣香。我欲食其膏，已伐百本桑。公自注：煮松脂法，用桑柴灰水。人事多乖迕，神藥一作「物」竟渺茫。朅來齊安野，夾路須髯蒼。會開龜蛇窟，不惜斤斧瘡。縱未得茯苓，且當拾流肪。釜盎百出入，皎然散飛霜。槁死三彭仇，澡換五穀腸。青骨凝緑髓，丹田發幽光。白髮何足道，要使雙瞳方。却後五百年，騎鶴還故鄉。

慎按：《雲笈七籤》：養生家有服松脂法，此詩後半首本此。

萬松亭〔一〕并引

麻城〔二〕縣令張毅〔三〕，植萬松於道周，以芘行者，且以名其亭。去未十年，而松之存者十不及三四。傷來者之不嗣其意也，故作是詩。

十年栽種百年規，好德無人助我儀。公自注：古語云：一年之計，樹之以穀。十年之計，樹之以木。百年之計，樹之以德。縣令若同倉庾氏，亭松應長子孫枝。天公不救斧斤厄，野火解憐冰雪姿。爲問幾株能合抱，殷勤記取《角弓》詩。

〔一〕萬松：《復齋漫録》：萬松嶺在關山。《砦溪詩話》：麻城縣界有萬松，連日行清陰中，其亭館亦可愛，適當關山路。孔武仲詩注云：萬松，治平中張毅所植。

〔二〕麻城：《太平寰宇記》：麻城在黄州東北一百七十里。本漢西陵縣地，周大象元年置麻城縣。《名勝志》：石勒使其將麻秋所築，隋以立縣。與《太平寰宇記》不合。

〔三〕張毅失考。

附孔常父作：

鬱鬱青山夾路松，行人笑語緑陰中。排雲架壑無餘地，灑面侵襟有好風。一日勞心非欲速，千年流惠亦何窮。我來俯仰尋遺愛，更喜清虚萬慮空。

張先生并引

先生不知其名，黄州故縣人〔一〕。本姓盧，爲張氏所養。陽狂垢污，寒暑不能侵。常獨行市中，夜或不知其所止。往來者欲見之，多不能致。余試使人召之，欣然而來。既至，立而不言。與之言，不應。使之坐，不可。但俯仰熟視傳舍堂中，久之而去。夫孰非傳舍者，是中竟何有乎？然余以有思維心，追躡其意，蓋未得也。

熟視空堂竟不言，故應知我未天全。肯來傳舍人皆説別本作「悦」者，訛，能致先生子亦賢〔二〕。脱屣不妨眠糞屋，流澌争看浴冰川。士廉豈識桃椎妙，妄意稱量未必然。

〔一〕故縣：《九域志》：黄州麻城縣有岐亭、故縣等六鎮。

〔二〕能致：《後漢書·陳蕃傳》：郡人周璆，高潔之士，前後郡守招命，莫肯至，惟蕃能致焉。

附子由次韻：

得罪南來正坐言，道人閉口意深全。天游本自有真樂，羿彀誰知定不賢。構火暾暾初吐日，飛流滚滚旋成川。此心此去如灰冷，肯更逢人問復然。

初到黄州

自笑平生爲口忙，老來事業轉荒唐。長江繞郭知魚美，好竹連山覺筍香。逐客不妨員外置〔一〕，詩人例作水曹郎〔二〕。只慚無補絲毫事，尚費官家壓酒囊。公自注：檢校官例折支，多得退酒袋。

〔一〕員外置：《唐書·百官志》：初，太宗省内外官，定制爲七百三十員，然是時已有員外置，其後又有特置，同正員。至於檢校兼守、判、知之類，非本制也。又，《魏元忠傳》：令州牧縣宰割削自私，而更員外置官，古謂之十羊九牧。《宋史·職官志》：隋唐以來，以省、臺、寺、監、府、衛分庶務，以品爵勳階别群才，復有員外之置，有檢校、試、攝、判、知及諸使之名，歷五季不廢。唐趙謙光詩：惟愁員外置，不應列星文。

〔二〕例作水曹郎：《瀛奎律髓》：何遜、張籍、孟賓于三詩人，皆水部。

陳季常〔一〕所蓄朱陳村嫁娶圖二首〔二〕

其一

何年顧陸丹青手，畫作朱陳嫁娶圖。聞道一村惟兩姓，不將門户買崔盧。

〔二〕陳季常：名慥，自號方山子，陳公弼之少子。

〔三〕朱陳村：事詳《白氏長慶集》。

其二

我是朱陳舊使君，勸農曾入杏花村〔一〕。而今風物那堪畫，縣吏催錢一作「租」夜打門。

〔一〕杏花村：《名勝志》：朱陳村距蕭縣東南百里，杏花村與朱陳村相連。

少年時嘗過一村院見壁上有詩云夜涼疑有雨院靜似無僧不知何人詩也宿黄州禪智寺寺僧皆不在夜半雨作偶記此詩故作一絶

佛燈漸暗飢鼠出，山雨忽來修竹鳴。知是何人舊詩句，已應知我此時情。

慎按：潘閬《夏日宿西禪寺》詩：此地絶炎蒸，深疑到不能。夜涼如有雨，院静似無僧。枕潤連雲石，窗虛照佛燈。浮生多賤骨，時日恐難勝。全篇見《宋文鑑》，方回《瀛奎律髓》亦載之，今附録。

定惠院寓居月夜偶出〔一〕

幽人無事不出門，偶逐東風轉良夜。參差玉宇飛木末，繚繞香烟來月下。江雲有態清自媚，竹露無聲浩如瀉。已驚弱柳萬絲垂，尚有殘梅一枝亞。清詩獨吟還自和，白酒已盡誰能借。不惜青春忽忽過，但恐歡意年年謝。自知醉耳愛松風，會揀霜林結茅舍。浮浮大甑長炊玉，溜溜小槽如壓蔗。飲中真味老更濃，醉裏狂言醒可怕。閉門一作「但當」謝客對妻子，倒冠落佩從嘲罵。

〔一〕定惠院：《名勝志》：在黄岡縣東南。

慎按：施氏原注：此詩墨蹟在臨川黄掞家，嘗刻於婺倅廳，「但當謝客」，墨蹟作「閉門謝客」。此段新刻本删去，今補録。

次韻前篇

去年花落在徐州，對月酣歌美清夜。公自注：去年花下對月，與張師厚、王子立兄弟飲酒，作「蘋」字韻詩。今年黄州見花發，小院閉門風露下。萬事如花不可期，餘年似酒那禁瀉。憶昔扁舟泝巴峽，落帆樊口公自注：在黄州南岸高桅亞。長江衮衮空自流，白髮紛紛寧少借。竟無五畝繼沮溺，空有千篇淩鮑謝。至今歸計負雲山，未免孤衾眠客舍。少年辛苦真食蓼，老境安一作「清」閒如啖蔗。飢寒未至且安居，憂患已空猶夢怕。穿花踏月飲村酒，免使醉歸官長罵。

附子由次韻二首：《欒城集》題云「次子瞻夜字韻作中秋對月二篇一以贈王郎一以寄子瞻」。

平明坐曹黃昏歸，終歲得閒惟有夜。已邀明月出牆東，更遣清風掃庭下。城上青鬟四山合，門前白練長江瀉。誰家高會吹參差，鄰婦悲歌舂罷亞。二年憂患今已過，一夕清光天所借。西京詩句出蘇李，南國風流數王謝。已隨孤棹去中原，肯顧新科求上舍。讀書本自比嵇鍛，學劍要須問曹蔗。清觴灩灩君莫違，佳句駸駸余已怕。狂夫猖狂終累人，不返行遭親黨罵。

十年秋月照相思，相從祇有彭門夜。露侵笳鼓思城闕，寒迫魚龍舞潭下。厭厭夜飲歡自足，落落襟懷向人瀉。秋深河來巨野溢，水乾樓起滕王亞。北海孔公雖好客，河内寇君那得借。是非朝野忽紛紜，得喪芳菲一開謝。明月多情還入户，流水何知空繞舍。晨餐江市富鱣魴，夜宿山邨足梨蔗。坐隅鵩鳥不須問，牆外蝮蛇猶足怕。婁公見唾行自乾，馮老尚多誰定罵。

附李端叔次韻二首：《姑溪集》題云「常愛東坡去年花落在徐州二詩因即其韻聊記目前」。

老來不慣離家久，獨卧一床今八夜。抓搔十爪垢已滿，降伏千魔心未下。熒熒病眼日更昏，皎皎孤懷誰與瀉。恨無鑾帳與睡俱，獨有筇枝伴身亞。華嚴性海每深味，兜率陀天聊復借。平生好書陋顔柳，近日作詩幾沈謝。百年旅夢行將覺，萬事家園猶未舍。妄緣倘或未嘗膽，佳境安能如食蔗。從來少味燕偏知，早已忘機鼠休怕。行當遂作重屏圖，闒茸凡材任譏罵。自注：世圖白老謂之重屏圖。良宵明月爲誰好，記得初來正今夜。城頭火客咯不斷，花下鵲棲驚欲下。更深未覺單衣怯，風細只疑清露瀉。漂流南北心已老，綿歷間關身自亞。傷心黄卷不相契，過眼青春難更借。那知交臂輒深扁，驟學問缺一字誰與謝。家書杳邈隔重嶺，客飯酸醎真傳舍。殷勤兒女致雙鯉，璀璨肴蔬勝木蔗。定知何日遂能歸，却憶今朝真可怕。解衣就枕已多三，喘咄多言翻自罵。

安國寺浴〔一〕

老來百事懶，身垢猶念浴。衰髮不到耳，尚煩月一沐。山城足薪炭，烟霧蒙湯一作「暘」谷。塵垢能幾何，翛然脱羈梏。披衣坐小閣，散髮臨修竹。心困萬緣空，身安一牀足。豈惟忘净穢，兼以洗榮辱。默歸毋多談，此理觀要熟。

〔一〕安國寺：本集《黄州安國寺記》云：城南精舍曰安國寺，有茂林修竹，陂池亭榭。寺僧曰繼連。寺立於僞唐保大二年，始名護國。嘉祐八年，賜今名。堂宇齋閣，連皆新易之，嚴麗深穩，悦可人意，至者忘歸。

安國寺尋春

卧聞百舌呼春風，起尋花柳村村同。城南古寺修竹合，小房曲檻欹深紅。看花歎老憶年少，對酒思家愁老翁。病眼不羞雲母亂，鬢絲强理茶烟中。遥知二月王城外〔一〕，玉仙〔二〕洪福花如海〔三〕。薄羅匀霧蓋新粧，快馬争風鳴雜珮。玉川先生真可憐，一生耽酒終無錢。病過春風九十日，獨抱添丁看花發。

〔一〕王城：指開封也。王氏注謂洛陽者，謬。

〔二〕玉仙：孟元老《東京夢華録》：玉仙觀在開封城南。《苕溪漁隱叢話》：玉仙觀在宣化門外八里。仁宗朝陳道士所修葺，花木亭臺，四時遊客不絶。東坡詩所謂「玉仙洪福花如海」是也。

〔三〕洪福：《汴京遺跡志》：洪福寺有二，其一在開封城西金水河北，其一在城東北沙窩岡。

寓居定惠院之東雜花滿山有海棠一株土人不知貴也

江城地瘴蕃草木，只有名花苦幽獨。嫣然一笑竹籬間，桃李漫山總麤俗。也知造物有深意，故遣佳人在空谷。自然富貴出天姿，不待金盤薦華屋。朱脣得酒暈生臉，翠袖卷紗紅映肉。林深霧暗曉光遲，日暖風輕春睡足。雨中有淚亦悽愴，月下無人更清淑。先生飽食無一事，散步逍遥自捫腹。不問人家與僧舍，拄杖敲門看修竹。忽逢絶艷照衰朽，歎息無言揩病目。陋邦何處得此花，無乃好事移西蜀。寸根千里不易致一作「到」，銜子飛來定鴻鵠。天涯流落俱可念，爲飲一樽歌此曲。明朝酒醒還獨來，雪落紛紛那忍觸。

慎按：魏淳甫《詩人玉屑》云：東坡《海棠》詩，辭格超逸，不復蹈襲前人。平生喜爲人寫，蓋人間刊石者，自有五六本，生平得意詩也。

附趙次公和韻：次公名夔。此詩載南宋人陳思《海棠譜》中。

化工妙手開群木，酷向海棠私意獨。殊姿豔豔雜花裏，端似神仙在流俗。睡起胭脂懶未勻，天然膩理還豐肉。繁華增麗態度遠，婀娜含嬌風韻足。豈惟婉孌彤管姝，真同窈窕《關雎》淑。未能奔往白玉樓，要當貯以黄金屋。顧雖風暖欲黄昏，脉脉難禁倚修竹。可憐俗眼不知貴，空抱容光照山谷。此花本出西南地，李杜無詩恨遺蜀。高才没世孰雕龍，後輩補亡難刻鵠。貂裘季子客齊安，相逢忽慰羈人目。當年甫白君可繼，爲花重賦陽春曲。把酒因澆壘塊胸，搜句輒傾空洞腹。多情恐作絳雲收，兒童莫信來輕觸。

次韻樂著作野步〔一〕

老來幾不辨西東，秋後霜林且降紅。眼暈見花真是病，耳虚聞蟻定非聰。酒醒不覺春强半，睡起常驚日過中。植杖偶逢爲黍客，披衣閒咏舞雩風。仰看落蕊收松粉，俯見新芽摘杞叢。楚雨還昏雲夢澤〔二〕，吴潮不到武昌宫〔三〕。公自注：黄州對岸武昌縣有孫權故宫。廢興古郡詩無數，寂寞閒窗《易》粗通〔四〕。解組歸來成二老，風流他日與君同。

〔一〕樂著作：《宋史》：樂京，荆南人。在鄉以行義聞，用薦爲校書郎。神宗初，知長葛縣。不奉助役法。乞去，坐奪官，經十年乃復，監黄州酒税。後以承議郎致仕。○慎按，先生初至黄，正樂京監酒税時也。校書郎與著作郎同隸秘書省，故得通稱。

〔二〕楚雨：李商隱詩：楚雨含情皆有托。

〔三〕武昌宫：《名勝志》：吴王城在武昌縣東一里，周四百八十步，有五門，北臨大江。城内有安樂宫，宫前有御溝，水流出爲牧馬港。宫殿故基，今爲天王殿。相傳南樓即安樂宫，端門即今譙樓也。

〔四〕《易》粗通：粗，上聲。先生在黄州，著《易傳》九卷。

二月二十六日雨中熟睡至晚强起出門還作此詩意思殊昏昏也

卯酒困三杯，午餐便一肉。雨聲來不斷，睡味清且熟。昏昏覺還卧，展轉無由足。强起出門行，孤夢猶可續。泥深竹雞語，村暗鳩婦哭。明朝看此詩，睡語應難讀。

雨晴後步至四望亭下魚池上遂自乾明寺前東岡上歸二首〔一〕

其 一

雨過浮蘋合，蛙聲滿四鄰。海棠真一夢，梅子欲嘗新。拄杖閒挑菜，鞦韆不見人。殷勤木芍藥，獨自殿餘春。

〔一〕四望亭：《名勝志》：四望亭在雪堂南，高阜之上。○按，濠州亦有四望亭，唐太和中，刺史劉嗣之所立，李紳作記。曹學佺訛引此條，不足據也。

其 二

高亭廢已久，下有種魚塘。暮色千山入，春風百草香。市橋人寂寂，古寺竹蒼蒼。鸛鶴來何處，號鳴滿夕陽。

雨中看牡丹

其一

霧雨不成點，映空疑有無。時於花上見，的皪走明珠〔一〕。秀色洗紅粉，暗香生雪膚。黄昏更蕭瑟，頭重欲相扶。

〔一〕的皪：《上林賦》：宜笑的皪。

其二

明日雨當止，晨光在松枝。清寒入花骨，肅肅初自持。午景發濃豔，一笑當及時。依然暮還斂，亦自一作「似」惜幽姿。

慎按：施氏原注：午景發濃豔，集本作「濃麗」，今從墨蹟。

其三

幽姿不可惜，後日東風起。酒醒何所見，金粉抱青子。千花與百草，共盡無妍鄙。未忍汙泥沙，牛酥煎落蘂。

慎按：施氏原注：此三詩墨蹟在玉山，汪氏嘗摹刻之，後題云「黄州天慶觀牡丹三首」。新刻删去，今補録。

次韻樂著作送酒

少年多病怯杯觴，老去方知此味長。萬斛羈愁都似雪，一壺春酒若爲湯〔一〕。

〔一〕湯雪：《後漢書·皇甫嵩傳》：折枯消堅，甚於湯雪。

次韻樂著作天慶觀醮〔一〕

濁世紛紛肯下臨，夢尋飛步五雲深，無因上到通明殿。只許微聞玉珮音。

〔一〕天慶觀：本集先生在黄州《與秦少游尺牘》云：謫居無事，借得本州天慶觀道堂三間，冬至後入此室，四十九日乃出。自非放廢，安得就此？

王齊萬秀才寓居[一]武昌縣[二]劉郎洑[三]正與伍洲[四]相對伍子胥奔吴所從渡江也

君家稻田冠西蜀，擣玉揚珠三萬斛。塞江流柹起書樓[五]，碧瓦朱欄照山谷。傾家取樂不論命，散盡黄金如轉燭。惟餘舊書一百車，方舟載入荆江曲。江上青山亦何有，伍洲遥望劉郎藪。明朝寒食當過君，請殺耕牛壓私酒。與君飲酒細論文，酒酣訪古江之濆。仲謀、公瑾不須弔[六]，一酹波神英烈君。公自注：杭州伍子胥廟封英烈王。

［一］王齊萬寓居：齊萬，字文甫，嘉州犍爲人。見本集《與秦少游尺牘》。《能改齋漫録》云：王文甫所居在黄之車湖，即車武子故居，宅枕大江，即散花洲也。

［二］武昌縣：《水經注》：江之右岸有鄂縣故城，舊樊楚也。《九州記》曰：鄂，今武昌也。《元和郡縣志》：武昌在鄂州東北一百七十里，三國吴改江夏縣，後爲武昌。《輿地廣記》：孫權初都此，黄初二年，改爲武昌縣。李燾《鄂州南樓記》云：孫氏更名漢鄂曰武昌，今州東武昌縣是也。

［三］劉郎洑：《十道志》：劉郎浦在荆州。《圖經》亦云在石首縣，不言在武昌。《名勝志》：舊傳孫權迎蜀先主於此。或曰，舊名流浪，訛爲劉郎。

〔四〕伍洲：《吴越春秋》：伍員奔吴，到昭關，追者在後。至江，有漁父乘船，泝江而上。子胥呼之，曰：「漁父渡我！」子胥入船，漁父知其意，乃渡之於溽之津。既渡，解百金之劍以贈，漁父不受。《齊安拾遺》：伍洲與解劍亭相對。而《水經注》則云江中有五洲相接，故以爲名。宋孝武舉兵江州，建牙洲上，即是洲也。據此，則伍當作五，存以備考。又，何遜詩：睠言還九派，回艫出五洲。

〔五〕書樓：本集有《犍爲王氏書樓》詩，見第一卷。

〔六〕仲謀、公瑾：《三國志》：孫權，字仲謀。二十五年，都鄂，改名武昌。周瑜，字公瑾，孫策以瑜爲中護軍，領江夏太守。

杜沂游武昌〔一〕以酴醾花〔二〕菩薩泉〔三〕見餉二首

其一

酴醾不争春，寂寞開最晚。青蛟走玉骨，羽蓋蒙珠幰。不粧豔已絶，無風香自遠。凄凉吴宫闕，紅粉埋故苑。至今微月夜，笙簫來翠巘。餘妍入此花，千載尚清婉。怪君呼不歸，定爲花所挽。昨宵雷雨惡，花盡君應返。

〔一〕杜沂：失考。

〔二〕酴醾花：《詩話總龜》：本酒名也。新開花本以顔色似之，故名。山谷有「名字因壺酒，風流付枕幃」之句。

〔三〕菩薩泉：本集《菩薩泉銘序》云：陶侃爲廣州刺史，有漁人見神光海上。侃使人跡之，得金像，阿育王所鑄，文殊師利像也。初，送武昌寒溪寺，後惠遠迎歸廬山。今寒溪少西數百步，爲西山寺，有泉出嵌竇間，色白而甘，號菩薩泉。豈昔像之所在乎？

其二

君言西山頂〔一〕，自古流白泉。上爲千牛乳，下有萬石鉛。不媿惠山味，但無陸子賢。願君揚其名，庶托文字傳。寒泉比吉士，清濁在其源。不食我心惻，於泉非所患。嗟我本何有，虚名空自纏。不見子柳子，餘愚汚谿山。

〔一〕西山：《名勝志》：西山即樊山也，在武昌縣西三里。世傳孫權嘗獵此山，見一老姥，曰：「我樊噲母也。魏將伐吴，當助一戰。」後果有赤壁之捷。因立廟祀之，以名其山。按，《春秋後語》云：鄂渚樊楚，則樊山之名，亦不起於三國。

陳季常自岐亭見訪郡中及舊州諸豪争欲邀致之戲作陳孟公詩一首〔一〕

孟公好飲寧論斗，醉後關門防客走。不妨閒過左阿君，百謫終爲賢太守。老居閭里自浮沉，笑問伯松何苦心。忽然載酒從陋巷，爲愛揚雄作酒箴。長安富兒求一過，千金壽君君笑唾。汝家安得客孟公，從來只識陳驚坐。

〔一〕岐亭：《太平寰宇記》：岐亭在麻城西北八十里。唐武德三年，於縣置亭，州取此爲名。《九域志·淮南西路》：黄州治黄岡縣，麻城在縣北一百七十里，有岐亭鎮。

游武昌寒谿西山寺〔一〕

連山蟠武昌，翠木蔚樊口〔二〕。我來已百日，欲濟空搔首。坐看鷗鳥没，夢逐麏鹿走。今朝横江來，一葦寄衰朽。高談破巨浪，飛屨輕重阜。去人曾幾何，絶壁寒溪吼。風泉兩部樂，松竹三益友。徐行欣有得，芝术在蓬莠。西上九曲亭〔三〕，衆山皆培塿。却看江北路，雲水渺何有。離離見吴宫〔四〕，莽莽真楚藪。空傳孫郎石，無復陶公柳。爾來風流人，惟有漫浪叟。買田吾已決，乳水况宜酒。所須修竹林，深處安井臼。相將踏勝絶，更裹三日糗。

〔一〕寒溪西山寺：《太平寰宇記》：樊山在鄂州西一百七十三里，山下寒溪，盛暑之月，亦有寒氣。子由《記》云：武昌諸山中，有浮圖精舍，西曰西山，東曰寒溪。

〔二〕樊口：《水經注》：江水右得樊口。《名勝志》：樊山下爲樊口，亦名樊港。控湖澤九十九泉，南滙入江。

〔三〕九曲亭：子由《九曲亭記》云：將適西山，行於松柏之間，羊腸九曲，而獲少平。有廢亭焉，子瞻與客入山，相與營之。亭成而西山之勝始具。

〔四〕吴宫：《名勝志》：吴王避暑宫，在寒溪上，今圓通閣是也。

西山戲題武昌王居士并引

予往在武昌，九曲西山亭上有題一句云：玄鴻横號黄槲峴。九曲亭，即吴王峴山，一山皆槲葉，其旁即元結陂湖也，荷花極盛。因爲對云：皓鶴下浴紅荷湖。座客皆笑，同請賦此詩。

江干高居堅關扃，犍耕躬稼角挂經。篙竿繫舸菰茭隔，笳鼓過軍鷄狗驚。解襟顧影各箕踞，擊劍賡歌幾舉觥。荆筓供膾愧攬聒，乾鍋更戛甘瓜羹。

慎按：《漫叟詩話》：東坡作吃語詩，山谷亦有戲題詩，二老亦作詩戲耶？《外紀》云：古之口吃難言者，如周昌、韓非、鄧艾之徒，皆載史傳。東坡此詩，亦緣是善謔耳。○按，此詩施氏原本不載，今從《續補遺》詩卷中因地改編。

武昌銅劍歌〔一〕并引

供奉官鄭文，嘗官於武昌。江岸裂，出古銅劍，文得之，以遺余。冶鑄精巧，非鍛冶所成者。

雨餘江清風卷沙，雷公躡雲捕黄蛇。蛇行空中如枉矢，電光一本亦作「雷公」煜煜燒蛇尾。或投以塊鏗有聲，雷飛上天蛇入水。水上青山如削鐵，神物欲出山自裂。細看兩脅生碧花，猶是西江老蛟血。蘇子得之何所爲，蒯緱彈鋏咏新詩。君不見凌烟功臣長九尺，腰間玉具高拄頤。

〔一〕銅劍：周密《雲煙過眼録》與施氏注所引《廣異記》大同小異，今録於此：昔漁者於江濱見雷公逐一黄小蛇，擊殺之，化爲劍。背有八字：許旌陽斬蛟第三劍。蓋至寶也。今在張伯雨處。

定惠院顒師爲余竹下開嘯軒

啼鳩催天明，喧喧相一作「更」詆譙一作「誚」。暗蛩泣夜永，唧唧自相弔。飲風蟬至潔，長吟不改調。食土蚓無腸，亦自終夕叫。鳶貪聲最鄙，鵲喜意可料。皆緣不平鳴，慟哭等嬉一作「嘻」笑。阮一作「嵇」生已一作「既」矗崒，孫子亦未妙。道人開此軒，清坐默自照。衝風振河海〔二〕，不能號無竅。累盡吾何言，風來竹自嘯。

〔一〕衝風：《楚詞·九歌》：衝風起兮水橫波。

慎按：周益公《題跋》云：「喧喧更詆誚」，「更」字下注平聲，而集本改作「相詆譙」。「嘻笑」之下，自添一聯，云：嵇生既矗崒，孫子亦未妙。按，阮籍遇孫登，與商略終古，及棲神導氣之術，登皆不應。籍長嘯而退，行至半嶺，聞有聲若鸞鳳，響振巖谷，乃登長嘯也。嵇康雖有「永嘯長吟」之句，特言志耳。其用阮對孫無疑。某每校前賢遺文，不敢專用手書及石刻，恐後來自改定也。

石　芝并引

元豐三年五月十一日癸酉，夜夢游何人家。開堂西門，有小園、古井。井上皆蒼石。石上生紫藤如龍蛇，枝葉如赤箭。主人言，此石芝也。余率爾折食一枝，衆皆驚笑。其味如雞蘇而甘〔一〕，明日作此詩。

空堂明月清且新，幽人睡息來初匀。了然非夢亦非覺，有人夜呼祁孔賓。披衣相從到何許，朱欄碧井開瓊户。忽驚石上堆龍蛇，玉芝紫筍生無數。鏘然敲折青珊瑚，味如蜜藕和雞蘇。主人相顧一撫掌，滿堂坐客皆盧胡。亦知洞府嘲輕脱，終勝嵇康羡王烈〔二〕。神山一合五百年，風吹石髓堅如鐵。

〔一〕雞蘇：《本草》：水蘇，一名雞蘇。其葉辛香，可以烹雞，故名。多生水旁，南人多以作菜。微温無毒，久服通神明，輕身耐老。《石門題跋》云：雞蘇，本龍腦薄荷也。東吴林下人，夏月多以飲客。而俗人不知，私議東坡誤用雞蘇爲紫蘇，可發一笑。

〔二〕王烈：《神仙傳》：王烈，字長休，邯鄲人。常服黄精及鉛。嵇叔夜甚敬愛之，共入山，游戲採藥。後烈獨之太行山中，見山破，石裂數百丈，兩畔皆是青石。石中有一穴，青泥流出如髓。烈取泥試丸之，隨手堅凝，氣如粳米飯。攜歸，與叔夜。取而視之，已成青石，即與烈再往視之，斷山復合如故。烈語弟子曰：「叔夜未合得道，故也。」

附子由次韻：

雞鳴東海朝日新，光蒙洲島霧雨勻，一晞石上遍生耳，幽子自食無來賓。寄書乞取久未許，箬籠蕉囊海神户。自注：户，止也。《左傳》：屈蕩户之。一擲誰令墮我前，無爲知我超其數。此身不願清廟瑚，但願歸去隨樵蘇。龜龍百歲豈知道，養氣千息存其胡。塵中學仙定難脱，夢裏食芝空酷烈。中山軍府安得閒，更試朝霞磨鏡鐵。

今年正月十四日與子由别於陳州五月子由復至齊安以詩迎之

驚塵急雪滿貂裘，泪灑東風别宛邱。又向邯鄲枕中見，却來雲夢澤南州。暌離動作三年計，牽挽當爲十日留。早晚青山映黄髮，相看萬事一時休。

附子由次韻：

西歸猶未有菟裘，擬就南遷買一邱。舟楫自能通蜀道，林泉真欲老黄州。魚多釣户應容貫，酒熟鄰翁便可留。從此莫言身外事，功名畢竟不如休。

遷居臨臯亭〔一〕

我生天地間，一蟻寄大磨。區區欲右行，不救風輪左。雖云走仁義，未免違一作「遲」寒餓。劍米有危炊，鍼氊無穩坐。豈無佳山水，借眼風雨過。歸田不待老，勇決凡幾個。幸兹廢棄餘，疲馬解鞍馱。全家占江驛，絶境天爲破。飢貧相乘除，未見可弔賀。澹然無憂樂，苦語不成些蘇个切。

〔一〕臨臯亭：許端夫《齊安拾遺》云：夏澳口之側本水驛，有亭曰臨臯。《名勝志》：臨臯館在黄州朝宗門外，其上有快哉亭，縣令張夢得建。子由《記》略云：亭之所見，南北百里，東西一舍。晝則舟楫出入於其前，夜則魚龍悲嘯於其下。西望武昌，諸山岡陵起伏，草木行列，烟消日出，漁父樵夫之舍，皆可指數。

曉至巴一本有「河」字口迎子由〔一〕

去年御史府，舉動觸四壁。幽幽百尺井，仰天無一席。隔牆聞歌呼，自恨計之失。留詩不忍寫，苦泪漬紙筆。餘生復何幸，樂事有今日。江流鏡面浄一作「静」，烟雨輕冪冪。孤舟如鳧鷖，點破千頃碧。聞君在磁湖〔二〕，欲見隔咫尺。朝來好風色，旗脚一作「尾」西北擲。行當中流見，笑眼清光溢。此邦疑可老，修竹帶泉石。欲買柯氏林，兹謀待君必。

〔一〕巴口：《水經注》：水出雩婁縣之下靈山，即大别山也。亦或曰巴山。南歷蠻中，吴時，舊立屯於水側，引巴水以溉野。又南逕巴水戍，南流注於江，謂之巴口。

〔二〕磁湖：《輿地廣記》：大冶縣有磁湖。《名勝志》：磁山在縣東四十里磁湖側。磁湖者，以旁岸多磁石，故名。《欒城集》云：舟次磁湖，以風浪留二日，即此地也。

與子由同游寒溪西山

散人出入無町畦，朝游湖北暮淮西。高安酒官雖未上〔一〕，兩脚垂欲穿塵泥。與君聚散若雲雨，共惜此日相提攜〔二〕。千摇萬兀到樊口，一箭放溜先凫鷖。層層草木暗西嶺，瀏瀏霜雪鳴寒谿。空山古寺亦何有，歸路萬頃青玻瓈。我今漂泊等鴻雁，江南江北無常棲。幅巾不擬過城市，欲踏徑路開新蹊〔三〕。公自注：路有直入寒溪，不過武昌者。却憂别後不忍到，見子行迹空餘悽。吾儕流落豈天意，自坐迂闊非人擠。行逢山水輒羞嘆，此去未免勤鹽虀。何當一遇李八百〔四〕，公自注：李八百宅在筠州。相哀白髮分刀圭。

〔一〕高安：《輿地廣記》：筠州自唐以前屬洪州。南唐李璟置筠州，領高安等三縣。《太平寰宇記》：筠州，理高安縣。唐武德五年，置靖州，七年改米州，又改筠州。宋名高安郡。與《輿地廣記》不同。按，今江西瑞州府也。

〔二〕惜此日：韓愈詩：此日足可惜。

〔三〕新蹊：《詩》：行道兑矣。《傳》：兑，成蹊也。《疏》云：蹊者，先無行道，初爲徑路之名。《名勝志》：萬松山在樊山北，臨江，松陰夾道，特爲幽邃。有路直入寒溪，山下之捷徑也。

〔四〕李八百宅：歐陽守道《碧落堂記》略云：高安郡於江西稱道院，相傳爲上古仙人李八百修煉之所。《至治瑞陽志》：仙洞在州治後圃，即李八百棲隱處。楊廷秀詩：「李真宅子故依然，道院西偏古洞前。」即此地矣。

附子由作：

千里到齊安，三夜語不足。勸我勿重陳，起游西山麓。西山隔江水，輕舟亂鳧鶩。連峰多迴溪，盛夏富草木。杖策看萬松，流汗升九曲。蒼茫大江湧，浩蕩衆山蹙。上方寄雲端，中寺倚巖腹。清泉類牛乳，煩熱須一掬。縣令知客來，行庖映脩竹。黄鵝特新煮，白酒亦近熟。山行得一飽，看盡千山緑。幽懷苦不遂，滯念每煩促。歸舟浪花暝，落日金盤浴。妻孥寄九江，此會難再卜。君看孫討虜，百戰不摇目。猶憐江上臺，高會飲千斛。巾冠墮臺下，坐使張公哭。異時君再來，攜被山中宿。

次韻答子由

平生弱羽寄衝風，此去歸飛識所從。好語似珠穿一一，妄心如膜退重重。山僧有味寧知子，瀧吏無言只笑儂。尚有讀書清浄業，未容春睡敵千鐘。

附子由原作：

慙愧江淮南北風，扁舟千里得相從。黄州不到六十里，白浪俄生百萬重。自笑一生渾類此，可憐萬事不由儂。夜深魂夢先飛去，風雨對牀聞曉鐘。

武昌酌菩薩泉送王子立一本題云「武昌别王子立」。

送行無酒亦無錢，勸爾一杯菩薩泉。何處低頭不見我，四方同此水中天。

慎按：此詩施氏原本不載，據《外集》，在黄州作。《欒城集》，王子立隨子由赴高安，此時必同至黄，故連類附編於此。

和何長官六言〔一〕一本有「次韻五首」四字。

其一

作邑君真伯厚，去官我豈曼容。一廛願託仁政，六字難賡變風。

〔一〕何長官：名失考。

其二

五噫已出東洛，三復願比南容。學道未逢潘盎〔一〕，公自注：南海謂狂爲盎。潘，近世得道者也。草書猶似楊風。

〔一〕潘岙：名冕。本集《趙先生舍利記》云：南海有潘冕者，陽狂不測，人謂之潘岙。嘗與京師言《法華》，偈頌往來，言云：岙日光佛也。趙先生嘗從岙遊，盡得其道。○慎按，潘岙事，詳見江少虞《事實類苑》中。儂智高之叛，在皇祐四年，施氏新注引王注謂元祐中者，訛。

其　三

石渠何須反顧，水驛幸足相容〔一〕。長江大欲見庛，探支八月凉風。

〔一〕水驛：即臨臯亭也。注見前。别本作「水澤」者，訛。

其　四

清風初號地籟，明月自寫天容。貧家何以娱客，但知抹月披風。

其　五

青山自是絶色，無人誰與爲容。説向市朝公子，何殊馬耳東風。

觀張師正〔一〕所蓄辰砂〔二〕

將軍結髮戰蠻溪，篋有殊珍勝象犀。漫説玉牀收一作「分」箭鏃〔三〕，何曾金鼎識刀圭。近聞猛士收丹穴〔四〕，欲助君王鑄褭蹏。多少空巖人不見，自隨初日吐虹蜺。

〔一〕張師正：《玉壺清話》：張師正，字不疑，初爲辰帥。熙寧中，復帥鼎州。著《括異志》、《倦游録》。江少虞《事實類苑》云：師正，英宗朝爲荆州鈐轄。《楊文公談苑》：張師正本進士，换武爲遥郡防禦使。亦能詩，其佳句云：蝸角功名時不與，澗松材幹老甘休。分鹿是非皆委夢，落花貴賤不由人。

〔二〕辰砂：范成大《桂海志》：宜州出砂處，與湖北犬牙山相連，北爲辰砂，南爲宜砂。江少虞《事實類苑》：辰州硃砂，佳者，出蠻峒錦州界老鴉井。其井深廣十丈。欲取，必先聚薪於井，令滿。以火燎之，石壁迸裂，入火者，既化爲烟，其偶存在壁者，方得之。乃青色。朱輔《溪蠻叢笑》：辰砂以錦砂爲最良，麻陽，古錦州也，舊隸辰郡。

〔三〕玉牀箭鏃：《事實類苑》云：頑石有砂處，即有小龕。中坐白石牀，如玉，牀上乃生丹砂，小者如箭鏃，大者如芙蓉。研之如猩血。砂洎牀，大者重七八斤，價十萬，小者五六萬。亦有赤色如箭鏃而帶石者，得自土中，非此之比也。

〔四〕猛士收丹穴：《宋史·神宗本紀》：熙寧九年，章惇招降五溪蠻，遂城下溪州。元豐三年五月，復命韓存寶經制瀘州納夷。

五禽言并引

梅聖俞嘗作四禽言。余謫黄州，寓居定惠院，遶舍皆茂林脩竹，荒池蒲葦。春夏之交，鳴鳥百族，土人多以其聲之似者名之。遂用聖俞體，作《五禽言》。

其一

使君向蘄州〔一〕，更唱蘄州鬼。我不識使君，寧知使君死。人生作鬼會不免，使君已老知何晚。公自注：王元之自黄移蘄州，聞啼鳥，問其名。或對曰：「此名蘄州鬼。」元之惡之，果卒於蘄。

〔一〕使君向蘄州：《宋史》：王禹偁，字元之，鉅野人。九歲能文，擢進士。真宗朝歷知制誥。咸平初，出知黄州。四年，徙蘄州。禹偁上表謝，有「宣室鬼神之問，敢望生還；茂陵封禪之書，止期身後」之語。果至郡，未踰月而卒，年四十八。所著名《小畜集》。《元和郡縣志》：漢蘄春縣地，後置郡。周平淮南，改曰蘄州。去黄州二百三十里。

其　二

昨夜南山雨，西溪不可渡。溪邊布穀兒，勸我脱破褲。不辭脱褲溪水寒，水中照見催租瘢。公自注：土人謂「布穀」爲「脱却破袴」。

其　三

去年麥不熟，挾彈規我肉。今年麥上塲，處處有殘粟。豐年無象何處尋，聽取林間快活吟。公自注：此鳥聲云：麥飯熟，即快活。

其　四

力作力作，蠶絲一百箔。壠上麥頭昂，林間桑子落。願儂一箔千兩絲，繅絲得蛹飼爾雛。公自注：此鳥聲云：蠶絲一百箔。

其　五

姑惡，姑惡，姑不惡，妾命薄。君不見東海孝婦死作三年乾，不如廣漢龐姑去却還。公自注：

姑惡，水鳥也。俗云婦以姑虐死，故其聲云。

附梅聖俞《四禽言》：

泥滑滑，苦竹岡。雨蕭蕭，馬上郎。馬蹄淩兢雨又急，此鳥爲君應斷腸。

婆餅焦，兒不食。爾父向何之，爾母山頭化爲石。山頭化石可奈何，遂作微禽啼不息。

提胡蘆，沽美酒，風爲賓，樹爲友。山花撩亂目前開，勸爾一杯千萬壽。

不如歸去，春山云暮。萬木兮參天，蜀天一作「山」兮何處。人言有翼可歸飛，安用悲啼向高樹。

慎按：梅詩已載施注，新刻例當附見，故仍采録。

次韻子由病酒肺疾發

憶子少年時，肺病一作「喘」疲坐卧。喊呀或終日，勢若風雨過。虚陽作浮漲，客冷仍下墮。妻孥恐悵望，膾炙不登坐。終年禁晚食，半夜發清餓。胃强鬲苦滿，肺斂腹輒破。三彭恣啖囓，二豎肯逋播。寸田可治生，誰勸耕黄穊。公自注：新法，方田謂黄穊，爲上腴。探懷得真藥，不待君臣佐。初如雪花積，漸作櫻桃一作「珠」大。隔牆一作「壁」聞三嚥，隱隱如轉磨。自兹失故疾，陽唱陰輒和。神仙多歷試，中路或坎坷。平生不盡器，痛飲知無奈一作「那」。舊人眼看盡，老伴餘幾個？殘年一斗粟，待子同舂簸。云何不自珍，醉病又一挫。真源結梨棗，世味等糠莝。耕耘當待穫，願子勤自課。相將賦遠游，仙語不用些。

附子由原作：

朝蒙麴塵居，夜傍糠牀卧。鼻香黍麥熟，眼亂瓶罌過。囊中衣已空，口角涎虚墮。啜嘗未云足，恣醻恐深坐。使君信寬仁，高會慰寒餓。西樓適新成，明月猶半破。擁簷青山横，拂檻流水播。雕盤貯霜實，銀盎薦秋稬。共言文字歡，豈待紅裙佐。惟知醍醐滑，不悟叵一作「頗」羅大。夜歸肺增漲，晨起脾失磨。清懷忽牢落，藥餌費調和。衰年足奇窮，一醉仍坎坷。清尊自不惡，多病欲何奈。聞公話少年，舉白不論個。歌吟雜嘲謔，笑語争掀簸。平明起相視，鋭氣曾未挫。達人遺形骸，駑馬懷豆莝。不知逃世網，但解憂歲課。不見獨醒人，終費招魂些。

鐵拄杖并引

柳真齡字安期，閩人也。家寶一鐵拄杖，如楖栗木，牙節宛轉天成，中空有簧，行輒微響。柳云得之浙中，相傳王審知以遺錢鏐，鏐以賜一僧，柳偶得之，以遺余，作此詩謝之。

柳公手中黑蛇滑，千年老根生乳節。忽聞鏗然爪甲聲，四坐驚顧知是鐵。含簧腹中細泉語，迸火石上飛星裂。公言此物老有神，自昔閩王餉吴越〔二〕。不知流落幾人手，坐看變滅如春雪。忽然贈我意安在，兩脚未許甘衰歇。便尋輸迹訪崆峒，徑渡洞庭探禹穴。披榛覓藥采芝菌，刺虎鏦蛟擉蛇蝎。會教化作兩錢錐，歸來見公未華髮。問我鐵君無恙否？取出摩挲向公説。

〔一〕閩王：《五代史·閩世家》：王審知，字信通，光州固始人。兄潮，本縣吏，唐末爲福建觀察使，以審知爲副使，乾寧四年，潮卒，審知代立。唐以福州爲武威軍，拜審知爲節度使，封琅邪王。梁太祖時，加拜中書令，封閩王。

附子由和：

截竹爲杖瘦且輕，石堅竹破誤汝行。削木爲杖輕且好，道遠木折恐不到。閩君鐵杖七尺長，色如黑蛇氣如霜。提攜但恐汝無力，撞堅遇險安能傷。柳公雖老尚强健，閉門却掃不復將。知公足力無險阻，憐公未有登山侣。回生四海惟一身，袖中長劍爲兩人。洞庭漫天不覺過，半酣起舞驚鬼神。願公此杖亦如此，適意遨游日千里。歸來倚壁示時人，海外蒼茫空自記。

與潘三失解後飲酒

千金敝帚人誰買？半額蛾眉世所妍。顧我自爲都旺矂，憐君欲鬪小嬋娟。青雲豈易量他日，黄菊猶應似去年。醉裏未知誰得喪，滿江風月不論錢。

東坡先生編年詩卷二十一

古今體詩八十九首 元豐四年辛酉、五年壬戌在黄州作。

正月二十一日往岐亭郡人潘古郭三人送余於女王城東禪莊院[一]

十日春寒不出門，不知江柳已摇村。稍聞決決流冰谷，盡放青青没燒痕。數畝荒園留我住，半瓶濁酒待君温。去年今日關山路，細雨梅花正斷魂。

〔一〕女王城：《隋書·地理志》：黄州古永安郡。《名勝志》：去黄州十里，有永安城，俗謂之女王城。初，春申君相楚，受淮北十二縣之封。今之女王城，蓋楚王城之訛耳。在唐爲禪莊院。

慎按：施氏原本：此詩真蹟刻石於成都府治，題云「正月二十一日」，諸本作「二十日」，訛。又，按施氏本，此詩編上卷末，今據年月改正。

東坡八首〔一〕并引

余至黄州二年，日以困匱。故人馬正卿哀余乏食〔二〕，爲於郡中請故營地數十畝，使得躬耕其中。地既久荒，爲茨棘瓦礫之場，而歲又大旱，墾闢之勞，筋力殆盡。釋耒而嘆，乃作是詩，自愍其勤，庶幾來歲之入以忘其勞焉。

其一

廢壘無人顧，頹垣滿蓬蒿。誰能捐一作「損」筋力，歲晚不償勞。獨有孤旅人，天窮無所逃。端來拾瓦礫，歲旱土不膏。崎嶇草棘中，欲刮一寸毛。喟然釋耒嘆，我廩何時高。

〔一〕東坡：陸游《入蜀記》：自州門而東，岡壟高下，至東坡，則地勢平曠開豁，東起一壟，頗高。○按，施氏原注引周益公《雜志》云：白樂天爲忠州刺史，有《東坡》、《種花》二詩，又有《步上東坡》詩。蘇文忠公不輕許可，獨敬樂天，屢形詩篇。蓋其文章，意主辭達，而忠厚好施，剛直盡言，與人有情，於物無著，大略相似。謫居黄州，始號東坡，其原蓋起於樂天忠州之作。此段新刻本删去，今補録。

〔三〕馬正卿：名夢得，見本集。

其二

荒田雖浪莽，高庳各有適。下隰一作「濕」種秔稌，東原蒔棗栗。江南有蜀士〔一〕，桑果已許乞。好竹不難栽，但恐鞭横逸。仍須卜佳處，規以安我室。家僮燒枯草，走報暗井出。一飽未敢期，瓢飲已可必。

〔一〕蜀士：王齊萬，時寓武昌。見第二十卷。

其三

自昔有微泉，來從遠嶺背。穿城過聚落，流惡壯蓬艾。去爲柯氏陂〔一〕，十畝魚蝦會。歲旱泉亦竭，枯萍粘破塊。昨夜南山雲，雨到一犁外。泫然尋故瀆，知我理荒薈。泥芹有宿根，一寸嗟獨在。雪芽何時動，春鳩行可膾。公自注：蜀人貴芹芽膾，雜鳩肉爲之。

〔一〕柯氏陂：《名勝志》：柯山，在赤壁高塞亭之東。《圖經》云：柯山四望，南直高邱，故名柯邱。按，先生詩云「欲買柯氏林」，又云「柯邱海棠吾有詩」，即此地也。

其　四

種稻清明前，樂事我能數。毛空暗春澤，鍼水聞好語〔一〕。公自注：蜀人以細雨爲雨毛，稻初生時，農夫相語：「稻鍼出矣。」分秧及初夏，漸喜風葉舉。月明看露上，一一珠垂縷。秋來霜穗重，顛倒相撐拄。但聞畦隴間，蚱猛如風雨。公自注：蜀中稻熟時，蚱猛群飛田間，如小蝗狀，而不害稻。新舂便入甑，玉粒照筐筥。我久食官倉，紅腐等泥土。行當知此味，口腹吾已一作「已吾」許。

〔一〕鍼水：杜甫詩：濁江如綫如鍼水，荆岑彈丸心未已。

其　五

良農惜地力，幸此十年荒。桑柘未及成，一麥庶可望。投種未逾月，覆塊已蒼蒼。農夫告我言，勿使苗葉昌。君欲富餅餌，要須縱牛羊〔一〕。再拜謝苦言，得飽不敢忘。

〔一〕縱牛羊：賈思勰《齊民要術》：菅茅之地，宜縱牛羊踐之。周紫芝《竹坡詩話》：河朔土人言，河朔地廣，麥苗彌望。方其盛時，須縱牧其間踐蹂，令稍疎，則其收倍多。是縱牛羊所以富餅餌也。

其　六

種棗期可剥，種松期可斲。事在十年外，吾計亦已慤。十年何足道，千載如風雹。舊聞李衡奴，此策疑可學。我有同舍郎，官居在灊岳〔一〕。公自注：李公擇也。遺我三寸甘，照座光卓犖。百栽倘可致，當及春冰渥。想見竹籬間，青黄垂屋角。

〔一〕灊岳：《爾雅注》：霍即天柱山，灊水所出。《漢書·郊祀志》：元封五年冬，南巡狩，登灊天柱山。應劭注云：灊，音潛。徐靈期《南嶽記》：衡山，南岳也。至於軒轅，乃以灊霍之山爲副，故《爾雅》云：霍山爲岳。《九域志》：舒州灊山，漢之南岳。○按，《黄山谷年譜》：元豐庚申，李公擇提點淮南西路刑獄。提刑司在舒州，故云「居官在灊岳」。

其　七

潘子久不調〔一〕，沽酒江南村〔二〕。郭生本將種〔三〕，賣藥西市垣。古生亦好事〔四〕，恐是押牙孫。家有十畝竹，無時容叩門。我窮交舊絶，三子獨見存。從我於東坡，勞餉同一飧。可憐杜拾遺，事與朱阮論。吾師卜子夏，四海皆弟昆。

〔一〕潘子：張耒《宛邱集·潘昌言墓志》：潘氏在唐，爲滎陽人。有名吉甫者入本朝，爲博士生。

子衢，爲屯田郎中。屯田嘗官於黄，遂居之。生處士革，隱德不仕。君諱鯁，字昌言，處士長子也。元豐乙未進士，以宣德郎監淮陽軍酒税，遂以奉議致仕。男二人，大臨、大觀。先生本集《雜記》云：樊口有潘生，善釀酒，醇美。而不著其名，疑即昌言也。

〔二〕江南村：武昌與黄州隔江，在江之南岸，故云江南村。

〔三〕郭生：名莫考。施氏原注云：名遘，汾陽人。原本所無，不敢遽信。

〔三〕古生：名耕道，黄州進士。見本集《祭任師中》文。施氏原注謂新平人，恐未足據。

其八

馬生本窮士，從我二十年。日夜望我貴，求分買山錢。我今反累君，借耕輟兹田。刮毛龜背上〔一〕，何時得成氊。可憐馬生癡，至今夸我賢。衆笑終不悔，施一當獲千。

〔一〕龜毛：《翻譯名義》：龜毛、兔角，皆成假設。

再次前韻三首係《織錦圖》上回文。

其一

春機滿織回文錦，粉泪揮殘露井桐。人遠寄情書字小，柳絲低日晚庭空。

〔一〕回文：《詩格類苑》謂回文出於竇滔妻所作。《文心雕龍》云：回文所興，則道原爲始。愼按：傅咸有《回文反覆》詩，温嶠亦有《回文》詩，皆在竇妻前。《百家詩話》引《苕溪漁隱叢話》云：《東坡後集》有題《織錦回文三首》，「春晚落花餘碧草」云云。《淮海集》載先生跋云：余少時見江南本，其後有人題詩十餘首，皆奇絶，今記其三。然則此詩非東坡作也。少游又云：子瞻記江南所題詩本不全，余嘗見之，記其五絶，今以補子瞻之遺。即《淮海集》所載《回文五首》是也。世以爲少游作，亦非也。

其　二

紅牋短寫空深恨，錦句新翻欲斷腸。風葉落殘驚夢蝶，戍邊回雁寄情郎。

其　三

羞雲斂慘傷春暮，細縷詩成織意深。頭畔枕屏山掩恨，日昏塵暗玉窗琴。

愼按：《題織錦圖上回文三首》，乃江南本詩也。《經籍志》有《江南集》十卷，今其詩訛入先生集中。又，《和人回文五首》，即少游所記江南本詩也。施氏補注本載《續補遺》下卷。謹據《百家詩話》，以《再和前韻三首》爲先生作，而以《織錦圖上回文原詩三首》附於後。其《和人回文五首》，則移置《他集互見》卷中，用正諸刻之訛。

附江南本《織錦圖上回文》原作三首：

春晚落花餘碧草，夜涼低月半梧桐。人隨遠雁邊城暮，雨映疎簾繡閣空。

紅手素絲千字錦，故人新曲九迴腸。風吹絮雪愁縈骨，淚灑縑書恨見郎。

羞看一首回文錦，錦似文君别恨深。頭白自吟悲賦客，斷腸愁是斷絃琴。

數日前夢一僧出二鏡求詩僧以鏡置日中其影甚異其一如芭蕉其一如蓮花夢中與作詩

君家有二鏡，光景如湛盧。或長如芭蕉，或圓如芙蕖。飛電著子壁，明月入我廬。月下合三璧，日月跳明珠。問子是非我，我是非文殊。

慎按：此詩施氏原本不載，新刻載《續補》上卷，據《外集》編黄州卷中，今從之。

岐亭道上見梅花戲贈季常

蕙死蘭枯菊亦摧，返魂香入嶺頭梅〔一〕。數枝殘緑風吹盡，一點芳心雀啅開。野店初嘗竹葉酒，江雲欲落豆稭灰〔二〕。行當更向釵頭見，病起烏雲正作堆。

〔一〕返魂香：李石《續博物志》：月氏國獻返魂香。《十洲志》：聚窟洲有神鳥，山多大樹，名返魂樹。伐其根，於玉釜中煮，取汁，曰返生香，聞數百里。死者聞香氣乃活，能起夭殘之疾，下生之神藥也。疾疫夭死者以熏牙，及聞氣者，即活。○按，《禪宗頌古》所載，唐僧《古梅》詩云：雪虐風饕水浸根，石邊尚有古苔痕。天公未肯隨寒住，又孽清香與返魂。東坡詩正用此，而注家未及也。

〔三〕豆稭灰：《錦繡萬花谷》載王勉之《雪》詩：上天飛下豆稭灰。

樂全先生生日以鐵拄杖爲壽二首〔一〕

其一

先生真是地行仙，住世因循五百年。每向銅人話疇昔，故教鐵杖鬭清堅。入懷冰雪生秋思，倚壁蛟龍護晝眠。遥想人天會方丈，衆中驚倒野狐禪〔二〕。

〔一〕樂全先生：張方平自稱樂全居士。

〔二〕野狐禪：《古禪師語録》：六祖云：「汝但善惡都莫思量，自然得入趙州云。你若記一個元字脚在心，永劫作野狐精。」又，《傳燈録》：百丈代一轉語，老人於言下大悟，脱野狐身。《雪峰偈》云：一條榔㮣甚縱横，野狐跳入金毛隊。

其二

二年相伴影隨身，踏遍江湖草木春。擿石舊痕猶在一作「作」眼，閉門高節欲生鱗。畏塗自衛真無敵，捷徑争先却累人。遠寄知公不嫌重，筆端猶自斡千鈞。

附張安道和一首：此詩從《黄州志》采録。

隨書初見一枝藤，入手方知鍛鍊精。遠寄只緣憐我老，閒攜常似共君行。静軒獨倚身同瘦，小圃頻游脚爲輕。何日歸舟上新洛，拄來河岸笑相迎。

杭州故人信至齊安

昨夜風月清，夢到西湖上。朝來聞好語，扣户得吴餉。輕圓白曬荔，脆釅紅螺醬。更將西菴茶，勸我洗江瘴。故人情義重，説我必西向。一年兩僕夫，千里問無恙。相期結書社，公自注：故人相約醵錢僱僕夫，一歲再至黄。未怕供詩帳，公自注：僕頃以詩得罪，有司移杭，取境内所留詩，杭州共數百首，謂之詩帳。還將夢魂去，一夜到江漲〔一〕。公自注：江漲，杭州橋名。

〔一〕江漲：《九域志》：仁和縣有江漲橋鎮。《咸淳臨安志》：江漲橋在餘杭門外，江漲税務東。

送牛尾貍與徐使君公自注：時大雪中。

風捲飛花自入帷，一尊遥想破愁眉。泥深厭聽雞頭鶻〔一〕。公自注：蜀人謂泥滑滑爲雞頭鶻。酒淺欣嘗牛尾貍〔二〕。通印子魚猶帶骨〔三〕，披綿黄雀漫多脂。殷勤送去煩纖手，爲我磨刀削玉肌。

〔一〕雞頭鶻：《本草》：竹雞一名山菌子，蜀人呼雞頭鶻，南人呼泥滑滑。

〔二〕牛尾貍：《本草》：南方有白面而尾似牛者，名牛尾貍。亦曰白面貍。專上樹食百果，冬月極肥，人多糟食之，大爲珍品。

〔三〕子魚：莊綽《雞肋編》：莆田縣通應江水鹽淡得中，子魚生其間，味極美。以子名者，謂子多爲貴也。不知者乃謂子魚大可容印者爲佳。

附子由作：《欒城集·筠州二咏》之一也。

首如貍，尾如牛，攀條捷險如猱猴。橘柚爲漿栗爲餱，筋肉不足惟膏油。深居簡出善自謀，尋蹤發窟并執囚。蓄租分散身爲羞，松薪瓦甑烝浮浮。壓入糟盎肥欲流，熊肪羊酪真比儔。引筋將舉訊何尤，無功竊食人所仇。

四時詞

其　一

春雨陰陰雪欲落，東風和一作「吹」冷鶯簾一作「羅」幙。漸看遠水緑生漪，未放小桃紅入萼。佳人瘦盡雪膚肌，眉斂春愁知爲誰？深院無人剪刀響，應將白紵作春衣。

其　二

垂柳陰陰日初永，蔗漿酪粉金盤冷。簾額低垂紫燕忙，蜜脾已滿黄蜂静。高樓睡起翠眉嚬，枕破斜紅未肯勻。玉腕半揎雲碧袖，樓前知有斷腸人。

其　三

新愁舊恨眉生緑，粉汗餘香在蘄竹。象牀素手熨寒衣，爍爍風燈動華屋。夜香燒罷掩重扃，香霧空濛月滿庭。抱琴轉軸無人見，門外空聞裂帛聲。

其四

霜葉蕭蕭鳴屋角，黄昏陡一作「斗」覺羅衾一作「衣」，又作「裳」薄。夜風摇動鎮帷犀，酒醒夢回聞雪落。起來呵手畫雙鴉，醉臉輕匀襯眼霞。真態生香誰畫得，玉如一作「奴」纖手嗅梅花。

慎按：宋檢討龔公《芥隱筆記》云：東坡《冬詞》「玉奴纖手嗅梅花」，真蹟作「玉如」。墨莊謂意方全。楊升菴亦云：東坡「玉如纖手嗅梅花」，俗改「玉如」作「玉奴」，今據此改正。

附李端叔次韻四首：

紅緑枝頭自開落，薄日低雲天一幕。可堪困緒尚眠蠶，未擬芳心先破蕚。寶鬟半脱畏侵肌，百刻縈香竟屬誰。旋製稱衣宫様窄，慵看架上去年衣。

蜀葵易過紅榴氷，鱗鱗瑩角波紋冷。水光汗透玉枕凉，扇影風摇深院静。無言一晌幾回顰，品盡么絃竟不匀。空被梁間偷眼燕，黄蜂原是竊香人。

畫圖展盡瀟湘緑，窈窕新詞寫題竹。薄衾笑拂又經年，已報莎雞入重屋。漸施簾幕作深扃，時看明河步廣庭。旋索羅衣防露下，隔牆聞叫侍兒聲。

休願車輪生四角，莫向金尊嫌酒薄。門外風號雁陣低，擁衾同看殘燈落。轆轤敲凍驚棲鴉，睡紅笑引燕脂霞。未擬雕籠問鸚鵡，先投宿酒敵霜花。

太守徐君猷通守孟亨之皆不飲酒以詩戲之〔一〕

孟嘉嗜酒桓温笑，徐邈狂言孟德疑。公獨未知其趣爾，臣今時復一中之。風流自有高人識，通介寧隨薄俗移。二子有靈應撫掌〔二〕，吾孫還有獨醒時。

〔一〕徐君猷：王明清《揮麈録》云：徐得之君猷，陽翟人，韓康公壻也。知黄州日，東坡遷謫於郡，君猷周旋，不遺餘力。子端益，字輔之。○按，施氏原注：君猷，名大受，東海人。與《揮麈》異，未詳孰是，録存俟考。

〔二〕二子：謂孟嘉、徐邈。按，《苕溪漁隱叢話》：東坡此詩，不止天生作對，其全篇用事親切，尤爲可喜，皆徐、孟二人事也。

姪安節遠來夜坐三首〔一〕

其一

南來不覺歲崢嶸，夜撥寒灰聽雨聲。遮眼文書原不讀〔二〕，伴人燈火亦多情。嗟予潦倒無歸日，今一作「令」汝蹉跎已半生。免使韓公悲世事，白頭還對短燈檠〔三〕。

〔一〕安節：按，本集及《欒城集·提刑公墓表》「孫男十二人」，中無安節之名，則安節或係小字，或以字稱，所未可知。但先生有《送千乘千能兩姪》詩，皆呼名，不應此處獨稱字。缺疑再考。○開按：後《冬至日贈安節》詩云「瞻前惟兄三」。本集《提刑公墓表》所謂「不欺、不疑、不危」也，與公爲從兄弟，安節於三人中，不知爲誰之子。詩又云「見此萬里姪」，則新從眉州來，明矣。又，《小詩十四首》中云：吾兄喜酒人，今汝亦能飲。則爲不疑等益信。若子由之子，則應從宦遊筠州，不當復入蜀也。

〔二〕遮眼：《傳燈録》：師問藥山：「爲什麼看經？」師曰：「我只圖遮眼。」

〔三〕燈檠：《西溪詩話》：古詩：燈檠昏魚目。「檠」字，仄聲讀。《集韻》：渠耿切。有四足，似几，其作平聲讀者，非燈檠字，乃榜也。自東坡用之，後人遂不復辨别矣。

其　二

心衰面改瘦崢嶸，相見惟應識舊聲。永夜思家在何處？殘年知汝遠來情。畏人默坐成癡鈍，問舊驚呼半死生。夢斷酒醒山雨絶，笑看飢鼠上燈檠。

其　三

落第汝爲中酒味，吟詩我亦忍飢聲。便思絶粒真無策，苦説歸田似不情。腰下牛閒方解佩，洲中奴長足爲生。大弨一弛何緣彀〔一〕，已覺翻翻不受檠。

〔一〕大弨：韓愈詩：大弨挂壁無由彎。

附子由次韻三首：

前山積雪暮峥嶸，燕坐微聞落瓦聲。共對一尊通夜語，相看萬里故鄉情。信歸嶺上寒梅遠，恨極江南春草生。明日青銅添白髮，且須醉睡倒燈檠。

少年高論苦峥嶸，老學寒蟬不復聲。目斷家山空記路，手披禪册漸忘情。功名久矣知前錯，婚嫁猶須畢此生。家世讀書難便廢，漫留案上鐵燈檠。

謫官似我無歸計，落第憐渠有屈聲。握手天涯同一笑，倚門歲晚不勝情。黄岡俛仰成陳迹，白首蹉跎畏後生。歸去且安南巷樂，莫看歌舞醉長檠。

冬至日贈安節〔一〕

我生幾冬至，少小如昨日。當時事父兄，上壽拜脱膝。十年閲彫謝，白髮催衰疾。瞻前惟兄三〔二〕，顧後子由一。近者隔濤江，遠者天一壁。今朝復何幸？見此萬里姪。憶汝總角時，啼哭爲梨栗。今來能慷慨，志氣堅鐵石。諸孫行復爾，世事何時畢。詩成却超然，老淚不成滴。

〔一〕冬至：《賓退録》：「《月令》：仲夏日長至，仲冬日短至。今人反謂冬至爲長至。崔浩《女儀》曰：婦人以冬至上履韈於舅姑，踐長至之義也。隋杜臺卿《玉燭寶典》曰：冬至，日極南，景極長，故有履長之賀。蓋《周禮》冬至日在牽牛，景長一丈三尺，日短而景長也。《月令》所謂短至，謂日之短，崔、杜所謂長至，謂景之長也。」

〔二〕兄三：按，《年譜》：老蘇公三子，長曰景先，早殁。故東坡初字和仲，子由初字同叔。本集《提刑公墓表》：洵之兄涣，子三人，不欺，官太子中舍；不疑，承議郎，通判嘉州；不危，家居未仕。云云。又，考《曾南豐集》中《職方員外蘇君墓志》：君諱序，子二，曰涣，曰洵。孫七人，不欺、不疑、不危、軾、轍，此外又有名位、名佾者。與《墓表》不合，竊意位、佾二人亦早世，提刑之子，惟三人在耳。

慎按：《年譜》引本集《雜説》云：元豐辛酉冬至，僕在黄州，姪安節遠來。則此詩與前七律三首乃是年冬所作。施氏原本編於《岐亭道上見梅花》之前，似失先後位置，今改編。

雪後到乾明寺遂宿

門外山光馬亦驚，堦前屐齒我先行。風花誤入長春苑，雲月長臨不夜城。未許牛羊傷至潔，且看鴉鵲弄新晴。更須攜被留僧榻，待聽摧簷瀉竹聲。

伯父送先人下第歸蜀詩云人稀野店休安枕路入靈關穩跨驢安節將去爲誦此句因以爲韻作小詩十四首送之

其 一

索漠齊安郡，從來著放臣。如何風雪裏，更送獨歸人。

其 二

瘦骨寒將斷，衰髯摘更稀。未甘爲死別，猶恐得生歸。

其 三

日上氣暾江，雪晴光眩野。記取到家時，鋤耰吾正把。

其 四

月明穿破裘，霜氣澀孤劍。歸來閉户坐，默數來時店。

其五

諸兄無可寄，一語會須酬。晚歲俱黄髮〔一〕，相看萬事休。

〔一〕黄髮：柳宗元《答劉夢得》詩：黄髮相看萬事休。

其六

故人如念我，爲説瘦欒欒。尚有身爲患，已無心可安。

其七

吾兄喜酒人，今汝亦能飲。一杯歸誦此，萬事邯鄲枕。

其八

東阡在何許，寒食江頭路。哀哉魏城君，宿草荒新墓。

其　九

臨分亦泫然，不爲窮途泣。東阡時一到，莫遣牛羊入。

其　十

我夢隨汝去，東阡松柏青。却入西州門，永媿北山靈。

其十一

乞墦何足羡，負米可忘艱。莫謂無車馬，含羞入劍關。

其十二

我坐名過實，讙譁自招損〔一〕。汝幸無人知，莫厭家山穩。

〔一〕招損：《尚書》：滿招損，謙受益。

其十三

竹笥與練裙，隨時畢婚嫁。無事苦一作「若」相思，征鞍還一跨。

其十四

萬里却來日，一菴仍獨居。應笑謀生拙，團團如磨驢。

次韻和王鞏六首

其一

君談陽朔山〔一〕，不作一錢直。巖藏兩頭蛇一作「虺」，瘴落千仞翼。雅宜驩兜放，頻訝虞舜陟。暫來已可畏，覽鏡憂面黑。况子三年囚〔二〕，苦霧變飲食。吉人終不死，仰荷天地德。我來黄岡下〔三〕，欹枕江流碧。江南武昌山，向我如咫尺。春蔬黄土軟，凍笥蒼崖坼。兹行我累君〔四〕，乃反得安宅。遥知丹穴近，爲劚勾漏石。他年分刀圭，名字挂仙籍。公自注：鞏許惠桂州丹砂。

〔一〕陽朔山：《水經》：湘水出始興縣陽海山。注云：即陽朔山，故零陵之南郡也。《元和郡縣志》：桂州陽朔縣，漢始興縣地，開皇十年分置，取陽朔山爲名。唐吴武陵《陽朔廳壁記》：群山發海嶠，騰走千里而北，又發巫衡，千餘里而南，咸會於陽朔。孤崖絶巘，森聳駢植，蛇龜猿鶴，踔躍萬怪。江少虞《事實類苑》：桂州左右，山皆平地拔起數百丈，竹木蓊鬱如染，陽朔尤佳，四面峰巒駢立。

〔二〕三年苦霧：李商隱詩：三年苦霧巴江月，不爲離人照屋梁。

〔三〕黄岡：《名勝志》：漢西陵故城，南齊之南安縣，即齊安郡治也。隋改曰黄岡，因以縣置黄州。

〔四〕我累君：《東都事略》：王定國從蘇軾問學，能爲文章，爲秘書省正字，坐累貶賓州。《烏臺詩案》收蘇軾有譏諷文字不申繳者二十九人。王鞏名列第一。《淮海集》：元豐二年，眉陽蘇公，用御史言，文涉謗訕，責黄州團練副使。於是梁國張公、涑水司馬公等三十六人，素善厚眉陽，得其文字，不以告，皆罰金。而太原王定國，獨謫監賓州鹽税。定國相家子，少知名。一朝坐交游，斥海上，益自刻勵。晨起入局，視鹽税事。退則窮經著書，或詩酒自娱。

其　二

少年帶刀劍，但識從軍樂。老大服犁鋤，解佩付鎔鑠。雖無獻捷功，會賜力田爵。敲冰舂擣紙，刈葦秋織箔。櫟林斬冬炭，竹塢收夏籜。四時俯有取，一飽天所酢。君生紈綺間〔一〕，欲學非其脚。左右玉纖纖，束薪誰爲縛。勿令聞此語，翠黛頻將惡。笑我一間茆，婦姑紛六鑿。

〔一〕紈綺間：《漢書·序傳》：在於綺襦紈袴之間，非其好也。

其　三

欲結千年實，先摧二月花。故教窮到骨，要使壽無涯〔一〕。久已逃天網，何須服日華。賓州在何處〔二〕，爲子上棲霞〔三〕。公自注：樓名。

〔一〕壽無涯：韓愈詩：垂祥紛可録，俾壽浩無涯。

〔二〕賓州：《元和郡縣志》：嶺南道賓州，漢鬱林郡之領方縣也。至隋不改。貞觀五年，析澄川等三縣，置賓州。《九域志》：廣南西路賓州，安城郡軍事。開寶六年廢，隸邕州。六年復置。東北至東京五千里。《名勝志》：賓州以賓江而名，今屬柳州府，府南一百三十里。

〔三〕棲霞：陸游《入蜀記》：棲霞樓，本太守間邱孝終公顯所作，下臨大江，烟樹微茫，遠山數點，亦佳處也。《名勝志》：棲霞樓在黄州儀門西南。

其　四

鄰里有異趣，何妨傾蓋新。殊方君莫厭，數面自成親。默坐無餘事，回光照此身。他年赤墀下〔一〕，玉立看垂紳〔四〕。

〔一〕赤墀下：《唐書·上官儀傳》：供奉赤墀下。

〔二〕玉立：《文選》桓温《薦譙元彦表》：抗節玉立。

其　五

平生我亦輕餘子，晚歲人誰念此翁。巧語屢曾遭薏苡，廋詞聊復記芎藭。子還可責同元亮，妻却差賢勝敬通。公自注：僕文章雖不逮馮衍，而慷慨大節，乃不愧此翁。衍逢世祖英睿好士而獨不遇，流離擯逐，與僕相似。而衍妻妬悍甚，僕少此一事，故有「勝敬通」之句。若問我貧天所賦，不因遷謫始囊空。

其　六

君家玉臂貫銅青〔一〕，下客何時見目成。勤把鉛黄記宫様，莫教弦管作蠻聲。熏衣〔二〕漸嘆衙香少〔三〕，擁髻遥憐夜語清。記取北歸攜過我，南江風浪雪山傾。公自注：君自南江赴任，不一過我。

〔一〕銅青：梅堯臣詩自注：銅青，謂衣色也。

〔二〕熏衣：王筠《行路難》：已繅一繭催衣縷，復擣百和熏衣香。

〔三〕衙香：《香譜》有開元幃中牙香，唐化度寺牙香法，雍文徹郎中牙香法，皆合諸香擣末煉蜜溲和而成。衕，與牙音義相通。

元豐四年十月二十二日謁王文父齊萬於江南坐上得陳季常書報是月四日一本有「陝西奏」三字种諤領兵深入破一作「界」殺西夏六一作「五」萬餘人獲馬五千匹衆喜忭唱樂各飲一巨觥

聞說官軍取乞誾〔一〕，將軍旗鼓捷如神。故知無定河邊柳，得共中原雪絮身。

〔一〕乞誾：按《東都事略》及《宋史》，西夏國首領有乞理、乞弟、遇乞之名，無乞誾。俟再考。

慎按：此詩施氏原本不載，今據題中年月從新刻本《續補》下卷改編於此。

聞洮西捷報〔一〕

漢家將軍一丈佛〔二〕，詔賜天池八尺龍。露布朝馳玉關塞，捷書夜到甘泉宮。似聞指揮築上郡，已覺談笑無西戎。牧《外集》作「放」臣不見天顏喜，但驚草木回一作「放」，一作「皆」春容。

〔一〕洮西：《宋史·王韶傳》：知通遠軍，引兵城武勝，建爲鎮洮軍，更名熙州。以熙、河、洮、岷、通、遠爲一路，以韶知熙州。六月三日，取河州。捷聞，帝大喜。

〔三〕一丈佛：《老學菴筆記》：東坡在黄州《西捷》詩：「漢家將軍一丈佛」云云，「一丈佛」者，王中正也。以此詩爲非東坡作耶？氣格如此，孰能辨之？以爲果東坡作耶？此老豈譽王中正者，蓋刺之也。

慎按：王注引《立之詩話》云：東坡在黄時有詩，「漢家將軍一丈佛」云云。其後作《謝御賜書》詩，復用其間數句。今集中無有，疑其非全篇云云。今考王氏本，此詩現在第七卷，何云集中所無？舊注鹵莽如此，特爲駁正。此詩施氏原本不載，今從《續補》下卷移編。

記夢回文二首并引

十二月二十五日，大雪始晴，夢人以雪水烹小團茶，使美人歌以飲。余夢中爲作回文詩，覺而記其一句云：亂點餘花唾碧衫。意用飛燕故事也。乃續之，爲二絶句云。

其一

酡顔玉盌捧纖纖〔一〕，亂點餘花唾碧衫。歌咽水雲凝静院，夢驚松雪落空巖。

〔一〕捧纖纖：韓愈詩：茗盌纖纖捧。

其二

空花落盡酒傾缸，日上山融雪漲江。紅焙淺甌新火活，龍團小碾鬭晴窗。

三朵花并引

房州通判許安世〔一〕，以書遺予言：「吾州有異人，常戴三朵花，莫知其姓名。郡人因以『三朵花』名之。能作詩，皆神仙意。又能自寫真，人有得之者。」許欲以一本見惠，乃爲作此詩。

學道無成鬢已華，不勞千劫漫烝砂。歸來且看一宿覺〔二〕，未暇遠尋三朵花。兩手欲遮瓶裏雀，四條深怕井中蛇〔三〕。畫圖要識先生面，試問房陵好事家。

〔一〕房州：《水經注》：房陵郡，漢末所置。《元和郡縣志》：房山在房州西南三十里，四面有石室如房。漢初爲防，後改爲房縣。唐改房州。

〔二〕一宿覺：《傳燈録》：永嘉玄覺禪師詣曹溪，初到振錫，繞六祖三匝，卓然而立。須臾告辭。祖曰：「返太速乎？」曰：「本自無動，豈有連耶？」祖嘆曰：「少留一宿。」時謂「一宿覺」。

〔三〕四蛇：《金光明經》：猶如四蛇，同處一篋。《天台釋》云：二上升是陽，二下沉是陰。由其性別，那能和合成身。《大集經》：昔有一人，避二醉象，緣藤入井。有黑白二鼠嚙藤將斷，旁有四蛇欲螫，下有三龍吐火張爪拒之。

慎按：《輿地紀勝》云：三花洞在房陵福溪巖下。元豐間，有道者日簪三朵花，游於市，知人未來禍福。東坡贈以詩，有「十年飽服長生藥，三朵長簪不老花」之句。二語與集本不同，附記於後。

次韻陳四雪中賞梅

臘酒詩催熟，寒梅雪鬭新。杜陵休嘆老，韋曲已先春。獨秀驚凡目，遺英卧逸民。高歌對三白〔一〕，遲暮慰安仁。

〔一〕三白：《錦繡萬花谷》引泗州語云：欲宜麥，見三白。謂三度見雪也。

正月二十日與潘郭二生出郊尋春忽記去年是日同至女王城作詩乃和前韻以下壬戌年作。

東風未肯入東門，走馬還尋去歲村。人似秋鴻來有信，事如春夢了無痕。江城白酒三杯釅，野老蒼顏一笑温。已約年年爲此會，故人不用賦招魂。

是日偶至野人汪氏之居有神降於其室自稱天人〔一〕李全字德通善篆字用筆奇妙而字不可識云天篆也與余言有所會者復作一篇仍用前韻

酒渴思茶漫扣門，那知竹裏是仙村。已聞龜策通神語〔二〕，更看龍蛇落筆痕。色瘁形枯應笑屈，道存目擊豈非温。歸來獨掃空齋卧，猶恐微言入夢魂。

〔一〕天人：本集《雜記》云：黄人汪若谷家神尤奇，以箸爲口，置筆口中。與人問答如響，曰：「吾天人也。」云云。亦子姑之類也。

〔二〕龜策：《史記·龜策傳》：能得百莖蓍草，并得其下龜以卜者，百言百當，足以決吉凶。

浚井

古井没荒萊，不食誰爲惻？瓶罍下兩綆，蛙蚓飛百尺。腥風被泥滓，空響聞點滴。上除青青芹，下洗鑿鑿石。沾濡愧童僕，杯酒暖寒栗。白水漸泓渟，青天落寒碧。云何失舊穢，底處來新潔。井在有無中〔一〕，無來亦無失。

〔二〕井在有無中：《楞嚴經》：鑿井求水，出土一尺，於中則有一尺虚空。此空爲當，引水所出，因鑿所有。無因自生。

紅梅三首〔一〕

其一

怕愁貪睡獨開遲，自恐冰容不入時。故作小紅桃杏色，尚餘孤瘦雪霜姿。寒心未肯隨春態，酒暈無端上玉肌。詩老不知梅格在，更看緑葉與青枝。公自注：石曼卿《紅梅》詩云：認桃無緑葉，辨杏有青枝。

〔一〕紅梅：《冷齋夜話》：紅梅，其種來自閩、湘，故有福州紅，潭州紅，邵武紅等名。

其二

雪裏開花却是遲，何如獨占上春時。也知造物含深意，故與施朱發妙姿。細雨裛殘千顆淚，輕寒瘦損一分肌。不應便雜夭桃杏，數一作「半」點微酸已著枝。

其　三

幽人自恨探春遲，不見檀心未吐時。丹鼎奪胎那是寶，公自注：朱砂紅銀，謂之不奪胎色。玉人頩頰更多姿。抱叢暗蘂初含子，落盞穠香已透肌。乞與徐熙畫新樣，竹間璀璨出斜枝。

次韻子由寄題孔平仲草菴〔一〕

逢人欲覓安心法，到處先爲問道菴。盧子不須從若士，蓋公當自過曹參。羡君美玉經三火，笑我枯桑困八蠶。猶喜大江同一味，故應千里共清甘。

〔一〕孔平仲：《東都事略》：孔平仲，字毅父，新喻人。元祐中入史館，出爲京西提刑。坐黨籍，謫韶州。

慎按：《東都事略》及《宋史》本傳俱不載毅父官江州事。黄山谷詩有「溢浦爐邊督數錢」之句，史容注云：時平仲監江州錢監。又引東坡帖云：數日前，毅父見過，此人錢監得替，當入京。二説與《欒城集》原題相合，可補史傳之缺。

附子由作：《欒城集》題云「孔平仲著作江州官舍小菴」。

近山不作看山計，引水能成照水菴。閉口忘言終自飽，安心度日更誰參。簡編圍繞穿書蠹，窗户低回作繭蠶。我亦一軒容膝住，敝裘粗飯有餘甘。

附孔毅父次韻：

二公俊軌皆千里，兩首新詩寄一菴。大隱市朝希柱史，好奇兄弟有岑參。雪天凍坐癡於雀，雨夕春眠困若蠶。不是本來忘世味，便投閒寂亦難甘。

二　蟲

君不見，水馬兒，步步逆流水。大江東流日千里，此蟲趯趯長在此。君不見，鷃濫堆，决起隨衝風。隨風一去宿何許，逆風還落蓬蒿中。二蟲愚智俱莫測，江邊一笑無人識。

陳季常見過三首

其　一

仕宦常畏人，退居還喜客。君來輒館我，未覺雞黍窄。東坡有奇事，已種十畝麥。但得君眼青，不辭奴飯白。

其二

送君四十里，只使一帆風。江邊千樹柳，落我酒杯中。此行非遠別，此樂固無窮。但願長如此，來往一生同。

其三

聞君開龜軒，東檻俯喬木。人言君畏事，欲作龜頭縮。我知君不然，朝飯仰暘谷。餘光幸分我，不死安可獨。

謝人惠雲巾方舄二首

其一

燕尾稱呼理未便，翦裁雲葉却天然。無心只是青山物，覆頂宜歸紫府仙。轉覺周家新樣俗〔一〕，公自注：頭巾起後周。未容陶令舊名傳。鹿門佳士勤相贈，黑霧玄霜合比肩。公自注：皮襲美《贈天隨子紗巾》詩云：掩斂乍疑裁黑霧，輕明渾似帶玄霜。

〔二〕頭巾：俞琰《席上腐談》：幞頭起後周，武帝以幅巾裹頭，故名。畢仲詢《幕府燕閒録》：古之幞頭，唐馬周始置，四脚，二脚繫於上①，二脚垂於下，又加巾子。武后時賜臣下巾子，謂武家樣。葉廷珪《海録碎事》：趙魏之間通謂巾爲承露，用全幅向後幞髮，謂之頭巾。

其　二

胡鞾短靿格麤疎，古雅無如此樣殊。妙手不勞盤作鳳，公自注：晉永嘉中有鳳頭鞵。輕身只欲化爲鳧。魏風褊儉堪羞葛，楚客豪華可笑珠。擬學梁家名解脱，公自注：武帝作解脱履。便於禪坐作跏趺。

慎按：前一首賦雲巾，後一首賦方舄。兩詩施氏原本俱不載，新刻載《續補》下卷，《外集》編第六卷，在黄州作。今據此移編。

① 濟按：原本奪「二脚繫」三字，據中華書局《蘇軾詩集》卷二十一《謝人惠雲巾方舄二首》引注補。

寒食雨二首

壬戌三月以至蘄，徐德占見訪，遊清泉，作此。○清泉寺在蘄水。○此從《蘄水志》抄出。

其一

自我來黄州，已過三寒食。年年欲惜春，春去不容惜。今年又苦雨，兩月秋蕭瑟。卧聞海棠花，泥污燕脂雪。暗中偷負去，夜半真有力。何殊病少年，病起頭已白。

其二

春江欲入户，雨勢來不一作「未」已。小屋如漁舟，濛濛水雲裏。空庖煮寒菜，破竈燒濕葦。那知是寒食，但感一作「見」烏銜紙。君門深九重，墳墓在萬里。也擬哭途窮，死灰吹不起。

徐使君分新火〔一〕

臨臯亭中一危坐，三見清明改新火。溝中枯木應笑人，鑽斫一作「灼」不然誰似我。黄州使君憐久病，分我五更紅一朵。從來破釜躍江魚，只有清詩嘲飯顆。起攜蠟炬遶空室一作

「屋」，欲事烹煎無一可。爲公分作無盡燈，照破十方〔二〕昏暗鎖〔三〕。

〔一〕分新火：《迂叟詩話》：《周禮》：四時變國火。唐時惟清明取榆柳之火，以賜近臣。本朝因之。

〔二〕照破十方：《涅槃經》：一輪降世間，黑暗一日破。《傳燈録》：神光法師語唐明皇曰：「論明則照耀十方。」

〔三〕昏暗：《瑜伽師地論》：日月星光及火珠燈炬等光，皆能破除昏暗，是名外光明。

次韻答元素并引

余舊有贈元素詞，云：天涯同是傷流落。元素以爲今日之先兆，且悲當時六客之存亡〔一〕。六客，蓋張子野、劉孝叔、陳令舉、李公擇及元素與余也。

不愁春盡絮隨風，但喜丹砂入頰紅。流落天涯先有讖，摩挲金狄會當同。蘧蘧未必都非夢，了了方知不落空。莫把存亡悲六客，已將地獄等天宫。

〔一〕六客：慎按，李公擇守湖州，先生自杭移密，過之，與楊元素、張子野、劉孝叔、陳令舉會於碧瀾堂，子野作《六客詞》。時陳述古罷杭守，元素來代，先生有《席上呈元素》詞調《醉落魄》，後半闋云：尊前一笑休辭却，天涯同是傷流落。其後二十五年，先生再過吴興，五人皆亡矣。又作

《後六客詞》，俱見本集。

蜜酒歌并引

西蜀道士楊世昌，善作蜜酒，絶醇釅。余既得其方，作此歌以遺之。

真珠爲漿玉爲醴，六月田夫汗流泚。不如春甕自生香，蜂爲耕耘花作米。一日小沸魚吐沫，二日眩轉清光活。三日開甕香滿城，快瀉銀瓶不須撥〔二〕。百錢一斗濃無聲，甘露微濁醍醐清。君不見南園采花蜂似雨，天教釀酒醉先生。先生年來窮到骨，問人乞來何曾得。世間萬事真悠悠，蜜蜂大勝監河侯。

〔一〕楊世昌：字子京，綿竹武都山道士。

〔二〕不須撥：李燾《長編》：今醅酒，其齊冬以二十五日，春秋十五日，夏十日，撥醅甕，而浮蟻涌於面，謂之撥醅，豈所謂泛齊者耶？

附子由和：

蜂王舉家千萬口，黄蠟爲糧蜜爲酒。口銜潤水拾花須，沮洳滿房何不有。山中醉飽誰得知，割脾分蜜曾無遺。調和知與酒同法，試投麴蘖真相宜。城中禁酒如禁盜，三百青銅愁杜老。先生年來無俸錢，一斗徑須囊一倒。餔糟不聽漁父言，煉蜜深愧仙人傳。掉頭不問辟穀藥，忍飢不如長醉眠。

又一首答二猶子與王郎見和

脯青苔，炙青蒲，爛蒸鵝鴨乃瓠壺。煮豆作乳脂爲酥，高燒油燭斟蜜酒，貧家百無初何有。古來百巧出窮人，搜羅假合亂天真。詩書與我爲麴糵，醞釀老夫成搢紳。質非文是終難久，脱冠還作扶犂叟。不如蜜酒無燠寒，冬不加甜夏不酸。老夫作詩殊少味，愛此三篇如酒美。封胡羯末已可憐，不知更有王郎子。

謝陳季常惠一揞巾〔一〕

夫子胸中萬斛寬，此巾何事小團團。半升僅漉淵明酒，二寸纔容子夏冠。好戴集本作「帶」，石刻作「戴」黄金雙得勝，休教集本作「可憐」，石刻作「休教」白苧一生酸，臂弓腰箭何時去，直上陰山取可汗。

〔一〕揞：《廣韻》：烏感切，手覆也。

慎按：施氏原注：黄州有公所書此詩石刻。先生爲季常作《方山子傳》，云：方山子少時使酒好劍，前十九年，余在岐下，見方山子從兩騎，挾二矢，游西山。鵲起於前，使騎逐而射之，不獲。

方山子怒馬獨出，一發得之。因與余馬上論用兵及古今成敗，自謂一世豪士。今幾時耳，精悍之色猶在眉間，而豈山中之人哉？先生是詩，猶戲之也。此段新刻删去，今補録。

贈黄山人

面頰照人元自赤，眉毛覆眼見來烏。倦游不擬談玄牝，示病何妨出白鬚。絶學已生真定慧，説禪長笑老浮屠。東坡若肯三年住，親與先生看藥爐。

贈人

别後休論信息疎，仙凡自古亦殊途。蓬山路遠人難到，霜柏威高道轉孤。舊賞未應忘一作「亡」楚國，新詩聞已滿皇都。誰憐澤畔行吟者，目斷長安貌欲枯。

慎按：此詩施氏原本不載，據《外集》編第六卷黄州時作。今從新刻《續補》下卷移編。

問大冶〔一〕長老乞桃花茶栽東坡〔二〕

周詩記荼苦，茗飲出近世〔三〕。初緣厭粱肉，假此雪昏滯〔四〕。嗟我五畝園，桑麥苦蒙翳。不令寸地閑，更乞茶子蓺。饑寒未知免，已作太一作「大」飽計。庶將通有無，農末不相戾。

春來凍地裂〔五〕，紫筍森已鋭〔六〕。牛羊煩呵叱，筐筥未敢睆〔七〕。江南老道人，齒髪日夜逝。他年雪堂品〔八〕，空一作「尚」記桃花裔。

〔一〕大冶：《九域志》：唐置大冶青山場，南唐升爲縣。《輿地廣記》：宋乾德五年，以大冶場置縣。二説互異，俟考。

〔二〕桃花茶：《名勝志》：桃花寺在興國州南十五里桃花尖之下。寺有泉，甘美，用以造茶，勝他處，號曰桃花絶品。宋時知軍事王琪《桃花茶》詩云：梅花既掃地，桃花露微紅。風從北苑來，吹入茶隝中。

〔三〕茗飲出近世：皮日休《茶經序》：陸季疵以前稱茗飲者必渾以烹之，與瀹蔬而啜者無異也。《品茶要録》：前此茶事未甚興，靈芽真筍，往往委翳消腐，而人不知也。

〔四〕雪昏滯：《茶經序》：飲者除痟而去癘，雖疾醫之不若也。

〔五〕凍地裂：杜甫詩：青門瓜地凍欲裂。

〔六〕紫筍：《茶經》：上者生爛石，中者生礫壤，下者生黄土，三歲可采。紫者上，緑者次。筍者上，芽者次。

〔七〕筐筥：《茶經》：茶具，一曰籃，二曰籠，三曰筥，以竹織之，負以採茶者也。

〔八〕雪堂：本集《雪堂記》略云：蘇子得廢圃於東坡之脅，築而垣之，作堂焉，號曰雪堂。堂以大雪中成，因繪雪於四壁之間。

寄子由

厭暑多應一向慵，銀鉤秀句益疎通。也知堆案文書滿，未暇開軒硯墨中。湖面新荷空照水，城頭高柳漫摇風。吏曹不是尊賢事，誰把前言語化工。

慎按：先生前後寄子由詩，年月率可考。此篇施氏原本不載，《欒城集》亦無和章，新刻本編《續補》下卷中。玩語意，子由是時當在高安，今依《外集》，移編於此。

次韻孔毅父久旱已而甚雨三首

其一

飢人忽夢飯甑溢，夢中一飽百憂失。只一作「久」知夢飽本來空，未悟真飢定何物。我生無田食破硯，爾來硯枯磨不出。去年太歲空在酉〔一〕，旁舍壺漿不容乞。今年旱勢復如此，歲晚何以黔吾突。青天蕩蕩呼不聞，況欲稽首號泥佛〔二〕。甕中蜥蜴尤可笑，跂跂脈脈何等秩。陰陽有時雨有數，民是天民天自卹。我雖窮苦不如人，要亦自是民之一。形容雖是一作「可似」喪家狗，未肯弭耳争投骨。倒冠落幘謝朋友，獨與蚊雷共圭蓽。故人嗔我不開門，君視我門誰肯屈。可憐明月如潑水，夜半清光翻我室。風從南來非雨候，且爲疲人洗蒸鬱。褰裳一和快哉謠，未暇飢寒念明日。

〔一〕去年太歲在酉：元豐四年辛酉大旱，見本集《東坡詩序》。

〔二〕泥佛：《傳燈録》：趙州從諗禪師云：金佛不度爐，木佛不度火，泥佛不度水，真佛内裏坐。

慎按：此題《清江三孔集》中失原作。

其二

去年東坡拾瓦礫，自種黄桑三百尺。今年刈草蓋雪堂，日炙風吹面如墨。平生懶惰今始悔，老大勤農天所直。沛然例賜三尺雨，造化無心怳難測。四方上下同一雲，甘霔不爲龍所隔〔一〕。公自注：俗有分龍日。蓬蒿下濕迎曉耒，燈火新凉催夜織。老夫作罷得甘寢，卧聽牆東人響屐。奔流未已坑谷平，折葦枯荷恣漂溺。腐儒麤糲支百年，力耕不受衆目憐。破陂漏水不耐旱，人力未至求天全。會當作塘徑千步，横斷西北遮山泉。四鄰相率助舉杵，人人知我囊無錢。明年共看决渠雨，飢飽在我寧關天。誰能伴我田間飲，醉倒惟有支頭甎。

〔一〕龍所隔：陸佃《埤雅》：今俗五月，謂之分龍雨，曰隔轍，言夏雨暴至，龍各有分域，雨暘往往隔一轍而異也。石林《避暑録》：吴越之俗，以五月二十爲分龍日。前此夏雨時，行雨之所及必廣，自分龍後則有及有不及，若有命而分之者也。

其　三

天公號令不再出，十日愁霖併爲一。君家有田水冒田，我家無田憂入室。不如西州楊道士〔一〕，萬里隨身惟兩膝。沿流不惡泝亦佳，一葉扁舟任飄突。山芎麥麴都不用，泥行露宿終無疾。夜來飢腸如轉雷，旅愁非酒不可開。楊生自言識音律，洞簫入手清且哀。不須更待秋井塌，見人白骨方銜杯。

〔一〕楊道士：名世昌，注見前。

慎按：元豐四年爲辛酉，詩中有「去年太歲在酉」之句，以上三首係五年壬戌所作。施氏本訛編六年正月以後，今改正。

魚蠻子〔一〕

江淮水爲田，舟楫爲室居。魚蝦以爲糧，不耕自有餘。異哉魚蠻子，本非左衽徒。連排入江住，竹瓦三尺廬。於焉長子孫，戚施且侏儒。擘水取魴鯉，易如拾諸塗。破釜不著鹽，雪鱗芼青蔬。一飽便甘寢，何異獺與狙。人間行路難，踏地出賦租。不如魚蠻子，駕浪浮空虚。空虚未可知，會當算舟車。蠻子叩頭泣，勿語桑大夫。

〔一〕魚蠻子：《老學菴筆記》：張芸叟作《漁父》詩，曰：家在耒江邊，門前碧水連。小舟勝養馬，大罟當耕田。保甲原無籍，青苗不著錢。桃源在何處，此地有神仙。蓋元豐中謫官湖湘時所作，東坡取其意爲《魚蠻子》云。

夜坐與邁聯句

清風來無邊，明月翳復吐。坡。松聲滿虚空，竹影侵半户。邁。暗枝有驚鵲，壞壁鳴飢鼠。坡。露葉耿高梧，風螢落空廡。微凉感團扇，古意歌白紵。樂哉今夕遊，獲此陪杖屨。邁。傳家詩律細，已自過宗武。短詩膝上成，聊以感懷祖。坡。

慎按：此詩施氏原本載《遺詩》卷中，今據《外集》，黄州時作也。改編於此。

弔李臺卿并引

李臺卿字明仲，廬州人〔一〕。貌陋甚，性介不群，而博學强記，罕見其比。好《左氏》，有《史學考正同異》，多所發明。知天文律曆，千載之日可坐數也。軾謫居黃州，臺卿爲麻城主簿〔二〕，始識之。既罷，居於廬，而曹光州演甫以書報其亡〔三〕。臺卿，光州之妻黨也。

我初未識君，人以君爲笑。垂頭老鶴雀一作「隺」，烟雨霾七竅。敝衣來過我，危坐若持釣。褚裒半面新，鬷蔑一語妙。徐徐涉施氏本作「步」，訛其瀾，極望不可一作「得」徼〔四〕。却觀元嫵媚，士固難輕料。看書眼如月，罅隙靡不照。我老多遺忘，得君如再少。從横通雜藝，甚博且知要。所恨言無文，至老幽不耀。其生世莫識，已死誰復弔。作詩遺故人，庶解一作「免」俗子誚。

〔一〕廬州：《九域志》：淮南西路廬州，廬江郡，保信軍節度使，治合肥縣。

〔二〕麻城：《元和郡縣志》：麻城縣南至黃州一百十里。漢西陵縣地，開皇十八年，改麻城。《九域志》：黃州領縣三，麻城其一也。

〔三〕曹光州：「演甫」一作「寅甫」，曹煥九章之父也。

〔四〕極望：《詩》：終三十里。《疏》：人目所望，三十里，而天地合。三十里外，不復見之，是爲極望也。

曹既見和復次韻

造物本兒嬉，風噫雷電笑。誰令妄驚怪，失匕號萬竅。人人走江湖，一一操網釣。偶然連六鰲，便謂一本作「爲」者，訛此手妙。空令任公子，三歲蹲海徼。長貧固不辭，一死實未料。難將蓍草算，除用佛眼照。何人嗣家學，恨子兒尚少。嗟我與曹君，衰老世不要。空言今無救，奇志後必耀。吟君一作「工」五字詩，義重千金弔。收藏慎勿出，免使群兒譙。

弔徐德占〔一〕并引

余初不識德占，但聞其初爲吕惠卿所薦，以處士用。元豐五年三月，偶以事至蘄水〔二〕。德占聞余在傳舍，惠然見訪。與之語，有過人者。是歲十月，聞其遇禍，作詩弔之。

美人種松柏，欲使低映門。栽培雖易長，流惡病其根。哀哉歲寒姿，骯髒誰與論一作「言」，竟爲明所誤，不免刀斧痕。一遭兒女污，始覺山林尊。從來覓棟梁，未免傍籬藩。南山隔秦嶺，千樹龍蛇奔。大厦若畏傾，萬牛何足言。不然老巖壑，合抱枝生孫一本作「依山樊」。死者不可悔，吾將遺後昆。

〔一〕徐德占：《東都事略》：徐禧，字德占，洪州分寧人。熙寧初，吕惠卿領修撰經義，禧以進士充檢討。又上治兵策。召對，除御史裏行，歷中丞。王師伐西夏，鄜延帥沈括請城永樂，詔禧往相其事。城成，禧與括俱居米脂砦。明日，賊數千騎趨新城，禧急往視。或説禧曰：「本奉詔相城，禦寇非職也。」禧不聽，比至永樂，拒戰不利，城陷，俱没。神宗哀之，賜謚忠愍。禧爲人，疎狂而有膽氣，好言兵，惠卿以此力引之。先是，惠卿在延州，首以邊事迎合朝廷，沈括繼之。陝西、河東，騷然困弊，復請城永樂，以圖進取。禧既入賊境，寡謀輕敵，以至於敗。自是神宗始知邊臣不可信，厭兵事矣。《宋史·夏國趙秉常傳》：元豐五年五月，沈括議築永樂城，种諤等極言不可，徐禧率諸將竟城之。賜名銀川砦。永樂接宥州，附横山，夏人必争之地。九月，夏人來攻，禧乃挾李舜舉來援。夏兵至者，號三十萬，禧師敗績，城遂陷，禧死於亂兵。是役也，死者將校數百人，士卒役夫二十餘萬。夏人乃耀兵米脂城下而還。

〔二〕蘄水：《太平寰宇記》：淮南蘄春郡，領縣四，其一蘄水，在州西北。本漢蘄春縣地，唐武德四年，改曰蘭溪，天寶中改蘄水。

慎按：徐德占，黄山谷外兄也。山谷稱其以才略出於深山窮谷，而揭日月於萬夫之上，年四十，大命殞傾，令人短氣。而曾南豐《兵間》詩，至斥爲傾險小人，以萬人之生，徼幸一身之利。其恃才寡謀，亦大槩可見矣。蓋宋自熙寧以來，用兵西陲，所得葭蘆、吴保、義合、米脂、浮圖、塞門六砦而已。靈州永樂之役，官軍、熟羌死者前後約六十萬人，雖其後復通和好，而中國財力耗弊已極，追原禍首，皆自喜功好事諸臣致之。公於德占之没，不一及邊事，獨惜其以有用之身，不知自愛，輕於授首，其喪師辱國之罪，固隱然言外矣。德占死於永樂，史傳年月確然可考。施氏補注本全無援證，且置先生此詩於《續補遺》卷中，今詳考本末，移編於此。

附曾子固作：王應麟《困學紀聞》云：南豐《兵間》詩，指徐德占，此孫仲益之言也。今采附於後。

大義缺絶久未圖，小人傾險何不至。世上固自有百爲，兵間乃獨求一試。趙括敢將亦已危，李平請守那復議。吁嗟忍易萬人生，冀幸將徼一身利。

武昌主簿吴亮君采攜其友人沈君十二一作「士」琴〔二〕之説與高齋先生空同子之文太平之頌以示予予不識沈君而讀其書如見其人如聞十二一作「士」琴之聲予昔從高齋先生遊嘗見其寶一琴無銘無識不知其何代物也請以告二子使從先生求觀之此十二一作「士」琴者待其琴而後和元豐五年閏六月

若言琴上有琴聲，放在匣中何不鳴。若言聲在指頭上，何不於君指上聽。

〔一〕十二琴：本集《十二琴銘》：一震林孤桐，二香林八節，三號鐘，四玉磬，五松風，六古媧簧，七南風，八歸鶴，九秋風，十漁椵，十一九州璜，十二天球。又，黄山谷亦有《張益老十二琴銘》，自注云：名損。而十二琴之名多有不同。第一首題云澗泉，第八首題云舞胎仙，第九首題云秋思，第十一首題云九井璜，録以備考。

慎按：此詩施氏原本不載，新刻編《續補》下卷，題止「琴詩」兩字。今據《外集》采録全題。又，本集《與彥正判官尺牘》云：古琴遂蒙輟惠，快作數曲，拂歷鏗然，試以一偈問之云云，即此四句也。

李委吹笛 并引

元豐別本作「符」者，訛五年十二月十九日，東坡生日，置酒赤壁磯下〔一〕，踞高峰，俯鵲巢，酒酣，笛聲起於江上，客有郭、古一作「石」二生，頗知音，謂坡曰：「笛聲有新意，非俗工也。」使人問之，則進士李委，聞坡生日，作新曲曰一作「白」《鶴南飛》以獻。呼之使前，則青巾紫裘，腰笛而已。既奏新曲，又快作數弄，嘹然有穿雲裂石之聲。坐客皆引滿醉倒。委袖出嘉紙一幅，曰：「吾無求於公，得一絕句足矣。」坡笑而從之。

山頭孤鶴向南飛，載我南游到九疑。下界何人也吹笛〔二〕，可憐時復犯龜茲〔三〕。

〔一〕赤壁：《江夏辨疑》云：江漢之間，指赤壁者三焉。一在漢水之側，竟陵之東。一在齊安郡之步下。一在江夏西南二百里。本集《雜記》云：黄州少西，山麓斗入江中，石色如丹，相傳所謂赤壁者。或曰非也。曹公敗歸，由華容路，今赤壁少西，對岸即華容鎮，庶幾是也。然岳州復有華容縣，不知孰是。

〔二〕下界吹笛：鄭嵎《津陽門》詩注：葉法善引明皇入月宫，聞樂歸，但記其半，以笛寫之。

〔三〕犯龜兹：《西清詩話》：嘗觀唐人《西域記》，言龜兹國王與臣庶知樂者，於大山間聽風水之聲，均節成音。後翻入中國，如《伊州》、《凉州》、《甘州》，皆龜兹來也。《前漢·地理志》：龜兹，音邱慈。《太平寰宇記》：邱慈亦曰屈茨，東去長安七千五百里。符堅遣吕光討之，獲龜兹樂，自此與中國不通。《學林新編》：龜兹，當音作鳩慈。

慎按：此詩先生在黄州作，以時考之，當是元豐五年。題元符，「符」字向來諸刻本俱訛，今爲改正，編附本卷之末。

蜀僧明操思歸龍邱子書壁〔一〕

久厭勞生能幾日，莫將歸思擾衰年。片雲會得無心否〔二〕，南北東西只一天。

〔一〕龍邱子：陳季常别號。見《山谷題跋》中。東坡詩亦有「龍邱居士亦可憐」之句。

〔二〕片云：《傳燈録》：惠忠國師受六師心印，肅宗上元間赴京師，帝問：「師在曹溪得何法？」師曰：「陛下還見空中一片雲否？」

慎按：此詩施氏原本不載，今從新刻《續補》下卷移編。

東坡先生編年詩卷二十二

古今體詩四十二首元豐六年癸亥，合明年甲子三月，在黄州作。

次韻孔毅父集古人句見贈五首〔一〕

其一

羡君戲集他一作「古」人詩，指呼市人如使兒。天邊鴻鵠不易得，便令作對隨家鷄。退之鶯笑子美泣，問君久假何時歸？世間好句世人共，明月自滿千家墀。

〔一〕集句：傅咸作《七經》詩，其《毛詩》一篇云：聿修厥德，令終有俶。勉爾遁思，我言維服。此乃集句詩之祖也。或謂始於王介甫者，非是。

其　二

紫駝之峰人莫識，雜以雞豚真可惜。今君坐致五侯鯖，盡是猩脣與熊白〔一〕。路旁拾得半段槍，何必開爐鑄矛戟？用之如何在我耳，入手當令君喪魄。

〔一〕熊白：熊肪也。亦見《山谷集》，以對蝌黃。

其　三

天下幾人學杜甫，誰得其皮與其骨？劃如太華當我前，跛牂欲上驚崷崒。名章俊語紛交衡，無人巧會當時情。前生子美只君是，信手拈得俱天成。

附孔毅父作：《清江集》原題「集杜句寄孫元忠」。

君不見瀟湘之山衡山高，八月秋高風怒號。草木黄落龍正蟄，哀鴻獨叫求其曹。男兒生無所成頭皓白，漂零已是滄浪客。呼兒覓紙一題詩，此心炯炯君應識。

慎按：《清江三孔集》，毅父所集古人詩凡數十首，無此五首韻。今附録集杜一篇，餘俱不載。

其　四

詩人雕刻閒草木，搜抉肝腎神應哭〔一〕。不如默誦千萬首，左抽右取談笑足。夜吟石鼎聲悲秋，可憐好事劉與侯。何當一醉百不問，我欲眠矣君歸休。

〔一〕神應哭：謂詩人搜抉肝腎，自傷其神明，故神應哭也。施氏原注引《古詩話》「李白詩可泣鬼神」者，訛。

其　五

膏明蘭臭俱自焚，象牙翠羽戕一作「殘」其身。多言自古爲數窮，微中有時堪解紛。癡人但數羊羔兒，不知何者是左慈。千章萬句卒非我，急走捉君應已遲。

六年正月二十日復出東門仍用前韻

亂山環合水侵門，身在淮南盡處村〔一〕。五畝漸成終老計，九重新掃舊巢痕〔二〕。豈惟見慣沙鷗熟，已覺來多釣石温。長與東風約今日，暗香先返玉梅魂。

〔一〕淮南盡處村：《九域志》：黄州屬淮南西路。

〔二〕九重巢痕：陸游《施注序》：昔祖宗以三館養士，儲將相材。及官制行，罷三館。而東坡蓋常直史館，然自爲散官，削去史館之職久矣。至是史館亦廢，故云「新掃舊巢痕」，其用事之嚴如此。而「鳳巢西隔九重門」，則又李義山詩也。○慎案，此段爲此句注脚，確不可易。施氏補注乃以爲後人穿鑿之病，何也？

食甘

一雙羅帕未分珍，林下先嘗愧逐臣。露葉霜枝剪寒碧，金槃玉指破芳辛。清泉簌簌先流齒，香霧霏霏欲噀人〔一〕。坐客殷勤爲收子，千奴一掬奈吾貧。

〔一〕香霧噀人：劉孝標《送橘啓》云：采之風味照座，擘之香霧噀人。

大寒步至東坡贈巢三〔一〕

春雨如暗塵，春風吹倒人。東坡數間屋，巢子誰與鄰。空牀斂敗絮，破竈鬱生薪。相對不言寒，哀哉知我貧。我有一瓢一作「尊」酒，獨飲良不仁。未能赬我頰，聊復濡子脣〔二〕。故人千鍾禄〔三〕，馭吏醉吐茵。那知我與子，坐作寒螿呻別本作「聲」，訛。努力莫怨天，我爾皆天民。行看花柳動，共享無邊春。

〔一〕巢三：《宋史・卓行傳》：巢谷，初名轂，舉進士至京師，見舉武藝者，心好之。遂棄而學騎射，業成不中第。去游秦、鳳、涇、原間，韓存寶教之兵書，號熙寧名將。存寶得罪，自度必死，謂谷曰：「死非所惜，妻子不免飢寒。橐中數百金，非子莫可使貽之者。」谷許諾，即變姓名，懷金徒步，往授其子，逃避江淮間。蘇軾責黄州，與谷同鄉，因與之游。

〔三〕濡唇：《史記・秦始皇本紀》：餐未及下咽，酒未及濡唇。

〔四〕故人千鍾禄：黄山谷云：此詩蓋嘲蒲傳正也。傳正請於朝，欲寄金賙巢，先帝笑曰：「鄉黨親舊，同朝僚友，以有餘助不足，縣官當怒之耶？」

慎按：施氏原注：此詩墨跡刻石成都府治，「一瓢」石刻「一尊」，乃元祐間所書也。此段新刻本删去，今補録。

元修菜并引

菜之美者，有吾鄉之巢〔一〕。故人巢元修嗜之，余亦嗜之。元修云：「使孔北海見，當復云吾家菜耶？」因謂之元修菜。余去鄉十有五年，思而不可得。元修適自蜀來，見余於黄，乃作是詩，使歸致其子，而種之東坡之下云。

彼美君家菜，鋪田緑茸茸。豆莢圓且小，槐牙細而豐。種之秋雨餘，擢秀繁霜中。欲花而未萼，一一如青蟲。是時青裙女，採擷何忽忽。烝之復湘之，香色蔚其饛。點酒下鹽豉，縷橙芼薑葱。那知雞與豚，但恐放箸空。春盡苗葉老，耕翻烟雨叢。潤隨甘澤化，暖作青泥融。始終不我負，力與糞壤同。我老忘家舍，楚音變兒童。此物獨嫵媚，終年繫余胸。君歸致其子，囊盛勿函封。張騫移苜蓿，適用如葵菘。馬援載薏苡，羅生等蒿蓬。懸知東坡下，塉鹵化千鍾。長使齊安民一作「人」，指此説兩翁。

〔一〕巢菜：《韻語陽秋》：蜀中食品，南方不知其名者多矣。東坡所謂「贈君木魚三百尾，中有鵞黄子魚子」者，椶筍也；所謂「豆莢圓且小，槐牙細而豐」者，巢菜也。是二物，蜀中甚貴重。《詩話總龜》亦云：陸龜蒙詩序：蜀菜有兩巢，大巢即豌豆之不實者，小巢生豆稻畦中，一曰野蠶豆。

二月三日點燈會客

江上東風浪接天，苦寒無賴一作「奈」破春妍。試開雲夢羔兒酒，快瀉錢塘藥玉船。蠶市光陰非故國〔一〕，馬行燈火記當年〔二〕。冷烟濕雪梅花在，留得新春作上元。

〔一〕蠶市：蜀中新年事，注見前。

〔二〕馬行：在開封，注别見。

日日出東門

日日出東門，步尋東城游。城門抱關卒〔一〕，笑我此何求。我亦無所求，駕言寫我憂。意適忽忘返，路窮乃歸休。懸知百歲後，父老説故侯。古來賢達人，此路誰不由？百年寓華屋，千載歸山丘。何事羊公子，不肯過西州〔二〕？

〔一〕東門抱關：《漢書》：蕭望之署小院東門侯，王仲翁顧謂望之曰：「不肯碌碌，反抱關爲？」公詩借用此事。

〔二〕西州：《金陵雜志》：西州，昔丹陽尹治也。會稽王道子領揚州，其居第在東偏，時號東府，故號此爲西州。

慎按：《苕溪漁隱叢話》載東坡曰：吾詩云：「日日出東門，步尋東城游。城門抱關卒，問我何所求。我亦無所求，駕言寫我憂。」章子厚謂參寥曰：「前步而後駕，何其上下紛紛也？」僕聞之曰：「吾以尻爲輿，以神爲馬，何礙上下乎？」參寥曰：「子瞻文過有理，似孫子荆『所以枕流，欲洗其耳』，似之也。」

南堂五首

其　一

江上西山半隱隄〔一〕，此邦臺館一時西。南堂獨有西南向〔二〕，卧看千帆落淺溪。

〔一〕西山：即武昌之樊山也，注詳前。

〔二〕南堂：先生詩中有兩南堂，一在黄州，一在惠州。

其　二

暮年眼力嗟猶在，多病顛毛却未華。故作明窗書小字，更開幽室養丹砂。

其　三

他時夜雨一作「雨後」困移牀，坐厭愁聲點客腸。一聽南堂新瓦響，似聞東塢小荷香。

其　四

山家爲割千房蜜〔一〕，稚子新畦五畝蔬。更有南堂堪著客別本作「處」者，訛，不憂門外故人車。

〔二〕割蜜：杜甫詩：風落收松子，天寒割蜜房。

〔三〕門外車：《史記·陳平傳》：以席爲門，門外多長者車轍。

其五

掃地焚香閉閤眠，簟紋如一作「似」水帳如烟〔一〕。客來夢覺知何處，挂起西窗浪接天。

〔一〕帳如烟：《海録碎事》：路巖有蚊幮一頂，如碧烟輕密，人以爲鮫綃。○《王直方詩話》：邢敦夫云：東坡此詩嘗題予扇，山谷初讀，以爲劉夢得所作。

附子由次韻五首：《欒城集》題云「次韻子瞻臨皋新葺南堂」。

江聲六月撼長隄，雪嶺千重過屋西。一葉軒昂方斷渡，南堂蕭散夢寒溪。

旅食三年已是家，堂成非陋亦非華。何方道士知人意，授與爐中一粒砂。

北牖清風正滿牀，東坡野菜漫充腸。華池自有醍醐味，丈室仍聞薝蔔香。

隣人漸熟容賒酒，故客新留爲種蔬。住穩不論歸有日，船通何患出無車。

客去知公醉欲眠，酒醒寒月墮江烟。牀頭復有三升蜜，貧困相資恐是天。

次韻子由種杉竹

吏散庭空雀噪簷，閉門獨宿夜厭厭。似聞梨棗同時種，應與杉篁刻日添〔一〕。糟麴有神熏不醉，雪霜誇健巧相沾。先生坐待清陰滿，空使人人嘆滯淹。

〔一〕杉篁：陸龜蒙詩：杉篁左右供餘清。

附子由原作：《欒城集》題云「予初到筠即於酒務庭中種竹四叢杉二本及今三年二物皆茂秋八月洗竹培杉偶賦短篇呈同官」。

種竹成叢杉出簷，三年慰我病厭厭。剪除亂葉風初好，封殖孤根筍自添。高節不知塵土辱，堅姿試待雪霜沾。屬君留取障斜日，仍記當年此滯淹。

孔毅父妻挽詞

結褵記初歡，同穴期晚歲。擇夫得温嶠，生子勝王濟。高風相賓友，古義仍兄弟。從君吏隱中，窮達初不計。云何抱沈疾，俯仰便一世。幽陰凄房櫳，芳澤在巾袂。百年縱得滿，此路行亦逝。那將有限身，長瀉無益涕。君文照今古，不比山石脆。當觀千字誄，寧用百金瘞。

初秋寄子由

百川日夜逝，物我相隨去。惟有宿昔心，依然守故處。憶在懷遠驛〔一〕，閉門秋暑中。藜羹對書史，揮汗與子同。西風忽淒厲，落葉穿户牖。子起尋裌衣，感歎執我手。朱顔不可恃，此語君莫一作「弗」疑。别離恐不免，功名定難期。當時已悽斷，况此兩衰老。失途既難追，學道恨不蚤。買田秋已議，築室春當成。雪堂風雨夜，已作對牀聲。

〔一〕懷遠驛：孟元老《東京夢華録》：諸蕃國朝貢使，多在懷遠驛。按，先生初赴舉，與子由同寓於此。

附子由次韻：

少年䏘世味，徘徊不能去。老來悟前非，尚愧昔遊處。君才最高峙，鶴行雞群中。我雖非君對，顧以兄弟同。結髮皆讀書，明月入我牖。從横萬餘卷，臨紙但揮手。學成竟無用，掩卷空自疑。却尋故山友，重赴幽居期。秋風送餘熱，冉冉如人老。衣裘當及時，田廬亦須蚤。種竹竹生筍，種稻亦成。浩歌歸來曲，曲終有遺聲。

和黄魯直食笋

飽食有殘肉，饑食無餘菜。紛然生喜怒，似被狙公賣。爾來誰獨覺〔一〕，凜凜白下宰〔二〕。公自注：太和，古白下也。時魯直知吉州太和縣。一飯在家僧〔三〕，至樂甘不壞。多生味蠹簡，食笋乃餘債〔四〕。蕭然映樽俎，未肯雜菘一本作「松」者，訛芥。君看霜雪姿，童稚已耿介。胡爲遭暴横，三嗅不忍嘬。朝來忽解籜，勢迫風雷噫。尚可餉三閭，飯筒纏五采。

〔一〕獨覺：《大論》云：獨覺出無佛世，觀外因緣，無師自悟。

〔二〕白下：《南史》：梁天監二年，陳霸先屯南康，遣杜僧明築城於白口。《名勝志》：白下驛建自隋時，在太和縣東門外，近驛有白口城。《太平寰宇記》：吉州太和縣，漢爲廬陵縣，隋改太和，唐貞元三年，移歸白下驛，西即今理也。《黄山谷年譜》：元豐三年，授吉州太和縣，在任凡四年。《食笋》詩，元豐六年作。

〔三〕一飯在家僧：《名勝志》：元豐中，魯直令太和。嘗出東郊勸農，歸登快閣隱卧，夢飯鮓魚。及覺，猶在口也。起，散步竹林中，見一老嫗哭墓下，前置飯鮓。試詢之，則曰：「只有此女，死若干年矣。」詢其日月，即庭堅所生之辰，因自贊曰：似僧有髮，似俗無塵。作夢中夢，見身外身。

〔四〕餘債：《楞嚴經》：償其宿債。

附黄魯直原作：

洛下斑竹筍，花時壓鮭菜。一束酬千錢，棹頭不肯賣。我來白下聚，此族富庖宰。繭栗載地翻，觳觫觸牆壞。韱韱入中厨，如償食竹債。甘菹和菌耳，辛膳胹薑芥。烹鵞雜股掌，炮鼈亂裙介。小兒哇不美，鼠壤有餘嘬。可貴生於少，古來食共噫。尚想高將軍，五溪無人采。

聞子由爲郡寮所捃恐當去官

少學不爲身，宿志固有在。雖然敢自必，用舍置度外。天初若相我，發迹造弘大。豈敢負所付，捐軀欲投會。寧知事大繆，舉步得狼狽。我已無可言，墮甑難追悔。子雖僅自免，雞肋安足賴。低回畏罪罟，黽勉敢言退。若人疑或使，爲子得微罪。時哉歸去來，共抱一作「把」東坡耒。

次韻王鞏南遷初歸二首〔一〕

其一

問君謫南賓，野葛食幾尺〔二〕？逢人瘴髮黄，入市胡眼碧。三年不易過，坐睨倚天壁。歸來貌如故，妙語仍破鏑。那能廢詩酒，亦未妨禪寂。願爲尚書郎，還賜上方舄。

〔一〕王鞏：《宋史》本傳：軾得罪，鞏亦竄賓州，數歲得還，豪氣不少挫，後歷宗正丞。

〔二〕野葛：《猗覺寮雜記》引《嶺表録異記》云：野葛俗呼爲胡蔓，蔓生如蘭香，光而厚，置生菜中毒人，用羊血解。羊食之肥大。嵇含《南方草木狀》云：冶葛，毒草也。置毒者，多以生蔬進之。有蕹菜者，南方之奇蔬，以汁滴冶葛苗，立時萎死。世傳魏武噉冶葛至一尺，云先食此菜。據此，「野」亦作「冶」。

其　二

江家舊池臺，修竹圍一尺。歸來萬事非，惟見秦淮碧〔一〕。平生痛飲處，遺墨鴉棲壁。西來故父客〔二〕，金印雜鳴鏑。三槐老更茂〔三〕，花絮春寂寂。中微未可料〔四〕，家廟藏赤舄。

〔一〕秦淮碧：《金陵志》：秦始皇望金陵有天子氣，使赭衣鑿斷地脉，故曰秦淮。水有二源，一出句容華山，一出溧水東廬山，合流入方山埭，經石頭城入江。劉禹錫《江總宅》詩：南朝詞臣北朝客，歸來惟見秦淮碧。池臺竹樹五畝餘，至今人道江家宅。《名勝志》：梁江總居清溪旁，園林第宅，冠於一時。

〔三〕父客：《史記·張耳傳》：外黄女亡其夫，去抵父客。《漢書·吳王濞傳》：周亞夫問父絳侯客。

〔三〕三槐：《宋史·王旦傳》：父祐，事太祖、太宗，爲名臣，又多陰德。嘗手植三槐於庭，曰：「吾後世必有爲三公者，此其所以志也。」

〔四〕中微：《史記·楚世家》：其後中微，或在中國，或在蠻夷。

附子由作：

同罪南遷鷩最遠，乘流北下喜先歸。謂言一笑秋風後，却顧千山驛路非。嶺外雲烟隨夢遠，江邊魚蟹爲人肥。還家嫁女都無事，卧讀詩書晝掩扉。

孔毅父以詩戒飲酒問買田且乞墨竹次其韻

酒中真復有何好，孟生雖賢未聞道。醉時萬慮一掃空，醒後紛紛如宿草。十年揩洗見真妄，石女無兒焦穀槁〔一〕。此身何異貯酒瓶，滿輒予人空自倒。武昌痛飲豈吾意，性不違人遭客惱。君家長松十畝陰，借我一菴聊洗心。我田方寸耕不盡，何用百頃糜千金。枕書熟睡呼不起，好學憐君工雜擬〔二〕。且將墨竹换新詩，潤色何須待東里。

〔一〕石女無兒：《翻譯名義集》：扇題羅，此云石女，無男女根故。

〔二〕雜擬：江淹有雜擬詩。

慎按：此題《清江集》失原作。

任師中挽詞

大任剛烈世無有，疾惡如風朱伯厚。小任温毅老更文〔一〕，聰明慈愛小馮君。兩任才行不須説，疇昔並友吾先人。相看半作晨星没，可憐太白配一作「與」殘月。大任先去冢未乾，小任相繼呼不還。强寄一樽生死别，樽中有淚酒應酸。貴賤賢愚同盡耳，君家不盡緣賢子〔二〕。人間得喪了無憑，只有天公終可倚。

〔一〕大任、小任：《東都事略》：任孜，字遵聖，其弟伋，字師中，亦知名。當時所謂大任、小任者也，餘詳前。

〔二〕賢子：師中之子，名大防，字仲微，見《淮海集・墓表》中。又，施氏原注：師中之孫名諒，字子諒，年十四，冠鄉書，登高第，爲龍圖直學士，修國史。曾孫希夷字伯起，圖南字伯厚，皆踵世科云云。則師中不獨有子，而其後代有文人，可補史傳之缺。新刻删去，今補録。

子由作二頌頌石臺長老問公手寫蓮經字如黑蟻且誦萬遍脅不至席二十餘年予亦作二首〔一〕

其一

眼前擾擾黑蚍蜉，口角霏霏白唾珠。要識吾師無礙處，試將燒却看瞋無。

〔一〕問公：成都吴氏子，棄俗出家，手書《法華經》，雖老而精進不倦，詳見《欒城集》。

其二

眼睛心地兩虛圓，脅不沾牀二十年。誰信吾師非不睡，睡蛇已死得安眠。

附子由原作二首：

法達曾經見老盧，半生勤苦一朝虛。心通口誦方無礙，笑把吴鸞細字書。自注：蜀中經藏，往往有古仙人吴采鸞細書經卷，精妙可愛。

蒲團布衲一繩牀，心地虛明睡自忘。長伴空中月天子，東方行道到西方。

鄧忠臣母周氏挽詞〔一〕

微生真草木，無處謝天力。慈顔如春風，不見桃李實。古今抱此恨，有志俯仰失。公子豈先知，戰戰常惜日。吾君日月照，委曲到肝鬲。哀哉人子心，吾何愛一邑〔二〕。家庭拜前後，粲然發笑色。豈比黄壤下，焚瘞千金璧。若人道德人，視此亦戲劇。聊償曾閔意，遽與仙佛寂。孤纍卧江渚，永望墳墓隔。作詩相楚挽，感動泪再滴。

〔一〕鄧忠臣：施氏原注：鄧忠臣，字齊思，第進士，以工於賦頌，爲秘書省正字。憂去。再入館，出倅瀛州。後爲禮部考功郎，秘書少監。有詩十二卷，名《玉池集》。此段原注所有，新刻删去，爲補録。

〔二〕一邑：曾子固《元豐類藁》中有《鄧忠臣母周氏封縣太君制詞》。又按，《王介甫集·周氏封永壽縣君》詩中所云一邑，即永壽也。

徐君猷挽詞

一舸南游遂不歸，清江赤壁照人悲。請看行路無從涕，盡是當年不忍欺。雪後獨來栽柳處，竹間行復采茶時。山城散盡尊前客，舊恨新愁只自知。

慎按：施氏原注謂君猷終於黄州，王明清《揮麈録》亦云。然予考本集代巢元修所作《遺愛亭記》云：東海徐君猷以朝散郎知黄州，每歲之春，與子瞻遊安國寺，飲酒於竹間亭。公既去郡，寺僧請名，子瞻名之曰「遺愛」。據此，則君猷之没，在去黄州以後，非終於黄也。但其去郡後，踪跡無可考耳。

洗兒戲作

人家生子望聰明，我被聰明誤一生。但願生兒愚且魯，無災無難到公卿。

慎按：此詩施氏原本載《遺詩》卷中，今據《外集》移編。詩中有玩世疾俗之意，當是生幹兒時所作，故附於此。

和蔡景繁〔一〕海州石室〔二〕

芙蓉仙人舊遊處〔三〕，公自注：石曼卿也。蒼藤翠壁初無路。戲將桃核裹黄泥，石間散擲如風雨。坐令空山作錦繡，倚天照海花無數。花間石室可容車，流蘇寶蓋窺靈宇。何年霹靂起神物，玉棺飛出王喬墓。當時醉卧動千日，至今石縫餘糟醑。僊一本作「山」者，訛人一去五十年，花老室空誰作主。手植數松今偃蓋，蒼髯白甲低瓊户。我來取酒酹先生，後車仍載胡琴女。一聲冰鐵散巖谷，海爲瀾翻松爲舞。爾來心賞復何人，持節中郎醉無伍。獨臨斷岸呼日出，紅波碧巘相吞吐。徑尋我語覓餘聲，拄杖彭鏗叩銅鼓。長篇小字遠相寄，一唱三嘆神悽楚。江風海雨入牙頰〔四〕，似聽石室胡琴語。我今老病不出門，海山巖洞知何許。門外桃花自開落，牀頭酒甕生塵土。前年開閤放柳枝，今年洗心歸諸本作「參」佛祖。夢中舊事時一笑，坐覺俯仰成今古。願君不用刻此詩，東海桑田真旦暮。

〔一〕蔡景繁：《撫州舊志》：蔡承禧，字景繁，臨川人。嘉祐二年進士，熙寧中，由御史出爲淮南轉運。施氏原注：景繁時爲淮南轉運副使，置司楚州。楚與海州之朐山相對，一葦可杭。此段新刻本删去，今補録。

〔二〕海州石室：《太平寰宇記》：春秋郯國地，西漢之東海郡也。東魏曰海州。朐山在城南，石棚山即朐山。東北嶺巨石覆巖上，下如室，可容數十人。《名勝志》：石室，一名錦巖。

〔三〕芙蓉仙人：《宋史·文苑傳》：石延年，字曼卿，幽州人。後家於宋。爲文勁健，於詩最工。《六一詩話》：曼卿自少以詩酒豪放自得，氣貌偉然，詩格奇峭。又工於書，體兼顔、柳。曼卿卒後，故人有見之者，恍惚如夢中，言我今爲仙鬼也，所主芙蓉城。欲呼故人往游，不得，忽然騎一驢去如飛。

〔四〕江風海雨：皮日休《漁具》詩序：吟魯望之詩，想其致，則江風海雨，槭槭生齒牙間。

橄欖〔一〕

紛紛青子落紅鹽〔二〕，正味森森苦且嚴。待得微一作「餘」甘回齒頰，已輸崖蜜十分甜〔三〕。

〔一〕橄欖：段公路《北户録》：橄欖子八九月熟。《廣志》有大如雞子者。高凉有銀坑橄欖子，細長，味美於他郡産者。江隣幾《雜志》：橄欖木卉花如樗。

〔二〕青子落紅鹽：《廣志》：橄欖木高不可梯，但刻其根，方數寸許，入鹽其中，子皆落矣。《詩話總龜》、《王直方詩話》皆同。江隣幾《雜志》則云：將采其實，剥其皮，以薑汁塗之，則盡落。胡仔《苕溪漁隱叢話》辨之曰：余在嶺南七年，見土人采橄欖，未嘗以鹽擦樹身，只以梯采之，或以杖擊之。東坡語，蓋自别出小説也。諸説不同，録以備考。

〔三〕崖蜜：程大昌《演繁露》云：蜂之釀蜜，即峻崖懸置其窠，是名崖蜜。南宋人戴植云：崖蜜與橄欖對説，非蜂蜜也。《南海志》：崖蜜子小而黄，殻薄味甘。增城、惠陽山中有之，雖不知其與櫻桃爲一物與否，要其類也。朱翌《猗覺寮雜記》：東坡《橄欖》詩云云，王立之《詩話》以爲崖蜜，櫻桃也，出《金樓子》。不知坡意正謂蜜爾，言「餘甘」者，味甘有餘，非果中餘甘也。立之見餘甘爲果，遂以崖蜜爲櫻桃。杜詩云：崖蜜亦易求。又云：崖蜜松花熟。皆蜂蜜之蜜也。然則，崖蜜豈專是櫻桃？趙與時《賓退録》：東坡又有詩云：崖蜜助甘冷，山薑發芳辛。製地黄法，當用薑與蜜，而用櫻桃可乎？

東坡

雨洗東坡月色清，市人行盡野人行。莫嫌犖确坡頭路，自愛鏗然曳杖聲。

生日王郎以詩見慶次其韻並寄茶二十一片

《折楊》新曲萬人趨，獨和先生《于蔿于》。但信櫝藏終自售，豈知盌脱本無橅。朅從冰叟來游宦〔一〕，肯伴臞仙亦號儒。棠棣並爲天下士〔二〕，芙蓉曾到海一作「水」邊郛〔三〕。不嫌霧谷霾松柏，終恐虹梁荷棟桴。高論無窮如鋸屑，小詩有味似連珠。感君生日遥稱壽，祝我餘年老不枯。未辦報君青玉案，建溪新餅截雲腴。

〔一〕冰叟：用《晉書》樂廣事。王子立爲子由壻，時從子由於高安，故云。施氏原注引《王沈傳》者，訛。

〔二〕棠棣：謂王郎之兄子高，弟子敏。

〔三〕芙蓉：先生在湖州，有《與王郎昆仲遶城觀荷花》詩，此句即指此事。施氏原注引《芙蓉城》，與王子立無涉，爲辨正。

柏石圖詩并引

陳公弼〔一〕家藏《柏石圖》，其子慥季常傳寶之，東坡居士作詩以爲之銘。

柏生兩石間，天命本如此。雖云生之艱，與石相終始。韓子俯仰人，但愛平地美。土膏雜糞壤，成壞幾何耳？君看此槎牙，豈有可移理。蒼龍轉玉骨，黑虎抱金柅〔二〕。畫師亦可人，使我毛髮起。當年落筆意，正欲譏韓子。

〔一〕陳公弼：名希亮，眉之青神人。天聖八年進士，歷守鳳翔，至太常少卿，贈工部侍郎。子四人：忱、恪、恂、慥，《宋史》及先生本集皆有傳。

〔二〕金柅：《易》：繫於金柅。

慎按：先生自黄州以後，無與季常贈答詩。據《外集》，此首疑在黄時作。施氏原本編元祐還朝後者，誤。今移此。

和秦太虛梅花

西湖處士骨應槁〔一〕，只有此詩君壓倒。東坡先生心已灰，爲愛君詩被花惱。多情立馬待黄昏，殘雪消遲月出蚤。江頭千樹春欲闇，竹外一枝斜更好。孤山山下醉眠處，點綴裙腰紛不掃〔二〕。萬里春隨逐客來，十年花送佳人老。去年花開我已病，今年對花還草草。不知風雨卷春歸，收拾餘香還界昊。

〔一〕西湖處士：指林逋也。

〔二〕裙腰：白居易詩：草緑裙腰一道斜。

《詩人玉屑》云：東坡吟梅詩「竹外一枝斜更好」，語雖平易，頗得梅之幽獨閒静之處。凡詩人咏物，雖平淡巧麗不同，要能以隨意造語爲工。

附秦太虚原作：《淮海集》題云「和黄法曹憶建溪梅花同參寥賦」。

海陵參軍不枯槁，醉憶梅花愁絶倒。爲憐一樹傍寒溪，花水多情自相惱。清淚斑斑知有恨，恨春相逢苦不蚤。甘心結子待君來，洗雨梳風爲誰好。誰云廣平心似鐵，不惜珠璣與揮掃。月没參横畫角哀，暗香消盡令人老。天分四時不相貸，孤芳轉盼同衰草。要須健步遠移歸，亂插繁華向晴昊。

《王直方詩話》：少游此詩初無妙處，不知坡所愛者何語，和者數四。余獨愛坡兩句，云「江頭千樹春欲暗，竹外一枝斜更好」，後必有辨之者。

附子由次韻：

病夫毛骨日凋槁，愁見米鹽惟醉倒。忽傳騷客賦寒梅，感物傷春同懊惱。江邊不識朔風勁，牆頭亦有南枝蚤。未開素質夜先明，半落清香春更好。鄰家少婦學閒媚，靚粧惟有長眉掃。孤芳已與飛霰競，結子仍先百花老。苦遭横笛亂飛英，不見遊人醉芳草。可憐物性空自知，羞作繁華助芒昊。

附黄魯直次韻：《山谷集》題云「花光仲仁出秦蘇詩卷兩國士不可復見開卷絶嘆因花光爲我作梅數枝及畫烟外遠山追少游韻記卷末」。

夢蜨真人貌黄槁，籬落逢花須醉倒。雅聞花光能畫梅，更乞一枝洗煩惱。扶持愛梅説道理，自許牛頭參已蚤。長眠橘洲風雨寒，今日梅開向誰好？何況東坡成古丘，不復龍蛇看揮掃。我向湖南更嶺南，繫船來近花光老。嘆息斯人不可見，喜我未學霜前草。寫盡南枝與北枝，更作千峰倚晴昊。

再和潛師

化工未議蘇群槁，先向寒梅一傾倒。江南無雪春瘴生，爲散冰花除熱惱〔一〕。風清月落無人見，洗粧自趁霜鐘早。惟有飛來雙白鷺，玉羽瓊枝鬬清好。吴山道人心似水，眼浄塵空無可掃。故將妙語寄多情，横機欲試東坡老。東坡習氣除未盡，時復長篇書小草。且撼長條餐落英，忍飢未擬窮呼昊。

〔二〕除熱惱：《翻譯名義》：梵言胡蘇多，此云除一切鬱蒸熱惱。

附參寥原作：《參寥集》題云「次韻少游和子理梅花」。

朔風蕭蕭方振槁，雪壓茅齋欲攲倒。門前誰送一枝梅，問訊山僧少病惱。强將筆力爲君寫，麗句已輸何遜蚤。碧桃丹杏空自妍，嚼蕊嗅香無此好。先生攜酒傍玉叢，醉裹雄辭驚電掃。東溪不見謫仙人，江路還逢少陵老。我雖不飲爲詩牽，不惜山衣同藉草。要須陶令插花歸，醉卧春風軼軒昊。

附子由次韻：

憐君古木依巖槁，西江飲盡須彌倒。野花幽草亦何爲，嶮韻高篇空自惱。萬點浮溪輒長嘆，一枝過嶺仍誇蚤。拾香不忍遊塵污，嚼蕊更憐真味好。道人遇物心有得，瓦竹相敲緣自掃。誰知真妄了不妨，令我至今思璉老。妙明精覺昔未識，但向閒窗看詩草。浮雲起時鳥四飛，畢竟安能亂清昊。

海棠

東風嫋嫋一作「渺渺」泛崇光，香霧霏霏一作「空濛」月轉廊。只恐夜深花睡去，高一作「故」燒銀一作「高」燭照紅粧。

《冷齋夜話》：先生嘗作大字如掌，書此詩，似是晚年筆札。與集本不同者，「娟娟」作「渺渺」，「霏霏」作「空濛」。墨跡舊藏秦少師伯陽家，後歸林右司子長。

次韻曹九章見贈〔一〕

蘧瑗知非我所師，流年已似手中蓍〔二〕。正平獨肯從文舉，中散何曾靳孝尼。賣劍買牛真欲老，得錢沽酒更無疑。雞豚異日爲同社，應有千篇唱和詩。

〔一〕曹九章：名煥，子由壻也。見本集下卷。《范忠宣集》中有《和浮光曹九章大夫》詩，按，本集《雜記·記神清洞事》云：曹煥遊嵩山，中途遇道士，盤礴石上，揖曰：「汝非蘇轍之壻曹煥乎？」

〔二〕手中蓍：《乾鑿度》：蓍，一百歲方生，四十九莖，足承天地數，聖人采之，而用四十九，運天地之數。

慎按：此詩起二句，當是元豐甲子作。先生丙子生，至甲子年四十九，故用蘧伯玉事及《周易·繫辭》語。施氏原本譌編自徐移湖卷中，今改正。

上巳日與二三子攜酒出游隨所見輒作數句明日集之爲詩故辭無倫次

薄雲霏霏不成雨，杖藜曉入千花塢。柯邱海棠吾有詩〔一〕，獨笑深林誰敢侮。三杯卯酒人徑醉，一枕春眠一作「睡」日亭午。竹間老人不讀書，留我閉門誰教汝。出簷蘗枳十圍大，寫真素壁千蛟舞。東坡作塘今幾尺，攜酒一勞農工苦。却尋流水出東門，壞垣古塹花無主。卧開桃李爲誰妍，對立鵁鶄相媚嫵。開尊藉草勸行路，不惜春衫污泥土。褰裳共過春草亭〔二〕，扣門却入韓家圃。轆轤繩斷井深碧，秋千挂索人何所。映簾空復小桃枝，乞漿不見雁門女。南上別本作「山」者，訛古臺臨斷岸，雪陣翻空迷仰俯。故人餽我玉葉羹〔三〕，火冷烟消誰爲煮。崎嶇東組下荒徑，婭姹隔花聞好語。更隨落影盡餘尊，却傍孤城得僧宇。主人勸我洗足眠，倒牀不必聞鐘鼓。明朝門外泥一尺，始悟三更雨如許。平生所向無一遂，兹游何事天不阻？固知我友不終窮，豈弟君子神所予。

〔一〕柯邱：《名勝志》：柯丘在赤壁高寒亭之東。

〔二〕春草亭：《名勝志》：春草亭在黄州東門外。《齊安志》：門外有春草亭故基，是也。

〔三〕玉葉羹：本集《雜記》云：步出城東，入何氏、韓氏園，遂置酒竹陰下。有劉唐年主簿者，餽油煎餅，其名「爲甚酥」，味極美。

慎按：《年譜》：公於元豐甲子四月，奉量移汝州之命，是年上巳，猶未離黄州也。觀其自記云：定慧院東小山有海棠一株，每歲開時，必爲置酒，已五醉其下矣。今年，復與參寥及二三子訪焉。元豐七年三月初二日也。此段正記上巳出游，與詩相合。施氏原本訛編此詩於六年正月之後，殊失位置。今改正。

劉監倉〔一〕家煎米粉作餅子余云爲甚酥潘邠老家造逡巡酒余飲之云莫作醋錯著水來否後數日攜家飲郊外因作小詩戲劉公求之〔二〕

野飲花間百物無，杖頭惟挂一葫蘆。已傾潘子錯着水，更覓君家爲甚酥。

〔一〕劉監倉：名唐年，時爲黄州主簿。注見上首。

〔二〕潘邠老：張文潛《宛邱集》中《潘大臨文集序》云：大臨字邠老，故閩人，後家黄州。嘗舉於有司，無知其才而力振之於困者。後客死於蘄春。潘子真《詩話》：潘邠老，唐太僕卿季荀之後，衢之曾孫，鯁之子。寓居齊安，得句法於東坡。年未五十，殁。

慎按：此詩與前首皆同時所作，施氏原注載《遺詩》卷中，今移編於此。

和參寥

芥舟只合在坳堂，紙帳心期老孟光。不道山人今忽去，曉猿啼處月茫茫。

附參寥原作：《參寥集》題云「留别雪堂呈子瞻」。

策杖南來寄雪堂，眼看花絮又風光。主人今是天涯客，明日孤帆下淼茫。

慎按：先生居黄，參寥自杭來訪，既將别矣。意其未行之先，適聞汝州之命，而不遽發，遂與同遊廬山，至九江始别。此二詩，乃在黄唱和之什。施氏補注載《續補》下卷，今移此。

東坡先生編年詩卷二十三

古今體詩四十四首

元豐甲子四月離黄州，五月至筠，七月過金陵作。

别黄州

病瘡老馬不任鞿，猶向君王得敝幃。桑下豈無三宿戀，尊前聊與一身歸。長腰尚載撑腸米，闊領先裁蓋癭衣〔一〕。投老江湖終不失，來時莫遣故人非。

〔一〕蓋癭衣：汝州人多癭，先生時量移汝州，故第六句云。

過江夜行武昌山上聞黄州鼓角

清風弄水月銜山，幽人夜渡吴王峴〔一〕。黄州鼓角亦多情，送我南來不辭遠。江南又聞出塞曲，半雜江聲作悲健。誰言萬方聲一概，鼉憤龍愁爲余變。我記江邊枯柳樹，未死相逢真識面。他年一葉泝江來，還吹此曲相迎餞。

〔一〕吴王峴：《水經注》：樊口之北有灣，昔孫權裝大船與群臣汎江津，值風起，權欲西取蘆洲，谷和不從，乃令取樊口，船至岸而敗，因鑿樊山爲路以上。人即名其處爲吴造峴，在樊口上一里，今缺處尚存。《太平寰宇記》：吴造峴在鄂州一百七十里。遍考地志，無吴王峴之名，當即吴造峴而俗呼吴王峴耳。

慎按：以上二首，施氏原本編上卷之末，今改編。

岐亭五首并引

元豐三年正月，余始謫黄州。至岐亭北二十五里山上，有白馬青蓋來迎者，則余故人陳慥季常也。爲留五日，賦詩一篇而去。明年正月，復往見之。季常使人勞余於中途。余久不殺，恐季常之爲余殺也，則以前韻作詩，爲殺戒以遺季常。自爾不復殺，而岐亭之人多化之，有不食肉者。其後數往見之，往必作詩，詩必以前韻。凡余在黄四年，三往見季常。季常七來見余，蓋相從百餘日也。七年四月，余量移汝州，自江淮徂洛，送者皆止慈湖，而季常獨至九江。乃復用前韻，通爲五首，以贈之。

其一

昨日雲陰重，東風融雪汁。遠林草木暗，近舍烟火濕。下有隱君子，嘯歌方自得。知我犯寒來，呼酒意頗急。撫掌動隣里，遶村捉鵝鴨〔一〕。房櫳鏘器聲，蔬果照巾冪。久聞蔞蒿美，初見新芽赤。洗盞酌鵝黄，磨刀削熊白。須臾我徑醉，坐睡落巾幘。醒時夜向闌，唧唧銅缾泣。黄州豈云遠，但恐朋友缺〔二〕。我當安所主，君亦無此客。朝來静一作「坐」庵中，惟見峰巒集。

〔一〕鵝鴨：施氏原注：鵝，石本作「雞」。

〔二〕朋友缺：《毛詩疏》：伐木廢則朋友缺矣。

其二

我哀籃中蛤，閉口護殘汁。又哀網中魚，開口吐微濕。剞腸彼交病，過分我何得。相逢未寒温，相勸此最急。不見盧懷慎，烝壺似烝鴨。坐客皆忍笑，髯然發其羃。不見王武子，每食刀几赤。琉璃載蒸豘，中有人乳白。盧公信寒陋〔一〕，衰髮得滿幘。武子雖豪華，未死神已泣。先生萬金璧，護此一蟻缺。一年如一夢，百歲真過客。君無廢此篇，嚴宋刻本作「聚」者，訛詩編杜集〔二〕。

〔一〕盧公寒陋：《唐詩・盧懷慎傳》：清儉不營産業，既屬疾，宋璟、盧從愿候之，日晏，設烝豆兩器，菜數杯而已。按，烝壺乃鄭餘慶事，先生偶誤用耳。

〔二〕嚴詩杜集：《許彦周詩話》：東坡贈季常詩末云：君勿棄此篇，嚴詩編杜集。謂嚴武也，《工部集》中有武唱和數首。

其　三

君家蜂作窠，歲歲添漆汁。我身牛穿鼻，卷舌聊自濕。二年三過君，此行真得得。愛君似劇孟，扣門知緩急。家有紅頰兒，能唱《緑頭鴨》。行當隔簾見，花霧輕羃羃。爲我取黄封，親拆官泥赤。仍須煩素手，自點葉家白〔一〕。樂哉無一事，十年不蓄幘。閉門弄添丁，哇一作「談」笑雜呱泣。西方正苦戰，誰補將帥缺？披圖見八陣，合散更宋刻本公自注：平聲主客。不須親戎行，坐論教君集。

〔一〕葉家白：建溪茶名，注别見。

其　四

酸酒如齏湯，甜酒如蜜汁。三年黄州城，飲酒但飲濕〔一〕。我如更揀擇，一醉豈易得。幾思壓茆柴，禁網日夜急。西鄰推宋刻本作「椎」甕盎，醉倒猪與鴨。君家大如掌，破屋無遮冪。何從得此酒，冷面妬君赤。定應好事人，千石供李白。爲君三日醉，蓬髮不暇幘。夜深欲踰垣，卧想春甕泣。君奴亦笑我，鬢齒行秃缺。三年已四至，歲歲遭惡客。人生幾兩屐，莫厭頻來集。

〔一〕飲酒：一作「乏酒」，見張耒《宛邱集》注中。

其　五

枯松强鑽膏，槁竹欲瀝汁。兩窮相值遇，相哀莫相濕。不知我與君，交游竟何得。心法幸相語，頭然未爲急。願爲穿雲鶻，莫作將雛鴨。我行及初夏，煮酒映疎冪〔一〕。故鄉在何許？西望千山赤。兹遊定安歸，東泛萬頃白。一歡寧復再，起舞花墮幘。將行出苦語，不用兒女泣。吾非固多矣，君豈無一缺？各念别時言，閉户謝衆客。空堂净掃地，虚白道所集。

〔一〕踈羃：《周禮》：羃人，以踈布巾羃八尊。

初入廬山三首〔一〕

其一

青山若無素，偃蹇不相親。要識廬山面，他年是故人。公自注：山南，山面也。

〔一〕廬山：《水經注》：王彪之《廬山賦序》：廬山，彭澤之山也。周景式《記》云：匡俗，周威王時人，廬於此山，世稱廬君，故山取號焉，非實證也。《海内東經》曰：廬江出三天子都，入江。是有廬江之名。山水相依，互舉殊稱，名不因匡俗始。《元和郡縣志》：廬山在潯陽縣東三十二里，本名鄣山。昔匡俗字子孝隱淪於此，漢武帝拜爲大明公。《太平寰宇記》：匡俗，周武王時人，兄弟七人，皆有道術，結廬於此。仙去，空廬尚有，故曰廬山。○慎按，一匡俗也，或以爲周威王時人，或謂武王時人，或謂漢武時人。紀載互異，無從考正，故備録之。

其二

自昔懷清賞，神游杳靄間。如今不是夢，真箇是廬山。

其三

芒鞵青竹杖，自挂百錢遊。可怪深山裏，人人識故侯。

贈東林〔一〕總長老〔二〕

溪聲便是廣長舌〔三〕，山色豈非清净身〔四〕。夜來八萬四千偈〔五〕，他日如何舉似人？

〔一〕東林：《廬山志》：繙經臺南下爲東林寺，晉沙門惠遠之道場，本律寺也。其後禪學興，禪者乃繼居之。《高僧傳》：惠遠，姓賈，雁門樓煩人。出家，從道安於恒山。後至潯陽，始住龍泉精舍。時惠永居在西林，要遠同止。永謂刺史桓伊所棲，褊狹不足相處。桓乃爲遠於山東更立房殿，即東林也。

〔二〕總長老：《僧寶傳》：照覺禪師常總，劍州尤溪施氏子，年十一，出家，後得法於黄龍南。元豐三年，升東林爲禪寺，請師住持，爲東林第一代祖師。元祐四年，賜號照覺大師。

〔四〕廣長舌：《法華經》：如來神力品，世尊於一切，衆前現大神力，出廣長舌。《彌陀經》：出廣長舌，説誠實言。

〔四〕清净身：《法華經·功德品》：受持是經，得八百身功德，得清净身如净琉璃。

〔五〕八萬四千偈：《楞嚴經》：能説無邊秘密，神咒其中，或現一首二首五首七首九首十一首，如是乃至一百八首千首萬首八萬四千爍迦羅首。

題西林壁〔一〕

横看成嶺側成峰，遠近高低各石刻作「看山了」不一本作「無一」同。不識廬山真面目，只緣身在此山中。

〔一〕西林：《廬山紀事》：遠公塔西北爲香谷，南下爲西林寺，故沙門竺曇現之禪室也。竺死，其徒惠永自太行至潯陽就居之，陶範爲立寺，曰西林。事詳歐陽詢《西林寺碑》。惠永姓繁，河内人。

圓通禪院〔一〕先君舊遊〔二〕也四月二十日晚至宿焉明日先君忌日〔三〕也乃手寫寶積獻蓋頌佛一偈以贈長老僊公〔四〕僊公撫掌笑曰昨夜夢寶蓋飛下〔五〕著處輒出火豈此祥乎乃作是詩院有蜀僧宣逮事訥長老〔六〕識先君云

石耳峰頭路接天〔七〕，梵音堂下月臨泉〔八〕。此生初飲廬山水，他日徒參雪竇禪。袖裏寶書猶未出，夢中飛蓋已先傳。何人更識嵇中散，野鶴昂藏未是僊。

〔一〕圓通禪院：《廬山紀事》：甘泉口西爲圓通山，山南有圓通寺，本潯陽人侯氏之居。李後主取爲功德院，初名崇勝寺。宋太祖朝，賜名圓通崇勝禪寺，中有宋碑。

〔二〕先君舊遊：《圓通事實》：嘉祐中，老蘇與二子寓圓通，寺僧爲建一翁二季亭。後改蘇亭。○按，子由《贈順長老詩序》云：轍幼侍先君，聞嘗游廬山過圓通，見訥禪師，流連久之云云。則老蘇游圓通時，二子未嘗從也。《寺志》不足據。

〔三〕忌日：歐陽永叔所作《蘇明允墓志》：公卒於治平三年四月戊申。

〔四〕僊公：《圓通紀勝集·可僊禪師行録》云：師諱真覺，字可僊，嶺南人。遊歷諸門，偶届江州，郡守李某請住圓通，東坡先生訪之，師於先一夕，定中見空現一寶蓋，霞光匝地，繞獻師前。次日，公果至，獻詩云云。後序云：圓通乃先君舊游地，追念音容，蔑以爲悼，謹書寶積菩薩獻蓋一首，綵幡一對，以資冥助。

〔五〕寶蓋：《維摩經》：爾時毘耶離城，有長者子，名曰寶積。與五百長者子，俱持七寶蓋，來詣佛所。頭面體足，各以其蓋，共供養佛。佛之威神，令諸寶蓋，合成一蓋，遍覆三千大千世界，而此世界廣長之相，悉於中現。長者子寶積於佛前，以偈讚云云。偈長不具録。

〔六〕訥長老：《寶僧傳》：居訥，梓州東川蹇氏子，出家，遍遊荆楚。至襄州榮禪師處，密契心印。遊廬山，道望日重，南康守程師孟請住圓通。皇祐元年，京師新建浄因禪院，召往住持，稱目疾，固辭不起。

〔七〕石耳峰：《廬山志》：馬耳峰西南爲石耳峰，其峰峭厲，後山尤聳拔。《王梅溪詩集》自注云：峰多石耳，故名。

〔八〕梵音堂：《圓通事實》：寺中有夜話亭、清音亭，歐陽永叔與居訥談道處。或云，梵音堂即清音亭。

子由在筠作東軒記或戲之爲東軒長老其壻曹焕往筠余作一絶句送曹以戲子由曹過廬山以示圓通慎長老慎欣然亦作一絶送客出門歸入室趺坐化去子由聞之仍作二絶一以答余一以答慎明年余過圓通始得其詳乃追次慎韻

其一

君到高安幾日回，一時斗一作「抖」擻舊塵埃。贈君一籠牢收取，盛得東軒長老來。公自注：予送曹詩。

附慎長老和詩：

東軒長老未相逢，已見黄州一信通。何必揚眉資目擊，須知千里事同風。

附子由和詩：

東軒只似虛空樣，何處人家籠解盛。縱使盛來無處着，雪堂自有老師兄。

其　二

大士何曾有生死，小儒底處覓窮通。偶留一吷千山上〔一〕，散作人間萬竅風。公自注：予次慎韻。

〔一〕一吷：《莊子》：道堯舜於戴晉人之前，猶劍首之一吷。

附子由答慎詩：

擔頭挑得黄州籠，行到圓通一笑開。却到山前人已寂，亦無一物可擔回。

余過温泉〔一〕壁上有詩云直待衆生總無垢我方清冷混常流〔二〕問人云長老可遵〔三〕作遵已退居圓通亦作一絶

石龍有口口無根〔四〕，自在流泉誰吐吞。若信衆生本無垢，此泉何處覓寒温。

〔一〕温泉：周景式《廬山記》：主簿山在胡郎廟南數里，山下有温泉，穴口圍丈許，沸泉涌出如湯。

《豫章古今記》：輔山有二泉，其一常温。《廬山紀事》：隘口東南爲黄龍山，北麓有二池水，曰温泉。井尚有存者，皆没於水中。其無井處有沸泉，東一池尤熱，西池水稍深。又有他水來雜之，故其冷者三之一。《太平寰宇記》：廬山有黄龍湯院。

〔二〕清冷混常流：《正宗紀》云：二十五祖婆舍斯多尊者初至中天竺，有湯泉，師以爲神業所致，焚香臨水，爲其懺悔。現一長人，前禮尊者，已而遂隱。後七日，其水果清冷如常泉。

〔三〕可遵：《冷齋夜話》：福州僧可遵好作詩，曰某所長以蓋人，叢林貌禮而心不然之。嘗題詩温泉壁間云云。遵自是愈自矜伐。

〔四〕石龍：《廬山紀事》：温泉寺僧常鑿石爲龍，首以出泉，今廢。

世傳徐凝瀑布詩云一條界破青山色至爲塵陋又僞作樂天詩稱羨此句有賽不得之語樂天雖涉淺易然豈至是哉乃戲作一絶〔一〕

帝遣銀河一派垂，古來惟有謫僊詞。飛流濺沫知多少，不與徐凝洗惡詩。

〔一〕瀑布：《太平寰宇記》：瀑布在廬山東，亦名布水，源出高峰，挂流三百丈許，遠望如匹帛。嘗有徐凝題詩云云。

書李公擇白石山房〔一〕

偶尋流水上崔嵬，五老蒼顔一笑開〔二〕。若見謫僊煩寄語，匡一作「康」山頭白蚤歸來〔三〕。

〔一〕白石山房：本集《李氏山房藏書記》：李公擇少時讀書於五老峰下白石菴之精舍，公擇既去，山中之人思之，指其所居爲李氏山房。《淮海集·李公擇行狀》云：元祐中進士甲科，神宗、哲宗兩朝，累官御史中丞。少時讀書於白石菴，後雖出仕，而書藏山中，每得異書，輒益之，至九千卷。《廬山紀事》：含鄱口西爲寶陀巖，有僧舍曰楞伽院，院内有白石菴，即李公擇讀書處也。公擇在朝時，以詩寄菴端老曰：煩師爲掃山中石，待請歸時欲醉眠。然竟不克歸。

〔二〕五老：《山志》：含鄱口東北爲五老峰，在南康府北。《太平寰宇記》：五老峰在廬山東，懸崖突出，如五人羅列之狀。《商丘漫語》：自下望之，勢如離立，自上觀之，相距甚遠，不連屬也。軒軒然如人箕踞而窺重湖，又如五雲翩然欲飛。

〔三〕匡山：《廬山紀事》：舊名匡廬山，避宋太祖諱，改康山。

附黄魯直次韻：

幽人八座復中臺，想見書堂山杏開。四十餘年僧屈指，時因秋雁寄聲來。

附孔常父二絶：

碧落僊官侍玉除，至今遺跡在匡廬。當時兄弟共年少，他日歸榮比二疏。自注：公擇讀書廬山，時年十六。

松篁夾路水濺濺，自是廬山小洞天。盡道秀才心好静，誰知風骨是真僊。

廬山二勝并引

余遊廬山，南北得十五六奇勝，殆不可勝紀。而懶不作詩，獨擇其尤佳者作二首。

開先漱玉亭〔一〕

高巖下赤日，深谷來悲風。擘開青玉峽，飛出兩白龍〔二〕。亂沫散霜雪，古潭摇清空。餘流滑無聲，快瀉雙石谼。我來不忍去，月出飛橋東。蕩蕩白銀闕，沈沈水精宫。願隨琴高生，脚踏赤鯶公。手持白芙蕖，跳下清泠中。

〔一〕開先：岳珂《愧郯録》：廬山之址有寺，曰開先華藏寺。黄庭堅《開先禪院修造記》：南唐李中主，少年無經世意，慕物外之名，問舍五老峰下。有野人獻地，買之，爲書堂。及即位，以爲寺，以獻地爲有國之祥，故名開先。○慎按，王氏舊注訛爲「開元」，遂以此寺爲唐明皇時建。又，或以爲梁昭明太子者，皆非也。

〔二〕青玉峽、兩白龍：《山疏》云：漢陽峰之頂多漬泉，趵突播流，西爲谷簾泉，東爲開先之二瀑。

二瀑同源異流，其在東北者，瀉出鶴鳴、龜背二峰之間，曰馬尾水；其在西南者，則自山頂下注雙外峰背，滙爲大龍潭，下注大壑，懸挂數百丈，曰瀑布水。循壑東北與馬尾水合流，出兩山峽中，下注石潭。石碧而削，水練而飛，潭紺而淵，爲開先佳境，因名其峽曰青玉峽，潭曰龍池。二瀑俱奇觀，而西瀑尤勝。

附子由《開先瀑布漱玉亭二首》：

山上流泉自作溪，行逢石缺吐虹霓。定知雲外波濤闊，飛到峰前本末齊。入海明河驚照曜，倚天長劍失提攜。誰來卧枕莓苔石，一洗塵心萬斛泥。

山回不見落銀潢，餘溜喧豗響石塘。目亂珠璣濺空谷，足寒雷電繞飛梁。入瓶銅鼎春茶白，接竹齋厨午飯香。從此出山都不棄，滿田秔稻插新秧。

棲賢三峽橋〔一〕

吾聞太山石，積日穿綫溜。况此百雷霆，萬世與石鬬。深行九地底，險一作「嶮」出三峽右。長輸不盡溪，欲滿無底竇。跳波翻潛魚，震響落飛狖。清寒入山骨，草木盡堅瘦。空濛煙靄間，澒洞金石奏。彎彎飛橋出，瀲瀲半月彀。玉淵神龍近〔二〕，雨雹亂晴晝。垂缾得清甘，可嚥不可漱。

〔一〕棲賢三峽橋：《廬山紀事》：七尖山東北有大谷，是爲棲賢谷，值含鄱口之南，三峽澗水出焉。萬壽寺東南行，龜峰之末，衆水所會也。凡迤東團山、黄石諸水，迤西桃林、長壠諸水，大小支流九十有九，皆入於三峽澗。玉淵之南，有棲賢橋，即三峽橋也。作於祥符間，横絶大壑，締構偉壯。從橋上俯視澗底，可百餘尺。

〔二〕玉淵：《廬山紀事》：棲賢寺東爲玉淵潭，在三峽澗中，諸水奔注，潭中驚涌噴空。潭上有白石，横亘中流，故名玉淵。

慎按：先生於四月初離黄州，先遊廬山，後至筠州。詩題日月，歷歷可據。施氏原本訛編廬山詩於筠州以後，今改正。

附子由《三峽石橋》詩：

三峽波濤飽泝沿，過橋雷電記當年。江聲髣髴瞿塘口，石角參差灧澦前。應有夜猿啼古木，已將秋葉作歸船。老僧未省遊巴蜀，松下相逢問信然。

自興國〔一〕往筠〔二〕宿石田驛〔三〕南廿五里野人舍

谿上青山三百疊，快馬輕衫來一抹。倚山修竹有人家，横道清泉知我渴。芒鞵竹杖自輕軟，蒲薦松牀亦香滑。夜深風露滿中庭，惟有一作「見」孤螢自開闔。

〔一〕興國：《九域志》：江南西路有興國軍。○按，虔州别有興國縣，非興國軍也。
〔二〕筠：《五代史職方考》：南唐時，割洪州之高安、上高、萬載、清江四縣，置筠州。陸游《南唐書》：元宗保大十年，陞洪州高安縣爲筠州。《太平寰宇記》：筠州北至奉新縣一百五里。
〔三〕石田驛：《名勝志》：在興國州治南。

過建昌李野夫公擇故居〔一〕

彭蠡東北源〔二〕，廬阜西南麓。何人修水上〔三〕，種此一雙玉。思之不可見，破宅餘修竹。四鄰戒莫犯，十畝森似束。我來仲夏初，解籜呈新緑。幽鳥向我鳴，野人留我宿。徘徊不忍去，微月挂喬木。遥想他年歸，解組巾一幅。對牀老兄弟，夜雨鳴竹屋。卧聽鄰寺鐘，書窗有殘燭。

〔一〕建昌：《元和郡縣志》：建昌縣北至洪州一百二十里，即昌邑王賀所封。《太平寰宇記》：南康軍領縣三，其一爲建昌，本海昏縣地，後漢永元中，分海昏，立建昌縣，在南康軍南二百里。
〔二〕彭蠡：《太平寰宇記》：彭蠡湖在德化縣東南，與都昌縣分界，周圍四百五十里。
〔三〕修水：《水經注》：修水在艾縣南，東流屈曲六百三十里，出建昌城又百二十里，入於彭蠡。以其流長，故曰修。《名勝志》：修水源出寧州幕阜山。《江西舊志》：土人稱修水爲西河。

將至筠先寄遲适遠三猶子

露宿風餐一作「殄」六百里，明朝飲馬南江水〔一〕。未見豐盈犀角兒，先逢玉雪王郎子。公自注：時道逢王郎於建昌，方北行也。對牀欲作連夜語，念汝還須戴星起。夜來夢見小於菟，公自注：遠小名虎兒。猶是髧髦垂兩耳。憶過濟南春未動，三子出迎殘雪裏。我時移守古河東〔二〕，酒肉淋漓渾舍喜。而今憔悴一羸馬，逆旅擔夫相汝爾。出城見我定驚嗟，身健窮愁不須恥。我爲乃翁留十日，掣電一歡何足恃。惟當火急作新詩〔三〕，一醉兩翁勝酒美。

〔一〕南江：《太平寰宇記》：蜀水在高安縣南三里，源出小界山，東流入南昌，與章水合。水南有錦江亭。《高安志》：蜀江一名錦江，水自袁州萬載縣發源。子由詩：朝來櫂酒江南寺，日暮歸爲江北人。

〔二〕移守古河東：按，《潁濱遺老傳》及《年譜》，熙寧九年，子由爲齊州掌書記，時先生自密州就差知河中府，明年正月，過濟南，故云「我時移守古河東」。時尚未聞改徐州命也。

〔三〕火急：《唐詩紀事》載武后詩，云：明朝游上苑，火急報春知。

附子由次韻：

老兄騎驢日百里，據鞍作詩若翻水。忽吟春草思惠連，因之亦夢添丁子。群兒盡長堪一笑，老馬臥餐何日起。聞兄盡室皆舊人，見面未曾惟遯耳。遲年最長二十六，已能幹父窮愁裏。豫兒揚眉稍剛勁，黨子温純無愠喜。我兄憔悴我亦窮，門户久長真待爾。但令戢戢見頭角，甑倒囊空定何恥。家藏萬卷須盡讀，此外一簪無所恃。船中未用廢詩書，閉窗莫看江山美。

端午游真如〔一〕遲适遠從子由在酒局〔二〕

一與子由别，却數七端午。身隨綵絲繫，心與昌歜苦。今年疋馬來，佳節日夜數。兒童喜我至，典衣具雞黍。水餅既懷鄉〔三〕，飯筒仍愍楚〔四〕。謂言必一醉，快作西川語。寧知是官身，糟麯困熏煮。獨攜三子出，古刹訪禪祖。高談付梁羅，公自注：梁、羅，遲、适小名也。詩律到阿虎。歸來一調笑，慰此長齟齬。

〔一〕真如寺：《至治瑞陽志》：大愚山在州治東南，有真如寺，本大愚禪師所居，亦名大愚寺。寺中有松林。

〔二〕酒局：子由時尚監筠州酒税。

〔三〕水餅：《南史·何戢傳》：高帝好水引餅，戢每設上焉。

〔四〕飯筒：《初學記》：引《續齊諧》曰：屈原五月五日投汨羅，楚人每至此日，以竹筒貯米，投水祭之。

附子由次韻：

人生逾四十，朝日已過午。一違少壯樂，日迫老病苦。丹心變爲灰，白髮粲可數。惟當理鉏耰，教子藝稷黍。誰令觸網羅，展轉在荆楚。平生手足親，但作十日語。朝游隔提攜，夜卧困蒸煮。未歌《唐棣》詩，已治芻靈祖。有生際風雲，富貴若騎虎。奈何貧賤中，所欲空齟齬。

別子由三首兼別遲

其一

知君念我欲别難，我今此别非他日。風裏楊花雖未定，雨中荷葉終不濕〔一〕。三年磨我費百書，一見何止得雙璧。願君亦莫嘆留滯，六十小劫風雨疾〔二〕。

〔一〕不濕：《傳燈録》：洞山與雲居過水，洞問水多少，雲居曰：「不濕。」居却問水多少，洞曰：「不乾。」

〔二〕六十小劫：《法華經》：佛所護念六十小劫，不起於座。時會聽者亦坐一處，六十小劫，身心不動，聽佛所説，謂如食頃。又，《釋迦方誌》云：從十歲至於八萬，復從八萬至於十歲，經二十反爲一小劫。

其　二

先君昔愛洛城居〔一〕，我今亦過嵩山麓。水南卜築吾豈敢，試向伊川買修竹〔二〕。又聞緱山好泉眼〔三〕，傍市穿林瀉冰玉。遥想茅軒照水開，兩翁相對清如鵠。

〔一〕先君愛洛：《韻語陽秋》：東坡兄弟以仕宦，久不得歸蜀，懷歸之心，屢見於篇咏。嘉祐丙申，老蘇在京師，乃有厭蜀之意，嘗有意嵩山之下，洛水之上，買地築室而居。故爲詩曰：「岷山之陽土如腴，江水清滑多鯉魚。古人居之富者衆，我獨厭倦思移居。」是時，鄉人陳景回自蜀，居蔡，故以是詩告之，則是二蘇欲歸蜀而老蘇欲去蜀也。厥後，老蘇葬於蜀，治命指其墓旁庚壬地爲二子之藏，而二子終不得歸，信知人事之不可期也。

〔二〕伊川：《元和郡縣志》：洛陽三川，伊、洛、河也。伊水西自陸渾縣界流入伊闕，東北過洛陽縣，南入於洛。

〔三〕緱山：《元和郡縣志》：緱氏山，在緱氏縣東南二十九里，王子晉得仙處。

慎按：施氏原注：康夢師石刻「卜築」作「卜宅」，「遥想茅軒」作「想見茅簷」，與集本互異。新刻删去，今補録。

其　三

兩翁歸隱非難事，惟要一作「有」傳家好兒子。憶昔汝翁如汝長，筆頭一落三千字。世人聞此皆大笑，慎勿生兒兩翁似。不知樗櫟薦明堂，何似鹽車壓千里。

附子由次韻三首：

公來十日坐東軒，手自披雲出朝日。山川滿目竟何有，波浪翻天同一濕。諸門迭出驚異狀，間道懷歸終舊壁。此行千里隔江河，何人更問維摩疾。

野人性似修行僧，長願幽居近林麓。南遷無計脱簪組，西歸誰爲栽松竹。頭上白雲即飛蓋，耳畔清泉當鳴玉。洛川猶是冠蓋林，更願高飛逐黄鵠。

東西南北無住身，羯末封胡四男子。彫鎪不遣治章句，爛漫先令飽文字。疎慵嗟我厲之人，生子夜中唯恐似。傳家粗足不願餘，同駕柴車還我里。

初別子由至奉新作〔一〕

雙鵲先一作「如」我來，飛上東軒背〔二〕。書隨好夢到，人與佳節會。一歡難把玩，回首了無在。却渡來時溪，斷橋號淺瀨。茫茫暑天闊，靄靄孤城背〔三〕。青山眊矂中〔四〕，落日淒涼外。盛衰豈我一作「吾」意，離合非所礙。何以解我憂，粗了一事大〔五〕。

〔一〕奉新：歐陽忞《輿地廣記》：奉新，吴縣地，漢中平中置，屬洪州。《太平寰宇記》：漢南昌縣地，僞唐改爲奉新，在洪州西一百五十里。

〔二〕東軒：在筠州官舍，子由有《東軒記》。

〔三〕孤城背：讀作「倍」，與起韻有别。

〔四〕青山：《輿地廣記》：奉新縣有華林山、大雄山。

〔五〕一事大：《法華經》：諸佛世尊，唯以一大事因緣故，出現於世。

附子由次韻：

四年候公書，長視飛鴻背。十日留公談，欲作白蓮會。自注：筠州無可語者，往還但一、二僧耳。匏瓜一遭繫，賣酒長不在。夜歸步江瀆，明月照清瀨。心開忽自得，語異竟非背。一尊談笑間，萬事寂寥外。欲同千里行，奈此一官礙。何年真耦耕，舉世無此大。

白塔鋪歇馬一本題云「歇白塔鋪」。

甘山廬阜鬱相望〔一〕，林隙熹微一作「依稀」漏日光。吴國晚蠶初斷葉，占城蚤一作「早」稻欲移秧〔二〕。迢迢澗水隨人急，冉冉巖花撲馬香。望眼盡從一作「窮」飛鳥遠，白雲深處是吾鄉。

〔一〕 廬阜：即廬山。

〔二〕 占城稻：王溥《五代會要》：占城國在中國西南，東北至兩浙，海行一月程。粒食稻米。前世多未與中國通，周顯德五年，始入貢。《本草》：秈，一名占稻，又曰早稻，粳之先熟者。羅願《爾雅翼》：秈比粳小，其種甚早，今人號秈爲早稻，又爲之占城稻。云始是占城國有此種，宋真宗聞其耐旱，遣求其種，始植於後苑，後在處播之。

慎按：此詩施氏補注載《續補遺》下卷，白塔舖無可考，因起句有「廬阜相望」之語，又，晚蠶斷葉，早稻移秧，皆四、五月景物，據《外集》，本題上有「筠州還」三字，今移編。

同年程筠一本無「筠」字德林求先墳二詩

思成堂

辛樹連山谷，祠堂照路隅。養松無觸鹿，助祭有馴烏。歸夢先寒食，兒啼到白須。遥知鄰里化，醉叟道争扶。

歸真亭

舊笑桓司馬，今師鄭大夫。不知徂歲月，空覺老楸一作「松」梧。祭禮傳家法，阡名載版圖。

會看千字誄，木抄見黿跌。

陶驥一本無「驥」字子駿〔一〕佚老堂二首

其一

文舉與元禮，尚得稱世舊。淵明吾所師，夫子乃其後。挂冠不待年，亦豈爲五斗。我歌《歸來引》，公自注：余增損淵明《歸去來》，以就聲律，謂之「歸來引」。千載信尚友。相逢黄卷中，何似一杯酒。君醉我且歸，明朝許來否？

〔一〕陶驥：字子駿，九江人，以宣德郎致仕。見《參寥集》。

其二

我從廬山來，目送孤飛雲。路逢陸道士〔一〕，知是千歲人。試問當時友，虎溪已埃塵〔二〕。似聞佚老堂，知是幾世孫。能爲五字詩，仍戴漉酒巾。人呼小靖節，自號葛天民。

〔一〕陸道士：《廬山紀事》：宋陸静修，吴興人。少懷虚素，元嘉末遊京都，還入廬山，隱居簡寂觀。《太平寰宇記》：觀在江州東南一百四十里。

〔二〕虎溪：《東林志》：虎溪在東林寺前。

附孔武仲一首：

不逐漁商不問農，悠然今作緑缺一字翁。地臨白傅荒臺畔，人在華胥樂國中。一榻遠分廬阜月，兩軒平挹廣寒風。杖藜亦欲頻還往，肯使清閒并屬公。

附參寥二首：

湓浦城南舊隱淪，一堂無地可棲塵。石牀春卧酴醾砌，撩亂餘花墮酒巾。

歸來詩酒洽天機，騷客無煩詠《式微》。三徑就荒松菊在，洗餘蒿艾净秋暉。

和李白并引

李太白有《潯陽〔一〕紫極宫感秋》詩，紫極宫〔二〕，今天慶觀也。道士胡洞微以石本示余，蓋其師卓玘之所刻〔三〕。玘有道術，節義過人，今亡矣。太白詩云：四十九年非，一往不可復。今予亦四十九，感之，次其韻。玉芝，一名瓊田草，洞微種之七八年矣，云更數年可食，許以遺余，故并記之。

寄卧虚寂堂，月明浸疎竹。泠然洗我心，欲飲不可掬。流光發永歎，自昔一本作「惜」，訛非余獨。行年四十九，還此北窗宿。緬懷卓道人，白首寓醫卜。謫僊固遠矣，此士亦難復。世道如奕棋，變化不容覆。惟應玉芝老，待得蟠桃熟。

〔一〕潯陽：《元和郡縣志》：江南西道江州，秦屬廬江郡。吴黄初中，分潯陽，隸武昌。晉太康十年，始置江州，初理豫章。至成帝咸通六年，移江州，理湓城，即今郡是也。晉初，理在江北岸，地名蘭城，温嶠領郡之日，移於此。尋，又置潯陽郡。大業三年，改九江郡。

〔二〕紫極宫：李石《續博物志》：武德三年，晉州人吉善行於羊角山，見白衣父老，呼善行曰：「爲吾語唐天子，吾爲老君，即汝祖也。」高祖因立廟。明皇時，兩京及諸州各立廟，京師號玄元宫，諸州號紫極宫。程大昌《雍録》：宋朝置天慶觀，許就以紫極宫爲用。

〔三〕卓玘：失考。

附太白原作：

何處聞秋聲，翛翛北窗竹。迴薄萬心古，攬之不盈掬。静坐觀衆妙，浩然媚幽獨。白雲南山來，就我簷下宿。懶從唐生決，羞訪季主卜。四十九年非，一往不可復。野情轉蕭散，世道有翻覆。陶令歸去來，田家酒應熟。

附黄魯直次韻：

不見兩謫僊，長懷倚修竹。行繞紫極宫，明珠得盈掬。平生人欲殺，耿介受命獨。往者如可作，抱被來同宿。砥柱閲頽波，不疑更何卜。但觀草木秋，葉落根自復。我病二十年，大斗久不覆。因之酌蘇李，蟹肥社釀熟。

慎按：《清江集》孔武仲亦有《過紫極宫感卓玘遺跡》詩，非與公唱和作，且不次李韻，故不録。

次韻道濳留别

爲聞廬岳多真隱，故就高人斷宿攀。已喜禪心無别語，尚嫌剃髮有詩斑。異同更莫疑三語，物我終當付八還。到後與君開北户，舉頭三十六青山〔一〕。

〔一〕三十六青山：指少室也。按《志》，河南府永安縣少室山，在縣西南七十里，有三十六峰。先生時移汝州，汝在洛陽之南，宋時永安，今永寧縣。

附參寥原作：《參寥集》原題云「九江與東坡居士話别」。

雪水黄樓赤壁間，勝游長得共躋攀。屠龍冉冉空三載，窺豹悠悠愧一斑。投錫雲林聊避暑，絶江舟楫自東還。求田問舍知何處，杖履他時訪小山。

贈江州景德長老〔一〕

白足高僧解達觀，安排春事滿幽欄。不須天女來相試，總把空花眼裏看。

〔一〕景德長老：曾子固《江州景德戒壇記》云：初，景德寺幾廢，僧智暹不舍晝夜之勤，凡二十年，爲佛殿、山門與戒壇，統爲屋若干區，費錢二十餘萬。不知即其人否？

慎按：施氏補注此詩在《續補》下卷中，今因地附編。

郭祥正〔一〕家醉畫竹石壁上郭作詩爲謝且遺二古銅劍〔二〕

空一作「枯」腸得酒芒角出，肝肺槎牙生竹石。森然欲作不可回，周益公《題跋》引此詩，「回」作「留」。吐向君家雪色壁。平生好詩仍好畫，書牆涴壁長遭罵〔三〕。不瞋不罵喜有餘，世間誰復如君者。一雙銅劍秋水光，兩首新詩爭劍鋩。劍在牀頭詩在手，不知誰作蛟龍吼。

〔一〕郭祥正：《東都事略·文藝傳》：郭祥正，字功甫，其母夢太白而生。不樂仕進，自號謝公山人。梅聖俞呼爲謫僊。後知高安郡，請老歸。所居有醉吟菴，東坡過而題詩畫竹石於壁。有詩文三十卷，名《青山集》。故宅在當塗城內壽俊坊。《宋史》本傳：祥正第進士。熙寧中，以殿中丞致仕。後復出，通判汀州，知端州，又棄去。所載宦跡，與《東都事略》不同。按，東坡自海外歸，與功甫有唱和詩，乃其知端州時也。《東都事略》失載其再出一節，合史傳考之，功甫生平始備。

〔二〕醉畫竹石：《畫繼》云：子瞻所作枯木，枝幹虬屈無端倪，石皴亦奇怪，如其胸中蟠鬱也。作墨竹，從地直起至頂。黄庭堅《枯木賦》云：恢詭譎怪，滑稽於秋毫之穎。尤以酒爲神，故其觴次滴瀝，醉餘呻吟，取諸造物之爐錘，盡用文章之斤斧。又，《題石竹》詩云：東坡老人翰林公，醉時吐出胸中墨。先生自題郭祥正壁亦云云，則知先生平日非乘酣以發真興，則不爲也。

〔三〕書牆涴壁：《金壺記》云：賀知章嘗與張旭遊，凡見人家廳館好牆壁及屏障，落筆數行，如蟲篆鳥飛。

慎按：郭功甫《青山集》中，此題失原作。黄山谷有和詩，亦殘脱不全，故不録。

附李端叔次韻：

大枝憑陵力争出，小幹縈紆穿瘦石。一杯未釂筆已濡，此理分明來面壁。我嘗旁觀不見畫，只見佛祖遭訶駡。人知見畫不見人，紛紛豈是知公者。汗流几案慘無光，忽然到眼如鋒鋩。急將兩耳掩雙手，河海震動雷電吼。

慎按：《姑溪集》原題云「次韻東坡所畫郭功甫家壁竹木怪石韻」，今采出附録。

龍尾硯歌〔一〕并引

余舊作《鳳咮石硯銘》，其略云：「蘇子一見名鳳咮，坐令龍尾羞牛後。」已而，求硯於歙，歙人云：「子自有鳳咮，何以此爲？」蓋不能平也。奉議郎方君彦德有龍尾大硯〔二〕，奇甚。謂余若能作詩，少解前語者，當奉餉。乃作此詩。

黄琮白珀宋刻本作「琥」天不惜，顧恐貪夫死懷璧。君看龍尾豈石材，玉德金聲寓於石。與天作石來幾時，與人作硯初不辭。詩成鮑、謝石何與，筆落鍾、王硯不知。錦茵玉匣俱塵垢，擣練支牀亦何有。况嗔蘇子鳳咮銘〔三〕，戲語相嘲作牛後。碧天照水風吹雲，明窗大几清無塵。我生天地一閒物，蘇子亦是支離人。麤言細語都不擇，春蚓秋蛇隨意畫。願從蘇子老東坡，仁者不用生分别。

〔一〕龍尾硯：《新安志》：龍尾山在婺源縣東南。開元中，獵人葉氏逐獸入山，見疊石瑩潔，攜歸，刊成硯。南唐元宗時，歙守獻硯，薦工李少微擢硯官。高似孫《硯箋》：龍尾石，在水中，極温潤，性堅密，聲清如玉。歐陽公《硯譜》：天下之硯，四十餘品，歙硯龍尾石品居第三。《歙州硯譜》：羅紋山亦曰芙蓉溪，硯坑十餘處。訪於彼俗，雖有龍尾山而山實無石，好事者相傳多云水中石。

〔二〕方彦德：失考。

〔三〕鳳咮：本集《雜記》云：建州北苑鳳凰山有石，聲如銅鐵，作硯至美，有如膚筠。又云：僕好用鳳咮硯，論者多異同，蓋少得真者，多爲黯淡灘石所亂耳。子由《硯銘序》云：北苑鳳凰山咮潭中，石蒼黑，堅緻如玉，以爲硯，與筆墨宜。熙寧中，太原王頤始發其妙，然石性薄，厚者不及寸。○慎按，胡仔《苕溪漁隱叢話》云：鳳山石頑燥，非硯材，工人未嘗以爲硯。若劍浦黯淡灘，有一種石，黑眉黄眼，人以爲硯。鳳味必此灘石也。又云：鳳凰山之後有一泉，廣三四尺，石甃其底，特一小井，子由所云味潭。其地初無之，又安得潭中石以爲硯乎？蘇氏兄弟爲王頤所給，信以爲然，附録備考。

張近〔一〕幾仲有龍尾子石硯以銅劍易之〔二〕

我家銅劍如赤蛇，君家石硯蒼璧橢而窪。君持我劍向何許，大明宫裏玉佩鳴衝牙。我得君硯亦安用，雪堂窗下《爾雅》箋蟲鰕。二物與人初不異，飄落高下隨風花。蒯緱玉具皆外物，視草草《玄》無等差。君不見秦趙城易璧，指圖睨柱相矜誇。又不見二生妾换馬，驕鳴啜泣思其家。不如無情兩相與，永以爲好譬之桃李與瓊華。

〔一〕張近：《宋史》：張近，字幾仲，第進士。累選大理寺正，歷少卿。以集賢修撰知瀛州，徙知太原。以疾奉祠。施氏原注謂鎮高陽八年，爲顯謨直學士，徙知太原，歷官稍異。

〔二〕子石：歐陽公《硯譜》：子石者，在大石中生，蓋精石也。而俗訛傳，遂以紫石爲上。唐彦猷《硯録》：山有自然圓石，剖其璞得焉，謂之子石。○慎按，前篇云「願隨蘇子老東坡」，此云「雪堂窗下《爾雅》箋蟲鰕」，合後共三首，當是在黄州時作，姑仍依施氏原本編此。

張作詩送硯反劍乃和其詩卒以劍歸之

贈君長鋏君當歌，每食無魚歎委蛇。一朝得見暴公子，櫑具欲與冠爭峨。豈比杜陵貧病叟，終日長鑱隨短蓑。斬蛟刺虎老無力，帶牛佩犢吏所訶。故將換硯豈無意，恐君雕琢傷天和。作詩反劍亦何謂，知君欲以詩相磨。報章苦恨無好語，試向君硯求餘波〔一〕。詩成劍往硯應笑，那將屋漏供懸河。

〔一〕餘波：《左傳·僖公二十三年》：重耳曰：「其波及晉國者，君之餘也。」杜詩：餘波綺麗爲。

去歲九月二十七日黄州生子遯小名幹兒頎然穎異至今年七月二十八日病亡於金陵作二詩哭之

其一

吾年四十九，羈旅失幼子。幼子真吾兒，眉角生已似。未期觀所好，蹁躚逐書史。摇頭却梨栗，似識非分耻。吾老常鮮歡，賴此一笑喜。忽然遭奪去，惡業一作「孽」我累爾〔一〕。衣薪那免俗，變滅須臾耳〔二〕。歸來懷抱空，老泪如瀉水。

〔一〕惡業：《楞嚴經》注：旃陀羅，華言嚴熾惡業。
〔二〕變滅須臾：《寶積經》：念念不可住，須臾還變滅。《維摩經》：是身如浮雲，須臾變滅。

其　二

我淚猶可拭，日遠當日忘。母哭不可聞，欲與汝俱亡。故衣尚懸架，漲乳已流牀。感此欲忘生，一卧終日僵。中年忝聞道，夢幻講已詳。儲藥如邱山，臨病更求方。仍將恩愛刃，割此衰老腸。知迷欲自反，一慟送餘傷。

附子由和二首：

人生本無有，衆幻妄聚耳。手足非吾親，何況妻與子。偶來似可樂，强作室家喜。忽去未免悲，欣成要矜毁。君家兩歲兒，畢竟何自始。變化違初心，涕泗劇翻水。吾儕近始悟，造物聊復試。道力竟未完，聰明信難恃。

破甑不復顧，彼無愛甑心。棄璧負赤子，始驗愛子深。誠知均非我，胡爲有不任。一從三界遊，久被百物侵。朝與喜怒交，暮與寵辱臨。四物皆不勝，生死獨未禁。不經大火燒，孰爲真黄金。棄置父子恩，長住旃檀林。

葉濤致遠見和二詩復次其韻〔一〕公自注：濤顛倒原韻。

其一

平生無一女，誰復嘆爾一作「耳」耳。滯留生此兒，足慰周南史。那知非真實，造化聊戲爾。煩惱初無根，恩愛爲種子。煩公爲假説，反覆相指示。欲除苦海浪，先乾愛河水。棄置一寸鱗，悠然笑侯喜。爲公寫餘習，缾罍一時恥。

〔一〕葉濤：《宋史》本傳：濤字致遠，中進士乙科。從王安石於金陵，學爲文詞。按，介甫與致遠唱酬極多，乃其弟平甫之婿，詳《半山集·墓志》中。

其二

聞公少已悟，拄杖久倚牀。笑我老而痴，負鼓欲求亡。庶幾東門子，柱史安敢望。嗜毒戲猛獸，慮患先不詳。囊破蛇已走，尚未省齧傷。妙哉兩篇詩，洗我千結腸。黠鼉不作蠒，未老輒自僵。永謝湯火厄，泠然超無方。

東坡先生編年詩卷二十四

古今體詩五十六首元豐甲子八月自金陵歷真、閏、揚、淮，在泗州度歲作。

次韻荆公四絶〔一〕

其一

青李扶疎禽自來，清真逸少手親栽。深紅淺紫從争發，雪白鵝黄也鬬開。

〔一〕荆公：《宋史·王安石傳》：安石再相，屢謝病求去，帝益厭之，罷爲鎮南軍節度使、同平章事，判江寧府。明年，改集禧觀使，封舒國公。元豐三年，復拜左僕射、觀文殿大學士，换特進，改封荆。按，先生自黄移汝，正安石罷相居金陵之時也。

其　二

砍竹穿花破緑苔，小詩端爲覓榿栽。細看造物初無物，春到江南花自開。

其　三

騎驢渺渺入荒陂，想見先生未病時。勸我試求三畝宅，從公已覺十年遲。

慎按：《潘子真詩話》謂東坡得請歸宜興，道過鍾山，時荆公病方愈，約坡卜居秦淮，故坡詩云：勸我試求三畝宅云云。按陸務觀《題跋》云：東坡自黄州歸，見荆公於半山，劇談累日，約卜鄰以老焉。蓋宜興得請，在明年春夏之交，未嘗再過金陵也。今依施氏本，編自黄移汝時。

其　四

甲第非真有〔一〕，閒花亦偶栽。聊爲清净供，却對道人開。公自注：荆公病後，捨宅作寺。

〔一〕甲第非真有：《臨川集·請捨宅爲寺札子》云：臣幸遭興運，超拔等夷，顧迫衰殘，糜捐何補。願以臣所居江寧府上元縣園屋爲僧寺，永遠祝延聖壽。如蒙矜許，特賜名額，庶昭隆典。江少虞《事實類苑》云：荆公再罷政，到金陵築第於舊門外七里，去蔣山六七里。元豐末，公被疾，奏捨爲寺，賜名報寧院。《六朝事跡》云：半山報寧禪寺，荆公故宅也。其地名白塘，舊以地卑，積水爲患。自荆公卜居，乃鑿渠決水，以通城河。元豐七年，請以宅爲寺。《熙寧日曆》則云：王安石奏請以所居爲僧寺，奉旨依所乞，以報本禪寺爲名額。「報本」與「報寧」互異，《日曆》訛也。

附王介甫原作四首：《臨川集》題云「池上看金沙花數枝過酴醿架盛開」。

酴醿一架最先來，夾水金沙次第栽。濃綠扶疎雲乍起，醉紅撩亂雪争開。

午陰寬占一方苔，映水前年坐看栽。紅蕊似嫌塵染污，青條飛上别枝開。

北山輸綠漲横陂，直塹迴塘灩灩時。細數落花因坐久，緩尋芳草得歸遲。

故作酴醿架，金沙祇漫栽。似矜顔色好，飛度雪前開。

半山亭〔一〕《外集》有「次韻」二字。

登嶺勢巍巍，蓮峰太華齊。凭欄紅日蚤，回首白雲低。松柏月中老，猿猴物外啼。禪師吟絶後，千古指人迷。

〔一〕半山亭：《六朝事跡》：報寧禪寺，地名白塘，由城東門至蔣山，此半道也。故今亦名半山寺。《金陵志》：獨龍岡有上、下二定林寺，王荆公卜居於二定林之間，名曰半山。

慎按：此詩施氏原本不載，新刻載《續補》下卷，今據《外集》移編。

張庖民挽辭〔一〕

東晉巾車令〔二〕，西京執戟郎。甘心向山水〔三〕，結髮事文章。故自輕千户，何曾羡一囊。天高鬼神惡，骨朽姓名芳。庾嶺銘旌暗，秦淮舊宅荒。吾詩不用刻，妙語有黄香。公自注：黄魯直爲庖民作《哀詞》。

〔一〕張庖民：字翔父。

〔二〕巾車令：《錦繡萬花谷》：巾車令，陶潛也。

〔三〕甘心向山水：《山谷集》中《張翔父墓表》云：翔父才德，俯仰庸人，不甚出奇見異。其於林泉，心安性服之也。

次韻葉致遠見贈〔一〕

欲求五畝寄樵蘇，所至一作「到處」遲留一作「留連」似賈胡。信命不須歌去汝，逢人未免歎猶吾。人皆勸我杯中物，我獨憐君屋上烏。一伎文章何足道〔二〕，要知一作「言」摩詰是文殊。

末句宋刻作「要言磨却是文殊」。

〔一〕葉致遠：名濤，注詳上卷末。

〔二〕一伎文章：杜甫詩：文章一小伎，於道未爲尊。

次韻致遠

長笑右軍稱草聖，不如東野以詩鳴。樂天自愛吟淮月，懷祖無勞聽角聲。

慎按：此詩施氏原本不載，新刻本載《續補》下卷，今因人附編。

次韻杭人裴維甫〔一〕

餘杭門外葉飛秋〔二〕，尚記居人挽去舟。一别臨平山上塔〔三〕，五年雲夢澤南州〔四〕。凄凉楚些緣吾發，邂逅秦淮爲子留。寄謝西湖舊風月，故應時許夢中游。

〔一〕裴維甫：《咸淳臨安志》：仁宗嘉祐四年，劉輝榜進士。

〔二〕餘杭門：吴自牧《夢粱録》：杭州北城門者三，一曰餘杭門，舊名北關者是也。《咸淳臨安志》：餘杭門有水、陸二門。

〔三〕臨平山：《咸淳臨安志》：臨平山去仁和縣五十四里。周圍十八里，上有塔，下有藕花洲，即鼎湖也。

〔四〕雲夢澤南州：杜牧《齊安》詩：平生睡足處，雲夢澤南州。
慎按：施氏原注：東坡倅杭官滿，以九月離錢塘，故云「餘杭門外葉飛秋」，在黄五年，至是復與維甫邂逅於秣陵也。新刻本删去，今補録。

次韻段縫見贈〔一〕

季子東周負郭田，須知力穡是家傳。細思種薤五十本〔二〕，大勝取禾三百廛。若得與君連北巷，故應終老忘西川〔三〕。短衣匹馬非吾事，只擬關門不問天。

〔一〕段縫：字約之。按，施氏原注：約之居金陵，與王介甫遊，而意不相與。知興國軍，嘗論免役法不便。元豐初，吴冲卿爲相，頗進熙寧異議之人，除知秦州。蔡確言其無才能，止以曾詆毁新政，故膺獎任。詔與合入差遣，乃俾通判閬州。縫避遠，求分司，遂以本官致仕。元祐二年春，左司諫王覿薦之，詔縫致仕，與管勾宫觀，秩爲朝散大夫。此段新刻删去，今補録。
〔二〕種薤五十本：《藝苑雌黄》：《前漢書・龔遂傳》有「令民種一百薤、五十本葱」之説，坡詩誤以一百本爲五十本矣。
〔三〕西川：《全蜀・藝文志》：唐貞觀初，置劍南道爲西川，至貞元，增置東川府於梓州。北宋分西川爲東、西兩路，夔爲川東，益爲川西。

題孫思邈真〔一〕

先生一去五百載，猶在峨眉西崦中。自爲天僊足官府，不應尸解坐𧏙蟲。

〔一〕孫思邈：《舊唐書》：思邈，京兆華原人。周宣帝時，隱居太白山。隋文帝徵爲國子博士，不起。唐高宗召見，賜鄱陽公主邑宅以居焉。學殫術數，自云年九十三，鄉里咸云數百歲人。注《老子》、《莊子》及《千金方》。子行，天授中爲鳳閣侍郎。

戲作鮰魚一本作「洄魚」一絶〔一〕

粉紅石首仍無骨，雪白河豘不藥人〔二〕。寄語天公與河伯，何妨乞與水精鱗。

〔一〕鮰魚：《釋氏稽古略》：鍾山寶公以翦刀、尺扇挂杖頭，負之行聚落。遇食鱠者，從而求食。啗者遺而薄之，寶公即吐水，皆成活魚。今江中鮰魚是也。○慎按，《説文》、《玉篇》均無「鮰」字，《廣韻》、《類篇》止有「鮠」字，《廣韻》注：似鮎。《類篇》注：鳀之小者。惟《本草》云：鮠，今作鮰。

〔二〕河豘：程大昌《演繁露》：河豘當作「河魨」，嚴有翼《藝苑雌黄》：魨，水族之奇味，世傳其能殺人。

同王勝之〔一〕游蔣山〔二〕

到郡席未一作「不」暖〔三〕，居民空悯然。好山無十里，遺恨恐他年。欲款南朝寺〔四〕，同登北郭船。朱門收畫戟，紺宇出青蓮。公自注：荆公以宅爲寺。夾路蒼髯古〔五〕，迎人翠麓偏。龍蟠故國，鳥爪寄層顛。竹杪飛華屋，松根泫細泉。峰多巧障日，江遠欲浮天。略彴横秋水，浮圖插暮烟。歸來踏人影，雲細月娟娟。

〔一〕王勝之：《東都事略》：王益柔，字勝之，少力學，尹洙見其文，曰：「贍而不流，制而不窘，未可量也。」爲人伉直尚氣，喜論天下事。杜衍薦於朝，除集賢校理。蘇舜欽以祠神會客事除名，言者謂益柔作《傲歌》，坐奪職。久之，爲開封推官，歷知制誥，遷龍圖直學士，除秘書監。出知蔡、揚、亳三州，江寧、應天二府。《宋史》：王益柔用父曙廕，至殿中丞。熙寧元年，判度支審官院。詔百官轉對，益柔言：「人君之難，莫大於辨邪正。邪正之辨，莫大於置相。」意指王安石也。後以直學士知江寧府。○按，史傳所載，與施注詳略不一，故並録之。

〔二〕蔣山：《元和郡縣志》：鍾山在上元縣東北十八里，古金陵山也。《唐書·地理志》：江南道其名山，衡、廬、茅、蔣。《景定建康志》：鍾山一名蔣山。漢末秣陵尉蔣子文逐盜，死事於此。吴大帝爲立廟，封爲蔣侯。《初學記》載揚雄《潤州箴》，所云「蔣廟鍾山，孫陵曲衍」，是也。

〔三〕到郡席不暖：施氏原注：勝之至江寧，纔一日，移南都。坡在賞心亭作長短句，送之。末云：「公駕飛車凌彩霧。紅鸞驂乘青鸞馭。却訝此洲名白鷺。非吾侶，翩然欲下還飛去。」此段新刻本删去，今爲補録。

〔四〕南朝寺：杜牧詩：南朝四百八十寺，多少樓臺煙雨中。

〔五〕蒼髯：《金陵地紀》：蔣山初少林木，東晉時，令諸州刺史罷還京者，人栽松百株，郡守五十株。宋時，刺史栽三十株，下至郡守各有差。

慎按：《西清詩話》：元豐中，王文公在金陵①。東坡自黄北還，日與公遊，後渡江至儀真，和遊蔣山詩，寄金陵守王勝之。公亟取讀，至「峰多巧障日，江遠欲浮天」，乃拊几嘆曰：「老夫平生作詩，無此二句。」

附王介甫次韻：

金陵限南北，形勢豈其然？楚役六十里，陳亡三百年。江山空幙府，風月自觥船。主送悲凉岸，妃埋想故蓮。臺傾鳳久去，城踞虎争偏。司馬壖廟域，獨龍層路顛。森疎五願木，蹇淺一人泉。棁杖窮諸嶺，籃輿罷半天。朱門圍緑水，碧瓦第青烟。墨客誰能賦，留詩野竹娟。

---

① 濟按：「文」，原本作「交」，訛。據四庫本改。

至真州再和二首〔一〕

其一

老手王摩詰，窮交孟浩然。論詩曾伴直〔二〕，話舊已忘年。北上難陪驥〔三〕，東行且趁船。離亭花映肉，醉眼路窺蓮。柂轉三山没〔四〕，風回五兩偏。荒祠過瓜步〔五〕，古甃墮松顛。聞道清香閣，新篘白玉泉。莫教門掩夜，坐待月流天。小院檀槽鬧，空庭樺燭烟。公詩便堪唱，爲賦宋刻本作「付」小嬋娟。

〔一〕真州：《隆平集》：乾德二年，以揚州迎鑾鎮爲建安軍。《九朝通略》：祥符二年，建安軍鑄玉皇、太祖、太宗像成，陞軍爲真州。《太平寰宇記》：真州本揚州白沙鎮，僞吴改爲迎鑾鎮。大江入京口之岸，東至揚州六十里。

〔二〕孟浩然伴直：《新唐書·孟浩然傳》：王維常私邀入内署，俄而玄宗至，浩然匿牀下。維以實對，帝曰：「恨未見也，何懼而匿？」詔浩然出。

〔三〕北上：時王勝之自江寧移守南都，故云。

〔四〕三山：《金陵志》：三山在江寧府城西南，周圍四里，大江從西來，勢如建瓴，此山當其衝。《輿地志》謂其積石森鬱，濱於大江，有三峰南北相接。謝脁有《晚登三山望京邑》詩，即此矣。

〔五〕荒祠瓜步：王象之曰：瓜州渡，在江都縣南四十里，楊子江之沙磧也。沙漸長，其狀如瓜字。《廟記》云：江祠，祀江妃也。以伍員配。阮昇之《記》云：其神亦號江都王。

其二

公顏如雪柏，千載故依然。笑我無根柳，空中不待年。肯留歸闕棹宋刻本作「旆」，坐待逆一作「迎」，去聲風船。特許門傳籥一作「鑰」，那知箭起蓮。相逢月上後，小語坐西偏。流落千帆側〔一〕，追思百尺顛。躬耕懷谷口，水石羡平泉。茅屋歸元亮，霓裳醉樂天。行聞宣室召，歸近御爐烟。未用歌池上，隨宜教李娟。

〔一〕千帆側：劉禹錫詩：沉舟側畔千帆過。

次韻答寶覺〔一〕

芒鞵竹杖布行纏，遮莫千山與宋刻本作「更」萬山。從來無脚不解滑，誰信石頭行路難。

〔一〕寶覺：金陵定林寺僧也，與王荆公遊。見周益公《題跋》，《臨川集》中多贈答詩。

眉子石硯歌贈胡闇〔一〕

君不見成都畫手開十眉，横雲却月争新奇。游人指點小嚬處，中有漁陽胡馬嘶。又不見王孫青瑣横雙碧，腸斷浮空遠山色。書生性命何足論，坐費千金買消渴。爾來喪亂愁天公，謫向君家書硯中。小窗虚幌相嫵媚，令君曉夢生春紅。毘耶居士談空處〔二〕，結習已空花不住。試教天女爲磨鉛，千偈瀾翻無一語。

〔一〕眉子硯：《苕溪漁隱叢話》：新安龍尾石，性皆潤澤，可以敵玉。滑膩而能起墨，以之爲硯，故世所珍。石雖多，惟羅紋者、眉子者、刷絲者佳。高似孫《硯箋》：羅紋坑在眉子坑東，金星坑在羅紋西北，並南唐李氏發。眉子坑在羅紋坑西，開元中發。眉子石有金花眉、金星眉、對眉、短眉、長眉、簇眉、闊眉、雁胡眉、錦蹙眉、菉豆眉等名。

〔二〕毘耶：《維摩經》：毘耶離大城中有長者，名維摩詰。《翻譯名義》：毘耶離，此云廣博嚴净，其國寬平，城邑華麗，故名。

慎按：施氏原注：此詩墨跡刻石成都，題爲「古眉子石硯歌」，新刻删去，今補録。

以玉帶施元長老元以衲裙相報次韻二首〔一〕

其一

病骨難堪玉帶圍，鈍根〔二〕仍落箭鋒機〔三〕。欲教乞食歌姬院〔四〕，故與雲山舊衲衣。

〔一〕元長老：《金山志》：了元佛印禪師，字覺老，饒州浮梁林氏子。出家，即遍參圓通訥公，以爲書記。先住江州之承天，繼遷淮之斗方，廬山之開先、歸宗，潤州之金山、焦山，凡四十餘年，縉紳之賢者多與之遊，名動朝野。神宗賜高麗磨衲金鉢，以旌師德。

〔二〕鈍根：《法華經》：鈍根，小智人着相，憍慢者不能信是經。

〔三〕箭鋒機：《傳燈録》：神機交激，若柱於箭鋒。

〔四〕乞食歌姬院：鄭文寶《南唐近事》云：韓熙載相江南，後主即位，頗疑北人。熙載懼禍，因放蕩不羈。售伎樂數百人，荒湛爲樂，所受月俸，即爲諸姬分去。遂敝衣負篋，使門生舒雅執板挽之，隨房乞食，以足日膳云云。《苕溪漁隱》云：嘗讀《北夢瑣言》，裴休嘗披毳衲於歌姬院持鉢乞食，自言「不爲俗情所染，可以説法爲人」。東坡即用此事。江少虞《事實類苑》專引韓事爲此詩注脚，而不及裴，今爲詳考辨正如此。

其二

此帶閲人如傳舍，流傳到我亦悠哉。錦袍錯落差相稱，乞與佯狂老萬回〔一〕。

〔一〕萬回：《高僧傳》：萬回，法雲公，虢州人。年當弱齡，白痴不語，口自呼萬回，因字焉。兄戍遼陽，母爲設齋祈福，回忽曰：「兄安，極易知耳。」因裹齋餘出門，際晚而歸，執其兄書云平善。自爾聲聞朝野。中宗神龍二年，敕剃度，回一人而已。自高宗末天后時，常召入内道場，賜錦繡衣。《舊唐書·萬回傳》：咸亨四年，度爲沙門。回幼時致兄書，六千里外，朝往暮歸，因號萬回。與《高僧傳》小異。

次韻滕元發〔一〕許仲塗〔二〕秦少游

二公詩格老彌新，醉後狂吟許野人。坐看青邱〔三〕吞澤芥〔四〕，自慚黄潦薦溪蘋。兩邦旌纛光相照，十畝鋤犂手自親。何似秦郎妙天下，明年獻頌請東巡。

〔一〕滕元發：《宋史》本傳：元發初名甫，字元發，後改字達道，以元發爲名，東陽人。神宗朝言新法之害，以翰林學士出知定州。貶居筠州，上章自訟，有「樂羊何功，謗書滿篋；即墨何罪，毀言日聞」之語。帝惻然，即以爲湖州。哲宗立，徙蘇州。

〔二〕許仲塗：《宋史》：許遵，字仲塗，泗州人。第進士，神宗朝以大理寺請知潤州。

〔三〕青邱：《海内十洲記》：長洲一名青邱，在南海辰巳之位，地方五千里，去岸二十五萬里。

〔四〕澤芥：《藝苑雌黄》：《子虛賦》中芥蔕，刺鯁也。非草芥之芥。東坡先生詩，「坐看青邱吞澤芥」，又，西湖詩亦有「青邱已吞雲夢芥」之句，皆非也。

慎按：此詩起句二公屬滕、許，次句野人，先生自謂。以下四句，兩兩分説。時滕知湖州，許知潤州，故云「兩邦旌纛」。先生將乞常州居住，故有「十畝鋤犂」之句。結處方説到少游。章法首尾開合如此。王氏注訛認次句中「許」字作姓，遂謂「許野人」指「仲塗」，一字失解，通篇節節俱礙矣。施氏補注亦未能確證其謬，今駁正。

送金山鄉僧歸蜀開堂〔一〕

撞鐘浮玉山〔二〕，迎我三千指。衆中聞謦欬，未語知鄉里。我非箇中人，何以默識子。振衣忽歸去，隻影千山裏。涪江〔三〕與中泠〔四〕，共此一味水。冰盤薦琥珀，何似糖霜美〔五〕。

〔一〕鄉僧：遂寧僧圖寶也。見《糖霜譜》。

〔二〕浮玉山：《金山志》：客問：「何爲浮玉？」答云：「此出《仙經》，上仙居浮玉山，朝上帝，則山自浮去。」因金、焦俱在水上，故名。

〔三〕涪江：《方輿勝覽》：涪江自思州上費溪發源，經五十八節灘，至黔州。溉與施州江會，凡五百餘里，與蜀江合於涪州之東。以其出於黔州，又名黔江。清澈可鑒毛髮。

〔四〕中泠：《水記》云：劉伯芻以揚子江水爲第一，李秀卿以揚子江南零水爲第七。《名勝志》：金山下有泉，曰中泠，亦曰南零。

〔五〕糖霜：洪邁曰：自古食蔗，始爲蔗漿。宋玉《招魂》所謂「胹鼈炰羔，有柘漿」是也。孫亮時，交州獻甘蔗餳。《南中八郡志》：笮甘蔗汁曝成飴，謂之石蜜。唐太宗遣使至摩揭陀國，取熬糖法，即詔揚州上諸蔗，榨瀋如其劑，色味美於西域。然只是今之沙糖，不言作霜。然則糖霜非古也，歷世詩人亦未言之。惟東坡過金山寺，作詩送遂寧僧圖寶云：冰盤薦琥珀，何似糖霜美。黄魯直在戎州，作頌《答梓州雍熙長老寄糖霜》云：遠寄蔗霜知有味，勝於崔一作「雀」子水晶鹽。則遂寧糖霜見於文字者，實始二公。甘蔗所在皆植，獨福、唐、四明、番禺、廣漢、遂寧有糖冰，而遂寧爲冠。亦皆起於近世。唐大曆中，有鄒和尚者，始來小溪之繖山，教民以造霜之法。繖山在縣北二十里，山前後爲蔗田者十之四，糖霜户十之三。蔗有四色，曰杜蔗，曰西蔗，曰艻蔗，《本草》所謂荻蔗也；曰紅蔗，《本草》崑崙蔗也。惟杜蔗紫嫩，味極厚，專用作霜。凡霜，一甕中品色亦自不同，堆疊如假山者爲上，團枝次之，甕鑑次之，小顆塊次之，砂脚爲下。紫爲上，深琥珀次之，淺黄又次之，淺白爲下。遂寧王灼作《糖霜譜》七篇，予采之，以廣聞見。

慎按：前説宋時糖霜色貴紫，與今不同。故公詩云：「金盤薦琥珀，何似糖霜美。」與洪説正合，故詳録之。

送沈逵一作「逵」赴廣南〔一〕

嗟我與君皆丙子，四十九年窮不死。君隨幕府戰西羌，夜渡冰河斫雲壘。飛塵漲天箭灑甲，歸對妻孥真夢耳。我謫黄岡四五年，孤舟出没烟波裏。故人不復通問訊，疾病飢寒疑死矣。相逢握手一大笑，白髮蒼顔略相似。我方北渡脱重江，君復南行輕萬里。功名如幻何足計，學道有涯一作「牙」真可喜。勾漏丹砂已付君，汝陽甕盎吾何耻。君歸赴一作「趁」我雞黍約，買田築室從今始。

〔一〕廣南：《太平寰宇記》：開寶初，潘美平南漢，分廣南東、西路。《九域志》：廣南分、西二路，東路州十五，縣四十；西路州二十三，軍三，縣六十四。張維《廣西郡邑記》云：以《漢志》考之，今之東路，即漢之南路。

豆　粥

君不見滹沱流澌車折軸〔一〕，公孫倉皇奉豆粥。濕薪破竈自燎衣，飢寒頓解劉文叔。又不見金谷敲冰草木春，帳下烹煎皆美人。萍虀豆粥不傳法，咄嗟而辦石季倫。干戈未解身如寄，聲色相纏心已醉。身心顛倒不自知〔二〕，更識人間有真味。豈如江頭千頃雪色蘆，茅簷出没晨烟孤。地碓舂秔光似玉，沙鉼煮豆軟如酥。我老此身無着處，賣書來問東家住。卧聽雞鳴粥熟時，蓬頭曳屨君家去。

〔一〕滹沱：《禮記》：晉人將有事於河，必先有事於滹沱。《山海經》：秦戲之山無草木，多金玉，滹沱之水出焉。《太平寰宇記》：秦戲山在太原府繁疇縣東北三十里。《水經注》：滹沱水入雷河溝水，過舊曲陽城是也。按，光武所渡，在冀州南宫信都，乃滹沱之下流也。

〔二〕身心顛倒：《楞嚴經》：如來之身，名正遍知；汝等之身，名性顛倒。又云：阿難與諸大衆瞪瞢瞻佛，目睛不瞬，不知身心顛倒所在。

秦少游夢發殯而葬之者云是劉發之柩是歲發首薦秦以詩賀之劉涇亦作因次其韻〔一〕

君看三代士執雉〔二〕，本以殺身爲小補。居官死職士死綏，夢尸得官真古語。五行勝己斯爲官，官如草木吾如土。仕而未禄猶賓客〔三〕，待以純臣蓋非古〔四〕。魄焉曰獻稱寡君，豈比公卿相爾汝。世衰道微士失已，得喪悲歡反其故。草袍蘆箠相嫵《韻語陽秋》作「媉」媚，飲酒嬉游事群聚。曲江〔五〕船舫月燈毬〔六〕，是謂舞殯而歌墓。看花走馬到東野〔七〕，餘子紛紛何足數。二生年少兩豪逸，詩酒不知軒冕苦。故令將仕夢發棺，勸子勿爲官所腐。塗車芻靈皆假設，著眼細看君勿誤。時來聊復一飛鳴，進隱不須煩杜宋刻本作「伍」舉。

〔一〕劉發：字全美，見《淮海集》。

〔二〕執雉：《曲禮》疏：雉，取性耿介，惟敵是赴。羔雁生執，雉則死執，亦表見危致命。《尚書》「二生一死，贄」是也。

〔三〕仕而未禄：《禮記》：仕而未有禄者，君有饋焉。曰獻使焉，曰寡君。

〔四〕純臣：《詩》：遷其私人。疏引《儀禮·有司徹》：主人降，獻私人。注云：大夫言私人，明不純臣。此申伯雖是王之卿士，亦是不得純臣也。

〔五〕曲江：《西京雜記》：朱雀街東第五街，皇城之東第三街，龍華寺南，有流水屈曲，謂之曲江。程大昌《雍録》：唐曲江，秦隑洲，漢爲樂游苑，隋宇文愷以地在京城東南隅，鑿池以厭勝之，從城外包入城爲芙蓉池。宋敏求《長安志》亦同。劉餗云：古曲江，文帝惡其名曲，改名。開元中，疏鑿爲勝地。南即芙蓉苑，西即杏園、慈恩寺。《太平寰宇記》：曲江池，漢武所造，亦名宜春苑，乃漢祖校文之所。後以秀士每年登科賜宴於此，不忘校文之義也。《南部新書》：進士春闈，宴曲江亭，在五六月。未過此宴，不得出京。

〔六〕月燈毬：《摭言》：進士之宴有九，五曰櫻桃，六曰月燈。《南部新書》：每歲寒食，新進士於月燈閣置打毬之宴，元稹詩：傳餐月燈閣，劇宴劫灰池。

〔七〕看花走馬：孟東野《及第》詩：東風得意馬蹄疾，一日看遍長安花。

慎按：葛立方《韻語陽秋》云：晉樂廣曰：「人未嘗夢乘牛車入鼠穴，擣蔬噉鐵杵，以無想因也。」自樂論之，凡夢皆出於想。而殷浩乃云：「官本臭腐，故將得官而夢尸。」是豈出於想耶？劉發方赴舉，少游夢發殯，而葬者云是劉發之柩。少游以詩賀云云，乃一時褒美贊喜之詞，非殷浩之意也。東坡「世衰道微」云云，全篇二百餘言，皆用浩意，可謂巧於遣詞。

附秦少游原注：

歲逢困敦斗申指，辰次庚辰漏傳子。夢出城闉登古原，草木縈天帶流水。千夫荷鍤開久殯，前有一人狀瓌偉。素冠長跪羞酒肴，云是劉郎字全美。馬鳴車響斷還續，人境晦明秋色裏。既寤茫然失所遭，河轉星翻汗如洗。世傳夢凶常得吉，神物戲人良有旨。全美聲名海縣聞，閉久當開乃其理。娟娟二十四橋月，月下吹簫聊爾耳。洗眼看君先一鳴，九萬扶摇從此始。

金山夢中作

江東賈客木綿一作「棉」裘，會散金山月滿樓。夜半潮來風又烈一作「熟」，卧吹簫管到揚州。

次韻周穜惠石銚宋刻本作「棹」。

銅腥鐵澀不宜泉，愛此蒼然深且寬。蟹眼翻波湯已作〔一〕，龍頭拒火柄猶寒〔二〕。薑新鹽少茶初熟，水漬雲蒸蘚未乾。自古函牛多折足，要知無脚是輕安。

〔一〕蟹眼：蔡襄《茶録》：候湯最難，未熟則沫浮，過熟則茶沉。前世謂之「蟹眼」者，過熟湯也。

〔二〕龍頭：《周禮·考工記》：黄金勺，鼻寸，衡四寸。注云：衡勺，柄龍頭也。韓愈《石鼎聯句》：龍頭縮囷蠢，豕腹脹彭亨。

次韻蔣穎叔〔一〕

月明驚鵲未安枝，一棹飄然影自隨。江上秋風無限浪，枕中春夢不多時。瓊林花草聞前語〔二〕，罨畫溪山指後期〔三〕。公自注：蔣詩記及第時瓊林苑宴坐中所言，且約同卜居陽羨。豈敢便爲雞黍約，玉堂金殿要論思。

〔一〕蔣穎叔：《宋史》：蔣之奇，字穎叔，以廕得官。登進士第。又舉賢良方正，中選。英宗擢監察御史。神宗立，轉殿中侍御史。劾歐陽修帷簿事，問狀無實，貶監道州酒税，改宣州。元豐中，爲江淮、荆湖發運使。元祐初，進天章閣待制，歷户部侍郎。未幾，出知熙州。紹聖初，召爲中書舍人，拜翰林學士。徽宗立，拜知樞密院事，以疾告歸，卒。

〔二〕瓊林花草：李濂《汴京遺跡志》：瓊林苑在開封城西鄭門外，俗呼爲西青城。宋時建苑，爲宴進士之所，與金明寺南北相對，其中松柏森列，百花芬郁。

〔三〕罨畫：《太平寰宇記》：宜興縣有圻溪，俗呼爲罨畫溪。《吴興統志》：罨畫溪在長興縣西，古木夾岸，朱藤蔽其上，花時遊人競集，如在畫中。溪半有畫溪亭。

黿山〔一〕辯才師〔二〕

此生念念浮雲改，寄語長淮今好在。故人宴坐虹梁南〔三〕，新河巧出黿山背〔四〕。木魚呼客振林莽，鐵鳳横空飛綵繪。忽驚堂宇變雄深，坐覺風雷生謦欬。羨師遊戲浮漚間，笑我榮枯彈指内。嘗茶看畫亦不惡，問法求詩了無礙。千里孤帆又獨來，五年一夢誰相對。何當來世結香火，永與名山躬一作「供」井磑〔五〕。

〔一〕黿山：張商英《黿山水陸院記》云：以佛書考之，則五百梵僧游止之所。以道經考之，則太真元君之别治也。山有五名，曰迦葉，曰寶積，曰紫銅，曰五峰，曰歸來，號南五臺。《臨淮志》：上黿山，在盱眙縣西南；下黿山，在縣北三十里。有上、下二寺。上黿山寺中有鐵鑄羅漢一百五十區。下黿山寺，宋天禧中金臂禪師建，亦皆鐵象。

〔二〕辯才：按，天竺元净號辯才，子由爲作塔銘，不載其住龜山事，或别是一人，所未詳也。

〔三〕虹梁：《元和郡縣志》：宿州虹縣，音貢。漢縣，舊屬沛郡，唐屬泗州。縣臨汴河濱。《演繁露》：虹，今讀如絳，與古不同。

〔四〕新河：《宋史·神宗本紀》：熙寧四年，開洪澤河，達於淮。又，《蔣之奇傳》：請鑿龜山左肋，至洪澤爲新河，以避淮險。自是無覆溺之患。又，《河渠志》：蔣之奇建言，宜自龜山蛇浦下屬洪澤，鑿左肋爲複河，取淮爲源，不置堰牐。帝遣都水監丞陳祐甫經度。既成，命之奇撰記，刻石龜山後。

〔五〕供井磑：《高僧傳》：忍師問惠能曰：「汝作何功德？」能曰：「願竭力抱石而舂，供衆而已。」

贈潘谷〔一〕

潘郎曉踏河陽春，明珠白璧驚市人。那知望拜馬蹄下，胸中一斛泥與塵。何似墨潘穿破褐，琅琅一作「琅玕」翠餅敲玄笏。布衫漆黑手如龜，未害冰壺貯秋月。世人重耳輕目前，區區張李争媸妍〔二〕。一朝入海尋李白，空看人間畫墨僊。

〔一〕潘谷：陸友《墨史》：潘谷，伊洛間墨師也。何薳《春渚紀聞》：潘谷賣墨都下，負篋而酣歌，每笏止取百錢。其用膠不過五兩，亦自遇濕不敗。

〔二〕張李争媸妍：《墨史》：張遇，易水人。遇墨有題光啓年者，妙不減李廷珪，宫中取以畫眉。蔡君謨謂廷珪墨第一，遇第二。陳後山《叢談》：秦少游有李廷珪墨半丸，不爲文理，質如金石。潘谷見而拜之，曰：「真李氏故物也。」又有張遇墨一團，面爲盤龍，鱗鬣悉具，背有「張遇麝香」四字。潘墨之龍，略有大節耳，亦妍妙，有紋如盤絲。二物世所罕見也。

徐大正閒軒〔一〕

冰蠶不知寒，火鼠不知暑。知閒見閒地，已覺非閒侶。君看東坡翁，懶散誰比數。形骸墮醉夢，生事委塵土。蚤眠不見燈，晚食或欺一作「欹」午。卧看盗取氈，坐視麥漂雨。語希舌頰强，行少腰脚傴。五年黄州城，不蹋黄州鼓。人言我閒客，置此閒處所。問閒作何味，如眼不自睹。頗訝徐孝廉，得閒能幾許。介子願奉使，翁歸備文武。應緣不耐閒，名字挂庭宇。我詩爲閒作，更得不閒語。君如汗血駒，轉盻略燕楚。莫嫌鑾輅重，終勝鹽車苦。

〔一〕閒軒：《淮海集·閒軒記》云：建安之北，有山與州治相直，曰北山。山之南有澗，澗之南有横阜。背山面阜，有屋數十楹，則東海徐君大正燕居之地也。名曰閒軒。君少舉進士，便馬善射，慷慨有氣略，而欲就閒曠，處幽隱，分猿狖之居，厠麋鹿之遊，竊爲君不取也。

附參寥作：《參寥集》題云「寄題徐德之先生閒軒」。

建安自古多俊髦，徐子磊落尤其豪。論兵説劍走湖海，身勤事左無所遭。緑林五校已屠膾，黑衣三衛羞徒勞。歸來故山便卜築，脱棄萬事輕鴻毛。横前澗水潄哀玉，傍舍老櫪藏飛猱。山蔬何用羡粱肉，鶴氅未必輸青袍。追雲弄月有真趣，慎勿輕語傳兒曹。

附陳後山作：

倦游粱楚愛吾廬，去寄山林孰與娱。想見杖藜臨過鳥，更能赤手縛於菟。君寧平世輕三釜，我亦東原有一區。擬買婢娟作歸計，可無堆玉斗量珠。

蒜山松林中可卜居余欲僦其地地屬金山故作此詩與金山元長老〔一〕

魏王大瓢無人識，種成何啻實五石。不辭破作兩大尊，只憂水淺江湖窄。我材濩落本無一作「無所」用，虚名驚世終何益。東方先生好自譽，伯夷宋刻本作「孟賁」子路并爲一。杜陵布衣老且愚，信口自比契與稷。暮年欲學柳下惠，嗜好酸鹹不相入。金山也是不羈人，蚤歲聞名晚相得。我醉而嬉欲僊去，旁人笑倒山謂實。問我此生何所歸，笑指浮休百年宅。蒜山幸有閒田地〔二〕，招此無家一房客〔三〕。

〔一〕蒜山：《元和郡縣志》：蒜山在丹徒縣西，臨江壁絶。晉安帝時，海賊孫恩率衆登山，宋武帝擊破之，即此。《太平寰宇記》以爲馬蒜山。

〔二〕閒田地：白居易詩：月中幸有閒田地。

〔三〕無家客：張籍詩：愛養無家客，多傳得力方。

王中一作「仲」父哀辭并引

仁宗朝以制策登科者十五人，軾忝冒時，尚有富彦國、張安道、錢子飛、吴長文、夏公酉一作「西」、陳令舉、錢醇老、王中父并軾與家弟轍，九當作「十」人存焉〔二〕。其後十有五年，哭中父於密州，作詩弔之，則子飛、長文、令舉殁矣。又八年，軾自黄州量移汝海，與中父之子沆之相遇於京口，相持而泣，則十五人者，獨三人存耳，蓋安道及軾與家弟而已。嗚乎，悲夫！乃復次前韻，以遺沆之，時沆之亦以臯謫家於錢塘云〔三〕。

生芻不獨比前人，束藁端能廢謝鯤。子達想無身後念，吾衰不復夢中論。已知毅豹爲均死，未識荆凡定孰存。堪笑東坡癡鈍老，區區猶記刻舟痕。

〔一〕制策登科：《宋史·選舉志》：制科以待才傑，試秘閣預選，然後對制策入等，然後加恩賜第，視進士尤美。雖狀元及第，猶應制科，然不常置士。由是科進者，亦甚鮮。其法，先上藝業於有司，有司先校之，乃試秘閣，合格，天子乃親策之。其後，制科視進士之期，須近臣論薦，乃許應舉。

〔二〕九人：富弼字彦國，張方平字安道，錢明逸字子飛，夏噩字公酉，陳舜俞字令舉，錢藻字醇老，吴奎字長文，王介字中父，合先生兄弟共十人，序中「九」字訛，當作「十」。

〔三〕沆之臯譎：施氏原注：中父名介，常山人。事見《中父挽詞》注。子沆之，字彦魯，少從王介甫學，彦魯之得罪，因太學生虞蕃上書，付御史舒亶、何正臣治其獄。踰年方決，追逮徧四方。彦魯時在國子直講、潁州團練推官，坐受太學生章公弼請囑補上舍不以實，除名。故云「東蘽端能廢謝鯤」。先生作《中父挽詞》，有「他時京口尋遺跡，宿草猶應有淚痕」之句，則中父蓋葬於潤州，而與其子復相遇於此也。此段新刻删去，今補録。

附子由作：《欒城集》題云「過王介同年墓」。

平生使氣坐生風，徐扣方知學有功。應奉讀書無復忘，虞翻忤物自甘窮。埋根射策久彌奮，投老爲邦悍莫攻。墳木未須驚已拱，少年我亦作衰翁。自注：昔與中父同登制科，僕年最少，今已老矣。

蔡景繁官舍小閣

使君不獨東南美，典刑尚記先君子〔一〕。戲嘲王叟短轅車，肯爲徐郎書紙尾？三年弭節江湖上，千首放懷風月裏。手開西一作「東」閣坐虚明，目浄東溪照清泚。素琴濁酒容一榻，落霞孤鶩供千里。大舫何時繫門柳，小詩屢欲書窗紙。文昌新構滿鵷鸞，都邑正喧收杞梓。相逢一醉豈有命，南來寂寞君歸矣。

〔一〕先君子：施氏原注：蔡承禧之父元導，字濬仲。自少以文章見知於蘇儀甫翰林，留處門館，使與其子丞相子容同習六科。景祐五年，以茂材異等召試秘閣，時如格者衆，遂不得與廷策。後與景繁同中嘉祐二年進士第，終南劍推官。此段新刻删去，今補録。

十一月十一本無「十」字三日與幾先〔一〕自竹西來訪慶老不見獨與君卿供奉蟾知客東閣道話久之公自注：惠州追録。

卷卷長廊走黄葉，席簾垂地香烟歇。主人待來終不來，火紅銷盡灰如雪。

〔一〕幾先：杜介，字幾先，揚州人。注詳後。

邵伯梵行寺山茶〔一〕

山茶相對阿一作「本」誰栽，細雨無人我獨來。説似與君一作「渠」君一作「渠」不會一作「見」，爛紅如火雪中開。

〔一〕邵伯梵行寺：《名勝志》：邵伯湖在江都縣北四十五里，東爲艾湖，西爲白茆湖。舊有斗門橋，官河水涸，則引湖水以濟漕運，上有邵伯鎮，有梵行寺院。

慎按：以上二首，施氏原本不載，新刻載《續補》下卷，據《外集》，乃離黄州以後作，今移編。

高郵陳直躬處士畫雁二首〔一〕

其一

野雁見人時，未起意先改。君從何處看，得此無人態。無乃槁木形，人禽兩自在。北風振枯葦，微雪落璀璀。慘澹雲水昏，晶熒沙礫碎。弋人悵何慕，一舉渺江海。

〔一〕陳直躬：鄧椿《畫繼》：陳直躬，高郵人，坡公有題所畫雁二詩。而晁无咎集中有《和蘇翰林題李甲畫雁二首》，乃用此韻，不知何也。

慎按：李甲，字景元，華亭人。見米元章《畫史》中。本集有《題李景元畫七絶》，補之蓋訛以陳直躬爲李甲也。

其二

衆禽事紛争，野雁獨閒潔。徐行意自得，俯仰若有節。我衰寄江湖，老伴雜鵝鴨。作書問陳子，曉景畫苕霅。依依聚圓沙〔一〕，稍稍動斜月。先鳴獨鼓翅，吹亂蘆花雪。

〔一〕圓沙：杜甫詩：宿鷺起圓沙。

附晁補之次韻二首：

畫寫物外形，要物形不改。詩傳畫外意，貴有畫中態。我今豈見畫，觀詩雁真在。尚想高郵間，湖寒沙璀璀。冰霜已凌厲，藻荇良瑣碎。衡陽渺何處，中沚若烟海。

蕭條新湖秋，霜落洲渚潔。蓮垂蘭杜死，菖蒲見深節。慘淡沙礫姿，清波侶群鴨。往時吴興守，看畫憶苕霅。爲儀尚不污，孤高比雲月。聞在雪堂時，滿堂惟畫雪。

和王斿二首公自注：斿，平甫子。

其一

異時長怪謫僊人〔一〕，舌有風雷筆有神。聞道一作「見説」騎鯨游汗漫，憶嘗一作「曾」捫蝨話悲辛〔二〕。氣吞餘子無全目，詩到諸郎尚絶倫〔三〕。白髮故交空掩卷，泪河東注問蒼旻。

〔一〕謫僊人：謂平甫也。《東都事略》：王安國，字平甫，自丱角未嘗從人受學，操筆爲文，語皆驚人。《臨川集》中《平甫墓志》云：於書無所不該，於詞無所不工。舉茂才異等。神宗即位，召試，賜進士及第。官止大理寺丞，年止四十七。方回《瀛奎律髓》注云：平甫有《校理集》六十卷，而詩占二十九卷。東坡謂「異時長怪謫僊人」云云，其推重如此。○施氏原注：平甫與東坡交，自負其《甘露寺》詩「平地風烟飛白鳥，半山雲木卷蒼藤」，坡應之曰：「精神全在『卷』字，但恨『飛』字不稱耳。」平甫請易之，坡遂易以「翻」字，平甫嘆服。子斿，字元龍，篤學好義，有父風。元祐中，東坡上奏理平甫之冤，乞考斿行實而録用之。大觀間，爲提點京西刑獄。此段補注新刻本删去，今補録。

〔二〕騎鯨、捫蝨：《詩話總龜》：東坡詩：龍驤萬斛不敢過，漁舟一葉從掀舞。又云：見説騎鯨游汗漫，憶曾捫蝨話悲辛。以「鯨」爲「蝨」對，以「龍驤」爲「漁舟」對，大小氣燄之不等，其意若玩世。秀傑之氣，終不可没。

〔三〕諸郎：《臨川集》：平甫二子旊、斿，皆嶷嶷有立。任淵《陳後山詩》注：旊字元鈞，斿字元龍。按，《實録》：元符元年九月，看詳訴理所言宣德郎王斿於元祐中進狀，稱先臣冤抑，罪名未除，不幸不得出於玆時。詔斿罷江寧府粮料，旊罷京東運判，差監衡州酒税。《秦少游集》有《送王元龍赴泗州粮料院》詩，任注以爲江寧者，訛。

其二

嫋嫋春風送度關，娟娟霜月照生還。遲留歲暮江淮上，來往君家伯仲間〔一〕。未厭冰灘吼新洛〔二〕，且看松雪媚南山〔三〕。野梅官柳何時動，飛蓋長橋待子閒。

〔一〕伯仲間：施氏原注謂東坡過金陵，與介甫相唱和，故詩云「來往君家伯仲間」。予考平甫之殁，在熙寧十年，王斿乃介甫猶子，豈得稱伯仲？詩中所云，只是説元鈞、元龍兄弟耳。施注一段雖經新刻本删去，而舊本所有，故爲辨正。

〔二〕新洛：《宋史》：元豐二年四月，命宋用臣導洛通汴，以代漕渠，謂之清汴。

〔三〕南山：在泗州，即都梁山。注詳本卷。

次韻張琬一本作「畹」。

新落霜餘兩岸隆，塵埃舉袂識西風。臨淮〔一〕自古多名一作「奇」士，樽酒相連一作「逢」，又作「從」樂寓公。半日偷閒歌嘯裏，百年暗盡往來中。知君不向窮愁老，尚有清詩氣吐虹。

〔一〕臨淮：《元和郡縣志》：秦泗水郡，漢沛郡，元鼎中，改臨淮郡。唐武德中，爲泗州。

慎按：泗州所屬，别有臨淮縣。詩中專指泗州，非縣也。施氏原注訛。

次韻王定國南遷回見寄〔一〕

土暈銅花蝕秋水，要須悍石相礱砥。十年冰蘗戰膏粱，萬里烟波濯紈綺。歸來詩思轉清激，百丈空潭數魴鯉。逝將桂浦擷蘭蓀，不記槐堂收劍履。却思庾嶺今何在，更説彭城真夢耳。公自注：來詩述彭城舊遊。君知先竭是甘井，我願得全如苦李。妄心不復九迴腸，至道終當三洗髓。廣陵陽羨何足較，公自注：余買田陽羨，來詩以爲不如廣陵。只有無何真我里。樂全老子今禪伯，公自注：張安道也，定國其壻。掣電機鋒不容擬。心通豈復問云何，印可聊須答如是〔二〕。相逢爲我話留滯，桃花春漲孤舟起。

〔一〕王定國南遷回：《宋史》：王鞏從蘇軾遊，軾得罪，鞏亦竄賓州。數歲而還，豪氣不少挫，後歷宗正丞，以跌宕傲世，故終不顯。《淮海集》：定國以元豐二年謫賓州，七年放歸。

〔二〕印可：《維摩經》：能如是宴坐者，佛所印可。

贈梁道人

采藥壺公處處過，笑看金狄手摩挲。老人大父識君久，造物一作「化」小兒如子何。寒盡山中無歷日，雨斜江上一一作「有」漁蓑。神僊護短多官府，未厭人間醉踏歌。

雍秀才畫草蟲八物〔一〕

促織〔二〕

月叢號耿耿，露葉泣溥溥。夜長不自暖，那憂公子寒。

〔二〕雍秀才：《畫繼》：雍秀才，不知何許人。坡有咏所畫草蟲詩，詩意每一物譏當時用事者一人，如「升高不知回，竟作粘壁枯」，以比介甫；「初來花争妍，忽去鬼無跡」，以比章惇。今詩畫皆刊石，流傳於世。

〔三〕促織：《爾雅·釋蟲》：蟋蟀，蛬。注云：促織也。陸璣《草木蟲魚疏》：幽州謂之趨織，語曰：趨織鳴，嬾婦驚。

蟬

蜕形濁污中，羽翼便翾好。秋來問何闊，已抱寒莖槁。

蝦蟇

睅目知誰瞋，皤腹空自脹。慎勿困蜈蚣，飢蛇不汝放〔一〕。

〔一〕蜈蚣、蛇：《本草》：蝦蟇畏蛇而制蜈蚣，故《關尹子》曰：蝍且食蛇，蛇食鼃，鼃食蝍且。

羌蜋

洪鐘起暗室，飄瓦落空庭。誰言轉丸手，能作殷牀一作「雷」聲。

天水牛〔一〕

兩角徒自長，空飛不服箱。爲牛竟何事，利吻穴枯桑。

〔一〕天水牛：《爾雅》：蠰，齧桑也。郭璞注：狀似天牛，長角，喜齧桑樹，作孔入其中。據此，則天牛與齧桑各自一種，今詩中竟以天水牛爲齧桑矣。又按，《本草》：天牛一名天水牛，又名八角兒，頭有黑角，如八字。陳藏器《本草》云：蠐螬所化。

蝎虎

跂跂有足蛇，脈脈無角龍。爲虎君勿笑，食盡蠆尾蟲〔一〕。

〔一〕蠆尾蟲：許氏《說文》：蝎，蠆尾蟲也。長尾爲蠆，短尾爲蝎。

蝸牛〔一〕

腥涎不滿殼，聊足以自濡。升高不知回，竟作黏壁枯。

〔一〕蝸牛：《爾雅》：螔蝓：又名瓜牛，形如瓜字。王立之《詩話》：先生作《蝸牛》詩，初云：「中弱不勝觸，外堅聊自郛。」後改云云。

鬼　蝶

雙眉卷鐵絲，兩翅暈金碧。初來花争妍，忽去鬼無迹。

泗州南山〔一〕監倉〔二〕蕭淵東軒二首〔三〕

其　一

偶隨樵父採都梁，公自注：南山名都梁山，出都梁香故也。竹屋松扉試乞漿。但見東軒堪隱几，不知公子是監倉。溪中亂石牆垣古，山下寒蔬匕箸香。我是江南舊游客，挂冠知有老蕭郎〔四〕。

〔一〕泗州南山：《苕溪漁隱叢話》：淮北之地平夷，自京師至汴口並無山，惟隔淮方有南山，米元章謂爲第一山。《太平寰宇記》：盱眙縣在泗州南七里，都梁山在縣南十六里。《名勝志》：澤蘭，一名都梁，香草，玆山所産。《古詩》：鬱金蘇合與都梁，即此物也。

〔二〕監倉：孫彦同《職官分紀》：諸州掾屬有司倉參軍，又名倉曹。

〔三〕蕭淵：字潛夫，新喻人。仕至朝散郎，知郴州。見周益公《題跋》。

〔四〕挂冠老蕭郎：《宋史》：蕭貫，字貫之，新喻人。俊邁能文，登進士甲科，知洪、饒二州。召還，將試知制誥，卒。《孔武仲集·挂冠亭記》略云：鄉丈人蕭公貫之，少登上第，歷館閣，屢出爲使。年盛志得，而胸中浩然，不樂聲利。方其在京師，已有詩十六篇，述江南四時風景之美，以未得即歸爲恨。既又營其第舍之東，將因高築亭，爲退居燕息之所，名之曰挂冠。公之年止於四十有六，而亭亦未及爲。其子潛夫，即其故基而屋之。

其　二

北望飛塵苦晝霾，洗心聊復寄東齋，珍禽聲好猶思一作「懷」越，野橘香清未過淮。有信微泉來遠嶺，無心明月轉空階。一官倉庾真堪老，坐看松根絡一作「落」者，訛斷崖。

周益公《題跋》云：劉陽丞新喻蕭一致，五世從祖潛夫，元豐七年，監盱眙倉。坡公歲除前，過其東軒，留題二詩。蓋量移汝州時也。按，盱眙隸泗州，州在淮北，縣治其陰，故都梁號淮南第一山。景物清曠，公既樂之，而潛夫諱淵，蓋慕陶靖節者，其人又可知矣，此公所爲賦詩也。承平時，監當官爲美仕，故倉庾氏所居，往往有登臨燕息之地，名流或遷謫而來，秩高或折資而授，今著令猶與本縣令序官。

慎按，施氏原注：此詩猶存蕭氏。墨跡刻石成都，「珍禽聲好猶思越」，作「懷越」，未知即蕭氏所藏，或是別本也。此段新刻删去，今補録。

附子由次韻二首：

肩輿嬝嬝渡浮梁，吏隱知君寄一倉。十里遥看飛皂蓋，小軒相對有壺漿。清宵往往投車轄，永日霏霏散篆香。留滯淮南仍有樂，暮年何意復爲郎。

萬斛塵飛日爲霾，無心退食自成齋。梅生紅粟初迎臘，魚躍銀刀正出淮。卧病空看帆渡磧，誦詩猶記雪填堦。夾河南北俱形勝，且借高城作兩崖。

泗州除夜雪中黄師是送酥酒二首〔一〕

其一

暮雪紛紛投碎米〔二〕，春流咽咽一作「活活」走黄沙。舊遊似夢徒能説，逐一作「遷」客如僧豈有家？冷硯欲書先自凍，孤燈何事獨成一作「生」花。使君夜半分酥酒，驚起妻孥一笑譁。

〔一〕黄師是：《宋史》：黄實，字師是，陳州人。登進士第，歷轉運副使。紹聖中，哲宗議召用，曾布陰阻之。林希曰：「實兩女皆嫁蘇轍子，所爲不正，不宜用。」乃知陝州。黨禍作，以章惇甥獲免。○慎按，施氏原注謂哲宗欲用師是，而林希阻之，此云曾布，兩處不同，並存備考。陶九成《説郛》：黄實自言，元豐甲子爲淮東提舉，嘗於除夜泊汴口，見蘇子瞻植杖立對岸，若有所俟者。歸舟中，即以揚州厨釀二尊、雍酥一奩貽之。

〔三〕碎米：陸佃《埤雅》引《説文》曰：霰，稷雪也。閩俗謂之米雪，言霰粒如米。所謂稷雪，義本此。

其二

關右土酥黄似酒〔一〕，揚州雲液却如酥〔二〕。欲從元放覓拄杖，忽有麴生來坐隅。對雪不堪令飽一作「冷」暖，隔船應已厭歌呼。明朝積玉深三尺，高枕牀頭尚一壺。

〔一〕關右土酥：《西河舊事》：祁連山在張掖、酒泉二郡界，牛羊充肥，乳酪醲好，一斛酪得酥斗餘。《太平寰宇記》：關西道慶州，土産有牛酥。杜甫詩：金城土酥净如練。

〔二〕雲液：李保《續北山酒經》：有雲腴、瓊液二名。

章錢二君見和復次韻答之

其一

黄昏已作風翻絮，半夜猶驚月在沙。照汴玉峰明佛刹，隔淮雲海暗人家。來牟有信迎三白，薝蔔無香散六花。宋刻本公自注：薝蔔，梔子花也，與雪花皆六出。欲喚阿咸來守歲，林烏一作「鴉」櫪馬鬬喧一作「讙」譁。

其　二

分無纖手裁春勝，更一作「況」有新詩點蜀酥。醉裏冰髭失纓絡，夢回布被起廉隅。君應旅睫寒生暈，我亦飢腸夜自呼。明日南山春色動，不知誰佩紫微壺。

慎按：施氏原注：「林烏櫪馬鬬讙譁」，集本作「喧譁」；「更有新詩點土酥」，集本作「況有」，今皆從刻石本。此段新刻補注芟去，今補録。

查慎行全集

范道濟 點校

第十九册

中華書局

初白庵詩評卷中

海鹽後學張載華芷齋輯

蘇東坡

太白山下早行至橫渠鎮書崇壽院壁

「亂山」二句，從首句「殘夢」二字生出。

病中聞子由得告不赴商州三首

其　二

頸聯俱用商州故事。「説客」句，指張儀詐楚，州北有智亭山，相傳四皓所隱。

歲晚相與饋問爲饋歲酒食相邀呼爲別歲至除夜達旦不眠爲守歲蜀之風俗如是余官於岐下歲暮思歸而不可得故爲此三詩寄子由

饋　歲

「微摯出舂磨」：「摯」與「贄」同，《曲禮》作「摯」。

別　歲

「官居故人少」四句：入情。

「且爲一日歡」至末：一層深一層，字字警動。

和子由論書

「苟能通其意」二句：直是以文爲詩，何意不達？

「端莊雜流麗」二句：讀此十字，知少陵「瘦硬」未是定評。

「繆被傍人裹」：「裹」字叶未穩。

「邇來又學射」二句：奇峰忽插。

「多好竟無成」二句：先生尚云，爾學者可不自警？

「吾聞古書法」四句：所謂寧拙毋巧。

和劉長安題薛周逸老亭周善飲酒未七十而致仕

「之子雖不識」二句：先生未嘗識薛，與起句「近聞」二字相應。

鳳翔八觀

王維吴道子畫

「又於維也斂衽無間言」：子由詩云「誰言王摩詰，乃過吴道子」，與東坡結意正相反。

維摩像唐楊惠之塑在天柱寺

「病骨磊嵬如枯龜」：維摩像必示疾者，故詩云然。

東　湖

「聊爲湖上飲」二句：得《簡兮》詩人之意。

秦穆公墓

「乃知三子殉公意」二句：議論自開闢，但事出六經，恐難翻案。

附録：《補注》：「《名勝志》：『維摩詰像，在鳳翔縣天柱寺，爲揭摩室示疾者。』」

載華按：《漢書·匡衡傳》：「秦穆貴信而士多從死。」應劭曰：「秦穆公與群臣飲酒，酒酣，公曰：『生共此樂，死共此哀。』於是奄息、仲行、鍼虎許諾。及公薨，皆從死。《黄鳥》詩所爲作也。」此詩語意疑本此。

和子由聞子瞻將如終南太平宫谿堂讀書

「始者學書判」二句：先生官鳳翔時，往屬縣決囚，故云。

「橋山日月迫」：此詩當作於癸卯、甲辰間，仁宗初崩，故有「橋山」之句。

附録：《補注》：「按《宋史》，仁宗崩於癸卯三月，其年十月葬永昭陵，『橋山』借以言山陵事。」

是日自磻溪往陽平憩於麻田青峰寺之下院翠麓亭

後六句與前首結處同一意，俱是禱雨之作。

和子由記園中草木十一首

按子由原唱十首，先生所和止九首。後二首乃《紀夢》，非和詩也。題中「十一」兩字誤。

子由又有《和紀夢》二首。

其三

「陰陽不擇物」二句：化工在抱，轉換不窮。

其五

「黄葉倒風雨」二句：衰颯處，偏説得軒昂。

附録：《補注》：「按《欒城集·記園中》所有止十首，先生和詩，刻本皆作十一首，蓋訛入《紀夢》一首耳。」載華按：《補注》云云，與評語稍異，查《施注》十一首中，「我歸自南山」一首，《補注》題作《紀夢》，本題十首，與子由原唱相符，當以《補注》爲正，原評疑有訛字。

愛玉女洞中水既致兩缾恐後復取而爲使者見紿因破竹爲契使寺僧藏其一以爲往來之信戲謂之調水符

「誰知南山下」：南山，終南也。

「常恐汲水人」四句：此舉原近逆詐，故須補正意以救其病。非進一層語，亦非寛一層語也。

竹　䶈

「含此微陋質」四句：小中見大。此首手批本缺。

讀道藏

「千歲厭世去」六句：《南華》純是禪理，入《道藏》，反如隔膜一層。

司竹監燒葦園因召都巡檢柴貽勖左藏以其徒會獵園下

「枯槎燒盡有根在」二句：閒處設色。

「但愛蒙密争來家」：韓昌黎《燕喜亭記》：「猿狖所家。」

「戍兵久閑可小試」四句：從題中正意説入。

「迎人截來砉逢箭」二句：二語隱盡《羽獵賦》。

和董傳留别

按，先生《與韓魏公書》述董事甚悉，傳蓋未嘗得官，亦未嘗娶婦，故公詩云然。

「詔黄新濕」，謂董已成進士，故云「得意猶堪誇世俗」也。

附録：《補注》：「本集《與韓魏公尺牘》云，『進士董傳至長安，見軾於官舍，道其窮苦之狀，賴公而存，「又薦我於朝。吾生平無妻，有彭駕部者，許嫁我以妹」』云云，按先生作此詩時，傳已病没，則其生前未嘗娶婦，故詩中有『眼亂行看擇壻車』之句。」

送曾子固倅越得燕字

「翁今自憔悴」二句：入題飄忽。

結意獨一作「雋」遠，《三百篇》所謂賦而比也。此首手批本殘缺。

附録：《補注》：「《烏臺詩案》云：『安得萬頃池，養此横海鱣』，以此比聳賢才也。《後漢·黄憲傳》：『汪汪如萬頃波。』言安得有度量如黄憲者，能容養此宏材也。」

王頤赴建州錢監求詩及草書

「丁寧勸學不死訣」：通首不脱此意。

「草書未暇緣忽忽」：借題作結。

秀州僧本瑩静照堂

「鳥囚不忘飛」八句：發論必透徹中邊。

送任伋通判黄州兼寄其兄孜

「知命無憂子何病」二句：委婉和平，言者無罪。結句於義未洽，然當時引用必有所據。

送錢藻出守婺州得英字

「子不少自貶」二句：出守之故蓋由此，觀末句可見。

次韻王誨夜坐

王誨，王晋卿，詵之弟也。先生與晋卿交好，在熙寧初，時方監官告院，故云「閑官不計員」。

「漸喜樽罍省僕緣」：「僕」，意當即「樸」字。

送劉道原歸覲南康

「交朋翩翩去略盡」四句：三復公詩，始知朋友之誼。

次韻張安道讀杜詩

「地偏蕃怪産」四句：文運之厄，若此不有作手，誰爲驅除？

「開卷遥相憶」二句：古今同慨。

傅堯俞濟源草堂

直到第五、六，方説明詩旨，章法奇絶。此首手批本缺。

潁州初别子由二首

其　二

「始我來宛丘」六句：骨肉情話，自應有此曲折。

「語此長歎息」：「語」，意當作「悟」。

十月二日將至渦口五里所遇風留宿

「兩山控我前」：荆、塗二山對峙，在懷遠縣南。

泗州僧伽塔

「耕田欲雨刈欲晴」八句：説透至理，覺昌黎《衡山》一章尚帶腐氣。

附録：《補注》：「《困學記聞》：『劉夢得賦云：同涉於川，其時在風，沿者之吉，溯者之凶。同藝於野，其時在澤，伊穜之利，乃稑之厄。』東坡詩『耕田欲雨』二句，意本此。」

龜　山

「身行萬里半天下」二句：似擬中晚，而骨力勝之。

游金山寺

「羈愁畏晚尋歸楫」二句：二語作轉捩。起結奇横。

自金山放船至焦山

「山林饑卧古亦有」二句：《金山》詩結句云「有田不歸如江水」，故此處更深一層，合觀兩首，其妙乃見。

甘露寺

「樓臺斷崖上」四句：收得盡，放得開，是爲才人之筆。

「緬懷卧龍公」三十句：每段用二句作束。

送蔡冠卿知饒州

「平時儻蕩不驚俗」二句：似嘲實譽。

「憐君獨守廷尉法」：蔡時必以廷尉外調。

附録：《補注》：「《烏臺詩案》：熙寧五年二月，内大理少卿蔡冠卿準敕差知饒州，軾作詩送之。其云『憐君獨守廷尉法』，言冠卿屢與朝廷争議刑法，以致不進用，出守小郡。」

游靈隱寺得來詩復用前韻

「絶勝絮被縫海圖」：「圖」字未免湊韻。

越州張中舍壽樂堂

「才多事少厭閑寂」二句：徑路絶而風雲通。此首手批本缺。入手奇崛，一轉合題。

送岑著作

「懶者常似静」十八句：一意縈拂，轉换不窮。

和劉道原見寄

「廬山自古不到處」：道原之父涣棄官隱居廬山。

和子由柳湖久涸忽有水開元寺山茶舊無花今歲盛開二首

其　二

「羞對先生苜蓿盤」：子由時爲學官。

游徑山

「勢若駿馬奔平川」三句：工於比擬。

夜泛西湖五絶

五首章法聯絡不斷，前人所未有，亦先生集中變格也。

其三　其四

瀟灑渾脱，筆墨俱化，此種境界，淺人不易解。

其　五

末章紀一時所見如此，《金山》詩亦然。

焦千之求惠山泉詩

伯强，六安人，六一門下客。

「兹山定空中」二句：奇想天開。

「鉼罂走千里」二句：能悉用調水符乎，請更下一轉語。

孫莘老求墨妙亭詩

「顔公變法出新意」四句：書評的確，兩不可移。此首手批本缺。

催試官考較戲作

「門外白袍如立鵠」：「白袍」，謂候榜諸生。洪邁《鎖宿貢院》詩云：「一閒十日真天錫，慚愧紛紛白袍子。」則爾時舉子應試候榜，皆衣白袍耶！

八月十七復登望海樓自和前篇是日牓出與試官兩人復留五首

其　三

「定知歸夢到吴興」：時試官中，必有吴興職官與吴興人。此條手批本缺。

附録：《補注》：「劉誼，吴興人，時爲試官。本集有《送劉寺丞赴餘姚》詩，序其事甚明，此詩云云，指劉也。」

和陳述古拒霜花

「細思却是最宜霜」：淺。

朱壽昌郎中少不知母所在刺血寫經求之五十年去歲得之蜀中以詩賀之

「嗟君七歲知念母」三句：他人數百言不能了者，先生只以三語了之，能使人人墮淚。以古人事作反結，章法機變。

附録：《補注》：「借吴起而指李定也。按江少虞《皇宋事實類苑》云，司農少卿朱壽昌，所生母被出，及長，棄官入關，得母於陝州。士大夫嘉其孝節，多以歌詩美之。蘇子瞻爲作詩、序，且譏激世人之不養者。時李定不服母喪，言者攻之，見其序，大恚恨。後爲中丞，遂起臺獄云云。今考之《全集》，序已失傳，而此詩結二句，諷刺之意凛然可見。」又引先外大父陳宋齋公云：「『李定不服母喪，而壽昌棄官求母，二事相形，恰在同朝。王介甫左袒李定，反忌壽昌，但付審官院，折資通判河中府，故云「西河郡守誰復譏」，不獨刺李定，亦以深罪介甫。「潁谷封人羞自薦」，則言壽昌不欲與世争名，故乞河中以去。』施氏補注不爲分析，徒填故實，則『羞自薦』三字如何着落？即『誰復譏』三字，義亦俱墮空矣。」

鹽官絶句四首

塔前古檜

第二句有病，與末句稍礙。

戲　贈

「惆悵沙河十里春」：沙河塘在杭州城外，先生詩有「燈火沙河夜夜春」之句。按《舊志》，沙河，唐刺史崔彦曾所開，有外沙、中沙、裏沙三河。

和人求筆跡

末二句，俱從眼花生來。

畫魚歌

短篇故作波瀾，一味蒼茫，初學何自窮其涯岸。

游道塲山何山

「屋底清池照瑶席」：今山中有瑶席池，後人取公詩名之。

「階前合抱香入雲」二句：今山中無桂樹矣。

贈孫莘老七絶

其　二

時莘老守湖州，故以下五首皆用湖州事。

至秀州贈錢端公安道并寄其弟惠山老

「怪君顔采却秀發」四句：透快，無堅不破。

正月二十一日病後述古邀往城外尋春

「卧聽使君鳴鼓角」：述古時爲杭州太守，故詩中呼爲使君。

飲湖上初晴後雨二首

其二

「水光瀲灧晴方好」二句：多少西湖詩，被二語掃盡，何處着一毫脂粉顔色？

自普照遊二庵

劈頭二句，全題已無餘景，此後都入議論。

富陽妙庭觀董雙成故宅發地得丹鼎覆以銅盤承以琉璃盆盆既破碎丹亦爲人争奪持去今獨盤鼎在耳二首

其　一

「却把飛昇乞内芝」：「乞」字讀如「氣」，予也。

山村五絶

其　三

此詩亦似譏刺鹽法太嚴而作。

其　四

《詩案》云：「此詩以諷青苗、助役不便也。」

載華按：第二首及三、四兩首，俱見《烏臺詩案》，每首各有諷刺。先生手批本於第四首已引《詩案》，第二首不着一語，於第三首獨有疑詞，殊不可解，今詳見《補注》。

湖上夜歸

「人生安爲樂」：「安」疑當作「要」。

次韻孫莘老見贈時莘老移廬州因以别之

五、六皆公自謂。

月兔茶

涪州有廢都濡縣，即黄山谷所稱「都濡月兔茶」者。此首手批本缺。

自昌化雙谿館下步尋谿源至治平寺二首

雙谿在縣南，范石湖詩「翠染南山擁縣門，一淵横絶兩谿分」，即此。

與臨安令宗人同年劇飲

按《欒城集》，宗人乃蘇世美。

寶山晝睡

先生自記詩後云：「予昔在錢塘，一日晝寢寶山僧舍，起題壁云云。其後有數小子亦題名壁上，見者乃謂余誚之也。周伯仁所謂君者，乃王茂弘之流，豈此輩哉。」

僧清順新作垂雲亭

「登臨不得要」二句：有此二句，生出中間一段景色，分明一反一正，能令觀者目眩。此首手批本缺。

韓子華石淙莊

「田園不早定」二句：説得切實。

附録：《補注》：「按，此詩施氏原注稱，子華遵忠憲公之命，服闋營墓，年五十請謝事，上疏引王羲之去郡不仕云云，章屢上不允，先生此詩『誓言雖未從』四句，乃用子華表語，其推重子華如此。愚謂不然。按，子華前後兩入相，皆在熙寧中。初創役法之議，安石倚以爲助。後與吕惠卿不合，請帝再用安石。計其歷仕三朝，出入中外，垂四十年。至元祐初，年七十六，始請老致仕。生平汲汲仕宦，不甘閑退，概可知矣。以史傳考之，熙寧三年，自副樞密出爲陝西宣撫，以素不習兵，致慶卒作亂，罷，知鄧州。此詩起四句用絳侯事，正指此。既而移許州，進觀文殿大學士，再相之機，駸駸已兆，而謂迹同伊吕，心慕巢由，天下其誰信之？故一則曰『誓言雖未從』，再則曰『田園不早定』，此身碌碌，方以官爲家，彼石淙莊者，信美而非吾土，其可爲歸宿之地乎？故終之以勸勉之詞，曰『請公試回首，歲晚餘蒼檜』，雖自托於放言，實緣賓舊之故，而不敢自外。一篇之中三致意焉，所謂君子愛人以德也。覽者不考生平，猥舉誓墓一節，謂子華爲恬退一流，失作者本旨矣。」

佛日山榮長老方丈五絶

《北史》：客問三教優劣，李士謙曰：「佛日也，道月也，儒五星也。」佛日之義取此。一本作「杭州浄惠禪寺院，在附郭之永和鄉，吴越錢氏初建時，號佛日院。取《北史》李士謙曰『佛日也，道月也』之義」。

與述古自有美堂乘月夜歸

「魚鑰未收清夜永」二句：想見承平作吏之樂。

附録：陸辛齋先生云：「直叙語，未嘗不清麗。」

八月十五日觀潮五絶

杭城八月十八，傾城看潮。田藝衡謂係南渡後風俗，以看演水軍而設，非十八之潮大於十五也。其説可取證公詩。此條手批本無。

其　三

「故教江水向西流」：江水本東流，海潮入龕赭兩山，逆入，江勢不敵，隨潮西流也。

其　四

「吴兒生長狎濤淵」：杭人以八月十八傾城觀潮爲樂，有善泅者，泝潮出没，謂之弄潮。

與周長官李秀才游徑山二君先以詩見寄次其韻二首

其　一

此首答周。

其　二

此首答李。

「臨老起三顧」：武侯從先主時，年未三十，何云臨老？此條手批本無。

登玲瓏山

「翠浪舞翻紅罷亞，白雲穿破碧玲瓏」：以虚對實法。

海會寺清心堂

「此堂不説有清濁」二句：領會在人，讀書亦然。

徑山道中次韻答周長官兼贈蘇寺丞

「吾宗古遺直」：「吾宗」指蘇寺丞。

「笑謂候吏還」二句：可謂達人知命。

初自徑山歸述古召飲介亭以病先起

「遲暮賞心驚節物」二句：公七律不講鍊字之法，似此反是一作「覺」變調。

送杭州杜戚陳三掾罷官還鄉

「殺人無驗中不快」：「快」字自應從「決」。

次韻周長官壽星院同餞魯少卿

「伶傳寒蝶抱秋花」：自成冷豔。

和柳子玉喜雪次韻仍呈述古

「詩翁愛酒長如渴」八句：波瀾動宕，機趣横生。

李頎秀才善畫山以兩軸見寄仍有詩次韻答之

先生不滿意於樂天、東野，然時一學其格如此篇者，移置《長慶集》，正復難辨。

柳氏二外甥求筆跡二首

二甥，長名閎，字展如，次名闢。

其一

「君家自有元和脚」二句：用事恰好，不似歷下、弇州硬填姓名，以爲故實也。

錢安道席上令歌者道服

「他日卜鄰先有約」四句：流利。

除夜野宿常州城外二首

每當孤舟旅泊時，披讀一過，覺隴水巴猿未是斷腸聲也。

刁同年草堂

「青山有約長當户」二句：出筆太易。此首手批本缺。

惠山謁錢道人烹小龍團登絶頂望太湖

「石路縈回九龍脊」：惠山一名九龍，陸羽謂山陽有九隴，若龍偃卧然。

虎丘寺

「坐見漁樵還」二句：細静。

常潤道中有懷錢塘寄述古五首

其　四

「國豔夭嬈酒半酣，去年同賞寄僧簷」：先生《牡丹》記叙熙寧五年三月觀於吉祥寺。

金山寺與柳子玉飲大醉卧寶覺禪榻夜分方醒書其壁

「醒時江月墮」四句：即此可入禪悟。

大風留金山兩日

「明日」句乃鈴聲也。

「瀯山道人獨何事」二句：先生守杭時過高郵，與少游、參寥同行。

無錫道中賦水車

「翻翻聯聯銜尾鴉」二句：二語略盡形製。此首手批本缺。

過永樂文長老已卒

「三過門間老病死，一彈指頃去來今」：天然絶對。

僧惠勤初罷僧職

如今僧綱司也。

新城陳氏園次鼂補之韻

忽作韋、柳格調，才人何所不能？

梅聖俞詩中有毛長官者今於潛令國華也聖俞没十五年而君猶爲令捕蝗至其邑作詩戲之

「今君滯留生二毛」：叶矛。

與毛令方尉游西菩提寺二首

其一

「天教看盡浙西山」：樂天得意句。

平山堂次王居卿祠部韻

王字壽民，登州人。

次韻孫職方蒼梧山

孫名奕。

五、六聯從無此流利。

次韻孫巨源寄漣水李盛二著作并以見寄五絶

孫名洙。

二公再和亦再答之

「亦知老病客」：「知」當作「如」王注作「如」，手批無。

雪後書北臺壁二首

其　二

「凍合玉樓寒起粟」二句：乃二篇之警策。

附録：《補注》：「《石林詩話》：『詩禁體物語，歐陽公與客賦雪，舉此令，往往皆擱筆。然此亦無定法，鄭谷「亂飄僧舍茶煙濕，密灑歌樓酒力微」，非不去體物語，而氣格如此其卑。若蘇子瞻云云，超然飛動，何害其言「玉樓」、「銀海」？』」○陸辛齋先生云：「三、四如不解『玉樓』、『銀海』，便不成語，近有謂不當解，解之味減者，真不足與言詩也。」

謝人見和前篇二首

先生再和已不如前，後人乃好用此二首韻作雪詩，何也？

其二

「冰下寒魚漸可叉」：子由欲改「下」字作解，謂冰下魚未易叉也。以上四首手批本缺。

游廬山次韻章傳道

公手書墨蹟，此詩題云「軾謹次傳道先生游廬山韻」，末云：「閱訖，幸即付去人送公弼郎中、禹功太博、明叔教授，各乞一首，軾上。」此段見《式古堂書畫彙考》。

和子由四首

送春

「酒闌病客唯思睡，蜜熟黄蜂亦懶飛」：對句不測。

送李供備席上和李詩

語含諷刺，起結一意。

寄劉孝叔

「未肯衣冠挂神武」：葉夢得《玉澗雜書》云：「子瞻倅錢唐時，作詩用陶隱居挂冠神虎門事，後坐詔獄，舉詩問出處。子瞻倉卒誤記《本傳》云『齊祚將衰故去』，不敢以實對，即謬言『予往官鳳翔，見壁上王嗣宗詩「欲挂衣冠神虎門，先尋水竹渭南村」云云，詩事本此』。舒信道聞之，果大笑，謂蘇未嘗讀陶傳，因釋不問。」

孔長源挽詩二首

其一

「東越誰能事細兒」：須溪「細兒」注：似非細兒，猶纖兒也，必有所指。

附録：《補注》：「《曾南豐集·司封郎中孔君墓志》云：『遷開封推官，以母老辭，知越州，改知宣州。未至，言者奏越州鹽法不行，故課負坐罪罷。』細兒，當指越州奏鹽法之人，孔因是罷官，故云『誰能事細兒』，施氏引韓詩作注，甚無謂。」

答陳述古二首

公倅杭州，述古爲太守，公移守密州，述古未幾亦去。二詩交互看來，自爾分明。

其一

結句集中再見。

懷西湖寄鼂美叔同年

「三百六十寺」至末：山水之間，俗吏原無置身處，示以幽尋之訣，語雖直而意良厚。

祭常山回小獵

「弄風驕馬跑空立」四句：豪健自喜。

和章七出守湖州二首

其一

「早歲歸休心共在」二句：淡語似樂天，亦似牧之。

其　二

「絳闕雲臺總有名」二句：故作夸張，中含微諷。

寄題刁景純藏春塢

「年抛造物陶甄外」二句：詩意亦得游行自在之趣。此首手批本缺。

玉盤盂二首

其　二

「負郭相君初擇地」二句：拈「蘇」字，不化。

和黽同年九日見寄

「古來重九皆知此」二句：淡而彌旨，知此者鮮矣。

和孔郎中荆林馬上見寄

孔郎中來交代，故詩中云云。

留别釋迦院牡丹呈趙倅

此詩刻吴山紫陽庵石壁間，乃先生真蹟。余三十年前猶及見之。

劉貢父見余歌詞數首以詩見戲聊次其韻

「醉後狂歌自不知」：善於解嘲。

「灸眉吾亦更何辭」：「灸眉」當是引昭君村以自喻耳，注非。

附録：《補注》：「《烏臺詩案》：熙寧六年十一月内，劉攽聞人唱軾新詞，作詩相戲，軾和本人一首，不合引賀拔惎以錐刺其子舌，以戒言語事戲劉攽，又引郭舒狂言而王敦灸其眉以自比，皆譏諷人不能容狂直之言也。」載華按：《晋書·郭舒傳》，灸眉乃王澄事，非王敦也。《詩案》云云，蓋一時偶誤記耳。王氏、施氏俱引本傳，與《補注》合。又按：《緑珠傳》，昭君村生女皆灸破其面，並非灸眉，且與詩意無涉。查手批本並無此條評語，疑是他手誤增，非先生原評也。

和孔君亮郎中見贈

「只恐掉頭難久住」二句：使事無痕，可以爲法。

送范景仁游洛中

「小人真闇事」二句：痛快。

次韻景仁留别

「公老我亦衰」四句：沉着。

送魯元翰少卿知衛州

「斯民如魚耳」四句：仁人之言藹然，如春風被物。

和李邦直沂山祈雨有應

「無功日盗太倉穀」二句：一轉入題，筆力挺健。

和孔密州五絶

東欄梨花

「惆悵東欄二株雪」：「二」，意當作「一」。王注作「一」，手批無。

次韻李邦直感舊

李時爲京東提刑以上五字已見王注，手批無，將出巡青州。

前六句皆説邦直，結處則先生自謂。

與梁先舒煥泛舟得臨釀字二首

其　一〔一〕

「故人輕千里」：故人謂梁先。

〔一〕「其一」，原闕，據本書體例補。

次韻答邦直子由四首

其　三

子由來徐，有李邦直見邀，終日卧南城亭，詩與邦直唱和，共八首，故有「留飲」、「唱酬」之句。

過雲龍山人張天驥

「菽水媚翁媪」：張父字希甫，母李氏。

答任師中家漢公

「賴我同年友」：「同年友」指家漢公。

初别子由

「妻子亦細事，文章固虚名」：玩「亦」字、「固」字，文法自是倒句。

王鞏屢約重九見訪既而不至以詩送將官梁交且見寄次韻答之交頗文雅不類武人家有侍者甚惠麗

「花枝不共秋欹帽」二句：豪健。

河　復

「楚人種麥滿河淤」：彭城，項羽所都，故稱楚。

韓幹馬十四匹

「前身作馬通馬語」：中簇一波，前後敘致便錯落。

「後有八匹飲且行」：後半此句是總挈。

「不嘶不動尾搖風」：掉尾亦健。

附録：陸辛齋先生云：「敘次質直，却以變化錯綜出之，寥寥數行，時有行幅外意，洵未易作。」

贈寫御容妙善師

「夢中神授心有得」二句：隨手揭過，着意在前後際。

「爾來摹寫亦到我」二句：迴策如縈。

哭刁景純

「讀書想前輩」四句：景純長東坡四十二歲，而相與爲友。

答呂梁仲屯田

「付君萬指伐頑石」四句：言伐石作堤，以捍水也。

讀孟郊詩二首

其一

「孤芳擢荒穢」四句：評騭足令東野低頭。

其二

「詩從肺腑出」二句：刻畫頗肖。

附録：陸辛齋先生云：「二詩正須併讀，不然首作亦太抑折東野。」

與梁左藏會飲傅國博家

「紅旆朝開猛士噪」二句：我非惡此而逃之。

約公擇飲是日大風

「齊人愛公如子産」二句：公擇曾爲濟南守。着此二句，方知太守不是荒於聲一作「酒」色者。

起伏龍行

「赤龍白虎戰明日」四句：句中有力，足以持虎擾龍。

杜介熙熙堂

杜字幾先，揚州人，居平山堂。此首手批本缺。

僕曩於長安陳漢卿家見吴道子畫佛碎爛可惜其後十餘年復見之於鮮于子駿家則已裝背完好子駿以見遺作詩謝之

結處與起處呼應，言貴人若見此畫，應自悔收藏贋物，不值一錢，只宜付之一炬而已。注謬。

雨中過舒教授

「此生憂患中」三句：詩境細静，耐人玩味。

次韻舒教授寄李公擇

「今年過我雖少留」：先生在徐州，公擇來訪。

芙蓉城

公手書此詩真蹟，後有鮮于樞、倪瓚兩跋。

和鮮于子駿鄆州新堂月夜二首

名侁，閬州人。

其一

「疆野已分宿」：言徐與鄆。已見王注，手批無。

九日黄樓作

「朝來白露如細雨」八句：陰陽晦明，攝入毫端，作大開合。淺人但見寫景耳，吁！

送孫勉

「欲知君得人」二句：工於遣詞。

李思訓畫長江絶島圖

「沙平風軟望不到」二句：二句已見公潁口七律，然在此處較爲確切。

次韻王鞏顔復同泛舟

此詩亦見《山谷集》，細觀語氣，確是先生家法，非黄作也。

次韻張十七九日贈子由

張名恕，子由有《次韻張寺丞九日寄子瞻》詩。

次韻王鞏留别

「無人伴客寢」至末：前有《次韻獨眠》詩，此段亦借此意以相調。

次韻僧潛見贈

「道潛，吴僧，有標致，效陶靖節爲詩。嘗自姑蘇歸西湖，經臨平，作詩云：『風蒲獵獵美輕柔，欲立蜻蜓不自由。五月臨平山下路，藕花無數滿汀洲。』蘇文忠赴官錢唐，得詩大稱賞。蘇公移守東徐，潛訪之，館逍遥堂，士大夫争欲識面，饌客罷，俱來。紅粧争擁隨之，遣一妓，前乞詩，援筆立成，曰：『寄語巫山窈窕娘，好將魂夢惱襄王。禪心已作沾泥絮，不逐春風上下狂。』一座大驚，由是知名。」此段載《冷齋夜話》及范石湖《吴郡志》中，今觀詩中「彭城老守何足顧」，正公守徐州時，所云「多生綺語」，則紅粧乞詩事也。

次韻潛師放魚

「疲民尚作魚尾赤」四句：自作儒語，非闢佛也。

次韻參寥師寄秦太虚三絶句時秦君舉進士不得

其 二

「回看世上無伯樂」：先生《與秦太虚尺牘》云：「見解榜，不見太虚名字，此不足爲太虚損益，但弔有司之不幸耳。」即此詩意。

百步洪二首

其一

「有如兔走鷹隼落」四句：聯用比擬，局陣開拓，古未有此法，自先生創之。

附録：《補注》：「《容齋三筆》：『韓蘇爲文，用譬喻處，重複連貫，至有七八轉者。韓《送石洪序》云：「論人高下，事後當成敗，若河決下，流而東注，若駟馬駕輕車就熟路，而王良造父爲之先後也，若燭照數計而龜卜也。」《盛山詩序》云：「儒者之於患難，苟非其自取之，其拒而不受於懷也，若築河堤以障屋霤；其容而消之也，若水之於海、冰之於夏日；其玩而忘之以文詞也，若奏金石以破蟋蟀之鳴、飛蟲之聲。」蘇公《百步洪》詩「斗落生跳波」云云，亦類是也。』」

送參寥師

「静故了群動」二句：禪理也，可悟詩境。

夜過舒堯文戲作

「郎君欲出先自贊」二句：堯文當有譽兒癖，故二句云然。

次韻王廷老退居見寄二首

其　二

此首即張十七九日詩韻也，本集有《次韻王廷老和張十七九日見寄》詩，必同時作。

雲龍山觀燒得雲字

「我本山中人」至末：較昌黎《陸渾山》一章，渾噩之氣，變爲疎快矣。

種松得徠字

「泫然解其縛」十句：曲折中具深厚之氣。

答郡中同僚賀雨

「渡河不入境」二句：深入一層，地步絶高。

次韻曹九章見贈

曹字濱甫，彭城人，其子渙，子由壻也。

載華按：《補注》：「曹九章名煥，子由壻也。」當以《補注》爲正。

舟中夜起

極奇、極幻、極遠、極近境界，俱從静中寫出。

與秦太虚參寥會於松江而關彦長徐安中適至分韻得風字二首

其　一

「浮天自古東南水，送客今朝西北風」：二句入許丁卯手，便成板對，其才氣短小，不能驅使動宕也。

次韻關令送魚

關彦長。

附録：《補注》：「即前題中關彦長也。前詩第二首結句『更送銀盤尾鬣紅』，當指送魚事。」

次韻秦太虚見戲耳聾

此詩先生手書真蹟，作行書於紙上，見張丑《書畫舫》。

李公擇過高郵見施大夫與孫莘老賞花詩憶與僕去歲會於彭門折花餽筍故事作詩二十四韻見戲依韻奉答亦以戲公擇云

「君來恨不與」：謂公擇。

與客遊道場何山得鳥字

「庵僧俗緣盡」四句：山僧亦有工畫竹者，故云。

「更將掀舞勢」四句：先生於歸舟畫竹，即以此四句題其上。

附録：《補注》：「按，『更將掀舞勢』四句，諸刻本另作五言絶句一首，明屬重出，今移原題，作四句注脚，以正向來之訛。」〇公自注：「歸自道場何山，遇大風，因憩耘老溪亭，命官奴秉燭捧硯，寫風竹一枝。」

載華附識：東坡風竹一枝，有真蹟卷子傳世，題云：「元祐六年夏，歸自道場山，遇風雨，憩溪亭，寫墨竹一枝□□二字剥落遺賈耘老。」子瞻評語云云，先生必有所據，惜卷中無此四句耳。後有景遠周馳記兩段，新城王象乾跋語一則，余二十年前曾見之，今此卷不知誰屬矣。

次韻李公擇梅花

「蕭然卧灊麓」：先生《東坡詩》云：「我有同舍郎，官居在灊岳。」自注云：「李公擇也。」

次韻周開祖長官見寄

「近憶張陳與老劉」：先生《雜記》云：「吾昔自杭移高密，與楊元素同舟，而陳令舉、張子野皆從吾過李公擇於湖州，遂與劉孝叔俱至松江。」

「憶昔」三聯，公倅杭時，與周邠同遊徑山、西湖事，詩散見集中。

與王郎昆仲及兒子邁遶城觀荷花登峴山亭晚入飛英寺分韻得月明星稀四首

適，字子立；遹，字子敏，皆從先生受業於湖。

其　二

「清風定何物」四句：先生自道也。

「歸來兩溪間」：兩溪，苕、霅也。

城南縣尉水亭得長字

「澤國山圍裏」四句：入畫。

陳州與文郎逸民飲别携手河堤上作此詩

「我能未到説黄州」：退之詩「潮州未到我能説」，先生借用此語。

過　淮

「想像雲夢澤」：杜牧之《齊安郡》詩「雲夢澤南州」，蓋黄州在雲夢之南也。

戲作種松

「釜盎百出入」：此言煮松脂法。

少年時嘗過一村院見壁上有詩云夜涼疑有雨院静似無僧不知何人詩也宿黄州禪智寺寺僧皆不在夜半雨作偶記此詩故作一絶

此詩全首載《宋文鑑》中，乃潘閬《夏日宿西禪寺》詩。

定惠院寓居月夜偶出　次韻前篇

兩篇曲折清真，自作風格，不知漢魏，何論六朝、三唐？與《定惠院海棠》各極其妙，即在先生集中，亦不易多得。後人不自揣量，乃有次韻追和者，無羞惡之良者也。

安國寺浴

「衰髮不到耳」二句：故用閑筆補襯，從少陵「眼復幾時暗」句得來。

安國寺尋春

「看花歎老憶年少」二句：每句作三折。

寓居定惠院之東雜花滿山有海棠一株土人不知貴也

讀前半，竟似海棠曲矣，妙在「先生食飽」一轉，此種詩境，從少陵《樂遊園歌》得來，遇其神理，而化其畦畛，斯爲千古絶作。

雨中看牡丹三首

其二

兩句一轉，化板爲活。

武昌銅劍歌

一意盤旋，句句靈變。此首手批本缺。

定惠院顒師爲余竹下開嘯軒

「衝風振河海」四句：一派悟境。

五禽言

其　五

與退之《羑里操》同一忠孝至性。此首手批本缺。

東坡八首

其　一

「獨有孤旅人」四句：沉鬱懇到。

其四

如老農説家常，王、儲田家詩遜其精細。

其八

結句一作「尖語」失體。

題織錦圖上回文三首

據少游集引先生跋語，此三詩非先生詩也，當删。

姪安節遠來夜坐三首

其一

「白頭還對短燈檠」：《西清詩話》云：古詩「燈檠昏魚目」，「檠」字仄聲讀，《集韻》渠耿切，有四足，似几。其作平聲讀者，非燈檠字，乃榜也。自東坡用之，後人遂不復辨别矣。

其三

「苦説歸田似不情」：居官好作歸田語，皆不近人情者也。

太守徐君猷通守孟亭之皆不飲酒以詩戲之

中二聯，兩兩分承，起句章法獨創。

次韻和王鞏六首

其　二

「欲學非其脚」：不是脚，方言也。已見王注，手批無。

其　三

「先摧二月花」：「摧」當作「催」。

浚　井

「鉼罌下兩綆」二句：新警。

「白水漸泓渟」二句：二句中自有次第。

寒食雨二首

其二

此詩公手書真蹟，後有山谷跋。舊爲檇李項氏所藏，後歸成容若侍衛，竹垞曾爲題籤。

又一首答二猶子與王郎見和

「古來百巧出窮人」四句：君房言語妙天下，從「蜂爲耕耘」句生出。此首手批本缺。

載華按：「蜂爲耕耘花作米」，係前篇《蜜酒歌》中語。

魚蠻子

「人間行路難」至末：主一作「立」新法者聞之，當奈何？

弔李臺卿

得公詩，遂使明仲聲容一作「音」笑貌千載如生。古人所云得一知己死亦無恨者也。

曹既見和復次其韻

「人人走江湖」四句：駿爽。

次韻孔毅父集古人句見贈五首

其　三

毅父有集杜一首，故此章另提出。

上巳日與二三子携酒出遊隨所見輒作數句明日集之爲詩故詞無倫次

「平生所向無一遂」二句：着此二語，全篇方有結束一作「歸宿」。

南堂五首

其　五

「客來夢覺知何處」二句：想見襟懷。

次韻孔毅父久旱已而甚雨三首

其　一

「陰陽有時雨有數」四句：可稱詞達。

其　二

「可憐明月如潑水」四句：首章説久旱，從《雲漢》之什得來。此章方説雨，章法井然。

其　三

「腐儒麤糲支百年」至末：操縱在我，筆力極透，與前篇「去年太歲空在酉」四句作大開合，末又補出築堤貯水，見人力既至，則天不能災，此意一作「義」乃題中所未有。末章方説甚雨。

初秋寄子由

「百川日夜逝」四句：眼前語，難得如許親切。

「子起尋裌衣」十句：情文婉摯，令人欲喚奈何。

和蔡景繁海州石室

「芙蓉仙人舊遊處」六句：叙事生色。

和秦太虚梅花

「多情立馬待黄昏」四句：自成冷艷。

「孤山山下醉眠處」二句：二語不似先生口吻。

附録：陸辛齋先生評「多情立馬待黄昏」四句云：「數語真壓逋翁。」

海　棠

此詩極爲俗口所賞，然非先生老境。

端午游真如遲适遠從子由在酒局

「詩律到阿虎」：先生詩有「夜來夢見小於菟」之句，阿虎乃遠小名。

别子由三首兼别遲

其一

「風裹楊花雖未定」二句：劉須溪云：「兩語漸俗。」此條手批本無。

初別子由至奉新作

「藹藹孤城背」：「背」字重叶。○據《欒城集》和詩，音「倍」，固不重也。此條手批本無。

過建昌李野夫公擇故居

「遥想他年歸」至末：有此一段，方知野夫兄弟宦游未歸，不然竟似弔故宅矣。

余過温泉壁上有詩云直待衆生總無垢我方清冷混常流問人云長老可遵作遵已退居圓通亦作一絶

此老踞地頗高，正恐願大難成佛，奈何！

盧山二勝

開先漱玉亭

南唐中主年十五時，以萬金買野人所獻地爲書堂，及即位，舍爲寺，以獻地爲有國之祥，故名開先。

棲賢三峽橋

《盧山紀事》：七尖山東北有大谷，爲棲賢谷，中有棲賢寺，本唐李渤讀書之地，後舍宅爲寺，故名棲賢。

二詩一擬青蓮，一擬少陵，各極其妙。

岐亭五首

其　一

「磨刀削熊白」：「熊白」二字，黄山谷以對「蟹黄」。

郭祥正家醉畫竹石壁上郭作詩爲謝且遺二古銅劍

「空腸得酒芒角出」四句：稜角四射。

龍尾硯歌

「碧天照水風吹雲」四句：忽爲硯吐語，筆法一作「陣」開展，匪夷所思。此首手批本缺。

張作詩送硯反劍乃和其詩卒以劍歸之

「恐君琱琢傷天和」：一語轉到作詩，矯健。此首手批本缺。

同王勝之游蔣山

勝之以龍圖學士守金陵，視事一日，移官南都，見先生《漁家傲》詞自注，故此云「到郡席不暖」。須溪批此詩，謂先生自寫其好事如此，訛矣。

至真州再和二首

其一

「老手王摩詰，窮交孟浩然」：摩詰指勝之，浩然公自謂。

豆粥

按，結四句一作「按結處意」，「豆粥當有主人，而題中不及一本多「何也」二字。

秦少游夢發殯而葬之者云是劉發之柩是歲發首薦秦以詩賀之劉涇亦作因次其韻

「仕而未禄猶賓客」四句：人皆讀《禮》，孰能闡發精義一本多「如此」二字。

「世衰道微士失己」六句：科目盛於唐，士氣亦從此不振，可爲浩歎。

附録：《補注》：「按，葛立方《韻語陽秋》云：『晉樂廣曰：人未嘗夢乘牛車入鼠穴，擣虀噉鐵杵，以無想因也。自樂論之，凡夢皆出於想，而殷浩乃云「官本臭腐，故將得官而夢尸」，是豈出於想耶？』劉發方赴舉，少游夢發殯而葬者，云是劉發之柩。少游以詩賀云云，乃一時褒美贊喜之詞，非殷浩之意也。東坡『世衰道微』云云，全篇二百餘言，皆用浩意，可謂巧於遣詞。」

徐大正閑軒

「知閑見閑地」二句：入手撇題。

「人言我閑客」四句：熟於佛經方有如許境界。

「應緣不耐閑」四句：舌本青蓮，瀾翻不竭。此首手批本缺。

和王斿二首

其二

「飛蓋長橋待子閑」：在泗州。已見王注，手批無。

次韻王定國南遷回見寄

「十年冰蘗戰膏粱」四句：登少陵之堂，入昌黎之室。

寄怪石石斛與魯元翰

名有開。

贈眼醫王生彦若

「而我初不知」八句：游刃有餘，汪洋自恣，漆園之言也，不謂有韻之文亦能馳騁至此。

與歐育等六人飲酒

「且看樽前半丈紅」：「半丈紅」，未詳。

觀杭州鈐轄歐育刀劍戰袍

「將軍恩重此身輕」六句：李陵《答蘇武書》雖屬後人假托，中肯處正在刀筆弄文數語，真令壯士灰心。此首手批本缺。

王伯敭所藏趙昌花四首

黄　葵

《本草》：黄蜀葵，春生，苗葉頗似蜀葵。别是一種，夏末開花，淺黄色。葉以下有紫檀色，旦開，午收，暮落，亦名側金盞花。

芙　蓉

「幽姿强一笑」四句：才人晚遇一作「達」者，不堪多讀。

山　茶

「掌中調丹砂」二句：偏能離俗。

附録：《補注》：「按，《許彦周詩話》云『寫生之句，取其形似，故詞多迂弱。東坡《黄葵》詩云「檀心紫成暈，翠葉森有芒」，揣摹刻骨，造語壯麗，後世莫及』云云。據此，則『自成暈』當作『紫成暈』，與《本草》方合。」

寄吴德仁兼簡陳季常

吴名瑛，蘄春人。

「門前罷亞十頃田」至末：筆挾仙氣，故是太白後身。

「稽山不是無賀老」四句：公與吴德仁初未相識，故云爾。

附録：《補注》：「按，《苕溪漁隱叢話》云：『詩中所云龍丘居士即陳季常，濮陽公子即吴德仁。又云「稽山不是無賀老，我自興盡回酒船」，蓋欲訪德仁未成也。李白詩「稽山無賀老，空棹酒船回」，用此事也。又云「恨君不識顔平原」，東坡自謂。「恨我不識元魯山」，謂德仁也。結言終當相見，如蘇子訓之徒者。一篇詩意如序，有倫有理，潘子真但只言「稽山不是無賀老」以下六句爲德仁作，不知濮陽公子復是何人？毋乃與詩題相戾乎！』」

和仲伯達

「繡谷只應花自染」二句：二句刻畫過巧，駸駸乎離晚唐而趨宋矣。

贈常州報恩長老二首

其　二

天衣禪師名義懷，嗣雪竇顯公法。

圓照師名宗本，世稱大本，天衣之嗣。善本師號大通，圓照之嗣，後先住浄慈。

附録：《補注》：「《五燈會元》：慧林圓照禪師宗本，世稱大本。無錫管氏子，出家謁天衣禪師，得悟，首開法於平江瑞光寺。熙寧中，陳襄守杭，請師移住浄慈。《續燈録》：杭州浄慈善本禪師，姓董氏。嘉祐八年，往京師地藏院，得度。東遊至蘇，禮圓照本禪師於瑞光，執侍五年。元豐中，住雙林，遷浄慈，世稱小本。」

次韻答賈耘老

「自言」以下直至末，皆述耘老語。

耘老有侍姬二人，名雙荷葉，東坡《答耘老尺牘》云「齒落目昏」，當是爲兩荷葉所困。

溪陰堂

「酒醒門外三竿日」一句：無意作聯，自爾合拍。

次韻許遵

玩詩意，許必從潤州罷官，而歸金陵者。

既用「諸郎」，復云「兒輩」，未免重複。

附録：《補注》：「按，許仲塗名遵，先生有《次韻滕元發許仲塗》詩，時許方知潤州。今此詩云云，意仲塗自潤罷官往金陵，有詩寄先生，復次韻送之也。」

贈章默

「心知義財難」二句：氣骨凛然，讀之起敬。

神宗皇帝挽詞三首

其　二

「典禮從周舊」四句：立言有體，反爲王荆公洗刷新法一本無「新法」二字。

金山妙高臺

此詩及《煎茶》、《聽賢師定惠琴》、《過南華寺》共四篇先生手書真蹟，後有徐石樓、文信國諸跋，項墨林亦有跋。不知此卷，今藏誰氏？

楊康功有石狀如醉道士爲賦此詩

發端落想，迴不猶人，筆亦不可捉摸。

「三年化爲石」：出題確如木陷釘。

附録：《補注》：「按，《陵陽室中語》云：東坡作文，如天花變現，初無根葉，不可揣測。如《醉道士石》詩，共二十八句，却二十六句假説，唯用兩句收拾。此真千古絶調也。」

過密州次韻趙明叔喬禹功

「白髮驚秋見在身」：「且鬭尊前見在身」，乃劉禹錫句，非牛僧孺也，注訛。

再過超然臺贈太守霍翔

「無復杞菊嘲寒慳」：公初至密，比歲不登，厨齋索然，日食杞菊，故云。然以見今非昔比也。

海　市

起便超脱，以下迎刃矣。

只「重樓翠阜出霜曉」一句着題，此外全用議論，亦避實擊虚法也。若將幻影寫作真境，縱摹擬盡情，終屬拙手。

「但見碧海磨青銅」：先生《蓬萊閣記所見》云：「閣上望海如鏡面，與天相際。」

過萊州雪後望三山

先生於元豐乙丑十月到登州，甫五日，而召爲禮部員外郎，十一月還朝。此詩乃歸途所作，故云「我行適冬仲」。

次韻王定國得潁倅二首

其一

「醉翁不見與誰親」：時歐陽公已下世，故云。

送范純粹守慶州

「當年老使君」四句：他人遇此題，須多少鋪叙，老手只以數語了之，何等簡要！

次韻錢穆父

先生和穆父景靈宫詩云：「與君並直記初元，白首還同入禁門。」起句意同。

「染須那復唱陽關」：本劉夢得語。

「看賜飛龍出帝閑」：翰林學士初除，例賜名馬。以上二則，已見王注，手批無。

再次韻答完夫穆父

「豈知西省深嚴地」：宋中書舍人謂之西省，掌外制，翰林學士知制誥掌内制。

送戴蒙赴成都玉局觀將老焉

蒙，舊名莊，吴興人。已見王注，手批無。

用前韻答西掖諸公見和

元祐元年作，時神宗晏駕未久，故有「風馭賓天」之句。

次韻王覿正言喜雪

「有詔寬獄市」：此時必因冬旱而下寬恤之詔。

「我方執筆待」四句：正色凛然，有元和諷諭體。

送賈訥倅眉二句

其二

「父老得書知我在」二句：輕便，似絶不經意。

杜介送魚

「新年已賜黄封酒」：「黄封」，御賜酒也。

附録：《補注》：「任淵注《陳后山集》云，黄封謂宫酒，以黄羅帕封之。」

武昌西山

此詩公手書真蹟，在江陵岑象求巖起家。岑跋云：「子瞻内翰昔竄謫黄岡，遊武昌西山，觀聖求所題墨蹟。時聖求已貴處北扉，而子瞻方忤時遠放，流落窮困。不二年，遂與聖求對掌誥命，並驅朝門，同優游笑語於清切之禁。在常人固足感歎，有文而深於情者，宜何如哉！此前詩所以作也。元祐丁卯二月，因會飲子功侍郎宅，子瞻爲余筆此，遂記而藏之云云。」後有四明樓鑰跋，明正德朝爲陸都憲全卿所得，李長沙爲跋尾。

載華按：此條先生手書，王注本格上與《補注》同。愚纂輯蘇詩評語，凡屬時事故實，向來評本所無，已見《補注》者，審酌采入，唯公墨蹟流傳手批，與《補注》同者，仍録以俟博雅者訪求，蓋吉光片羽，俾世共知寶惜耳。

再用前韻

西山詩和者三十餘人，用此爲謝。

載華按：《補注》本題作「西山詩和者三十餘人再用前韻爲謝」，題下注云：「宋刻本題止『再用前韻』四字。」

趙令晏崔白大圖幅徑三丈

「往來不遺鳳銜梭」二句：刻畫近俚。

「竹間的皪寒江梅」：「寒」當作「横」。

後幅大有神氣。

次韻三舍人省上

此是次孔武仲韻。

送錢承制赴廣西路分都監

錢承制，吴越之裔。

再和二首

其　二

「憶觀滄海過東萊」二句：先生自登州召還，故云。

次韻劉貢父獨直省中

「共喜蚤歸三伏近」二句：本集有《謝三伏早出院表》。

書晁補之所藏與可畫竹三首

其一

「其身與竹化」二句：入神。

其三

「可使食無肉」：山谷次韻詩有「此郎如竹瘦，十飯九不肉」之句，并可作此詩注脚。

書李世南所畫秋景二首

《畫繼》云：「李世南，字唐臣，安肅人，長於山水。嘗見其孫皓，云：此圖本寒林障，分作兩軸，前三幅畫寒林，坡所以有『龍蛇姿』之句；後三幅畫平遠，坡所以有『黄葉村』之句。其實一景而坡作兩意。又『浩歌』二字，雕本皆以爲『扁舟』，其實畫一舟子，張頤鼓枻，作浩歌之態。今作『扁舟』，甚無謂也。」

書鄢陵王主簿所畫折枝二首

其　二

「瘦竹如幽人」四句：别有明秀之色。

「低昂枝上雀」二句：二句分承。

故李誠之待制六丈挽詞

李師中，楚丘人。

次韻孔常父送張天覺河東提刑

「子河駿馬方争出」公自注「麟、府馬出子河沁」：按，麟州、府州，皆唐置，宋屬河東路。麟爲鎮西軍，府爲永安軍。《寰宇記》：「麟州榆林縣，有紫河。」《宋史·折御卿傳》：「淳化五年，敗契丹於紫河汊。」所注「子河」即「紫河」，恐「沁」字即「汊」字之訛也。此條手批本無。

附録：《補注》：「『子河』，當是『紫河』之訛。『沁』，宋刻本作『汊』，注中『沁』字亦訛。」

送歐陽辨監澶州酒

文忠少子，字季默。

九月十五日邇英講論語終篇賜執政講讀史官燕於東宮又遣中使就賜御書詩各一首臣軾得紫薇花絶句其詞云絲綸閣下文書静鐘鼓樓中刻漏長獨坐黄昏誰是伴紫薇花對紫薇郎翌日各以表謝又進詩一篇臣軾詩云

白樂天詩也。「似聞」二句，亦見集中《洮河報捷》詩。

送家安國教授歸成都

公此詩有墨跡册子傳世，小行書，白粉，宋紙本，元至元辛巳石澗陳有宗跋尾。

余與李鷹方叔相知久矣領貢舉事而李不得第愧甚作詩送之

「與君相從非一日」六句：此有歉懷，彼無怨色，兩得之矣。

書林次中所得李伯時歸去來陽關二圖後

其　一[一]

「畫出陽關意外聲」：按，劉賓客詩，本是「唱得涼州意外聲」，而先生乃改作「陽關」，雖□偶爾借用，然未免牽率之病。

附録：《補注》：「慎按，劉禹錫《贈米嘉榮》詩『唱得涼州意外聲』，本是涼州，非陽關也。東坡借用其語，彼此原不相妨。施氏、王氏注，因先生云云，遂改『涼州』爲『陽關』，以遷就本文，特爲摘出駁正。」載華按：原評及《補注》云云，語意似相矛盾，然「彼此原不相妨」，自是大家地分，若後學牽率下筆，擅改古人成句，以就己意，最是詩病，亟當以評語規之。至施、王兩家所注，貽誤非淺，先生摘出駁正，以此例推古今注家舛訛，何可勝道！學者賦詩用事，須檢閲原文，勿致謬誤相沿，乃不負

〔一〕「其一」，原闕，據本書體例補。

先生諄諄指示耳。

送蹇道士歸廬山

「往者一空還者失」二句：忽雜禪語，蒙莊之理一作「旨」正與禪合。

送千乘千能兩姪還鄉

「治生不求富」四句：知足語，可爲庭誥。

送周正孺知東川

「清時養材傑」六句：一篇正意在此。

書王定國所藏烟江疊嶂圖

此詩公手書真蹟在太倉王長公家，見張丑《書畫舫》。

「但見兩崖蒼蒼暗絶谷」八句：讀公詩不必見畫矣。

「不知人間何處有此境」二句：二句過脉。

「君不見武昌樊口幽絶處」六句：又添一幀畫外畫。

「桃花流水在人世」四句：隨手開闔，結搆謹嚴。

附録：陸辛齋先生云：「爽絶，無事刻畫，自然入妙。」

次韻錢越州

「謫仙歸自玉皇案，老鶴來乘刺史轓」：「謫仙」句謂錢，「老鶴」，公自謂。時公知杭州。

去杭州十五年復遊西湖用歐陽察判韻

「葑合平湖久蕪没」：時尚未開西湖，故云葑合平湖。

次韻答劉景文左藏

按，宋時左藏庫使，武職也，故有「孫郎帳下」之句。

次韻曹輔寄壑源試焙新芽

結句從「膏油首面」四字來。

袁公濟和復次韻答之

「惜哉此清景」四句：筆有化工。

次韻蘇伯固主簿重九

「手香新喜緑橙搓」：「搓」字定當壓到元唱。

附録：陸辛齋先生云：「和韻尖穩輕新，正是一樂。」

謝關景仁送紅梅栽二首

其二

「爲君栽向南堂下」：先生所居南堂有二，一在黄州，詩中所謂「南堂獨有西南向」者也；一在惠州，《白鶴峰新居》詩中所謂「南堂初絶斧斤音」者也。未知孰是。

附録：《補注》：「先生詩中南堂凡三見，一在黄州，一在惠州。此詩作於杭州，即府治之中和堂也。」

送程之邵簽判赴闕

「賢哉江東守」：江東守謂熊伯通，自杭移守江寧，先生來代。

送江公著知吉州

「得郡江南差可喜」：吉安在贛水之南，故云江南。

次韻曹子方龍山真覺院瑞香花

《廬山志》：「瑞香花，産廬山中，南唐中主愛之，移植於含風殿，名曰麝囊花。」

附録：《補注》：「桑喬《廬山紀事》：瑞香，産山中。南唐中主愛之，移植於含風殿，名曰紫蓬萊。」

次韻仲殊雪中遊西湖二首

其一

「夜半幽夢覺」四句：忽作東野語。

其　二

「始知鹽雪是陳言」：「雪」，當作「絮」。王注作「絮」，手批無。

送小本禪師赴法雲

「我來即歸休」：「來」，似當作「未」。

次韻劉景文西湖席上

「却見雲間陸士龍」：指子由。已見王注，手批無。

次韻答馬忠玉

名瑊。

留别蹇道士拱辰

字翊之。

載華按：施注本此詩至「微服方地行」止，流傳評本補入四句，云：「咫尺不往見，煩子通姓名。

願持空手去，獨控橫江鯨。」王注本有此四句，故手批無。《補注》亦云「據別本補入」，爰附録於此。

西湖秋涸東池魚窘甚因會客呼網師遷之西池爲一笑之樂夜歸被酒不能寐戲作放魚一首

「安知中無蛟龍種」二句：流動充滿，意到筆隨。

復次放魚韻答趙承議陳教授

「正似此魚逃網中」二句：此意見得徹，方可語濠上之樂。

復次韻謝趙景貺陳履常見和並簡歐陽叔弼兄弟

結句不解。

載華按：此條見手批本，向來評本所無，據施注解末二句云：「以文忠公家而發也。」

泛　潁

「畫船俯明鏡」十二句：遊戲成篇，理趣具足，深於禪悟，手敏心靈。

附録：《補注》：「按，劉須溪云：『先生《泛潁》詩「散爲百東坡，頃刻復在兹」，意本《傳燈録》。』愼按，《傳燈録》：『良介禪師因過水覩影而悟，有偈曰：「切忌從他覓，迢迢與我踈。我今獨自往，處處得逢渠。渠今正是我，我今不是渠。」』」

景貺履常屢有詩督叔弼季默倡和已許諾矣復以此句挑之

「從此醉翁天下樂」：時永叔方歸老潁上。

贈月長老

「五伯之所運」：「伯」，疑當作「帝」。

明日復以大魚爲饋重二十斤且求詩故復戲之

起意即從上章末句發端。

先生上篇語意若存乎見少者，故歐復餽大魚，欲自洗餉墨之儉嗇，故此章復戲之云云，可稱善謔。

「鱗尾生卓犖」：「生」，或當作「光」。

載華按：上篇《歐陽季默以油煙墨二丸見餉各長寸許戲作小詩》，《補注》云：「合觀二章，乃見作者之意，所謂以文滑稽也。」

聚星堂雪

「衆賓起舞風竹亂」二句：向非禁體物語，此等妙句亦未必出。

「歸來尚喜更鼓暗」：「暗」，當作「永」。

西湖戲作

此是潁州西湖，詩中甚明。

送歐陽季默赴闕

「霜風凄緊正脱木」二句：清峭。

用前韻作雪詩留景文

此聚星堂禁體韻也。

「萬松嶺上黃千葉」：蠟梅。已見王注，手批無。

次前韻送劉景文

「路人不識呼尚書」四句：跌宕可喜。

洞庭春色

引

「醉後信筆，頗有沓拖風氣」：果然。

送運判朱朝奉入蜀

「我在塵土中」八句：汪洋自恣。

「跳破吹錦屏」：「破」，當作「波」。王注作「波」，手批無。

病中夜讀朱博士詩

「曾坑」一段，乃是比體，以知味況知音，世無其人，勿輕示也。

趙德麟餞飲湖上舟中對月

閑趣别致，留戀之意自在言外。「日月」二字，不嫌重複。此首手批本殘缺。

和趙德麟送陳傳道

「王孫乃龍種」：王孫指德麟也。

次韻林子中春日新堤書事見寄

子中時守杭州，故有「湖上齋摇碧」之句。

在潁州與德麟同治西湖未成改揚州三月十六日湖成德麟有詩見懷次其韻

「六橋横絶天漢上」四句：以快筆寫快事，是開闢手。

次韻德麟西湖新成見懷絶句

「猶有趙陳同李郭」：時陳無己亦官於潁，故以趙陳比李郭。

雙石

引

「其一玉白可鑒」：「玉白」，當是「正白」。王注作「正白」，手批無。

送鼂美叔發運右司年兄赴闕

信手拈來，無不委曲暢達。

送程德林赴真州

「老人愛君如劉寵」：「寵」字作平聲讀，乃合格。

九日次定國韻

絶無一語及九日，直是自寫胸期，無暇檢點。

次韻穆父尚書侍祠郊丘瞻望天光退而相慶引滿醉吟

「令嚴鐘鼓三更月」二句：先生自舉平生傑句，以二語爲最。

僕所藏仇池石希代之寶也王晉卿以小詩借觀意在於奪不敢不借然以此詩先之

「老人生如寄」八句：竪此二義，仇池石屹若泰山，不可奪一作「動」矣。

次韻蔣穎叔二首

凝祥池

第四句從第二句生出，對凝祥之煙波，儼然故鄉在目，正與「時夢碧雞坊」相應。

生日劉景文以古畫松鶴爲壽且貺佳篇次韻爲謝

「豈待相顧言」二句：交誼深厚。本集有《薦景文狀》，須合看。

次丹元姚先生韻

按，《欒城集·次韻姚道人二首》，前首「論」字韻止，自「不學劉更生」以下，另是一首起。向來諸本，混而爲一，今爲改正作二首。

送蔣潁叔帥熙河

「西方猶宿師」四句：感憤之言，以滑稽出之，妙！妙！

「邊風事首鹵」二句：公集中《代張方平諫用兵書》，可爲此處注脚。

次韻吴傳正枯木歌

「妙想直與詩同出」五句：忽從一「詩」字生出兩層，曲折變幻一作「化」，不可端倪。

「龍眼胸中有千駟」四句：從詩畫推開一層説。

結處另是一意。

送范中濟經略侍郎分韻賦詩得先字且贈以魚枕杯四馬箠一以元戎十乘以先啓行爲韻

先生留心西事，段段皆見規畫。

「投竿困障日」：唐人詩「惆悵江湖釣竿手，却遮西日向長安」。

書晁説之考牧圖後

「舟行無人岸自移」六句：磊落自喜。

「煙蓑兩笠長林下」二句：陡然入題，不嫌其突，上下神氣已足一作「完」。

王仲至侍郎見惠稺栝種之禮曹北垣下今百餘日矣蔚然有生意喜而作詩

「恨我迫歸老」二句：不可少此意。

謝運使仲適座上送王敏仲北使

「陳經入西廂」：「西廂」即西掖。

書丹元子所示李太白真

案，宋孫紹遠《聲畫集》第一卷載此，自「西望太白」以下另作一首，題目下亦有「二首」兩字，據此爲改。

其　二

「手污吾足乃敢瞋」：四字無人能道。

次韻曾仲錫承議食蜜漬生荔支

以險韻押難題，未免牽强着一作「有」迹。

次韻滕大夫三首

雪浪石

從定州形勝一作「勢」説起，突兀撑空一作「有勢」。

「承平百年烽燧冷」四句：看他脱卸出落法，便捷如轉丸。

石　芝

「天賜我爾不及賓」：健句。

寄餾合刷鉼與子由

題不解何物。

次韻子由書清汶老所傳秦湘二女圖

「春風消冰失瑶玉」四句：清脱至此，不知從何處着筆。

次韻李端叔謝送牛戩鴛鴦竹石圖

先生守定州時，李之儀爲幕客，故詩中有「守邊在得士」之句。「知君論將口」二句：不倫不類，寫得拉雜。

次韻王雄州還朝留别

公以端明學士出知定州，自此竄逐南荒，不復還朝矣。此詩結語，殆成詩讖。

三月二十日多葉杏盛開

一本「咨嗟」以下，尚有「劉郎歸何日，紅桃爍殘霞」二句。

載華按：施注本少此二句，王注本有，故手批無此條，見流傳評本。《補注》亦云「據别本補入」。

子由新修汝州龍興寺吴畫壁

「始知真放本精微」二句：古人不輕作草書，正得此意。

壺中九華詩

「五嶺莫愁千嶂外」二句：帶南遷意不覺。

秧馬歌

先生《自題秧馬歌後》云：「惠州博羅令林君抃，勤民恤農，余出此歌示之。林躬率田者製作閲試，以爲背如覆瓦，然須起首尾如馬鞍狀，使却有力。今惠州民皆已施用，甚便之。」又云：「以榆棗爲腹患其重，當以梔木，則滑而輕矣。」又云：「近讀《唐書·回紇傳》，云：其人以木馬行水上，以板薦之，以曲木支下，一蹴百步。殆此類歟！」

「以我兩足爲四蹄」：醒豁。此首手批本缺。

八月七日初入贛過惶恐灘

邢疏《坦齋通紀》云：「詩人好改易地名，以就句法。《廬陵志》二十四灘，坡詩乃云十八灘，非也。自下而上，第一灘在萬安縣前，名黄公灘，坡乃改爲惶恐，以對喜歡。」一作：「坦齋云：『詩人好改易地名，以就句法，《廬陵志》二十四灘，坡公改爲十八灘。又自下而上，第一灘名黄公灘，又改爲惶恐，皆非也。』」

月華寺

「此山出寶以自賊」二句：鋒芒所到，造化亦應避其鋭。

廣州蒲澗寺

余嘗獨遊廬山開先寺，前半首光景仿佛似之。

游羅浮山一首示兒子過

「斗壇晝出銅龍吟」：「吟」當作「獰」。

白水山佛跡巖

字字刻畫，句句變化，雲烟離合，不可端倪。

新釀桂酒

「收拾小山藏社甕」二句：「桂」字有生發。

附録：《補注》：「暗用淮南叢桂及天竺月中桂子事，非泛設也。」

惠守詹君見和復次韻

「萬户春濃感國恩」：「萬户春」，嶺南酒名。

正月二十四日與兒子過賴仙芝王原秀才僧曇潁行全道士何宗一同遊羅浮道院及栖禪精舍過作詩和其韻寄邁迨一首

「仙山在河許」六句：貶道崇釋，却令羽士無處置辨一作「着脚」。

贈王子直秀才

「二頃田應爲鶴謀」：公自注：「子直住鶴田山。」

次韻表兄程正輔江行見桃花

「清篇真漫與」：據公詩，可證杜集「漫興」之訛。○少陵詩「老去詩篇渾漫與」，「與」字，俗本訛作「興」。

真一酒

「蜜蜂又欲醉先生」：跌宕。

遊博羅香積寺

「要使真一流天漿」：前云「要令」，此云「要使」，句調犯重。

連雨漲江二首

其一

「越井岡頭雲出山」：《廣州志》：禺山之西，有越王岡，其陽有井，深百餘尺。其岡名蜀井岡，又名天井。一作「歌舞岡之陽，有越臺井，深百尺，傳越佗所啓」。

四月十一日初食荔支

「海山仙人絳羅襦」二句：只二句，描寫已盡。

附録：陸辛齋先生云：「庸人雖百錬，何由道一字？」

荔支歎

「君不見武夷溪邊粟粒芽」至末：耳聞目見，無不可供我揮霍者。樂天諷諭諸作，不過就題還題，那得如許開拓。

與正輔遊香積寺

「我豈無長鑱」四句：庸醫那解此。

「我慚作機春」：當以前序作注脚。一作「香積寺叙，可作注脚」。

小圃五詠

枸杞

「大將玄我鬢」二句：生新。

薏苡

「能除五谿毒」十四句：句句開，筆筆轉。

雨後行菜

「並岸飛兩槳」：「並」字，讀作「傍」。

新年五首

其二

格律純學少陵。

其五

「參軍許扣門」：公自注：「周參軍家多荔支。」

次韻高要令劉湜峽山寺見寄

「千峰瀉清駛」四句：以快筆寫駛景，有稍縱則逝之□此字手批模糊，或作「意」。

先生《峽山寺題名》云：「溪水太峻，當作一閘，若夏秋水暴，可爲啟閉之節。用陰陽家説，寺當少富云云。」「千峰」六句，即此意也。

兩橋詩

東新橋

「機牙任信縮」：「信縮」，「信」字讀作「伸」。

「使君飲我言」：「使君」，惠州守詹範也。

丙子重九二首

其　一

「此會我雖健」四句：清絶處，冷光逼人。

附録：《補注》：「朝霞，借以言朝雲也。『今年吁惡歲』以下八句，專爲朝雲而發。」

白鶴峰新居欲成夜過西鄰翟秀才二首

其一

「繫悶豈無羅帶水」二句：屬對最工，移唐音作宋調，使事天然。

次韻惠循二守相會

「東嶺近開松菊徑，南堂初絶斧斤音」：白鶴峰在惠州城東，故曰東嶺。公集中有《南堂五首》，時白鶴新居初成，故云「南堂初絶斧斤音」。

又次韻二守許過新居

「更因登木助微音」：時先生侍妾朝雲殁於惠州，故有「登木」之句。

「相娱北户江千頃」：公遷居白鶴峰詩：「長江在北户。」

種茶

「松間旅生茶」：旅，寓也，與寄生解同。

「移栽白鶴嶺」四句：或云茶須下子，若移植則不生，以詩證之，恐非確論。

白鶴山新居鑿井四十尺遇磐石石盡乃得泉

「以彼陟降勞」二句：柴桑神骨。

「我生類如此」二句：達人亦復爲此語，正惟達人，不妨爲此語耳。

糴　米

「糴米買束薪」八句：可使素餐者汗背。

次韻子由月季花再生

「陋居有遠寄」四句：小景錘鍊至此。

「誰言一萌動」二句：語含化工。

次韻子由浴罷

「老雞卧糞土」六句：可與談齊物精理。

謫居三適

夜卧濯足

「土無重膇藥」二句：妙。

過於海舶得邁寄書酒作詩遠和之皆粲然可觀子由有書相慶也因用其韻賦一篇并寄諸子姪

「春秋古史乃家法」：《古史》，子由所著。

新居

「朝陽入北林」四句：神似杜陵。

倦夜

通首俱得少陵神味。

用過韻冬至與諸生飲酒

「奴肥爲種松」：「松」，當作「崧」。

「膝上王文度，家傳張長公」：時先生幼子過相隨海外，故用王文度、張長公爲比。

縱筆

其一

「白頭」句，集中再見。

次韻子由贈吴子野先生二絶句

其一

「若爲閉暑小茅堂」：「暑」，當作「著」。

被酒獨行遍至子雲威徽先覺四黎之舍三首

其　三

「換扇唯逢春夢婆」：換扇事不詳。

追和戊寅歲上元

先生自跋云：「戊寅上元在儋耳，過子夜出，余獨守舍，作違字韻詩。今庚辰上元，已再期矣。家在惠州白鶴峰下，過子不眷婦子，從予此來。其婦亦篤孝，悵然感之，故和前篇，有『石建』、『姜龐』之句。又復悼懷同安君，末章故復有『牛衣』之句，悲君亡而喜子存也。」以下一本尚有「書以示過，看余面，勿復感懷」十一字。〇此條見王注，手批無。

汲江煎茶

「活水還須活火煎」：「煎」，當作「烹」。

予來儋耳得吠狗曰烏觜甚猛而馴隨予遷合浦過澄邁泅而濟路人皆驚戲爲作此詩

「長橋不肯躡」六句：沈酣於少陵，乃有此跌宕雄深境界。此首手批本缺。

送鮮于都曹歸蜀灌口舊居

相如、子雲皆蜀人，故後半用之，一以都曹，一以自況。

將至廣州用過韻寄邁迨

「大兒牧衆穉」六句：先生謫海南，邁與家屬留廉州，獨與過同行。

附録：《補注》：「邁，先生長子，時與家屬住惠州。迨，次子，時在常州。」

次韻韶守狄大夫見贈二首

其　一

「癡絶」句，集中再見。

次韻詔倅李通直二首

其　二

「更看二李跨鯨魚」：李伯時與李亮功、李元中同登第，時號「龍眠三李」，皆舒人。

李伯時畫其弟亮功舊隱宅圖

頸聯分承起二句。

贈嶺上老人

須溪評云：「不知是去時？是歸時？」按子由和詩，知是歸時作。

附録：子由和詩：「嶺頭盧老一爐灰，長短根株各自栽。輕賤已消先世業，知君海上去仍回。」

贈虔州術士謝晉臣

五、六分承三、四。

附録：《補注》：「按，此詩五、六聯分承三、四兩句，末一句又總結五、六，章法遒緊。」

崔文學甲携文見過蕭然有出塵之姿問之則孫介夫之甥也故復用前韻賦一篇示志舉

「家法乃富春」：三國孫吴，富春人也。借以指介夫。

畫車二首

其二

「九衢歌舞頌王明」二句：劉須溪云：「畫車及此不可解。」此條手批本無。

千車散福，未詳。

寒食與器之游南塔寺寂照堂

「紅英掃地風驚曉」四句：跌宕自喜。

張兢辰永康所居萬卷堂

反結天然合拍。此首手批本缺。

次韻郭功甫二首

其一

「臭腐」、「神奇」，語出《莊子》。

予以事繫御史臺獄獄吏稍見侵自度不能堪死獄中不得一别子由故作二詩授獄卒梁成以遺子由

其一

兄弟有故者，當廢此詩。

「他年夜雨獨傷神」：先生兄弟唱和詩屢舉「對牀聽雨」之語，故云。

其二

「眼中犀角真吾子」：公自注：「犀角，杜悰事。」

十二月二十八日蒙恩責授檢校水部員外郎黄州團練副使復用前韻

其一

「試拈詩筆已如神」：錢牧齋出獄後，用「試拈」名集，惜未後行止無顔謝天下耳，爲之一歎！

西山戲題武昌王居士

何苦爲此！

附録：《補注》：「《漫叟詩話》：『東坡作吃語詩，山谷亦有戲題詩，二老亦作詩戲耶！』《外紀》云：『古之口吃難言者，如周昌、韓非、鄧艾之徒，皆載史傳。東坡此詩，亦緣是善謔耳！』」

戲孫公素

孫必懼内者，可發一笑。

趙成伯家有麗人僕忝鄉人不肯開樽徒吟春雪美句次韻一笑

先生集中有《成伯席上贈所出妓川人楊姐》，絶色也。今題中所謂麗人，即楊姐也，故曰鄉人。

虚飄飄三首

其一

和山谷韻，誤將黄作及少遊和章並列於後。

其二

此山谷作。

其三

此少遊作。

歸園田居六首

其一

「禽魚豈知道」二句：所見既澈，頭頭是道。

其　二

「春江有佳句」二句：句有神助。

附録：陸辛齋先生云：「極不似陶處，却有得陶之旨處，固當細心求之。」

影答形

「無心但因物」二句：理本漆園。

郭主簿

其　一

「君何念之深」：「君」，當作「若」。

時　運

其　二

「江山千里」二句：萬象奔赴。

其　三

一團和氣，可以居夷。

勸農

其三

「芋羹藷糜」：「糜」，當作「縻」。

其五

「天不假易」四句：已到泉明佳處。以上和陶詩手批本缺。

淵明尚有《問來使》詩云：「爾從山中來，早晚發天目。我屋南山下，今生幾叢菊。薔薇葉已抽，秋蘭氣當馥。歸去來山中，山中酒應熟。」此詩集中不載，唯晁文元家有之。蓋疑天目非陶居處，然太白詩云：「陶令歸去來，田家酒應熟。」乃用此耳。此段見洪邁《對雨編》中，坡公當日亦未見此詩，故缺和耳。

洪邁云：「淵明《歸田園居》六首，其末『種苗在東皋』一章，乃江文通《雜體》三十篇之一，明言效陶徵君田居。陶集誤編入，東坡據而和之。又，《東方有一士》詩十六句，重載於《擬古》九篇中，坡公亦多和之，皆遂意即成，不復細考耳。

載華按：以上二則，流傳評本書卷末格上，附録於此。

送淡公二首

此孟東野詩。以下續補遺。

黄　州

通首似韋左司。

遊杭州山

此子由詩。

無　題

白香山詩。

用定國韻贈二十姪震

題中「二十」，當是「其」字之訛。此條手批本無。

雷州八首

八首皆秦少游作。按，秦《本傳》，紹聖初，觀坐黨籍，貶監處州酒稅。旋削秩，徙郴州，又徙雷州。今觀詩中語，皆謫居處州，自夏歷秋冬所作。子瞻謫儋耳時，與子由同至雷，留月餘而去，在五六月間，與詩中語多不合，斷其爲秦作無疑。削之。

按《淮海集·雷陽書事三首》，「粤嶺風俗殊」、「舊時日南郡」，乃其二也，《海康書事十首》，「白髮」、「荔子」、「下居」、「培塿」、「粤女」、「海康」乃其六，此外尚有四首。

送公爲游淮南

此晁无咎詩。

贈仲素寺丞致仕歸隱潛山

此欒城詩。

揚州以土物寄少游

少游詩。

再過泗上二首

其一

「黄柑紫蟹見江梅」：「梅」，當作「海」。

次韻謝子高讀淵明傳

山谷詩。

龐公

「五言」以下，與前詞意不屬，疑另一首。

「洗墨無池筆無象」：「象」，當作「家」。

附録：《補注》：「舊疑此詩當分兩章，自『襄陽龐公少檢束』至『爲道明燈照華屋』止，爲一首；

自『五言七言正兒戲』至末，與前半語意判然，自應另一首。而諸刻相承，未有辨之者。今閱外集第八卷，前一首題云『龐公』，後一首題云『戲書』，今據此改正。」

夜泊牛口

以地度之，牛口當在叙州府真溪驛北。

附録：《補注》：「失考。」

蝦蟇培

結稍率。

巫　山

「野老笑我旁」：以下皆述野老之言。

結處，又爲野老進一解。

滄州亭懷古

此詩見《宋文鑑》，係沈遼作。

書堂嶼

書堂嶼，一本尚有「一在梧州」四字。一在韶州之曲江縣，一在仁化縣。案，湘灕同源，出於陽翔山，南爲灕水，北即湘水。今詩中有「北出湘水」句，當是韶州。此首手批本缺。

附録：《補注》：「按，《舊志》書堂嶼有三，一在梧州，一在韶州曲江縣，一在仁化縣，未詳孰是。考《水經注》，湘水出零陵始安縣，注云：湘灕同源，分爲二水，南爲灕水，北則湘川。今詩云『北出湘水百餘步』，當是梧州之書堂嶼矣。」

戲詠子舟畫兩竹兩鸜鴿

山谷亦有此詩。

贈山谷子

此詩亦見《後山集》，題云「贈黄氏子小德」。

鰒魚行

明州人謂之九孔螺，其甲即石決明，一名千里光。此首手批本缺。

附録：《補注》：「《後山叢談》：『石決明，登人謂之鰒魚。』」

次韻水官詩

引

「净因大覺璉師以閻立本畫水官遺編禮公。公既報之以詩，謂某：『汝亦作。』某頓首再拜次韻，仍録二詩爲一卷以獻」：張安道《老泉墓志》云：「《太常禮書》成，未報一本尚有「以疾卒」三字，故稱『編理公』。」

附老泉詩：畫中光景已曲折寫盡，有此原唱，殊難繼和，況次韻乎！此首手批殘缺。

飲酒四首

亦見《淮海集》。

和寄天選長官

「眷子東南來」：「子」，當作「予」。

題盧鴻學士堂圖

子由詩。

見《聲畫集》。

寄周安孺茶

「色嫩期秋菊」：「期」，當作「欺」。

游山呈通判承議寫寄參寥師

此詩亦見《參寥集》。

御史臺四首

槐

「豈無兩翅羽」二句：通其解者，可以怨矣。

竹

「蕭然風雪意」四句：骨節清剛，琅然可誦。

柏

「仰視蒼蒼翰」：「翰」，當作「幹」。

和子由除日見寄

「詩成十日到」四句：時子由侍明允，居京師。

送呂行甫司門倅河陽

「識子今幾日」二句：稱量而止一作「出」，作家身分。

轆轤歌

此集顧況詩。

附録：《補注》：「按，唐顧況集有《悲歌四首》，『新繫青絲百尺繩』四句，其第三首也。『何處春風吹曉幕』四句，其第四首也。唯『臨春風』以下六句，未詳作者姓名，要非東坡先生詩也。」

白鶴吟留鍾山覺海

王荆公詩。

次韻張甥棠美述志

「刳心先擬射麋名」：「射麋」，當作「射聲」。

獲鬼章二十韻

熙河之役，搆難始於王韶。其後邊釁屢開，終成靖康之禍。此章結數句，有關北宋全局，讀者勿草草。

觀開西湖次吴左丞韻

此詩亦見《參寥集》。

次周燾韻

序

「周燾遊天竺，觀激水，作詩云：『拳石耆婆色兩青，作龍驅水轉山鳴。夜深不見跳珠碎，疑是檐間滴雨聲。』東坡和之」：「耆婆」，藤名。

今靈隱天竺僧厨，俱接巨竹引水，謂之「竹筧」。

去歲與子野游逍遥堂日欲没因並西山叩羅浮道院至已二鼓矣遂宿於西堂今歲索居儋耳子野復來相見作詩贈之

「風雨暗長檠」：燈檠。「檠」字，古人皆作上聲讀。平聲「檠」字作「榜」字解，非燈檠也。先生亦承此譌。

戲題巫山縣用杜子美韻

山谷詩。

答晁以道索書

另本尚有後四句，全首見《後山集》中。

謝人惠雲巾方舄二首

其　二

「輕身只欲化爲鳧」：用舊如新。

陳伯比和回字復次韻

晁補之詩。

寒食夜

似唐人宫詞。

答子勉三首

山谷詩。

贈虔州慈雲寺鑒老

重見。

過嶺寄子由二首

其　二

此係子由和詩。

西蜀楊耆二十年前見之甚貧今見之亦貧所異於昔者蒼顔華髮耳女無美惡富者妍士無賢不肖貧者鄙使其逢時遇合豈減當世之士哉頃宿長安驛舍聞泣者甚怨問之乃昔富而今貧者乃作一詩今以贈楊君

别本小引與此殊異，而筆致較曲折。

附録：《補注》：「按，此詩施氏原本不載，本詩有石刻，題云：『余三十年前，雨過扶風。夜半，逆旅有歌者，其聲悲甚。起問之，蓋昔富今貧者，予亦爲悽然。飲之以酒，而作此詩。今日寒雨不止，忽憶此事，且念楊君之悽屑，與逆旅者何異，故書以予之云云。』與刻本小異，故附録於此。」

第五橋

《通志》：韋曲之西有華嚴寺，寺西北有雁鶩陂，陂西北有第五橋。隋開皇三年築京城，引香積□自赤欄橋經第五橋西北入城。

壬寅重九不預會獨遊普門寺僧閣有懷子由

「花間酒美盍不歸」：「不歸」，當作「言歸」。

「不問秋風强吹帽」：「問」，或當作「分」。

載華按：《補注》：「『盍不歸』，石刻作『曷不醉』。『問』，石刻作『向』。」

小飲公瑾舟中

「賞君南浦不貲風」：三字獨創。

答李端叔

「西省憐君時邂逅」：宋時中書省在左掖門，故云西省。

次韻參寥寄少游

按，此詩乃辨才所作。

贈仲勉子文

亦見《山谷集》。

次韻子由彈琴

「信指如歸自看痕」：「看」，當作「着」。

移合浦郭功甫見寄

此即郭功甫所作。

題懷素草帖

唐詩，誤入。

附録：《補注》：「按石刻，先生自題云：『此懷素書也，僕好臨之，人間當有數百本也。』後人不加深考，遂訛以此詩編入集中耳。又按，《萬首唐人絶句》載此詩，亦以爲懷素作。今據此駁正。」

又答氈帳

「作事猶來未合時」：「猶」，當作「由」。

萬州太守高公宿約遊岑公洞而夜雨連明戲贈二小詩

山谷詩。

藏春塢三首

亦見《淮海集》。

載華按：「朱閣前頭露井多」一首，《補注》云：「此詩亦見《陸龜蒙集》，題云『野井』，又見《淮海集》。」

謝都事惠米

亦見《後山集》。

余將赴文登過廣陵而擇老移住石塔相送竹西亭下留詩爲别

《寶祐志》云：「竹西寺在禪智寺前官河北岸，取杜牧詩語『誰知竹西路，歌吹是揚州』之句以名。」

絶句三首

前一首亦不似先生作，豈爲子由而作，或係至筠之作歟？

其　三

此首係少游作。

載華按：《補注》：「此三首俱見《淮海集》第十一卷中。」

次韻章子厚飛英留題

飛英，寺名，在湖州。

雜詩二首

別本作「韓康公座上侍兒求書扇上」。此詩手批本缺。

附録：《補注》：「按《侯鯖録》：『韓子華謝事後，自潁入京，看上元。至十六日，私第會從官，九人皆門生故吏。方坐，出家妓十餘人。中宴後，子華專寵者曰魯生，當舞，爲游蜂所螫。子華意甚不懌。久之，呼出，持白團扇從東坡乞詩。坡書首二句云云。上句記姓名，下句書蜂事。子華大喜，坡云：「唯恐他姬厮賴，故云耳。」』〇按，此詩與前一首當是同時作。」〇載華按：《補注》此二首編在《韓康公座上侍兒求書扇》一首後，題下注云：「一本題與上首同。」

秋思寄子由

亦見《山谷集》。

題净因堂

山谷詩。

題净因院

山谷詩。

和黄龍清老三首

山谷詩。

余歸自道場何山遇大風因憩耘老溪亭命官奴秉燭捧硯寫風竹一枝題詩云

此詩重見，但截去上文甚多耳。

載華按：此四句即《與客遊道場何山》詩中語，評語及《補注》甚明，詳見前本題下，當從先生删訂。

和子由岐下詩

牡　丹

公自注：「花有四十餘枝。」

杏

自注：「關中地不生梅。」

棗

自注：「棗樹至難長。」

石　榴

自注：「酒名有榴花。」

樗

自注：「舊爲土地廟所蔽，予始遷於廟牆北。」

槐

自注：「上有野鶴三四。」《岐下詩》手批本缺。

惠崇蘆雁

山谷詩，見《宋文鑑》。

【附原詩】清康熙三十八年刊《施注蘇詩》

太白山下早行至横渠鎮書崇壽院壁

馬上續殘夢，不知朝日昇。亂山横翠幛，落月淡孤燈。奔走煩郵吏，安閑愧老僧。再游應眷眷，聊亦寄吾曾。

病中聞子由得告不赴商州三首

其　二

近從章子聞渠説，苦道商人望汝來。説客有靈慚直道，逋翁久没厭凡才。夷音僅可通名姓，瘿俗無由辨頸腮。答策不堪宜落此，上書求免亦何哉。

歲晚相與饋問爲饋歲酒食相邀呼爲別歲至除夜達旦不眠爲守歲蜀之風俗如是余官於岐下歲暮思歸而不可得故爲此三詩寄子由

饋　歲

農功各已收，歲事得相佐。爲歡恐無及，假物不論貨。山川隨出産，貧富稱小大。置盤巨鯉横，發籠雙兔卧。富人事華靡，彩繡光翻座。貧者愧不能，微摯出舂磨。官居故人少，里巷佳節過。亦欲舉鄉風，獨唱無人和。

別　歲

故人適千里，臨別尚遲遲。人行猶可復，歲行那可追！問歲安所之，遠在天一涯。已逐東流水，赴海歸無時。東鄰酒初熟，西舍彘亦肥。且爲一日歡，慰此窮年悲。勿嗟舊歲別，行與新歲辭。去去勿回顧，還君老與衰。

和子由論書

吾雖不善書，曉書莫如我。苟能通其意，常謂不學可。貌妍容有矉，璧美何妨橢。端莊雜流麗，剛健含婀娜。好之每自譏，不獨子亦頗。書成輒棄去，繆被旁人裹。體勢本闊略，結束入細麽。子詩亦見推，語重未敢荷。邇來又學射，力薄愁官笴。多好竟無成，不精安用夥。何當盡屏去，萬事付懶惰。吾聞古書法，守駿莫如跛。世俗筆苦驕，衆中强嵬騀。鍾張忽已遠，此語與時左。

和劉長安題薛周逸老亭周善飲酒未七十而致仕

近聞薛公子，早退驚常流。買園招野鶴，鑿井動潛虯。自言酒中趣，一斗勝涼州。翻然拂衣去，親愛挽不留。隱居亦何樂，素志庶可求。所亡嗟無幾，所得不啻酬。青春爲君好，白日爲君悠。山鳥奏琴筑，野花弄閑幽。雖辭功與名，其樂實素侯。至今清夜夢，尚驚冠壓頭。誰能載美酒，往以大白浮。之子雖不識，因公可與遊。

鳳翔八觀

王維吴道子畫

何處訪吴畫，普門與開元。開元有東塔，摩詰留手痕。吾觀畫品中，莫如二子尊。道子實雄放，浩如海波翻。當其下手風雨快，筆所未到氣已吞。亭亭雙林間，彩暈扶桑暾。中有至人談寂滅，悟者悲涕迷者手自捫。蠻君鬼伯千萬萬，相排競進頭如黿。摩詰本詩老，佩芷襲芳蓀。今觀此壁畫，亦若其詩清且敦。祇園弟子盡鶴骨，心如死灰不復温。門前兩叢竹，雪節貫霜根。交柯亂葉動無數，一一皆可尋其源。吴生雖妙絶，猶以畫工論。摩詰得之於象外，有如仙翮謝籠樊。吾觀二子皆神俊，又於維也斂衽無間言。

維摩像唐楊惠之塑在天柱寺

昔者子輿病且死，其友子祀往問之。跰𨇤鑒井自嘆息，造物將安以我爲。今觀古塑維摩像，病骨磊嵬如枯龜。乃知至人外生死，此身變化浮雲隨。世人豈不碩且好，身雖未病心已疲。此叟神完中有恃，談笑可却千熊羆。當其在時或問法，俛首無言心自知。至今遺像兀不語，與昔未死無增虧。田翁里婦那肯顧，時有野鼠銜其髭。見之使人每自失，誰能與詰無言師。

東　湖

吾家蜀江上，江水清如藍。爾來走塵土，意思殊不堪。況當岐山下，風物尤可慚。有山秃如赭，有水濁如泔。不謂郡城東，數步見湖潭。入門便清奥，怳如夢西南。泉源從高來，隨波走涵涵。東去觸重阜，盡爲湖所貪。但見蒼石螭，開口吐清甘。借汝腹中過，胡爲目眈眈。新荷弄晚凉，輕棹極幽探。飄飄忘遠近，偃息遺珮篸。深有龜與魚，淺有螺與蚶。曝晴復戲雨，戢戢多於蠶。浮沈無停餌，倏忽遽滿籃。絲緡雖强致，瑣細安足戡。聞昔周道興，翠鳳依孤嵐。飛鳴飲此水，照影弄毵毵。至今多梧桐，合抱如彭聃。彩羽無復見，上有鸇搏鵪。嗟予生雖晚，好古意所妉。圖書已漫漶，猶復訪僑郯。《卷阿》詩可繼，此意久已含。扶風古三輔，政事豈汝諳。聊爲湖上飲，一縱醉後談。門前遠行客，劫劫無留驂。問胡不回首，毋乃趁朝參。予今正疎懶，官長幸見函。不辭日游再，行恐歲滿三。暮歸仍倒載，鐘鼓已諳諳。

秦穆公墓

橐泉在城東，墓在城中無百步。乃知昔未有此城，秦人以泉識公墓。昔公生不誅孟明，豈有死之日而忍用其良。乃知三子殉公意，亦如齊之二子從田横。古人感一飯，尚能殺其身。今人不復見此等，乃以所見疑古人。古人不可望，今人益可傷。

和子由聞子瞻將如終南太平宫谿堂讀書

役名則已勤，徇身則已媮。我誠愚且拙，身名兩無謀。始者學書判，近亦知問囚。但知今當爲，敢問向所由。士方其未得，惟以不得憂。既得又憂失，此心浩難收。譬如倦行客，中路逢清流。塵埃雖未脱，暫憩得一潄。我欲走南澗，春禽始嚶呦。鞅掌久不决，爾來已徂秋。橋山日月迫，府縣煩差抽。王事誰敢愬，民勞吏宜羞。中間罹旱暵，欲學喚雨鳩。千夫挽一木，十步八九休。渭水涸無泥，菑堰旋插修。對之食不飽，餘事更遑求。近日秋雨足，公餘試新篘。劬勞幸已過，朽鈍不任鎪。秋風欲吹帽，西阜可縱遊。聊爲一日樂，慰此百日愁。

是日自磻溪往陽平憩於麻田青峰寺之下院翠麓亭

不到峰前寺，空來渭上村。此亭聊可喜，修徑豈辭捫。谷映朱欄秀，山含古木尊。路窮驚石斷，林缺見河奔。馬困嘶青草，僧留薦晚飧。我來秋日午，旱久石牀温。安得雲如蓋，能令雨瀉盆。共看山下稻，涼葉晚翻翻。

和子由記園中草木十一首

其　三

種柏待其成，柏成人已老。不如種叢篲，春種秋可倒。陰陽不擇物，美惡隨意造。柏生何苦艱，似亦費天巧。天工巧有幾，肯盡爲汝耗。君看藜與藿，生意常草草。

其　五

蘆筍初似竹，稍開葉如蒲。方春節抱甲，漸老根生鬚。不愛當夏緑，愛此及秋枯。黄葉倒風雨，白花摇江湖。江湖不可到，移植苦勤劬。安得雙野鴨，飛來成畫圖。

愛玉女洞中水既致兩餅恐後復取而爲使者見給因破竹爲契使寺僧藏其一以爲往來之信戲謂之調水符

欺謾久成俗，關市有契繻。誰知南山下，取水亦置符。古人辨淄澠，皎若鶴與鳧。吾今既謝此，但視符有無。常恐汲水人，智出符之餘。多防竟無及，棄置爲長吁。

竹䶉

野人獻竹䶉，腰腹大如盎。自言道旁得，采不費罝網。鴟夷讓圓滑，混沌慚瘦爽。兩牙雖有餘，四足僅能髣。逢人自驚蹶，悶若兒脱襁。念此微陋質，刀几安足枉。就擒太倉卒，羞愧不能饗。南山有孤熊，擇獸行舐掌。

讀道藏

嗟予亦何幸，偶此琳宫居。宫中復何有？戢戢千函書。盛以丹錦囊，冒以青霞裾。王喬掌關籥，蚩尤守其廬。乘閑竊掀攪，涉獵豈暇徐。至人悟一言，道集由中虚。心閑反自照，皎皎如芙蕖。千歲厭世去，此言乃籧篨。人皆忽其身，治之用土苴。何暇及天下，幽憂吾未除。

司竹監燒葦園因召都巡檢柴貽勖左藏以其徒會獵園下

官園刈葦歲留槎，深冬放火如紅霞。枯槎燒盡有根在，春雨一洗皆萌芽。黄狐老兔最狡捷，賣侮百獸常矜誇。年年此厄竟不悟，但愛蒙密争來家。風迴燄卷毛尾熱，欲出已被蒼鷹遮。野人來言此最樂，徒手曉出歸滿車。巡邊將軍在近邑，呼來颯颯從矛叉。戍兵久閑可小試，戰鼓雖凍猶堪撾。雄心欲搏南澗虎，陣勢頗學常山蛇。霜乾火烈聲暴野，飛走無路號且呀。迎人截來砉逢箭，避犬逸去窮投罝。擊鮮走馬殊未厭，但恐落日催棲鴉。弊旗仆鼓坐數獲，鞍挂雉兔肩分麚。主人置酒聚狂客，紛紛醉語晚更譁。燎毛燔肉不暇割，飲啖直欲追羲媧。青丘雲夢古所咤，與此何啻百倍加。苦遭諫疏説夷羿，又被詞客嘲淫奢。豈如閑官走山邑，放曠不與趨朝衙。農工已畢歲云暮，車騎雖少賓殊嘉。酒酣上馬去不告，獵獵霜風吹帽斜。

和董傳留别

麤繒大布裹生涯，腹有詩書氣自華。厭伴老儒烹瓠葉，强隨舉子踏槐花。囊空不辦尋春馬，眼亂行看擇壻車。得意猶堪誇世俗，詔黄新濕字如鴉。

送曾子固倅越得燕字

醉翁門下士，雜沓難爲賢。曾子獨超軼，孤芳陋群妍。昔從南方來，與翁兩聯翩。翁今自憔悴，子去亦宜然。賈誼窮適楚，樂生老思燕。那因江鱠美，遽厭天庖羶。但苦世論隘，聒耳如蜩蟬。安得萬頃池，養此橫海鱣。

王頤赴建州錢監求詩及草書

我昔識子自武功，寒廳夜語尊酒同。酒闌燭盡語不盡，倦僕立寐僵屏風。丁寧勸學不死訣，自言親受方瞳翁。嗟予聞道不早悟，醉夢顛倒隨盲聾。邇來憂患苦摧剥，意思蕭索如霜蓬。羨君顔色愈少壯，外慕漸少由中充。河車挽水灌腦黑，丹砂伏火入頰紅。大梁相逢又東去，但道何日辭樊籠。未能便乞勾漏令，官曹似是錫與銅。留詩河上慰離别，草書未暇緣忽忽。

秀州僧本瑩静照堂

鳥囚不忘飛，馬繫嘗念馳。静中不自勝，不若聽所之。君看厭事人，無事乃更悲。貧賤苦形勞，富貴嗟神疲。作堂名静照，此語子謂誰。江湖隱淪士，豈無適時資。老死不自惜，扁舟自娱嬉。從之恐莫見，況肯從我爲。

送任伋通判黄州兼寄其兄孜

吾州之豪任公子，少年盛壯日千里。無媒自進誰識之，有才不用今老矣。别來十年學不厭，讀破萬卷詩愈美。黄州小郡夾谿谷，茆屋數家依竹葦。知命無憂子何病，見賢不薦誰當耻。平原老令更可悲，六十青衫貧欲死。桐鄉遺老至今泣，潁川大姓誰能箠。因君寄聲問消息，莫對黄鷂矜爪觜。

送錢藻出守婺州得英字

老手便劇郡，高懷厭承明。聊紆東陽綬，一濯滄浪纓。東陽佳山水，未到意已清。過家父老喜，出郭壺漿迎。子行得所願，愴悢居者情。吾君方急賢，日旰坐邇英。黄金招樂毅，白璧賜虞卿。子不少自貶，陳義空峥嶸。古稱爲郡樂，漸恐煩敲搒。臨分敢不盡，醉語醒還驚。

次韻王誨夜坐

愛君東閣能延客，顧我閑官不計員。策杖頻過知未厭，卜居相近豈辭遷。莫將詩句驚摇落，漸喜樽罍省僕緣。待約月明池上宿，夜深同看水中天。

送劉道原歸覲南康

晏嬰不滿六尺長，高節萬仞陵首陽。青衫白髮不自歎，富貴在天那得忙。十年閉户樂幽獨，百金購書收散亡。朅來東觀弄丹墨，聊借舊史誅姦强。孔融不肯下曹操，汲黯本自輕張湯。雖無尺箠與寸刃，口吻排擊含風霜。自言静中閲世俗，有似不飲觀酒狂。衣巾狼藉又屢舞，傍人大笑供千場。交朋翩翩去略盡，惟我與子猶傍徨。世人共棄君獨厚，豈敢自愛恐子傷。朝來告别驚何速，歸意已逐征鴻翔。匡廬先生古君子，挂冠兩紀鬢未蒼。定將文度置膝上，喜動鄰里烹猪羊。君歸爲我道名姓，幅巾他日容登堂。

次韻張安道讀杜詩

大雅初微缺，流風困暴豪。張爲詞客賦，變作楚臣騷。展轉更崩壞，紛綸閲俊髦。地偏蕃怪産，源失亂狂濤。粉黛迷真色，魚蝦易豢牢。誰知杜陵傑，名與謫仙高。掃地收千軌，争標看兩艘。詩人例窮苦，天意遣奔逃。塵暗人亡鹿，溟飜帝斬鼇。艱危思李牧，述作謝王褒。失意各千里，哀鳴聞九皋。騎鯨遁滄海，捋虎得綈袍。巨筆屠龍手，微官似馬曹。迂疎無事業，醉飽死游遨。簡牘儀刑在，兒童篆刻勞。今誰主文字？公合抱旌旄。開卷遥相憶，知音兩不遭。般斤思郢質，鯤化陋儵濠。恨我無佳句，時蒙致白醪。殷勤理黄菊，未遣没蓬蒿。

傅堯俞濟源草堂

微官共有田園興，老罷方尋隱退廬。栽種成陰十年事，倉黄欲買百金無。先生卜築臨清濟，喬木如今似畫圖。鄰里亦知偏愛竹，春來相與護龍雛。

潁州初别子由二首

其二

近别不改容，遠别涕霑胸。咫尺不相見，實與千里同。人生無離别，誰知恩愛重。始我來宛丘，牽衣舞兒童。便知有此恨，留我過秋風。秋風亦已過，别恨終無窮。問我何年歸？我言歲在東。離合既循環，憂喜迭相攻。語此長太息，我生如飛蓬。多憂髮早白，不見六一翁。

十月二日將至渦口五里所遇風留宿

長淮久無風，放意弄清快。今朝雪浪滿，始覺平野隘。兩山控吾前，吞吐久不嘬。孤舟繫桑本，終夜舞澎湃。舟人更傳呼，弱纜恃菅蒯。平生傲憂患，久矣恬百怪。鬼神欺吾窮，戲我聊一噫。鉼中尚有酒，信命誰能戒。

泗州僧伽塔

我昔南行舟繫汴，逆風三日沙吹面。舟人共勸禱靈塔，香火未收旗脚轉。回頭頃刻失長橋，却到龜山未朝飯。至人無心何厚薄，我自懷私欣所便。耕田欲雨刈欲晴，去得順風來者怨。若使人人禱輒遂，造物應須日千變。我今身世兩悠悠，去無所逐來無戀。得行固願留不惡，每到有求神亦倦。退之舊云三百尺，澄觀所營今已换。不嫌俗士污丹梯，一看雲山遶淮甸。

龜　山

我生飄蕩去何求，再過龜山歲五周。身行萬里半天下，僧卧一庵初白頭。地隔中原勞北望，潮連滄海欲東游。元嘉舊事無人記，故壘摧頹今在不。

游金山寺

我家江水初發源，宦遊直送江入海。聞道潮頭一丈高，天寒尚有沙痕在。中泠南畔石盤陀，古來出没隨濤波。試登絶頂望鄉國，江南江北青山多。羈愁畏晚尋歸楫，山僧苦留看落日。微風萬頃韡文細，斷霞半空魚尾赤。是時江月初生魄，二更月落天深黑。江心似有炬火明，飛焰照山棲鳥驚。悵然歸卧心莫識，非鬼非人竟何物。江山如此不歸山，江神見怪警我頑。我謝江神豈得已，有田不歸如江水。

自金山放船至焦山

金山樓觀何耽耽，撞鐘擊鼓聞淮南。焦山何有有修竹，采薪汲水僧兩三。雲霾浪打人跡絶，時有沙户祈春蠶。我來金山更留宿，而此不到心懷慚。同遊興盡決獨往，賦命窮薄輕江潭。清晨無風浪自湧，中流歌嘯倚半酣。老僧下山驚客至，迎笑喜作巴人談。自言久客忘鄉井，只有彌勒爲同龕。困眠得就紙帳暖，飽食未厭山蔬甘。山林饑卧古亦有，無田不退寧非貪。展禽雖未三見黜，叔夜自知七不堪。行當投劾謝簪組，爲我佳處留茆庵。

甘露寺

江山豈不好，獨遊情易闌。但有相携人，何必素所歡。我欲訪甘露，當途無閑官。二子舊不識，欣然肯聯鞍。古郡山爲城，層梯轉朱欄。樓臺斷崖上，地窄天水寬。一覽吞數州，山長江漫漫。却望大明寺，惟見煙中竿。很石卧庭下，穹窿如伏羱。緬懷卧龍公，挾策事琱鑽。一談收猘子，再說走老瞞。名高有餘想，事往無留觀。蕭公古鐵鑊，相對空團團。陂陁受百斛，積雨生微瀾。泗水逸周鼎，渭城辭漢盤。山川失故態，怪此獨能完。僧繇六化人，霓衣挂冰紈。隱見十二疊，觀者疑夸謾。破板陸生畫，青猊戲盤跚。上有二天人，揮手如翔鸞。筆墨雖欲盡，典刑垂不刊。赫赫贊皇公，英姿凛以寒。古柏手親種，挺然誰敢干。枝撑雲峰裂，根入石窟蟠。薙草得斷碑，斬崖出金棺。瘞藏豈不牢，見伏理可歎。四雄皆龍虎，遺迹儼未刓。方其盛壯時，爭奪肯少安。廢興屬造物，遷逝誰控摶。況彼妄庸子，而欲事所難。古今共一軌，後世徒辛酸。聊興廣武歎，不待雍門彈。

送蔡冠卿知饒州

吾觀蔡子與人游，掀髯笑語無不可。平生儻蕩不驚俗，臨事迂闊乃過我。横前坑穽衆所畏，布路金珠誰不裹。爾來變化驚何速，昔號剛强今亦頗。憐君獨守廷尉法，晚歲久理鄱陽梔。莫嗟天驥逐羸牛，欲試良玉須猛火。世事徐觀真夢寐，人生不信長轗軻。知君决獄有陰功，他日老人醻魏顆。

游靈隱寺得來詩復用前韻

君不見，錢塘湖，錢王壯觀今已無。屋堆黄金斗量珠，運盡不勞折簡呼。四方官游散其孥，宫闕留與閑人娱。盛衰哀樂兩須臾，何用多憂心鬱紆。谿山處處皆可廬，最愛靈隱飛來孤。喬松百尺蒼髯鬚，擾擾下笑柳與蒲。高堂會食羅千夫，撞鐘擊鼓喧朝晡。凝香方丈眠氍毹，絶勝絮被縫海圖。清風徐來驚睡餘，遂超羲皇傲几蘧。歸時棲鴉正畢逋，孤煙落日不可摹。

越州張中舍壽樂堂

青山偃蹇如高人，常時不肯入官府。高人自與山有素，不待招邀滿庭户。卧龍蟠屈半東州，萬室鱗鱗枕其股。背之不見與無同，狐裘反衣無乃魯。張君眼力覷天奥，能遣荆棘化堂宇。持頤宴坐不出門，收攬奇秀得十五。才多事少厭閑寂，卧看雲煙變風雨。筍如玉筯椹如簪，强飲且爲山作主。不憂兒輩知此樂，但恐造物怪多取。春濃睡足午牕明，想見新茶如潑乳。

送岑著作

懶者常似静，静豈懶者徒？拙則近於直，而直豈拙歟？夫子静且直，雍容時卷舒。嗟我復何爲，相得歡有餘。我本不違世，而世與我殊。拙於林間鳩，懶於冰底魚。人皆笑其狂，子獨憐其愚。直者有時信，静者不終居。而我懶拙病，不受砭藥除。臨行怪酒薄，已與别淚俱。後會豈無時，遂恐出處疎。惟應故山夢，隨子到吾廬。

和劉道原見寄

敢向清時怨不容，直嗟吾道與君東。坐談足使淮南懼，歸去方知冀北空。獨鶴不須驚夜旦，群烏未可辨雌雄。廬山自古不到處，得與幽人子細窮。

和子由柳湖久涸忽有水開元寺山茶舊無花今歲盛開二首

其二

長明燈下石欄干，長共松杉鬬歲寒。葉厚有稜犀甲健，花深少態鶴頭丹。久陪方丈曼陁雨，羞對先生苜蓿盤。雪裏盛開知有意，明年開後更誰看。

游徑山

衆峰來自天目山，勢若駿馬奔平川。中塗勒破千里足，金鞭玉莸相回旋。人言山住水亦住，下有萬古蛟龍淵。道人天眼識王氣，結茆宴坐荒山巔。精神貫山石爲裂，天女下試顔如蓮。寒牕暖足來朴朔，夜鉢咒水降蜿蜒。雪眉老人朝叩門，願爲弟子長參禪。爾來廢興三百載，奔走吴會輸金錢。飛樓湧殿壓山破，朝鐘暮鼓驚龍眠。晴空偶見浮海蜃，落日下數投村鳶。有生共處覆載内，擾擾膏火同烹煎。近來愈覺世議隘，每到寛處差安便。嗟余老矣百事廢，却尋舊學心茫然。問龍乞水歸洗眼，欲看細字銷殘年。

夜泛西湖五絶

其　一

新月生魄迹未安，纔破五六漸盤桓。今夜吐豔如半璧，遊人得向三更看。

其　二

三更向闌月漸垂，欲落未落景特奇。明朝人事誰料得，看到蒼龍西没時。

其　三

蒼龍已没牛斗横，東方芒角昇長庚。漁人收筒及未曉，船過惟有菰蒲聲。

其　四

菰蒲無邊水茫茫，荷花夜開風露香。漸見燈明出遠寺，更待月黑看湖光。

其　五

湖光非鬼亦非仙，風恬浪静光滿川。須臾兩兩入寺去，就視不見空茫然。

焦千之求惠山泉詩

兹山定空中，乳水滿其腹。遇隙則發見，臭味實一族。淺深各有值，方圓隨所蓄。或爲雲洶湧，或作線斷續。或鳴空洞中，雜佩間琴筑。或流蒼石縫，宛轉龍鸞蹙。缾罌走千里，真僞半相瀆。貴人高宴罷，醉眼亂紅緑。赤泥開方印，紫餅截圓玉。傾甌共歎賞，竊語笑僮僕。豈如泉上僧，盥灑自挹掬。故人憐我病，蒻籠寄新馥。欠伸北牕下，晝睡美方熟。精品厭凡泉，願子致一斛。

孫莘老求墨妙亭詩

蘭亭璽紙入昭陵，世間遺跡猶龍騰。顔公變法出新意，細筋入骨如秋鷹。徐家父子亦秀絶，字外出力中藏稜。嶧山傳刻典刑在，千載筆法留陽冰。杜陵評書貴瘦硬，此論未公吾不憑。短長肥瘦各有態，玉環飛燕誰敢憎。吴興太守真好古，購買斷缺揮縑繒。龜趺入坐螭隱壁，空齋晝静聞登登。奇蹤散出走吴越，勝事傳説誇友朋。書來乞詩要自寫，爲把栗尾書溪藤。後來視今猶視昔，過眼百世如風燈。他年劉郎憶賀監，還道同時須服膺。

催試官考較戲作

八月十五夜，月色隨處好。不擇茆簷與市樓，况我官居似蓬島。鳳咮堂前野橘香，劍潭橋畔秋荷老。八月十八潮，壯觀天下無。鯤鵬水擊三千里，組練長驅十萬夫。紅旗青蓋互明滅，黑沙白浪相呑屠。人生會合古難必，此景此行那兩得。願君聞此添蠟燭，門外白袍如立鵠。

八月十七復登望海樓自和前篇是日牓出與試官兩人復留五首

其三

亂山遮曉擁千層，睡美初凉撼不譍。昨夜酒行君屢歎，定知歸夢到吴興。

和陳述古拒霜花

千株掃作一番黄，只有芙蓉獨自芳。唤作拒霜知未稱，細思却是最宜霜。

朱壽昌郎中少不知母所在刺血寫經求之五十年去歲得之蜀中以詩賀之

嗟君七歲知念母，憐君壯大心愈苦。羨君臨老得相逢，喜極無言淚如雨。不羨白衣作三公，不愛白日昇青天。愛君五十著綵服，兒啼却得償當年。烹龍爲炙玉爲酒，鶴髮初生千萬壽。金花詔書錦作囊，白藤肩輿簾蹙繡。感君離合我酸辛，此事今無古或聞。長陵揭來見大姊，仲孺豈意逢將軍。開皇苦挑空記面，建中天子終不見。西河郡守誰復譏，潁谷封人羞自薦。

鹽官絶句四首

塔前古檜

當年雙檜是雙童，相對無言老更恭。庭雪到腰埋不死，如今化作兩蒼龍。

戲　贈

惆悵沙河十里春，一番花老一番新。小橋依舊斜陽裏，不見樓中垂手人。

和人求筆跡

麥光鋪几净無瑕，入夜青燈照眼花。從此剡藤真可弔，半紆春蚓綰秋蛇。

畫魚歌

天寒水落魚在泥，短鈎畫水如耕犁。渚蒲拔折藻荇亂，此意豈復遺鰍鯢。偶然信手皆虛擊，本不辭勞幾萬一。一魚中刃百魚驚，蝦蟹奔忙誤跳擲。漁人養魚如養雛，插竿貫笠驚鵜鶘。豈知白挺鬧如雨，攪水覓魚嗟已疎。

游道塲山何山

道塲山頂何山麓，上徹雲峰下幽谷。我從山水窟中來，尚愛此山看不足。陂湖行盡白漫漫，青山忽作龍蛇盤。山高無風韻自響，誤認石齒號驚湍。山僧不放山泉出，屋底清池照瑤席。階前合抱香入雲，月裏仙人親手植。出山回望翠雲鬟，碧瓦朱欄縹緲間。白水田頭問行路，小溪深處是何山。高人讀書夜達旦，至今山鶴鳴夜半。我今廢學不歸山，山中對酒空三歎。

贈孫莘老七絶

其　二

天目山前渌浸裾，碧瀾堂下看銜艫。作堤捍水非吾事，閑送苕溪入太湖。

至秀州贈錢端公安道并寄其弟惠山老

鴛鴦湖邊月如水，孤舟夜榜鴛鴦起。平明繫纜石橋亭，慚愧冒寒髯御史。結交最晚情獨厚，論心無數今有幾。寂寞抱關歎蕭生，耆老執戟哀揚子。怪君顏采却秀發，無乃遷謫反便美。天公欲困無奈何，世人共抑真踈矣。毗陵高山錫無骨，陸子遺味泉冰齒。賢哉仲氏早拂衣，占斷此山長洗耳。山頭望湖光潑眼，山下濯足波生指。儻容逸少問金堂，記與嵇康留石髓。

正月二十一日病後述古邀往城外尋春

屋上山禽苦喚人，檻前冰沼忽生鱗。老來厭伴紅裙醉，病起空驚白髮新。卧聽使君鳴鼓角，試呼稚子整冠巾。曲欄幽榭終寒窘，一看郊原浩蕩春。

飲湖上初晴後雨二首

其　二

水光瀲灩晴方好，山色空濛雨亦奇。欲把西湖比西子，淡粧濃抹總相宜。

自普照遊二庵

長松吟風晚雨細，東庵半掩西庵閉。山行盡日不逢人，裛裛野梅香入袂。居僧笑我戀清景，自厭山深出無計。我雖愛山亦自笑，獨往神傷後難繼。不如西湖飲美酒，紅杏碧桃香覆髻。作詩寄謝採薇翁，本不避人那避世。

富陽妙庭觀董雙成故宅發地得丹鼎覆以銅盤承以琉璃盆盆既破碎丹亦爲人争奪持去今獨盤鼎在耳二首

其　一

人去山空鶴不歸，丹亡鼎在世徒悲。可憐九轉功成後，却把飛昇乞内芝。

山村五絶

其　三

老翁七十自腰鐮，慚愧春山筍蕨甜。豈是聞韶解忘味，邇來三月食無鹽。

其　四

杖藜裹飯去悤悤，過眼青錢轉手空。贏得兒童語音好，一年彊半在城中。

湖上夜歸

我飲不盡器，半酣味尤長。籃輿湖上歸，春風灑面凉。行到孤山西，夜色已蒼蒼。清吟雜夢寐，得句旋已忘。尚記梨花村，依依聞暗香。入城定何時，賓客半在亡。睡眼忽驚矍，繁燈鬧河塘。市人拍手笑，狀如失林麞。始悟山野姿，異趣難自彊。人生安爲樂，吾策殊未良。

次韻孫莘老見贈時莘老移廬州因以別之

鑪錘一手賦形殊，造化無心敢望渠。我本疎頑固當爾，子猶淪落況其餘。龔黄側畔難言政，羅趙前頭且眩書。惟有陽關一杯酒，慇懃重唱贈離居。

月兔茶

環非環，玦非玦，中有迷離玉兔兒。一似佳人裙上月，月圓還缺缺還圓，此月一缺圓何年。君不見鬬茶公子不忍鬬小團，上有雙銜綬帶雙飛鸞。

自昌化雙谿館下步尋谿源至治平寺二首

其一

亂山滴翠衣裘重，雙澗響空牕户摇。飽食不嫌谿筍瘦，穿林閑覓野芎苗。却愁縣令知游寺，尚喜漁人争渡橋。正似醴泉山下路，桑枝刺眼麥齊腰。

其　二

每見田園輒自招，倦飛不擬控扶摇。共疑楊惲非鋤豆，誰信劉章解立苗。老去尚飡彭澤米，夢歸時到錦江橋。宦遊莫作無家客，舉族長懸似細腰。

與臨安令宗人同年劇飲

我雖不解飲，把盞歡意足。試呼白髮感秋人，令唱黄雞催曉曲。與君登科如隔晨，敝袍霜葉空殘緑。如今莫問老與少，兒子森森如立竹。黄雞催曉不須愁，老盡世人非我獨。

寶山晝睡

七尺頑軀走世塵，十圍便腹貯天真。此中空洞渾無物，何止容君數百人。

僧清順新作垂雲亭

江山雖有餘，亭榭苦難穩。登臨不得要，萬象各偃蹇。惜哉垂雲軒，此地得何晚。天功争向背，詩眼巧增損。路窮朱欄出，山破石壁很。海門浸坤軸，湖尾抱雲巘。葱葱城郭麗，淡淡煙村遠。紛紛鳥鵲去，一一漁樵返。雄觀快新獲，微景收昔遁。道人真古人，嘯詠慕嵇阮。空齋卧蒲褐，芒屨每自捆。天憐詩人窮，乞與供詩本。我詩久不作，荒澀旋鋤墾。從君覓佳句，咀嚼廢朝飲。

韓子華石淙莊

絳侯百萬兵，尚畏書牘背。功名意不已，數與危機會。我公抱絶識，凜凜鎮横潰。欲收伊吕迹，遠與巢由對。誓言雖未從，久已斷諸内。區區爲懷祖，頗覺羲之隘。此身隨造物，一葉舞澎湃。田園不早定，歸宿終安在。彼美石淙莊，每到百事廢。泉流知人意，屈折作濤瀨。寒光洗肝鬲，清響跨竽籟。我舊門前客，放言不自外。園中亦何有，薈蔚可勝計。請公試回首，歲晚餘蒼檜。

佛日山榮長老方丈五絶

其　一

陶令思歸久未成，遠公不出但聞名。山中只有蒼髯叟，數里蕭蕭管送迎。

其　二

千株玉槊攙雲立，一穗珠旒落鏡寒。何處霜眉碧眼客，結爲三友冷相看。

其　三

東麓雲根露角牙，細泉幽咽走金沙。不堪土肉埋山骨，未放蒼龍浴渥洼。

其　四

食罷茶甌未要深，清風一榻抵千金。腹摇鼻息庭花落，還盡平生未足心。

其　五

日射西廊午枕明，水沉燒盡碧煙横。山人睡覺無人見，只有飛蚊遶鬢鳴。

與述古自有美堂乘月夜歸

娟娟雲月稍侵軒，瀲瀲星河半隱山。魚鑰未收清夜永，鳳簫猶在翠微間。凄風瑟縮經絃柱，香霧凄迷著髻鬟。共喜使君能鼓樂，萬人争看火城還。

八月十五日看潮五絶

其　三

江邊身世兩悠悠，久與滄波共白頭。造物亦知人易老，故教江水向西流。

其　四

吴兒生長狎濤淵，冒利輕生不自憐。東海若知明主意，應教斥鹵變桑田。

與周長官李秀才游徑山二君先以詩見寄次其韻二首

其一

少年飲紅裙，酒盡推不去。呼來徑山下，試與洗塵霧。癡馬惜障泥，臨流不肯渡。獨有汝南君，從我無朝暮。肯將紅塵脚，暫著白雲屨。嗟我與世人，何異笑百步。功名一破甑，棄置何用顧。更憑陶靖節，往問征夫路。

其二

龍亦戀故居，百年尚來去。至今雨雹夜，殿閣風纏霧。而我棄鄉國，大江忘北渡。便欲此山前，築室安遲暮。又恐太幽獨，歲晚霜入屨。同游得李生，仄足隨蹇步。孔明不自愛，臨老起三顧。吾歸便却掃，誰踏門前路。

登玲瓏山

何年僵立兩蒼龍，瘦脊盤盤尚倚空。翠浪舞翻紅罷亞，白雲穿破碧玲瓏。三休亭上工延月，九折巖前巧貯風。脚力盡時山更好，莫將有限趁無窮。

海會寺清心堂

南郭子綦初喪我，西來達摩尚求心。此堂不説有清濁，遊客自觀隨淺深。兩歲頻爲山水役，一溪長照雪霜侵。紛紛無補竟何事，慚愧高人閉户吟。

徑山道中次韻答周長官兼贈蘇寺丞

年來戰紛華，頗覺夫子勝。欲求五畝宅，灑掃樂清凈。學道恨日淺，問禪慚聽瑩。聊爲山水行，遂此麋鹿性。獨遊吾未果，覓伴誰復聽。吾宗古遺直，窮達付前定。餔糟醉方熟，灑面呼不醒。奈何效燕蝠，屢欲争晨暝。不如從我遊，高論發犀柄。谿南渡横木，山寺稱小徑。幽尋自兹始，歸路微月映。南望功臣山，雲外盤飛磴。三更渡錦水，再宿留石鏡。緬懷周與李，能作洛生詠。明朝三子至，詩律嚴號令。籃輿置紙筆，得句輕千乘。玲瓏苦奇秀，名實巧相稱。九僊更幽絶，笑語千山應。空巖側破甕，飛溜灑浮磬。山前見虎迹，候吏鐃鼓競。我生本艱奇，塵土滿釜甑。山禽與野獸，知我久蹭蹬。笑謂候吏還，禦虎我有命。徑山雖云遠，行李稍可併。頗訝王子猷，忽起山陰興。但報菊花開，吾當理歸榜。

初自徑山歸述古召飲介亭以病先起

西風初作十分凉，喜見新橙透甲黄。遲暮賞心驚節物，登臨病眼怯秋光。慣眠處士雲庵裏，倦醉佳人錦瑟傍。猶有夢回清興在，卧聞歸路樂聲長。

送杭州杜戚陳三掾罷官還鄉

秋風摵摵鳴枯蓼，船閣荒村夜悄悄。正當逐客斷腸時，君獨歌呼醉連曉。老夫平生齊得喪，尚戀微官失輕矯。君今憔悴歸無食，五斗未可秋毫小。君言失意能幾時，月啖蝦蟆行復皎。殺人無驗中不快，此恨終身恐難了。狗時所得無幾何，隨手已遭憂患繞。期君正似種粟麥，忍饑更待明年麰。

次韻周長官壽星院同餞魯少卿

琉璃百頃水僊家，風静湖平響釣車。寂歷疎松欹晚照，伶俜寒蝶抱秋花。困眠不覺依蒲褐，歸路相將踏桂華。更著綸巾披鶴氅，他年應作畫圖誇。

和柳子玉喜雪次韻仍呈述古

詩翁愛酒常如渴，瓶盡欲沽囊已竭。燈青火冷不成眠，一夜撚鬚吟喜雪。詩成就我覓歡處，我窮正與君髣髴。曷不走投陳孟公，有酒醉君仍飽德。瓊瑶欲盡天應惜，更遣清光續殘月。安得佳人擢素手，笑捧玉盌兩奇絶。艷歌一曲回陽春，坐使高堂生暖熱。

李頎秀才善畫山以兩軸見寄仍有詩次韻答之

平生自是箇中人，欲向漁舟便寫真。詩句對君難出手，雲泉勸我早抽身。年來白髮驚秋速，長恐青山與世新。從此北歸休悵望，囊中收得武陵春。

柳氏二外甥求筆跡二首

其　一

退筆如山未足珍，讀書萬卷始通神。君家自有元和脚，莫厭家雞更問人。

錢安道席上令歌者道服

烏府先生鐵作肝，霜風卷地不知寒。猶嫌白髮年前少，故點紅燈雪裏看。他日卜鄰先有約，待君投紱我休官。如今且作華陽服，醉唱儂家七返丹。

除夜野宿常州城外二首

其　一

行歌野哭兩堪悲，遠火低星漸向微。病眼不眠非守歲，鄉音無伴苦思歸。重衾脚冷知霜重，新沐頭輕感髮稀。多謝殘燈不嫌客，孤舟一夜許相依。

其　二

南來三見歲云徂，直恐終身走道塗。老去怕看新曆日，退歸擬學舊桃符。煙花已作青春意，霜雪偏尋病客鬚。但把窮愁博長健，不辭最後飲屠蘇。

刁同年草堂

不用長竿矯繡衣，南園北第兩參差。青山有約長當户，野水無情自入池。歲久酴醾渾欲合，春來楊柳不勝垂。主人不用怱怱去，正是紅梅着子時。

惠山謁錢道人烹小龍團登絶頂望太湖

踏遍江南南岸山，逢山未免更流連。獨携天上小團月，來試人間第二泉。石路縈迴九龍脊，水光翻動五湖天。孫登無語空歸去，半嶺松聲萬壑傳。

虎丘寺

入門無平田，石路穿細嶺。陰風生澗壑，古木翳潭井。湛盧誰復見，秋水光耿耿。鐵花秀巖壁，殺氣噤蛙黽。幽幽生公堂，左右立頑礦。當年或未信，異類服精猛。胡爲百歲後，仙鬼互馳騁。窈然留清詩，讀者爲悲哽。東軒有佳致，雲水麗千頃。熙熙覽生物，春意破凄冷。我來屬無事，暖日相與永。喜鵲翻初旦，愁鳶蹲落景。坐見漁樵還，新月溪上影。悟彼良自咍，歸田行可請。

常潤道中有懷錢塘寄述古五首

其　四

國艷夭嬈酒半酣，去年同賞寄僧簷。但知撲撲晴香軟，誰見森森曉態嚴。穀雨共驚無幾日，蜜蜂未許輒先甜。應須火急回征棹，一片辭枝可得黏。

金山寺與柳子玉飲大醉卧寶覺禪榻夜分方醒書其壁

惡酒如惡人，相攻劇刀箭。頹然一榻上，勝之以不戰。詩翁氣雄拔，禪老語清軟。我醉都不知，但覺紅綠眩。醒時江月墮，撼撼風響變。惟有一龕燈，二豪俱不見。

大風留金山兩日

塔上一鈴獨自語，明日顛風當斷渡。朝來白浪打蒼崖，倒射軒窗作飛雨。龍驤萬斛不敢過，漁艇一葉從掀舞。細思城市有底忙，却笑蛟龍爲誰怒。無事久留童僕怪，此風聊得妻孥許。灊山道人獨何事，半夜不眠聽粥鼓。

無錫道中賦水車

翻翻聯聯銜尾鴉，犖犖确确蜕骨蛇。分疇翠浪走雲陣，刺水綠鍼抽稻芽。洞庭五月欲飛沙，鼉鳴窟中如打衙。天公不見老翁泣，唤取阿香推雷車。

過永樂文長老已卒

初驚鶴瘦不可識，旋覺雲歸無處尋。三過門間老病死，一彈指頃去來今。存亡慣見渾無淚，鄉井難忘尚有心。欲向錢塘訪圓澤，葛洪川畔待秋深。

僧惠勤初罷僧職

軒軒青田鶴，鬱鬱在樊籠。既爲物所縻，遂與吾輩同。今來始謝去，萬事一笑空。新詩如洗出，不受外垢蒙。清風入齒牙，出語如風松。霜髭茁病骨，饑坐聽午鐘。非詩能窮人，窮者詩乃工。此語信不妄，吾聞諸醉翁。

新城陳氏園次韻補之韻

荒凉廢圃秋，寂歷幽花晚。山城已窮僻，況與城相遠。我來亦何事，徒倚望雲巘。不見苦吟人，清樽爲誰滿。

梅聖俞詩中有毛長官者今於潛令國華也聖俞没十五年而君猶爲令捕蝗至其邑作詩戲之

詩翁憔悴老一官，厭見苜蓿堆青盤。歸來羞澀對妻子，自比鮎魚緣竹竿。今君滯留生二毛，飽聽衙鼓眠黄紬。更將嘲笑調朋友，人道獼猴騎土牛。願君恰似高常侍，暫爲小邑仍刺史。不願君爲孟浩然，却遭明主放還山。宦遊逢此歲年惡，飛蝗來時半天黑。羨君封境稻如雲，蝗自識人人不識。

與毛令方尉游西菩提寺二首

其一

推擠不去已三年，魚鳥依然笑我頑。人未放歸江北路，天教看盡浙西山。尚書清節衣冠後，處士風流水石間。一笑相逢那易得，數詩狂語不須刪。

平山堂次王居卿祠部韻

高會日陪山簡醉，狂言屢發次公醒。酒如人面天然白，山向吾曹分外青。江上飛雲來北固，檻前修竹憶南屏。六朝興廢餘丘壠，空使奸雄笑寧馨。

次韻孫職方蒼梧山

蒼梧奇事豈虛傳，荒怪還須問子年。遠託鰲頭轉滄海，來依鵬背負青天。或云靈境歸賢者，又恐神功亦偶然。聞道新春恣遠覽，羨君平地作飛仙。

次韻孫巨源寄漣水李盛二著作并以見寄五絶

其　一

南嶽諸劉豈易逢，相望無復馬牛風。山公雖見無多子，社燕何由戀塞鴻。

其　二

高才晚歲終難進，勇退當年正急流。不獨二疏爲可慕，他時當有景孫樓。

其　三

漱石先生難可意，齧氈校尉久無朋。應知客路愁無奈，故遣吟詩調李陵。

其　四

雲雨休排神女車，忠州老病畏人誇。詩豪正值安仁在，空看河陽滿縣花。

其　五

膠西未到吾能說，桑柘禾麻不見春。不羨京塵騎馬客，羨他淮月弄舟人。

二公再和亦再答之

寒雞知將晨，饑鶴知夜半。亦如老病客，遇節嘗感歎。光陰等敲石，過眼不容玩。親友如摶沙，放手還復散。羈孤每自笑，寂寞誰肯伴。元達號神君，高論森月旦。紀明本賢將，汨没事堆桉。欣然肯相顧，夜閣燈火亂。盤空愧不飽，酒薄僅堪盥。雍容許著帽，不怪安石緩。雖無窈窕人，清唱弄珠貫。幸有縱橫舌，説劍起慵懦。二豪沈下位，暗火埋濕炭。豈似草玄人，默默老儒館。行看富貴逼，炙手借餘暖。應念苦思歸，登樓賦王粲。

雪後書北臺壁二首

其二

城頭初日始翻鴉，陌上晴泥已没車。凍合玉樓寒起粟，光摇銀海眩生花。遺蝗入地應千尺，宿麥連雲有幾家。老病自嗟詩力退，空吟冰柱憶劉叉。

謝人見和前篇二首

其一

已分酒杯欺淺懦，敢將詩力鬬深嚴。漁蓑句好真堪畫，柳絮才高不道鹽。敗履尚存東郭足，飛花又舞謫仙簷。書生事業真堪笑，忍凍孤吟退筆尖。

其　二

九陌凄風戰齒牙，銀杯逐馬帶隨車。也知不作堅牢玉，無奈能開頃刻花。得酒强歡愁底事，閉門高卧定誰家。臺前日暖君須愛，冰下寒魚漸可叉。

游盧山次韻章傳道

塵容已似服轅駒，野性猶同縱壑魚。出入巖巒千仞表，較量筋力十年初。雖無窈窕驅前馬，還有鴟夷挂後車。莫笑吟詩淡生活，當令阿買爲君書。

和子由四首

送　春

夢裏青春可得追，欲將詩句絆餘暉。酒闌病客惟思睡，蜜熟黄蜂亦懶飛。芍藥櫻桃俱掃地，鬢絲禪榻兩忘機。憑君借取《法界觀》，一洗人間萬事非。

送李供備席上和李詩

家聲赫奕蓋并凉，也解微吟錦瑟旁。擘水取魚湖起浪，引杯看劍坐生光。風流别後人人憶，才器歸來種種長。不用更貪窮事業，風騷分付與沈湘。

寄劉孝叔

君王有意誅驕鹵，椎破銅山鑄銅虎。聯翩三十七將軍，走馬西來各開府。南山伐木作車軸，東海取鼉漫戰鼓。汗流奔走誰敢後，恐乏軍興汙資斧。保甲連村團未遍，方田訟牒紛如雨。爾來手實降新書，抉剔根株窮脉縷。詔書惻怛信深厚，吏能淺薄空勞苦。平生學問只流俗，衆裏笙竽誰比數。忽令獨奏《鳳將雛》，倉卒欲吹那得譜。況復連年苦饑饉，剥齧草木啖泥土。今年雨雪頗應時，又報蝗蟲生翅股。憂來洗盞欲强醉，寂莫虚齋卧空甒。公厨十日不生煙，更望紅裙踏筵舞。故人屢寄山中信，只有當歸無別語。方將雀鼠偷太倉，未肯衣冠挂神武。吴興丈人真得道，平日立朝非小補。自從四方冠蓋鬧，歸作二浙湖山主。高踪已自雜漁釣，大隱何曾棄簪組。去年相從殊未足，問道已許談其粗。逝將棄官往卒業，俗緣未盡那得覩。公家只在雪谿上，上有白雲如白羽。應憐進退苦皇皇，更把安心教初祖。

孔長源挽詩二首

其一

少年才氣冠當時，晚節孤風益自奇。君勝宜爲夫子後，林宗不愧蔡邕碑。南荒尚記誅元惡，東越誰能事細兒。耆舊如今幾人在，爲君無憾爲時悲。

答陳述古二首

其　一

漫説山東第二州，棗林桑泊負春游。城西亦有紅千葉，人老簪花却自羞。

其　二

小桃破萼未勝春，羅綺叢中第一人。聞道使君歸去後，舞衫歌扇總成塵。

懷西湖寄鼂美叔同年

西湖天下景，遊者無愚賢。淺深隨所得，誰能識其全。嗟我本狂直，早爲世所捐。獨專山水樂，付與寧非天。三百六十寺，幽尋遂窮年。所至得其妙，心知口難傳。至今清夜夢，耳目餘芳鮮。君持使者節，風采爍雲煙。清流與碧巘，安肯爲君妍。胡不屏騎從，暫借僧榻眠。讀我壁間詩，清凉洗煩煎。策杖無道路，直造意所便。應逢古漁父，葦間自延緣。問道若有得，買魚勿論錢。

祭常山回小獵

青蓋前頭點皂旂，黄茅岡下出長圍。弄風驕馬跑空立，趁兔蒼鷹掠地飛。回望白雲生翠巘，歸來紅葉滿征衣。聖明若用西涼簿，白羽猶能效一揮。

和章七出守湖州二首

其　一

方丈仙人出渺茫，高情猶愛水雲鄉。功名誰使連三捷，身世何緣得兩忘。早歲歸休心共在，他年相見話偏長。只因未報君恩重，清夢時時到玉堂。

其　二

絳闕雲臺總有名，應須極貴又長生。鼎中龍虎黄金賤，松下龜蛇緑骨輕。霅水未渾纓可濯，弁峰初見眼應明。兩卮春酒真堪羡，獨占人間分外榮。

寄題刁景純藏春塢

白首歸來種萬松，待看千尺舞霜風。年抛造物陶甄外，春在先生杖屨中。楊柳長齊低户暗，櫻桃爛熟滴堦紅。何時却與徐元直，共訪襄陽龐德公。

玉盤盂二首

東武舊俗，每歲四月，大會於南禪、資福兩寺，以芍藥供佛，而今歲最盛。凡七千餘朵，皆重跗累萼，繁麗豐碩。中有白花，正圓如覆盂，其下十餘葉，稍大，承之如槃，姿格絶異，獨出於七千朵之上。云：得之於城北蘇氏園中，周宰相莒公之别業也。而其名甚俚，乃爲易之。

其　二

花不能言意可知，令君痛飲更無疑。但持白酒勸嘉客，直待瓊舟覆玉彝。負郭相君初擇地，看羊屬國首吟詩。吾家豈與花相厚，更問殘芳有幾枝。

和黿同年九日見寄

仰看鸞鵠刺天飛，富貴功名老不思。病馬已無千里志，騷人長負一秋悲。古來重九皆如此，别後西湖付與誰。遣子窮愁天有意，吴中山水要清詩。

和孔郎中荆林馬上見寄

秋禾不滿眼，宿麥種亦稀。永愧此邦人，芒刺在膚肌。平生五千卷，一字不救饑。方將怨無襦，忽復歌《緇衣》。堂堂孔北海，直氣凛郡兒。朱輪未及郊，清風已先馳。何以累君子，十萬貧與羸。滔滔滿四方，我行竟安之。何時劒關路，春山聞子規。

留别釋迦院牡丹呈趙倅

春風小院却來時，壁間惟見使君詩。應問使君何處去，憑花説與春風知。年年歲歲何窮已，花似今年人老矣。去年崔護若重來，前度劉郎在千里。

劉貢父見余歌詞數首以詩見戲聊次其韻

十載飄然未可期，那堪重作看花詩。門前惡語誰傳去，醉後狂歌自不知。刺舌君今猶未戒，炙眉吾亦更何辭。相從痛飲無餘事，正是春容最好時。

和孔君亮郎中見贈

偶對先生盡一樽，醉看萬物洶崩奔。優游共我聊卒歲，骯髒如君合倚門。只恐掉頭難久住，應須傾蓋便深論。固知嚴勝風流在，又見長身十世孫。

送范景仁游洛中

小人真闇事，閑退豈公難。道大吾何病，言深聽者寒。憂時雖蚤白，駐世有還丹。得酒相逢樂，無心所遇安。去年行萬里，蜀路走千盤。投老身彌健，登山意未闌。西游爲櫻筍，東道盡鵷鸞。杖屨携兒去，園亭借客看。折花斑竹寺，弄水石樓灘。觱馬衰憐白，驚雷怯笑韓。蘚書標洞府，松蓋偃天壇。試與劉夫子，重尋靖長官。

次韻景仁留別

公老我亦衰，相見恨不數。臨行一杯酒，此意重山嶽。歌詞白紵清，琴弄黄鐘濁。詩新眇難和，飲少僅可學。欲參兵部選，有力誰如犖。且作東諸侯，山城雄鼓角。南游許過我，不憚千里邈。會當聞公來，倒屣髮一握。

送魯元翰少卿知衛州

冗士無處著，寄身范公園。桃李忽成陰，薺麥秀已繁。閉門春晝永，惟有黄蜂喧。誰人肯携酒，共醉榆柳村。髯卿獨何者，一月三到門。我不往拜之，髯來意彌敦。堂堂元老後，亹亹仁人言。憶在錢塘歲，情好均弟昆。時於冰雪中，笑語作春温。欲飲徑相覓，夜開叢竹軒。搜尋到篋笥，鮓醢無復存。每愧煙火中，玉腕親炮燔。別來今幾何，相對如夢魂。告我當北渡，新詩侑清樽。坡陁太行麓，洶湧黄河翻。仕宦非不遇，王畿西北垣。斯民如魚耳，見網則驚奔。皎皎千丈清，不如尺水渾。刑政雖首務，念當養其源。一聞襦袴音，盗賊安足論。

和李邦直沂山祈雨有應

高田生黄埃，下田生蒼耳。蒼耳亦已無，更問麥有幾。蛟龍睡足亦解慚，二麥枯時雨如洗。不知雨從何處來，但聞吕梁百步聲如雷。試上城南望城北，際天菽粟青成堆。饑火燒腸作牛吼，不知待得秋成否？半年不雨坐龍慵，共怨天公不怨龍。今朝一雨聊自贖，龍神社鬼各言功。無功日盗太倉穀，嗟我與龍同此責。勸農使者不汝容，因君作詩先自劾。

和孔密州五絶

東欄梨花

梨花淡白柳深青，柳絮飛時花滿城。惆悵東欄二株雪，人生看得幾清明。

次韻李邦直感舊

騶騎傳呼出跨坊，簿書填委入充堂。誰教按部如何武，只許清樽對孟光。婉娩有時來入夢，温柔何日聽還鄉。酸寒病守尤堪笑，千步空餘僕射場。

與梁先舒焕泛舟得臨釀字二首

其　一

彭城古戰國，孤客勸登臨。汴泗交流處，清潭百丈深。故人輕千里，繭足來相尋。何以娱佳客，潭水洗君心。

次韻答邦直子由四首

其　三

老弟東來殊寂寞，故人留飲慰酸寒。草荒城角開新徑，雨入河洪失舊灘。車馬追陪迹未掃，唱酬往復字應漫。此詩更欲憑君改，待與江南子布看。

過雲龍山人張天驥

郊原雨初足，風日清且好。病守亦欣然，肩輿白門道。荒田咽蛩蚓，村巷懸梨棗。下有幽人居，閉門空雀噪。西風高正厲，落葉紛可掃。孤童卧斜日，病馬放秋草。墟里通有無，垣牆任摧倒。君家本冠蓋，絲竹鬧鄰保。脱身聲利中，道德自濯澡。躬耕抱羸疾，奉養百歲老。詩書膏吻頰，菽水媚翁媪。饑寒天隨子，杞菊自擷芼。慈孝董邵南，雞狗相乳抱。吾生如寄耳，歸計失不蚤。故山豈敢忘，但恐迫華皓。從君好種秫，斗酒時自勞。

答任師中家漢公

先君昔未仕，杜門皇祐初。道德無貧賤，風采照鄉閭。何嘗疎小人，小人自闊疎。出門無所詣，老史在郊墟。門前萬竿竹，堂上四庫書。高樹紅消梨，小池白芙蕖。常呼赤脚婢，雨中擷園蔬。矯矯任夫子，罷官還舊廬。是時里中兒，始識長者車。烹雞酌白酒，相對歡有餘。有如龐德公，往還葛與徐。妻子走堂下，主人竟誰歟。我時年尚幼，作賦慕相如。侍立看君談，精悍實起予。歲月曾幾何，耆老逝不居。史侯最先殁，孤墳拱桑樗。我亦涉萬里，清血滿襟袪。漂流二十年，始悟萬緣虛。獨喜任夫子，老佩刺史魚。威行烏白蠻，解辮請冠裾。方當入奏事，清廟陳璠璵。胡爲厭軒冕，歸意不少紓。上蔡有良田，黄沙走清渠。罷亞百頃稻，雍容十年儲。閑隨李丞相，搏射鹿與猪。蒼鷹十斤重，猛犬如黄驢。豈比陶淵明，窮苦自把鋤。我今四十二，衰髮不滿梳。彭城古名郡，乏人偶見除。頭顱已可知，幾何不樵漁。會當相從去，芒鞋老菑畬。念子瘴江邊，懷抱向誰攄。賴我同年友，相歡出同輿。冰盤薦文鮪，玉斝傾浮蛆。醉中忽思我，清詩綴瓊琚。知我少詼諧，教我時卷舒。世事日反覆，翩如風中旟。雀羅弔廷尉，秋扇悲婕妤。升沈一何速，喜怒紛衆狙。作詩謝二子，我師甯與蘧。

初别子由

我少知子由，天資和而清。好學老益堅，表裏漸融明。豈獨爲吾弟，要是賢友生。不見六七年，微言誰與賡。常恐坦率性，放縱不自程。會合亦何事，無言對空枰。使人之意消，不善無由萌。森然有六女，包裹布與荆。無憂賴賢婦，藜藿等大烹。使子得行意，青衫陋公卿。明日無晨炊，倒牀作雷鳴。秋眠我東閣，夜聽風雨聲。懸知不久别，妙理難細評。昨日忽出門，孤舟轉西城。歸來北堂上，古屋空峥嶸。退食悞相從，入門中自驚。南都信繁會，人事水火争。念當閉閤坐，頹然寄聾盲。妻子亦細事，文章固虚名。會須掃白髮，不復用黄精。

王鞏屢約重九見訪既而不至以詩送將官梁交且見寄次韻答之交頗文雅不類武人家有侍者甚惠麗

知君月下見傾城，破恨懸知酒有兵。老守亡何惟日飲，將軍競病自詩鳴。花枝不共秋欹帽，筆陣空來夜斫營。愛惜微官將底用，他年只好寫銘旌。

河復

君不見西漢元光元封間，河決瓠子二十年。鉅野東傾淮泗滿，楚人恣食黄河鱣。萬里沙回封禪罷，初遣越巫沉白馬。河公未許人力窮，薪芻萬計隨流下。吾君仁聖如帝堯，百神受職河神驕。帝遣風師下約束，北流夜起澶州橋。東風吹凍收微渌，神功不用淇園竹。楚人種麥滿河淤，仰看浮槎棲古木。

韓幹馬十四匹

二馬並驅攢八蹄，二馬宛頸騣尾齊。一馬任前雙舉後，一馬却避長鳴嘶。老髯奚官騎且顧，前身作馬通馬語。後有八匹飲且行，微流赴吻若有聲。前者既濟出林鶴，後者欲涉鶴俛啄。最後一匹馬中龍，不嘶不動尾搖風。韓生畫馬真是馬，蘇子作詩如見畫。世無伯樂亦無韓，此詩此畫誰當看。

贈寫御容妙善師

憶昔射策干先皇，珠簾翠幄分兩廂。紫衣中使下傳詔，跪奉冉冉聞天香。仰觀眩晃目生暈，但見曉色開扶桑。迎陽晚出步就坐，絳紗玉斧光照廊。野人不識日月角，彷髴尚記重瞳光。三年歸來真一夢，橋山松檜凄風霜。天容玉色誰敢畫，老師古寺晝閉房。夢中神授心有得，覺來信手筆已忘。幅巾常服儼不動，孤臣入門涕自滂。元老侑坐鬚眉古，虎臣立侍冠劍長。平生慣寫龍鳳質，肯顧草間猿與麞。都人踏破鐵門限，黄金白璧空堆牀。爾來摹寫亦到我，謂是先帝白髮郎。不須覽鏡坐自了，明年乞身歸故鄉。

哭刁景純

讀書想前輩，每恨生不蚤。紛紛少年場，猶得見此老。此老如松柏，不受霜雪槁。直從毫末中，自養到合抱。宏材乏近用，千歲自枯倒。文章餘正始，風節貫華皓。平生爲人耳，自爲薄如縞。是非雖難齊，反覆看愈好。前年旅吴越，把酒慶壽考。扣門無晨夜，百過迹未掃。但知從德公，未省厭丘嫂。別時公八十，後會知難保。昨日故人書，連年喪翁媪。傷心范橋水，漾漾舞寒藻。華堂不見人，瘦馬空戀皁。我欲江東去，匏樽酌行潦。鏡湖無賀監，慟哭稽山道。忍見萬松岡，荒池没秋草。

答呂梁仲屯田

亂山合沓圍彭門，官居獨在懸水村。居民蕭條雜麋鹿，小市冷落無雞豚。黄河西來初不覺，但訝清泗奔流渾。夜聞沙岸鳴甕盎，曉看雪浪浮鵬鯤。呂梁自古喉吻地，萬頃一抹何由吞。坐觀入市卷閭井，吏民走盡餘王尊。計窮路斷欲安適，吟詩破屋愁鳶蹲。歲寒霜重水歸壑，但見屋瓦留沙痕。入城相對如夢寐，我亦僅免爲魚黿。旋呼歌舞雜詼笑，不惜飲醑空缾盆。念君官舍冰雪冷，新詩美酒聊相温。人生如寄何不樂，任使絳蠟燒黄昏。宣房未築淮泗滿，故道堙滅瘡痍存。明年勞苦應更甚，我當畚鍤先黥髡。付君萬指伐頑石，千鎚雷動蒼山根。高城如鐵洪口快，談笑却掃看崩奔。農夫掉臂免狼顧，秋穀布野如雲屯。還須更置軟脚酒，爲君擊鼓行金樽。

讀孟郊詩二首

其一

夜讀孟郊詩，細字如牛毛。寒燈照昏花，佳處時一遭。孤芳擢荒穢，苦語餘詩騷。水清石鑿鑿，湍激不受篙。初如食小魚，所得不償勞。又似煮彭蜞，竟日嚼空螯。要當鬬僧清，未足當韓豪。人生如朝露，日夜火消膏。何苦將兩耳，聽此寒蟲號。不如且置之，飲我玉色醪。

其二

我憎孟郊詩，復作孟郊語。饑腸自鳴喚，空壁轉飢鼠。詩從肺腑出，出輒愁肺腑。有如黄河魚，出膏以自煮。尚愛《銅斗歌》，鄙俚頗近古。桃弓射鴨罷，獨速短蓑舞。不憂踏船翻，踏浪不踏土。吴姬霜雪白，赤脚浣白紵。嫁與踏浪兒，不識離别苦。歌君江湖曲，感我長羈旅。

與梁左藏會飲傅國博家

將軍破賊自草檄，論詩説劍俱第一。彭城老守本虚名，識字劣能欺項籍。風流别駕貴公子，欲把笙歌暖鋒鏑。紅旆朝開猛士噪，翠帷暮卷佳人出。東堂醉卧呼不起，啼鳥落花春寂寂。試教長笛傍耳根，一聲吹裂堦前石。

約公擇飲是日大風

先生生長匡廬山，山中讀書三十年。舊聞飲水師顏淵，不知治劇乃所便。偷兒夜探赤白丸，奮髯忽逢朱子元。半年群盜誅七百，誰信家書藏九千。春風無事秋月閑，紅妝執樂豪且妍。紫衫玉帶兩部全，琵琶一抹四十絃。客來留飲不計錢，齊人愛公如子産。兒啼卧路呼不還，我慚山郡空留連。牙兵部吏笑我寒，邀公飲酒公無難。約束官奴買花鈿，薰衣理髮夜不眠。曉來顛風塵暗天，我思其由豈坐慳。作詩媿謝公笑讙，歸來瑟縮愈不安。要當啖公八百里，豪氣一洗儒生酸。

起伏龍行

何年白竹千鈞弩，射殺南山雪毛虎。至今顱骨帶霜牙，尚作四海毛蟲祖。東方久旱千里赤，三月行人口生土。碧潭近在古城東，神物所蟠誰敢侮。上欹蒼石擁巖竇，下應清河通水府。眼光作電走金蛇，鼻息爲雲擢煙縷。當年負圖傳帝命，左右羲軒詔神禹。爾來懷寶但貪眠，滿腹雷霆瘖不吐。赤龍白虎戰明日，倒卷黄河作飛雨。嗟我豈樂鬬兩雄，有事徑須煩一怒。

杜介熙熙堂

崎嶇世路最先回，窈窕華堂手自開。咄咄何曾書怪事，熙熙長覺似春臺。白砂碧玉味方永，黄紙紅旗心已灰。遥想閉門投轄飲，鵾絃鐵撥響如雷。

僕曩於長安陳漢卿家見吴道子畫佛碎爛可惜其後十餘年復見之於鮮于子駿家則已裝背完好子駿以見遺作詩謝之

貴人金多身復閑，争買書畫不計錢。已將鐵石充逸少，更補朱繇爲道玄。煙薰屋漏裝玉軸，鹿皮蒼璧知誰賢。吴生畫佛本神授，夢中化作飛空仙。覺來落筆不經意，神妙獨到秋毫顛。昔我長安見此畫，歎息至寶空潸然。素絲斷續不忍看，已作蝴蝶飛聯翩。君能收拾爲補綴，體質散落嗟神全。誌公髣髴見刀尺，修羅天女猶雄妍。如觀老杜飛鳥句，脱字欲補知無緣。問君乞得良有意，欲將俗眼爲洗湔。貴人一見定羞怍，錦囊千紙何足捐。不須更用博麻縷，付與一炬隨飛煙。

雨中過舒教授

疎疎簾外竹，瀏瀏竹間雨。牕扉静無塵，几硯寒生霧。美人樂幽獨，有得緣無慕。坐依蒲褐禪，起聽風甌語。客來淡無有，洒掃凉冠屨。濃茗洗積昏，妙香净無慮。歸來北堂闇，一一微螢度。此生憂患中，一餉安閑處。飛鳶悔前笑，黄犬悲晚悟。自非陶靖節，誰識此間趣。

次韻舒教授寄李公擇

草書妙絶吾所兄，真書小低猶抗行。論文作詩俱不敵，看君談笑收降旌。去年逾月方出晝，爲君劇飲幾濡首。今年過我雖少留，寂寞陶潛方止酒。别時流涕攬君鬚，懸知此懽墮空虛。松下縱横餘屐齒，門前轣轆想君車。怪君一身都是德，近之清潤淪肌骨。細思還有可恨時，不許藍橋見傾國。

芙蓉城

芙蓉城中花冥冥，誰其主者石與丁。珠簾玉按翡翠屏，雲舒霞卷千娉婷。中有一人長眉青，炯如微雲淡疎星。往來三世空鍊形，竟坐誤讀《黄庭經》。天門夜開飛爽靈，無復白日乘雲軿。俗緣千劫磨不盡，翠被冷落淒餘馨。因過緱山朝帝廷，夜聞笙簫弭節聽。飄然而來誰使令，皎如明月入牕櫺。忽然而去不可執，寒衾虛幌風泠泠。仙宫洞房本不扃，夢中同躡鳳凰翎。徑度萬里如奔霆，玉樓浮空聳亭亭。天書雲篆誰所銘，遶樓飛步高竛竮。仙風鏘然韻流鈴，蘧蘧形開如醉醒。芳卿寄謝空丁寧，一朝覆水不返缾，羅巾别淚空漤漤。春風花開秋葉零，世間羅綺紛膻腥。此身流浪隨滄溟，偶然相值兩浮萍。願君收視觀三庭，勿與嘉穀生蝗螟。從渠一念三千齡，下作人間尹與邢。

和鮮于子駿鄆州新堂月夜二首

其一

去歲遊新堂，春風雪消後。池中半篙水，池上千尺柳。佳人如桃李，胡蜨入衫袖。山川今何許，疆野已分宿。歲月不可思，駛若船放溜。繁華真一夢，寂寞兩榮朽。惟有當時月，依然照杯酒。應憐船上人，坐穩不知漏。

九日黄樓作

去年重陽不可説，南城夜半千漚發。水穿城下作雷鳴，泥滿城頭飛雨滑。黄花白酒無人問，日暮歸來洗韡韈。豈知還復有今年，把琖對花容一呷。莫嫌酒薄紅粉陋，終勝泥中千柄鍤。黄樓新成壁未乾，清河已落霜初殺。朝來白露如細雨，南山不見千尋刹。樓前便作海茫茫，樓下空聞櫓鴉軋。薄寒中人老可畏，熱酒澆腸氣先壓。煙消日出見漁村，遠水鱗鱗山齾齾。詩人猛士雜龍虎，楚舞吴歌亂鵝鴨。一杯相屬君勿辭，此景何殊泛清霅。

送孫勉

昔年罷東武，曾過北海縣。白河翻雪浪，黄土如蒸麪。桑麻冠東方，一熟天下賤。是時累饑饉，常苦盜賊變。每憐追胥官，野宿風裂面。君爲淮南秀，文采照金殿。胡爲事奔走，投筆腰羽箭。更被髯參軍，豪篇來督戰。親程三郡士，玉石不能衒。欲知君得人，失者亦稱善。君才無不可，要使經百鍊。吾詩堪咀嚼，聊送别酒醼。

李思訓畫長江絶島圖

山蒼蒼，水茫茫，大孤小孤江中央。崖崩路絶猿鳥去，惟有喬木攙天長。客舟何處來，棹歌中流聲抑揚。沙平風軟望不到，孤山久與船低昂。峨峨兩烟鬟，曉鏡開新妝。舟中賈客莫漫狂，小姑前年嫁彭郎。

次韻王鞏顔復同泛舟

沈郎清瘦不勝衣，邊老便便帶十圍。蹩躠身輕山上走，讙呼船重醉中歸。舞腰似雪金釵落，談辯如雲玉麈揮。憶在錢塘正如此，回頭四十二年非。

次韻張十七九日贈子由

千戈萬槊擁笓籬，九日清樽豈復持。官事無窮何日了，菊花有信不吾欺。逍遥瓊館真堪羡，取次塵纓未可縻。迨此暇時須痛飲，他年長劍拄君頤。

次韻王鞏留別

去國已八年，故人今有誰？當時交游内，未數蔡克兒。豈無知我者，好爵半已縻。争爲東閣吏，不顧北山移。公子表獨立，與世頗異馳。不辭千里遠，成此一段奇。蛾眉亦可憐，無奈思餅師。無人伴客寢，惟有支牀龜。君歸與何人，文字相娱嬉。持此調張子，一笑當脱頤。

次韻僧潛見贈

道人胸中水鏡清，萬象起滅無逃形。獨依古寺種秋菊，要伴騷人餐落英。人間底處有南北，紛紛鴻雁何曾冥。閉門坐穴一禪榻，頭上歲月空峥嶸。今日偶出爲求法，欲與慧劍加礱硎。雲衲新磨山水出，霜髭不剪兒童驚。公侯欲識不可得，故知倚市無傾城。秋風吹夢過淮水，想見橘柚垂空庭。故人各在天一角，相望落落如晨星。彭城老守何足顧，棗林桑野相邀迎。千山不憚荒店遠，兩脚欲趁飛猱輕。多生綺語磨不盡，尚有宛轉詩人情。猿吟鶴唳本無意，不知下有行人行。空堦夜雨自清絶，誰使掩抑啼孤惸。我欲仙山掇瑶草，傾筐坐嘆何時盈。簿書鞭扑晝填委，煮茗燒栗宜宵征。乞取摩尼照濁水，共看落月金盆傾。

次韻潛師放魚

法師説法臨泗水，無數天花隨麈尾。勸將净業種西方，莫待夢中呼起起。哀哉若魚竟坐口，遠愧知幾穆生醴。況逢孟簡對盧仝，不怕校人欺子美。疲民尚作魚尾赤，數罟未除吾頼泚。法師自有衣中珠，不用辛苦泥沙底。

次韻參寥師寄秦太虚三絶句時秦君舉進士不得

其　二

一尾追風抹萬蹄，昆侖玄圃謂朝隮。回看世上無伯樂，却道鹽車勝月題。

百步洪

其　一

長洪斗落生跳波，輕舟南下如投梭。水師絶叫鳧雁起，亂石一綫争磋磨。有如兔走鷹隼落，駿馬下注千丈坡。斷絃離柱箭脱手，飛電過隙珠翻荷，四山眩轉風掠耳，但見流沫生千渦。嶮中得樂雖一快，何異水伯夸秋河。我生乘化日夜逝，坐覺一念逾新羅。紛紛争奪醉夢裏，豈信荆棘埋銅駞。覺來俯仰失千回船上劫，回視此水殊委蛇。君看岸邊蒼石上，古來篙眼如蜂窠。但應此心無所住，造物雖駛如吾何。回船上馬各歸去，多言譊譊師所呵。

送參寥師

上人學苦空，百念已灰冷。劍頭惟一吷，焦穀無新穎。胡爲逐吾輩，文字爭蔚炳。新詩如玉屑，出語便清警。退之論草書，萬事未嘗屏。憂愁不平氣，一寓筆所騁。頗怪浮屠人，視身如丘井。頹然寄淡泊，誰與發豪猛。細思乃不然，真巧非幻影。欲令詩語妙，無厭空且靜。靜故了群動，空故納萬境。閱世走人間，觀身卧雲嶺。鹹酸雜衆好，中有至味永。詩法不相妨，此語當更請。

夜過舒堯文戲作

先生堂上霜月苦，弟子讀書喧兩廡。推門入室書縱横，蠟紙燈籠晃雲母。先生骨清少眠卧，長夜默坐數更鼓。耐寒石研欲生冰，得火銅缾如過雨。郎君欲出先自贊，坐客斂衽誰敢侮。明朝阮籍過阿戎，應作羲之羡懷祖。

次韻王廷老退居見寄二首

其二

接果移花看補籬，腰鐮手斧不妨持。上都新事長先到，老圃閑談未易欺。釀酒閉門開社甕，殺牛留客解耕縻。何時得見纖纖玉，右手持杯左捧頤。

雲龍山觀燒得雲字

丁女真水妃，寒山便火耘。隕霜知已殺，坯户聽初焚。束緼方熠燿，敲石俄氤氳。落點甘泉烽，横煙楚塞氛。窮蛇上喬木，潛蛟躡浮雲。驚飛墮傷雁，狂走迷癡麏。谷蟄起蜩燕，山妖竄夔羵。野竹爆哀聲，幽桂飄冤芬。悲同秋照蟹，快若夏燎蚊。火牛入燕壘，燧象奔吴軍。崩騰井陘口，萬馬皆朱幩。摇曳驪山陰，諸姨爛紅裙。方隨長風卷，忽值絶澗分。我本山中人，習見匪獨聞。偶從二三子，來訪張隱君。君家亦何有，物象移朝曛。把酒看飛燼，空庭落繽紛。行觀農事起，畦壠如繡紋。細雨發春穎，嚴霜倒秋蕡。始知一炬力，洗盡狐兔群。

種松得徠字

春風吹榆林，亂莢飛作堆。荒園一雨過，戢戢千萬栽。青松種不生，百株望一枚。一枚已有餘，氣壓千畂槐。野人易斗粟，云自魯徂徠。魯人不知貴，萬竈飛青煤。束縛同一車，胡爲乎來哉。泫然解其縛，清泉洗浮埃。枝傷葉尚困，生意未肯回。山僧老無子，養護如嬰孩。坐待走龍蛇，清陰滿南臺。孤根裂山石，直幹排風雷。我今百日客，養此千歲材。茯苓無消息，雙鬢日夜催。古今一俯仰，作詩寄餘哀。

答郡中同僚賀雨

水旱行十年，饑疫遍九土。奇窮所向惡，歲歲祈晴雨。雖非爲己求，重請終愧古。鬼神亦知我，老病入腰膂。何曾拜向人，此意難不許。重雲萋已合，微潤先流礎。蕭蕭止還作，坐聽及三鼓。天明將吏集，泥土滿韡屨。登城望麰麥，緑浪風掀舞。愧我賢友生，雄篇鬬新語。君看大熟歲，風雨占十五。天地本無功，祈禳何足數。渡河不入境，豈若無蝗虎。而況刑白鵝，下策君勿取。

次韻曹九章見贈

蘧瑗知非我所師，流年已似手中蓍。正平獨肯從文舉，中散何曾靳孝尼。賣劍買牛真欲老，得錢沽酒更無疑。雞豚異日爲同社，應有千篇唱和詩。

舟中夜起

微風蕭蕭吹菰蒲，開門看雨月滿湖。舟人水鳥兩同夢，大魚驚竄如奔狐。夜深人物不相管，我獨形影相嬉娱。暗潮生渚弔寒蚓，落月挂柳看懸蛛。此生忽忽憂患裏，清鏡過眼能須臾。雞鳴鐘動百鳥散，船頭擊鼓還相呼。

與秦太虛參寥會於松江而關彦長徐安中適至分韻得風字二首

其一

吴越溪山興未窮，又扶衰病過垂虹。浮天自古東南水，送客今朝西北風。絶境自忘千里遠，勝遊難復五人同。舟師不會留連意，擬看斜陽萬頃紅。

次韻關令送魚

舉網驚呼得巨魚，饞涎不易忍流酥。更煩赤脚長鬚老，來聽西風十幅蒲。

次韻秦太虛見戲耳聾

君不見詩人借車無可載，留得一錢何足賴。晚年更似杜陵翁，右臂雖存耳先聵。人將蟻動作牛鬬，我覺風雷真一噫。聞塵掃盡根性空，不須更枕清流派。大朴初散失渾沌，六鑿相攘更勝敗。眼花亂墜酒生風，口業不停詩有債。君知五蘊皆是賊，人生一病今先差。但恐此心終未了，不見不聞還是礙。今君疑我特佯聾，故作嘲詩窮嶮怪。須防額癢出三耳，莫放筆端風雨快。

李公擇過高郵見施大夫與孫莘老賞花詩憶與僕去歲會於彭門折花餽筍故事作詩二十四韻見戲依韻奉答亦以戲公擇云

汝陽真天人，絹帽著紅槿。纏頭三百萬，不買一笑哂。共誇青山峰，曲盡花不隕。當時謫仙人，逸韻謝封畛。詩成天一笑，萬象解寒窘。驚開小桃杏，不待雷發軫。餘波尚涓滴，乞與居易稹。爾來誰復見，前輩風流盡。寂寞兩詩人，殘紅對櫻筍。饞腸得一醉，妙語傳不泯。君來恨不與，更復相牽引。我老心已灰，空煩扇餘燼。天游照六鑿，虛室掃充牣。懸知色竟空，那復嗜烏吻。蕭然一方丈，居士老龐蘊。散花從滿裓，不答天女問。故人猶故目，怨句寫餘恨。疑我此心在，遮防費欄楯。應虞已斃蛇，折尾時一蠢。仄聞孟光賢，未學處仲忍。寄招應已足，左右侍雲鬢。何時花月夜，羊酒謝不敏。此生如幻耳，戲語君勿慍。應同亡是公，一對子虛听。

與客遊道場何山得烏字

清溪到山盡，飛路盤空小。紅亭與白塔，隱見喬木杪。中休得小庵，孤絶寄雲表。洞庭在北户，雲水天渺渺。庵僧俗緣盡，净業洗未了。十年畫鵲竹，益以詩自繞。高堂儼像設，禪室各深窈。奔泉何處來，華屋過溪沼。何山隔幽谷，去路清且悄。長松度翠蔓，絶壁挂啼鳥。我友自杭來，尚歎所歷少。歸途風雨作，一洗紅日燎。俄驚萬竅號，黑霧卷蓬蓼。舟人紛變色，坐羨輕鷗矯。我獨喚酒杯，醉死勝流殍。書生例强很，造物空煩擾。更將掀舞勢，把燭畫風篠。美人爲破顔，正似腰支嫋。明朝更陳迹，清景墮空杳。作詩記餘歡，萬古一昏曉。

次韻李公擇梅花

詩人固長貧，日午饑未動。偶然得一飽，萬象困嘲弄。尋花不論命，愛雪長忍凍。天公非不憐，聽飽即喧閧。君爲三郡守，所至滿賓從。江湖常在眼，詩酒事豪縱。奉使今折磨，清比於陵仲。永懷茶山下，携妓修春貢。更憶檻泉亭，插花雲髻重。蕭然卧灊麓，愁聽春禽哢。忽見早梅花，不飲但孤諷。詩成獨寄我，字字愈頭痛。嗟君本侍臣，筆橐從上雍。脱鞾吟芍藥，給札賦雲夢。何人慰流落，嘉蔬天爲種。杯傾笛中吟，帽拂果下鞚。感時念羈旅，此意吾儕共。故山今何有，桐花集幺鳳。君亦憶匡廬，歸掃藏書洞。何當種此花，各抱漢陰甕。

次韻周開祖長官見寄

俯仰東西閲數州，老於岐路豈伶優。初聞父老推謝令，旋見兒童迎細侯。政拙年年祈水旱，民勞處處避嘲謳。河吞巨野那容塞，盗入蒙山不易搜。仕道固應慚孔孟，扶顛未可責求由。漸謀田舍猶懷禄，未脱風濤且傍洲。悃悃可憐真喪狗，時時相觸是虛舟。蝎來震澤都如夢，只有苕溪可倚樓。齋釀酸甜如蜜水，樂工零落似風甌。遠思顔柳并諸謝，近憶張陳與老劉。風定軒牕飛豹脚，雨餘欄檻上蝸牛。舊游到處皆蒼蘚，同甲惟君尚黑頭。憶昔湖山共尋勝，相逢杯酒兩忘憂。醉看梅雪清香過，夜棹風船駭汗流。百首共成山上集，三人同作月中游。海南未起垂天翼，澗底仍依徑寸麻。已許春風歸過我，預憂詩筆老難酬。此生歲月行飄忽，晚節功名亦謬悠。犀首正緣無事飲，馮驩應爲有魚留。從今更踏青州麴，薄酒知君笑督郵。

與王郎昆仲及兒子邁遶城觀荷花登峴山亭晚入飛英寺分韻得月明星稀四首

其　二

清風定何物，可愛不可名。所至如君子，草木有嘉聲。我行本無事，孤舟任斜横。中流自偃仰，適與風相迎。舉杯屬浩渺，樂此兩無情。歸來兩谿間，雲水夜自明。

城南縣尉水亭得長字

兩尉鬱相望，東西百步塲。揮旗蒲柳市，伐鼓水雲鄉。已作觀魚檻，仍開射鴨堂。全家依畫舫，極目亂紅妝。瀲瀲波頭細，疎疎雨脚長。我來閑濯足，谿漲欲浮牀。澤國山圍裏，孤城水影旁。欲知歸路處，葦外記風檣。

陳州與文郎逸民飲別携手河堤上作此詩

白酒無聲滑瀉油，醉行堤上散吾愁。春風料峭羊角轉，河水渺綿瓜蔓流。君已思歸夢巴峽，我能未到説黄州。此生聚散何窮已，未忍悲歌學楚囚。

過淮

朝離新息縣，初亂一水碧。暮宿淮南村，已度千山赤。麏鼯號古戍，霧雨暗破驛。回頭梁楚郊，永與中原隔。黄州在何許，想像雲夢澤。吾生如寄耳，初不擇所適。但有魚與稻，生理已自畢。獨喜小兒子，少小事安佚。相從艱難中，肝肺如鐵石。便應與晤語，何止寄衰疾。

戲作種松

我昔少年日，種松滿東岡。初移一寸根，瑣細如插秧。二年黄茅下，一一攢麥芒。三年出蓬艾，滿山散牛羊。不見十餘年，想作龍蛇長。夜風波浪碎，朝露珠璣香。我欲食其膏，已伐百本桑。人事多乖迕，神藥竟渺茫。朅來齊安野，夾路鬚髯蒼。會開龜蛇窟，不惜斤斧瘡。縱未得茯苓，且當拾流肪。釜盎百出入，皎然散飛霜。槁死三彭仇，澡换五穀腸。青骨凝緑髓，丹田發幽光。白髮何足道，要使雙瞳方。

却後五百年，騎鶴還故鄉。

少年時嘗過一村院見壁上有詩云夜涼疑有雨院静似無僧不知何人詩也宿黄州禪智寺寺僧皆不在夜半雨作偶記此詩故作一絶

佛燈漸暗饑鼠出，山雨忽來修竹鳴。知是何人舊詩句，已應知我此時情。

定惠院寓居月夜偶出

幽人無事不出門，偶逐東風轉良夜。參差玉宇飛木末，繚繞香煙來月下。江雲有態清自媚，竹露無聲浩如瀉。已驚弱柳萬絲垂，尚有殘梅一枝亞。清詩獨吟還自和，白酒已盡誰能借。不辭青春忽忽過，但恐懽意年年謝。自知醉耳愛松風，會揀霜林結茅舍。浮浮大甑長炊玉，溜溜小槽如壓蔗。飲中真味老更濃，醉裏狂言醒可怕。閉門謝客對妻子，倒冠落佩從嘲罵。

次韻前篇

去年花落在徐州，對月酣歌美清夜。今年黄州見花發，小院閉門風露下。萬事如花不可期，餘年似酒那禁瀉。憶昔扁舟泝巴峽，落帆樊口高桅亞。長江衮衮空自流，白髮紛紛寧少借。竟無五畝繼沮溺，空有千篇凌鮑謝。至今歸計負雲山，未免孤衾眠客舍。少年辛苦真食蓼，老境安閑如啖蔗。饑寒未至且安居，憂患已空猶夢怕。穿花踏月飲村酒，免使醉歸官長罵。

安國寺浴

老來百事嬾，身垢猶念浴。衰髮不到耳，尚煩月一沐。山城足薪炭，煙霧蒙湯谷。塵垢能幾何，翛然脱羈梏。披衣坐小閣，散髮臨修竹。心困萬緣空，身安一牀足。豈惟忘净穢，兼以洗榮辱。默歸毋多談，此理觀要熟。

安國寺尋春

卧聞百舌呼春風，起尋花柳村村同。城南古寺修竹合，小房曲檻欹深紅。看花歎老憶年少，對酒思家愁老翁。病眼不羞雲母亂，鬢絲强理茶煙中。遥知二月王城外，玉仙洪福花如海。薄羅匀霧蓋新妝，快馬争風鳴雜珮。玉川先生真可憐，一生耽酒終無錢。病過春風九十日，獨抱添丁看花發。

寓居定惠院之東雜花滿山有海棠一株土人不知貴也

江城地瘴蕃草木，只有名花苦幽獨。嫣然一笑竹籬間，桃李漫山總麤俗。也知造物有深意，故遣佳人在空谷。自然富貴出天姿，不待金盤薦華屋。朱脣得酒暈生臉，翠袖卷紗紅映肉。林深霧暗曉光遲，日暖風輕春睡足。雨中有淚亦悽愴，月下無人更清淑。先生飽食無一事，散步逍遥自捫腹。不問人家與僧舍，拄杖敲門看修竹。忽逢絶艷照衰朽，歎息無言揩病目。陋邦何處得此花，無乃好事移西蜀。寸根千里不易到，銜子飛來定鴻鵠。天涯流落俱可念，爲飲一樽歌此曲。明朝酒醒還獨來，雪落紛紛那忍觸。

雨中看牡丹三首

其　二

明日雨當止，晨光在松枝。清寒入花骨，肅肅初自持。午景發濃豔，一笑當及時。依然暮還斂，亦自惜幽姿。

武昌銅劍歌

雨餘江清風卷沙，雷公躡雲捕黄蛇。蛇行空中如枉矢，電光煜煜燒蛇尾。或投以塊鏗有聲，雷飛上天蛇入水。水上青山如削鐵，神物欲出山自裂。細看兩脅生碧花，猶是西江老蛟血。蘇子得之何所爲，蒯緱彈鋏咏新詩。君不見凌烟功臣長九尺，腰間玉具高拄頤。

定惠院顒師爲余竹下開嘯軒

啼鴂催天明，喧喧相詆譙。暗蛩泣夜永，唧唧自相弔。飲風蟬至潔，長吟不改調。食土蚓無腸，亦自終夕叫。鳶貪聲最鄙，鵲喜意可料。皆緣不平鳴，慟哭等嬉笑。阮生已麤率，孫子亦未妙。道人開此軒，清坐默自照。衝風振河海，不能號無竅。累盡吾何言，風來竹自嘯。

五禽言

其五

姑惡，姑惡，姑不惡，妾命薄。君不見東海孝婦死作三年乾，不如廣漢龐姑去却還。

東坡八首

其一

廢壘無人顧，頹垣滿蓬蒿。誰能捐筋力，歲晚不償勞。獨有孤旅人，天窮無所逃。端來拾瓦礫，歲旱土不膏。崎嶇草棘中，欲刮一寸毛。喟然釋耒歎，我廩何時高。

其四

種稻清明前，樂事我能數。毛空暗春澤，鍼水聞好語。分秧及初夏，漸喜風葉舉。月明看露上，一一珠垂縷。秋來霜穗重，顛倒相撐拄。但聞畦隴間，蚱猛如風雨。新春便入甑，玉粒照筐筥。我久食官倉，紅腐等泥土。行當知此味，口腹吾已許。

其　八

馬生本窮士，從我二十年。日夜望我貴，求分買山錢。我今反累君，借耕輟茲田。刮毛龜背上，何時得成氈。可憐馬生癡，至今夸我賢。衆笑終不悔，施一當獲千。

題織錦圖上回文三首

其　一

春晚落花餘碧草，夜涼低月半枯桐。人隨遠雁邊城暮，雨映疎簾繡閣空。

其　二

紅手素絲千字錦，故人新曲九回腸。風吹絮雪愁縈骨，淚灑縑書恨見郎。

其　三

羞看一首回文錦，錦似文君別恨深。頭白自吟悲賦客，斷腸愁是斷絃琴。

姪安節遠來夜坐三首

其　一

南來不覺歲峥嶸，夜撥寒灰聽雨聲。遮眼文書元不讀，伴人燈火亦多情。嗟予潦倒無歸日，今汝蹉跎已半生。免使韓公悲世事，白頭還對短燈檠。

其　三

落第汝爲中酒味，吟詩我亦忍饑聲。便思絶粒真無策，苦説歸田似不情。腰下牛閑方解佩，洲中奴長足爲生。大招一弛何縁彀，已覺毿毿不受檠。

太守徐君猷通守孟亨之皆不飲酒以詩戲之

孟嘉嗜酒桓温笑，徐邈狂言孟德疑。公獨未知其趣爾，臣今時復一中之。風流自有高人識，通介寧隨薄俗移。二子有靈應撫掌，吾孫還有獨醒時。

次韻和王鞏六首

其　二

少年帶刀劍，但識從軍樂。老大服犁鋤，解佩付鎔鑠。雖無獻捷功，會賜力田爵。敲冰春搗紙，刈葦秋織箔。櫟林斬冬炭，竹塢收夏籜。四時俯有取，一飽天所酢。君生紈綺間，欲學非其脚。左右玉纖纖，束薪誰爲縛。勿令聞此語，翠黛顰將惡。笑我一間茅，婦姑紛六鑿。

其　三

欲結千年實，先摧二月花。故教窮到骨，要使壽無涯。久已逃天網，何須服日華。賓州在何處，爲子上栖霞。

浚　井

古井没荒萊，不食誰爲惻。餅罌下兩綆，蛙蚓飛百尺。腥風被泥滓，空響聞點滴。上除青青芹，下洗鑿鑿石。霑濡愧童僕，杯酒暖寒栗。白水漸泓渟，青天落寒碧。云何失舊穢，底處來新潔。井在有無中，無來亦無失。

寒食雨二首

其二

春江欲入户，雨勢來不已。小屋如漁舟，濛濛水雲裏。空庖煮寒菜，破竈燒濕葦。那知是寒食，但感烏銜紙。君門深九重，墳墓在萬里。也擬哭途窮，死灰吹不起。

又一首答二猶子與王郎見和

脯青苔，炙青蒲，爛蒸鵝鴨乃瓠壺。煮豆作乳脂爲酥，高燒油燭斟蜜酒，貧家百無初何有。古來百巧出窮人，搜羅假合亂天真。詩書與我爲麴蘖，醞釀老夫成搢紳。質非文是終難久，脱冠還作扶犁叟。不如蜜酒無燠寒，冬不加甜夏不酸。老夫作詩殊少味，愛此三篇如酒美。封胡羯末已可憐，不知更有王郎子。

魚蠻子

江淮水爲田，舟楫爲室居。魚蝦以爲糧，不耕自有餘。異哉魚蠻子，本非左衽徒。連排入江住，竹瓦三尺廬。於焉長子孫，戚施且侏儒。擘水取魴鯉，易如拾諸途。破釜不著鹽，雪鱗芼青蔬。一飽便甘寢，何異獺與狙。人間行路難，踏地出賦租。不如魚蠻子，駕浪浮空虛。空虛未可知，會當算舟車。蠻子叩頭泣，勿語桑大夫。

弔李臺卿并引

李臺卿，字明仲，廬州人。貌陋甚，性介不群，而博學强記，罕見其比。好《左氏》，有史學，考正同異，多所發明。知天文律曆，千載之日可坐數也。軾謫居黄州，臺卿爲麻城主簿，始識之。既罷，居於廬，而曹光州演甫以書報其亡。臺卿，光州之妻黨也。

我初未識君，人以君爲笑。垂頭老鸛雀，煙雨霾七竅。弊衣來過我，危坐若持釣。褚裒半面新，骰莀一語妙。徐徐步其瀾，極望不可徼。却觀元嫵媚，士固難輕料。看書眼如月，罅隙靡不照。我老多遺忘，得君如再少。從横通雜蓺，甚博且知要。所恨言無文，至老幽不耀。其生世莫識，已死誰復弔。作詩遺故人，庶解俗子誚。

曹既見和復次其韻

造物本兒嬉，風噫雷電笑。誰令妄驚怪，失匕號萬竅。人人走江湖，一一操網釣。偶然連六鰲，便謂此手妙。空令任公子，三歲蹲海徼。長貧固不詞，一死實未料。難將蓍草算，除用佛眼照。何人嗣家學，恨子兒尚少。嗟我與曹君，衰老世不要。空言今無救，奇志後必耀。吟君五字詩，義重千金弔。收藏慎勿出，免使群兒譙。

次韻孔毅父集古人句見贈五首

其　三

天下幾人學杜甫，誰得其皮與其骨？　劃如太華當我前，跛牂欲上驚崷崒。　名章俊語紛交衡，無人巧會當時情。　前生子美只君是，信手拈得俱天成。

上巳日與二三子携酒出遊隨所見輒作數句明日集之爲詩故詞無倫次

薄雲霏霏不成雨，杖藜曉入千花塢。　柯丘海棠吾有詩，獨笑深林誰敢侮。　三杯卯酒人徑醉，一枕春睡日亭午。　竹間老人不讀書，留我閉門誰教汝。　出簷聚枳十圍大，寫真素壁千蛟舞。　東坡作塘今幾尺，携酒一勞農工苦。　却尋流水出東門，壞垣古塹花無主。　卧開桃李爲誰妍，對立鵁鶄相媚嫵。　開樽藉草勸行路，不惜春衫污泥土。　褰裳共過春草亭，扣門却入韓家圃。　轆轤繩斷井深碧，秋千挂索人何所。　映簾空復小桃枝，乞漿不見膺門女。　南山古臺臨斷岸，雪陣翻空迷仰俯。　故人餽我玉葉羹，火冷煙消誰爲煮。　崎嶇束緼下荒徑，娅姹隔花聞好語。　更隨落景盡餘樽，却傍孤城得僧宇。　主人勸我洗足眠，倒牀不必聞鐘鼓。　明朝門外泥一尺，始悟三更雨如許。　平生所向無一遂，兹游何事天不阻。　固知我友不終窮，豈弟君子神所予。

南堂五首

其五

掃地燒香閉閤眠，簟紋如水帳如煙。客來夢覺知何處，挂起西牕浪接天。

次韻孔毅父久旱已而甚雨三首

其一

饑人忽夢飯甑溢，夢中一飽百憂失。只知夢飽本來空，未悟真饑定何物。我生無田食破硯，爾來硯枯磨不出。去年太歲空在酉，旁舍壺漿不容乞。今年旱勢復如此，歲晚何以黔吾突。青天蕩蕩呼不聞，況欲稽首號泥佛。甕中蜥蜴尤可笑，跂跂脈脈何等秩。陰陽有時雨有數，民是天民天自卹。我雖窮苦不如人，要亦自是民之一。形容雖是喪家狗，未肯弭耳争投骨。倒冠落幘謝朋友，獨與蚊雷共圭蓽。故人嗔我不開門，君視我門誰肯屈。可憐明月如潑水，夜半清光翻我室。風從南來非雨候，且爲疲人洗蒸鬱。褰裳一和快哉謠，未暇饑寒念明日。

其　二

去年東坡拾瓦礫，自種黄桑三百尺。今年刈草蓋雪堂，日炙風吹面如墨。平生懶惰今始悔，老大勤農天所直。沛然例賜三尺雨，造化無心怳難測。四方上下同一雲，甘霔不爲龍所隔。蓬蒿下濕迎曉耒，燈火新涼催夜織。老夫作罷得甘寢，卧聽牆東人響屐。奔流未已坑谷平，折葦枯荷恣漂溺。腐儒麤糲支百年，力耕不受衆目憐。破陂漏水不耐旱，人力未至求天全。會當作塘徑千步，横斷西北遮山泉。四鄰相率助舉杵，人人知我囊無錢。明年共看決渠雨，饑飽在我寧關天。誰能伴我田間飲，醉倒惟有支頭甎。

其　三

天公號令不再出，十日愁霖併爲一。君家有田水冒田，我家無田憂入室。不如西州楊道士，萬里隨身惟兩膝。沿流不惡泝亦佳，一葉扁舟任飄突。山芎麥麴都不用，泥行露宿終無疾。夜來饑腸如轉雷，旅愁非酒不可開。楊生自言識音律，洞簫入手清且哀。不須更待秋井塌，見人白骨方銜杯。

初秋寄子由

百川日夜逝，物我相隨去。惟有宿昔心，依然守故處。憶在懷遠驛，閉門秋暑中。藜羹對書史，揮汗與子同。西風忽凄厲，落葉穿户牖。子起尋裌衣，感歎執我手。朱顔不可恃，此語君莫疑。别離恐不免，功名定難期。當時已悽斷，況此兩衰老。失途既難追，學道恨不蚤。買田秋已議，築室春當成。雪堂風雨夜，已作對牀聲。

和蔡景繁海州石室

芙蓉仙人舊遊處，蒼藤翠壁初無路。戲將桃核裹黄泥，石間散擲如風雨。坐令空山作錦繡，倚天照海花無數。花間石室可容車，流蘇寶蓋窺靈宇。何年霹靂起神物，玉棺飛出王喬墓。當時醉卧動千日，至今石縫餘糟醑。山人一去五十年，花老室空誰作主。手植數松今偃蓋，蒼髯白甲低瓊户。我來取酒酹先生，後車仍載胡琴女。一聲冰鐵散巖谷，海爲瀾翻松爲舞。爾來心賞復何人，持節中郎醉無伍。獨臨斷岸呼日出，紅波碧巘相吞吐。徑尋我語覓餘聲，拄杖彭鏗叩銅鼓。長篇小字遠相寄，一唱三嘆神悽楚。江風海雨入牙頰，似聽石室胡琴語。我今老病不出門，海山巖洞知何許。門外桃花自開落，牀頭酒甕生塵土。前年開閤放柳枝，今年洗心參佛祖。夢中舊事時一笑，坐覺俯仰成今古。願君不用刻此詩，東海桑田真旦暮。

和秦太虛梅花

西湖處士骨應槁，只有此詩君壓倒。東坡先生心已灰，爲愛君詩被花惱。多情立馬待黄昏，殘雪消遲月出蚤。江頭千樹春欲闇，竹外一枝斜更好。孤山山下醉眠處，點綴裙腰紛不掃。萬里春隨逐客來，十年花送佳人老。去年花開我已病，今年對花還草草。不知風雨捲春歸，收拾餘香還畀昊。

海　棠

東風渺渺泛崇光，香霧空濛月轉廊。只恐夜深花睡去，故燒高燭照紅粧。

端午游真如遲适遠從子由在酒局

一與子由別，却數七端午。身隨綵絲繫，心與昌歜苦。今年疋馬來，佳節日夜數。兒童喜我至，典衣具雞黍。水餅既懷鄉，飯筒仍愍楚。謂言必一醉，快作西川語。寧知是官身，糟麴困熏煮。獨携三子出，古刹訪禪祖。高談付梁羅，詩律到阿虎。歸來一調笑，慰此長齟齬。

別子由三首兼別遲

其　一

知君念我欲別難，我今此別非他日。風裏楊花雖未定，雨中荷葉終不濕。三年磨我費百書，一見何止得雙璧。願君亦莫歎留滯，六十小劫風雨疾。

初別子由至奉新作

雙鵲先我來，飛上東軒背。書隨好夢到，人與佳節會。一歡難把玩，回首了無在。却渡來時谿，斷橋號淺瀨。茫茫暑天闊，靄靄孤城背。青山眊矂中，落日凄凉外。盛衰豈我意，離合非所礙。何以解我憂，麤了一事大。

過建昌李野夫公擇故居

彭蠡東北源，廬阜西南麓。何人修水上，種此一雙玉。思之不可見，破宅餘修竹。四鄰戒莫犯，十畝森似束。我來仲夏初，解籜呈新緑。幽鳥向我鳴，野人留我宿。徘徊不忍去，微月挂喬木。遥想他年歸，解組巾一幅。對牀老兄弟，夜雨鳴竹屋。卧聽鄰寺鐘，書牕有殘燭。

余過温泉壁上有詩云直待衆生總無垢我方清冷混常流問人云長老可遵作遵已退居圓通亦作一絶

石龍有口口無根，自在流泉誰吐吞。若信衆生本無垢，此泉何處覓寒温。

廬山二勝

開先漱玉亭

高巖下赤日，深谷來悲風。擘開青玉峽，飛出兩白龍。亂沫散霜雪，古潭摇清空。餘流滑無聲，快瀉雙石谼。我來不忍去，月出飛橋東。蕩蕩白銀闕，沈沈水精宫。願隨琴高生，脚踏赤鯶公。手持白芙蕖，跳下清泠中。

棲賢三峽橋

吾聞太山石，積日穿綫溜。況此百雷霆，萬世與石鬬。深行九地底，嶮出三峽右。長輸不盡谿，欲滿無底竇。跳波翻潛魚，震響落飛狖。清寒入山骨，草木盡堅瘦。空濛煙靄間，澒洞金石奏。彎彎飛橋出，瀲瀲半月彀。玉淵神龍近，雨雹亂晴晝。垂缾得清甘，可嚥不可漱。

岐亭五首

其一

昨日雲陰重，東風融雪汁。遠林草木暗，近舍煙火濕。下有隱君子，嘯歌方自得。知我犯寒來，呼酒意頗急。撫掌動鄰里，遶村捉鵝鴨。房櫳鏘器聲，蔬果照巾冪。久聞蔞蒿美，初見新芽赤。洗盞酌鵝黄，磨刀削熊白。須臾我徑醉，坐睡落巾幘。醒時夜向闌，唧唧銅缾泣。黄州豈云遠，但恐朋友缺。我當安所主，君亦無此客。朝來静庵中，惟見峰巒集。

郭祥正家醉畫竹石壁上郭作詩爲謝且遺二古銅劍

空腸得酒芒角出，肝肺槎牙生竹石。森然欲作不可回，吐向君家雪色壁。平生好詩仍好畫，書牆涴壁長遭罵。不瞋不罵喜有餘，世間誰復如君者。一雙銅劍秋水光，兩首新詩爭劍鋩。劍在牀頭詩在手，不知誰作蛟龍吼。

龍尾硯歌

黄琮白琥天不惜，顧恐貪夫死懷璧。君看龍尾豈石材，玉德金聲寓於石。與天作石來幾時，與人作硯初不詞。詩成鮑謝石何與，筆落鍾王硯不知。錦茵玉匣俱塵垢，擣練支牀亦何有。況嗔蘇子鳳咮銘，戲語相嘲作牛後。碧天照水風吹雲，明牕大几清無塵。我生天地一閑物，蘇子亦是支離人。麤言細語都不擇，春蚓秋蛇隨意畫。願從蘇子老東坡，仁者不用生分別。

張作詩送硯反劍乃和其詩卒以劍歸之

贈君長鋏君當歌，每食無魚歎委蛇。一朝得見暴公子，欔具欲與冠爭峨。豈比杜陵貧病叟，終日長鑱隨短蓑。斬蛟刺虎老無力，帶牛佩犢吏所訶。故將换硯豈無意，恐君琱琢傷天和。作詩反劍亦何謂，知君欲以詩相磨。報章苦恨無好語，試向君硯求餘波。詩成劍往硯應笑，那將屋漏供懸河。

同王勝之游蔣山

到郡席不暖，居民空惘然。好山無十里，遺恨恐他年。欲款南朝寺，同登北郭船。朱門收畫戟，紺宇出青蓮。夾路蒼髯古，迎人翠麓偏。龍腰蟠故國，鳥爪寄曾顛。竹杪飛華屋，松根泫細泉。峰多巧障日，江遠欲浮天。略彴横秋水，浮圖插暮煙。歸來踏人影，雲細月娟娟。

至真州再和二首

其一

老手王摩詰，窮交孟浩然。論詩曾伴直，話舊已忘年。北上難陪驥，東行且趁船。離亭花映肉，醉眼鷺窺蓮。柂轉三山没，風回五兩偏。荒祠過瓜步，古甃墮松顛。聞道清香閣，新篘白玉泉。莫教門掩夜，坐待月流天。小院檀槽鬧，空庭樺燭煙。公詩便堪唱，爲付小嬋娟。

豆粥

君不見虖沱流澌車折軸，公孫倉黄奉豆粥。濕薪破竈自燎衣，饑寒頓解劉文叔。又不見金谷敲冰草木春，帳下烹煎皆美人。萍虀豆粥不傳法，咄嗟而辦石季倫。干戈未解身如寄，聲色相纏心已醉。身心顛倒自不知，更識人間有真味。豈如江頭千頃雪色蘆，茅簷出没晨煙孤。地碓舂秔光似玉，沙缾煮豆軟如酥。我老此身無著處，賣書來問東家住。卧聽雞鳴粥熟時，蓬頭曳履君家去。

秦少游夢發殯而葬之者云是劉發之柩是歲發首薦秦以詩賀之劉涇亦作因次其韻

君看三代士執雉，本以殺身爲小補。居官死職戰死綏，夢尸得官真古語。五行勝己斯爲官，官如草木吾如土。仕而未禄猶賓客，待以純臣蓋非古。餽焉曰獻稱寡君，豈比公卿相爾汝。世衰道微士失己，得喪悲歡反其故。草袍蘆箠相嫵媚，飲酒嬉游事群聚。曲江船舫月燈毬，是謂舞殯而歌墓。看花走馬到東野，餘子紛紛何足數。二生年少兩豪逸，詩酒不知軒冕苦。故令將仕夢發棺，勸子勿爲官所腐。塗車芻靈皆假設，著眼細看君勿誤。時來聊復一飛鳴，進隱不須煩伍舉。

徐大正閑軒

冰蠶不知寒，火鼠不知暑。知閑見閑地，已覺非閑侣。君看東坡翁，懶散誰比數。形骸墮醉夢，生事委塵土。蚤眠不見燈，晚食或欺午。卧看氈取盗，坐視麥漂雨。語希舌頰强，行少腰脚僂。五年黄州城，不蹋黄州鼓。人言我閑客，置此閑處所。問閑作何味，如眼不自覩。頗訝徐孝廉，得閑能幾許。介子願奉使，翁歸備文武。應緣不耐閑，名字挂庭宇。我詩爲閑作，更得不閑語。君如汗血駒，轉盼略燕楚。

莫嫌鑾輅重，終勝鹽車苦。

和王斿二首

其　二

嫋嫋春風送度關，娟娟霜月照生還。遲留歲暮江淮上，來往君家伯仲間。未厭冰灘吼新洛，且看松雪媚南山。野梅官柳何時動，飛蓋長橋待子閑。

次韻王定國南遷回見寄

土暈銅花蝕秋水，要須悍石相礱砥。十年冰蘗戰膏粱，萬里煙波濯紈綺。歸來詩思轉清激，百丈空潭數魴鯉。逝將桂浦擷蘭蓀，不記槐堂收劍履。却思庾嶺今何在，更説彭城真夢耳。君知先竭是甘井，我願得全如苦李。妄心不復九回腸，至道終當三洗髓。廣陵陽羨何足較，只有無何真我里。樂全老子今禪伯，掣電機鋒不容擬。心通豈復問云何，印可聊須答如是。相逢爲我話留滯，桃花春漲孤舟起。

寄怪石石斛與魯元翰

山骨裁方斛，江珍拾淺灘。清池上几案，碎月落杯盤。老去懷三友，平生困一箪。堅姿聊自儆，秀色亦堪餐。好去髯卿舍，憑將道眼看。東坡最後供，霜雪照人寒。

贈眼醫王生彦若

鍼頭如麥芒，氣出如車軸。間關絡脉中，性命寄毛粟。而況清浄眼，内景含天燭。琉璃貯沆瀣，輕脆不任觸。而子於其間，來往施鋒鏃。笑談紛自若，觀者頸爲縮。運鍼如運斤，去翳如拆屋。常疑子善幻，他技雜符祝。子言吾有道，此理君未矚。形骸一塵垢，貴賤兩草木。世人方重外，妄見瓦與玉。而我初不知，刺眼如刺肉。君看目與翳，是翳要非目。目翳苟二物，易分如麥菽。寧聞老農夫，去草更傷穀。鼻端有餘地，肝膽分楚蜀。吾於五輪間，蕩蕩見空曲。如行九軌道，並驅無擊轂。空花誰開落，明月自朏朒。請問樂全堂，忘言老尊宿。

與歐育等六人飲酒

忽驚春色二分空，且看樽前半丈紅。苦戰知君便白羽，倦游憐我憶黄封。年來齒髮老未老，此去江淮東復東。記取六人相會處，引杯看劍坐生風。

觀杭州鈐轄歐育刀劍戰袍

青綾衲衫暖襯甲，紅線勒帛光遶脅。秃襟小袖雕鶻盤，大刀長劍龍蛇柙。兩軍鼓譟屋瓦墜，紅塵白羽紛相雜。將軍恩重此身輕，笑履鋒鋩如一插。書生只肯坐帷幄，談笑毫端弄生殺。叫呼擊鼓催上竿，猛士應憐小兒黠。試問黄河夜偷渡，掠面驚沙寒霎霎。何如大艦日高眠，一枕清風夢苕霅。

王伯敭所藏趙昌花四首

黄　葵

弱質困夏永，奇姿蘇曉涼。低昂黄金盃，照曜初日光。檀心自成暈，翠葉森有芒。古來寫生人，妙絶誰似昌。晨妝與午醉，真態含陰陽。君看此花枝，中有風露香。

芙　蓉

清飆已拂林，積水漸收潦。溪邊野芙蓉，花水相媚好。坐看池蓮盡，獨伴霜菊槁。幽姿强一笑，暮景迫摧倒。凄涼似貧女，嫁晚驚衰早。誰寫少年容，樵人劍南老。

山　茶

蕭蕭南山松，黄葉隕勁風。誰憐兒女花，散火冰雪中。能傳歲寒姿，古來惟丘翁。趙叟得其妙，一洗膠粉空。掌中調丹砂，染此鶴頂紅。何須誇落墨，獨賞江南工。

寄吴德仁兼簡陳季常

東坡先生無一錢，十年家火燒凡鉛。黄金可成河可塞，只有霜鬢無由玄。龍丘居士亦可憐，談空説有夜不眠。忽聞河東師子吼，拄杖落手心茫然。誰似濮陽公子賢，飲酒食肉自得仙。平生寓物不留物，在家學得忘家禪。門前罷亞十頃田，清溪遶屋花連天。溪堂醉卧呼不醒，落花如雪春風顛。我游蘭谿訪清泉，已辦布襪青行纏。稽山不是無賀老，我自興盡回酒船。恨君不識顔平原，恨我不識元魯山。銅駝陌上會相見，握手一笑三千年。

和仲伯達

歸山歲月苦無多，尚有丹砂奈老何。繡谷只應花自染，鏡潭長與月相磨。君方傍海看初日，我已横江擊素波。人不我知斯我貴，不須雷雨起龍梭。

贈常州報恩長老二首

其　二

薦福老懷真巧便，净慈兩本更尖新。憑師爲作鐵門限，準備人間請話人。

次韻答賈耘老

五年一夢南司州，饑寒疾病爲子憂。東來六月井無水，仰看古堰横奔牛。平生管鮑子知我，今日陳蔡誰從丘。夜航争度泥水澀，牽挽直欲來瓜洲。自言嗜酒得風痺，故鄉不敢居温柔。定將泛愛救溝壑，衰病不復從前樂。今年太守真卧龍，笑語炎天出冰雹。時低九尺蒼鬚髯，過我三間小池閣。故人改觀争來賀，小兒不信猶疑錯。爲君置酒飲且哦，草間秋蟲亦能歌。可憐老驥真老矣，無心更秣天山禾。

溪陰堂

白水滿時雙鷺下，緑槐高處一蟬吟。酒醒門外三竿日，卧看溪南十畝陰。

次韻許遵

蒜山渡口挽歸艎，朱雀橋邊看道裝。供帳已應煩百兩，擊鮮無久溷諸郎。問禪時到長干寺，載酒閑過緑野堂。此味只憂兒輩覺，逢人休道北牕凉。

贈章默

章子親未葬，餘生抱羸疾。朝吟噎鄰里，夜淚腐茵席。前年黑花生，今歲白髮出。身隨日月逝，恨與天地畢。願求不毛田，親築長夜室。難從王孫裸，未忍夏后塈。五陵多豪士，百萬付一擲。心知義財難，甘就貧友乞。不辭毛粟施，行自丘山積。此志苟朝遂，夕死真不戚。誓求無生理，不踐有爲迹。棄身尸陀林，烏鳶任狼藉。

神宗皇帝挽詞三首

其　二

未易名堯德，何須數舜功。小心仍致孝，餘事及平戎。典禮從周舊，官儀與漢隆。誰知本無作，千古自承風。

金山妙高臺

我欲乘飛車，東訪赤松子。蓬萊不可到，弱水三萬里。不如金山去，清風半帆耳。中有妙高臺，雲峰自孤起。仰觀初無路，誰信平如砥。臺中老比丘，碧眼照窗几。巉巉玉爲骨，凜凜霜入齒。機鋒不可觸，千偈如翻水。何須尋德雲，即此比丘是。長生未暇學，請學長不死。

楊康功有石狀如醉道士爲賦此詩

楚山固多猿，青者黠而壽。化爲狂道士，山谷恣騰蹂。誤入華陽洞，竊飲茅君酒。君命囚巖間，巖石爲械杻。松根絡其足，藤蔓縛其肘。蒼苔眯其目，叢棘哽其口。三年化爲石，堅瘦敵瓊玖。無復號雲聲，空餘舞杯手。樵夫見之笑，抱賣易升斗。楊公海中仙，世俗那得友。海邊逢姑射，一笑微俛首。胡不載之歸，用此頑且醜。求詩紀其異，本末得細剖。吾言豈妄云，得之亡是叟。

過密州次韻趙明叔喬禹功

先生依舊廣文貧，老守時遭醉尉嗔。汝輩何曾堪一笑，吾儕相對復三人。黄雞唱曉凄凉曲，白髮驚秋見在身。一别膠西舊朋友，扁舟歸釣五湖春。

再過超然臺贈太守霍翔

昔飲雩泉别常山，天寒歲在龍蛇間。山中兒童拍手笑，問我西去何當還。十年不赴竹馬約，扁舟獨與漁蓑閑。重來父老喜我在，扶挈老幼相遮攀。當時襁褓皆七尺，而我安得留朱顔。問今太守爲誰歟？護羌充國鬢未斑。躬持牛酒勞行役，無復杞菊嘲寒慳。超然置酒尋舊迹，尚有詩賦鑱堅頑。孤雲落日在馬耳，照耀金碧開煙鬟。却淇自古北流水，跳波下瀨鳴玦環。願君談笑作石埭，坐使城郭生溪灣。

海　市

東方雲海空復空，群仙出没空明中。蕩摇浮世生萬象，豈有貝闕藏珠宫。心知所見皆幻影，敢以耳目煩神工。歲寒水冷天地閉，爲我起蟄鞭魚龍。重樓翠阜出霜曉，異事驚倒百歲翁。人閑所得容力取，世外無物誰爲雄。率然有請不我拒，信我人厄非天窮。潮陽太守南遷歸，喜見石廪堆祝融。自言正直動山鬼，豈知造物哀龍鍾。信眉一笑豈易得，神之報汝亦已豐。斜陽萬里孤鳥没，但見碧海磨青銅。新詩綺語亦安用，相與變滅隨東風。

過萊州雪後望三山

東海如碧環，西北卷登萊。雲光與天色，直到三山回。我行適冬仲，薄雪收浮埃。黄昏風絮定，半夜扶桑開。參差太華頂，出没雲濤堆。安期與羨門，乘龍安在哉。茂林秋風客，勸爾麾一杯。帝鄉不可期，楚些招歸來。

次韻王定國得潁倅二首

其一

仙風入骨已凌雲，秋水爲文不受塵。一噫固應號地籟，餘波猶足挂天紳。買牛但自捐三尺，射鼠何勞挽六鈞。莫向百花潭上去，醉翁不見與誰親。

送范純粹守慶州

才大古難用，論高常近迂。君看趙魏老，乃爲滕大夫。浮雲無根蔕，黄潦能須臾。知經幾成敗，得見真賢愚。羽旄照城闕，談笑安邊隅。當年老使君，赤手降於菟。諸郎更何事，折箠鞭其雛。吾知鄧平叔，不鬬月支胡。

次韻錢穆父

老入明光踏舊班，染須那復唱陽關。故人飛上金鑾殿，病客來從飯顆山。大筆推君西漢手，一言置我二劉間。便須置酒呼同舍，看賜飛龍出帝閑。

再次韻答完夫穆父

掖垣老吏識郎君，並轡天街兩絶塵。汗血固應生有種，夜光那復困無因。豈知西省深嚴地，也著東坡病瘦身。免使謫仙明月下，狂歌對飲只三人。

送戴蒙赴成都玉局觀將老焉

拾遺被酒行歌處，野梅官柳西郊路。聞道華陽版籍中，至今尚有城南杜。我欲歸尋萬里橋，水花風葉暮瀟瀟。芋魁徑尺誰能盡，榿木三年已足燒。百歲風狂定何有，羨君今作峨眉叟。縱未家生執戟郎，也應世出埋輪守。莫欺老病未歸身，玉局他年第幾人。會待子猷清興發，還須雪夜去尋君。

用前韻答西掖諸公見和

雙猊蟠礎龍纏棟，金井轆轤鳴曉甕。小殿垂簾碧玉鈎，大宛立仗青絲鞚。風馭賓天雲雨隔，孤臣忍淚肝腸痛。羨君意氣風生坐，落筆縱横盤走汞。上樽日日瀉黄封，賜茗時時開小鳳。閉門憐我老太玄，給札看君賦雲夢。金奏不知江海眩，木爪屢費瑶瓊重。豈惟蹇步困追攀，已覺侍史疲奔送。春還宫柳腰支活，雨入御溝鱗甲動。借君妙語發春容，顧我風琴不成弄。

次韻王覿正言喜雪

聖人與天通，有詔寬獄市。好語夜喧街，濕雲朝覆砌。紛然退朝後，色映宫槐媚。欲誇剪刻工，故上朱藍袂。我方執筆待，未敢書上瑞。君猶伏閤争，高論亦少慰。霏霏止還作，盎盎風與氣。神龍久潛伏，一怒勢必倍。行當見三白，拜舞讙萬歲。歸來飲君家，酣詠追既醉。

送賈訥倅眉二句

其　二

老翁山下玉淵回，手植青松三萬栽。父老得書知我在，蓬蒿親手爲君開。試看一一龍蛇舞，更聽蕭蕭風雨哀。便與甘棠同不剪，蒼髯白甲待歸來。

杜介送魚

新年已賜黄封酒，舊友仍分赬尾魚。陋巷關門負朝日，小園除雪得春蔬。病妻起斫銀絲鱠，稚子讙尋尺素書。醉眼矇朧覓歸路，松江煙雨晚疎疎。

武昌西山

春江渌漲蒲萄醅，武昌官柳知誰栽。憶從樊口載春酒，步上西山尋野梅。西山一上十五里，風駕兩腋飛崔嵬。同游困卧九曲嶺，褰衣獨到吴王臺。中原北望在何許，但見落日低黄埃。歸來解劍亭前路，蒼崖半入雲濤堆。浪翁醉處今尚在，石臼杯飲無樽罍。爾來古意誰復嗣，公有妙語留山隈。至今好事除草棘，常恐野火燒蒼苔。當時相望不可見，玉堂正對金鑾開。豈知白首同夜直，卧看椽燭高花摧。江邊曉夢忽驚斷，銅鐶玉鎖鳴春雷。山人帳空猿鶴怨，江湖水生鴻雁來。請公作詩寄父老，往和萬壑松風哀。

再用前韻

朱顔發過如春醅，胸中犁棗初未栽。丹砂未易掃白髮，赤松却欲參黄梅。寒溪本自遠公社，白蓮翠竹依崔嵬。當時石泉照金像，神光夜發如五臺。飲泉鑒面得真意，坐視萬物皆浮埃。欲收暮景返田里，遠泝江水窮離堆。還朝豈獨羞老病，自嘆才盡傾空罍。諸公渠渠若夏屋，吞吐風月清隅隈。我如廢井久不食，古甃缺落生陰苔。數詩往復相感發，汲新除舊寒光開。遥知二月春江闊，雪浪倒卷雲峰摧。石中無聲水亦静，云何解轉空山雷。欲就諸公評此語，要識憂喜何從來。願求南宗一勺水，往與屈賈湔餘哀。

趙令晏崔白大圖幅徑三丈

扶桑大繭如甕盎，天女織綃雲漢上。往來不遣鳳銜梭，誰能鼓臂投三丈。人間刀尺不敢裁，丹青付與濠梁崔。風蒲半折寒雁起，竹間的皪寒江梅。畫堂粉壁翻雲幙，十里江天無處著。好卧元龍百尺樓，笑看江水拍天流。

次韻三舍人省上

紛紛榮瘁何能久，雲雨從來翻覆手。恍如一夢墮枕中，却見三賢起江右。嗟君妙質皆瑚璉，顧我虚名但箕斗。明朝冠蓋蔚相望，共扈翠輦朝宣光。武皇已老白雲鄉，正與群帝驂龍翔，獨留杞梓扶明堂。

送錢承制赴廣西路分都監

當年我作《表忠碑》，坐覺江山氣未衰。舞鳳尚從天目下，收駒時有渥洼姿。踞牀到處堪吹笛，横槊何人解賦詩。知是丹霞燒佛手，先聲應已懾群夷。

再　和

其　二

憶觀滄海過東萊，日照三山迤邐開。桂觀飛樓淩霧起，仙幢寶蓋拂天來。不聞宫漏催晨箭，但覺簷陰轉古槐。供奉清班非老處，會稽何日乞方回。

次韻劉貢父獨直省中

明牕畏日曉先暾，高柳鳴蜩午更喧。筆老新詩疑有物，心空客疾本無根。隔牆我亦眠風榻，上馬君先鎖月軒。共喜蚤歸三伏近，解衣槃礴亦君恩。

書晁補之所藏與可畫竹三首

其　一

與可畫竹時，見竹不見人。豈獨不見人，嗒然遺其身。其身與竹化，無窮出清新。莊周世無有，誰知此凝神。

其　三

晁子拙生事，舉家閒食粥。朝來又絶倒，諛墓得霜竹。可憐先生槃，朝日照苜蓿。吾詩固云爾，可使食無肉。

書李世南所畫秋景二首

其　一

野水參差落漲痕，疎林欹倒出霜根。扁舟一棹歸何處，家在江南黄葉村。

其　二

人間斤斧日創夷，誰見龍蛇百尺姿。不是溪山曾獨往，何人解作挂猿枝。

書鄢陵王主簿所畫折枝二首

其　二

瘦竹如幽人，幽花如處女。低昂枝上雀，摇蕩花間雨。雙翎決將起，衆葉紛自舉。可憐採花蜂，清蜜寄兩股。若人富天巧，春色入毫楮。懸知君能詩，寄聲求妙語。

故李誠之待制六丈挽詞

青青一寸松，中有梁棟姿。天驥墮地走，萬里端可期。世無阿房宫，下建五丈旗。又無穆天子，西征燕瑶池。才大古難用，老死亦其宜。丈夫恐不免，豈患莫己知。公如松與驥，少小稱偉奇。俯仰自廊廟，笑談無羌夷。清朝竟不用，白首仍憂時。願斬横行將，請烹乾没兒。言雖不見省，坐折姦雄窺。嗟我去公久，江湖生白髭。歸來耆舊盡，零落存者誰。比公嵇中散，龍性不可羈。疑公李北海，慷慨多雄詞。凄凉《五君詠》，沉痛《八哀詩》。邪正久乃明，人今屬公思。九原不可作，千古有餘悲。

次韻孔常父送張天覺河東提刑

送君應典鷫鸘裘，憑仗千鍾洗别愁。脱帽風流餘長史，埋輪家世本留侯。子河駿馬方争出，昭義疲兵得少休。定向秋山得嘉句，故關黄葉滿行舟。

送歐陽辯監澶州酒

汗血駕鼓車，何從致千里。紛紛糟麴間，欲試賢公子。君家江南英，濯足滄浪水。却渡舊黄河，漲沙埋馬耳。由來付造物，倚伏何窮已。當念楚子文，三仕無愠喜。

九月十五日邇英講論語終篇賜執政講讀史官燕於東宫又遣中使就賜御書詩各一首臣軾得紫薇花絶句其詞云絲綸閣下文書静鐘鼓樓中刻漏長獨坐黄昏誰是伴紫薇花對紫薇郎翌日各以表謝又進詩一篇臣軾詩云

繡裳畫衮雲垂地，不作成王剪桐戲。日高黄繖下西清，風動槐龍舞交翠。壁中蠹簡今千年，漆書科斗光射天。諸儒不復憂吻燥，東宫賜酒如流泉。酒酣復拜千金賜，一紙鷩鸞回鳳字。蒼顔白髮便生光，袖有驪珠三十四。歸來車馬已喧闐，争看銀鈎墨色鮮。人間一日傳萬口，喜見雲章第一篇。玉堂晝掩文書静，鈴索不摇鐘漏永。莫言弄筆數行書，須信時平由主聖。犬羊散盡沙漠空，捷烽夜到甘泉宫。似聞指揮築上郡，已覺談笑無西戎。文思天子師文母，終閉玉關辭馬武。小臣願對紫薇花，試草尺書招贊普。

送家安國教授歸成都

别君二十載，坐失兩鬢青。吾道雖艱難，斯文終典刑。屢作退飛鷁，羞看乾死螢。一落戎馬間，五見霜葉零。夜談空説劍，春夢猶横經。新科復舊貫，童子方乞靈。須煩淩雲手，去作入蜀星。蒼苔高朕室，古柏文翁庭。初聞编簡香，稍覺鋒鏑腥。岷峨有雛鳳，梧竹養修翎。嗚呼應嶰律，飛舞集虞廷。吾儕便歸老，亦足慰餘齡。

余與李鷹方叔相知久矣領貢舉事而李不得第愧甚作詩送之

與君相從非一日，筆勢翩翩疑可識。平生謾説古戰場，過眼終迷日五色。我慚不出君大笑，行止皆天子何責。青袍白紵五千人，知子無怨亦無德。買羊酤酒謝玉川，爲我醉倒春風前。歸家但草凌雲賦，我相夫子非臞仙。

書林次中所得李伯時歸去來陽關二圖後

其一

不見何戡唱《渭城》，舊人空數米嘉榮。龍眠獨識殷勤處，畫出陽關意外聲。

送蹇道士歸廬山

物之有知蓋恃息，孰居無事使出入。心無天游室不空，六鑿相攘婦争席。法師逃人入廬山，山中無人自往還。往者一空還者失，此身正在無還間。綿綿不絶微風裏，内外丹成一彈指。人間俛仰三千秋，騎鶴歸來與子游。

送千乘千能兩姪還鄉

治生不求富，讀書不求官。譬如飲不醉，陶然有餘歡。君看龐德公，白首終泥蟠。豈無子孫念，顧獨貽以安。鹿門上冢回，牀下拜龍鸞。躬耕竟不起，耆舊節獨完。念汝少多難，冰雪落綺紈。五子如一人，奉養真色難。烹雞獨饋母，自饗苜蓿槃。口腹雖累人，寧我食無肝。西來四千里，敝袍不言寒。秀眉似我兄，亦復心閑寬。忽然捨我去，歲晚留餘酸。我豈軒冕人，青雲意先闌。汝歸蒔松菊，環以青琅玕。榿陰三年成，可以挂吾冠。清江入城郭，小圃生微瀾。相從結茅舍，曝背談金鑾。

送周正孺知東川

得郡書生榮，還家昔人重。而況東西川，千騎許上冢。里門下車入，父老且驚聳。端知何武賢，不事長卿寵。清時養材傑，杞梓方培擁。未應遺合抱，取用及把拱。如君尚出麾，顧我宜耕壟。告歸謝先手，求去悔不勇。豈云慕廉退，實自知衰冗。爲君掃棠陰，畫像或相踵。

書王定國所藏煙江疊嶂圖

江上愁心千疊山，浮空積翠如雲煙。山耶雲耶遠莫知，煙空雲散山依然。但見兩崖蒼蒼暗絶谷，中有百道飛來泉。縈林絡石隱復見，下赴谷口爲奔川。川平山開林麓斷，小橋野店依山前。行人稍度喬木外，漁舟一葉江吞天。使君何從得此本，點綴毫末分清妍。不知人間何處有此境，徑欲往買二頃田。君不見武昌樊口幽絶處，東坡先生留五年。春風摇江天漠漠，暮雲卷雨山娟娟。丹楓翻鴉伴水宿，長松落雪驚醉眠。桃花流水在人世，武陵豈必皆神仙。江山清空我塵土，雖有去路尋無緣。還君此畫三歎息，山中故人應有招我歸來篇。

次韻錢越州

髯尹超然定逸群，南遊端爲訪雲門。謫仙歸侍玉皇案，老鶴來乘刺史轓。已覺簿書哀老子，故知籩豆有司存。年來齒頰生荆棘，習氣因君又一言。

去杭州十五年復遊西湖用歐陽察判韻

我識南屏金鯽魚，重來拊檻散齋餘。還從舊社得心印，似省前生覓手書。葑合平湖久蕪没，人經豐歲尚凋疎。誰憐寂寞高常侍，老去狂歌憶孟諸。

次韻答劉景文左藏

我老詩壇仆鼓旗，借君佳句發良時。但空賀監杯中物，莫示孫郎帳下兒。夜燭催詩金燼落，秋芳壓帽露華滋。故應好語如爬癢，有味難名只自知。

次韻曹輔寄壑源試焙新芽

仙山靈草濕行雲，洗遍香肌粉未勻。明月來投玉川子，清風吹破武陵春。要知玉雪心腸好，不是膏油首面新。戲作小詩君勿笑，從來佳茗似佳人。

袁公濟和復次韻答之

昏昏墮醉夢，奈此六月溽。君詩如清風，吹我朝睡足。登臨得佳句，江白照湖渌。袖手獨不言，默藁已在腹。是時風雨過，靄靄雲歸麓。疎星帶微月，金火争見伏。惜哉此清景，變滅不可逐。歸來讀君詩，耿耿猶在目。却思少年日，聲價争塲屋。文如翻水成，賦作叉手速。秋風起鴻雁，我亦繼華躅。那知君蹭蹬，獨泣荆山玉。相見南新道，青衫垂破幅。蚤知事大繆，恨不十年讀。莫嫌馮唐老，終勝賈誼哭。今年復爲僚，舊好許重續。升沈何足道，等是蠻與觸。共爲湖山主，出入窮澗谷。衆馳君不争，人棄我所欲。何時神武門，相約挂冠服。

次韻蘇伯固主簿重九

雲間朱袖拂雲和，知是長松挂女蘿。鬢重不嫌黄菊滿，手香新喜緑橙搓。墨飜衫袖吾方醉，紙落雲煙子患多。只有黄雞與白日，玲瓏應識使君歌。

謝關景仁送紅梅栽二首

其　二

爲君栽向南堂下，記取他年著子時。酸醎不堪調衆口，使君風味好攢眉。

送程之邵僉判赴闕

夜光不自獻，天驥良難知。從來一狐腋，或出五羖皮。賢哉江東守，收此幕中奇。無華豈易識，既得不自隨。留君望此府，助我憐其衰。二年促膝語，一旦長揖辭。林深伏猛在，岸改潛珍移。去此當安從，失君徒自悲。念君瑚璉質，當今臺閣宜。去矣會有合，豈常懷其私。

送江公著知吉州

三吴行盡千山水，猶道桐廬更清美。豈惟濁世隱狂奴，時平亦出佳公子。初冠惠文讀城旦，晚入奉常陪劍履。方將華省起彈冠，忽憶釣臺歸洗耳。未應良木棄大匠，要使名駒試千里。奉親官舍當有擇，得郡江南差可喜。白粲連檣一萬艘，紅妝執樂三千指。簿書期會得餘閑，亦念人生行樂耳。

次韻曹子方龍山真覺院瑞香花

幽香結淺紫，來自孤雲岑。骨香不自知，色淺意殊深。移栽青蓮宇，遂冠薝蔔林。紉爲楚臣佩，散落天女襟。君持風霜節，耳冷歌笑音。一逢蘭蕙質，稍回鐵石心。置酒要妍暖，養花須晏陰。及此陰晴間，恐致慳嗇霖。彩雲知易散，鶗鴂憂先吟。明朝便陳迹，試著丹青臨。

次韻仲殊雪中遊西湖二首

其一

夜半幽夢覺，稍聞竹葦聲。起續凍折絃，爲鼓一再行。曲終天自明，玉樓已峥嶸。有懷二三子，落筆先飛霙。共爲竹林會，身與孤鴻輕。秀語出寒餓，身窮詩乃亨。禪老復何爲，笑指孤煙生。我獨念粲者，誰與予目成。

其二

寶雲樓閣鬧千門，林静初無一鳥喧。閉户莫教風掃地，卷簾疑有月臨軒。水光瀲灧猶浮碧，山色空濛已斂昏。乞得湯休奇絶句，始知鹽雪是陳言。

送小本禪師赴法雲

寓形天宇間，出處會有役。澹然都無營，百年何由畢。山林等憂患，軒冕亦戲劇。我來即歸休，師寧要安逸。王城滿豪傑，議論紛黑白。聖諦第一義，對面誰不識。師來亦何事，孤月挂空碧。是身如浮雲，安得限南北。出岫本無心，既雨歸亦得。珠泉有舊約，何年挂鉼錫。

次韻劉景文西湖席上

二老長身屹兩峰，常撞大吕應黄鍾。將辭鄴下劉公幹，却見雲間陸士龍。白髮憐君略相似，青山許我定相從。我今官已六百石，慚愧當年邴曼容。

次韻答馬忠玉

坡陀巨麓起連峰，積累當年慶自鍾。靈運子孫俱得鳳，慈明兄弟孰非龍。河梁會作看雲别，詩社何妨載酒從。祇有西湖似西子，故應宛轉爲君容。

留别蹇道士拱辰

黑月在濁水，何曾不清明。寸田滿荆棘，梨棗無從生。何時反吾真，歲月今峥嶸。屢接方外士，早知俗緣輕。庚桑託雞鵠，未肯化南榮。晚識此道師，似有宿世情。笑指北山雲，訶我不歸耕。仙人漢陰馬，微服方地行。

西湖秋涸東池魚窘甚因會客呼網師遷之西池爲一笑之樂夜歸被酒不能寐戲作放魚一首

東池浮萍半黏塊，裂碧跳青出魚背。西池秋水尚涵空，舞闊摇深吹荇帶。吾僚有意爲遷居，老守縱饞那忍膾。縱横争看銀刀出，瀺灂初驚玉花碎。但愁數罟損鱗鬛，未信長堤隔濤瀨。濊濊發發須臾間，圉圉洋洋尋丈外。安知中無蛟龍種，尚恐或有風雲會。明年春水漲西湖，好去相忘渺淮海。

復次放魚韻答趙承議陳教授

擾擾萬生同一塊，搶榆不羡培風背。青丘已吞雲夢芥，黄河復繚天門帶。長譏韓子隘且陋，一飽鯨魚何足膾。東坡也是可憐人，披抉泥沙收細碎。逝將歸修八節灘，又欲往釣七里瀨。正似此魚逃網中，未與造物遊數外。且將新句調二子，湖上秋高風月會。爲君更唤木腸兒，脚扣兩舷歌《小海》。

復次韻謝趙景貺陳履常見和兼簡歐陽叔弼兄弟

能詩李長吉，識字揚子雲。端能望此府，坐嘯獲兩君。逝將江湖去，浮我五石樽。眷焉復少留，尚爲世所醺。或勸莫作詩，兒輩工織紋。朱絃寄三歎，未害俗耳聞。共尋兩歐陽，伐薪照黄昏。是家有甘井，汲多終不渾。

泛潁

我性喜臨水，得潁意甚奇。到官十日來，九日河之湄。吏民笑相語，使君老而癡。使君實不癡，流水有令姿。遶郡十餘里，不駛亦不遲。上流直而清，下流曲而漪。畫船俯明鏡，笑問汝爲誰。忽然生鱗甲，亂我須與眉。散爲百東坡，頃刻復在兹。此豈水薄相，與我相娱嬉。聲色與臭味，顛倒眩小兒。等是兒戲物，水中少磷緇。趙陳兩歐陽，同參天人師。觀妙各有得，共賦泛潁詩。

景貺履常屢有詩督叔弼季默倡和已許諾矣復以此句挑之

君家文律冠西京，旋築詩壇按酒兵。袖手莫輕真將種，致師須得老門生。明朝鄭伯降誰受，昨夜條侯壁已驚。從此醉翁天下樂，還應一舉百觴傾。

贈月長老

天形倚一笠，地水轉兩輪。五伯之所運，毫端栖一塵。功名半幅紙，兒女浪苦辛。子有折足鐺，中容五合陳。十年此中過，却是英特人。延我地爐坐，語軟意甚真。白灰如積雪，中有紅麒麟。勿觸紅麒麟，作灰維那瞋。拱手但默坐，牆壁徒諄諄。今宵恨客多，汗子白氎巾。後夜當獨來，不須主與賓。蒲團坐紙帳，自要觀我身。

明日復以大魚爲饋重二十斤且求詩故復戲之

漢庭九尺人，誰似老方朔。那將一寸金，令足三冬學。餉魚欲自洗，鱗尾生卓犖。我是騎鯨手，聊堪充鹿角。

聚星堂雪

牕前暗響鳴枯葉，龍公試手初行雪。映空先集疑有無，作態斜飛正愁絶。衆賓起舞風竹亂，老守先醉霜松折。恨無翠袖點横斜，衹有微燈照明滅。歸來尚喜更鼓暗，晨起不待鈴索掣。未嫌長夜作衣稜，却怕初陽生眼纈。欲浮大白追餘賞，幸有回飆驚落屑。模糊檜頂獨多時，歷亂瓦溝裁一瞥。汝南先賢有故事，醉翁詩話誰續説。當時號令君聽取，白戰不許持寸鐵。

西湖戲作

一士千金未易償，我從陳趙兩歐陽。舉鞭拍手笑山簡，衹有并州一葛强。

送歐陽季默赴闕

先生豈止一懷祖，郎君不減王文度。膝上幾日今白須，令我眼中見此父。汝南相從三晦朔，君去苦早我來暮。霜風凄緊正脱木，潁水清淺可立鷺。莫辭白酒瀉香泉，已覺扁舟掠新渡。坐看士衡執別手，更遣夢得出奇句。郎君可是筦庫人，乃使騄驥隨蹇步。置之行矣無足道，賢愚豈在遇不遇。

用前韻作雪詩留景文

萬松嶺上黄千葉，載酒年年踏松雪。劉郎去後誰復來，花下有人心斷絶。東齋夜坐搜雪句，兩手龜拆霜須折。無情豈亦畏嘲弄，穿簾入户吹燈滅。紛紛兒女争所似，碧海長鯨君未掣。朝來雲漢接天流，顧我小詩如點纈。歐陽趙陳在户外，急掃中庭鋪木屑。交遊雖似雪柏堅，聚散行作風花瞥。晴光融作一尺泥，歸有何事真無説。泥乾路穩放君去，莫倚馬蹏如踣鐵。

次前韻送劉景文

白雲在天不可呼，明月豈肯留庭隅。怪君西行八百里，清坐十日一事無。路人不識呼尚書，但見凛凛雄千夫。豈知入骨愛詩酒，醉倒正欲蛾眉扶。一篇向人寫肝肺，四海知我霜鬢須。歐陽趙陳皆我有，豈謂夫子駕復迂。邇來又見三黜柳，共此煖熱餐氈蘇。酒肴酸薄紅粉暗，祇有潁水清而姝。一朝寂寞風雨散，對影誰念月與吾。何時歸帆泝江水，春酒一變甘棠湖。

洞庭春色并引

安定郡王以黄甘釀酒，謂之洞庭春色，色香味三絶。以餉其猶子德麟，德麟以飲予，爲作此詩。醉後信筆，頗有沓拖風氣。

二年洞庭秋，香霧長噀手。今年洞庭春，玉色疑非酒。賢王文字飲，醉筆蛟蛇走。既醉念君醒，遠餉爲我壽。鉼開香浮座，盞凸光照牖。方傾安仁醽，莫遣公遠嗅。要當立名字，未用問升斗。應呼釣詩鈎，亦號掃愁帚。君知蒲桃惡，正是嫫母黝。須君灩海杯，澆我談天口。

送運判朱朝奉入蜀

靄靄青城雲，娟娟峨眉月。隨我西北來，照我光不滅。我在塵土中，白雲呼我歸。我游江湖上，明月濕我衣。岷峨天一方，雲月在我側。謂是山中人，相望了不隔。夢尋西南路，默數長短亭。似聞嘉陵江，跳破吹錦屏。送君無一物，清江飲君馬。路穿慈竹林，父老拜馬下。不用驚走藏，使者我友生。聽訟如家人，細説爲汝評。若逢山中友，問我歸何日。爲話腰脚輕，猶堪踏泉石。

病中夜讀朱博士詩

病眼亂燈火，細書數塵沙。君詩如秋露，净我空中花。古語多妙寄，可識不可誇。巧笑在頩頬，哀音餘摻撾。曾坑一掬春，紫餅供千家。懸知貴公子，醉眼無真茶。崎嶇爛石上，得此一寸芽。緘封勿浪出，湯老客未嘉。

趙德麟餞飲湖上舟中對月

老守惜春意，主人留客情。官餘閑日月，湖上好清明。新火發茶乳，温風散粥餳。酒闌紅杏闇，日落大堤平。清夜除燈坐，孤舟擘岸撑。逮君幘未墮，對此月猶横。

和趙德麟送陳傳道

二陳既妙士，兩歐惟德人。王孫乃龍種，世有籋雲麟。五君從我游，傾寫出怪珍。俗物敗人意，兹得實清醇。那知有聚散，佳夢失欠伸。我舟下清淮，沙水吹玉塵。君行踏曉月，疎木挂寸銀。尚寄别後詩，翦刻淮南春。

次韻林子中春日新堤書事見寄

東都寄食似浮雲，襆被真成一宿賓。收得玉堂揮翰手，却爲淮月弄舟人。羡君湖上齋摇碧，笑我花時甑有塵。爲報年來殺風景，連江夢雨不知春。

在潁州與德麟同治西湖未成改揚州三月十六日湖成德麟有詩見懷次其韻

太山秋毫兩無窮，鉅細本出相形中。大千起滅一塵裏，未覺杭潁誰雌雄。我在錢塘拓湖淥，大堤士女争昌丰。六橋橫絶天漢上，北山始與南屏通。忽驚二十五萬丈，老葑席卷蒼雲空。朅來潁尾弄秋色，一水縈帶昭靈宫。坐思吴越不可到，借君月斧修曈曨。二十四橋亦何有，换此十頃玻瓈風。雷塘水乾禾黍滿，寶釵耕出餘鸞龍。明年詩客來弔古，伴我霜夜號秋蟲。

次韻德麟西湖新成見懷絶句

壺中春色飲中仙，騎鶴東來獨惘然。猶有趙陳同李郭，不妨同泛過湖船。

雙　石并引

至揚州，獲二石，其一緑色，岡巒迤邐，有穴，達於背；其一玉白可鑒。漬以盆水，置几案間。忽憶在潁州日，夢人請住一官府，榜曰仇池。覺而誦杜子美詩曰：「萬古仇池穴，潛通小有天。」乃戲作小詩，爲僚友一笑。

夢時良是覺時非，汲井埋盆故自癡。但見玉峰横太白，便從鳥道絶峨眉。秋風與作煙雲意，曉日令涵草木姿。一點空明是何處，老人真欲往仇池。

送鼂美叔發運右司年兄赴闕

我年二十無朋儔，當時四海一子由。君來扣門如有求，頎然鶴骨清而修。醉翁遣我從子遊，翁如退之蹈軻丘。尚欲放子出一頭，酒醒夢斷四十秋。病鶴不病骨愈虬，惟有我顔老可羞。醉翁賓客散九州，幾人白髮還相收。我如懷祖拙自謀，正作尚書已過優。君求會稽實良籌，往看萬壑争交流。

送程德林赴真州

君爲縣令元豐中，吏貪功利以病農。君欲言之路無從，移書諫臣以自通。元豐天子爲改容，我時匹馬江西東。問之逆旅言頗同，老人愛君如劉寵，小兒敬君如魯恭。爾來明目達四聰，收拾騏駿冀北空，君爲赤令有古風。政聲直入明光宫，天厩如海養群龍。并收其子豈不公，白沙何必煩此翁。

九日次定國韻

朝菌無晦朔，蟪蛄疑春秋。南柯已一世，我眠未轉頭。仙人視吾曹，何異蜂蟻稠。不知蠻觸氏，自有兩國憂。我觀去來今，未始一念留。奔馳竟何得，而起無窮羞。王郎誤涉世，屢獻久不讎。黄金散行樂，清詩出窮愁。俛仰四十年，始知此生浮。軒裳陳道路，往往兒童收。封侯起大第，或是君家騶。似聞負販人，中有第一流。炯然徑寸珠，藏此百結裘。意行無車馬，倏忽略九州。邂逅獨見之，天與非人謀。笑我方醉夢，衣冠戲沐猴。力盡病騏驥，伎窮老伶優。北山有雲根，寸田自可耰。會當無何鄉，同作逍遥遊。歸來城郭是，空有纍纍丘。

次韻穆父尚書侍祠郊丘瞻望天光退而相慶引滿醉吟

千章杞梓蔭雲天，樗散誰收老鄭虔。喜氣到君浮白裏，豐年及我挂冠前。令嚴鐘鼓三更月，野宿貔貅萬竈煙。太息何人知帝力，歸來金帛看頳肩。

僕所藏仇池石希代之寶也王晉卿以小詩借觀意在於奪不敢不借然以此詩先之

海石來珠宫，秀色如蛾緑。坡陀尺寸間，宛轉陵巒足。連娟二華頂，空洞三茅腹。初疑仇池化，又恐瀛洲蹵。殷勤嶠南使，魄餉淮東牧。得之喜無寐，與汝交不瀆。盛以高麗盆，藉以文登玉。幽光先五夜，冷氣壓三伏。老人生如寄，茅舍久未卜。一夫幸可致，千里常相逐。風流貴公子，竄謫武當谷。見山應已厭，何事奪所欲。欲留嗟趙弱，寧許負秦曲。傳觀慎勿許，聞道歸應速。

次韻蔣穎叔二首

凝祥池

似知金馬客，時夢碧雞坊。冰雪消殘臘，煙波寫故鄉。鳴鑾自容與，立馬久回翔。乞與三韓使，新圖到樂浪。

生日劉景文以古畫松鶴爲壽且貺佳篇次韻爲謝

問子一室間，寧有千里廓。塵心洗長松，遠意發孤鶴。生朝得此壽，死籍疑可落。微言在《參同》，妙契藏九籥。故人有奇趣，逸想寄幽壑。霜枝謝寒暑，雲翮無前却。何須搆明堂，未羨巢阿閣。緬懷別時語，復作數日惡。詩腴固堪飡，字瘦還可愕。高標忽在眼，清夢了如昨。君今噲等伍，志與湛輩各。豈待相顧言，方爲不朽託。子雲老執戟，長孺終主爵。吾當追松喬，子亦鄙衛霍。

次丹元姚先生韻

浮生知幾何，僅熟一釜羹。那於俯仰間，用此委曲情。自憐無他腸，偶亦得此生。懸知當去客，中有不亡存。但恐宿緣重，每爲習氣昏。似聞梅子真，近在吴市門。未能肩拍洪，但欲目擊温。不敢叩門呼，恐作踰垣奔。且令紹介先，徐以方便論。不學劉更生，黄金鑄尚方。不學房次律，身事問潁陽。王烈亦何人，叔夜未可量。獨見神山開，遽飡石髓香。至道尚聽瑩，驫才終蹶張。先生喜而笑，幅巾登我堂。苦誓指黄壤，要言刻青琅。蓬萊在何許，弱水空相望。且當從嵇阮，聊復數山王。達人友四海，曲士守一疆。慎勿使形諜，兒童驚夜光。

送蔣潁叔帥熙河

西方猶宿師，論將不及我。苟無深入計，緩帶我亦可。承明正須君，文字粲藻火。自薦雖云數，留行終不果。正坐喜論兵，臨老付邊鎖。新詩出談笑，僚友困掀簸。我欲歌《杕杜》，楊柳方婀娜。邊風事首鹵，所得蓋幺麽。願爲魯連書，一射聊城笴。陰功在不殺，結草酬魏顆。

次韻吴傳正枯木歌

天公水墨自奇絶，瘦竹枯松寫殘月。夢回疎影在東牕，驚怪霜枝連夜發。生成變壞一彈指，乃知造物初無物。古來畫師非俗士，妙想實與詩同出。龍眠居士本詩人，能使龍池飛霹靂。君雖不作丹青手，詩眼亦自工識拔。龍眠胸中有千駟，不獨畫肉兼畫骨。但當與作少陵詩，或自與君拈秃筆。東南山水相招呼，萬象入我摩尼珠。盡將書畫散朋友，獨與長鋏歸來乎。

送范中濟經略侍郎分韻賦詩得先字且贈以魚枕杯四馬箠一以元戎十乘以先啓行爲韻

梁李久樂禍，自焚豈非天。兩鼠鬭穴中，一勝亦偶然。謀初要百慮，善後乃萬全。廟堂選世將，范氏真多賢。仁風被宿麥，緑浪摇秦川。號令聳毛羽，先聲落虚弦。我家天一方，去路城西偏。投竿困障日，賣劍行歸田。贈君荆魚杯，副以蜀馬鞭。一醉可以起，毋令祖生先。

書晁説之考牧圖後

我昔在田間，但知羊與牛。川平牛背穩，如駕百斛舟。舟行無人岸自移，我卧讀書牛不知。前有百尾羊，聽我鞭聲如鼓鼙。我鞭不妄發，視其後者而鞭之。澤中草木長，草長病牛羊。尋山跨坑谷，騰趠筋骨强。煙蓑雨笠長林下，老去而今空見畫。世間馬耳射東風，悔不長作多牛翁。

王仲至侍郎見惠穉栝種之禮曹北垣下今百餘日矣蔚然有生意喜而作詩

翠栝東南美，近生神嶽陰。惜哉不可致，霜根絡雲岑。仙風振高標，香實隕平林。偶隨樗櫟生，不爲樵牧侵。忽驚黄茅嶺，稍出青玉鍼。好事雖力取，王城少知音。豈無换鵝手，但知覓來禽。高懷獨夫子，一見捐槖金。得之喜不寐，贈我意殊深。公堂開後閣，凡木媿華簪。栽培一寸根，寄子百年心。常思樊籠中，摧我鸞鶴衿。誰知積雨後，寒芒曉森森。恨我迫歸老，不見汝十尋。蒼皮護玉骨，且莫視古今。何人風雨夜，卧聽饑龍吟。

謝運使仲適座上送王敏仲北使

衝風振河朔，飛霧失太行。相逢不相識，下馬須眉黄。洗眼忽驚笑，見此玉節郎。喜有賢主人，共惜殘燭光。聚散一夢中，人北雁南翔。吾生如寄耳，送老天一方。幸子遇明主，陳經入西厢。歸期不可緩，倚相宜在旁。

書丹元子所示李太白真

天人幾何同一漚，謫仙非謫乃其游。麾斥八極隘九州，化爲兩鳥鳴相酬。一鳴一止三千秋，開元有道爲少留，縻之不可矧肯求。西望太白横峨岷，眼高四海空無人。大兒汾陽中令君，小兒天台坐忘身。平生不識高將軍，手污吾足乃敢瞋，作詩一笑君應聞。

次韻曾仲錫承議食蜜漬生荔支

代北寒虀擣韭萍，奇苞零落似晨星。逢鹽久已成枯腊，得蜜猶應是薄刑。欲就左慈求拄杖，便隨李白跨滄溟。攀條與立新名字，兒女稱呼恐不經。

次韻滕大夫三首

雪浪石

太行西來萬馬屯，勢與岱嶽争雄尊。飛狐上黨天下脊，半掩落日先黄昏。削成山東二百郡，氣壓代北三家村。千峰石卷矗牙帳，崩崖鑿斷開土門。揭來城下作飛石，一礟驚落天驕魂。承平百年烽燧冷，此物僵卧枯榆根。畫師争摹雪浪勢，天工不見雷斧痕。離堆四面繞江水，坐無蜀士誰與論。老翁兒戲作飛雨，把酒坐看珠跳盆。此身自幻孰非夢，故國山水聊心存。

石　芝

土中一掌嬰兒新，爪指良是肌骨匀。見之怖走誰敢食，天賜爾我不及賓。旌陽遠遊同一許，長史玉斧皆門户。我家韋布三百年，衹有陰功不知數。跪陳八簋加六瑚，化人視之真塊蘇。肉芝烹熟石芝老，笑唾熊掌嚬雕胡。老蠶作繭何時脱，夢想至人空激烈。古來大藥不可求，真契當如磁石鐵。

寄餾合刷缾與子由

老人心事日摧頹，宿火通紅手自焙。小甑短缾良具足，穉兒嬌女共燔煨。寄君東閣閑烝栗，知我空堂坐畫灰。約束家僮好收拾，故山梨棗待翁來。

次韻子由書清汶老所傳秦湘二女圖

春風消冰失瑶玉，我本無身安有觸。羊生得婦如得風，握手一笑未爲辱。先生室中無天遊，佩環何處鳴風甌。隨魔未必皆魔女，但與分燈遺歸去。胡爲寫真傳世人，更要維摩一轉語。丹元茅茨衹三間，太極老人時往還。檢點凡心早除拂，方平神鞭常使物。

次韻李端叔謝送牛戩鴛鴦竹石圖

聞君談西戎，廢食忘早晚。王師本不陳，賊壘何足剗。守邊在得士，此語要而簡。知君論將口，似予識畫眼。笑指塵壁間，此是老牛戩。平生師衛玠，非意嘗理遣。愬君定何人，未用市朝顯。置之勿復道，世俗固多舛。歸去亦何須，單車度殽澠。如蟲得羽化，已脱安用繭。家書空萬軸，凉曝困舒卷。念當掃長物，閉息默自煖。此畫聊付君，幽處得小展。新詩勿縱筆，群吠驚邑犬。時來未可知，妙斲待輪扁。

次韻王雄州還朝留别

老李威名八十年，壁間精悍見遺顔。自聞出守風流似，稍覺承平氣象還。但遣詩人歌《杕杜》，不妨侍女唱《陽關》。内朝接武知何日，白髮羞歸供奉班。

三月二十日多葉杏盛開

零露泫月蕊，温風散晴葩。春工了不睡，連夜開此花。芳心誰翦刻，天質自清華。惱客香有無，弄妝影横斜。中山古戰國，殺氣浮高牙。叢臺餘袨服，易水雄悲笳。自從此花開，玉肌洗塵沙。坐令游俠窟，化作温柔家。我老念江海，不飲空咨嗟。明年花開時，舉酒望三巴。

子由新修汝州龍興寺吴畫壁

丹青久衰工不藝，人物尤難到今世。每摹市井作公卿，畫手懸知是徒隸。吴生已與不傳死，那復典刑留近歲。人間幾處變西方，盡作波濤翻海勢。細觀手面分轉側，妙算毫釐得天契。始知真放本精微，不比狂花生客慧。似聞遺墨留汝海，古壁蝸涎可垂涕。力捐金帛扶棟宇，錯落浮雲卷新霽。使君坐嘯清夢餘，幾疊衣紋數衿袂。他年弔古知有人，姓名聊記東坡弟。

壺中九華詩

清溪電轉失雲峰，夢裏猶驚翠掃空。五嶺莫愁千嶂外，九華今在一壺中。天池水落層層見，玉女牕明處處通。念我仇池太孤絶，百金歸買碧玲瓏。

秧馬歌

春雲濛濛雨凄凄，春秧欲老翠剡齊。嗟我婦子行水泥，朝分一壠暮千畦。腰如箜篌首啄雞，筋煩骨殆聲酸嘶。我有桐馬手自提，頭尻軒昂腹脇低。背如覆瓦去角圭，以我兩足爲四蹏。聳踊滑汰如鳧鷖，纖纖束藁亦可齎。何用繁纓與月題，却從畦東走畦西。山城欲閉聞鼓鼙，忽作的盧躍檀溪。歸來挂壁從高棲，了無芻秣飢不啼。少壯騎汝逮老黧，何曾蹶軼防顛隮。錦韉公子朝金閨，笑我一生蹋牛犁，不知自有木駃騠。

八月七日初入贛過惶恐灘

七千里外二毛人，十八灘頭一葉身。山憶喜懽勞遠夢，地名惶恐泣孤臣。長風送客添帆腹，積雨浮舟減石鱗。便合與官充水手，此生何止略知津。

月華寺

天公胡爲不自憐，結土融石爲銅山。萬人探斲富媪泣，秖有金帛資豪姦。脱身獻佛意可料，一瓦坐待千金還。月華三火豈天意，至今茇舍依榛菅。僧言此地本龍象，興廢反掌曾何艱。高巖夜吐金碧氣，曉得異石青斕斑。坑流窟發錢湧地，莫施百鎰朝千鍰。此山出寶以自賊，地脉已斷天應慳。我願銅山化南畝，爛熳黍麥蘇愓鰥。道人修道要底物，破鐺煮飯茆三間。

廣州蒲澗寺

不用山僧導我前，自尋雲外出山泉。千章古木臨無地，百尺飛濤瀉漏天。昔日菖蒲方士宅，後來薝蔔祖師禪。而今只有花含笑，笑道秦皇欲學仙。

游羅浮山一首示兒子過

人間有此白玉京，羅浮見日雞一鳴。南樓未必齊日觀，鬱儀自欲朝朱明。東坡之師抱朴老，真契久已交前生。玉堂金馬久流落，寸田尺宅今誰耕。道華亦嘗啖一棗，契虚真欲仇三彭。鐵橋石柱連空横，杖藜欲趁飛猱輕。雲谿夜逢瘖虎伏，斗壇晝出銅龍吟。小兒少年有奇志，中宵起坐存黄庭。近者戲作凌雲賦，筆勢彷彿《離騷經》。負書從我盍歸去，群仙正草《新宫銘》。汝應奴隸蔡少霞，我亦季孟山玄卿。

還須略報老同叔，贏糧萬里尋初平。

白水山佛跡巖

何人守蓬萊，夜半失左股。浮山若鵬蹲，忽展垂天羽。根株互連絡，崖嶠争吞吐。神工自爐鞲，融液相綴補。至今餘隙罅，流出千斛乳。方其欲合時，天匠麾月斧。帝觴分餘瀝，山骨醉后土。峰巒尚開闔，澗谷猶呼舞。海風吹未凝，古佛來布武。當時汪罔氏，投足不蓋拇。青蓮雖不見，千古落花雨。雙溪匯九折，萬馬騰一鼓。奔雷濺玉雪，潭洞開水府。潛鱗有饑蛟，掉尾取渴虎。我來方醉後，濯足聊戲侮。回風卷飛雹，掠面過强弩。山靈莫惡劇，微命安足賭。此山吾欲老，慎勿厭求取。谿流變春酒，與我相賓主。當連青竹竿，下灌黄精圃。

新釀桂酒

搗香篩辣入瓶盆，盎盎春溪帶雨渾。收拾小山藏社甕，招呼明月到芳樽。酒材已遣門生致，菜把仍叨地主恩。爛煮葵羹斟桂醑，風流可惜在蠻村。

惠守詹君見和復次韻

已破誰能惜甑盆，頹然醉裹得全渾。欲求公瑾一倉米，試滿莊生五石樽。三杯卯困忘家事，萬户春濃感國恩。刺史不須要半道，籃輿未暇走山村。

正月二十四日與兒子過賴仙芝王原秀才僧曇穎行全道士何宗一同游羅浮道院及栖禪精舍過作詩和其韻寄邁迨一首

斷橋尋勝踐，脱屨欣小揭。瘴花已繁紅，官柳尤疎細。斜川二三子，悼歎吾年逝。凄凉羅浮館，風壁頽雨砌。黄冠常苦饑，迎客羞破袂。仙山在何許，歸鶴時墮毳。崎嶇食松黄，欲救齒髮弊。坐令禪客笑，一夢等千歲。栖禪晚置酒，鑾果粲蕉荔。齋厨釜無羹，野餉籃有蕙。嬉游趁時節，俯仰了此世。猶當洗業障，更作臨水禊。寄書陽羨兒，並語長頭弟。門户各努力，先期畢租税。

贈王子直秀才

萬里雲山一破裘，杖端閑挂百錢游。五車書已留兒讀，二頃田應爲鶴謀。水底笙歌蛙兩部，山中奴婢橘千頭。幅巾我欲相隨去，海上何人識故侯。

次韻表兄程正輔江行見桃花

曲士賦《懷沙》，草木傷莽莽。德人無荆棘，坐失嶺嶠阻。我兄瑚璉姿，流落瘴江浦。净眼見桃花，紛紛墮紅雨。蕭然振衣裓，笑問散花女。我觀解語花，粉色如黄土。一言破千偈，況爾初不語。可憐一轉話，他日如何舉。故復此微吟，聊和鷗鴉櫓。江邊閑草木，閑客當爲主。爾來子美瘦，正坐作詩苦。袖手焚筆研，清篇真漫與。願君理北轅，六轡去如組。上林桃花開，水煖鴻北翥。

真一酒

撥雪披雲得乳泓，蜜蠭又欲醉先生。稻垂麥仰陰陽足，器潔泉新表裏清。曉日著顔紅有暈，春風入髓散無聲。人間真一東坡老，與作青州從事名。

遊博羅香積寺

二年流落蠶魚鄉，朝來喜見麥吐芒。東風摇波舞凈緑，初日泫露酣嬌黄。汪汪春泥已没膝，剡剡秋穀初分秧。誰言萬里出無友，見此二美喜欲狂。三山屏擁僧舍小，一谿雷轉松陰凉。要令水力供臼磨，與相地脉增隄防。霏霏落雪看收麪，隱隱疊鼓聞舂糠。散流一啜雲子白，炊裂十字瓊肌香。豈惟牢九薦古味，要使真一流天漿。詩成捧腹便絶倒，書生説食真膏肓。

連雨漲江二首

其一

越井岡頭雲出山，牂牱江上水如天。牀牀避漏幽人屋，浦浦移家蜑子船。龍卷魚蝦并雨落，人隨雞犬上牆眠。只應樓下平堦水，長記先生過嶺年。

四月十一日初食荔支

南村諸楊北村盧，白華青葉冬不枯。垂黄綴紫煙雨裏，特與荔支爲先驅。海山仙人絳羅襦，紅紗中單白玉膚。不須更待妃子笑，風骨自是傾城姝。不知天公有意無，遣此尤物生海隅。雲山得伴松檜老，霜雪自困樝梨麤。先生洗盞酌桂醑，冰盤薦此赬虯珠。似聞江鰩斫玉柱，更洗河豚烹腹腴。我生涉世本爲口，一官久已輕蓴鱸。人間何者非夢幻，南來萬里真良圖。

荔支歎

十里一置飛塵灰，五里一候兵火催。顛坑仆谷相枕籍，知是荔支龍眼來。飛車跨山鶻横海，風枝露葉如新採。宮中美人一破顔，驚塵濺血流千載。永元荔支來交州，天寶歲貢取之涪。至今欲食林甫肉，無人舉觴酹伯游。我願天公憐赤子，莫生尤物爲瘡痏。雨順風調百穀登，民不饑寒爲上瑞。君不見武夷溪邊粟粒芽，前丁後蔡相籠加。争新買寵各出意，今年鬬品充官茶。吾君所乏豈此物，致養口體何陋邪。洛陽相君忠孝家，可憐亦進姚黄花。

與正輔遊香積寺

越山少松竹，常苦野火厄。此峰獨蒼然，感荷佛祖力。茯苓無人采，千歲化琥珀。幽光發中夜，見者惟木客。我豈無長鑱，真贋苦難識。靈苗與毒草，疑似在毫髮。把玩竟不食，棄置長太息。山僧類有道，辛苦嘗谷汲。我慚作機舂，鑿破混沌穴。幽尋恐不繼，書板記歲月。

小圃五詠

枸　杞

神藥不自閟，羅生滿山澤。日有牛羊憂，歲有野火厄。越俗不好事，過眼等茨棘。青荑春自長，絳珠爛莫摘。短籬護新植，紫筍生卧節。根莖與花實，收拾無棄物。大將玄吾鬢，小則餉我客。似聞朱明洞，中有千歲質。靈尨或夜吠，可見不可索。仙人儻許我，借杖扶衰疾。

薏　苡

伏波飯薏苡，禦瘴傳神良。能除五谿毒，不救讒言傷。讒言風雨過，瘴癘久亦亡。兩俱不足治，但愛草木長。草木各有宜，珍産騈南荒。絳囊懸荔支，雪粉剖桄榔。不謂蓬狘姿，中有藥與糧。春爲芡珠圓，炊作菰米香。子美拾橡栗，黄精誑空腸。今吾獨何者，玉粒照座光。

雨後行菜

夢回聞雨聲，喜我菜甲長。平明江路濕，並岸飛兩槳。天公真富有，乳膏瀉黄壤。霜根一蕃滋，風葉漸俯仰。未任筐筥載，已作杯盤想。艱難生理窄，一味敢專饗。小摘飯山僧，清安寄真賞。芥藍如菌蕈，脆美牙頰響。白菘類羔豚，冒土出蹯掌。誰能視火候，小竈當自養。

新年五首

其二

北渚集群鷺，新年何所之。盡歸喬木寺，分占結巢枝。生物會有役，謀身各及時。何當禁畢弋，看引雪衣兒。

其五

荔子幾時熟，花頭今已繁。探春先揀樹，買夏欲論園。居士常携客，參軍許叩門。明年更有味，懷抱帶諸孫。

次韻高要令劉湜峽山寺見寄

新聞妙無多，舊學閑可束。猶當隱季主，未遽逃梅福。空腸吐餘思，靜似蠶綴族。寸田結初果，秀若銅生緑。荆棘掃誠盡，梨棗憂不熟。高人寧鑄金，下士乃服玉。君看嶺嶠隘，我欲巾笥蓄。曾攀羅浮頂，亦到朱明谷。旋觀真歷塊，歸卧甘破屋。故人老猶仕，世味薄如縠。偶從越女笑，不怕蠻江浴。驚聞尺書到，喜有新詩辱。應憐五管客，曾作八州督。骨銷讒口鑠，膽破獄吏酷。隴雲不易寄，江月乃可掬。遥知清遠寺，不稱空明腹。蹇驢步武碎，短瑟絃柱促。仰看泉落珮，俯聽石響轂。千峰瀉清駛，一往無回躅。狂雷失晤語，過雹不容目。要知僧長饑，正坐山少肉。人間無南北，蝸角空出縮。仇池九十九，嵩少三十六。天人同一夢，仙凡無兩録。陋邦真可老，生理亦麤足。便回爇天焰，長作照海燭。

兩橋詩

東新橋

群鯨貫鐵索，背負横空霓。首摇翻雪江，尾插崩雲谿。機牙任信縮，漲落隨高低。轆轤卷巨索，青蛟挂長堤。奔舟免狂觸，脱筏防撞擠。一橋何足云，讙傳廣東西。父老有不識，喜笑争攀躋。魚龍亦驚逃，雷雹生馬蹏。嗟此病涉久，公私困留稽。姦民食此險，出没如梟鷖。似賣失船壺，如去登樓梯。不知百年來，幾人隕沙泥。豈知濤瀾上，安若堂與閨。往來無晨夜，醉病休扶携。使君飲我言，妙割無牛雞。

不云二子勞，歎我捐腰犀。我亦壽使君，一言聽扶藜。常當修未壞，勿使後噬臍。

丙子重九二首

其一

三年瘴海上，越嶠真我家。登山作重九，蠻菊秋未花。惟有黄茅根，堆壠生坳窊。蜑酒蘖衆毒，酸甜如梨樝。何以侑一樽，鄰翁餽鼃蛇。亦復强取醉，歡謡雜悲嗟。今年吁惡歲，僵仆如亂麻。此會我雖健，狂風卷朝霞。使我如霜月，孤光挂天涯。西湖不欲往，暮樹號寒鴉。

白鶴峰新居欲成夜過西鄰翟秀才二首

其一

林行婆家初閉户，翟夫子舍尚留關。連娟缺月黄昏後，縹緲新居紫翠間。繫悶豈無羅帶水，割愁還有劍鋩山。中原北望無歸日，鄰火村春自往還。

次韻惠循二守相會

共惜相從一寸陰，酒杯雖淺意殊深。且同月下三人影，莫作天涯萬里心。東嶺近開松菊徑，南堂初絶斧斤音。知君善頌如張老，猶望携壺更一臨。

又次韻二守許過新居

數畝蓬蒿古縣陰，曉牕明快夜堂深。也知卜築非真宅，聊欲跏趺看此心。聞道携壺問奇字，更因登木助微音。相娱北户江千頃，直下都無地可臨。

種　茶

松間旅生茶，已與松俱瘦。茨棘尚未容，蒙翳争交構。天公所遺棄，百歲仍稚幼。紫笋雖不長，孤根乃獨壽。移栽白鶴嶺，土軟春雨後。彌旬得連陰，似許晚遂茂。能忘流轉苦，戢戢出鳥咮。未任供臼磨，且可資摘嗅。千團輸大官，百餅衒私鬬。何如此一啜，有味出吾囿。

白鶴山新居鑿井四十尺遇磐石石盡乃得泉

海國困蒸溽，新居利高寒。以彼陟降勞，易此寢處乾。但苦江路峻，常慚汲腰酸。矻矻煩四夫，磽磽斲層巒。彌旬得尋丈，下有青石盤。終日但迸火，何時見飛瀾。豐我粲與醪，利汝椎與鑽。山石有時盡，我意殊未闌。今朝僮僕喜，黄土復可摶。晨瓶得雪乳，莫甕停冰湍。我生類如此，何適不艱難。一勺亦天賜，曲肱有餘歡。

糴米

糴米買束薪，百物資之市。不緣耕樵得，飽食殊少味。再拜請邦君，願受一廛地。知非笑昨夢，食力免内愧。春秧幾時花，夏稗忽已穟。悵焉撫耒耜，誰復識此意。

次韻子由月季花再生

幽芳本長春，暫瘁如蝕月。且當付造物，未易料枯枿。也知宿根深，便作紫筍茁。乘時出婉娩，爲我暖栗烈。先生蚤貴重，廟論推英拔。而今城東瓜，不記召南茇。陋居有遠寄，小圃無闊蹋。還爲久處計，坐待行年匝。臘果綴梅枝，春杯浮竹葉。誰言一萌動，已覺萬木活。聊將玉蕊新，插向綸巾折。

次韻子由浴罷

理髮千梳净，風晞勝湯沐。閉息萬竅通，霧散名乾浴。頹然語默喪，静見天地復。時令具薪水，漫欲濯腰腹。陶匠不可求，盆斛何由足。老雞卧糞土，振羽雙瞑目。倦馬𩑶風沙，奮鬣一噴玉。垢净各殊性，快愜聊自沃。雲母透蜀紗，琉璃瑩蘄竹。稍能夢中覺，漸使生處熟。《楞嚴》在牀頭，妙偈時仰讀。反流歸照性，獨立遺所矚。未知仰山禪，已就季主卜。安心會自得，助長毋相督。

謫居三適

夜卧濯足

長安大雪年，束薪抱衾裯。雲安市無井，斗水寬百憂。今我逃空谷，孤城嘯鵂鶹。得米如得珠，食菜不敢留。況有松風聲，釜鬲鳴颼颼。瓦盎深及膝，時復冷暖投。明燈一爪剪，快若鷹辭鞲。天低瘴雲重，地薄海氣浮。土無重膇藥，獨以薪水瘳。誰能更包裹，冠履裝沐猴。

過於海舶得邁寄書酒作詩遠和之皆粲然可觀子由有書相慶也因用其韻賦一篇并寄諸子姪

我似老牛鞭不動，雨滑泥深四蹄重。汝如黄犢走却來，海闊山高百程送。庶幾門户有八慈，不恨居鄰無二仲。他年汝曹笏滿牀，中夜起舞踏破甕。會當洗眼看騰躍，莫指癡腹笑空洞。譽兒雖是兩翁癖，積德已自三世種。豈惟萬一許生還，尚恐九十煩珍從。六子晨耕簞瓢出，衆婦夜績燈火共。春秋古史乃家法，詩筆離騷亦時用。但令文字還照世，糞土腐餘安足夢。

新　居

朝陽入北林，竹樹散疎影。短籬尋丈間，寄我無窮境。舊居無一席，逐客猶遭屏。結茅得兹地，翳翳村巷永。數朝風雨涼，畦菊發新穎。俯仰可卒歲，何必謀二頃。

倦夜

倦枕厭長夜，小牕終未明。孤村一犬吠，殘月幾人行。衰鬢久已白，旅懷空自清。荒園有絡緯，虛織竟何成。

用過韻冬至與諸生飲酒

小酒生黎法，乾糟瓦盎中。芳辛知有毒，滴瀝取無窮。涷醴寒初泫，春醅暖更醲。華夷兩樽合，醉笑一歡同。里閈峩山北，田園震澤東。歸期那敢説，安訊不曾通。鶴鬢驚全白，犀圍尚半紅。愁顔解符老，壽耳鬬吴翁。得穀鵝初飽，亡猫鼠益豐。黄薑收土芋，卷耳斫霜叢。兒瘦緣儲藥，奴肥爲種松。頻頻非竊食，數數尚乘風。河伯方夸若，靈媧自舞馮。歸塗陷泥淖，炬火燎茆蓬。膝上王文度，家傳張長公。和詩仍醉墨，戲海亂群鴻。

縱筆

其一

寂寂東坡一病翁，白頭蕭散滿霜風。小兒誤喜朱顔在，一笑那知是酒紅。

次韻子由贈吴子野先生二絶句

其　一

馬跡車輪滿四方，若爲閉暑小茅堂。仙心欲捉左元放，癡疾還同顧長康。

被酒獨行遍至子雲威徽先覺四黎之舍三首

其　三

符老風清奈老何，朱顔減盡鬢絲多。投梭每困東鄰女，換扇唯逢春夢婆。

追和戊寅歲上元

春鴻社燕巧相違，白鶴峰頭白板扉。石建方欣洗牏厠，姜龐不解歎蠨蛸。一龕京口嗟春夢，萬炬錢塘憶夜歸。合浦賣珠無復有，當年笑我泣牛衣。

汲江煎茶

活水還須活火煎，自臨釣石取深清。大瓢貯月歸春甕，小杓分江入夜缾。茶雨已翻煎處脚，松風忽作瀉時聲。枯腸未易禁三椀，坐聽荒城長短更。

予來儋耳得吠狗曰烏觜甚猛而馴隨予遷合浦過澄邁泅而濟路人皆驚戲爲作此詩

烏喙本海獒，幸我爲之主。食餘已瓠肥，終不憂鼎俎。晝馴識賓客，夜悍爲門户。知我當北還，掉尾喜欲舞。跳踉趁童僕，吐舌喘汗雨。長橋不肯躡，徑渡清深浦。拍浮似鵝鴨，登岸劇虓虎。盜肉亦小疵，鞭箠當貰汝。再拜謝厚恩，天不遺言語。何當寄家書，黄耳定乃祖。

送鮮于都曹歸蜀灌口舊居

篇盡霜鬢照碧銅，依然春雪在長松。朝行犀浦催收芋，夜渡繩橋看伏龍。莫歎倦游無駟馬，要將老健敵千鍾。子雲三世惟身在，爲向西南説病容。

將至廣州用過韻寄邁迨

皇天遣出家，臨老乃學道。北歸爲兒子，破戒堪一笑。披雲見天眼，回首失海潦。鑾唱與黎歌，餘音猶杳杳。大兒牧衆穉，四歲守孤嶠。次子病藥醫，三折乃矗曉。小兒耕且養，得暇爲書繞。我亦困詩酒，去道愈茫渺。紛紛何時定，所至皆可老。莫學柳儀曹，詩書教氓獠。亦莫事登陟，谿山有何好。安居與我遊，閉户净灑掃。

次韻詔守狄大夫見贈二首

其一

華髮蕭蕭老遂良，一身萍挂海中央。無錢種菜爲家業，有病安心是藥方。才疎正類孔文舉，癡絶還同顧長康。萬里歸來空泣血，七年供奉殿西廊。

次韻詔倅李通直二首

其二

青山秖在古城隅，萬里歸來卜築初。會見四山朝鶴駕，更看二李跨鯨魚。欲從抱朴傳家學，應怪中郎得異書。待我丹成馭風去，借君瓊珮與霞裾。

李伯時畫其弟亮功舊隱宅圖

樂天蚤退今安有，摩詰長閑古亦無。五畝自栽池上竹，十年空看輞川圖。近聞陶令開三徑，應許揚雄寄一區。晚歲與君同活計，如雲鵝鴨散平湖。

贈嶺上老人

鶴骨霜髯心已灰，青松合抱手親栽。問翁大庾嶺頭住，曾見南遷幾箇回。

贈虔州術士謝晉臣

屬國新從海外歸，君平且莫下簾帷。前生恐是盧行者，後學過呼韓退之。死後人傳戒定慧，生時宿直斗牛箕。憑君爲算行年看，便數生時到死時。

崔文學甲携文見過蕭然有出塵之姿問之則孫介夫之甥也故復用前韻賦一篇示志舉

象服盛簪珥，豈是邢夫人。敝衣破冠履，可憐范叔貧。君看崔員外，晚就觀國賓。當年頗赫赫，翁嫗争爲姻。蹭蹬阻風水，横斜挂邊垠。青衫映白髮，今似梅子真。道存百無害，甘守吴市闉。自言總角歲，慈母爲擇鄰。邦人驚似舅，矯矯惡不仁。詩文非他師，家法乃富春。豈非空同秀，爲國産雋民。挺然齊魯生，近出姬姜親。爲文不在多，一頌了伯倫。清詩要鍛煉，乃得鉛中銀。自我遷嶺外，七見槐火新。著書已絶筆，一嘿含千諄。蕡桴和葦籥，天節非人均。時時自娱嬉，豈爲俗子陳。

畫車二首

其　二

九衢歌舞頌王明，誰惻寒泉獨自清。賴有千車能散福，化爲膏雨滿重城。

寒食與器之游南塔寺寂照堂

城南鐘鼓鬭清新，端爲投荒洗瘴塵。總是鏡空堂上客，誰爲寂照境中人。紅英掃地風驚曉，緑葉成陰雨洗春。記取明年作寒食，杏花曾與此翁鄰。

張競辰永康所居萬卷堂

君家四壁如相如，卷藏天禄吞石渠。豈惟鄴侯三萬軸，家有世南行秘書。兒童拍手笑何事，笑人空腹談經義。未許中郎得異書，且與揚雄説奇字。清江縈出碧玉環，下有老龍千古閑。知君好事家有酒，化爲老人夜扣關。留侯之孫書滿腹，玉函寶方何用讀。濠梁空復五車多，圯上從來一編足。

次韻郭功甫二首

其一

蚤知臭腐即神奇，海北天南總是歸。九萬里風安税駕，雲鵬今悔不卑飛。

予以事繫御史臺獄獄吏稍見侵自度不能堪死獄中不得一别子由故作二詩授獄卒梁成以遺子由

其一

聖主如天萬物春，小臣愚暗自亡身。百年未滿先償債，十口無歸更累人。是處青山可埋骨，他年夜雨獨傷神。與君世世爲兄弟，又結來生未了因。

其二

柏臺霜氣夜凄凄，風動琅璫月向低。夢遶雲山心似鹿，魂飛湯火命如雞。眼中犀角真吾子，身後牛衣愧老妻。百歲神遊定何處，桐鄉知葬浙江西。

十二月二十八日蒙恩責授檢校水部員外郎黄州團練副使復用前韻

其一

百日歸期恰及春，餘年樂事最關身。出門便旋風吹面，走馬聯翩鵲啅人。却對酒盃渾是夢，試拈詩筆已如神。此災何必深追咎，竊禄從來豈有因。

西山戲題武昌王居士

江干高居堅關扃，犍耕躬稼角挂經。篙竿繫舸菰茭隔，笳鼓過軍鷄狗驚。解襟顧景各箕踞，擊劍賡歌幾舉觥。荆笄供膾愧攪聒，乾鍋更戛甘瓜羹。

戲孫公素

披扇當年笑温嶠，握刀晚歲戰劉郎。不須戚戚如馮衍，便與時時説李陽。

趙成伯家有麗人僕忝鄉人不肯開樽徒吟春雪美句次韻一笑

繡簾朱户未曾開，誰見梅花落鏡臺。試問高吟三十韻，何如低唱兩三杯。莫言衰鬢聊相映，須得纖腰與共回。知道文君隔青瑣，梁園賦客肯言才。

虚飄飄三首

其　一

虚飄飄，畫簷蛛結網，銀漢鵲成橋。塵漬雨桐葉，霜飛風柳條。露凝殘點見紅日，星曳餘光横碧霄。虚飄飄，比浮名利猶堅牢。

其　二

虚飄飄，花飛不到地，虹起謾成橋。入夢雲千疊，游空絲萬條。蜃樓百尺横滄海，雁字一行書絳霄。虚飄飄，比人身世猶堅牢。

其　三

虚飄飄，風寒吹絮浪，春水暖冰橋。勢緩洩垂線，聲乾葉下條。雨中漚點隨流水，風裏彩雲横碧霄。虚飄飄，比時富貴猶堅牢。

歸園田居六首

其　一

環州多白水，際海皆蒼山。以彼無盡景，寓我有限年。東家著孔丘，西家著顔淵。市爲不二價，農爲不争田。周公與管蔡，恨不茅三間。我飽一飯足，薇蕨補食前。門生饋薪米，救我厨無烟。斗酒與隻雞，酣歌餞華顛。禽魚豈知道，我適物自閑。悠悠未必爾，聊樂我所然。

其　二

窮猿既投林，疲馬初解鞅。心空飽新得，境熟夢餘想。江鷗漸馴集，蜑叟已還往。南池緑錢生，北嶺紫筍長。提壺豈解飲，好語時見廣。春江有佳句，我醉墮渺莽。

影答形

丹青寫君容，常恐畫師拙。我依月燈出，相肖兩奇絶。妍形本在君，我豈相媚悦。君如火上煙，火盡君乃别。我如鏡中像，鏡壞我不滅。雖云附陰晴，了不受寒熱。無心但因物，萬變豈有竭。醉醒皆夢耳，未用議優劣。

郭主簿

其一

今日復何日，高槐布初陰。良辰非虚名，清和盈我襟。孺子卷書坐，誦詩如鼓琴。却去四十年，玉顔如汝今。閉户未嘗出，出爲鄰里欽。家世事酌古，百史手自斟。當年二老人，喜我作此音。淮德入我夢，角羈未勝簪。孺子笑問我，君何念之深。

時運

其二

下有澄潭，可飲可濯。江山千里，供我遐矚。木固無脛，瓦豈有足。陶匠自至，歡歌相樂。

其三

我視此邦，如洙如沂。邦人勸我，老矣安歸。自我幽獨，倚門或揮。豈無親友，雲散莫追。

勸農

其　三

豈無良田，膴膴平陸。獸蹤交締，鳥喙諧穆。驚麏朝射，猛豨夜逐。芋羹藷糜，以飽耆宿。

其　五

天不假易，亦不汝匱。春無遺勤，秋有厚冀。雲舉雨決，婦姑畢至。我良孝愛，袒跣何媿。

送淡公二首

其　一

燕本冰雪骨，越淡蓮花風。五言雙寶刀，聯響高飛鴻。翰苑錢舍人，詩韻鏗雷公。識本不識淡，仰詠嗟無窮。清韻生物表，朗玉傾壺中。常於冷竹坐，相語道意沖。崧洛興不薄，稽江事難同。明日若不來，我作黃石翁。何以兀其心，爲君學虛空。

其　二

坐重青草公，意合滄海濱。渺渺獨見水，悠悠不聞人。鏡浪洗手淥，剡花入心春。雖然防外觸，眼前邊衣新。行當譯文字，慰此吟慇懃。

黄　州

南山一尺雪，雪盡山蒼然。澗谷深自暖，梅花應已繁。使君厭騎從，車馬留山前。行歌招野叟，共步青林間。長松得高蔭，盤石堪醉眠。祇樂聽山鳥，携琴寫幽泉。愛之欲忘反，但苦世俗牽。歸來始覺遠，明月高峰顛。

遊杭州山

山平村塢迷，野寺鐘相答。晚陰生林莽，落日猶在塔。行招兩社僧，共步青山月。送客渡石橋，迎客出林樾。幽尋本真性，往事聽徐説。錢王方壯年，此邦事輕俠。鄉人鄙貧賤，異類識英傑。立石象興王，遺址今岌嶪。功勳三吴定，富貴四海甲。歸來父老藏，崇高畏傾壓。詩人工譏病，此欲恣挑抉。流傳後世人，談笑資口舌。是非今已矣，興廢何倉卒。持歸問禪翁，笑指浮漚没。

無　題

引手攀紅櫻，紅櫻落如綫。仰首看紅日，紅日走如箭。年光與時景，頃刻互衰變。何當血肉身，安得常强健。人心苦執迷，富貴憂貧賤。憂色常在眉，歡容不上面。吾今頭半白，把鏡非不見。惟應花下盃，更待他人勸。

用定國韻贈二十姪震

衡門老苔蘚，行柏千兵屯。開樽邀落日，未對烏烏言。清風舉吹籟，散亂書帙翻。傳呼一何急，人馬從車奔。貧居少賓客，鄰婦窺籬藩。牆頭過春酒，緑泛田家盆。比來伏青蒲，坐捉白獸樽。王猷修潤色，亦有簿領煩。朝廷貴二陸，屢聞天語温。猶能整筆陣，媿我非韓孫。

雷州八首

其一

白髮坐鈎黨，南遷瀕海州。灌園以餬口，身自雜蒼頭。籬落秋暑中，碧花蔓牽牛。誰知把鋤人，舊日東陵侯。

其二

荔子無幾何，黄甘遽如許。遷臣不惜日，恣意移寒暑。層巢俯雲木，信美非吾土。草芳自有時，鶗鴂何闗汝。

其　三

下居近流水，小巢依嶺岑。終日數椽間，但聞鳥遺音。爐香入幽夢，海月明孤斟。鷦鷯一枝足，所恨非故林。

其　四

培塿無松柏，鴽言此焉游。讀書與意會，却掃可忘憂。尺蠖以時屈，其伸亦非求。得歸良不惡，未歸且淹留。

其　五

粤嶺風俗殊，有疾時勿藥。東帶趨房祀，用史巫紛若。絃歌薦蘼栗，奴至洽觴酌。呻吟殊未央，更把雞骨灼。

其　六

粤女市無常，所至輒成區。一日三四遷，處處售鰕魚。青裙脚不襪，臭味猿與狙。孰云風土惡，白洲生緑珠。

其　七

海康臘己酉，不論冬孟仲。殺牛撾鼓祭，城郭爲傾動。雖非堯頒曆，自我先人用。苦笑荆楚人，嘉平臘雲夢。

其八

舊時日南郡，野女出成群。此去尚應遠，東風已如雲。蚩氓託絲布，相就通殷勤。可憐秋胡子，不遇卓文君。

送公爲游淮南

負米萬里緣其親，運甓無度憂其身。讀書莫學流麥士，挾策莫比亡羊人。乃翁辛苦到白首，汝今强勉當青春。昔時管鮑以君霸，此兩士賈寧非貧。

贈仲素寺丞致仕歸隱潛山

潛山隱君七十四，紺瞳緑髮方謝事。腹中靈液變丹砂，江上幽居連福地。彭城爲我駐三日，明月滿舟同一醉。丹書細字口傳訣，顧我沉迷真棄耳。年來四十髮蒼蒼，始欲求方救憔悴。他年若訪潛山居，慎勿逃人改名字。

揚州以土物寄少游

鮮鯽經年秘醽醁，團臍紫蟹脂填腹。後春蓴茁活如酥，先社薑芽肥勝肉。鳥子纍纍何足道，點綴盤餐亦時欲。淮南風俗事瓶甖，方法相傳竟留蓄。且同千里寄鵝毛，何用孜孜飲麋鹿。

再過泗上二首

其一

眼明初見淮南樹，十客相逢九吴語。旅程已付夜帆風，客睡不妨背船雨。黄柑紫蟹見江梅，紅稻白魚飽兒女。慇懃買酒謝船師，千里勞君勤轉櫓。

次韻謝子高讀淵明傳

枯木嵌空微黯淡，古器雖在無古絃。袖中正有南風手，誰爲聽之誰爲傳。風流豈落正始後，甲子不數義熙前。一山黄菊平生事，無酒令人意缺然。

龐　公

襄陽龐公少檢束，白髮不髡亦不俗。世所奔趨我獨棄，我已有餘彼不足。鹿門有月樹下行，虎溪無風舟上宿。不識當時捕魚客，但愛長康畫金粟。杜口如今不復言，龐公爲人不曲局。東西有人問老翁，爲道明燈照華屋。五言七言正兒戲，三行五行亦偶爾。我性不飲只解醉，正如春風弄群卉。四十年來同幻事，老去何須别愚智。古人不住亦不滅，我今不作亦不止。寄語悠悠世上人，浪生浪死一埃塵。洗墨無池筆無象，聊爾作戲悦吾神。

夜泊牛口

日落江霧生，繫舟宿牛口。居民偶相聚，三四依古柳。負薪出深谷，見客喜且售。煮蔬爲夜飧，安識肉與酒。朔風吹茅屋，破壁見星斗。兒女自咿嚘，亦足樂且久。人生本無事，苦爲世味誘。富貴耀吾前，貧賤獨難守。誰知深山子，甘與麋鹿友。置身落蠻荒，生意不自陋。今子獨何者，汲汲强奔走。

蝦蟆培

蟆背似覆盂，蟆頤似偃月。謂是月中蟆，開口吐月液。根源來甚遠，百尺蒼崖裂。當時龍破山，此水隨龍出。入江江水濁，猶作深碧色。禀受苦潔清，獨與凡水隔。豈惟煮茶好，釀酒應無敵。

巫　山

瞿塘迤邐盡，巫峽峥嶸起。連峰稍可怪，石色變蒼翠。天工運神巧，漸欲作奇偉。坱軋勢方深，結構意未遂。旁觀不暇瞬，步步造幽邃。蒼崖忽相逼，絶壁凛可悸。仰觀八九頂，俊爽凌顥氣。晃蕩天宇高，崩騰江水沸。孤超兀不讓，直拔勇無畏。攀緣見神宇，憩坐就石位。巉巉隔江波，一一問廟吏。遥觀神女石，綽約誠有以。俯首見斜鬟，拖霞弄修帔。人心隨物變，遠覺含深意。野老笑吾旁，少年嘗屢至。去隨猿猱上，反以繩索試。石笋倚孤峰，突兀殊不類。世人喜神怪，論説驚幼稚。楚賦亦虚傳，神仙安有是。次問掃壇竹，云此今尚爾。翠葉紛下垂，婆娑緑鳳尾。風來自偃仰，若爲神物使。絶頂有三碑，詰曲古篆字。老人那解讀，偶見不能記。窮探到峰背，採斫黄楊子。黄楊生石上，堅瘦紋如綺。貪心去不顧，澗谷千尋縋。山高虎狼絶，深入坦無忌。洪濛草樹密，葱蒨雲霞膩。石竇有洪泉，甘滑如流髓。終朝自盥漱，冷洌清心胃。浣衣挂樹梢，磨斧就石鼻。徘徊雲日晚，歸意念城市。不到今十年，衰老筋力憊。當時伐殘木，牙蘖巳如臂。忽聞老人説，終日爲嘆喟。神仙固有之，難在忘勢利。貧賤爾何愛，棄去如脱屣。嗟爾若無還，絶糧應不死。

滄州亭懷古

湘水悠悠天際來，夾江古木抱山回。城中人物若可數，日晏市散多蒼苔。九嶷巉天古雲埋，遥想帝子龍車迴。心衰目極何可望，九歌寂寂令人哀。

書堂嶼

蒼山古木書堂嶼，北出湘水百餘步。誰爲往來虧世界，至今人指安禪處。豈無鷩蛇與飛鳥，後來那復知其趣。不知我身今是否，空記名稱作常住。

戲詠子舟畫兩竹兩鸜鵒

風晴日煖搖雙竹，竹間對語雙鸜鵒。鸜鵒之肉不可食，人生不才果爲福。子舟之筆利如錐，千變萬化皆天機。未知筆下鸜鵒語，何似夢中蝴蝶飛。

贈山谷子

黄童三尺世無雙，筆頭衮衮懸秋江。不憂老子難爲父，平生崛强今心降。我來喜共阿戎語，應敵縱横如急雨。生子還如孫仲謀，豚犬謾多何足數。黄家小兒名拾得，眉如長松眼如漆。只今數歲已動人，老人留眼看他日。笑君老蚌生明珠，自笑此物吾家無。君當置酒我當賀，有兒傳業更何須。

鰒魚行

漸臺人散長弓射，初啖鰒魚人未識。西陵衰老繐帳空，肯向北河親饋食。兩雄一律盜漢家，嗜好亦若肩相差。食每對之先太息，不因噎嘔緣瘡痂。中間霸據關梁隔，一枚何啻千金直。百年南北鮭菜通，往往殘餘飽臧獲。東隨海舶號倭螺，異方珍寶來更多。磨沙瀹瀋成大胾，剖蚌作脯分餘波。君不聞蓬萊閣下駝碁島，八月邊風備胡獠。舶船跋浪黿鼉震，長鑱鏟處崖谷倒。膳夫善治薦華堂，坐令雕俎生輝光。肉芝石耳不足數，醋芼魚皮真倚牆。中都貴人珍此味，糟浥油藏能遠致。割肥方厭萬錢厨，决眥可醒千日醉。三韓使者金鼎來，方奩饋送煩輿臺。遼東太守遠自獻，臨菑掾吏誰爲材。吾生東歸收一斛，包苴未肯鑽華屋。分送羹材作眼明，却取細書防老讀。

次韻水官詩

浄因大覺璉師以閻立本畫水官遺編禮公。公既報之以詩，謂某：「汝亦作。」某頓首再拜次韻，仍録二詩爲一卷以獻。

高人豈學畫，用筆乃其天。譬如善游人，一一能操船。閻子本逢掖，疇昔慕雲淵。丹青偶爲戲，染指初嘗黿。愛之不自已，筆勢如風翻。傳聞正觀中，左衽解椎鬟。南夷羞白雉，佛國貢青蓮。詔令擬《王會》，别殿寫戎蠻。熊冠金絡額，豹袖擁旛旃。傳入應門内，俯伏脱劍拳。天姿儼龍鳳，雜沓朝鵷鱣。神功與絶跡，後世兩莫扳。自從李氏亡，群盗竊山川。長安三日火，至寶隨飛煙。尚有脱身者，漂流出東關。三官豈容獨，得此今已編。吁嗟至神物，會合當有年。京城諸權貴，欲取百計難。贈以玉如意，豈能動高禪。信應一篇詩，皎若畫在前。

附老泉詩：

水官騎蒼龍，龍行欲上天。手攀時且住，浩若乘風船。不知幾何長，足尾猶在淵。下有二從臣，左右乘魚黿。矍鑠相顧視，風舉衣袂翻。女子侍君側，白頰垂雙鬟。手執雉尾扇，容如未開蓮。從者八九人，非鬼非戎蠻。出水未成列，先登揚旗旜。長刀擁旁牌，白羽注强拳。雖服甲與裳，狀貌猶鯨鱣。水獸不得從，仰面以手扳。空虛走雷霆，雨雹晦九川。風師黑虎囊，面目昏塵煙。翼從三神人，萬里朝天關。我從大覺師，得此鬼怪編。畫者古閻子，於今三百年。見者誰不愛，予者誠已難。在我猶在子，此理寧非禪。報之以好詞，何必畫在前。

飲酒四首

其　一

我觀人間世，無如醉中真。虛空爲銷殞，況乃百憂身。惜哉知此晚，坐令華髮新。聖人驟難得，日且致賢人。

其　二

左手持蟹螯，舉觴屬雲漢。天生此神物，爲我洗憂患。山川同恍惚，魚鳥共蕭散。客至壺自傾，欲去不得閑。

其　三

有客遠方來，酌我一甌茗。我醉方不啜，强啜忽復醒。既鑿渾沌氏，遂遠華胥境。操戈逐儒生，舉觴還酩酊。

其　四

雷觴淡於水，經年不濡唇。爰有擾龍裔，爲造英靈春。英靈韻甚高，蒲萄難與鄰。他年血食汝，當配杜康神。

和寄天選長官

寓形宇宙間，佚我方以老。流光安足恃，百歲同過鳥。頃子縈網羅，文采緣自表。自古山林人，何曾識機巧。但記寒巖翁，論心秋月皎。黄香十年舊，禪學參衆妙。虚懷養天和，肯徇奔走鬧。官居職事理，晨起何用早。桐陰滿四齋，叱吏供灑掃。眷子東南來，野飯煮芹蓼。葆光既清尚，令尹亦高蹈。相將古寺行，軟語頽晚照。公家有畸人，虚緣能自保。卜築嵩山陽，何當從結好。中山饒勝景，一覽未易飽。何時命巾車，共陟雲外嶠。翻然筋力疲，不復追踴跳。公詩擬《南山》，雄拔千丈峭。形容逼天真，邂逅識其要。藩籬吾未窺，敢議窮閫奥。

題盧鴻學士堂圖

昔爲太室游，盧岩在東麓。直上登封壇，一夜繭生足。徑歸不復往，巒壑空在目。安知有千老，舒卷不盈軸。一處一盧生，裘褐蔭喬木。方爲世外人，行止何煩録。百年入篋笥，犬馬同一束。嗟余縛世累，歸未有茅屋。江干百畝田，清泉映修竹。尚欲逃世名，豈須上圖軸。

寄周安孺茶

大哉天宇内，植物知幾族。靈品獨標奇，迥超凡草木。名從姬旦始，漸播《桐君録》。賦詠誰最先？厥傳惟杜育。唐人未知好，論著始於陸。常李亦清流，當年慕高躅。遂使天下士，嗜此偶於俗。豈但中土珍，兼之異邦鬻。鹿門有佳士，博覽無不矚。邂逅天隨翁，篇章互賡續。開園頤山下，屏跡松江曲。有興即揮毫，粲然存簡牘。伊予素寡愛，嗜好本不篤。粤自少年時，低回客京轂。雖非曳裾者，庇蔭或華屋。頗見綺紈中，齒牙厭粱肉。小龍得屢試，糞土視珠玉。團鳳與葵花，碔砆雜魚目。貴人自矜惜，捧玩且緘櫝。未數日注卑，定知雙井辱。於兹自研討，至味識五六。自爾入江湖，尋僧訪幽獨。高人固多暇，探究亦頗熟。聞道早春時，携籯赴初旭。驚雷未破蕾，采采不盈掬。旋洗玉泉蒸，芳馨豈停宿。須臾布輕縷，火候謹盈縮。不憚頃間勞，經時廢藏蓄。髹筒净無染，箬籠匀且複。苦畏梅潤侵，暖須人氣燠。有如剛耿性，不受纖芥觸。又若廉夫心，難將微穢瀆。晴天敞虚府，石碾破輕緑。永日遇閑賓，乳泉發新馥。香濃奪蘭露，色嫩期秋菊。閩俗競傳誇，豐腴面如粥。自云葉家白，頗勝中山醁。好是一杯深，午牕春睡足。清風擊兩腋，去欲凌鴻鵠。嗟我樂何深，《水經》亦屢讀。子咤中泠泉，次乃康王谷。蟇培頃曾嘗，瓶罌走僮僕。如今老且懶，細事百不欲。美惡兩俱忘，誰能强追逐。薑鹽拌白土，稍稍從吾蜀。尚欲外形體，安能徇心腹。由來薄滋味，日飯止脱粟。外慕既已矣，胡爲此羈束。昨日散幽步，偶上天峰麓。山圃正春風，蒙茸萬旗簇。呼兒爲佳客，采製聊亦復。地僻誰我從，包藏付厨簏。何嘗較優劣，但喜破睡速。況此夏日長，人間正炎毒。幽人無一事，午飯飽蔬菽。困卧北牕風，風微動牕竹。乳甌十分滿，人世真局促。意爽飄欲仙，頭輕快如沐。昔人固多癖，我癖良可贖。爲問劉伯倫，胡然枕糟麴。

游山呈通判承議寫寄參寥師

煌煌世胄餘，夫子非碌碌。由來有詩書，所以能絶俗。得官本河朔，瓜期未易促。扁舟下南來，逸駕追鳴鵠。遇勝即徜徉，風餐兼露宿。嗟予偶傾蓋，一笑外羈束。杖策每過從，相携訪山谷。東風披鮮雲，繡錯出林麓。松門有時盡，幽景無斷續。崖轉聞鐘聲，林疎見華屋。銜山餘落景，歸迹猶躑躅。誰云鄴下歡，往事不可復。吾曹二三子，取樂亦云足。願公寄新詩，一一能見録。船頭行北歸，囊橐有美玉。塵埃京洛人，亦與洗心目。

御史臺榆槐竹柏四首

槐

憶我初來時，草木向衰歇。高槐雖經秋，晚蟬猶抱葉。淹留未云幾，離離見疎莢。栖鴉寒不去，哀叫飢啄雪。破巢帶空枝，疎影挂殘月。豈無兩翅羽，伴我此愁絶。

竹

今日南風來，吹亂庭前竹。低昂中音會，甲刃紛相觸。蕭然風雪意，可折不可辱。風霽竹已回，猗猗散青玉。故山今何有，秋雨荒籬菊。此君知健否，歸掃南軒緑。

柏

故園多珍木，翠柏如蒲葦。幽囚無與樂，百日看不已。時來拾流膠，未忍踐落子。當年誰所種，少長與我齒。仰視蒼蒼幹，所閲固多矣。應見李將軍，膽落温御史。

和子由除日見寄

薄官驅我西，遠别不容惜。方愁後會遠，未暇憂歲夕。强歡雖有酒，冷酌不成席。秦烹惟羊羹，隴饌有熊腊。念爲兒童歲，屈指已成昔。往事今何追，忽若箭已釋。感時嗟事變，所得不償失。府卒來驅儺，矍鑠驚遠客。愁來豈有魔，煩汝爲攘磔。寒梅與凍杏，嫩萼初似麥。攀條爲惆悵，玉蕊何時拆。不憂春豔晚，行見棄夏簸。人生行樂耳，安用聲名籍。胡爲獨多感，不見膏自炙。詩來苦相寬，子意遠可射。依依見其面，疑子在咫尺。兄今雖小官，幸忝佐方伯。北池近所鑿，中有汧水碧。臨池飲美酒，尚可消永日。但恐詩力弱，鬬健未免馘。詩成十日到，誰謂千里隔。一月寄一篇，憂愁何足擲。

送吕行甫司門倅河陽

結交不在久，傾蓋如平生。識子今幾日，送别亦有情。子生公相家，高義久峥嶸。天才既超詣，世故亦屢更。譬如追風驥，豈免羈與纓。念我山中人，久與麋鹿并。誤出挂世網，舉動俗所驚。歸田雖未果，已覺去就輕。河陽豈云遠，出處恐異程。便當從此别，有酒無徒傾。

轆轤歌

新繫青絲百尺繩，心在君家轆轤上。我心皎潔君不知，轆轤一轉一惆悵。何處春風吹曉幕，江南緑水通珠閣。美人二八顔如花，泣向花前畏花落。臨春風，聽春鳥。别時多，見時少。愁人一夜不得眠，瑶井玉繩相對曉。

白鶴吟留鍾山覺海

白鶴聲可憐，紅鶴聲可惡。白鶴招不來，紅鶴揮不去。長松受穢死，乃以紅鶴故。北山道人曰：美者自美，吾何爲而喜？惡者自惡，吾何爲而怒？去自去耳，吾何駛而追？來自來耳，吾何妨而拒？吾豈厭喧而求静？吾豈好丹而非素？汝謂松死，吾無依焉，吾方捨陰而坐露。

次韻張甥棠美述志

仲子甘心織屨避萬鍾，淵明不肯折腰爲五斗。一年鴻雁識來往，終日沐猴誰去取。知甥詩意慕兩君，讀書要在存心久。平生所談性命奥，長棄不憂金石朽。我今已習鶩子定，猶復晨朝怖頭走。刳心先擬射彀名，不作羊鄒悲峴首。雲梯雨矢集無方，我已中灰同墨守。恐甥自是禹門鱗，未可潛逃入吾藪。琢磨晚覺孟光賢，畏我放言時被肘。甥能鉏我青門瓜，正午時來休老手。

獲鬼章二十韻

青唐有逋寇，白首已窮妖。竊據臨洮郡，潛通講渚橋。廟謀周召虎，邊帥漢班超。堅壘千兵破，連航一炬燒。擒姦從窟穴，奏捷上煙霄。詭異人圖像，驩娱路載謡。干誅非一事，伐叛自先朝。取道經陵寢，前期告廟祧。西來聞幾日，面縛見今朝。二聖臨雲陛，千官溢海潮。載囚車轣轆，失主馬蕭條。横拜如蹲犬，胡裝尚衣貂。理卿辭具服，譯長舌初調。緩死恩殊厚，求生尾屢摇。慈仁逢太母，寬厚戴唐堯。赤手真擒虎，和羹未賜梟。藁街虚授首，東市偶全腰。困獸何須殺，遺雛或可招。威聲西振夏，武節北通遼。帝道有强弱，天時或長消。羌情防報復，軍勝忌矜驕。慎重關西將，奇功勿再要。

觀開西湖次吴左丞韻

偉人謀議不求多，事定紛紛自唯阿。盡放黿魚還緑净，肯容蕭葦障前坡。一朝美事誰能紀，百尺蒼崖尚可磨。天上列星當亦喜，月明時下浴明波。

次周燾韻

周燾遊天竺，觀激水，作詩云：「拳石耆婆色兩青，竹龍驅水轉山鳴。夜深不見跳珠碎，疑是檐間滴雨聲。」東坡和之。

道眼轉丹青，常於寂處鳴。蚤知雨是水，不作兩般聲。

去歲與子野遊逍遥堂日欲没因並西山叩羅浮道院至已二鼓矣遂宿於西堂今歲索居儋耳子野復來相見作詩贈之

往歲追歡地，寒牕夢不成。笑談驚半夜，風雨暗長檠。雞唱山椒曉，鐘鳴霜外聲。只今無復見，髣髴似三生。

戲題巫山縣用杜子美韻

巴俗深留客，吴儂但憶歸。直知難共語，不是故相違。東縣聞銅臭，江陵换裌衣。丁寧巫峽雨，慎莫暗朝暉。

答黿以道索書

閲世真難記，如公自不忘。其於書太簡，正以懶相妨。

謝人惠雲巾方舃二首

其二

胡韡短靿格麄疎，古雅無如此樣殊。妙手不勞盤作鳳，輕身只欲化爲鳧。魏風褊儉堪羞葛，楚客豪華可笑珠。擬學梁家名解脱，便於禪坐作跏趺。

陳伯比和回字復次韻

百里馮生寧屑去，湖海陳侯猶肯來。詩書好在家四壁，蒲柳蓊然城一隈。騎上下山亦疎矣，儵從容出何爲哉。市橋十步即塵土，晚雨瀟瀟殊未回。

寒食夜

漏聲透入碧牕紗，人静鞦韆影半斜。沈麝不燒金鴨冷，淡雲籠月照梨花。

答子勉三首

其　一

君不登郎省，還應上諫坡。才高殊未識，歲晚喜無他。櫪馬羸難出，鄰雞凍不歌。寒爐餘幾火，灰裏撥陰何。

其　二

驚人得佳句，或以傲王公。處士還清節，滑稽安足雄。深沉似康樂，簡遠到安豐。一點無俗氣，相期林下風。

其　三

欲舞腰身柳一窠，小梅催拍大梅歌。舞餘片片梨花落，争奈當塗風物何。

贈虔州慈雲寺鑒老

居士無塵堪洗沐，道人有句借宣揚。牕間但見蠅鑽紙，門外惟聞佛放光。遍界難藏真薄相，一絲不挂且逢場。却須重説圓通偈，千眼薰籠是法王。

過嶺寄子由二首

其二

山林瘴霧老難堪，歸去中原茶亦甘。有命誰憐終反北，無心却笑亦巢南。蠻音習慣疑傖語，脾病縈纏帶嶺嵐。賴有祖師清净水，塵埃一洗落覃覃。

西蜀楊耆二十年前見之甚貧今見之亦貧所異於昔者蒼顏華髮耳女無美惡富者妍士無賢不肖貧者鄙使其逢時遇合豈減當世之士哉頃宿長安驛舍聞泣者甚怨問之乃昔富而今貧者乃作一詩今以贈楊君

孤村漸雨逐秋凉，逆旅愁人怨夜長。不寐相看惟櫪馬，愁吟互答有寒螿。天寒滯穗猶横畝，歲晚空機尚倚牆。勸爾一杯聊復睡，人間貧富海茫茫。

第五橋

白露凄風洗瘴煙，夢回相對兩凄然。雀羅廷尉非當日，鳩杖先生愈少年。世事飽諳思縮手，主恩未報耻歸田。誰憐第五橋東水，獨照台州老鄭虔。

壬寅重九不預會獨遊普門寺僧閣有懷子由

花開酒美盍不歸，來看南山冷翠微。憶弟淚如雲不散，望鄉心與雁南飛。明年縱健人應老，昨日追歡意正違。不問秋風强吹帽，秦人不笑楚人譏。

小飲公瑾舟中

青泥赤日午相烘，走訪船牕柳影中。輟我東坡無限睡，賞君南浦不貲風。坐觀邸報談迂叟，閑説滁山憶醉翁。此去澄江三萬頃，只應明月照還空。

答李端叔

若人如馬亦如班，笑履壺頭出玉關。已入西羌度沙磧，又從東海看濤山。識君小異千人裏，慰我長思十載間。西省憐居時邂逅，相逢有味是偷閑。

次韻參寥寄少游

岩棲木石已皤然，交舊何人慰眼前。素與晝公心印合，每思秦子意珠圓。當年步月來幽谷，拄杖穿雲冒夕煙。臺閣山林本無異，故應文字不離禪。

贈仲勉子文

雨昏南浦曾相對，雪滿荆州喜再逢。有子才如不羈馬，知君心似後凋松。閑看書册應多味，老傍人門想更慵。何日晴軒觀筆硯，一杯相屬更從容。

次韻子由彈琴

琴上遺聲久不彈，琴中古義本長存。苦心欲記常迷舊，信指如歸自看痕。應有仙人依樹聽，空教瘦鶴舞風騫。誰知千里溪堂夜，時引驚猿撼竹軒。

移合浦郭功甫見寄

君恩浩蕩似陽春，合浦何如在海濱。莫趁明珠弄明月，夜深無數采珠人。

題懷素草帖

人人送酒不曾沽，終日松間掛一壺。草聖無成狂飲發，真堪畫作醉僧圖。

又答氈帳

卧病經旬減帶圍，清樽忘却故人期。莫嫌雪裏閑氈帳，作事猶來未合時。

萬州太守高公宿約遊岑公洞而夜雨連明戲贈二小詩

其一

肩輿欲到岑公洞，正怯衝泥傍險行。定是岑公閟清境，春江一夜雨連明。

其二

蓬牕高枕雨如繩，恰似糟牀壓酒聲。今日岑公不能飲，吾儕猶健可頻傾。

藏春塢三首

其　一

退之身外無窮事，子美生前有盡花。更有多情君未識，不隨柳絮落人家。

其　二

莫尋群玉峰頭路，莫看玄都觀裏花。但解閉門留我住，主人休問是誰家。

其　三

朱閣前頭露井多，碧桃花下美人過。寒泉未必能如此，奈有銀牀素綆何。

謝都事惠米

平生忍慾今忍貧，閉口逢人不少陳。倖薄身輕趙都事，也能作意向詩人。

余將赴文登過廣陵而擇老移住石塔相送竹西亭下留詩爲别

竹西失却上方老，石塔還逢惠照師。我亦化身東海去，姓名莫遣世人知。

絶句三首

其一

松柏蕭森溪水南，道人只作兩團庵。市區收罷豚魚税，來與彌陀共一龕。

其二

此身分付一蒲團，静對蕭蕭竹數竿。偶爲老僧煎茗粥，自携修綆汲清泉。

其三

天風吹月入闌干，烏鵲無聲夜向闌。織女明星來枕上，乃知身不在人間。

次韻章子厚飛英留題

款段曾陪馬少游，而今人在鳳麟洲。黄公酒肆如重過，杳杳白蘋天盡頭。

雜詩二首

其一

牕摇細浪魚吹沫，手弄黄花蝶遶衣。不覺春風吹酒醒，空教明月照人歸。

其　二

昔日雙鵶照淺眉，如今婀娜緑雲垂。蓬萊老守明朝去，腸斷簾間蟋蟀悲。

秋思寄子由

黄葉山川知晚秋，小蟲催女獻功裘。老松閲世卧雲壑，挽著蒼江無萬牛。

題净因堂

瞑倚蒲團卧鉢囊，半牕疎箔度微涼。蕉心不展待時雨，葵葉爲誰傾夕陽。

題净因院

門外黄塵不見山，箇中草木亦常閑。履聲如渡薄冰過，催粥華鯨吼夜闌。

和黄龍清老三首

其　一

萬山不隔中秋月，一雁能傳寄遠書。深密伽陀枯戰筆，真誠相見問何如。

其　二

風前橄欖星宿落，月下桄榔羽扇開。静嘿堂中有相憶，清江或遣化人來。

其　三

騎驢覓驢真可笑，以馬喻馬亦成癡。一天月色爲誰好，二老風流各自知。

余歸自道場何山遇大風因憩耘老溪亭命官奴秉燭捧硯寫風竹一枝題詩云

更將掀舞勢，把燭畫風篠。美人爲破顔，憐此腰肢褭。

和子由岐下詩

牡　丹

花好常患稀，花多信佳否。未有四十枝，枝枝大如斗。

杏

開花送餘寒，結子及新火。關中幸無梅，汝彊充鼎和。

棗

居人幾番老，棗樹未成槎。汝長才堪軸，吾歸已及瓜。

石榴

風流意不盡，獨自送殘芳。色作裙腰染，名隨酒盞狂。

樗

自昔爲神樹，空聞蜩鶪鳴。社公煩見輟，爲爾致羊羹。

槐

采擷殊未厭，忽然已成陰。蟬鳴看不見，鶴立赴還深。

惠崇蘆雁

惠崇煙雨蘆雁，坐我瀟湘洞庭。欲買扁舟歸去，故人云是丹青。

王半山

古體詩

後元豐行

「逢人歡笑得無愁」：與「但道」句意重。

純甫出釋惠崇畫要予作詩

「一時二子皆絶藝」四句：與少陵《丹青引》結處同一感慨。

同王璿賢良賦龜得升字

「以組系首鼊穿繩」：「鼊」，音髯，《説文》：「龜甲邊也。」

「果獵誰復知殊稱」：《周禮》：「龜人掌六龜之屬，東龜曰果屬，南龜曰獵屬。」

張明父至宿明日遂行

寫交情，前後婉轉深摯。

奉酬約之見招

「馮軒信厚禮」二句：没緊要處，着議論自妙。

寄吴氏女子

「中父繼在廷，小父數往來」：「中父」、「小父」，皆謂叔也，猶言仲父、季父。

「而吾與汝母」十句：此種鋪叙，似昌黎，亦似香山。

寄楊德逢

「帳望新春白」：「春」，當作「眷」。

邀望之過我廬

「知子有仁〔一〕心」二句：意境俱別。

法雲

「汲泉養之花不老」二句：朴老。

兩山間

長律中之別調者，不當入古體。

「祇應身後冢，便是眼中山」：作達語，從靖節「南山有舊宅」句得來。

〔一〕「仁」，原作「二」，誤，據《臨川先生文集》改。

真人

「日唯汝心〔一〕攖」：「日」，當作「曰」。

遊土山示蔡天啓

「彼哉斗筲人」十八句：如讀杜老《八哀詩》。

「幸哉同聖時」八句：開闔極動宕，又極沉着。

載華按：李鷹湖箋注本題中「啟」字下尚有「秘校」二字。

用前韻戲贈葉致遠直講

「經綸安所施」二句：「經綸」二句，爲下半篇展局。

「熟視籠兩手」三十六句：形容棋癖，曲盡機趣。

〔一〕「心」，原作「日」，誤，據《臨川先生文集》改。

白鶴吟

此篇亦見《東坡集》，但少「白鶴静無匹」二句。

載華按：箋注本題中「吟」字下尚有「示覺海元公」五字。

示安大師

「道人深北山爲家」：「深北」兩字疑有譌。

移桃花示俞秀老

「我衰此果復易朽」至末：情深語淺，如古謡詞，非刻畫所能到。

擬寒山拾得二十首

其　四

「瓦亦自破碎」四句：意本蒙莊。

其十九

「休來講下坐」：「下坐」，當作「坐下」。

吾心

「晚知童稚心」二句：痛掌血痕，自作自受。頓悟耶？漸悟耶？

泉二首

其二

「取遥比甘覺近美」二句：鍊句曲折。

載華按：箋注本題作「酬王璿賢良松泉二詩」。

送惠思上人

「因知網羅外」二句：諷意含蓄。

明妃曲二首

其　二

「漢恩自淺胡自深」二句：亦是一説，却未有人道。

附録：陸辛齋先生云：「言漢自淺，然相知深者，終在漢耳，即前首意也。」〇查晚晴先生云：「終屬語病，辛齋雖曲爲之解，予不謂然。」

歎息行

「路旁年少歎息汝」二句：不忍斥言，具存忠厚。

送　春

「相見緑樹啼黄鸝」：「相」，疑當作「想」。

兼　并

熙豐變法之機，已兆於此。

和吴御史汴渠詩

「此言信有激」二句：先生平日持論，乃爾和易。

虎圖

「卒然我見心爲動」四句：白描高手，精采百倍。

次韻信都公石枕蘄簟

「掃除堂屋就陰翳」四句：妙於立言，主人當爲色喜。

載華按：箋注本題作「次韻歐陽永叔端溪石枕蘄簟」。

和吴沖卿雪

「飛揚類挾富」六句：極力摹寫，不屑蹈襲前人一字。

送李屯田守桂陽二首

其　一

「寄書邦江上」：「邦」，當作「邗」。

和王微之登高齋二首

其　二

「祇見汪水雲端來」：「汪」字訛，當作「江」。

出鞏縣

章法本杜。

葛藴作巫山高愛其飄逸因亦作兩篇

其　二

「水於天下實至險」二句：險語動人。

久雨

短章難得如許豪横。

和吴沖卿鵶鳴樹石屏

「意似落日空上行」：「上」，當作「山」。

「君詩雄盛付君手，云此非人乃天巧」：蕭、尤兩韻平仄，古通用。

「乾坤至」：「至」，當作「生」。

載華附識：胡堈雲川云：「蕭尤兩韻平仄古通用者，皆喉音也。《毛詩·王風·采葛》二章，《鄭風·風雨》二章，此蕭尤平韻之相通也。《邶風·擊鼓》四章，《鄭風·遵大路》二章，蕭尤之上聲爲巧有，此蕭尤仄韻之相通也，荆公詩本此。」

送李宣叔倅漳州

「氣泠又銷鑠」：「又」，當作「久」。

送裴如晦宰吴江

「當知耕牧地」四句：宋時吴中水利可知。

韓持國從富并州辟

「映燭多廟塔」：「燭」，疑當作「竹」。

寄吴沖卿

「物變極萬殊」四句：真學問人語，自見其不足，又能不自諱其不足，可惜此老臨事恃才，行不顧言耳。

思王逢原

向讀公所爲逢原墓志，知其期待良厚。今觀此詩，悲惋有甚於墓志者，如昌黎之於李元賓，眉山之於李臺卿，能令千百世後讀其詩文，怳聞歎息之聲。士之所以貴托於知己也吁！

登景德塔

「巴屋如螘冢」：「巴」字疑訛。

載華按：箋注本作「邑」。

送裴如晦即席分題三首

其　二

「風作麟之而」：「麟」，當作「鱗」。

春從沙磧底

「萬里十鳳凰」：「十」，當作「卜」。

結屋山澗曲

「狂風動地至」四句：胸次開闊，筆力夭矯。

少狂喜文章

「少狂喜文章」四句：半山一生本末，具此四語中。

少年見青春

「寄言少年子」四句：婉轉有味。

草端無華滋

「暄妍却如春」二句：身在造化轉移中，得此解者，鮮矣！

山田久欲拆

「散絲魚幾縷」：「魚」，當作「餘」。

載華按：箋注引韋應物詩「昨別今已春，散絲魚幾縷」，荆公全用韋句，據此仍當作「魚」。

聖賢何常施

「曲士守一隅」二句：讀《南華》者，多爲莊叟所欺，被先生一句道破。

散髮一扁舟

「散髮一扁舟」四句：噓吸空明，倒傾沆瀣。太白得意處，不過爾爾。

陰山畫虎圖

讀此等詩，須細討淺深步驟，切莫作一往無前看。

吴長文新得顔公壞碑

「堂堂魯公勇且仁」六句：不從杜陵探討，那得有此境界。

送文學士倅邛州

「犖犖漢寄孫」：「寄」，當作「守」。

送陳謣

「糊名騰書今故密」：「騰」，疑當作「謄」。

憶北山送勝上人

「雲埋樵聲隔蔥蒨」二句：熟玩可悟鍊句之法。

載華按：題中「北山」，箋注本作「蔣山」。

寓言九首

其　五

「功高後毀易」二句：名言。

和王樂道讀進士試卷

科舉固溺人，但變法亦未見實效，奈何？

載華按：題中「和王樂道」四字，箋注本無。

寄題郢州白雪樓

「折楊黄華笑者多」：「華」，當作「荂」。

「石城寒江暮雲繞」：「城」字疑訛。

載華按：箋注：「郢邊漢江上即石城也，莫愁所生處。」據此，仍當作「城」。

和王樂道烘蝨

「秋水汗流如炙輠」：「水」，當作「暑」。

「然臍郿塢患溢世」六句：千古奸雄，供其唾罵，妙在比擬失倫，方稱快意。

和農具詩十五首

樵　斧

「此日兩無邀」：「日」，當作「心」。

水　車

「置心亦何有」四句：可破機心機事之異説。

颺　扇

結句與通首不稱。

耒　耜

「揉斵無良材」：「良」字不如「餘」字。

耰　耡

「鍛金以爲曲」四句：敘次何減《考工記》。結亦警動。

明州錢君倚衆樂亭

「春風滿城金版舫」四句：極力描寫「衆樂」二字。

和微之藥名勸酒

「從客珂馬留閑坊」：「客」，當作「容」。

送謝師宰赴任楚州二首

其　二

起句爽健。

「神頭兩岸水無窮」：「神頭」，不解。

載華按：箋注：「神頭，屬楚州，地名。」

車　螯

「何當强收拾」二句：此意前詩已見。

載華按：此詩箋注本無，今載《補遺》。

疥

「浮陽燥欲出」四句：語帶滑稽，却具至理。

和平甫舟中望九華山二首

其一

「側身勇前瞻」、「泰山魯所詹」：「瞻」與「詹」當易置。

其二

昌黎《南山詩》外，另開生面。

「當倚以葭蒹」：「蒹葭」倒用，止取叶韻而已。

載華按：「其二」一首，箋注本題作「重和」。

和中甫兄春日有感

「春風生物尚有意」二句：大言炎炎，直是不可一世。

信陵坊有籠山樂官

「山樂官」，當是鳥名，他集未見。

載華按：此詩箋注本無，今載《補遺》。

省兵

「驕惰習已久」四句：曲盡事情，只如口説。

發廪

「築臺尊寡婦」二句：秦始、漢武，無所逃罪。

「他州或皆窳」：「皆」，當作「呰」。

感事

「懔懔常漸久」：「漸」，當作「慚」。

同杜史君飲城南

「出鐏不見日」：「出」字疑訛。

載華附識：從弟東谷云：「《禮記》『反坫出尊』，注：『當尊南也。』疑非訛字。」

垂虹亭

在杜韓之間。

張氏静居院

通體似倣香山。

「静者樂正居」：「正」，當作「止」。

「疾於山水間」：「疾」，當作「侯」。

華亭谷

「浩浩無春愁」：「愁」，當作「秋」。

僧德殊家水簾求予詠

「清風高吹鸞鶴唳」四句：有上二句，則下二句不覺其纖，以切題也。

答曾子固南豐道中所寄

「直意暮聖人」：「暮」，當作「慕」。

憶昨詩示諸外弟

「材疎命賤不自揣」二句：不知與老杜自比稷契，相去幾何！

律詩

題雱祠堂

「却指舅館接山扉」：「接」，當作「排」。

「斯文實有寄」四句：譽兒毋乃太甚。

送張宣義之官越幕二首

其　二

方萬里謂迷子洲「洲荻藏迷子，溪篁擁若耶」：迷子山下有迷子洲，據詩題，則地當屬越。在建康西南四十里，不知何據。

載華按：箋注：「迷子洲屬昇州，此公自言；若耶溪屬越州，此以言張。故末句『相望只在眼』。」又按：二十六卷《次韻致遠木人洲》題下注：「《建康志》迷子州在城西南四十里。」四十卷《離昇州作》注：「建康舊名昇州。」據此，與虛谷所言正合，詩意與地名俱無疑義矣。

與道原過西莊遂遊寶乘二首

其　一

此首訛入《坡翁集》。

載華按：箋注本題作「與道原遊西庵遂至草堂寶乘寺二首」。

贈殊勝院簡道人

「千社一牛毛」：「千社」字，疑有訛。

載華按：箋注：「昭公釋魯而以千社爲臣，《周禮》二十五家爲里，里立一社，一萬五千家。」

重遊草堂三首

其一

「垣屋荒葛藟」：「垣屋」，當作「屋垣」。

載華按：箋注本題作「重遊草堂寺次韻三首」。

懷古二首

其一

「日密畏前境」：「日密」二字有訛。

載華按：箋注：「日密，古尊宿也。」

旅　思

杜詩「片雲心共遠，永夜月同孤」，五、六乃似掩襲。

春　日

「室有」二句，又犯杜詩。

答許秀才

此章應入古體。

吴　江

「相橘無千里」：「相」，當作「柑」。

夏夜舟中頗涼

「扁身畏朝熱」：「身」，當作「舟」。

載華按：箋注本題中「涼」字下尚有「因有所感」四字。

遊北山

「山下日西榮」：「榮」，疑當作「傾」。

載華按：箋注本作「山日下西榮」，引《禮記》「升自東榮，降自西北榮」。又《儀禮·士冠禮》篇「夙興，設洗，直於東榮」，鄭氏注曰「榮，屋翼也」。此外援引尚多，不及備録。撫州刊本誤作「山下日西榮」，先生故有疑詞，益信善本之可貴也。

歲晚懷古

八句中，多用《柴桑》詩語作骨。

又段氏園亭

「漫漫芙蕖難覓路」：半山最熟於唐詩，往往與古人句法暗合。如此句，豈不從「冥冥蒲葦不知村」得來耶？

載華按：題中「又」字，箋注本無。

次韻奉酬覺之

「户外驚塵天書至」：「天」，當作「尺」。

載華按：題中「奉酬」二字，箋注本無。

送項判官

「山鳥自呼泥滑滑，行人相對馬蕭蕭」：對仗變幻。

寶公塔

「尊形獨受衆山朝」：突兀。

道光泉

「攑龍將雨繞山行」：「攑」，當作「籜」。

登寶公塔

具吞吐噓噏之勢，造化歸其毫端。

重登寶公塔二首

其　一

不必刻畫誌公，自然易移不得。

雨花臺

「新霜蒲溆綿綿净」二句：高青丘七律鍊句出此。

呈陳和叔

序

「皮場街有園數畝，中置二椁甎袤丈」：椁甎之形制不詳。

全椒張公在詩在北山西庵

題中「在」字，當作「有」。

載華按：題中「庵」字下，箋注本尚有「僧者墁之悵然有感」八字。

嶺　雲

「寒莢著天〔一〕榆歷歷，净華浮海桂團團」：二句含「星」、「月」兩字，對極工緻。

蓼　蟲

前四句俱用《莊子》。

莫　疑

「靈骨肯傳黄蘗爐」：「蘗」，當作「蘖」。

〔一〕「天」，原作「人」，據《臨川先生文集》改。

「蓮華世界何關汝」四句：□□山極摹此種體格。

外厨遺火示公佐

「刀匕初無欲清人」：「清」字去聲，出《莊子注》中。

載華按：箋注本題作「示江公佐外厨遺火」。又按：陸德明《莊子音義》：「清，七性反，字宜從『清』，從『清』者，假借也。」箋注作「清」。

讀眉山集次韻雪詩五首

詩到絶唱，自不容繼和。以半山之才，尚窘於學步，後人乃欲追叶「尖」、「叉」，可笑不自量耳。

其五

「試咀流蘇已頰車」：「已」字疑。

載華按：箋注本「已」字下注云「字誤」。

讀眉山集愛其雪詩能用韻復次韻一首

第六句暗用姑射仙人意。

寄題程公闢物華樓

「章水還能向此流」：「此」，當作「北」。

酬俞秀老

「却恐提柏忘揣量」：「柏」字訛。

載華按：箋注本作「桓」，注云：「提桓，即帝釋也。帝釋與佛地位自遠。」

次韻吴沖卿召赴資政殿聽讀詩義感事

「雅頌兼陳爲四始」二句：典雅精確。

載華按：題中「赴資政殿」四字，箋注本無。

次韻陪駕觀燈

「繡箆含風下玉除」：「箆」，當作「節」。

載華按：箋注本亦作「箆」，引沈存中《筆談》云：「車後曲蓋謂之箆，兩扇夾之通謂之扇。箆皆遍繡，亦有銷金者，即古之華蓋。」據此仍當作「篢」。

次韻元厚之平戎慶捷

「胡地馬牛歸隴底」二句：天成妙句，不費鋪張。

謁曾魯公

中二聯疊用古人姓名，偶不及檢點，學者不可援以爲法也。

後苑詳定書懷

「不晚朝廷相弱翁」：「不」，疑當作「早」。

詳定試卷二首

其一

「文章直使有無類」四句：曲折盡意。「有」當作「看」，「類」當作「纇」。

其　二

科目取士，世重世輕，歸美本朝，抑揚得體，讀之，文人增氣軒眉。

夜讀試卷

「學問比來多可喜」二句：主張風氣，荆舒自負在此，然好句故不可廢。

載華按：題中「卷」字下，箋注本尚有「呈君實待制景仁内翰」九字。

次韻祖擇之登紫微閣二首

其　一

「宫樓唱罷雞人還」：「還」，當作「遠」。

其　二

「浮雲倒影移牕隙」二句：矯健。

永濟道中寄諸舅弟

「似間空舍鳥烏樂」：「間」，當作「聞」。

道逢文通北使歸

「笑語春風入具州」：「具」，當作「貝」。

將次相州

「銅雀臺西入九丘」：「入」，當作「八」。

「功名蓋世知誰是」二句：透快，如晨鐘警夢。

「魏公諸子分衣裘」：「分」字訛。

載華按：箋注引曹公云：「吾餘衣裘，可別爲一藏。不能者，兄弟可共分之。」既而竟分焉。按《曲禮》「分無求多」，陸德明《釋文》：「分，扶問反。」又，《韻會小補》：「問韻，芳問切。別也。又，均也。」據此，自應作「分」。

次韻平甫喜唐公自契丹歸

「留犂撓酒得戎心」：「留犂撓酒」，出《漢書·匈奴傳》。

次韻酬府推仲通學士雪中見寄

「想見朱衣在赤遲」：「遲」，當作「墀」。

「曲牆稍覺次來密」：「次」，當作「吹」。

送吴龍圖知江寄

「寄」，當作「寧」。

次韻吴季野題岳上人澄心亭

「神寄未怪佛圖澄」：「寄」，當作「奇」。

寄張先郎中

「年北馮唐未覺衰」：「北」，當作「比」。

汜水寄和甫

「已十治城三畝地」:「十」,當作「卜」。

即席次韻微之泛舟

「地隨牆壄行多曲」:「壄」,當作「塹」。

和祖仁晚過集禧觀

「春衫猶未著方空」:「方空」出《後漢書·章帝紀》,「空」字讀去聲,今借作平聲,不知何據。

載華按:汪明盛及陳明卿《後漢書》本空字,俱無反切,平去疑可通用。俟再考。

次韻王微之登高齋

「射揚埋没雉多馴」:「揚」,當作「塲」。

「想繞紅梁落暗塵」:「紅」,當作「虹」。

載華按：箋注本題作「次韻登微之高齋有感」。

和吴御史臨淮感事

「澄觀有林邀昧陋」：「林」，當作「材」。

雨過偶書

「誰似浮雲知進退」二句：借題抒寫，要自瀟灑出俗。

陳君式大夫恭軒

「每懷罇罍沾餘瀝」：，「沾」，當作「沽」。

别葛使君

「迫攀更覺相逢晚」：「迫」，當作「追」。

次韻酬宋玘六首

其五

「射熊猶得夢鈞天」：用趙簡子事，不知何所取義。

載華按：箋注亦云：「不知介甫用此事何意？」

次韻舍弟常州官舍應客

「萬里寒江正復艚」：「艚」，疑當作「槽」。

載華按：箋注引《水衡記》：「十月水爲復艚水。」據此，仍當作「艚」。

夢張劍州

「日月新阡十幾時」：「十」，當作「卜」。

寄張諤招張安國金陵法曹

「深谷黄鸝驕引子」：「驕」，疑當作「嬌」。

欲往净因寄涇州韓持國

「泔魚已悔他年事」：「泔魚」，曾子事，出《荀子》。

示德逢

「紑想榮桑在眼中」：「榮桑」，不解。

載華按：箋注本作「柴桑」。

寄酬曹伯玉因以招之

「過我何時載緑櫺」：「櫺」，當作「醽」。

次韻平甫金山會宿寄親友

「已無船舫猶聞笛，遠有樓臺祇見燈」：一聞一見，寫出江天空闊，確是夜景。

丙申八月作

「眼看南山露崖巖」：「巖」，當作「嶔」。

酬吴仲庶小園之句

「職閑朱門歲又新」：「職」，當作「却」。

始與韓玉汝相近居遂相與遊今居復相近而兩家子唱和詩相屬因有此作

頸聯與上卷《别韓虞部》兩句同。

送蘇屯田廣西轉運

「恩澤易行窮苦後，功名常見急難時」：出句更佳。

石竹花

「更留佳客賦嬋媚」：「媚」，當作「娟」。

玉晨大檜鶴廟古松最爲佳樹

「材大賢於人有用，節高仙與世無情」：對句勝出句。

張劍州至劍一日以新憂罷

與上卷《寄張劍州》一首，意境略同。

載華按：題中「新」字，箋注本作「親」。

送李太保知儀州

章法迢遞似樂天。

送劉貢父赴秦州清水

「幕府調聏用緒餘」：「聏」，當作「胹」。

舒州七月十一日雨

「蒼忙空失皖公山」：「忙」，當作「茫」。

寄曾子固

「脱身」一聯，已見第二十卷；「高論」二句亦再出。

登小茅山

「人間榮願付苓通」：豬矢曰苓，馬矢曰通。

江　上

「青旗招客解衹裯」：「衹裯」，出《後漢書・羊續傳》。

「豈是明時惜一毛」：「一」，當作「二」。

載華按：箋注云：「公意謂身自不能遠引以遂宿心，非朝廷之有惜也。一毛言九牛之一毛。」據此，仍當作「一」。

送明州王大卿

「尚可揮毫敵李舟」：「李舟」，見《杜少陵集》。

次韻酬吴彦珍見寄二首

其二

「鄉里傳書比仲舒」：「里」字訛。

載華按：出句「家貧殖貨羞端木」，箋注云：「『家貧』或是『家資』，不然，則『里』字恐訛。」

寄虞氏兄弟

「久聞楊羡安家好」：「楊」，當作「陽」。

傳神自讚

「此物若爲墓」：「墓」，當作「摹」。

春　晴

「静看蒼苔紋」二句：用古不化。

净相寺

末二句，直録香山成語。

送望之赴臨江

如此，便覺有趣味。

梅　花

古樂府：「庭前一樹梅，寒多未覺開。祇言花似雪，不悟有香來。」不署作者姓名，楊誠齋謂是蘇子卿作，荆公略改數字耳。想與古人暗合，未必襲取也。

紅　梅

「多應不奈寒」：「奈」與「耐」，古人通用。

晏元獻《紅梅》詩：「若更遲開三二月，北人應作杏花看。」末二句本此。

泊　雁

古未有八句回文，此老創格也。

載華按：箋注本並無「泊雁」題目，此詩係《回文》之四。

題西太一宫壁二首

其　一

「草色浮雲漠漠，樹陰落日潭潭」一作「柳葉鳴蜩緑暗，荷花落日紅酣」：東坡次韻用「酣」字。

載華按：箋注作「柳葉鳴蜩緑暗，荷花落日紅酣。三十六陂春水，白頭想見江南」。注云：「一作『草色連雲漠漠，樹陰落日潭潭』者，非。此篇歐蘇有和韻，當據爲正。」

歌元豐五首

其四

「曲中時有譽堯心」：非譽堯，乃方朔自譽也。

溝西

「近人渾不畏春鉏」：「春」，當作「舂」。

園蔬

「畦稻新春滑欲流」：「春」，當作「舂」。

移柳

既欲自比稷契，又欲自比淵明。請公自判，當着那一邊？

南浦

「含風鴨緑粼粼起，弄日鵝黄裊裊垂」：不道破水柳，亦見含蓄。

木末

「繰成白雪桑重緑，割盡黄雲稻正青」：「白雪」、「黄雲」中，含「繭」、「麥」二字，鍊句細膩熨貼。

初夏即事

「晴日暖風生麥氣」二句：格調雖不高，要自耐人咀嚼。

和耿天騭以竹冠見贈四首

其　三

「王潤金明信好冠」：「王」，當作「土」。

載華按：箋注本作「玉」。

題勇老退居院

「夢境此身能且在」二句：淡而旨。

謝安墩

其一

此公好名好勝，尚欲與前輩争雄，同朝可知矣！不謂之器小不得也。

附録：陸辛齋先生云：「公於安石，位壽無所不及，勳名相去遠矣，安得屬公？」

載華按：題中「安」字，箋注本作「公」。

池上看金沙花數枝過酴醾架盛開二首

東坡有次韻詩，而不署題，當以此補之。

北山

「細數落花因坐久」二句：閑趣寫得别。

附録：陸辛齋先生云：「自在。」

蔣山手種松

「聞道近來高數尺」二句：從香山《燕子樓》絶句脱化出來。

與道原過西莊遂遊寶乘

「婁約西歸窣堵坡」：「坡」，當作「波」。

載華按：箋注本題作「與道原遊西莊過寶乘。」

壬戌五月與和叔同遊齊安

起二句再見。

載華按：箋注本題作「同陳和叔游齊安院壬戌五月」。

元豐二年十月政公改路故作此詩

「更有主林身半現」：「主林」二字，不解。

載華按：箋注本題作「元豐二年僧修定林路成」。○又按：注引《金光明經》及《華嚴經》，主林，神名。

悟真院

「春風日日吹香草」二句：烹鍊之至，漸近自然。

鍾山晚步

晚唐佳境。

記　夢

「香火他時共一作『供』兩身」：「供」字勝。

勘會賀蘭溪主

句句是問。

示俞秀老二首

其　二

「未怕元劉妨獨步，每思陶謝與同遊」：秀老何人，乃至以香山、少陵擬之耶？

示寶覺二首

其　二

「鳥殘紅柿」，事見《傳燈録》。

示永慶院秀老

「拂天松柏見栽時」：警拔奪目之句。

中書即事

「何時白上岡頭路」：「上」，疑當作「下」。

載華按：箋注本作「白石」，注云：「白石岡，撫州、建康皆有之。」

送黄吉父將赴南康官歸金谿三首

其　三

「復會有無那得知」：「復」，當作「後」。

和張仲通憶鍾陵絶句二首

其　一

「能到春來尚可憐」：「能」，疑當作「態」。

鍾山即事

「一鳥不鳴山更幽」：「鳥鳴山更幽」，「更」字方有味，翻案語，終不若本句之工。

附録：陸辛齋先生云：「雖翻案，亦强爲之耳，差勝沿襲。」

烏　石

「吹花嚼蘂長來往」：「蘂」，疑當作「蕋」。

題張司業詩

「看似尋常最奇崛」二句：非獨推美前人，亦自道其所得也。

同陳和叔遊北山

「鄰壁黄糧炊未熟」：「糧」，當作「粱」。

次吴氏女子韻二首

其二

「亦逢佳節且吹花」：「吹」字疑訛。

遊城南即事二首

其一

「螭魅合謀非一日」：「螭」，當作「魑」。

江寧夾口三首

其　三

方虛谷云：「莆田人方子通，名唯深，與王荆公同時。『半出岸沙』云云，乃子通詩，荆公愛之，書於座右，遂誤入荆公集中。方所著，有《莆田小集》。」

題北山隱居王閑叟壁

「舉世位能旌隱逸」：「位」字訛。

載華按：箋注本作「舉世但知旌隱節」。

獨卧二首

其　一

「誰有耡耰不自操」：「誰」，當作「雖」。

讀唐書

「中才隨世就功名」：陳同甫與朱紫陽所見不同，此論先自半山發之。

龍泉寺石井二首

其一

「天下蒼生待霖雨」二句：亦太自誇，不可無後篇作轉換語。

春入

後二句與上卷《懷舊》詩重出。

中秋夕寄平甫諸弟

「千里得君詩挑戰」：「挑」字讀去聲，他詩所未見。

載華按：箋注引《漢高帝紀》「與漢王挑戰」，李奇音「徒了反」。又按：《廣韻》「挑」字，蕭、豪兩韻俱收，又收入上聲篠韻，注云「挑戰」。唐詩如王建「每日臨行空挑戰」，羅虬「不應琴裏挑文君」，作上聲讀，亦無不可。評語云云，殊屬未解。

登飛來峰

「不畏浮雲遮望眼」二句：高自位置，辭亦爽拔。

金山

與上卷《金山》第一首語微别，而意則同。

達本

「枯木巖前猶失路」二句：出見紛華，賢者不免。

載華按：箋注本並無「達本」題目，此詩係《寓言》之三。

偶書

「我亦暮年專一壑」二句：疑忌心腸，閒中吐露。

送吴顯道五首

其　三

天然一色，無擘績痕。

其　五

「知有歸日眉放開」：「放」，當作「方」。

載華按：以下集句，箋注本無。

金山寺

「勝地猶在險」：「猶」，當作「尤」。

倉　頡

果若所言，《字説》不又多乎哉？

胡笳十八拍十八首

此種詩不作可也。集句雖工，何所取義？

附　録

獵較詩

得法於昌黎《琴操》。

【附原詩】《四部叢刊》影明嘉靖三十九年撫州刊本《臨川先生文集》

古體詩

後元豐行

歌元豐，十日五日一雨風，麥行千里不見土，連山没雲皆種黍。水秧綿綿復多稌，龍骨長乾挂梁梠。鰣魚出網蔽洲渚，荻筍肥甘勝牛乳。百錢可得酒斗許，雖非社日長聞鼓。吴兒蹋歌女起舞，但道快樂無所苦。老翁塹水西南流，楊柳中間杙小舟。乘興欹眠過白下，逢人歡笑得無愁。

純甫出釋惠崇畫要予作詩

畫史紛紛何足數，惠崇晚出吾最許。旱雲六月漲林莽，移我翛然墮洲渚。黄蘆低摧雪翳土，鳧雁静立將儔侣。往時所歷今在眼，沙平水澹西江浦。暮氣沈舟暗魚罟，欹眠嘔軋如聞櫓。頗疑道人三昧力，異域山川能斷取。方諸承水調幻藥，灑落生綃變寒暑。金坡巨然山數堵，粉墨空多真漫與。大梁崔白亦善畫，曾見桃花净初吐。酒酣弄筆起春風，便恐漂零作紅雨。鶯流探枝婉欲語，蜜蜂掇蕊隨翅股。一時二子皆絶藝，裘馬穿羸久羈旅。華堂豈惜萬黄金，苦道今人不如古。

同王濬賢良賦龜得升字

世傳一尾龜百齡，此龜逮見隋唐興。雖然天幸免焦灼，想屢縮頸愁嚴凝。前年赴海不量力，欲替鼇負三峻嶒。番禺使君邂逅見，知困簸蕩因嗟矜。疾呼余且設網取，以組系首繩穿繩。北歸與俱度大庾，兩夫贔屭苦不勝。艤船秦淮擔送我，云此一可當十朋。昔人寶龜謂神物，奉事槁骨尤兢兢。殘民滅國遞争奪，有此乃敢司黎蒸。於時覘甲别貴賤，太卜藏法傳昆仍。豈如元君須見夢，初知歡喜得未曾。自從九江罷納錫，衆漁賤棄秋不登。卜人官廢亦已久，果獵誰復知殊稱。今君此寶世莫識，我亦坐視心瞢瞢。

擠牀纔堪比瓦礫，當粟孰肯捐斗升。糁頭腥臊何足嗜，曳尾污穢適可憎。盛溲除聾豈必驗，蹈背出險安敢憑。刳腸以占幸無事，卷殻而食病未能。如聞翁息可視效，乃往有墮崖千層。仰窺朝陽俯引氣，亦得難老如岡陵。諒能學此真壽類，世論妄以蟲疑冰。嗟余老矣倦呼吸，起晏光景難瞻承。但知故人所玩惜，每戒異物相侵陵。唯憂盜賊今好卜，夜半劫請無威懲。復恐嚵夫負之走，并竊老木爲薪烝。淺樊荒圃不可保，守視且寄鍾山僧。

仲明父至宿明日遂行

初登張公門，公子始冠幘。於今見公子，與我偕鬢白。山林坐語笑，宛我在公側。豈惟貌如之，侃侃有公德。憶公營瀨鄉，許我歸作客。我歸公既逝，惆悵難再得。得子如得公，交懷我忻戚。漂摇將安往，税駕止一昔。寤言且勿寐，庶以永今夕。何時復能還，裹飯冶城宅。

奉酬約之見招

君家段干木，爲義畏人侵。馮軒信厚禮，踰垣終褊心。川坻寧有此，園屋諒非今。雨過梅柳净，潮來蒲稗深。種芳彌近渚，伐翳取遥岑。清節亦難尚，曠懷差易尋。子猷憐水竹，逸少愜山林。況復能招我，親題漢上襟。

寄吴氏女子

伯姬不見我，乃今始七齡。家書無虚月，豈異常歸寧。汝夫綴卿官，汝兒亦搢綎。兒已受師學，出藍而更青。女復知女功，婉嫕有典刑。自吾捨汝東，中父繼在廷，小父數往來，吉音汝每聆。既嫁可願懷，孰如汝所丁。而吾與汝母，湯熨幸小停。丘園禄一品，吏卒給使令。膏粱以晚食，安步而車軿。山泉皋壤間，適志多所經。汝何思而憂，書每説涕零。吾廬所封殖，歲久愈華菁。豈特茂松竹，梧楸亦冥冥。芰荷美花實，瀰漫争溝涇。諸孫肯來游，誰謂川無舲。姑示汝我詩，知嘉此林坰。未有擬寒山，覺汝耳目熒。因之授汝季，季也亦淑靈。

寄楊德逢

山樊老憚暑，獨寤無所適。湖陰宛在眼，曠若千里隔。遥聞青秧底，復作龜兆坼。占歲以知子，將勤而後食。穿溝取西港，此計當未獲。翛翛兩龍骨，豈得長掛壁。晤言久不嗣，作苦何時息。炎天不可觸，悵望新春白。

要望之過我廬

念子且行矣，要子過我廬。汲我山下泉，煮我園中蔬。知子有仁心，不忍鈎我魚。我池在人境，不與獱獺居。亦復無蟲蛆，出没争腐餘。食罷往遊觀，鱍鱍藻與蒲。清波映白日，擺尾揚其鬐。豈魚有此樂，而我與子無。擊壤謡聖時，自得以爲娱。

法雲

法雲但見脊，細路埋桑麻。扶輿度谽水，窈窕一川花。一川花好泉亦好，初晴漲緑深於草。汲泉養之花不老，花底幽人自衰槁。

兩山間

自予營北渚，數至兩山間。臨路愛山好，出山愁路難。山花如水净，山鳥與雲閑。我欲抛山去，山仍勸我還。祇應身後冢，亦是眼中山。且復依山住，歸鞍未可攀。

真人

予常值真人，能藏毒而寧。能納穢若净，能易羶使馨。能解身赫赫，能逆知冥冥。日唯汝心櫻，而汝耳目熒。廓然而無營，其孰擾汝靈。神奇實主汝，厥通莫之令。嘻予豈不知，黄帝與焦螟。死心而廢形，乃可少聞霆。顧今親遘之，於吾獨剽聆。刳心事斯語，自儆以書銘。

遊土山示蔡天啓

定林瞰土山，近乃在眉睫。誰謂秦淮廣，正可藏一艓。朝予欲獨往，扶憊强登涉。蔡侯聞之喜，喜色見兩頰。呼鞍追我馬，亦以兩黥挾。斂書付衣囊，裹飯隨藥笈。倏倏阿蘭若，土木老山脅。鼓鍾卧空曠，簨簴雕捷業。外堂廓無主，考擊誰敢輒。坡陀謝公冢，藏槨久穿劫。百金買酒地，野老今行饁。紆懷起東山，勝踐比稠疊。於時國累卵，楚夏血常喋。外實備艱梗，中仍費調燮。公能覺如夢，自喻一蝴蝶。桓温適自斃，符堅方天厭。且可緩九錫，寧當快一捷。彼哉斗筲人，得喪易矜怯。妄言屐齒折，吾欲刊史牒。傷心新城埭，歸意終難愜。漂摇五城舟，尚想浮河檝。千秋隴東月，長照西州堞。豈無華屋處，亦捉蒲葵箑。碎金諒可惜，零落隨秋葉。好事所傳玩，空殘法書帖。清談眇不嗣，陳迹怳如接。東陽故侯孫，少小同鼓篋。一官初嶺海，仰視飛鳶跕。窮歸放款段，高卧停遠蹀。牽襟肘即見，著帽耳纔壓。數椽危敗屋，爲我炊陳浥。雖無膏污鼎，尚有羹濡筴。縱言及平生，相視開笑靨。邯鄲枕上事，且飲且田獵。或昏眠委翳，或妄走超躐。或叫號而瘖，或哭泣而魘。幸哉同聖時，田里老安帖。易牛以賣劍，擊壤勝彈鋏。追憐衰晉末，此土方岌嶪。强偷須臾樂，撫事終愁慄。予雖天戮民，有械無接摺。翁今貧而静，内熱非復葉。予衰極今歲，儻與雞夢協。委蜕亦何恨，吾兒已長鬣。翁雖齒長我，未見白可鑷。祝翁尚難老，生理歸善攝。久留畏年少，譏我兩呫囁。束火扶路還，宵明狐兔懾。蔡侯雄俊士，心憭形亦諜。異時能飛鞚，快若五陵俠。胡爲阡陌間，踠足僅相躡。諒欲交轡語，怯子不能唶。

用前韻戲贈葉致遠直講

葉侯越著姓，胄出實楚葉。縉雲雖窮遠，冠蓋傳累葉。心大有所潛，肩高未嘗脅。飄飄凌雲意，强禦莫能懾。辟雍海環流，用汝作舟檝。開胸出妙義，可發矇起魇。詞如太阿鋒，誰敢觸其鋏。聽之心凜然，難者口因嚁。摶飛欲岌岌，綴墮今跕跕。忘情塞上馬，適志夢中蝶。若金静無求，在冶惟所挾。載醪但彼惑，饋漿非我諜。經綸安所施，有寓聊自愜。棋經看在手，棋訣傳滿篋。坐尋棋勢打，側寫棋圖貼。携持山林屐，刺擿溝港艓。一抨嘗自副，當勢寧忘筴。反嗤褦襶子，但守一經笈。亡羊等殘生，朽筴何足摺。歡然值手敵，便與對匕筴。縱横子墮局，膈膊聲出堞。樵父弛遠擔，牧奴停晏饁。旁觀各技癢，竊議兒女囁。所矜在得喪，聞此更心慄。熟視籠兩手，徐思撚長鬣。微吟静愔愔，堅坐高帖帖。未快巖谷叟，斧柯嘗爛浥。趨邊耻局縮，穿腹愁危棊。或撞關以攻，或覰眼而壓。或羸行伺擊，或猛出追躡。垂成忽破壞，中斷俄連接。或外示閑暇，伐事先和燮。或冒突超越，鼓行令震疊。或粗見形勢，驅除令遠蹀。或開拓疆境，欲并包摠攝。或僅殘尺寸，如黑子著靨。或横潰解散，如尸僵血喋。或懈如告亡，或喜如獻捷。陷敵未甘虜，報仇方借俠。諱輸寧斷頭，悔誤乃批頰。終朝已罷精，既夜未交睫。翻然悟且歎，此何宜劫劫。孟軻惡妨行，陶侃懲廢業。揚雄有前言，韋曜存往牒。晉臣抑帝手，梭侯何啻涉。治城子争道，拒父乃如輒。争也實逆德，豈如私鬭怯。藝成況窮苦，此殆天所厭。如今劉與李，倫等安可躐。試令取一毫，亦乏寸金鑷。以此待君子，未與回參愜。操具投諸江，道耕而德獵。

白鶴吟示學海元公

白鶴聲可憐，紅鶴聲可惡。白鶴静無匹，紅鶴喧無數。白鶴招不來，紅鶴揮不去。長松受穢死，乃以紅鶴故。北山道人曰，美者自美，吾何爲而喜。惡者自惡，吾何爲而怒。去自去耳，吾何闕而追。來自來耳，吾何妨而拒。吾豈厭喧而求静，吾豈好丹而非素。汝謂松死吾無依邪，吾方捨陰而坐露。

示安大師

道人深北山爲家，宴坐白露眠蒼霞。手扶棁杖雖老矣，走險尚可追麏麚。踞堂俯視何所有，窈窕樛木垂榠樝。深尋石路仍有栗，持以饋我因烹茶。

移桃花示俞秀老

舍南舍北皆種桃，東風一吹數尺高。枝柯蔫綿花爛熳，美錦千兩敷亭皋。晴溝漲春緑周遭，俯視紅影移漁舠。山前邂逅武陵客，水際髣髴秦人逃。攀條弄芳畏晼晚，已見黍雪盤中毛。仙人愛杏令虎守，百年終屬樵蘇手。我衰此果復易朽，蟲來食根那得久。瑶池紺絶誰見有，更值花時且追酒，君能酩酊相隨否。

擬寒山拾得二十首

其　四

風吹瓦墮屋，正打破我頭。瓦亦自破碎，豈但我血流。我終不嗔渠，此瓦不自由。衆生造衆惡，亦有一機抽。渠不知此機，故自認愆尤。此但可哀憐，勸令真正修。豈可自迷悶，與渠作冤讎。

其十九

勇有孟施舍，能無懼而已。若人學佛法，勇亦當如此。休來講下坐，莫入禪門裏。但能一切捨，管取佛歡喜。

吾　心

吾心童稚時，不見一物好。意言有妙理，獨恨知不早。初聞守善死，頗復吝肝腦。中稍歷艱危，悟身非所保。猶然謂俗學，有指當窮討。晚知童稚心，自足可忘老。

酧王濬賢良松泉二詩

泉

宋興古刹今長干，靈躍臺殿荒壇欒。二泉相望棄不渫，西泉尚累三石槃。其流散漫爲沮洳，稍集小礫生微瀾。東泉土梗久蔽塞，穿治乃見甃甓完。道人慈哀波及遠，溝蕩兩取合土山。山前灌輸各自足，轆轤罷轉井口閑。取遥比甘覺近美，與舊争洌知新寒。蟲蟲夏秋百源乾，抱甕復道愁蹣跚。疾傾横逗勢未足，嗟此善利何時殫。慮長易脆有大檀，伐堅羌廬窟孱顔。金多匠手肯出巧，風水千里安知難。没羽之虎行林間，籊龍失職因藏跧。循除静投悲瑟瑟，映瓦微見清潺潺。三年營之一日就，有口共以成爲懽。論功信可多後觀，何似當時萬竹蟠。

送惠思上人

黄鶴撫四海，翻然落中州。一聽笙與鏞，低回如有求。飛鳴阿閣上，好與鳳皇遊。顧憐魯東門，無事反悲愁。歲晏忽驚矯，問胡不少留。因知網羅外，猶有稻粱謀。

明妃曲二首

其　二

明妃初嫁與胡兒，氈車百兩皆胡姬。含情欲説獨無處，傳與琵琶心自知。黄金捍撥春風手，彈看飛鴻勸胡酒。漢宫侍女暗垂淚，沙上行人却回首。漢恩自淺胡自深，人生樂在相知心。可憐青冢已蕪没，尚有哀絃留至今。

歎息行

官驅群囚入市門，妻子慟哭白日昏。市人相與説囚事，破家劫錢何處村。朝廷法令亦寬大，汝罪當死誰云冤。路傍年少歎息汝，正觀元元之子孫。

送　春

武陵山下朝買船，風吹宿霧山花鮮。萬家笑語横青天，綺窗羅幕舞嬋娟。小鬟折花叩船舷，玉箋寫酒醻金錢。朱甍飛動浮雲巘，天外箜篇來宛轉。斷橋人行夕陽路，樓觀瑠璃影中見。酡顔未分驊騮催，燭入坐客猶徘徊。豈知閶闔門邊住，春盡不見芳菲開。日月紛紛車走坂，少年意氣何由挽。洞庭浪與天地白，塵昏萬里東浮眼。黑貂裘敝歸幾時，相見緑樹啼黄鸝。榮華俯仰憂患隨，命駕吾與高人期。

兼并

三代子百姓，公私無異財。人主擅操柄，如天持斗魁。賦予皆自我，兼并乃姦回。姦回法有誅，勢亦無自來。後世始倒持，黔首遂難裁。秦王不知此，更築懷清臺。禮義日已偷，聖經久埋埃。法尚有存者，欲言時所咍。俗吏不知方，掊克乃爲材。俗儒不知變，兼并可無摧。利孔至百出，小人私闔開。有司與之争，民愈可憐哉。

和吴御史汴渠

鄭國欲弊秦，渠成秦富彊。本始意已陋，末流功更長。維汴亦如此，浚源在淫荒。歸作萬世利，誰能弛其防。夷門築天都，横帶國之陽。漕引天下半，豈云獨荆揚。貨入空外府，租輸陳太倉。東南一百年，寡老無殘粻。自宜富京師，乃亦窘蓋藏。征求過夙昔，機巧到莛芒。御史閔其然，志欲窮舟航。此言信有激，此水存何傷。救世詎無術，習傳自先王。念非老經綸，豈易識其方。我懶不足數，君材仍自强。他日聽施設，無乃棄篇章。

虎圖

壯哉非羆亦非貙，目光夾鏡當坐隅。横行妥尾不畏逐，顧眄欲去仍躊躇。卒然我見心爲動，熟視稍稍摩其鬚。固知畫者巧爲此，此物安肯來庭除。想當槃礴欲畫時，睥睨衆史如庸奴。神閑意定始一掃，功與造化論錙銖。悲風颯颯吹黄蘆，上有寒雀驚相呼。槎牙死樹鳴老烏，向之俛噣如哺鶵。山牆野壁黄昏後，馮婦遥看亦下車。

次韻信都公石枕蘄簟

端溪琢枕緑玉色，蘄水織簟黄金紋。翰林所寶此兩物，笑視金玉如浮雲。都城六月招客語，地上赤日流黄塵。燭龍中天進無力，客主歊然各疲劇。形骸直欲坐棄忘，冠帶安能强修飾。恃公寛貸更不疑，箕倨豈復論官職。笛材平瑩家故藏，硯璞拗清此新得。掃除堂屋就陰翳，公不自眠分與客。知公用意每如此，真能與物同其適。豈比法曹空自私，却願天日長炎赫。公才卓犖人所驚，久矣四海流聲名。天方選取欲扶世，豈特使以文章鳴。深探力取常不寐，思以正議排縱横。奈何甘心一榻上，欲卧潁尾爲潔清。賢愚勞佚非一軌，顧我病昏惟未死。心於萬事久翛然，身寄一官真偶爾。便當買宅歸偃休，白髮溪山如願始。看公勠力就太平，却上青天跨箕尾。

和吴沖卿雪

陽回力猶遭，陰合勢方鞏。填空忽汗漫，造物誰慫慂。輕於擘絮紛，細若吹毛氄。雲連晝已瞀，風助宵仍洶。憑陵雖一時，變態亦千種。簾深卷或避，户隘關猶擁。滔天有凍浪，匝地無荒隴。飛揚類挾富，委翳等辭寵。穿幽偶相重，值險輒孤聳。積慘會將舒，群輕那久重。紛華始滿眼，消釋不旋踵。槁樹散飛花，空簷落縣湩。還當困炎熱，以此滌煩壅。共約市南人，收藏不爲冗。

送李屯田守桂陽二首

其一

泊船香爐峰，始與子相識。寄書邗江上，詒我峰下石。緣以湘水竹，携持與南北。永懷故人歡，不願百金易。竹枯歸樵蘇，石爛棄沙礫。夷門得邂逅，緑髮皆半白。追思少時事，俛仰如一夕。老矣無所爲，空知念疇昔。常思一杯酒，要子相解釋。出門事紛紛，歸卧意還懌。聞當上溢水，持詔守嶺阨。方爲萬里别，執手先慘戚。兹游信浩蕩，山水多所得。爲我謝香爐，風塵每相憶。

和王微之登高齋三首

其二

六朝人物隨煙埃，金輿玉几安在哉。鍾山石城已寂寞，衹見江水雲端來。百年故老有存者，尚憶世宗初伐淮。魏王兵馬接踵出，旗纛千里相搪挨。當時謀臣非不衆，上國拔取多陪臺。龍騰九天跨四海，一水欲阻爲可咍。降王北歸樓殿坼，棄屋尚鎖殘金堆。神靈變化自真主，將帥何力求公台。山川清明草木静，天地不復屯雲雷。使君登高訪古昔，傷此陳迹聊持杯。因留嘉客坐披寫，酃渌笑語傾如簁。酒酣重惜功業晚，老矣萬卷徒兼該。攢峰列壑動歸興，憂端落筆何崔嵬。餘年無歡易感激，亦愧莊叟能安排。青燈明滅照不寐，但把君詩闔且開。

出鞏縣

昭陵落月煙霧昏，篝火度谷行山根。投鞭委轡涉數村，瘖出鞏縣城東門。向來宫闕不可見，但有洛水流渾渾。

葛藴作巫山高愛其飄逸因亦作兩篇

其二

巫山高，偃薄江水之滔滔。水於天下實至險，山亦起伏爲波濤。其巔冥冥不可見，崖岸斗絶悲猨猱。赤楓青櫟生滿谷，山鬼白日樵人遭。窈窕陽臺彼神女，朝朝暮暮能雲雨。以雲爲衣月爲褚，乘光服暗無留阻。崑崙曾城道可取，方丈蓬萊多伴侣。塊獨守此嗟何求，況乃低佪夢中語。

久雨

煤炲著天無寸空，白沫上岸吹魚龍。羲和推車出不得，河伯欲取山爲宫。城門晝開眠百賈，飢孫得糟夜哺翁。老人慣事少所怪，看屋箕踞歌南風。

和吴沖卿鵶鳴樹石屏

寒林昏鵶相與還，下有跂石蒼孱顔。曾於古圖見髣髴，已怪刀筆非人間。君家石屏誰爲寫，古圖所傳無似者。鵶飛歷亂止且鳴，林葉慘慘風煙生。高齋日午坐中見，意似落日空上行。君詩雄盛付君手，云此非人乃天巧。嗟哉渾沌死，乾坤至，造作萬物醜妍巨細各有理。問此誰主何其精，恢奇譎詭多可喜。人於其間乃復雕鑱刻畫出智力，欲與造化追相傾。拙者婆娑尚欲奮，工者固已窮夸矜。吾觀鬼神獨與人意異，雖有至巧無所争。所以號山間，埋没此寶千萬歲，不爲見者驚。吾又以此知妙偉之作不在百世後，造始乃與元氣并。畫工粉墨非不好，歲久剥爛空留名。能從太古到今日，獨此不朽由天成。世人尚奇輕貨力，山珍海怪採掇今欲索。此屏後出爲君得，胡賈欲價著不識。吾知金帛不足論，當與君詩兩相直。

送李宣叔倅漳州

關山到漳窮，地與南越錯。山川鬱霧毒，瘴癘春冬作。荒茅篁竹間，蔽虧有城郭。居人特鮮少，市井宜蕭索。野花開無時，蠻酒持可酌。窮年不用客，誰與分杯杓。朝廷尚賢俊，磊砢充臺閣。君能喜節行，文藝又該博。超然萬里去，識者爲不樂。予聞君子居，自可救民瘼。苟能禦外物，得地無美惡。似聞最南方，北客今勿藥。林麓換風氣，獸蛇凋毒蠚。如漳猶近州，氣冷又銷鑠。珍足海物味，其厚不爲薄。章舉馬甲柱，固已輕羊酪。蕉黄荔子丹，又勝樝梨酢。逢衣比多士，往往在丘壑。從容與笑語，豈不慰寂寞。太守好觴詠，嘉賓應在幕。想即有新詩，流傳至京洛。

送裴如晦宰吴江

霜澤與天杳，旁臨無限情。他時散髮處，最愛垂虹亭。飄然平生遊，捨我戴吴星。欲往獨不得，都門看揚舲。到縣問疾苦，爲子求所經。當知耕牧地，往往茭蒲青。三江斷其二，洚水何由寧。微子好古者，此歌尚誰聽。

韓持國從富并州辟

韓侯冰玉人，不可塵土雜。官雖衆俊後，名字久訇磕。并州天下望，撫士威愛愜。千金棄不惜，賓客常滿閤。遥聞餘風高，爲子置一榻。親交西門餞，百馬驕雜遝。子材宜用世，談者爲嗚唈。矧今名主人，氣力足呵欱。推賢爲時輔，勢若朽易拉。會當薦還朝，立子在閶闔。惜哉秣騏驥，賦以升龠合。洛予栖栖者，氣象已摧塌。他年佐方州，説將尚不納。況於聲勢尊，豈易取酬答。有如持寸莛，未足感鞺鞳。顧於山水間，意願多所合。匡廬與韶石，少小已嘗蹋。風遊會稽春，雪宿天柱臘。淮湖江海上，慣食蝦蟹蛤。西南窮岷嶓，東北盡濟漯。身雖未嘗歷，魂夢已稠沓。荆溪最所愛，映燭多廟塔。溪果點丹漆，溪花團繡罨。扁舟信所過，行不廢樽榼。一從捨之去，霜雪行滿頷。思之不能寐，蹷若虹蚋嚼。方將築其濱，畢景謝噂嗒。安能孤此意，顛倒就衰颯。唯子余所嚮，嗜好此鶼鰈。何時歸相過，遊屐尚可蠟。

寄吴沖卿

物變極萬殊，心通纔一曲。讀書謂已多，撫事知不足。與君語承華，念此非不夙。恨無數頃田，歸耕使成熟。當官拙自計，易用忤流俗。窮年走區區，得謗大於屋。歸來污省舍，又繼故人躅。相逢秖數步，吏桉常填目。切磋非無傷，阻闊嗟何速。孤危失所助，把卷常恨獨。虚名終自誤，謬恩何見蹷。清明有沖卿，奥美如晦叔。時謂當選升，屈指尚五六。揆才最不稱，饕寵寧無恧。殷勤故人書，紙尾又見勖。君雖好德言，我自望忠告。易稱動不括，傳論大明服。進爲非成材，罪恐不容贖。歲殘東風生，陝樹塵翳麴。何緣一杯酒，談笑相追逐。

思王逢原

自吾失逢原，觸事輒愁思。豈獨爲故人，撫心良自悲。我善孰相我，孰知我瑕疵。我思誰能謀，我語聽者誰。朝出一馬驅，暝歸一馬馳。馳驅不自得，談笑强追隨。仰屋卧太息，起行涕淋漓。念子冢上土，草茅已紛披。婉婉婦且少，煢煢一女嫠。高義動閭里，尚聞致財貲。嗟我衣冠朝，略能具饘糜。葬祭無所助，哀顔亦何施。聞婦欲北返，跂予常望之。寒汴已閉口，此行又參差。又説當産子，産子知何時。賢者宜有後，固當夢熊羆。天方不可恃，我願適在兹。我疲學更誤，與世不相宜。宿昔心已許，同岡結茅茨。此事今已矣，已矣尚誰知。渺渺江與潭，茫茫山與陂。安能久竊食，終負故人期。

登景德塔

放身千仞高，北望太行山。巴屋如螘冢，蔽虧塵霧間。念此屋中人，當復幾人閑。雞鳴起四散，暮夜相與還。物物各自我，誰爲賢與頑。賤氣即易凌，貴氣即難攀。愧予心未齊，俛首一破顔。

送裴如晦即席分題三首

其　二

十月欵水冰，問君行何爲。行不顧斗米，自與五湖期。平生湖上遊，幽事略能知。此後君最樂，窮年得游嬉。彩鯨抗波濤，風作麟之而。鳴鼓上洞庭，笑看紅橘垂。漠漠大梁下，黄沙吹酒旗。應憐故人愁，回首一相思。

春從沙磧底

春從沙磧底，轉上青天際。靄靄桑柘墟，浮雲變姿媚。游人出暄暖，鳥語辭陰翳。心知歸有日，我亦無愁思。所嗟獨季子，尚客江湖澨。萬里卜鳳凰，飄飄何時至。

結屋山澗曲

結屋山澗曲，挂瓢秋樹顛。鳴不中律吕，時時驚我眠。吾兒亦惡聒，勠力事棄捐。止我爲爾歌，不如恣其然。狂風動地至，萬竅各啾喧。一瓢雖易除，豈在有無間。皪皪山下石，泠泠手中弦。臨流寫所愛，坐聽以窮年。

少狂喜文章

少狂喜文章，頗復好功名。稍知古人心，始欲老蠶耕。低佪但志食，邂逅亦專城。仰慚冥冥士，俯愧擾擾甿。良夜未遽央，青燈數寒更。撥書置左右，仰屋慨平生。

少年見青春

少年見青春，萬物皆嫵媚。身雖不飲酒，樂與賓客醉。一從鬢上白，百不見可喜。心腸非故時，更覺日月駛。聞歡已倦往，得飽還思睡。春歸只如夢，不復悲憔悴。寄言少年子，努力作春事。亦勿怪衰翁，衰强自然異。

草端無華滋

草端無華滋，陰氣已盤固。暄妍却如春，歲晚曾不寤。一裘可以暖，貧士終難豫。忽忽遠枝空，寒蟲欲壞户。

山田久欲拆

山田久欲拆，秋至尚求雨。婦女喜秋涼，踏車多笑語。朔雲卷衆水，慘淡吹平楚。横陂與直塹，疑即没洲渚。霍霍反照中，散絲魚幾縷。鴻蒙不可問，且往知何許。攲眠露下舸，側見星月吐。龍骨已嘔啞，田家真作苦。

聖賢何常施

聖賢何常施，所遇有伸屈。曲士守一隅，欲以齊萬物。喪非不欲富，言爲南宮出。世無子有子，誰敢救其失。

散髮一扁舟

散髮一扁舟，夜長眠屢起。秋水瀉明河，迢迢藕花底。愛此露的皪，復憐雲綺靡。諒無與歌絃，幽獨亦可喜。

陰山畫虎圖

陰山健兒鞭鞚急，走勢能追北風及。逶迤一虎出馬前，白羽横穿更人立。回旗倒戟四邊動，抽矢當前放蹄入。爪牙蹭蹬不得施，磧上流丹看來濕。胡天朔漠殺氣高，煙雲萬里埋弓刀。穹廬無工可貌此，漢使自解丹青包。堂上絹素開欲裂，一見猶能動毛髮。低佪使我思古人，此地摶兵走戎羯。禽逃獸遁亦蕭然，豈若封疆今晏眠。契丹弋獵漢耕作，飛將自老南山邊，還能射虎隨少年。

吴長文新得顔公壞碑

魯公之書既絶倫，歲久更爲時所珍。荒壇壞冢朽崖屋，剥落風雨埋煨塵。斷碑數尺誰所得，點畫入紙完如新。延陵公子好事者，拓取持寄情相親。六書篆籀數變改，訓詁後世多失真。誰初妄鑿妍與醜，坐使學士勞骸筋。堂堂魯公勇且仁，出遇世難親經綸。揮毫卓犖又驚俗，豈亦以此誇常民。但疑技巧有天得，不必勉强方通神。詩歌甘棠美召伯，愛惜蔽芾由思人。時危忠誼常恨少，寶此勿復令埋堙。

送文學士倅邛州

文翁出治蜀，蜀士始文章。司馬唱成都，嗣音得王揚。犖犖漢守孫，千秋起相望。操筆賦《上林》，脱巾選爲郎。擁書天禄閣，奇字校偏傍。忽乘駟馬車，牛酒過故鄉。時平無諭檄，不訪碧雞祥。問君行何爲，關隴正繁霜。中和助宣布，循吏綴前芳。豈特爲親榮，區區夸一方。

送陳諤

有司昔者患不公，翻名謄書今故密。論才相若子獨棄，外物有命真難必。鄉閭孝友莫如子，我願卜鄰非一日。朱門弈弈行多慚，歸矣無爲惡蓬蓽。

憶北山送勝上人

蒼藤翠木江南山，激激流水兩山間。山高水深魚鳥樂，車馬跡絶人長閑。雲埋樵聲隔葱蒨，月弄釣影臨潺湲。黄塵滿眼衣可濯，夢寐惆悵何時還。

寓言九首

其　五

正觀業萬世，經營豈非艱。其子一摇之，宗廟靈幾殫。開元始聰明，一眚葬岷山。功高後毁易，德薄人存難。

和王樂道讀進士試卷

文章始隋唐，進取歸一律。安知鴻都事，竟用程人物。變今嗟未能，於己空自咄。流波亦已漫，高論常見屈。故令俶儻士，往往棄堙鬱。臯陶叙九德，固有知人術。聖世欲爾爲，徐觀異人出。

寄題郢州白雪樓

折楊黄華笑者多，陽春白雪和者少。知音四海無幾人，況乃區區郢中小。千載相傳始欲慕，一時獨唱誰能曉。古心以此分冥冥，俚耳至今徒擾擾。朱樓碧瓦何年有，榱桷連空欲驚矯。郢人爛漫醉浮雲，郢女參差躡飛鳥。丘墟餘響難再得，欄檻兹名復誰表。我來欲歌聲更吞，石城寒江暮雲繞。

和王樂道烘蝨

秋水汗流如炙輠，敝衣濕蒸塵垢涴。施施衆蝨當此時，擇肉甘於虎狼餓。咀嚙侵膚未云已，爬搔次骨終無那。時時對客輒自捫，千百所除纔幾箇。皮毛得氣强復活，爪甲流丹真暫破。未能湯沐取一空，且以火攻令少挫。踞爐熾炭已不暇，對竈張衣誠未過。飄零乍若蛾赴燈，驚擾端如蟻旋磨。欲毆百惡死焦灼，肯貸一凶生棄播。已觀細黠無所容，未放老奸終不墮。然臍郿塢患溢世，焚寶鹿臺身易貨。冢中燎入化秦屍，池上焮隨遷莽坐。彼皆勢極就煙埃，況汝命輕侔涕唾。逃藏壞絮尚欲索，埋没死灰誰復課。熏心得禍爾莫悔，爛額收功吾可賀。猶殘衆蟣恨未除，自計寧能久安卧。

和聖俞農具詩十五首

樵　斧

百金聚一冶，所賦以所遭。此豈異莫耶，奈何獨當樵。朝出在人手，暮歸在人腰。用捨各有時，此日兩無邀。

水車

取車當要津，膏潤及遠野。與天常斡旋，如雨自潨瀉。置心亦何有，在物偶相假。此理乃可言，安得圓機者。

颺扇

精良止如留，疏惡去如擯。如擯非爾憎，如留豈吾吝。無心以擇物，誰喜亦誰愠。翁乎勤簸颺，可使糠粃盡。

耒耜

耒耜見於《易》，聖人取風雷。不有仁智兼，利端誰與開。神農后稷死，般爾相尋來。山林盡百巧，揉斲無良材。

耰耡

鍛〔一〕金以爲曲，揉木以爲直。直曲相後先，心手始兩得。秦人望屋食，以此當金革。君勿易耰耡，耰耡勝鋒鏑。

〔一〕「鍛」，原闕，據上海古籍出版社《王荆文公詩箋注》補。

明州錢君倚衆樂亭

使君幕府開東部，名高海曲人知慕。艤船談笑政即成，洗滌山川作嘉趣。平泉浩蕩銀河注，想見明星弄機杼。載沙築成天上路，投虹爲橋取孤嶼。掃除荆棘水中央，碧瓦朱甍隨指顧。春風滿城金版舫，來看置酒新亭上。百女吹笙綵鳳悲，一夫伐鼓靈鼉壯。安期羨門相與遊，方丈蓬萊不更求。酒酣忽跨鯨魚去，陳迹空令此地留。

和微之藥名勸酒

赤車使者錦帳郎，從客珂馬留閑坊。紫芝眉宇傾一坐，笑語但聞雞舌香。藥名勸酒詩實好，陟釐爲我書數行。真珠的皪鳴槽牀，金罍琥珀正可嘗。史君子細看流光，莫惜覓醉衣淋浪。獨醒至死誠可傷，歡華易盡悲酸早，人間没藥能醫老。寄言歌管衆少年，趁取烏頭未白前。

送謝師宰赴任楚州

其　二

昆侖一支流向東，七月八月船如風。愛君少壯此行樂，恨我留連成老翁。神頭兩岸水無窮，伏檻荷花滿地紅。當時不得君携手，今日山川在眼中。

車　螯

海於天地間，萬物無不容。車螯亦其一，埋没沙水中。獨取常苦易，衛生乏明聰。機緘誰使然，含蓄略相同。坐欲腸胃得，要令湯火攻。置之先生盤，噉客爲一空。蠻夏怪四坐，不論殼之功。狼籍堆左右，棄置任兒童。何當强收拾，持問大醫工。

疥

浮陽燥欲出，陰濕與之戰。燥濕相留連，蟲出乃投間。搔膚血至股，解衣燎鑪炭。方其愜心時，更自無可患。呼醫急治之，莫惜千金散。有樂即有苦，愜心非所願。

和平甫舟中望九華山二首

其　一

楚越千萬山，雄奇此山兼。盤根雖巨壯，其末乃修纖。去縣尚百里，側身勇前瞻。蕭條煙嵐上，縹緲浮青尖。徐行稍復逼，所矚亦已添。精神去亹亹，氣象來漸漸。卸席取近岸，移船傍蒼蒹。窺觀坐窮晡，未覺晷刻淹。江空萬物息，四面波瀾恬。峨然九女鬟，争出一鏡匳。卧送秋月没，起看朝陽暹。遊氛蕩無餘，鎖細得盡覘。陵空翠纛直，照影寒銛銛。冢木立紺髮，崖林張紫髯。變態生倏忽，雖神詎能占。當留老吾身，少駐誰云饜。惜哉秦漢君，黄屋上衡灊。等之事嬉遊，捨此何其廉。我疑二后荒，神物久已厭。埋藏在雲霧，不欲登昏憸。又疑避褒封，蔽匿以爲謙。或是古史書，脱落簡與籤。當時備巡遊，今不在緗縑。終南秦之望，泰山魯所詹。天王與秩祭，俎豆羅醯鹽。苟能澤下民，維此遠亦沾。方今東南旱，土脉燥不黏。尚無膚寸功，豈免竊食嫌。神莽吾難知，士病吾能砭。文章巧傅會，智術工飛箝。薦寶互珪璧，論材自楩枏。苟以飾婦妾，謬云活蒼黔。豈如幽人樂，兹山謝閭閻。穴石作户牖，垂泉當門簾。尋奇出後徑，覽勝倚前簷。超然往不返，舉世徒呫呫。高興寄日月，千秋伴烏蟾。遐追商洛翁，秦火不能炎。近慕楚穆生，竟脱楚人鉗。吾意竊所尚，人謀諒難僉。

其二

誰謂九華遠，吾身未嘗詹。唱篇每起予，予口安能箝。憶在秋浦北，空江上新蟾。光潔寫一鏡，迴環兩堤奩。露坐引衣裓，風行欹帽簷。維舟當此時，巨細得盡瞻。試嘗論大略，次乃述微纖。此山廣以深，包畜萬物兼。噓雲吐霧雨，生育靡不漸。巍然如九皇，德澤四海沾。此山相後先，各出群峰尖。毅然如九官，羅立在堂廉。挺身百辟上，附麗無姦憸。此山高且寒，五月不覺炎。草樹萋已緑，冰霜尚涵淹。頹然如九老，白髮連蒼髯。此山當無雲，秀色鬱以添。姹然如九女，靚飾出重簾。珮環與巾裙，紺玉青紈縑。遠之妍西施，近或醜無鹽。變態不可窮，詩者徒呫呫。我初勇一往，役世難安恬。浪荒不走職，民瘼當誰砭。乖離今數旬，夢想欲窺覘。自期得所如，何啻釋囚鉗。念昔太白巔，下視海日暹。朅來天柱遊，屐齒尚苔黏。猶之健飲食，屢饗亦云饜。胡爲慕攀踏，已憊且不嫌。豈其仁智心，山水固所潛。男兒有所學，進退不在占。功名苟不諧，廊廟等閭閻。況乃掄椽杙，其誰辨梗柟。歸歟巖崖居，料理帶與籤。得石坐兀兀，逢泉飲厭厭。取舍斷在獨，豈必詢謀僉。子語實慰我，寧殊邑中黔。玉枝將在山，當倚以葭蒹。詩力我已屈，鋒鋩子猶銛。扶復更一戰，語汝其無謙。

和中甫兄春日有感

雪釋沙輕馬蹄疾，北城可遊今暇日。濺濺溪谷水亂流，漠漠郊原草争出。嬌梅過雨吹爛熳，幽鳥迎陽語啾唧。分香欲滿錦樹園，剪綵休開寶刀室。胡爲我輩坐自苦，不念兹時去如失。飽聞高逕動車輪，甘卧空堂守經帙。淮蝗蔽天農久餓，越卒圍城盜少逸。至尊深拱罷簫韶，元老相看進刀筆。春風生物尚有意，壯士憂民豈無術。不成歡醉但悲歌，回首功名古難必。

信陵坊有籠山樂官

萬里山林姿，羽毛何璀璀。鳴聲應律吕，唯有知者愛。都門市井兒，誰翫汝文采。應須鎖樊籠，勿受丸熷害。

省兵

有客語省兵，兵省非所先。方今將不擇，獨以兵乘邊。前攻已破散，後距方完堅。以衆亢彼寡，雖危猶幸全。將既非其才，議又不得專。兵少敗孰繼，胡來飲秦川。萬一雖不爾，省兵當何緣。驕惰習已久，去歸豈能田。不田亦不桑，衣食猶兵然。省兵豈無時，施置有後前。王功所由起，古有《七月》篇。百官勤儉慈，勞者已息肩。游民慕草野，歲熟不在天。擇將付以職，省兵果有年。

發廩

先王有經制，頒賚上所行。後世不復古，貧窮主兼并。非民獨如此，爲國賴以成。築臺尊寡婦，入粟至公卿。我嘗不忍此，願見井地平。大意苦未就，小官苟營營。三年佐荒州，市有棄餓嬰。駕言發富藏，云以救鰥惸。崎嶇山谷間，百室無一盈。鄉豪已云然，罷弱安可生。兹地昔豐實，土沃人良耕。他州或皆窳，貧富不難評。豳詩出周公，根本詎宜輕。願書《七月》篇，一寤上聰明。

感事

賤子昔在野，心哀此黔首。豐年不飽食，水旱尚何有。雖無剽盜起，萬一且不久。特愁吏之爲，十室災八九。原田敗粟麥，欲訴嗟無賕。間關幸見省，笞扑隨其後。況是交冬春，老弱就僵仆。州家閉倉庾，縣吏鞭租負。鄉鄰銖兩徵，坐逮空南畝。取貲官一毫，姦桀已云富。彼昏方怡然，自謂民父母。朅來佐荒郡，懔懔常漸疚。昔之心所哀，今也執其咎。乘田聖所勉，況乃余之陋。内訟敢不勤，同憂在僚友。

同杜史君飲城南

山公遊何處，白馬鳴翩翩。檀那十畝碧，五月浮寒烟。留客聽其間，風吹江海縣。出罇不見日，竹外空青天。焚蠟助月出，酒光發金船。狂客惜不去，醉翁舞回旋。何必吹簫人，玉枝自嬋娟。歸路借紅燭，雨星低馬前。

垂虹亭

三江五湖口，地與天不隔。日月所蔽虧，東西渺然白。漫漫浸北斗，浩浩浮南極。誰投此虹蜺，欲濟兩間阨。中流雜蜃氣，欄楯相承翼。初疑神所爲，滅没在頃刻。晨興坐其上，傲兀至中昃。猶憐變化功，不謂因人役。今君持酒漿，談笑顧賓客。頗誇九州物，壯麗此無敵。熒煌丹沙杇，璀璨黄金壁。中家不慮始，助我皆豪殖。喟予獨感此，剥爛有終極。改作不可無，還當采民力。

張氏静居院

動者利進爲，静者樂止居。物性有偏得，惟賢時卷舒。張侯始出仕，所至多名譽。老矣歸偃休，買地斸荒蕪。屋成爲令名，名實與時俱。南堂棲幽真，晨起瞻像圖。北堂畫五禽，游戲養形軀。燕有諸賓庭，學有諸子廬。問侯年幾何，矯矯八十餘。問侯何能爾，心不藏憂愉。問侯客何爲，弦歌飲投壺。問侯兒何讀，夏商及唐虞。嵩山填門户，洛水遶階除。疾於山水間，結駟有通衢。我念老退者，古多賢大夫。留侯亦養生，乃欲凌空虚。閉門不飲酒，豈異山中臞。疏傅稍喜客，揮金能自娱。不聞喜教子，滿屋青紫朱。張侯能兼取，勝事古所無。褒稱有樂石，丞相爲之書。而我不自量，聞風亦歌呼。

華亭谷

巨川非一源，源亦在衆流。此谷乃清淺，松江能覆舟。蟲魚何所知，上下相沉浮。徒嗟大盈北，浩浩無春愁。

僧德殊家水簾求予詠

淙淙萬音落石顛，皎皎一派當簷前。清風高吹鸞鶴唳，白日下照蛟龍涎。浮雲妝額自能卷，缺月琢鈎相與懸。朱門試問幽人價，翡翠鮫綃不直錢。

答曾子固南豐道中所寄

吾子命世豪，術學窮無間。直意慕聖人，不問閔與顔。彼昏何爲者，誣構來緝緝。應逮犯秋陽，動爲人所歎。不卹我躬瘁，乃嗟天澤慳。令人念公卿，燁燁趨王班。泊無憫世意，狙猿而佩環。愛子所守卓，憂予不能攀。永矢從子游，合如扉上鐶。願言借餘力，迎浦踈潺潺。亦有衣上塵，可攀禪太山。大江秋正清，島溆相縈彎。四盼浩無主，日暮煙霞斑。水竹密以勁，霜楓衰更殷。賞託亦云健，行矣非間關。相期東北遊，致館淮之灣。無爲襲甯羸，悠然及温還。

憶昨詩示諸外弟

憶昨此地相逢時，春入窮谷多芳菲。短垣囷囷冠翠嶺，躑躅萬樹紅相圍。幽花媚草錯雜出，黄蜂白蝶參差飛。此時少壯自負恃，意氣與日争光輝。乘閑弄筆戲春色，脱略不省旁人譏。坐欲持此博軒冕，肯言孔孟猶寒飢。丙子從親走京國，浮塵坌並緇人衣。明年親作建昌吏，四月挽船江上磯。端居感慨忽自寤，青天閃爍無停暉。男兒少壯不樹立，挾此窮老將安歸。吟哦圖書謝慶弔，坐室寂寞生伊威。材踈命賤不自揣，欲與稷契遐相希。旻天一朝畀以禍，先子泯没予誰依。精神流離肝肺絶，眥血被面無時晞。母兄呱呱泣相守，三載厭食鍾山薇。屬聞降詔起群彦，遂自下國趨王畿。刻章琢句獻天子，釣取薄禄歡庭闈。身着青衫手持版，奔走卒歲官淮沂。淮沂無山四封痺，獨有廟塔尤峨巍。時時憑高一悵望，想見江南多翠微。歸心動蕩不可抑，霍若猛吹飜旌旂。騰書漕府私自列，仁者惻隱從其祈。暮春三月亂江水，勁櫓健帆如轉機。還家上堂拜祖母，奉手出涕縱横揮。出門信馬向何許，城郭宛然相識稀。永懷前事不自適，却指舅館接山扉。當時髫兒戲我側，於今冠佩何傾傾。況復丘樊滿秋色，蜂蝶摧藏花草腓。令人感嗟千萬緒，不忍蒼卒回驂騑。留當開樽強自慰，邀子劇飲毋予違。

律　詩

題雱祠堂

斯文實有寄，天豈偶生才。一日鳳鳥去，千秋梁木摧。煙留衰草恨，風造暮林哀。豈謂登臨處，飄然獨往來。

送張宣義之官越幕二首

其　二

誰謂貴公子，乃如寒士家。真宜舉敦樸，已自勝浮華。洲荻藏迷子，溪篁擁若耶。相望只在眼，音問莫言賒。

與道原過西莊遂遊寶乘

其一

桑楊已零落，藻荇亦消沈。園宅在人境，歲時傷我心。强穿西埭路，共望北山岑。欲覓道人語，跨鞍聊一尋。

贈殊勝院簡道人

早悟耆山善，今爲洛社豪。有生常寂寞，所得是風騷。露夕吟逾苦，雲收思共高。此懷差自適，千社一牛毛。

重遊草堂次韻三首

其一

垣屋荒葛藟，野殿冷檀沈。鶴有思顯意，鷹無戀遁心。禪房閉深竹，齋鉢度遥岑。寂寞黄塵裏，金身倚一尋。

懷古二首

其一

日密畏前境，淵明欣故園。那知飯不賜，所喜菊猶存。亦有牀座好，但無車馬喧。誰爲吾侍者，稚子候柴門。

旅思

此身南北老，愁見問征途。地大蟠三楚，天低入五湖。看雲心共遠，步月影同孤。慷慨秋風起，悲歌不爲鱸。

春日

冉冉春行暮，菲菲物競華。鶯猶求舊友，燕不背貧家。室有賢人酒，門無長者車。醉眠聊自適，歸夢到天涯。

答許秀才

高陽有才子，負笈求晨饘。所趣少知者，其辭多慨然。樵妻竟謝絕，漂母嘗哀憐。尚友古之人，於今猶壯年。

吴　江

莽莽昔登臨，秋風一散襟。地留孤嶼小，天入五湖深。柑橘無千里，魚鰕有萬金。吾雖輕范蠡，終欲此幽尋。

夏夜舟中頗涼因有所感

扁身畏朝熱，望夜倚桅檣。日共火雲退，風兼水氣涼。未秋輕病骨，微曙浣愁腸。堅我江湖意，滔滔興不忘。

遊北山

攬轡出東城，登臨目暫明。煙雲藏古意，猿鶴弄秋聲。客坐苔紋滑，僧眠樾蔭清。賞心殊未已，山下日西傾。

歲晚懷古

先生歲晚事田園，魯叟遺書廢討論。問訊桑麻憐已長，按行松菊喜猶存。農人調笑追尋璽，稚子歡呼出候門。遥謝載醪祛惑者，吾今欲辯已忘言。

又段氏園亭

欹眠隨水轉東垣，一點炊煙映水昏。漫漫芙蕖難覓路，翛翛楊柳獨知門。青山呈露新如染，白鳥嬉游静不煩。朱雀航邊今有此，可能摇蕩武陵源。

次韻奉酬覺之

久知乘傳入西州，雞黍從容本不謀。户外驚塵尺書至，眼中飛浪片帆收。山林病骨煩三顧，湖海離腸欲萬周。尚有光華賁岑寂，篋中佳句得長留。

送項判官

斷蘆洲渚落楓橋，渡口沙長過午潮。山鳥自呼泥滑滑，行人相對馬蕭蕭。十年長自青衿識，千里來非白璧招。握手祝君能强飯，華簪常得從雞翹。

寶公塔

道林真骨葬青霄，窣堵千秋未寂寥。寶勢旁連大江起，尊形獨受衆山朝。雲泉别寺分三徑，香火幽人止一瓢。我亦鷲峰同聽法，歲時歌唄豈辭遥。

道光泉

籜龍將雨繞山行，注遠投深静有聲。雲涌浴槽朝自暖，虹垂齋鑊午還晴。銅瓶各滿幽人意，玉甃因高正士名。神力可嗟妨智巧，桔橰零落篵苔生。

登寶公塔

倦童疲馬放松門，自把長笻倚石根。江月轉空爲白晝，嶺雲分暝與黄昏。鼠摇岑寂聲隨起，鴟矯荒寒影對翻。當此不知誰客主，道人忘我我忘言。

重登寶公塔復用前韻二首

其一

空見方墳涌半霄，難將生死問參寥。應身東返知何國，瑞像西歸自本朝。遺寺有門非輦路，故池無鉢但僧瓢。獨龍下視皆陳迹，追數齊梁亦未遥。

雨花臺

盤互長干有絶陘，并包佳麗入江亭。新霜浦溆綿綿净，薄晚林巒往往青。南上欲窮牛渚怪，北尋難忘草堂靈。便輿却走垂楊陌，已戴寒雲一兩星。

呈陳和叔并序

嘉祐末，和叔以集賢校理判登聞鼓院，同知太常禮院。皮場街有園數畝，中置一桴甎衺丈，北户臨溝，略彴通街，旁作小屋，毁輜車爲蓋。某以直集賢院爲三司度支判官，以知制誥糾察在京刑獄，同管句三班院，間度彴，飯車蓋下，隨所有無，坐卧甎上，笑語常至夜。如此三歲，而和叔遭太夫人憂，未幾某亦喪親以去，時永昭陵尚未復土也。後與和叔皆蒙今上拔用，數會議語，皆憂傷之餘，責厚事叢，無復故情。元豐元年，某食觀使禄，居鍾山南，和叔經略廣東，道舊悵然，某作詩以叙其事。

毁車爲屋僅容身，三歲相要薄主人。晝寓桴甎常至夜，冬沿溝彴復尋春。南陔不洎公歸里，蒼墓垂成我喪親。後會縱多無此樂，山林投老一傷神。

全椒張公在詩在北山西庵僧者墁之悵然有感

十年怊悵躡山阡，終欲持杯滴到泉。東路角巾非故約，西州華屋漫修椽。幽明永隔休炊黍，真俗相妨久絶弦。遺墨每看疑邂逅，復隨人事散如煙。

嶺　雲

嶺雲合處小盤桓，人得敷衾馬解鞍。寒莢著天榆歷歷，净華浮海桂團團。交游涣散淵明喜，吏卒蕭條叔夜寬。方丈老翁無一髮，更知來不爲皮冠。

蓼　蟲

蓼蟲事業無餘習，芻狗文章不更陳。隱几自憐居喪我，倨堂誰覺似非人。難堪藏室稱中士，秖合箕山作外臣。尚有少緣灰未死，欲持新句惱比鄰。

莫　疑

莫疑禪伯未知禪，莫笑仙翁不學仙。靈骨肯傳黄蘖燼，真心自放赤松煙。蓮華世界何關汝，楮葉工夫浪費年。露鶴聲中江月白，一燈岑寂擁書眠。

外厨遺火示公佐

刀匕初無欲清人，如何竈鬼尚嫌嗔。翛翛短褐方煬火，冉冉青煙已被宸。邂逅焚巢連鳥雀，倉黄濡幕愧比鄰。王陽幸有囊衣在，報賞焦頭亦未貧。

讀眉山集次韻雪詩五首

其一

若木昏昏末有鴉，凍雷深閉阿香車。摶雲忽散簁爲屑，翦水如分綴作花。擁篲尚憐南北巷，持杯能喜兩三家。戲挼弄掬輸兒女，羔袖龍鍾手獨叉。

其二

神女青腰寶髻鴉，獨藏雲氣委飛車。夜光往往多聯璧，白小紛紛每散花。珠網纚連拘翼座，瑶池淼漫阿環家。銀爲宫闕尋常見，豈即諸天守夜叉。

其三

惠施文字黑如鴉，於此機緘漫五車。皭若易緇終不染，紛然能幻本無花。觀空白足寧知處，疑有青腰豈作家。慧可忍寒真覺晚，爲誰將手少林叉。

其　四

寄聲三足阿環鴟，問訊青腰小駐車。一一照肌寧有種，紛紛迷眼爲誰花。争妍恐落江妃手，耐冷疑連月姊家。長恨玉顔春不久，畫圖時展爲君叉。

其　五

戲摇微縞女鬟鴟，試咀流蘇已煩車。歷亂稍埋水揉粟，消沉時點水圓花。豈能舴艋真尋我，且與蝸牛獨卧家。欲挑青腰還不敢，直須詩膽付劉叉。

讀眉山集愛其雪詩能用韻復次韻一首

靚妝嚴飾曜金鴟，比興難工漫百車。水種所傳清有骨，天機能識皦非花。嬋娟一色明千里，綽約無心熟萬家。長此賞懷甘獨卧，袁安交戟豈須叉。

寄題程公闢物華樓

吴楚東南最上游，江山多在物華樓。遥瞻旌節臨尊俎，獨卧柴荆阻獻酬。想有新詩傳素壁，怪無餘墨到滄洲。湡浯南望重重緑，章水還能向此流。

酬俞秀老

灑掃東庵置一牀，於君獨覺故情長。有言未必輸摩詰，無法何曾泥飲光。天壤此身知共弊，江湖他日要相忘。猶貪半偈歸思索，却恐提柏妄揣量。

次韻吴沖卿召赴資政殿聽讀詩義感事

周南麟趾聖人風，未有騶虞繫召公。雅頌兼陳爲四始，笙歌合奏以三終。討論詔使成書上，休澣恩容著藉通。牆面豈能知奥義，延陵聽賞自爲聰。

次韻陪駕觀燈

繡筤含風下玉除，宫商挾奏斐然殊。福祥周室流爲火，恩澤堯樽散在衢。伏枕但能知廣樂，揮毫何以報明珠。願留巾篋歸田日，追詠公歡每自娱。

次韻元厚之平戎慶捷

朝廷今日四夷功，先以招懷後殪戎。胡地馬牛歸隴底，漢人煙火起湟中。投戈更講諸儒藝，免胄争趨上將風。文武佐時慚吉甫，宣王征伐自膚公。

謁曾魯公

翊戴三朝冕有蟬，歸榮今作地行仙。且開京闕蕭何第，未放江湖范蠡船。老景已鄰周吕尚，慶門方似漢韋賢。一觴豈足爲公壽，願賦長虹吸百川。

後苑詳定書懷

文墨由來妙禁中，家傳豈獨賦河東。平生聽想風聲早，數日追隨笑語同。御水新如鴨頭緑，宫花更有鶴翎紅。看花弄水聊爲樂，不晚朝廷相弱翁。

詳定試卷二首

其　一

簾垂咫尺斷經過，把卷空聞笑語多。論衆勢難專可否，法嚴人更謹誰何。文章直使有無纇，勳業安能保不磨。疑有高鴻在寥廓，未應迴首顧張羅。

其　二

童子常誇作賦工，暮年羞悔有揚雄。當時賜帛倡優等，今日論才將相中。細甚客卿因筆墨，卑於爾雅注魚蟲。漢家故事真當改，新詠知君勝弱翁。

夜讀試卷呈君實待制景仁内翰

篝燈時見語驚人，更覺揮毫捷有神。學問比來多可喜，文章非特巧爭新。蕉中得鹿初疑夢，牖下窺龍稍眩真。邂逅兩賢時所服，坐令孤朽得相因。

次韻祖擇之登紫微閣二首

其一

漠漠秋陰護掖垣，青雲秖在兩楹間。宫樓唱罷雞人遠，門闕朝歸虎士閑。華蓋北瞻天帝座，蓬萊東想道家山。却慚久此隨諸彦，文采初無豹一斑。

其二

掖門相對敞銅鐶，轆轆飛甍在兩間。潤色平生知地禁，登臨此日愧身閑。浮雲倒影移牕隙，落木回飆動屋山。忽憶初來秋尚早，紫微花點緑苔斑。

永濟道中寄諸舅弟

燈火忽忽出館陶，回看永濟日初高。似聞空舍烏烏樂，更覺荒陂人馬勞。客路光陰真棄置，春風邊塞秖蕭騷。辛夷樹下烏塘尾，把手何時得汝曹。

道逢文通北使歸

朱顔使者錦貂裘，笑語春風入貝州。欲報京都近消息，傳聲車馬少淹留。行人盡道還家樂，騎士能吹出塞愁。回首此時空慕羨，驚塵一段向南流。

將次相州

青山如浪入漳州，銅雀臺西八九丘。螻蟻往還空壟畝，騏驎埋没幾春秋。功名蓋世知誰是，氣力迴天到此休。何必地中餘故物，魏公諸子分衣裘。

次韻平甫喜唐公自契丹歸

留犁撓酒得戎心，繡袷通歡歲月深。奉使由來須陸賈，離親何必强曾參。燕人候望空甌脱，胡馬追隨出蹕林。萬里春風歸正好，亦逢佳客想揮金。

次韻酬府推仲通學士雪中見寄

朝來看雪詠君詩，想見朱衣在赤墀。爲問火城將策試，何如雲屋聽牕知。曲牆稍覺吹來密，窮巷終憐掃去遲。欲訪故人非興盡，自緣無路得傳巵。

送吴龍圖知江寧

才高明主眷方深，屬郡聞風自革心。閭里不須多按治，山川從此數登臨。茅簷坐隔雲千里，柏壟初抽翠一尋。東望泫然知有寄，但疑公豈久分襟。

次韻吴季野題岳上人澄心亭

高亭五月尚寒生，回首塵沙自鬱蒸。砌水亂流穿石底，檻雲高出蔽山層。躋攀欲絶人間世，締搆知從物外僧。腸胃坐來清似洗，神奇未怪佛圖澄。

寄張先郎中

留連山水住多時，年比馮唐未覺衰。篝火尚能書細字，郵筩還肯寄新詩。胡牀月下知誰對，鸞榼花前想自隨。投老主恩聊欲報，每瞻高躅恨歸遲。

汜水寄和甫

虎牢關下水逶迤，想汝飄然過此時。灑血秪添波浪起，脱身難借羽翰追。留連厚禄非朝隱，乖隔殘年更土思。已卜冶城三畝地，寄聲知我有歸期。

即席次韻微之泛舟

畫舸幽尋北果園，應將陳迹問桑門。地隨牆墅行多曲，天著岡巒望易昏。故國時平空有木，荒城人少半爲村。悠悠興廢皆如此，賴付乾愁酒一罇。

和祖仁晚過集禧觀

妍暖聊隨馬首東，春衫猶未著方空。煙霞送色歸瑶水，山木分香繞閬風。壯髮已輸塵外緑，衰顔漫到酒邊紅。日斜歸去人間世，却記前遊似夢中。

次韻王微之登高齋

臺殿荒墟辱井堙，豪華不復見臨春。北山漠漠雲垂地，南埭悠悠水映人。馳道蔽虧松半死，射場埋没雉多馴。登高一曲悲亡國，想繞紅梁落暗塵。

和吴御史臨淮感事

栅鏁城扉曉一開，柂牙車軸轉成雷。黄塵欲礙龜山出，白浪空分汴水來。澄觀有材邀昧陋，霽雲無力報姦回。騷人此日追前事，悲氣隨風動管灰。

雨過偶書

霈然甘澤洗塵寰，南畝東郊共慰顔。地望歲功還物外，天將生意與人間。霽分星斗風雷静，凉入軒牕枕簟閑。誰似浮雲知進退，纔成霖雨便歸山。

陳君式大夫恭軒

恭軒静對北堂深，新斸檀欒一畝陰。膝下往來前日事，眼中封植去年心。每懷罇斝沾餘瀝，獨喜弦歌有嗣音。肯搆會須門閥大，世資何用滿籯金。

别葛使君

邑屋爲儒知善政，市門多粟見豐年。追攀更覺相逢晚，談笑難忘欲别前。客幙雅遊皆置榻，令堂清坐亦鳴弦。輕舟後夜滄江北，回首春城空黯然。

次韻酬宋玘六首

其　五

無能私願秖求田，時物安能學計然。鑿井未成歌擊壤，射熊猶得夢鈞天。遥思故國歸來日，留滯新恩已去年。攜手與君遊最樂，春風陂上水濺濺。

次韻舍弟常州官舍應客

霜雪紛紛上鬢毛，憂時自悔目空蒿。桑麻秖欲求三畝，勢利誰能算一毫。此地舊傳公子札，吾心真慕伯成高。飄然更有乘桴興，萬里寒江正復艚。

夢張劍州

萬里憐君蜀道歸，相逢似喜語還悲。江淮別業依前處，日月新阡卜幾時。自説曲阿猶未穩，即尋溢水去猶疑。茫然却是陳橋夢，昨日春風馬上思。

寄張諤招張安國金陵法曹

我老願爲臧丈人，君今少壯豈長貧。好須自致青冥上，可且相從寂寞濱。深谷黄鸝驕引子，曲碕翠碧巧藏身。尋幽觸静還成興，何必區區九陌塵。

欲往净因寄涇州韓持國

紫荆山下物華新，只與都城共一春。令節想君携緑酒，故情憐我踏黄塵。泔魚已悔他年事，搏虎方收末路身。欲寄微言書不盡，試尋僧閣望西人。

示德逢

先生貧敝古人風，緬想榮桑在眼中。憐愍雞豚非孟子，勤勞禾黍信周公。深藏組纚三千牘，静占寛閑五百弓。處世但令心自可，相知何藉一劉龔。

寄酬曹伯玉因以招之

寒鴟對立西風樹，幽草環生白露庭。清坐苦無公事擾，高談時有故人經。思君異日投朱紱，過我何時載緑醽。及北江湖氣蕭爽，最宜相值倒吾缾。

次韻平甫金山會宿寄親友

天末海門横北固，煙中沙岸似西興。已無船舫猶聞笛，遠有樓臺祇見燈。山月入松金破碎，江風吹水雪崩騰。飄然欲作乘桴計，一到扶桑恨未能。

丙申八月作

秋風摧剥利如刀，漠漠昏煙玩日高。眼看南山露崖嶷，心隨東水轉波濤。歸期正自憑蓍蔡，生理應須問酒醪。還有詩書能慰我，不多霜雪上顛毛。

酬吴仲庶小園之句

舊年臺榭掃流塵，職閉朱門歲又新。花影隙中看裊裊，車音牆外去轔轔。相逢豈少佳公子，一醉何妨薄主人。秪向東風邀載酒，定知無奈帝城春。

始與韓玉汝相近居遂相與遊今居復相近而兩家子唱和詩相屬因有此作

羈旅兒童得近鄰，相知邂逅即情親。當時豈意兩家子，此地更爲同社人。勳業彈冠知白首，文章投筆讓青春。萬金雖愧君多産，比我淵明亦未貧。

送蘇屯田廣西轉運

置將從來欲善師，百城蹉跌起毫釐。驅除久費兵符出，按撫紛煩使節移。恩澤易行窮苦後，功名常見急難時。孺文此日風流在，直筆他年豈愧辭。

石竹花

退公詩酒樂華年，欲取幽芳近綺筵。種玉亂抽青節瘦，刻繒輕染絳花圓。風霜不放飄零早，雨露應從愛惜偏。已向美人衣上繡，更留佳客賦嬋娟。

玉晨大檜鶴廟古松最爲佳樹

壇廟千年草不生，幽真曾此蔭餘清。月枝地上流雲影，風葉天邊過雨聲。材大賢於人有用，節高仙與世無情。秦山陂下今迷處，苦里宫中漫得名。

張劍州至劍一日以新憂罷

客舍飛塵尚滿韉，却尋東路想茫然。白頭反哺秦烏側，流血思歸蜀鳥前。今日相逢知悵望，幾時能到與留連。行看萬里雲西去，倚馬春風不忍鞭。

送李太保知儀州

北平上谷當時守，氣略人推李廣優。還見子孫持漢節，欲臨關塞撫羌酋。雲邊鼓吹應先喜，日下旌旗更少留。五字亦君家世事，一吟何以稱來求。

送劉貢父赴秦州清水

劉郎高論坐噓枯，幕府調聠用緒餘。筆下能當萬人敵，腹中嘗記五車書。聞多望士登天禄，知有名臣薦子虛。且復弦歌窮塞上，秖應非晚召相如。

舒州七月十一日雨

行看野氣來方勇，卧聽秋聲落竟慳。淅瀝未生羅豆水，蒼忙空失皖公山。火耕又見無遺種，肉食何妨有厚顔。巫祝萬端曾不救，只疑天賜雨工閑。

寄曾子固

斗粟猶慚報禮輕，敢嗟吾道獨難行。脱身負米將求志，戮力乘田豈爲名。高論幾爲衰俗廢，壯懷難值故人傾。荒城回首山川隔，更覺秋風白髮生。

登小茅山

捫蘿路到半天窮，下視淮洲杳靄中。物外真游來几席，人間榮願付苓通。白雲坐處龍池杳，明月歸時鶴馭空。回首三君誰更似，子房家世有高風。

江　上

村落家家有濁醪，青旗招客解衹裯。春風似補林塘破，野水遥連草樹高。寄食舟車隨處弊，行歌天地此身勞。遲回自負平生意，豈是明時惜一毛。

送明州王大卿

大曆才臣有此州，昆雲今駕鹿幡游。從來所至邦人喜，真復能分聖主憂。千里封疆何足治，一時名跡故應留。屬城舊吏雖疲懶，尚可揮毫敵李舟。

次韻酬吴彦珍見寄二首

其　二

篁竹荒茅五畝餘，生涯山蕨與泉魚。家貧殖貨羞端木，鄉里傳書比仲舒。白日憶君聊遠望，青林嗟我似逃虚。春風渺渺烏塘尾，漫得東來一紙書。

寄虞氏兄弟

一身兼抱百憂虞，忽忽如狂久廢書。疇昔心期俱喪勇，此來腰疾更乘虚。久聞楊羨安家好，自度淵明與世疏。亦有未歸溝壑日，會應相近置田廬。

傳神自讚

此物非他物，今吾即故吾。今吾如可狀，此物若爲摹。

春　晴

新春十日雨，雨晴門始開。静看蒼苔紋，莫上人衣來。

净相寺

净相前朝寺，荒涼二十秋。曾遭滅劫壞，今遇勝緣修。

送望之赴臨江

黄雀有頭顱，長行萬里餘。想因君出守，暫得免包苴。

梅　花

牆角數枝梅，凌寒獨自開。遥知不是雪，爲有暗香來。

紅　梅

春半花纔發，多應不奈寒。北人初未識，渾作杏花看。

泊　雁

泊雁鳴深渚，收霞落晚川。柝隨風斂陣，樓映月低弦。漠漠汀帆轉，幽幽岸火然。壑危通細路，溝曲繞平田。

題西太一宫壁二首

其　一

草色浮雲漠漠，樹陰落日潭潭。一作「柳葉鳴蜩緑暗，荷花落日紅酣」。三十六陂流水，白頭想見江南。

歌元豐五首

其　四

放歌扶杖出前林，遥和豐年擊壤音。曾侍土階知帝力，曲中時有譽堯心。

溝　西

溝西直下看芙蕖，葉底三三兩兩魚。若比濠梁應更樂，近人渾不畏春鉏。

園　蔬

園蔬小摘嫩還抽，畦稻新春滑欲流。枕簟不移隨處有，飽餐甘寢更無求。

移柳

移柳當門何啻五，穿松作徑適成三。臨流遇興還能賦，自比淵明或未慚。

南浦

南浦東岡二月時，物華撩我有新詩。含風鴨緑粼粼起，弄日鵝黄裊裊垂。

木末

木末北山煙冉冉，草根南澗水泠泠。繰成白雪桑重緑，割盡黄雲稻正青。

初夏即事

石梁茅屋有彎碕，流水濺濺度兩陂。晴日暖風生麥氣，緑陰幽草勝花時。

和耿天騭以竹冠見贈四首

其三

玉潤金明信好冠，錯刀剜出蘚紋乾。不忘君惠常加首，要使懽盟未可寒。

題勇老退居院

道人投老寄山林，偶坐翛然洗我心。夢境此身能且在，明年寒食更相尋。

謝安墩二首

其　一

我名公字偶相同，我屋公墩在眼中。公去我來墩屬我，不應墩姓尚隨公。

池上看金沙花數枝過酴醿架盛開二首

其　一

午陰寬占一方苔，映水前年坐看栽。紅蕊似嫌塵染污，青條飛上別枝開。

其　二

酴醿一架最先來，夾水金沙次第栽。濃緑扶踈雲對起，醉紅撩亂雪争開。

北山

北山輸緑漲橫陂，直塹回塘灩灩時。細數落花因坐久，緩尋芳草得歸遲。

蔣山手種松

青青石上歲寒枝，一寸巖前手自移。聞道近來高數尺，此身蒲柳故應衰。

與道原過西莊遂遊寶乘

周顒宅作阿蘭若，婁約身歸窣堵坡。今日隱侯孫亦老，偶尋陳迹到煙蘿。

壬戌五月與和叔同遊齊安

繰成白雪桑重緑，割盡黄雲稻正青。它日玉堂揮翰手，芳時同此賦林坰。

元豐二年十月政公改路故作此詩

獨龍東路得平岡，始免遊人屐齒妨。更有主林身半現，與公隨轉作陰涼。

悟真院

野水從横漱屋除，午牎殘夢鳥相呼。春風日日吹香草，山北山南路欲無。

鍾山晚步

小雨輕風落楝花，細紅如雪點平沙。槿籬竹屋江村路，時見宜城賣酒家。

記　夢

月入千江體不分，道人非復世間人。鍾山南北安禪地，香火他時共一作「供」兩身。

勘會賀蘭溪主

賀蘭溪上幾株松，南北東西有幾峰。買得住來今幾日，尋常誰與坐從容？

示俞秀老二首

其　二

君詩何以解人愁，初日紅蕖碧水流。未怕元劉妨獨步，每思陶謝與同遊。

示寶覺二首

其　二

重將壞色染衣裙，共臥鍾山一塢雲。客舍黄粱今始熟，烏殘紅柿昔曾分。

示永慶院秀老

禪房借枕得重欹，陳迹翛然尚有詩。嗟我與公皆老矣，拂天松柏見栽時。

中書即事

投老黐爲世網嬰，低佪終恐負平生。何時白上岡頭路，渡水穿雲取次行。

送黄吉父將赴南康官歸金谿三首

其　三

歲晚相逢喜且悲，莫占風日恨歸遲。我如逆旅當去客，復會有無那得知。

和張仲通憶鍾陵二首

其一

一夢章江已十年，故人重見想皤然。秖應兩岸當時柳，能到春來尚可憐。

鍾山即事

澗水無聲繞竹流，竹西花草弄春柔。茅簷相對坐終日，一鳥不鳴山更幽。

烏石

烏石岡邊繚繞山，柴荆細路水雲間。吹花嚼蘂長來往，秖有春風似我閑。

題張司業詩

蘇州司業詩名老，樂府皆言妙入神。看似尋常最奇崛，成如容易却艱辛。

同陳和叔遊北山

春風蕩屋雨填溝，東閣翛然擁罽裘。鄰壁黄糧炊未熟，唤迴殘夢有鳴騶。

次吴氏女子韻

孫陵西曲岸烏紗，知汝淒涼正憶家。人世豈能無聚散，亦逢佳節且吹花。

遊城南即事二首

其　一

神姦變化久難知，禹鼎由來更不疑。螭魅合謀非一日，太丘真復社亡遲。

江寧夾口三首

其　三

落帆江口月黄昏，小店無燈欲閉門。側出岸沙楓半死，繫船應有去年痕。

題北山隱居王閑叟壁

荒村日午未開門，雨後餘花滿地存。舉世位能旌隱逸，誰人知道是王孫。

獨卧二首

其　一

誰有耡耰不自操，可憐園地滿蓬蒿。欲尋春物無蹊徑，獨卧南牀白日高。

讀唐書

志士無時亦少成，中才隨世就功名。并汾諸子何爲者，坐與文皇立太平。

龍泉寺石井二首

其　一

山腰石有千年潤，海眼泉無一日乾。天下蒼生待霖雨，不知龍向此中蟠。

春入

春入園林百草香，池塘冰散水生光。身閑是處堪携手，何事低佪兩鬢霜。

中秋夕寄平甫諸弟

浮雲吹盡數秋毫，爚爚金波滿滿醪。千里得君詩挑戰，夜壇誰敢將風騷。

登飛來峰

飛來山上千尋塔，聞説雞鳴見日昇。不畏浮雲遮望眼，自緣身在最高層。

金山

怪祕陰靈與護持，重丹複碧焕參差。滄江見底應無日，萬丈孤根世不知。

達本

未能達本且歸根，真照無知豈待言。枯木巖前猶失路，那堪春入武陵原。

偶書

穰侯老擅關中事，長恐諸侯客子來。我亦暮年專一壑，每逢車馬便驚猜。

送吴顯道五首

其三

臨川樓上梘園中，羅幃繡幕圍香風。䑣船一棹百分空，看朱成碧顔始紅。杏花楊柳年年好，南去北來人自老。舊事無人可共論，惟君與我同懷抱。

其五

百年多病獨登臺，知有歸日眉放開。功名富貴何足道，且賦淵明歸去來。

金山寺

招提憑高岡，四面斷行旅。勝地猶在險，浮梁裹相拄。大江當我前，颭灩翠綃舞。通流與厨會，甘美勝牛乳。扣欄出黿鼉，幽姿可時覩。夜深殿突兀，太微凝帝宇。壁立兩崖對，迢迢隔雲雨。天多賸得月，月落聞津鼓。夜風一何喧，大舶夾雙艣。顛沉在須臾，我自檝迎汝。始知像教力，但度無所苦。憶昨狼狽初，只見石與土。榮華一朝盡，土梗空俯僂。人事隨轉燭，蒼茫竟誰主。咄嗟檀施開，繡楹盤萬礎。高閣切星辰，新秋照牛女。湯休起我病，轉上青天去。攝身凌蒼霞，同凭朱欄語。我歌爾其聆，幽憤得一吐。誰言張處士，雄筆映千古。

倉　頡

倉頡造書，不詁自明。於乎多言，秪誤後生。

胡笳十八拍十八首

其　一

中郎有女能傳業，顏色如花命如葉。命如葉薄將奈何，一生抱恨常咨嗟。良人持戟明光裏，所慕靈妃媲簫史。空房寂寞施繐帷，棄我不待白頭時。

其　二

天不仁兮降亂離，嗟余去此其從誰。自胡之反持干戈，翠蕤雲旓相蕩摩。流星白羽腰間插，疊鼓遥鼚瀚海波。一門骨肉散百草，安得無淚如黃河。

其　三

身執略兮入西關，關山阻修兮行路難。水頭宿兮草頭坐，在野只教心膽破。更鞴彫鞍教走馬，玉骨瘦來無一把。幾迴抛鞚抱鞍橋，往往驚墮馬蹄下。

其　四

漢家公主出和親，御厨絡繹送八珍。明妃初嫁與胡時，一生衣服盡隨身。眼長看地不稱意，同是天涯淪落人。我今一食日還併，短衣數挽不掩脛。乃知貧賤别更苦，安得康强保天性。

其　五

十三學得琵琶成，繡幕重重卷畫屏。一見郎來雙眼明，勸我酤酒花前傾。齊言此夕樂未央，豈知此聲能斷腸。如今正南看北斗，言語傳情不如手。低眉信手續續彈，彈看飛鴻勸胡酒。

其　六

青天漫漫覆長路，一紙短書無寄處。月下長吟久不歸，當時還見雁南飛。彎弓射飛無遠近，青冢路邊南雁盡。兩處音塵從此絶，唯向東西望明月。

其　七

明明漢月空相識，道路只今多擁隔。去住彼此無消息，時獨看雲淚横臆。豺狼喜怒難姑息，自倚紅顔能騎射。千言萬語無人會，漫倚文章真末策。

其　八

死生難有却回身，不忍重看舊寫真。暮去朝來顔色改，四時天氣揔愁人。東風漫漫吹桃李，盡日獨行春色裏。自經喪亂少睡眠，鶯飛燕語長悄然。

其　九

柳絮已將春去遠，攀條弄芳畏晼晚。憂患衆兮歡樂鮮，一去可憐終不返。日夕思歸不得歸，山川滿目淚沾衣。𠦑圭苑裏西風起，歎息人間萬事非。

其　十

寒聲一夜傳刁斗，雲雪埋山蒼兕吼。詩成吟詠轉凄涼，不如獨坐空搔首。漫漫胡天叫不聞，胡人高鼻動成群。寒盡春生洛陽殿，回首何時復來見。

其十一

晚來幽獨恐傷神，唯見沙蓬水柳春。破除萬事無過酒，虜酒千杯不醉人。含情欲説更無語，一生長恨奈何許。饑對酪肉兮不能餐，强來前帳臨歌舞。

其十二

歸來展轉到五更，起看北斗天未明。秦人築城備胡處，擾擾唯有牛羊聲。萬里飛蓬映天過，風吹漢地衣裳破。欲往城南望城北，三步回頭五步坐。

其十三

自斷此生休問天，生得胡兒擬棄捐。一始扶牀一初坐，抱携撫視皆可憐。寧知遠使問名姓，引袖拭淚悲且慶。悲莫悲於生别離，悲在君家留二兒。

其十四

鞠之育之不羞耻，恩情亦各言其子。天寒日暮山谷裏，腸斷非關隴頭水。兒呼母兮啼失聲，依然離别難爲情。灑血仰頭兮訴蒼蒼，知我如此兮不如無生。

其十五

當時悔來歸又恨，洛陽宫殿焚燒盡。紛紛黎庶逐黄巾，心折此時無一寸。慟哭秋原何處村，千家今有百家存。争持酒食來相饋，舊事無人可共論。

其十六

此身飲罷無歸處，心懷百憂復千慮。天翻地覆誰得知，魏公垂淚嫁文姬。天涯憔悴身，託命於新人。念我出腹子，使我歎恨勞精神。新人新人聽我語，我所思兮在何所。母子分離兮意難任，死生不相知兮何處尋。

其十七

燕山雪花大如席，與兒洗面作光澤。怳然天地半夜白，閨中秖是空相憶。點注桃花舒小紅，與兒洗面作華容。欲問平安無使來，桃花依舊笑春風。

其十八

春風似舊花仍笑，人生豈得長年少。我與兒兮各一方，憔悴看成兩鬢霜。如今豈無腰裹與騂騮，安得送我置汝傍。胡塵暗天道路長，遂令再往之計墮眇芒。胡笳本出自胡中，此曲哀怨何時終。笳一會兮琴一拍，此心炯炯君應識。

附　録

獵較詩

獵較獵較，誰禽我有。國人之惏，君子所醜。獵較獵較，祭占其祥。國人之序，君子何傷。

朱紫陽

久雨齋居誦經

「聊披釋氏書」：先生力闢禪學，乃復披釋氏書耶？

池上示同遊者

「聊承曉露餘」：「承」，疑當作「乘」。

讀道書作六首

既誦佛經，又觀道書，想亦聊遣詩興，未必果有其事也。

其一

「於道雖未庶」二句：平情之論。

秋　雨

「超遥悟無生」：「悟無生」，非禪語而何？

作室爲焚修之所擬步虚辭

「焚」、「修」等字，亦出釋、老家。

題　畫

紫陽涉獵二氏，尤愛道家，詩中往往見之。

寄山中舊知七首

其　三

「要須悟無生」：又是禪。

述　懷

意境似陶。

登面山亭

好筆力。

知郡傅丈載酒幞被過熹於九日山夜泛小舟弄月劇飲二首

其　一

「月色中流滿」二句：從張祜《金山》詩得來。

六月十五日詣水公庵雨作

「雲起欲爲雨」四句：狀難狀之景，毫不費力。

中元雨中呈子晉

「徂暑尚繁鬱」：「繁」，疑當作「煩」。

和李伯玉用東坡韻賦梅花

「楚客不愛蘭佩昏」：「昏」字未穩。

宋丈示及紅梅臘梅借韻兩詩輒復和呈以發一笑

「芳滕淺絳中」：「滕」字訛，當作「騰」。

送籍溪胡丈赴館供職二首

胡原仲由司直改正字。

觀書有感二首

逢源資深，無非寫出自得之趣。

感事書懷十六韻

「紫塞僅淮陰」：「僅」字疑訛。

次韻劉彦采觀雪之句

「百嘉潛潤滋」：「嘉」字疑訛。

感事再用回向壁間舊韻二首

其二

似杜。

又一首

「超然謝衆甫」：「超然」句，集中凡兩見，未解所謂。

借韻呈府判張丈既以奉箴且求教樂

「純熟須參露地牛」：「露地白牛」，出禪家公案。

昨承諸兄臨辱不揆以薄酒蔬食延駐都騎明日視壁間所
張墨刻有亡去者人以爲德慶丈之廋也馳問遺索蒙需
拙詩輙賦所懷往奉一笑而尊犍刻可以歸於我矣

「尊犍刻」：不知何碑。

「所恨乏珍肥」四句：善謔。

載華附識：吾君以方云：「按《隸釋》有《何君閣道碑》，建武中元二年刻，蜀人以爲尊犍閣碑。其文有『造尊犍閣，袤五十五丈』，故名之也。『棧路』謂之『閣道』，非『樓閣』之『閣』也，正如李君『郙閣』、陳君『根閣』之比。」

挽延平李先生三首

其　三

朱子之學，得於延平者深矣。《宋史·道學傳》乃列門人，而不及其師，所不可解。

柳　堤

「吟罷天津句」二句：邵子詩有「楊柳風來面上吹」之句，故云。

其　一〔一〕

「結習」、「無始」，一派禪語。

秀野以喜無多屋宇幸不礙雲山爲韻賦詩熹伏讀佳作率爾攀和韻劇思慳無復律吕笑覽之餘賜以斧斤幸甚

〔一〕「其一」，原闕，據本書體例補。

次劉秀野蔬食十三詩韻

木　耳

「異味非所誇」：「誇」，當作「詫」。

家釀二首

玩第二首，疑題中尚有缺字。

又五絶卒章戲簡及之主簿

「及之」，想是秀野之子。

答王無功在京思故園見鄉人問

原作是問，此詩是答。

齋居感興二十首

其　一

朱子以《河圖》爲畫卦之由，而詩中乃云爾，得毋自相矛盾乎？

其二十

集中《與吕子約》尺牘云：「某亦近日方實見得向日支離之病。」此詩當亦晚年之作，惜象山兄弟不及見也。

鵝湖寺和陸子壽

鵝湖辨論，兩家年譜俱不載。雖知朱、陸異同，合二陸詩觀之，亦一時所見，偶有未合耳，何至如水火冰炭之不相入耶？

梅溪陂下作

「無人説與范牛知」：「牛」，疑當作「寬」。

宿梅溪胡氏客館觀壁間題詩自警二絶

其 一

「貪生莝豆不知羞」：「莝豆」，用《史記·范雎傳》中事，此首不知所指何人。

其 二

「歸時黎渦却有情」：「梨渦」，見《豫章詩話》胡忠簡公事，「黎」字訛，當作「梨」。

雪梅二闋奉懷敬夫

二闋應編《詩餘》卷中。

送林熙之詩五首

其 三

讀此詩，可見朱、陸本無異同。

仙洲新亭亶名以晝寒紫微張公爲書其額判院劉丈乃出新句輙次高韻二首

其　二

「悄蒨非人境」：「悄」，當作「峭」。

原注：注有缺文。

次劉彥集木犀韻三首

其　一

「更交遥夜笛中吹」：「交」，疑當作「教」。

寄謝劉彥集菖蒲之貺二首

其　二

「泉清日瘦碧纖長」：「日」，疑當作「石」。

公濟惠山蔬四種并以佳篇來貺因次其韻

焯

「遥知拈起處」二句：又入語録話頭。

公濟和詩見閔耽書勉以教外之樂以詩請問二首

其一

先生曾有詩云「讀書不見行間墨，始識當時教外心」，與此似背馳。

伯諫和詩云邪色哇聲方漫漫是中正氣愈駸駸予謂此乃聖人從心之妙三歎成詩重以問彼二首

其二

「闕里當年語從心」：柳子厚《與楊誨之書》引《論語》，「從」字作去聲讀，朱子蓋用此，至其注《論語》，則仍作平聲解，不知何也。

百丈山六詠

西　閣

末句用右丞成語。

將遊雲谷約同行者

「暄風悟新陽」：「悟」字訛。

寄題宜春使君定叟張兄隱齋

其　一

「大專槃萬生」：《史記・賈誼傳》「大專槃物」，《索隱》云：「『專』讀作『鈞』。槃，猶轉也。」

入南康界閱圖經感陶公李勃劉凝之事戲作

以下至卷末，知南康軍時作。

屢遊廬阜欲賦一篇而不能就六月中休董役卧龍偶成此詩

「息駕康山陽」：宋人改「匡」爲「康」，避太祖廟諱也。

下元節假行視陂塘因與賓友挈兒孫出郭登山歸賦二詩示子直春卿及折桂雲谷并寫呈郡中僚友

「高尋却深宧」：「宧」字疑訛，當作「窅」。

送四十叔父

結二語用杜。

和張彦輔落星寺之作

起得高勁。

次張彦輔雪後棲賢之作

「投文物九淵」：「物」字疑訛。

伏蒙某官寵示和陶見寄舊作伏讀歎仰又感知待期許之意蓋非一日率易次韻少見謝臆伏唯矜憐有以教之

「神父邈何因」：「父」，當作「交」。

讀諸友遊山詩卷不容盡和和首尾兩篇

其二

「白鹿幾時同正員」：洞主爲正員，此外尚有副講，至今如此。

和戴主簿韻

戴師愈，字孔文，有《麻衣心法》跋語，乾道中人。

次沈侍郎游楞伽李氏山房韻

「吟罷蘇仙頭白句」：「若見謫仙煩寄語，匡山頭白蚤歸來」，東坡《李氏山房》句也。

楞伽院李氏山房

朱子於蘇氏兄弟，揮斥不遺餘力，而詩中則稱爲蘇仙，往往次其舊韻，極相引重，亦可見公道難泯，未必非吕東萊、汪端明尺牘捄正之功。

棲賢院三峽橋

「老仙有妙句」：此老仙亦當指東坡。

卧龍庵武侯祠

結用少陵成句。

開先漱玉亭

「平生兩仙句」：「兩仙」謂太白、子瞻。

温　湯

起句少陵成語，前半亦髣髴似之。

和彭蠡月夜泛舟落星湖

原注「首句全用蘇養直詩，蘇舊居水西門外，舟行望見其處」：蘇養直，名庠，熙豐間人。

觀野燈

觀燈巖在天池寺中。

山北紀行十二章章八句

「祇役廬山陽，矯首廬山陰」：南康在山南，九江在山北。

「深尋兩林間」八句：循天池山岡東行，有大林寺、繙經臺，直下，爲上、中、下化城三寺，樂天草堂在焉，此朱子游踪所未到者。

買船至演平拜建康劉公墓下遂入城假館梅山堂感涕有作

以下，罷南康軍返武夷作。

晚雨涼甚偶得小詩請問遊山之日并請劉平父作主人二首

其　二

「解包茶茗粗能供」：「粗」，上聲讀。

正月五日欲用斜川故事結客載酒過伯休新居風雨不果

二月五日始克踐約坐間以陶公卒章二十字分韻熹得

中字賦呈諸同遊者

「玄景彫慕節」：「慕」，當作「暮」

寄題九日山廓然亭

「仰看天宇近」二句：二語再見。

武夷精舍雜詠并序

未曾身到五曲，不知此序之工。

晚對亭

「落日明影翠」：「影」，疑當作「彩」。

出山道中口占

「書册埋頭無了日」二句：大似《擊壤集》中語。

淳熙甲辰中春精舍閑居戲作武夷櫂歌十首呈諸同遊相與一笑

其　四

鐵船峰。

其　五

大藏、小藏峰。

其　六

大隱屏。

其　七

仙掌峰。

其　十

九曲之北，即新村，亦作孫村。

拜鴻慶宮有感

按《年譜》，先生於淳熙、紹熙中，提舉南京鴻慶宮者，凡三。舊鴻慶宮在汴都，故詩云爾。

答袁機仲論啟蒙

先生自題此詩後云：「説得太郎當了，只少個拄杖卓一下，便是一回普説矣。」毋乃近於禪家語録乎？

和人都試之韻

「盤牟入詠詩情壯」：「盤牟」，義未詳。

【附原詩】清康熙二十七年臧眉錫、蔡方炳訂《晦庵先生朱文公文集》

久雨齋居誦經

端居獨無事，聊披釋氏書。暫釋塵累牽，超然與道俱。門掩竹林幽，禽鳴山雨餘。了此無爲法，身心同晏如。

池上示同遊者

藕葉蓋波面，池花猶未紅。聊承曉露餘，散步詠凉風。香氣已飄忽，客懷誰與同。唯應同遊子，芳意更匆匆。

讀道書作六首

其一

巖居秉貞操，所慕在玄虚。清夜眠齋宇，終朝觀道書。形忘氣自冲，性達理不餘。於道雖未庶，已超名跡拘。至樂在襟懷，山水非所娱。寄語狂馳子，營營竟焉如。

秋雨

一雨散林表，清陰生廣庭。喜兹新秋夜，起向高齋行。煩歊獲暫祛，凉氛集華纓。沉沉遠林氣，愜此端居情。節物坐如此，撫世襟方盈。歸當息華念，超遥悟無生。

作室爲焚修之所擬步虚辭

歸命仰璇極，寥陽太帝居。儵儵列羽幢，八景騰飛輿。顒傾無極光，回駕俯塵區。受我焚香禮，同彼浮黎都。

題畫

青鸞凌風翔，飛仙窈窕姿。高挹謝塵境，妙顔粲瓊蕤。登霞抗玉音，結霧吹参差。神鈞儛空洞，玄露湛霄暉。山中玉斧家，胡不一來嬉。真凡路一分，冥運千年期。

寄山中舊知七首

其　三

晨興香火罷，入室披仙經。玄默豈非尚，素餐空自驚。起與塵事俱，是非忽我營。此道難坐進，要須悟無生。

述　懷

夙尚本林壑，灌園無寸資。始懷經濟策，復愧軒裳姿。效官刀筆間，朱墨手所持。謂言殫蹇劣，詎敢論居卑。任小才亦短，抱念一無施。幸蒙大夫賢，加惠寬箠笞。撫己實已優，於道豈所期。終當反初服，高揖與世辭。

登面山亭

新亭夙所聞，登眺遂兹日。極目但蒼茫，前瞻如有失。煙鬟稍呈露，衆嶺方含鬱。長嘯天風來，雲散空宇碧。

知郡傅丈載酒幞被過熹於九日山夜泛小舟弄月劇飲二首

其一

扁舟轉空闊，煙水浩將平。月色中流滿，秋聲兩岸生。杯深同醉極，嘯罷獨魂驚。歸去空山黑，西南河漢傾。

六月十五日詣水公庵雨作

雲起欲爲雨，中川分晦明。纔驚横嶺斷，已覺疎林鳴。空際旱塵滅，虚堂凉思生。頽簷滴瀝餘，忽作流泉傾。況此高人居，地偏園景清。芳馨雜悄蒨，俯仰同鮮榮。我來偶兹適，中懷澹無營。歸路緑泱漭，因之想巖耕。

中元雨中呈子晉

徂暑尚繁鬱，大火空西流。兹辰喜佳節，凉雨忽驚秋。畹晚蘭徑滋，蕭萷庭樹幽。炎氣一以去，恢台逝不留。刀筆隨事屏，塵囂與心休。端居諷道言，焚香味真諏。子亦玩文史，及此同優游。

和李伯玉用東坡韻賦梅花

北風日日霾江村，歸夢正爾勞營魂。忽聞梅蕊臘前破，楚客不愛蘭佩昏。尋幽舊識此堂古，曳杖偶集僧家園。嵐陰春物未全到，邂逅只有南枝温。冷光自照眼色界，雲豔未怯扶桑暾。遥知雲臺溪上路，玉樹十里藏山門。自憐塵羈不得去，坐想佳處知難言。但哦君詩慰岑寂，已似共倒花前罇，

宋丈示及紅梅臘梅借韻兩詩輒復和呈以發一笑

聞説寒梅盡，尋芳去已遲。冷香無宿蕊，穠豔有繁枝。正復非同調，何妨續舊詩。廣平偏嫵媚，鐵石悮心期。

風雪催殘臘，南枝一夜空。誰知荒草裏，却有暗香同。質瑩輕黄外，芳滕淺絳中。不遭岑寂侶，何以媚孤叢。

送籍溪胡丈赴館供職二首

其　一

祖餞衣冠滿道周，此行誰與話端由。心知不作功名計，秖爲蒼生未敢休。

其　二

執我仇仇詎我知，謾將行止驗天機。猿悲鶴怨因何事，只恐先生袖手歸。

觀書有感二首

其　一

半畝方塘一鑑開，天光雲影共徘徊。問渠那得清如許，爲有源頭活水來。

其　二

昨夜江邊春水生，蒙衝巨艦一毛輕。向來枉費推移力，此日中流自在行。

感事書懷十六韻

胡虜何年盛，神州遂陸沉。翠華棲浙右，紫塞僅淮陰。志士憂虞切，朝家預備深。一朝頒細札，三捷便聞音。授鉞無遺算，沈機識聖心。東西兵合勢，南北怨重尋。小却奇還勝，窮凶禍所臨。旃裘方舞雪，血刃已披襟。殘類隨煨燼，遺黎脱斧碪。戴商仍夙昔，思漢劇謳吟。共惜山河固，同嗟歲月侵。泉著久憔悴，陵柏幸蕭槮。正爾資群策，何妨試盍簪。折衝須舊衮，出牧仗南金。衆志非難徇，天休詎可諶。故人司獻納，早晚奉良箴。

次韻劉彦采觀雪之句

朔風吹空林，眇眇無因依。但有西北雲，冉冉東南飛。須臾層陰合，慘淡周八維。凍雨不流澌，飛花舞妍姿。翳空乍滅没，散影還參差。萬點隨飄零，百嘉潛潤滋。徘徊瞻詠久，默識造化機。上寒下必温，欲積無根基。漸看谷樹變，稍覺叢篁低。皓然遂同色，宇宙乃爾奇。繁華改新觀，凛冽忘前悲。擒草愧佳友，佇立迎寒吹。感此節物好，嘆息今何時。當念長江北，鐵馬紛交馳。

感事再用回向壁間舊韻二首

其　二

廊廟憂虞裏，風塵慘淡邊。早知煩汗馬，悔不是留田。迷國嗟誰子，和戎誤往年。腐儒空感慨，無策静狼煙。

又一首

玄冬周四運，肅氣驅煩喧。孕此貞秀質，德美難具論。巍巍北堂高，福履神所敦。晨昏極榮養，夙昔蒙天恩。明年啓國封，屈狄文魚軒。斑衣結紫綬，玉樹承金尊。歡娱何所忘，千載如飛奔。惟應玄中趣，眇眇自本根。洗心河漢津，入此無窮門。超然謝衆甫，永與天壤存。

借韻呈府判張丈既以奉箴且求教樂

一生江海迴無儔，材大應容小未周。景好身閑真復樂，酒酣耳熱却堪憂。飛騰莫羡摩天鵠，純熟須参露地牛。我亦醒狂多忤物，頗能還贈一言不。

昨承諸兄臨辱不揆以薄酒蔬食延駐都騎明日視壁間所張墨刻有亡去者人以爲德慶丈之廋也馳問遺索蒙需拙詩輒賦所懷往奉一笑而尊犍刻可以歸於我矣

歲暮霜霰集，賓友從我游。置酒臨高齋，觴酌屢獻酬。雞黍罄中庖，肴核供庶羞。所恨乏珍肥，懽意不得周。何悟上客懷，徙我夜壑舟。平明但素壁，篆刻不可求。究索勞象罔，高蹤希盜丘。我亦慚仲子，獨未忘輕裘。

挽延平李先生三首

其　三

岐路方南北，師門數仞高。一言資善誘，十載笑徒勞。斬板今來此，懷經痛所遭。有疑無與析，揮淚首頻搔。

柳堤

渚華初出水，堤樹亦成行。吟罷天津句，薰風拂面涼。

秀野以喜無多屋宇幸不礙雲山爲韻賦詩熹伏讀佳作率爾攀和韻劇思慳無復律呂笑覽之餘賜以斤斧幸甚

其一

高人山水心，結習自無始。五畝江上園，清陰遍桃李。一堂聊自娱，三徑亦可喜。試問避俗翁，何如尊賢里。

次劉秀野蔬食十三詩韻

木耳

蔬腸久自安，異味非所誇。樹耳黑垂聃，登盤今亦乍。

家釀二首

其一

銍艾無中熟，懽謠闕屢豐。但知愁鬢白，那復醉顔紅。田舍寒如此，侯家事不同。新醅撥浮蟻，春滿夜堂中。

其二

聞道兵厨盛，春泉響臘蒭。定知盈榼送，不待扣門求。沆瀣應難比，茅柴秖自羞。病身從法縛，好客爲公留。

又五絶卒章戲簡及之主簿

其一

暮年藥裹關身切，此外翛然百不貪。薏苡載來緣下氣，檳榔收得爲祛痰。

其二

錦文縷切勸加餐，蜃炭扶留共一柈。食罷有時求不得，英雄邂逅亦飢寒。

其　三

向來試吏著南冠，馬甲蠔山得飫餐。却藉芳辛來解穢，雞心磊落看堆柈。

其　四

箇中有味要君參，螯吻春喉久不甘。珍重人心亦如此，莫將寒苦换春酣。

其　五

高士沉迷簿領書，有時紅糝綴玄須。定知不著金柈貯，兒女心情本自無。

答王無功在京思故園見鄉人問

我從銅川來，見子上京客。問我故鄉事，慰子羈旅色。子問我所知，我對子應識。朋遊總彊健，童稚各長成。華宗盛文史，連牆富池亭。獨子園最古，舊林間新坰。柳行隨堤□，茅齋看地形。竹從去年移，梅是今年榮。渠水經夏響，石苔終歲青。院果早晚熟，林花先後明。語罷相歎息，浩然起深情。歸哉且五斗，餉子東皋耕。

齋居感興二十首

其一

昆侖大無外，旁薄下深廣。陰陽無停機，寒暑互來往。皇犧古神聖，妙契一俯仰。不待窺馬圖，人文已宣朗。渾然一理貫，昭晰非象罔。珍重無極翁，爲我重指掌。

其二十

玄天幽且默，仲尼欲無言。動植各生遂，德容自清温。彼哉夸毗子，呫囁徒啾喧。但逞言辭好，豈知神監昏。曰余昧前訓，坐此枝葉繁。發憤永刊落，奇功收一原。

鵝湖寺和陸子壽

德義風流夙所欽，别離三載更關心。偶扶藜杖出寒谷，又枉藍輿度遠岑。舊學商量加邃密，新知培養轉深沉。却愁説到無言處，不信人間有古今。

梅溪陂下作

野牛浮鼻過寒溪，落木蔄槮水下陂。俗手定應摹不得，無人説與范牛知。

宿梅溪胡氏客館觀壁間題詩自警二絶

其一

貪生莝豆不知羞，靦面重來躡俊遊。莫向清流浣衣袂，恐君衣袂涴清流。

其二

十年湖海一身輕，歸對黎渦却有情。世路無如人欲險，幾人到此誤平生。

雪梅二闋奉懷敬夫

其一

雲垂幕，陰風慘淡天花落。天花落。千林瓊玖，一空鸞鶴。征車眇眇穿華薄。路迷迷路增離索。增離索。剡溪山水，碧湘樓閣。

其二

梅花發，寒梢掛著瑶臺月。瑶臺月。和美心事，履霜時節。野橋流水聲嗚咽。行人立馬空愁絶。空愁絶。爲誰凝佇，爲誰攀折。

送林熙之詩五首

其　三

天理生生本不窮，要從知覺驗流通。若知體用元無間，始笑前來説異同。

仙洲新亭熹名以晝寒紫微張公爲書其額判院劉丈乃出新句輒次高韻二首

其　二

悄蒨非人境，寒蟬夏已稠。陽崖驚素雪，午扇怯清秋。共説新亭好，真堪妙墨留。賞心元不厭，仙夢肯來遊。時已聞國之訃。

次劉彦集木犀韻三首

其　一

衆芳摇落九秋期，横出天香第一枝。莫似寒梅太孤絶，更交遥夜笛中吹。

寄謝劉彦集菖蒲之貺二首

其　二

泉清石瘦碧纖長，秋露懸珠炯夜光。箇裏無窮閑造化，别來誰與共平章。

公濟惠山蔬四種并以佳篇來貺因次其韻

蕈

靈草生何許，風泉古澗傍。褰裳勤采擷，枝筋噎芳香。冷入玄根閟，春歸翠穎長。遥知拈起處，全體露其常。

公濟和詩見閔耽書勉以教外之樂以詩請問二首

其　一

至理無言絶淺深，塵塵刹刹不相侵。如云教外傳真的，却是瞿曇有兩心。

伯諫和詩云邪色哇聲方漫漫是中正氣愈鬖鬖予謂此乃聖人從心之妙三歎成詩重以問彼二首

其　二

闕里當年語從心，至今蹤跡尚難尋。況君直至無心處，肯向人前話淺深。

百丈山六詠

西　閣

借此雲窗眠，静夜心獨苦。安得枕下泉，去作人間雨。

將遊雲谷約同行者

躋險擇幽棲，搴蘿結茅屋。疏泉下石瀵，種樹滿煙谷。時登北原上，一騁千里目。雲物下逶迤，岡巒遠重複。暫辭忽曠歲，再往恨牽俗。因悲昨游侶，或已在鬼録。暄風悟新陽，一雨欣衆緑。明發君莫遲，幽期我當卜。

寄題宜春使君定叟張兄隱齋

其一

大專槃萬生，異體實同氣。云胡分彼己，直以私自蔽。

入南康界閱圖經感陶公李勃劉凝之事戲作

長官定笑歸來晚，中允應嫌去却回。惟有山人莫相笑，也曾還俗做官來。

屢遊廬阜欲賦一篇而不能就六月中休董役卧龍偶成此詩

登車閩嶺徼，息駕康山陽。康山高不極，連峰鬱蒼蒼。金輪西嵯峨，五老東昂藏。想象仙聖集，似聞笙鶴翔。林谷下凄迷，雲關杳相望。千巖雖競秀，一勝終莫量。仰瞻銀河翻，俯看交龍驤。長吟謫仙句，和以玉局章。疇昔勞夢思，兹今幸徜徉。尚恨忝符竹，未愜棲雲房。已尋兩峰間，結屋依陽岡。上有飛瀑駛，下有清流長。循名協心期，弔古增悲涼。壯齒乏奇節，頽年矧昏荒。誓將塵土蹤，暫寄雲水鄉。封章儻從欲，歸哉濯滄浪。

下元節假行視陂塘因與賓友挈兒甥出郭登山歸賦二詩示子直春卿及折桂雲谷并寫呈郡中諸寮友

廬阜東北際，岧嶤五峰尊。中巖穹林繞，青天白雲屯。郡閣有佳眺，徙倚空朝昏。今晨幸休暇，發軔北郭門。牽蘿出林端，躡屐躋雲根。高尋却深宦，小憩欣潺湲。古殿宿寒靄，新甍麗朝暾。扶藜陟東岡，夙昔規曾軒。却倚千尋峭，前窺百泉奔。長風卷浮埃，江湖渺相吞。結架雖未諧，雄瓌已難論。同來俱勝流，晤語仍王孫。已踐支許諾，不慚夙尚魂。賦詩紀兹日，歲晚期相敦。

送四十叔父

吾家從昔號清門，叔父於今道更尊。客路艱難空自惜，遺經終始向誰論。獨尋雲嶠逢孤姪，共愛春江接故園。細説刈葵休放手，此來真不爲盤餐。

和張彦輔落星寺之作

十年不共賦陽春，正有胸中萬斛塵。失喜清詩還入手，細看佳句轉驚人。知公近覺青山好，顧我頻嗟白髮新。肯過寒齋共尊酒，向來心事請深陳。

次張彦輔棲賢之作

融冶何年事，停杯莫問天。秪今從痼疾，疇昔似因緣。傾耳真三峽，投文物九淵。蘭亭那得此，猶足致群賢。

伏蒙某官寵示和陶見寄舊作伏讀歎仰又感知待期許之意蓋非一日率易次韻少見謝臆伏唯矜憐有以教之

吾公抱經濟，軒冕非所欣。向來清禁闥，本自山林人。浩歌歸去來，神父邈何因。一朝脱冠去，妙境聊同臻。謂予雖後來，臭味亦有聞。賡詞久見屬，重以告語勤。荒寒想高風，令人思無鄰。甘棠刋在此，躑躅晴湖濱。

讀諸友遊山詩卷不容盡和和首尾兩篇

其　二

向來結友尋名山，下窮絶壑高危顛。胡爲一旦墮塵網，五老在望心茫然。青牛底處有行迹，白鹿幾時同正員。清遊帶雨想幽絶，妙處只恐詩中傳。

和戴主簿韻

平生本自好樓居，況接高人永晝餘。共喜江山入尊俎，從教幕府省文書。感君肯出新詩句，恨我終思舊草廬。擬借韋編訂龍馬，免推納甲話蟾蜍。

次沈侍郎游楞伽李氏山房韻

喜陪後騎陟崔嵬，竹裏泉鳴古寺開。吟罷蘇仙頭白句，天風更送好詩來。

楞伽院李氏山房

躡石循急澗，穿林度重岡。俛入幽谷邃，仰見奇峰蒼。李公英妙年，讀書此雲房。一去上臺閣，致身何慨慷。蘇公記藏書，文字有耿光。餘事亦騷雅，戲墨仍風霜。兩公不歸來，歲月忽已荒。何用建遺烈，寒泉薦孤芳。

棲賢院三峽橋

兩岸蒼壁對，直下成斗絶。一水從中來，湧潏知幾折。石梁據其會，迎望遠明滅。倏至走長蛟，捷來翻素雪。聲雄萬霹靂，勢倒千嵽嵲。足掉不自持，魂驚詎堪説。老仙有妙句，千古擅奇崛。尚想化鶴來，乘流弄明月。

卧龍庵武侯祠

空山龍卧處，蒼峭神所鑿。下有寒潭幽，上有明河落。我來愛佳名，小築寄幽壑。永念千載人，丹心豈今昨。英姿儼繪事，凛若九原作。寒藻薦芳馨，飛泉奉明酌。公來識此意，顧步慘不樂。抱膝一長吟，神交付冥漠。

開先漱玉亭

奇哉康山陽，雙劍屹對起。上有横飛雲，下有瀑布水。崩騰復璀璨，佳麗更雄偉。勢從三梁外，影落明湖裏。平生兩仙句，詠嘆深仰止。三年落星灣，悵望眼空眯。今朝隨杖屨，得此弄清泚。更誦玉虹篇，塵襟諒昭洗。

温湯

連山西南來，中斷還崛起。干霄幾千仞，據地三百里。飛峰上靈秀，衆壑下清美。逮兹勢力窮，猶能出奇偉。誰燃丹黄燄，爨此玉池水。客來争解帶，萬劫付一洗。當年謝康樂，絃絶今已矣。水碧復流温，相思五湖裏。

和彭蠡月夜泛舟落星湖

長占烟波弄明月，此心久矣從誰説。只今一舸漾中流，上下天光兩奇絶。回頭忽見西郭門，尚喜蘇仙有遺烈。問予何事却回船，塵土涴君頭上雪。首句全用蘇養直詩，蘇舊居水西門外，舟行望見其處。

觀野燈

飛螢腐草尋常事，作底兹山獨耀芒。須信地靈資物化，金膏隨處發明光。

山北紀行十二章章八句

祇役廬山陽，矯首廬山陰。雲峰不可覯，碧澗何由尋。昨朝解印章，結友同窺臨。盡彼巖壑勝，滿兹仁知心。

窺臨事若何，請從圓通説。逶迤山門路，悄蒨修篁列。溪仍侯家名，屋是孱王設。何救黍離歌，喟焉傷覆轍。

行逢石門雨，解驂寒澗東。朝隮錦繡谷，俯仰春冥濛。懸泉忽淙琤，雜樹紛青紅。屢憩小亭古，幽探思無窮。

竦身長林端，策足層崖表。仰瞻空界闊，俯歎塵寰小。天池西嶔崟，佛手東窈窕。杖屨往復來，憑軒瞰歸鳥。

斯須暮雲合，白日無餘暉。金波從地湧，寶燄穿林飛。僧言自雄誇，俗駭無因依。安知本地靈，發見隨天機。

深尋兩林間，清波貫華屋。蓮社有遺蹤，草堂非舊築。修廊餘古刻，好醜雜珉玉。亦復記經行，深慚後人讀。

行軒復東騖，祠城當晚遊。胡然冠蓋集，不盡心期幽。夜厭百谷喧，旦失千峰稠。出門有遺恨，回首空綢繆。

山水誠乃奇，云誰究終始。曇遠亦何人，神君豈其鬼。東西妄采獲，誣謟共恢詭。百世踵謬訛，彝倫日頹圮。

以兹遊覽富，翻令懷抱傷。誰哉可告語，舉俗昏且狂。乾坤有真心，日月垂休光。茫茫宇宙内，此柄孰主張。

北度石塘橋，西訪濂溪宅。喬木無遺株，虚堂唯四壁。竦瞻德容睟，跪薦寒流碧。幸矣有斯人，渾淪再開闢。

平生勞仰止，今日登此堂。願以圖像意，質之中几傍。先生寂無言，賤子涕泗滂。神聽儻不遺，惠我思無疆。

明晨江磯寺，尊酒聊對設。孰是十日遊，遽成千里別。英僚樹嘉政，素友厲孤節。努力莫相忘，清宵共明月。

買船至演平拜建康劉公墓下遂入城假館梅山堂感涕有作

維舟新曆口，步上秣陵阡。高丘忽嵯峨，宿草迷荒烟。拜起淚再滴，哀哉不能言。驅車旦復東，借此虚堂眠。念昔堂中人，經營幾何年。一旦舍之去，千秋不言還。露井益清渫，風林更修鮮。思公獨不見，涕下如奔川。感慨西州門，愴恨山陽篇。晤嘆日隱樹，悲歌月當軒。堂堂忠孝心，終古諒弗諼。尚與吴門子，歸來故山巔。

晚雨涼甚偶得小詩請問遊山之日并請劉平父作主人二首

其　二

廬阜歸來秪短笻，解包茶茗粗能供。若須載酒邀賓客，付與屏山七老翁。

正月五日欲用斜川故事結客載酒過伯休新居風雨不果二月五日始克踐約坐間以陶公卒章二十字分韻熹得中字賦呈諸同遊者

玄景彫慕節，青陽變暄風。忽尋斜川句，感此勝日逢。駕言當出遊，一寫浩蕩胸。雲物疑異候，淒迷久連空。今朝復何朝，頓覺芳景融。疇曩庶復踐，鄰曲歡來同。伊雅一籃輿，連翩數枝筇。綠野生遠思，清川照衰容。遥瞻西山足，突兀彌畝宫。庭宇豁清曠，林園鬱青葱。於焉一逍遥，芳樽間鳴桐。既爵日樹隱，班荆汀草豐。纖鱗動微波，新荑冠幽叢。惆悵景易晏，徘徊思無窮。願書今日懷，遠寄柴桑翁。仰止固窮節，愧兹百年中。

寄題九日山廓然亭

昨遊九日山，散髮巖上石。仰看天宇近，俯歎塵境窄。歸來今幾時，夢想掛蒼壁。聞公結茅地，恍復記疇昔。年隨流水逝，事與浮雲失。了知廓然處，初不從外得。遥憐植杖翁，鶴骨雙眼碧。永嘯月明中，秋風桂花白。

武夷精舍雜詠并序

武夷之溪，東流凡九曲，而第五曲爲最深。蓋其山自北而南者，至此而盡聳。全石爲一峰，拔地千尺，上小平處微戴土，生林木，極蒼翠可玩。而四隤稍下則反削而入，如方屋帽者，舊經所謂「大隱屏」也。屏下兩麓，坡坨旁引，還復相抱。抱中地平廣數畝，抱外溪水隨山勢從西北來，四屈折始過其南，乃復繞山東北流，亦四屈折而出。溪流兩旁，丹崖翠壁，林立環擁，神剜鬼刻，不可名狀。舟行上下者，方左右顧瞻，錯愕之不暇，而忽得平岡長阜，蒼藤茂木，按衍迤靡，膠葛蒙翳，使人心目曠然以舒，窈然以深，若不可極者，即精舍之所在也。直屏下，兩麓相抱之中，西南向爲屋三間者，仁智堂也。堂左右兩室，左曰「隱求」，以待棲息；右曰「止宿」，以延賓友。左麓之外，復前引而右抱，中又自爲一塢，因累石以門之，而命曰「石門之塢」。别爲屋，其中以俟學者之群居，而取《學記》「相觀而善」之義，命之曰「觀善之齋」。石門之西，少南又爲屋，以居道流，取道書《真誥》中語，命之曰「寒棲之館」。直觀善前山之巔爲亭，回望大隱屏，最正且盡，取杜子美詩語，名以「晚對」。其東出山背，臨溪水，因故基爲亭，取胡公語，名以「鐵笛」，説具本詩注中。寒棲之外，乃植樓列樊，以斷兩麓之口，掩以柴扉，而以「武夷精舍」之扁揭焉。經始於淳熙癸卯之春，其夏四月既望堂成，而始來居之。四方士友，來者亦甚衆，莫不歎其佳勝，而恨他屋之未具，不可以久留也。釣磯茶竈，皆在大隱屏西，磯石上平，在溪北岸。竈在溪中流，巨石屹然，可環坐八九人，四面皆深水，當中科臼，自然如竈，可爨以瀹茗。凡溪水九曲，左右皆石壁，無側足之徑，唯南山之南，有蹊焉。而精舍乃在溪北，以故，凡出入乎此者，非魚艇不濟。總之，爲賦小詩十有二篇，以紀其實。若晦明昏旦之異候，風烟草木之殊態，以至於人物之相羊，猿鳥之吟嘯，則有一日之間，恍惚萬變而不可窮者。同好之士，其尚有以發於予所欲言而不及者乎哉！

晚對亭

倚筇南山巔，却立有晚對。蒼峭矗寒空，落日明影翠。

出山道中口占

川原紅緑一時新，暮雨朝晴更可人。書册埋頭無了日，不如抛却去尋春。

淳熙甲辰中春精舍閑居戲作武夷櫂歌十首呈諸同遊相與一笑

其　四

三曲君看架壑船，不知停櫂幾何年。桑田海水今如許，泡沫風燈敢自憐。

其　五

四曲東西兩石巖，巖花垂露碧㲯毿。金雞叫罷無人見，月滿空山水滿潭。

其　六

五曲山高雲氣深，長時烟雨暗平林。林間有客無人識，欸乃聲中萬古心。

其　七

六曲蒼屏遶碧灣，茅茨終日掩柴關。客來倚櫂巖花落，猿鳥不驚春意閑。

其　十

九曲將窮眼豁然，桑麻雨露見平川。漁郎更覓桃源路，除是人間別有天。

拜鴻慶宮有感

舊京原廟久煙塵，白髮祠官感慨新。北望千門空引籍，不知何日去朝真。

答袁機仲論啓蒙

忽然半夜一聲雷，萬户千門次第開。若識無心含有象，許君親見伏羲來。

和人都試之韻

儲胥聞道落初成，共喜兒郎意氣生。初恨雨聲迷疊鼓，忽驚晴色動高旌。盤牟入詠詩情壯，破的傳觴酒令明。縱使腐儒東鄉坐，不妨堂上有奇兵。

謝皋父

樂　府

日離海

「吹白衆宿」：四字不解。

孟蜀李夫人詞

此與《母思悲》是一事，當合看。

我操南音

「爰餤我酒」：《字書》無「餤」字，恐是「酌」訛。

興言自古

「風景忘亡」：「忘」字疑訛。

載華按：陸氏重刊本作「忽」。

五古

九日禺中登沃州放鶴峰南望天台諸山

「饑食決明食」：「食」，疑當作「實」。

九日黎明發新昌望天姥峰

通首似青蓮。

效孟郊體七首

其　三

「牽牛秋正中」四句：四語極爲楊升庵所賞。

雪中方四隱君訪宿有詩憶鹿田風雨舊遊奉和併呈吴六贊府

「玩非琴與瑟」：「玩」，疑當作「既」。

過舒臨海故宅

「蘇公下詔獄」至末：公論不泯。

十日菊

「晞霜敷朝榮」二句：意本淵明，却進一解。

七古

烏栖曲擬張司業

「烏栖烏啼宫燭秋，越女入宫吴女愁」：語在眼前，却是未經人道。

秋風海上曲

瓌怪不減昌谷。

射鳩行

通體似張司業。

「網林扶藪無時休」：「扶」，疑當作「抉」。

鄞女墓

王荆公有墓志，不滿百字。

「去來似爾勿復道，白下鍾山夢中老」：半山聞此，當喚奈何。

鴻門讌

老鐵與賓之，皆讓其明快。

冬青樹引别玉潛

玉潛，唐珏字也，事見《輟耕録》。

「知君種年星在尾」二句：尾在析木之次，謂葬年是戊寅。

「願君此心無所移，此樹終有開花時」：冬青開花亦復何益，語意特纏綿，與鄭思肖《望陳宜中自占城至》寓想略同。

種葵蒲萄下

命意正在結句。

送人歸烏傷

蒺藜老翁，惜不著其姓名。

雨後海棠

「化爲黄鵠凌空青，開時銜花落銜子」：黄鵠銜子，用東坡《海棠》詩中語。

小元祐歌寄劉君鼎

理宗端平元年庚子，金亡於蔡州。

廣惜往日

「駿龍兮寥天」：「駿」，疑當作「騎」。

佽飛廟迎神引

「芠青兮寥緑」：「寥」，疑當作「蓼」。

五　律

拜玄英先生畫像

「荒祠侑漢人」：「漢人」謂嚴先生。

哭正節徐先生

「卹典海舟沉」：沉痛。

哭所知

與後《西臺哭所思》一首，皆指文信國也。

哭廣信謝公

謝疊山，信之弋陽人。

西臺哭所思

文信國柴市之變，在十二月初九日，故云「殘年哭知己」，蓋西臺慟哭，乃其諱日也。

附録：《登西臺慟哭記》評云：「文山被執，在祥興元年己卯九月，集中有弔張睢陽、顔杲卿二律。」

江上别友

《西臺慟哭記》中所云「明日，益風雪，别甲於江」，此詩乃此時作。友者，吴思齊也。

中秋龍井玩月

「腦滿龍魚夜」二句：具見精采。

十日菊寄所思

「忽逢初過節」二句：淡而旨。

五言排律

野霞觀瀑

「垂輪即虮遊」：「輪」，疑當作「綸」。

【附原詩】明萬曆四十六年刊《晞髮集》

樂　府

日離海

日離海，青曈曨。沃以積水，涵蒼穹。神光隱，豹霧空。氣呼吸，爲蛇龍。赤雲衣，紫霓從。吹白衆宿，歌大風。天吴遁，清海宫。

孟蜀李夫人詞

春荒曲薄蠶叢土，屈狄歸朝辭廟主。官家呼母恩許歸，劍閣并門無處所。故衣升屋棺四繞，出門哭子汴州道。回腸酹酒三致辭，巴蜀如歸化啼鳥。老身不食追爾魂，鹵簿臨門拜上恩。

我操南音

我操南音，爰酸我酒。風吹我裳，冰裂我手。薄送于野，曷云同歸。自貽伊阻，不得奮飛。持此盈觴，化爲别淚。昔也姬姜，今焉憔悴。山高水遠，無相見時。各保玉體，將死爲期。

興言自古

興言自古，使我速老。麋鹿是遊，姑蘇荒草。起秣我馬，徘徊舊鄉。江山不改，風景忘亡。誰觸塵埃，不見日月。梨園雲散，羽林烏没。吞聲躑躅，悲風四來。爾非遺民，何獨不哀。

五古

九日禺中登沃洲放鶴峰南望天台諸山

鏡面小蓬島，入剡脱我驂。舍櫂來沃洲，下嶺見精藍。修眉浮天姥，天台在其南。良遊愛九日，中墮髪不櫛。醉浮秋夕英，饑食决明食。遠尋竺僧迹，俯仰千載陳。狂呼許元度，王謝十八人。彷彿川谷應，草木皆冥冥。便欲即之語，又疑物所凴。閉目遊泰初，寥廓以爲鄰。

九日黎明發新昌望天姥峰

南明剡東山，虧蔽草與萊。前岡接遠阜，樹石如莓苔。西南見天姥，旭旭雲日開。下有採藥徑，仙人招我來。手持白菊花，泛以青螺杯。傾杯化靈藥，蕤芳入客懷。俛視浮爨居，白氣爲塵埃。凉風吹脱巾，一往不願回。便投此策竹，騎龍下天台。

效孟郊體七首

其　三

閒庭生柏影，荇藻交行路。忽忽如有人，起視不見處。牽牛秋正中，海白夜疑曙。野風吹空巢，波濤在孤樹。

雪中方四隱君訪宿有詩憶鹿田風雨舊遊奉和併呈吴六贊府

金華入北山，空響出静佇。鹿田在其顛，肺石來風雨。有客六七人，昔遊至其處。惟我愁不眠，起坐蹴君語。謂此定何聲，百感生離緒。玩非琴與瑟，復異砧將杵。醉者呼不應，愁者自爲苦。空懦怯孤衾，展轉如巢樹。濕歌散餘悲，以足拊柱礎。爾來又七年，欲至困羈旅。傳聞老桑門，已復蟬蜕去。入山惡少年，巾鉢空其聚。乃知人世間，何者爲客主。而我同懷人，忽復異處所。夢中遥相望，各抱不售賈。有客不同遊，亦是同懷者。地主况有期，輿馬不待假。倘規宿山中，畸人不應舍。

過舒臨海故宅

破壁濕海蘚，水退日氣蒸。云是舒公宅，其孫艾且仁。昔公初作尉，視事即斬人。上書稱臣亶，待罪滄海濱。天子有詔至，汝亶可治民。爾時荆文公，上方邑之鄞。聞此輒異之，久會公秉鈞。謂此非狂狷，引用至中丞。立朝思蹇諤，庶以報君親。蘇公下詔獄，讒者用事新。於此與有力，豈爲重其身。晴風吹海雨，山川尚横陳。俛仰勿太息，徒爲驚爾鄰。

十日菊

今日非昨日，尚覺秋英好。明日異今日，秋英詎云早。所以惜芳人，采擷常貴少。而彼千載士，憐爾獨皎皎。晞霜敷朝榮，零露抱夕槁。千載且復然，一夕寧恨老。

七　古

烏栖曲擬張司業

吴宫草深四五月，破楚門開烏啼歇。美人軍裝多在船，歸來把弓墮弓弦。越羅如粟越王獻，宫中養蠶不作線。轆轤出屋井水淺，梔樹花蒌子如繭。烏栖烏啼宫燭秋，越女入宫吴女愁。

秋風海上曲

秋風吹水龍上天，龍女抱珠海底眠。水花生雲起如葑，神龍下宿藕絲孔。巨鼇贔屭鼉鼓隨，赤魚鱗鬣陳旍旂。海人見此失摻網，歸對妻兒月下紡。自言移家來磧中，十載秋風潮不上。老夫一人語門前，見此已是開皇年。

射鳩行

少年操弩挾兩矢，朝射青鳩暮射雉。人言雊雉蛇所化，欲食躊躇筯不下。街頭得錢争買鳩，網林扶藪無時休。老父勸兒食且止，燕安有毒況珍美。爾不見鳩食半夏鳴爾屋，爾母食鳩有藥毒。

鄭女墓

網草新垂月中露，青禽夜宿菱塘堵。寺西幽修雲覆土，知葬舒王下殤女。百年光塵事事新，皇子夫人墓作鄰。民間壓勝祈新鬼，稺鬼久隨風雨陳。去來似爾勿復道，白下鍾山夢中老。

鴻門讌

火雲屬地汗流宇，杯影龍蛇分漢楚。楚人起舞本爲楚，中有楚人爲漢舞。鷫鷞淬光雌不語，楚國孤臣泣俘虜。他年疽背怒發此，硭碭雲歸作風雨。君看楚舞如楚何，楚舞未終聞楚歌。

冬青樹引别玉潛

冬青樹，山南陲，九日靈禽居上枝。知君種年星在尾，根到九泉雜龍髓。恒星晝霣夜不見，七度山南與鬼戰。願君此心無所移，此樹終有開花時，山南金粟見離離。白衣人拜樹下起，靈禽啄粟枝上飛。

種葵蒲萄下

茙葵花種蒲萄下，年年葉長見花謝。蒲萄漸密花漸遲，開時及見蒲萄垂。微風摇曳架上枝，陰雲凝碧行琉璃。天人下飲蒲萄露，花神夜泣向天訴。謝爾蒲萄數尺陰，不如寸草同此心。

送人歸烏傷

湖邊老屋牆壓籬，饑鴉啄雪枝上啼。湖中葑田産菰米，菖蒲花開照湖水。蒺藜老翁呼不起，曾入東宫教皇子。文雅風流俱掃地，瓦礴擲人老兵醉。後園小坊近市廛，借人樗蒲無税錢，君歸故里何所憐。

雨後海棠

春光摇摇一萬里，野粉殘英空蜀水。天人愁濕紅錦窠，萬里移根淚如洗。蒼苔裏枝雪墮地，雨中聞有西南使。化爲黄鵠凌空青，開時銜花落銜子。緑章青簡下蓬萊，滯魄游魂恨未已。至今鸚鵡啼猩紅，不隨明月葬空中。

小元祐歌寄劉君鼎

前甲子，小元祐，句章祲黑權臣死。端平天子初改紀，襲芳泰陵種蘭芷。當秋淮甸枯草黄，彎弧北向射天狼。弧南星光天狗墮，入蔡生擒完顔王。是年南海無波浪，月溼珠胎君以降。只今六十空白頭，獨騎麒麟補春秋。天回星周美惡復，人世更傳蔡州録。

廣惜往日

漢有臣兮龔勝卒，噤不食兮十四日。今忍饑兮我復渴，道間關兮踰半月。幸求死兮得死，苟不得兮無術。鳳笙兮龍笛，燕群仙兮日將夕。風吹衣兮珮蕭瑟，駿龍兮寥天，行成兮緣畢。

欲飛廟迎神引

劒歌兮擊筑，茭青兮寥緑。夕濟甬兮沉玉，步巫兮禹孫。葺神藩兮楚軍，神之乘兮海雲。嘆芳兮越呪，斬將兮神祐。秋零露兮爲湑，春集鴉兮神語。風瀟瀟兮滿旗，雲之車兮來思。

五　律

拜玄英先生畫像

來此得公真，塵埃避隱淪。水生溪榜夕，苔卧野衣春。雨冢侵吴甸，荒祠侑漢人。微吟值衰世，爲爾獨傷神。

哭正節徐先生

淒涼携子女，冠佩赴重陰。塌井千年事，青天此夜深。哀辭山石刻，衄典海舟沉。里族南薰夢，東都直至今。

哭所知

總戎臨百粤，花鳥瘴江村。落日失滄海，寒風上薊門。雨青餘化血，林黑見歸魂。欲哭山陽笛，鄰人亦不存。

哭廣信謝公

自爾逃名姓，終喪哭水濱。海僧疑見貌，山鬼舊爲鄰。客死留衣物，囊空出告身。他年越鄉值，賣卜有斯人。

西臺哭所思

殘年哭知己，白日下荒臺。淚落吴江水，隨潮到海迴。故衣猶染碧，后土不憐才。未老山中客，惟應賦八哀。

江上别友

相看仍慟哭，欲學晉諸賢。戍近風鳴柝，江空雨送船。翔雲侵别色，南雪憶歸年。擬共鋤青术，無爲俗事牽。

中秋龍井玩月

逢秋月再圓，不與復休眠。腦滿魚龍夜，精藏樹石年。嗅衣腥在水，窺户影疑禪。長嘯望參伐，行來精舍邊。

十日菊寄所思

籬菊是秋鄰，青蕤幾日新。忽逢初過節，相憶早衰人。囊枕離湘濕，分盃度嶺貧。想應無事業，遥念更沾巾。

五言排律

野霞觀瀑

他年疏上浮，早日此中投。汲飲當魚入，垂輪即虬遊。净祠無血食，噀雨不腥流。僧語皆前事，人來盡別州。草諳長過雪，沙犯欲捐湫。至竟何依止，蒼茫難禱求。

元遺山

五古

箕山

「至今陽城山」二句：豪健。

出京

「夢寐見清『潁』」：「潁」。

㶏水

沉雄處，不減《八哀》。

雜著五首

五首皆陶句，題下應增「集陶」二字。

其　一

「衣食固無端」：「無」，當作「其」。

其　二

「淹留自無成」：「自」，陶集作「豈」。

其　四

「咄咄俗中惡」：「惡」，陶集一本作「愚」。

其　五

「時駛不可追」：「追」，陶集作「稽」。

古意二首

其　二

「春風何許來」四句：筆有操縱，辭亦創闢。

頴谷封人廟

「『頴』谷封人廟」、「洩洩『頴』谷雲，瀜瀜『頴』川水」：「頴」。

「人言君善諫」四句：「人情難强回，天性可微感」，二語已爲東坡道盡。

「我行『頴』川道」：「頴」。

贈答劉御史雲卿四首

其　三

「高蹇當父師」八句：説透後世講學之弊。

送欽叔内翰并寄劉達卿郎中白文舉編修五首

其　三

「生平萬里氣」十句：貧士涉世之苦，直到無可自解處，而詩能代寫之，可稱一人知己。

其　四

「君性我所諳」八句：開心見誠，透快切直，朋友切偲至此，難矣！

「世故敎黄間」：「敎」字訛，從别本作「轂」。

其五

「古人〔一〕遥相望」四句：正爾不易得，奈何？

飲酒五首

其五

「三更風露下」三句：却是淵明未經道。

後飲酒五首

其一

「但媿生理廢」四句：情摯語，神似陶公。

其二

「誕幻『若』無實」：「苦」。

〔一〕「古人」，原闕，據《遺山先生文集》補。

其　三

「一笑顧客言」四句：瀟灑絶倫。

其　五

「飲人不飲酒」四句：波瀾動宕，章法不拘。

龍　潭

摹杜之作。

北　邙

「遂爾述厥初」：「述」，當作「迷」。

「焉知原上冢，不有當年吾」：奇想中有妙理。

豐山懷古

「吴人操等耳」十六句：此亦事後責備之論，未脱胡致堂習氣。

乙酉六月十一日雨

「書生如老農」四句：入情。

種松

「百錢買松羔」：「松羔」二字新。

「惘然一太息」至末：意象從淵明《種桑長江邊》一首來。

雜詩四首

其一

「伯樂不可作」二句：有激而云。

其三

言簡而意長。

觀浙江漲

「納污非無處」二句：通篇只是形容鋪排，不可少此斤兩語。

鸛雀崖北龍潭

「洶洶如怒虎」：兩「洶」字，當作「洶」。

「藏珠驪龍頷」四句：學蘇。

曉發石門渡湍水道中

以擬顏、謝，仿佛似之。

放　言

「有來且當避，未至吾何求」：轉折如意，由於力大。

學東坡移居八首

其　三

此其家不貧。

其　五

「乾坤兩茅舍」二句：顧盼生風，值得一傲。○讀到結處，始知前二語非誇。

其　六

「國史經喪亂」四句：事至無可推諉，則直任而不辭，平生所學，見真力量。

「我作南冠録」至末：自謙自詡，不失作家本色。

其　七

「我貧公亦貧」四句：自負如此，後人不能贊一辭矣。

歷下亭懷古分韻得南字

「十里奎與函」：「奎」，疑當作「奩」。

「劫火土一丘」四句：從亂後寫出，尤妙。

與張仲傑郎中論文

士衡《文賦》，落筆太早，此等境界、甘苦，想未及嘗。

別李周卿三首

其　二

「古詩十九首」四句：尋源溯流，確是正派，但恐置身太高，取徑太難耳。

看　山

「作計窮一我」二句：幾於怨矣，然而不怒。

九日讀書山用陶詩露凄暄風息氣清天曠明爲韻賦十詩

「曠」字疑訛，陶集作「象」。

曲阜紀行十首

題目太難，老手亦無處見長。

寶嚴紀行

「稍復『杯』飲舊」：「坏」。

七　古

虞坂行

分作四層，愈轉愈緊，直到末路，方出正意，章法最靈。

畫馬爲邢將軍賦

真得杜之神髓，他手爲之，僅得皮骨耳。

秋蠶

「朝來伺却上馬桑」：「上馬桑」，不詳出處。

送郝講師住崇福宫

「寂寞來作由東鄰」：「由」字，疑當作「田」。

范寬秦川圖

「全秦天地一大物」四句：大手筆，作大開合，全秦形勢，在我目中矣。

「愛君恨不識君早」三句：結歸張伯玉，奇矯尤出意表。末句乃東坡成語，想作者興到，不暇檢點耳。

赤壁圖

「事殊興極憂思集」：杜句。

「凡今誰是出群雄」：杜句。○先生好用古人現成句子，不一而足，即如此章，後半兩犯少陵，畢竟是詩病，讀者辨之。

寄答溪南詩老辛愿敬之

「螟蛉蜾『嬴』安能豪」：「嬴」。

愚軒爲趙宜之賦

全篇俱學蘇，用事亦恰合。

「妄『瞖』無根嗟自種」：「翳」。

「令人却澹愚軒愚」：「澹」字訛，當作「羡」。

閻商卿還山中

「翰林濕新爆竹聲」：山谷成句。

半山亭招仲梁飲

似作吴體，却不落江西派。

「半山亭前『浙』江水」：「浙」。

密公寶章小集

「元光以後門鑰廢」二句：事詳本集《如庵詩序》中。

送張君美往南中

此詩當亦汴亡後作。

戲題新居二十韻

回環合拍，化盡用古之痕，七古中唯髯蘇一人，得先生而兩，宜其高自位置也。

「由來馬隊非講『肆』」：「肆」。

「胸中廣厦千萬間」二句：稜層自許，正復骯髒可憐。

蕭仲植長史齋

「天星無數不知名」二句：老健。

覓神霄道士古銅爵

「『模』索飲器流饞涎」：「摸」。

賦澤人郭唐臣所藏山谷洮石研

「縣官歲費六百萬」二句：沉着，一語勝千百。

贈休糧張鍊師

「一點」句：東坡成語也。

讀書山雪中

「先生醉袖挽春迴」二句：筆挾仙氣。

贈答張教授仲文〔一〕

「疑作金荃怨曲欄畹辭」：「欄」，當作「蘭」。

「石竹殷紅紅花碧」：第二「紅」字訛，當作「土」。

雲　峽

以宣和作結，方有俛仰。

雲　巖

「海内真有補陁巖」：「内」，當作「南」。

劉遠筆

「前後兩劉新『册』勳」：「策」。

〔一〕「文」，原闕，據《遺山先生文集》補。

天涯山

「斷岸何緣此天姥」：「此」，當作「比」。

贈利州侯神童

「人聞失却麻神童」：「聞」，當作「間」。

世宗御書田不伐望月婆羅門引先得楚字韻

「兩都」句，山谷成語。

贈張潤之

「人物」句，坡公成語。

許道寧寒溪古木圖

「留待」句，亦蘇成語。

太原贈張彥遠

「閑閑騎『騌』去滅没」：「鯨」。

雜　言

去歲君遠遊送仲梁出山

「華嶽」二句，皆少陵語。

「鄧州大師材望雄」：「師」，當作「帥」。

「談笑已覺南夷空」：指宋爲南夷，用《北史》稱南朝爲「島夷」事。

「他日想思一迴首」：「想」，當作「相」。

此日不足惜

「四十」句，東坡成語。

送高信卿

「無衣思南州」：杜句。

「中原麟鳳今如此」二句：感慨之音，出以醞藉。

段志堅畫龍爲劉鄧州賦

入手奇突，已剗去四層矣。

送李參軍北上

「萬里馳書望上關」：「上」字訛，當作「玉」。

「君不見桱山烏」：「桱」，疑當作「桓」。

王黄華墨竹

「雪溪仙人詩骨清」四句：入題取徑自别。

「聲光舊塞天壤破」至末：意不在贊畫，只代寫不平之氣耳，而墨竹生動之態自在。

送王亞夫舉家歸許昌

「出門疾走勿反顧」二句：趣極，韻極。

湧金亭示同遊諸君

前半有氣勢，後半鋪排稍平。

南冠行

「郎食」二句，本李長吉。

醉後走筆

「短燈檠于移近牀」：「于」，當作「子」。

南湖先生雪景乘騾圖

氣格在太白、坡翁二仙之間。

「詩成仰天一大笑」二句：雪中騎騾意至此已盡，此後都就人發揮。
「仕宦不作邴曼容」四句：轉换處，俱有實義。
「南湖煙景多」四句：小碎點綴亦佳。
「看翁棄瓢詩」四句：餘波未窮。
結出圖意，手法輕便。

題劉紫微堯民野醉圖

「堯民與酒同一天」二句：筆與題化。

嘯臺感遇

「浩歌彌激烈」：杜句。
「子規」句，亦杜語。
「兗年生甲子」：「兗」字訛，當作「堯」。

水簾記異

「世外無物」，亦用東坡《海市》語，却無痕跡。

烘谷聖燈

「『并』底寶嚴三十里」：「井」。

李峪園亭看雨

「半尖浮圖插蒼烟」：半尖句太拗，不入調。人言古詩不論平仄，竊以爲不然。試看少陵、昌黎七古，無一字一句走腔者，不意遺山尚有此病也。

「僅得羈御脱疲馬」：「御」字訛，當作「銜」。

載華附識：先生評《紅藥山房詩稿》有云：「古詩平仄亦一定不可易，熟復杜、韓、蘇三家古詩，自知之。竊謂古詩平仄不宜太順，太順則犯近體；亦不宜太拗，太拗則戾音節。」詳見《帶經堂詩話・答問類》中。換韻詩平仄與一韻到底者，稍有寬嚴之别。按，張蕭亭先生論古詩云：「每句之中，亦必平仄均匀，讀之方響亮。」「半尖」句，音節太拗，宜先生以爲不入調也。此雖於品格無關，然詩家不可不知。

游龍山

篇中入路、出路，前後井然。只是寫得錯綜變化，不可端倪，使迷者觀之，如墮雲霧。正須明眼抉破，直作指掌圖看。

「初疑陶輪北運甓」：「北」，當作「比」。

醉中送陳季淵

「雪花茫茫『楊』白雪」：「揚」。〇「白雪」，「雪」字當作「花」，或作「沙」。

「愛君」句，杜詩成語。

「眼高」句，東坡成語。

送弋唐佐還平陽

「香山白傅金玉音」至末：如此用古人成句却不害，固自道破了也。

游泰山

登泰山，與謁孔林同，名作疑當作「手」亦復難稱。

樂　府

西樓曲

「西樓曉晴花作圃」：「圃」字訛，當作「團」。

黄金行

「兒貧女富母兩心」二句：如此方不蹈襲唾餘，亦覺淡而有味。

「淚子垢面兒啼飢」：「子」字疑訛。

「欲向何門復『伭』首」：「低」。

幽蘭

「披猖芙蓉散江『籬』」：「蘺」。

續小娘歌十首

其十

此爲宋助金攻蔡州而發，故用虞虢事以警之。

載華按：《續通鑑》宋助蒙古攻蔡州，係理宗紹定癸巳年事。「金」字疑當作「元」字，蓋一時訛筆耳。

五律

癸巳除夜

是年爲金哀宗天興二年，傳位末帝，明年正月，金亡。先生於癸巳四月杪出京，集中有詩可考。

「浮心白髮前」：「心」，當作「生」。

綦威卿毅挽辭

「知己與玉田」：「玉」，當作「王」。

老樹

「不用若回家」：「若回」訛，當作「苦思」。

勝概

「澮興暮雲還」：「興」，當作「與」。

聞希賢[一]得英府記室

「徒懷貢公喜」：杜句。

[一]「賢」，《遺山先生文集》作「顔」。

得姪搏信二首

其一

「幾日鬢毛『班』」：「斑」。

答潞人李唐佐贈詩

「詩論三百年」：「三」字訛，當作「二」。

感事

三、四直用東坡四六。

同冀丈明秀山行

「時到『□』聲中」：「水」。

壬子月夕

「遥憐」句，杜成語。

京兆漕司官居三首

其　二

「高興相悠然」：「相」，當作「想」。

甲寅正月二十三日故關道中三首

其　一

「看待幾時『林』」：「休」。

其　三

「六十復半十」：六十五也。

送文生西行

「分守故鄉情」：「守」，當作「手」。

載華按：七卷末先生書格上云：「按，《全金詩》此下尚有五律八首：《送文生西行》、《挽趙參謀二首》、《答弋唐佐》、《嗣侯大總管哀挽二首》、《不寐》、《送楊叔能東去相下》。」查，《送文生西行》一首已見本卷，録之，以仍其舊。

七律

夜月座主閑閑公命作

題中「月」字訛，玩詩意，當作「菊」。

「細菊『班班』也自圓」：「斑斑」。

寄希顔二首

其　一

「南餘歸計一廛新」：「南」，當作「商」。

懷益之兄

「三年」句，與杜唯「浪」字不同。

寄答趙宜之兼簡溪南詩老

「『潁』水崧山去住心」：「潁」。

自菊潭丹水還寄崧前故人

此詩罷縣後作。

鄧州相公命賦喜雨

「河澗定應連上國」：「澗」字訛，應作「潤」。

「烽零帶濕閑幽障」：「零」字疑訛。

新野先主廟

「再世中興事可常」：即少陵「運移漢祚終難復」之意，而詞特翻新。

岐陽三首

其二

「百二關河草不横」：「不」，當作「木」。

「岐陽西望無來信」二句：用杜恰合。

浩然師出圍城賦鶴詩爲送

「華亭清『淚』世空憐」：「唳」。

追用座主閑閑公韻上致政馮内翰二首

其　一

「『蚤』櫪老歸千里驥」：「阜」。

壬辰十二月車駕東狩後即事五首

其　一

哀宗初議幸河朔，後乃駐歸德，時汴城尚未得真消息，故三、四云然。

中秋雨夕

「此生」句，東坡成語。

癸巳四月二十九日出京

癸巳正月，元人破汴。

即事

「逆豎終當繪縷分」：「逆豎」，當指崔立輩耶？抑官奴耶？

甲午除夜

是年正月，哀宗崩於蔡。金有國一百二十年，故云「甲子兩周」。

杏花落後分韻得歸字

此畫家傳神手也，「殘陽」一聯，遂爲杏花絶唱，千古無對。

「煮酒『清』林寒食過」：「青」。

繡江汎舟有懷李郭二公

「狼籍秋香如畫船」：「如」，當作「始」，一本作「擁」。

鎮州與文舉百一飲

第五句并與宋家鳴不平。

望蘇門

「客衣塵土淚『班班』」：「斑斑」。

懷州子城晚望少室

「十年舊隱拋何處」二句：對此茫茫，百端交集，亡國感慨意，言外別有含蓄。

別覃懷幕府諸君二首

其一

「百年人物存公論」二句：自負正在此。

外家南寺

「眼中高岸移深谷」二句：蕭瑟峥嶸。

桐川與仁卿飲

「詩卷」句，杜成語。

寄楊飛卿

「『梨』牀殷殷動晨鐘」：「藜」。

東平送張聖與北行

「隱霧難教見一『班』」：「斑」。

「海内文章在公等」：「公等」下，一本自注云：「兼謂李主簿仁卿。」

四哀詩

《王仲澤》「誰爲幽魂一發輝」：「輝」，當作「揮」。

杏花二首

其　二

「帽簷分去家家喜」二句：風流自喜。

贈張文舉御史

「神聖無憑恐未然」：「聖」，當作「理」。

晨　起

「多病」句，杜成語。

梁都運亂後得故家所藏無盡藏詩卷見約題詩同諸公賦

「風流」二句，重見。

出都二首

燕京，金人舊都，非汴京也。

贈答樂大舜咨

「兩都」句，山谷成語，先生詩中，凡再犯。

呂國材家醉飲

「去國」句，再見。

洛　陽

「更須同輩夢秋衾」：「輩」，疑當作「輦」，蓋用昌谷「秋衾夢銅輦」句。

「地底中郎待摸金」：摸金校尉，非中郎也。東坡誤用，公亦仍而不改。

爲鄧人作詩

公曾爲南陽令，乃鄧州屬邑。

寄楊弟正卿

「東閣觀梅動詩興」：「觀」字訛，當作「官」，少陵成句。

贈答同年敬鼎臣

「長身奉米侏儒飽」二句：鍊句最警策。

寄答仰山謙長老

「衆租皆喜芋初熟」：「租」，當作「狙」。「芋」，當作「芧」。

「一鳥」句，王半山成語。

平定鵲山神應王廟

「老眼天公誰『耦畸』」：「偶奇」。

十一月五日蹔往西張

「歉歲材虛更荒惡」：「材」，當作「村」。

陀羅峰二首

其一

「樓居『□』處得超然」：「何」。

玉泉二首

其一

「『梨』床偏與望川宜」：「藜」。

其　二

「又新名弟不關渠」：「弟」，當作「第」。

玄都觀桃花

「人世」句，杜牧之成語。

甲辰秋留别丹陽

「老馬風沙入白頭」：「入」，當作「人」。

别緯文兄

「玉壘」，杜句。

空山何巨川虚白庵二首

其　二

「露菊霜菜薦枕囊」：「菜」字訛，當作「茱」。

「石泉崖『密』破松黄」：「蜜」。

蜀昭烈廟

可與劉賓客五律並峙千古。

常仲明教授挽辭

「鎮州肥膩無毫髪」：「蘇州肥膩」，改「鎮州」，似未確。

追録舊詩二首

其二

「『潁』上雲烟隨處好」：「潁」。

和白樞判李定齋有詩寄白以因風何惜數行書爲落句白酬答云欲搜春草池塘句藥裹關心夢不成余平解之

五六聯，出句是老杜，對句是小杜。

送端甫西行

「車騎雍容一座傾」：再見。

同嚴公子大用東園賞梅

「翰林」句，本歐陽公。

「老夫聊發少年狂」：再見。

十日作

「『并』陘西北算歸程」：「井」。

「一片傷心畫不成」：句再見。

曹壽之平水之行

「共舉一杯持兩螯」：「螯」字訛，應作「螯」。

挽雁門劉克明

「争教孺子莫生芻」：「莫」字訛，當作「奠」。

送李同年德之歸洛西二首

其一

「剩醉醁『醾』十日春」：「醾」。

存殁

「兩都」，用山谷句，集中凡再見。

人日有懷愚齋張兄緯文

「風光流轉何多態」二句：雅俗均賞。

趙元德御史之兄七秩之壽

「玉澗冰清德有鄰」：「澗」字訛，疑作「潤」。

載華按：十卷末，先生書格上云：「按，《全金詩》此下尚有三十四首：《贈玉峰魏文邦彦》、《鬱鬱》、《秋日載酒光武廟》、《丙辰九月二十六日挈家遊龍泉》、《送仲希并簡大方》、《送郭大方》、《送李甫之官青州》、《答晁公憲世契二首》、《寄史得秀兼呈濟上諸交游》、《答吴天益》、《答郭仲通二首》、《藺文仲郎中見過》、《壽趙益之》、《與宗秀才》、《贈馮内翰二首并序》、《九日午後入府知曹子凶問夜不能寐爲作詩二首》、《益父曹弟見過挽留三數日大尉積年傾系之懷其行也漫爲長句以贈》、《贈李文伯》、《同德秀□□□川分得同字》、《德秀家兒子》、《超然王翁哀挽》、《贈任丈耀卿》、《賀德卿王太醫生子》、《贈答趙仁甫》、《贈麻信之》、《射虎》、《茗飲》、《寄劉光甫》、《過皋州見聶侯》、《病中感寓贈徐威卿兼簡曹益甫高聖舉》。」

七　絶

論詩三十首

其　一

「誰是詩中疏鑿手」二句：分明自任疏鑿手。

其　三

「壯懷猶見鐵壺歌」：「鐵」字疑訛，當作「缺」。

其　五

「出門」句，山谷成語。

其　六

「争信安仁拜路塵」：古來文行背馳多矣，豈獨一安仁耶？

其　七

拔出一篇《敕勒歌》，大爲北人洩氣。

其　八

「論功若準平吴例」：「平吴」二字，妙在關合齊梁。

其　九

爲恃才騁詞者下一針。

其　十

「少陵自有連城璧」二句：此因李杜優劣論而發。

其十一

「畫圖臨出秦川景」二句：見得真，方道得出。

其十二

首句，義山成語。

「獨恨無人作鄭箋」：後世箋李詩者，未必即玉溪功臣，奈何？

其十三

掃盡鬼怪一派。

其十九

「無人説與天隨子」二句：所見者大，亦從翻案出奇。

其二十

以柳州接康樂，千古特識。

其二十一

「縱横正有凌雲筆」二句：幺絃孤韻，聆者悽然。

其二十四

齊梁陳隋諸名家，大抵皆女郎詩，不數中唐以後也。

此首論本王中立。

其二十六

蘇門諸君，無一人能繼嫡派者，才有所限，不可强耳。

其二十七

「諱學金陵猶有説，竟將何罪廢歐梅」：若就詩論詩，半山亦不在歐梅下，誰能廢之？

其二十八

「論詩寧下涪翁拜」二句：涪翁生拗錘鍊，自成一家，值得下拜。江西派中，原無第二手也。

其二十九

「傳語閉門陳正字」二句：罵倒後山，餘不待言矣。

其三十

文人習氣，好評量古人，而又恐人議己，先生亦復不免。

杏花雜詩十三首

其　八

「錯教」句，王建宮詞。

戊子正月晦日内鄉西城遊眺

「前日少年今日髮」：「日」字當作「白」。

題伊陽楊氏戲虎圖

「大『班』哆笑口侵耳，小『班』蓄縮如乞憐」：「斑」。

家山歸夢圖三首

其　三

「一片傷心畫不成」：此句凡三見。

俳體雪香亭雜詠十五首

此十五首當是癸巳春未出汴京以前作，時哀宗尚在歸德，故第三首云然。《金詩紀事》以爲金亡之後重過汴宮而作者，非也。「時上高層望宋州」一句，乃十五首詩眼也。

其　七

「重來未必春風在」二句：若是金亡後重過汴京，不應作如許語。

雜著四首

四首與前《雪香亭十五首》，疑亦同時所作。

其　二

「殷勤乃爲惜花枝」：「乃」，當作「仍」。

其　四

「東君去作誰家客」：哀宗去國，汴中無主矣。「客」字是句中眼。

戲贈白髮二首

其　一

「貴人」句，劉夢得成語。

濟南雜詩十首

其　三

「六月行人汗如雨」二句：平淡中越顯神味。

聞歌懷京師舊遊

全學香山。

李進之迂軒二首

其　一

「攲斜歷落從人笑」：「斜」，疑當作「嵚」。

過邯鄲四絶

其　一

「依然夢裏説茗華」：「茗」，當作「韶」，或作「繁」。

其　四

「猶是黄『粱』夢裏人」：「粱」。

竹溪夢遊圖

「白髮『刀』騷一幅中」：「刁」。

自題二首

其　二

「後世何須『楊』子雲」：「揚」。

劉氏明遠庵三首

其　二

「老眼不應隨『鏡』轉」：「境」。

同漕司諸人賦紅梨花二首

其　一

結句，坡公成語。

吴子賢檽庵二首

其　二

「春草輪贏較幾多」：句再見。

太一蓮舟圖三首爲濟源奉先老師賦

其　二

「亡奈丹青『校』猾何」：「狡」。

遊天壇雜詩十三首

其　二

「小樹『伭』蘩看不供」：「伍」。

其　七

結句，東坡成語。

雜詩六首道中作

其　四

「粥麋渾覺水泉甘」：「麋」，當作「糜」。

其　五

「莊休通蔽元相妨」：「玄」，當作「互」。

初挈家還讀書山雜詩四首

其　二

「從此晉陽方志士」：「士」字，當作「上」。

感興四首

其　二

儼然廣大教化主後一人，風雅代興，亦關五百年運數，良非偶然。

其　四

「陽春不比黄『華』曲」：「荂」。

自題中州集後五首

其　一

「若從華實評詩品，未便吴儂得錦袍」：欲借前輩壓到時流，使先生獲見南渡諸公作，未必遂發此論也。然詩骨要自稜稜可喜。

其　五

「百年遺藳天留在，抱向空山掩淚看」：能令群公含笑九原，值得先生一淚。

善應寺五首

其　一

「更得青山作重復」：「復」，當作「複」。

黄華峪十絶句

其　九

「也應嫌被紅塵浣」：「浣」，當作「涴」。

七賢堂

「負殺共城麴米中」：「中」字訛，當作「春」。

秋江曉發圖

結語，唐人成句。

鄉郡雜詩五首

其　三

「緑煙和雨暗中成」：「中成」，一本作「重城」，宜從别本。

東平李漢卿草蟲卷二首

其　一

「就中秋蜍最關情」：「蜍」字訛，當作「蝶」。

題石裕卿郎中所居四詠

寓樂堂

「五陵」，杜句。

三鄉雜詩三首

其一

「薄雲樓閣尤烘暑」：「尤」，當作「猶」。

榆杜硤口村蚤發

還有一種早朝人在。

同兒輩賦未開海棠二首

其一

「殷勤留着花梢露」二句：賦物詩，難得細膩如許。

二十六日蚤發安生道中雨水冰

「水冰真作雨花看」：兩「水」字訛，俱作「木」。

劉君用可庵二首

其　一

「末節繁文費討綸」：「綸」，當作「論」。

虚　名

「可惜客兒頭上髮，也隨春草鬬輸贏」：是鬚非髮，髮不異鬚，必作非髮觀，即同鬬草見。

龐都運山水

「重爲溪山感疇昔」二句：直是瀟灑。

壬子寒食

「五樹來禽拾放花」：「拾」，當作「十」。

過威州鎬厲王故居

「種瓜四摘横閑事」：「横」，當作「渾」。

「抱蔓無人更可憐」：一語抵得《黍離》、《麥秀》多少感傷。

喬夫人綵繡仙人圖

「一頌根花更有餘」：「根」，疑當作「椒」。

論詩三首

其一

「情知春草池塘句，不到柴煙糞火邊」：獨不爲傖父少留地步耶？

其二

「不信驪珠不難得」二句：具大海掣鯨之力。

其三

不惜拈出金針，但恐無人可度，孤却一片老婆心耳！

贈寫真田生三章

其　三

「張顛草聖雄千古，却在孫娘劍器中」：用舊事如新，只是筆妙。

晴景圖

快論，想見此老胸無宿物。

金　山

題目下，一本自注云：「在忻口南。」

讀漢書

「室方隆棟非難構」：「室」字訛，當作「室」。

石勒問道圖

「中原果有劉文叔」二句：不許海鷗逐鹿，莫埋没老僧膽識也。

胡叟楚山清曉

「留得才情趙倚樓」：「得」，疑當作「待」。

臺山雜詠十六首

其　二

「西北天伭五項高」：「伭」，當作「低」。

其　八

「佛土休將人境比，誰家隨步得金蓮」：謂金蓮花也，清涼所産。

其　十〔一〕

「珍重曼殊更□來」：「曼」，當作「文」。「□」，「一」。

贈湛澄之四章

其　二

「猶欠庭蛙墨一螺」：「蛙」，當作「硅」。

贈司天王子正二首

其　二

「天容」句，東坡成語。

同梅溪賦秋日海棠二首

其　一

「瓊枝不逐秋風老」二句：筆有化工。

〔一〕按，此詩《遺山先生文集》爲第十一首。

留贈丹陽王鍊師三章

其二

「桃花」句，少陵成語。

【附原詩】《四部叢刊》影明弘治戊午刊《遺山先生文集》

五古

箕山

幽林轉陰崖，鳥道人迹絶。許君棲隱地，唯有太古雪。人間黄屋貴，物外秪自潔。尚厭一瓢喧，重負寧所屑。降衷均義禀，汩利忘智決。得隴又望蜀，有齊安用薛。干戈幾蠻觸，宇宙日流血。魯連蹈東海，夷叔采薇蕨。至今陽城山，衡華兩丘垤。古人不可作，百念肝肺熱。浩歌北風前，悠悠送孤月。

出京

從宦非所堪，長告欣得請。驅馬出國門，白日觸隆景。半生無根著，飄轉如斷梗。一昨隨牒來，六月阻歸省。城居苦湫隘，群動日蛙黽。漸媿山中人，團茅遂幽屏。塵泥免相浼，夢寐見清潁。矯首孤飛雲，西南路何永。

灅水

灅水復灅水，東望雁行没。殷勤一杯酒，遥酹隱亭月。來懷紫髯郎，冠佩見突兀。岩岩石青峙，鬱鬱松秀發。裴回功名會，脱落豪俠窟。中州有士論，指與雷李屈。掛弓須扶桑，洗劍必溟渤。皇天靳美器，一世惜英物。神交付冥漠，生氣凛毛髮。古來天下馬，萬里入超忽。良樂不並世，燕市空駿骨。狂歌叫秋雲，北風撼林樾。

雜著五首

其一

禀氣寡所諧，衣食固無端。所業在農桑，甘以辭華軒。田家豈不若，歲功聊可觀。帶月荷鋤歸，裴回丘隴間。曖曖遠人村，紛紛飛鳥還。養真衡茅下，庶無異患干。遥謝荷蓧翁，躬耕非所嘆。

其　三

守拙歸田園，淹留自無成。長吟掩柴門，遂與塵事冥。素月出東嶺，夜景湛虚明。揮杯勸孤影，杯盡壺自傾。遥遥望白雲，千載有深情。

其　四

桃李羅堂前，霜露榮悴之。咄咄俗中惡，人道每如兹。冬嶺秀孤松，卓然見高枝。提壺撫寒柯，懷此貞秀姿。願留就君住，終身與世辭。

其　五

世短意恒多，時駛不可追。感彼柏下人，泫然沾我衣。運生會歸盡，彼此更共之。理也可柰何，一觴聊可揮。酒中有深味，情隨萬化遺。西南望昆墟，靈人侍丹池。我無騰化術，帝鄉不可期。且極今朝樂，千載非所知。

古意二首

其　一

桃李弄嬌嬈，梨花澹丰容。盈盈兩無語，觸觸争春風，春風何許來，草木誰青紅。天公亦老矣，何意夸兒童。昨夜花正開，今朝花已空。川流不肯駐，併與繁華東。梗楠千歲姿，骯髒空谷中。陽和不擇地，亦復難爲功。本無兒女心，安用尤天公。

潁谷封人廟

洩洩潁谷雲，瀰瀰潁川水。封君去我久，水雲自清美。人言君善諫，微意得鄭子。特於悔悟時，一語發天理。夫孝動天地，土苴及頑鄙。反身而未誠，善諫且敗矣。如何千載下，乃與茅焦比。我行潁川道，永念負甘旨。願作赬尾魴，因之日千里。

贈答劉御史雲卿四首

其　三

學道有通蔽，今人乃其尤。温柔與敦厚，掃滅不復留。高蹇當父師，排擊劇寇讎。真是未可必，自私有足羞。古人相異同，寧復操戈矛。春風入萬物，枯枿將和柔。克己未有加，歸仁亦何由。先儒骨已腐，百罵不汝酧。胡爲文字間，刮垢搜瘢疣。吾道非中韓，哀哉涉其流。大儒不知道，此論信以不。我觀唐以還，斯文有伊周。開雲揭日月，不獨程張儔。聖途同一歸，論功果誰優。户牖徒自開，膠漆本易投。九原如可作，吾欲起韓歐。

送欽叔内翰并寄劉達卿郎中白文舉編修五首

其　三

一年不製衣，春服犯霜風。一日僅兩食，腸胃不得充。生平萬里氣，頓入低回中。田夫怒攘臂，縮首甘盲聾。老兵賜顔色，歡喜無所容。求索厭朋友，勞苦慚僕僮。無聊復無聊，又復招灾凶。我有一樽酒，澆君塊磊胸。君年始三十，白髮成一翁。顧以寸心微，受此百慮攻。君窮復何辭，不見閑閑公。文章二百年，不沬四壁空。

其　四

君性我所諳，我心君所知。凡我之所短，君亦時有之。謀事恨太鋭，臨斷恨太遲。持論恨太高，徇俗恨太卑。人道自近始，貧富理不齊。君自不得飽，欲療何人饑。乞醯乞諸鄰，聖哲有明譏。被髮捄鄉人，智者所不爲。且如與人交，交有非所宜。白黑不復擇，豁豁傾心脾。泛愛豈不可，後悔終自貽。又如與人言，寧復無失辭。刺口論成敗，白眼談歌詩。世故彀黄間，能不發其機。聞君作損齋，似覺豪華非。懲忿與窒慾，百年有良規。與子各努力，歲晚以爲期。

其　五

古人遥相望，每恨不同時。同時得古人，歡樂良在兹。君歸豈不佳，交游滿京師。門前車馬來，笑言慰所思。細話洛陽事，高詠嵩山詩。宮壺發新篘，宮梅耿幽姿。故應劉與白，亦復念微之。

飲酒五首

其　五

此飲又復醉，此醉更酣適。徘徊雲間月，相對澹以默。三更風露下，巾袖警微濕。浩歌天壤間，今夕知何夕。

後飲酒五首

其　一

少日不能觴，少許便有餘。比得酒中趣，日與杯杓俱。一日不自澆，肝肺如欲枯。當其得意時，萬物寄一壺。作病知奈何，妾婦良區區。但媿生理廢，飢寒到妻孥。吾貧蓋有命，此酒不可無。

其　二

金丹換凡骨，誕幻若無實。如何杯杓間，乃有此樂國。天生至神物，與世作酣適。豈曰無妙理，滉漾莫容詰。康衢吾自樂，何者爲帝力。大笑白與劉，區區頌功德。

其三

客從崧少來，貽我招隱詩。爲言學仙好，人間竟何爲。一笑顧客言，神仙非所期。山中如有酒，吾與爾同歸。

其五

飲人不飲酒，正自可飲泉。飲酒不飲人，屠沽從擊鮮。酒如以人廢，美禄何負焉。我愛靖節翁，於酒得其天。龐通何物人，亦復爲陶然。兼忘物與我，更覺此翁賢。

龍潭

層冰積浩蕩，陵谷互吞吐。窈窕轉幽壑，突兀開净宇。回頭山水縣，亦復墮塵土，孤雲鐵梁北，宇宙一仰俯。風景初不殊，川塗忽修阻。寒潭海眼净，默黑自太古。蟄龍何年卧，萬國待霖雨。誰能裂蒼崖，雷風看掀舉。

北邙

驅馬北邙原，踟躕重踟躕。千年富貴人，零落此山隅。萬家不復識，榛莽餘龜趺。賢愚同一盡，感極增悲歔。粤人惟物靈，生也與道俱。一爲物所眩，遂爾述厥初。蜕骨幾山丘，百年不須臾。歸盡固其理，交喪亦已愚。陳迹有足悲，奈此萬化途。焉知原上冢，不有當年吾。

豐山懷古

豐山一何高，古屋蒼烟重。開門望吴楚，鳥去天無窮。連山横巨鰲，白水亘長虹。川原鬱佳氣，自古南都雄。炎精昔季興，卧龍起隆中。落落出奇策，言言揭孤忠。時事有可論，生晚恨不逢。漢賊不兩立，大義皎日同。吴人操等耳，忍與分河潼。奪操而與權，何以示至公。一民漢遺黎，尺地漢故封。守民及守土，天地與相終。不能禦寇讎，顧以寇自攻。既異鴻溝初，又非列國從。一券損半産，二祖寧汝容。端本一已失，孤唱誰當從。至今有遺恨，廟柏號陰風。舊聞清泠淵，天籟如撞鐘。山經野人語，誕幻欺孩童。開元有亂階，鹿飲温泉宫。黄猿何爲者，乃爾能嘯兇。乾神之大音，久鬱理當通。清霜旦夕落，佇爾驚群聾。

乙酉六月十一日雨

一旱近兩月，河洛東連淮。驕陽佐大火，南風捲黄埃。草樹青欲乾，四望令人哀。時時怪事發，雨雹如李梅。我夢天河翻，崩騰走雲雷。今日復何日，駃雨東南來。元氣淋漓中，焦卷意已回。良苗與新穎，鬱鬱無邊涯。書生如老農，苦樂與之偕。閭閻聞吉語，一笑心顔開。酉年酒如漿，乾溢安能裁。唯當作高廩，多具尊與罍。家人笑問我，君田安在哉。

種　松

百錢買松羔，植之我東牆。汲井涴塵土，插籬護牛羊。一日三摩挲，愛比添丁郎。昨宵入我夢，忽然變昂藏。昂藏上雲雨，慘澹含風霜。起來月中看，細鬣錯針芒。惘然一太息，何年起明堂。鄰叟向我言，種木本易長。不見河畔柳，顧盻百尺强。君自作遠計，今日何所望。

雜詩四首

其　一

相士如相馬，滅没深天機。區區銅馬法，徒識牝與驪。人言當塗公，惡人知其微。如何許邵語，受之不復疑。知人固不易，人亦未易知。媸妍在水鏡，鉛粉徒自欺。孰爲仁義人，未假已不歸。伯樂不可作，思與曹瞞期。

其　三

崑山有璞玉，外質而内美。唯其不自衒，故與頑石齒。和也速於售，再獻甘滅趾。在玉庸何傷，惜君兩足耳。

觀浙江漲

一旱千里赤，一雨垣屋敗。浙故以江名，暴與衆壑會。初驚沙石捲，稍覺川谷隘。雷風入先驅，火塊供一噫。千帆鼓前浪，萬馬接後派。崩崖不暇顧，拔木無留礙。憑陵如藉勢，洄洑各有態。平分乍舒徐，怒觸忽碎壞。雲蒸楚樹杪，雪映商嶺背。髣髴千丈潮，恍與海門對。佽飛聞蛟鱷，燃犀出鱗介。陽侯富陰族，萬首露光怪。翠蕤澹偃蹇，鉦鼓亂硠磕。永懷疏鑿力，重歎神禹大。乾坤海爲壑，未礙變橫潰。納污非無處，流惡聊自快。投詩與龍盟，滌蕩煩一再。

鸛雀崖北龍潭

層崖閟頑陰，水木深以阻。湍聲半空落，洶洶如怒虎。風生木葉脱，魄動不敢語。何年渾沌竅，靈物此棲處。初從一綫溜，開鑿到神禹。雲雨鼓飛浪，噴薄齊萬弩。藏珠驪龍頷，百斛快一吐。油油入無底，細散不濡縷。歸藏海有穴，汎溢愁下土。南峰天一柱，萬古鎮幽府。江山有奇探，落景迫行旅。多勉茹芝人，終年看飛雨。

曉發石門渡湍水道中

踈星澹秋明，陰霞絢朝映。積雨成坐愁，晨光動幽興。石門歸馭引，湍浦漁刀並。曠蕩萬景新，歸藏四山静。平湖風漪緑，遠岸秋沙净。洋洋遊儵逝，汎汎輕鷗泳。隱顯乖夙心，感寓見真性。倦遊徒自悼，違己將安竟。憂端從中來，茫茫發孤詠。

放　言

韓非死孤憤，虞卿著窮愁。長沙一湘纍，郊島兩詩囚。人生定能幾，肺肝日相讎。井蛙奚足論，褌虱良足羞。正有一朝樂，不償百年憂。古來帝王師，或從赤松游。大笑人間世，起滅真浮漚。曾是萬户封，不恃一掉頭。有來且當避，未至吾何求。悠悠復悠悠，大川日東流。紅顔不暇惜，素髮忽已稠。我欲升嵩高，揮杯勸浮丘。因之兩黄鵠，浩蕩觀齊州。

學東坡移居八首

其　三

故書堆滿床，故物貯滿箱。渾渾商寶鬲，纍纍漢銅章。杖飾昭敬恭，嚴卯訶瘴剛。雷文繞杖節，獸面出佩瑛。私印刻王尊，玉斗蛟龍翔。逸少留半紙，魚網非硬黄。亦有曇首帖，不辨作雁行。雪景睿思物，宣政舊所藏。晉公古漁父，浩歌濯滄浪。因觀宫騎圖，卧駞識提囊。谿石含餘潤，奚墨凝幽香。南榮桂風響，雲裾珮鏘鏘。鏡背先秦書，八字環中央。讀之三嘆息，此日何時光。

其　五

舊隱嵩山陽，笋蕨豐餽餉。新齋浙江曲，山水窮放浪。乾坤兩茅舍，氣壓華屋上。一從陵谷變，歸顧無復望。樵漁憶還往，風土夢閑曠。怳如悟前身，姓改心不忘。去年住佛屋，盡室寄尋丈。今年僦民居，卧塌礙盆盎。静言尋禍本，正坐一出妄。青山不能隱，俛首入羈鞅。巢傾卵隨覆，身在顔亦强。空悲龍髯絶，永負魚腹葬。置錐良有餘，終身志懲創。

其　六

國史經喪亂，天幸有所歸。但恨後十年，時事無人知。廢興屬之天，事豈盡乖違。傳聞入讎敵，秪以興罵譏。老臣與存亡，高賢死兵饑。身死名亦滅，義士爲傷悲。哀哀淮西城，萬夫甘伏尸。田横巨擘耳，猶爲談者資。我作南冠録，一語不敢私。稗官雜家流，國風賤婦詩。成書有作者，起本良在兹。朝我何所營，暮我何所思。胸中有茹噎，欲得快吐之。濕薪烟滿眼，破硯冰生髭。造物留此筆，吾貧復何辭。

其　七

東坡謫黄州，符藥行江湖。荒田拾瓦礫，賤役分僮奴。我讀移居篇，感極爲悲歔。九原如可作，從公把犁鉏。我貧公亦貧，賦分無賢愚。論人雖甚媿，詩亦豈不如。

歷下亭懷古分韻得南字

東秦富佳境，北渚擅名談。兹游亦已久，纔得了二三。南山壓城頭，十里奎與函。洑流出地底，城隅滿泓潭。金絲弄晴光，玉玦響空嵌。清漣通畫舫，秀水深雲龕。華峰水中央，鬱鬱堆烟嵐。荷華望不極，緑净紛紅酣。毒熱非山陽，卑濕無江南。承平十萬户，他州隔仙凡。劫火土一丘，樹老草不芟。巧盡露天質，到眼皆奇探。千年歷下亭，規摹見覃覃。懷賢成獨詠，勝賞何由參。

與張仲傑郎中論文

文章出苦心，誰以苦心爲。正有苦心人，舉世幾人知。工文與工詩，大似國手棋。國手雖漫應，一着存一機。不從着着看，何異管中窺。文須字字作，亦要字字讀。咀嚼有餘味，百過良未足。功夫到方圓，言語通眷屬。只許曠與夔，聞絃知雅曲。今人誦文字，十行誇一目。闕顫失香臭，瞀視紛紅緑。毫釐不相照，覿面楚與蜀。莫訝荆山前，時聞刖人哭。

别李周卿三首

其　二

風雅久不作，日覺元氣死。詩中柱天手，功自斷鰲始。古詩十九首，建安六七子。中間陶與謝，下逮韋柳止。詩人玉爲骨，往往墮塵滓。衣冠語俳優，正可作婢使。望君清廟瑟，一洗筝笛耳。

看山

慘慘悲去國，鬱鬱賦卜居。不采西山薇，即當葬江魚。今日忽有得，蕩如脱囚拘。青山坐終日，忘讀案上書。皋壤與山林，使我欣然歟。我身天地間，託宿真蘧廬。無窮閲有限，萬期亦須臾。坎止及流行，何計疾與徐。百年險與夷，又似萬里途。良馭馳康莊，九折亦摧車。必惟易之就，遇險當何如。化化復生生，體異理不殊。鷺非浴而白，烏豈黔而烏。誰續長脛鶴，誰截短足鳧。孔墨不煖席，盜跖華堂居。公車困方朔，木倉飽侏儒。杜子露雙肘，朝參出無驢。軟裘與快馬，照耀輿臺軀。天隨隱笠澤，杞菊供盤盂。擊鮮日爲具，大嚼皆屠沽。乖逢自乖逢，賦分無賢愚。作計窮一我，造物良區區。嚮也憂不足，乃今樂有餘。

九日讀書山用陶詩露凄暄風息氣清天曠明爲韻賦十詩

其一

行帳適南下，居人蹋庭户。城中望青山，一水不易渡。今朝川涂静，偶得展衰步。蕩如脱囚拘，廣莫開四顧。半生無根著，筋力疲世故。大似丁令威，歸來歎墟墓。鄉閭喪亂久，觸目異平素。枌榆雖尚存，歲晏多霜露。

其二

今日復何日，霜氣倏已淒。登高有佳招，山中古招提。翩翩劉公子，王田重相携。乾坤動詩興，澗壑忘攀躋。霍侯家甚貧，劣有酒與雞。城居厭鼙鼓，移家此幽棲。世網不易逃，所向皆塵泥。何以濯我纓，林間有清溪。

其三

山腰抱佛刹，十里望家園。亦有野人居，層崖映柴門。昔我東岩君，曾此避塵喧。林泉留杖履，歲月歸琴樽。翁今爲飛仙，過眼幾寒暄。蒼蒼池上柳，青衫見諸孫。疎燈照茅屋，新月入頹垣。依依覽陳迹，惻愴不能言。

其四

霜氣一匽薄，杳杳秋山空。臨高望煙樹，黄落雜青紅。造物故豪縱，窮秋變春容。錦障三百里，不盡臺山東。粲粲黄金華，羅生蒿艾叢。野人不知貴，幽香散秋風。秋物自横陳，顧揖苦不供。誰能摇醉筆，吐句凌清雄。

其五

宇宙有此山，閱世過鳥疾。何人不此遊，名姓寧復識。兹辰世所重，前代多盛集。柴桑有故事，二謝留俊筆。併數孟與桓，此外誰記憶。人生百年内，踏地皆踵迹。獨惟我輩人，興懷念今昔。山林與皋壤，自古長太息。

其　六

賞心古難并，暮景日易費。故人成此游，尊酒重相慰。新詩互疇唱，清談見滋味。鯨鯢方偃蹇，鼉鼉共騰沸。懸險劇褒斜，清渾雜涇渭。争教十圍腹，滿貯憂與畏。情親到真率，寧復轉喉諱。鄭重伯雅生，藉汝聊吐氣。

其　七

往年在南都，閑閑主文衡。九日登吹臺，追隨盡名卿。酒酣公賦詩，揮灑筆不停。蛟龍起庭户，破壁春雷轟。堂堂髯御史，痛飲益精明。亦有李與王，玉樹含秋清。我時最後來，四座頗爲傾。今朝念存殁，壯心徒自驚。

其　八

我在正大初，作吏浙江邊。山城官事少，日放浙江船。菊潭秋華滿，紫稻釀寒泉。甘腴入小苦，幽光出清妍。歸路踏明月，醉袖風翩翩。父老遮我留，謂我欲登僊。一别半山亭，回頭餘十年。江山不可越，目斷西南天。

其　九

吾山一何高，清涼屹相望。龍頭出白塔，佛屋壓青嶂。雲光見秋半，旭日發毫相。峨峨寶樓閣，金界儼龍象。鄉曲二十年，香火闕瞻向。金花香綿草，夢想雲雨上。福田行欲近，重爲詩酒障。終當陟層巔，放眼天宇曠。

其　十

紫微老仙伯，少日見承平。甲子五百餘，雙瞳益清明。披髮不盈尺，翛然澹無營。庭柯挂秋蔬，老樹風泠泠。我有年德尊，公深鄉曲情。思得菊潭酒，爲公制頹齡。作詩語同游，明年復尋盟。看翁九節杖，翩翩上峥嶸。

曲阜紀行十首

其　一

荒城卧魯甸，寒日澹平蕪。千年素王宫，突兀此城隅。我昔入小學，首讀《仲尼居》。百讀百不曉，但有唾成珠。少長授《魯論》，稍與義理俱。攝齊念升堂，壞壁想藏書。翩翩七十子，佩服見舒徐。慨然望闕里，日思膏吾車。五原東北晉，因循迫桑榆。今日復何日，南冠預庭趍。隱隱金石聲，恍如夢清都。偉哉神明觀，欣幸當何如。

其　二

殿屋劫火餘，瓦礫埋荒基。入門拜壇下，儼然想光儀。憶當講授初，佩服何逶迤。登降幾何人，鸞鳳相追隨。千年仰階級，天險不可躋。文杏誰此栽，世世傳清規。植根得所託，在木將何知。

其　三

堂堂魯三檜，培植出天巧。規摹欲十抱，奇秀供百繞。誰言甲戌亂，煨燼入炎燎。青煙干雲上，群鶴空自矯。哀哀嶧陽人，腸肺痛如攪。魯郊木何限，名取唯一少。神明信扶持，厄運豈易曉。雩臺滿荒榛，逵宮餘曲沼。紛紛閱成壞，何異晏與早。道存有污隆，物齊無壽夭。霜皮眼中見，鬱鬱自塵表。君看太山石，萬古青未了。

其　四

陋巷陋復陋，老屋在人境。門前軒蓋多，閉户自幽屏。近郊無百畝，負郭纔半頃。饘粥聊自供，取足唯一井。此井閱千歲，清節傳箕潁。尚想瓢飲初，至味久益永。德鄰與周旋，聖域容造請。貧中有此樂，日暮燭何炳。泓然窺古甃，一勺試甘冷。上池果能神，轉盼得深省。塵埃竟何有，素髮忽垂領。共學誰我容，從之抱修綆。

其　五

泮宫何所有，舞雩但荒臺。泮水涸已久，北風捲黄埃。顧瞻魯公宫，感極令人哀。獻馘亦盛事，規摹到平淮。作計萬萬古，而今安在哉。獨愛鼓瑟翁，不與三子偕。宗周方訖籙，聖師猶卷懷。但欲春服成，風乎詠歸來。我亦淡蕩人，涉世寡所諧。浴沂行有日，一笑心顏開。

其　六

大姦何所如，猰貐雄且猛。雖然弭耳伏，擇肉會一騁。卯也不敗露，名與聖師並。天刑竟莫逃，不待七日頃。曹瞞盜漢璽，僅得保腰領。與卯均小人，脱網乃差幸。小偷學不至，適足污鍖鼎。不從市朝肆，必就遠方屏。兩觀餘坡陀，萬世示頑獷。神兵懔可怖，過者宜少儆。

其　七

不見講堂處，指似存世譜。遺基洙泗間，荒惡餘十畝。聖師既已老，自衛歸在魯。正樂修六經，卒業此其所。當時季路室，完整逮建武。太僕忠且壯，持用方禦侮。如何唐盛日，一廢不重舉。中和天地位，寧復俟庭廡。所嗟世道衰，師授日莽鹵。空餘千歲井，默黑照終古。

其　八

白塔表佛屋，萬瓦青粼粼。何年勝果寺，西與姬公鄰。塔廟恣汝爲，豈合魯城闉。魯人惑異教，吾道宜湮淪。許行學神農，耒耜手自親。當時子孟子，直以爲匪民。況彼桑門家，糞壤待其身。一朝斷生化，萬國隨荆榛。孟氏非所期，安得揚與荀。丹青贊神化，舊染爲一新。坐令鍾魚地，再睹籩豆陳。吾謀未及用，勿謂秦無人。

其　九

天地有至文，六籍留聖謨。聖師極善誘，小智秖自愚。文章何物技，不直咳唾餘。操戈競虚名，望塵拜高車。所得不毫髮，咎責滿八區。公論懸日星，豈直小人儒。喻彼失相者，倀不知所如。指南一授轡，聖門有修途。陽光照薄暮，尚堪補東隅。悠哉發深省，灑掃今其初。

其　十

林墓連魯城，方廣十里間。林間百草具，棘刺死不蕃。楷槐作横理，青青閲千年。懷人成一慨，何止召公賢。博陵石翁媼，名字無留鐫。兩獸墓前物，歲久乃訛傳。昨我游魯門，規作孔林篇。聖人與天大，聖道難爲言。所見不一記，來者何述焉。詩成私自媿，小子良斐然。

寶嚴紀行

陰崖轉清深，秋老木堅瘦。城居望已遠，步覺脱氛垢。寶嚴夙所愛，丈室方再叩。曛黑纔入門，徑就石泉漱。遥遥金門寺，寶焰出岩竇。我豈無盡公，昔見今乃又。同來二三子，寢飯故相就。況有杜紫微，琴筑終雅奏。曈曈上初日，深樾炯穿漏。透迤陟兩巘，萬里若迎候。絶壁三面開，仰看勞引脰。兩山老突兀，屹立柱圓覆。諸峰出頭角，隨起隨偃仆。不可無煙霞，朝暮爲先後。横亘連巨鼇，飛墮集靈鷲。九華與奇巧，五老失渾厚。想當位置初，遂欲雄宇宙。太行有烘谷，勝絶無出右。大似塵外人，眉宇見高秀。哀湍下絶壑，電擊龍怒鬬。崩奔翻雪窖，瑩滑瀉瓊甃。窮源得懸流，偉觀駭初遘。僊人寶樓閣，白雨散簷溜。天孫拂機絲，素錦絢清晝。永懷登高賦，意匠困馳驟。窘於游暴秦，百説不一售。林間太古石，稍復杯飲舊。已約銘窪尊，細鑿留篆籀。兹山緣未了，僧夏容宿留。終當丐餘年，奇探盡雲岫。

七古

虞坂行

虞坂盤盤上青石，石上車蹤深一尺。當時騏驥知奈何，千古英雄淚横臆。龍蟠於泥易所歎，麟非其時聖爲泣。玄龜竟墮余且網，老鳳常飢竹花實。天生神物似有意，驗以乖逢知未必。若論美好是不祥，正使不逢何足惜。孫陽騏驥不並世，百萬億中時有一。乃知此物非不逢，轅下一鳴人已識。我行坂路多閲馬，敢謂群空如冀北。孫陽已矣誰汝知，努力鹽車莫稱屈。

畫馬爲邢將軍賦

大宛城下戰骨滿，駑駘入漢龍種藏。將軍此紙何處得，便覺房駟無光芒。人中馬中兩勍敵，天門雁門皆戰場。并州父老應相望，早晚旌旗上太行。

秋　蠶

室人篋中無寸縷，一箔秋蠶課諸女。朝來飼却上馬桑，隔簇仍聞竹間雨。阿容阿璋墨滿面，畫徹灰城前致語。上無蒼蠅下無鼠，作蠒直須如瓮許。東家追胥守機杼，有桑有税吾猶汝。官家恰少一絇絲，未到打門先自舉。

送郝講師住崇福宮

大方之家幾知津，郝君七十老斵輪。書文五車喙三尺，劇談混沌今猶神。太玄博士爲絶倒，君言夸矣天公嗔。長安冠蓋羅青雲，洛陽車馬争紅塵。怪君掉頭不肯住，寂寞來作由東鄰。崧高維岳古所秩，三十六帝有外臣。玄都石壇待飆馭，宫殿突兀松輪囷。上界仙人鄧雲山，洞天治所名司真。蓬萊方丈去不遠，明星玉女時相親。瑶華可擷蘭可紉，煙霞永隔塵中人。黄鵠一去不復返，白鷗萬里誰能馴。爲我殷勤謝鄧君，玉華歲晚當平分。

范寬秦川圖

亂山如馬争欲前，細路起伏蛇蜿蜒。秦川之圖范寬筆，來從米家書畫船。變化開闔天機全，濃澹覆露清而妍。雲興霞蔚幾千里，着我如在峨嵋巔。西山盤盤天與連，九點盡得齊州煙。浮雲未清白日晚，矯首四顧心茫然。全秦天地一大物，雷雨澒洞龍頭軒。因山分勢合水力，眼底廓廓無齊燕。我知寬也不辦此，渠寧有筆如修椽。紫髯落落西溪君，長劍倚天冠切雲。望之見之不可親，元龍未除湖海氣，李白豈是蓬蒿人。愛君恨不識君早，乃今得子胸中秦，作詩一笑君應聞。

赤壁圖

馬蹄一蹴荆門空，鼓聲怒與江流東。曹瞞老去不解事，悮認孫郎作阿琮。孫郎矯矯人中龍，顧盻叱咤生雲風。疾雷破山出大火，旗幟北捲天爲紅。至今圖畫見赤壁，髣髴燒處留餘蹤。令人長憶眉山公，載酒夜俯馮夷宫。事殊興極憂思集，天澹雲閑今古同。得意江山在眼中，凡今誰是出群雄。可憐當日周公瑾，憔悴黄州一秃翁。

寄答溪南詩老辛愿敬之

五年不唤溪南渡，日夕心馳洛西路。山中今日見君詩，惆悵良辰又相悮。龍蛇大澤變風景，虎豹天門鬱煙霧。丈夫不合把鉏犂，青鬢無情忽衰素。平泉漫作窮愁志，笠澤休題自憐賦。長安正有五侯鯖，骯髒誰能作樓護。青燈老屋深蓬蒿，蝙蝠掠面莎鷄號。劍歌夜半激悲壯，松風萬壑翻雲濤。區區墓上曹征西，我知慚媿王東皋。人生只有一杯酒，螟蛉蜾蠃安能豪。

愚軒爲趙宜之賦

心生心化誰摶控，舉世倀倀皆大夢。百年只辦作朝三，争識群狙先汝弄。人人具此清净眼，妄瞖無根嗟自種。天機嗜欲涇渭雜，道念紛華鄒魯閧。令人却澹愚軒愚，一蹴藩籬開廓空。愚軒虚室久生白，掌上精真元自洞。氣筵神火俱長物。豈有古方傳魯宋。人言此眼本無負，死恨冥行人所共。智愚何預阿堵中，或者桔槔賢抱瓮。病瘖能指跛能履，眉睫雖存寧復動。我云俗士蔽一曲，全笑不全從古衆。渠儂六鑿日相攘，内不錙銖徒外重。守宫緣壁夸覆射，懸虱如輪規命中。天和一洩不知止，膏火自焚良可痛。從教自比方相多，纔與瞽師論伯仲。先生真是有道者，老境一愚聊自送。五官止廢而神行，就令有眼將無用。寄謝諸方五味禪，葛藤莫作金鎞頌。

閻商卿還山中

阿卿去月從我來，今日西山成獨往。野人不是城中物，澗飲巖棲夢餘想。翰林濕新爆竹聲。待詔履穿沾雪行。蘭臺從事更閑冷，文書如山白髮生。孤燈静照寒窗宿，北風夜半歌黄鵠。田家閉門風雪深，梅花開時酒應熟。半世虚名不療貧，棲遲零落百酸辛。憑君莫向山中説，白石清泉笑殺人。

半山亭招仲梁飲

孤城鬱鬱山四周，外人乍到如纍囚。半山亭前浙江水，只可與君消百憂。江山百年有此客，雲樹六月生凉秋。世上紅塵争白日，一丘一壑去來休。

密公寶章小集

天東長白大寶幢，天河發源導三江。有木蔽映山朝陽，云誰巢者雛鳳凰。雲間吐氣日五色，百鳥不敢言文章。名都盤盤魏大梁，黄金甲第羅康莊。王家書絶畫亦絶。欲與中秘論低昂。密公書院無絲簧，窗明几潔凝幽香。元光以後門鑰廢，文士稍得連壺觴。客來喜色浮清揚，典衣置酒餘空箱。生平俊氣不易降，眼中俗物都茫茫。淵明素琴嵇阮酒，妙意所寄誰能量。在昔武元握乾綱，扶桑爲弓射八荒。獵取大國如驅羊，民風朴魯資鷙彊，文治未及武尅剛。興陵之孫越王子，天以人瑞歸明昌。十三執經侍帝傍，十八健筆陵阿房。撑腸文字五千卷，靈臺架構森鋪張。高陽苗裔襲衆芳，胡不置之賁玉堂。袖中正有活國手，地下纔得修文郎。悲風蕭蕭吹白楊，丘山零落可憐傷。承平故態眇猶在，拂拭寶墨生輝光。恰似如庵連榻坐，一甌春露澹相忘。

送張君美往南中

南朝辭臣北朝客，棲遲零落無顔色。陽平城邊握君手，不似銅駞洛陽陌。去年春風吹雁迴，今年雁逐秋風來。春風秋風雁聲裹，行人日暮心悠哉。長江大浪金山下，吴兒舟船疾於馬。西湖十月賞風煙，想得新詩更瀟灑。

戲題新居二十韻

去冬作舍誰資助，縣侯雅以平原故。賢郎檢視日復日，規制從頭盡牢固。南風一夕怪事發，突兀赭垣殘半柱。乞漿得酒過初望，曲突徙薪忘後慮。長淮千里燕巢林，明月一枝烏遶樹。東家老屋西北走，衆木枝撑留少住。由來馬隊非講肄，況與彘牢通過路。聚廬託處何暇擇，重爲主人推獎誤。夏秋之交十月陰，抱被倚門愁旦暮。君問新居在何許，只去火餘纔數步。學宫分地與閑冷，使館有牆遮雜污。就中此宅尤費手，官給工材半傭雇。十寒一暴半載强，纔得安床置鐺釜。紛紛暗被兒女笑，老虎般彪今幾度。胸中廣厦千萬間，天地一身無着處。北來衣冠日枯槁，十九桃符傍門户。乾坤血肉得此身，剩有把茅能勿懼。上方下比良易見，好惡且當隨所遇。仰看片瓦聊自賀，疾過岩牆寧反顧。合歡明日召諸鄰，狼籍盃盤從飽吐。

蕭仲植長史齋

張顛飲豪傾四座，脱帽狂呼誰敢和。南宗北宗知幾人，醉眼紛紛飛鳥過。是公技進不名技，元氣淋漓隨咳唾。偶然捉筆本無意，自有龍騫并虎卧。當時誰有戰國策，門外雷車忽驚墮。天星無數不知名，色正芒寒纔七箇。蕭郎家世陵谷後，争信空囊蓄奇貨。蕭齋故事今復舉，未怕秋風吹屋破。護持有物世共喜，不獨一時爲子賀。藏舟夜壑未厭深，隄備有人來倚拖。

覓神霄道士古銅爵

雷章著土紛朱碧，秋菌春蒲人不識。若非儀狄墓中來，應自杜康祠下得。古人或得酒之傳，摸索飲器流饞涎。巧偷豪奪吾何敢，他日酬君九府錢。

賦澤人郭唐臣所藏山谷洮石研

舊聞鸜鵒曾化石，不數鸊鵜能瑩刀。縣官歲費六百萬，纔得此研來臨洮。玄雲膚寸天下遍，璧水直上文星高。辭翰今誰江夏筆，三錢無用試鷄毛。

贈休糧張鍊師

金砂霧散風雨疾，一點黄金鑄秋橘。中林宴坐人不知，野鹿銜花蜂課蜜。富兒盤饌羅羶葷，擾擾飛蠅復聚蚊。見説西山好薇蕨，一枝青竹願隨君。

讀書山雪中

前年望歸歸不得，去年中途脚無力。殘生何意有今年，突兀家山墮眼前。東家西家百壺酒，主人捧觴客長壽。先生醉袖挽春迴，萬落千村滿花柳。山靈爲渠也放顛，世界幻入兜羅綿。似嫌衣錦太寒乞，别作玉屑粧山川。人言少微照鄉井，準備黄雲三萬頃。何人辦作陳瑩中，來與先生共炊餅。

贈答張教授仲文

秋燈摇摇風拂席，夜聞嘆聲無處覓。疑作金荃怨曲欄畹辭，元是寒螿月中泣。世間刺繡多絶巧，石竹殷紅土花碧。窮愁入骨死不銷，誰與渠儂洗寒乞。東坡胸次丹青國，天孫繰絲天女織。倒鳳顛鸞金粟尺，裁斷瓊綃三萬疋。辛郎偷發金錦箱，飛浸海東星斗濕。醉中握手一長嗟，樂府數來今幾家。剩借春風染華髮，筆頭留看五雲花。

雲峽

石盆清泠貯秋水，水面蒼煙飛不起。一堆寒碧几研間，寶氣峥嶸插箕尾。中山雪浪空影像，長安鸜鵒猶紈綺。枉着奇章甲乙中，槁項纔堪把耕耒。不知天壤此尤物，鬼刻神劖通有幾。薰蒸似欲出泉脉，瑩滑定應凝石髓。剥裂雯華漬月秋，辛苦詩仙費摹擬。車箱箭筈連西東，仇池百穴牕玲瓏。飛墮不嫌靈鷲小，奇探已覺太湖空。故都喬木今如此，夢想熙春百花裏。膏血綱船禍九州，亡國愁顏爲誰洗。主人天質粹以温，天然與山作知聞。退食從容北窗卧，今古起滅真浮雲。

雲巖

壺中九華玉孱顔，紫煙著水往復還。小窗虚明澹相對，不數漢宫銅博山。會稽禹穴深無底，寶石偷來定山鬼。一塊寒碧殊不凡，滿谷春雲更堪喜。阿欣秀發見眉宇，小杜才情淪骨髓。摩挲不作几上看，繚白紆青便千里。渾沌日鑿餘空嵌，漏天蒸濕饒風嵐。世外元無種香國，海南真有補陁巖。觀州愛玩頻湔祓，民部平生幾薰沐。藏舟夜壑未厭深，竟作新軒坐中物。一天星月入金尊，翠射娉婷自有人。只欠宣和鄭先覺，爲君留寫五湖真。

劉遠筆

老鵵力能舉玉杵，文陣挽强猶百鈞。惜哉變化太狡獪，辴也褐衣今虎文。宣城諸葛寂無聞，前後兩劉新册勳。謝郎神鋒恨太儁，雖然豈不超人群。三錢雞毛吐皇墳，尖奴定能張吾軍。何時酌我百壺酒，爲汝醉草垂天雲。

天涯山

九州上游推大鹵，獨恨山形頗椎魯。天涯一峰今日看，快似昂頭出環堵。何年氣母此融結，鬼鑿神鑱未奇古。八窗玲瓏透朝日，洞穴慘澹藏雷雨。苔花錦石粲可喜，乞與雲烟相媚嫵。半空擲下金芙蓉，想得飛來自玄圃。傳聞絶頂更靈異，云是清都群玉府。五雲飛步吾未能，風袂泠泠已輕舉。東州死愛華不注，向在陋邦何足數。敬亭不着謝宣城，斷岸何緣比天姥。酒船何時朝復暮，倒卷滹沱浣塵土。唤起山靈搥石鼓，漢女湘妃出歌舞。詩狂他日笑遺山，飯顆不妨嘲杜甫。

贈利州侯神童

牙牙點粧杏蕾紅，阿兄抱之來學宫。今春學語語未正，已能見書識名姓。隨指隨讀無數重，多生想曾文字中。極知之無不足訝，更恐洛誦難爲功。土中松粒龍爪脱，萬牛丘山起豪末。君不見黄金寶鼎翡翠青，未要春官許衣鉢。人聞失却麻神童，明星煌煌出蒼龍。只知江陵圖籍盡一火，誰謂死草生華風。遺山老子未老在，見汝吐焰如長虹。

世宗御書田不伐望月婆羅門引先得楚字韻

瑶光樓前按歌舞，桂樹秋香月三五。白頭誰解記開元，四海歡聲沸簫鼓。兩都秋色皆喬木，三月阿房已焦土。天上亦有别離情，可是田郎心獨苦。承平舊物霓裳譜，寶氣暉暉映千古。銀橋望極竟不歸，滅没燕鴻下平楚。

贈張潤之

許年不唱龍津第，人物尤難到衰世。明堂他日要楩楠，造物也須論蚤計。晉人稟賦例真醇，兒能讀書知養親。遺山門客富儒雅，緑髮張郎名姓新。莫道琴工有師法，海山深絶解移人。

許道寧寒溪古木圖

道人醉袖蟠蛟龍，掃出古木牙須雄。開卷飄飄來陰風，翟卿論畫凡馬空。能知畫與詩同宗，解衣盤礴非衆工。遺山筆頭有關仝，意匠已在風雲中，留待他日不怱怱。

太原贈張彦遠

并州城邊十月末，清霜稜稜風入骨。因君夜話吴江春，酒光瀲灩金杯滑。閑閑騎駷去滅没，當年愛君俊於鶻。平生我亦識翁人，惆悵流年如電抹。官家新築文昌臺，蒼生不憂墮巔崖。眼看東閣奇士滿，如君豈得藏蒿萊。晨雞未鳴子當發，明星煌煌大於月，野夫一笑冠纓絶。

雜　言

去歲君遠遊送仲梁出山

去歲君遠游，今年客它州。青天萬古一明月，只與行人生暮愁。問君游何許，情多地遐兮偏處處。金鞭斷折騏驥死，萬里長鴻思一舉。憶初識子梁王臺，清風入座無纖埃。華嶽峰尖見秋隼，金眸玉爪不凡材。西園日晴花滿烟，五雲樓閣三山巔。玉樹瑶林照春色，青錢白璧買芳年。三年一夢南陽道，汴水迢迢入秋草。拏雲心事人不知，千首新詩怨枯槁。破屋仰見星，踈衾風露清。匣中有長劍，爲君鳴不平。泥塗久辱思一濯，去去舉足皆清泠。鄧州大師材望雄，愛客不減奇章公。軍中宴酣笳鼓競，銀燭吐焰如長虹。幕中多士君又往，談笑已覺南夷空。東州春迴十月後，梅華分香入春酒。平生得意欽與京，青眼高歌望君久。浙江南下青沄沄，石門細路蒼烟屯。五松平頭白日静，千山萬山如亂雲。菊源不逐時事改，芝嶺自與商顔鄰。他日想思一迴首，漁舟時問武陵人。

此日不足惜

此日不足惜，此酒不可無。頗怪昌黎公，亦復爲世儒。天生至神物，與人作華胥。一酌舌本彊，二酌燥吻濡。三酌動高興，四酌色敷腴。連綿五六酌，枯腸潤如酥。眼花耳熱後，萬物寄一壺。十酌未渠央，百觚亦奚拘。人生一世間，忽若過隙駒。有酒不解飲，問君誰與娱。君不見東家騎鯨李，膽滿六尺軀。萬言黄石策，八陣夔州圖。酒酣起舞不稱意，長吁青雲指夷吾。又不見西家紫髯郎，老氣雄萬夫。狂歌飲燕市，擊筑聲嗚嗚。倚天長劍插少室，頗欲四海皆東湖。鷹揚虎視今焉如，河山永隔黄公罏。銜盃直待秋井塌，青苔白骨憐君愚。少年覓計生白鬚，捫參歷井無危途。榮不滿睫良區區，就令一朝便得八州督，争似高吟大醉窮朝晡。餘名安得潤枯骨，四十豈不知頭顱。此日不足惜，此酒不可無。太虚爲室月爲燭，醉倒不用春風扶。

送高信卿

高卿去歲山中居，橡朝栗暮分猿狙。今年移家入城市，甑中生塵釜生魚。文窮智亦窮，五鬼更嘯呼。迺翁延客著上座，兩兒已復遭揶揄。三冬兔園册，牧豎叫語矗。濕薪烟滿眼，破硯冰生鬚。賣符與行藥，不養堂堂軀。無衣思南州，千里走單車。我嘗相夫君，不是山澤臞。十八學擊劍，二十了陰符。平生結交王與李，袖中頗有魚麗圖。文武志膽誰不如，不能拔劍斫蛟鼉，亦當赤手降於菟。胡爲堅坐守寒饑，坐令兒女悲窮途。萬事糊塗酒一壺，别時聊爲鼓嚨胡。中原麟鳳今如此，莫道皇家結網疏。

段志堅畫龍爲劉鄧州賦

豬龍可豢亦可屠，世人畫蛇復畫魚。天飛忽入阿堅筆，始覺衆史欺庸愚。腥風萬里來，白浪横江湖。一麾走海若，再顧失天吳。浩蕩明河翻，尾鬣慘不濡。只愁紙上出雷火，摶控大千如此珠。天生神物與化俱，滅没變見何所無。逆鱗自古不受觸，乃今縮頭隨卷舒。怪得堂堂髯御史，平生長有雨隨車。

送李參軍北上

五日過居庸，十日渡桑乾。受降城北幾千里，出塞入塞沙漫漫。古來丈夫淚，不灑别離間。今朝送君行，清涕留餘潸。生女莫作王明君，一去紫臺空珮環。生男莫作班定遠，萬里馳書望玉關。我知驥子墮地無齊燕，我知鴻鵠意氣青雲端。草間尺鷃亦自樂，扶摇直上何勞摶。一衣敝緼袍，一飯苜蓿盤。歲時壽翁媪，團欒有餘歡。就令一朝便得八州督，争似綵衣起舞春斕斑。去年雒陽人，今年指天山。地遠馬驣破，霜重貂裘寒。朔風浩浩來，客子慘在顔。扼胡嶺上一迴首，未必君心如石頑。君不見桓山烏，乳哺不得須臾閑。衆鶵一朝散，孤雌回顧聲悲酸。寒雁來時八九月，白頭阿母望君還。

王黄華墨竹

古來畫竹尊右丞，東坡斂衽不敢評。開元石本出摹寫，燕市駿骨留空名。亦有文湖州，畫意不畫形。一爲坡所賞，四海知有篔簹亭。深衣幅巾老明經，老死不敢言縱横。豈知遼江一派最後出，運斤成風刃發硎。雪溪仙人詩骨清，畫筆尚餘詩典刑。月中看竹寫秋影，清鏡平明白髮生。娟娟略似萱草詠，落落不減叢臺行。千枝萬葉何許來，但見醉帖字欹傾。君不見忠恕大篆草書法，趙生怒虎噀墨成。至人技進不名技，游戲亦復通真靈。百年文章公主盟，屏山見之踸且擎。聲光舊塞天壤破，議論今着兒曹輕。有物於此鳴不平，悲耶嘯耶誰汝令，只恐破窗風雨夜，怒隨雷電上青冥。

送王亞夫舉家歸許昌

一日兩食藜藿葵，三冬一褐骭與齊。監河貸粟困欲死，望望江水湔塵泥。故書一束手自携，汴兒跳梁翠女啼。出門疾走勿反顧，正恐五鬼從之西。馬中豈是無龍媒，世人徒知牝牡黄與驪。只如黄金絡頭亦不惡，誰謂茅索能相羈。天公醉着百不問，汝偶而偶奇而奇。前途兀兀黑於漆，昨日把笏今扶犁。乃知世間倚伏不可料，井底容有青雲梯。春風兩淮多鼓鼙，軍中少年舞荒鷄。因君南望一大笑，落日澮澮青山低。

湧金亭示同遊諸君

太行元氣老不死，上與左界分山河。有如巨鼇昂頭西，入海突兀已過餘坡陁。我從汾晉來，山之面目腹背皆經過。濟源盤谷非不佳，烟景獨覺蘇門多。湧金亭下百泉水，海眼萬古留山阿。觱沸濼水源，淵淪晉溪波。雲雷涵鬼物，窟宅深蛟鼉。水妃簸弄明月璣，地藏發泄天不訶。平湖油油碧於酒，雲錦十里翻風荷。我來適與風雨會，世界三日漫兜羅。山行不得山，北望空長哦。今朝一掃衆峰出，千鬟萬髻高峨峨。空青斷石壁，微茫散烟蘿。山陽十月未摇落，翠蕤雲旓相盪摩。雲烟故爲出濃淡，魚鳥似欲留婆娑。石間仙人迹，石爛迹不磨。仙人去不返，六龍忽蹉跎。江山如此不一醉，拊掌笑煞孫公和。長安城頭烏尾訛，并州少年夜枕戈。舉杯爲問謝安石，蒼生今亦如卿何！元子樂矣君其歌。

南冠行

南冠纍纍渡河關，畢逋頭白乃得還。荒城雨多秋氣重，頹垣敗屋深茅菅。漫漫長夜浩歌起，清涕曉枕留餘漬。曹侯少年出紈綺，高門大屋垂楊裏。諸房三十侍中郎，獨守殘編北窗底。王孫上客生光輝，竹花不實鵷鶵飢。絲桐切切解人語，海雲喚得青鸞飛。梁園三月花如霧，臨錦芳華朝復暮。阿京風調阿欽才，暈碧裁紅須小杜。長安張敞號眉嫵，吴中周郎知曲悮。香生春動一詩成，瑞露靈芝滿窗户。魚龍吹浪三山没，萬里西風入華髮。無人重典鷫鸘裘，展轉空床卧秋月。寶鏡埋寒灰，鬱鬱萬古不可開。龍劍出地底，青天白日驅雲雷。層冰千里不可留，離魂楚些招歸來。生不願朝入省暮入臺，願與竹林嵇阮同舉杯。郎食猩猩唇，妾食鯉魚尾，不如孟光案頭一杯水。黄河之水天上流，何物可煮人間愁。撑霆裂月不稱意，更與倒瓢鸚鵡洲。安得酒船三萬斛，與君轟醉太湖秋。

醉後走筆

建茶三盌冰雪香，《離騷》《九歌》日月光。腰金更騎揚州鶴，雋永不羨大官羊。短燈檠子移近床，秋風吹簾月轉廊。一歌再歌魂魄動，入眼渺渺横沅湘。湘妃漸遠望不及，金支翠蕤澹飛颺。漁父話獨醒，孺子歌滄浪。山鬼獨一脚，拊掌笑我旁。湘纍歸來弔故國，遺臺老樹山蒼蒼。掩書一太息，夜如何其夜未央。東家女兒繡羅裳，銀瓶瀉酒勸客嘗。一酌均跖顔，再酌齊彭殤。宇宙不今古，氣節無陰陽。少年避酒不肯喫，跬步乃有無何鄉。愛茶愛書死不徹，乃以冰炭貯我腸，世間唯有麯生風味不可忘。

南湖先生雪景乘騾圖

大河茫茫白連空，寒雲迢迢度南鴻。汴梁高樓管絃裏，成臯行人西北風。北風吹雪來，飄瞥捲孤蓬。異色變慘澹，元氣開洪濛。襄陽潮陽詩境在，掇拾物色真難工。青騾誰此游，望見知是南湖翁。南湖翁，少日骯髒今龍鍾，猶能吐氣萬丈如長虹。閉門兀坐意不愜，要看銀海翻魚龍。寶華世界瓊瑶宫，江山隨翁入清雄。詩成仰天一大笑，飛花落絮春濛濛。鬱鬱梁宋郊，翁家出强宗。許與必豪右，收入等侯封。

翁年十八九，弄筆學彫蟲。疊取兩解魁，隱隱何隆隆。一旦拂衣去，學劍事猿公。正隆適南征，疋馬走從戎。墨瓦磨楯鼻，意與江流東。紫微出東方，淮海亦來同。都將書與劍，田間就春農。仕宦不作邴曼容，醉鄉自愛王無功。鵁鶄從渠致鐘鼓，野鶴豈合棲樊籠。南湖煙景多，魚鳥亦從容。亦有兩小船，綸竿插舡蓬。高亭出秀樾，窗户連青紅。清飆隨睡輿，暝色赴吟笻。門前車馬來，日釀日不供。但苦佳客少，焉知清興終。看翁棄瓢詩，調戲鴟夷老子如兒童。雄吞已覺雲夢小，寒縮寧作書生窮。當年我得奉談笑，晝夜肯放清樽空。東家西家不相從，南海北海不相逢。風流耆舊今誰似，惆悵相看是畫中。

題劉紫微堯民野醉圖

蒼苔濁酒同歌呼，白鬚紅頰醉相扶。堯時皇質未全散，不論朝野皆歡虞。望雲雲非雲，就日日非日。先秦迂儒强解事，極口譽堯初未識。堯民與酒同一天，此外更誰爲帝力。仙老曾經甲子年，戲將陳迹畫中傳。山川淳樸忽當眼，迴望康衢一慨然。不見只今汾水上，田翁鞭背出租錢。

嘯臺感遇

裴回五岩上，浩歌彌激烈。望望蟾房翁，倒影乍明滅。池古足靈異，祠廢餘像設。子規夜啼山竹裂，老鶴亂踏枯松折。嘯臺音響杳不聞，蕩蕩青天一明月。荒山破瓦色，十步九窪疊。水泉出沮洳，一綫僅不絕。翁乎何意留此居，可是他山無地穴。大道既下衰，日鑿聰明開。玉從珪璋毁，木以青黄災。天和散不留，去浪無東迴。咄咄此老蒼，骯髒仰怪魁。兖年生甲子，含德如未孩。標枝野鹿致足樂，火倉屋居良所哀。史筆亦厚誣，何曾校計識與材。纏身正有一丈髮，直以何物觀形骸。大笑黄冠師金丹，羽化之説何從來。豈知大人先生獨立萬物表，太古元氣同胚胎。不見今日孫公和，横絶四海隘九垓，嵇康養生安在哉。

水簾記異

黄華絶境探未窮，道人曾約山櫻紅。鏡臺懸流不易得，世俗名取香爐峰。七年長路今一到，刺鯾欲滿平生胸。豈知旱久泉脉絶，快意一濯無由供。神明自足還舊觀，湧浪争敢徼靈通。何因狡獪出變化，勝概轉盻增清雄。天孫機絲拂夜月，佛界珠網摇秋風。稱奇叫絶喜欲舞，恨不百繞青芙蓉。銀橋清凉巔，玉鏡崧丘東。世外果無物，邂逅乃一逢。書生眼孔塞易破，勺水已復誇神功。東坡拊掌應大笑，不見蟄窟鞭魚龍。

䢼谷聖燈

金門寺前山突起，并底寶巖三十里。舊聞聖燈在山上，紫微侍郎宜不妄。山空月黑無人聲，林間宿鳥時一鳴。游人燒香仰天立，不覺紫烟峰頭一燈出。一燈一燈續一燈，山僧失喜見未曾。金繩脱串珠散迸，玉丸走柈光不定。飛行起伏誰控摶，華麗清圓自殊勝。北荒燭龍開晦冥，南極入地多異星。豈知心光毫相有真遇，物外恍惚終難憑。腐儒心魄爲動蕩，再拜中庭謝靈貺。何曾辨作劉更生，下照乃辱青藜杖。昨朝黄華瀑流神所憐，今朝金門佛燈佛作緣。紛紛世議何足道，盡付馬耳春風前。

李峪園亭看雨

龍山右脅松十里，細路蜿蜒繞龍尾。松林迫塞悶煞渠，北望玉泉疑井底。玉泉元自别一天，眼界廓廓無神川。金城百里纔一俯，半尖浮圖插蒼烟。行行下絶巘，招提忽當眼。未到倦不勝，小憩遂忘返。玉泉一杯甘以洌，未須張陸誇冰雪。主人不在客不留，烈風崖下風飅飅。石頭路滑馬蹄怯，山雨未落雲先愁。將軍林園永安下，秋霽村墟絶瀟洒。濃雲壓屋風打頭，僅得羈御脱疲馬。只知龍山之神神更神，永安亦能撼詩人。晦暝變化千萬態，畫出風雨元非真。山靈亦愁歸後夜，半面時時見雲罅。天瓢細洒供晚凉，不似草堂迴俗駕。層陰一掃群峰出，一洗深青徹山骨。夕陽展放紫翠屏，只欠松梢一輪月。山中一石迴萬牛，況是一壑復一丘。不如一詩招將入南州，先生興來時卧游。

游龍山

曩予魏大梁，得交此州雷與劉。自聞兩公誇南山，每恨南海北海風馬牛。老龍面目今日始一見，更信造物工雕鎪。是時山雨晴，平田緑油油。並山凉氣多，況得通深幽。山泉谷口出迎客，石罅戛擊琳琅球。蜿蜒入微行，漸覺藤蘿罥衣樹打頭。惡木拉颯棲，直幹比指稠。石門無風白日静，自是林響寒飅飅。一峰忽當眼，仰看看不休。一峰一峰千百峰，雖欲一一顧揖知無由。金城偃蹇不得上，瑶甕回合如相留。百苔花萬錦石，丹碧爛不收。天關守虎豹，武庫開戈矛。小山隨起隨偃仆，獨立千仞絶頂縹緲之飛樓。花崗頭藉草坐，瀟洒正值金蓮秋。亭亭妙高臺，玉斧何年修。登高攬元化，快如鷹脱鞲。山靈故爲作開闔，巧與詩境供冥搜。白雲何許來，纖絲弄輕柔。蓬蓬作霧湧，飄飄與煙浮。玉衣仙人鞭素虬，翕忽變化令人愁。須臾視六合，浩蕩不可求。初疑陶輪北運甓，今悟夜壑真藏舟。劫石拂未窮，杞國浪自憂。舉斷鼇立極萬萬古，争遣起滅如浮漚。快哉萬里風，一掃天四周。誰言太始再開闢，日馭本自無停輈。舉手謝山靈，就無清凉毫相非神羞。賤子貪名山，客刺已屢投。黄華挂鏡臺，天壇避秦溝。太山神明觀，二室汗漫游。胸中隱然復有此大物，便可揮斥八極隘九州。玉峰有佳招，絶唱須一酬。爲君探囊擲下珊瑚鈎，白雲相望空悠悠。異時華表見老鶴，姓字莫忘元丹丘。

醉中送陳季淵

寒食不數日，天氣殊未佳。翩翩金門客，行行指龍沙。朝發忻城暮隴頭，隴頭地寒無草芽。拂雲堆邊春更晚，雪花茫茫楊白雪。紇干山高凍煞雀，榆葉離離小橐薄。愛君只欲苦死留，不道南飛何所樂。書生弓馬能幾何，乃今賨校金盤陁。孔璋文筆妙天下，《敕勒》不數陰山歌。向年賦奇雨，擁海驅雲筆頭注。快如懷素書布障，狂笑劉叉寫《冰柱》。李汾王鬱俱灰塵，天意乃在溵陽陳。舌吐萬里唾一世，眼高四海空無人。殘民假息仍瘡痏，誰作東山謝安起。恨我不比長桑君，一月觴君上池水。眼中之人不易忘，誰作冰炭置我腸。衰顏明鏡兩寂寞，别意春江誰矩長。但願年年見顏色，與君連日醉壺觴。

送弋唐佐還平陽

我從商餘之山過罨羅，聞君六經百家富研摩。會最上指冠巍峨，豈肯俯首春官科。覃懷變生十載後，我時避兵方北走。通家弋宋共有無，行輩許之爲老友。晉州一書君肯來，握手大笑心顏開。春風着人不覺醉，快卷更須三百杯。鶴骨鶱飛法當壽，況是丹房藥鏡留心久。崑崙神泉蔓术芝，乞與餘膏潤衰朽。天府學士登瀛洲，松頂仙人垂直鈎。愛君直欲抵死留，自言世事非所求。千古黄金鑛中淚，不獨盧仝并馬異。蘇州韋郎交分深，香山白傅金玉音，借渠兩詩寫我心。相知非不多，但苦心不同。同心一人去，坐覺長安空。離愁何從生，生從情愛中。不見行路人，拂袖自西東。汾流滔滔兮日千里，青眼高歌吾老矣。

游泰山

泰山天壤間，屹如鬱蕭臺。厥初造化手，辦此何雄哉。天門一何高，天險若可階。積蘇與累塊，分明見九垓。扶摇九萬里，未可誣《齊諧》。秦皇憺威靈，茂陵亦雄材。翠華行不歸，石壇滿蒼苔。古今一俯仰，感極令人哀。是時夏春交，紅緑無邊涯。奇探忘登頓，意愜自遲回。惜無賞心人，歡然盡餘杯。夜宿玉女祠，崩奔湧雲雷。山靈見光怪，似喜詩人來。鷄鳴登日觀，四望無氛霾。六龍出扶桑，翻動青霞堆。平生華嵩遊，兹山未忘懷。十年望齊魯，登臨負吟鞵。孤雲拂層崖，青壁落落雲間開。眼前有句道不得，但覺胸次高崔嵬。徂徠山頭唤李白，吾欲從此觀蓬萊。

樂　府

西樓曲

游絲落絮春漫漫，西樓曉晴花作團。樓中少婦弄瑶瑟，一曲未終坐長嘆。去年與郎西入關，春風浩蕩隨金鞍。今年疋馬妾東還，零落芙蓉秋水寒。并刀不剪東流水，湘竹年年露痕紫。海枯石爛兩鴛鴦，只合雙飛便雙死。重城車馬紅塵起，乾鵲無端爲誰喜。鏡中獨語人不知，欲插花枝淚如洗。

黄金行

王郎少年詩境新，氣象慘澹含古春。筆頭仙語復鬼語，只有温李無他人。天公著詩貧子身，子曾不知乃自神。人間不買詩名用，一片青衫衡霍重。兒貧女富母兩心，何論同袍不同夢。入門唤婦不下機，淚子垢面兒啼飢。君詩只有貧女謡，何曾夢見金縷衣。外家翁媪日有語，嫁女書生徒爾爲。昆陽城下三更酒，醉膽輪囷插星斗。一昔詩腸老蛟吼，十尺長人墮車走。斫頭不屈三萬言，欲向何門復伭首。何人壽我黄金千，使君破鏡飛上天。

幽蘭

仙人來從舜九疑，辛夷爲車桂作旂。疏麻導前杜若隨，披猖芙蓉散江籬。南山之陽草木腓，澗岡重複人迹希。蒼崖出泉懸素霓，修然獨立風吹衣。問何爲來有所期，歲云暮矣胡不歸。鈞天帝居清且夷，瑶林玉樹生光輝。自棄中野誰當知，霰雪慘慘清入肌。寸根如山不可移，雙麋不返夷叔飢。飲芳食菲尚庶幾，西山高高空蕨薇。露槃無人薦湘纍，山鬼切切雲間悲。空山月出夜景微，時有彩鳳來雙棲。

續小娘歌十首

其十

黄河千里扼兵衝，虞虢分明在眼中。爲向淮西諸將道，不須誇説蔡州功。

五　律

癸巳除夜

鼎定周元重，薪安漢已然。不隨南渡馬，虚泛北歸船。身並枯蜩化，心争脱兔先。塵埃嗟落薄，光景强留連。往事青燈裏，浮心白髮前。更殘鐘未動，猶屬出京年。

綦威卿毅挽辭

東海于門舊，桐鄉邑墓遷。芝蘭宜有種，珠玉自成淵。慈母依鄰切，名郎獲譽先。豪華非日損，信厚出天然。詣理言猶訥，持心静益專。笑談千里到，咳垂百金捐。論齒推予長，垂髫得子賢。通家仍孔李，知己與玉田。刻責誰斯切，推扶最所偏。孤嫠平日託，昆季再生緣。摧割詩寧寫，精微夢或傳。都將百年淚，一慟夜臺前。

老樹

老樹高留葉，寒藤細作花。沙平時泊雁，野迥已攢鴉。旅食秋看盡，行吟日又斜。干戈正飄忽，不用若回家。

勝概

勝概烟塵外，新詩杖履間。偶隨流水去，澹與暮雲還。吾道三緘口，時情一解顔。從今便高卧，已負半生閑。

聞希顏得英府記室

近得髯參信，知從兔苑游。文星映朱邸，勝概減黄樓。進退存中道，功名接上流。徒懷貢公喜，塵土隔瀛洲。

得姪搏信二首

其一

今日鄜州姪，知從虎穴還。百年陰德在，幾日鬢毛斑。隔闊家仍遠，羈棲食更艱。誰憐西北夢，依舊遶秦關。

答潞人李唐佐贈詩

聞道嗟予晚，求師愧子賢。泥途終自拔，璞玉豈虚捐。書破三千牘，詩論二百年。文章有聖處，正脉要人傳。

感事

壯事本無取，老謀何所成。人皆傳已死，吾亦厭餘生。潦倒封侯骨，淹留混俗情。百年堪一笑，辛苦惜虚名。

同冀丈明秀山行

暮景披横幅，山間二老同。雲如愁戍苦，雪亦笑詩窮。古木凍欲折，斷崖行復通。從今胡谷夢，時到水聲中。

壬子月夕

明月復明月，今年還遠游。關河動歸興，時節重離憂。老眼耿無寐，病身偏覺秋。遥憐小兒女，把酒望東州。

京兆漕司官居三首

其　二

複嶺雲横野，孤峰玉柱天。遥知開館日，别破見山錢。夢出紛華外，詩來寂寞邊。亭中誰舉酒，高興相悠然。

甲寅正月二十三日故關道中三首

其　一

雪礀不得過，陽坡如見留。林烟常暗澹，木葉自飕飀。齒髮悲行役，鶯花惜舊游。塵埃與風雨，看待幾時休。

其　三

六十復半十，年年添白頭。秖知詩遣興，未覺酒忘憂。人七因循過，元宵塊坐休。殷勤行記上，今日是東州。

送文生西行

今夜東山月，隨人知幾程。從軍少年事，分守故鄉情。渭水風露早，秦川烟樹平。相招有仙掌，無計與君行。

七　律

野菊座主閑閑公命作

柴桑人去已千年，細菊班班也自圓。共愛鮮明照秋色，争教狼籍卧踈烟。荒畦斷壠新霜後，瘦蝶寒螿晚景前。只恐春蘗笑遲暮，題詩端爲發幽妍。

寄希顔二首

其　一

僵卧崧丘七見春，商餘歸計一廛新。悠悠華屋高貲意，兀兀田夫野老身。動色雲山如有喜，忘機鷗鳥亦相親。麄踈潦倒今如此，樓上元龍莫笑人。

懷益之兄

牢落關河雁一聲，干戈滿眼若爲情。三年浪走空皮骨，四海相望只弟兄。黄耳定從秋後到，白頭新自夜來生。西樓日日西州道，欲賦窮愁竟不成。

寄答趙宜之兼簡溪南詩老

窗影朧朧納暝陰，風聲浩浩急霜砧。秋鴻社燕飄零夢，潁水崧山去住心。黄菊有情留小飲，青燈無語伴微吟。故人憔悴蓬茅晚，料得老懷如我今。

自菊潭丹水還寄崧前故人

臘雪春泥晚未乾，馬迎殘照入荒寒。初無梟鳥將安往，正有牛刀恐亦難。倦客不知歸路遠，孤城唯覺暮山攢。黄金鍊出相思句，寄與同聲别後看。

鄧州相公命賦喜雨

輕陰十日暮春前，和氣朝來已沛然。河潤定應連上國，雲來端合自中天。烽零帶濕閑幽障，麥壠分青入廢田。共識使君霖雨手，調元消息在今年。

新野先主廟

一軍南北幾扶傷，長坂安行氣已王。豪傑盡思爲漢用，江山初不假吴强。兩朝元老心雖壯，再世中興事可常。寂寞永安宫畔土，争教安樂似山陽。

岐陽三首

其　二

百二關河草不横，十年戎馬暗秦京。岐陽西望無來信，隴水東流聞哭聲。野蔓有情縈戰骨，殘陽何意照空城。從誰細向蒼蒼問，争遣蚩尤作五兵。

浩然師出圍城賦鶴詩爲送

夢寐西山飲鶴泉，羡君歸興渺翩翩。昂藏自有林壑態，飲啄暫隨塵土緣。遼海故家人幾在，華亭清淚世空憐。明年也作江鷗去，水宿雲飛共一天。

追用座主閑閑公韻上致政馮内翰二首

其　一

峻坂平生幾疾驅，歸休甫及引年初。東門太傅多祖道，北闕詩人休上書。皁櫪老歸千里驥，白雲閑釣五溪魚。非熊有兆公無恙，會近君王六尺輿。

壬辰十二月車駕東狩後即事五首

其一

翠被葱葱見執鞭，戴盆鬱鬱夢瞻天。只知河朔歸銅馬，又説臺城墮紙鳶。血肉正應皇極數，衣冠不及廣明年。何時真得携家去，萬里秋風一釣舡。

中秋雨夕

南樓高興在胡床，十日秋陰負一觴。庾老未應妨嘯詠，素娥多自怨昏黄。此生此夜不長好，行雨行雲有底忙。却恐哦詩太愁絶，且燒銀燭看紅粧。

癸巳四月二十九日出京

塞外初捐宴賜金，當時南牧已駸駸。只知灞上真兒戲，誰謂神州遂陸沉。華表鶴來應有語，銅槃人去亦何心。興亡誰識天公意，留着青城閲古今。

即事

逆豎終當鱠縷分，揮刀今得快三軍。燃臍易盡嗟何及，遺臭無窮古未聞。京觀豈當誣翟義，哀衣自合從高勳。秋風一掬孤臣淚，叫斷蒼梧日暮雲。

甲午除夜

暗中人事忽推遷，坐守寒灰望復燃。已恨太官餘麯餅，争教漢水入膠船。神功聖德三千牘，大定明昌五十年。甲子兩周今日盡，空將衰淚灑昊天。

杏花落後分韻得歸字

獺髓能醫病頰肥，鸞膠無那片紅飛。殘陽淡淡不肯下，流水溶溶何處歸。煮酒清林寒食過，明粧高燭賞心違。寫生正有徐熙在，漢苑招魂果是非。

繡江汎舟有懷李郭二公

荷花如錦水如天，狼籍秋香擁畫船。長白風煙最瀟洒，外臺賓主重留連。勝遊每恨隔千里，樂事便當論百年。咫尺西州兩詩客，不來同作飲中仙。

鎮州與文舉百一飲

翁仲遺墟草棘秋，蒼龍雙闕記神州。只知終老歸唐土，忽漫相看是楚囚。日月盡隨天北轉，古今誰見海西流。眼中二老風流在，一醉從教萬事休。

望蘇門

諸父當年此往還，客衣塵土淚班班。太行秀發眉宇見，老阮亡來尊俎閑。出岫暮雲歸有處，投林孤鶴杳難攀。湧金亭上秋如畫，興在青林杳靄間。

懷州子城晚望少室

河外青山展卧屏，并州孤客倚高城。十年舊隱拋何處，一片傷心畫不成。谷口暮雲知鄭重，林梢殘照故分明。洛陽見説兵猶滿，半夜悲歌意未平。

別覃懷幕府諸君二首

其一

王後盧前舊往還，江東渭北此追攀。百年人物存公論，四海虚名只汗顔。詩酒聊堪慰華髮，衡茅終擬共青山。相思後日并州夢，常在瑶林照映間。

外家南寺

鬱鬱秋梧動晚烟，一庭風露覺秋偏。眼中高岸移深谷，愁裏殘陽更亂蟬。去國衣冠有今日，外家梨栗記當年。白頭來往人間遍，依舊僧窗借榻眠。

桐川與仁卿飲

瀟瀟茅屋繞清灣，四面雲開碧玉環。已分故人成死别，寧知尊酒對生還。風流豈落正始後，詩卷長留天地間。海内斯文君未老，不須辛苦賦囚山。

寄楊飛卿

客夢悠悠信轉蓬，蘂牀殷殷動晨鐘。西風白髮三千丈，故國青山一萬重。沙水有情留過雁，乾坤多事汝秋蟲。三間老屋知何處，慚愧雲間陸士龍。

東平送張聖與北行

天山曾望使車還，官柳青青此重攀。去國衣冠元易感，中年親友更相關。籥雲自可無千里，隱霧難教見一班。海内文章在公等，不應空老道途間。

四哀詩

王仲澤

太學聲華弱冠馳，青雲歧路九霄飛。上前論事龍顔喜，幕下籌邊犬吠稀。壯志相如頭碎柱，赤心嵇紹血沾衣。從來聖牘褒忠義，誰爲幽魂一發輝。

杏花二首

其　二

一穗蘆鞭一穗塵，西園紅豔眼中新。帽簷分去家家喜，酒面飛來片片春。梅柳幾曾同故事，櫻桃纔得綴芳辰。荒城此日腸堪斷，老却探花筵上人。

贈張文舉御史

安穩藜床坐欲穿，合教絶學到真傳。清貧自苦知何負，神理無憑恐未然。麋乳尚憐孤竹餓，龍頭誰識管寧賢。無窮白日青天在，會有先生引鏡年。

晨　起

燈火青熒語夜闌，柴荆寂寞掩春寒。歡悰已向杯中減，老態何堪鏡裏看。多病所須唯藥物，一錢不直是儒冠。掣鯨莫倚平生手，只有東溪把釣竿。

梁都運亂後得故家所藏無盡藏詩卷見約題詩同諸公賦

飛亭四望水雲寬，亭上高人杳莫攀。已就湖山攬奇秀，更教鄉社得安閑。風流豈落正始後，詩卷常留天地間。勝賞休言隔今昔，肩吾新自會稽還。

出都二首

其　一

漢宫曾動伯鸞歌，事去英雄不奈何。但見觚稜上金爵，豈知荆棘卧銅駞。神仙不到秋風客，富貴空悲春夢婆。行過盧溝重迴首，鳳城平日五雲多。

其　二

歷歷興亡敗局棋，登臨疑夢復疑非。斷霞落日天無盡，老樹遺臺秋更悲。滄海忽驚龍穴露，廣寒猶想鳳笙歸。從教盡劃瓊華了，留在西山儘淚垂。

贈答樂大舜咨

舟車何地得通津，書疏相忘意更親。但愛柏臺推峭直，豈知梅賦更清新。兩都秋色皆喬木，耆舊風流有幾人。詩酒陪從約他日，鷄川已許濯纓塵。

呂國材家醉飲

世事悠悠殊未涯，七年回首一長嗟。虚傳庾信凌雲筆，無復張騫犯斗槎。去國衣冠有今日，春風桃李是誰家。螺臺剩有如川酒，暫爲紅塵拂鬢華。

洛　陽

千年河岳控喉襟，一日神州見陸沉。已爲操琴感衰涕，更須同輩夢秋衾。城頭大匠論蒸土，地底中郎待摸金。擬就天公問翻復，蓬萊丹碧果何心。

爲鄧人作詩

再見州人本不期，相留相挽忍相違。携盤渭水堪流涕，種柳金陵已合圍。事去恍疑春夢過，眼明還似故鄉歸。題詩未要題名字，今是中原一布衣。

寄楊弟正卿

馬迹車塵漫白頭，蒼生初不待君憂。且從少傅論中隱，儘要元規擁上流。東閣官梅動詩興，洞庭春色入新篘。歸程未覺西庵遠，夜夜清伊繞石樓。

贈答同年敬鼎臣

四海屏山放一頭，争教塵土走東州。長身奉米侏儒飽，束髮從軍妄尉侯。千首新詩工作祟，百壺清酒未消憂。悠悠世事今如此，付與煙波着釣舟。

寄答仰山謙長老

木庵推出謙書記，乞與雲林百自由。想得驅驢入招隱，勝於騎鶴上揚州。衆租皆喜芋初熟，一鳥不鳴山更幽。日暮五城市聲合，松風亭上莫迴頭。

平定鵲山神應王廟

古柳輪囷欲十圍，鵲山祠廟此遺基。萬金良藥移造化，老眼天公誰耦畸。已爲養生誣單豹，不應遭網廢元龜。半生磊磈澆仍在，擬問靈君乞上池。

十一月五日暫往西張

城隈細路入沙汀，絮帽衝風日再經。歎歲村虚更荒惡，窮冬人影亦伶俜。林煙漠漠鴉邊暗，山骨稜稜雪外青。四十年來比寒苦，凍吟猶記隴關亭。

陀羅峰二首

其一

念念靈峰四十年，一來真欲斷凡緣。鑿開混沌露元氣，散布兜羅彌梵天。雲卧無時不閑在，樓居何處得超然。殊祥莫詫清凉傳，會與兹山續後篇。

玉泉二首

其一

神岳提封入寺基，上公官秩見僧碑。雲藏佛屋晴猶暗，樹近禪窗老更奇。竹杖只供行險易，藜床偏與望川宜。同時不及髯中令，猶得泉名比鳳池。

其　二

玉水泓澄古殿隅，又新名第不關渠。每因天日流金際，更憶風雷裂石初。百里官壺分韻勝，千人齋粥薦甘餘。八功德具休誇好，玩景臺荒有破除。

玄都觀桃花

前度劉郎復阮郎，玄都觀裏醉紅芳。非關小雨能留客，自是桃花要洗粧。人世難逢開口笑，老夫聊發少年狂。一杯盡吸東風了，明日新詩滿晉陽。

甲辰秋留别丹陽

踈踈衰柳映金溝，祖道都門復此留。千里關河動歸興，九秋雲物發詩愁。嚴城鍾鼓月清曉，老馬風沙人白頭。後夜相思渺何許，西山西畔是并州。

别緯文兄

玉壘浮雲變古今，燕城名酒足浮沉。眼中誰復承平舊，言外驚聞正始音。異縣他鄉千里夢，連枝同氣百年心。行期幾日休相問，觸撥羈愁恐不禁。

空山何巨川虚白庵二首

其　二

露菊霜茱薦枕囊，石泉崖蜜破松黄。只緣山遠無來客，更覺心清聞妙香。棋局儘堪消日晷，吟毫真合染溪光。劇談不盡江湖景，重與青燈約對床。

蜀昭烈廟

合散扶傷老益堅，荒祠重過爲凄然。君臣洒落知無恨，庸蜀崎嶇亦可憐。一縣山陽堯故事，三年章武魏長編。錦宫羽葆今何處，半夜樓桑叫杜鵑。

常仲明教授挽辭

雲際虚瞻處士星，豈知談笑已忘形。鎮州肥膩無毫髮，晉産真淳有典刑。白帽枉教淹晚節，緑囊元擬濟含靈。汝南後日先賢傳，猶欠知幾爲勒銘。

追録舊詩二首

其　二

潦倒聊爲隴畝民，一犁分得雨聲春。功名何物堪人老，天地無心誰我貧。顥上雲烟隨處好，洛陽桃李幾番新。悠悠世事休相問，牟麥今年晚得辛。

和白樞判李定齋有詩寄白以因風何惜數行書爲落句白酬答云欲搜春草池塘句藥裹關心夢不成余平解之

金粟崗頭有髮僧，遥知默坐對龕燈。書郵但覺浮沉久，詩卷何緣唱和曾。白日放歌須縱酒，清朝有味是無能。相逢定有池塘句，藥裹關心恐未應。

送端甫西行

瀛洲人物早知名，車騎雍容一座傾。美酒清歌良有味，緑波春草若爲情。渭城朝雨三年别，平地青雲萬里程。老我秦游舊曾約，夢中仙掌已相迎。

同嚴公子大用東園賞梅

東閣官梅要洗粧，青雲公子不相忘。翰林風月三千首，樂府金釵十二行。佳節屢從愁裏過，老夫聊發少年狂。花行更比梳行好，誰道并州是故鄉。

十日作

關樹蕭條返照明，并陘西北算歸程。青黄大似溝中斷，文字空傳海内名。平地煙霄遂如許，秋風茅屋可憐生。重陽擬作登高賦，一片傷心畫不成。

曹壽之平水之行

關塞相望首重搔，相逢衰颯嘆顛毛。驪珠可忍輕彈雀，犗餌何緣得釣鰲。從昔丘園昌晚節，何來山岳揔秋毫。西風先有龍門約，共舉一杯持兩螯。

挽雁門劉克明

詩骨脩然野鶴孤，兩年清坐記圍爐。金初宋季聞遺事，第靡波流見古儒。已分幽人嗟古柏，争教孺子莫生芻。鳳山後日先賢傳，再有劉宗祭酒無。

送李同年德之歸洛西二首

其一

千佛名經有幾人，棲遲零落轉情親。承平盛集今無復，哀樂中年語最真。衣上緇塵元自化，鏡中白髮爲誰新。水南水北相逢在，剩醉酴醾十日春。

存殁

行間楊趙提衡早，老去辛劉入夢頻。按上酒杯聊自慰，袖中詩卷欲誰親。兩都秋色皆喬木，一代名家不數人。汲冢遺編要完補，可能虚負百年身。

人日有懷愚齋張兄緯文

書來聊得慰懷思，清鏡平明見白髭。明月高樓燕市酒，梅花人日草堂詩。風光流轉何多態，兒女青紅又一時。澗底孤松二千尺，殷勤留看歲寒枝。

趙元德御史兄七秩之壽

富貴浮雲世態新，典刑依舊老成人。松身鶴骨詩千狀，玉潤冰清德有鄰。已卜新居近泉石，不應晚節傍風塵。平頭七十從頭數，才是梅溪第一春。

七絶

論詩三十首

其一

漢謡魏什久紛紜，正體無人與細論。誰是詩中疏鑿手，暫教涇渭各清渾。

其三

鄴下風流在晉多，壯懷猶見鐵壺歌。風雲若恨張華少，温李新聲奈爾何。

其五

縱横詩筆見高情，何物能澆磈磊平。老阮不狂誰會得，出門一笑大江横。

其六

心畫心聲總失真，文章仍復見爲人。高情千古《閑居賦》，争信安仁拜路塵。

其七

慷慨歌謡絶不傳，穹廬一曲本天然。中州萬古英雄氣，也到陰山敕勒川。

其　八

沈宋横馳翰墨場，風流初不廢齊梁。論功若準平吴例，合着黄金鑄子昂。

其　九

鬬靡誇多費覽觀，陸文猶恨冗於潘。心聲只要傳心了，布穀瀾翻可是難。

其　十

排比鋪張特一途，藩籬如此亦區區。少陵自有連城璧，争奈微之識碔砆。

其十一

眼處心生句自神，暗中摸索總非真。畫圖臨出秦川景，親到長安有幾人。

其十二

望帝春心託杜鵑，佳人錦瑟怨華年。詩家總愛西崑好，獨恨無人作鄭箋。

其十三

萬古文章有坦途，縱横誰似玉川盧。真書不入今人眼，兒輩從教鬼畫符。

其十九

萬古幽人在澗阿，百年孤憤竟如何。無人説與天隨子，春草輸贏校幾多。

其二十

謝客風容映古今，發源誰似柳州深。朱絃一拂遺音在，却是當年寂寞心。

其二十一

窘步相仍死不前，唱醻無復見前賢。縱横正有凌雲筆，俯仰隨人亦可憐。

其二十四

有情芍藥含春淚，無力薔薇卧晚枝。拈出退之山石句，始知渠是女郎詩。

其二十六

金入洪鑪不厭頻，精真那計受纖塵。蘇門果有忠臣在，肯放坡詩百態新。

其二十七

百年纔覺古風迴，元祐諸人次第來。諱學金陵猶有説，竟將何罪廢歐梅。

其二十八

古雅難將子美親，精純全失義山真。論詩寧下涪翁拜，未作江西社裏人。

其二十九

池塘春草謝家春，萬古千秋五字新。傳語閉門陳正字，可憐無補費精神。

其三十

撼樹蚍蜉自覺狂，書生技癢愛論量。老來留得詩千首，却被何人校短長。

杏花雜詩十三首

其八

西山漠漠有無中，幾日園林幾樹紅。燕子銜將春色去，錯教人恨五更風。

戊子正月晦日内鄉西城遊眺

雄蜂雌蝶爲花狂，陌上遊人醉幾塲。前日少年今白髮，却來閑處看春忙。

題伊陽楊氏戲虎圖

大班哆笑口侵耳，小班蓄縮如乞憐。戲聞真成兩勍敵，發機誰在卞莊前。

家山歸夢圖三首

其　三

游騎北來塵滿城，月明空照漢家營。卷中正有家山在，一片傷心畫不成。

俳體雪香亭雜詠十五首

其　一

滄海横流萬國魚，茫茫神理竟何如。六經管得書生下，闊劍長鎗不信渠。

其　二

洛陽城闕變灰煙，暮虢朝虞只眼前。爲向杏園雙燕道，營巢何處過明年。

其　三

落日青山一片愁，大河東注不還流。若爲長得熙春在，時上高層望宋州。

其　四

醇和旁近洞房環，碧瓦參差竹木閑。批奏内人輪上直，去年名姓在窗間。

其　五

天上三郎玉不如，手中白雨趁花奴。御屏零落宣和筆，留得華清按樂圖。

其　六

詩仙詩鬼不謾欺，時事先教夢裏知。禁苑又經人物散，荒凉臺榭水流遲。

其　七

金縷歌詞金曲巵，百年人事鬢成絲。重來未必春風在，更爲梨花住少時。

其　八

楊柳隨風散緑絲，桃花臨水弄妍姿。無端種下青青竹，恰到湘君淚盡時。

其　九

琵琶心事曲中論，曾笑明妃負漢恩。明日天山山下路，不須回首望都門。

其　十

爐薰浥浥帶輕陰，翠竹高梧水殿深。去去氈車雪三尺，畫羅休縷麝香金。

其十一

羅綺深宫二十年，更持桃李向誰妍。人生只合梁園死，金水河頭好墓田。

其十二

苦才多思是春風，偏近騷人悵望中。啼盡杜鵑枝上血，海棠明日更應紅。

其十三

暖日晴雲錦樹新，風吹雨打旋成塵。宮園深閉無人到，自在流鶯哭暮春。

其十四

萬户千門盡有名，眼中歷歷記經行。賦家正有蕪城筆，一斷傷心畫不成。

其十五

暮雲樓閣古今情，地老天荒恨未平。白髮纍臣幾人在，就中愁殺庾蘭成。

雜著四首

其一

白髮劉郎老更痴，人間那有後天期。茂陵石馬專相待，種下蟠桃屬阿誰。

其二

白髮中官解道詩，殷勤仍爲惜花枝。雪香亭上清明宴，記得君王去歲時。

其　三

六朝瓊樹掌中春，迴首胡粧一面新。生羨石家金谷裏，千年獨有墜樓人。

其　四

燕語鶯啼百囀新，長廊寂寂不逢人。東君去作誰家客，花柳無情各自春。

戲贈白髮二首

其　一

鏡中昨日又明朝，破屋春深雪未消。摘下數莖聊自笑，貴人頭上不相饒。

濟南雜詩十首

其　三

華山真是碧芙渠，湖水湖光玉不如。六月行人汗如雨，西城橋下見游魚。

聞歌懷京師舊遊

樓前誰唱緑腰催，千里梁園首重迴。記得杜家亭子上，信之欽用共聽來。

李進之迂軒二首

其　一

白髮歸來世事新，書生風味是清貧。欹斜歷落從人笑，潦倒麤疎我自真。

過邯鄲四絶

其　一

富貴榮華一嘆嗟，依然夢裏説茗華。千年幾度山河改，空指遺臺是趙家。

其　四

死去生來不一身，定知誰妄復誰真。邯鄲今日題詩客，猶是黄粱夢裏人。

竹溪夢遊圖

意外荒寒下筆親，經營慘淡似詩人。何時萬頃風煙裏，白髮刀騷一幅巾。

自題二首

其二

千首新詩百首文，藜羹不糝日欣欣。鏡中自照心語口，後世何須楊子雲。

劉氏明遠庵三首

其二

世間無物礙虛空，宴坐經行一體同。老眼不應隨鏡轉，江山元只在胸中。

同漕司諸人賦紅梨花二首

其一

梨花曾比太真妃，别有風流一段奇。白雪爲肌玉爲骨，淡粧濃抹總相宜。

吴子賢樗庵二首

其　二

廣莫初無匠石過，一丘一壑奈君何。世間正有明堂柱，春草輸贏校幾多。

太一蓮舟圖三首爲濟源奉先老師賦

其　二

仙人寧得此婆娑，亡奈丹青狡猾何。我與太虚同一體，也無蓮葉也無波。

遊天壇雜詩十三首

其　二

漫山白白與紅紅，小樹伭蘘看不供。總道楂花香氣好，就中偏愛玉瓏鬆。

其　七

空翠霏煙海浪深，鰲頭鵬背半浮沉。不知脚底山多少，還盡平生未足心。

雜詩六首道中作

其　四

黄華北下馬陵南，佛屋燒殘有石龕。想是故鄉行欲近，粥麋渾覺水泉甘。

其　五

莊休通蔽玄相妨，鄉社情親豈易忘。司命果能還舊觀，髑髏端合羨侯王。

初挈家還讀書山雜詩四首

其　二

天門筆勢到閑閑，相國文章玉筍班。從此晉陽方志上，繫舟山是讀書山。

感興四首

其　二

詩印高提教外禪，幾人針芥得心傳。并州未是風流減，五百年中一樂天。

其　四

好句端如緑綺琴，静中窺見古人心。陽春不比黄華曲，未要千人作賞音。

自題中州集後五首

其　一

鄴下曹劉氣儘豪，江東諸謝韻尤高。若從華實評詩品，未便吴儂得錦袍。

其　五

平世何曾有稗官，亂來史筆亦燒殘。百年遺藁天留在，抱向空山掩淚看。

善應寺五首

其　一

平崗回合盡桑麻，百汊清泉兩岸花。更得青山作重復，武林何處覓仙家。

黄華峪十絶句

其　九

落峽飛流散不收，湍聲洶洶動高秋。也應嫌被紅塵涴，才近山門便洑流。

七賢堂

水上盤陀不見人，煙中白露玉無塵。竹林未恨風流減，負殺共城麴米春。

秋江曉發圖

百轉羊腸挽不前，旃車轆轆共流年。畫圖羨殺扁舟好，萬里清江萬里天。

鄉郡雜詩五首

其　三

一溝流水幾橋横，岸上人家種柳成。來歲春風一千樹，緑煙和雨暗重城。

東平李漢卿草蟲卷二首

其一

蟻穴蜂衙筆有靈，就中秋蜍最關情。知君夢到南華境，紅穗碧花風露清。

題石裕卿郎中所居四詠

寓樂堂

此心安處是真歸，念念今知故習非。一首新詩一盃酒，五陵裘馬自輕肥。

三鄉雜詩三首

其一

夢寐滄洲爛熳游，西風安得釣魚舟。薄雲樓閣尤烘暑，細雨林塘巳帶秋。

榆杜硤口村早發

瘦馬長途懶着鞭，客懷牢落五更天。幾時不屬鷄聲管，睡徹東窗日影偏。

同兒輩賦未開海棠二首

其一

翠葉輕籠豆顆勻，煙脂濃抹蝎痕新。殷勤留着花梢露，滴下生紅可惜春。

二十六日早發安生道中雨水冰

玉樹瑶林世界寬，水冰真作雨花看。青青也被糊塗盡，松柏何曾保歲寒。

劉君用可庵二首

其一

末節繁文費討論，經生規矩是專門。惡惡不可惡惡可，笑殺田家老瓦盆。

虚名

虚名不直一錢輕，唤得呶呶百謗生。可惜客兒頭上髮，也隨春草鬬輸贏。

龐都運山水

門闌喜色到崔盧，《文賦》聲名逼《兩都》。重爲溪山感疇昔，風流還有此翁無。

壬子寒食

兒女青紅笑語譁，秋千環索響嘔啞。今年好箇明寒食，五樹來禽恰放花。

過威州鎬厲王故居

天道循環只眼前，果誰烈焰與寒煙。種瓜四摘渾閑事，抱蔓無人更可憐。

喬夫人綵繡仙人圖

綵服仙童畫不如，直疑萊子戲庭除。青紅未是春風巧，一頌根花更有餘。

論詩三首

其一

坎井鳴蛙自一天，江山放眼更超然。情知春草池塘句，不到柴煙糞火邊。

其　二

詩腸搜苦白頭生，故紙塵昏枉乞靈。不信驪珠不難得，試看金翅擘滄溟。

其　三

暈碧裁紅點綴匀，一回拈出一回新。鴛鴦繡了從教看，莫把金針度與人。

贈寫真田生三章

其　三

市井公卿萬不同，依然見解一兒童。張顛草聖雄千古，却在孫娘劍器中。

晴景圖

白日青天下筆難，要從明潤細尋看。藏山只道雲煙好，畫史而今盡熱謾。

金　山

攢青疊翠幾何般，玉鏡修眉十二環。常着一峰煙雨裏，苦才多思是金山。

讀漢書

窒方隆棟非難構，水到頹波豈易迴。豐沛帝鄉多將相，莫從興運論人材。

石勒問道圖

輕比韓彭作李陽，高僧久已笑君狂。中原果有劉文叔，肯說鈴聲替戾岡。

胡叟楚山清曉

剪得吴松一片秋，江山小筆也風流。卷中未有題詩客，留得才情趙倚樓。

臺山雜詠十六首

其　二

西北天低五頂高，茫茫松海露靈鰲。太行直上猶千里，井底殘山枉叫號。

其　八

沉沉龍穴貯雲煙，百草千花雨露偏。佛土休將人境比，誰家隨步得金蓮。

其十一

揔爲毗耶口不開，龍宫華藏頓塵埃。對談石在維摩在，珍重曼殊更一來。

贈湛澄之四章

其　二

兒女團欒龐行婆，漉籬活計苦無多。布囊歸去詩千首，猶欠庭珪墨一螺。

贈司天王子正二首

其　二

天容海色本澄清，萬古東方有啓明。七十七年强健在，不方林下看升平。

同梅溪賦秋日海棠二首

其　一

錦水休驚散彩霞，换根元自有靈砂。瓊枝不逐秋風老，自是人間日易斜。

留贈丹陽王鍊師三章

其　二

爛醉玄都有舊期，百年人事不勝悲。 桃花一蔟開無主，留着東風與兔葵。

虞道園

在朝藁

次韻筠軒

「御翰」以下，另是一首。

十一月二十夜思仲常弟二首

其　一

「叔也俄爲畢竟空」：「爲」字謞。

送貢仲章學士奉祠嶽瀆

「空華作賦相爲壽」：「華」字譌。

雲州道中數聞異香

「九天清露海塵飄」：「飄」字重叶，譌。

賦胡氏皆山

「外固中寬故可居」：「固」字訛。

「日出擁金千仞雪」：「雪」字亦訛。

神鳳琴

「遺『紋』欲托斷琴紋」：當作「絃」，或作「音」。

三用韻答巢翁就以奎章賜墨賜之

下「賜」字，當作「贈」。

四用韻寄吳宗師奉祠城東岱祀其一謝夏真人送海棠一枝

其二

「四月落林多野筍」：「落」字訛。

寄馬伯庸尚書

「賜金盡賣買田舍」：「賣」字疑訛。

題李氏浩然堂

「浩然堂上看春風」：「看」字疑訛。

應制録

趙千里小景

「前『伐』王孫不好武」：「代」。

胡虔取水蕃部圖

「老馬『砲』沙泉水溢」：「跑」。

歸田藁

記　夢

「雲雨蓄盤礴」十四句：奇境，非奇筆不能狀。

次韻陳溪山稷履三首

其一

「知君貴賤履」：「賤」，疑當作「踐」。

爲燮理普化題陳立所作龍眠山圖

「妙畫極群□」：「狀」。

爲燮玄圃題龍溪春曉圖

「連林桑柘春雲濕」：「林」，疑當作「村」。

爲汪華玉題所藏長江萬鴉圖

「白日冷黑帳中語」：「黑」字訛。

「相示摩挲極愁予」：「予」字訛。

題漁村圖

「蟹中抱黄鯉肪白」：「中」，當作「甲」。

「已烹『其』瓠當晨餐」：「甘」。

鄧公信吾契家賢弟比奉憲臺書幣存問哀朽於山中其還也無以爲餞賦此與之

其一

「疏傳多年餘賜『盜』」：疑當作「盡」。

寄賀吴宗師七十壽旦

其二

「幔亭如宴武陵君」：「陵」，當作「夷」。

寄題采石新造觀瀾亭

「風雨春潮足裏回」：「裏」，當作「底」。

會後將登華山按茆岡玄卿先往侯予至

「閒健聊爲物外遊」：「閒」，疑當作「鬭」。

贈張仲華

其　二

「饋漿道『在』野人誰」：「左」。

寄龍翔寺訢笑隱

「閑雲過雨依檐宿」：「過雨」兩字，疑當作「過嶺」。

嘉平幾望陳谿山自山齋還邑月下獨步有賦

「池水下月蒼鱗鬣」：「下月」二字有訛。

賦玉簪花四首

其　四

「天宫會卉若星流」：「卉」，當作「弁」。

奉答吴仲谷見寄兼簡許愿父三首

其　二

「吟詠高齋從適參」：不解，豈謂高、岑耶？

【附原詩】《四部叢刊》影明景泰翻元小字本《道園學古録》

在朝藁

次匀鈞軒司徒足成旦公所藏英宗御題之句元題曰日光照吾民月色清我心又題琴曰至治之音

化國多長日，高人侍紫宸。觀書從上相，屬筆念生民。雲漢文章備，風雷號令新。惟應青簡在，能載古風淳。御翰龍池曉，繙經鷲殿陰。雲依清静葉，月印妙明心。千載堂堂去，諸天肅肅臨。朱絃誰爲鼓，至治有遺音。

十一月二十夜思仲常弟

其一

江梅應發去年叢，叔也俄爲畢竟空。來後去先康節苦，離多會少子瞻窮。近書時閲猶疑在，舊學重思孰與同。萬里相從憐季子，白頭清淚夜牕中。

送貢仲章學士奉祠嶽瀆

三十過從今六旬，故人唯我兩吟身。空華作賦相爲壽，寧復升堂互拜親。送別轉令嗟影獨，思歸從此上心頻。南湖春滿鷗波緑，定艤乘槎往問津。

雲州道中數聞異香

雲中樓觀翠岧嶤，載道飛香遠見招。非有芝蘭從地出，略無烟霧只風飄。玉皇案側當霄立，王母池邊向日朝。却袖餘薰散人世，九天清露海塵飄。

賦胡氏皆山

萬山起伏如波浪，外固中寬故可居。日出擁金千仞雪，雲生納翠八牕虚。亭中留客多爲酒，客裏成樓更貯書。朝往莫歸勞杖屨，醉翁應不憶環滁。

神鳳琴

嗚鳥人間久不聞，遺紋欲托斷琴紋。曾看土鼓歌朝日，亦共陶尊醉夜分。五色雲中迎太一，九疑山下望湘君。采詩應被唐風譜，早晚樓舡或祀汾。

三用韻答巢翁就以奎章賜墨賜之

鄰父長思長史書，不辭頻謁惱巢居。臨池三月玄霜盡，對月千篇白雪如。賦敵洛波翔翠羽，歌成湘浦媵文魚。故分瀘石松烟色，猶是奎章舊賜餘。

四用韻寄吴宗師奉祠城東岱祀其一謝夏真人送海棠一枝

其二

定計歸來已束書，高齋虚寂似禪居。好花送與春風共，病目愁看宿霧如。四月落林多野筍，半陂流水足溪魚。今春又過今秋早，一飯跏趺不願餘。

寄馬伯庸尚書

江上河豚次柳花，三月淮舡當到家。賜金盡賣買田舍，坐對八公吟日斜。

題李氏浩然堂

水滿青溪花滿蓑，浩然堂上看春風。小車還過溪頭去，遍看青山似洛中。

應制録

趙千里小景

前代王孫不好武，拈筆幽牕寫汀渚。殘雲野水三百年，依舊松筠濕春雨。

胡虔取水蕃部圖

駝車度磧輒三日，老馬砲沙泉水溢。槖囊盛滿不辭勞，徼外天山雪千尺。君不見聖明天子恩澤多，旁及四海猶翕河。昆蟲草木感餘潤，日獻醴泉甘露歌。

歸田藁

記夢

夢行衡廬間，千仞過蒼壁。崇高仰神明，深廣下不測。雲雨蓄盤礴，時至如欲出。絪緼尚回旋，揮霍忽奔逸。物怪匿巖穴，㥘若俟霹靂。黑波汎高樹，木葉走崩石。升身登玄間，縱觀龍變跡。俯視九州野，草木有輝澤。乃在風雨外，手畫素三尺。揮豪極動盪，落墨更沉鬱。圖成示坐人，共笑不可得。顧瞻以踟蹰，恍惚增歎息。因之命肩輿，出門聊有適。大術何舒舒，白鶴從數客。略經幽澗濱，便上青松側。憑高望遠水，雙景蕩虛碧。拂石共客坐，芳草藉尻膝。忽然聞鐘聲，睡覺北窗席。

次韻陳溪山椶履

其一

頗憶蜀井西，椶櫚每易討。披心割魚子，束皮充彗掃。㴙工巧紉履，文織象花草。輕鬆隔沮洳，緩步得堅好。長跪獻圯下，會期後三早。知君貴賤履，陟降恒有道。憐我涉世深，垂誡不待造。兢兢歷淵水，縮縮奉師保。時行不違矩，庶慊歲年老。

爲夔理普化題陳立所作龍眠山圖

夔侯起高科，得邑舒水上。民淳事稀簡，田野甚夷曠。戰争遺跡泯，山水良足賞。幽棲南昌尉，英爽赤壁將。古仙家白雲，美人化黄壤。岧岧龍眠山，一士獨可尚。高懷托千載，妙畫極群□。向來讀書處，春雨草木長。夷遊昔賢遠，瑶席共來享。彈琴坐終日，微泉散清響。來者安可期，徘徊以怊悵。畫圖記彷彿，聊以慰遐想。

爲夔玄圃題鼇溪春曉圖

夫容山陽萬家邑，石嶺戴轍縈紆入。溪水西行夜雨深，連材桑柘春雲濕。昔因荒迴少官府，日莫狐兔作人立。自從置縣二百年，稍有衣冠更俗習。讀書進士比舍聞，潤屋黄金亦家給。山中白日浮雲多，負乘因仍足車笠。夔侯世胄國勳舊，射策君門耻沿襲。朱衣作監列星宿，遠人豈意高軒及。援琴不鼓書牒稀，彈鋏無魚賓客集。繡衣使者停車見，黄堂大夫下床揖。登高望遠送飛鳴，覽轡駸駸度原隰。人言桐鄉人愛我，我愛桐鄉重於悒。畫圖千疊山木稠，茇舍蕭條莫忘葺。

爲汪華玉題所藏長江萬鴉圖

雲巢幽人愛江渚，抽思揮毫寫横素。波瀾不驚潦水盡，秋氣晶明絶烟霧。征帆去棹不相襲，岸曲洲旋總堪賦。孤村城市僅如蟻，百丈牽江直如縷。蕭蕭木葉洞庭波，歷歷晴川漢陽樹。蒹葭宿雁天欲霜，叢葦寒鴉日云暮。就中樓觀何王宫，想見華年貯歌舞。丹青倒景駭靈怪，粉黛含情怨幽阻。青春遊子澹忘歸，白日冷風帳中語。人間遺迹何足留，最惜精思墮塵土。郭熙平遠無散地，小米蒼茫托天趣。銛鋒鉅戟不破墨，刻畫晶熒昔誰苦。渤海細書藝文草，精絶戈波絶回互。南唐後主萬鴉圖，點點晨光動毛羽。昔年曾見今目昏，雖復逢之亦難睹。汪侯此卷出故家，相示摩挲極愁予。香奩犀軸見者稀，謾録餘情示來者。

題漁村圖

黄葉江南何處村，漁翁三兩坐槐根。隔溪相就一烟棹，老嫗具炊雙瓦盆。霜前漁官未竭澤，蟹中抱黄鯉肪白。已烹其瓠當晨粲，更擷寒蔬共萑席。垂竿何人無意來，晚風落葉何毰毸。了無得失動微念，況有興亡生遠哀。憶昔采芝有園綺，猶被留侯迫之起。莫將名姓落人間，隨此横圖卷秋水。

鄧公信吾契家賢弟比奉憲臺書幣存問哀朽於山中其還也無以爲餞賦此與之

其一

幕府秋高寄遠情，飛鴻肅肅度江城。深慚衰朽勞人問，豈有文章與世驚。疏傅多年餘賜盡，揚雄已老

《太玄》成。憑君歸致殷勤謝，擊壤田間荷聖明。

寄賀吴宗師七十壽日

其　二

舊德高年荷聖恩，幔亭如宴武陵君。松喬能壽多深隱，園綺來朝只暫聞。千歲天邊觀鶴髮，五雲日下護龍文。山中七日陽初動，遥禮三台過夜分。

寄題采石新造觀瀾亭

雪嶺春融萬里來，浮雲天際兩眉開。魚龍夜水星前起，風雨春潮足裏回。尊俎誰陪賢太守，文章莫媿惜英才。無邊李白登臨意，更覓遺碑步紫苔。

會後將登華山按茆岡玄卿先往俟予至

石斛金釵感素秋，洞懸鍾乳入山幽。扶衰不是人間藥，聞健聊爲物外遊。雲作衣裳塵不染，詩成珠玉世誰收。石人久立黄茅月，歲歲能來爲客留。

贈張仲華〔一〕

其　二

馬公同涉龍門道，歎似山陰及武夷。儘有千崖如罨石，但無一棹弄清漪。知君久有鄉關夢，老我能無木石思。抱甕青粱供玉食，饋漿道左野人誰。

寄龍翔寺訢笑隱

羸得歸來休便休，鶯花何處更追遊。閑雲過雨依檐宿，好雨添泉繞舍流。世上文章將底用，夢中塵業又何憂。隨身宮殿香雲裏，還見千峰百海秋。

〔一〕按，底本卷首目録如題，卷二十九則題云「縉山張君榮字仲華來丞撫之崇仁歷兩政六年心平氣順上下相安如一日雖有遠役重勞亦無闕事甚可稱也予之閑居相愛如故舊每懷邑從東道往來縉山道中見其風土之勝民俗之美未嘗不談道以爲樂於其受代調官京師因記之以詩而與之别明年進秩南來觀舊治父老兒童相迎於東門之外又當歌此爲一笑之歡也」。

嘉平幾望陳谿山自山齋還邑月下獨步有賦

野迴霜明月轉高，寒花踈影立亭皋。池水下見蒼鱗鬣，雲海東迴雪羽毛。客去夜深猶倚杖，詩成春近更揮毫。茅簷數尺當晴昊，無限清歡一縕袍。

賦玉簪花

其　四

天宫會弁若星流，簪筆同朝八月秋。一色尚方新切玉，舍香無語度中洲。

奉答吴仲谷見寄兼簡許愿夫

其　二

華蓋山前已結庵，荒陂獨往策羸驂。何如城北蕭閑叟，吟詠高齋從適參。

查慎行全集

第十六册

范道濟 點校

中華書局

東坡先生編年詩卷三十四

古今體詩六十七首元祐辛未八月以後，合壬申三月以前，在潁州任作。

西湖〔一〕秋涸東池魚窘甚困會客呼網師遷之西池爲一笑之樂夜歸被酒不能寐戲作放魚一首

東池浮萍半黏塊，裂碧跳青出魚背。西池秋水尚涵空，舞闊摇深吹荇帶。吾僚有意爲遷居，老守縱饞那忍鱠。縱横争看銀刀出，瀺灂初驚玉花碎。但愁數罟損鱗鬣，未信長堤隔濤瀨。濊濊發發須臾間，圉圉洋洋尋丈外。安知中無蛟龍種，或恐尚有風雲會。明年春水漲西湖，好去相忘渺淮海。

〔一〕西湖：《名勝志》：潁州西二里有湖，袤十里，廣二里，翳然林木，爲一邦之勝。歐陽公自揚移汝，有「都將二十四橋月，换得西湖十頃秋」之句。秦少游亦有詩，云「十里荷花菡萏初，我公所至有西湖」。

附陳履常次韻：

窮秋積雨不破塊，霜落西湖露沙背。大魚泥蟠小魚樂，高邱覆杯水如帶。魚窮不作摇尾憐，公寧忍口不忍鱠。修鱗出水玉參差，晚日摇光金破碎。咫尺波濤有生死，安知平陸無灘瀨。此身寧供刀几用，着意更須風雨外。是間相忘不爲小，濠上之意誰得會。枯魚雖泣悔可及，莫待西江與東海。

復次放魚韻答趙承議〔一〕陳教授〔二〕

擾擾萬生同一塊，搶榆不羨培風背。青邱已吞雲夢芥〔三〕，黄河復繚一作「繞」天門帶〔四〕。長譏韓子隘且陋，一飽鯨魚何足鱠。東坡也是可憐人，披抉泥沙收細碎。逝將歸休一作「修」八節灘，又欲往釣七里瀨〔五〕。正似此魚逃網中，未與造物游數外。且將新句調二子，湖上秋高風月會。爲君更唤木腸兒，脚扣兩舷歌《小海》〔六〕。

〔一〕趙承議：名令畤，初字景貺，東坡爲改字德麟。時以承議郎爲潁州簽判。按，《職官分紀》：寄禄文散官有承議郎。

〔二〕陳教授：《宋史》：陳師道，字履常，一字無己，彭城人。以薦起爲教授，自徐移潁，言者謂其進非科第，罷歸。久之，爲秘書正字。魏衍《後山集記》云：元祐初，蘇公爲侍從列薦，乃官之，俾教授于其鄉。未幾，除太學博士，言者謂先生嘗謁告詣南都見蘇公爲私，遂移潁州教授。

〔三〕青邱：《子虚賦》：秋田乎青邱，傍徨乎海外。服虔注：青邱國，在海東三百里。

〔四〕天門帶：《泰山記》：登太山，凡五十餘盤，經小天門、大天門。又云：太山有秦觀峰，望見長安。有周觀峰，望嵩山，見黄河如帶。

〔五〕七里瀨：《元和郡縣志》：釣臺在桐廬縣西三十里。《太平寰宇記》：嚴子陵釣臺下連七里瀨，亦謂之嚴陵瀨。按，施氏原注分七里瀨與嚴陵瀨爲二者，訛。

〔六〕脚扣兩舷：韓愈詩：撑舟昆明度雲錦，脚敲兩船叫吴歌。

附趙景貺次韻：

赤手取魚如拾塊，布網鳴舷攻腹背。豈知激濁與清流，恐懼駢頭牽翠帶。居士仁心到魚鳥，會有微生化餘鱠。寧容網目漏吞舟，誰肯烹鮮作苛碎。我亦江湖釣竿手，誤逐輕車從下瀨。生當得意落鷗邊，何用封侯墮鳶外。不如此魚今得所，置身暗與神明會。徑須作記戒鯨鯢，防有任公釣東海。

慎按：此詩誤入《後山集》，觀詩中「誤逐輕車從下瀨」及「何用封侯墮鳶外」二句，蓋景貺以宗室子登第，屈身幕職，故作此感慨語，非履常作也。今與陳詩分別編附于後。

附陳履常再次韻：

詩成落筆驪歷塊，不用安西題紙背。小家厚歛四壁立，拆東補西裳作帶。堂下觳觫牛何罪，太山之陽人作膾。同生異趣有如此，缾懸甍間終一碎。流水長者公今是，雨花散亂投金瀨。人言充庭須此輩，慈觀更須容度外。賜墻及肩人所視，公才槃槃一都會。有憐其窮與不朽，我亦牽聯書玉海。

九月十五日觀月聽琴西湖示坐客

白露下衆草，碧空卷微雲。孤光爲誰來，似爲我與君。水天浮四座，河漢落酒尊。使我冰雪腸，不受麴糵醺。尚恨琴有絃，出魚亂湖紋。哀彈奏舊曲，妙耳非昔聞。良時失俯仰，此見寧朝昏。懸知一生中，道眼無由渾。

附趙景貺次韻：

清湖納明月，遠覽無留雲。人生亦何須，有酒與桐君。自醉寧問客，一尊復一尊。平生今不飲，意得同酣醺。清言冰玉質，壞衲山水紋。殫精有後悟，畜耳無前聞。潛魚避流光，飛鳥投重昏。信有千丈清，不如一尺渾。

附陳履常次韻：

公詩端王道，亭亭如紫雲。落世不敢學，謂是詩中君。獨有黄太史，抱杓挹其尊。韻出百家上，誦之心已醺。黄鍾毁少合，大裘擯不文。世事如病耳，蟻鬭作牛聞。苦懷太史惠，養豹烟雨昏。後世無高學，舉俗愛許渾。

慎按：以上二首，並入《後山集》中，今分别附編。

復次韻謝趙景貺陳履常見和兼簡歐陽叔弼兄弟

能詩李長吉，識字揚子雲。端能望一作「居」此府，坐嘯獲兩君〔一〕。逝將江湖去，浮我一作「此」五石尊。眷焉復少留，尚爲世所醺。或勸莫作詩，兒輩工織紋〔二〕。朱紘寄三歎，未害俗耳聞。共尋兩歐陽〔三〕，伐薪照黄昏。是家有甘井，汲多終不渾。

〔一〕坐嘯獲兩君：謂景貺、履常。按，先生《到潁州謝表》云：賓主俱賢，蓋宗資、范孟博之舊治；文獻相續，有晏殊、歐陽修之遺風。

〔二〕兒輩織紋：本集《辯題詩劄子》云：趙君錫、賈易言臣于元豐八年題詩于揚州僧寺，有欣幸先帝上仙之意。臣今省憶此詩，是歲三月六日在南京，聞先帝遺詔，舉哀挂服了當往常州。至五月初間因往揚州竹西寺，喜聞百姓謳歌吾君之子出於至誠。又，是時淮浙間，所在豐熟，因作詩：「此生已覺都無事，今歲仍逢大有年。山寺歸來聞好語，野花啼鳥亦欣然。」其時去先帝上仙已及兩月，决非山寺歸來始聞之語。事理明白，無人不知。而君錫等輒敢挾情公然誣罔，伏乞付外施行，稍正國法。

〔三〕兩歐陽：按，歐陽文忠四子，發字伯和，次奕字仲純，皆早卒。次棐字叔弼，次辯字季默，時丁母艱，居潁。

附陳履常再次韻：

公詩周魯後，曳曳垂天雲。府中顧長康，風味如麴君。非公無此客，請壽兩山尊。叔季大儒後，偏醒亦同醺。心與柏石堅，章成綺繡紋。多難獨不補，少顥今無聞。時與古今異，智有功名昏。可使百尺底，不作數斗渾。

送歐陽主簿〔一〕赴官韋城〔二〕四首

其一

鳳雛驥子日相高〔三〕，白髮蒼顔笑我曹。讀徧牙籤三萬軸，却一作「欲」，訛來小邑試牛刀。

〔一〕歐陽主簿：名憲。

〔二〕韋城：《隋書》：滑臺有韋城縣。《元和郡縣志》：東郡白馬縣東南有韋城，隋開皇六年，分白馬南境，置韋城縣，初屬汴州，後屬滑州。《太平寰宇記》：韋城在滑州東南六十里，古豕韋之國。

〔三〕鳳雛驥子：杜甫《入奏行》：竇侍御，驥之子，鳳之雛。

慎按：《欒城集·薛夫人墓志》：有孫六人。憲，元祐中授滑州韋城縣主簿。《宛邱集·歐陽伯和墓志》：男一人，曰憲。據此，則歐陽主簿乃醉翁之孫，伯和之子也。王氏注以爲醉翁之子者，謬。今駁正。

其二

出處年來恨不齊，一尊臨水記分攜。江湖咫尺吾將老，汝潁東流子却西。

其三

白馬津頭春水來〔一〕，白魚猶喜似江淮。使君已復冰堂酒〔二〕，更望重新畫舫齋。

〔一〕白馬津：《元和郡縣志》：白馬山在滑州白馬縣東北，津與縣取山爲名。《太平寰宇記》：黎陽津在黎陽縣東，一名白馬津。《史記》酈食其説沛公守白馬之津，即此。

〔三〕冰堂酒：王氏注：醉翁知滑州，有冰堂酒法。按，《老學菴筆記》云：承平時，滑州冰堂酒爲天下第一。方德務家有其法，不言始于醉翁也。

其　四

道旁垂白定沾巾，正似當年緑髮新。故國依然喬木在，典刑復見老成人。

美哉一首送韋城主簿歐陽君

美哉水，洋洋乎，我懷先生，送之子於城隅。洋洋乎，美哉水，我送之子，至於新渡〔一〕。念彼嵩雒，眷焉西顧。之子于邁，至於白馬。白馬舊邦，其構維新。邦人流涕，畫舫之孫。相其口髯，尚克似之。公自注：先生遺民之子。

〔一〕新渡：寺名。見本集。

慎按：此詩施氏原注不載，結句「之」字止一韻，疑有缺文，無善本可對，因題編次，以俟再考。

泛　潁〔一〕

我性喜臨水，得潁意甚奇。到官十日來，九日河之湄。吏民笑相語，使君老而癡。使君實不癡，流水有令姿。遶郡十餘里，不駛亦不遲。上流直而清，下流曲而漪。畫船俯明鏡，笑問汝爲誰。忽然生鱗甲，亂我須與眉。散爲百東坡，頃刻復在兹。此豈水薄相，與我相娛嬉。聲色與臭味，顛倒眩小兒。等是兒戲物，水中少磷緇。趙陳一本作「陳趙」兩歐陽，同參天人師。觀妙各有得，共賦泛潁詩。

〔一〕潁水：《水經注》：潁水東南入淮。《春秋》：楚子狩于州來，次于潁尾。蓋潁水之會淮也。《潁州志》：潁州，後魏景明中設，取潁水爲名。潁水，舊自黄河項城縣界，流入州屬潁上、太和等縣。古語有「世亂潁水濁，世治潁水清」之句。

按：劉須溪云：先生《泛潁》詩「散爲百東坡，頃刻復在兹」，意本《傳燈録》。慎按，《傳燈録》良价禪師因過水覩影而悟，有偈曰：切忌從他覓，迢迢與我疎。我今獨自往，處處得逢渠。渠今正是我，我今不是渠。

附陳履常次韻：

衝風不成寒，脱木還自奇。坐看白日晚，起行清潁湄。三穴未爲得，一舟不作癡。路暗鳥遺音，江清魚弄姿。宇定怪物變，意行覺舟遲。公與兩公子，妙語含風漪。但怪笑談劇，莫知賓主誰。得句不肯吐，一一見睫眉。相從能幾何，行樂當及兹。生忍自作難，百憂間一嬉。時尋赤眼老，不探黄口兒。解公頭上巾，一洗七年緇。至潔而納污，此水真吾師。須公曉二子，人自窮非詩。

六觀堂老人草書〔一〕

公自注：六觀，取《金剛經》夢、幻等六物也。老人僧了性，精于醫而善草書，下筆有遠韻，而人莫知貴，故作此詩。

物生有象象乃滋，夢幻無根成斯須。方其夢時了非無，泡影一失俯仰殊。清露未晞電已徂，此滅滅盡乃真吾。云《韻語陽秋》「云」作「心」如死灰實不枯，逢場作戲三昧俱。化身爲醫忘其軀，草書非學聊自娱。落筆已唤周越奴〔二〕，蒼鼠奮髯飲松腴，剡藤玉板開雪膚。遊龍天飛萬別本作「外」，訛人呼，莫作羞澀羊氏姝。

〔一〕六觀堂老人：《咸淳臨安志》：千頃廣化院内有六觀堂。《武林梵志》：廣化院，在木子巷，吴越王建。僧了性，亦號垂慈老人，精于醫，善草書，東坡爲作詩。又按，本集先生《六觀堂贊》云：垂慈老人，嘗作是觀，自一至六，六生千萬。

〔二〕周越：《東軒筆録》：本朝尚書郎周越，以書名于天聖、景祐間，然筆法軟媚無古氣。《韻語陽秋》：東坡評張顛懷素草書云：張顛醉素兩秃翁，追逐世好稱書工，有如市倡抹青紅。卑之甚矣。至評六觀老人草書則云：心如死灰實不枯，逢場作戲三昧俱。則知坡之所喜者貴于自然，彫鐫而成者，非所貴也。

次韻劉景文見寄

淮上東來雙鯉魚，巧將詩信渡江湖。細看落墨皆松瘦，想見掀髯正鶴孤。烈士家風安用此〔一〕，書生習氣未能無。莫因老驥思千里，醉後哀歌缺唾壺。

〔一〕烈士家風：《東都事略》：劉平，字士衡，祥符人。父漢凝，官至崇議使。平爲人任俠善弓馬，舉進士，爲御史，上書言事，爲丁謂所惡。真宗知其才，將用之。丁謂曰：「平，將家子，知兵，若使將西北，可以制敵。」後改尚衣庫使，知邠州。元昊反，延帥范雍召平至保安，與石元孫合趨土門，轉鬬三日，被執見殺。曾鞏《隆平集》：劉平，景德三年進士，寶元初死事延州，謚壯武。賜平家信陵坊宅一區。子慶孫、宜孫、昌孫、貽孫、孝孫、季孫，咸賜官。蘇舜欽《乞用劉石子弟狀》云：「臣聞黄德和以退軍妄奏劉平、石元孫叛逆朝廷未能辨明，即時以兵監圍其第。及德和已伏辜，二族未沾恩澤。劉平子弟，臣雖不識，聞其頗知邊事，用敵西寇，必有成功。」《東都事略·劉季孫傳》：蘇軾爲兵部尚書奏言：季孫工詩能文，至於忠義勇烈，有平之風。

慎按：景文，劉平第六子。王氏注以爲次子者，訛。

附劉景文原作：此詩從《宋文鑑》采出，原題云「寄蘇内翰」。

倦壓鼇頭請左魚，笑尋潁尾爲西湖。二三賢守去非遠，六一清風今不孤。四海共知霜鬢滿，重陽能插菊花無？聚星堂上誰先到，欲傍金尊倒玉壺。

贈朱遜之并引

元祐六年九月，與朱遜之會議于潁。或言洛人善接花，歲出新枝，而菊品尤多。遜之曰：「菊當以黄爲正，餘可鄙也。」昔叔向聞鬷蔑一言，知其爲人，予于遜之亦云。

黄花候秋節，遠自《夏小正》〔一〕。坤裳有正色，鞠衣亦令名。一從人僞勝，遂與天力争。易姓寓非族，改顔隨所令。新奇既易售，粹駁宜相傾。疾惡逢伯厚，識真似淵明。君言我所印，世論誰敢評。願君爲霜風，一掃紫與赬。

〔一〕《困學紀聞》：東坡詩：黄花候秋節，遠自《夏小正》。按，《夏小正》：九月榮鞠。注止引《月令》，非也。

慎按：此詩施氏原本編後卷《餞飲湖上》之後，今據題改編。

次韻趙景貺督兩歐陽詩破除一作「陳」酒戒

商也哀未忘，歲月忽已秋。祥琴雖未調〔一〕，餘悲不敢留。矧此乃韻語，未入金石流。羲之生五子一作「之」，總角出銀鉤。吾家有二許，下筆兩不休。君言不能詩，此語人信不？千鍾斯爲堯，百榼斯爲邱。陋矣陶士衡，當以大白浮。酒中那有失，醉則不驚鷗。明當罰二子，已洗兩玉舟。

〔一〕祥琴：兩歐陽丁薛夫人憂，時已免喪，故引祥琴事以解之。

叔弼云履常不飲故不作詩勸履常飲〔一〕

我本畏酒人，臨觴未嘗訴。平生坐詩窮，得句忍不吐。吐酒茹好詩，肝胃生滓污。用此較得喪，天豈不足付。吾儕非二物，歲月誰與度。悄然得長愁，爲計已大誤。二歐非無詩，恨子不飲故。强爲釂新刻本作「嚼」，訛一酌，將非作愁具。成言如皎日，援筆當自賦。他年五君咏，山王一時數。

〔一〕履常不飲：任淵《陳後山詩注》：時後山以持律不飲酒。

附陳履常次韻：

五十三不同，煩公以詩訴。强酒古所辭，妙語神其吐。自念每累人，舉扇毋我污。復使兩歐陽，束手不分付。平生西方社，努力須自度。不憂黿九頭，肯畏語一誤。頓悟而漸修，從此辭世故。公然萬金産，寧能一朝具。兩生文章家，夙記鳴蟬賦。請公堅城壘，兵來後無數。

臂痛謁告作三絶句示四君子

其一

公退清閒如致仕，酒餘歡適似還鄉。不妨更有安心病，卧看縈簾一炷香。

其二

心有何求遣病安，年來古井不生瀾〔一〕。祇愁戲瓦閒童子〔二〕，却作泠泠一水看。

〔一〕古井：孟郊詩：妾心古井水，波瀾誓不起。白居易詩：無波古井水，有節秋竹竿。

〔二〕戲瓦：月光童子事，詳見《楞嚴經》。

其三

小閣低窗卧宴温，了然非默亦非言。維摩示病吾真病，誰識東坡不二門。

附陳履常次韻：

靜中有業官成集，醉裏無何老是鄉。丈室向來無一物，却須天女與拈香。

竭澤迴波不作難，未應天地起風瀾。是身非有從何病，試下先生一着看。

紙帳熏爐作小温，狸奴白牯對忘言。更無人問維摩詰，始是東坡不二門。

到潁未幾公帑已竭齋厨索然戲作〔一〕

我昔在東武，吏方謹新書。齋空不知春，客至先愁予。采杞聊自誑，食菊不敢餘。歲月今幾何，齒髮日向疎。幸此一郡老，依然十年初。夢飲本來空，真飽竟亦虚。尚有赤脚婢，能烹赬尾魚。心知皆夢耳，慎勿歌歸歟。

〔一〕公帑：王明清《揮麈後録》：太祖廢藩鎮，命士人典州，於是置公使庫，遇過客，必館致供餽，人無旅寓之嘆。下至吏卒，批支口食，以濟其乏。而平時士大夫造朝，不齎糧，節用者猶有餘以還家。近世或以州郡餉厨傳爲非，未解祖宗命意矣。○按，熙寧初行新法，減州郡公使庫錢，公在密州有《杞菊賦》，注見前。

景貺履常屢有詩督叔弼季默倡和已許諾矣復以此句挑之

君家文律冠西京，旋築詩壇按酒兵。袖手莫輕真將種，致師須得老門生〔一〕。明朝鄭伯降誰受，昨夜條侯壁已驚。從此醉翁天下樂，還應一舉百觴傾。公自注：文忠公贈蘇、梅詩云：我亦願助勇，鼓旗譟其旁。快哉天下樂，一釂宜百觴。

〔一〕門生：《摭言》：李義山師令狐文公，呼小趙公爲郎君，於文公稱門生。按，東坡爲醉翁門下士，故云。

附陳履常次韻：《後山集》題云「次韻蘇公督兩歐陽詩」。

吟聲正可候蟲鳴，酒面猶須作老兵。豈有文章妨要務，孰知詩律自前生。向來懷璧真成罪，未必含光不屢驚。血指汗顔終縮手，此懷端復向誰傾。

贈月長老

天形倚一笠〔一〕，地水轉兩輪。五伯之所運，毫端棲一塵。功名半幅紙，兒女浪苦辛。子有折足鐺，中容五合陳。十年此中過，却是英特人。延我地爐坐，語軟意甚真。白灰如積雪，中有紅麒麟一本作「騏驎」。勿觸紅麒麟，作灰維那瞋〔二〕。拱手但默坐，墻壁徒諄諄。今宵恨客多，汗子白氎巾。後夜當獨來，不須主與賓。蒲團坐紙帳，自要觀我身。

〔一〕天形倚笠：虞昺《穹天論》：天形如笠，而冒地之表。

〔二〕維那：《翻譯名義》：「維」是綱維，華言也。「那」是梵語，譯爲知事，亦云悦衆。隋潤州刺史李海游命智琳爲斷事維那，爾後寺立三綱，謂上座、維那、典座也。

次韻答錢穆父穆父以僕得汝陰用杭越酬唱韻作詩見寄

大耿疲勞已離群，小馮慈愛且當門。公自注：軾本以舍弟親嫌請郡。玉堂不着扶犂手，霜鬢偏宜畫鹿轓。豪傑雖無兩王繼〔一〕，公自注：謂子直、深父。風流猶有二歐存。公自注：謂叔弼、季默。清詩已入新歌舞，要使邦人識雅言。

〔一〕兩王：施氏原注：王子直名向，弟深父名回，河南人。徙居福之侯官，歷三世。父兵部，葬潁之汝陰，遂爲汝陰人。皆第進士。文學行義，卓然一時，與王介甫、蘇子容爲友。二公集皆有《哭子直》詩。介甫志深父墓。仕爲忠武軍節度推官，知南頓縣。歐陽文忠公守潁，每從深父質疑問惑，後薦充館職，不及用而卒。此段新刻删去，今補録。○又按，《宋史》：王向，字子直。其兄名回，字深父。王明清《揮麈後録》：王平，仁宗朝侍御史。三子，回字深父，冏字子直，向字容季，俱列兩朝史《儒學傳》云云。據此，則子直名冏，不名向。深父乃子直之兄，亦非弟也。三説不同，並存俟考。

韓退之孟郊墓銘云以昌其詩舉此問王定國當昌其身耶抑昌其詩也來詩下語未契作此答之

昌身如飽腹，飽盡還當一作「復」飢。昌詩如膏面，爲人作容姿。不如昌其氣，鬱鬱老不衰。

雖云老不衰，劫壞安所之。不如昌其志，志一當作「壹」氣自隨。養之塞天地，孟軻不吾欺。人言魏勃勇，股栗向小兒。何如魯連子，談笑却秦師。慎一作「謹」勿怨謗讒，乃我得道資。淤泥生蓮花，糞壤出菌芝。賴此善知識，使我枯生荑。吾言豈須多，冷煖子自知〔一〕。

〔一〕冷煖自知：《傳燈録》：蒙山道明曰：如人飲水，冷煖自知。

送歐陽推官〔一〕赴華州監酒〔二〕

我觀文忠公，四子皆超越〔三〕。仲也珠徑寸，照夜光如月。好詩真脱兔，下筆先落鶻。知音如周郎，議論亦英發。文章乃餘事，學道探玄窟。死爲長白主，名字書絳闕。公自注：熙寧之末，仲純父見僕於京城之東，曰：吾夢道士，持告身授吾曰：「上帝命汝爲長白山主。」此何祥也？明年，仲純父歿。傷心清潁尾〔四〕，已伴白鷗没。喜見三少年，俱有千里骨。千里不難到，莫遺歷塊蹶。臨分出苦語，願子書之笏。

〔一〕歐陽推官：名恕。按，施氏原注：文忠公之孫，仲純父名奕之子。仲純官光禄丞，早卒。又，按《欒城集·薛夫人墓志》：孫男六人，恕，雄州防禦推官。即其人也。

〔二〕華州監：《九域志》：陝西永興軍路華陰郡鎮潼軍節度，所轄監一。熙寧四年置鑄鐵錢。據此，華州有錢監，無酒監。《志》蓋失載也。

〔三〕四子：按歐陽文忠公四子，長名發，字伯和，進士出身，官至權少府監丞，張文潛爲作墓志；次奕，字仲純；次棐；次辯。注見本卷。

〔四〕潁尾：《左傳》：楚子狩於州來，次於潁尾。注云：潁水之尾，在下蔡西。

十月十四日以病在告獨酌

翠柏不知秋，空庭失搖落。幽人得嘉蔭，露坐方獨酌。月華稍澄穆〔一〕，霧氣尤清薄。小兒亦何知，相語翁正樂。銅爐燒柏子，石鼎煮山藥。一杯賞月露，萬象紛酬酢。此生獨何幸，風纜欣初泊。誓一作「逝」逃顔跖網，行赴松喬約。莫嫌風有待，漫欲戲寥廓。泠然心境空，彷彿來笙鶴。

〔一〕澄穆：陶潛《斜川詩序》：正月五日，天氣澄穆。

附陳履常次韻：

雲月酒下明，風露衣上落。是中有何好，草草成獨酌。使君顧謂客，老子興不薄。飲以全吾真，醉則忘所樂。未解飲中趣，中之如狂藥。起舞屢跳踉，罵坐失醻酢。終能厭多事，超然趨澹泊。功名無前期，山林有成約。身將歲華晚，意與天宇廓。醉醒各有適，短長聽鳧鶴。

獨酌試藥玉滑盞有懷諸君子明日望夜月庭佳景不可失作詩招之

鎔鉛煮白石，作玉真自欺。琢削爲酒杯，規摹定州瓷。荷心雖淺狹，鏡面良渺瀰。持此壽佳客，到手不容辭。曹侯天下平〔一〕，定國豈其師。一飲至數石，温克頗似之。風流越王孫〔二〕，詩酒屢出奇。喜我有此客，玉杯不徒施。請君詰歐陳，問疾來何遲。呼兒掃月榭，扶病良及時。

〔一〕曹侯：未詳。

〔二〕越王孫：指趙景貺。本集《趙德麟字説》云：余自禁林出守汝南，始與越王之孫華原公之子簽書君令時遊。

附陳履常次韻：

仙人棄餘糧，玉色已可欺。小試换骨方，價重十冰瓷。灌以長白虹，渺若江海瀰。浮之端不惡，舉者亦何辭。但愧聞道晚，早從雁門師。律部無明文，可復時中之。汝陽佳少年，三斗亦出奇。家有持杯手，兩好當一施。風吹酒面灰，月度杯心遲。百年容有命，一笑當須時。

歐陽季默以油烟墨二丸見餉各長寸許戲作小詩〔一〕

書窗拾輕煤〔二〕，拂別本作「佛」帳掃餘馥。辛勤破千夜，收此一寸玉。癡人畏老死，腐朽同草木。欲將東山松〔三〕，涅盡南山竹。墨堅人苦脆，未用嘆不足。且當注蟲魚，莫草三千牘。

〔一〕墨丸：晁以道《墨經》：凡丸劑，不可不熱，又病於熱，急手爲光劑，緩手爲皴劑，一丸即成，不利於再。葉夢得云：兩漢間稱墨多言丸，魏、晉以後稱螺。

〔二〕拾輕煤：《墨經》：凡墨，膠爲大。有上等煤而膠不如法，墨亦不佳。如得膠法，雖次煤能成善墨。古用立煤，高丈餘。其竈，寬腹，小口，不出突。於竈面覆以五斗甕，又蓋以五甕，每層塗泥密，約甕中煤厚，住火，以雞羽掃之。

〔三〕東山松：《墨經》：兖、沂、登、密之間，總謂之東山。自昔東山之松，色澤肥膩，性質沉重，品推上上。

明日復以大魚爲饋重二十斤且求詩故復戲之

漢廷九尺人，誰似老方朔。那將一寸金，令足三冬學。餉魚欲自洗，鱗尾生卓犖。我是騎鯨手，聊堪充鹿角。

慎按：此詩上四句從前一首生來，合觀二章，乃見作者之意，所謂以文滑稽也。

和趙景貺栽檜

汝陰多老檜，處處屯蒼雲。地連丹砂井，物化青牛君。時有再生枝，公自注：潁之靈壇觀，有再生檜。還作左紐紋〔一〕。王孫有古意，書室延清芬。應憐四孺子，不墮凡木群。體備松柏姿，氣含芝朮薰。初扶鶴立骨，未出龍纏筋。巢根白蟻亂，網葉秋蟲紛。乃知蔽芾初，甚要封殖勤。他年皮三寸，狐鼠了不聞。

〔一〕左紐紋：《太平寰宇記》：譙縣太清宫有左紐檜。范文正《太清宫九咏序》：左紐檜，其一也。石曼卿詩注引《太清記》云：老子手植此檜，根株枝幹皆左紐。

附陳履常作：《後山集》題「和德麟植檜」。

種木待成材，聊爲十年事。日中趨百里，寧問萬牛費。植檜三尺强，已有凌雲氣。生世能幾何，擬作千歲計。衆人笑拍手，君子用其意。蕭蕭孤竹君，忘言理相契。名以金石交，椿楊豈奴婢。緬懷萬仞顛，千丈鬱蒼翠。蟠根泉石底，用意霜雪外。寧須大厦材，坐待斤斧至。散爲風雨聲，密作牛馬蔽。

葉待制求先墳永慕亭詩〔一〕

靈區有異産，化國無潛珍。承平百年間，簪纓半齊民。建溪富奇偉，葉氏初隱淪。森然見別本作「下」，訛喬木，其下維德人。佳哉鬱葱葱，氣若鳳與麟。聯翩出儒將，豈惟十朱輪。新松無鹿觸，舊柏有烏馴。待公歸上冢，泪葉乃肯春。

〔一〕葉待制：名康直，字景温。擢進士，知秦州，自直龍圖閣進待制，注詳施氏原本。

與趙陳同過歐陽叔弼新治小齋戲作〔一〕

江湖渺故國，風雨傾舊廬。東來三十年，愧此一束書。尺椽亦何有，而我常客居。羡君開此室，容膝真有餘。拊牀琴動摇，弄筆窗明虚。後夜龍作雨，天明雪填渠。公自注：時方禱雨龍祠。作此句時，星斗燦然。四更，風雨大至，明日，乃雪。夢回聞剥啄，誰乎一作「呼」趙陳予。添丁走沽酒，通德起挽蔬。主孟當啗我〔二〕，玉鱗金尾魚。一醉忘其家，此身自籧篨。

〔一〕小齋：名息齋，見《後山集》。

〔二〕主孟：《國語》注云：「孟」一作「盍」。《史記・吕后本紀》注引此句，作「主盍」，《索隱》曰：盍者，且也，言且啗我物。

附陳履常次韻：《後山集》題「和蘇公題歐陽叔弼息齋」。

行者悲故里，居者愛吾廬。生須着錐地，何賴汗牛書。丈室八尺牀，稱子閉門居。百爲會有還，一足不願餘。紛紛幼老間，失得了懸虚。客在醉則眠，聽我莫問渠。論勝已絶倒，句妙方愁予。竹几無留塵，霜畦有餘蔬。相從十五年，不爲食有魚。時須一俯仰，君可貸籧篨。

聚星堂雪〔一〕并引

元祐六年十一月一日，禱雨張龍公，得小雪，與客會飲聚星堂。忽憶歐陽文忠公作守時，雪中約客賦詩，禁體物語，於艱難中特出奇麗。爾來四十餘年，莫有繼者。僕以老門生繼公後，雖不足追配先生，而賓客之美，殆不減當時。公之二子，又適在郡，故輒舉前令，各賦一篇。

窗前暗響鳴枯葉，龍公試手初行一本作「行初」雪。暎空先集疑有無，作態斜飛正愁絶。衆賓起舞風竹亂，老守先醉霜松折。恨無翠袖點横斜，衹有微燈照明滅。歸來尚喜更鼓永一作「暗」，晨起不待鈴索掣。未嫌長夜作衣稜，却怕初陽生眼纈〔二〕。欲浮大白追餘賞，幸有回飈驚落屑。模糊檜頂獨多時，歷亂瓦溝裁一瞥。汝南先賢有故事，醉翁詩話誰續説。當時號令君聽取，白戰不許持寸鐵。

〔一〕聚星堂：《名勝志》：歐陽文忠公守潁時，於州治起聚星堂，與倅官王回深父、臨江劉攽貢父、州人常秩夷甫、六安焦千之伯强，爲日夕燕游之所。

〔二〕眼纈：庾信《擣衣》詩：花鬟醉眼纈。李賀詩：龜甲屏風醉眼纈。《苕溪漁隱叢話》：東坡詩「却怕初陽生眼纈」，不獨醉眼可言也。按，《説文》：纈，結也。《增韻》：文繒也。

附歐陽文忠公原作：皇祐二年在潁州作，玉、月、梨、梅、練、絮、白、舞、鵞、鶴、銀等字皆請勿用。

新陽力微初破萼，客陰用壯猶相薄。朝寒稜稜風莫犯，暮雪緌緌止還作。驅馳風雲初慘淡，炫晃山川漸開廓。光芒可愛初日照，潤澤終爲和氣爍。美人高堂晨起驚，幽士虚牕静聞落。酒爐成徑集缾罌，獵騎尋踪得狐貉。龍蛇掃處斷復續，猊虎團成呀且攫。共貪終歲飽麰麥，豈恤空林飢鳥雀。沙墀朝賀迷象笏，桑野行歌没芒屩。乃知一雪萬人喜，顧我不飲胡爲樂。坐看天地絶氛埃，使我胸襟如洗瀹。脱遺前言笑塵雜，搜索萬象窺冥漠。潁雖陋邦文士衆，巨筆人人把矛槊。自非我爲發其端，凍口何由開一噱。

歐陽叔弼見訪誦陶淵明事嘆其絶識既去感慨不已而賦此詩

淵明求縣令，本緣食不足。束帶向督郵，小屈未爲辱。翻然賦歸去，豈不念窮獨。重以五斗米，折腰營口腹。云何元相國，萬鍾不滿欲。胡椒銖兩多，安用八百斛。以此殺其身，何啻鵲抵玉。往者不可悔，吾其反自燭。

按：何蘧《春渚紀聞》云：蘧嘗得東坡先生詩藁，其和叔弼詩云：「淵明爲小邑。」繼圈去「爲」字，改作「求」字，又連塗「小邑」二字，作「縣令」字，凡二改，乃成今句。至「胡椒銖兩多，安用八百斛」。初云「胡椒亦安用，乃貯八百斛」，若如初語，未免後人呰議。又知雖大手筆，不以一時筆快爲定而憚於屢改也。又按，黄山谷跋云：東坡在潁州，因歐陽叔弼讀《元載傳》，嘆淵明之智，遂作此詩。淵明隱約栗里、柴桑之間，或飯不足也，顔延年送錢二十萬，即日盡送酒家。與蓄積不知紀極，至藏胡椒八百斛者，相去遠近，豈直睢陽蘇合丸與蜣蜋糞丸比哉。

喜劉景文至

天明小兒更平傳呼，髯劉已到城南隅。尺書真是髯手迹，起坐熨眼知有無。今人不作古人事，今世有此古丈夫。我聞其來喜欲舞，病自能起不用扶。江淮旱久塵土惡，朝來清雨濯鬢鬚。相看握手兩一作「乃」。訛無事，千里一笑毋乃迂。平生所樂在吴會，老死欲葬杭與蘇。過江西來二百日，冷落山水愁吴一作「吾」姝。新隄舊井各無恙，參寥六一豈念吾。别後新詩巧摹寫，袖中知有錢塘湖。

禱雨張龍公既應劉景文有詩次韻〔一〕

張公晚爲龍，抑自龍中來。伊昔風雲會，咄嗟潭洞開。精誠苟可貫，賓主真相陪。洞簫振羽舞，白酒浮雲罍。言從關州妃，遠去焦氏臺〔二〕。傾倒缾中雨，一洗麥上埃。破旱不論功，乘雲却空回。嗟龍與我輩，用意豈遠哉。使君今子義，英氣冠東萊。笑説龍爲友〔三〕，幽明莫相猜。

〔一〕張龍公：《揮麈後録》：東坡撰《昭靈侯廟碑》：南陽張公諱路斯，潁上人也。云云。米元章作《辨名志》，刻於後，云：張名路，當是句讀，斯潁上人也。唐人文贅多如此。明清比仕寧國，因民訟度地四至，有宣城令張路斯祠堂基。坡碑言侯嘗仕宣城令，則名路斯無疑，元章訛矣。

〔二〕焦氏臺：《集古録》：自景龍以來，潁人世祠之於焦氏臺。乾寧中，刺史王敬蕘始大其廟。熙寧中，司封郎中張徽奏乞爵號，詔封昭靈侯。妻石氏柔應夫人。本集《昭靈廟碑》略云：廟有五穴，往往見變異，出雲雨。元祐六年秋旱，郡守蘇軾迎致其骨於西湖之行祠，禱焉，其應如響。

〔三〕龍爲友：《漢書·禮樂志》：《天馬歌》：今安匹，龍爲友。

劉景文家藏樂天身心問答三首戲書一絶其後

淵明形神自我，樂天身心相物。而今月下三人，他日當成幾佛〔一〕。

〔一〕成幾佛：《楞嚴經》：身眼兩覺，應有二知，即汝一身，應成兩佛。舊注引《謝靈運傳》中語，恐非作者本意。

按，周公謹曰：淵明詩，不以死生禍福動其心，泰然委順，乃得神之自然，釋氏所謂斷常見者也。樂天詩，則以心爲吾身之君，而身乃心之役也。坡翁從而賦六言。云云。然二公之説雖不同，皆祖《列子·力命篇》之論，力謂命曰：「若之功奚似我？」命曰：「汝何功於物而欲比朕？」力曰：「壽夭、窮達、貴賤、貧富，我力之所能也。」命遂歷陳彭祖、顔淵、仲尼、殷紂、季札、田恒、夷齊、季氏，「若是汝力之所能，奈何壽彼而夭此，窮聖而達逆，賤賢而貴愚，貧善而富惡耶？」力曰：「此則若之所制耶？」命曰：「既謂之命，奈何有制之者？朕直而推之，曲而任之，自壽自夭，自窮自達，自貴自賤，自貧自富，朕豈能識之哉？」此即淵明《神釋》所云「大鈞無私力」之論也。

西湖戲作

一士千金未易償，我從陳趙兩歐陽。舉鞭拍手笑山簡，祇有并州一葛强。

附陳履常次韻：《後山集》題云「次韻蘇公竹間亭絶句」。

竹裏高亭燈燭光，今年復得杜襄陽。倏看老蓋千年後，更想霜林百尺强。

送歐陽季默赴闕

先生豈止一懷祖〔一〕，郎君不減王文度。膝上幾日今白鬚，令我眼中見此父。汝南相從三晦朔，君去苦早我來暮。霜風凄緊正脱木，潁水清淺可立鷺。莫辭白酒瀉香泉，已覺扁舟掠新渡。坐看士衡執別手〔二〕，更遣夢得出奇句〔三〕。郎君可是筦庫人〔四〕，乃使騄驥隨蹇步。置之行矣無足道，賢愚豈在遇不遇。

〔一〕先生：謂醉翁。

〔二〕士衡：謂季默之兄叔弼。

〔三〕夢得：謂劉景文。

〔四〕筦庫：《禮記》：所舉於晉國筦庫之士，七十有餘家。施氏注改竄經文，今駁正。時季默以宣德郎監澶州酒税，故云。

用前韻作雪詩留景文

萬松嶺上黄千葉，載酒年年踏松雪。劉郎去後誰復來，花下有人心斷絶。東齋夜坐搜雪句，兩手龜拆霜須折。無情豈亦畏嘲弄，穿簾入户吹燈滅。紛紛兒女争所似，碧海長鯨君未掣。朝來雲漢接天流，顧我小詩如點纈。歐陽趙陳在户外，急掃中庭鋪木屑。交游雖似雪柏堅，聚散行作風花瞥。晴光融作一尺泥，歸有何事真無説。泥乾路穩放君去，莫倚馬蹄如踣鐵。

按：《長公外紀》：元祐五年，東坡守錢塘。景文爲東南將領，佐公開西湖，日由萬松嶺以至新堤，故在潁州和詩云云。

和劉景文見贈

元龍本志陋曹吴，豪氣峥嶸老不除。失路今爲噲等伍，作詩猶似建安初。西來爲我風黧面，獨卧無人雪縞廬。留子非爲十日飲，要令安世誦亡書。

和劉景文雪

占雨又得雪，龜寧欺我哉。似知我輩喜，故及醉中來。童子愁冰硯，佳人苦膠去聲杯。那堪李常侍，入蔡夜銜枚。

次前韻送劉景文

白雲在天不可呼，明月豈肯留庭隅。怪君西行八百里，清坐十日一事無。路人不識呼尚書，但見凜凜雄千夫。公白注：君一馬兩僕，率然相訪，逆旅多呼尚書，意謂君都頭也。豈知入骨愛詩酒，醉倒正欲蛾眉扶。一篇向人寫肝肺，四海知我霜鬢鬚。公自注：君前有詩見寄，云：四海共知霜鬢滿，重陽能插菊花無。歐陽趙陳皆我有，豈謂夫子駕復迂。爾來又見三黜柳，共此煖熱飧一作「餐」饘蘇。酒肴酸薄紅粉暗，祇有潁水清而姝。一朝寂莫風雨散，對影誰念月與吾。公自注：郡中，日與歐陽叔弼、趙景貺、陳履常相從，而景文復至，不數日，柳戒之亦見過。賓客之盛，頃所未有。然又數日，叔弼、景文、戒之皆去矣。何時歸帆泝江水，春酒一變甘棠湖〔一〕。公自注：景文近卜居九江，近甘棠湖。

〔一〕甘棠湖：《九江志》：甘棠湖，唐長慶二年，刺史李渤徑湖心爲隄，長七百步，以利行旅，立斗門以蓄水勢，人以比甘棠。李翱爲作銘。太白詩：此江若變作春酒，壘麴便築糟邱臺。

慎按：公自注中柳戒之，周益公《詩話》作「成之」，筆畫相似，未詳孰是。

以屏山贈歐陽叔弼

漫郎天骨清〔一〕，生與世俗異。學道新有得，爲貧聊復仕。每於紅塵中，嘗起青霞志。屏山輟贈子，莫遣污簪珥。寓目紫翠間，安眠本非睡。夢中化爲鶴，飛入長松寺。

〔一〕漫郎：《唐書·元結傳》：人以爲浪者，亦漫爲官乎？呼爲漫郎。

新渡寺席上次趙景貺陳履常韻送歐陽叔弼比來諸君唱和叔弼但袖手旁觀而已臨别忽出一篇頗有淵明風致別本作「製」，訛坐皆驚嘆

神屠不目全，妙額惟粧半。更刀乃族庖，倚市必醜悍。平生魏公篝，忽斵郢人墁。詩書亦何用，適道須此館。多言雖數窮，微中或排難。子詩如清風，翏翏發將旦。胡爲久閉匿，綺語真自患。許時笑我癡，隔屋相詠嘆。竟識彦道不？絶叫呼百萬。清朝固多士，人門子皆冠。莫言清潁水，從此隔河漢。異時我獨來，得魚楊柳貫。持歸不忍食，尺素解凄斷。中有清圓句，銅丸飛柘彈。春愁結凌澌，正待一笑泮。百篇儻寄我，呻吟鄭人緩。

按：陳《後山集》中失去此題原作，無從采録。

次韻趙景貺春思且懷吴越山水

歲華來無窮，老眼久矣静。春風如繫馬，未動意先騁。西湖忽破碎，鳥落魚動鏡。縈城理枯瀆，放閘起膠艇。願君營此樂，官事何時竟。公自注：清河西湖三閘，督君成之。思吴信偶然，出處付前定。飄然不繫舟，乘此無盡興。醉翁行樂處，草木皆可敬。明朝游北渚，急掃黄葉徑。白酒真到齊，紅裙已放鄭。公自注：酒尚有香泉一壺，爲樂全先生服，不作樂也。

附陳履常次韻：

吴山那可説，已覺心耳静。忍事如忍欲，可遏不可騁。人生如此耳，黄白滿朝鏡。寧懷升斗禄，不理東南艇。君從湖上歸，頗説寒事竟。沙草柔動色，溪喧魚不定。煩君金玉句，無作江湖興。君詩如静女，妙絶人所敬。不受風雨秋，下有桃李徑。試寫孤竹君，名成三絶鄭。

次韻陳履常張公龍潭〔一〕

明經一本作「經明」宣城宰，家此百尺瀾。鄭公一作「翁」不量力，敢以非意干。玄黄雜兩戰，絳青表雙蟠。烈氣斃强敵，仁心惻飢寒。精誠禱必赴，苟簡求亦難。蕭條麥穟枯，浩蕩日月寬。念子無吏責，十日勤一作「勒」征鞍。春蔬得雨雪，少助先生槃。龍不憚往來，而我獨宴安。閉閤默自責，神交清夜闌。

〔一〕龍潭：《潁州志》：張路斯蜕骨處，名龍池，在潁上縣治西南四十里淮潤鄉。本集《昭靈廟碑》云：廟有五穴，往往見變異，出雲氣。或投器穴中，則見於池。近歲有得蜕骨於池，金聲玉質，輕重不常。

慎按：施氏原注：先生嘗自書此詩，後題云：元祐六年十一月某日，蘇軾書。墨蹟今藏吴興向氏。此段新刻本删去，今依原本補録。

附陳履常原作：

清淵下無際，落日迴風瀾。凛然毛髮直，敢以笑語干。陂陀百尺臺，葱翠萬木蟠。鷩飈振積葉，清霜作朝寒。水旱或有差，精禱神其難。魚龍同一波，信有水府寬。向來三日雨，賴子一據鞍。何以報嘉惠？寒瓜薦金盤。萬口待一飽，歸卧神亦安。猶須雪三尺，盛意莫得闌。

小飲西湖懷歐陽叔弼兄弟贈趙德麟陳履常一本「竹間亭小酌懷叔弼季默兼呈景貺履常」。

歲暮自急景，我閒方緩觴〔一〕。歡飲一作「餘」西湖晚，步轉北渚長〔二〕。地坐略少長，意行無澗岡。久知薺麥青，稍喜榆柳黄。盎盎春欲動，瀲瀲夜未央。水天鷗鷺静，月露一作「霧」松檜香。撫景方畹晚一作「婉娩」，懷人重凄凉。豈無一老兵，坐念兩歐陽。我意正麋鹿，君材亦珪璋。此會不可再，此歡不可忘。

〔一〕緩觴：杜甫詩：急觴爲緩憂心擣。

〔二〕北渚：《宋名臣言行録》：晏元獻守潁州，築室北渚，以臨西溪，名清漣閣。

慎按：施氏原注：臨川黄掞①，以公真迹刻於婺倅聽事，集本「歡飲西湖晚」作「醉飲西湖晚」，「此會不可再」作「此會恐難久」，皆以真迹爲是。此段新刻删去，今補録以存其舊。

附陳履常次韻：

至音有遺韻，小飲不盡觴。坐待竹間月，奈此雲影長。起行林下路，散策踰平岡。破眼一枝春，着意千葉黄。暄寒會有分，蜂蝶來無央。鳥語帶餘寒，竹風回妙香。緬想兩公子，以下《後山集》脱十三字。朝陽，斯人班馬後。如圭復如璋，相逢了無得，佳處每難忘。

蠟梅一首贈趙景貺〔一〕

天工一作「公」點酥作梅花，此有蠟梅禪老家。蜜蜂采花作黄蠟，取蠟爲花亦其物。天工變

① 濟按：「臨川」，原本作「潼川」，據中華書局《蘇軾詩集》卷三十四改。

化誰得知，我亦兒戲作小詩。君不見萬松嶺上黄千葉，玉蕊檀心兩奇絶〔二〕。醉中不覺度千山，夜聞梅香失醉眠。歸來却夢尋花去，夢裹花仙覓奇句。此間風物屬詩人，我老不飲當付君。君行適吳我適越，笑指西湖作衣鉢。

〔一〕蠟梅：方回《瀛奎律髓》注云：先是未有蠟梅之號，元祐中，蘇、黄在朝，始定名。山谷有《蠟梅》詩，自書詩後云：京洛間有一種花，香氣似梅，亦五出，類女工撚蠟所成。京洛人因謂蠟梅。木身與葉，乃類蒴藋。《本草》：蠟梅花有三種，以檀香梅爲第一，花密而香濃，色深黄，宋時皆稱黄梅花。

〔二〕檀心：《冷齋夜話》：蠟梅色黄白，酷似蜜脾，檀心爲上，磬口次之，以子種出不經接者又次之。

附陳履常次韻：

化人乃作《後山集》脱二字花，何年落子空王家。羽衣霓裳涴香蠟，從此人間識尤物。青瑣諸郎却未知，天公下取仙翁詩。烏丸雞距寫玉葉，却怪寒花未清絶。北風驅雪度關山，把燭看花夜不眠。明朝詩成公亦去，長使詩仙誦佳句。湖山洵美更負人，已覺西湖屬此君。坐想明年吳與越，行酒賦詩聽擊鉢。

送王竦朝散赴闕〔一〕

我家衡山公〔二〕，公自注：伯父爲衡山日，與君相知，有送行詩。清而畏人知。臧否不出口，默識如蓍龜。擢子拱把中，云有驥騄姿。胡爲三十載，尚作窮苦詞。丈一作「文」，非人不妄語，未效此何疑。揭來清潁上，汨濕中郎詩。怪我一年長，而作十年衰。同時幾人在，豈敢怨白髭。願君一作「言」指松柏，永與霜雪期。

〔一〕朝散：《職官分紀》：寄禄文散官，有朝散大夫、朝散郎。《梁溪漫志》：六曹郎中中行爲朝散大夫。員外郎中行及起居舍人爲朝散郎。

〔二〕衡山公：本集《廷評行狀》：公諱序，生三子，長曰澹，次曰涣，次曰洵。澹不仕，早卒。涣以進士得官。《欒城集·伯父墓表》：公名涣，舉進士，從祥符縣移知衡州耒陽。

次韻致政張朝奉仍招晚飲一本作「食」。

掃白非黄精，輕身豈胡麻。怪君仁而壽，未覺生有涯。曾經丹化米，親授棗如瓜。雲蒸作霧楷，火滅噀雨巴。自此養鉛鼎，無窮走河車。至今許玉斧，猶事蕚緑華。公自注：君曾見永州何仙姑，得藥餌之，人疑其以此壽也，故有「丹化米」、「蕚緑華」之句，皆女仙事。我本三生人，疇昔一念差。

前生一作「身」或草聖，習氣餘驚蛇。儒臞謝赤松，佛縛慚丹霞。時時一篇出，擾擾四座譁。清詩得可驚，信美辭多夸。回車入官府，治具隨貧家。萍虀與豆粥，亦可成咄嗟。

閻立本〔一〕職貢圖〔二〕

貞觀之德來一作「表」萬邦，浩如滄海吞河江，音容傖一作「獊」獰服奇厖。横絶嶺海逾濤瀧，珍禽瑰産争牽扛，名王解辮却蓋幢。粉本遺墨開明窗，我喟而作心未降，魏徵封倫恨不雙。

〔一〕閻立本：《唐朝名畫録》：閻立本，太宗朝位居宰相，與兄立德齊名。一日，太宗幸玄武湖，見鸂鶒，召立本圖之。左右誤云宣畫師，立本大恥之，遂絶筆戒子弟，勿令學畫。

〔二〕職貢圖：洪景盧云：《汲冢周書》七十篇，所載事物爲過實。《王會篇》，皆大會諸侯及四夷事，所紀四夷國名，頗古奥，獸畜亦奇崛。唐太宗時，遠方諸國來朝貢者甚衆，服裝詭異。顔師古請圖以示後。《韻語陽秋》云：世傳《職貢圖》，立本所畫。東坡作詩亦云云。按，朱景元《畫録》謂：《職貢圖》乃其兄立德所作，立本所畫，諸國王粉本爾。又按，施氏原注引《譚賓録》亦云，命尚書閻立德畫爲《職貢圖》，新刻本改作立本，今爲考正。

次韻王滁州見寄〔一〕

斯人何似似春雨，歌舞農夫怨行路。君看永叔與元之，坎軻一生遭口語。兩翁當年鬢未絲〔二〕，玉堂揮翰手如飛。教得滁人解吟咏〔三〕，至今里巷嘲輕肥。君家聯翩盡卿相〔四〕，獨來坐嘯溪山上。笑捐浮利一雞肋，多取清名幾熊掌。丈夫自重貴難售，兩翁今與青山久。後來太守更風流，要伴前人作詩瘦。我倦承明苦求出，到處遺蹤尋六一。憑君試與問琅邪〔五〕，許我來游莫難色。

〔一〕王滁州：名詔，字景猷。本集《跋醉翁亭記後》云：《醉翁亭記》初刻，字徧淺，恐不能遠，滁人欲大之。元祐六年，軾爲潁州，因滁守王君詔之請，遂不能辭。云云。《困學紀聞》：吴築涂塘，晉兵出涂中。涂，音除，即六合瓦梁堰。水曰滁河。南唐於滁水上，立清流關。《元和郡縣志》：滁州即涂中。《太平寰宇記》：淮南道滁州，因水爲名。滁河在清流縣東三里，源自廬州來，東南流至六合縣入江。

〔二〕兩翁：按《宋史》，慶曆中，歐陽修落龍圖閣，以右正言出知滁州。王禹偁，字元之，鉅野人。第進士，以左司諫知制誥，後爲翰林學士。孝章皇后崩，禹偁言后嘗母儀天下，當用舊典。坐訕謗落職，知滁州。後移守黄州，卒年四十六。

〔三〕解吟咏：劉禹錫詩：化得邦人解吟咏，如今縣令亦風流。

〔四〕聯翩卿相：施氏原注：景猷祖化基、伯舉正，再世參知政事；父舉元，天章閣待制，故有「聯翩盡卿相」之句。舊注在題下，新刻删去，今補録。

〔五〕琅邪：《元和郡縣志》：晉平吴，琅邪王伷出涂中，孫皓送璽至此，因以名之。山下有琅邪溪。《太平寰宇記》：琅邪山在清流縣西南十二里。

趙景貺以詩求東齋榜銘昨日聞都下寄酒來戲和其韻分一壺作潤筆也

王孫天麒麟，眸子奥而澈。囊空學逾富，屋陋人更傑。我老書益放，筆落座争掣。欲求東齋銘，要飲西湖雪。長缾分未到，小硯乾欲裂。不似淳于髡，一石要燭滅。

洞庭春色并引

安定郡王以黄甘釀酒〔一〕，謂之洞庭春色，色香味三絶。以餉其猶子德麟，德麟以飲余，爲作此詩。醉後信筆，頗有沓拖風氣。

二年洞庭秋，香霧長噀手。今年洞庭春，玉色疑非酒。賢王文字飲，醉筆蛟一作「龍」蛇走。

既醉念君醒，遠餉爲我壽。餅開香浮座，盞凸光照牖。方傾安仁醽，莫遣公遠嗅。公自注：明皇食柑，凡千餘枚，皆闕一瓣。問進柑使者，云：中途嘗有道士嗅之，蓋羅公遠也。要當立名字，未用問升斗。應呼釣詩鈎，亦號掃愁帚。君知蒲萄惡，正是嫫母黝。須君灩海杯，澆我談天口。

〔一〕安定郡王：岳珂《愧郯録》：神宗嘗念開創之烈，於藝祖燕、秦二王之後，詔推一人裂土王之，從祀郊廟。韓琦以爲疑天下心，不可，乃用近屬封郡王之制以應詔，以宗室世準爲安定郡王。又按，施氏原注：安定郡王名世準，字君平。祗畏端恪，内恕外嚴。自燕王以來子孫數百人，君平爲之長，無敢少越繩檢，一時翕然稱之。間與學官講繹經書，時以保静軍留後爲安定郡王。元祐八年，薨。詩中所云「賢王」，指世準也。

附陳履常次韻：

洞庭木奴秋，寸絲不挂手。來輸步兵廚，釀作青田酒。王家玉東西，未覺歲華走。方從羅浮山，已作南陽壽。還將甕頭春，慰予雪入牖。我方縛禪律，一舉煩屢嗅。東坡酒中仙，醉墨燦星斗。詩成以示我，千金須敝帚。何曾尊俎間，着客面黧黝。定須笑美人，醮甲不濡口。

送路都曹〔一〕并引

乖崖公在蜀，有録曹參軍，老病廢事。公責之，曰：「胡不歸？」明日，參軍求去，且以詩留別。其略曰：「秋光都似宦情薄，山色不如歸意濃。」公驚謝之，曰：「吾過矣，同僚有詩人而我不知。」因留而慰薦之。予幼時聞父老言，恨不問其姓名。今都曹路公，以小疾求致仕，予誦此詩留之，不可。乃采前人意，作詩送之，并邀趙德麟、陳履常同賦一篇。

積雪困桃李，春心誰爲容。淮光釀山色，先作歸意濃。我亦倦游者，君恩繫疎慵。欲留耿介士，伴我衰遲蹤。吏課升斗積，崎嶇等鉛舂。那將露電身，坐待收千鍾。結髪空百戰，市人看先封別本作「鋒」，訛。誰能搔白首，抱關望夕烽。子意諒已成，我言寧復從。恨無乖崖老，一洗芥蔕胸。我田荆溪上，伏臘亦龘供。懷哉江南路，會作林下逢。

〔一〕路都曹：名紃，丹陽人。見《陳後山集》。又，《宋史·職官志》：軍、州諸曹官，録事參軍居首，稱都曹。

附陳履常作：

身退不待年，意足不願餘。寧聞有餘論，但問我何如。才名四十載，盛氣蓋諸儒。獨無出水力，竟與黿鼉俱。晚爲府中掾，直前不趦趄。何曾愧俯仰，頗亦困囁嚅。有粟尚可餬，有酒尚可娱。一朝脱章綬，用意不躊躇。富貴亦何有，惜君寧挽裾。人生一世間，僅得還其軀。謝公江海人，此計竟亦疎。千金一大錢，二子雙明珠。妙語發幽光，東坡爲欷歔。不知兩疏去，能亦有此無。聊爲三徑資，從此並門居。

次韻陳履常雪中 一本無「雪中」二字。

可憐擾擾雪中人，飢飽終同寓一塵。老檜作花真强項，凍鳶儲肉巧謀身。忍寒吟咏君堪笑，得暖讙呼我未貧。坐聽屐聲知有路，擁裘來看玉梅春。

按：趙德麟《侯鯖録》云：元祐六年冬，汝陰久雪，人飢。一日，天未明，東坡先生簡召議事，曰：某一夕不寐，念潁人之飢，欲出百餘千造炊餅救之。老妻謂某曰：子昨過陳，見傅欽之，言簽判在陳賑濟有功，不問其賑濟之法。某遂相招令時面議。曰：已備之矣。今細民之困，不過食與火耳，義倉之積穀數千石，便可支散，以救下民。作院有炭數萬稱，酒務有柴數十萬稱，依元價賣之，可濟中民。先生曰：吾事濟矣。遂草放積欠賑濟奏。陳履常有詩，先生次韻，有「可憐擾擾雪中人」之句，爲是故也。

附陳履常原作：《後山集》題云「連日大雪以疾作不出聞蘇公與德麟同登女郎臺」。

掠地衝風敵萬人，蔽天密雪幾微塵。漫山塞壑疑無地，投隙穿帷巧致身。映積讀書今已老，閉門高卧不緣貧。遥知更上湖邊寺，一笑潛回萬室春。自注：是日賜柴米。

附趙德麟次韻：此詩從《侯鯖録》采出。

坎壈中年坐愛人，老來貂鼎視埃塵。鐵霜帶面惟憂國，機穽當前不爲身。發廩已康諸縣命，蠲逋一洗幾年貧。歸來又捧寬民詔，不愧毫端爾許春。

慎按：趙德麟在潁州與先生唱酬之什，不減履常，惜多不傳。舊從《侯鯖録》得此詩，録置篋笥。後撿施氏原本，陳、趙二篇並載注中，多被新刻删去，今補録。

二鮮于君以詩文見寄作詩爲謝〔一〕

我懷元祐初，圭璋滿清班。維時南隆老〔二〕，奉使獨未還〔三〕。迂叟向我言，青齊歲方艱。斯人乃德星，遣出虚危間〔四〕。公自注：温公謂余曰：「子駿，福星也。京東人困甚，且令往彼。」召用既晚矣〔五〕，天命良復慳。一朝失老驥，寂寞空帝閑。至今清夜夢，枕衾一作「簟」有餘潸一作「清」。喜聞二三子，結髮師閔顔。高論邈河漢，清詩鳴珮環。遥知三日雪，積玉埋崧山〔六〕。誰念此幽桂，坐蒙榛與菅。故人在潁尾，投詩清泠灣。

〔一〕二鮮于君：《淮海集·鮮于子駿行狀》：男五人，一早卒；頡，偃師縣尉；群，鳳州司法參軍；綽，承務郎；一未仕。皆有學行，而頡尤自立，士大夫稱之。云云。二君，未詳孰是。

〔二〕南隆：《方輿勝覽》：唐時，魯、滕二王皆鎮閬州，以衙宇卑陋，遂修飾宏大之，擬於宫苑，謂之隆苑。

〔三〕奉使：《東都事略·鮮于侁傳》：神宗朝侁爲利州路轉運使，又爲京東轉運使，所代吴居厚以掊斂虐下，侁繼之，務爲寬大。司馬光云：子駿一路福星。云云。

〔四〕虚危間：《漢書·地理志》：齊地，虚、危之分野，東有淄川、東萊、琅邪、高密、膠東，南有泰山、城陽，北有千乘、清河，西有濟南、平原，皆齊分也。《清類天文分野之書》：女虚、危，齊分野。

〔五〕召用：《鮮于子駿行狀》：二聖臨御，召還，爲太常少卿。《東都事略》本傳云：元祐中，召爲太常少卿，拜左諫議大夫，除集賢修撰，出知陳州。卒年六十九。

〔六〕崧山：《行狀》：子駿葬潁昌府陽翟縣。按，嵩山在陽翟縣界，其諸子必家於此。

次韻趙德麟雪中惜梅且餉柑酒三首

其一

千花未分出梅餘，遺雪摧殘計已疎。卧聞點滴如秋雨，知是東風爲掃除。

其二

閬苑千葩暎玉宸，人間只有此花新。飛霙要欲一本作「欲要」先桃李，散作千林火迫春。

其　三

蹀躞嬌黄不受鞿，東風暗與色香歸。偶逢白墮争春手一作「酒」，遣入王孫玉斝飛。

和陳傳道雪中觀燈〔一〕

新年樂事嘆何曾，閉閤燒香一病僧。未忍便傾澆别酒，且來同看照愁燈。潁魚躍處新亭近，湖雪消時畫舫升。祇恐尊前無此客，清詩還有士龍能〔二〕。

〔一〕陳傳道：施氏原注：名師仲，履常之兄，家居彭城。履常在潁，傳道來訪。

〔二〕士龍：指履常也。

閲世堂一作「亭」詩贈任仲微〔一〕

任公鎮西南，嘗贈繞朝策。當時若盡用，善陣無赫赫。凄凉十年後，邪正久已白。却留封德彝〔二〕，天意眇難測。象賢真驥種〔三〕，號訴甘百謫。豈云報私仇一本作「仇讐」，禍福指絡脉。高才食舊德，但恐里門窄。傷心千騎歸，贈印黄壤隔。惟有亭一作「庭」前檜，閲世不改色。千年與井在，記此王粲宅。

〔一〕任仲微：《淮海集·任師中墓表》：子二人，大節、大防，仲微，大防字也。

〔二〕却留封德彝：按，《墓表》：師中在瀘州，爲納溪砦互市毆殺夷人事，公意主招撫，而轉運判官意與公異，專爲攻討之計。公争之，勿能得。嘆曰：邊患自此始矣。其後，乞弟果反，如公所料。云云。愚按，師中久已下世，而轉運判官，此時想尚無恙，故詩用封德彝事，反言以譏之。墓表不載運判姓名，俟再考。

〔三〕象賢：《漢書·王嘉傳》注：象賢者，象其先祖父之賢耳。

附子由作：《欒城集》題云「蔡州任氏閱世堂」。

朱君長桐鄉，死食桐鄉社。吏民安君德，君亦愛其下。遺言於斯葬，存殁勿相捨。自知得民深，千載誰似者。任君治新息，寬惠洽鰥寡。强梁順教詔，桴鼓不鳴野。三年去復還，園木裁拱把。居人敬閭巷，禽鳥依屋瓦。蒼然百尺檜，直幹任大厦。相要勿翦伐，令尹昔所舍。

按：子由集中，又有《閱世亭前古檜》詩，云：「人言此樹三百年，未知昔是何人植。君家大夫老不遇，一生使氣未嘗屈。没身不復歸故里，遺愛自知懷舊邑。此翁此檜兩相似，相與閱世何終極。」云云。詩長不具録，因兩公詩尾俱及檜事，聊摘數語，以資援證。

新渡寺送任仲微

春陰欲落雪，野氣方升雲。我游清潁尾，想見翠被君。古來聚散地，與子復言分。倦游安税駕，瘦田失歸耘。獨宿古寺中，荒雞亂鳴群。送子以曉角，幽幽醒時聞。

送運判朱朝奉入蜀〔一〕一本「送朱世昌使蜀」。

靄靄青城雲，娟娟峨眉月。隨我西北來，照我光不滅。我在塵土中，白雲呼我歸。我游江湖上，明月濕我衣。岷峨天一方，雲月在我側。謂是山中人，相望了不隔。夢尋西南路，默數長短亭。似聞嘉陵江，跳波吹枕一作「錦」屏。送君無一物，清江飲君馬。路穿慈竹林〔二〕，父老拜馬下。不用驚走藏，使者我友生。聽訟如家人，細説爲汝評。若逢山中友，問我歸何日。爲話腰脚輕，猶堪踏泉石。

〔一〕朱朝奉：名世昌，字康叔。注詳前。

〔二〕慈竹林：《雲笈七籤》：眉州彭山縣有本竹觀，在彭山治北。相傳以爲竹林黄帝所手植者，詩中所云「路穿慈竹林」，當指其地。施注舊引《筍譜》云云，似無干涉。

慎按：以上五古，别本分作五言絶句七首，今從施氏原本，合成一首。

病中夜讀朱博士詩〔一〕

病眼亂燈火，細書數塵沙。君詩如秋露，净我空中花。古語多妙寄，可識不可誇。巧笑在瓶頰，哀音餘摻撾。曾坑一掬春〔二〕，紫餅供千家。懸知貴公子，醉眼無真茶。崎嶇爛石上，得此一寸芽。縅封勿浪出，湯老客未嘉〔三〕。

〔一〕朱博士：名失考，疑即朱遜之，見本卷。

〔二〕曾坑：《蔡忠惠集》引《東溪試茶録》云：北苑鳳凰山，連屬諸焙所産者味嘉。慶曆中，歲貢有曾坑上品一斤，叢出於此，氣味殊薄。

〔三〕湯老：《茶經》：其沸如魚目，微有聲爲一沸；緣邊如湧泉，連珠爲二沸；騰波鼓浪爲三沸；已上，水老，不可食。孟蜀人毛文錫《茶譜》：騰波鼓浪，水氣全消，謂之老湯。《太平清話》：蔡君謨湯，取嫩不取老，蓋爲團餅茶發耳。

趙德麟餞飲湖上舟中對月

老守惜春意，主人留客情。官餘閒日月，湖上好清明。新火發茶乳，温風散粥餳。酒闌紅杏闇，日落大隄平。清夜除燈坐，孤舟擘岸撑。逮君幘未墮，對此月猶横。

按：《周益公題跋》云：東坡以元祐六年秋到潁州，明年春赴維揚。此詩題曰「西湖月夜泛舟」。公在潁僅半年，集中自《放魚》長韻而下，凡六十餘詩。歷考先生所至歲月，惟潁爲少，而留詩獨多。以《年譜》考之，先生自潁移揚，在元祐七年二月。

和趙德麟送陳傳道

二陳既妙士，兩歐惟德人。王孫乃龍種，世有籋雲麟。五君從我游〔一〕，傾寫出怪珍。俗物敗人意，兹游施氏原本作「得」，訛實清醇。那知有聚散，佳夢失欠伸。我舟下清淮，沙水吹玉塵。君行踏曉月，疎木挂寸銀。尚寄别後詩，翦刻淮南春。

〔一〕五君：任淵《陳後山詩注》云：東坡守潁時，趙德麟作簽判，後山爲學官。其兄傳道來過，而歐陽叔弼、季默家居於潁。東坡送傳道詩所謂「五君從我游」是也。

東坡先生編年詩卷三十五

古今體詩五十三首起元祐七年壬申三月自潁移知揚州，其年九月以兵部尚書召還途中作。

上巳日與二子迨過遊塗山[一]荆山記所見[二]

此生終安歸，還一作「旋」軫天下半。公自注：昔自南河赴杭州過此，蓋二十二年矣。從祠及彼岯，公自注：山有啓廟。揭來乘樏廟，復作微禹嘆。像設偶此粲。公自注：謂塗山氏。秦祖當侑坐，公自注：廟有柏翳。夏郊亦薦祼。公自注：有鯀廟。可憐淮海人，尚記弧矢旦。公自注：淮南人謂禹以六月六日生，是日數萬人會山上。雖傳記不載，然相傳如此。荆山碧相照，楚水清可亂。刖人有餘坑，美石肖温瓚。公自注：荆山下有卞氏采玉坑，石色如玉，不受鑱刻。取出山下，輒變色不復温瑩。龜泉木杪出[三]，牛乳石池漫。公自注：龜泉在荆山下，色白而甘，真陸羽所謂石池漫流者。有石記云：唐貞元中，隨白龜流出。小兒强好古，侍史笑流汗。歸時蝙蝠飛，炬火記遠岸。

〔一〕塗山：注詳第六卷。

〔二〕荆山：《名勝志》：荆山在懷遠縣西南，山之西北有采玉坑，一名抱璞巖。宋景濂《遊記》云：自塗山麓北經縣治，折而西行約三里，至荆山。

〔三〕龜泉：《名勝志》：白龜泉在荆山東南。

淮上早發

澹月傾雲曉角哀，小風吹水碧鱗開。此生定向江湖老，默數淮中十往來〔一〕。

〔一〕十往來：按，《年譜》：公以熙寧四年赴杭州通判，七年由杭赴密州，元豐二年三月自徐州移湖州，其年七月逮赴臺獄，三年謫黄州，七年量移汝州，八年春赴南京，隨放歸陽羨，五月起知登州，是冬除起居舍人，赴闕，元祐四年，出守杭州，六年再召還朝，今自潁移知揚州，往來皆經淮上，故云。

次韻徐仲車公自注：仲車耳聾。

惡衣惡食詩愈好，恰是石刻作「似」霜松囀春鳥。蒼蠅莫亂遠雞聲，世上誰如一作「知」公覺早。八年看我走三州，公自注：元豐八年，予赴登州。元祐四年，赴杭州，今赴揚州，皆見仲車。月自當空水自流。人間擾擾真螻蟻，應笑人呼作鬬牛。

慎按：《節孝先生集》載東坡此詩，題云「昨日見仲車先生耳疾雖未甚痊而神氣已一真得道者蒙惠佳篇輒次韻奉答」云云，今考《節孝集》，失去原作。

附徐仲車作：《節孝集》原題云「贈子瞻」。

昔者益州牧，意欲見杜微。不能以身往，使以轝致之。雖用爲諫議，待士禮已非。而況君房輩，端坐呼子陵。子陵胸中氣，直與青雲平。豈肯爲人屈，彼亦徒驕矜。孰如揚州牧，自處遜與恭。德不矜其盛，事不矜其功。南郭已三顧，迂身爲衰翁。以手書所問，視面嘆厥容。移時能立語，避乘乃鞠躬。不知古之人，幾人能如公。

慎按：《節孝集》與東坡贈答詩凡三首，此篇乃在東坡自潁移揚所作，故附録於此。

次韻林子中春日新隄書事見寄

東都一作「來」寄食似浮一作「孤」雲，襆被真成一宿賓。收得玉堂揮翰手，却爲淮月弄舟人。羨君湖上齋揺碧，笑我花時甑有塵〔一〕。爲報年來殺風景，連江夢雨不知春。公自注：來詩有「芍藥春」之句，揚州近歲率爲此會，用花十萬餘枝，吏緣爲奸，民極病之，故罷此會。

〔一〕花時：《志林》云：揚州芍藥爲天下冠，蔡繁卿爲守，始作萬花會，歲聚絶品十萬餘枝於聽事，燕賞旬日，既殘，乃歸於各圃。

慎按：施氏原注云：公所與子中帖真迹，藏玉山汪端明家。此段新刻本删去，今録存。

送陳伯修察院赴闕〔一〕

裕陵固天縱，筆有雲漢姿。嘗重《連山》象，不數《秋風辭》。龍騰與虎變，貍豹復何施？我窮真有數，文字乃見知〔二〕。聞君射策日，妙語發嶠咨。一日喧萬口，驚倒同舍兒。豈知二十年，道路猶遲遲。苦言如藥石，瞑眩終見思。屈伸反覆手，獨於君可疑。四門方穆穆，行矣及此時。

〔一〕陳伯修：施氏原注：伯修名師錫，建安人。遊太學，有文名，神宗知之。登第，奏名在欠一字間。

帝得其文，屢讀屢嘆，顧侍臣曰：「此必陳師錫文也。」啓封，果然。擢爲第三人。故云「聞君射策日，妙語發疇咨」。知臨安縣，拜監察御史。進言：宋興以來號稱太平者，莫如仁祖，不過延直言、進善退邪而已。明道中，親覽萬幾，自吕夷簡、張耆、夏竦、陳堯佐、范雍、晏殊等，一日罷去。寶元初，因諫官韓琦之言，王隨、陳堯佐、韓億、石中立同時見絀，其後不次擢用杜衍、范仲淹、富弼、韓琦，以成慶曆、嘉祐之治。願稽皇祖納諫御臣之意，以興治功。帝善其言，有意超用。時詔進士習律。伯修言：方用經術迪士，不應以刑名之學亂之，望追寢其制。用事者以其倡爲詖説，出知宿遷縣。元祐間，東坡三上章，薦其學術淵源，行己絜素，議論剛正，器識靖深，德行追蹤於古人，文章冠絶於當世。伯修以言事被斥。至元祐間，政令一新，向之不合者，率皆召用矣。故云「苦言如藥石，瞑眩終見思」云云。及入爲校書郎，遷工部郎。徽宗用爲殿中侍御史，坐黨論，削官，徙郴州，卒。以下尚有十三行，脱落不全，新刻一概删去，今録存其可辨者。又按，李之儀《姑溪集》云：伯修爲湖州掌書記，表見於東坡老人赴獄之際，天下識與不識，想見其人。云云。伯修在湖州事無可考，附録於此。

〔二〕文字見知：《宋史》蘇軾本傳：嘗鎖宿禁中，入對便殿，宣仁后問曰：「卿前年爲何官？」曰：「黄州團練副使。」曰：「今爲何官？」曰：「今待罪翰林學士。」曰：「何以遽至此？」曰：「遭逢太皇太后、皇帝陛下。」曰：「非也。先帝每誦卿文章，必嘆曰：『奇才，奇才！』但未及進用卿耳。」軾不覺哭失聲，左右皆感涕。

送張嘉父長官

都城昔傾蓋，駿馬初服軥。再見江湖間〔一〕，秋鷹已離韝。於今三會合，每進不少留。豫章既可識，瑚璉誰當收。微官有民社，妙割無雞牛。歸來我益敬，器博用自周。百年子初筵，我已迫旅酬。但當寄一作「記」苦語，高節貫白頭。

〔一〕張嘉父再見：按，元豐十年，公赴登州，時有《泗上張嘉父三絕句》，載本集二十六卷。

在潁州與德麟同治西湖未成改揚州三月十六日湖成德麟有詩見懷次其韻

太山秋毫兩無窮，鉅細本出相形中。大千起滅一塵裏，未覺杭潁誰雌雄〔一〕。公自注：來詩云：與杭争雄。我在錢塘拓湖淥，大隄士女争昌丰。六橋横絶天漢上〔二〕，北山始與南屏通。忽驚二十五萬丈〔三〕，老葑席卷蒼雲空。朅來潁尾弄秋色，一水縈帶昭靈宫〔四〕。坐思吴越不可到，借君月斧修朣朧。二十四橋亦何有〔五〕，换此十頃玻瓈風。雷塘水乾禾黍滿，寶釵耕出餘鸞龍。明年詩客來弔古，伴我霜夜號秋蟲。公自注：德麟見約來揚寄居，亦有意求揚倅。

〔一〕杭潁：《王直方詩話》：杭、潁皆有西湖。東坡連守二州，有潁人在座云：内翰只消遊西湖中，便可了郡事。秦少游詩云：欲將公事湖中了，見説官閑事亦無。

〔二〕六橋：《咸淳臨安志》：蘇隄南來，第一橋曰映波，第二橋曰鎖瀾，第三橋曰望山，第四橋曰壓隄，第五橋曰東浦，第六橋曰跨虹。

〔三〕二十五萬丈：本集《請開西湖狀》云：差官打量湖上葑田計二十五萬餘丈，合用人夫二十餘萬工。

〔四〕昭靈宫：即張龍公廟，注見先生碑記中。

〔五〕二十四橋：《輿地紀勝》：隋於揚州置二十四橋，並以城門坊市署名。後韓令坤改築州城，分布阡陌，別立橋梁，所謂二十四橋者，或存或廢，不可得而知也。

次韻德麟西湖新成見懷絶句

壺中春色飲中僊，公自注：謂洞庭春色也。騎鶴東來獨悯然。猶有趙陳同李郭，不妨同泛過湖船。

再次韻德麟新開西湖

使君不用山鞠窮，飢民自逃泥水中。欲將百瀆起凶歲，公自注：予以潁人苦飢，奏乞留黄河夫萬人修境内溝洫，詔許之。因以餘力浚治此湖。免使甑石愁揚雄。西湖雖小亦西子，縈流作態清而丰。千夫餘力起三閘，焦陂下與長淮通〔一〕。十年憔悴塵土窟，清瀾一洗啼痕空。王孫本自有僊骨，平生宿衛明光宮。一行作吏人不識，正似雲月初朦朧。時臨此水照冰雪，莫遣白髮生秋風。定須却致兩黄鵠，新與上帝開濯龍。湖成君歸侍帝側，燈花已綴釵頭蟲。

〔一〕焦陂：《潁州志》：焦陂在州南四十里。唐永徽中，刺史柳積寶所開。歐陽公詩：焦陂八月新酒熟，秋水魚肥膾如玉。清河兩岸柳鳴蟬，直到焦陂不下船。

到官病倦未嘗會客毛正仲〔一〕惠茶乃以端午小集石塔戲作一詩爲謝〔二〕

我生亦何須，一飽萬想滅。胡爲設方丈，養此膚寸舌。爾來又衰病，過午食一作「飯」輒噎。繆爲淮海帥，每愧厨傳闕〔三〕。爨無欲清人，奉使免内熱。空煩赤泥印，遠致紫玉玦。爲君伐羔豚，歌舞菰黍節。禪窗麗午景，蜀井出冰雪。坐客皆可人，鼎器手自潔。金釵候湯眼，魚蟹亦應訣。遂令色香味，一日備三絕。報君不虚受，知我非輕啜。

〔一〕毛正仲：《宋史》：毛漸，字正仲，第進士。哲宗朝歷江東、兩浙轉運副使，浙部水溢，起長安堰至鹽官，徹清水浦入海。累遷秘閣校理，進龍圖閣學士。

〔二〕石塔：《維揚志》：石塔：石塔寺，即唐之木蘭院。

〔三〕廚傳闕：本集《申明揚州公使錢狀》云：揚於東南，實爲都會，八路舟車，無不由此。使客雜沓，餽送相望，將迎之費，相繼不絶。每年公使額錢只與真、泗等列郡一般，比之楚州，少七百貫。兼復累年接送知州，實爲頻數，用度不貲。又云：本州與杭州事體一般，杭州公使錢七千貫，而本州止有五千貫，顯是支使不足。

《苕溪叢話》云：六一居士《嘗新茶》詩云：「泉甘器潔天色好，坐中揀擇客亦嘉。」東坡守維揚，於石塔試茶詩：「禪窗麗午景，蜀井出冰雪。坐客皆可人，鼎器手自潔。」正謂諺云「三不點」也。

附晁无咎次韻：從《雞肋集》采出。

唐來木蘭寺，遺跡今未滅。僧鐘嘲飯後，語出饑客舌。公今食方丈，玉茗攄噫噎。當年卧江湖，不泣逐臣玦。中和似此茗，受水不易節。輕塵散羅麪，亂乳發甌雪。佳辰雜蘭艾，共弔楚纍潔。老謙三昧手，心得非口訣。誰知此間妙，我欲希超絶。持誇淮北士，湯餅共朝啜。

慎按：《雞肋集》「當年卧江湖」之上，脱去「闕」、「熱」二韻，須覓善本補入。

雙石并引

至揚州，獲二石。其一緑色，岡巒迤邐，有穴達於背；其一正一作「玉」白可鑒。漬以盆水，置几案間。忽憶在潁州日，夢人請住一官府，榜曰「仇池」。覺而誦杜子美詩，曰：「萬古仇池穴，潛通小有天。」乃戲作小詩，爲僚友一笑。

夢時良是覺時非，汲井埋盆故一作「固」自癡。但見玉峰橫太白，便從鳥道絶峨眉。秋風與作烟雲意，曉日令涵草木姿。一點空明是何處？老人真欲住仇池〔一〕。

〔一〕仇池：《九域志》：成州同谷郡有仇池山。

飲酒詩二十首并引

吾飲酒至少，常以把盞一作「杯」爲樂。往往頽然坐睡，人見其醉，而吾中了然，蓋莫能名其爲醉爲醒也。在揚州時，飲酒過午輒罷，客去解衣，盤礴終日，歡不足而適有餘。因和淵明《飲酒》二十首，庶以髣髴其不可名者，示舍弟子由、晁无咎學士。

其一

我不如陶生一本作「我生不如陶」，世事纏綿之。云何得一適，亦有如生時。寸田無荆棘〔一〕，佳處正在兹。縱心與事往，所遇無復疑。偶得酒中趣〔二〕，空杯亦常持。

〔一〕寸田：《黄庭經》「寸田尺宅好治生」注云：寸田謂三丹田，各方一寸也。

〔二〕酒中趣：李白詩：但得醉中趣，勿爲醒者傳。

慎按：先生和陶詩始於揚州官舍。後在嶺南，盡和陶韻，子由有叙，别成二卷。諸刻皆同。今按年分編，義詳《例略》中。

附子由次韻：

我性本疎懶，父母强教之。逡巡就科選，逮此年少時。幽憂二十年，懶性祇如兹。偶然踐黄闥，俯仰空自疑。乞身未敢言，常愧外物持。

附晁无咎次韻：

少賤足可喜，險阻更嘗之。爲親謀斗粟，無意出競時。緬焉效一官，報國方在兹。寧當不恤緯，對酒懷憂疑。學道恨力淺，中遭世網持。

其二

二豪詆醉客，氣湧胸中山。灌然似冰釋，亦復在一言。嗇氣寔其腹，云當享長年。少飲得徑醉，此秘君勿傳。

附子由次韻：

人言性本静，不必林與山。世雖有此理，知誰非妄言。自我作歸計，於今十餘年。低回軒冕中，此語愧虚傳。

附晁无咎次韻：

沉飲非荒宴，凛然忽頽山。或人欲問事，已醉不能言。古來亦如此，名字垂千年。但問酒中適，豈計飲者傳。

其　三

道喪士失已，出語輒不情〔一〕。江左風流人，醉中亦求名。淵明獨清真，談笑得此生。身如受風竹，掩冉衆葉驚。俯仰各有態，得酒詩自成。

〔一〕不情：《漢書·地理志》：齊士言與行繆，虚詐不情。

附子由次韻：

世人豈知我，兄弟得我情。少年喜文章，中年慕功名。自從落江湖，一意事養生。富貴非所求，寵辱未免驚。平生不解飲，欲醉何由成。

附晁无咎次韻：

陶公群於人，而無人之情。詩豈世外語，世語不可名。東坡憐此翁，同調但隔生。形光來户屨，真處人不驚。得酒自醒醉，放意無虧成。

其　四

蠢蠕食葉蟲，仰空慕高飛。一朝傅兩翅，乃得黏網悲。啁啾同一作「厭」巢雀，沮澤宜可依。赴水生兩殼，遭閉何時歸？二蟲竟誰是，一笑百念衰。幸此未化間，有酒君莫違。

附子由次韻：

秋鴻一何樂，空際乘風飛。秋蟲一何憂，壁間終夜悲。憂樂本何有，力盡兩無依。物生逐所遇，行久不知歸。少年氣難回，老者百事衰。聊復沃以酒，永與狂心違。

附晁无咎次韻：

園林日夕好，花繁時鳥飛。少年玩芳物，不飲坐成悲。只今未白髮，念昔已依依。紛華戰吾道，決勝當有歸。挫鋭培其根，外槁中匪衰。念方終日行，輜重安得違。

其　五

小舟真一葉，下有暗浪喧。夜棹醉中發，不知枕几偏。天明問前路，已度千金一作「重」山。嗟我亦何爲，此道常往還。未來寧早計，既往復何言。

附子由次韻：

昔在建城市，鹽酒晝夜喧。夏潦恐天漏，冬雷知地偏。妻孥日告我，胡不返故山。一來朝廷上，七年不知還。有寓均建城，且志昔日言。

附晁无咎次韻：

一眼異青白，口語來啾喧。酌一不酌一，用意何其偏。誰似子孫子，高棲蘇門山。時隨嶺雲出，又與林鳥還。平生但長嘯，獨爲嵇生言。

其　六

百年六十化〔一〕，念念竟非是。是身如虚空，誰受譽與毁。得酒未舉杯，喪我固忘爾。倒床自甘寢〔二〕，不擇菅與綺。

〔一〕六十化：《莊子》：蘧伯玉行年六十而六十化，未嘗不始於是之，而卒詘之以非也。

〔二〕甘寢：《莊子》：孫叔敖甘寢秉羽而郢人投兵。韓愈詩：倒身甘寢百疾愈。

附子由次韻：

夢中見百怪，一一皆謂是。醉中身已忘，萬事隨亦毁。此心不應然，外物妄挾爾。安心十年後，此語知非綺。

附晁无咎次韻：

高賢衆所懷，衆理應取是。如何濟衆事，難成復易毀。功成身無與，天運亦復爾。軒裳役群愚，兒曹眩文綺。

其七

頃者大雪年，海派一作「波」翻玉英一作「霙」。有士常痛飲，飢寒見真情。牀頭有敗榼，孤坐時一傾。未能平體粟，且復澆腸鳴。脱衣裹凍酒，每醉念此生。

附子由次韻：

開卷觀古人，誰非一世英。骨肉委黄壚，泯滅俱無情。憧憧來無盡，擾擾相奪傾。驚雷震朱夏，鮮能及秋鳴。得酒且酣飲，問誰逃死生。

附晁无咎次韻：

庭前兩古柏，凌霄燦其英。問此誰榮枯，霜雪見其情。榮枯何足計，有酒還自傾。熟寐暫展轉，覺來一蟬鳴。歸休但如此，便足了平生。

其八

我坐華堂上，不改麋鹿姿。時來蜀岡頭，喜見霜松枝。心知百尺底，已結千歲奇〔一〕。煌煌凌霄花〔二〕，纏繞復何爲？舉觴酹其根，無事莫相羈。

〔一〕千歲：《史記·龜策傳》：茯苓者，千歲松根。

〔二〕凌霄花：《爾雅》：苕，一名凌苕。郭璞注：又名凌霄。孔穎達《詩疏》：一名凌時。《本草》：紫葳，凌霄花也。蔓生，依大木，久延至顛，其花黄赤。

附子由次韻：

明月生東墻，萬物含餘姿。孤蟬庇繁陰，衆鳥栖高枝。解衣適少事，捫腹知無奇。朝與群動作，暮復何所爲。此時不自有，日出還受羈。

附晁无咎次韻：

功名有天命，美好無定姿。雲夢未足吞，聊可巢一枝。同時金門士，文學多瑰奇。襆被向淮海，酣放遽爾爲。車蓋豈不榮，野馬不受羈。

其九

芙蓉在秋水，時節自闔開。清風亦何意，入我芝蘭懷。一隨采擇去，永與江湖乖。斷絲不復續，斗水何足棲。不如玉井蓮，結根天池泥〔一〕。感此每自慰，吾事幸不諧。醉中有歸路〔二〕，了了初不迷。乘流且復逝，抵曲吾當回。

〔一〕天池蓮：《山海經》：太華山削成而四方，高五千仞，廣十里。山頂有池，生千葉蓮花。

〔二〕醉中歸路：白居易《效陶潛體》詩：處處去不得，却歸酒中來。

附子由次韻：

尺書千里至，輟食手自開。將卜東南居，故鄉非所懷。勿羨湖山美，永與平生乖。鴻雁秋南來，及春思故棲。蛟龍乘風雲，既雨反其泥。兄弟通四海，叩門事難諧。直道竟三黜，去國終恐迷。何如自衛反，闕里從參回。

附晁无咎次韻：

城東故鹽渠，自昔誰所開。似説全盛時，邈焉一長懷。穿渠引江水，此計未爲乖。千帆競暮入，集浦如鳥棲。萬疇分白浪，嘉稻擢新泥。恐此太多事，且當寄嬉諧。疏通養魚鳥，花柳共低迷。時時載酒往，江上亦忘回。

其　十

籃輿兀醉守，路轉古城隅。酒力如過雨，清風消半途。前山正可數，後騎且勿一作「莫」驅。我緣在東南，往寄白髮餘。遥知萬松嶺，下有三畝居。

《庚溪詩話》：韓退之《和裴晉公》詩云：秋臺風日迥，正好看前山。東坡《和陶》云：前山正可數，後騎且莫驅。語雖不同，而寄情物外，夷曠優游之意則同。

附子由次韻：

羌虜忘君恩，戰鼓驚四隅。邊候失晨夜，驛騎馳中途。詔書止窮征，諸將守來驅。敵微勢可料，師競力無餘。防邊未云失，憂懷愧安居。

附晁无咎次韻：

大明唐來寺，廢苑東南隅。青松拱高阜，崎嶇有微途。肩輿病我早，一馬良可驅。衆木媚深壑，氣黑時雨餘。此焉可數醉，何用葺吾居。

其十一

民勞吏無德，歲美天有道。暑雨避麥秋，温風送蠶老〔一〕。三咽初有聞，一溉未濡槁。詔書寬積欠〔二〕，父老顔色好。再拜賀吾君，獲此不貪寶。頽然笑阮籍，醉几書謝表。

〔一〕温風：蔡邕《月令章句》：温風，暑氣之在風者也。

〔二〕詔書寬積欠：按，《宋史》：元祐七年，有詔寬免積欠。公在揚州《論積欠狀》云：諸路連年水旱，上下共知，而轉運司不肯放税，所以逐縣例皆拖欠兩税。較其所欠，與依實檢放無異，於官了無所益，而民有追擾鞭撻之苦。近日詔旨，凡積欠皆分爲十料催納，通計五年而足。聖恩隆厚，何以加此？

附子由次韻：

修己以安人，嗟古有此道。平生妄謂得，忽忽恨衰老。年來亦見用，何益世枯槁。逡巡事朝謁，出入自媚好。報君要得人，被褐信懷寶。斯人何時見，即上歸耕表。

附晁无咎次韻：

蘇公士冠冕，復似郭有道。知士未達間，趣操保耆老。精鋼試九火，勞倦容不槁。爲州第飲酒，况此年歲好。藏鋒避世故，輕敵喪吾寶。時來用毫末，勳業自世表。

其十二

我夢入小學，自謂總角時。不記一作「謂」有白髮，猶誦《論語》辭。人間本兒戲，顛倒略似茲。惟有醉時真，空洞了無疑。墜車終無傷，莊叟不吾欺。呼兒具紙筆，醉語輒録之。

附子由次韻：

春早麥半死，夏雨欣及時。出郊視禾田，父老有好辭。秋陰結愁霖，似欲真敗茲。冥冥人天際，影響良不疑。精誠發中禁，愍默非有欺。雞號日東出，乃令民信之。

附晁无咎次韻：

東漢有兩士，才智炫一時。三公往訪事，卧痾亦見辭。偉明獨不然，小道安取茲。斯人似水鏡，與世破昏疑。憂國不爲身，百世那可欺。舉杯相歡屬，是事亦置之。

其十三

醉中雖可樂，猶是生滅境〔一〕。云何得此身，不醉亦不醒。癡如景升牛，莫保尻與領。黠如東郭㕙，束縛作毛穎。乃知嵇叔夜，非坐虎文炳〔二〕。

〔一〕生滅境：《楞嚴經》：我今示汝，不生不滅。

〔二〕虎文炳：《易》：大人虎變，其文炳也。

附子由次韻：

天厨釀冰池，摇蕩畏出境。年衰雜羸疾，一醑百不醒。鸞臺異諸曹，有政非簿領。頽然雖無讁，固一作「因」謝出囊穎。回首愧周行，群英粲彪炳。

附晁无咎次韻：

高居忽若遺，不識身與境。頗疑酣中似，奈爾輒復醒。東坡自云然，挈世一裘領。是事吾有師，安敢囊出穎。指窮火已傳，豈待得薪炳。

其十四

我家小馮君，天性頗醇一作「純」，訛至。清坐不飲酒，而能容我醉。歸休要相依，謝病當以次。豈知山林士，骯髒乃爾貴。乞身當念早，過此恐少味〔一〕。

〔一〕少味：《後漢書》：馬援與楊廣書曰：及今成計，殊尚善也，過是欲少味。

附子由次韻：

淮海老使君，受詔行當至。當官不避事，無事輒徑醉。平生自相許，兄先弟亦次。東南豈徒往，多難嫌暴貴。白首六卿中，嚼蠟那復味。

附晁无咎次韻：

安昌漢耆儒，樂飲侈亦至。東坡儉不固，少飲得徑醉。愚敢效戴崇，正復思其次。旁通獲親愛，公亦安所貴。便坐時一卮，彭宣寧寡味。

其十五

去鄉三十年，風雨荒舊宅。惟存一束書，寄食無定迹。每用愧淵明，尚取禾三百。頎然六男子〔一〕，粗可傳清白。於吾豈不多，何事復嘆息？

〔一〕六男子：子瞻三子：邁、迨、過，子由三子：遲、适、遠。

附子由次韻：

去年旅都城，三月不求宅。彼哉安知我，争掃習禮迹。三已竟無怨，心伏鷙鳥百。無私心如丹，經患髮先白。功名已不求，餘事復何惜。

附晁无咎次韻：

幼聞錦江春，欲訪子雲宅。叩門問奇字，便掃四方迹。青雲看一鶚，凡毛愧累百。勞公諭伯業，齒堅頭未白。何當擺俗累，歲月可惋惜。

其十六

嘵嘵六男子，絃誦各一經。復生五丈夫，戢戢丁欲成。歸田了門户，與國充踐更。普兒初學語，玉骨開天庭。淮老如鶴雛〔一〕，破殼已長鳴。舉酒屬千里，一歡愧凡情。

〔一〕普兒、淮老：先生二孫名。

附子由次韻：

家居簡餘事，猶讀内景經。浮塵掃欲盡，火棗行當成。清晨委群動，永夜依寒更。低幃閟重屋，微月流中庭。依松白露上，歷坎幽泉鳴。功從猛士得，不取兒女情。

附晁无咎次韻：

王道無偏黨，此語聞諸經。高賢如大海，亦以衆流成。文饒嘆維州，刀鋸人所更。相如復私怨，出語驚秦庭。小人慮事疎，妄意鹽車鳴。安得如江海，洗我塵垢情。

其十七

淮海雖故楚〔一〕，無復輕揚風。齋厨聖賢雜，無事時一中。誰言大道遠〔二〕，正賴三杯通。使君不夕坐，衙門散刀弓。

〔一〕淮海：《禹貢》：淮海惟揚州。注：揚州之域，北據淮，東南至於海。洪邁《平山堂記》：揚爲州最古，南傳海①，北鍵淮。
〔二〕大道：李白詩：三杯通大道。
附子由次韻：
南方有貧士，狂怪如病風。垢面髮如葆，自污屠酒中。導我引河水，上與崑崙通。長箭挽不盡，不中毋尤弓。
附晁无咎次韻：
淮南夏早收，晚秧亦含風。連艫似雍絳，千斛輸吴中。使君飲酒樂，歲美關梁通。安得天下人，俱忘楚人弓。

其十八

何人築東臺，一郡坐可得。亭亭古浮圖，獨立表衆惑。蕪城閱興廢，雷塘幾開塞。明年起華堂，置酒弔亡國。無令竹西路，歌吹久寂默。

① 濟按：「傳」，四庫本作「傳」。

附子由次韻：

清秋九日近，菊酒皆可得。永愧陶翁饑，雖饑心不惑。懷忠受正命，賦命本通塞。斯人今苟在，可與同事國。惜哉委荆榛，忍饑長默默。

附晁无咎次韻：

十年一麥禾，比歲亦難得。寄語吾州人，不飲良大惑。經時無死市，吏責亦可塞。先生門弟子，佐守同一國。舉杯日相屬，有句安得默。

其十九

晁子天麒麟，結交及未仕。高才固難及，雅志或類己。各懷伯業能，共有丘明恥。歌呼時就君，指我醉鄉里。吴公別本作「國」，訛門下客〔一〕，賈誼獨見紀。請作《鵩鳥賦》，我亦得坎止。行樂當及時，緑髮不可恃。

〔一〕吴公門下：《漢書·賈誼傳》：河南守吴公聞其秀才，召置門下，文帝徵吴公爲廷尉，乃言賈誼，召爲博士。

附子由次韻：

我友二三子，兼有仕未仕。青松出林秀，豈獨私與己。歛然不求人，而我自釁耻。臨風忽長鳴，誰信日千里。江行視漁父，但自正綱紀。持綱起萬目，魴鱒皆可止。老成日就衰，所餘殆難恃。

附晁无咎次韻：

堂堂門下公，英發自初仕。卷舒固以時，出處不爲己。朝廷登儒輔，德被民有耻。岷峨更崢嶸，清風在閭里。獨醒固不惡，既醉又可紀。成王訪落時，百室就盈止。吾儕爲國謀，私愛不足恃。

其二十

蓋公偶談道，齊相獨識真。頹然不事事，客至先飲醇。當時劉項罷，四海瘡痍新。三杯洗戰國，一斗消强秦。寂寥一作「寞」千載後，陽公嗣前塵。醉卧客懷中，言笑徒多勤。我時閲舊史，獨與三人親。未暇餐脱粟，苦心學平津。草書亦何用，醉墨淋衣巾。一揮三十幅，持去聽坐人。

按：元裕之《跋東坡飲酒詩後》云：東坡《和陶》，氣象祗是東坡。如云「三杯洗戰國，一斗消强秦」，淵明决不能辨此。獨恨「空杯亦嘗持」之句與「論無絃琴者」自相矛盾。别一詩云：「二子真我客，不醉亦陶然」，此爲佳。

附子由次韻：

諸妄不可賴，所賴惟一真。内欲求性命，油然反清淳。外將應物化，致一常日新。商於四父老，攜手初逃秦。翻然感漢德，投足復踐塵。出處蓋有道，豈爲諸呂勤。嗟哉千載後，澹然與之親。還將山林姿，俛首要路津。囊中舊時物，布衣白綸巾。功成不歸去，愧此同心人。

附晁无咎次韻：

黄子似淵明，城市亦復真。陳君有道舉，化行閭井淳。張侯公瑾流，英思春泉新。高才更難及，淮海一髯秦。嗟余竟何爲，十駕晞後塵。文章不急事，用意斯已勤。平生不共飲，嘆息無與親。問道伯昏室，何人獨知津。各在天一方，淚落衣上巾。歸休可共隱，山中復何人。

次韻晁无咎學士相迎〔一〕

少年獨識晁新城〔二〕，閉門却掃卷旆旌。胸中自有談天口，坐却秦軍發墨守。有子不爲謀置錐，虹霓吞吐忘寒饑。端如太史牛馬走，嚴徐不敢連尻脽。裒回未用疑相待，枉尺知君有家戒。避人聊復去瀛洲，伴我真能老淮海。夢中仇池千仞巖，便欲攬我青霞幨。且須還家與婦計，我本歸路連西南。老來一作「人」飲酒無人佐，獨看紅藥傾白墮。每到平山憶醉翁，懸知他日君思我。路旁小兒笑相逢，齊歌萬事轉頭空。賴有風流賢別駕，猶堪十里卷春風。

〔一〕晁无咎：《東都事略》：晁補之，字无咎。舉進士，爲澶州司户參軍，召試爲秘閣校理，出通判揚州，後知泗州。施氏原注：无咎年十七，從父官新城，後通判揚州。東坡來爲守，无咎以詩相迎，坡和靖節《飲酒》詩，其一篇爲无咎作，有「晁子天麒麟，結交及未仕」之句。章子厚當國，由著作郎出守齊。徽宗立，還爲郎。黨論再起，出守泗州，忘情仕進，葺歸來園，自號歸來子。卒年五十八。

〔二〕晁新城：《咸淳臨安志》：晁端友，熙寧中爲新城令，子補之，年十七，隨侍官所。東坡行縣，以文章來謁。葉石林《詩話》：晁端友，字君誠。本集《晁君誠詩序》云：余官於杭，新城令晁端友者，君子人也。與之游三年，而不知其能爲文與詩。從仕二十三年而後，改官以歿。○又按，黄山谷所作《晁君誠墓誌》：二十五歲舉進士，從仕二十年，然後得著作佐郎。四十七以歿。中間止序爲上虞令，而不及新城。又稱其詩時出奇以自見。在京師，病卧昭德坊，其子補之榻前抄得四十篇。

附晁无咎原作：《雞肋集》題云「東坡先生移守廣陵以詩往迎先生以淮南旱書中教虎頭祈雨法始走諸祠即得甘澤因爲賀」。

去年使君道廣陵，吾州空市看雙旌。今年吾州歡一口，使君來爲廣陵守。麥如櫛髮稻立錐，使君憂民如已飢。似聞維舟禱靈塔，如絲氣上淮西脽。隨軒膏雨人所待，風伯何知亦前戒。虎頭未用沉滄江，龍尾先看掛青海。爲霖功業在傅巖，如何白首擁彤幨。世上饞夫亂紅紫，天教仁政滿東南。青袍門人老州佐，於世無成志消墮。封章去國人恨公，醉笑從公神許我。瓊花芍藥豈易逢，如淮之酒良不空。一醻孤鴻烟雨曲，平山堂上快哉風。

次韻范淳一作「純」父送秦少章〔一〕

宿緣在江海，世網如予何〔二〕？西來庾公塵，已濯長淮波。十年淮海人，初見一麥禾。但欣争訟少，未覺舟車多。秦郎忽過我，賦詩如《卷阿》。句法本黄子，公自注：謂魯直也。二豪與揩磨。公自注：謂其兄少游與張文潛也。嗟我久離群，逝將老西河。後生多名士，欲薦空悲歌。小范真可人，獨肯勤收羅。瘦馬識騄耳，枯桐得雲和。近聞館李生，公自注：謂李廌方叔。病鶴借一柯。贈行苦説我，妙語慰蹉跎。西羌已解仇，烽火連朝那。坐籌付公等，吾將寄潛沱。

〔一〕范淳父：《宋史》：范祖禹，字夢得。哲宗朝由秘書正字遷著作郎，兼侍講。蘇軾稱爲講官第一。《復齋漫録》：范淳父乃范百禄之子。百禄夫人生子，夢鄧太傅曰：「我鄧禹也，來爲爾子。」故生而名曰祖禹，字夢得。元豐末，司馬公易之以淳父。

〔二〕世網：陸士衡詩：借問子何之，世網嬰我身。

按：《范内翰集》中，失原作，俟再考。

附晁无咎次韻：

高詞自班馬，短句亦陰何。輸寫無窮已，懷山赴壑波。深耕待銍艾，療饑乃嘉禾。機雲共一時，未信來者多。老病愧群豪，魚山臨東阿。蘇公門下客，事業皆不磨。孫寶暫主簿，靈槎會窮河。他年九功叙，當使睦者歌。業虚置牙羽，莞籥復森羅。鏞鐘欠一鐸，未害大樂和。分欲從浮海，珊瑚爛紅柯。龍門雖箭駛，此志未蹉跎。丹砂還黑髮，流景爾則那。仇池出一派，分江定有沱。

附朱長文次韻：《學圃餘藁》原題云「少章過吴門寵示淳夫子瞻倡和并惠山寄少游之什俾余繼作輒次二公韻以寄之」。

懷友對華月，身如匏繫何。遥聆金玉音，悵望江湖波。憂來誦三百，調饑餉嘉禾。蘇范天下賢，閲士歲月多。憐君如蘭芷，長育瑶山阿。良工得寶璧，韞櫝加琢磨。發爲驚人語，九曲傾洪河。蟠蜿寄短章，浩蕩寫長歌。一官得武陵，萬景盡包羅。又如彈響泉，餘韻清且和。籍湜師韓文，其則在伐柯。俯視枳棘間，翔鸞豈蹉跎。聖朝頌聲作，周雖與商那。二公且大用，豈得歸岷沱？

聞林夫當徙靈隱寺寓居戲作靈隱前一首

靈隱前，天竺後〔一〕，兩澗春淙一靈鷲。不知水從何處來，跳波赴壑如奔雷。無情有意兩莫測，肯向冷泉亭下相縈回〔二〕。我在錢塘六百日，山中暫來不暖席。今君欲作靈隱居，葛衣草屨隨僧蔬。能與冷泉作主一百日，不用二十四考書中書。

〔一〕靈隱、天竺：《咸淳臨安志》：靈隱、天竺，兩山由一門而入。陸羽記云：南天竺，北靈隱。宋樓枎云：《靈鷲興聖寺記》云：靈隱前，天竺後，名與天壤齊。介兩山間一蘭若，曰靈鷲，竇石澗泉，中分而兼有之。《釋氏稽古略》云：西天竺惠理法師，於晉咸和中至杭州，見山巖秀麗，曰：「吾國中天竺靈鷲山之十小嶺，不知何年飛來？」有洞，舊有白猿，呼之應聲而出。人始信之，師即其地建兩刹，先靈鷲，後靈隱。

〔二〕冷泉亭：白居易《冷泉亭記》：先時領郡者有相里君，造虛白亭。韓皋作候仙亭，裴棠棣作觀風亭，盧元輔作見山亭，及右司郎中河南元藇最後作此亭，於是五亭相望，如指之列，佳境殫矣。

滕達道輓辭二首〔一〕

其一

先帝知公早〔二〕，虛懷第一人。至今詩禮將，獨一作「惟」數武宣臣。材大雖難用，時來亦少信。高平風烈在〔三〕，威敏典刑新〔四〕。空試乘邊策，寧留相漢身。淒涼舊部曲，淚濕冢前麟。

〔一〕滕達道：按，達道歷官始末，施注殘缺不全。今據本集《墓志》補之。公諱甫，字元發，後避高魯王諱，以字爲名，而字達道。東陽人也。嘗舉進士，試於廷。宋子京奇其文，擢爲第三人，而以聲韻不中法，罷之。後八年，復中第三。通判湖州，時孫元規守錢塘，一見公，曰：「名臣也，後當爲賢將。」召試學士院，同修起居注，不遷者十年。神宗朝，爲御史中丞。地震，上疏指陳致災之由，大臣不悦，出知秦州。除翰林學士，知鄆州，移定州。作堂，以「安邊」名之。留守南都，徙齊、鄧二州。妻黨有犯法者，小人因是擠公，落職，知池州。徙蔡，改安州。復貶筠州，上書自明。帝覽之，即以爲湖州。今上即位，徙蘇、揚二州，除龍圖直學士，復爲鄆州，徙真定、河東，治邊凜然，威行西北，號稱名將。年七十一，力求淮南，乃以龍圖閣學士出知揚州。未至而薨，時元祐五年十月二十四日也。

〔二〕先帝知公早：王明清《揮麈後録》：熙寧初，滕元發與楊元素俱受上知，居臺諫。偶上殿，陳於上曰：「曾公亮久在相位，有妨賢路。」上曰：「然。卿等何故都未有文字來？」明日，相約再對。草疏已畢，元發之弟申見之，持以告曾，曾先向上前辨析，上怒其爲耳目之官，不慎密乃爾，言遂不行。二人由此失眷。東坡先生挽詩「先帝知公早」二句，謂受裕陵眷留最先也。

〔三〕高平：《宋史》：范仲淹，其先邠人也。《滕元發墓志》：范希文，皇考舅也。見公而奇之，教以爲文。《揮麈後録》：元發，范文正之外孫也。

〔四〕威敏：《東都事略》：孫沔，字元規，會稽人。爲人明敏果毅，仕終觀文殿學士，謚威敏。徐自明《宰輔編年録》：仁宗皇祐四年，孫沔自樞密直學士除樞密副使，以嘗副狄青宣撫賊平，故有是命。明年三月罷，在樞府不及一年。

其二

雲夢連江雨，樊山落木秋。公方占賈鵩，我正買龔牛。共有江湖樂，俱一作「空」懷畎畝憂。荆溪欲歸老，浮玉偶同遊。骯髒儀刑在，驚呼歲月遒。回頭雜歌哭，挽語不成謳。

按：東坡謫黄州，與元發往還尺牘甚多，正元發落職守池州時也，故起四句云然。

附子由作：

才適邦家用，學非章句儒。相逢初莫測，流落一長吁。大節輕多難，深言究遠圖。收功太原守，談笑視羌胡。

南竄逢公弄水亭，公時守池。北歸留我闔閭城。壯年不見日千里，餘論猶驚敵萬兵。簡册何人知造膝，邊防逐處聳先聲。傷心繫舸城東地，目斷安知有死生。

次韻蘇伯固〔一〕遊蜀岡〔二〕送李孝博〔三〕奉使嶺表

新苗未没鶴，老葉方翳蟬。緑渠浸麻水，白板燒松烟。笑窺有紅頰，醉卧皆華顛。家家機杼鳴，樹樹梨棗懸。野無佩犢子，府有騎鶴仙。觀風嶠南使，出相山東賢。渡江弔狠石，過嶺酌貪泉。與君步徙倚〔四〕，望彼修連娟。願及南枝謝，早隨北雁翩。歸來春酒熟，共看山櫻然。

〔一〕蘇伯固：名堅，注見前。

〔二〕蜀岡：盛儀《維揚志》：蜀岡在江都縣，西接儀真界。《志》云：禪智寺側爲崑邱臺，即蜀岡也。

〔三〕李孝博：字叔升，時自山陽守，以治行高第，即拜廣東提點刑獄。詳見徐仲車《節孝集》中。仲車亦有送行詩，不具録。

〔四〕步徙倚：《楚詞·遠游章》：步徙倚以遥思。

太夫人以无咎生日置酒書壁一絶

壽樽餘瀝到朋簪，要與郎君夜語深。敢問阿婆開後閤，井中車轄任浮沉。

慎按：太夫人謂晁无咎之母也。此詩施氏原本不載，今從新刻《續補》下卷移編揚州卷中。

石塔寺并引

世傳王播《飯後鐘》詩〔一〕，蓋揚州石塔寺〔二〕事也。相傳如此，戲作此詩。

饑眼眩一作「望」東西，詩腸忘早晏。雖知燈是火〔三〕，不悟鐘非飯。山僧異漂母，但可供一莞。何爲二十年，記憶作此訕。齋厨養若人，無益祇貽患。乃知飯後鐘，闍黎蓋具眼〔四〕。

〔一〕王播：《唐書・王播傳》：播字明敭，其先太原人。父恕爲揚州倉曹參軍，因家於揚。與弟揆並舉元和進士，官至同中書門下平章事，出爲淮南節度使。

〔二〕石塔寺：即木蘭院。

〔三〕燈是火：施氏原注：俗諺云：早知燈是火，飯熟已多時。

〔四〕闍黎：《翻譯名義集》：梵云阿闍黎，此云軌範師，又云悦衆。

送晁美叔發運右司年兄赴闕

我年二十無朋儔，當時四海一子由。君來扣門如有求，頎然鶴骨清而修。醉翁遣我從子遊，翁如退之蹈軻邱。尚欲放子出一頭，公自注：嘉祐初，與子由寓興國浴室，美叔忽見訪，云：「吾從歐陽公游久矣，令我來與子定交，謂子必名世，老夫亦須放他出一頭地。」酒醒夢斷四十秋。病鶴不病骨愈虬，惟有我顔老可羞。醉翁賓客散九州，幾人白髮還相收。我如懷祖拙自謀，正作尚書已過優。君求會稽實良籌，往看萬壑爭交流。公自注：美叔方乞越。

慎按：先生受知於歐陽，在嘉祐丁酉，晁美叔與公同年，定交即在此時。時先生年二十二，而詩云「我年二十無朋儔」者，乃大槩約略之詞。王宗稷《年譜》云：至和二年乙未，先生年二十，遊成都，謁張安道，有晁美叔者，求友於先生。與本詩公自注一段相戾，特傳會起句而失之耳。今駁正。

王文玉挽詞〔一〕

才名誰似廣文寒〔二〕，月斧雲斤琢肺肝。玄晏一生多卧病，子雲三世不遷官。幽蘭空覺香風在，宿草何曾淚葉乾。猶喜諸郎有曹植一作「志」，文章還復富波瀾。

〔一〕王文玉：爵里未詳。

〔二〕廣文寒：杜甫《贈鄭廣文》詩：才名三十年，坐客寒無氈。

山光寺〔一〕送客回和芝上人韻〔二〕

鬧裏清遊借隙光，醉時真境發天藏。夢回拾得吹來句，十里南風草木香。

〔一〕山光寺：程沙隨《古易占》云：隋煬帝來江都，筮《易》，遇《離之賁》，乃以離宫爲寺，名曰山火，取卦象也。後改曰山光，在揚州北十五里，地名灣頭。盛儀《維揚志》：山光寺，隋大業中建。

〔二〕芝上人：名曇秀。

慎按：本集《雜記》一條云：予在廣陵，與晁无咎、曇秀道人同舟送客山光寺。客去，予醉卧舟中，秀作詩云云。予和之。昔予對歐陽公誦文與可詩，云：「美人却扇坐，羞落庭下花。」公曰：「此非與可詩，世間原有此句，與可拾得耳。」又按，此詩施氏原本不載，今從《全集》采出，據《外集》，題云「揚州同晁无咎芝上人遊山光寺和芝韻」，故移編於此。

附曇秀原作：

扁舟乘興到山光，古寺臨池勝氣藏。慚愧南風知我意，吹將草木作天香。

送芝上人遊廬山

二年閲三州，我老不自惜。團團如磨牛，步步踏陳跡。豈知世外人，長與魚鳥逸。老芝如雲月，炯炯時一出。比年三見之，常苦一作「若」有所適。逝將走廬阜，計闊道逾密。吾生如寄耳，出處誰能必。江南千萬峰，何處訪子室。

送程德林〔一〕赴真州〔二〕

君爲縣令元豐中，吏貪功利以病農。君欲言之路無從，移書諫臣以自通，公自注：諫臣，蹇受之也。元豐天子爲改容。我時匹馬江西東，問之逆旅言頗同。老人愛君如劉寵，小兒敬君如魯恭。爾來明目達四聰，收拾騏駿冀北空。君爲赤令有古風〔三〕，政聲直入明光宮。天厩如海養群龍，并收其子豈不公，公自注：君之子祁舉制策，文學行義爲人所稱。白沙何必煩此翁？

〔一〕程德林：名筠，與先生同年，見本集二十三卷中。

〔二〕真州：《元豐九域志》：淮南東路真州，軍事。乾德二年，以揚州永真縣迎鑾鎮爲建安軍。祥符六年，升爲州，治揚子縣。

〔三〕赤令：赤縣令也。

古别離送蘇伯固《外集》作《送蘇伯固效韋蘇州》。

三度别君來，此别真遲暮。白盡老髭鬚，明日淮南去。酒罷月隨人，淚濕花如霧。後夜逐君還，夢繞湖邊一作「江南」路。

慎按：此詩施氏原本不載，今從新刻《續補》上卷移編於此。

谷林堂〔一〕

深谷下窈窕，高林合扶疎。美哉新堂成，及此秋風初。我來適過雨，物至如娱予。稺竹真可人，霜節已專車。老槐苦無賴，風花欲填渠〔二〕。山鴉争呼號，豁蟬獨清虚。寄懷勞生外，得句幽夢餘。古今正自同，歲月何必書。

〔一〕谷林堂：《名勝志》：谷林堂在蜀岡大明寺内。○慎按，《石林避暑録》云：歐陽公在揚州作平山堂，壯麗爲淮南第一。據蜀岡左右，老木參天，後有竹千竿，大如椽，不見日色。子瞻詩所云「穉竹真可人，霜節已專車」者，是也。

〔二〕填渠：《漢書》：華容夫人歌曰：髮紛紛兮寘渠。注云：寘，徒千反。按，與「填」同。○《碧溪詩話》：東坡《谷林堂》云：「古今正自同，歲月何必書。」他日，《游香積寺》又云：「幽尋恐不繼，書版記歲月。」自知者觀之，則爲游戲篇章，得大自在。俗士拘泥，疑前後不相應也。

附孫覿作：《蘭陵先生集》題云「揚州谷林堂」。

楚山多異材，翠竹滿崖谷。蕭蕭斤斧餘，斬伐同一束。蕪城帶流水，萬畝淇園緑。遺葩駁雲錦，老節抱金玉。歲晚虎穴鄰，舐掌方擇肉。此君無恙否？應坐白眼俗。

雲師無著自金陵來見予廣陵且遺予支遁鷹馬圖將歸以詩送之且還其畫

道人自嫌三世將，棄家十年今始壯。玉骨猶寒富貴餘，漆瞳已照人天上。去年相見古長干，衆中矯矯如翔鸞。今年過我江西寺，病瘦已作霜松寒。朱顏不辨供歲月，風中蒿火湯中雪。好問君家黄面翁，乞得摩尼照生滅。莫學王郎與支遁，臂鷹走馬憐神駿。還君畫圖君自收，不如木人騎土牛。

慎按：此詩施氏原本不載，新刻載《續補》上卷，題目止「贈僧」二字，今據《外集》采録，編入揚州卷中。

予少年頗知種松手植數萬株皆中梁柱矣都梁山〔一〕中見杜輿秀才求學其法戲贈二首〔二〕

其一

露宿泥行草棘中，十年春雨養髯龍。如今尺五城南杜，欲問東坡學種松〔三〕。

〔一〕都梁山：《太平寰宇記》：都梁山在泗州盱眙縣南十六里，都梁香草，兹山所産，故得名。

〔二〕杜輿：字子師，盱眙人。晁无咎《雞肋集》有《杜子師字序》。

〔三〕種松法：本集《雜記·種松法》：十月以後，冬至以前，松結實熟而未落，折取，并蓴收竹器中。至春初，取實入荒茅中，得雨自生。松性至堅悍，始生至脆弱，畏日與牛羊，故須荒茅地，以茅陰障日，須護以棘。五年後，乃可洗下枝。七年後，乃可去其細密者。

其二

君方掃雪收松子，我已開榛得茯苓〔一〕。爲問何如插楊柳，明年飛絮作浮萍。

〔一〕茯苓：《史記·龜策傳》：茯苓者，千歲松根也。《抱朴子》：老松餘氣，化爲茯苓。

慎按：晁无咎和詩凡三首，先生原作疑闕其一。

附晁无咎和韻三首：《雞肋集》題云「東坡公以種松法授都梁杜子師并爲作詩子師求余同賦」。

不學栽楦業種松，未甦履豨笑屠龍。許君盡得東坡術，已與先生一事同。

長鑱散子巖巖徧，短竹扶條歲歲添。待得烹茶有松葉，不應更課木奴縑。

佩牛未敢邀君出，射虎何當許我從。要看堂堂冠珮處，蒼然十萬甲夫中。

行宿泗間〔一〕見徐州張天驥次舊韻〔二〕

二年三躡過淮舟，款段還逢馬少遊。無事不妨長好飲，著書自要見一作「且」窮愁。孤松早偃原非病，倦鳥雖還豈是休。更欲河邊幾來往，秪今霜雪已蒙頭。

〔一〕宿泗間：《九域志》：淮南東路宿州保静軍節度，治符離縣，東界至泗州一百九十九里，泗州臨淮，軍事，治盱眙縣。

〔三〕張天驥：注見前。

次韻劉景文贈傅羲秀才〔一〕

幼眇文章宜和寡〔二〕，峥嶸肝肺亦交難。未能飛瓦彈清角，肯便投泥戲潑寒。忽見秋風吹洛水，遥知霜葉滿長安。詩成送與劉夫子，莫遣孫郎帳下看。

〔一〕傅羲：一本作「曦」，未詳。

〔二〕幼眇：《漢書·元帝紀贊》：元帝多材藝，善史書，自度曲，被歌聲，分刌節度，窮極幼眇。顔師古曰：幼眇，讀曰要妙。

在彭城日與定國爲九日黄樓之會今復以是日相遇於宋凡十五年憂樂出處有不可勝言者而定國學道有得百念灰冷而顔益壯顧予衰病心形俱悴感之作詩

菊盞萸囊自古傳，長房寧復是癯仙。應從漢武横汾日，數到劉公戲馬年。對玉山人今老矣，見恒河性故依然〔一〕。王郎九日詩千首，今賦黄樓第二篇。公自注：徐州太守廳事，俗謂之霸王廳，相戒不敢坐，僕拆以蓋黄樓。

〔一〕見恒河性：《楞嚴經》：「佛言汝今自傷髮白面皺，其面必定皺於童年。則汝今時觀此恒河，與昔童時觀河之見，有童耄不？」

九日次定國韻

朝菌無晦朔，蟪蛄疑春秋。南柯已一世，我眠未轉頭。仙人視吾曹，何異蜂蟻稠。不知蠻觸氏，自有兩國憂。我觀去來今，未始一念留。奔馳竟何得，而起無窮羞。王郎誤涉世，屢獻久不讎。黄金散行樂，清詩出窮愁。俛仰四十年，始知此生浮。軒裳陳道路，往往兒童收。封侯起大第，或是君家騶。似聞負販人，中有第一流。炯然徑寸珠，藏此百結裘。意行無車馬，倏忽略九州。邂逅獨見之，天與非人謀。笑我方醉夢，衣冠戲沐猴。力盡病騏驥，伎窮老伶優。北山一作「方」有雲根，寸田自可耰。會當無何鄉，同作逍遥遊。歸來城郭是，空有纍纍邱。

東坡先生編年詩卷三十六

古今體詩六十五首

起元祐壬申秋杪，自揚州召還爲兵部尚書，尋遷禮部尚書，至明年癸酉九月出京以前作。

召還至都門先寄子由

老身倦馬河堤永，踏盡黄榆緑槐影。荒雞號月未三更，客夢還家時一頃。歸老江湖無歲月，未填溝壑猶朝請。黄門殿中奏別作「春」，訛事罷，詔許來迎先出省。已飛青蓋在河梁，定餉黄封兼賜茗。遠來無物可相贈，一味豐年説淮潁。

王暐《道山清話》云：劉貢父一日問子瞻：「踏盡黄榆緑槐影，是日影耶？月影耶？」子瞻曰：「竹影金鎖碎，又何嘗説日月也。」○慎按，先生與貢父同朝在元祐初，集中多唱酬之什。自己巳出守杭州以後，絶無一語及貢父者，意此時貢父已殁。《道山清話》云云不足據也。

附子由次韻：

兄詩有味劇雋永，和者僅同如畫影。短篇泉冽不容挹，長韻風吹忽千頃。經年淮海定成集，走書道路未遑請。相思夜半發清唱，醉墨平明照東省。自注：詩到適在省中。南來應帶蜀岡泉，西信近得蒙山茗。出郊一飯歡有餘，去歲此時初到潁。

次韻定國見寄

還朝如夢中，雙闕眩金碧。復穿鴛鷺行，强寄麋鹿迹。勞生苦晝短，展轉不能夕。默坐數更鼓，流水夜自逆。故人爲我謀，此志何由畢。越吟知聽否？誰念病莊舄。公自注：時方請越。

次韻蔣穎叔〔一〕錢穆父〔二〕從駕景靈宮〔三〕二首

其一

歸來病鶴記城闉，舊踏松枝雨露新。半白不羞垂領髮，軟紅猶戀屬車塵。公自注：前輩戲語，有「西湖風月，不如東華軟紅香土」。雨收九陌豐登後〔四〕，日麗三元下降辰〔五〕。粗識君王爲民意，不才何以助精禋。

〔一〕蔣穎叔：名之奇，注見前。

〔二〕錢穆父：名勰，注見前。時爲户部尚書。

〔三〕景靈宫：《宋史·禮志》：東西景靈二宫，創於祥符五年，在端禮街之東西，置藝祖以下御容於内。《困學紀聞》：景靈宫之爲原廟，自元豐五年始。前此帝后神御寓佛老之祠。

〔四〕九陌：《太平寰宇記》引《三輔舊事》云：長安城中，八街九陌。

〔五〕三元：徐陵文：三元肇慶，六吕司春。

按：《藜藿野人詩話》云：東坡自揚州召還，有《和韻從駕景靈宫》詩，王仲至和之，末云：誰知第七車中客，天遣歸來助慶禋。蓋張寬，四川人，自揚州守召，東坡亦然。漢武帝郊祀，回至渭橋，見婦人洗乳於水上，遣問之。婦人曰：「第七車中客知我也。」上使問張寬，寬奏曰：「天上長乳星，祭祀不潔則見。」東坡時爲兵部尚書，亦乘車在駕前。云云。按，蔣、錢原作，同時和者尚多。原作既不可得，仲至詩惜止傳末二句，附志於此。

其二

與君並直記初元〔一〕，白首還同入禁門。玉殿齊班容小語，霜廷稽首泣微温。公自注：適與穆父並拜庭中，地皆流濕，相與小語道之。病貪賜茗浮銅葉〔二〕，老怯秋一作「香」泉灔寶樽。回首鵷行有人傑〔三〕，坐知羌虜是遊魂。

〔一〕並直初元：按，元祐元年，穆父自鹽鐵判官召爲中書舍人。黄山谷《和穆父猩猩毛筆》詩自注云：「時蘇、錢二公，俱直紫微閣。」任淵《山谷詩注》：「時二公皆作中書舍人，是年九月，東坡方轉翰林學士。」

〔二〕銅葉：程大昌《演繁露》：御前賜茶，皆不用建盞，用大湯甓，其製像銅葉湯甓耳。銅葉，褐色也。

〔三〕人傑：指蔣穎叔，時穎叔新除熙河帥，故結句云然。注見本卷後。

憶江南寄純如五首〔一〕

其一

楚水别來十載，蜀山望斷千重。畢竟擬爲傖父，憑君説與吴儂。

〔一〕純如：姓名失考。

其 二

湖目也堪供眼〔二〕，木奴自足爲生。若話三吴勝事，不惟千里蓴羹〔三〕。

〔二〕湖目：蓮子也。

〔三〕千里：《名勝志》：溧陽有蓴湖，又名千里湖，在縣南。

其 三

人在畫屏中住，客依明月邊遊。未卜柴桑舊宅，須乘五馬一作「湖」扁舟〔一〕。

〔一〕五湖扁舟：《後漢書·隗囂傳》：方望以書辭囂曰：范蠡收責句踐，乘扁舟於五湖。

其 四

生計曾無聚沫，孤踪漫有清風。治産猶嫌范蠡，携孥頗笑梁鴻。

其　五

弱累已償俗盡，老身將伴僧居。未許季鷹高潔，秋風直爲鱸魚。

慎按：以上五首，施氏原本不載。新刻本載《續補》卷末，據《外集》揚州還朝後作，今改編。

近以月石硯屏〔一〕獻子功中書〔二〕公復以涵星硯獻純父侍講〔三〕子功有詩純父未也復以月石風林屏贈之謹和子功詩并求純父數句

紫潭出玄雲，翳我潭中星。獨有潭上月，倒掛紫翠屏。我老不看書，默坐養此昏花睛。時時一開眼，見此雲月眼自明。久知世界一泡影，大小真僞何足評。笑彼三子歐梅蘇〔四〕，無事自作雪羽争。公自注：事見三人詩集。故將屏硯送兩范，要使珠璧栖窗櫺。大范忽長謡，語出月脇令人驚。公自注：皇甫湜《顧况集序》云：穿天心，出月脇，意外驚人，語非尋常。小范當繼之，説破星心如雞鳴。公自注：孟郊《聞雞》詩：似開孤月口，能説落星心。牀頭復一月，下有風林横。急送小范家，護此涵星泓。願從少陵博一句，山木盡與洪濤傾。

〔一〕月石屏：本集《雜記》一則云：月石屏，捫之月微凸，乃僞也。真者必平，然多不圓，圓而平至難得，可寶也。

〔二〕子功中書：《宋史》：范百禄，字子功，鎮兄鍇之子。第進士，又舉才識兼茂科。《東都事略》：范百禄中制科，元祐中知開封府，召入翰林，拜中書侍郎。所著詩傳文集、内外制、奏議八十卷。後與黨籍。

〔三〕純父侍講：《東都事略·范祖禹傳》：祖禹，初字夢得，又字純父。哲宗即位，由秘書省正字遷著作郎，兼侍講。蘇軾稱爲講官第一。《宋史》：祖禹初擢右正言，拜翰林學士，以叔百禄在中書，改侍講學士。百禄去，乃復爲之。○慎按，《東都事略》云祖禹少孤，育於叔祖。景仁《復齋漫録》訛以祖禹爲百禄之子，不知純父乃子功之姪也。故稱爲小范。

〔四〕三子：歐陽永叔有《鴟石屏歌》，蘇子美有《月石硯歌》，梅聖俞有和詩，不具録。

慎按：「月脇」、「星心」下所引皇甫湜序、孟郊詩，宋刊本皆公自注，云云。今據此爲改正。

次韻范純父涵星硯月石風林屏詩〔一〕

月次於房歷三星，斗牛不神箕獨靈。簸摇桑榆盡西靡，影落蘇子硯與屏。天工與我兩厭事，孰居無事爲此形。與君持橐侍帷幄，同列温室觀堯蓂。自憐太史牛馬走，伎等卜祝均倡伶。欲留衣冠掛神武，便擊雲水歸南溟。陶泓不稱管城沐，醉石可助平泉醒。故持二物與夫子，欲使妙質留天庭。但令滋液到枯槁，勿遣光景生晦冥。上書掛名豈待我〔二〕，獨立自可當雷霆。我時醉眠風林下，夜與漁火同青熒。撫物懷人應獨嘆，作詩寄子誰當聽。

〔一〕涵星硯：歐陽公《硯譜》：龍尾溪石，以金星者爲貴。

〔二〕上書掛名：晁以道《客語》云：范純父元祐中與東坡數上書論事，嘗約各草一疏，東坡訪純父，求所作疏先觀，遂書名於末，云軾不復自爲矣。純父再三求觀，竟不肯出，云無以易公者。《和月石屏詩》云云，蓋紀實也。

附范純父原作：《范太史集》題云「子瞻尚書惠涵星硯月石風林屏賦十二韻以謝」。

端溪千仞涵明星，虢山太古藏陰靈。蘇公贈我此二寶，使我坐卧瞻雲屏。我觀天地間，有物皆流形。或從清空入幽谷，中夜隕石翻階蓂。《齊諧》志怪不能狀，欲説但恐同優伶。公遊浙江探禹穴，長嘯宇宙臨滄溟。手攀天河弄星月，醉落大筆還微醒。故分星月入我室，光照窗户風生庭。長林偃絶壁，晚色寒青冥。似聞洪濤卷萬木，直幹不折當風霆。玄雲欲落雪，夜久孤燈熒。報贈愧無青玉案，苦吟徒使神鬼聽。

次韻錢穆父會飲

彈冠恨不早，掛冠常苦遲。盛服每假寐，角鬭時伏思。東門未祖道，西山空拄頤。誓將江海去，安此麋鹿姿。要當謀三徑，何暇擇一枝。與君幾合散，得酒忘醇醨。君談似落屑，我飲如奕碁。公自注：世有「作詩如奕碁，奕碁如飲酒，飲酒乃大戒」之語，僕於碁、酒二事，俱不能也。居官不任事，造物真見私。主人獨賢勞，金轂方流馳。行人亦結束，杕杜乃歸期。公卿雖少安，河流正東釃〔一〕。我得會稽去，方回良不癡。

〔一〕河流東釃：《宋史·河渠志》：元祐初，河流雖北，而孫村低下，諸郡皆被災。於是回河東流之議起，安燾深以東流爲是，蘇轍謂吕公著，不如因舊而修其未備。會范百禄行視東、西二河，亦言東流高仰，北流順下，决不可回。時吴安持與李偉力主回河，請置修河司。五年九月，轍又言修河司不罷，河朔生靈終不得安居。七年十月，以大河東流，賜吴安持三品服。李偉再任都水使者。王宗望言：東、北兩流，頻年紛争不决。伏自奉詔，凡九月，上稟成算，盡障北流，使全河東還故道，望付史館紀績。○慎按，時文潞公、吕丞相力主回河之議，故云「公卿雖少安，河流正東釃」也。

次韻穆父尚書侍祠〔一〕郊邱瞻望天光退而相慶引滿醉吟〔二〕

千章杞梓蔭雲天，樗散誰收老鄭虔。喜氣到君浮白裏，豐年及我掛冠前。令嚴鐘鼓三更月，野宿貔貅萬竈烟。太息何人知帝力，歸來金帛看赬肩。

〔一〕侍祠：《春明退朝録》：每南郊大禮，使宰相爲大禮使，學士爲禮儀使、鹵簿使，御史中丞爲儀仗使，開封府爲橋道頓遞使。真宗時，東封西祀侍祠，皆輔臣爲五使，南郊則用學士以下。

〔二〕郊邱：《汴京遺跡志》：南郊壇在開封城南薰門外，其側又有南青城，即宋祭天之齋宫。北郊壇在府城北封邱門外，其北又有北青城，即宋祭地之齋宫。

附秦少游次韻：

風馬雲車下九天，郊柴初告帝心虔。天如倚蓋臨壇上，星若聯珠繞御前。縹緲珮環參雅奏，岧嶤樓閣抱非烟。侍臣舉酒欣相屬，醉看參横左右肩。

郊祀〔一〕慶成詩〔二〕

帝出乘昌運，天心予太平。文章三代繼，制作七年成。大祀〔三〕乾坤合〔四〕，剛辰日月明〔五〕，泰壇朝掃地，魄寶夜垂精。仰御圓蒼蓋，環觀海岳城。北流吞朔易，西極落欃槍。升燎靈光荅，回鑾瑞霧迎。需雲徧枯槁〔六〕，解雨達勾萌〔七〕。可頌非天德，因箴亦下情。民言知有酌，帝謂本無聲。富國由崇儉，祈年在好生。無心斯格物，克己自銷兵。化國安新政，孤臣返舊耕。還將清廟什，留與野人賡。

〔一〕郊祀：《宋史·哲宗本紀》：元祐七年十一月癸巳，合祭天地於圜丘，大赦天下。曾鞏《元豐類藁》：「太祖已尊四祖之廟，郊祀以宣祖配天，以翼祖配地。太宗繼統，禮官以王業自太祖始，故興國之初，再郊皆太祖配天，至淳化春，以宣祖、太祖同配，如永徽故事。皆禮儀使蘇易簡所定。

〔二〕慶成：《漢書·封禪文》：上帝垂恩，儲祉將以慶成。

〔三〕大祀：張衡《東京賦》：元祀惟稱，群望咸秩。注：元祀，上祀也。

〔四〕乾坤合：《宋史·禮志》：元豐六年冬至郊祀，以太祖配，不設皇地祇位。哲宗初立，未遑親祀，有司攝事如元豐儀。翰林學士顧臨等謂：祖宗皆合祭天地，其不合祭者，惟元豐六年一郊爾。今失不定，後必悔之。范純禮等主北郊之議，彭汝礪、曾肇復上奏論合祭之非。而呂大防則言先帝祀地之禮，未經親行，今上臨御之始，正當親見天地，而獨不設地祇位，恐亦不安。太皇太后以爲然，遂合祭天地。《東都事略》：元祐七年，詔曰：國家郊廟，三歲一親，冬至合祭天地於圜丘。元豐六年，有司援周禮以合祭，不應古義。詔定親祀北郊之儀，未及行。是歲，南郊不設皇祇位，而宗廟之饗率如權制。朕方郊見天地之始，其冬至日南郊，宜依熙寧十年故事，設皇地祇位。

〔五〕剛辰：《禮記》：外事用剛日，內事用柔日。

〔六〕需雲：《易》：雲上於天，需，君子以飲食宴樂。

〔七〕解雨：《易》：天地解而雷雨作，雷雨作而百果草木皆甲拆。

附子由作：

盛禮彌三祀，初元正七年。祭兼天地報，儀自祖宗傳。講義金華久，自注：近有旨：講讀官訓釋祖宗齋祠故事十五條，日陳於前。齋心玉食鮮。秋成通四海，廩實到窮邊。自注：今秋諸道皆奏豐稔，而陝西、河東極邊尤甚。塵捲跳强寇，自注：西羌入寇環州，邊吏邀擊敗去。琛來渡海船。自注：高麗使前十日到闕，預觀大禮。人和神亦答，物備禮誠全。廟室開深靚，郊丘對廣圜。翠帷新秘殿，寶仗隘通廛。周冕裘繒儉，自注：《周禮》：大裘而冕以祀天。有司欲爲羔裘，度用百羔。上以其害物，以黑繒代之。唐車保介便。自注：五輅有正觀款志，進退安重，奕世所寶。導前多舊德，迎拜或華顛。薦潔求陰燧，馳誠寄燎烟。垂精粲星斗，望秩徧山川。降輅追前躅，回班戒弗虔。徹緅深屈體，屏蓋切承天。自注：上至太廟門降輅，步入齋殿，至郊壇止。百官回班，仍去黄道褥。三事皆循祖宗故事，而去繖，特出上意。嶰谷灰初應，自注：緹室吹灰，久廢不講，近太史考求遺書，復修其法。扶桑日欲躔。旌旗逐風轉，歌舞送天旋。簾啓瞻宸極，雞號識漏泉。矜愚開罪罟，釋欠靖民編。樂作波翻海，書行箭脱弦。東朝歸福祚，南極本高僊。有道知難犯，無私每得賢。劬勞就聖德，謙畏絶私權。治道初無象，神功竟莫宣。下臣叨進玉，隨見頌誠然。自注：臣於景、靈郊邱，實進玉幣。

次韻王仲至喜雪御筵〔一〕

三軍喜氣鑠飛花，睡起空驚月在沙。未集驊騮金腰褭，故殘鵁鶄玉横斜。偶還仗内身如寄〔三〕，尚憶江南酒可賒。宣勸不多心自醉，强扶衰白拜君嘉。

〔一〕王仲至：《宋史》：王欽臣，字仲至，用蔭入官。文彦博薦試學士院，賜進士及第。性嗜古，藏書數萬卷，手自讐正，世稱善本。○按，仲至時爲工部侍郎，本傳不載。

〔二〕還仗内：《春明退朝録》：唐制，日御宣政殿，設殿中細仗於廷，明皇欲避正殿，遂御紫宸殿，唤仗入閣門。唐末常御殿，更無仗，遇朔望特設之。熙寧二年，始御文德殿，凡文武官百人，執仗四百人，皆立殿門之外。宰相至，陞朝官盡赴文德殿參假，謂之横行。

慎按：《能改齋漫録》云：東坡元祐末爲禮部尚書，夢人送《喜雪詩》，云是王仲至，覺後惟記一聯，仲至因足以成章。曰：曉雪誰驚最後時，土膏方得助甘滋。歲功已覺三元近，春事何憂一覺遲。不着寒梅容觸冒，半留紅杏惜離披。神交彼此無勞辨，更爲公題入夢詩。三四乃夢中所得，今附録於此。

次韻奉和錢穆父蔣潁叔王仲至四首

見和西湖月下聽琴原作在三十四卷。

謖謖松下風，藹藹隴上雲。聊將竊比我，不堪持寄君。半生寓軒冕，一笑當琴尊。良辰飲文字，晤語無由醺。我有風鳴枝，背作蛇蚹紋。月明委靜照，心清得奇聞。當呼玉澗手，公自注：家有雷琴，甚奇，古玉澗道人崔閑妙於雅聲，當呼使彈。一洗羯鼓昏。請歌南風曲，猶作虞書渾。

見和仇池原作在三十五卷。

上窮非想亦非非，下與風輪共一癡〔一〕。翠羽若知牛有角，空缾何必井之眉。還朝暫接鴛鸞翼，謝病行收麋鹿姿。記取和詩三益友，他年弭節過仇池。

〔一〕癡輪：《楞嚴經》：由因世界愚鈍輪迴癡顛倒故，和合頑成八萬四千枯槁亂想，如是故有無想羯南流轉國土，精神化爲土水金石其類充塞。

玉津園〔一〕

承平苑囿雜耕桑，六聖勤民計慮長。碧水東流還舊派，公自注：玉津分蔡河上流，復合於下。紫壇南峙表連岡〔三〕。不逢遲日鶯花亂一作「麗」，空想疎林雪月光。千畝〔四〕何時耕帝耤〔五〕，斜陽寂歷鎖雲莊。

〔一〕玉津園：《文獻通考》：宋四園苑，東曰宜春，南曰玉津，西曰瓊林，北曰瑞勝。《汴京遺跡志》：玉津園在南薰門外。

〔二〕雜耕桑：《避暑燕語》：玉津園半以種麥，每仲夏，駕幸觀刈麥。自仁宗後，不復講矣。惟契丹賜射爲故事。

〔三〕紫壇：《漢書·郊祀志》：甘泉泰時紫壇①，八觚，注：如今社壇也。《唐書》：張九齡《請郊見疏》：願以迎日之至，升紫壇，陳采席，定天位，則聖典無遺矣。

〔四〕千畝：《國語》：王耕一畝，庶人終於千畝。《五經要義》：天子耤田千畝，率公卿親耕，所以先百姓而致孝敬。

〔五〕帝耤：《月令》：孟春，天子乃以元日祈穀於上帝，乃擇元辰，天子親載耒耜，措之于參保介之御間，帥三公九卿諸侯大夫躬耕帝耤。

耤田〔一〕

竊脂方紀瑞，布穀未催耕。魚沫依蘋渚，蝸涎上綵楹。江湖來夢寐，簑笠負平生。琴裏思歸曲，因君一再行。

〔一〕耤田：《皇宋事實類苑》：元豐二年，詳定禮文所上言：自漢迄唐，皆有帝耤神倉，今久廢不設。乞於京城東南度地千畝置耤田，仍徙先農壇於其中，立神倉於東南。五穀之外，並植菜

---

① 濟按：「泰時」，原本作「秦時」，據中華書局本《漢書·郊祀志》改。

蔬，冬則藏冰，一歲祠祭之用取具焉。

頃年楊康功使高麗〔一〕還奏乞立海神廟〔二〕於板橋〔三〕僕嫌其地湫隘移書使還之文登〔四〕因古廟而新之楊竟不從不知定國何從見此書作詩稱道不已僕不能記其云何也次韻答之

退之仙人也，游戲於斯文。談笑出奇偉，鼓舞南海神。頃者三韓使，幾爲蛟鱷吞。歸來築祠宇，要使百賈奔。公自注：板橋，商賈所聚。我欲還其廟，下數浮空群。公自注：謂登州海市。移書竟不從，信非磊落人。公胡爲拳拳，繫此空中雲。作詩頌其美，何異刻劍痕。我今已括囊，象在六四坤。

〔一〕楊康功使高麗：徐兢《高麗圖經》：元豐七年，高麗王徽卒，世子勳立百日，又卒，勳弟運立。上命左諫議大夫楊景略爲祭奠使，王舜封副之，右諫議大夫錢勰爲弔慰使，朱球副之。七年七月，自密之板橋，航海而往。孫升《談圃》：呂端奉使高麗，過洋，取金書《維摩經》沉之，聞絲竹之聲，起於舟下。比經沉，隱隱而去。崔伯易在禮部，求使高麗故實，得申公事，故楊康功、錢勰皆寫此經。往時豐稷爲楊掌箋表，云：東海洋龍宫之寶藏也，氣如厚霧，雖無風亦有巨浪。

舟前大龜如屋，目如巨燭，光耀沙上。舟人以此卜之，見則無虞。

〔二〕海神廟：《齊乘》：東海淵聖廣德王廟，在萊州西北二十里。宋開寶六年重建，參知政事賈黄中作碑文。又云：登州北三里海濱，與田横寨相對，本海神廟基。宋治平中，郡守朱處約以其地太高峻，移廟西，置平地，於此建蓬萊閣。伏琛《齊地記》云：始皇造橋，欲渡海觀日出處，海神爲之驅石立柱。

〔三〕板橋：《齊乘》：膠西縣，古介葛盧國，隋置縣，唐省，入高密，以其地爲板橋鎮。《文獻通考》：密州膠西縣，本板橋鎮。歐陽忞《輿地廣記》：板橋鎮即膠西地，宋元祐三年復置縣。

〔四〕文登：《太平寰宇記》：文登縣在登州東南二百八十里。石橋在縣南。《齊乘》云：文登縣，本漢牟平不掖縣地。齊天統四年，分牟平，置文登縣。以地有文山，始皇召集文人登之，故號曰文登。

沐浴啓聖僧舍〔一〕與趙德麟〔二〕邂逅

南山北闕兩非真，東潁西湖迹已陳。季子來歸初可喜，老聃新沐定非人。酒清不醉休休暖，睡穩如禪息息勻。自笑塵勞餘一念，明年同泛越溪春。

〔一〕啓聖僧舍：宋敏求《東京記》：啓聖院，本晉護聖營。天福四年，宣祖典禁兵，太宗誕聖其地。《春明退朝録》：咸平初，真宗令供奉僧元藹寫太宗御容於啓聖院。《汴京遺迹志》：啓聖院在大梁門内街北，太平興國二年建，雍熙二年成，賜名。

〔三〕趙德麟：名令時，注見前。從潁州幕府官滿入京，以東坡再薦擢光禄丞。

余舊在錢塘伯固開西湖今方請越戲謂伯固可復來開鏡湖伯固有詩因次韻〔一〕

已分江湖送此生，會稽行復得岑成。鏡湖席捲八百里，坐嘯因君又得名。

〔一〕伯固：蘇堅，字伯固。注見前。

慎按：此詩施氏原本不載，今從新刻《續補》下卷移編於此。

僕所藏仇池石希代之寶也王晉卿以小詩借觀意在於奪不敢不借然以此詩先之

海石來珠宮，秀色如蛾緑〔一〕。坡陀尺寸間，宛轉陵巒足。連娟二華頂，空洞三茅腹。初疑仇池化，又恐瀛洲蹙。殷勤嶠南使，餽餉揚州一本作「淮東」牧。公自注：僕在揚州，程德孺自嶺南解官還，以此石見遺。得之喜無寐，與汝交不瀆。盛以高麗盆，藉以文登玉。公自注：僕以高麗所餉大銅盆貯之，又以登州海石如碎玉者附其足。幽光先五夜，冷氣壓三伏。老人生如寄，茅舍久未卜。一夫幸可致，千里常相逐。風流貴公子，竄謫武當谷〔二〕。見山應已厭，何事奪所欲。欲留嗟趙弱，寧許負秦曲。傳觀慎勿許，聞道歸應一作「更」速。

〔一〕蛾緑：顔師古《隋遺録》：殿脚女争效爲長蛾眉，司宫吏日給螺子黛五斛，號爲蛾緑螺。

〔二〕武當谷：《太平寰宇記》：劉宋時，割武當縣隸始平郡，隋初改均州。太和山在州南一百二十里，有七十二峰，三十六巖，二十四洞。初名仙室山，又名太嶽山，玄武奉紫虚元君之命，遊覽至此，改名太和，因棲止焉。王晉卿竄逐事，注詳二十九卷。

附秦少游次韻：

天鑱海濱石，鬱若龜毛緑。信爲小仇池，氣象宛然足。連巖下空洞，鼎脹彭亨腹。雙峰照青漣，春眉鏡中蹙。疑經女媧煉，或入金華牧。熏爐充雲氣，硯滴當川瀆。尤物足移人，不必珠與玉。道旁初無異，漢將疑虎伏。支機亦何據，但出君平卜。奇礓入華林，傾都自追逐。我願作陳那，令吼震山谷。一拳既在夢，二駒空所欲。大士捨寶陀，仙人遺句曲。惟詩落人間，如置郵傳速。

次天字韻答岑巖起〔一〕

一聲清蹕霧開天，百辟心莊豈貌虔。回顧鷟君珠玉側，同升愧我粃糠前。徘徊月色留壇影，縹緲松香泛蠟烟。公自注：近制，以椽燭松明易燎盆。莫嘆郎潛生白髮，聖朝求舊鄙鳶肩。

〔二〕岑巖起：名象求，後入元祐黨籍。

按：公自注中「燎盆」，施氏原注作「粈盆」。考《歲時雜記》：除夕作蕡燭，以麻粈濃油如庭燎，律有元日油粈之義。《月令通考》：除日送舊神，焚松柴，謂之粈盆。

次韻蔣穎叔二首

扈從景靈宮

道人幽夢曉初還，已覺笙簫下月壇。風伯前驅清宿霧，祝融驂乘破朝寒。英姿連璧從多士，妙句鏘金和八鑾。已向詞臣得頗牧，公自注：時穎叔新除熙河帥。路人莫作老儒看。

凝祥池〔一〕

似知金馬客，時夢碧雞坊〔二〕。冰雪消殘臘，烟波寫故鄉。鳴鑾自容與，立馬久回翔。乞與三韓使〔三〕，新圖到樂浪〔四〕。公自注：時高麗使在都，每至勝境，輒圖畫以歸。

〔一〕凝祥池：《汴京遺迹志》：《宋朝會要》云：大中祥符八年五月，詔會靈池以「凝祥」爲名。《詩話總龜》：京師芡實，盛於會靈觀之凝祥池，故歐陽文忠公詩云：凝祥池鎖會靈園，僕射荒陂安可比。

〔二〕碧雞坊：按，《元和郡縣志》、《太平寰宇記》皆不載。《梁益記》云：成都之坊，百有二十，第四坊曰碧雞坊。

〔三〕三韓：《後漢書·東夷傳》：韓有三種：一曰馬韓，二曰辰韓，三曰弁韓。《高麗圖經》：三韓之地，大小共七十八國。馬韓在西，其北與樂浪接。辰韓在東，弁韓在辰韓之南。

〔四〕樂浪：《史記》：元封三年，朝鮮人來降，遂定其地，立爲真番、臨屯、玄菟、樂浪四郡。

附孔武仲作：

平時念江國，此地愜幽情。楊柳繁無路，鳧鷖遠有聲。郊原斜日下，襟袂好風生。把酒須脱二字，還家下隔城。

慎按：《清江集》和詩只有《凝祥池》一首，失去《扈從景靈宫》一首。

和叔盎畫馬〔一〕

天驥德力備，馬外龍麟別本作「鱗」，訛中。皇天不遺言，兀與圖畫一本作「畫圖」同。駑駘飽官粟，未受一洗空。十駕均一至，何事籲雲風。

〔一〕叔盎：鄧椿《畫繼》：趙叔盎字伯充，善畫馬。米海岳《畫史》亦載其姓名。

按：《山谷集》有《同子瞻和伯充團練》七律一首，任淵注云：伯充，宗室子，即叔益也。今坡集中亦無七律。

王晉卿示詩欲奪海石錢穆父王仲至蔣穎叔皆次韻穆至二公以爲不可許獨穎叔不然今日穎叔見訪親睹此石之妙遂悔前語僕以爲晉卿豈可終閉不予者若能以韓幹二散馬易之者蓋可許也復次前韻

相如有家山，縹緲在眉緑。誰云千里遠別本作「還」，訛，寄此一颦足。平生錦繡腸，蚤歲藜莧腹。從教四壁空，未遣兩峰蹙。吾今況衰病，義不忘樵牧。逝將仇池石，歸泝岷山瀆。守子不貪寶，完我無瑕玉。故人詩相戒，妙語予所伏。一篇獨異論，三占從兩卜。君家畫可數，天驥紛相逐。風駿掠原野，電尾捎澗谷。君如許相易，是亦我所欲。今朝安西守〔一〕，來聽《陽關曲》。勸我留此峰，他日來不速。

〔一〕安西守：《全邊紀略》：臨洮郡，宋爲鎮洮軍，熙寧中改熙州，唐安西都護地。時穎叔出守熙河，故稱之。

軾欲以石易畫晉卿難之穆父欲兼取二物穎叔欲焚畫碎石乃復次前韻并解二詩之意

春冰無真堅，霜葉失故緑。鷃疑鵬萬里，蚿笑夔一足。二豪争攘袂，先生一捧腹。明鏡既無臺，净瓶何用蹙。盆山不可隱，畫馬無由牧。聊將置庭宇，何必棄溝瀆。焚寶真愛寶，碎玉未忘玉。久知公子賢，出語耆年伏。欲觀轉物妙，故以求馬卜。維摩既復捨，天女還相逐。授之無盡燈，照此久幽谷。定心無一物，法樂勝五欲。三峨吾鄉里〔一〕，萬馬君部曲。卧雲行歸休，破賊見神速。公自注：晉卿將種，常有此意。

〔一〕三峨：《名山記》：峨眉山周匝千里，游大峨者，自峨眉縣勝峰門出，至華嚴院十五里，歷八十四盤，凡六十里，至峰頂，即普賢示現處。《太平寰宇記》：中峨山在縣南二十里，又名覆篷山。又十里，小峨山，一名鏵刃山。鮮于繪《議道堂記》：漢嘉背負三峨，襟帶二江。

生日蒙一無「蒙」字劉景文以古畫松鶴爲壽且貺佳篇次韻爲謝

問子一室間，寧有千里鄗。塵心洗長松，遠意發孤鶴。生朝得此壽，死籍疑可落。微言在參同，妙契藏九籥一作「龠」。故人有奇趣，逸想寄幽壑。霜枝謝寒暑，雲翮無前却。何須搆明堂，未羨巢阿閣。緬懷別時語，復作數日惡。詩腴固堪飡，字瘦還可愕。高標忽在眼，清夢了如昨〔二〕。君今噲等伍，志與湛輩各。豈待相顧一作「願」言，方爲不朽託。子雲老執戟，長孺終主爵。吾當追松喬，子亦鄙衛霍。

〔二〕昨夢：《圓覺經》：如昨夢，故當知生死。涅槃，無起，無滅，無去，來今。

程德孺惠海中柏石兼辱佳篇輒復和謝〔一〕

嵐薰瘴染却敷腴，笑飲貪泉獨繼吴。未欲連車收薏苡，肯教沉網取珊瑚。不知庾嶺三年別〔二〕，收得曹溪一滴無。但指庭前雙柏石，要予臨老識方壺。

〔一〕程德孺：名之元，注見前。

〔二〕庾嶺：《吴録》：南埜縣有大庾山，其路險峻，螺轉而上，踰九磴。《南康記》：大庾嶺，漢名臺嶺，嶺有石，平如臺，形如廩庾。又曰：漢有庾勝者，梅鋗之將隷番君，使分兵守臺嶺，築城嶺下，因名庾嶺。張无垢《横浦集》云：初，嶺東廢路，人苦峻極。開元四載，張九齡相其山谷之宜，革其坂險之故。宋嘉祐間，蔡挺提刑江西，其弟抗漕廣東，乃商度工用陶土甃。境北路廣八尺，長一百九丈，南路廣一丈二尺，長三百十五丈。復夾道種松，以休行旅，遂成車馬之途。

次秦少游韻贈姚安世〔一〕

帝城如海欲尋難，肯捨漁舟到杏壇。剥啄扣君容膝户，巍峩笑我切雲冠。問羊獨怪初平在，牧豕應同德曜看。肯把參同較同異，小窗相對爲研丹。

〔一〕姚安世：疑即姚丹元，詳見後篇注。

按：《淮海集》中失去原作。

次丹元姚先生韻二首〔一〕

其一

浮生知幾何，僅熟一釜羹。那於俯仰間，用此委曲情。自憐無他腸，偶亦得此生。懸知當去客，中有不亡存。但恐宿緣重，每爲習氣昏。似聞梅子真，近在一作「至」吴市門。未能肩拍一作「拊」，訛洪，但欲目擊温。不敢叩門呼，恐作踰垣奔。且以介紹先，徐以方便論。

〔一〕姚丹元：《長公外紀》：子瞻喜神仙，晚因王鞏得姚丹元者，尤奇之，直以爲太白所化，待之甚嚴。姚本京師富人王氏子，不肖，爲其父所逐去。事建隆觀一道士，天資敏慧，因取《道藏》編讀，或能成誦。又多得丹術方藥，大抵有口好大言，作詩間有放蕩奇譎語，故能成其説。浮沉淮南，屢易姓名，子瞻初不能辨也。後復其姓名，曰王繹。崇寧中，用技術進爲醫官，出入蔡魯公門下，醫多奇中。余猶及見其與魯公言從子瞻事，且云海上神仙宫闕，皆能以術致之，可使空中立見。魯公亦微信之，坐事，編管楚州，梁師成薦其有術，宣和末，復爲道士，名元誠。力詆林靈素，爲林所毒，嘔血死。與施氏原注詳略不同，今備録之。

其二

不學劉更生，黄金鑄上方。不學房次律，身事問潁陽。王烈亦何人，叔夜未可量。獨見神山開，遽飡石髓香〔一〕。至道尚聽瑩，粗才終蹶張。先生喜而笑，幅巾登我堂。苦誓指黄壤，要言刻青琅。蓬萊在何許，弱水空相望。且當從嵇阮，聊復數山王。達人友四海，曲士守一疆。慎一作「謹」勿使形諜，兒童驚夜光。

〔一〕石髓：《仙經》云：神仙五百歲，輒開其洞，中有石髓，取而食之，壽可齊天地。

慎按：《欒城集》載《次韻姚道人二首》，前首止「論」字韻，後首起「方」字韻，先生詩亦應分二首，諸刻本俱訛，今改正。

附子由次韻二首：

西山學采薇，東坡學煮羹。昔在建城市，豈復衣冠情。朋友日已疎，止接盲趙生。嗇智徇所安，元氣賴以存。時於星寂中，稍護亂與昏。河流發九地，欲挽升天門。枉用十年力，僅餘一燈温。老病竟未除，驚呼欲狂奔。何日新雨餘，得就季主論。

高人隱陋巷，至藥初無方。心知無生妙，運轉開陰陽。才如凌雲松，豈受尺寸量。氣如幽谷蘭，時送清風香。嗟我本病肺，寒暑隨翕張。丹砂苦落落，青春去堂堂。清詩墮雲霧，至音扣琳琅。山海洵多士，世俗非所望。遠遊居臨安，間出從諸王。他年解冠珮，共遊無邊疆。儀麟既委照，永謝過隙光。

次韻秦少游王仲至元日立春三首以下癸酉作。

其一

省事天公厭兩回，新年春日併相催。殷勤更下山陰雪，要與梅花作伴來。

其二

己卯嘉辰壽阿同，公自注：子由一字同叔，元日己卯，渠本命也。願渠無過亦無功。明年春日江湖上，回首觚稜一夢中。

其　三

詞鋒雖一作「唯」作楚騷寒，德意還同漢詔寬〔一〕。好遣秦郎供帖子，盡驅春色入毫端。公自注：立春日，翰林學士供詩帖子。

〔一〕漢詔：施氏原注引《續漢書·禮儀志》云：立春之日，下寬大詔書。新刻删去，今補録。

附秦少游原作：

此度春非草草回，美人休着翦刀催。直須殘臘十分盡，始共新年一併來。

發春獻歲偶然同，新曆觀天最有功。頭上兩般幡勝影，一時看入酒杯中。

攝提東直斗杓寒，驟覺中原氣象寬。天爲兩間同號令，不教春歲各開端。

上元侍飲樓上三首呈同列〔一〕

其　一

澹月疎星遶建章，僊風吹下御爐香。侍臣鵠立通明殿〔二〕一作「觀」，一朶紅雲捧玉皇。

〔一〕上元樓：《宋史·禮志》：唐以後，正月望夜開坊市門然燈，宋因之。上元前後各一日，大内正門結綵，爲山樓，天子先幸寺觀行香，遂御樓，或御東華門及東西角樓，從臣與宴。四夷蕃客各依本國朝舞列樓下，亦賜酒食勞之。乾德五年，詔更放十七、十八兩夜，遂爲例。《春明退朝録》：本朝太宗時，三元不禁夜。上元御乾元門，中元、下元御東華門。後罷中元、下元二節，而初元遊觀之盛，冠於前代。《夢粱録》：正月十五，汴京大内前，縛山棚，對宣德樓，悉以綵結。文殊、普賢，跨獅子、白象。用轆轤絞水上燈棚高處放下，如瀑布。又，縛成雙龍，中置燈燭萬盞，望之蜿蜒，似飛走之狀。上御宣德樓觀燈，令萬姓同樂。

〔二〕鵠立：《集異記》：山玄卿《新宫銘》：仙翁鵠立，道師冰潔。

其二

薄雪初消野未耕，賣薪買酒看升平。吾君勤儉倡優拙，自是豐年有笑聲。

其三

老病行穿萬馬群，九衢人散月紛紛。歸來一盞殘燈在，猶有傳柑遺細君。公自注：侍飲樓上，則貴戚争以黄柑遺近臣，謂之傳柑，聽携以歸，蓋故事也。

附子由次韻：《欒城集》題云「次韻子瞻上元扈從觀燈二首」。

虜去邊城少奏章，雪殘中禁罷焚香。都人知有新年喜，争看珊輿金鳳凰。春來有意乞歸耕，足痺三年久未平。自注：頃奉使契丹，墜馬傷足，已三年矣。忽記上元鑾輅出，起聽前殿曉鐘聲。

按：《欒城集》中失去次韻第二首。

附秦少游次韻：

赭黄繖底望龍章，不斷惟聞寶炬香。一片韶音歸複道，重瞳左右列英皇。端門魏闕鬱峥嶸，燈火如山輦路平。不待上林鶯百囀，教坊先已進春聲。仗下蕃夷各一群，機泉如雨自繽紛。諦觀香案旁邊吏，却是茅家大小君。

按：《黄山谷集》亦載此三詩，細繹語氣，與黄不似，故斷爲秦作。

戲答王都尉傳柑

侍史傳柑玉座旁，人間草木盡天漿。寄與維摩三十顆，不知薝蔔是餘香。公自注：舉輕明重，維摩猶三十顆。

慎按：此詩施氏原本不載，今從新刻《續補》下卷，附編於此。

送蔣穎叔〔一〕帥熙河〔二〕并引

穎叔出使臨洮，與穆父、仲至同餞之，各賦詩一篇，以「今我來思」爲韻，致遄歸之意，得「我」字。

西方猶宿師，論將不及我。苟無深入計，緩帶我亦可。承明正須君，文字粲藻火。自薦雖云數，留行終不果。正坐喜論兵，臨老付邊鎖〔三〕一作「瑣」。新詩出談笑，僚友困掀簸。我欲歌《杕杜》，楊柳方婀娜。邊風事首虜，所得蓋么麽。陰功在不殺，結草酬魏顆。

〔一〕蔣之奇：施氏原注：蔣穎叔，名之奇。時由户部侍郎知熙州，以下四行字多缺益務修守備，謹斥堠，常若寇至，終穎叔去，不敢犯。紹聖間，章子厚秉政，召爲中書舍人，知開封，除翰林學士，出守汝、慶。徽宗擢爲知樞密院，除觀文殿學士，知杭州，以與議棄河湟，奪官職。既卒，以嘗陳紹述之言，盡復之。此段新刻删去，今補録。

〔二〕熙河：《九域志》：秦鳳路熙州臨洮郡，鎮洮軍節度。唐寶應元年陷於西蕃，熙寧五年收復。治狄道縣，西界至河州一百里。河州安鄉郡，軍事，唐河州，後廢，熙寧六年收復，仍置。南至洮州一百九十五里，東至長安一千五百里。

〔三〕付邊鎖：猶云寄北門鎖鑰也。施氏原注引《漢書·丙吉傳》「虜入雲中、代郡，吉召東曹案邊長吏，瑣科條其人」者，訛，今駁正。

再送二首

其一

使君九萬擊鵬鯤，肯爲陽關一斷魂。不用寬心九千里〔一〕，安西都護國西門〔二〕。

〔一〕九千里：白居易《西涼伎歌》：平時安西萬里疆，今日邊防在鳳翔。自注云：平時開遠門外立堠，云去安西九千九百里，以示戍人，不爲萬里之行，其實就盈數也。

〔二〕安西都護：杜佑《通典》：永徽中，於邊方置安東、安西、安南、安北四大都護。《唐會要》：貞觀十四年，侯君集平高昌，於西州置安西都護府，治交河城。二十二年，突厥内附，置於庭州。《太平寰宇記》：唐龍朔元年，西域諸國求内屬，乃分置十六都督統府，州八十，縣一百十，軍府一百二十六，隸安西大都護，仍於吐火羅立碑紀之。

其二

餘刃西屠横海鯤，應余詩讖是游魂。公自注：潁叔未有洮帥之命，作《扈駕》詩，僕和之，有「游魂」之句，遂成詩讖。歸來趁別陶弘景，看掛衣冠神武門。

次韻潁叔觀燈

安西老守是禪僧，到處應然無盡燈。永夜出游從萬騎，諸羌入看擁千層。便因行樂令投甲，不用防秋更打冰。振旅歸來還侍宴，十分宣勸恐難勝。

次韻王晉卿奉詔押高麗宴射〔一〕

北苑傳呼陛楯郎，東夷初識令君香。天山自可三箭取，海國何勞一葦杭。宣勸不辭金盌側，醉歸争看玉鞭長。錦囊詩草勤收拾，莫遣雞林得夜光。

〔一〕押高麗宴：《東京夢華録》：高麗使人在大梁門外安州巷同文館，元旦朝見訖，後二日，詣南御苑試射，朝廷旋選能射武臣伴射，射畢賜宴。

慎按：南御苑，即玉津園也。葉石林《燕語》云：玉津園爲契丹賜射之地。考，《汴京遺跡志》：園在南薰門外，今先生起句云「北苑傳呼陛楯郎」，《范純父集》亦云在北苑，未詳孰是。

附純父次韻：

天上星弧日射狼，副車衣袂得餘香。朝雲曾落雙雕羽，遼海將歸萬里航。酒灩堯尊賓已醉，春回漢苑漏初長。何郎拜舞恩波渥，花簇金鞍道路光。

次韻錢穆父王仲至同賞田曹梅花〔一〕

寒廳不知春〔二〕，獨立耿玉雪。閉門愁永夜，置酒及明發。忽驚庭户曉，未受烟雨没。浮光風宛轉，照影水方折。鬢霜未易掃，眉斧真一作「親」自伐。惟當此花前，醉卧黄昏月。

〔一〕田曹：《宋史》：工部所屬有屯田，掌天下屯田及文武職田、公廨田。

〔二〕寒廳：韓愈詩：勤來得晤語，勿憚宿寒廳。

送襄陽從事李友諒歸錢塘〔一〕

居杭積五歲，自意本杭人。故山歸無家，欲卜西湖鄰。良田不難買，静士誰當親。髯張既超然〔二〕，老潛亦絶倫。李子冰玉姿，文行兩清淳。歸從三人游，便足了此身。公隄不改作〔三〕，姥嶺行開新〔四〕。幽夢隨子去，松花落衣巾。

〔一〕從事李友諒：《職官分紀》：諸州掾屬，統謂之從事。趙德麟《侯鯖録》云：在襄陽日，同官李友諒仲益贈張子齊家歌人團茶，余作詩云云。仲益，施注作「叔益」，未詳孰是。

〔二〕髯張：名璹，字秉道，吴興六客之一。本集《相視新堤和秉道》詩云「髯張乃我結襪生」，即其人也。施注新刻本引王注云：「髯張，不知爲誰」，蓋失於細考耳。

〔三〕公隄：《咸淳臨安志》：元祐中，東坡既開濬湖水，因以所積葑草築爲長隄，綿亘數里，夾道雜植花柳，行者便之。嗣守林希榜曰「蘇公隄」，邦人祠公於隄上。

〔四〕姥嶺：《咸淳臨安志》：龍山有姥嶺。《長公外紀》云：公在杭州，請開石門河，已得請而林子中爲代，諛者言今鑿龍山姥嶺，正犯太守身，故寢其議。今詩中云云。慎按，公意謂若得再至杭，當復開此嶺也。施注以爲天姥山者，訛。又按，《臨安志》：仁和肇元鄉別有石姥嶺，亦非此姥嶺也。

次韻吴傳正枯木歌〔一〕

天公水墨自奇絶，瘦竹枯松寫殘月。夢回疎影在東窗，驚怪霜枝連夜發。生成變壞一彈指，乃知造物初無物。古來畫師非俗士，妙想實與詩同出。龍眠居士本詩人，能使龍池飛霹靂。君雖不作丹青手，詩眼亦自工識拔。龍眠胸中有千駟，不獨畫肉兼畫骨。但當與作少陵詩，或自與君拈禿筆。東南山水相招呼，萬象入我摩尼珠〔二〕。盡將書畫散朋友，獨與長鋏歸來乎。

〔一〕吴傳正：名安詩，詳見施氏原注。

〔二〕摩尼珠：《翻譯名義集》：摩尼，或云踰摩，或云末尼，珠之總名也。此名離垢。《大品》云：如摩尼寶珠，若在水中，隨作一色。《天台》云：摩尼者，如意也。《草堂禪師箋要》云：心體靈知不昧，如一摩尼珠，圓照空浄，都無差别。以體明，故對物時，能現一切色相。

送黄師是赴兩浙憲〔一〕

世久無此士，我晚得王孫。寧非叔度家，豈出次公門。白首沉下吏，緑衣有公言〔二〕。哀哉吴越人，久爲江湖吞。官自倒帑廩，飽不及黎元。近聞海上港，漸出水底村。願君五袴手，招此半菽魂。一見刺史天，稍忘獄吏尊。會稽入吾手，鏡湖小於盆。比我東來時，無復一作「憂」瘡痍存。

〔一〕黄師是：名寔，注詳二十四卷《泗州除夜送酥酒》詩下。

〔二〕緑衣公言：《竹坡老人詩話》：黄師是赴浙憲，東坡與之姻家，置酒餞其行，使朝雲侍飲。坐間賦詩，有「緑衣有公言」之句。後人乃謂緑衣小官，猶惜其不留也。時朝雲語師是曰：「他人皆進用，而君補外，何也？」是謂「公言」，而「緑衣」則指朝雲也。

附張文潛次韻：

昔見君納婦，今見君抱孫。先公自種德，子合大其門。何爲亦如我，有抱不得言。峥嵘胸中氣，默默自吐吞。誰如東坡老，感激論元元。欲將洛陽袠，盡蓋江湖村。既引海若頸，又鞭江胥魂。以下脱二句。意令仰天民，不隔頂上盆。我獨乞禪床，一氣中夜存。

按：文潛此詩，《内史集》中失載，今從《宛丘集》采出，附録於此。

送范中濟〔一〕經略〔二〕侍郎分韻賦詩得先字且贈以魚枕杯四馬箠一以元戎十乘以先啓行爲韻

梁李久樂禍〔三〕，自焚豈非天。兩鼠鬭穴中，一勝亦偶然。謀初要百慮，善後乃萬全。廟堂選世將〔四〕，范氏真多賢。仁風被宿麥，緑浪摇晴川。號令聳毛羽，先聲落虚弦。我家天一方，去路城西偏。投竿困障日〔五〕，賣劍行歸田。贈君荆魚杯〔六〕，副以蜀馬鞭。一醉可以起，毋令祖生先。

〔一〕范中濟：施氏原注：中濟，字子奇。五世祖仁恕，相蜀，因葬成都。祖雍字伯純，始家河南。中濟以蔭歷官。以下數行，字多殘缺。建言山蠻恃險爲邊患，宜郡縣之。其後章子厚開五溪，議由此起。歸判將作監，使契丹，虜欲撓之，不屈。歷四路漕，左司司農卿，由河陽守，召權户部侍郎。

元祐八年二月，爲集賢殿修撰，知慶州。中濟在慶，進寶文閣待制，廣儲蓄，繕城栅，嚴守備，羈黠羌，推誠待下，人樂爲用。入爲吏部侍郎，以待制致仕。子坦，字伯履。事徽宗，知開封府，再使遼。時邊議萌芽，故非時遣使以覘釁。坦言不宜始禍，力辭行。帝怒，責團練副使，後爲户部侍郎。此段新刻本大半删改，今録存，其舊缺者仍存疑。

〔二〕經略：《宋史》：經略安撫使掌一路兵民之事，於機速、邊防及士卒抵罪，聽以便裁斷。帥臣任河東、陝西、嶺南路，職在撫綏戎夷，則爲經略安撫使兼都總管，以統制軍旅，所以重帥權、服羌夷也。

〔三〕梁李：《宋史》：趙秉常立時，年七歲，國母梁氏稱太后，攝政。元豐四年，有李清者，本秦人，説秉常以河南地歸。宋國母知之，遂誅清而奪秉常政。鄜延總管种諤乃疏夏國有亂，宜興問罪之師。詔李憲等大舉征夏，破之於無定川。循水北行，地皆沙濕，軍無所得，遂班師。此詩起四句，正指元豐中事。

〔四〕世將：施氏原注：伯純在仁宗朝，爲副樞。李元昊叛，拜鎮武節度使，知延州，又知永興軍，故云：「廟堂選世將，范氏真多賢。」

〔五〕投竿障日：杜牧詩：惆悵江湖釣竿手，却遮西日向長安。

〔六〕荆魚杯：注見第二卷荆州詩下。

附孔武仲詩：《清江集》題「送范中濟知慶州得以字」。

平時廣朝中，相見輒歡喜。昂藏八尺身，所負必奇偉。四方欲善敗，軍事盈虚計。叩之如川流，滚滚不知已。天子曰汝能，吾臣鮮其比。而况所設施，粲粲在邊鄙。西戎未純一，汝可三軍帥。擒之或縱之，高枕惟爾恃。公拜稽首歸，眉目凛生氣。頑童玩天恩，豢養若驕子。欲痛以鞭箠，而畏啼不止。二者不兩全，節制視所以。又如畜狂犬，繫頸不繫尾。收其要害處，進退隨所指。重城撤關鎖，沙漠净如水。辭别不躊躕，安邊從此始。

書晁説之〔一〕考牧圖後〔二〕

我昔在田間，但知羊與牛。川平牛背穩，如駕百斛舟。舟行無人岸自移，我卧讀書牛不知。前有百尾羊，聽我鞭聲如鼓鼙。我鞭不妄發，視其後者而鞭之。澤中草木長，草長病牛羊。尋山跨坑谷，騰趠筋骨强。烟簑雨笠長林下，老去而今空見畫。世間馬耳射東風，悔不長作多牛翁。

〔一〕晁説之：《宋史》：晁説之，字以道，少慕司馬温公之爲人，自號景迂。年未三十，蘇軾以著述科薦之。靖康初，召爲著作郎兼東宫詹事，以待制侍讀終。《晁氏世譜》：以道，一字伯以，元豐五年進士，所著有《嵩山集》。

〔二〕考牧：《詩·小序》：無羊，宣王考牧之什也。

慎按：《宋史》本傳及《晁氏世譜》皆不言以道工繪事。見於同時諸公題咏，東坡而外，山谷有《題説之雪雁》詩，无咎亦有《題以道四弟横軸畫》詩。

吕與叔學士挽詞〔一〕

言中謀猷行中經，關西人物數清英。欲過叔度留終日，未識魯山空此生。議論凋零三益友，功名分付二難兄〔二〕。老來尚有憂時嘆，此涕無從何處傾〔三〕。

〔一〕吕與叔：《東都事略》：吕大臨通六經，尤深於《禮》。元祐中爲太學博士，遷秘書正字。卒，君子惜之。

〔二〕二難兄：大忠，字進伯。大防，字微仲。《東都事略》皆有傳。

〔三〕此涕無從：《禮記》：孔子之衛，遇舊館人之喪，入而哭之，哀。出，使子貢説驂而賻之。子貢曰：「於門人之喪，未有所説驂，説驂於舊館，毋乃已重乎？」夫子曰：「予鄉者入而哭之，遇於一哀而出涕。予惡夫涕之無從也，小子行之。」施氏原注引此段，顛倒原文，殊爲繆誤，今改正。

丹元子示詩飄飄然有謫仙風氣吴傳正繼作復次其韻〔一〕

飛仙亦偶然，脱命瞬息中。惟詩不可擬，如寫天日容。夢中哦七言，玉丹已入懷。一語遭綽虐，失身墮蓬萊。蓬萊至今空，護短不養才。上界足官府〔二〕，謫仙應退休。可憐吴與蘇，骯髒雪滿頭。雪滿頭一本無疊用三字，終當却與丹元子，笑指東海乘桴浮。

〔一〕丹元子：即前詩題所云丹元姚先生也。王氏注訛認丹元子爲書名，今駁正。

〔二〕上界官府：《五源訣》云：番陽仙人王遥琴子高言：「下界功滿方超上界，上界多官府，不如地仙快活。」見顧況《高祖受命造唐賦》注中。

次韻王定國書丹元子寧極齋

仙人與吾輩，寓迹同一塵。何曾五漿饋，但有争席人。寧極無常居，此齋自隨身。人那識郗鑒，天不留封倫。誤落世網中，俗物愁我神。先生忽扣户，夜呼祁孔賓。便欲隨子去，著書未絶麟。願掛神虎一作「武」冠，往卜飲馬鄰〔一〕。王郎濯紈綺，意與陋巷親。南游苦不蚤，倘及蓴鱸新。

〔一〕飲馬鄰：未詳。王氏注云：蘇州有飲馬橋，丹元子蓋蘇州人也。此種注脚穿鑿附會，吾所不取。

王仲至侍郎見惠稺栝種之禮曹北垣下今百餘日矣蔚然有生意喜而作詩〔一〕

翠栝東南美〔二〕，近生神嶽陰。惜哉不可致，霜根絡雲岑。仙風振高標，香實隕平林。偶隨欂櫟生，不爲樵牧侵。忽驚黄茅嶺，稍出青玉鍼。好事雖力取，王城少知音。豈無換鵝手，但知覓來禽〔三〕。高懷獨夫子，一見捐橐金。得之喜不寐，贈我意殊深。公堂開後閣，凡木愧華簪。栽培一寸根，寄子百年心。常恐一作「思」樊籠中，摧我鸞鶴襟一作「衿」。誰知積雨後，寒芒曉森森。恨我迫歸老，不見汝十尋。蒼皮護玉骨，且莫視古今。何人風雨夜，卧聽飢龍吟。

〔一〕栝：《本草》：柏葉松身曰栝，即檜也，與柏同。

〔二〕東南美：《爾雅》：東南之美者，會稽之竹箭。

〔三〕覓來禽：施氏原注引《尚書故實》云：王内史帖中有與蜀郡守書求來禽帖，新刻删去，補録。

附范純父次韻：

蘇公滄洲趣，日夕懷山陰。公堂種珍木，寄夢天姥岑。亭亭碧玉幹，氣象俯喬林。雷霆已難拔，霜雪何敢侵。蒼皮卷鱗甲，細葉抽鋒鍼。稍出珊瑚枝，中含笙磬音。鸞凰待棲息，詎肯容凡禽。西風蕩積雨，畏日方流金。潭潭宗伯府，窈窕巖谷深。北窗卧羲皇，笑語盍朋簪。蒼生望安石，出處本無心。萬象入毫端，四溟納胸襟。文房俎豆列，武庫矛戟森。甘棠愛召伯，勿使螻蟻尋。世俗名貴遠，豈知古猶今。他年老東山，應記梁父吟。

次韻錢穆父馬上寄蔣穎叔二首

其一

玉關不用一丸泥，自有長城鳥鼠西。剩與故人尋土物，臘糟紅麴〔一〕寄駝蹄〔二〕。

〔一〕紅麴：《本草》：造麴法，出近世，亦奇術也。入酒及鮓醢中，鮮紅可愛。

〔二〕駞蹄：杜甫詩：勸客駞蹄羹。

其二

多買黄封作洗泥，使君來自隴山西〔一〕。高才一本作「才高」得兔人人羨，争欲尋蹤覓舊蹄。

〔一〕隴山：《説文》：隴山，天水大坂也。泉流四注，登者七日乃越，有大、小二隴。《鳳翔志》：隴山在隴川西北六十里。

附錢穆父原作二首：

春雪京城一尺泥，並鞍還憶蔣征西。碧幢紅旆出關去，一路東風送馬蹄。

不論埃壒與塗泥，封印還家日正西。豈比元戎碧油下，貔貅繞帳馬千蹄。

按：《穆父集》世不傳，右二首附見《淮海集》注中，今采出。

附秦少游次韻：

新淬魚腸玉似泥，將軍唾手取河西。偏裨萬户封龍額，部曲千金賜褭蹄。

制詔行聞降紫泥，簪花且醉玉東西。羌人誰謂多籌策，止有黔驢技一蹄。

表弟程德孺生日

仗下千官散紫庭，微聞偶語説蘇程。長身自昔傳甥舅，壽骨遥知是弟兄。公自注：予與君皆壽骨貫耳，班列中多指予二人，不問而知其爲中表也。曾活萬人寧望報，公自注：君在楚州，予在杭州，皆遇饑歲，活數萬人。祇求五畝却歸耕。四朝遺老凋零盡，鶴髮他年幾箇迎。

七年九月自廣陵召還復館於浴室〔一〕東堂八年六月乞會稽將去汶公〔二〕乞詩乃復用前韻三首

其　一

乞郡三章字半斜〔三〕，廟堂傳笑眼昏花。上人問我遲留意，待賜頭綱〔四〕八餅茶〔五〕。公自

注：尚書學士得賜頭綱龍茶一斤八餅，今年綱到最遲。

〔一〕浴室：在興國寺中，注詳三十三卷「自杭州召還」詩下。又，《東京夢華録》：浴室院，在開封城内第三條甜水巷。

〔二〕汶公：名慧汶，號法真，注見前。

〔三〕乞郡三章：本集《自兵部召還有乞外郡劄子》、《辭兩職并乞郡劄子》，又有《乞越州劄子》，凡三章。

〔四〕頭綱：熊蕃《北苑茶録》：每歲分十餘綱，惟白茶自驚蟄前興役，浹日乃成，飛騎疾馳，不出仲春，已至京師，號爲頭綱。

〔五〕八餅：《苕溪漁隱叢話》：北苑細色茶五綱，凡四十三品，共七千餘餅。其間貢新試龍團、勝雪、白茶、御苑、玉芽，此五品乃水揀，爲第一。餘乃生揀，次之。又有粗色茶七綱，凡五品，大小龍團餅并揀芽，悉入龍腦，和膏爲團餅，共四萬餘餅。東坡《題汶公》詩卷「待賜頭綱八餅茶」，即今粗色紅綾袋餅八者是也。

其　二

夢繞吴山却月廊，白梅盧橘覺猶香。公自注：杭州梵天寺有月廊數百間，寺中多白楊梅、盧橘。會稽且作須臾意，從此歸田策最良。

其　三

東南一本作「南來」此去幾時歸，倦鳥孤飛一作「雲」豈有期。斷送一生消底物，三年光景六篇詩。

吴子野將出家贈以扇山枕屏〔一〕

峨峨扇中山，絶壁信天剖。誰知一作「施」大圓鏡，衡霍入户牖。得之老月師，畫者一醉叟。常疑若人胸，自有雲夢藪。千巖在掌握，用舍彈指久。低昂不自知，恨寄兒女手。短屏雖曲折，高枕謝奔走。出家非今日，法水洗無垢。浮游雲釋嶠，宴坐柳生肘。忘懷紫翠間，相以下脱三字首。

〔一〕吴子野：名復古，又號麻田山人，南海人，所居名「遠游菴」。先生南遷時爲作《遠游菴銘》，見本集。

慎按：諸刻本皆以「宴坐柳生肘」爲結句，惟施氏原本有「忘懷紫翠間」二語，末句止存「相首」二字，中間「與到白」三字，好事者所補也。今仍闕疑，以俟考。

聞潮陽吴子野出家〔一〕

予昔少年日，氣蓋里閭俠。自言似劇孟，叩門知緩急。千金已散盡，白首空四壁。烈士歎暮年，老驥悲伏櫪。妻孥真敝屣，脱棄何足惜。四大猶幻座，衣冠矧外物。一朝發無上，願老靈山宅。世事子如何，禪心久空寂。世間出世間，此道無兩得。故應入枯槁，習氣要除拂。丈夫生豈易，趣捨志匪石。當爲獅子吼，佛法無南北〔二〕。

〔一〕潮陽：《九域志》：廣南東路潮州潮陽郡，軍事，治海陽縣，南至海一百七十里。

〔二〕南北：慎按，《傳燈録》：達摩西來，爲禪宗初祖，遞傳至弘忍，爲五祖。自此而下分南北二宗，南宗以慧能爲六祖，北宗以神秀爲六祖。獨孤及《三祖碑》云：能公退老於曹溪，其嗣無聞。秀公傳普寂，所謂大照禪師也，門徒萬人，升堂者六十三，其弟子遂尊普寂爲七祖。蓋其初，頓門衰而漸門盛。至唐開元末，菏澤會公出，而南宗大振。貞元十二年，定禪門宗，旨勅立菏澤爲七祖，宗門之統系乃定。

慎按：此詩施氏原本不載，今從新刻《續補》上卷因人附編於此。

附參寥子作：原題云「贈吴子野先生」。

麻田老仙心炯炯，少有高風慕箕潁。枕流漱石三十年，眸子瞭焉神更静。忽然枝策海上來，至人道妙同塵埃。達官貴侯競招致，往無所欲誰嫌猜。邇來一志從吾黨，跡與孤雲共天壤。曹溪有路更攀躋，徑躡毘盧高頂上。自注：子野出家事，見東坡詩中。

贈王覯

何人生得寧馨子，今夜初逢製筆郎。莫怪圍碁忘瓜葛，已能作賦繼《靈光》。

慎按：本集有《元祐癸酉八月二十七日於建隆章淨館書贈王覯》七言絶句一首，「海上東風犯雪來」云云。考，《會昌一品集》乃李文饒《懷京國》詩也，蓋先生偶書李詩以贈覯，後人遂訛編集中，今已移置《他集互見》卷矣。此詩必是時所作，故從新刻，改編於此。

東坡先生編年詩卷三十七

古今體詩五十二首起元祐八年癸酉九月出知定州，明年甲戌紹聖改元，四月謫惠州，南行過金陵作。

東府雨中别子由〔一〕

庭下梧桐樹，三年三見汝。前年適汝陰，見汝鳴秋雨。去年秋雨時，我自廣陵歸。今年中山去〔二〕，白首歸無期。客去莫歎息，主人亦是客。對牀定悠悠，夜雨空蕭瑟。起折梧桐枝，贈汝千里行。歸一作「重」來知健否，莫忘此時情。

〔一〕東府：《魏鶴山集》：宋初置三省，與樞密院各分班奏事，謂之二府。神宗時，立東、西二府。

陳繹《東府記》略云：國朝以來，尚襲唐故，大臣多不建第，而僦居民間。熙寧三年秋，新創二府，度地於闕之西南。明年八月，東府四位告成，詔知制誥臣繹爲之記。《石林詩話》：元豐初，建東、西府於右掖門之前，每府相對爲四位，俗謂之八位。張侍郎文裕以詩慶，宰執元厚之和曰：黄閣勢連東鳳闕，紫樞光直右銀臺。蓋東府與東闕相近，西府正直右掖門。

〔三〕中山：《元和郡縣志》：定州，戰國時爲中山國，與六國並稱，王地方五百里。漢分趙鉅鹿，置常山、中山二郡。城中有小山，故曰中山，慕容垂建都於此。魏道武改定州。《太平寰宇記》：河北道定州博陵郡，宋爲定武軍節度。《輿地廣記》：政和中，復改定州爲中山府。

謝運使仲適〔一〕座上送王敏仲北使〔二〕

衝風振河朔〔三〕，飛霧失太行。相逢不相識，下馬鬢眉黄。洗眼忽驚笑，見此玉節郎〔四〕。喜有賢主人，共惜一作「此」殘燭光。聚散一夢中，人北雁南翔。吾生如寄耳，送老天一方。幸子遇明主，陳經入西廂。歸期不可緩，倚相宜在旁。

〔一〕謝仲適：爵里失考。

〔二〕王敏仲：施氏原注：敏仲名古，文正公旦曾孫。第進士。熙寧中，爲司農主簿，行淮浙，究張若濟獄，劾轉運使王廷老、張靚失職，皆坐斥。歷使諸路，入爲郎，進太常少卿，奉使以下字多脱落。先生謫惠州，敏仲適帥廣，恩情裕厚，餽問無虚月，往還書帖載集中。此段原本所有，新刻删去，今補録以存舊。○慎按，《宋史》：王古，懿敏公素從子，靖之子，第進士。歷遷户部侍郎，詳定役法，與蔡京多不合。詔徙古兵部，歷户部尚書，攻者不已。以領寶文閣直學士知成都，坐黨籍，責衡州别駕。獨不載北使事。

〔三〕河朔：《太平寰宇記》：河東道朔州馬邑郡，理鄯陽縣。秦爲雁門郡，唐武德四年，置朔州，縣二十。境東西二百八十里，南北九十七里。

〔四〕玉節：《周禮》：守邦國者用玉節。

書丹元子所示李太白真二首

其一

天人幾何同一漚，謫仙非謫乃其遊。麾斥八極隘九州，化爲兩鳥鳴相酬〔一〕。一鳴一止三千秋，開元有道爲少留，縻之不可矧肯求。

〔一〕兩鳥：李白《大鵬賦序》云：昔於江陵見天台司馬子微，謂余有仙風道骨，可與神遊八極之表，因著《大鵬遇希有鳥賦》以自廣，其末云：此二禽已登於寥廓，而斥鷃之輩，空見笑於樊籬。

其　二

西望太白横峨岷，眼高四海空無人。大兒汾陽中令君，小兒天台坐忘身〔一〕一本作「賀季真」，一本作「坐忘真」。平生不識高將軍，手污吾足乃敢瞋，作詩一笑君應聞。

〔一〕坐忘：司馬子微所著《坐忘論》云：惟滅動心，不滅照心，不依一物，而心常住。有事無事，嘗若無心，此謂正定。定不求慧，而慧自生，此謂真慧。慧而不用，心與道冥。久而行之，自然得道。

慎按：孫紹遠《聲畫集》載東坡此詩，自「西望太白空峨岷」以下，另是一首，向來刻本合而爲一者，訛。僧洪覺範所著《禁臠》，謂先生此詩一韻七句方换韻，亦認以爲一首也。今據《聲畫集》改正。

次韻曾仲錫承議食蜜漬生荔支〔一〕

代北寒齏擣韭萍，奇苞零落似晨星。逢鹽久已成枯腊，得蜜猶疑一作「應」是薄刑。欲就左慈求拄杖，便隨李白跨滄溟。攀條與立新名字，兒女稱呼恐不經〔二〕。公自注：俗有十八娘荔支。

〔一〕曾仲錫：施氏原注：仲錫時爲定武倅。費衮《梁溪漫志》：左右正言，太學國子博士，皆爲承議郎，文散官，第七品。

〔二〕兒女稱呼：蔡君謨《荔支譜》：十八娘，色深紅而細長，時人以少女比之。俚傳閩王氏有女第十八，好噉此品，因名。其冢在城東報國禪院，冢旁猶種此樹云。

大行太皇太后高氏挽辭二首〔一〕

其一

至矣吾三后〔二〕，功高漢已還。復推元祐冠，蓋得永昭全〔三〕。公自注：嘗於經筵，論奏仁宗皇帝謚曰明孝，若明而不仁，則民畏而不愛；仁而不明，則民愛而不畏。今大行太皇太后，亦兼此二德，故天下思慕，庶幾於仁宗也。有作猶非聖，無私乃是天。侍臣談道要，家法信家傳。公自注：宰相以下，嘗於經筵論奏祖宗以來家法十餘事，書於記注。

〔一〕高太后：《宋史》：元祐八年九月，太皇太后高氏崩。九年上尊號曰宣仁聖烈太皇太后，葬永裕陵。后，亳州人，英宗后也。曾祖瓊，贈魏王，謚武烈。

〔二〕三后：岳珂《媿郯録》：本朝帝后廟謚率聯一字，深得古意。真宗謚章聖，后曰章獻明肅；仁宗謚聖武，后曰慈聖光獻；英宗謚宣孝，后曰宣仁聖烈。

〔三〕永昭：《宋史·本紀》：仁宗葬永昭陵。

其二

却狄安諸夏，先王社稷臣〔一〕。固應祠百世，何止活千人。定策天知我〔二〕，忘家帝念親。萬方何以報，得疾爲勤民。

〔一〕先王：《東都事略》：高瓊，燕人。父乾，徙亳州之蒙城。事太宗於潛邸。景德初，契丹入寇，真宗親征，有勸帝南遷者，瓊言契丹師衆已老，宜親臨觀兵，督其成功。真宗幸澶州，瓊固請渡河，至浮橋，駐輦未進。瓊乃執撾祝輦夫之背，曰：「何不亟行？今已至此，復何疑？」真宗乃命進輦，既至，登北門城樓，張黄龍旂，將士皆呼萬歲，氣勢百倍，契丹遂退。

〔二〕定策：《宋史》：哲宗爲神宗第六子，生熙寧九年。初封均國公。元豐五年，進封延安郡王。八年二月，神宗不豫，猶未立太子也。皇太后垂簾福寧殿，諭宰相王珪等奉制，立延安爲太子，四日而神宗晏駕。《邵氏見聞後録》引《哲宗實録》云：神宗彌留，后敕中人梁惟簡令製一黄袍，十歲兒可衣者，蓋爲上倉卒踐阼之備。神宗、太母所以屬意於上者，確然先定，無纖芥可疑。邢恕者，傾危士也，反謂后欲捨延安而立其子顥，賴己及章惇、蔡確，得無變。王定國《聞見録》：武臣王棫爲邢恕教，令重誣宣仁於哲宗有異心，恕又教蔡渭等上書論元祐及元豐末事，其書一篋，皆恕手筆。棫於哲宗朝得閤門職名。○慎按，小人樹黨冒恩，敢於離間骨肉，搆造無根，釀成殃禍。始謀者蔡確，而成於傾邪罔上之邢恕，侵尋至於蔡卞，甚且創追廢聖母之議。賴哲宗仁孝，不納其言。不然，宣仁被誣，幾不白於身後。先生詩云「定策天知我」，其旨微矣。

附子由二首：

内治隆三世，尊臨極九年。神孫克負荷，大業付安全。有道華夷靖，無心怨惡悛。和熹盛東漢，從此不稱賢。

約己心全小，寬民德有餘。外家恩澤少，先後禮容虚。原廟因前室，中朝避册書。功名不勝紀，四謚歎猶疎。自注：近以四謚進呈，上嘆曰：太皇太后盛德，豈四字所能盡。

再次韻曾仲錫荔支

柳花着水萬浮萍，荔實周天兩歲星。公自注：柳至易成，飛絮落水中，經宿即爲浮萍。荔支難長，至二十四五年乃實。本自玉肌非鵠浴，至今丹殼似猩刑〔一〕。侍郎賦咏窮三峽，妃子烟塵動四溟。莫遣詩人説功過，且隨香草附《騷經》。

〔一〕丹殼：《荔支譜》有「蚶殼」之名。詳見本卷後《次韻劉燾》詩注中。

次韻滕大夫三首〔一〕

雪浪石〔二〕

太行西來萬馬屯，勢與岱岳争雄尊。飛狐〔三〕上黨天下脊〔四〕，半掩落日先黄昏。削成山東二百郡，氣壓代北〔五〕三家村〔六〕。千峰石卷矗牙帳，崩崖鑿斷開土門〔七〕。揭來城下作飛石，一礟驚落天驕魂〔八〕。承平百年烽燧冷，此物僵卧枯榆根。畫師争摹雪浪勢，天工不見雷斧痕。離堆四面繞江水，坐無蜀士誰與論。老翁兒戲作飛雨，把酒坐看珠跳盆。此身自幻孰非夢，故國一作「園」山水聊心存。

〔一〕滕大夫：名興公，字希靖。時與李端叔同爲定州倅。見《姑溪集》。

〔二〕雪浪石：本集《雪浪齋銘序》云：予於中山得黑石，白脉，如蜀孫位、孫知微所畫，石間奔流，盡水之變。又得白石曲陽，爲大盆以盛之，激水其上，名其室曰雪浪齋。《名勝志》：雪浪齋故址在文廟後。

〔三〕飛狐：《元和郡縣志》：蔚州飛狐縣，縣北有飛狐口，邢厲曰：古長城在飛狐界。《漢書》：酈食其説漢王曰：杜白馬之津，塞飛狐之口。皆一方之阸也，亦謂之飛狐道。

〔四〕上黨：《九域志》：河東路龍德府，潞州上黨郡，昭德軍節度使。《釋名》曰：黨，所也。在山上，其所最高，故曰上黨。

〔五〕代北：《漢書》：梅福曰：「代谷者，恒山在其南，雁塞在其北，上谷在東，代郡在西。」《元和郡縣志》：代州雁門郡，春秋晉地，隋開皇五年，置代州。北至朔州一百二十里。〇按，定州在代之北，故云。

〔六〕三家村：唐王季友詩：百姓惟有三家村。

〔七〕土門：《太平寰宇記》：井陘口，今名土門口，即太行八陘之第五陘也。《困學紀聞》：土門口在鎮州獲鹿縣，即井陘關也。

〔八〕礮石：潘岳賦：礮石雷駭。

附子由次韻：

謫居杜老嘗東屯，波濤繞屋知龍尊。門前石岸立精鐵，潮汐洗盡莓苔昏。野人相望夾水住，扁舟時過江西村。窗中縞練舒眼界，枕上雷霆驚耳門。不堪水怪妄欺客，欲借楚些時招魂。人生出處固難料，流萍着水初無根。旌旗旋逐金鼓發，蓑笠尚帶風雨痕。高齋雪浪卷蒼石，北叟未見疑戲論。激泉飛水行亦凍，窮邊臘雪如翻盆。一杯徑醉萬事足，江城氣味猶應存。

附李端叔次韻：從《姑溪集》采出。

風波末路方奔屯，屹然不動誰如尊。豈知胸中皦十日，顧盼不接無重昏。東觀海市俯弱水，南登赤壁凌江村。斯文未喪天豈遠，出没狐鼠徒千門。綸巾羽扇晚自得，已聞漠北無游魂。由來妙趣入造化，地靈特出雲濤根。平生到處若再歷，隱隱似有屐齒痕。玻璃鏡裏萬象發，金粟堂中千偈論。會須白玉漱寒水，更借落月傾金盆。咄嗟菱溪成底物，混沌空誇竅鑿存。

附晁无咎次韻：從《雞肋集》采出。

居庸滅烽惟留屯，時平更覺將軍尊。鈴齋看雪擁衲坐，急鼓又報邊城昏。百壺高晏梨栗圃，千里未盡桑麻村。天憐公老無以樂，一星飛墮從天門。得毋遺履穀城化。恐是嚶草金華魂。不然荆棘霜露底，兀爾奇怪來無根。女媧擣鍊所遺棄，奔湊尚有河漢痕。豈其謀國坐不用，聊以永日寧復論。跳梁不憂牧並塞，綏納可使魚游盆。公歸廊廟誰得挽，此石萬古當長存。

附秦少游次韻：從《淮海後集》采出。

漢廷公卿如雲屯，結綬彈冠朝至尊。登高履危足在外，神色不變惟伯昏。金華掉頭不肯住，乞身欲老江南村。天恩許兼兩學士，將兵百萬守北門。居士强名曰天元二字疑有訛，寤寐山水勞心魂。高齋引泉注奇石，迅若飛浪來雲根。朔南修好八十載，兵法雖妙何足論。夜闌番漢人馬静，想見雉堞低金盆。報罷五更人吏散，坐調一氣白元存。

慎按：少游詩「根」字韻下脱去二句，須查善本補入。

附張文潛次韻：從《張右史集》采出，原題「和定州端明雪浪齋」。

中山士馬如雲屯，號令惟覺將軍尊。熊旍犀甲羅左右，金鉦鳴鼓喧朝昏。少年甽畝老爲將，誰能復記躬耕村。東坡先生事業異，道峻不得安修門。眼前富貴念不起，惟有山林勞夢魂。榛中奇石安至此，坐蒙湔洗見本根。犇流驟浪勢萬里，至畫乃掃筆墨痕。黄牛三峽固細事，赤壁長江何足論。能令萬古蛟蜃怪，么麽入此玻璃盆。扁舟獨往則不可，平生致君言具存。

同前

我頃三章乞越州，欲尋萬壑看交流。且憑造物開山骨，已見天吴出浪頭。公自注：石中似有海獸形狀。履道鑿池雖可致，玉川卷地若爲收。洛陽泉石今誰主，莫學癡人李與牛。

附李端叔次韻：《姑溪集》原題「次韻東坡和滕希靖雪浪石詩」。

平生所願識荆州，别乘還容接勝流。異石崩騰驚海面，新詩清絶似槎頭。常嗟盛世千年隔，誰謂餘光一旦收。便覺詩源得三昧，目中無復有全牛。

沈香石

壁立孤峰倚硯長，共疑沉水得頑蒼。欲隨楚客紉蘭佩，誰信吴兒是木腸。山下曾逢化松石，玉中還有辟邪香。早知百和俱灰燼，未信人言弱勝剛。

附李端叔次韻：

海南枯朽插天長，歲久峰巒帶蘚蒼。變化那知斲山骨，儀刑兀自在人腸。幾因曉日疑銷蠟，試沃清泉覺弄香。遮莫輕珉忘什襲，須防偷眼誤摧剛。

石　芝〔一〕并引

予嘗夢食石芝，作詩記之。今乃真得石芝於海上，子由和前詩見寄。予頃在京師，有鑿井得如小兒手以獻者。臂指皆具，膚理若生。予聞之隱者，此肉芝也〔二〕。與子由烹而食之。追記其事，復次前韻。

土中一掌嬰兒新，爪指良是肌骨勻。見之怖走誰敢食，天賜爾我不及賓。旌陽遠游同一許，長史玉斧皆門户。我家韋布三百年，秖有陰功不知數。跪陳八簋加六瑚，化人視之真塊蘇。肉芝烹熟石芝老，笑唾熊掌嚬雕胡。老蠶作繭何時脱，夢想至今空激烈。古來大藥不可求，真契當如磁石鐵。

〔一〕石芝：《抱樸子·仙藥篇》：五芝者，有石芝、草芝、肉芝、木芝、菌芝，各有百許種。石芝生於海隅名山，赤者如珊瑚，白者如截肪，黑者如澤漆，青者如翠羽，黄者如紫金，皆光明洞徹如堅冰。本集《北海十二石記》云：登州下臨大海，沙門、鼊磯、車牛、大竹、小竹凡五島，惟沙門最近，兀然焦枯，餘皆紫翠巉絶，神仙所宅也。上生石芝，草木皆奇麗，多不識名者。先生又《自題石芝》詩云：中山教授馬君，文登人也，嘗得石芝食之，故作此篇，同賦一篇。

〔二〕肉芝：《抱樸子》：肉芝者，謂萬歲蟾蜍，頭上有角，頷下有丹書八字者；或千歲蝙蝠，色白如雪；或行山中，見小兒乘車馬，長七八寸者，肉芝也。凡此共百二十種。《苕溪漁隱叢話》按，《仙傳拾遺》載：進士蕭静之掘地得物，類人手，肥嫩，色微紅。烹而食之，後遇異人，曰：「嘗食仙藥。」因告之曰：「肉芝，食之者壽。」何東坡忘此耶！

按：子由和詩，附見第二十卷黄州條下。

鶴歎

園中有鶴馴可呼，我欲呼之立坐隅。鶴有難色側睨予，豈欲臆對如鵩乎。我生如寄良畸孤，三尺長脛閣瘦軀。俛啄少許便有餘，何至以身爲子娱？驅之上堂立斯須，投以餅餌視若無。戛然長鳴乃下趨，難進易退我不如。

按：《唐子西語録》云：東坡作《病鶴》詩，嘗寫「三尺長頸瘦軀」，缺其一字。使仕德翁輩下之，凡數字。東坡徐出其藁，蓋「閣」字也。此字既出，儼然如見病鶴矣。今題中無「病」字，疑有脱落也。又，《猗覺寮雜記》云：《世説》有遺支道林雙鶴者，道林曰：「既有凌霄之姿，何肯爲人作耳目玩？」詩中「何至以身爲子娱」，正用此。

送曾仲錫通判如京師

邊城歲暮多風雪，强壓春一作「香」醪與君别。玉帳夜談霜月苦〔一〕，鐵騎曉出冰河裂。斷蓬飛葉捲黄沙，秖有千林鬔鬆花。應爲王孫朝上國，珠幢玉節與排衙。左援公孝右孟博，我居其間嘯且諾。僕夫爲我催歸來，要與北海春水争先回。

〔一〕玉帳：《唐書·藝文志》：李靖有《玉帳經》一卷。袁卓《遁甲專征賦》：或傍直使之游宫，或居貴神之玉帳。張淏《雲谷雜記》：玉帳乃兵家厭勝之方位，主將於其方置軍帳，則堅不可犯，如玉帳然。其法以月建前三位取之。如正月建寅，則巳爲玉帳，主將宜居之。餘推此。

和錢穆父送别并求頓遞酒〔一〕

聯鑣接武兩長身，鵷鷺行中笑語親。九子羨君門户壯，八州憐我往來頻〔二〕。佇聞東府開賓閣，便乞西湖洗塞塵。公自注：本欲乞鑑湖，就「東府」對耳。更向青齊覓消息，要知從事是何人。

〔一〕頓遞酒：未詳。

〔二〕八州：先生歷知密、徐、湖、登、杭、潁、揚、定八州。

劉醜廝詩

劉生望都民〔一〕，病羸寄空窰。有子曰醜廝，十二行操瓢。墦間得餘粒，雪中拾墮樵。飢飽共生死，水火同焚漂。病翁恃一褐，度此積雪宵。哀哉二暴客，掣去如飢鴞。翁既死於寒，客亦易此齠。崎嶇走亭長，不憚雪徑遥。我仇視與苑一作「宛」，物色同遮邀。行路爲出涕，二客竟就梟。譊譊訴我庭〔二〕，慷慨驚吾寮一作「僚」。曰此可名寄，追配郴之蕘〔三〕。恨我非柳子，擊節爲爾謡。官賜二萬錢，無家可歸嬌。爲媾他日婦，婉然初垂髫。洗沐作小史一作「吏」，裹頭束其腰。筆硯耕學苑，弓一作「戈」矛戰天驕。壯大隨爾好，忠孝福可徼。相國有折脇，封侯或吹簫。人事豈易料，勿輕此一作「比」僬僥。

〔一〕望都：《水經注》：博水，出望都縣，東南流逕其縣故城。《帝王世紀》：堯母慶都，出觀三河赤龍，與合而生堯。有望都山。《太平寰宇記》：即都山也。堯母望之，故以望都爲名。《元和郡縣志》：望都縣西南至定州五十里。

〔二〕譊譊：《揚子》：譊譊者，天下皆訟也，奚其存。

〔三〕郴之蕘：事詳《柳子厚集》中。

題毛女真〔一〕

霧鬢風鬟木葉衣，山川良是昔人非。秖應閒過商顔老〔二〕，獨自吹簫月下歸。

〔一〕毛女：《抱樸子》：漢成帝時，有獵者於終南山中見一人，無衣服，身生黑毛，踰坑越谷，有如飛騰。密伺其所在，乃是婦人。言：「本是秦之宫人，入山，飢無所食，有一老翁，教我松葉、松實食之，遂不飢不渴，冬不寒，夏不熱。」計此女是子嬰宫人，至成帝之世，三百許歲。向使不爲所得，便成仙矣。王氏原注引《列仙傳》：「毛女，字玉姜，在華陰山中，自言始皇宫人。」與此小異，未詳孰是。

〔二〕商顔老：《水經注》：楚水，源出上洛縣西南楚山，其水兩源，合於四皓廟東。《高士傳》：南山曰商山，亦名楚山。漢四皓，河内軹人，避秦於商山。故老傳云：商州有商君、商谷、商塞、商窑、商顔，曰五商。漢武帝時，臨晉民引洛水至商顔下，岸善崩，往往爲井，相通行水，水頽以絶商顔矣。

寄餾合刷餅與子由

老人心事日摧頽，宿火通紅手自焙。小甑短餅良具足，穉兒嬌女共燔煨。寄君東閣閒烝栗〔一〕，知我空堂坐畫灰〔二〕。約束家僮好收拾，故山梨棗待歸來。

〔一〕烝栗：杜甫詩：山家烝栗暖。

〔二〕畫灰：白居易詩：對雪畫寒灰。

次韻子由清汶老龍珠丹〔一〕

天公不解防癡龍，玉函寶方〔二〕出龍宫〔三〕。雷霆下索無處避，逃入先生衣袂中。先生不作金椎袖〔四〕，玩世徜徉隱屠酒。夜光明月空自投，一鍛何勞緯蕭手。黄門寡好心易足，荆棘不生梨棗熟〔五〕。玄珠白璧兩無求，無數一作「脛」金丹來入腹〔六〕。區區分别笑樂天，那知空門不是仙。

〔一〕清汶老：失考。

〔二〕玉函寶方：《隋書·經籍志》：《玉函寶方》五卷，葛洪撰。

〔三〕龍宫：《續仙傳》：孫思邈放一小蛇，月餘出行，見一白衣少年，引入涇陽水府。一女子命其子，取《龍宫藥方》三十首與先生。俄送歸山。歷試諸方，皆若神效。後著《千金方》三十卷，散龍宫方在其内。

〔四〕金椎袖：《漢書·淮南厲王傳》：辟陽侯出見之，即自袖金椎椎之。

〔五〕荆棘梨棗：《真誥》：紫微王夫人授許長史曰：火棗交梨之樹已生君心中，可翦荆棘，令此樹單生。

〔六〕無脛：《會稽典録》：孔融《與曹操書》曰：珠玉無脛而自至者，以人好之也。

按：《欒城集》中失原作，當覓善本采補。

次韻子由書清汶老所傳秦湘二女圖

春風消冰失瑶玉，我本無身安有觸〔一〕。羊生得婦如得風，握手一笑未爲辱。先生室中無天遊，珮環何處鳴風甌。隨魔未必皆魔女〔二〕，但與分燈遣歸去。胡爲寫真傳世人，更要維摩一轉語。丹元茅茨秖三間，太極老人時往還。檢點凡心早除拂，方平神鞭常使物。

〔一〕無身有觸：《楞嚴經》：物不觸知，身知有觸。知身即觸，知觸即身。即觸非身，即身非觸。身觸二相，原無處所。又云：舜若多神，無身覺觸。如來光中，映令暫見。既爲風質，其體元無。注云：舜若多，主空神也。其質如風，而能覺觸。

〔二〕魔女分燈：《維摩經》：魔波旬從萬二千天女，維摩詰謂曰：「諸姊有法門，名無盡燈，譬如一燈然千百燈，冥者皆明，明終不盡。」天女聞言已，禮維摩詰足，隨魔而去。

按：《欒城集》此章亦失去原作。

紫團參寄王定國〔一〕

谽谺土門口〔二〕，突兀太行頂。豈惟團紫雲，實自俯倒景。剛風被草木，真氣入苕穎。舊聞人銜芝，生此羊腸嶺〔三〕。纖攕虎豹鬛，蹙縮龍蛇癭。蠶頭試小嚼，龜息變方騁。矧予明真子，已造浮玉境。清宵月掛户，半夜珠落井。灰心寧復然，汗喘久已静。東坡猶故目一作「日」，北藥致遺秉。欲持三椏根，往侑九轉鼎。爲予置齒頰，豈不賢酒茗。

〔一〕紫團參：《瑞應録》：唐明皇潛潞邸，重九登壺關山，東北有紫雲見，光彩照日，因名紫雲山。即紫團也。《太平寰宇記》：河東道上黨郡有紫團山。《地理志》云：出人參草。

〔二〕土門口：即井陘關，詳見本卷前《雪浪石》詩注中。

〔三〕羊腸嶺：《太平寰宇記》：河東道，羊腸山在交城縣東南五十里。萬根谷山，即羊腸坂也，石磴縈紆若羊腸。《地理志》云：上黨壺關亦有羊腸坂。在今潞州界。

次韻劉燾〔一〕撫勾蜜漬荔支〔二〕

時新滿座聞名字〔三〕，别久何人記色香。葉似楊梅烝霧雨，花如盧橘傲風霜〔四〕。每憐蓴菜下鹽豉，肯與葡萄壓酒漿。回首驚塵卷飛雪，詩情真合與君嘗。

〔一〕劉燾：《吴興掌故集》：劉燾，元祐三年東坡知貢舉，稱其文章典麗，遂中甲科。尤善書，仕至秘閣修撰。所著有《見南山集》五十卷，宜翁之子也。《吴興備志》：劉燾以書名世。《太清樓續閣帖》，劉燾無言模刻。○慎按，施氏原注：劉燾，字無言，長興人。諸父宜翁、行甫，昔從先生游。事見《送劉行甫寺丞赴餘姚》詩注。無言在太學，有俊聲，善筆札，黄魯直稱之，謂他日江南復有羊欣、薄紹之矣。時在山中。以下二行殘缺。此段新刻删去，今補録。據此，無言乃宜翁之姪，與《吴興掌故》不同，兩存俟考。

〔二〕撫勾：《職官分紀》：安撫使屬有管勾官，以知州及閤門祇候充。

〔三〕時新聞名：按，薛能《荔支》詩：歲杪監州曾見樹，時新入座久聞名。《荔支譜》有陳家紫、江家緑、游家紫、藍家紅、何家紅、緑核圓、丁香、虎皮、牛心、蚶殼、龍牙、中元紅、玳瑁紅、十八娘、火山等名，共三十二種。

〔四〕花葉：《荔支譜》：其花春生，簌簌然白色。春雨之際，旁出新葉，色紅白，六七月，色變緑。此明年開花者也。

立春日小集戲一作「呈」，訛李端叔〔一〕

白髮已十載，青春無一堪。不驚新歲换，聊與故人談。牛健民聲喜，鴉嬌雪意酣。霏微不到地，和暖要宜蠶。歲月斜川似，風流曲水慙。行吟老燕代，坐睡夢江潭。丞掾頗哀援〔二〕

一作「亮」，歌呼誰怕參。衰懷久灰槁，習氣尚饞貪。白啖本河朔，紅消真劍南一本作「熊白來河北，豬紅削劍南」。辛盤得青韭，臘酒是黄甘。歸臥燈殘帳，醒聞葉打庵。須煩李居士，重説後三三〔三〕。

〔一〕李端叔：按，《東都事略·李之儀傳》：元祐中以編修官赴定州幕。孔常父有《癸酉十月送李端叔機宜》詩。張耒《宛丘集·送李端叔序》云：「元祐八年，蘇先生守定武，士願從者半朝廷，然皆不敢有請。先生一日言於朝，言請以端叔佐幕府。先生之位未能進退天下士，故用子如此，然其意可知也。挾端叔之學問文章而從先生，如決大川而放之海，余無以贊子矣。」又，端叔《姑溪集·題跋》一條云：「余從蘇先生於定武，蜀人孫子發亦辟在幕府。滕興公、曾仲錫爲倅。五人者，每辨色會於公廳，領所事竟，按前所約之地，窮日力盡歡而罷。或夜，則以曉角動爲期，方從容賦咏。明年五月，先生遂謫嶺南矣。」以上數則，皆端叔在定州事，故備録之。

〔二〕丞掾哀援：《苕溪漁隱》云：東坡《立春》詩「丞掾頗哀亮」，定武有此碑，東坡自大字寫之，作「亮」字。《後漢書·馬援傳》：諸曹時白外事，援輒曰：此丞掾之事，何足相煩？頗哀老子，使得遨遊。則「亮」字當作「援」也。○慎按，「援」字去聲讀，別本作「亮」者，訛，今駁正。

〔三〕後三三：施氏原注：顧禧云，此詩方叙燕游，而遽用「後三三」語，讀者往往不知何謂。蓋端叔在定武幕中，特悦營妓董九者，故用九數以爲戲爾。聞其説於强行甫云。按，題云「戲端叔」，與結處正合，特采録之。

次韻曾仲錫元日見寄

蕭索東風兩鬢華，年年幡勝翦宫花。愁聞塞曲吹蘆管，喜見春盤得蓼芽〔一〕。吾國舊供雲澤米，公自注：定武齋酒用蘇州米。君家新致雪坑茶。公自注：近得曾坑茶〔二〕。燕南異事真堪紀，三寸黄甘擘永嘉〔三〕。

〔一〕春盤：《四時寶鏡》：立春日春餅、生菜號春盤。又，《摭遺》：東晉李鄂立春日命以蘆菔、芹芽爲菜盤。

〔二〕曾坑：《蔡忠惠集》引朱子安《東溪試茶録》云：北苑鳳凰山連屬諸焙所産者味佳，慶曆中，歲貢又有曾坑上品一斤。又云：馬鞍山東爲杜園，最高處爲曾坑。

〔三〕三寸黄甘：《南史》：宋劉義康，時四方獻饋，皆以上品薦之，而以次者供御。文帝嘗冬月噉甘，嘆其形味並劣，義康遣還東府取甘，供御，大者三寸。韓彦直《橘録》：橘出永嘉郡，甘乃其别種，而乳甘爲第一，故温州謂乳甘爲真甘。温四邑皆種甘者，而出泥山又推第一。大者可七寸圍，顆皆圓正，膚理如澤蠟，擘之香霧噀人。

子由生日以檀香觀音像及新合印香銀篆盤爲壽一首〔一〕

旃檀〔二〕婆律海中芬〔三〕，西山老臍柏所薰。香螺脱黶來相群〔四〕，能結縹緲風中雲。一燈如螢起微焚，何時度盡繆篆紋。繚繞無窮合復分，綿綿浮空散氤氳。東坡持是壽卯君，君少與我師皇墳〔五〕。旁資老聃釋迦文，共厄中年點蠅蚊〔六〕。晚遇斯須何足云，君方論道承華勛。我亦旗鼓嚴中軍，國恩未一作「當」報敢不勤。但願不爲世所醺，爾來白髮不可耘。問君何時返鄉枌，收拾散亡理放紛。此心實與香俱焄，聞思大士應已聞。

〔一〕子由生日：按，子由己卯二月二十日生，見本集《十八羅漢頌跋》。

〔二〕旃檀：《法華經》：牛頭旃檀，從離垢出。若以塗身，火不能燒。

〔三〕婆律：《本草拾遺》：婆律香出婆律國，樹與龍腦同，香乃樹之清脂也。

〔四〕香螺脱黶：《唐本草》：蠡類生雲南者，如人掌，青黄色。按韻書，「蠡」亦作「螺」。韓鄂《四時纂要》：有修甲香方，收大甲，酒煮蜜熬，入諸香用。所云甲者，即螺黶也。

〔五〕皇墳：韓愈詩：高詞媲皇墳。

〔六〕蠅蚊：韓愈詩：蠅蚊滿八區，可盡與相格。

慎按：諸刻本詩中「繚繞無窮合復分」之下，直接「東坡持是壽卯君」云云，脱去「綿綿浮空散氤氲」一句，今從施氏原本補入。

附子由次韻：

日月中人照與芬，心虚慮盡氣則薰。彤霞點空來群群，精誠上徹天無雲。寸田幽闕煐不焚，眇眂中外絳錦紋。冥然物我無復分，不出不入常氤氲。道師東西指示君，乘此飛仙勿留墳。茅山隱居有遺文，世人心動隨蚉蚊。不信成功如所云，蚤夜賓餞同華勛。爾來僅能破魔軍，我經生日當益勤。公禀正氣飲不醺，梨棗未實要耡耘。日云莫矣收桑枌，西還閉門止紛紛。憂愁真能散凄焄，萬事過耳今不聞。自注：《登真隱訣》云：日中青帝曰照龍韜，其夫人曰芬豔嬰。

次韻李端叔送保倅翟安常赴闕兼寄子由〔一〕

中山保塞兩窮邊〔二〕，卧治雍容已百年。顧我迂愚分竹使，與君談笑用蒲鞭。松荒三徑思元亮，草合平池憶惠連。白髮歸心憑説與，古來誰似兩疏賢。

〔一〕翟安常：爵里失考。

〔二〕保塞：《輿地廣記》：保塞縣本漢涿郡之樊輿，中山之北新城地，廢置不常。建隆元年，以清苑縣地置保塞軍，領縣一。《文獻通考》：保州，本唐莫州清苑縣地，宋初置保塞軍，太平興國中升爲州。《九域志》：河北西路保塞軍，西至定州一百六十里。羅子蒼《拾遺》：五代失險，周世宗於深、冀間浚河爲限。宋守塘濼，而雄、霸二州間塘水不接，遂置保定軍。爲窮邊，以無水，多植榆、槐爲蔽云。

按：《姑溪集》中失原作，無從采録。

中山松醪〔一〕寄雄州〔二〕一無「州」字守王引進〔三〕

鬱鬱蒼髯千歲姿，肯來杯酒作兒嬉。流芳不待龜巢葉，公自注：唐人以荷葉爲酒杯，謂之碧筩飲。掃白聊煩鶴踏枝。醉裏便成歌雪舞，醒時與作嘯風辭。馬軍走送非無意，玉帳人間合有詩。

〔一〕中山松醪：本集有賦，不具録。

〔二〕雄州：《九域志》：河北東路雄州防禦，治歸義、容成二縣。《太平寰宇記》：雄州，本涿州歸義縣之瓦子濟橋，舊置瓦橋關。五代周時，始立雄州，以有大、小雄山而名。

〔三〕王引進：按，子由使契丹時，有《贈知雄州王崇拯》七言律詩二首。《詩話總龜》：「王崇拯，字拯之。」當即其人。又按，《宋史·職官志》引進使，從五品，掌臣僚蕃國進奉禮物之事。《職官分紀》引進有正使、副使。

次韻李端叔謝送牛戩鴛鴦竹石圖〔一〕

聞君談西戎，廢食忘早晚。王師本不陳，賊壘何足剗。守邊在得士，此語要而簡。知君論將口，似予一作「我」識畫眼。笑指塵壁間，此是老牛戩。平生師衛玠，非意嘗理遣。恕君定何人，未用市朝顯。置之勿復道，世俗固多舛。歸去亦何須，單車度殽澠。如蟲得羽毛，已脱安用繭。家書空萬軸，涼暴一本作「晒」，一本作「曝」困舒卷。念當掃長物，閉息默自煖。此畫聊付君，幽處得小展。新詩勿縱筆，群吠驚邑犬。時來未可知，妙斵待輪扁。

〔一〕牛戩：米海岳《畫史》：道士牛戩，筆墨粗豪放縱，亦不俗，固在艾宣、惠崇、寶覺、張經之上也。

按：《姑溪集》此詩失去原作，無從采録。

次韻聰上人見寄〔一〕

前身《周益公題跋》引此詩作「生」本同社，宿業獨臨邊。一悟鏡空老，始知圓澤賢。歸心忘憒佩，生術寄羊鞭。不似歐陽子，空留六一泉。

〔一〕聰上人：本集《思聰名説》云：法惠圓師小童彭九，年十一，善琴，應對明了如成人。自言未有法名，而同師皆聯「思」字，遂與名思聰，庶幾他日因聲以得法。周益公跋云：元祐六年，公既作聞復字序，後三年春，在定武復和其見寄詩，有「前生本同社」之語，又後七年，當靖國辛巳，蓋公夢奠之歲也。其《贈道通》詩猶云「雄豪而妙苦而腴，祇有琴聰與蜜殊」。其愛重之如此。《長公外紀》云：大觀、政和間，聰挾琴遊梁，久之，遂還俗，爲御前使臣。方其將冠巾也，叔黨送之詩，云：「試誦《北山移》，爲我招琴聰。」詩至，已無及矣。

次韻王雄州還朝留别

老李威名八十年〔一〕，壁間精悍見遺顔。自聞出守風流似，稍覺承平氣象還。但遣詩人歌《杕杜》，不妨侍女唱《陽關》。内朝接武知何日〔二〕，白髮羞歸供奉班。

〔一〕老李：《東都事略》：李允則，字垂範，太原人。真宗朝奉使諸路，雄州再涖焉。周世宗始以瓦橋關置州。民居惟結茅，允則易以瓦甓。又合内外舊甕城爲大城爲一，創關城，濬濠，起月隄。徙浮圖於北原上，所望踰三十里，契丹動静皆知之，當時邊臣無及者。子由《洛陽李氏園池記》云：李氏世家名將，大父濟州，於太祖爲布衣之舊，用兵河東，百戰百勝。烈考寧州，事章聖，守雄州十有四年，繕守備，撫士卒，精於用間，功烈尤雄。○按，所稱濟州，乃允則之父謙溥，寧州即允則也。

〔二〕内朝：《春明退朝録》：本朝文德殿曰外朝，凡不釐務官，日赴，是爲常朝。垂拱曰内朝，宰臣以下並武班，日赴，是爲常起居。

三月二十日多葉杏盛開〔一〕

零露泫月蕊，温風散晴葩。春一作「天」工了不睡，連夜開此花。芳心誰翦刻〔二〕，天質自清華。惱客香有無，弄粧影横斜。中山古戰國，殺氣浮高牙。叢臺餘袨服，易水雄一作「雜」悲笳。自從此花開，玉肌洗塵沙。坐令游俠窟，化作温柔家。我老念江海，不飲空咨嗟。劉郎歸何日，紅桃爍殘霞。明年花開時，舉酒望三巴。公自注：欲請梓州而歸。

〔一〕多葉杏：元《方輿勝覽》：大興府海雲寺有多葉杏三株，名芙蓉杏。張叔夏見之，爲填《三姝媚》詞。

〔二〕翦刻：韓愈《杏花》詩：翦刻作此連天花。

慎按：施氏原注脱落「劉郎歸何日」二句，今據别本補入。

三月二十日開園三首

其一

雪髯霜鬢語傖獰，淡蕩園林取次行。要識將軍不凡意，從來秖啜小人羹。公自注：是日散父老酒食。

其二

西園牡籥夜沉沉，尚有游人卧柳陰。鶴睡覺時風露下，落花飛絮滿衣襟。

其三

鬱鬱蒼髯真道友，絲絲紅蕚是鄉人。公自注：蒼髯，松也。紅蕚，海棠也。何時翠竹江村路，送我柴門月色新。

次韻王雄州送侍其〔一〕涇州〔二〕

威聲又數中興年，二虜行當一矢聯。聞道名城得真將，故應驚羽落空弦。追鋒歸去雄三衛〔三〕，授鉞重來定十連。别酒回頭便陳迹，號呶端合發初筵。

〔一〕侍其：複姓也，名失考。《宋史》有侍其曙、侍其淵。

〔二〕涇州：《九域志》：秦鳳路，涇州安定郡，治保安縣。《太平寰宇記》：涇州屬關西道，漢分秦北郡地置安定郡，河西六郡之一也。魏神䴥三年，於此置涇州，因水爲名。宋爲彰化軍節度。水土雜於河西，人烟接於北地。

〔三〕三衛：《晉書·職官志》：文帝初置中衛將軍，武帝分左右衛。

初貶英州贈馬夢得〔一〕

萬古仇池穴，歸心負雪堂。殷勤竹裏一作「林」夢，猶自數山王。

〔一〕貶英州：《宋史·哲宗本紀》：紹聖元年，知定州蘇軾坐前掌制命，語涉譏訕，貶知英州。本傳：紹聖初，以本官知英州。尋降一官，貶寧遠軍節度副使，惠州安置。危素《東坡書院記》：紹聖元年四月，公以侍御史虞榮、來之邵言，落職奪一官知和州，尋知英州，六月惠州安置，十月至惠州。本集有《乞舟行赴英州狀》。《九域志》：廣南東路英州，軍事，治真陽縣。《太平寰宇記》：廣州湞陽縣地，漢舊縣。梁改東衡州。隋開皇十年，廢爲真陽縣。僞漢乾和五年，於此置英州，去東京四千里。

慎按：此詩施氏原本在《遺詩》卷中，今據時地，移編於此。

臨城道中作〔一〕并引

予初赴中山，連日風埃，未嘗了了見太行也。今將適嶺表，頗以是爲恨。過臨城、内丘〔二〕，天氣忽清徹。西望太行〔三〕，草木可數，岡巒北走，崖谷秀傑。忽悟嘆曰：「吾南遷其速返乎！退之衡山之祥也。」書以付邁，使志之。

逐客何人著眼看，太行千里送征鞍。未應愚谷能留柳〔四〕，可獨衡山解識韓。

〔一〕臨城：《太平寰宇記》：臨城，屬趙州，在定州西南一百里。漢於此置房子縣，天寶元年，改臨城。

〔二〕内丘：《太平寰宇記》：漢中丘縣，隋改内丘，屬趙州。大業二年，改屬邢州。在州西南五十八里。

〔三〕太行：《述征記》：太行山，首始於河内，北至幽州，凡百嶺，遠亘十三州之界，有八陘。

〔四〕愚谷：《水經注》：時水又屈而逕社山北，有愚公谷。齊桓公時，公隱於谷，隣有認其駒者，公以與之。《太平寰宇記》：愚公谷在臨淄縣，本社山，名愚公山愚公谷。柳子厚《愚溪詩序》：余以觸罪謫瀟水上，愛是溪，家焉。古有愚公谷，故更謂之愚溪。

過湯陰市〔一〕得豌豆〔二〕大麥粥示三兒子

朔野方赤地，河壖但黄塵。秋霖暗豆莢一作「漆」，夏旱臞麥人。逆旅唱晨粥，行庖得時珍。青斑照匕箸，脆響鳴牙齦。玉食謝故吏，風餐便逐臣。漂零竟何適，浩蕩寄此身。争勸加餐一作「飲」食，實無負吏民。何當萬里客，歸及三年新。

〔一〕湯陰：《元和郡縣志》：相州湯陰縣有蕩水，因以爲名。《太平寰宇記》：蕩水在縣治北，縣在相州南四十里。

〔二〕豌豆：《爾雅》謂之戎菽，《遼志》謂之回鶻豆。《本草》：其苗柔弱，宛宛然，故得名。嫩時色緑，老則斑麻。

被命南遷途中寄定武同僚

人事千頭及萬頭，得時何喜失時憂。只知紫綬三公貴，不覺黄粱一夢游。適見恩綸臨定武，忽遭分職赴英州。南行若到江干側，休宿潯陽舊酒樓。

慎按：此詩施氏原本不載，新刻在《續補》下卷，今據題移編於此。

子由新修汝州龍興寺吴畫壁〔一〕

丹青久衰工不藝，人物尤難到今世。每摹市井作公卿，畫手懸知是徒隸。吴生已與不傳死，那復典刑留近歲。人間幾處變西方，盡一作「畫」作波濤翻海勢。細觀手面分轉側，妙算毫釐得天契。始知真放本精微，不比狂花生客慧〔二〕。似聞遺墨留汝海〔三〕，古壁蝸涎可垂涕。力捐金帛扶棟宇，錯落浮雲卷新霽。使君坐嘯清夢餘，幾叠衣紋數衿袂。他年弔古知有人，姓名聊記東坡弟。

〔一〕龍興畫壁：《欒城後集·汝州龍興寺修吴畫殿記》云：紹聖元年四月，予謫守汝陽，與通守李君純繹游龍興寺，觀華嚴小殿。其東西夾皆道子所畫，東爲維摩、文殊，西爲佛成道。屋瓦弊漏，塗棧缺弛，幾侵於風雨。時有僧惠真方葺寺大殿，乃使先治此，予與李君亦少助焉。不踰月，堅頑如新。於殿脊中得記，曰：「治平丙午，蘇氏維政所葺。」衆異之，謂前後葺此，皆蘇氏，豈偶然哉？○慎按，《明道雜志》以龍興寺爲天慶觀。又云：上人於殿脊上火珠中見有書字，記建殿年月，後復書曰某年月日，有姓蘇人重修。與子由所記不同，當以《欒城集》爲正。

〔二〕狂花：《楞嚴經》：其人無故，不動目睛。瞪以發勞，則於虚空，别見狂華。

〔三〕汝海：《十三州志》：梁縣，周南鄙邑，秦滅周，遷其人於此，謂之陽人聚。《元和郡縣志》：河南道汝州臨汝郡，漢河南郡之梁縣地，隋開皇四年，移伊州理於此，大業中改汝州，以汝水爲名。

慎按：《宋史·哲宗本紀》：紹聖元年二月，以鄧潤甫爲尚書左丞。三月，蘇轍罷，知汝州。先生南遷時，子由已到汝州任矣。

過高郵〔一〕寄孫君孚〔二〕

過淮風氣清，一洗塵埃容。水木漸幽茂，菰蒲雜游龍。可憐夜合花〔三〕，青枝散紅茸。美人游不歸，一笑誰當供。故園在何處，已偃手種松。我行忽失路，歸夢山千一作「千山」重。聞君有負郭，二頃收橫縱。卷野畢秋穫，殷牀聞夜舂。樂哉何所憂，社一作「杜」酒粥面醲。宜游豈不好，毋令到千鍾。

〔一〕高郵：《太平寰宇記》：淮南道揚州，領縣七，高郵其一也。宋割高郵縣建軍。

〔二〕孫君孚：《東都事略》：孫升，字君孚，初以天章閣出知應天，後貶果州團練副使，汀州安置。劉延世《孫公談圃序》云：紹聖改元，凡仕於元祐而貴顯者，例皆竄貶湖南、嶺表，獨孫公一人遷於臨汀。公元祐時歷三院，遷左史，爲中書舍人。忤時宰，以集賢修撰留守南都，後遷天章閣待制。其謫官也，自南都爲歸州，遂以散秩謫臨汀。在汀二年，以疾終。公諱升，字君孚，高郵人。○慎按，劉述之與孫同時，孫謫汀州，劉時官長汀縣，故其所述視史加詳。東坡南行，過高郵，正君孚謫歸州時也。君孚名升，兩處皆同。施氏原注謂君孚名叔者，訛。今駁正。

〔三〕夜合花：崔豹《古今注》：欲蠲人之忿，則贈以青囊夜合。其葉至暮即合，故名合昏，又云夜合。《本草》：此樹葉似皂莢及槐，五月花紅白色，上有絲茸。

僕所至未嘗出游過長蘆〔一〕聞復禪師病甚不可不一問既見則有問矣明日阻風復留見之作三絶句呈聞復並請轉呈參寥子各賦數首〔二〕

其一

亦知壺子不死，敢問老聃所遊。瑟瑟寒松露骨，耽耽老一作「病」虎垂頭。

〔一〕長蘆：《吳船録》：長蘆寺爲達摩一葦浮渡處。《傳法正宗記》：初，達摩於梁普通元年泛海至廣州，刺史蕭昂表聞。次年十月，至建康。武帝召對。祖知初機不契，是月，潛之江北。後人於渡處創長蘆院。《續燈録》：真州長蘆崇福禪院，祖印禪師名智福所建，師，江州人。

〔二〕聞復：名思聰，詳見本卷前「聰上人」詩注中。

其二

莫言西蜀萬里，且到南華一游〔一〕。扶病江邊送客，杖挐浦口回頭。

〔一〕南華：《始興志》：南華寺，在縣南六十里。峰巒環抱，狀如蓮花。其東南，曹溪之水出焉。梁時天竺僧智藥至溪口，聞水香，掬而飲之，曰：「此水上流有勝地。」遂謁士人曹叔良。叔良者，魏武之裔孫也，因捨宅爲寺。唐儀鳳間，盧惠能傳黄梅衣鉢，居之，是爲六祖。

其　三

老去此生一訣，興來明日重游。卧聞三老白事，半夜南風打頭〔一〕。

〔一〕打頭風：《猗覺寮雜記》：風之逆者，舟人謂之打頭風。元微之詩：江喧過雲雨，船泊打頭風。白樂天詩：白蘋香處打頭風。

六月七日泊金陵阻風得鍾山泉公書寄詩爲謝〔一〕

今日江頭天色惡，礮車雲起風欲作〔二〕。獨望鍾山唤寶公，林間白塔如孤鶴〔三〕。寶公骨冷唤不聞，却有老泉來唤人。電眸虎齒霹靂舌〔四〕，爲予吹散千峰雪一作「雲」。南行萬里亦何事，一酌曹溪知水味〔五〕。他年若畫蔣山圖，爲一作「仍」作泉公唤居士。

〔一〕泉公：《傳燈録》：蔣山佛慧禪師名法泉，生隨州時氏。出家，博極群書，過目成誦，號「雅泉萬卷」。熙寧中，住鍾山。

〔二〕礮車雲：《國史補》：暴風之候，有礮車雲。《王直方詩話》：舟人占雲若礮車起，急避之。

〔三〕寶公白塔：《僧史》：寶公大士，諱寶誌。手足鷹爪，初，建康朱氏婦聞兒啼鷹巢中，梯樹得之，養以爲子。七歲，依鍾山僧儉出家。梁天監初，卓錫於鍾山，十三年入滅。葬定林寺前獨龍岡，建塔五層，塔前建開善寺，勑王筠撰碑文。

〔四〕虎齒：《山海經》云：西王母，狀如人，狗尾，蓬頭戴勝，善嘯。《穆天子傳》注云：西王母，虎齒蓬髮。施氏原注牽混爲一，今爲詳析。

〔五〕曹溪：注見前首「南華」下。

贈清涼寺〔一〕和長老〔二〕

代北初辭没馬塵，江南來見卧雲人。問禪不契前三語，施佛空留丈六身〔三〕。老去山林徒夢想，雨餘鐘鼓更清新。會須一洗黄茅瘴，未用深藏白氎巾。

〔一〕清涼寺：《金陵梵刹志》：石頭山清涼寺，在府城西清涼門内古清涼山。吴順義中，徐温建爲興教寺，南唐改爲石頭清涼大道場。宋太平興國五年，改清涼廣惠禪寺，南渡後重修，陸游有記。

〔二〕和長老：失考。

〔三〕施佛：本集《阿彌陀佛贊序》云：蘇軾之妻王氏，名閏之，年四十六，元祐八年八月卒於京師。臨終之夕，遺言捨所受用，使其子邁、迨、過爲畫阿彌陀佛。紹聖元年六月九日像成，奉安於金陵清涼寺。贊中又有「丈六金身不爲大」之語。

予前後守倅餘杭凡五年夏秋之間蒸熱不可過獨中和堂〔一〕東南頰下瞰海門洞視萬里三伏常蕭然也紹聖元年六月舟行赴嶺外熱甚忽憶此處而作是詩

忠孝王家千柱宮，東坡作吏五年中。中和堂上東南頰，獨有人間萬里風。

〔一〕中和堂：《咸淳臨安志》：嘉定六年，李埴《中和堂記》略云：始錢王鏐於其宫作堂，名閲禮。本朝至和中，威敏孫公沔來守此土，易名中和，守居負鳳凰山，堂跨山憑高。蘇公嘗謂「下瞰海門，洞視萬里」，觀覽之傑，抑可想見。《西湖游覽志》：中和堂在鳳凰山下，暑月最快。

慈湖夾一本作「峽」，訛阻風五首〔一〕

其一

捍索桅竿立嘯空，篙師酣寢浪花中。故應菅蒯知心腹，弱纜能争萬里風。

〔一〕慈湖夾：《元和郡縣志》：慈湖在當塗北六十五里。陳克《東南防守利便》云：慈湖夾在太平州界，至建康七十五里。石季龍寇歷陽，趙嗣屯慈湖。又，蘇峻敗司馬流於慈湖，即此。○慎按，本集《曉至巴河迎子由》詩云：「聞君在磁湖」，乃大冶縣之道士洑，亦名磁湖磯，非此地也。詳見「黄州」卷中，讀者辨之。

其　二

此生歸路轉一作「愈」茫然，無數青山水拍天。猶有小船來賣餅，喜聞墟落在山前。

其　三

我行都是退之詩，真有人家水半扉。千頃桑麻在船底，空餘石髮掛魚衣〔一〕。

〔一〕石髮：《酉陽雜俎》：南中水底有草，如石髮，每月三四日始生，至八九以後可采食，及月盡悉爛，似隨月盛衰者。

其　四

日輪亭午汗珠融，誰識南訛長養功〔一〕。暴雨過雲聊一快，未妨明月却當空。

〔一〕南訛：《困學紀聞》：春言東作，夏曰南爲，皆是耕作營爲勸農之事。孔安國强讀爲「訛」字，雖訓化，解釋紆回。今《史記》作「南譌」。

其　五

卧看落月横千丈，起唤清風得半帆。且並水村欹側過，人間何處不巉巖。

東坡先生編年詩卷三十八

古今體詩四十四首起紹聖元年甲戌秋自江西赴嶺外，十月到惠州，盡是年十二月作。

過廬山下并引

予過廬山下，雲物騰涌，默有禱焉。未午，衆峰凛然，故作是詩。

亂雲欲霾山，勢與飄風南。群隮相應和，勇往争驂驔。可憐蒼蔚中，時出紫翠嵐。雁没失東嶺，龍騰見西龕。一時供坐笑，百態變立談。暴雨破坱圠，清飇掃渾酣。廓然歸何處，陋矣安足戡，亭亭紫霄峰，窈窈白石庵〔一〕。五老數松雪，雙溪落天潭。雖云默禱應，顧有移文慙。

〔一〕白石庵：《廬山紀事》：楞伽院内有白石庵，李公擇藏書處。本集有《李氏山房藏書記》，即此也。

壺中九華詩并引

湖口〔一〕人李正臣蓄異石九峰〔二〕，玲瓏宛轉，若窗櫺然。予欲以百金買之，與仇池石爲偶〔三〕。方南遷，未暇也。名之曰壺中九華〔四〕，且以詩紀之。

清溪電轉失雲峰一本作「我家岷蜀最高峰」，夢裏猶驚翠掃空。五嶺莫愁千嶂外〔五〕，九華今在一壺中。天池水落層層見一本作「石泉影落涓涓滴」，玉女窗虚處處通。念我仇池太孤絶，百金歸買碧玲瓏。

〔一〕湖口：《九江志》：漢鄡陽鎮屬彭澤縣，劉宋時湖口戍也。南唐保大中，以彭澤二鄉置縣，扼彭蠡湖口。

〔二〕李正臣異石：《西湖游覽志餘》引宋人詩話云：李正臣有刻石碑本，九峰排列如雁齒，不甚崷崒。石腰有白脉，若束以絲帶，此石之病，不知東坡先生何以酷愛之如此。

〔三〕仇池石：先生在揚州時所得，詳見三十五卷。

〔四〕九華：《太平寰宇記》：九華山在池州青陽縣。顧野王《輿地志》云：山上有九峰，千仞壁立，周圍二百里，高一千丈。李白詩：天河掛緑水，秀出九芙蓉。

〔五〕五嶺：《文獻通考》：永嘉周去非有《嶺外代答》十卷，中一條云：五嶺之説，皆指山名，今考之，乃入嶺之途五耳，非必山也。自福建入廣東之循、梅，一也；自江西之南安入南雄，二也；自湖廣之郴入連，三也；自道州入廣西之賀縣，四也；自全入静江，五也。

南康望湖亭〔一〕一本云「過洞庭」，訛。

八月渡長一作「重」湖〔二〕，蕭條萬象疎一本云「瀟湘景物疎」。秋一作「西」風片帆急，暮靄一作「雨」一山孤。許國心猶在，康時術一作「業」已虛。岷峨家《清波雜志》作「千」萬里，投老得歸無。

〔一〕望湖亭：《江西志》：南昌吴城驛有吴城山，山有望湖亭。

〔二〕八月渡湖：按《年譜》，先生於是年五月離中山，行至滑州登舟，從南康軍出陸，赴貶所，八月二十一日過虔州，計其過彭蠡，當在八月初。

慎按：南宋人周煇《清波雜志》云：紹興辛酉，煇侍隨之鄱陽。小泊沙際，步至山椒一寺，軒名「重湖」，梁間一木牌，乃蘇内翰留題「八月渡重湖」云。據此，則「望湖亭」當作「重湖亭」。又按，施氏原本不載，今從新刻《續補》下卷，據時地移編於南遷卷中。

江西一首〔一〕

江西山水真吾邦，白沙翠竹石底江。舟行十里磨九瀧，篙聲犖确相舂撞。醉卧欲醒聞淙淙，直一作「真」欲一口吸老龐。何人得儁窺魚矼，舉叉絶叫尺鯉雙。

〔一〕江西：《名勝志》：晉元康中，分荆、揚十郡，立江州，治豫章郡。唐初隸江南道，開元中，分江南西道，江西之名始此。

附子由次韻：

許君馬老共一邦，西山斷處流蜀江。誰令千載重渡瀧，灘頭舊寺晨鐘撞。亂流赤脚記淙淙，道俗自謂丹霞龐。便令築室修畦矼，往還二老笻一雙。自注：予與筠州聰長老，有十年之舊。

秧馬歌并引

過廬陵，見宣德郎致仕曾君安止〔一〕。出所作《禾譜》〔二〕。文既温雅，事亦詳實，惜其有所缺，不譜農器也。予昔遊武昌，見農夫皆騎秧馬。以榆棗爲腹欲其滑，以楸桐爲背欲其輕，腹如小舟，昂其首尾，背如覆瓦，以便兩髀雀躍於泥中，繫束藁其首以縛秧。日行千畦，較之傴僂而作者，勞佚相絶矣。《史記》：禹乘四載，泥行乘橇。解者曰：橇形如箕，擿行泥上，豈秧馬之類乎？作《秧馬歌》一首，附於《禾譜》之末云。

春雲濛濛雨凄凄一作「萋萋」，春秧欲老翠剡齊。嗟我婦子行水泥，朝分一壠暮千畦。腰如箜篌首啄雞，筋煩骨殆聲酸嘶。我有桐馬手自提，頭尻軒昂腹脇低。背如覆瓦去角圭，以我兩足爲四蹄。聳踊滑汰如凫鷖〔三〕，纖纖束藁亦可齎。何用繁纓與月題〔四〕，却從畦東走畦西。山城欲閉聞鼓鼙，忽作的盧躍檀溪。歸來掛壁從高棲，了無芻秣飢不啼。少壯騎汝逮老黧，何曾蹶軼一作「跌」防顛隮一作「擠」。錦韉公子朝金閨，笑我一生蹋牛犂，不知自有木駃騠。

〔一〕曾安止：字移忠，見《周益公題跋》。

〔二〕禾譜：《經籍志》：農家類中，有曾安止《禾譜》五卷。

〔三〕滑汰：施青臣《繼古叢編》：東坡《秧馬》詩「滑汰」，「汰」字入聲，讀與「澾」同。

〔四〕繁纓：《毛詩》：鉤膺。注疏：其馬婁頷，有鉤在膺，有樊纓之飾。樊，讀如「鞶帶」之「鞶」，謂今馬大帶。纓，今馬鞅。金路，其樊及纓以五采罽飾之而九成。《周禮》、《左傳》皆作「繁纓」。

按，《周益公題跋》云：東坡年五十九，南遷過太和縣，作《秧馬歌》贈曾移忠。心聲心畫，惟意所適，殊是得意之作。既到嶺南，往往録示邑宰。近歲，移忠姪孫名之瑾者，已譜農器，成公素志。予嘗爲之序。其與《禾譜》並傳無疑矣。按，《禾譜》與《農器譜》今不傳。

八月七日初入贛過惶恐灘

七千里外二毛人，十八灘頭一葉身〔一〕。山憶喜歡勞遠夢，公自注：蜀道有錯喜歡舖，在大散關上。地名惶恐泣孤臣〔二〕。長風送客添帆腹，積雨浮一作「扶」舟減石鱗。便合與官充水手，此生何止略知津。

〔一〕十八灘：按，《陳書·高祖紀》：南康贛石舊有二十四灘，高祖之發也，水暴起數丈，三百里灘巨石皆没。宋邢坦齋引《廬陵志》亦云二十四灘。惟《萬安縣志》則云：贛州二百里至岑縣，又一百里至萬安，其間灘有十八，舊皆屬虔州。宋熙寧中，割地立縣，自贛城下二十里曰儲、曰鼈、曰横弦、曰天柱、曰小湖、曰銅盆、曰陰、曰陽、曰會神，以上九灘屬贛。自青洲下，至梁口乃萬安縣地，其灘曰金、曰崑崙、曰曉、曰武朔、曰小蓼、曰大蓼、曰綿、曰漂神、曰黄公。灘水湍急，惟黄公爲甚。東坡南遷，訛爲「惶恐」。趙清獻守虔州，嘗疏鑿十八灘，以殺水勢，蓋十八灘爲尤險也。

〔二〕惶恐：《坦齋通紀》云：詩人好改易地名，以就句法。《廬陵志》二十四灘自下而上，第一灘在萬安縣，前名黄公灘，坡乃改爲「惶恐」，以對「喜歡」。○慎按，文信國亦有「惶恐灘頭説惶恐」之句，則又因坡公而傳訛者也。

鬱孤臺公自注：以下四首皆虔州。

八境見圖畫〔一〕，鬱孤如舊游。山爲翠浪湧，水作玉虹流。日麗崆峒曉〔二〕，風酣章貢秋〔三〕。丹青未變葉，鱗甲欲生洲。嵐氣昏城樹，灘聲入市樓。烟雲侵嶺路，草木半炎州。故國千峰外，高臺十日留。他年三宿處，準擬繫歸舟。

〔一〕鬱孤臺八境：注見前十六卷中。

〔二〕崆峒：《十道志》：崆峒在虔州城南六十里，一名空山。自南康宛延而來，章、貢二水夾以北馳，一郡之望也。山巔有湖，湖有艑艚底。人或動之，風雨立至。

〔三〕章貢：《輿地廣記》：贛水東源出雩都，曰湖漢水，西源出南野，曰彭水。二水皆北流，合於贛縣，總爲豫章水，北流入大江。後人因贛字以湖漢水爲貢水，彭水爲章水。劉澄之遂以爲章貢合流，因以名縣，失之矣。然趙清獻《登章貢臺》詩云：「章貢東西派，并流作贛川。」則相承已久，非始於劉澄之也。

廉　泉〔一〕

水性故自清，不清或撓之。君看此廉泉，五色爛摩尼。廉者謂我廉，我一作「何」以此名爲？

有廉則有貪，有慧則有癡。誰爲柳宗元，孰是吴隱之？漁父足豈潔，許由耳何淄一作「緇」？紛然立名字，此水了不知。毁譽有時盡，不知無盡時。揭來廉泉上，捋鬚看鬢眉。好在水中人，到處相娱嬉。

〔一〕廉泉：《方輿勝覽》：廉泉在虔州治東南隅報恩寺。本張氏居，宋元嘉中，一夕霹靂，忽涌地爲泉。時以歸功太守，名曰廉泉。

塵外亭〔一〕

楚山澹無塵，贑水清可厲。散策塵外遊，麾一作「揮」手謝此世。山高惜人力，十步輒一憩。却立浮雲端，俯視萬井麗。幽人宴坐處，龍虎爲斬薙。馬駒獨何疑〔二〕，豈墮山鬼計。夜垣非助我，謬敬欲其逝。戲留一轉語，千載起攘袂。

〔一〕塵外亭：注見十六卷。

〔二〕馬駒：即馬祖也，注詳十六卷。○《虔州志》：馬祖巖上有馬禪閣，及雲端、駒巖、一憩、塵外四亭。

天竺寺并引

予年十二，先君自虔州歸，爲予言：「近城山中天竺寺，有樂天親書詩云：一山門作兩山門，兩寺原從一寺分。東澗水流西澗水，南山雲起北山雲。前臺花發後臺見，上界鐘清下界聞。遥想吾師行道處，天香桂子落紛紛。筆勢奇逸，墨跡如新。」今四十七年，予來訪之，則詩已亡，有刻石存耳。感涕不已，而作是詩。

香山居士留遺跡，天竺禪師有故家〔一〕。空咏連珠吟疊璧〔二〕，已亡飛鳥失驚蛇。林深野桂寒無子，雨浥山薑病有花。四十七年真一夢，天涯流落淚一作「涕」橫斜。

〔一〕天竺禪師：《方輿勝覽》：虔州有天竺寺，在水東三里。《名勝志》：貢水東，舊有修吉寺。唐元和間，僧韜光自錢塘天竺駐錫於此。

〔二〕連珠：慎按，唐宣宗《弔白居易》詩：綴玉連珠六十年。施氏補注訛以「六」爲「三」，應改正。

過大庾嶺

一念失垢污，身心洞清淨。浩然天地間，惟我獨也正。今日嶺上行，身世永相忘。仙人拊我頂，結髮受長生。

按：趙汸《東山集》跋此詩墨跡後云：「公中歲始留心佛乘，晚節播遷嶺海，遂欲學陰長生超然遐舉。《過嶺》詩有云『仙人拊我頂』云云，蓋已信死生禍福，非人所爲矣。以垂老之年，當轉徙流離之際，而浩然無毫髮顧慮，非此事素定於中，殆未易能。」○慎又按，「仙人拊我頂」二句，係太白詩，先生偶用之，不及檢點耳。

宿建封寺曉登盡善亭望韶石三首〔一〕

其一

雙闕浮光照短亭〔二〕，至今猿鳥歘青熒。君王自此西巡狩，再使魚龍舞洞庭〔三〕。

〔一〕建封寺：失考。

〔二〕雙闕：《水經注》：「東江與利水合，水出曲江縣之韶石山，其石高百仞，廣圓五里，兩石對峙，相去一里，大小略均。」《元和郡縣志》：「韶州科斗勞水之間，有韶石，狀如雙闕對峙，今呼左闕、右闕。宋韶州守方信儒銘曰：『衡山之陽，有舜跡只。雙闕岧嶤，鎮南國只。山川草木，麗今昔只。韶之有聖，猶彷彿只。』」

〔三〕舞洞庭：慎按：《莊子·天運篇》：「北門成問於黃帝曰：『帝張咸池之樂於洞庭之野，吾始聞之，懼；復聞之，怠。』」云云。王氏舊注因先生詩，妄添「魚龍舞焉」。此四字《莊子》本文所無，爲駁正。

其　二

蜀人文賦楚人辭，堯在崇山舜九疑〔一〕。聖主若非真得道，南來萬里亦何爲。

〔一〕崇山、九疑：《元和郡縣志》：崇山在岳州慈利縣西三十里。《太平寰宇記》：九疑山在衡州藍山縣西南五十里。

其　三

嶺海東南月窟西〔一〕，功成天已錫玄圭。此方定是神仙宅，禹亦東來隱會稽〔二〕。

〔一〕月窟西：《長楊賦》：西厭月䐉。服虔注：䐉，音窟，月所生也。昭明太子《大法頌》：西踰月窟，東漸扶桑。

〔二〕會稽：《漢書·司馬遷傳》：上會稽，探禹穴。揚雄《羽獵賦》：入洞穴，出蒼梧。注云：人從禹穴入，從蒼梧出也。

月華寺

〔一〕公自注：寺鄰岑水場〔二〕，施者皆坑户也。百年間，蓋三焚矣。

天公胡爲不自憐，結土融石爲銅山〔三〕。萬人採一作「采」斲富媪泣，祇有金帛資豪姦。脱身獻佛意可料，一瓦坐待千金還。月華三火豈天意，至今茇舍依榛菅。僧言此地本龍象，興廢反掌曾何艱。高巖夜吐金碧氣〔四〕，曉得異石青斕斑。坑流窟發錢湧地，莫施百鎰朝千鍰。此山出寶以自賊，地脉已斷天應慳。我願銅山化南畝，爛熳黍麥蘇惸鰥。道人修道要底物，破鐺煮飯茅三間。

〔一〕月華寺：余靖《遊大峒山記》：自韶水行七十里，得月華山，舍舟，道樵徑，又十五里，至大峒。《齊東野語》：子瞻北歸，過月華寺，值其改建法堂。僧乞坡題梁，坡欣然援筆，右梁題歲月，左梁題云：天子萬年，永作神主。斂時五福，敷錫庶民。地獄天官，同歸净土。有性無性，齊成佛道。○慎按，南遷時寺初被火，落成當在元符之末，可考而知也。

〔二〕岑水場：張端義《貴耳録》：韶州岑水場，以滷水浸銅之地，會百萬斤鐵浸爛二十萬銅。兩廣三十六郡皆有所輸，或供鉛錫，或供銀錢，歲計四五萬緡。《九域志》：始興郡曲江縣有靈源、石膏、岑水三銀場，巾子一銅場。《名勝志》：翁源縣有岑水，一名銅水，可浸鐵爲銅，其水極腥惡，石色皆赭，不生魚鼈禾稼之屬。即曲江膽礬水，同源異流也。○按，張氏、曹氏所載，與先生詩語相合。《九域志》以岑水爲銀場者，訛。

〔三〕銅山：《管子》：出銅之山四百六十七。張揖《廣雅》云：天下名山五千二百七十，出銅之山四百六十有七，出鐵之山三千六百有九。

〔四〕金碧氣：杜甫詩：潤聚金碧氣，清無沙土痕。

南華寺〔一〕

云何見祖師，要識本來面。亭亭塔中人，問我何所見。可憐明上座〔二〕，萬法了一電。飲水既自知〔三〕，指月無復眩。我本脩行人，三世積精鍊。中間一念失，受此百年譴。摳衣禮真相〔四〕，感動淚雨霰。借師錫端泉〔五〕，洗我綺語硯。

〔一〕南華寺：《傳法正宗記》六祖慧能，俗姓盧，新興人。少孤，及長，采薪供母。一日，聞客讀經，至「應無所住，而生其心」，問曰：「此法得於何人？」客曰：「此名《金剛經》，得於黄梅忍大師。」師遽告其母，即趨五祖。抵韶州，處寶林寺舊基。既得法，後返曹溪。唐景龍元年，詔改寶林爲中興寺，又贈額曰「法泉」。今南華寺是也。《高僧傳》：六祖捨新興舊宅爲國恩寺，神龍三年，賜額「法泉」，宋太平興國三年，重建塔，改名南華寺。

〔二〕明上座：《傳燈録》：道明禪師聞五祖付衣鉢與盧行者，即躡迹追至庾嶺，曰：「我來求法，願行者開示。」祖示曰：「不思善，不思惡，正恁麽時，那個是明上座本來面目？」明當下大悟。

〔三〕飲水：《楞嚴經》：如人飲水，冷煖自知。

〔四〕真相：《傳法正宗記》：六祖於睿宗先天元年示寂，塔真身於曹溪。柳子厚《碑記》：憲宗元和十年，賜六祖謚曰大鑒，塔曰靈照。

〔五〕錫端泉：《南華志》：寺中有杖錫泉。

碧落洞〔一〕公自注：在英州下十五里。

槎牙亂峰合，晃蕩絶壁横。遥知紫翠間，古來仙釋并。陽崖射朝日，高處連玉京。陰谷叩白月，夢中遊化城。果然石門開〔二〕，中有銀河傾。幽龕入窈窕，别户穿虚明。泉流下珠琲，乳滴交纓纓。我行畏人知，恐爲仙者迎。小語輒響答，空山自雷一作「白雲」驚〔三〕。策杖歸去來，治具煩方平。

〔一〕碧落洞：《始興志》：瀧頭水源出翁山，至英州城南，與瀧水合，岸旁有碧落洞，石室深邃，懸石如麾旌，有道人脩鍊於此，後尸解蜕骨，因名蜕仙臺。唐周夔《難到篇》：周羽皇游於南裔，得湞陽之石室。崆峒見月於半夜，翠竇生雲於朝日，乳枝凝露而碧落，松籟疎風而瑟瑟。

〔二〕石門開：《茅山志》：茅山石洞，《真誥》所云華陽洞天便門也。自左元放仙去，閉閟千年，至是復開。

〔三〕白雲驚：《詩眼》云：東坡「小語輒響答，空山白雲驚」，此二語全類太白。今印本訛作「自雷驚」，不但無意味，兼與上句重疊。

附程正輔次韻：

粤從渡嶺來，日見亂山横。觸目皆荒凉，寧復樂事并。誰謂亂山間，仙境通玉京。奇怪如雁蕩，清虛勝赤城。嵌高幽且深，層曲無欹傾。巨室萬仞高，天造妙難明。懸崖攢滴乳，澗水清濯纓。我來洞門開，山意如相迎。熟視石壁字，神清喜忽驚。回思紫陽山，追隨許宣平。

按：程正輔名之才，時爲嶺南監司，先生表兄也。唱和詩世多不傳，此首從《廣東舊志》采出，附録於此。

何公橋〔一〕

天壤之間，水居其多。人之往來，如鵜在河。順水而行，雲馳鳥疾。維水之利，千里咫尺。亂流而涉，過膝則止。維水之害，咫尺千里。沔彼濫觴，蛙跳鯈游。溢而懷山，神禹所憂。豈無一木，支此大壞。舞於盤渦，冰折雷解。坐使此邦，畫爲兩州。雞犬相聞，胡越莫救〔二〕。允毅何公，甚勇於仁。始作石梁，其艱其勤。將作復止，更此百難。公心如鐵，非石則堅。公以身先，民以悦使。老壯負石，如負其子。疏爲玉虹，隱爲金隄〔三〕。直欄横檻，百賈所栖。我來與公，同載而出。讙呼填道，抱其馬足。我嘆而言，視此滔滔。未見剛者，孰爲此橋。願公千歲，與橋壽考。持節復來，以慰父老。如朱仲卿，食於桐鄉。我作銘詩，子孫不忘。

〔一〕何公橋：《洪容齋三筆》：英州小市，江水貫其中，舊架木爲橋，數年輒爲水壞。郡守建安何智甫，始疊石爲之。方成，而東坡還自海外，何求文以記，坡作四言詩一首，凡五十六句，今載《後集》第八卷。予侍親居英，與僧希賜遊南山，步過橋上，讀詩碑。希賜曰：「真本藏何氏，此有石刻，經黨禁亦不存，今以板刻之。」乃希賜所書也。賜因言：何公初請記時，坡爲賦此詩。既大書矣，而未遣送郡，何復來謁。坡曰：「軾未到橋所，難以想像落筆。」何即命具食，拉公偕往。坡曰：「使君是地主，宜先升車。」何謝不敢，乃並轎而行。既至，坡曰：「正堪作詩。」抵暮送與之。坡公作詩時，建中靖國元年辛巳。予聞希賜語時，紹興十七年丁卯，相去四十六年云云。

慎按：施氏原本《何公橋》詩，編《碧落洞》之後，此必紹聖初作，容齋以爲建中靖國元年作，恐未足據。新刻本載《續補》卷末，今改正，以存施本之舊。又按，《廣東舊志》云：「何公橋，熙寧間建。」郡守何智甫，《志》以爲何智茂，當以《容齋三筆》爲正。

〔二〕莫救：按，《玉篇》、《廣韻》，「救」字皆去聲，無叶平韻者，今與「州」字叶，似從平韻，不知何據。

〔三〕金隄：《漢書·溝洫志》注：金隄，河隄名也，在東郡白馬界。

峽山寺〔一〕

〔一〕公自注：《傳奇》所記孫恪、袁氏事，即此寺。至今有人見白猿者。

天開清遠峽〔二〕，地轉凝碧灣〔三〕。我行無遲速，攝衣步孱顔。山僧本幽獨，乞食況未還。雲碓水自舂，松門風爲關。石泉解娛客，琴筑鳴空山。佳人劍翁孫，游戲暫人間。忽憶嘯雲侶，賦詩留玉環〔四〕。林深不可見，霧雨霾一作「埋」髻鬟。

〔一〕峽山寺：《廣東舊志》載《峽山寺記》云：二禺穹窿對峙，如劈太華，束隘江流。《茅君傳》稱爲第十九福地。梁普通元年，峽有二神，化爲居士，夜叩舒州延祥寺真俊禪師寢室，曰：「峽山據清遠上流，吾欲建一道場，師居之乎？」真唯諾。中夜，風雨大作。遲明，啓户，寺已移置峽山。郡邑上其事，賜額曰「至德」，宋時改飛來寺。

〔二〕清遠峽：《元和郡縣志》：觀亭山，一曰觀峽，一名中宿峽。《太平寰宇記》：觀亭山，一名觀峽山。吴萊《南海古跡記》：中宿峽，一曰峽山，在清遠縣東，山對峙江中。

〔三〕凝碧灣：《名勝志》：清遠峽前有凝碧灣，其水紺碧。

〔四〕賦詩留環：《峽山寺記》：唐廣德中，孫恪在洛中納袁姓女爲室，後携至此，袁持一碧玉環獻老僧，曰：「是此寺舊物。」僧初不曉，尋有野猿數十捫蘿而躍，袁氏惻然，因題詩曰：「無端變化幾湮沉，剛被恩情役此心。不如逐伴歸山去，長嘯一聲烟霧深。」遂裂衣化猿而去。老僧方悟昔年所養白猿，玉環則胡人所施，以係其頸者也。

散郎亭

法花下有散郎亭，老樹荒崖如有情。歡戚已隨時事去，壁間只有古人名。

柏家渡

柏家渡西日欲落，青山上下猿鳥樂。欲因新月望吳雲，遥看北斗掛南岳。一夢愔愔四十秋，古人不死終未休。草舍蕭條誰與語，香風吹過白蘋州。

慎按：以上二詩，施氏原本俱不載。據《外集》，載南遷卷中，今從《續補》上下卷移編。

清遠舟中寄耘老

小寒初度梅花嶺，萬壑千巖背人境。清遠聊爲泛宅行，一夢分明墮鄉井。覺來滿眼是湖山，鴨緑波摇鳳凰影。海陵居士無雲梯，歲晚結廬潁水湄。山腰自懸蒼玉珮，野馬不受黄金羈。門前車蓋獵獵走，笑倚清流數鬢絲。汀洲相見春風起，白蘋吹花散煙水。萬里飄蓬未得歸，目斷滄浪泪如洗。北雁南來遺素書，苦言大浸没我廬。清齋十日不然鼎，曲突往往巢鼃魚。今年玉粒賤如水，青銅欲買囊已虚。人生百年如寄耳，七十朱顔能有幾。有子休論賢與愚，倪生枉欲帶經鉏。天南看取東坡叟，可是平生廢讀書。

慎按：賈耘老，吳興人，初無結廬潁水之事。《苕溪漁隱》謂耘老有水閣於苕溪之上。《吳興掌故集》云：「賈收所居名浮暉閣，人因稱爲浮暉老人。」亦未嘗有海陵居士之稱。此詩施氏原本不載，新刻載《續補》上卷，今因地附編。

舟行至清遠縣〔一〕見顧秀才極談惠州〔二〕風物之美

到處聚觀香案吏，此邦宜着玉堂仙。江雲漠漠桂花濕，梅雨翛翛荔子然。聞道黄柑常抵鵲，不容朱橘更論錢。恰從神武來弘景，便向羅浮覓稚川〔三〕。

〔一〕清遠縣：《漢書·地理志》：南海郡有中宿縣。《元和郡縣志》：縣東有中宿峽，梁武帝於此置清遠郡，中宿縣屬焉。隋廢郡置縣。《九域志》：清遠縣在廣州西北二百四十里。

〔二〕惠州：《元和郡縣志》：秦南海郡，隋分立循州。《輿地廣記》：五代時，南漢改曰禎州，而别立循州於北境。《太平寰宇記》：禎州，本循州舊理，僞漢劉龑移循州於雷鄉縣，於歸善縣置禎州。天禧中，避仁宗諱，改惠州。西至廣州四百里。

〔三〕羅浮覓稚川：《晉書》：葛洪，字稚川，句容人。以年老，欲煉丹以祈遐壽。聞交阯出丹砂，求爲勾漏令。行至廣州，刺史鄧嶽留，不聽，去。洪乃止羅浮煉丹。在山積年，後忽與嶽疏曰：「當遠行尋師，尅期便發。」嶽得疏，往别。而洪坐至日中，兀然若睡而卒，時年八十一，人以爲尸解得仙云。○慎按，稚川至廣州，時年已老。尋，卒於羅浮，未嘗至勾漏也。本傳叙次甚明，而《北流志》云：「洪爲勾漏令，於寶圭峒修煉成仙。」《雝州志》則云：「洪訪羅山修煉，後游勾漏而去。」先生《與王定國書》亦云：「稚川求爲勾漏令，而竟化於廉州。」諸説紛紛，與本傳不合，當從《晉書》爲是。

廣州〔一〕蒲澗寺〔二〕公自注：地産菖蒲十二節。相傳安期生之所居，秦始皇訪之於此。

不用山僧導我前，自尋雲外出山泉。千章古木臨無地，百尺飛濤瀉漏天〔三〕。昔日菖蒲〔四〕方士宅〔五〕，後來薝蔔祖師禪〔六〕。而今只有花含笑，笑道秦皇欲一作「好」學仙。公自注：山中多含笑花。

〔一〕廣州：《元和郡縣志》：秦南海郡，漢屬交阯刺史，吴孫皓時置廣州。《太平寰宇記》：嶺南道廣州，南海軍節度，治南海縣，北至韶州五百里。

〔二〕蒲澗寺：顧微《廣州記》：熙安縣東北有菖蒲澗。《太平寰宇記》引裴氏《廣州記》云：蒲澗，水從盤石上過，甘冷異於常流。《廣州舊志》：番禺縣有玉虹洞，南曰聚龍崗，東北六十里，有蒲澗寺，在白雲山麓，淳化元年建。

〔三〕漏天：任昇《梁益記》：大小漏天在雅州西北。《太平寰宇記》：邛都縣漏天，夏秋常雨。

〔四〕菖蒲：嵇含《南方草木狀》：番禺東有澗，澗中生菖蒲，皆一寸九節。安期生采服仙去，但留玉舄焉。

〔五〕方士宅：《南越志》：宋咸平中，姚成甫於蒲澗側遇一丈夫，曰：「此菖蒲，安期生所餌，可以忘老。」今俗以七月二十五日安期生上昇，相率爲蒲澗之游，履綦駢錯。

〔六〕祖師禪：《傳法正宗記》：達摩念震旦緣熟，行化時至。乃泛重溟，三周寒暑，達於南海，梁普通元年九月二十一日也。廣州刺史蕭昂迎禮表聞。

贈蒲澗信長老

優鉢曇花豈有花〔一〕，問師此曲唱誰家。已從子美得桃竹，公自注：此山有桃竹，可作杖，而主人不識，予始録子美詩遺之。不向安期覓棗瓜。燕坐林間時有虎，高眠粥後不聞鴉。勝游自古兼支許，爲采松肪寄一車。

〔一〕優鉢曇：《翻譯名義集》：優曇鉢羅，此云瑞應。閻浮提内有尊樹王，名優曇鉢，有實無華。若優曇鉢有金華者，世乃有佛。《太平寰宇記》：廣州産優曇鉢，似枇杷，無花而實。

慎按：施氏原本題云「贈蒲澗信長老」，新刻及諸本俱脱去「信」字，今補存。

發廣州

朝市日已遠，此身良自如。三杯軟飽後，公自注：浙人謂飲酒爲軟飽。一枕黑甜餘。公自注：俗謂睡爲黑甜。蒲澗疎鐘外，黄灣落木初。天涯未覺遠，處處各樵漁。

浴日亭〔一〕公自注：在南海廟前〔二〕。

劍氣崢嶸夜插天，瑞光明滅到黄灣。坐看暘谷浮金暈，遥想錢塘涌雪山。已覺滄涼蘇病骨，更煩沆瀣洗衰顔。忽驚鳥動行人起，飛上千峰紫翠間。

〔一〕浴日亭：《山海經》：大荒之中，暘谷有扶桑木，十日所浴。九日居上枝，一日居下枝。《廣州志》：浴日亭，在扶胥鎮海神廟之右。小山屹立，亭冠其上，前瞰大海。夜半，日漸自東海出，故名。後改名拱日。去廣州東南八十里。《名勝志》：城南江中有海珠石，是曰珠江。東過蜆江，滙於南海廟前。海隅日出，水中見之，是謂波羅江。

〔二〕南海廟：《廣州志》：南海廟創自隋時，唐天寶間，封海神爲廣利王。元和十一年，韓愈撰碑文，廣州刺史孔戣立。按，海神姓祝，名赤。

附劉克莊《追和浴日亭韻》：從《後村居士集》采出。

亭旁喬木拂雲天，亭下高桅泊晚灣。白是張騫曾泛水，青疑徐福所求山。羊城隔霧愁回首，鯨浸收風喜見顔。却笑金烏并玉兔，辛勤出没雪濤間。

游羅浮山一首示兒子過〔一〕

人間有此白玉京，羅浮見日雞一鳴。公自注：劉夢得有詩，記羅浮夜半見日事，山不甚高，而夜見日，此可異也。南樓未必齊日觀，鬱儀自欲朝朱明〔二〕。公自注：山有二石樓〔三〕，今延祥寺在南樓下，朱明洞在冲虛觀後〔四〕，云是蓬萊第七洞天。東坡之師抱樸老，真契久已交前生。玉堂金馬久流落，寸田尺宅今誰耕。道華亦嘗啖一棗〔五〕，公自注：唐永樂道士侯道華，竊食鄧天師藥，仙去。永樂有無核棗，人不可得，道華獨得之。予在岐下，亦嘗得食一枚。契虛正欲仇三彭。公自注：唐僧契虛遇人，導游稚川仙府。真人問曰：汝絶三彭之仇乎？契虛不能答。鐵橋石柱連空横〔六〕，公自注：山有鐵橋、石柱，人罕至者。杖藜欲趁飛猱輕。雲溪夜逢瘖虎伏〔七〕，公自注：山有啞虎巡山。斗壇晝出銅龍獰〔八〕。公自注：冲虛觀後有朱真人朝斗壇。近於壇上獲銅龍六，銅魚一。按，「獰」別本作「吟」，訛。小兒少年有奇志，中宵起坐存黄庭。近者戲作凌雲賦，筆勢彷彿《離騷經》。負書從我盍歸去，群仙正草《新宫銘》〔九〕。汝應奴隸蔡少霞〔一〇〕，我亦季孟山玄卿。公自注：唐有夢書《新宫銘》者，云紫陽真人山玄卿撰，其略曰：「良常西麓，原澤東泄。新宫宏宏，崇軒轙轙。」又有蔡少霞者，夢人遣書碑，略曰：「昔乘魚車，今履瑞雲。躅空仰途，綺輅輪囷。」其末題云：「五雲書閣吏蔡少霞書。」還須略報老同叔，贏糧萬里尋初平。公自注：子由一字同叔。

〔一〕羅浮：《太平寰宇記》：羅浮山在博羅縣。又引《南越志》云：增城縣東有羅浮山。浮水出焉，是爲浮山，與羅山並體，故曰羅浮。巘尖之峰四百四十二，上則三峰争竦，各五六千仞。北通勾曲之山，即《茅君内傳》云第七洞，名朱明耀真之天。璇房瑶室，七十有二，泉源之府，九百八十有三。徐道覆《羅浮山記》：山在增城、博羅二縣界，有七十二長溪。鄒師正《羅浮指掌圖》：山高三千六百丈，袤直五百里。又云飛雲峰，夜半見日出，上有見日庵。

〔二〕鬱儀朝朱明：《雲笈七籤》有《鬱儀結璘奔日月圖》，又有《鬱儀奔日赤景玉文》○朱明：《山志》：朱明洞在冲虚觀後，周迴五里，夜半見日，名曰朱明耀真之天，羅山青精先生朱靈芝所治。靈芝，漢大宛人，事太素真人，受青精飯之方，餌之，爲太極仙卿，治此洞。

〔三〕石樓：《羅浮指掌圖》：山有大、小石樓，相去五里。重檐四柱如樓，登之可見日出。樓前石門，方廣可容几席。《太平寰宇記》引裴淵《廣州記》云：羅、浮二山隱天，惟石樓一路可登。

〔四〕冲虚觀：《羅浮志》：冲虚觀在羅浮之西，延祥寺東七里，即葛仙翁所居。東坡書「葛洪仙竈」四字。

〔五〕道華：《續仙傳》：侯道華自言峨眉山來，泊於河中永樂觀。殿梁上或有神光，相傳開元中有鄧天師，嘗煉丹成，人不敢服，藏之於殿梁。道華登梁，復見神光於梁上，陷中，鑿木，得一合，三重，内有小金合子，有丹，遂吞之。擲下其合後，揮手謝道俗，隱隱凌雲而去。

〔六〕鐵橋：《羅浮指掌圖》：鐵橋峰在羅、浮二山相接處，是爲泉源福地。

〔七〕瘖虎：《山志》：啞虎洞在朱明洞側，有黄野人者，得葛洪遺丹，服之成仙，啞虎爲之守門。

〔八〕斗壇：《指掌圖》：朝斗壇在朱明洞口。

〔九〕《新宮銘》：良常西麓，源澤東泄。新宮宏宏，崇軒轙轙。雕珉盤礎，鏤檀竦楶。碧瓦鱗差，瑶堦肪截。閣凝瑞霧，樓横祥霓。騶虞巡徼，昌明捧闌。珠樹規連，玉泉矩洩。靈飈遐集，聖日俯晰。太上游儲，無極便闕。百神守護，諸真班列。仙翁鵠立，道師冰潔。玉成漿饌，瓊爲糜屑。桂旗不動，蘭幄互設。妙樂競奏，流鈴間發。天籟虛徐，風簫冷徹。鳳歌諧律，鶴舞應節。三變玄雲，九成絳雪。易遷徒語，童初詎説。如毁乾坤，自有日月。清寧二百三十一年四月十二日建。○右《新宮銘》全文，載《容齋隨筆》。中云：山玄卿之文，嚴整高妙，非嵇叔夜、李太白之流不能，今全録以備考。

〔一〇〕蔡少霞：薛用弱《集異記》：少霞，陳留人。幼而奉道，早歲明經得第，再授兖州泗水丞，遂於縣東買山，爲終焉之計。後修道尤力，元和初物故。鄭還古爲立傳。

慎按：《容齋隨筆》云：東坡《遊羅浮》詩，其末乃云「負書從我盍歸去，群仙正草《新宮銘》。汝應奴隸蔡少霞，我亦季孟山玄卿」。自注云云。按，《集異記》所載，蔡少霞夢人召去令書碑，題云「蒼龍溪新宮銘，紫陽真人山玄卿撰。」其詞三十八句，不聞有五雲閣吏之説。「魚車」、「瑞雲」四語，乃《逸史》載陳幼霞事，後云：「蒼龍溪主歐陽某撰。」蓋坡公誤以陳幼霞爲蔡少霞耳。

附子由次韻：

客迷墮澗逢玉京，雲行夭矯風號鳴。暗中過盡石髓滑，驚喜觀闕朝霞明。東坡南去類此客，擠者力盡非求生。偶然瀕海少氛氣，復有福地容躬耕。諸侯歷聘謝魯叟，茅簷宴坐師老彭。天樞旋結日珠重，人寰下視鴻毛輕。俗緣漸覺冰雪解，元氣乍復蛟虬獰。遠遊脱屣入蓋竹，初怪長史留家庭。後來玉斧小兒子，亦入《真誥》參仙經。試令子弟學諸許，還家不用劍閣銘。洞天聞亦有圖籍，但恐未免如公卿。此心願與世無事，不願與世平不平。

十月二日初到惠州

彷彿曾游豈夢中，欣然雞犬識新豐。吏民驚怪坐何事，父老相携迎此翁。蘇武豈知還漠北，管寧自欲老遼東。嶺南萬户皆春色，公自注：嶺南萬户酒。會有幽人客寓公。

慎按：《宋史·哲宗本紀》：紹聖元年六月，侍御史來之邵等疏：蘇軾詆斥先朝。罪再謫惠州。王宗稷所編《年譜》，先生以十月三日到惠州，此詩題云「二日」，存以備考。

附唐庚《聞東坡先生貶惠州作》：

元氣脱形數，運動天地内。東坡未離人，豈比元氣大。天地不能容，伸舒輒有礙。低頭不能仰，閉口焉敢咳。東坡坦率老，局促應難耐。何當與道俱，逍遥天地外。

寓居合江樓〔一〕

海山一作「上」葱曨氣佳哉，二江合處朱樓開。蓬萊方丈應不遠，肯爲蘇子浮江來。江風初涼睡正美，樓上啼鴉呼我起。我今身世兩相違，西流白日東流水。樓中老人日清新，天上豈有癡仙人。三山咫尺不歸去，一杯付與羅浮春。公自注：予家釀酒，名羅浮春。

〔一〕合江樓：《名勝志》：東江源自江西贛州，經龍川縣來，遶白鶴峰之陰，至惠州城東，亦謂之龍川江。西江自九龍山西流二百二十里，亦至城東，與龍江合流，至石灣西南，經虎頭門入海。其滙流處有合江樓，即府城之東門樓也。危太樸《東坡書院記》：公初至惠州，寓居合江樓數日，遷嘉祐寺。

惠州靈惠院壁間畫一仰面向天醉僧云是蜀僧隱巒一作「鑾」所作題詩於其下

直視無前氣吐虹，五湖三島在胸中。相逢莫怪不相揖，只見山僧不見公。

慎按：此詩題一本云「題靈峰寺壁」。施氏原本不載，今從新刻《續補》下卷，因地移編。

白水山佛跡巖〔一〕公自注：羅浮之東麓也，在惠州東北二十里。

何人守蓬萊〔二〕，夜半失左股。浮山若鵬蹲，忽展垂天羽。根株互連絡，崖嶠争吞吐。神工自爐鞲，融液相綴補。至今餘隙罅，流出千斛乳。方其欲合時，天匠麾月斧。帝觴分餘瀝〔三〕，山骨醉后土。峰巒尚開闔，澗谷猶呼舞。海風吹未凝，古佛來布武。當時汪罔氏，投足不蓋拇。青蓮雖不見，千古落花雨。雙溪滙九折〔四〕，萬馬騰一鼓。奔雷濺玉雪，潭洞開水府。潛鱗有飢蛟〔五〕，掉尾取渴虎。我來方醉後，濯足聊戲侮。回風卷飛雹，掠面過强弩。山靈莫惡劇，微命安足賭一作「覩」，訛。此山吾欲老，愼勿厭求取。谿流變春酒，與我相賓主。當連青竹竿，下灌黄精圃〔六〕。

〔一〕佛跡巖：《廣東舊志》：石鼓嶺在博羅縣北，又二十里爲象山，其相連者爲白水山。旁有巨人跡，謂之佛跡巖，其西有佛跡院。唐子西記云：巨人跡長三肘，量闊稱之。散印於巖石之上，深者二寸許。

〔二〕蓬萊：《太平寰宇記》：浮山本名蓬萊山，一峰在海中，與羅山合。《羅浮志》：浮山乃蓬萊之一島，堯時自會稽浮海而至。

〔三〕餘瀝：《晉書・陸納傳》：今有一斗，以備杯杓餘瀝。劉峻《廣絶交論》：霑玉斝之餘瀝。

〔四〕雙溪：《羅浮志》：鐵橋峰有石如梁，湍水出焉。分東西流，注於潭，又南注於淵。五龍所蟠，謂之神湖。《羅浮指掌圖》：泉源山在羅、浮二山接連處，俗呼爲分水凹，下接龍王坑。

〔五〕潛鱗：《唐子西語録》：東坡詩序事言簡而意盡，惠州有潭，潭有潛蛟，人未之信也。虎飲水其上，蛟尾而食之，俄而浮骨水上，人方知之。東坡以十字説盡，云「潛鱗有飢蛟，掉尾取渴虎」，虎著「渴」字，便知虎以飲水而召災；言「飢」，則知蛟食其肉矣。

〔六〕黄精：《博物志》：太陽之草名曰黄精，餌之可以長生。世傳華佗《漆葉青黏散》云：青黏，乃黄精之正葉者。《抱朴子·仙藥篇》：黄精，名兔竹，一名垂珠。服其華，勝其實；服其實，勝其根。

咏湯泉〔一〕公自注：在白水山。

積水焚大槐，蓄油災武庫。驚然丞相井，疑涴將軍布。自憐耳目隘，未測陰陽故。鬱攸火山烈，觱沸湯泉注。豈惟渴獸駭，坐使癡兒怖。安能長魚鼈，僅可燖狐兔。山中惟木客，户外時芒屨。雖無傾城浴，幸免亡國污。

〔一〕湯泉：唐子西《湯泉記》：佛跡院中涌出二泉，其東湯泉，其西雪如泉。二泉相去步武，而東泉熱甚，不堪觸指。以西泉解之，纔適沐浴。此物理之不可解者。

自笑一首

子石如琢玉，遠烟真削黳。入我病風手，公自注：古語云：磨墨如病風手。玄雲滰萋萋別本作「凄」者，訛。是中有何好，而我喜欲迷。既似蠟屐阮，又如鍛柳嵇。醉筆得天全，宛宛天投蜺。多謝中書君，伴我此幽棲。

無　題

六秩行當啓，區中緣更疎。不貪爲我寶，安步當君車。故國多喬木，先人有敝廬。誓將閒散好，不著一行書。

慎按：先生南遷時，年五十九，故此詩首句云「六秩行當啓」，施氏原本不載，今從《續補》下卷移編。

朝雲詩并引

世謂樂天有「粥駱馬放楊柳枝」詞，嘉其主老病，不忍去也。然夢得有詩云：「春盡絮飛留不得，隨風好去落誰家。」樂天亦云：「病與樂天相伴住，春隨樊子一時歸。」則是樊素竟去也。予家有數妾，四五年相繼辭去，獨朝雲者，隨予南遷。因讀《樂天集》，戲作此詩。朝雲，姓王氏，錢唐人。嘗有子曰幹兒，未期而夭云。

不似楊枝别樂天，恰如通德伴伶玄。阿奴絡秀不同老，天女維摩總解禪。經卷藥爐新活計，舞衫歌扇舊因緣〔一〕。丹成逐我三山去，不作巫陽雲雨仙〔二〕。

〔一〕舞衫歌扇：《容齋三筆》：唐人好以「歌扇」、「舞衣」爲對。李義山：鏤月爲歌扇，裁雲作舞衣。劉希夷：池月憐歌扇，山雲愛舞衣。老杜亦云：江清歌扇底，野曠舞衣前。儲光羲云：竹吹留歌扇，蓮香入舞衣。

〔二〕巫陽雲雨仙：《藝苑雌黄》云：東坡嘗令朝雲乞詞於少游，少游作《南歌子》贈之，云：靄靄迷春態，溶溶媚曉光。不應容易下巫陽，只恐翰林前世是襄王。暫爲清歌住，還因春雨忙。瞥然歸去斷人腸，空使蘭臺公子賦高唐。先生結二句，似因此詞翻案。

按：《苕溪漁隱叢話》云：東坡《朝雲詩》詩意絶佳，善於爲戲，略去洞房之氣味，翻爲道人之家風。非若樂天所云「櫻桃樊素口，楊柳小蠻腰」，但自詫其佳麗也。○慎按，《樂天集》有《别楊柳枝》詩，云：「愁與樂天相伴住，春隨樊子一時還。」並無小蠻之名。

寄虎兒

獨倚桄榔樹〔一〕，閒挑畢撥根〔二〕。謀生看拙否，送老此蠻村。

〔一〕桄榔：《南方草木狀》：桄榔似栟櫚，實、皮中有屑如麵，多者至數斛，木性如竹，紫黑色，有紋理。《北户録》：桄榔與椰子、檳榔小異，木如莎樹。

〔二〕畢撥：《南方草木狀》：蒟醬，畢撥也。生於蕃國者大而紫，謂之畢撥；生於番禺者小而青，謂之蒟。多種蔓生。

十一月二十六日松風亭下梅花盛開〔一〕

春風嶺上淮南村〔二〕，昔年梅花曾斷魂。公自注：予昔赴黄州，春風嶺上見梅花，有兩絶句，明年正月往岐亭，道上賦詩云：去年今日關山路，細雨梅花正斷魂。豈知流落復相見，蠻風蜑雨愁黄昏。長條半落荔支浦，卧樹獨秀桄榔園。豈惟幽光留夜色，直恐冷艷排冬温。松風亭下荆棘裏，兩株玉蕊明朝暾〔三〕。海南仙雲嬌墮砌，月下縞衣來扣門。酒醒夢覺起繞樹，妙意有在終無言。先生獨飲勿歎息，幸有落月窺清尊。

〔一〕松風亭：《名勝志》：松風亭在惠州學舍之東，昔爲嘉祐寺之故址。

〔二〕春風嶺：張文潛《明道雜志》：自新息縣東門渡淮，後入光州境，皆大山峻嶺，其著者曰驢笑、門限、春風，皆嶺名也。《方輿勝覽》：春風嶺在麻城縣治東，嶺上多梅故名。

〔三〕玉蕊：《雍録》：玉蕊，名鄭花。唐昌觀玉蕊花，長安惟有一株，黄山谷名之曰山礬。○按，先生詩不過借此二字以形容梅花之白耳。曹能始於惠州條下引先生此詩，乃云「松風亭有玉蕊花」，所謂癡人前不可説夢也。

附晁无咎次韻：

霜晴十月玉溪村，見梅早開客迷魂。山阿若有人含睇，跂望不到烟霄昏。東南野寺通兩徑，上下竹籬開一園。落身麴糵盆盎裏，晨坐對花無酒温。歸來山月照玉蕊，一杯竟卧東方暾。羅浮幽夢入仙窟，有屨亦滿先生門。欣然得句荔支浦，妙絶不似人間言。詩成莫嘆形對影，尚可邀月成三尊。

按：朱紫陽有次韻三首，非嶺外所作，故不附録。

再用前韻

羅浮山下梅花村〔一〕，玉雪爲骨冰爲魂。紛紛初疑月掛樹，耿耿獨與參横昏〔二〕。先生索居江海上，悄如病鶴棲荒園。天香國豔肯相顧，知我酒熟詩清温。蓬萊宫中花鳥使，緑衣倒掛扶桑暾。公自注：嶺南珍禽有倒掛子，緑衣紅喙，如鸚鵡而小，自海東來，非塵埃中物也。抱叢窺我方醉卧，故遣啄木先敲門。麻姑過君急掃灑一本作「灑掃」，鳥能歌舞花能言。酒醒人散山寂寂，惟有落蕊黏空尊。

〔一〕梅花村：《名勝志》：飛來峰在羅浮山東南，其下有梅花村。隋趙師雄過此，見美人淡粧素服，遂與共飲，醉寐，及醒，乃在梅花樹下。《惠州志》載博羅陳少微住梅花村，即此也。

〔二〕參横昏：《容齋隨筆》：今人梅花詩詞多用「參横」字，蓋出柳子厚《龍城録》所載趙師雄事。然此妄書，或以爲劉無言作。其語云：「東方已白，月落參横。」且以冬半視之，黄昏時參已見，至丁夜則西没矣，安得將旦而横乎？少游詩「月落參横畫角哀」，承此訛也。惟坡云「耿耿獨與參横昏」，乃爲精當。老杜「天横醉後參」，蓋初秋作也。

附晁无咎再次韻：

幽閒合出昭君村，芳絜恐是三閭魂。無人嶺上更儇好，不與俗花名合昏。蒼官森出劍珮列，甲夫密裹旗槍園。數株淩水欲仙去，一笑向人如玉温。火維草木百名字，十月不冷常炎暾。同心紫蒂宜上苑，啄人虎豹如司門。借令驛使能遠致，要比桃李終無言。豈惟千里共明月，亦可千里同芳尊。

新釀桂酒

擣香篩〔一〕辣入瓶盆〔二〕，盎盎春溪帶雨渾。收拾小山藏社甕〔三〕，招呼明月到芳尊〔四〕。酒材已遣門生致，菜把仍叨地主恩。爛煮葵羹斟桂醑，風流可惜在蠻村。

〔一〕擣篩：《法華經》：好求藥草，色香美味，皆悉具足，擣篩和合，與子令服。

〔二〕瓶盆：《禮記》：盛於盆，尊於瓶。

〔三〕社甕：羅隱詩：會待與君開社甕，滿船載月鏡中行。

〔四〕小山、明月：暗用淮南「叢桂」及天竺月中桂子事，非泛設也。

惠守詹君見和復次韻〔一〕

已破誰能惜甑盆，頹然醉裏得全渾。欲求公瑾一倉米，試滿莊生五石尊。三杯卯困忘家事，萬户春濃感國恩。刺史不須要半道，籃輿未暇走山村。

〔一〕詹守：《惠州志》：詹範，字器之，建安人。紹聖間，知惠州，時兵荒之後，野多暴骨，範取而掩之，爲叢冢焉。

花落復次前韻

玉妃謫墮烟雨村，先生作詩與招魂。人間草木非我對，奔月偶桂成幽昏〔一〕。闇香入户尋短夢，青子綴枝留小園。披衣連夜唤客飲，雪膚滿地聊相温。松明照坐愁不睡〔二〕，井華入腹清而暾。先生來年六十化，道眼已入不二門。多情好事餘習氣，惜花未忍都無言。留連一物吾過矣，笑領百罰空罍尊。

〔一〕偶桂：謂與桂爲配也，别本作「掛」者，訛。

〔二〕松明：本集有《夜燒松明火》詩，見後。

按：《詩人玉屑》云：東坡「暾」字三首，皆擺落陳言，古今人未嘗經道者。三首並妙，第二首尤奇。

附晁无咎次韻：

梅花落盡上饒村，腸斷子規啼月魂。慰人獨有白玉蕊，不到窗前只醉昏。坐罏環甕不舉首，浮花浪蕊空滿園。海山有客心似水，揮塵自散炎洲温。松風亭下亦如夢，不見枝雪流初暾。孫登一絃百韻足，有山便足同蘇門。似聞對客但長嘯，獨爲此花終日言。一篇尚可三致意，聽人酌去如衢尊。

江郊并引

惠州歸善縣治之北〔一〕，數步抵江。少西，有盤石小潭，可以垂釣，作《江郊》詩云。

江郊葱曨，雲水蒨絢。碕岸斗入，洄潭輪轉。先生悦之，布席閒燕。初日下照，潛鱗俯見。意釣忘魚，樂此竿綫。優哉悠哉，玩物之變〔二〕。

〔一〕歸善縣：《元和郡縣志》：漢博羅縣地，宋於此置歸善縣。梁屬梁化郡，隋開皇十年廢郡，以屬循州。《太平寰宇記》：秦漢龍川縣地。唐貞觀九年，省龍川入歸善縣，移治白鶴峰之陽。今屬惠州，城北有釣潭。

〔二〕玩物之變：《繫辭》：居則觀其象而玩其辭，動則觀其變而玩其占。

詹守攜酒見過用前韻作詩聊復和之

箕踞狂歌老瓦盆，燎毛燔肉似羌渾。傳呼草市來攜客，灑掃漁磯共置尊。山下黄童争看舞，江干白骨已銜恩。公自注：時詹方議葬暴骨。孤雲落日西南望，長羨歸鴉自識村。

東坡先生編年詩卷三十九

古今體詩七十四首 紹聖二年乙亥在惠州作。

寄鄧道士 并引

羅浮山有野人，相傳葛稚川之隸也。鄧道士守安〔一〕，山中有道者也。嘗於菴前見其足跡，長二尺許。紹聖二年正月二日，予偶讀韋蘇州《寄全椒山中道士》詩云：「今朝郡齋冷，忽念山中客。澗底束荆薪，歸來煮白石。遥持一樽酒，遠慰風雨夕。落葉滿空山，何處尋行迹。」乃以酒一壺，依蘇州韻作詩寄之。

一杯羅浮春，遠餉采薇客。遥知獨酌罷，醉卧松下石。幽人不可見，清嘯聞月夕。聊戲菴中人，空飛本無迹。

〔一〕鄧守安：字道立，時居羅浮道院，見本集《與王敏中尺牘》中。

慎按：先生手書此詩，石刻「清嘯聞月夕」，「聞」字作「閒」。今從施氏本。

上元夜公自注：惠州作。

前年侍玉輦〔一〕，端門萬枝燈。璧月掛罘罳，珠星綴觚稜。去年中山府，老病亦宵興。牙旗穿夜市，鐵馬響春冰。今年江海上，雲房寄山僧。亦復舉膏火，松間見層層。散策桄榔林，林疎月鬅鬙。使君置酒罷，簫鼓轉松陵。狂生來索酒，公自注：賈道人也。一舉輒數升。浩歌出門去，我亦歸瞢騰。

〔一〕侍玉輦：《癸酉上元侍晏樓上》詩，見三十六卷。

附子由次韻：

誰憐東坡老，獨看南海燈。故人隱山麓，燕坐銷牀稜。人生大運中，往返成廢興。炎起爨下薪，凍合瓶中冰。賴有不變處，寂如方定僧。建城亦巖邑，燈火高下層。頭陀舊所識，天寒髮鬅鬙。問我何時來，嗟哉谷爲陵。幸此米方賤，日食聊一升。夜行隨衆樂，餔糟共騰騰。

正月二十四日與兒子過賴仙芝〔一〕王原秀才〔二〕僧曇穎行全道士何宗一同游羅浮道院及棲禪精舍過作詩和其韻寄邁迨一首

斷橋尋勝踐，脱屨欣小揭。瘴花已繁紅，官柳尤疎細。斜川二三子，悼嘆吾年逝。淒涼羅浮館，風壁頹雨砌。黄冠常苦飢，迎客羞破袂。仙山在何許，歸鶴時墮毳。崎嶇食松黄，欲救齒髮弊。坐令禪客笑，一夢等千歲。棲禪晚置酒，鑾果粲蕉荔。齋厨釜無羹，野餉籃有蕙。嬉游趁時節，俯仰了此世。猶當洗業障，更作臨水禊。寄書陽羨兒，並語長頭弟。門户各努力，先期畢租税。

〔一〕賴仙芝：虔州布衣，時從東坡游，見《詩話總龜》。

〔二〕王原：字子直，亦虔州人，號鶴田山人。見《年譜》中。

正月二十六日偶與數客野步嘉祐僧舍東南野人家雜花盛開扣門求觀主人林氏媪出應白髮青帬少寡獨居三十年矣感嘆之餘作詩記之〔一〕

縹蔕緗枝出絳房，緑陰青子送春忙。涓涓泣露紫含笑〔二〕，焰焰燒空紅佛桑〔三〕。落日孤煙知客恨，短籬破屋爲誰香。主人白髮青裙袂，子美詩中黄四娘。

〔一〕嘉祐僧舍：危素《東坡書院記》：紹聖二年三月，公自嘉祐寺復遷合江樓，四月，復遷嘉祐寺。

〔二〕紫含笑：山中多含笑花，見《蒲澗》詩自注。

〔三〕紅佛桑：《南方草木狀》：朱槿花，枝葉皆如桑葉，光而厚，樹高止四五尺。自二月開花至仲冬。其花深紅色，大如蜀葵，上綴金色，日光所爍，疑若燄生。

龍尾一作「虎」，訛石研寄猶子遠

皎皎穿雲月，青青出水荷。文章工點黼〔一〕，忠義老研磨。偉節何須怒，寬饒要少和。吾衰安用此，寄與小東坡。公自注：遠爲人類予。

〔一〕點黵：音儼，《草書勢》：黵，相連也。

贈王子直秀才〔一〕

萬里雲山一破裘，杖端閒挂百錢游。五車書已留兒讀，二頃田應爲鶴謀。公自注：子直住鶴田山。水底笙歌蛙兩部，山中奴婢《苕溪漁隱叢話》「婢」作「隸」橘千頭。幅巾我欲相隨去，海上何人識故侯。

〔一〕王子直：即王原也，同時又有王向，亦字子直，侯官人。覽者辨之。

按：《苕溪叢話》：蘇子瞻嘗兩用孔稚圭鳴蛙事，如「水底笙歌蛙兩部，山中奴隸橘千頭」，雖以「笙歌」易「鼓吹」，不礙其意同。至於「已遣亂蛙成兩部」，則不知爲何物，亦是歇後語。蓋用事寧與出處語小異而意同，不可盡牽出處語而意不顯也。大是語病。

惠州近城小山類蜀道春與進士許毅野步會意處飲之且醉作詩以記適參寥專使欲歸使持此以示西湖之上諸友庶使知予未嘗一日忘湖山也

夕陽飛絮亂平蕪，萬里春前一酒壺。鐵化雙魚沉遠素〔一〕，劍分二嶺隔中區。花曾識面香仍好，鳥不知名聲自呼。夢想平生消未盡，滿林烟月到西湖。

〔一〕鐵化雙魚：《南史·林邑傳》：日南夷帥范幼家奴。嘗牧牛於山澗，得鱧魚二，化而爲鐵。

慎按：此詩施氏原本失載，新刻本載《續補》下卷，今考據時地，移編於此。

真一酒〔一〕并引

米、麥、水，三一而已，此東坡先生真一酒也。

撥雪披雲得乳泓，蜜蜂又欲醉先生。公自注：真一色味，頗類予在黄州日所醖蜜酒也。稻垂麥仰陰陽足〔二〕，器潔泉新表裏清。曉日著顔紅有暈，春風入髓散無聲。人間真一東坡老，與作青州從事名。

〔一〕真一酒：本集《寄建安徐得之真一酒法》云：嶺南不禁酒，近得一釀法，用白麪、糯米、清水三物釀成，玉色，絶似王駙馬家碧玉香。白麪乃上等麪，如常法起酵，作蒸餅，蒸熟後，以竹篾穿挂風中，兩月後用。每料不過五斗。每米一斗，炊熟，急水淘過，控乾。擣細白麪末三兩，拌勻入甕。使有力者，以手拍實，按中爲井子，上廣下鋭，於三兩末中，預留少許糝蓋醅面，候漿水滿其中，以刀劃破，更炊新飯投之。每斗投三升，令入井子中，以醅蓋合，每斗入熟水兩盌，更三五日，可得好酒六升。日數隨天氣冷煖，自以意候之。若天大熱，減去麪半兩。

〔二〕稻麥陰陽：唐竇苹《酒譜》引《春秋説題辭》曰：爲酒，據陰而動。麥，陰也。黍，陽也。先漬麴而後投黍，是陽得陰，而沸乃成。先生又有《黍麥説》，云：「黍稻之出穗也，必直而仰；其熟也，必曲而俯。麥則反是，此陰陽之辨也。北方之稻不足於陰，南方之麥不足於陽，故南方無佳酒者，以麴麥雜陰氣也。又，况南海無麥，而用米作麴耶？今取舶上麪作麯，則酒亦絶佳。」王魯齋《造化論》：「麥受六陽之全，故就實而昂；稻分陰陽之半，則未實而俯。」

遊博羅香積寺〔一〕并引

寺去縣七里，三山犬牙，夾道皆美田，麥禾甚茂。寺下溪水可作碓磨。若築塘百步，閘而落之，可轉兩輪、舉四杵也。以屬縣令林抃〔二〕，使督成之。

二年流落蛙魚鄉，朝來喜見麥吐芒。東風摇波舞净緑，初日泫露酣嬌黄。汪汪春泥已没膝，剡剡秋穀初分秧。誰言萬里出無友，見此二美喜欲狂〔三〕。三山屏擁僧舍小，一谿雷轉松陰凉。要令水力供臼磨，與相地脈增隄防。霏霏落雪看收麪，隱隱疊鼓聞舂糠。散流一啜雲子白，炊裂十字瓊肌香。豈惟牢九薦古味，公自注：束皙《餅賦》：饅頭薄持，起搜牢九。要使真一流天漿。詩成捧腹便絶倒，書生説食真膏肓。

〔一〕博羅：《元和郡縣志》有博羅縣。《九域志》：廣南東路惠州，領縣四，博羅縣在州北四十五里。

〔二〕林抃：王氏舊注：抃字天和。
〔三〕二美：承上文，指麥、禾也。

二一作「三」月十九日攜白酒鱸魚過詹使君食槐葉冷淘

枇杷已熟粲金珠，桑落初嘗灩玉蛆。暫借垂蓮十分盞〔一〕，一澆空腹五車書。青浮卵椀槐芽餅，紅點冰盤藿葉魚〔二〕。醉飽高眠真事業，此生有味在三餘。

〔一〕蓮盞：白居易詩：酒鈎送盞推蓮子。
〔二〕藿葉魚：《禮記·少儀》：牛與羊魚之腥，聶而切之爲膾。注：聶之爲言，牒也。先藿葉切之，復報切之，則成膾。按，牒，直輒切。《廣韻》：牒，細切肉也。施注新刻本訛以「牒」爲「喋」，應改正。

贈陳守道

一氣混淪生復生〔一〕，有形有心即有情〔二〕。共見利欲飲食事，各有爪牙頭角爭。爭時怒發霹靂火，險處直在嵌巖坑。人僞相加有餘怨，天真喪盡無純誠。徒自取先用極力，誰知所得皆空名。少微一本作「爲」，訛處士一本作「處」，訛松柏寒〔三〕，蓬萊真人冰玉清。山是心兮海爲腹，陽爲神兮陰爲精〔四〕。渴飲靈泉水，飢食玉樹枝。白虎化坎青龍離〔五〕，鎖禁姹女關嬰兒。樓臺十二紅玻璃，木公金母相東西〔六〕。純鉛真汞星光輝〔七〕，烏升兔降無年期〔八〕。停顔却老只如此，哀哉世人迷不迷。

〔一〕一氣混淪：《列子·天瑞篇》：混淪者，言萬物相渾淪而未相離也。張湛注云：渾然一氣，尚未離散。

〔二〕生形：《列子·天瑞篇》：有生者，有生生者；有形者，有形形者。

〔三〕少微：《雲笈七籤》：陳少微，字子明。

〔四〕陽神陰精：《紅鉛火龍訣》云：陰符陽火，圓合天符，皆依刻漏運行，奪取氣候入神鼎中，使真鉛天地之母，受此運用，而産神精。《墨鉛水虎訣》云：黑鉛者，非是常物。是玄天神水，生於天地之先，作衆物之母，上爲星辰，下爲真鉛之精。常與太陽和合，長養萬物。先真聖師采此陰精，誘合太陽之氣，結爲神丹。

〔五〕虎坎龍離：《龍虎經》云：若鉛外黑，内懷金華。金華者，爲青龍，爲黄，爲乾。被褐懷玉，卯爲狂夫。玉者，爲白虎，爲丹砂，爲汞，爲坤。《内丹訣法》：水虎，真汞之本。火龍，真鉛之門。還丹根基於斯盡矣。又，本集《寄子由龍虎坎離説》云：龍者，汞也，精也，血也；出於腎而肝藏之，坎之物也。虎者，鉛也，氣也，力也；出於心而肺生之，離之物也。世人不學其道，龍常出於水，故龍飛而汞輕。虎常出於火，故虎走而鉛枯。順此者死，逆此者仙。故真人之言曰：

五行顛倒術，龍從火裏出；五行不順行，虎向水中生。蓋離者，麗也。著物而見，火之性也。吾寂然無所引於外，火無所麗，則將焉往？水，其所妃也，勢必從之。坎者，陷也。物至則受，水之性也，而况妃乎？水火合，則火不炎而水自上，所謂「龍從火裏出」也。龍出於火，則龍不飛而汞不乾。汞下入口，滿而後嚥，仍以空氣送至下丹田，久則化而爲鉛，所謂「虎向水中生」也。又云：青龍屬東，白虎屬西，此其正也。更歷分布者，青龍建緯於酉，白虎建緯於卯，刑德並會，而龍虎歡喜，顛倒相見，以主生，爲德。若龍東虎西，定位各居，自生自旺，則二物相競，以主殺，爲刑。又有《續養生論》，其説略同，不復録。

〔六〕木公金母：《參同契》注云：慈母云金，金生坎水，水即金公，水稱孝子。嚴父云木，木生砂汞。子又生孫，子繼孫踵。《西王母傳》云：在昔道氣凝寂，湛體無爲，將欲啓迪玄功，化生萬物。先以東華至真之氣，化而生木公焉。又以西華至妙之氣，化而生金母焉。

〔七〕純鉛真汞：《參同契》：癸爲真鉛，壬爲真汞。

〔八〕烏兔：《玄奥集》云：日中烏，比心中之液也。月中兔，比腎中之氣也。又，《金丹歌》云：若也知時能運用，金烏玉兔自西東。

辨道歌

北方正氣名祛邪〔一〕，東郊西應歸中華。離南爲室坎爲家〔二〕，先凝白雪生黄芽〔三〕。黄河流駕紫河車〔四〕，水精池産紅蓮花〔五〕。赤龍騰霄驚盤蛇〔六〕，姹女含笑嬰兒呀〔七〕。十二樓瞰靈泉霔〔八〕，華池〔九〕玉液陰交加〔一〇〕。子馳午前無停差〔一一〕，三田聚寶真生涯〔一二〕。龜精鳳髓填谽谺〔一三〕，天地駭有鬼神嗟〔一四〕。一丹休別内外砂〔一五〕，長修久餌須升一本作「叔」，訛遐。腸中澄結無餘柤，俗骨變换顔如葩〔一六〕。哀哉世人争齒牙，指僞爲真正爲哇。輕肥甘美形驕奢，譎詭詐妄言矜誇。遊魚在網兔在罝，一氣頓盡猶嘔啞。餘生所託誠棲槎，九原枯髀如亂麻。胡不割衆如鏌鋣，空與利名交撑拏。胡不讓霜如文騧，可惜貪愛相漫洿一作「塗」，訛。真心道意非不嘉，餐金聞活非虚譁〔一七〕。何須横議相疵瘕當作「瑕」，衆口並發鳴群鴉。安知聚散同魚蝦，自纏如繭居如蝸。日懷嗔喜甘籠筊，其去死地猶玃猳。吾恨爾見有所遮，海波或至驚井蛙。烏輪即晚蟾影斜，吾時俱睹超雲霞。

〔一〕北方正氣：《參同契》：衆邪辟除，正氣常存。注云：北方坎位，乃真鉛所居之本鄉。居於此，則金、木、火三方之正氣，如水之朝宗。《内丹訣》：北方正氣，純粹之精。《玄奥集》：北方正氣，日月爲輪，搬水運火，晝夜無停。

〔二〕中華離坎：《參同契》注：子居北，北乃坎之正位。午居南，南乃離之正位。坎中有土，曰戊。離中有土，曰己。戊專坎之門，掌先天真一之氣。己直離之户，積後天至真之汞。謂戊己居中，爲水火所歸也。

〔三〕白雪黄芽：《參同契》云：津液腠理。注云：津乃玉津，即白雪也。液乃金液，即黄芽也。又，《金丹歌》云：白雪黄芽共一包。

〔四〕河車：《參同契》：北方河車。注云：水本居北，搬運而南，使水自下升，載寶而上，如河車之運，故云河車。

〔五〕紅蓮花：《雲笈七籤》：凡欲胎息，先丹田，次存五臟，次存心。心如紅蓮花，未開下垂。《黄庭經》：心部之宫蓮垂華。注云：心藏之質，象蓮花之未開也。

〔六〕赤龍：《紅鉛火龍訣》：依刻漏運行，奪取氣候入神鼎中。此法是大丹運火之秘訣，養赤龍之魂方也。

〔七〕姹女嬰兒：《玄奥集》：嬰兒在心，姹女在背。《參同契》：河上姹女，靈而最神。又，《漢真人丹訣》：姹女隱在丹砂中。注云：姹女即汞也。

〔八〕十二樓：《玄奥集》：何謂十二重樓？答曰：人之喉嚨管有十二節，是也。

〔九〕華池：《玄奥集》：以汞投鉛，名曰華池紫清。曰：華池正在氣海内。

〔一〇〕玉液：《玄奥集》：玉液口液。又云：何謂瓊漿玉液？答曰：皆神水也。

〔一一〕子午：《參同契》：子當右轉，午乃東旋。上陽子注云：子居五行之始，故爲一陽之首。《玄奥集》：在天爲日月，在人爲心腎，在時爲子午，在方爲南北。《抱朴子》云：内卦三爻法，一年之春夏，一日之子後午前。外卦三爻法，一歲之秋冬，一日之午後子前。子後進火，午後退符，其理一致。

〔一二〕三田聚寶：《玄奥集》：腦爲上田，心爲中田，氣海爲下田。《悟真篇》：太一在爐宜慎守，三田寶聚應三台。

〔一三〕龜精鳳髓：《玄奥集》：龜精、鳳髓、兔髓、烏肝，先天地精，不過真鉛、真汞交結而成。

〔一四〕鬼神嗟：陳楠《翠虚篇》：金翁玉姹奪造化，神鬼哭泣驚相喧。

〔一五〕内外砂：《悟真篇》：内藥還須外藥，内通外亦須通。外藥者，金丹也；内藥者，金液還丹也。

〔一六〕顔如葩：《參同契》：金砂入五内，霧散若風雨。薰蒸達四支，顔色悦澤好。

〔一七〕餐金：《參同契》：金性不朽敗，故爲萬物寶。術士服食之，壽命得長久。

慎按：東坡晚年，留心養生之術，於龍虎鉛汞之説，不但能言，而且能行。二詩闡抉道家内外丹，殆無餘藴。特爲參合衆説，詳加注釋，使覽者瞭然。此二首，施氏原本不載，據《外集》，編「惠州」卷中，今從之。

江漲用過韻

草木生故墟，牛羊滿空瀆。春江圍草市，夜浪浮竹屋。已連漲海白，尚帶霍山緑〔一〕。坎離更休王，魚鼈横陵陸。得非崑崙囚，欲報陸渾衂。行看北風競，來救南國蹙。長驅連山燒，一掃含沙毒。孤吟愍造化，何時停倚伏。當憐水旱氓一作「氓」，不作舟車蓄。江流儻席卷，社酒期茅縮。

〔二〕霍山：《廣東舊志》：霍山在龍川縣北一百里。舊經云：高七千餘丈，周迴三百六十里，峰有三百六十，可居者七十二。《遊名山記》云：秦時有霍龍者，龍川人，避亂隱此，遇真人，授以金液還生丹，功成仙去。後人因以霍名山。曹松詩：七千七百七十丈，丈丈藤蘿入九天。即指此也。

附子由次韻：《欒城集》題云「次韻姪過江漲」。

陰淫夏爲秋，雨暴溪作瀆。缺防舊通市，流潦幾入屋。雖幸廩粟空，猶惜畦蔬緑。鹿駭不擇音，鴻羈分遵陸。室誚曾子還，城謳華元衂。中情久岑寂，外物競排蹙。設心等一慈，開懷受諸毒。道力雖未究，游波偶然伏。糧須三月聚，艾要三年蓄。君恩許北還，從此當退縮。

連雨江漲二首

其一

越井岡頭雲出山〔一〕，牂牁江上水如天〔二〕。牀牀避漏幽人屋，浦浦〔三〕移家蜑子船〔四〕。龍卷魚蝦并雨落，人隨雞犬上牆眠。只因樓下平階水，長記先生過嶺年。

〔一〕越井岡：《南越志》：天井岡下有越王井，深百餘尺。云是趙佗所鑿。《太平寰宇記》：天井岡在南海縣北四里。吴萊《南海古蹟記》：越井岡有趙陀井，一曰鮑姑井。鮑姑者，稚川之妻，善灸贅疣。唐崔偉遇姑，得越井岡茶。南漢劉龑時改名爲玉龍泉，禁民間不得私汲。

〔二〕牂牁：《史記·西南夷傳》：王恢使番陽令唐蒙風指曉南越，南越食蒙蜀枸醬。蒙問所從來，曰：「道西北牂牁，牂牁江廣數里，出番禺城下。」注云：牂牁，繫船杙，以爲地名。《名勝志》：西江在廣州城西北五十里，源自牂牁，合灕江，過肇慶，亦曰桂水，與湞水滙，入於海。亦三江之一也。

〔三〕浦浦：《水經》：易水，東過范陽縣南。注云：易水又東，與濡水合。水流徑通。長廡廣宇，周施浦浦。棟宇咸淪，柱礎猶存。鄭谷詩：白頭波上白頭翁，家逐船移浦浦風。

〔四〕蜑子船：《北史·蠻獠傳》：南方曰蠻，其流曰蜑，曰獽，曰獠，曰㐌。《太平寰宇記》：蜑户生在江海，居於舟船，隨潮往來，捕魚爲業。若居平陸，死亡即多，似江東白水郎也。陳師道《叢談》：二廣居山谷間不隸州縣者，謂之猺人，舟居謂之蜑人。

其二

急雨蕭蕭作晚涼，卧聞榕葉響長廊。微明燈火耿殘夢，半濕簾櫳浥舊香。高浪隱牀吹甕盎，暗風驚樹擺琳琅。先生不出晴無用，留與空堦滴夜長。

附子由次韻二首：

南過庾嶺更千山，蒸潤由來共一天。雲塞虛空雨翻甕，江侵城市屋浮船。東郊晚稻須重插，西舍原蠶未及眠。獨棹扁舟趁申卯，米鹽奔走笑當年。

客到炎陬喜暫凉，江吹虚閣雨侵廊。回看野寺山溪隔，卧覺晨炊稻飯香。荔餉深紅陋櫻棗，桂醅淳白比琳琅。恩移嶠北應非晚，未省南遷日月長。

贈曇秀〔一〕

白雲出山初無心，棲鳥何必戀舊一作「山」林。道人偶愛山水故，縱步不知湖嶺深。空巖已禮百千相，曹溪更欲瞻遺像。要知水味孰冷煖，始信夢時非幻妄。袖中忽出貝葉書，中有璧月綴星珠。人間勝絶略已徧，匡廬南嶺并西湖。西湖北望三千里，大隄冉冉横秋水。誦師佳句説南屏，瘴雲應逐秋風靡。胡爲只作十日歡，杖策復尋歸路難。留師一作「荻芽」筍蕨不足道一作「遇」，訛，悵望荔子何時丹。

〔一〕曇秀：即芝上人，先生守揚州，有唱和詩，見三十五卷。

慎按：此詩施氏原本失載，新刻本載《續補》上卷，今移編於此。曇秀至惠州，詳見後注。

附叔黨七律一首：

三年避地少經過，十日論詩喜琢磨。自欲灰心老南嶽，猶能繭足到東坡。來時野寺無魚鼓，去後閒門有雀羅。從此期師真似月，斷雲時復挂星河。

慎按：本集先生《書叔黨送曇秀詩後》云：「僕在廣陵，作詩送曇秀云：老芝如雲月，炯炯時一出。今復來惠州見余，余已絶不作詩。兒子過粗能搜句，時有可觀。此篇殆咄咄逼老人矣。特爲書之，以滿行橐。」云云。叔黨所著，名《斜川集》，惜不傳，今從先生全集采附。

和郭功甫韻送芝道人游隱静

觀音妙智力〔一〕，應感隨緣度。芝師訪東坡，寧辭萬里步。道義妙相契，十年同去住。行窮半世間，又欲浮杯渡。我願焚囊鉢，不作陳一作「塵」俗具。會取却歸時，只是而今路。

〔一〕妙智力：《法華經·普門品》：觀音妙智力，能救世間苦。

慎按：先生歸自海南，有《次韻郭功甫絶句二首》，功甫是時當亦宦游嶺外。今考《青山集》，無送芝道人作。以上二詩，施氏原本不載，今從新刻《續補》上卷連類編次。

次韻定慧欽長老見寄八首并引

蘇州定慧長老守欽〔一〕，使其徒卓契順來惠州〔二〕，問予安否。且寄《擬寒山十頌》〔三〕。語有璨、忍之通，而詩無島、可之寒。吾甚嘉之，爲和八首。

其一

左角看破楚，南柯聞長滕。鈎簾歸乳燕，穴紙出癡蠅。爲鼠常留飯，憐蛾不點燈。崎嶇真可笑，我是小乘僧。

〔一〕定慧寺：《吴郡志》：定慧寺在萬壽院之西，本子院也。

〔二〕契順：真西山云：東坡謫嶺南，故舊少通問者。在蜀則巢元修，在吴則契順，皆徒步萬里，訪之於荒陬絶徼之外。元修以此名登青史，號稱卓行。契順亦托是以傳。契順之言曰：「惟無所求，故來惠州。」蓋有求則有欲，有欲則失其本心。世之小人，疾視君子，正坐有欲故爾。《鐵網珊瑚》載東坡《惠州帖》云：蘇州定慧院學佛者卓契順謂邁曰：惠州不在天上，行即到耳。當爲子持書問之。紹聖二年三月二日，契順涉江渡嶺，徒行露宿，黧面繭足，以至惠州。得書竟還，爲書淵明《歸去來辭》以貽之，庶幾契順托此文以不朽云。○按，先生長子邁，時在常州，契順南來，爲先生達家書也。

〔三〕寒山：《天台國清寺碑記》云：豐干禪師垂跡國清寺，有一貧士從寒巖來，曰寒山子，干稱爲寒山文殊。後天台守訪之，與拾得遁入巖穴，其穴自合。有詩頌散題山林間，寺僧集之成卷。

其二

鐵橋本無柱〔一〕，石樓豈有門。舞空五色羽，吠雲千歲根。松花釀仙酒，木客餽山飧。我醉君且去，陶云吾亦云。

〔一〕鐵橋、石樓：皆羅浮峰名，注詳上卷。

其三

羅浮高萬仞，下看扶桑卑。默坐朱明洞，玉池自生肥。從來性坦率〔一〕，醉語漏天機。相逢莫相問，我不記吾誰。

〔一〕性坦率：杜甫詩：嘗恐坦率性，失身爲杯酒。

其四

幽人白骨觀〔一〕，大士甘露滅〔二〕。根塵各清浄，心境兩奇絶。真源未純熟〔三〕，習氣餘陋劣。譬如已放鷹，中夜時掣紲。

〔一〕白骨觀：按，《楞嚴經》云：「白骨微塵，歸於空虚。」詩中所云白骨觀，本此。

〔二〕甘露滅：什公注《維摩經》云：梵本寂滅，甘露即實相也。肇公曰：大覺之道，寂滅無相，至味和神，喻若甘露。

〔三〕純熟：《維摩經》：久於佛道，心已純熟。

其五

誰言窮巷士，乃竊造化權。所見皆我有，安居受其全。戲作一篇書，千古發争端。儒墨起一作「豈」相殺〔一〕，予初本無言。

〔一〕儒墨：《莊子》：今世殊死者相枕也，桁楊者相推也，刑戮者相望也，而儒墨乃始離支攘背乎桎梏之間。又云：天下大駭，儒墨皆起。

其六

閒居蓄百毒，救彼跛與盲。依山作陶穴，掩此暴骨横。區區效一溉〔一〕，豈能濟含生。力惡不己出，時哉汝非争。

〔一〕一溉：嵇康《養生論》："爲稼於湯之世，必一溉者後枯。"

其七

少壯欲及物，老閒餘此心。微生山海間，坐受瘴霧侵。可憐鄧道士，攝衣問呻吟。覆舟却一作「弔」私渡，斷橋費千金。

其八

净名〔一〕毗耶中〔二〕，妙喜恒沙外。初無來往相，二士同一在〔三〕。云何定慧師，尚欠行脚債。請判維摩憑，一到東坡界。

〔一〕净名：即《維摩詰》也。

〔二〕毗耶：《翻譯名義》："毗耶離，此云廣博嚴净，其國中寬平，城邑華麗，故名。"

〔三〕二士同一在：《維摩經》：維摩詰以神通力斷取妙喜世界置於此土，妙喜世界雖入此土，而不增減，於是世界亦不迫隘，如本無異。

三月四日遊白水山佛跡巖沐浴於湯泉晞髮於懸瀑之下浩歌而歸肩輿却行以與客言不覺至一有「水北」二字荔支浦上晚日葱曨竹陰蕭然時一無「時」字荔子纍纍如芡實矣有父老年一無「年」字八十五指以告余曰及是可食公能携酒來遊乎意欣然許之歸卧既覺聞兒子過誦淵明歸田園居詩六首乃悉次其韻始余在廣陵和淵明飲酒二十首今復爲此要當盡和其詩乃已耳今書以寄妙總大士參寥子

其　一

環州多白水，際海皆蒼山。以彼無盡景，寓我有限年。東家著孔邱〔一〕，西家著顔淵。市爲不二價，農爲不争田。周公與管、蔡，恨不茅三間〔二〕。我飽一飯足，薇蕨補食前。門生饋薪米，救我厨無烟〔三〕。斗酒與隻雞，酣歌餞華顛。禽魚豈知道，我適物自閒。悠悠未必爾，聊樂我所然。

〔一〕東家：《家語》：魯人不識孔子，聖人乃曰：東家邱，我知之矣。

〔二〕茅三間：《殷芸小説》：蔡司徒在洛，見陸機兄弟住參佐中三間瓦屋，士龍住東頭，士衡住西頭。

〔三〕厨無烟：白居易《與李山人》詩：厨無烟火妻無室。

其　二

窮猿既投林〔一〕，疲馬初解鞅。心空飽新得，境熟夢餘想。江鷗漸一作「稍」馴集，蜑叟已還往。南池緑錢生，北嶺紫筍長。提壺豈解飲，好語時見廣。春江有佳句，我醉墮渺莽。

〔一〕窮猿：《晉書·李充傳》：褚裒引爲參軍。充以家貧，苦求出外，曰：「窮猿投林，豈暇擇木。」乃除剡縣令。

其　三

新浴覺身輕，新沐感髮稀〔一〕。風乎懸瀑下，却行咏而歸。仰觀江摇山，俯見月在衣〔二〕。

步從父老語，有約吾敢違。

〔一〕新浴新沐：《史記·屈原傳》：新沐者必彈冠，新浴者必振衣。

〔二〕月在衣：杜甫詩：衣上見新月。

其　四

老人八十餘，不識城市娱。造物偶遺漏，同儕盡邱墟。平生不渡江，水北有幽居。手插荔支子，合抱三百株。莫言陳家紫〔一〕，甘冷恐不如。君來坐樹下，飽食携其餘。歸舍遺兒子，懷抱不可虚。有酒持飲我，不問錢有無。

〔一〕陳家紫：蔡襄《荔支譜》：福州陳姓者，因治居第，平窊坎而樹之，或云厥土肥沃所致。今傳其種子者，皆擇善壤，終莫能及。

其　五

坐倚朱藤杖，行歌《紫芝曲》〔一〕。不逢商山翁，見此野老足。願同荔支社，長作雞黍局。教我同光塵，月固不勝燭。公自注：《莊子》曰：月固不勝火。郭象曰：大而闇，不若小而明。陋哉斯言也。予爲更之曰：明於大者，必晦於小，月能燭天下而不能燭毫氂，此所以不勝火也。然卒之火勝耶？月勝耶？霜飈散氛祲，廓然似朝旭。

〔二〕歌紫芝：杜甫詩：悵望神歌紫芝曲。

其六

昔我在廣陵，悵望柴桑陌。長《吟飲》酒詩，頗獲一笑適。當時已放浪，朝坐夕不夕。矧今長閒人，一劫展過隙。江山互隱見，出没爲我役。斜川追淵明，東臯友王績。詩成竟何爲，六博本無益。

慎按：《韓子蒼詩話》：淵明《歸田園居》末篇，乃序行役，與前五首不類。今俗本乃取江文通「種苗在東臯」爲末篇，東坡因而和之。陳述古家本止有五首，予以爲亦非也。當如張相國本題云《雜咏六首》。洪邁《對雨編》亦云：《歸園》六首，末一篇乃江文通《雜擬》三十首之一，明言「效陶徵君田居」。蓋陶之三章曰：「種豆南山下，草盛豆苗稀。晨興理荒薉，帶月荷耡歸。」故文通曰：「雖有荷鋤倦，濁酒聊自適。」正擬其意也。今陶集訛編入，東坡據而和之。又，《東方有一士》詩十六句，重載于《擬古》九首中，坡公亦遂兩和之。皆隨意即成，不復加細考耳。先生在嶺南《和陶詩》始此，施氏原本不載，今從補注本考據年月分編，餘放此。

聞正輔表兄將至以詩迎之〔一〕

生逢堯舜仁，得作嶺南遊。雖懷跫然喜，豈免跕墮憂。莫雨侵重膇，曉烟騰鬱攸。朝槃見蜜唧，夜枕聞鵂鶹。幾欲烹鬱屈，固嘗饌鉤輈。舌音漸獠變，面汗嘗騂羞。賴我存黄庭，有時仍丹邱。目聽不任耳，踵息殆廢喉。稍欣素月夜，遂渡黄茅秋〔二〕。我兄清廟器，持節瘴海頭。蕭然三家步，横此萬斛舟。人言得漢吏，天遣活楚囚。惠然再過我，樂哉十日留〔三〕。但恨參語賢，忽潛九原幽。萬里倘同歸，兩鰥當對耰。公自注：軾喪婦已三年矣，正輔近亦有亡嫂之戚，故云。强歌非真達，何必取莊周。

〔一〕表兄正輔：《齊東野語》云：老蘇與妻黨程氏大不咸，有《自尤》詩述其女事外家，不得志以死，其怨隙不平久矣。其後東坡兄弟以念母之故，相與釋憾。程正輔於坡爲表弟，坡之南遷，時宰聞其先世之隙，遂以正輔爲本路憲，將使之甘心焉。而正輔反篤中外之義，周旋甚至。坡唱和中亦可槩見也。○慎按，先生於程氏兄弟，德孺、懿叔則稱表弟，正輔則稱表兄。周公謹以爲表弟者，訛。

〔二〕黄茅：《南方草木狀》：芒茅枯時，瘴疫大作，交、廣皆爾也。土人呼曰黄茅瘴，又曰黄芒瘴。

〔三〕十日留：本集先生《與正輔尺牘》云：謫居窮寂，誰復顧老。兄不惜數舍之勞，以成十日之會。

此意如何可忘。

慎按：先生謫嶺南，程正輔爲本路憲，其按部至惠州，不能確指爲某時。據本集《尺牘》，當在乙亥春夏之交。施氏原本前後參錯，今取凡與正輔唱和者，自此以下凡十章會萃一處，以便觀覽。

再和

稚川真長生，少從鄭公遊。孝章偶不死，免爲文舉憂。餘齡會有適，獨往豈相攸。由來警露鶴，不羡撮蚤鶹。願加視後鞭，同駕躅空輈。寧殆墮齒堇，勿憶齊眉羞。何時遂縱壑，歸路同首邱。東一作「泉」，訛岡松柏老，西嶺橘柚秋。著意尋彌明，長頸高結喉。無心逐定遠，燕頷飛虎頭。君方卒功名，一汎范蠡舟。我亦霑霈渥，漸解鍾儀囚。寧須張子房，萬户自擇留。猶勝嵇叔夜，孤憤甘長幽。南窗可寄傲，北山早歸耰。此語君勿疑，老彭跨商周。

慎按：此詩填寫故實，不用隔句對法，兩兩排比，不覺其板重。惟先生爲之則可，他人不能學，亦不可學也。

同正輔表兄游白水山

偉哉造物真豪縱，攫土摶沙爲此弄。劈開翠峽走雲雷一作「雷霆」，截破奔流作潭洞。因隨化人履巨跡，得與仙兄躡飛鞚〔一〕。曳杖不知巖谷深，穿雲但覺衣裘重。坐看鷲鳥救一作「投」霜葉，知有老蛟蟠石甕。金沙玉礫粲可數，古鏡寶奩寒不動。念兄獨立與世疎，絶境難到惟我共。永辭角上兩蠻觸，一洗胸中九雲夢。浮來山高回望失，武陵路絶無人送。筠籃擷翠爪甲香，素綆分碧銀缾凍。歸路霏霏湯一作「暘」谷暗，野堂活活神泉湧。解衣浴此無垢人〔二〕，身輕可試雲間鳳。

〔一〕飛鞚：鮑照詩：飛鞚越平陸。
〔二〕無垢人：《維摩經》：八解之浴池，定水湛然滿布，此七净華浴，此無垢人。

與正輔游香積寺一本云「次韻程正輔游香積寺」。

越山少松竹，常苦野火厄。此峰獨蒼然，感荷佛祖力。茯苓無人采，千歲化琥珀。幽光發中夜，見者惟木客。我豈無長鑱，真贋苦難識。靈苗與毒草，疑似在毫髮。把玩竟不食，棄置長太息。山僧類有道，辛苦嘗谷汲。我慚作機春〔一〕，鑿破混沌穴。幽尋恐不繼，書板記歲月。

〔一〕作機春：孟東野詩：機春潺湲力。按，築閘作碓磨事，見上卷《香積寺》詩序。

次韻正輔同游白水山

衹知楚越爲天涯，不知肝膽非一家。此身如綫自縈繞，左旋右轉隨繅車。誤抛山林入朝市，平地咫尺千褒斜。欲從稚川隱羅浮，先與靈運開永嘉。首參虞舜款韶石，次謁六祖登南華。仙山一見五色羽，雪樹兩摘南枝花。赤魚白蟹一作「白魚赤蟹」箸屢下，黄柑緑橘籩常加。糖霜不待蜀客寄，茘支莫信閩人誇。恣傾白蜜收五稜，細斸黄土栽三椏。公自注：正輔分人參，歸種韶陽。來詩本用「砑」字，惠州無書，不見此字所出，且從「木」奉和。朱明洞裏得靈草，翩然放杖凌蒼霞。豈無軒車駕熟鹿，亦有鼓吹號寒蛙。仙人勸酒不用勺，石上自有尊罍窪〔一〕。徑從此路朝玉闕，千里莫遣毫釐差。故人日夜望我歸，相迎欲到長風沙〔二〕。豈知乘槎天女側，獨倚雲機看織紗。世間誰似老兄弟，篤愛不復相疵瑕。相携行到水窮處，庶幾一見留子嗟。千年枸杞常夜吠，無數草棘工藏遮。但令凡心一洗濯，神人仙藥不我遐。山中歸來萬想滅，豈復回顧雙雲一作「飛」鴉。

〔一〕石上尊罍：《羅浮記》：蝴蝶洞在麻姑臺西，前爲水簾洞，其下有流杯池，相傳八仙會飲於此。

〔二〕長風沙：《太平寰宇記》：長風沙在懷寧縣東百九十里。元和四年，入《圖經》。《名勝志》：長沙自小孤山來安慶城西南，繞東而下池州，接無爲州界，凡百餘里，中央是長風沙鎮。李白詩：相迎不道遠，直至長風沙。

與程正輔遊碧落洞

空山不難到，絶境未易名。何時謫仙人，來作鈞天聲〔一〕。胸中幾雲夢，餘地多一作「方」恢宏。長庚與北斗，錯落綴冠纓。黄公獻紫芝，赤松餽青精。溪山久寂寞，請續《離騷經》。抱枝寒蜩咽，繞耳飛蚊清。謫仙撫掌笑，笑此羽皇銘〔二〕。我頃嘗獨遊，自適孤雲情。君今又繼往，霧雨愁青冥。感君兄弟意，尋羊問初平。玉牀分箭鏃，不忍獨長生。詩成輒寄我，妙絶陶謝并。孤鴻方避弋，老驥猶在坰。鳥獸如可群，永寄槁木形。何山不堪隱，飲水自修齡。

〔一〕鈞天聲：《羅浮指掌圖記》：夜樂洞在上界三峰下，昔人聞仙樂於此。

〔二〕羽皇銘：唐周夔，字羽皇，曾游碧落洞，作《到難篇》，云：周羽皇游於湞陽之石室，兩崖卷束，勢合如屋，孱顔百間，開待朝旭，加以上戴霄峰，中流清溪，乳枝凝露，而碧落松籟嗽風而瑟瑟。按，公詩正用此事，施氏補注云即《新宫銘》者，大謬。

次韻正輔表兄江行見桃花

曲士賦《懷沙》，草木傷莽莽。德人無荆棘，坐失嶺嶠阻。我兄瑚璉姿，流落瘴江浦。净眼見桃花，紛紛墮紅雨。蕭然振衣裓，笑問散花女。我觀解語花，粉色如黄土。一言破千偈，況爾初不語。可憐一轉話，他日如何舉。故復此微吟，聊和鷗鴉櫓。江邊閒草木，閒客當爲主。邇來子美瘦，正坐作詩苦。袖手焚筆研〔一〕，清篇真漫與〔二〕。願君一作「兄」理北轅，六轡去如組。上林桃花開，水暖鴻北翥。

〔一〕焚研：按，君苗焚研事，出《晉書·陸機傳》，而不著其姓。《困學紀聞》云：君苗姓崔。

〔二〕漫與：杜甫詩：老去詩篇渾漫與。别本作「漫興」者，訛。

追餞正輔表兄至博羅賦詩爲别

孤臣南游墮黄菅，君亦何事來牧一作「收」，訛蠻。艤舟蜑户龍岡窟，置酒椰葉桄榔間。高談已笑衰語陋，傑句尤覺清詩孱。博羅小縣僧舍古〔一〕，我不忍去君忘還。君應回望秦與楚，夢涉漢水愁秦關。我亦坐念高安客〔二〕，神遊黄蘗〔三〕參洞山〔四〕。何時曠蕩洗瑕垢一作「謫」，與君歸駕相追攀。梨花寒食隔江路，兩山遥對雙烟鬟。歸耕不用一錢物，惟要兩脚飛孱顔。玉牀丹鏃記分我，助我金鼎光斕斑〔五〕。

〔一〕博羅僧舍：《名勝志》：博羅縣有泊頭墟，距羅浮十五里，廣、惠二州舟楫及自陸路至者，皆於此登岸，舊有圓照堂，山僧以主遊客。

〔二〕高客安：《潁濱遺老傳》：上用李邦直爲中書侍郎，鄧聖求爲尚書右丞。會廷策進士，邦直撰策題，即爲邪説以惑群聽。轍論之曰：「伏見御試策題，歷詆近歲行事，有欲復熙寧、元豐故事之意。臣備位執政，不敢不言。」奏入，不報。以本官出知汝州，再謫，知袁州。未幾，降分司南京，筠州居住。○按，筠州，宋改名高安郡。

〔三〕黄蘗：《傳燈録》：黄蘗山禪師，名希遷，往西江參百丈，契悟心要。

〔四〕洞山：《傳燈録》：洞宗禪師，名良价，造雲巖有省，接誨學侶於高安之洞山，諸方推爲曹洞宗。

〔五〕金鼎：《雲笈七籤·造金鼎銘》云：后土金鼎，生死長七，神室明三，圓五陰一，混沌徘徊，天地五里，陽陽兩頭，狀如雞子，形具莫差，黄白在裹。訣曰：金者太白之名，呼之爲鉛。

再用前韻

樂天雙鬢如霜菅，始知謝遺素與蠻。我兄緑髪蔚如故，已了夢幻齊人間。蛾眉勸酒聊爾耳，處仲太忍茂弘孱。三杯徑醉便歸卧，海上知復幾往還。連娟六么趁蹋蹴，杳眇三疊縈陽關。酒醒夢斷何所有，落花流水空青山。忽驚鐃鼓發半夜，明月不許幽人攀。贈行無物惟一語，莫遣瘴霧侵雲鬟。羅浮道人一傾蓋，欲繫白日留君顔。應知我是香案吏，他年許綴蓬萊班。結韻，前作「斑」，此作「班」，義各不同，不應通用。

戲和正輔別作「甫」，訛一字韻〔一〕

故居劍閣隔錦官，柑果薑蕨交荆菅。奇孤甘挂汲古綆，僥覬敢揭鈎金竿。已歸耕稼供藁秸，公貴幹蠱高巾冠。改吏句格各蹇當作「謇」吃，姑因狡獪加間關。

〔一〕一字韻：《蔡寬夫詩話》：聲韻之興，其變日多。四聲中又别其清濁，以爲雙聲，一韻者以爲疊韻。蓋以輕重爲清濁爾。所謂前有浮聲，則後有切響。王融《雙聲》詩云：園蘅眩紅蘤，湖荇燡黄花。迴鶴横淮翰，遠越合雲霞。以此求之可見。○按，《南史·謝莊傳》：王元謨問莊：「何者爲雙聲？何者爲疊韻？」答曰：「『互護』爲雙聲，『磝碻』爲疊韻。」云云。蓋雙聲者，同音而不同韻。疊韻者，同音又同韻也。今所云一字韻，乃古之雙聲也。

慎按：此詩施氏原本不載，新刻本題云「戲和正輔」，《外集》載「惠州」卷中，「正甫」作「正輔」，即程正輔也，故類編於此。

桄榔杖〔一〕寄張文潛一首時初聞黄魯直遷黔南〔二〕范淳父九疑也〔三〕

睡起風清酒在亡，身隨殘夢兩茫茫。江邊曳杖桄榔瘦，林下尋苗蓽撥香。獨步倘逢勾漏令，遠來莫恨曲江張。遥知魯國真男子，獨憶平生盛孝章。

〔一〕桄榔杖：本集《與張文潛尺牘》云：屏居荒服，無一物爲信，有桄榔方杖一枚。前此土人不知以此爲杖也。

〔二〕黄魯直遷黔南：《宋史·黄庭堅傳》：哲宗初立，召爲《神宗實録》檢討。紹聖初，章惇論《實録》多誣，貶涪州别駕，黔州安置。《山谷年譜》：章惇、蔡卞論《實録》詆誣，俾前史官分居畿邑以待。黄庭堅書「鐵爪治河，有同兒戲」，至是，首問焉。

〔三〕范淳父九疑：《宋史·范祖禹傳》：元祐中，拜翰林學士。宣仁崩，紹述之論興，有相章惇意。祖禹力言惇不可用。言者攻之，連貶武安軍節度副使，昭州别駕，安置永州。○按，《東都事略》與本傳小有異同，謂祖禹初貶提舉明道宫，繼責武安節度副使，再貶韶州别駕，賀州安置。考之《哲宗本紀》，紹聖元年冬，祖禹與庭堅同貶永、豐、黔州安置。至三年秋，再責授祖禹昭州别駕，賀州安置。先生作詩，當在紹聖元年，本傳正合，當從《宋史》。

四月十一日初食荔支〔一〕

南村諸楊北村盧，公自注：謂楊梅、橘盧也。白華青葉冬不枯。垂黃綴紫烟雨裏，特與荔子一作「支」爲先驅。海山仙人絳羅襦，紅紗中單白玉膚〔二〕。不須更待妃子笑，風骨自是傾城姝。不知天公有意無，遣此尤物生海隅。雲山得伴松檜老〔三〕，霜雪自困楂梨麄。先生洗盞酌桂醑，冰盤薦此赬虬珠。似聞江鰩斫玉柱〔四〕，更洗河豚烹腹腴〔五〕。公自注：予嘗謂荔支厚味、高格兩絶，果中無比，惟江鰩柱、河豚魚近之耳。我生涉世本爲口，一官久已輕蓴鱸。人間何者非夢幻，南來萬里真良圖。

〔一〕四月荔支「《荔支譜》：四月熟者，生嶺南火山，佳者六月方熟。東坡所云四月十一日，是特廣南火山者耳。《太平寰宇記》：火山直對梧州城，山上有荔支，四月先熟。以其地熱，故曰火山。核大而味酸。

〔二〕中單：《漢書·江充傳》：衣紗縠襌衣。師古注：襌衣，今之朝服中襌也。《演繁露》：「襌」字或爲「單」。古之法服、朝服，必有中單，正如今之背子。《事物紀原》謂：漢高與項羽戰，汗透中單。且曰「中單即汗衫」，非也。

〔三〕伴松檜：《梁溪漫志》：東坡《荔支詩》云：雲山得伴松檜老，常疑此句似泛。後見習閩、廣者云：福州至於海南，凡宰上木，松檜之外，雜植荔支，取其枝葉蔭覆，所以有此語。

〔四〕江鰩柱：郭璞《江賦》：玉珧海月，肉吐石華。《江鄰幾雜志》：四明海物，江鰩柱第一。介甫云：「鰩」字當作「珧」，即今蛤蜊柱，韓文公所謂馬甲柱也。《能改齋漫録》：紹聖中，詔福、唐與明州歲貢車螯肉柱五十斤，俗謂之紅蜜丁，即東坡詩中所謂江鰩柱也。

〔五〕腹腴：《禮記·少儀》：冬右腴。注：氣在下。腴，腹下也。疏：腴，謂魚腹，冬時氣下在魚腹，故右腴。

答周循州〔一〕

蔬飯藜牀破衲衣，掃除習氣不吟詩。前生自一作「似」是盧行者，後學過呼韓退之。未敢叩門求夜話，時叨送米續晨炊。知君清俸難多輟，且覓黄精與療飢。

〔一〕周循州：周彦質，字文之。時爲循州守，見本集《和陶》詩題中。《元和郡縣志》：循州，漢南海郡之博羅縣，梁置梁化郡，隋開皇十年，於此置循州，取循江爲名。循江，在海豐縣東南。《九域志》：廣南東路循州海豐郡，軍事，治龍川縣。

荔支嘆

十里一置飛塵灰，五里一堠兵火催〔一〕。顛阬仆谷相枕籍，知是荔支龍眼來。飛車跨山鶻横海，風枝露葉如新採。宮中美人一破顔，驚塵濺血流千載。永元荔支來交州〔二〕，天寶歲貢取之涪〔三〕。至今欲食林甫肉，無人舉觴酹伯游。公自注：漢永元中，交州進荔支、龍眼，十里一置，五里一堠，奔騰死亡，罹猛獸毒蟲之害者無數。唐羌字伯游，爲臨武長，上書言狀，和帝罷之。唐天寶中，蓋取涪州荔支，自子午谷路進入。我願天公憐赤子，莫生尤物爲瘡痏。雨順風調百穀登，民不飢寒爲上瑞。君不見武夷〔四〕溪邊粟粒芽〔五〕，前丁後蔡相籠加。公自注：大小龍茶，始於丁晉公，成於蔡君謨。歐陽永叔聞君謨進小龍團，驚嘆曰：「君謨士人，何至作此事？」争新買寵各出意，今年鬭品充官茶〔六〕。公自注：今年閩中監司乞進鬭茶，許之。吾君所乏豈此物？致養口體何陋耶！洛陽相君忠孝家，可憐亦進〔七〕姚黄花〔八〕。公自注：洛下貢花自錢惟演始。

〔一〕置堠：《史記》：田横至尸鄉廄置。注云：謂置馬以傳驛者。《風俗通》：漢改郵爲置。唐時十里爲雙堠，五里爲隻堠。白居易詩：道旁堠，一雙復一隻。

〔二〕永元荔支：慎按，《三輔黄圖》曰：漢武元鼎六年，破南越，建扶荔宫。自交阯移植荔支數百株於庭，無一生者。後數歲，偶一本稍活，終無花實。其後則歲貢焉。郵傳者斃於道路，極爲生民之患。據此，則荔支入貢，不始於永元，至永元中，因唐羌言，乃罷貢耳。

〔三〕天寶歲貢取涪：慎按，唐時進荔支，或以爲南海，或以爲蜀，其説不一。《舊唐書》：帝幸驪山，貴妃生日，命小部張樂長生殿，因進新曲，未有名，會南方進荔支，因名「荔支香」。樂史《楊妃外傳》：十四載六月一日，貴妃生日，會南海進荔支，因以名曲。《國史補》：貴妃生於蜀，好食荔支。南海所生尤勝蜀者，故每歲飛馳以進。此南海歲貢之證也。而蔡君謨《荔支譜》、吴曾《漫録》以爲涪州，張君房以爲忠州，胡仔《叢話》謂長安來自巴蜀，《方輿紀勝》謂涪州有妃子園，當時以馬遞七日七夜至京，故杜牧《華清宫》詩云：一騎紅塵妃子笑，無人知道荔支來。今以杜少陵詩考之，一則云「憶昔南海使，奔騰進荔支」，又云「炎方每續朱櫻獻」，又云「憶過瀘戎摘荔支」。少陵在天寶朝，目擊其事，故云爾。意當時南海與蜀中固嘗並進也。東坡詩云「天寶歲貢取之涪」，與《唐書》、杜詩不合，爲詳考附志於此。

〔四〕武夷：《輿地廣記》：淳化五年，升建州崇安場爲縣，地有武夷山。《太平寰宇記》：武夷山在建陽縣北。蕭子開《建安記》云：山高五百仞，顧野王謂地仙之宅。傳云：昔有仙人武夷君居此。

〔五〕粟粒：梅堯臣《建溪新茗》詩：粟粒烹甌起，龍文御餅加。《武夷山記》：山産茶如粟粒者，初春芽茶也，品最貴。

〔六〕鬭品：范仲淹《鬭茶歌》：北苑將期獻天子，林下雄豪先鬭美。

〔七〕洛陽進花：《全芳備祖》引《洛陽風土記》云：洛陽至今六驛，舊未嘗進花。李相迪留守始以花進。乘驛馬，晝夜馳至京師，所進止姚黄、魏紫三四朵，用菜葉實籠中，又以蠟封花蔕，數日不落，迄今貢不絶。王闢之《澠水燕談》亦云：李文定始進牡丹。○愼按，《宰輔編年録》：李迪，天禧中參知政事，拜相，五月而罷，知鄆州。明道二年，自河陽再召，入相，罷知亳州。尋，降知密州。康定中，知天雄。考文定前後歷官，未嘗爲洛陽守也。錢惟演於乾興中，自樞相罷任，天聖中，除判陳州，自言先隴在洛陽，願司宫鑰。遂命守河南。今先生稱爲洛陽相君，斷爲錢思公無疑。李文定，賢相也，豈可令蒙不韙之名。因舉舊説，牽連辨正及此。

〔八〕姚黄：《埤雅》：牡丹之名，以姓著者，姚黄、牛黄。姚黄者，出姚氏。此花之出，於今未十年。姚氏居曰司馬坂，地屬河陽，而花傳洛陽，一歲不過數朵。錢思公嘗言：人謂牡丹爲花王，今姚黄真爲王，而魏紫乃后也。

愼按：詩中「雨順風調百穀登，民不飢寒爲上瑞」二句，諸刻本所無，今據施注原本增入。

附子由作：

蜀中荔支止嘉州，餘波及眉半有不。稻糠宿火却霜霰，結子僅與黄金侔。近聞閩尹傳種法，移種成都出巴峽。名園競擷絳紗苞，密漬瓊膚甘且滑。北遊京洛墮紅塵，筠籠白曬稱最珍。思歸不復爲蓴菜，欲及炎風朝露勻。平居著鞭苦不早，東坡南竄嶺南道。海邊百物非平生，獨數山前荔支好。荔支色味巧留人，不管年來白髮新。得歸便擬尋鄉路，棗栗園林不須顧。青枝丹實須一株，丁寧附書老農圃。

六月十二日酒醒步月理髮而寢

羽蟲見月争翾一作「翻」翻，我亦散髮虚明軒。千梳冷快肌骨醒〔一〕，風露氣入霜蓬根。起舞三人漫相屬，停杯一問終無言。曲肱蕤簟有佳處，夢覺瓊樓空斷魂。

〔一〕千梳：賈島詩：頭髮千梳下。

附子由次韻：

水上有車車自翻，懸霤如綫垂前軒。霜蓬已枯不再緑，有客勸我抽其根。自注：近有道士相教拔白後，以水火養之，當不復生。故以爲答。枯根一去紫茸茁，珍重已試幽人言。紛紛華髮何足道，當返六十過去魂。

和子由次月中梳頭韻

夏畦流膏白雨翻，北窗幽人卧羲軒。風輪曉長春筍節，露珠夜上秋禾根。公自注：或爲予言：草木之長，常在昧明間。早作而伺之，乃見其拔起數寸，竹筍尤甚。又夏秋之交，稻方含秀，黄昏月出，露珠起于其根，纍纍然忽自騰上，若有推之者，或入於莖心，或垂於葉端。稻乃秀實，驗之信然。此二事與子由養生之論契，故以此爲寄。從來白髮有公道，始信丹經非妄言。此身法報本無二〔一〕，他年妙絶兼形魂〔二〕。公自注：《傳燈録》：有形神具妙者，乃不復有解化之事。

〔二〕法報：《維摩經》注：佛有三身，曰法、報、應。法、報二身，佛自受用。

〔三〕形魂：《太靈真人存三魂法》：祝曰：太陽散暉，垂光紫青，來入我魂，照我五形。

余遷惠州一年衣食漸窘重九伊邇一作「將近」尊俎蕭然乃和淵明貧士七篇以寄許下高安宜興諸子姪并令過同作

其一

長庚與殘月，耿耿如相依。以我旦暮心，惜此須臾暉。青天無今古，誰知織烏飛。我欲作九原〔一〕，獨與淵明歸。俗子不自悼，顧憂斯人飢。堂堂誰有此，千駟良可悲。

〔一〕作九原：《禮記》：趙文子與叔譽觀乎九京，文子曰：「死者如可作也，吾誰與歸？」

其二

夷、齊恥周粟，高歌誦虞軒。産禄彼何人，能致綺與園。古來避世士一作「人」，死灰或餘烟。末路益可羞，朱墨手自研。淵明初亦仕，絃歌本誠言。不樂乃徑歸，視世差獨賢。

按：《詩眼》云：東坡和陶詩「夷齊恥周粟」，云言夷、齊自信其去，雖武周不能挽之使留，若四皓自信其進，雖産、禄之聘亦爲之出。蓋古人無心於功名，信道而進退，天下萬世之是非不能回奪。伯夷之非武王，綺、園之從禄、産，自合爲世所笑，不當有名，偶然聖賢辨論之，乃信於天下，非其始望。故其名之傳，如死灰之餘烟也。後來君子不能以道進退，又不能忘世俗之毁譽，多作文以自明其出處，如《客難》、《解嘲》是也。故曰「朱墨手自研」。若「淵明初亦仕」，本無心於名，雖晉末亦仕，合於園、綺之出。其去也，亦不待以微罪行，「不樂乃徑歸」，合於夷、齊之去。其不爲功名累其進退蓋相似，使其易地，未必不追踪二子也。東坡作文，工於命意，必超然獨立於衆人之上，非若昔人之稱淵明以退爲高耳。

其　三

誰謂淵明貧，尚有一素琴〔一〕。心閒手自適，寄此無窮音。佳辰愛重九，芳菊起自尋。疎巾歎虚漉，塵爵笑空斟。忽餉二萬錢，顔生良足欽。急別本作「思」，訛送酒家保，勿違故人心。

〔一〕素琴：《晉書·陶潛傳》：性不解音，而蓄素琴一張。弦徽不具，每朋酒之會，則撫而和之，曰：「但識琴中趣，何勞弦上聲？」

其四

人皆有耳目，夫子曠與婁。弱豪寫萬象，水鏡無停酬。閒居惜重九，感此歲月周。端如孔北海，只有尊空憂。二子不並時，高風兩無儔。我後一作「復」五百年，清夢未易求。

其五

芙蓉雜金菊，枝葉長闌干。遥憐退朝人，餻酒出大官。豈知江海上，落英亦可餐〔一〕。典衣作重陽一作「九」，徂歲一作「暑」慘將一作「多」寒。無衣粟一作「寒」我膚，無酒嚬我顔。貧居真可嘆，二事長相關。

〔一〕落英：《楚詞》：夕餐秋菊之落英。

其六

老詹亦白髮，公自注：惠州太守詹範，字器之。相對垂霜蓬。賦詩殊有味，涉世非所工。杖藜山谷間，狀類渤海龔。半道要我飲，意與王弘同。有酒我自至，不須遣龐通。門生與兒子，杖屨聊相從。

其七

我家六兒子〔一〕，流落三四州。辛苦見一作「更」不識，今與農圃儔。買田帶修竹，築室依清流。未能遺一力，分汝薪水憂。坐念北歸日，此勞未易酬。我獨遺以安，鹿門有前修〔二〕。

〔一〕六兒子：先生之子邁、迨、過，潁濱之子遲、适、遠。

〔二〕鹿門：《後漢書·龐公傳》：劉表問先生：「不肯官禄，後世何以遺子孫？」公曰：「世人皆遺以危，今獨遺以安。」後登鹿門山，采藥不返。

慎按：以上七首，施氏原本不載。今從《和陶》卷中分編。

食檳榔〔一〕一作「檳桹」。

月照無枝林，夜棟立萬礎。眇眇雲間扇，蔭此八一作「九」月暑。上有垂房子，下繞絳刺禦。風欺紫鳳卵，雨暗蒼龍乳。裂包一墮地，還以皮自煮。北客初未諳，勸食俗難阻。中虛畏泄氣〔二〕，始嚼或半吐。吸津得微甘，著齒隨亦苦。面目太嚴冷，滋味絶媚嫵。誅彭勳可策，推轂勇宜賈。瘴風作堅頑，導利時有補。藥儲固可爾，果録詎用許。先生失膏粱，便腹委敗鼓。日啖過一粒，腸胃爲所侮。蟄雷殷臍腎，藜藿腐亭午。書燈看膏盡，鉦漏歷歷數。老眼怕少睡，竟使赤眥[二]。渴思梅林𪠳，飢念黄獨舉。奈何農經中，收此困羈旅。牛舌不餉人，一斛肯多與。乃知見本偏，但可酬惡語。

〔一〕檳榔：《南方草木狀》：檳榔樹高十餘丈，皮似青銅，下本不大，上枝不小，調直亭亭，千萬若一，森秀無柯，端頂有葉。葉似甘蕉，風至獨動，似舉羽扇以掃天。葉下綴數房，房綴數十實，大如桃李，味苦澀。剥其皮，鬻其膚，以扶留藤及古墳灰并食則滑美，下氣消穀，一名賓門藥餞。

〔二〕泄氣：《柳子厚集》：多食檳榔，令人破氣。

慎按：此詩施氏原本不載，今從新刻《遺詩》卷中移編。

送惠州監押[一]一本作「送都監北歸」。

一聲鳴一作「鴻」雁破江雲，萬葉梧桐卷露銀。我自飄零足羈旅，更堪秋晚送行人。

〔一〕惠州都監：按，本集《與惠州都監尺牘》云：君南來，清節幹譽，爲有識所稱，皆曰：此東坡弟子由門下客也。兩漢之士多起於游徼卒吏，至公卿者多矣。願益廣學問，以期遠到。觀先生期許如此，其人可知。惜逸其姓名。又按，《職官分記》：御前忠佐軍頭有都監、押監之名，朝官爲都監，京官帶職者爲押監。

慎按：此詩施氏原本不載，今從新刻《續補》下卷中移編。

江月五首并引

嶺南氣候不常。吾嘗曰：菊花開時乃重陽，凉天佳月即中秋，不須以日月爲斷也。今歲九月，殘暑方退，既望之後，月出愈遲。予嘗夜起登合江樓，或與客游豐湖〔一〕，入棲禪寺，叩羅浮道院，登逍遥堂〔二〕，逮曉乃歸。杜子美云：四更山吐月，殘夜水明樓。此殆古今絶唱也。因其句作五首，仍以「殘夜水明樓」爲韻。

其一

一更山吐月，玉塔卧微瀾〔三〕。正似西湖上，湧金門外看〔四〕。冰輪横海闊，香霧入樓寒。停鞭且莫上，照我一杯殘。

〔一〕豐湖：《名勝志》：惠州城西有石埭山，流泉濺沫若飛簾，其水瀉入於豐湖，即西湖也。宋知州陳偁創築亭館，以增勝槩。林俛《豐湖集序》云：湖之潤溉田數百頃，葦藕蒲魚之利歲數萬。民之取於湖者，其施以豐，故曰豐湖。舊記謂即鱷湖，非也。隔水有山曰豐山，自西逶迤入湖中。有點翠洲、雜花島、歸雲洞諸勝。

〔二〕逍遥堂：道士何宗一所居，見本集詩題。《廣東舊志》：逍遥堂在豐湖方華洲之上。

〔三〕玉塔：即大聖塔，在豐湖上棲禪寺東南，見本集後卷《悼朝雲》詩序中。

〔四〕湧金門：《咸淳臨安志》：西城三門曰：清波、錢塘、湧金，皆臨西湖。

其　二

二更山吐月，幽人方獨夜。可憐人與月，夜夜江樓下。風枝久一作「夕」未停，露草不可藉。歸來掩關卧，唧唧夜蟲話。

其　三

三更山吐月，棲鳥亦驚起。起尋夢中游，清絶正如此。驅雲掃衆宿，俯仰迷空水。幸可飲我牛，不須違洗耳。

其　四

四更山吐月，皎皎爲誰明。幽人赴我約，坐待玉繩横。野橋多斷板，山寺有微行。今夕定何夕，夢中遊化城〔一〕。

〔一〕化城：《法華經》：有一導師，以方便力於險道中，過三百由旬，化作一城。告衆人言，汝等勿怖，莫得退還。於是衆人前入化城，作已度想，作安隱想。

其　五

五更山吐月，窗迥室幽幽。玉鈎還挂户，江練却明樓。星河澹欲曉，鼓角冷知秋。不眠翻五詠，清切孌鑾謳。

按：劉辰翁云：望後月遲，或一更，或二更，愈遲愈佳，乃是實見如此，故看得杜詩别。題中「予嘗夜起」以後，是説數夜事。

送佛面杖與羅浮長老[一]

十方三界世尊面，都在東坡掌握中。送與羅浮德長老，携歸萬竅總號風。

[一] 佛面杖：未詳。

慎按：此詩施氏原本不載，今從新刻《續補》下卷移編於此。

十一月九日夜夢與人論神仙道術因作一詩八句既覺頗記其語録呈子由弟後四句不甚明了今足成之耳

析塵妙質本來空，公自注：夢中於此句，若了然有所得者。更積微陽一線功。照夜一一作「孤」燈長耿耿，閉門千息自濛濛〔一〕。養成丹竈無烟火〔二〕，點盡人間有暈銅〔三〕。寄語山神停伎倆，不聞不見我何窮。

〔一〕閉門千息：《雲笈七籤》：凡行氣之道，當在密室，閉門，安牀暖席，枕高二寸半，正身偃卧，瞑目閉氣，以鴻毛著鼻端，鴻毛不動，經三百息，耳無所聞，目無所見，心無所思，當以漸除之。又云：徐徐引氣出納，則元氣亦不出，如胎息者。鼻中微微通氣往來，到此雖千息，亦不倦焉。

〔二〕無烟火：《維摩經》：如無烟之火。

〔三〕有暈銅：《雲笈七籤・金丹部》有赤銅去暈法：取熟銅打作葉，以牛皮膠煮之如粥，以銅葉納中，以鹽封之内爐中，火之，令烟盡，極赤，出冷砧上打之，黑皮自落。

附子由次韻：《欒城後集》題云「勸子瞻修無生法」。

除却靈明一一空，年來丹竈漫施功。掌中定有菴摩在，雲際懸知霧雨濛。已賴信心留赤電，要須净戒拂昏銅。誰言逐客江南岸，身世雖窮心不窮。

章質夫送酒六壺書至而酒不達戲作小詩問之〔一〕

白衣送酒舞一作「侮」，訛淵明〔二〕，急掃風軒洗破觥。豈意青州六從事，化爲烏有一先生。空煩左手持新蟹，漫繞東籬嗅落英。南海使君今北海，定分百榼餉春耕。

〔一〕章質夫：《宋史》：章楶，字質夫，浦城人。仕至資政殿學士，謚莊簡。陳斯道《叢談》云：東坡居惠州，廣守月餽酒六壺，吏嘗缺而亡之，坡以詩謝，云云。據此，則質夫時爲廣州守，可補史傳之缺。

〔二〕舞淵明：《碧溪詩話》：白衣送酒舞淵明，人有疑「舞」字太過者。及觀庾信《答王褒餉酒》詩：未能扶畢卓，猶足舞王戎。「舞」字蓋有所本。

小圃五咏

人參

上黨天下脊，遼東真井底〔一〕。玄泉傾海腴，白露灑天醴。靈苗此孕毓，肩股一作「肢」或具體。移根到羅浮，越水灌清泚。地殊風雨隔，臭味終祖禰。青椏綴紫蕚，圓實墮紅米。窮年生意足，黄土手自啓。上藥無炮炙，齕齧盡根柢。開心定魂魄，憂恚何足洗。糜身輔吾生一作「軀」，既食首重稽。

〔一〕上黨、遼東：《本草别録》：人參生上黨山谷及遼東。陶隱居曰：上黨在冀州西南。次用高麗者，即遼東。今沁州、遼州等地並出人參，蓋俱與太行相接也。

地　黄

地黄飼老馬，可使光鑒人。吾聞樂天語，喻馬施之身〔一〕。我衰正伏櫪，垂耳氣不振。移栽附沃壤，蕃茂争新春。沉水得穉根〔二〕，重湯養陳薪。投以東阿清〔三〕，和以北海醇。崖蜜助甘冷，山薑發芳辛。融爲寒食餳，嚥作瑞露珍。丹田自宿火〔四〕，渴肺還生津。願餉内熱子，一洗胸中塵。

〔一〕喻馬：《莊子》：以馬喻馬之非馬，不如以非馬喻馬之非馬也。

〔二〕沉水：《爾雅》：芐，地黄也。羅願云：地黄以沉下者爲貴，芐字從下①。

---

① 濟按：原本作「爲字從芐」，殊不可解。今從中華書局本《蘇軾詩集》卷三十九改。

〔三〕東阿清：《水經》：河水東逕東阿縣故城北。注云：大城北門内有大井，深六七丈，歲嘗煮膠以貢天府，故有阿井之名。沈括《筆談》：古説濟水伏流，東阿亦濟水所經，取井水煮膠，謂之阿膠，其性趨下，清而且重。陳斯道《叢談》：阿井在陽穀縣故東阿城中，惟二井，甘水也。相傳秤之，比他井重一斤。

〔四〕丹田：《本草》：地黄性膩，得砂仁寬合，五臟之氣，歸宿丹田。

枸杞

神藥不自閟，羅生滿山澤。日有牛羊憂，歲有野火厄。越俗不好事，過眼等茨棘。青荑春自長，絳珠爛莫摘。短籬護新植，紫笱生卧節。根莖與花實，收拾無棄物。大將玄吾鬢，小則餉我客。似聞朱明洞，中有千歲質。靈龐或夜吠，可見不可索。仙人倘許我，借杖扶衰疾。

甘菊〔一〕

越山春始寒，霜菊晚愈好。朝來出細粟，稍覺芳歲老。孤根蔭長松，獨秀無衆草。晨光雖照耀，秋雨半摧倒。先生卧不出，黄葉紛可掃。無人送酒壺，空腹嚼珠寶。香風入牙頰，楚些發天藻。新荑蔚已滿，宿根寒不槁。揚揚弄芳蝶，生死何足道。頗訝昌黎公一作「翁」，恨爾生不早。

〔一〕甘菊：《本草》：陶弘景曰：菊有二種，紫莖，氣香，而味甘者，爲真菊。青莖而大，作蒿艾氣，味苦者，名苦薏。葉相似，惟以甘苦別之。花大而香者爲甘菊。范石湖《菊譜》引《神農書》，以菊爲養生上藥，能輕身延年。多至七十餘種，惟甘菊可食。

薏苡

伏波飯薏苡〔一〕，禦瘴傳神良。能除五溪毒，不救讒言傷。讒言風雨過，瘴癘久亦亡。兩俱不足治，但愛草木長。草木各有宜，珍産騈南荒。絳囊懸荔支，雪粉剖桄榔。不謂蓬荻姿，中有藥與糧。舂爲芡珠圓，炊作菰米香。子美拾橡栗，黄精誑空腸。今吾獨何者，玉粒照座光。

〔一〕飯薏苡：李石《續博物志》：「薏苡」一名「簳珠」。收子，蒸令氣餾暴乾，挼取作飯麪，主不飢。

雨後行菜圃 一本無「圃」字。

夢回聞雨聲，喜我菜甲長。平明江路濕，並讀作「傍」，去聲岸飛兩槳。天公真富有，乳膏瀉黄壤。霜根一蕃滋，風葉漸俯仰。未任筐筥載，已作杯盤一作「桉」想。艱難生理窄，一味敢專饗。小摘飯山僧，清安寄真賞。芥藍如菌蕈，脆美牙頰響。白菘類羔豚，冒土出蹯掌。誰能視火候，小竈當自養。

殘臘獨出二首

其一

幽尋本無事，獨往意自長。釣魚豐樂橋〔一〕，采杞逍遥堂。羅浮春欲動，雪日有清光。處處野梅開，家家臘酒香。路逢眇道士，疑是左元放。我欲從之語，恐復化爲羊。

〔一〕豐樂橋：失考。當在豐湖上，而地志不載。

其二

江邊有微行〔一〕，詰曲背城市。平湖春草合，步到棲禪寺〔二〕。堂空不見人，老稚掩關睡。所營在一飽，食已寧復事。客來豈無得，施子净掃地。松風獨不静，送我作鼓吹。

〔一〕微行：《詩》：遵彼微行。《毛傳》：微行，墻下徑也。《孔疏》：微細之徑道。

〔二〕棲禪寺：在豐湖上。見後《兩橋》詩引中。

贈包安静先生茶別本無「茶」字二首

其一

皓色生甌面，堪稱雪見羞。東坡調詩腹，今夜睡應休。公自注：偶謁大中精藍中，故人烹日注茶，果不虛，故詩以記之。

其二

建茶三十片，不審味如何？奉贈包居士，僧房戰睡魔。公自注：昨日點日注極佳，點此，復云罐中餘者，可示及舟中滌神耳。

愼按：以上二首，施氏原本載《遺詩》卷中，《外集》以爲在惠州作，今據此移編。

東坡先生編年詩卷四十

古今體詩六十九首起紹聖三年丙子正月，合明年丁丑四月以前在惠州作。

新年五首

其一

曉雨暗人日，春愁連上元。水生挑菜渚，烟濕落梅村。小市人歸盡，孤舟鶴踏翻。猶堪慰寂寞，漁火亂黄昏。

其二

北渚集群鷺，新年何所之。盡歸喬木寺，分占結巢枝。生物會有役，謀身各及時。何當禁畢弋〔一〕，看引雪衣兒。

〔一〕畢弋：《莊子》：夫弓弩畢弋機變之智多，則鳥亂於上矣。

慎按：此詩通首謂白鷺巢林而拖雛，初疑水鳥未必棲木。戊寅初夏，閩遊，過鉛山縣，城中有古樟三株，大皆合抱，白鷺千百，群巢其顛。土人云：每歲以三月來，伏雛乃去。方知東坡不我欺也。

其三

海國空自煖，春山無限清。冰谿紛一作「結」瘴雨，雪菌到江城。更待輕雷發，先催凍筍生。豐湖有藤菜〔一〕，似可敵蓴羹。

〔一〕豐湖：一名西湖，注見本卷。

其四

小邑浮橋外〔一〕，青山石岸東。茶槍燒後有，麥浪水前空。萬户〔二〕不禁酒〔三〕，三年真識翁。結茅來此住，歲晚有無同。

〔一〕浮橋：《六經釋文》：橋必有柱，浮橋以舟爲柱。《詩》云：「造舟爲梁。」是也。李巡注《爾雅》云：比其船而渡也。郭云：并舟爲橋。

〔二〕萬户：本集先生詩餘序云：余近釀酒，名萬家春，蓋嶺南萬户酒也。

〔三〕不禁酒：《宋史·食貨志》：榷酤非便，仍舊賣麴。惟夔、建、麟、府、辰州、汀、漳及廣南東、西路不禁。

其五

荔子幾時熟，花頭今已繁。探春先揀樹〔一〕，買夏欲論園。居士常携客，參軍許叩門。公自注：周參軍家多荔子〔二〕。明年更有味，懷抱帶一作「鬪」諸孫。

〔一〕揀樹：《荔支譜》：初著花時，商人計樹斷之以立券，若後多寡能預知之。

〔二〕周參軍：名字、爵里失考。

慎按：以上五首，施氏原本譌編乙亥卷末，今改編丙子卷首。

形贈影

天地有常運，日月無間時。孰居無事中，作止推行之。細察我與汝，相因以成兹。忽然乘物化〔一〕，豈與生滅期。夢時我方寂，偃然無所思。胡爲有哀樂，輒復隨漣洏。我舞汝凌亂〔二〕，相應不少疑。還將醉時語，答我夢中辭。

〔一〕物化：《莊子》：不知周之夢爲蝴蝶與？蝴蝶之夢爲周與？周與蝴蝶則必有分矣，此之爲物化。《古詩》：奄忽隨物化。

〔二〕舞凌亂：李白詩：我歌月徘徊，我舞影凌亂。

影答形

丹青寫君容，常恐畫師拙。我依月燈出，相肖兩奇絶。妍媸一作「形」本在君，我豈相媚悦。君如火上烟，火盡君乃別。我如鏡中像，鏡壞我不滅。雖云附陰晴，了不受寒熱。無心但因物〔一〕，萬變豈有竭。醉醒皆夢耳，未用議優劣。

〔一〕因物：《莊子》：因其所有而有之，則萬物莫不有；因其所無而無之，則萬物莫不無；因其所然而然之，則萬物莫不然；因其所非而非之，則萬物莫不非。

神釋

二子本無我，其初因物著。豈惟老變衰〔一〕，念念不如故〔二〕。知君非金石，安得長託附。莫從老君言，亦莫用一作「如」佛語。仙山與佛國，終恐無是處〔三〕。甚欲隨陶翁，移家酒中住。醉醒要有盡，未易逃諸數。平生逐兒戲，處處餘作具。所至人聚觀，指目生毁譽〔四〕。如今一弄火，好惡都焚去。既無負載勞，又無寇攘懼。仲尼晚乃覺，天下何思慮。

〔一〕老變衰：嵇康《養生論》：從衰至白，從白得老。

〔二〕念念不如故：《楞嚴經》：我觀現前，念念遷謝，新新不住，如火成灰，漸漸消殞。

〔三〕無是處：《楞嚴經》：無有是處。

〔四〕指目：《史記·陳涉世家》：旦日，卒中往往指目勝、廣。

咏二疏

二疏事漢時，迹寓心已去。許侯何足道，寧識此高趣。可憐魏丞相，免冠謝陋舉。中興多名臣〔一〕，有道獨兩傅。世途方轂擊，誰肯行此路。是身如委蛇，未蜕何所顧。已蜕則兩忘，身後誰毀譽。所以遺子孫，買田豈先務。我嘗游東海〔二〕，所歷若有素。神交久從君，屢夢今乃悟。淵明作詩意，妙想非俗慮。庶幾二大夫〔三〕，見微而知著。

〔一〕中興：《漢書·魏相傳贊》：孝宣中興，丙、魏有聲。

〔二〕遊東海：按，先生自杭移知密州，道出海州，有詩，載十二卷。海州，漢東海郡，二疏故里也。

〔三〕二大夫：《漢書·疏廣傳》：在位五歲，父子俱移病乞骸骨。公卿、大夫、故人、邑子設祖道供張東都門外，送者車數百兩，辭决而去，及道路觀者，皆曰：「賢哉，二大夫！」

咏三良

此生太山重，忽作鴻毛遺。三子死一言，所死良已微。賢哉晏平仲，事君不以私。我豈犬馬哉，從君求蓋帷〔一〕。殺身固有道，大節要不虧。君爲社稷死，我則同其歸。顧命有治亂〔二〕，臣子得從違。魏顆真孝愛，三良安足希。仕宦豈不榮，有時纏憂悲。所以靖節翁，服此黔婁衣。

〔一〕蓋帷：《禮記》：「敝帷不棄，爲埋馬也。敝蓋不棄，爲埋狗也。」施氏删去中二句，大謬。今補注。

〔二〕命有治亂：《左傳》：晉魏武子有嬖妾，武子疾，命其子顆曰：「必嫁是。」疾病則曰：「必以爲殉。」及卒，顆嫁之，曰：「疾病則亂，吾從其治也。」

慎按：葛立方《韻語陽秋》云：三良以身殉葬，《黄鳥》之詩哀之，則咎在秦穆而不在三良矣。王仲宣云：「結髮事明君，受恩良不訾。臨殁要之死，焉得不相隨？」陶元亮云：「厚恩固難忘，君命安可違？」皆不以三良之死爲非也。至李德裕則謂：「君爲社稷死則死之，不可許之，死欲與梁邱據、安陵君同譏。則罪三良之死非其所矣。然君命之於前，衆驅之於後，欲不死，得乎？」惟柳子厚云：「疾病命固亂，魏氏言有章。從邪陷厥父，吾欲討彼狂。」意謂康公能如魏顆不用亂命，則豈陷父於不義哉！東坡《和陶》亦云云，正與子厚之論合。

咏荆軻

秦如馬後牛，吕氏非復嬴。天欲厚其毒，假手李客卿。功成志自滿，積惡如陵京。滅身會有時，徐觀可安行。沙邱一狼狽，笑落冠與纓。太子不少忍，顧非萬人英。魏韓裂智伯，肘足本無聲。胡爲棄成謀，託國此狂生。荆軻不足説，田子老可驚。燕趙多奇士〔一〕，惜哉亦虚名。殺父囚其母，此豈容天庭。亡秦只三户，况我數十城。漸離雖不傷，陛戟加周營。至今天下人，愍燕欲其成。廢書一太息，可見千古情。

〔一〕燕趙奇士：《漢書·江充傳》：充爲人魁岸，容貌甚壯，帝望見而異之，謂左右曰：「趙國固多奇士。」

慎按：《形贈影》以下詩六首，皆和陶詩也。舊本刻《歸園田居》後，今分編於此。

二月八日與黄燾〔一〕僧曇穎〔二〕過逍遥堂何道士宗一問疾〔三〕

安心守玄牝〔四〕，閉眼覓黄庭〔四〕。問疾來三士，澆愁有半缾。風松時落蕊，病鶴不梳翎。尊空我歸去，山月照君醒。

〔一〕黄燾：不知何許人，時爲惠州推官。先生《與程正輔尺牘》云：本州黄燾推官實甚廉幹，郡中殊賴之。孤進無緣自達，不知舉削能及之否。

〔二〕曇穎：失考。

〔三〕逍遥堂：注詳上卷《江月》詩下。

〔三〕玄牝：《道德經》：谷神不死，是謂玄牝。《雲笈七籤》：不死之道，在於玄牝。玄，天也，天於人爲鼻；牝，地也，地於人爲口。魂者，雄也，出入人鼻，與天通，故鼻爲玄；魄者，雌也，出入於口，與地通，故口爲牝。乃是天地元氣所從往來也。

〔四〕黄庭：《外景經》：上有黄庭，下有關元。注云：黄庭者，目也。《雲笈七籤》：命門下一黄庭元王，始明精字，曰元陽昌，恒守我兩筦間，車軸下户是死氣之門，黄庭元王嚴固守之，使神氣不散。

次韻高要令劉湜峽山寺見寄〔一〕

新聞妙無多，舊學閒可束。猶當隱季主，未遽逃梅福。空腸吐餘思，静似蠶綴族一作「簇」。寸田結初果〔二〕，秀若銅生緑。荆棘掃誠盡，梨棗憂不熟。高人寧鑄金〔三〕，下士乃服玉〔四〕。君看嶺嶠隘，我欲巾笥蓄。曾攀羅浮頂，亦到朱明谷。旋觀真歷塊，歸卧甘破屋。故人老猶仕，世味薄如縠。偶從越女笑，不怕蠻江浴。驚聞尺書到，喜有新詩辱。應憐五管客，曾作八州督〔五〕。骨銷讒口鑠，膽破獄吏酷。隴雲不易寄，江月乃可掬。遥知清遠寺，不稱空明一作「洞」腹。蹇驢步武碎，短琵絃柱促。仰看泉落珮，俯聽石響轂。千峰瀉清駛〔六〕，一往無回躅。狂雷失晤語，過電不容目。要知僧長飢，正坐山少肉。人間無南北，蝸角空出縮。仇池九十九，公自注：仇池有九十九泉，予嘗夢至，有詩。嵩少三十六。公自注：子由近買田陽翟，北望嵩少，甚近。天人同一夢，仙凡無兩録。陋邦真可老，生理亦粗足。便回爇天燄，長作照海燭。公自注：黄魯直寄詩云：蓮花合裹一寸燭，牡馬海中燒百川。魯直蓋近有得也。

〔一〕高要：《元和郡縣志》：高要，本漢舊縣，屬蒼梧郡。隋開皇十一年，置端州，割屬焉。《輿地廣記》：端州，秦屬南海郡，陳立高要郡，宋升興慶軍節度。《九域志》：廣南東路端州高要郡，軍事，治高要縣。

〔二〕寸田結初果：《黄庭經》：但當吸氣煉子精，寸田尺宅可治生。《雲笈七籤》：服氣，本名胎息。如嬰兒在腹中，不食而能長養成就，爲初受正氣，無思無慮，汎然凝結，是名胎息。《胎息經》：胎從伏氣中結。注云：臍下三寸爲下丹田。修道者常伏其氣於臍下，守其神於身内，神氣相合而成玄胎，玄胎既結，乃自生身。

〔三〕鑄金：《抱朴子·黄白篇》：余諮於鄭君：「高人何用金銀爲貴，而遺其有？」鄭曰：「真人作金，自欲餌服之致神仙，不以致富也。」

〔四〕服玉：《抱朴子》引《玉經》云：「服玉者，壽如玉。」又云：「服玄真者，其命不極。」玄真，玉之别名也。可以烏米酒及地榆酒，化之爲水，亦可以葱漿消之爲粭，亦可餌以爲丸，燒以爲粉，服之，俱令人不死。《後魏書》：李預每羨餐玉法，椎七十枚爲屑，日服食之。

〔五〕八州：按，先生歷知密、徐、湖、登、杭、潁、揚、定，凡八州。

〔六〕瀉清駛：按，本集《峽山寺題名》云：溪水太駛，當作一閘。若夏秋水暴，爲啓閉之節。用陰陽家説，寺當少富。云云。「千峰瀉清駛」以下六句，隱寓此意。

〔七〕照海：尹真人《服元氣法》云：氣海者，與腎水相連，水歸於海，故名氣海。心爲南方丙丁火，既知氣海，以心守之，併去外想，閉氣於海，以手於臍下候之，如動於掌下，兼以目下注。如此久久，鼻中喘息都無出入。初用意時，勿令至心肺。至則心悶抑塞，不能下照。能下照者，是心守海也。

慎按：以上二首，施氏原本編在上卷之末，今改正。

食荔支二首并引

惠州太守東堂，祠故相陳文惠公〔一〕。堂下有公手植荔枝一株，郡人謂之將軍樹〔二〕。今歲大熟，嘗一作「賞」，訛啖之餘，下逮吏卒。其高不可致者，縱猿取之。

其一

丞相祠堂下，將軍大樹旁。炎雲駢火實，瑞露酌天漿。爛紫垂先熟，高紅挂遠揚。分甘徧鈴下，也到黑衣郎。

〔一〕陳文惠：《宋史》：陳堯佐，字希元，樞密使堯叟之弟。仁宗朝，參知政事，卒謚文惠。不載其知惠州事。鄭俠《西堂集》中有《陳文惠祠堂記》。《輿地紀勝》：咸平初，陳堯佐知惠州，手植荔支於州堂。淳祐初，太守趙汝馭扁曰「延相堂」。

〔二〕將軍樹：蔡君謨《荔支譜》中有「將軍荔支」，云：是五代時有爲此官者種之，後人以其官號其樹，而失其姓名之傳。《能改齋漫録》亦云：鄭熊《番禺雜編》嘗記廣中荔支凡二十二種，有大將軍、小將軍等名。

其　二

羅浮山下四時春，盧橘楊梅次第新。日啖一作「啖」荔支三百顆，不辭一作「妨」長作嶺南人。

寄高令

滿地春風掃落花，幾番曾醉長官衙。詩成錦繡開胸臆，論極冰霜繞齒牙。别後與誰同把酒，客中無日不思家。田園知有兒孫委，早晚扁舟到海涯。

慎按：此詩施氏原本不載，據《外集》編入「惠州」卷中，今從之。

遷　居并引

吾紹聖元年十月十二日至惠州，寓居合江樓。是月十八日，遷於嘉祐寺。二年三月十九日，復遷於合江樓。三年四月二十日，復歸於嘉祐寺。時方卜築白鶴峰之上，新居成，庶幾其少安乎！

前年家水東〔二〕，回首夕陽麗。去年家水西，濕面春雨細。東西兩無擇，緣盡我輒逝。今年復東徙，舊館聊一憩。已買白鶴峰〔二〕，規作終老計。長江在北户，雪浪舞吾砌。青山滿牆頭，鬖髿幾雲髻。雖慚抱朴子，金鼎陋蟬蜕。猶賢柳柳州，廟俎薦丹荔。吾生本無待，俯仰了此世。念念自成劫，塵塵各有際。下觀生物息，相吹等蚊蚋。

〔一〕水東：唐子西《水東廟記》：吾始至惠州，屏居南山之下。北望西江之東林木，有燈煴然，里人曰：此水東靈廟也。

〔二〕白鶴峰：《羅浮記》：博羅縣有羅浮鄉，皆山前後之地也。靈跡多在浮山，山有白鶴觀，今廢。《名勝志》：白鶴峰在惠州東五里，高五丈。本集先生《白鶴新居上梁文》：鵝城萬室，端居二水之間；鶴觀一峰，獨立千巖之上。危太朴《東坡書院記》：白鶴峰在歸善縣北十餘步，下臨大江，遠瞰數百里，惠之勝處也。

和子由盆中石菖蒲忽生九花

春荑秋莢兩須臾，神藥人間果有無。無鼻何由識薝蔔，有花今始信菖蒲。芳心未飽兩蛺蝶，寒意知鳴幾蟪蛄。記取明年十二節，小兒休更籋霜須。

附子由原作：《欒城集》題云「石盆種菖蒲甚茂忽開八九花或言此花壽祥也遠因生日作頌亦爲賦此」。

石盆攢石養菖蒲，沮洳沙泉薤葉鋪。世説花開難值遇，天將壽考報勤劬。心中本有長生藥，根底暗添無限須。更爾屈蟠增瘦硬，他年老病要相扶。

淵明讀山海經十三首其七皆仙語余讀抱朴子有所感用韻賦之〔一〕

其一

今日天始霜，衆木斂以疎。幽人掩關一作「窗」卧，明景翻空廬。開心無良友，寓眼得奇書。建德有遺民，道遠我無車。無糧食自足，豈謂穀與蔬。愧此稚川翁，千載與我俱。畫我與淵明，可作三士圖。學道雖恨晚，賦詩豈不如。

〔一〕抱朴子：《晉書·葛洪傳》：所著子言黄白之事，名曰《内篇》，其餘駁難通釋，名曰《外篇》。大凡内外一百一十六篇。自不足藏之名山，且欲緘之金匱，以示識者。自號抱朴子，因以名書。

其二

稚川雖獨善，愛物均孔顔。欲使蟪蛄流，知有龜鶴年。辛勤破封蟄一作「執」，苦語劇移山〔二〕。博哉無窮利，千載食此言。

〔一〕苦語：《抱朴子·勤求篇》：昔之著道書者多矣，莫不務廣浮巧之言，以崇玄虚之旨。未有究論長生之階徑，箴砭爲道之病痛，如吾之勤勤者也。實欲令迷者知反。

其　三

淵明雖中壽〔一〕，雅志仍丹邱。遠矣無懷民，超然邈無儔。奇文出纊息，豈復生死流。我欲作九原，異世爲三游。

〔一〕中壽：《晉書·陶潛傳》：宋元嘉中卒，時年六十三。

其　四

子政洵奇逸，妙算窮陰陽。淮南一作「仙」枕中訣〔一〕，養鍊歲月長。豈伊臭濁中，争此頃刻光。安知青藜火，丈人非中黄〔二〕。

〔一〕枕中訣：《抱朴子·論仙篇》：作聖皆在神仙集中，淮南王抄出，以作《鴻寶枕中書》。雖有其文，然皆秘其要。劉向父德治淮南王獄，獄中所得此書，非有師授也。

〔二〕中黄：《老子中經·第十一仙》：中黄真人，字黄裳子，主辟穀。《雲笈七籤》：《中黄真經》者，九仙君撰，中黄真人注。《抱朴子·地真篇》：黄帝西見中黄子，受九加之方。○按，中黄子，古之真人也。施氏原注所引《抱朴子·仙藥篇》，乃石中之黄子，與本文所用不合，今爲駁正。

其五

亂離棄弱女，破家割恩憐。寧知效龜息〔一〕，三歲號窮山。長生定可學，當信仲弓言。支牀竟不死，抱一無窮年〔二〕。

〔一〕龜息：《雲笈七籤》：龜鼈等攝氣法，東向坐，仰頭不息，五息五通，以舌撩口中沫，滿三七咽。

〔二〕抱一：《老子》：載營魄抱一，能無離乎？

其六

二一作「三」，訛山在咫尺，靈藥非草木。玄芝生太元，黄精出長谷。仙都浩如海，豈不供一浴〔一〕。何當從山火，束緼分寸燭。

〔一〕一浴：《仙家沐浴身心經》：沐浴内净者，虚心無垢，外净者，身垢盡除；存念真一，離諸色染。

其七

蜀士李八百〔一〕，穴居吴山陰。默坐但形語，從者紛如林。其後有李寬，雞鵠非同音〔二〕。口耳固多僞，識真要在心。

〔一〕李八百：按，《神仙傳》：李八百，蜀人也，歷世見之。時人計其年八百，因以爲號。又，李阿亦蜀人，别有傳。○慎按，《神仙傳》：李八百、李阿爲兩人，而《抱朴子》則云李阿即李八百，二書同出稚川翁手，不知何以互異。

〔二〕雞鵠：《莊子》：奔蜂不能化藿蠋，越雞不能伏鵠卵。其德非不同也，其材固有巨小也。

其八

黄花冒一作「育」，訛甘谷，靈根固深長。廖一作「葛」，訛井窖丹砂〔一〕，紅泉湧尋常〔二〕。二女戲口鼻一作「耳」，松膏以爲糧。聞此不能寐，起坐夜未央。

〔一〕廖井：《抱朴子》：余祖鴻臚少卿曾爲臨沅令，云此縣廖氏，家世壽考。後徙去，子孫轉夭折，他人居其故宅，復如舊。是宅井水殊赤，試掘之，得古埋丹砂數十斛，砂汁因泉入井，故飲而得壽也。○慎按，施氏原注删去《抱朴子》全文，遂訛以廖井爲葛井，今爲駁正。

〔二〕尋常：《左傳》：八尺曰尋，倍尋曰常。

其　九

談道鄙俗儒，遠自太史走。仲尼實不死，於聖亦何負。紫文出吴宫〔一〕，丹雀本無有。遼哉廣桑君，獨顯三季後。

〔一〕紫文：《八素經》云：靈文鬱乎洞標，紫字焕乎瓊林。又，司馬紫微《天地宫府圖序》云：瓊簡紫文，方傳代學。

其　十

金丹不可成，安期渺雲海。誰謂黄門妻〔一〕，至道乃近在。尸解竟不傳，化去空餘悔。丹一作「金」成亦安用，御氣本無待。

〔一〕黄門妻：《抱朴子·黄白篇》：桓君山言：漢黄門郎程偉，好黄白術。娶妻，得知方家女。偉按視枕中鴻寶，作金，不成。妻乃往視，出其囊中藥，少少投之，食頃成銀。偉大驚，曰：「道近在汝處，而不早告我，何也？」妻曰：「得之須有命者。」於是，偉日夜説誘之，猶不肯告。偉乃謀撾瞀伏之，妻輒云：「道必當傳得其人，如非其人，雖寸斷支解，道終不出也。」偉逼之，妻乃發狂，裸而走。○慎按，先生詩中所引，乃《抱朴子》原文也。施氏原注引《真誥》，「黄門」作「期門」，與詩不合，事又不詳，今爲補注。

其十一

鄭君故多方，玄翁所親指。奇文二百篇，了未出生死。素〔一〕書在黄石〔二〕，豈敢辭跪履。萬法等成壞，金丹差可恃。

〔一〕素書：《困學紀聞》：《素書》一卷，六章，曰《原始》，曰《正德》，曰《本德宗道》，曰《求人之志》，曰《遵義》，曰《安道》。晁公武《讀書志》謂其「龐亂無統，蓋采諸書成之」。

〔二〕黄石：《抱朴子·至理篇》引孔安國《秘記》曰：「張良得黄石公不死之法，不但兵法而已。」如安國之言，則良爲得仙也。又，《黄石公記》云：黄石，鎮星之精也。

其十二

古强本庸妄，蔡誕亦夸士。曼都斥仙人，謁帝輕舉止。學道未有得，自欺誰不爾。稚川亦隘人，疏録此庸子。

其十三

東坡信畸人，涉世真散材。仇池有歸路，公自注：在潁州，夢至一官居，顧視堂上，榜曰「仇池」。覺而念之：仇池，武都氏故地，楊難當所保，余何爲而居之。明日，以問客，客有趙令畤者，曰：此乃福地小有洞天之附庸也。杜子美蓋云：萬古仇池穴，潛通小有天。羅浮豈徒來？踐虵及茹蠱，心空了無猜。攜手葛與陶，歸哉復歸哉。

慎按：以上十三首，不著作詩年月。考之《欒城集·和子瞻和陶公讀山海經》詩，編次《盆中菖蒲花》之後，今據此置「惠州」卷中。

附子由和一首：《欒城集》題云「子瞻和陶公讀山海經詩欲同作而未成夢中得數句覺而補之」。

此心淡無著，與物常欣然。虛閒偶有見，白雲在空間。愛之欲吐玩，恐爲時俗傳。逡巡自失去，雲散空長天。永媿陶彭澤，佳句如珠圓。

兩橋詩并引

惠州之東，江溪合流，有橋，多廢壞，以小舟渡。羅浮道士鄧守安，始作浮橋。以四十舟爲二十舫，鐵鎖石碇，隨水漲落，榜曰東新橋。州西豐湖上，有長橋，屢作屢壞。棲禪院僧希固築進兩岸，爲飛樓九間，盡用石鹽木，堅若鐵石，榜曰西新橋。皆以紹聖三年六月畢工，作二詩落之。

東新橋一本無此三字。

群鯨貫鐵索，背負橫空霓〔一〕。首搖翻雪江，尾插崩雲溪。機牙任信縮〔二〕，漲落隨高低。轆轤卷巨索一作「綆」，青蛟挂長隄。𦨭舟免狂觸，脱筏防撞擠。一橋何足云，讙傳滿一作「廣」東西。父老有不識，喜笑争攀躋。魚龍亦驚逃，雷雹一作「雹」生馬蹄。嗟此病涉久，公私困留稽。姦民食此險，出没如鳧鷖。似賣失船壺，如去登樓梯。不知百年來，幾人隕沙泥。豈知濤瀾上，安若堂與閨。往來無晨夜，醉病休扶攜。使君飲我言，妙割無牛雞。不云二子勞，歎我捐腰犀。公自注：二子造橋，予嘗助施犀帶。我亦壽使君，一言聽扶藜。常當修未壞，勿使後噬臍。

〔一〕横空霓：按，前一首專屬東新橋，王氏舊注謂指兩橋者，訛。
〔二〕信縮：「信」字平聲，與「伸」同。

西新橋一本無此三字。

昔橋木一作「本」千柱，挂湖如斷霓。浮梁陷積淖，破板隨奔溪。笑看遠岸没，坐覺孤城低。聊因三農隙，稍進百步隄。炎州無堅植一作「石」，潦水輕推擠。千年誰在者，鐵柱羅浮西。獨有石鹽木，白螘不敢躋。似開銅駝峰，如鑿鐵馬蹄。岌岌類鞭石，山川非會稽。嗟我久閣筆，不書紙尾鷖。蕭然無尺箠，欲構飛空梯。百夫下一杙，椓此百尺泥。公自注：橋柱石㵾之下皆有堅木，椓入泥中丈餘，謂之頂樁。探囊賴故侯，寶錢出金閨。公自注：子由之婦史，頃入内，得賜黄金錢數千，以助施。父老喜雲集，簞壺無空携。三日飲不散，殺盡西村雞。似聞百歲前，海近湖有犀。公自注：橋下舊名鰐湖〔一〕，蓋嘗有鮫、鰐之類。那知陵谷變，枯瀆生茭藜。後來勿忘今，冬涉水過臍。

〔一〕鰐湖：《廣東舊志》：「鰐」作「鱷」，湖在惠州城西一里，小而深黑，相傳中潛鱷魚，亦名鱷穴。

悼朝雲并引

紹聖元年十一月，戲作《朝雲》詩。三年七月五日，朝雲病亡於惠州，葬之棲禪寺松林中，東南直大聖塔。予既銘其墓〔一〕，且和前詩以自解。朝雲始不識字，晚忽學書，粗有楷法。蓋嘗從泗上比邱尼義沖學佛，亦略聞大義，且死，誦《金剛經》四句偈而絶。苗而不秀豈其天，不使童烏與我玄。駐景恨無千歲藥〔二〕，贈行惟有小乘禪。傷心一念償前債，彈指三生斷後緣。歸卧竹根無遠近，夜燈勤禮塔中仙。

〔一〕朝雲墓：本集先生《誌朝雲墓》云：朝雲，字子霞，姓王氏，錢塘人。事先生二十有三年，紹聖三年七月壬辰，卒於惠州，葬之西湖之上，棲禪山寺之東南。

〔二〕駐景：李商隱詩：檢與神方教駐景。

縱筆

白頭蕭散滿霜風，小閣藤牀寄病容。報道先生春睡美，道人輕打五更鐘〔一〕。

〔一〕道人打鐘：《北齊書》：孝昭帝時，鄴中童謡曰：中興寺内有鳧翁，四方側聽聲雍雍，道人聞之夜打鐘。

慎按：此詩施氏原本不載，據王氏舊注，此詩執政聞而怒之，再貶儋耳。云云。當是惠州所作，今從新刻《續補》下卷移編。

丙子重九二首

其一

三年瘴海上，越嶠真我家。登山作重九，蠻菊秋未花。惟有黄茅浪，堆壠生坳窊。蜑酒蘖一作「孽」衆毒，酸甜如梨樝。何以侑一尊，鄰家餽黿蛇。亦復强取醉，歡謡雜悲嗟。今年吁惡歲，僵仆如亂麻。此會我雖健，狂風卷朝霞〔一〕。使我如霜月，孤光挂天涯。西湖不欲往，暮一作「墓」樹號寒鴉。

〔一〕朝霞：借以言朝雲也。「今年吁惡歲」以下八句，專爲朝雲而發。

其二

窮途不擇友，過眼如亂雲。餘子誰復數，坐間兩使君〔一〕。共飲去年堂，俯看秋水紋。此水與此人，相追兩沄沄〔二〕。老去各休息，造化嗟長勤。佳哉此令節，不惜與子分。何以娱我客，游魚在清濆。水師三百指，鐵網欲掩群。獲多雖一快，買放尤可欣。此樂真不朽，明年我歸耘。

〔一〕兩使君：詹範，字器之。方子容，字南圭。相繼爲惠州守，皆見本傳。

〔二〕沄沄：杜甫詩：沄沄逆素浪。韓愈詩：浪波沄沄去。

次韻子由所居六詠

其一

堂前種山丹，錯落馬腦盤。堂後種秋菊，碎金收辟寒。草木如有情，慰此芳歲闌。幽人正獨樂，不知行路難。

附子由原作：

手植天隨菊，晨添苜蓿盤。叢長憐夏苦，花晚怯秋寒。素食舊所媿，長齋今未闌。殷勤拾落蕊，眼暗讀書難。

其二

詩人故多感，花發憶兩京。石榴有正色，玉樹真虛名。粲粲秋菊花，卓爲霜中英。萸槃照重九，纈蕊兩鮮明。

附子由原作：

山丹炫南土，盈尺愧西京。所至曾無比，知非浪得名。未須求別種，尚欠剥繁英。行復春風度，天涯眼暫明。

其　三

幽居有古意，義井分西牆。誰云一作「言」三伏熱，止須一杯凉。先生坐忍渴，群嚚自披猖。衆散徐酌飲，逡巡味尤長。

附子由原作：

鄰家三畝竹，蕭散倚東牆。誰謂非吾有，時能惠我凉。雪深聞毀折，風作任披猖。事過還依舊，相看意愈長。

其　四

先生飯土熘，無物與劉叉。何以娱醉客，時鼽砌下花。井水分西鄰，竹陰借東家〔一〕。蕭然行脚僧，一身寄天涯。

〔二〕竹陰借東家：《埤雅》：種竹法，斸取東南引根，於園西北角種之，久久自當滿園。語云：西家種竹，東家治地。

附子由原作：

弱榴生掩冉，插竹强支叉。旋疊封根石，能開著子花。扶持物遂性，綴緝我成家。故國田園少，何須恨海涯。

其　五

東齋手植柏，今復幾尺長。知有桓司馬，榛茅爲遮藏。近聞南臺松，新枝出餘僵。年來此懷抱，豈復一作「敢」驚凡亡。

附子由原作：

大雞如人立，小雞三寸長。造化均付與，危冠兩昂藏。出欄風易倒，依草枯不僵。後庭花草盛，憐汝計興亡。

其　六

新居已覆瓦，無復風雨憂。榿栽與籠竹，小詩亦可求。尚欲煩貳師，刺山出飛流。應須鑿百尺，兩綆載一牛。

按：是時，先生新居白鶴峰將成，尚未鑿井，故此詩云然。

附子由原作：

西鄰分半井，十口無渴憂。歲旱百泉竭，日供八家求。艱難念生理，沾足媿寒流。比聞山田婦，出汲爭群牛。自注：山中澗谷枯竭，汲者每苦牛奪其水，一人出汲，輒數人持杖護之。

吴子野〔一〕絶粒不睡過作詩戲之芝上人〔二〕陸道人皆和予亦次韻〔三〕

聊爲不死五通仙〔四〕，終了無生一大緣〔五〕。獨鶴有聲知半夜〔六〕，老蠶不食已三眠。憐君解比人間夢，公自注：芝有夢齋，子由作銘。許我時逃醉後禪。會與江山成故事，不妨詩酒樂新年。

〔一〕吴子野：名復古，注見前。

〔二〕芝上人：即曇秀，注見前。

〔三〕陸道士：本集《雜記》：陸道士，名惟忠，字子厚，眉山人。好丹藥，能詩，久客江南，無知之者。

吴遠游過彼，遂與俱來惠州。

〔四〕五通仙：《維摩經》：或現離婬欲，爲五通仙人。注云：佛具六通，神仙衆特五通而已。五通，則不死；六通，無死無生。

〔五〕一大緣：《法華經》：諸佛、菩薩，以一大事因緣，故出現於世。

〔六〕鶴知夜半：語出《春秋繁露》。

擷菜并引

吾借王參軍地種菜，不及半畝，而吾與過子終年飽菜。夜半飲醉，無以解酒，輒擷菜煮之，味含土膏，氣飽風露，雖粱肉不能及也。人生須底物，而更貪耶？乃作四句。

秋來霜露滿東園，蘆菔生兒芥有孫。我與何曾同一飽，不知何苦食雞豚。

慎按：此詩施氏原注載《遺詩》卷中，今據《寓惠集》移編於此。

十二月二十五日酒盡取米欲釀米亦竭時吴遠游陸道士皆客於余因讀淵明歲暮和張常侍詩亦以無酒爲嘆乃用其韻贈二子

我生有天禄，玄膺〔一〕流玉泉〔二〕。何事陶彭澤，乏酒每形言。仙人與道士，自養豈在繁。

但使荆棘除，不憂梨棗蝕。我年六十一，頽景薄西山。歲暮似有得，稍覺散亡還。有如千丈松，常苦弱蔓纏。養我歲寒枝，會有解脱年。米盡初不知，但怪飢鼠遷。二子真我客，不醉亦陶然〔三〕。

〔一〕玄膺：《黄庭内景經》：取津玄膺入明堂，下溉咽喉神明通。注云：咽液之道，必自玄膺，下入喉嚨，一名重樓。重樓之下爲明堂、洞房、丹田。身命以津氣爲主也。

〔二〕玉泉：《黄庭内景經》：三十六咽玉池裏，開通百脉血液始。注云：口爲玉池，膽爲中池，胞爲玉泉。華池咽液入丹田，所謂灌溉靈根也。

〔三〕陶然：陶潛詩：傲然自得，陶然自樂。白居易詩：共君一醉一陶然。

慎按：詩中有「我年六十一」之句，自是丙子冬作，今從《和陶》卷中移編。

海上道人傳以神守氣訣〔一〕

但向起時作，還於作處收。蛟龍莫放睡，雷雨直石刻作「却」須休。要會石刻作「爲有」無窮火，嘗觀石刻作「資」不一作「未」盡油。夜深人散後，惟有石刻作「此」一燈留。

〔一〕以神守氣：《春秋繁露》云：養生之大者，在受氣間欲以平意，平意以静神，静神以養氣。孫真人《養生門》中第五篇云：和神養氣之道，當得密室閉户，安牀暖席，枕高二寸半，正身偃仰，瞑目守氣於胸膈間，以鴻毛著鼻上而不動。經三百息，耳無所聞，目無所見，心無所思，如此則寒暑不能侵矣。黄山谷《題跋》云：東坡先生好道術，聞輒行之，但不久又棄去。嘗有海上道人評東坡云：真蓬萊方丈中謫仙人也。

慎按：石刻先生自書此詩後：「丁丑正月十九日，録示子野，向嘗論其詳矣。」云云。此詩施氏原本不載，今據石刻年月，從《續補》下卷移編於此。

去歲三月自水東嘉祐寺遷居合江樓迨今一年多病鮮一作「寡」歡頗懷水東之樂得歸善縣後隙地數畝父老云此古白鶴觀也意欣然欲居之乃和此詩二首以下丁丑年作。

其一

昔我初來時，水東有幽宅。晨興一作「與」鴉鵲朝，暮與牛羊夕。誰令遷近市，日有造請役。歌呼雜閭巷，鼓角鳴枕席。出門無所詣，樂事非宿昔。病瘦獨彌年，束薪與誰析。

其二

洄潭轉碕岸，我作江郊詩。今爲一廛氓，此邦一作「地」乃得之。葺爲無邪齋〔一〕，思我無所思。古觀廢已久，白鶴歸何時。我豈丁令威，千歲復還兹。江山朝福地〔二〕，古人不我欺。

〔一〕思無邪齋：在白鶴新居。本集《思無邪齋銘序》云：有思皆邪也，無思則土木也，吾何自得道？其惟有思而無所思者乎！

〔二〕福地：司馬永禎《天地宫府圖序》：太上曰七十二福地，在大地名山之間，上帝命真人治之。杜甫詩：置身福地何蕭爽。

慎按：以上二首和淵明《移居》詩韻，當是丙子初春在惠州作，今據《寓惠集》編此。

白鶴峰新居欲成夜過西鄰翟秀才二首〔一〕

其一

林行婆家初閉户〔二〕，翟夫子舍尚留關〔三〕。連娟缺月黄昏後，縹緲新居紫翠間。繫悶豈無羅帶水，割愁還有劍鋩山〔四〕。公自注：韓退之云：水作青羅帶，山如碧玉篸。柳子厚云：海上尖峰若劍鋩，秋來處處割愁腸。皆嶺南詩也。中原北望無歸日，鄰火村春自往還。

〔一〕白鶴新居：危太朴《書院記》：紹聖四年二月，白鶴峰新居成。紹興初，虔寇謝達陷惠州，官舍焚蕩無遺。獨存公故居，烹羊致奠而去。

〔二〕行婆：老嫗居家事佛者之通稱。《司馬温公集》有《張行婆傳》。

〔三〕翟夫子：《名勝志》：翟夫子舍，在白鶴峰側，宋邑人翟逢亨也。天性至孝，博洽群書。東坡詩「翟夫子舍尚留關」即此。

〔四〕割愁：《老學菴筆記》：柳子厚詩云：海上尖山似劍鋩，秋來處處割愁腸。東坡用之，云：割愁還有劍鋩山。或謂可言「割愁腸」，不可但言「割愁」。亡兄仲高云：晉張望詩云：愁來不可割。此「割愁」二字出處也。○按，《苕溪漁隱叢話》：詩篇當有操縱，不可拘用一律。蘇子瞻詩云：「林行婆家初閉户，翟夫子舍尚留關。」始讀殆不可測其意，蓋下有「連娟缺月黄昏後」四句，則入頭不怕放行，寧傷初拙也。然「繫悶羅帶」、「割愁劍鋩」，大是險諢，亦何可屢打也。

其　二

甕間畢卓防偷酒，壁後匡衡不點燈。待鑿平江百尺井，要分清署一壺冰。佐卿恐是歸來鶴，次律寧非過去僧。他日莫尋王粲宅，夢中來往本何曾。

慎按：以上二首，施氏原本訛編《丙子重九》詩後，今改正。

附子由次韻二首：

老罷子卿還屬國，功成定遠恨陽關。漂流豈必風波際，顛沛何妨枕席間。伏臘便應隨俚俗，室廬聞似勝家山。因緣宿世非今日，賴有陰功許旋還。山連上帝朱明府，心是南宗無盡燈。過此欹危空比夢，年來瘴毒冷如冰。圖書一笑寧勞客，音信頻來尚有僧。梨棗功夫三歲辦，不緣憂患亦何曾。

丁丑二月十四日白鶴峰新居成自嘉祐寺遷入咏淵明時運詩云斯晨斯夕言息其廬似爲余發也乃次其韻長子邁與余别三年矣挈攜諸孫萬里遠至老朽憂患之餘不能無欣然〔一〕

其一

我卜我居，居非一朝。龜不吾欺，食此江郊〔二〕。廢井已塞〔三〕，喬木干霄。昔人伊何，誰其裔苗？

〔一〕長子邁：按，邁字伯達。東坡謫惠州，邁方居宜興。明年，授韶州仁化令，後改河間縣，官至駕部員外。子符，高宗朝仕至禮部尚書。

〔二〕龜食：《左傳》：臧昭伯如晉，臧會竊其寶龜，僂句以卜，爲信，曰：「僂勾不吾欺也。」杜預注：僂勾，龜所出地名。《埤雅》：以墨畫龜，占其食否。《洛誥》所謂「惟洛食」是也。《爾雅注》：

今江東所謂左食者，以甲卜審，右庫者爲右食，甲形皆爾。

〔三〕塞井：柳子厚有《塞廢井》文。

其二

下有澄施氏原注：石刻作「澄」，集本作「碧」潭，可飲可濯。江山千里，供我遐矚。木固無脛一作「脛」，瓦豈有足。陶匠自至，歗歌相樂。

其三

我視此邦，如洙如沂〔一〕。邦人勸我，老矣安歸。自我幽獨，倚門或揮。豈無親友，雲散莫追。

〔一〕如洙如沂：慎按，詩意謂如在鄒、魯之邦也。

其四

旦朝丁丁，誰款我廬。子孫遠至，笑語紛如。剪髮施氏原注：石刻作「髮」，集本作「髮」垂髫，覆此瓠壺。三年一夢，乃復見余。

慎按：以上四章，施氏原本不載。新刻本載《和陶》卷中，合爲一首。今依陶詩，分四章，每章八句，考據年月，分編於此。

和東方有一士

瓶居本近危，甑墜知不完。夢求亡楚弓，笑解適越冠。忽然返自照，識我本來顔。歸路在脚底，殽澠失重關。屢從淵明遊，雲山出毫端。借君無弦琴〔一〕，寓我非指彈〔二〕。豈惟舞獨鶴，便可躡飛鸞。還將嶺茅瘴，一洗月闕寒。公自注：此東方一士，正淵明也。不知從之遊者誰乎？若了得此一段，我即淵明，淵明即我也。紹聖三年二月二十一日，東坡居士飲醉食飽，默坐思無邪齋，兀然如睡，既覺，寫和淵明詩一首，示兒子過。

〔一〕無弦琴：見《晉書·陶潛本傳》。

〔二〕非指：《莊子》：以指喻指之非指，不若以非指喻指之非指也。

慎按：陶淵明《東方有貧士》一首，即《擬古》第九首也，集中重載此詩，先生亦再和。施氏原本不載，新刻本載《續補》上卷，今依別本補編。

次韻惠循〔一〕二守相會〔二〕一本題云「次韻南圭使君與循州唱酬一首」。

共惜相從一寸陰，酒杯雖淺意殊深。且同月下三人影，莫作天涯萬里心。東嶺近開松菊徑，南堂初絶斧斤音。知君善頌如張老，猶望携壺更一臨。

〔一〕循州：《元和郡縣志》：漢南海郡之博羅縣。梁置梁化郡，隋開皇十年，置循州，取循江爲名。《輿地廣記》：廣南東路循州，秦屬南海郡。隋平陳，置循州。南漢改爲禎州，而析北境，又立循州。○慎按，禎州，即惠州也。循州後亦并入惠州。

〔二〕二守：方南圭，字子容，時守惠州。周彥質，字文之，時守循州。

又次韻二守許過新居

數畝蓬蒿古縣陰，曉窗明施氏原注：墨跡作「明」，集本作「清」快夜堂深。也知卜築非真宅，聊欲跏趺看此心。聞道攜壺問奇字，更因登木助微一本作「振履出商」音。相娛北户江千頃，直下都無地可臨。

慎按：施氏原注舊載南圭和詩，惜已脱落，止存結句，云：「應許衰翁領客臨。」

又次韻二守同訪新居施氏原注：墨蹟云：「次韻南圭文之二太守同過白鶴新居之什。」

此生真欲老牆陰，却掃都忘歲月深。拔薤已觀賢守政，折蔬聊慰故人心。風流賀監常吴語〔二〕，憔悴鍾儀獨楚音。治狀兩邦俱第一，潁川歸去肯重臨〔三〕。

〔二〕風流賀監：李白《憶賀監》詩：四明有狂客，風流賀季真。

〔三〕重臨：劉夢得詩：重臨事異黄丞相。

循守臨行出小鬟復用前韻

石刻云：請一呈文之便毁之，切告切告。蒙示廿一日别文之後佳句，戲用元韻，記别時事爲一笑。末又云：雖爲戲笑，亦告不示人也。

學語雛鶯在柳陰，臨行呼出翠帷深。通家不隔同年面，施氏注：墨跡注云：文之與南圭令弟同年。得路方知異日心。趁着春衫游上苑，要求國手教新音。嶺梅不用催歸騎，截鐙須防舊所臨。公自注：文之嘗倅韶。

慎按：施氏原注云：「陰」字韻四詩，墨跡筆札皆精絶，楮墨如新，而每詩皆丁寧至切，勿以示人。蓋公平生以文字招謗蹈禍，慮患益深。然海南之役，竟不免焉。吁可嘆哉！此段新刻本删去，今補録。

周循州彥質在郡二年書問無虚日罷歸過惠爲余留半月既别和此詩追送之

其一

我見異人，且得異書〔一〕。挾書從人，何適不娱。羅浮之趾，卜我新居。子一作「而」非玄德，三顧我廬。

〔一〕異人異書：施氏原注引袁山松《漢書》云：王充作《論衡》，蔡邕始得之，其後王朗爲會稽守，又得其書。及還許下，時人稱其才進，曰：「不見異人，當得異書。」

其二

旨酒荔蕉，絶甘分珍。雖云晚接，數面自親。海隅一笑，豈云無人。無酒酤我，或乞其鄰。

其三

將行復止，眷言孜孜。苟有於中，傾倒出之。奕奕千言，粲焉陳詩。觴行筆落，了不容思。

其　四

丱妙侍側〔一〕，兩髦丫分。歌舞壽我，永爲歡欣。曲終悽然，仰視浮雲。此曲此聲，何時復聞。

〔一〕丱妙：即指前章臨行所出小鬟也。

其　五

擊鼓其鏜，船開艫鳴。顧我而言，雨泣載零。子卿白首，當還西京。遼東萬里，亦歸管寧〔一〕。

〔一〕管寧：《三國志·魏志·管寧傳》：初至遼東，公孫度虚館以候之，文帝即位，徵寧，遂將家屬浮海還郡。

其　六

感子至意，託辭西風。吾生一塵，寓形空中。願言謙亨，君子有終。功名在子，何異我躬。

慎按：以上六章和淵明《答龐參軍》韻，施氏原本不載，新刻本載《和陶》卷中，合成一首，今從別本，分六章，每章八句。據《寓惠集》分編於此。

種　茶

松間旅生茶，已與松俱瘦。茨棘尚未容，蒙翳争交構。天公所遺棄，百歲仍穉幼。紫筍雖不長，孤根乃獨壽。移栽白鶴嶺，土軟春雨後。彌旬得連陰，似許晚遂茂。能忘流轉苦，戢戢出鳥咮。未任供舂一作「臼」磨，且可資摘嗅。千團輸大官，百餅衒私鬭。何如此一啜，有味出吾囿。

白鶴山新居鑿井四十尺遇磐石石盡乃得泉

海國困蒸溽，新居利高寒。以彼陟降勞〔一〕，易此寢處乾一作「安」。但苦江路峻，常慚汲腰酸。矻矻煩四夫〔二〕，磽磽斲層巒。彌旬得尋丈，下有青石盤。終日但迸火，何時見飛瀾。豐我粲與醪，利汝椎與鑽。山石有時盡，我意殊未闌。今朝僮僕喜，黄土復可摶。晨缾得雪乳，暮甕停冰湍。我生類如此，何適不艱難。一勺亦天賜，曲肱有餘歡。

〔一〕陟降：柳子厚《井銘》：崖岸峻厚，旱則水益遠，人陟降大難。

〔三〕矻矻：白居易詩：披沙復鑿石，矻矻無冬春。

三月二十九日二首

其一

南嶺過雲開紫翠，北江飛雨送凄凉。酒醒夢回春盡日，閉門隱几坐燒香。

其二

門外橘花猶的皪，墻頭荔子已斕斑。樹暗草深人静處，卷簾欹枕卧看山。

慎按：危太朴《惠州東坡書院記》：白鶴峰新居成，權臣聞公之安於惠，再責授瓊州别駕，昌化軍安置。四月，發惠州。自此以下皆謫海南詩。

東坡先生編年詩卷四十一

古今體詩四十三首起紹聖四年丁丑四月自惠州謫昌化軍安置，盡是年十二月。

吾謫海南〔一〕子由雷州〔二〕被命即行了不相知至梧〔三〕乃聞尚在藤也旦夕當追及作此詩示之〔四〕

九疑〔五〕聯綿屬衡湘〔六〕，蒼梧獨在天一方。孤城吹角烟樹裏，落月一作「日」未落江蒼茫。幽人拊枕坐太息，我行忽至舜所藏〔七〕。江邊父老能説子，白須紅頰如君長。莫嫌瓊雷隔雲海〔八〕，聖恩尚許遥相望。平生學道真實意，豈與窮達俱存亡。天其以我爲箕子，要使此意留要一作「遐」荒。他年誰作輿地志，海南萬里一作「古」真吾鄉。

〔一〕謫海南：《宋史·哲宗本紀》：紹聖四年閏二月甲辰，以三省言，再貶蘇軾移昌化軍安置。

〔二〕子由雷州：《哲宗本紀》：紹聖四年二月癸未，再貶蘇轍化州别駕，安置於雷州。《潁濱遺老傳》：初以本官出知汝州，再謫知袁州。未至，降分司南京，筠州居住。居三年，責授化州别駕，雷州安置。《元和郡縣志》：梁武分合浦郡置合州，唐貞觀八年，改雷州。《國史補》云：春夏有雷，秋則伏地中，謂之雷公。《投荒録》云：以雷聲近在檐宇間，故名州。《九域志》：雷州海康郡，屬廣南西路，至瓊州四百里。

〔三〕梧：《漢書·地理志》：蒼梧，越地，秦屬桂林。元封中，置十三州刺史，交州刺史部七郡，其一蒼梧。《元和郡縣志》：屬嶺南道。武德五年，於蒼梧郡置梧州。

〔四〕藤：《太平寰宇記》：隋永平郡。唐武德四年，置藤州。開寶七年，移州於大江西岸，東至梧州二百五里。

〔五〕九疑：元結《九疑圖記》：九疑山，方二千餘里，四州各近一隅，世稱九峰相似，望而疑之，謂之九疑。亦云舜登九峰，疑禹而悲，從臣作《九悲》之歌，因謂之九疑。九峰殊極高大，遠望皆可見也。

〔六〕衡湘：《元和郡縣志》：吴分長沙爲衡陽、湘東二郡。徐靈期《南嶽記》：衡山周回八百里。《湘中記》：湘水在衡州城東，源出興安縣陽海山，至分水嶺，北流爲湘，至此又北流，入長沙界。

〔七〕舜所藏：《禮記》：舜葬於蒼梧之野。《元和郡縣志》：道州延唐縣在州東一百里。九疑山在縣東南，舜所葬也。

〔八〕瓊海：《瓊州志》：儋州北有淪水，西流十里，爲大江，南流入海，是爲瓊海。《太平寰宇記》：瓊州北十五里極大海，泛大船，使西風，凡三日三夜到崖門。從崖門山入小江，一日至新會縣，如無西南風，無由渡海，却回船本州石濩水口住泊。

丁丑歲予謫海南子由亦貶雷州五月十一日相遇於藤同行至雷六月十一日相別渡海余時病痔呻吟子由亦終夕不寐因誦淵明詩勸余止酒乃和原韻因以贈別庶幾真止矣

時來與物逝，路窮非我止。與子各意行，同落百蠻裏。蕭然兩別駕，各擕一稺子。子室有孟光，我室惟法喜。相逢山谷間，一月同卧起。茫茫海南北，粗亦足生理。勸我師淵明，力薄且爲己。微痾坐杯酌，止酒則瘳矣。望道雖未濟，隱約見津涘。從今東坡室，不立杜康祀。

慎按：此詩施氏原本不載，考題中歲月，乃初謫海外時作，今從《和陶》卷中分編於此。又按，王宗稷《年譜》：「丁丑三月，先生責瓊州别駕，五月至雷，有《雷州詩八首》。」傅藻《紀年録》亦云：「丁丑五月，與子由同行至雷，作《雷州詩》。」以愚考之，《譜》、《録》皆非也。《雷州八首》本秦少游作：「粤俗風俗殊」、「舊時日南郡」二首，今載《淮海集》中，乃《雷陽書事五首》之二。「白髮坐鈎黨」等六首，《淮海集》中《海康書事十首》之六，不知何以竄入公集，因仍踵訛，久而不察，所當亟爲删去者也。或詰余曰：「八章彼此互載，安知非蘇詩訛編秦集乎？」應之曰：「某所據者，史傳及詩序，非臆説也。」按，《宋史·秦觀傳》：「紹聖初，坐黨籍，再貶郴州，徙雷州。徽宗立，始放還，至藤而卒。」此少游居雷之歲月也。先生詩題云：「與子由五月十一日相遇於藤，同行至雷，六月十一日相别渡海。」此先生過雷之月日也。今觀詩中，多僑居此土，因時紀事之語。故斷爲秦作，無可疑者。若東坡，則遠謫海外，何云「南遷瀕海州」？計其住海康不過旬月，何云「灌園以糊口」？六月渡海，七月初已至儋州，何當有「籬落秋暑中」、「黄甘遽如許」、「海康臘己酉」、「東風已如雲」等句？再考《宋文鑑》，第二十卷「詩類」中，所選《海康書事五首》，皆係秦作，不云東坡作，則又余説之確證也。八首入《他集互見》卷，特辨正。

附子由次韻：

少年無大過，臨老重復止。自言衰病根，恐在酒杯裏。今年各南遷，百事付諸子。誰言瘴霧中，乃有相逢喜。連牀聞動息，一夜再三起。泝流俯仰得，此病竟何理。平生不尤人，未免亦求己。非酒猶止之，其餘真止矣。飄然從孔公，乘桴南海涘。路逢安期生，一笑千萬祀。

行瓊儋間肩輿坐睡夢中得句云千山動鱗甲萬谷酣笙鐘覺而遇清風急雨戲作此數句

四州〔一〕環一島〔二〕，百洞蟠其中。我行西北隅，如度月半弓。登高望中原，但見積水空〔三〕。此生當安歸，四顧真途窮。眇觀大瀛海，坐咏談天翁。茫茫太倉中一本作「區區魏中梁」，一米誰雌雄。幽懷忽破散，咏嘯來天風。千山動鱗甲，萬谷酣笙鐘。安知非群仙，鈞天宴未終。喜我歸有期，舉酒屬青童。急雨豈無意，催詩走群龍。夢雲忽變色，笑電亦改容。應怪東坡老，顏衰語徒工。久矣此妙聲〔四〕，不聞蓬萊宫。

〔一〕四州：《元和郡縣志》：漢武帝始置珠崖、儋耳二郡。唐貞觀中，以崖州之瓊山縣置瓊州。貞元中，升都督府，以儋、崖、振、萬四州隸焉。《太平寰宇記》：貞觀五年，嶺南節度使李復請瓊、崖、振、儋、萬五州招討遊奕使。宋開寶六年，割崖州之地隸瓊州，改振州爲崖州。《九域志》：廣南西路瓊山郡，軍事，治瓊山縣，同下州昌化軍、萬安軍、朱崖軍，爲四州。

〔二〕一島：《瓊州志》：黎母山在瓊州南界，黎人居山四旁，内爲生黎，外爲熟黎。大抵四州各占島之一陲，而山極高，洞極深，生黎之巢，人蹟罕至。

〔三〕積水空：《外紀》：東坡在儋耳，自書云：吾始至南海，環視天水無際，悽然傷之，曰：何時得出此島也！已而思之，天地在積水中，九州在大瀛海中，中國在少海中，有生孰不在島者！

〔四〕妙聲：《樂府解題》：《水仙操》，舊説成連先生與伯牙至蓬萊山，聞海水汲汩漰澌聲，山林窅冥，群鳥悲號，乃援琴而歌之，遂爲天下妙手。

附子由次韻：《欒城集》題云「次韻子瞻過海」。

我遷海康郡，猶在寰海中。送君渡海南，風帆若張弓。笑揖彼岸人，回首平生空。平生定何有，此去未可窮。惜無好勇夫，從此乘桴翁。幽子疑龍鰕，牙須竟誰雄。閉門亦勿見，一齅同香風。晨朝飽粥飯，洗鉢隨僧鐘。有問何時歸，茲焉若將終。居家出家人，豈復懷兒童。老聃真吾師，出入初猶龍。籠樊顧甚密，俛首姑爾容。衆人指我笑，韁鎖無此工。一瞬千佛土，相期兜率宮。

次前韻寄子由

我少即多難，邅回一生中。百年不易滿〔一〕，寸寸彎强弓。老矣復何言，榮辱今兩空。泥洹尚一路〔二〕，公自注：古語云：什方薄伽梵，一路涅槃門。梵語「泥洹」，此云「涅槃」。所向餘皆窮。似聞崆峒西〔三〕，仇池迎此翁。胡爲適南海，復駕垂天雄。下視九萬里，浩浩皆積風。回望古合州〔四〕，屬此琉璃鍾〔五〕。離別何足道，我生豈有終。渡海十年歸，方鏡照兩童。還鄉亦何有，暫假壺公龍。峨眉向我笑，錦水爲君容。天人巧相勝，不獨數子工。指點昔遊處，蒿萊生故宫。

〔一〕百年易滿：李白詩：白日何短短，百年苦易滿。

〔二〕泥洹：《楞嚴經》：如一衆生未成佛，終不於此取泥洹。又云：什方薄伽梵，一路涅槃門。二語亦出《楞嚴經》，先生以爲古語，蓋失記耳。

〔三〕崆峒：《元和郡縣志》：崆峒山，一名笄頭山，在原州城西，即黄帝謁廣成子學道處。

〔四〕古合州：《元和郡縣志》：梁武帝分合浦郡置合州。大同末，以合肥縣爲合州。此爲南合州。《太平寰宇記》：雷州海康郡，漢合浦之徐聞縣地。唐武德四年，復置南合州。貞觀元年，改東合州。八年，改雷州，東至海岸二十里，南至海一百三十里。遞角場，瓊州對岸。東南泛海入瓊，西南泛海至儋。

〔五〕琉璃鐘：《楞嚴經》：猶如有人，取琉璃椀，合其兩眼，雖有物合，而不留礙。

過海得子由書

經過廢來久，有弟忽相求。門外三竿日，江關一葉秋。蕭疎悲白髮，漫浪散窮愁。世事江聲外，吾生幸自休。

慎按：此詩施氏原本不載，新刻本載《續補》下卷，今因題類編於此。

安期生并引

安期生，世知其爲仙者也。然太史公曰：「蒯通善齊人安期生，生嘗以策干項羽，羽不能用。羽欲封此兩人，兩人終不肯受，亡去。」予每讀此，未嘗不廢書而嘆。嗟乎！仙者非斯人而誰爲之？故意戰國之士如魯連、虞卿，皆得道者歟！

安期本策士，平日交蒯通。嘗干重瞳子，不見隆凖公一作「翁」。應如魯仲連，抵掌吐長虹。難堪踞牀洗，寧挹疑當作「揖」扛鼎雄。事既兩大繆，飄一作「漂」然簫遺風。乃知經世士，出世或乘龍。豈比山澤臞，忍飢噉柏松。縱使偶不死，正堪爲僕僮。茂陵秋風客，望祖別本作「祀」者，訛猶蟻蠭〔一〕。海上如瓜棗，可聞不可逢。

〔一〕望祖：《韻語陽秋》云：漢武好大喜功，黷武嗜殺，而乃齋戒求仙，畢生不倦，可謂痴絶。李頎《王母歌》云：若使鍊魄去三尸，後當見我天皇所。觀武帝所爲，豈能鍊去三尸者乎？善哉！東坡之論也。「安期與羨門，乘龍安在哉？茂陵秋風客，勸爾麾一杯。帝鄉不可期，楚些招歸來。」言武帝非得仙之姿也。又有《安期生》詩，云：「嘗干重瞳子，不見龍凖翁。」又云：「茂陵秋風客，望祖猶蟻蠭。」言安期尚不肯見高祖，而肯見武帝乎？其薄武帝甚矣。○慎按，此詩前半以「不見隆準公」句爲眼，後云「望祖」，正與前相應。施氏注謂：「『望祖』訛，當作『望祀』。」改此一字，全首索然無氣色矣。讀書無識，輒欲妄改古人名句，可發一笑。

儋耳山〔一〕一本作「松林山」。

突兀隘空虚，他山總不如。君看道旁石，盡是補天餘。

〔一〕儋耳：《後漢書·明帝紀》注引楊浮《異物志》：儋耳，南方夷。生則鏤其頰皮，上連耳匡，分爲數支，狀似雞腸，累累下垂至肩。《賓退録》：儋耳，本朱崖地，在中國極南。而《山海經》云：「儋耳之國，在大荒北。」則是極北別有一儋耳。朱崖之名，蓋晚出云。《瓊州府志》：儋州城西高麻都有儋耳城遺址。唐平蕭銑，置儋州，始還治城東。天寶元年，改昌化郡。宋改昌化軍，南渡後，廢爲宜倫縣。

慎按：曹能始《名勝志》：松林山在儋州北二十里，即《隋志》之藤山也。而附載此詩於後，不知能始何據？今從施氏原注《遺詩》卷中移編於此。

夜　夢并引

七月十三日至儋州，十餘日矣，澹然無一事。學道未至，静極生愁，夜夢如此，不免以書自怡。

夜夢嬉遊童子如，父師檢責驚走書。計功當畢春秋餘，今乃粗及桓莊初。怛然悸寤心不舒，起坐有如挂鈎魚〔一〕。我生紛紛嬰百緣，氣固多習獨此偏。棄書事君四十年，仕不顧一作「願」留書繞纏。自視汝與邱孰賢？《易》韋三絶邱猶然，如我當以犀革編。

〔一〕挂鈎魚：按，昌黎詩：歸舍不能食，有如魚中鈎。新刻本改「中鈎」爲「挂鈎」，以遷就注脚，今駁正。

慎按：本集《謝表》云：四月十九日起離惠州，七月二日已至昌化軍訖。與本題正合。

遷居之夕聞鄰舍兒誦書欣然而作

幽居亂鼃黽〔一〕，生理半人禽。跫然已可喜，况聞絃誦音。兒聲自圓美，誰家兩青衿。且欣集齊咻，未敢笑越吟。九齡起韶石，姜子家日南。吾道無南北，安知不生今。海闊尚挂斗，天高欲横參。荆榛短墻缺，燈火破屋深。引書與相和，置酒仍獨斟。可以侑我醉，琅然如玉琴。

〔一〕鼃黽：杜甫詩：世自輕驊騮，吾方雜蛙黽。

夢歸惠州一本無此二字白鶴山居作

痿人常念起，夫我豈忘歸。不敢夢故山，恐興墳墓悲。生世本暫寓，此身念念非。鵝城亦何有〔一〕，偶拾一作「捨」，訛鶴氅遺。窮魚守故沼，聚沫猶相依。大兒當門户，時節供丁推。夢與鄰翁言，憫然憐我衰。往來付造物，未用相招麾。

〔一〕鵝城：即惠州也。本集《潛珍閣銘》：蔚鵝城之南麓。公自注引舊《圖經》云「羅浮山北抵鵝城」，是也。《名勝志》：相傳初立州時，有木鵝浮至江上，因號鵝城。

慎按：此詩和淵明《還舊居》韻，施氏原本不載，今從《和陶》卷中分編。

和陶贈劉柴桑韻二首

其一

萬劫互起滅，百年一踟躕。漂流四十年，今乃言卜居。且喜天壤間，一席亦吾廬。稍理蘭桂叢，盡平狐兔墟。黄橼出舊枿，紫茗抽新畬。我本早衰人，不謂老更劬。邦君助畚鍤，鄰里通有無。竹屋從低深，山窗自明疎。一飽便終日，高眠忘百須。自笑四壁空，無妻老相如。

慎按：《和淵明贈劉柴桑》詩二首，施氏原注本止載「周」字韻一首，今從《續補》卷中類編於此。

其　二

紅藷與紫芋〔一〕，遠插墻四周。且放幽蘭春，莫争霜菊秋。窮冬出甕盎，磊落勝農疇。淇上白玉延，公自注：淇上出山藥，一名玉延。能復過此不。一飽忘故山，不思馬少游。

〔一〕藷、芋：《太平寰宇記》：儋州風俗，占藷、芋之熟，紀天文之歲。《瓊州志》：瓊山在縣南六十里，下有白石村，土石皆白，如玉而潤。種藷、芋，特肥美。藷有紅、白、甜三種。芋即《食貨志》之蹲鴟也。

勸　農并引

海南多荒田，俗以貿香爲業〔一〕。所産秔稌，不足於食。乃以藷、芋雜米作粥糜以取飽。予既哀之，乃和淵明《勸農》詩，以告其有知者。

其一

咨爾漢黎，均是一民〔二〕。鄙夷不訓〔三〕，夫豈其真。怨忿劫質，尋戈相因。欺謾莫訴，曲自我人。

〔一〕貿香：《南方草木狀》：蜜香、沉香、雞骨香、黄熟香、棧香、青桂香、馬蹄香、雞舌香，此八物同出於一樹。欲取香，伐之。經年，其根幹枝節，各有别色也。木心與節堅黑，沉水者爲沉香，與水面平者爲雞骨香，根爲黄熟香，幹爲棧香，細枝未爛者爲青桂香，其節根輕而大者爲馬蹄香，其花成實乃香爲雞舌香，乃珍異之木也。《瓊州志》：黎峒産木，頗類椿及櫸柳，葉似橘，花白，子若檳榔，大如桑椹，土人謂之蜜香。欲取者，先斷其積年老根，經歲朽爛，而木心與枝節不壞者，即香也。

〔二〕黎民：《瓊州志》云：五指山，在安定縣南，一云黎母山。黎人居山四旁，内爲生黎，外爲熟黎。《方輿志》：生黎各有洞主，貝布爲衣，兩幅前後爲裙，掩不至膝，椎髻額前，男文臂腿，女文身面。

〔三〕鄙夷：韓愈《羅池廟碑記》：柳侯爲州，不鄙夷其民，動以禮法。

其　二

天禍爾土，不麥不稷。民無用物，珍怪是植。播厥熏木，腐餘是穡。貪夫污吏，鷹摯狼食。

其　三

豈無良田，膴膴平陸。獸蹤交締，鳥喙諧穆。驚麏朝射，猛豨夜逐。芋蕘藷糜，以飽耆宿。

其　四

聽我苦言，其福永久。利爾粗耜，好爾鄰偶。斬艾蓬藋，南東其畝。父兄搢梃，以抶游手。

其　五

天不假易，亦不汝匱。春無遺勤，秋有厚冀。雲舉雨決，婦姑畢至。我良孝愛，袒跣何媿。

其　六

逸諺戲侮，博奕頑鄙。投之生黎，俾勿冠履。霜降稻實，千箱一軌。大作爾社〔一〕，一醉醇美。

〔二〕作社：杜甫詩：今年大作社，拾遺能住否。

慎按：以上六首，施氏原本不載。新刻本《和陶》卷中合爲一首，今從陶集分六章，每章八句，分編於此。

附子由次韻：《欒城後集》題云：「子瞻和淵明勸農詩六首哀儋耳之不耕予居海康農亦甚惰其耕者多閩人也然其民甘於魚鰍蝦蟹故蔬菓不毓冬温不雪衣被吉貝故藝麻而不績生蠶而不織羅紈布帛仰於四方之負販工習於鄙朴故用器不作醫奪於巫鬼故方術不治予居之半年凡羈旅之所急求皆不獲故亦爲此篇以告其窮庶或有勸焉。」

我遷海康，實編於民。少而躬耕，老復其真。乘流得坎，不問所因。願以所知，施及斯人。

我行四方，稻麥黍稷。果蔬蒲荷，百種咸植。糞溉耘耔，乃復有穡。爾獨何爲，閉口而食。

掇拾於川，搜捕於陸。俯鞠婦子，仰薦昭穆。閩乘其媮，載來逐逐。計無百年，謀止信宿。

我歸無時，視汝長久。孰爲沮溺，風雨相耦。築室東皐，取足南畝。后稷爲烈，夫豈一手。

斲木陶土，器則不匱。績麻繅蠒，衣則可冀。藥餌具前，病安得至。坐而告窮，相視徒媿。

莫爲之先，冥不謂鄙。一夫前行，百夫具履。以爲不信，出視同軌。期爾十年，風變而美。

和陶九日閒居并引

明日重九，雨甚，展轉不能寐。起，索酒，和淵明一篇，醉熟昏然，殆不能佳也。

九日獨何日，欣然愜平生。四時靡不佳，樂此古所名。龍山憶孟子，栗里懷淵明。鮮鮮霜菊豔，溜溜糟牀聲。閒居知令節，樂事滿餘齡。登高望雲海，醉覺三山傾。長歌振履商，起舞帶索榮。坎坷識天意，淹留見人情。但願飽秔稌，年年樂秋成。

慎按：此詩施氏原本不載，詩中有「登高望雲海」之句，故知此詩爲海外作，今從《和陶》卷中分編。

聞子由瘦公自注：儋耳至難得肉。

五日一見花猪肉，十日一遇黄雞粥〔一〕。土人頓頓食藷芋〔二〕，薦以薰鼠燒蝙蝠。舊聞蜜唧嘗嘔吐，稍近蝦蟇緣習俗。十年京國厭肥羜，日日烝花壓紅玉。從來此腹負將軍，公自注：俗諺云：大將軍食飽，捫腹而嘆，曰：「我不負汝。」左右曰：「將軍固不負此腹，此腹負將軍，未嘗出少智慮也。」今者固宜安脱粟。人言天下無正味，蝍蛆未遽賢麋鹿。海康别駕復何爲，帽寬帶落一本作「帶寬帽落」驚童僕。相看會作兩臞仙，還鄉定可騎黄鵠。

〔一〕黄雞粥：未詳。

〔二〕食藷：《南方草木狀》：珠崖之地，人皆不業耕稼，惟掘地種甘藷，秋熟收之，蒸晒，切如米粒，以充糧糗，是名藷糧。《本草》：薯蕷，一名土藷，即山藥也。因唐代宗名預，改爲藷藥。又因宋英宗名署，改爲山藥。

附子由次韻：

多生習氣未除肉，長安夜眠嬾食粥。屈伸久已效熊虎，倒挂漸擬同蝙蝠。衆笑忍飢長杜門，自恐暮年還入俗。經旬輒瘦駭鄰父，未信腦滿添黄玉。海夷旋覺似齊魯，山蕨仍堪嘗菽粟。孤船會復見洲渚，小車未用安羊鹿。海南老兄行尤苦，樵爨長須同一僕。此身所至即所安，莫問歸期兩黄鵠。

客俎經旬無肉又子由勸不讀書蕭然清坐乃無一事

病怯腥鹹不買魚，爾來心腹一時虚〔一〕。使君不復憐烏攫，屬國方將掘鼠餘。老去獨收人所棄，悠一作「游」哉時到物之初。從今免被孫郎笑，絳帕蒙頭讀道書。

〔一〕心腹一時虚：《老子》：虚其心，實其腹。

去歲與子野游逍遥堂日欲没因並西山叩羅浮道院至已二鼓矣遂宿於西堂今歲索居儋耳子野復來相見作詩贈之

往歲追歡地，寒窗夢不成。笑談驚半夜，風雨暗長檠。雞唱山椒曉，鐘鳴霜外聲。只今無一作「那」復見，髣髴似三生。

慎按：此詩施氏原本不載，新刻載《續補》下卷，據題，當是丁丑冬作，今編次於此。

停　雲并引

自立冬以來，風雨無虚日。海道斷絶，不得子由書，乃和淵明《停雲》詩以寄。

其　一

停雲在空一作「東」，黯其將雨。嗟我懷人，道修且阻。眷此區區，俯仰再撫。良辰過鳥〔一〕，逝不我佇。

〔二〕過鳥：杜甫詩：餘生如過鳥。

其　二

颶作海渾〔一〕，天水溟濛。雲屯九河，雪立三江。我不出門，寤寐北窗。念彼海康，神馳往從。

〔一〕颶：蘇叔黨《颶風賦》：仲秋之夕，客有叩門，指雲物而告曰：「海氣甚惡，非祲非祥。斷霓飲海而北指，赤雲夾日而南翔。此颶之漸也。」語未卒，庭户肅然，槁葉蔌蔌。驚鳥疾呼，怖獸辟易。忽野馬之决驟，矯退飛之六鷁。襲土囊而暴怒，掠衆竅之叱吸。少焉，排户破牖，殞瓦擗屋。擂擊巨石，掠拔喬木。勢翻渤海，響振坤軸。鼓千尺之濤瀾，襄百仞之陵谷。吞泥沙於一卷，落崩崖於再觸。虎豹讋駭，鯨鯢犇蹙。予亦爲之股慄毛聳，索氣側足。夜拊榻而九徙，晝命龜而三卜。蓋三日而後息也。

其　三

凛然清癯，落其驕榮。魄莫化之，廓兮忘情。萬里遲子，晨興宵征。遠虎在側，以寧先生。

其四

對奕未終，摧然斧柯。再遊蘭亭〔一〕，默數永和。夢幻去來，誰少誰多。彈指太息，浮雲幾何。

〔一〕再遊蘭亭：宋姚寬云：考蘭亭之會，自王羲之、謝安四十二人。後，唐大曆中，朱迪、吴筠、章八元等三十七人經蘭亭故址，聯句有「賞是文詞會，歡同癸丑年」之句。東坡和陶，必用此事也。

慎按：施氏原本載此詩於《遺詩》卷中，合爲一章。今依《淵明集》，分爲四章，每章八句。以題考之，當是海南作，故移編於此。

附子由次韻：《欒城集》題云：「丁丑十月海道風雨儋雷郵傳不通子瞻和淵明停雲四章以致相思之意輙亦次韻以報」。

雲跨南溟，南北一雨。瞻望豈遥，陷阱斯阻。夢往從之，引手相撫。笑言未半，捨我不佇。

晚稻欲登，白露宵濛。人飲嘉平，漿酒如江。自注：雷人以十月臘祭，凡三日，飲酒作樂。我獨何爲，觀成於窗。此心了然，來無所從。

欣然而笑，是無枯榮。手足相依，所鍾則情。情忘意消，神凝不征。可以安身，可以長生。

跛鼈飛揚，誰匪南柯。運歷相尋，憂喜雜和。我游其外，所享則多。削跡拔木，其如予何。

過子忽出新意以山芋作玉糝羹色香味皆奇絶天上酥酏一作「陀」，訛則不可知人間决無此味也

香似龍涎仍釅白，味如牛乳更全清〔一〕。莫將南《苕溪漁隱》作「北」海金虀膾，輕比東坡玉糝羹。

〔一〕牛乳：《涅槃經》：辟如從牛出乳，從乳出酪，從酪出酥。

十月初吉菊始開乃與客作重九因次淵明己酉歲九月九日一首胡廣飲菊潭而壽然李固傳贊云其視胡廣猶糞土也〔一〕

慎按：此詩施氏原本載《遺詩》二十九首中，以意推之，當是海外作，故改編於此。

今日我重九，公自注：海南氣候不常，有月即中秋，有菊即重陽。誰謂秋冬交。黄花與我期，草中實後凋。香餘白露一作「雲」乾，色映青松高。悵望南陽野，古潭霏慶霄〔二〕。伯始真糞土〔三〕，平生夏畦勞。飲此亦何益，内熱中自焦。持我萬家春〔四〕，一酬五柳陶。夕英幸可掇，繼此木

蘭朝。

〔一〕菊潭：盛引之《荆州記》：菊水出穰縣，太尉胡廣患風疾，飲此水，遂瘳，年八十二薨。孟浩然詩：行至菊花潭。

〔二〕慶霄：謝宣遠詩：慶霄薄汾陽。注云：慶雲也。

〔三〕伯始：《後漢書》：胡廣，字伯始。

〔四〕萬家春：謂嶺南萬户酒。

慎按：此詩施氏原本不載，補注本載《和陶》卷中，今移編於此。

宥老楮

我墻東北隅，張王二字皆去聲維老穀〔一〕。樹先樗櫟大，葉等桑柘沃。流膏馬乳漲〔二〕，墮子楊梅熟〔三〕。胡爲尋丈地，養此不材木。蹶之得輿薪，規以種松菊。静言求其用，略數得五六。膚爲蔡侯紙〔四〕，子入桐君録〔五〕。黄繒練成素〔六〕，黝面頮作玉。灌灑烝生菌〔七〕，腐餘光吐燭。雖無傲霜節，幸免狂酲毒。孤根信微陋，生理有倚伏。投斧爲賦詩，德怨聊相贖。

〔一〕老穀：《本草》：構，一名穀桑。《毛詩疏》：構，幽州人謂之穀桑，荆陽人謂之穀，中州人謂之楮。殷中宗時，桑穀共生，是也。

〔二〕膏乳：《本草》：楚人呼「乳」爲「穀」，其木中白汁如乳，故以爲名。

〔三〕墮子楊梅：《抱朴子》：楮實赤者，服之令老者成少。《酉陽雜俎》：醫方貴楮實，初夏生，六七月漸深紅色如楊梅，乃成熟，八九月采取。

〔四〕紙：陸璣《詩疏》：江南人績其皮以爲布，又持以爲紙，謂之穀皮紙。潔白光輝，其裏甚好。陶弘景曰：南人呼穀紙，亦爲楮紙。

〔五〕桐君録：施氏原注：《藥録》載：楮實正赤時，收取中子，陰乾用之。劉禹錫《試茶詩》：桐君有録那知味。此段新刻本删去，今補録。

〔六〕繒素：按，《詩疏》：穀皮可爲布。裴淵《廣州記》：蠻夷取穀皮爲罽布，以擬氈，甚煖。故詩云然。王氏注謂「世以楮實練絹」，不知何據。施氏補注復引之，吾所不取，今駁正。

〔七〕烝菌：《莊子》：蒸生菌。《廣州記》：其木腐後成菌耳，味甚佳。

觀碁并引

予素不解碁，嘗獨游廬山白鶴觀〔一〕，觀中人皆闔户晝寢，獨聞碁聲於古松流水之間，意欣然喜之。自爾欲學，然終不解也。兒子過乃粗能者，儋守張中日從之戲，予亦隅坐竟日，不以爲厭也。

五老峰前，白鶴遺址。長松蔭庭，風日清美。我時獨游，不逢一士。誰歟碁者，户外屨二。不聞人聲，時聞落子。紋枰坐對，誰究此味。空鈎意釣，豈在魴鯉。小兒近道，剥啄信指。勝固欣然，敗亦可喜。優哉游哉，聊復爾耳。

〔一〕廬山白鶴觀：陳舜俞《廬山記》：廬山峰巒奇秀，巖穴深邃，林泉茂美，爲江南第一。白鶴觀復爲廬山第一。虞集《白鶴觀記》：唐開元道士劉混成名玄和故居。初，以老子降詔天下，皆建白鶴觀。九江之觀在德化之白鶴鄉。景隆中，遷於山陽。宋祥符中，改名承天觀，舊名古柏壇。《廬山紀事》：白鶴觀在凌霄峰西南。

糴米

糴米買束薪，百物資之市。不緣耕樵得〔一〕，飽食殊少味。再拜請邦君，願受一廛地。知非笑昨夢，食力免内愧〔二〕。春秧幾時花，夏稗忽已穟。悵焉撫耒耜，誰復識此意。

〔一〕耕樵得：《後漢書·周燮傳》：有先人草廬，結於岡畔，下有陂田，常肆勤以自給。非身所耕漁，則不食也。按，先生「不緣耕樵得」二句，正用此事。

〔二〕食力：《後漢書·徐穉傳》：家貧，常自耕稼，非其力不食。

入寺

曳杖入寺門，輯杖挹世尊〔一〕。我是玉堂仙，謫來海南村。多生宿業盡，一氣中夜存。旦隨老鴉起，飢食扶桑暾。光圓摩尼珠，照耀玻瓈盆。來從佛印可〔二〕，稍覺魔忙奔。閒看樹轉午，坐到鐘鳴昏。斂收平生心，耿耿聊自温。

〔一〕世尊：《翻譯名義》：世尊，天上人間所共尊，具十號：義無虚妄，故名如來；良福田，故名應供；知法界，故名正徧知；具三明，故名明行；足不還來，故名善逝；知衆生國土，故名世間；解與無等，故名無上士；調他心，故名調御大夫；爲衆生眼，故名天人師；知三聚，故名佛，具此十德，名世間尊。

〔二〕印可：《維摩經》：若能如是坐者，佛所印可。《傳燈録》：慧光問達摩曰：「諸佛印可得聞乎？」師曰：「諸佛法印非從人得。」

次韻子由三首

東亭

仙山佛國本同歸，世路玄關兩背馳〔一〕。到處不妨閒卜築，流年自可數期頤。遥知小檻臨廛市，定有新松長棘茨。誰道茅簷劣容膝，海天風雨看紛披。

〔一〕玄關：王簡栖《頭陀寺碑》：玄關幽鍵，感而遂通。

附子由原作：《欒城集》題云「寓居二首」。

十口南遷粗有歸，一軒臨路閲奔馳。市人不慣頻回首，坐客相諳便解頤。慙愧天涯善知識，增添城外小茅茨。華嚴未讀河沙偈，偃仰明窗手自披。

東　樓〔一〕

白髮蒼顔自照盆，董生端合是前身。獨棲高閣多詞客，爲著新書未絶麟〔二〕。小醉易醒風力軟，安眠無夢雨聲新。長歌自誷真堪笑，底處人間是所欣。公自注：柳子厚詩云：高歌返故室，自誷非所欣。

〔一〕東樓：《名勝志》：雷州城南有蘇公樓。蘇黄門以論熙、豐邪説，安置雷州。章惇下令，流人不許占官舍，郡人吴國鑑造屋於此，以處子由。惇又以爲强奪民居，賴有僦券而止。○慎按，《遺老傳》：子由居雷州，未期年。或言：方南行，兄弟相遇中途。至雷，賃富民屋以居，復移循州，云云。所云富民，即吴國鑑也。計子由寓此不久，其移循年月，别無可考。

〔二〕著新書：慎按，此詩第二句以董仲舒比子由。第四句復云「爲著新書未絶麟」，意是時子由方著《春秋傳》，而未成，故云爾。合《潁濱遺老傳》，考之可見。

附子由原作：

月從海上湧金盆，直入東樓照病身。久已無心問南北，時能閉目待儀麟。颶風不作三農喜，舶客初來百物新。歸去有時無定在，漫隨里俗共欣欣。

椰子冠〔一〕

天教日飲欲全絲，美酒生林不待儀。自漉疎巾邀醉客，更將空殼付冠師。公自注：《前漢·高紀》注云：薛有作冠師。規模簡古人争看，簪導輕安髮不知。更著短簷高屋帽，東坡何事不違時。

〔一〕椰子：《南方草木狀》：椰樹實大如寒瓜，外有粗皮，次有殼，圓而且堅。《孫公談圃》：椰子本出伽盧國，其實中有酒，能醉人。若他國所釀，多不同。《太平寰宇記》：椰子樹如檳榔而高大，殼堪爲器，皮堪縛船。

附子由原作：《欒城集》題云「過姪寄椰子冠」。

衰鬢秋來半是絲，幅巾緇撮强爲儀。垂空旋取海椶子，束髮裝成老法師。變化密移人不悟，壞成相續我心知。茅簷竹屋南溟上，亦似當年廊廟時。

次韻子由月季花再生〔一〕

幽芳本長春，暫瘁如蝕月。且當付造物，未易料枯枿〔二〕。也知宿根深，便作紫筍茁。乘時出婉娩，爲我暖栗烈一作「冽」。先生蚤貴重，廟論推英拔。而今城東瓜，不記《召南》芨。陋居有遠寄，小圃無闞躡。還爲久處計，坐待行年匝。公自注：子由明年六十。臘果綴梅枝，春杯浮竹葉。誰言一萌動，已覺萬木活。聊將玉蘂新，公自注：世謂此玫瑰花也。插向綸巾折。

〔一〕月季花：《本草》：月季花，一名鬭雪紅，逐月開花，薔薇類也。

〔二〕枯枿：庾信《枯樹賦》：枯枿年年。

附子由原作：《欒城集》題云「所寓堂後月季再生與遠同賦」。

客背有芳叢，開花不遺月。何人縱尋斧，害意肯留枿。偶乘秋雨滋，冒土見微茁。猗猗抽條穎，頗欲傲寒冽。勢窮雖云病，根大未容拔。我行天涯遠，幸此城南芨。小堂劣容卧，幽閣粗可躡。中無一尋空，外有四鄰匝。窺墻數柚實，隔屋看椰葉。葱蒨獨兹苗，愍愍待其活。及春見開敷，三嗅何忍折。

次韻子由浴罷

理髮千梳净，風晞勝湯沐。閉息萬竅通，霧散名乾浴。頽然語默喪，静見天地復。時令具薪水，漫欲濯腰腹。陶匠不可求，盆斛何由足。公自注：海南無浴器，故常乾浴而已。老雞卧糞土，振羽雙瞑目。倦馬騙風沙，奮鬣一噴玉。垢浄各殊性〔一〕，快愜聊自沃。雲母透蜀紗，琉璃瑩蘄竹〔二〕。稍能夢中覺，漸使生處熟。《楞嚴》在牀頭，妙偈時仰讀。返流〔三〕歸照性〔四〕，獨立遺所矚〔五〕。未知仰山禪〔六〕，已就季主卜。安心會自得〔七〕，助長毋相督。

〔一〕垢浄性：《維摩經》：垢浄爲二，見垢實性，則無浄相。

〔二〕琉璃：韓愈《蘄簟》詩：一府傳看黄琉璃。

〔三〕返流：《楞嚴經》：汝今欲逆，生死欲流，反窮流根，至不生滅，當驗此等，六受用根，誰合誰離？誰深誰淺？誰爲圓通？誰不圓滿？又云：於外六塵，不多流逸，因不流逸，旋元自歸。塵既不緣，根無所偶，反流全一，六用不行。

〔四〕照性：《楞嚴經》：覺海性澄圓，圓澄覺元妙，元明照所生，所立照性亡。

〔五〕所矚：《楞嚴經》：是諸遠近，諸有物性，雖復差殊，同汝見精，清浄所矚，則諸物類，自有差别。又云：若是見者，應有所指，若非見者，應無所矚。

〔六〕仰山禪：《高僧傳》：袁州慧寂參大溈山禪師，時號跛脚驅烏。凡所商権，多示其相，謂之仰山門風。今傳仰山法，示成圓相，行於代也。

〔七〕安心自得：《楞嚴經》：跋陀婆羅，於浴僧時，隨例入室，忽悟水因，既不洗塵，亦不洗體，中間安然，得無所有。

附子由原作：

逐客例幽憂，多年不洗沐。予髮櫛無垢，身垢要須浴。顛隮本天運，憤恨誰當復。茅簷容病軀，稻飯飽枵腹。形骸但癯瘁，氣血尚豐足。微陽閱九地，浮彩見雙目。枯槁如束薪，堅緻比温玉。長齋雖云净，閱月聊一沃。石泉澣巾帨，土釜煮桃竹。南窗日未移，困卧久彌熟。《華嚴》有餘帙，默坐心自讀。諸塵忽散盡，法界了無矚。恍如仰山翁，欲就溈叟卜。猶恐墮聲聞，大願勤自督。

借前韻賀子由生第四孫斗老

今日散幽憂，彈冠及新沐。況聞萬里孫，已報三日浴。朋來四男子，大壯泰臨復。開書喜見面，未飲春生腹。無官一身輕，有子萬事足。舉家傳吉夢，殊相驚凡目。爛爛開眼電，磽磽峙頭玉。公自注：李賀《杜豳公之子唐兒歌》：頭玉磽磽眉刷翠，杜郎生得真男子。但令强筋骨，可以耕衍沃〔一〕。不須富文章，端解耗楮一作「紙」竹。君歸定何日，我計久已熟。長留五車書，要使九子讀。公自注：吾與子由，共九孫男矣。簞瓢有内樂，軒冕無流矚。人言适似我，窮達已可卜。蚤謀二頃田，莫待八州督。公自注：吾前後典八州。

〔一〕衍沃：張衡《西京賦》：廣衍沃野，厥田上上。

獨覺

瘴霧三年恬不怪，反畏北風生體疥。朝來縮頸似寒鴉，焰火生薪聊一快。紅波翻屋春風起，先生默坐春風裏。浮空眼纈散雲霞，無數心花發桃李〔一〕。翛然獨覺午窗明，欲覺猶聞醉鼾聲。回首向來蕭瑟處，也無風雨也無晴。

〔一〕心花：《圓覺經》：心花發明。道家《元氣論》：氣運息調，榮枝葉也。性清心悅，開花也。固精留胎，結實也。

附子由次韻：

咄咄書空中有怪，內熱搜膏發癰疥。羹藜飯芋如固然，飽食安眠真一快。午雞鳴屋呼不起，欠伸吉貝重衾裏。此身南北付天工，竹杖芒鞋即行李。夜長却對一燈明，上池溢流微有聲。幻中非幻人不見，本來日月無陰晴。

十二月十七日夜坐達曉寄子由

燈燼不挑垂暗蘂，爐灰重撥尚餘薰。清風欲發鴉翻樹，缺月初升犬吠雲。閉眼此心新活計，隨身孤影舊知聞。雷州別駕一作「乘」應危坐，跨海清光與子分。

附子由次韻：

月入虚窗疑欲旦，香凝幽室久猶薰。清風巧爲吹餘瘴，疎雨時來報斷雲。南海炎涼身已慣，北方毁譽耳誰聞。遥知挂壁瓢無酒，歸舶還將一勺分。

謫居三適

旦起理髮

安眠海自運，浩浩朝黄宫。日出露未晞，鬱鬱濛霜松。老櫛從我久，齒疎含清風〔一〕。一洗耳目明，習習萬竅通。少年苦嗜睡，朝謁常忽忽。爬搔未云足〔二〕，已困冠巾重。何異服轅馬，沙塵滿風騣。琱鞍響珂月，實與械杻同。解放不可期，枯柳豈易逢〔三〕。誰能書此樂，獻與腰金翁當作「公」。

〔一〕櫛齒：《詩》：其比如櫛。《疏》：其比迫如櫛齒之相次。劉熙《釋名》：梳，言其齒疏也。

〔二〕爬搔：嵇康《絶交書》：性復多蝨，爬搔無已。

〔三〕枯柳：《傳燈録》：癩馬揩枯柳。注見十九卷《遊法華山》詩下。

慎按：末句「翁」字韻，據《欒城集》，當作「公」。

附子由次韻：

道人雞鳴起，趺坐存九宫。靈液流下田，茯苓抱長松。顛毛得餘潤，冉冉欺霜風。俯就無數櫛，九九爲一通。洗沐廢已久，徐之勿怱怱。氣來自湧泉，至此知幾重。近聞西邊將，袒裼擁馬鬉。歸來建赤油，不復儕伍同。笑我守尋尺，求與真源逢。人生安有安，未肯易三公。

午窗坐睡

蒲團蟠一作「盤」兩膝，竹几閣雙肘。此間道路熟，徑到無何有。身心兩不見，息息安且久。睡蛇本亦無，何用鈎與手。神凝疑夜禪，體適劇卯酒。我生有定數，禄盡空餘壽。枯楊不飛花，膏澤回衰朽。謂我此爲覺，物至了不受。謂我今方夢，此心初不垢。非夢亦非覺，請一作「敢」問希夷叟。

附子由次韻：

定中龍眠膝，定起柳生肘。心無出入異，三昧亦何有。晴窗午陰轉，坐睡一何久。頽然擁褐身，剥啄叩門手。搴帷顧我笑，疑我困宿酒。不知吾喪我，冰消不遺壽。空虚無一物，彼物自枯朽。夢中得靈藥，此藥從誰受。侵尋入四肢，欲洗自無垢。從今百不欠，只欠歸田叟。

夜卧濯足

長安大雪年，束薪抱衾裯。雲安市無井，斗水寬百憂。今我逃空谷，孤城嘯鵂鶹。得米如得珠，食菜不敢留。况有松風聲，釜鬲鳴颼颼。瓦盎深及膝，時復冷暖投。明燈一爪翦〔一〕，快若鷹辭鞲。天低瘴雲重，地薄海氣浮。土無重膇藥〔二〕，獨以薪水瘳。誰能更包裹，冠履裝沐猴。

〔一〕爪翦：《莊子》：爲天子之諸御，不爪翦，不穿耳。

〔二〕重膇：《左傳》：郇瑕氏，土薄水淺，其惡易覯，易覯則民愁，民愁則墊隘，於是有沉溺重膇之疾。注云：沉溺濕疾，重膇足腫。

附子由次韻：

海民慢寒備，不畜衾與裯。雖苦地氣洩，亦無徒跣憂。逐客久未安，集舍上鵂鶹。念昔使胡中，車馳卒不留。貂裘遡北風，什襲猶颼颼。中途履冰河，馬倒身自投。宛足費馮翼，千里煩韛鞲。十年事湯劑，風雨氣輒浮。南來足憂患，此病何時瘳。名身孰親疎，慎勿求封侯。

查慎行全集

范道濟 點校

第十七册

中華書局

東坡先生編年詩卷四十二

古今體詩五十一首起元符元年戊寅，合明年己卯在儋州作。

正月五日與兒子過出游作

謫居澹無事，何異老且休。雖過靖節年，未失斜川游。春江渌未波，人卧船自流。我本無所適，汎汎隨鳴鷗。中流遇伏洄，捨舟步層邱。有口可與飲，何必逢我儔。過子詩似翁，我唱而一作「兒」輒酬。未知陶彭澤，頗有此樂不？問點爾何如，不與聖同憂。問翁何所笑，不爲由與求。

慎按：此詩和《游斜川》作，施氏原本不載，今從《和陶》卷中據題分編。

子由生日〔一〕

上天不難知，好惡與我一。方其未定間，人力破陰隲。小忍待其定，報應真可必。季氏生而仁，觀過見其實。端如柳下惠，焉往不三黜。天有時而定，壽考未易畢。兒孫七男子，公自注：子由三子四孫。次第皆逢吉。遥知設羅門，獨掩懸磬室〔二〕。回思十年事，無愧篋中筆〔三〕。但願白髮兄，年年作生日。

〔一〕子由生日：按，子由生仁宗寶元二年己卯二月二十日，迨戊寅，六十矣。此詩應編本年《清明》詩後，姑從施氏之舊。

〔二〕懸磬室：《左傳》室如懸磬，野無青草，何恃而不恐？

〔三〕篋中筆：杜甫詩：篋中有舊筆，情至時復援。

附子由次韻：

弟兄本三人，懷抱喪其一。頎然仲與叔，耆老天所隲。師心每獨往，可否輒自必。折足非所恨，所恨覆鼎實。上賴吾君仁，義止海濱黜。悽酸念母氏，此恨何時畢。平生賢孟博，苟生不謂吉。歸心天若許，定卜老泉室。凄涼百年後，事付何人筆。於今兄獨知，言之泣生日。

以黄子木拄杖爲子由生日之壽

靈壽扶孔光，菊潭飲伯始。雖云閒草木，豈樂蒙此恥。一時偶收用，千載相瘢疻。海南無嘉植，野果名黄子。堅瘦多節目，天材任操倚。嗟我始翦裁，世用或緣此。貴從老夫手，往配先生几。相從歸故山，不愧仙人杞〔一〕。

〔一〕仙人杞：《抱樸子》：枸杞，一名仙人杖，或云西王母杖，或名天精，或名却老，或名地骨，或名枸杞也。

附子由次韻：

老至亦有漸，五十惟杖始。行年日辰匝，幸免鄉閭恥。罪重瘡難平，餘痂未脱疻。登山足猶健，不用扶兒子。我兄念辛勤，贈此攜且倚。他年賜環日，田舍尤須此。早收藤節杯，旋綴烏皮几。茅簷數間足，不用伐桐杞。

上元夜過赴儋守召獨坐有感〔一〕

使君置酒莫相違，守舍何妨獨掩扉。静看月窗盤蜥蜴，卧聞風幔落伊威。燈花結盡吾猶夢，香篆消時汝欲歸。搔首凄凉十年事，傳柑歸遺滿朝衣。

〔一〕儋守：時張中爲儋州守，詳注後。

按：方回《瀛奎律髓》：此詩元符元年戊寅作，坡公年六十三矣，在儋州已半年餘。十年前事，當是元祐丁卯以翰林學士侍宴端門，戊辰知貢舉，皆在朝。至五十九，自中山謫惠州。乙亥年賦詩，有云「前年侍玉輦」，元祐八年癸酉正月也。「去年中山府」，甲戌正月也。「今年江海上」，即乙亥正月也。當是時，又安知涉海而過上元耶？

過於海舶得邁寄書酒作詩遠和之皆粲然可觀子由有詩相慶也因用其韻賦一篇并寄諸子姪

我似老牛鞭不動，雨滑泥深四蹄重。汝如黄犢走却來，海闊山高百程送。庶幾門户有八慈，不恨居鄰無二仲。他年汝曹笏滿牀，中夜起舞踏破甕。會當洗眼看騰躍，莫指癡腹笑空洞。譽兒雖是兩翁癖，積德已自三世種。豈惟萬一許生還，尚恐九十煩珍從。六子晨耕簞瓢出，衆婦夜績燈火共〔一〕。《春秋》《古史》乃家法〔二〕，詩筆《離騷》亦時用。但令文字還照世，糞土腐餘安足夢。

〔一〕夜績：《漢書·食貨志》：冬，民既入，婦人相從夜績。女工必相從者，所以省費燎火，同巧拙而合習俗也。

〔二〕《古史》：子由以司馬遷作《史記》淺近疎略，故因遷之舊而作《古史》。

慎按：晁説之《嵩山集》有《蘇叔黨墓志》，其略云：通直郎蘇過叔黨，東坡先生之季子，母同安夫人王氏。元祐五年，年十九，以詩賦解兩浙路。七年，先生爲吏部尚書，任右承務郎。明年，先生即謫英州，繼貶惠州，遷儋耳，萬死不測之險，獨侍先生往來。初至海外，爲文一篇，曰《志隱》。先生因欲自爲《廣志隱》，以極窮通得喪之理焉。嘗命叔黨作《孔子弟子列傳》。先生放歸，卒於陽羡。叔黨遂家於潁昌。偶從湖陰營水竹數畝，名曰小斜川，自號斜川居士。宣和五年十二月，以疾卒於鎮陽道中，年五十一。云云。《宋史》叔黨雖有傳，而附見先生之後。此志叙次爲獨詳，故具録之，以備稽考。

附子由原作：

孟子自誇心不動，未試永嘉鐵輪重。弟兄六十老病餘，萬里同遭海隅送。長披羊裘類嚴子，罷食猪肝同閔仲。大男留處事田畝，幼子隨行供釜甕。低眉語笑接鄰父，彈指吁嗟到蠻洞。茅茨一日敢忘葺，桑柘十年須勉種。來時邂逅得相攜，歸去逡巡應復從。莫驚憂患爾來同，久知出處平生共。雖令子孫治家學，休炫文章供世用。潁川築室久未成，夜來忽作西湖夢。

清明日聞過誦書聲節閑美感念少時悵焉追懷先君宮師之遺意且念淮德二幼孫無以自遣乃和淵明二篇隨意所寓無復倫次也

其一

今日復何日，高槐布初陰。良辰非虛名，清和盈我襟。孺子卷書坐，誦詩如鼓琴。却去一作「念」四十年，玉顏如汝今。閉户未嘗出，出爲鄰里欽。家世事酌古，百史手自斟。當年二老人，喜我作此音。淮、德入我夢，角羈未勝簪。孺子笑問我，君一作「翁」何念之深〔一〕。

〔一〕念深：《漢書・陸賈傳》：右丞相陳平常燕居深念。賈往，不請，直入坐。陳平方念不見賈，賈曰：何念深也？

其二

雀鷇含淳音，竹萌抱静一作「靖」節。公自注：先君少時詩，失其全篇。誦我先君詩，肝肺爲澄澈。猶如一作「爲」鳴鶴和，未作獲麟絶。願因騎鯨李，追此御風列。丈夫貴出世〔一〕，功名豈人傑？家書三萬卷，獨取服食訣〔二〕。地行即空飛，何必挾日月〔三〕。

〔一〕丈夫：《傳燈録》：國清欽禪師曰：「出家乃大丈夫事。」

〔二〕服食訣：道書有《服餌要訣》一卷，《太清神仙服食經》五卷。

〔三〕挾日月：《黄庭内景經》：出日入月呼吸存。注：謂常存日月于兩目，使照一身，與日月光共合也。○按，先生所用正是修煉家語，施氏原注引《莊子》「昭昭乎如揭日月而行」，與詩意不合。

慎按：以上二首和淵明《郭主簿》韻，施氏原本不載，今從新刻本《和陶》卷中分編于此。

海南人不作寒食而以上巳上冢予攜一瓢酒尋諸生皆出矣獨老符秀才在因與飲至醉符蓋儋人之安貧守静者也〔一〕

老鴉銜肉紙飛灰，萬里家山安在哉？蒼耳林中太白過，鹿門山下德公回。管寧投老終歸去，王式當年本不來。記取城南一作「南城」上巳日，木棉花落刺桐開〔二〕。

〔一〕老符：《瀛奎律髓》云：昌黎不謫潮州，後世豈知有趙德？東坡不落海南，後世豈知有符林？

按，林即老符之名也。

〔二〕刺桐：《南方草木狀》：刺桐，其木爲材。三月三時，布葉繁密，後有花，赤色，間生葉間，旁照他物皆朱，殷然。三五房凋，則三五復發，如是竟歲。

往年宿瓜步夢中得小絶録示謝別本無「謝」字民師〔一〕

吴塞蒹葭空碧海，隋宫楊柳只金堤。春風自恨無情水，吹得東流竟日西。

〔一〕民師：本集有《與謝民師推官尺牘》，當即其人，他無可考。

慎按：此詩施氏原本不載，據《外集》，編「南海」卷中，今從《續補》下卷移編於此。

五色雀并引

海南有五色雀，常以兩絳者爲長，進止必隨焉。俗謂之鳳凰云。久旱而見輒雨，潦則反是。吾卜居儋耳城南，常一至庭下。今日又見之進士黎子雲及其弟威家。既去，吾舉酒祝曰：「若爲吾來者，當再集也。」已而果然，乃爲賦詩。

粲粲五色羽，炎方鳳之徒。青黄縞玄服，翼衛兩紱朱。仁心知閔農，常告雨霽符。我窮惟四壁，破屋無瞻烏。惠然此粲者，來集竹與梧。鏘鳴如玉珮，意欲相嬉娱。寂莫兩黎生，食菜真臞儒。小圃散春物，野桃陳雪膚。舉杯得一笑，見此紅鸞雛。高情如飛仙，未易握粟呼。胡爲去復來，眷眷豈屬吾。回翔天壤間，何必懷此都。

和陶乞食韻

莊周昔貸粟，猶欲春脱之。魯公亦乞米，炊煮尚不辭。淵明端乞食，亦不避嗟來。嗚呼天下士，死生寄一杯。斗水何所直，遠汲苦姜詩〔一〕。幸有餘薪米，養此老不才。至味久不壞，可爲子孫貽。

〔一〕姜詩：後漢人，注詳第一卷《甘泉寺》下。

和陶和胡西曹示顧賦曹韻

長春如稚女〔一〕，飄飄倚輕颸。卯酒暈玉頰，紅綃卷生衣。低顔香自斂，含睇意頗微。寧當配一作「娣」黄菊，未肯似一作「姒」戎葵〔二〕。誰言此弱質，閱世觀盛衰。頩然疑薄怒，沃盥未可揮。瘴雨吹蠻風，凋零豈容遲。老人不解飲，短句餘清悲。

〔一〕長春：按，《本草》：金盞草，一名長春花，言耐久也。但金盞花色深黄，今詩云「卯酒暈玉頰，紅綃卷生衣」，乃是紅色，當另是一種。

〔二〕戎葵：羅願《爾雅翼》：蜀葵名戎葵，亦名胡葵。《夏小正》云：四月小滿後五日，胡葵華，即此。

游城南謝氏廢園作

喬木卷蒼藤，浩浩崩雲積。謝家堂前燕，對語悲一作「非」宿昔，仰看桄榔樹，玄鶴舞長翮。新年結茘子，主人黄壤隔。溪陰宜館我，稍省薪水役。相如賣車騎，五畝亦可易。但恐服鳥來，此生還蕩析。誰能插籬槿〔一〕，護此殘竹柏。

〔一〕籬槿：謝靈運詩：插槿别作墉。沈約詩：槿籬疎復密。

按：此詩和陶《使都經錢溪》韻。

和陶擬古九首

其一

有客叩我門，繫馬門前柳。庭空鳥雀散，門閉客立久。主人枕書卧，夢我平生友。忽聞剥啄聲，驚散一杯酒。倒裳起謝客，夢覺兩愧負。坐談雜今古，不答顔愈厚。問我何處來，我來無何有。

附子由次韻：

客居遠林薄，依墻種楊柳。歸期未可必，成陰定非久。邑中有佳士，忠信可與友。相逢話禪寂，落日共杯酒。艱難本何求，緩急肯相負。故人在萬里，不復爲薄厚。未盡鬻衣衾，時勞問無有。

其二

酒盡君可起，我歌已三終〔一〕。由來竹林人，不數濤與戎。有酒從孟公〔二〕，慎勿從揚雄。崎嶇頌沙麓，塵埃汙西風。昔我未嘗達，今者亦安窮。窮達不到處，我在阿堵中。

〔一〕三終：《禮記·鄉飲酒》：間歌三終，合樂三終。《疏》云：每一篇而一終，一歌則一吹也。

〔二〕孟公：《後漢書》：陳遵，字孟公，先是揚雄作《酒箴》，以諷成帝，其文爲酒客難法度士，遵大喜之。

附子由次韻：

閉門不復出，兹焉若將終。蕭然環堵間，乃復有爲戎。我師柱下史，久以雌守雄。金刀雖云利，未聞能斫風。世人欲困我，我已長安窮。窮甚當辟穀，徐觀百年中。

其　三

客去室幽幽，服鳥來座隅〔一〕。引吭伸兩翅，太息意不舒。吾生如寄耳，何者爲吾廬。去此復何之，少安與汝居。夜中聞長嘯，月露荒榛蕪。無問亦無答，吉凶兩何如〔二〕。

〔一〕座隅：《史記》賈誼《鵩賦》：止於座隅，貌甚閒暇。

〔二〕吉凶：《鵩賦》：野鳥入室兮，主人將去。請問於鵩兮，予去何之。吉乎告我，凶言其菑。

附子由次韻：

蕭蕭髪垂素，晡日迫西隅。道人閔我老，元氣時卷舒。歲晚風雨交，何不完子廬。萬法滅無餘，方寸可久居。將掃道上塵，先拔庭中蕪。一凈百亦凈，物我皆如如。

其　四

少年好遠遊，蕩志隘八荒。九夷爲藩籬，四海環我堂。盧生與若士，何足期渺茫。稍喜海南州，自古無戰塲。奇峰望黎母〔一〕，何異嵩與邙。飛泉寫萬仞〔二〕，舞鶴雙低昂。分流未入海，膏澤彌此方。芋魁倘可飽，無肉亦奚傷。

〔一〕黎母：《瓊州志》：五指山，一名黎母山。《名勝志》：山在瓊州府定安縣南。一云婺女星常降此山，名黎婺。一云昔雷攝一蛇卵在山中，生一女。有交阯人過海采香，因與野合。其後子孫衆多，是爲黎人之祖。故曰黎母。黎人多居山之四旁。

〔三〕飛泉：《瓊州志》：昌江，在昌化縣城南十里。源自五指山，至侯村分南北二派。南江西流經赤坎村，會海潮成港。北江繞縣南流，西至泥浦，與潮相滙，經入海。

附子由次韻：

夜夢披髮翁，騎驎下大荒。獨行無與游，闖然入我堂。高論何峥嶸，微言何渺茫。我徐聽其説，未離翰墨塲。平生氣如虹，宜不葬北邙。少年慕遺文，奇姿揖昂昂。衰罷百無用，漸以圓斲方。隱約就所安，老退還自傷。

其五

馮冼古烈婦，翁媪國於兹。策勳梁武後，開府隋文時。三世更險易，一心無磷緇。錦繖平積亂，犀渠破餘疑。廟貌空復存〔一〕，碑版漫無辭。我欲作銘誌，慰此父老思。遺民不可問，僂句莫予欺。犦牲菌雞卜〔二〕，我當一訪之。銅鼓〔三〕壺盧笙〔四〕，歌此送迎詩。

〔一〕廟貌：慎按，《南史》：冼夫人卒於隋仁壽初，謚誠敬夫人。《名勝志》：冼夫人祠在高州東門外。《元和郡縣志》：隋大業中，始開朱崖，立十縣。又置儋耳、臨振二郡。而高州《誠敬夫人廟碑》：高祖賜夫人臨振縣湯沐邑。則是大業以前已有臨振縣矣。唐武德五年，改臨振郡爲振州。宋開寶五年，又改崖州。臨振既爲夫人湯沐邑，則海南亦當有廟，非獨高州也。

〔二〕爆牲：《文苑英華》張説《宋公遺愛碑》：頌曰：爆牛牲兮菌雞卜，神降福兮公壽考。

〔三〕銅鼓：裴淵《廣州記》：狸獠鑄銅鼓，以高大爲貴，面闊五尺餘，鼓腰隆起，或作海魚，周回有蝦蟇十二相對。朱輔《溪蠻叢笑》：蠻地多銅鼓，如大鐘，長簫，三十六乳，重百餘觔，其文多環以甲士，中空無底。

〔四〕壺盧笙：《溪蠻叢笑》：葫盧笙，潘安仁賦所云：「曲沃懸匏，汶陽瓠篠」，皆笙之材也。蠻所吹蘆笙，亦匏瓠餘意，但列管六，與《説文》十三簧不同耳。此説與施注小異，故録之。

附子由次韻：

佛法行中原，儒者恥論兹。功施冥冥中，亦何負當時。此方舊雜染，渾渾無名緇。治生守家室，坐使斯人疑。未知酒肉非，能與生死辭。熾哉吴閩間，佛事不可思。生子多穎悟，德報豈吾欺。時俾正法眼，一出照曜之。誰爲邑中豪，勤誦我此詩。

其六

沉香作庭燎〔一〕，甲煎紛相和〔二〕。豈若炷微火，縈烟嫋一作「嬝」清歌。貪人無饑飽，胡椒亦求多。朱劉兩狂子，隕隊如風花。本欲竭澤魚，奈此明年何。公自注：朱初平、劉誼欲冠帶黎人，以取水沉。

〔一〕沉香：注見四十一卷《勸農》詩下。

〔二〕甲煎：李高謝《臘日口脂面藥啓》：然之以桂花蘭蘇，柔之以辛夷甲煎。

附子由次韻：

憂來感人心，悒悒久未和。呼兒具濁酒，酒酣起長歌。歌罷還獨舞，黍麥力誠多。憂長酒易消，脱去如風花。不悟萬法空，子如此心何。

其七

雞窠養鶴髮〔一〕，及與唐人游。來孫亦垂白，頗識李崖州〔二〕。再逢盧〔三〕與丁〔四〕，閱世真東流。斯人今在亡，未遽掩一邱。我師吴季子，守節到晚周。一見春秋末，渺焉不可求。

〔一〕雞窠：詳見施氏原注引《洞微志》中。

〔二〕李崖州：《唐書》：李德裕，字文饒。穆宗即位，擢翰林學士，進中書舍人，出爲浙西觀察使。歷相文宗、武宗，拜太尉，進封趙國公。宣宗大中元年，貶崖州司户參軍，明年卒，年六十三。

〔三〕盧：《宋史》：盧多遜，河内人。舉進士，爲翰林學士。太平興國初，拜中書侍郎平章事。與趙普不協，會有以多遜交通秦王事聞，削官爵，并家屬流配崖州。卒於流所，年五十二。

〔四〕丁：《宋史》：丁謂，字公言，長洲人。進士甲科，累擢知制誥，權三司使。上《會計録》，遷參知政事。天禧中，寇準爲相，尤惡謂。謂媒孽其過，準罷相。拜謂中書門下平章事。仁宗即位，謂潛結内侍雷允恭，傳達中旨。及允恭誅，降謂分司西京，再貶崖州司户參軍，籍其家。

附子由次韻：

杜門人笑我，不知有天遊。光明徧十方，咫尺陋九州。此觀一日成，衮衮通法流。竿木常自隨，何必返故邱。老聃白髮年，青牛去西周。不遇關尹喜，履迹誰能求。

其八

城南有荒池〔一〕，瑣細誰復採。幽姿小芙蕖，香色獨未改。欲爲中州信，浩蕩絶雲海。遥知玉井蓮〔二〕，落蕊不相待。攀躋及少壯，已失一作「矣」那容悔。

〔一〕城南池：《名勝志》：儋州城南有桄榔菴，菴前有清水池，池中荷花，四季不絶，臘月尤勝。宋知軍陳覺《清水池》詩有「坡老未須譏瑣細，解隨梅菊到冰霜」之句。

〔三〕玉井蓮：韓愈詩：太華峰頭玉井蓮，開花十丈藕如船。

附子由次韻：

粗田種紫芝，有根未堪採。逡巡歲月度，太息毛髮改。晨朝玉露下，滴瀝投滄海。須牙忽長茂，枝葉行可待。夜燒沉水香，持戒勿中悔。

其九

黎山有幽子，形槁神獨完。負薪入城市，笑我儒衣冠。生不聞詩書，豈知有孔顔。翛然獨往來，榮辱未易關。日暮鳥獸散〔一〕，家在孤雲端。問答了不通，歎息指屢彈。似言君貴人，草莽栖龍鸞。遺我古一作「吉」貝布〔二〕，海風今歲寒。

〔一〕鳥獸散：《漢書·李陵傳》：各鳥獸散，猶有得脱，歸報天子者。

〔二〕古貝：《文昌雜録》：閩嶠以南多木棉，采其花爲布，號吉貝。後讀《南史》，言林邑等國出古貝木，其花成對，如鵝毳，抽其緒，紡之以作布，與苧不異。正此種也。蓋俗訛「古」爲「吉」耳。釋氏《翻譯名義》：劫貝，即木棉也。《瓊州志》：東猺山在文昌縣東一百里，此山之形似猿猺，其地多田，種藷芋給食，緝紡吉貝以爲衣。方勺《泊宅編》：吉貝，即古白氎布。此數處，皆以

「古」爲「吉」，録存備考。

附子由次韻：

海康雜蠻蜑，禮俗久未完。我居近閭閻，願先化衣冠。衣冠一有恥，其下胡爲顔。東鄰有一士，讀書寄賢關。歸來奉親友，跬步行必端。慨然顧流俗，歎息未敢彈。提提烏鳶中，見此孤翔鸞。漸能衣裘褐，袒裼如惡寒。

和陶田舍始春懷古并引

儋人黎子雲兄弟，居城東南，躬農圃之勞。偶與軍使張中同訪之。居臨大池，水木幽茂。坐客欲爲醵錢作屋，予亦欣然同之。名其屋曰載酒堂，用淵明《懷古田舍》作二首。

其一

退居有成言〔一〕，垂老竟未踐。何曾淵明歸，屢作敬通免。休閒等一味，妄想生愧靦。公自注：淵明本用「緬」字，今聊取其同音。聊將自知明〔二〕，稍積在家善。城東兩黎子，室邇人自遠。呼我釣其池，人魚兩忘反。使君亦命駕，恨子林塘淺。

〔二〕成言：《左傳》：宋向戌從子木成言於晉。

〔三〕自知明：《老子》：知人者智，自知者明。

其二

茅茨破不補，嗟子乃爾貧。菜肥人愈一作「亦」，訛瘦，竈閒井常勤。我欲致薄少，解衣勸坐人。臨池作虚堂，雨急瓦聲新。客來有美載，果熟多幽欣。丹荔破玉膚，黄柑溢芳津。借我三畝地，結茅爲子鄰。鴂舌倘可學，化爲黎母民。

郊行步月作

缺月不早出，長林踏青冥。犬吠主人怒，愧此閭里情。怪我夜不歸，茜袂窺柴荆。雲間與地上，待我兩友生。驚鵲再三起，樹端已微明。白露浄原野，始覺邱陵平。暗蛩方夜績，孤螢亦宵征。歸來閉户坐，寸田且默耕。莫赴花月期，免爲詩酒縈。詩人如布穀〔一〕，聒聒常自名。別本作「鳴」，訛。

〔一〕如布穀：《後漢書·馮衍傳》：詞如循環，口如布穀。

按：此詩和陶《辛丑七月赴假還江陵夜行途中口號》韻。

和陶庚戌歲九月中於西田穫早稻

蓬頭三一作「二」獠奴〔一〕，誰謂愿且端。晨興灑埽罷，飽食不自安。願治此圃畦，少資主游觀。晝功不自覺，夜氣乃潛還。早韭欲争春，晚菘先破寒。人間無正味，美好出艱難。蚤知農圃樂，豈有非意干。尚恨不持粗，未免騂我顔。此心苟未降，何適不間關。休去復歇去，菜食何所嘆。

〔一〕獠奴：杜甫有《示獠奴》詩，又有《課隸人伯夷辛秀信行等入山斬陰木》詩，又《信行修水筒》詩云：於斯答恭敬，足以殊殿最。此詩起二語正用此。

和陶丙辰歲八月中於下潠田舍穫

聚糞西垣下，鑿泉東垣隈。勞辱何時休，宴安不可懷。天公豈相喜，雨霽與意諧。黄菘一作「松」養土膏一作「羔」，老楮生樹雞。未忍便烹煮，繞觀日百回。跨海得遠信，冰盤鳴玉哀。茵蔯點膾縷，照坐如花開。一與蜑叟醉，蒼顔兩摧頹。齒根日浮動，自與粱肉乖。食菜豈不足一作「好」，呼兒拆雞棲。

慎按：以上十七首皆海南作，施氏原本不載，今從新刻本《和陶》卷中類編於此。

答海上翁

山（一作「仙」）翁不復見新詩，疑是河南石壁曦。海水豈容鯨飲盡，然犀何處覓瓊枝。

慎按：此詩不解何謂，施氏原本不載，今從《續補》下卷移編。

貧家净掃地

貧家净掃地，貧女好梳頭。下士晚聞道〔一〕，聊以拙自修。叩門有佳客，一飯相邀留。春炊勿草草，此客未易偷。慎勿用勞薪，感我如薰蕕。德人抱衡石，銖黍安可廋？

〔一〕晚聞道：《莊子》：早湛於人僞，而晚聞大道也。

新居

朝陽入北林，竹樹散疏影。短籬尋丈間，寄我無窮境。舊居無（一作「纔」）一席，逐客猶遭屏〔一〕。結茅得兹地，翳翳村巷永。數朝風雨涼，畦菊發新穎。俯仰可卒歲，何必謀二頃。

〔一〕遭屏：本集先生《與程全父尺牘》云：初至，僦官屋數椽。近復遭迫逐。王定國《甲申雜記》

云：潭州彭氏子民隨董必察訪廣西，時子瞻在儋州，董至雷，議過儋。彭涕泣曰：「人人家有子弟。」董感悟，止遣一小使臣至儋，遂有逐出官舍之事。

慎按：施氏原注：東坡至儋耳，軍使張中請館於行衙，又別飾官舍，爲安居計。朝廷命湖南提舉常平董必者察訪廣西，遣使臣過海逐出之。中坐黜死，雷州監司悉鐫秩。云云。先生《送張中》詩有「懸知冬夜長」之句，則張中離儋必於冬月，公之被逐移居當是秋末冬初事，原本編此詩於上巳之後，殊失次第，今改正。

送昌化軍使張中〔一〕一本有「罷官赴闕」四字。

孤生知永棄，末路嗟長勤。久安儋耳陋，日與雕題親。海國此奇士，官居我東鄰。卯酒無虚日，夜碁有達晨。小甕多自釀，一瓢時見分。仍將對牀夢，伴我五更春。暫聚水上萍，忽散風中雲。恐無再見日，笑談來生因。空吟清詩送，不救歸裝貧。

〔一〕昌化軍：《九域志》：廣南西路昌化軍，唐儋耳昌化郡。本朝熙寧六年，廢爲軍，治宜倫縣。東至瓊州二百六十里，西至海十里，南至崖州四百八十里。

按：此詩和陶《與殷晉安别》韻，張中平生不詳，特以先生故罷官，甚至斥死，其人可知矣。宜送行詩至再至三，惓惓不釋也。

再送張中

胸中有佳處，瘴海不能腓。三年無所愧，十口今同歸。汝去莫相憐，我生本無依。相從大塊中，幾合幾分違。莫作往來相，而生愛見悲。悠悠含山日，炯炯留清輝。懸知冬夜長，不恨晨光遲。夢中與汝一本作「無與」別，作詩記忘遺。

按：此詩和陶《王撫軍座送客》韻。

三送張中

留燈坐達曉，要與影晤言。下帷對古人，何暇復窺園。使君本學武，少誦十三篇。頗能口擊賊，戈戟亦森然。才智誰不如，功名嘆無緣。獨來向我説，憤懣當奚宣。一見勝百聞，往鏖皋蘭山。白衣挾三矢，趁此征遼年。

慎按：此詩和《答龐參軍》韻。以上三首，施氏原本皆不載，今考據本題，從《和陶》卷中分編。

次韻子由贈吴子野先生二絶句

其一

馬跡車輪滿四方，若爲閉著一本作「暑」，訛小茅堂。安一作「仙」心欲捉左元放，癡疾一作「絶」還同顧長康。

其二

江令蒼苔圍故宅〔一〕，謝家語燕集華堂。先生笑説江南事，只有青山繞建康。

〔一〕江令蒼苔：江淹《青苔賦》：余鑿山楹爲室，有青苔焉，蹻屋上生，斑駁下布。

慎按：《欒城集》「康」字韻絶句凡三首，時子由自雷再徙循州，贈吴子野詩也，自此以後兩蘇無唱和之什矣。

附子由原作：原題云「雨中招吴子野先生一絶又答吴和二絶」。

柴門不出蓬生徑，暑雨無時水及堂。辟穀賴君能作客，暫來煎蜜餉桃康。自注：循州作。

三間浰水小茅屋，不比麻田新草堂。問我秋來氣如火，此間何事得安康。

慣從李叟遊都市，久伴藍翁醉畫堂。不似蘇門但長嘯，一生留恨與嵇康。自注：子野昔與李士寧縱游京師，與藍喬同客曾魯公家，甚久。

被酒獨行徧至子雲威徽先覺四黎之舍三首

其　一

半醒半醉問諸黎，竹刺藤梢步步迷。但尋牛矢覓歸路，家在牛欄西復西。

其　二

總角黎家三四童，口吹葱葉送迎翁〔一〕。莫作天涯萬里意，谿邊自有舞雩風。

〔一〕吹葱葉：事未詳。

其　三

符老風情奈老何，朱顏減盡鬢絲多。投梭每困東鄰女，換扇惟逢春夢婆。公自注：是日復見符林秀才，言換扇事。

過黎君郊居

半園荒草没佳蔬，煮得占禾半是藷。萬事思量都是錯，不如還叩仲尼居。

慎按：此詩施氏原本不載，今從《續補》下卷移編於此。

游城東學舍作

聞有古學舍，竊懷淵明欣。攝衣造兩塾，窺户無一人。邦風方杞夷，廟貌猶殷因。先生饌已缺，弟子散莫臻。忍饑坐談道，嗟我亦晚聞。永言百世祀〔一〕，未補平生勤。今此復何國，豈與陳蔡鄰。永媿虞仲翔，絃歌滄海濱。

〔一〕百世祀：《史記・陳世家》：盛德之後，必百世祀

按：此詩和陶《示周續之祖企謝景夷三郎》中韻。

吾謫海南盡賣酒器以供衣食獨有一荷葉杯工製美妙留以自娱乃和淵明連雨獨飲二首

其一

平生我與爾一作「我」，舉意輙自一作「相」然。豈止磁石鐵〔一〕，雖合猶有間。此外一子由，出處同偏僊。晚景最可惜，分飛海南天。糾纆別本作「纏」，訛不吾欺，寧此憂患先。顧引一杯酒，誰謂無往還。寄語海北人，今日爲何年。醉裏有獨覺，夢中無雜言。

〔一〕磁鐵：《抱朴子》：磁石引鍼。《大涅槃經》：磁石去鐵雖遠，以其故，鐵則隨著。

其二

阿堵不解醉，誰歟此頹然。誤入無功鄉，掉臂嵇阮間。飲中八仙人，與我俱得仙。淵明豈知道，醉語忽談天。偶見此物真，遂超一作「趨」天地先。醉醒可還酒，此覺無所還〔一〕。清風洗徂暑，連雨催豐年。牀頭伯雅君，此子可與言。

〔一〕無所還：《楞嚴經》：佛告阿難，今當示汝無所還地。

得鄭嘉會[一]靖老書欲於海舶載書千餘卷見借因讀淵明贈羊長史詩云愚生三季後慨然念黄虞得知千載事上賴古人書次其韻以謝鄭君

我非皇甫謐，門人如摯虞。不持一作「特」兩鴟酒，肯借一車書。欲令海外士，觀經似鴻都。結髮事文史，俛仰六十餘。老馬不耐放，長鳴思服輿。故知根塵在，未免病藥俱[二]。念君千里足，歷塊猶踟躕。好學真伯業[三]，比肩可相如。此書久已熟，救我今荒蕪。顧慚桑榆迫，久一作「豈」厭詩書娱。奏賦病未能，草玄老更疎。猶當距楊墨，稍欲懲荆舒。

〔一〕鄭嘉會：慎按，先生《半月泉題名》：「蘇軾、曹輔、劉季孫、鮑朝懋、鄭嘉會、蘇堅同游。元祐六年三月十一日。」刻石在湖州德清縣慈相寺中，余家有榻本。詩題中所謂「鄭會嘉」當即「嘉會」之訛，今從石刻改正。本集又有《與鄭嘉會尺牘》，云：「此中枯寂，殆非人世。然居之甚安。况諸史滿前，甚可與語者也。著書則未暇。日與小兒編排齊整之，以須異日歸之左右也。」正謝其借書事，故備録之。

〔二〕病藥：《傳燈録》：道吾和尚《一鉢歌》：藥是病，病是藥，到頭兩事都抛却。

〔三〕伯業：《三國志》：山陽太守袁遺，與袁術等同時起兵。裴松之注云：遺，字伯業，紹從兄。張超常薦其包羅載籍，綜練百氏，求之今日，邈焉寡儔。魏太祖稱長大而能勤學者，惟吾與袁伯業耳。

按：程鉅夫《雪樓集·跋東坡帖》云：蘇公坐謫時，有在都城見叔黨而障面者。及還儋耳，鄭嘉會靖老乃能以海舶載書千餘卷爲借，亦可嘉已。公和淵明《贈羊長史》詩以謝之，千載而下，知有靖老，士烏可不自附於青雲哉！此帖言所借書收掌如法，前輩借人書籍愛護如此，皆盛德事。

和陶五月旦日作和戴主簿

海南無冬夏，安知歲將窮。時時小摇落，榮悴俯仰中。上天信包荒〔一〕，佳植無由豐。鉏耰代一作「待」，訛肅殺，有擇非霜風。手栽蘭與菊，侑我清宴終。擷芳眼已明，飲酒腹尚冲。草去土自隤，井深牆愈隆。勿笑一畝園，蟻垤齊衡嵩。

〔一〕包荒：《易·泰卦》：九二，包荒，用馮河。《疏》云：體健居中而用乎泰，能包含荒穢，受納馮河者也。

和陶怨詩楚調示龐主簿鄧治中

當歡有餘樂，在戚亦頹然。淵明得此理，安處故有年。嗟我與先生，所賦良奇偏。人間少宜適，惟有歸耘田。我昔墮軒冕，毫釐真市廛。困來卧重裀，憂媿自不眠。如今破茅屋，一夕或三遷。風雨睡不知，黄葉滿枕前。寧當出怨句，慘慘如孤烟。但恨不早悟，猶推淵明賢。

慎按：以上六首，施氏原本皆不載。以本詩考之，確是南海秋冬作，今從新刻《和陶》卷中編次於此。

倦夜

倦枕厭長夜，小窗終未明。孤村一犬吠，殘月幾人行。衰鬢久已白，旅懷空自清。荒園有絡緯〔一〕，虚織竟何成。

〔一〕絡緯：《炙轂子雜録》：莎雞。《古今注》：一名促織，一名絡緯。

用過韻冬至與諸生飲酒公自注：符、吴皆坐客。其餘皆即事實録也。

小酒〔一〕生黎法〔二〕，乾糟瓦盎中。芳辛知有毒，滴瀝取無窮。凍醴寒初泫，春醅暖更醲。華夷兩尊合，醉笑一歡同。里閈峨山北，田園震澤東。歸期那敢説，安訊不曾通。鶴鬢驚全白，犀圍尚半紅。愁顔解符老〔三〕，壽耳鬬吴翁〔四〕。得穀鵝初飽，亡猫鼠益豐。黄薑收土芋，卷耳斫霜叢〔五〕。兒瘦緣儲藥，奴肥爲種松疑當作「菘」。頻頻非竊食，數數尚乘風。河伯方夸若，靈媧自舞馮。歸途陷泥淖，炬火燎茅蓬。膝上王文度，家傳張長公。和詩仍醉墨，戲海亂群鴻。

〔一〕小酒：《宋史·食貨志》：廣南東西路，自春至秋，酤成即鬻，謂之小酒。臘釀，候夏而出，謂之大酒。

〔二〕生黎法：《太平寰宇記》：瓊、儋之俗，呼山嶺爲黎，人居其間，號曰生黎。釀酒不用麴糵。有木曰嚴樹，取其皮葉，擣後清水浸之，以粳釀和之，香甚，能醉人。又有石榴，亦取花葉和釀醖之，數日成酒，熟則以竹筒吸之。

〔三〕符老：即符林秀才。

〔四〕吴翁：即吴子野。時訪先生於海外。

〔五〕卷耳：本集《蒼耳録》云：一名羊負來。《詩》謂之卷耳。《疏》謂之枲耳，俗謂之道人頭。海南無藥，惟此生舍下。

縱筆三首

其　一

寂寂東坡一病翁，白鬚一作「頭」蕭散滿霜風。小兒誤喜朱顏在，一笑那知是酒紅。

按：《冷齋夜話》：引山谷語云：「不易其心而造其語，謂之换骨法。規摹其意而形容之，謂之奪胎法。白居易詩云：醉貌如霜葉，雖紅不是春。東坡：兒童誤喜朱顏在，一笑那知是酒紅。此所謂奪胎法也。

其　二

父老争看烏角巾〔一〕，應緣曾現宰官身〔二〕。溪邊古路三叉口，獨立斜陽數過人。

〔一〕烏角巾：杜甫詩：錦里先生烏角巾。

〔二〕現宰官身：《法華經》：妙音菩薩現種種身，處處爲衆生説是經典，或現居士身，或現宰官身。又，《普門品》云：應以宰官身得度者，即現宰官身而爲説法。

按：《春渚録》云：東坡與山谷同見清老，清語坡前身爲五祖戒和尚，故嶺外詩云：應緣曾現宰官身。豈真戒禪師後身耶？

其三

北船不到米如珠，醉飽蕭條半月無。明日東家當祭竈，隻雞斗酒定膰吾。

夜燒松明火

歲暮風雨交，客舍悽薄寒。夜燒松明火〔一〕，照室紅龍鸞。快焱初煌煌，碧烟稍團團。幽人忽富貴，蕙一作「繐」帳芬椒蘭。珠煤綴屋角，香𣷹流銅槃。公自注：𣷹，松瀝也，出《本草》注。坐看十八公，俯仰灰燼殘。齊奴朝爨蠟，萊公夜長嘆。海康無此物，燭盡更未闌。

〔一〕松明火：本集《雜記》一條云：海南多松，己卯蠟月二十三日，墨竈火發，幾焚屋。遂罷作墨，大小五百丸。餘松明一車，仍以照夜。

東坡先生編年詩卷四十三

古今體詩五十二首起元符三年庚辰春在儋州，五月移廉州安置，八月杪離廉州作。

庚辰歲人日作時聞黃河已復北流〔一〕老臣舊數論此今斯言乃驗二首〔二〕

其一

老去仍棲隔海村，夢中時見作詩孫。天涯已慣逢人日，歸路猶欣過鬼門〔三〕。三策已應思賈讓〔四〕，孤忠終未赦虞翻。典衣剩買河源米〔五〕，屈指新篘作上元。

〔一〕黃河北流：《宋史·河渠志》：元祐初，河流雖北，而孫村低下，河北諸郡皆被災，於是回河東流之議起。安壽深以東流爲是，文彦博、吕大防皆主其説。蘇轍謂吕公著：「不如因舊而修其未備。」會范百禄行視東西二河，亦云：「東流高仰，北流順下，決不可回。」時吴安持與李偉力主回河，請置修河司，從之。七年十月，以大河東流，賜吴安持三品服，李偉再任。紹聖元年，都水使王宗望上言：「東北兩流，頻年紛争不決，伏自奉詔凡九月，上禀成算，使全河東還故道，乞付史館紀績。」至元符二年六月，河決内黄，東流遂斷絶。八月，左司諫王祖道請正吴安持、李偉等之罪，詔可。

〔二〕老臣數論：元祐三年，先生任翰林學士時上劄子云：「黄河自天禧以來故道漸淤，每決而西。熙寧中，決於曹村，又決小吴。先帝知河之欲西北流，故不復塞。今都水使者王孝先乃欲於北京南開孫村河，欲奪河身以復故道。此豈獨一方之安危？天下之休戚也。臣聞自孫村至海口舊管堤埽四十五所，歲支物件五百餘萬。今欲興修已壞堤埽，準備河水復行東道，此莫大之患，不貲之費也。臣采察衆論，以爲此役不可不罷。若今歲罷役，不過枉費九百萬物料。若更接續興修，則來歲當役數十萬人，仍費三千餘萬。不若將三千萬物料，分作數年，因水所行之地稍立隄防，數年之後，必漸安流，何苦興必不可成之役乎？」元祐四年八月，子由在翰林，第四疏有曰：「臣兄軾前在經筵，因論黄河等事爲衆人所疾。迹不自安，遂求引退。」云云。

〔三〕鬼門：本集《到昌化軍謝表》云：並鬼門而東騖，浮瘴海以南遷。《名勝志》：鬼門關，在鬱林州北流縣西十里，兩山相對，間闊三十步，往來交阯，皆由此關，其南尤多瘴癘。諺云：鬼門關，十人去，九不還。唐沈佺期詩：昔傳瘴江路，今到鬼門關。

〔四〕三策：《漢書·溝洫志》：待詔賈讓言：治河有上、中、下三策。

〔五〕河源米：《惠州志》：南齊時析龍川縣置河源縣，以縣東北有三河之源，故名。施氏原注：海南無秔秫，河源縣屬惠州，當是秔秫所産也。

其二

不用長愁挂月村，檳榔生子竹生孫。公自注：海南勒竹，每節生枝如竹竿大，蓋竹孫也。新巢〔一〕語燕還窺研〔二〕，舊雨來人不到門。春水蘆根看鶴立，夕陽楓葉見鴉翻。此生念念隨泡影〔三〕，莫認家山作本元〔四〕。

〔一〕新巢：《瀛奎律髓》：海南人日，燕已來巢，亦異事。

〔二〕窺研：鄭谷《燕》詩：閒几研中窺水淺，落花徑裏得泥香。

〔三〕泡影：秦譯《金剛經》：一切有爲法，如夢幻、泡影。净名疏云：上水爲因，下水爲緣。得有泡起，斯須即無。有物遮光，則有影見，物異影異，物動影動。

〔四〕認本元：《楞嚴經》：徒獲此心，未敢認爲本元心也。

庚辰歲正月十二日天門冬酒熟予自漉之且漉且嘗遂以大醉二首〔一〕

其一

自撥牀頭一甕雲，幽人先已醉濃芬。天門冬熟新年喜，麴米春香並舍聞。公自注：杜子美詩云：聞道雲安麴米春。蓋酒名也。菜圃漸疎花一作「雲」漠漠，竹扉斜掩雨紛紛。擁裘睡覺知何處，吹面東風散縐紋。

〔一〕天門冬酒：《爾雅》：虋冬，一名滿門冬。《抱朴子》：門冬，一名顛棘，可作散，絞其汁作酒，以服散，尤佳。楚人呼爲天門冬。《本草》：天門冬，根白或黄紫色，大如手指，可取汁作酒。《山居要録》有造天門冬酒法。

慎按：《枕中記·服食法》云：采天門冬根食之，去三蟲伏屍。後一段云：釀酒，初熟微酸，久停則香美，諸酒不及也。新刻本引注舛訛，施氏原本所無也。今補注駁正。

其二

載酒無人過子雲，年來家醖有奇芬。醉鄉杳杳誰同夢，睡息齁齁得自聞。口葉向詩一本作

「時」，訛猶小小，眼花因酒一本作「醉」尚紛紛。點燈更試淮南語，汎溢東風有縠紋〔一〕。

〔一〕汎溢東風：《周禮·酒正》：辨五齊之名，一曰泛齊。鄭康成注云：泛者，成而滓浮泛泛然，如今宜城醪。《埤雅》引《造化權輿》云：東風，東方之風氣也。故凍非東風不能解，泛非東風不能溢。

追和戊寅歲上元〔一〕

賓一作「春」鴻社燕巧相違〔二〕，白鶴峰頭白板扉。石建方欣洗牏厠〔三〕，姜龐不解嘆蚚一作「蠨」蛜。一龕京口嗟春夢，萬炬錢塘憶夜歸。合浦賣珠無復有，當年笑我泣牛衣。

〔一〕戊寅上元：詩見四十二卷中。

〔二〕賓鴻：《苕溪詩話》：坡翁詩「賓鴻社燕巧相違」，《月令》「鴻雁來賓」事，嘗疑人未曾用。及觀劉夢得詩：暮霞千萬狀，賓鴻次第飛。顧况云：安得凌風翰，肅肅賓天京。老杜云：别浦雁賓秋。知古人必有所本也。

〔三〕牏厠：《詩話總龜》云：古人用事，有趁筆快意而誤者。子瞻詩「石建方欣洗牏厠」，據《漢書》，本作「厠牏」，蓋中衣也。二字義不應顛倒用。

〔四〕牛衣：《漢書·王章傳》注：牛衣，龍具也。《演繁露》：龍具之制，不知何若。案，《食貨志》：「董仲舒曰：貧民常衣牛馬之衣。」則牛衣者，編草使暖以被牛體，蓋蓑衣之類。

按：本集先生自題此詩後云：戊寅上元在儋耳，過子夜出，余獨守舍，作「違」字韻詩。今庚辰上元，已再期矣。家在惠州白鶴峰下，過子不眷婦子，從余此來，其婦亦篤孝，悵然感之，故和前篇，有「石建」、「姜麗」之句。又，復悼懷同安君，末章故復有「牛衣」之句，悲君亡而喜子存也。

和陶雜詩十一首

其　一

斜日照孤隙，始知空有塵。微風動衆竅，誰信我忘身。一笑問兒子，與汝定何親。從我來海南一本作「南海」，幽絶無四隣。耿耿如缺月，獨與長庚晨〔一〕。此道固應爾，不當怨尤人。

〔一〕缺月、長庚：韓愈詩：東方未明大星没，惟有太白配殘月。

其　二

故山不可到，飛夢隔五嶺。真游有黄庭，閉目寓兩景。室空無可照，火滅膏自冷。披衣起視夜，海闊河漢永。西窗半明月，散亂梧楸影。良辰不可繫，逝水無留一本作「由」，訛騁。我苗期後枯〔一〕，持此一念静。

〔一〕後枯：嵇康《養生論》：爲稼於湯之世，必一溉者後枯。

其　三

真人有妙觀，俗子多妄量。區區勸粒食，此豈知子房。我非徒跣相，終老懷未央。兔死縛淮陰，狗功指平陽。哀哉亦可羞，世俗皆羊腸。

其　四

相如偶一官，嗤鄙蜀父老①。不記犢鼻時，滌器混傭保〔一〕。著書曾幾何一作「許」，渴肺灰土燥〔二〕。琴臺有遺魄〔三〕，笑我歸不早。作書遺故人，皎皎我懷抱。餘生幸無愧，可與君平道。

〔一〕犢鼻、滌器：《漢書·司馬相如傳》：相如之臨卭，盡賣車騎，買酒舍，乃令文君當壚，相如身自著犢鼻褌，與傭保雜作，滌器於市中。

① 濟按：「嗤」，原本訛作「强」，據四庫本改。

〔二〕渴肺：《相如傳》：相如口吃而善著書，常有消渴病。

〔三〕琴臺：王褒《益州記》：相如宅在筰橋北。李膺云：市橋西二百步，得相如舊宅，南有琴臺故墟。《方輿勝覽》：琴臺後爲金花寺。城内者非其舊也，即今之金泉舖是矣。

其　五

孟德黠老狐，姦言嗾鴻豫。哀哉喪亂世，梟鸞各騰翥〔一〕。逝者知幾人，文舉獨不去。天方斲漢室，豈計一郗慮。昆蟲正相齧，迺比藺相如去聲。我知公所坐，大名難久住。細德方險微〔二〕，豈有容公處。既往不可悔，庶爲來者懼。

〔一〕梟鸞：《史記·賈生傳》：嗚呼哀哉，逢時不祥，鸞鳳伏竄兮，鴟梟翱翔。

〔二〕細德險微：《賈生傳·弔屈原賦》：見細德之險微兮，摇增翮逝而去之。施氏原注引句錯訛，今補注。

其　六

博大古真人，老聃關尹喜。獨立萬物表，長生乃餘事。稚川差可近，倘有接物意。我頃登羅浮，物色恐相值。徘徊朱明洞，沙水自清駛。滿把菖蒲根，歎息復棄置。

其七

藍喬一本作「橋」，訛近得道〔一〕，常苦世褊迫。西游王屋山，不踐長安陌。爾來寧復見，烏道度太白。昔與吴遠遊，同藏一瓢窄。潮陽隔雲海，歲晚倘見客。伐薪供養火〔二〕，看作棲鳳宅。

〔一〕藍喬：吴子野曾與藍喬同客曾魯公家，見子由詩注。

〔二〕養火：孫思邈《七返丹砂法》：用六一泥固劑訖，以文火漸養，數至六七日，即武火一日，成。如此七轉，堪服。其火每轉，須減損之，不減，恐藥不住也。

其八

南榮晚聞道〔一〕，未肯化庚桑。陶頑鑄强獷，枉費塵與糠。越子古成之，韓生教休糧。參同得靈鑰〔二〕，九鎖一作「鏁」啓伯陽〔三〕。鵝城見諸孫，貧苦我爲傷。空餘焦先室，不傳元化方。遺像似李白，一奠臨江觴。

〔一〕南榮：《莊子》：庚桑子謂南榮趎曰：「今吾才小，不足以化子，胡不南見老子？」

〔二〕靈鑰：道書真一子有《還丹内象金鑰匙》一卷。

〔三〕伯陽：《神仙傳》：魏伯陽，吴人也。性好道術，後與弟子三人作丹，丹成。知弟子心懷未盡，乃試之曰：「丹雖成，宜先與犬試之。」乃與犬食，即死。弟子曰：「先生當服之否？」伯陽曰：「吾委家入山，不得道，亦恥復還。」乃服丹，入口即死。弟子相謂曰：「作丹以求長生，服之即死，奈何？」獨一弟子曰：「吾師非常人也，服此即死，得無意乎？」因取丹服之，亦死。二弟子乃出山，欲爲伯陽求棺木。二子去後，伯陽即起，將所服丹納死弟子及犬口中，皆起，遂皆仙去。伯陽作《參同契》，五行相類，凡三十卷。假爻象以論作丹之意。

其　九

餘齡難把玩〔一〕，妙解寄筆端。常恐抱永嘆，不及邱明遷。親友復勸我，放心餞華顛。虚名非我有，至味知誰餐。思我無所思，安能觀諸緣。已矣復何嘆，舊説《易》兩篇。

〔一〕把玩：柳子厚文：前過三十年，與瞬息無異。後所得者，其不足把玩，亦已審矣。

其　十

申韓本自聖，陋古不復稽。巨君縱獨慾，借經作巖崖。遂令青衿子，珠璧人人懷。鑿齒井蛙耳，信謂天可彌。大道久分裂，破碎日愈離。我如終不言，誰悟角與羈〔一〕。吾琴豈得已，昭氏有成虧。

〔一〕角羈：《禮記·内則》：「三月之末，擇日翦髮爲鬌，男角女羈。」注：「夾囟曰角，午達曰羈。」疏云：「夾囟兩旁，當角之處，留髮不翦，一從一横，曰午。今女翦髮，留其頂上，從横各一，相交通達，故曰午達。不如兩角相對，但從横各一在頂上，故曰羈。羈者，隻也。」

其十一

我昔登朐山〔一〕，出日觀滄涼。欲濟東海縣，恨無石橋梁。今兹黎母國，何異于公鄉〔二〕。蠔浦既黏山，暑退亦飛霜。所欣非自謂〔三〕，不怨道里長。

〔一〕朐山：《太平寰宇記》：大海在海州城東十五里，南接朐山縣界，北接懷仁縣界。《志》云：朐山在城南四里，始皇東巡，立石東海上朐界中，以爲秦東門。

〔二〕于公鄉：《海州志》：孝婦冢在郯城，孝婦竇氏。于公，郯人，爲郡決曹，以争孝婦獄，辭疾去。故居在東海城北十里，名于公浦。按，于公鄉即此地也。

〔三〕自謂：柳宗元詩：高歌反故室，自謂非所欣。

慎按：吴中新刻本淵明《雜詩》，凡十二首，其末章用「理」字韻，止六句，疑非全作，先生亦缺和詩。

和陶始作鎮軍參軍經曲阿

虞人非其招，欲往畏簡書。穆生責醴酒，先見我不如。江左古弱國，强臣擅天衢。淵明墮詩酒，遂與功名疎。我生值良時，朱金義當紆。天命適如此，幸收廢棄餘。獨有愧此翁，大名難久居〔一〕。不思犧牛龜，兼取熊掌魚。北郊有大賚〔二〕，南冠解囚拘。眷言羅浮下，白鶴返故廬。

〔一〕大名難久居：《史記・越世家》：范蠡曰：大名之下，難以久居。

〔二〕北郊：《宋史・禮志・北郊》：方邱，配帝、神州、岳鎮、海瀆七十一位，壇在宮城之北。以夏至祭皇地祇。别爲壇於北郊，以孟冬祭。元祐七年冬，哲宗親祠，遂合祭天地。建中靖國元年，曾布主北郊之説，遂罷合祭。

慎按：《宋史・徽宗本紀》：元符三年庚辰，正月，即位，二月，始聽政。四月，范純仁等復宫觀，蘇軾等徙内郡。是年未嘗舉郊祀之典。明年辛巳，改元建中靖國，十一月乃合祀天地於圜邱，時先生已没矣。今詩云「北郊有大賚」，蓋謂新君即位，例當有郊祀恩赦耳。

桃花源并引

世傳桃源事，多過其實。考淵明所記，止言先世避秦亂來此。則漁人所見，似是其子孫，非秦人不死者也。又云「殺雞作食」，豈有仙而殺者乎？舊説南陽有菊水，水甘而芳，居民三十餘家，飲其水，皆壽，或至百二三十歲。蜀青城山老人村，有見五世孫者。道極險遠，生不識鹽醯，而溪中多枸杞，根如龍蛇，飲其水，故壽。近歲道稍通，漸能致五味，而壽益衰。桃源蓋此比也歟！使武陵太守得而至焉，則已化爲争奪之場久矣！嘗意天壤間若此者甚衆，不獨桃源。予在潁州，夢至一官府，人物與俗間不異，而山川清遠，有足樂者。顧視堂上，榜曰「仇池」，覺而念之，仇池，武都氏故地，楊難當所保，余何爲居之？明日，以問客。客有趙令畤德麟者，曰：「公何問此？此乃福地，小有洞天之附庸也。杜子美蓋云：『萬古仇池穴，潛通小有天。』」他日，工部侍郎王欽臣仲至謂余曰：「吾嘗奉使過仇池，有九十九泉，萬山環之，可以避世，如桃源也。」

凡聖無異居，清濁共此世。心閒偶自見，念起忽已逝。欲知真一處，要使六用廢。桃源信不遠，杖藜可小憩。躬耕一本作「耘」任地力，絶學抱天藝。臂雞有時鳴，尻駕無可税。苓龜亦晨吸，杞狗或夜吠。耘樵得甘芳，齕齧謝炮製。子驥雖形隔，淵明已心詣。高山不難越，淺水何足厲。不如我仇池，高舉復幾歲。從來一生死，近又等一作「算」，訛癡慧。蒲澗安期境，羅浮稚川界。夢往從之遊，神交發吾蔽。桃花滿庭下，流水在户外。却笑逃秦人，有畏非真契。

和歸去來兮詞并引

子瞻謫居昌化，追和淵明《歸去來詞》，蓋以無何有之鄉爲家，雖在海外，未嘗不歸云爾。

歸去來兮，吾方南遷安得歸！卧江海之澒洞，弔鼓角之悽悲。迹泥蟠而愈深，時電往而莫追。懷西南之歸路，夢良是而覺非。悟此生之何常，猶寒暑之異衣。豈襲裘而念葛？蓋得觕而喪微。我歸甚易，非馳非奔。俯仰還家，下車闔門。藩垣雖缺，堂室故存。挹吾天醴，注之窪尊。飲月露以洗心，飡朝霞而眩顔。混客主而爲一，俾婦姑之相安。知盜竊之何有，乃掊門而折關。廓圜鏡以外照，納萬象而中觀。治廢井以晨汲，滃百泉之夜還。守静極以自作，時爵躍而鯢桓。歸去來兮，請終老於斯游。我先人之敝廬，復舍此而焉求？均海南與漢北，挈往來而無憂。畸人告予以一言，非八卦與九疇。方饑須糧，已濟無舟。忽人牛之皆喪，但喬木與高丘。驚六用之無成，自一根之返流。望故家而求息，曷中道之三休？已矣乎，吾生有命歸有時，我初無行亦無留。駕言隨子聽所之，豈以師南華而廢從安期？謂湯稼之終枯，遂不溉而不耔。師淵明之雅放，和百篇之新詩。賦《歸來》之清引，我其後身蓋無疑。

余喜淵明歸去來辭因集字爲十詩一本題云「集歸去來詩十首」。

其一

命駕欲何向，欣欣春木榮。世人無往復，鄉老有逢迎。雲外流泉遠，風前飛鳥輕。相携就衡宇，酌酒話交情。

其二

涉世恨形役，告休成老夫。良欣就歸路，不復向迷途。去去徑猶一作「有」菊，行行田欲蕪。情親有還往，清酒引尊壺。

其　三

與世不相入，膝琴聊自一作「盡」歡。風光歸笑傲，雲物寄游觀。言話審無倦，心懷良獨安。東皋清有趣，植杖日盤桓。

其　四

世事非吾事，駕言歸路尋。向時迷有命，今日悟無心。庭内菊歸酒，窗前風入琴。寓形知已老，猶未倦登臨。

其　五

雲岫不知遠，巾車行復前。僕夫尋老木，童子引清泉。矯首獨傲世，委心還樂天。農夫告春事，扶老向良田。

其　六

富貴良非願，鄉關歸去休。携琴已尋壑，載酒復經邱。翳翳景將入，涓涓泉欲流。農夫人不樂，我獨與之游。

其　七

觴酒命童僕，言歸無復留。輕車尋絶壑，孤棹入清流。乘化欲一作「亦」安命，息交還絶游。琴書樂三徑，老矣亦何求。

其　八

歸去復歸去，帝鄉安可期。鳥還知已倦，雲出欲何之。入室還携幼，臨流亦賦詩。春風吹獨立，不是傲親知。

其　九

役役倦人事，來歸車載奔。征夫問前路，稚子候衡門。入息亦詩策，出游常酒尊。交親書已絶，雲壑自相存。

其十

寄傲疑今是，求榮感一作「定」昨非。聊欣尊有酒，不恨室無衣。邱壑世情遠，田園生事微。柯庭還獨盻別作「睡」，訛，時有鳥歸飛。

慎按：施氏原本《和陶詩》二卷，凡一百零五首，《歸去來辭》亦在數内，此十章，向不載《和陶》卷中。今從新刻本采録，又增入補遺二章。自《飲酒》二十首起，至此止，分編各卷，共一百三十三首，而《歸去來辭》不與焉。《西清詩話》云：淵明又有《問來使》詩，云：爾從中山來，早晚發天目。我屋南山下，今生幾叢菊。薔薇葉已抽，秋蘭氣當馥。歸去來山中，山中酒應熟。此詩《陶集》中不載，蓋疑天目非陶居。然太白詩云：陶令歸去來，田家酒應熟。乃用此耳。洪邁《對雨編》亦云。先生想未見原詩，故缺和章耳。

附黄魯直《跋子瞻和陶詩一首》：

子瞻謫嶺南，時宰欲殺之。飽喫惠州飯，細和淵明詩。彭澤千載人，東坡百世士。出處雖不同，風味乃相似。

按：東坡《和陶》詩，起於揚州，終於儋州。在惠州作者不過十分之三、四，而山谷云：飽喫惠州飯，細和淵明詩。蓋未加詳考耳。

題過所畫枯木竹石三首

其　一

老可能爲竹寫真，小坡今與石傳神。山僧自覺菩提長，心境都將赴臥輪。

附黄魯直次韻一首：

眼入毫端寫竹真，枝掀葉舉是精神。因知幻化出無象，問取人間老斵輪。

按：《山谷集》次韻止此一首，後二首缺和。

其　二

散木支離得自全，交柯蚴蟉欲相纏。不須更説能鳴雁，要以空中得盡年。

按：《聲畫集》云：一本此首係第一篇。

其　三

倦看澀勒暗蠻村，亂棘孤藤束瘴根。惟有長身六君子，猗猗一作「依依」猶得似淇園。

真一酒歌并引

布算以步五星，不如仰觀之捷；吹律以求中聲，不如耳齊之審。鉛汞以爲藥〔一〕，策《易》以候火〔二〕，不如天造之真也。是故神宅空樂出虚蹋踘者以氣升，孰能推是類以求天造之藥乎？於此有物，其名曰真一〔三〕。遠遊先生方治此道〔四〕，不飲不食，而飲此酒，食此藥，居此堂。予亦竊其一二，故作《真一之歌》。

空中細莖插天芒，不生沮澤生陵岡。涉閲四氣更六陽，森然不受螟與蝗。飛龍御月作秋凉〔五〕，蒼波改色屯雲黄。天旋雷動玉塵香，起搜十裂照坐光。跏趺牛噍安且詳，動摇天關出瓊漿〔六〕。壬公飛空丁女藏，三伏遇井了不嘗。釀爲真一和而莊，三杯儼如侍君王。湛然寂照非楚狂〔七〕，終身不入無功鄉。

〔一〕鉛汞：《金丹訣》：還丹交媾，不出於水火金木上。丹基在一，但辨得真鉛真汞二物。真陰真陽大道也。又云：修至藥，須用真鉛汞修丹，不悟真一之理，互説金石爲藥。又不得節符火候，還丹因何而立乎？

〔二〕策《易》候火：《金丹訣》：夫託《易》象，藥不須觔，立三百六十四銖，象月兩弦，上下對望二八十六，故立一十六兩，剩少即不合爻象，節符用事也。又云：起伏法，象陽符陰符，藥物並不得逾劬，故合大衍一周，周而復始，乾坤大理，運軸大數，又合乾策二百一十六，坤策百四十四，總喻合天符行度之數。即火符自然五日一候，足當用五爻，十符。十日兩候，足當用十爻，二十符。十五日三候，足當用十五爻，三十符。終亥起子，進退加爻藏伏，時節乃合，天道參同自然，須依更漏用火，即合符不差。

〔三〕真一：《雲笈七籤》：《三元真一經》云：變氣布結，神得以靈，衆真歸一，而元功成焉。此元氣之根始也。

〔四〕遠遊：即吴子野，本集有《吴子野絶粒不睡》詩，見前。

〔五〕飛龍御月：《大還丹秘契圖》云：三月《夬》卦，五陽爻。斗建辰支應戌時，象九五飛龍在天，得其志也。

〔六〕天關：《黄庭經》：三關之中精氣微，口爲天關精神機。

〔七〕楚狂：《列仙傳》：陸通者，楚狂接輿也，好養性，游諸名山。

慎按：此詩大意取道家三一還丹之訣，借題以寓言。「空中細莖插天芒」以下六句，言麥得四時之氣以成，故性温和也。「天旋雷動玉塵香」二句，屑麥造麯法也。「蹁跹牛嗺安且詳」至末，雜記蒸米、釀酒，及釀成後品格香味，飲之可解渴而不可醉也。通篇大指如此，但前後錯落，如羚羊挂角，無迹可求耳。

慎按：本集《雜記》云：予在白鶴新居，鄧道士忽叩門。時已三鼓，月色如霜。有携斗酒、丰神英發如吕洞賓者，曰：「子嘗真一酒乎？」就坐，各飲數杯，擊節高歌。袖出一書授余，乃《真一法》及《修養九事》，末云「九霞仙人李靖書」。既别，恍然。又云：嶺南不禁酒，近得一釀法，乃是神授，只用白麵、糯米、清水三物，謂之真一法酒。釀成玉色，有自然香味。紹聖三年五月望日，敬造真一法酒成，請羅浮道士鄧守安拜奠北斗真君。云云。據此，則此詩當是惠州作，而蘇氏原本編入「海外」卷中，或釀酒在惠州，作歌則在儋州，未可知也。今仍其舊。

汲江煎茶

活水還須活火烹〔一〕，自臨釣石取深清。大瓢貯月歸春甕，小杓分江入夜瓶。雪乳一作「茶雨」已翻煎處脚，松風忽作瀉時聲。枯腸未易禁三椀，坐一作「卧」聽荒城長短更。

〔一〕活火：《苕溪詩話》：唐趙璘述《因話録》，載其家兵部君約性嗜茶，能自煎，嘗謂人曰：茶須緩火炙，活火煎。東坡詩蓋用此。施氏原注亦引此條，末云：活火謂炭之焰也。諸刻本皆不云「公自注」，新刻不知何所據，今删去。

按：楊誠齋極賞此詩，謂一篇之中句句皆奇，一句之中字字皆奇。

贈李兕彦威秀才《外集》題中無「彦」字。

魏王大瓢實五石，種成濩落將安適？可憐公子持十牛，海上三年竟何得。先生少負不羈才，從軍數到單于臺。天山直欲三箭取，白衣將軍何人哉。夜逢怪石曾飲羽，戲中戟枝何足數。誓將馬革裹尸還，肯學班超苦兒女。封侯衛、霍知幾許，老矣先生困羈旅。酒酣聊復説平生，結襪猶堪一再鼓。棄書捐劍學萬人，紈袴儒冠皆誤身。窮途政似不龜手，與世羞爲西子顰。如今唯有談天口，雲夢胸中吞八九。世間萬事寄黄粱，且與先生説烏有。

戲贈孫公素

披扇當年笑温嶠，握刀晚歲戰劉郎。不須戚戚如馮衍，便與時時説李陽。

慎按：以上二首，施氏原本不載。《外集》編《南海》卷中，今從之。

儋耳

霹靂收威暮雨開，獨憑闌檻倚崔嵬。垂天雌霓雲端下，快意雄風海上來。野老已歌豐歲語，除書欲放逐臣回。殘年飽飯東坡老，一壑能專萬事灰〔一〕。

〔一〕一壑能專：按，《漢書·叙傳》：漁釣於一壑，則萬物莫奸其志。王介甫用其意，作詩曰：我亦暮年專一壑。陳後山詩亦有「他日入東專一壑」之句。

慎按：此詩施氏原本不載，今從新刻《續補》下卷移編於此。

余來儋耳得吠狗曰烏觜甚猛而馴隨予遷合浦過澄邁泅而濟路人皆驚戲爲作此詩

烏喙本海獒，幸我爲之主。食餘已瓠肥，終不憂鼎俎。晝馴識賓客，夜悍爲門户。知我當北還，掉尾喜欲舞。跳踉趁童僕，吐舌喘汗雨。長橋不肯躡，徑渡清深浦。拍浮似鵝鴨，登岸劇虓虎。盗肉亦小疵，鞭箠當貰汝。再拜謝厚恩，天不遣言語〔一〕。何當寄家書，黄耳定乃祖〔二〕。

〔一〕天不遣言：元稹《望雲騅歌》：色沮聲悲仰天訴，天不遣言君未識。

〔二〕黄耳：《晉書・陸機傳》：有駿犬名黄耳，既羈，寓京師，久無家問，乃以竹筒盛書，繫其頸。犬尋路南走，遂至其家，得報還洛，因以爲常。

澄邁〔一〕驛通潮閣二首〔二〕

其　一

倦客愁聞歸路遥，眼明一作「前」飛閣俯長橋。貪看白鷺横秋浦，不覺青林没晚潮。

〔一〕澄邁：《太平寰宇記》：澄邁縣在舊崖州西九十里。隋置縣，以邁山爲名。按《志》，縣西又有澄江，故名。

〔二〕通潮閣：《名勝志》：通潮閣乃澄邁驛閣也。《舊志》：通潮閣，一名通明閣，在澄邁縣西。

其二

餘生欲老海南村，帝遣巫陽招我魂。杳杳天低鶻没處，青山一髮是中原。

洞酌亭并引

瓊山郡東〔一〕，衆泉觱發，然皆洌而不食。丁丑歲六月，南遷過瓊，始得雙泉之甘於城之東北隅。以告其人，自是汲者常滿。泉相去咫尺而異味。庚辰歲六月十七日，遷於合浦，復過之。太守承議郎陸公求泉上之亭名與詩，名之曰「洞酌」，其詩曰：

洞酌一本有「彼」字兩泉，挹彼注兹。一瓶之中，有澠有淄。以瀹以烹，衆喊莫齊。自江徂海，浩然無私。豈弟君子，江海是儀。既味我泉，亦嚌我詩。

〔一〕瓊山郡：《九域志》：廣南西路瓊州瓊山郡，軍事，去東京八千五百里，西南至昌化軍四百三十里，東北至雷州五百九十里，西北至海十三里。

六一本作「九」，訛月二十日夜渡海〔一〕

參横斗轉欲三更，苦雨終風也解晴。雲散月明誰點綴，天容海色本澄清。空餘魯叟乘桴意，粗識一本作「無復」軒轅奏樂聲。九死南荒吾不恨，兹游奇絶冠平生。

〔一〕渡海：王氏《交廣春秋》：朱崖、儋耳，大海中極南之外，對合浦徐聞縣。清朗無風之日，遥望朱崖州，如囷廩大。從徐聞對渡，北風舉帆，一日一夜而至。周圍二千餘里，徑渡八百里。《太平寰宇記》：朱崖去雷州徐聞縣隔一小海。

慎按：方回《瀛奎律髓》謂此詩「紹聖四年責儋州時作，六月二十渡海，七月十三日至儋」云云。以余考之，訛也。本集《和淵明移居詩序》云：「丁丑，余謫海南，子由亦謫雷州。五月十一日相遇於藤，同行至雷。六月十一日與子由相别渡海。」則南遷時渡海乃六月十一日，非二十日也。又，按本集《到昌化軍謝表》，至儋州在七月二日，亦非十三日也。今從施氏原本，定爲北歸時作。

自雷適廉〔一〕宿於興廉村净行院〔二〕

荒凉海南北，佛舍如雞棲。忽行一作「此」榕林中，跨空飛栱枅。當門洌碧井，洗我兩足泥。

高堂磨新甎，洞户分角圭。倒牀便甘寢〔三〕，鼻息如虹霓。童僕不肯去，我爲半日稽。晨登一葉舟，醉兀十里溪。醒來知何處，歸路老更迷。

〔一〕自雷適廉：按，《宋史》：元符三年正月，徽宗即位。四月，蘇軾等徙内郡。傅藻《紀年録》：庚辰五月，被命移廉州安置。本集《廉州謝表》有「許承恩而内徙」之句。六月晦日，碇大海中，有小記一條。又有《七月四日渡合浦記》，云：余自海康適合浦，連日大雨，水無津涯。自興廉浄行院下乘小舟至官寨，聞自此而西皆漲水。或勸乘蜑船並海即白石，云云。施氏原注亦云：六月離儋耳，七月四日至廉州。與此正合。《元和郡縣志》：今廉州即漢合浦郡理。《唐書》：貞觀八年，改合浦郡爲廉州，取大廉洞爲名。《宋朝會要》：開寶五年，移廉州治於長沙場。太平興國八年，廢州，置太平軍於海門鎮。咸平元年，復爲廉州。《舊志》：東漢費貽爲合浦守，政治清簡，民懷其德。合浦江山皆名「廉」者，以貽之故也。

〔二〕興廉村：《廣州志》：合浦縣有興廉坊、浄行院，今廢。

〔三〕甘寢：韓愈詩：倒身甘寢百疾愈。

雨夜宿浄行院

芒鞵不踏利名場，一葉輕一作「虚」舟寄淼茫。林下對牀聽夜雨，静無燈火照淒涼一本作「僧房」。

慎按：此詩施氏原本不載，今從新刻《續補》下卷因題附編。

廉州龍眼質味殊絶可敵荔支

龍眼與荔支〔一〕，異出同父祖。端如甘與橘〔二〕，未易相可否〔三〕。異哉西海濱，琪樹羅玄圃。纍纍似桃李，一一流膏乳。坐疑星隕空，又恐珠還浦。圖經未嘗説，玉食遠莫數。獨使一作「有」皴皮生，弄色映琱俎。蠻荒非汝辱，幸免妃子污。

〔一〕龍眼：《南方草木狀》：龍眼樹如荔支，但枝葉稍小。殼青黄色，肉白而帶漿，一朵五六十顆，作穗葡萄。荔支過即龍眼熟，故謂之荔支奴。魏文帝詔：南方果之珍異者，有龍眼、荔支，令歲貢焉。

〔二〕甘橘：韓彦直《橘録序》云：橘生温郡，甘乃其别種。甘自别爲八種，橘又自别爲一十四種。

〔三〕可否：按，「否」字，《廣韻》載「四紙」者，符鄙切，載「有」韻者，方久切，未有入「七麌」者。考之他人詩亦然，不知先生何據。

合浦〔一〕愈上人〔二〕以詩名嶺外將訪道南岳留詩壁上云閒伴孤雲自在飛東坡居士過其精舍戲和其韻

孤雲出岫豈求伴，錫杖凌空自要飛。爲問庭松尚西指，不知老奘幾時歸〔三〕。

〔一〕合浦：《輿地廣記》：廣南西路廉州，領縣二，其一爲合浦。《太平寰宇記》：漢舊縣。太平興國中，省入石康縣。咸平元年，復置。

〔二〕愈上人：未詳。

〔三〕老奘：《舊唐書》：玄奘，姓陳氏，偃師人，大業末出家。博涉經論，嘗謂翻譯者多訛謬，故就西域，廣求異本，以參驗之。貞觀初，往游西域，經百餘國，撰《西域記》十二卷。十九年，歸京師。《續高僧傳》：玄奘，本名褘，陳仲弓之後。貞觀中歸自西域，奉詔翻譯經論七十三部，一千三百三十卷。

梅聖俞之客歐陽晦夫使工畫茅菴已居其中一琴横牀而已曹子方作詩四韻僕和之云〔一〕

慎按：施氏原注：此詩墨跡，公自題其後云：元符三年八月十日。新刻删去，「不知老奘幾時歸」，墨蹟作「幾年」，今補録。

寂莫王子猷，回船剡溪路。迢遥戴安道，雪夕誰與度。倒披王恭氅，半掩袁安户。應調折絃琴〔二〕，自和撚須句〔三〕。

〔一〕歐陽晦夫：《困學紀聞》：晦夫名闢，桂州人。梅聖俞有詩送之，云：我家無梧桐，安可久棲鳳？東坡南遷，至合浦，晦夫時爲石康令，出其詩稿數十幅。事見《桂林志》。注坡詩者，以爲文忠之族，非也。○慎按，《百斛明珠》載東坡題跋，有《書梅聖俞贈歐陽閼詩後》一段，所載晦夫之名，訛作「閼」。考《宛陵集》與《困學紀聞》，同應作「闢」。又按，《百斛明珠》記先生《題聖俞詩後》云：「客心如萌芽，忽與春風動。又隨落花飛，去作江南夢。我家無梧桐，安可久棲鳳？右宛陵先生梅聖俞送晦夫詩。先君與聖俞游，時余與子由年甚少，世未有知者，聖俞亟稱之。家有老人泉，聖俞作詩云：歲月不知老，家有雛鳳凰。百鳥戢其翼，不敢呈文章。聖俞没今四十年矣，過合浦，見其門人歐陽晦夫，出所爲送行詩。晦夫年六十六，余尚少一歲，鬚鬢皆皓然，固窮亦略相似，於是執手大笑，曰：聖俞所謂鳳者，例如是哉？元符三年月日。」

〔二〕折絃：賈島詩：坐聞西牀琴，凍折兩三絃。

〔三〕撚鬚句：《談苑》：唐盧延讓詩：吟安一箇字，撚斷數莖鬚。

歐陽晦夫惠琴枕

中郎不眠仰看屋〔一〕，得此古椽園尺竹〔二〕。輪囷濩落非笛用，剖作袖琴徽軫足。流傳幾處到淵明，卧枕綸巾酒新漉。孤鸞別鵠一作「鶴」誰復聞〔三〕，鼻息齁齁自成曲。

〔一〕仰看屋：《漢書·蓋寬饒傳》：在許伯座，仰視屋而嘆。《南史·梁衡山侯恭傳》：仰眠牀上，看梁屋而著書。千秋萬歲，誰傳此者？

〔二〕團尺竹：劉禹錫詩：青松鬱成塢，修竹盈尺團。

〔三〕孤鸞别鵠：陶淵明詩：知我故來意，取琴爲我彈。上絃驚别鵠，下絃離孤鸞。

琴　枕

清眸作金徽，素齒爲玉軫。響泉竟何用，金帶常苦窘。斕斑漬珠泪，宛轉堆雲鬢。君若安七絃，應彈卓氏引。

慎按：此詩施氏原本不載，今從新刻《續補》上卷因題附録。

留别廉守〔一〕

編萑别本作「藿」，非以苴豬，墐塗以塗之。小餠如嚼月，中有酥與飴。懸知合浦人，長誦東坡詩。好在真一酒，爲我醉宗資。

〔一〕廉守：傅藻《紀年録》載廉守張左藏，而逸其名。當是從武職改知州者。

鉼　笙并引

庚辰八月二十八日，劉幾仲餞飲東坡〔一〕。中觴，聞笙簫聲，杳杳若在雲霄間，抑揚往返，粗中音節。徐而察之，則出於雙缾，水火相得，自然吟嘯。蓋食頃乃已。坐客驚嘆，得未曾有，請作《缾笙》詩記之。

孤松吟風細泠泠，獨繭長繅女媧笙〔二〕。陋哉石鼎逢彌明〔三〕，蚯蚓竅作蒼蠅聲。缾中宫商自相賡，昭文無虧亦無成〔四〕。東坡醉熟呼不醒，但云作勞吾耳鳴。

〔一〕劉幾仲：爵里未詳。

〔二〕女媧笙：《禮記·明堂位》：女媧之笙簧。疏：女媧氏，風姓，承庖犧制度，始作笙中簧。

〔三〕石鼎：韓愈《石鼎聯句序》：道士軒轅彌明與劉師服侯喜相遇，指石鼎賦詩，彌明云：時於蚯蚓竅，微作蒼蠅鳴。

〔四〕無虧成：《莊子·齊物論》：有成與虧，故昭氏之鼓琴；無成與虧，故昭氏之不鼓琴也。

慎按：傅藻《紀年録》：先生於庚辰七月到廉，八月被命授舒州團練副使，移永州安置。其別廉月日自明，計其居廉州，不及兩月也。

歐陽晦夫遺接羅琴枕戲作此詩謝之

攜兒過嶺今七年，晚一作「遠」途更著黎衣冠〔一〕。白頭穿林要藤帽，赤脚渡水須一作「愁」花縵。不愁故人驚絶倒，但使俚俗相恬安。見君合浦如夢寐，挽鬚握手俱汍瀾。妻縫接羅霧縠細，兒送琴枕冰徽寒。無弦且寄陶令意，倒載猶作山公看。我懷汝陰六一老，眉宇秀發如春巒。羽衣鶴氅古仙伯〔二〕，岌岌兩柱扶霜紈。至今畫像作此服，凜如退之加渥丹。爾來前輩皆鬼録，我亦帶脱巾欹寬。作詩頗似六一語，往往亦帶梅翁一作「公」酸。

〔一〕黎衣冠：《太平寰宇記》：海南風俗，男子則髽首插梳，帶人齒爲瓔飾，績木皮爲衣。女人以五色布爲帽，以斑布爲裙，號曰都籠。

〔二〕仙伯：杜甫詩：諸公乃仙伯，杖藜長松陰。

東坡先生編年詩卷四十四

古今體詩四十三首 庚辰九月離廉州，歷藤、梧、廣、韶，是冬，在韶州度歲，明年辛巳正月度嶺作。

慎按：《年譜》謂先生於庚辰歲除度嶺，然考之《全集》，有《九成臺銘》及《南華長老題名》，乃建中靖國元年正月一日所作，則在韶州度歲可知。

次韻王鬱林〔一〕

晚途流落不堪言，海上春泥手自翻。漢使節空餘皓首，故侯瓜在有頹垣。平生多難非天意，此去殘年盡主恩。誤辱使臣相抆拭〔二〕，寧聞老鶴更乘軒。

〔一〕王鬱林：名失考。《輿地廣記》：鬱林州，古蠻夷之地，秦立桂林郡，宋開寶七年，廢黨、牢二州，入鬱林。《九域志》：廣南西路鬱林郡，軍事，治南流縣，西南至廉州二百里。

〔三〕拉拭：《漢書·朱博傳》：爲左馮翊。長陵大姓尚方禁，少時嘗盜人妻，被斫，創著其頰，府功曹受其賂，白除禁調守尉。博聞知，以他事召見，視其面，果有瘢。博辟左右，問禁是何等創也？禁自知得情，叩頭伏狀。博笑曰：「大丈夫固時有是，馮翊欲灑卿恥，拉拭用禁，能自效不？」禁且喜且懼，對曰：「必死。」博因親信之，以爲耳目。注云：拉拭，摩也。

藤州江上一作「下」夜起對月贈邵道士〔一〕

江月照我心，江水洗我肝。端如徑寸珠〔二〕，墮此白玉盤〔三〕。我心本如此，月滿江不湍。起舞者誰歟，莫作三人看。嶠南瘴癘一作「毒」地，有此江月寒。乃知天壤間，何人不清安。牀頭有白酒，盎若白露漙。獨醉還獨醒，夜氣清漫漫。仍呼邵道士，取琴月下彈。相將乘一葉，夜下蒼梧灘〔四〕。

〔一〕邵道士：名彥肅，見本集詩題下。

〔二〕徑寸珠：《雲笈七籤》：真人之心，如珠在淵。衆人之心，若瓢在水。

〔三〕白玉盤：李白詩：小時不識月，呼作白玉盤。

〔四〕蒼梧灘：《漢書·地理志》：蒼梧，越地。元封五年，置十三州刺史。交州部七郡，蒼梧乃其一。《名勝志》：藤江在藤縣。源出交阯，至邕州，左右江至此與繡江合，又東流至番禺入海。蘇子瞻繫舟藤城下，即此處也。有鴨兒灘，在縣南。金環灘，在峽内。

徐元用使君〔一〕與其子端常邀僕與小兒過同游東別本作「金」，訛山浮金堂戲作此詩〔二〕

昔與徐使君，共賞錢塘春。愛此小天竺，時來中聖人。松如遷客老，酒似使君醇。繫舟藤城下，弄月鐔江濱〔三〕。江月夜夜好，山雲朝朝新。使君有令子，真是石麒麟。我子乃散材，有如木輪囷。二老白接䍦，兩郎烏角巾。醉卧松下石，扶歸江上津。浮橋半没水，揭此碧鱗鱗。

〔一〕徐元用：按，施氏原注：元用名疇。以余考之，「疇」當作「璹」，東坡倅杭時，璹爲仁和令，姓名載《咸淳臨安志》中，此詩起四句正記錢塘事。而稱「使君」，意此時徐爲藤守，復于此同游東山也。「疇」與「璹」，偏旁小異，兩處必有一訛。

〔三〕東山浮金堂：《名勝志》：東山在藤縣東一里，鐔江在縣東南。唐武德初，有宣撫使至此，艤舟游慈聖寺。以金杯挹井水，杯墮井中。汲水至乾，不見杯。得一龜，長尺二寸。宣撫解紅帛繫其腰，放之井，祝曰：爾若有靈，當漲盃出。及歸至寺門，見龜踴躍塘内。次日游乾亭寺，忽見前杯自潤流出。是夜風浪忽起，船中有一寶劍浮水而去。乃名其地曰鐔津，亦曰劍江。

〔三〕鐔江：注詳浮金堂下。

送鮮于都曹〔一〕歸蜀灌口舊居〔二〕

籋盡霜須照碧銅，依然春雪在長松。朝行犀浦〔三〕催收芋〔四〕，夜渡繩橋看伏龍〔五〕。莫嘆倦游無駟馬〔六〕，要將老健敵千鍾。子雲三世惟身在，爲向西南説病容。

〔一〕鮮于都曹：名字失考。

〔二〕灌口：《成都志》：江水自羊膊山，北連廿松，至於灌口。春耕之際，需之如金，曰金灌口。李膺《益州記》：湔水路西七里灌口山，古所謂天彭闕也。《元和郡縣志》：導江縣在成都府西，縣西二十六里有灌口山、灌口鎮。漢文翁穿湔江溉灌，故名。

〔三〕犀浦：《元和郡縣志》：犀浦在成都縣界，垂拱中，置犀浦縣，因李冰所造石犀而名。施氏原注云：犀浦在郫縣，不知何據。

〔四〕收芋：杜甫詩：紫收岷嶺芋。

〔五〕繩橋伏龍：《吴船録》：橋之廣十二丈，繩長一百二十丈，上布竹笆；每數木以一架，挂橋於半空，大風過之，如漁人曬網，染家晾彩布之狀。須捨輿疾步，稍從容則震掉不可行。《方輿勝覽》：繩橋前有翠圍山，沿江兩岸中斷，李冰鑿此以分江水，上有伏龍觀，是冰鎖孽龍處。

〔六〕倦游無駟馬：《漢書·司馬相如傳》：長卿故倦游。又，《華陽國志》載相如《題昇仙橋》云：不乘赤車駟馬，不過汝下也。

書堂嶼

蒼山古木書堂嶼〔一〕，北出湘水百餘步。誰爲往來虧世界，至今人指安禪處。豈無鷺蛇與飛鳥，後來那復知其趣。不知我身今是否，空記名稱在常住。

〔一〕書堂嶼：按，《舊志》：書堂嶼有三，一在梧州，一在韶州曲江縣，一在仁化縣，未詳孰是。考《水經》，湘水出零陵始興縣。注云：湘、灕同源，分爲二水。南爲灕水，北則湘川。今詩云「北出湘水百餘步」，當是梧州之書堂嶼矣。

慎按：此詩施氏原本不載，今從新刻《續補》遺上卷編次於此。

送邵道士彦肅還都嶠

乞得紛紛擾擾身，結茅都嶠與仙鄰〔一〕。少而寡欲顔常好，老不求名語益真。許邁有妻還學道，陶潛無酒亦從人。相隨十日還歸去，萬劫清游結此因。

〔一〕都嶠：司馬子微《天地宮府圖序》云：三十六小洞天，第二十都嶠山洞，在容州普寧縣，仙人劉根治之。《名勝志》：都嶠山，在梧州容縣南山。有八峰，有南、北二洞，南洞寬廣平坦，北洞差狹，爲星壇者八。中峰絶頂，有中宫院。

書韓幹二馬

赤髯碧眼老鮮卑，回策如縈獨善騎。赭一作「赬」，訛白紫騮俱絶世，馬中湛岳有妍姿。

觀大水望朝陽巖作〔一〕

朝陽巖前不結廬，下眺江水百步餘。春泉濺濺出乳竇，青莎白石半洿涂。不到津頭二三日，誰知江水漲天墟。遥望横盃不敢濟，巖口正有人罾魚。

〔一〕朝陽巖：元結《游朝陽巖記》云：「至零陵，愛其郭中有水石之異，泊舟尋之，得巖與洞。以其東向，遂以名之焉。」柳宗元記云：「由朝陽巖東南水行至蕪江，可取者三，莫如袁家渴。」《詩話總龜》：朝陽巖在永州城南一里餘，下臨瀟水。元結取名，自爲歌云：「朝陽巖下瀟水深，朝陽洞中寒泉清。零陵城郭夾瀟水，巖洞幽奇當郡城。」施昱《游記》云：「出永州西門，舟行二里，不及百步至山頂，有上、下二巖。上巖石广聳植，石側一亭，曰觀瀾。過此再歷石磴數十級，乃至下巖，大江汩汩循其前。」

慎按：《紀年録》：先生於庚辰八月末到廉州，作木柀下水，歷容、藤至梧。是歲復有移永州之命。先生《謝表》亦云：「先自昌化貶所移廉州，又自廉州移舒州節度副使，永州居住。行至英州，復朝奉郎，提舉成都玉局觀。」云云。先生移永州之命，當在本年八月以後，其曾至永州與否，本集及《紀年録》皆無可考。可據者，止有此詩。而施氏原本又不載，《外集》載「杭州」卷中，不知所據。今從新刻《續補》上卷移編於此，俟再考。

將至廣州用過韻寄邁迨二子〔一〕一本無「二子」兩字。

皇天遣出家，臨老乃學道。北歸爲兒子，破戒堪一笑。披雲見天眼〔二〕，回首失海獠。蠻唱與黎歌，餘音猶杳杳。大兒牧衆穉，四歲守孤嶠。次子病學一作「藥」醫，三折乃粗曉。小兒耕且養，得暇爲書擾。我亦困詩酒，去道愈茫渺。紛紛何時定，所至皆可老。莫爲柳儀曹，詩書教氓一作「蠻」獠。亦莫事登陟，谿山有何好。安居與我游，閉户净灑掃。

〔一〕邁、迨：邁，先生長子，時與家屬住惠州。迨，次子，時在常州。

〔二〕天眼：《釋典》：五眼：一肉眼，二天眼，三慧眼，四法眼，五佛眼。

贈鄭清叟秀才〔一〕

風濤戰扶胥〔二〕，海賊橫泥子〔三〕。胡爲犯二怖，博此一笑喜。問君奚所欲，欲談仁義耳。我才不逮人，所有聊足已。安能相付與一作「予」，過聽君誤矣。霜風掃瘴毒，冬日稍清美。年來萬事足，所欠惟一死〔四〕。澹然兩無求，滑净空棐几〔六〕。

〔一〕鄭清叟：失考。

〔二〕扶胥：《廣州志》：扶胥鎮在州城之南。

〔三〕泥子：未詳。

〔四〕欠一死：《北史》：陳休卜崇曰：「吾輩年踰五十，職位已崇，惟欠一死耳，安能屈首低眉，以事閹竪耶？」又，梁《僧史》：世祖宴東府，跋陀羅曰：「貧道客食陛下三十載，恩德厚矣，所少者一死耳。」

〔五〕棐几：《晉書·王羲之傳》：嘗詣人家，見棐几滑净，因書之。

和孫叔静兄弟李端叔唱和〔一〕

病骨瘦欲折，霜髯鬚更疎。喜聞新國政，兼得故人書。秉燭真如夢，傾杯不敢餘。天涯老兄弟，懷抱幾時攄。

〔一〕孫叔静：《宋史》：孫鼛，字叔静，錢塘人。用父任登仕。按，本傳載其歷官，徽宗朝由福建轉運判官召爲屯田員外，出，提點江東刑獄，歷知曹、鄆、單三州。施氏原注：叔静哲宗朝提舉廣東常平，東坡居惠，極意周旋，及二子娶晁无咎、黄魯直女兩事，可補史傳之闕。

廣倅蕭大夫借前韻見贈復和答之二首〔一〕

其一

生還粗勝虞〔二〕，早退不如疎。垂死初聞道，平生誤信書。風濤驚夜半，疾病送災餘。賴有蕭夫子，憂懷得少攄。

〔一〕蕭大夫：《龍泉舊志》：蕭世範，字器之，嘉祐癸卯進士，通判虔州、廣州，遷廣西轉運判官。其在廣州，蘇文忠公與之游，有酬《廣倅蕭大夫》詩。

〔二〕勝虞：按，《三國志·虞翻傳》：徙交州，在南十餘年，卒。先生雖遠謫，猶得生還，故云勝虞也。

心閒詩自放，筆老語翻疎。贈我皆强韻，知君得異書。滔滔沮叟是，綽綽孟生餘。一笑滄溟側，應無憒可攄。

其　二

周教授索枸杞因以詩贈録呈廣倅蕭大夫

鄴侯藏書手不觸，嗟我嗜書終日讀。短檠照字細如毛，怪底昏花懸兩目。扶衰賴有王母杖〔一〕，名字於今掛仙録。荒城古塹草露寒，碧葉叢低紅菽粟。春根夏苗秋著子，盡付天隨恥充腹。蘭傷桂折緣有用，爾獨何損丹其族。贈君慎勿比薏苡，采之終日不盈匊。外澤中乾非爾儔，斂藏更借秋陽曝一作「暴」。雞壅桔梗〔二〕一稱帝〔三〕，堇也雖尊等臣僕〔四〕。時復論功不汝遺，異時謹事東籬菊。

〔一〕王母杖：《抱朴子》：枸杞，一名仙人杖，又名王母杖。
〔二〕雞壅桔梗：《本草》：芡，一名雞壅。陶弘景《别録》：桔梗，名梗草，葉與薺苨相似。
〔三〕稱帝：《莊子》：藥也，其實堇也，桔梗，雞癰也，豕零也，是時爲帝者也。陸佃釋云：此言貴賤更事也。當其時所需則貴，雖用而緩則賤。

〔四〕堇：《本草》：堇，毒草也。乃烏頭之苗。

慎按：此詩施氏原本不載，今從新刻《續補》上卷因題移編於此。

跋王進一作「晉」叔所藏畫〔一〕

徐熙杏花〔二〕

江左風流王謝家，盡携書畫到天涯。却因梅雨丹青暗，洗出徐熙落墨花〔三〕。

〔一〕王進叔：本集《跋峽中詩後》云：「庚辰歲過南海，見部刺史王公進叔。」據此，進叔時嶺南監司，餘無可考。

〔二〕徐熙：《皇宋事實類苑》：國初，布衣江南徐熙與僞蜀翰林待詔黄筌皆以善畫著名。後江南平，熙至京師，送圖畫院。黄妙在賦色，用筆極細，殆不見墨跡。熙以墨筆畫之，略施丹粉，別有生動之意。筌惡其勝己，言熙畫粗惡不入格，罷之。熙之子乃效諸黄之格，更不用墨筆，直以采色圖之，謂之没骨畫。與諸黄不相下，遂得齒於院品。然氣韻皆不及熙。

〔三〕落墨：《國繪寶鑑》：今之畫花者，往往以色暈淡而成，獨徐熙落墨以寫其枝葉蕊花，然後傅色，故骨氣風神，爲古今絶筆。

趙昌四季〔一〕

芍　藥〔二〕

倚竹佳人翠袖長，天寒猶着薄羅裳。揚州近日紅千葉，自是風流時世粧。

〔一〕趙昌：《圖繪寶鑑》：趙昌，字昌之，廣漢人。善畫花果，名重一時。初師滕昌祐，後過其藝。作折枝有生意，傅色尤妙。兼工於草蟲，其所作不特取其形，似直與花傳神也。禽石非其所精。

〔二〕揚州芍藥：《志林》：揚州芍藥爲天下冠，蔡繁卿作守，爲萬花會，以御愛紅爲第一。

躑　躅〔一〕

楓林翠壁楚江邊，躑躅千層不忍看〔二〕。開卷便知歸路近，劍南樵叟一作「客」爲施丹。

〔一〕山躑躅：白居易詩：山石榴，一名山躑躅，一名杜鵑花。

〔二〕千層：韓愈詩：躑躅紅千層。

寒　菊

輕肌弱骨散幽葩，真是青裙兩髻丫。便有佳名配黄菊，應緣霜後苦無花〔一〕。

〔一〕無花：白居易詩：不是花中偏愛菊，此花開後更無花。

山　茶

遊蜂掠盡粉絲黄，落蕊猶收蜜露香。待得春風幾枝在，年來殺菽有飛霜。

和黄秀才〔一〕鑒空閣〔二〕

明月本自明，無心孰爲境？挂一作「懸」空如水鑒〔三〕，寫此山河影。我觀大瀛海，巨浸與天永。九州居其間，無異蛇盤鏡。空水兩無質，相照但耿耿。妄云桂兔蟇〔四〕，俗説皆可屏。我遊鑒空閣，缺月正凄冷。黄子寒無衣，對月句愈警。借君方諸淚，一沐管城穎。誰言小叢林〔五〕，清絶冠五嶺〔六〕。

〔一〕黄秀才：名失考。

〔二〕鑒空閣：《洪容齋續筆》：余游南海，西歸之日，泊舟金利山下，登崇福寺。有閣枕江流，標爲鑒空。正見東坡詩牌揭其上，蓋當時臨賦處也。○據此，鑒空閣當在廣州。王氏注引《杭州圖經》云「顯明院，吴越王錢氏臣孟謙建，院中有鑒空閣」者，謬。觀本詩結句，不待辨而自明。

〔三〕空水：《容齋續筆》：月中空處，水影也。

〔四〕桂兔蟾：《酉陽雜俎·天咫篇》：釋氏言，須彌山南面有閻扶樹，月過此，樹影入其中。月中蟾，桂也，地影也。《猗覺寮雜記》：桂兔蟇，其來久矣。《春秋演孔圖》云：蟾蜍，月精也。虞喜《安天論》曰：俗傳月中仙人桂樹，今視其初生，仙人之足也，成形桂樹後生。

〔五〕小叢林：《祖庭事苑》：梵語貧婆，此云叢林。《禪林寶訓》：衆僧所止之處，草不亂生曰叢，木不亂長曰林，言其内有規矩法度也。○慎按，叢林，即《容齋續筆》所云崇福寺也。

〔六〕五嶺：《水經注》：湘水，過零陵縣東，南出越城嶠，即五嶺之西嶺也。耒水出桂陽郴縣南山，又西黄水注之，水出縣西黄岑山，山則騎田之嶠，五嶺之第二嶺也。鍾水出桂陽縣南平部山，即部龍之嶠，五嶺之第三嶺也。馮水出臨賀郡馮乘縣，又合萌渚之水，水出萌渚之嶠，五嶺之第四嶺也。溱水東至曲江縣，西南與連水合，出南康縣涼熱山、連溪山，即大庾嶺也。五嶺之最東矣，故曰東嶠。《猗覺寮雜記》：五嶺説多不同。《後漢書·吴祐劉表傳》注：自庾山之南，至於海，一山之限，標名有五。裴淵《廣州記》：大庾、始安、臨賀、桂陽、揭陽，是爲五嶺。衆説不同，録以備考。

韋偃牧馬圖〔一〕

神工妙技帝所收，江都曹韓逝莫留。人間畫馬惟韋侯，當年爲誰掃驊騮。至今霜蹄踏長楸〔二〕，圉人困卧沙壠頭。沙苑〔三〕茫茫蒺藜秋〔四〕，風駿霧鬛寒飕飕。龍種尚與駑駘遊，長稽短豆豈我羞。八鑾六轡非馬謀，古來西山與東邱〔五〕。

〔一〕韋偃：朱景玄《名畫評》：韋偃，京兆人。寓蜀，善畫山水、人物，間以戲筆點綴鞍馬，千變萬態，曲盡其妙，韓幹之匹也。吴若《杜詩注》：「偃」作「鶠」。《東觀餘論》：韋鶠《十馬》，後有李吉南題字，少陵有《韋偃畫馬》詩。

〔二〕長楸：曹子建詩：鬭雞東郊道，走馬長楸間。《文選》注：古人種楸於道，故曰長楸。

〔三〕沙苑：《水經注》：洛水，東逕沙阜北。《元和郡縣志》：沙苑，一名沙阜，在同州馮翊縣南。其地宜六畜，置沙苑監。《唐六典》：沙苑監，掌牧隴右牛馬。《太平寰宇記》：沙苑古城在朝邑縣南，從馮翊縣東界，沿洛水南岸入朝邑界，南至渭水城，廣四十八里。

〔四〕蒺藜：《太平寰宇記》：白蒺藜，産同州沙苑。

〔五〕西山東邱：《楊子》：西山之餓夫，與東國之出臣，惡乎聞。

題靈峰寺壁〔一〕

靈峰山上寶陀寺，白髮東坡又到來。前世德雲今我是〔二〕，依稀猶記妙高臺。

〔一〕靈峰山寶陀寺：《廣州志》：靈峰山，一名靈洲山，在城西六十五里，鬱水出其下。《唐志》謂南海名山靈洲，名川鬱水，以此。其上有寶陀院、妙高臺，以院中有寶陀佛，故名焉。

〔二〕前世德雲：《名勝志》：蘇軾謫惠州，泊舟於此，夢前身爲德雲和尚，賦詩云云。

慎按：施氏原本此詩編「南歸」卷中，考之《廣州志》，與詩正合。王氏注遠引南都妙峰亭及金山妙高峰，與此處全無干涉，今駁正。

廣州何道士〔一〕衆妙堂〔二〕一本止「衆妙堂」三字。

湛然無觀古真人〔三〕，我獨觀此衆妙門。夫物芸芸各歸根，衆中得一道乃存。道人晨起開東軒，趺坐一醉扶桑暾。餘光照我玻瓈盆，倒射窗几清而温。欲收月魄餐日魂〔四〕，我自日月誰使吞。

〔一〕何道士：按，先生在嶺南往還者有兩何道士，其一居惠州逍遥堂，名宗一；其一居廣州天慶觀，名德順，即崇道大師也。

〔二〕衆妙堂：《廣州志》：城西玄妙觀，即唐開元觀也。宋大中祥符間改天慶觀，觀内有衆妙堂。

〔三〕湛然：《傳燈録》：不離當處常湛然，覓即知君不可見。

〔四〕日月魂：《黄庭内景經》注：《上清紫府吞日氣法》：日初出時，東向叩齒九通畢，微咒日魂名，日中五帝，瞑目固存，日中五色流霞來接一身，於是日光俱入口中。又，《吞月精法》：月初出時，西向叩齒十通，微咒月魂名，月中五夫人，瞑目存，月中五色精光俱入口中。能修此道，則奔日月而神仙矣。

慎按：本集《衆妙堂記》略云：「廣州崇道大師何德順，學道而至於妙者也。故榜其堂曰『衆妙』，書來海南，求文以記之。」末云「紹聖六年三月十五日」。按，紹聖年號止於四年，明年五月，改元元符。作此記時，尚在三月，當是紹聖五年三月。集中以爲六年者，訛。此詩之作，在元符三年冬重過廣州時，故依施氏原本編此。又按，先生《廣慶寺題名》云：「東坡居士渡海北歸，吴子野、何崇道、穎堂通三長老自番禺追餞至清遠峽。元符三年十一月十五日記。」則先生離廣州，在十一月矣。

題馮通直〔一〕明月湖詩後〔二〕

老衍清篇墨未枯，小馮新作語尤殊一作「姝」，訛。呼兒浄洗涵星硯，爲子賡歌墮月湖。聞道牂江空抱珥〔三〕，公自注：南詔有西珥河，即古牂牁江也，河形如月抱珥，故名西珥。年來合浦自還珠。請君多釀蓮花酒，準擬王喬下履舄。

〔一〕馮通直：名失考。《梁溪漫志》：元豐官制，中允、贊善、中舍、洗馬並階通直郎。

〔二〕明月湖：《名勝志》：明月樓在嘉州城譙樓之右，下瞰明月湖。郭璞讖云：鬱姑鬱姑，將州對洛都，但看千載後，變成明月湖。後，隋鬱姑將軍始開此湖。洛都，山名，在州西五里。

〔三〕抱珥：《漢書·天文志》：暈、適、背、穴、抱、珥、虹、蜺。注云：抱，氣向日也。珥，形點黑也。凡氣食，在旁直對爲珥；在旁如半環向日爲抱。

次韻鄭介夫二首〔一〕

其一

一落泥塗迹愈深，尺薪如桂米如金。長庚到曉空陪月，太歲今年合守心。相與齧氊持漢節，何妨振履出商音。孤雲倦鳥空來往，自要閒飛不作霖。

〔一〕鄭介夫：補録施氏原注：鄭介夫，名俠，福清人。少爲王安石所知。秉政，問以所聞。介夫曰：「青苗、免役、保甲數事與邊鄙用兵，在俠心不能無區區也。」安石不答。以書言之，不聽，而數使其子雱與其客諭意，欲用之。介夫曰：「果欲援俠而成就之，取所獻利民便物之事行其一二，使進而無愧，不亦善乎？」是時，自熙寧六年秋七月不雨，至七年三月，人無生意。介夫時監安上門，父年老。以下原注殘缺，按史傳補入。乃繪所見爲圖，奏疏詣閤門，不納。乃假稱密急，發馬遞上之銀臺司。其略云：「去秋大蝗，秋冬亢旱，麥苗焦枯，五種不入。方春斬伐，竭澤而漁。草木魚鼈，亦莫遂生。願陛下取有司掊克不道之政一切罷去，冀延萬姓垂死之命。今臺諫緘默充位，左右輔弼又貪猥近利。如陛下行臣之言，十日不雨，以下仍照原注。即乞斬臣，以正欺君之罪。」疏奏，神宗反覆觀圖，長吁數四，袖以入。是夕，寢不能寐。翼日，命體放免行錢，察市易，發常平，具熙河所用兵，請路上民物流離之故，青苗、免役權息追呼，凡十八事；下詔責躬。民間歡呼相賀。越三日，大雨，遠近沾洽。輔臣入賀，帝示以所進圖、狀，且責之。安石上章求退。吕惠卿、鄧綰言於帝曰：「陛下美政，用狂夫之言，罷廢殆盡。」相與環泣於前。於是新法一切如故。介夫復上書，指切惠卿。惠卿奏爲謗訕，編管汀州。又追還對獄，欲置之大辟。帝曰：「俠所言非爲身也。忠誠亦可嘉，豈宜深罪？」但徙英州。哲宗立，蘇子由爲諫官，爲言：「介夫流放十年，屢經大赦，終不得牽復。父日益老，而俠無還期。有志之士，爲之涕泣。」由是始得歸。東坡與孫覺復表言之，其略曰：「今朝廷復舊官，而俠終不赴吏部。考其終始出處之大節，合於古之君子殺身成仁、難進易退之義。若不少加優異，則恐其浩然江湖，往而不返。」乃以爲泉州教授。元符初，再竄於英。徽宗立，赦還。故官又爲蔡京所奪，自是不復出。布衣糲食，屏處田野，一言一話，未嘗忘君。卒年七十九。紹興初，贈朝奉郎，官其孫。東坡南遷，始識介夫。北歸至英，介夫在焉，和其二詩。嘉定六年，賜謚曰介。○按，《宋史·鄭俠傳》：元符七年，再竄於英。「七」字訛，當依施注，改「初年」。又云：「紹熙初，贈朝奉郎。」施注作「紹興」，未詳孰是，姑存以俟再考。

其　二

一生憂患萃殘年，心似驚蠶未易眠。海上偶來期汗漫，葦間猶得見延緣。良醫自要經三折，老將何妨敗兩甄。收取桑榆種梨棗，祝君眉壽似增川。

附鄭介夫原作：《西堂集》原題云「上蘇端明二首」。

聞説天南受賜深，傳方施藥每揮金。看天此字疑訛風格尊前態，妙國胸懷枕上心。草木亦蒙銓品力，山川難載頌歌音。如今收拾知何用，衣被華夷有傅霖。

昔向東坡覽古文，長嗟簡策鎖風雲。那知日月歸元首，立見夔龍遇放勳。夷夏生靈真久困，聖賢膏澤有前聞。帡幪天地期功業，妙畫奇書請暫焚。

按：《西堂集》第一首原韻與東坡合，第二首韻與和詩不同，無别本可對，姑存之。

附録劉後村《題坡公贈鄭介夫詩三首》：

玉座見圖嘆，纍纍菜色民。如何崔白輩，只寫蔡奴真。

向來與相國，投分自鍾山。不入翹材館，甘爲老抱關。

下吏語尤硬，投荒身轉輕。不然玉局老，肯唤作先生。

昔在九江與蘇伯固唱和其略曰我夢扁舟浮震澤雪浪横空一作「江」千頃白覺來滿眼是廬山倚天無數開青壁蓋實夢也昨日又夢伯固手持乳香嬰兒示予覺而思之蓋南華賜物也豈復與伯固相見於此耶今得來書知已在南華相待數日矣感嘆不已故先寄此詩

扁舟震澤定何時，滿眼廬山覺又非。春草池塘惠連夢，上林鴻雁子卿歸。水香知是曹溪口，眼浄同看古佛衣〔一〕。不向南華結香火，此生何處是真依。

〔一〕佛衣：劉禹錫《曹溪第二碑》：初，達摩與佛衣俱來，得道傳付，以爲真印。至大鑒，置而不傳。《翻譯名義》：屈眴，此云大細布。緝木棉花心織成，其色青黑，即達摩所傳袈裟。

追和沈遼項此字疑訛贈南華詩

善哉彼上人，了知明鏡臺。歡然不我厭，肯致遠公材。莞爾無心雲，胡爲出岫來。一堂安寂滅，卒歲扃蒼苔。

慎按：沈遼，字睿達，所著《雲巢集》，中有《贈别子瞻》詩，今詩題中多「項」字，豈别是一人耶？此詩施氏原本不載，新刻載《續補》上卷，今因題附編。

曹溪夜觀傳燈録燈花落一僧字上口占〔一〕

山堂夜岑寂，燈下看《傳燈》。不覺燈花落，茶毗一本作「闍維」一箇僧。

〔一〕傳燈録：《釋氏稽古略》：吴僧道原集釋迦世尊，初祖迦葉以至東土禪宗傳嗣諸祖機緣，爲《景德傳燈録》三十卷。真宗嘉賞，敕翰林學士楊億刊正撰序，頒入《大藏》。

慎按：此詩施氏原本載第四十卷《遺詩二十九首》中，今因題附編於此。

投南華長老一偈〔一〕

惡業相纏五一作「四」十年〔二〕，常行八棒十三禪。却着衲衣歸玉局，自疑身是《苕溪漁隱叢話》作「可憐化作」五通仙。

〔一〕南華長老：本集《南華長老題名記》云：「南華自六祖示滅，其傳法者散而之四方，故南華爲律寺。至宋天禧三年，始詔智度禪師普遂住持。今明公，十一世矣。明公請爲《題名壁記》。建中靖國元年，正月初一日。」云云。〇按，「明公」亦作「朗公」，即南華長老也。以年考之，庚辰除夕，先生當在韶州。

〔三〕五十年：《冷齋夜話》云：子由謫高安時，雲菴居洞山。有聰禪師者，亦蜀人，居聖壽寺。一夕，雲菴夢同子由出迎五戒禪師。覺，以語聰，聰夢亦同。俄東坡書至，曰：「吾已至奉新，旦夕可相見。」子由携兩衲候於城南建山寺。坡至，坐定，理夢事以語坡。坡曰：「軾八九歲時，時夢身是僧，往來陝右。又，先妣方娠，夢一僧來托宿，瘠而眇。」雲菴驚曰：「戒，陝右人也，失一目。暮年奉五祖來游高安，終於大遼。逆數之，蓋五十年。」而東坡年四十九矣。後謫惠州，佛印與雲菴遺書至坡，引紙大書曰：「戒和尚又鑿脱也。」後七年，歸自海南，作偈，荅南華長老，有「惡業相纏五十年」之句，不久辭世云。

次韻韶守〔一〕狄大夫見贈二首〔二〕

慎按：此詩施氏原本目録載此題，新刻本脱落，今仍舊補入。

其一

華髮蕭蕭老遂良，公自注：褚河南帖云：「即日遂良，鬚髮盡白。」蓋謫長沙時也。一身萍挂海中央。無錢種菜爲家業，有病安心是藥方。才疎正類孔文舉，癡絶還同顧長康。萬里歸來空泣血，七年供奉殿西廊〔三〕。

〔一〕韶州：《太平寰宇記》：嶺南道韶州，秦屬南海郡。三國吴置始興郡，隋開皇九年，改爲韶州，以州北八十里韶石爲名。《九域志》：廣南東路韶州，南至英州一百九十里，東北至南安軍三百三十里。

〔二〕狄大夫：名咸。見本集《九成臺銘序》中。又，詩中有「誰知南岳老」之句，當是衡州人。

〔三〕殿西：《黄山谷詩注》引《東京記》云：崇政殿西有邇英閣。《梁溪漫志》：端明殿始於後唐。國初改爲文明，而學士仍領端明之職。雍熙初，又改名文德。明道間，改承明爲端明，後改名延和。

其　二

森森畫戟擁朱輪，坐咏梁公覺有神。白傅閒游空誦句，公自注：事見白樂天《吴郡詩石記》。拾遺窮老敢論親。公自注：事見子美《寄狄明府》詩。東海莫懷疏受意，西風幸免庾公塵。爲公過嶺傳新唱，催發寒梅一信春。

次韻韶倅李通直二首〔一〕

其　一

一篇《瀧吏》可書紳，莫向長沮更問津。老去常憂伴新鬼，歸來且喜是陳人。曾陪令尹蒼鬌古〔二〕，又見郎君白髮新。回首天涯一惆悵，却登梅嶺望楓宸〔三〕。

〔一〕李通直：本集先生《與李惟熙帖》云：「偶得生還，平生愛龍舒風土，欲卜居爲終老之計。」云云。與第二首意合，惟熙，疑即李通直也。

〔二〕令尹：指李倅之父也，見二首自注。

〔三〕梅嶺：《史記索隱》：豫章三十里有梅嶺，當古驛道。相傳以梅將軍名。《越絶書》：越王子孫姓梅氏。秦併六國，越王踰零陵往南海，越人梅鋗從至臺嶺，家焉。鄉人因謂臺嶺爲梅嶺，又名大庾嶺。

其二

青山秖在古城隅，萬里歸來卜築初。會見四山〔一〕朝鶴駕〔二〕，更看三二作「二」李跨鯨魚〔三〕。欲從抱樸傳家學〔四〕，應怪中郎得異書。待我丹成馭風去，借君瓊珮與霞裾。公自注：僕昔爲開封幕，先公爲赤令。暇日相與論内外丹，且出其丹示余。今三十年而見君曲江，同游南華，宿山水間數日。道舊感嘆，且勸我卜居於舒，故詩中皆及之。

〔一〕四山：《皖山圖序》云：潛山，一名皖伯臺，有四峰，曰飛來、石榴、師子、三台。在潛山縣西北二十里。

〔二〕朝鶴駕：唐明皇《送玄洞真人李抱樸謁舒州灊山司命真君祠》詩：歸期千載鶴，春至一來朝。

〔三〕三李：王明清《揮麈三録》：元祐中，舒州有李亮工者，以文鳴縉紳間。與兄伯時、元中，號龍眠三李。同年登進士，出處相若，其後仕俱不顯。

〔四〕抱樸：《神異録》：明皇敕玄洞先生諫議大夫李抱樸賫御額，爲九天司命塑像於舒州灊山。初至，忽殿後石壁裂，中有泥五色，即取以竣事。按，明皇又有《送玄洞真人李抱樸謁司命真君》詩。今先生所引乃舒州事，通直君姓李，故云「傳家學」，若以爲葛稚川，失之遠矣。

狄韶州煮蔓菁〔一〕蘆菔羹〔二〕

我昔在田間，寒庖有珍烹。常支折脚鼎，自煮花蔓菁。中年失此味，想像如隔生。誰知南岳老，解作東坡羹〔三〕。中有蘆菔根，尚含曉露清。勿語貴公子，從渠嗜羶腥。

〔一〕蔓菁：《詩釋文・草木疏》：葑，蕪菁也。郭璞云：今菘菜也。《困學紀聞》：江南有菘，江北有蔓菁，相似而異。

〔二〕蘆菔：《爾雅》：葖，蘆葩。郭璞注云：葩，宜作菔。孫愐《唐韻》：秦人名蘿蔔。王禎《農書》：秋曰蘿蔔，冬曰土酥。

〔三〕東坡羹：本集《東坡羹引》云：東坡居士所煮菜羹，不用魚肉五味，有自然之甘。其法以菘若蔓菁、若蘿菔、若薺，揉洗去汁，下菜湯中，入生米爲糝，入少生薑，以油盌覆之其上，炊飯如常法，飯熟，羹亦爛可食。

李伯時畫其弟亮功一作「工」舊隱宅圖〔一〕

樂天早退今安有？　摩詰長閒古亦無。　五畝自栽池上竹，十年空看輞川圖〔二〕。　近聞陶令開三徑，應許揚雄寄一區。　晚歲與君同活計，如雲鵝鴨散平湖。

〔一〕李亮功舊宅：《輿地紀勝》：飛霞亭，乃李公寅隱居處，其兄伯時爲作《舊宅圖》，亭在尉署後。據此，亮功名公寅。史容注黄山谷詩云：名寅，脱去「公」字，當從《輿地紀勝》。

〔二〕輞川圖：《國史補》：王維立性高致，得宋之問輞川別業，山水絶勝。《雍録》：輞川在藍田縣西南二十里。董《廣川畫跋》：古傳輞水如車輞頭，因以得名。王維自罷官，至輞口者十年，此圖想像得之。其後，維捨此地爲浮屠居，今清源寺也。

附黄山谷次韻：《山谷集》題云「追和東坡題李亮功歸來圖」。

今人常恨古人少，今得見之誰謂無。　欲學淵明歸作賦，先煩摩詰畫成圖。　小池已築魚千里，隙地仍栽芋百區。　朝市山林俱有累，不居京洛不江湖。

東坡居士過龍光求大竹作肩輿得兩竿南華珪首座方受請爲此山長老乃留一偈院中須其至授之以爲他時語録中第一問 一本題云「贈龍光長老」。

斫得龍光竹兩竿〔一〕，持歸嶺北萬人看。竹中一滴曹溪水，漲起西江十八灘〔二〕。

〔一〕龍光：失考。按，其寺當在嶺南。

〔二〕西江：《輿地紀勝》：貢水，東江也。章水，西江也，一名豫章水。

贈嶺上老人

鶴骨霜髯心已灰，青松合抱手親栽。問翁大庾嶺頭住，曾見南遷幾箇回。

附子由次韻：《欒城集》題云「子瞻贈嶺上老人次韻代老人答」。

嶺頭盧老一爐灰，長短根株各自栽。輕賤已消先世業，知君海上去仍回。

附李端叔次韻：

過眼崎嶇等劫灰，到頭榮悴本誰栽。須知此老心如鐵，看盡行人幾往回。

贈嶺上梅〔一〕

梅花開盡百花開，過盡行人君不來。不趁青梅嘗煮酒，要看細雨熟黄梅。

〔一〕嶺上梅：《白氏六帖》：大庾嶺上多梅，南枝既落，北枝始開。

余昔過嶺而南題詩龍泉鐘上今復過而北次前韻〔一〕

秋風卷黄落，朝雨洗緑浄。人貪歸路好，節近中原正。下嶺獨徐行，艱險未敢忘。遥知叔孫子，已致魯諸生。

〔一〕龍泉：失考。按《志》，大庾嶺之支曰南源，飛泉百丈，下有龍湫潭，深不可測。有寺曰雲封，唐名庾山院，俗名挂角寺，有六祖大鑒禪師塔。左有卓錫泉，疑即龍泉也。

過嶺二首

其一

暫著黄冠不到頭，却隨北雁與歸休。平生不作兔三窟，今古何殊貉一邱。當日無人送臨賀，至今有廟祀潮州。劍關西望七千里〔一〕，乘輿真爲玉局游〔二〕。

〔一〕劍關：《元和郡縣志》：小劍故城在利州益昌縣西南五十里，去大劍戍四十里，連山絶險，飛閣道通衢，謂之劍關。自縣西南踰小山入大劍口，即司馬錯伐蜀所由路，亦謂之石牛道。

〔二〕玉局游：本集《謝提舉玉局觀表》云：先自昌化貶所移廉州，又自廉州移舒州節度副使，永州居住，行至英州，復朝奉郎，提舉成都玉局觀，任便居住。按，《道經》：二十四化上應二十四氣，而座隱地中，因成洞穴，故以玉局名之。《雲笈七籤》云：成都玉局洞與青城第五洞天相連，天師以爲玉局上應鬼宿，恐開穴不利分野，乃刻石閉之。《太平寰宇記》云：玉局壇，在成都城南柳堤玉局觀内。張道陵得道之地，其一也。

其　二

七年來往我何堪，又試曹溪一勺甘。夢裏似曾遷海外，醉中不覺到江南。波生濯足鳴空澗，霧繞征衣滴翠嵐。誰遣山雞忽驚起，半巖花雨落毿毿。

附李端叔次韻一首：《姑溪集》原題「次韻東坡還自嶺南」。

憑陵歲月固難堪，食蘖多來味却甘。時雨纔聞徧中外，卧龍相繼起東南。天邊鶴駕瞻仙袂，雲裏詩箋帶海嵐。重見門生應不識，雪髯霜鬢兩毿毿。

過嶺寄子由

投章獻策謾多談，能雪冤忠死亦甘。一片丹心天日下，數行清淚嶺雲南。光榮歸珮呈佳瑞，瘴癘幽居弄晚嵐。從此西風庾梅謝，却迎誰與馬毵毿。

慎按：此詩施氏原本不載，新刻本《續補》下卷載此題凡二首，以《欒城集》考之，「山林瘴霧老難堪」云云，乃子由和詩也。今録一首，而以子由詩附後。

附子由次韻：《欒城集》題云「和子瞻過嶺」。

山林瘴霧老難堪，歸去中原茶亦甘。有命誰憐《欒城集》作「令」終反北，無心却《欒城集》作「自」笑亦《欒城集》作「欲」巢南。蠻音習慣疑傖語，脾病縈纏帶嶺嵐。賴有祖師清淨水，塵埃一洗落毵毿。《欒城集》云：「不嫌白髮照毵毿。」

東坡先生編年詩卷四十五

古今體詩四十二首起徽宗建中靖國元年辛巳春自南安歸常州，終是年七月。

慎按：傅藻《紀年録》：辛巳正月五日，先生過南安軍，作《至南安》詩。王宗稷《年譜》亦云：先生正首過南安，有《過嶺至南安》詩，今刻本皆無。

留題顯聖寺〔一〕

渺渺疎林集晚一作「曉」鴉，孤村烟火梵王家。幽人自種千頭橘，遠客來尋百結花。浮石已乾霜後水〔二〕，焦坑〔三〕一作「溪」閒試雨前茶〔四〕。秖疑歸一作「不如一」夢西南去，翠竹江村一作「邊」繞白沙。

〔一〕顯聖寺：《名勝志》：南安府南康縣西三十里，有浮石形如覆鐘，水環其外，爲上游勝境。上有唐時顯聖院，宋建中靖國辛巳，子瞻檥舟訪元師，題壁詩云云。《南安志》以爲南唐保大中建。

〔二〕浮石：注見上。

〔三〕焦坑：《志》又云：焦溪在南康縣南三十五里，源出鍋坑，至浮石入章水。

〔四〕雨前茶：《苕溪漁隱叢話》：水揀茶即社前者，生揀茶即火前者，麤色茶即雨前者。《學林新編》：火前謂寒食前，雨前謂穀雨前。

予初謫嶺南過田氏水閣〔一〕東南一峰豐下鋭上里人謂之雞籠山予更名獨秀峰今復過之戲留一絶〔二〕

獨秀江南知有意，要三二別四三壺〔三〕一本作倚天巉絶玉浮圖一作「屠」，肯與彭郎作小姑。

〔一〕田氏水閣：《南安志》：南康縣東七十步有蘇步坊，蘇子瞻南遷經此，過田如鼇六經堂留題，因名。坊側有井，深而冽。石底如盤，九竅，泉自中湧出。

〔二〕雞籠山：《志》又云：獨秀峰在縣東南二十五里，俗名雞籠山，下有龍湫。

「要令人別四方壺」，訛。

〔三〕三壺：《拾遺記》：三壺，海中三山也。一曰方壺，則方丈也；二曰蓬壺，則蓬萊也；三曰瀛壺，則瀛洲也。形如壺器，上廣中狹下方。按，《燕丹子》云：高欲令四三王，下欲令六五伯。《困學紀聞》云：四三墳，六五典，三二曜，六五緯。先生此詩，結句正同此解。二別，謂大別、小別」，三壺謂方壺、蓬壺、瀛壺也。

寄題潭州徐氏春暉亭

曈曈曉日上三竿，客向東風競別本作「竟」，訛倚欄。穿竹鳥聲驚步武，入簷花影落杯盤。勿嫌步月臨玄圃，冷笑乘槎向海灘。勝概直應吟不盡，憑君寄與畫圖看。

慎按：此詩施氏原本不載，據《外集》編「南歸度嶺」卷中，今從之。

乞數珠〔一〕贈南禪〔二〕湜老〔三〕

從君覓數珠，老境仗消遣。未能轉千佛，且從千佛轉〔四〕。儒生推變化，乾策數大衍。道士守玄牝，龍虎看舒卷。我老安能爲，萬刦付一喘。嘿坐閱塵界，往來八十反。區區我所寄，蹙縮蠶在繭。適從海上回，蓬萊又清淺。

〔一〕數珠：《翻譯名義》：鉢塞莫，或云阿利吒迦二合，此云數珠。木槵子當貫一百八箇，常自隨身志，心稱佛陀，達摩僧伽乃過一子，具如彼經。

〔二〕南禪：按，本集有《虔州崇慶院藏經記序》，湜長老創建寺，南禪即崇慶也。考《志》，亦名廉泉院。

〔三〕湜長老：注詳本卷《清隱老》下。

〔四〕轉佛：《翻譯名義》：轉佛，心中化他之法，度入他心，名轉法輪。

鬱孤臺〔一〕公自注：再過虔州，和前韻。

吾生如寄耳，嶺外亦閒游。贛石三百里〔二〕，寒江尺五流。楚山微有霰，越瘴久無秋。望斷橫雲嶠，魂飛咤雪洲。曉鐘時出寺，暮鼓各鳴樓。歸路迷千嶂，勞生閲百州。不隨猿鶴化，甘作賈胡留。祇有貂裘在，猶堪買釣舟。

〔一〕鬱孤臺：注見前。

〔二〕三百里：《虔州志》：贛州水，在府城北，章、貢二水會處，北流至萬安縣，其間有九灘，若上水之信豐、寧都，石磧尤險，故俗稱上、下三百里贛石。孟浩然詩：贛石三百里，沿洄千嶂間。

虔守霍大夫〔一〕監郡許朝奉見和此詩一本無「此詩」二字復次前韻〔二〕

大邦安静治，小院得閒游。贛水雨已漲，廉泉春未流〔三〕。同烹貢茗雪，一洗瘴茅秋。秋思生蓴鱠，寒衣待橘洲。揚雄未有宅，王粲且登樓。老景無多日，歸心夢幾州。敢因逃酒去，端爲和詩留。舊篋藏新語，清風自滿舟。

〔一〕霍大夫：《虔州志》：霍漢英，字子侔，紹聖間知虔州。

〔二〕許監郡：名失考。

〔三〕廉泉：在虔州報恩寺，注見三十八卷。

贈虔州術士謝晉臣〔一〕

屬國新從海外歸，君平且莫下簾帷。前生恐是盧行者〔二〕，後學過呼韓退之。死後人傳戒定慧〔三〕，生時宿直斗牛箕。憑君爲算行年看，便數生時到死時。

〔一〕虔州：注詳本卷《再和霍大夫》詩「虎頭州」條下。

〔二〕盧行者：《高僧傳》：慧能，姓盧氏。往韶陽，遇劉志略。劉有姑，恒讀《涅槃經》，能聽之，即爲尼辨析中義。尼深嘆服，號爲行者。

〔三〕戒定慧：《楞嚴經》：攝心爲戒，因戒生定，因定發慧。

慎按：此詩五六聯分承三四兩句，末一句又總結五六，章法遒緊。

虔州景德寺榮師湛然堂〔一〕

卓然精明念不起，兀然灰槁照不滅〔二〕。方定之時慧在定，定慧照寂非兩法〔三〕。妙湛總持不動尊〔四〕，默然真入不二門〔五〕。語息則默非對語，此話要將《周易》論。諸方人人把雷電，不容細看真頭面。欲知妙湛與總持，更問江東三語掾。

〔一〕景德寺：《輿地紀勝》：景德寺，劉宋建，舊名安天，在虔州府治東南隅。地勢夷曠，瞰覽城南山水。梵宇壯麗，以間計者二千六百，佛像萬餘。黄山谷詩「城東寶坊金碧重」，即此也。《虔州志》謂唐德宗貞元三年建，所未詳。

〔二〕卓然、兀然：按，「卓然精明而念不起，兀然灰槁而照不滅，二法相反，當融爲一」，黄睢道人語也。

〔三〕照寂：《楞嚴經》注：即寂而照曰妙明，即照而寂曰明妙。寂則三諦俱寂，明則三諦俱照。

〔四〕妙湛總持：《楞嚴經》注：妙湛，贊真諦，般若德也；總持，贊俗諦，解脱德也；不動，贊中諦，法身德也。即三而一，故曰妙湛；即一而三，故曰總持；非三非一，故曰不動。

〔五〕默然：《維摩經》：時維摩詰默然無言，文殊、師利嘆曰：「乃至無有文字語言，是真入不二法門。」

次韻陽行先〔一〕公自注：用《鬱孤臺》韻。

室空惟法喜，心定有天游。摩詰原無病。須洹不入流。苦嫌尋直枉，坐待寸田秋。雖未《虔州志》作「未入」麒麟閣，已逃鸚鵡洲。酒醒風動竹，夢斷月窺樓。衆謂元德秀〔二〕，自稱陽道州。拔葵終相魯，辟穀會封侯。用舍俱無礙，飄然不繫舟。

〔一〕陽行先：《宋史》：陽孝本，字行先，贛州人。學博行高，隱於城西通天巖。蘇軾自海外歸，過而愛焉，號之曰玉巖居士。隱遯二十年，崇寧中舉八行，解褐。以直秘閣歸。

〔二〕元德秀：《唐書》：元德秀，字紫芝。母亡，以不及親在而娶，不肯婚。人以爲不可絶嗣，答曰：「兄有子，先人得祀，吾何娶焉？」田汝成《志餘》曰：陽行先平生不娶，東坡直造其室，嘗以元德秀呼之。居士曰：「某乃陽城之裔。」故坡詩「衆謂元德秀，自稱陽道州」，皆謂其無妻也。

再用數珠韻贈湜老

嗣宗雖不言，叔寶猶理遣。東坡但熟睡，一夕一展轉。南遷昔虞翻，却掃今馮衍。古佛既手提，諸方皆席卷。當年清隱老〔一〕，鶴瘦龜不喘。和我彈丸詩，百發亦百反。耆年日彫喪，但有犢角繭。時來窺方丈，共笑虎毛淺〔二〕。

〔一〕清隱老：本集《崇慶禪院藏經紀》略云：「吾南遷過虔州，訪廉泉，入崇慶院。於江南壯麗爲第一，其費二千餘萬。前長老曇秀始作之，幾於成而寂。今長老惟湜嗣成之。」先生又有《湜長老真贊》，云：「道與之貌，天與之形。雖同乎人，而實無情。彼真清隱，何殊丹青？日照月明，雷動風行。夫孰非幻？忽然而成。此畫清隱，可謁雨晴。」據此，則「清隱」當是惟湜之號。

〔二〕虎毛淺：《詩》「淺幭」，傳：淺，虎皮淺毛也。

和猶子遲贈孫志舉〔一〕

軒裳大爐鞴，陶冶一世人。從横落模範，誰復甘饑貧。可憐方回癡，初不疑嘉賓。頗念懷祖黠，嗔兒與兵姻。失身墮浩渺，投老無涯垠。回看十年舊，誰似數子真。孫郎表獨立，霜戟交重闉。深居不汝覿，豈問親與隣。連枝皆秀傑，英氣推伯仁。我從海外歸，喜及崆峒春〔二〕。新年得異書，西郭有逸民。公自注：陽行先以《登真隱訣》〔三〕見借。小孫又過我，歡若平生親。清詩五百言，句句皆絶倫。養火雖未伏，要是丹砂銀。我家六男子，朴學非時新。詩詞各璀璨，老語徒周諄。願言敦宿好，永與竹林均。六子豈可忘，從我屢厄陳。

〔一〕孫志舉：按，孫立節，字介夫，二子。一名勰，字志康；一名勴，字志舉，見《虔州志》。

〔二〕崆峒：《虔州志》：空同山在城南六十里，一名空山。章、貢二水，夾以北馳，一郡之望也。山麓周回百里。

〔三〕登真隱訣：《舊唐書·經籍志》：《登真隱訣》六十卷，陶弘景撰。

南禪長老和詩不已故作六蟲篇答之

鳳凰覽德輝，遠引不待遣。鶺鴒戀庭宇，倏忽來千轉。那將坐井蛙，而比談天衍。蠹魚著文字，槁死猶連卷。老牛疲耕作，見月亦妄喘。東坡方三問，南禪已五反。老人但目擊，侍者應足繭。最後六蟲篇，深寄恨語淺。

慎按：本題云「六蟲篇」，而詩中止及五種，豈以鳳皇爲二耶？殊不可解。

明日南禪和詩不到故重賦數珠篇以督之二首

其一

未來不可招，已過那容遣。中間見在心，一一風輪轉〔一〕。自從一生二，巧歷莫能衍。不如袖手坐，六用都懷卷。風雷生謦欬，萬竅自號喘。詩人思無邪，孟子内自反。大珠分一月，細綆合兩繭。纍然挂禪牀，妙用夫豈淺。

〔一〕風輪轉：《大集經》：有風能上，有風能下。心若念上，風隨心牽起；心若念下，風隨心牽下。轉運所作，皆是風隨心轉。

其　二

朝來取飯化，乃是維摩遺〔一〕。全鋒雖未露，半藏已曾轉。説有陋裴頠，談無笑王衍。看經聊爾耳，遮眼初不卷。三吒故自醒，一吷何由喘〔二〕。請歸視故櫝，静夜珠當反。安居三十年，古衲磨山繭〔三〕。持珠尚嘿坐，豈是功用淺。

〔一〕維摩遺：《維摩經》：汝往上方界分，有國名衆香，佛號香積，汝往到彼，稽首世尊，願得世尊所食之餘，當於娑婆世界，施作佛事。

〔二〕一吷：《莊子》：道仁義於戴晉人之前，猶劍首之一吷也。

〔三〕山繭：《翻譯名義》：蟲衣，謂用野蠶絲綿作衣。天竺有國名烏陀，粳米欲熟，葉變爲蟲，蟲則食米，人取繭，烝以爲綿。

用前韻再和霍大夫

文字先生飲〔一〕，公自注：謂劉執中。江山清獻遊〔二〕。典刑傳父老，尊俎繼風流。度嶺逢梅雨，還家指麥秋。自慚鴻雁侶，争集稻粱洲。野闊横雙練，城堅聳百樓。行看鳳尾詔，却下虎頭州〔三〕。君意已吴越，我行無去留。歸途應食粥，乞米使君舟。

〔一〕文字飲：韓愈詩：不解文字飲，惟能醉紅裙。

〔二〕清獻遊：《虔州志》：趙抃，西安人。嘉祐六年爲右司諫，極論内侍，出知虔州。按，《清獻集·章貢臺記》略云：「予嘉祐六年夏，以言事出守虔州。始至，視事。屬歲穰盗息，英僚嘉賓，間爲游觀。」云云。集中又有《虔州即事》、《鬱孤臺》、《章貢臺》諸什。

〔三〕虎頭州：《元和郡縣志》：晉南康郡，宋南康國，隋改虔州。熊克《中興小歷》云：紹興二十三年，校書郎董德元上言：虔州號虎頭城，非佳名也。今天下舉安，獨此郡有小警，意其名有以兆之。既而廷臣議，亦謂有虔劉之義，遂改名曰贛州，因古縣爲名。○按，虎頭州即虔州也。王氏注以虎頭州爲常州，因顧愷之得名。劉辰翁雖加評駁，未詳出處，今駁正。趙清獻《守虔州》詩「虎頭城裏人烟鬧，馬祖巖前氣象豪」二句可證。

用前韻再和許朝奉

高門元世舊，客路晚追游。清絶聞詩語，疏通豈法流。傳家有衣鉢，斷獄盡春秋。邂逅陪車馬，尋芳謝朓洲。凄凉望鄉國，得句仲宣樓。恨賦投湘水，悲歌祀柳州。何如五字律，相與一尊留。更約登塵外〔一〕，歸時月滿舟。

〔一〕塵外：亭名，南康八境之一也。注見前。

按：趙彦村云：凡詩四句，以第一句對第三句，以第二句對第四句，謂之扇對。蓋始於白氏《金針》。胡仔云：杜少陵《哭鄭少監》詩：得罪台州去，時危棄碩儒。移官蓬閣後，穀貴歿潛夫。則前此已有之，不始於白氏矣。篇中「邂逅」四句，正用此格。

用前韻再和孫志舉

人衆者勝天，天定亦勝人。鄧通豈不富，郭解安得貧。鷩飛賀厦燕，走散入幕賓。醉眠中山酒，結夢南柯姻。寵辱能幾何，悲歡浩無垠。回視人間世，了無一事真。灑掃古玉局，香火通帝閽。我室思無邪，我堂德有隣。所至爲一作「無」，訛鄉里，事賢友其仁。之子富經術，蔚如井大春。蜿蟺楚南極，淑氣生此民。唱高和自寡，非我誰當親。譬彼嶰谷竹，剪裁待伶倫。俗學吁可鄙，紙繒配芻銀。聊將調癡鬼，亦復争華新。願子事篤實，浮言掃譫諄。窮通付造物，得喪理本均。期子如太倉，會當發陳陳。

崔文學甲〔一〕攜文見過蕭然有出塵之姿問之則孫介夫之甥也故復用前韻賦一篇示志舉〔二〕

象服盛簪珥，豈是邢夫人。敝衣破冠履，可憐范叔貧。君看崔員外〔三〕，晚就觀國賓。當年頗赫赫，翁媪争爲姻。公自注：見退之《贈崔員外》詩。蹭蹬阻風水〔四〕，横斜挂邊垠。青衫映白髮，今似梅子真。道存百無害，甘守吴市闉。自言總角歲，慈母爲擇隣。邦人驚似舅，矯矯惡不仁。詩文非他師，家法乃富春。豈非空同秀，爲國産雋民。挺然齊魯生，近出姬姜親。爲文不在多，一頌了伯倫。清詩要鍛一作「淘」煉，乃得鉛中銀。自我遷嶺外，七見槐火新。著書已絶筆，一嘿含千諄。蕢桴和葦籥〔五〕，天節非人均。時時自娱嬉，豈爲俗子陳。

〔一〕崔甲：失考。

〔二〕孫介夫：《虔州志》：孫立節，字介夫，寧都人。皇祐進士。王安石行新法，欲以爲條例司，立節曰：「當求勝我者。若我輩人不肯爲是官矣。」蘇文忠作《剛説》遺之。

〔三〕崔員外：名斯立，字立之。昌黎有贈詩。

〔四〕蹭蹬：杜甫詩：青冥却垂翅，蹭蹬無縱鱗。

〔五〕蕢桴：《禮記》：蕢、桴而土鼓，猶若可以致其敬於鬼神。疏云：蕢，讀爲凷，謂摶土凷爲桴。桴，擊鼓之物也。

戲贈虔州慈雲寺〔一〕鑒老〔二〕一無「戲」字。

居士無塵堪洗沐〔三〕，道人有句借宣揚。窗間但見蠅鑽紙〔四〕，門外惟聞佛放光〔五〕。徧界難藏真薄相，一絲不挂〔六〕且逢場〔七〕。却須重説圓通偈〔八〕，千眼熏籠〔九〕是法王〔一〇〕。

〔一〕慈雲寺：《輿地紀勝》：慈雲寺在贛州城東南，舊名景德寺。

〔二〕鑒老：《冷齋夜話》：東坡自海外歸，至贛上，以水涸，舟不得行。時過慈雲寺浴，其長老明鑒，魁梧如世所畫慈恩然，叢林以道學與之，坡作詩戲之。云云。

〔三〕無塵堪洗：《楞嚴經跋》：陀娑羅於沐浴時隨例入室，忽悟水因，既不洗塵，亦不洗體，中間安然得無所有。又，《傳燈録》：石梯和尚，因侍者請浴，師曰：「既不洗塵，亦不洗體，汝作麽生。」

〔四〕蠅鑽紙：《傳燈録》：神瓚禪師一日坐窗下看經，蜂子投窗紙，求出。師曰：「世界如許廣闊，不肯出，鑽他故紙。」

〔五〕佛放光：《傳燈録》：古靈行脚回，受業師遣執役。一日，因澡身，命靈去垢。靈乃拊背曰：

「好所佛殿，而佛不聖。」其師回首視之，靈曰：「佛雖不聖，且能放光。」

〔六〕一絲不挂：《傳燈録》：南泉問陸亘：「十二時中作麽生？」陸云：「一絲不挂。」

〔七〕逢塲：《傳燈録》：鄧隱峰曰：「竿木隨身，逢塲作戲。」

〔八〕圓通偈：《楞嚴經跋》：陀羅佛問圓通：「如我所證，觸因爲上。」

〔九〕熏籠：施氏注引《釋氏通典》云：十六開士於浴堂證悟水因，於熏籠焙浴具，次得大安樂。

〔一〇〕法王：《大論》：佛爲法王，菩薩入正位，乃至十地，故悉名王子。

慎按：《冷齋夜話》載先生此篇，「窗間」二字作「舉頭」，「門外」二字作「拊背」。細觀詩中自起至末八句，中多用浴事，與洪覺範語正合。覽者不識作家用意所在，往往信口讀過，特援據釋典詳注之。又按，此詩施氏原本已載《遺詩二十九首》卷中，新刻本又重載《續補》下卷，今爲删去，據時地改編。

畫車二首

其一

何人畫此隻一作「觭」輪車〔一〕，便是當年欹器圖。上易下難須審細，左提右挈免疎虞。

〔一〕隻輪車：《東京夢華録》：獨輪車，前後二人把駕，兩旁兩人扶拐，前有驢拽，謂之串車，以不用耳子轉輪也。

其　二

九衢歌舞頌王明，誰惻寒泉獨自清〔一〕。賴有千車能散福，化爲膏雨滿重城。

〔一〕惻寒泉：《易·井卦》：「九三，井渫，不食，爲我心惻。可用汲，王明，並受其福。」又，九五：「井洌，寒泉，食。」疏云：剛正之主，不納非賢，必須行潔才高而後乃用。

虔州吕倚承事〔一〕年八十三讀書作詩不已好收古今帖貧甚至食不足石刻題云「吕夢得承事年八十三讀書作詩手不釋卷室如懸磬但貯古今書帖而已作詩以示慈雲老師」。

揚雄老無子，馮衍終不遇。不識孔方兄，但有靈照女〔二〕。家藏古今帖，墨色照箱筥。饑來據空案，一字不堪煮。枯腸五千卷，磊落相撑拄。吟爲蜩蛩聲，時有島、可句。爲語里長者，德齒敬已古。如翁有幾人，薄少可時助。

〔一〕吕倚：施氏補注本：吕倚，字夢得，維揚人。蹭蹬不遇，老始以恩補虔州瑞金縣簿。有一女，嫁贛人，因居焉。○按，承事，其官階也。《職官分紀》：寄禄文散官，有承事郎。

〔三〕靈照女：《傳燈録》：龐居士有女，名靈照，賣竹漉籬以供朝夕。

王子直一本作「立」，訛去歲送子由北歸往返百舍今又相逢贛上戲用舊韻作詩留别〔一〕

米盡無人典破裘，送行萬里一鄒游。解舟又欲携君去，歸舍聊須與婦謀。聞道年來丹伏火，不愁老去雪蒙頭。剩買山田添鶴口，廟堂新拜富民侯。

〔一〕王子直：注見三十九卷。

次韻江《宋文鑑》作「王」，訛晦叔二首〔一〕

其一

人老家何在？龍眠雨未驚。酒船回太白，稚子候淵明。幸與登仙郭，同依坐嘯成。小樓看月上，劇飲到參横。

〔一〕江晦叔：名公著，桐廬人。建中靖國初知虔州。東坡北歸至虔，晦叔適至。未幾，除廣東轉運判官。此段施氏原本所有，新刻删去，今補録。

其　二

鐘鼓江南岸，歸來夢自驚。浮雲世事改，孤月此心明。雨已傾盆落，詩仍翻水成。二江争送客，木杪看橋横。

按：《苕溪漁隱叢話》云：東坡自嶺外歸，其詩云：「浮雲世事改，孤月此心明。」語意高妙，如參禪悟道之人，吐露胸襟，無一毫窒礙。

次韻江晦叔兼呈器之〔一〕

横空初不跨鵬鼇，但覺胡牀步步高。公自注：器之言嘗夢飛，自覺身與坐牀皆起空中。一枕晝眠春有夢，扁舟夜渡海無濤。歸來又見顛茶陸，公自注：往在錢唐，嘗語晦叔：陸羽茶顛，君亦然。多病仍逢止酒陶。公自注：陶淵明有《止酒》詩。器之小時，飲量無敵，今不復飲矣。笑説南荒底處所，衹今榕葉下庭臯。

〔一〕劉器之：《宋史》：劉安世，字器之，魏人。自少持論有識，爲文彦博所器。登第，不就選。從司馬光，咨盡心行己之學。哲宗立，光薦爲秘書正字，擢右正言，進諫議大夫。時目曰「殿上虎」。《東都事略》：安世以吕公著之薦，除右正言。紹聖初落職，知南安軍。三年，貶新州。初擢言路，將以親辭。其母曰：「不可以閨門之私辭君命。」及南遷，母怡然曰：「兹事固知如此。」有集二十卷。張子韶《盡言集序》云：温公之門多君子，一傳而得劉器之，在諫垣時，專攻王氏黨，扶持正道，亦云切矣。《邵氏見聞後録》：器之與東坡，元祐初同朝，至元符末，歸自嶺南，相遇於道，始交歡。

寒食與器之游南塔寺寂照堂

城南鐘鼓鬬清新，端爲投荒洗瘴塵〔一〕。總是鏡空堂上客，誰爲寂照境中人。紅英掃地風驚曉，緑葉成陰雨洗春。記取明年作寒食，杏花曾與此翁隣。

〔一〕投荒：《宋史·劉器之》本傳：章惇用事，貶新州别駕，安置英州。投荒七年，令甲所載遠惡地，無不歷之。

慎按：《泰和志》：槐安閣在縣之南塔寺，黄山谷爲白下宰，有詩。《虔州志》亦載之。王氏注引《杭州圖經》云：「梵天寺在鳳凰山，乾德中吴越王錢氏建。舊額南塔寺。」與此何涉？今駁正。

器之好談禪不喜游山山中筍出戲語器之可同參玉版長老

不怕石頭路，來參玉版師。聊憑叢林真百丈〔一〕，法嗣有横枝〔二〕。公自注：玉版、横枝，竹筍也。柏樹子，與問籜龍兒。瓦礫猶能説，此君那不知。

〔一〕百丈：《傳燈録》：洪州百丈山懷海大智禪師，福州長樂王氏子，嗣馬祖道一禪師，南嶽下第二世。《羅湖野録》：圓通訥禪師嘗言：「昔百丈大智禪師建叢林，立規矩，欲救像季不正之獘。」

〔二〕横枝：《高僧傳》：信禪師嘗於九江見紫雲如蓋，下有白雲，横開六岐，謂弘忍曰：「汝知之乎？」忍曰：「師之法旁出一枝，相踵六世。」

按：《苕溪叢話》：東坡嘗與劉器之同參玉版和尚，器之欣然從之。至廉泉，燒筍而食，器之覺筍味勝，問：「此何名？」曰：「名玉版。」此老僧善説法要，令人得禪悦之味。於是器之方悟其戲。坡作偈。云云。此謂盡用禪家語形容，可謂善於游戲者也。山谷云：「此老於《般若》，横説竪説，百無剩語，非其筆端有舌乎？」

永和〔一〕清都觀〔二〕道士童顏鬒髮問其年生於丙子蓋與予同求此詩〔三〕

鏡湖敕賜老江東，未似西歸玉局翁。羈枕未容春夢斷，清都宛在默存中〔四〕。每逢佳境攜兒去，試問行年與我同。自笑餘生消底物？半篙清漲百灘空。公自注：予與劉器之同發虔州，江水忽暴漲丈餘，贛石三百里無一見者。至永和，器之解舟先去，予獨游清都，作此詩。

〔一〕永和：《泰和志》：距縣東北八十里，有晉置東昌城，隋省入西昌，今之永和鎮，即其地也。《吉安志》：萬安縣有三鄉，曰永和，曰誠信，曰龍泉。

〔二〕清都觀：《廬陵志》：清都觀，在吉州城南十五里儒林鄉永和鎮。南唐保大間，有石基，號爲西臺。宋興國初，道士蕭德元結宇於臺，賜額西臺觀。治平中，改今名。蘇軾南歸，嘗游焉，爲書清都臺三字。本集有《清都謝道士真贊》，云：「謝道士，生丙子。真一存，長不死。欲識清都面目，一江春水東流。滔滔直入滄海，上至蓬萊頂頭。」

〔三〕道士：姓謝，字子和。《廬陵志》載宋單暐《游清都觀記》，略云：永和鎮距城十餘里，有觀曰清都，予愛其寬閒清曠。詢於主觀道士謝子和，蓋肇於南唐保大間，卜相啓闢，實自子和訖工。

〔四〕默存：《穆天子傳》：王執化人之裾，騰而上者中天。王實以爲清都紫微，鈞天廣樂帝之所居。既寤，王問所從來。左右曰：王默存耳。

贈詩僧道通〔一〕

雄豪而妙苦而腴，秖有琴聰與蜜殊。公自注：錢唐僧思聰，總角善琴，後舍琴而學詩，復棄詩而學道。其詩似皎然而加雄放。安州僧仲殊詩，敏捷立成，而工妙絶人。殊辟穀，常啖蜜。語帶烟霞從古少，公自注：李太白云：他人之文如山無烟霞，春無草木。氣含蔬筍到公無。公自注：謂無酸餡氣也〔二〕。香林乍喜聞薝蔔，古井惟慚斷轆轤。爲報韓公莫輕許，從今島、可是詩奴。

〔一〕道通：按，《詩人玉屑》及《石林詩話》皆作「惠通」，未詳孰是。

〔二〕酸餡氣：《石林詩話》：近世僧學詩者極多，皆無超然自得之趣，往往掇拾模放士大夫所殘棄。又自作一僧體，格律尤俗，謂之酸餡氣。子瞻有《贈惠通》詩，云：「語帶烟霞從古少，氣含蔬筍到公無。」嘗語人云：「頗解蔬筍語否？爲無酸餡氣也。」聞者無不失笑。

張競辰永康所居萬卷堂〔一〕

君家四壁如相如，卷藏天禄登石渠。豈惟鄴侯三萬軸，家有世南行秘書。兒童拍手笑何事，笑人空腹談經義。未許中郎得異書，且與揚雄説奇字。清江縈山一作「出」，訛碧玉環，下有老龍千古閒。知君好事家有酒，化爲老人夜扣關。留侯之孫書滿腹，玉函寶方何用讀。

濠梁空復五車多，圯上從來一編一作「篇」足。

〔一〕張競辰：王氏原注：張熙明也，餘失考。

劉壯輿〔一〕長官是是堂〔二〕

間燕言仁義，是非安可無。非非義之屬，是是仁之徒。非非近乎訕，是是近乎諛。當爲感麟翁，善惡分錙銖。抑爲阮嗣宗，臧否兩含糊。劉君有家學，三世道益孤。陳古以刺今，紬史行天誅。皎皎大明鏡，百陋逢一姝。鶚立時四顧，何由擾群狐。作堂名是是，自説行坦途。孜孜稱善人，不善自遠徂。願君置座右，此語禹所謨。

〔一〕劉壯輿：《宋史》：劉羲仲，字壯輿。父恕卒七年，《資治通鑑》成，追録其勞，官羲仲郊廟齋郎。政和中，自汝州召爲編修官。至京師，不謁權要。未幾，致仕歸廬山，一時公卿賦詩。三世繼美，尤不易云。晁以道《嵩山集》云：劉壯輿家於廬山之陽，自其祖父凝之以來，遺子孫惟圖書也。

〔二〕是是堂：陳後山《是是堂記》略云：劉子羲仲佐鉅野，架屋以居，名曰是是之亭。其大父凝之，仕不合而去，老於廬山之下。其父道原面數人短長，不避權貴，卒窮以死，而天下歸重焉。今劉子博覽偉辨，刻身苦思，既嗣其世，向善讎惡，亦不減其二父云。

絶　句

柴桑春晚思依依，屋角鳴鳩雨欲飛。昨日已收寒食火，吹花風起却添衣。

慎按：此詩施氏原本不載，新刻本載《續補》下卷，以時考之，當是自嶺南歸過西江時作。

夢中絶句

楸樹高花欲插天〔一〕，暖風遲日共茫然。落英滿地君方見，惆悵春光又一年。

〔一〕楸花：《爾雅》：葉小而皵，榎；葉大而皵，楸。《詩眼》云：楸將夏乃繁。杜甫詩：楸樹高花媚遠天。

慎按：此詩施氏原本不載，今從新刻《續補》下卷移編於此。

予昔作壺中九華詩其後八年復過湖口則石已爲好事者取去乃和前韻以自解云

江邊陣馬走千峰，問訊方知冀北空。尤物已隨清夢斷〔一〕，真形猶在畫圖中。公自注：道藏有公自《五岳真形圖》。歸來晚歲同元亮，却掃何人伴敬通。賴有銅盆修石供，仇池玉色自璁瓏。

注：家有銅盆，貯仇池石，正緑色，有洞水達背。予又嘗以怪石供佛印師，作《怪石供》一篇。

〔一〕尤物：劉禹錫《九華山歌》：九華山，自是造化一尤物，焉能籍甚乎人間。

按：晁補之《雞肋集》云：「元符己卯九月，貶上饒，艤石鍾山寺下。僧言壺中九華奇怪，而正臣不來，余不暇往。庚辰七月，遇赦北歸，至寺下。首問之，則爲當塗郭祥正以八十千取去累月矣。然東坡先生將復過此，李氏室中，嶜崒森聳、殊形詭觀者固多，公一題之，皆重于九華矣。」云云。考先生北歸，再過湖口，在辛巳春夏之交，距補之留題不過十月。此石既爲郭功甫所得，先生豈不知之？乃云「爲好事者所取」，何耶？

次韻郭功甫〔一〕觀予畫雪雀有感二首 一本題云「次韻郭功甫二首」。

其一

早知臭腐即神奇，海北天南總是歸。九萬里風安稅駕，雲鵬今悔不卑飛。

〔一〕郭功甫：名祥正，當塗人，注見前。

其二

可憐倦鳥不知時，空羡騎鯨得所歸。玉局西南天一角，萬人沙苑看孤飛。

附郭功甫原作二首：王氏原注：功甫《觀先生畫雪雀有感作詩寄惠州》，云云。後先生北歸又用前韻寄詩，云云。今采出附録。

平生才力信瑰奇，今在窮荒豈易歸。正似雪林枝上畫，羽翰雖好不能飛。

秋霜春雨不同時，萬里今從海外歸。已出網羅毛羽在，却尋雲跡帖天飛。

慎按：功甫原作二首，《青山集》中失載。王氏注中有之，新刻本既附見先生詩題之下，《續補》下卷又訛以「秋霜春雨不同時」一首爲先生作，今改正附録。

次韻法芝舉舊詩一首〔一〕

春來何處不歸鴻，非復羸牛踏舊蹤。但願老師真似月，誰家甕裏不相逢。

〔一〕法芝：名曇秀，唱和詩見揚州、惠州卷中。

次舊韻贈清涼長老

過淮入洛地多塵，舉扇西風欲污人。但怪雲山不改色，豈知江月解分身。安心有道年顔好一作「少」，遇物無情句法新。送我長蘆舟一葉，笑看雪浪滿衣巾。

按：先生南還時過金陵，有《贈清涼和長老》詩，在三十七卷。

睡起聞米元章冒熱到東園送麥門冬飲子

一枕清風直萬錢，無人肯買北窗眠。開心暖胃門冬飲〔一〕，知是東坡手自煎。

〔一〕門冬飲：本集《與錢世雄尺牘》云：昨夕齒中出血，專是熱病，根源不淺。即今諸藥盡，却惟取人參和茯苓、麥門冬瀹湯，渴即飲之。

按：《紀年録》：先生於辛巳五月至常州，六月上表請老，以本官致仕。費衮《梁溪漫志》亦云：東坡北歸，至儀真，得暑疾。止於毘陵顧塘橋孫氏之館。惟方嶽《深雪偶談》敘次最詳：「東坡自儋北歸，卜居陽羨。士大夫猶畏而不敢與游，獨士人邵民瞻從學於坡。爲公買宅，需緡五百，公傾囊，僅能償之。卜吉入居，既得吉矣，夜與邵步月，偶至村落，聞婦人哭聲，遂推扉而入。一老嫗泣曰：『吾有一居，相傳百年。吾子不肖，舉以售人，今日徙此。百年舊居，一旦訣別，所以泣也。』坡愴然，問其居所在，即以五百緡得之者也。即取屋券焚之。呼其子，命翼日迎母還舊居，不索其直。自是，遂還毘陵，不復買宅，借顧塘橋孫氏居暫住焉。是年七月，竟殁於借居。」云云。據此，題中所云東園，當在常州，而無可考。因載公逸事，感嘆及之。

夢中作寄朱行中〔一〕公自注：前一日夢作此詩寄朱行中，覺而記之。自不曉所謂，漫寫去，夢中分明用此色紙也。

舜不作六器，誰知貴璵璠？哀哉楚狂士，抱璞號空山。相如起睨柱，頭璧與俱還。何如鄭子産，有禮國自閒。雖微韓宣子，鄙夫亦辭環。至今不貪寶，凛然照塵寰。

〔一〕朱行中：《宋史》：朱服，字行中，烏程人。進士甲科。紹聖初爲中書舍人，謫萊州，再爲廬州，徙廣州。又坐與蘇軾游，貶海州團練副使，蘄州安置。《吴興備志》載朱服所著書，有文集十三卷，較定《六韜》六卷、《孫子》三卷、《司馬法》三卷、《吴子》二卷、《三略》三卷。其子彧，有《萍洲可談集》。

按：曾端伯《百家詩選》云：「東坡《寄朱行中》一篇，北歸時絶筆也。」又，朱弁《風月堂詩話》云：「朱行中知廣州。東坡自海南歸，留廣甚久。坡還嶺北，聞行中在任，士大夫頗以廉潔少之。至毗陵，寄行中詩『至今不貪寶，凛然照塵寰』，云云，其愛行中至矣。蓋不欲正言其事，故假夢中作以諷之耳。」

答徑山琳長老〔一〕

與君皆丙子，各已三萬日。一日一千偈〔二〕，電往那容詰。大患緣有身，無身則無疾。平生笑羅什，神咒真浪出。

〔一〕琳長老：本集《雜記》云：徑山長老惟琳，行峻而通，文清而麗。始徑山祖師有約，止以甲乙住持。予謂以適事之宜而廢祖師之約，當於山門選用有德，乃以琳嗣事。

〔二〕千偈：《晉書》：鳩摩羅什，天竺人，年七歲出家，從師受經，日誦千偈，偈有三十二字，凡三萬二千言，義亦自通。

按：《紀年録》：七月公疾，頗革，徑山老惟琳來説偈，答云：「平生笑摩什，神咒真浪出。」琳問神咒事，索筆書：「昔鳩摩羅什病亟，出西域神咒三番，令弟子誦以免難，不及事而終。」併出一帖云：「某萬里嶺海不死，而歸宿田里，有不起之憂，非命也耶？」蓋絶筆於此。後二日，殆將屬纊，而聞觀先離。二十八日，公薨，年六十六。葬汝州郟城縣釣臺鄉上瑞里嵩陽峨眉山。

附琳長老原作：

扁舟駕蘭陵，自援舊風日。君家有天人，雄雄維摩詰。我口吞文殊，千里來問疾。若以默相酬，露柱皆笑出。

東坡先生補編詩卷四十六

今體詩六十五首

慎按：施氏原本第四十卷載《翰林帖子詞》五十四首，目録尚存，新刻本删去。又，唐人所謂口號，皆近體詩也。諸刻本獨不録先生作，今從《全集》采出十一首，與帖子詞共成一卷，不復編年，以存施氏之舊云。

春帖子詞〔一〕舊注：元祐三年。

皇帝閣六首

其一

藹藹龍旂色，琅琅木鐸音〔二〕。數行寬大詔〔三〕，四海發生心〔四〕。

〔一〕春帖子：本集《元日立春》詩公自注云：立春日，翰林學士供詩帖子。

〔二〕木鐸：《尚書》：每歲孟春，遒人以木鐸狥於路。傳云：遒人，宣令之官。木鐸，金口木舌，所以振文教。

〔三〕寬大詔：《後漢書》：立春之日，下寬大詔，曰：制詔三公，方春東作，敬始慎微。又，《侯霸傳》：光武徵霸，拜尚書令。條奏前世善政法度有益於時者，皆施行之。每春下寬大之詔，奉四時之令，皆霸所建也。

〔四〕發生：《爾雅》：春爲青陽，一曰發生。王冰《素問》注：六氣十八候，皆青陽布發生之令，故養生者必謹奉天時。

其　二

暘谷賓初日〔一〕，清臺告協風〔二〕。願如風有信，長與日俱中。

〔一〕暘谷賓日：《尚書傳》：暘明也，日出於谷，而天下明，故稱暘谷。賓，導也，東方之官，敬導日出，平均次序東作之事，以務農也。

〔二〕協風：陸機詩：協風應律。鄭若庸《類雋》：協風，立春融風也。

其　三

草木漸知春，萌芽處處新〔一〕。從今八千歲，合抱是靈椿。

〔一〕草木萌芽：《月令》：天氣和同，草木萌動。

其　四

聖主憂民未解顔，天教瑞雪報豐年。蒼龍〔一〕挂闕農祥正〔二〕一作「慶」，老稚石刻作「父老」相呼看耤田〔三〕。

〔一〕蒼龍：《漢書·天文志》：東宮蒼龍。左角，理；右角，將。《中華古今注》：漢蒼龍闕，畫蒼龍。

〔二〕農祥正：《漢書·天文志》：晨正房星，農事之候。韋昭注云：立春日晨中於午。

〔三〕耤田：《宋史·禮志》：耤田之禮，宋初歲不常講。雍熙四年，始詳定儀注，除耤田爲先農壇，以郊後吉亥，皇帝親享先農，備三獻，行三推之禮。景德以後，因制損益，更鋄麥殿爲思文殿。

其　五

昨夜東風入律新〔一〕，玉關知有受降人。聖恩與解河湟凍，得共中原草木春。

〔一〕入律：《月令疏》：律中太蔟，惟主正月之氣，宜與東風解凍，文次相連。角是春時之音律，審正月之氣，音由氣成，以其音氣相須，故律角相同。言正月之時，候氣之管，中於太蔟，陽管爲律，陰管爲吕。

其　六

翰林職在明光裏〔一〕，行樂詩成拜舞中〔二〕。不待驚開小桃杏，始知天子是天公〔三〕。

〔一〕明光裏：按，明光，漢宫名。張籍詩：良人執戟明光裏。

〔二〕行樂詩：李白有《宫中行樂詞》，又，杜甫詩：宫中行樂秘。

〔三〕天子是天公：南卓《羯鼓録》：玄宗嘗遇小殿庭柳將吐，睹而嘆曰：「對此景物，豈可不與判斷乎？」因遣高力士，取羯鼓臨軒縱擊。反顧桃杏皆已微折，上指笑，曰：「此一事，不唤我作天公可乎？」

太皇太后閣六首〔一〕

其　一

琱刻春何力，欣榮物自知。發生雖有象，覆載本無私。

〔一〕太皇太后：《宋史》：宣仁聖烈高皇后，英宗成婚濮邸。神宗立，尊爲皇太后。哲宗立，尊爲太皇太后。

其　二

小殿〔一〕黄金榜〔二〕，珠簾白玉鈎。一聲雙日蹕〔三〕，春色滿皇州。

〔一〕小殿：即延和殿，注詳下。

〔二〕黄金榜：杜甫詩：天門日射黄金榜。

〔三〕雙日蹕：《宋史·禮志》：哲宗即位，宣仁太皇太后高氏臨朝。每朔、望、六參，帝御前殿，百官起居。畢，詣内東門進榜子。雙日御延和殿，同垂簾，日參官起居太皇太后。移班少西起居皇帝。

其　三

仗下春朝散，宫中晝漏稀〔一〕。兩廂休侍御，應下讀書幃。

〔一〕宫中：《宋史》：太皇太后所居崇慶宫。

其　四

五日占雲十日風，憂勤終歲爲三農。春來有喜何人見，好學神孫類祖宗。

其　五

共道十年無臘雪，且欣三白壓春田。盡驅南畝扶犁手，稍發中都朽貫錢。

按：《宋史·本紀》：哲宗元祐三年，春正月，復廣惠倉。以雪寒，發京西穀五十餘萬石，損其直以抒民。罷上元游幸。此首即記此事。

其　六

不獨清心能省事，應緣克己自銷兵。傳聞塞外千君長，欲趁新年賀太平。

皇太后閣六首〔一〕

其　一

寶册瓊瑶重〔二〕，新庭松桂香。雪消春未動，碧瓦麗朝陽。

〔一〕皇太后：《宋史》：欽聖憲肅向皇后，宰相敏中曾孫也。神宗在潁邸，聘爲夫人。即位，立爲后。哲宗立，尊爲皇太后。

〔二〕寶册：《宋史》：尊號之册，命大臣撰册文及書册寶，遣官告天地祖宗社稷。皇太后册禮，天子稱嗣皇帝，餘概如尊號儀。

其　二

瑞日明天仗，仙雲擁壽山。倚欄春晝永，金母在人間〔一〕。

〔一〕金母：《西王母傳》：在昔，道氣凝寂，湛體無爲，以東華玉精之氣，化而生木公焉。又以西華至妙之氣，化而生金母焉。金母生於神洲伊川，以主陰靈之氣，理於西方，亦號王母。

慎按：倚欄：墨跡石刻作「猗蘭」，兩存備考。

其　三

朝罷金鋪掩，人間寶瑟塵。欲知慈儉德，書史樂青春。

其　四

仙家日月本長閒，送臘迎春豈亦一作「亦偶」然。翠管銀罌一作「鈎」，訛傳故事〔一〕，金花綵勝作新年〔二〕。

〔一〕翠管銀罌：杜甫詩：口脂面藥承恩澤，翠管銀罌下九天。《困學紀聞》云：東坡春帖用「翠管銀罌」，出老杜《臘日》詩，而注者改爲「銀鈎」。此邢子才所以有「日思誤書」之語也。

〔二〕花勝：《荆楚歲時記》：人日剪綵爲人，或縷金箔爲人，以貼屏風，亦戴之頭鬢。賈充《李夫人典戒》云：人日造花勝相貽，像瑞圖金勝之形，取像西王母戴勝也。杜甫詩：勝裏金花巧耐寒。

其　五

彤史年來不絶書〔一〕，三朝德化婦承姑〔二〕。宫中侍女減珠翠〔三〕，雪裏貧民得袴襦。

〔一〕彤史：《舊唐書》：宫官有彤史二人，正六品。

〔二〕婦承姑：《詩》：纘女維莘。疏：婦之所繼，維繼姑耳。繼姑而言維行，故能知太妊之德也。《晉書·庾皇后傳》：坤德尚柔，婦道承姑。《宋史》：哲宗立，尊欽聖憲肅向皇后爲皇太后。宣仁命葺慶壽宫以居后。后曰：「姑居西而婦居東，是瀆分也。」因固辭。遂以慶壽後殿爲隆佑宫，居之。

〔三〕減珠翠：李白《大臘賦》：六宫斥其珠玉，百姓樂於耕織。

其　六

邊庭無事羽書稀，閒遣詞臣進小詩。共助至尊歌喜事，今年春日得春衣。

皇太妃閣五首〔一〕

其　一

葦桃猶在户〔二〕，椒柏已稱觴〔三〕。歲美風先應，朝回日漸長〔四〕。

〔一〕皇太妃：《宋史》：欽成朱皇后，開封人。熙寧初入宫，生哲宗，累進德妃。哲宗立，尊爲皇太妃。時宣仁、欽聖二太后皆居尊，故稱號未極。元祐三年，宣仁詔：《春秋》之義，母以子貴，於是輿、蓋、冠、服，悉侔皇后。

〔二〕葦桃：《風俗通》：上古時，神荼、鬱壘兄弟二人，性能執鬼。於東海度索山桃樹下，簡閱百鬼之無道者，縛以葦索，執以飼虎。今世畫神像於版上，以元日置之門户，即其遺意。

〔三〕椒柏：庾信《謝正旦賜酒》詩：柏葉隨銘至，椒花逐頌來。

〔四〕日漸長：《隋書》：開皇十九年十一月，有司奏元年以來日漸長。又，袁充亦奏云：隋興以來，日景漸長。

其　二

甲觀開千柱〔一〕，飛樓擢九層。雪殘烏鵲喜，翔舞下觚稜。

〔一〕甲觀：《宋史》：朱皇后即閣建殿，出入由宣德東門，百官上牋稱殿下，名所居爲聖瑞宫。

其　三

孝心日奉東朝養〔一〕，儉一作「健」，訛德應師太姒一作「大練」風〔二〕。太史新年瞻瑞氣，四星〔三〕明潤紫宫中〔四〕。

〔一〕東朝：按，《漢書》：惠帝東朝長樂宫。時吕太后居長樂，後世稱太后爲東朝，其義本此。

〔二〕大練：《後漢書·馬皇后紀》：常衣大練，裙不加緣。注云：大練，厚繒也。

〔三〕四星、紫宫：《漢書·天文志》：中宫天極星。其一明者，太一之常居也。後句「四星」，末大星，正妃；後三星，後宫之屬也。環之廷衛十二星，藩臣。皆曰紫宫。

〔四〕明潤：《晉書·天文志》：文昌六星，在北斗魁星前，明潤大小，齊天臻瑞。

其四

九門挂月未催班，清禁風和玉漏閒。崇慶早朝銀燭下〔一〕，珮環聲在五雲間。

〔一〕崇慶：太皇太后所居宫名，注見前。

其五

東風弱柳萬絲垂，的皪殘梅尚一枝。繭館〔一〕乍欣蠶浴後〔二〕，禖壇猶記燕來時〔三〕。

〔一〕繭館：《三輔黄圖》：《宫闕》疏云：蠶所曰繭館。

〔二〕蠶浴：《禮記》：卜三宫夫人世婦之吉者，使入蠶於蠶室，奉種浴於川。疏云：近川而爲之者，取其浴蠶種便也。奉種浴於川者，言蠶將生之時，而又浴之。

〔三〕禖壇：《禮記·月令》：仲春之月，玄鳥至。至之日，以太牢祀於高禖。注云：燕以施生時來巢人堂宇，而孚乳娶嫁之象也。《宋史·禮志》：仁宗詔有司，築高禖壇南郊，春分之日，以祀青帝，本《詩》「克禋以祓」之義，以禖從祀，報古爲禖之先也。祀以簡狄姜嫄。○按，哲宗，朱太妃所出，故以玄鳥生商事比之。

夫人閣四首〔一〕

其一

綵勝鏤新語，酥槃滴小詩〔二〕。昇平多樂事，應許外庭知。

〔一〕夫人：《宋史》：馮賢妃，東平人，初封郡君。養女林美人，得幸神宗，生燕、越二王，進婕妤。○慎按，元祐初，二人俱在宫中，未詳孰是。

〔二〕酥槃滴：黄庭堅詩：酥滴花枝綵剪幡。

其二

細雨曉風柔，春聲入御溝。已漂新荇没，猶帶斷冰流。

慎按：「春深」，「深」字，石刻作「聲」，當從之。

其三

扶桑初日映簾昇，已覺銅缾暖不冰。七種共挑人日菜〔一〕，千枝先剪上元燈〔二〕。

〔一〕七種菜：《荆楚歲時記》：正月七日爲人日，以七種菜爲羹。

〔二〕千枝燈：鄭嵎《津陽門》詩注：韓國爲千枝燈，臺高八十尺，每上元夜則然之，千光奪目，百里之内，皆可望見焉。

其　四

雪消鴛瓦已流澌，風暖犀盤尚鎮帷。縹緲紫簫明月下，璧門桂影夜參差〔一〕。

〔一〕璧門：杜牧詩：月上白璧門，桂影涼參差。按，石刻作「璧門」，正引用詩語。集本作「壁」，從「土」者，訛。今改正。

端午帖子詞 舊注：元祐三年。

皇帝閤六首

其　一

盛德初融後〔一〕，潛陰未姤時〔二〕。侍臣占《易》象，明兩作重離〔三〕。

〔一〕盛德：《月令》：孟夏之月，某日立夏，盛德在火。

〔二〕潛陰：按《易》，一陰伏五陽之下，名爲姤，夏至之卦。

〔三〕明兩：《易·離卦》：象曰：明兩作離，大人以繼明照於四方。

其二

采秀擷群芳，争儲百藥良。太醫初薦艾〔一〕，庶草驗蕃昌〔二〕。

〔一〕太醫薦艾：《後漢書》：少府所屬有太醫令。《荆楚歲時記》：端午日以艾爲人，置户上，辟鬼。子由詩云：太醫争獻天師艾。

〔二〕庶草：《尚書·洪範》：五者來備，各以其叙，庶草蕃廡。疏云：須風則風來，須雨則雨來，各以次序，則衆草木蕃滋而豐茂矣。

其三

微凉生殿閣，習習滿皇都。試問吾民愠，南風爲解無。

慎按：《藝苑雌黄》云：東坡詩「微凉生殿閣」云云，原其意，蓋欲聖君推南風之德，以及於黎庶也。唐文宗與柳公權聯句，東坡以公權有美而無箴，因續四句，又作《端午帖子詞》，用此意也。

其四

西檻新來玉宇風，侍臣茗椀得雍容〔一〕。庭槐似識天顔喜，舞破清陰作兩龍〔二〕。

〔一〕侍臣茗椀：按，宋制，侍講、侍讀官，例賜酒、賜茶。本集《侍立邇英》詩有「上尊初破早朝寒，茗椀仍沾講舌乾」之句。

〔三〕槐龍：按，子由《入侍邇英》詩云：槐龍對舞覆衣冠。自注云：「邇英閣庭前有雙槐，甚高，而柯葉覆地如龍蛇，講官進對其下。」

其五

講餘〔一〕交翟轉迴廊〔二〕，始覺深宫夏日長。揚子江心空百鍊〔三〕，只將無逸鑑興亡〔四〕。

〔一〕講餘：《宋史》：凡經筵，歲以仲春至端午，仲秋至長至，講讀官輪直，或便殿，或邇英閣；或間日，或每日，無常制。

〔二〕交翟：《播芳大全》載：《集英殿致語》云：輦出房而雷動，扇交翟以雲開。謂雉羽扇也。

〔三〕江心百鍊：《異聞集》：天寶中，揚州進水心鏡，背有盤龍，鏡匠呂輝，移爐以五月五日於揚子江心鑄之。後大旱，祀之得雨。白居易《百鍊鏡》詩：江心波上舟中鑄，五月五日日午時。

〔四〕無逸：《周書》篇名。《播芳大全》載：《集英殿致語》云：誦《書·無逸》，法中宗之不敢康。

其六

一扇清風灑面寒，應緣飛白在冰紈〔一〕。坐知四海蒙膏澤，沐浴君王德似蘭〔二〕。

〔一〕飛白扇：《唐書》：太宗謂長孫無忌、楊師道曰：「五日舊俗，必用服玩相賀，朕今各賀君飛白扇二枚，庶動清風，以揚美德。」

〔三〕浴蘭：《大戴禮》：浴蘭湯兮沐華芳。

太皇太后閣六首

其一

漸臺通翠浪〔一〕，暑殿轉清風〔二〕。簾卷東朝散，金烏未遽中。

〔一〕漸臺：《史記·孝武本紀》：作建章宫，度爲千門萬户。前殿度高未央。其東則鳳闕，高二十餘丈。其西則唐中，數十里虎圈。其北治大池，漸臺高二十餘丈，名曰泰液。注云：漸，浸也。臺在池中，爲水所浸。

〔二〕暑殿：劉禹錫詩：奉君清暑殿。

其二

日永蠶收蔟〔一〕，風高麥上塲。朝來耤田令〔二〕，菰黍獻時芳〔三〕。

〔一〕蠶蔟：揚雄《元后誄》：蠶於繭館，躬筐執曲。帥導群妾，咸循蠶蔟。秦處度《蠶書》：屈藁長二尺者，自後茨之以爲蔟，以居蜃蠶。

〔三〕耤田令：《山堂考索》：耤田令，周爲甸師。漢文帝始開耤田，置令、丞，掌耕國廟社稷之田。東漢及魏缺，晉復置。宋元豐三年，改耤田令隸太常寺。

〔三〕菰黍：《風土記》：午日，以菰葉裹稻米爲粽，以象陰陽相包裹未分散也。

其　三

舞羽諸羌伏，銷兵萬彙蘇。只應黄紙誥，便是赤靈符〔一〕。

〔一〕赤靈符：《抱朴子》：五月五日作赤靈符，書著心前，以辟五兵。王珪《端午》詩：心前笑指赤靈符。

其　四

令節陳詩歲歲新，從官何以壽吾君。願儲醫國三年艾，不作沉湘九辨文。

其　五

忠臣諒節今千歲〔一〕，孝女孤風滿四方〔二〕。不復巫陽占郢夢，空餘仲御扣河章〔三〕。

〔一〕忠臣：指屈原。

〔二〕孝女：指曹娥。

〔三〕仲御扣河章：《晉書·夏統傳》：母病，詣洛市藥。會三月上巳，士女如雲，統並不顧。賈充怪而問之。徐答曰：「會稽夏仲御也。」充使問其土俗，又謂曰：「卿能作土地間曲乎？」統曰：「孝女曹娥，年甫十四，其父墮江不得尸，娥仰天哀號，便投水而死，父子喪尸，後乃俱出。國人哀其孝義，爲歌《河女之章》。今欲歌之。」於是以足扣船，引聲喉囀，清激慷慨，大風應至，雷電冥晝。諸人相顧曰：「聞《河女》之音，不覺涕泪交流，即謂伯姬高行在目前也。」

其　六

長養恩深動植均，只憂貪吏尚殘民。外廷已拜梟羹賜〔一〕，應助吾君去不仁。

〔一〕梟羹：《史記·樂書》注：五月五日，爲梟羹賜百官。以惡鳥，故食之也。○按，子由《端午帖子詞》：百官起拜梟羹賜，凶去方知舜有功。與詩意同。

皇太后閣六首

其　一

露簟琴書冷，琱盤〔一〕餈餌新。深宫猶畏日，應念暑耘人。

〔一〕琱盤：《開元天寶遺事》：宫中端午，造粉團角黍，貯琱盤中，以小角弓射之，中者得食。餈：孫愐《唐韻》：餈，諸延切，厚粥也。

其　二

萬壽菖蒲酒〔一〕，千金琥珀杯。年年行樂處，新月挂池臺。

〔一〕菖蒲酒：《王氏彙書評注》：端午日，以菖蒲或縷或屑泛酒。

其　三

翠筒初裹楝〔一〕別本作「練」，薌黍復纏菰〔二〕。水殿開冰鑑，瓊漿凍玉壺。

〔一〕裹楝：《苕溪漁隱叢話》：新筒裹練明，唐明皇《端陽》詩也。《藝苑雌黄》云：《初學記》引吴均《續齊諧記》，乃作「楝葉」之「楝」，傳寫之訛。東坡之意，蓋謂「楝」當作「練」耳。○慎按，仲子陵《五絲續命賦》：「楝葉結，采絲纈。」注云：「五月五日祭屈原，竹筒貯米，以楝塞其上，采絲縛之。」先生正用此事。

〔二〕薌黍：《禮記》：黍曰薌合。疏云：穀，秫者爲黍，秫既軟而相合，氣息又香，故曰薌合也。

其　四

秘殿扶疎夏木深，雨餘初有一蟬吟。應將嬴女乘鸞扇〔一〕，更助南風長棘心〔二〕。

〔一〕乘鸞扇：劉禹錫詩：團扇復團扇，奉君清暑殿。秋風入庭樹，從此不相見。上有乘鸞女，蒼蒼蟲網偏。明年入懷袖，别是機中綫。

〔二〕南風長棘心：《詩·凱風》疏云：凱樂之風，從長養之方而來，吹彼棘木之心，故棘心得盛長；以興寬仁之母，以慈愛之情養我七子之身，故七子皆得少長。

其　五

上林珍木暗池臺〔一〕，蜀産吴包萬里來。不獨槃中見盧橘，時於糉裏得楊梅〔二〕。

〔一〕上林：《漢書·上林賦》注：此雖賦上林，博引異方珍奇，不係於一也。按，先生此詩，合四句觀之，正合此意。

〔二〕糉裏楊梅：歐陽修詩：彩索盤中結，楊梅糉裏紅。

其　六

閔楚遺風萬古情，沅湘舊俗到金明〔一〕。翠輿黄繖何時幸，畫鷁〔二〕飛凫盡日横〔三〕。

〔一〕金明：《宋史》：天子歲時游豫，首夏幸金明池，觀水嬉。

〔二〕畫鷁：《淮南子》：龍舟鷁首。注云：鷁，水鳥也。畫其像着船首。王子年《拾遺記》：乘衡瀾靈鷁之舟。或作「鶂」，音義同。

〔三〕飛凫：張正見詩：黄雲迷鳥路，白雪下凫舟。

皇太妃閣五首

其　一

午景簾櫳静，薰風草木酣。誰知恭儉德，綵縷出親蠶〔一〕。

〔一〕親蠶：《宋史·禮志》：先蠶之禮久廢，真宗朝，禮院上言：《周禮》「蠶於北郊」，以純陰也。漢蠶於東郊，以春桑生也。請附故事，築壇東郊。政和間，禮局請倣古制，於先農壇側築蠶室二十七，別構殿一區，爲親蠶之所。詔從其議，命親蠶殿，以「無斁」爲名。

其　二

雨細方梅夏，風高已麥秋〔一〕。應憐百花盡，緑葉暗紅榴。

〔一〕麥秋：《月令》：孟夏之月，靡草死，麥秋至。白居易詩：洛下麥秋月，江南梅雨時。

其　三

辟兵已佩靈符小〔一〕，續命仍縈綵縷長〔二〕。不爲祈禳得天助，要令風俗樂時康。

〔一〕辟兵符：裴玄《新語》：五月五日，繫五采繒，謂之辟兵符。

〔二〕續命縷：《風俗通》：五月五日，以采絲繫臂，謂之續命縷。

其　四

玉盆浮李灔清泉〔一〕，金鴨虚空裊細烟。自有梧楸鄣畏日，仍欣麥黍報豐年〔二〕。

〔一〕浮李：魏文帝書：沉朱李於寒水。「浮」疑當作「沉」。

〔二〕麥黍：《月令》：孟夏，農乃登麥。季夏，農乃登黍。注云：此時黍新熟，今蟬鳴黍是也。

其　五

良辰樂事古難同，繡繭一作「縷」朱絲奉兩宮〔一〕。仁孝自應禳百沴，艾人桃印本無功〔二〕。

〔一〕繡縷朱絲：《玉燭寶典》：端午節，文繡金縷帖畫貢獻所尊。王珪詩：仙艾垂門緑，朱絲繞户長。

〔二〕桃印：《續漢書》：劉昭曰：桃印，本漢制，所以制惡氣。

夫人閤四首

其　一

肅肅槐庭午，沉沉玉漏稀。皇恩樂佳節，鬭草得珠璣〔一〕。

〔一〕鬭草：《歲時記》：五日有鬭百草之戲。歐陽修《端午詞》：共鬭今朝勝，盈襜百草香。

其　二

節物荆吴舊，嬉游禁掖閒。仙風隨畫篴，拜賜落人間。

其　三

五綵縈筒秫稻香，千門結艾鬌髯張。旋開寶典尋風物〔一〕，要及靈辰共祓禳。

〔一〕寶典：《隋書·經籍志》：杜臺卿《玉燭寶典》二十卷。

其四

欲曉銅缾下井欄，鏗鍠金殿發清寒。似聞人世南風熱，日上牆東問幾竿。

興龍節〔一〕集英殿〔二〕宴口號并致語○舊注：元祐二年。

臣聞帝武造周，已兆興王之迹；日符祚漢，實開受命之祥。非天私我有邦，惟聖乃作神主。仰止誕彌之慶，集於建丑之正。瑞玉旅庭，爰講比鄰之好；虎臣在泮，復通西域之琛。式燕示慈，與人均福。恭惟皇帝陛下，睿思冠古，濬哲自天。焕乎有文，日講六經之訓；述而不作，思齊累聖之仁。夷夏宅心，神人協德。卜年七百，方過曆以承天；有臣三千，咸一心而戴后。彤庭振萬，玉座傳觴。誦干戈載戢之詩，作君臣相悦之樂。斯民何幸，白首太平。猥以微生，親逢盛旦。始慶猗蘭之會，願賡《擊壤》之音。下采民言，上陳口號。

凜凜重瞳日月新，四方驚喜識天人。共知若木初升旦，且種蟠桃莫計春。請吏黑山歸屬國，給扶〔三〕黄髮拜嚴宸〔四〕。紫皇應在紅雲裏，試問清都舊侍臣。

〔一〕興龍節：《宋史·哲宗本紀》：十二月初七日，帝生日也。避禧祖忌辰，以次日爲興龍節。

〔二〕集英殿宴：《汴京宫室考》：大慶殿北有紫宸殿，西有垂拱殿，次西皇儀殿，又次西集英殿，宴殿也。《宋史·禮志》：宴饗，凡春秋季仲、聖節及國有大慶，皆大宴。其日，殿庭設山樓，排場爲群仙隊仗。宰相以下升殿，進酒，各就位，酒九行，更衣，賜花有差。大觀三年，議禮局上《集英殿大宴儀》。

〔三〕給扶：《南史·袁憲傳》：以功封建安伯，除太子詹事。袁請解職，不許，尋給扶二人。《唐書》：玄宗遣徐嶠邀張果至郡，辭還山，給扶侍二人。

〔四〕黄髮：《宋史·文彦博傳》：元祐初，司馬光薦宿德元老，宜起以自輔。乃命平章軍國重事，六日一朝，一月兩赴經筵，恩禮甚渥。

又興龍節集英殿宴口號并致語

臣聞天所眷命，生而神靈。惟三代受命之符，萃於兹日；實萬世無疆之福，延及我民。候南極之祥輝，交北鄰之瑞節。同趨鎬燕，争頌華封。恭惟皇帝陛下，稽古温文，乘乾剛粹。體生知而猶學，藏妙用於何言。故得六聖承休，三靈眷佑。德隆星晷，齊六符而泰階平；河行地中，錫九疇而彝倫正。屬誕彌之令旦，履長發之嘉祥。夙設九賓於庭，徧舞六代之樂。日無私於臨照，葵藿自傾；天有信於發生，勾萌必達。臣等濫塵法部，獲造彤墀。下采民言，得三萬里之謡誦；登歌壽斝，以八千歲爲春秋。不度蕪音，敢進口號。

風卷雲舒合兩班〔一〕，曈曈瑞日映天顔。觀書已獲千秋鏡〔二〕，積德長爲萬歲山。臘雪未消三務起，壬人不用五兵閒〔三〕。相逢父老争相賀，却笑華胥是夢間。

〔一〕合班：《宋史·職官志》：《唐六典》：中書、門下、尚書三省合一。元豐五年，中書、門下始分。元祐初，司馬光請令合班奏事，分省治事。

〔二〕千秋鏡：《唐書·張九齡傳》：初，千秋節王公並獻寶鑑。九齡上《事鑑》十章，號《千秋金鑑》，以申諷諭。

〔三〕五兵：《禮記》：五戎。注：弓矢、殳、矛、戈、戟也。

坤成節〔一〕集英殿宴口號并致語〇舊注：元祐二年七月十五日。

臣聞視履考祥，既占懷月之夢；對時育物，必有繼天之功。方大火之西流，屬陰靈之既望。帝於是日，誕降仁人。意使斯民，咸歸壽域。共慶千秋之遇，得生二聖之朝。式燕示慈，與民同樂。恭惟皇帝陛下，文思天縱，濬哲生知。力行湯禹之仁，常恐一夫之不獲；躬蹈曾閔之孝，故得萬國之懽心。恭惟太皇太后陛下，道契天人，德超載籍。知人則哲，蓋帝堯之所難；修己安民，雖虞舜其猶病。風雲從而萬物覩，日月照而四時行。自然動植之咸安，莫知天地之何力。三宫交慶，群后駿奔。賨鄰通四牡之歡，航海致重譯之贐。洞庭九奏，始識咸池之音；靈岳三呼，共獻後天之祝。臣等叨居法部，輒采民言。上瀆宸聰，敢陳口號。

三朝遺老九門前，又見承平大有年。文母憂勤初化俗，曾孫仁孝已通天。史書元祐三千牘，樂奏坤成第一篇。欲采蟠桃歸獻壽，蓬萊清淺半桑田。

〔一〕坤成節：《宋史》：聖節立名，自唐千秋節始，宋因之。太皇太后臨朝，亦立節。按，《哲宗本紀》：詔以太皇太后生日七月十六日爲坤成節。舊注以爲十五日者，訛。當從《本紀》。

齋日口號并致語

旋復陰陽，配五支於六幹；誕彌歲月，與元日爲三申。神后降慶於當年，曾孫效誠於兹旦。不煩巧力，自契真符。道俗讙謡，天人協應。太皇太后陛下，功高任姒，德配唐虞。上推顧託之心，下布仰成之政。寶慈與儉，蹈光憲之成規；却狄安邦，襲武烈之餘慶。三朝順履，萬壽維新。雖絳縣之老人，難窮甲子；如楚南之靈木，莫計春秋。臣賤等草茅，心傾葵藿。采民謳於《擊壤》，效樂語之陳詩。

媧皇得道自神仙，金母長生不計年。甲子會逢三朔旦，歲星行看兩周天。消兵漸覺腰無牘，種德方知福有田〔一〕。彤管何人書後會，椒花椿頌一時編〔二〕。

〔一〕福田：《法論》云：供父母曰恩田，供僧佛曰敬田，供疾病曰悲田，總名之曰福田。

〔二〕椒花頌：《晉書》：劉臻妻陳氏，元旦獻《椒花頌》。

集英殿春宴〔一〕口號并致語

臣聞人和則氣和，故王道得而四時正；今樂猶古樂，故民心悦而八音平。幸此聖朝，陶然化國。飭三農于保介，維莫之春；興五福于太平，既醉以酒。恭惟皇帝陛下，乘乾有作，出震無私。憲章六聖之典謨，斟酌百王之禮樂。天方祚于舜孝，人已誦于堯言。故得彝倫叙而水土平，北流軌道；壬人退而蠻夷服，西旅在庭。稍寬中昃之憂，一均湛露之澤。方將麴蘖群賢而惡旨酒，鼓吹六藝而放鄭聲。雖《白雪陽春》，莫致天顔之一笑；而獻芹負日，各盡野人之寸心。臣猥以賤工，叨塵法部。幸獲望雲之喜，敢陳《擊壤》之音。不揆蕪才，上進口號。

萬人歌舞樂芳辰，長養恩深第四春。令下風雷常有信，時來草木豈知仁。璿璣〔二〕已正三階泰〔三〕，玉琯初知九奏均一作「純」。更欲年年同此樂，故應相繼得元臣。

〔一〕集英春宴：《宋史·禮志》：凡春秋聖節，有大慶，皆大宴。太平興國後，止設春宴。淳化四年，陳靖上言：宴以禮成，賓以賢序。其有拜起失節，宴饌不潔，並申嚴制。咸平三年，始備設春秋大宴。學士梁顥請春秋大宴、小宴、賞花、行幸次爲四圖，頒下閣門遵守。故事，大宴前一日，御殿閲百戲，謂之獨看。哲宗初立，詔罷獨看。元祐三年，罷春宴，又罷秋宴，以魏王出殯，翰林學士蘇軾不進教坊致語故也。○慎按，魏王，哲宗之叔，三年因喪廢宴。此詩元祐四年作，故云第四春。

〔二〕璿璣：《史記·天官書》：北斗七星，所謂「璿、璣、玉衡以齊七政」。注云：斗，第一天樞，第二璇，第三璣，第四權，第五衡，第六開陽，第七摇光。第一至第四爲魁，第五至第七爲杓，合而爲斗。玉衡屬杓，魁爲璇、璣。

〔三〕三階：《天官書》：魁下六星，兩兩相比者，名曰三能。三能色齊，君臣和。注云：泰階，三台也。又，《黄帝泰階六符經》：三階平則陰陽和，風雨時。

〔四〕玉琯：按，此指范景仁新樂也。本集《和范景仁》詩：玉琯猶聞秬黍香。自注云：舊法以尺生律，今以黍定律，以律生尺。以《宋史》考之，范鎮請太府銅鑄律樂成，帝與太皇太后御延和殿，詔執政侍從皆往觀，乃元祐三年事。自是朝會皆用之，故先生詩云「玉琯初知九奏均」也。

紫宸殿〔一〕正旦口號并致語○舊注：元祐四年。

臣聞行夏之時，正莫加於人統；採周之舊，王方在於鎬京。惟吉月之布和，休庶工而未作。使華遠集，鄰好交修。萃簪笏於九門，來車書於萬里。將興嗣歲，以樂太平。恭惟皇帝陛下，躬履至仁，誕膺眷命。法天地四時之運，民日用而不知；傳祖宗六聖之心，我無爲而自化。九德咸事，三年有成。始御八音之和，以臨元日之會。人神相慶，夷夏來同。臣等忝與賤工，得親壯觀。知輿情之願頌，顧盛德之難形。不度荒蕪，敢進口號。

九霄清蹕一聲雷〔二〕，萬物欣榮意已開。曉日自隨天仗出，春風不待斗杓回。行看蓂葉催耕耤〔三〕，共喜椒花映壽杯。欲識太平全盛事，振振鵷鷺滿雲臺。

〔一〕紫宸殿：《汴京宮室考》：大慶殿北有紫宸殿，視朝之前殿也。《宋史·禮志》：宋初大朝會，以元日、冬至及五月朔，群臣稱賀上壽，若無事不視朝，則表賀於閤門。常朝之儀，唐以宣政爲前殿，謂之正衙；以紫宸爲便殿，謂之入閤。正衙則日見群臣，百官皆在，謂之常參。後，唐明皇始詔群臣五日一隨宰相入見，謂之起居。宋因其制，皇帝日御垂拱殿，文武官日赴文德殿正衙，曰常參。其朝朔望，亦於此殿。五日起居，則於崇德殿或長春殿。崇德即紫宸，長春即垂拱也。元豐官制行，詔侍從而上，日朝垂拱，謂之常參官。百司朝官以上，每五日一朝紫宸，爲六參官。京朝官以上，朔望一朝紫宸，爲朔參官、望參官，遂爲定例。

〔二〕九霄：道書：赤霄、碧霄、青霄、玄霄、絳霄、黅霄、紫霄、練霄、縉霄爲九霄。

〔三〕菖葉：王融《策秀才文》：將使杏花菖葉，耕穫不繼；清畊泠風，述遵無廢。

集英殿秋宴口號并致語

臣聞天無言而四時成，聖有作而萬物睹。清淨自化，雖仰則於帝心；豈弟不回，亦俛同於衆樂。屬此九秋之候，粲然萬寶之成。吾王不游，何以勞農而休老；君子如喜，則必大烹以養賢。恭惟皇帝陛下，孝通神明，仁及草木。行堯、禹之大道，守成、康之小心。華夷來同，天地並應。以爲福莫大於無事，瑞無加於有年。南極呈祥，候秋分而老人見；西夷慕義，涉流沙而天馬來。嘉與臣工，肅陳燕俎。禮元侯於三夏，諧庶尹於九成。宣示御觴，聳近臣之榮觀；臚傳天語，溢兩廡之歡聲。臣等親覯昌辰，叨塵法部。采謠言於《擊壤》，助矇瞍之陳詩。仰奉威顔，敢進口號。

霜霏碧瓦尚生烟，日泛彤庭已集仙。藹藹四門多吉士，熙熙萬國屢豐年。高秋爽氣明宫殿，元祐和聲入管絃。菊有芳兮蘭有秀，從臣誰和《白雲篇》〔一〕。

〔一〕白雲篇：杜甫詩：晴窗檢點《白雲篇》。按詩意，蓋用漢武《秋風辭》。

黄樓致語口號

百川反壑，五稼登場。初成百尺之樓，適及重陽之會。高高下下，既休畚鍤之勞；歲歲年年，共睹茱萸之美。恭惟知府學士，民人所恃，憂樂以時。度餘力而取羨材，因備災而成勝事。起東郊之壯觀，破西楚之淫名。賓客如雲，來四方之豪傑；鼓鐘殷地，竦萬目之觀瞻。實與徐民，長爲佳話。

一新柱石壯嚴闉，更值西風落帽辰。不用游從誇燕子，直將氣燄壓波神。山川尚遶當時國，城郭猶飄廣陌塵。誰凭闌干賞風月，使君留意在斯民。

慎按：此詩當是元豐戊午守徐州時作。集中又有《九日黄樓》詩，見十七卷中，注詳前。

趙倅成伯母生日致語口號

昔年占夢，適當重九之佳辰。今日獻香，願祝大千之遐算。慶婦姑之同日，雜茱菊以稱觴。殺雞已效於龐公，翦髮敢資於陶母。但某叨居樂部，忝預年家。不度蕪材，上塵口號。

今朝壽酒泛黃花，鬱鬱葱葱氣滿家。願得唐兒舞一曲〔一〕，不嫌國小向長沙。

〔一〕唐兒：《史記·五宗世家》：長沙定王發之母，故程姬侍者。唐兒生子，名發。以孝景前二年，用皇子爲長沙王，以其母無寵，故王卑濕貧國。

慎按：先生知密州，趙成伯爲倅，第十四卷中多唱和之什。此詩爲其母生日作，後二句引用唐兒事，蓋因所出微而爲解嘲云爾。

王氏生子致語口號

人中五日，知織女之暫來；海上三年，喜花枝之未老。事協紫衔之夢，歡傾白髮之兒。好人相逢，一杯徑醉。伏以某人女郎，蒼梧仙裔，南海貢餘。憐謝端之早孤，潛炊相助；嘆張鎬之没興，遇酒輒歌。采楊梅而朝飛，擘青蓮而暮返。長新玉女之年貌，未壓金膏之掃除。萬里乘桴，已慕仲尼而航海；五絲繡鳳，將從老子以俱仙。東坡居士，尊俎千峰，笙簧萬籟。聊設三山之湯餅，共傾九醞之仙醪。尋香而來，苒天風之引步；此興不淺，炯江月之升樓。

羅浮山下已三春，松筍穿階晝掩門。太白猶逃水仙洞，紫簫來問玉華君。天容水色聊同夜，髮澤膚光自鑑人。萬户春風爲子壽，坐看滄海起揚塵。

〔一〕太白水仙洞：《續仙傳》：孫思邈隱於太白山，學道。偶出，見牧牛童殺小蛇，已傷出血，思邈脱身贖之，以藥封裹，放於草内。復月餘出行，見一白衣少年，以馬載之，偕行如飛，到一城郭，儼若王者之居。少年延思邈入，見一端正美貌，袷帽絳衣，侍從甚衆。俄頃，一女子領一青衣小兒出，拜曰：「此兒痴騃，爲人哀損，取救免害。」思邈省記嘗救青蛇，即訝此何所也？潛問左右，曰：「此涇陽水府也。」留連三日，命其子：「取龍宫藥方三十首與先生，此真道者，可以救世濟人。」俄復命僕馬送歸太白山。深自以爲異。

寒食宴提刑致語口號

良辰易失，四者難并。故人相逢，五斗徑醉。况中年離合之感，正寒食清明之間。時乎不可再來，賢者而後樂此。恭惟提刑學士，才本天授，學爲人師。事業存乎斯民，文章蓋其餘事。望之已試於馮翊，翁子暫還於會稽。知府學士，接好鄰邦，締交册府。莫逆之契，義等於天倫；不腆之辭，意勤於地主。力講兩君之好，可無七字之詩？欲使異時，傳爲盛事。

雲間畫鼓叠春雷，千騎尋芳戲馬臺。半道已逢山簡醉，萬人争看謫仙來。淮西按部威尤凛，歷下懷仁首重回。還把去年留客意，折花臨水更徘徊。

慎按：元豐戊午，先生在徐州，有《寒食答李公擇三絕句》，題中所云提刑當即公擇，故以謫仙稱之。公擇在齊州，先生曾訪之，故又有「歷下懷仁」及「去年留客」之句。

東坡先生補編詩卷四十七

古今體詩六十四首

慎按：吴興施氏原本《前》、《後集》合三十九卷，其第四十卷則《翰林帖子詞》五十四首，《遺詩》三十一首，最後兩卷爲《和陶詩》，共四十二卷。原注雖殘闕，目録猶存。新刻本增《續補》上下二卷，《南行集》錯雜其間，真贋相半。余既取《南行集》以冠全詩，又依《外集》，於《續補》卷中，排次分編。其漫不可考者，凡十九首，無從附録，仍置此卷首。此外一百十三首，皆慎别行搜採，彙分兩卷，各疏出處，俾覽者有考焉。

戲足柳公權句并引

宋玉對楚王：「此獨大王之雄風也，庶人安得而共之？」譏楚王知己而不知人也。

柳公權小子與文宗聯句，有美而無箴，故爲足成其篇。

人皆苦炎熱，我愛夏日長。薰風自南來，殿閣生微涼〔一〕。一爲居所移，苦樂永相忘。願言均此施，清陰分四方。

〔一〕殿閣：《吕氏家塾廣記》云：陳輔之以爲「殿桷生餘涼」，今世所傳只用公權舊語，故東坡《端午帖子詞》云「微涼生殿閣」。又，「獨咏微涼殿閣風」，不聞有「殿桷餘涼」之説。又按，《藝苑雌黄》云：「文宗與公權聯句，東坡以爲有美而無箴，因續四句。然洪駒父以爲公權已含箴規之意，雖不必續可也。」愚謂人臣忠愛其君，自當隨事納誨，以啓主心，而達下情。凡作隱躍含糊之語，冀幸一悟者，皆諂諛之徒也。先生此詩，特爲此一流發，偶借公權爲質的耳。嚴氏之説，不足取也。

慎按：此詩施氏原本載《遺詩》卷中，時地莫考，難以詮次，姑仍其舊。

送　别

鴨頭春水濃如染，水面桃花弄春臉。衰翁送客水邊行，沙襯馬蹄烏帽點。昂頭問客幾時歸，客道秋風黄一作「落」葉飛，繫馬緑楊開口笑，傍山依約見斜暉。

寄周安孺茶

大哉天宇内，植物知幾族〔一〕。靈品獨標奇，迥超凡草木。名從姬旦始，漸播桐君録〔二〕。賦咏誰最先，厥傳惟杜育〔三〕。唐人未知好，論著始於陸。常李亦清流〔四〕，當年慕高躅。遂使天下士，嗜此偶於俗。豈但中土珍，兼之異邦鬻。鹿門有佳士，博覽無不矚。邂逅天隨翁，篇章互賡續〔五〕。開園頤山下〔六〕，屏跡松江曲。有興即揮毫，粲然存簡牘。伊予素寡愛，嗜好本不篤。粵自少年時，低回客京轂。雖非曳裾者，庇蔭或華屋。頗見紈綺中，齒牙厭粱肉。小龍得屢試，糞土視珠玉。團鳳與葵花〔七〕，碔砆雜魚目。貴人自矜惜，捧玩且緘櫝。未數日注卑，定知雙井辱。於兹自一作「事」研討，至味識五六。自爾入江湖，尋僧訪幽獨。高人固多暇，探究亦頗熟。聞道早春時，携籯赴初旭。驚雷未破蕾〔八〕，采采不盈掬。旋洗玉泉蒸〔九〕，芳馨豈停宿。須臾布輕縷，火候謹盈縮〔一〇〕。不憚頃間勞，經時廢藏蓄。髹筒净無染，箬籠匀且複。苦畏梅潤侵，暖須人氣燠。有如剛耿性，不受纖芥觸。又若廉夫心，難將微穢瀆。晴天敞虚府，石碾破輕緑。永日遇閒賓，乳泉發新馥〔一一〕。香濃奪蘭露，色嫩欺一本作「期」，訛秋菊。閩俗競傳誇，豐腴面如粥〔一二〕。自云葉家白〔一三〕，頗勝中山醁。好是一杯深，午窗春睡足。清風擊兩腋，去欲凌鴻鵠。嗟我樂何深，《水經》亦屢讀。

子「子」字疑訛，俟再考吒中泠泉，次乃康王谷。蟵培一作「碚」頃曾嘗，鉼罌走僮僕。如今老且嬾，細事百不欲。美惡兩俱忘，誰能强追逐？薑鹽拌白土，稍稍從吾蜀。尚欲外形骸，安能狗口腹？由來薄滋味，日飯止脱粟。外慕既已矣，胡爲此羈束？昨日散幽步，偶上天峰麓。山圃正春風，蒙茸萬旗簇。呼兒爲招一作「佳」客，采製聊亦復。地僻誰我從，包藏付厨簏。何嘗較優劣？但喜破睡速。况此夏日長，人間正炎毒。幽人無一事，午飯飽蔬菽。困卧北窗風，風微動窗竹。乳甌十分滿，人世真局促。意爽飄欲僊，頭輕快如沐。昔人固多癖，我癖良可贖。爲問劉伯倫，胡然枕糟麴。按，别本自「幽人無一事」以下十二句俱脱去，今補成篇。

〔一〕植物：《周禮》：一曰山林，其植物宜皁物；二曰川澤，其植物宜膏物；三曰邱陵，其植物宜覈物；四曰墳衍，其植物宜莢物；五曰原隰，其植物宜叢物。

〔二〕桐君録：《桐君藥録》曰：巴東有真茗茶，煎飲，令人不眠。

〔三〕杜育賦：皮日休《茶經序》云：晉杜育有《荈賦》。《吴興掌故集》載杜育《荈賦》，文多不具録。吴中新刻《補注》云：「育」當作「毓」，不知何據。

〔四〕常李：《唐書·陸羽傳》：羽著《茶經》三篇。有常伯熊者，因羽論復廣著茶之功。御史大夫李季卿宣慰江南，知伯熊善煮茶，召之。伯熊執器而前，季卿爲再舉杯。云云。〇按，先生詩中所云「常李亦清流」，正用《陸羽傳》中事。施氏新本《補注》妄引常衮、李德裕、李約事，殊屬支離，特爲駁正。

〔五〕篇章：按，《松陵集》皮日休有《咏茶十首寄陸魯望》，魯望亦有和詩。

〔六〕頤山：《名勝志》：頤山在宜興縣東南，連靈洞諸峰，屬於蜀山。

〔七〕葵花：《北苑貢茶録》有蜀葵、花銙等名。

〔八〕驚雷：《苕溪漁隱叢話》：北苑官焙造茶，常在驚蟄後一二日興工採摘，是時茶芽已皆一槍，蓋閩中地暖如此。

〔九〕洗蒸：《東溪試茶録》：濯之必潔，洗之必香，一失其度，俱爲茶病。

〔一〇〕火候：黄儒《品茶要録》：茶事起於驚蟄，其采芽如鷹爪。初造曰試焙，又曰一火，次曰二火，又次曰三火。

〔一一〕乳泉：《建寧志》：鳳凰山有龍焙泉，宋時貢茶取此水濯之。其麓即北苑。

〔一二〕面如粥：《東溪試茶録》：茶生山陰，厥味甘香，厥色青白。及受水則光澤，視其面涣散如粟，謂之冷粥面。

〔一三〕葉家白：《學林新編》：茶之佳品，其色白。若碧緑者，皆常品也。《東溪試茶録》：建茶之名有七，一曰白葉茶，出於近歲，芽葉如紙，民間以爲茶瑞。出壑源之大窠者六，葉仲元、葉世萬、葉世榮、葉勇、葉世積、葉相。出壑源巖下者一，葉務滋。出源頭者二，葉團、葉肱。出壑源後坑者一，葉久。出蟄源嶺根者三，葉公、葉品、葉居。皆以葉家著名。

顔闔

顔闔古有道，躬耕自衣食。區區魯小邦，不足隱明德。軺車來我門，聘幣繼金璧。出門應使者，耕稼不謀國。但疑誤將命，非敢憚行役。使者反錫命，户庭空履迹。薄俗狥世榮，截趾履之適。所重易所輕，隋珠彈飛翼。伊人畏照影，獨往就陰息。鼎俎薦忠賢，誰能死燔炙。念彼藏皮冠，安知獲堯客。

夢雪

殘杯失春温，破被生夜悄。開門萬山白，俯仰同一照。雖時出圭角〔一〕，固自絶瑕纇。兒童勿驚怪一作「懼」，調汝得一笑。

〔一〕圭角：韓愈詩：南山偪冬轉清瘦，刻畫圭角出崖竅。

戲一本作「題」贈田辯之琴姬〔一〕

流水隨絃滑，清風入指寒。坐中有狂客，莫近繡簾彈。

〔一〕田辯之：爵里失考。

書黄筌畫翎毛花蝶圖二首〔一〕

其一

短翎長喙喜喧卑，曳練雙翔亦自奇。賴有黄鸝鬬嬛好，獨依蘚石立多時。

〔一〕黄筌：《皇朝事實類苑》：國初，翰林待詔黄筌以畫著名，尤長於花竹。并二子居宷、居寶、弟惟亮，皆隸翰林苑。諸黄畫花妙在賦色，用筆極新細，殆不見墨跡，但以輕色染成，謂之寫生。劉道醇《名畫評》：筌字叔要，蜀人，善丹青，尤好花竹翎毛。

其二

緑陰青子已愁人，忍見中庭燕麥新。怊悵劉郎今白首，時來看卷覓餘春。

寒食夜

漏聲透入碧窗紗，人静鞦韆影半斜。沉麝不燒金鴨冷，淡雲籠月照梨花。

和寄天選長官

寓形宇宙間，佚我方以老。流光安足恃，百歲同過鳥。頃子縈網羅，文采緣自表。自古山林人，何曾識機巧。但記寒巖翁，論心秋月皎。黄香十年舊，禪學參衆妙。虚懷養天和，肯狗奔走鬧。官居職事理，晨起何用早。桐陰滿四齋，叱吏供灑掃〔一〕。眷予東南來，野飯煮芹蓼。葆光既清尚，令尹亦高蹈。相將古寺行，軟語頽晚照。公家有畸人，公自注：公有族人隱嵩山。虚緣能自保一作「葆」。卜築嵩山陽，何一作「行」當從結好。中山饒勝景，一覽未易了一作「飽」。何時命巾車，共陟雲外嶠。翻思一作「然」筋力疲，不復追一作「恃」踊跳。公詩擬南山，雄拔千丈峭。形容逼天真，邂逅識其要。籓籬吾未窺，敢議窮閫奧。

〔一〕供灑掃：《後漢書》：魏昭請於郭泰，願在左右，供給灑掃。

慎按：天選長官，失考。詩中「黄香十年舊」，當指山谷。先生與山谷唱和，往往用江夏無雙事，疑此詩亦是和黄作，而《黄山谷集》中，撿原作復不得。

次韻張甥棠美晝眠

炎歊六一作「五」月北窗凉，更覺甘如飯稻粱。宰我糞墻譏敢避，孝先經笥謔兼忘。憂虞心謝知時雁，安穩身同掛角羊〔一〕。要識熙熙不争競，華胥别是一僊鄉。

〔一〕掛角羊：《傳燈録》：羚羊掛角，無跡可求。

慎按：先生之甥柳閎，字展如，見《黄山谷詩集》。張棠美，無可考。《晁无咎集》有《和張棠美述志》詩，與先生集中互見，即其人也。

陸蓮庵〔一〕

何妨紅粉唱迎僊？來伴山僧到處禪。陸地生蓮安足怪，而今更有火中蓮〔二〕。

〔一〕陸蓮：按，《維摩經》云：譬如高原陸地，不生蓮花。陸蓮名「庵」，義本此。施氏補注引《草木狀》云：生于陸者，曰旱蓮。訛矣。

〔二〕火中蓮：《維摩經》：火中生蓮花，是可謂希有。在欲而行禪，希有亦如是。永嘉禪師《證道歌》：在欲行禪知見力，火中生蓮終不壞。唐張謂《蓮花寺》詩：樓殿總隨烟焰盡，火中何處出蓮花？

書寄韻

已將鏡鑷投諸地〔一〕，喜見蒼顔白髮新。歷數三朝軒冕客，色聲誰是獨完人。

〔二〕投鏡鑷：《南史》：齊鬱林王昭業，文惠太子長子也。高帝爲相王，鎮東府，時王五歲，牀前戲高帝。方令左右拔白髮，問之曰：「兒言我誰耶？」答曰：「太翁。」高帝笑曰：「豈有爲人作曾祖而拔白髮者乎？」即擲鏡鑷。按，此乃齊高帝事。《南史》載入《廢帝鬱林王本紀》中，施氏注以爲鬱林王事，訛。

謁敦詩先生因留一絶〔一〕

凛凛人言君似雪，我言凛凛雪如君。時人盡怪蘇司業〔二〕，不解將錢與廣文。

〔一〕敦詩先生：失考。

〔二〕蘇司業：杜甫詩：賴有蘇司業，時時送酒錢。按，司業名源明。

絶句二首

其一

峨峨叠石立何孤？賴有蕭蕭翠竹俱。日暮無人鷗鳥散，空留野水伴寒蘆。

其二

漠漠秋高露氣清，新蒲倚石近溪生。夜來雨後西風急，靜向窗前似有聲。

慎按：以上二首，當是題畫詩。

春夜

春宵一刻直千金，花有清香月有陰。歌管樓臺聲細細，鞦韆院落夜沉沉。

慎按：《詩人玉屑》云：東坡「春宵一刻直千金」云云，與王介甫「金爐香燼漏聲殘」一首流麗相似，然亦有甲乙。施氏原本不載，新刻本載《續補》下卷，今仍之。

醉睡者

有道難行不如醉，有口難言不如睡。先生醉卧此石間，萬古無人知此意。

數日前夢人示余一卷文字大略若諭馬者用吃蹶兩字夢中甚賞之覺而忘其餘戲作數語足之

天驥雖老，舉鞭脱逸。交馳蟻封，步中衡石。旁睨駑駘，豐肉減節。徐行方軌，動輒吃蹶。天資相絶，未易致詰。

慎按：以上十九首，從施注新刻《續補》兩卷中録存，不拘次序。

劉顗宫苑退老於廬山石碑菴顗陝西人本進士换武家有聲伎詩缺。

慎按：此題施氏原本載《遺詩》卷中，題存而詩亡。考之《欒城集》，有《陪南康太守訪廬山劉顗宫苑留題三絶句》，當即其人也。

村醪二尊獻張平陽〔一〕

其　一

萬户春濃酒似油，想須百甕到一作「列」牀頭。主人日飲三千客，應笑窮官送督郵。

〔一〕張平陽：失考。按，萬户春，先生在嶺南酒名。此詩疑亦南遷以後所作。

其　二

詩裏將軍已築壇，後來裨將欲登難。已驚老健蘇、梅在〔二〕。更作風流王、謝看。少一字出定知書滿腹，瘦生應爲語雕肝。少二字灑落江山水，留與人間激懦官。

〔二〕蘇梅：《隱居詩話》：蘇子美以奔放豪健爲志，梅堯臣亦能詩，而平淡爲工，世謂之蘇梅。

其　三

張公高躅不可到，我欲挽肩纔覺難。事業已歸前輩録，典刑留與後人看。詩如啄雪清牙頰，身覲飛龍吐膽肝。少負清名晚方用，白頭翁竟作何官。

慎按：右絶句一首，律詩二首，載朱存理《鐵網珊瑚集》。元黄文獻公跋云：「右東坡先生詩，凡六首，集中皆闕不載。他日好事者或爲之補遺，尚有取也。至順元年九月二十日，後學東陽黄溍題。」卞氏《式古堂書畫彙考》云：「公手書真蹟，舊藏光福徐良夫教授家，後歸徐耕學。成化戊戌，吴匏庵爲題此卷，則已亡其半，止存三首矣。又三年，匏庵再覿於葑門錢氏，凡兩跋尾。」又按，《外紀》所載《序録》云：「東坡詞翰流落人間，不載本集者甚多。余從都玄敬出示墨蹟，題云『村醪二首獻張平陽』，其一曰：『張公高躅不可到。』云云。其二曰：『詩如啄雪清牙頰。』云云。」則又以律詩一首分爲二絶句矣，恐未可據也。

失　題

獨鶴南飛送好音，山中橋梓共成陰。深衣傴僂如初命，卮酒從容向晚斟。城裏誰家開壽域，堂東多士作儒林。清霜未落黄花在，笑指高枝繞鬢簪。

〔一〕鶴南飛：按，元豐五年冬，公在黄州。進士李委聞公生日，作《白鶴南飛》新曲以獻，此詩疑是謫黄時所作。

慎按：卞氏《式古堂書畫考》載此詩，云是東坡作。今采録。

題王維畫

摩詰本詞客，亦自名畫師。平生出入輞川上，鳥飛魚泳嫌人知。山光盎盎着眉睫，水聲活活流肝脾。行吟坐咏皆自見，飄然不作世俗辭。高情不盡落縑素，連山絶澗開重帷。百年流落存一二，錦囊玉軸酬不貲。誰令食肉貴公子，不覺祖父驅熊羆。細氊净几讀文史，落筆璀璨傳新詩。青山長江豈君事，一揮水墨光淋漓。手中五尺小横卷，天末萬里分毫釐。謫官南出止均潁，此心通達無不之。歸來纏裹任紈綺，天馬性在終難羈。人言摩詰是初世，欲從顧老痴不痴。桓公崔公不可與，但可與我寬衰遲。公自注：桓玄嘗竊長康畫。崔圓嘗使摩詰畫壁。

慎按：右古詩一首，載谷橋孫紹遠稽古所葺《聲畫集》中，今采録。

安平泉

策杖徐徐步此山，撥雲尋徑興飄然。鑿開海眼知何代，種出菱花不記年。烹茗僧誇甌泛雪，煉丹人化骨成僊。當年陸羽空收拾，遺却安平一片泉〔一〕。

〔一〕安平泉：《咸淳臨安志》：仁和縣安仁西鄉安隱院，在臨平山之南。清泰元年，吴越王建。舊名安貧，治平二年改今額。其地産曲竹。相傳唐邱隱士丹成羽化，植杖於此，其竹皆曲。竹間有丹井，井旁有池，名安平泉。東坡題詩云云。

慎按：此詩載潛説友《臨安志》中，今采出。

和張均題峽山〔一〕

孤舟轉巖曲，古寺出雲坳。岸迫鳥聲合，水平山影交。堂虚泉漱玉，砌静筍遺苞。我爲圖名利，無因此結茅。

〔一〕張均：失考。

題女唱驛〔一〕

攬轡金房道，崎嶇難具陳。浮嵐常作雨，冷氣不知春。少見寬平路，多逢臃腫民。欲知何處遠，巫峽是西隣。

〔一〕女唱驛：按，《水經注》云：江水又東，巫溪水注之。又逕琵琶峽。本志云：琵琶峰下女子皆善吹笛，嫁時群女子治具吹笛，唱《竹枝詞》送之，女唱驛之名蓋本於此。

慎按：以上二首，諸刻本俱不載。《外集》編第一卷，入《南行集》中，今補録於此。

溪堂留題[一]

三徑縈回草樹蒙，忽驚初日上千峰。平湖種稻如西蜀，高閣連雲似渚宫。殘雪照山光耿耿，輕冰籠水暗溶溶。溪邊野鶴衝人起，飛入南山第幾重。

〔一〕溪堂：在鳳翔，注見前。

新葺小園二首

其一

短竹蕭蕭倚北墻，斬茅披棘見幽芳。使君尚許分池淥，鄰舍何妨借樹凉。亦有杏花充窈窕，更煩鶯舌奏鏗鏘。身閑酒美誰來勸，坐看花光照水光。

其二

三年輒去豈無鄉，種樹穿池亦漫忙。暫賞不須心汲汲，再來惟恐鬢蒼蒼。應成庾信吟《枯樹》，誰記山公醉夕陽。去後莫憂人翦伐，西隣幸許庇甘棠。

與李彭年〔一〕同送崔岐〔二〕歸二曲馬上口占〔三〕

貂裘犯雪觀形勝，駿馬隨鷹搏野鮮。爲問南溪李夫子，壯心應未逐流年。霜乾木落愛秦川，興發身輕逐鳥翩。貪看暮山忘遠近，强陪羽客更流連。

〔一〕李彭年：失考。
〔二〕崔岐：失考。
〔三〕二曲：韋曲、杜曲也。

二月十六日與張李二君遊南溪醉後相與解衣濯足因詠韓公山石之篇慨然知其所以樂而忘其在數百年之外也次其韻

終南太白横翠微，自我不見心南飛。行穿古縣並山麓，野水清滑溪魚肥。須臾渡溪蹈亂石，山光漸近行人稀。窮貪愈好去愈鋭，意未滿足枵如饑。忽聞奔泉響巨碓，隱隱百步摇窗扉。跳波濺沫不可嚮，散爲白霧紛霏霏。醉中相與棄拘束，顧勸二子解帶圍。褰裳試入插兩足，飛浪激起衝人衣。君看麋鹿隱豐草，豈羨玉勒黄金鞿。人生何以易此樂，天下誰肯從吾歸。

按：朱子《韓文考異》於《山石》詩下引此題作注，云「見坡集」。此又一證也。

送虢令趙薦〔一〕

嗟我去國久，得君如得歸。今君捨我去，從此故人稀。不惜故人稀，但恐晤語非。西方佳人子，佩服貝與璣。宛兮若處女，未始識户扉。何必識户扉，潛玉有光輝。

〔一〕趙薦：本集第三卷有《和虢令趙薦大雪》詩，以此詩起四句考之，當是蜀人而宦秦者。

亡伯提刑郎中挽詩二首甲辰十二月八日鳳翔官舍書〔一〕

其一

才賢世有幾？廊廟忍輕遺。公在不早用，人今方見思。故山松鬱鬱，舊史印纍纍。惟有同鄉老，聞名尚涕洟。

〔一〕亡伯：本集《蘇廷評行狀》云：生三子，長曰澹，先卒。次曰渙，以進士得官，所至有美稱，及去，人常思之，或以比漢循吏；終於都官郎中、利州路提點刑獄。次則軾之先人，諱洵。

其　二

揮手東門别，朱顔鬢未霜。至今如夢寐，未信有存亡。後事書千紙，新墳天一方。誰能悲楚相，抵掌悟君王。

謝張太原送蒲桃〔一〕

冷官門户日蕭條，親舊音書半寂寥。惟有太原張縣令，年年專遣送蒲桃。

〔一〕張太原：名字失考。

讀晉史

滄海横流血作津，犬羊角出競稱真。中原豈是無豪傑，天遣群胡殺晉人。

讀王衍傳〔一〕

文非經國武非英，終日虚談取盛名。至竟開門延羯寇，始知清論誤蒼生。

〔一〕王衍：《晉書·王衍傳》：總角造山濤，濤嗟嘆良久。既去，目送之，曰：「何物老嫗，生此寧馨兒？然誤天下蒼生者，未必非此人也！」又云：補元城令，終日清談，而縣務亦理。累居顯職，後進之士，莫不景慕倣效，矜高浮誕，遂成風俗焉。

讀後魏賀狄干傳

羊犬争雄宇内殘，文風猶自到長安。當時枉被詩書誤，惟有鮮卑賀狄干〔一〕。

〔一〕賀狄干：《北史·魏·賀狄干傳》：家本小族，世爲將。初，帝普封功臣，狄干雖爲姚興所留，遥賜爵襄武侯。及狄干至，帝見其語言衣服類中國，以爲慕而習之，故忿焉。既而殺之。

慎按：以上十二首，諸刻本不載，《外集》編第三卷，在鳳翔作，今采録。

入館〔一〕

黄省文書分道山，静傳鐘鼓建章閒。天邊玉樹西風起，知有新秋到世間。

〔一〕入館：《宋史》：國史有三館，太宗賜名崇文院。端拱初，就中堂建秘閣，擇三館書籍藏其中，凡直昭文館、直史館、直集賢院、直秘閣與史館修撰、直龍圖閣皆爲館職高等。其次曰集賢校理，曰秘閣校理，曰館職校勘，曰史館檢討，均謂之館職。記注官缺，必於此取之。○按，先生自鳳翔還朝，遷直史館，此詩必此時作。

贈蔡茂先〔一〕

京城三日雨留人，吴市門前訪子真。赤脚長鬚俱好事，新詩軟語坐生春。鄴侯久有牙籤富，太史猶探禹穴新。不惜爲君揮尺素，却憂善守備三隣。

〔一〕蔡茂先：失考。

送司勳子才丈赴梓州〔一〕

别日已苦迫，見日未可期。曷不惜此日，相從把酒巵。人生初甚樂，譬若枰上碁。縱横聽汝手，聚散豈吾知。胡爲復嗟嘆，實恨相識遲。念昔非親舊，聞名自童兒。不見常隱憂，見之百憂披。相從未云幾，别泪遽已垂。有如雲間鶴，影過落寒池。舉頭已千里，可見不可追。我本蜀諸生，能言公少時。初爲成都掾，治獄官苦卑。高才絶倫輩，邦伯忘等夷。是時最少年，白皙未有髭。風流能痛飲，敏捷好論詩。勇於鞲上鷹，不啻囊中錐。去蜀曾未久，得縣復來眉。簿書紛滿前，指畫涣無疑。一年吏已服，漸能省鞭笞。二年民盡信，不復煩文移。三年厭閒寂，終日事桐絲。客來投其轄，醉倒不容辭。至今三十年，父老猶嗟咨。東川晚乃至，觀者塞路岐。但見東人喜，不知西人悲。如今又繼往，人事亦何奇。嗟此信偶然，或云數使之。王城多高爵，要路人争馳。公來席未暖，去不淅晨炊。屢爲蜀人得，毋乃天見私。吾徒本學道，窮達理素推。況爲二千石，所至可樂嬉。細思爲縣日，賓友存者誰。或終卧茅屋，或去懸金龜。或已登鬼籍，墓木如門楣。感時何倏忽，撫舊應涕洟。紫綬著更好，紅顔蔚不衰。權奇玉勒馬，阿那胡琴姬。逢人可與樂，慎勿苦相思。

〔一〕子才：姓名失考。

慎按：以上三首，諸刻本不載，《外集》編第四卷直史館時作，今補録。

送宋君用遊輦下〔一〕

暴雨漲荒溪，尺水生洪流。中有潑潑鯉，汎然方快遊。安知赤日爍，沸浪生浮漚。石密岸狹束，鱗鬣窘若囚。一失在藻樂，遂有轍鮒憂。誓將泛江湖，雪此煦沫羞。江湖與荒溪，巨細雖不侔。此流彼之派，聯接詎阻修。超然奮躍去，勢若鷹離韝。浮沉謝群蛙，窟穴依長洲。洗刷沮洳泥，被服白紋裘。誰知歲月久，湧浪生咽喉。賴爾溪中物，雖困有遠謀。不似沼沚間，四合獄萬鰍。縱知有江湖，綿綿隔山邱。人生豈異此，窮達皆有由。吾鄉廣平君，少與輕薄遊。堆金等屋梁，穲稏百頃秋。朝筵羅紅顔，夜庖炙肥牛。落魄窮書生，多以金帛收。高貲一朝盡，里巷誰青眸。兒女號饑寒，親友寡餽賙。中夜起長嘆，慷慨商聲謳。我非田農家，安能事粗耰。又非將帥種，不慣揮戈矛。平生負壯氣，豈可遂爾休。今我中丞公，位隆職兼優。官爵連九族，一門千驊騮。雖云富貴殊，敢以貧賤投。姻戚苦未遠，我困豈我醜。八月秋風高，駕言動輕輈。將行來告别，求贈安敢廋。嗟子窮已甚，倚伏理亦周。溪魚解如此，况子知公侯。馬壯僕正健，去去其無留。

〔一〕宋君用：失考。

咏怪石

家有粗險石，植之疎竹軒。人皆喜尋玩，吾獨思棄捐。以其無所用，曉夕空嶄然。碪礎則甲斮，砥硯乃枯頑。於繳不可砮，以碑不可鐫。凡此六用無一取，令人争免長物觀。誰知兹石本靈怪，忽從夢中至吾前。初來若奇鬼，肩股何孱顔。漸聞碚礧聲，久乃辨其言。云：「我石之精，憤子辱我欲一宣。天地之生我，族類廣且蕃。子向所稱用者六，星羅雹布盈溪山。傷殘破碎爲世役，雖有小用烏足賢。如我之徒亦甚寡，往往掛名經史間。居海岱者充禹貢，雅與鉛松相差肩。處魏榆者白晝語，意欲警懼驕君悛。或在驪山拒强秦，萬牛喘汗力莫牽。或從揚州感盧老，代我問答多雄篇。子今我得豈無益，震霆凛霜我不遷。雖不加文磨不瑩，子盍節概如我堅。以是贈子豈不偉，何必責我區區焉。」吾聞石言愧且謝，醜狀欻去不可攀。駭然覺坐想其語，勉書此詩席之端。

慎按：以上二首，諸刻本不載，《外集》編第四卷中，先生丁成國太夫人憂，居蜀時作，今采録。

題西湖樓

少年過了未衰顔，正在悲歡季孟間。細雨溟濛湖上寺，東風摇蕩酒中山。千金用盡終須老，百計尋思不似閒。醉裏下樓知早晚，喧喧扶路笑歌還。

題雙竹堂壁〔一〕

江上檣竿一百尺，山中樓臺十二重。山僧樓上望江上，遥指檣竿笑殺儂。

〔一〕雙竹堂：注見十一卷《雙竹湛師房》詩下。

風水洞聞二禽〔一〕

林外一聲青竹筍，坐間半醉白頭翁。春山最好不歸去，慙愧春禽解勸儂。

〔一〕風水洞：注詳第九卷《往富陽新城》詩下。

法惠小飲以詩索周開祖所作〔一〕

立着巫娥多少時，安排雲雨待清詞。酒酣魯叟頻相憶〔二〕，曲罷周郎尚不知。海鷗無踪飛過速，雲龍有報發來遲。從今莫入尋春會，爲欠梅花一首詩。

〔一〕法惠：杭州寺名，注見第九卷。

〔二〕魯叟：先生倅杭時，與魯元翰、周開祖有唱和詩，所云魯叟，即元翰也。

次韻陳時發太博雙竹〔一〕

千年誰復繼夷齊，凛凛霜筠此鬭奇。要識蒼龍聯蜺意，擬容丹鳳宿凰枝。扶持有伴雪應怕，裁剪無人風自吹。莫遣騷人説連理，君看高節孰如雌。

〔一〕陳時發：失考。

周夫人挽詞〔一〕

教子通經古所賢，安貧守道節尤堅。當熊遺烈傳家世，投燭諸郎慰眼前。不待金花書誥命，忽驚玉樹掩新阡。凱風吹棘君休咏，我亦孤懷一泫然。

〔一〕周夫人：疑是周開祖之母。本卷《次韻答開祖》詩有「蒸豚未害爲純孝，貍首何妨助故人」之句，可作此題注脚。

天聖二僧皆蜀人不見留二絶

其一

家山忘了脚騰騰，試作巴談却解膺。不爲遊人問鄉里，豈知身是錦城僧。

其二

方丈門開怪不迎，給孤邀供未還城。興來且作尋安道，醉後何須覓老兵。

會飲有美堂答周開祖湖上見寄

杜牧端來覓紫雲，狂言驚倒石榴裙。豈知野客青筇杖，獨卧山僧白簟紋。且向東臯伴王績，未遑南越弔終軍。新詩過與佳人唱，從此應難減一分。

慎按：先生和「雲」字韻詩凡三首，前二首及開祖原作已載第九卷，此詩亦同時作也。詩刻失載，今從《外集》補録。

和吴少卿絶句〔一〕

欲伴騷人賦百篇，歸心要及菊花前。明朝知覆誰家瓿，猶有桓譚道必傳。

〔一〕吴少卿：名字失考。

題沈氏天隱樓〔一〕

樓上新詩二百篇，三吴處士最應賢。非夷非惠真天隱，忘世忘身恐地僊。散盡黄金猶好客，歸來碧瓦自生烟。靈犀美璞無人識，蔚蔚空驚草木妍。

〔一〕天隱樓：失考。

和人登海表亭〔一〕

譙門對聳壓危坡，覽勝無如此得多。盡見西山遮岱嶺，迥分東野隔新羅。花時千圃堆紅錦，雪晝雙成疊白波。回首毬場尤醒眼，一番風送鑑重磨。

〔一〕海表亭：失考。

會雙竹席上奉答開祖長官

松柏蕭蕭滿故邱，知君懷抱尚悲秋。算來九九無多日，唱着三三憶舊遊。皓月徘徊應許共，清詩妙絶不容酬。梅花社燕難相並，莫爲吴孃暗淚流。

次韻答開祖

淚滴秋風不爲麟，虚名何用實之賓。烝豚未害爲純孝，貍首何妨助故人。好唤遊湖緣路便，難邀入社爲詩頻。知君頗有東山興，喝石巖前自過春。

北山廣智大師〔一〕回自都下過期而歸時率開祖無悔同訪之因留淥净堂竹鶴二絶〔二〕

其一

淥净堂前竹，秋期赴白雲。不知緣底事，一日可無君。

〔一〕廣智：失考。

〔三〕無悔：李行中字無悔，注見十二卷。

其　二

淥净堂前鶴，孤棲守竹軒。胸中無限事，恨汝不能言。

欲往湖州見孫莘老别公輔希元彦遠醇之穆仲

秋來欲見紫髯翁，待得梅花細蕚紅。記取上元燈火夜，道人猶在水晶宫。

富陽道中

清晨振衣起，起步方池側。徘徊俯丹楹，倒影見欹仄。不識陶靖節，定非風塵格。遥懷謝靈運，本自林泉客。予生忽世事，不以形爲役。顧彼冕弁人，冕弁非予適。

慎按：自《題西湖樓》起至此，共十八首，諸刻本皆不載。據《外集》編第四卷，倅杭時作也。今采録。

贈青濰將謝承制〔一〕

吾皇有意縛單于，槌破銅山鑄虎符。驍將新除三十六〔二〕，精兵共領五千都。周王常德須攘狄，漢帝雄才亦尚儒。君學本兼文武術，功名不必讀孫、吳。

〔一〕謝承制：名失考，當是由文階换武職者，故題云云。

〔二〕三十六將：注詳第十三卷《寄劉孝叔》詩下。

過濰州驛見蔡君謨一本無此四字題詩壁上云綽約新嬌生眼底逡巡一本作「優柔」舊事上眉尖春來試問愁多少得似春潮夜夜添不知爲誰而作也和一首

長垂玉筯殘粧臉，肯爲金釵露指尖。萬斛閒愁何日盡，一分真態更難添。

慎按：以上二首，諸刻本皆不載。據《外集》編第五卷，自密州移徐州時作，今采録。

東坡先生補編詩卷四十八

古今體詩九十二首

黄州春日雜書四絶

其　一

楚鄉春冷早梅天，柳色波光已鬬妍。淮上雁行皆北嚮，可無消息到儂邊。

其　二

中州臘盡春猶淺，只有梅花最可憐。坐遣牡丹成俗物，豐肌弱骨不成妍。

其　三

清曉披衣尋杖藜，隔墻已見最繁枝。老人無計酬清麗，夜就寒光讀《楚辭》。

其　四

病腹難堪七椀茶，曉窗睡起日西斜。貧無隙地栽桃李，日日門前看賣花。

晚遊城西開善院泛舟暮歸二首〔一〕

其　一

晚照餘喬木，前村起夕烟。碁聲虚閣上，酒味早霜前。遠謫何須恨，來遊不偶然。風光類吾土，乃是蜀江邊。

〔一〕開善院：失考。

其二

放船江瀨淺，城郭近連村。水檻松筠静，市橋燈火繁。誰家掛魚網，小舫繫柴門。卜築計未定，何妨試買園。

和人雪晴書事

消盡瓊瑶雲馭歸，餘寒猶復助風威。垂簾漸學秋霖滴，滿地猶疑夜月輝。凍壤相和開蓽户，流澌半濕擁苔磯①。可憐烏鵲饑無食，日暮空林何所依。

奉酬仲閔〔一〕食新麪湯餅仍聞羅麥甚盛因以戲之

初見煌煌秀兩岐，俄驚落磑雪霏霏。可煩都尉熱承汗〔二〕，絶勝臨淄貧易衣〔三〕。尚有清才對風月，未妨便腹貯書詩。知君貨殖誇長袖，滿糴千箱待一饑。

〔一〕仲閔：失考。

① 濟按：「澌」，原本作「漸」，據四庫本改。

〔二〕都尉承汗：《三國志·魏志·何晏傳》注：晏字平叔，以尚主賜爵爲列侯。《齊職儀》云：何晏以主壻拜駙馬都尉。《世説》：何平叔面白，帝疑傅粉，試以湯餅，汗出皎然。

〔三〕臨淄易衣：《唐書》：玄宗皇后王氏，下邽人。帝爲臨淄王，聘爲妃，立爲皇后。后以愛弛不自安，承間泣曰：「陛下獨不念阿忠脱紫半臂，易斗麪，爲生日湯餅耶？」阿忠，后呼其父仁皎云。

讀仲閔詩卷因成長句

喜見西風吹麥秋，年年爲逭老農憂。沾塗手足經年種，薦載珠璣一倍收。壯齒君能親稼穡，異時我亦困粗耰。獨憐紫竹堂前月，清夜娟娟照客愁。

送酒與崔誠老〔一〕

雪堂居士醉方熟，玉澗山人冷不眠。送與安州潑一作「撥」醅酒，從今三日是三年。

〔一〕崔誠老：名閑，號玉澗道人，工於琴。詳見本集四十八卷《醉翁操序》中。

慎按：《外集》：先生自書此詩，首云：「夜來一笑之歡豈可多得。今日雪堂得無少寂寞耶？安州玉泉一酌，果子少許，夜琴一弄，誰與同者？莫是木上座否？小詩漫往。」云云。

與郭生游寒溪主簿吴亮置酒郭生喜作挽歌酒酣發聲坐爲凄然郭生言吾恨無佳詞因爲略改樂天寒食詩歌之坐客有泣者其詞曰

烏啼鵲噪昏喬木，清明寒食誰家哭。風吹曠野紙錢飛，古墓纍纍春草緑。棠梨花映白楊路，盡是死生離别處。冥漠重泉哭不聞，蕭蕭暮雨人歸去。

慎按：白居易《寒食野望吟》起句云：邱墟郭門外，寒食誰家哭？先生所改止此二句。又，「白楊路」，樂天詩作「白楊樹」，餘皆同。

戲作切語竹詩〔一〕

隱約安幽奥，蕭騷雪藪西。交加工結構，茂密渺冥迷。引葉油雲遠，攢叢聚族齊。奔鞭迸壁背，脱籜吐天梯。烟篠散孫息，高竿拱桷枅。漏闌零露落，庭度獨蜩啼。掃洗修纖筍，窺看詰曲溪。玲瓏孫此字疑訛醽醴，邂逅盍閒攜。

〔一〕切語：注詳「惠州」卷中《和程正輔一字》詩下。

山行見月四言

吟哦傲兀，仰晤巖月。邁巘迎崖，銀刓玉嚙。源魚噞喁，岸雁剦䟴。卧玩我語，聱牙岌嶪。

慎按：《黄州春日四絶》以下，共十三首，諸刻本不載。據《外集》編第六卷，皆謫居黄州時所作，今采録。

憶黄州梅花五絶

其一

邾城山下梅花樹〔一〕，臘月江風好在無。争似姑山尋綽約，四時常見雪肌膚。

〔一〕邾城：《水經注》：江水又東，逕邾縣故城南。楚宣王滅邾，徙城於此。《太平寰宇記》：邾城去州西北百二十里，臨江，與武昌相對，吴使陸遜攻邾城，常以三萬兵守之。晉、宋西陽郡國，齊齊安郡，皆設於此。北齊天保六年，於舊邾城西南面，别築小城，置衡州，至隋始廢，以齊安郡置黄州。

其　二

一枝價重萬瓊琚，直恐姑山雪不如。盡愛丹鉛競時好，不知風雪養天姝。

其　三

雖老於梅心未衰，今朝誰贈楚江枝。旋傾尊酒臨清影，正是吴姬一笑時。

其　四

不用相催已白頭，一生判却見花羞。揚州何遜吟情苦，不枉清香與破愁。

其　五

玉琢青枝蕊綴金，仙肌不怕苦寒侵。淮陽城裏娟娟月，樊口江邊耿耿參。

訪散老不遇〔一〕

君來不遇我，我到不逢君。古殿依修柏，寒花對暮雲。

〔一〕散老：失考。

慎按：以上六首，諸刻本不載。《外集》編第六卷，離黄州以後未赴登州以前所作，今采録。

和王定國

離歌添唧唧〔一〕，古曲擬行行〔二〕。不作相隨燕，空吟久住鶯。曹騰君上馬，寂莫我回城。明日東門外，空舟獨自横。

〔一〕唧唧：《古樂府·木蘭詩》：唧唧復唧唧，木蘭當户織。

〔二〕行行：《古詩》：行行重行行，與君生别離。

試院觀伯時畫馬絶句

竹頭搶地風不舉，文書堆案睡自語。看馬欲驟頓風塵，亦思歸家洗袍袴。

慎按：此詩見本集《雜記》中，又見《山谷集》，題云「題伯時畫頓塵馬」，姑存，俟考。

出局偶書

急景歸來早，窮陰晚不開。傾杯不能飲，留待卯君來。

慎按：《外集》：先生自題此詩後，云：今日局中出早，陰晦欲雪，而子由在户部晚出，作詩數語。忽憶十年前，在彭城時，王定國相過，留十餘日，還南都。子由在宋幕，定國臨去，求家書。僕醉不能作，獨書一絶與之，有「憑君寄與卯君看」之句。卯君，子由小字。今日情味雖差勝彭城，然不若歸林下，夜雨對床，乃爲樂耳。

覓俞俊筆

筆工近歲説吳、俞〔一〕，李、葛虚名總不如〔二〕。雖是玉堂揮翰手，自憐白首尚抄書。

〔一〕筆工吳俞：按，《外集》先生《雜題》云：廣陵人吳政，已亡。其子説，作筆頗得家法。俞，即俊也。

〔二〕李葛：李亦筆工姓，其名失考。葛，宣城諸葛氏也。

鼠須筆

太倉失陳紅，狡穴得餘鼠。既興丞相嘆，又發廷尉怒。磔肉飼飢猫，分髯雜霜兔。插架刀槊健，落紙龍蛇騖。物理未易詰，時來即所遇。穿墉何卑微，託此得佳譽。

慎按：此詩亦載《宋文鑑》，以爲叔黨作。《斜川集》不傳。今據《外集》第七卷先生自登州還朝後作，姑存之。

琴　枕

高情閒處任君彈，幽夢來時與子眠。彭澤漫知聲上趣，邯鄲深得枕中僊。試尋玉軫拋何處，閒喚香雲在那邊。平素不須煩按抑，秦娥自解語如絃。

慎按：《外集》所載《琴枕》詩本二首，其五古一首，已從施氏補注上卷移編第四十三卷中，此首諸刻本皆失載，今從別集采出。

書李宗晟水簾圖〔一〕

宗晟一軸《水簾圖》，寄與南舒李大夫。未向林泉歸得去，炎天酷日且令無。

〔一〕李宗晟：夏文彦《圖繪寶鑑》：李宗晟，鄜時人。工畫山水寒林，學李成破墨，取象幽奇，林麓江皋尤爲盡善，評者謂得成之似。

書龍馬圖

先皇御馬三千匹，仗下曾騎玉駱驄。金鼎丹成龍亦化，圉人空棧泣西風。

慎按：自《答王定國》以下，至此八首，諸刻本俱不載。《外集》編第七卷自登州還朝後作，今采録。

和錢四穆父寄其弟和

老來日月似車輪，此去知逢幾過春。昨夜冰花猶作柱，曉來梅子已生仁。

慎按：先生倅杭時，有次韻此題詩一首，已編第三十一卷中。此詩亦同時所作，王氏本載注中，今采出。

皎然禪師贈吳憑處士詩云世人不知心是道只言道在西方妙還如瞽者望長安長安在東向西笑東坡居士代答云

寒時便具熱時風，飢漢那知食藥功。莫怪禪師向西笑，緣師身在長安東。

燈花一首贈王十六

金粟釵頭次第多，起看缺月帶斜河。懸知瑞草橋邊夜〔一〕，笑指燈花説老坡。

〔一〕瑞草橋：蜀人王慶源所居，注見第三十卷《慶源王丈》詩下。

慎按：以上三首，諸刻本俱不載。據《外集》編第八卷守杭州時作，今采録。

王晉卿得破墨三昧又嘗聞祖師第一義故畫邢和璞房次律論前生圖以寄其高趣東坡居士既作破琴詩以記異夢矣復説偈云

前夢後夢真是一，彼幻此幻非有二。正好長松水石間，更憶前生後一作「復」生事。

和芝上人竹軒〔一〕

洞外復空中，千千萬萬同。勞師唱竹頌，知是阿誰風。

〔一〕芝上人：即曇秀，注見前。

戲贈秀老

拆却相公庵，泥却駙馬竹。天下人總知，流入《傳燈録》。

和晁美叔老兄〔一〕

反觀皆自直，相詆竟誰諛。事過始堪笑，夢中今了無。珍材尚空谷，瘦馬正長途。未識造物意，茫然同一爐。公自注：珍材空谷，以況老兄在閑郡。瘦馬，自謂也。

〔一〕晁美叔：公之同年，注見前。

慎按：以上四首，諸刻本俱不載。《外集》編第八卷守揚州時作，今據此采録。

元祐九年立春

熊白來山北，豬紅削劍南。春盤得青韭，臘酒寄黄柑。

慎按：以上一首，諸刻本不載。據《外集》編第九卷中守定州時作，今采録。

日夕山中忽然有懷

久臥名山雲，遂爲名山客。山深雲更好，賞弄終日夕。月銜樓間峰，泉漱階下石。素心自此得，真趣非外惜。鼯啼桂方秋，風滅籟歸寂。緬思洪厓術，欲往滄海隔。雲車來何遲，撫几空歎息。

暮　歸

牛羊下已久，寂寞掩柴扉。水鸛鳴城堞，飛螢上戟衣。夜凉江海近，天闊斗牛微。何日招舟子，寒江北渡歸。

待　旦

夢破山谷冷，扶桑未放曉。披衣坐虚堂，缺月猶皎皎。揚泉漱寒冽，激齒冰雪繞。百體善堅壯，萬象覺清悄。簪履事朝謁，神魂飛窅渺。龕燈蚌珠剖，爐穗玉繩裊。浮念怳已消，真庭諒非杳。須臾霽霞起，赫奕射林表。高樹引凉蟬，深枝啅棲鳥。二蟲彼何爲，逐動自紛擾。悠悠天宇内，豈復論大小。覆盎舞醯雞，濃昏恣飛繞。定知達觀士，方寸常了了。世無陶靖節，此樂知者少。

慎按：以上三首，諸刻本不載。據《外集》編第九卷在惠州作，今采録。

約吴遠游與姜君弼喫蕈饅頭

天下風流筍餅餤，人間濟楚蕈饅頭。事須莫與繆漢喫，送與麻田吴遠遊。

除夜訪子野食燒芋戲作

松風溜溜作春寒，伴我飢腸響夜闌。牛糞火中燒芋子，山人更喫懶殘殘。

慎按：以上二首，諸刻本不載。據《外集》編第十卷在海南作，今采録。

北歸度嶺寄子由

青松盈尺間香梅，盡是先生去後栽。應笑來時無一物，手携拄杖却空回。

鳴泉思思君子也君子抱道且殆而時弗與民咸思之鳴泉故基堙圮殆盡眉山蘇軾搔首踟躕作鳴泉思以思之

鳴泉鳴泉，經雲而潺湲。拔爲毛骨者修竹，蒸爲雲氣者霏烟。山夔莫能隱其怪，野翟詎敢藏其奸。茅廬肅肅，昔有人焉。其高如山，其清如泉。其心金與玉，其道砥與絃。執德没世，落月入地。英名皎然，陽曦麗天。舊隱寂寂，新篁娟娟。思彼君子，我心如懸。谷鳥在上，巖花炫前。鳴泉鳴泉，使我菀結而華顛。

慎按：以上二首，諸刻本不載。《外集》編第十卷北歸時作，今采録。

豐年有高廩詩

頌聲歌盛旦，多黍樂豐年。近見藏高廩，遥知熟大田。在疇紛已穫，如阜隱相連。魯史詳而記，神倉賦且全。春人洪蓄積，祖廟享恭虔。聖后憂農切，宜哉報自天。

慎按：此首諸刻本不載，今從《外集》第十卷采録。

萬菊軒〔一〕

一軒高爲黄花設，富擬人間萬石君。佳本盡從方外得，異香多在月中聞。引泉北澗分清露，開逕南山破白雲。此意欲爲知者道，陶翁猶自未離群。

〔一〕萬菊軒：《武林梵志》：萬松嶺畔有報恩寺，唐元和中建，寺内有浣雲池、萬菊軒。

慎按：此詩載《咸淳臨安志》、《武林梵志》，皆以爲東坡作，今采録。

韓幹馬

少陵翰墨無形畫，韓幹丹青不語詩。此畫此詩今已矣，人間駑驥漫争馳。

慎按：此詩見趙德麟《侯鯖録》，今采出。

送煮菜一本無此三字贈包安静先生

野菜此出珍又珍，送與西鄰病酒人。便須起來和熱喫，不消洗面裹頭巾。

沿流館中得二絶句

其一

淮西功德冠吾唐，吏部文章日月光。千載斷碑人膾炙，不知世有段文昌。

其二

李白當年流夜郎，中原無復漢文章。納官贖罪人何在，壯士悲歌淚萬行。

慎按：以上二首見《苕溪漁隱叢話》，云：東坡自云：「紹聖間，余得二詩於沿溪館中，不知何人作也。今録之，以益篋笥之藏。」或云：「此詩乃東坡竄海外時作，蓋自况也。」不知其果然否？費衮《梁溪漫志》亦云：東坡在翰林承旨，作《上清儲祥宫碑》，哲宗親書其額。紹聖黨禍起，磨去坡文，命蔡元長别撰。玉局遺文中有詩「淮西功德冠吾唐」云云。此詩乃東坡自作，蓋寓意儲祥事，特避禍，故託以得之沿流館中。味其句法可知矣。《庚溪詩話》云：後見韓无咎，云是江子我詩，今録存俟考。

夢中賦裙帶

百疊猗猗風皺，六銖縱縱雲輕。植立含風廣殿，微聞環珮摇聲。

慎按：右六言一首，見《苕溪漁隱叢話》，東坡云：軾倅武林日，夢上召入禁中，宫女圍侍，一紅衣女童捧紅靴一雙，命軾銘之。覺而記其一聯云：「寒女之絲，銖積寸累；天步所臨，雲蒸霧起。」既畢，進御。上極嘆其敏，使宫女送出。睇視裙帶間，有六言詩一首。云云。又云：軾自蜀應舉京師，道過華清宫，夢明皇命賦《太真裙帶詩》，乃前六言詩也。覺而記之，今書贈柯山潘大臨邠老。云云。本集又云：予在黄州時，夢神考召入小殿賜宴，令作宫女裙銘。云云。三説不同，因詩並録以備考。

王定國自彭城往南都時子由在宋幕求家書僕醉不能作獨以一絶句與之〔一〕

王郎西去路漫漫，野店無人霜月寒。泪盡粉箋書不得，憑君送與卯君看。

〔一〕宋幕：《潁濱遺老傳》：張文定知睢陽，以學官見辟，從之。

慎按：此詩見《大全集》中，先生知徐州時作，諸刻本失載，今采録。

司命宫楊道士息軒

無事此静坐，一日似兩日。若活七十年，便是百四十。黄金幾時成，白髮日夜出。開眼三千秋，速如駒過隙。是故東坡老，貴汝一念息。時來登此軒，目送過海席。家山歸未能一作「成」，題詩寄屋壁。

慎按：《苕溪漁隱叢話》云：東坡云：無事此静坐，便覺一日似兩日。若能處置，此生常似今日，年至七十，便是百四十歲。人世間何藥，能有此效？此方人人收得，但苦無好湯使，多嚥不下。坡題《息軒》詩云云，正此意也。曹能始《名勝志》云：息軒在儋州城南朝天宫中。此詩諸刻本不載，今采録。

贈黄州官妓

東坡五載黄州住，何事無言及李宜。却似西川一作「城南」杜工部，海棠雖好不吟詩。

慎按：《庚溪詩話》云：東坡謫齊安時，樂籍中有李宜者，色藝不下他妓。坡將移臨汝，於飲餞處，力請詩句。坡半酣，笑贈云云。又按，周昭禮《清波雜志》亦載此段，「李宜」作「李琪」，未詳孰是。今采録備考。

六言樂語

桃園未必無杏，銀鑛終須有鉛。荇帶豈能攔浪，藕花却解流連。

慎按：《春渚紀聞》：何薳云：某於揚州，得先生手畫古樂工，復作樂語「桃園未必無杏」云云，其後漢隸書「子瞻、禹功同觀」，真三絶也。諸刻失載，今采録。

題領巾絶句

臨池妙墨出元常，弄玉嬌姿笑柳孃。吟雪要看鶯太傅，斷絃何必試中郎。

慎按：右一首見何薳《春渚紀聞》，云：嘉興李巨山，錢安道尚書甥也。先生嘗過安道小酌，其女數歲，以領巾乞詩，公即書絶句「臨池妙墨出元常」云云。諸刻不載，今采録。

書裙帶絶句

任從酒滿翻香縷，不願書來繫綵牋。半接西湖横緑草，雙垂南浦拂紅蓮。

慎按：右一首亦見《春渚紀聞》，云：嘗於陶安世家見東坡爲劉庚年君佐小女裙帶上，作散隸書絶句「任從酒滿翻香縷」云云。諸刻失載，今采録。

虎跑泉

金沙泉湧雪濤香，灑作醍醐大地凉。解妬九天河影白，遥通百谷海聲長。僧來汲月歸靈石，人到尋源宿上方。更續《茶經》校奇品，山瓢留待羽僊嘗。

慎按：右一首見曹學佺《名勝志》。先生倅杭時，有《病中游祖塔院》七言律詩，子由和詩，凡二章，先生原唱亦應有二，諸刻本止存一首。《名勝志》載此篇，在「鳳翔大像寺」條下，因其地亦有虎跑泉也。今采録。

端硯詩

披雲離北巖，度嶺入中夏。重藉剪楚茅，方函斵英櫝。騷壇意莫逆，匠石語少一字爹。匪堊勞運斤，如帶防毁銙。礪少四字，觀隅整同厦。津津剖馬肝，索索模羊䍧。氣逼松滋豪，姻聯雪濤姹。登堂却蹣跚，飲水何甜閜。守墨面宜黔，含貞口終啞。靜惟有壽焉，玷尚可磨也。《魯史》記獲麟，晉帖題裹鮓。供給到唐文，護持等商斝。眉形空愛纖，風字仍嫌哆。載觀七八評，咸本六一寫。退然敢摩肩，信矣俱出跨。始知尹公他，不媚王孫賈。銘詩與器傳，篆刻當碑打。嚴韻拾孑遺，微才任聊且。後注云：《端硯聯句》既成，暮歸復拾餘韻，别賦一首，附録卷後。

慎按：右一首載卞氏《式古堂書畫彙考》第十卷，云：此詩東坡作行草書，宋楮本小横卷。按後注云云，則先生當别有《端硯聯句》，今刻本俱無，此首之真贋未可知也。姑存，備考。

張無盡過黄州徐君猷爲守有四侍人姓爲孫姜閻齊適張夫人携其一往婿家既暮復還乃閻姬也最爲徐所寵因書絶句云

玉筍纖纖揭繡簾，一心偷看緑蘿尖。使君三尺毬頭帽，須信從來只有簷。

慎按：右一首從《春渚紀聞》采出，諸刻本不載。

銅陵縣〔一〕陳公園雙池二首〔二〕

其　一

南北山光照緑蘿，濯纓洗耳不須多。天空月滿宜登眺，看取青銅兩處磨。

〔一〕銅陵：《元和郡縣志》：梁南陵縣地，後廢爲冶，屬池州。

〔二〕陳公園：《名勝志》：銅陵縣東北隅有陳公園，園内有雙池，蘇子瞻、黄魯直常游。

其　二

落帆重到古銅官〔一〕，長是江風阻往還。要使謫僊迴舞袖，千年醉拂五松山〔二〕。

〔一〕銅官：《太平寰宇記》：銅官山在銅陵縣十里，又名利國山。泉源冬夏不竭，可以浸鐵煮銅，即唐置冶處。

〔三〕五松山：《輿地紀勝》：五松山在銅官西南，舊有松，一本五枝，翠色參天。李太白詩：我來五松下，置酒窮躋攀。

慎按：右二首見《池陽後集》，諸刻本不載，今采録。

咏檳榔

異味誰栽向海濱，亭亭直幹亂枝分。開花樹杪翻青𦶇，結子苞中皺錦紋。可療飢懷香自吐，能消瘴癘暖如薰。堆盤何物堪爲偶，蔞葉清新卷翠雲。

慎按：此詩語太淺直，似非先生作。曹能始《名勝志》載之，姑采録。

正月八日招王子高飲〔一〕

屋雪號風苦戰貧，紙窗迎日稍知春。正如薝蔔林中坐，更對芙蓉城裏人。昨想玉堂空冷徹，誰分銀榼送清醇。海山知有東南角，正看歸鴻作小颦。

〔一〕王子高：注見本集《芙蓉城》詩下。

慎按：右一首諸刻不載，見於蒲積中《歲時雜咏·今集》中，今采録。

醉中題鮫綃詩

天地雖虚廓，惟海爲最大。聖王皆祀事，位尊河伯拜。祝融爲異號，恍惚聚百怪。二氣變流光，萬里風雲快。靈旗摇虹纛，赤虬噴滂湃。家近玉皇樓，彤光照世界。若得明月珠，可償逐客債。

慎按：右一首，諸刻不載。《苕溪漁隱叢話》引《仇池筆記》云：余一日醉卧，有魚頭鬼身者自海中來，云：廣利王請端明。余被髪草履黄冠而去，亦不知身步入水中，但聞風雷聲。有頃，豁然明白，真所謂水晶宫殿也。其下驪目夜光，文犀尺璧，南金火齊，不可迎視，珊瑚琥珀，不知幾多也。廣利王佩劍冠服而出，從二青衣。余曰：「海上逐客，重煩邀命。」有頃，東華真人南溟夫人造焉，出鮫綃丈餘，命題詩。余賦曰：天地雖虚廓，云云。寫竟，進廣利，諸仙迎看，咸稱妙。獨廣利旁一冠簪者，謂之鼈相公，進言蘇軾不避諱忌，祝融字犯王諱。王大怒。余退而嘆曰：「到處被鼈相公厮壞。」《苕溪漁隱》曰：此事恍惚怪誕，殆類傳奇異聞所載。又，其詩亦淺近，不似東坡平日語，好事者爲之，以誑世耳。又，按《仇池筆記》，相傳東坡自撰此一則，當在海外所紀。時有董必者，承奸相意，遣人至儋耳，逐出官舍。所云鼈相公者，蓋指董必也。此詩聊以寓意，亦非果有其事。胡仔疑爲好事者所託，吾不謂然。

無　題

簾卷窗穿户不扃，隙塵風葉任縱横。幽人睡足誰呼覺，欹枕床前有月明。

慎按：右一首見本集《與黄師是尺牘》，云：近者，幼累舟中皆伏暑，自憝一年在道路矣。已决計旦夕渡江至毘陵矣。塵埃風葉滿室，隨掃隨有，然不可廢掃。以爲賢於不掃也。有詩録呈。云云。據此，當是度嶺以後未到常州以前所作。諸刻本俱失載，今采録。

葛延之贈龜冠

南海神龜三千歲，兆協朋從生慶喜。智能周物不周身，未免人《詩話總龜》作「一」鑽七十二。誰能用爾作小冠，岣嶁當作「勾漏」耳孫創其製。君今此去寧復來，欲慰相思時整視。

慎按：右一首見葛立方《韻語陽秋》第三卷，云：東坡在儋耳時，余三從兄諱延之自江陰擔簦，萬里絶海往見，留一月。坡嘗誨以作文之法，文載全集中。吾兄拜其言，而書諸紳。嘗以親製龜冠爲獻，坡受之，而贈以詩「南海神龜三千歲」云云。今集中無此詩。余嘗見其親筆。又，費補之《梁溪漫志》云：東坡在儋耳，嘗爲葛延之作《龜冠》詩，葛以語胡蒼梧瑆。《詩話總龜》亦云然。據此三段，其爲先生海外作無疑。諸刻不載，今采録。

别海南黎民表

我本海南民，寄生西蜀州。忽然跨海去，譬如事遠游。平生生死夢，三者無劣優。知君不再見，欲去且少留。

慎按：右一首見《詩話總龜》引《冷齋夜話》，云：余游儋耳，見黎民表。爲余言：東坡無日不相從，嘗從乞園蔬，出其臨別歸海北詩「我本海南民」云云。其末云：「新釀甚佳，求一具。漫寫此詩，以折菜錢。」諸刻不載，今采録。

雅安人日次舊韻二首

其一

人日滯留江上村，定知芳草怨王孫。題詩寄遠方揮翰，扶杖登高獨出門。柳色忍看成感嘆，花前歸思自飛翻。浮陽披凍雖才弄，已覺春工漏一元。

其二

似聞高隱在前村，坐膝扶床戲子孫。自賞春光携桂酒，喜逢晴色款柴門。屏間帶日金人活，頭上迎風綵勝翻。蓬鬢扶疎吾老矣，豈能舊貌改新元。

慎按：右二首諸刻不載，見宋蒲積中所選《歲時雜咏·今集》中，此詩編次《庚辰人日二章》

之後。《年譜》：庚辰人日，先生在儋耳作七律二首。五月，聞赦。六月，渡海北歸。明年辛巳，度嶺。正月五日，過南安軍。則次韻人日詩，當作於此時。但雅安地名無可考，恐是南安之譌，存疑，俟考。

和代器之〔一〕

雨過郊原一番新，尋芳車馬踏無塵。普天冷食聞前古，蕭寺清游屬兩人。不作佺期問新曆，頗同之問感餘春。明年歸籍梨花上，應會群賢及四隣。

〔一〕器之：即劉安世，注見前四十五卷。

慎按：右一首見《歲時雜吟·今集》。按，先生北歸時，有《寒食與器之游南塔寺寂照堂》七律一首，此詩即次前韻。豈器之不能詩而先生代爲和章耶？諸刻不載，今補録。

自題金山畫像

心似已灰之木，身如不繫之舟。問汝平生功業，黄州惠州儋州。

慎按：《金山志》：李龍眠畫子瞻照，留金山寺。後東坡過金山，自題云云。周必大乾道庚寅《奏事録》亦載此詩。諸本皆無，今采録。

歸來引送王子立歸筠州

歸去來兮，世不汝求胡不歸？洶北望之横流兮，渺西顧之塵霏。紛野馬之決驟兮，幸余首之未羈。出彭城而南騖兮，眷邱隴而增欷。亂清淮而俯鹽兮，驚昔容之是非。念東坡之遺老兮，輕千里而款余扉。共雪堂之清夜兮，攬明月之餘輝。曾雞黍之未熟兮，嘆空室之伊威。我挽袖而莫留兮，僕夫在門歌《式微》。歸去來兮，路渺渺其何極。將税駕於何許兮？北江之南，南江之北。於此有人兮，儼峩峩其豐碩。孰居約而爾肥兮？非糠覈其何食。久抱一而不試兮，愈温温而自克。吾居世之荒浪兮，視昏昏而聽默默。非之子莫振吾過兮，久不見恐自賊。吾欲往而道無由兮，子何畏而不即。將以彼爲玉人兮，以子爲之璞也。

慎按：王子立名適，子由之壻。以元祐四年殁於筠州，先生有詩哭之。此詞在黄州時送歸筠作。諸刻失載，今從《全集》采録。

黄泥坂詞

出臨皋而東騖兮，並蘐祠而北轉。走雪堂之坡陀兮，歷黄泥之長坂。大江洶以左繚兮，渺雲濤之舒卷。草木層累而右附兮，蔚柯邱之葱蒨。余旦往而夕還兮，步徙倚而盤桓。雖信美而不可居兮，苟娱余於一盻。余幼好此奇服兮，襲前人之詭幻。老更變而自哂兮，悟驚俗之來患。釋寶璐而被繒絮兮，雜市人而無辨。路悠悠其莫往來兮，守一席而窮年。時游步而遠覽兮，路窮盡而旋反。朝嬉黄泥之白雲兮，暮宿雪堂之青烟。喜魚鳥之莫余驚兮，幸樵蘇之我嫚。初被酒以行歌兮，忽放杖而醉偃。草爲茵而塊爲枕兮，穆華堂之清宴。紛墜露之濕衣兮，升素月之團團。感父老之呼覺兮，恐牛羊之予踐。於是蹶然而起，起而歌曰：月明兮星稀，迎余往兮餞余歸。歲既晏兮草木腓，歸來歸來兮，黄泥不可以久嬉。

慎按：黄泥坂在黄州。以下數篇，諸刻本俱不收入詩類。先生《和歸去來詞》，施氏原本既附《和陶》卷中，此亦有韻之詞也，何獨遺之？故與《清溪詞》、《上清詞》三章並采録。

清溪詞

大江南兮九華西，泛秋浦兮亂清溪。水渺渺兮山無蹊，路重複兮居者迷。爛青紅兮粲高低，松十里兮稻千畦。山無人兮雲朝掛，藹濛濛兮渰淒淒。嘯林谷兮號水泥，走鼪鼯兮下鳧鷖。忽孤壘兮隱重堤，杳冥茫兮聞犬雞。鬱萬瓦兮鳥翼齊，浮軒楹兮飛栱枅。雁南歸兮寒蜩嘶，弄秋水兮挹玻瓈。朝市合兮雜髦齯一作「倪」，挾簞瓢兮佩鋤犁。鳥獸散兮相扶携，隱驚雷兮騖長霓。望翠微兮古招提，躋木杪兮翔雲梯。若有人兮恨幽棲，石爲門兮雲爲閨。塊虚堂兮法喜妻，呼猿狙兮子鹿麛。我欲往兮奉杖藜，獨長嘯兮謝阮嵇。

慎按：清溪在池州。先生作此詞，歲月莫考。諸刻不載，今從《全集》采録。

上清詞原注：以宫名名篇。

君胡爲乎山之幽，顧宫殿兮久淹留。又曷爲一朝去此而不顧兮，悲此空山之人也。來不可得而知兮，去固不可得而訊也。君之來兮天門空，從千騎兮駕飛龍。隸星辰兮役太歲，儼晝降兮雷隆隆。朝發軫兮帝庭，夕弭節兮山宫。懭有妖兮虐下土，精爲星兮氣爲虹。愛流血之滂沛兮，又嗜瘧癘與螟蟲。嘯盲風而涕淫雨兮，時又吐旱火之爞融。銜帝命以下討兮，建千仞之修鋒。乘飛霆而追逸景兮，歘掃滅而無蹤。忽崩播其來會兮，走海岳之神公。龍車獸鬼不知其數兮，旗纛晻靄而冥濛。漸俯傴以旅進兮，鏘劍珮之相礱。司殺生之必信兮，知上帝之不汝容。既約束以反職兮，退戰慄而愈恭。澤允塞于四海兮，獨澹然其無功。君之去兮天門開，款閶闔兮朝玉臺。群僊迎兮塞雲漢，儼前導兮紛後陪。歷玉階兮帝迎勞，君良苦兮馬虺頹。閔人世兮迫隘，陳下土兮帝所哀。返瓊宫之嵯峨兮，役萬靈之喧豗。默清浄以無爲兮，時節狩於斗魁。詣通明而獻黜陟兮，軼蕩蕩其無回〔一〕。忽表裏之焕霍兮，光下燭於九垓。時游目以下覽兮，五岳爲豆，四溟爲盃。俯故宫之千柱兮，若毫端之集埃。來非以爲樂兮，去非以爲悲。謂神君之既返兮，曾顔咫尺之不違。升秘殿以内悸兮，魂凛凛而上馳。忽寤寐以有得兮，敢沐浴以獻辭。是耶非耶，臣不得而知也。

〔一〕軼蕩蕩：「軼」，疑應作「詄」。

慎按：《宋史·禮志》：鑄神霄九鼎，奉安於上清寶籙宫。但不詳何神及宫在何地。諸刻失載，今從《全集》采録。

醉翁操并引

琅邪幽谷，山水奇麗，泉鳴空澗，若中音會。醉翁喜之，把酒臨聽，輒欣然忘歸。既去十餘年，而好奇之士沈遵聞之，往游焉。以琴寫其聲，曰《醉翁操》，節奏疎宕，而音指華暢，知琴者以爲絶倫。然有其聲而無辭，雖爲作歌，而與琴聲不合。又依楚詞作《醉翁引》，好事者亦倚其辭以製曲，雖粗合均度，而琴聲爲辭所繩約，非天成也。後三十餘年，翁既捐館舍，而遵亦殁久矣。有廬山玉澗道人崔閑，特妙於琴，恨此曲之無詞，乃譜其聲，而請於東坡居士以補之云。

琅然，清圜，誰彈？響空山，無言。惟翁醉中知其天。月明風露娟娟，人未眠，荷蕢過山前，曰有心也哉，此賢。醉翁嘯咏，聲和流泉。醉翁去後，空有朝吟夜怨。山有時而童顛，水有時而回川。思翁無歲年，翁今爲飛仙，此意在人間，試聽徽外兩三絃。

慎按：琴操，亦古詩之流。此首諸刻本不載，今從《全集》中采録。

次韻借觀睢陽五老圖

國老安榮心自閒，紫袍金帶舊簪冠。星騎箕簸揚糠粃，斗掌權衡表漢桓，冬有慾陽嫌薄熱，夏多沴氣畏輕寒。賴得五賢清雅出，俾人敬慕肅容看。

慎按：右七言律詩一首，見《鐵網珊瑚》，格律句法全不類坡公作，姑據此采録。

題金山寺回文體

潮隨暗浪雪山傾，遠浦漁舟釣月明。橋對寺門松逕小，檻當泉眼石波清。迢迢緑樹江天曉，靄靄紅霞晚日晴。遥望四邊雲接水，碧峰千點數鷗輕。

慎按：右七言律詩一首，諸刻不載。今從魏慶之《詩人玉屑》第二卷采録。

贈姜唐佐

生長茅間有異芳，風流稷下古諸姜。適從瓊管魚龍窟，秀出羊城翰墨場。滄海何曾斷地脉，白袍端合破天荒。錦衣他日千人看，始信東坡眼目一作「力」長。

慎按：此詩諸刻不載，見《邵氏聞見後録》，云：唐荆州每解送舉人，多不成名，號曰天荒。至劉蜕以荆州解及第，號破天荒。東坡嘗作二句贈姜唐佐，「滄海」云云，用此事也。題其後云：「待子及第，當續後句。」唐佐自廣州隨解過許昌，見潁濱時，東坡已下世，潁濱爲足成其詩。云云。今補録。

水月寺

千尺長松掛薜蘿，梯雲嶺上一聲歌。湖山深秀有何處，水月池中桂影多。

慎按：右一首諸刻不載，今從《武林梵志》采録。

半月泉附題名「蘇軾曹輔劉季孫鮑朝懋鄭嘉會蘇固同遊元祐六年三月十一日」。

請得一日假，來遊半月泉。何人施大手，擘破水中天。

慎按：右一首諸刻不載。見談鑰《吴興志》：先生遊德清縣，題半月泉作也。石刻真跡在慈相寺中，余家有榻本。按，先生自杭守召還，在元祐辛未，集中有《三月六日别南北山諸道人》詩，與《半月泉題名》相距才五日。當是還朝時便道來游，歲月鑿鑿可據。而此詩本集失載，詩與《題名》字體大小不同，迥出兩手，疑後人因《題名》而贋作此詩。蓋先生時方還朝，何云「請假」？以此辨之，其爲假託，未可知也。存疑，俟考。

游何山

今古何山是勝游，亂峰縈轉繞滄洲。雲含老樹明還滅，石礙飛泉咽復流。徧嶺烟霞迷俗客，一溪風雨送歸舟。自嗟塵土先衰老，底事孤僧亦白頭。

慎按：右七言律詩一首，諸刻不載。見徐獻忠《吴興掌故集》第十卷，今采録。

自題臨文與可畫竹

石室先生清興動，落筆縱横飛小鳳。借君妙意寫篔簹，留與詩人發吟諷。

慎按：右一首見卞氏《式古堂畫考》，諸刻不載，今采録。

寶墨亭

山陰不見換鵝經，京口空傳《瘞鶴銘》。瀟灑謫僊來作郡，風流太守爲開亭。兩篇玉蕊塵初滌，四體銀鈎迹尚青。我久臨池無所得，願觀遺法快沉冥。

慎按：右一首見《京口三山志》中。劉昌《縣笥瑣探》云：寶墨亭，宋初建，以覆《瘞鶴銘》者，今廢。又，蘇子美《滄浪集》亦載此，疑因姓傳訛也。諸刻失載，今補録。

雙井白龍

巖泉未入井，蒙然冒沙石。泉嫩石爲厭，石老生罅隙。異哉寸波中，露此横海脊。先生酌泉笑，泉秀神龍蟄。舉手玉筯插，忽去銀釘擲。大身何時布，大翮翔霹靂。誰言鵬背大，更覺宇宙窄。

慎按：《冷齋夜話》云：南海城中有兩井，相近咫尺而異味，號雙井。井源出巖石罅中。東坡酌水，異之，曰：「吾尋白龍不見，今知家此水中乎？」同游怪問其故，曰：「白龍當爲東坡出，請徐待之。」俄見其脊尾如銀蛇狀。忽水瀾，有雲氣浮水面，舉首如插玉筯，乃泳而去。余至二井，太守張子修爲造庵井上，號思遠，亭名洞酌。崖有怪樹，樹枝之脇，有詩「巖泉未入井」云云。字畫如顔書，無名銜年月。此詩風格似東坡，而言「泉嫩」、「石老」，疑學者爲之也。今據此，采録。

瑞金東明觀

浮金最好溪南景，古木樓臺畫不成。天籟遠兼流水韻，雲璈常聽步虚聲。青鸞白鶴蟠空下，翠草玄芝匝地生。咫尺仙都隔塵世，門前車馬任縱横。

慎按：右一首見《贛州舊志》，今采録。

題清淮樓

觀魚惠子臺蕪没，夢蝶莊生冢木秋。惟有清淮供四望，年年依舊背城流。

慎按：右一首諸刻不載。見《錦繡萬花谷·濠州絶句》中，今采録。

西湖絶句

畢竟西湖六月中，風光不與四時同。接天蓮葉無窮碧，映日荷花别樣紅。

慎按：右一首諸刻不載。見《錦繡萬花谷》，今采録。

戲答佛印

遠公沽酒飲陶潛，佛印燒猪待子瞻。采得百花成蜜後，不知辛苦爲誰甜。

慎按：《竹坡詩話》云：東坡喜食燒猪肉，佛印住金山時，每燒猪以待其來。一日，爲人竊去，東坡戲作小詩。云云。諸刻不載，今采録。

失題三首

其一

木落沙明秋浦，雲卧此字訛烟淡瀟湘。曾學扁舟范蠡，五湖深處鳴榔。

其二

望斷水雲千里，横空一抹晴嵐。不見邯鄲歸路，夢中略到江南。

其三

公子只應見畫，此中我獨知津。寫到水窮天杪，定非塵土間人。

慎按：以上六言絶句三首，諸刻不載。今從《晚香堂蘇帖》采録。

來鶴亭

鴻漸偏宜丹鳳南，冠霞帔月影毿毿。酒酣亭上來看舞，有客新名喚作耽。

慎按：袁褧《楓窗小牘》云：王大父時，有野鶴來棲，馴狎不去，蘇子瞻有詩。云云。褧之祖名彦方。此詩集中不載，今采録。

他集互見詩卷四十九

古今體詩四十七首

慎按：唐、宋名家詩文間有互見他集者，如《馬退山茅亭記》載《獨孤及集》；《柳州謝表·其一》乃李吉甫郴州作，而皆入《子厚集》中；《大樂十二均圖》，楊次公作也，編於《嘉祐集》；《蠶對織婦文》，宋元憲作也，編於《米襄陽集》；《三先生論事録序》，陳同甫作也，編於《朱文公集》。如此之類，往往有之，但未有舛繆混雜幾及百篇如東坡詩之甚者也。李端叔有言，先生自嶺外歸，所作字多他人詩文。蓋紹聖以後，嚴禁蘇氏之學，至淳熙初，禁乃弛，後人得公手跡，便采入公集，承譌數百年，注者與讀者，漫不加辨。凡慎所駁正，非敢一毫臆斷，悉從諸家文集、詩話一一搜抉，校對其雷同者，另編二卷。如單行之什，則注云此詩亦見某人集；其或同時唱和，則依和詩例，附載各卷本詩之後，此卷中但列題目，云此詩附載第幾卷，覽者詳之。

老翁井〔一〕此詩施氏原本載《遺詩》卷首。

井中老翁誤年華，白沙翠石公一作「翁」之家。公來無踪去無跡，井面團團一作「圓」水生花。翁今與世兩何與，無事紛紛驚牧豎。改顔易服與世同，毋使世人知有翁。

〔一〕老翁井：老蘇公《嘉祐集·老翁泉銘序》云：往歲十年，山空月明，有老人偃息泉上，就之則隱，而入於泉。洵甃石，作亭其上，銘曰：山起東北，翼而南西。涓涓斯泉，坌溢以瀰。斂以爲井，可飲萬夫。按，梅聖俞有和詩，不具録。

慎按：朱子《晦菴詩話》云：《老翁井》詩，在老蘇《送蜀僧去塵》之前，必非他人作。然不見於《嘉祐集》，亦不省其何説也？彼欲井中老翁改顔易服，不使人知，而後篇有「嫌瘦」「廢彈」之嘆，何耶？然其言怨而不怒，用意亦遠矣。據此，則此詩與《送蜀僧去塵》二首，皆老蘇公作也。

送蜀僧去塵

十年讀《易》費膏火，盡日吟詩愁肺肝。不解丹青追世好，欲將芹芷薦君盤。誰爲善相寧嫌瘦。復一作「後」有知音可廢彈。拄杖掛經須倍道，故鄉春蕨已闌干。

慎按：《苕溪漁隱》引《石林詩話》云：蘇明允詩不多見，然精深有味，語不徒發。如「讀

《易》」詩云：誰爲善相寧嫌瘦，後有知音可廢彈。婉而不迫，哀而不傷，所作自不必多也。云云。今合之朱子《詩話》，斷以爲老蘇作。

新城道中第二首詩，附載第九卷中。

慎按：《新城道中二首》：「東風知我欲山行」，東坡先生原作也，「身世悠悠我此行」，新城令晁端友和韻也。詳方回《瀛奎律髓》，注見第九卷。

虚飄飄第二首、第三首詩，俱附載三十卷中。

慎按：周紫芝《太倉稊米集》云：元祐間，黄山谷作《虚飄飄》，蓋樂府之餘，當時諸公皆有和詩。戊辰臘月夜讀《淮海集》，見之亦用其韻作詩。云云。又，按《淮海集》「花飛不到地」一首，山谷原作也。「畫簷蛛結網」一首，東坡和詩也。「風寒吹絮浪」一首，少游和詩也。今據此駁正，注詳前。

題織錦圖上回文三首詩附載二十一卷中。

慎按：本集《題跋》云：余少時見一江南本，其後有人題詩十餘首，皆奇絶。今記其三：第一首「春晚落花餘碧草」云云，第二首「紅手素絲千字錦」云云，第三首「羞看一首回文錦」云云。以上三首，諸刻本俱訛入先生集中。今以本集《再次前韻》三首爲主，此三首則附於後，注詳前。

和人回文五首

其一

紅窗小泣低聲怨，永夕春寒斗帳空。中酒落花飛絮亂，曉鶯啼破夢匆匆。

其二

同誰更倚閒窗繡，落日紅扉小院深。東復西流分水嶺，恨兼一本作「無」，訛愁續斷絃琴。

其三

寒信風飄霜葉黄，冷燈殘月照空牀。看君寄憶傳文錦，字字縈愁寫斷腸。

其四

前堂畫燭夜凝淚，半夜清香荔惹衾。烟鎖竹枝寒宿鳥，水沉天色霽横參。

其五

蛾翠斂時聞燕語，淚珠彈處見鴻歸。多情妾似風花亂，薄倖郎如露草晞。

慎按：《淮海後集》載此五絶句，題云：「蘇子瞻記《江南集》所題詩，本不全，余嘗見之，記其五絶，今以補子瞻之遺。」考之《經籍志》，有《江南集》十卷，不載作者姓名，據此，則非東坡詩可知。施氏原本不載，新刻本載《續補》下卷，今改編。

送淡公二首

其一

燕本冰雪骨〔一〕，越淡蓮花風〔二〕。五言雙寶刀，聯響高飛鴻。翰苑錢舍人，詩韻鏗雷公。識本不識淡，仰咏嗟無窮。清韻生物表，朗玉傾壺中。常於冷竹坐，相語道意冲。嵩洛興不薄，稽江事難同。明日若不來，我作黄石翁。何以兀其心，爲君學虚空。

〔一〕燕本：《唐書》：賈島，范陽人。初爲浮屠，名無本，後舉進士。

〔二〕越淡：未詳。

其　二

坐重青草公，意合滄海濱。渺渺獨見水，悠悠不聞人。鏡浪洗手渌，刻花入心春。雖然防外觸，眼前邁衣新。行當譯文字，慰此吟殷勤。

慎按：《孟東野集》送《淡公詩》共十一首，此其二。不知何以訛入蘇集，今駁正。

黄　州

南山一尺雪，雪盡山蒼然。澗谷深自暖，梅花應已繁。使君厭騎從，車馬留山前。行歌招野叟，共步青林間。長松得高蔭，盤石堪醉眠。祇樂聽山鳥，携琴寫幽泉。愛之欲忘反，但苦世俗牽。歸來始覺遠，明月高峰顛。

慎按：此詩亦見《歐陽公集》，題云「游琅邪山」。琅邪在滁州之南，故稱「南山」。歐公時知滁州，故自稱「使君」。山中有泉，若中音，會醉翁喜之，每把酒欣然忘歸，時有沈遵者，以琴寫其聲，爲《醉翁操》，故又云「携琴寫幽泉」。此詩斷爲歐公作無疑也。

古風

精神《淮海集》作「思」洞元化，白日昇高旻。俯仰凌倒景，龍行逸《淮海集》作「速」如神。半道過紫府，弭節聊逡巡。金牀設寶几，璀璨明月珍。仙者二三子，眷然骨月親。飲我霞石《淮海集》作「一」盃，放盃恍《淮海集》作「懷暖」如春。遂朝玉虛上，冠劍班列真。無端拜失儀，放棄《淮海集》作「斥」令自新。雲霄難遽反，下土多埃塵。淮南守天庖，嗟我復《淮海集》作「實」何人。

慎按：《抱朴子·祛惑篇》云：河東蒲坂有項曼都者，入山學仙，十年而歸。家人問其故，曼都曰：「在山中，三年精思，有仙人來迎我，共乘龍而升天。良久，低頭視地，杳杳冥冥，上未有所至，而去地已絶遠。龍行甚疾，及到天上，先過紫府。仙人以流霞一杯與我飲，飲輒不饑渴。忽然思家，到天帝謁拜失儀，見斥來還，令當更自修積。昔淮南王劉安升天，見上帝而箕坐大言，自稱寡人。遂見謫，守天厨三年。吾何人哉？」河東因號曼都爲斥仙人。云云。此詩全用此事，乃諷刺學仙之流，語多荒誕，與先生《和陶山海經》「古强本庸妄」一首略同。若出東坡手，則語意重複矣。《淮海前集》第四卷亦載此詩，中間數處微有同異，已附注本句下，并爲辨正。

游杭州山 詩附載第七卷中。

慎按：右五言古一首，乃子由和子瞻《自净土寺步至功臣寺》作也，詩載《欒城集》第四卷中。諸刻本俱訛編《東坡集》，惟施氏原本不載，新刻本載《續補》上卷，今爲駁正。

無　題

引手攀紅櫻，紅櫻落如線《長慶集》作「似霰」。仰首看紅《長慶集》作「白」，下同日，紅日走《長慶集》作「委」如箭。年光《長慶集》作「芳」與時景，頃刻互《長慶集》作「猶」衰變。何當《長慶集》作「況是」血肉身，安得《長慶集》作「能」常强健。人心苦執迷，富《長慶集》作「慕」貴憂貧賤。憂《長慶集》作「愁」色常在眉，歡容不上面。吾今《長慶集》作「況吾」頭半白，把鏡非不見。惟應《長慶集》作「何必」花下盃，更待他人勸。

慎按：右一篇，乃白樂天《花下對酒》二首之一也。施氏原本不載，新刻本載《續補》上卷，今駁正。

古意

兒童《岙溪詩話》作「曹」鞭笞學官府，翁憐兒癡旁笑侮。翁出坐曹鞭復呵，賢於群兒能幾何。兒曹鞭人以爲戲，公怒鞭人血流一作「滿」地。等爲戲劇誰復《岙溪詩話》作「後」先，我笑謂翁兒更賢。

慎按：右一首，見張文潛《宛邱集》第十二卷《有感三首》之一也。「兒童」張集作「群兒」，「鞭人以爲戲」張集作「相鞭以爲戲」。《岙溪詩話》云：張文潛「兒曹鞭笞學官府」云云，余謂此詩亦不可不令操權者知也。《宋文鑑》選入二十二卷中，亦以爲張耒。據此三段，其爲文潛作無疑。施氏原本不載，新刻載《續補》上卷，今駁正。

雷州八首

其一

白髮坐鉤黨〔一〕，南遷瀕海州。灌園以餬口，身自雜蒼頭。籬落秋暑中，碧花蔓牽牛。誰知把耡人，舊日東陵侯。

〔一〕鈎黨：《後漢書·黨錮傳》：後張儉事起，收捕鈎黨。《宋史·秦觀傳》：紹聖初，坐黨籍，出通判杭州。以增損《實録》，貶監處州酒税。繼削秩，徙郴州，編管横州，又徙雷州。徽宗立，放還，至藤州卒。

其　二

茘子無幾何，黄甘遽如許。遷臣不惜日〔一〕，恣意移寒暑。層巢俯雲木，信美非吾土。草芳自有時，鶗鴂何關汝〔二〕。

〔一〕惜日：韓退之有「此日足可惜」詩，此反其意，故云「不惜日」。

〔二〕鶗鴂：《淮海集》作「鶗鴂」。

其　三

下居近流水，小巢依嶺岑。終日數椽間，但聞鳥遺音。爐香入幽夢，海月明孤斟。鷦鷯一枝足，所恨非故林。

慎按：「下居」《淮海集》作「卜居」，「嶺岑」《淮海集》作「嶔岑」。

其　四

培塿無松柏，駕言此焉游。讀書與意會，却掃可忘憂。尺蠖以時屈，其伸亦非求。得歸良不惡，未歸且淹留。

慎按：「此焉游」，《淮海集》作「出焉游」；「屈伸」二字，《淮海集》作「詘信」。

其　五

粵嶺風俗殊，有疾時一作「皆」勿藥。束帶趨房祀，用史巫紛若。絃歌薦藾栗，奴至洽觴酌。呻吟殊未已，更把雞骨灼。

慎按：「粵嶺」，《淮海集》作「駱越」；「房祀」，《淮海集》作「祀房」；「用史」，《淮海集》作「瞽史」；「奴至」，《淮海集》作「奴主」。

其　六

粵女市無常，所至輒成區。一日三四遷，處處售鰕魚。青裙脚不襪，臭味猿與狙。孰云風土惡，白洲生緑珠〔一〕。

〔一〕白洲：按，《淮海集》「洲」作「州」。《能改齋漫録》云：白州雙角山猶存緑珠井，今有緑珠水，相傳水旁間産美麗。

其　七

海康臘己酉〔一〕，不論冬孟仲。殺牛撾鼓祭，城郭爲傾動。雖非堯頒曆，自我先人用。苦笑荆楚人，嘉平臘雲夢〔二〕。

〔一〕臘己酉：羅璧《識遺》引《玉燭寳典》云：臘祭先祖，蜡祭百神。唐貞觀初，丑蜡百神，辰臘宗廟。至開元定禮，始蜡臘同日。宋依和峴之議，二祭同用戌日。今曰「臘己酉」，蓋不遵宋制也。

〔二〕嘉平：《禮記》：仲冬，臘先祖五祀。疏云：臘謂田獵所得禽，祭者以欲臘祭時，暫出田獵以取禽，非仲冬大閲之獵也。蔡邕云：夏曰清祀，殷曰嘉平，周曰蜡，秦曰臘。《能改齋漫録》云：考《史記》，秦惠王五十二年，初臘，及始皇三十一年十二月，更名臘曰嘉平。先是其邑歌謡曰：神仙得者茅初成，帝若學之臘嘉平。父老具言，此神仙之謡，始皇欣然有尋仙之意，因改臘曰嘉平，則臘之名不始於秦矣。按，應劭《風俗通》引《禮傳》，夏曰嘉平。云云。以是知臘祭之名，始於三代，廢於始皇，而興於漢也。惟劭以嘉平爲夏祭，與蔡邕不同。

慎按：「傾動」，《淮海集》作「沸動」；「苦笑」，《淮海集》作「大笑」。

其八

舊時日南郡，野女出成群。此去尚應遠，東風已如雲。蚩氓託絲布，相就通殷勤。可憐秋胡子，不遇卓文君。

慎按：「舊時」，《淮海集》作「舊傳」。「東風」，《淮海集》作「東門」。

慎按：右五言古詩八首，皆秦少游作也。按《淮海集》中有《雷陽書事》三首，「越嶺風俗殊」、「舊時日南郡」，乃其二。又有《海康書事》十首，今「白髮坐鈎黨」、「荔子無幾何」、「下居近流水」、「培塿無松柏」、「粤女市無常」、「海康臘己酉」，乃其六。先生遠謫海外，不應云「南遷瀕海州」。其與子由相遇，同行至雷，僅留月餘，一怱怱過客，豈有灌園餬口之事？且計先生過雷渡海，在五六月間，今詩中一則曰「籬落秋暑中」，再則曰「黄甘遽如許」，三則曰「海康臘己酉」，四則曰「東風已如雲」，細玩詩意，皆謫居此地，自夏徂秋，背冬涉春，感時紀事之詞，斷斷非東坡作。考之《宋文鑑》，第二十卷中所選《海康書事》五首，亦以爲秦作，無疑也。八章施氏原本不載，新刻載《續補》上卷，今爲駁正。

申王畫馬圖

天寶諸王愛名馬〔一〕，千金争致華軒下。當時不獨玉花驄，飛電流雲絶瀟灑。兩坊岐薛寧與申，憑陵内廐多清新。肉騣汗血盡龍種，紫袍玉帶真天人。驪山射獵包原隰，御前急詔穿圍入。揚鞭一蹙破霜蹄，萬騎如風不能及。雁飛兔走驚絃開，翠華按轡從天回。五家錦繡變一作「徧」山谷，百里舄珥遺纖一作「塵」埃。青騾蜀棧兩超忽一作「西趨急」，高準濃娥散荆棘。回首追風趁日飛一本作「苜蓿連天鳥自飛」，五陵佳氣秋一作「春」蕭瑟〔二〕。

〔一〕天寶諸王：按，《舊唐書》，睿宗六子，其一早卒。竇后生明皇。劉后生讓皇帝憲，即寧王也。宫人柳氏生申王撝。崔孺人生岐王範。王德妃生薛王業。初出閤，列第於東都積善坊，號五王宅。洪容齋謂：明皇兄弟五人，岐、薛、申、寧而外，又有邠王守禮，而《舊唐書》不載。今考之，寧王、申王，兄也。岐王、薛王，弟也。與明皇而爲五。故當時目明皇爲三郎。申王薨於開元十二年，岐王薨於十四年，薛王薨於二十二年，惟寧王稍後，然亦歿於二十九年。天寶改元以後，諸王無一存者。此詩起句云「天寶諸王」，乃一時落筆之訛。又，王氏舊注謂：岐、薛、申、寧，皆明皇弟，不知何所據也。

〔二〕五陵：班孟堅賦：南望杜霸，北眺五陵。李善注：高帝長陵，惠帝安陵，文帝灞陵，景帝陽陵，昭帝平陵，宣帝杜陵。程大昌《雍録》云：七帝七陵，而稱「五陵」者，劉良謂「高、惠、景、武、昭，五陵在北」，其説是也。在北，在渭之北也。後世言陵邑之盛，但曰五陵，語順也。

慎按：《苕溪漁隱叢話》：此詩及《老人行》皆非東坡所作，故前集不載。又云：蔡天啓爲王荆公所知，東坡《申王畫馬圖歌》，即天啓作，其氣格有類東坡，世因悮收入。其後，姑蘇居世英家刊東坡前、後《集》，遂删去。云云。蔡天啓，名肇紹，聖元符間官中書舍人，嘗守睦州。後坐元祐黨遭斥。此詩施氏原本不載，新刻本載《續補》下卷，今駁正。

老人行

有一老翁老無齒，處處無人問年紀。白髮如絲向下垂，一雙眸子碧如水。不裹頭，又無履，相識雖多少知己。問翁畢竟何所止？笑言只在紅塵裏。秋風獵獵行雲飛，老人此意無人會，目注雲歸心自知。黄口小兒莫相笑，老人舊日曾年少。浪迹常如不繫舟，地角天涯知自跳。亦曾樂半夜，傳籌醉朱閣。美人如花弄絃索，只恨尊前明月落。亦曾憂羈旅，他鄉迫莫秋。故國日邊無信息，斷鴻空逐水長流。或安貧，或安富，或爵通侯封萬户。一任秋霜换鬢毛，本來面目長如故。水有蘋兮山有芝，人意雖存事已非。有時却憶經游處，都似茫茫春夢歸。邇來尤解安貧賤，不爲公卿强陪面。皎如明月在秋潭，動着依前還不見。還不見，可奈何，空使遠人增眷戀。但秖從他隨物轉，青樓黄閣長相見。若相見，莫殷勤，却是翁家舊主人。

慎按：《苕溪漁隱叢話》云：《東坡集》行於世者，惟《大全》、《備成》二集詩文最多，真僞相半。其後吴門居世英家刊大字前、後《集》，最爲善本。世傳《前集》乃東坡手自編者，繆誤絶少。如御史府諸詩，不欲傳之於世；《老人行》、《申王畫馬歌》，非其所作，故皆無之。云云。胡仔，南宋人，其言必非無據。惟《澠水燕談録》則云：張芸叟使遼，宿幽州館中，有題子瞻《老人行》於壁間者，芸叟題其後云：「誰傳佳句到幽都，逢着胡兒問大蘇。」按此二句，亦子由作，乃好事者傅會也。後人不察，遂采題壁詩入坡集耳，今駁正。

又贈老謙一本題云「贈僧思誼」。

瀉湯舊得茶三昧，覓句近窺詩一斑。清夜漫漫困披覽一作「搜攬」，齋腸那得許慳頑。

慎按：吴曾《能改齋漫録》云：此詩劉貢父作，故改編於此。

送公爲游淮南

負米萬里緣其親，運甓無度憂其身。讀書莫學流麥士，挾策莫比亡羊人。乃翁辛苦到白首，汝今强勉當青春。昔時管鮑以君霸，此兩士賈寧非貧。

慎按：此詩亦見《雞肋集》，晁无咎作也。前四句下晁自注云：陶潛詩「既耕亦已種，時還讀我書」，即此意也。今據此駁正。

池上二首

其一

小池新鑿會天雨，一部鼓吹從何來？有蟾正碧亂草色，時泅出没東南隈。井幹跳梁亦足樂，洞庭魚龍何有哉？能歌德聲莫入月，清池與爾俱忘回。

其二

不作太白夢日邊，還同樂天賦池上。池上新年有荷葉，細雨魚兒噞輕浪。男兒學《易》不應舉，幽人一友吾得尚。此池便可當長江，欲榜茅齋來蕩漾。

慎按：以上二首，一見《黄山谷集》，又見《晁无咎集》，題云「家池雨中」，今據此駁正。

贈仲素寺丞致仕歸隱灊山〔一〕

灊山隱君一作「居」七十四，紺瞳緑髮方《欒城集》作「始」謝事。腹中靈液變丹砂，江上幽居連福地。彭城爲我住三日，明月滿舟《欒城集》作「船」同一醉。丹書細字口傳訣，顧我沉迷真棄耳。年來四十髮蒼蒼，始欲求方救憔悴。他年若訪灊山居，慎勿逃人改名字。

〔一〕仲素：姓王，名景純。注見十五卷。

慎按：先生守徐州，有《贈王仲素寺丞》五言古詩一首，時子由亦在徐，此篇乃同時作。《欒城集》原題云「贈致仕王景純寺丞」。是年爲熙寧丁巳，子由己卯生，故云「年來四十髮蒼蒼」，其爲子由作無疑，今駁正。

揚州以土物寄少游

鮮鯽經年秘《淮海集》作「漬」醽醁，團臍紫蟹脂填腹。後春蓴茁活如《淮海集》作「滑於」酥，先社薑芽肥勝肉。鳧子《淮海集》作「鳧卵」纍纍何足道？點綴《淮海集》作「飳飣」盤餐亦時欲。淮南風俗事瓶罌，方法相傳竟留蓄《淮海集》作「旨蓄」。且同千里寄鵝毛，何用孜孜飲麋鹿。《淮海集》結處四句云：魚鱐蜃醢薦籩豆，山蔌溪毛例蒙録。輒送行庖當擊鮮，澤居備禮無麋鹿。

慎按：此詩亦見《淮海集》第六卷，題云「以蓴薑法魚糟蟹寄子瞻」。中間字句異同處，《淮海集》覺較勝。秦，高郵人，篇中以土人致土貢，語意特親切，其爲秦作無疑。新刻載《續補》上卷，今駁正。

再過泗上二首

其一

眼明初見淮南樹，十客相逢九吴語。旅程已付夜帆風，客睡不妨背船雨。黄甘紫蟹見江梅《張文潛集》作「海」，紅稻白魚飽兒女。殷勤買酒謝船《張文潛集》作「般」師，千里勞君勤轉櫓。

其二

繫舟淮北雨折軸，繫舟淮南風斷橋。客行有期日月疾，歲事欲晚霜雪驕。山根浪頭作雷吼，縮手敢試舟師篙。不用然犀照幽怪，要須拔劍斬長蛟。

慎按：右七言律詩二首，舊於張文潛《宛邱集》中曾見之，今所傳《張右史集》獨遺此，存疑，附志，以俟再考。

驪山〔一〕

君門如天深幾《宋文鑑》作「九」重，君王如帝坐法宫。人生難處是安穩，何爲來此驪山中？複道淩《宋文鑑》作「連」雲接金闕，樓觀隱烟横翠空《宋文鑑》作「紅」林深霧《宋文鑑》作「谷」暗迷八駿，朝東暮西勞六龍。六龍西幸峨眉棧，悲風便入華清院〔二〕。霓裳蕭散羽衣空，麋鹿來遊猿鶴怨。我上朝元春半老〔三〕，滿地落花無人《宋文鑑》作「人不」掃。羯鼓樓高掛夕陽〔四〕，長生殿古生青草〔五〕。可憐吴楚兩醯雞，築臺未就已堪悲。長楊五柞漢幸免，江都樓城隋自迷。由來留《宋文鑑》作「流」連多喪國，宴安酖毒因奢惑。三風十愆古所戒，不必驪山可亡國。

〔一〕驪山：注見第三卷中。
〔二〕華清：《雍録》：華清宫，開元十年建，初名温泉宫，後改名。在驪山最爲奢盛，百司皆有邸第。明皇常以十月往幸，歲竟乃歸。《長安志》：華清宫四面皆有繚墻，内有朝元閣、長生殿、羯鼓樓。
〔三〕朝元：《長安志》：朝元閣在華清宫東南，老君殿之北。天寶七載，改名降聖閣。
〔四〕羯鼓樓：《雍録》：羯鼓樓，在朝元閣東近南，繚墻之外。

〔五〕長生殿：《長安志》：長生殿有二，其一在都城迎仙宫内，其一在驪山。在都城者，寢殿也。在驪山者，齋殿也。天子有事於朝元閣，即齋沐於此。

慎按：右七言古詩一首，亦見《宋文鑑》第十四卷，題云「驪山歌」，李廌作。皖江陳焯《宋詩選》因之。考《經籍志》，李廌有《濟南集》二十卷，今不傳，但據《宋文鑑》爲考證云。

次韻謝子高讀淵明傳

枯木嵌空微黯淡，古器雖存無古絃。袖中正有南風手，誰能聽之誰爲彈一作「傳」。風流豈落正始後，甲子不數義熙前。一山《山谷集》作「軒」黄菊平生事，無酒令人意缺然。

慎按：此詩見《山谷外集》第二卷。又，《中州集》蔡松年《銀州道中》詩云：此時最憶涪翁語，無酒令人意缺然。其爲山谷作無疑，今據此駁正。

滄洲亭懷古

湘水悠悠天際來，夾江古木抱山回。城中人物若可數，日晏市散多蒼苔。九疑巉天古雲埋，遥想帝子龍車迴。心哀目極何可望，九歌寂寂令人哀。

慎按：滄洲亭，無可考。《外集》作《蒼梧懷古》。此詩見沈遼《雲巢集》中。《宋文鑑》詩選，亦以爲沈遼作，今據此駁正。

戲咏子舟畫兩竹兩鸜鵒〔一〕

風晴日暖摇雙竹，竹間對語雙鸜鵒。鸜鵒之肉不可食《山谷集》作「餚」，人生不才果爲福。子舟之筆利如錐〔二〕，千變萬化皆天機。未知筆下鸜鵒語，何似夢中蝴蝶飛。

〔一〕子舟：《畫繼》：黄彝，字子舟，潼川人。其名與字，初非「彝」與「子舟」也。山谷以其尚氣，故取二器以規之，自後折節。文與可每自言，畫竹不及子舟。

〔二〕筆如錐：白居易《紫毫筆》詩：尖如錐兮利如刀。

慎按：右一首亦見《黄山谷集》。子舟乃黄斌老之弟，山谷詩中題子舟畫者甚多，此詩確係山谷格律，非蘇詩也。今駁正。

贈山谷子

黄童三尺世無雙，筆頭衮衮懸秋江。不憂老子難爲父，平生崛强今心一作「已」降。我來喜共阿戎語，應敵縱横如急雨。生子還如孫仲謀，豚犬漫多何足數。黄家小兒名拾得《陳後山集》作「小德」眉如長松眼如漆。只今數歲已動人，老人《後山集》作「夫」留眼看他日。笑君老蚌生明珠，自笑此物吾家無。君當置酒我當賀，有兒傳業更何須。

慎按：右一首亦見陳履常《後山集》，題云「贈黄氏子小德」。按，先生本集已有《次韻魯直嘲小德》詩二首，此詩當是陳作，今據《後山集》駁正。

昭陵六馬唐文皇戰馬也琢石象之立昭陵前客有持此石本示予爲賦之〔一〕

天將剗隋亂，帝遣六龍來。森然風雲姿，颯爽毛骨開。飈馳不及視，山川《宛邱集》作「立」儼莫回。長鳴視八表，擾擾萬駑駘。秦王龍鳳姿，魯《宛邱集》作「魚」鳥不足摧。腰間大白羽，中物如風雷。區區數竪子，搏《苕溪漁隱叢話》作「縛」取若提孩。手持掃天帚，六合如《宛邱集》作「無」塵埃。艱難濟大業，一一非常才。維時六驥足，績與英衛陪〔二〕。功成鏘八鸞，玉輅行天街。荒凉昭陵闕，古石埋蒼苔。

〔一〕昭陵六馬：《元和郡縣志》：太宗昭陵，因九嵕山爲陵，在醴泉北五十里。《唐會要》：上欲闡揚先帝徽烈，乃令匠人琢石，寫諸蕃君長，列於陵司馬門内。又刻石爲常所乘破敵馬六匹於闕下。《長安志》：六駿石像在陵後。趙明誠《金石録·昭陵六馬贊》：初，太宗以文德皇后之葬，自爲文，刻石於昭陵。又琢石像平生征伐所乘六馬，爲贊之，皆歐陽詢八分書。○慎按，

《昭陵六馬圖》石刻，其一曰拳毛騧，黄馬，黑喙，平劉黑闥時所乘，前中六箭，背中三箭；其二曰什伐赤，純赤色，平王世充時所乘，前中四箭，背中一箭；其三曰白蹄烏，純黑色，四蹄俱白，平薛仁杲所乘；其四曰特勒驃，黄白色，喙微黑，平宋金剛時所乘；其五曰颯路紫燕騮，平東都時所乘，前中一箭；其六曰青騅，蒼白雜色，平竇建德時所乘。前中五箭。

〔三〕英衛陪：《唐會要》：昭陵陪葬功臣，岑文本、房玄齡、李靖、李勣、魏徵、高士廉等。按史，李勣封英國公，李靖封衛國公。

慎按：右五言古一首，亦見張文潛《右史集》第八卷中，合之《苕溪叢話》及《宋文鑑》，皆以爲張耒作，今據此駁正。

題盧鴻一〔一〕一本無「一」字學士堂圖〔二〕

昔爲太室游別本作「花」，訛，盧巖在東麓。直上登封壇，一夜蒴生足。徑歸不復往，巒壑空在目。安知有《十志》〔三〕別本作「千老」，大謬，舒卷不盈幅一本作「軸」，與結句韻重，訛。一處一盧生，裘葛蔭喬木。方爲世外人，行止何煩録。百年入篋笥，犬馬同一束。嗟余縛世累，歸未《欒城集》作「來」有茆屋。江干百畝田，清泉映修竹。尚欲逃世名，豈須《欒城集》作「復」上圖軸。

〔一〕盧鴻一：《舊唐書·隱逸傳》：盧鴻一隱於嵩山，開元六年，徵至東都，謁見不拜，授諫議大夫，固辭，放還山，賜草堂一所。《困學紀聞》云：《唐舊史》鴻一蓋二名，與中岳《劉真人》所書合。《新史》删去一字，不知何據。當以《舊史》爲正。

〔二〕學士堂圖：周密《雲烟過眼録》：楊彦德家所藏盧鴻一《草堂圖》一卷，乃是數百年物。李伯時曾臨一本，曾自書卷中歌一篇云：「甘泉建章空草莽，甲第紛紛誰復數。嵩岳徵君一草堂，却有畫圖傳萬古。巖巒奥勝帶烟霞，曠望幽盟空處所。微茫短幅幾臨模，便覽市朝如糞土。《輞川别業》王維畫，《君陽山記》希聲叙，胡將冰雪污囂塵，規模難勝非吾侶。」次則少游、仲殊、參寥繼之，皆一時聞人。

〔三〕十志：李參云：《玄居十志》者，謂《草堂》、《樾館》、《玄室》、《翠庭》、《期仙》、《滌煩》、《錦淙》、《碧潭》、《倒景》、《桃烟》。十者，天地之成數；志者，記述之總名。皆圖中之景也。十志今存其八，而遺《草堂》、《樾館》二紙。云云。新刻本「十志」訛作「千老」，殊不可解。

慎按：此詩亦見《欒城集》第十五卷中，題云「盧鴻草堂圖」。蓋子由曾試舉人，洛下有登嵩山諸什，故起句云然，東坡未嘗遊太室也。今駁正。

李白謫仙詩

我居青空裏，君隱黄埃中。聲形不相弔，心事難形容。欲乘明月光，訪君開素懷。天盃飲清露，展翼登蓬萊。佳人持玉尺，度君多少才。玉尺不可盡，君才無時休。對面一笑語，共躡金鰲頭。絳宫樓闕百千仞，霞衣誰與雲烟浮？

慎按：《東觀餘論》云：我居空青裏，君處紅埃中。仙人持玉尺，度君多少才。玉尺不可盡，君才無時休。此《上清寶典》李太白詩也。云云。黄伯長但摘此六句，而不載全篇。檢《太白集》，乃無此詩，今據《東觀餘論》，改編此卷。

飲酒四首

其一

我觀人間世，無如醉中真。虚空爲銷殞，况乃百憂身。惜哉知此晚，坐令華髮新。聖人驟難得，日《淮海集》作「得」且致賢人。

其二

左手持《淮海集》作「執」蟹螯，舉觴屬雲漢。天生此神物，爲我洗憂患。山川同恍惚，魚鳥共蕭散。客至壺自傾，欲去不得閒。

其三

有客遠《淮海集》作「南」方來，酌我一盃茗。我醉方不啜，强啜忽復醒。既鑿渾沌氏《淮海集》一作「竅」，遂遠《淮海集》作「出」華胥境。操戈逐儒生，舉觴還酩酊。

其四

雷觴淡於《淮海集》作「如」水，經年不濡脣。爰有擾龍裔，爲造英靈春。英靈韻甚《淮海集》作「何」高〔一〕，蒲萄難與《淮海集》作「爲」隣。他年血食汝，當《淮海集》作「應」配杜康神。

〔一〕英靈春：《名勝志》：雷州海康縣城北五里，有英靈岡，雷種陳氏，世居於此。按，英靈春，酒名，當以此。必有劉姓者善釀，故云「爰有擾龍氏，爲造英靈春」。少游謫居此地年餘，故有「經年不濡脣」之句。

慎按：以上四首亦秦少游謫雷州時詩，載《淮海集》第四卷中。今據此駁正。

游山呈通判承議寫寄參寥師

煌煌世胄餘，夫子非碌碌。由來有詩書，所以能絶俗。得官本河朔，瓜期未易促。扁舟下南來，逸駕追鳴鵠。遇勝即徜徉，風餐兼露宿。嗟余偶傾蓋，一笑外羈束。杖策每過從，相携訪山谷。東風披鮮雲，繡錯出林麓。松門有時盡，幽景無斷續。崖轉聞鐘聲，林疎見華屋。銜山餘落景，歸迹猶躑躅。誰云鄴下歡，往事不可復。吾曹二三子，取樂亦云足。願公寄新詩，一一能見録。船頭行北歸，囊橐有美玉。塵埃京洛人，亦與洗心目。

慎按：右一首，亦見《參寥子集》，題云「與曾仲錫通判同游天竺諸山」。以先生集考之，在定州時，曾爲通判，有《次韻曾仲錫承議荔支》詩，又有《送仲錫通判如京師》詩。今觀是詩云「得官本河朔，瓜期未易促。扁舟下南來，逸駕追鳴鵠」，意仲錫自離定州，未到京師，過杭與參寥子游，計東坡先生時已貶嶺南矣。此詩斷非先生作，今據《參寥集》爲駁正。

轆轤歌

新繫青絲百尺繩，心在君家轆轤上。我心皎潔君不知，轆轤一轉一惆悵。何處春風吹曉幕，江南緑水通珠閣。美人二八顔如花，泣向花前畏花落。臨春風，聽春鳥。別時多，見時少。愁人一夜不得眠，瑶井玉繩相對曉。

慎按：唐《顧況集》有《悲歌四首》，「新繫青絲百尺繩」四句，其第三首也；「何處春風吹曉幕」四句，其第四首也。惟「臨春風」以下六句，未詳作者姓名，要非東坡先生詩也。今據此駁正。

白鶴吟留鍾山覺海

白鶴聲可憐，紅鶴聲可惡。白鶴招不來，紅鶴揮不去。長松受穢死，乃以紅鶴故。北山道人曰：美者自美，吾何爲而喜？惡者自惡，吾何爲而怒？去自去耳，吾何駛《半山集》作「闋」而追？來自來耳，吾何妨而拒？吾豈厭喧而求静？吾豈好丹而非素？汝謂松死，吾無依焉《半山集》作「耶」，吾方捨陰而坐露。

慎按：右一首，見《王半山集》第二卷中，題云「白鶴吟示鍾山覺海元老」。首二句下尚有「白鶴静無匹，紅鶴喧無數」二句，不知何以脱落，又復訛入先生集。今駁正。

次韻張甥棠美述志名宗奭。

仲子甘心織屨避萬鍾，淵明不肯折腰爲五斗。一年鴻雁識來往，終日沐猴誰去取。知甥詩意慕兩君《雞肋集》作「甥詩意慕兩君間」，讀書要在存心久。平生所談性命奥，長棄不憂金石朽。我今已習鷙子定，猶復晨朝怖頭走。刳心先擬射聲別本作「毅」名，不作羊鄒悲《雞肋集》作「悽」峴首。雲梯雨矢集無方，我已中《雞肋集》作「心」灰同墨守。恐甥自是禹門鱗，未可潛逃入吾藪。琢磨晚覺孟光賢，畏我放言時被肘。甥能耡我青門瓜，正午時來休老手〔一〕。

〔一〕正午時來：按，《傳燈録》：龐居士有女曰靈照。居士將入滅，謂靈照曰：視日早晚，正午時，來報。照遽報：「日已中矣，而有蝕也。」士出户觀，女即登父坐，合掌坐化。後七日，士亦化。龐婆走田中，謂子龐大曰：「汝父死矣。」龐大笑曰：「嗄！」倚耡亦脱去。詩中正用此事。補注繆引《晉書》石勒與李陽事，無關涉。

慎按：右一首，亦見晁无咎《鷄肋集》，題中無「張塄」二字，今據此駁正。

他集互見詩卷五十

古今體詩四十三首

觀開西湖次吳左丞韻

偉人謀議不求多，事定紛紛自唯阿。盡放龜魚還緑浄，肯容蕭葦障前坡。一朝美事誰能紀，百尺蒼崖尚可磨。天上列星當亦喜，月明時下浴明疑當作「清」波。

慎按：右一首見《參寥子集》，題云「次韻吳承老推官觀開西湖」。又按，潛説友《咸淳臨安志》載此詩於西湖條下，亦以爲道潛作。細玩詩中多稱誦之辭，斷非東坡先生作。今據此駁正。

戲題巫山縣用杜子美韻按，杜集《巫山題壁》詩所云「卧病巴東久，今年强作歸」，即此韻也。

巴俗深留客《瀛奎律髓》作「巴俗雖親我」，吳儂但《瀛奎律髓》作「暫」憶歸。直知難共語，不是故相違。東縣聞銅臭〔一〕，江陵換裌衣。丁寧巫峽雨，慎莫暗朝暉。

〔一〕東縣銅臭：任淵《山谷集注》：舊見山谷跋云：「銅臭」乃昌黎「照壁喜見蝎」之意，蓋過巫山用銅錢也。按，巫山江上有二石，俗謂之銅錢、鐵錢堆，荆、夔自此分界。《瀛奎律髓》亦云：蜀人用鐵錢，過巫山縣始用銅錢。

慎按：方回《瀛奎律髓》云：山谷以紹聖二年謫黔州，元符戊寅移戎州，庚辰正月徽宗登極，離戎州，明年辛巳至峽州。蓋流離跋涉八年矣，未嘗有一詩及於遷謫。此出峽詩，起句石刻作「巴俗雖親我，吳儂暫憶歸」，細玩，則改本爲佳。任淵《山谷詩注》云：篇中有「江陵換裌衣」之句，山谷度自巫山，至此已初夏矣。云云。此詩載《山谷詩集》第十卷中。今據以上諸説爲駁正。

答晁以道索書〔一〕

閲世真難記，如公自不忘。其於書太簡，正以懶相妨。

〔一〕晁以道：《宋史》：晁説之，字以道，自號景遷子，補之從弟。舉進士，又舉博學宏詞科。有文集五十卷，名《嵩山集》。

慎按：右五言四句，見《陳後山集·寄晁以道》五言律詩之前半首也。其後四句云：「與有還家樂，終無却老方。莫須憂潦倒，未許細商量。」今據此駁正。

陳伯比和回字復次韻〔一〕

百里馮生寧屑去，湖海陳侯猶肯來。詩書好在家四壁，蒲柳蓊然城一隈。騎上下山亦疎矣，儵從容出何爲哉。市橋十步即塵土，晚雨瀟瀟殊未回。

〔一〕陳伯比：名琦，初字元老，後改伯比。晁補之有《陳琦伯比字説》。

慎按：晁補之《雞肋集》有《家池雨中》二首，又，《次韻陳伯比》二首，此其第一首也。晁集中與伯比往還詩牘甚多，此首與上卷《池上》二首，格調自別，斷非東坡作。今駁正。

與道源游西莊遇齊道人同往草堂爲齊書此〔一〕

桑麻《半山集》作「楊」已零落，藻荇復消沉。園宅在人境，歲時傷我心。强穿南埭路，遥《半山集》作「共」望北山岑。欲與《半山集》作「覓」道人語，跨鞍聊一尋。

〔一〕道源：姓沈，失其名，與王介甫在金陵往還游好甚密。

慎按：右五言律一首，見《王半山集》，題云「元豐四年十月二十四日與道源過西莊遂游寶乘寺二首」，此其第一首也。中間三字不同。齊道人、西莊、草堂，俱失考。今據王集駁正。

答子勉三首〔一〕

其一

君不登郎省〔二〕，還應上諫坡〔三〕。才高殊未識，歲晚喜無他。櫪馬羸難出，隣雞凍不歌。寒爐餘幾火，灰裏撥陰何。

〔一〕子勉：《瀛奎律髓》云：高荷，字子勉，江陵人。以五言律三十韻贄見山谷，山谷賞之，遂知名。後知某州，卒。詩入江西派，所著名《適適集》。《石林詩話》云：高子勉，荆南人。學杜詩，頗得句法。晚爲童貫客，得蘭州通判。既不爲時論所與，其詩亦不傳。《雪浪齋日記》載其詩，有「沙軟緑頭相並鴨，水深紅尾自跳魚」之句，亦殊有思致也。

〔二〕郎省：《唐書·百官志》：隋尚書省諸司郎及承務郎各一人。武德二年，改諸司郎爲郎中，承務郎爲員外郎。《宋史·職官志》：門下省有起居郎，掌記天子言動，與起居舍人對立於殿下螭首之側，謂之左右史。

〔三〕諫坡：《雍録》：今世通呼諫議爲諫坡，蓋起於《因話録》「上坡」、「下坡」之説。坡者，含元殿前龍尾道，坡陀而高者也。唐制，兩省供奉，常在人主左右侍奉宣傳，故每御殿，則宰相與兩省官於未索扇之前，立欄楯之内，及扇開，便侍立於香案之前，取其先上而備供奉，其立班所以皆在坡上也。上坡、下坡，即以立班高下爲言。

其　二

驚人得佳句，或以傲王公。處士《山谷集》作「世」還《山谷集》作「要」清節，滑稽安足雄。深沉似康樂，簡遠到安豐〔一〕。一點無俗氣，相期林下風《山谷集》作「同」。

〔一〕安豐：《晉書》：王戎封安豐侯，善發談端，賞其要會。

慎按：《黄山谷集》有《次韻答高子勉》五言律詩，凡十首，「君不居郎省」云云，其第四首；「驚人得佳句」云云，其第六首也。今據此駁正。

其　三

歐倩黄集作「靚」腰支柳一渦一本作「欲舞腰支柳一窠」，小梅催拍大梅歌〔一〕。舞餘片片《能改齋漫録》

作「細點」梨花落《能改齋漫録》作「雨」，争奈黄集作「奈此」當塗風物《能改齋漫録》作「月」何〔二〕？

〔一〕歐梅：李端叔《跋山谷二詞後》云：魯直自放廢中請當塗，一年方到官，既七日而罷。其章句所留不多，所謂歐與梅者，皆當塗官妓也。史容《山谷詩注》亦云：大小梅皆太平州官妓。

〔二〕當塗：《山谷年譜》：建中靖國元年，自戎州放還，辭免吏部員外郎，乞知太平州。崇寧元年壬午，領州事，到官九日而罷。按，當塗縣，晉成帝時始置，宋屬太平州。

慎按：右七言絶，亦見《黄山谷集·太平州》二絶句之一也。吴曾《能改齋漫録》云：豫章得請守當塗，七日而罷。又數日，乃去。其詩云「歐倩腰支柳一渦」云云，又有《木蘭花》詞，結句云「歐舞梅歌君更酌」，自批云：「歐、梅，當時二妓也。」據此，則此詩爲山谷作無疑。今援證改編。

和子由次王鞏韻如囊之句可爲一噱

平生未省爲人忙，貧賤安閒氣味長。粗免趨時頭似葆，稍能忍事腹如囊。簡書見迫身今老，尊酒聞呼首一昂。欲挹《欒城集》作「挽」天河聊自洗，塵埃滿面鬢眉黄。

慎按：右一首，亦見《欒城集》第八卷中，題云「次韻王鞏自咏」，乃客徐州時與定國唱和之作。今據此駁正。

元祐癸酉八月二十七日於建隆章浄館書贈王覿〔一〕

海上東風犯雪來，臘前先折鏡湖梅。遥思禁苑青春夜，坐待宫人畫詔回。

〔一〕建隆：《汴宫遺跡志》：太清觀在大梁門外西北，周世宗所建，宋太祖以建隆改元，遂更名曰建隆觀。

慎按：右七言絶句一首見《會昌一品集》中，乃李文饒懷京國詩也。《萬首唐人絶句》載此詩，亦以爲李德裕作，題中明云「書贈王覿」，則此非東坡詩可知。今駁正。

東　園

岑寂東園可散愁，膠膠擾擾夢神州《山谷集》作「游」。萬竿苦竹旌旗卷，一部鳴蛙鼓吹收《山谷集》作「休」。雨後月前天欲冷，身閒心遠地偏《山谷集》作「常」幽。杜門謝客恐生謗，且作人間鵬鷃游。

慎按：右七言律一首，見《黄山谷詩集》第十卷中，《次韻黄斌老晚游池亭》二首之一也。山谷與斌老唱和甚多，集中又有《答斌老獨游東園》五言古詩六首，東園必斌老所居，山谷嘗從之游者也。今駁正。

藏春塢

朱閣前頭露井多，碧桃一作「梧桐」花下美人過。寒泉未必能勝此，奈有銀缾一作「牀」素綆何？

慎按：此詩亦見《陸龜蒙集》，題云「野井」。又見《淮海集》，今駁正。

次韻參寥寄少游

巖棲木石已皤然，交舊何人慰眼前。素與晝公心印合〔一〕，每思秦子意珠圓。當年步月來幽谷〔二〕，拄杖穿雲冒夕烟。臺閣山林本無異，故應文字不離禪。

〔一〕晝公：《高僧傳》：皎然名晝，湖州人。有逸才，然恥以文章名世。將入杼山，裒所著詩文火之。後人爲之稱曰：霅之晝，能清秀。

〔二〕步月來幽谷：《淮海集·龍井題名記》云：元豐二年，中秋後一日，余自吴興過杭，龍井辨才法師以書邀余入山。比出郭，日已夕，航湖至普寧，遇參寥。是夕，天宇開霽，林間月明，可數毛髮。遂從參寥杖策並湖而行，出雷峰，度南屏，入靈石塢，得支徑，上風篁嶺，行二鼓，始至壽聖院，謁辨才於潮音堂。云云。詩中「當年步月來幽谷，拄杖穿雲冒夕烟」二句，正與題名相合。

慎按：右七言律一首，乃辨才法師詩。本集先生自書此詩而題其後云：「辨才作詩，時年八十二矣。平生初不學作詩，如風吹水，自成文理。若參寥與吾輩詩，乃如巧人織錦耳。」又按，潛説友《咸淳臨安志》載辨才此詩於「龍井」條下，附見少游、參寥和詩。《淮海集》詩題云「辨才師以詩見寄繼聞示寂追次其韻」云云。即此首韻，則又其一證也。今駁正。

贈仲勉子文

雨昏南浦曾相對〔一〕，雪滿荆州喜再逢。有子才如不羈馬，知君心似後彫松。閒看書册應多味，老傍人門想更慵。何日晴軒觀（《山谷集》作「親」）筆硯，一杯相屬更從容。

〔一〕南浦：注詳本卷後《萬州》下。

慎按：右一首亦見《山谷集》，題云「和高仲本喜相見」。按，仲，本名宿。山谷過萬州，高爲太守，有《與萬州太守高宿游岑公洞夜雨連明絶句》，亦訛入《東坡集》中。萬州，唐爲南浦郡，與此詩起句正合，其爲黄作無疑。今據此駁正。

講武臺南有感〔一〕

山城九月冒朝寒《山谷集》作「月明猶在搭衣竿」，講武《山谷集》作「曉踏」臺南路屈盤。騶子雨中乘馬去，村童烟外倚墻看。鴉啼冢《山谷集》作「宰」木秋風急，鷺立漁船夜《山谷集》作「野」水乾。花似去年堪折贈，插花人去淚闌干〔二〕。

〔一〕講武臺：《元和郡縣志》：晉陽有講武臺，在縣北十五里，顯慶五年置。《宋史·太宗紀》：興平二年九月，幸講武臺大閱。未知孰是。

〔二〕淚闌干：《漢書·息夫躬絶命詞》：涕泗流兮萑蘭。臣瓚注云：萑蘭，謂涕泗闌干也。

慎按：右七言律一首，亦見《黄山谷集》中，間不同者十一字，今據此考正。

移合浦郭功甫見寄

君恩浩蕩似陽春，合浦何如在海濱。莫趁明珠《困學紀聞》作「莫向沙邊」弄明月，夜深無數采珠人〔一〕。

〔一〕采珠：《南越志》：珠母海，在合浦縣南，中有七珠池。珠有九品，大者名璫珠，次走珠，又次滑珠，又次磥砢珠，又次官兩珠，又次税珠，又次芯符珠。《菽園雜記》：蜑人采珠者，以大船環池，以石懸大絙，别以小繩繫諸蜑腰，没水拾蚌，置竹籃中，振繩則舶人汲取，緣絙上。不幸遇惡魚，有一綫之血浮水面，則葬魚腹中矣。

慎按：王應麟《困學紀聞》云：東坡文章好譏刺，文與可戒以詩云：「北客若來休問事，西湖雖好莫吟詩。」晚年，郭功甫寄詩云：「莫向沙邊弄明月，夜深無數采珠人。」云云。據此，則此詩乃郭功甫作。今駁正。

題懷素草帖

人人送酒不曾沽，終日松間掛一壺。草聖無石刻作「欲」成狂飲石刻作「便」發，真堪畫作《醉僧圖》〔一〕。

〔一〕醉僧圖：《宣和書譜》：御府藏懷素草書帖一百餘種，内有《醉僧圖》詩。又，劉餗《隋唐佳話》：張僧繇作《醉僧圖》，道士每以此嘲僧，群僧貿。閻立本作《醉道士圖》，今並傳。○按，卞氏《式古堂書畫彙考》云：李龍眠《醉僧圖》卷，老泉書懷素詩「人人送酒不曾沽」云云，併倣其草法。

慎按：石刻先生自題云：「此懷素詩也，僕好臨之。人間當有數百本也。」後人不加深考，遂訛以此詩編入集中耳。又按，《萬首唐人絶句》載此詩，亦以爲懷素作，今據此駁正。

僕年三十九在潤州道上過除夜作此詩又二十年在惠州追録之以付過二首

其一

寺官官小未朝參，紅日半窗春睡酣。爲報隣雞莫驚覺，更容殘夢到江南。

〔一〕寺官：《宋史·職官志》：太常、宗正、光禄、衛尉、太僕、大理、鴻臚、司農、太府，共九寺。正卿、少卿而下，太常則有協律郎、奉禮郎、太祝，大理則有司直、評事。其七寺丞皆七品，主簿皆八品，統名寺官。

其二

釣艇歸時菖葉雨，繅車鳴處楝花風。長江昔日經游地，盡在如今夢寐中。

慎按：何薳《春渚紀聞》云：錢唐關氏詩律精深妍妙，世守家法。子東二兄子容、子開，皆稱作者。「寺官官小未朝參」、「釣艇歸時菖葉雨」云云，二首此皆子容詩，世傳以爲東坡先生作，非也。今以《年譜》考之，熙寧七年甲寅，先生年三十九，是冬自杭倅移知密州，在密度歲，有《除夜答段屯田》詩，起句云「龍鍾三十九，勞生已强半」，何曾在潤州過除夜耶？向疑此二絶句非先生作，不謂古人有先我言之者矣。今據此駁正。

萬州〔一〕太守高公宿約游岑公洞而夜雨連明戲贈二小詩〔二〕

其一

肩輿欲到岑公洞，正怯衝泥傍險行。定是岑公閟清境，春江一夜雨連明。

〔一〕萬州：《輿地廣記》：萬州，秦、漢屬巴郡。後周立安鄉、南都二郡，後改安鄉曰萬州。唐立浦州，天寶中爲南浦郡。《太平寰宇記》：山南東道萬州，舊朐䏰縣地，後爲安鄉及萬川郡。貞觀八年，改爲萬州。

〔二〕岑公洞：《名勝志》：萬縣西山有岑公洞，在大江之南，廣六十餘丈，深四十餘丈。《圖經》云：岑公名道願，江陵人。隋末隱此。唐封冲妙大師、虚鑒真人。《輿地碑目》：萬州石刻有《岑公洞記》，元和八年段文昌撰。又有黄魯直題名，在岑公洞下巖寺。

其二

蓬窗高枕雨如繩，恰似糟牀壓酒聲。今日岑公不能飲，吾儕猶《山谷集》作「聞」健可頻傾。

慎按：右二首，見《黄山谷集》，題云「萬州太守高仲本宿約游岑公洞而夜雨連明戲作」。按，《山谷年譜》：建中靖國辛巳，自戎州赦還，三月至峽州，作《萬州太守高仲本約游岑公洞》詩，同時又有《萬州下巖》二首。任淵注云：山谷有磨崖《題石》，載高仲本置酒事，年月歷歷可考，其爲黄作無疑。今據此駁正。

送柳宜歸

折脚鐺邊《山谷集》作「中」煨淡粥，曲枝《山谷集》作「腰」桑下飲離盃。書生《山谷集》作「知君」不是南遷客，魑魅驚人《山谷集》作「無情」須早回。

慎按：右一首，見《黄山谷外集》，題云「長沙留别青神」。史容注云：「崇寧二年十一月，山谷以荆南所作《承天塔記》，謫宜州，自潭州歷衡、永、全州、静江以趨貶所，作《長沙留别》詩云云。柳宜歸，無可考。今據《山谷詩注》爲駁正。

謝都事惠米

平生忍慾今忍貧，閉口逢人不少陳。俸薄身輕趙都事，也能作意向詩人。

慎按：右一首，亦見《陳後山集》，第三句作「俸薄身清趙都史」。今據此駁正。

次韻送張山人歸彭城〔一〕

羡君飄蕩一虚舟，來作錢塘十日游。水洗禪心都眼净，山供詩筆總眉愁。雪中乘興真聊爾，春盡思歸却罷休。何日五湖從范蠡，種魚萬尾橘千頭。

〔一〕張山人：即張天驥，自號雲龍山人。注見前。

慎按：右一首，施氏原注載先生「守杭」卷中。按，阮閲休《詩話總龜》云：徐州張天驥不遠千里，見朱定國於錢唐，愛其風物，欲徙家居焉，春盡思歸，定國以詩戲之。云云。起句「羡公飄蕩一孤舟」，第七句「何事却尋朱處士」，與集本小異。朱定國無可考。又按，本集有《行宿泗間見徐州張天驥次舊韻》七律一首，見後三十五卷中，即此首韻也。阮閲休以爲朱定國作，當必有據。今移編此卷，俟再考。

絶句三首

其一

松柏蕭森溪水南〔一〕，道人只《淮海集》作「爲」作兩團《淮海集》作「小圓」菴。市區收罷豚魚税，來與彌陀共一龕。

〔二〕水南：《淮海集》題云：處州水南菴，即其地也。

其　二

此身分付一蒲團，静對蕭蕭竹《淮海集》作「玉」數竿。偶爲老僧煎茗粥，自携修綆汲清泉。

慎按：以上二首，見《淮海集》第十一卷中。蓋少游於紹聖初坐黨籍，由國史編修官出，通判杭州。御史劉拯復論其增損《神宗實録》，貶監處州酒税。使者承望風指，伺候過失，不可得。以謁告寫佛書爲罪，削秩，徙郴州。此二首，正貶處州時作，故有「市區收税」、「一龕蒲團」之句，今據此爲駁正。

其　三

天風吹月入欄干，烏鵲無聲夜向《淮海集》作「子夜」闌。織女明星來枕上，乃《淮海集》作「了」知身不在人間。

慎按：右一首，亦見《淮海集》第十一卷中，題云「四時四首贈道流」，此其第二首也。趙德麟《侯鯖録》亦以「天風吹月入闌干」云云，乃秦少游《遊仙詞》四首之一。今據此駁正。

睡起

柿葉滿《山谷集》作「鋪」庭紅顆秋，薰爐沉水度春《山谷集》作「衣」篝。松風夢與故人遇，自《山谷集》作「同」駕飛鴻跨九州〔一〕。

〔一〕駕飛鴻：郭璞《游仙詩》：赤松臨上游，駕鴻乘紫烟。李白詩：不及廣成子，垂雲駕輕鴻。

慎按：右一首，亦見《黄山谷外集》第九卷中，今據此駁正。

秋思寄子由

黄葉《山谷集》作「落」山川知晚秋，小蟲催女獻功裘〔一〕。老松閲世卧雲壑，挽著蒼《山谷集》作「滄」江無萬牛。

〔一〕獻功裘：《周禮》：司裘，季秋獻功裘，以待頒賜。注云：功裘，卿大夫所服。

慎按：右一首，亦見《黄山谷内集》第一卷中，今駁正。

侯灘〔一〕

江邊《雲巢集》作「流」皎皎《雲巢集》作「激激」過侯灘，更上山腰《雲巢集》作「頭」看打《外集》作「矴」盤。

百歲老兒（《雲巢集》作「人」）親擊鼓，城中憂患（《雲巢集》作「樂」）不相干。

〔一〕侯灘：《水經》：漢水又東，逕猴灘。注云：山多猿猴，乘危啜飲，故灘受兹名。按，「侯」，疑當作「猴」。

慎按：右一首，見沈遼《雲巢集》。按，遼字濬達。集中有《贈别子瞻》詩，兩公同時遊好，故沈詩訛入公集。今駁正。

火星巖

火星巖下石凌壁〔一〕（《雲巢集》作「崚嶒」），閣上相忘（《雲巢集》作「殿閣相望」）止一僧。莫問人間興廢事，門前流水几前燈。

〔一〕火星巖：宋盧臧《永州三巖記》：永之東南，三巖相望。火星巖亂石怪聳，後瞰山腹，往時有黄冠師宅其側，塑火星像，爲人祈福，因名。

慎按：右一首，亦見沈遼《雲巢集》，今駁正。

謝惠貓兒頭筍

長沙一日（《山谷集》作「月」）煨籩（《山谷集》作「鞭」）筍，鸚鵡洲前人未知。走送煩公助湯餅，貓頭突兀鼠《山谷集》作「想」穿籬〔一〕。

〔一〕貓頭：韓子蒼《陵陽集》云：湖南有大竹，世號貓頭。任淵《陳後山詩注》云：潭州有貓兒頭筍。

慎按：右一首，見《黄山谷集》第十一卷中，與本詩不同凡三字，覺黄集較勝，今據此改正。

題净因堂

瞑倚蒲團卧《山谷集》作「挂」鉢囊〔一〕，半窗疎箔度微凉。蕉心不展待時雨，葵葉爲誰傾夕陽。

〔一〕挂鉢囊：《傳燈録》：雲門曰：高挂鉢囊，拗折拄杖。

慎按：右七言絶句，見《山谷内集·題净因壁二首》之一也。第一句「卧鉢囊」，一本又作「晝夢長」。今據此考正。

題净因院

門外黄塵不見山，箇《山谷集》作「此」中草木亦常閒。履聲如渡薄冰過，催粥華鯨吼夜闌。

慎按：右一首合前一首，乃山谷《題净因壁二絶句》也。新刻本分作二處，今據黄集駁正。

同景文咏蓮塘

塘上鈎簾對晚香，不知斜《山谷集》作「半斜紅」日已侵牀。江妃自惜《山谷集》作「羞出」凌波步一作「襪」，長在高荷扇影涼。

慎按：右一首亦見《黄山谷外集》十六卷中，今駁正。

竹枝詞

自過鬼門關外天〔一〕，命同人鮓甕頭船〔二〕。北人墮淚南人笑，青嶂無梯聞一本作「問」，訛杜鵑。

〔一〕鬼門關：《輿地廣記》：容州北流縣有句扇山，在縣南三十里。兩石相對，口闊三十步，俗號鬼門關。

〔二〕人鮓甕：《名勝志》：人鮓甕在巫峽下，蜀江最險處。

慎按：右一首一見《黄山谷集》，再見《秦少游集》。第一句「自過」二字，黄作「日瘦」，秦作「身在」。第二句「同」字，秦作「輕」。第三句「墮淚」二字，秦作「慟哭」。第四句「青嶂無梯」四字，秦作「日落荒村」。今據二集駁正。

寄歐叔弼〔一〕

昔葬衣冠今在否？近來消息不須疑。曾聞圯上逢黄石，久矣留侯不見欺。

〔一〕歐叔弼：名棐，六一居士第三子。注見前。

慎按：右四句，乃《欒城集》中《贈蔡州壺公觀劉道士》七言律詩後半首也。今據子由集全録於左。詩引云：元祐八年七月，曹焕至自安陸，爲予言：過淮西，入壺公觀。觀懸壺之木老死久矣，環生孫蘖無數。聞有老道士劉道淵，年八十七，非凡人也。謁之，神氣甚清，服細布單衣，縫補殆遍。焕問其意，道淵悵然曰：「此故淮西守歐陽永叔所贈也。世人稱永叔工文詞，善辨論，忠信篤學而已。君知是人竟何從來耶？我與公有夙契，且齊年也。昔將去吾州，留此以别。吾服之三十年，嘗破而補之矣，未嘗垢而浣也。比嘗得其訊，吾亦去此不久矣。」焕聞之，愕然莫測。徐問其故，皆不答。予少與兄子瞻皆從公游，究觀平生，固嘗疑公神仙中人，非世俗之士也。公亦嘗自言：昔與謝希深、尹師魯、梅舜俞數人同游嵩高，見蘚書大字於蒼崖絶澗之上，曰「神清之洞」。問同游者，惟師魯見之，以此亦頗自疑本世外人。今聞道淵言，與曩意合，因作詩以示公子棐叔弼。其詩曰：思潁求歸今幾時？布衣猶在老劉師，龍章舊有世人識，蟬蜕惟應野老知。昔葬衣冠今在否？近傳音問不須疑。曾聞圯上逢黄石，久矣留侯不見欺。云云。此事本末如此，今截去序文及前半首，令人讀之，茫然不解所謂。此種繆謁，向來注家刻本，從未有勘正者，至余始發之，覽者亦可識其苦心矣。

和黄龍〔一〕清老三首〔二〕

其一

萬山不隔中秋月，一雁能傳寄遠書。深密伽佗枯戰筆〔三〕，真誠相見問何如。

〔一〕黄龍：《名勝志》：黄龍山在寧州西一百八十里，上有黄龍崇恩院。唐乾寧中，晦機禪師得法於玄泉彦，嘗遇神僧，謂曰：「此去東北，遇洪即止，逢龍可住。」後住黄龍山，禪侣雲集。

〔二〕清老：慎按，《五燈會元》同時黄龍有二清，皆晦堂法嗣，一爲靈源惟清，一爲草堂善清。《釋氏稽古略》云：元祐六年，黄山谷丁家艱，館黄龍山，從晦堂禪師祖心遊，與草堂惟清尤篤方外契。云云。草堂乃善清，非惟清也。《稽古略》訛。

〔三〕深密伽陀：《稽古略》云：秘密教者，西天此土流傳凡七世，由慧朗而下，厥嗣漸微。又云：修伽陀，譯言好去，又名修伽度，此云善逝，第一上升，永不復還，故名善逝。

其　二

風前橄欖星宿落，月《山谷集》作「日」下桄榔羽扇開。　靜《山谷集》作「照」默堂中有相憶，清江《山谷集》作「秋」或遣化人來。

其　三

騎驢覓驢真《山谷集》作「但」可笑，以《山谷集》作「非」馬喻馬亦成癡。　一天月色爲誰好，二老風流各《山谷集》作「只」自知。

慎按：右三首，見《黄山谷集》第十一卷末，以《釋氏稽古略》考之，確是山谷作，今據此駁正。

過土山寨〔一〕

南風日日縱篙撑，時喜北風將我行。　湯餅一杯銀線亂，蔞蒿如《山谷集》作「數」筯玉簪横。

〔一〕土山寨：南宋人陳克《東南防守利便》云：土山寨在上元縣東南三十里，周圍四里，高二十丈。石季龍將寇海道，蔡謨所統七千人，東至土山，西至江乘，鎮守八所，城壘凡十一。又，《名勝志》云：近半山寺康樂坊，太傅土山在焉。史云：謝安隱會稽東山。因築此擬之，無巖石，故曰土山。二説未詳孰是。

慎按：右一首，亦見《山谷集》十一卷中，今駁正。

跋姜君一本作「公」，訛弼〔一〕課册〔二〕公自注：姜君，瓊州人，己卯閏九月，來從學於東坡，至儋耳，庚辰三月，方還瓊。

雲興天際，歘若車蓋。凝矑未瞬，瀰漫霮霸。驚雷出火，喬木糜碎。殷地爇空，萬夫皆廢。霤綆四墜一本作「懸溜綆縋」，日中見昧一作「沬」。移晷而收，野無完塊。

〔一〕姜弼：字唐佐，見本集。

〔二〕《詩話總龜》：李德裕《文章論》云：文章當如千兵萬馬，風恬雨霽，寂無人聲。黄夢升題兄子庠之文云：子之文章，電激雷震，雨雹忽止，闃然泯滅。歐陽公《祭蘇子美》文云：風雲變化，雨雹交加，忽然揮斤，霹靂轟車。須臾霽止而四顧，山川草木，開發萌芽。東坡《題姜君弼課册》云云，亦同。此一機括也。

慎按：葛立方《韻語陽秋》云：瓊州進士姜唐佐，東坡極愛之，贈以詩曰：「滄海何曾斷地脉，白袍端合破天荒。」且告之曰：「子異日登科，當爲子成此篇。」及唐佐預廣州計偕，過汝陽見子由，時東坡已下世矣。子由因足成其篇，云：「生長茅間有異方，風流稷下古諸姜。適從瓊管魚龍窟，秀出羊城翰墨場。滄海何曾斷地脉，白袍端合破天荒。錦衣他日千人看，始信東坡眼力長。」唐佐是年省闈不利，有負錦囊之祝矣。東坡又嘗書唐佐課册：「雲興天際，歘若車蓋」云云。今亦刻集中，乃戲書劉夢得《楚望賦》中語，按，《楚望賦》全篇載《文苑英華》第一百二十七卷中，今據此駁正。

惠崇蘆雁〔一〕

惠崇烟雨蘆《山谷集》作「歸」雁，坐我瀟湘洞庭。欲買《山谷集》作「喚」扁舟歸去，故人云《山谷集》作「言」是丹青。

〔一〕惠崇：《圖繪寶鑑》：建陽僧惠崇，工畫鵝雁，尤工小景，善爲寒汀遠渚、瀟灑虛曠之象，人所難到也。

慎按：右六言絶句，亦見《黄山谷集》，題「鄭防禦畫夾」，五首之一也。入《宋文鑑》第二十六卷選詩中，亦以爲黄作，今據此駁正。

過嶺寄子由第二首詩載四十四卷中。

慎按：《欒城集》「山林瘴霧老難堪」七律一首，乃子由次韻子瞻過嶺詩韻也，注見前。

附録

後跋

先世父篤好東坡先生之詩，以施注編年不甚分明，而踳駁繆盭，間或不免，覃思積力，搜釋融洽餘三十年，而乃潰於成，藏諸篋衍，未嘗以示人也。

遭值家難，余年十二，隨侍請室，世父諄念此書爲一生精力所聚，恐一旦溘先朝露，將淹没不彰，求其人以付之而未得。既而世父蒙恩超雪，余侍先人遠戍長安。乾隆元年，余兄弟復蒙特恩，赦歸井里，距奉伯父之諱已九年於此矣。流離顛沛之餘，東西奔走，蹙蹙靡騁。九年，偕仲兄遊維揚，攜此稿謀諸好事，迄無將伯之助。既余筮仕武陟，偏災見告，陽武河口衝決，竭駑駘之力，補救不暇，迨被論南還，謝絶塵務，校理舊業，正其焉烏，訂其闕漏，先世父遐搜廣覽之苦心，未敢云窺其底奥。然是書之本末，亦麤略完備已。

歲在辛未，翠華南幸，迎鑾袁浦，即以是書繕本上呈乙覽，蒙恩賜緞四端，書留内府，誠人臣不世之遭逢，而先世父之精勤，九原可以稍慰矣。客歲遊楚，是書仍携行笈。巨浸稽天，驚風激浪，一舟掀舞，囊幐盡濕，書獨安然無恙。自吾世父之渡淮也，軒窗盡裂，而是書拔洪濤濁浪而出，與今正同，豈精靈不泯，有神物呵護之耶！

今將開雕於廣陵客舍，適武林杭堇浦太史來主講席，重煩勘定，體益加潔，例益加嚴。是書一出，洵蘇氏之功臣，施家父子之諍友哉！回憶圜扉土室之中，耳提面示，顯顯猶在目前，歲月蹉跎，人事乖迕，余以不肖，未能荷承先業，閱三十八年之久，乃得節衣縮食，辛勤以竟成此志，撫今追昔，不禁其涕泗之横集也。猶子岐昌，世父季孫也，勤學不倦，以詩世其家學，方任校讎之役，遽以病殁。從孫祖香踵成之，句櫛字比，以助余之不逮。仲兄七倫先生爲是書劬勞擘畫，旁皇終夜，絀於力而志不得逞，異日得返舊廬荒村老樹之間，繙書聽雨，釃濁酒而酹先靈，兄得弛其負擔，可以啓顔而一笑矣乎！

乾隆辛巳歲孟冬朔日侄男開敬跋

《補注東坡編年詩》五十卷通行本，國朝查慎行撰。慎行有《周易玩辭集解》，已著録。初，宋犖刻施注蘇詩，急遽成書，頗傷潦草。又，舊本黴黯，字迹多難辨識，邵長蘅等憚於尋繹，往往臆改其文，或竟删除以滅跡，併存者亦失其真。慎行是編，凡長蘅等所竄亂者，並勘驗原書，一一釐正。又於施注所未及者，悉蒐採諸書以補之。其間編年錯亂，及以他詩溷入者，悉考訂重編。凡爲正集四十五卷，又補録帖子詞、致語、口號一卷，遺詩補編二卷，他集互見詩二卷。别以年譜冠前，而以同時倡和散附各詩之後。

雖卷帙浩博，不免牴牾，如蘇轍《辛丑除日寄軾》詩，軾得而和，必在壬寅，乃亦入之辛丑卷末，則編年有差。《題李白寫真》詩，前後文義相屬，本爲一首，惠洪所説甚明。乃據《聲畫集》分爲二首，則校讐爲舛。《漁父詞》四首、《醉翁操》一首，本皆詩餘，乃列之詩集，則體裁未明。倡和詩中，所列曾鞏《上元遊祥符寺》詩、陳舜俞《送周開祖》詩、楊蟠《北固北高峰塔》詩、張舜民《西征三絶句》，皆與軾渺不相關，乃一概闌入。至於所補諸篇，如《怪石》詩指爲遭憂時作，不知《朱子語類》謂二蘇居喪無詩文。《鼠須筆》詩本軾子過作，而乃不信《宋文鑑》。《和錢穆父寄弟》詩已見三十一卷，乃全篇複見。《元祐九年立春》詩即《戲李端叔》詩中四句，已見三十七卷，乃割裂再出。《雙井白龍》詩，《冷齋夜話》明言非東坡作，乃反云據以補入。甚至李白《山中日夕忽然有懷》詩，亦引爲軾作，尤失於檢核。如斯之類，皆不免炫博貪多。其所補注，如《宋叔達家聽琵琶》詩「夢回猶識歸舟字」句，本用「箜篌朱字」事，見《太平廣記》，乃惟引「天際識歸舟」句，又誤謝朓爲謝靈運。《黃精鹿》詩本畫黃精與鹿，乃引雷斅《炮炙論》「黃精汁製鹿茸」事，皆爲舛誤。又如《紀夢》詩，引李白「粲然啓玉齒」句，不知先見郭璞《遊仙詩》。《遊徑山》詩引《廣異記》「孤雲兩角」語，不知先見辛氏《三秦記》。《端午》詩引屈原「飯筒」事，云據《初學記》所引《齊諧記》，不知《續齊諧記》今本猶載此條。皆爲未窮根柢。其他訛漏之處，爲近時馮應榴合注本所校補者，亦復不少。

然考核地理，訂正年月，引據時事，原原本本，無不具有條理，非惟邵注新本所不及，即施注原本亦出其下。現行蘇詩之注，以此本居最，區區小失，固不足爲之累矣。

二十畫

二十一畫

二十二畫及以上

十九畫

十八畫

十七畫

十六畫

十五畫

十四畫

十三畫

十二畫

十一畫

十畫

八畫

七畫

六畫

五畫

四畫

三畫

蘇詩補注篇目索引

二畫

查慎行全集

范道濟 點校

第十五册

中華書局

東坡先生編年詩卷二十五

古今體詩五十六首元豐八年乙丑正月自泗州往南都，得請歸陽羨，五月抵常州後作。

正月一日雪中過淮謁客回作二首

其一

十里清淮上，長堤轉雪龍。冰崖落屐齒，風葉亂裘茸。萬頃穿銀海，千尋度玉峰。從來修月手，合在廣寒宮。

其　二

攢眉有底恨，得句不妨清。霽霧開寒谷，飢鴉舞雪城。橋聲春市散，塔影暮淮平。不用殘燈火一作「燭」，船窗夜自明。

書劉君射堂〔一〕集本云：劉乙新作射亭。公自注：乙父嘗知眉州。

蘭玉當年刺史家，雙韉馳射笑穿花。而今白首閒驄馬，只有清尊照畫蛇。寂寂小軒蛛網徧，陰陰垂柳雁行斜。手柔弓燥春風後一作「暖」，置酒看君中戟牙。

〔一〕劉君：本集元豐七年冬有《與泗州劉倩叔遊南山·浣溪沙》詞，疑即其人。

孫莘老寄墨四首〔一〕

其　一

徂徠無老松，易水無良工〔二〕。珍材取樂浪，妙手惟潘翁〔三〕。公自注：潘谷作墨，雜用高麗煤。魚胞熟萬杵，犀角盤雙龍〔四〕。墨成不敢用，進入蓬萊宮。蓬萊春晝永，玉殿明房櫳。金箋灑飛白〔五〕，瑞霧縈長虹。遥憐醉常侍〔六〕，一笑開天容。

〔一〕孫莘老寄墨：史容《黄山谷詩注》云：「孫莘老，元豐末自南京召爲太常少卿，遷秘書少監。哲宗即位，兼侍講。」而施氏原注引李端叔之儀《跋》云：「近時以筆墨爲事者，無如唐彦猷，雅致自將，故所録皆絶俗。其子坰行筆無家法，而類蔡君謨，然亦自可喜。家世相因，所有多佳墨，未嘗妄與人，蓋非東坡不可得。莘老作字至不工，每得佳墨，必怏然思見東坡。孫時初入講筵，乃以爲寄。」云云。按，孫時爲秘書少監，詩中明云「歸天禄」，非講筵也。哲宗朝始兼侍講耳。

〔二〕易水良工：《澠水燕談》：李超，易水人，與子廷珪至歙州，其地多松，因留居，以墨名家。超本姓奚，江南賜姓李氏。陸友《墨史》：奚廷珪，易水人。或曰李廷珪，本姓奚，江南賜姓李，非也。蓋居歙者李氏，籍宣州者奚氏，各是一族，而名偶同耳。自蔡君謨以來，皆言李廷珪即奚廷珪，惟黄孝秉云「奚墨不及李」。按，《墨經》云：觀易水奚氏、歙州李氏，皆用大膠。是族有奚、李之分，居有易、歙之異矣。廷珪，超子，世爲南唐墨官。其墨能削木，誤墮溝中，數月不壞。

〔三〕潘翁：注見前。

〔四〕盤雙龍：注見上卷。

〔五〕金檖：本集《試墨雜記》云：世云蜀中冷金檖最宜墨，非也。惟此最難爲墨，常以此檖試墨，惟李廷珪乃黑。

〔六〕常侍：《唐書》：劉洎爲散騎常侍，太宗作飛白賜群臣，洎登牀，引手得之。上笑曰：「昔聞婕好辭輦，今見常侍登牀。」

其　二

谿石琢馬肝，剡藤開玉版。嘘嘘雲霧出，奕奕龍蛇綰。此中有何好，秀色紛滿眼。故人歸天禄〔一〕，古漆窺蠹簡。喻麋給尚方，老手擅編刻。分餘幸見及，流落一歎赧。

〔一〕天禄：按，漢天禄閣以藏秘書。孫莘老時爲秘書少監，故云。注詳本題下。

其　三

我貧如飢鼠，長夜空齩齧。瓦池研竈煤，葦管書柹葉。近者唐夫子〔一〕，遠致烏玉玦〔二〕。公自注：唐林夫寄張遇墨半丸。先生又繼之，圭璧爛箱篋。晴窗洗硯坐，蛇蚓稍蟠結。便有好事人，敲門求醉帖。

〔一〕唐夫子：唐林夫，名坰，其父名詢，字彦猷。注詳後。本集《雜記》云：行至泗州，見蔡景繁附唐林夫書信，與予端硯一枚，張遇墨半螺。

〔二〕烏玉玦：李廷珪《藏墨訣》云：贈爾烏玉玦，泉清研須潔。避暑懸革囊，臨風度梅月。

其四

吾窮本坐詩，久服朋友戒。五年江湖上，閉口洗殘債〔一〕。今來復稍稍，快癢如爬疥。先生不譏訶，又復寄詩械。幽光發奇思，點黠出荒怪。詩成自一笑，故疾逢蝦蟹。

〔一〕口債：白居易詩：口孽不停詩有債。

留題蘭皋亭〔一〕

雪後東風未肯和，扣門遷客夜經過。不知舊竹生新筍，但見清伊換濁河。無復往來乘下澤，聊同語笑宋刻本作「笑語」說東坡。明年我亦開三徑，寂寂兼無雀可羅。

〔一〕蘭皋亭：本集《張氏園亭記》略云：道京師而東，凡八百里，得靈璧張氏之園於汴之陽。其中修竹森然以高，喬木蓊然以深，因汴之餘浸以爲池。予由宋登舟，三宿而至其下。張氏之子碩，求文記之。張氏世有顯人，自其伯父殿中君與其先人通判君始爲此園，作蘭皋之亭，以養親。其後增治之，於今五十餘年矣。

和人見贈

只寫東坡不著名，此身已是一長亭。壯心無復春流起，衰鬢從教病葉零。知有雪兒供筆硯，應嗤㸑婦洗盆鉼。回來索酒公應厭，京口新傳作客經。

和田仲宣見贈

頭白江南醉司馬，寬心時復喚殷兄。寒潮不應淮無信〔一〕，客路相隨月有情。未許低頭拜東野，徒言飲酒宋刻本作「共飲」勝公榮。好詩惡韻那容和，刻燭應須便置觥。

〔一〕潮信：《乾鑿度》：潮者，水氣往來，行險而不失其信者也。

和王勝之三首〔一〕

其一

城上湖光暖欲波，美人唱我踏春歌〔二〕。魯公賓客皆詩酒，誰是神僊張志和〔三〕。

〔一〕王勝之：元豐七年秋，自江寧移守南都。注詳上卷。

〔二〕踏春歌：《酉陽雜俎》：元和初，有士人醉卧廳事，見古屏上婦人悉於牀前踏歌，曰：長安少女踏春陽，無處春陽不斷腸。

〔三〕張志和：顔真卿碑文：玄真子，姓張氏，本名龜齡。以明經擢第。肅宗朝，改名志和。後不願仕，著書十二卷，號玄真子。大曆九年秋，訪真卿於湖州云云。徐獻忠《吴興掌故集》：志和，字子同，婺州人。肅宗朝，待詔翰林，出爲南海尉，遂放浪江湖，與陸羽往還，因托跡吴興。後，憲宗圖其像，求之不可得。李德裕稱其隱而有名，顯而無事，不窮不達，嚴光之比。

其　二

齊一作「齋」釀如澠漲緑波，公詩句句可絃歌。流觴曲水無多日，更作新詩繼永和。

其　三

要知太守憐孤客，不惜陽春和俚歌。坐睡尊前呼不應，爲公雕琢損天和。

南都一本作「部」，訛妙峰亭〔一〕

千尋挂雲闕，十頃含風灣〔二〕。開門弄清泚，照見雙銅鐶。池臺半禾黍，桃李餘榛菅。無人肯回首，日暮車斑斑。使君非世人，心與古佛閒。時要聲利客，來洗塵埃顔。新亭在東皐，飛宇臨通闤。古甃磨翠壁，霜林散烟鬟。孤雲抱商邱〔三〕，芳草連杏山〔四〕。俯仰盡法界，逍遥寄人寰。亭亭妙高峰，了了蓬艾間。五老壓彭蠡，三峰照潼關〔五〕。均爲拳石小，配此一掬慳。煩公爲標指，免使勤躋攀。

〔一〕南都妙峰亭：留守王勝之所建，東坡爲題榜。見《淮海集》詩注。

〔二〕含風灣：張安道《劄子》云：閼伯臺下有水淵，未嘗涸，宋人謂之商邱海。

〔三〕商邱：《樂全集》又云：昔高辛有子，曰閼伯，至於帝堯，遷於商邱。主辰，故辰爲商星。今宋實商地，商邱在焉。俗名閼伯臺，著於祀典。《名勝志》：商邱在歸德府城南二里，周二百步。

〔四〕杏山：歷代地志俱不載，惟《一統志》云：鈞州在開封西南二百餘里，城北有杏山。《洛陽記》云：仙人劉根嘗隱於此。

〔五〕三峰照潼關：韓愈詩：荆山已過華山來，日照潼關四扇開。

慎按：先生於元豐八年春至南都，得請歸陽羨。以詩考之，正王勝之守南都時也。施氏原本訛編此詩於起知登州之後，今改正。

附秦少游作：

王公厭承明，出守南宫鑰。結構得崇邱，巋然瞰清洛。是時謫僊人，發軔自廬霍。郊原春鳥鳴，來此動豪酌。報投一何富，玉案金刀錯。新榜揭中楹，千載見遠託。竭來訪陳迹，物色初摇落。人烟隔凫雁，田疇帶城郭。紅蕖隕風漪，沙礫卷飛籜。青青陵上姿，獨汝森自若。人生如博奕，得喪難前約。金椎初控頤，已復東方作。大明昇中天，龍鸞入階閣。深懲漁奪弊，法令一刊削。斯民如解懸，喜氣鬱磅礴。公乎數登覽，行矣翔寥廓。

附子由作：

我登妙峰亭，欲訪德雲師。春陽被原野，濰涣含流澌。未復桃李色，稍增松桂姿。孑孑東來檣，冉冉將安之。萬物委天運，此身免奔馳。悵然懷舊游，一邱覆茅茨。清泠久沮洳，文雅空頽隳。提攜二三子，醉倒春風吹。不見妙峰處，安知德雲期。南遷久忘反，有獲空自知。歸來覽新構，恍然發深思。遠行極南海，此地初不移。酌我一斗酒，盡公終日嬉。德雲非公歟，相對欲無辭。

記　夢　并引

欒全先生夢人以詩三篇示之，字皆旁行而不可識。旁有人道衣古貌，爲讀其中一篇，云：人事且常在，留質悟圓閒。凡四句，覺而忘其二，以告其客蘇軾。軾以私意廣之云。

圓閒有物物閒空，豈有圓空入井中〔一〕。不信天形真箇樣，故應眼力自先窮。連環易一作

「已」解如神手，萬竅猶號未濟風。稽首問公公大笑，本來誰礙更求通。

〔一〕圓空：《楞嚴經》：譬如方器，中見方空。吾復問汝：此方器中所見方空，爲復定方，爲不定方？若定方者，别安圓器，空應不圓；若不定者，在方器中，應無方空。

寄蘄簟與蒲傳正〔一〕

蘭溪美箭不成笛〔二〕，離離玉筋排霜脊。千溝萬縷自生風，入手未開先慘慄。公家列屋閑一作「閉」蛾眉，珠簾不動花陰移。霧帳銀牀初破睡，牙籤玉局坐彈棊。東坡病叟長羈旅，凍卧飢吟似飢鼠。倚賴春風洗破衾，一夜雪寒披故絮。火冷燈青誰復知，孤舟兒女自嚘咿。皇天何時反炎燠，媿此八尺黄琉璃。願君宋刻本作「公」净掃清香閣，卧聽風漪聲滿榻。習習還從兩腋生，請公乘此朝閶闔。

〔一〕蒲傳正：《宋史·蒲宗孟傳》：第進士，歷集賢校理。神宗朝，累遷翰林學士兼侍讀，拜尚書左丞。未幾，御史論其荒於酒色，及繕治府舍過制。罷知汝州，徙知亳、杭、鄆三州，帥永興，移大名。宗孟厭苦易地，默默不樂，求知河中而卒。性侈汰，每旦刲羊十豕十，然燭三百，澡浴每用婢十人，一浴至湯五斛。他奉養率稱是。嘗以書抵蘇軾，云：晚年學道有所得。軾答云：有二事相勸，一曰慈，二曰儉。蓋鍼其失云。

〔三〕蘭溪：《太平寰宇記》：蘭溪水源出苦竹山，其側多蘭。唐武德初改縣，指此爲名。今蘄水縣。

寄怪石石斛與魯元翰〔一〕

山骨裁方斛，江珍拾淺灘。清池上几案，碎月落杯盤。老去懷三友，平生困一簞。堅姿聊自儆，秀色亦堪餐。好去髯卿舍，憑將道眼看。東坡最後供，霜雪照人寒。

〔一〕魯元翰：名有開。注見前。

漁父四首

其一

漁父飲，誰家去，魚蟹一時分付。酒無多少醉爲期，彼此不論錢數。

其二

漁父醉，蓑衣舞，醉裏却尋歸路。輕舟短棹任横斜，醒後不知何處。

其　三

漁父醒，春江午，夢斷落花飛絮。酒醒還醉醉還醒，一笑人間今古。

其　四

漁父笑，輕鷗舉，漠漠一江風雨。江邊騎馬是官人，借我孤舟南渡。

慎按：以上四首，王氏本所無，今從宋刻本及施氏原本編録。

李憲仲哀詞并引

同年友李君諱惇，字憲仲。賢而有文，不幸早世，軾不及與之遊也，而識其子廌有年矣。廌自陽翟見余於南京，泣曰：「吾祖母邊、母馬、前母張與君之喪，皆未葬。貧不敢以飢寒爲戚，顧四喪未舉，死不瞑目矣。」適會故人梁先吉老，聞余當歸陽羨，以絹十匹、絲百兩爲贐，辭之不可，乃以遺廌，曰：「此亦仁人之餽也。」既，又作詩，以告知君與廌者，庶幾皆有以助之。廌年二十五，其文曄然，氣節不凡，豈終窮者哉？

大夢行當覺，百年特未滿。遑哀已逝人，長眠寄孤館。念我同年生，意長日月短。鹽車困騏驥，烈火廢圭瓚。後生有奇骨，出語已精悍。蕭然野鶴姿，誰復識中散。有生寓大塊，死者誰不窾。嗟君獨久客，不識黄土熯。推衣助孝子，一溉滋湯旱。誰能脱左驂，大事不可緩。

贈眼醫王宋刻本有「生」字彦若

鍼頭如麥芒〔一〕，氣出如車軸〔二〕。間關脉絡中，性命寄毛粟。而况清凈眼〔三〕，内景含天燭。琉璃貯沆瀣〔四〕，輕脆不任觸。而子於其間，來往施鋒鏃。笑談紛自若，觀者頸爲縮。運鍼如運斤，去翳如拆屋。常疑子善幻，他技雜符祝。子言吾有道，此理君未矚。形骸一塵垢，貴賤兩草木。世人方重外，妄見瓦與玉。而我初不知，刺眼如刺肉。君看目與翳，是翳要非目。目翳苟二物〔五〕，易分如麥菽。寧聞老農夫，去草更一作「易」傷穀。鼻端有餘地，肝膽分楚蜀。吾於五輪間〔六〕，蕩蕩見空曲。如行九軌道，並驅無擊轂。空花誰開落〔七〕，明月自朏朒。請問樂全堂，忘言老尊宿。公自注：彦若，樂全先生門下醫也。

〔一〕鍼芒：《後漢書》陳忠疏云：「臣聞輕者重之端，小者大之源，故潰隄蟻孔，氣洩鍼芒。」

〔二〕氣出：《針灸經》：「鍼入三分，得氣即瀉。」

〔三〕清凈眼：《楞嚴經》：「吾今爲汝建大法幢，亦令十方一切衆生，獲妙微密性凈明心，得清凈眼。」注云：「見離眚病，廓然分照，曰清淨眼。」

〔四〕琉璃：《楞嚴經》「佛告阿難：『如汝所言，潛根内者，猶如琉璃，彼人當以琉璃籠眼，當見山河，見琉璃否？』」

〔五〕目翳：《龍木論》：「目患有圓翳、冰翳、滑翳、澁翳、散翳、浮翳、深翳、横翳、偃月翳、棗花翳、白翳、黑翳、胎翳、花翳、玉翳諸名。」《傳燈録》：百丈云：「若作佛見法見，但是一切有無等見，名眼翳。」

〔六〕五輪：《龍木論》有五輪八廓内外之障，血輪屬心，水輪屬腎，氣輪屬肺，風輪屬肝，肉輪屬脾臟。

〔七〕空花：《龍木總論》：「凡眼初患之時，眼前多見蠅飛，花發垂蟢，薄烟輕霧，漸漸失明。」

與歐育等六人飲酒

忽驚春色二分空，且看樽前半丈紅。苦戰知君便白羽，倦游憐我憶黄封。年來齒髮老未老，此去江淮東復東。記取六人相會處，引杯看劍坐生風。

觀杭州鈐轄歐育刀劍戰袍〔一〕

青綾衲衫暖襯甲，紅線勒帛宋刻本作「巾」光遶脇〔二〕。禿襟小袖雕鶻盤，大刀長劍龍蛇柙宋本作「插」。兩軍鼓譟屋瓦墜，紅塵白羽紛相雜。將軍恩重此身輕，笑履鋒鋩如一插宋刻本作「掐」。書生只肯坐帷幄，談笑毫端弄生殺。叫呼擊鼓催上竿，猛士應憐小兒黠。試問黄河夜偷渡，掠面驚沙寒霎霎。何如大艦日高眠，一枕清風夢宋刻本作「過」苕霅。

〔一〕鈐轄：注別見。

〔二〕勒帛：《老學庵筆記》：予童時，見前輩猶繫頭巾帶於前，背子背及腕下，皆垂帶。長老言：背子率以紫勒帛繫之，散腰則謂之不敬。至蔡太師爲相，始去勒帛。

王伯敭〔一〕所藏趙昌花四首〔二〕

梅花

南行度關山〔三〕，沙水清練練。行人已愁絶，日暮集微霰。殷勤小梅花，髣髴吴姬面。暗香隨我去，回首驚千片。至今開畫圖，老眼凄欲泫。幽懷不可寫，歸夢君家倩。

〔一〕王伯敭：字廷老，注別見。

〔二〕趙昌：《廣川畫跋》：趙昌，劍南人。畫花果，初師滕昌祐，後過其藝。夏士良《圖繪寶鑑》：趙昌，字昌之，善畫花果，作折枝有生意，敷色尤造其妙，不特形似，直與花傳神也。

〔三〕關山：嶺名，注别見。本集有《梅花二絶句》，先生初赴黄州道中作也。

黄　葵

弱質困夏永，奇姿蘇曉一作「晚」凉。低昂黄金杯〔一〕，照耀初日光。檀心紫各本作「自」者，訛成暈，翠葉森有芒。古來寫生人，妙絶誰似昌。晨粧與午醉，真態含陰陽。君看此花枝，中有風露香。

〔一〕黄金杯：《本草》：黄蜀葵，似蜀葵，别是一種。夏末開花，淺黄色，葉心下有紫檀色，旦開午收暮落。亦呼側金盞花。

慎按：《許彦周詩話》云：寫生之句，取其形似，故詞多迂弱。東坡《黄葵》詩云：擅心紫成暈，翠葉森有芒。揣模刻骨，造語壯麗。後世莫及云云。據此，則「自成暈」當作「紫成暈」，與《本草》方合，向來諸刻本俱訛，今改正。

芙　蓉

清飈已拂林，積水漸收潦。溪邊野芙蓉，花水相媚好。坐看池蓮盡，獨伴霜菊槁。幽姿强一笑，暮景迫摧倒。凄凉似貧女，嫁晚驚衰蚤〔一〕。誰寫少年容，樵人劍南老〔二〕。公自注：

趙昌自題其畫，云劍南樵叟。

〔一〕嫁晚：白居易《晚桃花》詩：貧家養女嫁常遲。

〔二〕劍南老：《歸田録》：趙昌寫生逼真，筆法較俗，無古人格致。然時未有其比，昌每題末自稱劍南樵叟。

山　茶

蕭蕭南山松，黄葉隕勁風。誰憐兒女花，散火冰雪中。能傳歲寒姿，古來惟邱翁。趙叟得其妙，一洗膠粉空。掌中調丹砂，染此鶴頂紅。何須誇落墨，獨賞江南工。

寄吴德仁兼簡陳季常〔一〕

東坡先生無一錢，十年家火燒凡鉛。黄金可成河可塞，只有霜鬢一作「鬚」無由玄。龍邱居士亦可憐〔二〕，談空説有夜不眠。忽聞河東獅子吼，拄杖落手心茫然。誰似濮陽公子賢，飲酒食肉自得僊。平生寓物不留物，在家學得忘家禪。門前罷亞十頃田，清溪繞屋花連天。溪堂醉卧呼不醒〔三〕，落花如雪春風顛。我游蘭溪訪清泉〔四〕，已辦布襪青行纏。稽山不是無賀老〔五〕，我自興盡回酒船。恨君不識顔平原，恨我不識元魯山。銅駝陌上會相見〔六〕，握手一笑三千年。

〔一〕吴德仁：《宋史》：吴瑛，蘄春人，以父遵路廕仕至虞部員外郎。致仕歸，有田，僅足自給。臨溪築屋，種花釀酒，客至必醉，人咸愛其樂易而敬其高。張文潛《宛邱集·吴大夫墓志》：公諱瑛，字德仁，龍圖閣學士、贈太尉遵路之子。年四十六，以虞部員外郎知郴州。官罷，歸京師，即上書請致仕。士大夫凡知公者相率賦詩，飲餞於都門。既謝事，歸蘄春。元祐間，聘不起，卒年八十四。

〔二〕龍邱居士：《洪容齋三筆》：陳季常自稱龍邱先生，好賓客，喜畜聲妓。然妻柳氏極兇妬，故東坡詩云云。「河東獅子」指柳氏也。黄山谷有《與季常簡》云：審柳夫人時需醫藥，公暮年來想漸求清净，姬媵無新進矣，夫人復何所念而致疾耶？則柳氏妬名固彰著於外，是以二公皆言之。劉辰翁云：河東獅子，暗用杜詩「河東女兒身姓柳」爲戲。《西清詩話》亦云：季常自以爲飽禪學，而其妻柳氏頗悍忌，故東坡因詩戲之云云。

〔三〕溪堂：《名勝志》：溪堂在蘄州治南，至和中，吴瑛隱居也。司馬温公《寄吴比部之子壯年歸蘄春》詩云：一朝投紱真高士，萬卷藏書舊世家。

〔四〕蘭溪清泉：《苕溪漁隱》載東坡云：黄州東三十里爲沙湖，予將置田其間，因往相田，得疾。聞龐安常善醫，遂往求療，與之同遊清泉寺，在蘄水郭門外二里許，有王逸少洗墨泉，水極甘，下臨蘭溪，溪水西流。是日，與之極飲而歸。

〔五〕稽山賀老：李白詩：稽山無賀老，空棹酒船回。先生常至蘄州，欲訪德仁而未果，彼此兩不相識，故結處復用薊子訓事，言終當相遇也。

〔六〕銅駝陌：《太平寰宇記》：洛陽有銅駝街。陸機《洛陽記》云：漢鑄銅駝二枚，在宫南四會道頭，夾路相對。俗語曰：金馬門外聚群賢，銅駝陌上集少年。言人物之盛也。

慎按：《苕溪漁隱叢話》曰：詩中所云龍邱居士即陳季常，濮陽公子即吴德仁。又云：稽山不是無賀老，我自興盡回酒船。蓋欲訪德仁未成也。李白詩：稽山無賀老，空棹酒船回。用此事也。又云：恨君不識顔平原，東坡自謂；恨我不識元魯山，謂德仁也。結言終當相見，如薊子訓之徒者。一篇詩意如序，有倫有理，潘子真但只言「稽山不是無賀老」以下六句爲德仁作，不知濮陽公子復是何人，毋乃與詩題相戾乎？

題王逸少帖

顛張醉素兩禿翁〔一〕，追逐世好稱書工。何曾夢見王與鍾，妄自粉飾欺盲聾。有如市娼抹青紅，妖歌嫚舞眩兒童。謝家夫人澹丰容，蕭然自有林下風。天門蕩蕩驚跳龍，出林飛鳥一掃空。爲君草書續其終〔二〕，待我他日不忩忩〔三〕。

〔一〕顛張醉素：竇泉《述書賦》注：張旭，吴郡人，俗號張顛。《書苑菁華》：懷素家長沙，幼而事佛，經禪之暇，頗好筆翰。許瑝贈詩云：醉來信手兩三行，醒後却書書不得。錢起贈詩云：狂來輕世界，醉裏得真如。

〔二〕草書：庾肩吾《書品論》云：草勢起於漢，時解散隸法，用以赴急者，本因草創之義，故曰草書。建初中，京兆杜操始以善草得名。《述書賦》注云：杜度，漢章帝時人，工於章草。崔瑗父子繼能，羅暉、趙襲亦法此藝，張伯英因而變之，以成今草，世稱一筆書，即草書之祖也。

〔三〕忩忩：與「匆匆」同。顔之推《家訓》：世中書翰多稱勿勿，相承如此，莫知其由。或言此「匆匆」之殘缺耳。按，《説文》：勿者，州里所建之旗，象其三斿之形，所以促民事，故匆遽者稱勿勿。據此，則「匆匆」當作「勿勿」。先生用以叶韻，亦踵世俗相傳之訛。又按，《書苑菁華》：弘農張芝善草書，每書云：匆匆不暇草書。則「匆匆」字相承久矣。

書林逋詩後〔一〕

吴儂生長湖山曲一作「麓」，呼吸湖光飲山緑，不論世外隱君子，傭奴販婦皆冰玉。先生可是絶俗人，神清骨冷無由俗。我不識君曾夢見，瞳子瞭然光可燭。遺篇妙字處處有〔二〕，步遶西湖看不足。詩如東野不言寒，書似西臺差少肉。平生高節已難繼，將死微言猶可録。自言不作封禪書，更肯悲吟白頭曲。公自注：逋臨終詩云：茂陵他日求遺草，猶喜初無封禪書。我笑吴人不好事，好作祠堂傍修竹。不然配食水僊王〔三〕，公自注：湖上有水仙王廟。一盞寒泉薦秋菊。

〔一〕林逋：《宋史·隱逸傳》：林逋，字君復，錢塘人。少孤力學，不爲章句。恬淡，弗趨榮利。初遊江淮間，久之歸杭，結廬西湖之孤山二十年，足不及城市。真宗賜粟帛，詔長吏歲時勞問。自爲墓於廬側，不娶，無子，教兄之子宥，登進士甲科。

〔二〕遺篇：《隆平集》：林逋喜爲詩，澄澹峭特，多奇句。既就稿輒棄之，好事者往往竊記，所傳尚三百餘首。

〔三〕水僊王：《咸淳臨安志》：水僊王廟在西湖第三橋北。然南宋時袁韶《記》略云：或言廣潤龍君祠，即水仙王廟。按，錢塘水僊王事，始見於蘇詩。僊之廟於湖，公時蓋無恙，後莫知廟所在。故趙夔注蘇公詩，考驗無所得，乃序夢中諉以茫昧，使龍君之祠是，趙復奚所疑哉。

和仲伯達

歸山歲月苦無多，尚有丹砂奈老何。繡谷只應花自染，鏡潭長與月相磨。君方傍海看初日，我已横江擊素波。人不我知斯我貴，不須雷雨起龍梭。

春　日

鳴鳩乳燕寂無聲，日射西窗潑眼明。午醉醒來無一事，只將春睡賞春晴。

贈袁陟〔一〕

是身如虚空〔二〕，萬物皆我儲。胡爲强分别，百金買田廬。不見袁夫子，神馬載尻輿。游乎無何有，一飯不願餘。官湖爲我池，學舍爲我居。何以遺子孫，此身自籧篨〔三〕。薫風暗楊柳，秋水静芙蕖。應觀我知子，不怪子知魚。

〔一〕袁陟：不詳何許人。曾南豐有《答袁陟書》，韓魏公有《和袁陟節推龍興寺芍藥》詩。

〔二〕身如虚空：《維摩經》：是身爲空，離我之所。

〔三〕籧篨：用《晉書・皇甫謐傳》「以籧篨裹尸」之義，注詳《讀道藏》詩下。

蘇子容母陳夫人挽詞〔一〕

蘇陳甥舅真冰玉，正始風流起頽俗。夫人高節稱其家，凛凛寒松映修竹。雞鳴爲善日日新，八十三年如一晨。豈惟室家宜壽母，實與朝廷生異人。忘軀殉國乃吾子，三仕何曾知愠喜〔二〕。不須宋刻本作「煩」擁笏强垂魚，我視去來皆夢爾。誦詩相挽真區區，墓碑千字多遺餘。他年太史取家傳，知有班昭續《漢書》。

〔一〕蘇子容：《宋史》：蘇頌，南安人。父紳，葬丹陽，因家焉。第進士。韓琦、富弼爲相，同表其廉退。神宗朝，知婺州。泝桐廬江，水暴迅，舟欲覆，母在舟中，幾溺矣。頌哀號赴水，舟忽自正。母甫及岸，舟覆，人以爲純孝所感。元祐初，自吏部侍郎遷尚書。五年，擢尚書左丞。尋拜僕射，上章辭位，以中太一宫使居京口。徽宗立，進爵趙郡公。

〔三〕三仕：《東都事略》：神宗朝，頌召試，知制誥。前秀州判官李定改太子中允，除監察御史裏行。宋敏求封還詞頭。翼日，復下，頌當制，奏定不由銓考擢授朝列，不緣御史薦置憲臺，隳紊法制，未敢具草。次至李大臨，亦封還。於是，並落知制誥，天下謂之三舍人。久之，頌復集賢院學士，擢知開封府。祥符縣令孫純有罪，頌坐失，出貶秘書監，知濠州，改滄州，召還，判吏部。

神宗皇帝挽詞三首

其一

文武固天縱，欽明又日新。化民何止聖，妙物獨稱神〔一〕。政已三王上，言皆六籍醇。巍巍本無象，刻畫愧孤臣。

〔一〕妙物稱神：《易・繫辭》：神也者，妙萬物而爲言者也。

其　二

未易名堯德，何須數舜功。小心仍致孝，餘事及平戎。典禮從周舊，官儀與漢隆。誰知本無作，千古自承風。

其　三

接統真千歲，膺期止一章。周南稍留滯，宣室遂淒凉。病馬空嘶櫪〔一〕，枯葵已泫霜。餘生卧江海，歸夢泣嵩邙。

〔一〕《許彦周詩話》：東坡受知神廟，雖謫而實欲用之。東坡微解此意，後作《挽詞》，「病馬空嘶櫪」四句云云，非深悲至痛，不能道此語。

慎按：《宋史》：神宗崩於元豐八年乙丑三月戊戌。先生奉諱時，方在南都，《挽詞》必此時作。施氏原注編入五月以後，似失次第，今詮正。

過文覺顯公房

斕斑碎玉養菖蒲，一勺清泉滿石盂。净几明窗書小楷，便同《爾雅》注蟲魚。

慎按：此詩施氏原本不載，補注編《續補》下卷，以《外集》考之，載在第六卷，題云「過揚州壽寧文覺顯公房」。今據此移編。

歸宜興留題竹西寺三首〔一〕

其一

十年歸夢寄西風，此去真爲田舍翁。剩覓蜀岡新井水〔二〕，要攜鄉味過江東。

〔一〕歸宜興：周益公《題橘頌帖》云：公以元豐七年量移汝海，四月離黄，五月訪文定公於筠，七八月之交，留連金陵，九月間抵宜興。十月二日寫此帖。聞真通觀側郭知訓宅，即其所館，不知凡留幾日。已而至泗州，遇歲除。八年正月四日，乃行道中，上書乞常州。三月六日至南京，被旨從所請，回次維揚，有《歸宜興留題竹西三絶》，蓋五月一日也。朱存理《鐵網珊瑚》載東坡《楚頌帖》云：吾來陽羨，入荆溪，意思豁然，如愜平生之欲，逝將歸老，殆是前緣。當買一小園，種柑橘三百本，作一亭，名曰楚頌。元豐七年十月二十日書。周益公又云：公以元豐八年五月得請常州居住，是月起守文登，自此出入侍從，以及南遷，迨建中靖國辛巳北歸，竟薨於常，集中班班可考。種橘之約遂墮渺茫矣。公熙寧中倅杭，沿檄常、潤間，賦詩云：「惠泉山下土如濡，陽羨溪頭米勝珠。」又有「買牛欲老」之句，卜居權輿於此。元祐八年，辨御史黄慶基論買田事云：責黄州日，買得宜興姓曹人一契田段，因其争訟無理，轉運司已差官斷遣，不欲與小人争利，許其將原價收贖云云。今公孫曾猶食此田，豈曹氏理屈，而復取贖耶？○慎按，朱冠卿《宜典續圖經》云：東坡初買田黄土村，田主曹姓者已鬻而造訟，有司已察而斥之。東坡移牒，卒以田歸之。則先生子孫所食者，非曹氏之田也。益公特未細考，故云爾。

〔三〕蜀岡新井：《海録碎事》：蜀岡自西北來，至揚州竹西亭乃絶。《太平寰宇記》：今枕禪智寺，即隋之故宫，岡有茶園。《揚州志》：禪智寺側爲崑邱臺，即蜀岡也。《方輿紀勝》：大明寺在蜀岡側。《水記》云：劉伯芻品大明寺井水爲第五。

其　二

道人勸飲雞蘇水〔一〕，童子能煎鶯從宋刻本，當作「罌」粟湯〔二〕。暫借藤牀與瓦枕，莫教辜負竹風凉。

〔一〕雞蘇水：詳見二十卷《石芝詩》注中。

〔二〕罌粟湯：《本草》：罌子粟一名水囊，中有白子極細，可煮粥，和飲食。《清異録》：昭宗在藩，嘗幕屬各賜法乳湯，蓋罌中粟所煎者。子由《藥苗》詩：罌小如罌，粟細如粟。研作牛乳，烹爲佛粥。柳槌石鉢，煎以蜜水。便口利喉，調肺養胃。

其三

此生已覺都無事，今歲仍逢大有年〔一〕。山寺歸來聞好語〔二〕，野花啼鳥亦欣然。

〔一〕大有年：《穀梁傳》：五穀大熟，爲大有年。《詩》鄭箋：豐年，大有年也。

〔二〕山寺：揚州山光寺也。

葉石林《避暑録》云：子瞻山光寺詩「野花啼鳥亦欣然」之句，其辨説甚明，蓋爲哲宗初即位，聞父老頌美之言而云。然神宗奉諱在南京，而詩作於揚州。余嘗至其寺，親見當時詩刻，後書作詩日月，今猶有其本。蓋自南京回陽羨時也。始過揚州，則未聞諱，既歸至揚州，則奉諱在南京，事不相及，尚何疑乎？近見子由作《子瞻墓志》，乃云公至揚州，常人爲公買田，書至，公喜作詩，有「聞好語」之句，乃與辨辭異。豈爲《志》時，未嘗深考而訛耶？然此言出於子由，不可有二，以啓後世之疑。余在許昌時，《志》猶未出，不及見，不然當以告迨與過也。

廣陵後園題申公扇子〔一〕

露葉風枝曉自勻，緑陰青子浄無塵。閒吟遶屋扶疎句，須信淵明是可人。

〔一〕申公：按，《邵氏聞見後録》云：吕申公帥維揚，東坡自黄移汝，經由見之。申公置酒，酒罷，行後圃中。東坡即几案間筆墨，書歌者團扇云云。又，考《宋史》，吕公著於元豐五年以資政學士出知定州，又知揚州。元祐初入相，加太師，封申國公。當元豐之末，正其知揚州日也。施氏補注以爲章子厚者，謬，今駁正。

慎按：此詩施氏原本不載，補注本載《續補》下卷，今據《外集》及《邵氏聞見録》移編。

與孟震同遊常州僧舍三首

其一

年來轉覺此生浮，又作三吴浪漫遊。忽見東平〔一〕孟君子〔二〕，夢中相對説黄州。

〔一〕東平：《沿革表》云：東平國，漢初之濟東國及大河郡也。隋大業中，改東平郡，宋爲鄆州。

〔二〕孟君子：施氏補注引先生《君子泉銘序》，今本集失載，全篇見《鐵網珊瑚》，略云：余謫居黄州，通判承議郎孟震字亨之，頗與予相善。光州太守曹九章以書遺予，曰：朝中士大夫，謂之孟君子。震，鄆人，及進士第。宇中有一泉甚清，余因名之君子泉①，子由爲之記云云。與施氏補注所引小異，附録於此。

① 濟按：原本奪「余因名之君子泉」七字，據中華書局《蘇軾詩集》卷二十五補。

其　二

湛湛清池五月寒〔一〕，小山無數碧巑岏。穲杉戢戢三千本，且作凌雲合抱看。

〔一〕五月：周必大云：公《同孟震游常州僧舍》，有「湛湛清池五月寒」之句，而《謝表》云：今月二十二日到常州訖。即五月也。

其　三

知君此去便歸耕，笑指孤舟一葉輕。待向三茅乞靈雨，半篙流水送君行。

常州太平寺法華院薝蔔亭醉題〔一〕

六花薝蔔林間佛，九節菖蒲石上僊。何似東坡鐵拄杖，一時驚起野狐禪。

〔一〕太平寺、野狐禪：並注見前。

慎按：此詩施氏原本不載，新刻本載《續補遺》下卷中，今因地附編。

贈常州報恩長老二首〔一〕

其一

碧玉盌盛紅瑪瑙，井華水養石菖蒲〔二〕。也知法供無窮盡，試問禪師得飽無。

〔一〕報恩：史能之《咸淳毗陵志》：感慈寺，本顯慶寺，一名報恩，在武進縣東八里。唐顯慶中建，宋元祐三年，胡右丞宗愈請爲墳剎。

〔二〕井華水：《本草》注：井華水，平旦第一汲者是。杜甫詩：兒童汲井華，慣捷缾在手。

其二

薦福〔一〕老懷真巧便〔二〕，浄慈兩本更尖新〔三〕。憑師爲作鐵門限，準備人間請話人。

〔一〕薦福：《咸淳臨安志》：薦福寺在鹽官縣西三十里，有第一代尚禪師塔，師姓曹氏，出家，遍歷叢林，後歸舊隱，更薦福爲禪居。張無垢有記。

〔二〕老懷：《釋氏稽古略》：天衣禪師名義懷，樂清陳氏子。天聖間，試經得度，七坐道場，其傳法弟子爲宗本。

〔三〕净慈兩本：《五燈會元》：慧林圓照禪師宗本，世稱大本。無錫管氏子，出家，謁天衣禪師，得悟，首開法於平江瑞光寺。熙寧中，陳襄守杭，請師移住净慈。《續燈録》：杭州净慈善本禪師，姓董氏，嘉祐八年，往京師地藏院得度。東遊至蘇，禮圓照本禪師於瑞光，執侍五年。元豐中，住雙林，遷净慈。世稱小本。

次韻答賈耘老〔一〕

五年一夢南司州〔二〕，飢寒疾病爲子憂。東來六月井無水，仰看古堰横奔牛〔三〕。平生管、鮑子知我宋刻本作「我知子」，今日陳、蔡誰從邱？夜航争度宋刻本作「路」泥水澀，牽挽直欲來瓜洲。自言「嗜酒得風痺，故鄉不敢居温柔。定將泛愛救溝壑，衰病不復從前樂。今年太守真卧龍〔四〕，笑語炎天出冰雹。時低九尺蒼須髯〔五〕，過我三間小池閣〔六〕。」「故人改觀争來賀，小兒不信猶疑錯。爲君置酒飲且哦，草間秋蟲亦能歌。可憐老驥真老矣，無心更秣天山禾。」

〔一〕賈耘老：名收，注見前。

〔二〕南司州：《唐書·地理志》：黄州黄陂縣，武德三年，以縣置南司州。《輿地紀勝》：南司州在古黄州西南四十里獨家村。《元和郡縣志》：南司州本西陵縣地，劉表以地當江漢之口，遣黄祖築城爲鎮，名黄城鎮，後改黄陂縣。

〔三〕奔牛：《十道志》：萬策湖中有銅牛，人逐之，上東山入土。掘之，走至此。今栅口及堰皆以「奔牛」爲名。《名勝志》：奔牛臺在常州武進縣北三十五里。

〔四〕今年太守：勞鉞《湖州志》：滕元發以元豐末知湖州。本集《與元發尺牘》云：郡人有賈耘老者，有行義，極能詩，公擇、子厚皆禮異之。願公時一顧慰其牢落。及先生得請歸常，又《答滕書》云：耘老至，辱手書，及道起居之詳云云。詩中所云太守，正指元發也。蓋元發因先生之言，必致禮於耘老，故中段述其辭如此。

〔五〕九尺蒼須髯：《後漢書·趙壹傳》：體貌魁梧，身長九尺，美須豪眉，望之甚偉。

〔六〕小池閣：賈所居名浮暉閣，注詳前。

墨　花并引

世多以墨畫山水、竹石、人物者，未有以畫花者也。汴人尹白能之〔一〕，爲賦一首。

造物本無物，忽然非所難。花心起墨暈，春色散毫端。縹緲形纔具，扶疏態自完。蓮風起宋刻本作「盡」顛一作「傾」倒，杏雨半摧殘。獨有狂居士，求爲黑牡丹。兼書平子賦，歸向雪堂看。

〔一〕尹白：夏士良《圖繪寶鑑》：尹白專工墨花、習花、光梅，扶疎縹緲。

送竹几與謝秀才

平生長物擾天真，老去歸田只此身。留我同行木上座〔二〕，贈君無語竹夫人〔三〕。但隨秋扇年年在，莫鬬瓊枝夜夜新。堪笑荒唐玉川子，暮年家口若爲親。

〔二〕木上座：《傳燈録》：本空參夾山，上堦禮拜。山問：「闍黎與甚麼人同行？」本曰：「木上座。」遂同到堂下，取拄杖擲山前。

〔三〕竹夫人：《侍兒小名録》云：東坡《寄柳子玉》詩：聞道牀頭惟竹几，夫人應不解卿卿。又，《送竹几與謝秀才》詩云：贈君無語竹夫人。蓋俗謂竹几爲竹夫人也。山谷云：竹夫人，乃凉寢竹器。憩臂休膝，非夫人之職，而冬夏青青，竹之所長，故名之曰青奴。

溪陰堂〔一〕

白水滿時雙鷺下，緑槐高處一蟬吟。酒醒門外三竿日，卧看溪南十畝陰。

〔一〕溪陰堂：《高齋詩話》云：東坡《過真州范氏溪堂》詩云云，蓋用老杜「兩箇黄鸝鳴翠柳」一首詩意也。據此，則溪陰堂當在真州。但以詩語考之，與先生過真州時景物不合，姑仍依施氏原本，編此。

次韻許遵

蒜山渡口挽歸艎〔一〕，朱雀橋邊看道裝〔二〕。供帳已應煩百兩，擊鮮毋久溷諸郎。問禪時到長干寺〔三〕，載酒閒過緑野堂。此味只憂兒輩覺，逢人休道北窗凉。

〔一〕蒜山渡：陸游《南唐書·馬仁裕傳》：初給使烈祖，署爲右職。烈祖鎮潤州，仁裕監蒜山渡，首聞朱瑾之亂，馳入白之。烈祖即日渡江定亂。按，《太平寰宇記》：即京口渡也。

〔二〕朱雀橋：《晉書》：成帝沿淮設航，二十有四，有青溪、朱雀等名。按，晉帝建朱雀門，上用兩銅雀，故朱雀航以之得名。王敦作亂，温嶠令焚航，始用杜預浮橋法代之。按，今鎮淮橋在聚寶門内，乃朱雀橋故址。

〔三〕長干寺：《梁京寺記》：建康南五里，有大長干、小長干、東長干，並是地名。梁武帝初，起長干寺。

慎按：許仲塗名遵，先生有《次韻滕元發許仲塗》詩，見上卷。時許方知潤州，今此詩云云，意仲塗自潤罷官往金陵，有詩寄先生，復次韻送之也。

贈章默并引

章默居士，字志明，生公侯家，才性高爽。棄家求道，不蓄妻子，與世無累。而父母與兄之喪，貧不能舉，以是眷眷世間，不能無求於人。余深哀其志，既有以少助之，又取其言爲詩，以贈其行，庶幾有哀之者。

章子親未葬，餘生抱羸疾。朝吟噎鄰里，夜淚腐茵席。前年黑花生，今歲白髮出。身隨日月逝，恨與天地畢。願求不毛田，親築長夜室。難從王孫裸，未忍夏后塈。五陵多豪士，百萬付一擲。心知義財難，甘就貧友乞。不辭毛髮宋刻本作「粟」施，行自邱山積。此志苟朝遂，夕死真不戚。誓求無生理，不踐有爲迹。棄身尸陀林〔一〕，烏鳶宋刻本作「烏」任狼籍。

〔一〕尸陀林：《翻譯名義》：尸陀，此翻寒林。此林多死尸，人入畏寒也。又名恐畏林，一名晝暗林。

東坡先生編年詩卷二十六

古今體詩五十一首元豐乙丑五月後起知登州，十月到任，十一月以禮部郎還朝，除起居舍人作。

送穆越州

江海相望宋刻本作「忘」十五年，羨公松柏蔚蒼顔。四朝耆舊冰霜後〔一〕，兩郡風流水石間。舊政猶傳蜀父老，先聲已振越溪山。尊前俱是蓬萊守，莫放高樓雪月閒。

〔一〕四朝：慎按，自仁宗天聖元年癸亥，至元豐八年乙丑，已是六十三年，若更遡而上之，以實「四朝耆舊」之語，則穆東美在真宗朝已應從宦，恐無此理。王注以爲歷仕四朝不知何據。

小飲公謹一本作「瑾」舟中

青泥赤日午相烘，走訪一作「扣」船窗柳影中。輟我東坡無限睡，賞一作「當」君南浦不貲風。坐觀邸報談迂叟。公自注：是日，坐中觀邸報，云叟押入門下省。閒説滁山憶醉翁，公自注：鄧，滁人也。此去澄江三萬頃，只應明月照還空。

慎按：宋制，兩府有除拜，未受命，先押入，以示不準辭免之意。《司馬温公行狀》：哲宗即位，詔除公知陳州。過闕入見，至則拜門下侍郎。以《宰輔編年録》考之，元豐八年五月事。先生是時亦起知登州途中，聞司馬入相之命，故自注云「是日坐中觀邸報，叟押入門下省」。施氏補注脱去「押」字、「門」字，遂不成語。今補正。又按，此詩施氏原本不載，今據《外集》編此。

金山妙高臺

我欲乘飛車〔一〕石刻作「輕舟」，東訪赤城石刻作「松」子〔二〕。蓬萊不可到〔三〕，弱水三萬里。不如金山去，清風半帆耳。中有妙高臺〔四〕，雲峰自孤起。仰觀初無路，誰信平如砥。臺中老比邱〔五〕，碧眼照窗几。巉巉玉爲骨，凜凜霜入齒。機鋒不可觸，千偈如翻水。何須尋德雲，即此比邱是。長生未可石刻作「暇」學，請學長不死〔六〕。

〔一〕飛車：《墉城集仙録》：王母所居閬風之苑有城千里，玉樓十二，左帶瑶池，右環翠水。非飈車羽輪不可到。《列子》：奇肱國民能造飛車。

〔二〕赤城：按，《神僊傳》：謝自然聞司馬承禎居玉霄峰，遂詣焉。後告别承禎，挈一席，投之入海，泛於波上。俄至一山，有道士曰：「蓬萊隔弱水，此去三千里。非舟楫可行，非飛僊莫到。承禎名在丹臺，身居赤城，乃良師也。」據此，則詩中「赤松子」應作「赤城子」，指司馬子微而言，與下二句相合。又，《謝傳》本云三千里，施氏補注則云三萬里，明明改易以就詩句。注家似此者甚多，雖無係輕重，必爲駁正者，惡其傅會遷就也。

〔三〕蓬萊：《續博物志》：蓬萊山，使高麗者望之甚遠，前後峭拔，其島屬昌國縣。島人云蓬萊三僊人，越弱水三萬里，不應指顧間便見，此外不復見山。

〔四〕妙高臺：《京口三山志》：金山初名浮玉山，亦名伏牛山。山之東有善財石，野鶻多棲其山，有臺曰妙高。

〔五〕老比邱：時了元住金山。

〔六〕不死：嵇康《養生論》：世或有謂神僊可以學得，不死可以力致者。

慎按：先生《與佛印尺牘》云：「妙高」詩，聊應命耳。今日過召伯埭，自此入塵土俠猾之鄉矣。云云。

贈杜介〔一〕并引

元豐八年七月二十五日，杜幾先自浙東還，與余相遇於金山，話天台之異，以詩贈之。

我夢遊天台〔一〕，横空石橋小〔二〕。秋風吹菌露，翠濕香嫋嫋。應真飛錫過〔三〕，絶碉度雲鳥。舉意欲從之，翛然已松杪。微言粲珠玉，未説意先了。覺來如墮空〔四〕，耿耿牕户曉。群生陷迷網，獨達從古少。杜叟子何人，長嘯萬物表。妻孥空四壁，振策念輕矯。遂爲赤城遊〔五〕，飛步凌縹緲。問禪不歸舍，屢爲瓢壺繞。何人識此志，佛眼自照瞭宋刻本作「燎」。我夢君見之，卓爾非魔嬈。僊葩發茗椀，剪刻分葵蓼。從今更不出，閉户閒騣裹。時從佛頂巖〔六〕，馳下雙蓮沼〔七〕。

〔一〕杜介，字幾先。注見前。

〔二〕石橋：《登真隱訣》：天台山在桐柏山後，四明山東南。去天不遠，路經油溪，水深險清冷，前有石橋。路逕不盈尺，長數十丈，臨絶澗，惟忘其身，然後能濟，今名相山。《道書》謂之玉堂。

〔三〕應真：《晉書·釋道安傳》：應真之侶也。《宋高僧傳序》：成飛錫之應真。《道山清話》：應真，即羅漢也。

〔四〕墮空：《傳燈録》：此身如墮空虚，眼前皆白。

〔五〕赤城：《述異記》：赤城一峰，高三百丈，丹壁爍石。《元和郡縣志》：赤城山在天台縣北六里，土色皆赤，狀如雲霞。山下有洞，在三十六小天數。赤城丹洞，周三百里，上有玉清平天。

〔六〕佛頂巖：《天台記》：赤城西北至佛頂巖，梁僧定光隱此三年，無人知者。智顗至江陵，夢光引至山顛，曰：「汝當住此。」及顗至佛隴，光曰：「金地吾已居之，汝宜往銀地。」今有金地嶺、銀地嶺。

〔七〕雙蓮沼：《名勝志》：過金地嶺西北，有寒風闕，由闕東上，爲華頂峰，乃山之第八重最高處。自下望之，若蓮花之蕚。峰下數里，有雙溪，上天柱峰轉左，上下有二池。

余將赴文登過廣陵而擇老移住石塔相送竹西亭下留詩爲别〔一〕

竹西失却上方老〔二〕，石塔還逢惠照師〔三〕。我亦化身東海去，姓名莫遣世人知。

〔一〕文登：《文獻通考》：登州文登縣有文登山。《齊乘》：春秋牟子國，後魏置東牟郡，唐武德中以文登縣置登州。

〔二〕竹西上方：盛儀《維揚志》：上方禪智寺，在江都縣東，一名竹西寺，蜀井在内，即隋故宫也。

〔三〕石塔：《維揚志》：石塔寺，即唐木蘭院。

慎按：此詩施氏原本不載，新刻本載《續補》下卷，今因題編次於此。

附子由和：

遠老陶翁好弟兄，虎溪廬阜久逢迎。何須更要經平子，清議從來貴士衡。

別公擇

黍離不復閔宗周，何暇雷塘弔一邱。若問西來祖師意，竹西歌吹是揚州。

慎按：此詩施氏原本不載，今從《續補》卷中改編。

贈葛葦一本作「鞏」。

竹椽茅屋半摧傾，肯向蜂窠寄此生。長恐波頭卷室去，欲將船尾載君行。小詩試擬孟東野，大草閒臨張伯英〔一〕。消遣百年須底物，故應憐我不歸耕。

〔一〕大草：閞按，須溪云：大草謂張帖，比他帖字大。

贈王寂

與君暫別不須嗟，俯仰歸來鬢未華。記取江南烟雨裏，青山斷處是君家。

次韻孫莘老斗野亭寄子由〔一〕在邵伯堰。

落帆別本作「帽」，訛謝公渚〔二〕，日脚東西平。孤亭得小憩，暮景含餘清。坐待斗與牛，錯落挂南甍。老僧如夙昔〔三〕，一笑意已傾。新詩出故人，舊事疑前生。吾生七往來，送老海上城。逢人輒自哂，得魚不忍烹。似聞績溪老〔四〕，復作東都行。小詩如秋菊，豔豔霜中明。過此感我言，長篇發春榮。

〔一〕斗野亭：盛儀《維揚志》：邵伯鎮有斗野亭，以揚州分野屬斗也。

〔二〕謝公渚：《晉書》：太康十一年，謝安鎮廣陵，於城東北二十里築壘，名曰新城。樂史《太平寰宇記》：廣陵縣有邵伯堰，在新城北二十里，謝公所築。有斗門，在縣東北四十里，合瀆渠。有小渠東去七里，入艾陵湖，其西爲白茆湖。

〔三〕老僧：名榮，斗野主人也。見《欒城集》注。

〔四〕績溪老：按，《年譜》：子由時自筠州移知績溪縣，尋以校書郎被召入京。

附孫莘老原唱：

淮海無林邱，曠澤千里平。一渠閑防缺一字，物色故不清。老僧喜穿築，北户延朱甍。簷楯斗杓落，簾幃河漢傾。平湖杳無涯，湛湛春波生。結纜嗟已晚，不見芙蓉城。尚想紫芡盤，明珠出新烹。平生有微尚，一舟聊寄行。遇勝輒偃蹇，霜須刷澄明。可待齒牙豁，歸與謝浮榮。

慎按：《黄山谷集》云：外舅孫莘老守蘇州，留詩斗野亭云云。時元豐三年庚申也，《莘老集》世不傳，此詩從《淮海集》采出，山谷、少游、張琬、張芸叟皆有次韻，詩不具録。

附子由和：《欒城集》原題《和子瞻次孫覺諫議韻題邵伯閘上斗野亭見寄》。

扁舟未遽解，坐待兩閘平。濁水污人思，野寺爲我清。昔遊有遺咏，枯墨存高甍。故人獨未來，一尊誰與傾。北風吹微雲，暮寒依月生。前望邗溝路，却指鐵甕城。茅簷卜兹地，江水供晨烹。試問東坡翁，畢老幾此行。奔馳力不足，隱約性自明。早爲歸耕計，免慙老僧榮。自注：僧榮，斗野主人也。子瞻將卜居丹陽蒜山下，此亭正當歸路，故云爾。

送楊傑〔一〕并引

無爲子嘗奉使登太山絶頂，雞一鳴，見日出。又嘗以事過華山，重九日，飲酒蓮花峰上。今乃奉詔與高麗僧統游錢塘。皆以王事，而從方外之樂，善哉，未曾有也！作是詩以送之。

天門夜上賓出日，萬里紅波半天赤。歸來平地看跳丸，一點黄金鑄秋橘〔二〕。太華峰頭作重九〔三〕，天風吹灔黄花酒。浩歌馳下腰帶鞓〔四〕，醉舞崩崖一揮手。神遊八極萬緣虚，下視蚊雷隱汙渠。大千一息八十反，笑厲東海騎鯨魚。三韓王子西求法〔五〕，鑿齒彌天兩勍敵。過江風急浪如山，寄語舟人好看客。

〔一〕楊傑：《宋史·文苑傳》：楊傑，字次公，無爲人。第進士。元祐中，爲禮部員外郎，自號無爲子。《東都事略》：楊傑，元豐年官太常者數任，一時禮文，傑與討論。

〔二〕黄金鑄秋橘：《抱朴子·微旨篇》：始青之下，日與月兩半，同昇合成。一出彼玉池，入金室，大如彈丸，黄如橘。

〔三〕太華峰：《華岳志》：中峰曰蓮花峰，東峰曰僊人掌，西峰曰巨靈足，南峰曰落雁峰，西北曰毛女峰，東北曰雲臺峰。

〔四〕腰帶鞓：太華峰上地名，《西華山志》失載。按，陸游《感舊》詩亦有「青城山裏屏風疊，太華峰頭腰帶鞓」之句。

〔五〕三韓王子：《文獻通考》：熙寧八年，高麗王運遣其弟僧統來朝，問求佛法，并獻經像。《教苑遺事》：高麗，國名。文宗仁孝王第四子出家，名義天。元豐八年乙丑冬，航海至明州，上表，乞游中國，詔以楊傑館伴。所至二浙、淮南、京東諸路，迎餞如夏國禮，遍訪三學宗工。初抵鄞，師事明智、中立而友法鄰，請跋教乘。造杭州上天竺，以弟子禮事慈辨。過潤州金山，以禪規展拜佛印禪師了元，元據坐受禮，楊傑以爲疑，佛印曰：「不如是，何以示華夏師法耶？」

慎按：義天游錢塘，乃元祐元年事，《通考》以爲熙寧八年，王注以爲元祐二年，俱訛。

附子由次韻：

人言長安遠如日，三韓住處朝日赤。飛帆走馬入齊梁，却渡吴江食吴橘。玉門萬里惟言九，行人泪墮陽關酒。佛法西來到此間，遍滿曾如屈伸手。出家王子身心虚，飄然渡海如過渠。遠來欲見傾盆雨，屬國真逢戴角魚。至人無心亦無法，一物不見誰爲敵。東海東邊定有無，拍手笑作中朝客。

次韻送徐大正〔一〕

公自注：嘗與余約，卜隣於江淮間。將赴登州，同舟至山陽，以詩見送，留別。

别時酒醆照燈花，知我歸期漸有涯。去歲渡江萍似斗，今年並海棗如瓜。多情明月邀君共，無價青山爲我賒。千首新詩一竿竹，不應空釣漢江槎。

〔一〕徐大正：字得之，東海人。注見二十四卷《閑軒》下。

楊康功有石狀如醉道士爲賦此詩〔一〕

楚山固多猿，青者黠而壽。化爲狂道士，山谷恣騰蹂。誤入華陽洞，竊飲茅君酒。君命囚巖間，巖石爲械杻。松根絡其足，藤蔓縛其肘。蒼苔眯其目，叢棘哽其口。三年化爲石，堅瘦敵瓊玖。無復號雲聲，空餘舞杯手。樵夫見之笑，抱賣易升斗。楊公海中僊，世俗那得友。海邊逢姑射，一笑微俛首。胡不載之歸，用此頑且醜。求詩紀其異，本末得細剖。吾言豈妄云，得之亡是叟。

〔二〕楊康功：華陰人，仕龍圖待制。本集《與康功尺牘》云：今日大風，孤舟掀舞雪浪中，楊次公惠醞一壺，醉中與公作《醉道士石》詩，托楚守寄去。按，康功曾使高麗，故稱爲海中僊。

慎按：《陵陽室中語》云：東坡作文，如天花變現，初無根葉，不可揣測。如《醉道士石》詩，共二十八句，却二十六句假説，惟用二句收拾，此真千古絶調也。

附秦少游詩：

黄冠初飲何人酒，徑醉頽然不知久。風吹化石楚山阿，藤蔓纏身蘚封口。常隨白鶴一飛去，但有衣冠同不朽。異物終爲賢俊得，野老田夫豈宜有。華陰楊公香案吏，一見遂作忘年友。日暮西垣視草歸，往往對之傾數斗。大夢之間無定論，啓母望夫天所誘。穀城或與子房期，西域更爲陳郎吼。我疑黄冠反見玩，若此堅頑定醒否？何當一笑凌蒼霞，顧謝世人聊舉手。

附參寥詩：

天官夜宴瓊樓春，一官大醉頽穹旻。飛光貫地若素練，百里雞犬聲紛紛。吹風洗雨歲月古，化此頑石良悲辛。楚山之老頗知異，濯以澗底清漪淪。霓裳彷彿認羽客，楮冠數寸横秋雲。空齋晝閒戲一擊，琅然哀韻還清真。我聞天官天所陳，雖復暫屈終當伸。烈風迅雷一朝作，却上蒼蒼朝紫宸。

迨作淮口遇風詩戲用其韻

我詩如病驥，悲鳴向衰草。有兒真驥子，一噴群馬倒。養氣勿吟哦，聲名忌太早。風濤借筆力，勢逐孤雲掃。何如陶家兒，遶舍覓梨棗。君看押强韻，已勝郊與島。

過泗上喜見張嘉父二首〔一〕

其一

眉間冰雪照淮明，筆下波瀾老欲平。直得全生如許妙，不知形謀已多名〔二〕。

〔一〕張嘉父：慎按，施氏舊注：張嘉父名大寧，山陽人。登元豐八年第。治《春秋》學，以書問於先生。答之曰：「此書自有妙用，學者罕能領會，多求之繩束中，乃近法家者流。惟丘明識其用，微見端兆，欲使學者自得之。故僕以爲難，未敢輕論也。」建中靖國初，還自南海，首以書與錢濟明，問嘉父今安在，想日益不止。時已除《春秋》博士矣。政和間爲司勳郎。張文潛作《南山賦》以贈之，其略曰：「南山巖巖兮，其下有人佩玉而握珠。尌意魯叟之古經，不習世儒之臆書。」其所居當是泗之南山，今爲盱眙也。此段新刻本删去，今補録。

〔三〕形諜：《莊子》：内誠不解，形諜成光。

其　二

空翠娱人意自還，明窗一榻共秋閒。會知名利不到處，定把清觴屬此山〔一〕。

〔一〕此山：按，嘉父居泗州南山，張文潛嘗作《南山賦》以贈之。

慎按：以上二首，施氏原本不載，今因題編次。

次韻徐積〔一〕

殺雞未肯邀季路，裹飯先須問子來〔二〕。但見中年隱槐市，豈知平日賦蘭臺。海山入夢方東去，風雨留人得暫陪。若説峨眉眼前事宋刻本作「是」，故鄉何處不堪回。

〔一〕徐積：《東都事略》：徐積，字仲車，山陽人。少孤，事母至孝，四十不婚不仕。鄉人勉之就舉，遂偕母至京師。既登第，未調官而母卒，遂不復仕。監司上其名，以爲教授。久之，致仕，歸山陽。於是始娶，後以壽終，謚曰節孝處士。○慎按，王資深所撰《仲車行狀》略云：先生父名石，神童出身，知融州羅城縣。羅城君卒，先生始三歲。既冠後，從安定胡先生學。治平三年登第，以耳疾，不能從仕。元祐元年，就除揚州司户參軍、楚州教授。則東坡與相見時，尚未授職，故有「中年隱槐市」之句。

〔三〕子來：《藝苑雌黄》云：《莊子》：子輿與子桑友，而霖雨十日。子輿曰：「子桑殆病矣。」裹飯而往食之。裹飯者，子桑，非子來也。先生詩訛。然觀退之《贈崔斯立》詩云：昔者十日雨，子來寒且飢。其失自退之始矣。

慎按：《節孝先生集》有《贈子瞻四首》，皆古體詩，此首原作失去，無從采録。

元豐七年有詔京東淮南築高麗亭館密海二州騷然有逃亡者明年軾過之嘆其壯麗留一絶云〔一〕

簷楹飛舞垣牆外，桑柘蕭條斤斧餘。盡賜昆邪作奴婢，不知償得此人無。

〔一〕高麗：《演繁露》引南唐章僚《海外行程記》：自海、萊二州，須得西南風乃行。與中國對者，已在山東之東矣。而其屬郡有康州者，乃與明州相對。康之鄰郡曰武州，其氣候正似餘姚，則麗之與明又斜相對，直微兼西北矣。王溥《五代會要》：高麗本扶餘之别種，都平壤城，在京師東五千一百里。前王姓高氏。晉天成四年，封權知國事王建爲高麗國王。自後有國者皆王氏。

徐兢《宣和奉使高麗圖經》：熙寧四年，高麗國王王徽復修方貢，神宗嘉其忠藎。元豐三年、四年，連使來朝。六年，徽卒，命楊景略爲祭奠使，錢勰爲弔慰使，七年七月，自密之板橋航海而往。哲宗踐阼，使來奉慰，又來奉賀。葉石林《詩話》：高麗遣使來朝，神宗以張誠一館伴，問其所以復朝之意。對云：其國主王徽常誦《華嚴經》，祈生中國。一夕忽夢至京師，備見城邑宫室之盛，覺而爲詩，曰：惡業因緣近契丹，一年朝貢幾多般。移身忽到京華地，可惜中宵漏滴殘。《宋史》：熙寧中，高麗遣使，言欲遠契丹，乞改途由明州赴闕。郡縣供頓無舊準，頗擾民，詔立式頒下，費悉官給。本集《論高麗奉進狀》云：伏見熙寧以來，高麗入貢，至元豐末十六七年間，兩浙、淮南、京東三路築城造船，建立亭館，所在騷然，公私告病。

懷仁〔一〕刻本作「口」者，訛令陳德任新作占山亭〔二〕二絶

其一

尚父提封海岱間，南征惟到穆陵關〔三〕。誰知海上詩狂客，占得膠西一半山。

〔一〕懷仁：慎按，《外集》作「懷仁」。《唐書·地理志》：海州東海郡領縣四，懷仁其一也。《名勝志》：海州贛榆縣，舊名懷仁。《太平寰宇記》：大海在城東十五里，南接朐山界，北接懷仁界。向來刻本俱訛作「懷口」，今改正。

〔二〕占山亭：失考。

〔三〕穆陵：《齊乘》：穆陵山在沂水縣北。伏琛《齊記》：東山南，龜山北，穆陵山是也。

其　二

我是膠西舊使君〔一〕，此山仍合與君分。故應竊比山中相，時作新詩寄白雲。

〔一〕膠西：按，《漢書》：文帝十六年，分齊，立膠西國，都高密。《輿地廣記》：密州有膠西縣。先生曾知密州，故曰「膠西舊使君」，非萊之膠州也。《水經注》：膠水北逕祝兹縣故城東，漢武帝封膠東康王子延爲侯國。後魏置膠州於此。則萊之膠州，乃膠東也。注引《一統志》，謬，今駁正。

慎按：以上二首，施氏原本不載，新刻載《續補》下卷。以《外集》考之，題中「懷口」當作「懷仁」，今據此改正，移編。

過密州次韻趙明叔喬禹功

先生依舊廣文貧，老守時遭醉尉嗔〔一〕。汝輩何曾堪一笑，吾儕相對復三人。黄雞唱曉淒涼曲，白髮驚秋見在身。一别膠西舊朋友，扁舟歸釣五湖春。

〔一〕廣文、老守：趙明叔爲膠西教授。喬禹功由太博換左藏，知欽州，後移知施州。詳見先生密州詩卷中。

再過常山和昔年留別詩

傴僂山前叟，迎我如迎新。那知夢幻軀，念念非昔人。江湖久放浪，朝市誰相親？却尋泉源去，桃花應宋刻本作「逢」避秦。

慎按：此詩即次《留别雩泉》韻。

再過超然臺贈太守霍翔〔一〕

昔飲雩泉别常山〔二〕，天寒歲在龍蛇間。山中兒童拍手笑，問我西去何當還。十年不赴竹馬約〔三〕，扁舟獨與漁蓑閒。重來父老喜我在，扶挈老幼相遮攀。當時襁褓皆七尺，而我安得留朱顔。問今太守爲誰歟？護羌充國鬢未斑。公自注：翔自言，在熙河作屯田有功。躬持牛酒勞行役，無復杞菊嘲寒慳〔四〕。超然置酒尋舊迹，尚有詩賦鑱堅頑〔五〕。孤雲落日在馬耳〔六〕，照耀金碧開烟鬟。邦淇自古北流水，跳波下瀨鳴玦環。願君談笑作石埭，坐使城郭生溪灣。

〔一〕超然臺：注詳第十四卷。

〔二〕雩泉：本集《雩泉記》略云：熙寧八年，旱禱於常山，應如響，乃新其廟。廟門西南五十步有泉，汪洋旋折如車輪，乃琢石爲井，作亭於上，名之曰雩泉。

〔三〕十年：公自密移徐，在丙辰十二月，及乙丑赴知登州，九月過密，相距十年矣。

〔四〕杞菊：《烏臺詩案》：《杞菊賦引》云：「及移守膠西，始至之日，齋館蕭然。」以非諷新法減削公使錢太甚，齋醖厨簿，事皆索然無備也。

〔五〕詩賦：先生有《超然臺記》及《和潞公》詩，子由有《超然臺賦》。

〔六〕馬耳：《水經注》：馬耳山高百尺，上有二石並舉，望齊馬耳，故世取名焉。東去常山三十里。

常山一本作「州」贈劉鎡

劉侯年少日，駿馬拊便面。援弓雁自落，不待白羽貫。

慎按：此詩施氏原本不載，新刻在《續補》下卷，今因地附録於此。

登州海市〔一〕并引

予聞登州〔二〕海市〔三〕舊矣。父老云：嘗出石刻作「見」於春夏，今歲晚，不復見矣石刻作「出也」。予到官五日而去，以不見爲恨，禱於海神廣德王之廟。明日見焉，乃作此詩。

東方雲海空復空，群僊出没空明中。蕩摇浮世生萬象，豈有貝闕藏珠宫？心知所見皆幻影，敢以耳目煩神功石刻作「工」。歲寒水冷天地閉，爲我起蟄鞭魚龍。重樓翠阜出霜曉，異事驚倒百歲翁。人間所得《苕溪漁隱》作「見」容力取，世外無物誰爲雄？率然有請不我拒，信我《苕溪漁隱》作「哉」人厄非天窮。潮陽太守南遷歸，喜見石廩堆祝融。自言正直動山鬼，豈石刻作「不」知造物哀龍鍾。伸眉一笑豈易得，神之報汝亦已豐。斜陽萬里孤鳥一作「島」没，但見碧海磨青銅。新詩綺語亦安用，相與變滅隨東風。

〔一〕一本無「登州」二字。按，石刻，「海市」下有「詩」字。末題云「元豐八年十月晦書呈全叔承議」。

〔二〕登州：《元和郡縣志》：古萊子國，後魏置東牟郡，尋廢。武德初，於文登縣置登州。《太平寰宇記》：登州南至萊州界四百里，西北至大海，當中國往新羅渤海大路。

〔三〕海市：沈括《筆談》：登州海市時有雲氣，如宫室樓觀、城堞、人物、車馬、冠蓋之狀，或云蛟蜃之氣。《齊乘》云：登州北，海中有沙門、鼉磯、牽牛、大竹、小竹五島，海市現滅，常在五島之上。或謂類南海蜃樓，殆不然。嘗至海上訪之，每於春夏晴和之時，杲日初昇，東風微作，雲脚齊敷於島上，海市必現。凡世間所有，象類萬殊，或小或大，或變現終日，或遍海皆滿，其爲靈怪赫奕，豈蜃樓可擬哉？　蓋滄溟與元氣呼吸，神龍變化不測，如佛經所云，龍王能興種種雷電雲雨，於本宫不動不摇。　山海幽深，容有此理。

〔四〕孤鳥没：杜牧詩：長空澹澹孤鳥没，萬古消沉向此中。

〔五〕磨青銅：本集《蓬萊閣記所見》云：閣上望海如鏡面，與天相際。

奉和陳賢良〔一〕

不學孫吴與《六韜》，敢將駑馬並英豪。　望窮海表天還遠，傾盡葵心日愈高。　身外浮名休瑣瑣，夢中歸思已滔滔。　三山舊是神僊地，引手東來一釣鼇。

〔一〕賢良：《宋史·選舉志》有賢良方正科。

慎按：此詩施氏原本不載，新刻載《續補》下卷，玩本詩結句，當是登州作，故移編於此。

登州孫氏萬松堂〔一〕宋刻本無「萬」字。

萬松誰種已摐摐，半嶺蒼雲一作「髯」映此邦。　露重珠瓔宋刻作「纓」蒙翠蓋，風來石齒碎寒江。　浮空兩竹横南閣〔二〕，倒景扶桑射北窗。　坐待夕烽傳海嶠，重城歸去踏逄逄。

〔一〕松堂：《名勝志》：孫氏松堂在登州府城内。

〔三〕兩竹：大竹、小竹，二島名，皆在登州北海中。見《齊乘》，詳《海市》注下。

過萊州〔一〕雪後望三山〔二〕

東海如碧環，西北卷登萊。雲光與天色，直到三山回。我行適冬仲，薄雪收浮埃。黄昏風絮定，半夜扶桑開。參差太華頂，出没雲濤堆。安期與羡門，乘龍安在哉？茂陵秋風客，勸爾麾一杯。帝鄉不可期，楚些招歸來。

〔一〕萊州：《元和郡縣志》：地在齊國之東，故曰東萊。漢置郡，後魏分青州，置光州。隋開皇二年，改萊州。北至大海五十里，東北至登州四百里。

〔二〕三山：《太平寰宇記》：三山在掖縣北，海之南岸。《齊乘》：萊州北二千里有三山。《漢志》：秦祠八神，四曰陰主，祠三山。顔監謂即三神山者，非也。三神山乃蓬萊、方丈、瀛洲之稱，在渤海中，非海岸之三山也。又，《名勝志》：三山島在府城北五十里。掖縣城北又有三山亭。

遺直坊并引

富公之客李君諱常〔一〕，登人也。故太守李公諱師中榜其閭曰「遺直」。而其子大方，求詩於軾，爲賦一首。使君不浪出，羔雁親扣門。先生但清坐，薤水已多言。當時邦人化，市無晨飲豚。歲月曾幾何，客主皆九原。魯經有遺嘆，楚些無歸魂。我作遺直詩，過者式其藩。

〔一〕李常：慎按，同時有兩李常，一爲李公擇，建昌人。一則登州人。《歐陽公集》有《讀張李二生文贈石先生》詩，云：先生二十年居魯，能使魯人皆好學。其間張續與李常，剖琢珉石得天璞。則李常不獨爲富公客，亦徂徠之高弟也。

鰒魚行〔一〕

漸臺人散長弓射，初啖鰒魚人未識。西陵衰老繐帳空，肯向北河親饋食。兩雄一律盜漢家，嗜好亦若肩相差。公自注：莽、操皆嗜鰒魚。食每對之先太息，不因噎嘔緣瘡痂。中間霸據關梁隔，一枚何啻千金直〔二〕。百年南北鮭菜通，往往殘餘飽臧獲。東隨海舶號倭螺，異方珍寶來更多。磨沙瀹瀋成大胾，剖蚌作脯分餘波。君不聞蓬萊閣〔三〕下駝碁島〔四〕，八月邊風備胡獠。舶船跋浪黿鼉震，長鑱鏟處崖谷倒。膳夫善治薦華堂，坐令雕俎生輝光。肉芝石耳不足數，醋芼魚皮真倚牆。中都貴人珍此味，糟浥油藏能遠致〔五〕。割肥方厭萬錢厨，决眥可醒千日醉。三韓使者金鼎來，方奩饋送煩輿臺。遼東太守遠自獻，臨淄掾吏誰爲材。吾生東歸收一斛，苞苴未肯鑽華屋。分送羹材作疑誤，當作「乍」眼明，却取細書防老讀。

〔一〕鰒魚：《説文》：鰒，海魚名。郭璞云：蝮狀如蛤，偏著石。《本草》：鰒魚甲，即石决明，一名千里光，主明目去障。《後山叢談》：石决明，登人謂之鰒魚。

〔二〕一枚千金：《南史·褚淵傳》：時淮北屬江南，無復鰒魚，一枚直數千錢。

〔三〕蓬萊閣：《名勝志》：唐神龍間，析黄縣置蓬萊縣，即蓬萊鎮也。昔漢武於此望海中蓬萊山，因築城以爲名。有蓬萊閣，在城北丹崖山，東、西二面，石壁巉巖。

〔四〕駝碁島：《歐陽公集》作「鼉磯島」，在登州海中，距蓬萊縣百餘里。《名勝志》：沙門在城西北海中，其相連屬者，有駝碁島，紫翠巉絶，出没於波濤之表。

〔五〕糟浥：《本草》：吴越人以糟决明爲美品。

慎按：此詩施氏原本不載，今據《後山叢談》，從新刻《續補》上卷移編。

留别登州舉人

身世相忘久自知，此行閒看古黄腄〔一〕。自非北海孔文舉，誰識東萊太史慈。落筆已吞雲夢客，抱琴欲訪水僊師。莫嫌五日匆匆守，歸去先傳樂職詩。

〔一〕黄腄：《史記》：始皇二十八年，東行郡縣並渤海以東，過黄腄。注引《括地志》云：黄縣故城在萊州黄縣東南二十五里，古萊子國也。《十三州志》云：牟平縣，古腄縣也。

慎按：此詩施氏原本不載，新刻本載《續補遺》卷中，以題考之，乃登州作，今移編。

次韻趙令鑠〔一〕

東坡已報六年穰，惆悵紅塵白首郎。枕上谿山猶可見，門前冠蓋已相望。故人年少真瓊樹，落筆風生戰堵牆。端向甕間尋吏部，老來專一作「惟」以醉爲鄉。

〔一〕趙令鑠：王明清《跋東坡真蹟》云：英宗潛龍日，居穆親宅，與宗屬淄恭憲王世雄厚善。慶曆八年戊子，兩家各生子，同年日月時。其後英宗入繼大統，所誕即神宗，恭憲所育乃太僕伯堅也，爲本朝宗室登進士第之冠，易文階最先。伯堅，令鑠字也。施氏原注：趙令鑠，字伯堅，熙寧中以諸衛將軍對策學士院，改職方員外郎，僉書南京判官。侍祠郊丘，對垂拱殿，言青苗不當立俵散賞格，恐希功生弊。神宗然之。元祐初，爲光禄少卿，將作監。終太僕卿。贈寶文閣待制。

慎按：趙令鑠字伯堅，趙令時字景貺，東坡爲改字德麟，集中有《字説》可證，明明兩人也。吴中新刻本於注中忽增「一云字景貺」五字，乃施氏原本所無。自「僉書南京判官」以下一段，原本所有，而新刻則妄爲删削。今爲補録全文，糾摘繆訛，一覽昭然，用爲輕改古書之戒。

次韻王定國得潁倅二首

其一

僊風入骨已淩雲，秋水爲文不受塵。一噫固應號地籟，餘波猶足挂天紳。買牛但自捐三尺〔一〕，射鼠何勞挽六鈞。莫向百花潭上去〔二〕，醉翁不見與誰親？

〔一〕三尺：《石林詩話》：唐彦謙《題漢高祖廟》詩：耳聞明主提三尺，眼見愚民盜一抔。語皆歇後，如三尺律，三尺喙皆可，何獨劍乎？子瞻詩：買牛但自捐三尺，射鼠何勞挽六鈞，亦與此同病。六鈞可去「弓」字，三尺不可去「劍」字也。○慎按，《高祖紀》：「吾以布衣，提三尺，取天下。」又《韓安國傳》：高帝曰：「提三尺取天下者，朕也。」《陳書》：「高帝詔：提彼三尺，賓於四門。」三尺下何必更着「劍」字耶？

〔二〕百花潭：當在潁州，失考。

其二

滔滔四海我知津，每愧先生植杖耘。自少多言晚聞道，從今閉口不論文。灩翻白獸尊中酒，歸煮青泥坊底芹。要識老僧無盡處，牀頭牛蟻不曾聞。

次韻趙令鑠惠酒

神山無石髓，生世悲暫寓。坐待玉膏流〔一〕，千載真旦暮。青州老從事，鬲上非所部。惠然肯見從，知我憎一作「困」市酤。開瓶自洗盞〔二〕，肴核誰與具。門前聽剥啄，烹魚得尺素。

〔一〕玉膏：酒名，鮮于樞《游皋亭記》載先生此詩，題云「伯堅惠玉膏兩壺且枉佳篇次韻戲答」云云。

〔二〕洗盞：杜甫詩：洗盞開嘗對馬軍。

附趙伯堅原唱：此下二首，從鮮于樞《記》中采出。

古人醉以酒，蓋亦有所寓。一飲百憂忘，陶陶朝復暮。公欲醉爲鄉，甕間尋吏部。惜取青銅錢，濁醪安足酤。敢竊好事名，聊資子雲具。巧手斧鼻端，此情知有素。

附伯堅再和一首：

登州與儀曹，到官如旅寓。螭陛鳳凰池，翱翔未云暮。冰雪照人清，黄色盈中部。譬如千日釀，一宿陋清酤。載筆無多辭，公真濟時具。歎息賀德基，尤知我尸素。

慎按：元鮮于伯機《游皋亭山記》略云：元貞元年，送客臨平鎮，晚宿廣嚴院，僧普聞出書畫誇客，中有東坡與趙令鑠唱和真蹟一卷。令鑠有詩聲，集不行世，因録之。其序云：「子瞻和余致齋詩，有『端合甕間尋吏部，老來惟以醉爲鄉』之句，因送薄酒，兼成斐章，冀發一笑也。」詩云「古人醉以酒」云云。東坡和詩「神山無石髓」云云；伯堅又有詩，云《子瞻辭免起居之命令鑠復用前韻以勉之》「登州與儀曹」云云。趙伯堅詩，世不多見，亟録以附先生集中，一時贈答，風流猶可想見也。

送范純粹〔一〕守慶州〔二〕

才大古難用，論高常近迂。君看趙魏老，乃爲滕大夫。浮雲無根蔕，黄潦能須臾。知經幾成敗，得見真賢愚。羽旄照城闕，談笑安邊隅。當年老使君〔三〕，赤手降於菟。諸郎更何事〔四〕，折箠鞭其雛。吾知鄧平叔，不鬬月支胡。

〔一〕范純粹：施氏原注：范純粹，字德孺，文正公之季子。元豐初，檢正中書五房公事，與同列不合，謫知徐州滕縣。東坡時守徐，爲作《公堂記》。後轉運陝西。神宗遣高遵裕等將兵伐西夏，德孺從軍給餉。遵裕無功而還。神宗鋭意大舉再伐，中人李憲先爲帥，以失期當坐，懼罪，遂進疏以逢上意。關陝不堪科調，汹汹將亂。德孺屢疏，危言甚力。會中人李舜舉奉使歸告上，以再舉必亂，帝意悟，始知其忠。○以上新刻删去，今補録。哲宗即位，以直龍圖閣京東轉運副使，代其兄忠宣公守慶。請棄所侵西夏地，曰：「争地未棄，則邊隙無時可除。」於是還四砦，而夏人服。紹聖後，以棄地故，又坐黨錮，屢起屢仆，終龍圖閣直學士。此詩著其爲國盡言之實，卒言文正公在仁宗時，元昊叛命，訖以計降之，德孺守慶州，竟如先生所期云。

〔二〕慶州：《元和郡縣志》：關内道慶州順化郡督府，古西戎地，秦屬北地郡，隋爲合川鎮。後割寧州歸德縣，置慶州。《九域志》：陝西永寧軍路中府慶州安化郡，去東京一千九百里。

〔三〕當年老使君：《東都事略·范仲淹傳》：元昊反，仁宗知仲淹材兼文武，令知延州。時議諸路進兵，仲淹獨固守鄜延不從。後徙慶州，爲環慶路經略安撫招討使，尋拜陝西四路安撫緣邊招討使。居三歲，士勇邊實，乃謀取横山，復靈武。《宋史》：仲淹在慶州，築大順城於州西北，當後川橋口，以斷夏人侵寇之路。

〔四〕諸郎：按史，神宗朝，文正公次子純仁以直龍圖閣知慶州。哲宗朝，幼子純粹以直學士繼守是州。

慎按：任淵《山谷詩注》引《實録》：元豐八年八月，直龍圖閣、京東轉運使范純粹知慶州。是時先生方赴登州，其冬十二月始還朝，豈德孺至是乃西行耶？山谷亦有《送范守慶》詩，《年譜》以爲元祐元年作。

送范德孺 一本作「過范縣訪德孺」。

漸覺東風料峭寒，青蒿黄韭試春盤。遥想慶州千嶂裏，暮雲衰草雪漫漫。

慎按：此詩施氏原本不載，新刻本載《續補》下卷，今因題附録於此。

次韻王震

攜文過我治平間〔一〕，霧豹當時始一斑。聞道吹噓借餘論〔二〕，故教流落得生還。清篇帶月來霜夜，妙語先春發病顔。詩酒暮年猶足一作「得」用，竹林高會許時攀〔三〕。

〔一〕治平間：按，《年譜》英宗治平乙巳、丙午間，先生自鳳翔還朝，召試秘閣直史館。

〔二〕吹噓借餘論：王定國《聞見近録》云：六姪震嘗謂予曰：子瞻貶黄州，神宗每憐之。一日，謂執政曰：「國史大事，欲俾蘇軾成之。」執政有難色，上曰：「非軾則用曾鞏。」其後復有旨起蘇軾，以本官知江州。中書蔡持正、張粹明受命，震當詞頭。明日改承議郎、江州太平觀提舉。又明日，命格不下，皆王禹玉之力也。

〔三〕竹林：王震爲定國之姪，故云。

陳鵠《耆舊續聞》：東坡謫黄，元豐末，移汝州，制詞云：「蘇軾謫居既久，念咎已深，人才實難，不忍終棄。」蓋王子發詞也。元祐初，坡入掖垣，與子發同僚。和子發詩云：清篇帶月來霜夜，妙語先春發病顔。蓋爲此故也。

喜王定國北歸第五橋

白露凄風洗瘴烟，夢回相對兩凄然。雀羅廷尉非當日，鳩杖先生愈少年。世事飽諳思束手，主恩未報恥歸田。誰憐第五橋邊水，獨照台州老鄭虔。

慎按：諸刻本此詩題止「第五橋」三字，今從《外集》補録全題，改編於此。

次韻王定國謝韓子華過飲〔一〕

楚有孫叔敖，長城隱千里。哀哉練宋刻本作「綀」裙子，負薪躡破履。豈無故交親，逝去如覆水。不如老優孟，談笑宋刻本作「説」託諧美。世家不可恃，如倚折足几。祥符有賢相〔二〕，手握天下砥。懿敏亦名公〔三〕，三貴德爵齒。蓋棺今幾日，公子誰料理。誰要卿料理，欲説且止止。宅相〔四〕開府公〔五〕，久爲蒼生起。如何垂老別，冰盤餽蒼耳。親嫌妨鶚薦，相對發微泚。新詩如彈丸，脱手不移晷。我亦老賓客，苦語落紈綺。莫辭三上章，有道貧賤耻。

〔一〕韓子華：《宋史》：韓絳，字子華，忠憲公億之第三子。舉進士甲科。神宗立，以韓琦薦，拜樞密副使。熙寧三年，參知政事。尋以觀文學士知許州，七年，復代王安石爲相。再出知許州，封康國公。元祐初，以太尉致仕，謚獻肅。

〔二〕祥符賢相：《宰輔編年録》：王旦於景德三年拜相，歷祥符至天禧元年，在位凡十二年。李燾《長編》云：旦爲相，端重堅正，明達國體，接物若甚和易，而風儀峻整，當官涖事，莊厲不可犯。

〔三〕懿敏：《宋史》：王素，文正公旦之子，事仁宗，出入垂三十年，卒謚懿敏。

〔四〕宅相：王氏舊注云：文正公長女嫁韓憲肅公，子華乃王氏之甥。○慎按，子華之父名億，謚忠憲，非獻肅也。獻肅乃子華謚，王注訛，今駁正。

〔五〕開府：《宋史·韓絳傳》：熙寧中，爲陝西宣撫使，即軍中拜中書門下平章事，開幕府於延安。

慎按：《宋史》及《東都事略》，韓子華立朝柄政，一無可稱，甚至爲言路所劾。與章惇、曾布並提而論，生平槩可知矣。定國爲名家之後，其人材門地自堪大用。初因東坡先生廢斥，先生入爲侍從，定國亦宜膺顯擢。子華乃王之所自出，又當路有汲引之力，反托親嫌，不爲表薦，遂使五年瘴癘，萬里生還，區區穎、揚二倅，轉徙靡常，與流落何異？子華不得辭其責也。公此詩，似爲定國痛惜，然所以諷刺子華者，深矣。

次韻馬元賓〔一〕

流落江湖萬里歸，相逢自慰已差池。初聞好句驚人倒，悔過東庭識面遲。握手寧知無賀監，結交誰復一作「定」許袁絲。塞鴻正欲摩天去，垂老追攀豈可一作「所」期。

〔一〕馬元賓：爵里失考。

慎按：此詩施氏原本不載，新刻載《續補》下卷，以起句觀之，當是元祐初年作，編録於此。

惠崇春江晚景二首〔一〕

其一

竹外桃花三兩枝，春江水暖鴨先知。蔞蒿滿地蘆芽短，正是河豚欲上時〔二〕。

〔一〕惠崇：《圖繪寶鑑》：建陽僧惠崇工畫鵝雁鷺鷥，尤工小景，善爲寒汀野渚、瀟灑虚曠之象，歐陽公以爲九僧之一也。

〔二〕河豚：程大昌《演繁露》引《博雅》云：鯸鮔，魨也。背青鰒白，觸物即怒，其肝殺人。《酉陽雜俎》：魚肝與子俱毒，艾能已其毒。江淮人食河豚必和艾。《藝苑雌黄》：河豚，新附《本草》云：味甘温，無毒。《日華子》云：有毒。《苕溪漁隱》云：按，《游僊雜録》：暮春楊花飛，此魚大肥。江淮人臠其肉，雜蔞蒿、荻牙，瀹而爲羹。或不甚熟，亦能害人。《本草》以爲無毒，訛矣。張耒《明道雜志》：此魚有二種，色淡黑有文點，謂之斑子。阮一閲《詩話總龜》：梅聖俞詩：春岸飛楊花。永叔謂河豚食楊花則肥。韓偓詩：柳絮覆溪魚正肥。大抵魚食楊花則肥，不必河豚。

其二

兩兩歸鴻欲破群，依依還似北歸人。遥知朔漠多風雪，更待江南半月春。

次韻周邠〔一〕

南遷欲舉力田科，三徑初成樂事多。豈意殘年踏朝市，有如疲馬畏陵坡。羨君同甲心方壯，笑我無聊鬢已皤。何日西湖尋舊賞，淡烟踈雨暗漁蓑。

〔一〕周邠：周邠字開祖，先生倅杭時，開祖爲錢塘令。注詳見施氏原注。開祖時知管城縣。

次韻胡完夫〔一〕成都石刻題云：「次韻完夫舍人見戲一首」。

青衫别淚尚斕斑，十載江湖困抱關。老去上書還北闕，朝來拄笏看石刻作「望」西山。相從杯酒形骸外，笑説平生醉夢間。萬事會須咨伯始，白頭容我占清閒。

〔一〕胡完夫：施氏原注：胡完夫名宗愈，晉陵人，副樞宿之姪。舉進士，神宗擢同知諫院。王安石執政，用李定爲御史，蘇、李、宋三舍人皆不草制，坐絀。完夫曰：「御史須官博士員外郎，用學士及丞雜薦。今定以幕職，不因薦得之，是一出執政意，即大臣不法，誰復言之？」安石怒，出通判真州，入爲吏部右司郎中。元祐中，擢左史、西掖夕郎、中執法。哲宗問朋黨之弊，對曰：「君子指小人爲姦，則小人指君子爲黨。陛下能擇中立之士而用之，則黨禍息矣。」明日，具《君子無黨論》以進。拜右丞，以資政殿學士知陳州，徙成都。召入爲禮部、吏部尚書，卒年六十六。此詩墨蹟刻石成都府治，題云「次韻完夫見戲一首」。「朝來拄笏看西山」，墨蹟作「望西山」。完夫詩題《宗愈聞子瞻舍人有懷居之興爲小詩以戲》。云云。

慎按：施注全文及胡完夫原作，新刻本盡删去，今補録存真。

附胡完夫原作：

蘇公五十缺一字髯斑，雲袖青袍入漢關。賈誼謫歸猶太傅，謝安投老負東山。黄岡泉石紅塵外，陽羡牛羊返照間。知有竹林高興在，欲閒誰肯放君閒。

次韻錢穆父

老入明光踏舊班，染須那復唱陽關。故人飛上金鑾殿〔一〕，遷墨蹟作「病」客來從飯顆山。大筆推君西漢手〔二〕，一言置我二墨蹟作「老」劉間〔三〕。公自注：公行軾告詞，引董仲舒、劉向事。便須置酒呼同舍，看賜飛龍出帝閑〔四〕。

〔一〕金鑾殿：《唐書·李白傳》：賀知章見其文，歎曰：「子謫僊人也！」言於玄宗，召見金鑾殿，詔供奉翰林。

〔二〕大筆：《猗覺寮雜記》：大手筆始王珣，夢人以大筆與之，如椽，人謂有大手筆事。已而果有策謚之草。此非美事，不可用。齊文宣有大手筆，多命徐陵草，唐燕許號大手筆，此可用也。

〔三〕二劉：周必大《二老堂詩話》：曾吉甫侍郎藏子瞻和錢穆父詩真本。「一言置我二劉間」其下，自注云：「穆父嘗草某答詔，以歆、向見喻，故有此句。」而廣川董彦遠乃譏子瞻，不當用高光事，過矣。○慎又按，施氏原注云：宿爲餘姚，嘗刻石縣齋，墨蹟云「病客從來飯顆山」，集本作「遷客」，「一言置我老劉間」，集本作「二劉」，諸家所注，皆引石勒《載記》云：朕當在二劉之間耳。東坡自注云：公行軾告詞，引董仲舒、劉向事，云云，與周益公所記互異，兩處必有一譌，並録，以備再考。

〔四〕飛龍：李肇《翰林志》：學士初遷者，於麟德殿候對，同院賜宴，又賜衣一副，絹二十疋。飛龍司借馬一匹，其所乘馬，送迎於擗仗門内擴門之西。江少虞《事實類苑》：舊規云：學士初入院，飛龍廐賜馬一匹，鞍轡及芻粟，謂之長借。今則賜馬并鞍轡。程大昌《雍録》：後苑有驥德苑，禁馬所在，亦名飛龍廐。

附錢穆父作：施注題云「次完夫韻簡子瞻右史舍人」。

史觀婆娑馬與班，十年流落共間關。鸞凰乍喜翔西省，猿鶴何勞怨北山。不學三閭吟澤畔，仍欣二陸下雲間。非惟綸綍須椽筆，讜論尤宜賜燕閒。

慎按：胡完夫及錢穆父二詩皆載施氏原注中，新刻删去，今補録。

次韻完夫再贈之什某已卜居毘陵與完夫有廬里之約云

柳絮飛時筍籜斑，風流二老對開關。雪芽我爲求陽羨，乳水君應餉惠山。竹簟涼一作「水」風眠晝永，玉堂制草落人間〔一〕。應容緩急煩閭里，桑柘聊同十畝閒。

〔一〕玉堂制草：《宋史·職官志》：中書舍人與學士對掌内外制，學士内制，舍人外制，謂之兩制。内制自大誥令、外國書，許令進草。凡册拜之事，召入面諭。制分六房，掌行命令，隨房當制。既得詞頭，即於紫微閣下草制，俟宰執出堂，方得下直。宋敏求《春明退朝録》：凡公家文書之藁，樞密謂之底，三司謂之檢，中書謂之草。歐陽修有《學士院草録》。

慎按：此詩施氏原本不載，新刻本載《續補》下卷，觀所用韻，乃同時唱和作，今改編於此。

次韻穆父舍人再贈之什〔一〕

詔語春温昨夜班，屋頭鳴鳩便關關。游僊夢覺月臨幌，賀雨詩成雲滿山。憐我白頭來仗下，看君黄氣發眉間。鳳池故事同機務，火急開尊及尚閒。

〔一〕舍人：《宋史·職官志》：中書省，舍人四人，掌行命令，爲制詞，分治六房，隨房當制，事有失當及除授非其人，則論奏封還詞頭。又有起居舍人、通事舍人，皆屬中書省。時穆父爲中書舍人，詳見上注。

慎按：施氏原注：是時東坡爲起居舍人，故用唐制所載，每仗下議政事，起居郎執筆記録事。新刻本刪去「每仗下議政事」一句，與原文不合，今補録。

次韻答李端叔〔一〕

若人如馬亦如班，笑履壺頭出玉關。已入西羌度沙磧，又從一作「來」東海看濤山。識君小異千人裏，慰我長思十載間。西省鄰居時邂逅，相逢有味是偷閒。

〔一〕李端叔：《宋史》：李之儀，字端叔，滄州人。登第三十年，乃從蘇軾於定州幕府。後歷樞密院編修，通判原州。元符中，以其嘗從軾辟，詔勒停。之儀能爲文，尤工尺牘，軾稱其入刀筆三昧。

慎按：李端叔《姑溪集》中失原作。先生此詩用前唱酬韻，亦必同時作。施氏原本不載，今從《續補》下卷附編於此。

再次韻答完夫穆父公自注：二公自言先世同在西掖。

掖垣老吏一作「史」識郎君〔一〕，並轡天街兩絶塵。汗血固應生有種，夜光那復困無因。豈知西省深嚴地〔二〕，也著東坡病瘦身。免使謫僊明月下，狂歌對飲只三人。

〔一〕掖垣：《漢書·吕后本紀》注：非正門而在兩旁，若人之臂掖。

〔二〕西省：楊奂《汴故宫記》：登聞檢院之東曰左掖門。門南曰待漏院。登聞鼓院西曰右掖門。西省即右掖也。

慎按：施氏原注：此詩墨蹟藏吴興秦氏，首云「又次韻穆父舍人和完夫初入省且述世契」，集本云「掖垣老吏」，墨蹟乃「老史」也。新刻本删去，今補録。

次韻答滿思復

自甘茅屋老三間，豈意彤廷綴兩班〔一〕。紙落雲烟供醉後，詩成珠玉看朝還。誰言載酒山無賀，記取啼烏巷有顔。但恐跛羊隨赤驥〔二〕，青雲飛步不容攀。

〔一〕兩班：沈括《筆談》：唐制，兩省供奉官東西對立，謂之蛾眉班。

〔二〕跛羊、赤驥：《史記·李斯傳》：太山之高百仞，而跛羊牧其上。杜甫詩：赤驥請長纓。

慎按：施氏原注：滿思復，字中行。東坡擢起居舍人，中行爲起居郎，又同省。而中行爲東陽人，故有「跛羊隨赤驥」、「啼烏巷有顔」之句。

送戴蒙〔一〕赴成都〔二〕玉局觀〔三〕將老焉

拾遺被酒行歌處，野梅官柳西郊路。聞道華陽版籍中，至今尚有城南杜。我欲歸尋萬里橋，水花風葉暮蕭蕭。芋魁徑尺誰能盡，榿木三年已足燒。百歲風狂定何有，羡君今作峨眉叟。縱未家生執戟郎，也應世出埋輪守。莫欺老病未歸身，玉局他年第幾人。會待子猷清興發，還須雪夜去尋君。

〔一〕戴蒙：趙堯卿云：戴蒙本名莊，吳興人。慶曆六年賈黯榜登第，後改名蒙。

〔二〕成都：歐陽忞《輿地廣記》：秦蜀郡，晉武帝改成都國。《九域志》：宋嘉祐四年，以益州路爲成都府劍南西川節度，治成都、華陽二縣。

〔三〕玉局觀：《方輿勝覽》：道經：二十四化，上應二十四氣，而座隱地中，因成洞穴，故以玉局名之。《雲笈七籤》：玉局洞與青城第五洞天相連，中刻老子像。按，宋時宮觀使，有勾管成都玉局觀及提舉成都玉局觀之名。

東坡先生編年詩卷二十七

古今體詩三十八首哲宗元祐元年丙寅春自右史除中書舍人，十月擢翰林學士知制誥，一年中作。

送陳睦〔一〕別本作「陳陸」者，訛知潭州〔二〕

華清縹緲浮高棟〔三〕，上有纈林藏石甕〔四〕。一杯此地初識君，千巖夜上同飛鞚。君時年少面如玉，一飲百觚嫌未痛。白鹿泉頭山月出〔五〕，寒光潑眼如流汞。朝元閣上酒醒時〔六〕，卧聽風鸞別本作「鑾」者，訛鳴鐵鳳。舊遊空在人何處，二十三年真一夢。我得生還雪髯滿，君亦老嫌金帶重〔七〕。有如社燕與秋鴻，相逢未穩還相送。洞庭青草渺無際，天柱紫蓋森欲動。湖南萬古一長嗟，付與騷人發嘲弄。

〔一〕陳睦：施氏原注：陳睦，字和叔，嘉祐六年第二名進士。神宗擢爲御史。元豐元年，假起居舍人介安燾以聘高麗，除鴻臚少卿。會廣州缺人，以寶文閣待制使出守。給事中韓忠彦言其偶緣泛海之勞，僥倖至此，不足以玷侍從，詔從之。至是，以直龍圖閣守長沙。初，和叔爲兩浙提刑，杭州有裴氏婢夏沉香者，因與其女赴井，女既死，沉香科杖，罪已決矣。和叔舉駁，差秀州倅張若濟重勘，夏沉香遂坐死，杭州獄掾杜子方、陳珪、戚秉道亦得罪衝替。東坡時倅杭，賦詩送之云：殺人無驗中不快，此恨終身恐難了。蓋指和叔、若濟云爾。兹送和叔，所述者止少時登臨相從而已，並無一語以及其人，則東坡不與之意可見。蓋與《贈唐林夫坰》詩，皆一律也。此段原文新刻本删改殆盡，今從舊本補録備考。

〔二〕潭州：歐陽忞《輿地廣記》：荆湖南路潭州，古三苗地，秦置長沙郡，漢爲國。晉永嘉元年置湘州，隋改潭州，以昭潭爲名。

〔三〕華清：程大昌《雍録》：華清宫，開元十年建，初名温泉宫，後改名。在驪山，最爲奢盛，百司皆有邸第。明皇常以十月往幸，歲竟乃歸。宋敏求《長安志》：華清宫四面皆有繚牆，内有朝元閣、長生殿、羯鼓樓。

〔四〕石甕：鄭嵎《津陽門》詩注：石魚巖下有天絲石，其形如甕，以貯飛泉。故上以石甕爲寺名。寺僧於上層飛樓中懸轆轤，斜引修筦，長三百餘尺，以汲甕泉，出紅樓喬樹之杪。

〔五〕白鹿泉：《津陽門》詩：飲鹿泉邊春露晞。程大昌《雍録》：白鹿原在南山之麓，自藍田東北入萬年縣。滻水源低，故行乎此原西北隅之外，灞水源高，故行乎原上。《元和郡縣志》：白鹿原，亦謂之灞上。郭允蹈《蜀鑑》：周平王東遷之後，有白鹿遊此，因名。在京兆府藍田縣。

〔六〕朝元閣：《長安志》：朝元閣在華清宮東南，老君殿之北。天寶七載，老君降於朝元閣，改名降聖閣。

〔七〕金帶：《歸田録》：國朝之制，自學士以上，賜金帶，謂之重金。太宗創爲金銙。銙制，方團毬路以賜兩府，御仙花以賜學士以上。今俗以毬路爲笏頭，御仙花爲荔枝，皆失其本號。岳珂《媿郯録》：國朝服帶之制，乘輿，東宮以玉，大臣以金。金帶有六種，毬路、御仙花、荔枝、師蠻、海捷、寶藏。此外又有金塗帶九種，金束帶八種，金塗束帶四種。《春明退朝録》：重金謂金帶上垂金魚者。

附子由次韻：

海上石橋餘折棟，大舶記君過鐵甕。東行萬里若乘空，老蜃長鯨應入鞚。波摇風卷卧不起，免教髀肉鞍磨痛。歸來過我話艱苦，驚汗津津尚流汞。海涯風物畫成圖，錯落天吴兼紫鳳。至今想像隔人事，往往風濤吹晝夢。長沙欲往厭飛楫，幸有千兵作迎送。文章清逸世少比，科第峥嵘聲自重。遠行屢屈衆所歎，出祖誰攀車欲動。明朝鼓角背王城，莫聽單于吹曉弄。自注云：子雍奉使三韓，轍時在南都，見其往返，故此詩言之。

用前韻答西掖諸公見和〔一〕

雙猊蟠礎龍纏棟，金井轆轤鳴曉甕〔二〕。小殿垂簾白一作「碧」玉鈎〔三〕，大宛立仗朱一作「青」絲鞚。風馭賓天雲雨隔，孤臣忍淚肝腸痛。羨君意氣風生座，落筆縱横盤走汞。上尊日日瀉黄封，賜茗時時開小鳳〔四〕。閉門憐我老太元，給札看君賦雲夢。金奏不知江海眩，木爪屢費瑶瓊一作「瓊瑶」重。豈惟蹇步困追攀，已覺侍史疲奔送。春還宫柳腰支活，水一作「雨」入御溝鱗甲動。借君妙語發春一作「春」容，顧我風琴不成弄。

〔一〕西掖：楊奐《汴故宫記》：登聞鼓院之西曰右掖門，翰林知制誥者，多居西掖。

〔二〕金井：黄庭堅詩：睿思殿東金井欄。任淵注云：睿思：神宗便殿，在垂拱殿之後。

〔三〕小殿：即睿思殿，注見上。

〔四〕小鳳：《澠水燕談録》：蔡君謨造小團以充貢，一斤二十餅。仁宗尤所珍惜，雖宰相未嘗輒賜，惟郊禮致齋之夕，兩府各四人，共賜一餅。宫人剪龍鳳花貼其上，八人各蓄之。不敢自試，有佳客，出爲傳玩。又，《北苑雜述》云：北苑細色第五綱，有興國巖、小龍、小鳳之名。

次韻王覿〔一〕正言喜雪〔二〕

聖人與天通，有詔寬獄市。好語夜喧街，濕雲朝覆砌。紛然退朝後，色映宮槐媚。欲誇剪刻工，故上一作「入」朱藍袂〔三〕。我方執筆侍〔四〕一作「待」，未敢書上瑞。君猶伏閣争，高論亦少慰。霏霏止還作，盎盎風與氣。神龍久潛伏，一怒勢必倍。行當見三白，拜舞讙萬歲。歸來飲君家，酣咏追既醉。

〔一〕王觀：施氏原注：王覿，字明叟，泰州如皐人。第進士。熙寧初，爲編修三司令式删定官。不樂久居職，求潤州推官。朝廷遣使賑貸，明叟爲精言民間利病，歸薦之，除司農寺主簿，轉爲丞。司農爲時要官，多由此進。明叟拜命一日，即求外。韓子華丞相高其節，留檢詳三司會計。元祐初，吕正獻、范忠宣薦其可大用，擢右正言，進司諫。極言當位者奸邪害正，使一二元老不得行其志，章數十上，公論韙之。東坡時爲右史，故云「我方執筆侍」云云。明叟在言路，每欲深破朋黨之説。東坡居翰苑，朱公掞光庭訐其《試館職策問》。吕元鈞陶辨其不然，遂起洛、蜀二黨之目。明叟言：「軾之辭不過失輕重之體，若悉考同異，深究嫌疑，則兩岐遂分，黨論滋熾。夫學士命辭失體，其事尚小，使士大夫有朋黨之名，大患也。」帝深然之。後爲侍御史。又言：「一年之内，章疏多緣程頤、蘇軾之故。前日頤去，而言者攻軾，故乞補外，降詔不允。尋復進職經筵，適當執政有以下少四字欲以下少二字軾，則且勿遽用之，使不及于悔吝。」進諫議大夫，自是出藩入從。紹聖間一再被貶。徽宗擢御史中丞，出典二州，又安置清江。紹興初，追復龍圖閣學士。此段大半爲新刻所刪，今補録。

〔二〕正言：《宋史·職官志》：門下、中書二省，其屬各有正言一人。門下省爲左正言，中書省爲右正言，皆從七品，乃左右拾遺之任。曾子固《隆平集》以拾遺爲正言，乃太平興國六年改。

〔三〕朱藍：《齊書·文學傳論》：朱藍共妍，不相祖述。

〔三〕執筆侍：王應麟《困學紀聞》：宋朝舊制，太史局隸秘書，凡天文失度，三館皆知之。有災異，館史以片紙探報，得因事獻言。程大昌《雍録》：今世侍從，漢之九卿也。張安世持橐簪筆事孝武數十年者，即今侍從之事也。今時侍從，又名兩制，内制爲翰林學士，外制爲中書舍人。在元祐末置權侍郎，以前中書舍人以上方爲侍從，故率内外制而名其官，所以别漢之侍從而未爲九卿者也。

和蔣發運〔一〕

夜語翻千偈，書來又一言。此身真佛祖，何處不羲軒。船穩江吹坐，樓空月入尊。遥知思我處，醉墨在頹垣。

〔一〕發運：《宋史·職官志》：發運使掌經度山澤財貨之源，漕淮浙江湖六路儲廩，以輸中都，而兼制茶鹽泉寶之政。《燕翼貽謀録》：初下江南，置水陸發運二使。後以陸路不便，悉從水路。雍熙四年，詔合水陸發運爲一路。孫彦同《職官分紀》：淮南、江浙、荆湖有都大發運使、副使等官。○蔣之奇：施氏原注：蔣之奇，字穎叔，宜興人。鎖廳擢進士第，舉賢良方正，試六論，中選。及對策，以少一字失書問目報罷①。英宗覽而善之，擢監察御史。神宗立，進副端，歷諸道轉運，遂爲江淮發運。祖宗舊制，歲終奏計京師，其實多至次年正月到闕，穎叔十月已詣京師奏計。進待制，守長沙，爲御史諫官，以廉白稱。由寶文閣待制河北都漕守瀛，入爲户部侍郎。以後事見《送穎叔帥熙河》詩注。此段全文新刻本悉删去，今補録，以存其舊。

送表弟程六〔一〕知楚州〔二〕

炯炯明珠照雙璧，當年三老蘇程石。里人下道避鳩杖，刺史迎門倒凫舄。我時與子皆兒童，狂走從人覓梨栗。健如黄犢不可恃，隙過白駒那暇惜。醴泉寺古垂橘柚〔三〕，石頭山高暗松櫟〔四〕。諸孫相逢萬里外，一笑未解千憂集。子方得郡古山陽，老手生風謝刀筆。我正含毫紫微閣，病眼昏花困書檄。莫教印綬繫餘年，去掃墳墓當有日。功成頭白早歸來，共藉梨花作寒食。

① 濟按：「失書問目」，原作「書問自」，據《宋史新編》蔣之奇本傳改。

〔一〕程六：施氏原注：東坡母成國太夫人程氏，眉山著姓。「其侄之才，字正輔，第二；之元字德孺，第六，即楚州；之邵字懿叔，第七。」正輔，初娶東坡女兄，早亡，老蘇公以爲恨事。」見後《次韻正輔江行見桃花》詩注。此詩首云「炯炯明珠照雙璧」，《次韻送德孺漕江西》又云「君家兄弟真聯璧」，獨指德孺、懿叔，不復及正輔，猶以舊怨故也。德孺以父文應陰得官。自江右移節廣南，爲郎金部。元符三年，由河中守爲兩浙轉運使。東坡歸自海外，會於金山。後爲衛尉少卿，坐曾丞相布取金山下鼻塘地，德孺嘗與調護，蔡京與布不協，德孺亦得罪，時崇寧二年秋也。德孺孫敦厚，字子山，有文名。紹興間，爲右史，掌制誥。此段新刻删去，今補録。

〔二〕楚州：《輿地廣記》：隋開皇初，廢山陽郡，十二年置楚州。

〔三〕醴泉：眉州山名，注見第六卷。

〔四〕石頭山：考《志》，眉州有石佛山，無石頭山。先生《寄子由》詩云：買田向何許，石佛山前路。「頭」字疑當作「佛」字。

附子由作：

與君外兄弟，初如一池魚。中年雲雨散，各異澗谷居。客舍復相從，語極長欷歔。青衫奉朝謁，白髮驚晨梳。百年不堪把，一尊歡有餘。清言我未厭，昨夜聞除書。淮南旱已久，疲民食田蔬。請發上供米，仍疏古邗渠。要須賢使君，均此積歲儲。徑乘兩槳去，不待五馬車。别離難重陳，勞來不可徐。政成得召節，歲晚當歸與。

碣石菴戲贈湛菴主公自注：相國寺〔一〕僧也。

保康橋上夜觀燈〔二〕，碣疑當作「喝」石巖前夏飲冰。莫把山林笑朝市，老夫手裏有烏藤。

〔一〕相國寺：《汴京遺跡志》：相國寺在開封府城東，本北齊建國寺，後廢。唐爲鄭審宅。景雲初，僧惠雲覩審後園池中有梵宫影，遂募緣易宅，賜額相國寺。《東京夢華録》：大内前州橋之東，臨汴河大街曰相國寺。《東軒筆録》云：相國寺，舊傳公子無忌之宅，今其地屬信陵坊。寺前舊有公子亭。

〔二〕保康橋：《東京夢華録》：汴京穿城河道有四，南曰蔡河，自西南戴樓門入城，繚繞自東南陳州門出。河上有橋十一，第六曰西保康門橋。

慎按：此詩施氏原本不載，新刻載《續補》下卷，今改編。

元祐元年二月八日朝退獨在起居院〔一〕讀漢書儒林傳感申公故事作小詩一絶〔二〕

寂寞申公謝客時，自言已見穆生機一作「幾」。綰、臧下吏明堂廢，又作龍鍾病免歸。

〔一〕起居院：《宋史·職官志》：舊置起居院，命三館校理以上修起居注。

〔二〕申公：《漢書》：申公，魯人。楚王令申公傅太子戊。及戊立，申公退居家，謝賓客。王臧、趙綰嘗從受《詩》。綰、臧請立明堂，武帝安車蒲輪迎申公。時已八十餘，竇太后不悦儒術，得綰、臧之過以讓上。因下綰、臧吏，廢明堂事。申公亦免病歸。

慎按：此首施注原本不載，以題中年月考之，確是元祐初作，今編録於此。

和人假山

上黨攙天碧玉環〔一〕，絶河千里抱商顏〔二〕。試觀烟雨三峰外，都在靈仙一掌間。造化何如童子戲，寫真聊發使君閒。何當挈取西征去，畫作圍牀六曲山。

〔一〕上黨：《太平寰宇記》：五龍山，本名上黨山，其山松柏參霄。

〔二〕商顏：《水經注》：楚水，源出上洛縣西南楚山。皇甫謐云：商山亦稱楚山。古老云：州有商君、商國、商塞、商密、商顏，曰五商。

送王伯敭〔一〕守號〔二〕

華山東麓秦遺民，當時依山來避秦。至今風俗含古意，柔桑緑水招行人。行人掉臂不回首，争入峭函土囊口〔三〕。惟有使君千里來，欲飲三堂無事酒〔四〕。三堂本來一事無，日長睡起聞投壺。牀頭硯石開雲月，澗底松根斸雪腴。山棚盗散人安寢，勸買耕牛發陳廩。

歸來只作水衡卿，我欲攜壺就君飲。

〔一〕王伯敭：施氏原注殘脱，不可辨。○慎按，伯敭長子娶東坡女，《欒城集》有《代祭王虢州文》，云：「我遷於南，一往六年。歸來執手，白髮侵顛。遂以息女，許君長子。朋友惟舊，親戚惟始。」又云：「君以罪廢，還家宋都。」子由詩亦有「一廢十五年」之句。東坡守徐州，有和《王廷老退居見寄》詩，則廷老放廢已久，至是復起知虢州耳。

〔二〕虢州：《九域志》：陝西永興軍路虢州，唐弘農郡，宋改虢郡，治虢略縣，東至西京一百五十里。周封虢仲之地，漢武置函谷關，謂道形如函，即孫卿子所云「秦有松柏之塞」是也。

〔三〕崤函：《元和郡縣志》：自東崤至西崤三十五里，皆在秦關之東，漢關之西。程大昌《雍録》：自華至陝凡三關，秦函谷關，在唐陝州靈寶縣南十里；漢函谷關，楊僕所改築，在唐河南府新安縣東一里，比秦舊關，則移東三百七十八里；唐之潼關，在華州華陰縣東北。

〔四〕三堂：《太平寰宇記》：三堂在虢州治内，唐岐、薛二王刺史時所建。

附子由作：

滿腹貯精神，觸手會衆理。一廢十五年，直坐才多耳。我昔遊宋城，憶始識君子。簿書填邱山，賓客亂蜂蟻。出尋城下宅，屨倒牀前屣。清談如鋸木，落屑紛相委。解頤自有樂，置酒姑且止。逡巡破黄封，婉娩歌皓齒。風高熊正白，霜落蝌初紫。夜闌意未厭，河斜客忘起。歸來笑童僕，熟酒未曾爾。江湖一流蕩，歡意日頹弛。西還經舊遊，相逢值新喜。詔催西州牧，門有朱轓柅。都城挽不住，山賊近方侈。提刀索崖谷，援枹動閭里。居家百無與，王事非由已。何日却休官，復飲梁王市。

道者院池上作〔一〕

下馬逢佳客，攜壺傍小池。清風亂荷葉，細雨出魚兒。井好能冰齒，茶甘不上眉。歸途更蕭瑟，真箇解催詩〔二〕。

〔一〕道者院：李濂《汴京遺跡志》：道者院在鄭州門外五里。高文虎《蓼花洲閑録》：五代時，有僧卓菴道邊藝蔬，一日晝寢，夢一金色龍，食所種萵苣數畦。已而，見一偉丈夫於所夢之處，取萵苣食之，遂攝衣延坐，餽食甚勤。因以夢告之，且曰：「公他日得志，願爲老僧於此建一寺。」偉丈夫即藝祖也。既即位，求僧，尚存，遂命建寺，賜名普安。都人稱爲道者院。周煇《清波雜志》所載亦同。

〔二〕催詩：杜甫詩：片雲頭上黑，應是雨催詩。

附子由次韻：

雨氣凉侵殿，河流滲入池。黄粱淪魚子，白酒瀉鵝兒。風細初生袖，塵清免污眉。郊行不得意，拂壁看題詩。

附晁无咎次韻：《雞肋集》原題云「和普安院壁上蘇公韻」。

畏暑聊尋寺，追涼故繞池。雨園鳩喚婦，風徑燕將兒。散篆縈簾額，留雲暗井眉。龍蛇動屋壁，知有長公詩。

次韻子由送千之姪〔一〕

江上松楠深復深，滿山風雨作龍吟。年來老幹都生菌，下有孫枝欲出林。白髮未成歸隱計，青衫儻有濟時心。閉門試草三千牘，側一作「仄」席求人少似今。

〔一〕千之：慎按，千之兄弟五人，東坡同祖兄不欺之子也。

附子由原作：

京洛東游歲月深，相逢初喜解微吟。夢中助我生池草，別後同誰飲竹林。文字承家憐汝在，風流似舅慰人心。便將格律傳諸弟，王謝諸人無古今。

書文與可墨竹并引

亡友文與可有四絶，詩一，楚辭二，草書三，畫四。與可嘗云：世無知我者，惟子瞻一見，識吾妙處。既没七年，覩其遺跡，而作是詩。筆與子皆逝，詩今誰爲新？空遺運斤質，却弔斷絃人〔一〕。

〔一〕斷絃：《吕氏春秋》：鍾子期死，伯牙破琴絶絃，終身不復鼓琴，以爲世無知音者。《後漢書·蔡琰傳》注引劉昭《幼童傳》曰：蔡邕故斷琴一弦以問琰，琰曰第四絃。

次韻錢舍人病起〔一〕

牀下龜寒且耐支，杯中蛇去未應衰。殿門明日逢王傅，檑具争先看不疑。坐覺香烟攜袖少，獨愁花影上廊遲。何妨一笑千痾散，絶勝倉公飲上池〔二〕。

〔一〕錢舍人：施氏原注：錢舍人即穆父，時爲中書舍人。新刻删去，今補録。

〔二〕倉公：按，《苕溪漁隱叢話》：《史記》：扁鵲遇長桑君，曰我有禁方，年老，欲傳與公。乃出其懷中藥與扁鵲：飲以上池之水，三十日當知物矣。非太倉公也。

次韻和王鞏〔一〕

謫仙竄夜郎，子美耕東屯。造物豈不惜，要令工語言。王郎年少日，文如餅水翻。争鋒雖剽甚，聞鼓或驚奔。天欲成就之，使觸羝羊藩。孤光照微陋，耿如月在盆。歸來千首詩，傾瀉一作「寫」五石尊。却疑彭澤在，頗覺蘇州煩。君看騶忌子，廉折配春温。知音必無人，壞壁挂桐孫。

〔一〕王鞏：字定國，注詳前。

附黄魯直次韻：

遠志非小草，鼃衣生陵屯。但爲居移氣，其實何足言。名下難爲人，醜好隨手翻。百年炊未熟，一垤蟻追奔。夏日蓬山永，戎葵茂牆藩。王子吐佳句，如蠒絲出盆。風姿極瀟落，雲氣晝罍尊。屬有補衮章，日當寵頻煩。鄙夫無他能，上車問寒温。惟思家山去，抱犢長兒孫。

用定國韻贈二十姪震

衡門老苔蘚，行一作「竹」柏千兵屯。開尊邀落日，未對烏鳥言。清風舉吹籟，散亂書帙翻。傳呼一何急，人馬從車奔。貧居少賓客，鄰婦窺籬藩。牆頭過春酒，緑泛田家盆。比來伏青蒲，坐捉白獸尊。王猷修潤色，亦有簿領煩。朝廷貴二陸，屢聞天語温。猶能整筆陣，媿我非韓孫。

慎按：此詩施氏原本不載，新刻載《續補》上卷，所用韻與前後二首同，今類編於此。

用王鞏韻送其姪震知蔡州〔一〕

九門插天開，萬馬先朝屯。擧鞭紅塵中，相見不得言。夜走清虚宿，扣門驚鵲翻。君家汾陽家，永巷車雷奔。夕郎方不夕〔二〕，列戟以自藩。相逢開月閣，畫簷低金盆。至今夢中語，猶擧燈前尊。阿戎修玉牒〔三〕。未憚筆削煩。君歸助獻納，坐繼岑與温。我客二子間，不復尋諸孫。公自注：子美詩云：權門多噂沓，且復尋諸孫。

〔一〕王震：施氏原注：震字子發，文正公旦曾孫。銓試履等，賜第，檢正孔目吏房。元豐官制行，從輔臣，執筆入記上語，面授右司外郎，爲右史，進西掖。元祐初，遷給事中，以龍圖閣待制守蔡。紹聖初，歸故班，權吏部尚書。以龍圖直學士知開封，爲張子厚所惡，奪職，知岳州，卒。此段新刻本删去，今依原本補録。

〔二〕夕郎：子發時爲給事中，故云。

〔三〕修玉牒：時王定國爲宗正丞，故云。

附子由次韻：

朝廷入忘返，冠蓋如雲屯。賢哉貴公子，獨以民社言。西臺出命書，落筆波濤翻。東臺典封駁，坐惜日月奔。試劇得上蔡，高卧强東藩。旱歲獨多麥，時雨如傾盆。鈴軒省鞭扶，幕府多壺尊。逡巡文字樂，斥去簿領煩。賜環行當至，坐席恐未温。三槐日成陰，富貴屬曾孫。

虢國夫人夜游圖〔一〕

佳人自鞚玉花驄，翩如驚燕蹋飛龍。金鞭争道寶釵落，何人先入明光宫。宫中羯鼓催花柳，玉奴絃索花奴手。坐中八姨真貴人，走馬來看不動塵。明眸皓齒誰復見，只有丹青餘淚痕。人間俯仰成今古，吴公臺〔二〕下雷塘路〔三〕。當時亦笑張麗華，不知門外韓擒虎。

〔一〕虢國夜游圖：李端叔《姑溪集》云：内侍劉有方蓄名畫，乃唐《虢國夫人夜游圖》，最爲絶筆。東坡館北客都亭驛，有方請跋其後。

〔二〕吴公臺：《太平寰宇記》：吴公臺在揚州城西北四里，一名弩臺。陳吴明徹圍北齊東，廣州刺史敬子猷增築之，故號吴公臺，亦名雞臺。按，唐趙嘏詩：鬭雞臺邊花照塵。白居易詩：吴公臺下多悲風。指此。

〔三〕雷塘：《漢書·江都王傳》注：雷陂，即雷塘也。《太平寰宇記》：有大雷、小雷之宫。上塘長廣六里餘，下塘長廣七里。《塚記》云：雷塘，隋煬帝葬處。

慎按：《苕溪漁隱叢話》云：東坡《虢國夫人夜游圖》結二句，全用小杜《臺城曲》：門外韓擒虎，樓頭張麗華。陳後主張貴妃，名麗華，尤見寵幸。隋遣韓擒虎平陳，後主與麗華俱被收。今注坡詩，皆訛作潘麗華。《緗素雜記》至以東坡爲訛，蓋不記小杜詩也。

附李端叔次韻：

天街雨過花滿驄，萬人壁立驚游龍。飄飄衣袂欲仙去，寶鞭遥指蓬萊宫。真人睡起春如柳，誰眷琵琶最先手。合歡堂裏謝使人，暗香猶帶天街塵。宛然相對若可語，筆墨頓失當時痕。開眼成今合眼古，回頭自有來時路。長風破浪真快哉，快處須防倒騎虎。

用舊韻送魯元翰知洺州〔一〕

我在東坡下，躬耕三畝園。君爲尚書郎，坐擁百吏繁。鳴蛙與鼓吹，等是俗物喧。永謝十年舊，老死三家村。惟君綈袍信，到我雀羅門。緬懷故人意，欲使薄夫敦。新年到宣室〔二〕，白首代堯言。相逢問前輩，所見多後一作「從」昆。道館雖云樂，冷卿當復温。還持刺史節，却駕朱輪軒。黄髮方用事，白須宜少存。嗣聖真生知，拯民如救燔。初囚羽淵魄，盡返湘江魂。坐憂東郡決〔三〕，老守思王尊。北流桑柘没〔四〕，故道塵埃翻。知君一寸心，可敵千步垣。流亡自棲止，老幼忘崩奔。得閒閉閤坐，勿使道眼渾。聊乘應捨筏宋刻本作「栰」，直泝無生源。歸來成二老，夜榻當重論。

〔一〕洺州：《元和郡縣志》：秦邯鄲郡地，漢分置廣平國，周武帝建德六年置洺州。以水爲名。《太平寰宇記》：河北道洺州廣平郡，治永年縣。唐天寶元年爲廣平郡，乾元中復爲洺州。西南至東京五百五十里。

〔二〕宣室：《長安志》：未央宫有宣室殿。

〔三〕東郡決：《東都事略·魯有開傳》：有開知冀州，河決小吴口，水不至城下數里。有開議增築護城隄，人皆謂初無水患，何勞役爲？有開卒成之。明年河決，水至，以有備無患。○慎按，《輿地廣記》：博、濮、大名、滑、開德，皆秦東郡之地，元翰在冀州，治河有成效，故移知洺州，借王尊事以美之。

〔四〕北流：《潁濱遺老傳》：元祐初，文潞公主回河之議。先是，神宗因河決大吴，導之北流，已得水性。惟隄防未完，每年不免泛溢耳。自回河議起，都水監吴安持等塞北京之南三斗門，貼築西隄，約水使東，直過北京之上，故連年告急。後遣吕希純、井亮采往視，二人歸，極以北流爲便事。方施行而議復格，於是河流遂東，凡七年，而後北流復通。○慎按，洺州與北京接壤，九河故道，半從此入海。時已湮塞，故云「故道塵埃翻」。

附子由次韻：

仲連雖不仕，而非綺與園。逡巡談笑間，屢解戰鬭繁。子敬識二孫，長揖鼓鼙喧。意氣感周郎，振策起江村。二賢繼英風，千載爲高門。曾孫事仁祖，風義夙所敦。臺閣餘故事，父老稱遺言。白髪識公子，十載友元昆。婆娑久不試，俯仰色逾温。五馬忽鳴嘶，朱輪夾征軒。旍旄隔河至，部曲幾人存。銅虎不可留，芻狗行當燔。秋潦決河防，遺黎化驚魂。憂心念千里，何暇把一樽①。西城扣門别，南風吹帽翻。嗟我限出謁，未敢踰短垣。新晴水尚壯，想見民驚奔。安得萬丈隄，止此百里渾。姑爾救一境，誰當埋其源？百聞貴一見，尺書爲我論。

次韻朱光庭初夏〔一〕

朝罷人人識鄭崇，直聲如在履聲中。卧聞疎響梧桐雨，獨咏微凉殿閣風。諫苑君方續承業〔二〕，醉鄉我欲訪無功。陶然一枕誰呼覺，牛蟻初除病後聰。

〔一〕朱光庭：《宋史》：朱光庭，字公掞，偃師人。以父景廕入官，復登第。哲宗立，司馬光薦爲左正言，首乞罷青苗等法，論蔡確、章惇、韓縝言甚切，遷左司諫。

〔二〕諫苑續承業：慎按，王應麟《困學紀聞》云：隋樂運，字承業，録夏、殷以來諫諍事，名《諫苑》。隋文帝覽而嘉焉。事出《北史》，非僻書也。吴中補注謂《南史》李承業集古今章疏作《諫苑》者，訛。今據《北史》駁正。

① 濟按：原本奪「憂心念千里，何暇把一樽」二句，據四庫本《欒城集》卷十四補。

附子由次韻：《欒城集》題云「次韻光庭省中書事」。

放浪江湖久惰慵，安排誰置從官中。粗疎空與延和對，開納初還正始風。二鄗冰消真帝力，四方雨足自天功。時將一勺傾滄海，漫使人知達四聰。

次韻朱光庭喜雨

久苦趙盾日，欣逢傅説霖。坐知千里足，初覺兩河深〔一〕。破屋常持傘，無薪欲爨琴。清詩似庭燎，雖美未忘箴。

〔一〕兩河：《續述征記》：汴、沙到浚儀而分，汴東注，沙南流。按，《水經注》：沙音蔡。又按，李濂《汴京遺跡志》：蔡河貫京城，其自尉氏北流，至戴樓門東，廣利水門入城，名西蔡河。其從陳州門西，普濟水門出城，經通許，接舊蔡河者，名東蔡河。

附子由次韻：

焦枯連夏火，洗濯待秋霖。都邑溝渠净，郊原黍豆深。流膏侵地軸，晴意動風琴。誰似臣居易，先成喜雨箴。

奉敕祭西太一〔一〕和韓川〔二〕韻四首

其一

聖主新除秘祝，侍臣來乞豐年〔三〕。壽宫神君欲至，夜半靈風肅然。

〔一〕西太一：《宋史·禮志》：國初，太一壇在國門之東郊。熙寧中，司天正周琮上言：五福太一，自雍熙元年入東南巽位，時修東太一宫。天聖七年入西南坤位，修西太一宫。葉夢得《石林燕語》：太平興國中，司天言太一十神，凡行五宫，自今甲寅歲入黄室巽宫，當吴分，請即蘇州建宫祠之。已而，復有言京城東南蘇村可應姑蘇之兆，乃改築於蘇村。洪容齋《三筆》：東太一宫在蘇村，西太一宫在八角鎮。○慎按，以上諸説，確不可易。吴中新刻本，踵王注舊注，謂「太一宫舊在京城西，蘇村謂之西太一」者，訛。今爲詳考駁正。

〔二〕韓川：《宋史》：韓川，字元伯，陝人，進士上第。元祐初，爲監察御史，極論市易之害。遷殿中侍御史，尋改太常卿。

〔三〕乞豐年：龐元英《文昌雜録》：祠部每歲立春祭東太一宫，立夏、立冬祭中太一宫，立秋祭西太一宫。

〔四〕神君：曾子固《元豐類藁》：初作太一宫，用張齊賢領祠事。齊賢以爲太一者，五帝之佐，天之貴神，宜半祠天之禮。天子使加伶官百人，自昏祠至明，如漢制。《石林燕語》：太一式有五福、大游、小游、四時、天一、地一、真符、君綦、民綦、臣綦，凡十神，皆天之貴神。而五福所臨，無兵疫，凡行五宫，四十五年一易。

其　二

玉璽親題御筆，金童來侍天香。禮罷祝融參乘，前驅已過衡湘。

其　三

解劍獨行殘月，披衣困卧清風。夢蝶猶飛旅枕，粥魚已響枯桐。

其　四

陂水初含曉渌，稻花半作秋香。皂蓋却迎朝日，紅雲正繞宫牆。

附黄魯直次韻四首：

黄靈未對甘泉，五福間祀迎年。旖旎三斿半偃，風馬雲車闐然。

白旄下金神節，青祝攜御爐香。百禮盡修毫祀，九歌不取沉湘。

紫府侍臣鳴玉，霜臺御史生風。官獨論詩未了，知秋自屬梧桐。

泰壇下瑞雲黄，雨師灑道塵香。便面猶承墜露，金鉦半吐東牆。

西太一見王荆公舊詩偶次其韻二首

其一

秋早川原浄麗，雨餘風日清酣。從此歸耕劒外，何人送我池南？

其二

但有尊中若下，何須墓上征西。聞道烏衣巷口，而今烟草萋迷。

附王介甫原作：

柳葉鳴蜩緑暗，荷花落日紅酣。三十六陂春水，白頭想見江南。

二十年前此地，父兄持我東西。今日重來白首，欲尋陳迹都迷。

慎按：王半山集中所載，與注中所引不同。「柳葉」二句，集本云「草色浮雲漠漠，樹陰落日潭潭」。第三句「陂春」二字，集本作「宫烟」。今依次韻「酣」字。

附黄魯直次韻二首：《山谷集》又有《次韻懷半山老人二首》，不具録。

風急啼烏未了，雨來戰蟻方酣。真是真非安在，人間看北成南。

晚風池蓮香度，曉日宫槐影西。白下長干夢到，青門紫曲塵迷。

次韻子由送陳侗〔一〕知陝州〔二〕

誰能如鐵牛〔三〕，横身負黄河。滔天不能没，尺箠未易訶。世俗自無常，徐公故逶迤。别來不可説，事與浮雲多。當時無限人，毁譽即墨阿。虚聲了無實，夜蟲鳴機梭。相逢一笑外，奈此白髮何？天驥皆籋雲，長鳴飽芻禾。王庭旅百實，大貝隨弓戈。君獨一麾去，欲賡五袴歌。甘棠古樂國〔四〕，白酒金叵羅。知君不久留，治行中新科。過客足嗔喜，東堂記分鵝。此外但坐嘯，後生工揣摩。

〔一〕陳侗：失考。按，本集《外制·陳侗知陝州敕》云：出入册府，垂二十年。安於義分，不安干進。願爲一郡，以恤孤幼。其人可知矣。

〔二〕陝州：《元和郡縣志》：漢弘農郡之陝縣，後魏置陝州，唐爲陝州大都督府。南北隔河二百四十六里，西至潼關二百里。

〔三〕鐵牛：《太平寰宇記》：開元十二年，於河東縣開東、西門，各造鐵牛四。其牛並鐵柱連腹入地丈餘，負橋跨河。

〔四〕甘棠：《名勝志》：壽安山，在宜陽縣東。《水經注》：以甘水導於山曲，故世目其地爲甘棠。《志》①云：召伯所嘗聽訟之地，後魏析置甘棠縣，隋改爲壽安縣。西北有勝因寺，即甘棠驛故趾。

附子由原作：《欒城集》題云「送陳侗同年知陝州」。

上書乞江淮，得請臨關河。所得非所願，親友或相訶。丈夫志四方②，所遇常逶迤。況當國西屏，形勝古來多。崑渠涌北郭，華岳垂東阿。羌虜昔未平，驛馳如飛梭。間諜時出没，關梁苦誰何？爾來一清浄，西望多麥禾。魏絳方和戎，先零正投戈。秦人釋重負，道路聞行歌。便當卧齋閣，次第除網羅。時時一嘯咏，未用勤催科。諸孤寄吴越，十口同雁鵝。時分橐中金，何必手自摩。

送賈訥倅眉二首〔一〕

其一

當年入蜀嘆空回，未見峨眉肯再來。童子遥知頌襦袴，使君先已洗尊罍〔二〕。公自注：李大夫，

---

① 濟按：原本奪「志」字，據中華書局《蘇軾詩集》卷二十七補。

② 濟按：「丈」，原本作「大」，據四庫本改。

眉之賢守也。鹿頭北望應逢雁〔三〕，人日東郊尚有梅。公自注：人日出東郊，渡江游蟇頤山，眉之故事也。我老不堪歌樂職，後生試覓子淵才。

〔一〕眉州：《元和郡縣志》：隋大業二年，併嘉州入眉州。八年，改眉山郡。唐武德二年，改嘉州之通義、洪雜等四縣，別置眉州。《輿地廣記》：西魏置眉州，隋置眉山郡。皆在今嘉州。《太平寰宇記》：眉州屬劍南西道。

〔二〕使君：王氏原注：元祐元年，李琪以朝散大夫知眉州。

〔三〕鹿頭：《元和郡縣志》：鹿頭戍，在漢州德陽縣之北，南至成都一百里。《太平寰宇記》：鹿頭山自綿州羅江縣界迤邐入德陽，昔有張鹿頭於此造兵器，因以爲名。

其二

老翁山下玉淵回〔一〕，手植青松三萬栽。父老得書知我在，小軒臨水爲誰開。試看一一龍蛇活，更聽蕭蕭風雨哀。便與甘棠同不翦，蒼髯白甲待歸來。公自注：先君葬於蟇頤山之東二十餘里，地名老翁泉。君許爲一往，感嘆之深，故及之。

〔一〕老翁泉：老蘇公《嘉祐集》云：十數年前，月夜，有一老翁蒼顏白髮，偃息泉上。就之則隱，而入於泉。洵甃以石建亭覆之，并爲之銘云云。歐陽修《蘇明允墓志》云：公墓於彭山之安鎮鄉，在臺頤山之東，地名石龍柳家溝老翁泉之側。

慎按：施氏原注云：此詩刻石於成都，第四句云「蓬蒿親手爲君開」，集本作「小軒臨水」；「君」字，集本作「誰」。又云：「試看一一龍蛇活」，石刻作「舞」，今補録。

附子由一首：《欒城集》題云「送賈訥朝奉通判眉州」。

歸念長依落日邊，壺漿今見送新官。聲傳已覺謳歌遍，身到方知政令寬。民病賢人來已暮，時平蜀道本無難。明年我欲修桑梓，爲賞庭前荔子丹。自注云：眉州倅廳，舊有荔支二株，甚大。

送程建用〔一〕

先生本舌耕，文字浩千頃。空倉付公子，坐待發苕穎。十年困新説，兒女争捕影。鑿垣種蒿蓬一作「蓬蒿」，嘉穀誰復省。空餘《南陔》意，太息北堂冷。織屨隨方進，採薪教韋逞。辛勤守一經，菽水賢五鼎。今年聞起廢，《魯史》復光景。公子亦改官〔二〕，三就縶馬頸。歸來一笑粲，素髮颯垂領。會看金花詔，湯沐奉朝請。天公不吾欺，壽與龜鶴永。

〔一〕程建用：施氏原注：程建用，字彝仲，眉山人。少時奉親税居，與老蘇公東西相望。嘗與二蘇公、楊咨會草舍中，大雨聯句六言以爲戲。先生嘗追書之。建用後得官，以獄掾改宣德郎而歸。此段新刻本删去，今補録。

〔二〕改官：按，《新説》注：彝仲《與東坡書》云：中江於東蜀，號稱劇邑，以衰拙臨之，始至若無暇，洎半年而滯獄清，期年而庶事稍就緒。乃謀葺亭臺池館，請公爲記。云云。據此，則建用此時當以宣德郎知中江縣。中江屬潼川州，故子由謂送其西歸，而詩中有「今年復考課，得秩真代耕」之句也。

附子由作：《欒城集》題云「送程建用宣德西歸」。

昔與君同巷，參差對柴荆。艱難奉老母，絃歌教諸生。藜藿飽臧獲，布褐均弟兄。貧賤理則窮，禮義日益明。我親本知道，家有月旦評。逡巡户牖間，時聞嘆息聲。善惡不可誣，孝弟神所聽。我見此家人，處約能和平。他年彼君子，豈復地上行。爾來三十年，遺語空自驚。松阡映天末，苦淚緣冠纓。子親八十五，皤然老人星。安輿及禄養，平反慰中情。月俸雖不多，足備甘與輕。今年復考課，得秩真代耕。倚門老鶴望，策馬飛鴻征。歸來歲云暮，手奉屠蘇觥。我詩不徒作，以遺鄉黨銘。自注云：君昔嘗税居，與敝廬東西相望。武昌君見其家事，知非貧賤人也。此語未嘗語人，俯仰三十年矣。因君西歸，作詩言之，不覺流涕。

次韻李修儒留别二首〔一〕

其一

十年流落敢言歸，魚鳥江湖只自知。豈意青天掃雲霧，盡呼黄髮寄安危。風流吾子真前輩，人物他年記一時。我欲折繻留此老，緇衣誰作好賢詩。

〔一〕李修儒：爵里事蹟無可考。觀第二首結句，當是蜀人罷歸者。

其　二

此生別袖幾回麾，夢裏黄州空自疑。何處青山不堪老，當時明月巧相隨。窮通等是思家意，衰病難堪送客悲。好去江魚煮江水，劍南歸路有姜詩。

黄魯直以詩饋雙井茶次韻爲謝〔一〕

江夏無雙種奇茗，汝陰六一誇新書。磨成不敢付僮僕，自看雪湯生璣珠。列仙之儒瘠不腴，只有病渴同相如。明年我欲東南去，畫舫何妨宿太湖〔二〕。公自注：《歸田録》：草茶以雙井爲第一。畫舫宿太湖，顧渚貢茶故事。

〔一〕雙井茶：《茶事雜録》：雙井在寧州西三十里，黄山谷所居也。其南谿心有二井，土人汲以造茶，爲草茶第一。《清波雜志》：雙井茶，因山谷乃重。

〔二〕畫舫太湖：白居易詩：十隻畫船何處泊，洞庭山脚太湖心。

慎按：此詩施氏原本不載，今從《續補》卷中編録於此。

附魯直原作：《山谷集》題云「雙井茶送子瞻」。

人間風月不到處，天上玉堂森寶書。想見東坡舊居士，揮毫百斛寫明珠。我家江南摘雲腴，落磑霏霏雪不如。爲公喚起黄州夢，獨載扁舟向五湖。

附孔武仲次韻一首：

喜君屢致雲溪茗，值我正校琅函書。飲罷清風生肘腋，吟成碧海登明珠。誰能播間享膏腴，只憶林泉身自如。他年遠別歸賀監，乞取茶山比鏡湖。

次韻黄魯直赤目

誦詩得非子夏學，紬史正作丘明書〔一〕。天公戲人亦薄相，略遣幻翳生明珠。賴君年來屏鮮腴，百千別本作「年」者，訛燈光同一如。書成自寫蠅頭表，端就君王覓鏡湖。

〔一〕紬史：按，《山谷年譜》：元祐二年，除著作佐郎，在史局。

附魯直次韻：題云「子瞻以子夏丘明見戲聊復戲答」。

化工見彈太早計，端爲失明能著書。邇來似天會事發，泪睫見光猶隕珠。喜公新賜紫琳腴，上清虚皇對九如。請天還我讀書眼，願載軒轅訖鼎湖。

武昌西山〔一〕并引

嘉祐中，翰林學士承旨〔二〕鄧公聖求爲武昌令〔三〕，常游寒溪西山，山中人至今能言之。軾謫居黄岡，與武昌相望，亦常往來溪山間。元祐元年十一月二十九日，考試館職，與聖求會宿玉堂，偶話舊事。聖求嘗作《元次山窪尊銘》，刻之巖石，因爲此詩，請聖求同賦。當以遺邑人，使刻之銘側。

春江渌漲蒲萄醅，武昌官柳知誰栽？憶從樊口載春酒，步上西山尋野梅。西山一上十五里，風駕兩腋飛崔嵬。同游困卧九曲嶺〔四〕，褰衣獨到吴王臺。中原北望在何許，但見落日低黄埃。歸來解劍亭前路，蒼崖半入雲濤堆。浪翁醉處今尚在，石臼杯一作「抔」飲無尊罍〔五〕。爾來古意誰復嗣，公有妙語留山隈。至今好事除草棘，常恐野火燒蒼苔。當時相望不可見，玉堂〔六〕正對金鑾開〔七〕。豈知白首同夜直，卧看椽燭高花摧。江邊曉夢忽驚斷，銅鐶玉鎖鳴春雷。山人帳空猿鶴怨，江湖水生鴻雁來。請公作詩寄父老，往和萬壑松風哀。

〔一〕武昌西山：注見黄州卷中。

〔二〕承旨：孫彦同《職官分紀》：翰林學士承旨，正三品。

〔三〕鄧聖求：施氏原注：鄧潤甫，字温伯，建昌人。宣仁簾聽，以字行，改字聖求。紹聖間，始復名。初第進士，爲武昌令。熙寧中，王安石用爲中書檢正官，歷知諫院掌制誥，擢御史中丞。中人李憲措置熙河邊事，温伯率其屬周尹、蔡承禧、彭汝礪上書力諫，不聽。繼入翰林，爲學士承旨、吏部①郎中，出典藩服。元祐末，以兵部尚書召。哲宗親政，温伯首陳武王能廣文王之聲，成王能嗣文武之道，以開紹述，遂基宗社之福。拜尚書左丞，纔兩月，薨，年六十八。贈開府儀同三司，謚安惠。此段新刻本删去，今補録。

〔四〕九曲嶺：《武昌志》：樊山即西山，九曲嶺在樊山南，嶺路九折，故名。有九曲亭，子由作記。

〔五〕石臼：歐陽公《集古録》：吴王散花灘，疑當時苑囿别名。石臼、窊尊，俱在此灘上。

〔六〕玉堂：沈括《夢溪筆談》：學士院正廳曰玉堂，初不爲榜。太宗時，蘇易簡爲學士，上嘗語曰：「玉堂之設，但虚傳其説，未有正名。」乃以紅羅飛白書「玉堂之署」四字，賜之。《葉石林燕語》：學士院，在樞密院之後，腹背相倚，不可南向，而後門與集賢相直，禁中宣命往來，皆行此門，取其便事。

〔七〕金鑾：程大昌《雍録》：金鑾殿在蓬萊山正南，龍首山坡壟之北，其上有殿，既名之爲金鑾，故殿旁之坡，遂名金鑾坡。

① 濟按：原本自「中人李憲」至「吏部」多錯訛，今據中華書局《蘇軾詩集》卷二十七《武昌西山》詩題下施注補。

慎按：此詩真蹟在江陵岑象求巖起家。岑跋云：子瞻内翰昔竄謫黄岡，游武昌西山，觀聖求所題墨蹟。時聖求已貴，處北扉，而子瞻方忤時遠放，流落困窮。不二年，遂與聖求對掌誥命，並驅朝門，優游談笑於清切之禁。在常情固足感歎，有文而深於情者，宜何如哉？此前詩所以作也。元祐丁卯二月，因會飲于功侍郎宅，子瞻爲予筆此，遂記而藏之。云云。又按，《式古堂書畫考》後有四明樓鑰跋，尾明正德朝李長沙有跋。

附孔武仲次韻：

黄州水米宜新醅，東坡好花公自栽。折花倒酒送流景，不念春風飄落梅。醉投青山上九曲，吴王故宫壓崔嵬。寒潭已無昔光景，凉殿欻變今樓臺。南陽翰林當此日，力探奇險袪塵埃。西江雪浪接溪谷，巨石森起繁如堆。手披荒榛得突兀，中有窊處成尊罍。漫郎蹤跡塵土暗，從此出躍樊山限。大賢坎坷終必用，古劍雙蟄生莓苔。忽抛光芒萬丈去，星斗辟易青天開。欃槍枉矢莫妄動，以湯滴雪誰先摧？搜奇振淹自明主，區區識寶非張雷。陽春一奏衆争和，《咸》、《韶》蕩默群傖來。雖然此亦外物耳，豈繫兩公樂與哀？

附子由次韻：

我游齊安十日回，東坡桃李初未栽。扁舟亂流入樊口，江雨未止淫黄梅。寒溪聞有古精舍，相與推挽登崔嵬。山深縣令喜客至，寺荒蔓草生經臺。黄鵝白酒得野饋，藤牀竹簟無纖埃。可憐遷客畏人見，共怪青山誰爲堆。行驚晚照催出谷，中止亂石傾餘罍。古今相望兩令尹，自注：謂元結與鄧君也。文詞灑落千山隈。野人豈復識遺趣，過客時爲剜蒼苔。五年留滯屐齒禿，一朝揮手船頭開。玉堂却憶昔游處，笑問五柳應凋摧。滿朝文字早貴達，憑陵霄漢乘風雷。入參秘殿出華省，何曾著足空山來？漂流邂逅覽遺躅，耳中尚有江聲哀。

附晁无咎次韻：

雪堂蜜酒花作醅，教蜂使釀花自栽。堂前雪落蜂正蟄，恨蜂不採西山梅。漫郎飲處書有跡，無酒可沃胸崔嵬。不知幾喚樊口渡，五見新歷頒清臺。鄧公昔嘆不可挽，素衣未化京洛埃。此下脱二句。山中相邀阻笻杖，天上對直同金罍。只今江邊春更好，漁蓑不曬懸牆隈。百年變化誰得料，劍光自出豐城苔。老儒經濟國勢定，近臣獻納天顔開。蜀公亭上别公處，花柳未逐東風摧。尚容登堂談落屑，不媿索米腸鳴雷。因知流落本天命，何必挽引須時來？九關沉沉虎豹静，無復極目江楓哀。

附張文潛次韻：

靈均不醉楚人醅，秋蘭蘼蕪堂下栽。九江傴人棄家去，吴市不知身姓梅。東坡先生笑二子，一邱便欲藏崔嵬。脱遺簪笏玩杖屨，招揖魚鳥營池臺。西山寂寥舊風月，百年石樽埋古埃。洗尊置酒招隱士，荒境空餘黄土堆。但傳言語古味在，一勺玄酒藏山罍。鄧公歎息爲摩撫，重刻文字蒼崖限。五年見盡江上客，兩屐踏遍空山苔。謝公富貴知不免，醉眼來爲蒼生開。長虹一吐誰得揜，六翮故在何曾摧。横翔相與顧鴻雁，寶劍再合張與雷。山猿澗鳥汝勿聽，天遣兩公聊一來。豈如屈賈終不遇，詩賦長遺後人哀。

附黄魯直次韻：

漫郎江南酒隱處，古木參天應手栽。石砌爲尊酌花鳥，自許作鼎調鹽梅。平生四海蘇太史，酒澆不下胸崔嵬。黄州副使坐閒散，諫疏無路通銀臺。鸚鵡洲前弄明月，江妃起舞襪生埃。次山醉魂招髣髴，步入寒溪金碧堆。洗湔塵痕飲嘉客，笑倚武昌江作罍。誰知文章照今古，野老争席漁争限。鄧公勒銘留刻畫，刳剔銀鉤洗緑苔。琢磨十年煙雨晦，摸索一讀心眼開。謫去長沙憂鵩鳥，歸來杞國痛天摧。玉堂却對鄧公直，北門喚仗聽風雷。山川悠遠莫浪許，富貴峥嶸今鼎來。萬壑松聲如在耳，意不及此文生哀。

西山詩和者三十餘人再用前韻爲謝宋刻本題止「再用前韻」四字。

朱顔發過如春醅，胸中棃棗初未栽。丹砂未易掃白髮，赤松却欲參黄梅〔一〕。寒溪本自遠公社，白蓮翠竹依崔嵬。當時石泉照金瑞〔二〕宋刻本作「像」，神光夜發如五臺。飲泉鑒面得真意，坐視萬物皆浮埃。欲收暮景返田里，遠泝江水窮離堆。還朝豈獨羞老病，自嘆才盡數詩傾空罍。諸公渠渠若夏屋，吞吐風月清隅隈。我如廢井久不食，古甃缺落生陰苔。云往復相感發，汲新除舊寒光開。遥知二月春江闊，雪浪倒卷雲峰摧。石中無聲水亦静，云何解轉空山雷。公自注：韋應物詩云：水性本云静，石中固無聲。如何兩相激，雷轉空山驚。欲就諸公評此語，要識憂喜何從來。願求南宗一勺水，往與屈、賈湔餘哀。

〔一〕黄梅：《傳法正宗記》：五祖弘忍大師，蘄州黄梅縣人。先爲破頭山栽松道者，請於四祖，曰：「道法可得乎？」祖曰：「汝已老，倘若再來，吾尚可遲汝。」道者去，行水邊，見周氏女子。水邊回策，歸山而化，其女輒孕，已而生子。後復遇四祖，得度，傳法於破頭山，付衣鉢於盧慧能，安坐而逝。建塔黄梅東山，謚曰大滿禪師。

〔二〕金瑞：寒溪事，詳本集《菩薩泉記》中。

慎按：先生詩序：以上二首，皆元祐元年作。施氏原本訛編於下卷，今依宋刻本改正。又按，王氏本此詩改换題目，於分類中重出，今削去，附識於此。

狄詠石屏

霏霏點輕素，渺渺開重陰。風花亂紫翠，雪外有烟林。雪近勢方壯，林遠意殊深。會有無事人，支頤識此心。

慎按：狄詠，字子雅，武襄公青之次子。本集《書武襄事後》云：元祐元年十二月五日，與詠同館北客，夜話及之。云云。何薳《春渚紀聞》云：元祐三年，北國賀正使劉霄等，公與狄詠館伴錫宴者，訛也。施氏原本編排失次，今依本集所記，移編此卷之後。

雪林硯屏率魯直同賦

西山無時春，巉巖鎖頑陰。分明倚天壁，點綴無風林。物固爲人出，興誰於此深。窮奇真自蠧，詩句且娛心。

慎按：此詩施氏原本不載，今因題類編於此。

附黄魯直次韻：《山谷集》題云「次韻子瞻題狄引進雪林石屏」。

翠屏臨硯滴，明窗玩寸陰。意境可千里，摇落江上林。百醉歌舞罷，四郊風雪深。將軍貂狐暖，士卒多苦心。

東坡先生編年詩卷二十八

古今體詩四十二首 元祐二年丁卯春夏，官翰林學士時作。

和周正孺墜馬傷手〔一〕

平生學道已神完，豈復兒童私自憐。醉墮何曾傷内守，色憂當爲念先傳。書空漸覺新詩健，把蟹行看樂事全。賣却老騘爲酒直，大呼鄉友作新年。

〔一〕周正孺：施氏原注：正孺，名尹，成都人。神宗擢爲侍御史。使蜀，極論李杞、劉佐榷茶害民，事見《周朝議守漢州送正孺守東川》詩注。正孺此時爲考功郎。此段新刻本删去，今補録。

戲周正孺二絶

其 一

折臂三公未可知，會當千鎰訪權奇。勸君礱駱猶閒事，腸斷閨中楊柳枝。

其 二

天廄新頒玉鼻騂，故人共敝亦常情〔一〕。相如雖老猶能賦，换馬還應繼二生。

〔一〕故人共敝：陳奕禧曰：東坡爲翰林時，被賜馬凡二，其一以贈李方叔，恐他日欲售此馬，故作公據與之。公據真蹟石刻今在眉州。所謂「故人共敝者」，蓋指方叔也。○慎按，石刻云：元祐元年，予初入玉堂，蒙恩賜玉鼻騂。今年出守杭州，復沾此賜。東南例乘肩輿，得一馬足矣。而李方叔未有馬，故以贈之。又恐方叔别獲嘉馬，不免賣此，故爲出公據。四年四月十五日。云云。與正孺唱和在元祐二年，贈方叔馬在元祐四年，自是兩事，無容牽合也。

慎按：以上三首，施氏原本編《和黄魯直赤目》詩後，據《墮馬》結句觀之，當是新年所作，故改編。

題文與可墨竹并引

故人文與可爲道師王執中作墨竹，且謂執中勿使他人書字，待蘇子瞻來，令作詩其側。與可既没八年，而軾始還朝，見之，乃賦一首。

斯人定何人，游戲得自在。詩鳴草聖餘，兼入竹三昧。時時出木石，荒怪軼象外。舉世知珍之，賞會獨予最。知音古難合，奄忽不少待。誰云生死隔，相見如龔、隗。

潘推官母李氏挽詞〔一〕

南浦凄凉老逐臣，東坡還往盡幽人。杯柈一作「盤」慣作陶家客，絃誦嘗叨孟母鄰。尚有升堂他日約，豈知負土一阡新。今年我欲江湖去，暮雨連山宰樹春。

〔一〕潘推官：名失考。

玉堂栽花一本有「同」字周正孺有詩次韻〔一〕

故山桃李半荒榛，粗報君恩便乞身。竹簟暑風招我老〔二〕，玉堂花蕊爲誰春？纖纖翠蔓詩催發，皎皎霜葩髮鬭新。只有來禽青李帖，他年留與學書人。

〔一〕玉堂栽花：周麟之《學士院記》略云：國朝太宗皇帝，嘗以飛白書「玉堂之署」四字，賜翰林學士承旨蘇易簡。字徑二尺餘。謹按，玉堂，本漢別殿，在未央宫，與清涼、宣温、金華、白虎列峙，史不詳著，而略見於《李尋翼奉傳》。玉堂，蓋殿名也。待詔者有直廬在焉，故尋自謂久污玉堂之直，太宗所賜，實取諸此。又按，施氏原注載與王晉卿一帖，云：花栽，乞兩荼蘼、兩林擒、兩杏，仍乞令栽花人來，種之玉堂前後，亦異時一段佳事。此詩之作，正謂是也。宿刻此帖於餘姚縣齋，汪端明刻此詩成都府治。此段新刻本删去，今爲補録。

〔三〕竹簟暑風：歐陽修《内制集自序》：招竹簟之暑風，暴茅簷之冬日。

杜介送魚〔一〕

新年已賜黄封酒〔二〕，舊友一本作「老」，訛仍分頳尾魚。陋巷關門負朝日，小園除雪得春蔬。病妻起斫銀絲鱠，稚子讙尋尺素書。醉眼矇朧覓歸路，松江烟雨晚疎疎。

〔一〕杜介：字幾先。注詳前。

〔二〕黄封酒：任淵注《陳後山集》云：黄封謂宫酒，以黄羅帕封之。

附子由次韻：

天街雪霽初通馴，禁籞冰開漸躍魚。十尾煩君穿細柳，一杯勸我芼青蔬。寒尊獨酌難逢客，佳句相酬不用書。江海歸來叨禁近，空令同巷往來疎。

送杜介歸揚州

再入都門萬一作「何」，訛事空，閒看清洛漾東一作「春」風。當年帷幄幾人在，回首觚稜一夢中。

采藥會須逢薊子，問禪何處識龐翁？歸來鄰里應迎笑，新長淮南舊桂叢。

附子由次韻：

揚州繁麗非前世，城郭蕭條却古風。尚有花畦春雨後，不妨水調月明中。東都甲第非嫌汝，北牖羲皇自屬翁。清洛放船經月事，急先鸕鳩繞芳叢。

和黄魯直燒香二首

其一

四句燒香偈子，隨香遍滿東南。不是聞思所及〔一〕，且令鼻觀先參。

〔一〕聞思：洪氏《香譜》有聞思香。又，佛書稱觀世音爲聞思大士。

其　二

萬卷明窗小字，眼花只有斕斑。一炷烟消火冷〔一〕，半生年一作「身」老心閒。

〔一〕烟消火冷：《楞嚴經》：香嚴童子白佛言：見諸比邱燒沉水香，香氣寂然，來入鼻中，非本非空，非烟非火，去無所著，來無所從，由是意銷，得香嚴號。

附魯直原作：《山谷集》題云「有惠江南帳中香者戲贈二首」。

百煉香螺沉水，寶熏近出江南。一穟黄雲繞几，深禪相對同參。

螺甲割崑崙耳，香材屑鷓鴣斑。欲雨鳴鳩日永，下帷睡鴨春閒。

再和二首公自注：來詩言飲酒、畫竹石、草書。

其　一

置酒未逢休沐，便同越北燕南。且復歌呼相和，隔牆知是曹參。

其二

丹青已是宋刻本作「自」前世，竹石時窺一斑。五字當還一本作「還當」靖節，數行誰似高閒。

附魯直答二首：

置酒未容虚左，論詩時要指南。迎笑天香滿袖，喜公新趁朝參。

迎燕温風旎旎，潤花小雨斑斑。一炷烟中得意，九衢塵裏偷閒。

送楊孟容

我家峨眉陰，與子同一邦。相望六十里，共飲玻璃江〔一〕。江山不違人，遍滿千家窗。但苦窗中人，寸心不自降。子歸治小國，洪鐘噎微撞。我留侍玉座，弱步欹豐扛。後生多高才，名與黄童雙。不肯入州府，故人餘老龎。殷勤與問訊，愛惜雙宋刻本作「霜」眉厖。何以待我歸，寒醅發春缸。

〔一〕玻璃江：范成大《吴船録》：眉州城外即玻璃江也，冬時水色如此。

慎按：施氏原注云：墨跡刻石成都府治，題云「送楊禮先知廣平軍」。墨蹟「子歸治小國」作

「君歸治小國」,「後生多高才」作「後生多才賢」,「故人餘老龐」作「至今餘老龐」,「殷勤與問訊」作「君歸與問訊」,其不同如此。然墨蹟字有重複,集本乃後來改定,故彼此不盡合云。此段新刻删去,今補録。

附黄魯直次韻:《山谷集》題云「子瞻詩句妙一世乃收斂光芒入此窘步以見效蓋退之戲效孟郊樊宗師之比以文滑稽耳恐後生不解故追韻道之」。

我詩如曹鄶,淺陋不成邦。公如大國楚,吞五湖三江。赤壁風月笛,玉堂雲露窗。句法提一律,堅城受我降。枯松倒澗壑,波濤所舂撞。萬牛挽不前,公乃獨力扛。諸人方嗤點,渠非趙張雙。但懷相識察,牀下拜老龐。小兒未可知,客或許敦厖。誠堪壻阿巽,買紅纏酒缸。

慎按:東坡前詩自謂效魯直體,故山谷題云然。

附子由詩:《欒城集》題云「送楊孟容朝奉西歸」。

三十始去家,四十方南遷。五十復還朝,白髮正紛然。故人從西來,鞍馬何聯翩。握手得一笑,喜我猶生全。别離多憂患,夢覺非因緣。惟餘歸耕計,粗有山下田。久縻太倉粟,空愧鄉黨賢。老兄富治行,令德齊高年。幸此民事清,未厭軍壘偏。父老攜壺漿,稚子迎道邊。應有故相識,問我何當旋。君恩憫衰病,歸駕行將鞭。

見子由與孔常父〔一〕唱和詩輒次其韻余昔在館中〔二〕同舍出入輒相聚飲酒賦詩近歲不復講故終篇及之庶幾諸公稍復其舊亦太平盛事也

君先魯東家，門户照千古。文章固應爾，須鬣餘似處。雖非崇俱狀，尚肖一作「有」歷國苦。灞陵閒老將，柏直口尚乳。自君兄弟還，鼎立知有補。蓬山耆舊散，故事誰删去？來迎馮翊傳，出餞會稽組。吾猶及前輩，詩酒盛册府。願君倡此風別本作「物」，訛，揚觶斯杜舉。誦書口瀾翻，布穀雜杜宇。十年困奔走，櫛沐飽風雨。吾道其非邪，野處豈兕虎。

〔一〕孔常父：《東都事略》：孔文仲之弟武仲，字常父。幼力學，舉進士，爲禮部第一。元祐初，爲秘書省正字，遷著作郎。論科舉之弊，詆《三經新義》。頃之，除起居舍人，拜中書舍人，直學士院。施氏原注：常父元祐初入館，歷校書著作，遷司業，進左史，西掖直玉堂，擢夕扉，貳春官。以待制守洪，徙宣。坐黨籍，落職，居池。元符末，追復之。常父與兄經父、弟毅父皆以文聲起江右，鼎立元祐，時號三孔。此段新刻本悉删去，今補録。

〔二〕在館中：《年譜》：英宗治平乙巳，先生召試秘閣，入三等直史館，見第五卷。

附孔常父原作二首：

西垣有古人，磔磈氣貌古。落筆成文章，無可加損處。策蹇得過門，殷勤相勞苦。湛然神觀全，秀粹充眉宇。語我春已闌，斯民望時雨。宿麥正滿野，驕陽惡如虎。雲師未灑澤，赤子將誰乳？侍臣當憂國，密計應裨補。又云著書勞，安得一州去。知公操捨異，不爲誇腰組。衣錦若還鄉，亦當從幕府。按，《清江集》此首結處少二句。

堂堂司寇公，族姓原自古。支流入漢庭，浩渺無尋處。子瞻得家法，自少不勤苦。戲劇入場屋，名聲振寰宇。凝思膚寸雲，落筆萬點雨。中間觸機阱，窘若帶箭虎。坎坷連交游，飢凍及穉乳。歸來直玉堂，得失亦相補。顧我縻一官，未即江海去。裳衣裹窮猿，繫以三丈組。知公心胸中，坦不置城府。漫剌猶可持，還當謁文舉。

附子由次韻：

羨君耽讀書，日夜論今古。雖復在家人，不見釋手處。意求五車盡，未惜雙目苦。蓬萊倚霄漢，簡策充棟宇。學成擅囷倉，筆落走風雨。破籠閉野鶴，短草藏文虎。鬢鬚忽半白，兒女無復乳。知君不能薦，愧我終何補。偶來相就談，日落久未去。歸鞍得新詩，佳句爛如組。古風棄雕琢，遺味比樂府。且復調塤篪，泠然五音舉。

慎按：《山谷集》亦有和章，以非次韻，故不採録。

趙令晏崔白大圖幅徑三丈〔一〕

扶桑大蠒如甕盎，天女織綃雲漢上。往來不遣鳳銜梭，誰能鼓臂投三丈。人間刀尺不敢裁，丹青付與濠梁崔。風蒲半折寒雁起，竹間的皪横一本作「寒」，訛江梅。畫堂粉壁翻雲幕，十里江天無處著。好卧元龍百尺樓，笑看江水拍天流。

〔一〕崔白大圖：《藝苑雌黄》：東坡觀崔白《驟雨圖》，題詩：「扶桑大蠒」云云。《苕溪漁隱叢話》：畫品中止有李營邱《驟雨圖》，無崔白者，詩中云云，乃是崔白《冬景圖》。《藝苑雌黄》以爲《驟雨圖》，訛矣。

次韻張昌言給事省宿〔一〕

馮顛久已欷殘雪，戎眼何曾眩落暉。朔野一作「塞」按行猶爵一作「雀」躍〔二〕，東臺瞑坐覺烏飛〔三〕。公自注：道家有烏飛入兔宫之説。漫誇年少容吾在，公自注：樂天詩云：猶有誇張年少處，笑呼張丈喚殷兄。若鬭尊前舉世稀。待向嵩陽求水竹〔四〕，一犂烟雨伴公歸。

〔一〕給事：《宋史·職官志》：給事中四人，分治六房事，掌讀中外出納及後省事。孫彦同《職官分紀》：給事中屬門下省，官正四品。

〔二〕朔野按行：施氏原注：元祐初，昌言使河北相度水事，過永静軍，奏乞减價糶本軍寄糴斛斗四十餘萬石，救郡民饑。朝廷從之，還爲給事中。故有「朔野按行猶雀躍」之句。

〔三〕東臺：《唐書》：龍朔二年，改門下省爲東臺，改給事中爲東臺舍人。

〔四〕嵩陽求水竹：施氏原注：昌言本襄陽人，种世衡遺以汝州田十頃，辭勿受，當是徙居於汝。先生亦常欲居汝，故云「待向嵩陽求水竹」云云。雖南遷，此志不遂，諸子以治命，卒葬汝之郟城。

以上二段，新刻本並注題下，今分録以備考。

附子由次韻：

還家未暇拂塵衣，攜被重來趁落暉。省户鳴騶久分散，宫槐棲鵲共翻飛。周廬見月風霾静，斜漢横空星斗稀。多病身心怯清禁，故山依約夢西歸。

次韻三舍人省上〔一〕公自注：三月二十九日作。明日，駕幸景靈宫。

紛紛榮瘁何能久，雲雨從來翻覆手。恍如一夢墮枕中，却見三賢起江右。公自注：曾子開〔二〕、劉貢父〔三〕、孔經父〔四〕皆江西人。嗟君妙質皆瑚璉，顧我虚名但箕斗。明朝冠蓋蔚相望，共扈翠輦朝宣光〔五〕。武皇已老白雲鄉，正與群帝驂龍翔，獨留杞梓扶明堂。

〔一〕省上：洪邁《中書省題名記》：兩省之官十有二，唐制也。今散騎常侍缺，由諫大夫而下，别爲諫院，同門而異户，惟給事中、中書舍人、左右起居實同省，其員亦十有二。

〔二〕曾子開：施氏原注：曾子開，名肇，子固幼弟。舉進士，入館閣，編修國史。哲宗立，由吏部郎中爲左司，擢右史。未幾，入西掖。論事鯁切，不爲勢力回奪。宣仁簾聽，凡議禮，必據正以言，皆從之。蔡確坐詩遠竄，子開與彭器資約極論，會除夕扉，不果。上言者謂器資爲子開所使，遂以待制出守五州，入貳儀曹，又歷二郡。哲宗親政，數稱其有守，趣入對，又坐神宗史事，降知滁州。徽宗召歸掖垣，遷翰苑。崇寧初，奪職，卒年六十一。自熙寧以來四十年，大臣更用事，邪正相軋，黨要屢起，子開身更其間，數不合。兄布與韓儀公忠彦並相祐陵，初政日謀所以傾危之。子開貽書，警戒甚切，曰：「比者主意日移，小人道長，進則必論元祐人於帝前，退則盡引排元祐者於要路，異時必爲京、卞死黨。左少一字持心向正，古、覿、稷、易皆可與謀，但使正人聚於本朝，自然小人道消矣。一京足以兼二人，可不深慮？」其兄不能用。蔡京得政，兄弟俱不免。古、覿、稷、易，謂二王、豐、賈也。紹興初，謚文昭。子統，事高宗，爲諫大夫。曾孫炎，字南仲，暖，字茂昭，皆登法從。此段全文，新刻本删去，今補存舊注。

〔三〕劉貢父：《宋史》：劉攽，字貢父，與兄敞原父同登科，仕州縣者二十年，始爲國子直講。熙寧中，初罷太常禮院，徙知兖、亳二州。哲宗初，入爲秘書少監，出知蔡州，數月召拜中書舍人。

〔四〕孔經父：《宋史》：孔文仲，字經父，新喻人。哲宗朝擢諫議大夫，改中書舍人。

〔五〕朝宣光：《宋史·禮志》：景靈宫創於祥符五年，聖祖臨降，爲宫奉之。自此至仁宗，凡七十年間，太祖以下神御在宫者四，寓寺觀者十有一。元豐五年，就宫作十一殿，悉遷在京寺觀神御奉安。紹聖二年，又奉安神宗焉。歲四孟，皇帝親享。遇郊祀明堂，先二日，詣宫行禮，謂之朝獻。次太廟，謂之朝饗。○按，王明清《揮麈録》云：英宗御容殿舊名英德，元豐中改曰治隆，元祐初即治隆之後建宣光殿，以奉神宗。云云。先生本集有《景靈宫宣光殿奉安神宗御容青詞》，元祐二年三月所作。《宋史》以爲紹聖二年者，訛也。王氏注引《長安志》，謂唐之宫室名有宣光殿，亦訛。

附孔武仲原作：原題云「三舍人題名於後省皆賦詩因寄呈劉貢父丈」。

西垣寂寞今已久，三賢文章鳳池手。朋來不復山中戀，後至倘誰居客右。華堂刻石映今古，秀句連章動星斗。鶺原棣蕚俱相望，龍吟虎嘯生輝光。就中貢父歸故鄉，況有小阮争翱翔。翩翩亦試中書堂。

附子由次韻：《欒城集》題「次韻孔武仲三舍人省上」。

君不見西都校書宗室叟，東魯高談鼓瑟手。偶然同我西掖垣，並立曉班分左右。龍文百斛世無價，瓦釜枵然但升斗。諸兄落落不可望，兩季幸肯分餘光。大孔奮飛自南鄉，聯翩群雁相追翔，渠家冠蓋尤堂堂。

慎按：孔武仲又有《曾子開示詩再用前韻》一首，今《文昭公集》失去原作，《清江三孔集》中，經父原詩亦不可得，所載武仲次韻，凡三首，今録其一。

送錢承制[一]赴廣西[二]路分都監[三]

當年我作《表忠碑》[四]，坐覺江山氣未衰。舞鳳尚從天目下，收一作「牧」駒時有渥洼姿[五]。踞牀到處堪吹笛，横槊何人解賦詩。知是丹霞燒宋刻本作「破」佛手，先聲應已懾群夷。公自注：廣西僧寺，頃有佛動之異，錢君碎而投之江中。

〔一〕錢承制：孫彦同《職官分紀》：横行東西班内有内殿承制官，秩正八品，乃武職也。錢承制必吴越之裔，名失考。

〔二〕廣西：《九域志》：廣南西路，轄州二十三，轄軍一。

〔三〕路分都監：《燕翼貽謀録》：自江南既平，諸州直隸京師，無復藩府，諸路責任監司，按察而已。嘉祐五年，各路復置兵馬都監。《淮海集》云：鮮于侁爲利州路轉運判官。初，利州以兼益州兵馬都監，故事，武臣爲守。至是，侁上言，乞堂選文官知州事，别置路分都監，遂爲定例。

〔四〕表忠碑：施氏原注：東坡作《表忠觀碑》，有持以示荆公。讀之，沉吟曰：「此何語耶？」客有在旁者，遽指摘而詆訾之。荆公不答，讀之再三，又攜之而起，行且讀，忽歎曰：「此《三王世家》也，可謂奇文矣！」客大慚。或曰：客乃其壻蔡卞也。此段新刻本删去，今補録。

〔五〕收駒：《周禮》：教駣，攻駒。注作收駒。

附子由作：《欒城集》題「廣西」作「廣東」，訛。

家聲遠繼河西守，游宦多便嶺外官。南海無波閒鬭舸，北堂多暇得羞蘭。忽聞棠棣歌離索，應寄寒梅報好安。他日扁舟定歸計，仍將犀玉付江湍。

次韻曾子開從駕二首[一]

其一

槐街緑暗雨初匀，瑞霧香風滿後塵。清廟幸同觀濟濟，豐年喜復接陳陳。雍容已餍天庖賜，俯伏初嘗貢茗新。輦路歸來聞好語，共驚堯顙類高辛。

〔一〕曾子開：注詳本卷「三舍人」條下。

其二

入仗魂驚媿草萊，一聲清蹕九門開。暉暉日傍金輿轉，習習風從玉宇來。流落生還真一芥，周章危立近三槐[一]。公自注：學士班近執政。道旁倘有山中舊，問我收身早晚回。

〔一〕周章：《九歌》：聊翺翔兮周章。注云：周章，往來迅疾也。王觀國《學林》云：《文選》注非也，周章者，周旋緩舒之意。

慎按：曾子開《曲阜集》世已不傳。嘉興曹倦圃家有《文昭公集抄》，亦缺略不全。此詩原作二首，鈔本失載，但有《元祐六年駕自景靈宫移謁孔子廟》七律一首，用七陽韻，非此時所作，故不録。○按，《長公外紀》云：元祐間，東坡與曾子開肇同居兩省，扈從車駕赴宣光殿。子開有詩，云：「鼎湖弓劍仙游遠，渭水衣冠輦路新。」又云：「堦除翠色迷宫草，殿閣清陰老禁槐。」詩語亦佳。即此二首韻也。《庚溪詩話》所載亦同，惜其全首不傳，附録於此。

附子由次韻二首：《欒城集》題云「次韻曾子開舍人四月三日扈從」。

萬人齊仗足聲匀，翠輦徐行不動塵。夾道讙呼通老穉，從官雜遝數徐陳。旌旗稍放龍蛇卷，旒冕初看日月新。天遣雨師先灑道，農夫不復誤占辛。自注云：農家常以上辛占麥，辛深則麥熟。今年正月八日得辛，而雨不時應，駕未出，一日初得雷雨，麥始有望。

衣冠雙日款蓬萊，簾脱重鉤扇不開。清曉連驚三殿啓，翠華遥自九天來。晨光稍稍侵黄蓋，瑞霧霏霏着禁槐。千兩翟車觀禮罷，歸時滿載德風回。自注：是日，内外命婦俱會景靈，仰瞻三宫，肅然雍穆，不言而化，諸公之家，有能言之者。

附李端叔次韻二首：從《姑溪集》采出，題云「次韻子瞻諸公從駕景靈宫二首」。

青鵷如跂萬椽匀，地接璇流隔世塵。三后在天歌下武，一人膺福見君陳。珠旒滚滚懷濡露，玉案年年侍薦新。廡下丹青從臣列，左趨蕭丙右甘辛。

太清宫廟近蓬萊，唐正内號蓬萊宫，而太清宫有列聖真像，每歲朝享。連日天門六扇開。萬乘旌旗衝曉過，兩宫輿輦詰朝來。城中三水河通漢，庭下千官棘映槐。老稚扶攜同祝聖，年年常此望昭回。

附范純父次韻一首：《太史集》題云「和曾子開從駕朝謁景靈宫」。

雨師汛灑霽光匀，華蓋香風不起塵。億兆歡呼真帝啓，謀猷左右盡君陳。雲隨僊仗三山遠，日出咸池六合新。一别都門變桑海，來瞻原廟秖悲辛。

慎按：《范太史集》中所載止第一首，古人文集殘缺不少，附録之餘，不禁慨然。

再和二首

其一

眼花錯莫鬢霜匀，病馬羸驂宋刻本作「騶」只自塵。奉引拾遺叨侍從〔一〕，思歸少傅羡朱陳。衰年壯觀空驚目，險韻清詩苦鬭新。最後數篇君莫厭，搗殘椒一作「薑」桂〔二〕有餘辛。

〔一〕奉引拾遺：蔡邕《獨斷》：天子出，車駕次第，謂之鹵簿。大駕，則公卿奉引，大將軍參乘，太僕御法駕。公卿不在鹵簿中。惟河南尹、執金吾、洛陽令奉引，侍中參乘，奉車郎御。《苕溪叢話》：子美以至德二載拜左拾遺，故《寄賈司馬》詩云：此時霑奉引，佳氣拂周旋。

〔三〕椒桂：《庚溪詩話》：東坡兩和「辛」字，皆工，其云：「最後數篇君莫厭，搗殘椒桂有餘辛。」按，《楚辭》「昔三后之純粹兮，固衆芳之所在」，「雜申椒與菌桂兮，豈惟紉夫蕙茝」。蓋以椒、桂、蕙、茝，皆草木之香者喻賢人也。而《西清詩話》改其句云「讀罷君詩何所似，搗殘薑桂有餘辛」，以爲坡譏首唱多辣氣，此何理也？坡爲人慷慨疾惡，亦時見於詩，有古人規諷體，然亦詎肯效閭閻以鄙語相詈哉？恐誤後人心術，不得不辨。

其二

憶觀滄別本作「蒼」，訛海過東萊，日照三山迤邐開。桂觀飛樓凌霧起，僊幢寶蓋拂天來。不聞宮漏催晨箭，但覺簷陰轉古槐。供奉清班非老處，會稽何日乞方回〔一〕。公自注：時方闕會稽守。

〔一〕方回：《晉書·郄愔傳》：愔字方回，除太常，固讓，不拜。樂補遠郡，從之。出爲會稽内史，久之，乞骸骨，因居會稽。

附子由再次韻二首：

病起江南力未勻，强將冠劍拂埃塵。木雞自笑真無用，芻狗何勞收已陳。行從鑾輿風日細，側聽從臣暗泣新宫柳，父老廟樂管絃新。誰知四載勤勞後，併舉成功祚泣辛。宸心惻惻念污萊，南籞西池閉不開。長樂鳴鞘千乘出，顧成薦鬯萬方來。行依輦路槐。雙闕影斜朱户啓，都人留看屬車回。

次韻劉貢父省上

密雲今日破郊西，踈雨翛翛未作泥。要及清閒同笑語，行看衰病費扶攜。花前白酒傾雲液，户外青驄響月題。不用臨風苦揮泪，君家自與竹林齊。公自注：貢父詩中有不及與其兄原父〔一〕同時之歎，然其兄子仲馮〔二〕，今爲起居舍人。

〔一〕貢父兄原父：《容齋隨筆》：少游《與鮮于子駿書》：今中書舍人皆伯仲繼直西垣，前世以來無此事，誠國家之美，非特衣冠之盛也。以其時考之，蓋元祐二年，謂蘇子由、曾子開、劉貢父也。子由之兄子瞻，子開之兄子固、子宣，貢父之兄原父，皆經是職，故少游有此語云。歐陽公《劉原父墓誌》：原父以熙寧元年卒，年五十。

〔二〕劉仲馮：《宋史》：劉奉世，字仲馮。原父之子，貢父之姪，第進士，累官直史館，國史編修。以忤蔡確，謫，後歷簽書樞密院事。章惇當國，奉世乞去。《清江三孔集》：常父云：吾鄉劉原父，雄文博學，爲天下師表，而余不及識。今識其子仲馮，居省中，治事精密，吏不能欺，天下稱爲賢吏部，其文學議論，能世其家。

再和

當年曹守我膠西〔一〕，共厭餔糟與汩泥。自古赤丸成習俗，因公黄犢免提攜。生還各有青山興，病起猶能小字題。莫怪歌呼數相和，曾將獄市寄全齊。公自注：貢父爲曹州，盜賊皆奔鄰境，嘗有詩云：從教晉盜稍奔秦。

〔一〕曹守：《宋史·劉攽傳》：熙寧中，罷太常禮院，通判泰州，又知曹州。曹爲盜區，重法不能禁，攽治尚寬平，盜亦衰息。

附子由次韻二首：

流落江湖東復西，歸來未洗足間泥。偶隨鵬翼培風上，時得衙香滿袖攜。落筆逡巡看僳直，醉吟清絶許分題。相望魯衛雖兄弟，終畏鄰封大國齊。

掖垣不復限東西，賓客來衝霧雨泥。白酒黄封開瀲灩，朱櫻青籠落提攜。五花愧我連書判，三道高君免試題。誰遣松蒿同一谷，凌雲他日恐難齊。

送顧子敦奉使河朔〔一〕

我友顧子敦，軀膽兩俊偉。便便十圍腹，不但貯書史。容君數百人，一笑萬事已。十年卧江海，了不見愠喜。磨刀向豬羊，釃酒會鄰里。歸來如一夢，豐頰愈茂美。平生批敕手，濃墨寫黄紙。會當勒燕然，廊廟登劍履。翻然向河朔〔二〕，坐念東郡水。河來訖一作「屹」不去，如尊乃勇耳。

〔一〕顧子敦：施氏原注：子敦名臨，會稽人。舉説書科，入館閣，喜論兵。熙寧初，神宗命編修《經武要略》，且召問兵，對曰：「兵以仁義爲本，動静之機，安危所係，不可忽也。」推轉運河南提舉常平倉事，忤執政意，罷歸，更歷中外。元祐二年，擢給事中。朝廷議回河，拜待制，爲河北都漕。東坡與李常、孫覺、胡宗愈、梁燾等言，臨資性方正，學有根本，慷慨中立，凜然有古人之風，宜留置左右，別選深知河事者使往。不報。後諸公餞子敦，復次前韻詩，有云：上書苦留君，言拙輒報已。指此事也。子敦至部，請因河勢，回使東流。復召歸班，爲翰林學士。紹聖初，以龍圖閣學士守定，徙應天河南。時論既變，奪職守新安，斥居番陽。年七十二，卒。徽宗立，追復之。子敦體肥偉，諸公多以屠戲之，故詩云「磨刀向猪羊」，「平生批敕手」。子敦頗愠見。故後詩又云「善保千金軀，前言戲之耳」。新刻删改過半，今補録。

〔二〕向河朔：孔武仲《送顧子敦赴河北序》云：上之二年，子敦自河東轉運使召給事中，在門下，事有不便，輒争還之，議論不少迎合。時河北數有水灾，澶魏故道，久湮未復。子敦拜天章待制，使河北。士大夫以爲河爲數州患，雖急，一方事也。子敦以侍從之臣，撤而使一方，忽所大，而治所小，非計也。舉朝之人，睥睨前却，不敢徑往，以蹈後悔。子敦獨日夜計畫，以爲己任。非確然不易，其肯爲之乎？

附黄魯直次韻：

儒者給事中，顧公甚魁偉。經明往行河，商略頗應史。勞人又乏費，國計安能已。功成渠有命，得人斯可喜。似聞阻饑餘，惡少驚邑里。啓鑰探金珠，奪懷取姝美。部中十盜發，一一書奏紙。西連魏三河，東盡齊四履。此豈小事哉？何但行治水。使民皆農桑，乃見真佳耳。

附子由詩：

去年送君使河東，今年送君使河北。連年東北少安居，慷慨憐君色自得。河流西決不入土，千里汗漫被原隰。壯夫奔走老穉死，粟麥無苗安取食。君憂臣辱自古然，自詭過門三不入。忠誠一發鬼神輔，心念既通謀計集。隄防旋立村落定，波浪欲收蛟蜃泣。二年歸國未爲久，故舊相看髮猶黑。功成豈在延世下，好勇直令腐儒服。此時爲國頌河平，當使君名長不没。

慎按：子敦使河北，乃元祐二年事。任淵《山谷詩注》引《實録》云：元祐元年，秘書少監顧臨爲河東轉運使。蓋子敦於元年使河東，二年召還，復使河北。任淵誤以元年事入次年注脚也。

次韻子由送家退翁〔一〕知懷安軍〔二〕

吾州同年友，粲若琴上星。當時功名意，豈止拾紫青〔三〕。事既喜疑誤，當作「與」願違宋刻本作

「違願」，天或不假齡。今如圖中鶴〔四〕，俛仰在一庭。公自注：吾州同年友十三人，今存者六人而已。故有「琴上星」、「圖中鶴」之語。退翁守清約，霜菊有餘馨。鼓笛方入破〔五〕，朱絃儆莫聽。宋刻本無「退翁」以下四句。西南正春旱，廢沼黏枯萍。翩然一麾去，想見靈雨零。我無讁僊句，待詔沉香亭。空騎内廄馬，天仗隨雲軿。竟無絲毫補，眷焉誰汝令。永懷宋刻本作「愧」舊山叟，憑君寄丁寧。

〔一〕家退翁：名定國，見《欒城集》。

〔二〕懷安軍：歐陽忞《輿地廣記》：梓州路懷安軍，屬廣漢郡，西魏立金淵郡，唐屬簡州。宋乾德五年，立懷安軍。《太平寰宇記》：劍南東道懷安軍，領金水、金堂二縣，東至梓一百七十里。

〔三〕紫青：《石林避暑録》：唐以金紫銀青光禄大夫，皆爲階官，此沿漢制金印紫綬、銀印青綬之稱也。丞相太尉金紫，御史大夫銀青，皆以印綬言。《夏侯勝傳》「取青紫如拾芥」，蓋謂此也。顔師古誤以青紫爲卿大夫服，不知漢時蓋未服青紫也。

〔四〕圖中鶴：按，先生自注中「琴上星」以比十三人，則「圖中鶴」當是六數。《醉鄉日月》云：古者交歡多爲博，以牙飾箭，長五寸，其數六，刻一頭作鶴形，《僊經》所云六鶴齊飛是也。先生所用，即此事。

〔五〕入破：《唐書·五行志》：天寶後，詩人多爲流寓之思，樂曲亦多以邊地爲名，至其曲遍繁聲，謂之「入破」，蓋破碎云。

附子由原作：《欒城集》題云「送家定國朝奉西歸」。

我懷同門友，勢如曉天星。老去髮垂素，隱居山更青。退翁聯科第，俛仰三十齡。仕宦守鄉國，出入奉家庭。鵠鷺性本静，芷蘭深自馨。新詩得高趣，衆耳昏未聽。笑我老憂患，奔走如流萍。冠裳强包裹，齒髮坐凋零。晚春首歸路，朱轓照長亭。縣令迎使君，綵服導輜軿。長嘆或垂涕，平反知有令。此樂我已亡，雖達終不寧。

諸公餞子敦軾以病不往復次前韻

君爲江南英，面作河朔偉。人間一好漢，誰似張長史。上書苦留君〔一〕，言拙輒報已。置之勿復道，出處俱可喜。攀輿共六尺，食肉飛萬里。誰言遠近殊，等是朝廷美。遥知送别處，醉墨争淋紙。我以病杜門，商頌空振履。後會知何日，一歡如覆水。善保千金軀，前言戲之耳。

〔一〕上書：先生《乞留顧臨狀》：給事中顧臨自供職以來，僥倖之流，側目畏憚。近聞充河北都運使，遠去朝廷，衆所嘆息。或者謂緣黄河輟臨幹治，臨之所學，實有大於治河。治河之才，固有出臨之上者。

黄魯直再次韻：

今代顧虎頭，骨相自雄偉。不令長天官，亦合丞御史。能貧安四壁，無愠可三已。昨來立清班，國士相顧喜。何因將使節，風日按千里。汲黯不居中，似非朝廷美。大任録萬事，御座留諫紙。發政恐傷民，天步薄冰履。蒼生憂其魚，南畝多被水。公行圖安集，信目勿信耳。

走筆謝吕行甫惠子魚

卧沙細肋吾方厭，通印長魚誰肯分？好事東平貴公子，貴人不與與蘇君。

送吕行甫〔一〕司門〔二〕倅河陽〔三〕

結交不在久，傾蓋如平生。識子今幾日，送別亦有情。子生公相家，高義久峥嶸。天才既超詣，世故亦屢更。譬如追風驥，豈免羈與纓。念我山中人，久與麋鹿并。誤出挂世網，舉動俗所驚。歸田雖未果，已覺去就輕。河陽豈云遠，出處恐異程。便當從此別，有酒無徒傾。

〔一〕吕行甫：吕希彦，字行甫。本集《雜記》云：吕希彦行甫，相門子，行義有過人者，不幸短命。生平好藏墨，士大夫戲之爲「墨顛」。按，吕申公公著二子，希哲，希純，行甫當是夷簡諸孫，公著之姪。

〔二〕司門：《職官分紀》：刑部所屬有司門郎中，從六品，員外郎，正七品。

〔三〕河陽：《輿地廣記》：京西北路孟州，自漢至隋，皆屬河内郡。唐割屬河南。建中二年，以河陽、河清、濟源、温四縣入河陽三城節度使，會昌三年，以爲孟州。

慎按：以上二首，施氏原本不載，新刻載《續補》卷中，據《外集》，元祐初年作也，今移編。

和張昌言喜雨〔一〕

二聖憂勤忘寢食，百神奔走會風雲。禁林夜直鳴江瀨，清洛朝一作「潮」回起縠紋。夢覺酒醒聞好句一作「語」，帳空簟冷發餘薰。秋來定有豐年喜，剩作新詩準備君。

〔一〕張昌言：名問，時爲給事中，見《欒城集》。

附子由次韻：

已收蠶麥無多日，旋喜山川同一雲。禾黍趁時青覆隴，池塘流潤緑生紋。兩宫尚廢清晨樂，中禁初消永夜薰。倉粟半空民望足，深耕疾耨肯忘君。

附黄魯直次韻：

三雨全清六合塵，詩翁喜雨句凌雲。垤漂戰蟻餘追北，柱擊乖龍有裂紋。減去鮮肥憂玉食，偏宗河嶽起爐薰。聖功惠我豐年食，未有涓埃可報君。

次韻劉貢父西省種竹

要知西掖承平事〔一〕，記取劉郎種竹初。舊德終呼名字外，後生誰續笑談餘。公自注：昔李公擇種竹館中，戲語同舍，後人指此竹，必云李文正手植。貢父笑曰：「文正不獨繫筆，亦知種竹耶？」時有筆工李文正。成陰障日行當見，取筍供庖計已疎。白首林間望天上，平安時一作「待」報故人書。公自注：李衛公北都童子寺竹，寺僧日報平安。

〔一〕西掖：劉禎詩：誰謂相去遠？隔此西掖垣。程大昌《雍録》：唐門下北省在日華門，名左掖，亦名東省。中書北省在月華門，名右掖，亦名西省。

附孔常父次韻：

此君安可一朝無？請看西園種竹初。嶰谷正當吹鳳後，葛陂猶是化龍餘。風摇夢枕秋聲碎，月漏吟窗夜影疎。他日如封管城子，莫緣老秃不中書。

附孔經父次韻：

西垣種竹滿庭隅，正值天街小雨初。漸引凉風侵夢覺，已留清露滴吟餘。卜鄰近喜蒼苔滿，托跡方驚上苑疎。昨夜青藜光照席，緑陰相對草除書。

慎按：《清江三孔集》獨缺毅父作。

附子由次韻：

竹迷誰定知迷否？趁取滂沱好雨初。栽向鳳池吹律處，斸從芸閣殺青餘。迎風一嘯朝回早，弄月相差直宿疎。應怪籍咸林下客，相看不飲作除書。自注：仲馮方作左史，必與貢父並直於此。

偶與客飲孔常父見訪方設席延請忽上馬馳去已而有詩戲用其韻答之

揚雄他文皆不奇，獨稱觀缾居井眉一作「湄」。酒客法士兩小兒，陳遵張竦何曾宋刻本作「曾何」知。主人有酒君獨辭，蟹螯何不左手持。豈復見吾衡氣機，遣人追君君絶馳。盡力去花君自癡，醍醐與酒同一巵〔二〕，請君更問文殊師。

〔一〕醍醐與酒：白居易詩：佛法贊醍醐，僊方傳沆瀣。不如卯時酒，神速功力倍。

附孔武仲原作：《清江集》題云「謁子瞻因寄」。

華嚴長者貌古奇，紫瞳奕奕垂雙眉。顔如桃花兩侍兒，問其姓名不自知。囁嚅欲吐新奇辭，豈亦有虎來護持。維摩高卧盡脱一字機，蓬山藏史策馬馳。二豪兀坐渾如癡，錯認醍醐是酒巵，誰將此景付畫師。

次韻子由書李伯時[一]所藏韓幹馬[二]

潭潭古屋雲幕垂，省中文書如亂絲。忽見伯時畫天馬，朔風胡沙生落錐。天馬西來從西極，勢與落日爭分馳。龍膺豹股頭八尺，奮迅不受人間羈。元狩虎脊聊可友，開元玉花何足奇。伯時有道真吏隱，飲啄不羨山梁雌。丹青弄筆聊爾耳，意在萬里誰知之。幹惟畫肉不畫骨，而況失實空留一作「餘」皮。煩君巧説腹中事，妙語欲遣黄泉知。君不見韓生自言無所學，廄馬萬匹皆吾師。

〔一〕李伯時：《宋史》：李公麟第進士，歷御史檢法官。好古博學，長於詩。致仕歸，肆意於龍眠山巖壑間。雅善畫，黄庭堅謂其風流不減古人。然因畫爲累，故世但以藝傳。

〔二〕韓幹馬：董廣川《爲龍眠居士跋韓幹畫馬後》云：世傳韓幹凡畫馬，必考時日，面方位，然後定形骨毛色。大抵以馬爲火畜，而南爲離方，其色青，驪驊駱皆以干支相加，故得入妙。又，以爲畫得馬之神駿，故能如是云。

附子由原作：《欒城集》題云「韓幹三馬」。

老馬側立鬉尾垂，御者高拱持青絲。心知後馬有爭意，兩耳微起如立錐。中馬直視翹右足，眼光不動心先馳。僕夫旋作奔軼想，右手正控黄金羈。雄姿駿發最後馬，回首奮鬣真權奇。圉人頓轡屹山立，未聽決驟爭雄雌。物生先後亦偶爾，有心何者能忘之。畫師韓幹豈知道，畫馬不獨畫馬皮。畫出三馬腹中事，似欲譏世人莫知。伯時一見笑不語，告我韓幹非畫師。

附子容次韻：

霜紈横卷書縚垂，軸以琦瑁囊青絲。披圖二妙駭入目，筆畫勁利如刀錐。龍媒迥出丹青手，勢若飛動將奔馳。鞹銜如在赤墀立，僕御猶縱紅纓羈。子虔六轡銜沃若，長康駿骨稱天奇。雖傳畫譜入神品，未有墨客評黄雌。六詩形似到作者，三馬意象能言之。奇蹤莫辨霸或幹，高韻壓倒陸與皮。從來神物不常有，未遇真賞何人知。君不見開元廄馬四十萬，作頌要須張帝師。

慎按：《蘇魏公集》有《次韻劉貢父舍人》詩，自注云：頌早蒙子瞻兄弟叙宗契。今考集中，與兩蘇公唱和者止此一首，他不多見也。

附黄魯直次韻二首：

太史瑣窗雲雨垂，試開三馬拂蛛絲。李侯寫影韓幹墨，自有筆如沙畫錐。絶塵超日精爽緊，若失其一望路馳。馬官不語臂指揮，乃知仗下非新羈。吾嘗覽觀在坰馬，駑駘成列無權奇。緬懷胡沙英妙質，一雄可將十萬雌。決非斷養所成就，天驥生駒人得之。千金市骨今何有，士或不價五羖皮。李侯畫隱百僚底，初不自期人誤知。戲弄丹青聊卒歲，身如閱世老禪師。

于闐花驄龍八尺，看雲不受絡頭絲。西河驄作蒲萄錦，雙瞳夾鏡耳卓錐。長楸落日試天步，知有四極無由馳。電行山立氣深穩，可耐珠韉白玉羈。李侯一顧歎絶足，領略古法生新奇。一日真龍入圖畫，在坰群雄望風雌。曹霸弟子沙苑丞，喜作肥馬人笑之。李侯論幹獨不爾，妙盡骨肉遺毛皮。翰林評書乃如此，賤肥貴瘦渠未知。况我平生賞神駿，僧中云是道林師。

慎按：張耒《宛邱集》中亦有《讀子瞻韓幹馬圖》七古一首，以非次韻之作，故不附録。

次韻劉貢父獨直省中

明窗畏日曉先暾，高柳鳴蜩午更喧。筆老新詩一本作「詩新」疑有物，心空客疾本無根。隔牆我亦眠風榻，上馬君先鎖月軒。共喜早歸三伏近〔一〕，解衣盤礴亦君恩。

〔一〕早歸：施氏原注：《東方朔傳》：伏日當早歸。○慎按，先生本集《謝三伏早出院表》云：伏當早歸，下遂疎愚之性。

附子由次韻：

簾深巧爲隔朝暾，竹密時能引雀喧。朝罷宿酲還續夢，静中諸妄稍歸根。坐曹聞道仍分省，出沐誰當與並軒。竹簟茅簷他日事，重因遺詠記君恩。

軾以去歲春夏侍立邇英而秋冬之交子由相繼入侍次韻絶句四首各述所懷〔一〕

其一

曈曈日脚曉猶清，細細槐花暖欲一作「自」零。坐閲諸公半廊廟，公自注：僕射吕公、門下韓公、右丞劉公皆自講席大用。時看黄色〔二〕起天庭〔三〕。

〔一〕邇英：《宋史》：仁宗景祐二年，置邇英閣。江少虞《事實類苑》云：迎陽門之北有邇英閣，東向。《汴京宫室考》：邇英閣在崇政殿西南，蓋侍臣讀講之所也。

〔二〕黄色：施氏原注引《玉管照神書》：黄色，喜徵也。新刻删去，今存録。

〔三〕天庭：《黄庭經》：天庭地關列斧斤。注云：兩眉間爲天庭也。

其二

上尊初破早朝寒〔一〕，茗盌仍需講舌乾〔二〕。陛楯諸郎空雨立，故應慙悔不儒冠。

〔一〕上尊：《漢書》：賜丞相牛酒，上尊酒。注云：糯米一斗，酒一斗，爲上尊。

〔二〕講舌乾：《傳燈録》：真净文禪師問講師曰：「火災起時，山河大地俱被焚盡，許多灰燼，將置何處？」講師舌大而乾，笑曰：「不知。」師笑曰：「汝所講者，紙上語耳。」公詩蓋借用此事。

其　三

兩鶴摧頹病不言〔一〕，年來相繼亦乘軒。誤聞九奏聊飛舞，可得徘徊爲啄吞。

〔一〕摧頹：《文選》應瑒詩：毛羽日摧頹。

其　四

微生偶脱風波地，晚歲猶存鐵石心。定似香山老居士，世緣終淺道根深〔一〕。公自注：樂天自江州司馬除忠州刺史，旋以主客郎中知制誥，遂拜中書舍人。軾雖不敢自比，然謫居黄州，起知文登，召爲儀曹，遂忝侍從。出處老少，大略相似。庶幾復享此翁晚節閒適之樂焉。

〔一〕道根：白居易詩：始知不才者，可以探道根。

附子由原作：原題云「去歲冬轍以起居郎入侍邇英講不逾時遷中書舍人雖忝冒愈深而瞻望清光與日俱遠追記當時所見作四絶句贈同省諸公」。

邇英肅肅曉霜清，玉宇時聞槁葉零。風過都城吹廣内，萬人笑語落中庭。

銅餅灑遍不勝寒，雨點勻圓露未乾。回首曈曨朝日上，槐龍對舞覆衣冠。自注：邇英前有雙槐，甚高，而柯葉拂地，狀若龍蛇，講官進對其下。

早歲西廂跪直言，起迎天步晚臨軒。何知老侍曾孫聖，欲泣龍髯吐復吞。自注：轍昔舉制策，坐於崇政西廊，蓋邇英之北也。是日晚，仁宗自延和步入崇政，過所試幄前，瞻望天表，最爲親近。

講罷淵然似不勝，詩書默已契天心。高宗問答終垂世，未信諸儒測淺深。

附黄魯直次韻四首：

赤壁歸來入紫清，堂堂心在鬢凋零。江沙踏破青鞵底，却結絲絇侍禁庭。

胸蟠萬卷夜光寒，筆倒三江硯滴乾。大似不蒙稽古力，只今猶著侍臣冠。

對掌絲綸罷記言，職親黄屋傍堯軒。雁行飛上猶回首，不受青雲富貴吞。

樂天名位聊相似，却是初無富貴心。只欠小蠻樊素在，我知造物愛公深。

慎按：《山谷集》尚有再次韻四首，今不具録。

附晁補之次韻：《雞肋集》題云「次韻兩蘇公講筵唱和四首」。

白髮歸聯侍從榮，未應江海嘆飄零。禽魚不與鈞天樂，想見群龍舞洞庭。

李公素譽壓朝端，曾泝龍門鬣未乾。雖愧彭宣惟賜食，未慚貢禹亦彈冠。

纘服憂勤未有言，諸儒經術侍彤軒。九疇咸叙今天錫，三畫何人昔夢吞。

金玉誰家咏德音，太平無象屬人心。日高初散露門講，天上五雲宫殿深。

附張文潛次韻四首：

天寒書殿曉班清，氣爽仙盤瑞露零。講罷群公珮聲散，一竿宫日轉槐庭。

聯翩右史直西垣，舊墨螭頭點未乾。自是退之平昔事，何須暫著進賢冠。

冠珮煌煌拱北辰[「辰」字疑訛]，道人風骨自軒軒。茯苓松下龜黿老，須乞靈丹一粒吞。

恭默誰聆金玉音，陶甄萬物付無心，君王好學真天意。憂國論思不厭深。

送宋構〔一〕[宋刻本無「構」字]朝散〔二〕[《欒城集》題作「朝請」]知彭州迎侍二親〔三〕

東來誰迎使君車，知是丈人屋上烏。丈人今年二毛初，登樓上馬不用扶。使君負弩爲前驅，蜀人不復談相如。老幼化服一事無，有鞭不施安用蒲。春波如天漲平湖，鞓紅照坐香生膚〔四〕。絭鞲上壽白玉壺，公堂登歌鳳將雛。諸孫歡笑争挽鬚，蜀人畫作西湖圖〔五〕。

〔一〕宋構：施氏原注：宋彭州，名構，字成之，成都人。紹聖間，爲金部郎。是時，都大提舉川茶事。陸師閔移漕陝西，謀代之者，曾子宣、李邦直僉曰：「宋某可。」遂使權都大管勾。此段新刻本删去，今補録。

〔二〕朝散：《梁溪漫志》：六曹郎中中行爲朝散大夫，員外郎中行及起居舍人爲朝散郎。

〔三〕彭州：《華陽國志》：兩山對峙，有天彭之稱。今成都府彭縣也。《太平寰宇記》：劍南西道彭州濛陽郡，秦蜀郡地。唐垂拱二年，置彭州，領縣三。《九域志》：彭州：成都路西川節度所轄，去東京三千五百八十七里。

〔四〕鞓紅：陸游《入蜀記》：天彭號小西京，其俗好植牡丹，有京洛之遺風。《古今雜記》：孟氏以牡丹名苑。於時，彭門爲輔郡，典州者多戚里，得之上苑，此彭門花之始也。天彭，亦謂之花州，而牛心山下，謂之花村云。

〔五〕西湖：《名勝志》：彭州治内有東湖。宋元符中，袁隮有《記》。又有西湖，唐元和中，太守王潛、蕭祐創。進士鄧衮《記》略云：二公陶奇撰幽，不乏心匠，於西湖臺島花竹布置，罔不宛妙。

附子由作：

得郡迎親願不違，書來無復寄當歸。馬馳未覺西南遠，烏哺何辭日夜飛。湖水欲平官舍好，茶征初緩訟氓稀。平反聞道加餐飯，五袴應須換破衣。

郭熙畫秋山平遠〔一〕公自注：文潞公爲跋尾。

玉堂晝掩春日閒，中有郭熙畫春山。鳴鳩乳燕初睡起，白波青嶂非人間。離離短幅開平遠，漠漠疎林寄秋晚。恰似江南送客時，中流回頭望雲巘。伊川佚老鬢如霜〔二〕，卧看秋山思洛陽。爲君紙尾作行草，烱如嵩洛浮秋光。我從公遊如一日，不覺青山映黄髮。爲畫龍門八節灘〔三〕，待向伊川買泉石。

〔一〕郭熙畫：《蔡寬夫詩話》：學士院舊與宣徽院相鄰，今門下後省，乃其故地。玉堂兩壁，有巨然畫山，董羽畫水，燕穆之復寫六幅山水，置於中間。宋宣徽有詩。元豐末，既修兩省，後遂移院於樞密院之後，兩壁既毁，屏亦莫知所在。今玉堂中屏，乃待詔郭熙所作《春江曉景》。禁中官局，多熙筆迹，而此屏獨深妙，意若欲追配前人者。蘇子瞻嘗賦詩云：玉堂畫掩春日閒，中有郭熙畫春山。而今遂以爲玉堂一佳物也。按，郭若虚《紀藝》：宋朝專工山水者二十四人，郭熙之名在第十八。

〔二〕伊川：《太平寰宇記》：河南府秦三川郡，謂河、洛、伊也。伊水出南陽縣西蔓渠山，東北過伊闕，入洛。

〔三〕龍門八節灘：《太平寰宇記》：闕塞山，《左傳注》謂南山伊闕是也。杜預云：洛陽西南伊闕口，俗名龍門。《名勝志》：龍門山即伊闕也，下有八節灘，今屬洛陽縣。按，《元和郡縣志》唐時有伊闕縣，無伊川縣。王氏注訛。

附黄魯直次韻：

黄州逐客未賜環，江南江北飽看山。玉堂卧對郭熙畫，發興已在青林間。郭熙官畫但荒遠，短紙曲折開秋晚。江村烟外雨脚明，歸雁行邊餘疊巘。坐思黄甘洞庭霜，恨身不如雁隨陽。熙今頭白有眼力，尚能弄筆暎窗光。畫取江南好風日，慰此將衰鏡中髮。但熙肯畫寬作程，五日十日一水石。

次韻張昌言喜雨

千里黄流失故居〔一〕，年來赤地到青徐。遥聞争誦十行詔〔二〕，無異親巡六尺輿。精貫天人一言足，雲興嶽瀆萬靈趨。愛君誰似元和老，賀雨詩成即諫書。

〔一〕黄流失故居：《潁濱遺老傳》：元祐初，文潞公入朝，主回河之議。先是，神宗因河決大吴，導之北流，已得水性，惟隄防未完，每年不免泛溢耳。自回河議起，都水監吴安持等塞北京之南三斗門，貼築西隄，約水使東，直過北京之上，故連年告急。

〔二〕十行詔：《宋史·哲宗本紀》：元祐元年四月辛卯，詔河北諸路旱灾蠲其租。

章質夫寄惠崔徽真

玉釵半脱雲垂耳，亭亭芙蓉在秋水。當時薄命一酸辛，千古華堂奉君子。水邊何處無麗人，近前試看丞相嗔。不如丹青不解語，世間言語原非真。知君被惱更愁絶，卷贈老夫驚老拙。爲君援筆賦梅花，未害廣平心似鐵。

慎按：《宋景濂集》跋東坡此詩後，云：蘇文忠公爲翰林學士日，章莊簡公質夫以直龍圖閣出知慶州，二公素友善，質夫以崔徽真爲寄者，頗寓相謔之意。故子瞻賦詩有「知君被惱欲愁絶」及「不害廣平心似鐵」之句，實解嘲云。子瞻書此詩時年已五十二，實元祐二年丁卯，故其老氣尤森然。方外老友全室翁出示徵題，因走筆識之。云云。據此，先生真蹟必自署年月，故宋跋云爾。施氏原本訛入徐州卷中，今改編於此。

東坡先生編年詩卷二十九

古今體詩四十七首丁卯秋冬官翰林學士時作。

和穆父新涼

家居妻兒號，出仕猿鶴怨。未能逐什一，安敢別本作「能」，訛摶九萬。常恐樗櫟身，坐纏冠蓋蔓。受知一作「恩」如負債，粗報乃焚券。但知眠牛衣，寧免刺虎圈。清風來既雨，新稻香可飯。紫蟄一作「蟹」應已肥，白酒誰能勸。君今崔蔡手，政比張、趙一作「趙張」健〔一〕。三公行可致，一語先自獻。幸推江湖心，適我魚鳥願。

〔一〕趙張：《漢書》：前有趙、張，後有三王。謂趙廣漢、張敞也。穆父時權開封尹，故以相況。

慎按：此詩施注原本不載，新刻載《續補》上卷，考先生與穆父同朝在元祐元、二兩年，明年穆父從開封尹出知越州矣，故移編於此。

附孔經父次韻：《清江集》題云「次錢穆父新凉可喜韻」。

商飈結新凉，草木起餘怨。翩翩前庭葉，追逐已千萬。斜陽背西壁，迤邐落藤蔓。安得金滿堂，聊换酒家券。追隨雙鴻鵠，擺脱舊籠圈。胡爲汗流赭，日與蠅争飯。常恐計不就，更以詩屢勸。江湖秋水高，百尺風帆健。何當閉竹溪，玉腕互酬獻。左手持蟹螯，平生固有願。

書晁補之所藏與可畫竹三首

其一

與可畫竹時，見竹不見人。豈獨不見人，嗒然遺其身。其身與竹化，無窮出清新。莊周世無有，誰知此凝宋刻本作「疑」神。

附黄魯直次韻：《山谷集》題云「次韻咏墨竹」。

地下文夫子，風流絶此人。能和晚烟色，幻出歲寒身。馬鬣松成拱，鵝溪墨尚新。應懷斵泥手，去作主林神。

其　二

若人今已無，此竹寧復有。那將春蚓筆，畫作風中柳。君看斷崖上，瘦節蛟虵走。何時此霜竿，復入江湖手。

慎按：《山谷集》此首缺和詩。

其　三

晁子拙生事，舉家聞食粥。朝來又絶倒，諛墓得霜竹。可憐先生槃，朝日照苜蓿。吾詩固云爾，可使食無肉。公自注：吾舊詩云：可使食無肉，不可使居無竹。

附魯直次韻：《山谷集》題云「次韻戲嘲无咎」。

十年供籠餅，一水試茗粥。忽憶故人來，壁間風動竹。舍前燦戎葵，舍後荒苜蓿。此郎如竹瘦，十飯九不肉。

戲用晁補之韻

昔我嘗陪醉翁醉，今君但吟詩老詩。清詩咀嚼那得飽，瘦竹瀟灑令人飢。試問鳳凰飢食竹，何如駑馬肥苜蓿。知君忍飢空誦詩，口頰瀾翻如布穀。

慎按：《雞肋集》失載原作。

書皇親畫一本少「畫」字扇

十年江海寄浮沉，夢繞江南黄葦林。誰謂風流貴公子，筆端還有五湖心。

書李世南所畫秋景二首〔一〕

其一

野水參差落漲痕，疎林欹倒一作「側」出霜根。扁舟《畫繼》作「浩歎」一櫂一作「笑」歸何處？家在江南黄葉村。

〔一〕李世南：《畫繼》：李世南，字唐臣，安肅人。明經及第，終大理寺丞。長於山水。東坡題其《秋景平遠》云云。余嘗見其孫皓，云：此圖本寒林障，分作兩軸，前三幅畫寒林，東坡所以有「龍蛇姿」之句；後三幅畫平遠，所以有「家在江南黄葉村」之句。其實一景而坡作兩意。

慎按：鄧公壽《畫繼》云：「浩歌」二字，雕本皆以爲「扁舟」，其實畫一舟子，張頤鼓枻，作浩歌之態。今作「扁舟」，甚無謂也。

其　二

人間斤斧日創夷，誰見龍蛇百尺姿。不是溪山成宋刻本作「曾」獨往，何人解作挂猿枝。

慎按：李之儀《姑溪集·次韻李世南畫秋山林木平遠》，前後兩和，共六首，「痕」「夷」二韻外，有「洲」字韻一首。先生原作當是三首，今缺其一矣。

附李端叔三首：《姑溪集》題云「故人李世南畫秋山林木平遠三首和韻」。

晚烟拂拂聚無痕，瘦骨稜稜已徹根。細路縈紆飢馬疾，舉頭新月是前村。

曾經歲月幾華夷，雨貌風顏茂晚姿。自是雪霜心共老，筆頭聊復戲孫枝。

霜清木落見沙洲，洲上人家半在舟。射雁歸來魚滿笱，甕中先與問扶頭。

再附端叔作：《姑溪集》題云「再觀畫次韻三首」。

掃除不盡自無痕，底事狂緣尚有根。幾日低回圖畫裏，祇因歸思在江村。

何時船上載鴟夷，海道聊尋一問姿。不爲丹青生著相，從來卷曲是吾枝。

欲問船師覓寶洲，須將大瓠作腰舟。掀天白浪蛟龍吼，纔得隨流一點頭。

書鄢陵王主簿所畫折枝二首〔一〕

其一

論畫以形似，見與兒童隣。賦詩必此詩，定非知詩人。詩畫本一律，天工與清新。邊鸞雀寫生〔二〕，趙昌花傳神〔三〕。如何宋刻本作「何如」此兩幅，疏淡含精勻。誰言一點紅，解寄無邊春。

〔一〕王主簿：名失考。

〔二〕邊鸞：《唐朝名畫録》：邊鸞，京兆人，長於花鳥折枝。《廣川畫跋》：邊鸞善花鳥，精妙之極。官右衛長史。

〔三〕趙昌：李廌《畫品》：趙昌善畫花，設色明潤，筆迹柔美。士大夫舊云：徐熙畫花傳花神，趙昌畫花寫花形，然比之徐熙，則差劣。其後譚宏、王友之輩，皆不及也。江少虞《事實類苑》：趙昌，漢州人。善畫花，每晨朝露下，繞欄檻諦玩，手中調采色寫之，自號寫生趙昌。人謂昌畫染成，不布采色，驗之者以手捫摸，不爲采色所隱，乃真昌畫也。

其　二

瘦竹如幽人，幽花如處女。低昂枝上雀，摇蕩花間雨。雙翎决將起，衆葉紛自舉。可憐采花蜂，清蜜寄兩股。若人富天巧，春色入毫楮。懸知君能詩，寄聲求妙語。

昨見韓丞相言王定國今日玉堂獨坐有懷其人

晝卧玉堂上，微風舉輕紈。銅缾下碧井，百尺鳴飛瀾。俛仰清夢餘，受此一掬寒。似予平生友，苦語涼肺肝。秀眉玉兩頰，矯矯如翔鸞。置之江淮交，清詩洗江湍。紅鱗對白酒，信美非所安。丞相功業成〔一〕，還家酒杯寬。人間有此客，折簡呼不難。相將扣東閣，起舞盡餘歡。

〔一〕丞相功業成：按，《宰輔編年録》：韓維於元祐元年拜門下侍郎，二年七月罷，故云「功業成」。

慎按：定國出判潁州，先生有詩送之，載二十六卷。已而倅揚，先生又有次韻詩，載本卷中。今觀此詩云「置之江淮交」，山谷詩亦云「后土花藥麗，海門天水寬」，先生此詩當是定國倅揚州後所作，姑依施氏原注目録編此。

附黄魯直次韻：

風雲開古鏡，淮海熨冰紈。王孫醉短舞，羅襪步微瀾。老驥心雖在，白鷗盟已寒。斯人氣金玉，視世一鼠肝。南歸脱蟲蠹，入對隨孔鸞。忍以口語去，鼓船下驚湍。收身薄冰釋，置枕泰山安。后土花藥麗，海門天水寬。伐木思我友，知人良獨難。遥憐鬒鬢緑，猶復耐悲歡。

和張耒〔一〕高麗松扇〔二〕

可憐堂上宋刻本作「堂」十八公，老死不入明光一作「光明」宫〔三〕。萬牛不來難自獻，裁作團團手中扇。屈身蒙垢君一洗，挂名君家詩集裏。猶勝漢宫悲婕妤，網蟲不見乘鸞子。

〔一〕張耒：《東都事略》：張耒，楚州淮陰人。從蘇轍學，軾亦深知之。弱冠，第進士。元祐初，爲正字，改著作郎，兼史院檢討，擢起居舍人。後坐黨籍，落職。崇寧中，得自便，居陳州。《宋史》稱其筆力絶健，於騷詞尤長。作詩晚務平淡效白居易，樂府效張文昌。所著名《宛邱集》。

〔二〕高麗松扇：徐兢《高麗圖經》云：松扇，取松之柔條，細削成縷，搥壓成綫，而後織成。上有花紋，不減穿藤之巧。惟王府所貽使者最工。王雲《雞林志》云：高麗松扇，揭松膚柔軟者緝成，文如椶，心亦染紅間之，或言水柳皮也。鄧公壽《畫繼》云：高麗松扇如節板，非松也。柔膩可愛，其紋酷似松柏。又有用紙，以琴光竹爲扇柄，如市井所製摺疊扇者。與前二説小異，備録以俟考。

〔三〕明光宫：王楙《野客叢書》云：東坡詩「老死不入明光宫」，趙注曰：武帝太初四年所起，乃成都侯商所借以避暑者也。嘗考漢有兩明光宫，按《三輔黄圖》，一屬北宫，一屬甘泉。屬北宫者，正成都侯商避暑之處；屬甘泉者，乃武帝所造以求仙者。又，考《漢紀》，大初四年，起明光宫。師古注曰：成都侯避暑，借明光宫，蓋謂此。師古之注，已有此謬。云云。蓋先生因題中松扇，借用避暑意，故引明光事。若作光明宫，惟李肇《翰林志》則云：漢制，建禮門内爲神僊門，内有光明殿。與此似無涉，當作明光爲是。

附張文潛原作：

三韓使者文章公，東夷守臣親掃宫。清廉不受橐中獻，萬里歸來兩松扇。六月長安汗如洗，豈意落我懷袖裏。中州翦盡霜雪紈，千年淳風古箕子。

慎按：《山谷集》有《戲和文潛謝穆父松扇》七古一首，以非次韻之作，故不録。

故李誠之〔一〕待制〔二〕六丈輓詞

青青一寸松，中有梁棟姿。天驥墮地走，萬里端可期。世無阿房宫，下宋刻本作「可」建五丈旗。又無穆天子，西征燕瑶池。才大古難用，老死亦其宜。丈夫恐不免，豈患莫己知。公如松與驥，少小稱偉奇。俯仰自廊廟，笑談無羌夷。清朝竟不用，白首仍憂時。顧斬横行將，請烹乾没兒。言雖不見省，坐折姦雄窺。嗟我去公久，江湖生白髭。歸來耆舊盡，零落存者誰。比公嵇中散，龍性不可羈。疑公李北海，慷慨多雄詞。淒涼《五君咏》，沉痛《八哀詩》，邪正久乃明，人今屬公思。九原不可作，千古有餘悲。

〔一〕李誠之：《東都事略》：李師中，字誠之，應天府楚丘人。舉進士，龐籍薦其才，累遷直史館。知鳳翔府。种諤取綏州，師中上言：「西夏方入貢，叛狀未明，恐彼藉口，徒啓釁端。」拜天章閣待制、河東轉運使。西人入寇，以師中知秦州，時王韶乞築渭源上下二城，撫納洮河諸部。師中言：「唐於西域，每得地則建爲州，後皆陷失。大抵根本之計未實，而勤遠略貪土地，未有不如此者。」詔師中罷帥事。韶又請置市易，募人耕緣邊曠土。師中奏：「韶指占極邊見招弓箭手地，置市易於古渭砦，恐秦州自此多事，所得不補所失。」又言：「韶所奏田頃不實。」詔遣使按視，謂師中稽留朝旨，落天章閣待制，徙知瀛州。尋貶和州團練副使安置，後分司南京。卒年六十六。爲人落落有氣節，然好爲大言，故不容於時。

〔二〕待制：《容齋三筆》：國朝官稱，自大學士至待制爲侍從。程大昌《雍録》：閣本圖有待制院，倣漢世待詔，立此官也。唐武后時，凡詔皆改爲制，而待詔亦爲待制。孫彦同《職官分紀》：龍圖、天章、寶文三閣，皆有待制，位次直學士下。

附子由輓詞二首：

脱遺章句事經綸，滿腹龍蛇自屈伸。南駕威聲馳絶域，西征舊恨失奸臣。空留諫疏驚頽靡，終托詩詞話苦辛。直氣如雲未應盡，一雙嗣子亦麒麟。

濟南風物在西湖，湖上逢公初下車。談笑尊前服齊虜，旌旗門外聽除書。一封未奏先焚草，三黜歸來便種蔬。淚落西堂歌酒地，杉松空見歲寒餘。

次韻孔常父送張天覺〔一〕河東〔二〕提刑〔三〕

送君應典鸘鷞裘，憑仗千鍾洗别愁。脱帽風流餘長史，公自注：君喜草書而不工，故以此爲戲。埋輪家世本留侯，公自注：張綱，子房七世孫也，犍爲武陽人，墓在今彭山，君豈其後耶？子河駿馬方争出〔四〕，公自注：麟府馬，出子河汊。昭義疲兵得少休〔五〕。公自注：唐福昭義步兵，蓋潞澤弓箭手。定向秋山得佳一作「嘉」句，故關黄葉滿行輈〔六〕諸本作「舟」者，訛。

〔一〕張天覺：《東都事略》：張商英，字天覺，蜀州新津人。中進士第。章惇薦其才，召對，除御史裏行。元豐中，館閣校勘。哲宗即位，除開封推官。時朝廷稍更新法之不便者，商英上言：「先帝陵土未乾，即議更變，可謂孝乎？」除河東路提點刑獄。其進本熙豐，蔡京强置黨籍中，天下既共惡京，而商英與之異論，以故翕然推重云。《宋史·張商英傳》：商英爲開封推官，屢詣執政求進。吕公著不悦，出爲河東提刑。○慎按，《黄山谷年譜》引據《實録》，商英由開封出爲河東提刑，在元祐二年七月。

〔二〕河東：《九域志》：河東路，府二，州十五，軍六，縣七十五。

〔三〕提刑：《職官分紀》：諸路提點刑獄公事，以朝臣及閤門祗候以上充。

〔四〕子河汊：《太平寰宇記》：麟州榆林縣有紫河。又，《武經總要序》：《西蕃地里》云：隋築長城，起於此河，今謂之紫河。地産良馬云云。「子河」當是「紫河」之訛。「汊」，宋刻木作「汉」。又按，《宋史·折御卿傳》：淳化五年，敗契丹於子河汊。注中「汊」字亦訛。

〔五〕昭義：《九域志》：河東龍德府潞州上黨郡，唐昭義軍節度。太平興國元年，改昭德軍。

〔六〕故關：《河東記》：雁門有東陘、西陘二關。

附孔常父原作：

張郎肥馬衣輕裘，俊氣軒軒不解愁。曾立玉墀聯近侍，新持金節領諸侯。屠龍伎倆終須用，探虎功名未肯休。去矣范滂聊緩轡，太行雲路戒摧輈。

慎按：張天覺姓名在元祐黨籍中。《東都事略》亦不著天覺與蔡京齟齬之故。觀孔常父此詩，天覺少年躁進之狀，隱然言外。後閲王明清《揮麈録》、費補之《梁溪志》，載天覺平生爲詳，特補録於左。《揮麈録》云：紹聖初，章子厚秉鈞，天覺再登言路，攻擊元祐諸賢，不遺餘力，致欲發温公、吕正獻之墓，賴曾文肅力啓於泰陵始免。晚既免官，以校讐《道藏》，復職。又有二蘇狂率、三孔闊疎之表。靖康間，追復司馬温公、范文正公爲太師，適何文縝在中書，以鄉曲之故，乃以天覺厠名其間，亦贈太保。後來關中書坊開《骨鯁集》，輒刊靖康詔書於首，由此翕然推尊之，事有僥倖如此者，可發一歎！《梁溪志》云：蒼梧先生胡德輝珵常對劉元城歎息天覺之亡，元城無語，蒼梧疑而問之，元城曰：元祐黨人只見七十八人，後來附益者不是。蓋紹聖初，章、蔡得志，凡元祐人，皆籍爲黨。一時忠賢七十八人者，可指數也。崇寧間，京悉舉不附己者，皆爲姦黨，至三百九十人之多。於是邪正混淆，其非正人而入元祐黨者，蓋十六七也。云云。同時，又有林子中希者，與東坡往來唱和，情好甚密。及東坡謫惠州，制詞出希之手，極恣詆毀，其名亦在黨籍中。今元祐黨籍碑刻世，頗有傳之者，恐覽者不察，故爲連類及之。

送張天覺得山字

西登太行嶺，北望清凉山〔一〕。晴空浮五髻〔二〕，晻靄卿雲間。餘光入巖石〔三〕，神草出茅菅〔四〕。何人相指似，稍稍落人寰。能令墮指兒，虬髯茁冰顔。祝君如此草，爲民已痌瘝。我亦老且病，眼花腰脚頑。念當勤致此，莫作河東慳。

〔一〕清凉山：《華嚴疏》：清凉山，即代州雁門郡之五臺山也。歲久冰堅，夏仍飛雪，曾無炎暑，故曰清凉。《元和郡縣志》：五臺山在代州五臺縣東北百四十里。

〔二〕五髻：《華嚴疏》：五臺聳出，頂無林木。《水經注》：此山五巒巍然，故名。《清凉山志》：觀國師云：五臺者，表我大聖五智已圓，五眼已浄，總五部之真秘，洞五陰之性源，故首戴五佛之冠，頂分五方之髻，運五乘之要，清五濁之災。

〔三〕餘光：《水經注》：五臺山，《僊經》以爲紫府，僊人居之。《内經》以爲文殊師利所居，五色光采常從内出。《清凉山志》引《文殊般涅槃經》，經云：身諸毛孔出金色光，通照十方，諸有緣者，悉令得度。

〔四〕神草：《張天覺文集》云：僧普明居五臺，患大風，眉髮俱墮。忽遇異人，教服長松，示其形狀。明采服之，旬餘毛髮俱生。今并、代間多以長松雜甘草、山藥爲湯煎，甚佳。然方書不載，獨釋惠祥《清凉傳》始序其詳。○慎按，《本草》：長松，一名僊茅，生關内山谷中。葉似松根，色如薺苨，味甘微苦，類人參。

附黄魯直詩：《山谷集》題《送天覺得登字》。

張侯起巴渝，翼若垂天鵬。歷詆漢諸公，霜風拂觚稜。去國行萬里，淡如雲水僧。歸來頭益白，小試不盡能。湖海尚豪氣，有人議陳登。持節上三晉，典刑寄哀矜。公家有閒日，禪窟問香燈，因來叙行李，斬寄老崖藤。

次韻王定國倅揚州〔一〕

此身江海寄天游，一落紅塵不易收。未許相如還蜀道，空教何遜在揚州。又驚白酒催黄菊，尚喜朱顔映黑頭。火急著書千古事，虞卿應未厭窮愁。

〔一〕定國倅揚州：蘇子由《欒城集》中有《王鞏通判揚州告詞》。任淵《黄山谷集注》云：東坡以十科薦定國，其後，言者謂定國諂事東坡，遂自宗正丞出倅揚州。

慎按：葛常之《韻語陽秋》云：杜詩：東閣官梅動詩興，還如何遜在揚州。按，《遜傳》無揚州事，亦無《揚州梅花》詩，但有《早梅》五言古詩一首。杜公前詩乃逢早梅而作，故用何遜事。近時有妄人，托東坡名作《老杜事實》一編，至謂遜作揚州法曹，廨舍有梅花盛開，遜吟咏其下，豈不誤學者？云云。考《何遜傳》，天監中，起家奉朝請，遷建安王水曹行參軍兼記室。所云建安王者，南平元襄王偉初封也。偉於天監六年，使持節、都督右軍將軍、揚州刺史，遜爲建安王記室，正在揚州。葛常之似未深考，至王氏、施氏補注，引杜注，以水曹爲法曹，又杜撰廨舍梅花事，則固不可不削去也。今爲辨正。

贈李道士并引

駕部員外郎李宗君固，景祐中良吏也。守漢州，有道士尹可元，精練善畫，以遺火得罪，當死，君緩其獄。會赦，獲免。時可元八十一，自誓且死必爲李氏子以報。可元既死二十餘年，而君子世昌之婦夢可元入其室，生子曰得柔，小名蜀孫。幼而善畫，既長，讀莊、老，喜之，遂爲道士，賜號妙應。事母以孝謹聞，其寫真蓋妙絶一時云。世人只數曹將軍，誰知虎頭非癡人。腰間大羽何足道，頰上三毛自有神。平生狎侮諸公子，戲著幼輿巖石裏。故教世世作黄冠，布韤青鞵弄雲水。千年鼻祖守關門，一念還爲李耳孫。香火舊緣何日盡，丹青餘習至今存。五十之年初過二，衰顏記我今如此。他時要指集賢人，知是香山老居士。公自注：樂天爲翰林學士，奉詔寫真集賢院。

附子由作：

君不見景靈六殿圖功臣，集賢大羽東西陳。能令將相長在世，自古獨有曹將軍。嵩高李師掉頭笑，自言弄筆通前身。百年遺像誰復識，滿朝冠劍多偉人。據鞍一見心有得，臨窗相對疑通神。十年江海鬚半脱，歸來俯仰慚簪紳。一揮七尺倚牆立，客來顧我誠似君，金章紫綬本非有，緑蓑青篛甘長貧。何如畫作白衣老，置之茅屋全吾真。

次韻張舜民〔一〕自御史出倅虢州留别〔二〕

玉堂給札氣如雲，初起湘纍復佩銀。樊口凄凉已陳迹，公自注：昔與張同遊武昌樊口，來詩中及之。班心突兀見長身。公自注：臺吏謂御史立處爲班心。江湖前日真成夢，鄠、杜他年恐卜鄰〔三〕。此去若容陪坐嘯〔四〕，故應主客盡詩人。

〔一〕張舜民：《東都事略》：張舜民，字芸叟，邠州人。舉進士。王安石行新法，舜民上書，謂不當與民争利。元豐中，高遵裕辟掌機宜文字。遵裕敗，謫監郴州酒税。元祐初，司馬光舉舜民才氣秀異，剛直敢言，召試秘閣校理，除監察御史。上疏論西夏强臣争權，戎心桀驁，豈宜加以爵命，因及太師文彦博，遂左遷判登聞鼓院。臺諫交章，乞還舜民職任，不報。逾年，通判虢州。後入黨籍。《志林》云：張芸叟通練西事，稍能詩。從高遵裕西征，中途作二絶句：「靈州城下千株柳，總被官軍斫作薪。他日玉關歸去路，將何攀折贈行人。」「青銅峽裏韋州路，十去從軍九不回。白骨似沙沙似雪，將軍莫上望鄉臺。」爲轉運判官李密所奏，得罪，貶官。按，芸叟《畫墁集》今不傳，《留别》原作不可得，特附録二絶句於此。

〔二〕虢州：《元和郡縣志》：虢有三，東虢，今滎陽縣；西虢，今鳳翔府扶風縣；北虢，今陝州平陸縣。漢置弘農郡，隋廢郡。唐武德元年，改爲虢州。《太平寰宇記》：鴻臚川，即今虢州治也。

〔三〕鄠杜：《太平寰宇記》：雍州京兆郡鄠縣，在府西南，本有扈國，秦改爲鄠。杜陵，漢縣也，今在萬年縣東十五里，古杜伯國。漢宣以杜陳原上爲初陵，更名杜縣爲杜陵。

〔四〕陪坐嘯：時王伯敭守虢，故云。

次韻米黻〔一〕二王書跋尾二首〔二〕

其一

三館曝書防蠹毁〔三〕，得見《來禽》與《青李》。秋蛇春蚓久相雜，野鶩家雞定誰美。玉函金籥上天來，紫衣敕使親臨啓。紛綸過眼未易識，磊落挂壁空雲委。歸來妙意獨追求，坐想蓬山二十秋。怪君何處得此本，上有桓玄寒具油。巧偷豪奪古來有，一笑誰似癡虎頭。君不見長安永寧里，王家破垣誰復修。

〔一〕米黻：鄧椿《畫繼》：襄陽漫士米黻，字元章。嘗自述云：「黻」即「芾」也。世居太康，後徙於吴。《東都事略》：米芾善書畫，好古鐘鼎、器皿、法書。初補校書郎，出知無爲軍。踰年，召爲書畫博士，擢禮部員外郎。

〔二〕二王書：《春明退朝録》：秘府書畫，二王真跡内，三兩卷有陶穀尚書跋尾者尤佳。○按，聖俞《觀三館書畫》詩云：羲、獻墨跡十一卷，水玉作軸光疏疏。最奇小楷樂毅論，永和題尾付官奴。

〔三〕三館曝書：《春明退朝録》：唐兩京，皆有三館，而各爲之所，逐館命修撰文字。本朝三館合爲一，並在崇文院中。李燾《長編》：梁都汴，貞元中，始於今右長慶門東北設屋數十間，謂之三館，初極湫隘。宋太宗即位，詔有司於左升龍門内舊車輅院地，别建三館。壯麗甲於内廷，賜名崇文院，盡遷舊館之書以實之。東廊爲昭文書，南廊爲集賢書，西廊有四庫，分經、史、子、集四部，爲史館書。六庫正副書籍凡八萬卷。又按，《文獻通考》：元豐三年，廢館職，以崇文院爲秘書省。歲於仲夏曝書，諫官御史及待制以上，畢赴。梅堯臣有《二十四日觀三館書畫》詩，起句云：五月秘府始曝書。其時日可考而知也。

其二

元章作書日千紙，平生自苦誰與美。畫地爲餅未必似，要令癡兒出饞水。錦囊玉軸來無趾，粲然奪真疑聖智〔一〕。忍飢看書淚如洗，至今魯公餘《乞米》。

〔一〕奪真：《韻語陽秋》：米元章書畫奇絶，從人借古本，自臨搨。臨竟，并臨本、真本還其家，令自擇其一，其家不能辨也。以此得古人書畫甚多。東坡屢有詩譏之：錦囊玉軸來無趾，粲然奪真疑聖智。又云：巧偷豪奪古來有，一笑誰似癡虎頭。人之嗜好耽著乃至於此。元章嘗欲以九物换劉季孫子敬帖，不獲，其意歉然。張芸叟作詩云：請君出奇帖，與此九物併。今日投汴水，明日到滄溟。可以警膏肓於書畫者。

附米元章原作三首：

貞觀草書丈二紙，不許兒奇專父美。何爲寥寥寶是似，遭亂歸真火兼水。千年誰人能繼趾，不能名家殊未智。嗟爾方來眼須洗，玉躞金題半歸米。

雲物龍蛇森動紙，父子王家真濟美。張翼小兒寧近似，滄溟浩對涔蹄水。騰蛇無足鼯多趾，以假易真洵用智。黿淵雖多手屢洗，卷不生毛誰似米。

真裂紋勻真古紙，跋印多時俗眼美。誠懸尚復誤疑似，有渭方能辨涇水。真僞頭面拳趹趾，久假中分辨愚智。寶軸時開心一洗，百氏何人傳至米。

附黃魯直次韻一首：

王令遺墨方尺紙，尾題倩仲實子美。百家藏本略相似，如日行天見諸水。拙者竊鈎輒斬趾，田恒取齊并聖智。錦囊昏花百過洗，湖海濯纓人姓米。

慎按：米元章《書史》云：余收子敬《范新婦唐摹帖》，獲於蘇激家，後有倩仲跋，余題詩云云，黃庭堅和詩云云。此外，又有蔣之奇、吕升卿、劉涇、林希、余章、余俊六人姓名，自蔣以下，詩多不載，蓋皆題子敬帖也。右「紙」字韻詩三首，載《書史》中，其第一首原作無可考，當是跋右軍帖者，俟再考。

次韻宋肇〔一〕惠澄心紙二首〔二〕

其一

詩老囊空一不留，百番曾作百金收。公自注：永叔以澄心百幅遺聖俞，聖俞有詩。知君也要雕肝腎，分我江南數斛愁。

〔一〕宋肇：字懋宗，見《黄山谷集》注中，爵里未詳。

〔二〕澄心紙：《類説》：澄心堂，南唐後主讀書撰述之所。後主有巧思，製澄心堂紙，時甚珍之，踰於蜀箋。《王直方詩話》：澄心堂紙，初不甚貴，自劉貢父始爲詩，云「當時百金售一番」，然後世以爲重。

慎按：梅聖俞《宛陵集》有《永叔寄澄心堂紙二幅》詩，云：江南李氏有國日，百金不許收一枚。又有《答宋次道寄澄心堂紙百幅》詩，云：五六年前吾永叔，贈余兩軸曾寶之。我不善書心每愧，君又何此百幅遺。據二詩所云，歐陽贈聖俞紙不過二幅，寄百幅者，宋次道也。先生自注偶合兩事爲一耳。

其　二

君家家學陋相如，宜與諸儒論石渠。古紙無多且分我，自應給札奏新書。

郭熙秋山平遠二首

其　一

目盡孤鴻落照邊，遥知風雨不同川。此間有句無人識，送與襄陽孟浩然。

其　二

木落騷人已怨秋，不堪平遠發詩愁。要看萬壑争流處，他日終煩顧虎頭。

附子由次韻二首：

亂山無盡水無邊，田舍漁家共一川。行遍江南識天巧，臨窗開卷兩茫然。

斷雲斜日不勝秋，付與騷人滿目愁。父老如今亦才思，一蓑風雨釣槎頭。

獲鬼章二十韻〔一〕

青唐別本作「雲」，訛有逋寇〔二〕，白首已窮妖。竊據臨洮郡，潛通講渚橋〔三〕。廟謀周召虎，邊帥漢班超〔四〕。堅壘千兵破，連航一炬燒。擒姦從窟穴，奏捷上烟霄。詭異人圖像，歡娛路載謠。干誅非一事，伐叛自先朝。取道經陵寢，前期告廟祧〔五〕。西來閭幾日，面縛見今朝。二聖臨雲陛，千官溢海潮。載囚車轣轆，失主馬蕭條。横拜如蹲犬，胡裝尚衣貂。理卿辭具服，譯長舌初調。緩死恩殊厚，求生尾屢摇。慈仁逢太母，寛厚戴唐堯。赤手真擒虎，和羹未賜梟。藁街虚授首，東市偶全腰。困獸何須殺，遺雛或可招〔六〕。威聲西振夏，武節北通遼。帝道有强弱，天時或長消。羌情防報復，軍勝忌矜驕。慎重關西將，奇功勿再要。

〔一〕獲鬼章：《宋史·哲宗本紀》：元祐二年四月，鬼章子結呧齪寇洮東，八月，岷州將种誼復洮州，執鬼章青宜結，百官稱賀。又，《西蕃傳》：邈川首領阿里骨迫鬼章竊據洮州，鬼章者，大酋也。桀黠有智謀，數爲邊患，神宗屢詔王韶，欲生致之。至是與夏人解仇爲援，築洮州居之。劉舜卿遣种誼破其城，生擒之，以爲陪戎校尉。

〔二〕青唐：《東都事略》：真宗朝，以西蕃唃厮囉爲邈川首領，以温逋奇爲歸化將軍。後温逋奇謀亂，唃厮囉殺之，而改涖青唐城，故當時又呼青唐羌。

〔三〕講渚橋：按，《种誼墓志》：姚兕統熙河軍出講朱城，其地在洮州。「朱」與「渚」，音相近，當即講渚也。

〔四〕邊帥：張芸叟《畫墁集·种誼墓志》云：初，王師拓土，至枹罕，始建州縣。唃氏餘種，獨董氊尚存，首領鬼章誘殺知河州景思玄，董氊遂復其國。元祐初，鬼章與夏國相結，知岷州种誼刺得其情，聞於朝，遣游師雄就商利害。師雄議與誼合，帥臣劉舜卿從之，遣總管姚兕統熙河軍趨講朱城，誼出哥龍嵬，敗賊於邦令谷，追奔至洮州，鬼章拱手就執。

〔五〕告廟：《种誼墓志》：鬼章就執，捷報至，奏告裕陵，以鬼章檻送京師。

〔六〕困獸遺雛：先生《論鬼章事宜劄子》云：竊聞朝議，謂鬼章犯順，罪當誅死，然譬之鳥獸，不足深責。其子孫部落，猶足以陸梁於邊，全其首領，以累其心，以爲重質，庶獲其用。

慎按：熙河之役，搆禍始於王韶。厥後邊釁大開，終釀靖康之亂。後世以爲罪魁者，當時且以爲功之首。通章用意在結處六句，慮患防微，隱然言外，深識遠見，與《代張方平諫用兵書》同，而風刺微矣。此詩施氏原本失載，新刻本載在《續補》下卷，今據歲月，編録於此。

送歐陽辯〔一〕監澶州酒〔二〕

汗血駕鼓車，何從致千里。紛紛糟麴間，欲試賢公子。君家江南英，濯足滄浪水。却渡舊黄河〔三〕，漲沙埋馬耳。由來付造物，倚伏何窮已。當念楚子文，三仕無愠喜。

〔一〕歐陽辯：字季默，文忠公少子。

〔二〕澶州：《元和郡縣志》：《春秋·襄公十二年》，會諸侯於澶淵。唐改澶州。《九域志》：澶州鎮寧軍屬河北東路，去東京二百五十里。

〔三〕舊黄河：《元和郡縣志》：瓠子河在澶州界内。

附子由一首：

我年十九識君翁，鬢髮白盡顴頰紅。奇姿雲卷出翠阜，高論河決生清風。我時少年豈知道，因緣父兄願承教。文章疎略未足云，舉止猖狂空自笑。公家多士如牛毛，揚眉抵掌氣相高。下客逡巡愧知己，流柹低昂隨所遭。却來京洛三十載，重到公家二君在。伯亡仲逝無由追，淚落數行心破碎。京城東西正十里，雨落泥深旱塵起。衣冠纏繞類春蠶，一歲相從知有幾。去年叔爲尚書郎，傳家舊業行相望。今年季作澶淵吏，米鹽騷屑何當起。前輩今無一二存，後來幸有風流似。黄河西行淤没屋，桑柘如雲麥禾熟，年豐事少似宜君，飽讀遺書心亦足。

九月十五日邇英講論語終篇[一]賜執政講讀史官燕於東宫[二]又遣中使就賜御書詩各一首臣軾得紫薇花絶句[三]其詞云絲綸閣下文章静鐘鼓樓中刻漏長獨坐黄昏誰是伴紫薇花[四]對紫薇郎[五]翼日各以表謝又進詩一篇臣軾詩云

日高黄繖下西清，風動槐龍舞交翠。公自注：邇英閣前有雙槐，樛然屬地如龍形。壁中蠹簡今千年，漆書科斗光射天。諸儒不復憂吻燥，東宫賜酒如流泉。酒酣復拜千金賜，一紙驚鸞回鳳字。蒼顔白髮便生光，袖有驪珠三十四。公自注：臣所賜書并題目及臣姓名凡三十四字。歸來車馬已喧闐，争看銀鉤墨色鮮。人間一日傳萬口，喜見雲章第一篇。公自注：上前此未嘗以御書賜群臣。玉堂晝掩文書静，鈴索不摇鐘漏永。莫言弄筆數行書，須信時平由主聖。犬羊散盡沙漠空，捷烽夜到甘泉宫。公自注：時熙河新獲鬼章，是日，涇原復奏夏賊數十萬人遁去。似聞指揮築上郡，已覺談笑無西戎。文思天子師文母，終閉玉關辭馬武[六]。小臣願對紫薇花，試草尺書招贊普[七]。公自注：按唐制，翰林學士帶知制誥，許綴中書舍人班。今臣以知制誥待罪禁林，故得以紫薇爲故事。

〔一〕邇英：《皇朝事實類苑》：仁宗景祐二年，置邇英、延義二閣，初時多御延義，每講讀終篇，則宣二府大臣賜書賜宴，其後專御邇英，春以二月中至端午罷，秋以八月中至冬至罷。《春明退朝録》：邇英閣，講諷之所也。閣後有隆儒殿。任淵《山谷集注》云：每遇隻日，則邇英閣輪官必以講讀。

〔二〕講讀史官：《宋史·職官志》：翰林侍讀、侍講，擇侍從有學術者爲之，掌經筵講讀，備顧問。舊制，經筵賜坐，而就案立講則自仁宗始。熙寧初，王安石欲復坐講，劉攽等不可，且疏：朝廷班制以侍講居侍讀下。元祐間，程頤爲説書，請復坐講，亦不報。○愼按，程大昌《演繁露》云：自天聖以前，講讀官皆坐侍，自皇祐以後，皆立侍。自乾興以後，講者立而侍者皆坐聽。熙寧元年，吕公著、王安石言侍者可使立而講者當賜坐。詔付禮官。韓維等以爲宜如舊制，判太常寺龔鼎臣等以立講爲宜。

〔三〕御書絶句：劉克莊《後村詩話》：故事，經筵徹章，宸翰賜講讀官詩，率取前人絶句。其賜御製詩，則自淳祐丙午始。

〔四〕紫薇花：《韻語陽秋》：白居易作中書舍人，入直西省，對紫薇花而有咏。云云。此花之珍艷可知矣。爪其本，則枝葉俱動，俗謂之不耐癢花。自五月開，至九月尚爛漫，又謂之百日紅。省吏相傳，咸平中，李宗諤初知制誥，至西掖追尋故事，自别墅移植於此。晏元獻嘗作賦，所云「得自羊墅，來從召國，有昔日之絳老，無當時之文仲」是也。

〔五〕紫薇郎：《唐會要》：中書舍人，開元十二年改爲紫薇舍人。新刻補注本以爲天寶元年改，蓋踵王氏之譌也。

〔六〕玉關：《元和郡縣志》：隴右道瓜州晉昌縣有玉門關，在縣東二十里。按，瓜州，漢酒泉郡；沙州，漢燉煌郡地，相距三百餘里。新刻補注引《一統志》云：玉門關在沙州者，訛。今爲駁正。

〔七〕尺書招贊普：李肇《翰林志》：凡吐蕃贊普書及別録，用金花五色紙。王溥《五代會要》：吐蕃在長安西八千里，南涼秃髮之後，國人號其王爲贊普。《文苑英華》：張説有《敕吐蕃贊普書》。

慎按：詩中「似聞指揮築上郡，已覺談笑無西戎」二句，本集凡再見。又按，《續前定録》云：子瞻詩有「似聞指揮」云云，嘗問之，當是用少陵「談笑無西河」之語，子瞻笑曰：「固是，但少陵亦自用左太冲『長嘯激清風，志若無東吴』也。」

和王晉卿并引

元豐二年，予得罪貶黄州，而駙馬都尉王詵〔一〕亦坐累遠謫〔二〕，不相聞者七年。予既召用，而詵亦還朝，相見殿門外。感嘆之餘，作詩相屬。詞雖不甚工，然托物悲慨，阨窮而不怨，泰而不驕。憐其貴公子有志如此，故和其韻，欲使詵姓名附見予詩集中，然亦不以示詵也。詵字晉卿，功臣全斌之後云。

先生飲東坡，獨舞無所屬。當時挹明月，對影三人足。醉眠草棘間，蟲虺莫予毒。醒來送歸雁，一寄千里目。悵然懷公子，旅食久不玉。欲書加餐字，遠託西飛鵠。謂言相濡沫，未足救溝瀆。吾生如寄耳，何者爲禍福。不如兩相忘，昨夢那可逐。上書得自便，歸老湖山曲。躬耕二頃田，自種十年木。豈知垂老眼，對此金蓮燭。公子亦生還，仍分刺史竹。賢愚有定分，尊俎守尸祝。文章何足云，執技等醫卜。朝廷方西顧，羌虜驕未伏。遥知重陽酒，白羽落黄菊。羨君真將家，浮面氣可掬。公自注：袁天綱謂竇軌：君語則赤氣浮面，爲將勿多殺人。何當請長纓，一戰河湟復〔三〕。

〔一〕王駙馬：鄧椿《畫繼》：王晉卿尚英宗女蜀國長公主，雖在戚里，斥遠聲色，而從事於詩畫。作寶繪堂於私第之東，以蓄其所有，東坡爲作記。《晉書》：杜預尚文帝妹，武帝踐祚，給追鋒車第二駙馬。後世稱尚公主者爲駙馬，實始於此。

〔二〕坐累：《烏臺詩案》：御史臺檢會送到册子，根勘蘇軾爲作詩賦謗訕朝廷，絳州團練使駙馬都尉王詵爲留軾譏諷文字及上書奏事不實，根勘所結案狀云：蘇軾、王詵情罪，於十一月三十日具狀申奏，差權發運度支副使陳睦録問，別無翻異。内一條作詩賦及諸般文字寄送王詵等，致有鏤刻印行，各係譏諷朝廷，謗訕中外臣僚，准敕徒二年，情重者奏裁。又，本集《題王晉卿詩後》云：晉卿爲僕所累，僕既謫齊安，晉卿亦貶武當。

〔三〕河湟復：《元和郡縣志》：隴右道鄯州有湟水，名湟河，亦謂之樂都水。東南流至蘭州，入黄河。《太平寰宇記》：霍去病取西河地，開湟中，屬金城郡。南凉秃髮烏孤自稱武威王，徙居於此。後魏改爲鄯州。○慎按，唐上元中，鄯州陷於吐蕃，所管州縣入河州。至宋時，西邊郡縣俱廢，故結句云爾。杜詩：每惜河湟棄。先生蓋暗用此語也。

謝王澤州〔一〕寄長松兼簡張天覺二首〔二〕

其一

莫道長松浪得名，能教覆額兩眉青。便將徑寸同千尺，知有奇功似茯苓〔三〕。

〔一〕王澤州：名未詳。《九域志》：河東路澤州，高平郡，軍事，治晉城縣。

〔二〕長松：注詳本卷《送張天覺河東提刑》「神草」下。

〔三〕似茯苓：《本草》：長松，産古松下，服之長年，功同松脂及仙茅。

其二

憑君説與埋輪使，速寄長松作《解嘲》。公自注：送張天覺詩有「埋輪」及「河東慳」之語。無復青黏和漆葉〔一〕，枉將鍾乳敵僊茅〔二〕。

〔一〕青黏漆葉：《三國志·華陀傳》：樊阿從陀求可服食益於人者，陀授以漆葉青黏散。按，《本草》：青黏，一名女萎，即萎蕤也。

〔二〕鍾乳：《桂海虞衡志》：桂林接宜、融，山洞穴中鍾乳甚多，石脈涌處，即有乳牀，白如玉雪，石液融結成者。乳牀下垂，如倒數峰。峰端漸鋭，如冰柱。柱端輕薄，中空如鵝翎。乳水且滴且凝，此最精者。

〔三〕僊茅：《桂海虞衡志》：廣西英州多僊茅，《許真君書》：僊茅，久服長生。《本草》：僊茅，其根獨生。一名婆羅門參，言其功補如人參也。《能改齋漫録》云：明皇服鍾乳不效，開元婆羅門僧進僊茅，服之有效。故東坡《謝寄長松》詩云云。

次韻劉貢父所和韓康公〔一〕憶持國二首〔二〕

其一

夢覺真同鹿覆蕉，相君脱屣自參寥。顔紅底事髮先白，室邇何妨人自遥。狂似次公應未怪，醉推東閣不須招。援毫欲作衣冠表，盛事終當繼八蕭〔三〕。公自注：唐蕭氏自瑀及遘，八宰相。

〔一〕韓康公：名絳，字子華。注别見。

〔二〕持國：《宋史》：韓維，字持國，以進士奏名禮部。熙寧中，爲御史中丞，以兄絳在樞府爲辭，出知許州。未幾，兼侍讀，拜門下侍郎。後以太子少傅致仕。子華之弟也。

〔三〕八蕭：《唐書·蕭瑀傳贊》：蕭氏興江左，有功在民，餘祉及其後裔，自瑀逮遘，凡八葉宰相。錢希白《南部新書》：蕭氏登三事者，多於他族。首於瑀，嵩、華、俛、倣、寘、遘、頎次之。

慎按：蕭遘《與其子三兒生日》詩云：吾家九葉相，盡繼明時出。《宰相世系表》：梁貞陽侯之後有名鄴者，相宣宗，與遘詩「九葉」正合，先生用唐史，故但稱「八蕭」。

其　二

閉户端居念獨深，小軒朱檻憶同臨。燎鬚誰識英公意，公自注：英公爲其姊作粥，燎鬚。曰：「吾與姊皆老矣，能幾進之？」黄髮聊知子建心。公自注：子建與《楚王彪别》詩云：王其愛玉體，共享黄髮期。已托西風傳絶唱，且邀明月伴孤斟。他時内集應呼我，下客先拚醉墮簪。

附子由次韻二首：

霜風瑟瑟卷梧蕉，燕處超然夜寂寥。羽客信來丹鼎具，石淙夢斷水聲遥。赤松作伴誰當見，黄鵠高飛未易招。劍履終身定何益，勤勞付與沛中蕭。

愛君憂世老彌深，特操要須得失臨。晚歲飛騰推有德，故鄉安穩信無心。小邦近似西山隱，元氣終當北斗斟。聖主方求三世舊，老臣何止一遺簪。

上韓持國

韓氏三虎秉樞極〔一〕，中有一虎似偉節。端居隱几學無心，夙駕入朝常正色。犯時獨行太嵔𡹤，回天不忌真藥石。輦致歸來荷二聖，推排使至有衆力。吾儕小人但飽飯一作「食」，不有君子何能國。西湖醉卧春水船，如何爲人作豐年。

〔一〕三虎秉樞極：蘇子美《滄浪集·韓少保行狀》：男八人，綱、綜、絳、繹、維、縝、緯、紝，絳、維、縝俱入相。《宋史·韓億傳》：子絳，字子華，熙寧中，仕中書門下侍郎，封康國公。維，字持國，元祐中，官門下侍郎。縝，字玉汝，元豐中，知樞密院，元祐中，拜尚書左僕射。《東都事略》：王偁曰：「韓億不喜揚人小過，君子知其後必大。」三子位公府，而行各有適。絳適於同，維適於正，縝適於嚴。孫宗鑑《東臯雜録》：韓子華、玉汝兄弟，相繼命相，持國又歷門下侍郎，其家將作三相堂，未幾持國去位，乃止。

慎按：此詩施氏原本不載，新刻本載《續補》上卷，今移編於此。

次韻劉貢父叔侄扈駕

玉堂孤坐不勝清，長羨鄒枚接長卿。只許隔牆聞置酒〔一〕，時因議事得聯名。機雲似我多遺俗，廣受如君不治生。共託屬車塵土後，鈞天一餉夢中榮。

〔一〕隔牆：本集《記樂天詩後》云：元祐元年，余爲中書舍人，執政患本省事多漏泄，欲於舍人廳後作露籬，禁同省往來。予白執政：應須簡要清通，何必樹籬插棘。諸公笑而止。明年，竟作之。偶讀《樂天集》，有云：西省北院新構小亭，種竹開窗，東通騎省，與李常侍隔窗小飲，作詩云云。乃知唐時作西掖小窗，以通東省，而今日本省不得往來，可嘆也。此段正可移作注脚。

附子由次韻：

一經空記弟傳兄，舊德終慚長比卿。扈駕連翩來接武，登科先後憶題名。竹林共集連諸子，華萼相輝賴友生。他日都門俱引去，不應廣受獨華榮。

次韻韓康公置酒見留

庭下黄花一醉同，重來雪巘已穹窿。不應屢被譏安石，但使無多酌次公。鍾乳金釵人似玉，鵾絃鐵撥坐生風。少卿尚有車茵在，頗覺寬容勝弱翁。

慎按：《晉史》：謝安石於土山營墅，每攜中外子姪往來游集，肴饌亦屢費百金，詩中「不應屢被譏安石」，「被」字似當作「費」字，新、舊刻本皆訛。

韓康公坐上侍兒求書扇

一一窗扉面水開，更於何處覓蓬萊。天香滿袖人知否？曾到旃檀小殿來。

慎按：此詩施氏原本不載，新刻本載《續補》下卷，今因題附編於此。

雜詩二首 一本題與上首同。

其一

窗摇細浪魚吹日 一作「沫」，手弄黄花蝶遶 一作「透」衣〔一〕。不覺春風吹酒醒，空教明月照人歸。

〔一〕按，《侯鯖録》：韓子華謝事後，自潁入京。看上元，至十六日，私第會從官九人，皆門生故吏。方坐，出家妓十餘人。中宴後，子華專寵者曰魯生當舞，爲游蜂所螫。子華意甚不懌，久之，呼出，持白團扇，從東坡乞詩。坡書首二句云云，上句記姓，下句書蜂事。子華大喜，坡云：「惟恐他姬厮賴，故云耳。」

慎按：此詩與前一首當是同時作，故從《續補》卷中移編。

其二

昔日雙鴉照淺眉，如今婀娜緑雲垂。蓬萊老守明朝去，腸斷簾間蟋蟀悲。

慎按：詩中有「蓬萊老守」之句，疑是先生自常州赴文登時所作，施氏原本不載，今從《續補》下卷因題附録。

次韻王都尉偶得耳疾

君知六鑿皆爲贅，我有一言能決疣。病客巧聞牀下蟻，癡人强覷棘端猴。聰明不在根塵裡〔一〕，藥餌空爲婢僕憂。但試周郎看聾否？曲音小誤已回頭。

〔一〕根塵：《楞嚴經》：我今觀此，浮根四塵，秖在我面。又云：佛在汝心，若在根塵之中。又云：吸此塵象，名聽聞性。當知是聞，非動静來，非於根出。

送喬仝寄賀君六首并引

舊聞靖長官、賀水部〔一〕，皆唐末五代人，得道不死。章聖皇帝東封〔二〕，有謁於道左者，其謁云：晉水部員外郎賀亢。再拜而去，上不知也。已而閲謁，見之，大驚，物色求之不可得。天聖初，又使其弟子喻澄者詣闕進佛道像，直數千萬。張公安道與澄游，具得其事。又有喬仝者，少得大風疾，幾死。賀使學道，今年八十，益壯盛。人無復見賀者，而仝數見之。元祐二年十二月，仝來京師十許日。余留之，不可，曰：賀以上元期我於蒙山。又曰：吾師嘗游密州，識君於常山道上，意若喜君者。作是詩以送之，且作五絶句以寄賀。

其一

君年二十美且都，初得惡疾墮眉鬚。紅顔白髮驚妻孥，覽鏡自嫌欲棄軀。結茅窮山啖松腴，路逢逃秦博士盧。方瞳照野清而矑，再拜未起煩一呼。覺知此身了非吾，炯然蓮花出泥塗。隨師東游渡濰郏〔三〕，山頭見我兩輪朱。豈知傴人混屠沽，爾來八十胸垂胡。上山如飛嗔人扶，東歸有約不敢渝。新年當參老傴儒，秋風西來下雙鳬，得棗如瓜分我無。

〔一〕賀水部：《陳後山集》有《賀水部傳》，云：賀亢，世莫詳其年，仕石晉爲郎。與公詩引大略相同。但陳作「賀亢」，詩作「賀亢」，兩處必有一訛，録存備考。

〔二〕東封：《宋史》：真宗大中祥符元年，王欽若言：得天書於泰山，遂東封泰山，禪社首。

〔三〕濰郏：二水名。注詳《再過常山詩》下。

其　二

生長兵間早脱身，晚爲元祐太平人。不驚渤海桑田變，來看龜蒙〔一〕漏澤春〔二〕。

〔一〕龜蒙：于欽《齊乘》：龜山在費縣西北七十里，蒙山在龜山之東，二山連屬，長八十里。後人疑於東蒙之説，遂以龜山當蒙山，以蒙山當東蒙，而隱没龜山之本名，今定蒙山爲龜山，東蒙爲蒙山，以復古焉。

〔二〕漏澤：《齊乘》：龜山西南十餘里，有漏澤，澤有五穴，春夏積水，秋冬漏竭。將漏之時，先有聲，居人扈穴取魚，隨種麥。比水至，麥已收矣。《元和郡縣志》：漏澤在泗水縣東七里。唐校書郎李潛《漏澤賦》碑，今在費縣廨内。

其　三

曾謁東封玉輅塵，幅巾短褐亦逡巡。行宫夜奏空名姓，悵望雲霞縹緲人。

其　四

垂老區區豈爲身，微言一發重千鈞。始知不見高皇帝，正似商山四老人。

慎按：真宗東封時，尚未有嗣，劉修儀寵擅六宫。踰年，李氏生子，修儀攘爲己出，後立爲太子。賀之伏謁道左，疑有先幾之兆，故仁宗即位，復使弟子詣闕。公詩「微言一發重千鈞」，又用「商山四老」事，必有所爲，非泛引也。

其　五

舊聞父老晉郎官，已作飛騰變化看。聞道東蒙有居處，願供薪水看一作「事」燒丹。

其　六

千古風流賀季真，最憐嗜酒謫僊人。狂吟醉舞知無益，粟飯藜羹問養神。

附子由作：《欒城集》題「聞京東有道人賀郎中者唐人也其徒有識之者作詩寄之」。

賀老稽山去不還，鏡湖獨棹釣魚船。南來太白尋無處，却作郎官又幾年。岱下迎鑾驚典謁，蒙山施藥愍耕田。試窮脚力追行跡，亦使今生識地僊。

送家安國〔一〕教授歸成都〔二〕

別君二十載，坐失兩鬢青。吾道雖艱難，斯文終典刑。屢作退飛鷁，羞看乾死螢〔三〕。一落戎馬間，五見霜葉零。夜談空説劍，春夢猶横經。新科復舊貫〔四〕，童子方乞靈。須煩凌雲手，去作入蜀星。蒼苔高朕室，古柏文翁庭。初聞編簡香，稍覺鋒鏑腥。岷峨有雛鳳，梧竹養修翎。嗚呼應嶰律，飛舞集虞廷。吾儕便歸老，亦足慰餘齡。

〔一〕家安國：《黄山谷詩注》：安國字復禮，初以武進，後入左選，故其《謝改官啓》云：三陪籌幄，笑談當十萬戎行；兩席師筵，排闥應三千門弟。

〔二〕成都：《太平寰宇記》：劍南西道益州蜀郡，唐明皇幸蜀，改爲成都府。《江源記》：梁山首跨劍閣，尾入江。秦置縣，曰成都。後爲郡。

〔三〕乾死螢：杜詩：案頭乾死讀書螢。

〔四〕新科舊貫：《宋史·選舉志》：熙寧中改法，進士科罷詩賦、帖經、墨義。元祐初，立經義、詩賦兩科。自復詩賦，士多鄉習，而專經者十無一二。

慎按：此詩墨跡小行書，白粉宋紙本，後有元至正辛巳石澗陳有宗跋尾。

附子由絶句三首：

城西社下老劉君，春服舞雩今幾人？白髮弟兄驚我在，喜君遊宦亦天倫。

垂白相逢四十年，猖狂情味老俱闌。論兵頓似前賢語，莫作當年故目看。

石室多年款識平，新書久溷里中生。遺師今見朝廷意，文律還應似兩京。

和吴安持使者迎駕〔一〕

小雪踈煙雜瑞光，清波寒引御溝長。瞳曨日色籠丹禁，杳杳鞭聲出建章。鵷鷺偶叨陪下列，天閶一作「闇」聊啓望中央。歸來喜氣傾新句，滿座疑聞錦繡香。

〔一〕吴安持：名在元祐黨籍，時爲司農少卿。按，《苕溪漁隱叢話》：安持，王荆公婿也。

慎按：此詩施氏原本不載，新刻本載《續補》下卷中，今編録於此。

東坡先生編年詩卷三十

古今體詩五十七首 元祐三年戊辰官翰林學士時作。

慎按：是年春省試，先生知貢舉。自《元日》詩以下至《游西池八首》應編戊辰卷首，施氏原本訛編上卷，今據年月改正。

和子由除夜元日省宿致齋三首〔一〕外集題云「戊辰元日」。

其一

江湖流落豈關天，禁省相望亦偶然。等是新年未相見，此身應坐不歸田。

〔一〕致齋：《唐書·禮樂志》：齋戒，其別有三，曰散齋，曰致齋，曰清齋。大祀，散齋四日，致齋三日。中祀，散齋三日，致齋二日。小祀，散齊二日，致齋一日。

其　二

白髮蒼顔五十三，家人遥遣試春衫。朝回兩袖天香滿，頭上銀幡笑阿咸〔一〕。

〔一〕阿咸：錢牧齋云：王思遠，小字阿戎，王晏之從弟也。子美《杜位宅守歲》詩用「阿戎」，蓋出於此。東坡《與子由》偶誤用爲「阿咸」耳。○慎按，東坡用「阿咸」，當指子由諸郎，觀末章結處有「却將新句調兒童」之語，未必專指子由也。

慎按：《外集》「蒼顔」作「龍鍾」，「遥遣」作「强遣」，「頭上」作「剩插」，「笑阿咸」作「愧阿咸」，與諸刻本不同。

其　三

當年踏月走東風，坐看春闈鎖醉翁〔一〕。白髮門生幾人在，却將新句調兒童。

〔一〕春闈鎖醉翁：歐陽修《歸田録》：嘉祐二年，余與韓子華、王禹玉、范景仁、梅公儀同知禮部貢舉，辟梅聖俞爲小試官，凡鎖院五十日。《蔡寬夫詩話》：故事，春試進士皆在南省中。東廂刑部，有樓甚弘壯，旁視宣德，直抵州橋。鎖院每以正月五日至上元，例，未引見，考試官往往竊登樓，以望御路燈火之盛。宋宣獻詩，有「還勝南宫假宗伯，重扉深鎖暗登樓」之句，蓋謂此。嘉祐中，歐陽知貢舉，梅聖俞作《莫登樓》詩，相與唱和，爲禮闈盛事。○慎按，嘉祐二年春，先生兄弟赴禮部試，時歐陽公知貢舉，元祐三年正月，先生亦領貢舉，故末章及之。

附子由原作三首：《欒城集》題云「三日上辛祈穀除日宿齋户部右曹元日賦三絶句寄呈子瞻兄」。

七度江南自作年，去年初喜奉椒盤。冬來誤入文昌省，連日齋居未許還。

今歲初辛日正三，明朝風氣漸東南。還家强作銀幡會，雪底蒿芹欲滿籃。

北客南來歲欲除，燈山火急萬人扶。欲觀翠輦巡游盛，深怯南宫鎖鑰拘。

次韻答張天覺二首

其　一

車輕馬穩轡銜堅，但有蚊蝱喜撲緣。截斷口前君莫問，人間差樂勝巢僊。

其　二

馭風騎氣我何勞，且要長松作土毛。亦如訶佛丹霞老〔一〕，却向清凉禮白毫〔二〕。

〔一〕丹霞：《高僧傳》：釋天然，不知何許人。謁見石頭禪師，爲立名天然。元和中，入南陽丹霞山結菴。劉軻爲撰碑，敕謚知通禪師。「訶佛」事，詳施氏補注中。

〔二〕禮白毫：《清涼志》：無盡居士張商英除河東提點刑獄，至清涼山，止清輝閣，文殊所化宅也。良久，北山雲起，於白雲中現大寶燈，白雲既收，復現大白圓相，如明月輪。明日至東臺，五色祥雲見，白圓光從地涌起，如車輪百旋。商英以偈讚之云云。

次韻黄魯直畫馬〔一〕試院中作〔二〕

少年鞍馬勤遠行，卧聞齕草風雨聲，見此忽思短策横。十年髀肉磨欲透，那更陪君作詩瘦，不如芋魁歸飯豆。門前欲嘶御史驄〔三〕，詔恩〔四〕三日休老翁〔五〕，羨君懷中雙橘紅〔六〕。

公自注：黄有老母。

〔一〕畫馬：本集《書試院詩後》云：元祐三年正月二十一日，領貢舉事，辟李伯時爲考校官。三月初，考校既畢，侍諸廳參會。伯時苦水悸，欲作驟馬以排悶，魯直詩先成，余次韻，蔡天啓、晁无咎、舒堯文、廖明略皆繼，此不能盡録云。

〔二〕試院：黄庭堅《太學試院題名記》：元祐三年正月，東坡與莘老、經父同知貢舉所，太學試禮部進士四千七百三十二人，三月戊申，奏號進士五百人，宗室二人。魯直、熙叔、元輿、彦衡、子明爲參詳官，君貺、希古、履中、器之、成季、明略、无咎、堯文、元忠、遐叔、子發、君時、天啓、志完點檢試卷。

〔三〕御史聰：歐陽永叔《出省》詩自注云：國朝之制，禮部考定卷子，奏上字號，差臺官一人，拆封出榜。黄山谷《試院題名記》云：是日，侍御史日晏不來，蓋奏號之後，必待御史至，然後拆卷。故云。

〔四〕詔恩：《漢書·馮野王傳》：三最予告，令也。病滿三月賜告，詔恩也。

〔五〕三日休：《咸淳臨安志》：本朝考試官出院，給歇泊假三日。故周必大有詩云：會待詔恩三日沐，湖山尋勝任舟輿。

〔六〕懷中橘：按，《山谷集·考試局戲作竹枝詞》云：我家白髮問烏鵲。又云：屋上啼烏兒當歸。任淵注云：山谷太夫人於時尚無恙，東坡和詩亦云：羡君懷中雙橘紅。

慎按：《苕溪漁隱叢話》：此格謂之促句换韻，其法，三句一轉韻，三疊而止。

附黄魯直原作：

儀鸞供張饕蝨行，翰林濕薪爆竹聲，風簾官燭泪縱横。木穿石槃未渠透，坐窗不遨令人瘦，貧馬不蕒逢一豆。眼明見此五花驄，徑思着鞭隨詩翁，城西野桃尋小紅。

余與李廌方叔相知久矣領貢舉事而李不得第愧甚作詩送之〔一〕

與君相從非一日，筆勢翩翩疑可識。平生謾説一作「詡」古戰場，過眼終迷日五色。我慚不出君大笑，行止皆天子何責。青袍白紵五千人〔二〕，知子無怨亦無德。買羊酤酒謝玉川，爲我醉倒春風前。歸家但草凌雲賦，我相夫子非癯僊。

〔一〕李廌：《宋史》：李廌，字方叔，謁蘇軾於黄，贄文求知。軾謂其筆墨瀾翻，有飛沙走石之勢。鄉舉試禮部，軾典貢舉，遺之，賦詩以自責。與范祖禹將同薦諸朝。未幾去國，不果。絶進取意，居潁之長社，卒，年五十一。元祐中，上《忠諫書》、《忠厚論》，並《兵鑒》二萬言，周紫芝《太倉稊米集》云：《月巖集》，太華逸民所作，李薦方叔之自號也，李端叔之儀序其文，云云。惜其集今不傳。

〔二〕五千人：按黄山谷《試院題名記》：元祐三年正月試禮部進士四千七百三十二人，今先生云五千人，蓋舉成數而言。

慎按：李方叔之父名惇，字憲仲，東坡同年友也。故平生與方叔極相周恤。集中有《答方叔書》，云：累書見責，以不相薦引，讀之甚愧。然所諄諄期望者，實欲方叔守道，自信相勉於道，而不務相引於利。則先生之自待與所以待方叔者，直以古處爲期。偶閲宋人趙溍《養疴漫筆》，云：東坡知貢舉，將鎖院，緘封一簡，令叔黨持與方叔。值方叔出，其僕受簡，置几上。有頃，章子厚二子曰持、曰援者來，取簡竊覵，乃《揚雄優於劉向論》一篇，二章携之以去。已而，果出此題，二章皆模倣坡作，及折號，意魁必方叔也，乃章援，第十名文意與魁相似，乃章持。方叔竟下第，坡拳拳於方叔如此，卒不能增益，其命之所無，反使子厚小人以坡爲有私有黨，而無以大服其心。云云。果若所言，乃末俗潛通關節、冒犯科條者所爲，先生豈肯出此？ 此必章惇父子造爲此語，以誣先生。趙氏不察其誣，傳諸紀載，於先生品望所損不細，特爲辨正附録。

附黄魯直次韻：

驥子墮地追風日，未試千里誰能識？ 習之實録葬皇祖，斯文如女有正色。今日持槖佐春官，遂失此人難塞責。 雖然一鬨有奇偶，博懸于投不在德。 君看巨浸朝百川，此豈有意潢潦前。 願爲霧豹懷文隱，莫愛風蟬蜕骨僊。

和宋肇遊西池次韻〔一〕

漢皇慈儉不開邊，尚教千艘下瀨船。 貪看艨艟飛鬬艦〔二〕，不知贔屭舞鈞天。 故山西望三千里，往事回思二十年。 自笑區區足官府，不如公子散神僊。

〔一〕西池：《春明退朝録》：太宗於西郊鑿金明池，中有臺榭，以閲水戲。《東京夢華録》：三月一日，州西順天門外，開金明池，士庶許縱觀。 池周九里三十步。《汴京遺蹟志》：金明池在城西鄭門外。《石林燕語》：金明池在瓊林苑北，引金水河注其中。 歲以三月，命士庶縱觀，謂之開池。 至上巳，車駕臨幸，即閉。 歲賜二府從官宴及進士聞喜宴，皆在其間。 〇按，西池即金明池，以在城西，故名。

〔三〕鬬艦：《石林燕語》：太平興國中，鑿金明池，以教神衛虎翼水軍習舟楫，因爲水嬉。

附黄魯直次韻：《山谷集》題云「次韻宋楙宗三月二十日到西池都人盛觀翰林公出遨」。自注：翰林公，謂東坡。

金狨繫馬曉鶯邊，不比春江上水船。人語車聲喧法曲，花光樓影倒晴天。人間化鶴三千歲，海上看羊十九年。還作遨頭驚俗眼，風流文物屬蘇僊。

僕領貢舉〔一〕未出錢穆父雪中作詩見及三月二十日同游金明池始見其詩次韻爲答〔二〕

雪知我出已全消，花待君來未敢飄。行避門生時小飲〔三〕，忽逢騎吏有嘉招。魚龍絶技來千里〔四〕，斑白遺民數四朝。知有黄公酒壚在，蒼顔華髮自相遥。

〔一〕領貢舉：《雍録》：今世淡墨書進士榜，首曰禮部貢院者，唐世遺則也。尚書省六部皆在北省之南，故禮部爲南宫。唐初試進士，皆屬考功，後以考功權輕，改用禮部侍郎，其結銜曰知貢舉，或委他官爲之，則曰權知貢舉。

〔二〕金明池：注詳前「西池」下。

〔三〕避門生：梅聖俞《出省書事和永叔》詩：已是瓊林芳卉晚，不須遊處避門生。○慎按，時永叔領貢舉，梅詩故云。宋時金明池宴會，乃出鎖院後故事也。

〔四〕魚龍絶技：《石林燕語》：金明池水戰，後不復習，而諸軍猶爲鬼神戲，謂之旱教。

書艾宣畫四首〔一〕

竹鶴

此君何處不相宜，況有能言老令威。誰識長身古君子，猶將緇布緣深衣〔二〕。

〔一〕艾宣：郭若虚《紀藝》：宋建隆至熙寧，善畫花木者，艾宣與崔白、崔慤齊名。本集《跋艾宣畫》云：金陵艾宣畫翎毛花竹，爲近歲之冠。既老，筆跡尤奇，雖不精匀，而氣格不凡。據此，則宣，金陵人，注家以爲鍾陵者，訛。

〔二〕緣深衣：《禮記》：具父母，衣純以青。如孤子，衣純以素。純袂緣純邊廣各寸半。

附李端叔次韻：

瘦玉蕭疎觸處宜，僊風一霎散霜威。未應舞罷排雲去，更看丹砂理雪衣。

黄精鹿〔一〕

太華西南第幾峰？落花流水自重重。幽人只采黄精去，不見春一作「青」山養鹿茸一本作「鹿養茸」。

〔一〕黄精鹿：雷斆《炮炙論》：凡取鹿茸，以黄精自然汁浸兩晝夜，免渴人也。

附李端叔次韻：

緑遍前峰到後峰，靈苗壓地幾千重。勻斑養就無人見，多少狂心欲采茸。

杏花白鷴〔一〕

天公剪刻爲誰妍，抱蕊游蜂自作團。把酒惜春都是夢，不如閒客此閒看。

〔一〕白鷴：《爾雅》：白雉爲鶾。「鷴」字即「鶾」音之轉。張華《博物志》：行止閒暇，故曰鷴。舊注：李昉名「白鷴」，曰「閑客」。

附李端叔次韻：

朝來雨過發妖妍，向日枝頭雪作團。縞練長拖輕灑墨，不須將作兩般看。

蓮　龜〔一〕

半脱蓮房露壓欹，緑荷深處有游龜。只應翡翠蘭苕上，獨見玄夫曝日時。

〔一〕 蓮龜：張世南《炙龜論》：龜老則神，年至八百，反大如錢。夏則游於香荷，冬則藏於藕節。

附李端叔次韻：

翠蓋相扶兩不欹，多情獨許見陽龜。千年自有逃形處，聊與清香約暫時。

次韻子由五月一日同轉對〔一〕

晉陽豈爲一門事，宣政聊同五月別本作「日」朝〔二〕。公自注：貞元中，詔曰：自今後五月一日御宣政殿，與文武百僚相見。憂患半生聯出處，歸休上策早招要。後生可畏吾衰矣，刀筆從來錯料堯〔三〕。

跪奉新書笏在腰，談王正欲伴漁一作「耕」樵。

〔一〕 轉對：《宋史》：百官轉對，限以二人。其封章於閤門通進，蓋襲唐制。故祖宗以來，每遇轉對，侍從之臣皆與焉。岳珂《媿郯録》：建隆三年，御札曰：在朝文班朝臣及翰林學士等，每遇內殿起居，依舊例，次第差官轉對，並須指陳時政闕失，凡關利病，得以極言。按，元祐三年五月一日，文德殿視朝，東坡爲侍讀，次當轉對，條上三事，以歲月考之，正合。

〔二〕 宣政五日朝：《長安志》：唐龍朔三年，造宣政、紫宸、蓬萊三殿。宣政殿在宣政門內，東曰東上閤門，西曰西上閤門。《五代史》：唐故事，天子御前殿見朝臣，曰常參。宣政，前殿也。謂之衙，衙有仗。《宋史·禮志》：常朝之儀，以宣政爲前殿，謂之正衙，即古之內朝也。以紫宸爲便殿，謂之入閤，即古之燕朝也。正衙則日見群臣，百官皆在，謂之常參官。後此禮漸廢。唐明皇始詔群臣五日一隨宰相入見，謂之起居。宋因其制，皇帝日御垂拱殿，文武官赴文德殿正衙，曰常參，宰相一人押班。五日起居，則於崇德殿，或長春殿，中書門下爲班首。崇德即紫宸，長春即垂拱也。元豐官制行，始詔侍從而上，日朝垂拱，謂之常參官。百官朝官以上，每五日一朝紫宸，爲六參官。京朝官以上，朔望一朝紫宸，爲朔參官、望參官。

〔三〕錯料堯：《砦溪詩話》：周昌謂趙堯爲刀筆吏，後果無能，爲所料，信不錯，而云「錯料堯」，亦以涉譏諷，倒用耳。

附子由原作：

羸馬何堪金束腰，永懷江海舊漁樵。對牀貪聽連宵雨，奏事驚同朔旦朝。大耿功名原自異，中茅服食舊相要。一封同上憐狂直，詔許昌言賴有堯。

韓康公挽詞三首〔一〕

其一

故國非喬木，興王有世臣〔二〕。嗟余後死者，猶及老成人。德業經文武，風流表搢紳。空餘行樂地，處處泣遺民。

〔一〕韓康公：注詳上卷。

〔二〕世臣：施氏原注：韓子華，其先真定人，後徙開封。父億字宗魏，事仁宗，爲參知政事，謚忠憲。居京師，號桐樹韓家。子華於熙寧中拜門下侍郎，封康國公，後以太尉致仕，居潁昌。

其　二

再世忠清德，三朝翊贊勳。功成不歸國〔一〕，就訪敢忘君。舊學嚴詩律，餘威靖塞氛〔二〕。何當繼韓奕，故吏總能文〔三〕。

〔一〕不歸國：子華罷相後，卜居潁昌，故云。

〔二〕靖塞氛：施氏原注：知慶州，熟羌據堡爲亂，即日討平之。韓忠獻薦其才有公輔之器。此段新刻删去，今補録。

〔三〕故吏：施氏原注：正月十六日，會從官九人，皆門生故吏，多一時名德，如傅欽之堯俞、胡完夫宗愈、錢穆父勰、劉貢父攽、顧子敦臨。新刻删去，今補注。

其　三

西第開東閣〔一〕，初筵點後塵。笙歌邀白髮〔二〕，燈火樂青春。扶路三更罷，回頭一夢新。

賦詩猶墨濕，把卷獨沾巾。

〔一〕開東閣：《漢書・公孫弘傳》：弘爲相，開東閣以延賢人。按，施氏原注：子華於元祐二年冬，自潁昌入京觀燈，東坡乃省闈門生，謁公，置酒見留，賦「隆」字韻詩。此段新刻删去，今補録。

〔二〕笙歌邀白髮：施氏原注：時出家伎佐酒，故詩云：笙歌邀白髮，燈火樂青春。欲還潁昌，未行而薨，年七十七。謚獻肅。新刻删去，今補録。

慎按：《范忠宣集・韓康公墓志》：公薨於元祐二年三月二日。《苕溪漁隱叢話》：子華以辰年辰月辰日辰時薨，故陸農師挽詩云：非關庚子曾占鵩，自是辰年並值龍。考史，元祐三年爲戊辰，年月正合。《墓志》以爲二年，是傳刻之訛。又按，施氏原注：三詩墨跡精絶，宿嘗刻石餘姚縣齋。新刻删去，今補録。

附子由三首：

閥閲原高世，功名自發身。堂堂揖真相，矯矯出稠人。許國心先定，輕財物自親。傳經比韋氏，世世得賢臣。

耆年時一二，新第闕西南。好客心終在，忘懷日縱談。規模人共記，風味我猶諳。誰是羊曇首，回車意不堪。

師曠聞絃日，相如作賦年。雖慙衆人後，貪值主文賢。北道初聞召，南江正遠遷。平生缺親近，遺恨屬新阡。

憩寂圖〔一〕

《外集》題云「次韻子由題憩寂圖後」。

東坡雖是湖州派，竹石風流各一時。前世畫師今姓李，不妨還作輞川詩。

〔一〕憩寂圖：子由詩序云：元祐三年，子瞻、伯時爲柳仲遠作松石圖，取杜子美「松根胡僧憩寂莫」四句之意，復求伯時畫此，目爲憩寂圖。

慎按：此詩施氏原本不載，新刻載《續補》下卷，今據子由詩序，移編於此。

附子由原作：

東坡自作蒼蒼石，留取長松待伯時。只有兩人嫌未足，兼收前世杜陵詩。

附黃魯直次韻：

松含風雨石骨瘦，法窟寂修僧定時。李侯有句不肯吐，淡墨寫出無聲詩。

慶源〔一〕宣義〔二〕王丈一本「丈」字下有「人」字以累舉得官爲洪雅〔三〕主簿雅州〔四〕户掾遇吏民如家人人安樂之既謝事居眉之青神瑞草橋〔五〕放懷自得有書來求紅帶既以遺之且作詩爲戲請黄魯直秦少游各爲賦一首爲老人光華〔六〕一本「魯直」下有「學士」二字，「少游」下有「賢良」二字。

青衫半作霜葉枯，遇民如兒吏如奴。吏民莫作官長看，我是識字耕田夫。妻啼兒號刺史怒，時有野人來挽鬚。拂衣自注下下考，芋魁飯豆吾豈無。歸來瑞草橋邊路，獨遊還佩平生壺。慈姥巖前自喚渡〔七〕，青衣江畔人争扶〔八〕。今年蠶市數州集，中有遺民懷袴襦。邑中之黔相指似，白鬚紅頰老不癯。我欲西歸卜鄰舍，隔牆拊掌容歌呼。不學山王乘駟馬，回頭空指黄公壚。

〔一〕王慶源：黄山谷《題子瞻與王宣義書後》云：慶源初名群，字子衆，後改名雅奇，又易今字。其馭吏威愛如家人法。任淵《山谷詩注》：慶源，東坡之叔丈人也。晚以恩舉得官。本集先生《與慶源尺牘》云：叔丈脱屣搢紳，放懷田里，絶人遠矣。蘇叔黨作《王元直墓志》云：元直之季父慶源，官於雅州，以論事不合，欲罷去，謀於公。公笑曰：「古人不肯束帶見督郵，彼何哉？」慶源服其語，即謝病去。

〔二〕宣義：《宋史·職官志》：文散官有通直郎，舊名宣義郎。元豐官制，著作佐郎、大理寺丞皆宣義郎。

〔三〕洪雅：《元和郡縣志》：眉州，管縣五，其一洪雅。自晉迄宋，皆夷獠之地。周武帝於此立洪雅鎮，隋改丹稜縣，更立洪雅縣。西有洪雅川，故名。《九域志》以爲屬嘉州，非也。

〔四〕雅州：《元和郡縣志》：秦嚴道縣，後魏置蒙山郡於此。隋仁壽四年。改置雅州，因州境雅安山爲名。《太平寰宇記》：漢源縣有離堆，李冰所鑿。「離」即古「雅」字也，雅州以此名。二説不同，並載以備考。《九域志》：雅州，成都府路，屬西川。

〔五〕青神瑞草橋：歐陽忞《輿地廣記》：漢南安縣地，後周置青神縣。昔蠶叢民衣青衣，以勸農桑，縣取此名。《益州記》：青衣，神名。雷埴廟，班固以爲離堆也。蜀江至此始有峽之稱。瑞草橋在青神縣西。

〔六〕魯直、少游：時魯直在秘書省爲實録院檢討官，少游爲秘書省正事。

〔七〕慈姥巖：范成大《吴船録》：發眉山六十里至中巖，西川林泉最佳處，相傳第五羅漢道場，又爲老慈姥龍所居。凡五里，至慈姥巖，巖前即寺。自眉至嘉州百二十里，中巖其半途也。《名勝志》：青神縣之勝在三巖，今惟稱中巖。由芙蓉溪經五渡，過慈姥磯，有石刻。沿溪數折，有喚魚潭，潭上即慈姥巖，篆刻「中巖」二大字，徑可四尺。

〔八〕青衣江：《水經》：青衣水出青衣縣西蒙山，東與沫水合。《注》云：縣故青衣羌國。《元和郡縣志》：青衣水，一名平羌水。《輿地廣記》：青衣水出盧山徼外，東南流，逕嚴道、洪雅，至龍游與岷江合。

附黄魯直次韻：

參軍但有四立壁，初無臨江千木奴。白頭不是折腰物一作「具」，桐帽棕鞵稱老夫。滄江鷗鷺野心性，深壑虎豹雄牙須。鸕鷀作裘初服在，猩血染帶鄰翁無。昨來杜鵑勸歸去，更得把酒聽提壺。當今人才不乏使，天上二老須人扶。兒無飽飯尚勤書，婦無複袴且着襦。社甕可漉溪可漁，更問黄鷄肥與臞。林間醉着人伐木，猶夢官下聞追呼。萬釘圍腰莫愛渠，富貴安能潤黄壚。

附秦少游次韻：

君不見相如容貌窮不枯，卓氏恥之分百奴。一朝奉旨使筰莋，駟馬赤車從萬夫。仲元君平更高妙，寄食耕卜霜眉須。兩川人物古不乏，數子風流今可無。參軍少年飽經術，期作侍中司御壺。老披春衫更矍鑠，上馬不用兒孫扶。一朝忽解印綬去，恥將詩禮攘裙襦。懸知百年事已定，却笑列仙形甚臞。東阡北陌西風入，瑞草橋邊人叫呼，想見紅圍照白髮，頹然醉卧文君壚。

次韻許沖元送成都高士敦〔一〕鈐轄〔二〕一本無「次韻許沖元」五字，今依施氏原本。

坐看飛鴻迎使節，歸來駿馬换傾城。高才本不緣勳閥，餘力還思治蜀兵。西望雪山烽火盡〔三〕，不妨尊酒寄平生。

移中老監本虛名，懶作燕山萬里行。公自注：余昔與高同使契丹，辭免不行。

〔一〕許沖元高士敦：慎按，施氏原注：許沖元，名將，元祐三年，再入翰林爲學士。客省副使高士敦，字仲穆，宣仁后從弟也，真宗朝名將瓊之孫。故云「高才本不緣勳閥」。紹聖初，哲宗親政，時事一更。殿中侍御史來之邵言：「東坡制詞，譏斥先朝。」遂落職，知和州。又言：「士敦在成都有不法事。」右相范忠宣進言曰：「之邵爲御史日久，當軾、轍勢盛時，無所論。士敦官蜀之日，之邵爲監司，未嘗按謫，一旦乃爾，其情可見。」東坡弟兄平日與忠宣論異，至是，人服其公平云①。此段新刻本删去，今依原本補録。

〔二〕鈐轄：《職官分紀》：都鈐轄，國朝以朝官及諸司使以上充，或一州，或一路，或兩路、三路，亦

① 濟按：此條注文，原本多闕漏，茲據中華書局本《蘇軾詩集》卷三十補。

有無都字稱鈐轄者，在邊防之地，即不別置知州。嘉祐二年，詔内臣爲鈐轄都監者，逐路止置一員。

〔三〕雪山：《華陽國志》：岷山一曰汶焦山，岷嶺之最高者。遇大雪開泮，望見成都。《元和郡縣志》：岷山即汶山也。山嶺停雪，常深百丈。夏日融泮，江川爲之洪溢。即隴之南道也。《圖經》云：雪山在維州保寧縣西南連乳州白苟嶺。《九域志》：山有九峰，上有積雪，冬夏不消。

附黄魯直二首：

玉鈐金印臨參井，控蜀通秦四十州。日下書來望鴻雁，江頭花發醉貔貅。巴滇有馬駒空老，林箐無人葉自秋。能爲將軍歌此曲，鳴機割錦與纏頭。

捧日高宣事，東京四姓侯。軍中聞俎豆，廟算勝兜鍪。燒燭海棠夜，香衣藥市秋。君平識行李，河漢接天流。

附子由作：

揚雄老病久思歸，家在成都更向西。邂逅王孫馳驛騎，丁寧父老問耕犂。禪房何處不行樂，壁像君家有舊題。德厚不妨三世將，時平空自萬夫齊。

次韻送程六表弟

君家兄弟真連璧，門十朱輪家萬石。竹使猶分刺史符，上方行賜尚書舄。前年持節發倉廩，到處賣刀收繭栗。歸來閉口不論功，却走渡江誰復惜。君才不用如澗松，我老得全猶社櫟。青衫莫厭百僚底，白首上有千薪積。憶昔江湖一釣舟，無數雲山供點筆。未應便障西風扇，只恐先移北山檄。憑君寄謝江南叟，念我空見長安日。浮江泝蜀有成言，江水在此吾不食。

慎按：先生集中有《送表弟程六知楚州》詩，此首即次前韻。

虛飄飄

虛飄飄，畫簷蛛結網，銀漢鵲成橋。塵漬雨桐葉，霜飛風柳條。露凝殘點見紅日，星曳餘光橫碧霄。虛飄飄，比浮名利猶堅牢。

慎按：此詩施氏原本不載，新刻本《虛飄飄》三首皆入《遺詩》卷中，以《淮海集》考之，此題唱自黄山谷。「花飛不到地」一首，山谷原唱也。「風寒吹絮浪」一首，少游次韻作也。惟「畫檐蛛結網」一首，爲東坡次韻詩。又按，周紫芝《太倉稊米集》和此題詩序云：元祐間，山谷作《虛飄飄》，蓋樂府之餘。當時諸公皆有和篇云云。今據此改正，而以黄、秦二章附録於後。

附黄魯直原作：

虛飄飄，花飛不到地，虹起漫成橋。入夢雲千疊，游空絲萬條。蜃樓百尺横滄海，雁字一行書絳霄。虚飄飄，比人身世猶堅牢。

附秦少游次韻：

虚飄飄，風寒吹絮浪，春水暖冰橋。《淮海集》作「春暖履冰橋」。勢緩霙垂線《式古堂書畫考》作「霜垂線」，聲乾葉下條。雨中漚點隨流水，風裏彩雲横碧霄。虚飄飄，比時富貴猶堅牢

題李伯時淵明東籬圖一本無「淵明」二字。

彼哉嵇、阮曹，終以明自膏。靖節固昭曠，歸來侣蓬蒿。新霜著疎柳，大風起江濤。東籬理黄菊，意不在芳醪。白衣挈壺至，徑醉還遊遨。悠然見南山，意與秋氣高。

慎按：此詩施氏原本不載，新刻本載《續補》上卷，今據《外集》移編。

次韻黄魯直書伯時畫王摩詰

前身陶彭澤，後身韋蘇州。欲覓王右丞，還向五字求。詩人與畫手，蘭菊芳一作「方」春秋。又恐兩皆是，分身來入流〔一〕。

〔一〕入流：《金剛經》注：須陀洹，此翻入流。得果證者約入流，而説即入八聖道之流也。

慎按：此詩施氏原本不載，今從新刻本《續補》上卷附編於此。又按，《山谷集》失去題畫原作，無從采録。

和王晉卿題伯時畫馬

督郵有良馬，不爲君所奇。顧收紙上影，駿骨何由歸。一朝見縈策，蟻封驚肉飛。豈惟馬不遇，人已半生癡。

慎按：周密《雲烟過眼録》：王子慶家藏伯時天馬圖，生意飛動，有王、蘇二公和詩在後，惜不載晉卿詩。

送錢穆父出守越州二首〔一〕

其一

簿書常苦百憂集，尊酒今應一笑開。京兆從教思廣漢，會稽聊喜得方回。

〔一〕錢穆父守越：《東都事略·錢勰傳》：元祐初，權知開封，坐繫囚别所遷就囹空，出知越州。施宿《會稽志》：錢勰以元祐三年十一月知越州，與施注小異。蓋九月得旨，十一月到官也。

其　二

若耶溪水〔一〕雲門寺〔二〕，賀監荷花空自開。我恨今猶在泥滓，勸君莫棹酒船回。

〔一〕若耶溪：《太平寰宇記》：若耶溪在會稽縣東南二十八里，歐冶子鑄劍處。《越絶書》云：若耶之溪涸而出銅。唐徐浩改名爲五雲溪。

〔二〕雲門寺：施宿《會稽志》：雲門寺，晉中書令王子敬所居，義熙三年，有五色祥雲見，安帝詔建雲門寺。宋咸淳五年，改名淳化寺。在會稽南三十里。唐時雲門止有此寺，今分爲四，雍熙者，懺堂也；顯聖者，經院也；壽聖者，老宿所棲菴也。

附黄魯直次韻二首：

渺然今日望人才，每見紫芝眉宇開。又觸惠文江海去，快帆誰與挽令回。

謫官猶得住蓬萊，抱犢人稀書卷開。張敞嫵眉應急召，董宣强項莫低回。

戲書李伯時畫御馬好頭赤〔一〕

山西戰馬飢無肉，夜嚼長稭如嚼竹。蹄間三丈是徐行，不信天山有坑谷。豈如廐馬好頭赤，立仗歸來卧斜日〔二〕。莫教優孟卜葬地，厚衣薪櫝入銅歷。

〔一〕好頭赤：周密《雲烟過眼録》：李伯時《天馬跋》：右一匹，元祐二年十二月二十三日，於左天駟監揀中秦馬好頭赤，九歲，四尺五寸。

〔二〕立仗：《唐書·顔真卿傳》：太宗置立仗馬二，有急奏，須乘者聽。

附子由次韻：

沿邊壯士生食肉，小來騎馬不騎竹。翩然赤手挑青絲，捷下顛崖試深谷。牽入故關榆葉赤，未慣中原暖風日。黄金絡頭依圉人，俛聽北風懷所歷。

附黄魯直次韻：

李侯畫骨不畫肉，筆下馬生如破竹。秦駒雖入天仗圖，猶恐真龍在空谷。精神權奇汗溝赤，自有赤烏能逐日。安得身爲漢都護，三十六城看歷歷。

附晁无咎次韻：

崑崙龍種非凡肉一作「骨」，不但蹄高耳批竹。區區吴蜀有二駿，跳過斷橋飛出谷。萬蹄縱牧原野赤，汧隴收駒日復日。未須天廄驚好頭，冀北未空聊一歷。

附張文潛次韻：

世無將軍飛食肉，宛馬不來鞭黄竹。赤驁當御亦偶然，冀北此曹量計谷。慚愧蒲梢汗流赤，翻鬣胡風嘶漢日。麒麟不合地上行，誰道風雲未經歷。

送程七〔一〕表弟知泗州〔二〕

江湖不在眼，塵土坐滿顔。繫舟清洛尾，初見淮南山。淮山相媚好，曉鏡開烟鬟。持此娱使君，一笑簿領間。使君如天馬，朝燕暮荆蠻。時無王良手，空老十二閑。聊當出毫末，化服狡與頑。勿謂無人知，古佛臨清一作「濤」灣〔三〕。赤子視萬類，流萍閲人寰。但使可此一作「此可」人，餘事真茅菅。

〔一〕程七：施氏原注多殘缺，據其可辨者，云：程七表弟名之邵，字懿叔。以父廕爲某官。兄正輔得罪，亦罷，起知祥符縣，守泗州，漕夔路①，一再總管秦、蜀茶馬，爲熙河路轉運使，餉童貫熙岷之師，擢顯謨閣待制，卒年六十六，贈龍圖閣直學士。子唐，仕至寶文閣學士。先生守錢塘時，又和此詩韻。送赴夔州、運判二詩，並刻石成都府治。此段新刻本删去，今補録。

〔二〕泗州：歐陽忞《輿地廣記》：淮南東路泗州，秦泗水郡，漢屬臨淮，晉置角城鎮，在淮、泗之會。後魏置盱眙郡。宋徙泗州治於此。

〔三〕古佛：注詳前「僧伽塔」下。

① 濟按：原本此處有殘缺，「亦罷起知祥符縣守泗州漕夔路」十三字，從中華書局《蘇軾詩集》卷三十轉引。

附子由作：《欒城集》題云「表弟程之邵奉議知泗州」。
馬有千里足，所願百里程。馬心自爲計，安用終日行。何人志四方，欲買千金輕。吾弟有俊才，見事心眼明。一年坐比部，萬口傳佳聲。談笑頑狡伏，何曾用敲榜。艱難得銅虎，洗眼長淮清。民事不足爲，但當食魚烹。重負貴餘力，過飽多傷生。不見大路馬，垂頭畏繁纓。

送曹輔〔一〕赴閩漕〔二〕

曹子本儒俠，筆勢翻濤瀾。往來戎馬間，邊風裂儒冠。詩成横槊裏，楯墨何曾乾。一旦事遠遊，紅塵隔巖一作「巗」，訛灘。平生羊炙口，並海搜鹽酸。一從荔支食〔三〕一作「飲」，豈念苜蓿槃。我亦江海人，市朝非所安。常恐青霞志，坐隨白髮闌。淵明賦歸去，談笑便解官。我今何爲者，索身良獨難。憑君問清淮，秋水今幾竿。我舟何時發，霜露日已寒。

〔一〕曹輔：施氏原注：曹輔，字子方，海陵人。元祐三年九月，自太僕丞爲福建轉運判官。東坡繼出守錢塘，同過吴興，作《後六客詞》，子方其一也。子方以詩寄壑源新茶，當是閩中所寄。子方自閩歸，道錢塘，有《真覺瑞香花》、《雪中同游西湖》二詩。元豐七年間，爲鄜延路經略司勾當公事，故詩云：往來戎馬間，邊風裂儒冠。詩成横槊裏，楯墨何曾乾。後提點廣西刑獄。先生在惠州，數有往來書帖。元祐黨禍一作錮，諸賢多在巡内，子方不狗時好，周恤備至，士論與之。紹聖中，移守衢州。此段新刻本删削不全，今依舊本補録。

〔二〕閩漕：《苕溪叢話》：北苑茶始於太宗朝，其後大小龍團又起於丁謂，而成於蔡君謨。名爲漕閩，實董茶事。

〔三〕荔支食：蔡襄《荔支譜》：閩中惟四郡有之，福州極多，而興化軍尤爲奇特，漳、泉時亦知名。食之，有益於人。《列仙傳》稱有食其花實，爲荔支僊人。

附黄魯直作：《山谷集》題云「送曹子方福建路運判兼簡運使張仲謀」。

曹侯黄鬚便弓馬，從軍賦詩横槊間。阿瞞文武如虎兕，遠孫風氣猶斑斑。昨解弓刀丞太僕，坐看收駒十二閑。遠方不異輦轂下，詔遣中使哀恫瘝一作「痌鰥」。吾聞斯民病鹽筴，天有雨露東南乾。謝君論河秉《禹貢》，詰難蜂起安知山？老郎不作患失計，凛然宜著侍臣冠。願君不落謝公後，江湖以南尚少寬。百城閲人如閲馬，要駕亦要知才難。鹽車之下有絶足，敗群勿縱爲民殘。官焙薦璧天解顔，瀹湯試春聊加湌。子魚通印蠔破山，不但蕉黄荔子丹。道逢使者漢郎官，清溪弭節問平安。天子命我參卿事，奮髯相對亦可歡。迴波一醉嘲栲栳，山一作「小」驛官梅破早寒。

次韻王郎子立風雨一本有「敗書屋」三字有感

百年一俯仰，寒暑相主客。稍增裘褐氣，已覺團扇厄。不煩一作「須」計榮辱，此裘彼有獲。我琴終不敗，無攫亦一作「故」無醳。後生不自牧，呻吟空挾策。揠苗不待長，賣菜苦求益。

此郎獨静退，門外無行迹。但恐陶淵明，每爲飢所迫。凄風弄衣結，小雪穿門席。願君付一笑，造物亦戲劇。朝來賦雲夢，筆落風雨疾。爲君裁春衫，高會開桂籍。

附黄魯直次韻：

婦翁不可撾，王郎非嬌客。十年爲從學，苦淡共堙厄。燕雀嗤鴻漸，犬羊睨麟獲。遇逢涇渭分，睡夢春冰釋。平生五車書，才吐二三策。已作謗熏天，金珠果何益。君窮一窗下，風雨更削迹。詩工知學進，詞苦見意迫。俗情傲秦贅，婦舍不煖席。南冶從東家，不聞被嘲劇。師儒並世難，日月過箭疾。公今未有田，把筆耕六籍。

次韻黄魯直嘲小德小德魯直子其母微故其詩云解著潛夫論不妨無外家

進饌客争起，小兒那可涯。莫欺東方星，三五自横斜。名駒已汗血，老蚌空泥沙。但使伯仁長，還興絡秀家。

附黄魯直原作：

中年舉兒子，漫種老生涯。學語春蟲聒，塗窗秋雁斜。欲嗔王母惜，稍慰女兄誇。一本作「待渠能小艇，伴我釣烟沙」。解著潛夫論，不妨無外家。

慎按：《陳後山集》亦有《贈黄氏子小德》七古一首，誤入坡集，題云「贈山谷子」，今别載《他集互見》卷中，不重録。

書黄庭内景經尾并引

余既書《黄庭内景經》，以贈葆光道師。而龍眠居士復爲作經相其前，而畫余二人像其後，筆勢雋妙，遂爲希世之寶。嗟歎不足，故復贊之。曰：

太上虚皇出靈篇〔一〕，黄庭真人舞胎僊〔二〕。鬅耆兩卿相後先石刻作「前」，丱妙夾持清且妍。十有二當作「三」神服鋭堅〔三〕，巍巍堂堂人中天。問石刻作「今」我何修果此緣，是心朝空夕了然，恐非其人世莫傳。殿以二士蒼鵠騫〔四〕，南隨道師歷山淵。山人迎笑喜我還，問誰遣化老龍眠。

〔一〕虚皇靈篇：《黄庭内景經》：上清紫霞虚皇前。務成子《黄庭内景經叙》云：一名《太上琴心文》，一名《東華玉篇》。注云：此經以虚無爲主，故以黄庭標之。

〔二〕舞胎僊：《黄庭内景經》：琴心三疊舞胎僊。注云：胎僊，即胎靈。大神以其心和則神悦，故舞胎僊也。

〔三〕十二神：務成子《内景經注》云：景者，神也。其經有十三神，皆身中之内景，謂髮神、腦神、眼神、鼻神、耳神、舌神、齒神、心神、肺神、肝神、腎神、脾神、膽神也。詩中「十二」，當作「十三」。

〔四〕二十：石刻先生自題云：初李伯時畫予，且自畫其像，故云「殿以二十」。

慎按：此詩施氏、王氏本俱失載。考《欒城集》，有《次韻子瞻書黄庭内景經卷後贈蹇道士拱辰》一首，編在《送葆光蹇師遊廬山》之前，今從《全集》采出，編此。

附子由次韻：

君誦黄庭内外篇，本欲洗心不求僊。夜瞑片月墮我前，黑氣剥盡朝日妍。一暑一寒久自堅，體中風行上通天。亭亭孤立孰傍緣，至哉道師昔云然。既已得之戒不傳，知我此心未虧騫。指我嬰兒藏谷淵，言未絶口行已旋，我思其言夜不眠。

附黄魯直次韻：山谷自題詩後云：此詩此畫，百世至寶也。故復作《十三語申戒葆光道師》。

琅函絳簡蕊珠篇，寸田尺宅可蘄僊。高真接手玉宸前，女丁來謁粲亦妍。金鑰閉欲形完堅，萬物蕩盡正秋天。使形如是何塵緣，蘇李筆墨妙自然。萬靈拱手書已傳，傳非其人恐飛騫。當付驪龍藏九淵，蹇侯奉告請周旋，緯蕭探手我不眠。

送蹇道士歸廬山〔一〕

物之有知蓋恃息，孰居無事使出入？心無天游室不空，六鑿相攘婦爭席。法師逃人入廬山，山中無人自往還。往者一空還者失，此身正在無還間。綿綿不絶微風裏，内外丹成一彈指〔二〕。人間俛仰三千秋，騎鶴歸來與子游。

〔一〕蹇道士：名拱辰，字翊之。張天覺《無盡集·送羽士蹇拱辰往廬山序》略云：成都道士蹇翊之來言於余曰：吾鄉羽衣之族，娶婦生子，與俗無異。拱辰因觀神僊傳記，翻然覺悟，房闥之戀莫如婦，血肉之思莫如女。拱辰於是悉囊中所有與之，紿以他事，出遊百里，遂泛涪江，下濮水，將浮九江，入廬山，結茅於錦繡之谷，長嘯乎香爐之頂。竊聞先生窮心跡之歸，駕鐵牛之機，故不遠千里而來見也。余曰：壯哉，子之志乎！難行而行，難棄而棄，吾弗及子矣。

〔二〕内外丹：《悟真篇》：内藥還須外藥，内通外亦須通。又有《内丹注》、《外丹注》。外藥者，金丹也。内藥者，金液還丹也。

附子由作：《欒城集》題「送葆光蹇師遊廬山」。

建成市中有狂人，縱酒罵坐無與親。敲門訪我何逡巡，頭蓬面垢氣甚真。截河引水登崑崙，下洗尺宅骨髓勻。告我入室要自門，僊翁道師豈遺君。歸來插足九陌塵，獨游凝祥芳草春。蕭然孤鶴鳴雞群，子欲不死存谷神。海山微明朝日暾，丹成寄子勿妄云。出入無朕窮無垠，相思一笑君乃信。

次韻黄魯直戲贈

昨夜試微凉，汗衾初退紅。我願隨秋風，隨身入房櫳。君王不好事，只作好驚鴻。細看卷蕫尾，我家真栗蓬。

慎按：此詩施氏原本不載，新刻本載《續補》上卷，今編録於此。

附黄魯直原作三首：《山谷集》題云「情人怨戲效徐庾漫體」。

秋水無言度，荷花稱意紅。主人敬愛客，催喚出房櫳。一斛明珠曲，何時落塞鴻。試煩春筍手，聊爲剥蓮蓬。

障羞羅袂薄，承汗領巾紅。晚風斜蕫髮，逸艷照窗櫳。胡琴抱明月，竇瑟陣歸鴻。倚壁生蛛網，年光如轉蓬。

翡翠釵梁碧，石榴裙褶紅。隙光斜斗帳，香字冷熏櫳。聞道西飛燕，將隨北固鴻。鴛鴦會獨宿，風雨打船蓬。

書林次中〔一〕所得李伯時歸去來陽關二圖後〔二〕

其一

不見何戡唱《渭城》，舊人空數米嘉榮。龍眠獨識殷勤處，畫出《陽關》意外聲。

〔一〕林次中：名旦，時爲右丞郎中。伯時號龍眠居士。

〔二〕陽關圖：張芸叟《畫墁集》云：京兆安汾叟赴辟臨洮幕府，南舒李伯時自畫《陽關圖》并詩以送行，浮休居士爲繼其後。云云。《復齋漫録》云：王摩詰《送元二》絶句，李伯時取以爲畫，謂之《陽關圖》，余嘗以爲失。按，《漢書》陽關去長安五千五百里。唐人送客，西去都門三十里，特是渭城耳。今有渭城館在焉。據其所畫，謂之《渭城圖》，可也。《志雅堂雜抄》云：伯時《陽關圖》，備盡離別悲泣之態。在薛元彭家，後有題詩及書王右丞一詩，及「河東三鳳後人」印。鄧公壽《畫繼》所載，伯時畫有《歸去來》、《陽關》、《琴鶴憩寂》、《嚴陵釣灘》諸圖。

〔三〕陽關意外聲：慎按，劉禹錫《贈米嘉榮》詩：唱得凉州意外聲。本是「凉州」，非「陽關」也。東坡借用其語，自作「陽關」，彼此原不相妨。施氏、王氏注因先生云云，遂改「凉州」爲「陽關」，以遷就本文，特爲摘出，駁正。

其二

兩本新圖寶墨香，尊前獨唱《小秦王》〔一〕。爲君翻作《歸來引》，不學《陽關》空斷腸。

〔一〕小秦王：《苕溪叢話》：唐初歌詞，多是五言或七言，初無長短句。及今時則盡作此體，所存者止《瑞鷓鴣》、《小秦王》二曲是七言詩。《瑞鷓鴣》猶依字易歌，若《小秦王》，必須雜以虚聲，乃可歌也。○慎按，《小秦王》，一名《古陽關》。

附李伯時原作一首：此詩從《聲畫集》采出，原題云「小詩并畫卷奉送汾叟同年機宜奉議赴熙河幕府」。

畫出離筵已愴神，那堪真別渭城春。渭城柳色休相惱，西出陽關有故人。

附張芸叟《陽關圖歌》：此詩從《聲畫集》采出，原題云「京兆安汾叟赴臨洮幕府南舒李君自畫陽關圖并詩以送行浮休居士爲繼其後」。

古人送人贈以言，李君送人兼以畫。自寫陽關萬里情，奉送安西從辟者。澄心古紙白如銀，筆墨輕清意瀟灑。短亭離筵列歌舞，亭下喧喧簇車馬。溪邊一叟静垂綸，橋畔俄逢兩負薪。掣臂蒼鷹隨獵犬，聳耳鉅一作「駏」驢扶隻輪。長安陌上多豪俠，正值春風二三月。分明朝雨浥輕塵，客舍青青柳色新。主人舉杯苦勸客，道是西征無故人。殷勤一曲歌未闋，歌者背面沾羅巾。酒闌童僕各辭親，結束韜縢意氣振。稚子牽衣老人哭，道上行客皆酸辛。惟有溪邊釣魚叟，寂寂投竿如不聞。

李君此畫何容易，畫出魚樵有深意。爲道人間離別人，若個不因名與利。紅蓮幕府儘奇才，家盡南山紫翠堆。烜赫朱門當巷陌，潺湲流水遶亭臺。當軒怪石人稀見，夾道長松手自栽。静鎖園林鶯對語，密穿堂户燕驚回。試問主人在何所？近向安西幕府開。歌舞教成頭已白，功名未立老相催。西山東國不我與，造父王良安在哉？已卜買田箕嶺下，更看築室潁河隈。凴君傳語王摩詰，畫幅《陶潛歸去來》。

附子由二首：

百年摩詰陽關語，三疊嘉榮意外聲。誰遣伯時開縞素，蕭條邊思望中生。

西出陽關萬里行，彎弓走馬自忘生。不堪未别一杯酒，長聽佳人泣渭城。

附黄魯直四首：

斷腸聲裏無形影，畫出無聲亦斷腸。想得陽關更西路，北風低草見牛羊。

人事好乖當語誰，龍眠貌出斷腸詩。渭城柳色關何事？自是離人作許悲。以上二首題《陽關圖》。

日日言歸真得歸，迎門兒女笑牽衣。宅邊猶有舊時柳，漫向老人言是非。

人間處處猶崔子，豈忍更令三徑荒。誰與老翁同避世，桃花源裏捕魚郎。以上二首題《歸去來圖》。

附李端叔二首①：

渭城凄咽不堪聽，曾送征人萬里行。今日玉門長不閉，誰將舊曲變新聲。

三尺冰紈一絶詩，翩翩車馬送行時。尊前懷古閒開卷，見畫關山遠別離。

次韻黄諸刻作「董」訛夷仲〔一〕茶磨〔二〕

前人初用茗飲時，煮之無問葉與骨。寖窮厥味臼始用〔三〕，復計其初碾方出〔四〕。計盡功極至於磨，信哉智者能創物。破槽折杵向牆角，亦其遭遇有伸屈。歲久講求知處所，佳者出自衡山窟。巴蜀石工强鐫鑿，理疎性軟良可咄。予家江陵疑當作「陽」遠莫致，塵土何人爲披拂。

〔一〕黄夷仲：慎按，黄廉，字夷仲，山谷之叔。《山谷集》中有《叔父夷仲行狀》。元祐元年，按察成都等路茶事。二年，權發遣都大茶馬。任淵《山谷年譜》注云：夷仲，元祐初爲都大提舉成都府路推官。三年正月，除右司郎中。以時考之，正與東坡同朝。《外集》載此詩，題中作「黄夷仲」，諸刻本俱訛作「董」，今改正。

① 濟按：據《全宋詩》，此二詩非李之儀作，乃蘇頌詩也，題爲《和題李公麟陽關圖二首》。

〔二〕茶磨：《茶具十二圖》：茶磨，名石轉運，出衡山者佳。
〔三〕杵臼：《茶經》：杵臼，一曰碓，惟恒用者佳。
〔四〕碾：《茶經》：碾以橘木爲之，次以梨、桑、桐、柘爲之。内圓而外方，長九寸，闊一寸七分。

慎按：此詩施氏原本不載，新刻本載《續補》上卷，今移編於此。

卧病逾月請郡不許復直玉堂〔一〕十一月一日鎖院是日苦寒詔賜官燭法酒書呈同院〔二〕

微霰疎疎點玉堂，詞頭夜下攬衣忙〔三〕。分光玉燭星辰爛，拜賜宫壺雨露香。醉眼有花書字大，老人無睡漏聲長。何時却遂別本作「逐」桑榆暖，社酒寒燈樂未央。

〔一〕直玉堂：《夢溪筆談》：學士院玉堂，太宗曾親幸，至今惟學士上日許正坐，餘日皆不敢獨坐。《東京夢華録》云：宋内諸司皆在禁中，學士院爲第一，深嚴宥密，又謂之北扉。《文獻通考》：開寶二年，以李昉、盧多遜並直學士院，直院之名始此。蘇易簡《續翰林志》：晉天福中，詔舍人晝直者當中書，夜直者當内制。
〔二〕鎖院：《文獻通考》：天聖元年，詔學士遇隻日出宿。故事，以雙日鎖院，隻日降麻也。周必大《玉堂雜記》：禁中以鎖院爲重，或親被旨，或受熟狀，本院即關閤門。某日有鎖院事，明日文臣職事官赴文德殿聽麻，參知政事一員押麻。

〔三〕詞頭：程大昌《演繁露》：舊制，凡有除授格當命詞者，皆即日命詞，詞出須給告。故唐制五禁，稽緩居其一。《容齋三筆》：中書舍人所承詞頭，自唐至本朝，皆只就省中起草付吏。迨於告命之成，未嘗越日。故其職爲難，必欲速成故也。《夢溪筆談》：故事，堂中設視草臺，每草制，則具衣冠，據臺而坐。周必大《玉堂雜記》：内制名色不一，儤直者或未詳其體式，故凡詞頭之下者，院吏必以片紙録舊作於前。陶穀所謂「一生依本畫葫蘆」，殆謂是歟？

慎按：《邵氏聞見録》云：元祐中，除吕公著司空平章事，吕大防左僕射，范純仁右僕射。上御闈殿，見學士蘇軾曰：「公著以病求去，不欲煩以事，故以三公留之。」是夕鎖院，苦寒，詔賜宫燭、法酒。軾一夕草三制，俱畢，且飲酒賦詩。次日，以詩呈同事，人皆服其精敏。即此事也。

附李端叔次韻①：

暮召從容赴玉堂，歸來院吏寫宣忙。郢醪獨賜尊常滿，龍燭初然泪有香。起草才多封卷速，把麻人衆引聲長。百官班裏聽恩制，争誦雄文出未央。

附子由次韻：

銅鐶玉鎖閉空堂，腕脱初驚筆札忙。紅燭曉憐風雪暗，黄封微瀉桂椒香。光明坐覺幽陰破，温煖

---

① 濟按：據《全宋詩》，此詩非李之儀作，乃蘇頌作，題爲《次韻子瞻鎖院賜酒燭》。

深知覆育長。明日白麻傳好語，曼聲聽遶殿中央。

送周朝議〔一〕守漢州〔二〕

茶爲西南病〔三〕，岷俗記二李。公自注：謂杞與稷也。何人折其鋒〔四〕，矯矯六君子〔五〕公自注：謂思道與姪正孺、張永徽、吴醇翁、吕元鈞、宋文輔也。君家尤出力，流落初坐此。謂當收桑榆，華髮看劍履。胡爲犯雨一作「風」雪，歲晚行未已。念歸誠得計，顧自爲謀耳。吾聞江漢一作「海」間，瘡痏有未起。莫輕龔遂老，君王付尺箠。召還當有詔，挽袖謝隣里。猶堪作水衡，供張園林美。

〔一〕周朝議：名表臣，字思道。《職官分紀》：寄禄文散官有朝議大夫。

〔二〕漢州：《九域志》：成都府路漢州德陽郡，軍事，治雒縣。《太平寰宇記》：漢州屬劍南西道，漢廣漢郡，唐垂拱二年，分益州，立漢州。《蜀記》云：益州謂之三蜀，廣漢其一也。

〔三〕茶爲西南病：施氏原注殘脱不全，新本删改尤多缺略，今不復補録。按，《欒城集》子由《論蜀茶本末》云：孟氏據蜀，始榷茶。及藝祖平蜀，遂無禁。淳化間，因民間販賣，量行收租。近歲李杞初立茶法，禁民間私買，然所收之息，止四十萬貫。至劉佐、蒲宗閔提舉茶事，取息太重，遠人尤病。時吕陶奏乞改，行長引，令民自販茶，每一貫出錢一百，民間方有息肩。又却差孫迴、李稷入川相度，始議茶價隨時增減，取息依舊，由是息錢、長引二説並行。稷等又益以販鹽布，增額可及六十萬。及引陸師閔等共事，又增額至一百萬貫。師閔又乞於額外，以百萬貫爲獻。於成都府路置都茶場，客無現錢買茶，許以金銀折博。拘攔民間物貨入場，賤買貴賣，其害過於市易。茶法至今凡四變，每變取利益深。

〔四〕折其鋒：《後漢・桓帝紀贊》：屢折奸鋒。

〔五〕六君子：洪《容齋三筆》：蜀道諸司，惟茶馬一臺最爲富盛。茶之課利多少與民間利病，他邦無由而知。予記東坡《送周朝議》詩注六君子，謂思道與姪正孺、張永徽、吴醇翁、吕元鈞、宋文輔也。初，熙寧七年，遣三司幹當公事李杞經畫蜀茶，以蒲宗閔領其事。茶園不殖五穀，惟宜種茶，賦税一例折輸錢三百，折絹一匹三百二十，折紬一疋十錢，折綿一兩二錢，折草一圍，税額總三十萬。杞創建官場，歲增息爲四十萬。杞以疾去，都官郎中劉佐體量多其條畫，於是蒲宗閔乃議民茶息收十之三，盡賣於官場。蜀茶盡榷，民始病矣。知彭州吕陶言：天下茶法既通，蜀獨禁榷，且盡榷民茶，隨買隨賣，今日買十千，明日即作十三千賣之。比至歲終，不可勝算，豈止三分而已。佐坐罷去，以李稷代之。陶亦得罪。侍御史周尹復極論榷茶爲害，有知彭州吕陶、知蜀州吴師孟等奏，可以參驗。時利路漕臣張宗諤、張升卿復建議廢茶場司，依舊通商。稷劾其疏繆，皆坐貶秩。茶場司行札子，督綿州彰明知縣宋大章繳奏，以爲非所當用。稷又詆其賣直釣奇，坐衝替。一歲之間，通課利及息耗至七十六萬緡有奇。凡上所書，皆見國史。坡公所稱思道乃周尹，永徽乃二張之一，元鈞乃吕陶，文輔乃九一作「大」章也。正孺、醇翁之事不著。云云。○慎按，六君子：吕陶，《東都事略》有傳。再考周思道，名表臣；周正孺，名尹；張永徽，名宗謂；吴醇翁，即知蜀州之吴師孟；宋文輔，即彰明知縣宋大章。容齊詑以周尹爲思道，又不詳考吴師孟知蜀州時所奏，遂謂正孺、醇翁之事不著。今就東坡本集《雜記》，合之施氏原注，六人中惟思道事跡無可考。觀二蘇公詩，思道蓋曾任茶官，因事罷去者。

附子由三絶句：《欒城集》題「送周思道朝議歸守漢州」。

早緣民事失茶官，解印重來十二年。美惡一周還自復，始知東里解言天。

梓漢東南甲乙州，同時父子兩諸侯。自注：正孺時出守梓州。他年我作西歸計，兄弟還能得此不。

酒壓郫筒憶舊酤，花傳邱老出新圖。自注：漢州官酒，蜀中推第一。趙昌畫花，模倣丘文播，亦四川所無也。此行真勝成都尹，直爲房公百頃湖。

木　山〔一〕并引

吾先君子嘗蓄木山三峰，且爲之記與詩。詩人梅二丈聖俞，見而賦之。今三十年矣，而猶子千乘，又得五峰，益奇。因次聖俞韻，使并刻之其側。

木生不願回萬牛，願終天年仆沙洲。時來幸逢河伯秋，掀然見怪推不流。蓬婆雪嶺巧彫鏤，蟄蟲行蟻爲豪酋。阿咸大膽忽持去，河伯好事不汝尤。城中古沼浸坤軸，一林瘦竹吾菟裘。二頃良田不難買，三年榿木行可樵。會將白髮對蒼巘，魯人不厭東家邱。

〔一〕木山：老蘇公有《木假山記》。

附梅聖俞原作：

空山枯楠大蔽牛，霹靂夜落魚梟洲。魚梟水射幾千秋，蠹肌爛髓沙蕩流。惟存堅骨蛟龍鏤，形侔三山中雄酋。左右兩峰相挾翼，尊奉君長無慢尤。蘇夫子見之驚且喜，買於谿叟憑貂裘。因嗟大不爲梁棟，又嗟賤一作「殘」不爲薪樵。雨侵蘚澀得石瘦，宜與夫子歸隱邱。

附子由次韻：

江槎出没浮犀牛，波濤掀天谷爲洲。江寒水落驚霜秋，危根瘦節鳴寒流。脆朽吹去誰雕鏤，連峰列嶂立酋酋。吾家此山不易得，十年棄置空自尤。猿號鶴唳豈無意，委蛇怪我懷羔裘。西歸父老拍手笑，笑憶翁子躬薪樵。去時三山今有五，不問故園惟一邱。

送千乘千能兩姪還鄉

治生不求富，讀書不求官。譬如飲不醉，陶然有餘歡。君看龐德公一作「翁」，白首終泥蟠〔一〕。豈無子孫念，顧獨貽以安。鹿門上冢回，牀下拜龍鸞。躬耕竟不起，耆舊節獨完。

念汝少多難，冰雪落綺紈。五子如一人〔二〕，奉養真色難。烹雞獨饋母，自饗苜蓿槃。口腹雖累人，寧我食無肝。西來四千里，敝袍不言寒。秀眉似我一作「我似」者，詵兄，亦復心閒寬。忽然舍我去，歲晚留餘酸。我豈軒冕人，青雲意先闌。汝歸蒔松菊，環以青琅玕。榿陰三年成〔三〕，可以挂我一作「吾」冠。清江入城郭，小圃生微瀾。相從結茅舍，曝背談金鑾。

〔一〕泥蟠：《揚子》：龍蟠於泥，蚖其肆矣。

〔二〕五子：《欒城集·伯父墓表》云：公諱涣，字公群。子三人，不欺、不疑、不危。孫男十二人，千乘、千運、千之、千能、千里、千秋、千經、千傑、千鈞、千尋、千億、時暉。本集《提刑公墓表》云：不欺，官太子中舍；不疑，承議郎，通判嘉州；不危，家居不仕。所載千之兄弟十二人，未嘗指某某爲不欺之子。王氏注云：五子即千乘、千之、千能、千秋、千鈞。「我兄」即太子中舍不欺，豈別有所據耶？俟再考。

〔三〕榿：本集《題少陵詩後》云：蜀中多榿木。讀如欹仄之「欹」，散材也，樹中薪耳。然易長，三年乃拱。

慎按：山谷跋此詩後云：觀東坡二丈詩，想見風骨巉巖，而接人仁氣粹温也。觀黄門詩，頎然峻整，獨立不倚，在人眼前。元祐中，每同朝班，予嘗目爲成都兩石筍也。

附子由次韻：

少年食糠覈，吐去願一官。躬耕遇歛穫，不知以爲歡。謂言一飛翻，要勝終屈蟠。朝廷未遑入，江海失所安。多憂變華髮，照影慚雙鸞。恩從萬里歸，獨喜大節完。日食太倉米，篋中有餘紈。奇窮不當爾，自信處此難。長女聞孀居，將食泪滴槃。老妻飽憂患，悲吒摧心肝。西飛問黄鵠，誰當救饑寒？二子憐我老，聾致心一寬。別久得會合，喜極成辛酸。忽聞倚門望，有書驚歲闌。深情見緩急，欲報飛琅玕。勸爾勤孝友，慎毋慕衣冠。淵渟自成井，放瀉當生瀾。豈有白雪駒，舉足無和鑾。

送周正孺知東川〔一〕

得郡書生榮，還家昔人重。而況東西川〔二〕，千騎許上冢。里門下車入，父老自一作「且」驚聳。端如一作「知」。何武賢，不事長卿寵。清時養材傑，杞梓方培擁。未應遺合抱，取用及把拱。如君尚出麾，顧我宜耕壟。告歸謝先手，求去悔不勇。豈云慕廉退，實自知衰冗。爲君掃棠陰，畫像或相踵。公自注：蜀中太守無不畫像者。

〔一〕周正孺，名尹。注詳前。

〔二〕東西川：歐陽忞《輿地廣記》：梓州路，梁末置新州，隋改新州爲梓州。唐乾元後，升爲劍南東川節度，宋爲静戎軍。《太平寰宇記》：唐貞觀中，置劍南道爲西川。貞元中，置東川府於梓州，今潼川州也。《九域志》：成都府路爲劍南西川，梓州路爲劍南東川，梓潼郡治郪縣。

附子由絶句三首：《欒城集》題云「送周正孺自考功郎中歸守梓潼兼簡吕元鈞」。

白髮熙寧老諍臣，凛然心膽大如身。吾儕坐看馮唐去，誰起雲中廢棄人？

十年符竹守吾州，故吏相逢嘲土牛。每謂徐公不堪用，諸人自與世沉浮。

東道如聞近稍安，乘驄按部凛生寒。忽逢太守能相下，俱是從來言事官。

題李伯時畫趙景仁琴鶴圖二首〔一〕

其一

清獻先生無一錢〔二〕，故應琴鶴是家傳。誰知默鼓無絃曲，時向珠宫舞幻僊。

〔一〕趙景仁：按，《清獻公墓志》：二子，長曰屼，終於灊令。次曰岏，官尚書考功員外郎。景仁，岏字也。

〔二〕清獻先生：本集《神道碑》：公諱抃，字閲道，衢之西安人。景祐元年進士。曾公亮以臺官薦，召爲侍御史，號鐵面御史。後知成都。神宗即位，召知諫院。上謂曰：「聞卿匹馬入蜀，以一琴一鶴自隨，爲政簡易，亦稱是耶？」居三月，擢諫議大夫、參知政事，再知杭。元豐二年，加太子少保，致仕。退居於衢東南，高士多從之遊。卒謚清獻。

其 二

醜石寒松未易親，聊將短曲調長人。乘軒故自非明眼，終日傲傲舞爨薪。

次前韻再送周正孺

東川得望郎〔一〕，坐與西争重。高風傾石室，舊學鄙文冢〔二〕。公自注：劉蜕文塚銘，在梓州。蜀人安使君，所至野不聳。竹馬迎細侯，大錢送劉寵。遥知句溪路〔三〕，老稚相扶擁。看畫古叢祠，百怪朝幽拱。牛頭與兜率〔四〕，雲木蔚堆壟。醉鄉追舊遊，筆陣賈餘勇。聊將詩酒樂，一掃簿書冗。西風吹好句，珠玉本無踵。

〔一〕望郎：孫樵《高郎中墓志》：鴛行望郎，錦川使星。

〔二〕文冢：《名勝志》：劉蜕文塚在兜率寺内。○按，蜕，桐廬人，唐懿宗朝爲左拾遺，上書言令狐綯之子不宜爲言官，貶山陽令，寓居潼川。按，《蜕文塚銘》其自序云：「長沙劉蜕復愚爲文，不忍棄其草，聚而封之。」與《名勝志》異。

〔三〕句溪：《方輿勝覽》：句溪廟即天齊王祠，在中江縣治西，祀隋凱州守李直之。按，直之，字正叟，長安人。守凱州，化行俗美，後乞骸歸，隱銅官山。

〔四〕牛頭兜率：《元和郡縣志》：牛頭山在潼川州西南，上有長樂寺，爲一方勝概。《方輿勝覽》：兜率寺在南山，一名長壽寺。隋開皇時建，林泉糾合，山川表裏。見王勃《本寺碑》。

書王定國所藏烟江疊嶂圖 公自注：王晉卿畫。

江上愁心千疊山〔一〕，浮空積翠如雲烟。山耶雲耶遠莫知，烟空雲散山依然。但見兩崖蒼蒼暗絶谷，中有百道飛來泉。縈林絡石隱復見，下赴谷口爲奔川。川平山開林麓斷，小橋野店依山前。行人稍度喬木外，漁舟一葉江吞天。使君何從得此本，點綴毫末分清妍。不知人間何處有此境，徑欲往買二頃田。君不見武昌樊口幽絶處，東坡先生留五年。春風摇江天漠漠，暮雲卷雨山娟娟。丹楓翻鴉伴水宿，長松落雪驚晝眠。桃花流水在人世，武陵豈必皆神僊。江山清空我塵土，雖有去路尋無緣。還君此畫三嘆息，山中故人應有招我歸來篇。墨蹟後有「元祐三年十二月十五日子瞻書」十三字。

〔一〕江上愁心：唐張説有《江上愁心賦》。

附王晉卿次韻：此詩從《式古堂書畫考》采出。

帝子相從玉斗邊，洞簫忽斷散非烟。平生未省山水窟，一朝身到心茫然。長安日遠那復見，掘地寧知能及泉。幾年漂泊漢江上，東流不舍悲長川。山重水遠景無盡，翠幞金屏開目前。晴雲漠漠曉籠岫，碧嶂溶溶春接天。四時爲我供畫本，巧自增損媸與妍。心匠構盡遠江意，筆鋒耕出西山田。蒼顔華髮何所遺，聊將戲墨忘餘年。將軍色山自金碧，蕭郎翠竹夸嬋娟。風流千載無虎頭，於今妙絶推龍眠。豈圖俗筆挂高咏，從此得名似謫僊。愛詩好畫本天性，輞川先生疑夙緣。會當别寫一匹烟霞境，更應消得玉堂醉筆揮長篇。

王晉卿作煙江疊嶂圖僕賦詩十四韻墨跡有「而」字晉卿和之語特奇麗因復次韻不獨紀其詩畫之美亦爲道其出處契闊之故而終之以不忘在莒之戒亦朋友忠愛之義也按墨跡，此詩末有「閏十二月晦日醉後寫此」十字。

山中舉頭望日邊，長安不見空雲烟。歸來長安望山上，時移事改應潸然。管絃去盡賓客散，惟有馬埒編金泉別本作「錢」者，訛。渥洼故自千里足，要飽風雪輕山川。屈居華屋啗棗脯，十年俛仰龍旗前。却因瘦病出奇骨，鹽車之厄寧非天。風流文采磨不盡，水墨自與詩争妍。畫山何必按，墨蹟「何必」作「不獨」山中人，田歌自古非知田。鄭虔三絶君有二，筆勢挽回三百年。欲將巖谷亂窈窕，眉峰修嫮誇連娟。人間何有春一夢，此身將老蠶三眠。山中幽絶不可久，要作平地家居僊。能令水石長在眼，非君好我當誰緣。願君終不忘在莒，樂時更賦《囚山篇》。公自注：柳子厚有《囚山賦》。

附王晉卿再次韻：原題云「子瞻再和前篇非惟格韻高絶而語意鄭重相與甚厚因復用韻答謝之」。

憶從南澗北山邊，慣見嶺雲和野烟。山深路僻空弔影，夢驚松竹風蕭然。杖藜芒屩謝塵境，已甘老去棲林泉。春籃采术問康伯，夜竈養丹陪稚川。漁樵每笑坐争席，鷗鷺無機馴我前。一朝忽作長安夢，此生猶欲更問天。歸來未央拜天子，枯荄敢自期春妍。造物潛移真幻影，感時未用驚桑田。醉來却畫山中景，水墨想像追當年。玉堂故人相與厚，意使嫫母齊聯娟。豈知憂患耗心力，讀書懶去但欲眠。屠龍學就本無用，只堪投老依金僊。更得新詩寫珠玉，勸我不作區中緣。佩服忠言非論報，短章重次《木瓜篇》。

慎按：周密《雲烟過眼録》云：王晉卿《烟江疊嶂圖》幾二丈，後有與東坡唱和詩各二首，王駙馬押。徐容齋所藏。張丑《書畫舫》云：此詩真跡，今在太倉王長公家。又，《式古堂書畫考》載晉卿詩二首云云，前一首小行書，後一首中行書，皆絹本，末題「元祐己巳正月初吉晉卿書」，今采附東坡詩後，己巳乃元祐四年，似應編次下卷，今因題類編。

次韻王定國會飲清虚堂

何遜揚州又幾年，官梅詩興故依然。何人可復閒季孟，與子不妨中聖賢〔一〕。卜築君方淮上郡，歸心我已劍南川。此身正似蠶將老，更盡春光一再眠。

〔一〕聖賢：俞德隣《佩韋齋輯聞》：鄒陽賦云：清者爲酒，濁者爲醴。清者聖明，濁者愚騃。故魏人廋語云：清者聖，濁者賢。皇甫嵩《醉鄉日月》：酒以色清味重而飴者爲聖，色濁而味苦者爲賢。

慎按：施氏原注：王定國嘗通守揚州，此詩章首云云，又以何遜喻定國也。是時定國始得揚州，故云「卜築君方淮上郡」。未幾，言者論罷，未嘗到任也。而任淵注《山谷年譜》云：東坡有《和王定國會飲清虛堂》，作時定國歸自揚州，與施注不合，當以任注爲據。

附子由次韻：

枯木無枝不記年，寒灰誰遣强吹然。南遷不折知非妄，未老求閒愈覺賢。屢出詩章新管籥，偶開畫卷小山川。簿書堆委慚君甚，撥去歸來粗了眠。

興龍節侍宴前一日微雪與子由同訪王定國小飲清虛堂定國出數詩皆佳而五言尤奇子由又言昔與孫巨源同過王定國感念存殁悲嘆久之夜歸稍醒各賦一篇明日朝中以示定國也〔一〕

天風淅淅飛玉沙，詔恩歸沐休早衙。遥知清虛堂裏雪，正似薝蔔林中花。出門自笑無所詣，呼酒持勸惟君家。踏冰凌兢戰疲馬，扣門剥啄驚寒鵶。羡君五字入詩律，欲與六出争天葩。頭風已倩檄手愈，背癢却得僊爪爬。銀瓶瀉油浮螘酒，紫盌鋪粟盤龍茶。幅巾起作鸜鵒舞，疊鼓誰摻漁陽撾。九衢燈火雜夢寐，十年聚散空咨嗟。明朝握手殿門外，共看銀闕暾朝霞。

〔一〕興龍節：《宋史・哲宗本紀》：十二月初七日，帝生日也。避僖祖忌辰，以次日爲興龍節。

附子由作：原題云「雪中訪王定國感舊」。

昔游都城歲方除，飛雪紛紛落花絮。徑走城東尋故人，馬蹄旋没無尋處。翰林詞人呼巨源，笑談清夜倒清尊。住在城西不能返，醉卧吉祥朝日暾。相逢却説十年事，往事皆非隔生死。惟有飛雲似昔時，許君一醉那須起。蘭亭俛仰迹已陳，黄公酒壚愁殺人。君知散聚翻覆手，莫作吴楚乘朱輪。

王晉卿所藏著色山二首

其一

縹緲營邱水墨僊〔一〕，浮空出没有無間。爾來一變風流盡，誰見將軍著色山〔二〕。

〔一〕營邱：王明清《揮麈録》：李成，字咸熙，系出長安唐之後裔。避地徙營邱。嗜酒，善奕、琴，妙畫山水。周世宗時，樞密使王朴與之友善，嘗召赴輦下，會朴亡，因放誕酣飲，遨遊搢紳間。後客家於陳，病酒，卒，年四十九。子覺，仕太宗，歷國子博士。其後以覺贈光禄丞。覺，字仲明，列三朝國史《儒學傳》。覺之子宥，仕至諫議大夫、知制誥，有傳載兩朝史。云：祖成，五代末以酒詩游公卿間，善模寫山水，至得意，殆非筆墨所成。歐陽公《歸田録》乃云：李成仕至本朝尚書郎，誤矣。米元章《畫史》復云贈銀青光禄大夫，又甚誤也。

〔二〕著色山：《圖繪寶鑑》：李思訓，唐宗室也。官至左武衛大將軍。畫皆超絶，尤工山水林泉，筆格遒勁，得湍瀨潺湲烟霞縹緲難寫之狀，用金碧輝映，爲一家法。後人所畫著色山，往往多宗之，然至妙處，不可到也。

其　二

犖确何人似退之，意行無路欲從誰〔一〕？宿雲解駮晨光漏，獨見山紅澗碧時。

〔一〕意行：劉禹錫《蠻子歌》：腰斧上高山，意行無舊路。

次韻黄魯直效進士作二首

歲寒知松柏

龍蟄雖高卧，雞鳴不廢時。炎凉徒自變，茂悦兩相知。已負棟梁質，肯爲兒女姿？那憂霜留留，未喜日遲遲。難與夏蟲語，永無秋實悲。誰知此植物，亦解秉天彝。

慎按：《黄山谷集·擬省題四首》：一，《東觀讀未見書》；二，《歲寒知松柏》；三，《被褐懷珠玉》；四，《款塞來享》。任淵注《歲寒知松柏》詩下云：此篇效進士體。元有兩篇，按，「知」字韻一首，在《外集》，先生所和，即此韻也。

附黄魯直原作：

松柏天生獨，青青貫四時。心藏後彫節，歲有大寒知。慘淡冰霜晚，輪囷澗壑姿。或容螻蟻穴，未見斧斤遲。摇落千秋静，婆娑萬籟悲。鄭公扶正觀，已不見封彝。

款塞來享

蠢爾氐羌國，天誅亦久稽。既能知面内，不復議征西。斥堠銷兵火，邊城息鼓鼙。輸忠修貢職，棄過爲黔黎。雪滿流沙静，雲沉太白低。巍巍二聖治，盛德古難齊。

慎按：本集《雜記》云：元祐三年十二月二十八日，上御延和殿，奏范鎮新樂。時西夏方遣使。款延州塞，故進士作《延和殿奏新樂賦及款塞來享》詩，任淵注山谷詩云：元祐三年，夏人遣使謝封册，故以命題，非也。此詩施氏原本不載，今考據年月，從《續補》下卷類編於此。

附黄魯直原作：

前朝夏州守，來款塞門西。聖主敷文德，降書付狄鞮。氊裘瞻日月，剺面帶金犀。殿陛閒干羽，邊亭息鼓鼙。永輪量谷馬，不作觸藩羝。聲勢常相倚，今聞定五溪。

夜直玉堂携李之儀端叔詩百餘首讀至夜半書其後〔一〕

玉堂清冷不成眠，伴直〔二〕難呼孟浩然〔三〕。暫借好詩消永夜，每逢佳處輒參禪。愁侵硯滴初含凍，喜入燈花欲鬬妍。寄語君家小兒子，他時此句一時編。

〔一〕李之儀：《東都事略》：李之儀，字端叔，姑孰人。舉進士。元祐中，爲樞密院編修官。能詩，善屬文，工於尺牘。後坐黨籍，廢斥。所著有《姑溪集》。

〔二〕伴直：牟子才《玉堂石刻跋》云：玉堂地切禁省，諸學士皆有儤宿之直。唐人每以北廳堦前花甎道，爲入直之候。故舊規，交宿例有早入、晚入、伴入之名。國朝因唐制，然學士皆早入。又單直，無復伴直矣。故太宗以來，雙日夜直，隻日下直。

〔三〕孟浩然：《唐書·孟浩然傳》：王維私邀入内署，俄而，玄宗至，浩然匿牀下。維以實對。帝曰：「恨未見也！何懼而匿？」詔浩然出。云云。周益公云：東坡直玉堂，用孟浩然事。考新舊《唐書·王維傳》，皆不載曾入翰林，况禁地亦非外人可至。疑蘇公自有所據。按，李肇《翰林志》：明皇初，改北門學士爲翰林待詔，張説、徐堅、張九齡、徐安相繼被薦，而不及維。後又改爲翰林供奉，計一時才藝之士，畢集其中。如維能詩善畫，固宜預選。新史既采雜説，載伴直事於《浩然傳》，則《維傳》自不必書矣。

慎按：《詩眼》云：東坡「暫借好詩」二句，蓋端叔用意太過，「參禪」之句，所以儆之云。

次韻王定國得晉卿酒相留夜飲

短衫壓手氣横秋，更著僊人紫綺裘。使我有名全是酒，從他作病且忘憂。詩無定律君應將，醉有真鄉我可侯。且倒餘尊盡今夕，睡蛇已死不須鈎。

慎按：此詩施氏原本不載，新刻本載入《續補》下卷，今據《外集》改編。

范景仁和賜酒燭詩復次韻謝之〔一〕公自注：時公方奏新樂。

笙磬分均上下堂〔二〕，公自注：舊法，堂上之樂皆受笙均，堂下之樂皆受磬均。游魚舞獸自奔忙。朱絃初識孤桐韻，公自注：舊樂金石聲高而絃聲微，今樂金石與絲聲皆著。玉琯猶聞秬黍香。公自注：舊法，以尺生律，今以黍定律，以律生尺。萬事今方一作「方今」咨伯始，一斑我亦愧真長。此生會見三雍就〔三〕，無復寥寥嘆未央。

〔一〕景仁新樂：《東都事略·范鎮傳》：初，仁宗命李照改定大樂，下王朴樂三律，又使胡瑗等考正。范鎮與司馬光皆上疏，論律尺之法。後仁宗詔鎮與劉几定樂。鎮曰：「定樂當先正律。」作律尺，龠合，升斗，豆區，鬴斛，欲圖上之。而劉几即用李照樂加用四清聲而奏樂成。詔罷局，賜賚有加。鎮謝曰：「此劉几樂也，臣何與焉。」及致仕，請太府銅爲之，逾年乃成。比李照樂下一律有奇。《宋史·樂志》：范鎮新樂成，上樂章三、鑄律十二、編鐘十二、鎛鐘衡一、尺一、斛一、編磬十二、特磬一、簫、笛、塤、篪、巢笙、和笙各二，并及圖法。帝與太皇太后御延和殿，詔執政、侍從皆往觀。范蜀公《樂書》云：王朴始用尺定律，聲與器皆失之。太祖患其聲高，減一律，仁宗皇祐中，又減半律。然太常樂比之唐聲，猶高五律，比今燕樂高三律，失之於以尺生律也。宜訪求真黍，以定黄鍾，云云。

〔二〕分均：徐景安《樂章文譜》：變宫以均字爲譜。《困學紀聞》：凡十二律皆有二變，一律之内通五聲，分爲七均。

〔三〕三雍：《漢書·河間獻王傳》：武帝時，獻雅樂，召對三雍宫。《後漢·儒林傳》：建武五年，修起太學，中元元年，初建三雍。注云：謂辟雍、明堂、靈臺也。

附范純父次韻：此詩從《范太史集》中采出。

晨入金華暮浴堂，聲容不動筆奔忙。星間忽降龍銜耀，天上重分玉醴香。欲灺寒宵宫漏永，半酣歸夢蜀山長。起看絳闕銀河曉，山立千官拱未央。

東坡先生編年詩卷三十一

古今體詩四十九首 元祐四年己巳春由翰林學士除龍圖閣學士，四月以後出知杭州，盡一年。

慎按：以下四首，施氏原本錯編上卷末，今改置卷首，以從編年之例。

次韻劉貢父春日賜幡勝〔一〕

寛詔隨春出内朝，三軍喜氣挾狐貂。鏤銀錯落翻斜月，剪綵繽紛舞慶霄。臘雪强飛纔到地，曉風偷轉不驚條。脱冠徑醉應歸卧，便腹從人笑老韶。公自注：前一日微雪，是日幕次賜酒。

〔一〕春日賜幡勝：《東京夢華録》：立春日，宰執、親王、百官皆賜金銀幡勝，入賀訖，戴歸私第。《文昌雜録》：立春日，賜三省官采勝，謝於紫宸殿門。

附孔武仲次韻：

鏤幡剪勝喜傾朝，不問紆藍與珥貂。群玉參差排曉日，萬花瑣碎動春霄。蕙風已轉東郊緑，柳雪猶低北苑條。從此恩波與温律，併隨歌頌入咸韶。

再和

與君流落偶還朝，過眼紛綸七葉貂。莫笑華顛羞采勝，幾人黄壤隔青霄。行吟未許窮騷雅，坐嘯猶能出教條。記取明年江上郡，五更春枕夢春韶。

附孔武仲再次韻：

拜賜怱怱早上朝，公卿前列盡金貂。日留愛景明雙闕，春逐恩輝下九霄。靈沼輕澌猶覆水，上林微緑已縈條。自慚羽翮非鸞鳳，亦預彤庭舞舜韶。

葉公秉〔一〕王仲至見和次韻答之〔二〕

袗絺方暑亦堪朝，歲晚淒風憶皂貂。共喜鵷鸞歸禁籞，心知日月在重霄。君如老驥初遭絡，我似枯桑不受條。强鑷霜須簪彩勝，蒼顏得酒尚能韶。

〔一〕葉公秉：施氏原注：葉公秉，名均，時爲秘書監。

〔二〕王仲至：《宋史》：王欽臣，字仲至，宋城人。以父洙蔭入官，試學士院，賜進士第。《侯鯖録》：欽臣，神宗時名臣。原叔之子，大臣薦文藝，召試學士院。試罷賦詩，有「翠木陰陰白玉堂，老來方始試文章」之句，蓋被用時年已老矣。

再　和

衰遲何幸得同朝，温勁如君合珥貂。誰惜異才蒙徑寸，自慚枯枿借凌霄。光風泛泛初浮水，紅糝離離欲綴條〔一〕。後日一尊何處共，奉常端冕作《咸》《韶》。

〔一〕紅糝：韓愈詩：始見洛陽春，桃枝綴紅糝。

和王晉卿送梅花次韻

東坡先生未歸時，自種來禽與青李。五年不踏江頭路，夢逐東風泛蘋芷。江梅山杏爲誰容，獨笑依依臨野水。此間風物君未識，花浪翻天雪相激。明年我復在江湖，知君對花三歎息。

慎按：石刻先生自題此詩後云：僕去黄州五周歲矣，飲食夢寐，未嘗忘之。方請江湖一郡，書此一詩，寄王文父、子辯兄弟，亦請一示李樂道也。此詩施氏原注編上卷知貢舉之後，而詩中有「五年不踏江頭路」之句，當是元祐四年作，今改編。

次韻王晉卿惠花栽栽所寓張退傅第中〔一〕

坐來念念失前人，共向空中寓一塵。若問此花誰是主，天教閒客管青春。

〔一〕張退傅：《宋宰輔編年録》：張士遜，字退傅，博州人。歷事太宗、真宗、仁宗，凡三入相。康定元年致仕，封鄧國公。就第十年卒，年八十六，謚文懿。《宋史新編》云：士遜，字順之，與《編年録》互異。○慎按，《東都事略》：士遜以太傅致仕歸老，自號退傅，非其字也。大觀末，蔡魯公以太師罷相，詔以南園賜之。蔡作詩云：八年帷幄竟何爲，更賜南園寵退師。以此例之可知矣。

次韻王晉卿上元侍宴端門〔一〕

月上九門開，星河繞露臺。君方枕中夢，我亦化人來。光動仙毬縋，香餘步輦回，相從穿萬馬，衰病若爲陪。

〔一〕上元端門：《石林燕語》：端門在大慶殿之南。朱弁《曲洧紀聞》：本朝太宗以三元不禁夜，上元御端門，中元、下元御東華門。後罷中元、下元，而上元遊觀之盛，冠於前代矣。

王鄭州挽詞〔一〕

羡君華髮起琳宫，右輔初還鼓角雄。千里農桑歌子産，一時冠蓋慕蕭嵩。那知聚散春糧外，便有悲歡過隙中。京兆同僚幾人在，猶思對案筆生風。公自注：吾爲開封府幕，與子難同廳。

〔一〕王鄭州：字子難，失考。

附子由作：《欒城集》題云「王子難龍圖挽詞」。

帝子乘鸞已列仙，遺芳留得衆孫賢。俊科早與寒儒競，禁從終償白髮年。輦路聯鑣驚往事，圃田回首泣新阡。舊聞推歷知天命，看熟黄粱定灑然。

書王定國所藏王晉卿畫著色山二首

其一

白髮四老人，何曾在商顔？煩君紙上影，照我胸中山。山中亦何有，木老土石頑。正賴天日光，澗谷紛斕斑。我心空無物，斯文定何閒〔二〕一作「何足關」。君看古井水〔三〕，萬象自往還。

〔一〕定何間：陶潛《連雨獨飲》詩：世間有松喬，於今定何間。

〔二〕古井水：白居易詩：無波古井水。

其二

君歸嶺北初逢雪，我亦江南五見春。寄語風流王武子，三人俱是識山人。

呈定國《外集》題云「絶句呈王定國」。

舊病應逢醫口藥，新粧漸畫入時眉。信知詩是窮人物，近覺王郎不作詩。

慎按：此詩施氏原本不載，新刻本載《續補》下卷，今據《外集》移編。

寄傲軒

先生英妙年，一掃千兔秃。仕進固有餘，不肯踐塲屋。通闤何所傲，傲名非傲俗。定知軒冕中，享榮不償辱。豈無自安計，得失猶轉轂。先生獨揚揚，憂患莫能瀆。得如虎挾乙，失若龜藏六〔一〕。茅簷聊寄寓，俯仰亦自足。東坡無邊春，方寸盡藏蓄。醉哦旁若無，獨侑一尊醁一作「緑」。牀頭車馬道，殘月挂踈木。朝客紛擾時，先生睡方熟。

〔一〕龜藏六：《法句譬喻經》云：龜從河出，水狗欲噉龜，龜縮頭尾，四脚藏於甲中，遂不敢噉。沙門説偈云：藏六如龜，防意如城。慧與魔戰，勝則無患。

慎按：此詩施氏原本不載，新刻本載《續補》上卷，今據《外集》移編。

附李端叔詩：《姑溪集》題云「題韋深道寄傲軒」。

南窗何似北窗凉，寄傲風來各有方。千古光輝如昨日，一時收拾付新堂。已驚醆裏醅初緑，更覺籬邊菊漸黄。就使主人官即顯，此間高興定難忘。

送吕昌朝知嘉州

不羡三刀夢蜀都，聊將八咏繼一作「寄」東吴〔一〕。卧看古佛凌雲閣〔二〕，敕賜詩人明月湖〔三〕。得句會應緣竹鶴，思歸寧復爲蓴鱸。横空好在修眉色，頭白猶堪乞左符〔四〕。

〔一〕八咏寄東吴：《海録碎事》：僞蜀歐陽彬出領嘉州，曰：「青山緑水中爲二千石，作詩飲酒，爲風月主人，豈不佳哉？」其後，太守吕昌朝以宋迪所畫八景皆天下名勝，懸於州治，與相映發。蘇子瞻有《八咏寄東吴之贈》。

〔二〕凌雲閣：《方輿勝覽》：九頂山在嘉州城東，每峰舊皆有寺，今惟存凌雲一寺。唐開元中，僧海通鑿山爲彌勒大像，高三百六十尺，積十九年而工始備。韋皇有《大像記》。《墨莊漫録》：《嘉州凌雲寺大像記》，張綽書，其碑甚豐。

〔三〕明月湖：《名勝志》：明月樓在嘉州城譙樓之右，下瞰明月湖。郭璞讖云：「鬱姑鬱姑，將州對洛都。但看千載後，變成明月湖。」後隋鬱姑將軍始開此湖也。洛都，山名，在嘉州西五里。

〔四〕左符：《唐書·輿服志》：隨身魚符，左二右一，左者通内，右者隨身。皆盛以袋，三品以上飾以金，五品以上飾以銀。景雲中，詔衣紫者以金飾，衣緋者以銀飾，謂之章服。程大昌《演繁露》：漢太守之官，必得左符以出，至郡用以爲驗。蓋右符先已留州，故令以左合右也。唐世刺史亦執左魚至州，與右魚合契。

次韻黄魯直寄題郭明父府推潁州西齋二首〔一〕

其一

樹頭啄木常疑客，客去而瞋定不然。脱轄已應生井沫，解衣聊復起庖煙。平生詩酒真相污，此去文書恐獨賢。早晚西湖暎華髮，小舟翻動水中天。

〔一〕府推：孫彦同《職官分紀》：惟開封及京留守有判官、推官，其餘名節推、察推者，皆幕職官也。

其二

寂寞東京月旦州〔一〕，德星無復綴珠旒。莫嗟平輿空神物〔二〕，尚有西齋接勝流。春夢屢尋湖十頃，家書新報橘千頭。雪堂亦有思歸曲，爲謝平生馬少游。

〔一〕月旦州：《太平寰宇記》：蔡州汝陽縣，唐貞元七年，割汝水之南地，置汝南縣。元和十三年，以地復歸汝陽。安城廢城在汝陽縣東水，北有二龍鄉、月旦里是也。

〔二〕平輿神物：歐陽忞《輿地廣記》：平輿縣有葛陂，水物含靈。後漢費長房投竹化龍處。

附黄魯直原作二首：

食貧自以官爲業，聞説西齋意凛然。萬卷藏書宜子弟，十年種木長風烟。未嘗終日不思潁，想見先生多好賢。安得雍容一尊酒，女郎臺下水如天。

東京望重兩并州，遂有汾陽整綴流。翁伯入關傾意氣，林宗異世想風流。君家舊事皆青史，今日高才未白頭。莫倚西齋好風月，長隨三徑古人遊。

次韻秦少章〔一〕和錢蒙仲〔二〕

碧畦黄隴稻如京，歲美人和易得情。鑑裏移舟天外思，地中鳴角古來聲。山圍故國城空在，潮打西陵意未平〔三〕。二子有如雙白鷺〔四〕，隔江相照雪衣明。

〔一〕秦少章：《東都事略》：秦觀弟覿，字少章，亦能文。陳後山有《送少章》詩，注云：「元祐四年三月，東坡自翰苑出知杭州，少章時從東坡學。黄山谷有《送少章從蘇公餘杭》詩，張文潛有《送秦覯從蘇杭州爲學序》，少游有《送少章弟赴仁和主簿》詩。

〔二〕錢蒙仲：穆父之子。穆父知越州，蒙仲時亦在越，故結句云「隔江相照雪衣明」。

〔三〕西陵：《越絶書》：浙江南路西城者，范蠡敦兵處也。其陵可守，故謂之固陵。

〔四〕二子如鷺：《詩・振鷺》箋：杞宋之君，有潔白之德，其至止亦有此容，言威儀之善如鷺然。

次韻錢越州〔一〕

髯尹超然定逸群〔二〕，南遊端爲訪雲門。謫仙歸侍玉皇案〔三〕，老鶴來乘刺史轓。已覺簿書哀老子，故知籩豆有司存。年來齒頰生荆棘，習氣因君又一言。

〔一〕錢越州：名勰，字穆父。先生有《送穆父守越州》詩，見上卷。

〔二〕髯尹：穆父自知開封府出守越，故稱尹。

〔三〕玉皇案：《唐志》：宣政殿朝日，殿上設黼座、躡席、熏爐、香案，宰相兩省官對班於香案前。程大昌《演繁露》：香案在殿上對班案前者，乃從殿下準望言之。及入閤而夾侍香案，亦從左右準望，非真夾並香案也。元稹自言「我是玉皇香案吏」，其亦準望而爲言歟！宋景文《筆記》：予領門下省，天子排正仗，吏設香案於前殿，修注官夾案立，此時二史已立殿上矣。

同秦仲二子〔一〕雨中遊寶山〔二〕

平明已報百吏散，半日來陪二子閒。立鵠一作「鶴」低昂烟雨裏，行人出没樹林間。

〔一〕秦仲二子：施氏原注：黄師是龍圖諸孫直孺，以其先世此詩石刻歸宿。後題云：元祐四年八月二十六日，偶同仲天貺、秦少章來游寶山。石刻雖已湮泐，而字極姿媚可愛。此段新刻本删去，今補注。

〔二〕寶山：注見前。

去杭州十五年〔一〕復遊西湖用歐陽察判韻〔二〕

我識南屏〔三〕金鯽魚〔四〕，重來拊檻散齋餘。還從舊社得心印，似省前生覓手書。葑合平湖久蕪没〔五〕一作「漫」，人經豐歲尚凋疎。誰憐寂寞高常侍，老去狂歌憶孟諸〔六〕。

〔一〕去杭十五年：《咸淳臨安志》：元祐四年，熊本自杭徙知江寧府。蘇軾自翰林學士乞郡，三月丁亥得旨，以龍圖閣學士知杭州。○慎按，《年譜》：先生於熙寧辛亥通判杭州，甲寅九月，自杭移知密州，至元祐己巳，十五年矣。先生以七月三日到杭州任，謝表云：江山故國，所至如歸。父老遺民與臣相問，知朝廷輟近侍爲太守，蓋聖主視天下如一家云云。

〔二〕歐陽察判：名失考。按，《職官分紀》：諸州幕職，有觀察判官。

〔三〕南屏：《西湖遊覽志》：净慈寺畔有南屏興教寺，舊名善慶，中有齊雲亭、清曠樓。載先生此詩於條下。

〔四〕金鯽魚：《長公外紀》：南屏萬工池，舊有金魚，魚有鯽有鯉，鯽食淤澱，鯉食螺蜆。若餅餌之類，則皆食之。《咸淳臨安志》：中都有豢魚者，多變金色鯽爲上，鯉次之。問其術，秘不肯言。或云以闤市洿渠之小紅蟲飼，凡魚百日皆然。初白如銀，漸次黄，久則金矣。又别有雪質而黑章，的皪若漆，曰玳瑁魚，文采尤可觀。

〔五〕葑合平湖：本集《請開西湖狀》云：錢氏有國，置撩湖兵千人，日夜開濬。自國初以來，稍廢不治，水涸草生，漸成葑田。熙寧中，通判本州，湖之葑合者蓋十二三。今者十六七年間，遂塞其半，父老皆言，更二十年，無西湖矣。

〔六〕孟諸：《元和郡縣志》：孟諸，澤名。在宋州虞城縣西北，周圍五十里，俗號盟諸澤。高適詩：我本狂歌孟諸野，一生自是悠悠者。

與莫同年雨中飲湖上〔一〕

到處相逢是偶然，夢中相對各華顛。還來一醉西湖雨，不見跳珠十五年。

〔一〕莫同年：施氏原注：莫君陳，字和中，吴興人。官至少府監。

送子由使契丹〔一〕

雲海相望寄此身，那因遠適更沾巾。不辭驛騎凌風雪，要使天驕識鳳麟。沙漠回看清禁月，湖山應夢武林春。單于若問君家世，莫道中朝第一人。

〔一〕子由使契丹：《宋史》：元祐四年八月十六日，詔翰林學士蘇轍爲賀遼國生辰國信使。

附子由次韻：

朔雪胡沙試此身，青羅便面紫狐巾。擁旜代北隨飛雁，頓足江東有卧麟。欺酒壺冰將送臘，照溪梅蕚定先春。漢家五餌今方驗，更愧當年嘆息人。

次韻答劉景文〔一〕左藏〔二〕公自注：有美堂燕集，景文有詩。

我老詩壇仆鼓旗，借君佳句發良時。但空賀監杯中物，莫示孫郎帳下兒。夜燭催詩金燼落，秋芳壓帽露華滋。故應好語如爬癢，有味難名只自知。

〔一〕劉景文：施氏原注：劉景文，名季孫，開封祥符人。壯閔公平之少子。初以右班殿直監饒州酒税，王荆公提點江東刑獄，行部至饒，按酒務，至廳事，見小屏間景文所題絶句，云：呢喃燕子語梁間，底事來驚夢裏閒。説與旁人應不解，杖藜攜酒看芝山。大稱賞之。時饒學缺教授，士人以言荆公，即俾兼攝。後以左藏副使爲兩浙兵馬都監，駐杭州。東坡爲守，一日遇景文，遂表薦之，得隰州以没。先生爲從官上奏曰：季孫仕至左藏副使，年至六十，篤志好學，博通史傳，工詩能文，輕利重義，至於忠義勇烈，識者以爲有平之風。家無甔石，妻子寒餓，欲望特詔有司優與賻贈。又嘗自書云：劉景文，慷慨奇士也。博學能詩，英偉冠世，孔文舉之流。嘗寄僕詩，云：四海共知霜鬢滿，重陽曾插菊花無？死之日，家無一錢，但有書一萬軸，畫數百幅云。其愛重之如此，所與唱和幾二十篇，載以後五卷中。此段新刻删改不全，今補録。

〔二〕左藏：本集《乞擢用劉季孫狀》云：元昊寇延州危急，環慶將官劉平以孤軍戰殁。平有數子，皆早世。今臣同僚西京左藏庫副使劉季孫，平之少子，年已五十八，備位將領，未盡其用云云。黄山谷《書景文詩後》云：景文，樞密副使盛文肅公之壻。余嘗評景文胸中有萬卷書，筆下無一點俗氣。東坡守餘杭，而景文以左藏副使爲東南第三將。按，王栐《燕翼貽謀録》：元豐四年，詔東南團練諸軍爲十三將，淮東第一，淮西第二，浙西第三，浙東第四。

附劉景文原作：

雲間獵獵列旌旗，公在胥山把酒時。笑語幾番留湛輩，風流千載與吴兒。湖山日落丹青焕，樓閣風收雨露滋。誰使管簫江上住，胸中事業九門知。自注云：是日大霈。

慎按：尤延之《遂初堂書目》：劉景文詩名《横槊集》，今不傳，與東坡唱和二十餘篇，予所見者十餘首耳。此首從王氏注中采出，附録公詩之後。

坐上復借韻送岢嵐軍〔一〕通判葉朝奉〔二〕

雲間踏一作「蹋」白看纏旗〔三〕，莫忘西湖把酒時。夢裏吴山連越嶠，尊前羌婦雜胡兒。夕烽過後人初醉，春雁來時雪未滋。爲問從軍真樂不，書來粗遣故人知。

〔一〕岢嵐軍：《元和郡縣志》：河東節度所理太原府岢嵐軍，在樓煩郡北百里。《太平寰宇記》：岢嵐軍理嵐谷縣，隋大業中置岢嵐鎮，唐長壽中置軍，取東北岢嵐山爲名。東至雪山六十里，與朔州分界。《九域志》：河東路岢嵐軍。太平興國五年，以嵐州嵐谷縣建軍，去東京一千八百里。

〔二〕葉朝奉：名失考。《宋史·職官志》：文散官有朝奉大夫、朝奉郎，舊名通議，太平興國中改今名。費衮《梁溪漫志》：六曹郎中後行爲朝奉大夫，員外郎後行及左右司諫爲朝奉郎。

〔三〕踏白：《宋史·宋琪傳》：去官軍三五十里，踏白先行。王清明《摭青雜説》云：北人南侵，朝廷遣大軍遏其衝，主將每令小校四出游徼，謂之踏白軍。

始於文登海上得白石數升如芡實可作枕聞梅丈〔一〕嗜石故以遺其子子明學士子明有詩次其韻〔二〕

海隅荒怪有誰珍，零落珊瑚泣季倫。法供坐令微物重，一本公自注：軾舊有《怪石供》。色難歸致孝心純。只疑薏苡來交趾，未信蠙珠出泗濱。願子聚爲江夏枕，不勞揮扇自寧親。

〔一〕梅丈：子明之父也，名失考。先生有《寄梅宣義園亭》詩，載後卷中，即其人矣。

〔二〕子明：施氏原注：梅子明，吴郡人，自館閣求便親養，爲杭州通判。張文潛有長篇送之，云：吾公神仙後，厭直承明廬。借問太守誰？子雲蜀名儒。太守謂東坡也。

次韻錢越州見寄

莫將牛弩射羊群，卧治何妨晝掩門。稍喜使君無疾病，時因送客見車轓。搔頭白髮秋無數，閉眼丹田夜自存。欲息波瀾須引去〔一〕，吾儕豈獨坐多言。

〔一〕引去：施氏原注：東坡起流落中，掌二制。勇於報國，不爲顧慮，且復踈於言語。是時，衆賢雖聚本朝，而已有洛黨、川黨、朔黨之語，言路以謗訕誣之。二聖察其忠藎，不以爲罪。諸公無以洩其怒，凡所薦引，如黄魯直、歐陽叔弼、王定國、秦少游皆被彈劾，無得免者。公乃屢章乞去，歷辨謗傷。元祐四年三月，除龍圖閣學士，知杭州。而錢穆父時以京尹坐奏獄空事守越，正言劉器之謂責之太薄，錢與公以氣類厚善，故後和詩又云：欲息波瀾須引去，吾儕豈獨坐多言。意皆有在也。按，本卷有《次韻錢越州》七律一首，此詩再次前韻。

文登蓬萊閣〔一〕下石壁千丈爲海浪所戰時有碎裂淘灑歲久皆圓熟可愛土人謂此彈子渦〔二〕也取數百枚以養石菖蒲且作詩遺垂慈堂老人〔三〕

蓬萊海上峰，玉立色不改。孤根捍滔天，雲骨有破碎。陽侯殺廉角，陰火發光彩。纍纍彈丸間，瑣細成一作「或」珠琲〔四〕。閻浮一漚耳，真妄果安在？我持此石歸，袖中有東海。垂慈老人眼，俯仰了大塊。置之盆盎中，日與山海對。明年菖蒲根，連絡不可解。倘有蟠桃生，旦暮猶可待。

〔一〕文登蓬萊閣：《元和郡縣志》：蓬萊鎮在黄縣東北五十里。《齊乘》：宋治平中，登州郡守朱處約於海神廟基建蓬萊閣，爲山海登臨勝概。《名勝志》：蓬萊閣在蓬萊縣城北丹崖山，舊傳漢武於此望海中蓬萊山。東西二面，石壁巉巖。

〔二〕彈子渦：《齊乘》：蓬萊閣下有碎石，白者可以爲奕。《名勝志》：珠璣巖在丹崖山下，石壁千尺，水中有小石，狀如珠璣，或如彈丸。

〔三〕垂慈堂老人：《武林梵志》：垂慈堂在千頃廣化院，僧了性精於醫，善草書。趙清獻公名其堂，曰：「垂慈。」以著其療疾濟人之功。

〔四〕珠琲：《吴都賦》：金鎰磊砢，珠琲闌干。

次韻毛滂法曹感雨〔一〕

江南佳公子，遺我錦繡端。攬之温如春，公子焉得寒。興雨自有時，膚寸便蒙靄。斂藏以自潤，牛斗何足干。空庭月與影，强結三友歡。我豈不足歟，要此清團團。欲一作「所」歡在一醉，常恐尊中乾。捨酒尚可樂，明珠如彈丸。但恐千仞雀，忽忽發虚彈。迨子閒暇時，種子田中丹。一朝涉世故，空腹容欺謾。我頃在東坡，秋菊爲夕餐。永媿坡間人，布褐爲我完。雪堂初覆瓦，上簟無下莞。時時亦設客，每醉筒輒殫。一笑便傾倒，五年得輕安。公子豈我徒，衣鉢傳一簞。定非郊與島，筆勢江河寬。悲吟古寺中，穿帷雪漫漫。他年記此味，芋火對嬾殘。

〔一〕毛滂：施氏原注：滂，字澤民。公出守錢塘，澤民適爲椽。○愼按，本集《與毛滂書》云：「承示長箋及詩文一軸，今時爲文者至多，可喜者亦衆，然求如足下閒暇自得、清美可口者，實少也。」公在嶺南，又有《與澤民推官》尺牘，云：「得書累幅，又獲新詩一篇。居夷久矣，不意復聞韶濩之餘音。」又云：「《秋興》之作，追配騷人矣。不肖何足以窺其粗。遇不遇，自有定數，然非厄窮無聊，何以發此奇思，以自表於世耶？」觀先生之推服如此，澤民文品非同流俗泛泛者。所著《東堂集》，世不傳，後無知之者。

送鄧宗古還鄉〔一〕

廣漢有姜子，孝弟行里閭。赤眉雖豺虎，弛兵過其墟。至今空清泉，無復雙鯉魚。南鄭有李郃，妙得一本作「得妙」甘公書。夜坐指流星，驚倒兩使車。抱關不肯仕，布褐蒙璠璵。西南固多士，君得二子餘。凜凜忠文公，搜士及樵漁。澗溪有幽討，蘋芷真嘉蔬。歲晚終不食，心惻當何如。

〔一〕鄧宗古：《宋史·孝義傳》：鄧宗古，簡州人。父死，自培土爲墳，廬其側，晨夕號慟，甘露降墓木，里中呼爲鄧孝子。

參寥[一]上人初得智果院會者十六人分韻賦詩得心字[二]

慎按：施氏原本有公自注，云：用《圓覺經》「以大圓覺爲我伽藍身心安居平等性智」。新刻本删去，今補録。

攢石出名泉，漲水返舊壑。飛雲思故岑。念君忘家客，亦有懷歸一作居心。三間得幽寂，數步藏清深。攢金盧橘塢，散火楊梅林。茶笋盡禪味[三]，松杉真法音。雲崖有淺井，玉醴常半尋。遂名參寥泉[四]，可濯幽人襟。相攜横嶺上，未覺衰年侵。一眼吞江湖，萬象涵古今。願君更小築[五]，歲晚解我簪。

〔一〕參寥：名道潛。注詳徐州詩卷中。

〔二〕智果院：《咸淳臨安志》：上智果院，開運元年錢氏建，元祐中重修。蘇文忠公重建法堂，有題梁。《武林梵志》：智果寺在孤山。《西湖遊覽志》：紹興間，徙築於寶石山麓。

〔三〕禪味：《維摩經》：雖復飲食，而以禪悦爲味。

〔四〕參寥泉：本集序云：「予嘗與參寥同游武昌西山，夢相與賦詩，有『寒食清明都過了，石泉槐火一時新』之句。後七年，予守錢塘，參寥子卜智果禪院居之。又明年，新居成，舍下舊有泉出石間，是月又鑿石得泉，參寥笑曰：『是見夢於九年衛公之靈也，久矣。』乃名之參寥泉。」

〔五〕小築：杜詩：畏人成小築，褊性合幽棲。

附參寥詩自注云，得「以」字。：

泰山屹天下，四海同仰止。我公命世英，突兀等於是。胸中廓秋漢，皎絶微雲滓。當年事危言，軒冕如脱屣。正貴知我希，寧慚不吾以。風雲果再符，六翮排風起。一時厭承明，抗章求迤邐。餘杭古雄藩，比屋富生齒。立談政即成，興不負山水。雍容敦末契，訪我頑且鄙。大旆輝松門，禽猿亦驚喜。森森門下士，左右燦朱履。使君道德姿，圭角非所恃。軟語如春風，薰然着桃李。今朝真勝事，千載足遺美。安得筆如椽，磨崖爲公紀。

哭王子立次兒子迨韻三首〔一〕

其一

彭城初識子，照眼白而長。異夢成先兆，公自注：余爲密州，子立未嘗相識，忽告同舍生曰：「吾夢爲密州壻，何也？」已而，果以子由之子妻之。清言得未嘗。豈惟知禮意，遂欲補詩亡。公自注：子立能詩，而有禮學。咄咄真相逼，諸生敢雁行？

〔一〕王子立：本集《王子立墓志序》云：子立，名適。趙郡臨城人。始余爲徐州，子立爲州學生，知其賢而有文，喜怒不見，得喪若一。曰：「是類子由者。」故以其子妻之。與其弟遹，皆從余於吴興，學道日進，東南之士皆稱之。余與子由有六男子，皆從子立游學，文有師法。○慎按，子立於元祐四年十月歿於奉高官舍。其從先生於吴興，實元豐己未。先生守湖州時，有《與王郎兄弟繞城觀荷花》詩，故第三章結句「回看十年事」云云。

其　二

非無伯鸞志，獨有子雲悲。恨子非天合，猶能使我思。兒曹莫悽慟，老眼欲枯萎。會哭皆豪傑，公自注：子立與黄魯直、張文潛、晁無咎、秦少遊、陳無己皆友善。誰爲感舊詩？

其　三

龍困嘗魚服，羊儇或虎蒙。怱怱成鬼録，憒憒到天公。偶落藩牆上，同遊羿彀中。回看十年事，黄葉卷秋風。

異　鵲并引

熙寧中，柯侯仲常〔一〕通守漳州〔二〕，以救饑得民，有二鵲棲其廳。事訖，侯之去，鵲亦送之，漳人異焉。爲賦此詩。

昔我先君子，仁孝行於家。家有五畝園，么鳳集桐花。是時烏與鵲，巢鷇可俯拏。憶我與諸兒，飼食觀群呀。里人驚瑞異，野老笑而嗟。云此方乳哺，甚畏鳶與蛇。手足之所及，二物不敢加。主人若可信，衆鳥不我遐。故知中孚化，可及魚與豭一作「鰕」，訛。柯侯古循吏，悃愊真無華。臨漳所全活，數等江干沙。仁心格異族，兩鵲棲其衙。但恨不能言，相對空楂楂。善惡以類應，古語良非夸。君看彼酷吏，所至號鬼車〔三〕。

〔一〕柯仲常：名述，見《晁无咎集》。其子曄，爲廣陵掾。餘無可考。

〔二〕通守漳州：《職官分紀》：軍、州俱有通判，大臣出鎮，多指名奏辟。《九域志》：福建路漳州漳浦郡，軍事，治龍溪縣，東南至海一百六十九里。

〔三〕鬼車：《齊東野語》：鬼車俗稱九頭鳥。陸長源《辨疑志》又名渠逸鳥。世傳此鳥血滴人家，能爲災咎，聞之者，必叱犬滅燈，以速其過。風雨之夕，往往聞之。身圓如箕，十脰環簇。其九有頭，其一獨無，而鮮血點滴。每脰各生翅，飛時十翼競進，不相爲用，至有争拗相傷者。

次韻詹適宣德〔一〕小飲巽亭〔二〕

君方夢謫仙，公自注：來詩紀李白郎官湖事。我亦弔文園。江上同三黜，天涯共一尊。濤雷殷白晝，梅雪耿黄昏。歸去多情雨，應隨御史軒〔三〕。公自注：詹爲御史臺主簿。

〔一〕詹適宣德：詹適事蹟失考。《職官分紀》：寄禄文散官，有宣德郎。政和四年，以犯宣德門名，改宣教郎。

〔二〕巽亭：趙清獻公守杭，有八咏，題云《有美堂》、《中和堂》、《清暑堂》、《虚白堂》、《巽亭》、《望海樓》、《望湖樓》、《介亭》。《咸淳臨安志》：南園巽亭，慶曆三年郡守蔣堂建，在鳳皇山舊府治内，以在郡城東南，故名。蘇舜欽詩：東南地本多幽勝，此向東南轉壯哉。胡宿詩：武林天下奇，巽亭境中絶。趙抃詩：閒上東南巽亭望，直疑身世似蓬瀛。

〔三〕御史雨：《舊唐書》：顔真卿開元中爲監察御史，使隴。時五原有冤獄，久不決，真卿至，立辨之。天方旱，決獄乃雨，郡人呼爲御史雨。

東川清絲寄魯冀州戲贈〔一〕

鵝溪清絲清如冰〔二〕，上有千歲交枝藤。藤生谷底飽風雪，歲晚忽作龍蛇升。嗟我雖爲老侍從，骨寒只受布與繒。牀頭錦衾未還客，坐覺芒刺在背膺。豈如髯卿晚乃貴，福禄正似川方增。醉中倒着紫綺裘，下有半臂出縹綾。封題不敢妄裁剪，刀尺自有佳人能。遥知千騎出清曉，積雪未放浮塵興。白須紅帶柳絲下，老弱空巷人相登。但放奇紋出領袖，吾髯雖老無人憎。

〔一〕魯冀州：魯有開，字元翰。注詳前。《九域志》：河北東路冀州信都郡，安武軍節度，治信都縣。

〔二〕鵝溪清絲：任淵《黄山谷詩注》：鵝溪，潼川溪名，出畫絹甚佳。《太平寰宇記》：劍南東道梓州，舊進兩熟烏頭紋綾、水紋綾。《九域志》：梓州路東川節度，土貢白綾十一疋。其地有蠶絲山，每歲上春七日，士女游此，以祈蠶絲。云云。清絲，必綾絹之名也。

怡然〔一〕以垂雲新茶〔二〕見餉報以大龍團〔三〕仍戲作小詩

妙供來香積，珍烹具大官。揀芽分雀舌〔四〕，賜茗出龍團。曉日雲菴暖，春風浴殿寒。聊將試道眼，莫作兩般看。

〔一〕怡然：杭州寶巖院僧，名清順。注詳先生倅杭時詩卷中。

〔二〕垂雲茶：《咸淳臨安志》：錢塘寶雲菴産者，名寶雲茶。下天竺香林洞産者，名香林茶。上天竺白雲峰産者，名白雲茶。又，寶巖院垂雲亭亦産茶。

〔三〕大龍團：《北院貢茶録》：興國初，特置龍鳳模，遣使即北苑造團茶，遂爲歲貢。大龍、大鳳，皆粗色也。《歸田録》：茶之品莫貴於龍鳳，謂之團茶。大者凡八餅重一觔。蔡君謨始造小片龍茶，謂之小團，凡二十餅重一觔。

〔四〕揀芽：黄儒《品茶要録》：茶之精妙者曰鬭，曰亞鬭，其次曰揀芽。遍園隴中，擇其精英，造揀芽，剔取鷹爪，乃一芽帶一葉者，號一旗一槍。

次韻王忠玉游虎邱三首〔一〕

其一

當年大白此相浮，老守娱賓得二邱〔二〕。公自注：郡人有閭邱公，太守王規父嘗云：不謁虎邱，即謁閭邱。白髮重來故人盡，空餘叢桂小山幽。規父，忠玉伯父也。

〔一〕王忠玉：名瑜，洛陽人。顧仲瑛《玉山集·拜石壇記》云：忠玉乃王規父姪孫。觀此詩公自注，則忠玉爲規父之姪，《玉山集》訛也。

〔二〕老守：王規父，名誨。《吴郡志》：王誨於熙寧六年知蘇州，時東坡爲杭州通守，沿檄往來常、潤，過吴，有唱和詩。見前卷。

其二

青蓋紅旗映玉山，新詩小草落玄泉。風流使者人争看，知有真娘立道邊〔一〕。公自注：虎邱中路有真娘墓。

〔一〕真娘：《吴都文粹》：李紳詩序云：真娘，吴妓，死葬虎邱寺前。墓多花草，以蔽之。白居易詩：真娘墓，虎邱道，不見真娘鏡中面，惟見真娘墓頭草。

其三

舞衫歌扇轉頭空，只有青山杳靄中。若共吴王鬭百草，使君未敢借驚鴻。

寄蔡子華〔一〕

故人送我東來時，手栽荔子待我歸。荔子已丹吾髮白，猶作江南未歸客。江南春盡水如天，腸斷西湖春水船。想見青衣江畔路，白魚紫筍不論錢。霜鬚三老如霜檜〔二〕，舊交零落今誰輩？莫從唐舉問封侯，但遺麻姑更爬背。

〔一〕蔡子華：名褒，眉之青神人。見施氏原注。

〔二〕三老：謂子華及王慶源、楊君素也。慶源，注詳三十卷。本集《與慶源尺牘》云：日與蔡子華、楊君素聚會，每念此，即致仕之興愈濃矣。君素名失考，乃東坡表叔。本集又有《與楊君素尺牘》云：吾丈優游自得，心恬體舒，必享龜鶴之壽。劣姪與時齟齬，終當捨去，相從林下云。

和錢四寄其弟龢

其　一

再見濤頭湧玉輪，煩君久駐浙江春。年來總作維摩病，堪笑東西二老人〔一〕。

〔一〕東西二老：施氏原注：錢四即穆父，時穆父守越，東坡守杭，故云東西二老人。

其　二

老來日月似車輪，此去知逢幾箇春。昨夜冰花猶作柱，曉來梅子已生人。

慎按：王氏舊注：先生和穆父詩凡二首，今從注中采出，補編於後。

附錢穆父原作：題云「走筆代書寄昍仲七弟」。

東方千騎擁朱輪，衣錦歸逢故國春。莫向西湖戀風月，鴒原知有望歸人。

附錢昍仲次韻：

烏衣巷裏走雙輪，正是家山二月春。明日潮平定歸去，蓬萊還見謫仙人。

附劉景文次韻：

會稽山上月如輪，鴻雁相將江水春。幕府英雄雖可數，尊前誰是急難人。

附周次元次韻：次元名燾，注見後。

東山蠟屐壞此字疑訛車輪，小草青知塞外春。園柳鳴禽喚幽夢，惠連詩句更何人。

慎按：以上四首俱載王氏舊注中，今采出，依和詩例附録。

故周茂叔先生濂溪〔一〕公自注：溪在廬山下。

世俗眩名實，至人疑有無。怒移水中蟹，愛及屋上烏。坐令此溪水，名與先生俱。先生本全德，廉退乃一隅。因抛彭澤米，偶似西山夫。遂即世所知，以爲溪之呼。先生豈我輩，造物乃其徒。應同柳州柳，聊使愚溪愚。

〔一〕周茂叔：施氏原注：周茂叔先生，名敦頤，道州營道人。以舅任入官，在州縣間。遇事剛果，爲政簡而密，嚴而恕。官蜀時，趙清獻爲使者，不爲所識察。逮守虔，而先生爲倅，熟其行事，乃執手歎曰：「吾幾失君矣。」用清獻及吕正獻薦，爲廣東轉運判官，提點刑獄。以疾求知南康軍，因家廬山蓮花峰下。前有溪，合於湓江，取營道所居濂溪以名之。先生博學力行，著《太極圖》，窮天地造化之妙，而及於人物之終。又著《通書》，發明太極之秘，旨約而道大，文質而義該，得孔、孟之本原，有功於學者也。初掾南安，時程明道、伊川二先生侍其父通判軍事，重其知道，使受業焉。二程之學由此起。子燾，字次元。東坡守杭，次元爲兩浙轉運，同在錢塘，爲賦此詩。此段新刻本删削過半，今補録。

次周燾韻〔一〕并引

周燾游天竺，觀激水〔二〕，作詩云云。東坡和之。

道眼轉丹青，常於寂處鳴。蚤知雨是水，不作兩般聲。

〔一〕周燾：史容《山谷外集注》：濂溪先生二子，壽、燾。壽字季老，後改元翁。燾字通老，後改次元。元翁於元豐五年黄裳榜登第，次元於元祐三年李常寧榜登第。元翁終司封員外郎，次元終徽猷閣待制。施宿注謂次元終寶文閣待制，未詳孰是。

〔二〕天竺激水：《咸淳臨安志》：下天竺靈山教寺，隋開皇中建。中有曲水亭，一曰流杯亭，有水臺盤石，刻周次元與東坡和詩。

慎按：此詩施氏原本失載，今從新刻本采出，據《咸淳志》編次守杭時。

附周次元原作：從詩引中采出。

拳石耆婆色兩青，竹龍驅水轉山鳴。夜深不見跳珠碎，疑是檐前滴雨聲。

送南屏謙師[一]并引

南屏謙師妙於茶事，自云得之於心，應之於手，非可以言傳學到者。十二月二十七日，聞軾游落星，遠來設茶，作此詩贈之。

道人曉出南屏山[二]，來試點茶三昧手。忽驚午盞兔毛斑[三]，打作春甕鵝兒酒。天台乳花世不見，玉川風腋今安有。先生有意續《茶經》，會使老謙名不朽。

〔一〕謙師：失考。

〔二〕南屏山：《咸淳臨安志》：南屏山在興教寺後，怪石聳秀，中穿一洞，上有石壁，若屏障然。

〔三〕兔毛盞：蔡襄《茶録》：茶色白，宜黑盞。建安所造者紺黑，紋如兔毫，其杯微厚，熁之久熱難冷。他處或薄或色紫，皆不及也。其青白盞，鬭家自不用。

慎按：此詩施氏原本載《遺詩》卷中，今據《外集》改編。

次韻子由使契丹至涿州見寄四首〔一〕

其一

老人癡鈍已逃寒，子復辭行理亦難。公自注：余昔年辭免使北。要到盧龍看古塞〔二〕，投文易水弔燕丹〔三〕。

〔一〕涿州：《太平寰宇記》：河北道涿州，理范陽縣。古涿鹿地，唐大曆四年，於范陽縣置涿州。《水經注》：漢高六年，分燕置涿郡，晉太始元年，改曰范陽縣，今郡理涿縣故城。《名勝志》：州因涿水而名，城周九里，形如凹字。

〔二〕盧龍塞：《元和郡縣志》：盧龍鎮有山，如龍形，黑色。《十六國春秋》：柳城之北，龍山之南，所謂福地也。自鎮以西又一百里，曰盧龍道。《魏志》：曹公北征烏桓，田疇自盧龍道引軍出塞。《太平寰宇記》：盧龍塞，在平州郡城西北二百里。又云：契丹居黄水之南，黄龍之北，故地在長安東北五千三百里。《一統志》：即今永平府。

〔三〕易水：《名勝志》：易水有南、北、中三水。《水經》所云出涿郡故安縣閻鄉城谷中者，燕丹祖荆軻，即此處也。

其　二

胡羊代馬得安眠，窮髮之南共一天。又見子卿持漢節，遥知遺老泣山前〔一〕。

〔一〕山前：《五代史》：石晉割燕雲十六州以賂契丹，皆在山後，故云「遺老泣山前」。

其　三

氊毳年來亦甚都，時時鴂舌問三蘇。公自注：予與子由入京時，北使已問所在。後予館伴，北使屢誦三蘇文。那知老病渾無用，欲向宋刻本作「向」。别本作「問」者，非君王乞鏡湖〔一〕。

〔一〕鏡湖：任昉《述異記》：軒轅鑄鏡湖邊，或云黄帝獲寶鏡於此，故名鏡湖。《元和郡縣志》：漢永和五年，太守馬臻創立鑑湖，在山陰、會稽兩縣界。築塘蓄水，水少則洩湖灌田，水多則閉湖，洩田中水入海，所以無凶年。曾南豐《元豐類藁·鑑湖圖序》：鏡湖一曰南湖，周三百五十八里。

其　四

始憶庚寅降屈原，旋看蠟鳳戲僧虔〔一〕。隨翁萬里心如鐵，此子何勞爲買田。公自注：時猶子遲侍行。

〔二〕蠟鳳僧虔：按，《宋書》：王弘與兄弟會集，任子孫戲。僧達跳下地，作虎子，僧綽正坐，采蠟燭珠爲鳳皇，僧虔累十二碁。則蠟鳳之戲，乃僧綽，非僧虔也。《南史·王僧虔傳》與《宋書》略同，先生偶誤用僧綽事爲僧虔。注家既遷就史傳，以就本文，復曰或云僧綽，其紕繆如此。

附子由原作：《欒城集》題云「神木館寄子瞻兄四首十一月二十六日是日大風」。

少年病肺不禁寒，命出中朝敢避難。莫倚皂貂欺朔雪，更催靈火煮鉛丹。自注：馬上作李若之守一法，似有功。

夜雨從來相對眠，兹行萬里隔胡天。試依北斗看南斗，始覺吴山在目前。

誰將家集過幽都，逢見胡人問大蘇。莫把文章動蠻貊，恐妨談笑卧江湖。

虜廷一意向中原，言語綢繆禮亦虔。顧我何功慙陸賈，橐裝聊復助歸田。

東坡先生編年詩卷三十二

古今體詩七十一首元祐五年庚午守杭州作。

卧病彌月聞垂雲〔一〕花開順闍黎以詩見招次韻答之〔二〕

道人心似水，不礙照花妍。宴坐春强半，清陰月屢遷。平生無起滅，一念有陳一作「塵」鮮。嫋嫋風枝舉，離離日蕚蔫。病吟終少味，老醉不成顛。何必邀頭出，湖中有散仙。

〔一〕垂云：亭名，在孤山廣嚴院，注見前。

〔二〕順闍黎：即清順，注見前。

雪後便欲與同僚尋春一病彌月雜花都盡獨牡丹在爾劉景文左藏和順閣黎詩見贈次韻答之

殘花怨久病，剩雨泣餘妍。不見雙旌出，空令九陌還。公自注：開園時市井皆入。知君苦寂寞，妙語嚼芳鮮。淺紫從争發，深一作「浮」紅任蚤蔫。天葩尚青蕚，國色待華顛。載酒邀詩將，臞儒不是仙。

慎按：以上二首，乃同時次韻之作。施氏原本編排失次，今改正。

病後醉中

病爲兀兀安身物，酒作逢逢各本作「蓬」者，訛入腦聲。堪笑錢塘十萬户，官家付與老書生。

慎按：此詩施氏原本不載，今從新刻《續補》下卷移編。

次韻劉景文周次元寒食同游西湖〔一〕

絮飛春減不成年，老境同乘下瀨船。藍尾忽驚新火後〔二〕，遨頭要及浣花前。公自注：成都太守自正月二日出遊，謂之遨頭。至四月十九日浣花乃止。山西老將詩無敵，洛下書生語更妍。共向北山尋二十[三]，畫橈鼉鼓聒清眠。

〔一〕周次元：名燾。注見上卷。

〔二〕藍尾：蘇鶚《演義》：今人以酒巡匝爲啉尾。南朝有異國貢藍牛，其尾長三丈，時人倣之，以爲酒令。今兩盞從其簡也。此皆非正行。酒巡匝，即重其盞，蓋慰勞其得酒在後也。又，啉云者，貪也，謂處於末坐，得酒最晚，既得酒巡匝，更貪婪之。啉字從口，是明貪啉之意。《湘素雜記》：東坡詩注引樂天詩作「藍尾」，「藍」「婪」一也。

〔三〕北山二十：施氏原注：二十謂清順、道潛。

附劉景文原作：此詩從《咸淳臨安志》采出。

西湖春意勝當年，公領笙簫泛畫船。錦繡一林生水面，衣冠萬堵立山前。仁恩在物禽魚遂，喜氣隨人草木妍。半醉插花風調別，寫真須是李龍眠。

連日與王忠玉張金別本作「全」，非翁[一]游西湖訪北山清順道潛二詩僧登垂雲亭飲參寥泉最後過唐州陳使君夜飲忠玉有詩次韻答之

北山非自高，千仞付我足。西湖亦何有，萬象生我目。雲深人在塢，風静響應谷。與君皆

無心，信步行看竹。竹間逢詩鳴，眼色奪湖渌。百篇成俯仰，二老相追逐。故應千頃池，養此一雙鵠。山高路已斷，亭小膝更促。夜尋三尺井，渴飲半甌玉。明朝鬧絲管，寒食雜歌哭。使君坐無聊，狂客來不速。載酒有鴟夷，扣門非啄木。浮蛆灩金盌，翠羽出華屋。須臾便陳迹，覺夢那可續。及君未渡江，過我勤秉燭。一笑換人爵，百年終鬼録。

〔二〕張金翁：名璹，安陸人。按，東坡《龍井題名》：元祐庚午，辯才老師年始八十，道俗相慶，施千袈裟，飯千僧，七日而罷。眉山蘇軾子瞻、洛陽王瑜忠玉、安陸張璹金翁、九江周燾次元來餽薌茗。二月晦日書。《題名》載《咸淳臨安志》，「全翁」作「金翁」。施氏、王氏諸刻本作「全」者，訛。當據此改正。按，張璹時爲轉運判官，亦見《咸淳志》中。本集有《與張秉道同相視新河》詩，施注謂即張璹，則金翁乃其别號，未可知耳。

附參寥次韻：此詩從《參寥子集》中采出。

使君薄珪組，富貴良易足。一麾下東南，千里爭拭目。援毫賦山水，詞力瀉谿谷。勝游便杖屨，聒耳厭絲竹。西湖破春冰，曉漲翻晴渌。相將二使軺，導從還屏逐。後先度巖壑，頡頏追鸞鵠。樂事殊未央，酒行宜局促。風流俄醉舞，坐客瞻頹玉。嵇阮真達生，秦唐漫歌哭。斜陽絶湖去，兩槳凌波速。却尋元龍居，隱隱隔喬木。到門呼主人，展畫滿高屋。夕鼓來遠近，雨聲飄斷續。籃輿入城市，夾道鬧燈燭。盛事在餘杭，他年見圖録。

謝曹子方惠新茶

陳植文華斗石高，景公詩句復稱豪。數奇不得封龍雒，禄仕何妨有馬曹。囊簡久藏科斗字，銛一作「劍」鋒新瑩鷿鵜膏。南州山水能爲助，更有英辭勝廣騷。

慎按：曹子方時爲福建轉運使，此詩施氏原本不載，今據《外集》守杭時作，從新刻《續補》下卷移編。

新茶送簽判程朝奉〔一〕以餽其母有詩相謝次韻答之

縫衣付與溧陽尉，舍肉懷歸潁谷封。聞道平反供一笑，會須難老待千鍾。火前〔二〕試焙分新胯〔三〕，雪裏頭綱輟賜龍。從此升堂是兄弟，一甌林下記相逢。

〔一〕簽判程朝奉：本集《乞擢用程遵彦狀》云：左朝散郎前僉書杭州節度判官廳公事程遵彦，吏事周敏，學問該洽，文詞雅麗，三者皆有可觀。母性甚嚴，遵彦甚宜其妻，而母不悦，遵彦出之。妻既被斥，孝愛不衰，母卒不悦，遵彦亦不再娶。身爲僕妾之役，以事其母。臣與同僚二年，頗得其實。云云。按，《宋史·職官志》：諸州幕職有簽書判官廳公事一員，政和初，改爲司録。凡諸州減罷通判，則升判官爲簽判兼之。

〔二〕火前：《茗溪漁隱叢話》：水揀茶即社前者，生揀茶即火前者，粗色茶即雨前者。

〔三〕新胯：熊蕃《北苑茶録》有貢新胯、試新胯之名。

次韻林子中王彦祖唱酬〔一〕

蚤知身寄一漚中，晚節尤驚落木風。公自注：近聞莘老、公擇皆逝，故有此句。昨夢已論三世事，歲寒猶喜五人同。公自注：余與子中、彦祖、子敦、完夫同試舉人景德寺，今皆健。雨餘北固山圍座，春盡西湖水暎空。差勝四明狂監在，更將老眼犯塵紅。

〔一〕林王唱酬：施氏原注：林子中名希，時守潤，故云「雨餘北固山圍座」，後爲同知樞密院。王彦祖名汾，禹偁孫，後爲兵部侍郎。時守明州，當是道出京口唱酬。此段新刻本删去，今補録。

壽星院寒碧軒〔一〕

清風肅肅摇窗扉，窗前修竹一尺圍。紛紛蒼雪落夏簟，冉冉緑霧沾人衣。日高山蟬抱葉響，人静翠羽穿林飛。道人絶粒對寒碧，爲問鶴骨何緣肥？

〔一〕壽星院：《咸淳臨安志》：壽星院在葛嶺，天福八年建。《西湖遊覽志》：寶雲山之西爲葛嶺，嶺下有壽星院。院中有杯泉、靈泉、觀臺、寒碧軒、此君軒。

慎按：《咸淳臨安志》：壽星院有石刻，公自書此詩後云：僕在黄州，偶思壽星竹軒，作此詩。今録以遺通悟師。元祐五年十二月。據此，則此詩應入黄州卷中，今姑依施注原本。

書劉景文左藏所藏王子敬帖〔一〕

家雞野鶩同登俎，春蚓秋蛇總入奩。君家兩行一本作「子敬」十二《百斛明珠》作「十六」字，氣壓鄴侯三萬籤〔二〕。

〔一〕子敬帖：《詩話總龜》引《百斛明珠》：世傳王子敬帖有「黄甘三百顆」之語，此帖乃在劉季孫家。景文死，不知今在誰家矣。韋蘇州有言：書後欲題三百顆，洞庭須待滿林霜。蓋蘇州亦見此帖也。予嘗有詩與景文，「家雞野鶩」云云。

〔二〕鄴侯三萬籤：韓愈詩：鄴侯家多書，插架三萬軸。《困學紀聞》：李泌父承休，聚書三萬餘卷，戒子孫，世間有求讀者，别院供饌。鄴侯家多書，有自來矣。○慎按，《苕溪漁隱叢話》：此帖乃右軍帖也，東坡以爲子敬，誤矣。考，右軍《黄甘帖》，惟《汝帖》載之。

書劉景文所藏宗少文一筆畫〔一〕

宛轉回文一作「紋」錦，縈盈連理花。何須郭忠恕〔二〕，匹素畫繅車。

〔一〕宗少文畫：《廣川畫跋》：宗炳，字少文，南陽人。善畫，好山水，凡所遊歷，皆圖於壁。嘗自爲《畫山水序》。米海岳《畫史》：宗少文《一筆畫》，唐人摹絹本，在劉季孫家，故蘇太簡物。

〔二〕郭忠恕：《畫繼》：忠恕，字恕先，以字行。周末爲博士，宋初改乾州司户。秩滿不仕，放曠雍、岐、陝、洛間。善畫山水屋木。太宗聞其名，召除國子監主簿。縱酒肆言時政，流登州，道卒。人以爲尸解。

真覺院〔一〕有洛花〔二〕花時不暇往四月十八日與劉景文同往賞枇杷〔三〕

緑暗初迎夏，紅殘不及春。魏花非老伴，盧橘是鄉人〔四〕。井落依山盡，巖崖發興新。歲寒君記取，松雪看蒼鱗。

〔一〕真覺院：《咸淳臨安志》：真覺院，開寶八年建，舊名奉慶，祥符元年改今額。《西湖遊覽志》：錢塘門沿城而北，舊有真覺院，即隱净菴。又，龍山亦有真覺院，未詳孰是。

〔二〕洛花：《長公外紀》：牡丹，唐時杭州無此種。長慶中，開元寺僧惠澄自都下乍得一本，謂之洛花。

〔三〕枇杷：《咸淳臨安志》：枇杷無核者，名椒子。嘉會門外舊有真覺院，蘇東坡詩云云。出於潛縣黄嶺前烏巾山小錫塘塢者尤珍，白色者上，黄次之。

〔四〕盧橘：《韻語陽秋》：東坡詩：盧橘是鄉人。又，盧橘楊梅尚帶酸。皆以盧橘爲枇杷。彼徒見《上林賦》有「盧橘夏熟」之語，遂以爲枇杷。審爾，則夏熟之下，不當復有黄甘枇杷橪柿之品。然唐子西《李氏山園記》言：有一物而爲二物者，如《上林賦》云云是也。據子西言，盧橘即枇杷矣。李白《宫中行》云：盧橘爲秦樹。許渾《送表兄使南海》詩云：盧橘花香拂釣磯。若以爲枇杷，何獨秦中、海南有耶？錢起《送陸贄》詩：思親枇杷熟。則又以爲木奴，益無按據。朱新仲《猗覺寮雜記》：嶺外以枇杷爲盧橘，故東坡詩云云。按，《上林賦》注：盧，黑也。枇杷熟則黄，不應言盧。《初學記》：張勃《吴録》曰：建安有橘，冬月於樹上覆裹之，明年春夏，色變青黑。又，《太平御覽》載魏王《花木志》：蜀土有給客橙，似橘而小，若柚而香，冬夏花實相繼，亦云盧橘。觀此二段，則非枇杷明甚。

附劉景文次韻：此詩從《咸淳臨安志》采出。

夏木有餘緑，山僧知勝春。日長尋卧榻，花落斷遊人。紅旆來雖晚，清風到亦新。成林盧橘熟，翠羽雜金鱗。

附參寥次韻：此詩從《參寥子集》中采出。

脱略今山簡，能吟舊子春。偶因尋勝出，不爲采芳人。紅紫千葩盡，甘酸萬顆新。江雲浮翠壁，靄靄散魚鱗。

又和景文韻

牡丹松檜一時栽，付與春風自在開。試問壁間題字客，幾人不爲看花來。

西湖壽星院此君軒〔一〕

臥聽謖謖碎龍鱗，俯看蒼蒼玉立身。一舸鴟夷江海去，尚餘君子六千人。

〔一〕此君軒：注見本卷「壽星院」下。

此君軒

雲幢烟節十一作「七」州人，犀甲檀槍百萬軍。翳薈叢一作「發」生何足道一作「數」，此君真是此君君。

觀　臺〔一〕

三界無所住，一臺聊自寧。塵勞付白骨，寂照起黄庭。殘磬風中嫋，孤燈雪後青。須防童子戲，投瓦犯清泠。

〔一〕觀臺：在壽星院，注見本卷。

遊中峰杯泉〔一〕

石眼杯泉舉世無，要知杯度是凡夫。可憐狡獪維摩老，戲取江湖入鉢盂。

〔一〕杯泉：在壽星院，注見本卷。

慎按：以上三首，施氏原本皆不載。《咸淳臨安志》：壽星院在葛嶺，中有寒碧軒、此君軒、觀臺、杯泉，東坡皆有詩。此三首皆載本條題詠下。今據此，從吴中新刻《續補》下卷類編於此。

仲天貺〔一〕王元直自眉山來見余錢塘留半歲既行作絶句五首送之〔二〕

其一

仲君豈弟多學，王子清修寡言。病後空驚鶴瘦，時來或作鵬騫。

〔一〕仲天貺：失考。

〔二〕王元直：蘇叔黨《斜川集》有《王元直墓志》：君姓王氏，名箴，字元直，小字惇叔。○按，東坡初娶鄉貢進士王方女，封通義郡君。繼娶王君錫女，封同安郡君。本集《祭君錫丈人文》云：某始婚姻，公之猶子，允有令德，夭閼莫遂。惟公幼女，繼執罍篚。則通義、同安必同堂姊妹。施氏原注謂元直爲同安君之弟，則君錫之子也。

其　二

海角煩君遠訪，江源與我同來。剩作數詩相送，莫教萬里空回。

其　三

三人一日同行，公自注：二子與秦少章同寓高齋，復同舟北行。留下高齋月明〔一〕。遥想扁舟京口，尚餘孤枕潮聲。

〔一〕高齋：《咸淳臨安志》：高齋，唐時郡齋名。嚴維《九日登高》，有「遲客高齋瞰浙江」之句。葉夢得《録話》云：錢塘州宅之東，清暑堂之後，舊據城闉，横爲屋五間，下瞰虚白堂，不甚高大，而最超出州宅及園圃之中，故爲州者多居之，謂之高齋。

其　四

更欲留君久住，念君去國彌年。空使犀顱玉頰，長懷髯舅淒然〔一〕。

〔一〕髯舅：施氏原注：髯舅謂元直，注詳前。

其　五

爲余遠致殷勤，瑞草橋邊老人〔一〕。公自注：老人，王慶源也。紅帶雅宜華髮，白醪光泛新春。

〔一〕瑞草橋老人：見上卷《慶源宣義王丈》詩注中。

附黄山谷次韻五首：山谷詩自序云：「王元直惠示東坡先生與景文老將唱和六言十篇，感今懷昔，似聞東坡已渡瘴海來歸，而景文墓木已拱。天貺之壟，亦有宿草。猶喜元直尚健，能道錢塘舊事。故追韻，作此五篇，只今眼前無景文輩人，故詩語及之尤多。」

仲子賈霜殺草，風流無地寄言。王君攀鱗附翼，禮義端能不騫。

不怨子堂堂去，蓋念君得得來。家藏會稽紗墨，晚歲喜識方回。

兩公六字語妙，我獨一雙眼明。書似出林飛鳥，詩如落澗泉聲。

老憶夷門老將，當年許我忘年。博學似劉子政，清詩如孟浩然。

天子文明濬哲，今年不次用人。九原埋此佳士，百草無情自春。

附劉景文次韻五首：此五首從《山谷别集》采出。按，史季温注山谷詩，附載景文五章，原序云：「季孫惶恐，伏蒙知府内翰寵示，送仲天貺王元直詩五首，仰同嚴韻，不勝狂妄之罪。」

誰懷二子千里，公賦五篇六言。月底飛雲西去，山頭歸雁雙騫。

小艇辭公晚發，高齋記客初來。耿耿不忘歸路，阻修萬折千回。

府下莫非群儁，坐中不見三明。遠意關河馬首，静吟筆硯泉聲。

雖到蜀都有日，却逢謝傅何年。歷歷林蹊勝處，想君把酒依然。

樂事無如飲酒，休官自是高人。紅帶遨頭寄與，是翁矍鑠尋春。

贈善相程傑〔一〕

心傳異學不謀身，自要清時閲縉紳。火色上騰雖有數，急流勇退豈無人。書中苦覓原非訣，醉裏微言却近真。我似樂天君記取，華顛賞遍洛陽春。

〔一〕程傑：失考。

參寥惠楊梅

新居未换一根椽，只有楊梅不直錢。莫共金家鬭甘苦〔一〕，參寥不是老婆禪〔二〕。

〔一〕金家：《咸淳臨安志》：南山近瑞峰石塢内有一老嫗，姓金，其家楊梅甚盛，俗稱楊梅塢，所謂金婆楊梅是也。

〔二〕老婆禪：《傳燈録》：雪竇云：明眼的覷着，將謂雪竇門下教你老婆禪。

慎按：此詩施氏原本不載，據《外集》編第八卷守杭時作也，今從新刻《續補》下卷改編。

次韻林子中〔一〕蒜山亭見寄〔二〕

奇逸多聞老敬通，何人慷慨解憐翁。十年簿領催衰白，一笑江山發醉紅。聞道賦詩臨北固，未應舉扇向西風。叩頭莫唤無家客，歸掃岷峨一畝宫。

〔一〕林子中：名希，時以天章閣待制知潤州。

〔二〕蒜山：曹昉《潤州類集》：蒜山在江上，説者曰山多澤蒜，故名。一説謂周瑜、諸葛亮會此，議拒曹操，當作「計算」之「算」。

再和并答楊次公〔一〕

毘盧海上妙高峰，二老遥知説此翁。聊復艤舟尋紫翠，不妨持節散陳紅。高懷却有雲門興〔二〕，好句真傳雪竇風。唱我三人無譜曲，馮夷亦合舞幽宫。

〔一〕楊次公：名傑，時提點兩浙路刑獄。

〔二〕雲門：按，禪宗雲門山，在粤東韶州者，爲文偃禪師道場，越州亦有雲門，即少陵所云若耶溪雲門寺也。

〔三〕雪竇風：《傳燈録》：明州雪竇禪師悲學者尋流失源，作偈曰：三分光陰二早過，靈臺一點不揩磨。其妙語偈頌，遍播叢林。

次韻劉景文送錢蒙仲三首

其一

誰識天閑老驥，不争日暮長途。送盡青雲九子，歸去扁舟五湖。

其　二

寄語竹林社友，同書桂籍天倫。王郎獨爲鬼録，世間無此玉人。

其　三

五字古原春草，千金漢殿長門。經緯尚餘三策，典刑留與諸孫。

附劉景文原作三首：此詩從王氏舊注中采出，原題云「送蒙仲赴舉」。

膝下五車就業，殿中三月亨途。日出唤君名姓，春風吹過江湖。

文價從今第一，家風經古無倫。不假湘靈十字，知君才倍前人。

俊氣將探虎穴，清才早踐龍門。故比隔江白鷺，萬人回看王孫。

菩提寺〔一〕南漪堂杜鵑花〔二〕

南漪杜鵑天下無，披香殿上紅氍毹〔三〕。鶴林兵火真一夢，不歸閬苑歸西湖。

〔一〕菩提寺：《咸淳臨安志》：菩提院，太平興國二年建，本名惠嚴，七年改賜今額。中有杜鵑花最盛。

〔二〕南漪堂：《西湖遊覽志》：錢塘門緣城而北，有菩提院，本錢惟演别墅也。捨以爲寺，有南漪、迎薰等亭，後併入昭慶律寺。

〔三〕披香殿：漢宫閣名，長安有披香殿。白居易詩：染爲紅線紅於花，織作披香殿上毯。

寒　具公自注：乃捻頭，出劉禹錫《佳話》。

纖手搓來玉數尋，碧油輕蘸嫩黄深。夜來春睡濃於酒《苕溪漁隱》作「無輕重」，壓褊佳人纏臂金。

慎按：此詩施氏原本不載，據《外集》編守杭第八卷中，今從《續補》下卷移編。

題楊次公春蘭

春蘭如美人，不采羞自獻〔一〕。時聞風露香，蓬艾深不見。丹青寫真色，欲補《離騷傳》。對之如靈均，冠佩不敢燕。

〔一〕不采：韓愈《猗蘭操》：不采而佩，於蘭何傷？

題次公蕙

蕙本蘭之族〔一〕，依然臭味同。曾爲水仙佩，相識《楚辭》中。幻色雖非實，真香亦竟空。云何起微馥，鼻觀已先通。

〔一〕蘭蕙：黄山谷云：一幹一花爲蘭，一幹五七花爲蕙。《遯齋閒覽》云：《楚騷》之蘭蕙，或以爲都梁香，或以爲澤蘭，或以爲猗蘭，當以澤蘭爲正。今人所種，如麥門冬葉者爲幽蘭，非真蘭也。故陳止齋作《盜蘭説》以譏之。朱文公《離騷辨正》云：古之香草，必花葉皆香，燥濕不變，故可佩。今之蘭蕙，但花香而葉乃無氣，質弱，易萎，必非古人所指，甚明。古之蘭似澤蘭，而蕙即今之零陵香，今之似茅而花有二種者。不知何時始誤也。吴草廬《蘭説》云：蘭爲醫經上品，草之植者也。今所謂蘭，乃無枝無莖，因黄山谷稱之，世遂謬指爲《離騷》之蘭。

次韻曹輔寄壑源試焙新芽〔一〕

仙山靈草一作「雨」濕行雲，洗遍香肌粉未勻。明月來投玉川子，清風吹破武陵春。要知冰一作「玉」雪心腸好，不是膏油首面新〔二〕。戲作小詩君勿一作「一」笑，從來佳茗似佳人。

〔一〕壑源試焙：《太平寰宇記》：龍焙監在建州建安縣南鄉。黄儒《品茶要録》：壑源在建溪，與沙溪地相背，中隔一嶺。其去無數里之遠，然茶産頓殊，豈水脉、地脉獨萃於壑源耶？凡壑源之茶售以十，則沙溪之茶售以五。《夢溪筆談》：建安勝處曰郝源曾坑，在坌根山頂二品尤勝，李氏時號爲北苑，置使領之。《苕溪叢話》：北苑茶入貢之後，市無貨者，惟壑源私焙茶，其絶品可敵官焙。蓋壑源與北源爲鄰，山阜相接，纔二里餘，其茶香甘，在諸私焙之上。

〔三〕膏油首面：熊蕃《北苑貢茶録》：南唐初造研膏，繼造蠟面。○慎按，施氏原注：集本云，「仙山靈雨濕行雲」，「試作小詩君一笑」。吴興向氏有畢良史舊藏墨跡，「靈雨」作「靈草」，「一笑」作「勿笑」，今從墨跡。後又題「曾坑壑源」四大字。輔時爲閩漕。此段新刻本删去，今補録。

次韻袁公濟〔一〕謝芎椒〔二〕

燥吻時時著酒濡，要令卧疾致文殊。河魚潰腹空號楚，汗水流骹始信吴。公自注：《吴真君服椒法》云：半年脚心汗如水。自笑方求三歲艾，不如長作獨眠夫。羡君清瘦真仙骨，更助飄飄鶴背軀。

〔一〕袁公濟：施氏原注：袁公濟，名轂，後知處州。據先生詩考之，本卷次「潺」字韻有「今年復爲僚」之句，又，「除夕詩」題云「呈公濟子牟二通守」，則此時袁爲杭倅。

〔二〕芎椒：《本草》：芎藭，一名山鞠窮。此藥行上，專治頭腦之疾，兼禦濕氣。出關中者爲西芎，出四川者爲川芎。《爾雅》：椴，大椒。郭璞注：椒，叢生，實大者爲椴。陸璣《詩疏》：椒樹如茱萸，味亦辛香。蜀人作茶，吳人作茗，皆以其葉合煮爲香。《本草服食方》：單服椒紅，補下，宜用蜀椒。段成式云：椒氣下達，餌之不衝上也。

次韻楊次公惠徑山龍井水公自注：龍井水洗病眼有效。

漏盡雞號厭夜行〔一〕，年來小器溢缾罌。棄官縱未歸東海，罷郡猶堪作水衡。幻色將空眼先暗，勝遊無碍脚殊輕。空煩遠致龍淵水〔二〕，寧復臨池似伯英。

〔一〕漏盡：蔡邕《獨斷》：夜漏盡，鼓鳴則起；晝漏盡，鐘鳴則息。

〔二〕龍淵水：蔡襄《徑山記》：山間有小井，云故龍湫也。龍亡湫在，歲常一來，雷雨晦冥。《吳興掌故集》：蛟龍池在天目山東南。

次韻劉景文登介亭〔一〕

澤國梅雨餘，衰年困蒸溽。高堂磨新磚，頗覺利腰足。松根百尺井，兩綆飛浄渌。流觴聚兒童，一笑爲捧腹。清風信可御，剛氣在巖麓。始知共此世，物外無三伏。長歌入雲去，不待絃管逐。西湖真西子，煙樹點眉目。濤江少醖藉，高浪翻雪一作「飛」屋。俛仰拊四海，百世飛鳥速。遠追錢氏餘，近弔祖侯躅〔二〕。吾生如寄耳，寸晷輕尺玉。誰似劉將軍，逸韻謝邊幅。千言一揮手，五車不再讀。春嵓彩雞舞，月峽哀猿哭。朝先鶗一作「啼」鴂起，暮與寒螿續。我老廢吟哦，賴君時擊觸。從今事遠覽，發軔此幽谷。清游得三昧，至樂謝五欲〔三〕。莫作狂道士，氣壓劉師服。

〔一〕介亭：《咸淳臨安志》：鳳凰山在錢塘舊治正南，山顛有排衙石，第二峰有白塔，塔西有小徑，青石崔嵬，夾道皆峭壁，中穿一衕，人可往來，名曰石衕，好事者多題名其上。熙寧中，郡守祖無擇對排衙石作介亭，天風冷然，有縹緲憑空之意。

〔二〕祖侯：《邵氏聞見録》：祖無擇，字擇之，蔡州人。登甲科，與王介甫同知制誥。熙寧二年，介甫參知政事，時無擇知杭州。介甫密諭監司，求無擇之罪，使御史王韶按驗，無所得。坐送賓客酒三百小瓶，責節度副使。元豐中，復秘書監集賢學士，移知光化軍，卒，士大夫冤之。《咸淳臨安志》：英宗治平四年十月丁未，祖無擇以右諫議大夫加龍圖閣學士、知杭州，嘗作介亭於鳳皇山。

〔三〕五欲：《釋典大論》：二乘但能斷界内五欲，故世間五欲所不能動，故爲界外上妙聲色之所染污。故迦葉云：三界五欲，我已斷竟，不能動心，此是菩薩妙净五欲，吾於此事不能自安，斯爲法塵所惑也。

附劉景文原作：此詩從王氏舊注中采出。

使君中和堂，六月無炎溽。隨呼衆賓集，一笑清風足。復爲曲水飲，石面涌寒渌。持杯襟袂凉，酒出金鯨腹。旌旗登鳳皇，羽翼在林麓。半空老崖斷，千古靈藥伏。松杉各雄枝，螭蜃傍奔逐。古韻豈塵世，遐瞻有天目。霸國荒故壇，墠社移新屋。霞標起山近，潮勢卷江速。物外得長凉，尊前尋往躅。有客告將行，遲留待珠玉。欣然點鼠須，萬象歸一幅。終篇燦燦動，滿座琅琅讀。此時天樂奏，到夜山鬼哭。和之慚豈敢，來者信難續。粉壁鑑相射，香煤塵不觸。醉歸掃雙堵，字字照巖谷。星辰衆所仰，富貴公豈欲。一言換凡骨，芝术誰能服。

附孫覺詩：見李濂《汴京遺跡志》，按，《孫莘老集》世已失傳，附録以存其詩。

真人昔未起，奔鹿駭四方。連延天目山，兩乳百里長。有城跨江海，無地生侯王。中霄潦穹旻，列石表壇塲。朱旗大梁野，英氣吞八荒。寥寥百年後，故物亦已亡。所餘彼巉巖，峰巔屹相望。主人承明老，星斗工文章。築亭紫霄上，坐客蒼株旁。攀雲弄明月，曉星生扶桑。禹山隔波濤，簡書永埋藏。願逢希夷使，水土還故常。

袁公濟和復次韻答之

昏昏墮醉夢，奈此六月溽。君詩如清風，吹我朝睡足。登臨得佳句，江白照湖渌。袖手獨不言，默藁已在腹。是時風雨過，靄靄雲歸麓。踈星帶微月，金火争見伏。惜哉此清景，變滅不可逐。歸來讀君詩，耿耿猶在目。却思少年日，聲價争塲屋。文如翻水成，賦作叉相見南新道，青衫垂破幅。今年復爲僚，舊好許重續。升沉何足道，等是鑾輿觸。共爲湖山主，出入窮澗谷。衆馳君不争，人棄我所欲。何時神武門，相約挂冠服。

〔一〕繼華躅：施氏原注：袁觳試館職首薦，東坡亦第七人。按，《年譜》：召試秘閣，入三等，直史館，治平二年事。

附袁公濟次韻：此詩從王氏舊注中采出。

東南富山水，所病在卑溽。陰晴變朝暮，梅雨大田足。翰苑宴高堂，金罍浮蟻緑。清泠四座耳，醉飽五經腹。停午登介亭，縈紆俯山麓。行路愁渴死，是月丁初伏。乘高瞰群峰，前後浪奔逐。三吴在指掌，百越入雙目。漢憂分朱轓，堯意注黄屋。下輿曾未幾，傳命甚郵速。霸遂伏下風，元白仰高躅。唱予而和女，談笑唾珠玉。所恨繼者貧，囊箱無寸幅。劉侯世良將，文史三冬讀。坐嘯胡騎却，行歌燕旦哭。儒將久寂寥，斷絃今日續。所得最在詩，銛利鋒莫觸。唱酬黄卷上，如響答深谷。王侯富方丈，熊掌我所欲。獨餒不得飽，中心但誠服。

介亭餞楊傑次公

籃輿西出登山門，嘉與我友尋仙村。丹青明滅風篁嶺〔一〕，環珮空響桃花源〔二〕。公自注：郡人謂介亭山下爲桃源路。前朝欲上已蠟屐，黑雲白雨如傾盆。今晨積霧卷千里，豈畏觸熱生病根。在家頭陀無爲子〔三〕，久與青山爲弟昆。孤峰盡處亦何有？西湖鏡天江抹坤。臨高揮手謝好住，清風萬壑傳其言。風迴響答君聽取，我亦到處隨君軒。

〔一〕風篁嶺：《咸淳臨安志》：風篁嶺在錢塘門外放馬塲，西路通龍井，嶺最高峻，修篁怪石，風韻蕭爽。

〔二〕桃花源：《咸淳臨安志》：冷水峪在嘉會門外，夾山多桃花，中有流水，爲城南勝概，舊呼桃源，游人多集焉。

〔三〕無爲子：楊傑自號無爲子。注見前。

次京師韻送表弟程懿叔赴夔州運判

與子甥舅氏，摧頽各蒼顔。並爲東諸侯，長此佳江山。寒松無時花，安得插髻鬟。惟將老不死，一笑榮枯間。我甚似樂天，但無素與蠻。挂冠及未耄，當獲一紀閒。子亦拙進取，才高命堅頑。譬如萬斛舟，行此九折灣。仲氏新得道，一漚目塵寰。公自注：君之兄德孺自云：近於佛法有得。歲晚家鄉路，莫遣生榛菅。

慎按：此首，次《送程七表弟知泗州》韻，詩載第三十卷中。

葉教授和溽字韻詩復次韻爲戲記龍井之遊〔一〕

先生魯諸儒，飲食清不溽。空腸出秀句，吟嚼五味足。華堂鬧絲管，眸子漲春渌。先生疾走避，面冷毒在腹。歸來煮瓠葉，弟子歌《旱麓》。聲淫及《靈臺》，中有麀鹿伏。功名一走兔，何用千人逐。故應容我輩，清坐時閉目。高亭石排衙〔二〕，木杪挂飛屋。我來無時節，客亦不待速。似聞雪髯叟，西嶺訪遺躅。朝陽入潭洞，金碧涵水或作「冰」玉。泉扉夜不扃，雲袂本無幅。慈皇付寶偈，神侣得幽讀。訥菴當作「齋」有老人〔三〕，宴坐天魔哭。時來獻瓔珞，法供燈相續。吾儕詩酒污〔四〕，欲往無乃觸。齋厨費晨炊，車騎滿山谷。願聞第一義，鉢飯非所欲。便投切雲冠，予幼好奇服。

〔一〕龍井：《咸淳臨安志》：松篁嶺下龍井壽聖院，辯才所居。秦少游《龍井記》略云：龍井當西湖之西，浙江之北，風篁嶺之上，深山亂石之間，蟠幽而宅阻。嶺之左右，大率多泉，龍井其尤者也。

〔二〕石排衙：注詳本卷「介亭」下。

〔三〕訥齋：《咸淳臨安志》：元豐二年，辯才自天竺退休龍井，游覽之所，有方圓菴、歸隱橋、寂室、照閣、閒堂、訥齋諸名。按，本集《訥齋記》云：辯才初在上天竺十四年，有利其富者，迫而逐之，師欣然捨去。明年，復其舊。無幾，師告其衆曰：「天竺之南，山深而木茂，泉甘而石峻，我將老於是。」言已，策杖而往。以茅竹自覆，不期年而臺觀飛涌，自是謝事，不復出入。少游名其所居曰「訥齋」，道潛屬余爲記。

〔四〕詩酒污：杜甫詩：久遭詩酒污，何事忝簪裾。

次韻林子中見寄

飄零洛社數遺民，詩酒當年困惡賓。元亮本無適俗韻，孝章要是有名人。蒜山小隱雖爲客，江水西來亦帶岷。卷却西湖千頃葑一作「緑」，笑看一作「他」魚尾更莘莘。

安州老人食蜜歌〔一〕

安州老人心似鐵，老人心肝小兒舌。不食五穀唯食蜜，笑指蜜蜂作檀越。蜜中有詩人不知，千花百草爭含姿。老人咀嚼時一吐，還引世間痴小兒。小兒得詩如得蜜，蜜中有藥治平聲百疾。正當狂走捉風時，一笑看詩百憂失。東坡先生取人廉，幾人相歡幾人嫌。恰似飲茶一作「荼」甘苦雜，不如一作「知」食蜜中邊甜。一本公自注：佛云：吾言譬如食蜜，中邊皆甜。因君寄與雙龍餅，鏡空一照雙龍影。三吴六月水如湯，老人心似雙龍井。

〔一〕安州老人：《太平寰宇記》：淮南道安州安陸郡，宋爲安遠軍節度。《吴郡志》：仲殊，字師利，承天寺僧也。初爲士人，嘗預鄉薦。其妻以藥毒之，遂棄家削髮，時食蜜以解毒。蘇公與之往還甚厚，號曰蜜殊。工詩，有《寶月集》行於世，非世俗詩僧比。《侯鯖録》載仲殊《過潤州絶句》，云：北固樓前一笛風，斷雲飛出建昌宫。江南二月多芳草，春在濛濛細雨中。《寶月集》今不傳，附録於此。

次韻錢穆父紫薇花二首

其一

虚白堂前合抱花〔一〕，秋風落日照横斜。閲人此地知多少，物化無涯生有涯。公自注：虚白堂前紫薇兩株，俗云樂天所種。

〔一〕虚白堂：《咸淳臨安志》：虚白堂在鳳皇山舊府治中。唐長慶中，刺史白文公有詩，刻石堂上。

其二

折得芳蕤兩眼花，題詩相報字傾斜。箧中尚有絲綸句，公自注：白居易《紫薇花》詩：絲綸閣下文章静，鐘鼓樓中刻漏長。獨坐黄昏誰是伴，紫薇花對紫薇郎。上嘗書此詩，以賜軾。坐覺天光照海涯。

送張嘉州〔一〕

少年不願萬户侯，亦不願識韓荆州。頗願身爲漢嘉守，載酒時作凌雲遊〔二〕。虚名無用今白首，夢中却到龍泓口〔三〕。浮雲軒冕何足言，惟有江山難入手。峨眉山月半輪秋，影入平羌江水流。謫仙此語誰解道，請君別本作「看」者，訛見月時登樓〔四〕。笑談萬事真何有，一時付與東巖酒〔五〕。公自注：佛峽人家白酒舊有名。歸來還受一大錢，好意莫違黄髮叟。

〔一〕張嘉州：名失考。應劭《漢書注》：順帝改青衣爲漢嘉，以公孫述稱帝，青衣人不賓，光武嘉之也。

〔二〕凌雲：《方輿勝覽》：九頂山在嘉州城左，有九峰。唐會昌以前，峰皆有寺，今惟存凌雲一寺。

〔三〕龍泓：《太平寰宇記》：嘉州治龍游縣，隋初伐陳，有龍見江水，引軍，故名。王氏舊注云：龍泓口在凌雲之上，士人謂之龍巖，不知何據。

〔四〕看月登樓：嘉州有明月樓，注見前。又，陸放翁有《嘉州月榭》詩，云：試傾萬頃湖亭酒，來看半輪江月秋。

〔五〕東巖酒：《輿地紀勝》：東巖在嘉州城東佛峽，即聖岡山。巖半有洞，出泉，清洌宜釀。

絶　句

春來濯濯江邊柳，秋後離離湖上花。不羨千金買歌舞，一篇珠玉是生涯。

慎按：此詩施氏原本不載，今從《續補》下卷移編。

次韻蘇伯固主簿重九[一]

雲間朱袖拂雲和，知一作「應」是長松挂女蘿。髻重不嫌黄菊滿，手香新喜緑橙搓。墨翻衫袖吾方醉，紙落雲烟子患多。只有黄雞與白日，玲瓏應識使君歌。

[一] 蘇伯固：名堅，鎮江人。施氏原注：公自翰林守杭，伯固以臨濮縣主簿監杭州在城商税。

九日袁公濟有詩次其韻

古來静治得清閒，我愧真長也一斑。舉酒東榮挹江海，回尊落日勸湖山。平生傾蓋悲歡裏，蚤晚抽身簿領間。笑指西南是歸路，倦飛弱羽久知還。

和公濟飲湖上《外集》本題下尚有「東坡來爲不速」六字。

昨夜醉歸還獨寢，曉來宿雨鳴孤枕。扁舟小棹截湖來，正見青山駁雲錦。須知老人興不淺，莫學公榮不共飲。與君歌鼓樂豐年，唤取千夫食陳廩。

慎按：以上二首，施氏原本不載，《外集》載第八卷，今從新刻《續補》卷中移編於此。

次韻景文山堂聽一作「彈」箏三首

其一

忽憶韓公二妙姝，琵琶箏韻落空無。猶勝江左狂靈運，空鬭東昏百草鬚。

慎按：劉禹錫《嘉話録》：謝靈運鬚，施爲祇洹寺維摩像鬚，寺僧寶惜，初不虧損。中宗朝，安樂公主五日鬬百草，欲廣其物色，令馳驛取之，又恐爲他所得，因剪棄其餘。《苕溪漁隱》云：東坡《次韻劉景文聽琵琶》詩，乃以安樂公主爲東昏侯。按，東昏侯是齊明帝第三子，雖昏虐暴亂，未嘗取靈運鬚以鬬百草，豈非誤耶？

其　二

馬上胡琴塞上姝，鄭中丞後有人無。詩成畫一作「樺」燭飄金燼，八尺英公欲燎鬚。

其　三

荻花楓葉憶秦姝，切切么絃細欲無。莫把胡琴挑醉客，回看霜戟褚公鬚。

慎按：以上三首，施氏原本不載，今從新刻本《續補》下卷編次於此。

秋晚客興

草滿池塘霜送梅，踈林野色近樓臺。天圍故越侵雲盡，潮上孤城帶月回。客夢冷隨楓葉斷，愁心低逐雁行一作「聲」來。流年又喜經重九，可意黃花是處開。

慎按：此詩不似先生手筆，施氏原本不載，因詩中有「天圍故越」二句，或是杭州作，今從新刻《續補》下卷移編。

秋興三首

其 一

野鳥游魚信往還，此身同寄水雲間。誰家晚吹殘紅葉，一夜歸心滿舊山。可慰摧頹仍健食，此生通脱屢酡顔。年華豈是催人老，雙鬢無端只自斑。

其 二

故里依然一夢前，相攜重上釣魚船。嘗陪大幙今陳迹，謬忝承明愧昔年。報國無成空白首，退耕何處有名田。黄雞白酒雲山約，此計當時已浩然。

其 三

浴鳳池邊星斗光，宴餘香滿上書囊。樓前夜月低韋曲，雲裏車聲出未央。去國何年雙鬢雪，黄花重見一枝霜。傷心無限厭厭夢，長似秋宵一倍長。

慎按：此三首施氏原本不載，《外集》編第八卷守杭時作，今據此，從《續補》下卷改編。

贈劉景文

荷盡已無擎雨蓋〔一〕，菊殘猶有傲霜枝。一年好景君須記，正一作「最」是橙黄橘緑時。

〔一〕《苕溪漁隱叢話》：「天街小雨潤如酥」云云，退之《早春》詩也，「荷盡已無擎雨蓋」云云，子瞻初冬詩也。二詩意同而辭殊，皆曲盡其妙。

慎按：此詩施氏原本編《次韻公濟梅花十首》之後，今移編於此。

送李陶通直赴清溪〔一〕

忠文、文正二大老，公自注：司馬温公、范蜀公，君之師友。温公謚文正，蜀公謚忠文。蘇、李、廣平三舍人。公自注：蘇子容、宋次道與先公才元，熙寧中封還李定詞頭，天下謂之三舍人。喜見通家賢子弟，自言得邑少風塵。從來勢利關心薄，此去溪山琢句新。肯向西湖留數月，錢塘初識小麒麟。

〔一〕李陶通直：按，李陶之父名大臨，字才元。故云「賢子弟」。陶曾爲徐州通判，有子能詩，結句「小麒麟」指其子。通直，陶之官號也。《職官分紀》：寄禄文散官有通直郎。杜氏《通典》云：通直郎，隋置，謂官高下通爲宿直者也，因此爲名。

辯才老師退居龍井不復出入余往見之嘗出至風篁嶺左右驚曰遠公復過虎溪矣辯才笑曰杜子美不云乎與子成二老來往亦風流因作亭嶺上名曰過溪亦曰二老謹次辯才韻〔一〕

日月轉雙轂，古今同一邱。惟此鶴骨老，凜然不知秋。去住兩無礙，人天争挽留。去如龍出山，雷雨卷潭湫。來如珠還浦，魚鼈争駢頭。此生暫寄寓，常恐名實浮。我比陶令愧，師爲遠公優。送我還過溪，溪水當逆流。聊使此山人，永記二老游。大千在掌握，寧有離別憂。

〔一〕辯才退居龍井：《咸淳臨安志》：延恩衍慶寺，俗名龍井寺。唐乾祐二年，居民淩霄募建，爲報國看經院。熙寧中改壽聖院。元豐二年，辯才禪師自天竺歸老於此，始鼎新棟宇及遊覽之所，有過溪亭、德威亭、白雲堂、滌心沼、歸隱橋、獅子峰、薩埵石，山川勝概，一時呈露，龍井古荒刹，由是振顯。《西湖遊覽志》：龍井本名龍泓，吴赤烏中，葛洪煉丹於此。林樾幽古，石鑑平開，深不可測。相傳有龍居焉，禱雨多應。

附辯才原作：此詩從《臨安志》采出。

暇政去旌旆，策杖訪林邱。人惟尚求舊，况悲蒲柳秋。雲谷一臨照，聲光千載留。軒眉師子峰，洗眼蒼龍湫。路穿亂石脚，亭蔽重岡頭。湖山一目盡，萬象堂中浮。煮茗款道論，奠爵致龍優。過溪雖犯戒，兹意亦風流。自惟日老病，當期安養游。願公歸廊廟，用慰天下憂。

附參寥次韻：以下二首亦從《臨安志》采出。

遠公吾家傑，道妙非壺邱。德傾龍象侶，貌蓋江湖秋。平生經綸學，不爲名相留。滔滔若懸瀑，下注萬丈湫。昔年謝講事，衆挽不轉頭。刳心老巖穴，百念本不浮。東南望多士，惟見此老優。翰林天下公，方外實輩流。旌旗虎溪路，竟日泉石游。衆生病未已，師意可忘憂。

附錢穆父次韻：

幻泡本空色，真夢迷黄邱。宦學類狂走，爾來三十秋。髮齒非他時，歲月不我留。古刹插亂石，蟄龍蟠靈湫。天人大導師，駐錫今白頭。安住善護念，晚節非沉浮。吾嘗謂出處，未用相劣優。權實分二乘，股肱均九流。今知攪攪者，安得逍遥遊。從兹許禮足，尚可治幽憂。

慎按：辯才及穆父詩，世不多見，以上唱和，俱載《臨安志》「龍井」條下。此外更有楊次公《記》及《龍井雜絶句》十三首，趙清獻公亦有詩，非同時唱和，故不録。

問淵明

公自注：或曰：東坡此詩，與淵明反。此非知言也。蓋亦相引以造意言者，未始相非也。元祐五年十月日。

子知神非形，何復異人天。豈惟三才中，所在靡不然。我引而高之，則爲星斗懸。我散而卑之，寧非山與川。三皇雖云没，至今在我前。八百要有終，彭祖非永年。皇皇謀一醉，發此露槿妍。有酒不辭醉，無酒斯飲泉。立善求我譽，飢人食饞涎。委運憂傷生，憂一作「運」去生亦還。縱浪大化中，正爲化所纏。應盡便須盡，寧復事此言。

慎按：此詩施氏原本不載，新刻本載《續補》上卷，今據自注年月，編次於此。

偶於龍井辯才處得歙硯甚奇作小詩

羅細無紋一作「文」角浪平〔一〕，半丸犀璧浦雲泓。午窗睡起人初静，時聽西風拉瑟聲。

〔一〕羅紋：高似孫《硯箋》：南唐元宗時，歙守獻硯並徵硯工李少微①，擢硯官。其硯有羅紋坑、眉子坑、金星坑之别。《歙州硯譜》：羅紋山，亦曰芙蓉溪，硯坑十餘處，皆山前後沿溪所生。水

---

① 濟按：「徵」，原本作「蒸」，據四庫本改。

巖坑在羅紋山西北，石理如浪紋。

書辯才白雲堂壁〔一〕

不辭清曉扣松扉，却值支公久不歸。山鳥不鳴天欲雪，卷簾惟見白雲飛。

〔一〕白雲堂：注詳前。

慎按：以上二首，施氏原本不載，今從新刻《續補》下卷因題類編。

送程之邵僉判赴闕〔一〕

夜光不自獻，天驥良難知。從來一狐腋，或出五羖皮。賢哉江東守〔二〕，收此幕中奇。無華豈易識，既得不自隨。留君望此府〔三〕，助我憐其衰。二年促膝語，一旦長揖辭。林深伏猛在，岸改潛珍移。去此當安從？失君徒自悲。念君瑚璉質，當今臺閣宜。去矣會有合，豈當一作「常」懷其私。

〔一〕程之邵：名遵彦，時簽書杭州節度判官廳公事。注見上卷。

〔二〕江東守：《咸淳臨安志》：元祐三年六月，楊繪卒於杭。熊本以龍圖閣學士自越改知杭州，四年五月，徙知江寧府。

〔三〕望此府：《世説》：王東亭爲桓宣武主簿，既承藉有譽，爲一府之望焉。

寄梅宣義園亭

仙人子真後，還隱吴市門。不惜十年力，治此五畝園。初期橘爲奴，漸見桐有孫。清池壓邱虎，異石來湖黿〔一〕。敲門無貴賤，遂性各琴尊。我本放浪人，家寄西南坤。敝廬雖尚在，小圃誰當樊？羨君欲歸去，奈此未報恩。愛子幸僚友〔二〕，久要疑弟昆。明年過君西，飲我空缾盆。

〔一〕湖黿：《吴郡志》：太湖石出湖中之黿山，瑩潔可鑑，堅潤如金石。

〔二〕愛子：梅子明，宣義之子也。注見上卷、

觀湖二首「湖」，疑當作「潮」。

其一

乘槎遠引神仙客，萬里清風上海濤。回首不知沙界小，飄衣猶覺色塵高。須彌有頂低垂日，兜率無根下戴鼇。釋梵茫然齊劫火，飛雲不覺醉陶陶。

其　二

朝陽照水紅光開，玉濤銀浪相徘徊。山分宿霧儘寬遠，雲駕高風馳送來。昇霞影色歃殘火，及物氣燄明纖埃。可憐極大不知已，浮生野馬悠悠哉。

醉題信夫一作「老」方丈

鶴作精神松作筋，堦庭蘭玉一時春。願君且住三千歲，長與東坡作主人。

慎按：以上三首，施氏原本不載。據《外集》編第八卷守杭時作，今從《續補》下卷移編於此。

元祐五年十二月十二日同景文義一作「羲」伯聖途次元伯固仲蒙遊七寶寺題竹上

結根豈殊衆，修柯獨出林。孤高不可恃，歲晚霜風侵。

慎按：景文即劉季孫；聖途，張天驥字；次元，周燾字；伯固，蘇堅字；仲蒙，即錢穆父之子。義伯，無可考。此詩施氏原本失載，新刻本載《續補》下卷，題中歲月鑿然無疑，故編次於此。

熙寧中軾通守〔一〕此郡除夜直都廳〔二〕囚繫皆滿日暮不得返舍因題一詩於壁今二十年矣衰病之餘復忝郡寄再經除夜庭事蕭然三圄皆空蓋同僚之力非拙朽所致因和前篇呈公濟子侔〔三〕二通守

前詩

除日當早歸，官事乃見留。執筆對之泣，哀此繫中囚。小人營餱糧，墮網不知羞。我亦戀薄禄，因循失歸休。不須論賢愚，均是爲食謀。誰能暫縱遣，閔默愧前修。

〔一〕通守：《隋書》：煬帝置通守，每郡各一人，位次太守。京兆、河南謂之内史。

〔二〕都廳：《咸淳臨安志》：杭州有通判北廳、南廳、東廳，又有都廳，在府治西。祖宗時，諸郡皆有都廳，宣和二年，懷安軍奏尚書省公相廳改作都廳，内外都廳，並行禁止，合以簽廳爲名，從之。

〔三〕公濟子侔：公濟即袁轂，子侔未詳。本集前卷有《以文登白玉寄子明學士》詩，施氏原注云：梅子明，吴郡人，自館閣求便親養，爲杭州通判云云。子侔疑即「子明」之訛。施注謂子明當已去官，不知何據也。

今詩

山川不改舊，歲月逝不留。百年一俯仰，五勝更王囚。同僚比岑范，德業前人羞。坐令老鈍守，嘯諾獲少休。却思二十年，出處非人謀。齒髮付天公，缺壞不可修。

東坡先生編年詩卷三十三

古今體詩六十三首 元祐六年辛未春在杭守任，三月後還朝，八月出知潁州作。

次韻楊公濟一本有「奉議」二字梅花十首〔一〕

其一

梅梢春色弄微和，作意南枝翦刻多，月黑林間逢縞袂。霸陵醉尉誤誰何〔二〕。

〔一〕楊公濟：名蟠，時通判杭州。詳見施氏原注。考，《東都事略》及《宋史·楊蟠傳》，皆以爲章安人。王氏舊注以爲建州人，惟《登科記》則以爲杭人。潛説友《咸淳臨安志》云：《東都事略》稱章安人，從其集名也。《大宋登科記實》稱杭人。紹興間，錢塘傅牧作《西湖事實》，稱鄉人楊蟠作《百咏詩》，則《登科記》所載從其鄉也。

〔三〕誰何：《史記·秦本紀論》：信臣精卒，陳利兵而誰何？《索隱》注：何，或爲「呵」。《漢舊儀》：諸衛郎官，分五夜誰呵。呵夜行者誰也。何、呵，字同。

其　二

相逢月下是瑶臺，藉草清尊連夜開。明日酒醒應滿地，空令飢鶴啄莓苔。

其　三

緑髮尋春湖畔回，萬松嶺上一枝開〔一〕。而今縱老霜根在，得見劉郎又獨來。

〔一〕萬松嶺：《咸淳臨安志》：萬松嶺在和寧門外西嶺上，舊夾道栽松，樂天《夜歸》詩：萬株松樹青山上，十里沙隄明月中。

其　四

月地雲階漫一尊〔一〕，玉奴終不負東昏〔二〕。臨春結綺荒荆棘，誰信幽香是返魂〔三〕。

〔一〕月地雲階：《容齋續筆》：政和中，蔡京禁蘇氏學，蘄春一士獨杜門注其詩，不與人往還。錢伸仲爲黄岡尉，因考校上舍，往來其鄉，三進謁，然後得見。首請借閲其書，士人指案側巨編，使隨意抽讀，適得《和公濟梅花十絶》，「月地雲階漫一尊」云云，注曰：「玉奴」，齊東昏侯潘妃小字。「臨春」、「結綺」者，陳後主三閣之名也。伸仲曰：「所引止此乎？」曰：「然。」伸仲曰：「唐牛僧孺所作《周秦行記》，夢入薄太后廟，見古后妃輩，所謂月地雲堦見洞仙。東昏以玉兒故，身死國除，不擬負他。乃是此篇所用，先生何爲没而不書？」士人恍然失色。顧其子然紙炬，悉焚之，曰：「吾枉用工夫十年，非君，幾貽士林嗤笑？」伸仲每談其事，以戒後生。

〔二〕玉奴：洪容齋云：玉奴，乃楊妃自稱。潘妃，則名玉兒也。《韻語陽秋》云：東坡詩云「玉奴絃索花奴手」，玉奴謂楊妃。及《和梅花》詩，乃言「玉奴終不負東昏」，何耶？當是筆誤耳。

〔三〕返魂：《禪宗頌古》載唐僧詩《古梅》云：天公未肯隨寒暑，又蘖清香與返魂。先生詩正用此語。

其五

日出冰澌散水花，野梅官柳漸欹斜。西郊欲就詩人飲，黄四孃東子美家。

〔一〕冰澌：按，施氏原本作「冰湖」。周益公《省齋集》注中引此二句，作「冰澌」，當從之。别本作「冰壺」者，亦訛。

其六

君知早落坐先開，莫着新詩四一作「句」句催。嶺北霜枝最多思，忍寒留待使君來。

〔一〕忍寒：李商隱詩：忍寒應欲試梅粧。

其七

冰盤未薦含酸子〔一〕，雪嶺先看耐凍枝。應笑春風木芍藥〔二〕，豐肌弱骨要人醫。

〔一〕含酸：江淹《恨賦》：含酸茹歎。

〔二〕木芍藥：韓愈詩：殷勤木芍藥，獨自殿餘春。

其八

寒雀喧喧凍不飛，遶林空啅一作「啄」未開枝。多情好與風流伴，不到雙雙燕子一作「語」時。

其九

鮫綃翦碎玉簪輕，檀暈粧成雪月明〔一〕。肯伴老人春一醉，懸知欲落更多情。

〔一〕檀暈粧：《長公外紀》云：王十朋集諸家注，皆不解「檀暈」之義，今爲著之。宇文氏《粧臺記》：婦人畫眉，有倒暈粧。《古樂府》有「暈眉」「攏鬢」之語。元微之《與樂天書》：近昵婦人暈淡眉目，綰約頭鬢。《畫譜》有正暈牡丹，倒暈牡丹。《太平廣記》：許老翁有銀泥裙，五暈羅。畫工七十二色有檀色，與張萱所畫婦女暈眉所謂紫色羃者酷似，可以互證也。

其十

縞裙練帨玉川家，肝膽清新冷不邪。穠李争春猶辦此，更教踏雪看梅花。

慎按：以上十首，施氏原本編入上卷《重九》詩後，今改正。

附李端叔次韻十首：從《姑溪集》采録。

誰人月下奏雲和，一夜繁枝向北多。長笛不須論舊恨，且留幽思待陰何。

奸雄投老戀層臺，隨得分香散處開。枝上休論歌舞舊，尊中且泛緑於苔。

弄蕊攀條日幾回，依稀長記雪中開。塵埃滿袖家山遠，底事多情拂眼來。

軟火明窗酒一尊，餘杯未減目尤昏。誰人爲折東來閣，續得何郎日斷魂。

黯黯危腸獨九回，故園誰對此時開。撚來聊把倚孤枕，更擬殷勤入夢來。

病餘憔悴拊空尊，仔細思量意却昏。便覺陽和振枯槁，不須方士致幽魂。

初見今年報信花，定從清淺綴横斜。無言對我應惆悵，不復當時處士家。
玉作肌膚雪作衣，剪裁風月綴寒枝。上池可飲偶無路，空愧當年帶下醫。
漏泄天工意不輕，傍春依臘獨分明。孤高不作繁紅伴，造化須知别有情。
姑射山前舊卜家，天香真色倚風斜。不須薝蔔分高下，要是東皇第一花。

慎按：端叔所次韻第五首重叶第三韻，第六首重叶第四首韻，中間缺「時」字韻一首，無善本可對録，俟備考。

謝關景仁送紅梅栽二首〔一〕

其一

年年芳信負紅梅，江畔垂垂又欲開。珍重多情關令尹，直和根撥送春來〔二〕。

〔一〕關景仁：張淏《會稽續志》：關景仁，越州人。嘉祐四年，劉煇榜進士。《苕溪叢話》引《夷堅志》云：關景仁子開，錢塘人。曾子固集中所撰《景仁墓志》，言其父關魯老於錢塘，而景仁卒亦葬錢塘，當是越人而移居於杭者。

〔二〕根撥：白居易詩：柯條未嘗損，根撥不曾移。

其二

爲君栽向南堂下〔一〕，記取他年着子時。酸釅不堪調衆口，使君風味好攢眉。

〔一〕南堂：先生詩中，「南堂」凡三見，一在黄州，所謂「南堂獨有西南向，卧看千帆落淺溪」者也。一在惠州白鶴峰新居，所謂「南堂初絶斧斤音」者也。此詩作於杭州，即府治之中和堂也。

次韻劉景文路分上元〔一〕

華燈閟艱歲，冷月挂空府。三吴重時節，九陌自歌舞。云從月幾望，遂至一百五。嘉辰可屈指，樂事相繼武。今宵掃雲陣，極目净天宇。嬉遊各忘歸，闐咽頃未睹。飛毬互明滅，激水相吞吐。老去反兒童，歸來尚鐃鼓。新年消暗一本作「暗消」雪，舊歲添絲縷。何時九江城，相對兩漁父。公自注：予舊欲卜居廬山，景文近買宅江州。

〔一〕路分：《職官分紀》有路分都監、監押、鈐轄之名，皆武職也。

遊寶雲寺〔一〕得唐彦猷〔二〕爲杭州日送客舟中手書一絶句云云明日送彦猷之子坰赴鄂州一本有「舟中」二字遇微雨感嘆前事因和其韻作兩首送之且歸其書唐氏〔三〕

其一

二妙凋零筆法空〔四〕，忽驚雲海戲群鴻。清詩不敢私囊篋，人道黄門有父風〔五〕。

〔一〕寶雲寺：《咸淳臨安志》：北山寶雲寺，乾德二年錢氏建。舊名千光王寺，雍熙二年改今額。《武林梵志》：寶雲寺在寶雲山下，即瑪瑙寺東空園也。

〔二〕唐彦猷：《皇宋事實類苑》：唐彦猷詢，清簡寡欲，不以世務爲意。公退，一室蕭然，惟吟詩臨書，烹茶試墨，以此度日。《咸淳臨安志·秩官考》：唐詢，錢塘人。嘉祐三年六月丙辰，自蘇州移知杭，明年九月，除吏部郎以去。

〔三〕唐坰赴鄂州：施氏原注：坰字林夫云云。至六十餘條，曰：「安石以曾布爲腹心，張琥、李定爲爪牙，張商英爲鷹犬，逆意者雖賢爲不肖，附之者雖不肖爲賢。」每讀一事畢，即指安石曰：「請陛下宣諭安石，臣所言虚耶？實耶？」上屢止之，坰慷慨自若，且讀且論，上下皆震悚。安石爲之請去，上意雖寤，亦不深怒，明日貶監廣州軍資庫，徙監吉州太和縣鹽酒税，通判霸州。

方就職，御史王桓謂必不循理，不宜置邊城，改倅無爲。至是，知鄂州。此段新刻本删改不全，今補録。

〔四〕二妙：按，僧文瑩《玉壺清話》云：唐彦猷詢與弟彦範詔，俱擅一時才雅之譽。彦猷知書好古，彦範文章氣格高簡不群，皆精翰墨，遺一小札，必用華箋妙管云云。據此，則詩中「二妙」，乃指彦猷兄弟也。

〔五〕有父風：山谷《跋唐林夫帖》云：余於唐家子弟處，得林夫臨橅歐陽詢書帖，筆勁而秀潤，此林夫得意書也。李端叔亦有跋云：近時以筆墨爲事者，無如唐彦猷，其雅致自將，故書皆絶俗。其子坰，行筆無家法而類蔡君謨，亦自可喜。觀二公之言，彦猷父子書法，爲同時推重如此。

其　二

出處榮枯一笑空，十年社燕與秋鴻。誰知白首長河路，還卧當時送客風。

附唐彦猷原作：此詩從原題中采出，附録於後。

山雨霏微不滿空，畫船來往疾輕鴻。誰知獨卧朱簾裏，一榻無塵四面風。

送江公著〔一〕知吉州〔二〕

三吴行盡千山水，猶道桐廬更清美。豈獨一作「惟」濁世隱狂奴，時平亦出佳公子。初冠惠文讀《城旦》，晚入奉常陪劍履〔三〕。方將華省起彈冠，忽憶釣臺歸洗耳〔四〕。未應良木棄大匠，要使名駒試千里。奉親官舍當有擇，得郡江南差可喜。白粲連檣一萬艘〔五〕。紅粧執樂三千指。簿書期會得餘閒，亦念人生行樂耳。公自注：二「耳」義不同，故得重用。

〔一〕江公著：江公著，字晦叔，桐廬人。舉進士，爲洛陽尉。遇久旱微雨，作詩：「雲葉紛紛雨脚匀，亂花柔草長精神。雷車却碾前山過，不灑原頭陌上塵。」司馬温公於士人家見之，爲稱薦，由此知名。元祐初，以近臣薦，通判陳州，入爲太學太常博士，出守廬陵，故詩云「晚入奉常陪劍履」。元符間，知泉州，提舉福建常平事。建中靖國初，知虔州。東坡北歸至虔，晦叔適至，有唱酬二詩。未幾，除廣東轉運判官，提點湖南刑獄，京西轉運副使。此施注原文也。新刻本自「入爲太常博士」以下，盡行删去，今補録。

〔二〕吉州：《元和郡縣志》：漢廬陵縣，屬豫章郡。漢末置廬陵郡，隋改吉州。《太平寰宇記》：吉州因吉陽水得名，南至虔州五百三十里。

〔三〕奉常：《漢書·百官表》：奉常，秦官也。景帝改曰太常。

〔四〕釣臺：《太平寰宇記》：嚴子陵釣壇，在桐廬縣南大江側，下連七里灘。按，《東觀漢紀》云：光武與子陵友，陵隱於孤亭山，垂釣爲業。訪得之，陵不受封。今郡有臺，有壇，亦謂嚴陵瀨。

〔五〕白粲：《晉書》：何子平居會稽，事母至孝。辟揚州從事，月俸得白米，輒貨市粟麥。人曰：「所利無幾，何足爲煩？」答曰：「尊老在東，不辦得米，何心獨饗白粲。」

聞錢道士〔一〕與越守穆父飲酒送二別本作「一」壺

龍根爲脯玉爲漿，下界寒酤一作「酸」亦漫嘗。一紙鵝經逸少醉，他年《鵩賦》謫仙狂。金丹自足留衰鬢，苦淚何須點別腸。吴郡舊邦遺澤在，定應符竹付諸郎〔二〕。

〔一〕錢道士：名自然，號通教大師，與穆父同爲吴越之裔，故結句云然。

〔二〕符竹：《漢書·文帝本紀》注云：以竹箭五枚，長五寸，刻篆書第一至第五。與郡守爲符者，謂各分其半，右留京師，左以與之。

再和楊公濟梅花十絶

其一

一枝風物便清和，看盡千林未覺多。結習已空從著袂，不須天女問云一作「如」何。

其　二

天教桃李作輿臺〔一〕，故遣寒梅第一開。憑仗幽人收艾蒳，國香和雨入青苔。

〔一〕輿臺：《左傳》：人有十等，下所以事上，上所以共神也。故王臣公，公臣大夫，大夫臣士，士臣皁，皁臣輿，輿臣隸，隸臣僚，僚臣僕，僕臣臺。馬有圉，牛有牧，以待百事。

〔二〕艾蒳：《廣志》：艾蒳出西國，似艾葉。又云：松樹皮上緑衣亦名艾蒳，可合諸香，燒之，其烟聚而不散。

其　三

白髮思家萬里回，小軒臨水爲花開。故應剩作詩千首，知是多情得得來。

其　四

人去殘英滿酒尊，不堪細雨濕黄昏。夜寒那得穿花蝶，知是風流楚客魂。

其　五

春入西湖到處花，裙腰芳草抱山斜〔一〕，盈盈解佩臨烟浦。脉脉當壚傍酒家。

〔一〕裙腰芳草：白居易詩自注云：孤山寺在湖洲中，草緑時，望如裙腰。

其　六

莫向霜晨怨未開，白頭朝夕自相催〔二〕。斬新一朵含風露，恰似西廂待月來。

〔二〕白頭：杜甫《梅花》詩：江邊一樹垂垂發，朝夕催人自白頭。

其　七

洗盡鉛華見雪肌，要將真色鬬生枝。檀心已作龍涎吐，玉頰何煩一作「勞」獺髓醫。

其　八

湖面初驚片片飛，尊前吹折最繁枝。何人會得春風意，怕見梅黄一作「黄梅」雨細時。

其　九

長恨漫天柳絮輕，只將飛舞占清明。寒梅似與春相避，未解無私造物情。

其　十

北客南來豈是家，醉看參月半横斜。他年欲識吴姬面，秉燭三更對此花。

次韻曹子方運判雪中同遊西湖〔一〕

詞源灩灩波頭展，清唱一聲巖谷滿。未容雪積句先高，豈獨湖開心自遠。雲山已作歌眉淺，山下碧流清似眼。尊前侑酒只新詩，何異書魚餐蠹簡。

〔一〕曹子方：曹子方名輔。任淵注山谷詩引《實録》云：元祐三年九月，太僕寺丞曹輔權發遣福建路轉運判官。曾子固《隆平集》：轉運判官，開寶六年，廣南路初除徐澤一員。太平興國三年，諸路並置。

次韻仲殊雪中遊西湖二首〔一〕

其　一

夜半幽夢覺，稍聞竹葦聲。起續凍折絃，爲鼓一再行。曲終天自明，玉樓已峥嶸。有懷二三子，落筆先飛霙〔二〕。共爲竹林會，身與孤鴻輕。秀語出寒餓，身窮詩乃亨。禪老復何爲，笑指孤烟生。我獨念粲者，誰與予目成。

〔一〕仲殊：注詳上卷《安州老人食蜜歌》下。

〔二〕飛霙：《韓詩外傳》：雪花曰霙。

其二

竇雲樓閣鬧千門，林静初無一鳥喧。閉户莫教風掃地，卷簾疑有月臨軒。水光瀲灧猶浮碧，山色空濛已斂昏。乞得湯休奇絶句，始知鹽絮別作「雪」，訛是陳言。

次韻參寥同前一本題云「次韻參寥咏雪」。

朝來處處白氈鋪，樓閣山川盡一如。總是爛銀併白玉，不知奇貨有誰居。

慎按：以上四首，施氏原本編《真覺院瑞香花》一首之後，似失次，今改編。又按，《參寥集》中失原唱。

與葉淳老侯敦夫張秉道同相視新河秉道有詩次韻二首〔一〕

其一

君不見元帥府前羅萬戟，濤頭未順千弩射。至今鳳皇山下路，長借一箭開兩翼。我鑿西湖還舊觀〔二〕，一眼已盡西南碧。又將回奪浮山險〔三〕，千艘夜下無南北。坐陳三策本人謀〔四〕，惟留一諾待我畫。老病思歸真暫寓，功名如幻終何得。從來自笑畫蛇足，此事何殊食雞肋。憐君嗜好更迂闊，得我新詩喜折屐。江湖飂了我竟歸，餘事後來當潤色。一菴閒卧洞霄宫，井有丹砂水長赤。

〔一〕相度新河：何薳《春渚紀聞》：元祐中，先生以内相出典杭州，時水官侯臨相繼出守上饒，過郡。以嘗渡江敗舟於浮山，遂陰畫回江之利以獻，公相視其宜：一自富陽新橋港至小嶺，開鑿以通閘林港。或費用不給，則置山不鑿，而令往來之舟搬運渡嶺，由餘杭女兒橋港至郡北關江漲橋，以通運河。一自龍山閘西出，循江過六和寺，由南蕩朱橋港開石門平田至廟山，然後出江道二十里至富陽。公詩「坐陳三策本人謀」，又云「上饒使君更超逸，坐視浮山如累塊」，知所議出於侯也。乞於朝，已得請，而公入爲翰林承旨，林子中爲代。有謏者言今鑿龍山姥嶺正犯太守身，因寢其議。此段詳悉，可補施注之缺，備録之。

〔二〕西湖還舊觀：本集《乞開西湖狀》云：唐長慶中，白居易爲刺史，是時，湖溉田千餘頃。臣以侍從出膺寵寄，目睹西湖，有必廢之漸，輒已差官打量葑田二十五萬餘丈，度用夫二十餘萬工，自四月二十八日興工，半年之間，見西湖復唐之舊，環三十里際山爲岸，則農民父老與羽毛鱗甲同泳聖澤，無有窮已。

〔三〕浮山：《太平寰宇記》：定山在杭州西南四十里，突出浙江數百丈。又五里爲浮山。本集《疏河奏》略云：潮水自海門來，勢若雷霆。而浮山峙於江中，潮水洄洑激射，其怒百倍，沙磧轉移，狀若鬼神，雖舟師漁人，不能測其淺深也。

〔四〕人謀：按，施氏原注及《春渚紀聞》所載，止就相度新河一事而言。以愚考之，先生守杭時，開興水利凡三，皆采衆議而成者。浚鹽橋、茅山二河，創自監税蘇堅，而駿視董成，則仁和知縣黄僎也；西湖之役，創議者錢塘縣尉許登仁也；議鑿新河，以避浮山之險者，侯敦夫也。故云「坐陳三策本人謀」。

〔五〕洞霄宫：按，宋朝大臣提舉宫觀，自李若谷始。熙寧初，增杭州洞霄宫及五岳廟等，並依崇福宫置提舉官，以知州資序人充，不復限數，人皆得以自便。先生「一菴卧」云云，謂將乞宫觀而去也。洞霄宫，在餘杭大滌山，注見前。

其二

荆溪父老愁三害，下斬長蛟本無賴。平生倔强韓退之，文字猶爲鱷魚戒。石門之役萬金耳〔一〕，首鼠不爲吾已隘。江湖開塞古有數，兩鵲飛來告成壞。勸農使者非常人〔二〕，一言已破黎民駭。上饒使君更超軼〔三〕，坐睨浮山如累一作「壘」塊。髯張乃我結襪生，詩酒淋漓出狂怪。我作水衡君作丞，他日歸朝同此拜。

〔一〕石門：在龍山之西，注見前首。

〔二〕勸農使：韋驤《錢塘先生集》：今之部使者與夫郡守、縣令，皆爲勸農官。《職官分紀》：景德二年，詔諸道轉運使、副使及知州少卿監以上並兼勸農使，其餘知軍、通判等並兼勸農事。按，葉温叟時爲轉運使，淳老，温叟字也。

〔三〕上饒使君：《太平寰宇記》：江南西道信州上饒郡，漢爲豫章郡之鄱陽縣。唐置信州，東至衢州二百五十里。按，侯敦夫時以水官出知信州。

椶　筍并引

椶筍狀如魚〔一〕，剖之得魚子，味如苦筍而加甘芳。蜀人以饌，佛僧甚貴之，而南方不知也。筍生膚毳中，蓋花之方孕者，正二月間，可剝取，過此苦澀不可食矣。取之無害於木，而宜於飲食。法當蒸熟，所施略與筍同。蜜煮酢浸，可致千里外。今以餉殊長老。

贈君木魚三百尾，中有鵝黄子魚子。夜叉剖癭欲分甘，籜龍藏頭敢言美。願隨蔬果得自用，勿使山林空老死。問君何事食木魚，烹不能鳴固其理。

〔一〕椶魚：《本草》：栟櫚，一名椶櫚，無枝條，高一二丈，葉萃於樹杪。每皮一匝爲一節，三旬一采。六七月生黄白花，八九月結實，作房如魚子，黑色。又云：三月於木端莖中出黄苞，苞中有細子，乃花之孕也。狀如魚腹，孕子謂之椶魚，亦曰椶筍。

次韻曹子方龍山真覺院〔一〕瑞香花〔二〕

幽香結淺紫，來自孤雲岑。骨香不自知，色淺意殊深。移栽青蓮宇，遂冠薝蔔林。紉爲楚臣珮，散落天女襟。君持風霜節，耳冷歌笑音。一逢蘭蕙質，稍回鐵石心。置酒要妍暖，養花須晏陰。及此陰晴間，恐致慳嗇霖。彩雲知易散，鶗鴂一作「鴂」憂先吟〔三〕。明朝便陳迹，試著丹青臨。

〔一〕龍山真覺院：《咸淳臨安志》：龍山在嘉會門外，去城十里，一名卧龍山。《西湖遊覽志》：龍山稍北爲玉厨山，舊有真覺院。

〔二〕瑞香花：《冷齋夜話》：瑞香花有黄紫二種。有紫瓣而緣金者，初産廬山，今處處有之。桑喬《廬山紀事》：瑞香産山中，南唐中主愛之，移植於含風殿，名曰紫蓬萊。《咸淳臨安志》：今東西馬塍瑞香最多，大者名錦熏籠。

〔三〕鸜鵒：《廣雅》：鸜鵒，鶪鴂，子規也。《本草》：鶗鴂亦作鸜鵒。

送小本禪師赴法雲〔一〕

寓形天宇間，出處會有役。澹然都無營，百年何由畢。山林等憂患，軒冕亦戲劇。我未即歸休，師寧要安逸。王城滿豪傑，議論紛黑白。聖諦第一義〔二〕，對面誰不識？師來亦何事，孤月挂空碧。是身如浮雲〔三〕，安得限南北。出岫本無心，既雨歸亦得。珠泉有舊約，何年挂缾錫。

〔一〕小本赴法云：《咸淳臨安志》：善本，開封人。力學，舉進士於京師。得《華嚴經》，開卷恍然，歷歷與心契。圓照禪師住杭之净慈，招師居上座，别開講席，助誘方來之士。《續燈録》：元豐七年，越國大長公主與駙馬都尉張敦禮建法雲禪刹於京城之南。既成，詔法秀開山。《釋氏稽古略》：哲宗元祐五年八月，汴京法雲寺法秀禪師入寂，詔杭州净慈寺善本禪師繼席住持，賜號「大通禪師」。師嗣法照禪師宗本，世謂之大小本焉。

〔二〕聖諦：《傳燈録》：達摩謁梁武帝，帝問：「如何是聖諦第一義？」答曰：「廓然無聖。」

〔三〕是身如浮雲：《詩眼》云：「是身如浮雲」二句，乃少陵《别贊上人》詩中全語，豈偶然用之耶？

書渾令公〔一〕燕魚朝恩圖〔二〕

咸寧英氣似汾陽，夜飲軍容出紅粧。不須纏頭萬匹錦，知君未辦作吕强。

〔一〕渾令公：《舊唐書》：渾瑊，皐蘭州人，本鐵勒九部落之渾部也，德宗朝累功拜中書令，封咸寧郡王，謚忠武。

〔二〕燕魚朝恩圖：朱景玄《唐朝名畫録》：《渾侍中宴會圖》乃周昉所畫。

慎按：劉辰翁評先生此詩云：真不可曉。今以意解之曰：以令公而晏軍容，其豪華侈汰，想像可知。吕强當東漢時，曾上疏極論外戚貴倖奢麗過禮，即此一節，迥非宦寺所及。朝恩方目艷繁華，心營奢僭，世傳其就汾陽一晏，錦綵纏頭以數萬計，直欲與王公戚里誇多鬬靡，一時驕溢之氣，咄咄逼人。故詩中託爲咸寧嘲諧之語，謂汝之纏頭萬匹，吾無所用之，亦料汝不能作吕强上疏指斥奢麗也。曰「不須」，曰「知君」，其視軍容如弄小兒於股掌之上，真覺咸寧英氣千載如生。此圖便煞有關係，何得以讀者浮氣没作者深心？吾嘗謂須溪一庸妄麤淺人耳，觀此益信。

龐　公

襄陽龐公少檢束，白髮不髡亦不俗。世所奔趨我獨棄，我已有餘彼不足。鹿門有月樹下行，虎溪無風舟上宿。不識當時捕魚客，但愛長康畫金粟。杜口如今不復言，龐公爲人不曲局。東西有人問老翁，爲道明燈照華屋。

戲　書

五言七言正兒戲，三行兩一作「五」行亦偶爾。我性不飲只解醉，正如春風弄群卉。四十年來同幻事，老去何須別愚智。古人不住亦不滅，我今不作亦不止。寄語悠悠世上人，浪生浪死亦埃塵。洗墨無池筆無象「象」字訛，當作「冢」，聊爾作戲悦我神。

慎按：《龐公》一篇，施氏原本不載，新刻載《續補》上卷。舊疑此詩當分兩章，自「襄陽龐公少檢束」至「爲道明燈照華屋」止爲一首，自「五言七言正兒戲」至末，與前半語意判然。自應另作一首，而諸刻相承，未有辨之者。今閲《外集》第八卷，前一首題云「龐公」，後一首題云「戲書」，據此改正，移入守杭卷中，向來疑訛頓釋矣。

次韻劉景文西湖席上

二老長身屹兩峰，常撞大吕應黄鍾。將辭鄴下劉公幹，却見雲間陸士龍。白髮憐君略相似，青山許我定相從。我今官已六百石，慙愧當年邴曼容。

次韻答馬忠玉〔一〕

坡陀巨麓起連峰，積累當年慶自鍾。靈運子孫俱得鳳，慈明兄弟孰非龍？河梁會作看雲別，詩社何妨載酒從。祇有西湖似西子，故應宛轉爲君容。

〔一〕馬忠玉：《咸淳臨安志》：元祐五年八月，宣德郎馬瑊自提點淮南西路刑獄，改兩浙路提刑。《黄山谷年譜》：馬瑊，茌平人。

三萼牡丹

風雨何年别，留真向此邦。至今遺恨在，巧過不成雙。

慎按：此詩施氏原本不載，新刻載《續補》下卷，《外集》編第八卷守杭時作，今據此移編。

予去杭十六年而復來留二年而去平生自覺出處老少麤似樂天雖才名相遠而安分寡求亦庶幾焉三月六日來別南北山諸道人而下天竺惠淨師以醜石贈行作三絶句

其一

當年雙一作「衫」鬢兩青青，强説重臨慰別情〔一〕。衰髪秪今無可白，故應相對話來一作「前」生。

〔一〕重臨：劉禹錫詩：重臨事異黄丞相。

其二

出處依稀似樂天，敢將衰老一作「朽」較前賢。便從洛社休官去，猶有閒居二十年〔一〕。

〔一〕閒居二十年：白居易洛下詩：水畔竹林邊，閒居二十年。

其　三

在郡依前六百日〔一〕，山中不記幾回來。還將天竺一峰去，欲把雲根到處栽。

〔一〕在郡：白居易《留題靈隱寺》詩：在郡六百日，入山十二回。

和林子中待制〔一〕

兩翁留滯各皤然，人笑迂疎老更堅。共把鴟夷《外集》作「鵝兒」一尊酒，相逢柳一作「卯」色五湖天。江邊遺愛啼斑白，海上先聲入管絃。早晚淵明賦歸去，浩歌長嘯一作「笑」老斜川。

〔一〕林子中：《東都事略》：林希，字子中。元祐初，爲秘書少監，改集賢修撰，知蘇州。久之，以天章閣待制知杭州。按，《年譜》：先生守杭，實代子中。先生罷杭守，子中復來替。故本集《與子中》二啓，初云：既尋少壯之舊遊，復繼老成之前躅。後云：舊政已孚於千里，先聲坐振於七州。與此詩五六聯意正合。

慎按：《咸淳臨安志》：元祐六年二月，召軾爲翰林承旨。是月癸巳，天章閣待制林希自潤州移知杭州。此詩之作，正交代時也。用韻與後《答黄安中》同，確是此時作。施氏原本失載，今從《續補》下卷移編。

次韻答黄安中兼簡林子中

老去心灰不復然，一麾江海意方堅。那堪黄散付子度，空羡蘇杭養樂天。病肺一春難白酒，别腸三夜繞朱絃。群仙正欲吾歸去，共把清風借玉川。

留别蹇道士拱辰〔一〕

黑月在濁水〔二〕，何曾不清明。寸一本作「一」田滿荆棘，梨棗無從生。何時返吾真，歲月今峥嶸。屢接方外士，早知俗緣輕。庚桑託一作「記」，訛雞鵠，未肯化南榮。晚識此導一作「道」師，似有宿世情。笑指北山雲，訶我不歸耕。仙人漢陰馬，微服方地行。咫尺不往見，煩子通姓名。願持空手去，獨控横江鯨。

〔一〕蹇拱辰：名序，廬山道士，注見前。

〔二〕黑月：佛書謂十五以前爲白月，十五以後爲黑月。

慎按：施氏補注本此詩至「微服方地行」止，脱去末四句，今據别本補入。

次韻子由書王晉卿畫山水一首而晉卿和二首

其一

隴雲寄我山中信，雪月追君溪上舟。會看飛仙虎頭誤，點故教同子敬，雜篇真欲擬湯休。公自注：子美詩云：天吴及紫鳳，顛倒左裋褐。王孫辨作玄真子，細雨斜風不篋，却來顛倒拾遺裘。濕鷗。

其二

我今心似一潭月，君已身如萬斛舟。看畫題詩雙鶴此境眼前聊妄想，幾人林下是真休。明年兼與士龍去，萬頃蒼一作「滄」波没兩鷗。鬢，歸田送老一羊裘。

附子由原作一首：

還君横卷空長嘆，問我何年便退休。欲借巖阿著茅屋，還當溪口泊漁舟。經心蜀道雲生足，上馬胡天雪滿裘。萬里還朝徑歸去，江湖浩蕩一輕鷗。

慎按：施氏原注：先生自錢塘召歸，爲晉卿題畫凡七首，在本卷。今考本卷，乃有九首。又按，子由後半首當是使契丹時所作，公還朝始和之耳。

次韻子由書王晉卿畫山水二首

其一

老去君空見畫，夢中我亦曾遊。桃花縱落誰見，水到人間伏一作「洑」流。

其二

山人昔與雲俱出，俗駕今隨水不回。賴我胸中有佳處，一尊時對畫圖開。

慎按：《欒城集》中缺原作。

又書王晉卿畫四首

山陰陳跡〔一〕

當年不識此清真，强把先生擬季倫。等是人間一陳迹，聚蚊金谷本何人。

〔一〕陳跡：王右軍《蘭亭叙》：俛仰之間，已爲陳跡。

附子由次韻：

卧對郗公氣已真，晚依邱壑更無倫。不須復預清言侶，自是江東第一人。

雪溪乘興

溪山雪月兩佳哉，賓主談鋒夜轉雷。猶言不見戴安道，爲問適從何處來。

附子由次韻：

亟往遄歸真曠哉，聾人不信不驚雷。雖云不必見安道，已誤扁舟犯雪來。

四明狂客

毫端偶集一微塵，何處溪山非此身。狂客思歸便歸去，更求敕賜枉天真。

附子由次韻：

失脚來遊九陌塵，故溪何日得抽身。便同賀老扁舟去，已笑西山鄭子真。

西塞風雨〔一〕

斜風細雨到來時，我本無家何處歸。仰看雲天真箬笠，旋收江海入蓑衣。

〔一〕西塞：《吴興志》引《經鉏堂志》云：西塞，郡城南一帶遠山是也。唐張志和游釣於此，有《西塞山漁父詞》，山名遂著。其詞云：西塞山前白鷺飛，桃花流水鱖魚肥。青蒻笠，緑蓑衣，斜風細雨不須歸。

附子由次韻：

雨細風斜欲暝時，凌波一葉欲安歸。遥知夜宿鮫人室，浪卷波分不着衣。

破琴詩并引

舊説，房琯開元中嘗宰盧氏，與道士邢和璞出遊，過夏口村，入廢佛寺，坐古松下。和璞使人鑿地，得甕中所藏婁師德與永禪師畫。笑謂琯曰：「頗憶此耶？」琯因悵然，悟前生之爲永師也房琯事，出鄭處誨《明皇雜録》，見《高道傳》。故人柳子玉寶此畫，云是唐本〔二〕，宋復古所臨者。元祐六年三月十九日，予自杭州還朝，宿吴淞江，夢長老仲殊挾琴過余，彈之有異聲。就視琴頗損，而有十三絃。予方嘆息不已。殊曰：「雖損，尚可修。」曰：「奈十三絃何？」殊不答，誦詩云：「度數形名本偶然，破琴今有十三絃。此生若遇邢和璞，方信秦箏是響泉〔二〕。」予夢中了然，識其所謂，既覺而忘之。明日，晝寢，復夢，殊來理前語，再誦其詩。方驚覺而殊適至，意其非夢也。問之殊，蓋不知。是歲六月，見子玉之子子文京師，求得其畫，乃作詩并書所夢其上。子玉，名瑾，善作詩及行草書。復古，名迪，畫山川草木，蓋妙絶一時。仲殊本書生，棄家學佛，通脱無所著，皆奇士也。

破琴雖未修，中有琴意足。誰云十三絃，音節如佩玉。新琴一作「絃」空高張，絃一作「絲」聲不附木。宛然七絃箏，動與世好逐。陋矣房次律，因循墮流俗。懸知董庭蘭，不識無絃曲。

〔一〕唐本畫：《廣川畫跋》：唐人畫邢和璞、房琯前世事，深觀其隱而能得其趣，非常工所能知。

〔二〕響泉：《澠水燕談》：秀州祥符院，僧智和蓄一古琴瑟，瑟徽碧文，細石爲軫，音韻清越，中刻李陽冰篆三十九字。朱長文《琴譜》亦著此琴，即李勉所製響泉也。

書破琴詩後并引

余作《破琴詩》，求得宋復古畫邢和璞於柳仲遠〔一〕，仲遠以此本託王晉卿臨寫爲短軸，名爲《邢房悟前生圖》，作詩題其上。

此身何處不堪爲，逆旅浮雲自不知。偶見一張閒故紙，便疑身是永禪師。

〔一〕柳仲遠：字子文，柳子玉之子，見前詩引中。

慎按：此詩施氏原本不載，今從新刻《續補》下卷中采出，因題附編。

題王晉卿畫後

醜石半蹲山下虎，長松倒卧水一作「木」中龍。試君眼力看多少，數到雲峰第幾重。

贈一作「聽」武道士彈賀若〔一〕

清風終日自開簾，涼月今宵肯挂簷。琴裏若能知賀若，詩中定合愛陶潛。

〔一〕賀若：《詩話總龜》：世傳琴曲宫聲十小調，皆隋賀若弼製。一、《不博金》，二、《不换玉》，三、《泛峽吟》，四、《越溪吟》，五、《越江吟》，六、《孤憤吟》，七、《清夜吟》，八、《葉下聞蟬》，九、《三清》，十亡其名，琴家名賀若而已。太宗改「不博金」曰「楚澤涵秋」，「不换玉」曰「塞門秋雪」。朱翌《猗覺寮雜記》：東坡詩「琴裏若能知賀若」云云，以賀若比陶潛，必高人，非謂賀若弼也。弼之爲人，一無狀小人。予考之，蓋賀若，夷也。夷善鼓琴，王維居别墅，長使鼓琴娱賓，見《唐書·王維傳》中。文瑩《湘山野録》不加深考，遂以爲弼，而世因是遂傳訛也。東坡序《武道士彈琴》云：賀若，宣宗時待詔。不知何所據。據序，則是姓賀名若。

元祐六年六月自杭州召還汶公〔一〕館我於東堂閱舊詩卷次諸公韻三首〔二〕

其一

半熟黄粱日未斜，玉堂陰合手栽花〔三〕。却思一作「尋」三十年前味，未飯鐘時一作「聲」已飯一作「飲」茶。

〔一〕汶公：興國浴室院僧慧汶，號法真。見本集《觀音贊引》中。先生又有《六祖畫贊叙》，云：予嘉祐初舉進士，館於興國寺浴室老僧德香之院，浴室之南有古屋，東西壁畫六祖像。予去三十一年，而中書舍人彭器資亦館於是，予往見之，則院中無復識余者。獨主僧惠汶，蓋當時堂上侍者，然亦老矣。○按，《汴京遺跡志》引《宋會要》云：興國寺乃唐龍興寺，開寶二年重修。太平興國元年賜今額，在馬軍橋東北。

〔二〕東堂：興國寺浴室之東堂也。見本集。

〔三〕栽花：元祐三年，先生爲翰林學士，有《玉堂栽花》詩，見二十八卷。

附黄魯直原作：《山谷集》題云「同謝公定携書浴室院汶師置飯作此」。

竹林風與日俱斜，細草猶開一兩花。天上歸來對書客，愧勤僧飯更煎茶。

其　二

夢覺還驚響屧廊，故人來炷影前香。鬢鬚白盡成何事，一帖空存老遂良。公自注：法帖中有褚遂良書，云：即日遂良鬚髮盡白。

附秦少游原作：《淮海集》題云「元祐三年予被召至京師從翰林蘇先生過興國浴室院始識汶師後二年復來閲諸公詩因次韻」。

聊攜小榻閲風廊，卧久衣巾帶佛香。白髮道人還省記，前年引去病賢良。

其　三

尺一東來喚我歸〔一〕，衰年已迫故山期。文章曹植今堪笑，却卷波瀾入小詩。

〔一〕尺一：《後漢書·陳蕃傳》：尺一選舉，委尚書三公。注謂板長尺一，以寫詔書也。蔡邕《獨斷》：策者，簡也。其制長二尺，短者半之。其次一長一短，兩編下附篆書，起年月日，以命諸侯王三公。三公策免亦賜策，文體如上，策而隸書以尺一木兩行。《書苑菁華》：韋續五十六種書體，第三十七爲鶴頭書，乃詔版所用，漢家尺一之簡是也。

慎按：第一首次山谷韻，第二首次少游韻，第三首未詳原唱何人，俟再考。

感舊詩并引

嘉祐中，予與子由同舉制策，寓居懷遠驛，時年二十六，而子由二十三耳。一日，秋風起，雨作，中夜翛然，始有感慨離合之意。自爾宦遊四方，不相見者，十嘗七八。每夏秋之交，風雨作，木落草衰，悽然有此感，蓋三十年矣。元豐中，謫居黄岡，而子由亦貶筠州，嘗作詩以記其事。元祐六年，予自杭州召還，寓居子由東府〔一〕，數月復出領汝陰〔二〕，時予年五十六矣。乃作詩，留别子由而去。

牀頭枕馳道，雙闕夜未央。車轂鳴枕中，客夢安得長？新秋入梧葉，風雨驚洞房。獨行殘月影，悵焉感初涼。筮仕記懷遠，謫居念黄岡。一往一作「住」，訛三十年，此懷未始忘。扣門呼阿同，公自注：子由一字同叔。安寢已太康。青山映華髮，歸計三月糧〔三〕。公自注：予欲請東川而歸，二物皆東川所出。我欲自汝陰，徑上潼江章〔四〕。想見冰盤中，石蜜與柿霜。憐子遇明主，憂患已再嘗。報國何時畢，我心久已降。

〔一〕東府：《宋史》：樞密院與中書省對持文武二柄，號爲二府。東府掌文事，參政佐之；西府掌武事，副使佐之。《苕溪漁隱叢話》：京師職事官，舊皆無公廨，雖宰相執政，亦僦屋而居。元豐初，始置東、西二府於右掖門之前，每府相對爲四位，俗謂之八位。東府與西闕角相近，西府正直右掖門。

〔二〕出領汝陰：任淵《陳後山詩注》引《實録》云：元祐六年八月，蘇軾自翰林承旨出知潁州。《元和郡縣志》：潁州汝陰郡，秦爲潁川郡地，漢則汝南郡之汝陰縣，晉置郡，魏孝昌四年改潁州。

〔三〕三月糧：《莊子》：適千里者，三月聚糧。

〔四〕潼江：劉甲《人物志序》：唐以前稱梓潼者，今之重慶；稱涪者，今之綿州；稱郪及廣漢者，今之潼川也。

附子由次韻：

還朝正三伏，一再趨未央。久從江海游，苦此劍珮長。夢中驚和璞，起坐憐老房。爲我忝丞轄，置身願并涼。公自注：子瞻每欲爲國守邊，顧不敢請耳。此心一自許，何暇憂陟岡。早歲發歸念，老來未嘗忘。淵明不久仕，黔婁足爲康。家有二頃田，歲辦十口一作「日」，訛糧。教敕諸子弟，編排舊文章。辛勤養松竹，遲莫多風霜。常恐先着鞭，獨引社酒嘗。火急報君恩，會合心則降。

查慎行全集

范道濟 點校

第十八册

中華書局

初白庵詩評

目録

初白庵詩評卷下

詩評自識

張載華

海昌查初白先生以詩名海内，與王漁洋、朱竹垞兩先生鼎峙藝林。今三家詩集，已家有其書矣。然篇章浩瀚，如涉大水，不免望洋之歎！則詩話其舟楫已。漁洋詩話，散見雜著諸書，先兄含广彙爲一編。《静志居詩話》，具載《明詩綜》。獨先生論詩之旨，間有流傳，無專刻行世，學者有遺憾焉。余生也晚，不獲親炙先生。幸自幼及壯，得從許蒿廬夫子遊。夫子與先生同里，於友朋間，每聞先生評閲古人詩集，必展轉購借，携至涉園，約諸兄亟爲鈔録。猶憶壬子以後，十餘年間，酒闌燈灺，輒舉先生評語，可與漁洋、竹垞兩先生發明者，與諸兄互相參究。漏四鼓，猶娓娓不倦。余時心竊識之，爰方攻章句，未暇旁及也。弱冠後，間事吟詠，瞻望前賢，茫無憑藉。從夫子及諸兄處録先生評本數種，偶閲一編，雖着語不多，動中肯綮。如論少陵夔以後詩，及昌黎《陸渾山火》、東坡《謝人見和前篇》、遺山《李峪園亭看雨》等作，發前人所未發。使古人有知，亦爲心折。至其爲後學之津梁，用意懇切，尤足令人朝夕體玩於無窮也！余年忽五十，百念俱灰。自唯平生私淑之志，耿耿難忘。檢理故篋，合邇年所得先生評本，計十二種。載歷寒暑，綴輯成帙，與《帶經堂》、《静志居詩話》並列案頭，庶無負先生嘉惠後人之美意，亦以慰吾夫子當年借録之苦心焉耳！唯是師友弟兄，零落過半，白首晨夕相從，唯思巖兄一人，商訂之下，又不勝今昔之感已！

乾隆三十二年，歲在强圉大淵獻重陽前一日，海鹽後學張載華謹書。

詩評序

張宗橚

讀余弟芷齋所輯《初白庵詩評》，不禁喟然有感於中也。憶昔先含广兄排纂《帶經堂詩話》，日偕余與芷齋同堂商榷，凡三易稿，然後鏤板問世。當是時，余語芷齋曰：「人生於世，自顧無可傳之業，庶幾附前賢以傳。兄得附漁洋以傳也，斯亦幸已！余兩人自少至壯，肩隨跬步，徒追琢於帖括，而頭顱如故，悔之無及。今且垂老矣！家無長物，薄有藏書，迺歲月坐荒，了無著述，行自慨也！」芷齋听然而笑曰：「獨不聞蒿廬夫子論詩之旨乎？其云：『南北兩宗堪並峙，可憐無數野狐禪。』蓋明言漁洋先生、初白先生爲風雅總持也。竊不自揣，將纂録先生各種評語，裒爲一集，與《帶經堂詩話》並行不悖，或可藉是以傳，亦猶兄意也。」余因是有感焉。

國朝作者如林，求其金鍼微點，學者悉奉爲指南，漁洋、初白兩先生而外，指不多屈。

若初白先生所著評語，或直抉作者精要，或別裁各家僞體，一經指示，俾軨材樸學，可以由漸而入。視夫一味妙悟之論，果孰難而孰易？余自惟譾陋，所夢寐不能釋者，獨瓣香先生。先生固不不意芷齋已先得我心，不憚寒暑，鈔撮成帙，就余商訂。春宵咀味，燭跋忘疲。獨是附識諸條，芷齋兢兢焉不敢自藉是以傳，芷齋實藉先生以傳，詎非藝林韻事乎哉！而余亦頽廢日甚，縱或參以己以爲是。惜含广兄已歸兜率，不獲欒觀其成，稍爲潤色。見，終隔一塵。欲如向之同堂商榷，娓娓不倦，不可得矣。余所爲與芷齋撫今追昔，同抱鴒原之痛於無窮也！爰勉綴詹言，誌余之幸，亦以誌余之感也夫！

雖然，讀漁洋詩話，如遊蓬閬，如聞《韶》《濩》，目眩心迷，未易涉其流而溯其源也。

乾隆戊子上巳，兄宗橚序。

初白庵詩評纂例

初白先生博覽載籍，漢、魏、六朝迄唐、宋、元、明，諸家詩集尤爲融貫。每閲一編，必着評點，真所謂一字不肯放過也。海濱僻處，就數十年間所見，自靖節、李、杜以下諸家，及《瀛奎律髓》，評本十有二種，雖詳略不同，品藻各當，勿揣檮昧，薈萃成編，俾學者玩味評語，窺見作者之用心，如晤言於千百載之上，當亦操觚家一珍珠船也。

評本流傳不一，亥豕亦多，甚有竄入他家緒論，斷非先生語氣者，疑誤後人非淺鮮也。卷中如靖節、青蓮、昌黎、香山、半山、紫陽、皋父、遺山、道園諸家，及《瀛奎律髓》，俱係手迹，纂集之下一字不敢擅易。或漫漶難辨，姑從闕疑，間有誤筆，附識於後，以質博雅。

先生評閲杜詩凡五本，詳見跋語。余所見止二本，其一曩時仿録，未知何年所閲。後從妹壻俞君仲符借得乙未閲本，互相校對，異同頗多。今於舊本所有而乙未閲本所無者，旁注於下，乙未閲本所有而舊本所無者，並注「此條從乙未閲本增」，字句多寡，亦一一注明，期無脱漏而已。第兩本俱係傳録綴輯，校讎雖未必毫髮無憾，俾兩本瞭然，庶免惑亂耳。

先生篤好蘇詩，評語較詳，傳録施注本字句異同，曾經許蒿廬夫子勘定。復於祝君祥發處假得先生手批王注本，偕思巖兄詳加校閲，字句復有互異，俱從手批改正。間有渝敝，仍照舊時勘本。其施注本所無者，約百六十餘條，悉爲補入。至施注本所有而王注本所無者，一併注明，懼失實也，以視流傳。過本襲舛仍訛者，差謂能免。惜手批施注本，購覓二十餘年，竟不可得，而王注本缺廿八卷，至末又殘脱三首，亦注明之。俟訪得時，補録於後。

黄山谷云：「予於杜詩，欲隨欣然會意處，箋以數語。」先生評閲各種，猶山谷志也。妙諦微言，須悉心領取。如本題考證，與統論全詩語意，及標明起結，或某段某聯某句者，只載全題，已屬顯然。其專指句中字眼，如太白「七元洞豁落，八角輝星虹」，少陵「震雷翻幕燕，驟雨落河魚」，「深山催短景，喬木易高風」等句，又一聯中某句更勝，如温飛卿「雞聲茅店月，人迹板橋霜」，陳羽「漸變池塘色，欲生楊柳烟」等句，如此類者甚多，自須標明。又如少陵「饑鷹未飽肉，側翅隨人飛」，「雀啄江頭楊柳花，鵁鶄鸂鶒滿晴沙」，香山「賴是心無惆悵事，不然争奈子絃聲」，東坡「翠浪舞翻紅罷亞，白雲穿破碧玲瓏」，遺山「焉知原上家，不有當年吾」等句，雖不指出句中字眼，却須一聯並録，易於省覽。其概論兩句一句者，附於句下，至連屬數行或數句者，詩語難以全載，然非明確標出原評，幾墮渺茫。先生偶著一語，深合以意逆志之旨，余詳玩評語，合之本詩，參以圈點，良費裁度，亦欲以意逆先生之志云爾。

題下小引，及各家箋注、虚谷詩話，先生重加考訂，或貶或褒，最足益人學識。今節録原文，謹載評語，後學勿漫視之。

諸集中訛字甚多，先生改正十有六七，目録内標明手勘刊本，以便檢閲。凡某字當作某，卷中全載，以正刻本之訛。至某字别本作某，有評論者，一體載入。此外概不録取，以免覽者目眩耳。

國朝諸家杜詩評本，及查晚晴先生評閲韓詩，陸辛齋先生評閲《宋詩鈔》，可與先生評語發明者，依本詩次第附録，以資參悟。坊間通行評本，無庸采取。唯申鳧盟先生《説杜》，邇來罕有流傳，仇氏《詳注》，亦非全載，今擇其精要者，仍附録之。如與原評了不相涉，雖有名論，概不攔入。間有參涉上下詩句難以芟節者，識者諒諸。

《蘇詩補注》，先生《例言》「三十年畢力於斯」，較評本似更詳審，今取勘對。如《送蔡冠卿知饒州》、《八月十七復登望海樓》、《韓子華石淙莊》等篇，箋釋更爲明晰，附録於後，以成一家之言。其與原評不相涉者，概置勿録，猶前例也。

李雁湖《箋注王荆公詩》，流傳絶少。華山馬氏藏本，後爲先兄青在所得，梓以行世。竊疑先生未見此書，故評語間有疑謁，爰取《箋注》，次第附録。至通行《臨川集》本，題字有增損者，照《箋注》本注明，以歸一律。

《律髓》評點，係先生晚年家塾課本，學詩津逮，至捨筏登岸，此中三昧，盡在是矣。但傳録既多，脱訛殊甚。昔年曾從舅氏陳純齋先生處借得手批元本，校録一過，最爲完善，解人當自知之。

蒿廬夫子於先生各種評語，手之不釋，今追憶一二遺語，附識卷中，至管窺所及，或云「某識」，或云「某按」，自愧學業荒陋，未免貽笑通人。

插架所藏，纂録無餘，耳目之外，所遺應多。先生跋《香山集》云：「閱元白詩凡十四日，點勘始畢。」今元集評本，無從訪求，殊爲闕事。遠近同志之士，搜羅必廣，倘有卷中未及詩集，或所載各家内，别有手筆閱本，慨借原書，助成續録，當敬識卷端，永矢勿諼爾。

是書纂輯，權輿於癸未之冬，含广兄笑謂余曰：「詩評成日，與《帶經堂詩話》並行於世，亦士林佳話也。」不意乙酉仲秋，先兄去世，棄置篋中者二載。丁亥秋冬之交，還理舊業，朝夕商榷，析疑而訂謁者，思巖兄之功居多。至讎校之勞，蕭壻嘉植及兩兒鶴徵、鷺振亦與有力焉。蓋三易稿而後卒業。戊子初夏，曉堂兄自唐昌歸里，謬謂是編能洗俗本蕪穢，從臾開雕，曾幾何時，曉堂兄又返道山，每一展卷，不禁憮然。

詩評纂本，昔年得自蒿廬夫子者居多。回憶購覓苦心，猶怳怳胸臆間。爰取夫子《詞綜》閱本附録於後，聊申瓣香之志〔一〕。填詞與詩格等，未必非倚聲家之一助云。

〔一〕按，《詞綜偶評》非查慎行所著，本書不附。

初白庵詩評目録

謝皋父 晋安徐本

元遺山 劍光閣本

虞道園 學古録本

卷之下

瀛奎律髓 吴郡陳本

詞綜偶評 附

初白庵詩評卷上

海鹽後學張載華芷齋輯

陶靖節

停雲

其一

「靄靄停雲」四句：當平世者，不知此語之悲。

其三

「東園之樹」四句：亦是□□後有所譏刺。

其四

「豈無他人」四句：直追古人。

時運

其三

「我愛其静」：目狂者以静，千古特識。

榮木

其三

警策浮生，不特學問。

其四

「脂我名車」四句：先生豈忘用世者。

贈長沙公族祖

《生民》之詩，追本姜嫄。《思文》之詩，郊祀后稷。參之以《常棣》、《伐木》、《行葦》、《鳧鷖》，方知作者用意深厚。

酬丁柴桑

此二首，東坡缺和詩。

形贈影

「必爾不復疑」：「爾」字指「適見」以下六句而言。「必爾」者，謂必然而無疑。注云「頌影」，非是。

影答形

「此同既難常」二句：明于死生之故，能言其所以然。

神釋

「應盡便須盡」：王摩詰云：「忽呼吾將行，寧俟歲云暮。」正得先生「應盡便須盡」之意。

歸園田居六首

其　一

「復得返自然」：「返自然」三字，道盡歸田之樂，可知塵網牽率，事事俱違本性矣。

其　二

王、儲田家詩根荄由此。

其　四

「人生似幻化」二句：先生精於釋理，但不入社耳。

其　六

此詩入《文選》，亦以爲江淹作。

問來使

此首東坡缺和，或以爲非陶作。然太白詩云：「陶令歸去來，田家酒應熟。」正用此篇結句，無可疑也。

遊斜川

序

「南阜」、「曾城」：南阜即匡廬，曾城即落星石。注中遠引崑崙縣圃，與題無涉。

載華附識：吾君以方云注引駱庭芝云：「曾城，落星寺也。殆晋之所存者。」注以爲寺，評以爲石。按荆公、朱子俱有「落星寺」詩，《祖龍學集》亦有「落星寺」題，題下旁注：南康。似當以寺爲正。

與殷晋安别

「語默自殊勢」四句：情辭婉轉。

始作鎮軍參軍經曲阿

「我行豈不遥」至末：筮仕伊始，即思歸宿之地。

癸卯十二月中作與從弟敬遠

讀「傾耳」二語，真覺《雪賦》一篇，徒爲辭費。

還舊居

「疇昔家上京」：朱子《在南康與崔嘉彦書》云：「前日出山，在上京坡頭遇雨，巾屨沾濕。」據此，則上京乃坡名也。

載華附識：漁洋先生《北歸志》云：「往開先寺，出建昌門數里，過玉京山，陶詩所謂『夙昔家上京』即此。」

庚戌歲九月中於西田獲早稻

「晨出肆微勤」：「肆」，當作「肄」。

詠貧士七首

其　五

「採『莒』足朝飡」：「稆」。

其　七

「昔在黄子廉」：《風俗通》：「潁川黄子廉，每飲馬，投錢於水。」

讀山海經十三首

其十二

「鵃鵝見城邑」：「鵃鵝」，當作「鴟鴸」。

載華按：先生親筆閲本卷末題五律一首，見《敬業堂集》四十二卷《計日集》中。又跋語一則，附録於左：「陶詩宋以前無注者，至湯東澗始發明一二，而未詳。元初詹若麟居近柴桑，因遍訪故迹，考其歲月，本其事迹，以注釋其詩。吴草廬爲之序，比於紫陽之注楚騷。當時必有刻本，而今不可得已。此本間引東澗之説，惜未見詹注耳。康熙甲午夏初，初白老人閲畢附識。」

【附原詩】《四庫全書存目叢書》影北京大學圖書館藏康熙四十四年程崟刻本《陶詩彙注》

停　雲

其　一

靄靄停雲，濛濛時雨。八表同昏，平路伊阻。静寄東軒，春醪獨撫，良朋悠邈。搔首延佇。

其　三

東園之樹，枝條再榮。競用新好，以怡余情。人亦有言，日月於征，安得促席，説彼平生。

其　四

翩翩飛鳥，息我庭柯。斂翮閒止，好聲相和。豈無他人，念子實多。願言不獲，抱恨如何？

時　運

其　三

延目中流，悠悠清沂。童冠齊業，閒詠以歸。我愛其静，寤寐交揮。但恨殊世，邈不可追。

榮　木

其　三

嗟予小子，稟兹固陋。徂年既流，業不增舊。志彼不舍，安此日富。我知懷矣，怛然内疚。

其　四

先師遺訓，余豈云墜？四十無聞，斯不足畏。脂我名車，策我名驥。千里雖遥，孰敢不至！

贈長沙公族祖

同源分流，人易世疏。慨然寤歎，念兹厥初。禮服遂悠，歲月眇徂。感彼行路，眷然躊躇。

於穆令族，允構斯堂。諧氣冬暄，映懷圭璋。爰采春花，載警秋霜。我曰欽哉，實宗之光。

伊余云遘，在長忘同。笑言未久，逝焉西東。遥遥三湘，滔滔九江。山川阻遠，行李時通。

何以寫心，貽此話言。進簣雖微，終焉爲山。敬哉離人，臨路悽然。款襟或遼，音問其先！

酬丁柴桑

有客有客，爰來爰止。秉直司聰，於惠百里。飡勝如歸，聆善若始。

匪惟諧也，屢有良由。載言載眺，以寫我憂。放歡一遇，既醉還休。實欣心期，方從我遊。

形贈影

天地長不没，山川無改時。草木得常理，霜露榮悴之。謂人最靈智，獨復不如兹。適見在世中，奄去靡歸期。奚覺無一人，親識豈相思？但餘平生物，舉目情悽洏。我無騰化術，必爾不復疑。願君取吾言，得酒莫苟辭。

影答形

存生不可言，衛生每苦拙。誠願游崑華，邈然兹道絶。與子相遇來，未嘗異悲悦。憩蔭若暫乖，止日終不别。此同既難常，黯爾俱時滅。身没名亦盡，念之五情熱。立善有遺愛，胡爲不自竭？酒云能消憂，方此詎不劣！

神釋

大鈞無私力，萬理自森著。人爲三才中，豈不以我故？與君雖異物，生而相依附。結託善惡同，安得不相語。三皇大聖人，今復在何處？彭祖壽永年，欲留不得住。老少同一死，賢愚無復數。日醉或能忘，將非促齡具？立善常所欣，誰當爲汝譽？甚念傷吾生，正宜委運去。縱浪大化中，不喜亦不懼。應盡便須盡，無復獨多慮。

歸園田居五首

其一

少無適俗韻，性本愛丘山。誤落塵網中，一去三十年。羈鳥戀舊林，池魚思故淵。開荒南野際，守拙歸園田。方宅十餘畝，草屋八九間。榆柳蔭後園，桃李羅堂前。曖曖遠人村，依依墟里煙。狗吠深巷中，雞鳴桑樹巔。户庭無塵雜，虚室有餘閒。久在樊籠裏，復得返自然。

其　二

野外罕人事，窮巷寡輪鞅。白日掩荆扉，虚室絶塵想。時復墟曲中，披草共來往。相見無雜言，但道桑麻長。桑麻日已長，我土日已廣。常恐霜霰至，零落同草莽。

其　四

久去山澤游，浪莽林野娱。試携子姪輩，披榛步荒墟。徘徊丘壠間，依依昔人居。井竈有遺處，桑竹殘朽株。借問采薪者，此人皆焉如？薪者向我言，死没無復餘。一世異朝市，此語真不虚。人生似幻化，終當歸虚無。

其　六〔一〕

種苗在東皋，苗生滿阡陌。雖有荷鋤倦，濁酒聊自適。日暮巾柴車，路暗光已夕。歸人望煙火，稚子候簷隙。問君亦何爲，百年會有役。但願桑麻成，蠶月得紡績。素心正如此，開徑望三益。

〔一〕原闕此詩，據中華書局《陶淵明集》補。

問來使〔二〕

爾從山中來，早晚發天目。我屋南窻下，今生幾叢菊。薔薇葉已抽，秋蘭氣當馥。歸去來山中，山中酒應熟。

遊斜川 并序

辛丑正月五日，天氣澄和，風物閒美，與二三鄰曲同遊斜川。臨長流，望曾城，魴鯉躍鱗於將夕，水鷗乘和以翻飛。彼南阜者，名實舊矣，不復乃爲嗟嘆。若夫曾城，傍無依接，獨秀中皋，遥想靈山，有愛嘉名。欣對不足，率爾賦詩。悲日月之遂往，悼吾年之不留。各疏年紀、鄉里，以記其時日。

開歲倏五日，吾生行歸休。念之動中懷，及辰爲兹游。氣和天惟澄，班坐依遠流。弱湍馳文魴，閒谷矯鳴鷗。迥澤散遊目，緬然睇曾丘。雖微九重秀，顧瞻無匹儔。提壺接賓侶，引滿更獻酬。未知從今去，當復如此不。中觴縱遥情，忘彼千載憂。且極今朝樂，明日非所求？

〔二〕原闕此詩，據中華書局《淘淵明集》補。

與殷晋安别

遊好非久長，一遇盡殷勤。信宿酬清話，益復知爲親。去歲家南里，薄作少時鄰。負杖肆游從，淹留忘宵晨。語默自殊勢，亦知當乖分。未謂事已及，興言在兹春。飄飄西來風，悠悠東去雲。山川千里外，言笑難爲因。良才不隱世，江湖多賤貧。脱有經過便，念來存故人。

始作鎮軍參軍經曲阿

弱齡寄事外，委懷在琴書。被褐欣自得，屢空常晏如。時來苟冥會，宛轉憩通衢。投策命晨裝，暫與園田疏。眇眇孤舟逝，綿綿歸思紆。我行豈不遥，登陟千里餘。目倦川塗異，心念山澤居。望雲慚高鳥，臨水愧遊魚。真想初在襟，誰謂形迹拘。聊且憑化遷，終返班生廬。

癸卯十二月中作與從弟敬遠

寢迹衡門下，邈與世相絶。顧眄莫誰知，荆扉晝常閉。淒淒歲暮風，翳翳經夕雪。傾耳無希聲，在目皓已潔。勁氣侵襟袖，簞瓢謝屢設。蕭索空宇中，了無一可悦。歷覽千載書，時時見遺烈。高操非所攀，謬得固窮節。平津苟不繇，栖遲詎爲拙？寄意一言外，兹契誰能别？

還舊居

疇昔家上京，六載去還歸。今日始復來，惻愴多所悲。阡陌不移舊，邑屋或時非。履歷周故居，鄰老罕復遺。步步尋往迹，有處特依依。流幻百年中，寒暑日相推。常恐大化盡，氣力不及衰。撥置且莫念，一觴聊可揮。

庚戌歲九月中於西田獲早稻

人生歸有道，衣食固其端。孰是都不營，而以求自安。開春理常業，歲功聊可觀。晨出肆微勤，日入負耒還。山中饒霜露，風氣亦先寒。田家豈不苦？弗獲辭此難。四體誠乃疲，庶無異患干。盥濯息簷下，斗酒散襟顏。遥遥沮溺心，千載乃相關。但願長如此，躬耕非所歎。

詠貧士七首

其　五

袁安困積雪，邈然不可干。阮公見錢入，即日棄其官。芻藁有常温，採莒足朝餐。豈不實辛苦？所懼非饑寒。貧富常交戰，道勝無戚顏。至德冠邦閭，清節映西關。

其七

昔在黄子廉，彈冠佐名州。一朝辭吏歸，清貧略難疇。年饑感仁妻，泣涕向我流。丈夫雖有志，固爲兒女憂。惠孫一晤歎，腆贈竟莫酬。誰云固窮難，邈哉此前修。

讀山海經十三首

其十二

鵃鵝見城邑，其國有放士。念彼懷王世，當時數來止。青丘有奇鳥。自言獨見爾。本爲迷者生，不以喻君子。

李青蓮

古風

其三十四

當天寶之世，忽開邊釁，驅無罪之人，置諸必死之地，誰爲當國運權衡者？「白日」以下四句，國忠之蒙蔽、殃民二罪，可併案矣。

蜀道難

「問君西遊何時還」：此句與後「錦城雖云樂」二句，緊相呼應，其爲明皇而作，無疑也。

東海有勇婦

東海婦爲夫報仇，必實有其事，而注家不詳。

鳳笙篇

初唐庸近格調，如何入得《太白集》中。

秦女休行

亦是紀事之作。

贈盧徵君昆弟

「二盧竟不起」：二盧，其一莫考。

訪道安陵遇蓋還爲余造真籙臨别留贈

「七元洞豁落，八角輝星虹」：「七元」，據《海録碎事》引入星門云：「七亢洞豁落，八角輝星虹。」則「元」字當作「亢」，與「角」方合，存以備考。

「三災蕩璿璣」：佛書云：「三災，謂水、火、風，四禪天以上，始免三災。」

草創大還贈柳官迪

「日月更出没」：《元奥集》云：「在天爲日月，在人爲心腎。」

中丞宋公以吴兵三千赴河南軍次潯陽脱余之囚參謀幕府因贈之八韻

即宋若愚。

贈從弟南平太守之遥二首

其一

「當時笑我微賤者」二句：淺而卑。

贈友人三首

其三

「慢世薄功業」四句：可作東方像贊。

書懷贈南陵常贊府

「至今西二河」：「二」，疑當作「洱」。

還山留別金門知己

此詩已見卷五，即《東武吟》也。此處重出。

白雲歌送友人

此首亦重出。

送趙雲卿

此首亦重出，見十二卷《贈錢少陽》。

泛沔州城南郎官湖

今漢陽府。

焦山望松寥山

「寥山」，須考。

載華附識：《李詩輯注》引王西樵先生曰：「海門山，一名松寥、夷山，即孟浩然詩所云『夷山對海濱』者也。」鮑天鍾《丹徒縣志》：「焦山之餘支東出，分峙於鯨波瀰淼中，曰『海門山』。唐詩稱『松寥』、稱『夷山』，即此。」

越中覽古

「只今唯有鷓鴣啼」：用一句結上三句，章法獨創。

月下獨酌四首

其　二

此種語太庸近，疑非太白作。

擬古十二首

其　五

「塊然涸轍鮒」：「鮒」字，叶平聲。

折荷有贈

重出，廿四卷《擬古十二首》中之一也。

別内赴徵三首

其　二

淺劣，斷非公作。

載華按：《東坡題跋》：「今《太白集》中，有『歸來乎』、『笑矣乎』及《贈懷素草書》數首，決非太白作。蓋唐末五代間，貫休、齋己輩詩也。」評語本此。

【附原詩】明嘉靖二十二年濟美堂刊本《分類補注李太白詩》

古　風

其三十四

羽檄如流星，虎符合專城。喧呼救邊急，群鳥皆夜鳴。白日曜紫微，三公運權衡。天地皆得一，澹然四海清。借問此何爲，答言楚徵兵。渡瀘及五月，將赴雲南征。怯卒非戰士，炎方難遠行。長號別嚴親，日月慘光晶。泣盡繼以血，心摧兩無聲。困獸當猛虎，窮魚餌奔鯨。千去不一回，投軀豈全生。如何舞干戚，一使有苗平？

蜀道難

噫吁戲，危乎高哉！蜀道之難，難於上青天。蠶叢及魚鳧，開國何茫然！爾來四萬八千歲，不與秦塞通人煙。西當太白有鳥道，可以横絶峨眉巔。地崩山摧壯士死，然後天梯石棧相鈎連。上有六龍回日之高標，下有衝波逆折之回川。黄鶴之飛尚不得過，猿猱欲度愁攀援。青泥何盤盤，百步九折縈巖巒。捫參歷井仰脅息，以手撫膺坐長嘆。問君西遊何時還，畏途巉巖不可攀。但見悲鳥號古木，雄飛從雌繞林間。又聞子規啼夜月，愁空山。蜀道之難，難於上青天，使人聽此凋朱顔。連峰去天不盈尺，枯松倒挂倚絶壁。飛湍瀑流争喧豗，砯厓轉石萬壑雷。其險也如此，嗟爾遠道之人胡爲乎來哉！劍閣峥嶸而崔嵬，一夫當關，萬夫莫開。所守或匪親，化爲狼與豺。朝避猛虎，夕避長蛇。磨牙吮血，殺人如麻。錦城雖云樂，不如早還家。蜀道之難，難於上青天，側身西望長咨嗟。

東海有勇婦

梁山感杞妻，痛哭爲之傾。金石忽暫開，都由激深情。東海有勇婦，何慚蘇子卿。學劍越處子，超然若流星。捐軀報夫讎，萬死不顧生。白刃耀素雪，蒼天感精誠。十步兩躩躍，三呼一交兵。斬首掉國門，蹴踏五藏行。豁此伉儷憤，粲然大義明。北海李史君，飛章奏天庭。捨罪警風俗，流芳播滄瀛。名在列女籍，竹帛已光榮。淳于免詔獄，漢主爲緹縈。津妾一棹歌，脱父於嚴刑。十子若不肖，不如一女英。豫讓斬空衣，有心竟無成。要離殺慶忌，壯夫所素輕。妻子亦何辜，焚之買虚聲。豈如東海婦，事立獨揚名。

鳳笙篇

仙人十五愛吹笙，學得崑丘彩鳳鳴。始聞鍊氣飡金液，復道朝天赴玉京。玉京迢迢幾千里，鳳笙去去無窮已。欲嘆離聲發絳唇，更嗟别調流纖指。此時惜别詎堪聞，此地相看未忍分。重吟真曲和清吹，却奏仙歌響緑雲。緑雲紫氣向函關，訪道應尋緱氏山。莫學吹笙王子晋，一遇浮丘斷不還。

秦女休行

西門秦氏女，秀色如瓊花。手揮白楊刀，清晝殺讎家。羅袖灑赤血，英聲凌紫霞。直上西山去，關吏相邀遮。婿爲燕國王，身被詔獄加。犯刑若履虎，不畏落爪牙。素頸未及斷，摧眉伏泥沙。金雞忽放赦，大辟得寬賒。何慚聶政姊，萬古共驚嗟。

贈盧徵君昆弟

明主訪賢逸，雲泉今已空。二盧竟不起，萬乘高其風。河上喜相得，壺中趣每同。滄洲即此地，觀化游無窮。水落海上清，鼇背睹方蓬。與君弄倒景，携手凌星虹。

訪道安陵遇蓋還爲余造真籙臨别留贈

清水見白石，仙人識青童。安陵蓋夫子，十歲與天通。懸河與微言，談論安可窮。能令二千石，撫背驚神聰。揮毫贈新詩，高價掩山東。至今平原客，感激慕清風。學道北海仙，傳書蘂珠宫。丹田了玉闕，白日思雲空。爲我草真籙，天人慚妙工。七元洞豁落，八角輝星虹。三災蕩璿璣，蛟龍翼微躬。舉手謝天地，虚無齊始終。黄金滿高堂，答荷難克充。下笑世上士，沉魂北羅酆。昔日萬乘墳，今成一科蓬。贈言若何重，實此輕華嵩。

草創大還贈柳官迪

天地爲槖籥，周流行太易。造化合元符，交媾騰精魄。自然成妙用，孰知其指的。羅絡四季間，綿微無一隙。日月更出没，雙光豈云隻。姹女乘河車，黄金充轅軛。執樞相管轄，摧伏傷羽翮。朱鳥張炎威，白虎守本宅。相煎成苦老，消鑠凝津液。髣髴明窗塵，死灰同至寂。擣冶入赤色，十二周律曆。赫然稱大還，與道本無隔。白日可撫弄，清都在咫尺。北酆落死名，南斗上生籍。抑予是何者，身在方士格。才術信縱横，世途自輕擲。吾求仙棄俗，君曉損勝益。不向金闕遊，思爲玉皇客。鸞車速風電，龍騎無鞭策。一舉上九天，相携同所適。

中丞宋公以吴兵三千赴河南軍次尋陽脱余之囚參謀幕府因贈之

獨坐青天下，專征出海隅。九江皆渡虎，三郡盡還珠。組練明秋浦，樓船入郢都。風高初選將，月滿欲平胡。殺氣橫千里，軍聲動九區。白猿慚劍術，黄石借兵符。戎虜行當剪，鯨鯢立可誅。自憐非劇孟，何以佐良圖。

贈從弟南平太守之遥二首

其一

少年不得意，落魄無安居。願隨任公子，欲釣吞舟魚。常時飲酒逐風景，壯心遂與功名疏。蘭生谷底人不鋤，雲在高山空卷舒。漢家天子馳駟馬，赤車蜀道迎相如。天門九重謁聖人，龍顔一解四海春。彤庭左右呼萬歲，拜賀明主收沉淪。翰林秉筆回英盻，麟閣崢嶸誰可見。承恩初入銀臺門，著書獨在金鑾殿。龍駒雕鐙白玉鞍，象牀綺席黄金盤。當時笑我微賤者，却來請謁爲交歡。一朝謝病遊江海，疇昔相知幾人在。前門長揖後門關，今日結交明日改。愛君山岳心不移，隨君雲霧迷所爲。夢得池塘生春草，使我長價登樓詩。别後遥傳臨海作，可見羊何共和之。

贈友人三首

其　三

慢世薄功業，非無胸中畫。詎浪萬古賢，以爲兒童劇。立産如廣費，匡君懷長策。但苦山北寒，誰知道南宅。歲酒上逐風，霜鬢兩邊白。蜀主思孔明，晉家望安石。時人列五鼎，談笑期一擲。虎伏被胡塵，漁歌遊海濱。弊裘耻妻嫂，長劍託交親。夫子秉家義，群公難與鄰。莫持西江水，空許東溟臣。他曰青雲去，黄金報主人。

書懷贈南陵常贊府

歲星入漢年，方朔見明主。調笑當時人，中天謝雲雨。一去麒麟閣，遂將朝市乖。故交不過門，秋草日上階。當時何特達，獨與我心諧。置酒凌歊臺，歡娱未曾歇。歌動白紵山，舞迴天門月。問我心中事，爲君前致辭。君看我才能，何似魯仲尼。大聖猶不遇，小儒安足悲。雲南五月中，頻喪渡瀘師。毒草殺漢馬，張兵奪雲旗。至今西二河，流血擁殭屍。將無七擒略，魯女惜園葵。咸陽天下樞，累歲人不足。雖有數斗玉，不如一盤粟。賴得契宰衡，持鈞慰風俗。自顧無所用，辭家方來歸。霜驚壯士髮，淚滿逐臣衣。以此不安席，蹉跎因世違。終當滅衛謗，不受魯人譏。

還山留别金門知己

好古笑流俗，素聞賢達風。方希佐明主，長揖辭成功。白日在青天，迴光矚微躬。恭承鳳凰詔，欻起雲蘿中。清切紫霄迴，優游丹禁通。君王賜顔色，聲價凌煙虹。乘輿擁翠蓋，扈從金城東。寶馬驟絶景，錦衣入新豐。倚巖望松雪，對酒鳴絲桐。方學楊子雲，獻賦甘泉宫。天書美片善，清芬播無窮。歸來入咸陽，談笑皆王公。一朝去金馬，飄落成飛蓬。賓友日疏散，玉樽亦成空。長才猶可倚，不慚世上雄。閑來《東武吟》，曲盡情未終。盡此謝知己，扁舟尋釣翁。

白雲歌送友人

楚山秦山多白雲，白雲處處長隨君。君今還入楚山裏，雲亦隨君渡湘水。水上女蘿衣白雲，早卧早行君早起。

送趙雲卿

白玉一杯酒，緑楊三月時。春風餘幾日，兩鬢各成絲。秉燭唯須飲，投竿也未遲。如逢渭川獵，猶可帝王師。

泛沔州城南郎官湖

張公多逸興，共泛沔城隅。當時秋月好，不減武昌都。四座醉清光，爲歡古來無。郎官愛此水，因號郎官湖。風流若未減，名與此山俱。

焦山望松寥山

石壁望松寥，宛然在碧霄。安得五綵虹，駕天作長橋。仙人如愛我，舉手來相招。

越中覽古

越王句踐破吴歸，義士還家盡錦衣。宫女如花滿春殿，只今唯有鷓鴣啼。

月下獨酌四首

其　二

天若不愛酒，酒星不在天。地若不愛酒，地應無酒泉。天地既愛酒，愛酒不愧天。已聞清比聖，復道濁如賢。賢聖既已飲，何必求神仙。三杯通大道，一斗合自然。但得酒中趣，勿爲醒者傳。

擬古十二首

其　五

今日風日好，明日恐不如。春風笑於人，何乃愁自居。吹簫舞彩鳳，酌醴鱠神魚。千金買一醉，取樂不求餘。達士遺天地，東門有二疏。愚夫同瓦石，有才知卷舒。無事坐悲苦，塊然涸轍鮒。

折荷有贈

涉江翫秋水，愛此紅蕖鮮。攀荷弄其珠，蕩漾不成圓。佳人綵雲裏，欲贈隔遠天。相思無因見，悵悵涼風前。

別内赴徵三首

其　二

出門妻子强牽衣，問我西行幾日歸。歸時儻佩黄金印，莫學蘇秦不下機。

杜少陵

古詩

奉贈韋左丞丈二十二韻

「致君堯舜上」二句：具見此老本領。

「甚媿丈人厚」二句：先自叙，叙後入題，另一章法。此條乙未閲本無，另批「陡接」二字。

「尚憐終南山」至末：去國別所知依戀之懷，曲折盡致。

附録：俞犀月先生云：「昔日抱負未舒，今復不遇而去。此一詩前後之結搆也。起甚抑鬱，結自慷慨。身分仍高。」○蒿廬夫子云：「此詩分段，似當從犀月本爲是。」

送高三十五書記

此蓋深不滿於哥舒之窮兵，而惜高生之側翅相隨也。起四句，衝口而出，下乃婉曲致意。

高自云受國士知，乃告之曰：「人實不易知。」未必哥舒果能知子，子亦未可謂盡知哥舒也。一「慎」字，深情畢露。「十年」二字，言此主將旗麾不難自持耳，焉用隨人哉。子既自謂特達之知，固吾所慰。老大成名，亦其時矣。「既」字、「亦」字，無限吞吐。高是先生得意之友，故其送之之詩，用意特深。末則不過惜別語耳。此條從乙未閲本增。

「饑鷹未飽肉，側翅隨人飛」：凡鳥飛而起，則仰左翼；飛而下，則仰右翼。故鷙鳥下擊，皆先側左翅也。

「十年出幕府，自可持旌麾」：高未幾即持節，有知人先見之明。此條乙未閲本無。

贈李白

巧、皓通用。似摹李格而作。

遊龍門奉先寺

「更宿招提境」：通篇發源在「宿」字。

望　嶽

篠韻獨用。

起二句自作問答，三、四屬嶽，五、六屬望。

附録：俞犀月先生云：「全首是望，不是登，故妙。」

玄都壇歌

「子規夜啼山竹裂」二句：使昌谷爲之，便墮鬼趣。

附録：申鳧盟先生云：「子規二語，大類長吉，見此老真無所不有。」

兵車行

起句對乙未閲本作「雙」。用詩語逼真樂府。

附録：俞犀月先生云：「聲調自古樂府來，筆法古峭，質而有文。從行人口中説出，是風人遺格。○前段以大概防邊者言，後段以今日之行者言。居者之租稅何來，行者之身命不保，俱兼兩層意。○『君不聞』、『君不見』，呼應入情。」○蒿廬夫子云：「細玩此詩語意，乃爲關西募役而作也。『防河』、『營田』，俞謂以大概言，極是。『況復』一轉，方入正位。『且如』二句，是正答問詞。犀月所謂『以今日之行者言』也。□□牽合吾所不取。○『君不聞』、『君不見』，俱是役夫語。前以大概言，故曰『君不聞』；後以見在言，故曰『君不見』。○賦役之苦，征戍之苦，兩層意，尤重征戍一層。故言隴畝盡荒，則前段較詳；言死亡相繼，則後段更深。」○□□又云：「錯牙其詞，疑誤後人不小矣。」

高都護驄馬行

前身作馬，通馬語，奇絶横絶。

附録：俞犀月先生云：「通篇寫一老驥，曰『久無敵』，曰『未受』、『猶思』，曰『何由却出』，都見照應。」

天育驃騎歌

題少畫字。此條乙未閲本無。

「時無王良伯樂死即休」：生無識者，死并無畫者，用意沉痛。

附録：吴星叟先生云：「只起兩句，寫出畫圖，後便作真馬説。」○俞犀月先生云：「因畫思真，以真爲畫，真馬畫馬，交互言之。引人入勝。」○王漁洋先生云：「無限感慨，一語盡之。」

白絲行

起句乙未閲本作「一語」已具全旨。白則必染，有染則必有污。染則新，污則故。故則必見棄。只是一意婉轉，蟬聯到底。末句須作一頓，「恐懼棄捐」，所以忍羈旅也。

「繰絲須長不須白」八句：八句中具識、染、裁、服四事。以下三條乙未閱本無。

「象床玉手亂殷紅」：所以須長。

「已悲素質隨時染」：所以不須白。

附録：俞犀月先生云：「全首是説白絲由素而染，由裁縫而衣著，而終不免於棄置，何等感慨！」又云：「顔色稍污，一棄不用，是何汲引之難，而棄捐之易也。」

載華附識：蒿廬夫子云：「得梁陳樂府之遺。全首託興結出正意。○説開作結，其實就上句生出。○此詩當以第一句爲主。殷紅隨染，故不須白。裁著稱身，故必須長。不知素絲，一染已屬可悲，顔色稍污，即棄不用，則雖長亦屬無益矣。才人之忍羈旅，不唯得免棄捐之憂，并可全其皦皦之節也。然一氣讀之，却似只言棄捐之感者，素絲可悲一層，渾然不露，故妙。」

贈衛八處士

感今懷舊，如風行水上，自然成文。若涉一毫客氣，便成兩橛。

附録：俞犀月先生云：「撫今追昔，有二十年事情，妙處正於虚處傳。」

同諸公登慈恩寺塔

起法突兀稱題。

「七星在北户」八句：八句中盡高下俯仰之勢。

「蒼梧」、「瑶池」，不知寄托何意？或云指太真者，非也。

附録：俞犀月先生云：「起得聳拔，結得縹緲，與題相稱。」○李天生先生云：「塔本高宗爲文德皇后造，『回首』二句，托諷微遠。」

示從孫濟

中段點綴，如樂府古辭。

初疑後段語殊無謂，有老友于方曼云：「當與《杜位宅守歲詩》參看，則知其妙。」余因兩詩對看，始知其字字深婉也。以下二條從乙未閲本增。

「權門多噂沓」：權門或即指杜位等。蓋位，林甫壻也。細玩此詩，亦有不滿於濟之意。然於彼則曰：「誰能更拘束，爛醉是生涯。」言不爲博醉，決不來也。於此曰「所來爲宗族」云云，語意厚薄了然。

九日寄岑參

「吁嗟呼蒼生」十句：隨所棖觸，必有關於世道人心。

曲江三章章五句

其　三

七言五句成章，自我作古，歷落可誦。

附録：查晚晴先生云：「短五古已難作，尚有冷僻縹緲一逕。若短七古，安得崛强蒼茫如許，千古仰法也。」

麗人行

描寫麗人，但在衣飾飲食上，盡力鋪張其豪侈之態，此作者深意也。前半説秦、虢，後段單乙未閲本作「專」指國忠。

「就中雲幕椒房親，賜名大國虢與秦」：二語點出秦、虢。以下二條乙未閲本無。

「後來鞍馬何逡巡」二句：二語隱然説國忠。

末句點破。乙未閲本另批：「後來者，即丞相也。」

附録：李天生先生云：「泛泛寫出水邊容色衣服之盛，就中一轉，方入虢、秦。又極力寫其供具之奢，方轉入内賜一段，然後轉入國忠。雄狐正意，托刺深厚，大類國風。」○俞犀月先生云：「前半微指椒房，後半直説丞相，筆法何等森嚴！不先直説，而曰『多麗人』，曰『就中』，甚妙，亦是風人之筆。然『就中』二句甚警，前後描寫欲活。」○吴星叟先生云：「『後來鞍馬』下，雖作隱語，實序眼前事。雄狐之刺，雌雉之譏，了然紙上矣！末句點明，從『展我甥兮』出。」

樂遊園歌

「却憶年年人醉時」以下：撇開題目，自寫襟懷，何等淋漓悲壯！

「聖朝亦知賤士醜」四句：詩人本意在此一段。此條乙未閲本無。

附録：吴星叟先生云：「『却憶』後即自寫懷抱。」○俞犀月先生云：「歡宴之中生身世之感，有多少低徊也。」

渼陂行

風作風止兩層，寫得變幻不測。此條乙未閲本無。

大意只三層，始而風，既而風止，既而月出。總由筆勢排宕，令覽者無從捉搦耳。

「半陂已南純浸山」四句：噏張開合，氣象萬千。

「此時驪龍亦吐珠」四句：着此四語，則下「神靈意」乃出，非泛泛形容也。此條乙未條閲本增。

「咫尺但愁雷雨至」至末：此轉乙未閲本作「層」更乙未閲本作「尤」出人意表，結處又開拓一步。此條從乙未閲本增。

附録：俞犀月先生云：「以『好奇』字起，通篇見奇幻之境，可喜可愕。轉眼遞變，人世閲歷，亦如此矣，結語警甚。」又云：「一邊昏黑，一邊月出。此景寫出，便覺恍惚畏人。」〇吴星叟先生云：「忽陰忽晴，或常或變，皆在一日間。名山大澤皆有之，特人無此妙筆耳。結法妙，宕開又截住。」

渼陂西南臺

前是泛舟，此乃登高而望，賦景迥别。

附録：俞犀月先生云：「前半寫景，後半言情。」

夏日李公見訪

通體寫出所居之静朴，主意之真至，一一盎然於行墨間。此條從乙未閲本增。

奉同郭給事湯東靈湫作

「坡陁金蝦蟇」：世或謂金蝦蟇指禄山。此條乙未閲本無。

附録：俞犀月先生云：「□以『金蝦蟇』六句暗指禄山，良是。故爲隱語，以示微諷。」

夜聽許十損誦詩愛而有作

「四座皆辟易」：「易」字叶錫韻。乙未閱本作「陌、錫通用」。

橋陵詩三十韻因呈縣内諸官

「王劉美竹潤」以下：此種雜沓，頗似夔後之作。

附録：吴星叟先生云：「『先帝』至『真可聽』，是賦橋陵。『王劉』至『迴林坰』，則美縣内諸官。『轇輵』至末，則自謂也。在公詩中，亦多駁雜，然係公大篇，不可不存。」

驄馬行

附録：俞犀月先生云：「此首是寫新駒，句句見筆法。後用『良驥』二句，點出本旨。」篇篇寫作，各出新意，局法亦變化猶龍。

自京赴奉先縣詠懷五百字天寶十四載十一月初作

按禄山之反即在十一月。此條乙未閱本無。

質、物、月、曷、黠、屑六韻通用。

此章當與《北征》篇參看，一在亂前，一在亂後，家國之際，寓慨良深。

中間一段，正見自命本領。以下三條乙未閱本無。

「凌晨過驪山」三十二句：以下專述驪山湯泉事。禍亂之機已動，公之先見及此，故慨歎獨深。自比稷契，抱負可知。

「吾寧捨一哀」四句：凄惻。

附録：吴星叟先生云：「五百字作三段看去，奇妙。○自『杜陵』至『放歌愁絶』，一字一轉，一句一意，古人無此力也。自『歲暮』至『川廣不可越』，單序驪山荒淫，君臣相效，有朝不及夕之勢。自『老妻』至終，則始念及家計，叙去凄咽，而又以『失業』、『遠戍』相比，則尚爲安全矣。後學當日置口眼間，非韓退之、白樂天所能窺其藩籬。○此與《北征》，皆公指名之作。然《北征》作於亂離之後，《詠懷》作於亂離之前，各一機杼。」○俞犀月先生云：「憂者在天下，不止身家，此正比稷契處。」

奉先劉少府新畫山水障歌

奇幻峭健。

發端奇横。以下二條乙未閱本無。

「反思前夜風雨急」二句：尤奇。

附録：俞犀月先生云：「起筆聳拔，中間『得非』『無乃』等字，意象縹緲，故以『風雨』『鬼神』接之。」〇申鳧盟先生云：「『堂上不合生楓樹』，起得突兀驚人。與『高堂見生鶻』同法。『漁翁暝踏孤舟立』，此畫儼然在目。」

白水縣崔少府十九翁高齋三十韻

陌、錫二韻通用。

三川觀水漲二十韻

屋沃與職德通用，集中往往若此。

「礧磈共充塞」：「塞」字叶屋韻。此條乙未閲本無。

「聲吹鬼神下」四句：造物不足供其驅使，何等心力！何等腕力！

「穢濁殊未清」以下：感時觸景，拉沓奔湊。此條乙未閲本無。

悲陳陶

「日夜更望官軍至」：「至」字獨用去聲。

哀江頭

此詩公陷賊中所作，細玩前後語氣自見。乙未閲本作「看起結，自是陷賊時作」。

載華附識：蒿廬夫子云：「寓意於上皇貴妃，此《哀江頭》《長恨歌》之所同也。但香山專從『蛾眉宛轉』、『夜雨聞鈴』生情，而家國治亂之感只在言外；少陵則從風景不殊、河山舉目興感，故馬嵬賜死之痛已在言中，與《北征》『中自誅褒妲』之語，固未嘗相背也。惶惑失道，何足以言老杜耶？若云專爲貴妃而作，恐亦未盡作詩之意。」〇「清渭東流劍閣深」二句，舊注謂「一秦一蜀，託諷玄宗父子之間」固謬，長孺所解，尤杜撰可笑，引杜詩博議，以駁蘇黄門語，真如癡人説夢。

大雲寺贊公房四首

其　一

此首是初到。此條乙未閲本無。

其　三

「洞門盡徐步」：「盡」字讀作「儘」，如《曲禮》「虚坐盡後」解同。

此首是當夜事。

其　四

此首是明日事，《西枝村覓地二首》乙未閱本尚有「章法」二字亦然。

附録：俞犀月先生云：「首章以題統言之，次章寫暮景，三章寫夜宿，末章寫晨起，次第歷歷可見。古人分章之意絶勝。

載華附識：古人一題數首，次第秩然自足，引人入勝。每見近來作者，偶拈一題，連篇累牘，非語意重複，即前後可以互易。縱有佳聯，亦有句無章矣。前輩諸公，於古人分章聯貫之法及長篇段落，不惜明切指示，今詳載附録中，視他例稍寬。吁！此可爲知者道耳！

蘇端薛復筵簡薛華醉歌

「坐中薛華善醉歌」四句：薛華歌辭至與太白並舉，此老非輕譽者，惜其詩竟乙未閱本無「竟」字不傳。

雨過蘇端

大似淵明《乞食》光景。窮途一飯，感激不細，正復可憐人。

喜　晴

「既雨晴亦佳」：「佳」字通乙未閲本多一「作」字「嘉」。
附録：李天生先生云：「『佳』字不與麻韻通，公此詩及『泛舟登瀼西』篇用佳厓柴涯字，皆出韻。」

送率府程録事還鄉

緝韻獨用。

述懷一首

「反畏消息來」二句：真情苦語道得出。此條乙未閲本無。
附録：李天生先生云：「久客遭亂，莫知存亡，反畏書來，與『近家心轉切，不敢問來人』同意，然語更悲而調彌苦矣。」〇申鳧盟先生云：「『反畏消息來』，非身經喪亂，不知此語之妙。」

送長孫九侍御赴武威判官

「繡衣黄白郎」：「黄白郎」不解。

「東郊尚烽火」四句：不必皆判官之責，所謂論其大者。此條乙未閱本無。

載華按：朱注：「或曰：黄白，即《漢書》『銀黄』。顔師古注：銀，銀印也。黄，金印也。」仇注：「北齊樂曲：懷黄綰白，鴛鴦成行。」録之備參考。

送樊二十三侍御赴漢中判官

「二京陷未收」四句：極得體，極切題。此條乙未閱本無。

載華附識：蒿廬夫子云：「全首沉鬱有奇氣。」

送韋十六評事充同谷郡防禦判官

「吹角向月窟」六句：筆端可泣鬼神。此條乙未閱本無。

塞蘆子

「迴略大荒來」六句：形勢燎如五輪。

「蘆關扼兩寇」二句：即此可覘先生經濟。以上二條，乙未閱本無。總批：「料敵設防如指掌，即此可覘先生經濟。」

附録：俞犀月先生云：「此詩意在防思明、秀巖兩寇。蘆子，朔方門户，而五城空虛，賊兵出没如鬼，可慮也。大意只如此。」

彭衙行

真、文、元、寒、删、先，六韻通用。

北征

用韻與《赴奉先縣》一首同。

質、物、月、曷、黠、屑通用。以下五條乙未閱本無。

序事言情，不倫不類，拉拉雜雜，信筆直書，作者亦不自知其所以然，而家國之感，悲喜之緒，隨其棖觸引而彌長，遂成千古至文，獨立無偶。

「嘔泄卧數日」：「日」字重叶。

「其王願助順」六句：與《留花門》一首意同。

「都人望翠華」至末：身雖家居，而志存恢復。

附録：吴星叟先生云：「此詩以東坡、山谷所評爲當。○極正大處，却從細瑣述起；極淒涼處，却從繁華述起。○看他轉處骨力蒼深。」○錢圓沙先生云：「《北征》略分五節，節節相生。似右軍書法，若斷還連，人所不解。自起至『何時畢』爲第一節，記北征歲月與戀主之情也；自『靡靡』至『身世拙』爲第二節，言出鳳翔時一路所見也；自『坡陀』至『盡華髮』爲第三節，言至鄜州所見也；自『經年』至『焉得説』爲第四節，言羌村入門之狀也；自『至尊』至末爲第五節，言朝廷有恢復之勢，而以中興望幸舊都爲結穴也。每節上下相生，細讀自見。」○李天生先生云：「分五段，『皇帝』至『憂虞』，叙其瀕行辭朝心事；『靡靡』至『殘害』，書在途觸目；『況我』至『生理』，抵家紀實；『至尊』至『皇綱』，目擊時艱，而致其祝望；『憶昨』至終，則追述初亂，終之以開創之大，屬意中興。○以今皇帝起，以太宗結，是始末大章法。」○俞犀月先生云：「《奉先詠懷》是憂亂於未亂之先，《北征》是望治於既亂之後，同一忠愛之意。」

九成宫

「雖無新增修」四句：詞意冷峻。此條乙未閲本無。

可作鑒戒録。

「我行屬時危」四句：説時事，最是婉委。

附録：吴星叟先生云：「借隋爲喻，實諷唐也。」

羌村三首

其一

讀此種詩，千載下尚爲墮淚，況同時旁觀者耶？以下四條乙未閱本無。

其二

「嬌兒不離膝」二句：真摯。

其三

「驅雞上樹木」：此句亦確是北俗風景。

「苦辭酒味薄」至末：亂後神情，繪畫難盡，唯妙筆足以達之。

附録：李天生先生云：「《咏懷》大篇，義兼《雅》《頌》，《羌村三首》，純乎《國風》矣。首篇，夫妻生逢，悲愉交集；次篇，愛子之流連；終篇，鄰里之勞問。次第井然，如《桃夭》詩，一語不可移易。」〇申鳧盟先生云：「『妻孥怪我在』，『怪』字妙，不敢望其復活也。易『喜』字不得。『生還偶然遂』，即所謂『間道暫時人』，他人生還不得，與己之頻值於危，不言可知。」

載華附識：蒿廬夫子云：「《彭衙》《羌村》是真漢魏古詩，第不襲其面目耳，解人自得之。」

偪仄行贈畢四曜

前半首職韻獨用。

送李校書二十六韻

陌、錫通用。

「不必須白『晳』」：「屑」。乙未閱本無。

洗兵馬

「汝等豈知蒙帝力」：「汝等」正指李輔國一流。此條乙未閱本無。

留花門

質、物、月、屑乙未閱本尚有「四韻」二字通用。

「胡爲傾國至」四句：與《北征》詩中「此輩少爲貴」乙未閱本尚有「數語」二字同意，具有先見之明。

附録：俞犀月先生云：「憂國苦心，所謂『窮年憂黎元』、『自比稷與契』者也。《北征》詩云：『此輩少爲貴』，與此詩可以參看。不宜留而不得已也，不必留而留，憂隱可知。」

病後過王倚飲贈歌

「唯生哀我未平復」已下：飲食細，故感沁肝脾。《伐木》二、三章求友之意，正以此爾。此條乙未閲本無，另批：「多是樸實頭話，却無人能道。」

載華附識：蒿廬夫子云：「『老馬爲駒』，細玩此句，似只承上句『手脚輕欲漩』言之，俗語所云『反老還童』也，並無深義。須溪之評本未嘗謬，但必云如駒之健啖，則未免近鑿耳。□□據詩傳以駁之，恐老杜之意未必爾爾。」

義　鶻

奇事以奇筆寫之，如兔起鶻落，少縱則逝矣。

「人生許與分」四句：補出正意，知非苟作。此條乙未閲本無。

附録：李天生先生云：「奇事奇文，不難其奇。老氣縱横，無敵爲貴耳。」○吴星叟先生云：「似寫劍客俠士，鬚眉照人，最發神智。他家必逞秀媚，無此氣魄也。」

載華附識：蒿廬夫子云：「以義鶻喻壯士，人皆知之。細玩全詩之意，却似重在『人生許與分』

二語，故有『近經潏水』。下一段或嫌其贅而欲删之，或又謂删去則全詩皆成囈語，俱非知此詩者也。〇公雖備員朝右，未蒙國士之知，無可建功，故聞義鶻之事，而有慨焉，曰「人生許與分，只在顧盼間」，所謂士爲知己者用也。若從『用舍何其賢』竟住，不過是贊義鶻耳，何由寫出此意？否則古人詩中全寫比喻，不點正意者多矣，豈皆囈語耶？」

畫鶻行

質、物、月通用。

瘦馬行

「烏鵲滿樛枝」二句：生氣勃勃。此條乙未閱本無。

馬無復收養之望，旁觀者自惜之耳。通篇只此一意。

石壕吏

「《□□寰宇記》：『神雀臺在陜州硤石縣東北四十五里，石壕鎮東北。』《困學記聞》：『石壕吏蓋陜州陜縣石壕鎮。』《一統志》云：『在陜州城東七十里是也。』卞圜曰：『石壕，陝東戍，其地新安西。石壕即石峭也。』按峭在弘農澠池西北。貞觀八年，移峭縣於安陽城，在硤城西四十里。謂石壕即石峭，誤矣」：按《九域志》及《輿地廣記》，石壕皆作峭縣，唐改爲硤石。此條乙未閱本無。

新婚别

語淺情深，從古樂府得來。此條乙未閱本無。

無家别

題云「無家别」，猶云「無家可别」也。《石壕》、《新安》、《新婚》、《垂老》情已慘矣，然尚有父母妻子，彼此相憐惜，至此則孑然一身耳，其憯痛，百倍常情。乙未閱本作「無家别，謂無家可别也，先解題，方可看詩」。

附録：俞犀月先生云：「首言無家之由，次言無家之實，終言别去之故，而以『無家别』三字總收，章法甚緊。」

立秋後題

「罷官亦由人」二句：自在。此條乙未閱本無。

遺興三首

其一

「下馬古戰場」：考地志，秦州有諸葛壘，在城東，曰下幕城；旁有司馬懿壘，曰上幕城。古戰場當指此。此條乙未閲本無。

幽人

先生好仙術，詩中往往見之。《憶昔行》一篇是入山求道，此首是浮海。幾幾乎「上窮碧落下黃泉，兩處茫茫尋不見」矣！

赤谷西崦人家

絶似儲、王集中之變調也。

西枝村尋置草堂地夜宿贊公土室二首

西枝村未詳在何處，或云在秦州城外。

其一

「卜居意未展」四句：前一日事。乙未閱本作「此詩覓地是隔日事」。

其二

「天寒鳥已歸」四句：當夜事。此條乙未閱本無。

「幽尋豈一路」四句：後一日事。乙未閱本作「此是明日事」。

寄贊上人

「有谷杉黍稠」：「黍」疑訛。此條乙未閱本無。

載華按：仇本作「桼」，注云：「古『漆』字，他本作『黍』，非。」

太平寺泉眼

「北風起寒文」四句：東坡得此意，發乙未閱本多一「爲」字《泛潁》詩。

夢李白二首

此詩之作，當在太白繫獄時。此條乙未閱本無。

其一

職韻獨用。

附録：俞犀月先生云：「二詩見生死交情，不以道遠而隔。千秋萬歲之間，齊名李杜者，豈易得哉？○前首言夢，次首言頻夢，而以痛惜之意結之。恰是少陵夢太白，纔得如此真切耳。」○李天生先生云：「入夢明我之相憶，頻夢又見君之情親，是兩首次第。」

遣興五首

其四

「生涯能幾何」二句：猛省語。此條乙未閲本無。

前出塞九首

《前出塞》爲天寶中用兵南蠻而作。此條乙未閲本無。

附録：吴星叟先生云：「《前出塞》本是征夫怨行役而成，乃首章微露此意，他作都作敵愾語，感激憤發，若三軍甘爲此役者。立言甚深甚厚。」

後出塞五首

《後出塞》專爲安禄山作。此條乙未閲本無。

附録：吴星叟先生云：「《前出塞》意殊隱現，使讀者自悟。至《後出塞》，則發露無餘矣。前三章，三軍赴薊門者尚不知禄山之逆，曰『借問大將誰，恐是霍嫖姚』，『恐是』者，非其人也，亦以禄山得後宫之寵比之也；至四章，則人人知其心；至五章，則有拔身而歸者。而朝廷養成此亂，亦見矣。○『朝進東門』一首，禄山儼然帝制，其御衆嚴刻，亦隱然言外。古人賞此者，皆取其聲響堂皇，而不知其用意所在，可歎也。」

別贊上人

「豆子雨已熟」：「熟」字叶職韻，不知所本，俟再考。乙未閲本作「全首叶職韻，唯一『熟』字係屋韻」。

萬丈潭

泰、隊二韻合用。乙未閲本作「泰、隊通用」。

兩當縣吴十侍御江上宅

全篇陌、錫通用，唯「息」字是職韻。

「不忍殺無辜」四句：侍御罷官之故坐不妄殺人，夫復何憾？以下乙未閲二條本無。

「閉口休歎息」：「息」字屬職韻，宜不通用。

附録：李天生先生云：「『白黑』當依《詩紀》作『黑白』。『歎息』，『息』字當是『惜』字之訛。『黑』、『息』具在職韻，不與此韻通。或云如作『黑白』，則與末韻重出，不知寧重一韻，不可出韻也。」

鐵堂峽

通篇叶屑韻。

青陽峽

覺、藥通用。此條從乙未閲本增。

龍門鎮

緝韻獨用。

積草嶺

原注「同谷界」：「同谷」下少一「縣」字。此條從乙未閱本增。

發同谷縣

陌、錫通用。此條從乙未閱本增。

木皮嶺

「首路栗亭西」：「首」字去聲。

石櫃閣

陌韻獨用。

鹿頭山

月、遏通用。此條從乙未閱本增。

石笋行

「惜哉俗態好蒙蔽」二句：比擬不快。此條乙未閱本無。

附録：李天生先生云：「此等累句，在大家不妨，然不可學。○亦墮議論。」○吴星叟先生云：「《石笋》、《石犀》兩作相配，然多議論，易開惡道。」

石犀行

「先王作法皆正道」二句：議論正大光明。

贈蜀僧閭丘師兄

「當時上紫殿」二句：語有諷刺，而含蓄不露。

「而無車馬喧」：全用陶語。

戲題畫山水圖歌

「舟人漁子入浦漵」二句：何等神骨。此條乙未閲本無。

戲爲雙松圖歌

「白摧朽骨龍虎死」二句：尋常比擬，總非意想所及。此條乙未閲本無。

投簡成華兩縣諸子

「南山豆苗早荒穢」六句：蕭瑟中自有傲兀氣概。此條從乙未閲本增。

病柏

「有柏生崇岡」六句：先爲病柏作地步。

「日夜柯葉改」：「改」字叶去聲。

枯椶

「傷時苦軍乏」四句：賦物必有感觸，故是詩史。

枯柟

「猶含棟梁具」四句：直是自寫。乙未閲本作「用以自況，亦復蕭瑟崢嶸」。

入奏行

「江花未落還成都」四句：别時預説歸時事，興趣奔凑。

柟樹爲風雨所拔歎

「幹排雷雨猶力争」二句：何等魄力！每於蕭瑟中作崛强語，氣色百倍。此條乙未閲本無。

溪漲

「豈唯入吾盧」三句：三句三轉乙未閱本多一「折」字。

「不意一作「知」遠山雨」：應從「知」字。

遭田父泥飲美嚴中丞

「步屧隨春風」二句：東坡用之，作《安國寺尋春》起法。「酒酣」以乙未閱本無「以」字下十二句，皆述田父語。

「高聲索果栗」以下：情景逼真。

載華附識：蒿廬夫子云：「朴老真率，開張王樂府派。」

天邊行

「十年骨肉無消息」：「息」字入屋韻。乙未閱本作「屋、職二韻通用，集中往往有之」。

附録：吴星叟先生云：「用韻一屋、二沃、十三職兼押。」

大麥行

此言麥熟而爲羌胡所刈，蜀兵不能救護。注中乙未閱本作「舊注紛紛」引證乙未閱本多一「皆」字可删。

苦戰行

「苦戰身死馬將軍」：馬將軍惜不知名。

述古三首

其　二

「舜舉十六相」四句：許身稷契，於此略見一斑。

附録：李天生先生云：「蘇端明目此四句，爲稷契分中語，知言哉！」

觀打魚歌

「衆魚常才盡却棄」四句：題外着想，氣勢百倍豪雄。

又觀打魚

「小魚脱漏不可記」四句：此意亦人所有，但無此筆力耳。

海椶行

「自是衆木亂紛紛」二句：淵明云「連林人不覺，獨樹衆乃奇」，得此互相發明。

姜楚公畫角鷹歌

首尾呼應，歸結到畫上。此條從乙未閲本增。

謁文公上方

自古能文之士，未有不精於釋理者，唯昌黎稍崛强耳。看先生此詩，何等歸向。此條乙未閲本無。

奉贈射洪李四丈

入手别。

早發射洪縣南途中作

「將老憂貧窶」六句：苦語，寫得又沉摯，不忍多讀。

附録：吴星叟先生云：「通首真率。○起十字，諸公縱有此懷，不能括盡。而以寡道氣自責，此豈憤發怨尤者？」

陪王侍御同登東山最高頂宴姚通泉晚携酒泛江

「三更風起寒浪湧」四句：正在清遊汗漫時，忽作危語，與遊渼陂乙未閲本作「渼陂行」七古情景略同，特章法變幻不測耳。

短歌行

十一字長句，太白所未有。通篇磊落乙未閲本作「砢」英奇，集中别調也。

陪章留後惠義寺餞嘉州崔都督赴州

山水清奇，矯於康樂。此條乙未閱本無。

將適吴楚留别章使君留後兼幕府諸公得柳字

「我來入蜀門」十句：自序久客情況，正復淒婉動人。

「不意青草湖」二句：出落跳蕩。

「所憂盜賊多」以下：重提代宗蒙塵事，以申前篇期望梓州之意。

附録：李天生先生云：「大有不平。公他詩云『厭蜀交遊冷』，此篇獨露。」○吴星叟先生云：「人情新則敬，久則衰。公所以將有所適也，梓州或厚於相待歟！囑其寄書，可以知其人矣。○此亦公之常調，但覺其真氣盈楮。」

山寺

「吾知多羅樹」已下：此老深於禪悦，道着便是。

桃竹杖引

「重爲告曰」已下：篇中叮嚀反覆，若重有望於乙未閲本多一「章」字留後者，豈獨爲身計耶？

寄題江外草堂

可作草堂記讀。

丹青引

「學書初學衛夫人」二句：不獨善畫，兼工書。

「良相頭上進賢冠」四句：先畫人。

「詔謂將軍拂絹素」八句：後畫馬。

「將軍畫善蓋有神」四句：收到畫人。

附録：吴星叟先生云：「畫馬只言馬，丹青則及其人品兼述之。○丹青二，寫真也，畫馬也，兩事夾寫。○胡夏客曰：『寫真也，昔日必逢佳士始與寫真，今尋常之人，亦屢貌之矣。』胡此語妙。余謂『必逢佳士』，有渴賢之懷，有珍重之意。珍重輕，而渴賢重。胡止見其一。」

南池

色、直、食三韻與屋通用，不可解。此條乙未閲本無。

附録：吴星叟先生云：「夾用別韻，『色』字，『直』字，『食』字。」

發閬中

寫出荒山窮谷、孤旅行役之苦。

寄韓諫議注

題中「注」字訛，當作「汯」。此條從乙未閲本增。

載華按：朱注本題作《寄韓諫議》，箋語與評語合，先生校閲舊本，故有是評，今仍其舊。

憶昔二首

其二

一治一亂，兩邊叙來，瞭如指掌，足爲後王鑒戒。迴翔反覆，而終屬望於中興之主。作者之心良苦矣！此條從乙未閲本增。

冬狩行

「喜君士卒甚整肅」至末：是時諸將反側不常，章梓州亦非乃心王室者，故公以大義激之，而責望之意，隱然言外。

附録：俞犀月先生云：「此爲當時方鎮不肯勤王而作。末句真有大聲疾呼，涕淚俱下之致。○前半言冬狩，後半推言其勇決當急於勤王也。『草中』二句，尤極警動。」○申鳧盟先生云：「『草中』二句，即『賈生不獵猛敵，而獵禽獸』之意，是作詩主意。」

草堂

「自及梟鏡徒」：「鏡」，當作「獍」。

「天下尚未寧」四句：沉痛入骨。

四松

「我生無根帶」四句：直是豪宕。

水檻

「既殊大厦傾」至末：控縱在手，開合有情。

破船

「平生江海心」四句：自遠而近，四句三折。

揚旗

「虹霓」二句，又足上意；下四句，言將有以用之，非徒觀美已也。乙未閱本作「而已」。

客堂

屋、職二韻，先生往往通用。乙未閱本作「屋、職通用」。

附録：吴星叟先生云：「中夾用『北』字、『力』字、『極』字、『得』字、『職』字、『直』字、『稷』字、『色』字。」

三韻三篇

其　三

危言不足，繼以諧語。警俗之意，不惡而嚴。此條乙未閱本無。

負薪行

「土風坐男使女立」二句：今福州之俗亦爾。此條乙未閱本無。

柴　門

「崖」、「柴」、「佳」三字，俱叶入麻韻。乙未閱本作「佳、麻通用」。

附録：李天生先生云：「『崖』、『柴』、『佳』三字出韻。○按《廣韻》『九麻』中，亦無『涯』字，然唐人近體多用之。」

雷

「萬邦但各業」八句：苛政猛於旱魃，當官者不可不知。此條乙未閱本無。

火

「楚山經月火」四句：「楚」，一作「焚」。焚山禱雨，楚俗至今猶然。此條乙未閱本無。

七月三日亭午已後較熱退晚加小凉穩睡有詩因論壯年樂事戲呈元二十一曹長

「餘熱亦已末」：潘岳詩「朱明際末垂」，注：「末垂，六月也。」「末」字，義當作此解。

園人送瓜

「種此何草草」：「草」字重押。此條乙未閱本無。

催宗文樹雞栅

「稀間可突過」：《上林賦》「捷垂條，掉希間」注：「希間，稀疏無支之間也。」二字本此，當補注。此條乙未閱本無。

阻雨不得歸瀼西甘林

「篙工初一棄」：「棄」，疑當作「葉」。

雨

何減康樂。此條從乙未閱本增。

種萵苣

「信宿罷瀟灑」：「灑」字借叶，非本義也。此條乙未閱本無。

八哀詩

故司徒李公光弼

「愁寂意不愜」：「愜」字旁用緝韻。以下七條乙未閱本無。

「青蠅紛營營」四句：公於臨淮，深寓痛惜之意。

「南紀阻歸楫」：「楫」字亦屬緝韻。

贈秘書監江夏李公邕

「擺落多藏穢」：「穢」字旁用代韻。

「争名古豈然」：曲江之怒北海，豈由於争名耶？

「恩波延揭厲」：「厲」字兩用，義各不同。

故右僕射相國張公九齡

「用才文章境」：「境」字重叶。

附録：李天生先生云：「司徒晚未入朝，最難斡旋，公詩妙得其平。」○吴星叟先生云：「未入朝，司徒一生恨事也，故特筆湔洗之。至其戰功，極易描畫，却用一二語該括，真大落墨也。」○俞犀月先生云：「『青蠅』四句，尤寫得可痛。『八哀』之所以作也。」

載華附識：從弟蘭樹云：「『曲江』，疑當作『燕國』，先生偶誤也。」

寫懷二首

其　一

「萬古」二語，大是達觀。

其　二

「古者三皇前」八句：意本蒙莊。

有激之詞，遂落漆園見解。此條乙閲本無。

可　歎

前後絶不相蒙。

「天上浮雲如白衣」二句：奇而確。此條乙未閲本無。

附録：吴星叟先生云：「首尾不相照應，定有誤處。」

觀公孫大娘弟子舞劍器行

「㸌如羿射九日落」四句：只用四句，形容已盡，前後俱是波瀾。此條乙未閲本無。

壯　遊

「憂憤心飛揚」：「揚」字重叶。以下二條乙未閲本無。

「漁父濯滄浪」：「浪」字亦重叶。

遺　懷

「存没再嗚呼」：「呼」字重叶。此條乙未閲本無。

荆南兵馬使太常卿趙公大食刀歌

「萬歲持之護天子」二句：必歸正意。此條乙未閲本無。

狄明府

篇中濟韻重叶而義不同。此條從乙未閲本增。

久雨期王將軍不至

「異獸如飛星宿落」二句：空中樓閣。此條乙未本無。

赤霄行

六義中興體，任舉一物皆乙未閲本作「即」是，不知者乃以爲怪奇耶！通篇取義在「觝」、

「觸」、「嚇」、「羞」、「辱」、「和」六字，此時必有非意之加，先生以大度容之也。合乙未閲本多二「前」字《莫相疑行》讀之，乙未閲本多「大指」二字可見。

「孔雀未知牛有角」四句：取興空闊，緊照末句。此條乙未閲本無。

載華按：乙未閲本格上附録「劉須溪評《赤霄》亦怪奇」九字，故先生云爾。

晚　晴

「照我衰顔忽落地」：接句不測。此條乙未閲本無。

寄柏學士林居

「亂代飄零余到此」二句：中含多少俯仰。此條乙未閲本無。

醉爲馬墜諸公携酒相看

陌、屋前後合用。

君不見簡蘇谿

「百年死樹中琴瑟」二句：奇崛。此條乙未閱本無。

贈蘇四谿

「戎馬日衰息」四句：時平而不獲用，乃真途窮矣。通篇回環，只是此意。此條乙未閱本無。

宿青溪驛奉懷張員外十五兄之緒

「月明游子静」二句：凄緊寂寞，斂人魂魄。此條乙未閱本無。

魏將軍歌

語語精爽雄健。此條從乙未閱本增。

醉歌行贈公安顔少府請顧八題壁

「是日霜風七澤」至末：遒勁中亦復磊落。此條乙未閱本無。

送重表姪王砅評事使南海

叙次明暢，直同史傳。此條乙未閱本無。

附録：俞犀月先生云：「此詩分二大段。前半叙重表姪之親情，而追述當時盛事；後半乃就評事之身言之，以見今昔合離之感。」○吴星叟先生云：「以紀傳體作贈詩，所謂『點竄《堯典》《舜典》字，塗改清廟明堂詩』者。『尚書』，是王珪。『大夫』，指李勉。箋語甚妙。○有議其前重後輕，於銖兩不均者。不知下半是賦時事，上半是追叙體也。有時事而後追叙，何爲不均？」

次晚洲

「危沙折花當」：《埤雅》云：「瓜當謂之蒂，瓜之繫蔓處。」花當即花蒂也。「折」字，疑當作「拆」。注中牽强，不足取。此條乙未閱本無。

附録：錢圓沙先生云：「『散帙』，是書帙之自散者。『折花』，是花枝之自折者。言沙岸之危者，有折樹以當之，不至於崩也。『花當』二字不可連用。」

風雨看舟前落花戲爲新句

「赤憎輕薄遮入懷」：「赤憎」，義與「生憎」同。此條乙未閱本無。

蘇大侍御訪江浦賦八韻紀異

序　子美於人豈輕易許可，乃考涣之生平，曾煽動嶺表與哥舒晃作亂，殊不可解。此條乙未閲本無。

題云「八韻」，詩止七韻，疑有脱譌。此條從乙未閲本增。

題衡山縣文宣王廟新學堂呈陸宰

感慨頓挫，自成有韻之文，直可作《衡山縣學記》讀，惜不著乙未閲本作「署」陸宰名。

「下可容百人」：「百」有作「萬」者，誤。

附録：李天生先生云：「極冠冕，極風雅，真大手筆，不負斯題。」〇吴星叟先生云：「大題目，大作用，句句精警。」

近體詩

冬日洛城北謁元元皇帝廟

「碧瓦初寒外」四句：極力鋪張「皇帝廟」三字。

「仙李」以下方入題。

結處微含諷意。乙未閲本無「意」字。

投贈哥舒開府二十韻

公平生意不滿乙未閲本作「生平不滿於」哥舒翰，觀此篇「駕馭必英雄」一句可見。通首乙未閲本作「篇」亦多叙明皇恩遇之隆，而無功業可紀。其見於他詩者，一則曰「請公問主將，焉用窮荒爲」，再則曰「潼關百萬師，往者散何卒」，三則曰「請囑防邊將，慎勿學哥舒」。合觀前後，大抵有貶無褒，此其所以爲乙未閲本作「稱」詩史歟！

附録：李天生先生云：「將美哥舒，先言其君之神武，能得大將，則詞不迫而有體。」○吴星叟先生云：「處處提君王爲主，所以詩貴立意也。『勳業』二句，鎖前啓後，最有力。」

敬贈鄭諫議十韻

「思飄雲物外」四句：四語唯先生詩足以當之，鄭諫議何人，乃爾推許耶！

鄭駙馬宅宴洞中

吴體，須得鏗鏘，開展不測，乃佳。此條乙未閲本無。

附録：申鳧盟先生云：「拗體須有疏斜之致，不衫不履，如『客子入門月皎皎』，『落日更見漁樵人』，語出天然，欲不拗不可得。『主家陰洞』一首太板。」

李監宅

應酬詩。

重題鄭氏東亭

「紫鱗衝岸躍」二句：豪健。此條從乙未閲本增。

題張氏隱居二首

其　一

詩境細静。

其二

天寶初南曹小司寇舅於我太夫人堂下壘土爲山一匱盈尺以代彼朽木承諸焚香瓷甌甌甚安矣旁值慈竹蓋兹數峰嶔岑嬋娟宛有塵外數致乃不知興之所至而作是詩

「霽潭鱣發發」二句：屬對俱用《毛詩》成語。

「望中疑在野」二句：小中見大。此條從乙未閱本增。

龍門

「龍門横野斷」二句：寫出天然形勝。

登兖州城樓

此李于鱗所選，乙未閱本多一「要」字是公少年作，未足盡其奇。

附録：俞犀月先生云：「公少壯時所作，筆力開拓，格律森嚴如此，豈必以『老境漸於詩律細』爲公掩其實乎？」

載華附識：蒿廬夫子云：「壯闊深渾，俯仰具足，此爲五律正鋒。」

對雨書懷走邀許十一簿公

「震雷翻幕燕，驟雨落河魚」：「翻」、「落」兩字，他人煉不出。

附録：查晚晴先生云：「愚謂第四句，當與『細雨魚兒出』對看，魚逢細雨則出淰，而驟雨則落而不出，正極形雨之驟也。此求物理，須於當境得之。」

巳上人茅齋

「茶瓜留客遲」，似非用事。考《南史》，竟陵王子良禮才好士，夏月客至，爲設瓜飲及甘果。此條從乙未閱本增。

載華按：「枕簟」、「茶瓜」，或云茅齋之事，故評語云爾。

房兵曹胡馬詩

「竹批」句小巧，對得飄忽，五、六便覺神王氣高。

畫鷹

極動盪之致，到底不離畫。

附録：王西樵先生云：「命意精警，句句不脱『畫』字。」〇李天生先生云：「發端已見鷙鳥之神，三、四正贊其畫。下『堪』字、『可』字、『何當』字，俱就畫説。」〇吴星叟先生云：「是畫曰『思』，曰『似』，曰『堪』，曰『可』，曰『何當』，着力在虚字。」

與李十二白同尋范十隱居

「往往似陰鏗」：古人不輕擬前輩如此。

臨邑舍弟書至苦雨黄河泛溢隄防之患簿領所憂因寄此詩用寬其意

「倚賴天涯釣」二句：游戲作結，所謂寬其意也。

夜宴左氏莊

「風林纖月落」四句：好景只在眼前，寫得遠近離合，不可端倪。

載華附識：蒿廬夫子云：「清麗。○起聯六朝語。○景語閒曠。○結趣蕭散。」

春日憶李白

「清新庾開府」二句：前云似陰鏗，此乃擬之庾、鮑，總不以時流目之，同一推許意。此條從乙未閱本增。

附録：李天生先生云：「清新俊逸，盡詩之能事矣。」

寄高三十五書記

「美名人不及」二句：稱許乙未閱本多一「中」字具見虚懷。

送裴二虬作尉永嘉

結應第四句。

城西陂泛舟

此先生應酬之作，有意入俗者也。

載華附識：蒿廬夫子云：「濃麗猶近初唐。」

送韋書記赴安西

「雲泥相望懸」：一書記耳，何至雲泥相懸？公之潦倒可知矣。

陪鄭廣文遊何將軍山林十首

其一

從外面一層起，如此發端，方有餘地。「如」字下八字，乙未閱本無。

「谷口舊相得」：點鄭廣文。此條乙未閱本無。

其二

「卑枝低結子」二句：承「夏木」。

「鮮鯽銀絲鱠」二句：承「風潭」。以上二條乙未閱本作「三四承『夏木』來，五六承『風潭』來」。

其三

「萬里戎王子」：至今不詳何花。「至」字下六字，乙未閱本無。借一物成一篇，十首中，不可無此變格。

□□引趙汸曰「絶域之花，久種中國，人不復以爲異。詳其托諭之意，殆爲玄宗寵任蕃將、禄山驕恣而作也」末二句抹：不必。此條乙未閱本無。

其　四

此遊當在獻賦之後，故不免有憤激氣。淺者不知，便謂輕薄武弁矣。此條從乙未閱本增。

其　八

「解水」二字，未詳出處。

其　九

「將軍不好武」：「將軍」二字，只此一點，更不沾帶。

附録：李天生先生云：「十詩先總叙，於題義已全。二首自外説，下五首入内説，三首獨拈一花，四首詠籬舍，五首詠讌歌，六首醉後，七首縱觀，八首迴憶，九首專美將軍，十首垂别也。其意括，其詞清。次第秩然，大家結構。」

載華附識：蒿廬夫子云：「初白先生謂三四承『夏木』，五六承『風潭』，極是。末二句亦因風潭而思及栬樓耳。○北方少水，羹鱠不可多得，故見之而疑在越中也。公少遊吴越，《壯遊》詩可證，雖説飲饍，仍重在潭水上。」

重過何氏五首

其　一

問訊乙未閱本多一「二」字字出釋典。

其　五

「蹉跎暮容色」六句：一氣轉折。此條乙未閱本無。

載華附識：蒿廬夫子云：「語語重過，喜其自然，否則落小家數矣。」

送張二十參軍赴蜀州因呈楊五侍郎

「萬點蜀山尖」：叶尖韻，自先生始，後來無出其右者。

附録：申皃盟先生云：「『尖』字入詩易纖，形容蜀山却妙。」

贈高式顏

用意在起結，中間兩聯不必黏題，自然脉絡連貫，五律之變調也。此條從乙未閱本增。

載華附識：蒿廬夫子云：「或云起十字，舊評在晚唐則入中聯矣。此語妙絶，可參。」

贈比部蕭郎中十兄

「漢朝丞相系」四句：莊重典確。

奉留贈集賢院崔于二學士

「儒術誠難起」至末：自叙出處，簡而該。

故武衛將軍挽歌三首

其　一

「封侯意疏闊」二句：言外寓慨惜意。

其　二

「赤羽千夫膳」四句：窮途乙未閱本作「邊」冰雪，饋運乙未閱本多一「或」字不繼，則資射生爲活乙未閱本多一「此」字，亦事之所有。一經老杜形容，遂覺十分精彩。

官定後戲贈

屈身小就，絶無嗟卑之色。

崔氏東山草堂

「有時自發鐘磬響」二句：幽静。此條乙未閲本無。

載華附識：蒿廬夫子云：「與『主家陰洞』同一格調，若『黄草峽西』『霜黄碧梧』諸作，則蒼老又進一格矣。」

喜達行在所三首

題云喜，詩中却句句含愁乙未閲本作「悲」，不歷慘荒乙未閲本作「境」，不知當前之樂也。

附録：俞犀月先生云：「三首極寫喜字，然第一首是喜脱賊中來，第二首是喜見人主，第三首是喜見中興之業也。」

行次昭陵

「文物多師古」四句：貞觀政要，不外此四句。

重經昭陵

前篇從高祖説入，此篇直以開創歸之文皇矣。

收京三首

其一

「須爲下殿走」二句：二語指賊，非謂唐天子也。乙未閱本作「『下殿』句，劉評：『舊嘗不滿此語，以收京言之，尚可耳。』〇二語指賊，非謂唐天子也。須溪錯會意，故不滿此耳」。

曲江陪鄭八丈南史飲

「雀啄江頭黄柳花，鵁鶄鸂鶒滿晴沙」：不似一本作「不知」七律起法，所以爲妙。

附録：申凫盟先生云：「兩句三用鳥名，頓挫有致。」

得弟消息二首

其一

真切，字中有淚。

附録：王漁洋先生云：「此等皆杜之可存者，不得以其平而忽之，『憐存』語更悽。」

山　寺

「亂石通人過」二句：琢鍊極工，而出之若無意，所以難到。此條乙未閲本無。

送　遠

起得矯健。此條乙未閲本無。

天末懷李白

「文章憎命達，魑魅喜人過」：一喜一憎，遂令文人無置身地。此條乙未閲本無。

病　馬

仁厚之心，隨事發現。此條乙未閲本無。

一篇之中，多少感慨寄託，令讀者玩味不盡。

野望

「遠水兼天浄」六句：每句中，看他煉字之法。此條乙未閱本無。

寄彭州高三十五使君適虢州岑二十七長史參三十韻

「高岑殊緩步」：高岑同朝，皆以詩名，故篇中關鍵在此。此條乙未閱本無。

「舉天悲富駱，近代惜盧王」：王楊盧駱，公詩亦曾乙未閱本作「嘗」並舉，此云富駱，蓋指富嘉謨。

寄岳州賈司馬六丈巴州嚴八使君兩閣老五十韻

「開闢乾坤正」四句：謫宦之故，隱然言外，可謂怨而不怒。此條乙未閱本無。

附録：吴星叟先生云：「以『開闢乾坤正，榮枯雨露偏』兩句爲綱，下皆重重照應。」

寄李十二白二十韻

「蘇武先還漢」六句：數語可作《太白訟冤疏》。

梅雨

「南京西浦道」：明皇幸蜀，故成都爲南京。此條乙未閲本無。

有客

與後《客至》一篇同一章法，但覺彼善於此。此條乙未閲本無。

堂成

起局不覺其對。

「榿林礙日吟風葉」：公自注云：「榿，木名，不材，可充薪而已，唯蜀地最宜種。」此二條從乙未閲本增。

所思

「可憐懷抱向人盡」二句：無心屬對，自然合拍。此條乙未閲本無。

附録：吴星叟先生云：「豪宕感激，不束於律而自合者。劉辰翁曰：『懷抱向人，言空向他人盡也，與「晚將末契託年少」同。』」

江　村

「自去自來堂上燕」二句：眼前語，却未經人道。此條乙未閱本無。

野　老

「漁人網集澄潭下」二句：真堪入畫。

附録：吴星叟先生云：「三、四濃鍊。」〇錢圓沙先生云：「下，下網也。」

南　鄰

五、六化盡律家對屬之痕。此條乙未閱本無。

附録：吴星叟先生云：「活脱自在。〇此種宋人所宗，然宋人必露議論，或講道理，公却不然。」

敬簡王明府

三、四分承起二句。

附録：李天生先生云：「時句。」

建都十二韻

凡讀一詩，必先觀作者命意所在。如此篇，大段謂分建五都，非當時之急務，自歎身離闕下，不得上疏諫止也。

附録：李天生先生云：「分二段，上段建都，下段自叙。」

和裴迪登蜀州東亭送客逢早梅相憶見寄

林君復、陸務觀梅花詩，連篇累牘，争新出奇，看先生澹澹寫來，自然高出一格。通首跌宕自如。此條乙未閱本無。

附録：李天生先生云：「曲折盡致。」

奉酬李都督表丈早春作

「力疾坐清曉，來詩悲早春」：方萬里謂「以『采詩』對『力疾』，乃着力字」，吾不謂然。

客至

自始至末，蟬聯不斷，七律得此，有掉臂游行之樂。乙未閲本作「起得別，章法亦蟬聯不斷」。

遣意二首

其二

静中微會，方得其神理。此條乙未閲本無。

漫成二首

其二

「讀書難字過」：「難字過」，即淵明「不求甚解」之意。

春夜喜雨

此種景，畫家所不能繪，唯詩足以發之。此條乙未閲本無。

微嫌結句落尖乙未閲本作「纖」巧家數，與前六句不稱。

附録：俞犀月先生云：「絶不露一喜字，而無一字不是喜雨，無一筆不是春夜喜雨。結語寫盡題中四字之神。」

江　亭

「水流心不競」二句：妙處可以意會。此條乙未閱本無。

附録：吴星叟先生云：「以三、四語存之不可説入道理，恐墮鬼窟。○右丞『行到水窮處，坐看雲起時』同一悟境。」

可　惜

開口一句，何人道得！

落　日

「濁醪誰造汝」二句：《酒頌》一篇，真乙未閱本作「直」覺辭費矣。

寒　食

「田父要皆去」四句：儲、王田家諸什，所未曾道。此條從乙未閱本增。

江漲

就題抒寫，語自驚人。

附録：李天生先生云：「三、四自寫身分，五、六謂有諷諭亦可，謂無諷諭亦可。」

晚晴

「夕陽薰細草」二句：細味之，可悟煉字之法。

附録：吴星叟先生云：「『夕陽』一聯，寫得精緻，『薰』字、『映』字，字法尤工。」

朝雨

「黄綺終辭漢，巢由不見堯」：白香山「漢容黄綺爲逋客，堯許巢由作外臣」二語本此。此條乙未閲本增。

江上值水如海勢聊短述

借題寓意。

寄杜位

中兩聯句句轉。此條乙未閲本無。

附録：吴星叟先生云：「此詩爲鄭繼之塗抹，以爲蹋趿。篤而論之，固是至情所感而成。第三、四既云『雖皆』『已是』，五、六復云『況復』『還應』，皆用虚字作轉，不得無病，宜分别觀之。」

范二員外邈吴十侍御郁特枉駕闕展待聊寄此

曲折盡致，有情有文。

王十七侍御掄許携酒至草堂奉寄此詩便請邀高三十五使君同到

「老夫卧穩朝慵起」四句：只自寫草堂之景，蹊徑簇新。

陪李七司馬皂江上觀造竹橋即日成往來之人免冬寒入水聊題短作簡李公二首

其一

語淺而意具。

「合歡《考異》作『觀』却笑千年事」：「歡」字訛，當作「觀」。蔡興宗《正異》云：「合觀，謂悉乙未閱本作『聚』觀橋成之速，而笑驅石之誕。諸本皆誤作『歡』，非也『作』字下四字，乙未閱本無。」

野人送朱櫻

起句與後半首呼應。

附録：李天生先生云：「『也』字便含『憶昨』以下四句在内。」

觀李固請司馬弟山水圖三首

其二

「方丈渾連水」四句：對畫而思真境，所謂開生面也。此條乙未閱本無。

附録：李天生先生云：「三、四緊承上二句説。○『老去恨空聞』，便有褰裳濡足之想，結句又申此意。」

憑何十一少府邕覓榿木栽

「飽聞榿木三年大」二句：公自注：「蜀人以榿爲薪，三年可燒。」此條從乙未閱本增。

贈別何邕

「生死論交地」二句：沉着痛快。此條從乙未閱本增。
附録：李天生先生云：「語淡而悲，非老手不能。」

奉和嚴中丞西城晚眺十韻

「地平江動蜀」二句：籠蓋乾坤句。

嚴中丞枉駕見過

結處言外有神。

絶句漫興九首

《冷齋夜話》："「『漫興』當作『漫與』，言即景率意之作也。」先生詩有「老去詩篇渾漫與」之句，後人妄改作「興」字，始於元楊廉夫。歷考蘇黄諸公，襲用皆以「與」字叶韻，可以正楊之謬。

載華按："「漫興」當作「漫與」"，詳見《敬業堂續集·小引》及《池北偶談》、《静志居詩話》，已無疑義，前賢雖有誤用，不足法也。

江畔獨步尋花七絶句

先生七絶，有意别開蹊徑，他人學之，非俗則澀矣。

附録："申鳧盟先生云："「絶句以渾圓一氣、言外悠然爲正，王龍標其當行也，太白亦有失之輕者。然超軼絶塵，千古獨步，唯杜詩别是一種，有鄙俚者，有板澀者，有散漫潦倒者，雖老放不可一世，終是外道，不可效也。」

戲爲六絶句

三首乙未閲本作「前二首」指輕薄輩，後三首先生自謂。前三章譏一時輕薄後生，敢於議古人者。「才力」一首，致慨於當今之乏人。後二章，先生自述著作苦心，今人且不敢薄視，況古人乎？雖遞相祖述，固當取法乎上。苟近於風雅，則皆可爲吾師也。作者之虚懷，集益如此。此條乙未閲本無。

「別裁僞體」，舍先生其誰？末句兩字疑「汝」字，乃自家警策之辭，《箋注》以爲「汝」所謂爾曹者，吾未敢謂然也。此條從乙未閲本增。

附録：李天生先生云：「六絶論詩之源流，當祖風騷，固矣，然遞相承述，則舍六朝、初唐，無從入也。可謂卓識確見，獨冠古今矣。題之曰『戲』，寓意甚微。」

江頭五詠

丁香

「細葉帶浮毛」二句：細膩。

麗春

自是古詩，何得入近體中。此條從乙未閲本增。

鸂鶒

一起補題中所未及，通首多是此意。

附録：錢圓沙先生云：「每於發端處用意特鋭。」

花　鴨

「羽毛知獨立」二句：似譬似嘲，綽有風人之致。

宮池春雁二首

「翅在雲天終不遠」二句：詩人之旨，微而婉。

水檻遣心二首

其　一

三、四不如五、六取其自然。此條從乙未閱本增。

屏跡三首

其　一

「桑麻深雨露」二句：以虚對實。

其　三

「鳥下竹根行」二句：此種句法，似倣庾蘭成。此條從乙未閱本增。

奉酬嚴公寄題野亭之作

第四句答嚴詩起句意。

中丞嚴公雨中垂寄見憶一絶奉答二絶

其一

「雨映行宫辱贈詩」：「行宫」二字似宜避。

嚴公仲夏枉駕草堂廉携酒饌

對起不覺。

附録：吴星叟先生云：「對起整鍊，承得自在。」

嚴公廳宴同詠蜀道畫圖

「華夷山不斷」二句：西蜀地形，囊括十字中。扛鼎拔山，尚有餘力。

奉送嚴公入朝十韻

君子愛人以德，篇終鄭重，足覘嚴杜交情。

附録：俞犀月先生云：「頌美之中，全寓規諷，如此才是道義之交。○結語深切。」

題玄武禪師屋壁

慧遠《遊廬山詩》：「崇巖吐氣清，幽岫棲神跡。希聲奏群籟，響出山溜滴。有客獨冥遊，徑然忘所適。揮手撫雲門，靈關安足闢。留心叩元扃，感至理弗隔。孰是騰九霄，不奮冲天翮。妙同趣自均，一悟超三益。」此詩《弘明集》不載，《廬山志》亦失采。少陵詩結句正用此事，爲補録於此。此條乙未閱本無。

客　夜

「客睡何曾著」四句：樸老清高。此條從乙未閱本增。

客亭

「日出寒山外」二句：不事鑪鞴，他人百煉不到。

聞官軍收河南河北

由淺入深，句法相生。此條乙未閲本無。自首至尾，一氣貫注乙未閲本尚有「蟬聯而下，句句相生」八字。似此章法，香山而外，罕有其匹乙未閲本作「罕有能擬之者」。

附録：李天生先生云：「律詩中當帶古意，乃臻神境。然崔顥《黄鶴》以散爲古，公此篇以整爲古，較崔作更難。」〇俞犀月先生云：「通首一瀉而下，總見喜極。」

送路六侍御入朝

纏綿委婉，覺江淹《別賦》未足銷魂。乙未閲本作「文通《別賦》遜其纏綿周匝」。

上兜率寺

「江山有巴蜀」二句：俯仰形勝，上下古今，只在一兩字中，於此可悟煉字之法。以下二條乙未閱本無。

妙處贊歎不盡，已見《石林詩語》中。

甘園

結句從第六句出，此法亦創自少陵。此條乙未閱本無。

涪城縣香積寺官閣

後村極賞「小院迴廊」一聯。

戲題寄上漢中王三首

玩詩意，似是漢中王已戒酒，先生自謂未能止酒，故題云「戲題」也。

三首皆乙未閱本多一「帶」字詼諧之辭。

其一

此首王自不飲，我自欲醉。以下四條乙未閲本無。

「忍斷盃中物」緊接上半首，只用單句，何等神力！

其二

此首疑欲爲王破酒戒。

其三

此首言平日嗜飲，爲王所知。

「魯衛彌尊重」四句：俯仰情深，用事若此，與古俱化矣。

陪章留後侍御宴南樓

「寇盜」一聯，與前「朝廷」一聯句法相同。

「此身」句，集中重見。此條乙未閲本無。

倦夜

静極細極，此段境界，他人百舍不能至也。此條乙未閲本無。

首尾四十字，無一字虛設。五律至此，難矣！蔑以加矣！此條從乙未閲本增。

對　雨

第四句生出下半首來。此條乙未閲本無。

有感五首

其　二

中二聯，緊相呼應。此條乙未閲本無。

其　五

「登壇名絶假」四句：説盡肅、代、德三朝中外臣僚之弊。

章梓州水亭

「吏人橋外少」二句：極錘鍊，極自在乙未閲本作「然」。

戲作寄上漢中王二首

其二

近有以此詩續《王宰山水畫後成篇》者，可發一笑。

登高

對起有颯沓之勢。

結句亦對。以上二條，乙未閱本無。另批：「自首至尾，八句皆切對而不傷氣，所以稱雄。」

附録：吴星叟先生云：「八句俱對，一氣折旋，意含百鍊而成，句用千回而就。此詩唯胡明瑞知其奇絶，他人苛細，皆不知也。」

送陵州路使君赴任

以史筆爲詩，醒快奪目。此條乙未閱本無。

審時地以立言，忠君愛友之誠，藹然流露。

附録：李天生先生云：「分二段，上段路新擢陵州，將之任；下段因寓戒勉，以自叙結。」

傷春五首

其　四

「再有朝廷亂」二句：與前《遺憂》一首起句略同，身在事外，而忠愛之心，惓惓若此。

載華按：《杜詩箋注》十三卷前，並無《遺憂》一題，查《附録》中載《遺憂》一首，起二句云「亂離知又甚，消息苦難真」，與此首語意略同，『前』字疑是『後』字之訛。」

奉侍嚴大夫

對起兩意都到。此條從乙未閱本增。

附録：李天生先生云：「通首寫奉侍之意，只次句一語稱嚴公，若令後人爲之，長才重鎮，頌美盈篇矣。」

玉臺觀

結二語難解。

附録：錢圓沙先生云：「余見張南湖謂必女尼所居，以證『紅顏羽翰』之句，劇可一笑也。『紅顏羽翰』，言此地得仙，便應投老其間耳。」

將赴成都草堂途中有作先寄嚴鄭公五首

五首是將歸時情事，故多意擬想像之詞，與到家後有別，須細心體會乃乙未閱本作「方」知。

其五

曲折盡致。此條乙未閱本無。

附録：李天生先生云：「五作處處是『將赴』，俱從草堂鋪叙。而寄嚴公意，每用一二語輕帶。古道至情，絶無湊泊。」〇錢圓沙先生云：「第一首總起，先説赴成都之心事；第二首，途中預計也；第三首，念草堂之荒涼也；第四首，擬既歸草堂之事也；第五首，總結。『得歸』起，『思歸』結。」

自閬州領妻子却赴蜀山行三首

其一

「物役水虚照」中有妙理，細玩可見。乙未閱本另批：「『物役水虚照』句中有妙理，不知何人妄着此評。□作注：『淺人不足與讀杜。』可發一笑。」

載華按：篇末有「劉本評云物役不成語」九字，與《赤霄行》及《荆南述懷》兩首同，不知何人妄爲録入，宜先生概斥之也。

行次鹽亭縣聊題四韻奉簡嚴遂州蓬州兩使君咨議諸昆季

人皆賞頸聯，吾獨愛起語。此條從乙未閱本增。

舟前小鵝兒

「鵝兒黄似酒」二句：比擬不倫，却有趣。

五、六見觔兩。此條從乙未閱本增。

登　樓

破題多少感慨，他人便信手點過。

春　歸

初歸情景如繪乙未閱本作「畫」。

附録：李天生先生云：「分三段，首段初歸，次段小酌，末段自歎。」

贈王二十四侍御契四十韻

「稍稍息勞筋」、「田家敢忘勤」：「筋」、「勤」二字，《廣韻》在二十一欣。此條乙未閱本無。

附録：李天生先生云：「『筋』字、『勤』字，俱在殷韻，此並與真、諄、臻合。知殷韻，唐人以其部窄，多與真通，不與文通也。」

寄李十四員外布十二韻

時李將觸熱赴萬州，故先生以詩招之過草堂，候秋凉乃發也。

後半欲邀李過其家，俟徂暑乃行，只是一意。此條乙未閱本無。

附録：李天生先生云：「分三段，一段喜新除，兼訊病；二段赴路；三段邀李便道相過也。」

立秋雨院中有作

峥嶸之氣，信筆流露。此條從乙未閱本增。

宿　府

通首皆對仗。此條乙未閱本無。

附録：吴星叟先生云：「八句皆對，既極嚴整從容，復帶錯綜變化。此公之神境。」

遣悶奉呈嚴公二十韻

「寬容存性拙」二句：先爲嚴鄭公下士地步。

「束縛酬知己」至末：與昌黎《上張僕射第二書》意同。乙未閲本作「昌黎《上張僕射第二書》與詩意正合，即此可見兩公之品」。

附録：李天生先生云：「分四段，『白水』下，自述衰老，不堪吏職；『禮甘』下，入嚴幕，因稱其知遇；『露裛』下，懷村居；『束縛』下，則求寬常例也。與昌黎《上張僕射書》並讀，總是吐情知己，意之所到，筆能隨之，其文力正同。」○吴星叟先生云：「通首憤激，或以此證武欲殺甫之實。然兩公相與有終始，必不至此。入人幕府，動輒牽制，不自由，此則人情耳。」

奉觀嚴鄭公廳事岷山沱江畫圖十韻

山水分對，妙在句句是畫圖。乙未閲本作「山水並起，以下句句分承，却句句是畫」。

附録：李天生先生云：「分四段，『沱水』下，正賦畫圖；『直訝』下，細寫之；『暗谷』下，虚擬之；『繪事』下，則歸美嚴公也。」○吴星叟先生云：「山水皆夾寫工緻，第『沱水』、『岷山』，不徵一實事，何也？」○俞犀月先生云：「每聯中，山水分寫，筆法自佳。」○錢圓沙先生云：「八聯句句寫繪事，以繪事總收。」

弊廬遣興奉寄嚴公

「跡忝朝廷舊」二句：隨手俱見風骨。此條從乙未閱本增。

春日江村五首

其　四

「燕外晴絲卷，鷗邊水葉開」：「外」、「邊」兩字，百鍊難乙未閱本作「不能」到。

其　五

中二聯，分應起二句。

絶句四首

其　三

「窗含西嶺千秋雪」二句：小中見大。此條從乙未閱本增。

撥悶

「椗柂開頭捷有神」：陸放翁《入蜀記》：「泊舟桂林灣，舟人殺猪十餘口祭神，謂之『開頭』。」蓋唐時，蜀中舟人已有此語，故公詩云然，非「初行船」之説也。此條從乙未閲本增。

旅夜書懷

題中四字，分作上下兩截寫，各極其妙。

附録：李天生先生云：「起聯幽細，次聯渾雄，五、六書懷，結語承上而氣象廓然，收得全詩住。」

十二月一日三首

其　三

此首與題不合。此條乙未閲本無。

附録：李天生先生云：「前段皆預擬，故後云『春來』，又曰『他日』也。」〇錢圓沙先生云：「上四句先叙春來，玩落句言，即到春來，老懷亦未必能開。倒裝法。」

漫成一絶

絶句作兩聯，此格自公創之。

附録：查晚晴先生云："「五七斷句，往往此體爲多。偶爾掇拾，四句各一意，不相聯綴，忽起忽住，有舉目信手之樂。此首猶是兩截，下二句從上二句生出者。」

老　病

「藥殘他日裹」四句：兩聯句法相似。

暫住白帝復還東屯

「築場憐穴蟻」二句：仁民愛物之心，即事發現。

謁先主廟

起四句，從《屯》卦象、象辭來。

愚意竊謂「孰與關張並」四句，應移「歐血事酸辛」下，詞意方與前後相浹，省却多少穿鑿詮解。

四句若在此處，以爲公自寓，則太夸，且無此種語氣。移置前段，何等直捷。以上二條，乙未閱本無。另批：「『孰與關張並』四句，似應移『雜耕心未已』之下，語意方足。若在後段，則是先生自誇，於理不順。鄙見如此，不知有當於作者本意否？」

附録：錢圓沙先生云：「『慘淡』以下，叙先主，而歸功孔明也；『錦江』以下，叙祠廟也；『絶域』以下，自叙謁廟之由與意中寥落之感也；『孰與關張』以下，言關張不作，無望耿鄧之中興，況孔明乎？『應天』『得士』，言關張與先主契合，亦應天之才，而歎今無其人耳。只泛作感時尤妙。」

載華按：乙未閱本「雜耕心未已」五字，疑訛。當從舊本，作「歐血事酸辛」。

偶　題

「緣情」以下，與起處意全不相蒙。此條乙未閱本無，另批「結與起應」。

附録：王漁洋先生云：「此篇前半氣勢甚雄，惜後半多滯語。」○俞犀月先生云：「『緣情』句轉入寓蜀之由。」○李天生先生云：「結語不唯回抱詩文二條，而別離字已虚括上文。」

寄劉峽州伯華使君四十韻

「青竹幾人登」：以上序次不堪明了。此條從乙未閱本增。

解悶十二首

其七

「熟知二謝將能事」：此句難解。此條從乙未閲本增。

鬪雞

按，崔令欽《教坊記》：「明皇時，有樓下戲將出隊宜春院，人少則以雲韶添之。雲韶謂之宫人，蓋賤隸也。内人帶魚，宫人則否。」今觀先生詩云云，正用此事。乃教坊之樂，非上之宴也。□□注不列此條，誤認宫人爲宫女，一字之譌，遂致失實，特爲駁正。此條乙未閲本無。

洛陽

「天子初愁思」：「初」字妙有含蓄乙未閲本作「藴」。

提封

此首專爲明皇幸蜀而發乙未閲本作「作」，細玩語氣，自見。

江漢

「片雲天共遠」二句：東坡《南歸》詩云：「浮雲世事改，孤月此心明。」與老杜千載相合。

此條乙未閲本無。

孟氏

三、四暗用《茅容傳》中事。

附録：李天生先生云：「『强』字好，茅季偉不以雞黍奉林宗，正此意。」

月

「四更山吐月」二句：東坡衍作五首，終遜此二語。

朝二首

其二

「浦帆晨初發」：「帆」字仄聲。此條乙未閱本無。

九月一日過孟十二倉曹十四主簿兄弟

「來因孝友偏」：即前所云孟氏好兄弟也。

奉寄李十五秘書二首

其一

第五句是峽中，第六句是出峽。此條從乙未閱本增。

太歲日

唐制，於太歲日行慶賀禮。

行次古城店汎江作不揆鄙拙奉呈江陵幕府諸公

「風蝶勤依槳，春鷗懶避船」：「勤」「懶」二字，着得好，不覺刻畫。此條從乙未閲本增。

秋日荆南述懷

「九鑽巴噀火」二句：紀年不草草。

末段言休兵圖治，則群賢當自至。「赤雀」二句，非公自喻，乃屬望之辭。至「隱類」以下，方説到冷落放廢之狀。須溪一淺人耳，何足語此哉！此二條從乙未閲本增。

載華按：篇末附載須溪評，云：「『赤雀』二句，非子美自喻耶？」故先生云爾。

哭李尚書

《因學紀聞》：「李之芳，廣德初兼御史大夫，使吐番，留二載乃得歸。故少陵詩有『奉使失張騫』及『史閣行人在』之句。」此條乙未閲本無。

附録

哭長孫侍御

以下氣格卑弱，大概多出贋托。此條乙未閱本無。

附録：李天生先生云：「當是杜訥疑當作『誧』作。」

杜鵑行

平庸不似杜作，後人摹倣爲之也。此條乙未閱本無。

附録：李天生先生云：「此詩多與公詩相翻駁，當定爲司空曙作。」

李鹽鐵

「虚懷只愛才」：斡旋得好，方與繁華家數有别。此條從乙未閱本增。

瞿唐懷古

此首無疑。此條乙未閲本無。

狂歌行贈四兄

「功名」、「權勢」，不似少陵身分語，與「契稷許身」相去雲泥，贋作也。此條乙未閲本無。

遣悶戲呈路十九曹長

此首爲少陵作無疑。此條乙未閲本無。

愁　坐

此首無疑。此條乙未閲本無。

附録：李天生先生云：「長孺以爲公作，而四韻皆上聲，可疑。」○載華按：《曝書亭集・寄查德尹編修書》引李天生之論五七言近體：「一三五七句用仄字，上去入三聲，少陵必隔别用之，莫有疊出者。」此詩單句「野」、「重」、「迥」、「走」四字，俱屬上聲，故云可疑耳。

陪鄭公秋晚北池臨眺

此首氣味尚相近。此條乙未閲本無。

去　蜀

「安危大臣在」二句：非自寬，正自傷也。

放　船

「江市戎戎暗」二句：疊字生新。此條從乙未閲本增。

附録：李天生先生云：「題曰『放船』，中四句絶不黏帶，而語意生造可喜。」

哭台州鄭司户蘇少監

「得罪」四句，隔句遥對，《長慶集》中往往有之。

附録：李天生先生云：「隔句對好。二句鄭，二句蘇。」

載華按：卷首先生有《跋語》二則，附録於此：○「平生酷愛杜詩，三十年中，手所批點，凡四部。

一留朱恒齋太守處；一爲揆愷功總憲取去；一爲陳允文所借，不復見還；家中止存一本。乙未二月，携之行笈，過南昌，李墹暘谷見之，經旬不釋手，遂以相贈。五月杪到家，適有延陵之禍。摧痛餘生，無以自遣，復出所藏舊本，細加校閱，間有評語，亦一時偶爾，未必有當於作者本懷，聊以示子孫云爾。是年仲秋月朔，閱後，敬誌數行，吾子孫倘以老人爲念，他日此本勿輕畀人，初白翁手書。」○「嘗閱《西江人物志》，黄希，字夢得，號師心，撫州宜黄人。宋乾道中進士，官永新令，作春風堂於縣治，楊誠齋爲之記。有《補注杜詩》，披剔隱微，皆前人所未發，子鶴續成之。鶴字叔似，所著有《北窗寓言集》云云，世但傳黄鶴注杜，不知其成續父書也。《北窗寓言集》今不傳，鶴之字叔似，人亦罕有知者。康熙庚子五月，初白老人查慎行手識。」

補　録

以下五條，從友人案頭别本補入，舊本及乙未閱本俱無。按先生生平點閱杜詩，凡五本，或係手筆所批，或爲過本增入，俱未可定，録之以備參考。

玉華宫

上、去兩聲兼用。

載華按：此詩用韻俱屬上聲馬部，評語似不可解。

幽人

「知名未足稱」二句：讀此，知四皓未足當幽人之目。

陪諸貴公子丈八溝携妓納涼晚際遇雨二首

其二

首句接上末句。

戲題寄上漢中王三首

其二

起句兩層，感慨都到。

奉賀陽城郡王太夫人恩命加鄧國太夫人

句句雙擎，妙在側重陽城，手法獨絶。

【附原詩】《續修四庫全書》影康熙六年刊錢謙益箋注《杜工部集》

古　詩

奉贈韋左丞丈二十二韻

紈袴不餓死，儒冠多誤身。丈人試静聽，賤子請具陳。甫昔少年日，早充觀國賓。讀書破萬卷，下筆如有神。賦料揚雄敵，詩看子建親。李邕求識面，王翰願卜鄰。自謂頗挺出，立登要路津。致君堯舜上，再使風俗淳。此意竟蕭條，行歌非隱淪。騎驢三十載，旅食京華春。朝扣富兒門，暮隨肥馬塵。殘杯與冷炙，到處潛悲辛。主人頃見徵，欻然欲求伸。青冥却垂翅，蹭蹬無縱鱗。甚愧丈人厚，甚知丈人真。每於百僚上，猥誦佳句新。竊效貢公喜，難甘原憲貧。焉能心怏怏，秖是走踆踆。今欲東入海，即將西去秦。尚憐終南山，回首清渭濱。常擬報一飯，況懷辭大臣。白鷗没浩蕩，萬里誰能馴？

送高三十五書記

崆峒小麥熟，且願休王師。請公問主將，焉用窮荒爲。饑鷹未飽肉，側翅隨人飛。高生跨鞍馬，有似幽并兒。脱身簿尉中，始與捶楚辭。借問今何官，觸熱向武威。答云一書記，所愧國士知。人實不易知，更須慎其儀。十年出幕府，自可持旌麾。此行既特達，足以慰所思。男兒功名遂，亦在老大時。常恨結驩淺，各在天一涯。又如參與商，慘慘中腸悲。驚風吹鴻鵠，不得相追隨。黄塵翳沙漠，念子何當歸。邊城有餘力，早寄從軍詩。

贈李白

二年客東都，所歷厭機巧。野人對羶腥，蔬食常不飽。豈無青精飯，使我顔色好。苦乏大藥資，山林跡如掃。李侯金閨彦，脱身事幽討。亦有梁宋遊，方期拾瑶草。

遊龍門奉先寺

已從招提遊，更宿招提境。陰壑生虚籟，月林散清影。天闕象緯逼，雲卧衣裳冷。欲覺聞晨鐘，令人發深省。

望嶽

岱宗夫如何，齊魯青未了。造化鍾神秀，陰陽割昏曉。蕩胸生層雲，決眥入歸鳥。會當凌絶頂，一覽衆山小。

玄都壇歌

故人昔隱東蒙峰，已佩含景蒼精龍。故人今居子午谷，獨在陰崖結茅屋。屋前太古玄都壇，青石漠漠常風寒。子規夜啼山竹裂，王母晝下雲旗翻。知君此計誠長往，芝草琅玕日應長。鐵鏁高垂不可攀，致身福地何蕭爽。

兵車行

車轔轔，馬蕭蕭，行人弓箭各在腰。耶娘妻子走相送，塵埃不見咸陽橋。牽衣頓足攔道哭，哭聲直上干雲霄。道旁過者問行人，行人但云點行頻。或從十五北防河，便至四十西營田。去時里正與裹頭，歸來頭白還戍邊。邊亭流血成海水，武皇開邊意未已。君不聞，漢家山東二百州，千村萬落生荆杞。縱有健婦把鋤犁，禾生隴畝無東西。況復秦兵耐苦戰，被驅不異犬與雞。長者雖有問，役夫敢伸恨？且如今年冬，未休關西卒。縣官急索租，租税從何出？信知生男惡，反是生女好。生女猶得嫁比鄰，生男埋没隨百草。君不見，青海頭，古來白骨無人收。新鬼煩冤舊鬼哭，天陰雨濕聲啾啾。

高都護驄馬行

安西都護胡青驄，聲價欻然來向東。此馬臨陣久無敵，與人一心成大功。功成惠養隨所致，飄飄遠自流沙至。雄姿未受伏櫪恩，猛氣猶思戰場利。腕促蹄高如踣鐵，交河幾蹴曾冰裂。五花散作雲滿身，萬里方看汗流血。長安壯兒不敢騎，走過掣電傾城知。青絲絡頭爲君老，何由却出橫門道。

天育驃騎歌

吾聞天子之馬走千里，今之畫圖無乃是。是何意態雄且傑，駿尾蕭梢朔風起。毛爲綠縹兩耳黄，眼有紫焰雙瞳方。矯矯龍性合變化，卓立天骨森開張。伊昔太僕張景順，監牧攻駒閲清峻。遂令大奴守天育，别養驥子憐神俊。當時四十萬匹馬，張公歎其材盡下。故獨寫真傳世人，見之座右久更新。年多物化空形影，嗚呼健步無由騁。如今豈無騕褭與驊騮，時無王良伯樂死即休。

白絲行

繰絲須長不須白，越羅蜀錦金粟尺。象床玉手亂殷紅，萬草千花動凝碧。已悲素質隨時染，裂下鳴機色相射。美人細意熨帖平，裁縫滅盡針線跡。春天衣著爲君舞，蛺蝶飛來黄鸝語。落絮遊絲亦有情，隨風照日宜輕舉。香汗清塵污顔色，開新合故置何許。君不見才士汲引難，恐懼棄捐忍羈旅

贈衛八處士

人生不相見，動如參與商。今夕復何夕，共此燈燭光。少壯能幾時，鬢髮各已蒼。訪舊半爲鬼，驚呼熱

中腸。焉知二十載，重上君子堂。昔别君未婚，兒女忽成行。怡然敬父執，問我來何方。問答乃未已，兒女羅酒漿。夜雨剪春韭，新炊間黄粱。主稱會面難，一舉累十觴。十觴亦不醉，感子故意長。明日隔山岳，世事兩茫茫。

同諸公登慈恩寺塔

高標跨蒼穹，烈風無時休。自非曠士懷，登兹翻百憂。方知象教力，足可追冥搜。仰穿龍蛇窟，始出枝撑幽。七星在北户，河漢聲西流。羲和鞭白日，少昊行清秋。秦山忽破碎，涇渭不可求。俯視但一氣，焉能辨皇州？迴首叫虞舜，蒼梧雲正愁。惜哉瑶池飲，日晏崑崙丘。黄鵠去不息，哀鳴何所投。君看隨陽雁，各有稻粱謀。

示從孫濟

平明跨驢出，未知適誰門。權門多噂喈，且復尋諸孫。諸孫貧無事，宅舍如荒村。堂前自生竹，堂後自生萱。萱草秋已死，竹枝霜不蕃。淘米少汲水，汲多井水渾。刈葵莫放手，放手傷葵根。阿翁嬾惰久，覺兒行步奔。所來爲宗族，亦不爲盤飧。小人利口實，薄俗難可論。勿受外嫌猜，同姓古所敦。

九日寄岑參

出門復入門，兩脚但如舊。所向泥活活，思君令人瘦。沈吟坐西軒，飯食錯昏晝。寸步曲江頭，難爲一相就。吁嗟呼蒼生，稼穡不可救。安得誅雲師，疇能補天漏。大明韜日月，曠野號禽獸。君子强逶迤，小人困馳驟。維南有崇山，恐與川浸溜。是節東籬菊，紛披爲誰秀。岑生多新詩，性亦嗜醇酎。采采黄金花，何由滿衣袖。

曲江三章章五句

其　三

自斷此生休問天，杜曲幸有桑麻田，故將移住南山邊。短衣匹馬隨李廣，看射猛虎終殘年。

麗人行

三月三日天氣新，長安水邊多麗人。態濃意遠淑且真，肌理細膩骨肉勻。繡羅衣裳照暮春，蹙金孔雀銀麒麟。頭上何所有？翠微㔩葉垂鬢唇；背後何所見？珠壓腰衱穩稱身。就中雲幕椒房親，賜名大國虢與秦。紫駝之峰出翠釜，水精之盤行素鱗。犀筯厭飫久未下，鸞刀縷切空紛綸。黄門飛鞚不動塵，御厨絡繹送八珍。簫鼓哀吟感鬼神，賓從雜遝實要津。後來鞍馬何逡巡！當軒下馬入錦茵。楊花雪落覆白蘋，青鳥飛去銜紅巾。炙手可熱勢絶倫，慎莫近前丞相嗔。

樂遊園歌

樂遊古園崒森爽，煙緜碧草萋萋長。公子華筵勢最高，秦川對酒平如掌。長生木瓢示真率，更調鞍馬狂歡賞。青春波浪芙蓉園，白日雷霆夾城仗。閶闔晴開昳蕩蕩，曲江翠幕排銀牓。拂水低徊舞袖翻，緣雲清切歌聲上。却憶年年人醉時，只今未醉已先悲。數莖白髮那抛得，百罰深盃亦不辭。聖朝亦知賤士醜，一物但荷皇天慈。此身飲罷無歸處，獨立蒼茫自詠詩。

渼陂行

岑參兄弟皆好奇，携我遠來遊渼陂。天地黤慘忽異色，波濤萬頃堆琉璃。琉璃汗漫泛舟入，事殊興極憂思集。鼉作鯨吞不復知，惡風白浪何嗟及。主人錦帆相爲開，舟子喜甚無氛埃。鳧鷖散亂棹謳發，絲管啁啾空翠來。沈竿續蔓深莫測，菱葉荷花静如拭。宛在中流渤澥清，下歸無極終南黑。半陂已南純浸山，動影裹窕沖融間。船舷暝戛雲際寺，水面月出藍田關。此時驪龍亦吐珠，馮夷擊鼓群龍趨。湘妃漢女出歌舞，金支翠旗光有無。咫尺但愁雷雨至，蒼茫不曉神靈意。少壯幾時奈老何，向來哀樂何其多。

渼陂西南臺

高臺面蒼陂，六月風日冷。蒹葭離披去，天水相與永。懷新目似擊，接要心已領。仿像識鮫人，空濛辨魚艇。錯磨終南翠，顛倒白閣影。峭崒增光輝，乘陵惜俄頃。勞生愧嚴鄭，外物慕張邴。世復輕驊騮，吾甘雜鼃黽。知歸俗可忽，取適事莫並。身退豈待官，老來苦便静。況資菱芡足，庶結茅茨迥。從此具扁舟，彌年逐清景。

夏日李公見訪

遠林暑氣薄，公子過我遊。貧居類村塢，僻近城南樓。旁舍頗淳朴，所願亦易求。隔屋喚西家，借問有酒不？牆頭過濁醪，展席俯長流。清風左右至，客意已驚秋。巢多衆鳥鬭，葉密鳴蟬稠。苦道此物聒，孰謂吾廬幽。水花晚色静，庶足充淹留。預恐樽中盡，更起爲君謀。

奉同郭給事湯東靈湫作

東山氣濛鴻，宫殿居上頭。君來必十月，樹羽臨九州。陰火煮玉泉，噴薄漲巖幽。有時浴赤日，光抱空中樓。閬風入轍跡，曠原延冥搜。沸天萬乘動，觀水百丈湫。幽靈斯可佳，王命官屬休。初聞龍用壯，擘石摧林丘。中夜窟宅改，移因風雨秋。倒懸瑶池影，屈注蒼江流。味如甘露漿，揮弄滑且柔。翠旗淡偃蹇，雲車紛少留。簫鼓蕩四溟，異香泱漭浮。鮫人獻微綃，曾祝沈豪牛。百祥奔盛明，古先莫能儔。坡陁金蝦蟆，出見蓋有由。至尊顧之笑，王母不肯收。復歸虚無底，化作長黄虬。飄飄青瑣郎，文彩珊瑚鉤。浩歌渌水曲，清絶聽者愁。

夜聽許十損誦詩愛而有作

許生五臺賓，業白出石壁。余亦師粲可，身猶縛禪寂。何階子方便，謬引爲匹敵。離索晚相逢，包蒙欣有擊。誦詩渾遊衍，四座皆辟易。應手看捶鈎，清心聽鳴鏑。精微穿溟涬，飛動摧霹靂。陶謝不枝梧，風騷共推激。紫燕自超詣，翠駮誰剪剔。君意人莫知，人間夜寥闃。

橋陵詩三十韻因呈縣内諸官

先帝昔晏駕，兹山朝百靈。崇岡擁象設，沃野開天庭。即事壯重險，論功超五丁。坡陁因厚地，却略羅峻屏。雲闕虚冉冉，風松肅泠泠。石門霜露白，玉殿莓苔青。宫女晚知曙，祠官朝見星。空梁簇畫戟，陰井敲銅瓶。中使日夜繼，惟王心不寧。豈徒卹備享，尚謂求無形。孝理敦國政，神凝推道經。瑞芝産廟柱，好鳥鳴巖扃。高岳前崒崒，洪河左瀅瀠。金城蓄峻址，沙苑交迴汀。永與奥區固，川原紛眇冥。居然赤縣立，臺榭争岧亭。官屬果稱是，聲華真可聽。王劉美竹潤，裴李春蘭馨。鄭氏才振古，啖侯筆不停。遺辭必中律，利物常發硎。綺繡相展轉，琳琅愈青熒。側聞魯恭化，秉德崔瑗銘。太史候鳧影，王喬隨鶴翎。朝儀限霄漢，容思迴林坰。轗軻辭下杜，飄颻陵濁涇。諸生舊短褐，旅泛一浮萍。荒歲兒女瘦，暮途涕泗零。主人念老馬，廨署容秋螢。流寓理豈愜，窮愁醉不醒。何當擺俗累，浩蕩乘滄溟。

驄馬行

鄧公馬癖人共知，初得花驄大宛種。夙昔傳聞思一見，牽來左右神皆竦。雄姿逸態何嶒崪，顧影驕嘶自矜寵。隅目青熒夾鏡懸，肉駿碨礧連錢動。朝來久試華軒下，未覺千金滿高價。赤汗微生白雪毛，銀鞍却覆香羅帕。卿家舊賜公取之，天廄真龍此其亞。晝洗須騰涇渭深，朝趨可刷幽并夜。吾聞良驥老始成，此馬數年人更驚。豈有四蹄疾於鳥，不與八駿俱先鳴。時俗造次那得致，雲霧晦冥方降精。近聞下詔喧都邑，肯使騏驎地上行。

自京赴奉先縣詠懷五百字天寶十四載十一月初作

杜陵有布衣，老大意轉拙。許身一何愚，竊比稷與契。居然成濩落，白首甘契闊。蓋棺事則已，此志常覬豁。窮年憂黎元，歎息腸内熱。取笑同學翁，浩歌彌激烈。非無江海志，瀟灑送日月。生逢堯舜君，不忍便永訣。當今廊廟具，構厦豈云缺？葵藿傾太陽，物性固莫奪。顧惟螻蟻輩，但自求其穴。胡爲慕大鯨，輒擬偃溟渤？以兹悟生理，獨恥事干謁。兀兀遂至今，忍爲塵埃没。終愧巢與由，未能易其節。沉飲聊自適，放歌頗愁絶。歲暮百草零，疾風高岡裂。天衢陰峥嶸，客子中夜發。霜嚴衣帶斷，指直不得結。凌晨過驪山，御榻在嵽嵲。蚩尤塞寒空，蹴踏崖谷滑。瑶池氣鬱律，羽林相摩戛。君臣留歡娱，樂動殷樛嶱。賜浴皆長纓，與宴非短褐。彤庭所分帛，本自寒女出。鞭撻其夫家，聚斂貢城闕。聖人筐篚恩，實欲邦國活。臣如忽至理，君豈棄此物。多士盈朝廷，仁者宜戰慄。況聞內金盤，盡在衛霍室。中堂舞神仙，煙霧蒙玉質。煖客貂鼠裘，悲管逐清瑟。勸客駝蹄羹，霜橙壓香橘。朱門酒肉臭，路有凍死骨。榮枯咫尺異，惆悵難再述。北轅就涇渭，官渡又改轍。群冰從西下，極目高崒兀。疑是崆峒來，恐觸天柱折。河梁幸未坼，枝撑聲窸窣。行李相攀援，川廣不可越。老妻寄異縣，十口隔風雪。誰能久不顧？庶往共饑渴。入門聞號咷，幼子飢已卒。吾寧捨一哀，里巷亦嗚咽。所愧爲人父，無食致夭折。豈知秋未登，貧窶有倉卒。生常免租税，名不隸征伐。撫跡猶酸辛，平人固騷屑。默思失業徒，因念遠戍卒。憂端齊終南，澒洞不可掇。

奉先劉少府新畫山水障歌

堂上不合生楓樹，怪底江山起烟霧。聞君掃却赤縣圖，乘興遣畫滄洲趣。畫師亦無數，好手不可遇。對此融心神，知君重毫素。豈但祁岳與鄭虔，筆迹遠過楊契丹。得非玄圃裂，無乃瀟湘翻。悄然坐我天姥下，耳邊已似聞清猿。反思前夜風雨急，乃是蒲城鬼神入。元氣淋漓障猶濕，真宰上訴天應泣。野亭春還雜花遠，漁翁暝踏孤舟立。滄浪水深青溟闊，欹岸側島秋毫末。不見湘妃鼓瑟時，至今斑竹臨江活。劉侯天機精，愛畫入骨髓。自有兩兒郎，揮灑亦莫比。大兒聰明到，能添老樹巔崖裏。小兒心孔開，貌得山僧及童子。若耶溪，雲門寺。吾獨胡爲在泥滓，青鞋布襪從此始。

白水縣崔少府十九翁高齋三十韻

客從南縣來，浩蕩無與適。旅食白日長，況當朱炎赫。高齋坐林杪，信宿遊衍闃。清晨陪躋攀，傲睨俯峭壁。崇岡相枕帶，曠野懷咫尺。始知賢主人，贈此遣愁寂。危階根青冥，曾冰生淅瀝。上有無心雲，下有欲落石。泉聲聞復急，動静隨所擊。鳥呼藏其身，有似懼彈射。吏隱道性情，兹焉其窟宅。白水見舅氏，諸翁乃仙伯。杖藜長松陰，作尉窮谷僻。爲我炊雕胡，逍遥展良覿。坐久風頗怒，晚來山更碧。相對十丈蛟，欻翻盤渦坼。何得空裏雷，殷殷尋地脉。煙氛藹崷崒，魍魎森慘戚。崑崙崆峒顛，回首如不隔。前軒頹反照，巉絶華岳赤。兵氣漲林巒，川光雜鋒鏑。知是相公軍，鐵馬雲霧積。玉觴淡無味，胡羯豈强敵。長歌激屋梁，淚下流衽席。人生半哀樂，天地有順逆。慨彼萬國夫，休明備征狄。猛將紛塡委，廟謀蓄長策。東郊何時開，帶甲且來釋。欲告清宴罷，難拒幽明迫。三歎酒食旁，何由似平昔？

三川觀水漲二十韻

我經華原來，不復見平陸。北上惟土山，連山走窮谷。火雲無時出，飛電常在目。自多窮岫雨，行潦相㞕蹙。蓊匌川氣黄，群流會空曲。清晨望高浪，忽謂陰崖踣。恐泥竄蛟龍，登危聚麇鹿。枯查卷拔樹，礧磈共充塞。聲吹鬼神下，勢閲人代速。不有萬穴歸，何以尊四瀆。及觀泉源漲，反懼江海覆。漂沙坼岸去，漱壑松柏秃。乘陵破山門，迴斡裂地軸。交洛赴洪河，及關豈信宿。應沈數州没，如聽萬室哭。

穢濁殊未清，風濤怒猶蓄。何時通舟車？陰氣不黲黷。浮生有蕩汩，吾道正羈束。人寰難容身，石壁滑側足。雲雷此不已，艱險路更跼。普天無川梁，欲濟願水縮。因悲中林士，未脱衆魚腹。舉頭向蒼天，安得騎鴻鵠？

悲陳陶

孟冬十郡良家子，血作陳陶澤中水。野曠天清無戰聲，四萬義軍同日死。群胡歸來血洗箭，仍唱胡歌飲都市。都人迴面向北啼，日夜更望官軍至。

哀江頭

少陵野老吞聲哭，春日潛行曲江曲。江頭宫殿鎖千門，細柳新蒲爲誰緑。憶昔霓旌下南苑，苑中萬物生顔色。昭陽殿裏第一人，同輦隨君侍君側。輦前才人帶弓箭，白馬嚼齧黄金勒。翻身向天仰射雲，一箭正墜雙飛翼。明眸皓齒今何在？血污遊魂歸不得。清渭東流劍閣深，去住彼此無消息。人生有情淚沾臆，江水江花豈終極。黄昏胡騎塵滿城，欲往城南忘南北。

大雲寺贊公房四首

其一

心在水精域，衣霑春雨時。洞門盡徐步，深院果幽期。到扉開復閉，撞鐘齋及茲。醍醐長發性，飲食過扶衰。把臂有多日，開懷無愧辭。黄鸝度結構，紫鴿下罘罳。愚意會所適，花邊行自遲。湯休起我病，微笑索題詩。

其三

燈影照無睡，心清聞妙香。夜深殿突兀，風動金鋃鐺。天黑閉春院，地清棲暗芳。玉繩迥斷絶，鐵鳳森翺翔。梵放時出寺，鐘殘仍殷牀。明朝在沃野，苦見塵沙黄。

其四

童兒汲井華，慣捷瓶上手。霑灑不濡地，掃除似無箒。明霞爛複閣，霽霧搴高牖。側塞被徑花，飄飄委墀柳。艱難世事迫，隱遁佳期後。晤語契深心，那能總鉗口？奉辭還杖策，暫别終回首。泱泱泥污人，听听國多狗。既未免羈絆，時來憩奔走。近公如白雪，執熱煩何有？

蘇端薛復筵簡薛華醉歌

文章有神交有道，端復得之名譽早。愛客滿堂盡豪翰，開筵上日思芳草。安得健步移遠梅，亂插繁花向晴昊。千里猶殘舊冰雪，百壺且試開懷抱。垂老惡聞戰鼓悲，急觴爲緩憂心擣。少年努力縱談笑，看我形容已枯槁。坐中薛華善醉歌，歌辭自作風格老。近來海内爲長句，汝與山東李白好。何劉沈謝力未工，才兼鮑照愁絶倒。諸生頗盡新知樂，萬事終傷不自保。氣酣日落西風來，願吹野水添金盃。如澠之酒常快意，亦知窮愁安在哉。忽憶雨時秋井塌，古人白骨生青苔，如何不飲令心哀。

雨過蘇端

雞鳴風雨交，久旱雲亦好。杖藜入春泥，無食起我早。諸家憶所歷，一飯跡便掃。蘇侯得數過，懽喜每傾倒。也復可憐人，呼兒具梨棗。濁醪必在眼，盡醉攄懷抱。紅稠屋角花，碧委牆隅草。親賓縱談謔，喧鬧慰衰老。況蒙霈澤垂，糧粒或自保。妻孥隔軍壘，撥棄不擬道。

喜晴

皇天久不雨，既雨晴亦佳。出郭眺西郊，肅肅春增華。青熒陵陂麥，窈窕桃李花。春夏各有實，我飢豈無涯。干戈雖横放，慘澹鬭龍蛇。甘澤不猶愈，且耕今未賒。丈夫則帶甲，婦女終在家。力難及黍稷，得種菜與麻。千載商山芝，往者東門瓜。其人骨已朽，此道誰疵瑕？英賢遇轗軻，遠引蟠泥沙。顧慚昧所適，回首白日斜。漢陰有鹿門，滄海有靈查。焉能學衆口，咄咄空咨嗟！

送率府程録事還鄉

鄙夫行衰謝，抱病昏妄集。常時往還人，記一不識十。程侯晚相遇，與語才傑立。薰然耳目開，頗覺聰明入。千載得鮑叔，末契有所及。意鍾老柏青，義動修蛇蟄。若人可數見，慰我垂白泣。告别無淹晷，百憂復相襲。内愧突不黔，庶羞以賙給。素絲挈長魚，碧酒隨玉粒。途窮見交態，世梗悲路澀。東風吹春冰，泱莽后土濕。念君惜羽翮，既飽更思戢。莫作翻雲鶻，聞呼向禽急。

述懷一首

去年潼關破，妻子隔絶久。今夏草木長，脱身得西走。麻鞋見天子，衣袖露兩肘。朝廷愍生還，親故傷老醜。涕淚授拾遺，流離主恩厚。柴門雖得去，未忍即開口。寄書問三川，不知家在否？比聞同罹禍，殺戮到雞狗。山中漏茅屋，誰復依户牖。摧頹蒼松根，地冷骨未朽。幾人全性命，盡室豈相偶。嶔岑猛虎場，鬱結迴我首。自寄一封書，今已十月後。反畏消息來，寸心亦何有。漢運初中興，生平老耽酒。沉思歡會處，恐作窮獨叟。

送長孫九侍御赴武威判官

驄馬新鑿蹄，銀鞍被來好。繡衣黄白郎，騎向交河道。問君適萬里，取别何草草。天子憂涼州，嚴程到須早。去秋群胡反，不得無電掃。此行收遺甿，風俗方再造。族父領元戎，名聲國中老。奪我同官良，飄摇按城堡。使我不能餐，令我惡懷抱。若人才思闊，溟漲浸絶島。尊前失詩流，塞上得國寶。皇天悲送遠，雲雨白浩浩。東郊尚烽火，朝野色枯槁。西極柱亦傾，如何正穹昊。

送樊二十三侍御赴漢中判官

威弧不能弦，自爾無寧歲。川谷血横流，豺狼沸相噬。天子從北來，長驅振凋敝。頓兵岐梁下，却跨沙漠裔。二京陷未收，四極我得制。蕭索漢水清，緬通淮湖税。使者紛星散，王綱尚旒綴。南伯從事賢，君行立談際。生知七曜曆，手畫三軍勢。冰雪净聰明，雷霆走精鋭。幕府輟諫官，朝廷無此例。至尊方旰食，仗爾布嘉惠。補闕暮徵入，柱史晨征憩。正當艱難時，實藉長久計。回風吹獨樹，白日照執袂。慟哭蒼煙根，山門萬重閉。居人莽牢落，遊子方迢遞。徘徊悲生離，局促老一世。陶唐歌遺民，後漢更列帝。恨無匡復姿，聊欲從此逝。

送韋十六評事充同谷郡防禦判官

昔没賊中時，潛與子同遊。今歸行在所，王事有去留。逼側兵馬間，主憂急良籌。子雖軀幹小，老氣横九州。挺身艱難際，張目視寇讎。朝廷壯其節，奉詔令參謀。鑾輿駐鳳翔，同谷爲咽喉。西扼弱水道，南鎮枹罕陬。此邦承平日，剽劫吏所羞。況乃胡未滅，控帶莽悠悠。府中韋使君，道足示懷柔。令侄才俊茂，二美又何求？受詞太白脚，走馬仇池頭。古色沙土裂，積陰雪雲稠。羌父豪豬靴，羌兒青兕裘。吹角向月窟，蒼山旌旆愁。鳥驚出死樹，龍怒拔老湫。古來無人境，今代横戈矛。傷哉文儒士，憤激馳林丘。中原正格鬬，後會何緣由。百年賦命定，豈料沈與浮。且復戀良友，握手步道周。論兵遠壑净，亦可縱冥搜。題詩得秀句，札翰時相投。

塞蘆子

五城何迢迢，迢迢隔河水。邊兵盡東征，城内空荆杞。思明割懷衛，秀巖西未已。迴略大荒來，崤函蓋虚爾。延州秦北户，關防猶可倚。焉得一萬人，疾驅塞蘆子。岐有薛大夫，旁制山賊起。近聞昆戎徒，爲退三百里。蘆關扼兩寇，深意實在此。誰能叫帝閽，胡行速如鬼。

彭衙行

憶昔避賊初，北走經險艱。夜深彭衙道，月照白水山。盡室久徒步，逢人多厚顔。參差谷鳥吟，不見遊子還。癡女饑咬我，啼畏虎狼聞。懷中掩其口，反側聲愈嗔。小兒强解事，故索苦李餐。一旬半雷雨，泥濘相牽攀。既無禦雨備，徑滑衣又寒。有時經契闊，竟日數里間。野果充餱糧，卑枝成屋椽。早行石上水，暮宿天邊烟。少留周家窪，欲出蘆子關。故人有孫宰，高義薄曾雲。延客已曛黑，張燈啓重門。煖湯濯我足，剪紙招我魂。從此出妻孥，相視涕闌干。衆雛爛熳睡，唤起沾盤飧。誓將與夫子，永結爲弟昆。遂空所坐堂，安居奉我懽。誰肯艱難際，豁達露心肝。別來歲月周，胡羯仍構患。何當有翅翎，飛去墮爾前。

北征

皇帝二載秋，閏八月初吉。杜子將北征，蒼茫問家室。維時遭艱虞，朝野少暇日。顧慚恩私被，詔許歸蓬蓽。拜辭詣闕下，怵惕久未出。雖乏諫諍姿，恐君有遺失。君誠中興主，經緯固密勿。東胡反未已，臣甫憤所切。揮涕戀行在，道途猶恍惚。乾坤含瘡痍，憂虞何時畢。靡靡逾阡陌，人烟眇蕭瑟。所遇多被傷，呻吟更流血。迴首鳳翔縣，旌旗晚明滅。前登寒山重，屢得飲馬窟。邠郊入地底，涇水中蕩潏。猛虎立我前，蒼崖吼時裂。菊垂今秋花，石戴古車轍。青雲動高興，幽事亦可悦。山果多瑣細，羅生雜橡栗。或紅如丹砂，或黑如點漆。雨露之所濡，甘苦齊結實。緬思桃源内，益歎身世拙。坡陀望鄜時，巖谷互出没。我行已水濱，我僕猶木末。鴟鳥鳴黄桑，野鼠拱亂穴。夜深經戰場，寒月照白骨。潼關百萬師，往者散何卒。遂令半秦民，殘害爲異物。況我墮胡塵，及歸盡華髮。經年至茆屋，妻子衣百結。慟哭松聲迴，悲泉共幽咽。平生所嬌兒，顔色白勝雪。見耶背面啼，垢膩脚不襪。床前兩小女，補綻才過膝。海圖坼波濤，舊繡移曲折。天吴及紫鳳，顛倒在短褐。老夫情懷惡，嘔泄卧數日。那無囊中帛，救汝寒凜慄。粉黛亦解苞，衾裯稍羅列。瘦妻面復光，癡女頭自櫛。學母無不爲，曉妝隨手抹。移時施朱鉛，狼藉畫眉闊。生還對童稚，似欲忘飢渴。問事競挽鬚，誰能即嗔喝。翻思在賊愁，甘受雜亂聒。

新歸且慰意，生理焉得説。至尊尚蒙塵，幾日休練卒。仰觀天色改，坐覺祅氣豁。陰風西北來，慘澹隨回鶻。其王願助順，其俗善馳突。送兵五千人，驅馬一萬匹。此輩少爲貴，四方服勇決。所用皆鷹騰，破敵過箭疾。聖心頗虚佇，時議氣欲奪。伊洛指掌收，西京不足拔。官軍請深入，蓄鋭可俱發。此舉開青徐，旋瞻略恒碣。昊天積霜露，正氣有肅殺。禍轉亡胡歲，勢成擒胡月。胡命其能久，皇綱未宜絶。憶昨狼狽初，事與古先别。姦臣竟葅醢，同惡隨蕩析。不聞夏殷衰，中自誅褒妲。周漢獲再興，宣光果明哲。桓桓陳將軍，仗鉞奮忠烈。微爾人盡非，于今國猶活。淒涼大同殿，寂寞白獸闥。都人望翠華，佳氣向金闕。園陵固有神，掃灑數不缺。煌煌太宗業，樹立甚宏達！

九成宫

蒼山入百里，崖斷如杵臼。曾宫憑風迴，岌嶪土囊口。立神扶棟梁，鑿翠開户牖。其陽産靈芝，其陰宿牛斗。紛披長松倒，揭𡾰怪石走。哀猿啼一聲，客淚迸林藪。荒哉隋家帝，製此今頹朽。向使國不亡，焉爲巨唐有。雖無新增修，尚置官居守。巡非瑶水遠，跡是雕牆後。我行屬時危，仰望嗟歎久。天王守太白，駐馬更搔首。

羌村三首

其　一

峥嵘赤雲西，日脚下平地。柴門鳥雀噪，歸客千里至。妻孥怪我在，驚定還拭淚。世亂遭飄蕩，生還偶然遂。鄰人滿牆頭，感歎亦歔欷。夜闌更秉燭，相對如夢寐。

其　二

晚歲迫偷生，還家少歡趣。嬌兒不離膝，畏我復却去。憶昔好追涼，故繞池邊樹。蕭蕭北風勁，撫事煎百慮。賴知禾黍收，已覺糟牀注。如今足斟酌，且用慰遲暮。

其　三

群雞正亂叫，客至雞鬭争。驅雞上樹木，始聞叩柴荆。父老四五人，問我久遠行。手中各有携，傾榼濁復清。苦辭酒味薄，黍地無人耕。兵革既未息，兒童盡東征。請爲父老歌，艱難媿深情。歌罷仰天歎，四座淚縱横。

偪仄行贈畢四曜

偪仄何偪仄，我居巷南子巷北。可恨鄰里間，十日不一見顔色。自從官馬送還官，行路難行澀如棘。我貧無乘非無足，昔者相過今不得。實不是愛微軀，又非關足無力。徒步翻愁官長怒，此心炯炯君應識。曉來急雨春風顛，睡美不聞鐘鼓傳。東家蹇驢許借我，泥滑不敢騎朝天。已令請急會通籍，男兒信命絶可憐。焉能終日心拳拳，憶君誦詩神凛然。辛夷始花亦已落，況我與子非壯年。街頭酒價常苦貴，方外酒徒稀醉眠。速宜相就飲一斗，恰有三百青銅錢。

送李校書二十六韻

代北有豪鷹，生子毛盡赤。渥洼騏驥兒，尤異是龍脊。李舟名父子，清峻流輩伯。人間好少年，不必須白皙。十五富文史，十八足賓客。十九授校書，二十聲輝赫。衆中每一見，使我潛動魄。自恐二男兒，辛勤養無益。乾元元年春，萬姓始安宅。舟也衣綵衣，告我欲遠適。倚門固有望，斂衽就行役。南登吟《白華》，已見楚山碧。藹藹咸陽都，冠蓋日雲積。何時太夫人，堂上會親戚。汝翁草明光，天子正前席。歸期豈爛漫，别意終感激。顧我蓬屋姿，謬通金閨籍。小來習性嬾，晚節慵轉劇。每愁悔吝作，如覺天地窄。羨君齒髮新，行已能夕惕。臨岐意頗切，對酒不能喫。迴身視緑野，慘澹如荒澤。老雁春忍饑，哀號待枯麥。時哉高飛燕，絢練新羽翮。長雲濕褒斜，漢水饒巨石。無令軒車遲，衰疾悲夙昔。

洗兵馬

中興諸將收山東，捷書夜報清晝同。河廣傳聞一葦過，胡危命在破竹中。秖殘鄴城不日得，獨任朔方無限功。京師皆騎汗血馬，回紇餵肉葡萄宫。已喜皇威清海岱，常思仙仗過崆峒。三年笛裏關山月，萬國兵前草木風。成王功大心轉小，郭相謀深古來少。司徒清鑒懸明鏡，尚書氣與秋天杳。二三豪俊爲時出，整頓乾坤濟時了。東走無復憶鱸魚，南飛覺有安巢鳥。青春復隨冠冕入，紫禁正耐烟花繞。鶴禁通霄鳳輦備，雞鳴問寢龍樓曉。攀龍附鳳勢莫當，天下盡化爲侯王。汝等豈知蒙帝力，時來不得誇身强。關中既留蕭丞相，幕下復用張子房。張公一生江海客，身長九尺鬚眉蒼。徵起適遇風雲會，扶顛始知籌策良。青袍白馬更何有，後漢今周喜再昌。寸地尺天皆入貢，奇祥異瑞争來送。不知何國致白環，復道諸山得銀甕。隱士休歌紫芝曲，詞人解撰河清頌。田家望望惜雨乾，布穀處處催春種。淇上健兒歸莫嬾，城南思婦愁多夢。安得壯士挽天河，净洗甲兵長不用。

留花門

花門天驕子，飽肉氣勇決。高秋馬肥健，挾矢射漢月。自古以爲患，詩人厭薄伐。修德使其來，羈縻固不絶。胡爲傾國至，出入暗金闕。中原有驅除，隱忍用此物。公主歌黄鵠，君王指白日。連雲屯左輔，百里見積雪。長戟鳥休飛，哀笳曙幽咽。田家最恐懼，麥倒桑枝折。沙苑臨清渭，泉香草豐潔。渡河不用船，千騎常撇烈。胡塵逾太行，雜種抵京室。花門既須留，原野轉蕭瑟。

病後遇王倚飲贈歌

麟角鳳觜世莫識，煎膠續弦奇自見。尚看王生抱此懷，在於甫也何由羨。且遇王生慰疇昔，素知賤子甘貧賤。酷見凍餒不足耻，多病沈年苦無健。王生怪我顔色惡，答云伏枕艱難遍。瘧癘三秋孰可忍，寒熱百日相交戰。頭白眼暗坐有胝，肉黄皮皺命如線。惟生哀我未平復，爲我力致美肴膳。遣人向市賒香粳，唤婦出房親自饌。長安冬菹酸且緑，金城土酥静如練。兼求畜豪且割鮮，密沽斗酒諧終宴。故人情義晚誰似，令我手脚輕欲漩。老馬爲駒信不虚，當時得意況深眷。但使殘年飽喫飯，只願無事常相見。

義　鶻

陰崖有蒼鷹，養子黑柏顛。白蛇登其巢，吞噬恣朝餐。雄飛遠求食，雌者鳴辛酸。力强不可制，黄口無半存。其父從西歸，翻身入長烟。斯須領健鶻，痛憤寄所宣。斗上捩孤影，噭哮來九天。修鱗脱遠枝，巨顙拆老拳。高空得蹭蹬，短草辭蜿蜒。折尾能一掉，飽腸皆已穿。生雖滅衆雛，死亦垂千年。物情有報復，快意貴目前。兹實鷙鳥最，急難心炯然。功成失所往，用舍何其賢。近經潏水湄，此事樵夫傳。飄蕭覺素髮，凜欲沖儒冠。人生許與分，只在顧盼間。聊爲義鶻行，用激壯士肝。

畫鶻行

高堂見生鶻，颯爽動秋骨。初驚無拘攣，何得立突兀。乃知畫師妙，功刮造化窟。寫此神駿姿，充君眼中物。烏鵲滿樛枝，軒然恐其出。側腦看青霄，寧爲衆禽没。長翮如刀劍，人寰可超越。乾坤空峥嶸，粉墨且蕭瑟。緬思雲沙際，自有烟霧質。吾今意何傷，顧步獨紆鬱。

瘦馬行

東郊瘦馬使我傷，骨骼硉兀如堵牆。絆之欲動轉欹側，此豈有意仍騰驤。細看六印帶官字，衆道三軍遺路旁。皮乾剥落雜泥滓，毛暗蕭條連雪霜。去歲奔波逐餘寇，驊騮不慣不得將。士卒多騎内厩馬，惆悵恐是病乘黄。當時歷塊誤一蹶，委棄非汝能周防。見人慘澹若哀訴，失主錯莫無晶光。天寒遠放雁爲伴，日暮不收烏啄瘡。誰家且養願終惠，更試明年春草長。

石壕吏

暮投石壕村，有吏夜捉人。老翁逾牆走，老婦出看門。吏呼一何怒，婦啼一何苦！聽婦前致詞，三男鄴城戍。一男附書至，二男新戰死。存者且偷生，死者長已矣。室中更無人，惟有乳下孫。有孫母未去，出入無完裙。老嫗力雖衰，請從吏夜歸。急應河陽役，猶得備晨炊。夜久語聲絶，如聞泣幽咽。天明登前途，獨與老翁别。

新婚别

兔絲附蓬麻，引蔓故不長。嫁女與征夫，不如棄路旁。結髮爲妻子，席不暖君牀。暮婚晨告别，無乃太匆忙！君行雖不遠，守邊赴河陽。妾身未分明，何以拜姑嫜？父母養我時，日夜令我藏。生女有所歸，雞狗亦得將。君今往死地，沉痛迫中腸。誓欲隨君去，形勢反蒼黃。勿爲新婚念，努力事戎行！婦人在軍中，兵氣恐不揚。自嗟貧家女，久致羅襦裳。羅襦不復施，對君洗紅妝。仰視百鳥飛，大小必雙翔。人事多錯迕，與君永相望！

無家别

寂寞天寶後，園廬但蒿藜。我里百餘家，世亂各東西。存者無消息，死者爲塵泥。賤子因陣敗，歸來尋舊蹊。久行見空巷，日瘦氣慘悽，但對狐與狸，豎毛怒我啼。四鄰何所有，一二老寡妻。宿鳥戀本枝，安辭且窮棲。方春獨荷鋤，日暮還灌畦。縣吏知我至，召令習鼓鞞。雖從本州役，内顧無所携。近行止一身，遠去終轉迷，家鄉既蕩盡，遠近理亦齊。永痛長病母，五年委溝谿。生我不得力，終身兩酸嘶。人生無家别，何以爲蒸黎。

立秋後題

日月不相饒，節序昨夜隔。玄蟬無停號，秋燕已如客。平生獨往願，惆悵年半百。罷官亦由人，何事拘形役。

遣興三首

其一

下馬古戰場，四顧但茫然。風悲浮雲去，黄葉墜我前。朽骨穴螻蟻，又爲蔓草纏。故老行歎息，今人尚開邊。漢虜互勝負，封疆不常全。安得廉耻將，三軍同晏眠。

幽人

孤雲亦群遊，神物有所歸。麟鳳在赤霄，何當一來儀。往與惠荀輩，中年滄洲期。天高無消息，棄我忽若遺。内懼非道流，幽人見瑕疵。洪濤隱語笑，鼓枻蓬萊池。崔嵬扶桑日，照曜珊瑚枝。風帆倚翠蓋，暮把東皇衣。噓噏元和津，所思烟霞微。知名未足稱，局促商山芝。五湖復浩蕩，歲暮有餘悲。

赤谷西崦人家

躋險不自喧，出郊已清目。溪迴日氣暖，逕轉山田熟。鳥雀依茅茨，藩籬帶松菊。如行武陵暮，欲問桃花宿。

西枝村尋置草堂地夜宿贊公土室二首

其　一

出郭眄細岑，披榛得微路。溪行一流水，曲折方屢渡。贊公湯休徒，好静心迹素。昨枉霞上作，盛論岩中趣。怡然共携手，恣意同遠步。捫蘿澀先登，陟巘眩反顧。要求陽岡煖，苦涉陰嶺沍。惆悵老大藤，沈吟屈蟠樹。卜居意未展，杖策迴且暮。層巔餘落日，草蔓已多露。

其　二

天寒鳥已歸，月出人更静。土室延白光，松門耿疏影。躋攀倦日短，語樂寄夜永。明燃林中薪，暗汲石底井。大師京國舊，德業天機秉。從來支許遊，興趣江湖迥。數奇謫關塞，道廣存箕潁。何知戎馬間，復接塵事屏。幽尋豈一路，遠色有諸嶺。晨光稍朦朧，更越西南頂。

寄贊上人

一昨陪錫杖，卜鄰南山幽。年侵腰脚衰，未便陰崖秋。重岡北面起，竟日陽光留。茅屋買兼土，斯焉心所求。近聞西枝西，有谷杉黍稠。亭午頗和暖，石田又足收。當期塞雨乾，宿昔齒疾瘳。徘徊虎穴上，面勢龍泓頭。柴荆具茶茗，逕路通林丘。與子成二老，來往亦風流。

太平寺泉眼

招提憑高岡，疏散連草莽。出泉枯柳根，汲引歲月古。石間見海眼，天畔縈水府。廣深丈尺間，宴息敢輕侮。青白二小蛇，幽姿可時睹。如絲氣或上，爛熳爲雲雨。山頭到山下，鑿井不盡土。取供十方僧，香美勝牛乳。北風起寒文，弱藻舒翠縷。明涵客衣浄，細蕩林影趣。何當宅下流，餘潤通藥圃。三春濕黄精，一食生毛羽。

夢李白二首

其一

死别已吞聲，生别常惻惻。江南瘴癘地，逐客無消息。故人入我夢，明我長相憶。恐非平生魂，路遠不可測。魂來楓葉青，魂返關塞黑。君今在羅網，何以有羽翼。落月滿屋梁，猶疑照顔色。水深波浪闊，無使蛟龍得。

其二

浮雲終日行，遊子久不至。三夜頻夢君，情親見君意。告歸常局促，苦道來不易。江湖多風波，舟楫恐失墜。出門搔白首，若負平生志。冠蓋滿京華，斯人獨顦顇。孰云網恢恢，將老身反累。千秋萬歲名，寂寞身後事。

遣興五首

其　四

蓬生非無根，漂蕩隨高風。天寒落萬里，不復歸本叢。客子念故宅，三年門巷空。悵望但烽火，戎車滿關東。生涯能幾何，常在羈旅中。

前出塞九首

其　一

戚戚去故里，悠悠赴交河。公家有程期，亡命嬰禍羅。君已富土境，開邊一何多。棄絶父母恩，吞聲行負戈。

其　二

出門日已遠，不受徒旅欺。骨肉恩豈斷，男兒死無時。走馬脱轡頭，手中挑青絲。捷下萬仞岡，俯身試搴旗。

其　三

磨刀嗚咽水，水赤刃傷手。欲輕腸斷聲，心緒亂已久。丈夫誓許國，憤惋復何有。功名圖騏驎，戰骨當速朽。

其　四

送徒既有長，遠戍亦有身。生死向前去，不勞吏怒嗔。路逢相識人，附書與六親。哀哉兩決絶，不復同苦辛。

其　五

迢迢萬餘里，領我赴三軍。軍中異苦樂，主將寧盡聞。隔河見胡騎，倏忽數百群。我始爲奴僕，幾時樹功勳。

其　六

挽弓當挽强，用箭當用長。射人先射馬，擒賊先擒王。殺人亦有限，列國自有疆。苟能制侵陵，豈在多殺傷。

其　七

驅馬天雨雪，軍行入高山。逕危抱寒石，指落曾冰間。已去漢月遠，何時築城還？浮雲暮南征，可望不可攀。

其八

單于寇我壘，百里風塵昏。雄劍四五動，彼軍爲我奔。虜其名王歸，繫頸授轅門。潛身備行列，一勝何足論。

其九

從軍十年餘，能無分寸功。衆人貴苟得，欲語羞雷同。中原有鬬争，況在狄與戎。丈夫四方志，安可辭固窮。

後出塞五首

其一

男兒生世間，及壯當封侯。戰伐有功業，焉能守舊丘。召募赴薊門，軍動不可留。千金買馬鞭，百金裝刀頭。閭里送我行，親戚擁道周。斑白居上列，酒酣進庶羞。少年别有贈，含笑看吴鈎。

其二

朝進東門營，暮上河陽橋。落日照大旗，馬鳴風蕭蕭。平沙列萬幕，部伍各見招。中天懸明月，令嚴夜寂寥。悲笳數聲動，壯士慘不驕。借問大將誰，恐是霍嫖姚。

其　三

古人重守邊，今人重高勳。豈知英雄主，出師亘長雲。六合已一家，四夷且孤軍。遂使貔虎士，奮身勇所聞。拔劍擊大荒，日收胡馬群。誓開玄冥北，持以奉吾君。

其　四

獻凱日繼踵，兩蕃静無虞。漁陽豪俠地，擊鼓吹笙竽。雲帆轉遼海，粳稻來東吴。越羅與楚練，照耀輿臺軀。主將位益崇，氣驕淩上都。邊人不敢議，議者死路衢。

其　五

我本良家子，出師亦多門。將驕益愁思，身貴不足論。躍馬二十年，恐孤明主恩。坐見幽州騎，長驅河洛昏。中夜間道歸，故里但空村。惡名幸脱免，窮老無兒孫。

别贊上人

百川日東流，客去亦不息。我生苦漂蕩，何時有終極。贊公釋門老，放逐來上國。還爲世塵嬰，頗帶顦顇色。楊枝晨在手，豆子雨已熟。是身如浮雲，安可限南北。異縣逢舊友，初忻寫胸臆。天長關塞寒，歲暮饑凍逼。野風吹征衣，欲别向曛黑。馬嘶思故櫪，歸鳥盡斂翼。古來聚散地，宿昔長荆棘。相看俱衰年，出處各努力。

萬丈潭

青溪合冥寞，神物有顯晦。龍依積水蟠，窟壓萬丈内。跼步淩垠堮，側身下烟靄。前臨洪濤寬，却立蒼石大。山色一徑盡，崖絶兩壁對。削成根虚無，倒影垂澹瀩。黑如灣澴底，清見光炯碎。孤雲倒來深，飛鳥不在外。高蘿成帷幄，寒木累旌旆。遠川曲通流，嵌竇潛洩瀨。造幽無人境，發興自我輩。告歸遺恨多，將老斯遊最。閉藏修鱗蟄，出入巨石礙。何事暑天過，快意風雨會。

兩當縣吴十侍御江上宅

寒城朝烟澹，山谷落葉赤。陰風千里來，吹汝江上宅。鵾雞號枉渚，日色傍阡陌。借問持斧翁，幾年長沙客？哀哀失木狖，矯矯避弓翮。亦知故鄉樂，未敢思宿昔。昔在鳳翔都，共通金閨籍。天子猶蒙塵，東郊暗長戟。兵家忌間諜，此輩常接跡。臺中領舉劾，君必慎剖析。不忍殺無辜，所以分白黑。上官權許與，失意見遷斥。仲尼甘旅人，向子識損益。朝廷非不知，閉口休歎息。余時忝諍臣，丹陛實咫尺。相看受狼狽，至死難塞責。行邁心多違，出門無與適。於公負明義，惆悵頭更白。

鐵堂峽

山風吹遊子，縹緲乘險絶。硤形藏堂隍，壁色立積鐵。徑摩穹蒼蟠，石與厚地裂。修纖無垠竹，嵌空太始雪。威遲哀壑底，徒旅慘不悦。水寒長冰横，我馬骨正折。生涯抵弧矢，盜賊殊未滅。飄蓬逾三年，回首肝肺熱。

青陽峽

塞外苦厭山，南行道彌惡。岡巒相經亘，雲水氣參錯。林迴硤角來，天窄壁面削。磎西五里石，奮怒向我落。仰看日車側，俯恐坤軸弱。魑魅嘯有風，霜霰浩漠漠。昨憶踰隴阪，高秋視吴岳。東笑蓮華卑，北知崆峒薄。超然侔壯觀，已謂殷寥廓。突兀猶趁人，及兹歎冥寞。

龍門鎮

細泉兼輕冰，沮洳棧道濕。不辭辛苦行，迫此短景急。石門雪雲隘，古鎮峰巒集。旌竿暮慘澹，風水白刃澀。胡馬屯成臯，防虞此何及。嗟爾遠戍人，山寒夜中泣。

積草嶺

連峰積長陰，白日遞隱見。颼颼林響交，慘慘石狀變。山分積草嶺，路異明水縣。旅泊吾道窮，衰年歲時倦。卜居尚百里，休駕投諸彥。邑有佳主人，情如已會面。來書語絶妙，遠客驚深眷。食蕨不願餘，茅茨眼中見。

發同谷縣

賢有不黔突，聖有不暖席。況我饑愚人，焉能尚安宅？始來茲山中，休駕喜地僻。奈何迫物累，一歲四行役。忡忡去絶境，杳杳更遠適。停驂龍潭雲，迴首白崖石。臨岐别數子，握手淚再滴。交情無舊深，窮老多慘慽。平生嬾拙意，偶值棲遁跡。去住與願違，仰慚林間翮。

木皮嶺

首路栗亭西，尚想鳳皇村。季冬携童稚，辛苦赴蜀門。南登木皮嶺，艱險不易論。汗流被我體，祁寒爲之暄。遠岫争輔佐，千巖自崩奔。始知五岳外，别有他山尊。仰干塞大明，俯入裂厚坤。再聞虎豹鬭，屢跼風水昏。高有廢閣道，摧折如短轅。下有冬青林，石上走長根。西崖特秀發，焕若靈芝繁。潤聚金碧氣，清無沙土痕。憶觀崑崙圖，目擊玄圃存。對此欲何適？默傷垂老魂。

石櫃閣

季冬日已長，山晚半天赤。蜀道多早花，江間饒奇石。石櫃曾波上，臨虚蕩高壁。清暉回群鷗，暝色帶遠客。羈棲負幽意，感歎向絶跡。信甘孱懦嬰，不獨凍餒迫。優遊謝康樂，放浪陶彭澤。吾衰未自安，謝爾性所適。

鹿頭山

鹿頭何亭亭，是日慰饑渴。連山西南斷，俯見千里豁。遊子出京華，劍門不可越。及兹險阻盡，始喜原野闊。殊方昔三分，霸氣曾間發。天下今一家，雲端失雙闕。悠然想揚馬，繼起名硉兀。有文令人傷，何處埋爾骨。紆餘脂膏地，慘澹豪俠窟。仗鉞非老臣，宣風豈專達。冀公柱石姿，論道邦國活。斯人亦何幸，公鎮逾歲月。

石笋行

君不見益州城西門，陌上石筍雙高蹲。古來相傳是海眼，苔蘚蝕盡波濤痕。雨多往往得瑟瑟，此事恍惚難明論。恐是昔時卿相墓，立石爲表今仍存。惜哉俗態好蒙蔽，亦如小臣媚至尊。政化錯迕失大體，坐看傾危受厚恩。嗟爾石笋擅虚名，後來未識猶駿奔。安得壯士擲天外，使人不疑見本根。

石犀行

君不見秦時蜀太守，刻石立作三犀牛。自古雖有厭勝法，天生江水向東流。蜀人矜誇一千載，泛溢不近張儀樓。今年灌口損户口，此事或恐爲神羞。終藉堤防出衆力，高擁木石當清秋。先王作法皆正道，詭怪何得參人謀。嗟爾三犀不經濟，缺訛只與長川逝。但見元氣常調和，自免洪濤恣凋瘵。安得壯士提天綱，再平水土犀奔茫。

贈蜀僧閭丘師兄

大師銅梁秀，籍籍名家孫。嗚呼先博士，炳靈精氣奔。惟昔武皇后，臨軒御乾坤。多士盡儒冠，墨客藹雲屯。當時上紫殿，不獨卿相尊。世傳閭丘筆，峻極逾崑崙。鳳藏丹霄暮，龍去白水渾。青熒雪嶺東，碑碣舊製存。斯文散都邑，高價越璵璠。晚看作者意，妙絶與誰論。吾祖詩冠古，同年蒙主恩。豫章夾日月，歲久空深根。小子思疎闊，豈能達詞門？窮愁一揮淚，相遇即諸昆。我住錦官城，兄居祇樹園。地近慰旅愁，往來當丘樊。天涯歇滯雨，粳稻卧不翻。漂然薄遊倦，始與道侶敦。景晏步修廊，而無車馬喧。夜闌接軟語，落月如金盆。漠漠世界黑，驅車争奪繁。惟有摩尼珠，可照濁水源。

戲題畫山水圖歌

十日畫一水，五日畫一石。能事不受相促迫，王宰始肯留真跡。壯哉崑崙方壺圖，挂君高堂之素壁。巴陵洞庭日本東，赤岸水與銀河通，中有雲氣隨飛龍。舟人漁子入浦溆，山木盡亞洪濤風。尤工遠勢古莫比，咫尺應須論萬里。焉得并州快剪刀，剪取吴松半江水。

戲爲雙松圖歌韋偃

天下幾人畫古松，畢宏已老韋偃少。絶筆長風起纖末，滿堂動色嗟神妙。兩株慘裂苔蘚皮，屈鐵交錯迴高枝。白摧朽骨龍虎死，黑入太陰雷雨垂。松根胡僧憩寂寞，龐眉皓首無住著。偏袒右肩露雙脚，葉裹松子僧前落。韋侯韋侯數相見，我有一匹好東絹，重之不減錦繡段。已令拂拭光凌亂，請公放筆爲直幹。

投簡成華兩縣諸子

赤縣官曹擁材傑，軟裘快馬當冰雪。長安苦寒誰獨悲，杜陵野老骨欲折。南山豆苗早荒穢，青門瓜地新凍裂。鄉里兒童項領成，朝廷故舊禮數絶。自然棄擲與時異，況乃疎頑臨事拙。饑卧動即向一旬，敝裘何啻聯百結。君不見空牆日色晚，此老無聲淚垂血。

病柏

有柏生崇岡，童童狀車蓋。偃蹙龍虎姿，主當風雲會。神明依正直，故老多再拜。豈知千年根，中路顔色壞。出非不得地，蟠據亦高大。歲寒忽無憑，日夜柯葉改。丹鳳領九雛，哀鳴翔其外。鴟鴞志意滿，養子穿穴内。客從何鄉來，佇立久吁怪。静求元精理，浩蕩難倚賴。

枯棕

蜀門多棕櫚，高者十八九。其皮割剥甚，雖衆亦易朽。徒布如雲葉，青黄歲寒後。交横集斧斤，凋喪先蒲柳。傷時苦軍乏，一物官盡取。嗟爾江漢人，生成復何有。有同枯棕木，使我沉嘆久。死者即已休，生者何自守。啾啾黄雀啅，側見寒蓬走。念爾形影乾，摧殘没藜莠。

枯柟

楩柟枯峥嶸，鄉黨皆莫記。不知幾百歲，慘慘無生意。上枝摩皇天，下根蟠厚地。巨圍雷霆坼，萬孔蟲蟻萃。凍雨落流膠，衝風奪佳氣。白鵠遂不來，天雞爲愁思。猶含棟梁具，無復霄漢志。良工古昔少，識者出涕淚。種榆水中央，成長何容易。截承金露盤，裊裊不自畏。

入奏行

竇侍御，驥之子，鳳之雛。年未三十忠義俱，骨鯁絶代無。炯如一段清冰出萬壑，置在迎風寒露之玉壺。蔗漿歸厨金碗凍，洗滌煩熱足以寧君軀。政用疎通合典則，戚聯豪貴耽文儒。兵革未息人未蘇，天子亦念西南隅。吐蕃憑陵氣頗驫，竇氏檢察應時須。運糧繩橋壯士喜，斬木火井窮猿呼。八州刺史思一戰，三城守邊却可圖。此行入奏計未小，密奉聖旨恩宜殊。繡衣春當霄漢立，綵服日向庭闈趨。省郎京尹必俯拾，江花未落還成都。江花未落還成都，肯訪浣花老翁無？爲君酤酒滿眼酤，與奴白飯馬青芻。

柟樹爲風雨所拔歎

倚江柟樹草堂前，故老相傳二百年。誅茅卜居總爲此，五月髣髴聞寒蟬。東南飄風動地至，江翻石走流雲氣。幹排雷雨猶力争，根斷泉源豈天意。滄波老樹性所愛，浦上童童一青蓋。野客頻留懼雪霜，行人不過聽竽籟。虎倒龍顛委榛棘，淚痕血點垂胸臆。我有新詩何處吟？草堂自此無顔色。

溪　漲

當時浣花橋，溪水纔尺餘。白石明可把，水中有行車。秋夏忽泛溢，豈惟入吾廬。蛟龍亦狼狽，況是鼈與魚。兹晨已半落，歸路跬步疎。馬嘶未敢動，前有深填淤。青青屋東麻，散亂床上書。不意遠山雨，夜來復何如。我遊都市間，晚憩必村墟。乃知久行客，終日思其居。

遭田父泥飲美嚴中丞

步屧隨春風，村村自花柳。田翁逼社日，邀我嘗春酒。酒酣誇新尹，畜眼未見有。迴頭指大男，渠是弓弩手。名在飛騎籍，長番歲時久。前日放營農，辛苦救衰朽。差科死則已，誓不舉家走。今年大作社，拾遺能住否？叫婦開大瓶，盆中爲吾取。感此氣揚揚，須知風化首。語多雖雜亂，説尹終在口。朝來偶然出，自卯將及酉。久客惜人情，如何拒鄰叟。高聲索果栗，欲起時被肘。指揮過無禮，未覺村野醜。月出遮我留，仍嗔問升斗。

天邊行

天邊老人歸未得，日暮東臨大江哭。隴右河源不種田，胡騎羌兵入巴蜀。洪濤滔天風拔木，前飛禿鶖後鴻鵠。九度附書向洛陽，十年骨肉無消息。

大麥行

大麥乾枯小麥黄，婦女行泣夫走藏。東至集壁西梁洋，問誰腰鐮胡與羌。豈無蜀兵三千人，部領辛苦江山長。安得如鳥有羽翅，托身白雲還故鄉。

苦戰行

苦戰身死馬將軍，自云伏波之子孫。干戈未定失壯士，使我歎恨傷精魂。去年江南討狂賊，臨江把臂難再得。别時孤雲今不飛，時獨看雲淚横臆。

述古三首

其　二

市人日中集，於利競錐刀。置膏烈火上，哀哀自煎熬。農人望歲稔，相率除蓬蒿。所務穀爲本，邪贏無乃勞。舜舉十六相，身尊道何高。秦時任商鞅，法令如牛毛。

觀打魚歌

綿州江水之東津，魴魚鱍鱍色勝銀。漁人漾舟沉大網，截江一擁數百鱗。衆魚常才盡却棄，赤鯉騰出如有神。潛龍無聲老蛟怒，迴風颯颯吹沙塵。饔子左右揮霜刀，膾飛金盤白雪高。徐州禿尾不足憶，漢陰槎頭遠遁逃。魴魚肥美知第一，既飽歡娱亦蕭瑟。君不見朝來割素鬐，咫尺波濤永相失。

又觀打魚

蒼江魚子清晨集，設網提綱萬魚急。能者操舟疾若風，撑突波濤挺叉入。小魚脱漏不可記，半死半生猶戢戢。大魚傷損皆垂頭，屈强泥沙有時立。東津觀魚已再來，主人罷鱠還傾盃。日暮蛟龍改窟穴，山根鱣鮪隨雲雷。干戈兵革鬬未止，鳳凰麒麟安在哉？吾徒胡爲縱此樂，暴殄天物聖所哀。

海棕行

左綿公館清江濆，海棕一株高入雲。龍鱗犀甲相錯落，蒼稜白皮十抱文。自是衆木亂紛紛，海棕焉知身出群。移栽北辰不可得，時有西域胡〔一〕僧識。

姜楚公畫角鷹歌

楚公畫鷹鷹戴角，殺氣森森到幽朔。觀者貪愁掣臂飛，畫師不是無心學。此鷹寫真在左綿，却嗟真骨遂虛傳。梁間燕雀休驚怕，亦未摶空上九天。

謁文公上方

野寺隱喬木，山僧高下居。石門日色異，絳氣横扶疎。窈窕入風磴，長蘿紛卷舒。庭前猛虎卧，遂得文公廬。俯視萬家邑，烟塵對階除。吾師雨花外，不下十年餘。長者白布金，禪龕只晏如。大珠脱玷翳，白月當空虛。甫也南北人，蕪蔓少耘鋤。久遭詩酒污，何事忝簪裾。王侯與螻蟻，同盡隨丘墟。願聞第一義，迴向心地初。金篦刮眼膜，價重百車渠。無生有汲引，兹理儻吹噓。

〔一〕「胡」，原闕，據中華書局《杜詩詳注》補。

奉贈射洪李四丈

丈人屋上烏，人好烏亦好。人生意氣豁，不在相逢早。南京亂初定，所向邑枯槁。遊子無根株，茅齋付秋草。東征下月峽，掛席窮海島。萬里須十金，妻孥未相保。蒼茫風塵際，蹭蹬騏驎老。志士懷感傷，心胸已傾倒。

早發射洪縣南途中作

將老憂貧寠，筋力豈能及。征途乃侵星，得使諸病入。鄙人寡道氣，在困無獨立。俶裝逐徒旅，達曙淩險澀。寒日出霧遲，清江轉山急。僕夫行不進，駑馬若維縶。汀洲稍疎散，風景開快悒。空慰所尚懷，終非曩遊集。衰顔偶一破，勝事難屢挹。茫然阮籍途，更灑楊朱泣。

陪王侍御同登東山最高頂宴姚通泉晚携酒泛江

姚公美政誰與儔，不減昔時陳太丘。邑中上客有柱史，多暇日陪驄馬遊。東山高頂羅珍羞，下顧城郭銷我憂。清江白日落欲盡，復携美人登綵舟。笛聲憤怨哀中流，妙舞逶迤夜未休。燈前往往大魚出，聽曲低昂如有求。三更風起寒浪湧，取樂喧呼覺船重。滿空星河光破碎，四座賓客色不動。請公臨深莫相違，迴船罷酒上馬歸。人生歡會豈有極，無使霜過霑人衣。

短歌行

王郎酒酣拔劍斫地歌莫哀，我能拔爾抑塞磊落之奇才。豫樟翻風白日動，鯨魚跋浪滄溟開。且脱佩劍休徘徊。西得諸侯棹錦水，欲向何門趿珠履。仲宣樓頭春色深，青眼高歌望吾子。眼中之人吾老矣！

陪章留後惠義寺餞嘉州崔都督赴州

中軍待上客，令肅事有恒。前驅入寶地，祖帳飄金繩。南陌既留歡，兹山亦深登。清聞樹杪磬，遠謁雲端僧。迴策匪新岸，所攀仍舊藤。耳激洞門飈，目存寒谷冰。出塵閟軌躅，畢景遺炎蒸。永願坐長夏，將衰棲大乘。羈旅惜宴會，艱難懷友朋。勞生共幾何，離恨兼相仍。

將適吴楚留别章使君留後兼幕府諸公得柳字

我來入蜀門，歲月亦已久。豈惟長兒童，自覺成老醜。常恐性坦率，失身爲杯酒。近辭痛飲徒，折節萬夫後。昔如縱壑魚，今如喪家狗。既無遊方戀，行止復何有。相逢半新故，取别隨薄厚。不意青草湖，扁舟落吾手。眷眷章梓州，開筵俯高柳。樓前出騎馬，帳下羅賓友。健兒簸紅旗，此樂或難朽。日車隱崑崙，鳥雀噪户牖。波濤未足畏，三峽徒雷吼。所憂盜賊多，重見衣冠走。中原消息斷，黄屋今安否？終作適荆蠻，安排用莊叟。隨雲拜東皇，挂席上南斗。有使即寄書，無使長迴首。

山寺

野寺根石壁，諸龕遍崔嵬。前佛不復辨，百身一莓苔。雖有古殿存，世尊亦塵埃。如聞龍象泣，足令信者哀。使君騎紫馬，捧擁從西來。樹羽静千里，臨江久徘徊。山僧衣藍縷，告訴棟梁摧。公爲顧賓徒，咄嗟檀施開。吾知多羅樹，却倚蓮華臺。諸天必歡喜，鬼物無嫌猜。以茲撫士卒，孰曰非周才。窮子失浄處，高人憂禍胎。歲晏風破肉，荒林寒可迴。思量入道苦，自哂同嬰孩。

桃竹杖引

江心蟠石生桃竹，蒼波噴浸尺度足。斬根削皮如紫玉，江妃水仙惜不得。梓潼使君開一束，滿堂賓客皆歎息。憐我老病贈兩莖，出入爪甲鏗有聲。老夫復欲東南征，乘濤鼓枻白帝城。路幽必爲鬼神奪，拔劍或與蛟龍争。重爲告曰：杖兮杖兮，爾之生也甚正直，慎勿見水踴躍學變化爲龍，使我不得爾之扶持，滅跡于君山湖上之青峰。噫，風塵澒洞兮豺虎咬人，忽失雙杖兮吾將曷從。

寄題江外草堂

我生性放誕，雅欲逃自然。嗜酒愛風竹，卜居必林泉。遭亂到蜀江，卧痾遺所便。誅茅初一畝，廣地方連延。經營上元始，斷手寶應年。敢謀土木麗，自覺面勢堅。臺亭隨高下，敞豁當清川。惟有會心侣，數能同釣船。干戈未偃息，安得酣歌眠。蛟龍無定窟，黄鵠摩蒼天。古來達士志，寧受外物牽。顧惟魯鈍姿，豈識悔吝先。偶携老妻去，慘澹淩風烟。事跡無固必，幽貞貴雙全。尚念四小松，蔓草易拘纏。霜骨不堪長，永爲鄰里憐。

丹青引

將軍魏武之子孫，於今爲庶爲清門。英雄割據雖已矣，文采風流今尚存。學書初學衛夫人，但恨無過王右軍。丹青不如老將至，富貴於我如浮雲。開元之中常引見，承恩數上南薰殿。淩烟功臣少顔色，將軍下筆開生面。良相頭上進賢冠，猛將腰間大羽箭。褒公鄂公毛髮動，英姿颯爽來酣戰。先帝天馬玉花驄，畫工如山貌不同。是日牽來赤墀下，迥立閶闔生長風。詔謂將軍拂絹素，意匠慘淡經營中。斯須九重真龍出，一洗萬古凡馬空。玉花却在御榻上，榻上庭前屹相向。至尊含笑催賜金，圉人太僕皆惆悵。弟子韓幹早入室，亦能畫馬窮殊相。幹惟畫肉不畫骨，忍使驊騮氣凋喪。將軍畫善蓋有神，必逢佳士亦寫真。即今漂泊干戈際，屢貌尋常行路人。途窮反遭俗眼白，世上未有如公貧。但看古來盛名下，終日坎壈纏其身。

南池

峥嶸巴閬間，所向盡山谷。安知有蒼池，萬頃浸坤軸。呀然閬城南，枕帶巴江腹。芰荷入異縣，粳稻共比屋。皇天不無意，美利戒止足。高田失西成，此物頗豐熟。清源多衆魚，遠岸富喬木。獨歎楓香林，春時好顔色。南有漢王祠，終朝走巫祝。歌舞散靈衣，荒哉舊風俗。高堂亦明主，魂魄猶正直。不應空陂上，縹緲親酒食。淫祀自古昔，非惟一川瀆。干戈浩茫茫，地僻傷極目。平生江海興，遭亂身局促。駐馬問漁舟，躊躇慰羈束。

發閬中

前有毒蛇後猛虎，溪行盡日無村塢。江風蕭蕭雲拂地，山木慘慘天欲雨。女病妻憂歸意速，秋花錦石誰復數。別家三月一得書，避地何時免愁苦。

寄韓諫議

今我不樂思岳陽，身欲奮飛病在床。美人娟娟隔秋水，濯足洞庭望八荒。鴻飛冥冥日月白，青楓葉赤天雨霜。玉京群帝集北斗，或騎麒麟翳鳳皇。芙蓉旌旗烟霧樂，影動倒景摇瀟湘。星宫之君醉瓊漿，羽人稀少不在旁。似聞昨者赤松子，恐是漢代韓張良。昔隨劉氏定長安，帷幄未改神慘傷。國家成敗吾豈敢？色難腥腐餐風香。周南留滯古所惜，南極老人應壽昌。美人胡爲隔秋水，焉得置之貢玉堂？

憶昔二首

其二

憶昔開元全盛日，小邑猶藏萬家室。稻米流脂粟米白，公私倉廩俱豐實。九州道路無豺虎，遠行不勞吉日出。齊紈魯縞車班班，男耕女桑不相失。宫中聖人奏雲門，天下朋友皆膠漆。百餘年間未災變，叔孫禮樂蕭何律。豈聞一絹直萬錢，有田種穀今流血。洛陽宫殿燒焚盡，宗廟新除狐兔穴。傷心不忍問耆舊，復恐初從亂離説。小臣魯鈍無所能，朝廷記識蒙禄秩。周宣中興望我皇，灑血江漢身衰疾。

冬狩行

君不見東川節度兵馬雄，校獵亦似觀成功。夜發猛士三千人，清晨合圍步驟同。禽獸已斃十七八，殺聲落日回蒼穹。暮前生致九青兕，馲駝㟪峞垂玄熊。東西南北百里間，髣髴蹴踏寒山空。有鳥名鸜鵒，力不能高飛逐走蓬，肉味不足登鼎俎，何爲見羈虞羅中。春搜冬狩侯得同，使君五馬一馬驄。況今攝行大將權，號令頗有前賢風。飄然時危一老翁，十年厭見旌旗紅。喜君士卒甚整肅，爲我迴轡擒西戎。草中狐兔盡何益，天子不在咸陽宫。朝廷雖無幽王禍，得不哀痛塵再蒙，嗚呼，得不哀痛塵再蒙！

草堂

昔我去草堂，蠻夷塞成都。今我歸草堂，成都適無虞。請陳初亂時，反復乃須臾。大將赴朝廷，群小起異圖。中宵斬白馬，盟歃氣已麤。西取邛南兵，北斷劍閣隅。布衣數十人，亦擁專城居。其勢不兩大，始聞蕃漢殊。西卒却倒戈，賊臣互相誅。焉知肘腋禍，自及梟鏡徒。義士皆痛憤，紀綱亂相踰。一國實三公，萬人欲爲魚。唱和作威福，孰肯辨無辜。眼前列杻械，背後吹笙竽。談笑行殺戮，濺血滿長衢。到今用鉞地，風雨聞號呼。鬼妾與鬼馬，色悲充爾娱。國家法令在，此又足驚吁。賤子且奔走，三年望東吴。弧矢暗江海，難爲遊五湖。不忍竟舍此，復來薙榛蕪。入門四松在，步屧萬竹疏。舊犬喜我歸，低徊入衣裾。鄰舍喜我歸，酤酒携胡蘆。大官喜我來，遣騎問所須。城郭喜我來，賓客隘村墟。天下尚未寧，健兒勝腐儒。飄摇風塵際，何地置老夫？於時見疣贅，骨髓幸未枯。飲啄愧殘生，食薇不敢餘。

四松

四松初移時，大抵三尺强。别來忽三載，離立如人長。會看根不拔，莫計枝凋傷。幽色幸秀發，疏柯亦昂藏。所插小藩籬，本亦有堤防。終然振撥損，得愜千葉黄。敢爲故林主，黎庶猶未康。避賊今始歸，春草滿空堂。覽物歎衰謝，及兹慰淒凉。清風爲我起，灑面若微霜。足爲送老姿，聊待偃蓋張。我生無根帶，配爾亦茫茫。有情且賦詩，事迹可兩忘。勿矜千載後，慘澹蟠穹蒼。

水檻

蒼江多風飈，雲雨晝夜飛。茅軒駕巨浪，焉得不低垂。遊子久在外，門户無人持。高岸尚如谷，何傷浮柱欹。扶顛有勸誡，恐貽識者嗤。既殊大厦傾，可以一木支。臨川視萬里，何必欄檻爲。人生感故物，慷慨有餘悲。

破船

平生江海心，宿昔具扁舟。豈惟青溪上，日傍柴門遊。蒼皇避亂兵，緬邈懷舊丘。鄰人亦已非，野竹獨修修。船舷不重扣，埋没已經秋。仰看西飛翼，下愧東逝流。故者或可掘，新者亦易求。所悲數奔竄，白屋難久留。

揚旗

江風颯長夏，府中有餘清。我公會賓客，肅肅有異聲。初筵閲軍裝，羅列照廣庭。庭空六馬入，駊騀揚旗旌。迴迴偃飛蓋，熠熠迸流星。來纏風飈急，去擘山嶽傾。材歸俯身盡，妙取略地平。虹霓就掌握，舒卷隨人輕。三州陷犬戎，但見西嶺青。公來練猛士，欲奪天邊城。此堂不易升，庸蜀日已寧。吾徒且加餐，休適蠻與荆。

客　堂

憶昨離少城，而今異楚蜀。舍舟復深山，窅窕一林麓。棲泊雲安縣，消中内相毒。舊疾甘載來，衰年得無足。死爲殊方鬼，頭白免短促。老馬終望雲，南雁意在北。别家長兒女，欲起慚筋力。客堂叙節改，具物對羈束。石暄蕨芽紫，渚秀蘆笋緑。巴鶯紛未稀，徼麥早向熟。悠悠日動江，漠漠春辭木。臺郎選才俊，自顧亦已極。前輩聲名人，埋没何所得。居然綰章紱，受性本幽獨。平生憩息地，必種數竿竹。事業只濁醪，營葺但草屋。上公有記者，累奏資薄禄。主憂豈濟時，身遠彌曠職。循文廟算正，獻可天衢直。尚想趨朝廷，毫髮裨社稷。形骸今若是，進退委行色。

三韻三篇

其　三

烈士惡多門，小人自同調。名利苟可取，殺身傍權要。何當官曹清，爾輩堪一笑。

負薪行

夔州處女髮半華，四十五十無夫家。更遭喪亂嫁不售，一生抱恨堪咨嗟。土風坐男使女立，男當門户女出入。十猶八九負薪歸，賣薪得錢應供給。至老雙鬟只垂頸，野花山葉銀釵並。筋力登危集市門，死生射利兼鹽井。面粧首飾雜啼痕，地褊衣寒困石根。若道巫山女麤醜，何得北有昭君村。

柴門

孤舟登瀼西，迴首望兩崖。東城乾旱天，其氣如焚柴。長影没窈窕，餘光散唅呀。大江蟠嵌根，歸海成一家。下衝割坤軸，竦壁攢鏌鋣。蕭颯灑秋色，氛昏霾日車。峽門自此始，最窄容浮查。禹功翊造化，疏鑿就欹斜。巨渠決太古，衆水爲長蛇。風煙渺吴蜀，舟楫通鹽麻。我今遠遊子，飄轉混泥沙。萬物附本性，約身不願奢。茅棟蓋一床，清池有餘花。濁醪與脱粟，在眼無咨嗟。山荒人民少，地僻日夕佳。貧病固其常，富貴任生涯。老於干戈際，宅幸蓬蓽遮。石亂上雲氣，杉清延月華。賞妍又分外，理愜夫何誇。足了垂白年，敢居高士差。書此豁平昔，回首猶暮霞。

雷

大旱山嶽焦，密雲復無雨。南方瘴癘地，罹此農事苦。封内必舞雩，峽中喧擊鼓。真龍竟寂寞，土梗空俯僂。吁嗟公私病，税斂缺不補。故老仰面啼，瘡痍向誰數。暴尫或前聞，鞭巫非稽古。請先偃甲兵，處分聽人主。萬邦但各業，一物休盡取。水旱其數然，堯湯免親睹。上天鑠金石，群盗亂豺虎。二者存一端，愆陽不猶愈。昨宵殷其雷，風過齊萬弩。復吹霾翳散，虚覺神靈聚。氣暍腸胃融，汗滋衣裳污。

吾衰尤拙計，失望築場圃。

火

楚山經月火，大旱則斯舉。舊俗燒蛟龍，驚惶致雷雨。爆嵌魑魅泣，崩凍嵐陰眝。羅落沸百泓，根源皆萬古。青林一灰燼，雲氣無處所。入夜殊赫然，新秋照牛女。風吹巨焰作，河棹騰煙柱。勢欲焚崑崙，光彌焮洲渚。腥至焦長蛇，聲吼纏猛虎。神物已高飛，不見石與土。爾寧要謗讟，憑此近熒侮。薄關長吏憂，甚昧至精主。遠遷誰撲滅，將恐及環堵。流汗卧江亭，更深氣如縷。

七月三日亭午已後較熱退晚加小凉穩睡有詩因論壯年樂事戲呈元二十一曹長

今兹商用事，餘熱亦已末。衰年旅炎方，生意從此活。亭午減汗流，比鄰耐人聒。晚風爽烏匼，筋力蘇摧折。閉目踰十旬，大江不止渴。退藏恨雨師，健步聞旱魃。園蔬抱金玉，無以供採掇。密雲雖聚散，徂暑終衰歇。前聖昚焚巫，武王親救暍。陰陽相主客，時序遞回斡。灑落唯清秋，昏霾一空闊。蕭蕭紫塞雁，南向欲行列。欻思紅顔日，霜露凍階闥。胡馬挾雕弓，鳴弦不虚發。長鈚逐狡兔，突羽當滿月。惆悵《白頭吟》，蕭條游俠窟。臨軒望山閣，縹緲安可越。高人煉丹砂，未念將朽骨。少壯跡頗疏，歡樂曾倏忽。杖藜風塵際，老醜難翦拂。吾子得神仙，本是池中物。賤夫美一睡，煩促嬰詞筆。

園人送瓜

江間雖炎瘴，瓜熟亦不早。柏公鎮夔國，滯務兹一掃。食新先戰士，共少及溪老。傾筐蒲鴿青，滿眼顏色好。竹竿接嵌竇，引注來鳥道。沈浮亂水玉，愛惜如芝草。落刃嚼冰霜，開懷慰枯槁。許以秋蒂除，仍看小童抱。東陵跡蕪絶，楚漢休征討。園人非故侯，種此何草草。

催宗文樹雞柵

吾衰怯行邁，旅次展崩迫。愈風傳烏雞，秋卵方漫喫。自春生成者，隨母向百翮。驅趁制不禁，喧呼山腰宅。課奴殺青竹，終日憎赤幘。踏藉盤案翻，塞蹊使之隔。牆東有隙地，可以樹高柵。避熱時來歸，問兒所爲跡。織籠曹其内，令人不得擲。稀間可突過，觜爪還污席。我寬螻蟻遭，彼免狐貉厄。應宜各長幼，自此均勍敵。籠柵念有修，近身見損益。明明領處分，一一當剖析。不昧風雨晨，亂離減憂慽。其流則凡鳥，其氣心匪石。倚賴窮歲晏，撥煩去冰釋。未似尸鄉翁，拘留蓋阡陌。

阻雨不得歸瀼西甘林

三伏適已過，驕陽化爲霖。欲歸瀼西宅，阻此江浦深。壞舟百板坼，峻岸復萬尋。篙工初一棄，恐泥勞寸心。佇立東城隅，悵望高飛禽。草堂亂懸圃，不隔崑崙岑。昏渾衣裳外，曠絶同層陰。園甘長成時，虛徐五三寸如黄金。諸侯舊上計，厥貢傾千林。邦人不足重，所迫豪吏侵。客居暫封殖，日夜偶瑶琴。虛徐五株態，側塞煩胸襟。焉得輟兩足，杖藜出嶇嶔。條流數翠實，偃息歸碧潯。拂拭烏皮几，喜聞樵牧音。令兒快搔背，脱我頭上簪。

雨

峽雲行清曉，煙霧相徘徊。風吹蒼江樹，雨灑石壁來。凄凄生餘寒，殷殷兼出雷。白谷變氣候，朱炎安在哉？高鳥濕不下，居人門未開。楚宫久已滅，幽珮爲誰哀？侍臣書王夢，賦有冠古才。冥冥翠龍駕，多自巫山臺。

種萵苣

陰陽一錯亂，驕蹇不復理。枯旱於其中，炎方慘如燬。植物半蹉跎，嘉生將已矣。雲雷欻奔命，師伯集所使。指揮赤白日，澒洞青光起。雨聲先已風，散足盡西靡。山泉落滄江，霹靂猶在耳。終朝紆颯沓，信宿罷瀟灑。堂下可以畦，呼童對經始。苣兮蔬之常，隨事蓺其子。破塊數席間，荷鋤功易止。兩旬不甲坼，空惜埋泥滓。野莧迷汝來，宗生實於此。此輩豈無秋，亦蒙寒露委。翻然出地速，滋蔓户庭毁。因知邪干正，掩抑至没齒。賢良雖得禄，守道不封己。擁塞敗芝蘭，衆多盛荆杞。中園陷蕭艾，老圃永爲耻。登於白玉盤，藉以如霞綺。莧也無所施，胡顔入筐篚。

八哀詩

故司徒李公光弼

司徒天寶末，北收晉陽甲。胡騎攻吾城，愁寂意不愜。人安若泰山，薊北斷右脅。朔方氣乃蘇，黎首見帝業。二宫泣西郊，九廟起頹壓。未散河陽卒，思明僞臣妾。復自碣石來，火焚乾坤獵。高視笑禄山，公又大獻捷。異王册崇勳，小敵信所怯。擁兵鎮河汴，千里初妥帖。青蠅紛營營，風雨秋一葉。内省未入朝，死淚終映睫。大屋去高棟，長城埽遺堞。平生白羽扇，零落蛟龍匣。雅望與英姿，惻愴槐里接。三軍晦光彩，烈士痛稠疊。直筆在史臣，將來洗箱篋。吾思哭孤冢，南紀阻歸楫。扶顛永蕭條，未濟失利涉。疲苶竟何人，灑淚巴東峽。

贈秘書監江夏李公邕

長嘯宇宙間，高才日陵替。古人不可見，前輩復誰繼？憶昔李公存，詞林有根柢。聲華當健筆，灑落富清製。風流散金石，追琢山嶽鋭。情窮造化理，學貫天人際。干謁走其門，碑版照四裔。各滿深望還，森然起凡例。蕭蕭白楊路，洞徹寶珠惠。龍宫塔廟湧，浩劫浮雲衛。宗儒俎豆事，故吏去思計。眄睞已皆虚，跋涉曾不泥。向來映當時，豈獨勸後世。豐屋珊瑚鈎，騏驎織成罽。紫騮隨劍几，義取無虚歲。分宅脱驂間，感激懷未濟。衆歸賙給美，擺落多藏穢。獨步四十年，風聽九皋唳。嗚呼江夏姿，竟掩宣尼袂。往者武后朝，引用多寵嬖。否臧太常議，面折二張勢。衰俗凛生風，排蕩秋旻霽。忠貞負冤恨，宫闕深旒綴。放逐早聯翩，低垂困炎厲。日斜鵩鳥入，魂斷蒼梧帝。榮枯走不暇，星駕無安稅。幾分漢廷竹，夙擁文侯篲。終悲洛陽獄，事近小臣斃。禍階初負謗，易力何深嚌。伊昔臨淄亭，酒酣托末契。重叙東都别，朝陰改軒砌。論文到崔蘇，指盡流水逝。近伏盈川雄，未甘特進麗。是非張相國，相扼一危脆。争名古豈然，鍵捷欻不閉。例及吾家詩，曠懷掃氛翳。慷慨嗣真作，咨嗟玉山桂。鐘律儼高懸，鯤鯨噴迢遞。坡陁青州血，蕪没汶陽瘞。哀贈竟蕭條，恩波延揭厲。子孫存如綫，舊客舟凝滯。君臣尚論兵，將帥接燕薊。朗咏六公篇，憂來豁蒙蔽。

故右僕射相國張公九齡

相國生南紀，金璞無留礦。仙鶴下人間，獨立霜毛整。矯然江海思，復與雲路永。寂寞想土階，未遑等箕潁。上君白玉堂，倚君金華省。碣石歲崢嶸，天池日蛙黽。退食吟大庭，何心記榛梗。骨驚畏曩哲，鬒變負人境。雖蒙换蟬冠，右地恧多幸。敢忘二疏歸，痛迫蘇耽井。紫綬映暮年，荆州謝所領。庾公興不淺，黄霸鎮每静。賓客引調同，諷詠在務屏。詩罷地有餘，篇終語清省。一陽發陰管，淑氣含公鼎。乃知君子心，用才文章境。散帙起翠螭，倚薄巫廬並。綺麗玄暉擁，箋誄任昉騁。自我一家則，未缺隻字警。千秋滄海南，名繫朱鳥影。歸老守故林，戀闕悄延頸。波濤良史筆，蕪絶大庾嶺。向時禮數隔，制作難上請。再讀徐孺碑，猶思理烟艇。

寫懷二首

其　一

勞生共乾坤，何處異風俗。冉冉自趨競，行行見羈束。無貴賤不悲，無富貧亦足。萬古一骸骨，鄰家遞歌哭。鄙夫到巫峽，三歲如轉燭。全命甘留滯，忘情任榮辱。朝班及暮齒，日給還脱粟。編蓬石城東，采藥山北谷。用心霜雪間，不必條蔓緑。非關故安排，曾是順幽獨。達士如弦直，小人似鈎曲。曲直我不知，負暄候樵牧。

其　二

夜深坐南軒，明月照我郄。驚風翻河漢，梁棟已出日。群生各一宿，飛動自儔匹。吾亦驅其兒，營營爲私實。天寒行旅稀，歲暮日月疾。榮名忽中人，世亂如蟣虱。古者三皇前，滿腹志願畢。胡爲有結繩，陷此膠與漆。禍首燧人氏，厲階董狐筆。君看燈燭張，轉使飛蛾密。放神八極外，俯仰俱蕭瑟。終契如往還，得匪合仙術。

可　歎

天上浮雲如白衣，斯須改變如蒼狗。古往今來共一時，人生萬事無不有。近者抉眼去其夫，河東女兒身姓柳。丈夫正色動引經，鄮城客子王季友。群書萬卷常暗誦，《孝經》一通看在手。貧窮老瘦家賣屐，好事就之爲携酒。豫章太守高帝孫，引爲賓客敬頗久。聞道三年未曾語，小心恐懼閉其口。太守得之更不疑，人生反復看亦醜。明月無瑕豈容易，紫氣鬱鬱猶衝斗。時危可仗真豪俊，二人得置君側否。太守頃者領山南，邦人思之比父母。王生早曾拜顔色，高山之外皆培塿。用爲羲和天爲成，用平水土地爲厚。王也論道阻江湖，李也丞疑曠前後。死爲星辰終不滅，致君堯舜焉肯朽。吾輩碌碌飽飯行，風后力牧長迴首。

觀公孫大娘弟子舞劍器行

昔有佳人公孫氏，一舞劍器動四方。觀者如山色沮喪，天地爲之久低昂。㸌如羿射九日落，矯如群帝驂龍翔。來如雷霆收震怒，罷如江海凝清光。絳脣珠袖兩寂寞，況有弟子傳芬芳。臨潁美人在白帝，妙舞此曲神揚揚。與余問答既有以，感時撫事增惋傷。先帝侍女八千人，公孫劍器初第一。五十年間似反掌，風塵傾動昏王室。梨園子弟散如烟，女樂餘姿映寒日。金粟堆南木已拱，瞿塘石城草蕭瑟。玳筵急管曲復終，樂極哀來月東出。老夫不知其所往，足繭荒山轉愁疾。

壯遊

往昔十四五，出遊翰墨場。斯文崔魏徒，以我似班揚。七齡思即壯，開口詠鳳凰。九齡書大字，有作成一囊。性豪業嗜酒，嫉惡懷剛腸。脱略小時輩，結交皆老蒼。飲酣視八極，俗物都茫茫。東下姑蘇臺，已具浮海航。到今有遺恨，不得窮扶桑。王謝風流遠，闔閭丘墓荒。劍池石壁仄，長洲荷芰香。嵯峨閶門北，清廟映迴塘。每趨吴太伯，撫事淚浪浪。枕戈憶勾踐，渡浙想秦皇。蒸魚聞匕首，除道哂要章。越女天下白，鑒湖五月涼。剡溪藴秀異，欲罷不能忘。歸帆拂天姥，中歲貢舊鄉。氣劘屈賈壘，目短曹劉牆。忤下考功第，獨辭京尹堂。放蕩齊趙間，裘馬頗清狂。春歌叢臺上，冬獵青丘旁。呼鷹皂櫪林，逐獸雲雪岡。射飛曾縱鞚，引臂落鶖鶬。蘇侯據鞍喜，忽如攜葛强。快意八九年，西歸到咸陽。許與必詞伯，賞游實賢王。曳裾置醴地，奏賦入明光。天子廢食召，群公會軒裳。脱身無所愛，痛飲信行藏。黑貂不免敝，斑鬢兀稱觴。杜曲晚耆舊，四郊多白楊。坐深鄉黨敬，日覺死生忙。朱門任傾奪，赤族迭罹殃。國馬竭粟豆，官雞輸稻粱。舉隅見煩費，引古惜興亡。河朔風塵起，岷山行幸長。兩宫各警蹕，萬里遥相望。崆峒殺氣黑，少海旌旗黄。禹功亦命子，涿鹿親戎行。翠華擁吴岳，螭虎噉豺狼。爪牙一不中，胡兵更陸梁。大軍載草草，凋瘵滿膏肓。備員竊補衮，憂憤心飛揚。上感九廟焚，下憫萬民瘡。斯時伏青蒲，廷争守御床。君辱敢愛死，赫怒幸無傷。聖哲體仁恕，宇縣復小康。哭廟灰燼中，鼻酸朝未央。小臣議論絶，老病客殊方。鬱鬱苦不展，羽翮困低昂。秋風動哀壑，碧蕙捐微芳。之推避賞從，漁父濯滄浪。榮華敵勳業，歲暮有嚴霜。吾觀鴟夷子，才格出尋常。群凶逆未定，側佇英俊翔。

遣懷

昔我游宋中，惟梁孝王都。名今陳留亞，劇則貝魏俱。邑中九萬家，高棟照通衢。舟車半天下，主客多歡娱。白刃讎不義，黄金傾有無。殺人紅塵裏，報答在斯須。憶與高李輩，論交入酒壚。兩公壯藻思，得我色敷腴。氣酣登吹臺，懷古視平蕪。芒碭雲一去，雁鶩空相呼。先帝正好武，寰海未凋枯。猛將收西域，長戟破林胡。百萬攻一城，獻捷不云輸。組練棄如泥，尺土負百夫。拓境功未已，元和辭大爐。亂離朋友盡，合沓歲月徂。吾衰將焉托？存没再嗚呼。蕭條益堪愧，獨在天一隅。乘黄已去矣，凡馬徒區區。不復見顔鮑，繫舟卧荆巫。臨飡吐更食，常恐違撫孤。

荆南兵馬使太常卿趙公大食刀歌

太常樓船聲嗽嘈，問兵刮寇趨下牢。牧出令奔飛百艘，猛蛟突獸紛騰逃。白帝寒城駐錦袍，玄冬示我胡國刀。壯士短衣頭虎毛，憑軒拔鞘天爲高。翻風轉日木怒號，冰翼雪淡傷哀猱。鐫錯碧罌鸊鵜膏，鋩鍔已瑩虚秋濤。鬼物撇捩辭坑壕，蒼水使者捫赤絛，龍伯國人罷釣鼇。芮公迴首顔色勞，分閫救世用賢豪。趙公玉立高歌起，攬環結佩相終始。萬歲持之護天子，得君亂絲與君理。蜀江如線如針水，荆岑彈丸心未已。賊臣惡子休干紀，魑魅魍魎徒爲耳，妖腰亂領敢欣喜。用之不高亦不庳，不似長劍須天倚。吁嗟光禄英雄弭，大食寶刀聊可比。丹青宛轉麒麟裏，光芒六合無泥滓。

狄明府

梁公曾孫我姨弟，不見十年官濟濟。大賢之後竟陵遲，浩蕩古今同一體。比看叔伯四十人，有才無命百寮底。今者兄弟一百人，幾人卓絶秉周禮。在汝更用文章爲，長兄白眉復天啓。汝門請從曾翁説，太后當朝多巧詆。狄公執政在末年，濁河終不汚清濟。國嗣初將付諸武，公獨廷諍守丹陛。禁中决册請房陵，前朝長老皆流涕。太宗社稷一朝正，漢官威儀重昭洗。時危始識不世才，誰謂荼苦甘如薺。汝曹又宜列土食，身使門户多旌棨。胡爲漂泊岷漢間，干謁王侯頗歷抵。况乃山高水有波，秋風蕭蕭露泥泥。虎之飢，下巉喦，蛟之横，出清泚。早歸來，黄土泥衣眼易眯。

久雨期王將軍不至

天雨蕭蕭滯茅屋，空山無以慰幽獨。鋭頭將軍來何遲，令我心中苦不足。數看黄霧亂玄雲，時聽嚴風折喬木。泉源泠泠雜猿狖，泥濘漠漠飢鴻鵠。歲暮窮陰耿未已，人生會面難再得。憶爾腰下鐵絲箭，射殺林中雪色鹿。前者坐皮因問毛，知子歷險人馬勞。異獸如飛星宿落，應弦不礙蒼山高。安得突騎只五千，崒然眉骨皆爾曹。走平亂世相催促，一豁明主正鬱陶。憶昔范增碎玉斗，未使吴兵着白袍。昏昏閶闔閉氛祲，十月荆南雷怒號。

赤霄行

孔雀未知牛有角，渴飲寒泉逢觝觸。赤霄玄圃須往來，翠尾金花不辭辱。江中淘河嚇飛燕，銜泥却落羞華屋。皇孫猶曾蓮勺困，衛莊見貶傷其足。老翁慎莫怪少年，葛亮《貴和》書有篇。丈夫垂名動萬年，記憶細故非高賢。

晚晴

高唐暮冬雪壯哉，舊瘴無復似塵埃。崖沈谷没白皚皚，江石缺裂青楓摧。南天三旬苦霧開，赤日照耀從西來。六龍寒急光徘徊，照我衰顔忽落地，口雖吟咏心中哀。未怪及時少年子，揚眉結義黄金臺。洎乎吾生何飄零，支離委絶同死灰。

寄柏學士林居

自胡之反持干戈，天下學士亦奔波。歎彼幽棲載典籍，蕭然暴露依山阿。青山萬里静散地，白雨一洗空垂蘿。亂代飄零余到此，古人成敗子如何。荆揚春冬異風土，巫峽日夜多雲雨。赤葉楓林百舌鳴，黄泥野岸天雞舞。盜賊縱横甚密邇，形神寂寞甘辛苦。幾時高議排金門，各使蒼生有環堵。

醉爲馬墜諸公携酒相看

甫也諸侯老賓客，罷酒酣歌拓金戟。騎馬忽憶少年時，散蹄迸落瞿塘石。白帝城門水雲外，低身直下八千尺。粉堞電轉紫遊韁，東得平岡出天壁。江村野堂争入眼，垂鞭嚲鞚凌紫陌。向來皓首驚萬人，自倚紅顔能騎射。安知決臆追風足，朱汗驂驒猶噴玉。不虞一蹶終損傷，人生快意多所辱。職當憂戚伏衾枕，况乃遲暮加煩促。明知來問腆我顔，杖藜强起依僮僕。語盡還成開口笑，提携别掃清溪曲。酒肉如山又一時，初筵哀絲動豪竹。共指西日不相貸，喧呼且覆杯中渌。何必走馬來爲問，君不見嵇康養生遭殺戮。

君不見簡蘇徯

君不見道邊廢棄池，君不見前者摧折桐。百年死樹中琴瑟，一斛舊水藏蛟龍。丈夫蓋棺事始定，君今幸未成老翁，何恨憔悴在山中。深山窮谷不可處，霹靂魍魎兼狂風。

贈蘇四徯

異縣昔同遊，各云厭轉蓬。别離已五年，尚在行李中。戎馬日衰息，乘輿安九重。有才何棲棲，將老委所窮。爲郎未爲賤，其奈疾病攻。子何面黧黑，焉得豁心胸。巴蜀倦剽掠，下愚成土風。幽薊已削平，荒徼尚彎弓。斯人脱身來，豈非吾道東。乾坤雖寬大，所適裝囊空。肉食哂菜色，少壯欺老翁。況乃主客間，古來偪側同。君今下荆揚，獨帆如飛鴻。二州豪俠場，人馬皆自雄。一請甘饑寒，再請甘養蒙。

宿青溪驛奉懷張員外十五兄之緒

漾舟千山内，日入泊枉渚。我生本飄飄，今復在何許。石根青楓林，猿鳥聚儔侣。月明游子静，畏虎不得語。中夜懷友朋，乾坤此深阻。浩蕩前後間，佳期付荆楚。

魏將軍歌

將軍昔着從事衫，鐵馬馳突重兩銜。披堅執鋭略西極，崑崙月窟東嶄巖。君門羽林萬猛士，惡若哮虎子所監。五年起家列霜戟，一日過海收風帆。平生流輩徒蠢蠢，長安少年氣欲盡。魏侯骨聳精爽緊，華嶽峰尖見秋隼。星纏寶校金盤陀，夜騎天駟超天河。攙槍熒惑不敢動，翠蕤雲旓相蕩摩。吾爲子起歌都護，酒闌插劍肝膽露。鈎陳蒼蒼風玄武，萬歲千秋奉明主，臨江節士安足數。

醉歌行贈公安顔少府請顧八題壁

神仙中人不易得，顔氏之子才孤標。天馬長鳴待駕馭，秋鷹整翮當雲霄。君不見東吴顧文學，君不見西漢杜陵老？詩家筆勢君不嫌，詞翰升堂爲君掃。是日霜風凍七澤，烏蠻落照銜赤壁。酒酣耳熱忘頭白，感君意氣無所惜，一爲歌行歌主客。

送重表姪王砅評事使南海

我之曾祖姑，爾之高祖母。爾祖未顯時，歸爲尚書婦。隋朝大業末，房杜俱交友。長者來在門，荒年自餬口。家貧無供給，客位但箕箒。俄頃羞頗珍，寂寥人散後。入怪鬢髮空，吁嗟爲之久。自陳剪髻鬟，鬻市充盃酒。上云天下亂，宜與英俊厚。向竊窺數公，經綸亦俱有。次問最少年，虬髯十八九。子等成大名，皆因此人手。下云風雲合，龍虎一吟吼。願展丈夫雄，得辭兒女醜。秦王時在坐，真氣驚户牖。及乎貞觀初，尚書踐台斗。夫人常肩輿，上殿稱萬壽。六宮師柔順，法則化妃后。至尊均嫂叔，盛事垂不朽。鳳雛無凡毛，五色非爾曹。往者胡作逆，乾坤沸嗷嗷。吾客左馮翊，爾家同遁逃。爭奪至徒步，塊獨委蓬蒿。逗留熱爾腸，十里却呼號。自下所騎馬，右持腰間刀。左牽紫遊韁，飛走使我高。苟活到今日，寸心銘佩牢。亂離又聚散，宿昔恨滔滔。水花笑白首，春草隨青袍。廷評近要津，節制收英髦。北驅漢陽傳，南泛上瀧舠。家聲肯墜地，利器當秋毫。番禺親賢領，籌運神功操。大夫出盧宋，寶貝休脂膏。洞主降接武，海胡舶千艘。我欲就丹砂，跋涉覺身勞。安能陷糞土，有志乘鯨鼇。或驂鸞騰天，聊作鶴鳴皋。

次晚洲

參錯雲石稠，坡陁風濤壯。晚洲適知名，秀色固異狀。棹經垂猿把，身在度鳥上。擺浪散帙妨，危沙折花當。羈離暫愉悦，羸老反惆悵。中原未解兵，吾得終疏放。

風雨看舟前落花戲爲新句

江上人家桃樹枝，春寒細雨出疏籬。影遭碧水潛勾引，風妒紅花却倒吹。吹花困癲傍舟楫，水光風力俱相怯。赤憎輕薄遮入懷，珍重分明不來接。濕久飛遲半日高，縈沙惹草細於毛。蜜蜂蝴蝶生情性，偷眼蜻蜓避百勞。

蘇大侍御訪江浦賦八韻紀異

蘇大侍御涣，静者也，旅於江側，凡是不交州府之客，人事都絶久矣。肩輿江浦，忽訪老夫舟檝，而已茶酒内，余請誦近詩，肯吟數首，才力素壯，詞句動人。接對明日，憶其湧思雷出，書篋几杖之外殷殷留金石聲，賦八韻記異，亦見老夫傾倒於蘇至矣。

龐公不浪出，蘇氏今有之。再聞誦新作，突過黄初詩。乾坤幾反覆，揚馬宜同時。今晨清鏡中，勝食齋房芝。余髮喜却變，白間生黑絲。昨夜舟火滅，湘娥簾外悲。百靈未敢散，風破寒江遲。

題衡山縣文宣王廟新學堂呈陸宰

旄頭彗紫微，無復俎豆事。金甲相排蕩，青衿一憔悴。嗚呼已十年，儒服弊於地。征夫不遑息，學者淪素志。我行洞庭野，欻得文翁肆。侁侁胄子行，若舞風雩至。周室宜中興，孔門未應棄。是以資雅才，渙然立新意。衡山雖小邑，首唱恢大義。因見縣尹心，根源舊宮閟。講堂非曩構，大屋加塗墍。下可容百人，牆隅亦深邃。何必三千徒，始壓戎馬氣。林木在庭户，密幹疊蒼翠。有井朱夏時，轆轤凍階戺。耳聞讀書聲，殺伐災髣髴。故國延歸望，衰顏減愁思。南紀改波瀾，西河共風味。采詩倦跋涉，載筆尚可記。高歌激宇宙，凡百慎失墜。

近體詩

冬日洛城北謁元元皇帝廟

配極玄都閟，憑虚禁禦長。守祧嚴具禮，掌節鎮非常。碧瓦初寒外，金莖一氣旁。山河扶繡户，日月近雕梁。仙李盤根大，猗蘭奕葉光。世家遺舊史，道德付今王。畫手看前輩，吴生遠擅場。森羅移地軸，妙絶動宫牆。五聖聯龍衮，千官列雁行。冕旒俱秀發，旌旆盡飛揚。翠柏深留景，紅梨迥得霜。風箏吹玉柱，露井凍銀牀。身退卑周室，經傳拱漢皇。谷神如不死，養拙更何鄉。

投贈哥舒開府二十韻

今代麒麟閣，何人第一功？君王自神武，駕馭必英雄。開府當朝傑，論兵邁古風。先鋒百勝在，略地兩隅空。青海無傳箭，天山早挂弓。廉頗仍走敵，魏絳已和戎。每惜河湟棄，新兼節制通。智謀垂睿想，出入冠諸公。日月低秦樹，乾坤繞漢宫。胡人愁逐北，宛馬又從東。受命邊沙遠，歸來御席同。軒墀曾寵鶴，畋獵舊非熊。茅土加名數，山河誓始終。策行遺戰伐，契合動昭融。勳業青冥上，交親氣概中。未爲珠履客，已見白頭翁。壯節初題柱，生涯獨轉蓬。幾年春草歇，今日暮途窮。軍事留孫楚，行間識吕蒙。防身一長劍，將欲倚崆峒。

敬贈鄭諫議十韻

諫官非不達，詩義早知名。破的由來事，先鋒孰敢争。思飄雲物外，律中鬼神驚。毫髮無遺恨，波瀾獨老成。野人寧得所，天意薄浮生。多病休儒服，冥搜信客旌。築居仙縹緲，旅食歲峥嶸。使者求顔闔，諸公厭禰衡。將期一諾重，欻使寸心傾。君見途窮哭，宜憂阮步兵。

鄭駙馬宅宴洞中

主家陰洞細烟霧，留客夏簟青琅玕。春酒盃濃琥珀薄，冰漿椀碧瑪瑙寒。悮疑茅堂過江麓，已入風磴霾雲端。自是秦樓壓鄭谷，時聞雜佩聲珊珊。

李監宅

尚覺王孫貴，豪家意頗濃。屏開金孔雀，褥隱繡芙蓉。且食雙魚美，誰看異味重。門闌多喜色，女婿近乘龍。

重題鄭氏東亭

華亭入翠微，秋日亂清暉。崩石欹山樹，清漣曳水衣。紫鱗衝岸躍，蒼隼護巢歸。向晚尋征路，殘雲傍馬飛。

題張氏隱居二首

其一

春山無伴獨相求，伐木丁丁山更幽。澗道餘寒歷冰雪，石門斜日到林丘。不貪夜識金銀氣，遠害朝看麋鹿遊。乘興杳然迷出處，對君疑是泛虚舟。

其二

之子時相見，邀人晚興留。霽潭鱣發發，春草鹿呦呦。杜酒偏勞勸，張梨不外求。前村山路險，歸醉每無愁。

天寶初南曹小司寇舅於我太夫人堂下累土爲山一匱盈尺以代彼朽木承諸焚香瓷甌甌甚安矣旁值慈竹蓋兹數峰嶔岑嬋娟宛有塵外數致乃不知興之所至而作是詩

一匱功盈尺，三峰意出群。望中疑在野，幽處欲生雲。慈竹春陰覆，香爐曉勢分。惟南將獻壽，佳氣日氛氳。

龍　門

龍門横野斷，驛樹出城來。氣色皇居近，金銀佛寺開。往還時屢改，川水日悠哉。相閲征途上，生涯盡幾回。

登兖州城樓

東郡趨庭日，南樓縱目初。浮雲連海嶽，平野人青徐。孤嶂秦碑在，荒城魯殿餘。從來多古意，臨眺獨躊躇。

對雨書懷走邀許十一簿公

東嶽雲峰起，溶溶滿太虛。震雷翻幕燕，驟雨落河魚。座對賢人酒，門聽長者車。相邀愧泥濘，騎馬到階除。

巳上人茅齋

巳公茅屋下，可以賦新詩。枕簟入林僻，茶瓜留客遲。江蓮搖白羽，天棘蔓青絲。空忝許詢輩，難酬支遁詞。

房兵曹胡馬詩

胡馬大宛名，鋒棱瘦骨成。竹批雙耳峻，風入四蹄輕。所向無空闊，真堪托死生。驍騰有如此，萬里可横行。

畫　鷹

素練風霜起，蒼鷹畫作殊。攫身思狡兔，側目似愁胡。絛鏇光堪擿，軒楹勢可呼。何當擊凡鳥，毛血灑平蕪。

與李十二白同尋范十隱居

李侯有佳句，往往似陰鏗。余亦東蒙客，憐君如弟兄。醉眠秋共被，攜手日同行。更想幽期處，還尋北郭生。入門高興發，侍立小童清。落景聞寒杵，屯雲對古城。向來吟《橘頌》，誰與討蓴羹？不願論簪笏，悠悠滄海情。

臨邑舍弟書至苦雨黄河泛溢隄防之患簿領所憂因寄此詩用寬其意

二儀積風雨，百谷漏波濤。聞道洪河坼，遥連滄海高。職思憂悄悄，郡國訴嗷嗷。舍弟卑棲邑，防川領簿曹。尺書前日至，版築不時操。難假黿鼉力，空瞻烏鵲毛。燕南吹畎畝，濟上没蓬蒿。螺蚌滿近郭，蛟螭乘九皋。徐關深水府，碣石小秋毫。白屋留孤樹，青天失萬艘。吾衰同泛梗，利涉想蟠桃。倚賴天涯釣，猶能掣巨鼇。

夜宴左氏莊

風林纖月落，衣露净琴張。暗水流花徑，春星帶草堂。檢書燒燭短，看劍引盃長。詩罷聞吴詠，扁舟意不忘。

春日憶李白

白也詩無敵，飄然思不群。清新庾開府，俊逸鮑參軍。渭北春天樹，江東日暮雲。何時一樽酒，重與細論文？

寄高三十五書記

嘆惜高生老，新詩日又多。美名人不及，佳句法如何。主將收才子，崆峒足凱歌。聞君已朱紱，且得慰蹉跎。

送裴二虬作尉永嘉

孤嶼亭何處，天涯水氣中。故人官就此，絕境與誰同。隱吏逢梅福，遊山憶謝公。扁舟吾已就，把釣待秋風。

城西陂泛舟

青蛾皓齒在樓船，横笛短簫悲遠天。春風自信牙檣動，遲日徐看錦纜牽。魚吹細浪摇歌扇，燕蹴飛花落舞筵。不有小舟能盪槳，百壺那送酒如泉。

送韋書記赴安西

夫子欻通貴，雲泥相望懸。白頭無藉在，朱紱有哀憐。書記赴三捷，公車留二年。欲浮江海去，此别意蒼然。

陪鄭廣文遊何將軍山林十首

其　一

不識南塘路，今知第五橋。名園依緑水，野竹上青霄。谷口舊相得，濠梁同見招。平生爲幽興，未惜馬蹄遥。

其　二

百頃風潭上，千章夏木清。卑枝低結子，接葉暗巢鶯。鮮鯽銀絲鱠，香芹碧澗羹。翻疑柂樓底，晚飯越中行。

其　三

萬里戎王子，何年别月支。異花開絶域，滋蔓匝清池。漢使徒空到，神農竟不知。露翻兼雨打，開拆日離披。

其　四

旁舍連高竹，疏籬帶晚花。碾渦深没馬，藤蔓曲藏蛇。詞賦工無益，山林跡未賒。盡捻書籍賣，來問爾東家。

其　八

憶過楊柳渚，走馬定昆池。醉把青荷葉，狂遺白接䍦。刺船思郢客，解水乞吴兒。坐對秦山晚，江湖興頗隨。

其　九

牀上書連屋，階前樹拂雲。將軍不好武，稚子總能文。醒酒微風入，聽詩静夜分。絺衣掛蘿薜，涼月白紛紛。

重過何氏五首

其　一

問訊東橋竹，將軍有報書。倒衣還命駕，高枕乃吾廬。花妥鶯捎蝶，溪喧獺趁魚。重來休沐地，真作野人居。

其五

到此應常宿，相留可判年。蹉跎暮容色，悵望好林泉。何路霑微禄，歸山買薄田。斯遊恐不遂，把酒意茫然。

送張二十參軍赴蜀州因呈楊五侍御

好去張公子，通家别恨添。兩行秦樹直，萬點蜀山尖。御史新驄馬，參軍舊紫髯。皇華吾善處，於汝定無嫌。

贈高式顔

昔别是何處，相逢皆老夫。故人還寂寞，削跡共艱虞。自失論文友，空知賣酒壚。平生飛動意，見爾不能無。

贈比部蕭郎中十兄

有美生人傑，由來積德門。漢朝丞相系，梁日帝王孫。蘊藉爲郎久，魁梧秉哲尊。詞華傾後輩，風雅藹孤騫。宅相榮姻戚，兒童惠討論。見知真自幼，謀拙愧諸昆。漂蕩雲天闊，沉埋日月奔。致君時已晚，懷古意空存。中散山陽鍛，愚公野谷村。寧紆長者轍，歸老任乾坤。

奉留贈集賢院崔于二學士

昭代將垂白，途窮乃叫閽。氣衝星象表，詞感帝王尊。天老書題目，春官驗討論。倚風遺鶂路，隨水到龍門。竟與蛟螭雜，空聞燕雀喧。青冥猶契闊，陵厲不飛翻。儒術誠難起，家聲庶已存。故山多藥物，勝概憶桃源。欲整還鄉旆，長懷禁掖垣。謬稱三賦在，難述二公恩。

故武衛將軍挽歌三首

其一

嚴警當寒夜，前軍落大星。壯夫思感決，哀詔惜精靈。王者今無戰，書生已勒銘。封侯意疏闊，編簡爲誰青。

其二

舞劍過人絶，鳴弓射獸能。銛鋒行愜順，猛噬失蹻騰。赤羽千夫膳，黄河十月冰。横行沙漠外，神速至今稱。

官定後戲贈

不作河西尉，淒涼爲折腰。老夫怕趨走，率府且逍遥。耽酒須微禄，狂歌托聖朝。故山歸興盡，回首向風飇。

崔氏東山草堂

愛汝玉山草堂静，高秋爽氣相鮮新。有時自發鐘磬響，落日更見漁樵人。盤剥白鴉谷口栗，飯煮青泥坊底芹。何爲西莊王給事，柴門空閉鏁松筠。

喜達行在所三首

其一

西憶岐陽信，無人遂却迴。眼穿當落日，心死著寒灰。霧樹行相引，蓮峰望忽開。所親驚老瘦，辛苦賊中來。

其二

愁思胡笳夕，淒涼漢苑春。生還今日事，間道暫時人。司隸章初覩，南陽氣已新。喜心翻倒極，嗚咽淚霑巾。

其三

死去憑誰報，歸來始自憐。猶瞻太白雪，喜遇武功天。影静千官裏，心蘇七校前。今朝漢社稷，新數中興年。

行次昭陵

舊俗疲庸主，群雄問獨夫。讖歸龍鳳質，威定虎狼都。天屬尊《堯典》，神功協《禹謨》。風雲隨絶足，日月繼高衢。文物多師古，朝廷半老儒。直詞寧戮辱，賢路不崎嶇。往者災猶降，蒼生喘未蘇。指麾安率土，蕩滌撫洪爐。壯士悲陵邑，幽人拜鼎湖。玉衣晨自舉，鐵馬汗常趨。松柏瞻虚殿，塵沙立暝途。寂寥開國日，流恨滿山隅。

重經昭陵

草昧英雄起，謳歌歷數歸。風塵三尺劍，社稷一戎衣。翼亮貞文德，丕承戢武威。聖圖天廣大，宗祀日光輝。陵寢盤空曲，熊羆守翠微。再窺松柏路，還見五雲飛。

收京三首

其一

仙仗離丹極，妖星照玉除。須爲下殿走，不可好樓居。暫屈汾陽駕，聊飛燕將書。依然七廟略，更與萬方初。

曲江陪鄭八丈南史飲

雀啄江頭黄柳花，鵁鶄鸂鶒滿晴沙。自知白髮非春事，且盡芳尊戀物華。近侍即今難浪跡，此身那得更無家。丈人文力猶强健，豈傍青門學種瓜。

得弟消息二首

其一

近有平陰信，遥憐舍弟存。側身千里道，寄食一家村。烽舉新酣戰，啼垂舊血痕。不知臨老日，招得幾人魂。

山寺

野寺殘僧少，山園細路高。麝香眠石竹，鸚鵡啄金桃。亂石通人過，懸崖置屋牢。上方重閣晚，百里見秋毫。

送遠

帶甲滿天地，胡爲君遠行。親朋盡一哭，鞍馬去孤城。草木歲月晚，關河霜雪清。别離已昨日，因見古人情。

天末懷李白

涼風起天末，君子意如何。鴻雁幾時到，江湖秋水多。文章憎命達，魑魅喜人過。應共冤魂語，投詩贈汨羅。

病馬

乘爾亦已久，天寒關塞深。塵中老盡力，歲晚病傷心。毛骨豈殊衆，馴良猶至今。物微意不淺，感動一沉吟。

野望

清秋望不極，迢遞起曾陰。遠水兼天净，孤城隱霧深。葉稀風更落，山迥日初沉。獨鶴歸何晚，昏鴉已滿林。

寄彭州高三十五使君適虢州岑二十七長史參三十韻

故人何寂寞，今我獨淒涼。老去才難盡，秋來興甚長。物情尤可見，辭客未能忘。海内知名士，雲端各異方。高岑殊緩步，沈鮑得同行。意愜關飛動，篇終接混茫。舉天悲富駱，近代惜盧王。似爾官仍貴，前賢命可傷。諸侯非棄擲，半刺已翱翔。詩好幾時見，書成無信將。男兒行處是，客子鬭身强。羈旅推賢聖，沉綿抵咎殃。三年猶瘧疾，一鬼不銷亡。隔日搜脂髓，增寒抱雪霜。徒然潛隙地，有靦屢鮮粧。何太龍鍾極，於今出處妨。無錢居帝里，盡室在邊疆。劉表雖遺恨，龐公至死藏。心微傍魚鳥，肉瘦怯豺狼。隴草蕭蕭白，洮雲片片黄。彭門劍閣外，虢略鼎湖旁。荆玉簪頭冷，巴箋染翰光。烏麻蒸續曬，丹橘露應嘗。豈異神仙宅，俱兼山水鄉。竹齋燒藥竈，花嶼讀書床。更得清新否，遥知對屬忙。舊官寧改漢，淳俗本歸唐。濟世宜公等，安貧亦士常。蚩尤終戮辱，胡羯漫猖狂。會待妖氛静，論文暫裹糧。

寄岳州賈司馬六丈巴州嚴八使君兩閣老五十韻

衡岳啼猿裏，巴州鳥道邊。故人俱不利，謫宦兩悠然。開闢乾坤正，榮枯雨露偏。長沙才子遠，釣瀨客星懸。憶昨趨行殿，殷憂捧御筵。討胡愁李廣，奉使待張騫。無復雲臺仗，虛修水戰船。蒼茫城七十，流落劍三千。畫角吹秦晉，旄頭俯澗瀍。小儒輕董卓，有識笑苻堅。浪作禽填海，那將血射天。萬方思助順，一鼓氣無前。陰散陳倉北，晴熏太白巔。亂麻屍積衛，破竹勢臨燕。法駕還雙闕，王師下八川。此時霑奉引，佳氣拂周旋。貔虎開金甲，麒麟受玉鞭。侍臣諳入仗，厩馬解登仙。花動朱樓雪，城凝碧樹烟。衣冠心慘愴，故老淚潺湲。哭廟悲風急，朝正霽景鮮。月分梁漢米，春得水衡錢。内蕊繁於纈，宫莎軟勝綿。恩榮同拜手，出入最隨肩。晚著華堂醉，寒重繡被眠。轡齊兼秉燭，書枉滿懷箋。每覺昇元輔，深期列大賢。秉鈞方咫尺，鎩翮再聯翩。禁掖朋從改，微班性命全。青蒲甘受戮，白髮竟誰憐？弟子貧原憲，諸生老伏虔。師資謙未達，鄉黨敬何先？舊好腸堪斷，新愁眼欲穿。翠乾危棧竹，紅膩小湖蓮。賈筆論孤憤，嚴詩賦幾篇？定知深意苦，莫使衆人傳。貝錦無停織，朱絲有斷弦。浦鷗防碎首，霜鶻不空拳。地僻昏炎瘴，山稠隘石泉。且將棋度日，應用酒爲年。典郡終微眇，治中實棄捐。安排求傲吏，比興展歸田。去去才難得，蒼蒼理又玄。古人稱逝矣，吾道卜終焉。隴外翻投跡，漁陽復控弦。笑爲妻子累，甘與歲時遷。親故行稀少，兵戈動接聯。他鄉饒夢寐，失侶自迍邅。多病加淹泊，長吟阻静便。如公盡雄俊，志在必騰騫。

寄李十二白二十韻

昔年有狂客，號爾謫仙人。筆落驚風雨，詩成泣鬼神。聲名從此大，汨没一朝伸。文彩承殊渥，流傳必絶倫。龍舟移棹晚，獸錦奪袍新。白日來深殿，青雲滿後塵。乞歸優詔許，遇我宿心親。未負幽棲志，兼全寵辱身。劇談憐野逸，嗜酒見天真。醉舞梁園夜，行歌泗水春。才高心不展，道屈善無鄰。處士禰衡俊，諸生原憲貧。稻粱求未足，薏苡謗何頻。五嶺炎蒸地，三危放逐臣。幾年遭鵩鳥，獨泣向麒麟。蘇武先還漢，黄公豈事秦。楚筵辭醴日，梁獄上書辰。已用當時法，誰將此義陳？老吟秋月下，病起暮江濱。莫怪恩波隔，乘槎與問津。

梅雨

南京西浦道，四月熟黄梅。湛湛長江去，冥冥細雨來。茅茨疏易濕，雲霧密難開。竟日蛟龍喜，盤渦與岸回。

有客

幽棲地僻經過少，老病人扶再拜難。豈有文章驚海内，漫勞車馬駐江干。竟日淹留佳客坐，百年麤糲腐儒餐。不嫌野外無供給，乘興還來看藥欄。

堂成

背郭堂成蔭白茅，緣江路熟俯青郊。榿林礙日吟風葉，籠竹和煙滴露梢。暫止飛烏將數子，頻來語燕定新巢。旁人錯比揚雄宅，懶惰無心作《解嘲》。

所思

苦憶荆州醉司馬，謫官樽俎定常開。九江日落醒何處？一柱觀頭眠幾回。可憐懷抱向人盡，欲問平安無使來。故憑錦水將雙淚，好過瞿塘灩澦堆。

江村

清江一曲抱村流，長夏江村事事幽。自去自來堂上燕，相親相近水中鷗。老妻畫紙爲棋局，稚子敲針作釣鈎。多病所須唯藥物，微軀此外更何求？

野老

野老籬前江岸迴，柴門不正逐江開。漁人網集澄潭下，賈客船隨返照來。長路關心悲劍閣，片雲何意傍琴臺。王師未報收東郡，城閉秋生畫角哀。

南鄰

錦里先生烏角巾，園收芋粟不全貧。慣看賓客兒童喜，得食階除鳥雀馴。秋水才深四五尺，野航恰受兩三人。白沙翠竹江村暮，相送柴門月色新。

敬簡王明府

葉縣郎官宰，周南太史公。神仙才有數，流落意無窮。驥病思偏秣，鷹愁怕苦籠。看君用高義，耻與萬人同。

建都十二韻

蒼生未蘇息，胡馬半乾坤。議在雲臺上，誰扶黃屋尊？建都分魏闕，下詔辟荆門。恐失東人望，其如西極存。時危當雪耻，計大豈輕論。雖倚三階正，終愁萬國飜。牽裾恨不死，漏網辱殊恩。永負漢庭哭，遥憐湘水魂。窮冬客江劍，隨事有田園。風斷青蒲節，霜埋翠竹根。衣冠空穰穰，關輔久昏昏。願枉長安日，光輝照北原。

和裴迪登蜀州東亭送客逢早梅相憶見寄

東閣官梅動詩興，還如何遜在揚州。此時對雪遥相憶，送客逢春可自由。幸不折來傷歲暮，若爲看去亂鄉愁。江邊一樹垂垂發，朝夕催人自白頭。

奉詶李都督表丈早春作

力疾坐清曉，來時悲早春。轉添愁伴客，更覺老隨人。紅入桃花嫩，青歸柳葉新。望鄉應未已，四海尚風塵。

客　至

舍南舍北皆春水，但見群鷗日日來。花徑不曾緣客掃，蓬門今始爲君開。盤飧市遠無兼味，樽酒家貧只舊醅。肯與鄰翁相對飲，隔籬呼取盡餘盃。

遣意二首

其　二

簷影微微落，津流脉脉斜。野船明細火，宿鷺聚圓沙。雲掩初弦月，香傳小樹花。鄰人有美酒，稚子夜能賒。

漫成二首

其　二

江皋已仲春，花下復清晨。仰面貪看鳥，回頭錯應人。讀書難字過，對酒滿壺頻。近識峨眉老，知予懶是真。

春夜喜雨

好雨知時節，當春乃發生。隨風潛入夜，潤物細無聲。野徑雲俱黑，江船火獨明。曉看紅濕處，花重錦官城。

江　亭

坦腹江亭暖，長吟野望時。水流心不競，雲在意俱遲。寂寂春將晚，欣欣物自私。故林歸未得，排悶强裁詩。

可惜

花飛有底急，老去願春遲。可惜歡娱地，都非少壯時。寬心應是酒，遣興莫過詩。此意陶潛解，吾生後汝期。

落日

落日在簾鈎，溪邊春事幽。芳菲緣岸圃，樵爨倚灘舟。啅雀争枝墜，飛蟲滿院遊。濁醪誰造汝，一酌散千憂。

寒食

寒食江村路，風花高下飛。汀煙輕冉冉，竹日静暉暉。田父要皆去，鄰家鬧不違。地偏相識盡，雞犬亦忘歸。

江漲

江發蠻夷漲，山添雨雪流。大聲吹地轉，高浪蹴天浮。魚鱉爲人得，蛟龍不自謀。輕帆好去便，吾道付滄洲。

晚晴

村晚驚風度，庭幽過雨霑。夕陽薰細草，江色映疏簾。書亂誰能帙，盃乾可自添。時聞有餘論，未怪老夫潛。

朝雨

涼氣晚蕭蕭，江雲亂眼飄。風鴛藏近渚，雨燕集深條。黄綺終辭漢，巢由不見堯。草堂樽酒在，幸得過清朝。

江上值水如海勢聊短述

爲人性僻耽佳句，語不驚人死不休。老去詩篇渾漫與，春來花鳥莫深愁。新添水檻供垂釣，故著浮槎替入舟。焉得思如陶謝手，令渠述作與同遊。

寄杜位

近聞寬法離新州，想見懷歸尚百憂。逐客雖皆萬里去，悲君已是十年流。干戈況復塵隨眼，鬢髮還應雪滿頭。玉壘題書心緒亂，何時更得曲江遊。

范二員外邈吴十侍御郁特枉駕闕展待聊寄此

暫往比鄰去，空聞二妙歸。幽棲誠簡略，衰白已光輝。野外貧家遠，村中好客稀。論文或不媿，重肯款柴扉。

王十七侍御掄許携酒至草堂奉寄此詩便請邀高三十五使君同到

老夫卧穩朝慵起，白屋寒多暖始開。江鸛巧當幽徑浴，鄰雞還過短牆來。繡衣屢許携家醖，皂蓋能忘折野梅。戲假霜威促山簡，須成一醉習池迴。

陪李七司馬皂江上觀造竹橋即日成往來之人免冬寒入水聊題短作簡李公二首

其一

伐竹爲橋結構同，褰裳不涉往來通。天寒白鶴歸華表，日落青龍見水中。顧我老非題柱客，知君才是濟川功。合歡《考異》作「觀」却笑千年事，驅石何時到海東。

野人送朱櫻

西蜀櫻桃也自紅，野人相贈滿筠籠。數迴細寫愁仍破，萬顆匀圓訝許同。憶昨賜霑門下省，退朝擎出大明宫。金盤玉筯無消息，此日嘗新任轉蓬。

觀李固請司馬弟山水圖三首

其　二

方丈渾連水，天台總映雲。人間長見畫，老去恨空聞。范蠡舟偏小，王喬鶴不群。此生隨萬物，何路出塵氛。

憑何十一少府邕覓榿木栽

草堂塹西無樹林，非子誰復見幽心。飽聞榿木三年大，與致溪邊十畝陰。

贈别何邕

生死論交地，何由見一人。悲君隨燕雀，薄宦走風塵。綿谷元通漢，沱江不向秦。五陵花滿眼，傳語故鄉春。

奉和嚴中丞西城晚眺十韻

汲黯匡君切，廉頗出將頻。直詞才不世，雄略動如神。政簡移風速，詩清立意新。層城臨暇景，絶域望餘春。旗尾蛟龍會，樓頭燕雀馴。地平江動蜀，天闊樹浮秦。帝念深分閫，軍須遠算緡。花羅封蛺蝶，瑞錦送麒麟。辭第輸高義，觀圖憶古人。征南多興緒，事業闇相親。

嚴中丞枉駕見過

元戎小隊出郊坰，問柳尋花到野亭。川合東西瞻使節，地分南北任流萍。扁舟不獨如張翰，皂帽還應似管寧。寂寞江天雲霧裏，何人道有少微星。

絶句漫興九首

其　一

眼見客愁愁不醒，無賴春色到江亭。即遣花開深造次，便覺鶯語太丁寧。

其　二

手種桃李非無主，野老牆低還似家。恰似春風相欺得，夜來吹折數枝花。

其　三

熟知茅齋絶低小，江上燕子故來頻。銜泥點污琴書内，更接飛蟲打著人。

其　四

二月已破三月來，漸老逢春能幾迴。莫思身外無窮事，且盡生前有限杯。

其　五

腸斷春江欲盡頭，杖藜徐步立芳洲。顛狂柳絮隨風去，輕薄桃花逐水流。

其　六

懶慢無堪不出村，呼兒日在掩柴門。蒼苔濁酒林中静，碧水春風野外昏。

其　七

糝徑楊花鋪白氈，點溪荷葉疊青錢。筍根稚子無人見，沙上鳧雛傍母眠。

其　八

舍西柔桑葉可拈，江畔細麥復纖纖。人生幾何春已夏，不放香醪如蜜甜。

其　九

隔户楊柳弱嫋嫋，恰似十五女兒腰。誰謂朝來不作意，狂風挽斷最長條。

江畔獨步尋花七絶句

其　一

江上被花惱不徹，無處告訴只顛狂。走覓南鄰愛酒伴，經旬出飲獨空牀。

其　二

稠花亂蕊畏江濱，行步欹危實怕春。詩酒尚堪驅使在，未須料理白頭人。

其　三

江深竹静兩三家，多事紅花映白花。報答春光知有處，應須美酒送生涯。

其　四

東望少城花滿烟，百花高樓更可憐。誰能載酒開金盞，唤取佳人舞繡筵。

其　五

黄師塔前江水東，春光懶困倚微風。桃花一簇開無主，可愛深紅愛淺紅？

其　六

黄四娘家花滿蹊，千朵萬朵壓枝低。留連戲蝶時時舞，自在嬌鶯恰恰啼。

其　七

不是愛花即肯死，只恐花盡老相催。繁枝容易紛紛落，嫩蘂商量細細開。

戲爲六絶句

其　一

庾信文章老更成，凌雲健筆意縱横。今人嗤點流傳賦，不覺前賢畏後生。

其　二

楊王盧駱當時體，輕薄爲文哂未休。爾曹身與名俱滅，不廢江河萬古流。

其　三

縱使盧王操翰墨，劣於漢魏近風騷。龍文虎脊皆君馭，歷塊過都見爾曹。

其　四

才力應難誇數公，凡今誰是出群雄。或看翡翠蘭苕上，未掣鯨魚碧海中。

其　五

不薄今人愛古人，清詞麗句必爲鄰。竊攀屈宋宜方駕，恐與齊梁作後塵。

其　六

未及前賢更勿疑，遞相祖述復先誰。別裁僞體親風雅，轉益多師是汝師。

江頭五詠

丁　香

丁香體柔弱，亂結枝猶墊。細葉帶浮毛，疏花披素豔。深栽小齋後，庶近幽人占。晚墮蘭麝中，休懷粉身念。

麗　春

百草競春華，麗春應最勝。少須好顏色，多漫枝條剩。紛紛桃李枝，處處總能移。如何貴此重，却怕有人知。

鸂　鶒

故使籠寬織，須知動損毛。看雲猶悵望，失水任呼號。六翮曾經剪，孤飛卒未高。且無鷹隼慮，留滯莫辭勞。

花　鴨

花鴨無泥滓，堦前每緩行。羽毛知獨立，黑白太分明。不覺群心妬，休牽衆眼驚。稻粱霑汝在，作意莫先鳴。

宫池春雁二首

其　一

自古稻粱多不足，至今鸂鶒亂爲群。且休悵望看春水，更恐歸飛隔暮雲。

其　二

青春欲盡急還鄉，紫塞寧論尚有霜。翅在雲天終不遠，力微矰繳絶須防。

水檻遣心二首

其　一

去郭軒楹敞，無村眺望賒。澄江平少岸，幽樹晚多花。細雨魚兒出，微風燕子斜。城中十萬户，此地兩三家。

屏跡三首

其一

用拙存吾道，幽居近物情。桑麻深雨露，燕雀半生成。村鼓時時急，漁舟箇箇輕。杖藜從白首，心跡喜雙清。

其三

衰顔甘屏迹，幽事供高卧。鳥下竹根行，龜開萍葉過。年荒酒價乏，日併園蔬課。猶酌甘泉歌，歌長擊樽破。

奉酬嚴公寄題野亭之作

拾遺曾奏數行書，懶性從來水竹居。奉引濫騎沙苑馬，幽棲真釣錦江魚。謝安不倦登臨費，阮籍焉知禮法疏。枉沐旌麾出城府，草茅無徑欲教鋤。

中丞嚴公雨中垂寄見憶一絶奉答二絶

其一

雨映行宫辱贈詩，元戎肯赴野人期。江邊老病雖無力，强擬晴天理釣絲。

嚴公仲夏枉駕草堂廉携酒饌

竹裏行厨洗玉盤，花邊立馬簇金鞍。非關使者徵求急，自識將軍禮數寬。百年地辟柴門迥，五月江深草閣寒。看弄漁舟移白日，老農何有罄交歡。

嚴公廳宴同詠蜀道畫圖

日臨公館静，畫滿地圖雄。劍閣星橋北，松州雪嶺東。華夷山不斷，吴蜀水相通。興與烟霞會，清樽幸不空。

奉送嚴公入朝十韻

鼎湖瞻望遠，象闕憲章新。四海猶多難，中原憶舊臣。與時安反側，自昔有經綸。感激張天步，從容静塞塵。南圖迴羽翮，北極捧星辰。漏鼓還思晝，宫鶯罷囀春。空留玉帳術，愁殺錦城人。閣道通丹地，江潭隱白蘋。此生那老蜀，不死會歸秦。公若登台輔，臨危莫愛身。

題玄武禪師屋壁

何年顧虎頭，滿壁畫瀛州。赤日石林氣，青天江海流。錫飛常近鶴，杯度不驚鷗。似得廬山路，真隨慧遠遊。

客　夜

客睡何曾著，秋天不肯明。卷簾殘月影，高枕遠江聲。計拙無衣食，途窮仗友生。老妻書數紙，應悉未歸情。

客　亭

秋窗猶曙色，落木更高風。日出寒山外，江流宿霧中。聖朝無棄物，衰病已成翁。多少殘生事，飄零似轉蓬。

聞官軍收河南河北

劍外忽傳收薊北，初聞涕淚滿衣裳。却看妻子愁何在？漫卷詩書喜欲狂。白日放歌須縱酒，青春作伴好還鄉。即從巴峽穿巫峽，便下襄陽向洛陽。

送路六侍御入朝

童稚情親四十年，中間消息兩茫然。更爲後會知何地，忽漫相逢是別筵。不分桃花紅勝錦，生憎柳絮白於綿。劍南春色還無賴，觸忤愁人到酒邊。

上兜率寺

兜率知名寺，真如會法堂。江山有巴蜀，棟宇自齊梁。庾信哀雖久，周顒好不忘。白牛車遠近，且欲上慈航。

甘　園

春日清江岸，千甘二頃園。青雲羞葉密，白雪避花繁。結子隨邊使，開籠近至尊。後於桃李熟，終得獻金門。

涪城縣香積寺官閣

寺下春江深不流，山腰官閣迴添愁。含風翠壁孤雲細，背日丹楓萬木稠。小院迴廊春寂寂，浴凫飛鷺晚悠悠。諸天合在藤蘿外，昏黑應須到上頭。

戲題寄上漢中王三首

其　一

西漢親王子，成都老客星。百年雙白鬢，一別五秋螢。忍斷盃中物，祇看座右銘。不能隨皂蓋，自醉逐流萍。

其　二

策杖時能出，王門異昔遊。已知嗟不起，未許醉相留。蜀酒濃無敵，江魚美可求。終思一酩酊，净掃雁池頭。

其　三

群盜無歸路，衰顔會遠方。尚憐詩警策，猶記酒顛狂。魯衛彌尊重，徐陳略喪亡。空餘枚叟在，應念早升堂。

陪章留後侍御宴南樓

絶域長夏晚，兹樓清宴同。朝廷燒棧北，鼓角漏天東。屢食將軍第，仍騎御史驄。本無丹竈術，那免白頭翁。寇盜狂歌外，形骸痛飲中。野雲低渡水，簷雨細隨風。出號江城黑，題詩蠟炬紅。此身醒復醉，不擬哭途窮。

倦夜

竹涼侵卧内，野月滿庭隅。重露成涓滴，稀星乍有無。暗飛螢自照，水宿鳥相呼。萬事干戈裏，空悲清夜徂。

對雨

莽莽天涯雨，江邊獨立時。不愁巴道路，恐濕漢旌旗。雪嶺防秋急，繩橋戰勝遲。西戎甥舅禮，未敢背恩私。

有感五首

其二

幽薊餘蛇豕，乾坤尚虎狼。諸侯春不貢，使者日相望。慎勿吞青海，無勞問越裳。大君先息戰，歸馬華山陽。

其五

盜滅人還亂，兵殘將自疑。登壇名絶假，報主爾何遲。領郡輒無色，之官皆有詞。願聞哀痛詔，端拱問瘡痍。

章梓州水亭

城晚通雲霧，亭深到芰荷。吏人橋外少，秋水席邊多。近屬淮王至，高門薊子過。荊州愛山簡，吾醉亦長歌。

戲作寄上漢中王二首

其　二

謝安舟楫風還起，梁苑池臺雪欲飛。杳杳東山携妓去，泠泠修竹待王歸。

登　高

風急天高猿嘯哀，渚清沙白鳥飛迴。無邊落木蕭蕭下，不盡長江滚滚來。萬里悲秋常作客，百年多病獨登臺。艱難苦恨繁霜鬢，潦倒新停濁酒盃。

送陵州路使君赴任

王室比多難，高官皆武臣。幽燕通使者，岳牧用詞人。國待賢良急，君當拔擢新。佩刀成氣象，行蓋出風塵。戰伐乾坤破，瘡痍府庫貧。衆僚宜潔白，萬役但平均。霄漢瞻佳士，泥途任此身。秋天正摇落，回首大江濱。

傷春五首

其　四

再有朝廷亂，難知消息真。近傳王在洛，復道使歸秦。奪馬悲公主，登車泣貴嬪。蕭關迷北上，滄海欲東巡。敢料安危體，猶多老大臣。豈無嵇紹血，霑灑屬車塵。

奉待嚴大夫

殊方又喜故人來，重鎮還須濟世才。常怪偏裨終日待，不知旌節隔年迴。欲辭巴徼啼鶯合，遠下荆門去鷁催。身老時危思會面，一生襟抱向誰開。

玉臺觀

中天積翠玉臺遥，上帝高居絳節朝。遂有馮夷來擊鼓，始知嬴女善吹簫。江光隱見黿鼉窟，石勢參差烏鵲橋。更肯紅顏生羽翰，便應黄髮老漁樵。

將赴成都草堂途中有作先寄嚴鄭公五首

其　一

得歸茅屋赴成都，直爲文翁再剖符。但使閭閻還揖讓，敢論松竹久荒蕪。魚知丙穴由來美，酒憶郫筒不用酤。五馬舊曾諳小徑，幾回書札待潛夫。

其　二

處處青江帶白蘋，故園猶得見殘春。雪山斥候無兵馬，錦裏逢迎有主人。休怪兒童延俗客，不教鵝鴨惱比鄰。習池未覺風流盡，況復荆州賞更新。

其　三

竹寒沙碧浣花溪，菱刺藤梢咫尺迷。過客徑須愁出入，居人不自解東西。書籤藥裹封蛛網，野店山橋送馬蹄。豈藉荒庭春草色，先判一飲醉如泥。

其　四

常苦沙崩損藥欄，也從江檻落風湍。新松恨不高千尺，惡竹應須斬萬竿。生理只憑黄閣老，衰顔欲付紫金丹。三年奔走空皮骨，信有人間行路難。

其　五

錦官城西生事微，烏皮几在還思歸。昔去爲憂亂兵入，今來已恐鄰人非。側身天地更懷古，迴首風塵甘息機。共説總戎雲鳥陣，不妨遊子芰荷衣。

自閬州領妻子却赴蜀山行三首

其　一

汩汩避群盜，悠悠經十年。不成向南國，復作遊西川。物役水虛照，魂傷山寂然。我生無倚着，盡室畏途邊。

行次鹽亭縣聊題四韻奉簡嚴遂州蓬州兩使君咨議諸昆季

馬首見鹽亭，高山擁縣青。雲溪花淡淡，春郭水泠泠。全蜀多名士，嚴家聚德星。長歌意無極，好爲老夫聽。

舟前小鵝兒

鵝兒黄似酒，對酒愛新鵝。引頸嗔船逼，無行亂眼多。翅開遭宿雨，力小困滄波。客散層城暮，狐狸奈若何。

登樓

花近高樓傷客心，萬方多難此登臨。錦江春色來天地，玉壘浮雲變古今。北極朝廷終不改，西山寇盜莫相侵。可憐後主還祠廟，日暮聊爲《梁甫吟》。

春歸

苔徑臨江竹，茅簷覆地花。别來頻甲子，倏忽又春華。倚杖看孤石，傾壺就淺沙。遠鷗浮水静，輕燕受風斜。世路雖多梗，吾生亦有涯。此身醒復醉，乘興即爲家。

贈王二十四侍御契四十韻

往往雖相見，飄飄媿此身。不關輕紱冕，俱是避風塵。一别星橋夜，三移斗柄春。敗亡非赤壁，奔走爲黄巾。子去何瀟灑，余藏異隱淪。書成無過雁，衣故有懸鶉。恐懼行裝數，伶俜卧疾頻。曉鶯工迸淚，秋月解傷神。會面嗟黧黑，含悽話苦辛。接輿還入楚，王粲不歸秦。錦里殘丹竈，花溪得釣綸。消中祇自惜，晚起索誰親。伏柱聞周史，乘槎有漢臣。鴛鴻不易狎，龍虎未宜馴。客則掛冠至，交非傾蓋新。由來意氣合，直取性情真。浪跡同生死，無心耻賤貧。偶然存蔗芋，幸各對松筠。麤飯依他日，窮愁怪此辰。女長裁褐穩，男大卷書勻。湖口江如練，蠶崖雪似銀。名園當翠巘，野棹没青蘋。屢喜王侯宅，時邀江海人。追隨不覺晚，款曲動彌旬。但使芝蘭秀，何煩棟宇鄰。山陽無俗物，鄭驛正留賓。出入並鞍馬，光輝參席珍。重遊先主廟，更歷少城闉。石鏡通幽魄，琴臺隱絳唇。送終惟糞土，結愛獨荊榛。置酒高林下，觀棋積水濱。區區甘累趼，稍稍息勞筋。網聚粘圓鯽，絲繁煮細蓴。長歌敲柳癭，小睡凭藤輪。農月須知課，田家敢忘勤。浮生難去食，良會惜清晨。列國兵戈暗，今王德教淳。要聞除猰貐，休作畫麒麟。洗眼看輕薄，虛懷任屈伸。莫令膠漆地，萬古重雷陳。

寄李十四員外布十二韻

名參漢望苑，職述景題輿。巫峽將之郡，荊門好附書。遠行無自苦，内熱比何如。正是炎天闊，那堪野館疎。黄牛平駕浪，畫鷁上凌虛。試待盤渦歇，方期解纜初。悶能過小徑，自爲摘嘉蔬。渚柳元幽僻，村花不掃除。宿陰繁素柰，過雨亂紅蕖。寂寂夏先晚，泠泠風有餘。江清心可瑩，竹冷髮堪梳。直作移巾几，秋帆發弊廬。

立秋雨院中有作

山雲行絶塞，大火復西流。飛雨動華屋，蕭蕭梁棟秋。窮途愧知己，暮齒借前籌。已費清晨謁，那成長者謀。解衣開北户，高枕對南樓。樹濕風涼進，江喧水氣浮。禮寬心有適，節爽病微瘳。主將歸調鼎，吾還訪舊丘。

宿府

清秋幕府井梧寒，獨宿江城蠟炬殘。永夜角聲悲自語，中天月色好誰看。風塵荏苒音書絶，關塞蕭條行路難。已忍伶俜十年事，强移棲息一枝安。

遣悶奉呈嚴公二十韻

白水魚竿客，清秋鶴髮翁。胡爲來幕下，衹合在舟中。黄卷真如律，青袍也自公。老妻憂坐痹，幼女問頭風。平地專欹倒，分曹失異同。禮甘衰力就，義忝上官通。疇昔論詩早，光輝仗鉞雄。寬容存性拙，剪拂念途窮。露裛思藤架，煙霏想桂叢。信然龜觸網，直作鳥窺籠。西嶺紆村北，南江繞舍東。竹皮寒舊翠，椒實雨新紅。浪簸船應坼，杯乾甕即空。藩籬生野徑，斤斧任樵童。束縛酬知己，蹉跎效小忠。周防期稍稍，太簡遂匆匆。曉入朱扉啓，昏歸畫角終。不成尋别業，未敢息微躬。烏鵲愁銀漢，駑駘怕錦幪。會希全物色，時放倚梧桐。

奉觀嚴鄭公廳事岷山沲江畫圖十韻

沲水流中座，岷山到北堂。白波吹粉壁，青嶂插雕梁。直訝松杉冷，兼疑菱荇香。雪雲虚點綴，沙草得秋城玄圃外，景物洞庭旁。繪事功殊絶，幽襟興激昂。從來謝太傅，丘壑道難忘。

微茫。嶺雁隨毫末，川蜺飲練光。霏紅洲蕊亂，拂黛石蘿長。暗谷非關雨，丹楓不爲霜。

弊廬遺興奉寄嚴公

野水準橋路，春沙映竹村。風輕粉蝶喜，花暖蜜蜂喧。把酒宜深酌，題詩好細論。府中瞻暇日，江上憶詞源。跡忝朝廷舊，情依節制尊。還思長者轍，恐避席爲門。

春日江村五首

其　四

扶病垂朱紱，歸休步紫苔。郊扉存晚計，幕府媿群材。燕外晴絲卷，鷗邊水葉開。鄰家送魚鱉，問我數能來。

其　五

群盜哀王粲，中年召賈生。登樓初有作，前席竟爲榮。宅入先賢傳，才高處士名。異時懷二子，春日復含情。

絶句四首

其　三

兩個黄鸝鳴翠柳，一行白鷺上青天。窗含西嶺千秋雪，門泊東吴萬里船。

撥　悶

聞道雲安麴米春，才傾一盞即醺人。乘舟取醉非難事，下峽消愁定幾巡。長年三老遥憐汝，棙柂開頭捷有神。已辨青錢防雇直，當令美味入吾脣。

旅夜書懷

細草微風岸，危檣獨夜舟。星垂平野闊，月湧大江流。名豈文章著，官應老病休。飄飄何所似，天地一沙鷗。

十二月一日三首

其　三

即看燕子入山扉，豈有黄鸝歷翠微。短短桃花臨水岸，輕輕柳絮點人衣。春來準擬開懷久，老去親知見面稀。他日一盃難强進，重嗟筋力故山違。

漫成一絶

江月去人只數尺，風燈照夜欲三更。沙頭宿鷺聯拳静，船尾跳魚撥剌鳴。

老病

老病巫山裏，稽留楚客中。藥殘他日裏，花發去年叢。夜足霑沙雨，春多逆水風。合分雙賜筆，猶作一飄蓬。

暫住白帝復還東屯

復作歸田去，猶殘獲稻功。築場憐穴蟻，拾穗許村童。落杵光輝白，除芒子粒紅。加飡可扶老，倉庾慰飄蓬。

謁先主廟

慘澹風雲會，乘時各有人。力侔分社稷，志屈偃經綸。復漢留長策，中原仗老臣。雜耕心未已，歐血事酸辛。霸氣西南歇，雄圖曆數屯。錦江元過楚，劍閣復通秦。舊俗存祠廟，空山立鬼神。虚簷交鳥道，枯木半龍鱗。竹送清溪月，苔移玉座春。閭閻兒女换，歌舞歲時新。絶域歸舟遠，荒城繫馬頻。如何對摇落，況乃久風塵。孰與關張並，功臨耿鄧親。應天才不小，得士契無鄰。遲暮堪帷幄，飄零且釣緡。向來憂國淚，寂寞灑衣巾。

偶　題

文章千古事，得失寸心知。作者皆殊列，名聲豈浪垂。騷人嗟不見，漢道盛於斯。前輩飛騰入，餘波綺麗爲。後賢兼舊制，歷代各清規。法自儒家有，心從弱歲疲。永懷江左逸，多病鄴中奇。騄驥皆良馬，騏驎帶好兒。車輪徒已斲，堂構惜仍虧。漫作《潛夫論》，虚傳幼婦碑。緣情慰漂蕩，抱疾屢遷移。經濟慚長策，飛棲假一枝。塵沙傍蜂蠆，江峽繞蛟螭。蕭瑟唐虞遠，聯翩楚漢危。聖朝兼盜賊，異俗更喧卑。鬱鬱星辰劍，蒼蒼雲雨池。兩都開幕府，萬宇插軍麾。南海殘銅柱，東風避月支。音書恨烏鵲，號怒怪熊羆。稼穡分詩興，柴荆學土宜。故山迷白閣，秋水憶黄陂。不敢要佳句，愁來賦别離。

寄劉峽州伯華使君四十韻

峽内多雲雨，秋來尚鬱蒸。遠山朝白帝，深水謁夷陵。遲暮嗟爲客，西南喜得朋。哀猿更起坐，落雁失飛騰。伏枕思瓊樹，臨軒對玉繩。青松寒不落，碧海闊逾澄。昔歲文爲理，群公價盡增。家聲同令聞，時論以儒稱。太后當朝肅，多才接迹昇。翠虚捎魍魎，丹極上鯤鵬。宴引春壺滿，恩分夏簟冰。雕章五色筆，紫殿九華燈。學並盧王敏，書偕褚薛能。老兄真不墜，小子獨無承。近有風流作，聊從月繼徵。放蹄知赤驥，捩翅服蒼鷹。卷軸來何晚，襟懷庶可憑。會期吟諷數，益破旅愁凝。雕刻初誰料，纖毫欲自矜。神融躡飛動，戰勝洗侵陵。妙取筌蹄棄，高宜百萬層。白頭遺恨在，青竹幾人登。迴首追談笑，勞歌跼寢興。年華紛已矣，世故莽相仍。刺史諸侯貴，郎官列宿應。潘生驂閣遠，黄霸璽書增。乳贙號攀石，饑鼯訴落藤。藥囊親道士，灰劫問胡僧。憑久烏皮拆，簪稀白帽稜。林居看蟻穴，野食待魚罾。筋力交凋喪，飄零免戰兢。皆爲百里宰，正似六安丞。姹女縈新裹，丹砂冷舊秤。但求椿壽永，莫慮杞天崩。鍊骨調情性，張兵撓棘矜。養生終自惜，伐數必全懲。政術甘疏誕，詞場媿服膺。展懷詩誦魯，割愛酒如澠。咄咄寧書字，冥冥欲避矰。江湖多白鳥，天地有青蠅。

解悶十二首

其七

陶冶性靈在底物，新詩改罷自長吟。孰知二謝將能事，頗學陰何苦用心。

鬭雞

鬭雞初賜錦，舞馬既登牀。簾下宫人出，樓前御柳長。仙遊終一閟，女樂久無香。寂寞驪山道，清秋草木黄。

洛陽

洛陽昔陷没，胡馬犯潼關。天子初愁思，都人慘别顔。清笳去宫闕，翠蓋出關山。故老仍流涕，龍髯幸再攀。

提封

提封漢天下，萬國尚同心。借問懸車守，何如儉德臨？時徵俊乂入，莫慮犬羊侵。願戒兵猶火，恩加四海深。

江漢

江漢思歸客，乾坤一腐儒。片雲天共遠，永夜月同孤。落日心猶壯，秋風病欲疏。古來存老馬，不必取長途。

孟氏

孟氏好兄弟，養親唯小園。承顔胝手足，坐客强盤飧。負米力葵外，讀書秋樹根。卜鄰慚近舍，訓子學誰門。

月

四更山吐月，殘夜水明樓。塵匣元開鏡，風簾自上鈎。兔應疑鶴髮，蟾亦戀貂裘。斟酌姮娥寡，天寒奈九秋。

朝二首

其　二

浦帆晨初發，郊扉冷未開。村疏黄葉墜，野静白鷗來。礎潤休全濕，雲晴欲半迴。巫山冬可怪，昨夜有奔雷。

九月一日過孟十二倉曹十四主簿兄弟

藜杖侵寒露，蓬門啟曙烟。力稀經樹歇，老困撥書眠。秋覺追隨盡，來因孝友偏。清談見滋味，爾輩可忘年。

奉寄李十五秘書二首

其　一

避暑雲安縣，秋風早下來。暫留魚復浦，同過楚王臺。猿鳥千崖窄，江湖萬里開。竹枝歌未好，畫舸莫遲回。

太歲日

楚岸行將老，巫山坐復春。病多猶是客，謀拙竟何人。閶闔開黄道，衣冠拜紫宸。榮光懸日月，賜與出金銀。愁寂鴛行斷，參差虎穴鄰。西江元下蜀，北斗故臨秦。散地逾高枕，生涯脱要津。天邊梅柳樹，相見幾迴新。

行次古城店汎江作不揆鄙拙奉呈江陵幕府諸公

老年常道路，遲日復山川。白屋花開裏，孤城麥秀邊。濟江元自闊，下水不勞牽。風蝶勤依槳，春鷗懶避船。王門高德業，幕府盛才賢。行色兼多病，蒼茫泛愛前。

秋日荆南述懷

昔承推獎分，媿匪挺生材。遲暮宫臣忝，艱危衮職陪。揚鑣隨日馭，折檻出雲臺。罪戾寬猶活，干戈塞未開。星霜玄鳥變，身世白駒催。伏枕因超忽，扁舟任往來。九鑽巴噀火，三蟄楚祠雷。望帝傳應實，昭王問不迴。蛟螭深作横，豺虎亂雄猜。素業行已矣，浮名安在哉。琴烏曲怨憤，庭鶴舞摧頹。秋雨漫湘水，陰風過嶺梅。苦摇求食尾，常曝報恩腮。結舌防讒柄，探腸有禍胎。蒼茫步兵哭，輾轉仲宣哀。飢籍家家米，愁徵處處盃。休爲貧士嘆，任受衆人咍。得喪初難識，榮枯劃易該。差池分組冕，合沓起蒿萊。不必伊周地，皆知屈宋才。漢庭和異域，晋史坼中台。霸業尋常體，忠臣忌諱災。群公紛戮力，聖慮窅徘徊。數見銘鐘鼎，真宜法斗魁。願聞鋒鏑鑄，莫使棟梁摧。磐石圭多翦，凶門轂少推。垂旒資穆穆，祝網但恢恢。赤雀翻然至，黄龍詎假媒。賢非夢傅野，隱類鑿顔坯。自古江湖客，冥心若死灰。

哭李尚書

漳濱與蒿里，逝水竟同年。欲挂留徐劍，猶迴憶戴船。相知成白首，此别間黄泉。風雨嗟何及，江湖涕泫然。修文將管輅，奉使失張騫。史閣行人在，詩家秀句傳。客亭鞍馬絶，旅櫬網蟲懸。復魄昭丘遠，歸魂素滻偏。樵蘇封葬地，喉舌罷朝天。秋色凋春草，王孫若箇邊。

附録

哭長孫侍御

道爲詩書重，名因賦頌雄。禮闈曾擢桂，憲府屢乘驄。流水生涯盡，浮雲世事空。唯餘舊臺柏，蕭瑟九原中。

杜鵑行

古時杜宇稱望帝，魂作杜鵑何微細。跳枝竄葉樹木中，搶佯瞥捩雌隨雄。毛衣慘黑貌憔悴，衆鳥安肯相尊崇。隳形不敢棲華屋，短翮唯願巢深叢。穿皮啄朽觜欲禿，苦饑始得食一蟲。誰言養雛不自哺，此語亦足爲愚蒙。聲音咽咽如有謂，號啼略與嬰兒同。口乾垂血轉迫促，似欲上訴於蒼穹。蜀人聞之皆起立，至今斆學傳遺風。迺知變化不可窮，豈知昔日居深宮，嬪嬙左右知花紅。

李鹽鐵

落葉春風起，高城烟霧開。雜花分户映，嬌燕入簾簷。一見能傾産，虚懷只愛才。鹽官雖絆驥，名是漢庭來。

瞿唐懷古

西南萬壑注，勍敵兩崖開。地與山根裂，江從月窟來。削成當白帝，空曲隱陽臺。疏鑿功雖美，陶鈞力大哉。

狂歌行贈四兄

與兄行年校一歲，賢者是兄愚者弟。兄將富貴等浮雲，弟切功名好權勢。長安秋雨十日泥，我曹鞴馬聽晨雞。公卿朱門未開鎖，我曹已到肩相齊。吾兄睡穩方舒膝，不襪不巾蹋曉日。男啼女哭莫我知，身上須繒腹中實。今年思我來嘉州，嘉州酒重花繞樓。樓頭吃酒樓下卧，長歌短詠還相酬。四時八節還拘禮，女拜弟妻男拜弟。幅巾鞶帶不掛身，頭脂足垢何曾洗。吾兄吾兄巢許倫，一生喜怒長任真。日斜枕肘寢已熟，啾啾唧唧爲何人。

遣悶戲呈路十九曹長

江浦雷聲喧昨夜，春城雨色動微寒。黄鸝並坐交愁濕，白鷺群飛大劇乾。晚節漸於詩律細，誰家數去酒盃寬。惟吾最愛清狂客，百遍相看意未闌。

愁坐

高齋常見野，愁坐更臨門。十月山寒重，孤城月水昏。葭萌氏種迥，左擔犬戎存。終日憂奔走，歸期未敢論。

陪鄭公秋晚北池臨眺

北池雲水闊，華館辟秋風。獨鶴元依渚，衰荷且映空。采菱寒刺上，蹋藕野泥中。素楫分曹往，金盤小徑通。萋萋露草碧，片片晚旗紅。盃酒霑津吏，衣裳與釣翁。異方初豔菊，故里亦高桐。摇落關山思，淹留戰伐功。嚴城殊未掩，清宴已知終。何補參卿事，歡娱到薄躬。

去蜀

五載客蜀郡，一年居梓州。如何關塞阻，轉作瀟湘遊。世事已黄髮，殘生隨白鷗。安危大臣在，不必淚長流。

放　船

收帆下急水，卷幔逐回灘。江市戎戎暗，山雲淰淰寒。荒村無徑入，獨鳥怪人看。已泊城樓底，何曾夜色闌。

哭台州鄭司户蘇少監

故舊誰憐我，平生鄭與蘇。存亡不重見，喪亂獨前途。豪俊何人在，文章掃地無。羈遊萬里闊，凶問一年俱。白首中原上，清秋大海隅。夜臺當北斗，泉路窅東吴。得罪台州去，時危棄碩儒。移官蓬閣後，穀貴没潛夫。流慟嗟何及，銜寃有是夫。道消詩興廢，心息酒爲徒。許與才雖薄，追隨跡未拘。班揚名甚盛，嵇阮逸相須。會取君臣合，寧銓品命殊。賢良不必展，廊廟偶然趨。勝決風塵際，功安造化爐。從容拘舊學，慘澹閟《陰符》。擺落嫌疑久，哀傷志力輸。俗依綿谷異，客對雪山孤。童稚思諸子，交朋列友于。情乖清酒送，望絶撫墳呼。瘧病餐巴水，瘡痍老蜀都。飄零迷哭處，天地日榛蕪。

補　録

玉華宫

溪迴松風長，蒼鼠竄古瓦。不知何王殿，遺構絶壁下。陰房鬼火青，壞道哀湍瀉。萬籟真笙竽，秋色正蕭灑。美人爲黄土，況乃粉黛假。當時侍金輿，故物獨石馬。憂來藉草坐，浩歌淚盈把。冉冉征途間，誰是長年者。

幽人

孤雲亦群遊，神物有所歸。靈鳳在赤霄，何當一來儀。往與惠荀輩，中年滄洲期。天高無消息，棄我忽若遺。内懼非道流，幽人見瑕疵。洪濤隱語笑，鼓枻蓬萊池。崔嵬扶桑日，照耀珊瑚枝。風帆倚翠蓋，暮把東皇衣。噈嗽元和津，所思烟霞微。知名未足稱，局促商山芝。五湖復浩蕩，歲暮有餘悲。

陪諸貴公子丈八溝携妓納凉晚際遇雨二首

其一

落日放船好，輕風生浪遲。竹深留客處，荷净納凉時。公子調冰水，佳人雪藕絲。片雲頭上黑，應是雨催詩。

其　二

雨來霑席上，風急打船頭。越女紅裙濕，燕姬翠黛愁。纜侵隄柳繫，幔卷浪花浮。歸路翻蕭颯，陂塘五月秋。

戲題寄上漢中王三首

其　二

策杖時能出，王門異昔遊。已知嗟不起，未許醉相留。蜀酒濃無敵，江魚美可求。終思一酩酊，净掃雁池頭。

奉賀陽城郡王太夫人恩命加鄧國太夫人

衛幕銜恩重，潘輿送喜頻。濟時瞻上將，錫號戴慈親。富貴當如此，尊榮邁等倫。郡依封土舊，國與大名新。紫誥鸞迴紙，清朝燕賀人。遠傳冬笋味，更覺彩衣春。奕葉班姑史，芬芳孟母鄰。義方兼有訓，詞翰兩如神。委曲承顏體，騫飛報主身。可憐忠與孝，雙美畫騏驎。

韓昌黎

古詩

元和聖德詩

通章以「皇帝」二字作主，即《蕩》八章，冠以「文王曰咨」章法也，特變雅爲頌耳。

載華附識：蒿廬夫子云：「秦始皇琅邪臺刻石銘亦以『皇帝』二字作主，發端云：『維二十年，皇帝作始。』中間『皇帝之功』、『皇帝之明』、『皇帝之德』、『皇帝之土』凡四段，俱與起應。昌黎此詩，正可參觀。」

琴操十首

將歸操

「我濟而悔兮」至末：得《未濟・九二》之義。

猗蘭操

「雪霜貿貿」，薺麥之時也。薺麥得時，猗蘭斷無不受傷之理。「子」字、「爾」字，與末兩

「君子」，皆指「蘭」而言。得其解者，不煩辭費。

越裳操

「雨之施」三句：大聖人分上語。

拘幽操

前八句，是「明入地中」之象，文王之蒙難以之。結句即《繫傳》「懼以終始」之義。

履霜操

仁人之心，孝子之言。

别鵠操

讀此，覺《孔雀東南飛》一首未免冗長。

南山詩

「前低劃開闊」二句：兩句開下半篇境界。

「或赴若輻湊」：「湊」，當作「輳」，不然，與前「戢戢見相湊」重叶矣。

「大哉立天地」：一句總承全局。

秋懷詩十一首

其　一

「浮生雖多塗」二句：見到語，不嫌入佛。

其　二

「適時各得所」二句：却是未經人道。

其　四

「上無枝上蜩」四句：妙在隨事多有指斥。

其　五

獨抒懷抱，一字不猶人，朱子謂「《秋懷詩》學《文選》體」，淺之乎論昌黎矣！

其　十

「詰屈避語穽，冥茫觸心兵」：「語穽」、「心兵」，大似東野語。

赴江陵途中寄贈王二十補闕李十一拾遺李二十六員外翰林三學士

「同官盡才俊」：終是疑案。

「早知大理官」四句：用事得體。

「自從齒牙缺」二句：應前御史建言。

「因疾鼻又塞」二句：又深一層。

附録：查晚晴先生云：「《通鑑》載，貞元十九年歲旱，京兆尹嗣道王實徵求以給進奉，奏租税皆不免，公在監察御史，上疏力言荒歉之狀，應免徵求，坐貶陽山，亦未嘗言論宫市也。〇古人叙事，略無回護處。」

夜歌

「所憂非我力」：詞簡意足。

江漢一首答孟郊

「嗟余與夫子」四句：古情古義，真覺纏綿。

岐山下一首

「誰謂我有耳」二句：奇崛。

此日足可惜一首贈張籍

此篇用韻，合東、鐘、江、陽、庚、青。又，「光」、「城」、「江」、「鳴」、「更」、「狂」六字，皆重叶。

「少知誠難得」二句：才難一言，千古同歎。

「别離未爲久」二句：結束中間三百餘字。

附録：查晚晴先生云：「桐城方扶南云：此詩東、冬、江、陽、庚、青雜用，本《史記·龜策傳》『刑白雉與驪羊』一段。凡二十六韻，皆雜用上下平韻，倏彼倏此，不拘部位，乃此詩之祖。洪景伯《隸續》謂本《漢平輿令薛君碑銘》，又後焉者矣。疊韻則本《焦仲卿妻》詩及陳思王《棄婦詞》等篇也。」〇又云：「『辛苦』一句，直結上至『歲時未云幾』以下。」

載華附識：蒿廬夫子云：「昌黎《此日足可惜》詩，本用陽韻，旁入庚、青，又兼及東、冬、江，寔本於《史記·龜策傳》、《淮南子·兵略訓》、《楚詞·惜誓》、東方朔《七諫》與樂府《焦仲卿妻詩》，故鄭庠《古音辨》謂東、冬、江、陽、庚、青、蒸皆叶陽音，而毛大可云：『七韻一收，皆反喉入鼻之音，即爲宫音。』理或然也。安得譏此詩用韻甚雜，而輕詆韓公爲不知古韻耶？然在昌黎則可，在後人則不可。觀《文昌集》中《祭退之詩》即倣此篇體例，却只用陽、庚二韻，未嘗旁及東、冬、江、青，意可見矣。」

歸彭城

一肚皮不合時宜，無所發洩，於此章吐之，究竟不能盡吐，一起一結，感歎何窮！

附録：查晚晴先生云：「是時裴延齡、韋渠牟被方用事，當指若輩也。○結語奇，連上數句讀，覺公亦有不滿於建封也。」

醉後

發端似含諷。

醉贈張秘書

「此誠得酒意」：不知淵明亦曾得此意否？

「險語破鬼膽」二句：又作東野語。

同冠峽

「羈旅感和鳴」二句：入情。

送惠師

通篇寫其愛山水，游蹤或已到，或未到，序次變化錯落。

「顧我却興歎」：以下皆述惠師之言。

「吾言子當去」：以下昌黎答語。

附録：查晚晴先生云：「通篇以好遊爲旨，妙在中間將連州隔斷，便如砥柱中流，波濤上下，前是已遊，後是未歷，忽作一頓，詩格亦正宜爾爾。」

送靈師

「齊民逃賦役」二句：兩言盡之。

「圍棋鬭白黑」：以下皆言其不拘教處。

「聽説兩京事」八句：有此一段，方見其才學，惜流入於異端也。

附録：查晚晴先生云：「叙其生平嗜好技能，拉雜如火，重之以好奇好遊，群公愛重，俱非以禪寂之流目之，而歸之於才調可惜，斂道冠巾，與起處發論，同歸於正。公之不稍假借，往往如此。」

縣齋有懷

「彭城赴僕射」：「射」字與前重叶，各作一解，非複也。四十韻俱作對仗，此格自公創之。

附録：查晚晴先生云：「此篇却極修整。」

陪杜侍御遊湘西兩寺獨宿有題一首因獻楊常侍

「山樓黑無月」六句：寫獨宿景象，出鬼入神。

附録：查晚晴先生云：「『磨颭』二字，極體物之妙。」

岳陽樓别竇司直

「朝過宜春口」注「宜春即袁州也」：宜春口恐非袁州，與岳陽相去尚遠，豈即今之渌口耶？俟再考。

送文暢師北遊

「何路補剠刵」：自此以上，乃文暢自述求詩文語，注失解。

「謂僧當少安」六句：此六句，先生括前送文暢序中大意。

答張徹

此詩與《縣齋有懷》同是俳體，而屬對更新奇。

「碧流滴瓏玲」：「瓏玲」字倒用，《柳州記》中亦然。

薦士

窮源溯流，歸重在一東野，推獎至矣！其如尉命何，所謂得一人知己，死亦無憾者也！

「亦各臻閫奧」：「奧」字重叶。

附録：查晚晴先生云：「此與微之銘、少陵文同，叙詩派源流，後人斷不可輕爲拾襲。」

駑驥

魚、模、尤、侯通用，得之《三百篇》。

汴州亂二首

其一

讀此種作，知元和、會昌削平藩鎮之功，固不可少。

利劍

注「此詩次汴州亂後，不平之氣略見於此」：觀詩中語，乃爲貝錦青蠅而發，非因汴州亂也。

山石

意境俱别。

注「此詩編次於《河之水》後，當是去徐即洛時作。故其後有『人生如此自可樂，豈必局束爲人𣩠』之句。蘇内翰嘗與客遊南溪，醉後相與解衣濯足，因詠公此篇，慨然知其所以樂，而忘其在數百年之外，因次其韻。見坡集」：按，東坡《本集》無此詩，見於《外集》第三卷中，乃鳳翔時作。

附録：查晚晴先生云：「寫景無意不刻，無語不僻；取徑無處不斷，無意不轉。屢經荒山古寺來讀此，始愧未曾道着隻字，已被東坡翁攫之而趨矣。」

雉帶箭

「將軍欲以巧伏人」二句：善於頓挫。

「五色離披馬前墮」：恰好便住，多着一句不得。

附録：查晚晴先生云：「看其形容處，以留取勢，以快取勝。」

桃源圖

通暢流麗，較勝右丞。

載華附識：王漁洋先生《池北偶談》云：「唐宋以來，作《桃源行》最傳者，王摩詰、韓退之、王介甫三篇。觀退之、介甫二詩，筆力意思，甚可喜，及讀摩詰詩，多少自在。二公便如努力挽强，不免面赤耳熱，此盛唐所以高不可及。」蒿廬夫子云：「善於評品，不爽絫黍。初白先生評昌黎《桃源圖》云『通暢流麗，較勝右丞』，一時興到之語耳。或又專取右丞，而詆退之、介甫兩作，總非公論。」

東方半明

「殘月暉暉」四句：如漢魏謡辭。

贈侯喜

通篇多爲結句作勢。

八月十五夜贈張功曹

用意在起結，中間不過述遷謫量移之苦耳。

謁衡嶽廟遂宿嶽寺題門樓

「潛心默禱若有應」四句：所謂公之精神能開衡山之雲也。

「侯王將相望久絶」二句：崛强猶昔。

永貞行

「國家功高德且厚」二句：筆力氣骨，極似少陵。

杏　花

「冬寒不嚴地恒泄」二句：不到嶺南，不知此句之妙。

感春四首

其　四

「今者無端讀書史」二句：似怨矣，却不怒。

寒食日出遊

「空展霜縑吟九詠」：「九詠」即題下小注《憶花九篇》。

「各言生死兩追隨」二句：寫交情，乃爾真摯。

憶昨行和張十一

「無妄之憂勿藥喜」：「無」，當作「无」。

鄭群贈簟

「却願天日恒炎曦」：奇想。

遊青龍寺贈崔大補闕

「日出卯南暉景短」：「卯」字，疑當作「柳」。

「光華閃壁見神鬼」四句：形容太狠。

贈崔立之評事

「才豪氣猛易語言」四句：先生極愛才，而不輕假借又如此。

「有似黄金擲虚牝」：以上是絶其覬望之私。

「豈比恒人長蠢蠢」：以上慰其進取之徑。

「丈夫終莫生畦畛」：以上泯其同異之見。

送區弘南歸

「我念前人譬葑菲」：「葑菲」，「菲」字敷尾切，當作上聲，先生詩叶作平聲，借用「芳菲」之「菲」，一時偶失考據，不足徵也。

「況令天子鋪德威」：「威」字兩叶，意義各别，名家往往如此。

三星行

「我生之辰」四句：東坡云：「退之以磨蠍爲命宫，余以磨蠍爲身宫。」故其詩有「生時宿直斗牛箕」之句。

剥啄行

真、文、元、寒、删、先，六韻通用。

陸渾山火和皇甫湜用其韻

此種格調，只應讓先生獨步，後人不能學，亦不必學也。

附録：查晚晴先生云：「此詩亦是七古創格，非可仰法。今人學步，徒覺餖飣醯醬，狼籍几案耳。」

落齒

曲折寫來，只如白話。淵明《止酒》一篇，章法爾爾。

苦寒

「不如彈射死」二句：匪夷所思。

附録：查晚晴先生云：「奇想幻筆，於公却是習逕。」

崔十六少府攝伊陽以詩及書見投因酬三十韻

掇拾瑣細，具見真情。初讀似平淡，愈讀愈有味。累幅連行，不覺其冗，使元白爲之，未免涉淺易矣。

送侯參謀赴河中幕

「有湯沸如烝」：「烝」，當作「蒸」。

「猶思脱儒冠」二句：他時以掌書記，與平蔡功，不食此言矣。

「翰飛逐冥鴻」：「鴻」字訛，當改「鵬」。

燕河南府秀才

「此都自周公」四句：大議論。

寄盧仝

「彼皆刺口論世事」四句：借彼形此，極有身分。

送無本師歸范陽

「吾嘗示之難」十二句：十二句蟬聯一氣，只是贊其膽大耳。取象之奇，押韻之確，自當隻立千載。

「姦窮怪變得」二句：有此二句，方知長江不是鬼才。

石鼓歌

「聖恩若許留太學」：石鼓位置，卒如公言。

「年深豈免有缺畫」六句：古色斑駁自然，蘇不及韓。

「少陵無人謫仙死」二句：謙退處自占地步。

附録：查晚晴先生云：「歐陽《集古録》載，鄭餘慶收石鼓於野，始置於廟而亡其一。按《舊書·鄭傳》，憲宗以餘慶諳練典故，專委以詳定禮樂諸事。餘慶因奏刑部侍郎韓愈輩並充詳定判官。明年，餘慶改鳳翔尹，復檢校司空，兼判國子祭酒。則詩中所稱『故人從軍在右輔』、『濯冠沐浴告祭酒』者，正指此也。然讀『告祭酒』以下，似爲石鼓未曾收置發歎，故以『吾意蹉跎』爲結，豈鳳翔孔廟與太學分先後耶？」

題炭谷湫祠堂

「祠堂像侔真」四句：東坡詩「神威不在猛，玉座幽且閒」二句本此。

末四句難解。

聽潁師彈琴

「昵昵兒女語」十句：一連六句，每兩句各自一意，是贊彈琴手，不是贊琴，琴之妙，固不待贊也。所以下文直接云「自聞潁師彈」。

載華按：《西清詩話》載吴僧義海論此詩「昵昵兒女語」以下十句「皆指下絲聲妙處」，先生手筆閲本此十句俱連圈，「每兩句是一意」云云，應指十句而言。原評「六」字，疑是「十」字之訛。

送陸暢歸江南

「官佐東宫軍」：「東宫軍」，不詳。

載華附識：方扶南先生云：「按《新唐書·百官志》，太子左右率府率各一人，副率各二人，録事參軍事、倉曹參軍事、兵曹參軍事、胄曹參軍事、騎曹參軍事各一人。詩云『官佐東宫軍』，蓋參軍之屬也。」

送進士劉師服東歸

「携持令名歸，自足貽家尊」：愛人以德，其味深長。

載華附識：康熙己丑歲，先王父主政公年屆古稀，先君子由郎署請急歸養，王麓臺司農爲寫山水小幀，題云「江浦秋帆倣趙松雪」。己丑秋日，葭士年世兄省覲南歸，屬筆寫意，先生題詩一首，意味頗亦深長。惜集中不載，想緣第六句與《白蘋集》中《聊城》一首重出，故爾刪去。今附録於此：「右曹清望著朝端，子舍難忘膝下歡。祖道回思六年事謂尊甫皜亭先生，鄉書又報一騆安。也知世路歸由我，只是人情戀此官。好片溪山先洗眼，爲君細展畫圖看。」

贈張籍

「踉蹡越門限」：「限」字，産韻不收。

調張籍

「李杜文章在」六句：世風輕薄，後生率詆諆前輩，何代無之？所以少陵亦云「爾曹身與名俱滅，不廢江河萬古流」。

盧郎中雲夫寄示送盤谷子詩兩章歌以和之

「正見高崖巨壁争開張」五句：詩境亦復開張。

病中贈張十八

游戲爲文，具縱横開合之勢。

「君乃崑崙渠」：以下述張語，非公之自誇也。

雜　詩

下半篇神似太白。

寄崔二十六立之

「得非命所旅」：「旅」字叶平用，不知出處。

「角鬣相撑披」：「披」字重叶，疑當作「枝」。

「歡華不滿眼」二句：罵倒一世。

「文書自傳道」二句：言有大而非夸先生之謂歟！

「我有雙飲醆」至末：玩詩意，乃受其采縑而報以銀盃。

「么麽微盠斯」：「斯」字亦重叶，而義不同。

「失所逢百罹」：《詩》「百罹」入歌韻，《廣韻》收入支韻離紐下，今從之。

載華按：顧氏箋注本「旅」字已改作「施」。

月蝕詩效玉川子作

「薄命王值飛廉慵」：「王」字訛，改「正」。

「恒娥還宫室」：「恒」，疑當作「姮」。

「天雖高」六句：聊以自快。

孟生詩

「奈何從進士」二句：□□之□士，正與□同。

短燈檠歌

「牆角君看短檠棄」：詞淺而喻深。

送劉師服

「貴者恒難售」：「售」，《廣韻》收去聲，不入尤侯。

符讀書城南

此特爲中才以下説法，然説得透徹，足令聞者立懦起頑。

「文章豈不貴」四句：四句合看，謂經訓乃文章之根源也。

示　爽

「昔日同戲兒」四句：亦只就世俗人情説，先生之於子姪間，往往如此。

人日城南登高

注「董勛問禮俗，正月一日爲雞，二日爲狗，三日爲豬，四日爲羊，五日爲牛，六日爲馬，七日爲人」：語出《北史·魏收傳》。

病鴟

「不忍乘其危」：世之乘危下石者，皆群童類耳。

華山女

「仙梯難攀俗緣重」二句：與杜老《麗人行》結處意同，而此更校含吐藴藉。

讀皇甫湜公安園池詩書其後

「不自閑窮年，枉智思掎摭，糞壤污穢豈有臧」：有脱譌。

載華按：顧氏箋注本引王氏云：「一本作『不自閑其閑，窮年枉智思。掎摭糞壤間，污穢豈有臧』。」查晚晴先生閲本「王氏云云」用朱筆點出，於本詩内「污穢」上增入「糞壤多」三字，「豈有臧」下增入「不臧」二字。格上評云：「補本見《三山老人語録》，『我有一池水』句旁批：『全唐刊本作另一首起』，余細玩全篇，語意終難明了，當從《朱子考異》，云『此詩多不可曉，當闕』。」

瀧　吏

通篇以文滑稽，亦《解嘲》、《賓戲》之變調耳。特失職之望少，而負慝之意多，遂成儒者氣象。

贈别元十八協律六首

「得無虱其間」：「虱」字用得奇，猶言么麽細瑣，無關輕重也。

其　五

「讀書患不多」四句：學者通病。

初南食貽元十八協律

「唯蛇舊所識」八句：亦似有寓諷，與《病鴟》一首同情。

别趙子

同時陽山之區，潮州之趙，可見何地無才？不遇先生，湮没弗彰矣，吁！

除官赴闕至江州寄鄂岳李大夫

玩前後語氣，兩人疑夙有意見，寄詩請釋者。

南山有高樹行贈李宗閔

之、微、灰通用。

猛虎行

支、微、魚、齊、佳通用。

「況如汝細微」：「汝」字當有所指，觀結處自明。

載華按：此詩支、微、齊、佳通用，「魚」字疑衍。

送僧澄觀

「火燒水轉掃地空」二句：他人於興廢之際，定着鋪排，看先生省筆處。

「惜哉已老無所及」二句：真正憐才語。

奉酬盧給事雲夫四兄曲江荷花行見寄并呈上錢七兄閣老張十八助教

「太白山高三百里」四句：四句中有收有放。

南溪始泛三首

其一

韋柳家法，公亦優爲之。

聯句

鬬雞

「大雞昂然來」二句：情狀已具。

秋雨

「亦已救顛沛」：「沛」韻重叶。

征蜀

「報力厚麩秳」：「秳」字《廣韻》不收，或當作「秸」，俟再考。

「刀暗歇宵昝」：「昝」與「察」同，似重叶。

「呷呦叫冤䟩」：《廣韻》有「刖」無「䟩」。

黠、鎋兩韻通用。

晚秋郾城夜會

「間使斷津梁」四句：院長用事，典贍切確，正復不減中丞。

「赫赫火箭著」：此「著」字與俗「着」字同義。

「仍祈却老藥」：「藥」字重叶。

「達志無隕獲」：「獲」字重叶。

「慷慨戎裝著」：此「著」字叶「酌」。

律詩

李員外寄紙筆

五言半律，唐人集中僅見。

載華附識：王漁洋先生答劉大勤問語：「六句律體，於古有之。」○蒿廬夫子云：「案，杜牧之集有七言半律，許丁卯集中亦有五言小律，皆止六句。」

春雪

「拂花輕尚起」二句：是春雪。

和歸工部送僧約

「何人更得死前休」：王半山全用此句入律詩。

詠雪贈張籍

「松篁遭挫折」二句：有寓意便佳。

奉和虢州劉給事使君三堂新題二十一詠

二十一章，校王裴輞川唱和，古意漸遠。

和侯協律詠笋

「庸知上幾番」：少陵詩「應須上番看成竹」。

載華附識：王東溆《柳南隨筆》云：「古人詩中用『番』字往往平仄互見，如昌黎詩云『庸知上幾番』，黄山谷云『一雯社公雨，數番花信風』，此作平聲用；老杜云『會須上番看成竹』，元微之云『飛舞先春雪，因依上番梅』，此作仄聲用。又『上』、『番』二字，或謂應切竹説。今觀微之句，又不必拘。而錢圓沙解杜詩謂『上番猶上緊也』，然則『番』字是虚字矣，而微之又何以用對『春』字乎？即可以證其説之謬矣。」

和李司勳過連昌宫

「宫前遺老來相問」二句：含味自深。

次潼關先寄張十二閣老使君

氣象開闊，所謂卷波瀾入小詩者。

附録：查晚晴先生云：「闊壯處，真應酬之祖。」

送鄭尚書赴南海

「衙時龍户集」六句：三聯皆嶺南事，對仗精工。

遊西林寺題蕭二兄郎中舊堂

《唐詩紀事》：「蕭穎士子名存，字伯誠，爲金部外郎，有父風。韓文公少時受存之知，自袁州入爲祭酒，經廬山，過其居，知諸子凋謝，唯二女在，故作詩云云。」

早春呈水部張十八員外二首

其二

詩境從老杜集中得來。

送桂州嚴大夫

「江作青羅帶，山如碧玉篸」：不到粤西，不知對句之妙。

「飛鸞不假驂」：范石湖《驂鸞録》義本此。

載華附識：吾君以方云：「江文通《别賦》有『駕鶴上漢，驂鸞騰天』句，石湖《驂鸞録》之名似本此。」

奉和杜相公太清宫紀事陳誠上李相公十六韻

前有少陵作自難方駕。

附録：查晚晴先生云：「語多隱諷，與少陵『元元皇帝廟』詩同旨。」

外集

海水

此首係韓作無疑。

鄆州谿堂詩

十一章。六章，章四句；五章、章六句。

載華按：以下二首見文集中〔一〕。

送汴州監軍俱文珍

俱，宦官也，名見《順宗實録》中。

〔一〕按，《鄆州谿堂詩》見《昌黎先生集》卷第十四《雜著・書》；《送汴州監軍俱文珍》則見《昌黎先生集・外集》卷第三。

載華按：先生親筆閲本卷首有跋語一則，附録於此：「〇昌黎文有江山祝充《音義》，既反切難字，又注其所從出。乾道中，吴郡陸之淵極稱道之，其書今不傳。陸文見《柳州集音義序》中。康熙後壬寅六月，查慎行志，時年七十又三。」

【附原詩】明徐氏東雅堂刻本《昌黎先生集》

古　詩

元和聖德詩

臣愈頓首再拜言：臣伏見皇帝陛下即位已來，誅流姦臣，朝廷清明，無有欺蔽。外斬楊惠琳、劉闢以收夏、蜀，東定青、徐積年之叛，海内怖駭，不敢違越。郊天告廟，神靈歡喜。風雨晦明，無不從順。太平之期，適當今日。臣蒙被恩澤，日與群臣序立紫宸殿陛下，親望穆穆之光，而其職業又在以經籍教導國子，誠宜率先作歌詩，以稱道盛德，不可以辭語淺薄，不足以自效爲解。輒依古作四言《元和聖德詩》一篇，凡千有二十四字，指事實録，具載明天子文武神聖，以警動百姓耳目，傳示無極。其詩曰：

皇帝即阼，物無違拒。曰暘而暘，曰雨而雨。維是元年，有盜在夏。欲覆其州，以踵近武。皇帝曰嘻，豈不在我？負鄙爲艱，縱則不可。出師征之，其衆十旅。軍其城下，告以福禍。腹敗枝披，不敢保聚。擲首陴外，降幡夜豎。疆外之險，莫過蜀土。韋皋去鎮，劉闢守後。血人于牙，不肯吐口。開庫啗士，曰隨所取。汝張汝弓，汝鼓汝鼓。汝爲表書，求我帥汝。事始上聞，在列咸怒。皇帝曰然，嗟遠士女。苟附而安，則且付與。讀命於庭，出節少府。朝發京師，夕至其部。闢喜謂黨，汝振而伍。蜀可全有，此不當受。萬牛臠炙，萬甕行酒。以錦纏股，以紅帕首。有恇其兇，有餌其誘。其出穰穰，隊以萬數。遂劫東川，遂據城阻。皇帝曰嗟！其又可許！爰命崇文，分卒禁禦。有安其驅，無暴我野。日行三十，徐壁其右。闢黨聚謀，鹿頭是守。崇文奉詔，進退規矩。戰不貪殺，擒不濫數。四方節度，整兵頓馬。上章請討，俟命起坐。皇帝曰嘻！無汝煩苦。荆并洎梁，在國門戶。出師三千，各選爾醜。四軍齊作，殷其如阜。或拔其角，或脱其距。長驅洋洋，無有齟齬。八月壬午，闢棄城走。載妻與妾，包裹稚乳。是日崇文，入處其宇。分散逐捕，搜原剔藪。闢窮見窘，無地自處。俯視大江，不見洲渚。遂自顛倒，若杵投臼。取之江中，枷脰械手。婦女纍纍，啼哭拜叩。來獻闕下，以告廟社。周示城市，咸使觀覩。解脱攣索，夾以砧斧。婉婉弱子，赤立傴僂，牽頭曳足，先斷腰膂。次及其徒，體骸撐拄。末乃取闢，駭汗如寫。揮刀紛紜，争刌膾脯。優賞將吏，扶珪綴組。帛堆其家，粟塞其庾。哀憐陣歿，廪給孤寡。贈官封墓，周匝宏溥。經戰伐地，寬免租簿。施令酬功，急疾如火。天地中間，莫不順序。幽恒青魏，東盡海浦。南至徐蔡，區外雜虜。怛威赧德，踧踖蹈舞。掉棄兵革，私習簋簠。來請來覲，十百其耦。皇帝曰吁！伯父叔舅。各安爾位，訓厥甿畮。正月元日，初見宗祖，躬執百禮，登降拜俯。薦于新宫，視瞻梁梠。慽見容色，淚落入俎。侍祠之臣，助我惻楚。乃以上辛，於郊用牡。除于國南，鱗筍毛簴。廬幕周施，開揭磊砢。獸盾騰挐，圜壇帖妥。天兵四羅，旂常婀娜。駕龍十二，魚魚雅雅。宵昇于丘，奠璧獻斝。衆樂驚作，轟豗融冶。紫焰嘘呵，高靈下墮。群星從坐，錯落侈哆。日君月妃，煥赫婐姽。瀆鬼濛鴻，嶽祇嶪峨。飫沃羶薌，産祥降嘏。鳳皇應奏，舒翼自拊。赤麟黄龍，逶陀結糾。卿士庶人，黄童白叟。踴躍歡呀，失喜噎歐。乾清坤夷，境落褰舉。帝車迴來，日正當午。幸丹鳳門，大赦天下。滌濯剗磢，磨滅瑕垢。續功臣嗣，拔賢任耇。孩養無告，仁滂施厚。皇帝神聖，通達今古。聽聰視明，一似堯禹。生知法式，動得理所。天錫皇帝，爲天下主。並包畜養，無異細鉅。億載萬年，敢有違者？皇帝儉勤，盥濯陶瓦。斥遣浮華，好此綈紵。敕戒四方，侈則有咎。天錫皇帝，多麥與黍。無召水旱，耗于雀鼠。億載萬年，有富無窶。皇帝正直，别白善否。擅命而狂，既翦既去。盡逐群姦，靡有遺侶。天錫皇帝，厖臣碩輔。博問遐觀，以置左右。億載萬年，無敢余侮。皇帝大孝，慈祥悌友。怡怡愉愉，奉太皇后。浹于族親，濡及九有。天錫皇帝，與天齊壽。登兹太平，無怠永久。億載萬年，爲父爲母。博士臣愈，職是訓詁。作爲歌詩，以配吉甫。

琴操十首

將歸操・孔子之趙聞殺鳴犢作

狄之水兮，其色幽幽。我將濟兮，不得其由。涉其淺兮，石齧我足。乘其深兮，龍入我舟。我濟而悔兮，將安歸尤？歸兮歸兮！無與石鬬兮，無應龍求。

猗蘭操·孔子傷不逢時作

蘭之猗猗，揚揚其香。不採而佩，於蘭何傷？今天之旋，其曷爲然？我行四方，以日以年。雪霜貿貿，薺麥之茂。子如不傷，我不爾覯。薺麥之茂，薺麥之有。君子之傷，君子之守。

越裳操·周公作

雨之施，物以孳。我何意於彼爲？自周之先，其艱其勤。以有疆宇，私我後人。我祖在上，四方在下。厥臨孔威，敢戲以侮。孰荒於門？孰治於田？四海既均，越裳是臣。

拘幽操·文王羑里作

目窈窈兮，其凝其盲。耳肅肅兮，聽不聞聲。朝不日出兮，夜不見月與星。有知無知兮，爲死爲生？嗚呼！臣罪當誅兮，天王聖明。

履霜操·尹吉甫子伯奇無罪爲後母譖而見逐自傷作

父兮兒寒，母兮兒飢。兒罪當笞，逐兒何爲？兒在中野，以宿以處。四無人聲，誰與兒語？兒寒何衣？兒飢何食？兒行於野，履霜以足。母生衆兒，有母憐之。獨無母憐，兒寧不悲？

别鵠操·商陵穆子娶妻五年無子父母欲其改娶其妻聞之中夜悲嘯穆子感之而作

雄鵠銜枝來，雌鵠啄泥歸。巢成不生子，大義當乖離。江漢水之大，鵠身鳥之微。更無相逢日，且可繞樹相隨飛。

南山詩

吾聞京城南，兹維群山囿。東西兩際海，巨細難悉究。山經及地志，茫昧非受授。團辭試提挈，掛一念萬漏。欲休諒不能，粗叙所經覯。嘗升崇丘望，戢戢見相湊。晴明出稜角，縷脉碎分繡。蒸嵐相澒洞，表裏忽通透。無風自飄簸，融液煦柔茂。横雲時平凝，點點露數岫。天空浮修眉，濃緑畫新就。孤撑有巉絶，海浴褰鵬噣。春陽潛沮洳，濯濯吐深秀。巖巒雖崒峍，軟弱類含酎。夏炎百木盛，蔭鬱增埋覆。神靈日歊歔，雲氣争結構。秋霜喜刻轢，磔卓立癯瘦。參差相疊重，剛耿陵宇宙。冬行雖幽墨，冰雪工琢鏤。新曦照危峨，億丈恒高袤。明昏無停態，頃刻異狀候。西南雄太白，突起莫間簉。藩都配德運，分宅占丁戊。逍遥越坤位，詆訐陷乾竇。空虚寒兢兢，風氣較搜漱。朱維方燒日，陰霰縱騰糅。昆明大池北，去覿偶晴晝。綿聯窮俯視，倒側困清漚。微瀾動水面，踴躍躁猱狖。驚呼惜破碎，仰喜呀不仆。前尋徑杜墅，坌蔽畢原陋。崎嶇上軒昂，始得觀覽富。行行將遂窮，嶺陸煩互走。勃然思坼裂，擁掩難恕宥。巨靈與夸蛾，遠賈期必售。還疑造物意，固護蓄精祐。力雖能排斡，雷電怯呵詬。攀緣脱手足，因緣窺蹭蹬抵積甃。茫如試矯首，塥塞生怐愗。威容喪蕭爽，近新迷遠舊。拘官計日月，欲進不可又。因緣窺其湫，凝湛閟陰罶。魚蝦可俯掇，神物安敢寇。林柯有脱葉，欲墮鳥驚救。争銜彎環飛，投棄急哺㝅。旋歸道迴睨，達枿壯復奏。吁嗟信奇怪，峙質能化貿。前年遭讁謫，探歷得邂逅。初從藍田入，顧眄勞頸脰。時天晦大雪，淚目苦矇瞀。峻塗拖長冰，直上若懸溜。褰衣步推馬，顛蹶退且復。蒼黄忘遐睎，所矚纔左右。杉篁咤蒲蘇，杲耀攢介冑。專心憶平道，脱險逾避臭。昨來逢清霽，宿願忻始副。崢嶸躋冢頂，倏閃雜鼯鼬。前低劃開闊，爛漫堆衆皺。或連若相從，或蹙若相鬭。或妥若弭伏，或竦若驚雊。或散若瓦解，或赴若輻湊。或翩若船遊，或決若馬驟。或背若相惡，或向若相佑。或亂若抽筍，或嵲若注灸。或錯若繪畫，或繚若篆籀。或羅若星離，或蓊若雲逗。或浮若波濤，或碎若鋤耨。或如賁育倫，賭勝勇前購。先强勢已出，後鈍嗔詎譳。或如帝王尊，叢集朝賤幼。雖親不褻狎，雖遠不悖謬。或如臨食案，肴核紛飣餖。又如游九原，墳墓包槨柩。或纍若盆甖，或揭若甄㼜。或覆若曝鼈，或頹若寢獸。或蜿若藏龍，或翼若搏鷲。或齊若友朋，或隨若先後。或迸若流落，或顧若宿留。或戾若仇讎，或密若婚媾。或儼若峨冠，或翻若舞袖。或屹若戰陣，或圍若蒐狩。或靡然東注，或偃然北首。或如火熺焰，或若氣饙餾。或行而不輟，或遺而不收。或斜而不倚，或弛而不彀。或赤若禿鬝，或熏若柴槱。或如龜坼兆，或若卦分繇。或前横若剥，或後斷若姤。延延離又屬，夬夬叛還遘。喁喁魚闖萍，落落月經宿。誾誾樹墻垣，巘巘架庫廄。參參削劍戟，焕焕銜瑩琇。敷敷花披萼，闟闟屋摧霤。悠悠舒而安，兀兀狂以狃。超超出猶奔，蠢蠢駭不懋。大哉立天地，經紀肖營腠。厥初孰開張？僶俛誰勸侑？創兹朴而巧，戮力忍勞疚。得非施斧斤？無乃假詛咒？鴻荒竟無傳，功大莫酬僦。嘗聞於祠官，芬苾降歆嗅。斐然作歌詩，惟用贊報酭。

秋懷詩十一首

其一

窗前兩好樹，衆葉光薿薿。秋風一披拂，策策鳴不已。微燈照空牀，夜半偏入耳。愁憂無端來，感歎成坐起。天明視顔色，與故不相似。羲和驅日月，疾急不可恃。浮生雖多塗，趨死惟一軌。胡爲浪自苦？得酒且歡喜。

其二

白露下百草，蕭蘭共雕悴。青青四牆下，已復生滿地。寒蟬暫寂寞，蟋蟀鳴自恣。運行無窮期，禀受氣苦異。適時各得所，松柏不必貴。

其四

秋氣日惻惻，秋空日淩淩。上無枝上蜩，下無盤中蠅。豈不感時節，耳目去所憎。清曉卷書坐，南山見高稜。其下澄湫水，有蛟寒可罾。惜哉不得往，豈謂吾無能。

其五

離離掛空悲，戚戚抱虛警。露泫秋樹高，蟲弔寒夜永。斂退就新懦，趨營悼前猛。歸愚識夷塗，汲古得修綆。名浮猶有恥，味薄真自幸。庶幾遺悔尤，即此是幽屏。

其十

暮暗來客去，群囂各收聲。悠悠偃宵寂，亹亹抱秋明。世累忽進慮，外憂遂侵誠。强懷張不滿，弱念缺已盈。詰屈避語穽，冥茫觸心兵。敗虞千金棄，得比寸草榮。知耻足爲勇，晏然誰汝令？

赴江陵途中寄贈王二十補闕李十一拾遺李二十六員外翰林三學士

孤臣昔放逐，血泣追愆尤。汗漫不省識，怳如乘桴浮。或自疑上疏，上疏豈其由？是年京師旱，田畝少所收。上憐民無食，征賦半已休。有司恤經費，未免煩徵求。富者既云急，貧者固已流。傳聞閭里間，赤子棄渠溝。持男易斗粟，掉臂莫肯酬。我時出衢路，餓者何其稠！親逢道邊死，佇立久咿嚘。歸舍不能食，有如魚中鉤。適會除御史，誠當得言秋。拜疏移閤門，爲忠寧自謀？上陳人疾苦，無令絶其喉。下陳畿甸内，根本理宜優。積雪驗豐熟，幸寬待蠶麰。天子惻然感，司空歎綢繆。謂言即施設，乃反遷炎州。同官盡才俊，偏善柳與劉。或慮語言洩，傳之落冤讎。二子不宜爾，將疑斷還不。中使臨門遣，頃刻不得留。病妹卧床褥，分知隔明幽。悲啼乞就别，百請不頷頭。弱妻抱稚子，出拜忘慚羞。僶俛不回顧，行行詣連州。朝爲青雲士，暮作白首囚。商山季冬月，冰凍絶行輈。春風洞庭浪，出没驚孤舟。逾嶺到所任，低顔奉君侯。酸寒何足道，隨事生瘡疣。遠地觸途異，吏民似猨猴。生獰多忿很，辭舌紛嘲啁。白日屋簷下，雙鳴鬬鵂鶹。有蛇類兩首，有蠱群飛遊。窮冬或摇扇，盛夏或重裘。颶起最可畏，訇哮簸陵丘。雷霆助光怪，氣象難比侔。癘疫忽潛遘，十家無一瘳。猜嫌動置毒，對案輒懷愁。前日遇恩赦，私心喜還憂。果然又羈縶，不得歸鉏耰。此府雄且大，騰淩盡戈矛。棲棲法曹椽，何處事卑陬？生平企仁義，所學皆孔周。早知大理官，不列三后儔。何況親犴獄，敲搒發姦偷。懸知失事勢，恐自罹罝罘。湘水清且急，涼風日修修。胡爲首歸路，旅泊尚夷猶？昨者京師至，嗣皇傳冕旒。赫然下明詔，首罪誅共吺。復聞顛夭輩，峨冠進鴻疇。班行再肅穆，璜珮鳴琅璆。佇繼貞觀烈，邊封脱兜鍪。三賢推侍從，卓犖傾枚鄒。高議參造化，清文焕皇猷。協心輔齊聖，致理同毛輶。《小雅》詠鳴鹿，食蘋貴呦呦。遺風邈不嗣，豈憶嘗同裯。失志早衰换，前期擬蜉蝣。自從齒牙缺，始慕舌爲柔。因疾鼻又塞，漸能等薰蕕。深思罷官去，畢命依松楸。空懷焉能果？但見歲已遒。殷湯閔禽獸，解網祝蛛蝥。雷焕掘寶劍，冤氛銷斗牛。兹道誠可尚，誰能借前籌？殷勤答吾友，明月非暗投。

夜歌

静夜有清光，閑堂仍獨息。念身幸無恨，志氣方自得。樂哉何所憂，所憂非我力。

江漢答孟郊

江漢雖云廣，乘舟渡無艱。流沙信難行，馬足常往還。淒風結衝波，狐裘能禦寒。終宵處幽室，華燭光爛爛。苟能行忠信，可以居夷蠻。嗟余與夫子，此義每所敦。何爲復見贈，繾綣在不諼。

岐山下一首

誰謂我有耳，不聞鳳皇鳴。朅來岐山下，日暮邊鴻驚。丹穴五色羽，其名爲鳳皇。昔周有盛德，此鳥鳴高岡。和聲隨祥風，窅窕相飄揚。聞者亦何事？但知時俗康。自從公旦死，千載閟其光。吾君亦勤理，遲爾一來翔。

此日足可惜贈張籍

此日足可惜，此酒不足嘗。捨酒去相語，共分一日光。念昔未知子，孟君自南方。自矜有所得，言子有文章。我名屬相府，欲往不得行。思之不可見，百端在中腸。維時月魄死，冬日朝在房。驅馳公事退，聞子適及城。命車載之至，引坐於中堂，開懷聽其說，往往副所望。孔丘殁已遠，仁義路久荒。紛紛百家起，詭怪相披猖。長老守所聞，後生習爲常。少知誠難得，純粹古已亡。譬彼植園木，有根易爲長。留之不遣去，館置城西旁。歲時未云幾，浩浩觀湖江。衆夫指之笑，謂我知不明。兒童畏雷電，魚鼈驚夜光。州家舉進士，選試繆所當。馳辭對我策，章句何煒煌。相公朝服立，工席歌《鹿鳴》。禮終樂亦闋，相拜送於庭。之子去須臾，赫赫流盛名。竊喜復竊歎，諒知有所成。人事安可恒，奄忽令我傷。聞子高第日，正從相公喪。哀情逢吉語，惝怳難爲雙。暮宿偃師西，徒展轉在牀。夜聞汴州亂，繞壁行傍偟。我時留妻子，倉卒不及將。相見不復期，零落甘所丁。驕女未絶乳，念之不能忘。忽如在我所，耳若聞啼聲。中途安得返，一日不可更。俄有東來説，我家免罹殃。乘船下汴水，東去趨彭城。從喪朝至洛，還走不及停。假道經盟津，出入行澗岡。日西入軍門，羸馬顛且僵。主人願少留，延入陳壺觴。卑賤不敢辭，忽忽心如狂。飲食豈知味，絲竹徒轟轟。平明脱身去，決若驚鳧翔。黄昏次氾水，欲過無舟航。號呼久乃至，夜濟十里黄。中流上灘潬，沙水不可詳。驚波暗合沓，星宿爭翻芒。轅馬蹢躅鳴，左右泣僕童。甲午憩時門，臨泉窺鬬龍。東南出陳許，陂澤平茫茫。道邊草木花，紅紫相低昂。百里不逢人，角角雄雉鳴。行行二月暮，乃及徐南疆。下馬步堤岸，上船拜吾兄。誰云經艱難，百口無夭殤。僕射南陽公，宅我睢水陽。篋中有餘衣，盎中有餘糧。閉門讀書史，窗户忽已涼。日念子來遊，子豈知我情？別離未爲久，辛苦多所經。對食每不飽，共言無倦聽。連延三十日，晨坐達五更。我友二三子，宦遊在西京。東野窺禹穴，李翺觀濤江。蕭條千萬里，會合安可逢？淮之水舒舒，楚山直叢叢。子又舍我去，我懷焉所窮？男兒不再壯，百歲如風狂。高爵尚可求，無爲守一鄉。

歸彭城

天下兵又動，太平竟何時？訏謨者誰子？無乃失所宜。前年關中旱，閭井多死飢。去歲東郡水，生民爲流屍。上天不虛應，禍福各有隨。我欲進短策，無由至彤墀。刳肝以爲紙，瀝血以書辭。上言陳堯舜，下言引龍夔。言詞多感激，文字少葳蕤。一讀已自怪，再尋良自疑。食芹雖云美，獻御固已癡。緘封在骨髓，耿耿空自奇。昨者到京城，屢陪高車馳。周行多俊異，議論無瑕疵。見待頗異禮，未能去毛皮。到口不敢吐，徐徐俟其巇。歸來戎馬閒，驚顧似羈雌。連日或不語，終朝見相欺。乘閒輒騎馬，茫茫詣空陂。遇酒即酩酊，君知我爲誰？

醉　後

煌煌東方星，奈此衆客醉。初喧或忿争，中静雜嘲戲。淋漓身上衣，顛倒筆下字。人生如此少，酒賤且勤置。

醉贈張秘書

人皆勸我酒，我若耳不聞。今日到君家，呼酒持勸君。爲此座上客，及余各能文。君詩多態度，藹藹春空雲。東野動驚俗，天葩吐奇芬。張籍學古淡，軒鶴避雞群。阿買不識字，頗知書八分。詩成使之寫，亦足張吾軍。所以欲得酒，爲文俟其醺。酒味既泠冽，酒氣又氛氲。性情漸浩浩，諧笑方云云。此誠得酒意，餘外徒繽紛。長安衆富兒，盤饌羅羶葷。不解文字飲，惟能醉紅裙。雖得一餉樂，有如聚飛蚊。今我及數子，固無蕕與薰。險語破鬼膽，高詞媲皇墳。至寶不雕琢，神功謝鋤耘。方今向泰平，元凱承華勛。吾徒幸無事，庶以窮朝曛。

同冠峽

南方二月半，春物亦已少。維舟山水間，晨坐聽百鳥。宿雲尚含姿，朝日忽升曉。羈旅感和鳴，囚拘念輕矯。潺湲淚久迸，詰曲思增繞。行矣且無然，蓋棺事乃了。

送惠師

惠師浮屠者，乃是不羈人。十五愛山水，超然謝朋親。脱冠剪頭髮，飛步遺蹤塵。發跡入四明，梯空上秋旻。遂登天台望，衆壑皆嶙峋。夜宿最高頂，舉頭看星辰。光芒相照燭，南北争羅陳。兹地絶翔走，自然嚴且神。微風吹木石，澎湃聞韶鈞。夜半起下視，溟波銜日輪。魚龍驚踴躍，叫嘯成悲辛。怪氣或紫赤，敲磨共輪囷。金鴉既騰翥，六合俄清新。常聞禹穴奇，東去窺甌閩。越俗不好古，流傳失其真。幽蹤邈難得，聖路嗟長堙。迴臨浙江濤，屹起高峨岷。壯志死不息，千年如隔晨。是非竟何有？棄去非吾倫。凌江詣廬嶽，浩蕩極遊巡。崔崒没雲表，陂陀浸湖淪。是時雨初霽，懸瀑垂天紳。前年往羅浮，步戛南海濱。大哉陽德盛，榮茂恒留春。鵬鶱墮長翮，鯨戲側修鱗。自來連州寺，曾未造城闉。日携青雲客，探勝窮崖濱。太守邀不去，群官請徒頻。囊無一金資，翻謂富者貧。昨日忽不見，我令訪其鄰。奔波自追及，把手問所因。顧我却興歎，君寧異於民？離合自古然，辭别安足珍？吾聞九疑好，夙志今欲伸。斑竹啼舜婦，清湘沈楚臣。衡山與洞庭，此固道所循。尋嵩方抵洛，歷華遂之秦。浮游靡定處，偶往即通津。吾言子當夫，子道非吾遵。江魚不池活，野鳥難籠馴。吾非西方教，憐子狂且醇。吾嫉惰遊者，憐子愚且諄。去矣各異趣，何爲浪霑巾？

送靈師

佛法入中國，爾來六百年。齊民逃賦役，高士著幽禪。官吏不之制，紛紛聽其然。耕桑日失隸，朝署時遺賢。靈師皇甫姓，胤胄本蟬聯。少小涉書史，早能綴文篇。中間不得意，失跡成延遷。逸志不拘教，軒騰斷牽攣。圍棋鬭白黑，生死隨機權。六博在一擲，梟盧叱迴旋。戰詩誰與敵？浩汗横戈鋋。飲酒盡百醆，嘲諧思逾鮮。有時醉花月，高唱清且緜。四座咸寂默，杳如奏湘弦。尋勝不憚險，黔江屢洄沿。瞿塘五六月，驚電讓歸船。怒水忽中裂，千尋墮幽泉。環迴勢益急，仰見團團天。投身豈得計，性命甘徒捐。浪沫蹙翻湧，漂浮再生全。同行二十人，魂骨俱坑填。靈師不掛懷，冒涉道轉延。開忠二州牧，詩賦時多傳。失職不把筆，珠璣爲君編。强留費日月，密席羅嬋娟。昨者至林邑，使君數開筵。逐客三四公，盈懷贈蘭荃。湖游泛漭沆，溪宴駐潺湲。別語不許出，行裾動遭牽。鄰州競招請，書札何翩翩。十月下桂嶺，乘寒恣窺緣。落落王員外，争迎獲其先。自從入賓館，占悋久能專。吾徒頗携被，接宿窮歡妍。聽説兩京事，分明皆眼前。縱横雜謡俗，瑣屑咸羅穿。材調真可惜，朱丹在磨研。方將斂之道，且欲冠其顛。韶陽李太守，高步淩雲煙。得客輒忘食，開囊乞繒錢。手持南曹叙，字重青瑶鐫。古氣參

《彖》《繫》，高標摧《太玄》。維舟事干謁，披讀頭風痊。還如舊相識，傾壺暢幽悁。以此復留滯，歸驂幾時鞭？

縣齋有懷

少小尚奇偉，平生足悲咤。猶嫌子夏儒，肯學樊遲稼？事業窺皋稷，文章蔑曹謝。濯纓起江湖，綴佩雜蘭麝。悠悠指長道，去去策高駕。誰爲傾國媒？自許連城價。初隨計吏貢，屢入澤宮射。雖免十上勞，何能一戰霸。人情忌殊異，世路多權詐。蹉跎顔遂低，摧折氣愈下。冶長信非罪，侯生或遭罵。懷書出皇都，銜淚渡清灞。身將老寂寞，志欲死閑暇。朝食不盈腸，冬衣才掩髂。軍書既頻召，戎馬乃連跨。大梁從相公，彭城赴僕射。弓箭圍狐兔，絲竹羅酒炙。兩府變荒涼，三年就休假。求官去東洛，犯雪過西華。塵埃紫陌春，風雨靈臺夜。名聲荷朋友，援引乏姻婭。雖陪彤庭臣，詎縱青冥靶。寒空聳危闕，曉色曜修架。捐軀辰在丁，鎩翮時方褃。投荒誠職分，領邑幸寬赦。湖波翻日車，嶺石坼天罅。毒霧恒熏晝，炎風每燒夏。雷威固已加，颶勢仍相借。氣象杳難測，聲音吁可怕。夷言聽未慣，越俗循猶乍。指摘兩憎嫌，睢盱互猜訝。祇緣恩未報，豈謂生足藉。嗣皇新繼明，率土日流化。惟思滌瑕垢，長去事桑柘。劚嵩開雲扃，壓潁抗風榭。禾麥種滿地，梨棗栽繞舍。兒童稍長成，雀鼠得驅嚇。官租日輸納，村酒時邀迓。閑愛老農愚，歸弄小女姹。如今便可爾，何用畢婚嫁。

陪杜侍御遊湘西兩寺獨宿有題因獻楊常侍

長沙千里平，勝地猶在險。況當江闊處，斗起勢匪漸。深林高玲瓏，青山上琬琰。路窮臺殿闢，佛事焕且儼。剖竹走泉源，開廊架崖广。是時秋之殘，暑氣尚未斂。群行忘後先，朋息棄拘檢。客堂喜空涼，華榻有清簟。澗蔬煮蒿芹，水果剥菱芡。伊余夙所慕，陪賞亦云忝。幸逢車馬歸，獨宿門不掩。山樓黑無月，漁火燦星點。夜風一何喧，杉檜屢磨颭。猶疑在波濤，怵惕夢成魘。静思屈原沈，遠憶賈誼貶。椒蘭争妒忌，絳灌共讒諂。誰令悲生腸？坐使淚盈臉。翻飛乏羽翼，指摘困瑕玷。珥貂藩維重，政化類分陜。禮賢道何優，奉己事苦儉。大厦棟方隆，巨川楫行剡。經營誠少暇，遊宴固已歉。旅程愧淹留，徂歲嗟荏苒。平生每多感，柔翰遇頻染。展轉嶺猿鳴，曙燈青睒睒。

岳陽樓别竇司直

洞庭九州閒，厥大誰與讓？南匯群崖水，北注何奔放。瀦爲七百里，吞納各殊狀。自古澄不清，環混無歸向。炎風日搜攪，幽怪多冗長。軒然大波起，宇宙隘而妨。巍峨拔嵩華，騰踔較健壯。聲音一何宏，轟輵車萬兩。猶疑帝軒轅，張樂就空曠。蛟螭露笱簴，縞練吹組帳。鬼神非人世，節奏頗跌踼。陽施見誇麗，陰閉感悽愴。朝過宜春口，極北缺堤障。夜纜巴陵洲，叢芮纔可傍。星河盡涵泳，俯仰迷下上。餘瀾怒不已，喧聒鳴甕盎。明登岳陽樓，輝焕朝日亮。飛廉戢其威，清晏息纖纊。泓澄湛凝綠，物影巧相況。江豚時出戲，驚波忽蕩漾。時當冬之孟，隙竅縮寒漲。前臨指近岸，側坐眇難望。滌濯神魂醒，幽懷舒以暢。主人孩童舊，握手乍忻悵。憐我竄逐歸，相見得無恙。開筵交履舄，爛漫倒家釀。盃行無留停，高柱送清唱。中盤進橙栗，投擲傾脯醬。歡窮悲心生，婉孌不能忘。念昔始讀書，志欲干霸王。屠龍破千金，爲藝亦云亢。愛才不擇行，觸事得讒謗。前年出官由，此禍最無妄。公卿採虛名，擢拜識天仗。姦猜畏彈射，斥逐恣欺誑。新恩移府庭，逼側厠諸將。于嗟苦駑緩，但懼失宜當。追思南渡時，魚腹甘所葬。嚴程迫風帆，劈箭入高浪。顛沈在須臾，忠鯁誰復諒？生還真可喜，剋己自懲創。庶從今日後，粗識得與喪。事多改前好，趣有獲新尚。誓耕十畝田，不取萬乘相。細君知蠶織，稚子已能餉。行當掛其冠，生死君一訪。

送文暢師北遊

昔在四門館，晨有僧來謁。自言本吴人，少小學城闕。已窮佛根源，粗識事輗軏。攣拘屈吾真，戒轄思遠發。薦紳秉筆徒，聲譽耀前閥。從求送行詩，屢造忍顛蹶。今成十餘卷，浩汗羅斧鉞。先生閟窮巷，未得窺剞劂。又聞識大道，何路補剠刖。出其囊中文，滿聽實清越。謂僧當少安，草序頗排訐。上論古之初，所以施賞罰。下開迷惑胸，窙豁劚株橛。僧時不聽瑩，若飲水救暍。風塵一出門，時日多如髮。三年竄荒嶺，守縣坐深樾。徵租聚異物，詭製怛巾韈。幽窮誰共語？思想甚含噦。昨來得京官，照壁喜見蝎。況逢舊親識，無不比鶼蟨。長安多門户，弔慶少休歇。而能勤來過，重惠安可揭。當今聖政初，恩澤完玁狁。胡爲不自暇，飄戾逐鶚鷹？僕射領北門，威德壓胡羯。相公鎮幽都，竹帛爛勳伐。酒場舞閨姝，獵騎圍邊月。開張篋中寶，自可得津筏。從茲富裘馬，寧復茹藜蕨。余期報恩後，謝病老耕垡。庇身指蓬茅，逞志縱獫猲。僧還相訪來，山藥煮可掘。

答張徹

辱贈不知報，我歌爾其聆。首叙始識面，次言後分形。道途綿萬里，日月垂十齡。浚郊避兵亂，睢岸連門停。肝膽一古劍，波濤兩浮萍。漬墨竄舊史，磨丹注前經。義苑手秘寶，文堂耳驚霆。暄晨躡露舄，暑夕眠風欞。結友子讓抗，請師我慚丁。初味猶噉蔗，遂通斯建瓴。搜奇日有富，嗜善心無寧。石梁平侹侹，沙水光泠泠。乘枯摘野豔，沈細抽潛腥。遊寺去陟巘，尋徑返穿汀。緣雲竹竦竦，失路麻冥冥。淫潦忽翻野，平蕪眇開溟。防泄塹夜塞，懼衝城晝扃。及去事戎轡，相逢宴軍伶。觥秋縱兀兀，獵旦馳駉駉。從賦始分手，朝京忽同舲。急時促暗棹，戀月留虛亭。畢事驅傳馬，安居守窗螢。梅花灞水別，宮燭驪山醒。省選逮投足，鄉賓尚摧翎。塵袪又一摻，淚眥還雙熒。洛邑得休告，華山窮絕陘。倚岩睨海浪，引袖拂天星。日駕此迴轄，金神所司刑。泉紳拖修白，石劍攢高青。磴蘚澾拳跼，梯飈颭伶俜。悔狂已咋指，垂誡仍鐫銘。峨豸忝備列，伏蒲愧分涇。微誠慕横草，瑣力摧撞筳。疊雪走商嶺，飛波航洞庭。下險疑墮井，守官類拘囹。荒餐茹獠蠱，幽夢感湘靈。刺史肅蓍蔡，吏人沸蝗螟。點綴簿上字，趨蹌閤前鈴。賴其飽山水，得以娱瞻聽。紫樹雕斐亹，碧流滴瓏玲。映波鋪遠錦，插地列長屏。愁狖酸骨死，怪花醉魂馨。潛苞絳實坼，幽乳翠毛零。赦行五百里，月變三十蓂。漸階群振鷺，入學誨螟蛉。苹甘謝鳴鹿，罍滿慚罄瓶。冏冏抱瑚璉，飛飛聯鶺鴒。魚鬣欲脱背，虬光先照硎。豈獨出醜類，方當動朝廷。勤來得晤語，勿憚宿寒廳。

薦士

周詩三百篇，雅麗理訓誥。曾經聖人手，議論安敢到。五言出漢時，蘇李首更號。東都漸瀰漫，派别百川導。建安能者七，卓犖變風操。逶迤抵晋宋，氣象日凋耗。中間數鮑謝，比近最清奥。齊梁及陳隋，衆作等蟬噪。搜春摘花卉，沿襲傷剽盜。國朝盛文章，子昂始高蹈。勃興得李杜，萬類困陵暴。後來相繼生，亦各臻閫奥。有窮者孟郊，受材實雄驁。冥觀洞古今，象外逐幽好。横空盤硬語，妥帖力排奡。敷柔肆紆餘，奮猛卷海潦。榮華肖天秀，捷疾逾響報。行身踐規矩，甘辱耻媚竈。孟軻分邪正，眸子看瞭眊。杳然粹而精，可以鎮浮躁。酸寒溧陽尉，五十幾何耄？孜孜營甘旨，辛苦久所冒。俗流知者誰？指注競嘲慠。聖皇索遺逸，髦士日登造。廟堂有賢相，愛遇均覆燾。況承歸與張，二公迭嗟悼。青冥送吹噓，强箭射魯縞。胡爲久無成？使以歸期告。霜風破佳菊，嘉節迫吹帽。念將決焉去，感物增戀嫪。彼微水中荇，尚煩左右芼。魯侯國至小，廟鼎猶納郜。幸當擇珉玉，寧有棄珪瑁？悠悠我之思，擾擾風中纛。上言愧無路，日夜惟心禱。鶴翎不天生，變化在啄菢。通波非難圖，尺地易可漕。善善不汲汲，後時徒悔懊。救死具八珍，不如一簞犒。微詩公勿誚，愷悌神所勞。

駑驥

駑駘誠齷齪，市者何其稠？力小苦易制，價微良易酬。渴飲一斗水，飢食一束芻。嘶鳴當大路，志氣若有餘。騏驥生絶域，自矜無匹儔。牽驅入市門，行者不爲留。借問價幾何？黄金比嵩丘。借問行幾何？咫尺視九州。饑食玉山禾，渴飲醴泉流。問誰能爲御？曠世不可求。惟昔穆天子，乘之極遐遊。王良執其轡，造父挾其輈。因言天外事，茫惚使人愁。駑駘謂騏驥，餓死余爾羞。有能必見用，有德必見收。孰云時與命，通塞皆自由？騏驥不敢言，低徊但垂頭。人皆劣騏驥，共以駑駘優。喟余獨興歎，才命不同謀。寄詩同心子，爲我商聲謳。

汴州亂二首

其一

汴州城門朝不開，天狗墮地聲如雷。健兒争誇殺留後，連屋累棟燒成灰。諸侯咫尺不能救，孤士何者自興哀？

利劍

利劍光耿耿，佩之使我無邪心。故人念我寡徒侣，持用贈我比知音。我心如水劍如雪，不能刺讒夫，使我心腐劍鋒折。決雲中斷開青天，噫！劍與我俱變化歸黃泉。

山石

山石犖確行徑微，黃昏到寺蝙蝠飛。升堂坐階新雨足，芭蕉葉大支子肥。僧言古壁佛畫好，以火來照所見稀。鋪床拂席置羹飯，疏糲亦足飽我飢。夜深靜卧百蟲絶，清月出嶺光入扉。天明獨去無道路，出入高下窮烟霏。山紅澗碧紛爛漫，時見松櫪皆十圍。當流赤足蹋澗石，水聲激激風生衣。人生如此自可樂，豈必局束爲人鞿。嗟哉吾黨二三子，安得至老不更歸！

雉帶箭

原頭火燒静兀兀，野雉畏鷹出復没。將軍欲以巧伏人，盤馬彎弓惜不發。地形漸窄觀者多，雉驚弓滿勁箭加。衝人決起百餘尺，紅翎白鏃相傾斜。將軍仰笑軍吏賀，五色離披馬前墮。

桃源圖

神仙有無何渺茫，桃源之説誠荒唐。流水盤迴山百轉，生綃數幅垂中堂。武陵太守好事者，題封遠寄南宫下。南宫先生忻得之，波濤入筆驅文辭。文工畫妙各臻極，異境恍惚移於斯。架巖鑿谷開宫室，接屋連牆千萬日。嬴顛劉蹶了不聞，地坼天分非所恤。種桃處處惟開花，川原近遠蒸紅霞。初來猶自念鄉邑，歲久此地還成家。漁舟之子來何所？物色相猜更問語。大蛇中斷喪前王，群馬南渡開新主。聽終辭絶共淒然，自説經今六百年。當時萬事皆眼見，不知幾許猶流傳。争持酒食來相饋，禮數不同樽俎異。月明伴宿玉堂空，骨冷魂清無夢寐。夜半金雞啁哳鳴，火輪飛出客心驚。人間有累不可住，依然離别難爲情。船開棹進一迴顧，萬里蒼蒼煙水暮。世俗寧知僞與真，至今傳者武陵人。

東方半明

東方半明大星没，獨有太白配殘月。嗟爾殘月勿相疑，同光共影須臾期。殘月暉暉，太白睒睒。雞三號，更五點。

贈侯喜

吾黨侯生字叔迡，呼我持竿釣温水。平明鞭馬出都門，盡日行行荆棘裏。温水微茫絶又流，深如車轍闊容輈。蝦蟆跳過雀兒浴，此縱有魚何足求。我爲侯生不能已，盤針擘粒投泥滓。晡時堅坐到黄昏，手倦目勞方一起。暫動還休未可期，蝦行蛭渡似皆疑。舉竿引線忽有得，一寸纔分鱗與鬐。是日侯生與韓子，良久歎息相看悲。我今行事盡如此，此事正好爲吾規。半世遑遑就舉選，一名始得紅顔衰。人間事勢豈不見，徒自辛苦終何爲？便當提携妻與子，南入箕潁無還時。叔迡君今氣方鋭，我言至切君勿嗤。君欲釣魚須遠去，大魚豈肯居沮洳。

八月十五夜贈張功曹

纖雲四卷天無河，清風吹空月舒波。沙平水息聲影絶，一盃相屬君當歌。君歌聲酸辭且苦，不能聽終淚如雨。洞庭連天九疑高，蛟龍出没猩鼯號。十生九死到官所，幽居默默如藏逃。下牀畏蛇食畏藥，海氣濕蟄熏腥臊。昨者州前槌大鼓，嗣皇繼聖登夔皋。赦書一日行萬里，罪從大辟皆除死。遷者追回流者還，滌瑕蕩垢清朝班。州家申名使家抑，坎軻秖得移荆蠻。判司卑官不堪説，未免捶楚塵埃間。同時輩流多上道，天路幽險難追攀。君歌且休聽我歌，我歌今與君殊科。一年明月今宵多，人生由命非由他，有酒不飲奈明何！

謁衡嶽廟遂宿嶽寺題門樓

五嶽祭秩皆三公，四方環鎮嵩當中。火維地荒足妖怪，天假神柄專其雄。噴雲泄霧藏半腹，雖有絶頂誰能窮？我來正逢秋雨節，陰氣晦昧無清風。潛心默禱若有應，豈非正直能感通。須臾静掃衆峰出，仰見突兀撐青空。紫蓋連延接天柱，石廩騰擲堆祝融。森然魄動下馬拜，松柏一逕趨靈宫。粉牆丹柱動光彩，鬼物圖畫填青紅。升階傴僂薦脯酒，欲以菲薄明其衷。廟令老人識神意，睢盱偵伺能鞠躬。手持盃珓導我擲，云此最吉餘難同。竄逐蠻荒幸不死，衣食纔足甘長終。侯王將相望久絶，神縱欲福難爲功。夜投佛寺上高閣，星月掩映雲曈曨。猿鳴鐘動不知曙，杲杲寒日生於東。

永貞行

君不見太皇亮陰未出令，小人乘時偷國柄。北軍百萬虎與貔，天子自將非他師。一朝奪印付私黨，懔懔朝士何能爲？狐鳴梟噪争署置，睗睒跳踉相嫵媚。夜作詔書朝拜官，超資越序曾無難。公然白日受賄賂，火齊磊落堆金盤。元臣故老不敢語，晝卧涕泣何汍瀾。董賢三公誰復惜，侯景九錫行可歎。國家功高德且厚，天位未許庸夫干。嗣皇卓犖信英主，文如太宗武高祖。膺圖受禪登明堂，共流幽州鯀死羽。四門肅穆賢俊登，數君匪親豈其朋。郎官清要爲世稱，荒郡迫野嗟可矜。湖波連天日相騰，蠻俗生梗瘴癘烝。江氛嶺祲昏若凝，一蛇兩頭見未曾。怪鳥鳴唤令人憎，蠱蟲群飛夜撲燈。雄虺毒螯墮股肱，食中置藥肝心崩。左右使令詐難憑，慎勿浪信常兢兢。吾嘗同僚情可勝？具書目見非妄徵，嗟爾既往宜爲懲。

杏花

居鄰北郭古寺空，杏花兩株能白紅。曲江滿園不可到，看此寧避雨與風。二年流竄出嶺外，所見草木多異同。冬寒不嚴地恒泄，陽氣發亂無全功。浮花浪蕊鎮長有，纔開還落瘴霧中。山榴躑躅少意思，照耀黄紫徒爲叢。鷓鴣鉤輈猿叫歇，杳杳深谷攢青楓。豈如此樹一來翫，若在京國情何窮？今旦胡爲忽惆悵？萬片飄泊隨西東。明年更發應更好，道人莫忘鄰家翁。

感春四首

其四

我恨不如江頭人，長網横江遮紫鱗。獨宿荒陂射鳧雁，賣納租賦官不嗔。歸來歡笑對妻子，衣食自給寧羞貧。今者無端讀書史，智慧只足勞精神。畫蛇著足無處用，兩鬢雪白趨埃塵。乾愁漫解坐自累，與衆異趣誰相親？數盃澆腸雖暫醉，皎皎萬慮醒還新。百年未滿不得死，且可勤買抛青春。

寒食日出遊

李花初發君始病，我往看君花轉盛。走馬城西悵悵歸，不忍千株雪相映。邇來又見桃與梨，交開紅白如争競。可憐物色阻携手，空展霜縑吟九詠。紛紛落盡泥與塵，不共新妝比端正。桐華最晚今已繁，君不强起時難更。關山遠别固其理，寸步難見始知命。憶昔與君同貶官，夜渡洞庭看斗柄。豈料生還得一處，引袖拭淚悲且慶。各言生死兩追隨，直置心親無貌敬。念君又署南荒吏，路指鬼門幽且夐。三公盡是知音人，曷不薦賢陛下聖？囊空甑倒誰救之，我今一食日還併。自然憂氣損天和，安得康强保天性。斷鶴兩翅鳴何哀，縶驥四足氣空横。今朝寒食行野外，緑楊匝岸蒲生迸。宋玉庭邊不見人，輕浪參差魚動鏡。自嗟孤賤足瑕疵，特見放縱荷寛政。飲酒寧嫌醆底深，題詩尚倚筆鋒勁。明宵故欲相就醉，有月莫愁當火令。

憶昨行和張十一

憶昨夾鐘之吕初吹灰，上公禮罷元侯迴。車載牲牢甕舁酒，並召賓客延鄒枚。腰金首翠光照耀，絲竹迴發清以哀。青天白日花草麗，玉斝屢舉傾金罍。張君名聲座所屬，起舞先醉長松摧。宿酲未解舊痁作，深室静卧聞風雷。自期殞命在春序，屈指數日憐嬰孩。危辭苦語感我耳，淚落不掩何漼漼。念昔從君渡湘水，大帆夜劃窮高桅。陽山鳥路出臨武，驛馬拒地驅頻隤。踐蛇茹蠱不擇死，忽有飛詔從天來。伾文未揃崖州熾，雖得赦宥恒愁猜。近者三姦悉破碎，羽窟無底幽黄能。眼中了了見鄉國，知有歸日眉方開。今君縱署天涯吏，投檄北去何難哉？無妄之憂勿藥喜，一善自足禳千災。頭輕目朗肌骨健，古劍新劚磨塵埃。殃消禍散百福併，從此直至耉與鮐。嵩山東頭伊洛岸，勝事不假須穿栽。君當先行我待滿，沮溺可繼窮年推。

鄭群贈簟

蘄州笛竹天下知，鄭君所寶尤瓌奇。携來當晝不得卧，一府傳看黄琉璃。體堅色净又藏節，盡眼凝滑無瑕疵。法曹貧賤衆所易，腰腹空大何能爲？自從五月困暑濕，如坐深甑遭蒸炊。手磨袖拂心語口，慢膚多汗真相宜。日暮歸來獨惆悵，有賣直欲傾家資。誰謂故人知我意？卷送八尺含風漪。呼奴掃地鋪未了，光彩照耀驚童兒。青蠅側翅蚤蝨避，肅肅疑有清飆吹。倒身甘寢百疾愈，却願天日恒炎曦。明珠青玉不足報，贈子相好無時衰。

遊青龍寺贈崔大補闕

秋灰初吹季月管，日出卯南暉景短。友生招我佛寺行，正值萬株紅葉滿。光華閃壁見神鬼，赫赫炎官張火傘。然雲燒樹大實駢，金烏下啄赬虬卵。魂翻眼倒忘處所，赤氣沖融無間斷。有如流傳上古時，九輪照燭乾坤旱。二三道士席其間，靈液屢進頗黎盌。忽驚顏色變韶稚，却信靈仙非怪誕。桃源迷路竟茫茫，棗下悲歌徒纂纂。前年嶺隅鄉思發，躑躅成山開不算。去歲羈帆湘水明，霜楓千里隨歸伴。猿呼鼯嘯鷓鴣啼，惻耳酸腸難濯澣。思君携手安能得？今者相從敢辭懶。由來鈍騃寡參尋，況是儒官飽閑散。惟君與我同懷抱，鋤去陵谷置平坦。年少得途未要忙，時清諫疏尤宜罕。何人有酒身無事？誰家多竹門可款？須知節候即風寒，幸及亭午猶妍暖。南山逼冬轉清瘦，刻畫圭角出崖窾。當憂復被冰雪埋，汲汲來窺戒遲緩。

贈崔立之評事

崔侯文章苦捷敏，高浪駕天輸不盡。曾從關外來上都，隨身卷軸車連軫。朝爲百賦猶鬱怒，暮作千詩轉遒緊。摇毫擲簡自不供，頃刻青紅浮海蜃。才豪氣猛易語言，往往蛟螭雜螻蚓。知音自古稱難遇，世俗乍見那妨哂。勿嫌法官未登朝，猶勝赤尉長趨尹。時命雖乖心轉壯，技能虚富家逾窘。念昔塵埃兩相逢，争名齟齬持矛楯。子時專場誇觜距，余始張軍嚴韅靷。爾來但欲保封疆，莫學龐涓怯孫臏。竄逐新歸厭聞鬧，齒發早衰嗟可閔。頻蒙怨句刺棄遺，豈有閑官敢推引。深藏篋笥時一發，戢戢已多如束筍。可憐無益費精神，有似黄金擲虚牝。當今聖人求侍從，拔擢杞梓收楛箘。東馬嚴徐已奮飛，枚皋即召窮且忍。復聞王師西討蜀，霜風冽冽摧朝菌。走章馳檄在得賢，燕雀紛拏要鷹隼。竊料二途必處一，豈比恒人長蠢蠢。勸君韜養待徵招，不用雕琢愁肝腎。牆根菊花好沽酒，錢帛縱空衣可準。暉暉簷日暖且鮮，摵摵井梧踈更殞。高士例須憐麴糵，丈夫終莫生畦畛。能來取醉任喧呼，死後賢愚俱泯泯。

送區弘南歸

穆昔南征軍不歸，蟲沙猿鶴伏以飛。洶洶洞庭莽翠微，九疑鑱天荒是非。野有象犀水貝璣，分散百寶人士稀。我遷於南日周圍，來見者衆莫依俙。爰有區子熒熒暉，觀以彝訓或從違。我念前人譬葑菲，落以斧引以纆徽。雖有不逮驅騑騑，或采於薄漁於磯。服役不辱言不譏，從我荆州來京畿。離其母妻絶因依，嗟我道不能自肥。子雖勤苦終何希？王都觀闕雙巍巍。騰蹋衆駿事鞍鞿，佩服上色紫與緋。獨子之節可嗟唏，母附書至妻寄衣。開書拆衣淚痕晞，雖不敕還情庶幾。朝暮盤羞惻庭闈，幽房無人感伊威。人生此難餘可祈，子去矣時若發機。蜃沈海底氣昇霏，彩雉野伏朝扇翬。處子窈窕王所妃，苟有令德隱不腓。況今天子鋪德威，蔽能者誅薦受機。出送撫背我涕揮，行行正直慎脂韋。業成志樹來頎頎，我當爲子言天扉。

三星行

我生之辰，月宿南斗。牛奮其角，箕張其口。牛不見服箱，斗不挹酒漿。箕獨有神靈，無時停簸揚。無善名已聞，無惡聲已讙。名聲相乘除，得少失有餘。三星各在天，什伍東西陳。嗟汝牛與斗，汝獨不能神！

剥啄行

剥剥啄啄，有客至門。我不出應，客去而嗔。從者語我，子胡爲然？我不厭客，困於語言。欲不出納，以堙其源。空堂幽幽，有秸有莞。門以兩板，叢書於閒。窅窅深塹，其墉甚完。彼寧可隳，此不可干。從者語我，嗟子誠難。子雖云爾，其口益蕃。我爲子謀，有萬其全。凡今之人，急名與官。子不引去，與爲波瀾。雖不開口，雖不開關。變化咀嚼，有鬼有神。今去不勇，其如後艱。我謝再拜，汝無復云。往追不及，來不有年。

陸渾山火和皇甫湜用其韻

皇甫補官古賁渾，時當玄冬澤乾源。山狂谷很相吐吞，風怒不休何軒軒，擺磨出火以自燔。有聲夜中驚莫原，天跳地踔顛乾坤。赫赫上照窮崖垠，截然高周燒四垣。神焦鬼爛無逃門，三光弛隳不復暾。虎熊麇豬逮猴猿，水龍鼉龜魚與黿，鴉鴟雕鷹雉鴿鶡，燖炰煨爊孰飛奔。祝融告休酌卑尊，錯陳齊玫闢華園，芙蓉披猖塞鮮繁。千鐘萬鼓咽耳喧，攢雜啾嚄沸篪塤。彤幢絳旃紫纛旛，炎官熱屬朱冠褌，髹其肉皮通髀臀，頳胸垤腹車掀轅，緹顏靺股豹兩鞬，霞車虹靷日轂轓，丹蕤縓蓋緋繙帬。紅帷赤幕羅脤膰，衁池波風肉陵屯，谽呀鉅壑頗黎盆，豆登五山瀛四罇。熙熙醻醻笑語言，雷公擘山海水翻，齒牙嚼齧舌腭反，電光䃶𥗬頳目暖，頊冥收威避玄根，斥棄輿馬背厥孫，縮身潛喘拳肩跟，君臣相憐加愛恩。命黑螭偵焚其元，天闕悠悠不可援。夢通上帝血面論，側身欲進叱於閽。帝賜九河湔涕痕，又詔巫陽反其魂，徐命之前問何冤。火行於冬古所存，我如禁之絕其飧，女丁婦壬傳世婚，一朝結讎奈後昆。時行當反慎藏蹲。視桃著花可小騫，月及申酉利復怨。助汝五龍從九鯤，溺厥邑囚之崑崙。皇甫作詩止睡昏，辭誇出真遂上焚。要余和增怪又煩，雖欲悔舌不可捫。

落齒

去年落一牙，今年落一齒。俄然落六七，落勢殊未已。餘存皆動搖，盡落應始止。憶初落一時，但念豁可恥。及至落二三，始憂衰即死。每一將落時，懍懍恒在己。叉牙妨食物，顛倒怯漱水。終焉捨我落，意與崩山比。今來落既熟，見落空相似。餘存二十餘，次第知落矣。儻常歲落一，自足支兩紀。如其落併空，與漸亦同指。人言齒之落，壽命理難恃。我言生有涯，長短俱死爾。人言齒之豁，左右驚諦視。我言莊周云，木雁各有喜。語訛默固好，嚼廢輭還美。因歌遂成詩，持用詫妻子。

苦寒

四時各平分，一氣不可兼。隆寒奪春序，顓頊固不廉。太昊弛維綱，畏避但守謙。遂令黄泉下，萌牙夭勾尖。草木不復抽，百味失苦甜。凶飈攪宇宙，鋩刃甚割砭。日月雖云尊，不能活烏蟾。羲和送日出，恇怯頻窺覘。炎帝持祝融，呵嘘不相炎。而我當此時，恩光何由沾？肌膚生鱗甲，衣被如刀鐮。氣寒鼻莫嗅，血凍指不拈。濁醪沸入喉，口角如銜箝。將持匕箸食，觸指如排籤。侵爐不覺暖，熾炭屢已添。探湯無所益，何況纊與縑。虎豹僵穴中，蛟螭死幽潛。熒惑喪躔次，六龍冰脱髯。芒碭大包内，生類恐盡殲。啾啾窗間雀，不知已微纖。舉頭仰天鳴，所願晷刻淹。不如彈射死，却得親炰燖。鸞皇苟不存，爾固不在占。其餘蠢動儔，俱死誰恩嫌。伊我稱最靈，不能女覆苫。悲哀激憤歎，五藏難安恬。中宵倚牆立，淫淚何漸漸？天王哀無辜，惠我下顧瞻。褰旒去耳纊，調和進梅鹽。賢能日登御，黜彼傲與憸。生風吹死氣，豁達如褰簾。懸乳零落墮，晨光入前簷。雪霜頓銷釋，土脉膏且黏。豈徒蘭蕙榮，施及艾與兼。日萼行鑠鑠，風條坐襜襜。天乎苟其能，吾死意亦厭。

崔十六少府攝伊陽以詩及書見投因酬三十韻

崔君初來時，相識頗未慣。但聞赤縣尉，不比博士慢。賃屋得連牆，往來忻莫間。我時亦新居，觸事苦難辦。蔬飧要同喫，破襖請來綻。謂言安堵後，貸借更何患。不知孤遺多，舉族仰薄宦。有時未朝餐，得米日已晏。隔牆聞讙呼，衆口極鵝雁。前計頓乖張，居然見真贋。嬌兒好眉眼，袴腳凍兩骭。捧書隨諸兄，累累兩角丱。冬惟茹寒齏，秋始識瓜瓣。問之不言飢，飫若厭芻豢。才名三十年，久合居給諫。白頭趨走裹，閉口絶謗訕。府公舊同袍，拔擢宰山澗。寄詩雜詼俳，有類説鵬鷃。上言酒味酸，冬衣竟未擐。下言人吏稀，惟足彪與虢。又言致豬鹿，此語乃善幻。三年國子師，腸肚習藜莧。況住洛之涯，魴鱒可罩汕。肯效屠門嚼，久嫌弋者篡。謀拙日焦拳，活計似鋤剗。男寒澀詩書，妻瘦剩腰襻。爲官不事職，厥罪在欺謾。行當自劾去，漁釣老葭亂。歲窮寒氣驕，冰雪滑磴棧。音問難屢通，何由覿清盼？

送侯參謀赴河中幕

憶昔初及第，各以少年稱。君頤始生鬚，我齒清如冰。爾時心氣壯，百事謂已能。一别詎幾何？忽如隔晨興。我齒豁可鄙，君顔老可憎。相逢風塵中，相視迭嗟矜。幸同學省官，末路再得朋。東司絶教授，游宴以爲恒。秋漁蔭密樹，夜博然明燈。雪逕抵樵叟，風廊折談僧。陸渾桃花間，有湯沸如烝。三月崧少步，躑躅紅千層。洲沙厭晚坐，嶺壁窮晨昇。沈冥不計日，爲樂不可勝。遷滿一已異，乖離坐難憑。行行事結束，人馬何蹻騰。感激生膽勇，從軍豈嘗曾。洸洸司徒公，天子爪與肱。提師十萬餘，四海欽風稜。河北兵未進，蔡州帥新薨。曷不請掃除，活彼黎與蒸。鄙夫誠怯弱，受恩愧徒弘。猶思脱儒冠，棄死取先登。又欲面言事，上書求詔徵。侵官固非是，妄作譴可懲。惟當待責免，耕劚歸溝塍。今君得所附，勢若脱鞲鷹。檄筆無與讓，幕謀識其膺。收績開史牒，翰飛逐溟鴻。男兒貴立事，流景不可乘。歲老陰沴作，雲頽雪翻崩。別袖拂洛水，征車轉崤陵。勤勤酒不進，勉勉恨已仍。送君出門歸，愁腸若牽繩。默坐念語笑，癡如遇寒蠅。策馬誰可適？晤言誰爲應。席塵惜不掃，殘罇對空凝。信知後會時，日月屢環絚。生期理行役，歡緒絶難承。寄書惟在頻，無恡簡與繒。

燕河南府秀才

吾皇紹祖烈，天下再太平。詔下諸郡國，歲貢鄉曲英。元和五年冬，房公尹東京。功曹上言公，是月當登名。乃選二十縣，試官得鴻生。群儒負己材，相賀簡擇精。怒起簸羽翮，引吭吐鏗轟。此都自周公，文章繼名聲。自非絶殊尤，難使耳目驚。今者遭震薄，不能出聲鳴。鄙夫忝縣尹，愧栗難爲情。惟求文章寫，不敢妒與爭。還家敕妻兒，具此煎炰烹。柿紅蒲萄紫，肴果相扶擎。芳茶出蜀門，好酒濃且清。何能充歡燕？庶以露厥誠。昨聞詔書下，權公作邦楨。文人得其職，文道當大行。陰風攪短日，冷雨澀不晴。勉哉戒徒馭，家國遲子榮。

寄盧仝

玉川先生洛城裏，破屋數間而已矣。一奴長鬚不裹頭，一婢赤腳老無齒。辛勤奉養十餘人，上有慈親下妻子。先生結髮憎俗徒，閉門不出動一紀。至今鄰僧乞米送，僕忝縣尹能不恥？俸錢供給公私餘，時致薄少助祭祀。勸參留守謁大尹，言語纔及輒掩耳。水北山人得名聲，去年去作幕下士。水南山人又繼往，鞍馬僕從寒閭里。少室山人索價高，兩以諫官徵不起。彼皆刺口論世事，有力未免遭驅使。先生事業不可量，惟用法律自繩己。《春秋》三傳束高閣，獨抱遺經窮終始。往年弄筆嘲同異，怪辭驚衆謗不已。近來自説尋坦塗，猶上虛空跨緑駬。去歲生兒名添丁，意令與國充耘耔。國家丁口連四海，豈無農夫親耒耜？先生抱才終大用，宰相未許終不仕。假如不在陳力列，立言垂範亦足恃。苗裔當蒙十世宥，豈謂貽厥無基阯？故知忠孝生天性，潔身亂倫定足擬？昨晚長鬚來下狀，隔牆惡少惡難似。每騎屋山下窺闞，渾舍驚怕走折趾。憑依婚媾欺官吏，不信令行能禁止？先生受屈未曾語，忽此來告良有以。嗟我身爲赤縣令，操權不用欲何俟？立召賊曹呼五伯，盡取鼠輩尸諸市。先生又遣長鬚來，如此處置非所喜。況又時當長養節，都邑未可猛政理。先生固是余所畏，度量不敢窺涯涘。放縱是誰之過歟？效尤戮僕愧前史。買羊沽酒謝不敏，偶逢明月曜桃李。先生有意許降臨，更遣長鬚致雙鯉。

送無本師歸范陽

無本於爲文，身大不及膽。吾嘗示之難，勇往無不敢。蛟龍弄角牙，造次欲手攬。衆鬼囚大幽，下覷襲玄窞。天陽熙四海，注視首不頷。鯨鵬相摩窣，兩舉快一噉。夫豈能必然，固已謝黯黮。狂詞肆滂葩，低昂見舒慘。姦窮怪變得，往往造平澹。蜂蟬碎錦纈，緑池披菡萏。芝英擢荒蓁，孤翮起連菼。家住幽都遠，未識氣先感。來尋吾何能，無殊嗜昌歜。始見洛陽春，桃枝綴紅糝。遂來長安里，時卦轉習坎。老懶無鬭心，久不事鉛槧。欲以金帛酬，舉室常顑頷。念當委我去，雪霜刻以憯。獰飈攪空衢，天地與頓撼。勉率吐歌詩，尉女别後覽。

石鼓歌

張生手持《石鼓文》，勸我試作《石鼓歌》。少陵無人謫仙死，才薄將奈石鼓何。周綱陵遲四海沸，宣王憤起揮天戈。大開明堂受朝賀，諸侯劍珮鳴相磨。蒐於岐陽騁雄俊，萬里禽獸皆遮羅。鐫功勒成告萬世，鑿石作鼓隳嵯峨。從臣才藝咸第一，揀選撰刻留山阿。雨淋日炙野火燎，鬼物守護煩撝呵。公從何處得紙本，毫髮盡備無差訛。辭嚴義密讀難曉，字體不類隸與科。年深豈免有缺畫，快劍斫斷生蛟鼉。鸞翱鳳翥衆仙下，珊瑚碧樹交枝柯。金繩鐵索鎖紐壯，古鼎躍水龍騰梭。陋儒編《詩》不收入，二《雅》褊迫無委蛇。孔子西行不到秦，掎摭星宿遺羲娥。嗟余好古生苦晚，對此涕淚雙滂沱。憶昔初蒙博士徵，其年始改稱元和。故人從軍在右輔，爲我度量掘臼科。濯冠沐浴告祭酒，如此至寶存豈多。氈苞席裹可立致，十鼓秖載數駱駝。薦諸太廟比郜鼎，光價豈止百倍過？聖恩若許留太學，諸生講解得切磋。觀經鴻都尚填咽，坐見舉國來奔波。剜苔剔蘚露節角，安置妥帖平不頗。大厦深簷與蓋覆，經歷久遠期無佗。中朝大官老於事，詎肯感激徒媕婀。牧童敲火牛礪角，誰復著手爲摩挲？日銷月鑠就埋没，六年西顧空吟哦。羲之俗書趁姿媚，數紙尚可博白鵝。繼周八代争戰罷，無人收拾理則那。方今太平日無事，柄任儒術崇丘軻。安能以此尚論列？願借辯口如懸河。石鼓之歌止於此，嗚呼吾意其蹉跎！

題炭谷湫祠堂

萬生都陽明，幽暗鬼所寰。嗟龍獨何智，出入人鬼間。不知誰爲助？若執造化關。厭處平地水，巢居插天山。列峰若攢指，石盂仰環環。巨靈高其捧，保此一掬慳。森沈固含蓄，本以儲陰姦。魚鱉蒙擁護，群嬉傲天頑。翾翾棲託禽，飛飛一何閑。祠堂像佯真，擢玉紆煙鬟。群怪儼伺候，恩威在其顔。我來日正中，悚惕思先還。寄立尺寸地，敢言來途艱。吁無吹毛刃，血此牛蹄殷。至令乘水旱，鼓舞寡與鰥。林叢鎮冥冥，窮年無由删。妍英雜豔實，星瑣黄朱班。石級皆險滑，顛躋莫牽攀。龙區雛梟碎，付與宿已頒。棄去可奈何？吾其死茅菅。

聽潁師彈琴

昵昵兒女語，恩怨相爾汝。劃然變軒昂，勇士赴敵場。浮雲柳絮無根蔕，天地闊遠隨飛揚。喧啾百鳥群，忽見孤鳳凰。躋攀分寸不可上，失勢一落千丈强。嗟余有兩耳，未省聽絲篁。自聞潁師彈，起坐在一旁。推手遽止之，濕衣淚滂滂。潁乎爾誠能，無以冰炭置我腸！

送陸暢歸江南

舉舉江南子，名以能詩聞。一來取高第，官佐東宫軍。迎婦丞相府，誇映秀士群。鸞鳴桂樹間，觀者何繽紛。人事喜顛倒，旦夕異所云。蕭蕭青雲幹，遂逐荆棘焚。歲晚鴻雁過，鄉思見新文。踐此秦關雪，家彼吴洲雲。悲啼上車女，骨肉不可分。感概都門别，丈夫酒方醺。我實門下士，力薄蚋與蚊。受恩不即報，永負湘中墳。

送進士劉師服東歸

猛虎落檻阱，坐食如孤豘。丈夫在富貴，豈必守一門？公心有勇氣，公口有直言。奈何任埋没，不自求騰軒。僕本亦進士，頗嘗究根源。由來骨鯁材，喜被軟弱吞，低頭受侮笑，隱忍硉兀冤。泥雨城東路，夏槐作雲屯。還家雖闕短，指日親晨飧。攜持令名歸，自足貽家尊。時節不可翫，親交可攀援。勉來取金紫，勿久休中園。

贈張籍

吾老著讀書，餘事不挂眼。有兒雖甚憐，教示不免簡。君來好呼出，踉蹡越門限。懼其無所知，見則先愧赧。昨因有緣事，上馬插手版。留君住廳食，使立侍盤盞。薄暮歸見君，迎我笑而莞。指渠相賀言，此是萬金産。吾愛其風骨，粹美無可揀。試將詩義授，如以肉貫弗。開祛露毫末，自得高蹇嵼。我身蹈丘軻，爵位不早綰。固宜長有人，文章紹編剗。感荷君子德，怳若乘朽棧。召令吐所記，解摘了瑟僴。顧視窗壁閒，親戚競覘讚。喜氣排寒冬，逼耳鳴睍睆。如今更誰恨？便可耕灞滻。

調張籍

李杜文章在，光焰萬丈長。不知群兒愚，那用故謗傷？蚍蜉撼大樹，可笑不自量。伊我生其後，舉頸遥相望。夜夢多見之，晝思反微茫。徒觀斧鑿痕，不矚治水航。想當施手時，巨刃磨天揚。垠崖劃崩豁，乾坤擺雷硠。惟此兩夫子，家居率荒涼。帝欲長吟哦，故遣起且僵。剪翎送籠中，使看百鳥翔。平生千萬篇，金薤垂琳琅。仙官敕六丁，雷電下取將。流落人間者，太山一毫芒。我願生兩翅，捕逐出八荒。精誠忽交通，百怪入我腸。刺手拔鯨牙，舉瓢酌天漿。騰身跨汗漫，不著織女襄。顧語地上友，經營無太忙。乞君飛霞佩，與我高頡頏。

盧郎中雲夫寄示送盤谷子詩兩章歌以和之

昔尋李愿向盤谷，正見高崖巨壁争開張。是時新晴天井溢，誰把長劍倚太行？沖風吹破落天外，飛雨白日灑洛陽。東蹈燕川食曠野，有饋木蕨芽滿筐。馬頭溪深不可厲，借車載過水入箱。平沙緑浪榜方口，雁鴨飛起穿垂楊。窮探極覽頗恣横，物外日月本不忙。歸來辛苦欲誰爲？坐令再往之計墮眇芒。閉門長安三日雪，推書撲筆歌慨慷。旁無壯士遣屬和，遠憶盧老詩顛狂。開緘忽覩送歸作，字向紙上皆軒昂。又知李侯竟不顧，方冬獨入崔嵬藏。我今進退幾時決？十年蠢蠢隨朝行。家請官供不報答，何異雀鼠偷太倉。行抽手版付丞相，不等彈劾還耕桑。

病中贈張十八

中虛得暴下，避冷卧北窗。不蹋曉鼓朝，安眠聽逢逢。籍也處閭里，抱能未施邦。文章自娱戲，金石日擊撞。龍文百斛鼎，筆力可獨扛。談舌久不掉，非君亮誰雙。扶几導之言，曲節初摐摐。半途喜開鑿，派别失大江。吾欲盈其氣，不令見麾幢。牛羊滿田野，解旆束空杠。傾罇與斟酌，四壁堆罌缸。玄帷隔雪風，照鑪釘明釭。夜闌縱捭闔，哆口疎眉厖。勢侔高陽翁，坐約齊横降。連日挾所有，形軀頓胮肛。將歸乃徐謂，子言得無哤。迴軍與角逐，斫樹收窮龐。雌聲吐款要，酒壺綴羊腔。君乃崑崙渠，籍乃嶺頭瀧。譬如蟻垤微，詎可陵崆㟪？幸願終賜之，斬拔枿與樁。從此識歸處，東流水淙淙。

雜　詩

古史散左右，詩書置後前。豈殊蠹書蟲，生死文字間。古道自愚惷，古言自包纏。當今固殊古，誰與爲欣歡？獨携無言子，共升崑崙顛。長風飄襟裾，遂起飛高圓。下視禹九州，一塵集豪端。遨嬉未云幾，下已億萬年。向者夸奪子，萬壤厭其巔。惜哉抱所見，白黑未及分。慷慨爲悲咤，淚如九河翻。指摘相告語，雖還今誰親？翩然下大荒，被髪騎騏驎。

寄崔二十六立之

西城員外丞，心跡兩屈奇。往歲戰詞賦，不將勢力隨。下驢入省門，左右驚紛披。傲兀坐試席，深叢見孤羆。文如翻水成，初不用意爲。四座各低面，不敢捩眼窺。升階揖侍郎，歸舍日未攲。佳句喧衆口，考官敢瑕疵？連年收科第，若摘頷底髭。迴首卿相位，通途無佗歧。豈論校書郎，袍笏光參差。童稚見稱説，祝身得如斯。儕輩妒且熱，喘如竹筒吹。老婦願嫁女，約不論財貲。老翁不量分，累月笞其兒。攬攬争附託，無人角雄雌。由來人間事，翻覆不可知。安有巢中鷇，插翅飛天陲？駒犢著爪牙，猛虎借與皮。汝頭有韁繫，汝腳有索縻。陷身泥溝閒，誰復稟指撝？不脱吏部選，可見偶與奇。又作朝士貶，得非命所旅？客居京城中，十日營一炊。逼迫走巴蠻，恩愛座上離。昨來漢水頭，始得完孤羈。桁掛新衣裳，盎棄食殘糜。苟無飢寒苦，那用分高卑？憐我還好古，宦途同險巇。每句遺我書，竟歲無差池。新篇奚其思？風幡肆逶迤。又論諸毛功，劈水看蛟螭。雷電生睒睗，角鬣相撐披。屬我感窮景，抱華不能摛。唱來和相報，愧歎俾我疵。又寄百尺綵，緋紅相盛衰。巧能喻其誠，深淺抽肝脾。開展放我側，方餐涕垂匙。朋交日凋謝，存者逐利移。子寧獨迷誤？綴綴意益彌。舉頭庭樹豁，狂飆卷寒曦。迢遞山水隔，何由應塤篪？别來就十年，君馬記騧驪。長女當及事，誰助出帨縭？諸男皆秀朗，幾能守家規。文字鋭氣在，輝輝見旌麾。摧腸與慽容，能復持酒巵？我雖未耋老，髮秃骨力羸。所餘十九齒，飄飄盡浮危。玄花著兩眼，視物隔褷纚。燕席謝不詣，游鞍懸莫騎。敦敦凭書案，譬彼鳥黏黐。且吾聞之師，不以物自隳。孤豚眠糞壤，不慕太廟犧。君看一時人，幾輩先騰馳？過半黑頭死，陰蟲食枯骴。歡華不滿眼，咎責塞兩儀。觀名計之利，詎足相陪裨？仁者恥貪冒，受禄量所宜。無能食國惠，豈異哀癃罷。久欲辭謝去，休令衆睢睢。況又嬰疹疾，寧保軀不貲。不能前死罷，内實慚神祇。舊籍在東都，茅屋枳棘籬。還歸非無指，灞滻揚春澌。生兮耕吾疆，死也埋吾陂。文書自傳道，不仗史筆垂。夫子固吾黨，新恩釋銜羈。去來伊洛上，相待安罛箄。我有雙飲䀹，其銀得朱提。黄金塗物象，雕鎸妙工倕。乃令千里鯨，么麽微螽斯。猶能争明月，擺掉出瀰瀰。野草花葉細，不辨資菉葹。綿綿相糾結，狀似環城陴。四隅芙蓉樹，擢豔皆猗猗。鯨以興君身，失所逢百罹。月以喻夫道，僶俛勵莫虧。草木明覆載，妍醜齊榮萎。願君恒御之，行止雜燧觿。異日期對舉，當如合分支。

月蝕詩效玉川子作

元和庚寅斗插子，月十四日三更中。森森萬木夜僵立，寒氣屓奰頑無風。月形如白盤，完完上天東。忽然有物來噉之，不知是何蟲？如何至神物，遭此狼狽凶？星如撒沙出，攢集争强雄。油燈不照席，是夕吐燄如長虹。玉川子，涕泗下，中庭獨行。念此日月者，爲天之眼睛。此猶不自保，吾道何由行？嘗聞古老言，疑是蝦蟆精。徑圓千里納女腹，何處養女百醜形？杷沙腳手鈍，誰使女解緣青冥？黄帝有四目，帝舜重其明。今天秪兩目，何故許食使偏盲？堯呼大水浸十日，不惜萬國赤子魚頭生。女於此時若食日，雖食八九無嚵名。赤龍黑烏燒口熱，翎鬣倒側相搪撐。婪酣大肚遭一飽，飢腸徹死無由鳴。後時食月罪當死，天羅磕帀何處逃女形？玉川子立於庭而言曰：地行賤臣仝，再拜敢告上天公。臣有一寸刃，可刳凶蟆腸。無梯可上天，天階無由有臣蹤。寄箋東南風，天門西北祈風通。丁寧附耳莫漏洩，薄命王值飛廉慵。東方青色龍，牙角何呀呀？從官百餘座，嚼啜煩官家。月蝕汝不知，安用爲龍窟天河？赤鳥司南方，尾秃翅觰沙。月蝕於汝頭，汝口開呀呀。蝦蟆掠汝兩吻過，忍學省事不以汝觜啄蝦蟆？於菟蹲於西，旗旄衛毵毶。既從白帝祠，又食於禬禮有加。忍令月被惡物食，枉於汝口插齒牙？烏龜怯姦怕寒，縮頸以殼自遮。終令誇蛾抉女出，卜師燒錐鑽灼滿板如星羅。此外内外官，瑣細不足科。臣請悉掃除，慎勿許語令啾嘩。併光全耀歸我月，盲眼鏡凈無纖瑕。弊蛙拘送主府官，帝箸下腹嘗其皤。依前使兔操杵臼，玉階桂樹閑婆娑。恒娥還宫室，太陽有室家。天雖高，耳屬地。感臣赤心，使臣知意。雖無明言，潛喻厥旨。有氣有形，皆吾赤子。雖忿大傷，忍殺孩稚？還女月明，安行於次。盡釋衆罪，以蛙磔死。

孟生詩

孟生江海士，古貌又古心。嘗讀古人書，謂言古猶今。作詩三百首，窅默咸池音。騎驢到京國，欲和薰風琴。豈識天子居，九重鬱沈沈。一門百夫守，無籍不可尋。晶光蕩相射，旗戟翩以森。遷延乍却走，驚怪靡自任。舉頭看白日，泣涕下霑襟。朅來游公卿，莫肯低華簪。諒非軒冕族，應對多差參。萍蓬風波急，桑榆日月侵。奈何從進士，此路轉嶇嶔。異質忌處群，孤芳難寄林。誰憐松桂性，競愛桃李陰。朝悲辭樹葉，夕感歸巢禽。顧我多慷慨，窮簷時見臨。清宵静相對，髮白聆苦吟。採蘭起幽念，眇然望東南。秦吴修且阻，兩地無數金。我論徐方牧，好古天下欽。竹實鳳所食，德馨神所歆。求觀衆丘小，必上泰山岑。求觀衆流細，必泛滄溟深。子其聽我言，可以當所箴。既獲則思返，無爲久滯淫。卞和試三獻，期子在秋砧。

短燈檠歌

長檠八尺空自長，短檠二尺便且光。黄簾緑幕朱户閉，風露氣入秋堂涼。裁衣寄遠淚眼暗，搔頭頻挑移近牀。太學儒生東魯客，二十辭家來射策。夜書細字綴語言，兩目眵昏頭雪白。此時提携當案前，看書到曉那能眠？一朝富貴還自恣，長檠高張照珠翠。吁嗟世事無不然，牆角君看短檠棄。

送劉師服

夏半陰氣始，淅然雲景秋。蟬聲入客耳，驚起不可留。草草具盤饌，不待酒獻酬。士生爲名累，有似魚中鈎。齎材入市賣，貴者恒難售。豈不畏鰥寡，爲功忌中休。勉哉耘其業，以待歲晚收。

符讀書城南

木之就規矩，在梓匠輪輿。人之能爲人，由腹有詩書。詩書勤乃有，不勤腹空虚。欲知學之力，賢愚同一初。由其不能學，所入遂異閭。兩家各生子，提孩巧相如。少長聚嬉戲，不殊同隊魚。年至十二三，頭角稍相疎。二十漸乖張，清溝映汙渠。三十骨骼成，乃一龍一豬。飛黄騰踏去，不能顧蟾蜍。一爲馬前卒，鞭背生蟲蛆。一爲公與相，潭潭府中居。問之何因爾，學與不學歟！金璧雖重寶，費用難貯儲。

學問藏之身，身在則有餘。君子與小人，不繫父母且。不見公與相，起身自犁鉏。不見三公後，寒飢出無驢。文章豈不貴，經訓乃菑畬。潢潦無根源，朝滿夕已除。人不通古今，馬牛而襟裾。行身陷不義，況望多名譽。時秋積雨霽，新涼入郊墟。燈火稍可親，簡編可卷舒。豈不旦夕念，爲爾惜居諸。恩義有相奪，作詩勸躊躇。

示　爽

宣城去京國，里數逾三千。念汝欲别我，解裝具盤筵。日昏不能散，起坐相引牽。冬夜豈不長？達旦燈燭然。座中悉親故，誰肯舍汝眠？念汝將一身，西來曾幾年？名科擠衆俊，州考居吏前。今從府公召，府公又時賢。時輩千百人，孰不謂汝妍？汝來江南近，里閭故依然。昔日同戲兒，看汝立路邊。人生但如此，其實亦可憐。吾老世味薄，因循致留連。强顔班行内，何實非罪愆？才短難自力，懼終莫洗湔。臨分不汝誑，有路即歸田。

人日城南登高

初正候纔兆，涉七氣已弄。靄靄野浮陽，暉暉水披凍。聖朝身不廢，佳節古所用。親交既許來，子姪亦可從。盤蔬冬春雜，罇酒清濁共。令徵前事爲，觴詠新詩送。扶杖凌圮阯，刺船犯枯葑。戀池群鴨迴，釋嶠孤雲縱。人生本坦蕩，誰使妄倥偬？直指桃李闌，幽尋寧止重？

病鴟

屋東惡水溝，有鴟墮鳴悲。青泥揜兩翅，拍拍不得離。群童叫相召，瓦礫争先之。計校生平事，殺却理亦宜。奪攘不愧耻，飽滿盤天嬉。晴日占光景，高風送追隨。遂淩鸞鳳群，肯顧鴻鵠卑？今者命運窮，遭逢巧丸兒。中汝要害處，汝能不得施。於吾乃何有，不忍乘其危。丐汝將死命，浴以清水池。朝餐輟魚肉，暝宿防狐狸。自知無以致，蒙德久猶疑。飽入深竹叢，飢來傍階基。亮無責報心，固以聽所爲。昨日有氣力，飛跳弄藩籬。今晨忽徑去，曾不報我知。僥倖非汝福，天衢汝休窺。京城事彈射，豎子豈易欺。勿諱泥坑辱，泥坑乃良規。

華山女

街東街西講佛經，撞鐘吹螺鬧宫庭。廣張罪福資誘脅，聽衆狎恰排浮萍。黄衣道士亦講説，座下寥落如明星。華山女兒家奉道，欲驅異教歸仙靈。洗妝拭面著冠帔，白咽紅頰長眉青。遂來升座演真訣，觀門不許人開扃。不知誰人暗相報，訇然振動如雷霆。掃除衆寺人跡絶，驊騮塞路連輜軿。觀中人滿坐觀外，後至無地無由聽。抽釵脱釧解環佩，堆金疊玉光青熒。天門貴人傳詔召，六宫願識師顔形。玉皇頷首許歸去，乘龍駕鶴來青冥。豪家少年豈知道，來繞百匝腳不停。雲窗霧閣事慌惚，重重翠幕深金屏。仙梯難攀俗緣重，浪憑青鳥通丁寧。

讀皇甫湜公安園池詩書其後

晋人目二子，其猶吹一吷。區區自其下，顧肯掛牙舌？《春秋》書王法，不誅其人身。《爾雅》注蟲魚，定非磊落人。湜也困公安，不自閑窮年。枉智思掎摭，糞壤污穢豈有臧。誠不如兩忘，但以一概量。我有一池水，蒲葦生其間。蟲魚沸相嚼，日夜不得閑。我初往觀之，其後益不觀。觀之亂我意，不如不觀完。用將濟諸人，捨得業孔顔。百年詎幾時，君子不可閑。

瀧　吏

南行逾六旬，始下昌樂瀧。險惡不可狀，船石相舂撞。往問瀧頭吏，潮州尚幾里？行當何時到？土風復何似？瀧吏垂手笑：官何問之愚！譬官居京邑，何由知東吴？東吴遊宦鄉，官知自有由。潮州底處所？有罪乃竄流。儂幸無負犯，何由到而知？官今行自到，那遽妄問爲？不虞卒見困，汗出愧且駭。吏曰聊戲官，儂嘗使往罷。嶺南大抵同，官去道苦遼。下此三千里，有州始名潮。惡溪瘴毒聚，雷電常洶洶。鰐魚大於船，牙眼怖殺儂。州南數十里，有海無天地。颶風有時作，掀簸真差事。聖人於天下，於物無不容。比聞此州囚，亦有生還儂。官無嫌此州，固罪人所徙。官當明時來，事不待説委。官不自謹慎，宜即引分往。胡爲此水邊，神色久戃慌？瓨大瓶罌小，所任自有宜。官何不自量，滿溢以取斯？工農雖小人，事業各有守。不知官在朝，有益國家不？得無虱其間，不武亦不文。仁義飾其躬，巧姦敗群倫。叩頭謝吏言，始慚今更羞。歷官二十餘，國恩並未酬。凡吏之所訶，嗟實頗有之。不即金木誅，敢不識恩私。潮州雖云遠，雖惡不可過。於身實已多，敢不持自賀。

贈別元十八協律六首

其 五

讀書患不多，思義患不明。患足已不學，既學患不行。子今四美具，實大華亦榮。王官不可闕，未宜後諸生。嗟我擯南海，無由助飛鳴。

初南食貽元十八協律

鱟實如惠文，骨眼相負行。蠔相黏爲山，百十各自生。蒲魚尾如蛇，口眼不相營。蛤即是蝦蟆，同實浪異名。章舉馬甲柱，鬬以怪自呈。其餘數十種，莫不可歎驚。我來禦魑魅，自宜味南烹。調以鹹與酸，芼以椒與橙。腥臊始發越，咀吞面汗騂。惟蛇舊所識，實憚口眼獰。開籠聽其去，鬱屈尚不平。賣爾非我罪，不屠豈非情。不祈靈珠報，幸無嫌怨并。聊歌以記之，又以告同行。

別趙子

我遷於揭陽，君先揭陽居。揭陽去京華，其里萬有餘。不謂小郭中，有子可與娛。心平而行高，兩通

《詩》與《書》。婆娑海水南，簸弄明月珠。及我遷宜春，意欲携以俱。擺頭笑且言，我豈不足歟？又奚爲於北，往來以紛如？海中諸山中，幽子頗不無。相期風濤觀，已久不可渝。又嘗疑龍蝦，果誰雄牙鬚？蚌蠃魚鱉蟲，瞿瞿以狙狙。識一已忘十，大同細自殊。欲一窮究之，時歲屢謝除。今子南且北，豈非亦有圖？人心未嘗同，不可一理區。宜各從所務，未用相賢愚。

除官赴闕至江州寄鄂岳李大夫

盆城去鄂渚，風便一日耳。不枉故人書，無因帆江水。故人辭禮闈，旌節鎮江圻。而我竄逐者，龍鍾初得歸。別來已三歲，望望長迢遞。咫尺不相聞，平生那可計？我齒落且盡，君鬢白幾何？年皆過半百，來日苦無多。少年樂新知，衰暮思故友。譬如親骨肉，寧免相可不？我昔實愚惷，不能降色辭。子犯亦有言，臣猶自知之。公其務貰過，我亦請改事。桑榆倘可收，願寄相思字。

南山有高樹行贈李宗閔

南山有高樹，花葉何衰衰！上有鳳皇巢，鳳皇乳且棲。四旁多長枝，群鳥所托依。黄鵠據其高，衆鳥接其卑。不知何山鳥，羽毛有光輝。飛飛擇所處，正得衆所希。上承鳳皇恩，自期永不衰。中與黄鵠群，不自隱其私。下視衆鳥群，汝徒竟何爲？不知挾丸子，心默有所規。彈汝枝葉間，汝翅不覺摧。或言由黄鵠，黄鵠豈有之？慎勿猜衆鳥，衆鳥不足猜。無人語鳳皇，汝屈安得知？黄鵠得汝去，婆娑弄毛衣。前汝下視鳥，各議汝瑕疵。汝豈無朋匹？有口莫肯開。汝落蒿艾間，幾時復能飛？哀哀故山友，中夜思汝悲。路遠翅翎短，不得持汝歸。

猛虎行

猛虎雖云惡，亦各有匹儕。群行深谷間，百獸望風低。身食黄熊父，子食赤豹麛。擇肉於熊豹，肯視兔與狸？正晝當谷眠，眼有百步威。自矜無當對，氣性縱以乖。朝怒殺其子，暮還食其妃。匹儕四散走，猛虎還孤棲。狐鳴門兩旁，烏鵲從噪之。出逐猴入居，虎不知所歸。誰云猛虎惡？中路正悲啼。豹來銜其尾，熊來攫其頤。猛虎死不辭，但慚前所爲。虎坐無助死，況如汝細微。故當結以信，親當結以私。親故且不保，人誰信汝爲？

送僧澄觀

浮屠西來何施爲？擾擾四海争奔馳。構樓架閣切星漢，誇雄鬬麗止者誰？僧伽後出淮泗上，勢到衆佛尤恢奇。越商胡賈脱身罪，珪璧滿船寧計資。清淮無波平如席，欄柱傾扶半天赤。火燒水轉掃地空，突兀便高三百尺。影沉潭底龍驚遁，當晝無雲跨虚碧。借問經營本何人？道人澄觀名籍籍。愈昔從軍大梁下，往來滿屋賢豪者。皆言澄觀雖僧徒，公才吏用當今無。後從徐州辟書至，紛紛過客何由記？又言澄觀乃詩人，一座競吟詩句新。向風長歎不可見，我欲收斂加冠巾。洛陽窮秋厭窮獨，丁丁啄門疑啄木。有僧來訪呼使前，伏犀插腦高頰權。惜哉已老無所及，坐睨神骨空潸然。臨淮太守初到郡，遠遣州民送音問。好奇賞俊直難逢，去去爲致思從容。

奉酬盧給事雲夫四兄曲江荷花行見寄并呈上錢七兄閣老張十八助教

曲江千頃秋波浄，平鋪紅雲蓋明鏡。大明宫中給事歸，走馬來看立不正。遺我明珠九十六，寒光映骨睡驪目。我今官閑得婆娑，問言何處芙蓉多？撑舟昆明度雲錦，腳敲兩舷叫吴歌。太白山高三百里，負雪崔嵬插花裏。玉山前却不復來，曲江汀瀅水平盃。我時相思不覺一迴首，天門九扇相當開。上界真人足官府，豈如散仙鞭笞鸞鳳終日相追陪。

南溪始泛三首

其一

榜舟南山下，上上不得返。幽事隨去多，孰能量近遠？陰沉過連樹，藏昂抵横坂。石𧉮肆磨礪，波惡厭牽挽。或倚偏岸漁，竟就平洲飯。點點暮雨飄，梢梢新月偃。餘年懍無幾，休日愴已晚。自是病使然，非由取高蹇。

聯句

鬬雞聯句

大雞昂然來，小雞竦而待。愈。峥嶸顛盛氣，洗刷凝鮮彩。郊。高行若矜豪，側睨如何殆。愈。精光目相射，劍戟心獨在。郊。既取冠爲胄，復以距爲鐓。天時得清寒，地利挾爽塏。愈。磔毛各噤痒，怒癭争碨磊。俄膺忽爾低，植立瞥而改。郊。膈膊戰聲喧，繽翻落羽皠。中休事未決，小挫勢益倍。愈。妒腸務生敵，賊性專相醢。裂血失鳴聲，啄殷甚飢餒。郊。對起何急驚？隨旋誠巧紿。毒手飽李陽，神槌困朱亥。愈。惻心我以仁，碎首爾何罪？獨勝事有然，旁驚汗流浼。郊。知雄欣動顔，怯負愁看賄。争觀雲填道，助叫波翻海。愈。事爪深難解，嗔睛時未怠。一噴一醒然，再接再礪乃。郊。頭垂碎丹砂，翼搨拖錦彩。連軒尚賈餘，清厲比歸凱。愈。選俊感收毛，受恩慚始隗。英心甘鬬死，義肉耻庖宰。君看《鬬雞篇》，短韻有可采。郊。

秋雨聯句

萬木聲號呼，百川氣交會。郊。庭翻樹離合，牖變景明藹。愈。潨瀉殊未終，飛浮亦云泰。郊。牽懷到空山，屬聽邇驚瀨。愈。簷垂白練直，渠漲清湘大。郊。甘津澤祥禾，伏潤肥荒艾。愈。主人吟有歡，客子歌無奈。郊。侵陽日沈玄，剥節風搜兑。愈。坱圠遊峽喧，颼飀卧江汰。郊。微飄來枕前，高灑自天外。愈。蛩穴何迫迮？蟬枝掃鳴噦。郊。椶菊茂新芳，逕蘭銷晚藹。愈。地鏡時昏曉，池星競漂沛。郊。歡呶尋一聲，灌注咽群籟。愈。儒宫煙火濕，市舍煎熬忲。郊。卧冷空避門，衣寒屢循帶。愈。水怒已倒流，陰繁恐凝害。郊。憂魚思舟檝，感禹勤畎澮。愈。懷襄信可畏，疏決須有賴。郊。筮命或馮蓍，卜晴將問蔡。愈。庭商忽驚舞，墉禜亦親酹。郊。氛醨稍疎映，雺亂還擁薈。陰旌時摎流，帝鼓鎮訇磕。愈。棗圃落青璣，瓜畦爛文貝。愈。貧薪不燭竈，富粟空填廥。愈。秦俗動言利，魯儒欲何丐。深路倒羸驂，弱途擁行軑。毛羽皆遭凍，離莌不能翽。翻浪洗虚空，傾濤敗藏蓋。郊。吾人猶在陳，僮僕誠自鄶。因思征蜀士，未免濕戎旆。安得發商飈，廓然吹宿靄。白日懸大野，幽泥化輕壒。戰場暫一乾，賊肉行可膾。愈。搜心思有效，抽策期稱最。豈惟慮收穫，亦以救顛沛。郊。禽情初嘯儔，礎色微收霈。庶幾諧我願，遂止無已太。愈。

征蜀聯句

日王忿違慠，有命事誅拔。蜀險豁關防，秦師縱横猾。愈。風旗帀地揚，雷鼓轟天殺。竹兵彼皴脆，鐵刃我槍鱗。郊。刑神吒犛旄，陰焰颭犀札。翻霓紛偃蹇，塞野澒坱圠。愈。生獰競掣跌，癡突争填軋。渴鬭信豗呶，噉姦何噢嗗。郊。更呼相簸蕩，交斫雙缺齾。火發激鋩腥，血漂騰足滑。愈。飛猱無整陣，翩鶻有邪戛。江倒沸鯨鯤，山摇潰貙猰。郊。中離分二三，外變迷七八。逆頸盡徽索，仇頭恣髡鬝。怒鬚猶髽鬉，斷臂仍瓢瓠。愈。石潛設奇伏，穴覰騁精察。中矢類妖㺄，跳鋒狀驚豽。踢翻聚林嶺，斗起成埃圿。郊。旆亡多空杠，軸折鮮聯轄。剟膚浹瘡痍，敗面碎剠刮。渾奔肆狂勷，捷竄脱趫黠。巖鈎踔狙猿，水漉雜鱣蝟。投奔鬧碚礐，填隍傶傄傄。愈。强睛死不閉，獷眼困逾眡。爇堞熇歊熺，抉門呀拗闔。郊。天刀封未坼，酋膽懾前揠。跧梁排郁縮，闖竇揳窋窡。郊。迫脅聞雜驅，咿呦叫冤䟘。郊。窮區指清夷，兇部坐雕鎩。邛文裁斐亹，巴豔收婠妠。椎肥牛呼牟，載實駝鳴圔。聖靈閔頑囂，燾養均草蔡。下書遏雄唬，解罪弔攣瞎。愈。戰恤時銷洗，劍霜夜清刮。漢棧罷囂闐，獠江息澎汃。戍寒絶朝乘，刀暗歇宵䜭。始去杏飛蜂，及歸柳嘶崿。廟獻繁馘級，樂聲洞椌楬。郊。臺圖煥丹玄，郊告儼匏稭。念齒慰徽黧，視傷悼瘢疕。休輸任訛寢，報力厚麩秳。公歡鐘晨撞，室宴絲曉扴。盃盂酬酒醪，箱篋饋巾帓。小臣昧戎經，維用贊勳劼。愈。

晚秋郾城夜會聯句

從軍古云樂，談笑青油幕。燈明夜觀棋，月暗秋城柝。正封上中丞。羈客方寂歷，驚烏時落泊。語闌壯氣衰，酒醒寒砧作。愈奉院長。遇主貴陳力，夷凶匪兼弱。百牢犒輿師，千户購首惡。正封。平生耻論兵，末暮不輕諾。徒然感恩義，誰復論勳爵？愈。多士被沾污，小夷施毒蠚。何當鑄劍戟，相與歸臺閣？正封。室婦歎鳴鸛，家人祝喜鵲。終朝考蓍龜，何日親烝礿？愈。間使斷津梁，潛軍索林薄。紅塵羽書靖，大水沙囊涸。正封。銘山子所工，插羽余何怍？未足煩刀俎，秖應輸管鑰。愈。雨矢逐天狼，電矛驅海若。靈誅固無縱，力戰誰敢却？正封。峨峨雲梯翔，赫赫火箭著。連空隮雉堞，照夜焚城郭。愈。軍門宣一令，廟算建三略。雷鼓揭千槍，浮橋交萬笮。正封。蹂野馬雲騰，映原旗火鑠。疲氓墜將拯，殘虜狂可縛。愈。摧鋒若貙兕，超乘如猱玃。逢掖服翻𢥞，縵胡纓可愕。正封。星隕聞雊雉，師興隨唳鶴。虎豹貪犬羊，鷹鸇憎鳥雀。愈。燒陂除積聚，灌壘失依託。憑軾諭昏迷，執殳征暴虐。正封。倉空戰卒飢，月黑探兵錯。兇徒更蹈藉，逆族相啗嚼。愈。軸轤亘淮泗，旆旌連夏鄂。大野縱氐羌，長河浴騮駱。正封。東西競角逐，遠近施矰繳。人怨童聚謡，天殃鬼行瘧。愈。漢刑支郡黜，周制閑田削。侯社退無功，鬼薪懲不恪。正封。余雖司斧鑕，情本尚丘壑。且待獻俘囚，終當返耕獲。愈。藁街陳鈇鉞，桃塞興錢鎛。地理畫封疆，天文掃寥廓。正封。天子憫瘡痍，將軍禁鹵掠。策勳封龍頟，歸獸獲麟腳。愈。詰誅敬王怒，給復哀人瘼。澤髮解兜牟，酡顔傾虆落。正封。安存惟恐晚，洗雪不論昨。暮鳥已安巢，春蠶看滿箔。愈。聲明動朝闕，光寵耀京洛。旁午降絲綸，中堅擁鼓鐸。正封。密坐列珠翠，高門塗粉䨼。跋朝賀書飛，塞路歸鞍躍。愈。魏闕横雲漢，秦關束崿崿。拜迎羅櫜鞬，問遺結囊橐。正封。江淮永清晏，宇宙重開拓。是日號昇平，此年名作噩。愈。洪赦方下究，武飈亦旁魄。南據定蠻陬，北攫空朔漠。正封。儒生惬教化，武士猛刺斫。吾相兩優游，他人雙落莫。愈。印從負鼎佩，門爲登壇鑿。再入更顯嚴，九遷彌謇諤。正封。賓筵盡狐趙，導騎多衛霍。國史擅芬芳，宫娃分綽約。愈。丹掖列鵷鷺，洪爐衣狐貉。摛文揮月毫，講劍淬霜鍔。正封。命衣備藻火，賜樂兼拊搏。兩廂鋪氍毹，五鼎調勺藥。愈。帶垂蒼玉佩，轡蹙黄金絡。誘接喻登龍，趨馳狀傾藿。正封。青娥翳長袖，紅頰吹鳴籥。儻不忍辛勤，何由恣歡謔？愈。

惟當早富貴，豈得暫寂寞。但擲雇笑金，仍祈却老藥。正封。殁廟配鏄斝，生堂合鬌鑮。安行庇松篁，高卧枕莞蒻。愈。洗沐恣蘭芷，割烹厭脾臄。喜顔非忸怩，達志無隕獲。正封。詠諧酒席展，慷慨戎裝著。斬馬祭旄纛，炰羔禮芒屩。愈。山多離隱豹，野有求伸蠖。推選閲群材，薦延搜一鶚。正封。左右供諂譽，親交獻諛噱。名聲載揄揚，權勢實熏灼。愈。道舊生感激，當歌發酬酢。群孫輕綺紈，下客豐醴酪。正封。窮天貢琛異，匝海賜酺醵。作樂鼓還槌，從禽弓始彍。愈。取歡移日飲，求勝通宵博。五白氣争呼，六奇心運度。正封。恩澤誠布濩，嚚頑已簫勺。告成上云亭，考古垂矩矱。愈。前堂清夜吹，東第良晨酌。池蓮折秋房，院竹翻夏籜。正封。五狩朝恒岱，三畋宿楊柞。農書乍討論，《馬法》長懸格。愈。雪下收新息，陽生過京索。爾牛時寢訛，我僕或歌咢。正封。帝載彌天地，臣辭劣螢爝。爲詩安能詳，庶用存糟粕。愈。

律詩

李員外寄紙筆

題是臨池後，分從起草餘。兔尖針莫並，繭净雪難如。莫怪殷勤謝，虞卿正著書。

春雪

看雪乘清旦，無人坐獨謡。拂花輕尚起，落地暖初銷。已訝陵歌扇，還來伴舞腰。灑篁留密節，著柳送長條。入鏡鸞窺沼，行天馬度橋。偏階憐可掬，滿樹戲成摇。江浪迎濤日，風毛縱獵朝。弄閑時細轉，爭急忽驚飄。城險疑懸布，砧寒未擣綃。莫愁陰景促，夜色自相饒。

和歸工部送僧約

早知皆是自拘囚，不學因循到白頭。汝既出家還擾擾，何人更得死前休？

詠雪贈張籍

只見縱横落，寧知遠近來。飄颻還自弄，歷亂竟誰催？座暖銷那怪，池清失可猜。坳中初蓋底，垤處遂成堆。慢有先居後，輕多去却迴。度前鋪瓦隴，奔發積牆隈。穿細時雙透，乘危忽半摧。舞深逢坎井，集早值層臺。砧練終宜擣，階紈未暇裁。城寒裝睥睨，樹凍裹莓苔。片片勻如翦，紛紛碎若挼。定非燖鵠鷺，真是屑瓊瑰。緯繣觀朝萼，冥茫矚晚埃。當窗恒凜凜，出户即皚皚。壓野榮芝菌，傾都委貨財。娥嬉華蕩漾，胥怒浪崔嵬。磧迥疑浮地，雲平想輾雷。隨車翻縞帶，逐馬散銀盃。萬屋漫汗合，千株照曜開。松篁遭挫折，糞壤獲饒培。隔絶門庭遽，擠排陛級纔。豈堪裨嶽鎮，强欲效鹽梅。隱匿瑕疵盡，包羅委瑣該。誤雞宵呃喔，驚雀暗徘徊。浩浩過三暮，悠悠帀九垓。鯨鯢陸死骨，玉石火炎灰。厚慮填溟壑，高愁摋斗魁。日輪埋欲側，坤軸壓將頹。岸類長蛇攪，陵猶巨象豗。水官誇傑黠，木氣怯胚胎。著地無由卷，連天不易推。龍魚冷蟄苦，虎豹餓號哀。巧借奢華便，專繩困約災。威貪陵布被，光肯離金罍。賞玩捐他事，歌謡放我才。狂教詩硉矹，興與酒陪鰓。惟子能諳耳，諸人得語哉？助留風作黨，勸坐火爲媒。雕刻文刀利，搜求智網恢。莫煩相屬和，傳示及提孩。

奉和虢州劉給事使君三堂新題二十一詠

新　亭

湖上新亭好，公來日出初。水文浮枕簟，瓦影蔭龜魚。

流　水

汩汩幾時休？從春復到秋。只言池未滿，池滿强交流。

竹　洞

竹洞何年有？公初斫竹開。洞門無鎖鑰，俗客不曾來。

月　臺

南館城陰闊，東湖水氣多。直須臺上看，始奈月明何。

渚　亭

自有人知處，那無步往蹤？莫教安四壁，面面看芙蓉。

竹　溪

藹藹溪流慢，梢梢岸篠長。穿沙碧蘚浄，落水紫苞香。

北　湖

聞説游湖棹，尋常到此迴。應留醒心處，準擬醉時來。

花　島

蜂蝶去紛紛，香風隔岸聞。欲知花島處，水上覓紅雲。

柳　溪

柳樹誰人種？行行夾岸高。莫將條繫纜，著處有蟬號。

西　山

新月迎宵挂，晴雲到晚留。爲遮西望眼，終是懶回頭。

竹　逕

無塵從不掃，有鳥莫令彈。若要添風月，應除數百竿。

荷　池

風雨秋池上，高荷蓋水繁。未諳鳴摵摵，那似卷翻翻？

稻　畦

罫布畦堪數，枝分水莫尋。魚肥知已秀，鶴没覺初深。

柳　巷

柳巷還飛絮，春餘幾許時？吏人休報事，公作送春詩。

花　源

源上花初發，公應日日來。丁寧紅與紫，慎莫一時開。

北　樓

郡樓乘曉上，盡日不能迴。晚色將秋至，長風送月來。

鏡　潭

非鑄復非鎔，泓澄忽此逢。魚蝦不用避，只是照蛟龍。

孤　嶼

朝游孤嶼南，暮戲孤嶼北。所以孤嶼鳥，與公盡相識。

方　橋

非閣復非船，可居兼可過。君欲問方橋，方橋如此作。

梯　橋

乍似上青冥，初疑躡菡萏。自無飛仙骨，欲度何由敢？

月　池

寒池月下明，新月池邊曲。若不妒清妍，却成相映燭。

和侯協律詠筍

竹亭人不到，新筍滿前軒。乍出真堪賞，初多未覺煩。成行齊婢僕，環立比兒孫。驗長常携尺，愁乾屢側盆。對吟忘膳飲，偶坐變朝昏。滯雨膏腴濕，驕陽氣候温。得時方張王，挾勢欲騰騫。見角牛羊没，看皮虎豹存。攢生猶有隙，散佈忽無垠。詎可持籌算？誰能以理言？縱横公占地，羅列暗連根。狂劇時穿壁，群强幾觸藩。深潛如避逐，遠去若追奔。始訝妨人路，還驚入藥園。萌芽防寖大，覆載莫偏恩。已復侵危砌，非徒出短垣。身寧虞瓦礫，計擬擗蘭蓀。且歎高無數，庸知上幾番？短長終不校，先後竟誰論？外恨苞藏密，中仍節目繁。暫須迴步履，要取助盤飧。穰穰疑翻地，森森競塞門。戈矛頭戢戢，蛇虺首掀掀。婦懦咨料揀，兒癡謁盡髡。侯生來慰我，詩句讀驚魂。屬和才將竭，呻吟至日暾。

和李司勳過連昌宫

夾道踈槐出老根，高甍巨桷壓山原。宫前遺老來相問，今是開元幾葉孫？

次潼關先寄張十二閣老使君

荆山已去華山來，日出潼關四扇開。刺史莫辭迎候遠，相公親破蔡州迴。

送鄭尚書赴南海

番禺軍府盛，欲説暫停盃。蓋海旂幢出，連天觀閣開。衙時龍户集，上日馬人來。風静鶢鶋去，官廉蚌蛤迴。貨通師子國，樂奏武王臺。事事皆殊異，無嫌屈大才。

遊西林寺題蕭二兄郎中舊堂

中郎有女能傳業，伯道無兒可保家。偶到匡山曾住處，幾行衰淚落煙霞。

早春呈水部張十八員外二首

其　二

莫道官忙身老大，即無年少逐春心。憑君先到江頭看，柳色如今深未深？

送桂州嚴大夫

蒼蒼森八桂，兹地在湘南。江作青羅帶，山如碧玉篸。户多輸翠羽，家自種黄甘。遠勝登仙去，飛鸞不假驂。

奉和杜相公太清宫紀事陳誠上李相公十六韻

耒耜興姬國，輴欙建夏家。在功誠可尚，於道詎爲華？象帝威容大，仙宗寶曆賒。衛門羅戟槊，圖壁雜龍蛇。禮樂追尊盛，乾坤降福遐。四真皆齒列，二聖亦肩差。陽月時之首，陰泉氣未牙。殿階鋪水碧，庭炬坼金葩。紫極觀忘倦，青詞奏不嘩。噌吰宫夜闢，嘈囐鼓晨撾。褻味陳奚取？名香薦孔嘉。垂祥紛可録，俾壽浩無涯。貴相山瞻峻，清文玉絶瑕。代工聲問遠，攝事敬恭加。皎潔當天月，葳蕤捧日霞。唱妍酬亦麗，俛仰但稱嗟。

外集

海水

海水非不廣，鄧林豈無枝。風波一蕩薄，魚鳥不可依。海水饒大波，鄧林多驚風。豈無魚與鳥，巨細各不同。海有吞舟鯨，鄧有垂天鵬。苟非鱗羽大，蕩薄不可能。我鱗不盈寸，我羽不盈尺。一木有餘陰，一泉有餘澤。我將辭海水，濯鱗清泠池。我將辭鄧林，刷羽蒙籠枝。海水非愛廣，鄧林非愛枝。風波亦常事，鱗羽自不宜。我鱗日已大，我羽日已修。風波無所苦，還作鯨鵬遊。

鄆州谿堂詩

帝奠九壥，有葉有年。有荒不條，河岱之間。及我憲考，一收正之。視邦選侯，以公來尸。公來尸之，人始未信。公不飲食，以訓以徇。孰饑無食？孰呻孰歎？孰冤不問，不得分願？孰爲邦蟊，節根之螟？羊很狼貪，以口覆城。吹之呴之，摩手拊之，箴之石之，膊而磔之。凡公四封，既富以彊。謂公吾父，孰違公令？可以師征，不寧守邦。公作谿堂，播播流水。淺有蒲蓮，深有蒹葦。公以賓燕，其鼓駭駭。公燕谿堂，賓校醉飽。流有跳魚，岸有集鳥。既歌以舞，其鼓考考。公在谿堂，公御琴瑟。公暨賓贊，稽經諏律。施用不差，人用不屈。谿有蕡苽，有龜有魚。公在中流，右《詩》左《書》。無我斁遺，此邦是麻。

送汴州監軍俱文珍

奉使羌池静，臨戎汴水安。沖天鵬翅闊，報國劍鋩寒。曉日驅征騎，春風詠采蘭。誰言臣子道，忠孝兩全難？

白香山

凶　宅

「四者如寇盜」四句：口頭語，道得出。

雲居寺孤桐

言簡而意盡，不在排比見長。

答友問

「當其斬馬時」六句：曲折如願。

寄唐生

「琴淡音聲『稀』」：「希」。

「亦任親朋『饑』」：「譏」。

問　友

「鋤艾恐傷蘭」二句：却是未經人道。

村居苦寒

詩境平易，正以數見不鮮。

秦中吟十首

議　婚

「天下無正聲」八句：此即王摩詰「賤日豈殊衆，貴來方悟稀」二句意，而神韻不逮遠矣。

和答詩十首

序

「頃者，在科試間，常與足下同筆硯，每下筆時輒相顧，共患其意太切而理太周。故理太周則辭繁，意太切則言激。然與足下爲文，所長在於此，所病亦在於此」：「文章千古事，得失寸心知」，數語自道，可爲元白定評。

答四皓廟

「勿高巢與由」八句：有意矯原唱，未免推崇過當，然此段議論，天地間亦不可少。

華原磬

「知有新聲不『如』古」：「知」。

縛戎人

「忽逢江水憶交『流』」：「河」。

遣懷

「寓心身體中」八句：透快，醒人心目。

隱几

「既適又忘適」二句：蒙莊之理。

東坡秋意寄元八

「時景亦無『餘』」：「殊」。

詠慵

「彈琴復鍛鍊」：「鍊」字訛，當作「屐」。

載華按：汪本作「鐵」。

遊悟真寺詩

「風從石下生」十六句：似柳州小記。

登香爐峰

「上到峰之頂」至末：不到其上，不知此詩之工。

「歸去『思』自嗟」：「私」。

弄黿羅

「汝生何其晚」四句：白描高手，只是善達性情。

「『入』意老更慈」：「人」。

贖　雞

「遲迴未死間」二句：令我惻然心動。

題舊寫真圖

「如弟對老兄」：妙想，妙論。

洛下卜居

「豈獨爲身謀」二句：好結束。

曲江早秋

「殘『暮』暝來散」：「暑」。

初見白髮

「勿言一莖少」二句：口頭語，寫得透闢。

别元九後詠所懷

「同心一人去」二句：元白交情，兩言説盡。

送兄弟回雪夜

「寂寞滿爐灰」六句：詩境細静。

溪中早春

「蓬蒿隔桑棗」二句：似陶。

感　鏡

「美人與我别」四句：信手拈來，如燈取影。

村居卧病三首

其　一

「唯有病客心」二句：東坡「唯有宿昔心，依然守故處」二語，本此。

自覺二首

其　二

「親愛零落盡」二句：意本少陵，終覺彼勝於此。

江樓聞砧

「江『人』授衣晚」：「城」。

感秋懷微之

「誰知『獲』落心」：「濩」。

花下對酒二首

其　二

此詩誤入東坡集。

哭王質夫

「誠知天至高」二句：悲辛豪健。

山鷓鴣

「南人慣聞如不聞」：黄山谷「北人墮淚南人笑」，語意本此。

花非花

「來『時』春夢幾多時」：「如」。

代書詩一百韻寄微之

「幄幕侵堤布」、「粉黛凝春態」：宋板「布」作「步」，「粉」作「鉛」。

「醉落舞釵遺」：宋板「醉」作「翠」。

「迴環節候催」：「催」字出韻，疑當作「推」。

「堅守釣魚坻」：宋板「守」作「待」。

「簡威寒凛冽」：宋板「寒」作「霜」。

「謫去詠江『籬』」：「蘺」。

「王粲向荆夷」：「夷」字與後重叶，而意義不同。

叙德書情四十韻上宣歙翟中丞

「呼『鶯』正及饑」：「鷹」。

秘書省中憶舊山

「厭從薄宦『挍』青簡」：「校」

夜深行

「百『年』關外夜行客」：「牢」。

和元九與吕二同宿話舊感贈

「八人雲散俱遊宦」二句：自在。

病中哭金鑾子

「有女誠爲累」二句：二語寫得出，説得完。

眼　暗

「早年勤倦看書苦」四句：妙在前一層説。

渭村退居寄禮部崔侍郎翰林錢舍人詩一百韻

「畫扉肩白版」：「肩」字，疑當作「扃」。

「『官』垣紫界牆」：「宫」。

欲與元八卜鄰先有是贈

「明月好同三徑夜，緑楊宜作兩家春」：對更好。

累土山

「恐見新山『望』舊山」：「忘」。

白牡丹

「應『是』東宮白贊善」：「似」。

東南行一百韻寄通州元九侍御澧州李十一舍人果州崔二十二使君開州韋大員外庾三十二補闕杜十四拾遺李二十助教員外竇七校書

「隄喧簇『貶』夫」：「販」。
「嬋娟勝畫圖」：「圖」字重叶。
「李酣尤短竇」：「竇」字疑訛。
「琴匣網『踟蹰』」：「蜘蛛」。

早發楚城驛

後六句，句句含早字。

香爐峰下新卜山居草堂初成偶題東壁五首

其　三

「嵐隱山厨火『獨』幽」：「燭」。

江樓夜吟元九律詩成三十韻

「道屈才方振」八句：屬對至此，可謂「渾脱瀏灕」。

載華按：「劍器」、「渾脱」，各爲舞曲之名，詳見王漁洋先生《居易録》中。先生點閲杜詩序，從「渾脱」句，此蓋偶沿世俗之誤耳。

晚題東林寺雙池

「濺水躍紅『麟』」：「鱗」。

贈寫真者

「更兼病『客』儀」：「容」。

歲　暮

「高明自爇緣多事」：「高」，當作「膏」。

風雨夜泊

「青苔撲地連『香』雨」：「宵」。

山中戲問韋侍郎

「我抱反雲志」、「常吟棲招隱」：「棲」字譌。

載華按：「反」、「棲」二字，先生旁用雙抹，當從汪本互易。

題遺愛寺前溪松

「閒行遶作『谿』」：「蹊」。

自江州司馬授忠州刺史仰荷聖澤聊書鄙懷

「綱初鱗『蹬』刺」：「潑」。

重贈李大夫

「早接清『斑』登玉陛」：「班」。

入峽次巴東

五、六聯用少陵五言成句。

昭德皇后挽歌詞

「『詔』留窈窕章」：「詩」。

琵琶

「賴是心無惆悵事，不然爭奈子絃聲」：兩句轉折，自成創調。

初罷中書舍人

「還有癡心怕素『飱』」：「餐」。

初到郡齋寄錢湖州李蘇州

時長慶二年十月。

醉題候仙亭

候仙亭在靈隱寺前。

虛白堂

虛白堂在杭州府治後。

花樓望雪命宴賦詩

花樓，失考。

宿竹閣

竹閣在孤山。

錢唐湖春行

「孤山寺北賈亭西」：賈亭，今失考。

候仙亭同諸客醉作

《咸淳志》：「候仙亭，唐韓皋建。」白樂天記所云「候仙、虚白、見山、觀風、冷泉，五亭相望，如指之列」是也。

東樓南望八韻

東樓，一名望海樓，在中和堂之北，又名望潮樓，唐武德七年置。

樟亭雙櫻樹

《咸淳志》：「臨安有樟亭驛。」

餘杭形勝

「教妓樓新道姓蘇」：教妓樓，失考。

江樓夕望招客

「星河一道水中央」：黄山谷《快閣》名句本此。

余以長慶二年冬十月到杭州明年秋九月始與范陽盧賈汝南周元範蘭陵蕭悦清河崔求東萊劉方輿同遊恩德寺之泉洞竹石籍甚久矣及兹目擊果愜心期因自嗟云到郡周歲方來入寺半日復去俯視朱綬仰睇白雲有媿於心遂留絶句

「雲水埋藏恩德洞」：考之《咸淳臨安志》，恩德洞即風水洞。

九日宴集醉題郡樓兼呈周殷二判官

「七堰八門十六坊」：《吴郡志》云：「按《長慶集》，六十坊者，舊經所籍如之，後頗隨事有創有易。」則「十六」當作「六十」。

同微之贈别郭虚舟鍊師五十韻

「泥壇方合矩」二十句：此段單説爐火事。

霓裳羽衣歌

「四幅花箋碧間紅」：以下説譜之妙。

「君言此舞難得人」：以下説舞人。

小童薛陽陶吹觱栗歌

「翕然聲作疑管裂」十句：節節變，聲聲换，無意不透，無筆不靈。

有感三首

其一

「悲哉可奈何」：何必悲。

和微之詩二十三首

和三月三十日四十韻

「雪迴風旋絮」：此「絮」字實用，息據切。

「水葵鹽豉絮」：此「絮」字虚用，乃《曲禮》「毋絮羹」之義，一作抽據切。

和寄樂天

「征棹遽排『北』」：「比」。

九日思杭州舊游寄周判官及諸客

「風景不隨宫相去」：先生以庶子分司，故得自稱「宫相」。

夢行簡

「虚卧春窗夢阿『憐』」：「連」。

答客問杭州

「小航船亦『盡』龍頭」：「畫」。

東城桂

其　二

「賣作蘇州一束柴」：太淺則近俚。

五月三日閒行

「『五』月三日閒行」：「正」。

「紅欄三百九十橋」：「十」字疑，可作平聲，但不知所出。

載華按：王漁洋先生《池北偶談·唐詩字音》一則：「李子田舉唐人詩用字音與今人別者，如劉夢得『停杯處分不須吹』，『分』作去聲；王建『每日臨行空挑戰』、羅虬『不應琴裏挑文君』，『挑』皆上聲；包佶『曉漱瓊膏冰齒寒』，『冰』去聲；段成式『玳牛獨駕長擔車』，『長』上聲。予按，《白氏長慶集》中此例尤多，如『請錢不早朝』，『請』作平聲；『四十著緋軍司馬』，『司』入聲；『紅闌三百九十橋』，『十』讀如『諶』；『爲問長安月，如何不相離』，『相』，思必切；『燕姬酌蒲桃，燭淚粘盤壘』，蒲桃，『蒲』上聲；『三年隨例未量移』，『量』平聲；『金屑琵琶糟』，『琵』仄聲之類，子田皆未暇及。」據此，與先生論合。又歷舉劉夢得、盧綸諸人詩字音與今人別者，不及備録，詳載《帶經堂詩話·音訓類》。

夜遊西武丘寺八韻

《吴郡志》：「雲巖寺即虎丘寺，即劍池，而分東西，今合爲一。」顔魯公亦有詩，云：「不到東西寺，於今十五春。」

感悟妄緣題如上人壁

結語深於禪悦。

初到洛陽閒遊

「尋春放醉尚粗豪」：後半俱從「粗豪」二字中設想。

酬裴相公題興化小池見招長句

「蓬斷偶飄桃李徑」二句：意思曲折，亦從鍊句得之。

有小白馬乘馭多時奉使東行至稠桑驛溘然而斃足可驚傷不能忘情題二十韻

「芳草承蹄葉」四句：輕倩。

「度關形未改」二句：用事恰合。

有雙鶴留在洛中忽見劉郎中依然鳴顧劉因爲鶴歎二篇寄予予以二絶句答之

其一

「慚愧稻粱長不飽」二句：當家身分。

履道春居

「暝助嵐陰重」二句：煉。

和錢華州題少華清光絶句

「蘇州肥膩不如君」：吴兒未必心服。

曲江有感

結句不測，妙有餘味。

杏園花下贈劉郎中

「東風二十四回春」：澹而旨。

伊　州

「亦應不得多年聽」二句：綺語作達，分外風流。

送敏中歸幽寧幕

「弟兄垂老相逢日」二句：只消直叙，自爾情到。

早寒

「鏡遇雨來昏」：不必黏題，亦成好句。

送河南尹馮學士赴任

「別教三十六峰迎」：好想路。

重答汝州李六使君見和憶吳中舊遊五首

「吳調吟『詩』句句愁」：「時」。

贈王山人

「秋來唯長鶴精神」：醒豁。

酬令狐相公春日尋花見寄六韻

「晚來風不休」：活句。

送東都留守令狐尚書赴任

發端突兀，恰與題稱。

元相公挽詞三首

其一

「後魏帝孫唐宰相」二句：莊重簡净，可悟作誌銘之法。

結之

《目録》作「終此作結」，總不可解。按，公有《感舊》詩，云：「太湖石上鎸三字，十五年前陳結之。」則「結之」當是人名，但於本章意義不相入。先生又有《對酒寄李郎中》詩：「往年江外抛桃葉」，公自注云：「結之也。」對句云「去歲樓中别柳枝」，自注：「樊蠻也。」則「結之」乃先生家姬。

問江南物

「月明雙鶴在裴家」：《送鶴》詩在二十六卷中。

予與微之老而無子發於言歎著在詩篇今年各有一子戲作二什一以相賀一以自嘲

「五十八翁方有後」：微之是年纔五十一，少樂天七歲。

晚桃花

「寒地生材遺校易」二句：爲「晚」字生波，寄慨絶遠。

阿崔

「豈料鬢成雪」四句：暮年舉子，委婉入情。

「膩剃新胎髮」六句：好描寫，結還起意。

觀游魚

「一種愛魚心各異」二句：仁義之人，其言藹如也。

和微之任校書郎日過三鄉

「不獨年催身亦變」：「身」字，當作「官」字。

題岐王舊山池石壁

往往於後半首自作轉折，章法獨創。

除　夜

東坡《常州除夕》詩，直用起一句。

哭崔兒

「掌珠一顆兒三歲」四句：字字沉痛。

載華附識：申鳧盟先生評老杜《奉濟驛送嚴公》詩：「三、四一聯，最得詩中三昧，附見下卷。香山此詩三、四兩句，亦是倒裝文法，其意甚平而語則甚痛，便覺含味無窮。學者於此細參，即眼前語意，可免庸俗之病。」

初喪崔兒報微之晦叔

「蟬老悲鳴抛蜕後」二句：每從比擬擅長。

府齋感懷酬夢得

「合是人生開眼日」二句：曲折如意。

履道池上作

「樹暗小巢藏巧婦」二句：纖新如《松陵集》中語。

重修府西水亭院

「園西有池位」二句：老杜風格。

早春雪後贈洛陽李長官鄭明府二同年

鄭俞爲長水縣令，見本集自注中。

神照禪師同宿

「前後際斷處」二句：此境界正自難到。

感白蓮花

「忽想西涼州」至末：事具《縛戎人》樂府中。

寄盧少卿

「老誨心不亂，莊戒形太勞」：守此二語，形神兩適矣。

和皇甫郎中秋曉同登天宮閣言懷六韻

「碧天忽已高」四句：「秋曉」二字，寫得出。

送吕漳州

「端居惜風景」四句：妙得詩趣。

短歌行

「耳目聾暗後」八句：晚遇尚爾，況乃不遇？讀此真令落魄老生無生活處。

詠懷

「遑遑干世者」至末：詩境正以屢見爲嫌。

老熱

「何乃有餘適，祇緣無過求」：十字完得「知足」兩言。

題文集櫃

「前『有』七十卷」：「後」。

「誠知終散失」二句：此真達者之言。

十二月二十三日作兼呈晦叔

「案頭曆日雖未盡」四句：隔句對。

自詠

「當時綺季不請錢」：「請」字不可解，後《和裴令詩》又有「請錢不早朝」之句。

送陳許高僕射赴鎮

「常與司徒同苦樂」：「司」字，當作「師」。

青氈帳二十韻

「骨盤邊柳健」四句：切貼。

「有頂中央聳」二句：今蒙古色也。

同諸客題于家公主舊宅

「『春』穀鳥啼桃李院」：「春」。

「聞道至今蕭史在」二句：第三十二卷中，有《寄明州于駙馬使君》絶句，可引爲注脚。

翫半開花贈皇甫郎中

「紅蘇點作『蕤』」：「蕤」。

家釀新熟每嘗輒醉妻姪等勸令少飲因成長句以諭之

「王姪分『疎』叔不癡」：「疏」。

楊柳枝詞八首

其　四

「可憐雨歇東風定」二句：無意求工，自成絶調。

其七

「小樹不禁攀折苦」二句：楚楚動人憐。

春早秋初因時即事兼寄浙東李侍郎

「和風細動簾帷暖」八句：句句分對。

劉蘇州寄釀酒糯米李浙東寄楊柳枝舞衫偶因嘗酒試衫輒成長句寄謝之

「慚愧故人憐寂寞」二句：總結。

九年十一月二十一日感事而作

此詩不知因何人被禍而作，須考。

載華附識：《東坡志林》論此詩三、四兩句，極爲平允。先生評閱《律髓》已詳載格上。按甘露之變，在太和九年，與本題正合。此條評語云云，想偶爾遺忘故耶？

奉和裴令公新成午橋莊緑野堂即事

「青山爲外屏」：虚對。

裴令公席上贈别夢得

「轉難相見轉『難』思」：「相」。
「便是鄒『牧』分散時」：「枚」。

尋春題諸家園林

「『聞』健朝朝出」：「鬬」。

清明日登老君閣望洛城贈韓道士

「何事不隨東洛水」二句：只一聯，意味極佳，可惜前後纏攪不了。

三月三日

此詩訛入宋人蘇才翁集，《咸淳臨安志》亦采之。

閑居春静

「閑泊池州静掩扉」：「池州」二字，有一譌。

載華按：汪本作「池舟」。

以詩代書寄户部楊侍郎勸買東鄰王家宅

「林園亦要『聞』閑置」：「乘」。

嘗酒聽歌招客

「一甕香醪新插『芻』」：「篘」。

長齋月滿携酒先與夢得對酌醉中同赴令公之宴戲贈夢得

「解『醒』仍對姓劉人」：「醒」。

宅西有流水墻下構小樓臨翫之時頗有幽趣因命歌酒聊以自娱獨醉獨吟偶題五絶

其一

「唯我栽蓮越小樓」：「越」字，當作「起」。

偶作

「清涼秋寺行香火」：「火」字訛，當作「入」。

幽居早秋閑詠

「從他世險『難』」：「艱」。

載華按：「不必入山川」句，先生抹去「川」字，於「山」字上增一「深」字。

寒食日寄楊東川

「不使黔婁夫婦看」二句：弘農郡君爲東川女弟，故詩中屢及之。

自罷河南已換七尹每一入府悵然舊遊因宿内廳偶題西壁兼呈韋尹常侍

「每『日』河南府」：「入」

酬夢得比萱草見贈

結句「白劉」二字譌，當是「頭」字。

聽歌六絶句

水　調

「此身腸斷爲何人」：「身」，當作「聲」。

離別難詞

「歸來無『可』可霑巾」：「淚」。

夏日與閑禪師林下避暑

「熱惱漸知隨念盡」四句：磊落夷猶，老境獨得。

談氏小外孫玉童

「子幼能文似馬遷」：子幼，楊惲字也。楊亦太史公外孫。

答客説

「海山不是我歸處」二句：出此入彼，便可作仙釋優劣論。

遊趙村杏花

「今春來是別花來」：未經人道，他人不能道，亦不肯道。

和白尚書賦垂柳有序

此詩不知何人所和，反將原唱附後，殊不可解。

載華按：汪本「一樹春風」一首，題作《楊柳枝詞》，「一樹衰殘」一首，題作《詔取永豐柳植禁苑感賦》，其爲香山原唱明甚。後附盧貞和一首，「永豐坊西南角園中有垂柳一株」云云，乃盧作小引也。汪西亭《凡例》云：「錢考功、馬元調所刻白集，往往前後紊雜，即此數詩之顛倒舛謬，概可見矣。」先生未經查閱，故評語云然，今訂正。又按：汪本尚有韓琮和詩一首，此本失載。

載華按：先生手筆閱本三十七卷末，有跋語一則，附録於此：「〇丁丑春落第還家，半月陰雨，謝絶應酬，閱元白詩，凡十有四日。點勘始畢，附記於後。時閏三月廿四日，慎行書。」

【附原詩】萬曆三十四年馬元調刊《白氏長慶集》

凶宅

長安多大宅，列在街西東。往往朱門内，房廊相對空。梟鳴松桂枝，狐藏蘭菊叢。蒼苔黄葉地，日暮多旋風。前主爲將相，得罪竄巴庸。後主爲公卿，寢疾殁其中。連延四五主，殃禍繼相鐘。自從十年來，不利主人翁。風雨壞簷隙，蛇鼠穿牆墉。人疑不敢買，日毁土木功。嗟嗟俗人心，甚矣其愚蒙。旦恐災將至，不思禍所從。我今題此詩，欲悟迷者胸。凡爲大官人，年禄多高崇。權重持難久，位高勢易窮。驕者物之盈，老者數之終。四者如寇盜，日夜來相攻。假使居吉土，孰能保其躬？因小以明大，借家可喻邦。周秦宅崤函，其宅非不同。一興八百年，一死望夷宫。寄語家與國，人凶非宅凶。

雲居寺孤桐

一株青玉立，千葉緑雲委。亭亭五丈餘，高意猶未已。山僧年九十，清静老不死。自云手種時，一棵青桐子。直從萌芽拔，高自毫末始。四面無附枝，中心有通理。寄言立身者，孤直當如此。

答友問

大圭廉不割，利劍用不缺。當其斬馬時，良玉不如鐵。置鐵在洪爐，鐵消易如雪。良玉同其中，三日燒不熱。君疑才與德，詠此知優劣。

寄唐生

賈誼哭時事，阮籍哭路岐。唐生今亦哭，異代同其悲。唐生者何人？五十寒且飢。不悲口無食，不悲身無衣。所悲忠與義，悲甚則哭之。太尉擊賊日，尚書叱盜時。大夫死兇寇，諫議謫蠻夷。每見如此事，聲發涕輒隨。往往聞其風，俗士猶或非。憐君頭半白，其志竟不衰。我亦君之徒，鬱鬱何所爲？不能發聲哭，轉作樂府詩。篇篇無空文，句句必盡規。功高虞人箴，痛甚騷人辭。非求宫律高，不務文字奇。惟歌生民病，願得天子知。未得天子知，甘受時人嗤。藥良氣味苦，琴淡音聲稀。不懼權豪怒，亦任親朋譏。人竟無奈何，呼作狂男兒。每逢群盜息，或遇雲霧披。但自高聲歌，庶幾天聽卑。歌哭雖異名，所感則同歸。寄君三十章，與君爲哭詞。

問友

種蘭不種艾，蘭生艾亦生。根荄相交長，莖葉相附榮。香莖與臭葉，日夜俱長大。鋤艾恐傷蘭，溉蘭恐滋艾。蘭亦未能溉，艾亦未能除。沈吟意不決，問君合何如？

村居苦寒

八年十二月，五日雪紛紛。竹柏皆凍死，況彼無衣民！迴觀村閭間，十室八九貧。北風利如劍，布絮不蔽身。唯燒蒿棘火，愁坐夜待晨。乃知大寒歲，農者尤苦辛。顧我當此日，草堂深掩門。褐裘覆絁被，坐卧有餘温。倖免饑凍苦，又無壟畝勤。念彼深可愧，自問是何人？

秦中吟十首

議婚

天下無正聲，悦耳即爲娱。人間無正色，悦目即爲姝。顔色非相遠，貧富則有殊。貧爲時所棄，富爲時所趨。紅樓富家女，金縷繡羅襦。見人不斂手，嬌癡二八初。母兄未開口，已嫁不須臾。緑窗貧家女，寂寞二十餘。荆釵不直錢，衣上無真珠。幾迴人欲聘，臨日又踟躕。主人會良媒，置酒滿玉壺。四座且勿飲，聽我歌兩途。富家女易嫁，嫁早輕其夫。貧家女難嫁，嫁晚孝於姑。聞君欲娶婦，娶婦意何如？

和答詩十首并序

五年春，微之從東臺來，不數日，又左轉爲江陵士曹掾。詔下日，會予下内直歸，而微之已即路，邂逅相遇於街衢中，自永壽寺南，抵新昌里北，得馬上語别。語不過相勉保方寸，外形骸而已，因不暇及他。是夕，足下次於山北寺。僕職役不得去，命季弟送行，且奉新詩一軸，致於執事，凡二十章，率有興比，淫文豔韻無一字焉。意者，欲足下在途諷讀，且以遣日時，銷憂懣，又有以張直氣而扶壯心也。及足下到江陵，寄在路所爲詩十七章，凡五六千言，言有爲，章有旨，迨於宫律體裁，皆得作者風。發緘開卷，且喜且怪。僕思牛僧孺戒，不能示他人，唯與杓直、拒非及樊宗師輩三四人，時一吟讀，心甚貴重。然竊思之，豈僕所奉者二十章，遽能開足下聰明，使之然耶？抑又不知足下是行也，天將屈足下之道，激足下之心，使感時發憤，而臻於此耶？若爾不然者，何立意、措辭，與足下前時詩如此之相遠也？僕既羨足下詩，又憐足下心，盡欲引狂簡而和之。屬直宿拘牽，居無暇日，故不即時如意。旬月來，多乞病假，假中稍閑，且摘卷中尤者，繼成十章，亦不下三千言。其間所見，同者固不能自異，異者亦不能强同。同者謂之和，異者謂之答，並别録《和夢遊春詩》一章，各附於本篇之末，餘未和者，亦續致之。頃者，在科試間，常與足下同筆硯，每下筆時輒相顧，共患其意太切而理太周。故理太周則辭繁，意太切則言激。然與足下爲文，所長在於此，所病亦在於此。足下來序，果有詞犯文繁之説。今僕所和者，猶前病也。待與足下相見日，各引所作，稍删其煩而晦其義焉。餘具書白。

答四皓廟

天下有道見，無道卷懷之。此乃聖人語，吾聞諸仲尼。矯矯四先生，同稟希世資。隨時有顯晦，秉道無磷緇。秦皇肆暴虐，二世遘亂離。先生相隨去，商嶺采紫芝。君看秦獄中，戮辱者李斯。劉項争天下，謀臣竟悦隨。先生如鸞鶴，去入冥冥飛。君看齊鼎中，焦爛者酈其。子房得沛公，自謂相遇遲。八難掉舌樞，三略役心機。辛苦十數年，晝夜形神疲。竟雜霸者道，徒稱帝者師。子房爾則能，此非吾所宜。漢高之季年，嬖寵鐘所私。冢嫡欲廢奪，骨肉相憂疑。豈無子房口？口舌無所施。亦有陳平心，心計將何爲？皤皤四先生，高冠危映眉。從容下南山，顧盼入東闈。前瞻惠太子，左右生羽儀。却顧戚夫人，楚舞無光輝。心不畫一計，口不吐一詞。暗定天下本，遂安劉氏危。子房吾則能，此非爾所知。先生道既光，太子禮甚卑。安車留不住，功成棄如遺。如彼旱天雲，一雨百穀滋。澤則在天下，雲復歸希夷。勿高巢與由，勿尚吕與伊。巢由往不返，伊吕去不歸。豈如四先生，出處兩逶迤。何必長隱逸，何必長濟時。由來聖人道，無朕不可窺。卷之不盈握，舒之亘八陲。先生道甚明，夫子猶或非。願子辨其惑，爲予吟此詩。

華原磬

華原磬，華原磬，古人不聽今人聽。泗濱石，泗濱石，今人不擊古人擊。今人古人何不同，用之舍之由樂工。樂工雖在耳如壁，不分清濁即爲聾。梨園弟子調律吕，知有新聲不如古。古稱浮磬出泗濱，立辯致死聲感人。宫懸一聽華原石，君心遂忘封疆臣。果然胡寇從燕起，武臣少肯封疆死。始知樂與時政通，豈聽鏗鏘而已矣。磬襄入海去不歸，長安市人爲樂師。華原磬與泗濱石，清濁兩聲誰得知。

縛戎人

縛戎人，縛戎人，耳穿面破驅入秦。天子矜憐不忍殺，詔徙東南吴與越。黄衣小使録姓名，領出長安乘遞行。身被金瘡面多瘠，扶病徒行日一驛。朝飡飢渴費杯盤，夜卧腥臊污床席。忽逢江水憶交流，垂手齊聲嗚咽歌。其中一虜語諸虜，爾苦非多我苦多。同伴行人因借問，欲説喉中氣憤憤。自云鄉管本涼原，大曆年中没落蕃。一落蕃中四十載，遣著皮裘繫毛帶。唯許正朝服漢儀，斂衣整巾潛淚垂。誓心密定歸鄉計，不使蕃中妻子知。暗思幸有殘筋力，更恐年衰歸不得。蕃候嚴兵鳥不飛，脱身冒死奔逃歸。晝伏宵行經大漠，雲陰月黑風沙惡。驚藏青冢寒草疏，偷渡黄河夜冰薄。忽聞漢軍鼙鼓聲，路傍走出再拜迎。游騎不聽能漢語，將軍遂縛作蕃生。配向東南卑濕地，定無存恤空防備。念此吞聲仰訴天，若爲辛苦度殘年。涼原鄉井不得見，胡地妻兒虚棄捐。没蕃被囚思漢土，歸漢被劫爲蕃虜。早知如此悔歸來，兩地寧如一處苦。縛戎人，戎人之中我苦辛。自古此冤應未有，漢心漢語吐蕃身。

遣懷

寓心身體中，寓性方寸内。此身是外物，何足苦憂愛。況有假飾者，華簪及高蓋。此又疎於身，復在外物外。操之多惴慄，失之又悲悔。乃知名與器，得喪俱爲害。頽然環堵客，蘿蕙爲巾帶。自得此道來，身窮心甚泰。

隱几

身適忘四支，心適忘是非。既適又忘適，不知吾是誰。百體如槁木，兀然無所知。方寸如死灰，寂然無所思。今日復明日，身心忽兩遺。行年三十九，歲暮日斜時。四十心不動，吾今其庶幾？

東坡秋意寄元八

寥落野陂畔，獨行思有餘。秋荷病葉上，白露大如珠。忽憶同賞地，曲江東北隅。秋池少遊客，唯我與君俱。啼蛩隱紅蓼，瘦馬蹋青蕪。當時與今日，俱是暮秋初。節物苦相似，時景亦無餘。唯有人分散，經年不得書。

詠　慵

有官慵不選，有田慵不農。屋穿慵不葺，衣裂慵不縫。有酒慵不酌，無異樽常空。有琴慵不彈，亦與無弦同。家人告飯盡，欲炊慵不舂。親朋寄書至，欲讀慵開封。嘗聞嵇叔夜，一生在慵中。彈琴復鍛鍊，比我未爲慵。

遊悟真寺詩

元和九年秋，八月月上弦。我遊悟真寺，寺在王順山。去山四五里，先聞水潺湲。自兹舍車馬，始涉藍溪灣。手拄青竹杖，足蹋白石灘。漸怪耳目曠，不聞人世喧。山下望山上，初疑不可攀。誰知中有路，盤折通巖巔。一息幡竿下，再休石龕邊。龕間長丈餘，門户無扃關。仰窺不見人，石發垂若鬟。驚出白蝙蝠，雙飛如雪翻。回首寺門望，青崖夾朱軒。如擘山腹開，置寺於其間。入門無平地，地窄虚空寬。

房廊與臺殿，高下隨峰巒。巖崿無撮土，樹木多瘦堅。根株抱石長，屈曲蟲蛇蟠。松桂亂無行，四時鬱芊芊。枝梢嫋青翠，韻若風中弦。日月光不透，緑陰相交延。幽鳥時一聲，聞之似寒蟬。首憩賓位亭，就坐未及安。須臾開北户，萬里明豁然。拂簷虹霏微，遶棟雲迴旋。赤日間白雨，陰晴同一川。野緑簇草樹，眼界吞秦原。渭水細不見，漢陵小於拳。却顧來時路，縈紆映朱欄。歷歷上山人，一一遥可觀。前對多寶塔，風鐸鳴四端。欒櫨與户牖，恰恰金碧繁。云昔迦葉佛，此地坐涅槃。至今鐵鉢在，當底手跡穿。西開玉像殿，白佛森比肩。抖擻塵埃衣，禮拜冰雪顔。疊霜爲袈裟，貫雹爲華鬘。逼觀疑鬼功，其跡非雕鐫。次登觀音堂，未到聞栴檀。上階脱雙履，斂足升净筵。六楹排玉鏡，四座敷金鈿。黑夜自光明，不待燈燭燃。衆寶互低昂，碧珮珊瑚幡。風來似天樂，相觸聲珊珊。白珠垂露凝，赤珠滴血殷。點綴佛髻上，合爲七寶冠。雙瓶白琉璃，色若秋水寒。隔瓶見舍利，圓轉如金丹。玉笛何代物，天人施祇園。吹如秋鶴聲，可以降靈仙。是時秋方中，三五月正圓。寶堂豁三門，金魄當其前。月與寶相射，晶光争鮮妍。照人心骨冷，竟夕不欲眠。曉尋南塔路，亂竹低嬋娟。林幽不逢人，寒蝶飛翾翾。山果不識名，離離夾道蕃。足以療飢乏，摘嘗味甘酸。道南藍谷神，紫傘白紙錢。若歲有水旱，詔使修蘋蘩。以地清净故，獻奠無葷膻。危石疊四五，嵬嵬欹且刓。造物者何意，堆在巖東偏。冷滑無人跡，苔點如花箋。我來登上頭，下臨不測淵。目眩手足掉，不敢低頭看。風從石下生，薄人而上摶。衣服似羽翮，開張欲飛騫。巉巉三面峰，峰尖刀劍攢。往往白雲過，決開露青天。西北日落時，夕暉紅團團。千里翠屏外，走下丹砂丸。東南月上時，夜氣青漫漫。百丈碧潭底，寫出黄金盤。藍水色似藍，日夜長潺潺。

周迴繞山轉，下視如青環。或鋪爲慢流，或激爲奔湍。泓澄最深處，浮出蛟龍涎。側身入其中，懸磴尤險艱。捫蘿蹋樛木，下逐飲澗猨。雪迸起白鷺，錦跳驚紅鱣。歇定方盥漱，濯去支體煩。淺深皆洞徹，可照腦與肝。但愛清見底，欲尋不知源。東崖饒怪石，積甃蒼琅玕。温潤發於外，其間韞璵璠。卞和死已久，良玉多棄捐。或時洩光彩，夜與星月連。中頂最高峰，拄天青玉竿。䭾齡上不得，豈我能攀援。上有白蓮池，素葩覆清瀾。聞名不可到，處所非人寰。又有一片石，大如方尺甎。插在半壁上，其下萬仞懸。云有過去師，坐得無生禪。號爲定心石，長老世相傳。却上謁仙祠，蔓草生綿綿。昔聞王氏子，羽化升上玄。其西曬藥臺，猶對芝术田。時復明月夜，上聞黄鶴言。迴尋畫龍堂，二叟鬢髮斑。想見聽法時，歡喜禮印壇。復歸泉窟下，化作龍蜿蜒。階前石孔在，欲雨生白煙。往有寫經僧，身静心精專。感彼雲外鴿，群飛千翩翩。來添硯中水，去吸巖底泉。一日三往復，時節長不愆。經成號聖僧，弟子名楊難。誦此蓮花偈，數滿百億千。身壞口不壞，舌根如紅蓮。顱骨今不見，石函尚存焉。粉壁有吴畫，筆彩依舊鮮。素屏有褚書，墨色如新乾。靈境與異跡，周覽無不殫。一遊五晝夜，欲返仍盤桓。我本山中人，誤爲時網牽。牽率使讀書，推挽令做官。既登文字科，又忝諫諍員。拙直不合時，無益同素飡。以此自慚惕，戚戚常寡歡。無成心力盡，未老形骸殘。今來脱簪組，始覺離憂患。及爲山水遊，彌得縱疎頑。野麋斷羈絆，行走無拘攣。池魚放入海，一往何時還。身著居士衣，手把南華篇。終來此山住，永謝區中緣。我今四十餘，從此終身閑。若以七十期，猶得三十年。

登香爐峰

迢迢香爐峰，心存耳目想。終年牽物役，今日方一往。攀蘿踏危石，手足勞俯仰。同遊三四人，兩人不敢上。上到峰之頂，目眩神怳怳。高低有萬尋，闊狹無數丈。不窮視聽界，焉識宇宙廣。江水細如繩，溢城小於掌。紛吾何屑屑，未能脱塵鞅。歸去思自嗟，低頭入蟻壤。

弄龜羅

有侄始六歲，字之爲阿龜。有女生三年，其名曰羅兒。一始學笑語，一能誦歌詩。朝戲抱我足，夜眠枕我衣。汝生何其晚，我年行已衰。物情小可念，人意老多慈。酒美竟須壞，月圓終有虧。亦如恩愛緣，乃是憂惱資。舉世同此累，吾安能去之？

贖雞

清晨臨江望，水禽正喧繁。梟雁與鷗鷺，遊颺戲朝暾。適有鬻雞者，挈之來遠村。飛鳴彼何樂，窘束此何冤。喔喔十四雛，罩縛同一樊。足傷金距縮，頭搶花冠翻。經宿廢飲啄，日高詣屠門。遲迴未死間，飢渴欲相吞。常慕古人道，仁信及魚豚。見兹生惻隱，贖放雙林園。開籠解索時，雞雞聽我言。與爾鏹三百，小惠何足論。莫學銜環雀，崎嶇謾報恩。

題舊寫真圖

我昔三十六，寫貌在丹青。我今四十六，衰顇卧江城。豈比十年老，曾與衆苦並。一照舊圖畫，無復昔儀形。形影默相顧，如弟對老兄。況使他人見，能不昧平生。羲和鞭日走，不爲我少停。形骸屬日月，老去何足驚。所恨淩煙閣，不得畫功名。

洛下卜居

三年典郡歸，所得非金帛。天竺石兩片，華亭鶴一隻。飲啄供稻粱，包裹用茵席。誠知是勞費，其奈心愛惜。遠從餘杭郭，同到洛陽陌。下擔拂雲根，開籠展霜翮。貞姿不可雜，高性宜其適。遂就無塵坊，仍求有水宅。東南得幽境，樹老寒泉碧。池畔多竹陰，門前少人跡。未請中庶祿，且脱雙驂易。豈獨爲身謀？安吾鶴與石。

曲江早秋

秋波紅蓼水，夕照青蕪岸。獨信馬蹄行，曲江池四畔。早涼晴後至，殘暮暝來散。方喜炎燠銷，復嗟時節换。我年三十六，冉冉昏復旦。人壽七十稀，七十新過半。且當對酒笑，勿起臨風歎。

初見白髮

白髮生一莖，朝來明鏡裏。勿言一莖少，滿頭從此始。青山方遠別，黄綬初從仕。未料容鬢間，蹉跎忽如此。

别元九後詠所懷

零落桐葉雨，蕭條槿花風。悠悠早秋意，生此幽閒中。況與故人别，中懷正無悰。勿云不相送，心到青門東。相知豈在多，但問同不同。同心一人去，坐覺長安空。

送兄弟回雪夜

日晦雲氣黄，東北風切切。時從村南還，新與兄弟别。離襟淚猶濕，迴馬嘶未歇。欲歸一室坐，天陰多無月。夜長火消盡，歲暮雨凝結。寂寞滿爐灰，飄零上階雪。對雪畫寒灰，殘燈明復滅。灰死如我心，雪白如我髮。所遇皆如此，頃刻堪愁絶。迴念入坐忘，轉憂作禪悦。平生洗心法，正爲今宵設。

溪中早春

南山雪未盡，陰嶺留殘白。西澗冰已消，春溜含新碧。東風來幾日，蟄動萌草拆。潛知陽和功，一日不虚擲。愛此天氣暖，來拂溪邊石。一坐欲忘歸，暮禽聲嘖嘖。蓬蒿隔桑棗，隱映煙火夕。歸來問夜飡，家人烹薺麥。

感　鏡

美人與我别，留鏡在匣中。自從花顔去，秋水無芙蓉。經年不開匣，紅埃覆青銅。今朝一拂拭，自照顦顇容。照罷重惆悵，背有雙盤龍。

村居卧病三首

其　一

戚戚抱羸病，悠悠度朝暮。夏木纔結陰，秋蘭已含露。前日巢中卵，化作雛飛去。昨日穴中蟲，蜕爲蟬上樹。四時未嘗歇，一物不暫住。唯有病客心，沉然獨如故。

自覺二首

其　二

朝哭心所愛，暮哭心所親。親愛零落盡，安用身獨存？幾許平生歡，無限骨肉恩。結爲腸間痛，聚作鼻頭辛。悲來四支緩，泣盡雙眸昏。所以年四十，心如七十人。我聞浮屠教，中有解脱門。置心爲止水，視身如浮雲。抖擻垢穢衣，度脱生死輪。胡爲戀此苦，不去猶逡巡。回念發弘願，願此見在身。但受過去報，不結將來因。誓以智慧水，永洗煩惱塵。不將恩愛子，更種憂悲根！

江樓聞砧

江人授衣晚，十月始聞砧。一夕高樓月，萬里故園心。

感秋懷微之

葉下湖又波，秋風此時至。誰知獲落心，先納蕭條氣。推移感流歲，漂泊思同志。昔爲煙霄侣，今作泥途吏。白鷗毛羽弱，青鳳文章異。各閉一籠中，歲晚同顦顇。

花下對酒二首

其二

引手攀紅櫻，紅櫻落似霰。仰首看白日，白日走如箭。年芳與時景，頃刻猶衰變。況是血肉身，安能長强健？人心苦迷執，慕貴憂貧賤。愁色常在眉，歡容不上面。況吾頭半白，把鏡非不見。何必花下杯，更待他人勸？

哭王質夫

仙遊寺前別，別來十年餘。生別猶怏怏，死別復何如？客從梓潼來，道君死不虛。驚疑心未信，欲哭復踟躕。踟躕寢門側，聲發涕亦俱。衣上今日淚，篋中前月書。憐君古人風，重有君子儒。篇詠陶謝輩，風襟嵇阮徒。出身既蹇迍，生世仍須臾。誠知天至高，安得不一呼？江南有毒蟒，江北有妖狐。皆享千年壽，多於王質夫。不知彼何德？不識此何辜？

山鷓鴣

山鷓鴣，朝朝暮暮啼復啼，啼時露白風淒淒。黃茅岡頭秋日晚，苦竹嶺下寒月低。畬田有粟何不啄？石楠有枝何不棲？迢迢不緩復不急，樓上舟中聲暗入。夢鄉遷客輾轉卧，抱兒寡婦彷徨立。山鷓鴣，爾本此鄉鳥。生不辭巢不別群，何苦聲聲啼到曉。啼到曉，唯能愁北人，南人慣聞如不聞。

花非花

花非花，霧非霧。夜半來，天明去。來時春夢幾多時？去似朝雲無覓處。

代書詩一百韻寄黴之

憶在貞元歲，初登典校司。身名同日授，心事一言知。肺腑都無隔，形骸兩不羈。疎狂屬年少，閒散爲官卑。分定金蘭契，言通藥石規。交賢方汲汲，友直每偲偲。有月多同賞，無盃不共持。秋風拂琴匣，夜雪卷書帷。高上慈恩塔，幽尋皇子陂。唐昌玉蕊會，崇敬牡丹期。笑勸迂辛酒，閒吟短李詩。儒風愛敦質，佛理尚玄師。度日曾無悶，通宵靡不爲。雙聲聯律句，八面對宫棋。往往遊三省，騰騰出九逵。寒銷直城路，春到曲江池。樹暖枝條弱，山晴彩翠奇。峰攢石緑點，柳宛麴塵絲。岸草煙鋪地，園花雪壓枝。早光紅照耀，新溜碧逶迤。幄幕侵堤布，盤筵占地施。徵伶皆絶藝，選妓悉名姬。粉黛凝春態，金鈿耀水嬉。風流誇墮髻，時世鬬啼眉。密坐隨歡促，華樽逐勝移。香飄歌袂動，醉落舞釵遺。籌插紅螺椀，觥飛白玉卮。打嫌調笑易，飲訝卷波遲。殘席喧嘩散，歸鞍酩酊騎。酡顔烏帽側，醉袖玉鞭垂。紫陌傳鐘鼓，紅塵塞路岐。幾時曾暫别，何處不相隨。荏苒星霜换，迴環節候催。兩銜多請假，三考欲成資。運偶千年聖，天成萬物宜。皆當少壯日，同惜盛明時。光景嗟虚擲，雲霄竊暗窺。攻文朝矻矻，講學夜孜孜。策目穿如札，鋒毫鋭若錐。繁張獲鳥網，堅守釣魚坻。並受夔龍薦，齊陳晁董詞。萬言經濟略，三策太平基。中第争無敵，專場戰不疲。輔車排勝陣，掎角搴降旗。雙闕紛容衛，千僚儼等衰。恩隨紫泥降，名向白麻披。既在高科選，還從好爵縻。東垣君諫諍，西邑我驅馳。再喜登烏府，多慚侍赤墀。官班分内外，遊處遂參差。每列鵷鸞序，偏瞻獬豸姿。簡威寒凛冽，衣彩繡葳蕤。正色摧强禦，剛腸嫉喔咿。常憎持禄位，不擬保妻兒。養勇期除惡，輸忠在滅私。下鞲驚燕雀，當道懾狐狸。南國人無怨，東臺吏不欺。理冤多定國，切諫甚辛毗。造次行於是，平生志在兹。道將心共直，言與行兼危。水闇波翻覆，山藏路險巇。未爲明主識，已被倖臣疑。木秀遭風折，蘭芳遇霰萎。千鈞勢易壓，一柱力難支。騰口因成痏，吹毛遂得疵。憂來吟貝錦，謫去詠江蘺。邂逅塵中遇，殷勤馬上辭。賈生離魏闕，王粲向荆夷。水過清源寺，山經綺季祠。心摇漢皋珮，淚墮峴亭碑。驛路緣雲際，城樓枕水湄。思鄉多繞澤，望闕獨登陴。林晚青蕭索，江平緑渺瀰。野秋鳴蟋蟀，沙冷聚鸕鷀。官舍黄茅屋，人家苦竹籬。白醪充夜酌，紅粟備晨炊。寡鶴摧風翮，鰥魚失水鬐。闇雛啼渴旦，涼葉墜相思。一點寒燈滅，三聲曉角吹。藍衫經雨故，驄馬卧霜羸。念涸誰濡沫，嫌醒自歠醨。耳垂無伯樂，舌在有張儀。負氣沖星劍，傾心向日葵。金言自銷鑠，玉性肯磷緇。伸屈須看蠖，窮通莫問龜。定知身是患，應用道爲醫。想子今如彼，嗟予獨在斯。無憀當歲杪，有夢到天涯。坐阻連襟帶，行乖接履綦。潤銷衣上霧，香散室中芝。念遠緣遷貶，驚時爲别離。素書三往復，明月七盈虧。舊裏非難到，餘歡不可追。樹依興善老，草傍静安衰。前事思如昨，中懷寫向誰。北村尋古柏，南宅訪辛夷。此日空搔首，何人共解頤。病多知夜永，年長覺秋悲。不飲長如醉，加飡亦似饑。狂吟一千字，因使寄微之。

叙德書情四十韻上宣歙翟中丞

元聖生乘運，忠賢出應期。還將稽古力，助立太平基。土控吴兼越，州連歙與池。山河地襟帶，軍鎮國藩維。廉察安江甸，澄清肅海夷。股肱分外守，耳目付中司。楚老歌來暮，秦人詠去思。望如時雨至，福是歲星移。政静民無訟，刑行吏不欺。撝謙驚主寵，陰德畏人知。白玉慚温色，朱繩讓直辭。行爲時領袖，言作世蓍龜。盛幕招賢士，連營訓鋭師。光華下鵷鷺，氣色動熊羆。出入麾幢引，登臨劍戟隨。好風迎解榻，美景待搴帷。晴野霞飛綺，春郊柳宛絲。城烏驚畫角，江雁避紅旗。藉草朱輪駐，攀花紫綬垂。山宜謝公屐，洲稱柳家詩。酒氣和芳杜，弦聲亂子規。分毬齊馬首，列舞匝蛾眉。醉惜年光晚，歡憐日影遲。迴塘排玉棹，歸路擁金羈。自顧龍鍾者，嘗蒙噢咻之。仰山塵不讓，涉海水難爲。身忝鄉人薦，名因國士推。提携增善價，拂拭長妍姿。射策端心術，遷喬整羽儀。幸穿楊遠葉，謬折桂高枝。佩德潛書帶，銘仁闇勒肌。飭躬趨館舍，拜手挹階墀。霄漢程雖在，風塵迹尚卑。敝衣羞布素，敗屋厭茅茨。養乏晨昏膳，居無伏臘資。盛時貧可恥，壯歲病堪嗤。擢第名方立，耽書力未疲。磨鉛重剸割，策蹇再賓士。相馬須憐瘦，呼鶯正及饑。扶摇重即事，會有答恩時。

秘書省中憶舊山

厭從薄宦校青簡，悔别故山思白雲。猶喜蘭臺非傲吏，歸時應免動移文。

夜深行

百年闕外夜行客，三殿角頭宵直人。莫道近臣勝遠使，其如同是不閑身。

和元九與呂二同宿話舊感贈

見君新贈呂君詩，憶得同年行樂時。争入杏園齊馬首，潛過柳曲鬬蛾眉。八人雲散俱遊宦，七度花開盡別離。聞道秋娘猶且在，至今時復問微之。

病中哭金鑾子

豈料吾方病，翻悲汝不全。卧驚從枕上，扶哭就燈前。有女誠爲累，無兒豈免憐。病來纔十日，養得已三年。慈淚隨聲迸，悲腸遇物牽。故衣猶架上，殘藥尚頭邊。送出深村巷，看封小墓田。莫言三里地，此別是終天。

眼暗

早年勤倦看書苦，晚歲悲傷出淚多。眼損不知都自取，病成方悟欲如何。夜昏乍似燈將滅，朝暗長疑鏡未磨。千藥萬方治不得，唯應閉目學頭陀。

渭村退居寄禮部崔侍郎翰林錢舍人詩一百韻

聖代元和歲，閒居渭水陽。不才甘命舛，多幸遇時康。朝野分倫序，賢愚定否臧。重文疎卜式，尚少棄馮唐。由是推天運，從兹樂性場。籠禽放高翥，霧豹得深藏。世慮休相擾，身謀且自强。猶須務衣食，未免事農桑。薙草通三徑，開田占一坊。晝扉肩白版，夜碓掃黄粱。隙地治場圃，閒時糞土疆。枳籬編刺夾，薙壟擘科秧。穡力嫌身病，農心願歲穰。朝衣典杯酒，佩劍博牛羊。困倚栽松鍤，饑提采蕨筐。引泉來後澗，移竹下前岡。生計雖勤苦，家資甚渺茫。塵埃常滿甑，錢帛少盈囊。弟病仍扶杖，妻愁不出房。傳衣念襤褸，舉案笑糟糠。犬吠村胥鬧，蟬鳴織婦忙。納租看縣帖，輸粟問軍倉。夕歇攀村樹，秋行繞野塘。雲容陰慘澹，月色冷悠揚。蕎麥鋪花白，棠梨間葉黄。早寒風摵摵，新霽月蒼蒼。園菜迎霜死，庭蕪過雨荒。簷空愁宿燕，壁暗思啼螿。眼爲看書損，肱因運甓傷。病骸渾似木，老鬢欲成霜。少睡知年長，端憂覺夜長。舊遊多廢忘，往事偶思量。忽憶煙霄路，常陪劍履行。登朝思檢束，入閣學趨蹌。命偶風雲會，恩覃雨露霶。沾枯發枝葉，磨鈍起鋒鋩。崔閣連鑣鶩，錢兄接翼翔。齊竽混韶夏，燕石厠琳琅。同日升金馬，分宵直未央。共詞加寵命，合表謝恩光。厩馬驕初跨，天厨味始嘗。朝晡頒餅餌，寒暑賜衣裳。對秉鵝毛筆，俱含雞舌香。青縑衾薄絮，朱裹幕高張。晝食恒連案，宵眠每並床。差肩承詔旨，連署進封章。起草偏同視，疑文最共詳。滅私容點竄，窮理析毫芒。便共輸肝膽，何曾異肺腸。慎微參石奮，決密與張湯。禁闥青交瑣，官垣紫界牆。井闌排菡萏，簷瓦鬭鴛鴦。樓額題鳷鵲，池心浴鳳凰。風枝萬年動，温樹四時芳。宿露凝金掌，晨暉上璧璫。砌筠塗緑粉，庭果滴紅漿。曉從朝興慶，春陪宴柏梁。傳呼鞭索索，拜舞珮鏘鏘。仙仗環雙闕，神兵辟兩廂。火翻紅尾旆，冰卓白竿槍。滉漾經魚藻，深沈近浴堂。分庭皆命婦，對院即儲皇。貴主冠浮動，親王轡鬧裝。金鈿相照耀，朱紫間熒煌。毬簇桃花綺，歌巡竹葉觴。窪銀中貴帶，昂黛内人粧。賜禊東城下，頒酺曲水傍。樽罍分聖酒，妓樂借仙倡。淺酌看紅藥，徐吟把緑楊。宴迴過御陌，行歇入僧房。白鹿原東脚，青龍寺北廊。望春花景暖，避暑竹風涼。下直閑如社，尋芳醉似狂。有時還後到，無處不相將。雞鶴初雖雜，蕭蘭久乃彰。來燕隗貴重，去魯孔恓惶。聚散期難定，飛沉勢不常。五年同晝夜，一别似參商。屈折孤生竹，銷摧百鍊鋼。途窮任憔悴，道在肯傍徨。尚念遺簪折，仍憐病雀瘡。恤寒分賜帛，救餒減餘糧。藥物來盈裹，書題寄滿箱。殷勤翰林主，珍重禮闈郎。煦沫誠多謝，摶扶豈所望。提携勞氣力，吹簸不飛揚。拙劣才何用，龍鍾分自當。粧嫫徒費黛，磨甋詎成璋。習隱將時背，干名與道妨。外身宗老氏，齊物學蒙莊。疎放遺千慮，愚蒙守一方。樂天無怨歎，倚命不劻勷。憒憹胸須豁，交加臂莫攘。珠沉猶是寳，金躍未爲祥。泥尾休摇掉，灰心罷激昂。漸閑親道友，因病事醫王。息亂歸禪定，存神入坐亡。斷癡求慧劍，濟苦得慈航。不動爲吾志，無何是我鄉。可憐身與世，從此兩相忘。

欲與元八卜鄰先有是贈

平生心迹最相親，欲隱牆東不爲身。明月好同三徑夜，緑楊宜作兩家春。每因暫出猶思伴，豈得安居不擇鄰。可獨終身數相見，子孫長作隔牆人。

累土山

堆土漸高山意出，終南移入户庭間。玉峰藍水應惆悵，恐見新山望舊山。

白牡丹

白花冷澹無人愛，亦占芳名道牡丹。應是東宮白贊善，被人還喚作朝官。

東南行一百韻寄通州元九侍御澧州李十一舍人果州崔二十二使君開州韋大員外庾三十二補闕杜十四拾遺李二十助教員外竇七校書

南去經三楚，東來過五湖。山頭看候館，水面問征途。地遠窮江界，天低極海隅。飄零同落葉，浩蕩似乘桴。漸覺鄉原異，深知土産殊。夷音語嘲哳，蠻態笑睢盱。水市通闤闠，煙村混舳艫。吏徵漁户税，人納火田租。亥日饒蝦蟹，寅年足虎貙。成人男作丱，似鬼女爲巫。樓閣攢猖婦，隄喧簇貶夫。夜船論鋪賃，春酒斷瓶酤。見果多盧橘，聞禽悉鷓鴣。山歌猿獨叫，野哭鳥相呼。嶺徼雲成棧，江郊水當郛。月移翹柱鶴，風汎颭檣烏。鼊礙潮無信，蛟驚浪不虞。鼉鳴泉窟室，蜃結氣浮圖。樹裂山魈穴，沙含水弩樞。喘牛犁紫芋，羸馬放青菰。繡面誰家婢，鵶頭幾歲奴。泥中采菱芡，燒後拾樵蘇。鼎膩愁烹鼈，盤腥厭膾鱸。鐘儀徒戀楚，張翰浪思吳。氣序涼還熱，光陰旦復晡。身方逐萍梗，年欲近桑榆。渭北田園廢，江西歲月徂。憶歸恒慘澹，懷舊忽踟躕。自念咸秦客，嘗爲鄒魯儒。蘊藏經國術，輕棄度關繻。賦力凌鸚鵡，詞鋒敵轆轤。戰文重掉鞅，射策一彎弧。崔杜鞭齊下，元韋轡並驅。名聲逼揚馬，交分過蕭朱。世務輕磨揣，周行竊覬覦。風雲皆會合，雨露各霑濡。共偶升平代，偏慚固陋軀。承明連夜直，建禮拂晨趨。美服頒王府，珍羞降御厨。議高通白虎，諫切伏青蒲。柏殿行陪宴，花樓走看酺。神旗張鳥獸，天籟動笙竽。九劍星芒耀，魚龍電策驅。定場排漢旅，促坐進吳歈。縹緲疑仙樂，嬋娟勝畫圖。歌鬟低翠羽，舞汗墮紅珠。別選閒遊伴，潛招小飲徒。一杯愁已破，三醆氣彌麤。軟美仇家酒，幽閒葛氏姝。十千方得斗，二八正當壚。論笑杓胡硉，談憐鞏囁嚅。李酣尤短竇，庾醉更蔫迂。鞍馬呼教住，骰盤喝遣輸。長驅波卷白，連擲采成盧。籌併頻逃席，觥嚴列置盂。滿巵那可灌，頹玉不勝扶。入視中樞草，歸乘內廐駒。醉曾衝宰相，驕不揖金吾。日近恩雖重，雲高勢却孤。翻身落霄漢，失腳倒泥塗。博望移門籍，潯陽佐郡符。時情變寒暑，世利算錙銖。即日辭雙闕，明朝別九衢。播遷分郡國，次第出京都。秦嶺馳三驛，商山上二邘。峴陽亭寂寞，夏口路崎嶇。大道全生棘，中丁盡執殳。江關未撤警，淮寇尚稽誅。林對東西寺，山分大小姑。廬峰蓮刻削，湓浦帶縈紆。九派吞青草，孤城覆緑蕪。黃昏鐘寂寂，清曉角嗚嗚。春色辭門柳，秋聲到井梧。殘芳悲鶗鴂，暮節感茱萸。蕊坼金英菊，花飄雪片蘆。波紅日斜沒，沙白月平鋪。幾見林抽筍，頻驚燕引雛。歲華何倏忽，年少不須臾。眇默思千古，蒼茫想八區。孔窮緣底事，顏夭有何辜。龍智猶經醢，龜靈未免刳。窮通應已定，聖哲不能逾。況我身謀拙，逢他厄運拘。漂流隨大海，鎚鍛任洪爐。險阻嘗之矣，栖遲命也夫。沈冥消意氣，窮餓耗肌膚。防瘴和殘藥，迎寒補舊襦。書牀鳴蟋蟀，琴匣網踟蹰。貧室如懸磬，端憂劇守株。時遭人指點，數被鬼揶揄。兀兀都疑夢，昏昏半是愚。女驚朝不起，妻怪夜長吁。萬里抛朋侶，三年隔友于。自然悲聚散，不是恨榮枯。去夏微之瘧，今春席八殂。天涯書達否，泉下哭知無。謾寫詩盈卷，空盛酒滿壺。只添新悵望，豈復舊歡娱。壯志因愁減，衰容與病俱。相逢應不識，滿頷白髭須。

早發楚城驛

雨過塵埃滅，沿江道徑平。月乘殘夜出，人趁早涼行。寂歷閑吟動，冥濛闇思生。荷塘翻露氣，稻壠瀉泉聲。宿犬聞鈴起，棲禽見火驚。曨曨煙樹色，十里始天明。

香爐峰下新卜山居草堂初成偶題東壁五首

其　三

長松樹下小溪頭，斑鹿胎巾白布裘。藥圃茶園爲産業，野麋林鶴是交遊。雲生澗户衣裳潤，嵐隱山厨火獨幽。最愛一泉新引得，清泠屈曲遶階流。

江樓夜吟元九律詩成三十韻

昨夜江樓上，吟君數十篇。詞飄朱檻底，韻墮緑江前。清楚音諧律，精微思入玄。收將白雪麗，奪盡碧雲妍。寸截金爲句，雙雕玉作聯。八風淒間發，五彩爛相宣。冰扣聲聲冷，珠排字字圓。文頭交比繡，筋骨軟於綿。澒湧同波浪，錚鏦過管弦。醴泉流出地，鈞樂下從天。神鬼聞如泣，魚龍聽似禪。星迴疑聚集，月落爲留連。雁感無鳴者，猿愁亦悄然。交流遷客淚，停住賈人船。暗被歌姬乞，潛聞思婦傳。斜行題粉壁，短卷寫紅箋。肉味經時忘，頭風當日痊。老張知定伏，短李愛應顛。道屈才方振，身閑業始專。天教聲烜赫，理合命迍邅。顧我文章劣，知他氣力全。工夫雖共到，巧拙尚相懸。各有詩千首，俱抛海一邊。白頭吟處變，青眼望中穿。酬答朝妨食，披尋夜廢眠。老償文債負，宿結字因緣。每歎陳夫子，常嗟李謫仙。名高折人爵，思苦減天年。不得當時遇，空令後代憐。相悲今若此，湓浦與通川。

晚題東林寺雙池

向晚雙池好，初晴百物新。裊枝翻翠羽，濺水躍紅鱗。萍泛同遊子，蓮開當麗人。臨流一惆悵，還憶曲江春。

贈寫真者

子騁丹青日，予當醜老時。無勞役神思，更畫病客儀。迢遞麒麟閣，圖功未有期。區區尺素上，焉用寫真爲？

歲暮

窮陰急景坐相催，壯齒韶顔去不回。舊病重因年老發，新愁多是夜長來。高明自爇緣多事，雁默先烹爲不才。禍福細尋無會處，不如且進手中盃。

風雨夜泊

苦竹林邊蘆葦叢，停舟一望思無窮。青苔撲地連香雨，白浪掀天盡日風。忽忽百年皆欲半，茫茫萬事坐成空。此生飄蕩何時定，一縷鴻毛天地中。

山中戲問韋侍郎

我抱反雲志，君懷濟世才。常吟棲招隱，那得入山來。

題遺愛寺前溪松

偃亞長松樹，侵臨小石溪。静將流水對，高共遠峰齊。翠蓋煙籠密，花幢雪壓低。與僧清影坐，借鶴隱枝棲。筆寫形難似，琴偷韻易迷。暑天風槭槭，晴夜露淒淒。獨憩依爲舍，閒行遶作谿。棟梁君莫採，留著伴幽棲。

自江州司馬授忠州刺史仰荷聖澤聊書鄙懷

炎瘴抛身遠，泥塗索脚難。網初鱗蹬刺，籠久翅摧殘。雷電頒時令，陽和變歲寒。遺簪承舊念，剖竹授新官。鄉覺前程近，心隨外事寬。生還應有分，西笑問長安。

重贈李大夫

早接清斑登玉陛，同承別詔直金鑾。鳳巢閣上容身穩，鶴鎖籠中展翅難。流落多年應是命，量移遠郡未成官。慚君獨不欺憔悴，猶作銀臺舊眼看。

入峽次巴東

不知遠郡何時到，猶喜全家此去同。萬里王程三峽外，百年生計一舟中。巫山暮足霑花雨，隴水春多逆浪風。兩片紅旌數聲鼓，使君艛艓上巴東。

昭德皇后挽歌詞

仙去逍遥境，詔留窈窕章。春歸金屋少，夜入壽宫長。鳳引曾辭輦，蠶休昔採桑。陰靈何處感？沙麓月無光。

琵　琶

絃清撥利語錚錚，背却殘燈就月明。賴是心無惆悵事，不然争奈子絃聲。

初罷中書舍人

自慚拙宦叨清貴，還有癡心怕素飡。或望君臣相獻替，可圖妻子免飢寒。性疎豈合承恩久，命薄元知濟事難。分寸寵光酬未得，不休更擬覓何官。

初到郡齋寄錢湖州李蘇州

俱來滄海郡，半作白頭翁。謾道風煙接，何曾笑語同。吏稀秋税畢，客散晚庭空。霽後當樓月，潮來滿座風。霅溪殊冷僻，茂苑太繁雄。唯此錢塘郡，閑忙恰得中。

醉題候仙亭

蹇步垂朱綬，華纓映白鬚。何因駐衰老？只有且歡娱。酒興還應在，詩情可便無？登山與臨水，猶未要人扶。

虚白堂

虚白堂前衙退後，更無一事到中心。移牀就日簷間卧，卧詠閑詩側枕琴。

花樓望雪命宴賦詩

連天際海白皚皚，好上高樓望一迴。何處更能分道路，此時兼不認池臺。萬重雲樹山頭翠，百尺花樓江畔開。素壁聯題分韻句，紅爐巡飲暖寒盃。冰鋪湖水銀爲面，風卷汀沙玉作堆。絆惹舞人春豔曳，勾留醉客夜徘徊。偷將虚白堂前鶴，失却樟亭驛後梅。别有故情偏憶得，曾經窮苦照書來。

宿竹閣

晚坐松簷下，宵眠竹閣間。清虚當服藥，幽獨抵歸山。巧未能勝拙，忙應不及閑。無勞别修道，即此是玄關。

錢塘湖春行

孤山寺北賈亭西，水面初平雲腳低。幾處早鶯争暖樹，誰家新燕啄春泥。亂花漸欲迷人眼，淺草纔能没馬蹄。最愛湖東行不足，緑楊陰裏白沙堤。

候仙亭同諸客醉作

謝安山下空携妓，柳惲洲邊只賦詩。争及湖亭今日會，嘲花詠水贈蛾眉。

東樓南望八韻

不厭東南望，江樓對海門。風濤生有信，天水合無痕。鷁帶雲帆動，鷗和雪浪翻。魚鹽聚爲市，煙火起成村。日腳金波碎，峰頭鈿點繁。送秋千里雁，報暝一聲猿。已豁煩襟悶，仍開病眼昏。郡中登眺處，無勝此東軒。

樟亭雙櫻樹

南館西軒兩樹櫻，春條長足夏陰成。素華朱實今雖盡，碧葉風來别有情。

餘杭形勝

餘杭形勝四方無，州傍青山縣枕湖。遶郭荷花三十里，拂城松樹一千株。夢兒亭古傳名謝，教妓樓新道姓蘇。獨有使君年太老，風光不稱白髭鬚。

江樓夕望招客

海天東望夕茫茫，山勢川形闊復長。燈火萬家城四畔，星河一道水中央。風吹古木晴天雨，月照平沙夏夜霜。能就江樓消暑否，比君茅舍校清涼。

予以長慶二年冬十月到杭州明年秋九月始與范陽盧賈汝南周元範蘭陵蕭悅清河崔求東萊劉方輿同遊恩德寺之泉洞竹石籍甚久矣及茲目擊果愜心期因自嗟云到郡周歲方來入寺半日復去俯視朱綬仰睇白雲有愧於心遂留絶句

雲水埋藏恩德洞，簪裾束縛使君身。暫來不宿歸州去，應被山呼作俗人。

九日宴集醉題郡樓兼呈周殷二判官

前年九日餘杭郡，呼賓命宴虚白堂。去年九日到東洛，今年九日來吴鄉。兩邊蓬鬢一時白，三處菊花同色黄。一日日知添老病，一年年覺惜重陽。江南九月未摇落，柳青蒲緑稻穟香。姑蘇臺榭倚蒼靄，太湖山水含清光。可憐假日好天色，公門吏静風景涼。榜舟鞭馬取賓客，掃樓拂席排壺觴。胡琴錚鏦指撥刺，吴娃美麗眉眼長。笙歌一曲思凝絶，金鈿再拜光低昂。日腳欲落備燈燭，風頭漸高加酒漿。觥盞灩翻菡萏葉，舞鬟擺落茱萸房。半酣憑檻起四顧，七堰八門十六坊。遠近高低寺間出，東西南北橋相望。水道脉分棹鱗次，里閭棋布城册方。人煙樹色無隙罅，十里一片青茫茫。自問有何才與政，高廳大館居中央。銅魚今乃澤國節，刺史是古吴都王。郊無戎馬郡無事，門有棨戟腰有章。盛時儻來合慚愧，壯歲忽去還感傷。從事醒歸應不可，使君醉倒亦何妨。請君停杯聽我語，此語真實非虚狂。五旬已過不爲夭，七十爲期蓋是常。須知菊酒登高會，從此多無二十場。

同微之贈别郭虚舟鍊師五十韻

我爲江司馬，君爲荆判司。俱當愁悴日，始識虚舟師。師年三十餘，白皙好容儀。專心在鉛汞，餘力工琴棋。静彈弦數聲，閒飲酒一巵。因指塵土下，蜉蝣良可悲。不聞姑射上，千歲冰雪肌。不見遼城外，古今冢累累。嗟我天地間，有術人莫知。得可逃死籍，不唯走三尸。授我《參同契》，其辭妙且微。六一闔扃鐍，子午守雄雌。我讀隨日悟，心中了無疑。黄芽與紫車，謂其坐致之。自負因自歎，人生號男兒。若不佩金印，即合翳玉芝。高謝人間世，深結山中期。泥壇方合矩，鑄鼎圓中規。爐橐一以動，瑞氣紅輝輝。齊心獨歎拜，中夜偷一窺。二物正訢合，厥狀何怪奇。綢繆夫婦體，狎獵魚龍姿。簡寂館鍾後，紫霄峰曉時。心塵未净潔，火候遂參差。萬壽覬刀圭，千功失毫釐。先生彈指起，姹女隨煙飛。始知緣會間，陰隲不可移。藥竈今夕罷，詔書明日追。追我復追君，次第承恩私。官雖小大殊，同立白玉墀。我直紫微闥，手進賞罰詞。君侍玉皇座，口含生殺機。直躬易媒孽，浮俗多瑕疵。轉徙今安在，越嶠吴江湄。一提支郡印，一建連帥旗。何言四百里，不見如天涯。秋風旦夕來，白日西南馳。雪霜各滿鬢，朱紫徒爲衣。師從廬山洞，訪舊來於斯。尋君又覓我，風馭紛逶迤。帔裾曳黄絹，鬚髮垂青絲。逢人但斂手，問道亦頷頤。孤雲難久留，十日告將歸。款曲話平昔，殷勤免衰羸。後會杳何許，前心日磷緇。俗家無異物，何以充别資。素箋一百句，題附元家詩。朱頂鶴一隻，與師雲間騎。雲間鶴背上，故情若相思。時時摘一句，唱作步虚辭。

霓裳羽衣歌

我昔元和侍憲皇，曾陪内宴宴昭陽。千歌百舞不可數，就中最愛霓裳舞。舞對寒食春風天，玉鈎闌下香案前。案前舞者顔如玉，不著人家俗衣服。虹裳霞帔步摇冠，鈿瓔纍纍佩珊珊。娉婷似不任羅綺，顧聽樂懸行復止。磬簫箏笛遞相攙，擊擫彈吹聲邐迤。散序六奏未動衣，陽臺宿雲慵不飛。中序擘騞初入拍，秋竹竿裂春冰拆。飄然轉旋回雪輕，嫣然縱送游龍驚。小垂手後柳無力，斜曳裾時雲欲生。烟蛾斂略不勝態，風袖低昂如有情。上元點鬟招萼緑，王母揮袂别飛瓊。繁音急節十二徧，跳珠撼玉何鏗錚。翔鸞舞了却收翅，唳鶴曲終長引聲。當時乍見驚心目，凝視諦聽殊未足。一落人間八九年，耳冷不曾聞此曲。湓城但聽山魈語，巴峽惟聞杜鵑哭。移領錢塘第二年，始有心情問絲竹。玲瓏箜篌謝好箏，陳寵觱篥沈平笙。清絃脆管纖纖手，教得霓裳一曲成。虚白亭前湖水畔，前後祇應三度按。便除庶子拋却來，聞道如今各星散。今年五月至蘇州，朝鐘暮角催白頭。貪看案牘常侵夜，不聽笙歌直到秋。秋來無事多閑悶，忽憶霓裳無處問。聞君部内多樂徒，問有霓裳舞者無。答云七縣十萬户，無人知有霓裳舞。唯寄長歌與我來，題作霓裳羽衣譜。四幅花箋碧間紅，霓裳實録在其中。千姿萬狀分明見，恰與昭陽舞者同。眼前髣髴睹形質，昔日今朝想如一。疑從魂夢呼召來，似著丹青圖寫出。我愛霓裳君合知，發於歌詠形於詩。君不見，我歌云，驚破霓裳羽衣曲。又不見，我詩云，曲愛霓裳未拍時。由來能事皆有主，楊氏創聲君造譜。君言此舞難得人，須是傾城可憐女。吴妖小玉飛作煙，越豔西施化爲土。嬌花巧笑久寂寥，娃館苧蘿空處所。如君所言誠有是，君試從容聽我語。若求國色始翻傳，但恐人間廢此舞。妍媸優劣寧相遠，大都只在人擡舉。李娟張態君莫嫌，亦擬隨宜且教取。

小童薛陽陶吹觱栗歌

剪削乾蘆插寒竹，九孔漏聲五音足。近來吹者誰得名，關璀老死李衮生。衮今又老誰其嗣，薛氏樂童年十二。指點之下師授聲，含嚼之間天與氣。潤州城高霜月明，吟霜思月欲發聲。山頭江底何悄悄，猿聲不喘魚龍聽。翕然聲作疑管裂，詘然聲盡疑刀截。有時婉軟無筋骨，有時頓挫生稜節。急聲圓轉促不斷，轢轢轔轔似珠貫。緩聲展引長有條，有條直直如筆描。下聲乍墜石沉重，高聲忽舉雲飄蕭。明旦公堂陳宴席，主人命樂娛賓客。碎絲細竹徒紛紛，宮調一聲雄出群。衆音覶縷不落道，有如部伍隨將軍。嗟爾陽陶方稚齒，下手發聲已如此。若教頭白吹不休，但恐聲名壓關李。

有感三首

其一

鬢髮已班白，衣綬方朱紫。窮賤當壯年，富榮臨暮齒。車輿紅塵合，第宅青煙起。彼來此須去，品物之常理。第宅非吾廬，逆旅暫留止。子孫非我有，委蛻而已矣。有如蠶造繭，又似花生子。子結花暗凋，繭成蠶老死。悲哉可奈何，舉世皆如此。

和微之詩二十三首

和三月三十日四十韻

送春君何在，君在山陰署。憶我蘇杭時，春遊亦多處。爲君歌往事，豈敢辭勞慮。莫怪言語狂，須知酬答遽。江南臘月半，水凍凝如瘀。寒景尚蒼茫，和風已吹嘘。女牆城似竈，雁齒橋如鋸。魚尾上龠淪，草芽生沮洳。律遲太簇管，日緩羲和馭。布澤木龍催，迎春土牛助。雨師習習灑，雲將飄飄翥。四野萬里晴，千山一時曙。杭土麗且康，蘇民富而庶。善惡有懲勸，剛柔無吐茹。兩衙少辭牒，四境稀書疏。俗以勞俠安，政因閑暇著。仙亭日登眺，虎丘時遊預。尋幽駐旌軒，選勝迴賓御。舟移溪鳥避，樂作林猿覷。池古莫耶沉，石奇羅刹踞。水苗泥易耨，畬粟灰難鋤。紫蕨抽出畦，白蓮埋在淤。菱花紅帶黯，温葉黄含菸。鏡動波颭菱，雪迴風旋絮。手經攀桂馥，齒爲嘗梅楚。坐併船腳欹，行多馬蹄跙。聖賢清濁醉，水陸鮮肥飫。魚鱠芥醬調，水葵鹽豉絮。雖微五袴詠，倖免兆人詛。但令樂不荒，何必遊無倨。吴苑僕尋罷，越城公尚據。舊遊幾客存，新宴誰人與。莫空文舉酒，强下何曾筯。江上易優遊，城中多毁譽。分應當自盡，事勿求人恕。我既無子孫，君仍畢婚娶。久爲雲雨别，終擬江湖去。范蠡有扁舟，陶潛有籃轝。兩心苦相憶，兩口遥相語。最恨七年春，春來各一處。

和寄樂天

賢愚類相交，人情之大率。然自古今來，幾人號膠漆。近聞屈指數，元某與白乙。旁愛及弟兄，中權避家室。松筠與金石，未足喻堅密。在車如輪轅，在身如肘腋。又如風雲會，天使相召匹。不似勢利交，有名而無實。頃我在杭歲，值君之越日。望愁來儀遲，宴惜留景疾。坐耀黄金帶，酌酡赬玉質。酣歌口不停，狂舞衣相拂。平生賞心事，施展十未一。會笑始啞啞，離嗟乃唧唧。餞筵纔收拾，征棹遽排北。後恨苦緜緜，前歡何卒卒。居人色慘澹，行子心紆鬱。風袂去時揮，雲帆望中失。宿酲和别思，目眩心忽忽。病魂黯然銷，老淚淒其出。別君只如昨，芳歲換六七。俱是宦家身，後期難自必。

九日思杭州舊游寄周判官及諸客

忽憶郡南山頂上，昔時同醉是今辰。笙歌委曲聲延耳，金翠動摇光照身。風景不隨宫相去，歡娱應逐使君新。江山賓客皆如舊，唯是當筵换主人。

夢行簡

天氣妍和水色鮮，閑吟獨步小橋邊。池塘草緑無佳句，虚卧春窗夢阿憐。

答客問杭州

爲我踟蹰停酒盞，與君約略説杭州。山名天竺堆青黛，湖號錢塘瀉緑油。大屋簷多裝雁齒，小航船亦畫龍頭。所嗟水路無三百，官繫何因得再遊？

東城桂三首

其　二

霜雪壓多雖不死，荆榛長疾欲相埋。長憂落在樵人手，賣作蘇州一束柴。

五月三日閒行

黄鸝巷口鶯欲語，烏鵲河頭冰欲銷。緑浪東西南北水，紅欄三百九十橋。鴛鴦蕩漾雙雙翅，楊柳交加萬萬條。借問春風來早晚，只從前日到今朝。

夜遊西武丘寺八韻

不厭西丘寺，閑來即一過。舟船轉雲島，樓閣出烟蘿。路入青松影，門臨白月波。魚跳驚秉燭，猿戲怪鳴珂。摇曳雙紅旆，娉婷十翠娥。香花助羅綺，鍾梵避笙歌。領郡時將久，遊山數幾何。一年十二度，非少亦非多。

感悟妄緣題如上人壁

自從爲騃童，直至作衰翁。所好隨年異，爲忙終日同。弄沙成佛塔，鏘玉謁王宫。彼此皆兒戲，須臾即色空。有營非了義，無著是真宗。兼恐勤修道，猶應在妄中。

初到洛陽閑遊

漢庭重少身宜退，洛下閑居跡可逃。趁伴入朝應老醜，尋春放醉尚粗豪。詩携彩紙新裝卷，酒典緋花舊賜袍。曾在東方千騎上，至今躞蹀馬頭高。

酬裴相公題興化小池見招長句

爲愛小塘招散客，不嫌老監與新詩。山翁倒載無妨學，范蠡扁舟未要追。蓬斷偶飄桃李徑，鷗驚誤拂鳳凰池。敢辭課拙訓高韻，一勺爭禁萬頃陂。

有小白馬乘馭多時奉使東行至稠桑驛溘然而斃足可驚傷不能忘情題二十韻

能驟復能馳，翩翩白馬兒。毛寒一團雪，鬉薄萬條絲。皂蓋春行日，驪駒曉促時。雙旌前獨步，五馬內偏騎。芳草承蹄葉，垂楊拂頂枝。跨將迎好客，惜不換妖姬。慢鞚遊蕭寺，閑驅醉習池。睡來乘作夢，興發倚成詩。鞭爲馴難下，鞍緣穩不離。北歸還共到，東使亦相隨。赭白何曾變，玄黃豈得知。嘶風覺聲急，踏雪怪行遲。昨夜猶芻秣，今朝尚縶維。卧槽應不起，顧主遂長辭。塵滅騣騣迹，霜留皎皎姿。度關形未改，過隙影難追。念倍燕求駿，情深項別騅。銀收鈎臆帶，金卸絡頭羈。何處埋奇骨，誰家覓弊帷。稠桑驛門外，吟罷涕雙垂。

有雙鶴留在洛中忽見劉郎中依然鳴顧劉因爲鶴歎二篇寄予予以二絶句答之

其　一

辭鄉遠隔華亭水，逐我來棲緱嶺雲。慚愧稻粱長不飽，未曾迴眼向雞群。

履道春居

微雨灑園林，新晴好一尋。低風洗池面，斜日拆花心。暝助嵐陰重，春添水色深。不如陶省事，猶抱有弦琴。

和錢華州題少華清光絶句

高情雅韻三峰守，主領清光管白雲。自笑亦曾爲刺史，蘇州肥膩不如君。

曲江有感

曲江西岸又春風，萬樹花前一老翁。遇酒逢花還且醉，若論惆悵事何窮。

杏園花下贈劉郎中

怪君把酒偏惆悵，曾是貞元花下人。自別花來多少事，東風二十四回春。

伊　州

老去將何散老愁，新教小玉唱伊州。亦應不得多年聽，未教成時已白頭。

送敏中歸幽寧幕

六十衰翁兒女悲，傍人應笑爾應知。弟兄垂老相逢日，杯酒臨歡欲散時。前路加湌須努力，今宵盡醉莫推辭。司徒知我難爲別，直過秋歸未訝遲。

早　寒

黄葉聚牆角，青苔圍柱根。被經霜後薄，鏡遇雨來昏。半卷寒簷幕，斜開暖閣門。迎冬兼送老，只仰酒盈樽。

送河南尹馮學士赴任

石渠金谷中間路，軒騎翩翩十日程。清洛飲冰添苦節，碧嵩看雪助高情。謾誇河北操旄鉞，莫羨江西擁旆旌。何似府寮京令外，別教三十六峰迎。

重答汝州李六使君見和憶吴中舊遊五首

爲憶娃宫與虎丘，玩君新作不能休。蜀箋寫出篇篇好，吴調吟詩句句愁。洛下林園終共住，江南風月會重遊。由來事過多堪惜，何況蘇州勝汝州。

贈王山人

玉芝觀裏王居士，服氣飡霞善養身。夜後不聞龜喘息，秋來唯長鶴精神。容顔盡怪長如故，名姓多疑不是真。貴重榮華輕壽命，知君悶見世間人。

酬令狐相公春日尋花見寄六韻

病卧帝王州，花時不得遊。老應隨日至，春肯爲人留？粉壞杏將謝，火繁桃向稠。白飄僧院地，紅落酒家樓。空裏雪相似，晚來風不休。吟君悵望句，如到曲江頭。

送東都留守令狐尚書赴任

翠華黄屋未東巡，碧洛青嵩付大臣。地稱高情多水竹，山宜閑望少風塵。龍門即擬爲遊客，金谷先憑作主人。歌酒家家花處處，莫空管領上陽春。

元相公挽詞三首

其一

銘旌官重威儀盛，騎吹聲繁鹵簿長。後魏帝孫唐宰相，六年七月葬咸陽。

結之

歡愛今何在，悲啼亦是空。同爲一夜夢，共過十年中。

問江南物

歸來未及問生涯，先問江南物在耶。引手摩挲青石笋，迴頭點檢白蓮花。蘇州舫故龍頭暗，王尹橋傾雁齒斜。别有夜深惆悵事，月明雙鶴在裴家。

予與微之老而無子發於言歎著在詩篇今年各有一子戲作二什一以相賀一以自嘲

常憂到老都無子，何況新生又是兒。陰德自然宜有慶，皇天可得道無知。一園水竹今爲主，百卷文章更付誰。莫慮鵷雛無浴處，即應重入鳳凰池。

五十八翁方有後，静思堪喜亦堪嗟。一珠甚小還慚蚌，八子雖多不羡鴉。秋月晚生丹桂實，春風新長紫蘭芽。持盃祝願無他語，慎勿頑愚似汝爺。

晚桃花

一樹紅桃亞拂池，竹遮松蔭晚開時。非因斜日無由見，不是閑人豈得知。寒地生材遺校易，貧家養女嫁常遲。春深欲落誰憐惜，白侍郎來折一枝。

阿崔

謝病卧東都，羸然一老夫。孤單同伯道，遲暮過商瞿。豈料鬢成雪，方看掌弄珠。已衰寧望有，雖晚亦勝無。蘭入前春夢，桑懸昨日弧。里閭多慶賀，親戚共歡娱。膩剃新胎髮，香綳小繡襦。玉芽開手爪，酥顆點肌膚。弓冶將傳汝，琴書勿墜吾。未能知壽夭，何暇慮賢愚。乳氣初離㲉，啼聲漸變鶵。何時能反哺，供養白頭烏。

觀游魚

遶池閑步看魚游，正值兒童弄釣舟。一種愛魚心各異，我來施食爾垂鈎。

和微之任校書郎日過三鄉

三鄉過日君年幾？今日君年五十餘。不獨年催身亦變，校書郎變作尚書。

題岐王舊山池石壁

樹深藤老竹迴環，石壁重重錦翠斑。俗客看來猶解愛，忙人到此亦須閑。況當霽景涼風後，如在千巖萬壑間。黄綺更歸何處去，洛陽城内有商山。

除夜

病眼少眠非守歲，老心多感又臨春。火銷燈盡天明後，便是平頭六十人。

哭崔兒

掌珠一顆兒三歲，鬢雪千莖父六旬。豈料汝先爲異物，常憂吾不見成人。悲腸自斷非因劍，啼眼加昏不是塵。懷抱又空天默默，依前重作鄧攸身。

初喪崔兒報微之晦叔

書報微之晦叔知，欲題崔字淚先垂。世間此恨偏敦我，天下何人不哭兒。蟬老悲鳴抛蜕後，龍眠驚覺失珠時。文章十帙官三品，身後傳誰庇蔭誰。

府齋感懷酬夢得

府伶呼喚争先到，家醖提携動輒隨。合是人生開眼日，自當年老斂眉時。丹砂煉作三銖土，玄髮看成一把絲。勞寄新詩遠安慰，不聞枯樹再生枝。

履道池上作

家池動作經旬别，松竹琴魚好在無？樹暗小巢藏巧婦，渠荒新葉長慈姑。不因車馬時時到，豈覺林園日日蕪。猶喜春深公事少，每來花下得踟躕。

重修府西水亭院

因下疏爲沼，隨高築作臺。龍門分水入，金谷取花栽。遶岸行初匝，憑軒立未迴。園西有池位，留與後人開。

早春雪後贈洛陽李長官鄭明府二同年

獻歲晴和風景新，銅駝街郭暖無塵。府庭共賀三川雪，縣道分行百里春。朱紱洛陽官位屈，青袍長水俸錢貧。有何功德紆金紫，若比同年是幸人。

神照禪師同宿

八年三月晦，山梨花滿枝。龍門水西寺，夜與遠公期。晏坐自相對，密語誰得知？前後際斷處，一念不生時。

感白蓮花

白白芙蓉花，本生吴江濆。不與紅者雜，色類自區分。誰移爾至此，姑蘇白使君。初來苦顦顇，久乃芳氛氲。月月葉換葉，年年根生根。陳根與故葉，銷化成泥塵。化者日已遠，來者日復新。一爲池中物，永別江南春。忽想西涼州，中有天寶民。埋殁漢父祖，孳生胡子孫。已忘鄉土戀，豈念君親恩。生人尚復爾，草木何足云。

寄盧少卿

老誨心不亂，莊戒形太勞。生命既能保，死籍亦可逃。嘉肴與旨酒，信是腐腸膏。豔聲與麗色，真爲伐性刀。補養在積功，如裘集衆毛。將欲致千里，可得差一毫。顏回何爲者，簞瓢纔自給。肥醲不到口，年不登三十。張倉何爲者，染愛浩無際。妾媵填後房，竟壽百餘歲。倉壽有何德？回夭有何辜？誰謂具聖體，不如肥瓠軀？遂使世俗心，多疑仙道書。寄問盧先生，此理當何如？

和皇甫郎中秋曉同登天宫閣言懷六韻

碧天忽已高，白日猶未短。玲瓏曉樓閣，清脆秋絲管。張翰一盃酣，嵇康終日懶。塵中足憂累，雲外多疎散。病木斧斤遺，冥鴻羉繳斷。逍遥二三子，永願爲閑伴。

送呂漳州

今朝一壺酒，言送漳州牧。半自要閑遊，愛花憐草緑。花前下鞍馬，草上携絲竹。行客飲數盃，主人歌一曲。端居惜風景，屢出勞僮僕。獨醉似無名，借君作題目。

短歌行

世人求富貴，多爲身嗜欲。盛衰不自由，得失常相逐。問君少年日，苦學將干禄。負笈塵中遊，抱書雪前宿。布衾不周體，藜茹纔充腹。三十登宦途，五十被朝服。奴温已挾纊，馬肥初食粟。未敢議歡遊，尚爲名檢束。耳目聾暗後，堂上調絲竹。牙齒缺落時，盤中堆酒肉。彼來此已去，外餘中不足。少壯與榮華，相避如寒燠。青雲去地遠，白日終天速。從古無奈何，短歌聽一曲。

詠懷

高人樂丘園，中人慕官職。一事尚難成，兩途安可得？遑遑干世者，多苦時命塞。亦有愛閑人，又爲窮餓逼。我今幸雙遂，禄仕兼游息。未嘗羨榮華，不省勞心力。妻孥與婢僕，亦免愁衣食。所以吾一家，面無憂喜色。

老熱

一飽百情足，一酣萬事休。何人不衰老，我老心無憂。仕者拘職役，農者勞田疇。何人不苦熱，我熱身自由。卧風北窗下，坐月南池頭。腦涼脱烏帽，足熱濯清流。慵發晝高枕，興來夜泛舟。何乃有餘適，祇緣無過求。或問諸親友，樂天是與不？亦無别言語，多道天悠悠。悠悠君不知，此味深且幽。但恐君知後，亦來從我遊。

題文集櫃

破柏作書櫃，櫃牢柏復堅。收貯誰家集，題云白樂天。我生業文字，自幼及老年。前有七十卷，小大三千篇。誠知終散失，未忍遽棄捐。自開自鎖閉，置在書帷前。身是鄧伯道，世無王仲宣。只應分付女，留與外孫傳。

十二月二十三日作兼呈晦叔

案頭曆日雖未盡，向後唯殘六七行。牀下酒瓶雖不滿，猶應醉得兩三場。病身不許依年老，拙宦虛教逐日忙。聞健偷閑且勤飲，一杯之外莫思量。

自詠

白衣居士紫芝仙，半醉行歌半坐禪。今日維摩兼飲酒，當時綺季不請錢。等閑池上留賓客，隨事燈前有管絃。但問此身銷得否，分司氣味不論年。

送陳許高僕射赴鎮

敦詩閱禮中軍帥，重士輕財大丈夫。常與司徒同苦樂，不教親故隔榮枯。花鈿坐遶黄金印，絲竹行隨白玉壺。商皓老狂唯愛醉，時時能寄酒錢無？

青氈帳二十韻

合聚千羊毳，施張百子弮。骨盤邊柳健，色染塞藍鮮。北製因戎創，南移逐虜遷。汰風吹不動，禦雨濕彌堅。有頂中央聳，無隅四嚮圓。旁通門豁爾，内密氣温然。遠別關山外，初安庭户前。影孤明月夜，價重苦寒年。軟暖圍氊毯，鎗摐束管絃。最宜霜後地，偏稱雪中天。側置低歌座，平鋪小舞筵。閑多揭簾入，醉便擁袍眠。鐵檠移燈背，銀囊帶火懸。深藏曉蘭焰，闇貯宿香煙。獸炭休親近，狐裘可棄捐。硯温融凍墨，瓶煖變春泉。蕙帳徒招隱，茅庵浪坐禪。貧僧應歎羨，寒士定留連。賓客於中接，兒孫向後傳。王家詩舊物，未及此青氈。

同諸客題于家公主舊宅

平陽舊宅少人遊，應是遊人到即愁。春榖鳥啼桃李院，絡絲蟲怨鳳凰樓。臺傾滑石猶殘砌，簾斷真珠不滿鈎。聞道至今蕭史在，髭鬚雪白向明州。

翫半開花贈皇甫郎中

勿訝春來晚，無嫌花發遲。人憐全盛日，我愛半開時。紫蠟粘爲蔕，紅蘇點作蕤。成都新夾纈，梁漢碎臙脂。樹杪真珠顆，墻頭小女兒。淺深粧駮落，高下火參差。蝶戲争香孕，鶯啼選穩枝。好教郎作伴，合共酒相隨。醉翫無勝此，狂嘲更讓誰。猶殘少年興，未是老人詩。西日憑輕照，東風莫殺吹。明朝應爛熳，後夜更離披。林下遥相憶，樽前闇有期。銜杯嚼蕊思，唯我與君知。

家釀新熟每嘗輙醉妻姪等勸令少飲因成長句以諭之

君應怪我朝朝飲，不説向君君不知。身上幸無疼痛處，甕頭正是撇嘗時。劉妻勸諫夫休醉，王姪分疎叔不癡。六十三翁頭雪白，假如醒黠欲何爲。

楊柳枝詞八首

其　四

紅板江橋清酒旗，館娃宫暖日斜時。可憐雨歇東風定，萬樹千條各自垂。

其　七

葉含濃露如啼眼，枝嫋輕風似舞腰。小樹不禁攀折苦，乞君留取兩三條。

春早秋初因時即事兼寄浙東李侍郎

春早秋初晝夜長，可憐天氣好年光。和風細動簾帷暖，清露微凝枕簟凉。窗下曉眠初減被，池邊晚坐乍移牀。閑從蕙草侵堦緑，静任槐花滿地黄。理曲管絃聞後院，熨衣燈火映深房。四時新境何人别，遥憶多情李侍郎。

劉蘇州寄釀酒糯米李浙東寄楊柳枝舞衫偶因嘗酒試衫輒成長句寄謝之

柳枝謾蹋試雙袖，桑落初香嘗一杯。金屑醅濃吴米釀，銀泥衫穩越娃裁。舞時已覺愁眉展，醉後仍教笑口開。慚愧故人憐寂寞，三千里外寄歡來。

九年十一月二十一日感事而作

禍福茫茫不可期，大都早退似先知。當君白首同歸日，是我青山獨往時。顧索素琴應不暇，憶牽黄犬定難追。麒麟作脯龍爲醢，何似泥中曳尾龜。

奉和裴令公新成午橋莊緑野堂即事

舊逕開桃李，新池鑿鳳凰。只添丞相閣，不改午橋莊。遠處塵埃少，閑中日月長。青山爲外屏，緑野是前堂。引水多隨勢，栽松不趁行。年華玩風景，春事看農桑。花妬謝家妓，蘭偷荀令香。遊絲飄酒席，瀑布濺琴床。巢許終身隱，蕭曹到老忙。千年落公便，進退處中央。

裴令公席上贈别夢得

年老官高多别離，轉難相見轉難思。雪銷酒盡梁王起，便是鄒牧分散時。

尋春題諸家園林

聞健朝朝出，乘春處處尋。天供閑日月，人借好園林。漸以狂爲態，都無悶到心。平生身得所，未省似而今。

清明日登老君閣望洛城贈韓道士

風光煙火清明日，歌哭悲歡城市間。何事不隨東洛水，誰家又葬北邙山。中橋車馬長無已，下渡舟航亦不閑。冢墓纍纍人擾擾，遼東悵望鶴飛還。

三月三日

畫堂三月初三日，絮撲窗紗燕拂簷。蓮子數杯嘗冷酒，《柘枝》一曲試春衫。階臨池面勝看鏡，户映花叢當下簾。指點樓南玩新月，玉鈎素手兩纖纖。

閑居春静

閑泊池州静掩扉，老身慵出客來稀。愁應暮雨留教住，春被殘鶯唤遣歸。揭甕偷嘗新熟酒，開箱試著舊生衣。冬裘夏葛相催促，垂老光陰速似飛。

以詩代書寄户部楊侍郎勸買東鄰王家宅

勸君買取東鄰宅，與我衡門相並開。雲映高峰當户牖，月和伊水入池臺。林園亦要聞閑置，筋力應須及健迴。莫學因循白賓客，欲年六十始歸來。

嘗酒聽歌招客

一甕香醪新插芻，雙鬟小妓薄能謳。管絃漸好新教得，羅綺雖貧免外求。世上貪忙不覺苦，人間除醉即須愁。不知此事君知否，君若知時從我遊。

長齋月滿携酒先與夢得對酌醉中同赴令公之宴戲贈夢得

齋宫前日滿三旬，酒榼今朝一拂塵。乘興還同訪戴客，解醒仍對姓劉人。病心湯沃寒灰活，老面花生朽木春。若怕平原怪先醉，知君未慣吐車茵。

宅西有流水墻下構小樓臨翫之時頗有幽趣因命歌酒聊以自娱獨醉獨吟偶題五絶

其一

伊水分來不自由，無人解愛爲誰流。家家抛向墻根底，唯我栽蓮越小樓。

偶作

藍舁出即忘歸舍，柴户昏猶未掩關。聞客病時慚體健，見人忙處覺身閑。清涼秋寺行香火，和暖春城拜表還。木雁一篇須記取，致身才與不才間。

幽居早秋閑詠

幽僻嚻塵外，清涼水木間。卧風秋拂簟，步月夜開關。且得身安泰，從他世險難。但休争要路，不必入山川。軒鶴留何用，泉魚放不還。誰人知此味，臨老十年閒。

寒食日寄楊東川

不知楊六逢寒食，作底歡娱過此辰。兜率寺高宜望月，嘉陵江近好遊春。鑾旗似火行隨馬，蜀妓如花坐遶身。不使黔婁夫婦看，誇張富貴向何人。

自罷河南已换七尹每一入府悵然舊遊因宿内廳偶題西壁兼呈韋尹常侍

每日河南府，依然自到家。杯嘗七尹酒，樹看十年花。且健須歡喜，雖衰莫歎嗟。迎門無故吏，侍坐有新娃。煖閤謀宵宴，寒庭放晚衙。主人留宿定，一任夕陽斜。

酬夢得比萱草見贈

杜康能散悶，萱草解忘憂。借問萱逢杜，何如白見劉？老衰勝少夭，閑樂笑忙愁。試問同年内，何人得白劉。

聽歌六絶句

水　調

五言一遍最殷勤，調少情多似有因。不會當時翻曲意，此身腸斷爲何人？

離別難詞

緑楊陌上送行人，馬去車迴一望塵。不覺別時紅淚盡，歸來無可可霑巾。

夏日與閑禪師林下避暑

洛景牆西塵土紅，伴僧閑坐竹泉東。緑蘿潭上不見日，白石灘邊長有風。熱鬧漸知隨念盡，清涼常願與人同。每因毒暑悲親故，多在炎方瘴海中。

談氏小外孫玉童

外翁七十孫三歲，笑指琴書欲遺傳。自念老夫今耄矣，因思稚子更茫然。中郎餘祚鍾羊祜，子幼能文似馬遷。才與不才争料得，東床空後且嬌憐。

答客説

吾學空門非學仙，恐君此説是虚傳。海山不是我歸處，歸即應歸兜率天。

遊趙村杏花

游村紅杏每年開，十五年來看幾迴。七十三人難再到，今春來是别花來。

和白尚書賦垂柳有序

永豐坊西南角園中，有垂柳一株，柔條極茂，白尚書曾賦詩，傳入樂府，遍流京都。近有詔旨，取兩枝植於禁苑，乃知一顧增十倍之價，非虚言也。因此偶成絶句，非敢繼和前篇。

一樹衰殘委泥土，雙枝榮耀植天庭。定知玄象今春後，柳宿光中添兩星。

附白尚書篇云

一樹春風千萬枝，嫩如金色軟於絲。永豐西角荒園裏，盡日無人屬阿誰？

附河南尹盧貞和

一樹依依在永豐，兩枝飛去杳無蹤。玉皇曾采人間曲，應逐歌聲入九重。

查慎行全集

第二十册

范道濟 點校

中華書局

初白庵詩評卷下

海鹽後學張載華芷齋輯

瀛奎律髓

登覽類

度荊門望楚 陳子昂

初唐人新創格律，即陳、杜、沈、宋亦未能出奇盡變，不過情景相生，取其工穩而已。

臨洞庭湖孟浩然

孟作前半首由遠説到近。

後半首全無魄力，第六句尤不着題。

方虚谷云「予登岳陽樓，此詩大書左序毬門壁間，右書杜詩，後人自不敢復題也」：二篇並列，優劣已見，無論後人矣。

載華按：「二篇並列」云云，及後「劉得仁《夏晚》」一則，手批本無。然語意精當，確是先生口氣。聞《律髓》批點，敬業家塾過本最多，疑係先生偶爾增入者。蒿廬夫子於友人案頭記録，另用黄筆別之，今仍録以俟再考。

登岳陽樓杜工部

杜作前半首由近説到遠。

闊大沉雄，千古絶唱，孟作亦在下風。

附録：李天生先生云：「八句似各一意，全篇仍自渾然，相貫相承，故爲絶調。」○俞犀月先生云：「三、四極開闊，五、六極黯淡，正於開曠處，俯仰一身，淒然欲絶。○岳陽之勝在洞庭，第一句安頓極好。」

登兖州城樓

此杜陵少作也，深穩已若此。

登牛頭山亭子

與《登岳陽樓》，作同一章法。

秋登宣城謝朓北樓 李太白

「山色望晴空」：「山色」，一本作「山曉」，當改此，以避第六句。

漢江臨眺 王右丞

第一、第三句中，兩用「江」字，不但此也，「三江」、「九派」、「江流」、「前浦」、「波瀾」，篇中說水處太多，終是詩病。

金山寺張祜

「樹影中流見」二句：妙處在自然，他人未免有意鋪張。過櫓舫僧方虛谷云「此詩金山絶唱，孫魴者努力繼之，有云：『天多剩得月，地少不生塵。誰言張處士，詩後更無人。』其言矜誇自大，然『濺佛』之句，或者則謂定，歸濤濺佛身。金山豈如此其低邪」：「驚濤」句，措詞太粗狠，未免近俗則有之，若論作詩法，則形容模寫處，往往有過其實者，執此論，天下無詩境矣。

金山寺梅聖俞

宛陵詩極爲歐陽公所推重，其古淡高潔，洵在歐上。結有餘味。

登鵲山陳後山

「朴俗猶虞力，安流尚禹謨」：出句用「猶」字，對句復用「尚」字，便是合掌，老杜無此法也。

方虚谷云「此詩暗合老杜，今注本無之，細味句律，謂後山學山谷，其實學老杜，與之俱化也」：後山詩朴老孤峭，在江西派中自當首出，只讓涪翁一頭地耳。然謂其學杜則可，謂其學杜而與之俱化，竊恐未安。

登快哉亭

五、六取境別。

甘露寺晁君成

方虚谷云「晁君成名端友，无咎之父，東坡爲其詩集引」：晁氏一門詩文之傳者，多矣，獨君成集失傳，惜哉！

登定王臺朱文公

「日月東西見」二句：軒豁呈露

渡　江陳簡齋

簡齋與後山才力相近，而烹煉不及後山，觀其全集自見。結語微含諷意。

登越臺宋之問

「南溟天外合」四句：二聯可謂佳處，領其要。

陪章留後侍御宴南樓杜工部

時蜀中屢叛，節帥屢易，章梓州亦非乃心王室者，故少陵與之酬贈，往往多警動語，此其一也。

登多景樓晁君成

有「開軒」句之宏大，不可少「覽物」句之細膩，以下觸手皆靈，得力在此耳。「廢興懷霸業，融結想天機」：一句説人事，一句説江山，摶捖有力。

登黄鶴樓崔顥

此詩爲後來七律之祖，取其氣局開展。

登金陵鳳凰臺李太白

太白不工七律，摩詰不工七古，才分固有所限邪！

登　樓杜工部

發端悲壯，得籠罩之勢。

閣　夜

對起極警拔，三、四尤壯闊。

登大茅山頂王介甫

半山詩無體不工，宋人學唐者，斷推第一手。

「人間已换嘉平帝」二句：典雅。

方虚谷云「本是次韻其弟平甫三詩，平甫詩曰《王校理集》，李雁湖殆未見也」：李雁湖，注荆公詩集者。

平山堂

首句「江」字，集中作「岡」。

「一堂高視兩三洲」：「洲」，當作「州」。

三四聯，一南一北。

次韻平甫金山會宿寄親友

「已無船舫猶聞笛」二句：善寫夜景，又切江天。移易他處不得，可以壓到原唱。

陪潤州裴如晦學士遊金山回作楊公濟

楊公濟，名蟠，宋哲宗時人。

「江水中分遶檻流」：脱不得張處士境界。

甘露上方

起句補湊，結亦少力。

遊廬山宿棲賢寺 王平甫

方虚谷云「王安國平甫其詩，陳後山亟稱之，當時諸公歐、蘇，莫不敬歎欽獎。或謂其得於天才，不學而能」：東坡嘗稱平甫爲「謫仙人」。

登快閣 黄山谷

「澄江一道月分明」：極似杜家氣象。

鄂州南樓 范石湖

方虚谷云「乾淳間詩巨擘，稱『尤楊范陸』，謂遂初、誠齋、放翁及公也」：《誠齋集》中稱尤、蕭、范、陸爲「四詩將」，蕭名德藻，字東夫，詩集舊有刊本，今失傳，後遂以楊易蕭。

朝省類

酬蘇味道夏晚寓直省中　沈佺期

中二聯寫夏晚景物，佳。

在廣州聞崔馬二御史並拜臺郎　蘇味道

「故林懷柏帨」：「柏帨」，未詳。

奉答岑參補闕見贈　杜工部

前三句，即上所云「分曹」也。

載華按：前首即岑嘉州《寄左省杜拾遺》詩，第二句云「分曹限紫薇」，故先生云然。

春宿左省

靈武即位以後，闕事多矣。岑嘉州云「聖朝無闕事」，不如老杜「明朝有封事」爲紀實也。

晚出左掖

中二聯，全是寫景，杜集中修整詩也。

方虚谷云「評公詩，必以夔州後詩爲準。然則，不變不進，愈變愈進，老杜且然，況也人乎」：余獨謂少陵夔後詩漸近衰颯，非進境也。

附録：李天生先生云：「通前首，皆賦省掖之景。諫官意，只結語及之。」

和賈至舍人早朝大明宮王右丞

王麟州譏此詩，説冠服太多，亦善摘瑕者也。

同 前岑參

「雞鳴紫陌曙光寒，鶯囀皇州春色闌」：對句不覺。

「花迎劍佩星初落」二句：不脱早朝。

方虚谷云「四人早朝之作。倡和在乾元元年戊戌之春，俱偉麗可喜，不但東坡所賞子美『龍蛇』、『燕雀』一聯也。然京師喋血之後，瘡痍未復，四人雖誇美朝儀，不已泰乎」：

余亦曾持此論。

喜張十八博士除水部員外郎白樂天

八句一氣呵成，章法亦本於杜。「今日聞君除水部」二句：足見交誼真切。

六月十七日召對自辰及申方歸本院韓致光

中二聯只形容召對之久，而妙義疊出。

臥病逾月請郡不許復直玉堂十一月一日鎖院是日苦寒詔賜宫燭法酒書呈同院蘇東坡

通首氣味好。

次韻蔣穎叔錢穆父從駕景靈[一]宫

公初自登州還朝，故前半云云。

較藝和王禹玉内翰 梅聖俞

出榜後，主司例遊金明池，故有落句。

較藝呈永叔和禹玉

「食葉蠶聲句偏美」：「無譁戰士銜枚勇，下筆春蠶食葉聲」，六一居士試院舊句。

呈永叔書事 王禹玉

字呼座主，可乎？三句中着兩「詔」字，亦檢點不到處。

[一]「靈」，原作「陵」，誤，據《瀛奎律髓》改。

懷古類

武侯廟古柏 李商隱

「玉壘經綸遠」二句：即子美「運移漢祚終難復」一句意。

長安道中悵然作三首 宋景文

其　三

「坏土漢諸陵」：煉。

淮　陰 梅聖俞

結不成語。

塗　山

方虛谷云「『辛壬』、『甲子』亦奇甚」：何奇之有？

西塞山懷古劉禹錫

專舉吴亡一事，而南渡、五代以第五句含蓄之。見解既高，格局亦開展動宕。

隋　宫李商隱

「紫泉宫殿鎖煙霞」四句：四句中轉折如意。

馬　嵬

一起括盡《長恨歌》。

淩歊臺許渾

除却「宋祖淩歊」四字，以後無一語切題者。

咸陽城東樓

「溪雲初起日沉閣」二句：吾於《丁卯集》中，只取此二語。工於寫景，而無板重之嫌。

題潤州妙善寺前石羊羅隱

方虚谷云「此詩昭諫集中第二」：《江東集》中好詩尚多，以此爲第一，恐非篤論。

南　朝劉子儀

「雀舫波漲欲浮城」：「舫」字平聲讀，他處未見。

載華附識：蒿廬夫子云：「按，『舫』字古作『方』。吴才老云：『方舫音義同，《韻會小補》「舫」字下亦收平聲，引《戰國策》「舫船載卒」鮑彪注「非郎切」。』」

和張民朝謁建隆寺二次用寫望試筆韻梅聖俞

閲過崑體，轉覺都官之工。

金陵懷古四首王半山

其　一

「且費興亡共酒缸」：「費」，當作「置」。

其　三

「聖出中原次第降」：名句。

「山水寂寥埋『旺』氣」：「王」。

登懸瓠城感吴季子 王岐公

「吏部聲名千古在」二句：「千載斷碑人愛惜，不知世有段文昌」，世傳東坡句，與岐公暗合。

登海州樓

「海樹風高葉易秋」：調高，不落大歷後。

「踈傳里閭詢故老」：海州有景疏樓。

載華按：「疏傳」，陳本誤作「踈傳」。

過鄴中 劉屏山

「遺恨分香憐晚節」：「分香」，事見陸機《辨亡論》。

載華附識：蒿廬夫子云：「『分香』，事見陸機《弔魏武帝文》，非《辨亡論》。」

風土類

早發始興江口至虛氏村作 宋之問

是卷所選五言俱佳。

送梓州李使君 王右丞

「宿雲鵬際落」二句：語巧而不覺其纖，所以爲初唐。

秦州 杜工部

字字挑選。

五言鍊句曲折，自老杜始可以類推

送鄭尚書赴南海 韓退之

結句可爲長律之法。

送人入蜀 李遠

「杜宇呼名語」二句：鍛鍊亦見苦心，然格稍卑矣。

送僧遊南海 李洞

五、六非浪仙所能道。

載華按：虚谷云「洞學賈島爲詩」，故先生云爾。

南　中 王建

「州縣半蕪城」：「蕪」，當作「無」。

「煙火雨中生」：「煙」，當作「陰」。

送人尉黔中 周繇

余謂三、四更工，以無刻畫痕也。

載華按：虚谷云「五、六新而後逸」，故先生云爾。

宣州二首 梅聖俞

其　二

第五句總承上四句，章法奇。

送任適尉烏程

開口便與人作身分。

餘姚陳寺丞

以上二首，劉後村采入《詩話》，最所歎賞。

送晁質夫太丞知深州

第三句雖從首句出，終覺無味。

送劉攽秘校赴婺源

起手不草草，第三句常語耳，對句勝。

送洪秘丞知大寧監

大寧監，主鹽税者也。第四句以叙事爲點題，作者用意處。

送鮮于秘丞通判黔州

「汲井熬鹽白」四句：兩聯二十字，工力悉敵。

魯山山行

句句如畫，引人入勝。

附録：陸辛齋先生云：「落句妙，覺全首便不寂寞。」

送番禺杜村主簿

第六句，暗用柳州食蝦蟆事。

公安縣陶殿

「殿」字訛，當改「弼」。

按，别本「殿」作「弜」，古「弼」字也。黄山谷《陶君墓志》：「弼以進士起家，仕至知順州，所著詩文十八卷。」

送舅氏野夫萃之宣州二首黄山谷

其一

五、六似杜。

「今年輒省曹」：「輒」，當作「輟」。

寄潭州張芸叟陳後山

「春味薦貓頭」：「貓頭」，長沙笋名。

頃歲從戎南鄭屢往來興鳳間暇日追憶舊遊有賦陸放翁

「雷霆去聲起湫渾」：「霆」字讀去聲，不詳所出。按《吴都賦》「聲若雷霆」，與「穎」同叶，音挺，乃上聲也。《廣韻》亦收入迥韻挺紐下。

蓋少府新除江南尉問風俗郎士元

第六句，用於晉、宋南渡時更切，唐都關中，衣冠未必皆南遷。然好句自不可廢。

自江陵沿流道中劉夢得

「風天氣色屬商人」：「氣色」兩字，下得壯健。

赴蘇州別樂天

香山妙處，在辭達而無俗氣。

載華附識：蒿廬夫子云：「評語疑誤寫，然原本如是。」

登柳州城樓寄漳汀封連四州柳子厚

起勢極高，與少陵「花近高樓」兩句同一手法。

嶺南江行

律詩掇拾碎細，品格便不能高，若入老杜手，別有鎔鑄爐鞲之妙，豈肯屑屑爲此？虚谷謂「柳州五章比杜尤工」一言，以爲不知，覽者毋爲所惑，可也。

方虚谷云「柳州此五律詩比老杜則尤工矣」：不確。

重誇州宅旦暮景色元微之

「人聲曉動千門闢」：「千門」，無乃太誇！

郡中有懷寄上睦州員外十三兄邢群

三、四與牧之風調相似。

洛陽長句杜牧之

結句得體，詞亦典贍風華。

題宣州開元寺小閣

「鳥去鳥來山色裏」二句：不獨寫眼前景，含意無窮。

夷陵歲暮書事呈元珍表臣歐陽永叔

「平時都邑今爲陋」二句：俯仰有情，不作遷謫語，頗足自豪。

戲答元珍

「春風疑不到天涯」二句：鬆快。

人鮓甕范石湖

「與齊俱入」，語出《南華》。五、六聯，妙於用虛字。

杭州喜江南梅度支至二詩陳文惠

其　二

「門前碧浪家家海」四句：兩聯上二字作對，犯重。

守嚴述懷陸放翁

「名酒過於求趙璧」二句：用事必如此超脱，方稱作家。

昇平類

禁林春直李文公

「八方無事詔書稀」：一句道盡太平氣象。

上呂相公劉禹謨

「恐是神仙不可知」：輕率語。

賞花釣魚御製昭陵仁宗

御製詩難得如許熨帖。

和前韻鄭毅夫

「繡幕煙深紅會合」：「會合」二字，牽强而嫩。

送程公闢給事出守會稽兼集賢殿修撰

「雪急紫濛催玉勒」注「公奉使方歸，紫濛，虜中館名也」：《晋書·載記·慕容廆傳》：「世居東夷，邑於紫蒙之野。」詩中所用，當出此。「蒙」與「濛」，字體稍異，音義相同，乃地名，非館名也，注恐訛。

寄程公闢

「舞急錦腰迎十八，酒酣金盞照東西」：黄山谷詩「佳人斗南北，美酒玉東西」，「玉東西」，酒盃也。今既曰「金盞」，又曰「東西」，於義何居？上句亦太纖，不足取。

瓊林苑賜宴餞留守太尉輒繼高韻呈

「瓊林賜餞盡巫疑」：「巫疑」，未詳。

謁曾魯公王介甫

中兩聯，疊用四人姓名，板重無味。

和賞花釣魚

兩兩分對，又屬次韻，雖作手，難於出色。

寓　意晏元獻

晏工於填詞，鍊句每輕倩。

賀車駕幸秘書省二首呂東萊

東萊不以詩名，而應制乃爾稱題，有專家所不及者。合前後三章觀之，儒者氣象可見。

入城至郡圃及諸家園亭遊人甚盛陸放翁

劍南詩非不佳，只是蹊徑太熟，章法、句法未免雷同，不耐多看。

西村暮歸

「亭帳盜消常息鼓」：「帳」，當作「障」。

宦情類

初至犍爲作 岑參

以下二首，亦可入「風土類」。

題元録事開元所居 劉長卿

「今日新安郡」二句：太白詩「清溪三百曲，摇櫓上新安」，亦睦州也。

罷郡姑蘇北歸渡楊子津 劉賓客

「歸心渡江勇，病體得秋輕」：着力在句末兩字。

「奎山舊遊寺」：奎山當在京口，失考。恐是「金山」之訛字。

和裴僕射移官言志 張司業

頸聯莊重。

晚　歲 白樂天

《長慶》律中，拗句絶少，此首是其變體。

自　詠

中間雖屬對，乃古詩也，不應入律。

七年春題府廳

「雖非好官職」二句：達人口吻，與歎老嗟卑者不同。

武功縣中 姚合

其　四

「一日看除日」：第二「日」字訛，當作「目」。

其　九

「滯坐吏人傍」：「滯」，當作「端」。

其十一

「多病懶能醫」：「懶」，疑當作「賴」。

縣丞廳即事 王建

「古廳眠受魘」二句：警聯不在多，可壓《武功》三十首。

除棣學 陳後山

五、六與起句調同。

寄李儋元錫 韋蘇州

村學小兒皆能讀此詩，不可因習見而廢也。

書　懷 張籍

「曾到僧家問若空」：「若」，當作「苦」。

解蘇州自喜白樂天

「身兼妻子都三口，鶴與琴書共一船」：有對句，則出句不覺其淺易。

從同州刺史改受太子分司

「履道西馳七過春」：「馳」，當作「池」。

和高僕射罷節度讓尚書授太保分司喜遂遊山水之作

方虛谷云「誇美高公富貴，似乎譏之」：高郢，樂天之座主也，詩中亦無刺譏意，原評謬。

贈秋浦張明甫杜荀鶴

「吏才難展用兵時」：名言。

五、六近俚。

書懷簡孫何丁謂王元之

吴體，非此老所長。

擬杜子美峽中意宋景文

三、四全不是少陵家法。

罷學士出守還拜承旨

「廐馬雖還笑齒長」：「齒長」，「長」字上聲，如何叶平韻？

和即事張宛丘

「啅雀踏枝飛尚裊」二句：曲折細潤。

上章納禄恩畀外祠遂以五月東歸 陸放翁

其三

「傍人鷗鳥自然熟」二句：此亦放翁集中別調也。

其五

「西湖重到付來生」：甚似香山。

明發南屏 楊誠齋

三、四，上句俗，下句好。

「到得江頭上船□」：「處」。

方虛谷云「第六句絶妙」：第六句妙在何處？

次韻傅唯肖 蕭千巖

南渡詩家，初稱「尤、蕭、范、陸」，今蕭詩罕傳者，唯劉後村《詩話》中及兹集所載數篇而已。

中旬休日呈巖老鞏仲玉

「酸風鱗面慵開眼」四句：對句俱勝出句。

風懷類

次韻張公遠二首張宛丘

其二

「未曾驅豆更無謀」：「驅豆」，未知出處。

載華附識：蒿廬夫子云：「驅豆」，疑即郭璞事。

偶見韓偓

「仙樹有花難問種」二句：豔不傷雅。

倚醉

「静中樓閣春深雨」二句：有景，有情，有味。

楚宫

「暮雨自歸山峭峭」：兩「峭」字，當作「悄悄」。

宴集類

宴散白樂天

三、四即俗所云「無不散之筵席」也。虚谷引此，謂是富貴語，失其旨矣。

宴周皓大夫光福宅

前六句模寫豪華，盡態極妍矣。結處踈濬，微含譏諷。

同周楚望飲花園張宛丘

虛谷極賞五、六一聯，吾所不取。

春宴行樂家園宋景文

「園葯初乾小雨泥」：「葯」字亦可讀仄聲邪？

「技癢新禽百種啼」：「技癢」二字，着得生硬，禪家所謂「惡趣」，學詩者宜以爲戒。

上巳訪楊廷秀賞牡丹於御書扁榜之齋其東圃僅一畝爲

街者九名曰三三徑周益公

方虛谷云「周益公丞相之四六，楊誠齋秘監之詩，俱名天下，而同郡」：周與楊不但同郡，且同時歸老，集中唱和甚多。

老壽類

胡吉鄭劉盧張六賢皆多作詩予亦次焉偶於敝舍合成尚齒之會九老相顧既醉且懽静而思之此會世所稀有因成七言六韻詩以記之傳好事者 白樂天

方虚谷云「胡杲年八十九，吉旼年八十六，鄭據年八十四，劉貢年八十二，盧貞年八十二，張渾年七十四，白居易年七十四」：按白集，諸公年齒小異。〇「吉旼」，白集作「皎」，「七人五百七十歲」：《香山集》首句云「七人五百八十四」。《唐書》本傳同。〇「劉貢」，白集作「真」。

虚谷又云「予按，會者九人，狄兼謨、盧貞以年未七十，不著於詩，雖名七老，實九老也，故世傳《九老圖》云。且一時有同姓名者，亦可謂異矣」：按白集，《九老圖詩自序》云：「其年夏，又有洛中遺老李元爽年一百三十六歸洛，僧如滿年九十五年貌絶倫，同歸故鄉，亦來斯會，續命書姓名、年齒，寫其形貌，附於圖右，與前七老題爲《九老圖》云云。」據此，則狄、盧二公，始終不列九人之數，虚谷第勿深考，故訛注如此。

睢陽五老圖杜祁公

睢陽五老，年皆八十以上。

借觀五老圖次韻歐陽永叔

《五老圖》和章甚多，載孫紹遠《聲畫集》，不獨歐陽公，此外尚多可采者。

耆英會文潞公

耆英會十三人，年齒無踰八十者。

春日類

奉和聖制春日翦綵花勝應制宋之問

「金閣裝仙杏，瓊筵弄綺梅」：「裝」、「弄」二字與結處「剪刀」二字，脉絡相貫。

次北固山下 王灣

大曆以後，無此等氣格矣。

晚春嚴少尹諸公見過 王右丞

「鶯啼過落花」：「過」字，千錘百鍊，而出以自然。

奉酬李都督表丈早春作 杜工部

三、四從虚處着筆，倍見力量。

方虚谷云「『采』字舊作『來』字，或見《奉酬李都督》，謂此是『來』字，非也。『力疾』、『采詩』，是重下斡旋字，若『來』字，則無味，亦無力矣」：愚意，「采」字不若「來」字渾成。

春山月夜 于良史

「掬水月在手」二句：句法雖工，終屬小巧。

春日客舍晴原野望 陳羽

「漸變池塘色，欲生楊柳煙」：對句動宕。

酬劉員外見寄 嚴維

五、六全於第五字用意。

春日野望 李中

「暖風醫病草」：「醫」字，乃好新之病。

履道春居 白樂天

「暝助嵐陰重」二句：誰謂香山淺易，皆耳食而不味其胾者也。

和春深

其　一

第三句不解。

原上新春 王建

其　二

寧取平易，勿取艱澀生新。

春日述懷 魏仲先

「妻喜栽花活」二句：眼前語，却成名聯。

春日登樓懷歸 寇萊公

「野水無人渡」二句：借韋蘇州「野渡無人舟自横」一句，化作兩句。

半山春晚即事 王半山

起句律中變格，下聯承「清陰」二字來。

附録：陸辛齋先生云：「此等起法，終不足稱。」

即事

「縱横一川水」二句：不事組織，摛藻清華。

欲歸

此介甫送北使時作，下同。

載華按：評語云云，指《欲歸》以下三首而言，已見虛谷詩話，似可不必。

春日

「室有賢人酒，門無長者車」：「座對賢人酒，門停長者車」，少陵成語也，半山熟於唐詩，往往有此病。他如「昔逢減劫壞，今遇勝緣修」二句，亦出《樂天集》，一時不及檢點耳。

暮春遊柯市人家 張宛丘

「幽花冠曉露，高柳旆和風」：「冠」、「旆」二字，硬入句中作眼，何得云自然？

載華按：虛谷評此詩云：「句句自然。」故先生云爾。

和仲良春晚即事 楊誠齋

「病敢跨連錢」：「連錢」如何替得「馬」字？

「一犁關五秉」：牽强。

方虛谷云「『連錢』、『紙田』，用韻好勝之過。『一犁』、『五秉』、『百箔』、『三眠』，湊合亦佳，但恐少年作未自然，學詩者不可不由此入也」：學詩若由此入，便誤走蹊徑。

暮春二首 陸放翁

其二

「江山妨極目」二句：老勁。

小舟游西涇渡西江而歸

「聊垂瓜蔓水」：「垂」字訛，當作「乘」。

結處閑淡有餘情。

曲江二首 杜工部

其一

三句連用三「花」字，一句深一句。律詩至此，神化不測，千古那有第二人？

其二

「酒債尋常行處有」二句：遊行自在。

載華按：李天生先生杜詩閱本「人生七十古來稀」句全抹，旁批「湊」字，與先生此條評語似屬判然。然各有指歸，學者於此細參，思過半矣。

曲江陪鄭八丈南史飲

「雀喙江頭黃柳花」：「喙」，當作「啄」。

和程員外春日東郊包何

方虚谷云「第三句絶妙」：有何妙處？

和牛相公春日閑望劉夢得

陸放翁七律，全學劉賓客，細味乃得之。

春日長安即事崔魯

前半既用吴體，後半不稱。

賞　春姚合

此之謂淺易。

殘春旅舍韓致光

「禪伏詩魔歸静域」：「静」，當作「浄」。

假　寐王平甫

「春風池沼魚兒戲，暮雨樓臺燕子閑」：「魚兒」、「燕子」作對，本用少陵詩，而「風」、「雨」二字，顛倒出之。

春　陰

「苦憐燕子寒相並」二句：稍近詞調，而風致韶秀。

西湖春日

中二聯亦似崑體。

春日遣興張宛丘

第七句與第四句意犯重。

次韻鼂無斁陳後山

「年衰鷗鷺今如是」：少陵詩「年衰鵷鷺群」，今引此，「鷗」當作「鵷」。

第三句用「鷗鷺」，第五句復用「烏鵲」，此等詩何必入選？句法亦全襲杜，未免生吞活剥之譏。

春日郊外唐子西

方虚谷云「尾句即簡齋所謂『忽有好詩生眼底，安排句法已難尋』也」：東坡亦有句云「春江有佳句，我醉墮渺莽」，結語全用此意。

春近陸放翁

虚谷原評云「爛熟」。

病足累日不出庵門折花自娱

「粗知春在賴鶯聲」：一語動人，全篇生色。

春日小園雜賦

「猩紅」、「鴨緑」，再見便少味。

枕上作

此詩已入前「老壽類」中，重出，當删。

甲子立春前二日

「性靈烏鵲報陰晴」：「性靈」二字用得活，不嫌其腐。

暖甚去綿衣趙昌父

第三句中有元氣，難乎爲對。

早立寺門作趙章泉

「青山表見花顔色，緑水增添鷺羽儀」：「表見」、「增添」四字，淺而俗，此吾所以不喜江西派也。

出郭

三、四調雖新，却無趣味。後人學之，最壞手筆。

晚春韓仲止

「木筆豈非濃意態，石楠終是淡精神」：濃淡分屬不確。

夏日類

方虛谷小序「『人皆畏炎熱，我愛夏日長』，唐太宗之詠也」：文宗，非太宗也。

陪諸貴公子丈八溝携妓納涼晚際遇雨二首杜甫

其一

此種非少陵擅長處，然結語後人已作故事用。

陪鄭廣文游何將軍山林

第二、第六首，何獨不入選？

方虛谷云「重遊五首有云『春風啜茗時』，當作『薰風』，蓋皆夏日所作詩，安得總云『春風』乎」：何所據而云皆夏日作？

夏日即事 裴説

第四句難解。

夏　晚 劉得仁

似六朝體，不當入律詩。

仲夏齋居偶題八韻寄微之及崔湖州 白樂天

「眼前無俗物」，少陵成句。

苦熱

前一首着眼在「閑」字，後一首着眼在「静」字。

夏夜 賈浪仙

有意求新，一變唐賢風格。

夏日即事 陳後山

「愁極酒無功」：「亂來唯覺酒無功」，唐人已先有之。

五月初作 陸放翁

「推移逢夏五，賦與歎朝三」：以「夏五」對「朝三」，刻意求工，落小家數。

郊原避暑 葛無懷

「湖近意先涼」：理足而辭不費。

夏日三首張宛丘

其　一

「蝶衣曬粉花枝午，蛛網添絲屋角晴」：對句更勝。

其　二

「扇涼山雪畫青繒」：筆有餘清。

幽居初夏雨霽陸放翁

「楸花楝花照眼明」：「楝」，當作「楝」。

麥熟市米價減鄰里病者亦皆愈欣然有賦

「鄰翁瀕死復相見」二句：瘦勁，非老境不能到。

五月初夏病體輕偶書

「三日無詩自怪衰」：崛强。

秋日類

悲秋 杜工部

「愁窺高鳥過」二句：感慨含蓄。

附録：錢圓沙先生云：「高鳥之飛，輕健飄疾；老人之行，依附迂迴。故五、六自傷也。」

秋野

其四

「潛鱗輸駭浪，歸翼會高風」：「輸」字、「會」字，他人百鍊不到，以爲詩眼亦可。其實，句中無一字不着力也。

秋日暑退贈白樂天 劉夢得

「人情皆向菊」二句：新穎可喜。

早　秋杜牧之

「大暑去酷吏」二句：自牧之以前，不曾有此句法。

渭上秋夕閑望潘逍遥

三、四絶勝五、六。

載華按：虚谷云「五、六清淡」，故先生云爾。

秋　風王半山

結句有餘力，有轉换。

秋　晚滕元秀

「屢遷憐蟋蟀」二句：新而警，轉俗爲雅，只是筆妙。

秋夜 杜工部

起、結扣定題面，中間兩句説夜，兩句説秋，切題極矣，却極開宕。

吹笛

五、六，虚處傳神。

七月一日題終明府水樓

方虚谷云「老杜别有《秋興》七言律八首，以多不能備取」：姚武功《縣署》詩選至十餘首，而老杜《秋興》獨以多見遺，去取殊不愜人意。

秋日登樓客次懷張覃進士 魏仲先

三、四似從《香奩》脱胎。

九日水閣 韓魏公

此首已見「宴集類」，重出。

九日破曉携兒姪上前山佇立佳甚 韓仲止

結用陶詩。

風雨中誦潘邠老詩

「獨上吴山看大江」：「江」字出韻。

冬日類

歲晚 王半山

「風含笑雨涼」：「雨」，當作「語」。

舍北摇落景物殊佳偶作五首陸放翁

其　四

「屋角成金字」：《北史》斛律金「不識文字，本名敦，苦其難署，改名爲金，從其便易，猶以爲難，司馬子如教爲金字，作屋況之，其字乃就」。

冬日感興十韻

「相法欠三壬」：「三壬」出《三國志·管輅傳》：「背無三甲，腹無三壬，皆不壽之驗。」劉賓客詩：「鑒容稱四皓，捫腹有三壬。」已先用之矣。

和翁靈舒冬日書事三首徐道暉

其　二

「耕桑猶罄樂」：「樂」字，當作「槖」。

戊申歲暮詠懷二首白樂天

其一

「老病傍人豈得知」：語淺情真。

十二月八日步至西村陸放翁

第五句，老杜成語。

次韻葉德璋見示趙昌父

「故里何由投竹安」：「投」，當作「報」。

晨朝類

曉望杜工部

「高峰寒上日」四句：兩聯二十字，無一字放鬆，又多是寫景，杜律中變體。

附録：李天生先生云：「嘗早行東望，始悟此詩之工，『天清木葉聞』，更爲微妙。」

將曉二首

其　二

「落葉去清波」：「葉」字訛，當作「月」。

商山早行 温飛卿

「雞聲茅店月，人迹板橋霜」：出句勝對句。

途中早發 劉賓客

「霜橋人未行」：較「人迹板橋霜」，覺此句勝，學者於此理會，思過半矣。

晨　起

起句輕率無味，試思老杜「客睡何曾着，秋天不肯明」，是何等手法！

早　發羅鄴

「白草近關微有路」二句：晚唐之壯浪者。

新城道中蘇東坡

方虚谷云「東坡爲杭倅時詩，是年三十八歲，晁無咎之父端友，令新城，故和篇有云：『小雨足時茶户喜，亂山深處長官清。』此乃佳句」：世俗刻本，皆以後一首混入蘇集，據此可證其非。

西歸舟中懷通泰諸君吕居仁

「一雙一隻路旁堠」：《路旁堠》，「一雙復一隻」，乃白香山古詩。

載華附識：蒿廬夫子云：「《路旁堠》乃昌黎古詩，非香山也。」

暮夜類

晚次樂鄉縣 陳子昂

「故鄉」、「舊國」，犯重。唐初律詩不甚檢點，以後講究漸精細，乃免此病。

向夕 杜工部

「深山催短景，喬木易高風」：「催」字，意想所及。「易」字，匪夷所思。

客夜

一起朴老，三、四渾雄。

倦夜

前六語俱寫景，極其細潤。結處，無限感慨。

附録：李天生先生云：「寫倦，俱在景上説，不用羈孤疲困之意，所以爲高。」

旅夜書懷

此舟中作。

野　望

中二聯，用力多在虚字。結意尤深。

山中寒夜呈許棠曹松

「煎茶取折冰」：「折」，疑當作「拆」。

「争無俗者情」：「情」，出韻，當作「憎」。

湖上晚歸寄詩友陳後山

「功名違此志」：「此」，當作「壯」。

方虚谷云「此詩任淵注本不收，乃謝克家本添入者」：任淵注後山詩，竹垞家有之，余曾借閲一過，今此本不知誰屬矣。

晚　泊

「年使扶行老」：滯句。

冬　夜　張宛丘

「身閑讀我書」：「且還讀我書」，陶句也。

五鼓不得眠起酌一杯復就枕　陸放翁

第六句，本大蘇「手香新喜緑橙搓」來。

冷泉夜坐　趙師秀

「池水夜觀深」：妙句，從静中得。

訪端叔提幹　葛無懷

前半説盡乘潮放船之樂。

雪　夜

「雪滴晴簷雨」二句：字字的當。

閣　夜杜工部

此詩已入「登覽類」，重出，當删。

夜　雨陸放翁

「佩壺明日試尋看」：「佩壺」字，本於牧之。

節序類

臘日二首張宛丘

其　二

二、三重「夜」字。

「霜翼歸何晚」二句：寫寒夜光景，别有神味，不必拘拘臘口。

除　夕唐子西

東坡黄州《寒食》詩云：「君門深九重，墳墓在萬里。」後人讀之，尚有餘悲。三、四全是此意，詩可以怨，其君臣父子之際乎！

除　夜陳後山

方虚谷云「前四句，即『四十明朝過，飛騰暮景斜』之意。樂天亦云『行年三十九，歲暮日斜時』，前輩競辰如此」：「競辰」二字，出揚子《法言》。

次韻仲卿除日立春王半山

前六句俱切題，不但五、六。

載華按：虚谷云「五、六切題」，故先生云爾。

元　日 陳後山

通首似杜。

「望鄉仍受歲」：七月十五是受歲之日，佛告阿難語。後山精於內典，於此詩見之。

嘉祐己亥歲旦呈永叔内翰 梅聖俞

三、四分承起二句。

和元夜 陳後山

「彭黄争地勝」：「彭」、「黄」合用，牽强。

奉和晦日幸昆明池應制 宋之問

同時應制諸篇，上官昭儀定此詩爲第一，以結句有餘力也。

春社 梅聖俞

「壇邊祠肉鴉」：「祠」，當作「伺」。

新年書感 陸放翁

方虛谷云「嘉定二年己巳，放翁八十六，此詩全未覺老耄，數日前自注謂『大兒新年六十二，仲子六十，季子亦近六十』，亦可謂希有矣」：佳話，古今希有。

庚辰歲人日作 蘇東坡

「三策已應思賈誼」：「誼」，當作「讓」。

京師上元 洪覺範

「及時膏雨已闌删」：「删」，當作「珊」。

登　高 杜工部

七律八句皆屬對，創自老杜。前四句寫景，何等魄力。方虚谷云「此詩已去成都分曉，舊以爲在梓州作，恐亦未然，當考公病而止酒在何年也」：結句亦偶然云爾，未必病而止酒也。

茶　類

迪姪屢餉新茶 曾茶山

其　二

「當令阿造分」：元注「造姪妙於繫拂」，義未詳。
載華按：别本作「擊拂」，後茶山七律一首亦然。

夜聞賈常州崔湖州茶山境會想羡歡宴因寄此詩 白樂天

「自歎花時北窗下」：「歎」，當作「歎」。

次韻曹輔寄壑源試焙新茶 蘇東坡

「洗遍香肌殆未寧」：「殆」字訛，改「粉」。「寧」字訛，改「勻」。

原評此謂壑源新芽，白如玉雪，不似餅茶、團茶，外若膏油之沃也。故云「佳茗似佳人」。

汲江煎茶

「大瓢貯月歸春甕，小杓分江入夜瓶」：「貯月」、「分江」，小中見大。

第六句，對法不測。

酒　類

不如來飲酒 白樂天

其　一

「藏鏹百千萬」四句：此種終嫌近俚。

答高判官和唐店夜飲 梅聖俞

此首已見「宴集類」，重出。

村　醪

「摘果夜棠熟，望人船犬隨」：「夜」，當作「野」。「犬」字訛，集作「火」。

答田生 陳後山

起句用成語，恰合。

醉中作 陸放翁

三、四俱用杜。

長齋月滿携酒先與夢得對酌醉中同赴令公之宴戲贈夢得白樂天

「齋公前日滿三旬」：「公」，當作「宫」。

「解醒仍對姓劉人」：生動有機趣。

太守徐君猷通守孟亨之皆不飲酒詩以戲之云蘇東坡

用兩人事實作兩聯，天成好對仗，首尾一意反覆，章法新奇。

章質夫送酒六壺書至而酒不達戲作小詩問之

「豈意青州六從事」二句：承蜩弄丸，不足喻其巧妙。

小飲梅花下作陸放翁

「六十年前萬首詩」：「前」，當作「間」。

醉中自贈

「賦形未至欠壬甲，語命寧須憎斗牛」：「欠壬甲」，語出《三國志·管輅傳》，「憎斗牛」，用昌黎詩。

着題類

畫　鷹杜工部

全篇多用虛字，寫出畫意。

孤　雁

「誰憐一片影」二句：筆陣空闊。

附録：李天生先生云：「着意寫『孤』字，直探其微，而無一筆落呆。」

螢　火

方虛谷云「老杜詩集大成，於『着題詩』無不警策。説者謂此詩『腐草』、『太陽』之句，以譏李輔國。凡評詩，政不當如此刻切拘泥。言之者無罪，聞之者足以戒。大丈夫耿耿者，不當爲螢爝微光，於此自無相關。世之僅明忽晦不常者，又豈一輔國？則見此詩而自愧矣。學者觀大指可也」：詩家賦物，毋論大小妍醜，必有比況寄託。即以擬人，亦未爲失倫。如良馬以比君子，青蠅以喻讒人，如此者，不一而足。必欲取一事一人以實之，隘矣！此評能見大意，學者可以類推。

病　蟬賈島

結有防微遠患之戒。

孤　雁崔塗

「未必逢矰繳」二句：此意更深。

燕 梅聖俞

「涏涏雙來燕」：兩「涏」字，當作「涎」，古詩讀去聲。

和答錢穆父詠猩猩毛筆 黄山谷

三、四屬物邪？屬人邪？終覺去題太遠，使老杜爲之，必別有斡排之法。

載華附識：王漁洋先生《分甘餘話》論此詩三、四兩句云：「超脱而精切，一字不可移易。」先兄含广所纂《帶經堂詩話》，於附識中采録先生此條評語，持論極爲精當。蓋詠物，詩家最難，妙在不即不離。若去題太遠，恐初學從此入手，未免艱澀費解。先生晚年點閲《律髓》，「老去漸於詩律細」，所以指示來學者，用意深矣。

種竹 曾茶山

「風來當一笑」：「笑」，疑當作「嘯」，東坡有「風來竹自嘯」之句。

螢火 趙昌父

方虚谷云「此當與老杜《螢火》詩表裏並觀。其瘦健若勝老杜云」：語語從杜詩掩襲而出，何云勝杜？三、四亦用杜七言，縮成五言。

野人送櫻桃杜工部

起句突兀，爲後半首而發。

錦瑟李義山

是章解者紛紛，愚獨謂此義山喪偶詩也。觀起兩語，其原配亡時年二十五，瑟本二十五絃，斷則成五十絃矣。此特借題寓感，解者必從錦瑟着題，遂苦苦牽合，讀到結處，如何通得去？有識者，試以鄙言思之，全首打成一片矣。

載華附識：蒿廬夫子箋注玉溪生詩六卷，又《年譜》、《考證》及《叢説》凡數卷，惜書垂成而卒。詳見先兄含广所纂《帶經堂詩話》附識中。其於全詩，疏通證明，足爲玉溪功臣。至「一篇《錦瑟》解人難」，漁洋先生固嘗云爾。夫子詳玩詩意，參考舊評，箋注尤爲明晰。憶昔飫聆緒言，抱此殘編，徒深侯芭之痛。注多不及備録，今略識箋語及《叢説》於左：○楊守知致軒氏曰：「此悼亡之作。錦瑟以喻夫婦。」徐氏曰：「此悼亡詩也。意亡者善彈此，故睹物思人，因而託物起興也。瑟本二十五絃，一斷而爲五十絃矣，故曰『無端』也。」按，杜甫詩：「暫醉佳人錦瑟傍。」義山集中言錦瑟者凡四，如《寓目》詩云：「新知他日好，錦瑟傍朱櫳。」《房中曲》云：「歸來已不見，錦瑟長於人。」皆足爲悼亡明證。又有「錦瑟驚絃破夢頻」之句，亦可與此章之意互相發也。○題名《錦瑟》，義取斷絃，無可疑者。或因古瑟本五十絃，故於首句、次句尚多別解，不知既曰「無端」，則是變出意外，斷言已斷之後，非猶未破之時矣。三、四「莊生」、「望帝」，皆謂生者也。往事難尋，竟同蝶夢；哀心莫寄，唯學鵑啼耳。五、六「珠」、「玉」，以喻亡者也。「月明」、「日暖」，豈非昔人所謂美景良辰？今則泉路深沉，徒有鮫人之淚；形容縹緲，已如吳女之煙矣。蓋即珠沉玉碎之意也。結意又進一層，義山慣用此法。○徐氏曰：「『蝴蝶』、『杜鵑』，言已化去也。」誤甚。程箋謂生者輾轉結想，唯有迷曉夢於蝴蝶，死者魂魄能歸，不過託春心於杜鵑，殆與徐氏同其謬。徐解五、六二句云：「『珠有淚』，哭之也；『玉生煙』，已葬也。」義亦可通，而其説未暢。唯釋末二句云：「此情豈待今日始成追憶乎，只是當時生存之日已常憂其至此，而預爲之惘然矣。」最爲明晰。又云：「意其人必婉弱而多病，故云然也。」似乎太泥。按，秦嘉《贈婦詩》曰：「人生譬朝露，居世多屯蹇。憂艱多早至，歡會常苦晚。」又曰：「傷我與爾身，少小罹煢獨。既得結大義，歡樂苦不足。」此詩結聯，似即此意。餘見《叢説》。○初白先生以《錦瑟》爲悼亡詩，確不可易。同時若徐氏，若楊氏，近日若程氏，若姚氏，其説盡符。然余觀王漁洋先生《哭張宜人》詩云「錦瑟年華西逝波，尋思往事奈君何」，龔尚書芝麓《和韞林集中悼顧夫人詩》亦有「塵生錦瑟倚空牀」之句，則前賢早作是解矣。○義山一生喪偶者再，集中悼亡之詩頗多，可確指其爲茂元女而作者，不過十之四五耳。若《錦瑟》詩與《房中曲》所悼，未審何人。然初白先生既云原配，更以回中《牡丹詩》推之，疑非茂元之女矣。蓋義山自大中五年後，未聞復至隴西、安定間也，致軒誤認詩中新知，皆指茂元，故語多膠柱，豈義山於原配之歿，獨無遺挂之悲耶！○李安溪云：「凡詩句，以虚涵兩意見妙，蓋二意歸於一意，而著語以虚涵取巧，詩家法也。」因舉少陵數聯證之。《柳南隨筆》稱爲向來言詩者所未及。余觀唐賢詩中，自少陵外，唯玉溪生深得此法。即如「滄海」、「藍田」一聯，滄海月明，而珠偏有淚；藍田日暖，而玉已生煙。下三字與上四字似作反照。此一説也。唯滄海月明，故明珠有淚；唯藍田日暖，故暖玉生煙。又一説也。兼此二説，語意方妙，蓋一句中既併用兩事，而每句内又各涵兩義，宜當時有「獺祭」之號、後世歎鄭箋之難矣！○論詩與論文不同，故一句中不妨含蓄兩意，隨人自領。即嚴滄浪所謂「如水中月，如鏡中花，言有盡而意無窮」者也。此詩「珠有淚」、「玉生煙」，余向時以珠沉玉碎釋之，不取徐氏哭之之解，緣第四句中已有悲哭意耳。程午橋箋頗與余合，但將「珠」、「玉」二字俱貼定亡者説，畢竟説煞，其義未圓。按，本集《重祭外舅》文有「植玉求歸，已輕於舊日；泣珠報惠，寧盡於兹辰」一聯，用事既同，義恐亦相類。又，讀昔賢「居人下珠淚」、「意愁珠淚翻」等語，及近時王漁洋先生《悼亡詩》云「方諸萬點鮫人淚，灑向窮泉竟不聞」，轉覺徐氏所解較似直截矣。竊疑「珠有淚」句，合用活看，意味更長。然以此益歎義山詩之深妙。「一篇《錦瑟》解人難」，益信！

牡丹 羅隱

此篇亦見《杜荀鶴集》。

鷓　鴣鄭谷

結處與三、四意重。

燕

「閑几硯中窺水淺」：東坡「新巢語燕還窺硯」之句，本於此。

莎　衣楊契玄

「狂晚酒家春醉後」：「晚」，當作「脱」。

食　柑蘇東坡

「香霧霏霏欲噀人」：「采之緑霧噀人」，見六朝人《謝賜柑啟》中，非臆説也。

「千奴一掬爲吾貧」：「爲」，當作「奈」。

附録：《補注》：「劉孝標《送橘啟》云：『采之風味照座，擘之香霧噀人。』」

開元寺山茶

「明年掃後更誰看」：「掃」，當作「歸」。

山　茶 楊誠齋

「簇釘朱紅菜椀心」：不成語。

走筆謝趙吉守餉三山生荔枝

「甘露落來雞子大」：俗。

老　僧 劉後村

「破衲難逢且着休」：「逢」，當作「縫」。

老　吏

「祇恐閻羅難抹過」：俗極。

梅花類

梅　杜牧之

「偶同佳客見」二句：不必黏題，自成佳聯。

早　梅　僧齊己

方虚谷云「尋常只將前四句作絶讀，其實二十字絶妙」：評好。

虚谷又云「以荆公之精於詩，梅花五言律無，七言律亦無之」：七言律六首，俱已登選，何得言無？

馬上見梅花初發　宋莒公

「無雙春外色，第一臘前香」：「無雙」、「第一」，用得板實無味。

紅　梅 梅聖俞

「野杏」二句，入長律則可，八句中着此，殊欠力量，不意都官亦復爲之。

偶折梅數枝置案上盎中芬然遂開 張宛丘

「偶别霜林陋，來蒙玉案登」：「陋」、「登」二字，落得輕率。

蠟　梅 楊誠齋

「唤我作他揚」：結句不解。

載華附識：蒿廬夫子云：「『他揚』，出《漢書·揚雄傳》『雄無它揚於蜀』，師古注曰：『蜀諸姓楊者皆非雄族，故曰雄無它揚。』」

梅　花 張澤民

其十五

「萬壑寒皆泣」：「泣」，當作「沍」。

和裴迪發蜀州東亭送客逢早梅相憶見寄 杜工部

看老手賦物，何曾屑屑求工？ 通體是風神骨力，舉此壓卷，難乎爲繼矣！

梅　花 韓致光

末句有風刺。

酬崔八早梅有贈兼示之作 李義山

此題無處着艷語，非義山所長。

載華附識：蒿廬夫子云：「方虚谷謂『蝶粉』以言梅花之片，『蜂黄』以言梅花之鬚，良是。蓋早梅時，實未嘗有蜂蝶耳。又云：『似乎借梅以詠婦人之胸之額矣。』余謂詩意正合爾爾，以題中明言『有贈』也。然上句又暗用姑射仙人『肌膚若冰雪』意，下句則暗用壽陽公主『梅花落額上』意，雖格調未高，而鎔鑄之妙，千古殆無其匹。『初翻』、『更換』、『何處』、『幾時』，俱影切『早』字意。結用天女散花故事。題中兩層，一齊照應，一齊收拾，天工人巧，吾無以名之。」

梅　花 林和靖

「雪後園林纔半樹」二句：二句不但格高，正以意味勝耳。

載華按：虚谷云：「山谷謂『水邊籬落忽横枝』，此一聯勝『疏影』、『暗香』一聯，疑歐公未然，蓋山谷專論格，歐公專取意味精神耳。」故先生云然。

附録：查晚晴先生云：「歐、黄各賞一聯，由其性之所近，而出於中心之好。非比後人人黑我白，人甲我乙也。近來强作解事，多祖涪翁。余謂二聯神韻意趣具足，今人無二公之才識，不得妄爲軒輊。」

山園小梅

其　一

「疎影横斜水清淺」二句：再三玩味，此聯終遜「雪後」一聯。

其　二

「翦綃零碎點蘇乾」：「蘇」，當作「酥」。

「冷落猶嫌俗客看」：句中有骨。

山園小梅

五、六是孤山梅。

梅　花

其　二

「詩客休徵故事題」：題外着想，極高。

梅　花

其　一

「長願年年末上看」：「末上看」，未詳。

與微之同賦梅花得香字三首王半山

其　一

「好借月魂來映獨」：「獨」，當作「燭」。

梅　花 王平甫

「流年未抵熟黄糧」：「糧」，當作「粱」。

十二月初一日得梅一枝絶奇戲作長句今年於是四賦此花矣 陸放翁

五、六妙不可言，惜前後不稱。明高青丘《梅花》詩翻新出奇，皆從此二語脱化。

附録：陸辛齋先生云：「五、六迥出林氏之上。」

射的山觀梅

「倚竹真成絶代人」：名句難對。

園中賞梅

「慰眼紅苞初報信」：「慰」，當作「熨」。

江　梅田元邈

「冰膚宛是姑仙女」二句：一落比擬，便是第二義。

庭中梅花正開用舊韻貽端伯徐師川

後半滯氣。

次韻劉秀野早梅朱文公

「人間何處有冰霜」：高潔無偶。

再題瓶中梅范石湖

「嚼臘横陳」，語出《楞嚴》。

落　梅尤延之

「一年春事角聲中」：蘊藉。

次韻渭叟蠟梅

「臘丸暗拆東君信」：「蠟丸」，用高子勉詩中語。

梅　花趙昌父

「平生欠汝哦詩債」二句：俗。

五用韻方巨山

「水曹爲骨逋爲髓」：惡矣，不但俗。

落　梅劉潛夫

方虛谷云「潛夫有《南嶽五藁》。錢塘書肆陳起宗之能詩，凡江湖詩人，皆與之善，宗之刊《江湖集》以售，《南嶽藁》與焉」：《江湖集》，今名《宋人小集》，乃鈔本。余於癸巳冬購得之，尚有「棚北大街睦親坊陳解元書坊刊印」字樣。

賦雪類

對　雪杜工部

老杜陷賊中，非豪飲低唱時也，觀起結自見。

載華按：虛谷云：「他人對雪必豪飲低唱極其樂，唯老杜不然，每極天下之憂。」故先生云爾。

春　雪韓昌黎

「拂花輕尚起」二句：扣定「春」字。

和欲雪二首梅聖俞

其　二

第七句，總承上兩聯，章法、筆法古健，作者用意所在，讀者不可不知。

雪 陳後山

「鄰家有夜歸」：斂兩句爲一句，不嫌蹈襲。

雪　意

「酒興若爲工」：「工」字出韻。

小　雪 陸放翁

「跨蹇雖堪喜」四句：四句用兩事，化舊爲新。

雪意方濃復作雨 范石湖

三、四句，法古。

再用韻 蘇東坡

「銀盃遂馬帶隨車」：昌黎一聯，本非佳句，自東坡用之，遂成公案。後來衮衮，亦數見不鮮矣。

讀眉山集次韻雪詩五首王半山

蘇詩四首，並叉韻，佳，故荆公六和，亦止用此韻。

其一

「羔酒龍鍾手獨叉」：「酒」字訛，集作「袖」。

附録：《補注》：「按，陸放翁云：『蘇文忠《雪》詩用尖、叉二韻，王文公有次韻詩，議者謂非二公莫能爲也。吕成叔乃頓和至百篇，字字工妙，無牽强湊泊之病。』據此，則尖、叉二韻，介甫當時皆有和章。今集中所載，止叉字韻六首耳。至吕成叔百篇，世無一傳者。古人名作，湮没何可勝道，可發一歎！」

雪中過城東懷平甫學士劉景文

「暫喜京『城』不上纓」：「塵」。

登女郎臺陳後山

「晚積讀書今已老」：「積」，當作「節」。

次秀野詠雪韻三首 朱文公

其二

「翻笑楊花許耐寒」：柳絮，用得翻新。

甲午春前得雪 尤延之

元題下尚有「宗美有詩交和往復成」九字。

載華按：虛谷詩話引「舉室長懸似細腰」句，先生於格上標明「東坡成句」。

和馬公弼雪 楊誠齋

誠齋詩中之稍雅者。

霰

「篩瓦巧尋踈處漏」二句：確切。

環林踏雪樓攻媿

「白裏不知梅奮色，青邊尤〔一〕喜麥成苗」：「奮」字、「成」字，着得清淺，算不得詩眼。

月　類

和康五望月有懷杜審言

中聯猶未脱六朝餘習。

月杜工部

其　二

「塵匣元開鏡，風簾自上鉤」：同用「鏡」、「鉤」兩字，與康令之作，大有雅俗之别。

方虚谷云「東坡以『四更山吐月』爲絶唱，西湖湧金門翫月用韻，衍爲五首」：東坡五首在

〔一〕「尤」，原作「元」，誤，據《瀛奎律髓》改。

惠州作，非西湖湧金門也，注訛。

月　圓

起，壯健。

第六句從孟德「月明星稀」化出，自成名句。

八月十五夜月

後半只極力摹寫月明，不必説及中秋，自移動他夜不得，古今絶唱也。

十六夜翫月

結語似閒，細味殊覺其妙。

八月十五夜翫月 劉賓客

與少陵別是一調，亦見精采。

中秋月 曹汝弼

「衆望自疑别」二句：意好而辭未暢。

中秋月 白樂天

詩境平熟。

和永叔中秋月夜會不見月酬王舍人 梅聖俞

「淮雨西來陟變秋」：「陟」，當作「陡」。

晴雨類

晴 杜工部

其二

三、四分承起二句。

「雨聲衝塞盡」二句：每遇一題，必有驚人之語。

賦暮雨送李冑 韋蘇州

「漠漠帆來重」二句：與老杜「湛湛長江去，冥冥細雨來」，各極其妙。

雨中寄張博士籍侯主簿喜 韓昌黎

第四句，似含諷時事。

微　雨 吴融

第一句小巧太甚。「粉重」、「黄濃」，可以入詞，亦不可入詩。

新秋雨夜西齋文會 梅聖俞

「誰憐何水部」二句：「夜雨滴空階，曉燈暗離室」，何記室佳句也。

新霽望岐笠山

元注：「謝紫微座中賦。」

五、六沉雄。

和應之細雨 張宛丘

三、四從少陵「潤物細無聲」一句脱化出來，亦猶寇萊〔公〕用韋蘇州「野渡無人舟自横」句，化作「野水無人渡，孤舟盡日横」一聯也。

暑　雨 陳後山

「東溟容有限」：出語難對。

江　漲 唐子西

第四句生新，第六句亦確。

雨 陳簡齋

「蕭蕭」：言淺而意深，學杜中又自出手眼。集中登選者殊多，無出此上者矣！

雨不絶 杜工部

「鳴雨既過漸細微」四句：讀其詩，若人人意中有此景，却何人能道隻字！

有美堂暴雨 蘇東坡

通首多是摹寫暴雨，章法亦奇。

「千丈敲鏗羯鼓催」：「丈」，當作「杖」。

附録：《補注》：「南卓《羯鼓録》：『杖用黄櫨、花楸等木。』」

柳州開元寺夏雨 呂居仁

「人傳書至竟沉浮」：題外見作意。

自七月二十五日大雨三日秋苗以蘇喜而有作 曾茶山

三、四俱用杜詩作對。

臨安春雨初霽 陸放翁

五、六湊泊，與前後不稱。

變體類

江上值水如海勢聊短述 杜工部

此篇借題以寓作詩之法，觀起結可知。

「老去詩篇渾漫興」：「興」，當作「與」，東坡、半山俱用以叶韻。

九　日

「竹葉於人既無分」二句：杜牧之七律得法於此。

齊　山 杜牧之

第五句，少陵成語。

對　酒 陳簡齋

「官裏簿書無日了」二句：東坡「官事無窮何日了，菊花有信不吾欺」，獨非變體，而簡齋所取裁者乎！

載華按：虚谷云：「此詩中兩聯俱用變體，各以一句説情，· 句説景，奇矣。坡詞有云『官事何時畢，風雨外，無多日』，即前聯意也。」故先生云爾。

拗字類

上兜率寺 杜工部

「江『上』有巴蜀」：「山」。

題省中院壁

「落花遊絲白日静」二句：劉須溪以此聯爲籠罩乾坤句。

閑適類

晚秋閑居張司業

「家貧長畏客」二句：苦語，真摯。

原上新居王建

其　三

此詩已見前，重出。

其　五

重見。

溪居叟

題下失杜荀鶴姓名。

岸　貧 梅聖俞

「岸貧」，不解。

小隱自題 林和靖

「嘗憐古圖畫」二句：思致別。

東山招復古 俞退翁

第七句不詳。

自　述 陸放翁

其　一

「懼在饑寒外」四句：須知憂懼中，大有事業在。

雨後到南山村家 徐斯遠

「徐斯遠」三字，應移前一首題下。

題林逸士肥上新屋壁 劉子儀

「卜居臨近釣魚臺」：「臨」，當作「鄰」。

湖山小隱 林和靖

其　二

「漬猿幽鳥遥相叫」：「漬」，當作「清」。

懷舊隱陳亞

「秋閣『□』情天淡淡」：「詩」。

閑中書事陸放翁

其　二

「晚窗留客弄殘棋」：「弄」，集本作「筭」，當改。

移居謝友人見過趙師秀

原評：「小巧有餘。」

送別類

送孟六歸襄陽張子容

「以此爲長策」二句：與襄陽同調。

送友人入蜀 李太白

前四句，一氣盤旋。

送陵州路使君赴任 杜工部

一篇有韻之文，感事策勛，託意深厚。

奉濟驛重送嚴公

「幾時杯重把」二句：說兩頭，空着中間，與「眼復幾時暗，耳從前月聾」同一句法。

附録：申凫盟先生云：「三、四別緒淒然，若下句意在前，則索然矣。」

泛江送客

結與起相應。

附録：李天生先生云：「起結好。悲不在『客』，而在『送客』；不在『送』，而在『頻送』也。故脱所送之人。」

送張子尉南海岑參

「不擇南州尉」二句：高。

送單于裴都護赴西河崔顥

「湖沙乏井泉」：「湖」，當作「胡」。

送泉州李使君之任包何

猶有高、岑風格。

送德清喻明府李頻

《建州集》中五律居大半，格調俱穩稱。

送友人之揚州

中二聯，四用地名，却是第七句總承得好。

送李員外院長分司東都韓昌黎

「去年秋露下」四句：扇對，白香山詩中最多。

送楊八給事赴常州白樂天

五、六句法變，上一字稍頓。

送謝夷甫宰鄮縣戴叔倫

「鄮」，當作「鄮」。

旅舍别故人崔塗

第四句，白香山亦有之。

送朱可久歸越中賈浪仙

第六句自不可棄。

送趙成都二首 尤延之

其一

所見者大，不獨爲蜀道得帥而發。

送路六侍御入朝 杜工部

第四句方入題，何等纏綿委婉。

送刁景純學士使北 梅聖俞

方虚谷云「祖宗時與契丹盟好甚篤，故凡送使人詩，亦不敢輕易及邊事。熙、豐以來，人人抵掌，務欲生事於西北，遂致靖康之禍，悲夫」：此評深中事機。

送王平甫下第 歐陽永叔

第六句極淡，却有觔兩。

送龔鼎臣諫議移守青州蘇子由

龔必齊人，由歸德移守青州者。

送陸務觀福建提倉韓無咎

起句犯牧之。

杜叔高秀才雨雪中相過留一宿而别口誦此詩以送之陸放翁

「風吹欲倒孤城遠」二句：寒氣逼人，却成奇警。

送劉改之王簡卿

通首未能免俗。

次韻知常德袁尊固監丞送別魏鶴山

其三

「萬木辭榮秋意澹」二句：儒者氣象，刊落浮華。

陵廟類

重過昭陵杜工部

分四段看。首四句，得天下之故；五、六，守天下之道；七、八，傳天下之遠；末四句，方說到昭陵，而以「重過」作結。

附録：李天生先生云：「分二段，上段贊太宗，下段昭陵，裁六韻。而『翼亮』二句，仍不脱高祖，此大節目也。重經，只末句點出，妙。」

蜀先主廟劉夢得

中兩聯，字字確切，惜結句不稱。

方虚谷云「此詩用『三足鼎』、『五銖錢』，可謂精當。然末句非事實也」：余所見亦同。

經伏波神祠

余壯年曾上一壺頭山，拜新息廟，欲作一詩，乃爲此公所壓。

雙　廟 王半山

「中原擅兵革〔一〕」四句：搏挽轉折有力。

郭璞墓 劉後村

此詩，《後村集》中第一卷第二首。

蘇武廟 温飛卿

三、四即用子卿事，點綴景物，與他手不同。

〔一〕「革」，原作「草」，誤，據《瀛奎律髓》改。

初冬祀墳 韓魏公

其 二

「農寓兵來聞即教，牛無休日早猶耕」：「聞」，當作「閒」；「早」，當改「旱」。

嚴陵祠堂 王半山

「迹似蟠溪應有待，世無西伯可能留」：兩句只一串。

「崎嶇馮衍才終廢，索寞桓譚道不謀」：余獨謂光武不能容功臣，大臣如馬援、侯霸，或斥，或死，何有於馮衍、桓譚乎？

載華按：《後漢書·侯霸傳》：「霸代伏湛爲大司徒，封關内侯。十三年薨，帝深傷惜之。」似未可與伏波並提而論，謂光武不能容也。又按，「韓歆代霸爲大司徒，好直言，無隱諱，帝每不能容。坐免歸田里，帝復遣使宣詔責之。歆及子嬰竟自殺」。評語云云，及《敬業堂集·釣臺》詩亦有「侯霸得罪由司徒」之句，先生豈誤記邪？抑別有所本邪？

謁太昊祠 張宛丘

「神祠近在國西門」：太昊祠在陳州，故云「國西門」。

東山謁外大父墓 陳後山

方虛谷云「後山先母夫人，皇祐丞相龐公籍之女。初，丞相父格官彭城，丞相與孔道輔從後山祖洎遊，而成此姻。後山父諱琪，字寶之」：叙後山家世最詳。

劉屯田墓壯節亭 尤遂初

劉屯田始末，詳朱子《壯節亭記》中。

過虞美人墓 潘德久

在壕州，土人謂之「嗟虞墩」。

旅況類

晚次樂鄉縣 陳子昂

已見「暮夜類」，重出。

初發道中寄遠 張子壽

「壯圖空不息」二句：曲江風度，可想。

江漢 杜工部

牢落之況，經子美寫出，氣概亦自高遠。

附録：李天生先生云：「有議公是篇中二聯相礙者，不知其泛詠羈愁，非定爲夜作也。」

久客

第四句，作詩本旨。

附録：李天生先生云：「語自渾成，故不傷議論。」

山館

五、六開長吉之風，險中造淡。

宿關西客舍寄山東嚴許二山人時天寶高道舉徵 岑參

「孤燈燃客夢，寒杵擣鄉愁」：此等鍊字，遂開纖巧之門，賈長江奉爲衣鉢者也。

酬程近秋夜即事見贈 韓翃

「星河秋一雁，砧杵夜千家」：「秋」、「夜」二字極尋常，一經鑪錘，便成詩眼。

歸渡洛水 皇甫冉

起句，後人用以填詞。

秋日陝州道中 顧非熊

結太卑弱。

薊北旅思 張司業

本領具足，方能作澹語，文昌擅長處在此。以下四章，蹊徑彷彿。

方虛谷云「司業，姑蘇人」：司業和州人，非姑蘇人也。

夜到漁家

「行客欲投宿」二句：真景即是好詩。

宿臨江驛

「月明見潮上」二句：以生得新，却不費力。

旅　遊賈浪仙

「舊國別多日」二句：頗似張司業。

泥陽館

「樹影掃青苔」：筆路與想路俱別，不善學之，則流爲楊誠齋矣。

曉泊江戍 楊憑

「零露濕芳州」：「州」，當改「洲」。

久　客 俞退翁

方虚谷云「俞公汝南辭王安石御史不拜，致仕」：「南」字訛，改「尚」。俞退翁，吴興人，所著名《溪堂集》。

二十三日立秋夜行泊林里港 張宛丘

方虚谷云「宛丘詩大抵不事雕琢，自然有味」：文潛集有兩本，一名《宛丘集》，一名《内史集》。余所見者，皆鈔本，脱訛頗多。

晚泊襄邑

「踈燈隔樹小」二句：鍛煉若不經意。

艤船當和江口待風 賀方回

「朝風占酒旆，夜爨乞漁燈」：出句更佳。

長安春望 盧綸

大曆中詩家只是平穩。

旅次洋州寓居郝氏園林 方玄英

三、四，一遠一近，字字警策。

起結太平弱，三、四故不可棄。

秋宿臨江驛 杜荀鶴

三、四直遂無餘韻。學元和體，而墮淺易者，往往若此。

殘冬客次資陽江王巖

「倚船商女待搬灘」：「搬灘」，未詳所出。

度麾嶺寄莘老王半山

「施爲已壞平生學」二句：先生自嘲，乃自譽也。

二十三日即事張宛丘

五、六説破「鷺」字、「風」字，殊少味矣。

自海至楚途寄馬全玉

「埜色連雲迷稼穡」四句：如大歷才人格。

附録：陸辛齋先生云：「五、六正如絶不用意，却有藴味。」

登城樓

「天晴海上峰巒出」二句：此種境界，原從學杜得來。

次韻謝呂居仁 陳簡齋

「嶺表窮冬有雪霜」：窮冬雪霜，在嶺表則爲異事，亦所以寓遷謫之感。

十里 趙師秀

「竹裹怪禽啼似鬼」二句：險而勁。

邊塞類

和陸明甫贈將軍重出塞 陳子昂

三、四未全是律體，初唐之去六朝未遠也。

塞　北 沈佺期

句句用意，隊仗整齊，可爲長律之法。

在軍中贈先還知己 駱賓王

「胡霜如劍鍔，漢月似刀環」：太白「邊月隨弓影」一聯似之。「刀環」含歸意。

長城聞笛 楊巨源

可入「切題類」。

老將吟 竇鞏

頸聯映帶有情。

送翁靈舒遊邊 徐道暉

宋人詩，不宜攙入唐律。

「何石〔一〕可書名」：「名」，當作「銘」。

入塞曲 耿湋

「猿臂銷弓力」二句：生而勁。

涇州觀元戎出師 戎昱

「玉帳盡霜中」：「盡」，當作「静」。

和 蕃

「安危託婦人」：與崔塗《過昭君故宅》寄感略同。五、六太淺。

〔一〕「石」，原作「日」，誤，據《瀛奎律髓》改。

題金城臨河驛樓岑參

「河水侵城牆」：「侵」，當作「浸」。

北庭作

「雁塞通鹽澤，龍堆接醋溝」：天然作對。方虛谷云「『鹽澤』，人所共知；『醋溝』，未之知也。甚新」：按詩意，「醋溝」當在西陲，《十三州志》「中牟縣有醋溝」，地名偶同耳。

贈王將軍賈浪仙

五、六出色精神，如讀《周盤龍傳》。

送鄒明府遊靈武

已見「送別類」，重出。

塞上贈王太尉 僧宇昭

「馬放降來地，鵰閑戰後雲」：出句勝。

漁陽將 張司業

「放火燒奚帳」四句：兩聯句法相同。

没蕃故人

結意深慘。

愁怨 柳中庸

「漢疊關山月」：「疊」，當作「壘」。

入塞曲 鄭鏦

「黄雲同入塞，白首獨還家」：「入塞」、「還家」，合掌。

邊遊 項斯

「古鎮門前北」：「北」，當作「去」。

尹學士自濠梁移倅秦州 宋景文

宋詩，誤入唐律。

少將 李商隱

「青海聞〔一〕傳箭，天山報合圍」：「青海」、「天山」，屬對與老杜偶合。

擬王維觀獵 梅聖俞

名作在前，似不宜和。

載華附識：詩家最忌蹈襲，凡遇一題，前有名作，慎勿輕率下筆。宛陵此詩，先生猶有微詞。於

〔一〕「聞」，原作「無」，誤，據《瀛奎律髓》改。

東坡《謝人見和前篇二首》及《定惠院海棠詩》，不憚再三提命。閲劉夢得《經伏波祠》詩評語，尤爲現身説法。學者遇此等題，與其效顰，毋寧藏拙，勿負先生一片婆心也。

贈索暹將軍王建

「聞休鬬戰心還癢」：粗俗，不謂中唐乃有此。

送李僕射赴鎮鳳翔張司業

即李愬也。

次韻元厚之平戎獻捷王荆公

格調不落元和以後。

依韻和蔡樞密岷洮恢復部落迎降王岐公

「御璧名王按舊儀」：「御」，當作「銜」。

忠憤類

春　望 杜工部

此亦陷賊中時作。

「家書抵萬金」：杜詩後人引作故實者，如「萬金」、「屋烏」之類，不必更尋出處也。

秋日懷賈隨進士 羅隱

「孤冢憶韓非」：「冢」，疑當作「憤」。

還韓城 呂居仁

第四，老杜成句。

「稻壠秋仍早」：「早」字疑訛，當作「旱」。

兵亂後雜詩五首

其　五

五、六，本《柴桑》，微换數字耳。

己酉亂後寄常州使君姪四首汪彦章

南渡初，少見此種詩。余所見《浮溪集》，此四首止存第一首。

其　一

「邊峰斷日畿」：「峰」，當作「烽」。

其　二

結句，杜成語也。

秋　興杜工部

「直北闕山金鼓振」：「闕」，當改「關」。

釋　悶

此老意中原望昇平，故末句分外沉痛。

山中寡婦杜荀鶴

一變樊川家法，但要説得爽快。　此學香山，而失之敷淺者。

旅泊遇郡中叛亂示同志

末句紀年章法好，通篇語太直率，不足取。

中元甲子以辛丑駕幸蜀羅隱

用本朝事迹寓感歎，親切悲涼。

自蘇臺至望亭驛人家盡空李嘉祐

唐末之亂，南北無不被兵燹者。　此詩之作，其在吴越未立國時乎？

北　風劉屏山

「紫色鼃聲，餘分閏位」，出《漢書·王莽傳贊》。

宿牧牛亭秦太師墳庵楊誠齋

「恐作移中屬國羞」：「移」字，改「栘」。

方虚谷云「此爲秦檜。○元注：『暮年起大獄，必殺張德遠、胡邦衡等五十餘人。』奏垂上而卒。故有『新亭』之句。然初節似蘇子卿，而晚謬」：檜在金，原與堅和議之約，故得歸，如何可擬栘中老監？

書　憤陸放翁

其　二

「衰逢罷試戎衣窄」：「逢」，當改「遲」。

山巖類

和永叔新晴獨過東山丁元珍

「風静鳥深圓」：「深」，當作「聲」。

遊　山陸放翁

其　一

「蟬聲集古寺，鳥影渡寒塘」，少陵句也，放翁熟於杜律，不覺屢犯。

其　二

第六句，杜詩「固」作「亦」。

川泉類

家園新池姚合

此詩亦見《白香山集》。

一公新泉 嚴維

「磧石未成痕」:「磧」,當作「漬」。

過洞庭湖 許棠

句句是過湖景象,余嘗身歷其境,故知此詩之工。

鉅野 陳後山

方虛谷云「後山詩全是老杜,以萬鈞九鼎之力,束於八句四十字之間」: 方虛谷於後山詩推重太過,平情而論,其力量尚不逮涪翁,何況子美?

西湖

「寒花只暫香」,少陵句也。

湖　上

「風過雨鱗鱗」：「雨」，當作「水」。

庭宇類

次韻李泰叔退老堂 呂頤浩

「東郊半隱遶郡峰」：「郡」，當作「群」。

次韻舍弟賞心亭即事二首 王半山

其　一

中二聯調同。

垂虹亭

與前篇同韻。

論詩類

七言

老杜「爲人性癖耽佳句」一首，宜選冠此卷。

技藝類

老杜「何年顧虎頭」，宜入此類，已見前。

載華按：老杜《題玄武師屋壁》詩見後「釋梵類」，原評「前」字疑訛。

和仲庶池州齊山圖 王半山

「一江春雪下『□』堆」：「離」。

次韻平甫贈三靈程唯象

五、六，介甫自謂也。

贈三靈程道人王平甫

「歸『□』田里老樵漁」：「來」。

「我愧『□』持觸事踈」：「干」。「持」，當改「時」。

贈善相程傑蘇東坡

閲過衆人詩，忽見蘇作，令我心開目明。

贈虔州術士謝晋臣

東坡自海外歸時作，故首句云。

贈徐相師陸放翁

「許負遺書果是非」：世傳相書，始於許負。

遠外類

送和蕃公主張司業

第六句雖太直，却真。

消遣類

感興白樂天

其二

「爇處是争炙手去」：「是」，當作「先」。

閑卧有所思

其一

此首爲楊虞卿而發，時鄭注用事，楊爲所搆，貶虔州。公與楊本姻親，故傷之。

其　二

此首不知何指，或云李宗閔亦爲李訓、鄭注所遂。

九年十一月二十一日感事而作

此首爲王涯而發。按，甘露之變在太和九年冬，東坡云：「樂天爲王涯所讒，謫江州。甘露之禍，樂天適遊香山寺，有『白首同歸』二句，不知者以爲幸之也，樂天豈其人哉，蓋悲之也。」

「元注：其日獨遊寶山寺」：「寶」，當作「香」。

載華按：《閑卧有所思》二首、《九年十一月》一首俱見《香山後集》，《律髓》於「九年」上誤增「此是」二字。先生評格上云：「『此是』二字當刪。」

放　言

其　三

「辨才須待七年期」：「才」，當作「材」。

殘春旅舍 韓致光

此首已見「春日類」，重出。

安定城樓 李商隱

「永憶江湖歸白髮」二句：王半山最賞此聯，細味之，大有杜意。

十二月十七日移病家居三首 張宛丘

其二

「擎蒼未減飛揚興」：「擎蒼」二字，乃「臂鷹」替身，大似崑體，未詳所出。

其三

「謫居未滿已流行」：「流」，當作「留」。

後寓歎 陸放翁

句句鬬簨，字字合拍，可見胸中有書。

遣興

「留病三分嫌太近」：「近」，當改「健」。

遣興

其二

「文辭終與道相忘」：「忘」，當作「妨」。

信筆 范石湖

「主翁今但諾惺惺」：先生有諾惺庵。

子息類

阿雀兒詩 白樂天

「遲見過商瞿」：「見」，當改「暮」。

「膩剃新胎髪」至末：熨貼細膩。

楊本勝説於長安見小兒阿衮 李商隱

義山集中，「衮師我嬌兒」五古一章絶佳，今乃稱爲「龍種」、「鳳雛」，誇張似乎太過。

哭雀兒 白樂天

「掌珠一顆兒三歲」四句：悲痛入情。

寄贈類

忝識武昌初至夏口書事獻府主 竇鞏

「莫遣鶴猜錢」：「鶴猜錢」，不解。

載華附識：蒿廬夫子云：「唐幕府官俸謂之『鶴料』，見《墨莊漫録》。」○「猜錢」，一作「支錢」，或是「請錢」之訛。

贈葛天民 翁靈舒

「燕本昔如此」：「燕本」二字，出李長吉詩，僧無本乃燕人

寄外舅郭大夫 陳後山

「深知報消息」二句：語從杜詩「翻畏消息來，寸心亦何有」二句脱胎。中二聯，「不忍」、「未忍」，犯重。四十字中，何至失於檢點若此。

載華按：「情親未忍疎」句，集本作「未肯」。

贈高九萬并寄孫季蕃二首 劉後村

此二詩當作於《江湖集》劈板之後。

其　二

「菊磵説花翁」：「菊磵」，九萬别號。

方虚谷云「孫季蕃老於花酒，以詩禁，僅爲詞」：江湖所稱「孫花翁」。

贈賣書陳秀才趙師秀

世傳《江湖集》，乃其所刊，後刻板爲史彌遠所毁。陳緣此得罪，并嚴詩禁，史殁後方解。

寄新吴友人

「春至山疑長」：「長」字下得新。

酬淮南牛相公述舊見貽劉夢得

奇章於劉爲晚進，通首跌宕可喜。

酬太原狄尚書見寄

「幽并俠少趨鞭弭」二句：較之「老將迴席」、「諸生在門」，身分高下何如？

夜宿江浦聞元八改官因寄此什

前半兩兩分屬。

次韻和汝南秀才遊净土見寄 李虚己

方虚谷云「三四甚佳。虚己官至工侍，初，與曾致堯唱和，致堯謂：『子之辭工矣，而其音猶啞。』虚己惘然，退而精思，得沈休文浮聲切響之説，遂再綴數篇示曾。曾乃駭然歎曰：『得之矣！』予謂此數語，詩家大機括也。工而啞，不如不必工而響。潘邠老以句中眼爲響字，吕居仁又有『字字響，句句響』之説，朱文公又以二人晚年詩不皆響責備焉。學者當先去其啞，可也，亦在乎抑揚頓挫之間，以意爲脉，以格爲骨，以字爲眼，則盡之」：啞響之義，多讀多做，自知之。然亦有號爲詩家，而終身不悟者。細静工夫未講耳，不盡由於「意脉」、「格骨」、「字眼」也，學者深宜體會。

送越州陸學士 宋景文

「路入仙人取箭山」：孔靈符《會稽記》：「射的山西南，有白鶴山，此鶴嘗爲仙人取箭，每刮土尋索，遂成此山或作「名」。」

賈麟自睦來杭復將如蘇戲贈短句 强幾聖

「朝醉桐江暮柳州」：「州」，當作「洲」。

次韻陳師道無己見寄 曾文昭

「著書子已通科斗」：「科斗」，謂古文《尚書》。

載華按：師道曾作《尚書傳》，見虚谷詩話。

贈胡衡仲 楊誠齋

「不作俳辭笑已乎」：「笑已乎」，出青蓮詩。

「紙落煙雲春醉旭」：「春」字譌，別本同。

寄汪尚書 姜梅山

「今日頭盤三兩擲，翠娥應笑白髭鬚」，香山句也，第六句本此。

載華附識：蒿廬夫子云：「『今日頭盤』二句，乃微之詩，非樂天詩也。」

寄德光大光 陳簡齋

「也置樵夫一尺中」：「一尺」，當作「尺一」。

遷謫類

遷　客 張司業

唐時，用錢不用銀，第六句可考。

北歸次秋浦界清溪館 劉長卿

第四句，「過」字訛，當改「向」。

送客南遷 白樂天

工於鋪叙，元、白擅長在此。

戲題巫山縣用杜子美韻 黃山谷

此詩訛入東坡集。

寄韓潮州 賈浪仙

「海浸雲根老樹秋」：「雲」字，當作「城」。

初到江州 白樂天

末二句，謂太守出相迎。

初到忠州贈李六

一味條暢。

酬樂天得微之詩知通州事因成四首元微之

其　一

「浮塵向日似波流」：「浮塵」，細蟲名，微之別有詩。

其　三

「南歌未有東西不」：「不」，應改「分」。

送唐介之貶所李誠之

兩韻間用，唐人謂之「進退格」。

初到黄州蘇東坡

結句元注似不可删，語在蘇集，觀者自考之。

載華按：結句「尚費官家壓酒囊」，元注：「檢校官例折支多得退酒袋。」

八月七日初入贛過惶恐灘

黄公灘，在萬安縣前。自東坡改爲「惶恐」，以對「喜歡」，其後文信國用之，以對「零丁」，世遂沿襲不改，無復稱舊名矣。

六月二十日夜渡海

前半四句，俱用四字作疊，而不覺其板滯，由於氣充力厚，足以陶鑄鎔冶故也。

過嶺二首

其二

「醉中不覺到江南」：江西人以贛江爲南江。

送王元均貶衡州兼寄元龍二首 陳後山

東坡自黄州召還時，亦與元均兄弟遊，有「遲留歲暮江淮上，來往君家伯仲間」之句。其起語云「異時長怪謫仙人」，則指平甫也。

方虚谷云「王安國字平甫，子旊字元均，斿字元龍」：考王半山爲平甫志墓，二子，長旊，次斿。「旊」字訛，當改「旈」。

送胡邦衡之新州貶所二首王民瞻

其　一

首句犯昌黎。

疾病類

初病風白樂天

「朽株難免蠹」二句：《三百篇》中所謂賦而比也，後學知此者，鮮矣！

病中六首陳後山

其　六

「身猶試藥方」：以身試藥，冒險甚矣，語却有致。《易》云：「无妄之藥，不可試也。」「試」

字從此出。

春盡日宴罷感事獨吟白樂天

「思逐楊花觸處飛」：此公終不服老。

眼病二首

其　二

「案上謾鋪《龍樹論》」：《龍樹論》，專治目疾之書。

次韻王元勃問余齒脱曾茶山

後半跳不出韓吏部圈子。

耳　鳴范石湖

前半用事，未詳所出。

病足累日不能出掩門折花自娱 陸放翁

「粗知春在賴鶯聲」：一語叫醒一篇。

載華按：此詩已見「春日類」，重出。

問友人病 劉後村

「術庸難靠醫求效」二句：雖近俚，頗近情。

釋梵類

酬暉上人獨坐山亭有贈 陳子昂

方虚谷云「盛唐人詩，多以起句十字爲題目，中二聯寫景詠物，結句十字撇開，却説别意，此一大機括也」：此評屢見。

遊梵宇三覺寺王勃

「葉齊山路狹，花積野壇深」：每句中兩字着力，創調也。

宿贊公房杜工部

贊公，世外人，乃復攖世網，故詩中多感歎意。

附録：錢圓沙先生云：「首句起下謫置之案。」

上兜率寺

「江山有巴蜀，棟宇自齊梁」：用虚字作句中眼。

載華按：此詩已見「拗字類」，重出。

同崔三十侍御灌口夜宿報恩寺岑參

五律全首俱拗者，絶少。

起度律師同居東齋院 韋蘇州

此首似是古體。

送文暢上人東遊 劉賓客

「山宿馴溪虎」二句：開浪仙法門。

晚春登天雲寺南樓贈常禪師

「歲時春日少」二句：至理名言，亦見《香山集》。

哭柏巖禪師

「自嫌雙淚下」二句：哭僧詩必如此方切題，又是現身説法。

歲暮自廣江至新興往復中題峽山寺 許渾

以下四章，俱應入「風土類」。

其　三

「蠻女半淘金」元注「端州斵石，塗涯縣淘金爲業」：「塗涯」二字疑。

惠山寺 張祜

寺本湛長史舊居，故起句云。

哭閑宵上人 周賀〔一〕

「松枝講鈔餘」：「講鈔」，不詳。

遊東林寺 黃滔

「已到終嫌晚，重遊預作期」：兩句似一串，却有轉折。

〔一〕「周賀」，原闕，據《瀛奎律髓》補。

月中宿雲巖寺上方 温飛卿

第三句翻從第四句倒映。

題維摩暢上人房杇栟 李洞

三、四太生澀。

送　僧 僧無可

愚謂第五句不及對句。

載華按：虚谷云：「第五句最高絶。」故先生云爾。

送贊律師歸嵩山

「清平修道苦」：「平」，當作「貧」。

懷智體道人 僧貫休

「春雷折樹枝」：「折」，疑當作「拆」。

題真州精舍 僧齊己

方虚谷云「第二句『那岸』二字有深意」：第二句有何深意？但覺其俗。

遊湖上昭慶寺 陳堯佐

北宋號「菩提院」，南渡始改「昭慶」，《西湖志》及《咸淳臨安志》皆云。然今觀此題，可見北宋已名「昭慶寺」，兩志俱譌。

再遊海雲寺作 宋景文

「江勢釀山回」：「釀」，當改「讓」。

懷寄披雲峰誠上人 曹汝弼

「院高窮本盛」：「本」，當作「木」。

夏日宿西禪 潘逍遥

此詩選入《宋文鑑》，第三句「如」作「疑」。

贈惠洪 黄山谷

「數面欣羊胛，論詩喜雉膏」：「羊胛」，出《唐書・回紇傳》：「骨利幹部晝長夜短，日入烹羊胛，熟，東方已明，蓋近日出處也。」「雉膏」，出《易・鼎卦》，《臆乘》云：「雉膏不食，云美也。」《説文》云：「未戴角曰膏。」用事必如此，終覺艱澀少味。

登横碧軒繼趙昌父作 徐致中

方虚谷云「第四句佳，但亦本於歐公」：摩詰云「山色有無中」，非本於歐也。

再遊鶴林寺僧道潛

結語殆指東坡。

徑　山僧元肇

「東西兩景幽」：徑山有大、小，謂之「雙徑」。「景」字訛。

春　寒僧善珍

後半全不似僧語。

廣潤寺新寮僧自南

「青山若厭看」二句：語淡如雲。

贈浩律師僧簡長

此另是一人，不入「九僧」之數，乃作《秀州報本院三過堂記》者，所著名《北磵集》。

「蟻酣停掃砌」：「蟻酣」謂蟻鬬也。

涪城縣香積寺官閣 杜工部

方虛谷云「老杜七言律，晚唐人無之。凡學詩，五言律可晚唐，只如七言律，不可不老杜也」：予謂五律亦宜學杜。

因許八奉寄江寧旻上人

「舊來好事今能否」二句：律中鬆快之調，亦自老杜創闢。

附録：吴星叟先生云：「只寫問訊之語，飛動滿紙，與「苦憶荆州」作同，後人便以流便短之，非也。」

西溪無相院 張子野

「浮萍破處見山影」二句：小巧而鮮新。

再次前韻 僧如璧

二章俱勝原唱。三、四兩「折」字，未妥。

三山次潘静之升書記韻 朱逢年

方虚谷云「朱文公之父曰松，字喬年。季父曰槔，字逢年。嘗夢至玉蘭堂，如王平父之靈芝宫，自號其詩曰《玉蘭集》」：予從閩中得鈔本兩先生集，今淮南有新刊本。

頃遊龍井得一聯王伯齊同兒輩游因足成之 樓攻媿

第三句出昌黎詩，第四句出柳州記。

送炭與湘山西堂惠然師 僧顯萬

「一堆灰裏撥陰何」：「寒灰影裏撥陰何」，東坡句。

仙逸類

同前得尋字 韓昌黎

可補入《昌黎集》。

贈張道士 韓翃

「『□』粒捐應久」：集本乃「玉」字，今補入。

送孫逸人 賈浪仙

「是藥皆諳性，令人漸信仙」：對句不測。

古觀 項斯

「門外日添墳」：此等境界，到晚唐始説盡。

贈廬嶽隱者杜荀鶴

「古樹藤纏殺」：老辣語，俗目必以爲不祥。

予昔遊雲臺觀謁希夷先生陳摶祠緬想其人今追作此詩宋景文[一]

「夢休孤蝶往」二句：崑體中，不可多得。

金華山人陳述古

陳述古，名襄，有集，號《古靈先生集》。

一真姑趙師秀

「令人信有仙」：「令人漸信仙」，賈長江成語，只换一字耳。

[一]「宋景文」，原闕，據《瀛奎律髓》補。

桐柏觀

起句用意。

書嶽麓宮道房 翁靈舒

「群山第幾家」：「山」，應改「仙」。

送胡道士 賈浪仙

三、四沖澹，似張文昌，在長江則變格也。

仙子送劉阮出洞 曹唐

「花當洞口應長在，水到人間定不回」：出洞情事，大有仙凡之判。

劉阮再到天台不復見諸仙子

第七句與第五句微有礙。

張先生蘇東坡

「肯來傳舍人皆説」二句：筆如口，手如心。

傷悼類

丞相温公挽詞陳後山

其二

「終不羡曹蜍」：曹蜍，晋人，曹茂之小字也。《世説》：「曹蜍、李志雖見在，厭厭如九泉下人。」

哭韓將軍劉賓客

「戰馬舊騎斯引獘」：「獘」，應改「葬」。

「服玩僧收爲轉經」：「爲」，當作「與」。

思王逢原

此二首疑是王半山作，題下失署名。

逢原一生知己，唯荆公一人，亦竟賴以傳。

載華按：《思王逢原》三首，見李雁湖《王荆公詩箋注》三十卷，第一首《律髓》不入選。

【附原詩】清康熙四十九年吴郡陳士泰刊《紫陽方先生瀛奎律髓》

登覽類

度荆門望楚

陳子昂

遥遥去巫峽，望望下章臺。巴國山川盡，荆門煙霧開。城分蒼野外，樹斷白雲隈。今日狂歌客，誰知入楚來。

臨洞庭湖

孟浩然

八月湖水平，含虚混太清。氣蒸雲夢澤，波撼岳陽城。欲濟無舟楫，端居耻聖明。坐看垂釣者，徒有羨魚情。

登岳陽樓

杜工部

昔聞洞庭水，今上岳陽樓。吴楚東南坼，乾坤日夜浮。親朋無一字，老病有孤舟。戎馬關山北，憑軒涕泗流。

登兖州城樓

東郡趨庭日，南樓縱目初。浮雲連海岱，平野入青徐。孤嶂秦碑在，荒城魯殿餘。從來多古意，臨眺獨躊躇。

登牛頭山亭子

路出雙林上，亭窺萬井中。江城孤照日，山谷遠含風。兵革身將老，關河信不通。猶殘數行淚，忍對百花叢。

秋登宣城謝脁北樓

李太白

江城如畫裏，山色望晴空。兩水夾明鏡，雙橋落彩虹。人煙寒橘柚，秋色老梧桐。誰念北樓上，臨風憶謝公。

漢江臨眺

王右丞

楚塞三江接，荆門九派通。江流天地外，山色有無中。郡邑浮前浦，波瀾動遠空。襄陽好風日，留醉與山公。

金山寺

張　祜

一宿金山寺，微茫水國分。僧歸夜船月，龍出曉堂雲。樹影中流見，鐘聲兩岸聞。因悲在城市，終日醉醺醺。

金山寺

梅聖俞

吴客獨來後，楚橈歸夕曛。山形無地接，寺界與波分。巢鶻寧窺物，馴鷗自作群。老僧忘歲月，石上看江雲。

登鵲山

陳後山

小試登山脚，今年不用扶。微微交濟濼，歷歷數青徐。朴俗猶虞力，安流尚禹謨。終年聊一快，吾病失醫盧。

登快哉亭

晁君成

城與清江曲，泉流亂石間。夕陽初隱地，暮靄已依山。度鳥欲何向，奔雲亦自閑。登臨興不盡，稚子故須還。

甘露寺

朱文公

北固山頭寺，風煙昔縱觀。卧亭秋石狠，環舍海濤寒。越舶樓前聚，江楓户外丹。最宜清夜月，虚閣憶盤桓。

登定王臺

寂寞番君後，光華帝子來。千年遺故國，萬事只空臺。日月東西見，湖山表裏開。從知爽鳩樂，莫作雍門哀。

渡　江

陳簡齋

江南非不好，楚客自生哀。摇檝天平渡，迎人樹欲來。雨餘吴岫立，日照海門開。雖異中原險，方隅亦壯哉。

登越臺

宋之問

江上越王臺，升高望幾回。南溟天外合，北户日邊開。地濕煙常起，山晴雨半來。冬花掃盧橘，夏果摘楊梅。跡類虞翻枉，人非賈誼才。歸心不可度，白髮重相催。

陪章留後侍御宴南樓得風字

杜工部

絶域長夏晚，兹樓清宴同。朝廷燒棧北，鼓角漏天東。屢食將軍第，仍騎御史驄。本無丹竈術，那免白頭翁。寇盜狂歌外，形骸痛飲中。野雲低渡水，簷雨細隨風。出號江城黑，題詩蠟炬紅。此身醒復醉，不擬哭途窮。

登多景樓

晁君成

樓上無窮景，樓前正落暉。開軒跨寥廓，覽物極纖微。雲破孤峰出，潮平兩槳飛。東溟看月上，西渡認僧歸。木落吴天遠，江寒越船稀。魚龍鄰海窟，雞犬隔淮圻。草色迷千古，波聲蕩四圍。廢興懷霸業，融結想天機。浩浩群流會，沉沉百怪依。登臨真偉觀，回首重歔欷。

登黄鶴樓

崔　顥

昔人已乘白雲去，此地空餘黄鶴樓。黄鶴一去不復返，白雲千載空悠悠。晴川歷歷漢陽樹，芳草萋萋鸚鵡洲。日暮鄉關何處是，煙波江上使人愁。

登金陵鳳凰臺

李太白

鳳凰臺上鳳凰遊，鳳去臺空江自流。吴宫花草埋幽徑，晋代衣冠成古丘。三山半落青天外，二水中分白鷺洲。總爲浮雲能蔽日，長安不見使人愁。

登　樓

杜工部

花近高樓傷客心，萬方多難此登臨。錦江春色來天地，玉壘浮雲變古今。北極朝廷終不改，西山寇盜莫相侵。可憐後主還祠廟，日暮聊爲《梁甫吟》。

閣夜

歲暮陰陽催短景，天涯霜雪霽寒宵。五更鼓角聲悲壯，三峽星河影動摇。野哭千家聞戰伐，夷歌幾處起漁樵。卧龍躍馬終黄土，人事音書漫寂寥。

登大茅山頂

王介甫

一峰高出衆山巔，疑隔塵沙道里千。俯視雲煙來不極，仰攀蘿蔦去無前。人間已换嘉平帝，地下誰通勾曲天？陳迹是非今草莽，紛紛流俗尚師仙。

平山堂

城北横江走翠虬，一堂高視兩三洲。淮岑日對朱欄出，江岫雲齊碧瓦浮。墟落耕桑公愷悌，杯觴談笑客風流。不知峴首登臨處，誰睹當時有此不。

次韻平甫金山會宿寄親友

天末海雲横北固，煙中沙岸似西興。已無船舫猶聞笛，遠有樓臺衹見燈。山月入松金破碎，江風吹水雪崩騰。飄然欲作乘桴計，一到扶桑恨未能。

陪潤州裴如晦學士遊金山回作

楊公濟

試上蓬萊第幾洲，長雲漠漠鳥飛愁。海山亂點當軒出，江水中分遶檻流。天遠樓臺横北固，夜深燈火見揚州。迴船却望金陵月，獨倚牙旗坐浪頭。

甘露上方

王平甫

滄江萬景對朱欄，白鳥群飛去復還。雲捧樓臺出天上，風飄鐘磬落人間。銀河倒瀉分雙月，錦水西來轉幾山。今古冥冥難借問，且持玉爵破愁顔。

遊廬山宿棲賢寺

古屋蕭蕭卧不周，敝裘起坐興綢繆。千山月午乾坤晝，一壑泉鳴風雨秋。跡入塵中慚有累，心期物外欲何求。明朝松路須惆悵，忍更無詩向此留。

登快閣

黄山谷

癡兒了却公家事，快閣東西倚晚晴。落木千山天遠大，澄江一道月分明。朱絃已爲佳人絶，青眼聊因美酒横。萬里歸船弄長笛，此心吾與白鷗盟。

鄂州南樓

范石湖

誰將玉笛弄中秋，黄鶴飛來識舊遊。漢樹有情横北渚，蜀江無語抱南樓。燭天燈火三更市，摇月旌旗萬里舟。却要鱸鄉垂釣叟，武昌魚好便淹留。

朝省類

酬蘇味道夏晚寓直省中

沈佺期

並命登仙閣，通宵直禮闈。大官供宿膳，侍史護朝衣。卷幔天河入，開窗月露微。小池殘暑退，高樹早涼歸。冠劍無時釋，軒車待漏飛。明朝題漢柱，三署有光輝。

在廣州聞崔馬二御史並拜臺郎

蘇味道

振鷺齊飛日，遷鶯遠客聞。明光共待漏，清覽各披雲。喜得廊廟舉，嗟爲臺閣分。故林懷柏悦，新渥阻蘭薰。冠去神羊影，車迎瑞雉群。遠從南斗外，遥仰列星文。

奉答岑參補闕見贈

杜工部

窈窕清禁闥，罷朝歸不同。君隨丞相後，我往日華東。冉冉柳枝碧，娟娟花蕊紅。故人得佳句，獨贈白頭翁。

春宿左省

花隱掖垣暮，啾啾棲鳥過。星臨萬户動，月傍九霄多。不寢聽金鑰，因風想玉珂。明朝有封事，數問夜如何。

晚出左掖

晝刻傳呼淺，春旗簇仗齊。退朝花底散，歸院柳邊迷。樓雪融城濕，宫雲去殿低。避人焚諫草，騎馬欲雞棲。

和賈至舍人早朝大明宫

王右丞

絳幘雞人報曉籌，尚衣方進翠雲裘。九天閶闔開宫殿，萬國衣冠拜冕旒。日影纔臨仙掌動，香煙欲傍衮龍浮。朝罷須裁五色詔，佩聲歸到鳳池頭。

同　前　岑　參

雞鳴紫陌曙光寒，鶯囀皇州春色闌。金闕曉鐘開萬户，玉階仙仗擁千官。花迎劍佩星初落，柳拂旌旗露未乾。獨有鳳凰池上客，《陽春》一曲和皆難。

喜張十八博士除水部員外郎　白樂天

老何殁後吟聲絶，雖有郎官不愛詩。無復篇章傳道路，空餘風月在曹司。長嗟博士官猶屈，亦恐騷人道漸衰。今日聞君除水部，喜於身得省郎時。

六月十七日召對自辰及申方歸本院　韓致光

清暑簾開散異香，恩深咫尺對龍章。花應洞裏常時發，日向壺中特地長。坐久忽疑槎犯斗，歸來兼恐海生桑。如今冷笑東方朔，唯用詼諧侍漢皇。

卧病逾月請郡不許復直玉堂十一月一日鎖院是日苦寒詔賜宫燭法酒書呈同院　蘇東坡

微霰疎疎點玉堂，詞頭夜下攬衣忙。分光御燭星辰爛，拜賜宫壺雨露香。醉眼有花書字大，老人無睡漏聲長。何時却逐桑榆暖，社酒寒燈樂未央。

次韻蔣穎叔錢穆父從駕景靈宮

歸來病鶴記城闉，舊踏松枝雨露新。半白不羞垂領髮，軟紅猶戀屬車塵。雨收九陌豐登後，日麗三元下降辰。粗識君王爲民意，不才何以助精禋。

較藝和王禹玉内翰

梅聖俞

分庭答拜士傾心，却下朱簾絶語音。萬蟻戰來春日永，五星明聚夜堂深。力槌頑石方逢玉，盡撥寒沙始見金。淡墨榜名何日出，金明池苑可能尋。

較藝呈永叔和禹玉

王禹玉

今看座主與門生，事事相同舉世榮。並直禁林司詔令，又來西省選豪英。飛龍借馬天邊下，光禄供醪月底傾。食葉蠶聲句偏美，當時曾記賦將成。

呈永叔書事

詔書初捧下西厢，重棘連催暮鑰忙。緑繡珥貂留帝詔，紫衣鋪案拜宸香。卷如驟雨收聲急，筆似飛泉落勢長。十五年前出門下，最榮今日預東堂。

懷古類

武侯廟古柏

李商隱

蜀相堦前柏，龍蛇捧閟宫。陰成外江畔，老向惠陵東。大樹思馮異，《甘棠》憶召公。葉凋湘燕雨，枝折海雞風。玉壘經綸遠，金刀曆數終。誰將《出師表》，一爲問昭融。

長安道中悵然作三首

宋景文

其三

城闕今安在，關河昔所憑。種祠秦故畤，坏土漢諸陵。苑樹圓排薺，樓雲淡引繒。南山不改色，千古恨相仍。

淮陰

梅聖俞

青環瘦鐵纜，繫在淮陰城。水脛多長短，林枝有直横。山夔一足走，妖鳥九頭鳴。韓信祠堂古，誰將跨下平。

塗山

古傳神禹跡，今向舊山阿。莫問辛壬娶，從來甲子多。夜淮低激射，朝嶺上嵯峨。荒廟立泥骨，巘頭風雨過。

西塞山懷古

劉禹錫

西晋樓船下益州，金陵王氣漠然收。千尋鐵鎖沉江底，一片降幡出石頭。人世幾回傷往事，山形依舊枕寒流。今逢四海爲家日，故壘蕭蕭蘆荻秋。

隋宫

李商隱

紫泉宫殿鎖煙霞，欲取蕪城作帝家。玉璽不緣歸日角，錦帆應是到天涯。於今腐草無螢火，終古垂楊有暮鴉。地下若逢陳後主，豈宜重問《後庭花》。

馬嵬

海外徒聞更九州，他生未卜此生休。空聞虎旅鳴宵柝，無復雞人報曉籌。此日六軍同駐馬，當時七夕笑牽牛。如何四紀爲天子，不及盧家有莫愁。

凌歊臺　許渾

宋祖凌歊樂未回，三千歌舞宿層臺。湘潭雲盡暮山出，巴蜀雪消春水來。行殿有基荒薺合，寢園無主野棠開。百年便作萬年計，巖畔古碑生緑苔。

咸陽城東樓

一上高城萬里愁，蒹葭楊柳似汀洲。溪雲初起日沉閣，山雨欲來風滿樓。鳥下緑蕪秦苑夕，蟬鳴黄葉漢宫秋。行人莫問當年事，故國東來渭水流。

題潤州妙善寺前石羊　羅隱

紫髯桑蓋此沉吟，狠石猶存事可尋。漢鼎未安聊把手，楚醪雖滿肯同心。英雄已往時難問，苔蘚何知日漸深。還有市廛沽酒客，雀喧鳩聚話蹄涔。

南朝　劉子儀

華林酒滿勸長星，青漆樓高未稱情。麝壁燈迴偏照畫，雀舫波漲欲浮城。鐘聲但恐嚴粧晚，衣帶那知敵國輕。千古風流佳麗地，盡供哀思與蘭成。

和張民朝謁建隆寺二次用寫望試筆韻　梅聖俞

荒臺殘壘舊名邦，曾説王師此受降。西漢衣冠拜原廟，五天龍象護經窗。蜀岡井味人猶品，隋帝宮基闕尚雙。自古興亡不須問，風鈴閑聽響幡幢。

金陵懷古四首　王半山

其　一

霸祖孤身取二江，子孫多以百城降。豪華盡出成功後，逸樂安知與禍雙。東府舊基留佛刹，《後庭》遺唱落船牕。《黍離》《麥秀》從來事，且費興亡共酒缸。

其　三

地勢東回萬里江，雲間天闕古來雙。兵纏四海英雄得，聖出中原次第降。山水寂寥埋旺氣，風煙蕭颯滿僧牕。廢陵敗冢空冠劍，誰復沾纓酹一缸。

登懸瓠城感吴季子　王岐公

將軍戈甲從天下，丞相旌旗匝地來。堪笑怒螳猶强臂，不知蟄户欲驚雷。咄嗟武相深寃洗，指顧山東逆境開。吏部聲名千古在，斷碑何處卧蒼苔？

登海州樓

城外滄溟日夜流，城南山直對城樓。溪田雨足禾先熟，海樹風高葉易秋。踈傅里閭詢故老，秦皇車甲想東游。客心不待傷千里，檻外風煙盡是愁。

過鄴中　劉屏山

逐鹿營營一夢驚，事隨流水去無聲。黄沙日傍荒臺落，緑樹人穿廢苑行。遺恨分香憐晚節，勝游飛蓋想高情。我來不暇論興廢，一點西山入眼明。

風土類

早發始興江口至虚氏村作　宋之問

候曉踰閩障，乘春望越臺。宿雲鵬際落，殘月蚌中開。薜荔摇青氣，桄榔翳碧苔。桂香多露裛，石響細泉迴。抱葉玄蟬嘯，銜花翡翠來。南中雖可悦，北思日悠哉。鬒髮俄成素，丹心已作灰。何當首歸躅，行剪故山萊。

送梓州李使君

王右丞

萬壑樹參天，千山響杜鵑。山中一夜雨，樹杪百重泉。漢女輸賨布，巴人訟芋田。文翁翻教授，不敢倚先賢。

秦　州

杜工部

傳道東柯谷，深藏數十家。對門藤蓋瓦，映竹水穿沙。瘦地翻宜粟，陽坡可種瓜。船人近相報，但恐失桃花。

送鄭尚書赴南海

韓退之

番禺軍府盛，欲説暫停盃。蓋海旗幢出，連天觀閣開。衙時龍户集，上日馬人來。風静鶢鶋去，官廉蚌蛤迴。貨通師子國，樂奏武王臺。事事皆殊異，無嫌屈大才。

送人入蜀

李　遠

蜀客本多愁，今君是勝遊。碧藏雲外樹，紅露驛邊樓。杜宇呼名語，巴江學字流。不知煙雨外，何處夢刀州。

送僧遊南海　李　洞

春往海南邊，秋聞半夜蟬。鯨吞洗鉢水，犀觸點燈船。島嶼分諸國，星河共一天。長安却回日，松偃舊房前。

南　中　王　建

天南多鳥聲，州縣半蕪城。野市依蠻姓，山村逐水名。瘴煙沙上起，煙火雨中生。獨有求珠客，年年入海行。

送人尉黔中　周　繇

盤山行幾驛，水路復通巴。峽漲三川雪，園開四季花。公庭飛白鳥，官俸請丹砂。知尉黔人後，高吟採物華。

宣州二首　梅聖俞

其　二

斫漆高崕畔，千筒不一盈。野糧收橡子，山屋照松明。只見樹堪種，曾無田可耕。子孫何所樂，向此是平生。

送任適尉烏程

俛作程鄉尉，折腰還自甘。卞峰晴照黛，霅水曉澄藍。葑上春田闢，蘆中走吏參。到時蘋葉長，柳惲在江南。

餘姚陳寺丞

試邑來勾越，風煙復上游。江潮自迎客，山月亦隨舟。海貨通閭市，魚歌入縣樓。絃琴無外事，坐見浦帆收。

送晁質夫太丞知深州

蕪蔞問古亭，春入饒陽城。豆粥君王遠，壺漿刺史迎。地涼宜牧馬，塞近慣調兵。爲寄井泉石，老來思目明。

送劉攽秘校赴婺源

雲木蔥蘢處，雞鳴古縣城。山高地多險，源近水偏清。斫漆資商貨，栽茶雜賦征。案頭龍尾硯，切莫苦求精。

送洪秘丞知大寧監

三峽蠻溪上，千山楚俗兼。婦人樵入市，官井貨專鹽。魑魅或爲患，獮猴常可嫌。君能厚風化，男子使腰鐮。

送鮮于秘丞通判黔州

壺頭山下俗，巴婦曲中聽。汲井熬鹽白，燒田種穀青。巖風來虎嘯，江雨過龍腥。事簡能談者，揚雄所草經。

魯山山行

適與野情愜，千山高復低。好峰隨處改，幽徑獨行迷。霜落熊升樹，林空鹿飲溪。人家在何許，雲外一聲雞。

送番禺杜杼主簿

行識桄榔樹，初窺翡翠巢。地蒸蠻雨接，山闊海雲交。訟少通華語，蟲多入膳庖。不須思朔望，梅吐臘前梢。

公安縣　　陶　殿

門沿大堤入，路趁淺沙行。樹短天根起，山窮地勢傾。孤舟難泊岸，遠水欲沉城。半夜求津濟，煙中荻火明。

送舅氏野夫萃之宣州二首　　黄山谷

其　一

籍甚宣城郡，風流數貢毛。霜林收鴨脚，春網薦琴高。共理須良守，今年輟省曹。平生割雞手，聊試發硎刀。

寄潭州張芸叟　　陳後山

湖嶺一都會，西南更上遊。秋盤堆鴨脚，春味薦猫頭。宣室思來暮，蒸池得借留。熟知爲郡樂，莫作越鄉憂。

頃歲從戎南鄭屢往來興鳳間暇日追憶舊遊有賦　陸放翁

昔戍蠶叢北，頻行鳳集南。烽傳戎壘密，驛送客程貪。春盡花猶折，雲低雨半含。種畬多菽粟，藝木雜松楠。婦汲惟陶器，民居半草庵。風煙迷棧閣，雷霆去聲起湫潭。城郭秦風近，村墟蜀語參。快心逢曠野，刮目望浮嵐。考古興時感，無詩每自慚。嘉陵最堪憶，迎馬柳毿毿。

蓋少府新除江南尉問風俗　郎士元

聞君作尉向江潭，吴越風煙到自諳。客路尋常隨竹影，人家大抵傍山嵐。緣溪花木偏宜遠，避地衣冠盡向南。唯有夜猿啼海樹，思鄉望國意難堪。

自江陵沿流道中　劉夢得

三千三百西江水，自古如今要路津。月夜歌謡有漁父，風天氣色屬商人。沙村好處多逢寺，山葉紅時覺勝春。行到南朝争戰地，古來名將盡爲神。

赴蘇州别樂天

吴郡魚書下紫宸，長安厩吏送朱輪。二南風化承遺愛，八詠聲名躡後塵。梁氏夫妻爲寄客，陸家兄弟是州民。江城春日追遊處，共憶東都舊主人。

登柳州城樓寄漳汀封連四州

柳子厚

城上高樓接大荒，海天愁思正茫茫。驚風亂颭芙蓉水，密雨斜侵薜荔牆。嶺樹重遮千里目，江流曲似九回腸。共來百越文身地，猶自音書滯一鄉。

嶺南江行

瘴江南去入雲煙，望盡黄茅是海邊。山腹雨晴添象跡，潭心日暖長蛟涎。射工巧伺遊人影，颶母偏驚旅客船。從此憂來非一事，豈容華髮待流年。

重誇州宅旦暮景色

元微之

仙都難畫亦難書，暫合登臨不合居。繞郭煙嵐新雨後，滿山樓閣上燈初。人聲曉動千門闢，湖色宵涵萬象虚。爲問西州羅刹岸，濤頭衝突近何如？

郡中有懷寄上睦州員外十三兄

邢群

城枕溪流淺更斜，麗譙連帶邑人家。經冬野菜青青色，未臘山梅樹樹花。雖免瘴雲生嶺上，永無京信到天涯。如今歲晏從羈滯，心喜彈冠事不賒。

洛陽長句　杜牧之

草色人心相與閑，是非名利有無間。橋横落照虹堪畫，樹鎖千門鳥自還。芝蓋不來雲杳杳，仙舟何處水潺潺？君王謙讓泥金事，蒼翠空高萬歲山。

題宣州開元寺小閣

六朝文物草連空，天澹雲閑今古同。鳥去鳥來山色裏，人歌人哭水聲中。深秋簾幙千家雨，落日樓臺一笛風。惆悵無因見范蠡，參差煙樹五湖東。

夷陵歲暮書事呈元珍表臣　歐陽永叔

蕭條雞犬亂山中，時節崢嶸歲已窮。游女髻鬟風俗古，野巫歌舞歲年豐。平時都邑今爲陋，敵國江山昔最雄。荆楚先賢多勝迹，不辭携酒問鄰翁。

戲答元珍

春風疑不到天涯，二月山城未見花。殘雪壓枝猶有橘，凍雷驚筍欲抽芽。夜聞歸雁生鄉思，病入新年感物華。曾是洛陽花下客，野芳雖晚不須嗟。

人鮓甕　　范石湖

懷沙祠下鐵色磯，中流束湍張禍機。與齊俱入彼可弔，乘流而行吾亦危。江河難犯一至此，天地好生安取斯。朝歌勝母古尚諱，我其舞醢航秭歸。

杭州喜江南梅度支至二詩　　陳文惠

其二

公望當年最得君，畫圖城郭喜同群。門前碧浪家家海，樓上青山寺寺雲。松下玉琴邀鶴聽，溪邊臺石共僧分。情多景好知難盡，且倒金樽任半醺。

守嚴述懷　　陸放翁

桐君故隱兩經秋，小院孤燈夜夜愁。名酒過於求趙璧，異書渾似借荆州。溪山勝處身難到，風月佳時事不休。安得連雲車載釀，金鞭重作浣花游。

昇平類

禁林春直　李文公

踈簾摇曳日輝輝，直閣深嚴半掩扉。一院有花春晝永，八方無事詔書稀。樹頭百囀鶯鶯語，梁上新來燕燕飛。豈合此身居此地，妨賢尸禄自知非。

上吕相公　劉禹謨

重名清望遍華夷，恐是神仙不可知。一舉首登龍虎榜，十年身到鳳凰池。廟堂只似無言者，門館長如未貴時。除却洛京居守外，聖朝賢相復書誰？

賞花釣魚御製　昭陵仁宗

晴旭輝輝苑籞開，氤氲花氣好風來。游絲罥絮縈行仗，墮蕊飄香入酒盃。魚躍文波時潑刺，鶯留深樹久徘徊。青春朝野方無事，故許游觀近侍陪。

和前韻　　鄭毅夫

輦路鮮雲五色開，一聲清蹕下天來。水光翠繞九重殿，花氣濃薰萬壽杯。繡幕煙深紅會合，文竿風引緑徘徊。蓬山絶頂無人到，詔許群仙盡日陪。

送程公闢給事出守會稽兼集賢殿修撰

越州太守何瀟灑，應爲能吟住集仙。雪急紫濛催玉勒公奉使方歸，紫濛，虜中館名也，日長青瑣聽薰絃。一時冠蓋傾離席，半醉珠璣落彩箋。自恨君恩渾未報，五湖終負釣魚船。

寄程公闢

念昔都門手一携，春禽幾向苧蘿啼。夢回金殿風光別，吟到銀河月影低。舞急錦腰迎十八，酒酣金盞照東西。何時得遂扁舟去，雪棹同君泛剡溪。

瓊林苑賜宴餞留守太尉輒繼高韻呈

名德曾來重四夷，朝廷今日見官儀。陪祠自冠三公位，分陝猶爲百辟師。金谷望塵多眷舊，瓊林賜餞盡巫疑。都人喜見旆旌美，寧識動名在鼎彝？

謁曾魯公　　王介甫

翊戴三朝冕有蟬，歸榮今作地行仙。且開京洛蕭何第，未泛江湖范蠡船。老景已憐周吕尚，慶門方似漢韋賢。一觴豈足爲公壽，願賦長鯨吸百川。

和賞花釣魚

蔭幄晴雲拂曉開，傳呼仙仗九天來。披香殿上留朱輦，太液池邊送玉盃。宿蕊暖含風浩蕩，戲鱗清映日徘徊。宸章獨與春争麗，恩許賡歌豈易陪。

寓　意　　晏元獻

油壁香車不再逢，峽雲無迹任西東。梨花院落溶溶月，柳絮池塘淡淡風。幾日寂寥中酒後，一番蕭索禁煙中。魚書欲寄何由達？水遠山長處處同。

賀車駕幸秘書省二首　　吕東萊

其　一

麟臺高柳識琱輿，共記中興幸省初。黄道再傳天子蹕，青編重入史臣書。需雲下際君恩盛，晨露高張樂節舒。若寫鴻猷參大雅，定非周鼓頌畋漁。

其　二

紫清丹極與天鄰，閶闔乾坤繫笑顰。獨爲斯文回一顧，坐令吾道重千鈞。先王舊物參差見，列聖明謨次第陳。墨客區區感榮遇，豈知深意在彝倫。

入城至郡圃及諸家園亭遊人甚盛

陸放翁

老子何曾慣市塵，今朝也復入城闉。太平有象人人醉，造物無私處處春。九陌鶯花娱望眼，一竿風月屬閑身。不緣興盡回橈早，要就湖波照角巾。

西村暮歸

天氣清和修禊後，土風淳古結繩前。村村陂足分秧水，户户門通入郭船。亭帳盜消常息鼓，坊場酒賤不論錢。行人争看山翁醉，頭枕槐根卧道邊。

宦情類

初至犍爲作　岑參

山色軒楹内，灘聲枕席間。草生公府静，花落訟庭閑。雲雨連三峽，風塵接百蠻。到來能幾日，不覺鬢毛斑。

題元録事開元所居　劉長卿

幽居蘿薜情，高卧紀綱行。鳥散秋鷹下，人閑春草生。冒嵐歸野寺，收印出山城。今日新安郡，因君水更清。

罷郡姑蘇北歸渡楊子津　劉賓客

幾度悲南國，今朝賦北征。歸心渡江勇，病體得秋輕。海闊石門小，城高粉堞明。奎山舊遊寺，過岸聽鐘聲。

和裴僕射移官言志

張司業

身在勤勞地，常思放曠時。功成歸聖主，位重委群司。看疊臺邊石，閑吟篋内詩。蒼生正瞻望，難與故人期。

晚歲

白樂天

壯歲忽已去，浮雲何足論。身爲百口長，官是一州尊。不覺白雙鬢，徒言朱兩轓。病難施郡政，老未答君恩。歲暮别京洛，年衰無子孫。惹愁諳世網，因苦賴空門。攬帶知腰瘦，看燈覺眼昏。不緣衣食繫，尋合返丘園。

自詠

公私頗多事，衰憊殊少歡。迎送賓客懶，鞭笞黎庶難。老耳倦聲樂，病口厭杯盤。既無可戀者，何以不休官？

七年春題府廳

潦倒守三川，因循涉四年。推誠廢鈎距，示耻用蒲鞭。以此補公事，將何銷俸錢。雖非好官職，歲久亦妨賢。

武功縣中　姚合

其四

一日看除日，終年損道心。山宜衝雪上，詩好帶風吟。野客嫌知印，家人笑買琴。只應隨分過，已是錯彌深。

其九

假日多無事，誰知我獨忙。移山入院宅，種竹上城牆。驚蝶遺花蕊，游蜂帶蜜香。惟愁明早出，滯坐吏人傍。

其十一

朝朝門不閉，長似在山時。賓客抽書讀，兒童斫竹騎。久貧還易老，多病懶能醫。道友應相怪，休官日已遲。

縣丞廳即事　王建

宮殿半山上，人家高下居。古廳眠受魘，老吏語多虚。雨水洗荒竹，溪沙填廢渠。聖朝收外府，皆自九天除。

除棣學

陳後山

老作諸侯客，貧爲一飽謀。折腰真耐辱，捧檄敢輕投。早作千年調，中懷萬斛愁。暮年隨手盡，心事計盟鷗。

寄李儋元錫

韋蘇州

去年花裏逢君別，今日花開又一年。世事茫茫難自料，春愁黯黯獨成眠。身多疾病思田里，邑有流亡愧俸錢。聞道欲來相問信，西樓望月幾回圓。

書懷

張籍

自小難收疎懶性，人間萬事總無功。別從仙客求方法，曾到僧家問若空。老大登朝如夢裏，貧窮作活似村中。未能即便休官去，慚愧南山採藥翁。

解蘇州自喜

白樂天

自喜天教我少緣，家徒行計兩翩翩。身兼妻子都三口，鶴與琴書共一船。僮僕減來無冗食，資糧算外有餘錢。携收貯作丘中費，猶免饑寒待幾年。

從同州刺史改受太子分司

承華東署三分務，履道西馳七過春。歌飲優游聊卒歲，園林瀟灑可終身。留侯爵秩誠虚貴，疏受生涯未苦貧。月俸百千官二品，朝廷雇我作閑人。

和高僕射罷節度讓尚書授太保分司喜遂遊山水之作

暫辭八座罷雙旌，更作登山臨水行。能以忠貞酬重任，不將富貴礙高情。朱門出去簪纓從，絳帳歸來歌吹迎。鞍馬鬧裝光滿路，何人信道是書生。

贈秋浦張明甫

杜荀鶴

君爲秋浦三年宰，萬慮關心兩鬢知。人事旋生當路縣，吏才難展用兵時。農夫背上題軍號，賈客船頭插戰旗。他日親知問官況，但教吟取杜家詩。

書懷簡孫何丁謂

王元之

三入承明已七年，自慚蹤跡久妨賢。吾子幾時歸鳳閣，老夫方欲買魚船。季路旨甘知已矣，潘安毛鬢更皤然。舉人自代何由得，歸去東皋種水田。

擬杜子美峽中意

宋景文

天入虚樓倚百層，四方遥謝此登臨。驚風借壑爲寒籟，落日容雲作暝陰。峴井北抛王粲宅，楚衣南逐女嬃砧。十年不識長安道，九籥宸開紫氣深。

罷學士出守還拜承旨

十八年前玷玉堂，當時緑鬢□蒼蒼。傷禽縱奮愁瘡重，厩馬雖還笑齒長。薰罷山爐飄暗燼，潄餘銅椀冰寒漿。須慚清切鑾坡地，不是吾人得擅場。

和即事

張宛丘

溪如垣塹木如城，魚鳥從游信有情。啅雀踏枝飛尚裊，仰荷乘雨側還傾。彈琴廢久重尋譜，種藥多求旋記名。干世久知無妙策，直應歸學老農耕。

上章納禄恩畀外祠遂以五月東歸　　陸放翁

其　三

群玉峰頭孤夢斷，五雲溪上野舟回。傍人鷗鳥自然熟，到處藕花無數開。麥飯不饜猶面槁，柴門閑閉自心灰。雨來正作盆池地，不怕冥冥半月梅。

其　五

此身唯有一躬耕，乞得餘年樂太平。東觀並游驚昨夢，西湖重到付來生。一堤草露明晨照，半浦荷香颭晚晴。歷歷歸途皆勝事，江亭先聽櫂歌聲。

明發南屏　　楊誠齋

新晴在在野花香，過雨迢迢沙路長。兩度立朝今結局，一生行客老還鄉。猶嫌數騎傳書札，剩喜千山入肺腸。到得江頭上船□，莫將白髮照滄浪。

次韻傅惟肖　　蕭千巖

竹根蟋蟀太多事，唤得秋來籬落間。又過暑天如許久，未償詩債若爲顔。肝腸與世苦相反，巉嶜嗔人不早還。八月放船飛樣去，蘆花叢外數青山。

中旬休日呈巖老　鞏仲玉

近見東郊出土牛，燒燈已過又旬休。酸風鱗面慵開眼，細雨毛空怯上樓。百歲光陰真蟻穴，一年寒燠未鴻溝。偷閑文字聊遮眼，勳業悠悠且掉頭。

風懷類

次韻張公遠二首　張宛丘

其二

平淡春雲捧額浮，秋光劍戟近人流。無腸可斷方爲恨，有藥能治不是愁。可待挑琴知有術，未曾驅豆更無謀。遥知添得春牕夢，猶在樽前燭下羞。

偶見　韓偓

千金莫惜早憐生，一笑從教下蔡傾。仙樹有花難問種，御香聞氣不知名。愁來自覺歌喉咽，瘦去誰憐舞掌輕？小疊紅箋書恨字，與奴方便送卿卿。

倚醉

倚醉無端尋舊約，却憐惆悵轉難勝。静中樓閣春深雨，遠處簾櫳夜半燈。抱柱立時風細細，遶廊行處思騰騰。分明牕下聞裁剪，敲遍闌干喚不譍。

楚宫

月姊曾逢下彩蟾，傾城消息隔重簾。已聞珮響知腰細，更辨絃聲覺指纖。暮雨自歸山峭峭，秋河不動夜厭厭。王昌且在牆東住，未必金堂得免嫌。

宴集類

宴散

白樂天

小宴追涼散，平橋步月迴。笙歌歸院落，燈火下樓臺。殘暑蟬催盡，新秋雁帶來。將何迎睡興，臨卧舉殘盃。

宴周皓大夫光福宅

何處風光最可憐？妓堂階下砌臺前。軒車擁路光照地，絲管入門聲沸天。綠蕙不香饒桂酒，紅櫻無色讓花鈿。野人不敢求他事，惟借泉聲伴醉眠。

同周楚望飲花園

張宛丘

杖藜携手踏青苔，瀟灑池亭爲客開。柳色漸輕秋雨暗，荷香時爲好風來。斜陽似欲粧詩句，新月邀將入酒盃。身世已甘長寂寞，忘形賴有子徘徊。

春宴行樂家園

宋景文

園菂初乾小雨泥，飲壺游屐況親携。身輕早蝶千回舞，技癢新禽百種啼。乘飲草茵侵坐軟，畏風桃綬向林低。陽暉自有留人意，銜照高樓未遽西。

上巳訪楊廷秀賞牡丹於御書扁榜之齋其東圃僅一畝爲街者九名曰三三徑

周益公

楊監全勝賀監家，賜湖豈比賜書華。回環自斸三三徑，頃刻常開七七花。門外有田聊伏臘，望中無處不煙霞。却慚下手非摩詰，無畫無詩只謾誇。

老壽類

胡吉鄭劉盧張六賢皆多作詩予亦次焉偶於敝舍合成尚齒之會九老相顧既醉且懽静而思之此會世所稀有因成七言六韻詩以記之傳好事者

白樂天

七人五百七十歲，拖紫紆朱垂白鬚。囊裏無金莫嗟嘆，樽中有酒且歡娱。詩吟兩句神還壯，酒飲三盃氣且麤。嵬峨狂歌教婢拍，婆娑醉舞遣孫扶。天年高邁二踈傅，人數多於《四皓圖》。除却三山五天竺，人間此會更應無。

睢陽五老圖

杜祁公

五人四百有餘歲，俱稱分曹與掛冠。天地至仁難補報，林泉幽致許盤桓。花朝月夕隨時樂，雪鬢霜髯滿座寒。若也睢陽爲故事，何妨列向畫圖看。

借觀五老圖次韻

歐陽永叔

脱遺軒冕就安閒，笑傲丘園縱倒冠。白髮憂民雖種種，丹心許國尚桓桓。鴻冥得路高難慕，松老無風韻自寒。聞説優游多倡和，新篇何惜盡傳看。

耆英會

文潞公

九老舊賢形繪事，元豐今勝會昌春。垂肩素髮皆時彦，揮麈清談盡席珍。染翰不停詩思健，飛觴無算酒行頻。蘭亭雅集誇修禊，洛社英游賞序賓。自愧空疎陪几杖，更容款密奉簪紳。當筵尚齒尤多幸，十二人中第二人。

春日類

奉和聖制春日剪綵花勝應制

宋之問

金閣裝仙杏，瓊筵弄綺梅。人間都未識，天上忽先開。蝶繞香絲住，蜂憐豔粉回。今年春色早，應爲剪刀催。

次北固山下　王灣

客路青山外，行舟緑水前。潮平兩岸闊，風正一帆懸。海日生殘夜，江春入舊年。鄉書何處達？歸雁洛陽邊。

晚春嚴少尹諸公見過　王右丞

松菊荒三徑，圖書共五車。烹葵邀上客，看竹到貧家。雀乳先春早，鶯啼過落花。自憐黄髮暮，一倍惜年華。

奉酬李都督表丈早春作　杜工部

力疾坐清曉，采詩悲早春。轉添愁伴客，更覺老隨人。紅入桃花嫩，青歸柳葉新。望鄉應未已，四海尚風塵。

春山月夜　于良史

春山多勝事，賞翫夜忘歸。掬水月在手，弄花香滿衣。興來無遠近，欲去惜芳菲。南望鳴鐘處，樓臺深翠微。

春日客舍晴原野望　　陳　羽

東風吹暖氣，消散入晴天。漸變池塘色，欲生楊柳煙。蒙茸花向月，潦倒客經年。鄉思盈愁望，江湖春水連。

酬劉員外見寄　　嚴　維

蘇耽佐郡時，近出白雲司。藥補清羸疾，牕吟絶妙詞。柳塘春水漫，花塢夕陽遲。欲識懷君意，朝朝問檝師。

春日野望　　李　中

野外登臨望，蒼蒼烟景昏。暖風醫病草，甘雨洗荒村。雲散天邊影，潮回島上痕。故人不可見，倚杖役吟魂。

履道春居　　白樂天

微雨灑園林，新晴好一尋。低風洗池面，斜日拆花心。暝助嵐陰重，春添水色深。不如陶省事，猶抱有絃琴。

和春深

其　一

何處春深好？春深富貴家。馬爲中路鳥，妓作後庭花。羅綺驅論隊，金銀用斷車。眼前何所苦，惟苦日西斜。

原上新春　　王　建

其　二

住處去山近，傍園麋鹿行。野桑穿井長，荒竹過牆生。新識鄰里面，未諳村舍情。石田無力及，賤賃與人耕。

春日述懷　　魏仲先

春暖出茅亭，携筇傍水行。易諳馴鹿性，難辨鬭雞情。妻喜栽花活，兒誇鬭草赢。翻嫌我慵拙，不解强謀生。

春日登樓懷歸

寇萊公

高樓聊引望，杳杳一川平。野水無人渡，孤舟盡日横。荒村生斷靄，古寺語流鶯。舊業遥清渭，沉思忽自驚。

半山春晚即事

王半山

春風取花去，酬我以清陰。翳翳陂塘静，交交園屋深。牀敷每小息，杖屨或幽尋。惟有北山鳥，經過遺好音。

即事

徑暖草如積，山晴花更繁。縱横一川水，高下數家村。静憩鷄鳴午，荒尋犬吠昏。歸來向人説，疑是武陵源。

欲歸

水漾青天暖，沙吹白日陰。塞垣春錯寞，行路老侵尋。緑稍還幽草，紅應動故林。留連一杯酒，滿眼欲歸心。

春日

冉冉春行暮，菲菲物競華。鶯猶求舊友，燕不背貧家。室有賢人酒，門無長者車。醉眠聊自適，歸夢到天涯。

暮春遊柯市人家　張宛丘

桃李雖云過，林塘老景濃。幽花冠曉露，高柳旆和風。草木家家秀，溝塍處處通。況聞時雨足，高枕待年豐。

和仲良春晚即事　楊誠齋

貧難聘歡伯，病敢跨連錢。夢豈花邊到，春俄雨裏遷。一犁關五秉，百箔候三眠。只有書生拙，窮年墾紙田。

暮春二首　陸放翁

其二

緑葉枝頭密，青蕪陌上深。江山妨極目，天地入孤吟。身已雙蓬鬢，家惟一素琴。世情君莫説，頭痛欲岑岑。

小舟游西涇渡西江而歸

小雨重三後，餘寒百五前。聊垂瓜蔓水，閑泛木蘭船。雪暗梨千樹，烟迷柳一川。西岡夕陽路，不到又經年。

曲江二首

杜工部

其 一

一片花飛減却春，花飄萬點更愁人。且看欲盡花經眼，莫厭傷多酒入脣。江上小堂巢翡翠，苑邊高冢卧麒麟。細推物理須行樂，何用浮名絆此身？

其 二

朝迴日日典春衣，每向江頭盡醉歸。酒債尋常行處有，人生七十古來稀。穿花蛺蝶深深見，點水蜻蜓款款飛。傳語風光共流轉，暫時相賞莫相違。

曲江陪鄭八丈南史飲

雀啄江頭黄柳花，鵁鶄鸂鶒滿晴沙。自知白髮非春事，且盡芳樽戀物華。近侍只今難浪迹，此身那得更無家。丈人才力猶强健，豈傍青門學種瓜？

和程員外春日東郊

包　何

郎官休浣憐遲日，野老歡娱爲有年。幾處折花驚蝶夢，數家留葉待蠶眠。藤垂宛地縈珠履，泉迸侵堦浸緑錢。直到閉關朝謁去，鶯聲不語柳含烟。

和牛相公春日閑望

劉夢得

官曹崇重難頻入，第宅清幽且獨行。階蟻相逢如偶語，園蜂速去恐違程。人於紅蕊偏憐色，鶯到垂楊不惜聲。東洛池臺怨抛擲，移文非久會應成。

春日長安即事

崔　魯

一百五日又欲來，梨花梅花參差開。行人自笑不歸去，瘦馬獨吟真可哀。杏酪漸香鄰舍粥，榆煙將變舊爐灰。畫樓春暖清歌夜，肯信愁腸日九迴？

賞　春

姚　合

閑人秖是愛春光，迎得春來喜欲狂。買酒恐遲令走馬，看花嫌遠自移床。嬌鶯語足方離樹，戲蝶飛高始過牆。顛倒醉眠三四日，人間萬事不思量。

殘春旅舍

韓致光

旅舍殘春宿雨晴，恍然心地憶咸京。樹頭蜂抱花鬚落，池面魚吹柳絮行。禪伏詩魔歸静域，酒衝愁陣出奇兵。兩梁免被塵埃污，拂拭朝簪待眼明。

假　寐

王平甫

計較平生分閉關，偶然容得近人寰。春風池沼魚兒戲，暮雨樓臺燕子閑。假寐塵侵黄卷上，行吟花墮緑苔間。了無一事撩方寸，自是頹齡合鬢班。

春　陰

似雨非晴意思深，宿酲牽率卧春陰。苦憐燕子寒相並，生怕梨花晚不禁。薄薄簾帷欺欲透，遥遥歌筦壓來沉。北園南陌狂無數，衹有芳菲會此心。

西湖春日

争得才如杜牧之，試來湖上輒題詩。春煙寺院敲茶鼓，夕照樓臺卓酒旗。濃吐雜芳薰巘崿，濕飛雙翠破漣漪。人間幸有簑兼笠，且上漁舟作釣師。

春日遣興　張宛丘

流光向老惜芳菲，搔首悲歌心事違。緑野染成延晝永，亂紅吹盡放春歸。荆榛廢苑人閑牧，風雨空城烏夜飛。斷送一番桃李盡，可憐桑柘有光輝。

次韻黿無斁　陳後山

城郭朝陽散積陰，郊原注目日青深。年衰鷗鷺今如是，夢斷邯鄲何處尋？語鵲飛烏春悄悄，重簾深院晚沉沉。不辭杖屨衝泥雪，未有瓊琚報好音。

春日郊外　唐子西

城中未省有春光，城外榆槐已半黄。山好更宜餘積雪，水生看欲到垂楊。鶯邊日暖如人語，草際風光作藥香。疑此江頭有佳句，爲君尋取却茫茫。

春　近　陸放翁

短褐枯筇老病身，龍鍾也復喜新春。已知不解多年住，且作都無一事人。簷角鳥聲呼醉夢，室中花氣襲衣巾。朝來更有欣然處，一筯山蔬勝八珍。

病足累日不出庵門折花自娱

頻報園花照眼明，蹣跚正廢下堂行。擁衾又聽五更雨，屈指元無三日晴。不奈病何抛酒醆，粗知春在賴鶯聲。一枝自浸銅瓶水，喜與年光未隔生。

春日小園雜賦

久矣雲霄鎩羽翰，小園聊得賦《春寒》。風生鴨緑文如織，露染猩紅色未乾。不向山丘歎零落，且從兒女話團欒。人言麥信春來好，湯餅今年慮已寬。

枕上作

龍鍾七十豈前期，矮帽枯筇與老宜。愁得酒卮如敵國，病須書卷作良醫。登山筋力雖尤健，閉户工夫頗自奇。今日快晴春睡足，卧聽簷鳥語多時。

甲子立春前二日

頭風初愈喜身輕，書卷時開覺眼明。養熟犬雞隨坐起，性靈烏鵲報陰晴。韭菘飣餖春盤好，芝术篋和臘藥成。自笑衰殘殺風景，燈前不擬入重城。

暖甚去綿衣

趙昌父

誰道江南春有寒？未經社日衣能單。桑麻過雨日夜長，桃李因風高下殘。舊説中州政如此，了知瘴氣不能干。天公似憫斯民病，故體淳熙詔令寬。

早立寺門作

趙章泉

春天陰晴無定姿，陰雲未卷晴風吹。青山表見花顔色，緑水增添鷺羽儀。郭外不知誰是主，眼中今見我題詩。人生何物非郵傳，敢謂吾廬不在兹。

出　郭

踈籬樹樹李花雪，野寺條條楊柳絲。春風收雨雨收後，白日變晴晴變時。有餘不足無盡景，截長補短何限詩。煙霞痼疾句成僻，老矣折肱真得醫。

晚　春

韓仲止

幽砌踈畦送晚春，水流山静見閑身。行人散去風光好，熟睡醒來雨氣新。木筆豈非濃意態，石楠終是淡精神。鶯聲圓處鵑聲急，景物要之不負人。

夏日類

陪諸貴公子丈八溝攜妓納涼晚際遇雨二首

杜 甫

其 一

落日放船好，輕風生浪遲。竹深留客處，荷净納涼時。公子調冰水，佳人雪藕絲。片雲頭上黑，應是雨催詩。

陪鄭廣文游何將軍山林

剩水滄江破，殘山碣石開。緑垂風折筍，紅綻雨肥梅。銀甲彈箏用，金魚換酒來。興移無灑掃，隨意坐莓苔。

夏日即事

裴 説

僻居門巷静，竟日坐堦墀。鵲喜雖傳信，蛩吟不見詩。筍抽過舊竹，梅落立閑枝。此際無塵撓，僧來趁所宜。

夏晚　劉得仁

日夕得西風，流光半已空。山色漸凝碧，樹葉即翻紅。學淺慚多士，秋成羨老農。誰憐信公道？不泣路途中。

仲夏齋居偶題八韻寄微之及崔湖洲　白樂天

腥血與葷蔬，停來一月餘。肌膚雖瘦損，方寸任清虛。體適通宵坐，頭慵隔日梳。眼前無俗物，身外即僧居。水榭風來遠，松廊雨過初。褰簾放巢燕，投食施池魚。久別閑游伴，頻勞問疾書。不知胡與越，吏隱興何如？

苦熱

其一

頭痛汗盈巾，連宵復達晨。不堪逢苦熱，猶賴是閑人。朝客應煩倦，農夫更苦辛。始慚當此日，得作自由身。

其　二

何以消煩暑，端居一院中。眼前無長物，牕下有清風。熱散由心静，涼生爲室空。此時身自得，難更與人同。

夏　夜

賈浪仙

原寺偏憐近，開門景物澄。磬通多葉罅，月離片雲稜。寄宿山中鳥，相尋海畔僧。惟愁秋色至，乍可在炎蒸。

夏日即事

陳後山

花絮隨風盡，歡娱過眼空。窮多詩有債，愁極酒無功。家在斜陽下，人歸滿月中。肝腸渾欲破，魂夢更無窮。

五月初作

陸放翁

鄰舍春新麥，家人拾晚蠶。推移逢夏五，賦與歎朝三。遣日須棋局，忘飢賴酒甔。幽居有高致，多取未爲貪。

郊原避暑　葛無懷

有暑猶當避，無憂可得忘。竹踈身共瘦，湖近意先涼。静勝寧須奕，幽期不待觴。還同殘夢樂，炙背負朝陽。

夏日三首　張宛丘

其　一

長夏村墟風日清，簷牙燕雀已生成。蝶衣曬粉花枝午，蛛網添絲屋角晴。落落踈簾邀月影，嘈嘈虚枕納溪聲。久判兩鬢如霜雪，直欲樵漁過此生。

其　二

黄簾緑幕斷飛蠅，午影當軒睡未興。枕穩海魚鎸紫石，扇涼山雪畫青繒。廊陰日轉雕欄樹，坐冷風生玉盌冰。滿案詩書塵蠹甚，故應踈懶過炎蒸。

幽居初夏雨霽　陸放翁

楸花楝花照眼明，幽人浴罷葛衣輕。燕低去地不盈尺，鵲喜傍簷時數聲。對奕軒牕消永晝，曬絲院落喜新晴。忽驚重五無多日，綵縷纏筒吊屈平。

麥熟市米價減鄰里病者亦皆愈欣然有賦

凶年已度麥方秋，學道從來幸寡求。荷插自隨身若寄，漉籬可賣飯何憂。鄰翁瀕死復相見，村市小涼時獨游。不怕歸時又侵夜，新添略彴跨清溝。

五月初夏病體輕偶書

世事紛紛了不知，又逢燕乳麥秋時。經年謝客常因醉，三日無詩自怪衰。乘雨細移西崦藥，留燈重覆北牕棋。但將生死俱拈起，造物從來是小兒。

秋日類

悲　秋

杜工部

涼風動萬里，群盜尚縱横。家遠傳書日，秋來爲客情。愁窺高鳥過，老逐衆人行。始欲投三峽，何由見兩京？

秋　野

其　四

遠岸秋沙白，連山晚照紅。潛鱗輸駭浪，歸翼會高風。砧響家家發，樵聲箇箇同。飛霜任青女，賜被隔南宮。

秋日暑退贈白樂天　劉夢得

暑服宜秋着，清琴入夜彈。人情皆向菊，風意欲摧蘭。歲稔貧心泰，天涼病體安。相逢取次第，却甚少年歡。

早　秋　杜牧之

疎雨洗空曠，秋標驚意新。大暑去酷吏，清風來故人。樽酒酌未酌，晚花嚬不嚬。銖秤與縷雪，誰覺老陳陳？

渭上秋夕閑望　潘逍遥

秋夕滿秦川，登臨渭水邊。殘陽初過雨，何樹不鳴蟬。極浦涵秋月，孤帆没遠煙。漁人空老盡，誰似太公賢？

秋風

王半山

摯斂一何饕，天機亦自勞。牆隈小翻動，屋角盛呼號。漠漠驚沙密，紛紛斷柳高。江湖豈在眼，昨夜夢波濤。

秋晚

滕元秀

槭槭霜風勁，鬖鬖物象彫。屢遷憐蟋蟀，一敗笑芭蕉。林葉疎逾響，山雲薄易消。雖無遠行役，對此亦何聊。

秋夜

杜工部

露下天高秋氣清，空山獨夜旅魂驚。踈燈自照孤帆宿，新月猶懸雙杵鳴。南菊再逢人卧病，北書不至雁無情。步蟾倚杖看牛斗，銀漢遥應接鳳城。

吹笛

吹笛秋山風月清，誰家巧作斷腸聲？風飄律吕相和切，月傍關山幾處明。胡騎中宵堪北走，武陵一曲想南征。故鄉楊柳今摇落，何得愁中却盡生。

七月一日題終明府水樓

其　一

高棟層軒已自涼，秋風此日灑衣裳。儵然欲下陰山雪，不去非無漢署香。絶壁過雲開錦繡，疎松隔水奏笙簧。看君宜著王喬履，真賜還應出尚方。

其　二

宓子彈琴宰邑日，終軍棄繻英妙時。承家節操尚不泯，爲政風流今在兹。可憐賓客盡傾蓋，何處老翁來賦詩？楚江巫峽半雲雨，清簟疎簾看奕棊。

秋日登樓客次懷張覃進士　魏仲先

聞説飄零亦異鄉，登樓吟望益悲涼。當時欲别言難盡，他日相逢語更長。蟬噪水村千萬樹，雁過雲岫兩三行。明朝策蹇還無定，空凭危闌到夕陽。

九日水閣　韓魏公

池館摧隳古榭荒，比延嘉客會重陽。雖慚老圃秋容淡，且看黄花晚節香。酒味已醇新過熟，蟹黄先實不須霜。年來飲興衰難强，謾有高吟力尚狂。

九日破曉携兒姪上前山佇立佳甚

韓仲止

懷玉鏡臺開遠晴，靈溪葛水去無聲。園荒不礙憑高立，徑側何須委曲行？露氣已濃清可掬，日華初出晝難成。閑居九日依辰至，舉俗胡爲亦愛名？

風雨中誦潘邠老詩

滿城風雨近重陽，獨上吴山看大江。老眼昏花忘遠近，壯心軒豁任行藏。從來野色供吟興，是處秋光合斷腸。今古騷人乃如許，暮潮聲捲入蒼茫。

冬日類

歲晚

王半山

月映林塘澹，風含笑雨涼。俯窺憐緑净，小立佇幽香。携幼尋新葯，扶衰上野航。延緣久未已，歲晚惜流光。

舍北摇落景物殊佳偶作五首　陸放翁

其　四

屋角成金字，溪流作縠紋。斜通小橋路，半掩夕陽門。孤艇衝煙過，踈鐘隔塢聞。杜門非獨病，實自厭紛紛。

冬日感興十韻

雨露天昏曀，陂湖地阻深。蔽空鴉作陣，暗路棘成林。有客風埃裏，頻年老病侵。夢魂來二豎，相法欠三壬。舊憤開孤劍，新愁感斷砧。唐衢惟痛哭，莊舄正悲吟。瘦跨秋門馬，寒生夜店衾。但思全舊璧，敢冀訪遺簪。樓上蒼茫眼，燈前破碎心。長謡傾濁酒，慷慨厭層陰。

和翁靈舒冬日書事三首　徐道暉

其　二

秀句出寒餓，從人笑我清。步溪波逐影，吟竹鳥譍聲。酒裏安天運，春邊見物情。耕桑猶罄樂，何事可營生？

戊申歲暮詠懷二首

白樂天

其一

窮冬月末兩三日，半百年過六七時。龍尾趁朝無氣力，牛頭參道有心期。榮華外物終須悟，老病傍人豈得知。猶被妻兒教漸退，莫求致仕且分司。

十二月八日步至西村

陸放翁

臘月風和意已春，時因散策過吾鄰。草煙漠漠柴門裏，牛跡重重野水濱。多病所須惟藥物，差科未動是閑人。今朝佛粥爭相餽，更覺江村節物新。

次韻葉德璋見示

趙昌父

窮冬未省見梅班，故里何由投竹安。歸意寧須卜以決，衰顏不待鏡頻看。交情謝子來今雨，節物娱予後苦寒。獨苦更憐終漫興，不如骫骳得天歡。

晨朝類

曉望　杜工部

白帝更聲盡，陽臺曉色分。高峰寒上日，疊嶺宿霾雲。地坼江帆隱，天清木葉聞。荆扉對麋鹿，應共爾爲群。

將曉二首

其二

軍吏回官燭，舟人自楚歌。寒沙蒙薄霧，落葉去清波。壯惜身名晚，衰慚應接多。歸朝日簪笏，筋力定如何。

商山早行　温飛卿

晨起動征鐸，客行悲故鄉。雞聲茅店月，人迹板橋霜。槲葉落山路，枳花明驛牆。因思杜陵夢，鳧雁滿迴塘。

途中早發

劉賓客

中途望啟明，促促事晨征。寒樹鳥初動，霜橋人未行。水流白烟起，日上彩霞生。隱士應高枕，無人問姓名。

晨起

曉色教不睡，卷簾清氣中。林殘數枝月，髮冷一梳風。並鳥含鍾語，欹河隔霧空。莫疑營白日，道路本無窮。

早發

羅鄴

一點殘燈魯酒醒，已携孤劍事離程。愁看飛雪聞雞唱，獨向長空背雁行。白草近關微有露，濁河連底凍無聲。此中來往本迢遞，况是軀羸客塞城。

新城道中

蘇東坡

東風知我欲山行，吹斷簷間積雨聲。嶺上晴雲披絮帽，樹頭初日掛銅鉦。野桃含笑竹籬短，溪柳自摇沙水清。西崦人家應最樂，煮芹燒笋餉春耕。

西歸舟中懷通泰諸君　吕居仁

一雙一隻路傍堠，乍有乍無天際星。亂葉入船侵破衲，疾風吹水擁枯萍。山林何謝難方駕，詩語曹劉可乞靈。酒盌茶甌俱不厭，爲公醉倒爲公醒。

暮夜類

晚次樂鄉縣　陳子昂

故鄉杳無際，日暮且孤征。川原迷舊國，道路入邊城。野戍荒烟斷，深山古木平。如何此時恨，噭噭夜猿鳴。

向夕　杜工部

畎畝孤城外，江村亂水中。深山催短景，喬木易高風。鶴下雲汀近，雞棲草屋同。琴書散明燭，長夜始堪終。

客　夜

客睡何曾着，秋天不肯明。入簾殘月影，高枕遠江聲。計拙無衣食，途窮仗友生。老妻書數紙，應悉未歸情。

倦　夜

竹涼侵卧内，野月滿庭隅。重露成涓滴，稀星乍有無。暗飛螢自照，水宿鳥相呼。萬事干戈裏，空悲清夜徂。

旅夜書懷

細草微風岸，危檣獨夜舟。星垂平野闊，月湧大江流。名豈文章著，官應老病休。飄飄何所似，天地一沙鷗。

野　望

清秋望不極，迢遞起層陰。遠水兼天净，孤城隱霧深。葉稀風更落，山迥日初沉。獨鶴歸何晚，昏鴉已滿林。

山中寒夜呈許棠

曹　松

山寒草堂暖，寂夜有良朋。讀《易》分高燭，煎茶取折冰。庭垂河半角，窗露月微稜。俱入詩心地，争無俗者情。

湖上晚歸寄詩友

陳後山

功名違此志，戒律負前身。劉德長欺客，王融却笑人。殘年憎受歲，病眼怯逢春。杖屨知何向，知公未厭頻。

晚　泊

清切臨風笛，深明隔水燈。堆場穿鳥雀，暗溜入溝塍。年使扶行老，船催趁渡僧。兹遊恐未已，着句續先曾。

冬　夜

張宛丘

歲晚轉無趣，席門誰駐車？澗泉分當井，山葉掃供厨。謀拙從人笑，身閑讀我書。幸知霜霰晚，時得灌園蔬。

五鼓不得眠起酌一杯復就枕

陸放翁

棲冷雞聲咽，牕深燭焰明。流年容易過，華髮等閑生。濁挹連醅酒，香搓帶葉橙。殘骸付螻蟻，汗簡更須名。

冷泉夜坐

趙師秀

衆境碧沉沉，前峰月正臨。樓鐘晴聽響，池水夜觀深。清净非人世，虚空見佛心。却尋來處宿，風起古松林。

訪端叔提幹

葛無懷

水趁潮頭上，山隨柁尾行。大江中夜滿，雙櫓半空鳴。雁冷來無幾，鷗清睡不成。平生師友地，此夕最關情。

雪　夜

冷蕊通幽信，孤山欠幾遭。盃因寒更滿，句到淡方高。雪滴晴簷雨，松飜夜壑濤。布衾雖似鐵，猶念早趨朝。

閣夜　杜工部

歲暮陰陽催短景，天涯霜雪霽寒宵。五更鼓角聲悲壯，三峽星河影動摇。野哭千家聞戰伐，夷歌幾處起漁樵。卧龍躍馬終黄土，人事音書漫寂寥。

夜雨　陸放翁

蕭蕭殘髮雪侵冠，冉冉清愁用底寬。把卷昏眸常欲閉，投床睡興却先闌。惟須酒沃相如渴，未分人哀范叔寒。雨霽定知梅已動，佩壺明日試尋看。

節序類

臘日二首　張宛丘

其二

擊柝山城閉，疎燈夜店扃。疾風鳴夜谷，晴水動浮星。霜翼歸何晚，鄰機織未停。短歌聊自放，愁絶更誰聽？

除夕　唐子西

患難思年改，龍鍾惜歲徂。關河先壠遠，天地小臣孤。吾道憑温酒，時情付擁爐。南荒足妖怪，此日謾桃符。

除夜　陳後山

七十已强半，所餘能幾何？懸知暮景促，更覺後生多。遁世名爲累，留年睡作魔。西歸端著便，老子不婆娑。

次韻仲卿除日立春　王半山

猶殘一日臘，併見兩年春。物以終爲始，人從故得新。迎陽朝剪綵，守歲夜傾銀。恩賜隨嘉節，無功只自塵。

元日　陳後山

老境難爲節，寒梢未得春。一官兼利害，百慮孰疎親？積雪無歸路，扶行有醉人。望鄉仍受歲，回首向松筠。

嘉祐己亥歲旦呈永叔内翰　梅聖俞

堦前去年雪，鏡裏舊時人。不覺應銷盡，相看只似新。屠蘇先尚幼，綵勝又宜春。獨愛開封尹，鍾陵請去頻。

和元夜　陳後山

笳鼓喧燈市，車輿避火城。彭黄争地勝，汴泗迫人清。梅柳春猶淺，關山月自明。賦詩隨落筆，端復可憐生。

奉和晦日幸昆明池應制　宋之問

春豫臨池近，蒼波帳殿開。舟凌石鯨渡，槎拂斗牛回。節晦蓂全落，春遲柳暗催。象溟看浴景，燒劫辨沈灰。鎬飲周文樂，汾歌漢武才。不愁明月盡，自有夜珠來。

春社　梅聖俞

年年迎社雨，淡淡洗林花。樹下賽田鼓，壇邊祠肉鴉。春醪朝共飲，野老暮相誇。燕子何時至，長皋點翅斜。

新年書感

陸放翁

早歲西游賦《子虚》，暮年負耒返鄉閭。殘軀未死敢忘國，病眼欲盲猶愛書。朋舊何勞記車笠，子孫幸不廢菑畲。新年冷落如常日，白髮蕭蕭悶自梳。

庚辰歲人日作

蘇東坡

老去仍棲隔海村，夢中時見作詩孫。天涯已慣經人日，歸路猶欣過鬼門。三策已應思賈誼，孤忠終未赦虞翻。典衣剩買河源米，屈指新篘作上元。

京師上元

洪覺範

及時膏雨已闌删，黄道春泥曉未乾。白面郎敲金鐙過，紅粧人揭繡簾看。管絃沸月喧和氣，燈火燒空奪夜寒。咫尺鳳樓開雉扇，玉皇仙仗紫雲端。

登　高

杜工部

風急天高猿嘯哀，渚清沙白鳥飛回。無邊落木蕭蕭下，不盡長江滚滚來。萬里悲秋常作客，百年多病獨登臺。艱難苦恨繁霜鬢，潦倒新停濁酒杯。

茶　類

迪姪屢餉新茶　曾茶山

其　二

敕厨羞煮餅，掃地供爐芬。湯鼎聊從事，茶甌遂策勳。興來吾不淺，送似汝良勤。欲作柯山點，當令阿造分。元註：「造姪妙於擊拂。」

夜聞賈常州崔湖州茶山境會想羨歡宴因寄此詩　白樂天

遥聞境會茶山夜，珠翠歌鍾俱繞身。盤下中分兩州界，燈前合作一家春。青娥遞舞應爭妙，紫笋齊嘗各鬬新。自歎花時北窗下，蒲萄酒對病眠人。

次韻曹輔寄壑源試焙新茶　蘇東坡

仙山靈草濕行雲，洗遍香肌殆未寧。明月來投玉川子，清風吹破武林春。要知玉雪心腸好，不是膏油首面新。戲作小詩君勿笑，從來佳茗似佳人。

汲江煎茶

活火仍須活水烹，自臨釣石汲深清。大瓢貯月歸春甕，小杓分江入夜瓶。雪乳已翻煎處脚，松風忽作瀉時聲。枯腸未易禁三椀，卧數荒城長短更。

酒　類

不如來飲酒

白樂天

其　一

莫作商人去，恓惶君未諳。雪霜行塞北，風水宿江南。藏鏹百千萬，沈舟十二三。不如來飲酒，仰面醉酣酣。

答高判官和唐店夜飲

梅聖俞

露宿勤王客，相從月下來。黄流何日漲？緑酒暫時開。風定燈光爛，天高斗柄迴。醉言多脱略，吾黨不須猜。

村醪　陳後山

雨濕破荊籬，風摇樹亞旗。小槽聲下急，挈榼問沽遲。摘果夜棠熟，望人船犬隨。燈前相對飲，還似昔過時。

答田生　陳後山

酒亦有何好？人今未肯忘。苟無愁可解，何必醉爲鄉。臢欲論奇字，終能諱秘方。直饒肌骨秀，正要畫眉長。

醉中作　陸放翁

宦遊三十載，舉步亦看人。愛酒長官罵，近花丞相嗔。湖山今入手，風月始關身。少吐胸中氣，從教白髮新。

長齋月滿携酒先與夢得對酌醉中同赴令公宴戲贈夢得

白樂天

齋公前日滿三旬，酒榼今朝一拂塵。乘興還同訪戴客，解醒仍對姓劉人。病心湯沃寒灰活，老面花生朽木春。若怕平原怪先醉，知君未慣吐車茵。

太守徐君猷通守孟亨之皆不飲酒詩以戲之云

蘇東坡

孟嘉嗜酒桓温笑，徐邈狂言孟德疑。公獨未知其趣耳，臣今時復一中之。風流自有高人識，通介寧隨薄俗移。二子有靈應撫掌，吾孫還有獨醒時。

章質夫送酒六壺書至而酒不達戲作小詩問之

白衣送酒舞淵明，急掃風軒洗破觥。豈意青州六從事，化爲烏有一先生。空煩左手持新蟹，漫遶東籬嗅落英。南海使君今北海，定分百榼餉春耕。

小飲梅花下作

陸放翁

脱巾莫嘆鬢成絲，六十年前萬首詩。排日醉歌梅落後，通宵吟到雪殘時。偶容後死寧非幸，自乞歸耕已恨遲。青史滿前閑即讀，幾人爲我作蓍龜。

醉中自贈

富貴猶宜早退休，一生齟齬更何求。賦形未至欠壬甲，語命寧須懵斗牛。栗里收身貧亦樂，平陵埋骨死無憂。狂歌醉舞真當勉，剩折梅花插滿頭。

着題類

畫鷹

杜工部

素練風霜起，蒼鷹畫作殊。攫身思狡兔，側目似愁胡。絛鏇光堪擿，軒楹勢可呼。何當擊凡鳥，毛血灑平蕪。

孤雁

孤雁不飲啄，飛鳴聲念群。誰憐一片影，相失萬重雲。望盡似猶見，哀多如更聞。野鴉無意緒，鳴噪自紛紛。

螢火

幸因腐草出，敢近太陽飛？未足臨書卷，時能點客衣。隨風隔幔小，帶雨傍林微。十月清霜重，飄零何處歸。

病蟬

賈島

病蟬飛不得，向我掌中行。折翼猶能薄，酸吟尚極清。露華凝在腹，塵點誤侵睛。黄雀并鳶鳥，俱懷害爾情。

孤雁

崔塗

幾行歸塞盡，念爾獨何之。暮雨相呼疾，寒塘欲下遲。渚雲低暗度，關月冷相隨。未必逢矰繳，孤飛自可疑。

燕

梅聖俞

涎涎雙來鷰，飛飛自舞空。輕如漢家后，斜避楚臺風。半折撩沙觜，相高接草蟲。向人全不畏，切莫入吴宫。

和答錢穆父詠猩猩毛筆　黄山谷

愛酒醉魂在，能言機事踈。平生幾兩屐，身後五車書。物色看王會，勳勞在石渠。拔毛能濟世，端爲謝楊朱。

種竹　曾茶山

近郊蓄竹樹，手種滿庭隅。餘子不足數，此君何可無。風來當一笑，雪壓要相扶。莫作封侯想，生來鄙木奴。

螢火　趙昌父

渾忘生朽質，直擬慕光輝。解燭書帷静，能添列宿稀。當風方自表，帶雨忽成微。變滅多無理，榮枯會一歸。

野人送櫻桃　杜工部

西蜀櫻桃也自紅，野人携贈滿筠籠。數回細寫愁仍破，萬顆匀圓訝許同。憶昨賜霑門下省，退朝擎出大明宫。金盤玉筯無消息，此日嘗新任轉蓬。

錦瑟

李義山

錦瑟無端五十絃，一絃一柱思華年。莊周曉夢迷蝴蝶，望帝春心託杜鵑。滄海月明珠有淚，藍田日暖玉生煙。此情可待成追憶，祇是當時已惘然。

牡丹

羅隱

落盡深紅始見花，花時比屋事豪奢。買栽池館恐無地，看到子孫能幾家。門倚長衢攢繡轂，幄籠輕日護香霞。歌鍾滿座爭歡賞，肯信流年鬢有華。

鷓鴣

鄭谷

暖戲煙蕪錦翼齊，品流應得近山雞。雨昏青草湖邊過，花落黃陵廟裏啼。遊子乍聞征袖濕，佳人纔唱翠眉低。相呼相喚湘江曲，苦竹叢深春日西。

燕

年去年來來去忙，春寒煙暝度瀟湘。低飛綠岸和梅雨，亂入紅樓揀杏梁。閑几硯中窺水淺，落花徑裏得泥香。千言萬語無人會，又逐流鶯過短牆。

莎衣　楊契玄

軟緑柔藍着勝衣，倚船吟釣正相宜。蒹葭影裏和烟卧，菡萏香中帶雨披。狂晚酒家春醉後，亂堆漁舍晚晴時。直饒紫綬金章貴，未肯輕輕博换伊。

食柑　蘇東坡

一雙羅帕未分珍，林下先嘗愧逐臣。露葉霜枝剪寒碧，金盤玉指破芳辛。清泉簌簌先流齒，香霧霏霏欲噀人。坐客殷勤爲收子，千奴一掬爲吾貧。

開元寺山茶

長明燈下石闌干，長共杉松鬬歲寒。葉厚有稜犀甲健，花深少態鶴頭丹。久陪方丈曼陀雨，羞對先生苜蓿盤。雪裏盛開知有意，明年掃後更誰看。

山茶　楊誠齋

樹子團團映碧岑，初看唤作木犀林。誰將金粟銀絲鱠，簇釘朱紅菜椀心。春早横招桃李妬，歲寒不受雪霜侵。題詩畢竟輸坡老，葉厚有稜花色深。

走筆謝趙吉守餉三山生荔枝

吾州五馬住閩山，分我三山荔子丹。甘露落來雞子大，曉風凍作水精團。西川紅錦無此色，南海緑羅猶帶酸。不是今年天下暑，玉膚照得野人寒。

老僧

劉後村

半間古屋冷颼颼，死盡同參偶獨留。昔已尋師遠行脚，今惟見佛小低頭。舊綾無用聊收取，破衲難逢且著休。年少還知貧道否，曾同王謝二公遊。

老吏

少諳刀筆老尤工，舊貫新條問略通。鬬智固應雄鷟輩，論年亦合作狙公。孫魁明有堪瞞處，包老嚴猶在套中。衹恐閻羅難抹過，鐵鞭他日鬼臀紅。

梅花類

梅　杜牧之

輕盈照溪水，掩斂下瑶臺。妬雪聊相比，欺春不逐來。偶同佳客見，似爲凍醪開。若在秦樓畔，堪爲弄玉媒。

早梅　僧齊己

萬木凍欲折，孤根暖獨回。前村深雪裏，昨夜一枝開。風遞幽香去，禽窺素豔來。明年猶應律，先發映春臺。

馬上見梅花初發　宋莒公

瞥見江南樹，繁英照苑牆。無雙春外色，第一臘前香。雲葉遥驚目，瓊枝昔斷腸。莫吹羌塢笛，容易損孤芳。

紅梅　梅聖俞

家住寒溪曲，梅先雜暖春。學粧如小女，聚笑發丹脣。野杏堪同舍？山櫻莫與鄰。休吹江上笛，留伴庾園人。

偶折梅數枝置案上盎中芬然遂開　張宛丘

偶別霜林陋，來蒙玉案登。清香侵硯水，寒影伴書燈。見我粲初笑，贈人慵未能。將何伴高潔，清曉誦《黄庭》。

蠟梅　楊誠齋

栗玉圓雕蕾，金鈿細著行。來從真蠟國，自號小黄香。夕吹撩寒馥，晨曦透暖光。南枝本同姓，唤我作他揚。

梅花　張澤民

其十五

萬壑寒皆泣，孤根暖自生。不隨千卉豔，獨負一身清。水際寒香迴，窗間夜影横。輿臺桃李輩，誰弟又誰兄？

和裴迪發蜀州東亭送客逢早梅相憶見寄　杜工部

東閣官梅動詩興，還如何遜在揚州。此時對雪遥相憶，送客逢春可自由。幸不折來傷歲暮，若爲看去亂鄉愁。江邊一樹垂垂發，朝夕催人自白頭。

梅花　韓致光

梅花不肯傍春光，自向深冬著豔陽。龍笛遠吹胡地月，燕釵初試漢宫粧。風雖强暴翻添思，雪欲侵凌更助香。應笑暫時桃李樹，盗天和氣作年芳。

酬崔八早梅有贈兼示之作　李義山

知訪寒梅過野塘，久留金勒爲迴腸。謝郎衣袖初飜錦，荀令爐薰更换香。何處拂胸資蝶粉，幾時塗額藉蜂黄。維摩一室雖多病，亦要天花作道場。

梅花　林和靖

吟懷長恨負芳時，爲見梅花輒入詩。雪後園林纔半樹，水邊籬落忽横枝。人憐紅豔多應俗，天與清香似有私。堪笑胡雛亦風味，解將聲調角中吹。

山園小梅

其一

衆芳摇落獨暄妍，占盡風情向小園。疎影横斜水清淺，暗香浮動月黄昏。霜禽欲下先偷眼，粉蝶如知合斷魂。幸有微吟可相狎，不須檀板共金樽。

其二

剪綃零碎點蘇乾，向背稀稠畫亦難。日薄縱甘春至晚，霜深應怯夜來寒。澄鮮祇共鄰僧惜，冷落猶嫌俗客看。憶著江南舊行路，酒旗斜墮拂吟鞍。

山園小梅

數年閑作園林主，未有新詩到小梅。摘索又開三兩朵，團欒空遶百千迴。荒鄰獨映山初盡，晚景相禁雪欲來。寄語清香少愁結，爲君吟罷一銜盃。

梅花

其二

小園烟景正凄迷，陣陣寒香壓麝臍。池水倒窺疎影動，屋簷斜入一枝低。畫工空向閑時看，詩客休徵故事題。慚愧黄鸝與胡蝶，祇知春色在桃蹊。

梅花

其一

宿靄相黏凍雪殘，一枝深映竹叢寒。不辭日日旁邊立，長願年年末上看。蕊訝粉綃裁太碎，蔕疑紅蠟綴初乾。香篘獨酌聊爲壽，從此群芳興亦闌。

與微之同賦梅花得香字三首

王半山

其一

漢宫嬌額半塗黄，粉色凌寒透薄粧。好借月魂來映燭，恐隨春夢去飛揚。風亭把盞酬孤豔，雪徑迴輿認暗香。不爲調羹貪結子，直須留取占年芳。

梅花

王平甫

醉筆題詩紫界牆，梅花零落撲衣裳。天香又雜盃中淥，春色還驚鬢上蒼。涉世何妨爲白璧，流年未抵熟黄糧。一吟起我生平志，今古冥冥出處忘。

十二月初一日得梅一枝絶奇戲作長句今年於是四賦此花矣

陸放翁

高標已壓萬花群，尚恐驕奢習氣存。月兔擣霜供换骨，湘娥鼓瑟爲招魂。孤城小驛初飛雪，斷角殘鐘半掩門。盡意端相終有恨，夜寒皴玉倩誰温？

射的山觀梅

射的山前雨墊巾，籬邊初見一枝新。照溪盡洗驕春意，倚竹真成絶代人。餐玉元知非火食，化衣應笑走京塵。即今畫史無名手，試把清詩當寫真。

園中賞梅

閲盡千葩萬卉春，此花風味獨清真。江邊曉雪愁欲語，馬上夕陽香趁人。慰眼紅苞初報信，回頭青子又生仁。羈遊偏覺年華速，徙倚闌干一愴神。

江　梅　田元邈

千林含凍鬱蒼蒼，只有江梅獨自芳。暗吐幽香穿别院，半欹斜影入寒塘。冰膚宛是姑仙女，粉面端疑騎省郎。若是蜜奴曾拂掠，肯收紅豔貯蜂房？

庭中梅花正開用舊韻貽端伯　徐師川

羌笛何勞塞北吹，江南何處不寒梅。千林寂寂無人看，獨樹亭亭對客開。偏爲咨嗟惟爾念，是誰移種待君來？縱留一曲安能唱，恰似朝歌墨子迴。

次韻劉秀野早梅　朱文公

可愛紅芳愛素芳，多情珍重老劉郎。疎英的皪尊中影，微月黄昏句裏香。胸次自憐真玉雪，人間何處有冰霜。巡簷説盡心期事，肯醉佳人錦瑟傍。

再題瓶中梅　范石湖

園林摇落凍芳塵，南北枝間玉蕊皴。風袂挽香雖淡薄，月窗横影已精神。雪霜春事年年晚，今古詩情日日新。鐵石如公猶索句，真成嚼蠟對横陳。

落梅

尤延之

清溪西畔小橋東，落月紛紛水映紅。五夜客愁花片裏，一年春事角聲中。歌殘《玉樹》人何在，舞破《山香》曲未終。却憶孤山醉歸路，馬蹄香雪襯東風。

次韻渭叟蠟梅

快瀉鵝黄若下春，要將香色鬭清珍。蠟丸暗拆東君信，梔貌寧欺我輩人。光價未輸何遜早，詩篇重見豫章新。渾金璞玉争多少，要與江梅作近親。

梅花

趙昌父

平生欠汝哦詩債，歲歲年年須要還。未至臘時須訪問，已過春月尚躋攀。直從開後至落後，不問山間與水間。却笑淵明賦《歸去》，庭柯目盻自怡顔。

五用韻

方巨山

水曹爲骨逋爲髓，風雪灞橋誰共看？千里夢迴歸路遠，一枝春占暮江寒。飛飛雨片猶堪醉，點點晴香已帶酸。雙玉瓶乾情正洽，與君落筆不辭難。

落梅　劉濳夫

其一

一片能教一斷腸，可堪平砌更堆牆。飄如遷客來過嶺，墜似騷人去赴湘。亂點莓苔多莫數，偶粘衣袖久猶香。東風謬掌花權柄，却忌孤高不主張。

其二

昨夜尖風幾陣寒，心知尤物久留難。枝踈似被金刀剪，片細疑經玉杵殘。痛叱山童持箒去，苛留野客坐苔看。月中徙倚憑空樹，也勝吴兒賞牡丹。

賦雪類

對雪　杜工部

戰哭多新鬼，愁吟獨老翁。亂雲低薄暮，急雪舞回風。瓢棄罇無緑，爐存火似紅。數州消息斷，愁坐正書空。

春雪

韓昌黎

看雪乘清旦，無人獨坐謠。拂花輕尚起，落地暖初銷。已訝凌歌扇，還來伴舞腰。灑篁留密節，著柳送長條。入鏡鸞窺沼，行天馬度橋。遍階憐可掬，滿樹戲成搖。江浪迎濤日，風毛縱獵朝。弄閑時細轉，争急忽驚飄。城險疑懸布，砧寒未擣綃。莫愁陰景促，夜色自相饒。

和欲雪二首

梅聖俞

其二

雪欲漫天落，雲初著地垂。臂鷹過野健，走馬上冰遲。公子多論酒，騷人自詠詩。都無少年意，只卧竹窗宜。

雪

陳後山

初雪已覆地，晚風仍積威。木鳴端自語，鳥起不成飛。寒巷聞驚犬，鄰家有夜歸。不無慚敗絮，未易泣牛衣。

雪意　陸放翁

睡眼拭朦朧，開門雪已濃。客來迷舊徑，虎過失新蹤。浦遠渾無鶴，林踈只有松。借琴如不解，酒興若爲工。

小雪　范石湖

夜卧風號野，晨興雪擁籬。未言能壓瘴，要是欲催詩。跨蹇雖堪喜，呼舟似更奇。元知剡溪路，不減灞橋時。

雪意方濃復作雨　蘇東坡

擬看飛花陣，翻成建水聲。雨吾寧不識，雪汝幾時成。三白從今卜，千倉待此盈。暮雲如有意，青女莫無情。

再用韻

九陌凄風戰齒牙，銀盃逐馬帶隨車。也知不作堅牢玉，無乃能開頃刻花。對酒强歌愁底事，閉門高卧定誰家。臺前日暖君須愛，冰下寒魚漸可叉。

讀眉山集次韻雪詩五首　王半山

其一

古木昏昏未有鴉，凍雲深閉阿香車。摶雲忽散簁爲屑，剪水如紛綴作花。擁帚尚憐南北巷，持盃能喜兩三家。戲挼亂掬輸兒女，羔酒龍鍾手獨叉。

雪中過城東懷平甫學士　劉景文

馬蹄踏雪過東城，暫喜京城不上纓。寒木鳥驚花散漫，敗簷人怯玉崢嶸。豈無良燕容枚老，定有高才憶戴生。未負物華聊一賦，知君麗句已先成。

登女郎臺　陳後山

掠地衝風敵萬人，蔽天密雪幾微塵。漫山塞壑疑無地，投隙穿帷巧致身。晚積讀書今已老，閉門高卧不緣貧。遥知更上湖邊寺，一笑潛回萬室春。

次秀野詠雪韻三首　朱文公

其　二

一夜同雲匝四山，曉來千里共漫漫。不應琪樹猶含凍，翻笑楊花許耐寒。乘興政須披鶴氅，瀹甘猶喜破龍團。無端酒興催吟筆，却恐長鯨吸海乾。

甲午春前得雪　尤延之

寒聲昨夜響蕭蕭，逗曉堦庭亦已消。殘臘距春無幾日，一年飛雪只今朝。微陽欲動梅驚萼，餘潤纔沾麥放苗。天意未能違物意，漫流殘白占山腰。

和馬公弼雪　楊誠齋

灑竹穿梅湖更山，客間得此未嫌寒。髯疎也被輕輕點，齒冷猶禁細細餐。晴了還成三日凍，銷餘留得半庭看。憑誰説似王郎婦，鹽絮吟來總未安。

霰

雪花遣汝作前鋒，勢頗張皇欲暗空。篩瓦巧尋踈處漏，跳堦誤到暖邊融。寒聲帶雨山難白，冷氣侵人火失紅。方訝一冬暄較甚，今宵敢嘆卧如弓。

環林踏雪

樓攻媿

筍輿衝雪過溪橋，流水方東未晚潮。白裏不知梅奮色，青邊尤喜麥成苗。煙深帶雨參差下，空闊隨風自在飄。可是忍寒詩更切，故求野路踏瓊瑶。

月類

和康五望月有懷

杜審言

明月高秋迥，愁人獨夜看。暫將弓並曲，翻與扇俱團。霧濯清輝苦，風飄素影寒。羅衣一此鑒，頓使別離難。

月

杜工部

其二

四更山吐月，殘夜水明樓。塵匣元開鏡，風簾自上鈎。兔應疑鶴髮，蟾亦戀貂裘。斟酌姮娥寡，天寒奈九秋。

月圓

孤月當樓滿，寒江動夜扉。委波金不定，照席綺逾依。未缺空山静，高懸列宿稀。故園松桂發，萬里共清輝。

八月十五夜月

滿目飛明鏡，歸心折大刀。轉蓬行地遠，攀桂仰天高。水路疑霜雪，林栖見羽毛。此時瞻白兔，直欲數秋毫。

十六夜翫月

舊挹金波爽，皆傳玉露秋。關山隨地闊，河漢近人流。谷口樵歸唱，孤城笛起愁。巴童渾不寐，半夜有行舟。

八月十五夜翫月

劉賓客

天將今夜月，一遍洗寰瀛。暑退九霄净，秋澄萬景清。星辰讓光彩，風露發晶英。能變人間世，脩然是玉京。

中秋月

曹汝弼

年年相對賞，永夜坐吟床。衆望自疑別，孤高非異常。園林分浄影，臺榭起餘光。誰似蟾宫客，得攀仙桂香。

中秋月

白樂天

萬里清光不可思，添愁益恨遶天涯。誰人隴外久征戍？何處庭前生别離？失寵故姬歸院夜，没蕃老將上樓時。照他幾許人腸斷，玉兔銀蟾遠不知。

和永叔中秋月夜會不見月酬王舍人

梅聖俞

主人待月敞南樓，淮雨西來陟變秋。自有嬋娟侍賓榻，不須迢遞望刀頭。池魚暗聽歌聲躍，蓮的明傳酒令優。更愛西垣舊詞客，共將詩興壓曹劉。

晴雨類

晴

其　二　　杜工部

啼烏争引子，鳴鶴不歸林。下食遭泥去，高飛恨久陰。雨聲衝塞盡，日氣射江深。回首周南客，驅馳魏闕心。

賦暮雨送李胃　　韋蘇州

楚江微雨裏，建業暮鐘時。漠漠帆來重，冥冥鳥去遲。海門深不見，浦樹遠含滋。相送情無限，霑襟比散絲。

雨中寄張博士籍侯主簿喜　　韓昌黎

放朝還不報，半路蹋泥歸。雨慣曾無節，雷頻自失威。見牆生菌遍，憂麥作蛾飛。歲晚偏蕭索，誰當救晋饑？

微雨　吴融

天清織未遍，風急舞難成。粉重低飛蝶，黄濃不語鶯。乍隨春靄亂，還放夕陽明。惆悵池塘遠，荷珠點點輕。

新秋雨夜西齋文會　梅聖俞

夜色際陰霾，燈青謝客齋。梧桐生静思，絡緯動秋懷。小酌寧辭醉，清言不厭諧。誰憐何水部，吟苦怨空階。

新霽望岐笠山

北望直百里，峨峨千仞青。斷虹迎日盡，飛雨帶龍腥。陰壑煙雲畜，陽崖草木靈。登臨終不厭，時許到兹亭。

和應之細雨　張宛丘

朝煙和雨細，病眼暗難分。有潤物皆澤，無聲人不聞。緑連平野稼，翠雜亂山氛。晚霽復何有，飄飄神女雲。

暑　雨

陳後山

密雨吹不斷，貧居常閉門。東溟容有限，西極更能存。東濕炊懸釜，黐床補壞垣。倒身無着處，呵手不成温。

江　漲

唐子西

秋來雨似澆，雨罷水如潮。市改依高岸，津喧救斷橋。雲陰哭鳩婦，池溢走魚苗。天意良難測，前時旱欲焦。

雨

陳簡齋

蕭蕭十日雨，穩送祝融歸。燕子今年别，梧桐昨夢非。一涼恩到骨，四壁事多違。衮衮繁華地，西風吹客衣。

雨不絶

杜工部

鳴雨既過漸細微，映空摇颺如絲飛。堦前短草泥不亂，院裏長條風乍稀。舞石旋應將乳子，行雲莫自濕仙衣。眼邊江舸何匆遽？未得安流逆浪歸。

有美堂暴雨

蘇東坡

游人脚底一聲雷，滿坐頑雲撥不開。天外黑風吹海立，浙東飛雨過江來。十分瀲灧金樽凸，千丈敲鏗羯鼓催。唤起謫仙泉灑面，倒傾鮫室瀉瓊瑰。

柳州開元寺夏雨

呂居仁

風雨翛翛似晚秋，鵶歸門掩伴僧幽。雲深不見千巖秀，水漲初聞萬壑流。鐘唤夢回空悵望，人傳書至竟沉浮。面如田字非吾相，莫羡班超封列侯。

自七月二十五日大雨三日秋苗以蘇喜而有作

曾茶山

一夕驕陽轉作霖，夢回涼冷潤衣襟。不愁屋漏牀牀濕，且喜溪流岸岸深。千里稻花應秀色，五更桐葉最知音。無田似我猶欣舞，何況田家望歲心。

臨安春雨初霽

陸放翁

世味年來薄似紗，誰令騎馬客京華？小樓一夜聽春雨，深巷明朝賣杏花。矮紙斜行閑作草，晴窗細乳戲分茶。素衣莫起風塵嘆，猶及清明可到家。

變體類

江上值水如海勢聊短述　杜工部

爲人性僻耽佳句，語不驚人死不休。老去詩篇渾漫興，春來花鳥莫深愁。新添水檻供垂釣，故著浮槎替入舟。焉得思如陶謝手，令渠述作與同游。

九日

重陽獨酌盃中酒，抱病起登江上臺。竹葉於人既無分，菊花從此不須開。殊方日落玄猿哭，舊國霜前白雁來。弟妹蕭條各何在，干戈衰謝兩相催。

齊山　杜牧之

江涵秋影雁初飛，與客携壺上翠微。塵世難逢開口笑，菊花須插滿頭歸。但將酩酊酬佳節，不用登臨怨落暉。古往今來只如此，牛山何必淚沾衣。

對酒

陳簡齋

新詩滿眼不能裁，鳥度雲移落酒盃。官裏簿書無日了，樓頭風雨見秋來。是非衮衮書生老，歲月匆匆燕子回。笑撫江南竹根枕，一樽呼起鼻中雷。

拗字類

上兜率寺

杜工部

兜率知名寺，真如會法堂。江上有巴蜀，棟宇自齊梁。庾信哀雖久，何顒好不忘。白牛連遠近，且欲上慈航。

題省中院壁

掖垣竹埤梧十尋，洞門對雪常陰陰。落花遊絲白日静，鳴鳩乳燕青春深。腐儒衰晚謬通籍，退食遲回違寸心。衮職曾無一字補，許身愧比雙南金。

閑適類

晚秋閑居　張司業

獨坐高秋晚，蕭條足遠思。家貧長畏客，身老轉憐兒。萬種盡閑事，一生能幾時。從來疎懶性，應祇有僧知。

原上新居　王建

其　三

自掃一閑房，唯鋪獨卧牀。野羹溪菜滑，山紙水苔香。陳藥初和白，新經未入黄。近來心力少，休讀養生方。

其　五

住處去山近，傍園麋鹿行。野桑穿井長，荒竹過牆生。新識鄰里面，未諳村社情。石田無力及，賤賃與人耕。

溪居叟

溪翁居處静，溪鳥入門飛。早起釣魚去，夜深乘月歸。見君無事老，覺我有求非。不説風霜苦，三冬一草衣。

岸貧　　梅聖俞

無能事耕穫，亦不有雞豚。燒蚌嚥槎沫，織蓑依樹根。野蘆編作室，青蔓與爲門。稚子將荷葉，還充犢鼻裩。

小隱自題　　林和靖

竹樹遶吾廬，情深趣有餘。鶴閑臨水久，蜂懶得花踈。酒病妨開卷，春陰入荷鋤。嘗憐古圖畫，多半寫樵漁。

東山招復古　　俞退翁

聞道廣文客，東來欲載書。志勤甘淡薄，情舊免生踈。野飯多無菜，溪羹或有魚。小心新買得，且遂帶經鋤。

自述　陸放翁

其一

古井無由浪，浮雲一掃空。《詩》《書》修孔業，場圃嗣《豳風》。懼在饑寒外，憂形夢寐中。吾年雖日逝，猶冀有新功。

雨後到南山村家　徐斯遠

衝雨入窮山，山民猶閉關。橘垂茅屋畔，梅映竹籬間。奇石依林立，清泉繞舍灣。吾思隱茲地，凝立未知還。

題林逸士肥上新屋壁　劉子儀

久厭侯鯖盡室來，卜居臨近釣魚臺。舊山鶴怨無錢買，新竹僧同借宅栽。載酒誰從揚子學，棹舟空訪戴逵回。抽毫有污東陽壁，但惜明時老澗才。

湖山小隱　　林和靖

其　二

閑搭綸巾擁縹囊，此心隨分識興亡。黑頭爲相雖無謂，白眼看人亦未妨。雲噴石花生劍壁，雨敲松子落琴牀。漬猿幽鳥遥相叫，數筆湖山又夕陽。

懷舊隱　　陳　亞

多媿當年未第間，卜居人外得清閑。排聯花品曾非僭，愛惜苔錢不是慳。秋閣□情天淡淡，夕溪漁思月彎彎。而今慚厚明朝禄，敢念藏愚莫買山。

閑中書事　　陸放翁

其　二

一畝山園半畝池，流年忽逮掛冠期。賣花醉叟剥紅桂，種藥高僧寄玉芝。午枕聽兒哦舊句，晚窗留客弄殘棋。登庸策免多新報，老子癡頑總不知。

移居謝友人見過

趙師秀

賃得民居亦自清，病身於此寄漂零。笋從壞砌磚中出，山在鄰家樹上青。有井極甘便試茗，無花可插任空瓶。巷南巷北相知少，感爾詩人遠叩扃。

送別類

送孟六歸襄陽

張子容

杜門不復出，久與世情疎。以此爲長策，勸君歸舊廬。醉歌田舍酒，笑讀古人書。好是一生事，無勞獻《子虚》。

送友人入蜀

李太白

見説蠶叢路，崎嶇不易行。山從人面起，雲傍馬頭生。芳樹籠秦棧，春流遶蜀城。升沉應已定，不必問君平。

送陵州路使君赴任

杜工部

王室比多難，高官皆武臣。幽燕通使者，岳牧用詞人。國待賢良急，君當拔擢新。佩刀成氣象，行蓋出風塵。戰伐乾坤破，瘡痍府庫貧。衆僚宜潔白，萬役但平均。霄漢瞻佳士，泥塗任此身。秋天正摇落，迴首大江濱。

奉濟驛重送嚴公

遠送從此别，青山空復情。幾時杯重把，昨夜月同行。列郡謳歌惜，三朝出入榮。江村獨歸處，寂寞養殘生。

泛江送客

二月頻送客，東津江欲平。煙花山際重，舟楫浪前輕。淚逐勸杯落，愁連吹笛生。離筵不隔日，那得易爲情。

送張子尉南海

岑參

不擇南州尉，高堂有老親。縣樓重蜃氣，邑里雜鮫人。海暗三山雨，江明五嶺春。此鄉多寶玉，慎莫厭清貧。

送單于裴都護赴西河

崔　顥

征馬去翩翩，城秋月正圓。單于莫近塞，都護欲臨邊。漢驛通煙火，湖沙乏井泉。功成須獻捷，未必去經年。

送泉州李使君之任

包　何

傍海皆荒服，分符重漢臣。雲山百越路，市井十洲人。執玉來朝遠，還珠入貢頻。連年不見雪，到處即行春。

送德清喻明府

李　頻

棹返霅溪雲，仍參舊使君。州傳多古跡，縣記是新文。水栅横舟閉，湖田立木分。但如詩思苦，爲政即超群。

送友人之揚州

一别長安後，晨征便信雞。河聲入峽急，地勢出關低。緑樹叢垓下，青蕪闊楚西。路長知不惡，隨處好詩題。

送李員外院長分司東都

韓昌黎

去年秋露下，羈旅逐東征。今歲春光動，驅馳別上京。飲中相顧色，送後獨歸情。兩地無千里，因風數寄聲。

送楊八給事赴常州

白樂天

無嗟別青瑣，且喜擁朱輪。五十得三品，百千無一人。須勤念黎庶，莫苦憶交親。此外無過醉，毗陵何限春。

送謝夷甫宰鄮縣

戴叔倫

君去方爲縣，兵戈尚未銷。邑中殘老少，亂後少官僚。廨宇經山火，公田没海潮。到時應變俗，新政滿餘姚。

旅舍別故人

崔　塗

一日又欲暮，一年春又殘。病知新事少，老別舊交難。山盡路猶險，雨餘春尚寒。那堪試回首，烽火到長安。

送朱可久歸越中

賈浪仙

石頭城下泊，北固暝鐘初。汀鷺潮衝起，船窗月過虚。吴山侵越衆，隋柳入唐疎。日欲供調膳，辟來何府書。

送趙成都二首

尤延之

其一

蜀道當謀帥，維城孰愈公。夷陵護江左，斜谷顧關中。北虜心豺虎，南蠻勢蟻螽。守攻雖有異，鎮撫不妨同。

送路六侍御入朝

杜工部

童稚情親四十年，中間消息兩茫然。更爲後會知何日，忽漫相逢是别筵。不分桃花紅勝錦，生憎柳絮白於綿。劍南春色還無賴，觸忤愁人到酒邊。

送刁景純學士使北

梅聖俞

常聞朔北寒尤甚，已見黄河可過車。駬騎駸駸持漢節，邊風慘慘聽胡笳。朝供酪粥冰生椀，夜卧氈廬月照沙。侍女新傳教坊曲，歸來偷賞上林花。

送王平甫下第

歐陽永叔

歸袂摇摇心浩然，曉船鳴鼓轉風灘。朝廷失士有司耻，貧賤不憂君子難。執手聊須爲醉别，還家何以慰親懽。自慚知子不能薦，白首胡爲侍從官。

送龔鼎臣諫議移守青州

蘇子由

其 一

稷下諸公今幾人，三爲諫議髪如銀。梁王宫殿歸留鑰，尚父山河屬老臣。沂水絃歌重曾點，菑川故舊識平津。過家定有金錢費，千里争看衣錦身。

其 二

西山負海古諸侯，信美東南第一州。勝概未容秦地險，奇花僅比雒城優。新絲出盎冬裘易，貢棗登場歲事休。鈴閣虚閑官釀熟，應容將佐得遨遊。

送陸務觀福建提倉

韓無咎

䑿船相對百分空，京口追隨一夢中。落紙雲煙君似舊，盈巾霜雪我成翁。春來茗葉還争白，臘近梅梢儘放紅。領略溪山須妙語，小迂使節上凌風。

杜叔高秀才雨雪中相過留一宿而别口誦此詩以送之

陸放翁

久客方知行路難，關山無際水漫漫。風吹欲倒孤城遠，雪落如篩野寺寒。暮挈衣囊投土室，晨沽村酒掛驢鞍。文章一字無人識，胸次徒勞萬卷蟠。

送劉改之

王簡卿

劉子堂堂七尺軀，高談世事奮髯鬚。觀渠論到前賢處，據我看來近世無。出語令人驚辟易，處窮無鬼敢揶揄。徜徉鬧市渾無畏，要是人間烈丈夫。

次韻知常德袁尊固監丞送别　魏鶴山

其　三

别來歲月爾滔滔，流落天涯忽此遭。萬木辭榮秋意澹，百川歸壑岸容高。笑看海上兩蝸角，閑禿山中千兔毫。若向顔曾得消息，直須奴僕命《離騷》。

陵廟類

重過昭陵　杜工部

草昧英雄起，謳歌曆數歸。風塵三尺劍，社稷一戎衣。翼亮貞文德，丕承戢武威。聖圖天廣大，宗祀日光輝。陵寢盤空曲，熊羆守翠微。再窺松柏路，還見五雲飛。

蜀先主廟　劉夢得

天下英雄氣，千秋尚凛然。勢分三足鼎，業復五銖錢。得相能開國，生兒不象賢。淒涼蜀故妓，來舞魏宫前。

經伏波神祠

蒙蒙篁竹下，有路上壺頭。漢壘麏鼯鬭，蠻溪霧雨愁。懷人敬遺像，閱世指東流。自負霸王略，安知恩澤侯。鄉關辭石柱，筋力盡炎州。一以功名累，翻思馬少游。

雙　廟　　王半山

兩公天下駿，無地與騰驤。就死得處所，至今猶耿光。中原擅兵革，昔日幾侯王。此獨身如在，誰令國不亡。北風吹樹急，西日照窗涼。志士千年淚，泠然落奠觴。

郭璞墓　　劉後村

先生精數學，卜穴未應疎。因捋虎鬚死，還尋魚腹居。如何師鬼谷，却去友靈胥。此理憑誰詰，人方寶《葬書》。

蘇武廟　　温飛卿

蘇武魂銷漢使前，古祠高樹兩茫然。雲邊雁斷胡天月，隴上羊歸塞草烟。迴日樓臺非甲帳，去時冠劍是丁年。茂陵不見封侯印，空向秋波哭逝川。

初冬祀墳　　韓魏公

其　二

西亭先墳已致誠，却嚴軒從指東塋。鴻鷩去旆參差起，馬避柔桑詰曲行。農寓兵來聞即教，牛無休日早猶耕。病翁寡術蘇疲瘵，徒勸民心厚所生。

嚴陵祠堂　　王半山

漢庭來見一羊裘，默默俄歸舊釣舟。迹似蟠溪應有待，世無西伯可能留。崎嶇馮衍才終廢，索寞桓譚道不謀。勺水果非鱣鮪地，放身滄海亦何求。

謁太昊祠　　張宛丘

千里垂精帝道尊，神祠近在國西門。風摇廣殿松杉老，雨入修廊羽衛昏。日落狐狸號草莽，年豐父老薦雞豚。舊游零落今誰在，塵壁蒼茫字半存。

東山謁外大父墓　　陳後山

土山宛轉屈蒼龍，下有槃槃蓋世翁。萬木刺天元自直，叢篁侵道更須東。百年富貴今誰見，一代功名託至公。少日拊頭期類我，暮年垂淚灑西風。

劉屯田墓壯節亭

尤遂初

西澗當年卜考槃，便於神武掛衣冠。後生無復知前輩，故老猶能説長官。三尺荒墳埋玉冷，百年壯節倚天寒。表章賴有群賢力，誰把生芻奠酒盤。

過虞美人墓

潘德久

樽前一曲奈何歌，千古英雄恨不磨。女子在軍今莫問，君王愎諫向來多。最憐秋雨添狐穴，誰與春醪酹棘窠。一朽何須論異域，寄聲青冢太嬋娟。

旅況類

晚次樂鄉縣

陳子昂

故鄉杳無際，日暮且孤征。川原迷舊國，道路入邊城。野戍荒烟斷，深山古木平。如何此時恨，噭噭夜猿鳴。

初發道中寄遠

張子壽

日夜鄉山遠，秋風復此時。舊聞胡馬思，今聽楚猿悲。念別朝昏苦，懷歸歲月遲。壯圖空不息，常恐鬢如絲。

江漢

杜工部

江漢思歸客，乾坤一腐儒。片雲天共遠，永夜月同孤。落日心猶壯，秋風病欲蘇。古來存老馬，不必取長途。

久客

羈旅知交態，淹留見俗情。衰顏聊自哂，小吏最相輕。去國哀王粲，傷時哭賈生。狐狸何足道，豺虎正縱横。

山館

南國晝多霧，北風天正寒。路危行木杪，身遠宿林端。山鬼吹燈滅，厨人語夜闌。雞鳴問前館，世亂敢求安。

宿關西客舍寄山東嚴許二山人時天寶高道舉徵　岑參

雲送關西雨，風傳渭北秋。孤燈燃客夢，寒杵搗鄉愁。灘上思嚴子，山中憶許由。蒼生今有望，飛詔下林丘。

酬程近秋夜即事見贈　韓翃

長簟迎風早，空城淡月華。星河秋一雁，砧杵夜千家。節候看應晚，心期卧已賒。向來吟秀句，不覺已鳴鴉。

歸渡洛水　皇甫冉

暝色赴春愁，歸人南渡頭。渚烟空翠合，灘月碎江流。澧浦饒芳草，滄波有釣舟。誰知放歌客，此意正悠悠。

秋日陝州道中　顧非熊

孤客秋風裏，驅車入陝西。關河午時路，村落一聲雞。樹勢飄秦遠，天形到岳低。誰知我名姓，來往自凄凄。

薊北旅思

張司業

日日望鄉國，空歌《白苧》詞。長因送人處，憶得別家時。失意還獨悟，多愁只自知。客亭門外柳，折盡向南枝。

夜到漁家

漁家在江口，潮水入柴扉。行客欲投宿，主人猶未歸。竹深村路遠，月出釣船稀。遥見尋沙岸，秋風動草衣。

宿臨江驛

楚驛南渡口，夜深來客稀。月明見潮上，江静覺鷗飛。旅宿今已遠，此行猶未歸。離家久無信，又聽搗征衣。

旅　遊

賈浪仙

此心非一事，書札若爲傳。舊國別多日，故人無少年。空巢霜葉落，踈牖水雲穿。留得林僧宿，中宵坐默然。

泥陽館

客愁何併起，暮送故人回。廢館秋螢出，空城寒雨來。夕陽飄白露，樹影掃青苔。獨坐離懷慘，孤燈照不開。

曉泊江戍　楊　憑

放棹依遥戍，清湘急晚流。若爲南浦宿，逢此北風秋。雲月孤鴻晚，關山幾路愁。年年不得意，零露濕芳州。

久　客　俞退翁

久客西城裏，人家似舊鄰。衆知趨事懶，僧厭打門頻。倦枕費牕燭，閑書破硯塵。陰晴消白日，門巷忽青春。

二十三日立秋夜行泊林里港　張宛丘

淅淅曉風起，孤舟愁思生。蓬窗一螢過，葦岸數蛩鳴。老大畏爲客，風波難計程。家人夜深語，應念客猶征。

晚泊襄邑

月暗風林静，斗垂霜夜清。踈燈隔樹小，暗水歷船鳴。學字聲形苦，紬書卜築輕。此身南北慣，隨處有平生。

艤船當和江口待風

賀方回

一葉寄津口，怒濤安可乘？朝風占酒旆，夜爨乞漁燈。牛渚逢新月，秦淮想結冰。故人他夕夢，歌吹滿金陵。

長安春望

盧　綸

東風吹雨過青山，却望千門草色閑。家在夢中何日到，春來江上幾人還。川原繚繞浮雲外，宫闕參差落照間。誰念爲儒逢世難，獨將衰鬢客秦關。

旅次洋州寓居郝氏園林

方玄英

舉目縱然非我有，思量似在故山時。鶴盤遠勢投孤嶼，蟬曳殘聲過别枝。涼月照窗欹枕倦，澄泉遶石泛觴遲。青雲未得平行去，夢到江南身旅羈。

秋宿臨江驛　杜荀鶴

南來北去二三年，年去年來兩鬢班。舉世盡從愁裏老，誰人肯向死前閑？漁舟火影寒歸浦，驛路鈴聲夜過山。身事未成歸未得，聽猿鞭馬入長關。

殘冬客次資陽江　王　巖

淡雲殘雪簇江天，策蹇遲回客興闌。持鉢老僧來咒水，倚船商女待搬灘。沙翹白鷺非真静，竹映繁梅奈苦寒。阮籍莫嗟歧路異，舊山溪畔有漁竿。

度麾嶺寄莘老　王半山

區區隨傳换冬春，夜半懸崖托此身。豈慕王尊能許國，直緣毛義欲私親。施爲已壞平生學，夢想猶歸寂寞濱。風月一歌勞者事，能明吾意可無人。

二十三日即事　張宛丘

已逢嫵媚散花峽，不怕艱危道士磯。啼鳥似逢人勸酒，好山如爲我開眉。風標公子鷺得意，跋扈將軍風斂威。到舍將何作歸遺，江山收得一囊詩。

自海至楚途寄馬全玉

蕭蕭晚雨向風斜，村遠荒涼三四家。埜色連雲迷稼穡，秋聲催曉起蒹葭。愁如夜月長隨客，身似飛鴻不記家。極目相望何處是，海天無際落殘霞。

登城樓

陳簡齋

沙雨初乾布褐輕，獨披衰蔓步高城。天晴海上峰巒出，野暗人家燈火明。歸鳥各尋芳樹去，夕陽微照遠村耕。登樓已恨荆州遠，況復安仁白髮生？

次韻謝吕居仁

別君不覺歲時荒，豈意相逢魑魅鄉。篋裏詩書總零落，天涯形貌各昂藏。江南今歲無胡虜，嶺表窮冬有雪霜。倘可卜鄰吾欲往，草茅爲蓋竹爲梁。

十　里

趙師秀

烏紗巾上是黄塵，落日荒原更恐人。竹裏怪禽啼似鬼，道傍枯木祭爲神。亦知遠役能添老，無奈高眠不救貧。此地到城惟十里，明朝難得自由身。

邊塞類

和陸明甫贈將軍重出塞　陳子昂

忽聞天上將，關塞重横行。始返樓蘭國，還向朔方城。黄金裝戰馬，白羽集神兵。星月開天陣，山川列地營。曉風吹畫角，春色耀飛旌。寧知班定遠，猶是一書生。

塞北　沈佺期

胡馬犯邊埃，風從丑上來。五原烽火急，六郡羽書催。冰壯飛狐冷，霜濃候雁哀。將軍朝受鉞，戰士夜銜枚。紫塞金河裏，葱山鐵勒隈。蓮花秋劍發，桂葉曉旗開。秘略三軍動，妖氛百戰摧。何言投筆去，終作勒銘回。

在軍中贈先還知己　駱賓王

蓬轉俱行役，瓜時獨未還。魂迷金闕路，望斷玉門關。獻凱多慚霍，論風幾謝班。風塵催白首，歲月損紅顔。落雁低秋塞，驚鳧起暝灣。胡霜如劍鍔，漢月似刀環。别後庭邊樹，相思幾度攀。

長城聞笛

楊巨源

孤城笛滿林，斷續共霜砧。夜月降羌淚，秋風老將心。静過寒壘遍，暗入故關深。惆悵《梅花落》，山川不可尋。

老將吟

竇鞏

烽煙猶未盡，年鬢暗相催。輕敵心空在，彎弓手不開。馬依秋草病，柳傍故營摧。唯有酬恩客，時聽説劍來。

送翁靈舒遊邊

徐道暉

孤劍色磨青，深謀秘鬼靈。離山春值雪，憂國夜觀星。奏凱邊人悦，翻營戰地腥。期君歸幕下，何石可書名。

入塞曲

耿湋

將軍帶十圍，重錦製戎衣。猿臂銷弓力，虬鬚長劍威。首登平樂宴，新破大宛歸。樓上姝姬笑，門前問客稀。暮烽玄兔急，秋草紫騮肥。未奉君王詔，高槐晝掩扉。

涇州觀元戎出師　戎昱

寒日征西將，蕭蕭萬馬叢。吹笳覆樓雪，祝纛滿旗風。遮虜黄雲斷，燒羌白草空。金鐃肅天外，玉帳盡霜中。朔野長城閉，河源舊路通。衛青師自老，魏絳賞何功。槍壘依沙迴，轅門壓塞雄。燕然如可勒，萬里願從公。

和　蕃

漢家青史上，計拙是和親。社稷依明主，安危託婦人。豈能將玉貌，便擬静胡塵。地下千年骨，誰爲輔佐臣？

題金城臨河驛樓　岑參

古戍依重險，高樓見五涼。山根盤驛道，河水侵城牆。庭樹巢鸚鵡，園花隱麝香。忽如江浦上，憶作捕魚郎。

北庭作

雁塞通鹽澤，龍堆接醋溝。孤城天北畔，絶域海西樓。秋雪春仍下，朝風夜不休。可知年四十，猶自未封侯。

贈王將軍

賈浪仙

宿衛爐煙近，除書墨未乾。馬曾金鏃中，身有寶刀瘢。父子同時捷，君王畫陣看。何當爲外帥，白日出長安。

送鄒明府遊靈武

曾宰西畿縣，三年馬不肥。債多平劍與，官滿載書歸。邊雪藏行徑，林風透卧衣。靈州聽曉角，客館未開扉。

塞上贈王太尉

僧宇昭

嫖姚立大勳，萬里絶妖氛。馬放降來地，鵰閑戰後雲。月侵孤壘没，燒徹遠蕪分。不慣爲邊客，宵笳懶欲聞。

漁陽將

張司業

塞深沙草白，都護領燕兵。放火燒奚帳，分旗築漢城。下營看嶺勢，尋雪覺人行。更向桑乾北，擒生問磧名。

没蕃故人

柳中庸

前年戍月支，城上没全師，蕃漢斷消息，死生長別離。無人收廢帳，歸馬識殘旗。欲祭疑君在，天涯哭此時。

愁怨

玉樹起涼煙，凝情一葉前。別離傷曉鏡，摇落怨秋絃。漢壘關山月，胡笳塞北天。不知腸斷夢，空遶幾山川。

入塞曲

鄭鏦

留滯邊庭久，思歸歲月賒。黄雲同入塞，白首獨還家。宛馬隨秦草，胡人問漢花。還傷李都尉，猶是没黄沙。

邊遊

項斯

古鎮門前北，長安路在東。天寒明堠火，日晚裂旗風。塞館皆無事，儒裝亦有弓。防秋故鄉卒，暫喜語音同。

尹學士自濠梁移倅秦州　宋景文

于役三年遠，論兵兩鬢班。不辭征虜辟，要作破羌還。楯墨應圜熟，兜烽報未閑。浮舠背淮服，盤馬入秦關。遂閣讎書筆，仍餘聚米山。憶君他夕恨，遥向隴雲間。

少將　李商隱

族亞齊安陸，風高漢武威。煙波别墅醉，花月後門歸。青海聞傳箭，天山報合圍。一朝携劍起，上馬即如飛。

擬王維觀獵　梅聖俞

白草南山獵，調弓發指鳴。原邊黄犬去，雲外皂雕迎。近出長陵道，還看小苑城。聊從向來騎，回望夕陽平。

贈索暹將軍　王建

渾身著箭瘢猶在，萬槊千刀總過來。輪劍直衝生馬隊，抽旗旋踏死人堆。聞休鬭戰心還癢，見説烟塵眼即開。淚滴先王階下土，南衙班裏趁朝迴。

送李僕射赴鎮鳳翔　張司業

由來勳業屬英雄，兄弟連營列位同。先入賊城擒首惡，盡封官庫讓元功。旌幢獨繼家聲外，竹帛新添國史中。天子欲收秦隴地，故教移鎮在扶風。

次韻元厚之平戎獻捷　王荆公

朝廷今日四夷功，先以招懷後殪戎。胡地馬牛歸隴底，漢人煙火起湟中。投戈更講諸儒藝，免胄争趨上將風。文武佐時慚吉甫，宣王征伐自膚公。

依韻和蔡樞密岷洮恢復部落迎降　王岐公

河湟形勝壓西陲，忽覺連營列漢旗。天子坐籌星兩兩，將軍解佩印纍纍。稱觴别殿傳新曲，御璧名王按舊儀。《江漢》一篇猶未美，周宣方事伐淮夷。

忠憤類

春望

杜工部

國破山河在，城春草木深。感時花濺淚，恨別鳥驚心。烽火連三月，家書抵萬金。白頭搔更短，渾欲不勝簪。

秋日懷賈隨進士

羅隱

邊寇日騷動，故人音信稀。長纓慚賈誼，孤冢憶韓非。曉匣魚腸冷，春園鴨掌肥。知君安未得，聊且示忘機。

還韓城

呂居仁

乍喜全家脱，虚疑疋馬奔。乾坤德盛大，盜賊爾猶存。稻壠秋仍早，溪流晚自渾。素冠兼白髮，悉絶更誰論？

兵亂後雜詩五首

其　五

蝸舍嗟蕪没，孤城亂定初。籬根留敝屨，屋角得殘書。雲路慚高鳥，淵潛羡巨魚。客來闕佳致，親爲摘山蔬。

己酉亂後寄常州使君姪四首

汪彦章

其　一

汾水遊仍遠，瑶池宴未歸。航遷群廟主，矢及近臣衣。胡馬窺天塹，邊峰斷日畿。百年淮海地，回首復成非。

其　二

草草官軍渡，悠悠虜騎旋。方嘗勾踐膽，已補女媧天。諸將争陰拱，蒼生忍倒懸。乾坤滿群盜，何日是歸年？

秋興

杜工部

聞道長安似奕棋，百年世事不勝悲。王侯第宅皆新主，文武衣冠異昔時。直北闗山金鼓振，征西車馬羽書遲。魚龍寂寞秋江冷，故國平居有所思。

釋悶

四海十年不解兵，犬戎也復臨咸京。失道非關出襄野，揚鞭忽是過湖城。豺狼塞路人斷絶，烽火照夜屍縱横。天子亦應厭奔走，群公固合思昇平。但恐誅求不改轍，聞道嬖孽能全生。江邊老翁錯料事，眼暗不見風塵清。

山中寡婦

杜荀鶴

夫因兵死守蓬茅，麻苧衣冠鬢髮焦。桑柘廢來猶納稅，田園荒後尚徵苗。時挑野菜和根煮，旋斫生柴帶葉燒。任是深山更深處，也應無計避征徭。

旅泊遇郡中叛亂示同志

握手相看誰敢言，軍家刀劍在腰邊。遍搜寶貨無藏處，亂殺平人不怕天。古寺拆爲修寨木，荒墳開作甃城磚。郡侯逐出渾閑事，政是鑾輿幸蜀年。

中元甲子以辛丑駕幸蜀　　羅　隱

子儀不起渾瑊亡，西幸誰人從武皇？四海爲家雖未遠，九州多事竟難防。已聞旰食思真將，會待畋遊致假王。應感兩朝巡狩跡，緑槐端正驛荒涼。

自蘇臺至望亭驛人家盡空　　李嘉祐

南浦菰蒲覆白蘋，東吴黎庶逐黄巾。野棠自發空流水，江燕初歸不見人。遠樹依依如送客，平田渺渺獨傷春。那看回首長洲苑，烽火年年報戰塵。

北　風　　劉屏山

雁起平沙晚角哀，北風迴首恨難裁。淮山已隔胡塵斷，汴水猶穿故苑來。紫色鼃聲真倔强，翠華龍衮暫徘徊。廟堂此日無遺策，可是憂時獨草萊。

宿牧牛亭秦太師墳庵　　楊誠齋

函關只有一穰侯，瀛館寧無再帝丘。天極八重心未死，台星三點坼方休。只看壁後新亭策，恐作移中屬國羞。今日牛羊上丘壟，不知丞相更嗔不？

書　憤

陸放翁

其　二

鏡裏流年兩鬢殘，寸心自許尚如丹。衰逢罷試戎衣窄，悲憤猶争寶劍寒。遣戍十年臨滴博，壯圖萬里戰臯蘭。關河自古無窮事，誰料如今袖手看。

山巖類

和永叔新晴獨過東山

丁元珍

芳辰百五前，選勝到林泉。萬樹緑初染，群花紅未然。陰巖猶貯雪，暖谷自生煙。婦汲溪頭水，人耕草際田。日中林影直，風静鳥深圓。健令多情甚，尋春最占先。

遊　山

陸放翁

其　一

簫鼓湖山路，天教脱羈鞿。蟬聲入古寺，馬影渡荒陂。樵唱時傾耳，僧談亦解頤。偏門燈火鬧，不敢恨歸遲。

其　二

古寺不來久，入門空嘆嗟。僧亡唯見塔，樹老已無花。世事雖難料，吾生固有涯。殷勤一梳月，十里伴還家。

川泉類

家園新池　姚　合

數日自穿池，引泉來近陂。尋渠通咽處，遶岸待清時。深好求魚養，閑堪與鶴期。幽聲聽難盡，入夜睡常遲。

一公新泉　嚴　維

山下新泉出，泠泠北去源。落池纔有響，磧石未成痕。獨映孤松色，殊分衆鳥喧。唯當清夜月，觀此啟禪門。

過洞庭湖

許棠

驚波常不定，半日鬢堪班。四顧疑無地，中流忽有山。鳥飛常畏墜，帆遠却如閑。漁父前相引，時歌浩渺間。

鉅野

陳後山

餘力唐虞後，沉人海岱西。不應容桀黠，寧復有青齊。燈火魚成市，帆檣藕帶泥。十年塵霧底，瞥眼怪鳧鷖。

西湖

小徑才容足，寒花只自香。官池下鳧雁，荒冢上牛羊。有子吾甘老，無家去未量。三年哦五字，草木借餘光。

湖上

湖上難爲别，梅梢已著春。林喧鳥啄啄，風過雨鱗鱗。緣有三年盡，情無一日親。白頭厭奔走，何地與爲鄰。

庭宇類

次韻李泰叔退老堂　呂頤浩

東郊半隱遶郡峰，門外滔滔一水通。再歲依棲欣有幸，十年遭濟歎無功。閑心不厭耕南畝，清夢猶思殄北戎。看取中原恢復後，麒麟圖畫首膚公。

次韻舍弟賞心亭即事二首　王半山

其一

檻折篘傾野水傍，臺城佳氣已消亡。難披榛莽尋千古，獨倚青冥望八荒。坐覺塵沙昏遠眼，忽看風雨破驕陽。扁舟此日東南興，欲盡江流萬里長。

垂虹亭

宛宛虹霓墮半空，銀河直與此相通。五更縹緲千山月，萬里淒涼一笛風。鷗鷺稍回青靄外，汀洲特起緑蕪中。騷人自欲留佳句，忽憶君詩思已窮。

技藝類

和仲庶池州齊山圖

王半山

省中何忽有崔嵬，六幅生綃坐上開。指點便知巖穴處，登臨新作使君來。雅懷重向丹青得，勝勢兼隨翰墨回。更想杜郎詩在眼，一江春雪下□堆。

次韻平甫贈三靈程惟象

家山松菊半荒蕪，杖策窮年信所如。占見地靈非卜筮，算知人貴自陶漁。久諳郭璞言多驗，老比顏含意更踈。秖欲勒成《方士傳》，借君名姓在新書。

贈三靈程道人

王平甫

三靈山下新安水，瀟灑人間畫不如。收拾市朝忙日月，歸□田里老樵漁。君能知命忘機久，我愧□持觸事踈。從此卜鄰同笑傲，何須强著《解嘲》書。

贈善相程傑

蘇東坡

心傳異學不謀身，自要清時閲縉紳。火色上騰雖有數，急流勇退豈無人。書中苦覓元非訣，醉裏微言却近真。我似樂天君記取，華顛賞遍洛陽春。

贈虔州術士謝晋臣

屬國今從海外歸，居平且莫下簾帷。前生恐是盧行者，後學過呼韓退之。死後人傳戒定慧，生時宿直斗牛箕。憑君爲算行年看，便數生時到死時。

贈徐相師

陸放翁

許負遺書果是非，子憑何處説精微？使君豈必如椰大，丞相元來要瓠肥。袖闊日常籠短刺，肩寒春未换單衣。半頭布袋挑詩卷，也道遊京賣術歸。

遠外類

送和蕃公主

張司業

塞上如今無戰塵，漢家公主出和親。邑司猶屬宗卿寺，册號還同虜帳人。九姓旗旛先引路，一生衣服盡隨身。氈城南望無回日，空見沙蓬水柳春。

消遣類

感興

白樂天

其二

魚能深入無憂釣，鳥解高飛豈觸羅。爇處是争炙手去，悔時其奈噬臍何。樽前誘得猩猩血，幕上偷安燕燕窠。我有一言君記取，世間惟有苦人多。

閑卧有所思

其一

向夕褰簾卧枕琴，微涼入户起開襟。偶因明月清風夜，忽想遷臣逐客心。何處投閑初恐懼，誰人遶澤正悲吟。始知洛下分司坐，一日安閑值萬金。

其二

權門要路足身災，散地閑居少禍胎。今日憐君嶺南去，當時笑我洛中來。蟲全性命緣無毒，木盡天年爲不才。大抵吉凶多自致，李斯一去二疏回。

九年十一月二十一日感事而作

禍福茫茫不可期，大都早退似先知。當君白首同歸日，是我青山獨往時。顧索素琴應不暇，憶牽黄犬定難追。麒麟作脯龍爲醢，何似泥中曳尾龜。元注：其日獨遊寶山寺。

放　言

其　三

贈君一法决狐疑，不用鑽龜與祝蓍。試玉要燒三日滿，辨才須待七年期。周公恐懼流言後，王莽謙恭未篡時。向使當時身便死，一生真僞復誰知。

殘春旅舍

韓致光

旅舍殘春宿雨晴，恍然心地憶咸京。樹頭蜂抱花鬚落，池面魚吹柳絮行。禪伏詩魔歸浄域，酒衝愁陣出奇兵。兩梁免被塵埃污，拂拭朝簪待眼明。

安定城樓

李商隱

迢遞高城百尺樓，緑楊枝外盡汀洲。賈生年少虚垂涕，王粲春來更遠遊。永憶江湖歸白髮，欲回天地入扁舟。不知腐鼠成滋味，猜意鵷雛竟未休。

十二月十七日移病家居三首　張宛丘

其　二

憑高遊目快遐瞻，落日孤雲與水兼。萬頃澤空供雪意，一枝梅笑破冬嚴。擊蒼未滅飛揚興，引滿何辭斗石添。楊柳催春兼警客，荒溝照影弄纖纖。

其　三

從今羞復立功名，鹵莽因循已半生。心遣我愚應有謂，眼看人智亦何成。夢爲胡蝶因觀化，目送飛鴻謾寄情。堪笑妻兒懷土甚，謫居未滿已流行。

後寓歎　陸放翁

貂蟬未必出兜鍪，要是蒼鷹已下韝。彭澤竟歸端爲酒，輕車已老豈須侯。千年精衛心平海，三日於菟氣食牛。會與高人期物外，摩挲銅狄灞陵秋。

遣　興

幾看人間歲月新，釣船猶繫鏡湖濱。曾穿高帝朝元仗，却作山陰版籍民。留病三分嫌太近，忍饑半日未全貧。早知晝錦能爲崇，翁子終身合負薪。

遣興

其二

家住城南剡曲傍，門前山色蘸湖光。三朝執戟悲年壯，二頃扶犁樂歲穰。名姓已隨身共隱，文辭終與道相忘。子孫勉守東皋業，小甑吴粳底樣香。

信筆

范石湖

天地同浮水上萍，羲娥迭耀案頭螢。山中名器兩芒屩，花下友朋雙玉缾。童子昔曾誇了了，主翁今但諾惺惺。歸田贏得都無事，輸與諸公汗簡青。

子息類

阿雀兒詩

白樂天

謝病卧東都，羸然一老夫。孤單同伯道，遲見過商瞿。豈料鬢成雪，方看掌上珠。已衰寧望有，雖晚亦勝無。蘭入前春夢，桑傳昨日弧。里閭多慶賀，親戚共歡娱。膩剃新胎髮，香綳小繡襦。玉芽開手爪，酥顆點肌膚。乳氣初離㲉，啼聲漸變雛。何時能反哺，供養白頭烏。

楊本勝説於長安見小兒阿衮　李商隱

聞君來日下，見我最嬌兒。漸大啼應數，長貧學恐遲。寄人龍種瘦，失母鳳雛癡。語罷休邊角，青燈兩鬢絲。

哭雀兒　白樂天

掌珠一顆兒三歲，鬢雪千莖父六旬。豈料汝先爲異物，常憂吾不見成人。悲腸自斷非因劍，哰眼加昏不是塵。懷抱又空添默默，依然重作鄧攸身。

寄贈類

忝識武昌初至夏口書事獻府主　竇　鞏

白髮放櫜鞬，梁王舊愛全。竹籬江畔宅，梅雨病中天。時奉登臨宴，閑修上水船。時人興謗易，莫遣鶴猜錢。

贈葛天民

翁靈舒

燕本昔如此，清名千載垂。誰將囊米施，自拾束薪炊。柳影連蓬閣，湖波浸竹籬。朝昏無別事，只是欲吟詩。

寄外舅郭大夫

陳後山

巴蜀通歸使，妻孥且舊居。深知報消息，不忍問何如。身健何妨遠，情親未忍疏。功名欺老病，淚盡數行書。

贈高九萬并寄孫季蕃二首

劉後村

其　一

諸人凋落盡，高叟亦中年。行世有千首，買山無一錢。紫髯長拂地，白眼冷看天。古道微如綫，吾儕各勉旃。

其　二

菊磵説花翁，飄零向浙中。無書上皇帝，有句惱天公。世事年年異，詩人箇箇窮。築臺并下榻，今豈乏英雄。

贈賣書陳秀才

趙師秀

四圍皆古今，永日坐中心。門對官河水，簷依柳樹陰。每留名士飲，屢索老夫吟。最感春燒盡，時容借檢尋。

寄新吴友人

每於樓上立，遠遠望新吴。春至山疑長，江空雨似無。懷才人盡愛，多病體常癯。若治東游策，舟行與子俱。

酬淮南牛相公述舊見貽

劉賓客

少年曾忝漢庭臣，晚歲空餘老病身。初見相如成賦日，尋爲丞相掃門人。追思往事咨嗟久，喜奉清光笑語頻。猶有登朝舊冠冕，待公三日拂埃塵。

酬太原狄尚書見寄

家聲烜赫冠前賢，時望穹崇鎮化邊。身上官銜如座主，幕中談笑取同年。幽并俠少趨鞭弭，燕趙佳人奉管絃。仍把天兵書號筆，遠題長句寄山川。

夜宿江浦聞元八改官因寄此什

李虚己

君遊丹陛已三遷，我泛滄浪欲二年。劍佩曉趨雙鳳闕，煙波夜宿一漁船。交親盡在青雲上，鄉曲遥抛白日邊。若報生涯應笑殺，結茅栽芋種畬田。

次韻和汝南秀才遊净土見寄

宋景文

長松繫馬放吟鞭，水殿沉檀一炷煙。苔破閑堦幽鳥立，草芳深院老僧眠。桃花欲放條風後，茶蕊新供穀雨前。衰會賞詩多狎客，我無岐路近神仙。

送越州陸學士

强幾聖

梅天霞破候旗乾，鄉樹依然越絶間。挾策當年縫掖去，懷章此日繡衣還。亭餘内史浮觴水，路入仙人取箭山。牛酒盛誇先墅宴，不妨春詔得親班。

賈麟自睦來杭復將如蘇戲贈短句

春風那解繫狂遊，朝醉桐江暮柳州。大手千篇隨地掃，一身四海學雲浮。榮名不落閑宵夢，退築聊爲歲晚謀。老橘殘鱸猶有興，片心還起洞庭舟。

次韻陳師道無己見寄　曾文昭

故人南北嘆乖離，忽把清詩慰所思。松茂雪霜無改色，雞鳴風雨不愆時。著書子已通科斗，竊食吾方逐鷽斯。便欲去爲林下友，懶隨年少樂新知。

贈胡衡仲　楊誠齋

風騷堂上徑雄趨，不作俳辭笑已乎。紙落煙雲春醉旭，氣含蔬筍薄僧殊。夜來霜月千家滿，雨後風埃半點無。安得與君幽討去，一觴一詠惱西湖。

寄汪尚書　姜梅山

五十年間嘆闊疎，相忘兩地復江湖。書來筆底驚强健，詩去吟邊想步趨。好對青山看歌舞，莫嫌紅粉笑髭鬚。鳳毛已有哦松韻，尚記金華舊範模。

寄德光大光　陳簡齋

君王優詔起群公，也置樵夫一尺中。易著青衫隨世事，難將白髮犯秋風。共談太極非無意，能繫蒼生本不同。却倚紫陽千丈嶺，遥瞻黄鵠九霄東。

遷謫類

遷客

張司業

去去遠遷客，瘴中衰病身。青山無限路，白首不歸人。海國戰騎象，蠻州市用銀。一家分幾歲，誰見日南春。

北歸次秋浦界清溪館

劉長卿

萬里猿啼斷，孤村客暫依。雁過彭蠡暮，人過宛陵稀。舊路青山在，餘生白首歸。漸知行近北，不見鷓鴣飛。

送客南遷

白樂天

我説南中事，君應不願聽。曾經身困苦，不覺語丁寧。燒處愁雲夢，波時憶洞庭。春畬煙勃勃，秋瘴霧冥冥。蚊蚋經冬活，魚龍欲雨腥。水蟲能射影，山鬼解藏形。穴掉巴蛇尾，林飄鴆鳥翎。颶風千里黑，蕠草四時青。客似驚弦雁，舟如委浪萍。誰人勸言笑，何計慰漂零。慎勿琴離膝，長須酒滿瓶。大都從此去，宜醉不宜醒。

戲題巫山縣用杜子美韻　黄山谷

巴俗深留客，吴儂但憶歸。直知難共語，不是故相違。東縣聞銅臭，江陵换袷衣。丁寧巫峽雨，慎莫暗朝暉。

寄韓潮州　賈浪仙

此心曾與木蘭舟，直到天南潮水頭。隔嶺篇章來華岳，出關書信過瀧流。峰懸驛路殘雲斷，海浸雲根老樹秋。一夕瘴烟風掩盡，月明初上浪西樓。

初到江州　白樂天

潯陽欲到思無窮，庾亮樓南湓口東。樹木凋疎山雨後，人家低濕水烟中。菰蔣餵馬行無力，蘆荻編房卧有風。遥見朱輪來出郭，相勤勞動使君公。

初到忠州贈李六

好在天涯李使君，江頭相見日黄昏。吏人生梗都如鹿，市井疎蕪只抵村。一隻蘭船當驛路，百層石磴上州門。更無平路堪行處，虛度朱輪五馬恩。

酬樂天得微之詩知通州事因成四首

元微之

其　一

茅簷屋舍竹籬州，虎怕偏蹄蛇兩頭。暗蠱有時迷酒影，浮塵向日似波流。沙含水弩多傷骨，田仰畬刀少用牛。知得與君相見否？近來魂夢轉悠悠。

其　三

哭鳥晝飛人少見，倀魂夜嘯虎行多。滿身沙蝨無防處，獨脚山魈不奈何。甘受鬼神侵骨髓，常憂岐路起風波。南歌未有東西不，敢唱滄浪一字歌。

送唐介之貶所

李誠之

孤忠自許衆不與，獨立敢言人所難。去國一身輕似葉，高名千古重於山。並游英俊顏何厚，未死姦諛骨已寒。天爲吾皇扶社稷，肯教夫子不生還！

初到黄州

蘇東坡

自笑平生爲口忙，老來事業轉荒唐。長江遶郭知魚美，好竹連山覺筍香。逐客不妨員外置，詩人例作水曹郎。只慚無補絲毫事，尚費官家壓酒囊。

八月七日初入贛過惶恐灘

七千里外二毛人，十八灘頭一葉身。山憶喜歡勞遠夢，地名惶恐泣孤臣。長風送客添帆腹，積雨浮舟減石鱗。便合與官充水手，此生何止略知津。

六月二十日夜渡海

參橫斗轉欲三更，苦雨終風也解晴。雲散月明誰點綴，天容海色本澄清。空餘魯叟乘桴意，粗識軒轅奏樂聲。九死南荒吾不恨，兹游奇絶冠平生。

過嶺二首

其二

七年來往我何堪，又試曹谿一勺甘。夢裹似曾遷海外，醉中不覺到江南。波生濯足鳴空澗，霧繞征衣滴翠嵐。誰遣山雞忽飛起，半巖花雨落毵毵。

送王元均貶衡州兼寄元龍二首

陳後山

其　一

先生英氣蓋區中，命與仇謀得老窮。又見長身有家法，可辭短簿怒吾公。石頭路滑行能速，宣室歸來語未終。宛洛風塵莫回顧，直須留眼送歸鴻。

其　二

先生秀句滿江東，二子緣渠得再窮。詩禮向來堪發冢，孫劉能使不爲公。炎方瘴癘避軒豁，故國山河開始終。傳語元龍要相識，江湖春動有來鴻。

送胡邦衡之新州貶所二首

王民瞻

其　一

一封朝上九重關，是日清都虎豹閑。百辟動容觀奏牘，幾人回首愧朝班。名高北斗星辰上，身落南州瘴癘間。不待百年公議定，漢庭行召賈生還。

疾病類

初病風　白樂天

六十八衰翁，乘衰百藥攻。朽株難免蠹，空穴易來風。肘痺宜生柳，頭旋劇轉蓬。恬然不動處，虚白在胸中。

病中六首　陳後山

其　六

静裏秋光到，閑中晝自長。閉門宜泄柳，尸祝謾庚桑。腹已枵經笥，身猶試藥方。强名今日愈，勃窣負東牆。

春盡日宴罷感事獨吟　白樂天

五年三月今朝盡，客散筵空獨掩扉。病與樂天相伴住，春同樊子一時歸。閑聽鶯語移時立，思逐楊花觸處飛。金帶縋腰衫委地，年年衰瘦不勝衣。

眼病二首

其二

眼藏損傷來已久，病根牢固去應難。醫師盡勸先停酒，道侶多教早罷官。案上謾鋪《龍樹論》，合中虚撚決明丸。人間方藥應無益，争得金篦試刮看。

次韻王元勃問余齒脱

曾茶山

齒危但以粥充虚，辜負公家夏屋渠。政恐麴生真作祟，可憐髯簿頓成疎。動摇不减韓吏部，蹴踏非勤焦校書。落勢今年殊未已，祇應從此併無餘。

耳鳴

范石湖

東極空歌下始青，西方寶網奏《韶英》。不須路入兜元國，自有音聞空筏城。牛蟻誰知床下鬭，雞蠅任向夢中鳴。如今却笑難陀種，無耳何勞强聽聲。

病足累日不能出掩門折花自娱

陸放翁

頻報園花照眼明，蹣跚正廢下堂行。擁衾又聽五更雨，屈指都無三日晴。不奈病何抛酒盞，粗知春在賴鶯聲。一枝自浸銅瓶水，喜與年光未隔生。

問友人病

劉後村

病來清瘦欲通仙，深炷篝香拂地眠。野客勸尋廉藥賣，外人偷出近詩傳。術庸難靠醫求效，俗陋多依鬼乞憐。鷗鷺如欺行跡少，分明溪上占漁船。

釋梵類

酬暉上人獨坐山亭有贈

陳子昂

鍾梵經行處，香牀坐入禪。巖亭交雜樹，石瀨瀉鳴泉。水月心方寂，雲霞思獨玄。寧知人代裏，疲病得攀援。

遊梵宇三覺寺

王　勃

杏閣披青磴，瑪臺控紫岑。葉齊山路狹，花積野壇深。蘿幌棲禪影，松門聽梵音。遽忻陪妙躅，延賞滌煩襟。

宿贊公房　杜工部

杖錫何來此，秋風已颯然。雨荒深院菊，霜倒半池蓮。放逐寧違性，虛空不離禪。相逢成夜宿，隴月向人圓。

上兜率寺

兜率知名寺，真如會法堂。江山有巴蜀，棟宇自齊梁。庾信哀雖久，何顒好不忘。白牛車遠近，且欲上慈航。

同崔三十侍御灌口夜宿報恩寺　岑參

同君尋野寺，夜宿支公房。溪月冷深殿，江雲擁迴廊。燃燈松林静，煮茗柴門香。勝事不可接，相思幽興長。

起度律師同居東齋院　韋蘇州

釋子喜相偶，幽林俱避喧。安居同僧夏，清夜諷道言。對閣景恒晏，步庭陰始繁。逍遥無一事，松風入南軒。

送文暢上人東遊

劉賓客

得道即無著，隨緣西復東。貌依年臘老，心到夜禪空。山宿馴溪虎，江行濾水蟲。悠悠塵客思，春滿碧雲中。

晚春登天雲寺南樓贈常禪師

花盡頭新白，登樓意若何。歲時春日少，世界苦人多。愁醉非因酒，悲吟不是歌。求師治此病，唯聽讀《楞伽》。

哭柏巖禪師

苔覆石牀新，師曾占幾春。寫留行道影，焚却坐禪身。塔院關松雪，經房鎖隙塵。自嫌雙淚下，不是解空人。

歲暮自廣江至新興往復中題峽山寺

許渾

夜醉晨方醒，孤吟恐失群。海鰌潮上見，江鵠霧中聞。未臘梅先實，經冬草自薰。樹隨山崦合，泉到石稜分。虎跡空林雨，猿聲絶嶺雲。蕭蕭異鄉鬢，明日共絲棼。

其　二

薄暮緣西峽，停橈一訪僧。鷺巢橫卧柳，猿飲倒垂藤。水曲巖千疊，雲重樹百層。山風寒殿磬，溪雨夜船燈。灘漲危槎没，泉衝怪石崩。中臺一襟淚，歲杪别良朋。

其　三

密樹分蒼壁，長溪抱碧岑。海風聞鶴遠，潭日見魚深。松蓋環清韻，榕根架緑陰。洞丁多斲石，蠻女半淘金。端州斲石，塗涯縣淘金爲業。南浦驚春至，西樓送月沉。江流不過嶺，何處寄歸心。

其　四

月在行人起，千峰復萬峰。海虚争翡翠，溪邏鬬芙蓉。古木高生斛，陰池滿種松。火探深洞燕，香送遠潭龍。藍塢寒先燒，禾堂晚併舂。更投何處宿，西峽隔雲鐘。

惠山寺　　張　祜

舊宅人何在，空門客自過。泉聲到池盡，山色上樓多。小洞穿斜竹，重階夾細莎。殷勤望城市，雲外暮鐘和。

哭閑宵上人　周賀

林逕西風急，松枝講鈔餘。凍髭亡夜剃，遺偈病時書。地燥焚身後，堂空著影初。弔來頻落淚，曾憶到吾廬。

遊東林寺　黄滔

平生愛山水，下馬虎溪時。已到終嫌晚，重遊預作期。寺寒三伏雨，松偃數朝枝。翻譯如曾見，白蓮開滿池。

月中宿雲巖寺上方　温飛卿

虚閣披衣坐，寒階踏葉行。衆星中夜少，圓月上方明。靄盡無林色，喧餘有澗聲。祇應愁恨事，還逐曉光生。

題維摩暢上人房杇栟　李洞

諸方游幾臘，五夏五峰銷。越講迎騎象，蕃齋懺射雕。冷筇書雪倚，寒櫟話雲燒。從此棲林老，瞥然三萬朝。

送僧

僧無可

四海無拘繫，行心興自濃。百年三事衲，萬里一枝筇。夜減當晴影，春消過雪蹤。白雲深處去，知宿在何峰。

送贊律師歸嵩山

禪意歸心急，山深定易安。清平修道苦。孝友别家難。雪路尋溪轉，花宫映嶽看。到時孤塔暮，松月向人寒。

懷智體道人

僧貫休

把筆懷吾友，庭鶯百囀時。惟應一處住，方得不相思。雪水淹門閾，春雷折樹枝。平生無限事，不獨白雲知。

題真州精舍

僧齊己

波心精舍好，那岸是繁華。礙目無高樹，當門即遠沙。晨齋來海客，夜磬到漁家。石鼎秋濤静，禪回有嶽茶。

遊湖上昭慶寺

陳文惠堯佐

湖邊山影裏，静景與僧分。一榻坐臨水，片心閑對雲。樹寒時落葉，鷗散忽成群。莫問紅塵事，林間肯暫聞。

再遊海雲寺作

宋景文

十里雲邊寺，重驅千騎來。天形欹野盡，江勢釀山回。園柰濃成幄，樓鐘近殷雷。斜陽歸鞅促，飛蓋冒輕埃。

懷寄披雲峰誠上人

曹汝弼

院高窮本盛，野極静無言。險路通巖頂，香泉出石根。微風飄磬韻，幽鳥啄苔痕。常記相留夜，秋堂共聽猿。

夏日宿西禪

潘逍遥

此地絶炎蒸，深疑到不能。夜涼如有雨，院静若無僧。枕潤連雲石，牕明照佛燈。浮生多賤骨，時日恐難勝。

贈惠洪

黄山谷

數面欣羊胛，論詩喜雉膏。眼横湘水暮，雲獻楚山高。墮我玉麈尾，乞君宫錦袍。月晴放舟舫，萬里渺雲濤。

登横碧軒繼趙昌甫作

徐致中

步陟高高寺，徐行不用扶。青天晴又雨，山色有還無。句向閑中覔，茶因醉後呼。所懷論未足，何乃又征途。

再遊鶴林寺

僧道潛

招隱山南寺，重來歲已寒。風林驚墜雪，雨澗咽飛湍。壁暗詩千首，霜清竹萬竿。東軒謫仙句，洗眼共君看。

徑　山

僧元肇

東西兩景幽，歲晚得同遊。壑雪陰猶在，溪雲凍不浮。鳥驚樵斧重，猿掛樹枝柔。怕有梅花發，因行到水頭。

春寒　　僧善珍

松間燈夕過，顧影在天涯。雪暝迷歸鶴，春寒誤早花。艱難知世味，貧病厭年華。故國風塵外，無人可問家。

廣潤寺新寮　　僧自南

客不赴齋招，冥心坐寂寥。青山若厭看，白日也難消。鷺起衝荷葉，蟲行蝕菊苗。何年稱老宿，來住此間寮。

贈浩律師　　僧簡長

浩也毗尼學，精於玉帳嚴。蟻酣停掃砌，燕乳記鈎簾。茶鼎敲冰煮，花壺漉水添。夢回池草緑，忍踐緑纖纖。

涪城縣香積寺官閣　　杜工部

寺下春江深不流，山腰官閣迥添愁。含風翠壁孤雲細，背日丹楓萬木稠。小院迴廊春寂寂，浴鳧飛鷺晚悠悠。諸天合在藤蘿外，昏黑應須到上頭。

因許八奉寄江寧旻上人　張子野

不見旻公三十年，封書寄與淚潺湲。舊來好事今能否，老去新詩誰與傳。棋局動隨幽澗竹，袈裟憶上泛湖船。聞君話我爲官在，頭白昏昏只醉眠。

西溪無相院　張子野

積水涵虚上下清，幾家門静岸痕平。浮萍破處見山影，小艇歸時聞棹聲。入郭僧尋塵裏去，過橋人似鑑中行。已憑暫雨添秋色，莫放修林礙月生。

再次前韻　僧如璧

曾將千古較窮通，芥孔能容幾許空。借問折腰辭五斗，何如折臂取三公。四時但覺風雨過，一飯何須刀几紅。要識壞魔三昧力，更培根椶待春風。

三山次潘静之升書記韻　朱逢年

客路那知歲月長，掀髯一笑苾蒭房。且傾徐邈聖賢酒，不問陳登上下牀。雲影飄空迷海嶠，秋聲隨夢到江鄉。明朝各聽船窗雨，猶憶枯棋戰寺廊。

頃遊龍井得一聯王伯齊同兒輩游因足成之　樓攻媿

路入風篁上翠微，老龍蟠井四山圍。水真緑净不可唾，魚若空行無所依。勝處雖多終莫及，舊遊誰在事皆非。秖今匏繫何由到，徒羡聯鑣帶月歸。

送炭與湘山西堂惠然師　僧顯萬

紛紛向火乞兒多，獨有君如擇乳鵝。萬鍜爐中尋粲可，一堆灰裏撥陰何。雪欹敗屋閑犀柄，草卧空庭任雀羅。亟送烏薪相煖熱，恐隨春夢入南柯。

仙逸類

同前得尋字　韓昌黎

秦客何年駐？仙源此地深。還隨躡屩騎，來訪馭風襟。院閉青霞入，松高遠鶴尋。猶疑隱形坐，敢起竊桃心。

贈張道士

韓翃

采藥三山罷，乘風五日歸。剪荷成舊屋，剉檗染新衣。玉粒捐應久，丹砂驗不微。坐看青節引，更與白雲飛。

送孫逸人

賈浪仙

衣屨猶同俗，妻兒亦宛然。不餐能累月，無病已多年。是藥皆諳性，令人漸信仙。杖頭書數卷，荷入翠微烟。

古觀

項斯

置觀碑已折，看松年不分。洞中誰識藥，門外日添墳。放去龜隨水，呼來鹿怕薰。壇邊宿灰火，幾燒祭星文。

贈廬嶽隱者

杜荀鶴

見説來居此，未嘗離洞門。結茅遮雨露，采藥給晨昏。古樹藤纏殺，春泉鹿過渾。悠然無一事，不似屬乾坤。

予昔遊雲臺觀謁希夷先生陳摶祠緬想其人今追作

此詩　宋景文

仙館三峰下，年華百歲中。夢休孤蝶往，蛻在一蟬空。蕊笈微言秘，霄晨浩氣通。丹遺舐後鼎，林遺御餘風。市霧沉荒白，飡霞委暗紅。蛾眉有歸約，飛步與誰同。

金華山人　陳述古

幽居倚翠巒，塵事不相干。天地醉來小，琴棋静裏歡。雨苔春徑緑，風竹夜窗寒。若問長生術，金爐有寶丹。

一真姑　趙師秀

忽然能不食，飲水度中年。此事知難僞，令人信有仙。形容無血色，衣服有香煙。聽説瑶池路，猶如在目前。

桐柏觀

山深地忽平，縹緲見珠庭。瀑近春風濕，松多曉日清。石壇遺鶴羽，粉壁剥龍形。道士王靈寶，輕强滿百齡。

書嶽麓宫道房

翁靈舒

借問今行處，群山第幾家。晴簷鳴雪滴，虚砌影梅花。香爇何年柏，芽煎未社茶。道人三四輩，相對誦《南華》。

送胡道士

賈浪仙

短褐身披滿磧苔，靈溪深處觀門開。却從城裏携琴去，許到山中寄藥來。臨水古壇秋醮罷，宿杉幽鳥夜飛迴。丹梯願逐真人上，日夕歸心白髮催。

仙子送劉阮出洞

曹唐

慇懃相送出天台，仙境那能却再來。雲液既歸須强飲，玉書無事莫頻開。花當洞口應長在，水到人間定不回。惆悵溪頭從此别，碧山明月照蒼苔。

劉阮再到天台不復見諸仙子

再到天台訪玉真，青苔白石已成塵。笙歌寂寞閑深洞，雲鶴蕭條絶舊鄰。草樹總非前度色，烟霞不似往年春。桃花流水依然在，不見當時勸酒人。

張先生　　蘇東坡

熟視空堂竟不言，故應知我未天全。肯來傳舍人皆説，能致先生子亦賢。脱屣不妨眠糞屋，流澌争看浴冰川。士廉豈識桃椎妙，妄意稱量未必然。

傷悼類

丞相温公挽詞　　陳後山

其　二

百姓歸周老，三年待魯儒。世方隨日化，身已要人扶。玉几雖來晚，明堂訖受圖。心知愛諸葛，終不羨曹蜍。

哭韓將軍　　劉賓客

將軍不復見儀型，笑語隨風入杳冥。戰馬舊騎嘶引櫱，歌姬新嫁哭辭靈。功勳客問求爲誌，服玩僧收爲轉經。寂寞一家春色裏，百花開落滿山庭。

思王逢原

其一

蓬蒿今日想紛披，冢上秋風又一吹。妙質不爲平世得，微言唯有故人知。廬山南墮當書案，湓水東來入酒巵。陳迹可憐隨手盡，欲歡無復似當時。

其二

百年物望濟時功，前路何如向此窮。鷹隼奮飛凰羽短，騏驎埋没馬群空。中郎舊業無兒付，康子才高有婦同。想見江南原上墓，樹枝零落紙錢風。

蕭嘉植跋

查初白太史評閲諸家詩集，遠近傳本雖多，然不能數覯也。若手批元本，購覓尤非易易。戊子冬日，謁外舅芷齋先生於涉園，得所纂《初白庵詩評》，受而卒讀。蓋先生自少而壯而老，每見太史手批元本，鈔録無遺，歷數十年，得十二種，綴輯薈萃，析爲三卷，體例秩然，眉目瞭如，真不惜金針度與人矣！爾時即以付梓爲請，先生自謂：「原評之當屬某段某聯，未易明確也；附録諸條，或涉遺濫也；附識按語，恐未允當也；奚敢問世？」越一二載，先生再易稿本，藏諸篋衍。今歲上元，爲先生六十覽揆之辰，客冬復請壽諸梨棗，爲先生壽，先生笑而頷之。迺與選巖、在廷兩昆互相讎勘，徂歲入春，校畢開雕。回憶晋謁之初，幾十載矣。山谷云：「自往見謝公，論詩得濠梁。」嘉植側聞緒論，鮮能融會，願與海内深思好學之士體玩原評，詳味附録，同作濠上之遊，其樂當何如耶！

乾隆四十二年丁酉春日，壻蕭嘉植蘭森氏謹跋。

張柯跋

查太史初白先生爲當代詩宗，其學瀏覽博綜，無所不究。每閲古人詩集，多有評騭。余兄芷齋彙輯得若干種，爲參校而付之剞劂，用心可謂勤矣。竊唯詩家之有箋注，譬猶幽室夜行，而照之以列炬也。第謂畢讀詩之能事，則未盡然。蓋句梳字櫛，詳覈出處，窺作者之用心，探立言之本意，此則箋注之所及也。至於宗旨風格，正變盛衰，以及字裏行間，長短疎密，讀者每目眩而心疑焉。陸士衡云：「愜心者貴當。」又云：「立片言以居要，乃一篇之警策。」承學之士，手一編而不得其愜心警策之處，將何所取則焉？此則箋注之所未及也。嗟乎！幽室夜行，而既照之以列炬矣，乃若使之向衡岳者由南轅，問燕薊者循北轍，豈不更快然於心目間哉！然則，詩之有評，其爲藝苑津梁，詎淺鮮歟？往時何義門先生有《讀書記》，上自《論》、《孟》，下及杜、韓等詩集，爲詞林推重。先生於經史間有批閲，因非全本，概不登録。兹取詩評，勒成一書，俾作者之精神面目，展卷了然，其體例較《讀書記》更爲明晰。此余兄嘉惠後學之盛心，亦可謂敬業之功臣已！爰識數語，以附名於卷末云。

乾隆四十二年中元前三日，東谷弟柯書於吴興之菰城學署。

附録一　查他山先生年譜

目録

初白先生年譜序

吴騫

《查初白先生年譜》一卷，予友陳君奉峰手輯。奉峰爲先生外曾孫。母查孺人，先生弟某女孫也，夙通書史，熟諳家世舊聞。奉峰幼孤，稟慈氏之教以有成。居恒耳目濡染，斷葱截髮之餘，側聞緒論，輒謹識之。積以歲月，而成是書。故於先生出處事跡，皆信而有徵，無少文飾。先生學博而志宏，少年足跡半宇内，於書無所不窺，卓然爲當世儒宗。所著《周易玩辭集解》及《敬業堂全集》，並録入《欽定四庫全書》。而詩學尤爲海内談詩家首屈一指，長洲沈文慤公輯《别裁集》，亦極推許。近武進趙雲松觀察撰《十家詩話》，國朝惟推梅村、敬業二家，且謂先生直可繼香山、劍南之後。二公非如世之徒徇鄉曲之見者，蓋天下之公言也。古之人誦其詩必論其世，此年譜之所由興。香山年譜有陳伯玉及汪立名本傳世，放翁年譜則雲松著之，而錢竹汀宫詹亦著之。獨先生未有年譜，不無闕典。顧從來作年譜之弊，繁者每失於蕪，簡者又嫌於漏。奉峨是書考核詳審，而紀載謹嚴，可謂簡而有要，不蔓不支。既以慰北堂之思，又可爲讀敬業詩者得知人論世之概，其與陳、汪、錢、趙諸公書並垂不朽無疑也。是爲序。從《愚谷文續集》録出。

翰林院編修查先生行狀

彌甥沈廷芳撰

先生查氏，諱慎行，字悔餘。初名嗣璉，字夏重，年四十始更焉。查氏，海寧望族。六世祖秉彝，明嘉靖進士，官給事中，以劾嚴嵩父子，廷杖謫邊，終順天府府尹。事載《明史》。高祖志文，明廬州府同知。曾祖允揆，明贈武庫司主事。祖大緯，明武庫司主事，皇贈禮部侍郎。父崧繼，明縣學生，皇贈禮部侍郎。自武庫以下，三世皆負才，未顯於時。先生爲贈公長子，幼不令習科舉業，故得肆力於經史百家。從黄徵君宗羲游，長行四方，至金陵，作爲歌詩，傳詠人口。同邑楊侍郎雍建開府貴州，入幕府。時吴三桂餘孽未殄，豺虎塞途，決機命將，轉戰崖箐間，凡兵謀，先生多與焉。歷三載，貴州平，欲論功以聞於朝，固辭。乃之京師，公卿大夫咸以國士禮之。嘗過齊、魯、梁、宋，渡彭蠡，登匡廬之巔，所至聲望益起。更泝大江，造田間錢先生，秉鐙講論，以是詩日富而益奇。

康熙三十二舉順天鄉試。越九年，方赴公車。聖祖詔選耆儒備顧問，用亨執薦，召入南書房，恩遇特重。明年，成進士。故事：庶吉士教習三年，散館，始授職。先生入館甫四月，特除編修。扈從塞外者三，凡歲時、風土、人物，悉紀以詩，每經進，輒稱善。一日，天寒雨雪，先生方戴白題，偕諸臣侍左右，上顧之，笑曰：「查某風度爾雅，洵堪爲儒臣冠。」即撤御饌以賜，恩賚有加。尋兼武英殿修書總裁，直廬同僚各任采集，而先生董其成。平生恬退，重名節。有在事者待同僚以非禮，先生起爭之。其人將搆釁焉，遂告歸。群公留之，不可；饋之贐，弗受。既歸里，杜門著述，而山水之興未衰，復南游閩、粵，久之始歸。後以其弟禮部侍郎嗣庭獲罪，牽連被逮，同産弟姪並謫戍。世宗因籍嗣庭家得先生詩集，覽其紀恩諸作，謂侍臣曰：「查某忠愛拳拳，固一飯不忘君也。」乃獨見原，暨其子克念放歸田里。先生感國恩，痛家難，歸即卧病，以雍正五年八月三十日卒，年七十八。卒之日，椸無新衣，囊無餘儲，惟手勘書萬卷而已。先生品詣矯然，學問淵灝，文章麗則，而尤工於詩。匯韓、白、蘇、陸之長，以發攄性靈，海内咸宗之。所著有《敬業堂集》四十八卷，已行於世；《周易玩辭集解》十卷；《蘇詩補注》五十卷。夫人，同邑徵君陸嘉淑女。子三人：克建，丁丑進士，鳳翔府知府，克承，國子生，皆先先生卒；克念，甲辰舉人。孫恂、昌祈、昌禧、岐昌、昌禍，皆世其家學。先生宏奬後進，多成名士。廷芳愧無學，而承提誨十餘載，規爲謦欬，聞見頗悉。既請於方子銘其墓，而其歷官行事之概有未備者，謹撰次如右，獻諸史館。謹狀。

翰林院他山查公墓誌銘

桐城方苞纂

君諱嗣瑮，字夏重，號他山，後更名慎行，字悔餘，浙江海寧人也。余始入京師，查氏負才名者數人，而君尤獲重名。朋齒中以詩名者，皆若爲君屈焉。君少時，聞吾邑錢先生飲光深於詩，即溯江，繫舟樅陽，造田間講問，逾時而歸。錢先生時爲道之。及與交久長，見其於時賢中若自矜異，然猶以詩人目之。及余脱刑部籍，聖祖仁皇帝召入南書房。中貴人氣焰赫然者朝夕至，必命事專及於余，乃敢應唯敬對，外此不交一言。又畏風欬，常著緇布小冠，諸内侍多竊笑。或曰：「往時查翰林慎行質性頗類此，而冠飾亦同。」嘻，異哉！」余用是益有意於君之爲人，而君尋告歸。及篤老，以其弟嗣庭獲罪，牽連被逮。同産弟姪並謫戍，而君獨見原。蓋先帝無幽不燭，君恬淡寡營，久信於士大夫，故在事者慭焉而以情達也。

君既殁，其子克念以狀請銘數年矣。乾隆元年十有二月，余卧病直廬，或告曰：「君之彌甥沈庶常廷芳屬爲通言，速君銘。」且告克念之喪。是夜，夢與君問勞如平生。晨起，命家人檢故狀不得，乃就所獨知於君者以誌焉。覽者即是以求之，其所狀事蹟不具可也。其詩已行於世者，凡四千六百餘篇，各以時地次爲五十四集。君生於順治七年庚寅五月初七日酉時，卒於雍正五年丁未八月三十日辰時，年七十八歲。查爲海寧望族。父崧繼，改名遺，字逸遠，爲浙西耆舊，得贈如君官。母鍾氏。兄弟四人，三成進士。娶陸氏。子三人：克建，康熙丁丑進士，陝西鳳翔知府，克承，國子生，俱先君卒；克念，甲辰舉人。以某年某月某日葬於某鄉某原。銘曰：所向所蘄，詎止於斯？而終已無施，惟以弸於詩。

查他山先生年譜

外曾孫陳敬璋撰集

先生諱慎行，字悔餘，浙江海寧人。初名嗣璉，字夏重，後更今名，號他山，又號查田。晚築初白庵以居，學者稱初白先生。

六世祖秉彝，字性甫，號近川，明嘉靖戊戌進士。官户科給事中，以疏劾權相杖謫。後起官刑部主事，歷順天府尹。有《覺庵稿》。事詳《海寧州志·名宦傳》。

高祖志文，字鳴周，號岐峰，明隆慶丁卯應天舉人。官廬州府同知，管無爲州事，加四品俸，誥授奉政大夫。

曾祖允揆，字舜佐，號斗南，明邑諸生。

祖大緯，字公度，號蘧庵，明崇禎癸酉順天副榜。官兵部武庫司主事。以孫官貴，贈通議大夫。

《查氏族譜約編》：「蘧庵公負才名，有膽略，遇大事可咄嗟立辦。」

父崧繼，字柱浮。更名遺，字逸遠，號學圃，明邑諸生。以子官貴，贈通議大夫、内閣學士兼禮部侍郎。事詳州志《隱逸傳》。母鍾氏，名藴，字眉令，仁和人，明河南巡撫鍾忠惠公化民女孫，司理公名臣女。累贈孺人，晋贈淑人。

黄宗羲誌墓：「逸遠爲諸生，即忼慨有志。喜讀史，得其大意，以經濟自期許。雖鬱鬱無所施爲，而溝渠、保甲、社倉諸法，講求通變，未嘗不行之一方也。逸遠短小精悍，久處囊中，人亦謂其英鋭之氣當伸之於歲月，不得於彼者，必得於此。乃一旦禾郡歸，卒於舟中，屈伸之數有不可解者。年五十三。子四人，皆有俊才，逸遠不令爲科舉干禄之學，而讀書爲詩古文，士林望風推服。天之伸逸遠者，其在兹乎。」

《族譜約編》：「逸遠有文名，工書翰，不求聞達。祖業銷落，胸次浩然，蓋知其後之必昌也。」

《選佛詩傳》：「太淑人熟精《文選》，工詩古文詞。著《長繡樓集》百卷，疾亟時，自以風雅流傳，非女子所宜，悉焚棄之。伯祖初白老人默識追録詩詞六十餘首，題曰《梅花園存稿》。」敬璋案：是稿爲家母所得，珍藏篋衍。璋謹録副本，兔牀吴丈爲刊入《海昌麗則》行世。

國朝世祖章皇帝順治七年庚寅（一六五〇）五月七日酉時，先生生於海寧花谿龍尾山故里。

八年辛卯（一六五一），先生年二歲。

九年壬辰（一六五二），先生年三歲。

春二月二十九日午時，仲弟嗣瑮生。字德尹，一字朗山，號查浦，又號晚晴軒主人。少先生二歲，與先生情好尤篤，終身無間言，無忤色。《族譜約編》：「德尹亦有異資，詩名與兄相埒，壎篪唱和，一時稱爲盛事。兼工書翰。健談論，鋪陳終始，聽者忘倦，此一絶也。」

十年癸巳（一六五三），先生年四歲。

十一年甲午（一六五四），先生年五歲。

始入小學。先生天資穎悟，母太淑人課之讀，授唐人詩數百篇，即解切韻諧聲大義。

十二年乙未（一六五五），先生年六歲。

通聲韻，工屬對。太淑人勤訪績，先生侍旁誦讀。命屬對，曰：「伊軋布機聲。」先生應聲曰：「玎璫玉佩響。」太淑人奇之。

十三年丙申（一六五六），先生年七歲。

十四年丁酉（一六五七），先生年八歲。

受學於家庭。時逸遠公宴客，卓偶欱，侍者以物墊之。公命即事爲破題，先生對曰：「平所不平，則各得其平矣。」客驚異稱賞。

十五年戊戌（一六五八），先生年九歲。

十六年己亥（一六五九），先生年十歲。

作《武侯論》。反覆數百言，邑先輩范默庵見之，嘆曰：「援經證史，論斷精卓，曠世才也。」

十七年庚子（一六六〇），先生年十一。

十八年辛丑（一六六一），先生年十二。

聖祖仁皇帝康熙元年壬寅（一六六二），先生年十三。

二年癸卯（一六六三），先生年十四。

三年甲辰（一六六四），先生年十五。

春正月二十一日子時，叔弟嗣庭生。字潤木，號横浦。

四年乙巳（一六六五）先生年十六。

冬，季弟謹生。字濬安，號信庵，出爲叔父眉石公後。眉石公名嵋繼，逸遠公同母弟也。有文名，而早世。生子叔賓公嗣珪亦能文，而夭。逸遠公痛兩世嫠居，煢煢無依，而本宗無應繼子，乃以濬安爲兄叔寶後，奉眉石公爲祖，權也。逮先生既生次子，逸遠公命名克承，曰：「此兒稍長，出爲汝兄嗣珪後，以承宗祀，世系不可紊也。」後二十年，先生集宗黨曰：「叔母葛太君撫吾弟自幼迄成人，恩勤備至，義難復歸大宗。然倫序不可不正，據禮緣情，應以弟繼叔氏爲小宗，而以弟所生子代承兄祀，吾不忍仰遵成命，分所有以利吾子也。」宗議遂定。是時叔母葛太君尚在堂，告廟之日，破涕一笑曰：「五十年飲泣嫠婦，今喜有子孫矣。」蓋先生公正居心，不苟徇利以傷義，類如此。

五年丙午（一六六六），先生年十七。

六年丁未（一六六七），先生年十八。

春正月，陸安人來歸。安人爲辛齋徵君第三女，少先生一歲。先是，逸遠公與徵君同里同志，故徵君遂以安人字先生。締姻時猶在襁褓中，至是始來歸。合巹之夕，徵君手書致逸遠公曰：「練裳竹笥，牽犬繫羊，弟并無之，所恃知我耳。」兩翁情好脱略殆如此。

七年戊申（一六六八），先生年十九。夏四月二十二日，長子克建生。字用民，號求雯。

讀書武林吴山，從慈谿葉伯寅先生學。逸遠公初不令習舉業，至是始爲隱括之文。《巖門詩話》：「大父嘗舉先太淑人詩示予兄弟曰：『「才名終世態，學業有家傳」，此吾讀書棲水時曾祖母寄示之句，願汝曹亦毋忘斯訓也。』」敬璋案：據太淑人示兩兒讀書吳山詩，當係順治十六年己亥。

八年己酉（一六六九），先生年二十。

九年庚戌（一六七〇），先生年二十一。

十年辛亥（一六七一），先生年二十二。

應童子試。先生受知於郡守淮南嵇公，未及終試而太淑人疾篤，遂輟筆硯，專心侍奉，延醫師，饋湯藥，寒暑晝夜，不遑寢食者凡十閱月。

十一年壬子（一六七二），先生年二十三。

春三月，丁太淑人憂。

十二年癸丑（一六七三），先生年二十四。

夏五月，奉逸遠公命與仲弟析箸。時新舉大喪，饔飧或不給。先生督率老婢子鋤中庭隙地，種茄續食。陸安人亦課蠶桑，勤紡織，以佐不逮。

十三年甲寅（一六七四），先生年二十五。

夏六月，先生服闋。

十四年乙卯（一六七五），先生年二十六。

十五年丙辰（一六七六），先生年二十七。

十六年丁巳（一六七七），先生年二十八。

秋九月九日，次子克承生。字坤元，號寄村，國子生。工詩文，兼善書畫。

十七年戊午（一六七八），先生年二十九。

春三月一日，丁逸遠公憂。

十八年己未（一六七九），先生年三十。以下《慎旃集》第一。敬璋案：詩集編年自此始。蓋先生編己未以前詩古文稿，悉燬去，不欲以少作傳世，故斷自己未始。

夏，至荆州，入以齋楊公幕。楊公名雍建，先生同邑人，以副憲出撫貴州，招先生入幕。時吴三桂餘孽未殄，警急烽煙，聞者心悸。先生浩然長往，絶無難色，同人莫不壯其行焉。

十九年庚申（一六八〇），先生年三十一。

春，客楚中。

夏，自辰州至黔陽。先生性耿介，非義之財不妄取。即過分之施，亦却而不受。時調遣徵發，羽檄旁午，如便宜除授、搜捕僞職二事，賄賂大行，先生皆峻拒之。楊公諗知之，益加敬禮，事無大小，皆諮議而行。然納降僞官，情有可原者，必力爲之請，所全甚衆。

六月，服闋。

二十年辛酉(一六八一)，先生年三十二。

在黔陽。

夏，謁王陽明書院。

二十一年壬戌(一六八二)，先生年三十三。五月以後爲《遄歸集》第二。

秋，歸自黔陽。先生聞仲弟北游，遂束裝而歸，與季弟同居里中。

從姚江黄梨洲先生學。敬璋案：據州志《寓賢傳》，黄公至海寧在康熙丙辰。

黄公名宗羲，餘姚人，山陰劉念臺先生弟子，著述等身，力辭徵聘，海内推爲東南遺逸之冠。嘗至海寧，邑侯許公三禮戒邑中人士胥會於北寺，聽其講學。先生往，從之游。自是深得體要工夫，博極子史，約歸一致。

張子游遠爲作《槐陰抱膝圖》。

二十二年癸亥(一六八三)，先生年三十四。十月以後爲《江西集》第三。

夏，游吴門。

冬十月，赴江西入族父廉訪幕。廉訪公名培繼，字至望，順治壬辰進士，由兵科給事中出巡江西饒九南道副使，時攝臬篆，邀先生至幕中。

二十三年甲子（一六八四），先生年三十五。四月以後爲《踰淮集》第四。

春三月，歸自西江。

夏四月，入都，游太學。

秋闈下第。

二十四年乙丑（一六八五），先生年三十六。以下爲《假館集》第五。

在都中。先生秋闈被放，將出都，適中丞楊公内擢少司馬，留先生邸舍。

秋，夜集朱竹垞先生古藤書屋。

二十五年丙寅（一六八六），先生年三十七。十一月以後爲《人海集》第六。

在都中。

冬，館相國明公家。時楊公以乞假養親出都，相國明公珠延至私第，下榻自怡園，令其子愷功撰叙受業焉。有欲致殷勤於相國，賂先生爲先容者，先生正色曰：「吾，師也，豈以此自污耶？」其人愧謝而去。

著《人海記》。凡四卷，雜記都中事，皆得之聞見者。

二十六年丁卯（一六八七），先生年三十八。

在都中，仍館相國明公家。

秋闈復下第。

二十七年戊辰(一六八八)，先生年三十九。二月以後爲《春帆集》第七。

春二月，出都。外舅陸辛齋先生客都門，忽抱危疾，先生爲買舟扶侍南還，周旋湯藥，奉事惟謹，有爲人所難者。

夏，抵家。

作《蘆塘放鴨圖》。

二十八年己巳(一六八九)，先生年四十。《獨吟集》第八。十月以後爲《竿木集》第九。

春二月，哭外舅陸辛齋先生。歿後三十年未葬，先生爲之經營，合藏志壙焉。

復入都。

夏，集竹垞先生槐樹斜街寓。

二十九年庚午(一六九〇)，先生年四十一。二月後爲《題壁集》第十。入秋爲《橘社集》第十一。

春二月，出都。先生以飲酒獲罪，與趙秋谷宫坊執信同被吏議。時大司寇玉峰徐公予告南歸，仍領書局，出都，邀先生及姜西溟宸英偕行。

秋，在橘社書局。橘社在洞庭東山之麓，劉氏取以名園，徐公於此假設書局，先生與焉。

冬，自書局歸。

三十年辛未（一六九一），先生年四十二。《勸酬集》第十二。

家居。

春，幼子克念生。字維聖，號雙峰。

二月，長孫悔生，克建出。字其武，號勤補。國子生，考授縣尹。

三十一年壬申（一六九二），先生年四十三。《溢城集》第十三。又，《雲霧窟集》第十四。九月以後爲《客船集》第十五。

春，客九江太守恒齋朱公儼幕。先是，庚午春，朱公由刑部郎出守九江，貽書見招，至是始往踐約。

輯《廬山志》，凡八卷。又爲《廬山紀游》一卷。

秋，游匡廬。

九月，歸自九江。

三十二年癸酉（一六九三），先生年四十四。《並轡集》第十六。

春，入都，復下榻自怡園。

秋，舉順天鄉試。時先生長子克建亦捷南闈。

三十三年甲戌（一六九四），先生年四十五。三月以後爲《白蘋集》第十七。七月以後爲《秋鳴集》第十八。十二月以後爲《敝裘集》第十九。

春，出都。時以禮闈報罷，出都。座主侍讀青谿徐公亦將南歸，買舟通潞，招先生同行。

秋，游越州。

冬，復入都。揆侍講愷功馳書見招，遂北行。

三十四年乙亥（一六九五），先生年四十六。《酒人集》第二十。七月以後爲《游梁集》二十一。

在都中。

春二月，孫昌祈生，克建出。字度昭，海寧諸生。

秋，游汴梁。同學許霜巖北炎赴陳留縣令任，招先生同往，於是涉滹沱，循太行東麓，歷趙、衛、梁、宋之郊，吟眺殆遍。

冬，還家。

三十五年丙子（一六九六），先生年四十七。《皖上集》第二十二。五月以後爲《中江集》第二十三。

春，客皖城。青谿徐公之招也。與其孫任可偕往，由四安鎮取山路經宣城、池陽，抵黄溢口，始渡江，皆向來游蹟所未到也。

夏，自皖上至九江，復客太守朱公幕。

冬，由九江入都。

三十六年丁丑（一六九七），先生年四十八。《得樹樓集》第二十四。

春，出都。時長子克建捷南宫，先生仍下第，遂挈之還家。

夏，築得樹樓，著《雜鈔》。積之得二十卷。

三十七年戊寅（一六九八），先生年四十九。《近游集》第二十五。《賓雲集》第二十六。五月以後爲《炎天冰雪集》第二十七。七月以後爲《垂橐集》第二十八。

春，至禾中，復游苕上。

夏，偕竹垞之閩中，及秋而還。

三十八年己卯（一六九九），先生年五十。《仗家集》第二十九。

家居。

秋，仲弟德尹舉鄉試。

冬十月二十五日，陸安人卒。安人體素羸弱善病，至是漸劇，聞先生將出游，則掩衾而泣。先生憐之，然固心知爲不祥。蓋先生頻年往來萬里，安人從無離别可憐之色也。卒年四十有九。安人善事舅姑，曲盡婦道，食貧茹苦，一以勤儉佐其不及，絶無幾微愠。先生心感之，殁後垂三十年，不置一婢。恩義兼盡，尤爲人所難。

冬十一月，入都。

三十九年庚辰（一七〇〇），先生年五十一。《過夏集》第三十。

在都中。仲弟聯捷，成進士，授翰林院庶吉士。先生復下第，族兄編修荆州公嗣韓留之，下榻寓齋。

秋七月，出都。

九月，次女歸於朱。爲恒齋太守子婦。

冬，復入都。

四十年辛巳（一七〇一），先生年五十二。《偷存集》第三十一。五月以後爲《緇經集》第三十二。

春，屬禹司賓之鼎作《初白庵圖》，取東坡「身行萬里半天下，僧卧一庵初白頭」詩意也。

夏四月，出都。

四十一年壬午（一七〇二），先生年五十三。十月以後爲《赴召集》第三十三。

春，游湖上。

《蘇詩補注》成。凡五十卷。先生性好蘇詩，素不滿王氏注，謂其疏漏固多，繁蕪復不少。有改竄經史、妄託志傳以傅會詩詞者，有與他集互見、反割截他集半首誤爲全篇者，甚且唐人詩亦有闌入者，爲之駁正瑕釁，零丁件繫，積久成卷。復購得施氏元注，與吴中新刻多所異同，遂審定年表，搜輯逸詩，自癸丑迄壬午，歷三十年始成是書。

《欽定四庫全書總目》：「初，宋犖刻《施注蘇詩》，急遽成書，頗傷潦草。又舊本黴黯，字跡多難辨識。邵長蘅等憚於尋繹，往往臆改其文，或竟删除以滅迹，併存者亦失其真。慎行是編，凡長蘅所竄亂者，並勘驗元書，一一釐正。又於施注所未及者，悉蒐采諸書以補之。其間編年錯亂，及以他詩溷入者，悉考訂重編，凡爲正集四十五卷，又補録帖子、青詞、致語、口號一卷，遺詩補編二卷，他集互見詩二卷。别以年譜冠前，而以同時倡和散附各詩之後。雖卷帙浩博，不免牴牾，其譌漏之處，爲近時馮應榴合注本所校補者，亦復不少。然考核地理，訂正年月，引據時事，元元本本，無不具有條理。非惟邵注新本所不及，即施注原本亦出其下。現行蘇詩之注，以此本居最，區區小失，固不足爲累矣。」

夏，赴保定。先生長子克建以進士謁選，得直隸束鹿縣令，迎先生就養署中。

冬十月，蒙恩詔赴行在。是歲，恭遇南巡回鑾駐蹕德州，特以先生姓名問相國京江張公玉書。時安谿李公光地巡撫畿甸，同在行殿，以學問人品奏對訖。十七日，旋奉召見之旨。李公傳帖下縣，先生即由束鹿馳赴行在，召對良久，隨賜御書程子《視箴》楷字一幅。

二十八日，召試南書房。與長洲韓元少菼同試《唯仁人爲能愛人能惡人》制藝一篇，再試《士先器識而後文藝》論一首，遂奉旨：「查慎行、汪灝，著同查昇每日進南書房辦事。」先是，内廷皆詞臣輪班入直，專命之榮，蓋自此始。

四十二年癸未（一七〇三），先生年五十四。五月以後爲《隨輦集》第三十四。

春，入直南書房。

三月，捷南宫。座主爲相國孝感熊公賜履、大宗伯許公汝霖。

夏四月，殿廷對策，成進士。先生名在二甲第二。十五日，保和殿引見，欽授翰林院庶吉士，特免教習。二十日，文廟釋褐。二十一日，赴暢春園謝恩。

五月，隨駕幸口外避暑山莊。先十日，傳旨：「南書房翰林七人，俱著隨行。」七人者，論德查昇、編修陳壯履、勵廷儀、錢名世，庶吉士汪灝、蔣廷錫及先生也。將行，患腹疾，蒙恩賜西洋上藥，復遣内侍傳示御札云：「調飲食最爲緊要。醫書有云：『非濕熱不作瀉，非停食不作痛。』又云：『通則不痛，痛則不通。』人皆知其調理，至飲食之時，則臣不能矣。」先是，上幸南海子，捕魚賜群臣。先生賦謝恩詩有云：「笠簷蓑袂平生夢，臣本煙波一釣徒。」詞意稱旨。一日，忽奉旨：「傳『煙波釣徒』查翰林進見。」一時以爲嘉話。自是每御試詩古文詞，上親定甲乙，輒以先生爲第一。仰和聖製，未有不稱旨；有作呈覽，未嘗不稱善也。

六月，奉旨編輯歷代詠物詩。

二十日，召對行殿。先生已出至直廬，復命内侍傳諭云：「汝子在東鹿縣居官甚清，朕已稔知。」

秋，自口外還都中。

著《陪獵筆記》。凡三卷。

四十三年甲申（一七〇四），先生年五十五。《直廬集》第三十五。

春，入直内廷。寓城南道院。

奉旨分輯《佩文韻府》。

冬十一月，奉旨特授編修。故事：庶吉士教習三年，散館，始授職。先生入館四月，即除編修，其恩遇爲特重焉。

四十四年乙酉（一七〇五），先生年五十六。

夏五月，扈駕幸古北口。先是，四月，先期引見各省試差，例由本院開送吏部。先生啟奏云：「臣身依禁近，且現在隨駕之列，不願作鄉試主考。」奉温旨云：「汝所見極是。」以後遂爲定例。

六月，蒙恩賜御書「敬業堂」扁額及御書對聯。句云：「硯寒金井水，簷動玉壺冰。」

秋，叔弟潤木舉鄉試亞魁。

四十五年丙戌（一七〇六），先生年五十七。五月以後爲《甘雨集》第三十七。十月以後爲《西阡集》第三十八。

春，叔弟成進士，授翰林院庶吉士。

五月，復扈駕至古北口。一日，秋至塞外，天寒雨雪，先生方戴青氈大帽，偕諸臣侍左右，上顧之大笑曰：「查某風度爾雅，洵堪爲儒臣冠。」撤御饌以賜，恩賚有加。自後一日常五拜賜侍宴，賜坐，嘗命中使勸飲。

秋八月，皇太子睿賜「初白庵」扁額。

九月，乞假葬親。奉俞旨：「不必停俸。」先生性至孝，己未以後遊學四方，暫歸省視，未嘗不詣兩親柩前，號呼飲恨。既登仕籍，俸入僅供薪水。是年蒙恩賜白金二百兩，即寄與仲弟規計葬地一區。至八月，隨幸至烏城旅舍，接家信，知得吉壤於龍山西麓，便欲乞假。同列咸勸止之，曰：「君恩方重，且俟後期。」先生曰：「吾老矣。皇上以孝治天下，不於此時銜土安葬，是君親兩負矣。」回鑾之日，力奏得請，遂星夜遄歸，經營窀穸。

冬，葬逸遠公暨鍾太君於龍山西阡。先生與兩弟德尹、濬安焚黄祭告，哀感行路。自是每遇先世忌辰，致齋設奠，不與讌會。新阡羅城後，向有徑通世戚家墓門。堪輿者指爲本穴龍身，宜静不宜動，議樹松楸以護之，闢路於值木之外。世戚恃强，毁樹開溝，計刑地脉。戚友皆不平，欲直於官。先生憮然曰：「傷戚誼，搆世怨，非所以寧吾親也。」乃築牆爲界，以息争端。後其家感悔謝過，先生終不與相見。先生外王母羅太君，太淑人生母也，殁後無子，權厝仁和縣北陸村。太淑人疾亟時，遺命同歸一域。先生志之不敢忘，西阡規制甫畢，即移葬新壟之西北隅，春秋省墓，享祀必先之。且恐後世忘所自出也，立碑置産，俾子孫致告勿替云。

四十六年丁亥（一七〇七），先生年五十八。《迎鑾集》第三十九。

春，渡江迎鑾，恭遇仁皇帝閲河南巡，先生買舟渡江迎駕。請安畢，上命移傍御舟，遂扈蹕而南，自淮揚抵江寧，達杭州。

夏五月，至高郵送駕，復請展假。先生送至邵伯埭，因葬事未竣，跪請展假。上點首云：「知道了，即從這裏回去罷。」

四十七年戊子（一七〇八），先生年五十九。《還朝集》第四十。五月後爲《道院集》第四十一。

春，入都。先生家居一年，展限已滿，州縣敦迫就道。一術士語先生曰：「君欲賦《遂初》，其在壬癸之交乎？」先生笑而頷之。

三月，重直暢春園。暢春園向未有直廬，自癸未正月先生與汪紫滄及族子昇始奉召入直後，遂爲例。

冬十一月，奉旨暫停入直。

四十八年己丑（一七〇九），先生年六十。《槐簃集》第四十二。

春二月，復直内廷。

夏四月，奉旨赴武英書局分纂《佩文韻府》。二十四日，上諭云：「汝學問好，可赴武英殿督纂《韻府》」。先生受命後，即偕錢亮功、汪紫滄兩同年竭力蒐采，每卷帙排日進呈，一字一句，俱依旨定奪。

四十九年庚寅（一七一〇），先生年六十一。八月以後爲《棗東集》第四十三。

秋，移寓棗東書屋。

五十年辛卯（一七一一），先生年六十二。

在武英書局。時同官某爲殿中總監所侮，先生從旁呵斥之。其人憚先生正直，無以難也。

冬，得風疾。

孫昌禧生，克承出。字開祖，號花南。邑增生。

五十一年壬辰（一七一二），先生年六十三。《長告集》第四十四。

春，因病乞假。先生於上年臘月左手患風，今春漸及右臂，奏請停免内直，始得乞假，前後已滿百日，病猶未除，奉旨：「在京調理，仍赴翰林院供職。」

秋九月六日，孫岐昌生，克念出。字藥師，號巖門。邑諸生。工詩。

五十二年癸巳（一七一三），先生年六十四。《待放集》第四十五。七月以後爲《計日集》第四十六。

在翰林院。

秋七月，乞休歸里。先生素甘恬退，宫坊員缺，必引分求免開列。時適有在事者待同僚以非禮，先生起争之。其人將搆釁焉，先生遂引疾告歸。群公留之，不可。將行，文端公揆叙具千金爲贈，且致辭曰：「先生初白庵未成，期以此規爲之。」先生感其情重，手取百金曰：「舟車乏費，藉此爲治裝計。至圖中光景，久已夢想置之。今得歸丙舍，以畢餘生，志願足矣。」使者往返再三，卒不納。

仲弟德尹由編修陞侍講。

叔弟潤木子克紹舉順天鄉試。

五十三年甲午（一七一四），先生年六十五。《齒會集》第四十七。

居里中。

春三月，宗伯許公招爲娱老會於硤石鎮，同會者楊宫贊晚研中訥、陳侍御楳谿勳與先生，凡四人。

秋，族兄季方堿招爲五老會於西林庵，同會者族兄觀延嗣鑑、曾三人斌、芝田璹兩弟與先生，凡五人。

《族譜約編》：「自他山兄以友愛聞，棣蕚聯芳，一門自爲師友，濟濟如也。雖經衰落，其風尚有存者。庭前有老桂，色本白。每遇秋闈有發者，白輒變爲丹，人以爲花瑞云。」

季弟濬安舉鄉試。

登秦駐山。

游吴門。

冬，續舉真率會。先生與同宗兄弟勸酬齒序，杖履肩隨，較農桑，量晴雨，閒與田父野老詠歌盛世。且舉家課，集子弟之能文者試之，有志者期以上進，自棄者勉其改行。

五十四年乙未（一七一五），先生年六十六。《步陳集》第四十八。八月以後爲《吾過集》第四十九。

春，游閩中。

夏，自閩中還西江。

四月九日，長子克建歿於都門官署。克建字用民，號求雯，少有文名。康熙癸酉與先生同舉鄉試，丁丑成進士，授束鹿令，有廉能聲，邑民感之，至今廟祀弗替。内擢户、刑二部主事，歷官郎中，出知陝西鳳翔府。命下甫一月，未之任，卒於京邸，年四十有八。

秋九月，孫昌禴生，克承出。字含章。

冬，宗伯許公復招爲五老會。同會者楊晚研、陳宋齋、許梅谿與先生，凡五人。

五十五年丙申（一七一六），先生年六十七。五月以後爲《夏課集》第五十。

居里中。先生性嚴肅，燕居儼若朝典。待弟子嚴而有恩，有過雖成人不少貸。與人交，雖後輩必成禮而退，不衣冠不見也。

五十六年丁酉（一七一七），先生年六十八。《望歲集》第五十一。十月以後爲《粵游集》第五十二。

居里中。

冬十月，赴粵東。應中丞佟陶庵法海之招也。

五十七年戊戌（一七一八），先生年六十九。正集編年止此。五月以後爲《漫與集》第五十三。

夏四月，由粵西旋里。

五十八年己亥（一七一九），先生年七十。

秋，赴西江，入南昌書局。白近薇中丞，先生故人也，延修《江西通志》，往焉。

五十九年庚子（一七二〇），先生年七十一。

在南昌書局。

春，游廬山。

《江西通志》成。凡一百七十卷。又輯《廬山志》八卷、《鵝湖書院志》二卷。

冬，歸自西江。

六十年辛丑（一七二一），先生年七十二。

居里中。先生自癸巳長告後，依棲丙舍，一切世故不與聞。至關祖宗祠墓事，則存貯公産，嫌怨不避，經理出入，勞苦不辭。贖祭田，修祠宇，家雖貧，必竭力捐助，恒比豐厚者倍之。有時獨立舉行，雖困甚，弗顧也。嘗訓示子孫曰：「一官半職，皆祖宗功德之報；寸土尺椽，皆祖宗福澤所貽。追遠不誠，未見能長保富貴也。」

曾孫奕麟生，孫恂出。字師九。國子生。

六十一年壬寅(一七二二),先生年七十三。

居里中。先生退休横谿之上,所居室曰窳軒。貯書萬卷,坐卧其中,記事纂言,惟日不足,殆不知老之將至云。

世宗憲皇帝雍正元年癸卯(一七二三),先生年七十四。《餘生集》第五十四。

居里中。

叔弟潤木由編修陞學士,兼禮部侍郎。

二年甲辰(一七二四),先生年七十五。

春三月,《周易玩辭集解》成。凡十卷。先生於書無不讀,而最深於經;於經無不窮,而尤精於《易》。晚年專嗜《易》理,謂:「聖人非因《河圖》以作《易》,仰觀天,俯察地,近取身,遠取物,於是始畫八卦,夫子固明言之矣。」窮卦變之説,疏闢《序卦》、《説卦》之義,推中爻互體之備,推八卦相錯之象,考圓圖方圖順逆加減之法,極深研幾,寢食俱廢,皆體驗先儒諸説,以折衷於聖人,於程《傳》、《本義》互有發明,凡五易稿而後成。

訪佟陶庵於江寧試院。

秋,招諸弟爲真率會。

幼子克念及叔弟潤木子克上同舉鄉試。

作《四杖圖》。沈松年作也。

三年乙巳（一七二五），先生年七十六。

居里中。先生通籍十年，歸仍布素。家居，足迹不入城市。當事或以公事造廬，徑往報謁，竭誠以告。時制軍滿公保、撫軍佟公法海皆山水舊游主人，及莅吾浙，先生引嫌退避，不敢輕懷一刺。即遣使存問，亦不緘書報謝，懼人疑以私干也。

四年丙午（一七二六），先生年七十七。十一月以後爲《詣獄集》第五十五。

居里中。

春三月，作《敬業堂銘》。先生集黄文節公齋銘語作《敬業堂銘》以示子孫，其詞曰：「學未竟，日西入。明追今，終弗及。慢游者，日失一日；敬業者，不速而疾。」

冬十月，曾孫奕曾生，昌祈出。字涉三。

十一月，被逮入都，詣刑部獄。叔弟潤木由學士擢少宗伯，坐訕謗罪削職逮問。先生以家長失教，牽連入獄。

《族譜約編》：「潤木讀書不多，領悟最捷，有文名。由編修視學河南，以清廉大獲聲望。爲人跌宕不羈，卒自罹於法。」

五年丁未（一七二七），先生年七十八。五月以後爲《生還集》第五十六。七月以後爲《住劫集》第五十七。

春，在獄。

三月二十二日，弟潤木有罪自殺，作詩哭之。時橫浦公與第三子中翰克上同卒獄中，中翰婦浦孺人與其姑史夫人在家聞變，俱投繯而死，一時哀感行路。

夏五月，奉赦出獄，南還。是案罪名越半年始定，生者俱邀寬典，減等發遣，信庵以出繼獲免。世宗覽先生詩集至紀恩諸作，顧謂侍臣曰：「查某忠愛惓惓，固一飯不忘君也。」乃獨見原，先生及其幼子克念俱蒙恩放歸田里。先生感激涕零，諭家人曰：「聖恩高厚，涓埃難報。幸不虧體辱親，全而歸之，死無憾矣。」

秋八月三十日辰時，先生卒。先生自遭家難，鬱鬱不樂。雖荷國恩寬宥，而骨肉播遷，門祚零落，怛焉傷悼，觸暑南還，中途疾作。七月抵家後，即患脾泄，神氣衰耗，踰月病漸劇。先是出都時，向同邑至戚稱貸以行。既歸，謀所以償之。易簀前二日，售玩器得數十金，力疾手緘致謝。時葠藥乏資，孫岐昌以後期爲請。先生正色曰：「我自反生平無一事負人，脱有不幸，爾輩焉能如期踐約耶？」及卒之日，椸無新衣，囊無餘儲，惟手勘書萬卷而已。

陳敬璋跋

余識太史公年譜既成，客有告者曰：「敬業詩集，編年次第秩然，太史公一生出處事蹟略具，何復有年譜之作耶？」余應之曰：「公之出處，固莫詳於詩矣。而其志節炳然，足以垂示後人、爲不朽之典刑者，烏可以不傳也？ 況詩集編年自己未始，則己未以前自少及壯，尤不得不先論世。乃爲考其行實，采其軼事，詳著於篇，而以全集之名繫於每年之下。誠恐學識蕪陋，多所挂遺，而公之出處大略，展卷犁然，或亦讀公集者之一助云。」

乙丑長至日，謹書於硤石紫薇山房。

劉承幹跋

《查他山先生年譜》一卷，外曾孫陳敬璋撰。他山先生入《國史·文苑傳》。少受學黄梨洲，於經邃於《易》，然所長尤在詩。方爲諸生，游覽牂牁、夜郎之境，齊、魯、燕、趙、梁、宋之區，過洞庭，涉彭蠡，登匡廬峰，訪武夷九曲之勝，所得一託於吟詠，故篇什最富。康熙三十二年順天舉人。其未通籍，即名聞禁中。四十一年，聖祖東巡，京江張公、安谿李公隨扈，以人品學問薦。召對，即入直南書房。次年捷南宫，點庶吉士，四月授職編修。以舉人值南齋，不待散館授職，均異數也。時族子昇以諭德同值内齋，宫監特呼「老查」以别之。上幸海子，捕魚賜群臣，命賦詩。他山有云：「笠簷蓑袂平生夢，臣本煙波一釣徒。」俄宫監傳呼「煙波釣徒查翰林」，時以比「春城寒食韓翃」，傳爲佳話。四十五年乞假還山，遂不復出，優游林下，嘯歌自適。遭弟嗣庭案株繫，闔門就逮，罪且不測。世宗素識其端謹，特原之，放歸田里，遂卒。

他山之詩，黄梨洲比之陸放翁，王漁洋則謂：「奇創之才，他山遜陸；綿至之思，陸遜他山。」時以爲知言。趙甌北《十家詩話》舉唐之李、杜、韓、白，宋之蘇、陸，金之遺山，明之青丘，本朝則梅村與先生，可謂推重之至。然列於諸君之後，無媿色也。

此譜之撰，在先生身後數十年。然先生以孝廉入直，史傳以爲陳澤州相國薦，此譜則云由張京江、李安谿兩相國薦；史傳以爲特賜進士出身，改庶吉士，此譜則云捷南宫，殿試二甲二十五名，引見，改庶吉士。均此譜爲是，不特如跋云「讀公集者之一助」矣。

癸丑五月，吴興劉承幹跋。

年譜補遺

劉承幹

春，在里中。在癸亥三十四條「夏，游吴門」前一行。

集朱竹垞寓齋。先生嘗隨外舅陸射山先生集竹垞寓齋，竹垞詩有「爾汝何甥謝舅，飛揚季虎頭龍」之句。在甲子三十五「秋闈下第」前别一條。

三月晦日，飲朱竹垞先生槐樹斜街新寓。先生同梁藥亭、吴震方作詩云：「槐街舊與一峰鄰，酒甕重開爲洗塵。最喜今年春帶閏，遲來又作看花人。」「兩株桃樹手親移，紅影紛紛落酒卮。特與幽庭添曲折，秫稭椶綫縛笆籬。」「古藤枝下三間屋，爛醉狂吟又一時。惆悵古人重會飲，小箋傳看洛中詩。」原注見《竹垞年譜》。在己巳四十「復入都」後别一條。

正月二日，賜砥山緑石硯，有賦。在甲申五十五條「奉旨分輯《佩文韻府》」前。

正月，先生壻李暘谷暄卒。有墓志，見文集。又有《哭李壻暘谷》詩，見《漫與集》。在庚子七十一第一條。

《他山先生年譜》刻既竣，有持鈔本假余者。取以檢校前後，志狀跋文俱從蓋闕，刻本撰人「外曾孫陳敬璋」，鈔誤作「彌孫」，固不如此本之善。其中，「曾祖母寄示之曰」，「曰」當作「句」；「主飲食之時」，「主」當作「至」；「舟車之費」，「之」當作「乏」。外如戊申年「夏四月二十二日，長子克建生。字用民，號求雯」，依全書通例，當列正文，不應附作小注，是鈔本之勝於此本者。「春，在里中」數條，此本脱漏，今録如右，並附於後。黄復翁云：「書必置有重本。」又云：「得一本則校之，往往獲好處。」斯言豈不信哉！陳敬璋字奉峨，海寧人，諸生。母，查他山先生之孫女，嫺詩書，教奉峨有法度，奉峨亦能得母歡。嘗爲《耕養圖》以寄意，自爲之記。吴兔牀序言：「此譜於先生出處事跡，信而有徵，無少文飾，可爲讀敬業詩者之一助。」蓋於奉峨深有嘉云。

劉承幹再跋。

附録二　查慎行相關資料

目録

翰林院編修初白查先生墓表

初白先生之墓，方侍郎靈皋爲之志，其彌甥沈生廷芳復請表於予。猶憶初應鄉舉時，謁先生於湖上，時方學爲古文，先生見之喜，謂萬丈九沙曰：「此劉原父之詞也。」年來學殖荒落，慚負先生期許之意，然而知己之感，又曷敢辭！

先生名嗣璉，字夏重，別署查田。改名慎行，字悔餘，別署初白。浙江杭州府海寧縣人。明順天府尹某之五世孫，贈兵部主事某之曾孫，兵部主事某之孫，贈翰林院編修某之子。先生少受業於姚江黄氏，與講會，然所長最在詩。浙之詩人，首朱先生竹垞，其嗣音者，先生暨湯先生西厓實鼎足。至今浙中詩派，不出此三家。自先生未通籍，詩名聞於禁中，顧垂老不第。康熙壬午，聖祖東巡守，以澤州陳公薦，驛召至行在，賦詩，隨入京，詔直南書房。明年，特賜進士出身，改翰林院庶吉士，授編修。時公族子昇以宫坊久侍直，宫監無以別之，呼先生曰「老查」。南書房於侍從爲最親，望之者如峨眉天半。顧其積習，以附樞要爲窟穴，以深交中貴人探索消息爲聲氣，以忮忌互相排擠爲幹力，書卷文字，反束之高閣。苟非其人，即不能容。而先生疏落一往，辰入酉出，岸然冷然。或應制有所撰述，立即呈稿。先生非有意先人，顧不能委曲周旋同事。於是忌者思去之，乃以武英殿書局需人，薦充校勘官，稍外之也。聖祖故眷先生，諭書成仍侍直。在局二年而竣，再入直。不數月，忽有特旨：「免侍直，歸院。」先生遂以病乞假，院長揆公留之。遷延一年，先生請益力，竟歸。先生長子克建，成進士最早。後三年，先生次弟嗣瑮繼之，爲翰林。又三年，先生入館。又三年，嗣庭繼之，克建亦入爲刑部。其時查氏庭前有連桂之瑞，門户鼎盛。而先生片帆歸里，蕭然如老諸生，角巾野褐，徜徉湖山，當事希得一見，田父遇之，時相爾汝。克建卒官，先生益無意人世。已而大難作，闔門就逮。先生怡然抵京，自陳實不知本末。諸大臣共訊，亦喟然曰：「彼固敝屣一官者也。其弟仕京，相隔遼闊，寧復知之？儻以此株連，不亦枉乎！」乃共以其情上聞。世宗亦雅悉先生高節，特令釋之，并其子。嗟乎！先生之掉首於要津者，乃其所以脱身於奇禍也，詩人云乎哉！

先生所注蘇文忠公詩五十二卷，搜羅甚富，施、王二家不足述也。《敬業堂集》四十八卷，已行於世，晚年所作者不預焉。乃爲之詩以勒之，詩曰：

世皆集菀，吾獨集枯。青山獨往，保兹故吾。人亦有言，何不競進？豈知明哲，置身安隱！

（全祖望《鮚埼亭集外編》卷七，清嘉慶十六年刻本）

查慎行傳

弟嗣瑮　族子昇

查慎行，字初白，浙江海寧人。少受學黄宗羲，治經邃於《易》，尤工詩。方爲諸生，游覽牂牁、夜郎，以及齊、魯、燕、趙、梁、宋，過洞庭，涉彭蠡，登匡廬峰，訪武夷九曲之勝，所得一託於吟咏，故篇什最富。康熙三十二年，舉順天鄉試。其未通籍時，即名聞禁中。四十一年，聖祖東巡，以大學士陳廷敬、李光地、張玉書先後奏薦，驛召至行在，賦詩，詔隨入都，直南書房。四十二年，特賜進士出身，改翰林院庶吉士。散館授編修。時慎行族子昇，以諭德侍直内廷且久，宫監輒呼慎行爲「老查」以别之。上幸海子，捕魚賜群臣，命賦詩。慎行有云：「笠簷蓑袂平生夢，臣本煙波一釣徒。」俄宫監傳「煙波釣徒查翰林」，時以比「春城寒食韓翃」，傳爲佳話。會比歲西巡，凡幽岨之區、甌脱之境，爲從古詩人所未歷，慎行悉以五七言發之。每奏一篇，上未嘗不動色稱善。又常隨駕木蘭，褎衣襜服，行山谷間，上望而笑曰：「行者必慎行也。」其風度如此。尋充武英殿校勘官，在局二年。竣事，仍入直。未幾，假歸，遭弟嗣庭案株繫，闔門就逮，罪且不測。世宗識其端謹，且曰：「慎行詩每飯不忘君，杜甫流也。」特原之，放歸田里。雍正六年，卒，年七十八。

浙人稱詩者，首推朱彝尊，慎行、湯右曾繼之。所著《敬業堂集》五十卷，合生平所歷，各爲一集，多至五十三種。黄宗羲比之陸游，王士禛則謂「奇創之才慎行遜游，綿至之思游遜慎行」，所評良允。五七言古體尤近蘇軾，曾補注蘇詩五十二卷。其教人爲詩，謂「詩之厚在意不在詞，詩之雄在氣不在貌，詩之靈在空不在巧，詩之淡在脱不在易」，可謂通論。蓋自明人喜稱唐詩，至國朝初年嫌其窠臼漸深，往往厭而學宋，麤直之病亦生焉；得宋人之長，而不染其弊，固當於慎行屈一指云。他著又有《周易玩辭集解》十卷，《陪獵筆記》、《黔中風土記》、《廬山遊記》各一卷。

嗣瑮，字德尹，慎行弟。康熙三十九年進士，改翰林院庶吉士。散館授編修。洊陞侍講。性警敏，數歲即解切韻諧聲。隨伯兄慎行學爲詩，兄唱弟酬，斐然可觀。生平游迹遍天下，所至與賢豪長者往還，題咏無虚日。官翰林時，名與慎行相埒。亦以嗣庭罪逮，謫遣關西。雍正十二年，卒戍所，年八十二。著《查浦詩鈔》、《查浦輯聞》、《南北史識小録》、《音類通考》。

昇，字聲山，慎行族子。康熙二十七年進士，改翰林院庶吉士，散館授編修。入直南書房，推輓後進，無嫉忮心。由諭德庶子陞少詹事，賜第西華門，題其堂曰淡遠。會疾，上以賜第不吉，改賜厚載門外。四十六年，以積勞卒於官，年五十八。昇詩筆清麗，尤工書，得董其昌神韻，聖祖屢稱賞之。著有《淡遠堂集》。

（《清史列傳》卷七一《文苑傳》二，中華書局一九八七年版）

查慎行傳

弟嗣瑮　查昇

查慎行，字悔餘，海寧人。少受學黄宗羲。於經邃於《易》。性喜作詩，游覽所至，輒有吟詠，名聞禁中。康熙三十二年，舉鄉試。其後聖祖東巡，以大學士陳廷敬薦，詔詣行在賦詩。又詔隨入都，直南書房。尋賜進士出身，選庶吉士，授編修。時族子昇以諭德直内廷，宫監呼慎行爲「老查」以别之。帝幸南苑，捕魚賜近臣，命賦詩。慎行有句云：「笠簷蓑袂平生夢，臣本煙波一釣徒。」俄宫監傳呼「煙波釣徒查翰林。」時以比「春城寒食」之韓翃云。充武英殿書局校勘，乞病還。坐弟嗣庭得罪，闔門就逮。世宗識其端謹，特許放歸田里，而弟嗣瑮謫遣關西，卒於戍所。

嗣瑮，字德尹。康熙三十九年進士，官至侍講。性警敏，數歲即解切韻諧聲。詩名與慎行相埒。慎行著《敬業堂集》、《周易玩辭集解》，又補注《蘇詩》，行於世。嗣瑮著《查浦詩鈔》、《音類通考》。

昇，字仲韋。康熙二十七年進士。官少詹事。詩筆清麗。尤工書，似董其昌。有《澹遠堂集》。

（《清史稿》卷四八四《文苑》一，中華書局一九七七年版）

查初白先生事略

查昇　查嗣瑮

先生初名嗣璉，字夏重，後更名慎行，字悔餘，晚號初白，浙江海寧人。性穎異，五歲能詩，十歲作《武侯論》，同里范驤稱爲曠世才。既長，游梨洲先生門，所學益進。深於經術，邃於《易》，於書無所不窺。而生平癖好，尤在詩及山水、朋友，其於進取榮利之途，泊如也。少受詩法於錢田間。爲諸生，從黔撫楊公雍建出入牂牁、夜郎，及齊、魯、燕、趙、梁、宋間，又嘗渡彭蠡，過洞庭，登匡廬五老峰，探武夷九曲，尋無諸、尉佗遺跡，其詩益富而奇。康熙癸酉，舉順天鄉試，以相國張公玉書、李公光地先後奏薦，壬午，特召直南書房。癸未，成進士，尋授編修。比歲西巡，賡歌載筆，凡幽阻之區，甌脱之境，爲從古詩人所未歷者，盪胸駭目，悉於五七言發之。每奏一篇，聖祖輒動容稱善。駕幸南海子，捕魚，命群臣賦詩，先生詩有云：「笠簷簑袂平生夢，臣本煙波一釣徒。」詞意稱旨，忽内侍宣召「煙波釣徒查翰林」，蓋同時有聲山學士，故以詩别之，與唐韓翃「春城無處不飛花」可同作玉堂佳話也。顧常懷引退志，供奉七年，即告歸。家居二十餘年，嘯歌自適。弟嗣庭官侍郎，坐訕謗伏法，盡室赴詔獄。世廟知先生端謹無他，尋放歸。著《敬業堂集》五十卷，梨洲先生嘗以比陸放翁。卒年七十有八。所著別有《周易玩辭集解》十二卷，及《經史正譌》、《江南通志》，皆行世。

聲山學士名昇，字仲韋。康熙戊辰進士，官少詹事。書法得董文敏之神。入直南書房，聖祖屢稱賞之。時中貴人有氣燄者昕夕銜命至，君接之無加禮，人服其品。著有《澹遠堂集》。

嗣瑮，字德尹，亦初白弟也。康熙庚辰進士，官侍講。著有《查浦詩鈔》。

（李元度《國朝先正事略》卷四十《文苑》，清同治刻本）

海寧查先生

先生諱慎行，字初白，號悔餘。進士，官編修。著《周易玩詞集解》十卷，卷首《河圖説》二，一謂《河圖》之數，聖人非因之以作《易》，乃因之以用蓍，自漢唐以下，未有列於經之前者；一謂《河圖》出於讖緯，而附以朱子亦用《河圖》生蓍之證。次爲《横圖圓圖方圖説》，論其順逆加增、奇偶相錯之理。次爲《變卦説》，謂《變卦》爲朱子之《易》，非孔子之《易》。次爲《天根月窟考》，列諸家之説凡六，而以爲老氏雙修性命之學，無關於《易》。次爲《八卦相錯説》，謂相錯是對待，非流行；又謂相錯只八卦，非六十四卦相錯。次爲《辟卦説》二，一論十二月自然之序；一論陰陽升降，不外乾坤。次爲《中爻説》，以孔穎達用二五者爲是。次爲《中爻互體説》，謂正體則二五居中，互體則三四居中；三四之中，由變而成。次爲《廣八卦説》，謂説卦取象不盡可解，當闕所疑。其言皆明白篤實，足破外學附會之疑矣。

（唐鑑《學案小識》卷十二《經學學案》，清道光二十六年四砭齋刻本）

敬業堂詩鈔小傳

查慎行，字夏重，别字悔庵，晚又自號初白庵主人，而初白之名特著。海寧人，爲逸遠先生之賢嗣。少執經於梨洲黄徵君之門，紹聞衣德，胚胎前光，而又天縱異才，深沉好古，於書無所不窺。而其生平所癖好者，唯於詩、於山水、於友朋，其於進取榮利之途，泊如也。少日爲諸生，即杖策從軍，出入牂牁、夜郎之境，以及齊、魯、燕、趙、梁、宋之區，驛壁郵亭，揮灑殆遍。又嘗渡彭蠡，過洞庭，登匡廬五老之峰，探武夷九曲之勝，尋無諸之故墟，訪尉佗之遺跡，江山神助，詩益富而且奇。

癸未成進士，簡翰林，即受特達之知，召入内庭供奉。比歲西巡，賡歌載筆，凡幽岨之區，甌脱之境，爲從古詩人所未歷者，盪胸駭目，悉於五七言發之。每奏一篇，上未嘗不動色咨嗟，稱善者再也。顧常懷引退志，年未及懸車，已決計賦《遂初》。家食二十餘年，嘯歌自適。忽遭門户之難，全家赴詔獄。而先生坐家長失教，罪且不測。世宗皇帝稔識其端謹無他腸，放歸田里。蓋歸田未兩月而卒。

先生繼長水、新城後而稱詩伯，一時壇坫，於斯爲盛。嘗教人作詩，謂：「詩之厚，在意不在詞；詩之雄，在氣不在貌；詩之靈，在空不在巧；詩之淡，在脱不在易。」誠詞苑之良規，學海之寶筏也。嘗有句云：「座中放論歸長悔，醉裏題詩醒自嫌。」又：「人來絶域原拚命，事到傷心每怕真。」俯仰情深，殆與玉局無二。所注蘇詩，抉摘穿穴，得未曾有，實能爲髯公道出胸臆間事，惜未開雕問世。世有流傳秘寶，嘉惠後學，如宋開府、徐尚書其人者乎？將旦暮遇之矣。

（鄭方坤《本朝名家詩鈔小傳》卷三，《叢書集成初編》本）

查慎行

查慎行，字夏重，浙江海寧人。康熙癸未進士，官翰林院編修。著有《敬業堂集》。敬業會試出汪東山殿撰之門。東山，向日執後輩禮相見者也。至是，敬業居弟子列甚恭，而東山仍事以前輩，時論兩賢之。生平敬慎篤實，見重内廷，同時班、揚之列，無一人疑忌之者。

施注蘇詩行世久矣，敬業補所未及，兼多駁正，緣無力，未及鐫行。所爲詩得力於蘇，意無弗申，辭無弗達。或以少蘊藉議之，然視外强中乾、襲面目而失神理者，固孰得而孰失也。惟學之者勿更揚其波，斯爲善學者耳。

（沈德潛《國朝詩别裁集》卷二十，清乾隆二十五年教忠堂刻本）

查慎行

初名嗣璉，字夏重，後更今名，字悔餘，號初白，浙江海寧人。康熙四十二年進士，官翰林院編修。有《敬業堂集》。

王士禛序稱：「黄宗羲比其詩於陸游，士禛則謂：奇創之才，慎行遜游；綿至之思，游遜慎行。」又稱：「其五七言古體，有陳師道、元好問之風。今觀慎行近體，實出劍南。但游善寫景，慎行善抒情；游善隸事，慎行善運意。故長短互形。」士禛所評良允。至於後山古體悉出苦思，而不以變化爲長；遺山古體具有健氣，而不以靈敏見巧；與慎行殊不相似。核其淵源，大抵得諸蘇軾爲多。觀其積一生之力，補注蘇詩，其得力之處可見矣。明人喜稱唐詩，自國朝康熙初年，窠臼漸深，往往厭而學宋，然粗直之病亦生焉。得宋人之長，而不染其弊，數十年來，固當爲慎行屈一指也。《四庫提要》

《補注東坡編年詩》，查慎行撰。考核地理，訂正年月，引據時事，元元本本，無不具有

條理。非惟邵注新本所不及，即施注原本，亦出其下。同上

恩賜鮮魚，慎行賦詩恭紀，有句云：「笠簷簑袂平生夢，臣本煙波一釣徒。」詞意稱旨。忽奉内侍召「煙波釣徒查翰林」，蓋同時有聲山學士，故以詩别之。此與唐韓翃「春城無處不飛花」可同作玉堂佳話也。《槐堂詩話》

梅村後，欲舉一家列唐、宋諸公之後者，實難其人。惟查初白才氣開展，工力純熟，鄙意欲以繼諸賢之後。《甌北詩話》

初白詩功力之深，香山、放翁後一人而已。同上

放翁多自寫胸膈，非因人因地曲折以赴。初白則隨事隨人，各如其量，肖物能工，用意必切。其不如放翁之大在此，而較放翁更難亦在此。同上

《兩浙輶軒録》引《杭州府志》云：查慎行以大學士李光地薦，入直南書房。當日李文貞薦舉賢才，不一其人，而查初白實由京江相國張文貞所薦，見初白詩自注。《松軒隨筆》

初白先生詩極清真，極雋永，亦典切，亦空靈。如明鏡之肖形，如化工之賦物，其妙只是能達。《聽松廬詩話》

查悔翁於人情物理，閱歷甚深。發而爲詩，多所警悟。余每有味乎其言。局外人不

知局中之難，每好爲議論。悔翁詩云：「事外易持議，引喙多激昂。設身處局中。唯阿無一長。」人每好炫己之長，誚人之短，不知己所謂長，亦未臻其至也。悔翁詩云：「域內有名山，攀躋力可至。人皆造其麓，抑或半嶺廢。等是未登峰，毋爲笑平地。」春陽之温，秋霜之肅，大造順其氣之自然，未必有心也。悔翁詩云：「開亦勿德雨，謝亦勿怨風。榮枯兩適然，了不關化工。化工倘狥物，無乃與物同。」形，薪也；神，火也。形未有不盡者，所賴者神存耳。立德、立功，昭垂不朽，此神存之大者。即數卷之書，數字之詩，流傳世間，在人心目，亦神之存也。悔翁詩云：「養生徒養形，木寇膏自煎。是形無不盡，薪盡而火傳。」無我則公，有我則私。甚至知有我不知有人，則其患不可勝言矣。悔翁詩云：「胚胎互融結，大患緣有我。」崇高之地，荆棘生焉；宴樂之場，戈矛興焉。閲世既久，乃歎清泉、白石，冷淡中得大自在也。悔翁詩云：「早知世路隘，不及山中寛。」同上

先生論詩云：「細比老蠶初引緒，健如强弩突迴潮。閒來謹候鑪中火，衆裏心防水面瓢。」又云：「平生怕拾楊劉唾，甘讓西崑號作家。」又云：「自笑年來詩境熟，每從熟處欲求生。」誦此數句，可以知先生之詩。「熟處求生」，尤爲甘苦深歷之語。同上

（張維屏《國朝詩人徵略》卷十九，清道光十年刻本）

查慎行

查慎行，字夏重，號悔餘。父崧繼，見《義行》。

慎行少肆力經史百家，傳婦翁陸嘉淑及其族兄容詩學。繼登黄徵君宗羲門，詣益邃。年甫壯出游，足跡半天下，故紀游詩最富。康熙癸酉舉順天鄉試，壬午用宰執薦，召入内廷。明年，成進士，特除編修。扈從塞外者三，歲時風土，悉紀以詩，每進，上輒稱善。一日，天寒雨雪，戴白題侍左右。上顧之，笑曰：「查慎行雅有儒臣風度。」即撤御饌以賜。尋賜堂額曰「敬業」。充武英殿總裁，纂述皆稱旨。平生恬退，而重名節。有在事者遇同僚以非禮，起争之，爲所嗛，遂告歸。群公留之，不可。餽贐，勿受。

歸里，杜門著述盈笥。唐、宋諸集，歲皆點勘，必有新得。補蘇詩施注，更定編年。晚成《周易玩辭集解》，尤精粹得力處。

後以家督獲罪，同産弟姪並謫戍，世宗因覽其集中紀恩諸作，謂侍臣曰：「查慎行詩

忠愛拳拳，固一飯不忘君也。」乃獨見原，與其子克念並放歸。築初白庵以居，學者稱初白先生。卒年七十八。金志

（《海寧州志稿》卷二十九《人物志·儒林》，《中國方志叢書》本）

詩話三則

家伯初白老人嘗教余詩律。謂：「詩之厚，在意不在辭；詩之雄，在氣不在直；詩之靈，在空不再巧；詩之淡，在脱不在易。須辨毫髮於疑似之間。」所著《敬業堂集》，中分小集，多至十餘種。宋人惟楊誠齋有之。老人歸田以及患難，又有《餘生》、《詔獄》、《生還》三集，家七倫弟刻於嘉善。老人有句云：「座中放論歸長悔，醉裏題詩醒自嫌。」「人來絶域原拚命，事到傷心每怕真。」又有《花朝晴示僧道楷》詩云：「初日烘雲碎作霞，討春人競出江涯。老來不喜閑桃李，别約山僧看菜花。」此與宋魏野所作「城裏争看城外花，獨來城裏訪僧家。殷勤覓得新鑽火，爲我旋烹岳麓茶」意相似。

（查爲仁《蓮坡詩話》卷上，清乾隆刻蔗塘外集本）

東坡有《題安平泉》七律一首，集中失載。初白老人注蘇詩，采入補遺卷中。尋碑未得，作詩紀事。仁和沈椒園待御廷芳過臨平，於山麓得碑，手拓以貽老人，并繫以詩云：

「安隱寺外安平泉，殘碑橅罷懷坡仙。遺篇收拾隨刊得，辛苦詩翁作鄭箋。」以所注蘇詩未及開雕故也。（查爲仁《蓮坡詩話》卷下，清乾隆刻蔗塘外集本）

查悔餘内翰，晚號初白老人，蓋取東坡「僧卧一庵初白頭」句也。既得隙地於所居之西，謀築初白庵，未果。又欲築於妙果山見許冠斐《東坨詩注》，然訖於不成。（吴騫《拜經樓詩話》卷四，清嘉慶刻愚穀叢書本）

筆記五則

國初詩人，以王、施、宋、朱爲諸名家。查初白慎行繼以蘇、陸之調，著名當時。其詩句亦頗俊逸峭勁，視西厓、義門諸公，自爲翹楚。公以晚年入翰林，嘗隨駕木蘭，褒衣襜服，行山谷間，仁皇帝望而笑曰：「行者必查某也。」其風度如此。晚年家居。以弟嗣庭獄，緹繫入京。憲皇帝閲其詩，曰：「查某每飯不忘君，杜甫流也。」因免其罪焉。

（昭槤《嘯亭續録》卷二，中華書局一九八〇年版）

徐立齋登進士，世祖親擢對策第一。授職後，嘗召至便殿，問家世及父母年歲、兄弟幾人。立齋具奏，上嘉嘆曰：「爾可以當孟子『三樂』之一矣。」煌煌天語，一時以爲榮。健庵及第，立齋已任大司成。或贈詩云：「祭酒先成文廟禮，探花初采上林芳。」爾時釋褐，豈竟弟坐而兄拜耶？癸丑果亭及第入館，立齋以掌院司教習，具疏題明，特旨免果亭教習，曠典也。後來查初白入館，揆凱功叙掌院，揆爲查受業弟子，亦奏明免查教習。

康熙間，查初白學士、聲山宫詹，均在詞館，有文望，人皆呼爲查翰林。初白從聖祖駕幸南海，捕魚賦詩，先成，有「臣本煙波一釣徒」之句。翼日，内侍傳旨，呼爲「煙波釣徒查翰林」，可與「春城無處不飛花」韓翃、「桃杏嫁東風」張郎中並傳矣。（阮葵生《茶餘客話》卷八，清光緒十四年鉛印本）

海寧查慎行夏重、嗣瑮查浦昆季，皆負雋才，少以詩文相劘切。康熙庚辰、癸未，後先成進士，入詞苑，同館十年。夏重年六十四告歸，又二年，查浦從順天學使因病辭職，年適與同。夏重七十外刻詩，查浦繼之，兄弟互相爲序。天倫唱和之樂，坡、谷不如。余久遭鴒原之痛者，讀二查集，不覺黯然。（陳康祺《郎潛紀聞初筆》卷三，中華書局一九八四年版）

無錫惠山寄暢園，有樟樹一株，其大數抱，枝葉皆香，千年物也。聖祖南巡，每幸園，嘗撫玩不置。第六次回鑾後，猶憶及之，問無恙否。查慎行詩：「合抱凌雲勢不孤，名材得並豫章無？平安上報天顔喜，此樹江南只一株。」迨聖祖賓天，此樹遂枯，亦可異也。（陳康祺《郎潛紀聞二筆》卷十，中華書局一九八四年版）